# 部首索引

白 ㄅㄞˊ……1192
皮 ㄆㄧˊ……1200
皿 ㄇㄧㄣˇ……1202
目 ㄇㄨˋ……1209
矛 ㄇㄠˊ……1231
矢 ㄕˇ……1231
石 ㄕˊ……1236
示 ㄕˋ……1261
内 ㄖㄡˊ……1276
禾 ㄏㄜˊ……1279
穴 ㄒㄩㄝˋ……1298
立 ㄌㄧˋ……1310

母‖毋
氺‖水
𤴓‖疋
罒‖目
罒‖网
衤‖衣

## 六筆

竹 ㄓㄨˊ……1315
米 ㄇㄧˇ……1340
糸 ㄇㄧˋ……1350
缶 ㄈㄡˇ……1406
网 ㄨㄤˇ……1408
羊 ㄧㄤˊ……1413
羽 ㄩˇ……1421
老 ㄌㄠˇ……1427
而 ㄦˊ……1435
耒 ㄌㄟˇ……1437
耳 ㄦˇ……1439
聿 ㄩˋ……1451
肉 ㄖㄡˋ……1452
臣 ㄔㄣˊ……1478
自 ㄗˋ……1480
至 ㄓˋ……1487
臼 ㄐㄧㄡˋ……1490
舌 ㄕㄜˊ……1494
舛 ㄔㄨㄢˇ……1496
舟 ㄓㄡ……1497
艮 ㄍㄣˋ……1500
色 ㄙㄜˋ……1502
艸 ㄘㄠˇ……1503
虍 ㄏㄨ……1555
虫 ㄏㄨㄟˇ……1561
血 ㄒㄧㄝˇ……1579
行 ㄒㄧㄥˊ……1582
衣 ㄧ……1588
襾 ㄧㄚˋ……1606

𦍌‖羊
覀‖襾

## 七筆

見 ㄐㄧㄢˋ……1610
角 ㄐㄩㄝˊ……1618
言 ㄧㄢˊ……1622
谷 ㄍㄨˇ……1665
豆 ㄉㄡˋ……1665
豕 ㄕˇ……1669
豸 ㄓˋ……1671
貝 ㄅㄟˋ……1673
赤 ㄔˋ……1692
走 ㄗㄡˇ……1694
足 ㄗㄨˊ……1702
身 ㄕㄣ……1716
車 ㄔㄜ……1718
辛 ㄒㄧㄣ……1735
辰 ㄔㄣˊ……1739
辵 ㄔㄨㄛˋ……1741
邑 ㄧˋ……1786
酉 ㄧㄡˇ……1795
釆 ㄅㄧㄢˋ……1805
里 ㄌㄧˇ……1806

## 八筆

金 ㄐㄧㄣ……1812
長 ㄔㄤˊ……1851
門 ㄇㄣˊ……1855
阜 ㄈㄨˋ……1872
隶 ㄉㄞˋ……1894
隹 ㄓㄨㄟ……1894
雨 ㄩˇ……1908
青 ㄑㄧㄥ……1924
非 ㄈㄟ……1928

## 九筆

面 ㄇㄧㄢˋ……1930
革 ㄍㄜˊ……1932
韋 ㄨㄟˊ……1935
韭 ㄐㄧㄡˇ……1936
音 ㄧㄣ……1936
頁 ㄧㄝˋ……1940
風 ㄈㄥ……1959
飛 ㄈㄟ……1966
食 ㄕˊ……1968
首 ㄕㄡˇ……1979
香 ㄒㄧㄤ……1981

飠‖食

## 十筆

馬 ㄇㄚˇ……1983
骨 ㄍㄨˇ……1998
高 ㄍㄠ……2003
髟 ㄅㄧㄠ……2009
鬥 ㄉㄡˋ……2013
鬯 ㄔㄤˋ……2015
鬲 ㄌㄧˋ……2015
鬼 ㄍㄨㄟˇ……2016

## 十一筆

魚 ㄩˊ……2020
鳥 ㄋㄧㄠˇ……2029
鹵 ㄌㄨˇ……2041
鹿 ㄌㄨˋ……2043
麥 ㄇㄞˋ……2045
麻 ㄇㄚˊ……2047

## 十二筆

黃 ㄏㄨㄤˊ……2049
黍 ㄕㄨˇ……2052
黑 ㄏㄟ……2053
黹 ㄓˇ……2061

## 十三筆

黽 ㄇㄧㄣˇ……2061
鼎 ㄉㄧㄥˇ……2061
鼓 ㄍㄨˇ……2062
鼠 ㄕㄨˇ……2064

## 十四筆

鼻 ㄅㄧˊ……2065
齊 ㄑㄧˊ……2066

## 十五筆

齒 ㄔˇ……2068

## 十六筆

龍 ㄌㄨㄥˊ……2070
龜 ㄍㄨㄟ……2072

## 十七筆

龠 ㄩㄝˋ……2073

國語日報出版中心主編

# 新編國語日報辭典

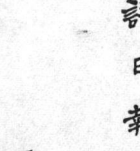

國語日報

# 序

·林良

國語日報在民國六十三年（一九七四）出版了一本辭典《國語日報辭典》，由何容先生主編。那本辭典的性質是一本「語文辭典」，跟一般「百科全書」式的辭典不同，不收專門術語，不收人名、地名，只收我們在日常生活中說話、閱讀常見的詞語。我們的目標在「字音」和「詞音」的標注，以及「音」和「義」的互動關係。我們的做法，等於是為通行的國語，具體明確的畫出了一個輪廓。

《國語日報辭典》發行以來，語文教育工作者、老師、家長、學童，都很喜愛。學習國語的人，從事國語教學的人，都以它作為必備的工具書。

尤其令人感激的是，《國語日報辭典》的細心的使用者，每逢發現辭典中有瑕疵或者有文字誤植的地方，都會來信告知，供我們在再版時修正。《國語日報辭典》因為性質較具永恆性，再加上有編者和使用者的互動，能隨時加以改善，所以二十多年來一直為讀者所珍惜。

這次，促成我們為《國語日報辭典》編製「新編本」，有兩個原因。第一，我們進入「資訊時代」以來，各種媒體上出現的新語詞越來越多。我們不能不考慮增加詞條，加以容納。第二，教育部在民國七十二年（一九八三）公布了經過四次修訂的「常用國字標準字體表」以來，部編的小學課本立即加以採用。為了學童使用辭典的方便，我們考慮到在辭典中收入「標準字體」的必要。

為了滿足前面提到的兩項需要，我們從民國八十二年（一九九三）開始為《國語日報辭典》進行增訂，並且決定把這本新辭典命名為《新編國語日報辭典》。

參加新辭典編輯工作的有十五人。賴慶雄先生負責策畫，柯劍星先生負責主編，李炳傑先生擔任執行編輯。編撰委員是柯劍星、何欣、曾永義、黃啟方、姚榮松、季旭昇、張席珍、林松培、盧培川、胡建雄，十位先生。審訂：何欣、柯劍星，二位先生。校訂：王天昌、林松培二位先生和黃女娥、楊雅惠二位女士。

編辭典是很辛苦的事情，這是大家都知道的。我們在這裡寫下他們的芳名，目的是要對他們的奉獻表達敬意。

這本《新編國語日報辭典》，將在今年和廣大的讀者見面。九年來，我們雖然一再細心的進行校閱，但是錯誤恐怕還是難免。希望往日「編者和使用者互動」的盛況，能夠再度出現，使這本辭典能夠不斷的獲得改進。

民國八十九年六月

# 目錄

# 介紹這一本辭典

「國語日報辭典」是為一般讀者編的語文辭典，目的在為讀者解決日常遭遇到的語言文字方面的困難，性質上與各科的專門辭典不同。我們希望這一本辭典能成為各級學校學生與各階層社會人士平日閱讀、寫作、談話最方便有效的工具書。

國語日報辭典所收的「字」有九千二百三十八個。目前活躍在書籍、報紙以及寫作、談話中的「單字」，事實上並沒有那麼多。這個數目，包括閱讀的時候可能遇到的非「常用字」在內。這一本辭典既然不以搜集奇字怪字做號召，一些過分艱澀或久已不用的冷字，當然都刪去了。現代中國語言的生長方式，是常用字與常用字結合構成新的語詞，新字的誕生是很少有的事。不過少數科學方面有一些新造的字，本辭典倒是盡可能的搜集收入。譬如化學元素，舊有詞書只收列九十二種，這一本辭典所收的就有一百零五種。增加的十三種當中，就有好幾個是新造的字。

這一本辭典所收的「詞」有五萬零九百六十個。這五萬多個詞，都是閱讀、寫作、談話的常用詞。中國語言裡到底有多少個「詞」，這是一個沒法子估計的大數目。每一本辭典都應該限制收詞的範圍，確立本身的性質，才對讀者有用。語言學家說，一個成年人在日常生活中能有效運用的詞彙，數量大約在兩萬個到三萬個之間；超過這個限度，就進入不是人人所能共喻的「特殊語詞」的範圍了。「國語日報辭典」是一本「語文辭典」，目的是幫助讀者解決常用語文方面的問題，因此所收的都限於現代日常用語，不收大量的人名、地名、書名、曲牌名以及各科的專門用語，因為那些「詞」實在應該歸到各種專科辭典裡去，不是這一本辭典所能容納的。

這一本辭典的特色是對口語詞彙與文言詞彙一樣重視，所收的口語語詞相當豐富，可以說現代中國常用的口語詞彙都已經搜集得相當齊全。現代人從廣播、電視、影劇、講演所能聽到的語詞，都是這一本辭典搜求的對象。讀者在這一本辭典裡，可以查到許多舊辭典所不收的現代語詞。例如：自助餐、視聽教育、資料袋、能源、職業病、郵亭、郵遞區號、路隊、身歷聲、躲避球、血癌、褲襪、詞素、迷你、無籽西瓜、保齡球、人造衛星、超級市場、高速公路、電導飛彈、雷射、美化、評鑑、落塵量、角鋼、調頻、調幅、美容、膠盔、立體音響、臭美、髮蠟條、樂普等。這些語詞都是現代生活的反映，所以也都是這一本辭典所不願意捨棄的。

至於文言詞彙的搜集，我們不得不加以相當的限制。我們所收的，只限於目前仍活躍在日常閱讀的書報中的部分，太過生僻的就只好割愛了。這一些文言詞彙還有一個現象，就是同一個詞彙常有種種的「異體」，這當然跟我國語文的演變有關。對這種現象加以說明是必要的，不過卻不必使它成為這本容量有限的辭典的負擔。我們的處理方法是選取現代最常用的一個形體做代表，把其他的「異體」歸併在常用的形體的下面，然後再作解釋。例如「木石之怪」的「魍魎」，就歸併了「罔兩」、「蝄蜽」等異體。這個方法，確實節省了不少篇幅。

這一本辭典在注釋方面有三個特色：

**一、用白話來解釋字義、詞義。** 用文言來注釋字義、詞義，雖然有舊辭書可以因襲，但是卻嫌籠統。我們認為一本辭典既然是為現代人編的，當然就應該以現代語言來注釋，不該為了省事，避重就輕。不過「白話注解」事實上並不簡單，例如「襪」字，康熙字典可以空靈、含混的說是「足衣也」，讓讀者自己去揣摩體會，用白話注解就困難多了。我們既不能把「足衣也」翻譯成「腳上的衣服」，當然就得另想辦法。白話比文言具體，不能有含混的說法，因此我們的解釋就採取這樣的方式：「穿在腳上、鞋裡的織物，質料有布、絲、棉、毛線、人造纖維等。」同時還提到襪子各部分的名稱，以及與襪子有連帶關係的東西。方法雖然笨些，但是我們在原則上是希望不知道「襪」是什麼東西的人能得到一個比較完整的印象。

**二、盡量的做到具體明晰。** 為了使讀者對字義、詞義有具體、明晰的印象，我們在注解的時候，除了多舉例詞、例句以外，並且不惜篇幅對詞義作更具體的描述。例如「籃球」，我們的注解不僅僅是「一種球戲」，而且還更進一步，把籃球場的大小、雙方比賽人數、比賽的方法，都扼要說明。又如「火箭」這個詞，我們甚至依火箭的演進史，分成三個階段來敘述：箭頭敷著引火物的古兵器，用火藥推進的箭，以及現代自動推進的發射器具。更把現代火箭從反戰車火箭，二次大戰末期的V-1，V-2，到最近的太空飛行器，作簡要的介紹。我們希望讀者能對「火箭」有比較豐富的常識，不作含混的意會。

三、字義、詞義的分析力求細密。字、詞的含義，常隨著時間的累積，越來越豐富。原有的字、詞，不斷的增加新的用法，使我們不得不加以形容或追認。因此這一本辭典對字、詞的含義，都盡量根據現代語言的實際情況，做比較精密的分析。例如「開」字，在商務版的「國語辭典」裡分析成十四個用法，中華版的「辭海」裡分析成十七個用法，但是這一本辭典根據現代語言作分析，結果找出三十八個不同的用法來。又如「蓋」字，今天的社會人士與在校學生，常有拿它做「吹嗙」的意思，把「大吹法螺」說成「猛蓋」、「亂蓋」。這種新義，舊辭書不會有，書市場上的新辭書也不收，但是這一本辭典卻為了讀者的需要，大膽的把這個新義收入，並且認為這個做法是值得嘗試的。

這一本辭典用教育部公布的注音符號注音。我國的文字，一字一音固然是多數，但是一字多音的現象也並不少。例如「行為」的「行」，用在「銀行」這個詞裡就要變讀「ㄏㄤˊ」音，同時意義也不同了。這是語文的實際運用情況，是我們所沒法子更改的。「為了一時的方便，造成後來的不便」，這是語言裡常見的現象。「一字多音」有的就是古人為了方便，借用現成的字所造成的紊亂。這一本辭典在注音的時候，遇到「多音的字」都特別細心處理，因為這種字最容易讀錯，說錯。中國人的觀念裡，把不懂得同一個字在某一個場合就該變讀另外一個音的人，當作知識水準很低的人來看待。這與讀者的事業，以及給人的印象，關係都太大了。我們運用「▲」這個黑金字塔符號來做「多音的字」的特別記號。讀者看到一個單字下面出現這個黑金字塔，就要提高警覺，認明這個單字不只讀一個音。黑金字塔的出現，是有同伴的，最少是兩個，有時候超過兩個。黑金字塔下面的注音，一個也不能放過，都要全讀，免得朗讀與說話的時候造成錯誤。

「一字多音」的現象，更造成「詞」的讀音的問題。一個多音的字，出現在一個「複合詞」裡，究竟該讀哪一個音，這是讀者常常遇到的困難。為了解決這個困難，我們特別重視「詞」的注音。我們的「詞」都用注音國字來排印，明確的告訴讀者：這一個「字」有很多音，但是在這個「詞」裡應該讀這個音才對。這是這一本辭典的一個特色。

中國語言裡的另外一個現象是「字」的輕讀與變調。例如「子」字，是一個最常見的輕聲字。在「桌子」、「椅子」這些語詞裡，是當作名詞詞尾用的，一律說成輕聲，沒有例外，所以我們在「詞」的注音方面。一律直注輕聲「・ㄗ」。至於在「子女」這樣的一個語詞裡的「子」字並不讀輕聲，當然還是注本調「ㄗˇ」。但是有些最常用的字，變調變得很頻繁，而且也都有原則可循的，我們就採用統一說明的方式，並在「詞」裡逐一的注明它的變調。至於輕讀不輕讀，足以引起意義的變化的，我們就加上黑金字塔符號「▲」，按照「一詞多音」的方式來處理。

這一本辭典所用的字體，以教育部公布的標準字體為標準。遇到和標準字體不同的字體，或某一個繁雜的印刷體字已有通用的簡筆字的（以教育部公布的為限），我們都在標準字體的下面用括號說明。

這一本辭典既然是為解決日常遭遇到的語言文字方面的困難而編的，當然我們很希望它能成為一般讀者不離手邊的工具書。因此我們也把讀者日常生活中必具的常識，製成簡明的圖表，附在這一本辭典的後面，讓讀者可以隨時查閱。還有教育部新近公布的「國語一字多音審訂表」，也予分類後附錄於後。這些附錄，都是盡量搜集最新的資料來製作的。我們相信讀者會覺得非常有用。讀者運用這些附錄，可以在這一本辭典的總目錄裡找到它的位置。

# 怎樣用這一本辭典

## 檢字法

這一本辭典的字按照部首排列，跟一般書局出版的辭典大致相同。

翻開封面，你可以看到部首表，哪一個部首在第幾頁，清清楚楚的。你想查的字，先想想它是歸到哪一個部首的，就翻到第多少頁，然後數數扣去部首之後這個字是多少筆，順著筆畫多少的次序查下去，就可以查到你要的字。

比如「緘」字，你先翻開一千三百五十頁的「糸」部，再查九筆，就找得到它。

有些字的部首很不明顯，既像這個部首，又像是那個部首的，查一次也許還找不到。你不妨在部首表裡再仔細查一查，先決定它到底在哪一個部首再說。

比如「香」字。你可能先在「禾」部裡找，結果找不到；再查「日」部，也沒找到。那麼，你可以再數一數「香」字的總筆畫，在部首表裡仔細一查，你就可以在九筆裡找到「香部」。

萬一部首表裡看不出來，你也不知道它到底歸哪一個部首，碰到這種字，你最好翻開「難查字表」來查，只是你要先數清楚這個字總共有多少筆。

## 符號

這一本辭典只用兩個符號，你費五分鐘時間就可以學會了。

第一個是[文]號，「文」字外面加框框，經常放在字頭、詞頭下面或是若干歧音字的讀音上面，表示這一個字、詞或音是「文言」裡常用的，或是白話裡雖然也用，「口語」裡卻不常說的。

看看下面抄錄的一些這一本辭典裡的例子，你就明白了。

**例一**

**靄** [文] ㄞˇ (一)雲。如「暮靄沈沈」。(二)「靄靄」，雲氣濃厚的樣子。

這個[文]號表示「靄」字是個文言裡常用的字。

**例二**

**飛語** [文]沒有根據的評論。也作「蜚語」。

[文]號表示「飛語」是文言詞，白話裡不常用。

**例三**

**韶** ㄕㄠˊ ㈠相傳古代虞舜所製樂曲名。
㈡[文]美，好的。如「聰明韶秀」。

古代事物名稱，不作「文言」處理，但是「韶秀」就是文言了，因此在㈡下面加[文]號。

**例四**

**頓筆** ①[文]停筆。晉書有「頓筆按氣，不敢多云」。②寫字或作文到著力處必須停頓，叫「頓筆」。

①是文言用法。②不是。

（上面這四個例子跟字或詞有關。下面這一個例子跟字音有關。）

**例五**

**責難** ▲[文]ㄗㄜˊ ㄋㄢˊ 期望別人做到難能的事。孟子書有「責難於君謂之恭」。
▲ㄗㄜˊ ㄋㄢˋ 責備。

這表示讀ㄗㄜˊ ㄋㄢˊ的是古代文言裡的老用法。ㄗㄜˊ ㄋㄢˋ是白話裡可用的。

第二個是▲號。這個符號像個黑金字塔，經常放在字頭或詞頭的下面，注音的上面，表示這個字或這個詞有兩個或更多的不同的音，是歧音字或歧音詞，每一個音代表一種意義。（「讀音」、「語音」、「又讀」這些意義沒有改變的異讀，只是另起一行排列注明，不加▲號。）

下面也抄一些例子，你一看就懂了。

**例一**

**勁** ▲ㄐㄧㄣˋ ㈠力量。如「使勁」。㈡興趣。如「起勁兒」。㈢見「勁兒」。

▲文 ㄐㄧㄥˋ 堅強有力。如「勁敵」「疾風知勁草」。

**例二**

**丈人** ▲ㄓㄤˋ·ㄖㄣ 岳父。

▲ㄓㄤˋ ㄖㄣˊ 同「老丈」，年老的人。

**數字**

國語日報辭典用的數字，是國字數字跟阿拉伯數字兩種。

國字數字兩旁有括號括起來的，用在單字注釋裡，表示這個字有幾個不同的意義。

阿拉伯數字周圍加上圓圈的，用在「詞」的注釋裡，表示這個詞有幾種不同的解釋。

## 互見的辦法

國語日報辭典的注釋，遇到一些意義完全相同而字形迥異的字或詞，為了節省本書的篇幅跟讀者的時間，往往採用互見的辦法——注釋其中的一個，而把其他同音義的字詞注成「同『×』字」、「同『××』」這是幫助讀者的「舉一反三」的辦法，相信讀者會覺得這種處理方式是合理的。

# 難查字表

遇到看不出部首，不知道應該在哪一個部首去查的字，可以按照這個字的筆畫多少，在這個難查字表裡找到。字下面的數字，是詞典的頁數。翻到這一頁就能查到這個字。

**一筆**

一……1　乙……64

**兩筆**

丁……18　七……19　乃……61　乂……62　乜……65　九……65　了……71　二……73　人……86　入……166　八……175　几……197　刁……204　刀……203　力……227　匕……244　十……250　卜……260　厂……266　又……273

**三筆**

下……20　万……20　丌……20　丈……25　上……26　三……32　丫……52　叉……273　丸……58　久……62　么……62　乞……67　也……67　亍……76　于……76　亡……81　个……52　兀……156　凡……57　刃……204　勺……241　千……252　口……281　囗……355　土……375　士……405　夕……409　大……419　女……451　子……475　孑……477　孓……477　寸……515　小……523　尢……532　尸……534　山……543　工……552　川……551　巾……559　己……558　已……558　巳……558　干……569　幺……576　广……579　弓……592　弋……591　彳……608　才……684

**四筆**

不……38　丐……48　丏……48　丑……48　丯……52　中……52　丹……58　之……62　予……72　互……76　井……76　五……77　云……80　仄……94　元……156　允……157　內……168　六……177　公……178　兮……183　凶……197　分……204　勿……242　化……244　廿……254　卅……255　升……254　午……255　卞……261　反……273　及……276　友……277　壬……405　夫……431　天……434　夭……440　少……530　尤……533　尺……534　尹……63　屯……542　巴……558　弔……592　心……623　戈……670　戶……678　手……681　攵……779　攴……779　支……777　文……802　斗……807　斤……809　方……814　无……821　日……821　曰……848　月……854　木……865　欠……926　止……932　歹……941　殳……947　毋……950　比……952　毛……954　氏……957　气……960　水……964　火……1064　爪……1102　父……1104　爻……1105　爿……1106　片……1107　牛……1110　牙……1109　犬……1118　王……1134

**五筆**

丙……49　丕……49　丘……49　且……49　世……49　丱……57　主……59　乏……63　生……63　乎……63　乍……63　以……98　兄……158　冉……186　冊……186　冬……189

凸……198
出……198
凹……203
功……228
加……229
包……242
匆……243
北……246
半……255
卉……257
卡……261
占……262
卯……262
卮……262
去……270
叵……284
句……290
古……285
可……287
史……291
司……292
右……293
四……355
外……409
夯……441
失……441
央……443

巨……554
巧……555
左……555
布……559
市……560
平……569
幼……576
弗……595
必……628
戊……670
斥……809
末……870
朮……870
未……870
正……930
母……950
民……957
氐……960
永……971
尔……1106
玄……1131
玉……1133
瓜……1148
瓦……1149
甘……1152
生……1153
用……1159

田……1160
甲……1161
甩……1160
申……1162
由……1163
疋……1173
癶……1187
白……1192
皮……1200
皿……1202
目……1209
矛……1231
矢……1231
石……1236
示……1261
禾……1279
穴……1298
立……1310

## 六筆

丟……50
丞……51
乓……63
乒……63
乩……67
亙……80
亥……82

交……82
亦……85
光……158
先……161
兆……163
充……158
全……172
共……183
再……187
劣……231
危……263
名……293
吊……296
同……297
吏……300
合……301
向……304
在……382
夙……416
夷……443
字……478
存……479
寺……515
尖……531
州……552
年……573
戍……670

成……670
戌……673
旬……824
曲……848
曳……849
有……856
朱……871
此……936
死……942
百……1196
竹……1315
米……1340
糸……1350
缶……1406
网……1408
羊……1413
羽……1421
老……1427
考……1433
而……1435
耒……1437
耳……1439
聿……1451
肉……1452
臣……1478
自……1480
至……1487

臼……1490
舌……1494
舟……1497
舛……1496
艮……1500
色……1502
艸……1503
虫……1561
血……1579
行……1582
衣……1588
西……1606

## 七筆

串……57
些……80
佘……109
免……163
克……164
兌……164
兵……184
初……1589
卵……264
囪……363
坐……384
夾……443
妥……460

孜……480
尨……533
肖……1454
巫……556
希……561
延……588
弄……590
弟……595
忒……628
我……673
攸……783
更……849
束……873
步……937
壳……949
每……951
求……972
灾……1068
壯……406
甫……1160
甬……1160
男……1163
矣……1231
罕……1408
芈……1414
良……1501
見……1610

角……1618
言……1622
谷……1665
豆……1665
豕……1669
豸……1671
貝……1673
赤……1692
走……1694
足……1702
身……1716
車……1718
辛……1735
巡……1741
辰……1739
邑……1786
酉……1795
里……1806
采……1805

## 八筆

並……51
乖……63
乳……67
事……72
亞……81
氓……960

來……113　免……163　兕……164　兒……165　兩……173　典……185　其……185　具……185　函……203　券……215　卑……257　協……257　卓……258　卒……258　卦……262　卷……265　取……277　受……278　命……315　和……317　周……320　垂……388　夜……416　奉……445　奇……445　委……464　季……482

尚……532　岡……546　并……573　幸……575　忝……630　或……674　所……679　承……703　斧……809　東……875　果……877　武……938　毒……951　爭……1103　戕……674　直……1211　知……1231　秉……1282　罔……1408　羌……1414　者……1435　肯……1457　肴……1458　臥……1478　臾……1490　舍……1495　表……1590

采……1805　金……1812　長……1851　門……1855　阜……1872　隶……1894　隹……1894　雨……1908　青……1924　非……1928

**九筆**

亟……81　俎……126　兗……165　俞……127　冒……187　胄……187　剋……217　前……217　則……220　[illegible]……224　南……258　叛……281　段……281　叟……281　咸……324

咫……324　哉……325　哀……325　契……447　奕……448　奏……447　威……466　封……515　差……557　巷……559　帝……562　幽……577　弈……591　舁……1490　拜……705　既……821　柬……883　桼……883　染……885　歪……939　毖……954　泵……986　為……1072　爰……1104　甚……1152　皆……1199　盾……1214

相……1216　省……1219　禺……1276　禹……1276　美……1414　耐……1436　耍……1436　胡……1460　胄……1461　胤……1461　致……1489　要……1607　貞……1604　軍……1720　耶……1441　酋……1795　重……1807　面……1930　革……1932　韭……1936　韋……1935　音……1936　頁……1940　風……1959　飛……1966　食……1968　首……1979

香……1981

**十筆**

乘……64　兼……186　圅……203　唐……327　哥……328　夏……408　島……547　席……563　師……563　弱……596　彧……606　恭……639　料……807　書……850　栽……893　泰……989　烏……1075　爹……1105　班……1138　畝……1164　臬……1199　真……1220　秦……1286　紫……1367

羔……1416　耆……1435　能……1462　舀……1490　芻……1509　荊……1517　衰……1592　袁……1593　辱……1739　邕……1786　酒……1796　釜……1817　馬……1983　骨……1998　高……2003　鬥……2013　鬯……2015　鬲……2015　鬼……2016

**十一筆**

乾……68　商……332　兜……166　冕……188　凰……197　勛……236

務……236　匏……244　匙……247　參……271　問……334　啟……795　執……393　夠……418　孰……483　將……517　巢……552　常……565　彗……603　既……821　書……838　曼……281　望……862　條……895　焉……1076　爽……1106　率……1132　甜……1153　產……1158　異……1167　票……1269　羞……1416　脩……1466

彪……1556
雀……1895
魚……2020
鳥……2029
鹵……2041
鹿……2043
麥……2045
麻……2047

## 十二筆

勝……238
博……260
喬……340
善……1417
喪……342
報……395
堯……396
壺……406
壻……470
壹……407
甯……1160
尋……519
就……533
孱……483
嵇……550
巽……559
幾……578
弒……592
悶……645
斑……806
斐……806
棘……900
棄……897
棗……902
無……1079
爲……1072
犀……1117
畢……1166
畫……1169
疏……1174
疎……1174
皐……1199
彖……1223
粥……1344
粵……1344
舒……1495
舜……1496
裁……1595
覃……1609
象……1669
貳……1681
辜……1736
量……1811
雇……1895
須……1942
黃……2049
黑……2053
黍……2052
黹……2061

## 十三筆

嗣……345
嗇……345
塞……398
奧……449
尲……534
尟……532
尠……532
幹……575
彙……603
愛……655
會……852
業……906
歲……939
彀……601
準……1040
禽……1277
條……1378
羨……1419
義……1419
聖……1442
舅……1490
號……1559
蜀……1566
載……1725
農……1739
雍……1899
黽……2061
鼎……2061
鼓……2062
鼠……2064

## 十四筆

兢……166
嘏……346
嘉……346
嘗……347
壽……407
夐……480
夢……418
夥……419
孵……483
斡……809
暢……844
毓……952
爾……1106
疑……1174
睾……1226
鄰……1344
聚……1444
肇……1452
肅……1451
臧……1479
臺……1489
與……1491
舝……1496
蒙……1535
鼻……2065
齊……2066

## 十五筆

墨……2055
慕……660
慶……661
樂……912
滕……1037
畿……1173
穀……1294
緜……1381
罵……1411
翫……1425
膚……1473
舖……1496
虢……1560
蝕……1568
豎……1667
輝……1730
辳……1739
靠……1929
頻……1949
養……1973
魯……2042
麾……2048
黎……2052
齒……2068

## 十六筆

冀……186
奮……450
嬴……474
憲……664
整……801
歷……940
燕……1099
盧……1208
穌……1297
穎……1297
縠……1391
縣……1391
羲……1421
翰……1425
臲……1487
臻……1490
興……1491
薤……1545
融……1571
豫……1671
賴……1689
靦……1931
館……1976
龍……2070
龜……2072

## 十七筆

嬲……475
尷……534
幫……568
戴……676
斃……802
燮……1099
舉……1492
艱……1501
虧……1560
觳……1621
謄……1653
谿……1665
賸……1689
蹟……1690
轂……1731
輿……1732
隸……1894
齋……2067
龠……2073

## 十八筆

叢……281
彝……604
歸……940
舊……1493
覆……1609
豐……1668
醫……1803
釐……1812
隳……1894
雙……1902
題……1953
魏……2018

## 十九筆

嚭……353
嚮……353
龐……587
瓣……1149
疆……1173
繭……1402
羹……1421

羸……1421
霰……1610
靡……1929

二十筆

譽……353
競……1315
耀……1427
贏……1691
騰……1992
黨……2059

二十一筆

亹……86
夔……409
羼……1421
辯……1738
釋……1805
齎……2068

二十二筆

囊……354
懿……669
疊……1173
羅……1350
聽……1450
輾……1732
巒……1735
龢……2073

二十三筆

蠲……1578
變……1661
讎……1663
黴……2060
齏……2068

二十四筆

矗……1230
蠹……1405
羈……1413
贛……1692
韆……1959
鹽……2042

二十五筆

糶……1350
釁……1805
釁……2052

二十八筆

豔……1668

二十九筆

爨……1102
鬱……2015

三十二筆

籲……2073

# 一部

**一** ㄧ ㈠數目的開始。大寫寫成「壹」。整數的單位，單個的都叫一。㈡第一。如「卷一」「一等技術」。㈢滿，整，全。如「一臉的汗」。㈣每。如「一頁六百字」。㈤一方面，一則。如「一不沾親，二不帶故」。㈥另外的。如「蟬，一名知了」。㈦某。如「一天，他來了」。㈧專。如「一心一意」。㈨相同，一致。如「長短不一」。㈩一次。如「一而再，再而三」。(十一)表示偶然、略微的意思。如「試一試」「一不小心就會發生錯誤」。(十二)剛剛。如「天一亮他就起來」。(十三)図竟然，乃。如「一至此乎」。(十四)図十分，極。如「汝之哭也，一似有深憂者」。(十五)図助詞。如「吏呼一何怒」。

*（「一」字單用或在一詞一句的末尾，念陰平聲；在去聲字前，念陽平聲；在陰平、陽平、上聲之前，念去聲。）

**一一** ㄧ ㄧ 一件一件的。如「一一說明」。

**一二** ㄦˋ 図①少數。②大略。

**一人** ㄖㄣˊ ①図古代稱天子或天子自稱。②一個人。

**一刀** ㄉㄠ ①紙一百張叫一刀。②用刀砍削。如「一刀兩斷」。

**一力** ㄌㄧˋ 図①全力，盡力。如「千祈一力成全」。

**一个** ㄍㄜˋ ①一人。②同「一個」。

**一口** ㄎㄡˇ ①一人。②不變說詞。如「一口咬定」。③一隻或一具。如「一口鍋」。④咬嚼一下叫一口。⑤形容極少的數量。如「一口水」「一口飯」。⑥滿口。如「一口南京話」。⑦図眾口同聲。如「如出一口」。

**一寸** ㄘㄨㄣˋ ①長度名，一尺的十分之一。②形容數量很少。如「一寸之地」。

**一工** ㄍㄨㄥ 一個工人在一天時間所做的工作。

**一己** ㄐㄧˇ 図自己一身。如「一己之私」。

**一干** ㄍㄢ 一幫、一批的意思。如「一干人證」。

**一介** ㄐㄧㄝˋ 図①一人。介是「个」的訛字。②微小的意思。如「一介不取」。

**一元** ㄩㄢˊ ①図太一本元。中國古代哲學家認為宇宙開始形成時天地不分、混然一體的狀態。②清代稱元寶一枚為一元。③一塊錢的雅稱。

**一切** ㄑㄧㄝˋ ①全部的意思。②一概或一齊。

**一天** ㄊㄧㄢ ①滿天。如「一天的星斗」。②一日。如「他躺了一天啦」。③整日。如「他不吃不喝一天了」。④某一日。如「一天，他忽然回來了」。

**一心** ㄒㄧㄣ ①專心。如「一心向上」。②同心。如「萬眾一心」。

**一手** ㄕㄡˇ ①一隻手。②一個人。如「一手包辦」。③指技藝，略有「一種」的意思。如「他寫得一手好字」。

**一文** ㄨㄣˊ ①錢一枚。②文通「紋」，一塊斑紋。③一篇文章。

**一方** ㄈㄤ ①一方面，一地。指一處地方，也可指人。②那一邊，指遠處。如「所謂伊人，在水一方」。③一種方法。④方形的物品一塊。如「一方肉」。

**一日** ㄖˋ ①一天。②假定的一天。如「有朝一日」。

**一月** ㄩㄝˋ ①每年的第一月。②一個月之間。

**一毛** ㄇㄠˊ ①細微。如「九牛一毛」。②一圓的十分之一叫一毛錢，也作「一角」。

**一片** ㄆㄧㄢˋ ①平而薄的東西，一塊叫一片。如「一片瓦」。②平面上的一部或一處叫一片。如「一片青草地」。③一陣喧鬧。如「一片哭聲」。④言語的一段、一套。如「一片謊言」。⑤一番。如「一片心血」。

**一世** ㄕˋ ①一代。②一生。

**一代** ㄉㄞˋ ①父子相繼為一代。②舊稱國君更換叫一代。③一個時代。如「一代梟雄」。

**一令** ㄌㄧㄥˊ 紙五百張叫一令。

**一似** ㄙˋ 図如，似；跟……一樣。如「昨日之我，茫茫然，一似喪家之犬」。

**一半** ㄅㄢˋ 可ㄦ化。二分之一。如「把菜分給他們一半(兒)」。

**一旦** ㄉㄢˋ 一天。常作「假設有這麼一天」講。如「一旦有了危險」。

**一本** ㄅㄣˇ ①図同一本源。②草木一株。如「蠟梅一本」。③另一版本。如「一本作某某」。

**一生** ㄕㄥ 從小到老，從生到死。

**一甲** ㄐㄧㄚˇ ①宋代初年起科舉制度的第一甲等，包括狀元、榜眼、探花等一甲進士。②宋代王安石實施新政行保甲法，以十戶為一甲。③臺灣省土地面積單位，等於兩千九百三十四坪，約等於九千七百平方公尺。

**一目** ㄇㄨˋ ①図獨眼，瞎了一隻眼。②網中的一孔。③看一眼。如「一目了然」。④下圍棋時指一個眼。如「最後我贏了一目半」。

**一交** ㄐㄧㄠ 跌倒一次。如「跌了一交」「一交跌得不輕」。

**一件** ㄐㄧㄢˋ 計算衣服、家具、事情等一個單位叫一件。如「一件事」「一件衣服」。

**一任** ㄖㄣˋ ①一度任職。如「作了一任校長」。②図任憑。如「一任斜陽伴客愁」。

**一共** ㄍㄨㄥˋ ①總共。②一同。

**一再** ㄗㄞˋ 一次又一次的。

**一名** ㄇㄧㄥˊ 另一名稱。如「玉蜀黍一名玉米，我國西南多稱作包穀」。

**一同** ㄊㄨㄥˊ 一齊。

**一合** ▲ㄧˋ ㄏㄜˊ 図①會合，聚會。如「一合諸侯」。②指雙方作戰交鋒一次。③一盒。如「一合酥」。▲ㄧˋ ㄍㄜˇ 表示容量。十龠為一合，十合為一升。

**一向** ㄒㄧㄤˋ 從以前到現在。

**一回** ㄏㄨㄟˊ ①一次。②章回小說一個篇目叫一回。

**一地** ㄉㄧˋ 滿地，遍地。如「報紙亂扔，一地都是」。

**一如** ㄖㄨˊ 図如同；跟……一樣。如「今天情形，一如往常」。

**一成** ㄔㄥˊ ①図指方圓十里的土地。如「一成一旅」。②一經成就。如「一成不變」。③一重，一層。④十分之一。

**一扠** ㄓㄚˇ 將拇指與食指(中指或無名指)伸張，用來表示長度，其間的距離稱為一扠。

**一曲** ㄑㄩˇ 一支歌。

**一次** ㄘˋ 一回，一遍，一下。

**一色** ㄙㄜˋ ①顏色純一而不雜。如「清一色」。②図同樣，無變化。③物品一件。如「一色禮物」。

**一行** ▲ㄧˋ ㄒㄧㄥˊ 同路走的一群人。▲ㄧˊ ㄒㄧㄥˊ 行為舉動。如「一言一行」。▲一ˋ ㄏㄤˊ ①單一的行列。如「一行字」。②行業的一種。如「做一行怨一行」。③同一的行業。如「他們這一行，生意都不錯」。

**一ˊ串** ㄔㄨㄢˋ 事物連接在一起。如「一串珍珠」。

**一ˋ劫** ㄐㄧㄝˊ ①佛家語。從天地的形成到毀滅，稱為一劫。「劫」為計時單位。②災難。如「逃過一劫」。

**一ˋ把** ㄅㄚˇ ①可以用手握持的有柄器具或物品，一個叫一把。如「一把刀」。②可以用手拿的器物，沒有柄的，一個也叫一把。如「一把椅子」。③長形的集合物一束也叫一把。如「一把稻草」。④用手撈抄一次也叫一把。如「一把沒抓住，讓牠飛走了」。

**一ˋ批** ㄆㄧ 把許多東西或人分成組，每一組叫一批。

**一ˋ拋** ㄆㄠ 一灘，一堆，多指屎尿方面。如「拉了一拋屎」。也作「一泡」。

**一ˋ折** ㄓㄜˊ ①戲曲的一段、一場。元曲以一宮調的曲一套為一折。②標價的十分之一。也作「一扣」。

**一ˋ言** ㄧㄢˊ 図①一個字。②一句話。③陳說一次。

**一ˋ身** ㄕㄣ ①一人。②全身。如「弄了一身水」。③衣服一套叫一身。

**一ˊ事** ㄕˋ 一件事，一回事。

**一ˋ些** ㄒㄧㄝ 不確切的數量。①表示數量少。如「只這一些了」。②表示不止一種或一次。如「他做過一些事」。

**一ˊ併** ㄅㄧㄥˋ 一同。

**一ˊ例** ㄌㄧˋ ①一個例子。如「又是一例」。②循例，照舊。如「一例的叫一聲乾爹」。③同等，一律。如「一例看待」。

**一ˋ來** ㄌㄞˊ ①一動兒。如「一來就罵人」。②略略動作，行事。如「用手那麼一來，箱子就開了」。③幾件事分別先後說明的用語，如同「第一」「一則」的意思。如「一來天熱，二來路遠，實在不敢勞駕」。

**一ˊ具** ㄐㄩˋ 器物一件。

**一ˊ刻** ㄎㄜˋ ①每十五分鐘叫一刻。②比喻很短的時間。如「春宵一刻值千金」。

**一ˊ命** ㄇㄧㄥˋ ①一條性命。如「救人一命」。②図同一命運。如「同舟一命」。③図周代最低一級的官。周代官階自一命至九命。後世泛指低微的官職。

**一ˋ周** ㄓㄡ ①一周年。如「一周紀念」。②輪流一遍。如「再輪一周」。③查看一遍。如「裡裡外外走一周」。

**一ˊ味** ㄨㄟˋ ①專一。如「為改壞習慣，他一味勤謹」。②總是。如「他一味橫著脖子亂搖」。③中醫用藥，一種叫一味。

**一ˊ姓** ㄒㄧㄥˋ ①一家，一族。如「張氏一姓」。②図指王室一朝。如「一姓不再興」。

**一ˊ定** ㄉㄧㄥˋ ①表示必須。如「要想出人頭地，一定要努力讀書」。②規定、確定了的。如「在工廠裡每天做什麼事，都有一定」。③固定不變，必然。如「他兩人是路上遇到的，沒有一定的關係」。

**一ˊ念** ㄋㄧㄢˋ 一動念之間。如「一念之差」。

**一ˋ抹** ㄇㄛˇ ①一塗抹，一定成了一片，所以一片叫一抹。如「一抹斜陽」。②抹了一次。

**一泡** ▲一ˋ ㄆㄠ 計算屎尿的量詞。如「一泡尿」。②也可用於淚水等。如「一泡眼淚」。

▲一ˊ ㄆㄠˋ 泡茶的道數。如「第一泡茶湯」。

**一ˋ泓** ㄏㄨㄥˊ 図清水一道或一片。如「一泓清泉」「一泓秋水」。

**一ˊ注** ㄓㄨˋ 錢財一宗。如「他最近發了一注橫財」。

**一ˋ服** ㄈㄨˊ 供一次服用的藥劑叫一服。

**一ˋ直** ㄓˊ ①正朝著這個方向。如「一直過去，就是新公園」。②接連不斷。如「這雨一直下了十幾天」。③寫字一豎叫一直。

**一ˋ空** ㄎㄨㄥ 一點不剩。如「銷售一空」。

**一ˋ表** ㄅㄧㄠˇ ①形容人的儀態面貌好。如「他長得一表人才」。②稍作敘述就不再提起了。如「此事一表帶過」。

**一ˋ門** ㄇㄣˊ ①一家。如「一門忠烈」。②學術一種叫一門。如「一門功課」。③一尊砲也叫一門砲。

**一ˊ則** ㄗㄜˊ ①一項，一條。②同「一來」。③一方面。

**一ˊ度** ㄉㄨˋ ①一次。如「一年一度的校慶又到了」。②有過一陣。如「初春一度缺雨，影響了春耕」。

**一ˊ律** ㄌㄩˋ ①都一樣。如「千篇一律」。②沒有例外，適用於全體。如「國民一律要交稅，服兵役」。

**一ˊ派** ㄆㄞˋ ①有特點，能自成一家的意思。②一系，一番。如「一派胡言」。③図一片。如「一派鼓樂聲」。

**一ˋ流** ㄌㄧㄡˊ 同類的意思，指人品，而且按等第的高下，常有第一流、第二流的分別。

**一ˊ炬** ㄐㄩˋ 図一把火，指用火焚燒。如「付之一炬」。

**一ˊ紀** ㄐㄧˋ 古人以十二年為一紀。

**一ˊ面** ㄇㄧㄢˋ ①一方面，一邊。如「獨當一面」「一面做事，一面讀書」。②見面一次。如「我跟他見過一面」。③量詞。如「一面旗子」。

**一ˊ個** ˙ㄍㄜ ①一。②指示價值或性質，用在名詞前。如「一個打架有什麼看頭兒」。③指示境地或程度，用在副詞前。如「吃了一個飽」。④整個。如「一個冬天都沒出門兒」。

**一ˋ家** ㄐㄧㄚ ①一家人，一家子，一家兒。②每人。如「一家分給一份」。③與眾不同的風格或成就。如「自成一家」。

**一ˊ座** ㄗㄨㄛˋ 豎立的器物的量詞。如「一座山」。

**一ˋ時** ㄕˊ ①一點鐘。②形容很短的時間。③暫時。如「一時不便」。④當作一個時期來說。如「此一時，彼一時也」。⑤図一世，一代。〈三國志〉有「諸葛亮亦一時之傑也」。⑥佛經裡的話，相當於「在某時」。

**一ˊ氣** ㄑㄧˋ ①不間斷。如「一氣呵成」。②生氣。如「一氣之下」。③図聲氣相通。如「沆瀣一氣」。

**一ˋ眚** ㄕㄥˇ 図一時的過失，轉瞬間錯誤。如「不以一眚掩大德」。

**一ˋ般** ㄅㄢ ①通常的意思，對特殊而說的。如「一般的水準」。②表示同樣、同等的意思。如「兩人一般大」。有時放在句末，和「似的」相同。③一種。如「別有一般滋味」。

**一ˊ致** ㄓˋ 趨向合一。如「一致贊成」。

**一ˋ起** ㄑㄧˇ ①一塊兒。②一批，一伙。如「一起一起的來了」。

**一ˊ副** ㄈㄨˋ ①東西一雙一組都叫一副。②描述人面孔時常用「一副」。如「一副冷冰冰的面孔」。

**一ˋ圈** ㄑㄩㄢ 一周匝。如「轉了一圈」。

**一ˋ堂** ㄊㄤˊ ①祭祀的供品一列叫一堂。②一室，一處。如「濟濟一堂」。③審訊一次。如「過了一堂」。

**一宿** ▲図ㄧˋ ㄙㄨˋ ①住宿一夜。如「兩天一宿」。②一夜。▲ㄧˋ ㄒㄧㄡˇ 一夜，指時間，口語常ㄦ化，如「住了一宿(兒)」。

**一ˊ帶** ㄉㄞˋ ①一個地方和它附近的統稱。如「沿海一帶」。②扯，牽引。如「把門往裡一帶」。

**一ˋ庹** ㄊㄨㄛˇ 指成人兩臂左右平伸時兩中指間的距離。一庹約五尺；可用此法丈量長度。參看「一扠」。

**一ˋ得** ㄉㄜˊ 図自謙稍有所得的意思。如「千慮一得」「一得之愚」。

**一ˋ捧** ㄆㄥˇ 用雙手撮取零散的東西一次叫一捧。

**一ˊ敘** ㄒㄩˋ 図一談，見面商談。如「請來寒舍一敘」。

**一ˋ毫** ㄏㄠˊ ①長度，一毫等於十絲，十毫等於一釐。②重量，一毫等於十絲，十毫等於一釐。

**一ˋ眼** ㄧㄢˇ ①粗略的看一下，如「瞄了一眼」。②見「一板一眼」。③圍棋用語。指成片的子中間的空地，一個叫「一眼」。也作「一目」。

**一ˋ統** ㄊㄨㄥˇ 全國統一，一個政府管轄而不分裂。如「一統天下」。

**一ˊ貫** ㄍㄨㄢˋ ①一成不變，按著固定法則去做。②舊時一千錢為一貫。

**一通** ▲図ㄧˋ ㄊㄨㄥ 一份，一件。如「代電一通」「電話一通」。▲ㄧˊ ㄊㄨㄥˋ 打鼓一次叫一通。

**一ˋ連** ㄌㄧㄢˊ ①副詞，表示動作繼續不斷或情況連續發生。如「一連下了三天大雨」。②軍隊編制單位，「一個連」的略語。

**一ˊ造** ㄗㄠˋ ①法律方面指訴訟當事人的一方，稱「一造」。兩方稱「兩造」；相對的一方稱「對造」；稱某一方則可用「甲造」「乙造」代替。②[方]廣東話說稻子收成一次為一造。

**一ˋ頂** ㄉㄧㄥˇ ①帽子、蚊帳、轎子的數量名。②一抵。如「用頭一頂，門就開了」。

**一ˋ尊** ㄗㄨㄣ ①佛像一座叫一尊。②砲一座叫一尊。

**一ˊ握** ㄨㄛˋ 図①一把，一掌之中。常比喻微小或很少。②一柄。如「一握扇」。③古代一種算法，用布竹為籌，二百七十一枚而成六角，稱為「一握」。

**一ˋ斑** ㄅㄢ 比喻相同事物的一部分，而非全部。如「可見一斑」。

**一ˋ朝** ㄓㄠ 忽然有那麼一天。多用在料想將來。

**一ˋ番** ㄈㄢ ①一次。②一樣，一種。

**一ˋ發** ㄈㄚ ①古射禮以放箭十二枚為一發。後來弓射一箭、槍發一彈都稱為一發。②一經發動。如「一發不可收拾」。③一同，一起。

**一ˋ著** ㄓㄠ ①一種方法，也作一招。②棋下一子或走一步叫一著。③國術一個動作也叫一著。

**一ˋ程** ㄔㄥˊ 一段路，一站。如「他要回故鄉，我送他一程」。

**一ˋ筆** ㄅㄧˇ ①一宗。如「一筆款項」「一筆帳」。②文字一畫，叫一筆。如「這一筆比那一筆好」。

**一ˋ等** ㄉㄥˇ ①第一流。如「一等人才」。②一個等級。如「高人一等」。③一種，一類。如「有一等人專喜歡幹這種下流事」。④佛家語，指一律平等。

**一ˊ粟** ㄙㄨˋ 図比喻微小。如「滄海一粟」。

**一ˋ軸** ㄓㄡˊ 裝裱起來的字畫每一卷(ㄐㄩㄢˋ)叫一軸。

**一ˋ週** ㄓㄡ ①七曜日周而復起，稱為一週；也說「一星期」「一禮拜」。②一周年。如「一週紀念」。③輪流一遍。如「又輪一週」。④查看一遍。如「整個校舍走了一週」。②③④週也作「周」。

**一間** ▲一ˋ ㄐㄧㄢ屋子一所叫一間。▲図一ˊ ㄐㄧㄢˋ比喻兩件事（兩種道理）相去不遠。

**一ˋ隅**ㄩˊ 図本來指物體四個角落之一。用做偏於一方面的話。如「一隅之見」「一隅之地」。

**一ˊ意**ㄧˋ ①心思、意志專一。如「一心一意」「專心一意」。②図己意，自己的意思。如「一意孤行」。

**一ˊ概**ㄍㄞˋ 完全，一律。如「一概不管」。

**一ˊ粲**ㄘㄢˋ 図一笑。如「博君一粲」。

**一ˋ經**ㄐㄧㄥ 副詞，表示只要經過某個步驟或者某種行為（下文說明就能產生相應的結果）。如「一經老師解釋，我們就都懂了」。

**一ˋ群**ㄑㄩㄣˊ 稱由個體集合而成的人物。如「一群人」「一群羊」。

**一ˊ葉**ㄧㄝˋ ①一片樹葉。如「一葉知秋」。②図指小舟一艘，比喻舟小如葉。如「一葉扁舟」。扁音ㄆㄧㄢ。

**一ˋ葦**ㄨㄟˇ 図①一束蘆葦，浮在水上可以航行。②小船的代稱。如「縱一葦之所如」。

**一ˊ路**ㄌㄨˋ ①同路走。如「我跟你一路走」。②相類似的。如「一路人」「一路貨」。③相串通。如「他們是一路的」。④接二連三的。如「他們一路說笑話」。⑤沿途。如「一路福星」。

**一ˊ道**ㄉㄠˋ ①図一種方法。②図一條道路。③酒席上的菜一樣叫一道。④公文一件，題目一個，符籙一張，都叫一道。⑤一條。如「一道光」「一道水」。⑥通「一路」①②。

**一ˊ頓**ㄉㄨㄣˋ ①一次。②吃一回叫一頓。③停息一下。

**一ˋ鼓**ㄍㄨˇ ①一更（ㄍㄥ）。古代擊鼓報更，一更也說作「一鼓」。參看「更」字。②敲一次鼓；擊鼓表示命令軍隊前進。如「一鼓作氣」。

**一ˋ團**ㄊㄨㄢˊ ①量詞，用於成團的東西。如「一團毛線」。②引申作整體、整個，表示「很」的意思。如「一團和氣」。③軍隊編制「一個團」的略語。

**一ˋ截**ㄐㄧㄝˊ 一段。

**一ˋ端**ㄉㄨㄢ ①長形物體的一個頂點，也就是一頭兒。②事情的一斑。③屏幛之類的一件叫一端。

**一ˋ領**ㄌㄧㄥˇ ①衣袍一件叫一領。②席、氈等一張也叫一領。

**一ˋ齊**ㄑㄧˊ ①一律。②同時。如「一齊下手」。

**一ˋ層**ㄘㄥˊ ①成薄片的東西，蓋在外表，或許多片疊合在一起，這樣的一片叫一層。引伸指事情的一端、一節。如「這一層我還沒有弄明白」。②樓房重疊一次。如「第一層樓」「第二層樓」。

**一ˊ樣**ㄧㄤˋ ①相同，相似。②一種。③指另外一事或一個問題。如「就照你的話去辦。可有一樣，出了錯你負責」。

**一ˊ線**ㄒㄧㄢˋ 比喻範圍狹小。如「一線天」「一線生機」。

**一ˊ趟**ㄊㄤˋ 外出一次叫一趟。

**一ˋ輪**ㄌㄨㄣˊ ①輪流一週。②十二歲叫一輪。如「他比我大一輪」。③指圓輪的東西。如「一輪明月」。

**一ˊ輩**ㄅㄟˋ ①平輩。如「我和他是一輩」。②一世代叫一輩。

**一ˋ髮**ㄈㄚˇ 図比喻極細微。如「不容一髮」。

**一ˋ瓢**ㄆㄧㄠˊ 剖開葫蘆製成的盛水器，叫做瓢。用勺形器具取物一次為一瓢」。

**一瞥** ㄆㄧㄝ 図才看一眼，比喻時間過得快，影象消失得快。

**一舉** ㄐㄩˇ 一個舉動或一個行動。如「勝敗在此一舉」。

**一瞬** ㄕㄨㄣˋ 眼睛一眨之間，比喻短暫。

**一點** ㄉㄧㄢˇ ①極小。②一小時。③指事物的某一問題或某一方面。如「這一點可要注意」。④輕微指點。如「只要一點，他就明白了」。⑤一些。也作「一點兒」。

**一擲** ㄓˋ 図①一扔，一投。如「一擲千金」。②指賭博時，全部投注下去。如「孤注一擲」。

**一簣** ㄎㄨㄟˋ 図一筐土。引申指最後的一點人力、物力。如「功虧一簣」。

**一雙** ㄕㄨㄤ ①物品成對。如「一雙鞋」。②兩個。

**一類** ㄌㄟˋ 同樣，同等。

**一籌** ㄔㄡˊ 図一個辦法，一著。如「一籌莫展」。

**一齣** ㄔㄨ 戲劇一節段叫一齣。如「這一齣還不錯」。

**一覽** ㄌㄢˇ ①図瀏覽一遍。②図簡單明瞭，一望而知。如「一覽無餘」。③用圖表或簡明的文字做成的關於概況的說明，以便日常查考應用；多用作書名。如「南京名勝古蹟一覽」。

**一體** ㄊㄧˇ ①相親愛如人的一身。如「父子一體」。②図一肢。如「子游、子夏、子張皆得聖人之一體」。③一律，一例。如「一體遵照」。

**一臠** ㄌㄨㄢˊ 図一塊肉。引申指事物的一小部分。如「嘗鼎一臠」。

**一下（子）** ㄒㄧㄚˋ ㄗ˙ 也作一下兒。①一次。②短時間；同一陣子，一會兒。③附在動詞後面，有略微的意思。如「想一下」「看一下」。④突然的動作。如「一下子栽下坑裡去」。

**一半（兒）** ㄅㄢˋ ㄦ ①二分之一。②一部分。

**一份（兒）** ㄈㄣˋ ㄦ ①成套的物品一組為一份。②全體中的一部分。

**一角（兒）** ㄐㄧㄠˇ ㄦ ①東西的一角落。②物體的四分之一或八分之一。

**一宗（兒）** ㄗㄨㄥ ㄦ 大批同類的事物。

**一段（兒）** ㄉㄨㄢˋ ㄦ ①一節。②一帶。③前後合成一件的。

**一套（兒）** ㄊㄠˋ ㄦ ①自成一組的東西。如「一套衣服」「一套設備」。②相連成為一事的。如「一套話」。③書一函叫一套。

**一頭（兒）** ㄊㄡˊ ㄦ ①一方面。②一樁。如「一頭親事」。③一趟。如「一頭亂跑」。④滿頭。如「一頭大汗」。⑤一端，一邊，一方。如「剃頭兒擔子一頭熱」。⑥牲畜如牛、豬，一口叫一頭。⑦頭部突然的動作。如「一頭撞了過去」。

**一陣（兒）** ㄓㄣˋ ㄦ 也作一陣子。連續的動作，經過一個時間。如「鬧了一陣」。

**一處（兒）** ㄔㄨˋ ㄦ ①一同。如「一處走」。②一個地方。如「走到一處」。③合稱一片房屋。如「買了一處房子」。

**一愣（兒）** ㄌㄥˋ ㄦ 吃驚的樣子。如「當時大家都一愣兒」。

**一絲（兒）** ㄙ ㄦ ①很細微。如「一絲不苟」。②一根線。

**一會（兒）** ㄏㄨㄟˇ ㄦ 很短的時間。

**一落（兒）** ㄌㄨㄛˋ ㄦ 物品疊積在一起。如「一落碟子」「一落書」。

**一溜（兒）** ㄌㄧㄡˋ ㄦ ①指附近相連的地方。②一列，一行。

也作「一拉溜兒」。

**一對(兒)** ㄉㄨㄟˋ ㄦ 兩件東西的形狀相同，可以匹配的叫一對。

**一撮(兒)** ▲ㄧˋ ㄘㄨㄛ (ㄦ) 一些，細微，形容碎末狀的小粒。如「一撮兒茶葉」「一撮綠豆」。
▲ㄧˋ ㄗㄨㄛˇ (ㄦ) 一小叢，多指毛髮。如「留了一撮兒山羊鬍子」。

**一總(兒)** ㄗㄨㄥˇ ㄦ ①併合。②全部。如「一總兒是你的」。

**一邊(兒)** ㄅㄧㄢ ㄦ ①指事物的某一方面，叫一邊(兒)。②兼有兩種動作時，敘述某一種動作用「一邊兒」，用作副詞。如「一邊兒走著一邊兒唱」。③旁處。如「上一邊兒去，別在這兒氣我」。④一般。如「倆人一邊兒高」。

**一一〇** ㄌㄧㄥˊ 報案臺專線免費電話，供盜警、交通事故及外僑報案等使用。

**一一九** ㄐㄧㄡˇ 火警臺專線免費電話，供發生火災時報警使用。

**一丸泥** ㄨㄢˊ ㄋㄧˊ 図①一顆泥丸。②形容關隘險阻，用一塊泥封閉，就足以拒敵。也省作「一丸」。

**一子兒** ㄗˇ ㄦ 一綹，一束。如「一子兒頭髮」「一子兒掛麵」。

**一元化** ㄩㄢˊ ㄏㄨㄚˋ 由多樣向單一發展；由分散向統一變化。

**一元論** ㄩㄢˊ ㄌㄨㄣˋ 哲學名詞。主張世界只有一個純本原的學說。對「二元論」「多元論」而言。

**一半天** ㄅㄢˋ ㄊㄧㄢ 一兩天。如「過一半天就給您送去」。

**一甲子** ㄐㄧㄚˇ ㄗˇ 六十年。

**一字師** ㄗˋ ㄕ 尊稱改正詩文一字或一詞的人。唐代詩僧齊己作「早梅」詩，有「前村深雪裡，昨夜數枝開」詩句，鄭谷改「數枝」為「一枝」，齊己下拜，稱鄭谷為「一字師」。

**一字禪** ㄗˋ ㄔㄢˊ 佛教禪師接引學人，常用一個字，突然截斷語言糾纏，使學人省悟佛理。如有僧人問：「什麼是禪？」禪師回答：「是。」

**一年生** ㄋㄧㄢˊ ㄕㄥ ①指生長期在一年內的植物。見「一年生植物」。②一年級學生的略稱。如「哥哥是高中一年生」。

**一早兒** ㄗㄠˇ ㄦ 清晨。

**一死兒** ㄙˇ ㄦ 固執堅持的意思。如「他不聽勸，一死兒的要打官司」。

**一把手** ㄅㄚˇ ㄕㄡˇ ①參加活動的一員。原本指賭局中的一員。如「咱們一塊幹，你也算上一把手」。②稱讚能幹的人。也說「一把好手」。如「要說幹活兒，他可真是一把手」。③指居於第一地位的人。也說「第一把手」。

**一把抓** ㄅㄚˇ ㄓㄨㄚ ①對一切事都不放心，都要自己管。如「他什麼事情都是一把抓，深怕別人做不好」。②做事不分輕重緩急，一齊下手。如「做事要有先有後，不能什麼都一把抓」。

**一抔土** ㄆㄡˊ ㄊㄨˇ 一捧土，引伸指「墳墓」。

**一肚子** ㄉㄨˋ ㄗ˙ 滿腔，滿肚子。

**一系列** ㄒㄧˋ ㄌㄧㄝˋ 一連串的(事物)，許許多多有關聯的。也可作「系列」。如「舉辦一系列活動」。

**一言堂** ㄧㄢˊ ㄊㄤˊ ①舊時商店掛的匾額，上寫「一言堂」三字，表示不二價。②指團體中領導者不讓人發表意見，不能聽取大家的意見或相反的意見，遇到大事一個人說了就算的專制武斷作風。

**一些些** ㄒㄧㄝ ㄒㄧㄝ 極少或極小。

**一忽兒** ㄏㄨ ㄦ 一會兒。

**一枝花** ㄓ ㄏㄨㄚ ①俗以四骰擲成么二三四稱一枝花。②詞牌名，也是曲牌名。③俗稱四十歲上下仍然很美的女人。如「女人四十一枝花」。

**一剎那** ㄔㄚˋ ㄋㄚˋ 也作「一剎那頃」「一剎那間」「一剎」「剎那」。見「剎那」。

**一品鍋** ㄆㄧㄣˇ ㄍㄨㄛ 酒席火鍋的一種，裡面盛著各種菜肴。

**一個個** ㄍㄜˋ ㄍㄜˋ 每個，各個。

**一家人** ㄐㄧㄚ ㄖㄣˊ ①同族的人。②同道的人。

**一家子** ㄐㄧㄚ ㄗˇ ①指某一人家。如「這一家子是哪裡搬來的」。②全家。如「他們一家子都出去了」。

**一席話** ㄒㄧˊ ㄏㄨㄚˋ 一段話，一片話。

**一晃兒** ▲ㄧˋ ㄏㄨㄤˇ ㄦ 眼前一現就不見了。如「窗外有個人影兒一晃兒」。▲ㄧ ㄏㄨㄤˋ ㄦ 形容時間過得很快。如「一晃兒就是半年」。

**一神教** ㄕㄣˊ ㄐㄧㄠˋ 只信奉一個神的宗教。如基督教、猶太教、回教等。相對的是「多神教」。

**一級棒** ㄐㄧˊ ㄅㄤˋ 囮好的，最高級的。是由日語「一番」(ichiban 意思是第一)音讀而來。

**一般性** ㄅㄢ ㄒㄧㄥˋ 許多事物，凡是有共同性質的，叫做一般性。是對特殊性說的。

**一陣陣** ㄓㄣˋ ㄓㄣˋ 一陣又一陣，表示動作或情形連續不斷。

**一骨碌** ㄍㄨ ㄌㄨ 碌字輕讀。翻身一滾翻。如「一骨碌從床上爬起來」。

**一條心** ㄊㄧㄠˊ ㄒㄧㄣ 意志相同。如「海內海外一條心」。

**一條蟲** ㄊㄧㄠˊ ㄔㄨㄥˊ 指沒用的男人，失敗的人，懶惰的人。

**一條龍** ㄊㄧㄠˊ ㄌㄨㄥˊ ①一條好漢。贊美男人的話。②玩麻將時，同色牌中自一至九順序而成，稱為一條龍。③比喻一個行列。如「幾十輛汽車排成一條龍」。

**一眼井** ㄧㄢˇ ㄐㄧㄥˇ 只有一個井口的井。

**一貫道** ㄍㄨㄢˋ ㄉㄠˋ 融會儒、釋、道思想的一個教派，同參道友互稱「道親」。

**一連串** ㄌㄧㄢˊ ㄔㄨㄢˋ 指事情或行動等一個緊接著一個。如「一連串的喜事」。

**一場空** ㄔㄤˊ ㄎㄨㄥ 希望和努力完全落空。如「竹籃子打水，一場空」。

**一程子** ㄔㄥˊ ㄗˇ 指一些日子，一個時期。如「這一程子很忙」。也作「一程(兒)」。

**一筆畫** ㄅㄧˇ ㄏㄨㄚˋ 指筆勢連綿、氣脈不斷、一筆畫成的圖。

**一等一** ㄉㄥˇ 最高等級的人才或事務。如「她是一等一的頂尖高手」。

**一週兒** ㄓㄡ ㄦ ①輪流一遍。或作「一周」。②周圍，或作「一週遭兒」。③嬰兒滿一周歲。也作「一周兒」。參看「抓周(兒)」。

**一塊肉** ㄎㄨㄞˋ ㄖㄡˋ ①指遺孤，死後遺留下來的孤兒。②指非常喜愛的人。如「小妹可是我娘心頭的一塊肉」。

**一塊兒** ㄎㄨㄞˋ ㄦ ①一起，同在一個地方。②單數的成小塊的東西。如「一塊兒糖」。

**一葉蘭** ㄧㄝˋ ㄌㄢˊ 植物名。生於高山的多年生草，莖高三四寸，由根際生橢圓形葉片一枚。夏日開花，一朵或兩三朵，色淡紫，上方一片花瓣略帶綠色。

**一節兒** ㄐㄧㄝˊ ㄦ 一節，一段。

**一路哭** ㄧˊ ㄌㄨˋ ㄎㄨ　許多人民生活困苦。宋代范仲淹當宰相時，把不稱職的官員姓名一筆勾去。有人說：「您這一筆，哪知一家人哭呢？」仲淹說：「一家哭哪比得上一路哭呢？」路是宋時行政區域名稱，下轄府、州、軍、監、縣等，相當於今天的省。一路等於一省。

**一團糟** ㄧˋ ㄊㄨㄢˊ ㄗㄠ　形容事情非常混亂，不可收拾。

**一窩蜂** ㄧˋ ㄨㄛ ㄈㄥ　也作「一窩風」。形容人多聲雜，一擁而上的樣子。

**一彈指** ㄧˋ ㄊㄢˊ ㄓˇ　佛家語。形容極短的時間。

**一線天** ㄧˊ ㄒㄧㄢˋ ㄊㄧㄢ　指兩個山崖峭壁十分靠近，僅留一條狹細的縫隙。

**一輩子** ㄧˊ ㄅㄟˋ ㄗˇ　一生。口語中常用。

**一瓢飲** ㄧˋ ㄆㄧㄠˊ ㄧㄣˇ　[文]形容飲食非常粗陋簡單。如「顏淵一簞食（ㄙˋ），一瓢飲」。

**一鍋粥** ㄧˋ ㄍㄨㄛ ㄓㄡ　一團糟，形容混亂的現象。如「亂成一鍋粥」。

**一點兒** ㄧˋ ㄉㄧㄢˇ ㄦ　①表示極小的形體或極少的數量。也作「一點子」「一丁點兒」「一點點兒」。常跟「這麼」「那麼」連用。如「只有這麼一點兒，夠用嗎」。②一些，表示不定的數量。如「這一點兒小東西，聊表謝忱，敬請笑納」。

**一覽表** ㄧˋ ㄌㄢˇ ㄅㄧㄠˇ　說明概況的表格。如「各地醫院一覽表」。

**一溜煙（兒）** ㄧˋ ㄌㄧㄡ ㄧㄢ ㄦ　走或跑得很快，像是一道煙似的。

**一……一……** ㄧ ㄧ　①分別用在兩個同類名詞前面。㊀表示整個。如「一心一意」「一生一世」。㊁表示數量極少。如「一針一線」「一草一木」。㊂表示每一。如「一言一行」「一舉一動」。②用在不同類的名詞前面。㊀用相對的名詞表明前後人物的對比。如「一薰一蕕」「一龍一豬」「一龍一蛇」。㊁用相關的名詞表示事物的關係。如「一本一利」「一板一眼」。③用在同類動詞前面，表示動作是連續的。如「一瘸一拐」「一歪一扭」。④用在相對的動詞前面，表示行動協調配合或動作交替進行。如「一問一答」「一唱一和」「一起一落」「一張一弛」。⑤用在相反的方位詞、形容詞等前面，表示相反的方位或情況。如「一上一下」「一東一西」「一長一短」「一悲一喜」。

**一……二……** ㄧˊ ㄦˋ　分別加在某些雙音節形容詞的兩個詞素前面，表示強調。如「一乾二淨」「一清二楚」「一清二白」。

**一……不……** ㄧˊ ㄅㄨˋ　①分別用在兩個動詞前，表示動作或情況一經發生就不改變。如「一臥不起」「一去不返」「一蹶不振」。②分別用在一個名詞和一個動詞前面，表示強調或誇張。如「一言不發」「一字不漏」「一毛不拔」「一文不值」。

**一……半……** ㄧˊ ㄅㄢˋ　分別用在同義詞或近義詞前面，表示不多或不久。如「一兒半女」「一鱗半爪」「一年半載」「一時半刻」「一知半解」「一星半點」。

**一……而……** ㄧˋ ㄦˊ　分別用在兩個動詞前面，表示前一個動作很快產生了結果。如「一哄而散」「一望而知」「一掃而光」「一揮而就」（寫字或畫畫兒）。

**一……就……** ㄧˊ ㄐㄧㄡˋ　表示兩事在時間上前後緊接。①用於同一主語的，如「（我）一學就會」「花一開就謝」「一吃就吐」。②用於不同主語的，如「（他）一教（我）就懂」「他一請我就到」「一說就成」「一推就倒」。

**一丁點兒**（ㄧ ㄉㄧㄥ ㄉㄧㄢˇ ㄦ） 很少或很小的一點兒。

**一了百了**（ㄧ ㄌㄧㄠˇ ㄅㄞˇ ㄌㄧㄠˇ） 緊要部分一了結就全部沒事了。

**一刀兩斷**（ㄧ ㄉㄠ ㄌㄧㄤˇ ㄉㄨㄢˋ） 堅決分開，斷絕關係。

**一上一下**（ㄧ ㄕㄤˋ ㄧ ㄒㄧㄚˋ） ①一個或一邊上去，另一個或一邊下來。②比喻一升一降或一高一低，形成相反的情況。

**一口氣兒**（ㄧ ㄎㄡˇ ㄑㄧˋ ㄦ） ①連續不斷。如「一口氣兒跑到家」。②人與人之間因仇而生的怨憤。如「就因為一口氣兒得的病」。③用人的呼吸來比生命。如「我一口氣兒在，必不饒他」。

**一己之私**（ㄧ ㄐㄧˇ ㄓ ㄙ） 自己一人的私事、私利或私念。

**一己之物**（ㄧ ㄐㄧˇ ㄓ ㄨˋ） 個人的財物。

**一五一十**（ㄧ ㄨˇ ㄧ ㄕˊ） ①把事情詳細說出的意思。②檢查數目習慣上以五為單位，一五一十是點數的動作。

**一介不取**（ㄧ ㄐㄧㄝˋ ㄅㄨˋ ㄑㄩˇ） 像一顆芥子那麼微小的東西，也不隨意亂取；比喻人廉潔。介同「芥」，就是芥菜種子。

**一仍舊貫**（ㄧ ㄖㄥˊ ㄐㄧㄡˋ ㄍㄨㄢˋ） 一切按照舊例去做。仍是依照，貫是古時穿錢的繩子。

**一元復始**（ㄧ ㄩㄢˊ ㄈㄨˋ ㄕˇ） 指天地之氣在新年元旦更新而再開始。如「一元復始，萬象更新」。

**一反常態**（ㄧ ㄈㄢˇ ㄔㄤˊ ㄊㄞˋ） 指態度與平常完全不同。如「他本來很健談，今天不知為什麼，一反常態，靜靜地一言不發」。

**一夫當關**（ㄧ ㄈㄨ ㄉㄤ ㄍㄨㄢ） ①比喻勇敢。如「一夫當關，萬夫莫敵」。②比喻地勢險要。如「一夫當關，萬夫難開」。

**一孔之見**（ㄧ ㄎㄨㄥˇ ㄓ ㄐㄧㄢˋ） 比喻人的見解狹窄。孔是小洞。常作自謙的話。

**一心一意**（ㄧ ㄒㄧㄣ ㄧ ㄧˋ） 專心。

**一心一德**（ㄧ ㄒㄧㄣ ㄧ ㄉㄜˊ） 大家一條心。德指心意。也作「同心同德」。

**一手遮天**（ㄧ ㄕㄡˇ ㄓㄜ ㄊㄧㄢ） 一隻手把天遮住。比喻倚仗權勢，欺上瞞下，玩弄騙人手法。

**一文不名**（ㄧ ㄨㄣˊ ㄅㄨˋ ㄇㄧㄥˊ） 一個錢都沒有。名是「占有」的意思。

**一文不值**（ㄧ ㄨㄣˊ ㄅㄨˋ ㄓˊ） 比喻毫無價值。也作「不值一文」「不值一錢」「一錢不值」。

**一日之長**（ㄧ ㄖˋ ㄓ ㄓㄤˇ） 比別人年齡稍大或資格較老。▲ㄧ ㄖˋ ㄓ ㄔㄤˊ 才能比別人稍強些。

**一日之雅**（ㄧ ㄖˋ ㄓ ㄧㄚˇ） [文]一面之緣。指交情不深。雅是交誼。

**一日三秋**（ㄧ ㄖˋ ㄙㄢ ㄑㄧㄡ） [文]一日不見面，好像相隔了幾年的樣子。比喻思念殷切。出於〈詩經〉：「一日不見，如三秋兮。」

**一日千里**（ㄧ ㄖˋ ㄑㄧㄢ ㄌㄧˇ） 形容進步很快。出自〈荀子·修身〉：「夫驥一日而千里，駑馬十駕則亦及之矣。」

**一木難支**（ㄧ ㄇㄨˋ ㄋㄢˊ ㄓ） [文]比喻事情很艱鉅，不是一個人所能負擔的。

**一毛不拔**（ㄧ ㄇㄠˊ ㄅㄨˋ ㄅㄚˊ） 形容人吝嗇到極點。本指楊朱「拔一毛以利天下而不為」，是一種「貴己」的思想。

**一片汪洋**（ㄧ ㄆㄧㄢˋ ㄨㄤ ㄧㄤˊ） 形容水面非常遼闊，水勢浩大。

**一丘之貉** 比喻壞人彼此相似，並無差異。

**一世之雄** 一個時代的英雄人物。

**一代紅妝** 図一個時代的名女人。如「一代紅妝照汗青」。（吳偉業〈圓圓曲〉）

**一以貫之** 用一種基本理論貫通各類事理、物象之中。如「吾道一以貫之」（論語・里仁）。

**一以當十** 一個人抵擋十個人。形容軍隊勇敢善戰。也作「以一當十」。

**一去不返** 去了不再回來。①指時間、歲月。②指物件遺失。

**一古腦兒** 一總，一齊。

**一本正經** 形容人很莊重，很規矩，非常認真。有時帶有諷刺其呆板的意味。

**一本萬利** 本錢小而利大。

**一目了然** 一看就都明白。

**一目十行** 比喻閱讀迅速。

**一石二鳥** 投一石而打下兩隻鳥。指一舉兩得。

**一字千金** 形容文字可貴。春秋時秦相呂不韋門客著成〈呂氏春秋〉，放在咸陽城門上，聲明有人能增刪一字的，賞以千金。

**一字不易** 一個字也不能更改。形容文章寫得很精練。

**一字不漏** 形容很完整。如「他背書是一字不漏」。

**一字褒貶** 形容記事論人用字措辭嚴格而有分寸。褒是贊揚，貶是貶低。原指孔子作春秋，用字有褒有貶，「一字之褒，榮於華衮；一字之貶，嚴於斧鉞」，揚善懲惡，影響後世很大。

**一帆風順** ①比喻做事很順利。②送行祝福的話。

**一年半載** 一年或半年。

**一年到頭** 從年初到年尾，一整年。

**一衣帶水** 比喻江流狹小。後世泛指江河湖海不足以構成障礙。語見〈南史〉。

**一吹一唱** ①形容兩個人互相配合。②比喻相互吹捧。吹是吹奏樂器。

**一成不變** 照著老樣子不改變。

**一技之長** 指具有某種技能或專長。

**一步登天** 比喻突然發跡。

**一男半女** 指子女。男是男兒，女是女兒。

**一見如故** 彼此情意相合，一見面就像是老朋友一樣。

**一言九鼎** 形容說話很有分量，一句話能發生很大的作用。鼎是古代國家的寶器。

**一言不發** 一句話也不說。

**一言喪邦** 一句話可以使國家淪亡。

**一言興邦** 一句話可以使國家興盛。

**一言難盡** 不是一句話所能說完。表示事情曲折複雜。

**一身是膽** 形容膽量很大。如「人常說趙子龍一身是膽」。

**一事無成** 指連一件事都沒做成。指人在事業、功名上沒有一點成就。常用作慨歎（指自己）的話。

**一來一往** 形容動作的反覆或交替。也作「一來一去」「一去一來」。

**一來二去** 指互相交往，經過一段時間，逐漸產生某種情況。如「他們原是鄰居，一來二去地成了好友」。

**一刻千金** 形容時間寶貴。蘇軾〈春夜詩〉：「春宵一刻值千金，花有清香月有陰。」

**一命嗚呼** 死亡。參見「嗚呼」。

**一呼百諾** 一人呼喚，百人應諾。形容權勢大，侍從多。諾指答應的聲音。

**一官半職** 泛指不拘地位高低的任何官職。

**一往無前** 不怕困難，奮勇前進，比任何人都衝得快。

**一往情深** 形容人的情感始終是深厚、強烈的。一往是一直的，始終是。

**一念之差** 一個念頭的差錯，以致引起嚴重的後果。也作「一念之錯」「一念差池」。

**一板一眼** ①國樂用語，等於西樂的二拍子，屬於急促的旋律，參看「板眼」。②比喻言語行為有條理，合規矩，不馬虎，很踏實。也說「有板有眼」。

**一東一西** ①形容人或物分在兩地，各據一方。②一向東行，一向西走。比喻背道而馳。

**一泡而紅** 戲劇演員初次登臺演出就受到觀眾熱烈喜愛。泡字也作「炮」。參看「打泡」。

**一知半解** 形容人的知識膚淺，了解不深。

**一股勁兒** 一口氣，表示從始至終不鬆勁兒。如「他一股勁兒地幹」。

**一哄而散** 許多人隨即分散。

**一怒而去** 生氣離開。

**一柱擎天** 以一身擔負國家賦予的重任，維繫一個地區的安全，有如擎天的柱石。

**一致百慮** 趨向相同，考慮卻各不相同。

**一面之交** 只見過一次面的交情。表示交情不深。也作「一面之雅」。雅是交往、交情的意思。

**一面之詞** 單方面所說的理由。詞也作「辭」。

**一飛沖天** 比喻平時沒沒無聞，突然做出了驚人之舉。如「此鳥不飛則已，一飛沖天；不鳴則已，一鳴驚人」。（〈史記・滑稽列傳〉）參看「一鳴驚人」。

**一家之主** 決定家庭事務的人，指家長。

**一家之言** 指有獨特見解、自成體系的學術論著。也作「一家之論」「一家之說」「一家之學」。如「亦欲以究天人之際，通古今之變，成一家之言」。（司馬遷〈報任少卿書〉）

**一息尚存** 還有一口氣存在，表示直到生命的最後階段。如「一息尚存，絕不懈怠」。

**一時之選** 當世最傑出的人才。也作「一時之秀」。

**一氣之下** 在很生氣的情況下。下面常接表示結果的話。如「他一氣之下，把花瓶摔破了」。

**一氣呵成** ①比喻文章的氣勢首尾貫通。②比喻整個工作過程不間斷，不鬆懈。

**一氧化鉛** 氧化鉛。分子式PbO。

**一氧化碳** 又名氧化碳，分子式是CO，是無色無臭有毒的氣體，因含碳物質燃燒不充分所發生。能跟血液裡的血色素化合，使赤血球失去攝氧的作用，致人於死。

**一笑千金** 一笑價值千金。表示美人一笑非常難得、可貴。

**一笑置之** 笑一笑就把它擱在一旁，表示不值得理睬或不拿它當一回事。也作「付之一笑」。

**一脈相傳** 指家系血統或學術系統一代又一代承繼下來。脈也讀作ㄇㄛˋ。

**一般見識** 同樣的知識淺薄或缺少修養。如「他無知，你何必跟他一般見識」。

**一草一木** 一根草，一棵樹。比喻數量很少。

**一起一落** ①一升一降，表示兩個動作配合協調或交替進行。如「這兩年他一起一落，仍然是十職等的公務員」。②兩種情況接續發生。如「股市一起一落，他賺錢了」。

**一針一線** 一根針，一縷線。比喻物資很少。

**一針見血** 比喻議論直截了當，切中要害。

**一馬當先** 騎馬走在最前頭。形容領先前進。

**一乾二淨** 完盡。如「把菜吃了個一乾二淨」。

**一唱一和** ①以詩詞互相酬答。②比喻互相配合，互相呼應。和是跟著別人唱。

**一唱百和** 一人首唱，一百人附和。形容附和的人很多。唱也作「倡」。

**一國三公** 一個國家有三個君主。比喻政令出於多門，事權不統一，使人無所適從。

**一張一弛** ①一緊一鬆，指治理國家要寬嚴互相補充，交替使用。②比喻生活和工作要勞逸調和。張是拉緊弓弦，弛是放鬆弓弦。

**一得之愚** 用作自謙的話，指自己一點點淺薄的見解。也作「一得之見」。

**一推就倒** 比喻不穩固。

**一掃而空** 比喻完全清除乾淨。也作「一掃而光」。

**一敗塗地** 失敗到了無法收拾的地步。

**一望而知** 一看就知道。

**一望無際** 一眼看不到邊。形容廣大遼闊。際是邊界的地方。

**一清二白** 清清白白的。

**一視同仁** 指以平等態度待人，不分厚薄。視是看待，仁是友愛。

**一貧如洗** 非常貧窮。

**一貫作業** 由數部專用機械排成一列生產線，使物件依序自動進行傳送、加工、整理，直到成品。這樣的一系列自動化生產活動，稱作「一貫作業」。

**一勞永逸** 經過一時的勞苦，就可以有長久的安逸。

**一場春夢** 比喻人生的窮通盛衰，像做夢一樣。

**一廂情願** 單方面甘心願意，總以為對方也同意這樣。一廂就是一邊。

**一揮而就** 一動筆就完成。形容寫字、畫畫兒、作文等很快就完成。也作「一揮而成」。

**一朝一夕** 比喻時光短暫。

**一朝之忿** 〔文〕一時所發的忿恨。

**一無所有** 什麼都沒有。比喻很窮。

**一無是處** 一點兒對的都沒有。

**一筆一畫** 筆畫清楚。

**一筆勾銷** 畫一筆把欠帳全部抹去。比喻把一切完全取消。

**一筆抹殺** 比喻輕率的把優點、成績等全部否定。殺也作「煞」。

**一絲一毫** 極其細微。

**一絲不苟** 形容辦事認真，絲毫不馬虎。苟是苟且、隨便、馬虎。

**一絲不掛** ①形容不穿衣服，赤身露體。②佛家語。比喻不被塵俗牽累。

**一隅三反** 〔文〕舉出一角就可知道另外三角的情況。比喻善於類推，能由此及彼。隅是角落。也作「舉一反三」。

**一飲一啄** 〔文〕指一切事情。「一飲一啄，莫非前定」，原是比喻安分守己，沿用來說明事情成敗全靠命運，不可強（ㄑㄧㄤˇ）求。

**一飯千金** 比喻加重報答所受的恩惠。典出〈史記・淮陰侯傳〉。

**一塌糊塗** 紊亂糊塗，不可收拾。

**一意孤行** 固執自己的意見去做。

**一概而論** 不區別情況，用同一標準來對待或處理不同的問題。多用於否定。如「不能一概而論」。

**一葉知秋** 從落葉可知秋天到了。比喻從初發生的一點點小事，就可以測知大局的結果。

**一葉扁舟** 〔文〕一隻小船。

**一葉蔽目** 〔文〕一片樹葉擋住眼睛。比喻被局部或暫時的現象所迷惑，不能認清全面或根本的問題。如「一葉蔽目，不見泰山」。蔽也作「障」。

**一落千丈** 比喻退步得很厲害。

**一路福星** 祝人旅行一路平安的話。

**一鼓作氣** 比喻作事，要乘初起時的勇氣去做，才容易成功。〈左傳・莊十年〉：「夫戰，勇氣也，一鼓作氣，再而衰，三而竭。」

**一團和氣** 形容和藹可親的樣子。

**一塵不染** ①清淨。②廉潔。佛家語，指「六根清淨」，一般用以形容人的品格高潔，不受惡劣環境影響。

**一網打盡** 比喻一下子全部捉到。

**一語中的** 一句話說中要害。的是箭靶，比喻關鍵。

**一誤再誤** ①一錯再錯。指屢次犯錯誤。②指時間上的延誤。

**一鳴驚人** 比喻平時毫無表現的人，突然因事成名而使人吃驚。〈史記・滑稽列傳〉：「此鳥不飛則已，一飛沖天；不鳴則已，一鳴驚人。」參看「一飛沖天」。

**一暴十寒** 図形容做事無恆心，中途多荒廢。〈孟子．告子上〉：「一日暴之，十日寒之，未有能生者也。」

**一模一樣** 很相似。

**一盤散沙** 比喻不能團結。語見〈三民主義〉民權主義第二講。

**一瞑不視** 閉上眼睛不再睜開。指死亡。瞑就是閉眼。

**一箭之地** 一箭射程的地方。表示距離不遠。

**一箭雙鵰** 比喻一舉兩得。與「一石二鳥」「一舉兩得」意思相同。語出〈隋書〉。

**一髮千鈞** 也作千鈞一髮。千鈞重量弔在一根頭髮上，比喻非常危險。古以三十斤為一鈞。

**一學就會** 學習能力很強，比喻很聰明。

**一擁而上** 形容很多人一下子都擠上來。也作「一擁而入」。

**一瘸一拐** 腿有毛病，走路一跛一跛的。

**一舉一動** 指每一個行動。

**一舉成名** 做成一件事因此聲名遠播。一舉原指科舉考試登第。如「十年寒窗無人問，一舉成名天下知」。

**一舉兩得** 一種舉動得到兩種利益或達到兩項目的。也作「一石兩鳥」。

**一諾千金** 形容應允別人的話，很有信用。〈史記．季布欒布傳〉：「得黃金百斤，不如季布一諾。」

**一錢不值** 比喻毫無價值。也作不值一錢。

**一錯再錯** 連續做錯事。

**一頭霧水** 比喻弄不清狀況，不了解實際情形。

**一龍九種** 指龍生九子，各個不同。比喻各人的品質、愛好都不相同。參看「龍生九子」。

**一應俱全** 應該具備的，統統都有。一應是所有一切。

**一臂之力** 指其中的一部分力量或不很大的力量。「助一臂之力」表示從旁幫忙。

**一點靈犀** ①比喻心心相印，彼此心意相投。②現常用來形容人聰明，多指女性。靈犀：古人把犀牛視為靈異動物，犀角中心的髓質像一條白線直通兩端。

**一擲千金** 比喻闊綽浪費的意思。

**一瀉千里** ①形容江河的水勢奔流直下。也泛指直線下降，勢頭很猛。②比喻行文奔放暢達，或口才流利雄辯。

**一竅不通** 人有眼耳鼻口七竅，若連一竅都不通，說人非常愚笨，不明事理。

**一簞一瓢** 図比喻生活清苦。簞是古代盛飯用的圓形竹器。瓢是舀水或盛東西的用具。孔子贊美顏回：「一簞食，一瓢飲，在陋巷，人不堪其憂，回也不改其樂。」參看「簞食瓢飲」。

**一瓣心香** 表示欽敬仰慕，誠敬悅服。也作「瓣香」「一瓣香」「心香一瓣」「靈香一瓣」。

**一蹶不振** 失敗以後不能振作恢復起來。

**一蹴可幾** 一舉腳就可以到達。比喻一下子就能成功。幾指將近成功。常作否定的用法。如「體力的增進，並非一蹴可幾」。

**一蹴而就** 蹴是踏。踏一步就成功。比喻事情輕而易舉，一下子就能完成。

**一籌莫展** 一點計策也施展不出。一點辦法也想不出來。

**一觸即發** 一碰就發作。比喻很危險的時刻，或危急的階段。

**一覽無遺** 一眼看去，所有景物全看見了。原來形容建築物的結構沒有曲折變化，或詩文內容平淡，沒有回味。遺也作「餘」。

**一鱗半爪** 指龍見首不見尾，在雲中只露出一片鱗、半個爪而已。比喻零星片段的事物。

**一顰一笑** 指臉上喜怒哀樂的表情變化。顰是皺眉，表示不高興，不快樂，生氣。

**一千零一夜** 阿拉伯民間故事集。也譯作〈天方夜譚〉。傳說古代東方波斯國王，每夜要娶一個新婦，次晨就把她殺死。後來輪到宰相的女兒，她就每夜講故事，直到天亮，前後共講了一千零一夜，結果感化了國王，廢止了酷刑。全書包括二百六十多個故事，內容生動有趣，想像力豐富，表現了阿拉伯人的智慧。

**一元方程式** 代數學的方程式，其中只含一個未知數，如 3X+5=26。

**一年生植物** 植物從播種到開花結實，都在一年內完畢，根也在一年內枯死。因此也稱一年根。如稻、麥、冬瓜等都是。

**一次方程式** 代數學中的方程式，其未知數的最高次數為一的。比如 X+3=7。

**一步一腳印** 比喻做事很踏實，步子走得穩。

**一沐三握髮** [文]比喻求賢很渴切。周公禮賢下士，熱心接待來客。周公說：「我一沐三握髮，一飯三吐哺，趕快起來接待來訪的賢人，還怕失去天下的賢士！」沐指洗髮，吐哺指吐出口中咀嚼的食物。也作「握髮吐哺」「吐哺握髮」。

**一言以蔽之** 用一句話來概括。如「詩三百，一言以蔽之，曰：思無邪。」（〈論語・為政〉）

**一物降一物** ①某一事物恰能制伏另一種事物（主動用法）。②某種事物專門有另一種事物來制伏（被動用法）。也作「一物剋一物」。

**一棍子打死** 抓住別人的缺點，不加分析，就全面攻擊他。比喻全盤否定。也作「一棍打一船」。

**一鼻孔出氣** 比喻同一類的人，彼此互通聲息，互相回護。

**一不做二不休** 表示堅決去做，有「乾脆幹到底」的意思。

**一客不煩二主** 由一個人獨立承擔或由一個人自始至終完成其事，不找第二個人。

**一馬不跨兩鞍** 比喻貞女不嫁兩個丈夫。不跨也作「不被（ㄆㄧ）」。

**一動不如一靜** 活動不如靜處（ㄔㄨˇ）。

**一蟹不如一蟹** 蘇軾〈艾子雜說〉說：艾子來到海邊，看見一個扁圓形的東西，有很多腿，他不認識。當地人告訴他是一種螃蟹。後來艾子又看到好幾種螃蟹，但是一種比一種小。艾子嘆了一口氣說：「怎麼一蟹不如一蟹呢！」以後用來比喻一個比一個差。

**一失足成千古恨** 做錯一件事，就會造成終身無法挽救的遺憾。「失足」本指走路不小心，摔倒了。「千古」比喻時間久遠。後面常接「再回頭是百年身」。

**一府二鹿三艋舺** 指清代臺灣的三大港口，依次為臺南府、鹿港、艋舺（今臺北萬華）。

**一個巴掌拍不響** 比喻單方面鬧不起事來。

**一朝天子一朝臣** 比喻人事的時常更動。

**一樹梨花壓海棠** 指老夫少妻。梨花白，比喻老夫的白髮；海棠紅，比喻少女的美麗。

**一人得道，雞犬升天** 傳說漢代淮南王劉安煉丹成仙，雞犬啄食餘藥，也都隨著升天。比喻一人得志，凡是親近他或是與他有關的人，不論資歷、能力，都可以獲得升遷或做官機會。

**一分耕耘，一分收穫** 指付出一分勞力，就可以得到一分收益。常用來勉勵人勤奮向上，不可偷懶。

**一佛出世，二佛升天** 比喻死去活來。出世是生，升天是死。如「她哭得一佛出世，二佛升天」。升天也作涅槃。

**一言既出，駟馬難追** 形容話一說出口，無法再收回。表示說話算數的意思。駟馬指同拉一輛車的四匹馬。

**一波未平，一波又起** ①比喻詩文寫得波瀾起伏，極盡奧妙。②比喻事情在進行中波折很多，一個問題沒有解決，另一個問題又發生了。

**一則以喜，一則以憂** 一方面因而高興，一方面因而憂慮。原來是說子女對父母的年紀越來越大，心中的感想。（〈論語．里仁〉）

**一竿子打翻一船人** 比喻只憑著自己的偏見，否定了整體的價值或成就。

## 一筆

**丁** ▲ㄉㄧㄥ ㈠姓。㈡天干的第四位，表示「第四」的序次。㈢記等第的符號。㈣人口。如「人丁」。㈤僕人。如「家丁」。㈥指男人或男孩子。如「丁壯」「添丁」。㈦図遭到。如「丁憂」。

▲ㄓㄥ 丁丁，伐木的聲音。

**丁壯** 図年輕力壯的男子。

**丁東** 玉石、金屬等撞擊的聲音。也作「丁冬」。

**丁香** ①落葉灌木或小喬木，葉卵圓形或腎臟形，花紫色或白色，有香味，花冠長筒狀。多生在我國北方。供觀賞。也叫丁香花或紫丁香。②常綠喬木，葉子長橢圓形，花淡紅色，果實長球形。開的花也叫丁香。生在熱帶地方。花供藥用，有健胃驅風作用。種子可以榨油，用做芳香劑。③図指女子的舌尖。

**丁當** 金屬相碰擊的聲音。也作「丁東」「叮噹」。

**丁零** 形容鈴聲或小金屬物的撞擊聲。也作「玎玲」。

**丁憂** ㄉㄧㄥ ㄧㄡ 図遭到父母的喪事。也作「丁艱」。

**丁字街** ㄉㄧㄥ ㄗˋ ㄐㄧㄝ 兩條街道交接形成「丁」字形。或說「丁字路」。參看「十字路」。

**丁字尺** ㄉㄧㄥ ㄗˋ ㄔˇ 又名「丁形定規」，是畫圖儀器，用兩根木條做成丁字形的尺。

**丁香魚** ㄉㄧㄥ ㄒㄧㄤ ㄩˊ 一種細扁的小魚，銀白色，常用來炒蛋或煮湯。

**丁點兒** ㄉㄧㄥ ㄉㄧㄢˇ ㄦ 囪表示極少或極小。程度比「點兒」深。也說成「一丁點兒」。

**丁丁噹噹** ㄉㄧㄥ ㄉㄧㄥ ㄉㄤ ㄉㄤ 連續的丁當聲。

**丁零當啷** ㄉㄧㄥ ㄌㄧㄥˊ ㄉㄤ ㄌㄤ 零字輕讀。形容金屬、瓷器等連續撞擊的聲音。

**丁是丁卯是卯** ㄉㄧㄥ ㄕˋ ㄉㄧㄥ ㄇㄠˇ ㄕˋ ㄇㄠˇ 錙銖必較，區分清楚，毫不通融。

**七** ㄑㄧ ㈠數名。大寫是「柒」。㈡喪事每七天設奠一次，到四十九日止，一般叫「做七」。（七字音ㄑㄧ，在去聲字或輕聲字前面時，往往讀陽平ㄑㄧˊ。）

**七七** ㄑㄧ ㄑㄧ ①人死後第四十九日叫七七。②指「七七事變」。民國二十六年七月七日，日本軍閥在北平附近盧溝橋藉口演習，攻擊我軍，引起中日之間的八年戰爭。

**七夕** ㄑㄧ ㄒㄧ 陰曆七月初七的晚上。相傳牛郎織女二星，每年這一天在鵲橋相會。是我國傳統情人節。

**七出** ㄑㄧ ㄔㄨ 図我國古時丈夫跟妻子離婚的七項條件：不能生子，淫蕩，不孝順公婆，愛搬弄是非，盜竊，妒忌，染患惡病。

**七古** ㄑㄧ ㄍㄨˇ 七言古詩的簡稱。

**七色** ㄑㄧ ㄙㄜˋ 太陽光線所含有的紅、橙、黃、綠、藍、靛、紫七色。

**七律** ㄑㄧ ㄌㄩˋ 七言律詩的簡稱。

**七星** ㄑㄧ ㄒㄧㄥ 北斗星。共有七顆星。

**七音** ㄑㄧ ㄧㄣ ①脣、舌、牙、齒、喉、半舌、半齒這七種部位發的音。②同「七聲」。

**七彩** ㄑㄧ ㄘㄞˇ 七種色彩。表示各種顏色都有。如「七彩繽紛」。參看「七色」。

**七情** ㄑㄧ ㄑㄧㄥˊ ①指儒家說的喜、怒、哀、懼、愛、惡、欲七種感情。②佛教以喜、怒、憂、懼、愛、憎、欲為七情。③中醫指喜、怒、憂、思、驚、恐、悲七種精神狀態，為內傷病因。

**七絕** ㄑㄧ ㄐㄩㄝˊ 舊詩七言絕句的簡稱。

**七雄** ㄑㄧ ㄒㄩㄥˊ 我國戰國時代七大強國：秦、楚、燕、齊、韓、趙、魏，史稱「戰國七雄」。

**七聲** ㄑㄧ ㄕㄥ 音樂的七音。我國古稱宮、商、角、徵、羽及變徵、變宮，西洋則稱 do, re, mi, fa, sol, la, si。我國「七聲」常用於北曲，南曲則多用「五聲」。

**七曜** ㄑㄧ ㄧㄠˋ 每星期七天的名稱：日、月、火、水、木、金、土七個曜日。

**七竅** ㄑㄧ ㄑㄧㄠˋ 人臉上的七個孔竅：耳朵、眼睛、鼻孔和嘴。

**七大洲** ㄑㄧ ㄉㄚˋ ㄓㄡ 地球上面的亞洲、歐洲、非洲、北美洲、南美洲、南極洲、大洋洲等七個大陸的總稱。

**七巧板** ㄑㄧ ㄑㄧㄠˇ ㄅㄢˇ 把一塊正方形的小木片，分成不同形狀的七塊，可以排成各種形式，是啟發兒童智慧的玩具。

**七件事** ㄑㄧ ㄐㄧㄢˋ ㄕˋ 指每個家庭每天不可缺少的七件東西：柴、米、油、鹽、醬、醋、茶。

**七色板** 光學儀器之一，可以證明七色能合成白色的原理。

**七言詩** 舊詩體之一，每句七字，或是以七字為主。分七言古詩、七言律詩、七言絕句、七言排律等。起自漢魏，至六朝而漸成熟。

**七里香** 海桐科常綠小喬木，葉互生，花小而芳香，蒴果，球形。

**七重奏** 七件樂器合奏的室內樂。

**七鯤鯓** 地名。臺灣省臺南市由南到北沿海七個沙洲，居民稱它為鯤鯓。其中一鯤鯓突出於北端，名「大員港」（很可能是「臺灣」兩字的由來），現在是安平港。

**七……八……** 分別連接名詞或動詞（包括詞素），表示數量多或多而雜亂。如「七手八腳」「七嘴八舌」「七拼八湊」「七顛八倒」。

**七十二行** 通稱各種行業。

**七上八下** 比喻心思紊亂。也作七上八落。

**七尺之軀** 図①指成年男子的身軀。古時尺短，七尺相當於一般成人的高度，也用來稱「人身」。②比喻大丈夫。

**七手八腳** 作事紛亂沒有條理的樣子。

**七老八十** 年紀很老。

**七折八扣** ①打七折以後再打八折。②比喻所剩不多。

**七拼八湊** 東拉西扯，勉強湊合。

**七級浮屠** 七層高的寶塔，比喻很大的功業。如「救人一命，勝造七級浮屠」。參看「浮屠」。

**七零八落** 形容散亂。

**七爺八爺** 城隍廟裡幫助城隍捉拿惡鬼，巡視陽間，獎善懲惡的神將，常在城隍繞境時出現。一高一矮，又名范將軍、謝將軍。

**七嘴八舌** 人多嘴雜。

**七擒七縱** ①三國時蜀漢諸葛亮出兵南方，捉住酋長孟獲七次，也放了七次，使他心服，不再作亂。②比喻運用策略，使對方心服。

**七竅生煙** 比喻十分憤怒。

**七扭（兒）八歪** 也作「歪七扭八」，形容形狀不端正。

**七年之病，求三年之艾** ①指病已積久沈重，而想找乾久的艾草來治療，不容易得到。②比喻事急而求助，是不可能辦到的。

## 二筆

**万** ▲ㄨㄢˋ「萬」字的古寫。▲ㄇㄛˋ 万俟（ㄑㄧˊ），複姓。▲注音符號聲符之一，代表V音，現在不用。

**丌** ㄐㄧ ㈠下基，托物的器具。㈡姓。

**下** ㄒㄧㄚˋ ㈠上的反面，指位置低的。㈡低劣的。如「下等」。㈢次序靠後的。如「下次」。㈣自謙詞。如「下情」。㈤降，從上落下。如「下雨」「下山」「下樓」。㈥使他下來，如「下半旗」「下幕」。㈦煮。如「下餃子」「下麵」。㈧図把他放進去。如「下獄」。(九)公布。如「下令」。(十)投送。如「下定」。(十一)中。如「心下」「意下」。(十二)產生。如「下蛋」。(十三)動作的次數。如「打三下」。(十四)方面。如「兩下相思」。(十五)坐位，左方是下，右方是上。(十六)從事某種動作。如「下手」。(十七)用。如「下功夫」。(十八)克服。如「攻下」。(十九)副詞，表示動作的完成。如「準備下」「寫下」。(二十)表示工作或活動告一段落。如「下課」「下班」。(廿一)図讓步。如「僵持不下」。

**下人** ㄒㄧㄚˋ ㄖㄣˊ ①指僕人。也叫「底下人」。②図自卑於人，讓自己低下。如「慮以下人」。③図人才下劣。

**下凡** ㄒㄧㄚˋ ㄈㄢˊ 神話中說神仙下降到人世間。如「仙女下凡」。

**下士** ㄒㄧㄚˋ ㄕˋ ①軍隊士官的最低一級，在中士之下。②図下愚之人，草野之士，凡夫。③図見「禮賢下士」。

**下女** ㄒㄧㄚˋ ㄋㄩˇ 侍女，在家燒飯洗衣服的女人。原是日語。

**下子** ▲ㄒㄧㄚˋ ㄗˇ ①播種。②下圍棋，把棋子擱在某一個位置上叫下子。③昆蟲產卵。▲ㄒㄧㄚˋ・ㄗ 前面必須承接數詞，表動作或行為數量的詞尾。如「看了一下子」「他真有兩下子」。

**下山** ㄒㄧㄚˋ ㄕㄢ ①離開山上，到山下去。②落到山後。如「太陽下山了」。

**下元** ㄒㄧㄚˋ ㄩㄢˊ 節名，陰曆十月十五日。

**下午** ㄒㄧㄚˋ ㄨˇ 也叫下半天，從中午十二點到半夜十二點。

**下巴** ㄒㄧㄚˋ・ㄅㄚ ①指面部嘴脣以下的部分，口語也說「下巴頦」。②指口腔的下部，也叫「下顎」。③中式菜肴指魚頭。

**下手** ㄒㄧㄚˋ ㄕㄡˇ 動手做。

**下文** ㄒㄧㄚˋ ㄨㄣˊ ①本文以下的文字。②事情的繼起部分或事情的結果。如「他來接洽一次，從此就沒有下文了」。

**下月** ㄒㄧㄚˋ ㄩㄝˋ 下一個月。

**下水** ▲ㄒㄧㄚˋ ㄕㄨㄟˇ ①入水。②把船從陸上推入水裡。③順流而下。④比喻人被引誘走上邪路。如「拖下水」。⑤衣服或布料入水洗濯。如「下水剪裁」。▲ㄒㄧㄚˋ・ㄕㄨㄟ 牲畜的內臟。如「豬下水」。

**下世** ㄒㄧㄚˋ ㄕˋ ①図去世。②図後世，後代。③下輩子，來世，來生。

**下令** ㄒㄧㄚˋ ㄌㄧㄥˋ 發布命令。

**下去** ▲ㄒㄧㄚˋ・ㄑㄩ 由上向下，由高處到低處去。▲・ㄒㄧㄚ・ㄑㄩ 用在動詞或形容詞後面，「下」字也說成輕聲。①在動詞後，表示由上向下或由近到遠。如「壓下去」「滾下去」。②在動詞後面，表示動作繼續。如「說下去」「堅持下去」。③在形容詞後，表示程度繼續增加。如「天要是再冷下去，就要開暖氣了」。參看「上去」。

**下列** ㄒㄧㄚˋ ㄌㄧㄝˋ 排列在下面的。

**下同** ㄒㄧㄚˋ ㄊㄨㄥˊ 底下所說的事跟這裡所說的事相同。多用於附注。

**下回** ㄒㄧㄚˋ ㄏㄨㄟˊ 下一次。

**下地** ㄒㄧㄚˋ ㄉㄧˋ ①貧瘠的土地。②農人到田裡工作。③從床鋪起身下到地上。

**下旬** ㄒㄧㄚˋ ㄒㄩㄣˊ 每月的最後十天。

**下次** ㄒㄧㄚˋ ㄘˋ 下回。

**下江** ㄒㄧㄚˋ ㄐㄧㄤ 長江下游的地方。

**下行** ㄒㄧㄚˋ ㄒㄧㄥˊ ①車從北方向南方開，叫下行。②上級官署對下級單位行文，叫「下行」。

**下作** ㄒㄧㄚˋ ㄗㄨㄛˋ 作字輕讀。①罵人鄙賤下流。②笑人貪吃。

**下位** ㄒㄧㄚˋ ㄨㄟˋ ①[文]卑微的官職。②低下的坐位。③走下坐位。

**下言** ㄒㄧㄚˋ ㄧㄢˊ [文]下面的一句話。如「上言加餐食，下言長相憶」。

**下身** ㄒㄧㄚˋ ㄕㄣ ①身體的下半部。如「上身長，下身短」。②專指男女的陰部。③指褲、裙，對「上身」而言。可ㄦ化，如「上身兒還是新的，下身兒卻破了」。④[文]謙恭卑下。如「下身遵道」。

**下車** ㄒㄧㄚˋ ㄔㄜ 從車上離開。跟「上車」相對。

**下來** ▲ㄒㄧㄚˋ ˙ㄌㄞ 從上而下，從高處到低處來。▲˙ㄒㄧㄚ ˙ㄌㄞ 連用在動詞或形容詞後，表趨向。①用在動詞後，表示由高向低或由遠而近。如「摘下來」「流下來」。②用在動詞後，表示動作的繼續。如「流傳下來」。③用在動詞後，表示動作的完成或結果。如「記錄下來」「停了下來」。④用在形容詞後，表示程度繼續增加。如「天色漸漸暗下來」。

**下坡** ㄒㄧㄚˋ ㄆㄛ ①從斜坡路上向下走。②由高處通低處的路。也作「下坡路」。③比喻向衰落或滅亡的方向發展。如「劉家的景況是走下坡了」。

**下定** ㄒㄧㄚˋ ㄉㄧㄥˋ 定婚時男方給女方聘禮。

**下帖** ㄒㄧㄚˋ ㄊㄧㄝˇ 送請帖。

**下店** ㄒㄧㄚˋ ㄉㄧㄢˋ 舊時指旅行途中到客店住宿。

**下弦** ㄒㄧㄚˋ ㄒㄧㄢˊ 指陰曆每月二十三日前後；這時候月亮下半部缺了一半，像弓弦朝下。

**下房** ㄒㄧㄚˋ ㄈㄤˊ 僕役住的屋子。

**下放** ㄒㄧㄚˋ ㄈㄤˋ ①把某些權力交給下層機構。②中國大陸政府把幹部調到下層機構去工作，或送到農村、工廠去「鍛鍊」，稱「下放」。

**下注** ㄒㄧㄚˋ ㄓㄨˋ 出錢賭輸贏。

**下肢** ㄒㄧㄚˋ ㄓ 指臀、大腿、小腿、腳等四部分。

**下雨** ㄒㄧㄚˋ ㄩˇ 水氣上升遇冷成為水滴而落下來，這種現象叫「下雨」。參看「雨」字。

**下品** ㄒㄧㄚˋ ㄆㄧㄣˇ 下等。

**下流** ㄒㄧㄚˋ ㄌㄧㄡˊ ①江河低下的一段。②指人的品行不正派。③水向下流。

**下界** ㄒㄧㄚˋ ㄐㄧㄝˋ ①下凡。②人間，人住的地方。相對於「上界」「天界」。

**下降** ㄒㄧㄚˋ ㄐㄧㄤˋ 從高處落下。

**下限** ㄒㄧㄚˋ ㄒㄧㄢˋ 最低或最小的限度，指時間或數量。跟「上限」相對。

**下面** ㄒㄧㄚˋ ˙ㄇㄧㄢ 面字輕讀。①位置較低的地方。②次序靠後的。③指下級。

**下風** ㄒㄧㄚˋ ㄈㄥ ①在風的下方，引伸作自謙的詞。如「甘拜下風」。②比喻不利的地位，不得勢，失敗。

**下首** ㄒㄧㄚˋ ㄕㄡˇ 在下方的坐次。

**下乘** ㄒㄧㄚˋ ㄕㄥˋ ①[文]劣馬，比喻人才低劣。②佛家語，指「小乘」。③指平凡的境界或作品，常用於文藝或技藝等方面。

**下家** ㄒㄧㄚˋ ㄐㄧㄚ ①稱遊戲、賭博或行酒令時，下一個輪到的人。可ㄦ化。參看「上家」。

**下氣** ㄒㄧㄚˋ ㄑㄧˋ ①平心靜氣。②放屁，中醫叫下氣。③忍受。如「低聲下氣」。

**下挫** ㄒㄧㄚˋ ㄘㄨㄛˋ 降了下來。常指交易的行情。如「股市今天下挫」。

**下書** ㄒㄧㄚˋ ㄕㄨ 〔文〕投遞書信。

**下海** ㄒㄧㄚˋ ㄏㄞˇ ①到海中去。②指漁民到海上捕魚。③指業餘戲曲票友轉而成為職業演員。④稱淪落風塵，像去舞廳當舞女等。

**下酒** ㄒㄧㄚˋ ㄐㄧㄡˇ 喝酒時候用菜肴助飲。

**下班** ㄒㄧㄚˋ ㄅㄢ 每天工作（上班時間）完畢，離開辦公處所。

**下疳** ㄒㄧㄚˋ ㄍㄢ 性病，分硬性和軟性。硬性下疳是梅毒初期，生殖器、舌、唇等形成潰瘍，病灶的底部堅硬而不痛。軟性下疳由下疳桿菌引起，生殖器外部形成潰瘍，病灶的周圍組織柔軟而疼痛。

**下級** ㄒㄧㄚˋ ㄐㄧˊ 較低的等級。

**下馬** ㄒㄧㄚˋ ㄇㄚˇ ①從騎乘的馬背上下地。如「聞香下馬」。②落敗，也作「落馬」。如「種子球員紛紛下馬」。

**下問** ㄒㄧㄚˋ ㄨㄣˋ 〔文〕向知識、地位不及自己的人請教。

**下堂** ㄒㄧㄚˋ ㄊㄤˊ ①〔文〕舊時指女子被丈夫遺棄或與丈夫離婚。②下課。

**下情** ㄒㄧㄚˋ ㄑㄧㄥˊ ①民情，民眾或下級的心意。②對尊者表白，謙稱自己的情況或心意。

**下略** ㄒㄧㄚˋ ㄌㄩㄝˋ 下面的文字省略了。

**下第** ㄒㄧㄚˋ ㄉㄧˋ ①科舉時代考試沒考中。也作「落第」。②〔文〕下等，劣等。

**下船** ㄒㄧㄚˋ ㄔㄨㄢˊ 從船上下來到岸上，上岸。

**下處** ㄒㄧㄚˋ ㄔㄨˋ 處字輕讀。①指出門人暫時住宿的地方。②稱低級的妓院。

**下蛋** ㄒㄧㄚˋ ㄉㄢˋ 禽類生卵。

**下部** ㄒㄧㄚˋ ㄅㄨˋ ①指在下的部分。②指身體的下半部。③稱男女的陰部。②③也作「下身」。

**下野** ㄒㄧㄚˋ ㄧㄝˇ 執掌政權的人放棄權柄，脫離政界。

**下雪** ㄒㄧㄚˋ ㄒㄩㄝˇ 冬天，空中水氣凝結成白色結晶飄落下來，這種現象叫「下雪」。參看「雪」字。

**下場** ▲ㄒㄧㄚˋ ㄔㄤˇ ①人事的結局。②演完了戲，走下舞臺；引伸泛指卸去職務。③下一場（表演競賽等）。▲ㄒㄧㄚˋ ㄔㄤˊ 進場參加競賽或考試。

**下棋** ㄒㄧㄚˋ ㄑㄧˊ 走棋子比輸贏。

**下碇** ㄒㄧㄚˋ ㄉㄧㄥˋ 船靠碼頭。

**下款** ㄒㄧㄚˋ ㄎㄨㄢˇ 字畫、信件等上面所寫的作者或發信人的名字。參看「上款」「落款」。

**下游** ㄒㄧㄚˋ ㄧㄡˊ 同下流①，指江河水流靠近出海口的地方。

**下焦** ㄒㄧㄚˋ ㄐㄧㄠ 中醫指胃的下口到盆腔的部分，包括腎、小腸、大腸、膀胱等臟器，主要功能是吸收和大小便。

**下鄉** ㄒㄧㄚˋ ㄒㄧㄤ 到鄉下去。

**下飯** ㄒㄧㄚˋ ㄈㄢˋ ①用菜肴就飯吃。②稱吃飯時所用的菜肴。

**下等** ㄒㄧㄚˋ ㄉㄥˇ 低劣或卑賤。

**下筆** ㄒㄧㄚˋ ㄅㄧˇ 落筆寫字或畫圖。

**下策** ㄒㄧㄚˋ ㄘㄜˋ 不高明的計策。

**下嫁** ㄒㄧㄚˋ ㄐㄧㄚˋ 〔文〕高貴的女人嫁給地位較低的人。

**下愚** ㄒㄧㄚˋ ㄩˊ 〔文〕極愚笨的人。

**下聘** ㄒㄧㄚˋ ㄆㄧㄣˋ ①男女訂婚時，男方送聘禮聘金到女方家。②請人擔任工作，發出聘約或聘書。

**下腳** ㄒㄧㄚˋ ㄐㄧㄠˇ ①落腳，走動時把腳踩下去。可ㄦ化。②原材料加工、利用後剩下的碎料。也叫「下腳料」。

**下落** ㄒㄧㄚˋ ㄌㄨㄛˋ ①蹤跡，著落。②降下。

**下葬** ㄒㄧㄚˋ ㄗㄤˋ 埋葬。

**下裝** ㄒㄧㄚˋ ㄓㄨㄤ 卸裝，演藝人員卸去裝扮。

**下跪** ㄒㄧㄚˋ ㄍㄨㄟˋ 跪。

**下達** ㄒㄧㄚˋ ㄉㄚˊ 向下級發布或傳達命令等行為，稱「下達」。

**下幕** ㄒㄧㄚˋ ㄇㄨˋ 戲劇演出到一段落，前面的大幕落下來，表示演完了。也叫「落幕」。

**下榻** ㄒㄧㄚˋ ㄊㄚˋ 文投宿，住宿。

**下獄** ㄒㄧㄚˋ ㄩˋ 文入牢獄，坐牢。

**下種** ㄒㄧㄚˋ ㄓㄨㄥˇ 播下種子。

**下箸** ㄒㄧㄚˋ ㄓㄨˋ 文拿筷子夾東西吃。

**下膊** ㄒㄧㄚˋ ㄅㄛˊ 又名前膊，在上膊跟手之間。

**下臺** ㄒㄧㄚˋ ㄊㄞˊ ①從臺上走下來。②譏笑人被解除職務。如「他才做了一年科長就下臺了」。

**下墜** ㄒㄧㄚˋ ㄓㄨㄟˋ 向下降落。

**下層** ㄒㄧㄚˋ ㄘㄥˊ 較低的一層。

**下樓** ㄒㄧㄚˋ ㄌㄡˊ 從樓上到樓下。和「上樓」相對。

**下課** ㄒㄧㄚˋ ㄎㄜˋ 一節教學時間完畢。

**下賤** ㄒㄧㄚˋ ㄐㄧㄢˋ 品行卑劣。

**下駟** ㄒㄧㄚˋ ㄙˋ 文劣馬。也比喻低劣的人材。

**下餘** ㄒㄧㄚˋ ㄩˊ 剩下。

**下學** ㄒㄧㄚˋ ㄒㄩㄝˊ 放學。

**下頭** ㄒㄧㄚˋ ·ㄊㄡ ①下邊。②指僕人。

**下聯** ㄒㄧㄚˋ ㄌㄧㄢˊ 對聯的下一半。可儿化。相對的稱「上聯」。參看「對聯」。

**下鍋** ㄒㄧㄚˋ ㄍㄨㄛ 把食物放進鍋裡去煮。

**下顎** ㄒㄧㄚˋ ㄜˋ ①脊椎動物口腔的下部。口語說「下巴」。②某些節肢動物的第二對（有的是第三對）攝取食物的器官。生在口兩旁的下方，形狀極小，上面長著許多短毛。

**下懷** ㄒㄧㄚˋ ㄏㄨㄞˊ 文謙稱自己的心意、意思。如「正中下懷」。

**下藥** ㄒㄧㄚˋ ㄧㄠˋ 醫師開藥方或用藥品。

**下邊** ㄒㄧㄚˋ ㄅㄧㄢ 在下或在後的。可儿化。也作「下面」。

**下襬** ㄒㄧㄚˋ ㄅㄞˇ 長袍、上衣、襯衫等的最下面部分。襬也作「擺」。

**下麵** ㄒㄧㄚˋ ㄇㄧㄢˋ 麵條放下鍋去煮。

**下屬** ㄒㄧㄚˋ ㄕㄨˇ 下級單位或人員。

**下體** ㄒㄧㄚˋ ㄊㄧˇ ①軀體的下部。②男女的陰部。

**下款（兒）** ㄒㄧㄚˋ ㄎㄨㄢˇ（ㄦ） 贈物的人在物品或字畫左方所題署的自己的名號。

**下刀子** ㄒㄧㄚˋ ㄉㄠ ·ㄗ 方①下雹子。如「說好參加，就是下刀子我頂著鐵鍋也要去」。②比喻暗中害人。如「他趁王二不留神，就下刀子了」。

**下工夫** ㄒㄧㄚˋ ㄍㄨㄥ ·ㄈㄨ 為了達到目的而花費時間和精力去做。工也作「功」。

**下不來** ㄒㄧㄚˋ ·ㄅㄨ ㄌㄞˊ ①不能走下。相對的是「下得來」。②比喻在人前受窘，顯得難為情。如「幾句話說得他一時下不來」。也作「下不來台」「下不了台」。

**下午茶** ㄒㄧㄚˋ ㄨˇ ㄔㄚˊ ①下午休息時間，同事或朋友相聚，喝茶，吃點心。②上述的食物叫下午茶。如「店裡下午三點開始賣下午茶」。

**下水船** ㄒㄧㄚˋ ㄕㄨㄟˇ ㄔㄨㄢˊ 順流行駛的船。

**下水道** ㄒㄧㄚˋ ㄕㄨㄟˇ ㄉㄠˋ 排泄汙水、雨水的溝渠。

**下水禮** ㄒㄧㄚˋ ㄕㄨㄟˇ ㄌㄧˇ 新船建造完成，初次入水所舉行的起用儀式。

**下半天** 下午。可儿化。

**下半月** 每月過了十五日以後。

**下半夜** 後半夜。就是夜間過了十二點鐘以後。

**下半晌** [方]下午。

**下半旗** 先把國旗升到杆頂，再降到離杆頂約佔全杆三分之一處，是表示哀悼的禮節。

**下本錢** ①放進資本。②比喻努力，奮發。也作「下本兒」。

**下坡路** ①由高處通向低處的道路。②比喻向衰落滅亡的方向發展的道路。如「有些大戶人家現在走的都是下坡路」。

**下飛機** 走出飛機。也可簡縮成「下機」。相對的「上飛機」，則簡縮為「登機」。

**下馬威** 新官剛一上任，就用嚴厲的行動或手段，來顯示威嚴。

**下堂妻** 已離婚的妻子。

**下得來** 能夠下來。相對的是「下不來」。

**下意識** 心理學名詞，指不知不覺，沒有意識的心理活動。是有機體對外界刺激的本能反應。有些心理學家認為這種作用是潛伏在意識之下的一種精神實質，能支配人的一切思想行動。也作「潛意識」。

**下腳貨** 瑕疵品，也有稱「次級品」的。

**下雹子** 空中落下冰塊。多在晚春和夏季的午後，伴同雷陣雨出現，給農作物帶來災害。大的雹子對人、畜、房屋也會造成損害。雹子也作「雹」「冰雹」。

**下墜球** 棒球運動用語。投手投球時使球在空中向前旋轉，快到擊球區時快速下墜，打者很難打到。

**下輩子** 來世，來生。

**下輩兒** 子、姪等下一輩，次一代的人。也說「晚輩」。

**下壓力** 物體在流體中所受到的向下的壓力。

**下議院** 立憲國家兩院制議會的一個議院。另一院是上議院。由民選議員組成。原是英國議會的平民院的別稱。美國稱眾議院。法國稱國民議會。荷蘭叫第二院。也叫「下院」。

**下巴頦（兒）** 巴字輕讀。也說「下巴」。參看「頦」。

**下半天（兒）** 下午。

**下不為例** 下次不能援例。表示只通融這一次。

**下回分解** 原是章回小說在每回末尾慣用的語詞。現在引用在談話裡比喻事件進行以後的消息或結果。如「你先回去，明天再聽我的下回分解」。

**下情上達** 把民間的真實情況傳達到管理階層。

**下逐客令** 指主人趕走不受歡迎的客人。秦始皇統一全國以前，下過逐客令要驅逐從各國去的客卿，見到李斯寫的〈諫逐客書〉，才取消了這命令。

**下筆成章** 一動筆就寫成文章。形容文思敏捷，有才華。也作「下筆成篇」。

## 丈

ㄓㄤˋ ㈠長度名，十尺是一丈。㈡量地叫丈量，也可以單獨叫做「丈」。如「清丈土地」「那塊地還沒丈過呢」。㈢古時候對年老男子的一種尊稱。如「老丈」。㈣「丈夫」

的簡稱，但是只用在親戚的尊稱上，不單用。如「姑丈」「姐丈」。㈤丈人、丈母的兄弟也叫「丈」。如「叔丈」「舅丈」。

**丈人** ▲ㄓㄤˋ ˙ㄖㄣ 岳父。
▲ㄓㄤˋ ㄖㄣˊ 同「老丈」，年老的人。

**丈夫** ㄓㄤˋ ㄈㄨ ①男子的通稱。②妻稱夫。夫字常輕讀。

**丈量** ㄓㄤˋ ㄌㄧㄤˊ 測量土地的面積。

**丈人行** ㄓㄤˋ ㄖㄣˊ ㄏㄤˊ ①老前輩。用來尊稱年老的男子。②稱義兄弟的父親。行指同一輩分的。

**丈人峰** ㄓㄤˋ ㄖㄣˊ ㄈㄥ ①山東泰山上的山峰名。②俗稱岳父。參看「泰山」。

**丈母娘** ㄓㄤˋ ㄇㄨˇ ㄋㄧㄤˊ 也稱「丈母」，就是岳母。

**丈六金身** ㄓㄤˋ ㄌㄧㄡˋ ㄐㄧㄣ ㄕㄣ 指佛像或高大的佛像。佛像多嵌金，所以稱佛像就叫「金身」。

**丈二金剛摸不著頭腦** ㄓㄤˋ ㄦˋ ㄐㄧㄣ ㄍㄤ ㄇㄛ ˙ㄅㄨ ㄓㄠˊ ㄊㄡˊ ㄋㄠˇ 比喻對事物的不了解，或被搞得糊裡糊塗。金剛是指手擎杵（古印度兵器）隨侍佛祖的力士。

**上** ▲ㄕㄤˋ ㈠方位，下的反面，指高處。如「山上」。㈡指上等的。如「上策」。㈢前面的。如「上篇」「上月」。㈣從前稱皇帝叫皇上；簡稱「上」。㈤中間。如「書上」「心上」。㈥右方，客位是上。㈦關係某事之詞，同「方面」。如「他在字眼上可不行」。㈧升，由下而上。如「上樓」「上山」。㈨去，到。如「上哪兒去」「上任」。㈩登。如「上路」。(十一)進呈。如「上菜」「上演」，和寫信時用的「謹上」。(十二)教學。如「上了一課」。(十三)安裝。如「上刺刀」。(十四)旋緊機器的發條。如「上錶」。(十五)登載。如「上報」「上帳」。(十六)塗抹。如「上藥」「上顏色」。(十七)足夠某數。如「上千的人」。(十八)出現。如「上電視」。(十九)關，拴。如「把門兒上上」。(二十)見「上像」「上鏡頭」。
▲ㄕㄤˇ 漢語聲調的一種。國語上聲的聲調是先降後揚。如「好」「老」「走」等字。

**上人** ▲ㄕㄤˋ ㄖㄣˊ ①對和尚的尊稱。②僮僕稱主人，卑幼者稱尊長。
▲ㄕㄤˋ ˙ㄖㄣ 因指父母或祖父母。

**上上** ▲ㄕㄤˋ ㄕㄤˋ ①最高，最好。如「上上之策」。②前頭的前頭。如「上上月」「上上星期」。
▲ㄕㄤˋ ˙ㄕㄤ 裝置上，拴上。如「把螺絲上上」「門板上上」。

**上下** ㄕㄤˋ ㄒㄧㄚˋ ①尊卑，在上位跟在下位的。②左右，相差無幾。如「人數在十人上下」。③高處跟低處。④強或弱。如「這場球賽，兩隊實力不相上下」。⑤上去跟下來。如「上下的人很多」。

**上千** ㄕㄤˋ ㄑㄧㄢ 近千。表示數量多。

**上口** ㄕㄤˋ ㄎㄡˇ ①誦讀熟練而流暢。如「琅琅上口」。②詩文寫得很流利，讀起來很順。

**上士** ㄕㄤˋ ㄕˋ ①軍隊裡士官的最高一級。我國士官分上士、中士、下士三級。②因賢士，有才能的人。

**上山** ㄕㄤˋ ㄕㄢ 登山。

**上工** ㄕㄤˋ ㄍㄨㄥ 受雇用的人開始去工作。

**上元** ㄕㄤˋ ㄩㄢˊ 節名，陰曆正月十五日。又叫「元宵節」。

**上升** ㄕㄤˋ ㄕㄥ ①由低處向高處移動。②形容等級、程度、數量等升高或增加。升也作「昇」。

**上午** ㄕㄤˋ ㄨˇ 也叫上半天。夜間十二點到正午十二點；一般指清晨到正午十二點。

**上天** ㄕㄤˋ ㄊㄧㄢ ①上升到天空。②到神仙住的地方。也用做輓辭，指人死亡。③指主宰自然和人類的天。

**上弔** ㄕㄤˋ ㄉㄧㄠˋ 用繩子弔頸自殺。

**上手** ㄕㄤˋ ㄕㄡˇ ①上首，上位，右邊較高的坐次。②入手，著手，得手。

**上文** ㄕㄤˋ ㄨㄣˊ 指書中或文章中某一段或某一句以前的部分。可ㄦ化。

**上月** ㄕㄤˋ ㄩㄝˋ 前一個月。

**上水** ㄕㄤˋ ㄕㄨㄟˇ ①船逆流而上，叫上水。②賣菜的人灑水在蔬果上，叫上水。

**上火** ㄕㄤˋ ㄏㄨㄛˇ 中醫把大便乾燥或鼻腔、口腔等發炎的症狀叫「上火」，也說「上焦熱」「火氣大」。如「他上火了，眼睛紅紅的。」②發怒。可ㄦ化。如「他一上火(ㄦ)，就亂罵人」。

**上代** ㄕㄤˋ ㄉㄞˋ ①上古。②俗稱祖先叫上代。

**上半** ㄕㄤˇ ㄅㄢˋ 上聲截去上揚的尾音，叫上半，也叫半上。如「好人」的「好」，念半上。

**上去** ㄕㄤˋ ˙ㄑㄩ 去字輕讀。由下面升到上面。

**上古** ㄕㄤˋ ㄍㄨˇ 遠古的時代。在我國通常指秦朝以前的時代，在歐洲指西羅馬滅亡以前的時代。

**上司** ㄕㄤˋ ˙ㄙ 指上級長官。口語裡司字輕讀。

**上市** ㄕㄤˋ ㄕˋ ①貨物在市場上發售。②到市場去（購物或作生意）。如「他一早上市還沒回來」。

**上皮** ㄕㄤˋ ㄆㄧˊ ①表皮。②植物莖幹跟葉子的表面。③蛤類介殼的上層。

**上任** ㄕㄤˋ ㄖㄣˋ ①指官吏就職。如「走馬上任」。②上一任，指前一任的官吏。

**上列** ㄕㄤˋ ㄌㄧㄝˋ ①前面所開列的。如「上列各人姓名」。②排在前面。③図上座。④図高官。

**上刑** ㄕㄤˋ ㄒㄧㄥˊ 図重刑。如「善戰者服上刑」。

**上回** ㄕㄤˋ ㄏㄨㄟˊ 前一次。

**上好** ㄕㄤˋ ㄏㄠˇ 最好（指東西的品質）。

**上年** ㄕㄤˋ ㄋㄧㄢˊ ①去年。②図豐年。

**上旬** ㄕㄤˋ ㄒㄩㄣˊ 每月一日到十日。

**上次** ㄕㄤˋ ㄘˋ 前一回。

**上百** ㄕㄤˋ ㄅㄞˇ 近百。表示數量多。

**上色** ㄕㄤˋ ㄕㄞˇ 加上顏色。讀音ㄕㄤˋ ㄙㄜˋ。

**上行** ㄕㄤˋ ㄒㄧㄥˊ ①車輛從終點往起點行駛。②從南往北行駛。③鐵路列車在幹線上朝著首都方向行駛，在支線上朝著幹線的車站行駛，都叫「上行」。上行列車編號用偶數。④船從下游向上游行駛。⑤公文由下級送往上級。上行的公文簡稱「上行文」。參看「下行」。

**上衣** ㄕㄤˋ ㄧ 上身所穿的衣服。

**上告** ㄕㄤˋ ㄍㄠˋ ①向上級報告。②向上級機關或司法機關提出告訴。

**上言** ㄕㄤˋ ㄧㄢˊ 図①書牘用語，呈進言辭，自表謙虛的客套話。②前半段的話。如「上言加餐食，下言長相憶」。

**上身** ㄕㄤˋ ㄕㄣ ①身體的上半部。②新衣服初次穿在身上。如「新裝上身，精神抖擻」。

**上來** ㄕㄤˋ ˙ㄌㄞ 來字輕讀。①從下面升到高處。②激起。如「氣兒上來要打人」。

**上供** ㄕㄤˋ ㄍㄨㄥˋ 拿祭品供奉祖先或神明。

**上坡**（ㄕㄤˋ ㄆㄛ） ①指漸漸高起的土坡。②向高坡走上去。③比喻好的或繁榮的方向。

**上官**（ㄕㄤˋ ㄍㄨㄢ） ①長官，頂頭上司。②複姓。

**上弦**（ㄕㄤˋ ㄒㄧㄢˊ） ①指陰曆每月初八日前後；這時候月亮上部缺了一半，像弓弦朝上。②旋緊鐘表等機器的發條。

**上房**（ㄕㄤˋ ㄈㄤˊ） ①正房。②指家主所住的房屋，對「下房」說的。③到房頂上去。如「上房修瓦」。

**上昇**（ㄕㄤˋ ㄕㄥ） 昇高。或作「上升」。

**上知**（ㄕㄤˋ ㄓˋ） 〔文〕也作「上智」，指智慧最高的人。

**上空**（ㄕㄤˋ ㄎㄨㄥ） ①天空。②上面是空的。

**上肢**（ㄕㄤˋ ㄓ） 手跟臂的總稱，分肩膀、上膊、下膊、手四部分。

**上門**（ㄕㄤˋ ㄇㄣˊ） ①登門，到別人家裡去。②關上門。如「天黑了，快上門」。③〔方〕指入贅。如「上門女婿」。

**上勁**（ㄕㄤˋ ㄐㄧㄣˋ） 精神振奮，勁頭兒大，來勁。可儿化。如「越幹越上勁儿」。

**上品**（ㄕㄤˋ ㄆㄧㄣˇ） 上等品質。

**上帝**（ㄕㄤˋ ㄉㄧˋ） ①古時稱帝王。〈素問〉：「此上帝所祕，先師傳之也。」②星名，紫微垣東蕃八星中的第二星。③哲學名詞，指形而上最高或最為終極的存有。④宗教名詞，指造物者或主宰人類宇宙的神。基督教指耶和華。④失意時歎氣的呼喚。如「我的上帝」。與「我的媽呀」相似。

**上映**（ㄕㄤˋ ㄧㄥˋ） 放映，多指電影。

**上流**（ㄕㄤˋ ㄌㄧㄡˊ） ①上等的。②江河靠近發源的地方。

**上界**（ㄕㄤˋ ㄐㄧㄝˋ） 天界，天上神仙居住的地方。

**上計**（ㄕㄤˋ ㄐㄧˋ） 好計策。

**上述**（ㄕㄤˋ ㄕㄨˋ） 上面所說的。常用於文章段落的結尾。

**上限**（ㄕㄤˋ ㄒㄧㄢˋ） 時間最早或數量最大的限度。相對的叫「下限」。

**上面**（ㄕㄤˋ ㄇㄧㄢˋ） ①位置較高的地方。②次序靠前的部分，或文章、講話中在現在之前所述的部分。③物體的表面。④指某一方面。⑤指上級。⑥指家族中的上一輩。可儿化。

**上風**（ㄕㄤˋ ㄈㄥ） ①當風的上方。②比喻優勢。如「占上風」。

**上首**（ㄕㄤˋ ㄕㄡˇ） ①佛祖說法時在聽眾中推居首位者，稱為上首。②稱「首座」「上座」。

**上香**（ㄕㄤˋ ㄒㄧㄤ） 致祭時候點燃線香，拜完插入香爐。

**上乘**（ㄕㄤˋ ㄕㄥˋ） ①上等好馬。②佛教稱大乘為上乘，小乘為下乘。

**上家**（ㄕㄤˋ ㄐㄧㄚ） ①幾個人打牌、行酒令的時候，輪流的次序在前的或在自己位子左邊的人，稱為上家。相對的稱為「下家」。②回家。

**上峰**（ㄕㄤˋ ㄈㄥ） 〔文〕上級長官。

**上座**（ㄕㄤˋ ㄗㄨㄛˋ） ①坐位分尊卑時，最尊的坐位叫上座。②佛教稱居高位的僧人。③寺廟中的職位，在「住持」之下，是一寺的領袖。

**上書**（ㄕㄤˋ ㄕㄨ） 用文字陳述對時事的意見，呈給上級或主政的人。

**上校**（ㄕㄤˋ ㄒㄧㄠˋ） 校級軍官的最高一級。上校之下為中校，中校之下為少校。

**上班**（ㄕㄤˋ ㄅㄢ） 到工作場所去工作。

**上級**（ㄕㄤˋ ㄐㄧˊ） 在同一組織系統中較高等級的組織或人員。如「上級機關」。

**上陣**（ㄕㄤˋ ㄓㄣˋ） ①上戰場打仗。②比喻上場參加比賽、活動或遊戲。

**上馬**（ㄕㄤˋ ㄇㄚˇ） ①騎馬；乘馬。②比喻開始某項較大的工作或工程。

**上匾**（ㄕㄤˋ ㄅㄧㄢˇ） 懸掛匾額。

**上堂** ㄕㄤˋ ㄊㄤˊ ①[文]升堂，進入大廳。②[文]高堂，大廳。③[方]上課。堂指課堂、教室。

**上尉** ㄕㄤˋ ㄨㄟˋ 軍隊尉官的第一級，在少校之下，中尉、少尉之上。

**上帳** ㄕㄤˋ ㄓㄤˋ 登記在帳簿中。

**上將** ㄕㄤˋ ㄐㄧㄤˋ ①軍隊將官的最高級，其下為中將、少將。我國上將又分二級、一級、特級（五星）三種，特級上將最高。②[文]大將。

**上略** ㄕㄤˋ ㄌㄩㄝˋ 省略了上面的文字。

**上眼** ㄕㄤˋ ㄧㄢˇ 值得一看。如「看不上眼」。

**上第** ㄕㄤˋ ㄉㄧˋ [文]上等，優等。

**上脘** ㄕㄤˋ ㄍㄨㄢˇ 胃的上口。

**上脣** ㄕㄤˋ ㄔㄨㄣˊ 嘴脣的上半部。相對的是「下脣」。

**上進** ㄕㄤˋ ㄐㄧㄣˋ ①學業有進步。②求進步。

**上部** ㄕㄤˋ ㄅㄨˋ ①在上面的部分。②指身體的上半部。

**上陸** ㄕㄤˋ ㄌㄨˋ 登陸。

**上報** ㄕㄤˋ ㄅㄠˋ ①向上級機關報告。②刊登在報紙上。

**上場** ㄕㄤˋ ㄔㄤˇ 登場表演。

**上揚** ㄕㄤˋ ㄧㄤˊ ①升高。②指物價上升。

**上朝** ㄕㄤˋ ㄔㄠˊ ①舊時群臣每天早晨到朝廷拜見君主，奏事議政。②君主到朝廷上處理政事。

**上款** ㄕㄤˋ ㄎㄨㄢˇ 書畫家為人寫字作畫，一般人寫信或送人禮品時，在這些東西上面所題的對方的名字、稱呼，叫「上款」。可ㄦ化。書寫的位置較高，且多在前面。相對的叫「下款」。參見「落款」。

**上游** ㄕㄤˋ ㄧㄡˊ ①江河靠近發源處的一段。②進一步。如「力爭上游」。

**上焦** ㄕㄤˋ ㄐㄧㄠ 中醫指胃的上口到舌頭的下部，包括心、肺、食道等，主要功能是呼吸、血液循環等。參看「下焦」。

**上稅** ㄕㄤˋ ㄕㄨㄟˋ 完稅；納稅。

**上等** ㄕㄤˋ ㄉㄥˇ 高等；優等。

**上策** ㄕㄤˋ ㄘㄜˋ 最好的計策或方法。

**上菜** ㄕㄤˋ ㄘㄞˋ 把菜端到餐桌上。

**上街** ㄕㄤˋ ㄐㄧㄝ 到街上去。

**上訴** ㄕㄤˋ ㄙㄨˋ 法律名詞。訴訟當事人不服下級法院所作的判決，在法定的期間內，向上級法院請求變更或撤銷原判決，叫作上訴。

**上會** ㄕㄤˋ ㄏㄨㄟˋ ①參加民間互助集資的「合會」。②每月或定期繳納會錢，也說「上會」。

**上溯** ㄕㄤˋ ㄙㄨˋ ①逆著水流往上。②從現在往上推算。用在推算過去的年代。如「上溯新石器時代」。

**上當** ㄕㄤˋ ㄉㄤˋ 受人愚弄或欺騙而吃了虧。

**上腭** ㄕㄤˋ ㄜˋ 也作上顎。硬口蓋，口腔的上部。

**上腮** ㄕㄤˋ ㄙㄞ 節肢動物口器的一部分。又名大顋或上顎、大顎。

**上裝** ㄕㄤˋ ㄓㄨㄤ ①上衣。②戲劇演員的裝扮。

**上路** ㄕㄤˋ ㄌㄨˋ ①動身出發。②會意；領悟。如「這人真笨，說了半天他都不上路」。

**上道** ㄕㄤˋ ㄉㄠˋ 比喻明白道理、方法。常作否定用法。如「這個人不上道」。

**上鉤** ㄕㄤˋ ㄍㄡ 上圈套兒，受騙。

**上像** ㄕㄤˋ ㄒㄧㄤˋ 見「上鏡頭」。

**上榜** ㄕㄤˋ ㄅㄤˇ 中榜，名字登在考試錄取的榜單上。後代泛用，有他一份兒，不限於考試。

**上張**（ㄕㄤˋ ㄓㄤ）①水位升高。②指物價上升。

**上演**（ㄕㄤˋ ㄧㄢˇ）戲劇演出。

**上端**（ㄕㄤˋ ㄉㄨㄢ）物體的最上部。

**上算**（ㄕㄤˋ ㄙㄨㄢˋ）合算，算起來很值得。

**上緊**（ㄕㄤˋ ㄐㄧㄣˇ）①趕快，加緊。②把螺絲扭緊。

**上網**（ㄕㄤˋ ㄨㄤˇ）進入電腦網路系統。利用電話線路與電腦網路連接，上網後可利用網路系統中的各項資料。

**上臺**（ㄕㄤˋ ㄊㄞˊ）①登上舞臺表演。②出任某一要職。

**上蒼**（ㄕㄤˋ ㄘㄤ）〔文〕上天。

**上賓**（ㄕㄤˋ ㄅㄧㄣ）上等的客人。

**上層**（ㄕㄤˋ ㄘㄥˊ）上面的一層或幾層（多指機構、組織、階層等）。

**上樓**（ㄕㄤˋ ㄌㄡˊ）登樓，從樓下到樓上。相對的叫「下樓」。

**上篇**（ㄕㄤˋ ㄆㄧㄢ）文章的上半部。較長的文章可分上、下兩篇或上、中、下三篇。

**上膛**（ㄕㄤˋ ㄊㄤˊ）①把槍彈推進槍膛裡或炮彈推進炮膛裡準備發射。②俗稱口腔內的上顎部分。

**上課**（ㄕㄤˋ ㄎㄜˋ）①教師到課室教課。②學生到課室聽課。

**上賞**（ㄕㄤˋ ㄕㄤˇ）〔文〕上等的獎賞。

**上輩**（ㄕㄤˋ ㄅㄟˋ）①家族的上一代長輩。②泛指上代祖先。可ㄦ化。

**上鞋**（ㄕㄤˋ ㄒㄧㄝˊ）把鞋幫和鞋底縫在一起。

**上駟**（ㄕㄤˋ ㄙˋ）〔文〕好馬。又比喻高等的人材。

**上墳**（ㄕㄤˋ ㄈㄣˊ）掃墓；到墓地致祭。

**上學**（ㄕㄤˋ ㄒㄩㄝˊ）到學校去讀書。

**上操**（ㄕㄤˋ ㄘㄠ）隊伍整隊開到操場上練習操法。

**上燈**（ㄕㄤˋ ㄉㄥ）點燈。

**上諭**（ㄕㄤˋ ㄩˋ）舊時指皇帝發布的命令、告諭。

**上選**（ㄕㄤˋ ㄒㄩㄢˇ）最好的，最高等級的。常用來指人或物。如「上選之才」。

**上頭** ▲ㄕㄤˋ ㄊㄡˊ ①從前女子出嫁這天，在頭上加上裝飾叫上頭。②到達頭部，指多喝酒所引起的頭疼。如「這酒不好，喝多了上頭」。▲ㄕㄤˋ ·ㄊㄡ ①前頭。②上面。

**上簇**（ㄕㄤˋ ㄘㄨˋ）蠶發育成長到停止吃東西時，爬到簇上吐絲作繭，叫做上簇。簇也作「蔟」。

**上聯**（ㄕㄤˋ ㄌㄧㄢˊ）對聯的上一半、前一幅。相對的稱「下聯」。可ㄦ化。

**上聲**（ㄕㄤˇ ㄕㄥ）漢語四聲（平、上、去、入）之一，在國語裡上聲也叫第三聲，調號是「ˇ」。

**上臉**（ㄕㄤˋ ㄌㄧㄢˇ）〔方〕眼睛裡沒有尊長，對長輩開玩笑。如「你太大膽了，越來越上臉了」。

**上臂**（ㄕㄤˋ ㄅㄧˋ）臂的上半部，由肩到肘的部分。又叫「上膊」。

**上壘**（ㄕㄤˋ ㄌㄟˇ）棒球或壘球比賽時，打者擊出的球落地，人跑上壘包，叫做「上壘」。

**上顎**（ㄕㄤˋ ㄜˋ）見「上腭」「上腮」。

**上藥**（ㄕㄤˋ ㄧㄠˋ）①中醫指甘草、人參、柴胡等以延年益壽為主的藥材。也叫「君藥」。②塗敷外用藥。

**上癮**（ㄕㄤˋ ㄧㄣˇ）特別喜愛某種事物或食物，成了嗜好。

**上體**（ㄕㄤˋ ㄊㄧˇ）軀體的上部。

**上前（兒）**（ㄕㄤˋ ㄑㄧㄢˊ（ㄦ））向前。

**上邊（兒）** ①指在上的或在前的。②指物品的表面。

**上一代** 指家族或民族的較早一代。也指父母輩。相對的稱「下一代」。參看「上代」②。

**上元節** 元宵節，陰曆正月十五日。

**上水船** 逆流行駛的船。

**上半月** 每月一日到十五日。

**上半身** 上身，身體的上半部。

**上半夜** 前半夜。

**上年紀** 年老，年紀大。

**上身兒** 上體所穿的衣服。

**上刺刀** 軍隊在與敵軍接近時，將刺刀裝在長槍上，準備肉搏。

**上軌道** 比喻事情開始正常而有秩序地進行。參見「軌道」。

**上套兒** 陷入圈套。

**上座兒** ①戲院、飯館等處有顧客陸續來臨。如「戲園子裡上座兒已八成」。②上首的坐位。

**上班族** 固定上班、下班工作的人。族指一群人，原為日本漢字的用法。

**上等兵** 軍隊中列兵的最高級。其下為一等兵、二等兵。常略稱為「上兵」「一兵」「二兵」。

**上電視** 在電視臺表演或影像呈現在電視螢光幕上。

**上電臺** ①到廣播電臺。②錄音或聲音透過電臺傳送出去。

**上歲數** 上年紀，年老。口語常用。

**上輩子** ①家族的上代祖先。②相信生命輪迴的人指前世、前一生。

**上壓力** 浮力。

**上顏色** 添加或塗抹顏色。也說「上色」。

**上鏡頭** 也作「上像」。照出相來能顯出優美的姿態。如「她很上鏡頭」。

**上議院** 兩院制國家議會之一，相對的為「下議院」。上議院有權否決下議院通過的法案。議員由間接選舉產生或由國家元首指定，有的終身任職，也有世襲的。君主國家或稱元老院或貴族院，民主國家或稱參議院。

**上下文（兒）** 文章裡與個別詞句有關聯的上句或下句。

**上半天（兒）** 上午。

**上上下下** ①總稱在上的和在下的人。②上去的和下來的。

**上下一心** 上上下下團結一致，同心協力。

**上下其手** 〔文〕玩弄法律，運用手段舞弊。

**上方寶劍** 皇帝用的寶劍。持有此劍的大臣，有先斬後奏的權力。上方也作「尚方」，是製作或儲藏御用器物的官署。

**上吐下瀉** 一邊嘔吐一邊拉肚子，是食物中毒的現象。

**上行下效** 〔文〕在上的人怎麼做，下面的人照樣學。

**上呼吸道** 呼吸道的上一段，包括鼻腔、咽、喉和氣管，內壁有黏膜。通常所說的「感冒」也就是上呼吸道感染。

**上氣不接下氣** 形容喘不過氣來的樣子。表示呼吸不順暢。

**上梁不正下梁歪**（ㄕㄤˋ ㄌㄧㄤˊ ㄅㄨˋ ㄓㄥˋ ㄒㄧㄚˋ ㄌㄧㄤˊ ㄨㄞ） 比喻在上的人行為不好，在下的人也就不守法了。

**上窮碧落下黃泉**（ㄕㄤˋ ㄑㄩㄥˊ ㄅㄧˋ ㄌㄨㄛˋ ㄒㄧㄚˋ ㄏㄨㄤˊ ㄑㄩㄢˊ） 図①上天入地。碧落指天界，黃泉指地下。語出白居易〈長恨歌〉。②比喻竭盡所能辛苦尋覓。

**上天無路，入地無門**（ㄕㄤˋ ㄊㄧㄢ ㄨˊ ㄌㄨˋ ㄖㄨˋ ㄉㄧˋ ㄨˊ ㄇㄣˊ） 形容一個人處境孤立無援，已到了走投無路的地步。

**三** ▲ㄙㄢ ㈠數目，二加一後所得。大寫作「叁」。㈡図稱多數，不一定就是「三」。如「烽火連三月」。▲ㄙㄚ 同「仨」。▲図ㄙㄢˋ 屢次，再三。如「三思」「三復」。

**三七**（ㄙㄢ ㄑㄧ） 多年生草本植物，葉羽狀互生，秋開黃花。根葉搗汁，敷治傷處，可以止血消毒。也叫「田七」。

**三才**（ㄙㄢ ㄘㄞˊ） 天、地、人，合稱三才。

**三元**（ㄙㄢ ㄩㄢˊ） ①指天、地、人三者。②習俗以陰曆的正月十五日為上元，七月十五日為中元，十月十五日為下元，合稱三元。③陰曆正月初一，是年、月、日三者的開始，所以稱三元。④稱科舉時代的鄉試、會試、殿試的第一名（解元、會元、狀元）。如「連中三元」。

**三公**（ㄙㄢ ㄍㄨㄥ） ①古代三種最高官職的合稱。周代三公有兩種說法：❶司馬、司徒、司空。❷太師、太傅、太保。西漢以丞相（大司徒）、太尉（大司馬）、御史大夫（大司空）為三公。東漢以太尉、司徒、司空為三公。明清以太師、太傅、太保為三公，榮譽銜。②指太乙星旁的三顆星。或稱「三師」。

**三友**（ㄙㄢ ㄧㄡˇ） 図①指三益友、三損友。益者三友是友直，友諒，友多聞；損者三友是友便辟，友善柔，友便佞。②白居易指琴、酒、詩。③畫家程敏政稱松、竹、梅為歲寒三友。蘇東坡稱梅、竹、石為三益之友。

**三代**（ㄙㄢ ㄉㄞˋ） ①指中國歷史上夏、商、周三個朝代。②曾祖父母、祖父母、父母。③指祖到孫三代。

**三生**（ㄙㄢ ㄕㄥ） 指前生、今生、來生。

**三伏**（ㄙㄢ ㄈㄨˊ） 節氣的夏至後第三個庚日起，到立秋以後第一個庚日的前一天止，分作初伏、二伏、三伏，每伏都是十天。三伏是天氣最熱的時候。

**三光**（ㄙㄢ ㄍㄨㄤ） 日、月、星，合稱三光。

**三多**（ㄙㄢ ㄉㄨㄛ） 頌禱的詞，指多福、多壽、多男子。

**三戒**（ㄙㄢ ㄐㄧㄝˋ） 図①指戒色、戒鬥、戒得。孔子說「君子有三戒」，年輕時要戒之在色，壯年時要戒之在鬥，老年時要戒之在得。②指不妄出入，不妄言語，不妄憂慮。

**三更**（ㄙㄢ ㄍㄥ） 夜間十二點前後（原意是「打三更的時候」）。語音ㄙㄢ ㄐㄧㄥ。

**三角**（ㄙㄢ ㄐㄧㄠˇ） ①數學的一種，也叫三角法，論三角函數的性質關係和三角形的解法與應用，普通分平面三角和球面三角兩大部分。②形狀像三角的東西。如「三角鐵」「三角洲」。

**三舍**（ㄙㄢ ㄕㄜˋ） 図①一舍三十里，三舍九十里。春秋時晉楚兩國軍隊相遇，晉君因楚君對他有恩，下令「退避三舍」。②宋代大學有三舍，初入學為外舍，考選後升為內舍、上舍。

**三思**（ㄙㄢ ㄙ） 図再三考慮。又讀ㄙㄢˋ ㄙ。

**三昧** ㄙㄢ ㄇㄟˋ 図①佛家的話，就是「三摩地」，意思是「正定」。說靜坐調息到了無慮的直覺狀態。②要訣。如「箇中三昧」。

**三星** ㄙㄢ ㄒㄧㄥ ①獵戶座中央三顆明亮的星。冬季天將黑時從東方升起，天將明時在西方落下，人常根據它的位置估計時間。②俗稱福、祿、壽為三星。

**三春** ㄙㄢ ㄔㄨㄣ ①指春季的三個月，就是孟春、仲春、季春。②三年，過了三個春天。

**三牲** ㄙㄢ ㄕㄥ 祭品，牛、羊、豬，合稱三牲。

**三省** ㄙㄢ ㄒㄧㄥˇ 図一次一次詳察自己的過失。

**三秋** ㄙㄢ ㄑㄧㄡ 図①三年。（經過了三個秋天，形容時間很長。）②指秋季孟秋、仲秋、季秋三個月。③深秋，指秋季第三個月，就是「季秋」。

**三軍** ㄙㄢ ㄐㄩㄣ 軍隊的通稱。古代是中軍、左軍、右軍。現代是稱陸軍、海軍、空軍。

**三乘** ㄙㄢ ㄕㄥˋ 佛家的教法，分為大乘（菩薩乘）、中乘（緣覺乘）、小乘（聲聞乘），總稱三乘。

**三振** ㄙㄢ ㄓㄣˋ 打棒球時，投手投出的第三個好球，而打擊手沒擊中，被捕手接到，打擊手就不能再打。或稱「三振出局」。

**三眠** ㄙㄢ ㄇㄧㄢˊ 蠶長到成蛹期間有三次蛻皮（蛻皮期間，如入睡眠狀態）。

**三國** ㄙㄢ ㄍㄨㄛˊ 東漢末年，蜀、魏、吳三國鼎立，稱為「三國」（西元二二〇到二八〇年）。

**三族** ㄙㄢ ㄗㄨˊ 図①父母、兄弟、妻子。②父族、母族、妻族。③父、子、孫。④父親的兄弟，自己的兄弟，兒子的兄弟。

**三通** ㄙㄢ ㄊㄨㄥ ①指通典、通志、文獻通考這三部書。與續三通、清三通合稱九通。②指臺灣與中國大陸通郵、通航、通商，合稱三通。

**三圍** ㄙㄢ ㄨㄟˊ 指胸圍、腰圍、臀圍。通常是用來指女人的身材。

**三復** ㄙㄢ ㄈㄨˋ 図反覆誦讀。又讀ㄙㄢ ㄈㄨˋ。

**三朝** ▲ㄙㄢ ㄓㄠ ①指陰曆正月初一。這一天是年月日的開始，所以稱三朝。②一般指三天。③指新婚後的第三天。習俗這一天新婦回娘家。④嬰兒初生後第三天。習俗在這一天為嬰兒洗澡。也叫「洗三」。
▲ㄙㄢ ㄔㄠˊ 三代君主。如「三朝元老」。

**三焦** ㄙㄢ ㄐㄧㄠ 中醫指自舌的下部沿胸腔到腹腔分作三部分。參看「上焦」「中焦」「下焦」。

**三節** ㄙㄢ ㄐㄧㄝˊ 端午節、中秋節、春節，俗稱為三節。

**三態** ㄙㄢ ㄊㄞˋ 物體的三種狀態：固體、液體、氣體。

**三綱** ㄙㄢ ㄍㄤ 図我國古代君臣、父子、夫婦之間相處的道德標準。君為臣綱，父為子綱，夫為婦綱，合稱三綱。綱原是提網的總繩，比喻事物的主要部分。常與「五常」連用。

**三熟** ㄙㄢ ㄕㄨˊ 指稻米一年收成三次。臺灣南部地區一年可三熟。

**三遷** ㄙㄢ ㄑㄧㄢ 図①指居所的一再遷徙。如「孟母三遷」。②指官職的變遷。升官為右遷，降級為左遷。

**三餐** ㄙㄢ ㄘㄢ 指每日的三頓飯。

**三禮** ㄙㄢ ㄌㄧˇ 図周禮、儀禮、禮記，合稱三禮。②指祭祀天神、地祇、人鬼的禮儀。

**三鮮** ㄙㄢ ㄒㄧㄢ 三種菜肴合成的食品。如「三鮮餡餃子」「三鮮湯」等。俗作「三仙」。

**三藏** ㄙㄢ ㄗㄤˋ ①佛教經典分經、律、論三類，合稱三藏。經總說教義，律述說戒律，論闡發教義。②佛教稱能通達經、律、論三藏的出家人。如唐僧玄奘稱三藏法師。

**三寶** ㄙㄢ ㄅㄠˇ ①三種寶貴的事物。如「東北有三寶：人參、貂皮、烏拉草」。②佛教以佛、法、僧為三寶。佛指大知大覺的人，法指佛所說的教義，僧指繼承或宣揚教義的人。

**三獻** ㄙㄢ ㄒㄧㄢˋ 舉行盛大祭典時，獻禮分初獻、亞獻、終獻，合稱三獻。

**三黨** ㄙㄢ ㄉㄤˇ 舊時指父族、母族、妻族。

**三疊** ㄙㄢ ㄉㄧㄝˊ 古代奏曲的方法。全曲分三段，反複三次，所以稱三疊。如「陽關三疊」。

**三大洋** ㄙㄢ ㄉㄚˋ ㄧㄤˊ 太平洋、大西洋、印度洋。參見「五大洲」。

**三寸丁** ㄙㄢ ㄘㄨㄣˋ ㄉㄧㄥ 形容人十分矮小。

**三寸舌** ㄙㄢ ㄘㄨㄣˋ ㄕㄜˊ 比喻人的口才很好。〈史記〉說「三寸之舌，強於百萬之師」。也常作「三寸不爛之舌」。

**三不朽** ㄙㄢ ㄅㄨˋ ㄒㄧㄡˇ 〈左傳〉說的「立德、立功、立言」三種事，可以使人永遠受人懷念和敬仰。

**三不知** ㄙㄢ ㄅㄨˋ ㄓ 什麼全不知道。形容人的糊塗愚昧。如「他是一問三不知」。

**三不管** ㄙㄢ ㄅㄨˋ ㄍㄨㄢˇ ①指沒人管的事情或地區。②俗稱懶惰的人，對食、衣、住三方面都不會自己料理。

**三合土** ㄙㄢ ㄏㄜˊ ㄊㄨˇ 用石灰、沙和黏土合成的建築材料。

**三字經** ㄙㄢ ㄗˋ ㄐㄧㄥ ①書名，是從前兒童在私塾最初誦讀的，書裡每三字一句，所以叫三字經。②指三個字組成的粗野罵人的口頭語。

**三字獄** ㄙㄢ ㄗˋ ㄩˋ 図指冤獄。宋代秦檜誣害岳飛，韓世忠質問有什麼證據，秦檜答以「莫須有」。世忠說：「莫須有三字何以服天下？」參看「莫須有」。

**三百篇** ㄙㄢ ㄅㄞˇ ㄆㄧㄢ 指〈詩經〉。三百是大約的篇數。

**三夾板** ㄙㄢ ㄐㄧㄚˊ ㄅㄢˇ 一種加工製造的木板；是把三層薄木板，各層紋路直的橫的相間（ㄐㄧㄢˋ）粘合在一起的。

**三色菫** ㄙㄢ ㄙㄜˋ ㄐㄧㄣˇ 多年生草本植物，有分枝，葉長橢圓形或披針形，花大，五瓣，近圓形，通常是黃、白、紫三色，供觀賞。也叫蝴蝶花。

**三折肱** ㄙㄢ ㄓㄜˊ ㄍㄨㄥ 図①有幾次斷臂的痛苦經驗。比喻醫術高明。〈左傳·定公十三年〉：「三折肱，知為良醫。」②比喻經驗豐富，造詣精深。

**三角形** ㄙㄢ ㄐㄧㄠˇ ㄒㄧㄥˊ 指三條直線在平面上圍成的圖形，有三邊三角。也稱平面三角形。

**三角板** ㄙㄢ ㄐㄧㄠˇ ㄅㄢˇ 三角形的畫圖器具，是薄板樣的兩片成一組。其中一片，有一個直角，兩個四十五度角；另一片有一個直角，一個六十度角和一個三十度角。

**三角洲** ㄙㄢ ㄐㄧㄠˇ ㄓㄡ 江河出口處泥沙沖積而成的三角形陸地，長江口、粵江口都有三角洲。

**三角楓** ㄙㄢ ㄐㄧㄠˇ ㄈㄥ 落葉喬木，葉子分裂成三片，葉片和葉柄等長，四五月間開淡黃色小花，秋末葉變黃赤色，美麗可供觀賞。木材可製家具。也叫椏楓。

**三角鐵** ㄙㄢ ㄐㄧㄠˇ ㄊㄧㄝˇ ①敲擊樂器名稱。鋼條焊成三角形，敲其底條，可發出清脆的樂音。又名三角鈴。②鐵桿或鋼桿的橫切面像曲尺形的，是建築工程必要的材料。

**三明治** ㄙㄢ ㄇㄧㄥˊ ㄓˋ 圖英語 sandwich。歐美盛行的簡便午餐。兩片麵包中間夾上冷肉、煎蛋、乳酪等。因創始人 Sandwich 而得名。或譯作「三文治」。

**三冠王** ㄙㄢ ㄍㄨㄢˋ ㄨㄤˊ ①棒球比賽時，得分、打擊率、全壘打數三者的冠軍。

②我國少棒、青少棒、青棒球隊曾同時獲得冠軍，稱為三冠王。

**三原色** ①光的三原色：紅、綠、藍，無論哪一種顏色都可以用這三色適當混合而得。②顏料三原色，是紅、黃、藍。

**三家村** 泛指人煙稀少的鄉村。

**三春暉** 図比喻母親的慈愛和恩惠。三春指春季的三個月，暉是陽光。如「誰言寸草心，報得三春暉」（孟郊〈遊子吟〉）。

**三極管** 有三個電極的電子管或晶體管。電子管的三極是屏極、柵極、陰極。晶體管的三極是發射極、基極、集電極。參看「電子管」「晶體管」。

**三級跳** ①田賽運動三級跳遠的略稱。②比喻連升三級。

**三隻手** 隱語，指扒手。

**三部曲** ①由前、中、後三部合成整部的樂曲。②小說或詩歌，有可成立獨立性的三部分的，合稱「三部曲」。

**三溫暖** 利用三種高低溫度水流的洗浴設備，人浸泡其中，可使身心完全鬆弛，有益健康。原名是Sauna，一種芬蘭式的蒸氣浴。

**三稜鏡** 就是「稜鏡」，普通用玻璃製成，橫切面是正三角形的透明柱體，柱周圍三面是長方形。光線透過柱體折射而分為紅、橙、黃、綠、藍、靛、紫七色。是一種物理學光學儀器。

**三腳架** 三叉的支架。

**三腳貓** 比喻肯作事，但是不能做得圓滿的人，像貓缺一腳。

**三葉蟲** 古生代的節肢動物，有殼質背甲，體橢圓，分頭、胸、尾三部分。生活在海水中。背甲有縱溝兩條，分劃全體為三，所以叫三葉蟲。

**三達德** 指智、仁、勇三種德行。

**三聯單** 同式三張相聯的單據，大都由徵收機關在收款時使用。

**三疊紀** 地質年代。中生代的第一紀，延續約三千萬年。本紀陸生植物和爬蟲類十分繁盛。參看「侏羅紀」。

**三讀會** 立法機關對於法律案的審議，要經過三次宣讀條文通過的程序，所以有一讀會、二讀會、三讀會。三讀會就是最後一次的審議會。

**三輪兒（車）** 用腳踏的三個輪子的車。

**三：五：** ①表示次數多。如「三番五次」「三令五申」。②表示不太大的約略數量。如「三年五載」。

**三人成虎** 図城市本無虎，傳言有虎的人多了，就信以為真。比喻謠言也能迷惑人心。

**三十六計** 泛指種種計謀。也作「三十六著（ㄓㄠ）」。①瞞天過海，②借刀殺人，③無中生有，④圍魏救趙，⑤以逸待勞，⑥趁火打劫，⑦聲東擊西，⑧暗度陳倉，⑨隔岸觀火，⑩笑裡藏刀，⑪李代桃僵，⑫牽牛過欄，⑬打草驚蛇，⑭借屍還魂，⑮調虎離山，⑯欲擒故縱，⑰拋磚引玉，⑱擒賊擒王，⑲遠交近攻，⑳指桑罵槐，㉑偷龍轉鳳，㉒關門捉賊，㉓裝痴假呆，㉔上樓去梯，㉕樹上開花，㉖喧賓奪主，㉗釜底抽薪，㉘混水摸魚，㉙金蟬脫殼，㉚假途滅虢，㉛美人之計，㉜空城之計，㉝反間之計，㉞苦肉之計，㉟連環之計，㊱走為上計。

**三三兩兩** 零散不成群的樣子。

**三千世界** 佛家稱人所住的世界，是小千世界（一千個世界）、中千世界（一千個小千世界）、大千世界（一千個中千世界）的總稱，叫「三千大千世界」，略稱「三千世界」。

**三叉神經** 第五對腦神經，從腦橋發出，每側分三支，分布在眼、上顎、下顎等部位，管理頭部、面部、眼睛等的感覺，還管理咀嚼肌的運動。

**三大發明** 指火藥、印刷術、指南針三項，都創始於我國，是我國三大發明，促進了近代工業及文化的發展，造福人類。

**三寸金蓮** 我國古代有些婦女自小纏足，限制腳的發育，這樣的小腳稱三寸金蓮。金蓮，南朝齊東昏侯以金箔鋪地，讓纏足的潘姓妃子走在上面，「步步生蓮花」，因此稱女人纏足為「金蓮」。

**三山五嶽** ①泛指天下的名山。三山指蓬萊、方丈、瀛洲三神山，五嶽指東嶽泰山、西嶽華山、中嶽嵩山、南嶽衡山、北嶽恆山。②武俠小說裡泛指各門各派的首要人物。

**三五成群** 三個五個結成一群。

**三心二意** 猶豫不決。也作「三心兩意」。

**三令五申** 三次明令宣布，五次申明告誡。意思是「說過很多次了」。

**三民主義** 中華民國國父孫中山先生所創的救國主義。參看「民族」「民權」「民生」三條。

**三生有幸** 佛家說前三世修來的福分。

**三更半夜** 深夜。更也讀ㄍㄥ。

**三言兩語** 形容不多說話。

**三姑六婆** 從前稱尼姑、道姑、卦姑、牙婆、媒婆、師婆、虔婆、藥婆、穩婆。這些人往往是利用不正當手段騙錢圖利，總稱為三姑六婆，含有輕視的意思。

**三長兩短** 指偶然發生的不幸事情。

**三框欄兒** 「匚」做偏旁時，俗叫三框欄兒。

**三元及第** 在鄉試考中解元，會試考中會元，殿試考中狀元，也就是連中三元。第是榜上的甲乙次第。及第就是榜上有名。

**三年五載** 指三五年。載是年。參看「三……五……」。

**三年有成** 歷經三年的教化，就可以看出成效。

**三位一體** ①基督教稱呼耶和華為聖父，耶穌為聖子，聖父、聖子共有的神性為聖靈。父子雖有別，但與神性融合為一，所以叫三位一體。②比喻三個、三件事或三個方面聯成一個整體。

**三岔路口** 不同去向的三條路交叉的地方。

**三角關係** 形容人與人間形成三角形或多角形的複雜關係。

**三言二拍** 明代短篇小說合集。〈喻世明言〉〈警世通言〉〈醒世恆言〉合稱三言；〈拍案驚奇〉〈續刻拍案驚奇〉合稱二拍。

**三度空間** 由長、寬、高所組成的立體空間。也稱三維空間。參看「四維空間」。

**三思而行** 反復考慮，然後再去做。指言行謹慎。三思就是再三思考。

**三段論法** 邏輯學名詞。由兩段已知的事（大前提、小前提），推演所要知道的答案（結論）。是一種間接推理的演繹法。如：人都會死（大前提），孔子是人（小前提），所以孔子也會死（結論）。

**三皇五帝** 指中國遠古時代八位著名的帝王。三皇，通常稱伏羲、燧人、神農（或稱天皇、地皇、人皇）。五帝，通常指黃帝、顓頊、帝嚳、唐堯、虞舜。

**三紙無驢** 博士買驢，寫了三張紙，沒有一個驢字。譏諷人寫文章廢話太多，不得要領。

**三級跳遠** 田賽運動項目之一。藉由助跑產生向前的速度，從單腳起跳，經過騰步、跨步和跳步一連串的跳躍，得到成績。略稱「三級跳」。

**三從四德** 我國女子的舊道德。三從是在家從父，出嫁從夫，夫死從子。四德是婦德、婦言、婦容、婦功。

**三教九流** ①三教是儒教、佛教、道教；九流見「九流」條。②各種學術的總稱。③泛稱江湖上各種各樣的人物。

**三推六問** 多次審訊。推是審問、追究的意思。

**三推兩讓** 表示再三推辭、謙讓。

**三復斯言** 図反復體會這一句話。三復是多次反復。斯是此、這個。

**三棲明星** 指同時在電影、電視、歌唱等演藝界表演的人。

**三番五次** 許多次。

**三頭六臂** 比喻人能力強、本事大。

**三點水兒** 「水」字在左方做偏旁時作「氵」，叫三點水兒。

**三陽開泰** 新年時祝賀的話。泰，卦名，乾下坤上。乾是三陽爻，指天地三陽之氣，表示正月新春，萬象更新的景象。開泰是開始佳運。繪圖常用三隻羊代表，因為羊、陽同音。也作「三陽交泰」。

**三魂七魄** 泛指人魂魄的全部。道家認為人身有三魂（胎光、爽靈、幽精）和七魄（尸狗、伏矢、雀陰、吞賊、非毒、除穢、臭肺）。

**三緘其口** 図嘴上加了三道封條。緘是封起來。比喻說話極為謹慎。

**三墳五典** 傳說中我國最古的書籍。三墳是指伏羲、神農、黃帝時代的書；五典指少昊、顓頊、高辛、唐堯、虞舜時代的書。

**三頭馬車** ①比喻集體領導的方式。②比喻事權不能集中，各有各的趨向。

**三頭對案** 指與事情有關的兩方及中間人（或見證人）在一起對質，弄清真相。

**三顧茅廬** 図①東漢末年，劉備請隱居在隆中（湖北襄陽附近）草舍的諸葛亮出來協助，去了三次才見到。比喻誠心誠意，一再邀請。②用作比喻尊敬賢能的禮儀。

**三七二十一** 事實，底細。如「不管三七二十一，掉頭就走了」。

**三天兩頭兒** 頻繁的意思。如「他三天兩頭兒地來看房子修好了沒有」。

**三下五除二** 珠算加法口訣之一，意思是「加三，下上檔一珠（代表五），去除下檔二珠」。兩指同時撥弄，所以常用來形容做事及動作敏捷、利落。

**三寸不爛之舌** 比喻善於辭令，口才卓越。也作「三寸舌」。

**三人行必有我師** 幾個人在一起行走，其中必定有可以啟發我的人。意思是要善於向他人學習。原句見於〈論語·述而〉。

**三天打魚兩天曬網** 比喻作事經常停頓。

**三個臭皮匠，贏過諸葛亮** 比喻人多智慧多，大事情大家商量，就能想出好辦法來。「贏過」也說「賽過」或「勝過」。

## 三筆

**不** ▲ㄅㄨˋ ㈠表否定的詞。如「不可」「不能」「不會」。㈡表未定的意思。如「不日」。㈢問話用的詞。如「好不？」「冷不？」（意思是「好不好？」「冷不冷？」）（不字在去聲字前面，要變讀陽平聲。）

▲文 ㄈㄡˇ 同「否」。

**不一** ①不相同。如「長短不一」。②文書信結尾用語。表示「不一一詳盡說明」。

**不二** 唯一。

**不力** 文不盡力，不得力，沒有成效。如「辦事不力」。

**不下** ①不相讓。如「相持不下」。②不能容納（用在動詞後面）。如「吃不下」。③差不多。如「不下千人」。

**不久** 不多時。

**不凡** 不尋常。如「自命不凡」。

**不已** 文不停止。

**不才** ①沒有才華，是對人自謙的詞，等於說「我」。②不成材。孟浩然詩有「不才明主棄」。

**不仁** ①沒有仁心。如「為富不仁」。②身體的一部分失去知覺。如「痲木不仁」。

**不公** 文不公道，不公平。如「處事不公」。

**不及** ①不如。如「這個不及那個好」。②時間上做不到。如「來不及」。

**不支** 文不能支持。

**不日** 文不多日。如「不日可成」。

**不止** ①繼續不停。如「大笑不止」。②超出於。表示超出某個數目或範圍。如「他恐怕不止六十歲了」。

**不毛** 文①古人指毛色不純的犧牲祭品。見〈公羊傳〉。②不長穀物的土地。毛，指五穀。諸葛亮〈出師表〉：「五月渡瀘，深入不毛。」

**不乏** 文不缺少，很多。如「不乏其人」。

**不可** ①表可能的否定用詞。如「他非這樣做不可」「其愚不可及也」。②表示禁止。如「不可隨地小便」。

**不只** 不僅，不但。後面常接「而且」「也」。「他不只笨，也不勤快」。

**不外** 不出某種範圍之外。

**不平** ①平的反面。如「坎坷不平」。②不公正。③內心的不滿。

**不必** 沒有必要。

**不甘** ㄅㄨˋ ㄍㄢ 不情願。如「於心不甘」。

**不用** ㄅㄨˋ ㄩㄥˋ 不須，不必。

**不合** ㄅㄨˋ ㄏㄜˊ ①不適合，不合規定。②〔文〕不當。如「陽奉陰違，殊屬不合」。

**不在** ㄅㄨˋ ㄗㄞˋ ①死的代詞。如「他的父親已經不在了」。②沒有在這兒。如「他不在，請您留下話。」

**不如** ㄅㄨˋ ㄖㄨˊ 前面提到的人事物比不上後面所說的。如「一蟹不如一蟹」。

**不安** ㄅㄨˋ ㄢ ①不舒適。②心裡過意不去。

**不朽** ㄅㄨˋ ㄒㄧㄡˇ 流傳久遠永不毀滅。如「永垂不朽」。

**不行** ㄅㄨˋ ㄒㄧㄥˊ ①不可。如「你這樣做不行，那是違法的」。②辦不到，不能夠。如「不行，這件事太難了，我沒法兒辦」。③不合標準，不好。如「這種衣料不行，一洗就變了樣兒」。

**不但** ㄅㄨˋ ㄉㄢˋ ①不只。②表示更進一層的連詞，常跟「而且」「也」等詞相呼應。如「他不但長得漂亮，而且很能讀書」。

**不住** ㄅㄨˋ ㄓㄨˋ ①不穩，不牢，不能忍受的意思。如「站不住」。②不停止。如「不住口」。

**不克** ㄅㄨˋ ㄎㄜˋ 〔文〕①不能。②攻打不下來。

**不免** ㄅㄨˋ ㄇㄧㄢˇ 免不了，無法避開。如「事一多，就不免慌張」。

**不妨** ㄅㄨˋ ㄈㄤˊ ①可以這樣做。②沒有關係。

**不妥** ㄅㄨˋ ㄊㄨㄛˇ 不妥當，不適宜。如「這個句子不妥，換一個吧」。

**不孝** ㄅㄨˋ ㄒㄧㄠˋ ①不孝敬尊長。②〔文〕居父母之喪的人自稱。

**不快** ㄅㄨˋ ㄎㄨㄞˋ ①心情不愉快。②身體不舒服。③進度緩慢。④刀口不利。

**不忍** ㄅㄨˋ ㄖㄣˇ 心中不安，有憐憫的意思。

**不成** ㄅㄨˋ ㄔㄥˊ ①不可以。②助詞，用在句末，表示推測或反問的口氣，前面常加「難道」「莫非」等詞。如「莫非是他幹的不成」。

**不肖** ㄅㄨˋ ㄒㄧㄠˋ ①作兒子的不像父親那樣好，稱為「不肖」。②〔文〕不像。

**不見** ㄅㄨˋ ㄐㄧㄢˋ ①不見面，沒見面。如「一日不見，如隔三秋」。②東西找不到了。後頭必須帶「了」。如「刀子不見了」。

**不足** ㄅㄨˋ ㄗㄨˊ ①不值得。②不滿，不夠。③不可。如「不足為憑」。

**不具** ㄅㄨˋ ㄐㄩˋ 〔文〕書信結尾用語。不詳盡，表示不再細述。也作「不備」。

**不和** ㄅㄨˋ ㄏㄜˊ 不和睦，不友好。如「一家子不和，給了外人機會」。

**不定** ㄅㄨˋ ㄉㄧㄥˋ ①不一定。表示不肯定的意思。如「一天他不定來多少次」。②動搖不停。如「動盪不定」。③不安。如「時局不定」。④不穩。如「股市起落不定」。

**不幸** ㄅㄨˋ ㄒㄧㄥˋ ①不幸運。使人失望、傷心、痛苦的。②指災禍。③表示不希望發生而竟然發生。如「不幸而言中」。

**不拘** ㄅㄨˋ ㄐㄩ ①不必拘束。如「不拘細節」。②無論。如「不拘多寡」。

**不服** ㄅㄨˋ ㄈㄨˊ ①不甘心，不承認。如「不服輸」「不服判決」。②不能適應。如「水土不服」。

**不法** ㄅㄨˋ ㄈㄚˇ 不守法律。如「不法分子」。

**不治** ㄅㄨˋ ㄓˋ 〔文〕①無法醫療。如「不治之症」。②指死亡。如「終於不治」。

**不便** ㄅㄨˋ ㄅㄧㄢˋ ①不方便，不合適。②缺錢用。如「手頭不便」。

**不宣** ㄅㄨˋ ㄒㄩㄢ ①不言。如「心照不宣」。②〔文〕不詳盡。常用在文言書信的末尾。

**不怕** ㄅㄨˋ ㄆㄚˋ ①不膽怯，不畏縮。②「縱然」的意思。如「人品最要緊，不怕有錢有勢，人品不好也不能受人重視」。③不必擔心。如「不怕慢，就怕站」。

**不是** ㄅㄨˊ ㄕˋ 是字常輕讀。①錯誤的。如「這就是你的不是了」。②表否定的詞。「不是他的」。

**不致** ㄅㄨˋ ㄓˋ 不會引起某種後果。如「能夠多作準備，便不致遇事張皇」。

**不苟** ㄅㄨˋ ㄍㄡˇ 〔文〕不隨便，不馬虎。如「不苟言笑」。

**不要** ㄅㄨˊ ㄧㄠˋ ①要的反面。如「不要錢」「不要命」。②語氣較重的禁止。如「不要動」。③不可，不能，語氣比較委婉。如「我的話你不要忘了」。

**不軌** ㄅㄨˋ ㄍㄨㄟˇ 〔文〕不遵循法度，指違法或叛亂。如「圖謀不軌」。

**不迭** ㄅㄨˋ ㄉㄧㄝˊ 〔文〕①用在動詞後面，表示急忙或來不及。如「後悔不迭」。②不停止。如「稱贊不迭」。

**不倫** ㄅㄨˋ ㄌㄨㄣˊ 〔文〕不同類。如「儗於不倫」。

**不准** ㄅㄨˋ ㄓㄨㄣˇ 不許。

**不容** ㄅㄨˋ ㄖㄨㄥˊ 不許。

**不屑** ㄅㄨˋ ㄒㄧㄝˋ 〔文〕①輕視。如「不屑與他談話」。也作「不屑於」。②不願做，不值得做。如「不屑置喙」。

**不料** ㄅㄨˋ ㄌㄧㄠˋ 沒有想到。

**不時** ㄅㄨˋ ㄕˊ 〔文〕①非正當時間。②時常。③不能事先預定的時間。如「不時之需」。

**不消** ㄅㄨˋ ㄒㄧㄠ ①用不著。如「不消說」。②不能承受。如「吃不消」。

**不特** ㄅㄨˋ ㄊㄜˋ 〔文〕不但。

**不祥** ㄅㄨˋ ㄒㄧㄤˊ 不吉利。

**不起** ㄅㄨˋ ㄑㄧˇ ①表無能力。如「買不起」「吃不起」。又表「不屑」的意思。如「瞧不起」「看不起」。②〔文〕病死。如「一病不起」。

**不配** ㄅㄨˋ ㄆㄟˋ 不相稱。資格不夠。

**不夠** ㄅㄨˋ ㄍㄡˋ 不足。表示比所需要或要求的數量差了一些。如「這些米五個人吃不夠」。

**不得** ▲ㄅㄨˋ ㄉㄜˊ 不可以。如「不得如此」。▲・ㄅㄨ・ㄉㄜ 用在動詞後面，表示不可以或不能夠。如「去不得」「要不得」。

**不敏** ㄅㄨˋ ㄇㄧㄣˇ 〔文〕不聰敏，不高明。常用來表示自謙。如「敬謝不敏」。

**不爽** ㄅㄨˋ ㄕㄨㄤˇ ①身體或心情不爽快。如「心有不爽」。②沒有差錯。如「屢試不爽」「絲毫不爽」。

**不淑** ㄅㄨˋ ㄕㄨˊ 〔文〕①不幸。②不善。如「遇人不淑」。

**不理** ㄅㄨˋ ㄌㄧˇ ①不回答，不跟對方交談。②〔文〕不以為然。如「不理於人口」。

**不符** ㄅㄨˋ ㄈㄨˊ 不相合。如「名實不符」。

**不許** ㄅㄨˋ ㄒㄩˇ ①不允許。②〔方〕不能。如「他不去，你就不許自己去嗎」。用於反問。

**不通** ㄅㄨˋ ㄊㄨㄥ ①指不合理法。如「文句不通」。②不明白，不理解。如「不通世故」。③過不去。如「此路不通」。

**不備** ㄅㄨˋ ㄅㄟˋ ①〔文〕書信結尾用語，不詳盡的意思，也作不一、不具、不宣。②不防備。如「攻其不備」。

**不單** ㄅㄨˋ ㄉㄢ ①不止。超出某個數目或範圍。如「學校記功的不單這三人」。②不但，不僅。（後面的句子常有「也」「還」等詞相呼應）如「我不單看見他，還跟他談了很久」。

**不啻** ㄅㄨˋ ㄔˋ 〔文〕不但，不僅，通用為「等於」「如同」。

**不堪** ㄅㄨˋ ㄎㄢ ①文不能。如「不堪詳述」。②受不住。如「不堪其苦」。③指品行壞透了。如「人品不堪」。

**不惑** ㄅㄨˋ ㄏㄨㄛˋ 文孔子說他自己「四十而不惑」，意思是說他到了四十歲，對任何事物道理都能了解而不困惑。因此把四十歲叫不惑。如「不惑之年」。

**不曾** ㄅㄨˋ ㄘㄥˊ 未曾，沒有。表示「曾經」的否定。如「誰都不曾見過鬼」。

**不測** ㄅㄨˋ ㄘㄜˋ 文①事先沒法子預料到的。②轉作受禍患而至於死亡的意思。如「險遭不測」。

**不無** ㄅㄨˋ ㄨˊ 有一點兒的意思。如「不無小補」。

**不然** ㄅㄨˋ ㄖㄢˊ ①不是這樣。如「一個人挑重擔很累，兩個人擔就不然了」。②用於句首，表示否定。如「不然他就翻臉了」。③作連詞用，表示要不是上文所說的情況，就會發生或可能發生下文所說的事情。如「明天我沒空，不然就可以陪你去」。

**不等** ㄅㄨˋ ㄉㄥˇ ①不齊，不一樣。如「大小不等」「數目不等」。②數字中兩數一大一小，跟代數式兩節的數值一大一小，都叫「不等」。

**不逮** ㄅㄨˋ ㄉㄞˋ 文達不到，做不到。如「善言可匡不逮」。

**不須** ㄅㄨˋ ㄒㄩ 不必。

**不僅** ㄅㄨˋ ㄐㄧㄣˇ ①不止，不單。②不但，不只。常和「而且」連用。如「這個人不僅誠懇，而且忠勇可靠」。

**不愧** ㄅㄨˋ ㄎㄨㄟˋ 不會慚愧，當得起。如「文天祥不愧為一條硬漢」。

**不想** ㄅㄨˋ ㄒㄧㄤˇ ①不去思想。②想不到的。

**不意** ㄅㄨˋ ㄧˋ 文不料。

**不會** ㄅㄨˋ ㄏㄨㄟˋ 不能。

**不睬** ㄅㄨˋ ㄘㄞˇ 不理會，不過問。

**不置** ㄅㄨˋ ㄓˋ 文不停止。如「他對你讚譽不置」。

**不禁** ㄅㄨˋ ㄐㄧㄣ 不能自制。如「觸景生情，不禁大哭」。

**不經** ㄅㄨˋ ㄐㄧㄥ 文①不合常理的。②沒根據的。如「荒誕不經」。

**不義** ㄅㄨˋ ㄧˋ ①指不應得。如「不義之財」。②指壞事。如「多行不義」。

**不解** ㄅㄨˋ ㄐㄧㄝˇ 對事理不明白，不清楚。

**不貲** ㄅㄨˋ ㄗ 文無數量可比，有甚多或貴重的意思。

**不過** ㄅㄨˋ ㄍㄨㄛˋ ①僅僅。如「他不過六歲」。②不能超越。如「他比不過你們」。③轉折語詞，有但是、然而的意思。如「東西雖然好，不過我買不起」。④後附的詞語，表示「非常」的意思。如「他原是謹慎不過的人」。

**不遑** ㄅㄨˋ ㄏㄨㄤˊ 文無暇，來不及。也作不暇。如「不遑顧及」。

**不遇** ㄅㄨˋ ㄩˋ 文①沒有遇合的機會。②不能遇到知己，沒有人賞識、提拔。如「懷才不遇」。

**不圖** ㄅㄨˋ ㄊㄨˊ ①文不料。②不貪圖。如「我只幫你的忙，不圖你什麼」。

**不對** ㄅㄨˋ ㄉㄨㄟˋ ①錯，不正確。「對」的相反，否定。②不正常。如「情況不對」。③不和睦。如「他們兄弟從小兒就不對」。

**不滿** ㄅㄨˋ ㄇㄢˇ ①不滿意。如「大家對這件事都不滿」。②不足，不夠。如「他還不滿二十歲」。

**不端** ㄅㄨˋ ㄉㄨㄢ 不正派。如「品行不端」。

**不稱** ㄅㄨˋ ㄔㄣˋ ①不能勝任。如「不稱其職」。②不配，不相當。如「彼此不稱」。

**不管** ㄅㄨˋ ㄍㄨㄢˇ ①不論。如「不管好歹」。②不理睬，不管顧。如「置之不管」。

**不敵** ㄅㄨˋ ㄉㄧˊ 文力量小，不能跟他對敵。如「寡不敵眾」。

**不論** ㄅㄨˋ ㄌㄨㄣˋ ①無論。②不提，不說。如「暫且不論」。

**不適** ㄅㄨˋ ㄕˋ 図不舒服。如「身體不適」。

**不齒** ㄅㄨˋ ㄔˇ 図①不願跟不喜歡的人在一起。②不愛說起他，因為他太壞。如「為人所不齒」。

**不器** ㄅㄨˋ ㄑㄧˋ 図不止作一種器物來用。指用途廣大，比喻人多才多藝。如「君子不器」。

**不獨** ㄅㄨˋ ㄉㄨˊ 図不但。

**不懌** ㄅㄨˋ ㄧˋ 図心情不愉快。如「連日心中不懌」。

**不諱** ㄅㄨˋ ㄏㄨㄟˋ 図①指死亡。如「設有不諱」。②不避諱，不隱瞞。如「直言不諱」。

**不賴** ㄅㄨˋ ㄌㄞˋ 不壞，還好。如「看，這一塊衣料真不賴」。

**不錯** ㄅㄨˋ ㄘㄨㄛˋ ①表肯定，含有贊同之意。如「不錯，你可以那麼辦」。②不壞，好。如「今天天氣不錯」。

**不應** ▲ㄅㄨˋ ㄧㄥ 不應該。▲ㄅㄨˋ ㄧㄥˋ 不作聲，不答腔。如「不應一聲」。

**不濟** ㄅㄨˋ ㄐㄧˋ ①図不成。②無能為力，不中用。③壞，不好。如「年成不濟」。

**不贅** ㄅㄨˋ ㄓㄨㄟˋ 図不再多說，常用於書信末。贅是多餘的，無用的。

**不斷** ㄅㄨˋ ㄉㄨㄢˋ 連續不間斷。如「這幾天不斷下大雨」。

**不職** ㄅㄨˋ ㄓˊ 図不能盡職。如「下官不職」。

**不韙** ㄅㄨˋ ㄨㄟˇ 図不應該，不是，不對。如「冒天下之大不韙」。

**不礙** ㄅㄨˋ ㄞˋ 沒有妨礙，可以這樣做。如「這樣做，不礙啦」。

**不識** ㄅㄨˋ ㄕˋ 不知道，不認識。如「不識廬山真面目」。

**不繼** ㄅㄨˋ ㄐㄧˋ 無法接續。如「三餐不繼」。

**不顧** ㄅㄨˋ ㄍㄨˋ ①不看顧。②不理不答。③不顧忌。

**不羈** ㄅㄨˋ ㄐㄧ 図奔放不可拘束，比喻人俊秀脫俗。如「不羈之才」。

**不讓** ㄅㄨˋ ㄖㄤˋ ①図不比…弱，不比…少。如「不讓鬚眉」。②不謙讓。如「說破了嘴，他都不讓」。

**不了事** ㄅㄨˋ ㄌㄧㄠˇ ㄕˋ 不懂事。

**不二價** ㄅㄨˋ ㄦˋ ㄐㄧㄚˋ 商人把貨物的確實售價標明，免得跟顧客討價還價，叫做不二價。

**不入耳** ㄅㄨˋ ㄖㄨˋ ㄦˇ 不中聽。

**不入流** ㄅㄨˋ ㄖㄨˋ ㄌㄧㄡˊ 比喻地位、能力低下。古人分人為九流，不能入九流，就是沒達到一定水準。

**不上算** ㄅㄨˋ ㄕㄤˋ ㄙㄨㄢˋ 不便宜，吃虧。

**不中用** ㄅㄨˋ ㄓㄨㄥ ㄩㄥˋ ①不合用。②沒有才幹。

**不中意** ㄅㄨˋ ㄓㄨㄥˋ ㄧˋ 不合意。

**不介意** ㄅㄨˋ ㄐㄧㄝˋ ㄧˋ 不放在心上。

**不世出** ㄅㄨˋ ㄕˋ ㄔㄨ 図不是世間常有的。如「不世出之才」。

**不可能** ㄅㄨˋ ㄎㄜˇ ㄋㄥˊ 不可實現的，不能夠，不會。

**不孕症** ㄅㄨˋ ㄩㄣˋ ㄓㄥˋ 婦女不能懷胎的病。

**不打緊** ㄅㄨˋ ㄉㄚˇ ㄐㄧㄣˇ 不要緊，無關緊要。如「他帶走些東西不打緊，重要的是他有沒有把檔案也帶走」。

**不由得** ㄅㄨˋ ㄧㄡˊ ㄉㄜˊ 不禁。也作「不由的」「由不得」。

**不合作** ㄅㄨˋ ㄏㄜˊ ㄗㄨㄛˋ 不跟人通力合作，是消極的抵制方法。

**不名譽** ㄅㄨˋ ㄇㄧㄥˊ ㄩˋ 損害名聲。如「我不做不名譽的事」。

**不在乎** ㄅㄨˋ ㄗㄞˋ ㄏㄨ 乎字輕讀。不介意。

**不在意** ㄅㄨˋ ㄗㄞˋ ㄧˋ ①沒留神。②不放在心上。

**不如意** ㄅㄨˋ ㄖㄨˊ ㄧˋ 不符合心意。

**不安分** ㄅㄨˋ ㄢ ㄈㄣˋ 不守本分。

**不成才** ㄅㄨˋ ㄔㄥˊ ㄘㄞˊ 才能平庸，沒出息。才也作材。

**不成話** ㄅㄨˋ ㄔㄥˊ ㄏㄨㄚˋ 不像話，指言語、行為不合常軌。如「他的行為越來越不成話」。

**不成器** ㄅㄨˋ ㄔㄥˊ ㄑㄧˋ 不成東西。比喻才能平庸，沒出息。

**不死藥** ㄅㄨˋ ㄙˇ ㄧㄠˋ 人吃了以後能夠長生不死的藥。古人相信海上有這種藥。戰國時代燕昭王、齊威王、齊宣王，到後來的秦始皇，都派人去找過。

**不自在** ㄅㄨˋ ㄗˋ ㄗㄞˋ 不舒適。

**不至於** ㄅㄨˋ ㄓˋ ㄩˊ 不會到了……。如「他的病還不至於死」。

**不自量** ㄅㄨˋ ㄗˋ ㄌㄧㄤˋ 過高地估計自己。也作「不自量力」。

**不作美** ㄅㄨˋ ㄗㄨㄛˋ ㄇㄟˇ 不肯成全別人的好事。

**不作聲** ㄅㄨˋ ㄗㄨㄛˋ ㄕㄥ 沈默不說話。也作「不則聲」。

**不含糊** ㄅㄨˋ ㄏㄢˊ ˙ㄏㄨ 糊字輕讀。①贊美的詞，含有真實、堅固、美好等意思。②不畏縮。

**不妨事** ㄅㄨˋ ㄈㄤˊ ㄕˋ 沒有妨礙。

**不肖子** ㄅㄨˋ ㄒㄧㄠˋ ㄗˇ ①品行不好的子女。多用於責罵子弟或為人子女者用作自謙之詞。②居父母之喪時自稱，同「不孝子」。

**不更事** ㄅㄨˋ ㄍㄥ ㄕˋ 沒有經驗。也作「不經事」。

**不求人** ㄅㄨˋ ㄑㄧㄡˊ ㄖㄣˊ 搔癢的用具。用骨角竹木削成人手指爪形，加上長柄。

**不見得** ㄅㄨˋ ㄐㄧㄢˋ ㄉㄜˊ 不一定，未必如此。如「你說他會來，不見得」。

**不言語** ㄅㄨˋ ㄧㄢˊ ㄩˇ 不說話。北京的土語常說成ㄅㄨˋ ㄩㄢˊ ˙ㄧ。

**不足道** ㄅㄨˋ ㄗㄨˊ ㄉㄠˋ [文]不值得說。

**不夜城** ㄅㄨˋ ㄧㄝˋ ㄔㄥˊ 整夜燈火通明的城市。指繁華的都市。

**不明物** ㄅㄨˋ ㄇㄧㄥˊ ㄨˋ 不知道來源或實際情況的東西。參看「幽浮」。

**不知情** ㄅㄨˋ ㄓ ㄑㄧㄥˊ ①不知事情的真相。②不承認人家的情意可感。

**不知道** ㄅㄨˋ ㄓ ˙ㄉㄠ 道字輕讀。不曉得，不懂。

**不相干** ㄅㄨˋ ㄒㄧㄤ ㄍㄢ 沒關係。如「這件事跟那件事不相干」。

**不相稱** ㄅㄨˋ ㄒㄧㄤ ㄔㄣˋ ①不調和。②不相當。

**不耐煩** ㄅㄨˋ ㄋㄞˋ ㄈㄢˊ 不耐煩雜，厭倦，心煩。

**不要臉** ㄅㄨˋ ㄧㄠˋ ㄌㄧㄢˇ 罵人不知羞恥。

**不要緊** ㄅㄨˋ ㄧㄠˋ ㄐㄧㄣˇ ①不成問題，沒什麼重要關係。②下文如有轉折，則指表面上似乎沒有妨礙。如「你這麼一叫不要緊，把剛睡著的小寶都吵醒了」。

**不值得** ㄅㄨˋ ㄓˊ ㄉㄜˊ ①物值跟代價不相稱。②不須如此。

**不倒翁** ㄅㄨˋ ㄉㄠˇ ㄨㄥ 本來是玩具名。現在常用來形容巧於趨避，不容易失敗的人。

**不凍港** ㄅㄨˋ ㄉㄨㄥˋ ㄍㄤˇ 不結冰的海港，如旅順、大連。

**不消說** ㄅㄨˋ ㄒㄧㄠ ㄕㄨㄛ 不必說。含有一定的意思。也作「不用說」。

**不送氣** ㄅㄨˋ ㄙㄨㄥˋ ㄑㄧˋ 語音學上指發輔音時沒有強烈的氣流出來。如ㄅㄉㄍㄐㄓㄗ這幾個聲母。參看「送氣」。

**不動產** ㄅㄨˋ ㄉㄨㄥˋ ㄔㄢˇ 不能移動的財產，指土地、房屋等。

**不帶音** ㄅㄨˋ ㄉㄞˋ ㄧㄣ 語音學上指發音時聲帶不振動。如ㄈ音只發出摩擦的氣流音。參看「帶音」。

**不得了** ①事態嚴重。如「不得了啦！失火啦」。②表示有很深的程度。如「他為這件事懊惱得不得了」。

**不得已** 不能不如此。

**不得不** 必須。

**不旋踵** 因來不及轉身，換一換腳的位置。比喻時間極短。踵是腳跟。

**不規則** ①不照規則。②變化複雜無常則。

**不敢當** 承當不起，不敢接受。在受人招待、誇獎時的謙辭。如「您的寵邀，愧不敢當」。

**不景氣** ①市面冷落，經濟蕭條。②指一般情況衰落而不興旺。

**不量力** 不估計自己的力量。

**不舒服** 服字輕讀。①不愉快。②有病。

**不貳過** 因曾經有過的錯誤不再犯。

**不順眼** 看著教人不喜歡。

**不經事** 沒有社會經驗。

**不經意** 不注意。

**不經濟** 浪費。

**不解事** 不明事理。

**不濟事** ①不能成事。②指事物的不夠強，功能衰敗，支持不住等等情況而表示失望無奈的用語。

**不繫舟** 因沒栓住的船。①比喻漂泊不定。②比喻無思無慮的心。如「人雖長住臺北城，心卻有如不繫舟」。

**不鏽鋼** 是在鋼鐵中加入鉻以及其他金屬元素的合金。這種合金的製品不易氧化生鏽。

**不…不…** ①用在意思相同或相近的詞（詞素）的前面，表示否定。略有強調的意思。如「不乾不淨」「不明不白」「不清不楚」「不偏不倚」「不慌不忙」。②用在同類而意思相對的形容詞的前面，表示「既不…也不…」。又分❶表示適中，恰到好處。如「不多不少」「不大不小」「不胖不瘦」。❷表示處在尷尬的中間狀態。如「不方不圓」「不明不白」「不上不下」「不死不活」。③用在同類而意思相對的動詞的前面，表示「如果不…就不…」。如「不見不散」「不吃不好」「不走不行」「不打不相識」。

**不…而…** 表示雖然不具有某種條件或原因，卻會產生某種結果。如「不勞而獲」「不期而遇」「不寒而慄」「不約而同」「不翼而飛」。

**不一而足** 不止一樣，很多。

**不二法門** 只有這樣最好，此外再沒有第二個好法子了。

**不上不下** 進退兩難。

**不了了之** 沒法子處置，只好含糊過去。

**不三不四** 不倫不類，不成樣子。

**不亢不卑** 因不自尊自大，也不低三下四。比喻恰合身分。

**不今不古** ①事物反常，古今沒有。②譏諷人學識很詭異，又喜好標新立異。

**不分彼此** ①關係密切。②同心合力。

**不刊之論** 不能改動或不可磨滅的言論。比喻至理名言。

刊是削除刻錯的字。不刊是不可更改。

**不可一世**（ㄅㄨˋ ㄎㄜˇ ㄧ ㄕˋ）形容人非常自得，以為沒有人能比得上自己的成就。

**不可名狀**（ㄅㄨˋ ㄎㄜˇ ㄇㄧㄥˊ ㄓㄨㄤˋ）不能夠用語言形容。名是說出。也作「不可言狀」。

**不可收拾**（ㄅㄨˋ ㄎㄜˇ ㄕㄡ ㄕˊ）拾字輕讀。無法妥善處理。比喻情況已壞到極點。如「局面已經不可收拾，你就讓它去吧」。

**不可抗力**（ㄅㄨˋ ㄎㄜˇ ㄎㄤˋ ㄌㄧˋ）法律上指使人無法抗拒的破壞力或強制力，像是洪水、地震或政府的強制等。因不可抗力而發生的損害，不追究法律責任。

**不可思議**（ㄅㄨˋ ㄎㄜˇ ㄙ ㄧˋ）非思想討論所能明白的，原是佛家語，含有神祕奧妙、無法了解的意思。

**不可限量**（ㄅㄨˋ ㄎㄜˇ ㄒㄧㄢˋ ㄌㄧㄤˋ）前途希望無窮。

**不可捉摸**（ㄅㄨˋ ㄎㄜˇ ㄓㄨㄛ ㄇㄛ）變化不定，不可預料。

**不可終日**（ㄅㄨˋ ㄎㄜˇ ㄓㄨㄥ ㄖˋ）図連一天都過不去了。形容局面支撐不住，或心中驚慌害怕。如「惶惶然不可終日」。

**不可救藥**（ㄅㄨˋ ㄎㄜˇ ㄐㄧㄡˋ ㄧㄠˋ）病情或行為壞到極點，無法挽救。

**不可理喻**（ㄅㄨˋ ㄎㄜˇ ㄌㄧˇ ㄩˋ）不能夠用道理使他明白。形容人態度蠻橫，不講道理。如「這一個人蠻橫到不可理喻，不必理他」。

**不可開交**（ㄅㄨˋ ㄎㄜˇ ㄎㄞ ㄐㄧㄠ）沒法子擺脫或是結束。只做「得」後面的補語。如「忙得不可開交」。

**不可勝言**（ㄅㄨˋ ㄎㄜˇ ㄕㄥ ㄧㄢˊ）図不是言語所能夠表達的。表示美好、奇妙、痛苦、悲哀、悽慘都可以。

**不可勝數**（ㄅㄨˋ ㄎㄜˇ ㄕㄥ ㄕㄨˇ）図非常多，多到數（ㄕㄨˇ）不完。

**不打自招**（ㄅㄨˋ ㄉㄚˇ ㄗˋ ㄓㄠ）①沒有用刑，自己就招供了。②還沒追問就說出自己的想法或作法。

**不由分說**（ㄅㄨˋ ㄧㄡˊ ㄈㄣ ㄕㄨㄛ）不容許分辯解釋。

**不白之冤**（ㄅㄨˋ ㄅㄞˊ ㄓ ㄩㄢ）図沒有法子申訴的冤屈。白的語音ㄅㄞˊ。

**不亦樂乎**（ㄅㄨˋ ㄧˋ ㄌㄜˋ ㄏㄨ）①快樂。②謔指一塌糊塗。如「他們打得不亦樂乎」。

**不共戴天**（ㄅㄨˋ ㄍㄨㄥˋ ㄉㄞˋ ㄊㄧㄢ）不願跟仇人處在同一個世界。比喻深仇大恨的意思。

**不名一文**（ㄅㄨˋ ㄇㄧㄥˊ ㄧˋ ㄨㄣˊ）一文錢都沒有。形容人非常貧窮。名是占有。也作「一文不名」「不名一錢」「一錢不名」。

**不合時宜**（ㄅㄨˋ ㄏㄜˊ ㄕˊ ㄧˊ）不合時代風氣。

**不在話下**（ㄅㄨˋ ㄗㄞˋ ㄏㄨㄚˋ ㄒㄧㄚˋ）①指事物很輕微，不值得說。②指事屬當然，用不著說。

**不好意思**（ㄅㄨˋ ㄏㄠˇ ㄧˋ ㄙ）思字輕讀。①羞澀，慚愧。②不忍，不肯。

**不安於室**（ㄅㄨˋ ㄢ ㄩˊ ㄕˋ）指已婚婦女有外遇，不守婦道。

**不成文法**（ㄅㄨˋ ㄔㄥˊ ㄨㄣˊ ㄈㄚˇ）不經立法程序而由國家承認具有效力的法律。如自然法、習慣法、判例等。相對的稱為「成文法」。

**不成比例**（ㄅㄨˋ ㄔㄥˊ ㄅㄧˇ ㄌㄧˋ）數量、高低、大小等方面相差得很大，不能相比較。

**不成體統**（ㄅㄨˋ ㄔㄥˊ ㄊㄧˇ ㄊㄨㄥˇ）不像樣子。

**不死不活**（ㄅㄨˋ ㄙˇ ㄅㄨˋ ㄏㄨㄛˊ）①形容沒有生氣。②比喻處境尷尬。

**不即不離**（ㄅㄨˋ ㄐㄧˊ ㄅㄨˋ ㄌㄧˊ）不親近也不故意疏遠的樣子。

**不忮不求**（ㄅㄨˋ ㄓˋ ㄅㄨˋ ㄑㄧㄡˊ）図不嫉妒，也不貪求。如「人能不忮不求，就不致有人論你的是非」。

**不求甚解** ①不仔細研究。②讀書能靈活領會，不拘泥字句上的意思。

**不求聞達** 図指隱退不求人知。全句是「苟全性命於亂世，不求聞達於諸侯」。

**不良適應** 指個體不能與環境取得良好關係，無法解決日常生活問題，行為表現與社會一般情況不一致。

**不良導體** 不容易傳熱或傳電的物體，物理學稱為不良導體。

**不見天日** 比喻黑暗，不公平。

**不見經傳** ①經傳中沒有記載。指人或事物沒有大的名氣。經傳指儒家的典籍。②指某種理論、意見，缺乏文獻上的依據。

**不言不語** 不說話，悶聲不響。

**不言而喻** 図不必說明就都可以知道。

**不足掛齒** 図不值一說。

**不足為訓** 不可奉為法則。

**不足輕重** 不重要，沒有什麼價值。

**不事生產** 不做事，不工作。事是做的意思。

**不卑不亢** 不自卑，也不高傲。也作「不亢不卑」。

**不咎既往** 見「既往不咎」。

**不屈不撓** 形容在壓力和困難面前不屈服。撓是彎曲。

**不念舊惡** ①不記過去的仇恨。②不計較已往的過失。惡原指過錯。

**不拘小節** 不注意生活小事。小節指無關大體的細小行為。

**不明就裡** 不明白其中的原因。就裡是內部情況。

**不服水土** 不能適應某一地區的氣候、飲食等。服是習慣。水土指各地飲食和寒暖燥濕的情況。

**不治之症** 不是藥物所能治好的重病。

**不知凡幾** 不知道一共有多少。指同類的人或事物很多。凡是總共。

**不知死活** 不知利害，冒昧進行。

**不知好歹** ①不懂得辨別好壞。②不能領會別人的好意。

**不知所云** ①自謙自己說話不得體。②不曉得是說些什麼。

**不知所以** 不知道為什麼會這樣。所以是指實在的情由，事情的原委。

**不知所終** 不知道結局或下落。

**不知所措** 図驚惶失措，不知怎樣辦才好。

**不衫不履** 図衣著不整齊的樣子。形容人神情瀟脫，不拘小節。

**不近人情** 性情乖異，行為不合情理。

**不長不短** 指長度恰到好處。

**不信任案** 國會反對內閣的政策，提出不信任法案，如果投票通過，可以強迫內閣辭職。

**不哼不哈** 一句話都不說（應該說的卻不說）。

**不為已甚** ①做事有分寸，不過火。已甚就是過分。②

指對人的責備或處罰適可而止。

**不相上下** 彼此相等，不分高低。

**不相聞問** 彼此沒有往來。

**不省人事** 昏迷，失去知覺。

**不約而同** 事先雖沒有經過商量約定，而結果是彼此一致。如「兩人不約而同的都來了」。

**不計其數** 無法計算數目。意思是很多。

**不倫不類** 不像樣，不合格式。

**不修邊幅** 態度隨便，不注意服裝儀容。

**不值一笑** 形容毫無價值。

**不差累黍** [文]形容絲毫不差。累黍是古代兩種微小的重量單位。黍十粒是一累。

**不恥下問** 不以向地位、學問較自己低的人請教為可恥。

**不破不立** 不破壞舊的，就不能建立新的。

**不偏不倚** ①指儒家折中調和的「中庸之道」。②不偏袒任何一方。③形容不偏不歪，恰好命中。

**不假思索** 用不著想。形容說話、做事迅速，如「他一聽，不假思索的就簽了字」。

**不動聲色** 不說話，不顯露感情。形容鎮靜、沉著。色指臉上的表情。

**不得要領** 沒有掌握事物的要點或關鍵。

**不脛而走** [文]沒有腿而能走。形容文字或事物的受歡迎或受人注意而流傳迅速。

**不速之客** [文]指不請而自來的客人。速是邀請。

**不勝枚舉** [文]多得不能一一列舉。

**不勝其煩** 煩雜瑣碎得使人受不了。

**不勝感激** 內心有很深的謝意。

**不勞而獲** 指徼幸取得，不費力而能得到。

**不堪回首** [文]提起舊事，就覺得傷心。

**不堪設想** 越想越不好，不能再想了。比喻極可憂慮。也作「不堪涉想」。

**不寒而慄** [文]並不是因為寒冷而發抖。比喻非常害怕。

**不期而遇** [文]沒有約定，無意中遇見。

**不痛不癢** ①作事不痛快或不徹底。②沒什麼關係的。

**不稂不莠** [文]說子弟不成材。語出〈詩經〉。

**不絕如縷** [文]比喻極危急，有如只剩一根線聯繫沒斷。

**不置可否** [文]不表示意見。

**不義之財** 不應當得的錢財。

**不著邊際** 形容人的言論空泛，不切實際，離題太遠。

**不虛此行** 沒有白走這一趟。虛是白白的、徒然的意思。

**不寧唯是** [文]不僅如此。

**不管部長** 某些國家有些內閣閣員不專管某一個部，出席內閣會議，參與決策，並擔任政府首長交辦的重要事務。

**不聞不問** 不聽也不問。指對有關的事情不關心，不過問。

**不遠千里** 不以千里為遠。形容不怕路途遙遠。

**不蔓不枝** 図①指蓮莖不分枝杈。蔓是蔓延。②比喻文章簡潔、流暢。

**不學無術** 沒有學問才幹。

**不謀而合** 事情雖沒有經過商量，大家卻是意見一致。

**不辨菽麥** 図分不清豆子和麥子。形容人愚昧，缺乏常識。

**不隨意肌** 由長紡錘形的細胞組成的肌肉，是構成胃、腸等內臟的肌肉，平滑，沒有橫紋。它的運動不受意志的支配。也叫平滑肌。

**不尷不尬** ①左右為難，不好處理。②形容不像樣子，不三不四。③形容臉色或態度不自然。

**不翼而飛** 形容物品忽然遺失。

**不聲不響** 不發出任何聲音。

**不識一丁** 不識字，文盲。

**不識時務** 不知道時局風氣，不明白時代潮流。

**不識泰山** 比喻對偉大人物不知尊敬有禮。也說「有眼不識泰山」。

**不識抬舉** 罵人不明白別人對他的好意看待，或說人不知自愛。

**不遺餘力** 不讓有餘的力量剩下來，就是已經盡了全部力量。

**不關痛癢** ①不關切。②不要緊。如「這件事實在不關痛癢」。

**不平等條約** ①權利義務不平等的條約。②侵略國強迫訂立破壞別國主權、損害別國利益的國際條約。

**不打不相識** 指兩人經過交手，互相了解，更加投合。

**不合作運動** 不用暴力而以不合作的方式作消極抵抗的運動。甘地曾倡導這種運動，逼迫英國人讓印度獨立。

**不可同日而語** 事物不同，不能相提並論。「不可」也作「未可」。

**不當家花拉的** 家字輕讀。表示不敢當、不應該、有罪過的意思。舊小說對話中常用。如「阿彌陀佛！不當家花拉的」（〈紅樓夢〉）。「花拉的」是裝飾音。

**不管三七二十一** ①不顧一切。②不論是非情由。三七二十一是乘法口訣。七的三倍是二十一，代表是的、對的。

**不入虎穴焉得虎子** ①不進老虎洞，怎能捉到小老虎？②比喻不親歷艱難危險，就不能取得成功。③比喻不經過艱苦的實踐，就不能取得真知。焉是如何、怎麼。用反問的語氣表達肯定的意思。

**不經一事，不長一智** 沒有親身經歷過一件事情，就不能增長有關這一件事情的知識。

## 丏
図ㄇㄧㄢˇ㊀不見。㊁古時候為了防禦而設的避箭的短牆。

## 丐
ㄍㄞˋ㊀図乞求。〈史記〉有「丐沐沐我」。㊁要飯的。通稱「乞丐」。㊂図給與。如「沾丐後人」。

## 丑
ㄔㄡˇ㊀十二地支的第二位。㊁夜裡一點到三點是丑時。㊂戲劇中表演滑稽的腳色，叫「丑角兒」。㈣姓。

## 四筆

**丙** ㄅㄧㄥˇ ㈠天干的第三位。㈡排列次序等第用的字，表示第三。㈢図借作「火」的隱語。「付丙」就是拿火燒掉，意思是保密。㈣姓。

**丕** ㄆㄧ 図ㄆㄧ大，「丕業」就是偉大的事業。

**丕基** ㄆㄧ ㄐㄧ 図大的基業。

**丕變** ㄆㄧ ㄅㄧㄢˋ 図大的變動。

**丕業** ㄆㄧ ㄧㄝˋ 図大的事業。

**且** ▲ㄑㄧㄝˇ ㈠尚且。如「然且不可」。㈡姑且，暫時的。如「你且坐著」。㈢表示經久。如「這衣服且穿哪」。㈣又。如「既飽且醉」。㈤表示同時做兩件事。如「且說且走」。㈥況且，並且，是表示更進一層的意思。㈦図將。如「城且拔矣」。㈧図抑。如「且爾言過矣」。㈨図說數目差不多。如「來者且千人」。㈩図發語詞，同「夫（ㄈㄨˊ）」。
▲図ㄑㄩ 「萋且」是形容敬慎的樣子。語出〈詩經〉「有萋有且」。
▲図ㄐㄩ ㈠語尾助詞。如〈詩經〉「匪我思且」。㈡且月，指陰曆六月。

**且說** ㄑㄧㄝˇ ㄕㄨㄛ 図姑且先說，舊小說用作發端語，或篇段轉折的承接語。

**且慢** ㄑㄧㄝˇ ㄇㄢˋ 慢些，不必著急。

**且……且……** ㄑㄧㄝˇ ㄑㄧㄝˇ 一邊……一邊……。用在兩個動詞前面，表示兩個動作同時進行。如「且談且走」。

**且歌且舞** ㄑㄧㄝˇ ㄍㄜ ㄑㄧㄝˇ ㄨˇ 一面唱歌一面跳舞。表示快樂的樣子。

**且戰且走** ㄑㄧㄝˇ ㄓㄢˋ ㄑㄧㄝˇ ㄗㄡˇ 無心作戰，準備逃跑。走是跑的意思。

**丘** ㄑㄧㄡ ㈠小土山。如「丘陵」。㈡図墳墓，也作「丘壠」。㈢図田野，鄉里。如「丘壑」「丘里」。㈣姓。㈤孔子名丘，從前避諱就寫成「丠」。

**丘八** ㄑㄧㄡ ㄅㄚ 「丘」字加上「八」字合成「兵」字。以前用作「兵」的代稱。指當兵的人（含貶義）。

**丘墳** ㄑㄧㄡ ㄈㄣˊ 図①墳墓，也作「丘墓」。②山陵的地方。

**丘壑** ㄑㄧㄡ ㄏㄨㄛˋ 図①隱居的所在。②比喻人意志深遠為「胸有丘壑」。

**丘陵** ㄑㄧㄡ ㄌㄧㄥˊ 土山，指高低不平的地帶，對平原說的。

**世（丗）** ㄕˋ ㈠三十年為一世。㈡人一生叫一世。㈢父子相繼為一世。㈣輩輩相傳的。如「世醫」「世交」。㈤時代。如「時世」。㈥世界的簡稱。如「世上」「世事」。㈦姓。

**世人** ㄕˋ ㄖㄣˊ 世界上的人，一般的人。

**世上** ㄕˋ ㄕㄤˋ 社會上，世界上。

**世及** ㄕˋ ㄐㄧˊ 図世代相傳。

**世仇** ㄕˋ ㄔㄡˊ ①世世代代有仇的人或人家。②世世代代的冤仇。

**世代** ㄕˋ ㄉㄞˋ ①世㈠。②時代。③累世，累代。如「世代書香」。

**世兄** ㄕˋ ㄒㄩㄥ 從前稱老師的兒子或世交同輩年紀比自己大的人。

**世伯** ㄕˋ ㄅㄛˊ 稱世交的長輩，年齡比自己父親大的。

**世局** ㄕˋ ㄐㄩˊ 世界局勢，社會局勢。

**世弟** ㄕˋ ㄉㄧˋ 世交同輩年紀比自己小的人。

**世系** ㄕˋ ㄒㄧˋ 一姓相承的系統次序。

**世事** ㄕˋ ㄕˋ 當今世上的種種事情。

**世叔** ㄕˋㄕㄨˊ 稱世交的長輩，年紀比自己父親小的。

**世俗** ㄕˋㄙㄨˊ 社會上流傳的習俗。

**世故** ㄕˋㄍㄨˋ ①世間一切的事理。②熟習世俗人情習慣，待人處事能圓通周到的意思。如「這人很世故」。

**世界** ▲ㄕˋㄐㄧㄝˋ ①宇宙，空間。②指地球上各國。③指整體的組織或現象。如「科學世界」。▲ㄕˋ·ㄐㄧㄝ 到處。如「弄得滿世界都是爛紙」。

**世紀** ㄕˋㄐㄧˋ 歐美各國以耶穌出生那一年為紀元，每一百年算一個世紀。

**世面** ㄕˋㄇㄧㄢˋ 世間各種社會情狀。

**世風** ㄕˋㄈㄥ 〔文〕社會風氣。如「人心不古，世風日下」。

**世家** ㄕˋㄐㄧㄚ ①舊時指歷代做官的家庭。②〈史記〉中諸侯的傳記部分叫世家。

**世務** ㄕˋㄨˋ 當世的事務。

**世族** ㄕˋㄗㄨˊ 世代做官的家族。

**世傳** ㄕˋㄔㄨㄢˊ 世世代代相傳下來。

**世間** ㄕˋㄐㄧㄢ 世界上，社會上。

**世道** ㄕˋㄉㄠˋ 指世間一切行動和經歷的情態。

**世運** ㄕˋㄩㄣˋ ①〔文〕世間盛衰治亂的氣運。②世界運動會的簡稱。現在改稱奧運。

**世態** ㄕˋㄊㄞˋ 世俗的人情狀態。如「如今世態炎涼」。

**世敵** ㄕˋㄉㄧˊ 世世代代的仇敵。

**世誼** ㄕˋㄧˊ 世交。

**世醫** ㄕˋㄧ 世代行醫的中醫。

**世襲** ㄕˋㄒㄧˊ 封建時代爵位可以傳給子孫，叫世襲。

**世界語** ㄕˋㄐㄧㄝˋㄩˇ 以供世人通用為目標的一種語言。西元一八八七年波蘭人柴門霍夫（Ludwig Lazarus Zamenhot）首創的國際輔助語，稱為Esperanto，本意是有希望的人。字母二十八個，元音五個，語法及發音比較簡單。又稱「愛世語」。但是各民族都寶愛自己的語言，加上英語流傳很廣，所以未受重視。

**世界觀** ㄕˋㄐㄧㄝˋㄍㄨㄢ 對世界的看法，跟人生觀相對。有時也包括宇宙觀和人生觀。

**世代交替** ㄕˋㄉㄞˋㄐㄧㄠㄊㄧˋ ①某些植物和無脊椎動物有性生殖和無性生殖交替進行的現象。動物中如水螅，植物如羊齒科，都有這種現象。②指一代傳給一代。

**世外桃源** ㄕˋㄨㄞˋㄊㄠˊㄩㄢˊ ①稱隱居的所在。②比喻風景好而人跡少到的地方。語出陶潛〈桃花源記〉。

**世界大同** ㄕˋㄐㄧㄝˋㄉㄚˋㄊㄨㄥˊ 為謀求人類的幸福安寧，不偏於一國一地的一種主張。

**世衰道微** ㄕˋㄕㄨㄞㄉㄠˋㄨㄟˊ 指人世間道德敗壞，人情冷淡。

**世態炎涼** ㄕˋㄊㄞˋㄧㄢˊㄌㄧㄤˊ 世俗情態的盛衰及人情的反覆無常。指人巴結有錢有勢的人，冷漠對待無錢無勢的人。炎是熱烈，涼是冷淡。

**世界衛生組織** ㄕˋㄐㄧㄝˋㄨㄟˋㄕㄥㄗㄨˇㄓ 聯合國在西元一九四八年成立的一個附屬機構，用以推展有關世界衛生事務。世界衛生節訂在每年四月七日。

## 五筆

**丟** ㄉㄧㄡ (一)遺失。如「帶去的錢在路上丟了」。(二)拋棄。如「把這些破紙丟了吧」。

**丟人** ㄉㄧㄡ ㄖㄣˊ 丟臉，沒面子。如「球比輸了沒關係，再練習。不能哭，哭了多丟人哪」。

**丟手** ㄉㄧㄡ ㄕㄡˇ ①放開手。②比喻放開不管。

**丟失** ㄉㄧㄡ ㄕ 遺失。

**丟掉** ㄉㄧㄡ ㄉㄧㄠˋ 失去，扔掉。

**丟棄** ㄉㄧㄡ ㄑㄧˋ 拋棄，不要了。

**丟開** ㄉㄧㄡ ㄎㄞ 撇棄，不管。

**丟臉** ㄉㄧㄡ ㄌㄧㄢˇ 失面子，露醜。也作「丟面子」「丟人」「丟醜」。

**丟醜** ㄉㄧㄡ ㄔㄡˇ 丟臉。

**丟面子** ㄉㄧㄡ ㄇㄧㄢˋ ㄗ˙ 丟臉。

**丟人現眼** ㄉㄧㄡ ㄖㄣˊ ㄒㄧㄢˋ ㄧㄢˇ 形容行為不得體而丟臉。如「家裡的事別在外面四處說，怪丟人現眼的。」

**丟三落四** ㄉㄧㄡ ㄙㄢ ㄌㄚˋ ㄙˋ 說人記憶不好，做這個，忘那個。

**丟眼色兒** ㄉㄧㄡ ㄧㄢˇ ㄕㄞˇ ㄦ 色字輕讀。用眼睛暗示。也說「遞眼色兒」。

## 丞

ㄔㄥˊ 本是輔佐的意思，古時作為官名。如「丞相」「縣丞」等。

**丞相** ㄔㄥˊ ㄒㄧㄤˋ 古時輔助天子治國的最高官員，相當於現在的行政院長或內閣總理。

# 七筆

## 並

ㄅㄧㄥˋ ㈠同時，一起。如「齊頭並進」。㈡平排著，靠在一起。如「並肩作戰」「各項並列」。㈢「並且」的簡詞，表示平列。如「除按時上課，並努力自修」。㈣用在「不是」「沒有」等詞的前頭。是按照實際情形來表示稍微反駁的口氣。如「實際人數並沒有你說的那麼多」「我研究了一下，並不困難」。㈤図如同口語裡的「連」。如「並此淺近者亦不能明」。

**並且** ㄅㄧㄥˋ ㄑㄧㄝˇ 表示平列或進一層的連詞。如「每天除了讀書，並且做工」「他學問好，並且很能幹」。

**並立** ㄅㄧㄥˋ ㄌㄧˋ ①一起存在。②站在一起。

**並列** ㄅㄧㄥˋ ㄌㄧㄝˋ 平列，不分主次。如「並列句」。

**並行** ㄅㄧㄥˋ ㄒㄧㄥˊ ①並排行走。②同一時間實行。如「並行不悖」。

**並非** ㄅㄧㄥˋ ㄈㄟ 實在不是。

**並肩** ㄅㄧㄥˋ ㄐㄧㄢ ①並排。如「並肩而立」。②一起。如「並肩作戰」。

**並重** ㄅㄧㄥˋ ㄓㄨㄥˋ ①同等重視。②同等重要。

**並排** ㄅㄧㄥˋ ㄆㄞˊ 相並排列。

**並發** ㄅㄧㄥˋ ㄈㄚ 一起發作。

**並蒂** ㄅㄧㄥˋ ㄉㄧˋ 図兩朵花兒長在一個蒂上，是祝賀新婚的吉祥話兒。

**並舉** ㄅㄧㄥˋ ㄐㄩˇ 不分先後，同時舉辦。

**並聯** ㄅㄧㄥˋ ㄌㄧㄢˊ 把幾個電器或元件，一個個並排聯接，形成幾個平行的分支電路。這種聯接的方法叫並聯。參看「串聯」。

**並蒂蓮** ㄅㄧㄥˋ ㄉㄧˋ ㄌㄧㄢˊ 並排地長在同一個莖上的兩朵蓮花。常用來比喻恩愛夫妻。

**並行不悖** ㄅㄧㄥˋ ㄒㄧㄥˊ ㄅㄨˋ ㄅㄟˋ 図同時進行，彼此不妨礙。

**並駕齊驅** ㄅㄧㄥˋ ㄐㄧㄚˋ ㄑㄧˊ ㄑㄩ ①彼此相等（多指地位或程度方面）。②彼此同時前進。

# 丶部

## 二筆

**个** ▲ㄍㄜˋ 同「個」。▲図ㄍㄢˋ 古代「射侯之舌」。

**丫** ㄧㄚ 東西上面分叉的地方。如「腳丫縫兒」。

**丫叉** ㄧㄚ ㄔㄚ ①同「椏杈」。樹枝分出的地方；也用來形容樹枝歧出。②雙手交叉。

**丫子** ㄧㄚ ˙ㄗ 俗話把腳叫「腳丫子」，簡單說「丫子」。

**丫頭** ㄧㄚ ˙ㄊㄡ ①婢女。②對年輕女孩子順口的稱呼。③父母對自己的女兒，或長輩對晚輩女孩通俗親切的稱呼。

**丫鬟(兒)** ㄧㄚ ㄏㄨㄢˊ (ㄦ) 鬟也作嬛，輕讀。舊日大戶人家年幼的婢女。

## 三筆

**丰** ㄈㄥ ㈠図容貌美好或豐滿的樣子。〈詩經〉有「子之丰兮」。㈡容貌儀態。如「丰采」。㈢「豐」的簡寫。

**丰采** ㄈㄥ ㄘㄞˇ 煥發的儀容。也作「丰姿」。

**丰姿** ㄈㄥ ㄗ 美好的姿容。也作「丰容」。丰也作風。

**丰神** ㄈㄥ ㄕㄣˊ 美好的神態。也作「丰儀」。丰也作風。

**丰韻** ㄈㄥ ㄩㄣˋ 優美的姿態。多用於女子。丰也作風。

**中** ▲ㄓㄨㄥ ㈠在四方、上下之間。如「中央」「中原」。㈡裡面。如「水中」「山中」。㈢在高低、大小之間的。如「中學」「中型」。㈣在左右或前後之間的。如「中指」「中午」。㈤在好壞之間的。如「中等貨」。㈥正好，不太過也不欠缺。如「適中」。㈦一半，半路。如「中途」「中斷」。㈧居間介紹的人。如「中人」「中保」。㈨表示正在做著。如「在交涉中」「在談判中」。㈩「中國」的簡稱。如「中文」「中式建築」。(十一)姓。▲ㄓㄨㄥˋ ㈠恰好達到或得到。如「中獎」「中的(ㄉㄧˋ)」。㈡遭受，感受。如「中暑」「中了一槍」。㈢對，正確。如「猜中了」「說中了」。㈣合。如「中意」「中用」「中選」。㈤科舉時代考取叫「中式」。

**中人** ㄓㄨㄥ ㄖㄣˊ ①居間說事、介紹買賣的人。②図同「中材」。

**中土** ㄓㄨㄥ ㄊㄨˇ ①中國。②中原。

**中士** ㄓㄨㄥ ㄕˋ 軍隊士官的一級，低於上士，高於下士。

**中子** ㄓㄨㄥ ㄗˇ 構成原子核的基本粒子的一種。質量約和質子相等。中子不帶電，所以從原子核分裂出來的中子容易進入原子核，可以用來轟擊原子核，引起核子反應。

**中介** ㄓㄨㄥ ㄐㄧㄝˋ ①居間介紹。也作「仲介」。②媒介。

**中元** ㄓㄨㄥ ㄩㄢˊ 節名，陰曆七月十五日是中元節。參看「三元」②。

**中允** ㄓㄨㄥ ㄩㄣˇ 図公正，誠實。如「貌似中允」。

**中午** ㄓㄨㄥ ㄨˇ 白天十二點鐘左右的時間。參看「正午」。

**中天** ㄓㄨㄥ ㄊㄧㄢ 天空之中或在天空之中。

**中心** ㄓㄨㄥ ㄒㄧㄣ ①図心中。②物的正中央也叫「中心」。③居重要地位的人或事項。如「中心工作」「中心人物」。④聯絡的樞軸。⑤就是英文center的意譯。如「資料中心」「教學中心」等。

**中文** ㄓㄨㄥ ㄨㄣˊ 中國的文字、文章、文學。

**中止** ㄓㄨㄥ ㄓˇ 中途停止。

**中古** ㄓㄨㄥ ㄍㄨˇ 上古和近古中間的時代。我國以「秦漢」之後到北宋之間為中古。歐洲史則以西羅馬滅亡到哥倫布發現新大陸為中古。

**中外** ㄓㄨㄥ ㄨㄞˋ ①中國和外國。②國內與國外。③古時稱中央與地方。

**中央** ㄓㄨㄥ ㄧㄤ ①四方的當中，和四周距離相等的地位。②政府的中樞機構，對「地方」（各地方政府機構）說的。

**中正** ㄓㄨㄥ ㄓㄥˋ 不偏不倚。

**中用** ㄓㄨㄥ ㄩㄥˋ 合用，有用，好用。又讀ㄓㄨㄥˋ ㄩㄥˋ。

**中立** ㄓㄨㄥ ㄌㄧˋ ①図獨立。②不偏袒任何一方。

**中州** ㄓㄨㄥ ㄓㄡ 以往對河南省的別稱。

**中式** ▲ㄓㄨㄥˋ ㄕˋ 中國固有的式樣，對「西式」說的。如「中式餐點」。▲図ㄓㄨㄥˋ ㄕˋ 科舉時代指參加考試錄取。

**中年** ㄓㄨㄥ ㄋㄧㄢˊ 人過了四十歲，就說是到了中年；因此把四十歲左右的年齡叫中年。

**中旬** ㄓㄨㄥ ㄒㄩㄣˊ 每月十一日到二十日。

**中耳** ㄓㄨㄥ ㄦˇ 外耳和內耳之間的部分，內有三塊互相連接的聽骨（鎚骨、砧骨和鐙骨）。也叫鼓室。

**中西** ㄓㄨㄥ ㄒㄧ 中國與西洋的簡稱。

**中材** ㄓㄨㄥ ㄘㄞˊ 図①指中等人材。②普通一般人的資質，和上智、下愚相對稱（ㄔㄥˋ）。

**中和** ㄓㄨㄥ ㄏㄜˊ ①指性情中正和平。②一種化學作用，就是具有偏性的兩物相遇，而化成中性的作用，叫做中和；如酸性物跟鹼性物相化合，生出了中性鹽。

**中夜** ㄓㄨㄥ ㄧㄝˋ 図半夜。

**中性** ㄓㄨㄥ ㄒㄧㄥˋ 不偏於任何一方的性質，如非酸性非鹼性的化合物，無雌雄蕊的植物，無雌雄性的動物，無陰陽可分的名詞等。

**中波** ㄓㄨㄥ ㄅㄛ 波長從二百米到三千米的無線電波。特點是直接在地面傳播，接收時比較穩定，沒有短波傳得遠。一般用在國內廣播。

**中的** ㄓㄨㄥˋ ㄉㄧˋ 図射中鵠的，引伸作打中或抓住了要害。

**中肯** ㄓㄨㄥˋ ㄎㄣˇ 言詞的內容切實，抓住了要點。「肯」指「肯綮」。

**中表** ㄓㄨㄥ ㄅㄧㄠˇ 泛指父親的姊妹的子女，或母親的兄弟姊妹的子女，就是姑表親和姨表親的總稱。

**中保** ㄓㄨㄥ ㄅㄠˇ 在買賣或借貸雙方之間擔負保證責任的人。或稱「中保人」。

**中型** ㄓㄨㄥ ㄒㄧㄥˊ 體形既不大也不小。如「中型汽車」。

**中指** ㄓㄨㄥ ㄓˇ 手指正當中最長的那一個。

**中流** ㄓㄨㄥ ㄌㄧㄡˊ ①河流的中間。②中等，中層。如「中流社會」「中流人物」。

**中毒** ㄓㄨㄥˋ ㄉㄨˊ 身體遭受了毒質的感染或傷害。引伸到思想受了蠱惑，信服邪說謬論，也可以稱為「中毒」。

**中秋** ㄓㄨㄥ ㄑㄧㄡ 節名，在陰曆八月十五日。

**中計** ㄓㄨㄥˋ ㄐㄧˋ 落入人家的圈套兒，受了人家暗算。

**中風** ㄓㄨㄥˋ ㄈㄥ 中醫病名，就是腦溢血。

**中原** ㄓㄨㄥ ㄩㄢˊ ①平原的中部。②黃河下游一帶，河南西部北部，山東的西部，河北與山西的南部，陝西東部等地。以往是對邊疆地方說的。③通稱我國中部一帶地方。

**中宵** ㄓㄨㄥ ㄒㄧㄠ 図半夜。也作「中夜」。如「中宵起坐」。

**中氣** ㄓㄨㄥ ㄑㄧˋ 中醫把人身中部的「正氣」叫「中氣」。

**中校** ㄓㄨㄥ ㄒㄧㄠˋ 軍階，在上校之下，少校之上。

**中班** ㄓㄨㄥ ㄅㄢ ①幼稚園裡約四足歲幼兒所編成的班級，介於大班和小班之間。②三班制工作中介於早班和晚班之間的工作時段。

**中級** ㄓㄨㄥ ㄐㄧˊ 介於高級和初級之間的。如「中級研習班」。

**中耕** ㄓㄨㄥ ㄍㄥ 在農作物萌芽之後的淺耕，一次或數次，統稱「中耕」。

**中國** ㄓㄨㄥ ㄍㄨㄛˊ 我國古代建都黃河流域，四方都是蠻夷戎狄，因為自己的國土在中央，所以稱為「中國」。

**中堂** ㄓㄨㄥ ㄊㄤˊ ①殿堂上南北的中央。▲ㄓㄨㄥ ㄊㄤˊ ②懸掛在客廳中的大幅書畫。也可以說成ㄓㄨㄥ ㄊㄤˊ ㄦ。▲ㄓㄨㄥ ·ㄊㄤ 明清兩代內閣大學士（相當於宰相的地位）的別稱。

**中堅** ㄓㄨㄥ ㄐㄧㄢ 軍中堅銳的部分。引伸指團體中的一些最有力的人。如「中堅人物」「中堅分子」。

**中將** ㄓㄨㄥ ㄐㄧㄤˋ 軍階，在上將之下，少將之上。

**中尉** ㄓㄨㄥ ㄨㄟˋ 軍階，在上尉之下，少尉之上。

**中庸** ㄓㄨㄥ ㄩㄥ ①行為品格無過與不及，適合中道。②書名，四書之一，子思所作。原是〈禮記〉的一篇。

**中彩** ㄓㄨㄥˋ ㄘㄞˇ 得了彩票的獎金。引伸指遇上了偶然而難得的幸運或災難。

**中略** ㄓㄨㄥ ㄌㄩㄝˋ 引用文字時把中間一段略去。

**中途** ㄓㄨㄥ ㄊㄨˊ 半路。

**中部** ㄓㄨㄥ ㄅㄨˋ 中間的部分。

**中暑** ㄓㄨㄥˋ ㄕㄨˇ 人在夏天因為體熱不能外散，發生頭昏目眩，中醫叫「中暑」。

**中游** ㄓㄨㄥ ㄧㄡˊ ①河流中介於上游與下游之間的一段。②比喻所處的地位不前不後，或所達到的水準不高不低。

**中等** ㄓㄨㄥ ㄉㄥˇ ①等級介於上等與下等之間。如「中等貨色」。②等級介於高等與初等之間。如「中等教育」。③指身材不高不矮。如「中等個兒」。

**中間** ㄓㄨㄥ ㄐㄧㄢ ①當中。②裡面。

**中策** ㄓㄨㄥ ㄘㄜˋ 不及上策而勝過下策的計策或辦法。

**中華** ㄓㄨㄥ ㄏㄨㄚˊ 我國國號。「中」是指「居天下之中」，「華」是指文化的華美。所以我們的民族叫「中華民族」，國號稱「中華民國」，「中華」也就成了我們國家或民族的簡稱。如「中華兒女」「中華文化」。

**中隊** ㄓㄨㄥ ㄉㄨㄟˋ ①隊伍組織，由若干小隊或分隊組成，屬大隊管轄。②軍隊中指相當於連的一級組織。

**中飯** ㄓㄨㄥ ㄈㄢˋ 午餐。

**中傷** ㄓㄨㄥˋ ㄕㄤ ①惡意攻擊或陷害他人。②受傷。

**中意** ㄓㄨㄥˋ ㄧˋ 合意，滿意。

**中落** ㄓㄨㄥ ㄌㄨㄛˋ 図中途衰落。如「家道中落」。

**中葉** ㄓㄨㄥ ㄧㄝˋ 朝代或世紀的中期。

**中裝** ㄓㄨㄥ ㄓㄨㄤ 中國式的服裝，對「西裝」說的。

**中道** ㄓㄨㄥ ㄉㄠˋ 図①不過分（ㄈㄣˋ）也不欠缺。②半途。③道路的中央。

**中飽** ㄓㄨㄥ ㄅㄠˇ ①侵占公款。②中間人吞沒經手的錢財。

**中獎** ㄓㄨㄥˋ ㄐㄧㄤˇ 買獎券、摸彩得到獎金、彩物。

**中層** ㄓㄨㄥ ㄘㄥˊ 中間的一層或幾層。多指機構、組織、階層等，可以分高、中、低或上、中、下等不同層級。

**中樞** ㄓㄨㄥ ㄕㄨ 中央政府。

**中線** ㄓㄨㄥ ㄒㄧㄢˋ ①幾何學名詞。從三角形裡面頂點到對邊的中點所作的直線。②球類運動場當中的分隔線。

**中興** ㄓㄨㄥ ㄒㄧㄥ 從衰落的情況中復興。如「少康中興」。

**中選** ㄓㄨㄥˋ ㄒㄩㄢˇ 被選取了。

**中衛** ㄓㄨㄥ ㄨㄟˋ 足球、手球等球類比賽的後衛之一，位置在中間。

**中輟** ㄓㄨㄥ ㄔㄨㄛˋ 図中途停頓。如「學業中輟」。

**中鋒** ㄓㄨㄥ ㄈㄥ ①寫字時筆鋒直下，不倒不側。②籃球隊足球隊出賽時，擔任中間前鋒的隊員。

**中駟** ㄓㄨㄥ ㄙˋ 図中等人物。

**中學** ㄓㄨㄥ ㄒㄩㄝˊ 我國學制，分基本教育、中等教育和高等教育三等。中學就是中等學校，分國民中學和高級中學兩級以及職業學校。另有修習專門科目的，如體育中學。

**中餐** ㄓㄨㄥ ㄘㄢ ①中國式的飯菜。相對於「西餐」而言。②午餐，午飯。是對「早餐」「晚餐」說的。

**中嶽** ㄓㄨㄥ ㄩㄝˋ 五嶽之一，就是嵩山，在河南省登封縣北，高約一千七百公尺。

**中點** ㄓㄨㄥ ㄉㄧㄢˇ 分直線為二等分的點，數學上叫「中點」。

**中斷** ㄓㄨㄥ ㄉㄨㄢˋ 中途停止、斷絕。

**中醫** ㄓㄨㄥ ㄧ ①中國固有醫術，是對「西醫」說的。②用中國固有醫術治病的人，也叫「中醫師」。

**中藥** ㄓㄨㄥ ㄧㄠˋ 中醫所用的中國傳統藥材。

**中欄** ㄓㄨㄥ ㄌㄢˊ 男子徑賽跨欄項目之一，距離四百米，欄架高九十一點七公分。

**中聽** ㄓㄨㄥˋ ㄊㄧㄥ 聽來悅耳，好聽。

**中饋** ㄓㄨㄥ ㄎㄨㄟˋ 図〈易經〉裡「主中饋」，是說婦人在家的責任是主持飲食的事；後來用作妻的代稱。「中饋猶虛」就是說還沒娶妻。

**中變** ㄓㄨㄥ ㄅㄧㄢˋ 事情正在進行，忽然發生了阻礙或變化。

**中子彈** ㄓㄨㄥ ㄗˇ ㄉㄢˋ 核子武器的一種。爆炸時釋放大量的高能中子，靠中子輻射起殺傷作用，穿透力較強，可殺傷人畜而不破壞建築、設備。可作戰術核子武器使用。

**中山陵** ㄓㄨㄥ ㄕㄢ ㄌㄧㄥˊ 中國國民黨總理及中華民國國父 孫中山先生的陵墓，在南京城東紫金山麓，占地約兩千多畝，前有廣場及華表，次為祭堂，後為墓室。

**中山裝** ㄓㄨㄥ ㄕㄢ ㄓㄨㄤ 一種服裝名，翻領子，有領扣，前面有四個加蓋的口袋。

**中元節** ㄓㄨㄥ ㄩㄢˊ ㄐㄧㄝˊ 指陰曆七月十五日，民間有燒衣包、祭祀亡故親人等活動。

**中心點** ㄓㄨㄥ ㄒㄧㄣ ㄉㄧㄢˇ ①正當中的地方。②事物最重要的部分。

**中生代** ㄓㄨㄥ ㄕㄥ ㄉㄞˋ ①地質年代的第四個代，介於古生代和新生代之間，延續約一億年。這一代分為三疊紀、侏羅紀和白堊紀，裸子植物與爬蟲類特別繁盛。②借喻三十歲到五十歲之間的社會菁英。

**中立區** ㄓㄨㄥ ㄌㄧˋ ㄑㄩ 兩國交戰時，將交戰國雙方領土的各一部分，劃為中立地帶，稱為中立區，作為緩衝。

**中立國** ㄓㄨㄥ ㄌㄧˋ ㄍㄨㄛˊ 分局外中立國、永久中立國兩種。局外中立國對於兩交戰國，自居局外，不負援助或絕交的義務；永久中立國對於任何國家發生戰爭，永遠嚴守中立。

**中耳炎** ㄓㄨㄥ ㄦˇ ㄧㄢˊ 中耳發炎的病，多由感冒、痲疹、猩紅熱等急性傳染病引起。症狀是耳朵內感覺劇痛，聽力減退，耳鳴，發高燒，耳朵內流濃，嚴重時鼓膜穿孔。

**中位數**（ㄓㄨㄥ ㄨㄟˋ ㄕㄨˋ） 是統計學名詞，把許多數按大小順序排列，居中的數，叫做中位數。例如工人四十一人，每天所得工資，二十人都不夠一元，一人恰好得一元，其餘二十人都超過一元，這樣，一元就是工資的中位數。

**中國字**（ㄓㄨㄥ ㄍㄨㄛˊ ㄗˋ） 中國的文字，指漢字。

**中國城**（ㄓㄨㄥ ㄍㄨㄛˊ ㄔㄥˊ） 旅居國外的中國人，聚居在一個地區，保留中國傳統的習俗、文化，俗稱為「中國城」（China Town）。

**中國海**（ㄓㄨㄥ ㄍㄨㄛˊ ㄏㄞˇ） 我國東方一帶濱臨太平洋的海面，由北往南分黃海、東海、南海三部。

**中國畫**（ㄓㄨㄥ ㄍㄨㄛˊ ㄏㄨㄚˋ） 簡稱國畫，是我國傳統的繪畫藝術，因技法和表現形式上的特點，又有工筆、寫意、水墨、重彩的分別。

**中國話**（ㄓㄨㄥ ㄍㄨㄛˊ ㄏㄨㄚˋ） 中國人民的語言，一般指漢語中的普通話。

**中常會**（ㄓㄨㄥ ㄔㄤˊ ㄏㄨㄟˋ） 政黨中央常務委員會的簡稱。重要的政治、人事議案通常先在會議中討論。

**中間人**（ㄓㄨㄥ ㄐㄧㄢ ㄖㄣˊ） 就是「中人」。

**中間兒**（ㄓㄨㄥ ㄐㄧㄢ ㄦˊ） 當中。

**中間派**（ㄓㄨㄥ ㄐㄧㄢ ㄆㄞˋ） 政治上指介於兩個對立的政治勢力之間的派系與人物。也說「中立派」。

**中學生**（ㄓㄨㄥ ㄒㄩㄝˊ ㄕㄥ） 在中學讀書的學生。

**中繼站**（ㄓㄨㄥ ㄐㄧˋ ㄓㄢˋ） ①在運輸線中途設立的轉運站。②在無線電通訊中，設置在發射點與接收點中間的工作站，作用是把接收的信號放大以後再發射出去。

**中心人物**（ㄓㄨㄥ ㄒㄧㄣ ㄖㄣˊ ㄨˋ） 重要人物。

**中心思想**（ㄓㄨㄥ ㄒㄧㄣ ㄙ ㄒㄧㄤˇ） 各種思想出發點的基本中心。

**中文電腦**（ㄓㄨㄥ ㄨㄣˊ ㄉㄧㄢˋ ㄋㄠˇ） 指以中文方式輸出、輸入及儲存的電腦。參看「電腦」。

**中日戰爭**（ㄓㄨㄥ ㄖˋ ㄓㄢˋ ㄓㄥ） 中國和日本國之間的戰爭。①第一次中日戰爭，指清光緒二十年甲午（西元一八九四）中日之戰，中國失敗，訂立馬關條約。或稱甲午之役。②第二次中日戰爭，指民國二十六年（西元一九三七）盧溝橋事件後全面抗日戰爭，直到民國三十四年日本無條件投降。

**中央銀行**（ㄓㄨㄥ ㄧㄤ ㄧㄣˊ ㄏㄤˊ） 國家設置經營的銀行，作為全國金融市場的中樞統制機關。我國中央銀行，是民國十七年成立於上海。

**中流擊楫**（ㄓㄨㄥ ㄌㄧㄡˊ ㄐㄧˊ ㄐㄧˊ） 東晉祖逖北伐，渡江時打著船槳發誓，不收復中原不再渡江回來。

**中流砥柱**（ㄓㄨㄥ ㄌㄧㄡˊ ㄉㄧˇ ㄓㄨˋ） 因砥柱山在山西省平陸縣東南，屹立在黃河的中流，因此用中流砥柱比喻獨立不撓。

**中產階級**（ㄓㄨㄥ ㄔㄢˇ ㄐㄧㄝ ㄐㄧˊ） 泛指社會中一種在經濟、身分上或心理上屬於中等階層的社群，如小商人、白領階級、薪水階級、自由職業等。又稱「中等階級」。

**中途學校**（ㄓㄨㄥ ㄊㄨˊ ㄒㄩㄝˊ ㄒㄧㄠˋ） 集合中途輟學或逃學的學生在一起，接受適當的輔導和教學，再讓他們回到普通學校繼續讀書。

**中等教育**（ㄓㄨㄥ ㄉㄥˇ ㄐㄧㄠˋ ㄩˋ） 介於初等教育和高等教育之間，在小學普通教育的基礎上，培養學生全面發展，或培養學生具有某類專業知能的教育。

**中華民國**（ㄓㄨㄥ ㄏㄨㄚˊ ㄇㄧㄣˊ ㄍㄨㄛˊ） 國名，在亞洲大陸東南部，面積廣大，包括三十五省，蒙古、西藏兩地方，海南特別行政區及十四個院轄市。版圖東至黑龍江和烏蘇里江的合流處，西至帕米爾高原的噴赤河，南至南海中的曾母暗沙，北至薩彥嶺，臨黃海、東海、南海，面積一千一百四十一萬八千平方公里，境內物產豐富。鄰國有越南、緬甸、寮國、尼泊爾、不丹、印度、巴基斯坦、阿富汗、韓國、獨立國協等。一九一二年改建共和政體，定名為中華民國，首都南京，簡稱中國。一九五〇年後，從大陸退到臺灣，中央政府改設在臺北市。

**中華民族** ㄓㄨㄥ ㄏㄨㄚˊ ㄇㄧㄣˊ ㄗㄨˊ 我國各民族的總稱，包括五十多個民族，十二億人口，人民勤勞、勇敢，有優秀的歷史文化。

**中間宿主** ㄓㄨㄥ ㄐㄧㄢ ㄙㄨˋ ㄓㄨˇ 寄生蟲僅在宿主體內呈幼蟲狀態，或行無性增殖，這種宿主稱中間宿主。參看「宿主」。

**中樞神經** ㄓㄨㄥ ㄕㄨ ㄕㄣˊ ㄐㄧㄥ 解剖學上指神經系統的主要部分，包括腦和脊髓，主管全身感覺、運動、條件反射、非條件反射等。參看「腦」「脊髓」。

**中篇小說** ㄓㄨㄥ ㄆㄧㄢ ㄒㄧㄠˇ ㄕㄨㄛ 小說的一體。它的人物的數量、事件的繁簡、篇幅的長短介於短篇與長篇之間。

**中央研究院** ㄓㄨㄥ ㄧㄤ ㄧㄢˊ ㄐㄧㄡˋ ㄩㄢˋ 我國最高學術研究機關，民國十七年成立，直隸國民政府，今屬總統府。以實行科學研究，並指導、聯絡、獎勵全國學術研究事業為宗旨。

## 四筆

# 丱

ㄍㄨㄢˋ 「丱角（ㄐㄩㄝˊ）」是小孩子留著兩個髮辮（像兩枝角的），因此也用來指兒童時代。

## 六筆

# 串

ㄔㄨㄢˋ ㈠許多個體相連在一塊兒叫「一串」「一串兒」。如「一串珠子」「一串兒鑰匙」。㈡暗地勾結，進行壞事。如「勾串」。㈢因指混亂、錯誤的連接。如「電話串線」「東西串了味兒」。㈣從這裡到那裡，有出入、來往的意思。如「串門兒去閒談」。㈤扮演。如「戲中串戲」「客串」。㈥從這邊倒進那邊。如「把酒串回瓶子裡了」。㈦「親串」（親戚）的「串」。

**串供** ㄔㄨㄢˋ ㄍㄨㄥˋ 犯人互相串通，捏造供詞來作假。

**串氣** ㄔㄨㄢˋ ㄑㄧˋ ①互通聲氣，串通。②「疝氣」的俗稱。

**串珠** ㄔㄨㄢˋ ㄓㄨ 成串的珠子。

**串通** ㄔㄨㄢˋ ㄊㄨㄥ 暗中勾結，使彼此的意見言辭通同一氣。

**串遊** ㄔㄨㄢˋ ㄧㄡˊ 閒逛，散步。

**串街** ㄔㄨㄢˋ ㄐㄧㄝ 在街上來往遊蕩觀賞。

**串演** ㄔㄨㄢˋ ㄧㄢˇ 共同扮演。

**串聯** ㄔㄨㄢˋ ㄌㄧㄢˊ ①一個一個地聯繫起來。聯也作「連」。②把幾個電器或元件一個一個地連接起來，電路中的電流順次通過，這種連接方法叫串聯。參看「並聯」。

**串騙** ㄔㄨㄢˋ ㄆㄧㄢˋ 彼此串通去騙人。

**串門子** ㄔㄨㄢˋ ㄇㄣˊ ㄗ˙ 到別人家中去閒坐。也說「串門兒」。

# 丶部

## 二筆

# 凡

ㄈㄢˊ ㈠平平常常的，不出奇的。如「其人凡庸」「凡夫俗子」。

㈡概括指所有的，一切的。如「凡事都要小心謹慎」。㈢図總共。如「全書凡十卷」。㈣道家指塵世人間。如「仙女下凡」。㈤我國以往音樂上用來表示聲音高低的符號，是「工尺」（ㄔㄜ）譜（合四乙上尺工凡）中的一個。

**凡人** 尋常的人，庸俗的人。

**凡夫** 図平庸的人。如「凡夫俗子」。

**凡心** 図指仙家或僧尼出家人懷念塵世凡俗生活的心念。

**凡事** 不論什麼事情。如「凡事大家多商量」。

**凡例** 在書籍的開頭，說明它的內容、要旨和編輯體例的文字。

**凡是** 包括一切的話。如「凡是人都有人性」。

**凡庸** 平凡，普通，沒有什麼才能。如「凡庸之輩」。

**凡鳥** 「鳳」字拆開而成「凡鳥」，諷刺「庸才」。

**凡響** 平凡的音樂。泛指平凡、普通。如「不同凡響」。

**凡士林** 圖 vaseline 的音譯。是從重油中提製的高級碳化氫混合物，像蠟樣的淡黃色或無色的油膏，也叫「石油脂」。可以供製化妝品、滑潤劑、配藥、金屬防鏽等用途。

**凡立司** 圖 varnish 的音譯，就是假漆。是塗抹木器的一種油質或水質塗料。

**丸** ㄨㄢˊ ㈠形狀小而圓的東西。如「彈（ㄉㄢˋ）丸」「藥丸」。㈡図揉成球形。如「丸此藥成小粒」。

**丸子** ①把肉切碎，加上芡粉團成圓形，烹製成的食品。②丸藥也叫藥丸子。

**丸兒** 小丸子。

**丸劑** 中藥丸狀藥劑。把藥物研成粉末，跟水、蜂蜜或澱粉糊混合，團成丸狀，以便服用。

**丸髻** 図圓形的髮髻。

**丸藥** 中藥製成圓球狀的。對湯藥等說的。

**丸散膏丹** 指各式各樣的中藥。

## 三筆

**丹** ㄉㄢ ㈠紅色。如「丹楓」「碧血丹心」。㈡精煉配合的藥劑（通常指丸粒或粉末狀的）。如「丸散（ㄙㄢˇ）膏丹」。㈢朱砂。產朱砂的地方叫「丹穴」。

**丹心** 図赤心，比喻很忠心。

**丹方** ①道家煉丹的方法。②藥方。也作「單方」。

**丹田** 人身肚臍下三寸的地方，道家叫丹田。

**丹忱** 図赤忱，就是「赤心」。

**丹毒** 病名，就是「火癉」。是由瘡口感染病菌而發生，常在頭面和鼻旁，患處潮紅疼痛，全身惡寒發熱。

**丹青** ①繪畫的別稱，指顏色說。②図比喻歷史。文天祥〈正氣歌〉有「一一垂丹青」。

**丹砂** 藥名，就是朱砂。

**丹桂** ①開深黃花的木樨。②桂花之一，樹皮紅色。

**丹參** 多年生草本植物，莖方形，皮紅肉紫，複葉羽狀，花淡紫或白色。根入藥，有鎮靜、調經等作用。

**丹麥** 國名，Denmark，是歐洲西北部的獨立王國，首都是哥本哈根。

**丹楓** ㄉㄢ ㄈㄥ 楓葉在秋天變紅，所以叫丹楓。

**丹墀** ㄉㄢ ㄔˊ 古代宮殿前塗上紅漆的斜階地。

**丹頂鶴** ㄉㄢ ㄉㄧㄥˇ ㄏㄜˋ 鶴的一種，羽白，翅膀大，末端黑色，能高飛，頭頂紅色，頸和腿很長，常涉水吃魚、蝦。鳴聲高而響亮。也叫白鶴或仙鶴。

## 四筆

**主** ㄓㄨˇ ㈠賓客或奴僕的相對詞。如「賓主盡歡」「主僕相隨」。㈡帝王時代臣民對皇帝的稱呼。如「主子」「主上」。㈢基督教徒對上帝，回教徒對真宰，都叫「主」。㈣有物權或事權的人。如「店主」「一家之主」。㈤對事情負重要責任或主持者。如「主管」「主婚」。㈥指主權的所在。如「君主」「民主」。㈦事件的重要關係人。如「事主」「失主」。㈧主張。如「主戰」「主和」。㈨死人的牌位。如「木主」「神主」。㈩因「公主」的略稱。封建時代娶公主為妻叫「尚主」。

**主人** ㄓㄨˇ ㄖㄣˊ ①東家，有主權的人。②賓客的相對詞。

**主力** ㄓㄨˇ ㄌㄧˋ 最有實力的，力量最大的，最主要的力量。

**主上** ㄓㄨˇ ㄕㄤˋ 舊時臣下指天子、帝王。

**主子** ㄓㄨˇ ㄗˇ ①奴僕稱主人。②比喻操縱、主使的人。

**主文** ㄓㄨˇ ㄨㄣˊ 法院判決書第一段記載判決要旨的文字。

**主日** ㄓㄨˇ ㄖˋ 基督教徒把星期日叫主日。

**主父** ㄓㄨˇ ㄈㄨˇ 複姓。

**主犯** ㄓㄨˇ ㄈㄢˋ 首要的犯罪人；對從犯說的。

**主任** ㄓㄨˇ ㄖㄣˋ 主持某一部門事務的幹部。

**主刑** ㄓㄨˇ ㄒㄧㄥˊ 獨立執行的刑，如死刑、徒刑等，對從刑、附加刑說的。

**主因** ㄓㄨˇ ㄧㄣ 主要原因。

**主旨** ㄓㄨˇ ㄓˇ ①主要的意義。②一九七三年後，中華民國政府公文的第一段名。

**主次** ㄓㄨˇ ㄘˋ 主要的和次要的，指人或事。如「不分主次」。

**主考** ㄓㄨˇ ㄎㄠˇ ①主持考試。②主持考試的人。

**主位** ㄓㄨˇ ㄨㄟˋ 主人坐的坐位。

**主攻** ㄓㄨˇ ㄍㄨㄥ ①進攻的軍隊在主要方向上集中優勢兵力向敵人進攻。參看「助攻」。②遊戲或運動比賽時，擔任主攻的人。③學習的主要對象。如「他主攻聲樂」。

**主見** ㄓㄨˇ ㄐㄧㄢˋ 主意。

**主使** ㄓㄨˇ ㄕˇ 出主意指使別人去做。

**主委** ㄓㄨˇ ㄨㄟˇ 主任委員的略稱。委員會組織中的行政負責人。

**主法** ㄓㄨˇ ㄈㄚˇ 規定權利義務關係的法律。又名實體法。

**主和** ㄓㄨˇ ㄏㄜˊ 主張和平或和談方式。相對的稱「主戰」。如「主和派」。

**主客** ㄓㄨˇ ㄎㄜˋ ①來賓跟主人。②主要的客人。相對的稱「陪客」。

**主持** ㄓㄨˇ ㄔˊ ①負責管理。如「主持家務」。②主張。如「主持正義」。

**主流** ㄓㄨˇ ㄌㄧㄡˊ ①支流所流注的河流。也叫「幹流」。②比喻事情發展的主要方面。如「主流派」「主流人物」。

**主計** ㄓㄨˇ ㄐㄧˋ 歲計、會計、統計合稱「主計」。

**主要** ㄓㄨˇ ㄧㄠˋ 有關事物中最重要的，有決定作用的。如「主要原因」「主要目的」「主要人物」。

**主食** ㄓㄨˇ ㄕˊ 主要的食品，如米麵。

**主宰** ㄓㄨˇ ㄗㄞˇ 主管；完全支配。②對於事物具有制裁力的人。

**主峰** ㄓㄨˇ ㄈㄥ 山的正峰。

**主席** ㄓㄨˇ ㄒㄧˊ ①會議時主持會務進行並維持秩序的人。②宴會時主人的坐位。③委員制政治組織的領袖。

**主根** ㄓㄨˇ ㄍㄣ 指植物的莖直接相連的大根。

**主脈** ㄓㄨˇ ㄇㄞˋ 植物葉脈在中央，從葉柄通到葉端的一條，叫主脈。

**主動** ㄓㄨˇ ㄉㄨㄥˋ ①不待外力推動，全照自己的意思而發生的動作，和「被動」相對。如「主動爭取」②事情的發動人。如「對於這件事，他很主動」。

**主婦** ㄓㄨˇ ㄈㄨˋ ①主持家務的女主人。②古時指「正室」（主妻、嫡妻）說的。

**主婚** ㄓㄨˇ ㄏㄨㄣ 主持婚禮。如「主婚人」。

**主將** ㄓㄨˇ ㄐㄧㄤˋ ①軍隊的司令官。②運動隊伍的主要選手。

**主張** ㄓㄨˇ ㄓㄤ 自己對於事物所抱的意見。

**主從** ㄓㄨˇ ㄘㄨㄥˊ ①主僕。②主體和附屬者。

**主教** ㄓㄨˇ ㄐㄧㄠˋ 天主教、東正教派遣在一個地方主持教務的神職人員。

**主祭** ㄓㄨˇ ㄐㄧˋ 主持祭禮的人。

**主機** ㄓㄨˇ ㄐㄧ 動力設備中能發生主要作用的機器，如輪船上的發動機，汽輪發電機組的汽輪發電機。

**主筆** ㄓㄨˇ ㄅㄧˇ 隸屬於報紙雜誌，專寫評論文字的人。

**主詞** ㄓㄨˇ ㄘˊ ①邏輯學指定言命題中居於主位的詞項，表示思考的對象。如「糖是甜的」這個命題中的「糖」是主詞。②參看「主語」。

**主軸** ㄓㄨˇ ㄓㄡˊ ①通過薄透鏡兩個球面的中心跟鏡面垂直的直線。也叫「光軸」。②指機械中從發動機或電動機接受動力並且將動力傳給其他機件的軸。③比喻主要的、中心的支持力。

**主隊** ㄓㄨˇ ㄉㄨㄟˋ ①體育比賽中和客隊比賽的代表隊。指代表本單位、本地、本國的隊伍。②棒球、壘球比賽先守的一方。

**主幹** ㄓㄨˇ ㄍㄢˋ ①植物的主要的莖。②主要的、一起決定作用的人或力量。如「這次勝利全靠一些主幹人物的努力」。

**主意** ㄓㄨˇ ㄧˋ 心裡已確定的意見或辦法。口語也說ㄓㄨˊ ˙ㄧ。

**主義** ㄓㄨˇ ㄧˋ ①一種由信仰而發生力量的特殊思想或學說。②對於社會、政治、經濟或學術問題，所提出的一種有系統的理論與主張。

**主腦** ㄓㄨˇ ㄋㄠˇ ①領頭的人。②事物的主要部分。

**主僕** ㄓㄨˇ ㄆㄨˊ 主人和僕人。

**主演** ㄓㄨˇ ㄧㄢˇ 扮演戲劇或電影中的主角。

**主管** ㄓㄨˇ ㄍㄨㄢˇ ①負責管理的意思。同「主持」。②對某種事務負起專責的人。

**主語** ㄓㄨˇ ㄩˇ 謂語所陳述的對象，表示謂語說的是「誰」或者「什麼」。一般的句子包括主語部分和謂語部分，主語部分裡的主要的詞是主語。如「班上的同學很合作」，「班上的同學」是主語部分，「同學」是主語。（有些語法書裡稱主語部分為主語，稱主語為主詞。）狹義專用於表態句或判斷句。又稱主詞。

**主審** ㄓㄨˇ ㄕㄣˇ ①主持審理或審查。②指棒球、壘球比賽時主持裁判工作的人，站立位置在捕手的後面。

**主稿**（ㄓㄨˇ ㄍㄠˇ） 多數人或幾個機關會同辦理的文件，由一個人或一個機關起草，叫做主稿。

**主編**（ㄓㄨˇ ㄅㄧㄢ） ①負編輯工作的主要責任。②編輯工作的主要負責人。

**主導**（ㄓㄨˇ ㄉㄠˇ） ①居主要地位並且引導事物向某方向發展的。②能發生引導作用的事物。

**主戰**（ㄓㄨˇ ㄓㄢˋ） 主張採用戰爭方式來解決問題。相對的稱「主和」。

**主謀**（ㄓㄨˇ ㄇㄡˊ） 法律上說起意主使的人。

**主辦**（ㄓㄨˇ ㄅㄢˋ） 主持辦理。

**主講**（ㄓㄨˇ ㄐㄧㄤˇ） 擔任講演或講課。

**主題**（ㄓㄨˇ ㄊㄧˊ） 作品中所表現的中心思想。

**主顧**（ㄓㄨˇ ㄍㄨˋ） 商人稱常來買貨的人為主顧，也就是「顧客」。

**主權**（ㄓㄨˇ ㄑㄩㄢˊ） ①國家權力的本體，具有最高性、永久性和不可分性。②獨立自主的權力。③物主的權利。

**主體**（ㄓㄨˇ ㄊㄧˇ） ①本身。②對客體說的，例如人是權利義務的主體，物就是客體。③事物中的重要部分。

**主觀**（ㄓㄨˇ ㄍㄨㄢ） 全用自己的意思做根據去觀察事物；是「客觀」的相對詞。

**主角（兒）**（ㄓㄨˇ ㄐㄩㄝˊ ㄦ） 「角」也作「腳」，是戲中主要的角色，引伸作「主要的人物」，對「配角（兒）」說的。

**主人公**（ㄓㄨˇ ㄖㄣˊ ㄍㄨㄥ） 也作「主人翁」。①對主人的尊稱。②文學作品所描繪的主要人物。

**主力艦**（ㄓㄨˇ ㄌㄧˋ ㄐㄧㄢˋ） 一種裝備大口徑火炮和厚裝甲的大型軍艦。也叫「戰鬥艦」。

**主席團**（ㄓㄨˇ ㄒㄧˊ ㄊㄨㄢˊ） 開會時候推舉出共同主持會議的一些人。

**主動脈**（ㄓㄨˇ ㄉㄨㄥˋ ㄇㄞˋ） 人體內最大的動脈管，從心臟的左心室發出，向上向右再向下略呈弓狀，再沿脊柱向下，在胸腔和腹腔內分出很多較小的動脈。主動脈是向全身各部輸送血液的主要導管。也叫「大動脈」。

**主婚人**（ㄓㄨˇ ㄏㄨㄣ ㄖㄣˊ） 婚禮中，男女雙方主持婚禮的人。通常是雙方的家長或父母。

**主旋律**（ㄓㄨˇ ㄒㄩㄢˊ ㄌㄩˋ） 在多部演奏或演唱的音樂之中，一個聲部的演唱或所奏的樂曲；其他的部分只是為了潤色、烘托、補充而寫的。

**主題曲**（ㄓㄨˇ ㄊㄧˊ ㄑㄩˇ） 戲劇或電影中表現主題的歌曲。

**主權國**（ㄓㄨˇ ㄑㄩㄢˊ ㄍㄨㄛˊ） 對於內政、外交享有完全主權，而且能自由行使主權的國家。

**主觀的**（ㄓㄨˇ ㄍㄨㄢ ˙ㄉㄜ） ①屬於認識的主體的。②依據自己的見解，而不必符合實際情況的思想和做法。如「主觀的批評」「主觀的效用」。

**主管機關**（ㄓㄨˇ ㄍㄨㄢˇ ㄐㄧ ㄍㄨㄢ） 專管某種事務的政府機關，如法院是處理民刑訴訟案件的主管機關。

## ノ部

### 一筆

**乃** 図▲ㄋㄞˇ ㈠是。（或和「是」合用，成為「乃是」。）如「奢侈浪費乃今日社會禍害之源」。㈡你的。如「乃祖」「乃父」。㈢其，他的。如「乃兄」。㈣才，於是。如「事畢乃還」。㈤竟，居然。如「事之出人意料乃至於此」。

▲ㄞˇ 「欸乃」的乃字又讀。

**乃公**（ㄋㄞˇ ㄍㄨㄥ） 図①你爸爸。②對人自稱，有傲慢意。

**乃是**（ㄋㄞˇ ㄕˋ） 是，卻是。

**乃翁**（ㄋㄞˇ ㄨㄥ） 文你爸爸。如陸游詩句「家祭毋忘告乃翁」。

**乂** 文▲一ˋ ㈠割草，是「刈」的本字。㈡政治辦得好。如「海內乂安」。㈢才德過人。如「俊乂」。▲ㄞˋ 懲戒。如「懲乂」。

**乂安**（一ˋ ㄢ） 文天下太平無事。

## 二筆

**久** ㄐㄧㄡˇ ㈠時間長遠。如「長久」「很久」。㈡經過的時間。如「他來多久了」。㈢文舊。如「久要（一ㄠ）」（舊時的約定）。

**久久**（ㄐㄧㄡˇ ㄐㄧㄡˇ） 許久，很久。如「心情激動，久久不能平靜」。

**久已**（ㄐㄧㄡˇ 一ˇ） 很久以前已經，早就。如「這件事我久已忘了」。

**久仰**（ㄐㄧㄡˇ 一ㄤˇ） 仰慕已久，與人初會面時的客氣語。

**久別**（ㄐㄧㄡˇ ㄅㄧㄝˊ） 別離了很長時間。

**久要**（ㄐㄧㄡˇ 一ㄠ） 文很久以前的約定。如「久要不忘平生之言」。

**久候**（ㄐㄧㄡˇ ㄏㄡˋ） 等了很久。

**久留**（ㄐㄧㄡˇ ㄌㄧㄡˊ） 長時間地停留。如「此處不可久留」。

**久病**（ㄐㄧㄡˇ ㄅㄧㄥˋ） 病了很久。

**久違**（ㄐㄧㄡˇ ㄨㄟˊ） 好久沒見面。

**久遠**（ㄐㄧㄡˇ ㄩㄢˇ） 長久。

**久而久之**（ㄐㄧㄡˇ ㄦˊ ㄐㄧㄡˇ ㄓ） 經過相當時間。

**久病成醫**（ㄐㄧㄡˇ ㄅㄧㄥˋ ㄔㄥˊ 一） 指人病久了就會熟知藥性及醫理。

**久假不歸** ▲ㄐㄧㄡˇ ㄐㄧㄚˇ ㄅㄨˋ ㄍㄨㄟ 長久借用沒有歸還。假是借。▲ㄐㄧㄡˇ ㄐㄧㄚˋ ㄅㄨˋ ㄍㄨㄟ 請假很久，還沒回來。

**久旱逢甘雨**（ㄐㄧㄡˇ ㄏㄢˋ ㄈㄥˊ ㄍㄢ ㄩˇ） 天氣乾旱已久，遇到了一場好雨。比喻盼望已久終於能夠實現的得意心情。

**么** 一ㄠ 同「幺」字。

## 三筆

**之** ㄓ ㈠跟「的」（ㄉㄜ˙）字用法一樣。如「榮民之家」。㈡文用在一個包孕句的子句的主語與述語之間。如「他之不能成功，早在意料中」。㈢文代名詞，如「他、它、那」一樣用法，但只能放在句的中間或末了。如「愛之欲其生，惡之欲其死」「置之不理」。㈣文往，去。如「不知所之」。㈤文到。如「之死不悟」。㈥文這，這個。如「之子于歸」。㈦文語助詞，沒有意義。如「總之」「則苗沛然興之矣」。㈧此。如「之後」（從此以後）。

**之前**（ㄓ ㄑㄧㄢˊ） 表以前時間的連詞。如「你來之前，他就走了」。

**之後**（ㄓ ㄏㄡˋ） ①表以後時間的連詞。如「你走之後，他就來了」。②從此以後。如「我們在戰亂中分手了，之後就未曾見面」。

**之無**（ㄓ ㄨˊ） 之字和無字。無字古時候作「无」。兩字代表筆畫最簡單的字。相傳唐白居易出生六七月就能辨認「之」「無」二字。如「略識之無」「不識之無」「僅識之無」。

**之字路**（ㄓ ㄗˋ ㄌㄨˋ） 曲折像「之」字一樣的道路。

**之乎者也**（ㄓ ㄏㄨ ㄓㄜˇ 一ㄝˇ） 全是文言用的助詞；譏笑別人說話喜歡掉文，就說他「滿口之乎者也」。

**之死靡它**（ㄓ ㄙˇ ㄇㄧˇ ㄊㄨㄛ） 文到死無他心。之是至，靡是沒有。原指婦女至死不改嫁。後泛指意志堅定，至死不變。它也作他。

**尹** ㄧㄣˇ ㈠舊時官名，有「令尹」「府尹」「大理寺尹」等。㈡図治理。〈左傳〉有「以尹天下」。㈢姓。

## 四筆

**乏** ㄈㄚˊ ㈠欠缺。如「缺乏」。㈡貧窮。如「匱乏」。㈢疲倦。如「疲乏」。㈣無用或無能的。如「貼乏了的膏藥」。㈤図暫缺的職位；如「承乏」是說代理暫缺的職位。

**乏困** ㄈㄚˊ ㄎㄨㄣˋ 疲倦。

**乏味** ㄈㄚˊ ㄨㄟˋ 沒有趣味，引不起興趣。也作乏趣。

**生** 因ㄍㄨㄚˇ 調皮，難纏。如「這孩子很生」。

**生雜子** ㄍㄨㄚˇ ㄗㄚˊ ㄗ˙ 因罵性情乖僻的人。

**乎** ㄏㄨ ㈠詞尾，附在修飾語詞後頭。如「斷乎不可」「幾乎喪命」「巍巍乎高大無比」。㈡用在語句裡的介詞，和「於」的用法一樣。如「合乎規定」「出乎意料」。㈢図文言裡的疑問助詞，相當白話文的「嗎」。如「賢者亦樂此乎？」㈣図文言表感歎的助詞，相當白話文裡的「啊（˙ㄚ）」「呀（˙ㄧㄚ）」。如「悲乎！」「惜乎！」㈤図文言文表示推測語氣的詞，相當白話文的「吧」。如「其將歸乎？」㈥図文言文用在句裡使語氣舒緩的詞。如「事之成敗於天運乎何關？」㈦図文言文呼人的助詞。如「毋乎！」「吾師乎！」㈡㈢㈣㈥㈦又讀ㄏㄨˊ。

**乍** ㄓㄚˋ ㈠忽然。如「乍寒乍熱」。㈡剛剛開始。如「新春乍到」。㈢「乍著膽子」的「乍」，是勉強支持的意思。

**乍見** ㄓㄚˋ ㄐㄧㄢˋ ①忽然看見。②初次看見。

**乍富** ㄓㄚˋ ㄈㄨˋ 突然富有起來。

**乍然** ㄓㄚˋ ㄖㄢˊ 突然。

**乍雨乍晴** ㄓㄚˋ ㄩˇ ㄓㄚˋ ㄑㄧㄥˊ 天空一會兒下雨，一會兒轉晴。形容天氣變化無常。也比喻心情變化無常。

**乍冷乍熱** ㄓㄚˋ ㄌㄥˇ ㄓㄚˋ ㄖㄜˋ 忽冷忽熱。如「天氣乍冷乍熱，最容易得病」。

**乍暖還寒** ㄓㄚˋ ㄋㄨㄢˇ ㄏㄨㄢˊ ㄏㄢˊ 天氣突然變暖，還有些寒意。指初春的氣候。

## 五筆

**乒** ㄆㄧㄥ 表示聲音。如「乒乒乓乓」。

**乒乓球** ㄆㄧㄥ ㄆㄤ ㄑㄧㄡˊ 桌球的舊稱。簡稱「乒乓」。

**乒乒乓乓** ㄆㄧㄥ ㄆㄧㄥ ㄆㄤ ㄆㄤ 形容接連碰撞的聲音。

**乓** ㄆㄤ 東西相碰的聲音。如「櫥子上的東西乓的一聲掉下來」。

## 七筆

**乖** ㄍㄨㄞ ㈠指小孩懂道理順從大人的意思而不淘氣。如「小寶這孩子很乖」。㈡機伶。如「乖巧」「賣乖」。㈢図違反，不合。如「庶幾不與原意相乖」「名實兩乖」（名實不合）。㈣図彆扭，性情不正常。如「乖僻」「乖戾」。

**乖巧** ㄍㄨㄞ ㄑㄧㄠˇ 機巧，伶俐。

**乖乖** ㄍㄨㄞ ㄍㄨㄞ 長輩對孩子親愛的簡呼。

**乖戾** ㄍㄨㄞ ㄌㄧˋ 図①不和諧，不和好。②指行為不合人情。

**乖剌** ㄍㄨㄞ ㄌㄚˋ 図乖戾。性情暴戾，不講情理。

**乖張** ㄍㄨㄞ ㄓㄤ 図性情橫暴。

**乖異** ㄍㄨㄞ ㄧˋ 図特異反常，指人的性情。

**乖違** ㄍㄨㄞ ㄨㄟˊ 図①違背。②離別。

**乖僻** ㄍㄨㄞ ㄆㄧˋ 図性子彆扭，不正常。

**乖謬** ㄍㄨㄞ ㄇㄧㄡˋ 荒謬反常。

**乖離** ㄍㄨㄞ ㄌㄧˊ 図違背，背離。

**乖覺** ㄍㄨㄞ ㄐㄩㄝˊ 図機警，聰敏。

**乖乖兒的** ㄍㄨㄞ ㄍㄨㄞ ㄦ ˙ㄉㄜ ①順從，聽話。②安靜，指孩子不淘氣。

## 九筆

**乘** ▲ㄔㄥˊ ㈠用某種交通工具代步。如「乘車」「乘船」。㈡算法的一種，見「乘法」。㈢順應，趁，藉著。如「乘勢」「乘虛而入」。

▲ㄕㄥˋ ㈠古時一輛兵車叫一乘。如「萬乘之國」。㈡史書。如「史乘」。㈢佛家的教義。如「大乘」「小乘」。

**乘方** ㄔㄥˊ ㄈㄤ 數學名詞。一個數自乘若干次的演算所得的積。如$a$的五次乘方（$a^5$）就是$a$自乘五次。又作乘冪。

**乘具** ㄔㄥˊ ㄐㄩˋ 載運人、物的交通工具。如「太空乘具」。

**乘便** ㄔㄥˊ ㄅㄧㄢˋ 趁著方便的機會，和「順便」的意思相似。

**乘客** ㄔㄥˊ ㄎㄜˋ 搭乘車船等交通工具的客人。

**乘法** ㄔㄥˊ ㄈㄚˇ 算術的一種，用一個數去使另一個數成為幾倍，如二乘四等於八。代號是「×」。

**乘空** ㄔㄥˊ ㄎㄨㄥˋ ①趁自己或別人閒暇的時候。②趁著得便可利用的機會。

**乘時** ㄔㄥˊ ㄕˊ 図乘機①。

**乘涼** ㄔㄥˊ ㄌㄧㄤˊ 夏天在陰涼透風的地方納涼。

**乘數** ㄔㄥˊ ㄕㄨˋ 使被乘數成為幾倍的數。如3×6＝18，6是乘數，3是被乘數，18是積數。

**乘勢** ㄔㄥˊ ㄕˋ 趁著時機。

**乘號** ㄔㄥˊ ㄏㄠˋ 乘法的代號，是「×」。

**乘除** ㄔㄥˊ ㄔㄨˊ ①乘法和除法。②図指消長，盛衰。

**乘間** ㄔㄥˊ ㄐㄧㄢˋ 図乘方便的機會。〈史記〉有「漢王乘間得出」。

**乘機** ㄔㄥˊ ㄐㄧ ①趁機會。②搭飛機。

**乘積** ㄔㄥˊ ㄐㄧ 積數，兩數相乘所得的數。

**乘興** ㄔㄥˊ ㄒㄧㄥˋ 趁著興致好的時候。如「乘興而來」。

**乘隙** ㄔㄥˊ ㄒㄧˋ 図就是乘空，乘機會。

**乘龍** ㄔㄥˊ ㄌㄨㄥˊ 比喻得到好女婿有如女兒乘龍。所以說好女婿是「乘龍快婿」。

**乘人之危** ㄔㄥˊ ㄖㄣˊ ㄓ ㄨㄟˊ 趁著人家危急的時候去傷害人家。

**乘風破浪** ㄔㄥˊ ㄈㄥ ㄆㄛˋ ㄌㄤˋ 比喻志趣遠大，不怕困難，奮勇前進。原句是〈南史〉的「乘長風破萬里浪」。

**乘堅策肥** ㄔㄥˊ ㄐㄧㄢ ㄘㄜˋ ㄈㄟˊ 図乘坐堅固的車，驅策肥壯的馬。形容富貴人家生活豪華。

**乘虛而入** ㄔㄥˊ ㄒㄩ ㄦˊ ㄖㄨˋ 趁人空虛不備的時候攻進去。

## 乙部

**乙** ㄧˇ ㈠天干的第二位。普通用作「第二」或「次一等」的意思。㈡人或地的代詞。如「乙方」「某乙」。㈢讀書到一個地方暫時停歇，在上面畫一個「∨」的記號，就叫做「乙」，也叫「鉤乙」。㈣脫落的字在旁勾添，叫做「塗乙」。㈤舊時商業上常用「乙」字代替「一」字。㈥我國舊時音樂上表示聲音高低的符號，是「工尺」字之一。㈦有機化學名詞常用「甲」「乙」「丙」等字來定名詞，分出分子結構式的不同。如「乙炔（電石氣）」「乙烯（生油氣）」「乙醇（酒精）」等等。

**乙炔**（ㄧˇ ㄑㄩㄝ） 有機化合物，炔的一種，分子式$C_2H_2$，無色有臭味的可燃氣體。由電石和水作用生成。可用來合成有機物質，又用於照明或銲接和切割金屬。也叫電石氣。

**乙烯**（ㄧˇ ㄒㄧ） 有機化合物，烯的一種，分子式$C_2H_4$，無色的可燃氣體，有甜香氣味，是重要的化工原料，又可用於銲接和切割金屬或促使果類成熟。

**乙烷**（ㄧˇ ㄨㄢˊ） 有機化合物，烷的一種，分子式$C_2H_6$，無色無臭的可燃氣體。可用來合成有機物質，也可以用做燃料。

**乙等**（ㄧˇ ㄉㄥˇ） 第二等。比甲等低，比丙等高。

**乙酸**（ㄧˇ ㄙㄨㄢ） 醋酸的學名。

**乙醇**（ㄧˇ ㄔㄨㄣˊ） 有機化合物，醇的一種，分子式$C_2H_5OH$，無色的可燃液體，有特殊的氣味，是製造合成橡膠、塑膠、染料的原料，也是化學工業常用的原料，並有殺菌作用，用做消毒、防腐劑。也叫酒精，有的地區叫火酒。

**乙醚**（ㄧˇ ㄇㄧˊ） 有機化合物，醚的一種，分子式$C_2H_5OC_2H_5$，無色的揮發性液體，有特殊氣味，極易燃燒，是一種用途很廣的溶劑，醫藥上用做麻醉劑。

**乙醛**（ㄧˇ ㄑㄧㄢ） 有機化合物，醛的一種，分子式$CH_3CHO$，無色有揮發性的液體，有刺激性氣味。用於有機合成，醫藥上用來製造鎮靜劑。

**乙炔燈**（ㄧˇ ㄑㄩㄝ ㄉㄥ） 用電石和水作用生成電石氣（乙炔）點燃後用作照明的裝置。也叫電石燈。

## 一筆

**乜** ▲ㄇㄧㄝ 見「乜斜」條。▲ㄋㄧㄝˋ 姓。

**乜斜**（ㄇㄧㄝ ㄒㄧㄝˊ） 斜字輕讀。①斜眼看或眼睛困倦睜不開的樣子。②斜著腳步走路的樣子。

**乜乜斜斜**（ㄇㄧㄝ ㄇㄧㄝ ㄒㄧㄝˊ ㄒㄧㄝˊ） 第二個乜字輕讀。同「乜斜」。

**九**（ㄐㄧㄡˇ） ㈠數名。在「八」後面，「十」的前面。大寫是「玖」。㈡形容多數，多次。如「九煉成鋼」「九死一生」。

**九九**（ㄐㄧㄡˇ ㄐㄧㄡˇ） ①冬至第二天起算，每九天為「一九」，到了「九九」八十一天，天氣轉暖。②算法名，從一到九每兩數相乘的數，叫「九九」數，有「九九乘法表」。③九月九日，國曆是體育節，陰曆是重陽節。

**九五**（ㄐㄧㄡˇ ㄨˇ） ①〈易經〉中的卦爻位名。九是陽爻，五是第五爻。如「九五，飛龍在天，利見大人。」②代指帝位、君位。

**九天**（ㄐㄧㄡˇ ㄊㄧㄢ） 因舊說天有九重，比喻高遠的意思。

**九日**（ㄐㄧㄡˇ ㄖˋ） 指陰曆九月九日，就是重陽節。如陶潛有〈九日閑居〉詩，李白有〈九日登山〉詩。

**九如**（ㄐㄧㄡˇ ㄖㄨˊ） 因祝頌的話。從〈詩經．小雅．天保〉篇裡九個「如」字的語句來的。原句是「如山如阜，如岡如陵，如川之方至，以莫不增。……如月之恆，如日之升，如南山之壽，不騫不崩，如松柏之茂，無不爾或承」。

**九州** 我國上古行政區劃，古書傳說不一。又稱九土、九壤、九域、九圍、九有、九囿、九區。後用作「中國」的代稱。如「死去元知萬事空，但悲不見九州同」。（陸游〈示兒〉詩）

**九品** ①舊日官秩分為九等品級，每品又分正、從。②九種品類，將上中下各分上中下，成為上上、上中、上下、中上、中中、中下、下上、下中、下下等九品，作分類高低的標準。

**九思** ①君子所思的九事，就是「視思明，聽思聰，色思溫，貌思恭，言思忠，事思敬，疑思問，忿思難，見得思義。」見〈論語・季氏〉篇。②指反覆地多方面思考。

**九流** 春秋戰國時代，學術發達，各成一家，有儒家、道家、陰陽家、法家、名家、墨家、縱橫家、雜家、農家九種學派，後來叫九流。

**九泉** 図地下極深的地方；古人認為有鬼魂居住。

**九重** 図①天。②帝王所住的地方。

**九秋** 秋天的別稱。

是指同宗親屬的範圍說的，推

**九族** 到九層關係或是包括九種親屬。有不同的說法：一種說法由自己向上推到高祖，向下推到玄孫的九代直系親屬，包括高祖、曾祖、祖父、父親、自己、兒子、孫子、曾孫、玄孫。另一種說法是，父族四：自己的同族，姑母的兒子，姊妹的兒子，女兒的兒子（外孫）；母族三：外祖父、外祖母、姨母的兒子；妻族二：妻父、妻母；合起來稱為九族。

**九鼎** ①夏禹治水以後，鑄成九個鼎，象徵九州；到了周朝還奉為傳國寶器。②比喻分量很重。如「一言九鼎」。

**九霄** 図指天空極高處。如「九霄雲外」。

**九歸** 用一到九的數目做除數的珠算除法；口訣叫「九歸訣」。

**九竅** 是「七竅」再加上排尿口和肛門的總稱。

**九成九** 就是指百分之九十九，形容成分或可能性很高。

**九尾狐** 比喻非常狡猾的人。

**九宮格** 練習書法臨帖所用的一種方格紙，每個大方格再分為九個小方格。

**九連環** 玩具的一種，用鐵絲製成，上有長圈，中間套上九個小圓圈。

**九九歸一** 轉來轉去最後又還原。也說「九九歸原」。如「九九歸一，還是他的話對」。

**九牛一毛** 九頭牛身上的一根毛。用來比喻多數中的極少部分。如「對他來說，這一筆錢只是九牛一毛」。

**九死一生** 九成是死，只有一成活的希望。比喻情況極為危險。

**九霄雲外** 形容無限遙遠或是無影無蹤。九霄是九天雲霄，指天空極高的地方。

**九一八事變** 民國二十年九月十八日的夜晚，日本駐在我國東北的關東軍襲取瀋陽，隨後佔據遼寧、吉林、黑龍江等省。這一件事件是日本妄圖併吞中國、稱霸亞洲的侵略步驟。又稱「瀋陽事變」。

**九牛二虎之力** 〈薛仁貴征東〉（小說）說薛仁貴吃了蒸熟的九條麵牛跟兩隻麵虎，而後有了神力。後來用來比喻極大的力量。如「費了九牛二虎之力，才清除了水災帶來的髒土」。

## 二筆

**乞** ㄑㄧˇ 求。如「乞食」「乞憐」。

**乞丐** ㄑㄧˇ ㄍㄞˋ 討飯的人，俗稱「叫花子」。

**乞巧** ㄑㄧˇ ㄑㄧㄠˇ 相傳陰曆七月初七，牽牛織女兩個星相會，舊時婦女在這天用綵線穿針，在院子裡擺設瓜果，向天仙求取智慧，叫做「乞巧」。

**乞求** ㄑㄧˇ ㄑㄧㄡˊ 請求給予。

**乞命** ㄑㄧˇ ㄇㄧㄥˋ 図請求饒命。

**乞降** ㄑㄧˇ ㄒㄧㄤˊ 請求對方接受投降。

**乞食** ㄑㄧˇ ㄕˊ 向人乞討食物。

**乞討** ㄑㄧˇ ㄊㄠˇ 向人要錢、要飯等。

**乞援** ㄑㄧˇ ㄩㄢˊ 請求援助。

**乞貸** ㄑㄧˇ ㄉㄞˋ 図向人借錢。

**乞憐** ㄑㄧˇ ㄌㄧㄢˊ 求人憐憫。

**乞靈** ㄑㄧˇ ㄌㄧㄥˊ 図借人物或神的力量幫助。

**乞哀告憐** ㄑㄧˇ ㄞ ㄍㄠˋ ㄌㄧㄢˊ 乞求別人哀憐和幫助。

**也** ㄧㄝˇ ㈠連帶著說，表示同樣的意思。如「我懂，你也懂」。㈡表示「皆」「都是」「全」，有加重語氣的意思。如「他什麼也不懂」。㈢表示不全合理想，只是勉強可以，有減輕語氣的作用。如「這樣做也行」。㈣表示轉折的語氣，常和「雖」「雖然」相對應。如「事情雖難，也不能不做」。㈤表示「還倒」「卻還」的語氣。如「好在離家也不遠」。㈥用在句子中間，使語氣緩一緩。如「不知道對也不對」。㈦用兩個「也」字前後呼應，使意思緊湊。如「左想也不妥，右想也不妥」。㈧図用在文言句的末尾，表示語氣：①表示決斷。如「此城可克也」。②表示囑咐。如「不可不慎也」。③表示疑問。如「此為誰也」。④表示感慨。如「此何言也」。㈨図在文言句的中間，表示語氣稍微停頓一下。如「大道之行也，天下為公」。㈩図句子裡的襯字，元代戲曲裡常見。如「待明朝早晨便來到也水濱」。

**也許** ㄧㄝˇ ㄒㄩˇ 猜測的詞，表示或者有這種情形。如「今天他也許來」。

**也曾** ㄧㄝˇ ㄘㄥˊ 曾經。

**也罷** ㄧㄝˇ ㄅㄚˋ 只得如此，勉強可以，無可奈何的意思。

## 五筆

**乩** ㄐㄧ 「扶乩」的「乩」。又叫「扶鸞」，是一種迷信「請神仙」問吉凶的方法。（在盤中盛沙，兩個人扶一個「丁」字形的木筆，把沙撥成字或圖畫，說是神的降示。）

**乩童** ㄐㄧ ㄊㄨㄥˊ 也稱「童乩」。據說能使神明附身，來傳達神意的人。作法時常用利器砍斫自身。

## 七筆

**乳** ㄖㄨˇ ㈠雌性哺乳類動物生子之後，乳房會分泌一種富有養分的液體，用來哺育幼兒，叫乳汁。如「牛乳」。㈡乳房的略稱。㈢像乳頭的物體。如「石鐘乳」。㈣図養育，動詞。〈唐書〉有「如乳哺焉」。㈤図滋生。如「孳乳」。㈥幼小的動物。如「乳燕」。㈦像乳汁一樣的液體或顏色。如「乳膠」「乳白」。

**乳化** ㄖㄨˇ ㄏㄨㄚˋ 兩種液體合成混濁的樣子，既不融化，又不沈澱，叫做乳化。

**乳牛** ㄖㄨˇ ㄋㄧㄡˊ 專為生產牛奶而飼養的牛。

**乳母** ㄖㄨˇ ㄇㄨˇ 奶媽。替人家哺育嬰兒的婦人。又稱「乳娘」「奶娘」。

**乳汁** ㄖㄨˇ ㄓ 奶水。

**乳白** ㄖㄨˇ ㄅㄞˊ 白色裡面帶有些微的淡黃，像乳汁的顏色。

**乳光** ㄖㄨˇ ㄍㄨㄤ 蛋白石、貓眼石等礦物表面所發生的乳狀真珠光。

**乳名** ㄖㄨˇ ㄇㄧㄥˊ 就是「奶名」「小名」，在嬰兒時期父母給起的名字。

**乳兒** ㄖㄨˇ ㄦˊ 以乳汁為主要食物的小孩子，通常指一歲以下的嬰兒。

**乳房** ㄖㄨˇ ㄈㄤˊ 生在胸部分泌乳汁的器官。雌性動物產子以後，乳房能分泌乳汁。

**乳品** ㄖㄨˇ ㄆㄧㄣˇ 牛乳、奶粉、乳酪等乳類食品。

**乳香** ㄖㄨˇ ㄒㄧㄤ ①常綠喬木，奇數羽狀複葉，花冠白色帶綠色或帶赤色，核果三稜形。多生在地中海地區。②這種植物的樹脂，凝結後成塊狀或顆粒狀，可入藥，有活血作用。

**乳哺** ㄖㄨˇ ㄅㄨˇ 図用口嚼食而餵哺，如同鳥的銜食餵兒。

**乳臭** ㄖㄨˇ ㄒㄧㄡˋ 還帶著吃奶的氣味，也就是「孩子氣」。指年幼無知，常常是譏刺人的話。

**乳液** ㄖㄨˇ ㄧㄝˋ 經過乳化而成的濃稠的溶液。參看「乳劑」。

**乳罩** ㄖㄨˇ ㄓㄠˋ 婦女保護乳房使不下垂的衣飾。也稱奶罩、胸衣、胸罩。

**乳酪** ㄖㄨˇ ㄌㄠˋ 食品的一種，用牛羊乳提煉而成。

**乳鉢** ㄖㄨˇ ㄅㄛ 研藥末的器具。

**乳腺** ㄖㄨˇ ㄒㄧㄢˋ 乳房裡分泌乳汁的腺體。

**乳腐** ㄖㄨˇ ㄈㄨˇ 図豆腐乳。

**乳酸** ㄖㄨˇ ㄙㄨㄢ 一種無色透明或淡黃色的液體，是從糖類、澱粉等發酵而成，有酸味。

**乳膠** ㄖㄨˇ ㄐㄧㄠ 一種樹脂製劑，用來接合或塗蓋物體。

**乳齒** ㄖㄨˇ ㄔˇ 嬰兒一歲以前生長的齒。

**乳劑** ㄖㄨˇ ㄐㄧˋ 經過乳化，形成一種乳狀的製劑。通常是水和油的混合液。有兩種類型，一種是水分散在油中，一種是油分散在水中。

**乳燕** ㄖㄨˇ ㄧㄢˋ ①雛燕。②剛孵出雛燕的母燕。

**乳糖** ㄖㄨˇ ㄊㄤˊ 用製乾酪所剩的液汁加熱製成，是白色粉末，有淡淡的甜味，作藥用。

**乳頭** ㄖㄨˇ ㄊㄡˊ ①乳房尖端突起的部分。②稱一切身體組織中的突起物，如真皮表皮接觸面上的突起，真皮深處的毛髮生長點，都叫乳頭。

**乳癌** ㄖㄨˇ ㄧㄢˊ 乳腺發生惡性腫瘤，是四十到五十歲婦女常見的一種癌症。

**乳酸菌** ㄖㄨˇ ㄙㄨㄢ ㄐㄩㄣˋ 牛乳之中最尋常的乳酸發酵菌。這是關係於乳正常酸味的主要細菌。

**乳脂酸** ㄖㄨˇ ㄓ ㄙㄨㄢ 就是酪酸。

**乳臭未乾** ㄖㄨˇ ㄒㄧㄡˋ ㄨㄟˋ ㄍㄢ 對年輕的人表示輕蔑，或形容年幼無知。指身上的奶腥氣還沒有退盡。臭是氣味。

## 十筆

**乾（乾）** ▲ㄍㄢ ㈠燥，跟濕相反。如「乾旱」「乾柴」。㈡乾的食物。如「餅乾」「牛肉乾」。㈢水分變少、變沒了。如「乾枯」「口乾舌燥」。㈣沒了，光了。如「把錢花乾了」。㈤空，徒然。如「乾著急」「乾等」。㈥沒有血緣關係，只是拜認結成的親屬。如「乾爹」「乾女兒」。㈦〔方〕形容人說話太直太粗。如「你說的話真乾」。如㈧〔方〕當面發怒抱怨而使人難為情。如「我又乾了他一頓」。㈨〔方〕慢待，置之不理。如「主人走了，把咱們乾起來了」。㈩單單的，只，僅。如「不要乾說不做」。

▲ㄑㄧㄢ㈠八卦之一，卦形是「☰」，健行不息的意思。㈡指「天」。如「乾坤」。㈢指男子的，男性的。如「乾宅」。㈣舊時稱君主。如「乾綱」。㈤姓。

**乾巴** ㄍㄢ ㄅㄚ 巴字輕讀。①東西失去水分而收縮或變硬。②缺少脂肪，皮膚乾燥的樣子。

**乾片** ㄍㄢ ㄆㄧㄢ 攝影或印刷製版所用的感光底片。又名乾板。

**乾冰** ㄍㄢ ㄅㄧㄥ 固體的二氧化碳，可在夏天代冰取涼，又可為人造雨的導引物。

**乾冷** ㄍㄢ ㄌㄥ 乾燥而寒冷。

**乾旱** ㄍㄢ ㄏㄢ 降水不足因而土壤龜裂，氣候乾燥。

**乾沒** ㄍㄢ ㄇㄛ 侵吞別人的財物。

**乾貝** ㄍㄢ ㄅㄟ 蚌的肉柱，很好吃。也叫江珧柱。

**乾兒** ▲ㄍㄢ ㄦ 經過日曬風吹或壓榨，水分減少而乾燥了的食物。如「杏乾兒」「饅頭乾兒」。▲ㄍㄢ ㄦˊ 義子。

**乾坤** ㄑㄧㄢ ㄎㄨㄣ 本是〈易經〉上兩個相對的卦名，借稱天地（宇宙）、男女、夫婦、日月、陰陽等。

**乾杯** ㄍㄢ ㄅㄟ 把杯裡的酒喝光。

**乾果** ㄍㄢ ㄍㄨㄛ ①製乾的果實。如「柿乾」「葡萄乾」。②果皮乾燥的果實，如栗子、核桃等。

**乾股** ㄍㄢ ㄍㄨ 指那些不出股金，賺了分紅，賠了不受損失的股份。

**乾咳** ㄍㄢ ㄎㄜ 要咳痰而沒有痰可咳出來。

**乾枯** ㄍㄢ ㄎㄨ ①沒有水分。②沒有活氣。

**乾洗** ㄍㄢ ㄒㄧ 用汽油或其他溶劑去掉衣服上的汙垢。參看「水洗」。

**乾爹** ㄍㄢ ㄉㄧㄝ 義父。

**乾笑** ㄍㄢ ㄒㄧㄠ 勉強裝出來的，不是真正喜樂的笑。

**乾粉** ㄍㄢ ㄈㄣ 沒經過水浸的綠豆粉所製成的粉條。

**乾脆** ㄍㄢ ㄘㄨㄟ 指說話或做事爽快簡捷。如「他這個人說話辦事都很乾脆」。

**乾草** ㄍㄢ ㄘㄠ 曬乾的草。

**乾涸** ㄍㄢ ㄏㄜ 指河道、池塘等因為乾旱而枯竭，沒有水了。

**乾淨** ㄍㄢ ㄐㄧㄥ 淨字輕讀。①清潔。②一點兒都不剩。如「這碗飯都吃乾淨了」。

**乾貨** ㄍㄢ ㄏㄨㄛ 指曬乾、風乾的食品。

**乾造** ㄑㄧㄢ ㄗㄠ 命相家把男子命相的八字叫「乾造」。

**乾絲** ㄍㄢ ㄙ 豆腐乾切成的細絲。

**乾菜** ㄍㄢ ㄘㄞ ①曬乾的蔬菜。②霉乾菜的簡稱。

**乾象** ㄑㄧㄢ ㄒㄧㄤ 〔文〕指天。

**乾飯** ㄍㄢ ㄈㄢ 蒸熟的米飯，對稀飯說的。

**乾媽** ㄍㄢ ㄇㄚ 義母。也叫「乾娘」。

**乾渴** ㄍㄢ ㄎㄜ 口乾想喝水。

**乾塢** ㄍㄢ ㄨ 修理船隻用的方形船渠，鋼筋水泥結構，底部比海平面低。連接海面的一方有活動塢門，船隻進塢前先開門放水，使塢內的水位足夠讓船駛入。又名乾船塢。

**乾酪**（ㄍㄢ ㄌㄠˋ） 是牛羊等乳汁，加入小牛的胃黏膜凝固而成，含有豐富的蛋白質和脂肪，是滋補品。色淡黃，味微臭。

**乾嘔**（ㄍㄢ ㄡˇ） 喉嚨發聲想吐，可是吐不出東西來。

**乾瘦**（ㄍㄢ ㄕㄡˋ） 指身體消瘦，脂肪消減。

**乾綱**（ㄑㄧㄢˊ ㄍㄤ） 図①君權。②夫權。

**乾熱**（ㄍㄢ ㄖㄜˋ） 空氣乾燥，氣候炎熱。

**乾噦**（ㄍㄢ ㄩㄝ） 噦字輕讀。要嘔吐又吐不出來的樣子。

**乾親**（ㄍㄢ ㄑㄧㄣ） 因為互認義父母子女而結成的關係。

**乾嚎**（ㄍㄢ ㄏㄠˊ） 也作「乾號（ㄏㄠˊ）」。不落淚的哭。

**乾燥**（ㄍㄢ ㄗㄠˋ） 沒有水分；缺少水分。

**乾糧**（ㄍㄢ ㄌㄧㄤˊ） ①旅行或行軍時候用的乾燥食物。②指一般沒水分的食物。

**乾薪**（ㄍㄢ ㄒㄧㄣ） 不作事而領取的薪水。

**乾餾**（ㄍㄢ ㄌㄧㄡˋ） 把固體放在密閉器裡面，加高熱來分離它的成分，叫做乾餾。

**乾禮**（ㄍㄢ ㄌㄧˇ） 禮物用金錢代替，叫做乾禮。

**乾癟**（ㄍㄢ ㄅㄧㄝˇ） ①枯瘦。②乾枯收縮。

**乾裂（兒）**（ㄍㄢ ㄌㄧㄝˋ（ㄦ）） 因為乾燥而破裂。

**乾女兒**（ㄍㄢ ㄋㄩˇ ㄦˊ） 義女。

**乾兒子**（ㄍㄢ ㄦˊ ㄗˇ） 義子。

**乾電池**（ㄍㄢ ㄉㄧㄢˋ ㄔˊ） 通常用的電池，外面用鋅片做殼當陰極，裡面用焦炭粉跟二氧化錳做的炭素棒當陽極，中間裝置能夠吸收氯化錏溶液的海綿等物。陰陽極接連，便能發生電流。

**乾燥劑**（ㄍㄢ ㄗㄠˋ ㄐㄧˋ） 有吸收水分作用的藥劑，如硫酸、氯化鈣、生石灰等。

**乾瞪眼**（ㄍㄢ ㄉㄥˋ ㄧㄢˇ） 形容在一旁著急而又無能為力。如「這一件事我是一點辦法都沒有，只有乾瞪眼」。

**乾巴巴的**（ㄍㄢ ㄅㄚ ㄅㄚ ˙ㄉㄜ） 乾枯僵結的樣子。

**乾坤一擲**（ㄑㄧㄢˊ ㄎㄨㄣ ㄧˋ ㄓˋ） ①稱爭奪天下的人一決勝負。②泛指投下全部財物作最後一搏。

**乾柴烈火**（ㄍㄢ ㄔㄞˊ ㄌㄧㄝˋ ㄏㄨㄛˇ） ①指乾柴和烈火，一經接近燃燒就不可收拾。多用來形容孤男寡女經常接近，容易發生曖昧的情事。②形容強烈的欲望，已到了無法控制的地步。

**乾乾淨淨（兒）**（ㄍㄢ ㄍㄢ ㄐㄧㄥ ㄐㄧㄥ（ㄦ）） 第二個乾字輕讀。①清潔的樣子。②完了，光了。

## 十二筆

**亂（乱）** ▲ㄌㄨㄢˋ ㈠沒秩序，沒條理。如「亂說一陣」「一團亂麻」。㈡指戰爭等大騷動。如「變亂」「動亂」。㈢混淆。如「以假亂真」。㈣不按照正常的道理所做的事。如「淫亂」「亂命」。㈤図糊塗。如「酒不及亂」。㈥図治理。〈論語〉有「予有亂臣十人」。▲ㄌㄢˋ 指禍事。如「鬧亂子」「惹亂兒」。

**亂子**（ㄌㄨㄢˋ ㄗˇ） 亂事、禍事、糾紛。如「他們這一個女老闆，經常出亂子」。

**亂世**（ㄌㄨㄢˋ ㄕˋ） 不太平的時代。

**亂臣**（ㄌㄨㄢˋ ㄔㄣˊ） 図①治臣。〈書經〉和〈論語〉都有「予有亂臣十人」；「亂臣」是「治理之臣」的意思。②叛亂的臣子。〈孟子〉書裡有「孔子成春秋而亂臣賊子懼」；「亂臣賊子」就是泛指叛逆君父的不忠不孝者。

**亂兵** ㄌㄨㄢˋ ㄅㄧㄥ 散亂沒有紀律的兵。

**亂邦** ㄌㄨㄢˋ ㄅㄤ 㓡不安寧的國家。

**亂命** ㄌㄨㄢˋ ㄇㄧㄥˋ 㓡人將死，神志昏迷時，囑咐後人的不正當的話。

**亂流** ㄌㄨㄢˋ ㄌㄧㄡˊ ①氣象學上指大氣中局部性的不穩定運動，包括渦流及氣流的垂直運動。②比喻社會上一般不穩定、沒有目標的思想或行為。

**亂紀** ㄌㄨㄢˋ ㄐㄧˋ ①作壞事，破壞法紀。②指事物失去條理。

**亂倫** ㄌㄨㄢˋ ㄌㄨㄣˊ ①泛指一切違反常理的行為。②指近親之間發生性行為。

**亂真** ㄌㄨㄢˋ ㄓㄣ 善於模仿，使人不能分辨真偽。如「以假亂真」。

**亂視** ㄌㄨㄢˋ ㄕˋ 又稱「散（ㄙㄢˇ）光」。眼睛角膜上彎曲面凹凸不平，外來光線不能集合於一點，因此把一個東西看成幾個，稱為亂視。

**亂賊** ㄌㄨㄢˋ ㄗㄟˊ 責罵叛亂的人。

**亂彈** ㄌㄨㄢˋ ㄊㄢˊ 清代乾隆、嘉慶年間對昆腔、弋陽腔以外的戲曲腔調的總稱。以皮黃為主的京戲是從亂彈發展出來的。

**亂離** ㄌㄨㄢˋ ㄌㄧˊ 遭遇兵災的亂事，人民四散逃難。

**亂紛紛** ㄌㄨㄢˋ ㄈㄣ ㄈㄣ 形容雜亂紛擾。如「亂紛紛的人群」。

**亂烘烘** ㄌㄨㄢˋ ㄏㄨㄥ ㄏㄨㄥ 騷亂的樣子。

**亂葬崗** ㄌㄨㄢˋ ㄗㄤˋ ㄍㄤˇ 無人管理任人埋葬屍首的土崗子。「崗」字北方話說作「ㄍㄤˇ」。

**亂蓬蓬** ㄌㄨㄢˋ ㄆㄥˊ ㄆㄥˊ 形容鬚髮或草木淩亂不整。如「亂蓬蓬的頭髮」。

**亂糟糟** ㄌㄨㄢˋ ㄗㄠ ㄗㄠ 形容事物雜亂無章或心裡煩亂。如「這幾天她心裡亂糟糟的」。

**亂騰騰** ㄌㄨㄢˋ ㄊㄥˊ ㄊㄥˊ 形容混亂或騷動。如「街頭亂騰騰的，不知道發生了什麼事」。

**亂七八糟** ㄌㄨㄢˋ ㄑㄧ ㄅㄚ ㄗㄠ 不整齊，毫無條理。

**亂針刺繡** ㄌㄨㄢˋ ㄓㄣ ㄘˋ ㄒㄧㄡˋ 湖南楊守玉女士首創的一種高度技巧刺繡藝術，以中國刺繡法，加上西畫法理，以長短參差、橫斜不一的線路，表現光暗。

**亂點鴛鴦** ㄌㄨㄢˋ ㄉㄧㄢˇ ㄩㄢ ㄧㄤ 錯配姻緣。鴛鴦是水鳥，比喻夫妻。

# 亅部

## 一筆

**了** ▲ㄌㄧㄠˇ ㈠明白，懂得。如「了解」「一目了然」。㈡盡，完結。如「沒完沒了」「責任未了」。㈢處理，調解。如「這一場糾紛怎麼了呢」。㈣表示可能。如「辦得了」「來不了」。㈤㓡完全。如「了無懼容」。

▲˙ㄌㄜ 表示說話口氣的詞，也寫「嘞」：①表示已經。如「他們走了」。②表示完結。如「吃了飯就去」。③表示實行或實現。如「等會兒他就出來了」「說得他笑起來了」。④表示肯定。如「這就難怪了」「這麼多工作，夠你做的了」。

**了了** ㄌㄧㄠˇ ㄌㄧㄠˇ ①明白，清爽。②清理。如「了了虧空」。③㓡聰明。如「小時了了，大未必佳」。

**了局** ㄌㄧㄠˇ ㄐㄩˊ ①結局，結果。如「這是故事的了局」。②解決辦法，長久之計。如「這樣下去，終久不是了局」。

**了事** ㄌㄧㄠˇ ㄕˋ ①事情辦完。②辦理事務。③調停紛爭。④㓡明白事理。

**了卻** ㄌㄧㄠˇ ㄑㄩㄝˋ 了結，完成。如「總算了卻一樁心事」。

**了悟** ㄌㄧㄠˇ ㄨˋ 図了解透徹。

**了得** ㄌㄧㄠˇ ㄉㄜˊ ▲ㄌㄧㄠˇ ㄉㄜˊ 図①悟得，做得。如「了得此事」。②本領高強。如「端的了得」。③了卻。如「了得身心本性空」。▲ㄌㄧㄠˇ ·ㄉㄜ 反詰語，意同「不得了」。表示情況嚴重，沒法子收拾。如「如果真是這樣，那還了得！」

**了然** ㄌㄧㄠˇ ㄖㄢˊ 明白。

**了結** ㄌㄧㄠˇ ㄐㄧㄝˊ 完結。

**了當** ㄌㄧㄠˇ ㄉㄤˋ ①爽快。如「直截了當」。②図處理。③図妥當，完畢。

**了解** ㄌㄧㄠˇ ㄐㄧㄝˇ 徹底明白。

**了斷** ㄌㄧㄠˇ ㄉㄨㄢˋ 完結，斷決。

**了願** ㄌㄧㄠˇ ㄩㄢˋ 完成心願，還願。

**了不起** ㄌㄧㄠˇ ㄅㄨˋ ㄑㄧˇ 不字輕讀。不平凡。稱讚比人突出或有特殊貢獻的人。

**了不得** ㄌㄧㄠˇ ㄅㄨˋ ·ㄉㄜ 不字輕讀。①特別，優異。如「他的本領真了不得」。也作「了不的」。②不得了，表示很嚴重很厲害。如「了不得啦！著火了」。

## 三筆

**予** ㄩˇ ▲図ㄩˊ 指自己；同「余」，相當於語體文的「我」。〈論語〉有「天生德於予」。▲ㄩˇ ㈠賞賜，給，和「與」的意義相同。如「給予」。㈡図「准予」的「予」，有時有許可的意思。如「請予照准」。㈢図贊許。〈漢書〉有「春秋予之」。

**予以** ㄩˇ ㄧˇ 給以。如「予以照顧」。

**予奪** ㄩˇ ㄉㄨㄛˊ 図賜予和剝奪。予也作「與」。如「生殺予奪」。

**予人口實** ㄩˇ ㄖㄣˊ ㄎㄡˇ ㄕˊ 給人留下指責的把柄。

**予取予求** ㄩˊ ㄑㄩˇ ㄩˊ ㄑㄧㄡˊ 図一切都順著我的意思去隨便拿，隨便要。

**予智自雄** ㄩˊ ㄓˋ ㄗˋ ㄒㄩㄥˊ 図妄自矜誇，自以為了不起。予智是自己以為自己聰明。

## 七筆

**事** ㄕˋ ㈠事情，人類所作所為的。㈡職業，職務。如「謀事」。㈢變故，指不幸的事。如「出了事」「平安無事」。㈣図侍奉。如「善事父母」。㈤図做。如「不事生產」。㈥図器物一件也叫一事。白居易詩有「歌絃三數事」。㈦図通「剚」。

**事主** ㄕˋ ㄓㄨˇ 稱刑事案件的被害人。

**事功** ㄕˋ ㄍㄨㄥ 事業和功績。如「特殊事功」。

**事由** ㄕˋ ㄧㄡˊ ①事實的來由。②以前的公文在正文之前，用簡要文字摘錄行文主旨的一欄，名為「事由欄」。

**事件** ㄕˋ ㄐㄧㄢˋ ①事項。②偶發的重要事情。

**事先** ㄕˋ ㄒㄧㄢ 事前。

**事事** ㄕˋ ㄕˋ ①各種事情。如「事事辦妥」。②図做事。如「無所事事」。

**事例** ㄕˋ ㄌㄧˋ 事的先例；把以前做過的事拿來做例子。

**事兒** ㄕˋ ㄦ 事㈠㈡㈢。

**事宜** ㄕˋ ㄧˊ 図事情。

**事物** ㄕˋ ㄨˋ 指客觀存在的一切物體和現象。

**事前** ㄕˋ ㄑㄧㄢˊ ①處理事務以前。②事件發生以前。

**事後** ㄕˋ ㄏㄡˋ ①處理事務以後。②事情解決以後。

**事迹**（ㄕˋ ㄐㄧ） 也作「事蹟」。①一個人生平的事實。②過去的事所存留下來的痕迹。

**事務**（ㄕˋ ㄨˋ） ①事㈠。②庶務。

**事情** ▲（ㄕˋ ㄑㄧㄥˊ）事的實際情形。▲（ㄕˋ ·ㄑㄧㄥ）事㈠㈡。

**事理**（ㄕˋ ㄌㄧˇ） 事情的道理。如「不明事理」。

**事略**（ㄕˋ ㄌㄩㄝˋ） 傳記文體的一種，記述一個人生平大略的文章，跟正式傳狀有區別。

**事項**（ㄕˋ ㄒㄧㄤˋ） 一件一件的事。

**事勢**（ㄕˋ ㄕˋ） 〔文〕事情的趨勢。

**事業**（ㄕˋ ㄧㄝˋ） ①有益個人社會和國家的，有條有理有規模的事。②關於公眾的事。如「公用事業」。

**事態**（ㄕˋ ㄊㄞˋ） 事情發生以後的形勢或局面。

**事端**（ㄕˋ ㄉㄨㄢ） 就是事情，常指意外禍害。

**事實**（ㄕˋ ㄕˊ） 實在的事，事情的真相。

**事機**（ㄕˋ ㄐㄧ） ①做事的機會。②事情的機謀。如「事機不密」。

**事權**（ㄕˋ ㄑㄩㄢˊ） 辦事的職權。

**事變**（ㄕˋ ㄅㄧㄢˋ） ①事情重大而有非常變化的，如戰亂跟天災等。②政治、社會或國際間突然發生的重大變故。

**事體**（ㄕˋ ㄊㄧˇ） 〔文〕事情。

**事故(兒)**（ㄕˋ ㄍㄨˋ（ㄦ）） 先前預料不到的事端。

**事務官**（ㄕˋ ㄨˋ ㄍㄨㄢ） 辦理事務的文官。指經由考選任用，不受政黨或首長更動而進退的官吏。我國中央指部會常務次長以下官吏，地方指不隨縣市長進退的官吏。參看「政務官」。

**事務所**（ㄕˋ ㄨˋ ㄙㄨㄛˇ） 辦理事務（多是關於法律或政治、會計）的處所。

**事半功倍**（ㄕˋ ㄅㄢˋ ㄍㄨㄥ ㄅㄟˋ） 比喻費力少而成就多。

**事必躬親**（ㄕˋ ㄅㄧˋ ㄍㄨㄥ ㄑㄧㄣ） 〔文〕不管什麼事情一定親自去做。

**事倍功半**（ㄕˋ ㄅㄟˋ ㄍㄨㄥ ㄅㄢˋ） 比喻費力多而成就少。

**事業年度**（ㄕˋ ㄧㄝˋ ㄋㄧㄢˊ ㄉㄨˋ） 經營事業的人為使行事方便，特定自今年某月起到明年某月止，滿一週年，為事業年度，而不同於普通的起訖標準。

**事過境遷**（ㄕˋ ㄍㄨㄛˋ ㄐㄧㄥˋ ㄑㄧㄢ） 事情已經過去了，情況也已改變了。

**事與願違**（ㄕˋ ㄩˇ ㄩㄢˋ ㄨㄟˊ） 事情的發展和希望相反，指願望不能滿足。

## 二部

**二**（ㄦˋ） ㈠數目字。大寫作「貳」或「弍」。㈡第二。如「二次大戰」。㈢較次一等的。如「二手貨」。㈣兩樣。如「不二價」「說一不二」。㈤〔文〕比。如「功無二於天下」「至高無二」。㈥〔文〕改變，背叛，同「貳」。如「有死無二」。

**二八**（ㄦˋ ㄅㄚ） 兩個八相加，就是十六。①通常指少女十六歲，詩文裡也有用「二八」代表少女的。②古文裡或指十六人。③古詩文裡或指陰曆十六。④佛教淨土宗以「二八」（十六數）表示圓滿無盡。

**二三**（ㄦˋ ㄙㄢ） 〔文〕①不專一。如「二三其德」。②約指二或三。如「二三道士席其間」。

**二心**（ㄦˋ ㄒㄧㄣ） ①心志不專一。②〔文〕同「貳心」，不忠實，有異心。

**二姓**（ㄦˋ ㄒㄧㄥˋ） 〔文〕①婚姻的男女兩家。②指兩朝的君主。

**二房**（ㄦˋ ㄈㄤˊ） ①指家族中排行第二的一支。②指妾、小老婆。就是以前社會中男子在妻子以外又娶的女子。

**二胡**（ㄦˋ ㄏㄨˊ） 一種胡琴。(裝兩條弦線，比京胡稍長，演奏聲音比較低沉。）

**二副** ㄦˋ ㄈㄨˋ 河海航行管理全船事務的，次於大副的人，叫二副。

**二黃** ㄦˋ ㄏㄨㄤˊ 或作「二簧」。國劇裡的一種曲調，起源於湖北省的黃陂、黃岡兩縣。（或說是黃岡、黃梅兩縣；黃岡、黃安兩縣）。

**二話** ㄦˋ ㄏㄨㄚˋ 別的話，不同的意見。多用於否定句。如「二話不說」。

**二綠** ㄦˋ ㄌㄩˋ 國畫所用顏料的一種，是較淺的石綠。

**二豎** ㄦˋ ㄕㄨˋ 図病魔，疾病。〈左傳〉說晉景公生病，夢見病魔「二豎子」（兩個小孩子）藏在身體的肓之上，膏之下。從這個故事才有了「二豎」這個詞。

**二輪** ㄦˋ ㄌㄨㄣˊ 第二輪，第二次。如「二輪電影院」。

**二三子** ㄦˋ ㄙㄢ ㄗˇ 図①語見〈論語〉，指孔子稱呼他的學生。②語見〈左傳〉，是君王對諸大夫的稱呼。

**二五眼** ㄦˋ ㄨˇ ㄧㄢˇ 五字輕讀。譏笑對事物認識不清，似是而非的人。

**二元論** ㄦˋ ㄩㄢˊ ㄌㄨㄣˋ ①以相對立的兩個原理來說明事物現象的主張。②一種哲學學說。將宇宙一切現象，歸於兩個彼此平行、各自獨立、性質不同的本原。與「一元論」對舉。如柏拉圖的「實有」與「非有」，亞里士多德的「形」與「質」，笛卡爾的「精神」與「物質」。

**二分法** ㄦˋ ㄈㄣ ㄈㄚˇ 論理學名詞。①形式的二分法，以事物某種屬性的有無作標準分為兩類。如物體分有機物和無機物，有機物又分為動物與非動物。②實質的二分法，以兩種相反的屬性作標準，將事物分成兩類。如人分為男人和女人，生物分為動物和植物。實質二分法所分的兩個種屬必須互相窮盡，不能有第三種出現，否則就犯了兩種思想的謬誤或黑白二分的謬談。

**二百五** ㄦˋ ㄅㄞˇ ㄨˇ 對愚蠢或鹵莽的人的一種卑視的指稱。

**二形人** ㄦˋ ㄒㄧㄥˊ ㄖㄣˊ 一身而兼有男女兩性生殖器官的人，也叫陰陽人、二體人，俗稱「二尾子（ㄧˇ·ㄗ）」。

**二房東** ㄦˋ ㄈㄤˊ ㄉㄨㄥ 指把租來的房屋再轉租給別人而從中取利的人。

**二花臉** ㄦˋ ㄏㄨㄚ ㄌㄧㄢˇ 戲曲中花臉的一種，又名副淨。偏重於做工和工架。也叫「架子花」。

**二度梅** ㄦˋ ㄉㄨˋ ㄇㄟˊ 原指再度開放的梅花，也就是「梅開二度」。暗喻女子再嫁。

**二郎腿** ㄦˋ ㄌㄤˊ ㄊㄨㄟˇ 坐下時兩個膝蓋部分相疊起來。

**二重性** ㄦˋ ㄔㄨㄥˊ ㄒㄧㄥˋ 指事物本身所固有的互相矛盾的兩種屬性。也就是一種事物同時具有兩種互相對立的性質。也說「兩重性」。

**二重奏** ㄦˋ ㄔㄨㄥˊ ㄗㄡˋ 兩件樂器各擔任一個聲部合奏的室內樂，叫二重奏。

**二乘冪** ㄦˋ ㄔㄥˊ ㄇㄧˋ 也叫「二次方」，「平方」。

**二部曲** ㄦˋ ㄅㄨˋ ㄑㄩˇ 由兩種樂器合奏或兩個聲部合唱的樂曲，也指這種樂曲的曲譜。

**二部制** ㄦˋ ㄅㄨˋ ㄓˋ 中小學把學生分兩部，輪流在校上課的一種教學編制方式。

**二進制** ㄦˋ ㄐㄧㄣˋ ㄓˋ 採用二進位系統的記數法，記數時僅用0、1兩個數碼，如十進制的2、5，在二進制用10、101表示。二進制在使用電子計算機進行運算時應用廣泛。

**二楞子** ㄦˋ ㄌㄥˋ ㄗˇ 指魯莽的人。含譏諷意。

**二頭肌** ㄦˋ ㄊㄡˊ ㄐㄧ 解剖學上說：①自肩胛上臂骨起，止於尺骨的上部，是屬曲肘關節的肌肉。②在腿的後面，是屬曲膝關節的肌肉。通常指前者。

**二鍋頭**（ㄦˋ ㄍㄨㄛ ㄊㄡˊ） 一種比較純的白酒。在蒸餾時除去最先出的和最後出的酒，留下來的就是二鍋頭。酒精含量高，可達到百分之六十到七十。

**二疊紀**（ㄦˋ ㄉㄧㄝˊ ㄐㄧˋ） 地質年代中古生代的最末一紀，是地球運動和造山運動盛行的年代，爬蟲類和昆蟲的全盛期。植物以羊齒類為主。距離今天約兩億兩千五百萬年到兩億八千萬年。

**二拇指（頭）**（ㄦˋ ㄇㄨˇ ㄓˇ （˙ㄊㄡ）） 拇字輕讀。食指。

**二八佳人**（ㄦˋ ㄅㄚ ㄐㄧㄚ ㄖㄣˊ） 指年輕貌美的少女。二八是兩個八，代表十六歲。

**二十八宿**（ㄦˋ ㄕˊ ㄅㄚ ㄒㄧㄡˋ） 我國古代天文學家把天空中可見到的星辰分成二十八組，叫做二十八宿，東西南北四方各七宿。東方蒼龍七宿是角、亢、氐、房、心、尾、箕；北方玄武七宿是斗、牛、女、虛、危、室、壁；西方白虎七宿是奎、婁、胃、昴、畢、觜、參；南方朱雀七宿是井、鬼、柳、星、張、翼、軫。二十八宿主要是用於測定日、月、五星在星空的位置，而釐定季節、方位，據以制定曆法。

**二十四史**（ㄦˋ ㄕˊ ㄙˋ ㄕˇ） 指我國正史的二十四部紀傳體史書，就是史記、漢書、後漢書、三國志、晉書、宋書、南齊書、梁書、陳書、後魏書、北齊書、周書、隋書、南史、北史、舊唐書、新唐書、舊五代史、新五代史、宋史、遼史、金史、元史、明史。

**二十四節**（ㄦˋ ㄕˊ ㄙˋ ㄐㄧㄝˊ） 陰曆一年分為二十四個節氣，就是立春、雨水、驚蟄、春分、清明、穀雨、立夏、小滿、芒種、夏至、小暑、大暑、立秋、處暑、白露、秋分、寒露、霜降、立冬、小雪、大雪、冬至、小寒、大寒。

**二十五史**（ㄦˋ ㄕˊ ㄨˇ ㄕˇ） 二十四史與新元史的合稱。

**二十六史**（ㄦˋ ㄕˊ ㄌㄧㄡˋ ㄕˇ） 二十五史再加上清史稿的合稱。

**二氧化硫**（ㄦˋ ㄧㄤˇ ㄏㄨㄚˋ ㄌㄧㄡˊ） 也叫無水亞硫酸，燃燒硫黃或把銅放在硫酸裡加熱製成。分子式是$SO_2$。無色，有劇臭，可以製硫酸或作漂白、殺菌、防腐之用；液態的二氧化硫能吸熱生低溫，作冷凍劑。

**二氧化碳**（ㄦˋ ㄧㄤˇ ㄏㄨㄚˋ ㄊㄢˋ） 多存在於石灰石跟大理石裡，加鹽酸在碳酸鈣也可製成。是空氣成分的一種，分子式是$CO_2$。無色無臭，無毒，不能助燃。動物如在二氧化碳裡，因為缺乏氧氣，往往窒息而死。通稱「碳氣」。

**二氧化鉛**（ㄦˋ ㄧㄤˇ ㄏㄨㄚˋ ㄑㄧㄢ） 就是過氧化鉛。

**二氧化錳**（ㄦˋ ㄧㄤˇ ㄏㄨㄚˋ ㄇㄥˇ） 天然生成的軟硬錳礦。分子式是$MnO_2$。是黑色的粉末。跟硫酸攙和，成為強烈的氧化劑，可以製造氧、鹵素、錳鹽、電池、漂白粉、錳鋼、玻璃等之用。

**二氧化矽**（ㄦˋ ㄧㄤˇ ㄏㄨㄚˋ ㄒㄧˋ） 又名無水矽酸。它的化學分子式是$SiO_2$。天然產的是水晶、石英砂等，是地球表面的主要成分，可以做玻璃、陶瓷、水玻璃等。

**二碳化鈣**（ㄦˋ ㄊㄢˋ ㄏㄨㄚˋ ㄍㄞˋ） 焦炭和石灰在電爐裡一起加高熱，所得的白色透明結晶。分子式是$CaC_2$。加水發生氣體，點燃作燈用。俗稱電石。參看「電石」條。

**二一添作五**（ㄦˋ ㄧ ㄊㄧㄢ ㄗㄨㄛˋ ㄨˇ） 本是珠算除法的一句口訣，是「一除以二等於零點五」，借指雙方平分。

**二倍體植物**（ㄦˋ ㄅㄟˋ ㄊㄧˇ ㄓˊ ㄨˋ） 一般的植物細胞中都具有來自父本植物和母本植物雙方的兩套染色體，叫做二倍體植物。單性發育的植物細胞內只含有一套染色體叫單倍體植物。有的植物發生突變，細胞中的染色體成倍增加，染色體在三套以上的叫多倍體植物。

**二人同心，其利斷金** ㄦˋ ㄖㄣˊ ㄊㄨㄥˊ ㄒㄧㄣ，ㄑㄧˊ ㄌㄧˋ ㄉㄨㄢˋ ㄐㄧㄣ　兩個人一心合作，力量如同鋒利的刀劍，可以切斷金屬。指團結力量大。語見〈易・繫辭〉。

## 一筆

**亍** ㄔㄨˋ 小步。右步叫「亍」，左步叫「彳」，合起來走叫「行」。

**于** ▲ㄩˊ ㈠通「於」字。㈡図古詩文句子裡的虛字。如「黃鳥于飛」。㈢見「于歸」。㈣姓。▲図ㄒㄩ 通「吁」。

**于思** ㄩˊ ㄙㄞ　図形容鬍鬚很多，常疊用。如「滿面于思于思」。

**于飛** ㄩˊ ㄈㄟ　図比翼而飛。比喻夫婦好合，生活美滿。如「于飛之樂」「鳳凰于飛」。

**于歸** ㄩˊ ㄍㄨㄟ　図指女子出嫁。「于」是往，「歸」是回去。女人出嫁之後，住在婆家，母家成為外家，所以說「出嫁」是「于歸」。

## 二筆

**互** ㄏㄨˋ 彼此連合。指一個對一個，或人對人。如「互不相讓」「互推一個代表」。

**互利** ㄏㄨˋ ㄌㄧˋ　雙方都有利。如「平等互利」。

**互助** ㄏㄨˋ ㄓㄨˋ　彼此幫助。

**互相** ㄏㄨˋ ㄒㄧㄤ　彼此都用同樣的態度或行為對待對方。如「互相承認」。

**互動** ㄏㄨˋ ㄉㄨㄥˋ　兩個或兩個以上的人相互交往的過程，如合作、競爭、衝突等行為。

**互通** ㄏㄨˋ ㄊㄨㄥ　互相溝通，交換。如「雙方互通消息」「互通有無」。

**互惠** ㄏㄨˋ ㄏㄨㄟˋ　兩國之間因為利益均等而生的外交行為。如以同等利益互相交換，所訂的條約就叫互惠條約。

**互選** ㄏㄨˋ ㄒㄩㄢˇ　就選舉人中間，彼此互相選舉，產生當選人。如「省議會置議長一人，由省議員互選之」。

**互讓** ㄏㄨˋ ㄖㄤˋ　彼此謙讓。

**互生葉** ㄏㄨˋ ㄕㄥ ㄧㄝˋ　植物莖幹上每節長出一個單葉，相間地各生在一邊，叫互生葉。

**互助會** ㄏㄨˋ ㄓㄨˋ ㄏㄨㄟˋ　①在生產、工作或學習上互相幫助的小團體。②民間多指在金錢上互助的小團體，具有儲蓄與放款的意義。又稱「標會」「來會」。會頭依固定款額請人入會（稱「邀會」或「起會」），每月定期標會，由出利息最高額的標得會款，得標後就成了「死會」，還沒得標的稱「活會」。通常會規定最低標額，稱「底標」。又分內外標。「內標」就是利息自會款中先扣除；「外標」就是利息與會款分開計算，得標的取得整數，以後每期繳會款時加付利息。

**井** ㄐㄧㄥˇ ㈠為了汲水，向地下鑿的深洞，就是水井。㈡像井的坑洞、礦坑。如「煤井」「鹽井」。㈢形容整齊而有秩序的樣子。也說「井井」。如「井然不紊」「井井有條」。㈣星宿（ㄒㄧㄡˋ）名。井宿是二十八宿之一。㈤見「井田」條。㈥家鄉。如「離鄉背井」。㈦見「市井」。㈧姓。

**井田** ㄐㄧㄥˇ ㄊㄧㄢˊ　周代的農田制度。把一塊土地畫為九區，每區一百畝；外面八區，每區一家，是私田；中間一區，由外面的八家共同耕種，收穫歸公，是「公田」。區畫形狀像「井」

字，所以叫井田。

**井臼** ㄐㄧㄥˇ ㄐㄧㄡˋ 図汲水舂米等事情，引伸為做家事。「操井臼」就是主持家事。

**井然** ㄐㄧㄥˇ ㄖㄢˊ 整齊而不紊亂。如「秩序井然」。

**井蛙** ㄐㄧㄥˇ ㄨㄚ 同「井底蛙」「井底之蛙」，比喻見識狹小的人。

**井榦** ㄐㄧㄥˇ ㄏㄢˊ 井上的木欄。榦也作「幹」「韓」「桁」。

**井闌** ㄐㄧㄥˇ ㄌㄢˊ ①井口的圍欄。②古時候攻城的用具。

**井鹽** ㄐㄧㄥˇ ㄧㄢˊ 鹽井的水煮成的鹽，出產在四川、雲南等省。

**井井有條** ㄐㄧㄥˇ ㄐㄧㄥˇ ㄧㄡˇ ㄊㄧㄠˊ 辦事有條理，不紊亂。

**井水不犯河水** ㄐㄧㄥˇ ㄕㄨㄟˇ ㄅㄨˋ ㄈㄢˋ ㄏㄜˊ ㄕㄨㄟˇ ①比喻彼此界限分明。②毫無關係。

# 亓

ㄑㄧˊ 姓。「亓官」，複姓。

# 五

ㄨˇ ㈠數目字，大寫時作「伍」。㈡第五。如「小學五年級」。

**五中** ㄨˇ ㄓㄨㄥ 図指五臟，內心。如「銘感五中」。也作「五內」。

**五內** ㄨˇ ㄋㄟˋ 図五臟，指人的內臟。如「五內如焚」。

**五方** ㄨˇ ㄈㄤ ①東、南、西、北、中五個方位。②各處。如「五方雜處」。

**五代** ㄨˇ ㄉㄞˋ 中國歷史名詞。①古五代指唐、虞、夏、商、周。②前五代指晉朝以後的宋、齊、梁、陳、隋。③後五代指唐朝以後的後梁、後唐、後晉、後漢、後周。

**五加** ㄨˇ ㄐㄧㄚ 落葉灌木，掌狀複葉，有長柄，小葉倒卵形。花黃綠色，傘形花序。果實球形，紫黑色。樹皮或根的皮可以入藥，叫做五加皮，浸在高粱酒中，有祛風濕、強筋骨等作用。

**五古** ㄨˇ ㄍㄨˇ 舊體詩五言古詩的簡稱。

**五刑** ㄨˇ ㄒㄧㄥˊ ①古代以墨、劓、剕、宮、大辟等為五刑。②隋朝以後，以笞、杖、徒、流、死等為五刑。③現在的刑法分主刑為死刑、無期徒刑、有期徒刑、拘役、罰鍰等五項。

**五色** ㄨˇ ㄙㄜˋ ①青、黃、赤、白、黑。②通常指紅、黃、藍、白、黑等五種色彩。語音說ㄨˇ ㄕㄞˇ。

**五行** ㄨˇ ㄒㄧㄥˊ ①金、木、水、火、土。（原指五種物質，漢朝以後加以附會，借五行生剋的說法解釋古今因革，人生休咎。）②図就是五常①。

**五更** ㄨˇ ㄍㄥ ①從前把夜裡的時間，從七點到第二天早上五點，分成五段，一段兩個小時，叫初更、二更、三更、四更、五更。每一時刻用鼓聲表示，所以也叫一鼓、二鼓、三鼓、四鼓、五鼓。②第五個「更」，早上三點到五點。語音ㄨˇ ㄐㄧㄥ。

**五育** ㄨˇ ㄩˋ 德育、智育、體育、群育和美育的合稱。如「要使學生五育均衡發展」。

**五到** ㄨˇ ㄉㄠˋ 指眼到、手到、耳到、口到、心到。讀書要能看、能寫、能聽、能說，並能專心一意，才能有成就。

**五味** ㄨˇ ㄨㄟˋ ①甜、酸、苦、辣、鹹。②佛教以乳味、酪味、生酥味、熟酥味、醍醐味為五味。見〈涅槃經〉。

**五官** ㄨˇ ㄍㄨㄢ ①指人的面貌。如「五官端正」。②分指五種生理器官，有幾種說法：有的指耳、目、口、鼻、心；有的指兩手、口、耳、目；有的指眼（視覺器官）、耳（聽覺器官）、鼻（嗅覺器官）、舌（味覺器官）、皮膚（觸覺器官）。③図中國古代的官制，司徒、司馬、司空、司士、司寇。

**五服** ㄨˇ ㄈㄨˊ 從前的喪服，以斬衰（三年）、齊衰（ㄗ ㄘㄨㄟ，一年）、大功（九月）、小功（五月）、緦麻

（三月）等為五服，因親疏而有差別。

**五毒** ㄨˇ ㄉㄨˊ ①五種有毒的藥：石膽、丹砂、雄黃、礬石、慈石。②図指慘酷的刑罰，使四肢軀體極受楚毒。③蝎子、蜈蚣、蛇虺、蜂、蜮五種毒蟲。④現在通常以蝎、蛇、蜈蚣、壁虎、蟾蜍為五毒。

**五金** ㄨˇ ㄐㄧㄣ ①金、銀、銅、鐵、錫的總稱。②泛指各種金屬日用品跟常用的工具，商店有「五金行」。

**五帝** ㄨˇ ㄉㄧˋ 中國古代五位領袖：①太昊、神農、黃帝、少昊、顓頊。②黃帝、顓頊、帝嚳、堯、舜。③少昊、顓頊、帝嚳、堯、舜。

**五律** ㄨˇ ㄌㄩˋ 舊體詩五言律詩的簡稱，每句五字，共八句。

**五指** ㄨˇ ㄓˇ 手上的五個指頭，就是拇指（也叫巨指）、食指（又稱嚏鹽指）、中指（也叫將ㄐㄧㄤˋ指）、無名指、小指。

**五洲** ㄨˇ ㄓㄡ 地球的五個大洲：亞、歐、非、澳、美。今泛指世界各地。

**五胡** ㄨˇ ㄏㄨˊ 歷史上指中國北方的匈奴、羯、鮮卑、氐、羌五族。西晉末年，分據中原，爭戰不休，致使晉室東遷，史稱「五胡亂華」。

**五音** ㄨˇ ㄧㄣ ①古時音樂上的五種調子，就是：宮、商、角（ㄐㄩㄝˊ）、徵（ㄓˇ）、羽。②音韻學區別聲類為喉、舌、齒、脣、牙五音。

**五香** ㄨˇ ㄒㄧㄤ ①燒煮食物用的茴香、花椒等香料的總稱。②指稱用各種香料烹調製成的食物。如「五香豆腐乾」。

**五倫** ㄨˇ ㄌㄨㄣˊ 我國儒家注重的五種倫理關係，就是君臣、父子、兄弟、夫婦、朋友。也稱「五常」。

**五常** ㄨˇ ㄔㄤˊ ①仁、義、禮、智、信。②同「五倫」。

**五彩** ㄨˇ ㄘㄞˇ ①指青、黃、赤、白、黑五色相間雜。也作「五采」。②通常形容有各種色彩的。如「五彩電影」。

**五短** ㄨˇ ㄉㄨㄢˇ 指人的四肢、身軀都很短小，通常說「五短身材」。

**五絕** ㄨˇ ㄐㄩㄝˊ 舊體詩五言絕句的簡稱，每句五字，全詩共四句。

**五福** ㄨˇ ㄈㄨˊ 五種福運：壽、富、康寧、攸好德、考終命。是根據〈書經・洪範〉所說的。現在把「五福臨門」作祝賀用語。

**五經** ㄨˇ ㄐㄧㄥ 易、詩、書、禮、春秋等五種經書的總稱。

**五葷** ㄨˇ ㄏㄨㄣ 佛教指蒜、韭、薤、蔥、興渠（根像蘿蔔，氣味像蒜）五種有辛味的蔬菜。學佛的人戒食。也稱「五辛」。

**五穀** ㄨˇ ㄍㄨˇ 較普通的說法，是指稻、黍、稷、麥、菽。通常說「五穀」，是泛指各種主要穀物。

**五嶽** ㄨˇ ㄩㄝˋ 我國歷史上的五大名山，指東嶽泰山、西嶽華山、南嶽衡山、北嶽恆山和中嶽嵩山。也作「五岳」。

**五聲** ㄨˇ ㄕㄥ ①同「五音」①。②指字的聲調，有陰平、陽平、上聲、去聲、入聲；也有指國音的陰平、陽平、上聲、去聲、輕聲說的。

**五霸** ㄨˇ ㄅㄚˋ 中國春秋時代五個強大的諸侯，就是齊桓公、晉文公、宋襄公、秦穆公、楚莊王。也稱「春秋五霸」。

**五臟** ㄨˇ ㄗㄤˋ 指心、肝、脾、肺、腎。一般說「五臟」是泛指各種內臟。

**五子棋** ㄨˇ ㄗˇ ㄑㄧˊ 一種棋類遊戲，用圍棋子在圍棋盤上對下，先把五個棋子連成一條直線的獲勝。

**五五波** ㄨˇ ㄨˇ ㄅㄛ 図廣東方言。指運動比賽雙方實力相當或打成平手。波是英語 ball（球）的音譯，原用於打球。

**五月節** 端午節。

**五斗米** 指微薄的俸祿。東晉陶潛感歎「不為五斗米折腰」，去服事小人。

**五色旗** 民國初年，我國國旗由紅、黃、藍、白、黑五色橫幅合成，象徵漢、滿、蒙、回、藏五族共和。民國十七年廢除。

**五言詩** 每一句五個字的舊詩。

**五里霧** 〔文〕比喻處於迷離模糊的境地。通常作「如墮五里霧中」。

**五花肉** 肥瘦分層相間的豬肉，在前腿和腹部之間。

**五倍子** 鹽膚木葉被五倍子蟲刺傷所生的癭疣，醫藥、工業上用途很廣。也叫鹽膚子。（參看「五倍子蟲」條。）

**五線譜** 在五條平行線上標記音符的樂譜，叫五線譜。

**五斂子** ①常綠灌木，羽狀複葉，小葉卵形。花白色或淡紫色，萼紅紫色。漿果橢圓形，綠色或黃綠色，有五條稜，可以吃。②這種植物的果實。也叫「羊桃」（或作「楊桃」）。

**五臟廟** 詼稱肚子。「祭五臟廟」就是將東西吃到肚子裡。

**五方雜處** 形容都市裡居民的複雜。

**五日京兆** 京兆是首都所在地。漢代張敞為京兆尹，不久將免職，仍認真辦案。今用來形容當官者不能長久治事。

**五世同堂** 以往民間早婚，常有高祖、曾祖、祖父母、父母、自身，五輩人同在一起過活的大家庭；所以稱為「五代同堂」。

**五世其昌** 子孫繁衍昌盛，也常作為祝人新婚的祝詞。語見〈左傳．莊公二十二年〉。

**五四運動** 民國八年五月四日，北京五千多名學生在天安門前集會、遊行，抗議巴黎和會承認日本接管德國侵佔我國山東的各種特權的無理決定，遭到北洋軍閥政府鎮壓，各地學生紛起響應。這項愛國運動很快擴大到全國。

**五光十色** 花樣繁多，光采奪目。

**五角大廈** 美國國防部的代稱。大廈呈正五角形排列，坐落於華盛頓市郊阿靈頓郡內。是國防部和陸、海、空三軍總部辦公處所。

**五花八門** 花樣繁多，變化莫測。

**五花大綁** 捆綁重大刑犯以防脫逃的一種方法。用繩索套住脖子，並繞到背後反剪兩臂。

**五星上將** 上將是三顆星，一級上將是四顆星，特級上將才佩戴五顆星，所以稱上將當中階級最高的軍官。

**五音不全** 唱歌、說話時咬字發音不正確、不標準，有的音發不出來。譏諷他人的口齒不清。

**五風十雨** 五日一風，十日一雨。語出〈論衡〉。比喻風調雨順。

**五倍子蟲** 屬有吻類蚜蟲科，雌蟲肥大，長約三釐，蟲身藍紫色，尾端細。在鹽膚木上產卵，枝葉受害，所發生的癭疣就是五倍子。

**五馬分屍** ①古代一種刑罰，就是「車裂」。用五匹馬拴住人的四肢和頭部，強把人體扯裂。

②比喻把完整的東西分割了。

**五勞七傷** 中醫泛指身體虛弱多病的情狀。五勞指五臟的勞損；七傷指大飽傷脾，大怒氣逆傷肝，強力舉重久坐濕地傷腎，形寒飲冷傷肺，憂愁思慮傷心，風雨寒暑傷形，恐懼不節傷志。勞也作「癆」。

**五湖四海** 泛稱中國各地。

**五短身材** 指人的身量矮小。五短是四肢和軀幹短小。

**五項運動** 全能運動之一。男子五項是跳遠、擲標槍、鐵餅、二百公尺、一千五百公尺賽跑。女子五項是跳高、跳遠、推鉛球、一百公尺、八百公尺賽跑等。

**五穀不分** ①譏笑人家不能辨別最普通的農作物。②常用來形容脫離實際工作，缺乏基本常識的人。

**五穀豐登** 農作物豐收。形容人民生活富庶，國泰民安。

**五權憲法** 是 國父孫中山先生所創的，把中央政府的行政、立法、司法、考試、監察等五種治權各自獨立，規定在憲法之中。

**五體投地** 最恭敬的跪拜禮，是兩膝、兩肘跟頭額都要著地，所以叫「五體投地」；現在作為形容十分欽佩的用語。如「我對他佩服得五體投地」。

**五十步笑百步** 戰敗時退卻五十步的人譏笑退卻一百步的人。原是孟子對梁惠王所作的比喻。比喻自己跟別人有同樣的缺點或錯誤，只是程度上輕一些，卻譏笑別人。表示二者本質相同，相差不多。

**云** ㄩㄣˊ ㈠說。如「人云亦云」。㈡〔文〕一句末了的虛字。如「各項計畫尚待實施云」。㈢〔文〕古詩文用作襯字。如「歲云暮矣」。㈣古「雲」字。㈤姓。

**云云** 〔文〕是引用文件或別人的談話，用來代表所省略的部分，就是「如此如此」或「等等」的意思。

**云何** 〔文〕如何，怎麼樣呢。如「云何不樂」「諸將云何」。

**云爾** 〔文〕使語氣充足的語助詞。〈孟子〉書有「是何足以言仁義也云爾」。

## 四筆

**亙** ㄍㄣˋ ㈠通連。說空間或時間的長遠，由這頭到那頭連綿不斷。如「亙古以來」「綿亙數里」。㈡姓。又讀ㄍㄥˋ。

**亙古** 最古的時候。

**亘** ▲ㄒㄩㄢ「宣」的本字。▲ㄍㄣˋ，又讀ㄍㄥˋ。「亙」的俗字。

## 六筆

**些** ▲ㄒㄧㄝ ㈠若干。如「講了些話」「長些見識」。㈡表示在比較之中的略微的差別。如「走快些」「他做的多些」。㈢比較起來相當多的數目。如「這些」「好些人」「這麼些年」。▲〔文〕ㄙㄨㄛˋ 古書用在句子末了的助詞，好像「兮」的口氣，〈楚辭〉裡用得比較多。如「歸來歸來，恐危身些」「何為四方些」。

**些少** 少許。

**些個** 一些。口語常用。如「這些個」「那些個」「吃些個東西」。

**些許** ①很少。②細微，無足輕重。如「些許小事」。

**些微**（ㄒㄧㄝ ㄨㄟˊ） ①很少。②稍微，略微。如「些微移動了一下」。

**亞（亜）** ㄧㄚˋ 比較次一等的。如「這一隊是籃球比賽的亞軍」「亞熱帶」。㈡亞細亞洲的簡稱。如「東亞」「東南亞」。㈢［文］開，啟。如「半亞朱扉」。又讀ㄧㄚˇ。

**亞父**（ㄧㄚˋ ㄈㄨˇ） ［文］僅次於父，表示尊敬的稱呼。如秦末項羽尊敬范增，稱他為「亞父」。

**亞軍**（ㄧㄚˋ ㄐㄩㄣ） 比賽、競賽得勝的第二名。

**亞麻**（ㄧㄚˋ ㄇㄚˊ） 一年生草本，莖皮纖維可以織麻布。子可榨油，叫亞麻仁油，可以作藥，也可以製造假漆、油墨等。

**亞當**（ㄧㄚˋ ㄉㄤ） ①［文］（Adam）猶太神話以亞當是人類的祖先，是上帝摶土造成，與妻夏娃住在伊甸園，後受蛇誘惑，偷吃智慧果，被逐到人間。②男性的代稱。如「都是亞當惹的禍」。

**亞鉛**（ㄧㄚˋ ㄑㄧㄢ） 金屬元素之一，就是「鋅」，俗名叫「白鐵」。色青白，鍍在鐵板上面，可免生鏽。

**亞膠**（ㄧㄚˋ ㄐㄧㄠ） 就是動物膠，用皮革、骨、蹄等熬成。是無色透明液體，遇到明礬就變硬，在照像製版和工業方面用處很多。

**亞獻**（ㄧㄚˋ ㄒㄧㄢˋ） 古禮在祭祀的時候第二次的獻爵，叫「亞獻」。

**亞喬木**（ㄧㄚˋ ㄑㄧㄠˊ ㄇㄨˋ） 樹幹低於喬木，而樹枝生在樹幹上又跟灌木不同的，叫做亞喬木，如桃、李、玉蘭、無花果等類。

**亞熱帶**（ㄧㄚˋ ㄖㄜˋ ㄉㄞˋ） 地理上靠近熱帶的溫帶地區。

**亞細亞洲**（ㄧㄚˋ ㄒㄧˋ ㄧㄚˋ ㄓㄡ） 是地球上最大的一洲，位在東半球上，西鄰歐、非兩洲，南臨印度洋，東瀕太平洋，北接北極海，面積約四千四百三十萬平方公里，占全球所有陸地三分之一，人口約二十五億。略稱亞洲。我國位置在亞洲大陸的東部。

## 七筆

**亟** ［文］▲ㄐㄧˊ 緊急，急切。如「需款孔亟」。▲ㄑㄧˋ 屢次。如「亟來請教」「往來頻亟」。

**亟欲**（ㄐㄧˊ ㄩˋ） ［文］急著想要。

# 亠部

## 一筆

**亡** ▲ㄨㄤˊ ㈠滅。如「滅亡」「亡國」。㈡逃。如「流亡」「亡命」。㈢死去。如「陣亡」。㈣死去的人。如「悼亡（指妻）」。㈤［文］失去。如「歧路亡羊」。㈥［文］不在其處。〈論語〉有「孔子時其亡也，而往拜之」。㈦［文］通「忘」。▲［文］ㄨˊ 同「無」。

**亡失**（ㄨㄤˊ ㄕ） ［文］失去。

**亡命**（ㄨㄤˊ ㄇㄧㄥˋ） 命，是指名字。隱姓埋名而逃亡。

**亡者**（ㄨㄤˊ ㄓㄜˇ） ［文］死了的人。

**亡故**（ㄨㄤˊ ㄍㄨˋ） ［文］人死了。

**亡國**（ㄨㄤˊ ㄍㄨㄛˊ） 國家滅亡。

**亡魂**（ㄨㄤˊ ㄏㄨㄣˊ） 人的魂魄。多指剛死不久的。

**亡靈**（ㄨㄤˊ ㄌㄧㄥˊ） 死者的靈魂。多用於比喻。

**亡命徒**（ㄨㄤˊ ㄇㄧㄥˋ ㄊㄨˊ） 指流氓盜賊等做壞事，不顧惜自己名節而逃亡的人。

**亡國奴** ㄨㄤˊ ㄍㄨㄛˊ ㄋㄨˊ 國家滅亡以後過奴隸生活的人民。

**亡羊補牢** ㄨㄤˊ ㄧㄤˊ ㄅㄨˇ ㄌㄠˊ 家裡養的羊逃走了，趕快修補羊圈（ㄐㄩㄢˋ），以免再受損失。比喻事後補救。語見〈戰國策・楚策〉。

**亡魂喪膽** ㄨㄤˊ ㄏㄨㄣˊ ㄙㄤˋ ㄉㄢˇ 比喻驚慌恐懼到極點。

## 二筆

**亢** ▲ㄎㄤˋ ㈠高，傲。如「不卑不亢」。㈡過分，極。如「亢旱」。㈢星宿名，二十八宿之一。㈣図對抗的意思。如「分庭亢禮」。㈤姓。▲図ㄍㄤ 人的脖子、喉嚨。引申為要害。如「扼其亢」。

**亢旱** ㄎㄤˋ ㄏㄢˋ 很久不下雨；大旱。

**亢直** ㄎㄤˋ ㄓˊ 図正直不屈。

**亢進** ㄎㄤˋ ㄐㄧㄣˋ 生理機能超過正常的情況。像是胃腸蠕動亢進、甲狀腺機能亢進等等。

**亢奮** ㄎㄤˋ ㄈㄣˋ 極度興奮。如「精神亢奮，整夜不眠」。

**亢龍有悔** ㄎㄤˋ ㄌㄨㄥˊ ㄧㄡˇ ㄏㄨㄟˇ 図語出〈易・乾〉。亢龍指高位的人。高位的人要以驕傲自滿為戒，否則容易敗亡。

## 四筆

**亥** ㄏㄞˋ ㈠十二地支的末位。㈡排列次序的用字，表示第十二。㈢亥時，指夜裡九點到十一點。

**交** ㄐㄧㄠ ㈠付給，如「交卷」「這件事交給他辦」。㈡互相，共同，彼此相對的動作。如「交換」「交流」。㈢交叉。如「交界」「兩線相交」。㈣相接。如「交頭接耳」。㈤朋友的往來。如「交了好幾個朋友」。㈥朋友。如「至交」「手帕交」。㈦「交易」的簡稱。如「成交」。㈧達到一個時刻或季節。如「交十二點」「現在已經交春了」。㈨時會點。如「春夏之交」。㈩一齊。如「風雨交加」「飢寒交迫」。(十一)跌倒了，同「跤」。如「一交跌得很重」。(十二)異性相配。如「交配」。

**交叉** ㄐㄧㄠ ㄔㄚ 橫直相交，成叉形。

**交口** ㄐㄧㄠ ㄎㄡˇ ①眾口同聲。如「交口稱讚」。②交談。如「他們久已沒有交口」。

**交互** ㄐㄧㄠ ㄏㄨˋ 図互相。

**交手** ㄐㄧㄠ ㄕㄡˇ ①拱手。②手相接近。③爭打的時候，彼此接觸。

**交火** ㄐㄧㄠ ㄏㄨㄛˇ 交戰，互相開火。如「報告，第一連已經跟敵人交火了」。

**交心** ㄐㄧㄠ ㄒㄧㄣ 把自己內心深處的想法毫無保留地說出，表示真心誠懇。如「他是交心的好朋友」。

**交付** ㄐㄧㄠ ㄈㄨˋ 交給。如「你要好好幹，不要疏忽了上級交付給你的任務」。

**交代** ▲ㄐㄧㄠ ㄉㄞˋ 把經管的事交人接替。▲ㄐㄧㄠ・ㄉㄞ ①囑咐。②完了。如「這件事算是交代了」。③收束終了的說明。如「說幾句話，總算有個交代」。

**交加** ㄐㄧㄠ ㄐㄧㄚ 兩種事物同時出現或同時加在一個人身上。如「風雪交加」「拳腳交加」「驚喜交加」。

**交合** ㄐㄧㄠ ㄏㄜˊ 図指男女性交。

**交好** ㄐㄧㄠ ㄏㄠˇ 互相往來，結成好友。也可用於國與國之間。如「兩國交好」。

**交兵** ㄐㄧㄠ ㄅㄧㄥ 図交戰。如「兩國交兵」。

**交困** ㄐㄧㄠ ㄎㄨㄣˋ 各種困難同時出現。如「內外交困」「上下交困」。

**交尾** ㄐㄧㄠ ㄨㄟˇ 鳥獸昆蟲等雌雄交配。

**交底** ㄐㄧㄠ ㄉㄧˇ 說清楚事情的底蘊。

**交角** ㄐㄧㄠ ㄐㄧㄠˇ 數學上說線與線、線與面或面與面相交而成的角。

**交往** ㄐㄧㄠ ㄨㄤˇ 親友間的往來。

**交易** ㄐㄧㄠ ㄧˋ 做買賣。

**交保** ㄐㄧㄠ ㄅㄠˇ 刑事被告在羈押期中，向法院提出保證書並繳納保證金，聲請停止羈押。法律上叫「具保」。如「交保候傳」。

**交卸** ㄐㄧㄠ ㄒㄧㄝˋ 官吏把卸去的職務交付給接任者。

**交流** ㄐㄧㄠ ㄌㄧㄡˊ ①兩水交叉而流。②沿正相反的方向作迅速流動的電流。③兩方彼此表情達意並接受影響。如「意見交流」「情感交流」。

**交界** ㄐㄧㄠ ㄐㄧㄝˋ 兩地相連接的地方。

**交迫** ㄐㄧㄠ ㄆㄛˋ 同時逼迫。如「飢寒交迫」。

**交差** ㄐㄧㄠ ㄔㄞ 任務完成後把結果報告上級。

**交涉** ㄐㄧㄠ ㄕㄜˋ ①發生關聯。②商議彼此間有關的事。

**交班** ㄐㄧㄠ ㄅㄢ 把工作任務交給下一班。如「我下午下班的時候，接班的人還沒來，不能交班」。

**交納** ㄐㄧㄠ ㄋㄚˋ 繳交。向政府或團體交付規定的金錢或實物。如「交納規費」「交納稅捐」。

**交配** ㄐㄧㄠ ㄆㄟˋ ①雌雄動物發生性行為。②雌雄植物的生殖細胞相結合。

**交帳** ㄐㄧㄠ ㄓㄤˋ ①移交帳務。將現金和帳目整理好，並將現金交出。②向有關的人報告自己工作的情況或應該完成的事情。如「這件事沒辦好，我怎麼向上級交帳」。

**交情** ㄐㄧㄠ ㄑㄧㄥˊ 情字輕讀。人與人之間因為交往而發生的感情。如「他跟你交情夠，你去託他吧」。

**交接** ㄐㄧㄠ ㄐㄧㄝ ①互相接觸。②交際。③移交和接收。④図同「交合」。

**交通** ㄐㄧㄠ ㄊㄨㄥ ①図暢達無阻礙。〈管子・度地〉：「天氣下，地氣上，萬物交通。」②人的往來，勾連。如「交通匪人，其罪不赦」。③指人、物資、訊息、資料等等的往來，包括鐵路、公路、航運、空運、郵政、電信以及電腦網際網路的互通等。

**交割** ㄐㄧㄠ ㄍㄜ 一方交付，他方接受，清結手續。商業上把銀貨兩清也叫交割。

**交惡** ㄐㄧㄠ ㄨˋ 図感情破裂，彼此互相憎恨。

**交替** ㄐㄧㄠ ㄊㄧˋ 交換接替。如「新舊交替」。

**交椅** ㄐㄧㄠ ㄧˇ 有靠背連扶手的木椅。

**交結** ㄐㄧㄠ ㄐㄧㄝˊ ①通好往來。②連結。

**交換** ㄐㄧㄠ ㄏㄨㄢˋ 互相調換。如「交換條件」。

**交集** ㄐㄧㄠ ㄐㄧˊ ①同時出現。指不同的感情、事物等集合在一起。如「百感交集」「驚喜交集」。②指兩事物中的相同成分。如「兩人的觀點，一直不能產生交集」。

**交媾** ㄐㄧㄠ ㄍㄡˋ 男女性交。

**交道** ㄐㄧㄠ ㄉㄠˋ 道字輕讀。彼此交往而發生的情誼。如「跟他打一打交道」。

**交運** ㄐㄧㄠ ㄩㄣˋ ①走運。②星卜者稱命運轉變的樞紐。③託人運輸物品也說成「交運」。

**交遊** ㄐㄧㄠ ㄧㄡˊ 和朋友的往來。如「交遊廣闊」。

**交際** ㄐㄧㄠ ㄐㄧˋ ①朋友間彼此往來、聯歡、聚會。②對社會大眾公共關係的應酬活動。

**交談** ㄐㄧㄠ ㄊㄢˊ 彼此互相接觸談話。

**交誼** ㄐㄧㄠ ㄧˋ 〔文〕交情；友誼。

**交鋒** ㄐㄧㄠ ㄈㄥ 〔文〕交戰。也作交兵。

**交戰** ㄐㄧㄠ ㄓㄢˋ ①打仗。②心裡兩種意見或情感互相衝突。

**交融** ㄐㄧㄠ ㄖㄨㄥˊ 融合在一起。如「水乳交融」。

**交錯** ㄐㄧㄠ ㄘㄨㄛˋ 交相錯雜，就是這方面的參雜到那方面去，那方面的參雜到這方面來。

**交還** ㄐㄧㄠ ㄏㄨㄢˊ 歸還，退還。

**交點** ㄐㄧㄠ ㄉㄧㄢˇ 兩線相交的那一點。

**交織** ㄐㄧㄠ ㄓ ①用不同顏色或不同品種的線交互編織。如「黑白交織」「棉麻交織」。②錯綜複雜地交結在一起。如「全家人歡聚一堂，交織成一幅美麗的天倫圖」。

**交關** ㄐㄧㄠ ㄍㄨㄢ ①互相關聯，緊要。如「性命交關」。②〔文〕交通。如「南北兩地不得交關」。③〔方〕非常，很。如「他們的感情交關好」。

**交歡** ㄐㄧㄠ ㄏㄨㄢ 〔文〕彼此聯絡相好。

**交卷（兒）** ㄐㄧㄠ ㄐㄩㄢˋ（ㄦ） ①考試完了，交出試卷。②承辦一件事情有了相當的結果，也常說「交卷」。如「這件事總算是交卷兒了」。

**交易所** ㄐㄧㄠ ㄧˋ ㄙㄨㄛˇ 有價證券或大宗貨物的交易場所。前者稱證券交易所，後者稱商品交易所，所買賣的可以是現貨，也可以是期貨。

**交朋友** ㄐㄧㄠ ㄆㄥˊ ㄧㄡˇ ①結交朋友，作朋友。②指異性交往，結交男朋友或女朋友。

**交杯酒** ㄐㄧㄠ ㄅㄟ ㄐㄧㄡˇ 舊俗婚宴中新婚夫婦飲酒，把兩個酒杯用紅線繫在一起，新婚夫婦交換著喝兩個酒杯裡的酒。也叫「交杯」，舊名「合巹」。

**交流道** ㄐㄧㄠ ㄌㄧㄡˊ ㄉㄠˋ 高速公路與交叉道路間設立的立體交叉匝道。

**交流電** ㄐㄧㄠ ㄌㄧㄡˊ ㄉㄧㄢˋ 方向和強度作周期性變化的電流。這種電流的優點是可以用變壓器來改變電壓。工業上和家庭日常生活所用的電就是交流電。參看「直流電」。

**交通車** ㄐㄧㄠ ㄊㄨㄥ ㄔㄜ 機關、團體等為公務而定時行駛的大型汽車或火車。

**交通線** ㄐㄧㄠ ㄊㄨㄥ ㄒㄧㄢˋ 運輸的路線，包括鐵路線、公路線、航空線等。

**交換機** ㄐㄧㄠ ㄏㄨㄢˋ ㄐㄧ 設在各電話用戶之間，能按通話人的要求接通電話的機器，原分人工和自動兩大類，目前大多數由電腦控制。

**交際花** ㄐㄧㄠ ㄐㄧˋ ㄏㄨㄚ 在社交場中活躍而有名的女子。常含有輕蔑意。

**交際舞** ㄐㄧㄠ ㄐㄧˋ ㄨˇ 一種社交性質的舞蹈，男女兩人合舞。

**交戰國** ㄐㄧㄠ ㄓㄢˋ ㄍㄨㄛˊ 加入國際戰爭的國家。

**交響曲** ㄐㄧㄠ ㄒㄧㄤˇ ㄑㄩˇ 集合各種管、絃、打擊樂器合奏出的樂曲；又名「合奏曲」。

**交白卷（兒）** ㄐㄧㄠ ㄅㄞˊ ㄐㄩㄢˋ（ㄦ） ①考試答寫不出，交出去的只是空白的試卷。②一般對上級指示或別人請託的事進行毫無成果，也說「交白卷兒」。

**交相輝映** ㄐㄧㄠ ㄒㄧㄤ ㄏㄨㄟ ㄧㄥˋ 不同的光線、色彩互相映照。也常比喻前後兩件事互相烘托。

**交淺言深** ㄐㄧㄠ ㄑㄧㄢˇ ㄧㄢˊ ㄕㄣ 跟交情淺的人竟而談些親密的話。指言談不加考慮，不得體。

**交通工具** ㄐㄧㄠ ㄊㄨㄥ ㄍㄨㄥ ㄐㄩˋ 運輸用的車輛、船舶和飛機等。

**交通安全** ㄐㄧㄠ ㄊㄨㄥ ㄢ ㄑㄩㄢˊ 行人行車的安全。政府訂有規則，設置許多標誌，派有警察執行。

**交通法庭**（ㄐㄧㄠ ㄊㄨㄥ ㄈㄚˇ ㄊㄧㄥˊ） 司法機關專門為審理有關交通事故案件而成立的特別法庭。

**交通管制**（ㄐㄧㄠ ㄊㄨㄥ ㄍㄨㄢˇ ㄓˋ） 來往交通的道路，因為事故而暫停往來或加以限制，叫做交通管制。

**交通警察**（ㄐㄧㄠ ㄊㄨㄥ ㄐㄧㄥˇ ㄔㄚˊ） 專責執行交通法規，擔任交通安全任務的警察。

**交感神經**（ㄐㄧㄠ ㄍㄢˇ ㄕㄣˊ ㄐㄧㄥ） 從脊柱的兩側分布出去，主宰內臟、血管等不隨意運動的神經。

**交戰團體**（ㄐㄧㄠ ㄓㄢˋ ㄊㄨㄢˊ ㄊㄧˇ） 一個國家內採取武力抗爭的集團，控制部分地區，並得到外國承認的，稱為交戰團體，享有交戰國的權利，並承擔同等的義務。

**交頭接耳**（ㄐㄧㄠ ㄊㄡˊ ㄐㄧㄝ ㄦˇ） 二人的頭靠得很近，而低聲講私話。

**交響樂團**（ㄐㄧㄠ ㄒㄧㄤˇ ㄩㄝˋ ㄊㄨㄢˊ） 演奏交響音樂的樂團。

**亦** ㄧˋ 〔文〕㈠連帶著說，表示同樣、全部、勉強可以的意思，跟口語的「也」字相同，通常是用在文言文裡。如「人云亦云」「即黍稷亦不能辨」「此亦大佳」。㈡只，但。如「子亦不努力耳，此何困難之有」。㈢襯托語氣的詞。如「不亦樂乎」「不亦快哉」。

**亦步亦趨**（ㄧˋ ㄅㄨˋ ㄧˋ ㄑㄩ） 〔文〕老師慢步走，學生就跟著慢步走；老師往前快走，學生也跟著往前快走。原是指學生仿效老師，現在也作為事事模仿別人或跟隨他人的意思來辦事。

## 五筆

**亨** ▲ㄏㄥ 通達，順利。又讀ㄏㄥˇ。▲〔文〕ㄆㄥ 同「烹」。

**亨通**（ㄏㄥ ㄊㄨㄥ） 運氣好，一切順利而沒有障礙。一般常說「萬事亨通」。

## 六筆

**京** ㄐㄧㄥ ㈠國都。如「南京」「京城」。㈡〔文〕大。如「莫之與京」。㈢數目名，一千萬叫「一京」。㈣姓。

**京兆**（ㄐㄧㄥ ㄓㄠˋ） ①漢代三輔之一，就是長安到華縣的地區，後來因此稱京都為京兆。②官名，京兆尹的略稱。

**京城**（ㄐㄧㄥ ㄔㄥˊ） 國都，中央政府所在地。

**京音**（ㄐㄧㄥ ㄧㄣ） 北京話的語音。

**京師**（ㄐㄧㄥ ㄕ） 〔文〕國都。京指地大，師指人多。

**京都**（ㄐㄧㄥ ㄉㄨ） ①舊時稱國都。也叫「京城」。②日本的古都，現為地名，在大阪的北面，是關西學術、文化中心。

**京腔**（ㄐㄧㄥ ㄑㄧㄤ） ①京調。②舊日稱北京話是京腔。

**京華**（ㄐㄧㄥ ㄏㄨㄚˊ） 〔文〕是「京師」的美稱，表示京師是文物、人才萃集的地方，常用在詩詞裡。

**京劇**（ㄐㄧㄥ ㄐㄩˋ） 北京調戲劇，也說京戲，現在也叫做國劇。

**京畿**（ㄐㄧㄥ ㄐㄧ） 國都及其附近的地區。

**京調**（ㄐㄧㄥ ㄉㄧㄠˋ） 指北京盛行的西皮、二簧等曲調。

**享（亯）** ㄒㄧㄤˇ ㈠受用。如「享福」「坐享其成」。㈡供奉或招待叫享，所以祭祀叫「祭享」，請客吃飯叫「享客」。

**享用**（ㄒㄧㄤˇ ㄩㄥˋ） ①使用某種東西而得到物質上或精神上的滿足。②「吃」的美稱。如「菜全來了，請慢慢享用」。

**享年**（ㄒㄧㄤˇ ㄋㄧㄢˊ） 人一生所經歷的年歲。今民間習俗通常指六十歲以下的。六十歲以上的稱「享壽」。

**享有** ㄒㄧㄤˇ ㄧㄡˇ 在社會上取得某種權利、聲望。如「男女享有同樣的權利」。

**享受** ㄒㄧㄤˇ ㄕㄡˋ 享樂受用。

**享福** ㄒㄧㄤˇ ㄈㄨˊ ①生活安樂。②舒適。

**享樂** ㄒㄧㄤˇ ㄌㄜˋ 享受快樂。

## 七筆

**亭** ㄊㄧㄥˊ ㈠亭子，一種建築物，上面的頂是圓的或多角形的，下頭支著柱子，周圍或者有欄杆、短牆。㈡在道旁建立的小型屋子，作辦公或營業用的。如「郵亭」「票亭（賣車票的）」。㈢妥帖。如「亭當」（也作「停當」）。㈣図到。如「亭午」。㈤像亭子一樣直立。如「亭亭玉立」。

**亭子** ㄊㄧㄥˊ ˙ㄗ 見「亭」㈠。

**亭午** ㄊㄧㄥˊ ㄨˇ 図正午。

**亭亭** ㄊㄧㄥˊ ㄊㄧㄥˊ 聳立或直立的樣子。如「亭亭玉立」「荷花亭亭出水」。

**亭臺樓閣** ㄊㄧㄥˊ ㄊㄞˊ ㄌㄡˊ ㄍㄜˊ 指園林中多種建築景觀。也作「樓臺亭閣」。

**亮** ▲ㄌㄧㄤˋ ㈠光明。㈡光。如「火亮兒」「點個亮兒來」。㈢閃光。如「銅喇叭擦得很亮」。㈣天明。如「才五點鐘天就亮了」。㈤顯露。如「把底牌亮出來」。㈥敞亮，痛快。如「心明眼亮」。㈦聲音清高。如「響亮」。㈧忠直清高。如「高風亮節」。

▲図ㄌㄧㄤˊ 「亮陰（ㄢ）」，也作「梁闇」「涼陰」「涼闇」「亮闇」、「諒陰」，古時原指守喪的廬屋，後來變成專指帝王居喪。

**亮度** ㄌㄧㄤˋ ㄉㄨˋ 光的供給或分量，按燭光或別種單位來表示，叫做亮度。

**亮話** ㄌㄧㄤˋ ㄏㄨㄚˋ 老實而不隱瞞的話。如「打開天窗說亮話」。

**亮察** ㄌㄧㄤˋ ㄔㄚˊ 図明白細察，明鑒；是敬詞。察也作「詧」。

**亮節** ㄌㄧㄤˋ ㄐㄧㄝˊ 図清高的節操。

**亮藍** ㄌㄧㄤˋ ㄌㄢˊ 透明的藍色。

**亮光（兒）** ㄌㄧㄤˋ ㄍㄨㄤ（ㄦ） 明朗的光。

**亮堂堂** ㄌㄧㄤˋ ㄊㄤˊ ㄊㄤˊ 形容很亮。如「屋子裡亮堂堂的」。

**亮晶晶** ㄌㄧㄤˋ ㄐㄧㄥ ㄐㄧㄥ 形容物體明亮閃爍發光。如「亮晶晶的露珠」。

**亮像兒** ㄌㄧㄤˋ ㄒㄧㄤˋ ㄦ 國劇中扮演的人出場後或下場前，作一個全神貫注的姿勢，叫亮像兒。也作「亮相」。

## 八筆

**亳** ㄅㄛˊ ㈠縣名，在安徽省。㈡商朝的國都，在今河南商邱縣。

## 十九筆

**亹** ▲ㄨㄟˇ ㈠図勉力，不倦。〈易經〉有「成天下之亹亹」。㈡図往前進的樣子。〈楚辭〉有「時亹亹而過中兮」。

▲ㄇㄣˊ 亹源，青海省縣名，在青海省東北方，今改名「門源回族自治縣」。

# 人部

**人** ㄖㄣˊ ㈠人類，能使用大腦製作並運用工具的高等動物。如「人跟禽獸有很大的不同」。㈡指別人。如「己所不欲，勿施於人」。㈢人格。如「法人」「自然人」。㈣籍貫，是「人氏」的簡說。如「他是上海人」。

㈤指一般人。如「人所周知」。㈥形狀像人的。如「人參」「人魚」。㈦人做的。如「人力」「人為」。㈧図做的動作像人。如「人立」。

**人丁** ㄖㄣˊ ㄉㄧㄥ ①指成年人。②人口。如「人丁興旺」。

**人人** ㄖㄣˊ ㄖㄣˊ 每個人，所有的人。如「保密防諜，人人有責」。

**人力** ㄖㄣˊ ㄌㄧˋ 人的力量。

**人口** ㄖㄣˊ ㄎㄡˇ ①住在一定地域以內的人的總稱。②人的口吻。如「膾炙人口」。③家族人數。如「人口多」。

**人士** ㄖㄣˊ ㄕˋ 泛指某些人的尊稱。如「社會人士」「地方人士」。

**人工** ㄖㄣˊ ㄍㄨㄥ ①全用人力做的工作。如「人工呼吸」。②需要人力做的工作。如「本處還缺少人工」。

**人才** ㄖㄣˊ ㄘㄞˊ ①人的才學品貌。也作「人材」。②有才能有學識的人。如「人才濟濟」。

**人中** ㄖㄣˊ ㄓㄨㄥ 人的上脣正中凹進的部分。

**人心** ㄖㄣˊ ㄒㄧㄣ ①人的心地。②人的意志。如「人心不齊」。③良善的心意。如「這傢伙根本沒有人心」。

**人手** ㄖㄣˊ ㄕㄡˇ 辦事的人。

**人文** ㄖㄣˊ ㄨㄣˊ 人類社會的各種文化。如「人文科學」。

**人日** ㄖㄣˊ ㄖˋ 舊時稱陰曆正月初七為人日。

**人氏** ㄖㄣˊ ㄕˋ 人。指籍貫而說。如「你姓什麼？哪裡人氏？」

**人世** ㄖㄣˊ ㄕˋ 世間。也作「人世間」。

**人民** ㄖㄣˊ ㄇㄧㄣˊ 國民。連同主權、領土是構成國家的三要素。

**人犯** ㄖㄣˊ ㄈㄢˋ 泛指某一刑事案件中的被告或牽連在內的人。如「一干人犯」。參看「犯人」。

**人生** ㄖㄣˊ ㄕㄥ ①人類的生命。②人類的生活。③人的一世。

**人立** ㄖㄣˊ ㄌㄧˋ 図像人一般直立。常指豬、狗、熊等動物。如「豕人立而啼」。

**人份** ㄖㄣˊ ㄈㄣˋ 複合量詞，以一個人需要的量為一份，所有份數的總和稱為人份。如「請準備三十人份的午餐」。

**人地** ㄖㄣˊ ㄉㄧˋ 人跟地的關係。如「人地生疏」。

**人次** ㄖㄣˊ ㄘˋ 複合量詞，表示若干次人數的總和。如以參觀為例，第一次三百人，第二次五百人，第三次七百人，總共是一千五百人次。

**人妖** ㄖㄣˊ ㄧㄠ ①行為怪異，不守常法，能誘使別人做壞事的。②譏笑醜陋而愛作過分打扮的人。③經過人為方法，由男性變成假女性的人。

**人身** ㄖㄣˊ ㄕㄣ ①人的身體。②人的軀殼。③人的品格。如「人身攻擊」。

**人事** ㄖㄣˊ ㄕˋ ①人間的各事。如「暈了過去，人事不知」。②世故人情。如「小孩子不懂人事」。③人的境遇、離合等的情況。④公私機關管人員勤惰的考核，記錄遷調任免的單位跟人員。

**人兒** ㄖㄣˊ ㄦˊ ①小的人形。如「泥人兒」。②図指人的行為儀表。如「這一個人兒很不錯」。

**人命** ㄖㄣˊ ㄇㄧㄥˋ ①人的生命。②人的壽命。

**人和** ㄖㄣˊ ㄏㄜˊ 得人心，〈孟子〉書有「地利不如人和」。

**人味** ㄖㄣˊ ㄨㄟˋ ①人生的意趣。如「享受一下人味」。②作人應有的品格。如「他連一點人味都沒有」。可ㄦ化。

**人性** ▲ㄖㄣˊ ㄒㄧㄥˋ ①人類特有的行為所顯示的本性。②人類比其他各種動物高等的感情和衝動。▲ㄖㄣˊ·ㄒㄧㄥ ①人的個性。②人的情感理性。

**人治** ㄖㄣˊ ㄓˋ 一個國家的行政，全靠統治者個人權力，而不靠法律的，叫做「人治」。

**人物** ㄖㄣˊ ㄨˋ ①人跟物。②有才能或聲望的人(也讀ㄖㄣˊ·ㄨ)。

**人品** ㄖㄣˊ ㄆㄧㄣˇ ①人的品格。②舊小說常把人的面貌也叫「人品」。

**人流** ㄖㄣˊ ㄌㄧㄡˊ 像水流似的連續不斷的人群。如「不盡的人流湧來看花燈」。

**人為** ㄖㄣˊ ㄨㄟˊ 人力所作，不是自然成立的。

**人們** ㄖㄣˊ ·ㄇㄣ 泛稱許多人。如「夏天，人們都喜歡到海邊戲水」。

**人倫** ㄖㄣˊ ㄌㄨㄣˊ 處理人與人之間的關係的道理。

**人員** ㄖㄣˊ ㄩㄢˊ 擔任某種職務的人。如「工作人員」「值班人員」。

**人家** ▲ㄖㄣˊ ㄐㄧㄚ ①人的住宅。如「幾戶人家」。②門第家世。如「富貴人家」。▲ㄖㄣˊ·ㄐㄧㄚ ①別人。如「人家的事我不管」。②對他人稱自己。如「我不是不把錢借給你，人家沒有嘛」。③表身分，附在人稱名詞後面。如「婦道人家」。

**人格** ㄖㄣˊ ㄍㄜˊ ①人品。②法律指人是權利義務的主體的資格。

**人海** ㄖㄣˊ ㄏㄞˇ ①指人群社會。如「人海浮沉」。②形容人多。如「人山人海」。

**人煙** ㄖㄣˊ ㄧㄢ 炊煙，引伸作有人居住的地方。如「人煙稠密」。

**人脈** ㄖㄣˊ ㄇㄛˋ 指連貫分布成系統的人際關係。如「他的人脈很廣」。

**人馬** ㄖㄣˊ ㄇㄚˇ ①兵馬，舊時常指軍隊。如「人馬已齊」。②泛指人。如「編輯部的人馬比較整齊」。

**人情** ㄖㄣˊ ㄑㄧㄥˊ ①人的常情。如「你不要怪他傷心，這也是人情」。②人的情面。如「託個人情」。③慶弔等事。如「行人情」「趕人情」。④幫人忙。如「樂得做個人情把他放了」。

**人參** ㄖㄣˊ ㄕㄣ 多年生草，主根有點像人形，可做補藥。「參」也作「蓡」。

**人望** ㄖㄣˊ ㄨㄤˋ 眾人所屬望。如「深得人望」。

**人欲** ㄖㄣˊ ㄩˋ 人的食色等嗜欲。也作「人慾」。

**人造** ㄖㄣˊ ㄗㄠˋ 人工製造的，非天然的。如「人造冰」「人造纖維」「人造衛星」。

**人魚** ㄖㄣˊ ㄩˊ ①儒艮。②鯢魚的別稱。

**人傑** ㄖㄣˊ ㄐㄧㄝˊ 傑出的人。

**人渣** ㄖㄣˊ ㄓㄚ 指社會上沒有用的人，或指專門剝削別人來維生的人。

**人間** ㄖㄣˊ ㄐㄧㄢ 世間。

**人瑞** ㄖㄣˊ ㄖㄨㄟˋ 人中的祥瑞，多指有德行或高壽的人。

**人猿** ㄖㄣˊ ㄩㄢˊ 猿類中最像人的，分布在非洲、亞洲的東南和馬來群島。長臂，短尾，能步行，血管、神經、筋肉和腦跟人類沒有差異。

**人禍** ㄖㄣˊ ㄏㄨㄛˋ 人為的禍害。如「天災人禍」。

**人群** ㄖㄣˊ ㄑㄩㄣˊ ①群眾。②人類的通稱。

**人跡** ㄖㄣˊ ㄐㄧ 人的足跡。如「人跡罕至」。

**人道** ㄖㄣˊ ㄉㄠˋ ①泛指能愛護生命、有同情憐憫心、尊重人的權利等等正常的行為表現。②性交。用於否定式。如「不能人道」。

**人像** ㄖㄣˊ ㄒㄧㄤˋ 刻畫人體或相貌的繪畫、雕塑等藝術品。

**人種** ㄖㄣˊ ㄓㄨㄥˇ 地球上人的種類，主要有黃、白、黑等種。

**人稱** ㄖㄣˊ ㄔㄥ 人說話時的立場。稱呼自己是「我」，稱呼對方是「你」，稱呼第三者是「他」，不知是什麼人的是「誰」。這幾種稱呼在表示複數的時候，要加「們」。對對方表示尊敬的時候，稱「您」。

**人影** ①人的影子。如「牆上有個人影」。②人的蹤影。如「幾天不見他的人影，不知又上哪兒去了」。③人的形象。如「天黑得對面不見人影」。可儿化。

**人樣** 樣字輕讀。儀表、禮貌。如「把小孩子慣得一點兒人樣也沒有」。

**人潮** 形容人群眾多，像潮水一樣地湧來。如「人潮洶湧」。

**人質** 作為抵押的人。拘留對方的人，用來逼令對方讓步或接受己方的條件。

**人寰** 図人間。如「慘絕人寰」。

**人選** 為了某種目的挑選出來的人，等待最後決定。如「他是適當的人選」。

**人頭** ①人的頭。②指人或人的數量。如「按人頭來算」。③指跟人的關係。可儿化。如「他的人頭熟」。④把自己的姓名、身分借給別人使用的人。如「這家公司的負責人是個人頭」。

**人聲** 人所發出的聲音。如「夜間人聲寂靜」。

**人證** 訴訟時拿人的陳述作證據，叫做人證。

**人類** 人的總稱，對他種動物說的。

**人權** 指人在法律上與生俱來所應享有的基本權利，如自由權、生存權、財產權、平等權等。

**人體** ①人身全體。②西洋美術繪畫的一種，用繪畫或攝影來表現人體的曲線美的藝術。

**人緣（兒）** 投合人意。平常指的是面貌、個性、氣度等。一般以為人與人之間能契合，跟緣分有關，所以叫人緣（兒）。

**人力車** ①由人推或拉的車。用來區別「獸力車」「機動車」。②舊時一種用人拉的車，有兩個大車輪及車箱，車身前有兩根長柄，柄端有橫木相連，主要用來載人。俗稱「黃包車」「東洋車」。

**人工湖** 人工建造的湖泊，多半是建築水庫的副產品。

**人生觀** 人對於生活所抱持的意見和處世的態度。

**人行道** 馬路兩旁人走的道路，也叫便道。

**人形兒** 人的樣子。

**人來瘋** 在客人面前頑皮吵鬧，叫「人來瘋」。多指小孩兒。

**人物畫** 專畫人物的圖畫。

**人格化** 童話、寓言等文藝作品中常用的一種創作手法，對動植物以及非生物賦予人的特徵，使它們有人的思想、感情和行為，來增加趣味和感染力。

**人情味** 指人和人之間溫暖濃厚的情意。如「人情味很濃」。

**人造皮** 類似皮革的塑膠製品，可用來做衣、鞋等。

**人造冰** 用人工方法降低水的溫度而結成的冰。

**人造雨** 在亢旱時把乾冰撒在厚雲層上，導引水蒸氣凝成雨點降落下來。

**人類學** 研究人類起源、進化和人種分類等的科學，包括人本身跟人所創造的文化。通常分為「體質的」和「文化的」兩大部門。

**人一己百** 図〈中庸〉書裡的話。別人用一分力量就能學，是因為他聰明；我笨，比不上人家，只有用一百分的力量去學，才能成功。

**人山人海**（ㄖㄣˊ ㄕㄢ ㄖㄣˊ ㄏㄞˇ） 形容人很多。

**人工呼吸**（ㄖㄣˊ ㄍㄨㄥ ㄏㄨ ㄒㄧ） 用人工急救方法使因溺水、上吊而暈厥還沒死的人恢復呼吸。這種急救方法，是嘴對嘴把氣吹進他的肺部，又使他的上肢作均勻運動，來使他的肺臟心臟恢復功能。

**人工流產**（ㄖㄣˊ ㄍㄨㄥ ㄌㄧㄡˊ ㄔㄢˇ） 在胚胎發育的早期，利用藥物、物理刺激或手術使胎兒脫離母體的方法。也叫墮胎，通稱打胎。

**人工孵化**（ㄖㄣˊ ㄍㄨㄥ ㄈㄨ ㄏㄨㄚˋ） 把鳥類、魚類的卵，放在機器裡加熱孵化。

**人云亦云**（ㄖㄣˊ ㄩㄣˊ ㄧˋ ㄩㄣˊ） [文]自己沒有主張，跟著別人的話來說。

**人手一冊**（ㄖㄣˊ ㄕㄡˇ ㄧˊ ㄘㄜˋ） 每人手裡拿著一本。多半用來形容某一本書刊的讀者多。

**人文主義**（ㄖㄣˊ ㄨㄣˊ ㄓㄨˇ ㄧˋ） 這是一個意義廣泛而且會變化的詞。十四世紀歐洲文藝復興時代起源於意大利，主張脫離教會勢力，復興古代文明的人文精神，引發其後的宗教改革。近年來人文主義常指強調個人價值的思想體系。綜合的說，凡重視人與上帝的關係、人的自由意志和人對於自然界的優越性的態度，就是人文主義。又稱人本主義、人道主義。

**人文地理**（ㄖㄣˊ ㄨㄣˊ ㄉㄧˋ ㄌㄧˇ） 研究地理自然環境與人類活動有如何關係的科學；包含人口分布、種族特性、風俗、語言、宗教、職業、生活需要等等方面的敘述研究。

**人文科學**（ㄖㄣˊ ㄨㄣˊ ㄎㄜ ㄒㄩㄝˊ） 研究人群現象與發展的學科，如哲學、歷史學、語文學、政治學、法律學、藝術等。在歐洲，早期指拉丁文、希臘文、古典文學的研究。廣義指對社會現象和文化藝術的研究。參看「社會科學」。

**人民團體**（ㄖㄣˊ ㄇㄧㄣˊ ㄊㄨㄢˊ ㄊㄧˇ） 由民間發起組織並向政府登記的結社，分職業團體和社會團體兩大類。前者是依同業組合的團體，如農會、工會、商會等；後者是依同志組合的團體，如學會、協會、宗教團體、體育團體等。

**人生朝露**（ㄖㄣˊ ㄕㄥ ㄓㄠ ㄌㄨˋ） [文]朝露容易乾，所以用來比喻人的生命短促。

**人仰馬翻**（ㄖㄣˊ ㄧㄤˇ ㄇㄚˇ ㄈㄢ） 原指騎馬交戰，人馬被打得翻仰在地。形容被打得慘敗的樣子。今比喻忙碌到極點，或混亂得一塌糊塗。

**人地生疏**（ㄖㄣˊ ㄉㄧˋ ㄕㄥ ㄕㄨ） 指初到一個地方，既沒有朋友，對當地的風土人情也不熟悉。

**人字旁兒**（ㄖㄣˊ ㄗˋ ㄆㄤˊ ㄦˊ） 「人」部的字偏旁寫作「亻」，稱作「人字旁兒」。

**人老珠黃**（ㄖㄣˊ ㄌㄠˇ ㄓㄨ ㄏㄨㄤˊ） ①比喻婦女老了受輕視，像珍珠因年代久了變黃就不值錢一樣。②指人老了不中用。

**人肉盾牌**（ㄖㄣˊ ㄖㄡˋ ㄉㄨㄣˋ ㄆㄞˊ） 大規模衝突時以人體作盾牌來抵擋敵人的攻擊。

**人困馬乏**（ㄖㄣˊ ㄎㄨㄣˋ ㄇㄚˇ ㄈㄚˊ） 形容交戰時人和馬的體力極度疲勞。

**人言嘖嘖**（ㄖㄣˊ ㄧㄢˊ ㄗㄜˊ ㄗㄜˊ） [文]大家對這件事都不滿意，有不好的議論。

**人身攻擊**（ㄖㄣˊ ㄕㄣ ㄍㄨㄥ ㄐㄧˊ） 在討論或辯論事情時，對個人的身體、品德等進行指責、辱罵。如「人身攻擊，違犯辯論規則」。

**人定勝天**（ㄖㄣˊ ㄉㄧㄥˋ ㄕㄥˋ ㄊㄧㄢ） 人如果能不斷努力，可以克服自然的阻障。

**人所周知**（ㄖㄣˊ ㄙㄨㄛˇ ㄓㄡ ㄓ） 大家都知道。周是全的意思。

**人為淘汰**（ㄖㄣˊ ㄨㄟˊ ㄊㄠˊ ㄊㄞˋ） 對天然淘汰而說的，就生物中選優良品種，用人力使它發達，而排去其他劣種。

**人面獸心**（ㄖㄣˊ ㄇㄧㄢˋ ㄕㄡˋ ㄒㄧㄣ） 比喻人的心地不好。

**人格教育** 目的在養成完美人格的教育。

**人浮於食** 図比喻事少人多。現在多作「人浮於事」。

**人情世故** 為人處世的道理。如「不懂人情世故」。

**人棄我取** 図別人不要的，我要。比喻見解跟別人不同，比別人高明。

**人莫予毒** 図誰都不能傷害我。表示無所顧忌，可以為所欲為。予是我，毒是傷害。

**人造衛星** 用火箭發射到天空，按一定軌道環繞地球或其他星球運轉的裝置。西元一九五七年，由蘇聯首先發射成功，有偵察、通訊等功能。

**人造纖維** 用人工方法製成的纖維，可供紡織用。以前叫「人造絲」。

**人傑地靈** ①指傑出的人物出生或到過的地方成為名勝地區，以贊美人為主。②指靈秀的地方產生傑出的人物。以贊美地為主。也作「地靈人傑」。

**人間地獄** 比喻黑暗惡劣的環境。

**人間煙火** 道教指人世間煮熟的食物。如「不食人間煙火」。

**人微言輕** 地位低下，所說的話不受重視。人微指身分、地位和資望低微。一般用來表示謙虛。

**人道主義** 源於歐洲文藝復興時期的一種思想體系，提倡重視人的生存權利和發展機會的哲學與政治思想。法國大革命時期，把它具體化為「自由」「平等」「博愛」等口號。有的人道主義者並將博愛擴大到其他動物。也稱博愛主義。參看「人文主義」。

**人壽保險** 也叫「生命保險」。是預定年限和投保總額，按期向保險公司繳納保險費。在預定年限之內死亡，保險公司應照所保總額，把保險金付給家屬。年限滿了沒死，保險公司也應照所保總額加利息還給投保人。

**人盡可夫** ①〈左傳．桓十五年〉說：女子出嫁以前，可在所有男性對象中選擇丈夫。原意是可選擇的對象很多。②後代用來比喻婦人不貞潔。所有的男人都成為她的丈夫了。

**人際關係** 指在工作環境中的社會關係，也就是人與人相處的關係。

**人窮志短** 人到了貧窮，就沒有遠大的志向。

**人謀不臧** 図指官員或負責人辦事不力，沒有用心謀畫。臧是善、好的意思。

**人體工學** 研究人對工作及其工作環境的學問。又稱「人類工程學」。

**人生地不熟** 人地生疏。不認識人，也不熟悉當地的風土習俗。

**人造心瓣膜** 使用特殊物質造成的瓣膜來代替人體裡已經破損的心臟瓣膜，如豬心瓣膜。是心臟手術中重要的一環。

**人稱代名詞** 語法上指稱代人身的代名詞，如你、我、他、自己、汝、吾、伊、渠等。

**人不知鬼不覺** 祕密的樣子。

**人同此心心同此理** 指對於某些共同有關的事，大多數人的感覺和想法不會相距很遠。

**人為刀俎我為魚肉** ㄖㄣˊ ㄨㄟˊ ㄉㄠ ㄗㄨˇ ㄨㄛˇ ㄨㄟˊ ㄩˊ ㄖㄡˋ 図指任憑他人宰割。刀俎是刀和案板，切割的用具。

## 二筆

# 仆 仃 仂 介

**仆** ㄆㄨ 跌倒伏地。如「前仆後繼」。又讀ㄈㄨˋ。

**仃** ㄉㄧㄥ 「伶仃」，孤單的樣子。

**仂** 図ㄌㄜˋ 零星的數目。

**介** ▲ㄐㄧㄝˋ ㈠身上有甲殼的水產動物，叫「介類」。㈡鐵甲。如「介冑」。㈢在兩者之間引進傳達。如「介紹」「媒介」。㈣梗直。如「耿介」。㈤放在心上。如「介意」。㈥図同「個」。如「一介書生」。㈦図大。如「介弟」「介福」。㈧図同「芥」，微小。〈孟子〉書有「一介不以與人」。㈨図助。〈詩經〉有「以介眉壽」。㈩姓。
▲ㄍㄚˋ 如此。如「像煞有介事」（蘇州話）。

**介入** ㄐㄧㄝˋ ㄖㄨˋ 直接插進兩者或兩者以上的關係中，干預他們的事務。如「不介入別人的爭端」。

**介子** ㄐㄧㄝˋ ㄗˇ 質量介於電子和質子之間的基本粒子的總稱。介子的種類較多，性質不穩定，有的帶正電，有的帶負電，有的不帶電，能用來轟擊原子核，引起核反應。

**介介** ㄐㄧㄝˋ ㄐㄧㄝˋ 図有事存在心裡不能忘記。

**介冑** ㄐㄧㄝˋ ㄓㄡˋ 古時的軍服。

**介紹** ㄐㄧㄝˋ ㄕㄠˋ ①為人引進。古人也說紹介。②居間接洽，牽合雙方。

**介殼** ㄐㄧㄝˋ ㄎㄜˊ 介類動物的硬殼。

**介詞** ㄐㄧㄝˋ ㄘˊ 用在名詞或代名詞的前面，結合起來表示方向、對象等的詞。如「從、自、往、朝、在、當」用來表示方向、處所或時間，「把、對、同、為」用來表示對象或目的，「以、按照」用來表示方式，「比、跟、同」用來表示比較，「被、叫、讓」用來表示被動。又稱介字、前置詞、介系詞、介繫詞。

**介意** ㄐㄧㄝˋ ㄧˋ 図①把事情記在心裡。②在意，注意。

**介壽** ㄐㄧㄝˋ ㄕㄡˋ 図祝壽。（參看「介」㈨。）

**介質** ㄐㄧㄝˋ ㄓˋ ①一種物質存在於另一種物質內部時，後者就是前者的介質。②某些波狀運動（如聲波、光波等）借以傳播的物質，叫做這些波狀運動的介質。

**介蟲** ㄐㄧㄝˋ ㄔㄨㄥˊ 依靠甲殼保護身體的動物，如蝦、蟹等是。

**介懷** ㄐㄧㄝˋ ㄏㄨㄞˊ 図介意。

**介紹人** ㄐㄧㄝˋ ㄕㄠˋ ㄖㄣˊ 為人引進或居間牽合的人。

**今** ㄐㄧㄣ ㈠古的對稱，等於現代。如「古今」。㈡現在。如「今天」「今世」。

**今人** ㄐㄧㄣ ㄖㄣˊ 現代的人，當代的人。

**今天** ㄐㄧㄣ ㄊㄧㄢ 眼前的這一天，就是本日。

**今文** ㄐㄧㄣ ㄨㄣˊ 相對於「古文」而說。①指當代通行的文字。②漢代稱當時通用的隸書體文字。那時有人把口傳的經書用隸字記錄下來，後來叫做今文經。相對於古文經。③從漢隸一直到現在通行文字的統稱。

**今日** ㄐㄧㄣ ㄖˋ ①今天。②現在。

**今世** ㄐㄧㄣ ㄕˋ ①現代。②今生。

**今生** ㄐㄧㄣ ㄕㄥ 這一生，這一輩子。

**今年** ㄐㄧㄣ ㄋㄧㄢˊ 本年。

**今兒** ㄐㄧㄣ ㄦ 北方口語。今天。「兒」是由「日」轉變而成的。也說「今兒個」。

**今昔** ㄐㄧㄣ ㄒㄧˊ [文]現在跟過去。

**今後** ㄐㄧㄣ ㄏㄡˋ 從今以後。如「今後大家要加倍努力」。

**今音** ㄐㄧㄣ ㄧㄣ ①現代的語音。②指以〈切韻〉〈廣韻〉等韻書為代表的隋唐音韻。跟以〈詩經〉押韻，〈說文〉諧聲等為代表的「古音」（周秦音）相對。

**今朝** ㄐㄧㄣ ㄓㄠ ①今天，現在，目前。如「今朝有酒今朝醉，明日愁來明日憂」。②[方]指說話時的這一天。

**今譯** ㄐㄧㄣ ㄧˋ 指古代文獻的現代語譯。如「古籍今譯」。

**今體** ㄐㄧㄣ ㄊㄧˇ 對古體而說的。指現代通行的書法、詩體或文體。

**今兒個** ㄐㄧㄣ ㄦ ˙ㄍㄜ [方]個字輕讀。今天。

**今非昔比** ㄐㄧㄣ ㄈㄟ ㄒㄧˊ ㄅㄧˇ 現在不是過去所能比得上的。形容變化很大。昔是從前、過去。

**今是昨非** ㄐㄧㄣ ㄕˋ ㄗㄨㄛˊ ㄈㄟ 明瞭過去的錯誤，了悟今天所作所為才是正確的。如「覺今是而昨非」（陶潛〈歸去來辭〉）。

## 仇

▲ㄔㄡˊ 敵對，怨恨。如「仇敵」「仇恨」。▲ㄑㄧㄡˊ ㈠[文]配偶。㈡姓。

**仇人** ㄔㄡˊ ㄖㄣˊ 跟他有仇恨的人。

**仇恨** ㄔㄡˊ ㄏㄣˋ 因彼此利害矛盾而產生憎恨，想要報復的心理。

**仇怨** ㄔㄡˊ ㄩㄢˋ 仇恨，怨恨。

**仇家** ㄔㄡˊ ㄐㄧㄚ 仇人。

**仇視** ㄔㄡˊ ㄕˋ 當做仇敵看待。

**仇殺** ㄔㄡˊ ㄕㄚ 因有仇恨而發生殺害事件。

**仇隙** ㄔㄡˊ ㄒㄧˋ [文]因怨恨而生的裂痕。

**仇敵** ㄔㄡˊ ㄉㄧˊ 仇人，敵人。

## 仉

ㄓㄤˇ 姓。如孟子的母親仉氏。

## 什

▲ㄕˊ ㈠同「十」字。㈡古時的軍隊編制，五人為「伍」，二「伍」為「什」。㈢〈詩經〉的雅、頌，十篇編成一卷，所以稱詩篇叫「篇什」。▲ㄕㄜˊ「甚」的代字，用在「甚麼」。▲ㄗㄚˊ 通「雜」，「雜貨」往往寫作「什貨」。

**什一** ㄕˊ ㄧ [文]十分之一。

**什麼** ㄕㄜˊ ˙ㄇㄜ 同「甚麼」。

**什件（兒）** ㄕˊ ㄐㄧㄢˋ（ㄦ） [方]①箱櫃等器物上面裝飾的附屬品。②鳥獸的腸胃等物。

## 仁

ㄖㄣˊ ㈠儒家所說寬惠行為的德行，叫「仁」。㈡有德的人。如「仁人」。㈢果核裡的種子。如「杏仁」。㈣通「人」字，「同人」可作「同仁」。

**仁人** ㄖㄣˊ ㄖㄣˊ 有仁慈心的人，有愛心的人。

**仁兄** ㄖㄣˊ ㄒㄩㄥ 對於同輩朋友的尊稱。

**仁民** ㄖㄣˊ ㄇㄧㄣˊ [文]抱持博愛主義，普施恩惠給大眾。

**仁弟** ㄖㄣˊ ㄉㄧˋ ①對比自己年輕的朋友的敬稱。②師長稱學生。常用於書信。也作「仁棣」。

**仁兒** ㄖㄣˊ ㄦ 仁㈢。

**仁厚** ㄖㄣˊ ㄏㄡˋ [文]待人厚道。

**仁政** ㄖㄣˊ ㄓㄥˋ 仁德的政治。

**仁術** 〔文〕樂善施惠。

**仁愛** 寬仁慈愛。

**仁義** 寬大助人而正直無私。

**仁慈** 寬惠慈善。

**仁德** 仁(一)。

**仁人君子** 德行寬厚的人。

**仁人志士** 仁愛而又有節操的人。

**仁至義盡** 待人已盡情義，該做的都做到了。

**仁者見仁，智者見智** 比喻對同一問題各人觀察的角度不同，見解便不相同。

**仍** ㄖㄥˊ (一)照舊。如「仍然」。(二)〔文〕屢次。如「頻仍」。

**仍然** 依然，照舊。如「教訓多次，仍然不改」。

**仍須** 仍然要，仍舊要。如「革命尚未成功，同志仍須努力」。

**仍舊** 照舊。

**仄** ㄗㄜˋ (一)傾斜，通「側」。(二)狹小。如「仄小」。(三)音韻學把上(ㄕㄤˇ)、去、入三聲，總稱仄聲。如「平仄」。

**仄韻** 舊詩韻腳字音屬於上、去、入三聲的叫作仄韻。

## 三筆

**仝** ㄊㄨㄥˊ (一)通「同」字。(二)姓。

**付** ㄈㄨˋ (一)給，與。如「交付」。(二)錢財的支出。如「付款」。

**付方** 簿記用語，跟收方相對。簿記帳戶的右方，記載資產的減少，負債的增加和淨值的增加。也叫「貸方」。

**付丙** 〔文〕把書信燒了。舊時書信末尾附帶的話，不願意所說的事或話被第三人看到。也作「付丙丁」。丙丁指火。

**付出** ①交出。用於款項或是代價。如「付出現金」。②對某事或某一職責所出的心血、辛勞、汗水等。如「我們結婚二十年，我對他的付出有多少」。

**付印** 交付印刷。

**付訖** 錢財方面付清了。

**付託** 以任務相委託。

**付帳** 交付帳款。通常在賒購貨物以後或在餐館吃喝以後，付給應付的錢叫付帳。

**付梓** 〔文〕雕刻書版，引伸為印刷書籍。

**付清** 把錢交付清楚。

**付款** 付給或支出款項。

**付郵** 交付郵局寄送。

**付與** 拿出，交給。如「付與現金三千元」。

**付之一炬** 〔文〕被火燒了。

**付之一笑** 毫不在意，一笑置之。

**付諸東流** 把東西扔在向東流去的水裡。比喻希望落空，前功盡棄。諸是「之於」的合音。

**代** ㄉㄞˋ (一)時世。如「時代」。(二)繼承的人。如「後代」。(三)世代。如「一代一代的傳下去」。(四)替。如「代表」「代理」。

**代打** ①棒球術語，由板凳球員代應上場打擊的選手擊球。②代為打字。③戲稱代為辦事。

**代用**（ㄉㄞˋ ㄩㄥˋ）　正式合用的人或物不夠用，由相差不多的來替代。如「代用教員」。

**代行**（ㄉㄞˋ ㄒㄧㄥˊ）　①代為決定。行是做的意思。②公文術語。見「代拆代行」。

**代序**（ㄉㄞˋ ㄒㄩˋ）　代替序言的文章。大多數自有標題，本非為作序言而寫。

**代步**（ㄉㄞˋ ㄅㄨˋ）　代人步行的工具，如船、車、馬等。

**代庖**（ㄉㄞˋ ㄆㄠˊ）　喻替人做事。如「越俎代庖」。

**代表**（ㄉㄞˋ ㄅㄧㄠˇ）　①可以作某一地、事、物的一般標準的。如「代表作」「用沙盤代表戰場」。②代表人或機關團體表示意見的人。如「民意代表」「全權代表」。

**代金**（ㄉㄞˋ ㄐㄧㄣ）　按照實物的價格折合的現金。用來代替原應發給或徵納的實物。

**代書**（ㄉㄞˋ ㄕㄨ）　以替人寫呈、狀、書、契為職業的人。

**代理**（ㄉㄞˋ ㄌㄧˇ）　①替人處理事務。②暫代他人職務。

**代勞**（ㄉㄞˋ ㄌㄠˊ）　代辦事情。

**代替**（ㄉㄞˋ ㄊㄧˋ）　把這一個人或物當那一個人或物來用。

**代筆**（ㄉㄞˋ ㄅㄧˇ）　替別人寫文章、書信或其他文件。筆是寫的意思。

**代詞**（ㄉㄞˋ ㄘˊ）　語法中稱具有替代或指示作用的語詞，包括①人稱代詞，如「你、我、他、我們、他們、自己、人家」。②疑問代詞，如「誰、什麼、哪兒、怎麼、幾、多少」。③指示代詞，如「這、這裡、這麼、這些、這樣、那、那裡、那麼、那樣、那些」。

**代溝**（ㄉㄞˋ ㄍㄡ）　父母跟子女兩代之間思想觀念的差異。

**代號**（ㄉㄞˋ ㄏㄠˋ）　為了簡便或保密而用來代替正式名稱的稱號。如用於代稱部隊、機關、人名、商品、度量衡單位等的別名、編號或字母符號。

**代電**（ㄉㄞˋ ㄉㄧㄢˋ）　舊公文的一種。就是用快郵代替電報傳遞，多用在緊急公文方面。

**代價**（ㄉㄞˋ ㄐㄧㄚˋ）　物品或勞務的貨幣價值。有時不專指金錢。

**代數**（ㄉㄞˋ ㄕㄨˋ）　數學的一科，用數字和文字符號推究數的關係和性質。

**代銷**（ㄉㄞˋ ㄒㄧㄠ）　代為銷售，代賣。

**代辦**（ㄉㄞˋ ㄅㄢˋ）　①代為辦理。②公使的代理人。

**代償**（ㄉㄞˋ ㄔㄤˊ）　①由加強某一健全器官或組織的機能，來彌補另一部分失去的機能，稱為代償。②下意識中對實際或想像的缺憾產生的彌補性心理反應。

**代謝**（ㄉㄞˋ ㄒㄧㄝˋ）　交替，更換。參看「新陳代謝」。

**代用品**（ㄉㄞˋ ㄩㄥˋ ㄆㄧㄣˇ）　代替原用物品的東西。

**代言人**（ㄉㄞˋ ㄧㄢˊ ㄖㄣˊ）　代表某方面（階層、團體或個人）發表言論的人。

**代表作**（ㄉㄞˋ ㄅㄧㄠˇ ㄗㄨㄛˋ）　文學家或藝術家的最好作品。

**代表團**（ㄉㄞˋ ㄅㄧㄠˇ ㄊㄨㄢˊ）　一個團體為交涉事項或出席會議，所推派代表在三人以上的。

**代理人**（ㄉㄞˋ ㄌㄧˇ ㄖㄣˊ）　①依照法律規定或受當事人委託，代表他人進行某種活動（如訴訟、納稅、簽訂合約等）的人。②指實際上為某人或某集團的利益（多指非法利益）服務的人。

**代議制**（ㄉㄞˋ ㄧˋ ㄓˋ）　由立憲國家的人民選舉出代表，參與國家政事的一種政治制度。也叫「議會制」。

**代拆代行**（ㄉㄞˋ ㄔㄞ ㄉㄞˋ ㄒㄧㄥˊ）　機關負責人不在的時候，由職務代理人代為拆看公文，並且代為處理。

**代理戰爭**（ㄉㄞˋ ㄌㄧˇ ㄓㄢˋ ㄓㄥ） 主使戰爭的大國自己不出面，只在背後指使、支援，由小國進行戰爭。如一九七七年安哥拉入侵薩伊、中東戰爭不斷，都是代理戰爭。

**代罪羔羊**（ㄉㄞˋ ㄗㄨㄟˋ ㄍㄠ ㄧㄤˊ） 古代猶太教祭禮中替人承擔罪過的羊。殺羊祭拜天神。比喻代人受過的人。羔羊就是小羊，也叫「替罪羊」。

## 他

ㄊㄚ ㈠第三人稱代名詞，指我你以外的第三人。㈡別的。如「他人」「他處」。讀音ㄊㄨㄛ。

**他人**（ㄊㄚ ㄖㄣˊ） 別人。

**他力**（ㄊㄚ ㄌㄧˋ） 図指不屬自己的力量，是對自己說的。

**他日**（ㄊㄚ ㄖˋ） 図將來

**他處**（ㄊㄚ ㄔㄨˋ） 別處，其他的地方。

**他們**（ㄊㄚ ˙ㄇㄣ） 「他」的多數。

**他鄉**（ㄊㄚ ㄒㄧㄤ） 外地，異鄉。

**他們倆**（ㄊㄚ ˙ㄇㄣ ㄌㄧㄚˇ） 他們兩個人。

**他動詞**（ㄊㄚ ㄉㄨㄥˋ ㄘˊ） 即「及物動詞」，後邊要有「受詞」的動詞。也叫外動詞，「吃飯」的「吃」就是。

**他山之石**（ㄊㄚ ㄕㄢ ㄓ ㄕˊ） 図借別人的長處來補救自己的短處，指值得自己參考的事例。語見〈詩經・小雅・鶴鳴〉「他山之石，可以為錯」。（錯是磨刀石）

## 令

▲ㄌㄧㄥˋ ㈠從前把律法叫令。㈡上級機關對下級機關的指示、告誡叫令。㈢図尊長對晚輩的訓示或使喚。㈣時節。如「時令」。㈤使。如「令人感動」。㈥尊稱別人的親友。如「令尊」。㈦善、美。如「令德」。㈧古官名。如「令尹」「縣令」。㈨姓。

▲ㄌㄧㄥˇ ㈠使令。㈡紙五百張叫「一令」。

**令兄**（ㄌㄧㄥˋ ㄒㄩㄥ） 尊稱對方的哥哥。

**令正**（ㄌㄧㄥˋ ㄓㄥˋ） 尊稱別人的妻。

**令名**（ㄌㄧㄥˋ ㄇㄧㄥˊ） 図好的名譽。

**令色**（ㄌㄧㄥˋ ㄙㄜˋ） 図諂媚人家的臉色。如「巧言令色」。

**令弟**（ㄌㄧㄥˋ ㄉㄧˋ） 尊稱對方的弟弟。

**令辰**（ㄌㄧㄥˋ ㄔㄣˊ） 図吉利的時日，吉日，好日子。

**令坦**（ㄌㄧㄥˋ ㄊㄢˇ） 尊稱別人的女婿。

**令妹**（ㄌㄧㄥˋ ㄇㄟˋ） 尊稱對方的妹妹。

**令岳**（ㄌㄧㄥˋ ㄩㄝˋ） 尊稱別人的妻父，原來作「令嶽」。

**令狐**（ㄌㄧㄥˊ ㄏㄨˊ） ①複姓。②古代地名，在今山西臨猗縣一帶。

**令郎**（ㄌㄧㄥˋ ㄌㄤˊ） 尊稱別人的兒子。

**令堂**（ㄌㄧㄥˋ ㄊㄤˊ） 尊稱別人的母親。

**令尊**（ㄌㄧㄥˋ ㄗㄨㄣ） 尊稱別人的父親。

**令愛**（ㄌㄧㄥˋ ㄞˋ） 也作「令嬡」、「令媛」，尊稱別人的女兒。

**令節**（ㄌㄧㄥˋ ㄐㄧㄝˊ） 佳節，好日子，快樂的節日。

**令德**（ㄌㄧㄥˋ ㄉㄜˊ） 図美德。

**令箭**（ㄌㄧㄥˋ ㄐㄧㄢˋ） 古時主將發布命令的信物。

**令閫**（ㄌㄧㄥˋ ㄎㄨㄣˇ） 舊時尊稱對方的妻子。閫是婦女居住的內室。

**令親**（ㄌㄧㄥˋ ㄑㄧㄣ） 尊稱別人的親戚。

**令譽**（ㄌㄧㄥˋ ㄩˋ） 美好的名聲。

**令出惟行**（ㄌㄧㄥˋ ㄔㄨ ㄨㄟˊ ㄒㄧㄥˊ） 命令一發出就必須徹底實行。惟是只有的意思。也作「令出如山」。

**仙** ㄒㄧㄢ ㈠道家說學道成功，能夠「長生」的人。㈡指某種成就特異的人。如「詩仙」。㈢圖英美幣制cent（一元的百分之一）的簡譯。㈣図稱頌死去的人。如「仙逝」。

**仙女** ㄒㄧㄢ ㄋㄩˇ 年輕的女仙人。

**仙子** ㄒㄧㄢ ㄗˇ ①稱讚美女。②仙人。

**仙姑** ㄒㄧㄢ ㄍㄨ ①女仙人。如「何仙姑」。②尊稱以求神問卜為職業的婦女，也叫「道姑」。

**仙姿** ㄒㄧㄢ ㄗ 「仙姿玉質」，形容人的面貌秀逸。

**仙界** ㄒㄧㄢ ㄐㄧㄝˋ ①仙人所住的地方。②說風景幽雅的地方。

**仙逝** ㄒㄧㄢ ㄕˋ 図說人死了好像成仙升天。也作「仙遊」。

**仙鄉** ㄒㄧㄢ ㄒㄧㄤ ①仙界。②尊稱人家的鄉里，用在詢問。如「仙鄉何處」。

**仙境** ㄒㄧㄢ ㄐㄧㄥˋ 同「仙界」。

**仙鶴** ㄒㄧㄢ ㄏㄠˊ 鶴。也說ㄒㄧㄢ ㄏㄜˋ。

**仙人掌** ㄒㄧㄢ ㄖㄣˊ ㄓㄤˇ 常綠灌木，沒有葉子，幹扁闊有稜，表面生刺。生長在暖熱的地方，品種很多。

**仙人跳** ㄒㄧㄢ ㄖㄣˊ ㄊㄧㄠˋ 利用婦女來設局打套，詐取他人錢財的不法行為。

**仙人擔** ㄒㄧㄢ ㄖㄣˊ ㄉㄢˋ 鍛鍊體魄的器具，在長棍兩端安上石輪。也叫雙石頭。

**仙客來** ㄒㄧㄢ ㄎㄜˋ ㄌㄞˊ 多年生草本植物，塊莖扁圓形，葉上略呈心臟形，表面有白斑，背面帶紫紅色，花紅色，有香氣。供觀賞。

**仙鶴腿** ㄒㄧㄢ ㄏㄠˊ ㄊㄨㄟˇ 譏笑腿很長的人。

**仙風道骨** ㄒㄧㄢ ㄈㄥ ㄉㄠˋ ㄍㄨˇ 形容人的相貌、風度不同凡俗。

**仗** ㄓㄤˋ ㈠兵器的總稱。如「兵仗」。㈡兵衛。如「儀仗」。㈢憑倚。如「仗勢欺人」。㈣執，持。如「仗劍」。

**仗義** ㄓㄤˋ ㄧˋ 図根據義理而行動。如「仗義執言」。

**仗勢欺人** ㄓㄤˋ ㄕˋ ㄑㄧ ㄖㄣˊ 藉勢力來欺負人。

**仗義疏財** ㄓㄤˋ ㄧˋ ㄕㄨ ㄘㄞˊ 重義輕財。

**仗義執言** ㄓㄤˋ ㄧˋ ㄓˊ ㄧㄢˊ 主持正義，說公道話。仗是倚仗、主持，執是固執堅持。

**仕** ㄕˋ ㈠做官。如「學而優則仕」。㈡官吏。如「仕宦」。㈢象棋子之一，擺在「帥」的兩旁，用作護衛。

**仕女** ㄕˋ ㄋㄩˇ ①男女。如「各界仕女」。②同「士女」。畫家所畫的美人圖。

**仕宦** ㄕˋ ㄏㄨㄢˋ 図做官。如「仕宦子弟」。

**仕途** ㄕˋ ㄊㄨˊ 図①做官的途徑，做官的路。如「隱逸山林為仕途捷徑」。②比喻做官的生涯。又作「仕路」。如「仕途多艱險」。

**仕進** ㄕˋ ㄐㄧㄣˋ 図進身做官。如「仕進之途」。

**仞** ㄖㄣˋ ㈠古度名，周朝時代以七尺為一仞。〈論語〉裡有「夫子之牆數仞」的話。宋朝有人說是八尺為一仞。㈡測量深度叫仞，〈左傳〉有「仞溝洫」的話。

**仔** ▲図ㄗ 責任。如「仔肩」。▲ㄗˇ 「仔細」，小心。▲ㄗㄞˇ 廣東話。同「子」，詞尾。

**仔肩** ㄗ ㄐㄧㄢ 図責任。

**仔密** ㄗˇ ㄇㄧˋ 指編織物的紋絲細密。又讀ㄗ ㄇㄧˋ。

**仔細** ㄗˇ ㄒㄧˋ ①精審，不輕率。②注意，留神。

**仨** 図ㄙㄚ 三個。

**以**（㠯、以） ㄧˇ ㈠[文]抽象名詞，緣故，理由。如「良有以也」。㈡[文]外動詞，用，為（ㄨㄟˊ）。如「視其所以」。㈢外動詞，說是，以為。如「臣之妻私臣，……皆以美於徐公」。㈣介詞，表動作所用的工具。如「殺人以梃與刃，有以異乎」。㈤介詞，表動作的所因。如「君子不以言舉人，不以人廢言」。㈥介詞，同「於」，放在形容詞下。如「眾叛親離，難以濟矣」。㈦介詞，同「於」，表時間。如「（田）父以五月五日生」。㈧[文]介詞，表領率。如「宮之奇以其族去虞」。㈨[文]介詞，表所用的名義或資格。如「西門豹往會之河上，……以人民往觀之者三二千人」。㈩[文]介詞，同「與」。如「滔滔者天下皆是也，而誰以易之」。(十一)[文]介詞，表事情的結果，相當「以至於」。如「昔秦穆公不從百里奚、蹇叔之言，以敗其師」。(十二)[文]承接連詞，同「而」。如「亡國之音哀以思」。(十三)陪從連詞，加在「往」「來」「前」「後」「上」「下」或「東」「南」「西」「北」的前面。如「自有生民以來，未有孔子也」。(十四)[文]介詞，表論事的標準，等於「以……論」。如「立嫡以長不以賢」。

**以上** ㄧˇ ㄕㄤˋ ①上面，在這上邊。如「七十分是中等的，以上就是好的了」。②更好，之上。如「你寫的字在他以上」。

**以下** ㄧˇ ㄒㄧㄚˋ 「以上」的反面。

**以內** ㄧˇ ㄋㄟˋ 在一定的時間、處所、數量、範圍的界限之內。相對立的是「以外」。如「三天以內」「教室以內」「二十人以內」「在此以內」。

**以及** ㄧˇ ㄐㄧˊ 連詞，連接並列的詞或詞組。跟「及」「和」相同。如「院子裡種著大理花、夾竹桃、矢車菊以及其他的花木」。

**以外** ㄧˇ ㄨㄞˋ 在一定的時間、處所、數量、範圍的界限之外。如「十天以外」「辦公室以外」「五步以外」「除此以外」。參見「以內」。

**以次** ㄧˇ ㄘˋ [文]①按照次序。②地位比較低的。

**以至** ㄧˇ ㄓˋ ①連詞，直到。表示在時間、數量、程度、範圍上的遞升或是遞降。如「循環往復，以至無窮」。②因此而造成。用在下半句話所說的動作、情況的程度很深而形成的結果。跟「以免」相對。也說「以至於」。如「由於現代科技發達，以至從前神話、童話中的一些幻想故事，現在都能搬上銀幕」。參見「以致」。

**以免** ㄧˇ ㄇㄧㄢˇ 實行前面所提的條件，免得發生後面的結果，用作下半句話的開頭。如「切實遵守校規，以免受罰」。條件是「遵守校規」，結果是「免受罰」。

**以來** ㄧˇ ㄌㄞˊ 從指定的那個時間直到現在。如「十年以來」。

**以往** ㄧˇ ㄨㄤˇ 以前，昔日。也作「已往」。

**以便** ㄧˇ ㄅㄧㄢˋ 用在下半句話的開頭，表示使下文所說的目的容易實現。如「這件事早些通知大家，以便事先安排準備」。

**以前** ㄧˇ ㄑㄧㄢˊ ①之前。如「你來以前他就走了」。②從前。如「以前他家很有錢」。

**以致** ㄧˇ ㄓˋ 因而造成了。用在下半句話的開頭，表示下文是上述原因所形成的結果。多指不好的或不希望的結果。如「他的腿受了傷，以致幾個月都沒去上學」。參看「以至」。

**以後** ㄧˇ ㄏㄡˋ ①之後。如「他走了以後我才知道」。②其後，此後。如

「以後他的病漸漸好了」。

**以故** ㄧˇ ㄍㄨˋ 図因此。

**以降** ㄧˇ ㄐㄧㄤˋ 図同「以後」「以下」。

**以為** ㄧˇ ㄨㄟˊ ①當作。如「原來是你，我以為是王先生呢」。②認為。如「這麼辦，我以為不好」。

**以還** ㄧˇ ㄏㄨㄢˊ 図以來。

**以字行** ㄧˇ ㄗˋ ㄒㄧㄥˊ 人不用「名」而用「字」來代表自己。

**以一當十** ㄧˇ ㄧ ㄉㄤ ㄕˊ 一個人抵擋十個人。形容軍隊勇敢善戰。

**以己度人** ㄧˇ ㄐㄧˇ ㄉㄨㄛˋ ㄖㄣˊ 図全憑自己的想法來衡量別人。度是揣測。

**以文會友** ㄧˇ ㄨㄣˊ ㄏㄨㄟˋ ㄧㄡˇ 通過文字來結交朋友。指以文章、學問作交友的媒介。

**以古非今** ㄧˇ ㄍㄨˇ ㄈㄟ ㄐㄧㄣ 用古代的人事來否定、攻擊今天的現實情況。非指非難、責備。也作「是古非今」。

**以卵投石** ㄧˇ ㄌㄨㄢˇ ㄊㄡˊ ㄕˊ 拿雞蛋碰石頭。比喻以弱攻強，自取敗亡。也作「以卵擊石」。

**以身作則** ㄧˇ ㄕㄣ ㄗㄨㄛˋ ㄗㄜˊ 用自己的行動作榜樣。則是準則、規範。

**以身試法** ㄧˇ ㄕㄣ ㄕˋ ㄈㄚˇ 說人眼中沒有法律，故意犯法。

**以直報怨** ㄧˇ ㄓˊ ㄅㄠˋ ㄩㄢˋ 図這是〈論語〉記載孔子的話：不計較舊的仇恨，用正常的道理對待仇人。

**以柔克剛** ㄧˇ ㄖㄡˊ ㄎㄜˋ ㄍㄤ 用柔軟的、溫和的去制伏強硬的、剛強的。比喻避開鋒芒，用柔和的手段取勝。

**以毒攻毒** ㄧˇ ㄉㄨˊ ㄍㄨㄥ ㄉㄨˊ 用毒藥來治療毒瘡。比喻利用惡人來制惡人，或利用不良事物本身的矛盾來反對不良的事物。

**以退為進** ㄧˇ ㄊㄨㄟˋ ㄨㄟˊ ㄐㄧㄣˋ ①指表面上故作退讓的姿態，實際上卻以此作為進升的階梯。②一種戰略，表面上作退卻的姿態，實際是準備進攻。③図指顏淵以謙遜退讓取得德行的進步，天下人難以跟他相比。原出揚雄〈法言・君子〉。

**以殺去殺** ㄧˇ ㄕㄚ ㄑㄩˋ ㄕㄚ 用重刑禁止人犯法。比喻用對方使用的手段還擊對方。也作「以殺止殺」。

**以訛傳訛** ㄧˇ ㄜˊ ㄔㄨㄢˊ ㄜˊ 把本來錯誤的東西傳開，越傳越錯。訛是錯誤。

**以貨易貨** ㄧˇ ㄏㄨㄛˋ ㄧˋ ㄏㄨㄛˋ 以物品直接換取另一種物品的古代交易方式。也作「以物易物」。

**以逸待勞** ㄧˇ ㄧˋ ㄉㄞˋ ㄌㄠˊ 〈孫子兵法〉的話，說自己準備好了，安安逸逸地等敵人來進攻，給他迎頭痛擊。比喻從容沉著不慌亂。

**以貌取人** ㄧˇ ㄇㄠˋ ㄑㄩˇ ㄖㄣˊ 只根據外貌來判斷一個人的品德能力的好壞。貌指容貌。取人指選取人才。也作「以容取人」。

**以價制量** ㄧˇ ㄐㄧㄚˋ ㄓˋ ㄌㄧㄤˋ 訂定高售價來使銷售量在預定的數額之內。是避免隨意浪費的一種手段。

**以儆效尤** ㄧˇ ㄐㄧㄥˇ ㄒㄧㄠˋ ㄧㄡˊ 図用來警告那些學做壞事的人。儆是告誡，尤指過錯。前半句是對做壞事人的嚴格處理。如「記過一次，以儆效尤」。

**以德報怨** ㄧˇ ㄉㄜˊ ㄅㄠˋ ㄩㄢˋ 用恩德去報答怨恨。孔子主張「以直報怨，以德報德」。

**以暴制暴** ㄧˇ ㄅㄠˋ ㄓˋ ㄅㄠˋ 使用殘暴的方法對付殘暴的行為。制是制伏、約束。

**以暴易暴** ㄧˇ ㄅㄠˋ ㄧˋ ㄅㄠˋ 用凶暴的代替凶暴的。表示統治者雖然改換，暴虐的統治方式卻依然不變。易是替換。

**以鄰為壑** ㄧˇ ㄌㄧㄣˊ ㄨㄟˊ ㄏㄨㄛˋ 図把鄰國當作排泄洪水的溝壑。壑是低窪的坑谷。比喻把困難、災禍推給別人。如「你們把大量垃圾堆在這裡，不是『以鄰為壑』麼」。

**以子之矛，攻子之盾** ㄧˇ ㄗˇ ㄓ ㄇㄠˊ ㄍㄨㄥ ㄗˇ ㄓ ㄉㄨㄣˋ 用你的矛來刺你的盾。矛、盾是古代兩種兵器，分別用來進攻或防禦。比喻用對方的觀點、方法或言論等來反駁對方。

**以牙還牙，以眼還眼** ㄧˇ ㄧㄚˊ ㄏㄨㄢˊ ㄧㄚˊ ㄧˇ ㄧㄢˇ ㄏㄨㄢˊ ㄧㄢˇ 基督教舊約聖經的話，是有仇必報，立刻還手的意思。

## 四筆

**份** ▲ㄅㄧㄣ 古「彬」字，跟「斌」通。▲ㄈㄣˋ 通「分（ㄈㄣˋ）」。如「部份」「一份」。

**仳** 図ㄆㄧˇ 見「仳離」。

**仳離** ㄆㄧˇ ㄌㄧˊ 図①夫妻離別。②離婚。

**伐** ㄈㄚ (一)征伐。如「北伐」。(二)擊，砍。如「伐木」。(三)図自誇。如「不伐善」。又讀ㄈㄚˊ。

**伐善** ㄈㄚ ㄕㄢˋ 図誇耀自己的長處。

**仿** ㄈㄤˇ (一)學別人的樣子。如「仿傚」。(二)仿佛，同「彷彿」。

**仿古** ㄈㄤˇ ㄍㄨˇ 摹擬古器物或古文字。

**仿行** ㄈㄤˇ ㄒㄧㄥˊ 仿照實行。

**仿佛** ㄈㄤˇ ㄈㄨˊ 同「彷彿」。①大概相似。②好像。如「仿佛是個圓的」。

**仿冒** ㄈㄤˇ ㄇㄠˋ 仿造冒充。「不買仿冒品」。

**仿造** ㄈㄤˇ ㄗㄠˋ 仿照製造。

**仿傚** ㄈㄤˇ ㄒㄧㄠˋ 摹仿效法。也作「仿效」。

**仿單** ㄈㄤˇ ㄉㄢ 介紹商品的性質、用途、使用法的說明書。

**仿照** ㄈㄤˇ ㄓㄠˋ 照著別人的樣子。

**仿製** ㄈㄤˇ ㄓˋ 仿造。

**仿生學** ㄈㄤˇ ㄕㄥ ㄒㄩㄝˊ 又名「生物機械學」。將生物機能的原理與現象應用在電子、電腦程序設計及建築等工程上的科學。人工心臟是已應用的之一。

**仿宋體** ㄈㄤˇ ㄙㄨㄥˋ ㄊㄧˇ 也叫「仿宋字」，仿照宋版書上所刻的字體。

**伕** ㄈㄨ 夫役的「夫」的俗字。

**伕子** ㄈㄨ ㄗˇ 夫役。臨時受雇供人役使的人。

**伏** ㄈㄨˊ (一)臉朝下，身子彎下去趴著。如「伏地不動」。(二)藏著準備突然出來攻擊。如「伏兵」「埋伏」。(三)不露在表面的。如「伏礁」「伏筆」。(四)承認，同「服」。如「伏輸」「不伏老」。(五)順從。如「伏侍」。(六)受到懲處。如「伏法」。(七)図函牘的敬詞。如「伏維」「伏祈」。(八)時令名。見「伏天」。(九)使它服帖。如「降龍伏虎」。(十)「伏特」的略語。(十一)姓。

**伏天** ㄈㄨˊ ㄊㄧㄢ 夏至後第三庚日起，三十天之內叫做伏天；前十日是初伏，中十日是中伏，末十日是末伏，總名三伏，是夏季最熱的時候。

**伏兵** ㄈㄨˊ ㄅㄧㄥ 為突擊敵人而埋伏的軍隊。

**伏事** ㄈㄨˊ ㄕˋ 図①隱祕的事。②同「服侍」。

**伏侍** ㄈㄨˊ ㄕˋ 侍奉。

**伏法** ㄈㄨˊ ㄈㄚˇ 図犯大罪，受到法律制裁，處了死刑。

**伏屍** ㄈㄨˊ ㄕ 図屍體橫倒在地上。如「伏屍遍地」。

**伏流** ㄈㄨˊ ㄌㄧㄡˊ 在地面下的洞穴中或岩層裂縫中流動的水。

**伏特**（ㄈㄨˊ ㄊㄜˋ） 名物理學名詞 volt 的音譯。也作「弗打」，是電位差或電壓的實用單位。

**伏案**（ㄈㄨˊ ㄢˋ） 文趴在桌上，形容讀書或辦理文書等事。

**伏暑**（ㄈㄨˊ ㄕㄨˇ） 炎熱的伏天。參看「伏天」。

**伏筆**（ㄈㄨˊ ㄅㄧˇ） 在文章內預先為下文鋪設的語句，或為以後要做的事，先埋下因子。

**伏誅**（ㄈㄨˊ ㄓㄨ） 文伏法。

**伏罪**（ㄈㄨˊ ㄗㄨㄟˋ） ①承認自己的罪。②伏法。

**伏輸**（ㄈㄨˊ ㄕㄨ） 承認失敗。也作「服輸」。

**伏擊**（ㄈㄨˊ ㄐㄧ） 用埋伏的兵力突然襲擊敵人。

**伏地挺身**（ㄈㄨˊ ㄉㄧˋ ㄊㄧㄥˇ ㄕㄣ） 一種運動方法，身體趴下，靠兩掌和腳尖支撐用力，使身體呈水平升高，可以鍛鍊臂力。有時是作為處罰。

## 伉

文ㄎㄤˋ ㈠配偶（夫婦）。如「伉儷」。㈡同「抗」，剛直的樣子。㈢姓。

**伉儷**（ㄎㄤˋ ㄌㄧˋ） 文夫婦（含尊稱的意思）。

## 伙

ㄏㄨㄛˇ 同「火」。共事。古時軍制十人為「火」。同「火」的人互稱「火伴」。後來把「火伴」寫成「伙伴」。

**伙計**（ㄏㄨㄛˇ ㄐㄧˋ） 計字輕讀。商店的職工。

**伙食**（ㄏㄨㄛˇ ㄕˊ） 食字輕讀。飯食。

**伙伴（兒）**（ㄏㄨㄛˇ ㄅㄢˋ ㄦ） 也作「火伴（兒）」。同在一處做事的人。

**伙食團**（ㄏㄨㄛˇ ㄕˊ ㄊㄨㄢˊ） 部隊、機關、學校等團體中辦理大眾伙食的組織。

## 伎

文ㄐㄧˋ ㈠才智。㈡技藝。㈢通「妓」，指以歌舞為業的女子。

**伎倆**（ㄐㄧˋ ㄌㄧㄤˇ） 文隨機應變的才能。帶有貶義。

## 价

▲文ㄐㄧㄝˋ 僕役。稱呼別人的用人叫「貴价」。

▲ㄐㄧㄚˋ 「價」的簡體字。

## 件

▲ㄐㄧㄢˋ 計算事物的單位。事一樁或物一個都叫一件。

▲ㄐㄧㄢˋ 見「什件（兒）」。

## 企

文ㄑㄧˋ 提起腳跟望著。如「翹企」。是盼望的意思。又讀ㄑㄧˇ。

**企及**（ㄑㄧˋ ㄐㄧˊ） 文希望能達到。

**企仰**（ㄑㄧˋ ㄧㄤˇ） 文仰慕，也作「企慕」。

**企求**（ㄑㄧˋ ㄑㄧㄡˊ） 文希望得到。

**企望**（ㄑㄧˋ ㄨㄤˋ） 文盼望，也作「企盼」，「企候」。

**企畫**（ㄑㄧˋ ㄏㄨㄚˋ） ①計畫事業的經營，工作的程序。②作上述工作的人的職稱。

**企業**（ㄑㄧˋ ㄧㄝˋ） 從事生產、製造、運銷、貿易等活動的事業。

**企圖**（ㄑㄧˋ ㄊㄨˊ） 有所希圖。

**企管**（ㄑㄧˋ ㄍㄨㄢˇ） 企業管理的略語。

**企慕**（ㄑㄧˋ ㄇㄨˋ） 文仰慕。多用作書信用語。如「先生為學術界泰斗，後學企慕已久」。

**企鵝**（ㄑㄧˋ ㄜˊ） 游禽類，南極的特產。嘴尖而硬，頸稍長，近尾處有短腳，前三趾張蹼，尾短翼小，善於潛水，在陸地上足尾並用，可以直立。

**企禱**（ㄑㄧˋ ㄉㄠˇ） 文盼望祝禱。

**企業化**（ㄑㄧˋ ㄧㄝˋ ㄏㄨㄚˋ） 以科學的管理制度，依照經濟核算的原則，獨立計算盈虧，採取一貫而有系統的經營方式。如「企業化經營」。

**企足而待**（ㄑㄧˋ ㄗㄨˊ ㄦˊ ㄉㄞˋ） 文抬起腳跟來等著。比喻不久的將來就可以實現。

**企業管理** ㄑㄧˋ ㄧㄝˋ ㄍㄨㄢˇ ㄌㄧˇ 利用計畫、組織、人事、控制、指導等各項管理機能，來運用在生產、行銷、人事、研究發展、財務等五項企業機能上，作理智決策，達到企業服務人群、賺取合理利潤的目的。

# 休

ㄒㄧㄡ ㈠歇息。如「休閒」。㈡終止，停歇。如「休學」。㈢不可。如「你休打他的主意」。㈣夫向妻提議離婚，叫休妻。㈤罷官叫「休官」。㈥図美、善。如「永垂無疆之休」。㈦図喜樂。如「休戚相關」。㈧図助詞。如「歸休」「去休」。

**休止** ㄒㄧㄡ ㄓˇ 停止。如「休止狀態」。

**休刊** ㄒㄧㄡ ㄎㄢ 報紙刊物停止出版。

**休兵** ㄒㄧㄡ ㄅㄧㄥ 停戰。

**休克** ㄒㄧㄡ ㄎㄜˋ 図醫學名詞，英語 shock 音譯，「暈厥」的意思。如「手術進行時，病人忽然發生休克現象」。

**休沐** ㄒㄧㄡ ㄇㄨˋ 図休息與沐浴。指古代官吏每月五日或十日不上班一天的例假。相當於現在的星期日。

**休咎** ㄒㄧㄡ ㄐㄧㄡˋ 図吉凶，福禍。如「休咎相乘，變化無常」。

**休怪** ㄒㄧㄡ ㄍㄨㄞˋ 不要怪罪。

**休息** ㄒㄧㄡ ˙ㄒㄧ 息字常輕讀。暫時歇息。

**休眠** ㄒㄧㄡ ㄇㄧㄢˊ 某些生物為了適應環境的變化，生命活動幾乎到了停止狀態的現象。如蛇到冬季就不吃不動，植物的芽在冬季停止生長等。

**休耕** ㄒㄧㄡ ㄍㄥ 為了不使地力消耗過多，一塊地耕作一段時間以後，就停止使用，稱為休耕。一般有休一年、兩年，甚至三年的。

**休戚** ㄒㄧㄡ ㄑㄧ 図喜與憂。如「休戚與共」。

**休假** ㄒㄧㄡ ㄐㄧㄚˋ 放假休息。

**休閒** ㄒㄧㄡ ㄒㄧㄢˊ ①優游閒暇。②閒空（ㄎㄨㄥˋ）。

**休想** ㄒㄧㄡ ㄒㄧㄤˇ 別想，不要妄想。如「這一件事你休想插手」。

**休會** ㄒㄧㄡ ㄏㄨㄟˋ 會議暫停。

**休業** ㄒㄧㄡ ㄧㄝˋ 營業、學業暫時停歇。

**休養** ㄒㄧㄡ ㄧㄤˇ 人因為疾病而休息調養。

**休學** ㄒㄧㄡ ㄒㄩㄝˊ 學生因故暫停受課，以後再繼續入學，期限最多兩年。

**休憩** ㄒㄧㄡ ㄑㄧˋ 休息。比較文氣一點兒。如「連日無事，在家休憩」。

**休戰** ㄒㄧㄡ ㄓㄢˋ 戰爭暫停。

**休止符** ㄒㄧㄡ ㄓˇ ㄈㄨˊ ①在樂曲進行中表示樂音休止的符號。有全休止符、二分休止符、四分休止符、八分休止符及十六分休止符等五種。

**休火山** ㄒㄧㄡ ㄏㄨㄛˇ ㄕㄢ 暫時不噴發的火山。

**休閒服** ㄒㄧㄡ ㄒㄧㄢˊ ㄈㄨˊ 休閒時穿的輕便的衣服。

**休業式** ㄒㄧㄡ ㄧㄝˋ ㄕˋ 図學校在每學期終了時候舉行的一種儀式。

**休戚相關** ㄒㄧㄡ ㄑㄧ ㄒㄧㄤ ㄍㄨㄢ 図雙方的禍福互相關聯。形容關係密切，利害一致。休是喜悅，戚是悲傷。

**休戚與共** ㄒㄧㄡ ㄑㄧ ㄩˇ ㄍㄨㄥˋ 図有幸福共同享受，有禍患共同抵擋。指同甘共苦。

**休閒活動** ㄒㄧㄡ ㄒㄧㄢˊ ㄏㄨㄛˊ ㄉㄨㄥˋ 休假閒暇時的活動。如每年的寒暑假期，學校所舉行的旅行、露營等都是。

**休養生息** ㄒㄧㄡ ㄧㄤˇ ㄕㄥ ㄒㄧ 在戰爭或動亂以後，所採取的減輕人民負擔、安定生活、發展生產、恢復元氣的措施。休養指休息調養，生息是繁殖人口。

# 仲

ㄓㄨㄥˋ ㈠位置在中間的。如「仲春」。㈡姓。

**仲介** ㄓㄨㄥˋ ㄐㄧㄝˋ 為雙方介紹買賣並作見證的人。

**仲冬** ㄓㄨㄥˋ ㄉㄨㄥ 冬季的第二個月，陰曆十一月。

**仲春** ㄓㄨㄥˋ ㄔㄨㄣ 春季的第二個月，陰曆二月。

**仲秋** ㄓㄨㄥˋ ㄑㄧㄡ 秋季的第二個月，陰曆八月。

**仲夏** ㄓㄨㄥˋ ㄒㄧㄚˋ 夏季的第二個月，陰曆五月。

**仲家** ㄓㄨㄥˋ ㄐㄧㄚ 我國西南少數民族之一，是漢藏系侗泰族的一支，分布在貴州、廣西和雲南一帶，人口一百多萬，以農耕為生，分黑、白、青仲家。今改稱佈依族。

**仲裁** ㄓㄨㄥˋ ㄘㄞˊ 選擇兩造都同意的第三者，居中裁決雙方的爭議，包括私人之間的權益紛爭，或國際間的爭端。

## 任

▲ㄖㄣˋ ㈠職責。如「天降大任」。㈡官員典守的職務。如「到任」。㈢派用。如「任命」。㈣擔負。如「任勞任怨」。㈤聽憑。如「任意」「放任」。㈥無論。如「任他怎麼說都不行」。㈦相信。如「信任」。㈧〔文〕同「妊」。

▲ㄖㄣˊ ㈠姓。㈡〔文〕堪、勝（ㄕㄥ）。如白居易詩「使爾悲不任」。㈢〔文〕抵擋。如「眾怒難任」。

**任用** ㄖㄣˋ ㄩㄥˋ ①授職。②政府選用公務員，必須經過考試（考覈）、訓練，然後任用。

**任何** ㄖㄣˋ ㄏㄜˊ 無論什麼（人物、東西、地點、事情……）。

**任事** ㄖㄣˋ ㄕˋ 〔文〕擔任職事。

**任免** ㄖㄣˋ ㄇㄧㄢˇ 任用與免職。

**任命** ㄖㄣˋ ㄇㄧㄥˋ 任用官吏的命令。

**任便** ㄖㄣˋ ㄅㄧㄢˋ 聽（ㄊㄧㄥ）其自便。

**任俠** ㄖㄣˋ ㄒㄧㄚˊ 〔文〕肯出錢出力幫助人。

**任性** ㄖㄣˋ ㄒㄧㄥˋ ①隨著性子做事，不加遏制。②〔文〕不矯揉造作。

**任務** ㄖㄣˋ ㄨˋ 所擔負的使命。

**任情** ㄖㄣˋ ㄑㄧㄥˊ 盡情，隨著當時的心意去做。如「他任情揮霍，一點兒家產眼看就要光了」。

**任期** ㄖㄣˋ ㄑㄧˊ 任職的期限。

**任意** ㄖㄣˋ ㄧˋ 隨意而為。

**任憑** ㄖㄣˋ ㄆㄧㄥˊ ①任便。②無論。③表讓步的連詞，同「儘管」。

**任職** ㄖㄣˋ ㄓˊ 擔任職務。如「在傳播公司任職」「任職教育部」。

**任重道遠** ㄖㄣˋ ㄓㄨㄥˋ ㄉㄠˋ ㄩㄢˇ 責任重大，前途遙遠。

**任勞任怨** ㄖㄣˋ ㄌㄠˊ ㄖㄣˋ ㄩㄢˋ 不辭勞苦，不避嫌怨。說人熱心作事，勇於負責。

## 伊

ㄧ ㈠姓。㈡同「她」。如「伊人」。

**伊人** ㄧ ㄖㄣˊ 那個人，現在大都指女性。

**伊始** ㄧ ㄕˇ 〔文〕事的開端。

**伊甸園** ㄧ ㄉㄧㄢˋ ㄩㄢˊ （Garden of Eden）〔外〕基督教聖經中指人類祖先亞當和夏娃所居住的樂園。通常用來指樂園或安樂土。

**伊斯蘭** ㄧ ㄙ ㄌㄢˊ 〔音〕（Islam）回教，穆罕默德所創，教典叫可蘭經，盛行在中亞、北非洲、土耳其和我國西北一帶。和基督教、佛教並列為世界三大宗教。

**伊于胡底** ㄧ ㄩˊ ㄏㄨˊ ㄉㄧˇ 〔文〕到什麼地步為止啊！用於對不好的現象表示感嘆的意思。如「社會亂象伊于胡底」。

## 仰

ㄧㄤˇ ㈠頭向上抬。如「仰首」。㈡敬慕。如「敬仰」。㈢倚賴。如「仰仗」。

**仰止** ㄧㄤˇ ㄓˇ 〔文〕「高山仰止，景行行止」。這是〈詩經〉裡稱讚孔子的話，沿用為仰慕的意思。

**仰仗**（ㄧㄤˇ ㄓㄤˋ） 倚靠。

**仰承**（ㄧㄤˇ ㄔㄥˊ） ①敬辭，遵從對方的意圖。如「仰承長官的鼻息」。②図依靠，倚賴。

**仰角**（ㄧㄤˇ ㄐㄧㄠˇ） 人把眼睛從平視的角度向上抬，到了要看的事物，所形成的「角」叫「仰角」。從平視線向下看，形成的「角」叫「俯角」。

**仰泳**（ㄧㄤˇ ㄩㄥˇ） 仰臥於水面的一種游泳姿勢，用兩臂划水，兩腿交替打水，使身體前進。又名「背泳」。這種泳式比較省力，能持久。

**仰臥**（ㄧㄤˇ ㄨㄛˋ） 面向上而躺臥的姿勢。相對的稱「俯臥」，側向的稱「側臥」。如「仰臥起坐」。

**仰首**（ㄧㄤˇ ㄕㄡˇ） 図抬起頭來。

**仰望**（ㄧㄤˇ ㄨㄤˋ） ①抬著頭向上看。②図敬仰而有所期望。

**仰給**（ㄧㄤˇ ㄐㄧˇ） 図仰仗別人供給。如「一切生活仰給於人」。

**仰慕**（ㄧㄤˇ ㄇㄨˋ） 敬佩羨慕。

**仰賴**（ㄧㄤˇ ㄌㄞˋ） 倚賴。如「清寒學生的學費則仰賴政府支助」。

**仰藥**（ㄧㄤˇ ㄧㄠˋ） 図抬起頭來服藥。專指服毒自殺。如「仰藥自盡」。

**仰人鼻息**（ㄧㄤˇ ㄖㄣˊ ㄅㄧˊ ㄒㄧˊ） 図依靠別人而存在，說話做事都得看人的臉色，自己不能自主。

**仰八腳兒**（ㄧㄤˇ ㄅㄚ ㄐㄧㄠˇ ㄦ） 臉朝天跌倒。也作「仰八腳子」「仰巴腳兒」。

**仰之彌高**（ㄧㄤˇ ㄓ ㄇㄧˊ ㄍㄠ） 図對於有德望的人，就像抬頭看山一樣，仰慕山的高大巍峨。彌是更加。表示對人仰慕、贊美的意思。

**仰事俯畜**（ㄧㄤˇ ㄕˋ ㄈㄨˇ ㄒㄩˋ） 図指供養父母，撫育妻兒，都是人的義務。

**仰韶文化**（ㄧㄤˇ ㄕㄠˊ ㄨㄣˊ ㄏㄨㄚˋ） 我國黃河流域新石器時代的一種文化，距今約六千年。民國十年，於河南澠池縣仰韶村首次發現而得名。以後陸續在西北、華北等地發現多處。其中陝西西安半坡遺址的發現最有代表性。這時期的生活以農業為主，畜牧、漁獵為輔，已進入母系社會。遺物中常有帶彩色花紋的陶器，所以也稱為「彩陶文化」。

**伍**（ㄨˇ） ㈠古時軍隊編制，五人叫「伍」，「伍」有「伍長」。㈡古時基層民政組織，五戶叫「伍」。㈢図相雜處。如「羞與為伍」。㈣數目字「五」的大寫。㈤姓。

**仵**（ㄨˇ） ㈠図相同。如「以觭偶不仵之辭相應」。㈡見「仵作」。

**仵作**（ㄨˇ ㄗㄨㄛˋ） 舊時官署檢驗死傷的雜吏，相當於現在的法醫。

**伃**（ㄩˊ） 「倢伃」，見倢字。

## 五筆

**伯** ▲ㄅㄛˊ ㈠兄長。古人以「伯仲叔季」作兄弟排行次序，「伯」最大。㈡父親的哥哥叫「伯父」。㈢古時五等爵的一種。如「伯爵」。㈣領袖。如「詩伯」。㈤姓。▲ㄅㄞˇ 稱丈夫的哥哥。如「大伯子」。▲ㄅㄚˋ 通「霸」。

**伯父**（ㄅㄛˊ ㄈㄨˋ） 父親的哥哥。

**伯母**（ㄅㄛˊ ㄇㄨˇ） 伯父的妻。

**伯仲**（ㄅㄛˊ ㄓㄨㄥˋ） ①兄弟。②図評論人物的等第相差不多，說是「伯仲之間」。

**伯伯**（ㄅㄛˊ ㄅㄛˊ） 第二個伯字輕讀。伯父。口語也說ㄅㄞ ˙ㄅㄞ。

**伯祖**（ㄅㄛˊ ㄗㄨˇ） 父親的伯父。

**伯勞**（ㄅㄛˊ ㄌㄠˊ） 鳥名，屬鳥綱雀形目。體長約二十公分，背灰褐色，性兇猛，善鳴。屬候鳥的一種。

**伯爵** ㄅㄛˊ ㄐㄩㄝˊ 舊時五等（公侯伯子男）爵位的第三等。

**伯祖母** ㄅㄛˊ ㄗㄨˇ ㄇㄨˇ 父親的伯母。

**伯仲叔季** ㄅㄛˊ ㄓㄨㄥˋ ㄕㄨˊ ㄐㄧˋ 舊時弟兄排行的次序。伯是老大（也作孟），仲是第二，叔第三，季是最小的。

**伴** ㄅㄢˋ ㈠同伴。㈡陪。

**伴同** ㄅㄢˋ ㄊㄨㄥˊ 陪同，一同。

**伴兒** ㄅㄢˋ ㄦ 伴侶。

**伴侶** ㄅㄢˋ ㄌㄩˇ ①同伴。②朋友。③夫妻是「終身伴侶」。

**伴奏** ㄅㄢˋ ㄗㄡˋ 用節奏、和聲加強音樂效果，用來陪襯主要表演者（無論聲樂的獨唱，器樂的獨奏）的表演，並調和音樂，叫伴奏。

**伴郎** ㄅㄢˋ ㄌㄤˊ 結婚典禮的男儐相。

**伴娘** ㄅㄢˋ ㄋㄧㄤˊ 結婚典禮的女儐相。

**伴唱** ㄅㄢˋ ㄔㄤˋ 從旁歌唱，配合表演。如「你來主唱，我來伴唱」。

**伴隨** ㄅㄢˋ ㄙㄨㄟˊ 隨同，跟，連帶。

**伴讀** ㄅㄢˋ ㄉㄨˊ 陪伴讀書。

**伴唱機** ㄅㄢˋ ㄔㄤˋ ㄐㄧ 有輔助伴唱功能的一種擴音裝置。

**佈** ㄅㄨˋ 通「布」：㈠把事情用語言或文字使人知道。如「宣佈」「公佈」。㈡分布，陳列，整理。如「佈置」「佈局」。

**佈防** ㄅㄨˋ ㄈㄤˊ 軍隊佈置防線。

**佈道** ㄅㄨˋ ㄉㄠˋ 基督教傳教士傳佈教義。

**佈達式** ㄅㄨˋ ㄉㄚˊ ㄕˋ 軍中宣佈人事委任命令的儀式。

**佛** ▲ㄈㄛˊ ㈠梵語「佛陀」的略稱。佛教認為有最大的智慧，達到自覺，又能覺醒眾生，這樣覺行圓滿的便成為佛。㈡佛教的略稱。如「信佛吃齋」。㈢廟裡的菩薩。如「拜佛」。▲ㄈㄨˊ 仿佛。▲ㄅㄧˋ 同「弼」，輔佐。

**佛老** ㄈㄛˊ ㄌㄠˇ 佛祖與老子，也就是佛教與道教的合稱。

**佛事** ㄈㄛˊ ㄕˋ 事字輕讀。指僧尼誦經拜懺的法事。

**佛法** ㄈㄛˊ ㄈㄚˇ ①佛教。②佛家的道理。

**佛陀** ㄈㄛˊ ㄊㄨㄛˊ 佛家語，梵文 Buddha 的音譯，也譯作「佛圖」「浮屠」「浮圖」，意思是「覺者」「智者」，有大智慧，能自覺，覺行圓滿。

**佛門** ㄈㄛˊ ㄇㄣˊ 指佛教。如「皈依佛門」。

**佛家** ㄈㄛˊ ㄐㄧㄚ 屬於佛教的。

**佛骨** ㄈㄛˊ ㄍㄨˇ 指釋迦牟尼遺體火化後所留下的遺骨或舍利。

**佛堂** ㄈㄛˊ ㄊㄤˊ 供奉佛像的廳堂。

**佛教** ㄈㄛˊ ㄐㄧㄠˋ 盛行於世界的三大宗教之一。印度人釋迦牟尼於西元前六至五世紀創立，主張眾生平等，而以普度眾生為宗旨，超脫生死（涅槃）為理想境界。西元前二至一世紀，傳入斯里蘭卡、緬甸、泰國、高棉。東漢明帝十年（西元六十七年）傳入中國。因為在民間生根，大量譯經，逐漸中國化，成為中國人民主要信仰之一，對中國哲學、文學、藝術、語言及文化習俗影響相當深刻。後又東傳至朝鮮、日本。其本身經數百年演變，出現很多不同的宗派，主要分大乘、小乘等禪宗。

**佛經** ㄈㄛˊ ㄐㄧㄥ 佛教的經典。

**佛爺** ㄈㄛˊ ㄧㄝˊ ①佛教徒對釋迦牟尼的尊稱。也泛稱佛教的神。②清代內廷臣子對皇帝的敬稱。對皇太后（慈禧）則稱「老佛爺」。

**佛像** ㄈㄛˊ ㄒㄧㄤˋ 佛陀或菩薩的像。

**佛龕** ㄈㄛˊ ㄎㄢ 供奉佛像的小閣子，多用木料製成。

**佛手柑** ㄈㄛˊ ㄕㄡˇ ㄍㄢ 熱帶果樹的一種，果實像手掌，香氣很濃。

**佛口蛇心** ㄈㄛˊ ㄎㄡˇ ㄕㄜˊ ㄒㄧㄣ 比喻人話說得十分仁善，心裡卻暗懷惡毒。

**佛頭著糞** ㄈㄛˊ ㄊㄡˊ ㄓㄨㄛˊ ㄈㄣˋ 佛像頭上沾了鳥糞。比喻在美好的事物加上不好的東西。表示受到輕慢、褻瀆（含譏諷意味）。

## 但

ㄉㄢˋ ㈠不過，轉折連詞。如「但是」。㈡儘管。如「此係私室，但說無妨」。㈢図僅僅。如「但微頷耳」。㈣姓。

**但凡** ㄉㄢˋ ㄈㄢˊ 図只要或但須。

**但是** ㄉㄢˋ ㄕˋ 是字常輕讀。轉折連詞；是「不過」的意思。如「他雖然笨，但是很用功」。

**但書** ㄉㄢˋ ㄕㄨ 法律文契中說明例外事項的文字。

**但須** ㄉㄢˋ ㄒㄩ 只須，所要求的並不多。

**但願** ㄉㄢˋ ㄩㄢˋ 只希望，只願。如「但願此事能成功」。

## 低

ㄉㄧ ㈠高的反面。如「低音」。㈡俯垂。如「低頭」。

**低下** ㄉㄧ ㄒㄧㄚˋ 在一般標準之下。

**低劣** ㄉㄧ ㄌㄧㄝˋ 指品質很不好。如「品行低劣」。

**低回** ㄉㄧ ㄏㄨㄟˊ 図也作「低徊」，留戀的樣子。

**低沉** ㄉㄧ ㄔㄣˊ ①指天色陰暗，雲層厚而低。②指聲音低而沉重。③指情緒低落消沉。

**低眉** ㄉㄧ ㄇㄟˊ 図①低首下心。②和善的態度。

**低音** ㄉㄧ ㄧㄣ 發音體振動慢，而且振動數少的聲音。樂譜中的音低於基礎音的。

**低能** ㄉㄧ ㄋㄥˊ 人因為有生理或心理的缺陷，以致智慧低，缺乏處理自己生活和適應環境的能力，叫做低能。

**低級** ㄉㄧ ㄐㄧˊ ①初級，初步，形式最簡單。如「低級階段」。②粗俗的。如「低級趣味」。

**低迷** ㄉㄧ ㄇㄧˊ ①図模糊不清。②不能振作。如「股市低迷」。

**低等** ㄉㄧ ㄉㄥˇ 等級低的。如「低等動物」。

**低廉** ㄉㄧ ㄌㄧㄢˊ 指售價便宜。如「那裡的物價低廉，生活容易」。

**低微** ㄉㄧ ㄨㄟˊ ①指聲音細小。如「秋蟲低微的吟聲」。②指身分或地位低。如「出身低微」。

**低溫** ㄉㄧ ㄨㄣ 較低的溫度。物理學上指攝氏零下一百九十二度到零下二百六十三度的液態空氣的溫度。

**低潮** ㄉㄧ ㄔㄠˊ ①在潮汐的漲落周期內，水面下降的最低潮位。②比喻事物發展過程中低落、停滯的階段。常借指人的情緒或小說、戲劇的情節。

**低調** ㄉㄧ ㄉㄧㄠˋ 較低的聲調。借指壓低聲調、不欲人知的手段、方式。如「此事宜採低調處理」。

**低頭** ㄉㄧ ㄊㄡˊ 面部向前俯下，眼睛看地。通常因下列情形：①羞怯，慚愧。如「低頭不語」。②屈辱。如「站在矮簷下，不得不低頭」。③沉思。如「低頭思故鄉」。

**低壓** ㄉㄧ ㄧㄚ ①物理學上指較低的壓力。②指較低的電壓。通常在二百五十伏特以下。家庭用電多採低壓電。③俗稱心臟舒張時血壓對血管的壓力。也叫「低血壓」，就是「舒張壓」。④見「低氣壓」。

**低元音** ㄉㄧ ㄩㄢˊ ㄧㄣ 舌面降到最低、開口最大的元音。如國音的「ㄚ」。

**低地國** ㄉㄧ ㄉㄧˋ ㄍㄨㄛˊ 荷蘭與比利時地勢低，荷蘭有些地方甚至在海平面的下面，因此稱為低地國。

**低姿態** ㄉㄧ ㄗ ㄊㄞˋ 指為了達到某種目的，而使自己退讓或屈服，以迎合對方的一種姿態。

**低氣壓** ㄉㄧ ㄑㄧˋ ㄧㄚ 氣象學上指中心氣壓比四周都低的情況。此時氣流自外圍向低壓中心流動，北半球呈反時針方向流動，南半球呈順時針方向流動。低氣壓區內空氣往往上升，形成雲層或降水。旋風、颱風都是由低氣壓所造成的。

**低能兒** ㄉㄧ ㄋㄥˊ ㄦˊ 智力較低、反應力和學習力較差的兒童。

**低緯度** ㄉㄧ ㄨㄟˇ ㄉㄨˋ 靠近赤道地區，地球緯度較低。參看「緯度」。

**低三下四** ㄉㄧ ㄙㄢ ㄒㄧㄚˋ ㄙˋ ①指地位低下的人。②形容為討好別人而卑躬屈膝的樣子。

**低音提琴** ㄉㄧ ㄧㄣ ㄊㄧˊ ㄑㄧㄣˊ 提琴的一種，體積最大，發音最低。

**低首下心** ㄉㄧ ㄕㄡˇ ㄒㄧㄚˋ ㄒㄧㄣ 甘心屈服。

**低等動物** ㄉㄧ ㄉㄥˇ ㄉㄨㄥˋ ㄨˋ 原生動物、海綿等體制簡單，分工的器官少或器官全缺的。與「高等動物」相對稱。

**低聲下氣** ㄉㄧ ㄕㄥ ㄒㄧㄚˋ ㄑㄧˋ 因為謙卑或害怕而不敢大聲揚氣的樣子。

**佃** ㄉㄧㄢˋ ㈠耕作。如「佃作」。㈡租地耕種。如「佃農」。

**佃戶** ㄉㄧㄢˋ ㄏㄨˋ 租種某地主土地的農民，稱為某地主的佃戶。也作「佃農」。

**佃作** ㄉㄧㄢˋ ㄗㄨㄛˋ 從事農業耕種的活動。

**佃租** ㄉㄧㄢˋ ㄗㄨ 佃農交納給地主的地租。

**佃農** ㄉㄧㄢˋ ㄋㄨㄥˊ 向他人租田耕種的農家。

**佗** ▲ㄊㄨㄛ 通「他」「它」。▲図ㄊㄨㄛˊ ㈠負荷。㈡古良醫名：華佗。

**佟** ㄊㄨㄥˊ 姓。

**你** ㄋㄧˇ 第二人稱代名詞，指對稱的人。

**你老** ㄋㄧˇ ㄌㄠˇ 對人的敬稱，是「你老人家」的簡單說法。

**你們** ㄋㄧˇ ㄇㄣˊ 你的多數，同文言的「汝輩」「汝曹」「汝等」。

**你死我活** ㄋㄧˇ ㄙˇ ㄨㄛˇ ㄏㄨㄛˊ 形容雙方拼鬥非常激烈。如「這場角力，雙方勢在必得，兩人打得你死我活，可以說是兩敗俱傷」。

**佞** 図ㄋㄧㄥˋ ㈠才能，人自謙說「不佞」。㈡見「佞人」條。㈢「佞幸」，是指諂媚人而得寵。

**佞人** ㄋㄧㄥˋ ㄖㄣˊ 図有口才而心術不正的人。

**佞口** ㄋㄧㄥˋ ㄎㄡˇ 有口才。

**佞佛** ㄋㄧㄥˋ ㄈㄛˊ 図迷信佛法來求幸福。

**佞幸** ㄋㄧㄥˋ ㄒㄧㄥˋ 図因為諂媚人而得到寵幸。也作「佞倖」。

**伶** ㄌㄧㄥˊ ㈠戲劇演員。如「女伶」。㈡孤獨。如「伶仃」。㈢姓。

**伶仃** ㄌㄧㄥˊ ㄉㄧㄥ 孤獨沒有依靠的樣子。也作「零丁」。

**伶俜** ㄌㄧㄥˊ ㄆㄧㄥ 図孤單的樣子。如「伶俜孤苦，身世堪憐」。

**伶俐** ㄌㄧㄥˊ ㄌㄧˋ 靈活，聰明。

**伶牙俐齒** ㄌㄧㄥˊ ㄧㄚˊ ㄌㄧˋ ㄔˇ 口才好，能說善道。也作「伶牙俐嘴」。

**估** ▲ㄍㄨ ㈠論價。如「估一估價錢」。㈡計算，料量。如「估量」。又讀ㄍㄨˇ。▲ㄍㄨˋ 見「估衣」條。

**估衣** ㄍㄨˋ ㄧ 出售的舊衣服。專賣這種舊衣服的店叫「估衣鋪」。

**估計** ㄍㄨ ㄐㄧˋ 估量。

**估單** ㄍㄨ ㄉㄢ 也作「估價單」，估計貨物價值、工費等清單。

**估量** ㄍㄨ ㄌㄧㄤˊ 量字常輕讀。①計算。②推測、料量。

**估價** ㄍㄨ ㄐㄧㄚˋ 估定物品的價格。

## 佝

ㄎㄡˋ 佝僂，因為缺乏鈣質維生素D而起的軟骨症，小孩子得了這種病，常有「雞胸」「駝背」或不會走路、站不住的現象。

**佝僂** ㄎㄡˋ ㄌㄡˊ ①脊背向前彎曲。②指佝僂病，一種嬰幼兒慢性營養不良症。症狀是頭大，雞胸，駝背，兩腿彎曲，腹部膨大，發育遲緩。多晒太陽，補充鈣質和維生素D可防治。也叫「軟骨病」。

## 何

▲図ㄏㄜˊ ㈠表示疑問的詞。同「什麼」。㈡図何等，多麼。如「明月何皎皎」。㈢図同「何處」。如「子何之」。㈣姓。

▲図ㄏㄜˋ 同「荷」，負擔。

**何干** ㄏㄜˊ ㄍㄢ 反問的詞，「有什麼關係」。表示沒關係。

**何不** ㄏㄜˊ ㄅㄨˋ 為什麼不。文言裡常作「曷」「盍」。

**何以** ㄏㄜˊ ㄧˇ ①因何。②如何。

**何必** ㄏㄜˊ ㄅㄧˋ 「可以不必」的反面說法。

**何在** ㄏㄜˊ ㄗㄞˋ 在哪裡。如「理由何在」。

**何如** ㄏㄜˊ ㄖㄨˊ ①如何。②不如。

**何妨** ㄏㄜˊ ㄈㄤˊ 有什麼妨礙，就是無礙。

**何其** ㄏㄜˊ ㄑㄧˊ 多麼，怎麼；多帶有不以為然的口氣，常用於譏諷。如「亂事何其多」。

**何況** ㄏㄜˊ ㄎㄨㄤˋ 表示比較跟更進一層的意思的連詞。如「老師都不行了，何況學生」。

**何事** ㄏㄜˊ ㄕˋ 什麼事。

**何故** ㄏㄜˊ ㄍㄨˋ 為了什麼原因。

**何為** ㄏㄜˊ ㄨㄟˊ ①何故。②詰問的詞，做什麼。如「意欲何為」。③什麼是。如「何為五大洲」。

**何若** ㄏㄜˊ ㄖㄨㄛˋ 図何如。

**何苦** ㄏㄜˊ ㄎㄨˇ 何必自尋苦惱，有「不值得」的意思。

**何處** ㄏㄜˊ ㄔㄨˋ 哪裡，表疑問的指示代名詞。

**何許** ㄏㄜˊ ㄒㄩˇ 図哪裡，何處；何如，怎麼樣。如「不知何許人也」。（原指什麼地方人，後來也指什麼樣的人。）

**何啻** ㄏㄜˊ ㄔˋ 図用反問的語氣表示「不止」。啻是僅、只的意思。如「今昔的生活相比，何啻天壤之別」。

**何堪** ㄏㄜˊ ㄎㄢ 図不堪，哪堪。

**何等** ㄏㄜˊ ㄉㄥˇ ①第幾等。②多麼，不平常。如「何等貴重」。

**何嘗** ㄏㄜˊ ㄔㄤˊ 未曾的意思。如「我何嘗認識你」。

**何謂** ㄏㄜˊ ㄨㄟˋ 什麼叫做。

**何首烏** ㄏㄜˊ ㄕㄡˇ ㄨ 蓼科，多年生草本植物，莖細長，能纏繞物體，葉子互生，秋天開花，白色，根塊狀，中醫入藥，有滋補、安神作用。

**何去何從** ㄏㄜˊ ㄑㄩˋ ㄏㄜˊ ㄘㄨㄥˊ ①離開哪裡，去到哪裡。去是離開，從是跟隨。指在重大問題上採取什麼態度，決定做不做或怎麼做。用於肯定句。如「此事何去何從，再慢慢商量」。②比喻無法作決定，不知道怎麼辦。用於疑問句。如「前途茫茫，不知何去何從」。

何足掛齒 ㄏㄜˊ ㄗㄨˊ ㄍㄨㄚˋ ㄔˇ 図微不足道，不值得一提。表示自謙的話。如「區區微勞，何足掛齒」。

何樂不為 ㄏㄜˊ ㄌㄜˋ ㄅㄨˋ ㄨㄟˊ 為什麼不願意做呢？用反問的語氣表示很可以做或很願意做。也常作「何樂而不為」。

# 伽

▲ㄑㄧㄝˊ從前譯佛經的譯音字。見「伽藍」條。

▲ㄐㄧㄚ用於西文譯音。如伽利略、伽馬射線。

又音ㄍㄚ。

伽藍 ㄑㄧㄝˊ ㄌㄢˊ 佛教寺院，僧伽藍摩譯名的略詞。

伽利略 ㄐㄧㄚ ㄌㄧˋ ㄌㄩㄝˋ （Galileo ,1564-1642）義大利物理學家和天文學家，主張研究自然必須進行觀察和實驗。發現落體運動規律、慣性定律和鐘擺的振動規律。自製望遠鏡以觀察天體，發現木星的衛星、土星環、太陽黑子及地球自轉等。支持並闡發哥白尼的「日心說」（以太陽為宇宙中心的學說，以前的觀念是宇宙以地球為中心），因此受到羅馬教廷的迫害。

伽南香 ㄑㄧㄝˊ ㄋㄢˊ ㄒㄧㄤ 香木的一種。又稱「奇南香」。參看「沉香」。

伽馬射線 ㄐㄧㄚ ㄇㄚˇ ㄕㄜˋ ㄒㄧㄢˋ 波長極短的電磁波，由鐳和其他一些放射性元素的原子放出的射線，穿透力比愛克斯射線更強。工業上用來探礦，醫學上用來消毒、治療腫瘤等。

# 佔

▲ㄓㄢˋ同「占」。如「佔領」「佔據」。

▲図ㄓㄢ同「覘」，探看。

佔便宜 ㄓㄢˋ ㄆㄧㄢˊ ㄧˊ 宜字輕讀。得分外的利益。

# 佇（竚）

図ㄓㄨˋ ㈠久站。㈡盼望。如「佇望」。

佇立 ㄓㄨˋ ㄌㄧˋ 図老站著。

佇候 ㄓㄨˋ ㄏㄡˋ 図站著等。引伸為「等候」。

# 住

ㄓㄨˋ ㈠居。如「家住哪裡」。㈡宿。如「我只住一夜」。㈢得到。如「我捉住牠了」。㈣牢固，穩妥的意思。如「站住腳了」。㈤止。如「住手」「雨住了」。

住口 ㄓㄨˋ ㄎㄡˇ 停止說話。用於強硬的語氣中，表示禁止的意思。也作「住嘴」。

住戶 ㄓㄨˋ ㄏㄨˋ 住家，對店鋪（ㄆㄨˋ）戶說的。

住手 ㄓㄨˋ ㄕㄡˇ 停止動作。

住民 ㄓㄨˋ ㄇㄧㄣˊ 住家的人。

住宅 ㄓㄨˋ ㄓㄞˊ 住家的房子。

住址 ㄓㄨˋ ㄓˇ 住家的地方。

住房 ㄓㄨˋ ㄈㄤˊ 供人居住的房屋。與「店房」相對。

住所 ㄓㄨˋ ㄙㄨㄛˇ 居住的地方，住屋。

住持 ㄓㄨˋ ㄔˊ 廟裡主持事務的和尚。

住家 ㄓㄨˋ ㄐㄧㄚ 供人居住的所在。

住院 ㄓㄨˋ ㄩㄢˋ 病人住進醫院治療。

住宿 ㄓㄨˋ ㄙㄨˋ 住夜。

住宅區 ㄓㄨˋ ㄓㄞˊ ㄑㄩ 都市裡專供居民住家的區域，有別於商業區。

# 佘

ㄕㄜˊ 姓。

# 伸

ㄕㄣ ㈠舒展。如「伸懶腰」。㈡申理。如「伸冤」。㈢明白，「伸證」就是明證。

伸手 ㄕㄣ ㄕㄡˇ ①伸直胳臂。如「伸手就勾（ㄍㄡˋ）得著」。②動手。如「伸手就辦」。③插手，參加去做。如「他那件事用不著你伸手」。

伸出 ㄕㄣ ㄔㄨ 向外延伸。

**伸冤** ㄕㄣ ㄩㄢ 同「申冤」，申理洗刷冤枉。

**伸展** ㄕㄣ ㄓㄢˇ ①向外延長或擴展。如「兩臂同時向左右伸展」。②舒展原來的抑鬱。如「伸展報國的偉大抱負」。

**伸張** ㄕㄣ ㄓㄤ 開展擴大。

**伸雪** ㄕㄣ ㄒㄩㄝˇ 表白或洗雪冤屈。

**伸腿** ㄕㄣ ㄊㄨㄟˇ ①伸出腿去。②[方]入。如「要往那裡頭伸腿」。

**伸縮** ㄕㄣ ㄙㄨㄛ ①伸長縮短。②比喻變通轉圜。如「這事弄得一點伸縮的餘地都沒有了」。

**伸舌頭** ㄕㄣ ㄕㄜˊ ˙ㄊㄡ ①吐出舌頭的表情。表示驚訝或害怕。②扮鬼臉，假裝吊死鬼。

**伸縮尺** ㄕㄣ ㄙㄨㄛ ㄔˇ 畫圖用具，能放長，又能縮回。

**伸懶腰** ㄕㄣ ㄌㄢˇ ㄧㄠ 見「懶腰」條。

**伸縮喇叭** ㄕㄣ ㄙㄨㄛ ㄌㄚˇ ˙ㄅㄚ 由低音喇叭演變成的銅管樂器。沒有活塞裝置，只能吹奏頓音、斷音、持續音。

**伸手不見五指** ㄕㄣ ㄕㄡˇ ㄅㄨˋ ㄐㄧㄢˋ ㄨˇ ㄓˇ 比喻天黑了視線非常不清楚。

**佐** ㄗㄨㄛˇ ㈠輔助。如「輔佐」。㈡輔助的人。

**佐料** ㄗㄨㄛˇ ㄌㄧㄠˋ 調和食物味道的配料。如蔥、薑、蒜等。原說「作料」。

**佐理** ㄗㄨㄛˇ ㄌㄧˇ 協助，輔佐。如「公司業務，派李君佐理」。

**佐餐** ㄗㄨㄛˇ ㄘㄢ [文]下飯，下飯的菜。如「家中貧窮，三餐難以為繼，更無佐餐」。

**佐證** ㄗㄨㄛˇ ㄓㄥˋ 證據，包括人證、物證。

**作** ▲ㄗㄨㄛˋ ㈠同「做」。如「作事」。㈡鼓舞，振起。如「振作」。㈢創造。如「創作」「述而不作」。㈣[文]起。如「教以進退坐作之方」。▲ㄗㄨㄛ ㈠工人。如「瓦作」「木作」。㈡招惹，自找。如「自作自受」。▲ㄗㄨㄛˊ見「作料」。

**作人** ㄗㄨㄛˋ ㄖㄣˊ ①為人。②[文]化育人民或培植人才。

**作手** ㄗㄨㄛˋ ㄕㄡˇ ①指某方面工作技藝精湛的人。②指舞弊作假。如「這一件案子全是他一個人作手」。③指在股票市場操縱炒作的人。

**作文** ㄗㄨㄛˋ ㄨㄣˊ 把心意寫成字句，組織成文章。多指學生練習寫作。

**作主** ㄗㄨㄛˋ ㄓㄨˇ 同「做主」。

**作古** ㄗㄨㄛˋ ㄍㄨˇ ①做了古人，指人死了。②創例子。如「自我作古」。

**作用** ㄗㄨㄛˋ ㄩㄥˋ ①作為。如〈紅樓夢〉第一百十回：「鳳姐……原打量老太太死了，他大有一番作用」。②本體所發出的力量能影響或改變人或物的功用的，稱為作用。

**作伐** ㄗㄨㄛˋ ㄈㄚˊ [文]做媒。如「張經理的大小姐今天出嫁，當初是我給作伐，所以這一頓喜酒我一定得去」。

**作合** ㄗㄨㄛˋ ㄏㄜˊ ①配對。指男女兩人結為夫妻。如「天作之合」。②調解，調合。如「從中作合」。

**作曲** ㄗㄨㄛˋ ㄑㄩˇ 製作樂曲。

**作色** ㄗㄨㄛˋ ㄙㄜˋ [文]臉上現出生氣的樣子。如「憤然作色」。

**作別** ㄗㄨㄛˋ ㄅㄧㄝˊ [文]分別，分手。如「兩個人揮手作別」。

**作坊** ㄗㄨㄛ ˙ㄈㄤ 坊字輕讀。工人工作的場所。

**作秀** ㄗㄨㄛˋ ㄒㄧㄡˋ [外]①英語 woke show 的半譯意半譯音詞。指歌唱演藝人員上臺表演或歌唱。②指某些人故意在公開場合亮相，吸引大眾注目，達到自我宣揚的目的。含貶斥或譏諷意味。

**作東** ㄗㄨㄛˋ ㄉㄨㄥ 作「東道主」，付帳請客。

**作怪** ㄗㄨㄛˋ ㄍㄨㄞˋ ①胡鬧。如「少跟我作怪」。②奇怪。如「這事真有點兒作怪」。

**作法** ㄗㄨㄛˋ ㄈㄚˇ ①製作的方法。也作「做法」。②辦法。③術者施法術。

**作物** ㄗㄨㄛˋ ㄨˋ 人工栽培種作的植物。

**作者** ㄗㄨㄛˋ ㄓㄜˇ 文章的寫作人或藝術作品的創作人。

**作保** ㄗㄨㄛˋ ㄅㄠˇ 替人保證。

**作俑** ㄗㄨㄛˋ ㄩㄥˇ 図製造殉葬用的偶像。比喻倡導做不好的事。如「始作俑者，其無後乎」。

**作品** ㄗㄨㄛˋ ㄆㄧㄣˇ 指文學、藝術或其他方面的成品。

**作客** ㄗㄨㄛˋ ㄎㄜˋ ①做客人。②図旅居外鄉。

**作為** ㄗㄨㄛˋ ㄨㄟˊ ①行為跟舉動。②為，當作。如「作為罷論」。

**作美** ㄗㄨㄛˋ ㄇㄟˇ 成全人的好事。常指天氣等。如「天公作美，大雨停了，可以去郊遊了」。

**作風** ㄗㄨㄛˋ ㄈㄥ ①人的行為表現、處世態度及做事所獨見的風格、氣度。如「作風正派」。②指作家或藝術家作品所表現的風格、特徵。

**作准** ㄗㄨㄛˋ ㄓㄨㄣˇ ①作數，算數。也可以作「作得准」。否定是「作不得准」。如「他說的可以作准」。②准許，承認。

**作家** ㄗㄨㄛˋ ㄐㄧㄚ 著作家。多指在文學創作方面的。

**作息** ㄗㄨㄛˋ ㄒㄧ 工作和休息。如「按時作息」。

**作案** ㄗㄨㄛˋ ㄢˋ 進行犯罪活動。如「歹徒作案，第二天就偵破了」。

**作氣** ㄗㄨㄛˋ ㄑㄧˋ 図振作勇氣。如「一鼓作氣」。

**作祟** ㄗㄨㄛˋ ㄙㄨㄟˋ ①指鬼怪害人。②比喻壞人用陰謀詭計來陷害人或妨礙事情進行。

**作料** ㄗㄨㄛˋ ㄌㄧㄠˋ 詳見「作料(兒)」。

**作假** ㄗㄨㄛˋ ㄐㄧㄚˇ ①造假。②不率真，故意做作。

**作偽** ㄗㄨㄛˋ ㄨㄟˇ 製造假的，冒充真的。多數指文物、著作等。

**作梗** ㄗㄨㄛˋ ㄍㄥˇ 図使事情發生阻礙。如「就是他從中作梗」。

**作陪** ㄗㄨㄛˋ ㄆㄟˊ 做陪客(不是作主客)。

**作惡** ㄗㄨㄛˋ ㄜˋ ①做壞事。②図鬱悶。

**作揖** ㄗㄨㄛˋ ㄧ 一種中國傳統式敬禮，兩手抱拳，先高高拱起，後向下。

**作勢** ㄗㄨㄛˋ ㄕˋ 做出一種姿態、樣子。如「裝腔作勢」。

**作亂** ㄗㄨㄛˋ ㄌㄨㄢˋ 造反。

**作業** ㄗㄨㄛˋ ㄧㄝˋ ①中小學生在校或在家作各種有關課業的習題，叫作業。②軍公人員對有關業務作適當的安排，一步步去做，也叫作業。

**作嘔** ㄗㄨㄛˋ ㄡˇ ①嘔吐。②討厭之極。如「令人作嘔」。

**作夢** ㄗㄨㄛˋ ㄇㄥˋ ①睡覺，腦子裡因為身體內外的刺激而起的幻象。②比喻空想、幻想。如「白天也作夢」。

**作對** ㄗㄨㄛˋ ㄉㄨㄟˋ ①對頭(配偶)。②反對，採取敵對的作為。

**作弊** ㄗㄨㄛˋ ㄅㄧˋ 自己或幫助他人用不正當的方法取得的利益。如「考試作弊」。

**作態** ㄗㄨㄛˋ ㄊㄞˋ 為達到某種目的，故意做出某種態度或表情。如「惺惺作態」。

**作價** ㄗㄨㄛˋ ㄐㄧㄚˋ 估定貨物的價值。

**作廢** ㄗㄨㄛˋ ㄈㄟˋ ①作為廢物。②表示無效。如「聲明作廢」。

**作摩** ㄗㄨㄛˋ ㄇㄛˊ 因摩字輕讀。揣度推想。

**作數**（ㄗㄨㄛˋ ㄕㄨˋ） 算數兒。如「你說的可得作數」。

**作樂**（ㄗㄨㄛˋ ㄌㄜˋ） 取樂。

**作罷**（ㄗㄨㄛˋ ㄅㄚˋ） 作為罷論，取消，不進行了。如「大家都不同意，只得作罷」。

**作興**（ㄗㄨㄛˋ ㄒㄧㄥ） 流行。如「現在已不作興這種打扮了」。

**作戰**（ㄗㄨㄛˋ ㄓㄢˋ） 打仗，戰爭。

**作臉**（ㄗㄨㄛˋ ㄌㄧㄢˇ） ①〔文〕作臉面，表示爭光，爭氣。如「在外面給你作臉」。②美容師替顧客作面部按摩，清除粉刺等等。

**作繭**（ㄗㄨㄛˋ ㄐㄧㄢˇ） ①蠶吐絲作繭，自己留在裡面，然後成蛹，最後破繭而出，成為蛾，散播種子。②比喻自己做的事反而使自己受困。如「作繭自縛」。③舊小說裡說婦女懷孕。如「阿姑謂妾抵死不作繭」。（〈聊齋・小翠〉）

**作難** ▲ㄗㄨㄛˋ ㄋㄢˊ 為難。如「他從中作難」。▲ㄗㄨㄛˋ ㄋㄢˋ 發動反抗。如「群起作難」。

**作孽**（ㄗㄨㄛˋ ㄋㄧㄝˋ） 造孽，做壞事。孽，指惡因。如「自作孽，不可活」。

**作料（兒）**（ㄗㄨㄛˋ ㄌㄧㄠˋ ㄦ） 調味材料。如醬油、鹽、醬等。

**作業員**（ㄗㄨㄛˋ ㄧㄝˋ ㄩㄢˊ） 在工廠直接參與生產線工作的人員。

**作法自斃**（ㄗㄨㄛˋ ㄈㄚˇ ㄗˋ ㄅㄧˋ） 立法的人自己害了自己。

**作姦犯科**（ㄗㄨㄛˋ ㄐㄧㄢ ㄈㄢˋ ㄎㄜ） 作壞事，犯法律。

**作客思想**（ㄗㄨㄛˋ ㄎㄜˋ ㄙ ㄒㄧㄤˇ） 指沒有長期居住的打算，只作短期停留，像過境旅客的心理或想法。

**作威作福**（ㄗㄨㄛˋ ㄨㄟ ㄗㄨㄛˋ ㄈㄨˊ） 藉著權勢來欺壓別人或是給人好處。

**作繭自縛**（ㄗㄨㄛˋ ㄐㄧㄢˇ ㄗˋ ㄈㄨˊ） 蠶吐絲成繭把自己裹在裡面。比喻人做事使自己受困。

## 伺

▲〔文〕ㄙˋ 偵察。如「窺伺」。▲ㄘˋ 服侍，見「伺候」條。

**伺便**（ㄙˋ ㄅㄧㄢˋ） 〔文〕等待可以做的時機。

**伺候** ▲〔文〕ㄙˋ ㄏㄡˋ 偵候。▲ㄘˋ ・ㄏㄡ 服侍。

**伺隙**（ㄙˋ ㄒㄧˋ） 〔文〕窺察可乘的機會。

## 似（佀）

ㄙˋ ㈠相像。如「相似」。㈡比較而有等差。如「一個強似一個」。㈢似乎，是，表示擬議而不確定的意思。如「似有不合」。㈣姓。

**似乎**（ㄙˋ ㄏㄨ） 副詞，彷彿，好像。表示揣測的用辭。如「他似乎了解這個字的意思，但是又講不出來」。

**似的**（ㄙˋ ・ㄉㄜ） 用作後附的副詞，同「一樣」。如「我看他有心事似的」。也作「是的」。

**似是**（ㄙˋ ㄕˋ） 好像是。

**似是而非**（ㄙˋ ㄕˋ ㄦˊ ㄈㄟ） 表面相似，實際不然。

## 佚

〔文〕ㄧˋ ㈠同「逸」。如「佚樂」。㈡同「遺」。

**佚文**（ㄧˋ ㄨㄣˊ） 古代書籍中散失的字句。

**佚樂**（ㄧˋ ㄌㄜˋ） 〔文〕安樂，享樂。也作「逸樂」。

**佚遊**（ㄧˋ ㄧㄡˊ） 〔文〕遊蕩無節制。

## 佑

ㄧㄡˋ 扶助，保護。如「保佑」。

## 位

ㄨㄟˋ ㈠所在的地方。如「地位」。㈡尊稱人的量詞。如「各位」「諸位」。

**位子**（ㄨㄟˋ ・ㄗ） ①坐位。②空缺（指職位）。如「機關裡還有個位子，你來吧」。

**位元**（ㄨㄟˋ ㄩㄢˊ） 電腦表示資料最基本的單位。八個位元為一組，稱為位元組。

（Byte）。位元數越多，電腦運算的速度越快，精確度高，資料的儲存量也越大。

**位置** ㄨㄟˋ ㄓˋ ①安置。如「請他給位置一個事兒」。②地位，職位。

# 佣

ㄩㄥˋ 買賣貨物居間人所得的酬金。

**佣金** ㄩㄥˋ ㄐㄧㄣ 中人介紹雙方達成買賣所賺取的酬勞。也作「佣錢」。

# 余

▲ㄩˊ ㈠我。如「余致力國民革命」。㈡同「餘」。如「其余」。㈢姓。

▲ㄒㄩ 余吾：①水名，在河套西境。②鎮名，在山西屯留縣西北。③同「徐」。如「余余」。

## 六筆

# 佰

▲ㄅㄛˊ ㈠古時軍制的百人之長。㈡「百」的大寫。語音ㄅㄞˇ。

▲ㄇㄛˋ 古時一百個錢叫「佰」。

# 併（倂）

ㄅㄧㄥˋ ㈠並，合。如「合併」「一併」。㈡[文]同「屏」，除去。

**併合** ㄅㄧㄥˋ ㄏㄜˊ 連合。也作并合。

**併吞** ㄅㄧㄥˋ ㄊㄨㄣ 侵佔別人的東西或土地。

**併科** ㄅㄧㄥˋ ㄎㄜ 對犯法的人合併加以不同種類的處罰。如「併科罰金三百元」。

**併案** ㄅㄧㄥˋ ㄢˋ 合併幾個案子一起辦。如「併案辦理」。

**併攏** ㄅㄧㄥˋ ㄌㄨㄥˇ 合併起來。如「立正時候要擡頭挺胸，雙腿併攏」。

**併發症** ㄅㄧㄥˋ ㄈㄚ ㄓㄥˋ 同時發生兩種以上的病。

# 佩

ㄆㄟˋ ㈠繫上去，插住。如「佩帶」。㈡同「珮」，古人繫在衣帶上的玉質飾物。㈢崇敬信服。如「佩服」。

**佩刀** ㄆㄟˋ ㄉㄠ 掛在腰間的刀。

**佩弦** ㄆㄟˋ ㄒㄧㄢˊ [文]弓弦常繃緊。古時性情緩慢的人佩戴弓弦，用來警惕自己。參看「佩韋」。

**佩服** ㄆㄟˋ ㄈㄨˊ 服字輕讀。對人的能力或行為感覺敬意。

**佩韋** ㄆㄟˋ ㄨㄟˊ [文]韋是熟皮，性柔韌。性急的人佩戴在身上，用來警誡自己。

**佩帶** ㄆㄟˋ ㄉㄞˋ 繫在身上或衣服上。

**佩蘭** ㄆㄟˋ ㄌㄢˊ 多年生草本植物，莖直立，葉披針形，邊緣有鋸齒，花紫紅色。全株有香氣，可製芳香油。可入藥，有祛暑、化濕等作用。也叫「蘭草」。

# 侔

[文]ㄇㄡˊ 相等。如「相侔」。

# 佻

[文]▲ㄊㄧㄠ ㈠不端重。如「佻巧」「輕佻」。㈡竊取。如「佻天以為己力」。

▲ㄊㄧㄠˊ 見「佻達」。

**佻巧** ㄊㄧㄠ ㄑㄧㄠˇ [文]輕薄取巧。

**佻達** ㄊㄧㄠ ㄉㄚˋ [文]同「挑達（ㄊㄠ ㄊㄚˋ）」，輕薄無行的樣子。

# 來

▲ㄌㄞˊ ㈠去的相反詞。如「往來」。㈡到。如「客人來了」。㈢[文]以後。如「來日」。㈣拿來。如「來碗麵」。㈤做。如「照樣再來一次」。㈥助詞。「張嘴來吃飯」。㈦助詞，在句後。如「誰跟你吵嘴來」。有時「來」加「著」，成為「來著」。㈧副詞，用在量詞後面，表量的不夠。如「九點來鐘（將到九點鐘）」「二十來歲（快到二十歲）」。㈨姓。

▲[文]ㄌㄞˋ 同「徠」。

**來人** ㄌㄞˊ ㄖㄣˊ ①來的人。②舊時大官將帥喊叫僕人、侍者的詞。「來人哪」就是「來個人哪」。

**來文** ㄌㄞˊ ㄨㄣˊ 送來或寄來的文件。

**來日** ㄌㄞˊ ㄖˋ [文]①明天。②將來。如「來日方長」。

**來世** ㄌㄞˊ ㄕˋ [文]①後代。②來生。〈法華經〉有「汝於來世，當得作佛」。

**來去** ㄌㄞˊ ㄑㄩˋ 往返。如「來去自如」。

**來生** ㄌㄞˊ ㄕㄥ [文]下一輩子。

**來由** ㄌㄞˊ ㄧㄡˊ ①原因，緣故。如「他今天沒來由的發了高燒」。②來歷。

**來示** ㄌㄞˊ ㄕˋ 指對方所表示的意思。常用於書信或公文中。

**來年** ㄌㄞˊ ㄋㄧㄢˊ [文]明年。

**來回** ㄌㄞˊ ㄏㄨㄟˊ 往返。

**來函** ㄌㄞˊ ㄏㄢˊ 來信。

**來往** ▲ㄌㄞˊ ㄨㄤˇ 往來。如「街上來往的人很多」。▲ㄌㄞˊ ·ㄨㄤ 交際往還。如「他們常常來往」。

**來者** ㄌㄞˊ ㄓㄜˇ [文]①還沒到的事。如「來者猶可追」。②來的人。如「來者不善，善者不來」。

**來信** ㄌㄞˊ ㄒㄧㄣˋ 寄來或送來的書信。

**來勁** ㄌㄞˊ ㄐㄧㄣˋ [方]①有勁頭兒。可ㄦ化。如「他越幹越來勁兒」。②使人振奮。如「這樣偉大的工程，可真來勁」。

**來書** ㄌㄞˊ ㄕㄨ [文]來信。

**來得** ㄌㄞˊ ·ㄉㄜ ①顯得。如「下棋太沉悶，還是打球來得痛快」。②表示勝任。如「他口才不好，筆底下倒來得」。

**來處** ㄌㄞˊ ㄔㄨˋ 來源。

**來復** ㄌㄞˊ ㄈㄨˋ 〈易經〉的話，原來指七天，現在一星期叫「一來復」。

**來朝** ▲ㄌㄞˊ ㄓㄠ 明天。▲ㄌㄞˊ ㄔㄠˊ 舊時諸侯到國都朝觀帝王。

**來著** ㄌㄞˊ ·ㄓㄜ 北方口語。助詞，表示曾經發生過什麼事情。如「你剛才說什麼來著」。

**來勢** ㄌㄞˊ ㄕˋ 正在進行的形勢。如「來勢很猛」。

**來意** ㄌㄞˊ ㄧˋ 來者的意思。

**來源** ㄌㄞˊ ㄩㄢˊ 事物由來的根源。

**來路** ㄌㄞˊ ㄌㄨˋ 來歷。

**來賓** ㄌㄞˊ ㄅㄧㄣ 外來的客人。

**來潮** ㄌㄞˊ ㄔㄠˊ ①潮水上漲。②形容一時衝動，突然起了某個念頭。如「心血來潮」。

**來歷** ㄌㄞˊ ㄌㄧˋ 事物的由來和發生的經過。

**來頭** ㄌㄞˊ ㄊㄡˊ ①來歷。如「這一個人的來頭不小」。②來由，原由。如「他說這話是有來頭的」。③來勢。如「這水的來頭洶湧」。④做某種活動的興趣。如「下棋沒來頭，不如打球」。可ㄦ化。

**來臨** ㄌㄞˊ ㄌㄧㄣˊ 來到，常指事物的到來。如「客人來臨前，要做好各種準備」。

**來歸** ㄌㄞˊ ㄍㄨㄟ ①回來。②[文]婦人出嫁叫歸，所以嫁到夫家說是來歸。

**來蘇** ㄌㄞˊ ㄙㄨ ①（lysol）藥名，甲酚和肥皂溶液的混合物，棕色，有毒。用作消毒劑。②[文]仁王到來，人民從此可以得到生息。〈書．仲虺之誥〉有「徯予后，后來其蘇」。

**來不及** ㄌㄞˊ ·ㄅㄨ ㄐㄧˊ 因時間短促，無法趕上或顧到。如「你再不走就來不及了」。

**來不得** ㄌㄞˊ ㄅㄨˋ ㄉㄜˊ 不能有，不應有。如「科學實驗來不得半點虛假」。

**來回票** ㄌㄞˊ ㄏㄨㄟˊ ㄆㄧㄠˋ 搭乘火車、長途汽車、輪船、客機，往還的聯票。

**來亨雞** ㄌㄞˊ ㄏㄥ ㄐㄧ 卵用雞的一個品種。原產於義大利的來亨港。常見的是純白色，嘴和腳都是黃色。每年產卵量最高可達三百個以上。也作「來格亨雞」，是英語 Leghorn 的譯音。

**來時路** ㄌㄞˊ ㄕˊ ㄌㄨˋ 走過的路。指以往的歲月或經歷。如「回首來時路」。

**來得及** ㄌㄞˊ ㄉㄜˊ ㄐㄧˊ 指還有時間能夠趕上或顧到。如「你馬上去還來得及看到」。

**來復線** ㄌㄞˊ ㄈㄨˋ ㄒㄧㄢˋ 槍炮膛內螺旋形條紋。作用是使射出的彈頭旋轉前進，以增加射程、命中率和穿透力。也叫「膛線」。來復是英語 rifle 的音譯。

**來路貨** ㄌㄞˊ ㄌㄨˋ ㄏㄨㄛˋ 進口貨。

**來日方長** ㄌㄞˊ ㄖˋ ㄈㄤ ㄔㄤˊ 未來的日子還很長。表示事情還有可為或將來還有機會。如「不必著急，來日方長」。

**來去分明** ㄌㄞˊ ㄑㄩˋ ㄈㄣ ㄇㄧㄥˊ ①經手事件頭尾清楚，②指人不貪戀權位，對自己去留的態度光明磊落。

**來來去去** ㄌㄞˊ ㄌㄞˊ ㄑㄩˋ ㄑㄩˋ ①經常來回往返。頻繁的樣子。第二個來字可輕讀。如「他在臺北、高雄之間來來去去，一個禮拜走好幾回」。②雙方感情很好的樣子。如「他們倆常常來來去去，好得很哪」。

**來來往往** ㄌㄞˊ ㄌㄞˊ ㄨㄤˇ ㄨㄤˇ 走過來走過去的樣子。表示往來頻繁。第二個來字可輕讀。如「路上來來往往的人很多」。

**來龍去脈** ㄌㄞˊ ㄌㄨㄥˊ ㄑㄩˋ ㄇㄛˋ 事情的前後線索，前因後果。

## 佬

ㄌㄠˇ 對男人的不大尊敬的稱呼。如「江北佬」「山東佬」。

## 例

ㄌㄧˋ ㈠常法，標準，老規矩。如「條例」。㈡比照。如「以此例彼」。

**例子** ㄌㄧˋ ㄗ 榜樣。

**例句** ㄌㄧˋ ㄐㄩˋ 書裡舉的用作說明證實的語句。

**例外** ㄌㄧˋ ㄨㄞˋ 在常例以外。

**例如** ㄌㄧˋ ㄖㄨˊ 舉例用語。「其例有如……」的簡語。

**例行** ㄌㄧˋ ㄒㄧㄥˊ 照例這樣做的。如「例行公事」。

**例言** ㄌㄧˋ ㄧㄢˊ 凡例。書籍前面說明內容大要的文章。

**例假** ㄌㄧˋ ㄐㄧㄚˋ 照例的休假。如「星期例假」。

**例會** ㄌㄧˋ ㄏㄨㄟˋ 按照規定定期舉行的會。

**例題** ㄌㄧˋ ㄊㄧˊ 教科書根據原則所舉的問題，自己解釋，對原則作具體說明。

**例證** ㄌㄧˋ ㄓㄥˋ 為了說明而舉出的事證。

## 侖

ㄌㄨㄣˊ 見「昆侖」條。

## 佹

ㄍㄨㄟˇ 図㈠奇異不平常。如「佹辯」。㈡偶然。如「佹得佹失」。

## 供

▲ㄍㄨㄥ ㈠供給。如「拿錢供他上學」。㈡審訊時被審者的答話，叫招供。▲ㄍㄨㄥˋ ㈠以物獻神。如「神桌上供著一瓶花」。㈡祭祀時獻奉之物叫「供」。

**供求** ㄍㄨㄥ ㄑㄧㄡˊ 供給和需求。

**供奉** ㄍㄨㄥˋ ㄈㄥˋ ①敬奉，供養。②以某種技藝侍奉帝王的人。如「內廷供奉」。

**供狀** ㄍㄨㄥˋ ㄓㄨㄤˋ 受審訊的人所作的書面供詞。

**供品** ㄍㄨㄥˋ ㄆㄧㄣˇ 供奉神佛祖先用的瓜果酒食等東西。品指物品，各類東西。

**供給** ㄍㄨㄥ ㄐㄧˇ 把財物供應人的需要。

**供詞** ㄍㄨㄥˋ ㄘˊ 受審的人所說的或所寫的與案情有關的話。

**供電** ㄍㄨㄥ ㄉㄧㄢˋ 供給電力，用來照明或讓電動機器轉動。

**供認** ㄍㄨㄥˋ ㄖㄣˋ 被告承認所做的事情。如「供認不諱」。

**供需** ㄍㄨㄥ ㄒㄩ 供給和需求。如「供需平衡」。

**供銷** ㄍㄨㄥ ㄒㄧㄠ 供應生產資料和消費品，以及銷售各種產品的商業活動。

**供養** ㄍㄨㄥ ㄧㄤˇ 奉養。

**供應** ㄍㄨㄥ ㄧㄥˋ 供給。

**供職** ㄍㄨㄥˋ ㄓˊ 擔任職務，任職，工作。

**供桌(兒)** ㄍㄨㄥˋ ㄓㄨㄛ ㄦ 祭祀時安放祭品、祭器的桌子。

**供不應求** ㄍㄨㄥ ㄅㄨˋ ㄧㄥˋ ㄑㄧㄡˊ 需要的多，而供應的東西少。

**供過於求** ㄍㄨㄥ ㄍㄨㄛˋ ㄩˊ ㄑㄧㄡˊ 供給的數量比需要的多。

**侃** ㄎㄢˇ 見「侃侃」。

**侃侃** ㄎㄢˇ ㄎㄢˇ ①文剛直。如「侃侃不干虛譽」。②文和樂的樣子。如「侃侃如也」。③從容不迫的樣子。如「侃侃而談」。

**侉** ㄎㄨㄚˇ 侉子。蠢，大，或指語音不正。南方人常用來稱北方人。

**佶** 文 ㄐㄧˊ ㈠壯健的樣子。〈詩經．小雅．六月〉：「四牡既佶。」㈡見「佶屈聱牙」。

**佶屈聱牙** ㄐㄧˊ ㄑㄩ ㄠˊ ㄧㄚˊ 文文章艱澀，讀起來不順口。佶屈是曲折，聱牙是拗口。佶也作「詰」。

**佳** ㄐㄧㄚ 美，好。如「佳人」。

**佳人** ㄐㄧㄚ ㄖㄣˊ ①漂亮的女人。②好人。

**佳日** ㄐㄧㄚ ㄖˋ 好日子。

**佳句** ㄐㄧㄚ ㄐㄩˋ 美妙的句子。

**佳作** ㄐㄧㄚ ㄗㄨㄛˋ ①好作品。②徵文未得名次，附在正選之後的稍好的作品。

**佳肴** ㄐㄧㄚ ㄧㄠˊ 美食，美好的菜肴。肴指煮熟的魚、肉等葷菜。

**佳音** ㄐㄧㄚ ㄧㄣ 好消息。

**佳城** ㄐㄧㄚ ㄔㄥˊ 墓地。

**佳偶** ㄐㄧㄚ ㄡˇ 好姻緣。

**佳景** ㄐㄧㄚ ㄐㄧㄥˇ 美景。

**佳期** ㄐㄧㄚ ㄑㄧˊ 結婚的日期。

**佳節** ㄐㄧㄚ ㄐㄧㄝˊ 好節日，常指中秋、清明、春節等跟家人團圓有關的節日。如「每逢佳節倍思親」。

**佳話** ㄐㄧㄚ ㄏㄨㄚˋ 流傳一時的美事。

**佳境** ㄐㄧㄚ ㄐㄧㄥˋ ①風景好的地方。②順利的境遇。如「漸入佳境」。

**佳麗** ㄐㄧㄚ ㄌㄧˋ 文比喻美女。

**佳釀** ㄐㄧㄚ ㄋㄧㄤˋ 美酒，好酒。釀指釀成的酒。

**佼** 文 ㄐㄧㄠˇ ①超過一般的美好。如「庸中佼佼」。②狡詐。如「好佼反而行私請」。

**佼佼者** ㄐㄧㄠˇ ㄐㄧㄠˇ ㄓㄜˇ 在平凡之中稍為出眾的人。

**侏** ㄓㄨ 見「侏儒」。

**侏儒** ㄓㄨ ㄖㄨˊ 身材異常短小的人。

**侏羅紀** ㄓㄨ ㄌㄨㄛˊ ㄐㄧˋ 中生代的第二個紀，在三疊紀之後，白堊紀之前，約為一億二千萬年前到一億九千萬年前。在這個紀中，爬行動物發達，出現了巨大的恐龍、空中飛龍和始祖鳥。侏羅紀由法國和瑞士之間的侏羅山脈（Jura）得名。

**侈** ㄔˇ ㈠鋪張浪費，儉省的反面。如「奢侈」。㈡図誇大不實。如「侈言」。㈢図不好的行為。如「放辟邪侈」。㈣図多。如「祿不期侈」。㈤図大。如「以廣侈吳王之心」。

**侈言** ㄔˇ ㄧㄢˊ 図也作侈談，誇大不實的話。

**侈靡** ㄔˇ ㄇㄧˊ 奢侈淫靡。

**侘** 図ㄔㄚˋ 見「侘傺」。

**侘傺** ㄔㄚˋ ㄔˋ 図失意而精神恍忽的樣子。

**使** ▲ㄕˇ ㈠差遣。如「使喚」。㈡假設的話。如「假使」。㈢用。如「使用」。㈣放縱。如「使氣」「使性子」。㈤令。如「使人高興」。㈥施，為。如「使壞」。㈦奉國家的命令駐節外國。如「出使」。㈧代表國家出使的人。如「大使」。▲ㄕˋ ㈦㈧的讀音。

**使女** ㄕˇ ㄋㄩˇ 婢女，女僕。

**使令** ㄕˇ ㄌㄧㄥˋ 差遣。如「便嬖不足使令於前與」。

**使用** ㄕˇ ㄩㄥˋ ①器物的應用。②錢財的花費。

**使臣** ㄕˇ ㄔㄣˊ 古時奉朝廷使命往來國際間的官員。

**使役** ㄕˇ ㄧˋ 使用，利用。常用於牛馬等大牲畜。也作「役使」。

**使命** ㄕˇ ㄇㄧㄥˋ 本來指出使的人所受的任命，現在通稱人們所承受的職責。

**使者** ㄕˇ ㄓㄜˇ 図奉使命的人。

**使徒** ㄕˇ ㄊㄨˊ 基督徒稱耶穌的弟子約翰、彼得等十二人為使徒，受耶穌派遣，奉上帝之命傳教。

**使氣** ㄕˇ ㄑㄧˋ 意氣用事。

**使酒** ㄕˇ ㄐㄧㄡˇ 図藉酒使性。俗說「發酒瘋」。

**使得** ㄕˇ ㄉㄜˊ 可行。如「這個辦法倒也使得」。

**使喚** ㄕˇ ㄏㄨㄢˋ 喚字輕讀。差遣。

**使節** ㄕˇ ㄐㄧㄝˊ 古時使臣所持的符節，現在轉稱使者為使節。如「外交使節」。

**使館** ㄕˇ ㄍㄨㄢˇ 外交使節在所駐國的辦事機關。

**使壞** ㄕˇ ㄏㄨㄞˋ 想出壞主意，耍奸詐。

**使勁（兒）** ㄕˇ ㄐㄧㄣˋ（ㄦ） 用力。

**使不得** ㄕˇ ㄅㄨˋ ㄉㄜˊ ①不能使用。如「情況改變了，老辦法使不得了」。②不行，不可以。如「病剛好，走遠路可使不得」。

**使用權** ㄕˇ ㄩㄥˋ ㄑㄩㄢˊ 依法使用的權利。如「這一棟房屋我是租來的，有合法的使用權」。

**使君子** ㄕˇ ㄐㄩㄣ ㄗˇ 落葉灌木，莖蔓生，葉子對生，長橢圓形或披針形，兩面都有絨毛，花淡紅色，穗狀花序，果實橢圓形，兩端尖，有稜。種子是驅除蛔蟲的藥。

**使性子** ㄕˇ ㄒㄧㄥˋ ㄗ˙ 發脾氣。

**使用價值** ㄕˇ ㄩㄥˋ ㄐㄧㄚˋ ㄓˊ ①物品所具有的能滿足人某種需要的屬性，如食物可充飢，衣服能禦寒等。②比喻人可供運用的才能。如「李先生老了，劉總經理認為他沒有使用價值了，就要他自請資遣」。

**使眼色兒** ㄕˇ ㄧㄢˇ ㄕㄞˇ ㄦ 色字輕讀。用眼睛暗示。也作「遞眼色兒」。

**使功不如使過** ㄕˇ ㄍㄨㄥ ㄅㄨˋ ㄖㄨˊ ㄕˇ ㄍㄨㄛˋ 使用居功自傲的人不如使用願意將功補過的人。

**侍** ㄕˋ 卑幼陪從尊長叫侍。如「顏淵、季路侍」。

**侍女** ㄕˋ ㄋㄩˇ 舊時在有錢人家供使喚做雜事的年輕婦女。

**侍兒** ㄕˋ ㄦˊ 図婢女，侍女。

**侍奉** ㄕˋ ㄈㄥˋ 服侍，伺候。

**侍者** ㄕˋ ㄓㄜˇ 図在身邊陪伴供差遣的人。如旅社、飯館的服務生。

**侍候** ㄕˋ ㄏㄡˋ 服侍，侍奉。

**侍從** ㄕˋ ㄗㄨㄥˋ ①跟隨侍奉。②跟隨伺候的人。

**侍衛** ㄕˋ ㄨㄟˋ ①護衛。②在長官身邊衛護的人員。

**侍應生** ㄕˋ ㄧㄥˋ ㄕㄥ 在餐廳、旅社等處聽候差遣的人。現在稱服務生。

**依** ㄧ ㈠倚靠。如「母子相依為命」。㈡按照。如「依樣畫葫蘆」。㈢順從。如「百依百順」。㈣允許。如「這些條件他都依了」。㈤仍舊。如「依然」。㈥見「依依」。

**依人** ㄧ ㄖㄣˊ 依賴於人，依靠別人。

**依仗** ㄧ ㄓㄤˋ 依靠。

**依存** ㄧ ㄘㄨㄣˊ 兩者相依靠而存在。

**依次** ㄧ ㄘˋ 按照排好的次序。如「依次對號入座」。

**依托** ㄧ ㄊㄨㄛ ①依靠。②假借某種理由。

**依依** ㄧ ㄧ ①柔弱的樣子。如「楊柳依依」。②流連不忍分離的樣子。如「臨別依依」。③思慕。〈楚辭〉有「志戀戀兮依依」。

**依附** ㄧ ㄈㄨˋ 図憑依。

**依偎** ㄧ ㄨㄟ 親密地靠在一起；緊緊地挨著。

**依從** ㄧ ㄘㄨㄥˊ 依㈢。

**依傍** ㄧ ㄅㄤˋ 依靠的意思。

**依然** ㄧ ㄖㄢˊ 照舊。

**依稀** ㄧ ㄒㄧ 図彷彿，看得不很清楚的樣子。

**依照** ㄧ ㄓㄠˋ 按照。

**依違** ㄧ ㄨㄟˊ 図又想順從又不想順從，沒作決定。

**依憑** ㄧ ㄆㄧㄥˊ 依靠。

**依靠** ㄧ ㄎㄠˋ ①靠著。如「他依靠著牆站立」。②倚賴，仰仗，指望。藉別的人或事物來達到一定目的。如「父母雙亡，依靠誰呢」。③可以依靠的人或東西。如「寡婦的兒子死了，沒依靠了」。

**依據** ㄧ ㄐㄩˋ 根據。

**依賴** ㄧ ㄌㄞˋ 倚靠。

**依歸** ㄧ ㄍㄨㄟ ①依靠與歸向。如「所有的政治事務應以國家的利益為依歸」。②寄託，倚賴。如「孑然一身，無所依歸」。

**依舊** ㄧ ㄐㄧㄡˋ 照舊。

**依戀** ㄧ ㄌㄧㄢˋ 留戀，捨不得離開。如「故國依戀之情，日夜縈繞心頭」。

**依賴性** ㄧ ㄌㄞˋ ㄒㄧㄥˋ 不能自立，處處依附別人的個性。如「他有很強的依賴性，處處要仰仗別人」。

**依人籬下** ㄧ ㄖㄣˊ ㄌㄧˊ ㄒㄧㄚˋ 同「寄人籬下」，靠人家的庇護。

**依山傍水** ㄧ ㄕㄢ ㄅㄤˋ ㄕㄨㄟˇ 靠著山，臨近水。形容有山有水，風景優美。

**依依不捨** ㄧ ㄧ ㄅㄨˋ ㄕㄜˇ 非常留戀，不忍分開。依依指依戀的樣子。

**依法辦理** ㄧ ㄈㄚˇ ㄅㄢˋ ㄌㄧˇ 根據法律的規定去做。如「這一件事我是依法辦理的」。

**依然故我** ㄧ ㄖㄢˊ ㄍㄨˋ ㄨㄛˇ 我仍舊是從前的樣子。表示自己的情況沒有改變。

**依樣畫葫蘆** ㄧ ㄧㄤˋ ㄏㄨㄚˋ ㄏㄨˊ ㄌㄨˊ 比喻只會模仿，沒有創作。

**佾** ㄧˋ 古代樂舞的行列，每一行列縱橫的人數都相同的稱佾。分八佾、六佾、四佾、二佾等四種，用於天子、諸侯、大夫、士。

**佾生** ㄧˋ ㄕㄥ 每年祭孔時候擔任樂舞的人員，通常選童生擔任。文舞生執雉羽和牛尾，武舞生執盾和斧。

**佾舞** ㄧˋ ㄨˇ 古代舞名之一，用以祭祀祖先。舞分初獻、亞獻、終獻三段。

**侑** 図ㄧㄡˋ 在筵席上勸人喝酒叫侑酒。

**佯** ㄧㄤˊ 假裝。如「佯死」。

**佯死** ㄧㄤˊ ㄙˇ 裝死。

**佯攻** ㄧㄤˊ ㄍㄨㄥ 虛張聲勢，向敵方進攻。如「我軍分為兩路，正面一路佯攻，吸住敵軍，側面一路主攻，限某時攻入敵軍側背」。

**佯狂** ㄧㄤˊ ㄎㄨㄤˊ 図假裝發瘋。

**佯言** ㄧㄤˊ ㄧㄢˊ 図詐言，說假話。如「老道佯言他是元始天尊降世」。

## 七筆

**保** ㄅㄠˇ ㈠守衛。如「保護」。㈡負責。如「保證」。㈢維護。如「保養」。㈣推舉。如「保薦」。㈤庇佑。如「保佑」。㈥從前酒館裡的傭工。如「酒保」。㈦舊民政組織名稱。如「保甲」「保正」。㈧姓。

**保人** ㄅㄠˇ ㄖㄣˊ 保證人

**保母** ㄅㄠˇ ㄇㄨˇ 也作「保姆」：①替人撫育孩童的婦人。②託兒所的教師。

**保正** ㄅㄠˇ ㄓㄥˋ 舊民政組織幹部名稱，等於現在的「村里長」。

**保甲** ㄅㄠˇ ㄐㄧㄚˇ 舊民政組織名稱，相當於現在的村里鄰。

**保全** ㄅㄠˇ ㄑㄩㄢˊ 保護使不受損害。

**保存** ㄅㄠˇ ㄘㄨㄣˊ ①保管收存。②保護。③保持。

**保安** ㄅㄠˇ ㄢ ①保護地方安寧。②保護工人在生產過程中的安全。

**保守** ㄅㄠˇ ㄕㄡˇ ①維持原狀，不求改進。②看守，不使失去。③進取的相反詞。

**保育** ㄅㄠˇ ㄩˋ 保護養育，對象常指幼童、稀有的動植物。

**保佑** ㄅㄠˇ ㄧㄡˋ 稱神靈的保護叫「保佑」。

**保固** ㄅㄠˇ ㄍㄨˋ 承包工程的人保證工程在一定時期內不會損壞，如有損壞由承包人負責修理。

**保重** ㄅㄠˇ ㄓㄨㄥˋ 注重身體健康。

**保持** ㄅㄠˇ ㄔˊ 保護維持。

**保值** ㄅㄠˇ ㄓˊ 以價錢估算，並加以保證。如「保值掛號郵件」。

**保留** ㄅㄠˇ ㄌㄧㄡˊ ①保存。②會議中對提出的問題暫時擱置不討論，等將來再說的，叫做保留。

**保送** ㄅㄠˇ ㄙㄨㄥˋ ①對具有特殊才能或學業成績優異的學生，依規定不參加考試或甄選，保薦入學的一種培育人才的選擇辦法。②指棒球、壘球比賽時投手投出四壞球，使攻隊隊員不費力氣進佔一壘，或壘上有人時投手犯規，對方跑者可向前推進一壘。

**保健** ㄅㄠˇ ㄐㄧㄢˋ 保持身體的健康。

**保密** ㄅㄠˇ ㄇㄧˋ 保守機密，防止祕密洩漏。

**保單**（ㄅㄠˇ ㄉㄢ） 對別人的行為或財力，或是貨品的質地，表示負責保證的單據。

**保結**（ㄅㄠˇ ㄐㄧㄝˊ） 為保證他人身分或行為所立的保證書。

**保暖**（ㄅㄠˇ ㄋㄨㄢˇ） 保持溫暖。如「早晚天氣變化多，要注意保暖」。

**保溫**（ㄅㄠˇ ㄨㄣ） 保持溫度，使熱力不散出去。如「保溫杯」「保溫瓶」。

**保管**（ㄅㄠˇ ㄍㄨㄢˇ） 保藏和管理。

**保障**（ㄅㄠˇ ㄓㄤˋ） ①保證。②擔保的具體條件。

**保衛**（ㄅㄠˇ ㄨㄟˋ） 保護守衛。

**保養**（ㄅㄠˇ ㄧㄤˇ） ①身體的保護調養。②機器的定期檢查、潤滑。

**保駕**（ㄅㄠˇ ㄐㄧㄚˋ） ①舊時指保護帝王。駕專指帝王的車馬。②現多用於開玩笑的場合，指保護要人或朋友的行旅安全。

**保舉**（ㄅㄠˇ ㄐㄩˇ） 保薦有才能或有功的所屬官員，提供任用。

**保險**（ㄅㄠˇ ㄒㄧㄢˇ） ①按期繳納保險費給保險公司，如果遇有所保的某項災害，投保人受損失，保險公司應照約定保額賠償。至於人壽保險，則是儲蓄的性質。②保證靠得住的意思。如「這個人保險不會做壞事」。③擔保無危險。如「保險剃刀」。④〔文〕守住險要的地點。如「保險固守」。

**保薦**（ㄅㄠˇ ㄐㄧㄢˋ） 保舉推薦人才。

**保藏**（ㄅㄠˇ ㄘㄤˊ） 把重要或珍貴的東西藏起來，以免遺失或損壞。

**保證**（ㄅㄠˇ ㄓㄥˋ） ①對於他人之行為或資歷，負責擔保。②負責的意思。如「保證沒有問題」。

**保護**（ㄅㄠˇ ㄏㄨˋ） 保衛。

**保釋**（ㄅㄠˇ ㄕˋ） 犯法被拘押的人，受人保證暫時釋放。

**保權**（ㄅㄠˇ ㄑㄩㄢˊ） 保護應有的權益。

**保鑣**（ㄅㄠˇ ㄅㄧㄠ） 也作「保鏢」。①古時保護行旅以防盜劫的一種行業。②私人僱用的衛士。

**保不住**（ㄅㄠˇ ㄅㄨˋ ㄓㄨˋ） ①不能保持。如「不努力工作，祖上留下的家產就保不住了」。②難免，可能。如「這個天兒很難說，保不住會下雨」。

**保安林**（ㄅㄠˇ ㄢ ㄌㄧㄣˊ） 國家認為對保持水土、防風或衛生等有關的森林，可以編為保安林，不許砍伐。

**保留地**（ㄅㄠˇ ㄌㄧㄡˊ ㄉㄧˋ） 為某種目的而不准開發的土地，如美國為印第安劃定保留地。

**保溫杯**（ㄅㄠˇ ㄨㄣ ㄅㄟ） 有保溫作用的杯子。

**保溫箱**（ㄅㄠˇ ㄨㄣ ㄒㄧㄤ） 能保持固定溫度的醫療保健裝置。常供早產兒使用。

**保險刀**（ㄅㄠˇ ㄒㄧㄢˇ ㄉㄠ） 刮鬍子的用具，刀片安在特製的刀架上，使用時不會刮傷皮膚。也叫「安全剃刀」。

**保險卡**（ㄅㄠˇ ㄒㄧㄢˇ ㄎㄚˇ） 作為證明參加保險的卡片。

**保險絲**（ㄅㄠˇ ㄒㄧㄢˇ ㄙ） 電路中作為保險裝置用的導線。一般用鉛、錫等熔點低的合金製成。當電路中的電流超過限度時，保險絲就燒斷，電路也就中斷，可防止火災，用來保護電器及周圍物件。

**保險槓**（ㄅㄠˇ ㄒㄧㄢˇ ㄍㄤˋ） 裝置在汽車前後的金屬槓，用來吸收碰撞的震動力。

**保險箱**（ㄅㄠˇ ㄒㄧㄢˇ ㄒㄧㄤ） 用厚金屬板製成的箱子，不怕火燒和盜賊，用來收藏金錢或貴重的東西。

**保險櫃**（ㄅㄠˇ ㄒㄧㄢˇ ㄍㄨㄟˋ） 用厚鐵板內夾石綿做成的裝有特製的鎖的櫃子，可以防盜防火。

**保證人**（ㄅㄠˇ ㄓㄥˋ ㄖㄣˊ） 負責擔保別人的行為或資力的人。

**保證金**（ㄅㄠˇ ㄓㄥˋ ㄐㄧㄣ） 為了提供保證履行某項義務而繳納的一筆錢，統稱保證金。

**保證書** ㄅㄠˇ ㄓㄥˋ ㄕㄨ 為提供保證而出具的文件。

**保麗龍** ㄅㄠˇ ㄌㄧˋ ㄌㄨㄥˊ 由苯乙烯聚合而成的聚苯乙烯樹脂，色白。有多種用途，如美工勞作或隔絕物體、保持溫度、避免震動碰撞等。也作「普利龍」「保利龍」。

**保齡球** ㄅㄠˇ ㄌㄧㄥˊ ㄑㄧㄡˊ bowling的音譯，是一種室內球類運動，從「發球線」到擱「保齡瓶（pin）」處有六十英尺長的「球道」。運動的人使球在「球道」上向前滾，把「保齡瓶」撞倒，按撞倒的瓶號跟數目多寡算分。「保齡瓶」共十個，排成三角形。

**保護人** ㄅㄠˇ ㄏㄨˋ ㄖㄣˊ 未成年的人由親屬或法律規定的人保護，那個人就叫保護人。

**保護色** ㄅㄠˇ ㄏㄨˋ ㄙㄜˋ 動物身體的顏色跟外界環境相似，因此可以使其他動物對牠分辨不清，避免敵人攻擊。這種顏色叫做保護色。

**保護鳥** ㄅㄠˇ ㄏㄨˋ ㄋㄧㄠˇ 因為捕食害蟲，對農業上有益，而列為禁止捕捉的鳥類，如「白鷺」。

**保護傘** ㄅㄠˇ ㄏㄨˋ ㄙㄢˇ 比喻可以託庇的人或集體。如「建立核保護傘」。

**保全公司** ㄅㄠˇ ㄑㄩㄢˊ ㄍㄨㄥ ㄙ 負責公司、行號、工廠、住家不遭竊盜的商業性組織。公司負責保全的場所安裝警報器，並定時派人巡邏，以保安全。

**保守主義** ㄅㄠˇ ㄕㄡˇ ㄓㄨˇ ㄧˋ 政治上主張維持現狀，反對激烈的改革。相對的叫「激進主義」。俗稱「右派」。

**保安警察** ㄅㄠˇ ㄢ ㄐㄧㄥˇ ㄔㄚˊ 以保護國家資源和重要設施為目的而特別編制的警察。

**保值掛號** ㄅㄠˇ ㄓˊ ㄍㄨㄚˋ ㄏㄠˋ 掛號郵件的一種。明列投遞郵件內物品價格，如有損失，郵局須照價賠償。

**便** ▲ㄅㄧㄢˋ ㈠順利。如「便利」。㈡適宜。如「方便」。㈢省事。如「便捷」。㈣非正式的，簡單的。如「便飯」「便函」。㈤副詞，同「就」。如「事機成熟，便可進行」。㈥連詞，表示假設的讓步。如「事情緊急，便是下刀山我也要去」。㈦排泄物。如「糞便」。▲ㄆㄧㄢˊ ㈠廉價。如「價錢便宜」。㈡図便便，肥胖的樣子。如「大腹便便」。

**便中** ㄅㄧㄢˋ ㄓㄨㄥ 方便的時候。

**便巧** ▲ㄅㄧㄢˋ ㄑㄧㄠˇ 図便捷靈巧。▲ㄆㄧㄢˊ ㄑㄧㄠˇ 図逢迎諂媚。

**便血** ㄅㄧㄢˋ ㄒㄧㄝˇ 大便或小便中帶血。

**便衣** ㄅㄧㄢˋ ㄧ ①便服。②指不穿制服的治安人員。

**便利** ㄅㄧㄢˋ ㄌㄧˋ 輕便暢利。

**便佞** ㄆㄧㄢˊ ㄋㄧㄥˋ 図花言巧語，無真才實學的人。〈論語・季氏〉有「友便佞，損矣」。

**便函** ㄅㄧㄢˋ ㄏㄢˊ 形式比較簡便的，非正式公文的信件（有別於正式的「公函」）。

**便宜** ▲ㄆㄧㄢˊ ˙ㄧ ①價廉。如「這一家賣得便宜」。②得利益，不吃虧。如「佔便宜」。③寬縱。如「便宜他了」。▲ㄅㄧㄢˋ ㄧˊ 方便適宜。如「便宜行事」。

**便所** ㄅㄧㄢˋ ㄙㄨㄛˇ 廁所。

**便於** ㄅㄧㄢˋ ㄩˊ 比較容易做某事。如「為了便於計算」。

**便服** ㄅㄧㄢˋ ㄈㄨˊ 平常在家或工作時所穿的衣服。

**便便** ㄆㄧㄢˊ ㄆㄧㄢˊ 図①形容肥胖。如「大腹便便」。②形容善於辭令。如

「便便言，唯謹爾」。③嫻雅的樣子。

**便是** ㄅㄧㄢˋ ㄕˋ 就是。

**便祕** ㄅㄧㄢˋ ㄇㄧˋ 大便祕結腸內不通。

**便酌** ㄅㄧㄢˋ ㄓㄨㄛˊ 非正式宴席的酒飯。

**便捷** ㄅㄧㄢˋ ㄐㄧㄝˊ ①直捷方便。如「交通便捷」。②動作輕快敏捷。

**便菜** ㄅㄧㄢˋ ㄘㄞˋ 平常就飯的家常菜。

**便飯** ㄅㄧㄢˋ ㄈㄢˋ 日常所吃的飯菜。

**便溺** ㄅㄧㄢˋ ㄋㄧㄠˋ 大小便。如「不可隨地便溺」。

**便當** ▲ㄅㄧㄢˋ ㄉㄤ 一種隨身攜帶的飯盒。是從日語「弁當」而來。▲ㄅㄧㄢˋ ˙ㄉㄤ 方便，便利。

**便裝** ㄅㄧㄢˋ ㄓㄨㄤ 便服，平常穿的衣服。

**便路** ㄅㄧㄢˋ ㄌㄨˋ 近便的道路；順便的道路。

**便道** ㄅㄧㄢˋ ㄉㄠˋ ①馬路兩旁供人行走的道路。②順路。③便捷的路。

**便鞋** ㄅㄧㄢˋ ㄒㄧㄝˊ 輕便的鞋；一般指布鞋、膠鞋。

**便器** ㄅㄧㄢˋ ㄑㄧˋ 供大小便用的器具。如便壺、便桶等。

**便橋** ㄅㄧㄢˋ ㄑㄧㄠˊ 臨時架設的簡便的過水橋。

**便覽** ㄅㄧㄢˋ ㄌㄢˇ 便於隨身攜帶、翻閱的小冊子，內容多為圖表，並作簡要說明。也作「一覽」。常用於交通、郵政、風景名勝等的簡介。

**便條(兒)** ㄅㄧㄢˋ ㄊㄧㄠˊ (ㄦ) ①簡便可隨意寫的紙條。②活頁本，可以隨手撕下來書寫的紙條。

**便宜行事** ㄅㄧㄢˋ ㄧˊ ㄒㄧㄥˊ ㄕˋ 不用請示，自己看情形處理事務。

## 俘

ㄈㄨˊ ㈠捉住了。如「俘獲敵軍十人」。㈡戰時捉到的敵人。如「俘虜」。

**俘虜** ㄈㄨˊ ㄌㄨˇ ①打仗時捉到(敵人)。如「俘虜三百二十七名敵軍」。②捉到的敵人，如「他是第二連的俘虜」。

**俘獲** ㄈㄨˊ ㄏㄨㄛˋ 捉住。

## 俛

▲ㄈㄨˇ 同「俯」。▲(文)ㄇㄧㄢˇ 勤勞的樣子。同「勉」。

## 俚

(文)ㄌㄧˇ ㈠鄙俗。如「俚言」。㈡聊，無俚就是無聊。

**俚言** ㄌㄧˇ ㄧㄢˊ (文)鄙俗的話。也作「俚語」。

**俚俗** ㄌㄧˇ ㄙㄨˊ (文)粗俗，鄉野鄙俗。

**俚歌** ㄌㄧˇ ㄍㄜ (文)民間的通俗歌謠。

## 俐

ㄌㄧˋ 聰明活潑。如「伶俐」。

**俐索** ㄌㄧˋ ˙ㄙㄨㄛ 因索字輕讀。俐落。

**俐落** ㄌㄧˋ ˙ㄌㄨㄛ 落字輕讀。①爽利。②完畢的意思。如「這件事辦俐落了」。

## 侶

ㄌㄩˇ 同伴。如「伴侶」。

## 侯

ㄏㄡˊ ㈠中國古代五等爵位的第二等。㈡獸皮做的箭靶。如「射侯」。㈢(文)疑問詞，同「何」。〈漢書〉有「君乎，君乎，侯不邁哉」。㈣姓。

**侯門如海** ㄏㄡˊ ㄇㄣˊ ㄖㄨˊ ㄏㄞˇ 顯貴人家的門庭像海一樣深。比喻情人或好友因地位懸殊而疏遠隔絕。

## 俠(俠)

▲ㄒㄧㄚˊ ㈠扶弱抑強的人。如「俠客」。㈡姓。▲ㄐㄧㄚˊ 通「夾」。

**俠士** ㄒㄧㄚˊ ㄕˋ 專門行俠仗義的人。

**俠客** ㄒㄧㄚˊ ㄎㄜˋ 好義有勇，路見不平就拔刀相助的人。

**俠骨** ㄒㄧㄚˊ ㄍㄨˇ 性格豪邁、剛強不屈的骨氣。

**俠義** ㄒㄧㄚˊ ㄧˋ 肯捨己助人，所表現的義氣。如「俠義心腸」。

**侷** ㄐㄩˊ 見「侷促」。

**侷促** ㄐㄩˊ ㄘㄨˋ 同「局促」。①地方狹窄，不舒適。②心神不寧的樣子。

**俊** ㄐㄩㄣˋ ㈠才智勝人。如「俊傑」。㈡指容貌秀美。如「俊俏」。㈢図大。如「俊德」。又讀ㄗㄨㄣˋ。

**俊男** ㄐㄩㄣˋ ㄋㄢˊ 指才智高、長相美的男士。

**俊秀** ㄐㄩㄣˋ ㄒㄧㄡˋ 俊㈠㈡。

**俊俏** ㄐㄩㄣˋ ㄑㄧㄠˋ 貌美。

**俊彥** ㄐㄩㄣˋ ㄧㄢˋ 図才智傑出的人。

**俊美** ㄐㄩㄣˋ ㄇㄟˇ 指容貌英俊秀麗。

**俊傑** ㄐㄩㄣˋ ㄐㄧㄝˊ 豪傑，才智出眾的人。如「識時務者為俊傑」。

**俊德** ㄐㄩㄣˋ ㄉㄜˊ 図高大的美德。〈尚書．堯典〉有「克明俊德，以親九族」。

**俏** ㄑㄧㄠˋ ㈠指姿容俊美。如「俏佳人」。㈡活潑有趣。如「俏皮」。㈢貨品銷路好，價格漲起。如「市價挺俏」。

**俏皮** ㄑㄧㄠˋ ㄆㄧˊ 皮字輕讀。①輕薄尖刻。如「他淨愛說俏皮話損人」。②俏㈡。③用尖刻的話譏笑人家。如「俏皮他幾句」。

**俏頭** ㄑㄧㄠˋ ㄊㄡˊ 因①烹飪時加上芫荽、青蒜、蔥花等，用來增加美觀和滋味。②戲曲、評書中引人喜愛的身段、道白或其他穿插。

**俏麗** ㄑㄧㄠˋ ㄌㄧˋ 俏㈠。

**俏皮話(兒)** ㄑㄧㄠˋ ㄆㄧˊ ㄏㄨㄚˋ ㄦ 皮字輕讀。①輕薄的話。②使人發笑的話。③歇後語。

**俅** ㄑㄧㄡˊ 図俅俅，恭順的樣子。

**侵** ㄑㄧㄣ ㈠掠奪。如「侵佔」。㈡進兵攻打別國。如「入侵」。㈢図漸進。如「侵淫」。

**侵入** ㄑㄧㄣ ㄖㄨˋ ①指敵人進入國境。②指外來的或有害的人、事、物進入內部。

**侵犯** ㄑㄧㄣ ㄈㄢˋ ①超過正當範圍而侵害到別人的權利叫侵犯。②侵陵冒犯。

**侵佔** ㄑㄧㄣ ㄓㄢˋ 把別人的財物、土地，據為己有。

**侵吞** ㄑㄧㄣ ㄊㄨㄣ 吞沒他人的財物。

**侵害** ㄑㄧㄣ ㄏㄞˋ 侵犯他人的權利而發生損害的結果叫侵害。

**侵晨** ㄑㄧㄣ ㄔㄣˊ 図天快亮的時候。

**侵淫** ㄑㄧㄣ ㄧㄣˊ 図逐漸擴展。同「浸淫」。

**侵略** ㄑㄧㄣ ㄌㄩㄝˋ　侵犯掠奪。大都指國際間的，凡是用武力、政治、經濟等各種力量損害別的國家而使本國得到利益的，都叫侵略。

**侵陵** ㄑㄧㄣ ㄌㄧㄥˊ 図侵犯欺陵。

**侵尋** ㄑㄧㄣ ㄒㄩㄣˊ 図浸淫，漸進。也作「浸尋」「侵潯」「寖尋」。

**侵奪** ㄑㄧㄣ ㄉㄨㄛˊ 奪取他人的財物。

**侵蝕** ㄑㄧㄣ ㄕˊ ①用漸進的方法，暗中掠取他人的財物。②流水或風力磨損礦物質或木質都叫侵蝕。

**侵擾** ㄑㄧㄣ ㄖㄠˇ 侵犯擾亂。

**侵襲** ㄑㄧㄣ ㄒㄧˊ 侵入而襲擊（不一定是人為的，如「受到冰雹侵襲」）。

**侵權行為** ㄑㄧㄣ ㄑㄩㄢˊ ㄒㄧㄥˊ ㄨㄟˊ 因故意或過失而侵害他人合法的權利，法律上稱為侵權行為。

**係** ㄒㄧˋ ㈠図綑綁，同「繫」。如「係累其子弟」。㈡図同「是」。如「確係」。㈢關聯。如「關係」。㈣連帶，牽涉。如「干係」。

**係數** ㄒㄧˋ ㄕㄨˋ ①代數式裡未知數前的數字。②科學技術上用來表示某種性質的程度或比率的數。如「安全係數」。

# 信

▲ㄒㄧㄣˋ (一)誠實。如「誠信待人」。(二)不懷疑，聽從。如「我說的他全信」。(三)書札。如「信件」。(四)消息。如「音信」。(五)符契憑證。如「印信」「信物」。(六)〔文〕真的，可信的。如「此語信然」。(七)〔文〕放任，隨意。如「信足所至」。(八)姓。

▲ㄕㄣ 〔文〕同「伸」，開展，張大。〈易經〉有「屈信相感」。

**信人** ㄒㄧㄣˋ ㄖㄣˊ 〔文〕誠實不欺的人。

**信口** ㄒㄧㄣˋ ㄎㄡˇ 不假思索而隨口發言。如「信口開合」「信口雌黃」。

**信士** ㄒㄧㄣˋ ㄕˋ ①稱信仰佛教的男人。②〔文〕守信用的人。

**信女** ㄒㄧㄣˋ ㄋㄩˇ 稱信仰佛教的女人（參看「信士」）。如「善男信女」。

**信心** ㄒㄧㄣˋ ㄒㄧㄣ ①信任的心。②信仰的心。③相信自己的願望或料想一定能實現的心理。如「對前途充滿信心」。

**信手** ㄒㄧㄣˋ ㄕㄡˇ 〔文〕隨手。如「信手拈來」。

**信水** ㄒㄧㄣˋ ㄕㄨㄟˇ ①指黃河的水。黃河漲落有時，如立春後水漲一寸，則夏秋必為一尺，所以稱為信水。②婦女月經的別稱。因其按月而至，準而有信。③佛家用來比喻信心，因其澄淨似水，能滌除疑慮。

**信史** ㄒㄧㄣˋ ㄕˇ 紀事確實的史籍。

**信札** ㄒㄧㄣˋ ㄓㄚˊ 信件函件。

**信用** ㄒㄧㄣˋ ㄩㄥˋ ①說人有誠實不欺的美德。②相信他人能遵守約定行事。常指金融借貸。

**信仰** ㄒㄧㄣˋ ㄧㄤˇ 信服敬慕。

**信件** ㄒㄧㄣˋ ㄐㄧㄢˋ 書信函件。

**信任** ㄒㄧㄣˋ ㄖㄣˋ 相信而不疑。

**信守** ㄒㄧㄣˋ ㄕㄡˇ 忠實地遵守。如「信守諾言」。

**信足** ㄒㄧㄣˋ ㄗㄨˊ 〔文〕無目的的隨便走走。也作「信步」。

**信使** ㄒㄧㄣˋ ㄕˇ 奉派傳達消息或擔任使命的人。如「信使往來，絡繹不絕」。

**信奉** ㄒㄧㄣˋ ㄈㄥˋ 信仰，敬奉。

**信念** ㄒㄧㄣˋ ㄋㄧㄢˋ 相信而無所疑惑的意念。

**信服** ㄒㄧㄣˋ ㄈㄨˊ 相信並佩服。

**信物** ㄒㄧㄣˋ ㄨˋ 作為憑證的東西。

**信度** ㄒㄧㄣˋ ㄉㄨˋ 前後幾次測驗所得結果的一致性的程度。一致性高則信度高，也就是測驗本身的信度高。參看「效度」。

**信風** ㄒㄧㄣˋ ㄈㄥ 在赤道兩邊的低層大氣中，北半球吹東北風，南半球吹東南風，少有改變，所以叫信風。又名「貿易風」。

**信差** ㄒㄧㄣˋ ㄔㄞ ①各機關雇用專任遞送信件的人。②郵差。

**信徒** ㄒㄧㄣˋ ㄊㄨˊ ①指信仰某一宗教的人。各教派有不同的稱呼，如天主教稱「教友」，基督教稱「教徒」，一貫道稱「道親」等。②泛稱信仰某一種學派、主義、主張或某一位偉大的人。如「他是三民主義的信徒」。

**信息** ㄒㄧㄣˋ ˙ㄒㄧ 息字輕讀。消息。

**信託** ㄒㄧㄣˋ ㄊㄨㄛ ①說人誠實可以託事。如「這個人可以信託」。②憑信用接受別人委託代辦事務，經營業務。如「信託公司」。

**信紙** ㄒㄧㄣˋ ㄓˇ 也叫信箋，寫信所用的紙。

**信馬** ㄒㄧㄣˋ ㄇㄚˇ 〔文〕任馬隨意奔走。如「東望都門信馬歸」。

信宿 ㄒㄧㄣˋ ㄙㄨˋ 囡連宿兩夜，表示兩夜的時間。

信從 ㄒㄧㄣˋ ㄘㄨㄥˊ 信任聽從。

信條 ㄒㄧㄣˋ ㄊㄧㄠˊ 共同信仰的條規。

信鳥 ㄒㄧㄣˋ ㄋㄧㄠˇ 候鳥，每年來去有定時的。

信然 ㄒㄧㄣˋ ㄖㄢˊ 囡果真如此。如「此語信然」。

信筆 ㄒㄧㄣˋ ㄅㄧˇ 囡書寫時候不很專心，隨意寫來。如「信筆而書」。

信義 ㄒㄧㄣˋ ㄧˋ 信用和道義。如「信義為立業之本」。

信號 ㄒㄧㄣˋ ㄏㄠˋ ①代替語言來傳達消息或命令的符號。如旗號、燈號，或其他的各種聲、光、動作等，都可作為信號。②電路中用來控制其他部分的電流、電壓或無線電發射機發出的電波。

信管 ㄒㄧㄣˋ ㄍㄨㄢˇ 引信，引起炮彈、炸彈、地雷等爆炸的一種裝置。

信箋 ㄒㄧㄣˋ ㄐㄧㄢ 信紙。

信箱 ㄒㄧㄣˋ ㄒㄧㄤ ①私人住宅門前所設的收信的箱子。②郵局所設，給人收受信件的箱子，通常都編號，放在郵局，收信人要自己去取。

信賴 ㄒㄧㄣˋ ㄌㄞˋ 信任並仰賴。

信鴿 ㄒㄧㄣˋ ㄍㄜ 經過訓練可以傳信的鴿子。

信譽 ㄒㄧㄣˋ ㄩˋ 信用和名譽。如「信譽卓著」。

信皮（兒） ㄒㄧㄣˋ ㄆㄧˊ ㄦ 囡信封。信件的封套。

信步（兒） ㄒㄧㄣˋ ㄅㄨˋ ㄦ 沒有目標的任意走動。

信封（兒） ㄒㄧㄣˋ ㄈㄥ ㄦ 書信的封套。

信筒（子） ㄒㄧㄣˋ ㄊㄨㄥˇ ㄗ˙ 就是郵筒。郵局在路旁設立以便公眾投信的筒子。

信天翁 ㄒㄧㄣˋ ㄊㄧㄢ ㄨㄥ 鳥綱，信天翁科。一種大型海鳥，嘴鉤曲，鼻呈管狀，背部為灰白色，翼及尾端漆黑，飛翔力強，常立於水際，食水生動物。冬季見於我國東北及沿海各地。

信用卡 ㄒㄧㄣˋ ㄩㄥˋ ㄎㄚˇ 銀行發給儲戶的一種代替現款的消費憑證。持卡者在特約商店購物或消費，刷卡、簽名記帳，由發卡機構擔保支付。發卡機構再定期向持卡者結算費用。

信用狀 ㄒㄧㄣˋ ㄩㄥˋ ㄓㄨㄤˋ 由銀行承諾對信用狀受益人依照特定條件、一定金額之下，向指定銀行或往來的押匯銀行承兌並付款的一種保證文件。這是國際貿易通常採用的一種付款方式。也稱「信用證書」。

信息論 ㄒㄧㄣˋ ㄒㄧˊ ㄌㄨㄣˋ 研究信息的計量、傳遞、變換和儲存等的科學。

信號槍 ㄒㄧㄣˋ ㄏㄠˋ ㄑㄧㄤ 發射信號彈的槍，式樣像手槍。

信號彈 ㄒㄧㄣˋ ㄏㄠˋ ㄉㄢˋ 一種發射後產生有顏色的光或煙的彈藥，軍事方面用於通訊聯絡。

信號燈 ㄒㄧㄣˋ ㄏㄠˋ ㄉㄥ 利用燈光明滅發出各種信號的燈。

信瓤兒 ㄒㄧㄣˋ ㄖㄤˊ ㄦ 北方口語。裝在信封裡的寫好了的信。是對信皮兒（信封）說的。

信口開合 ㄒㄧㄣˋ ㄎㄡˇ ㄎㄞ ㄏㄜˊ 隨意開口合口說話，不負責任。

信口雌黃 ㄒㄧㄣˋ ㄎㄡˇ ㄘ ㄏㄨㄤˊ 自己說的話，又不算話，朝令夕改，像用雌黃塗改文字。參看「雌黃」。

信手拈來 ㄒㄧㄣˋ ㄕㄡˇ ㄋㄧㄢ ㄌㄞˊ 隨手拿來。拈是用手指頭夾取。常用來形容寫文章時取材豐富，運筆自然流利。

信用危機 ㄒㄧㄣˋ ㄩㄥˋ ㄨㄟˊ ㄐㄧ 個人對別人或政府對人民有不守信用的行為，以致別人對個人或人民對政府的所作所為有所懷疑，不能相信，稱「信用危機」。

**信用貸款** 不必提供物資不動產作保證，而以個人在社會的信用地位向銀行借錢。相對的稱「抵押貸款」。

**信任投票** 某些國家議會對內閣（即政府）實行監督的方式之一。議會在討論組閣或政府政策的時候，可用投票方式表示對內閣信任或不信任。

**信而有徵** 可靠而且有證據。徵是證明、證驗。

**信言不美** 因誠實的話不加修飾，所以聽起來不動聽。

**信誓旦旦** 因所作誓言誠懇可信。旦旦是誠實的樣子。也作「旦旦信誓」。

**信賞必罰** 有功的一定獎賞，有罪過的一定處罰。信是確實。指賞罰分明。

**信用合作社** 由民眾聯合組成經營存款、貸款業務的組織。參看「合作社」。

**俎** ㄗㄨˇ ㈠古代祭祀用的禮器，用木頭做架子再加油漆。㈡廚房所用的砧板。如「人為刀俎」。㈢姓。

**俎上肉** 因比喻任人宰割，無處逃避。

**俎豆之事** 指宗廟祭祀的大事。俎和豆都是祭祀時盛裝肉品的禮器。

**促** ㄘㄨˋ ㈠靠近。如「促膝」。㈡催迫。如「敦促」。㈢急。如「匆促」。

**促成** 造成，推動使成功。如「計畫、經費都有了，只等有力的人出面促成，便可著手」。

**促使** 推動使發生變化。如「火的發現促使人類文明的發展」。

**促狹** 刻薄、陰狠。

**促進** 督促進行。

**促膝** 因相近對坐。古人席地而坐，坐得近就會膝蓋相靠。所以叫促膝。如「促膝談心」。

**促銷** 利用廣告、折扣、贈品等各種方式，推動商品的銷售。

**促駕** 催促對方趕快出發。駕是車駕，借指他人的車馬。是一種客氣的說法。

**促織** 蟋蟀的別名。

**俟（竢）** ▲ㄙˋ 等待。▲ㄑㄧˊ 万（ㄇㄛˋ）俟，複姓。

**俟河之清** 等待黃河的水由濁變清。黃河水自古混濁，不可能澄清。古人用「河清」比喻治世。「俟河之清」比喻事情難以成功。如「俟河之清，人壽幾何」。

**俗** ㄙㄨˊ ㈠習慣。如「風俗」。㈡平庸，不雅。如「俗氣」。㈢指塵凡人間。如「俗念」。㈣淺近的，大眾化的。如「通俗」。

**俗人** ①一般人，世俗的人。對出家人說的。②庸俗的人。

**俗名** ①通俗的名稱，非正式的名稱。有些物品的俗名只用於某些地區。如「鴝鵒俗名八哥」。②僧侶、道士等出家前的名字。跟「法名」「道號」相對。

**俗字** 世俗通行的字，也說俗體字。對正體字說的。

**俗姓** 佛教僧人出家前的姓氏。出家後則以「釋」為姓。

**俗尚** 習俗所崇尚的風氣。如「臺灣過去有收童養媳的俗尚」。

**俗念** 世俗的想法。

**俗家** ①指平常人，一般人。與「僧道」相對。②佛教、道教等出家人稱自己父母的家。

**俗氣** ㄙㄨˊ ㄑㄧ˙ 氣字輕讀。①粗俗。②老說無味。如「這話我都聽俗氣了」。

**俗套** ㄙㄨˊ ㄊㄠˋ 社會常見的無謂的客套。

**俗語** ㄙㄨˊ ㄩˇ 俗諺。如「俗語說，人怕出名，豬怕壯」。

**俗話（兒）** ㄙㄨˊ ㄏㄨㄚˋ（ㄦ）流俗通行的語句。

**俗文學** ㄙㄨˊ ㄨㄣˊ ㄒㄩㄝˊ 指流行民間的通俗文學，包括歌謠、諺語、小說、彈詞、曲本等。

**俗不可耐** ㄙㄨˊ ㄅㄨˋ ㄎㄜˇ ㄋㄞˋ 說人的言語舉止庸俗，使人看了不耐煩。

**俄** ㄜˊ ㈠〔文〕片刻，不久。如「俄頃」。㈡國名，俄羅斯的簡稱。又讀ㄜˋ。

**俄而** ㄜˊ ㄦˊ 〔文〕不久。

**俄頃** ㄜˊ ㄑㄧㄥˇ 〔文〕頃刻間。

**俄羅斯** ㄜˊ ㄌㄨㄛˊ ㄙ 俄又讀ㄜˋ。橫跨歐亞兩洲，東濱北太平洋，南鄰中國、阿富汗、伊朗、裏海、黑海，西接芬蘭、波蘭、羅馬尼亞，北臨北極海。首都莫斯科。一九七九年前是「蘇維埃社會主義聯邦共和國」。

**侮** ㄨˇ ㈠輕慢。如「欺侮」。㈡欺陵。如「侮辱」。

**侮辱** ㄨˇ ㄖㄨˇ 欺侮羞辱。

**侮慢** ㄨˇ ㄇㄢˋ 〔文〕侮①。

**侮蔑** ㄨˇ ㄇㄧㄝˋ 〔文〕欺侮，輕視。蔑是蔑視。

**俞（兪）** ▲ㄩˊ ㈠答應。如「俞允」。㈡姓。▲ㄩˋ 同「癒」。

**俞允** ㄩˊ ㄩㄣˇ 允許，答應。

**俑** ㄩㄥˇ 古時殉葬用的陶製人像。

## 八筆

**倍** ㄅㄟˋ 照原數加同樣的全數叫一倍。如「加倍」。

**倍兒** ㄅㄟˋ ㄦ 加倍的。如「倍兒亮」。

**倍數** ㄅㄟˋ ㄕㄨˋ 凡甲數（如4）可用乙數（如2）除盡的，甲就是乙的倍數。

**倍道** ㄅㄟˋ ㄉㄠˋ 〔文〕加快速度進行。

**倍蓰** ㄅㄟˋ ㄒㄧˇ 〔文〕一倍到五倍。

**倍力橋** ㄅㄟˋ ㄌㄧˋ ㄑㄧㄠˊ 軍隊作戰或行軍，遇河流不能通過時，由工兵架設的臨時橋梁。把長方形鋼架一節節接合起來，利用浮筒並迅速運送到對岸，再鋪設橋面，可載送戰車等重物及人員等。又稱「框桁橋」。

**俾** ㄅㄧˋ 俾使，使的意思。又讀ㄅㄟˇ。

**俾晝作夜** ㄅㄧˋ ㄓㄡˋ ㄗㄨㄛˋ ㄧㄝˋ 〔文〕把白天當作夜晚。指日夜顛倒，生活不正常。

**俵** 〔文〕ㄅㄧㄠˋ 把東西按份兒或按人分發，叫「俵分」。

**俳** 〔文〕ㄆㄞˊ 雜戲。

**俳句** ㄆㄞˊ ㄐㄩˋ 日本的一種短詩，以三句十七個字組成，首句五字，中句七字，末句五字。內容以遊戲、逗笑為主。

**俳優** ㄆㄞˊ ㄧㄡ ①雜戲。②戲劇演員的老舊稱呼。

**們（们）** ㄇㄣ˙ 表複數的名詞代名詞詞尾。如「我們」「你們」「朋友們」。語音·ㄇㄣ。

**倣** ㄈㄤˇ 同仿㈠。

**俸** ㄈㄥˋ 公務人員每月所領的薪金。

**俸祿** ㄈㄥˋ ㄌㄨˋ 官員所得的薪金糧餉。

**俸給**（ㄈㄥˋ ㄐㄧˇ） 俸祿、薪給的全稱。通常用於公務人員。（包括本薪和加給）

# 俯

ㄈㄨˇ ㈠向下。如「俯衝」。㈡上對下。如「俯允」。

**俯允**（ㄈㄨˇ ㄩㄣˇ） 請求上級、長輩答應自己要求的謙詞。

**俯仰**（ㄈㄨˇ ㄧㄤˇ） ①俯跟仰，或一俯一仰。②図生活起居。如「俯仰於天地之間」。

**俯伏**（ㄈㄨˇ ㄈㄨˊ） 低頭趴在地上。

**俯角**（ㄈㄨˇ ㄐㄧㄠˇ） 數學名詞。視線在水平線以下時，視線與水平線所形成的角叫做「俯角」。參看「仰角」。

**俯念**（ㄈㄨˇ ㄋㄧㄢˋ） 図請求對方體念的謙詞。

**俯首**（ㄈㄨˇ ㄕㄡˇ） 図低頭。

**俯視**（ㄈㄨˇ ㄕˋ） 從高處往下看。如「站在三十層樓上俯視前面的運動場」。

**俯瞰**（ㄈㄨˇ ㄎㄢˋ） 同「俯視」。

**俯就**（ㄈㄨˇ ㄐㄧㄡˋ） 有好的資格能力，委屈擔任小職務。是請人出任的謙詞。

**俯衝**（ㄈㄨˇ ㄔㄨㄥ） 低著頭從高處衝下來。往往指飛機。如「俯衝炸射」。

**俯仰之間**（ㄈㄨˇ ㄧㄤˇ ㄓ ㄐㄧㄢ） 図形容時間很短。俯仰指低頭和抬頭。

**俯仰由人**（ㄈㄨˇ ㄧㄤˇ ㄧㄡˊ ㄖㄣˊ） 図俯首抬頭都得聽人家的命令。比喻一切受人支配。俯仰指一舉一動。

**俯拾即是**（ㄈㄨˇ ㄕˊ ㄐㄧˊ ㄕˋ） 只要彎下腰來撿取，到處都是。形容事物眾多。也說「俯拾皆是」。

**俯首帖耳**（ㄈㄨˇ ㄕㄡˇ ㄊㄧㄝ ㄦˇ） 低著頭，耳朵靠近對方。形容非常馴服恭順。帖也作「貼」。

# 倒

▲ㄉㄠˇ ㈠跌交。如「摔倒」。㈡坍塌。如「山倒了一邊」。㈢商店賠完了本錢關閉，叫「倒閉」。㈣轉移，更換。如「倒車」。▲ㄉㄠˋ ㈠上下位置互換。如「書拿倒了」。㈡由容器裡把液體傾出。如「把水倒出來」。㈢扔掉。如「把垃圾倒了」。㈣反向。如「水倒流」「空氣倒流」。㈤卻。如「你想的倒不錯」。

**倒戈**（ㄉㄠˇ ㄍㄜ） 軍隊叛變，反過來打自己人。語音也讀ㄉㄠˋ ㄍㄜ。

**倒手**（ㄉㄠˇ ㄕㄡˇ） ①把東西從一隻手轉到另一隻手上。如「他沒倒手，一口氣把箱子提到四樓」。②把東西從一個人的手上轉到另一個人的手上。多指貨物買賣。如「倒手轉賣，賺了一票」。

**倒包**（ㄉㄠˋ ㄅㄠ） ①用甲物偷換乙物。②把所得禮品轉送他人叫倒包。

**倒句**（ㄉㄠˋ ㄐㄩˋ） 造句的文法順序，跟常例相顛倒的。

**倒立**（ㄉㄠˋ ㄌㄧˋ） ①頂端朝下豎立。如「水中映出倒立的塔影」。②指用手支撐全身，頭朝下，兩腿向上。是練武健身的一種方式。北方口語說「拿大頂」。

**倒伏**（ㄉㄠˇ ㄈㄨˊ） 指農作物因為土地被水浸泡，根莖無力支持葉子和穗的重量而倒在地上。

**倒地**（ㄉㄠˇ ㄉㄧˋ） 仆倒在地上。

**倒車** ▲ㄉㄠˋ ㄔㄜ 使車向後退。▲ㄉㄠˇ ㄔㄜ 中途換車。

**倒坍**（ㄉㄠˇ ㄊㄢ） 建築物倒了下來。也作「倒塌」。

**倒板**（ㄉㄠˇ ㄅㄢˇ） 図戲曲唱腔的一種特定板式。一般作為成套唱腔的先導部分。也作「導板」。

**倒退**（ㄉㄠˋ ㄊㄨㄟˋ） ①後退。②向上追溯。

**倒帳**（ㄉㄠˇ ㄓㄤˋ） ①商店欠他人的帳款，無法償還，因而倒閉。②指放出的帳款收不回來。被人倒帳，叫「吃倒帳」。

**倒彩** ㄉㄠˋ ㄘㄞˇ 叫倒好（兒）。

**倒敘** ㄉㄠˋ ㄒㄩˋ 記事不按本來順序，從後面的先說。

**倒閉** ㄉㄠˇ ㄅㄧˋ 商店因虧損而停業。

**倒換** ㄉㄠˇ ㄏㄨㄢˋ ①掉換（次序）。②輪流替換。

**倒替** ㄉㄠˇ ㄊㄧˋ 輪流替換。如「兩個人倒替著照顧病人」。

**倒貼** ㄉㄠˋ ㄊㄧㄝ 該收財物的一方，反過來拿財物給對方。如「倒貼老本」。

**倒運** ㄉㄠˇ ㄩㄣˋ 時運不好。

**倒嗓** ㄉㄠˇ ㄙㄤˇ 戲曲演員嗓音變低或變啞。

**倒楣** ㄉㄠˇ ㄇㄟˊ 也作「倒霉」。運氣不好。

**倒置** ㄉㄠˋ ㄓˋ 違反事物應有的順序。

**倒裝** ㄉㄠˋ ㄓㄨㄤ 修辭方式，用顛倒詞句的次序來達到加強語勢、調和音節或錯綜句法等效果。

**倒屣** ㄉㄠˋ ㄒㄧˇ 因急於迎接賓客，把鞋子穿倒了。形容熱情待客。「倒屣相迎」是東漢末年蔡邕接待王粲的故事。

**倒臺** ㄉㄠˇ ㄊㄞˊ 垮臺。常指舊政權的坍塌，或機構首長因案撤職等。

**倒閣** ㄉㄠˇ ㄍㄜˊ 議會政治中，反對政府（內閣）政策的人，藉議會或其他力量推翻內閣，以便掌握政權，重組內閣。

**倒數** ▲ㄉㄠˋ ㄕㄨˇ 從後向前數，逆著次序數。如「倒數計時」。▲ㄉㄠˋ ㄕㄨˋ 數學名詞。如果兩個數的積是一，其中一個數就是另一數的倒數。如「2的倒數是1/2」「1/5的倒數是5」。

**倒賠** ㄉㄠˋ ㄆㄟˊ 同「倒貼」。不但不佔便宜，反而要賠貼幾個。

**倒頭** ㄉㄠˇ ㄊㄡˊ 躺下去。如「倒頭就睡」。

**倒斃** ㄉㄠˇ ㄅㄧˋ 倒地而死。

**倒轉** ㄉㄠˇ ㄓㄨㄢˇ ①互相掉換。②反過來。

**倒懸** ㄉㄠˋ ㄒㄩㄢˊ 因將人綑綁，頭下腳上地倒掛著。常用以比喻人民非常困苦。如「解民於倒懸」。

**倒嚼** ㄉㄠˇ ㄐㄧㄠˊ 動物反芻叫倒嚼。

**倒好（兒）** ㄉㄠˋ ㄏㄠˇ ㄦ 看戲時發現演的人表演錯誤，反叫好來羞辱，叫作倒好（兒）。也叫「倒彩」。

**倒影（兒）** ㄉㄠˋ ㄧㄥˇ ㄦ ①水中的影兒。②影子倒過來的。

**倒不如** ㄉㄠˋ ㄅㄨˋ ㄖㄨˊ 不字輕讀。①不如。②反而不如，寧可。如「早知道這樣，倒不如不來」。

**倒不開** ㄉㄠˇ ㄅㄨˋ ㄎㄞ 不字輕讀。周轉不靈。

**倒卵形** ㄉㄠˋ ㄌㄨㄢˇ ㄒㄧㄥˊ 葉子的一種形狀，跟雞蛋相似，較窄的一端靠近葉柄。

**倒胃口** ㄉㄠˇ ㄨㄟˋ ㄎㄡˇ 口字輕讀①因為膩煩而不想再吃。如「再好吃的吃多了也會倒胃口」。②比喻對某種事物已經厭煩而不願接受。

**倒栽蔥** ㄉㄠˋ ㄗㄞ ㄘㄨㄥ 跌倒時頭先著地。

**倒裝句** ㄉㄠˋ ㄓㄨㄤ ㄐㄩˋ 句子成分不依通常的結構次序，而先後顛倒的句型，稱倒裝句。也稱「易位句」「變式句」。相對的則稱「順裝句」「常式的」。如「走了嗎，你哥哥？」（常式句為「你哥哥走了嗎？」）

**倒打一耙** ㄉㄠˋ ㄉㄚˇ ㄧ ㄆㄚˊ 比喻過錯在於自己，反而責怪別人，咬他一口。如「這事明明是他的錯，卻倒打一耙，說是我讓他做的」。

**倒行逆施** ㄉㄠˋ ㄒㄧㄥˊ ㄋㄧˋ ㄕ 因所作的事違反常道。

**倒持泰阿** ㄉㄠˋ ㄔˊ ㄊㄞˋ ㄜ 因倒拿寶劍，把劍柄交給別人。比喻輕易授人以權力，自己反遭其害。泰阿是古代寶劍名。泰也作「太」。

**倒繃孩兒** ㄉㄠˇ ㄅㄥ ㄏㄞˊ ㄦˊ 接生婆把嬰兒包紮倒了。比喻有經驗的老手也會疏忽失誤。繃是包紮。如「五十歲的老娘，今天倒繃孩兒，還有什麼可說」。

## 倘

ㄊㄤˇ 如果。如「倘使」。

**倘使** ㄊㄤˇ ㄕˇ 假設，如果。也作「倘若」「倘如」「倘或」。

**倘然** ㄊㄤˇ ㄖㄢˊ 如果。

## 俶

[文]▲ㄊㄧˋ 同「倜」。[文]▲ㄔㄨˋ ㈠開始。㈡作。〈詩經〉上有「有俶其城」。㈢通「束」。如「俶裝」。

**俶儻** ㄊㄧˋ ㄊㄤˇ [文]同「倜儻」。

## 倜

[文]ㄊㄧˋ 高舉的意思。

**倜儻** ㄊㄧˋ ㄊㄤˇ [文]氣派高雅，行動不受習俗所拘束的樣子。

## 倪

ㄋㄧˊ ㈠[文]小，如「旄倪」，是「老人和小孩」。㈡[文]頭緒。如「端倪」。㈢姓。

## 俫

[文]▲ㄌㄞˊ 同「來」。▲ㄌㄞˋ 同「徠」，慰勞。

## 倆

▲ㄌㄧㄤˇ 見伎倆。[口]▲ㄌㄧㄚˇ 兩個。如「哥兒倆」「爺兒倆」。

## 倮

▲[文]ㄌㄨㄛˇ 同「裸」。古人把沒有鱗甲羽毛蔽身的動物叫作「倮蟲」，就是人類。▲ㄍㄨㄛˇ「倮儸」，中國及中南半島少數民族。也作「倮倮」「儸儸」。自稱「諸蘇」或「聶蘇」。人數約四百八十多萬。

**倮蟲** ㄌㄨㄛˇ ㄔㄨㄥˊ [文]古人所說的沒有羽毛鱗介蔽身的動物，指人類。

## 倫

ㄌㄨㄣˊ ㈠人與人之間的正常關係。如「倫常」。㈡比，類。如「無與倫比」「不倫不類」。㈢次序。如「語無倫次」。㈣姓。

**倫比** ㄌㄨㄣˊ ㄅㄧˇ [文]相當，可以相比。如「無與倫比」。

**倫巴** ㄌㄨㄣˊ ㄅㄚ [音]Rumba 淵源於古代非洲的一種舞蹈節奏。以2/4節拍表現它快速而充滿活力的韻律。十九世紀初，流行於歐洲、北美各地。

**倫次** ㄌㄨㄣˊ ㄘˋ [文]條理次序。僅用於形容語言、文章。如「語無倫次」。

**倫紀** ㄌㄨㄣˊ ㄐㄧˋ 倫常。

**倫常** ㄌㄨㄣˊ ㄔㄤˊ 人倫的常道。

**倫理** ㄌㄨㄣˊ ㄌㄧˇ 人與人之間相處的各種道德準則。如「倫理道德」。

**倫琴** ㄌㄨㄣˊ ㄑㄧㄣˊ ①威廉・康拉德・倫琴（Wilhelm Konnad Rontgen，1845－1923）德國物理學家，西元一八九五年發現X光射線。②射線強度單位，為紀念倫琴而命名。一倫琴約等於一居里的放射線在一小時內所放出的射線量。

**倫理學** ㄌㄨㄣˊ ㄌㄧˇ ㄒㄩㄝˊ 研究人類道德現象的學科。

**倫琴射線** ㄌㄨㄣˊ ㄑㄧㄣˊ ㄕㄜˋ ㄒㄧㄢˋ 就是X射線。以高速運動的陰極射線，受到金屬物質的阻礙所發生的射線。X射線的用途很廣泛，醫學上用於治療、透視等方面。

## 個

▲ㄍㄜˋ ㈠指事物的整體。也說「個兒」。如「這件工作整個做完了」「人人努力，個個爭先」。㈡單獨，一個。如「個別」「個人」。㈢指人的身材，常說「個兒」「個子」。如「大個子」。㈣指物品的體積，也說「個兒」。如「買蛋要買大個的」。㈤十進計數法的第一位。如「個位，十位」。㈥[文]同「箇」。這個。如「個中」「個裡」。▲・ㄍㄜ ㈠人或事物最通用的計數單

位。如「幾十個（讀音ㄍㄜˋ）人」。㈡一，一個。如「寫個字」「買個梨吃」。㈢用來總括表示一種行動、態度或情況。如「來個不聞不問」「把敵人打了個落花流水」。㈣表示整體的一種動作。也可以說「一個」。如「行個禮」「洗了個澡」。㈤表示單純或最低限度。也可以說「一個」。如「魚就是吃個鮮」「做人要靠個誠實」。㈥用「個」來總括約計的數量。如「多花個千兒八百的」。㈦因做為日期詞尾。如「今兒個（今天）」「幾兒個（哪天）」。

**個人** ㄍㄜˋ ㄖㄣˊ ①分子，對團體而說。如「個人生存在社會裡」。②自稱的詞，意思是「我」。

**個子** ㄍㄜˋ ˙ㄗ 指人的身材，也指動物身體的大小。如「高個子」。

**個別** ㄍㄜˋ ㄅㄧㄝˊ ①單個，各個。如「個別談話」「個別差異」。②指極少數，少有。如「這種問題是極其個別的」。

**個把** ㄍㄜˋ ㄅㄚˇ 一個左右，不到兩個。如「他走了有個把月啦」。

**個兒** ㄍㄜˋ ㄦ ①身體或物體的大小。如「大個兒」。②指一個一個的人或物。如「買雞蛋論斤不論個兒」。

**個性** ㄍㄜˋ ㄒㄧㄥˋ 個人所有的、比較固定的特性。包括先天的稟賦及後天環境、教育的薰陶。

**個展** ㄍㄜˋ ㄓㄢˇ 個人作品的展示會。

**個案** ㄍㄜˋ ㄢˋ 個別的、特殊的案件或事例。如「個案調查」。

**個頭** ㄍㄜˋ ㄊㄡˊ 身材或物體的大小。可ㄦ化。如「這種柿子個頭兒特別大」。

**個體** ㄍㄜˋ ㄊㄧˇ 單個、獨立的人或物體。是對群體說的。

**個中人** ㄍㄜˋ ㄓㄨㄥ ㄖㄣˊ 此中人，這裡面的人。也作「箇中人」。

**個人主義** ㄍㄜˋ ㄖㄣˊ ㄓㄨˇ ㄧˋ ①以個人利益為主，而不顧他人的或整體利益的主義。②尊重個人自由和發展的主義，主張個人的存在價值重於社會的存在價值。

**個人所得** ㄍㄜˋ ㄖㄣˊ ㄙㄨㄛˇ ㄉㄜˊ 在一定的時期之內，個人憑資本、勞力所獲得的經常或臨時的合法收益。

**個別差異** ㄍㄜˋ ㄅㄧㄝˊ ㄔㄚ ㄧˋ 個體受遺傳、生長、學習與環境等因素影響，所產生的行為差異。

**個別教學** ㄍㄜˋ ㄅㄧㄝˊ ㄐㄧㄠˋ ㄒㄩㄝˊ 為適應個別差異，教師在教材、教法上儘量配合學生的學習進度，並供學生在教師指導下進行獨立學習。

**個案分析** ㄍㄜˋ ㄢˋ ㄈㄣ ㄒㄧ 對於申請或照會的個案資料加以分析的工作。

**個案研究** ㄍㄜˋ ㄢˋ ㄧㄢˊ ㄐㄧㄡˋ 根據已發生的案件或事例作系統的整理與分析，作為以後發生類似情形時的決策參考。

## 倌

ㄍㄨㄢ 堂倌：茶樓、酒館、菜館裡的跑堂兒的。

## 倥

▲ㄎㄨㄥ 因倥侗，無知的樣子。
▲ㄎㄨㄥˇ 因倥傯，急促忙碌的樣子。

## 候

ㄏㄡˋ ㈠等待。如「等候」。㈡探望。如「問候」。㈢時令，如「季候」。㈣情狀。如「症候」「火候」。㈤付。如「候帳」。㈥中醫診脈叫「候脈」。㈦因通「堠」。

**候光** ㄏㄡˋ ㄍㄨㄤ 請人前來的敬詞，請帖上的用語。

**候車** ㄏㄡˋ ㄔㄜ 等候乘車。如「候車室」。

**候脈** ㄏㄡˋ ㄇㄛˋ 診脈。

**候教** ㄏㄡˋ ㄐㄧㄠˋ 敬辭。等人來指教。

**候鳥** ㄏㄡˋ ㄋㄧㄠˇ 隨節候的變遷而來往的鳥，如家燕、野鴨、大雁、杜鵑等，以及許多水鳥。

**候補** ㄏㄡˋ ㄅㄨˇ ①等著補缺。②等候補缺的人。

**候診** ㄏㄡˋ ㄓㄣˇ 病人等候醫生診斷治療。如「候診室」。

**候帳** ㄏㄡˋ ㄓㄤˋ 付帳，多指在飯館裡遇朋友代為付帳。

**候選人** ㄏㄡˋ ㄒㄩㄢˇ ㄖㄣˊ 具有被選舉資格而參加競選的人。

**候風地動儀** ㄏㄡˋ ㄈㄥ ㄉㄧˋ ㄉㄨㄥˋ ㄧˊ 東漢時張衡創製的世界上最早的地震儀，可記錄地震資料。簡稱「地動儀」。

## 倢

ㄐㄧㄝˊ 倢伃，是漢代宮中的一種女官，漢武帝所設置，位如上卿，爵比列侯。也作「婕妤」。

## 借

ㄐㄧㄝˋ ㈠把自己的財物貸給他人暫用，或暫時向人告貸財物。如「借錢」「借據」。㈡利用。如「借鏡」「借刀殺人」。㈢図「借使」就是假使。

**借口** ㄐㄧㄝˋ ㄎㄡˇ 也作「藉口」。①借某事為理由（不是真的）。如「他借口生病不上班，卻在家打牌」。②假託的理由。如「他借口以有病為理由，不上體育課」。

**借支** ㄐㄧㄝˋ ㄓ 先期支用薪資或款項。

**借方** ㄐㄧㄝˋ ㄈㄤ 簿記上指收入項的一欄。

**借用** ㄐㄧㄝˋ ㄩㄥˋ 借㈠。

**借光** ㄐㄧㄝˋ ㄍㄨㄤ ①比喻人勤學努力，借著外來的亮光夜讀。漢代匡衡「鑿壁」和晉代車胤的「囊螢」，是古代著名的勤學故事。②向人有所請求的謙詞。如請人讓路，向人詢問。

**借名** ㄐㄧㄝˋ ㄇㄧㄥˊ 假借名義。如「借名訛詐」。

**借住** ㄐㄧㄝˋ ㄓㄨˋ 在人家暫時居住。

**借位** ㄐㄧㄝˋ ㄨㄟˋ 在減法運算中，被減數的某一位數不夠減時，向前一位借一，化成本位，然後再減。

**借助** ㄐㄧㄝˋ ㄓㄨˋ 靠別人或別的事物來幫助。

**借故** ㄐㄧㄝˋ ㄍㄨˋ 假借某種原因。也作「藉故」。

**借重** ㄐㄧㄝˋ ㄓㄨㄥˋ 請人幫忙的敬詞。

**借問** ㄐㄧㄝˋ ㄨㄣˋ ①向人詢問。②假設的問話。如「借問酒家何處有」。

**借宿** ㄐㄧㄝˋ ㄙㄨˋ 借住，借別人的地方住宿。

**借條** ㄐㄧㄝˋ ㄊㄧㄠˊ 便條式的借據。

**借款** ㄐㄧㄝˋ ㄎㄨㄢˇ ①向人借錢。②借錢給人。③借用的錢。

**借詞** ㄐㄧㄝˋ ㄘˊ 借口，假託的理由。

**借貸** ㄐㄧㄝˋ ㄉㄞˋ 向別人借用財物。

**借債** ㄐㄧㄝˋ ㄓㄞˋ 借錢。也作「舉債」。

**借據** ㄐㄧㄝˋ ㄐㄩˋ 借貸財物的書面憑證。

**借鏡** ㄐㄧㄝˋ ㄐㄧㄥˋ 利用別人的經驗或行為，作自己參考的依據。也作「借鑑」。

**借鑑** ㄐㄧㄝˋ ㄐㄧㄢˋ 借鏡。拿別的人或事做鏡子對照，以便取長補短或吸取教訓。

**借刀殺人** ㄐㄧㄝˋ ㄉㄠ ㄕㄚ ㄖㄣˊ 利用別人來害人。

**借古諷今** ㄐㄧㄝˋ ㄍㄨˇ ㄈㄥˋ ㄐㄧㄣ 假託評論古人古事的是非來影射、諷刺現實的人或事。

**借花獻佛** ㄐㄧㄝˋ ㄏㄨㄚ ㄒㄧㄢˋ ㄈㄛˊ 比喻借別人的東西來作自己的人情。

**借屍還魂** ㄐㄧㄝˋ ㄕ ㄏㄨㄢˊ ㄏㄨㄣˊ 迷信認為人死以後，靈魂可以附在別人的屍體復活。比喻已經滅亡或消失的東西又附托另一種形式出現。

**借風駛船** ㄐㄧㄝˋ ㄈㄥ ㄕˇ ㄔㄨㄢˊ 比喻假借外力來達到自己的目的。也說「借水行舟」。

**借酒裝瘋** ㄐㄧㄝˋ ㄐㄧㄡˇ ㄓㄨㄤ ㄈㄥ 假託是酒喝多了而裝瘋賣傻。

**借箸代謀** ㄐㄧㄝˋ ㄓㄨˋ ㄉㄞˋ ㄇㄡˊ 図比喻替人計畫

**借題發揮** ㄐㄧㄝˋ ㄊㄧˊ ㄈㄚ ㄏㄨㄟ 借著某事來發言或行事。

**俱** ㄐㄩˋ ㈠都，全。如「萬事俱備」。㈡偕，同。如「與生俱來」。㈢姓。又讀ㄐㄩ。

**俱樂部** ㄐㄩˋ ㄌㄜˋ ㄅㄨˋ 英文(club)的音譯。是以固定的地點與設備，專供會員學習或娛樂的處所。

**倨** ㄐㄩˋ 〔文〕㈠傲慢。如「倨傲」。㈡微曲。

**倨傲** ㄐㄩˋ ㄠˋ 〔文〕驕慢不恭。

**倔** ▲ㄐㄩㄝˊ 強硬的樣子。見「倔強」。▲ㄐㄩㄝˋ 言語粗直的樣子。如「這個人說的話好倔」。

**倔強** ㄐㄩㄝˊ ㄐㄧㄤˋ 也作「倔彊」，剛強不肯屈服的樣子。

**倔頭倔腦的** ㄐㄩㄝˋ ㄊㄡˊ ㄐㄩㄝˋ ㄋㄠˇ ˙ㄉㄜ ①形容人說話、行動生硬的樣子。②形容人脾氣倔強，態度強硬。

**倦** ㄐㄩㄢˋ ㈠疲勞。㈡厭倦。如「孜孜不倦」。

**倦怠** ㄐㄩㄢˋ ㄉㄞˋ 困倦疲乏。

**倦飛** ㄐㄩㄢˋ ㄈㄟ 〔文〕飛不動了，飛累了。借鳥的累比喻想脫離紛擾的社會，休息去了。

**倦游** ㄐㄩㄢˋ ㄧㄡˊ 〔文〕①玩兒得都膩了。②不想再作官了。

**倦勤** ㄐㄩㄢˋ ㄑㄧㄣˊ 〔文〕因為疲勞或厭倦，不想再辦事了。

**倩** ㄑㄧㄢˋ 〔文〕㈠笑起來嘴很美的樣子。《詩經》有「巧笑倩兮」。㈡請人代為做事。如辛稼軒詞有「倩何人喚取紅巾翠袖，搵英雄淚」。㈢婿也稱「倩」。妹婿可稱「妹倩」。（以上㈡㈢兩條又讀ㄑㄧㄥˋ）。

**倩女** ㄑㄧㄢˋ ㄋㄩˇ 〔文〕姣好的女子。

**倩妝** ㄑㄧㄢˋ ㄓㄨㄤ 〔文〕美麗的裝扮。倩也作「靚」。

**倩影** ㄑㄧㄢˋ ㄧㄥˇ 美麗的身影。多指女子。

**修** ㄒㄧㄡ ㈠整治。如「修飾」。㈡〔文〕長。如「修竹」。㈢砍削。如「修鉛筆」。㈣研習。如「修業」。

**修士** ㄒㄧㄡ ㄕˋ ①〔文〕操行純潔正直的人。②天主教或東正教指出家修道的男子，其所屬的機構稱「修會」。

**修女** ㄒㄧㄡ ㄋㄩˇ 天主教或東正教中出家修行的女子。

**修己** ㄒㄧㄡ ㄐㄧˇ 修善自己。如「修己善群」。

**修正** ㄒㄧㄡ ㄓㄥˋ 改正。

**修好** ㄒㄧㄡ ㄏㄠˇ 〔文〕①國與國間親善友好。②〔方〕行好，行善。

**修竹** ㄒㄧㄡ ㄓㄨˊ 〔文〕長長的竹子。

**修行** ㄒㄧㄡ ㄒㄧㄥˊ 學佛或學道。

**修改** ㄒㄧㄡ ㄍㄞˇ 修整改正。

**修身** ㄒㄧㄡ ㄕㄣ 修養自己的品德。

**修定** ㄒㄧㄡ ㄉㄧㄥˋ 修改訂正。

**修明** ㄒㄧㄡ ㄇㄧㄥˊ 〔文〕政治清明。如「政治修明」。

**修法** ㄒㄧㄡ ㄈㄚˇ ①修煉法術。②修改法令。

**修長** ㄒㄧㄡ ㄔㄤˊ 形容人的身體細長。如「身材修長」。

**修建** ㄒㄧㄡ ㄐㄧㄢˋ 建造。多指土木工程的施工。如「修建鐵路」。

**修訂** ㄒㄧㄡ ㄉㄧㄥˋ 修改訂正。多用在書籍、計畫、章程等。

**修面** ㄒㄧㄡ ㄇㄧㄢˋ 也說「刮臉」。剃去面部的鬍鬚、寒毛。

**修書** ㄒㄧㄡ ㄕㄨ 〔文〕①寫信。如「修書一封」。②指編纂書籍。

**修浚** ㄒㄧㄡ ㄐㄩㄣˋ 對河道的修理疏通。如「淡水河的修浚工作，已經完成」。

**修配** ㄒㄧㄡ ㄆㄟˋ 修理機器等的損壞部分或裝配殘缺的零件。

**修剪** ㄒㄧㄡ ㄐㄧㄢˇ ①用剪刀仔細修整。如「修剪指甲」。②修改剪接。如「修剪影片」。

**修理** ㄒㄧㄡ ㄌㄧˇ 整治。

**修造** ㄒㄧㄡ ㄗㄠˋ ①修理並製造。②建造。如「修造一座花園」。

**修復** ㄒㄧㄡ ㄈㄨˋ ①修理使恢復完整。如「修復城牆」。②有機體的組織發生缺損時，由新生的組織來補充，使恢復原來的形態。

**修短** ㄒㄧㄡ ㄉㄨㄢˇ [文]長或短。如「他的身材，修短合度」。

**修補** ㄒㄧㄡ ㄅㄨˇ 修理補充。

**修業** ㄒㄧㄡ ㄧㄝˋ ①學生在校上課、學習。如「修業期滿」。②古人稱版為業，因此將寫作說是修業。

**修煉** ㄒㄧㄡ ㄌㄧㄢˋ ①道家修養練氣、煉丹等。②修養陶冶品德。

**修睦** ㄒㄧㄡ ㄇㄨˋ [文]跟鄰人和好相處。

**修腳** ㄒㄧㄡ ㄐㄧㄠˇ 修剪腳趾甲或削去腳底的老趼。

**修路** ㄒㄧㄡ ㄌㄨˋ 修築道路。

**修葺** ㄒㄧㄡ ㄑㄧˋ [文]修理補治，指建築。

**修道** ㄒㄧㄡ ㄉㄠˋ 某些教派或團體信徒虔誠地學習教義或法術，並實踐在平日的言行中。如「靜心修道」。

**修飾** ㄒㄧㄡ ㄕˋ 整理裝飾，使更加美觀。

**修養** ㄒㄧㄡ ㄧㄤˇ 求學問道德的精美完善。

**修學** ㄒㄧㄡ ㄒㄩㄝˊ 研習學業。

**修整** ㄒㄧㄡ ㄓㄥˇ 修繕使完整或整齊。如「修整果樹」。

**修築** ㄒㄧㄡ ㄓㄨˋ 建築。

**修繕** ㄒㄧㄡ ㄕㄢˋ 修理。繕是修補、整治。多指建築物。如「修繕房屋」。

**修辭** ㄒㄧㄡ ㄘˊ 修飾文字、語句，使它表達準確，生動有力。

**修護** ㄒㄧㄡ ㄏㄨˋ 修理並加維護，使保持完好的狀態。如「水利工程要隨時做好修護工作」。

**修正液** ㄒㄧㄡ ㄓㄥˋ ㄧㄝˋ 用來塗改文稿上的文字的一種化學成分液體塗劑，晾乾後可重新書寫。

**修道院** ㄒㄧㄡ ㄉㄠˋ ㄩㄢˋ ①基督教和東正教等教徒出家修道的機構。②在天主教會中，也指培養神父的機構。

**修學分** ㄒㄧㄡ ㄒㄩㄝˊ ㄈㄣ 修習某一課程達規定時數，並通過測驗，就獲得這一課程的學分。一學分就是每週上課一小時，一學期需上十八小時。

**修辭格** ㄒㄧㄡ ㄘˊ ㄍㄜˊ 修辭的各種方式，如顯比、隱喻、階升、誇飾等等。

**修辭學** ㄒㄧㄡ ㄘˊ ㄒㄩㄝˊ 研究如何使語言適切表達而生動有力的一門學科。

**修文偃武** ㄒㄧㄡ ㄨㄣˊ ㄧㄢˇ ㄨˇ 修明文教，停止戰備。也作「偃武修文」。

**修仙學道** ㄒㄧㄡ ㄒㄧㄢ ㄒㄩㄝˊ ㄉㄠˋ 煉丹服藥，學習法術，求取長生不老。

**修正主義** ㄒㄧㄡ ㄓㄥˋ ㄓㄨˇ ㄧˋ ①社會主義的一派。反對馬克斯資本集中說和社會革命論，主張以議會為中心，逐漸改良社會的學說。②共產國家指責披著馬克斯主義外衣而反對馬克斯主義的思潮。

**修齊治平** ㄒㄧㄡ ㄑㄧˊ ㄓˋ ㄆㄧㄥˊ 修身、齊家、治國、平天下的略稱。是儒家從個人修養做起，到為社會國家服務的一貫主張。見〈禮記・大學〉。

**修橋補路** ㄒㄧㄡ ㄑㄧㄠˊ ㄅㄨˇ ㄌㄨˋ 指有益大眾的善舉。

## 倖

ㄒㄧㄥˋ ㈠避免了意外的遭遇得到了非分的收穫。如「僥倖」。㈡溺愛。如「你把女兒倖成這個樣子」。㈢見「薄倖」。

## 值

ㄓˊ ㈠物價。如「計值」。㈡貨價高低合適，或行動有意義、有代價。如「這東西值得買」「這戲不值一看」。㈢輪流擔當職務。如「值日」「今天他當（ㄉㄤ）值」。㈣數值。㈤〔文〕當（ㄉㄤ）遇到。如「值此良辰」。

**值日** ㄓˊ ㄖˋ 在輪到負責的這一天執行任務。如「值日生」。

**值更** ㄓˊ ㄍㄥ 〔方〕夜間值班的工作。

**值夜** ㄓˊ ㄧㄝˋ 夜間值班。如「輪流值夜」。

**值星** ㄓˊ ㄒㄧㄥ 工作依照一個星期輪流一次。也叫「值週」。如「值星官」。

**值班** ㄓˊ ㄅㄢ 在輪到作事的時間，去當值。

**值得** ㄓˊ ˙ㄉㄜ 價值相當。如「這件事值得費一番心」「這件小事不值得生氣」。

**值勤** ㄓˊ ㄑㄧㄣˊ 軍警人員輪到值班。如「這兩天值勤，今天是你，明天是我」。

**值錢** ㄓˊ ㄑㄧㄢˊ 很有價值的。如「這是個值錢的東西」。

**值星官** ㄓˊ ㄒㄧㄥ ㄍㄨㄢ 部隊中各級幹部（營裡由連長，連裡由排長）在輪到值班的那一星期，負責帶隊和處理一般事務。

**倬** 〔文〕ㄓㄨㄛˊ ㈠顯著。㈡大的。

**倀** 〔文〕ㄔㄤ 相傳為虎所役使的鬼叫「倀」。如「為虎作倀」。

**倀鬼** ㄔㄤ ㄍㄨㄟˇ 舊時傳說中被老虎咬死的人變成的鬼。這個鬼不敢離開老虎，反而替老虎做幫凶。所以把替虎當差的鬼叫做「倀鬼」。參看「為虎作倀」。

**倡** ▲ㄔㄤˋ 提倡。▲ㄔㄤ ㈠通「娼」。㈡通「猖」。如「倡狂」。

**倡家** ㄔㄤ ㄐㄧㄚ 〔文〕妓院。

**倡義** ㄔㄤˋ ㄧˋ 〔文〕首倡義舉。

**倡優** ㄔㄤ ㄧㄡ 從前說娼妓和優伶。

**倏** 〔文〕ㄕㄨˋ 急速的樣子。

**倏地** ㄕㄨˋ ㄉㄧˋ 〔文〕急速地，倏忽，忽地。

**倏忽** ㄕㄨˋ ㄏㄨ 〔文〕疾速。

**倏閃** ㄕㄨˋ ㄕㄢˇ 〔文〕光閃動不定的樣子。

**倉** ㄘㄤ ㈠藏穀的地方。如「米倉」。㈡見「倉卒」「倉皇」。㈢〔文〕通「滄」。如「東燭倉海」。

**倉卒** ㄘㄤ ㄘㄨˋ 也作倉猝，急促匆忙的樣子。

**倉房** ㄘㄤ ㄈㄤˊ 倉㈠。

**倉促** ㄘㄤ ㄘㄨˋ 匆忙。如「時間倉促」。

**倉皇** ㄘㄤ ㄏㄨㄤˊ 心中恐懼而匆促忙亂的樣子。

**倉庫** ㄘㄤ ㄎㄨˋ 專門用來存放東西的房屋。

**倉鼠** ㄘㄤ ㄕㄨˇ 倉庫裡的老鼠。指吃得又肥又大的老鼠。

**倉廩** ㄘㄤ ㄌㄧㄣˇ 〔文〕儲藏糧食的倉庫。

**倉儲** ㄘㄤ ㄔㄨˇ ①用倉庫儲存。②在倉庫裡儲存的物品。

**倉頡篇** ㄘㄤ ㄐㄧㄝˊ ㄆㄧㄢ 古代字書，秦李斯著，初以小篆書寫。漢初合趙高「爰歷篇」、胡毋敬「博學篇」三篇，以六十字為一章，共五十五章，統稱「倉頡篇」，作為學童識字教材，四言一句，兩句一韻。唐以後失傳，現有輯本。倉頡，相傳是黃帝史官，首先創造、整理文字。

**倉頡輸入法** ㄘㄤ ㄐㄧㄝˊ ㄕㄨ ㄖㄨˋ ㄈㄚˇ 電腦輸入法之一。利用國人喜歡把字拆開來辨認的概念而形成的。有二十四個基本字母和衍生的輔助字形。

**俺** ㄢˇ 北方話說「我」。

**倚** ㄧˇ ㈠依，靠。如「倚靠」。㈡偏，側。如「不偏不倚」。㈢仗著。如「倚勢欺人」。

**倚仗** ㄧˇ ㄓㄤˋ 依靠。

**倚重** ㄧˇ ㄓㄨㄥˋ 受到信賴而付予重任，器重。

**倚靠** ㄧˇ ㄎㄠˋ ①貼近。如「全身倚靠在板壁上」。②依賴。③依賴的人。如「年老了也沒有個倚靠」。

**倚賴** ㄧˇ ㄌㄞˋ ①依靠。②倚㈢。

**倚聲** ㄧˇ ㄕㄥ 〔文〕就是「填詞」。作詞時依據詞調填入字句，符合聲律，所以稱「倚聲」。

**倚賴性** ㄧˇ ㄌㄞˋ ㄒㄧㄥˋ 自己不努力，只知依靠他人。

**倚老賣老** ㄧˇ ㄌㄠˇ ㄇㄞˋ ㄌㄠˇ 以為自己年紀大，學識經驗豐富，而看不起別人。

**倚馬千言** ㄧˇ ㄇㄚˇ ㄑㄧㄢ ㄧㄢˊ 〔文〕比喻文思敏捷。〈世說新語・文學〉說東晉桓溫領軍北伐，要他的記室（機要祕書）袁宏寫文告。袁宏背靠著馬，一會兒就寫了七張紙，而且寫得很好。

**倚馬可待** ㄧˇ ㄇㄚˇ ㄎㄜˇ ㄉㄞˋ 形容才思敏捷，寫文章很快。參看「倚馬千言」。

**倭** ㄨㄛ 人種名，日本的舊稱。

**倭瓜** ㄨㄛ ㄍㄨㄚ 瓜字常輕讀。也叫「老倭瓜」。蔓生植物，開黃花，瓜呈扁圓或長圓形，有黃色或綠色斑點，可以吃。

**倭寇** ㄨㄛ ㄎㄡˋ 十四至十六世紀猖狂騷擾搶劫朝鮮和我國沿海的日本海盜。後為名將戚繼光、俞大猷所剿滅。

## 九筆

**偏** ㄆㄧㄢ ㈠歪斜，不正。如「偏心」。㈡側重一面。如「字寫偏了」。㈢表示出於不意。如「偏不湊巧」。㈣表示相反的意思。如「你要去，他偏不去」。

**偏才** ㄆㄧㄢ ㄘㄞˊ 不能用於大方面的才能。如「他的象棋下得好，可惜是偏才」。

**偏心** ㄆㄧㄢ ㄒㄧㄣ 心意有所偏袒。

**偏巧** ㄆㄧㄢ ㄑㄧㄠˇ 想不到的，出於意外的。

**偏向** ㄆㄧㄢ ㄒㄧㄤˋ 傾向一方面。

**偏安** ㄆㄧㄢ ㄢ 〔文〕封建時代，一國政府僻處一方，沒有統治全國的權力，叫做偏安。如東晉、南宋。

**偏低** ㄆㄧㄢ ㄉㄧ 過低，略為低了一些。如「物價升高，顯得工資偏低」。

**偏私** ㄆㄧㄢ ㄙ 偏袒徇私。

**偏見** ㄆㄧㄢ ㄐㄧㄢˋ 不公平或頑固的意見。

**偏角** ㄆㄧㄢ ㄐㄧㄠˇ 磁針的南北線跟地球南北線所成的角。

**偏狂** ㄆㄧㄢ ㄎㄨㄤˊ 因為固執一事一物的妄想而生的狂象。

**偏房** ㄆㄧㄢ ㄈㄤˊ ①指正屋東西兩廂的房子。②就是「妾」。又稱「二房」。俗稱「姨太太」。

**偏衫** ㄆㄧㄢ ㄕㄢ 僧尼的服裝，斜披在左肩上。

**偏枯** ㄆㄧㄢ ㄎㄨ ①半身不遂的毛病，中醫叫偏枯。②分配不均。

**偏重** ㄆㄧㄢ ㄓㄨㄥˋ 只注重一方面。

**偏食** ㄆㄧㄢ ㄕˊ ①只喜歡吃某幾種食物。②天文學上對日偏食和月偏食的統稱。參看「日食」「月食」。

**偏倚** ㄆㄧㄢ ㄧˇ 偏重或偏向。

**偏差** ㄆㄧㄢ ㄔㄚ ①偏失，不正確。如「計畫的實施，發現偏差」。②運動物體離開確定方向的角度。③統計數據與其代表值的差數。

**偏師** ㄆㄧㄢ ㄕ 図指在主力部隊側旁協助作戰的部隊。

**偏袒** ㄆㄧㄢ ㄊㄢˇ ①図袒露一臂。②引申指袒護雙方中的一方。參看「左袒」。③佛教僧侶穿著袈裟露出右肩，對尊者表示恭敬。

**偏財** ㄆㄧㄢ ㄘㄞˊ 不是靠勞力、資本賺來的錢，是從賭博或其他方法得來的錢。

**偏高** ㄆㄧㄢ ㄍㄠ 太高，略為高了一些。跟「偏低」正相反。

**偏偏** ㄆㄧㄢ ㄆㄧㄢ ①偏巧。②表示相反的意思。如「叫他去，他偏偏不去」。

**偏執** ㄆㄧㄢ ㄓˊ 偏激而固執。如「這個人很偏執，別人的話聽不進去」。

**偏勞** ㄆㄧㄢ ㄌㄠˊ ①公眾的事一個人所做的特別多叫偏勞。②請人或謝人代做事的客套話。

**偏愛** ㄆㄧㄢ ㄞˋ 偏向一面的喜愛。

**偏裨** ㄆㄧㄢ ㄆㄧˊ 図偏將，小將領。

**偏遠** ㄆㄧㄢ ㄩㄢˇ 偏僻而遙遠。如「偏遠地區」。

**偏頗** ㄆㄧㄢ ㄆㄛ 図偏於一方面；不公平。

**偏僻** ㄆㄧㄢ ㄆㄧˋ 交通不便的荒僻地方。

**偏廢** ㄆㄧㄢ ㄈㄟˋ 顧到了這方面，忽略了那方面。如「五育並重，不可偏廢」。

**偏鋒** ㄆㄧㄢ ㄈㄥ ①書法上指用毛筆寫字時筆鋒斜出的筆勢。②泛指說話、作文等從側面著手的方法。

**偏激** ㄆㄧㄢ ㄐㄧ 偏失而趨向極端，常用來指言論或行為。如「言詞偏激」。

**偏離** ㄆㄧㄢ ㄌㄧˊ 因出現偏差而離開確定的軌道、方向等。如「現在的討論，已經偏離主題了」。

**偏護** ㄆㄧㄢ ㄏㄨˋ 偏私袒護。

**偏聽** ㄆㄧㄢ ㄊㄧㄥ 聽信一方面的話。

**偏癱** ㄆㄧㄢ ㄊㄢ 身體的一側因病癱瘓，多由腦內出血而引起。也叫「半身不遂」。

**偏方(兒)** ㄆㄧㄢ ㄈㄤ(ㄦ) 不是醫生開的正式藥方。如「偏方兒治大病」。

**偏旁(兒)** ㄆㄧㄢ ㄆㄤˊ(ㄦ) 合體字的左右兩旁。

**偏頭痛** ㄆㄧㄢ ㄊㄡˊ ㄊㄨㄥˋ 頭的一邊痛的病，患者常會惡心、眩暈、嘔吐。

# 偷

ㄊㄡ ㈠竊取。㈡行動不使人知道。如「偷看」「偷吃」。㈢図苟且。如「偷安」。

**偷巧** ㄊㄡ ㄑㄧㄠˇ 取巧。

**偷生** ㄊㄡ ㄕㄥ 図苟且活命。

**偷吃** ㄊㄡ ㄔ ①背地裡拿食物吃。②比喻官吏貪汙。③比喻男女偷情。④比喻桌球比賽的一方用合法的手段偷襲。

**偷安** ㄊㄡ ㄢ 図不管將來，只求目前暫時安逸。

**偷空** ㄊㄡ ㄎㄨㄥ 利用空閒時間。可儿化。也可說「偷個空兒」。

**偷看** ㄊㄡ ㄎㄢˋ ①在一旁看，而不讓被看的人知道。②私下或背著人看，不讓別人知道。如「上課不可偷看小說」。

**偷香** ㄊㄡ ㄒㄧㄤ 指跟婦女發生不正常關係。本出於西晉賈充的女兒喜歡韓壽，把父親的異香送給韓壽；後來賈充發現，把女兒嫁給韓壽的故事。也作「偷香竊玉」。

**偷情** ㄊㄡ ㄑㄧㄥˊ ①暗中與人談戀愛。②指男女發生不正常的關係。

**偷盜** ㄊㄡ ㄉㄠˋ 偷竊。

**偷著** ㄊㄡ ˙ㄓㄜ 偷偷(兒)地。

**偷閒** ㄊㄡ ㄒㄧㄢˊ 在忙中抽得空暇。

**偷漏** ㄊㄡ ㄌㄡˋ 漏稅。

**偷嘴** ㄊㄡ ㄗㄨㄟˇ 偷東西吃。

**偷營** ㄊㄡ ㄧㄥˊ 出其不意的襲擊敵營。

**偷懶** ㄊㄡ ㄌㄢˇ 懶惰不努力。

**偷襲** ㄊㄡ ㄒㄧˊ 乘敵人不注意時，突然襲擊。如「偷襲敵營」。

**偷竊** ㄊㄡ ㄑㄧㄝˋ 竊取。

**偷眼（兒）** ㄊㄡ ㄧㄢˇ（ㄦ） 偷看。

**偷功夫** ㄊㄡ ㄍㄨㄥ ㄈㄨ 夫字輕讀。偷閒，也作偷空（兒）。

**偷油兒** ㄊㄡ ㄧㄡˊ ㄦ 說人油滑偷懶。

**偷偷（兒）地** ㄊㄡ ㄊㄡ（ㄦ）ㄉㄜ˙ 不叫人知道的行動。

**偷工減料** ㄊㄡ ㄍㄨㄥ ㄐㄧㄢˇ ㄌㄧㄠˋ 本指建築、土木或製作的工夫不實在。泛指不切實、偷巧。

**偷天換日** ㄊㄡ ㄊㄧㄢ ㄏㄨㄢˋ ㄖˋ 比喻暗中玩弄手法，改變重大的事物真相來欺騙人家。

**偷合取容** ㄊㄡ ㄏㄜˊ ㄑㄩˇ ㄖㄨㄥˊ 因苟且迎合別人，以求取容身之地。也作「偷合苟容」。

**偷偷摸摸** ㄊㄡ ㄊㄡ ㄇㄛ ㄇㄛ 第二個偷字可輕讀。暗地裡活動。

**偷梁換柱** ㄊㄡ ㄌㄧㄤˊ ㄏㄨㄢˋ ㄓㄨˋ 比喻暗中玩弄手法，用假的代替真的。

**偷雞摸狗** ㄊㄡ ㄐㄧ ㄇㄛ ㄍㄡˇ ①指竊賊。②指行為不端的人。

## 停

ㄊㄧㄥˊ ㈠中止。如「雨停了」。㈡暫住，暫時擱置。如「停工」。㈢指其中的一份。如「十停中去了九停」。

**停工** ㄊㄧㄥˊ ㄍㄨㄥ 停止工作。

**停勻** ㄊㄧㄥˊ ㄩㄣˊ 因勻稱。也作「亭勻」。

**停止** ㄊㄧㄥˊ ㄓˇ 不繼續，不進行。

**停水** ㄊㄧㄥˊ ㄕㄨㄟˇ 水廠暫停供應自來水。如「停水通告」。

**停火** ㄊㄧㄥˊ ㄏㄨㄛˇ 交戰雙方或一方暫時停止攻擊。火指槍砲彈藥。相對的叫「開火」。

**停刊** ㄊㄧㄥˊ ㄎㄢ 報章雜誌停止刊行出版。

**停妥** ㄊㄧㄥˊ ㄊㄨㄛˇ 妥貼停當。

**停車** ㄊㄧㄥˊ ㄔㄜ ①車輛停止行駛。②停放車輛。如「停車場」。③工廠機器停止轉動。

**停放** ㄊㄧㄥˊ ㄈㄤˋ 指車輛、靈柩等短時間放置。如「自行車不可隨意停放」。

**停泊** ㄊㄧㄥˊ ㄅㄛˊ 船靠岸而停住。

**停飛** ㄊㄧㄥˊ ㄈㄟ 飛機暫停飛行。如「機場霧大，飛機停飛」。

**停食** ㄊㄧㄥˊ ㄕˊ 吃東西不消化。

**停息** ㄊㄧㄥˊ ㄒㄧ 停止，歇息。如「風雨停息」。

**停留** ㄊㄧㄥˊ ㄌㄧㄡˊ 停住不前進。

**停航** ㄊㄧㄥˊ ㄏㄤˊ 飛機或船隻暫停航行。如「海浪太大，交通船停航」。

**停雲** ㄊㄧㄥˊ ㄩㄣˊ 因停止而不流動的雲層。比喻思念親友。陶潛有〈停雲詩〉。

**停業** ㄊㄧㄥˊ ㄧㄝˋ ①暫時停止營業。如「為年終盤存，停業兩天」。②歇業。如「那家店鋪早就停業了」。

**停滯** ㄊㄧㄥˊ ㄓˋ ①停留不動。②吃食物而不消化。

**停歇** ㄊㄧㄥˊ ㄒㄧㄝ 停止，歇息。

**停當** ㄊㄧㄥˊ ㄉㄤ˙ 當字輕讀。齊備；完畢。

**停經** ㄊㄧㄥˊ ㄐㄧㄥ 婦女在四十到五十歲，月經停止。

**停話** ㄊㄧㄥˊ ㄏㄨㄚˋ 電話公司暫停電話通話。如「某地區明天停話」。

**停電** ㄊㄧㄥˊ ㄉㄧㄢˋ 電廠暫停供電。如「本區明天停電」。

**停頓** ㄊㄧㄥˊ ㄉㄨㄣˋ 中止或暫止。

**停課** ㄊㄧㄥˊ ㄎㄜˋ 學校停止上課。

**停靠** ㄊㄧㄥˊ ㄎㄠˋ 輪船、火車等停留在某個地方。如「貨輪停靠碼頭」「北上列車停靠第三月台」。

**停戰** ㄊㄧㄥˊ ㄓㄢˋ 交戰雙方停止作戰。

**停辦** ㄊㄧㄥˊ ㄅㄢˋ 中止正在進行的事業。

**停職** ㄊㄧㄥˊ ㄓˊ 停止職務。

**停擺** ㄊㄧㄥˊ ㄅㄞˇ 鐘擺停止擺動，比喻事情停頓。

**停爐** ㄊㄧㄥˊ ㄌㄨˊ 工廠暫停鍋爐操作，讓機器停止工作。

**停靈** ㄊㄧㄥˊ ㄌㄧㄥˊ 死人下葬以前，先停放在供人祭弔的地方。

**停停(兒)** ㄊㄧㄥˊ ˙ㄊㄧㄥ ㄦ 第二個停字輕讀。等一會兒。

**停車位** ㄊㄧㄥˊ ㄔㄜ ㄨㄟˋ 地上畫了格子供車輛停放的位子。也說「車位」。

**停車場** ㄊㄧㄥˊ ㄔㄜ ㄔㄤˇ 專供車輛停放的場地。

**停機坪** ㄊㄧㄥˊ ㄐㄧ ㄆㄧㄥˊ 機場上供起落的飛機臨時停放的場地。

**停妻再娶** ㄊㄧㄥˊ ㄑㄧ ㄗㄞˋ ㄑㄩˇ 跟妻子還沒離婚，再娶另外的女子。

**停戰協定** ㄊㄧㄥˊ ㄓㄢˋ ㄒㄧㄝˊ ㄉㄧㄥˋ 交戰雙方政府或軍隊為停止作戰而簽訂的協議。其中規定撤兵距離、交換俘虜等條件，作為正式和談的基礎。

**停車計時收費器** ㄊㄧㄥˊ ㄔㄜ ㄐㄧˋ ㄕˊ ㄕㄡ ㄈㄟˋ ㄑㄧˋ 設在路邊供計算停車時間用的收費器，使用者須先投幣。

## 偈

▲ㄐㄧˋ 佛家傳道時唱的詞句。四句為一偈。多數是頌詞。

▲図ㄐㄧㄝˊ ㈠雄健的樣子。〈詩經〉有「伯兮偈兮」。㈡疾馳的樣子。〈詩經〉有「匪車偈兮」。

**偈句** ㄐㄧˋ ㄐㄩˋ 佛經中的唱詞。也稱「偈頌」。

## 假

▲ㄐㄧㄚˇ ㈠図借。如「假借名義」。㈡不是真的。如「假山」。㈢若，設使。如「假如」。㈣姓。

▲ㄐㄧㄚˋ 休息。如「放假」「請假」。

**假子** ㄐㄧㄚˇ ㄗˇ ①義子。②養子。③前妻或前夫的兒子。

**假山** ㄐㄧㄚˇ ㄕㄢ 園林中由人工堆疊的小山。

**假手** ㄐㄧㄚˇ ㄕㄡˇ 図為了達到某種目的，自己不去做而讓別人去做。通常作「假手於人」。

**假日** ㄐㄧㄚˋ ㄖˋ 放假或休假的日子。

**假牙** ㄐㄧㄚˇ ㄧㄚˊ 義齒。牙齒脫落或拔除後鑲上的牙，多稱「假牙」。

**假令** ㄐㄧㄚˇ ㄌㄧㄥˋ 図如果，假使。

**假充** ㄐㄧㄚˇ ㄔㄨㄥ 冒充，裝出某種樣子。如「假充內行」。

**假名** ㄐㄧㄚˇ ㄇㄧㄥˊ ①掩蓋自己的真姓名，而另用其他的名字。②日文字母。借用我國漢字偏旁，楷書叫片假名，草書叫平假名。名就是字。日本早期有語言沒有文字，直接借用漢字記語音，稱「真名」。後來簡化並逐漸統一，成為「假名」。有五十個基本字母，稱為「五十音」。

**假如** ㄐㄧㄚˇ ㄖㄨˊ 倘若，如果。

**假托** ㄐㄧㄚˇ ㄊㄨㄛ 假造的托詞。托本作「託」。

**假死** ㄐㄧㄚˇ ㄙˇ ①醫學上稱暫時的暈厥。如腦震盪、癲癇、溺水、呼吸道內有異物，以致呼吸停止、脈搏微弱、四肢寒冷等。②裝死。

**假扮** ㄐㄧㄚˇ ㄅㄢˋ 喬裝，化裝，裝扮成其他樣子，為了讓人認錯為別人，或認不出自己的真相。如「她假扮男裝，樣子還真不錯」。

**假使** ㄐㄧㄚˇ ㄕˇ 如果。

**假定** ㄐㄧㄚˇ ㄉㄧㄥˋ 暫時這樣說。

**假性** ㄐㄧㄚˇ ㄒㄧㄥˋ 醫學名詞，原因不同卻有性質相似的病。如「假性近視」。

**假果** ㄐㄧㄚˇ ㄍㄨㄛˇ 果實的食用部分不是子房壁發育而成，而是花托或萼發育而成的，叫做「假果」。如梨、蘋果、無花果、桑葚等。

**假冒** ㄐㄧㄚˇ ㄇㄠˋ 用假的冒充真的。

**假若** ㄐㄧㄚˇ ㄖㄨㄛˋ 假如。

**假借** ㄐㄧㄚˇ ㄐㄧㄝˋ ①借用。②六書之一，古人取同音的字借作別的意思。如「考」做「老」。

**假根** ㄐㄧㄚˇ ㄍㄣ 植物學上說由單一的細胞發育而成的根，形狀像絲，沒有維管束，作用與根相同。如苔蘚植物的根。

**假設** ㄐㄧㄚˇ ㄕㄜˋ 假定。

**假造** ㄐㄧㄚˇ ㄗㄠˋ ①模仿真品做個假的。如「假造畢業證書」。②捏造。如「假造理由」。

**假單** ㄐㄧㄚˋ ㄉㄢ 請假單，請假條。

**假寐** ㄐㄧㄚˇ ㄇㄟˋ 〔文〕不脫衣睡覺，小睡。

**假期** ㄐㄧㄚˋ ㄑㄧˊ 放假或告假的期日。

**假象** ㄐㄧㄚˇ ㄒㄧㄤˋ ①哲學名詞，從判斷力來表明本質的現象。②不是實在的形象，是類似的外相。

**假貸** ㄐㄧㄚˇ ㄉㄞˋ 〔文〕①借貸。②寬容。

**假想** ㄐㄧㄚˇ ㄒㄧㄤˇ 想像，假設，虛構。如「假想的情節」。

**假意** ㄐㄧㄚˇ ㄧˋ 故意做的，不是出於本心的。

**假裝** ㄐㄧㄚˇ ㄓㄨㄤ 故意做出某種動作或姿態來掩飾真相。如「假裝睡著了」。

**假道** ㄐㄧㄚˇ ㄉㄠˋ 〔文〕指行軍借路經過。

**假說** ㄐㄧㄚˇ ㄕㄨㄛ 科學研究中，為說明某類事項而設定的原理。或是科學家提出解釋事象的主張，尚待證明的。有時也稱「假設」。

**假髮** ㄐㄧㄚˇ ㄈㄚˇ 用人工纖維或別人的頭髮編成的頭髮模型，可以遮蓋禿頭或增加美觀。

**假釋** ㄐㄧㄚˇ ㄕˋ 刑法上說對已經入獄而有改悔實據的犯人，服滿一定刑期，可以暫時釋放。

**假分數** ㄐㄧㄚˇ ㄈㄣ ㄕㄨˋ 分子大於或等於分母的分數。如$\frac{7}{5}$、$\frac{6}{6}$。

**假扣押** ㄐㄧㄚˇ ㄎㄡˋ ㄧㄚ 民法上稱在沒有確定判決以前，預先扣押債務人的動產或不動產，以免脫產或隱匿動產。

**假定句** ㄐㄧㄚˇ ㄉㄧㄥˋ ㄐㄩˋ ①語氣未確定的命題。②在科學上未經證明的事實，用近似真理的說法來解釋。

**假面具** ㄐㄧㄚˇ ㄇㄧㄢˋ ㄐㄩˋ ①一種玩具，用厚紙或塑膠壓製，做成人臉的樣子。②比喻態度的虛假。

**假借義** ㄐㄧㄚˇ ㄐㄧㄝˋ ㄧˋ 由於音近音同的關係，借用一字表示另一字的語義，而跟此字的本義沒有關係的。如「烏」本是鳥名，借用為感嘆詞「烏呼」的「烏」，就是假借義。

**假動作** ㄐㄧㄚˇ ㄉㄨㄥˋ ㄗㄨㄛˋ 假裝作一個行為或動作，而誘騙別人上當，隱藏他的真實目的。如「打籃球時，一號球員假動作真多，讓人眼花撩亂」。

**假執行** ㄐㄧㄚˇ ㄓˊ ㄒㄧㄥˊ 對於民事案件，在判決確定以前執行。當事人提出假執行聲請，須提出相當的保證，經法庭許可，可以先執行。

**假處分** ㄐㄧㄚˇ ㄔㄨˇ ㄈㄣˋ 債權人對金錢以外的請求，為了保全或須維持現有狀態不變，可以向法庭提出聲請假處分。

**假惺惺** ㄐㄧㄚˇ ㄒㄧㄥ ㄒㄧㄥ　故意的，假裝的，虛情假意。

**假嗓子** ㄐㄧㄚˇ ㄙㄤˇ ㄗ˙　歌唱時使用非本嗓發出的嗓音。

**假想敵** ㄐㄧㄚˇ ㄒㄧㄤˇ ㄉㄧˊ　為施行自己的政策，心目中假定一個必須跟它抗鬥的敵對勢力。

**假道學** ㄐㄧㄚˇ ㄉㄠˋ ㄒㄩㄝˊ　滿口仁義道德，而實際上品德很壞的人。偽君子。

**假撇清** ㄐㄧㄚˇ ㄆㄧㄝ ㄑㄧㄥ　對於某事確實有關係，而裝做不知道。

**假仁假義** ㄐㄧㄚˇ ㄖㄣˊ ㄐㄧㄚˇ ㄧˋ　外表仁義道德，其實是個壞人。

**假公濟私** ㄐㄧㄚˇ ㄍㄨㄥ ㄐㄧˋ ㄙ　借公家的力量，謀取個人的私利。

## 偕

[文]ㄐㄧㄝ共同。又讀ㄒㄧㄝˊ。

**偕同** ㄐㄧㄝ ㄊㄨㄥˊ　[文]一起，共同。

**偕老** ㄐㄧㄝ ㄌㄠˇ　[文]夫婦共同生活到老。偕也讀ㄒㄧㄝˊ。

## 健

ㄐㄧㄢˋ ㈠康強。如「健壯」。㈡才力強幹。如「健兒」。

**健全** ㄐㄧㄢˋ ㄑㄩㄢˊ　①身體強壯沒病。②事物完美，沒有缺陷。

**健在** ㄐㄧㄢˋ ㄗㄞˋ　生存，指老人說的。

**健壯** ㄐㄧㄢˋ ㄓㄨㄤˋ　康健強壯。

**健忘** ㄐㄧㄢˋ ㄨㄤˋ　容易忘記，記憶力不好。

**健步** ㄐㄧㄢˋ ㄅㄨˋ　①善於走路，腳步輕快有力。如「健步如飛」。②[文]指趕路送信的人。也稱「急足」。

**健兒** ㄐㄧㄢˋ ㄦˊ　壯士。

**健旺** ㄐㄧㄢˋ ㄨㄤˋ　身體健康，精力旺盛。

**健保** ㄐㄧㄢˋ ㄅㄠˇ　見「健康保險」。

**健美** ㄐㄧㄢˋ ㄇㄟˇ　表現出健康的美，指人的體格和體態。

**健將** ㄐㄧㄢˋ ㄐㄧㄤˋ　①[文]勇猛善戰的大將。②稱某種活動的能手。如「籃球健將」。

**健康** ㄐㄧㄢˋ ㄎㄤ　①身體強壯安適。②事物的情況正常，沒有缺陷。如「健康的社會」。

**健訟** ㄐㄧㄢˋ ㄙㄨㄥˋ　[文]喜歡爭訟，很會打官司。

**健筆** ㄐㄧㄢˋ ㄅㄧˇ　矯健的筆力。形容人擅長寫作。

**健談** ㄐㄧㄢˋ ㄊㄢˊ　喜歡談論，談話不疲倦。

**健身房** ㄐㄧㄢˋ ㄕㄣ ㄈㄤˊ　專門供人鍛鍊身體的地方。內部設有各種健身器材。

**健保卡** ㄐㄧㄢˋ ㄅㄠˇ ㄎㄚˇ　參加健康保險的身分證明，採用卡片形式，記載被保人的有關資料。

**健康保險** ㄐㄧㄢˋ ㄎㄤ ㄅㄠˇ ㄒㄧㄢˇ　保險項目的一種，為健康而投保。在保險期間，投保人在健康上有任何醫療問題，由保險公司負責醫療費用。

## 偵

ㄓㄣ 暗中察看，探伺。如「偵候」「偵察」。又讀ㄓㄥ。

**偵查** ㄓㄣ ㄔㄚˊ　檢察官對於嫌疑的人跟證據，作不公開的考查、搜集，再決定是否要提起公訴。

**偵候** ㄓㄣ ㄏㄡˋ　[文]偵察。

**偵訊** ㄓㄣ ㄒㄩㄣˋ　偵察訊問。警察對犯罪嫌疑人所作的訊問程序。

**偵探** ㄓㄣ ㄊㄢˋ　①探察祕事。②管偵探案情的人。如「私家偵探」。

**偵察** ㄓㄣ ㄔㄚˊ　暗中探看情形。

**偵緝** ㄓㄣ ㄑㄧˋ　偵探緝捕。

**偵騎** ㄓㄣ ㄐㄧˋ　[文]①偵察敵情的騎兵。②偵探人員。

**偵查庭** ㄓㄣ ㄔㄚˊ ㄊㄧㄥˊ　檢察官開庭偵察犯罪事實和證據的搜集，以決定是否起訴。

**偵緝隊** 舊時稱專門負責偵察緝捕的警察單位。現在稱刑事警察隊（刑警隊）。

**偵察機** 軍用飛機的一種，用來偵察敵情。

**偵探小說** 拿偵探事件作為題材的小說。

**偌** ㄖㄨㄛˋ 那麼，這樣。如「偌大的城市」。

**偌大** 這麼大，那麼大。

**偺** ▲ㄗㄢˊ 同「咱」。▲ㄗㄚˊ 同「咱」。多見於早期的白話文。

**做** ㄗㄨㄛˋ ㈠為。如「做工」「做事」。㈡舉辦。如「做生日」「做滿月」。

**做大** 擺架子，自居於尊大的地位。

**做工** ①工作，多指做體力勞動方面的事。②指製作的技術。可ㄦ化。如「這件衣服做工很細」。③指戲曲中演員的動作和表情。也作「做功」。如「做工戲」。

**做主** ①做東道主。②主持，主其事。

**做伴** 當陪伴的人。可儿化。

**做作** 作字輕讀。同「造作」。

**做事** ①工作。②正在處理某項事情。

**做東** 當東道主，當主人。也作「作東」。

**做派** ①戲曲表演時以做工出名的。②製造Pie，用小麥粉和水調牛油攪拌，包上餡兒煎烤而成的日常簡單食物。

**做媒** 當媒人，幫人介紹婚姻。

**做飯** 造飯，泛稱烹飪各事。

**做壽** 為自己或家屬的生日舉辦慶祝宴會。

**做聲** 發出聲音。指說話、咳嗽等。

**做人情** 給人恩惠。

**做中學** 美國教育理論家理論之一，認為兒童應該從實際活動中學習；搜集資料，確定問題所在，提出假設來驗證，才能充實自己的經驗。

**做手腳** 暗中作弊，背地裡安排。

**做文章** ①作文。②比喻抓住一件事來發揮議論，或在這一件事上面打主意。

**做生日** 做壽。

**做活兒** ①工作，做體力勞動的事。②指婦女做針黹工作。

**做圈套** 預定害人計畫，使人上當。

**做買賣** 賣字輕讀。經營商業。也說「做生意」。

**做滿月** 在嬰兒滿月時宴請親友。

**做禮拜** 基督徒每逢安息日到教堂聚會，聽牧師講道。

**做好做歹** 假裝好人或壞人，來應付事情。

**做賊心虛** 比喻做了壞事怕人察覺而心裡惶恐不安。

**側** ㄘㄜˋ ㈠旁邊。如「右側」。㈡傾斜。如「太陽側射」。㈢「永字八法」裡稱楷書的「點」為側。㈣偏重。如「側重」。又讀ㄗㄜˋ。

**側目** ①不敢正視。②嫉視。

**側立** 在旁邊站著。

**側耳** ㄘㄜˋ ㄦˇ 形容注意傾聽的樣子。

**側身** ㄘㄜˋ ㄕㄣ ①傾斜著身體。如「側身而過」。②図憂懼而不敢安身。③図近身，置身。同「廁身」。

**側泳** ㄘㄜˋ ㄩㄥˇ 游泳的一種姿勢。身體側著臥在水中，兩腿作剪刀式夾水，兩手交替划水，使身體前進。

**側芽** ㄘㄜˋ ㄧㄚˊ 生長在葉子和莖相連部分的芽。也叫「腋芽」。

**側門** ㄘㄜˋ ㄇㄣˊ 邊門，旁門。

**側室** ㄘㄜˋ ㄕˋ ①房屋兩側的房間。②図舊時指偏房，就是「妾」。

**側重** ㄘㄜˋ ㄓㄨㄥˋ 偏重，著重一方面。

**側面** ㄘㄜˋ ㄇㄧㄢˋ 旁邊的一面。

**側記** ㄘㄜˋ ㄐㄧˋ 在一旁觀察所記錄的資料，通常作活動報導文章的標題。如「運動會側記」。

**側筆** ㄘㄜˋ ㄅㄧˇ 書法上說用筆取側勢，叫側筆。

**側聞** ㄘㄜˋ ㄨㄣˊ 從側面聽到。

**側蝕** ㄘㄜˋ ㄕˊ 河川水流向兩側岸邊不斷侵蝕，使河面逐漸變寬。

**側線** ㄘㄜˋ ㄒㄧㄢˋ 魚類身體兩側各有一條由許多小點組成的線，叫做「側線」。每一小點內有一個小管，管內有細胞，能感覺水流的方向和壓力。

**側壓** ㄘㄜˋ ㄧㄚ 物體側面所承受的壓力。

**側翼** ㄘㄜˋ ㄧˋ 作戰時部隊的兩翼。

**側彎** ㄘㄜˋ ㄨㄢ 身體向左右兩側彎曲。

**側視圖** ㄘㄜˋ ㄕˋ ㄊㄨˊ 從物體側面觀察所繪製的立體透視圖。

## 偲

図▲ㄙ「偲偲」是相責勉的意思。〈論語〉有「朋友切切偲偲」。▲ㄙㄞ 通思（ㄙㄞ），多鬚的樣子。〈詩經〉有「其人美且偲」。

## 偶

ㄡˇ ㈠泥塑木雕的人像，如「木偶」。㈡恰巧，間或，不是能預料或時常得到的。如「偶爾」。㈢雙數叫「偶數」。㈣配偶。㈤図見「偶語」。

**偶人** ㄡˇ ㄖㄣˊ 用土木製成像人的模型。

**偶合** ㄡˇ ㄏㄜˊ 無意中恰巧相合。如「我們兩人的意見只是偶合，並不是事先說好的」。

**偶性** ㄡˇ ㄒㄧㄥˋ ①偶有的屬性，不是事物固有的性質。②發生的原因不可知的性質。③出於預料以外的性質。

**偶然** ㄡˇ ㄖㄢˊ ①料想不到的。②恰巧遇到的，不是常有的。

**偶發** ㄡˇ ㄈㄚ 偶然發生。

**偶像** ㄡˇ ㄒㄧㄤˋ ①用手工木雕泥塑的神像佛像。②盲目崇拜的對象。如「心中的偶像」。

**偶爾** ㄡˇ ㄦˇ 偶然。

**偶語** ㄡˇ ㄩˇ 図相對私語。

**偶數** ㄡˇ ㄕㄨˋ 可以用2整除的整數。

**偶蹄目** ㄡˇ ㄊㄧˊ ㄇㄨˋ 哺乳動物的一目，牛、羊、鹿、豬等都是。牠們的四肢都有四趾，趾都有蹄，中央兩蹄最發達，接觸地面，兩旁兩蹄退化或不完全。又分為反芻類和不反芻類。

**偶像崇拜** ㄡˇ ㄒㄧㄤˋ ㄔㄨㄥˊ ㄅㄞˋ ①敬拜泥塑木雕的偶像。指盲目的信仰。②對於敬仰或喜愛的人物，產生盲目的非理智性的崇拜心理或行為，稱為「偶像崇拜」。

## 偃

ㄧㄢˇ ㈠倒下。如「偃旗息鼓」。㈡図停止。如「偃武修文」。㈢図見「偃蹇」。

**偃月** ㄧㄢˇ ㄩㄝˋ 図①半圓的月。②半月形的器物。如「偃月刀」。

**偃臥** ㄧㄢˇ ㄨㄛˋ 図仰臥。

**偃蹇** ㄧㄢˇ ㄐㄧㄢˇ 図①高聳。②驕傲。③困頓。

**偃月刀** ㄧㄢˇ ㄩㄝˋ ㄉㄠ 青龍偃月刀的略稱。據說是三國蜀漢關羽所用的。

**偃武修文** ㄧㄢˇ ㄨˇ ㄒㄧㄡ ㄨㄣˊ 図停止武備，修治文教。

**偃旗息鼓** ㄧㄢˇ ㄑㄧˊ ㄒㄧ ㄍㄨˇ ①放倒軍旗，停打戰鼓，古人行軍時候匿藏自己的蹤跡，使敵人猜想不到。②引伸作「暫停」或「停止」的意思。如「他罵了半天，沒人理他，才偃旗息鼓，走了」。

**偎** ㄨㄟ 偎傍，偎倚。都是親近的靠在一起的意思。

**偎紅倚翠** ㄨㄟ ㄏㄨㄥˊ ㄧˇ ㄘㄨㄟˋ 指倚靠在圍繞的許多女子身旁。比喻玩弄妓女。也作「倚翠偎紅」。

**偉** ㄨㄟˇ 奇，大。如「偉大的人物」。

**偉人** ㄨㄟˇ ㄖㄣˊ 偉大人物。對人類有大貢獻的人。

**偉大** ㄨㄟˇ ㄉㄚˋ 品格崇高，識見卓越，氣象雄偉，規模宏大，樣樣都超過一般，令人景仰欽佩。如「偉大的孫中山先生」。

**偉業** ㄨㄟˇ ㄧㄝˋ 偉大的業蹟。如「豐功偉業」。

**偉器** ㄨㄟˇ ㄑㄧˋ 図大器。指有才幹能擔當大事的人。

**偉績** ㄨㄟˇ ㄐㄧ 偉大的功績。如「豐功偉績」。

**偽（僞）** ㄨㄟˋ ㈠假的。如「偽證」。㈡竊據的。如「偽政權」。㈢図人為的。《荀子》書有「人之性惡，其善者偽也」。又讀ㄨㄟˇ。

**偽託** ㄨㄟˋ ㄊㄨㄛ 在著述、製造等方面假托別人名義。多指把自己的或後人的作品（如書畫等）假冒為名人或古人的。

**偽書** ㄨㄟˋ ㄕㄨ 冒用已死的人寫的書。

**偽國** ㄨㄟˋ ㄍㄨㄛˊ 僭越竊據的國家。

**偽造** ㄨㄟˋ ㄗㄠˋ 仿著真品假造。

**偽善** ㄨㄟˋ ㄕㄢˋ 冒充好人。如「假冒偽善」。

**偽裝** ㄨㄟˋ ㄓㄨㄤ ①假裝的。②為淆亂或遮蔽敵人視力，把自己衣著、陣地、軍器、建築物等所作的裝飾手段。

**偽證** ㄨㄟˋ ㄓㄥˋ 法院審判案件時，證人、鑑定人對於有關案情的事作了虛偽的供述，叫做偽證。

**偽君子** ㄨㄟˋ ㄐㄩㄣ ㄗˇ 表面像是好人，其實是欺世盜名的人。

## 十筆

**備（备）** ㄅㄟˋ ㈠完全。如「完備」「齊備」。㈡預備。如「備取」。

**備用** ㄅㄟˋ ㄩㄥˋ 準備著供隨時使用。如「有關零件須購置備用」。

**備件** ㄅㄟˋ ㄐㄧㄢˋ 預備著供應更換的機件。

**備考** ㄅㄟˋ ㄎㄠˇ 留供參考。

**備至** ㄅㄟˋ ㄓˋ 極其周到。如「關懷備至」。

**備使** ㄅㄟˋ ㄕˇ 更使，全使。

考試結果，預備在正取人員缺

**備取** ㄅㄟˋ ㄑㄩˇ 額時做為遞補的名額。

**備急** ㄅㄟˋ ㄐㄧˊ 準備著供急需時使用。

**備查** ㄅㄟˋ ㄔㄚˊ 供查考。多用於公文。如「存檔備查」。

**備案** ㄅㄟˋ ㄢˋ 向官署登記備查。

**備料** ㄅㄟˋ ㄌㄧㄠˋ 準備供應生產所需用的材料。如待製革的生皮，待拼裝的木料等等。

**備註** ㄅㄟˋ ㄓㄨˋ ①表格上為附加必要的註解說明而預留的一個欄位，也叫「備註欄」。②留供查考的附註，或指備註欄內的註解說明。

**備戰** ㄅㄟˋ ㄓㄢˋ 準備戰爭。

**備辦** ㄅㄟˋ ㄅㄢˋ 預辦，置辦。

**備忘錄** ㄅㄟˋ ㄨㄤˋ ㄌㄨˋ ①記載各事以免遺忘的文書。②一種簡單的外交文書。

**備多力分** ㄅㄟˋ ㄉㄨㄛ ㄌㄧˋ ㄈㄣ 防備太多而使力量分散。多用於戰爭或具有競爭性的事物。

**備而不用** ㄅㄟˋ ㄦˊ ㄅㄨˋ ㄩㄥˋ 準備好而暫時不用，以應緊急時使用。

**傍** ▲ㄆㄤˊ 同「旁」字。▲ㄅㄤˋ 臨近，依靠。如「依山傍水」。▲ㄅㄤ 靠近。

**傍徨** ㄆㄤˊ ㄏㄨㄤˊ 同「彷徨」「徬徨」。猶疑不決，留連往復。如「傍徨歧途」。

**傍晚** ㄅㄤ ㄨㄢˇ 天快黑的時候。

**傍花隨柳** ㄅㄤ ㄏㄨㄚ ㄙㄨㄟˊ ㄌㄧㄡˇ 形容春天郊遊的樂趣。

**傣** ㄉㄞˇ 中國少數民族之一。見「傣族」條。

**傣族** ㄉㄞˇ ㄗㄨˊ 我國少數民族的一種，分布在雲南。以前稱「擺夷族」。營農耕兼漁獵的生活，信仰小乘佛教。

**傅** ㄈㄨˋ ㈠文輔導。如「傅以德義」。㈡師傅。㈢附著上，附益。通「附」。㈣姓。

**傅粉施朱** ㄈㄨˋ ㄈㄣˇ ㄕ ㄓㄨ 塗抹香粉和胭脂。朱指胭脂，紅色化妝品。

**傀** ▲ㄎㄨㄟˇ 見「傀儡」。▲文ㄍㄨㄟ 傀偉，偉大的樣子。傀異，奇怪。

**傀偉** ㄍㄨㄟ ㄨㄟˇ 文偉大的樣子。如「體貌傀偉」。

**傀異** ㄍㄨㄟ ㄧˋ 文奇異，怪異。

**傀儡** ㄎㄨㄟˇ ㄌㄟˇ ①木偶戲。②比喻任人操縱。

**傀儡戲** ㄎㄨㄟˇ ㄌㄟˇ ㄒㄧˋ 偶戲。包括杖頭傀儡、懸絲傀儡，以及閩南、臺灣流行的布袋戲等都是。

**傢** ㄐㄧㄚ 見「傢伙」。

**傢伙** ㄐㄧㄚ ㄏㄨㄛˇ 伙字輕讀。①一切日用器具。②對人戲謔或輕蔑的稱呼。如「這傢伙真討厭」。

**傢具** ㄐㄧㄚ ㄐㄩˋ 家具的俗寫。

**傑** ㄐㄧㄝˊ ㈠稱才智過人的人。如「人傑地靈」。㈡特別優秀的。如「傑作」。

**傑出** ㄐㄧㄝˊ ㄔㄨ 才能高出眾人之上。

**傑作** ㄐㄧㄝˊ ㄗㄨㄛˋ 傑出的作品。

**傕** ㄐㄩㄝˊ ①姓。②人名，後漢有李傕。

**傚** ㄒㄧㄠˋ 同「效」㈠。

**傖** 文ㄘㄤ 鄙視人的稱呼，見「傖父」。又讀ㄔㄥ。

**傖父** ㄘㄤ ㄈㄨˋ 文鄙賤的人。

**傘** ㄙㄢˇ 蔽雨遮陽的器具。用細的金屬條或竹篾做骨架，上面鋪傘面，質料有布的、紙的等等。

**傘兵** ㄙㄢˇ ㄅㄧㄥ 跳傘襲擊敵陣的軍隊。

**傘形花序** ㄙㄢˇ ㄒㄧㄥˊ ㄏㄨㄚ ㄒㄩˋ 花軸的頂端長著許多長梗的花，排成傘架的形狀，像蔥、韮菜的花序。

**傘房花序** ㄙㄢˇ ㄈㄤˊ ㄏㄨㄚ ㄒㄩˋ 頂端呈平面狀，下部的花梗比較長，越靠頂端花梗越短，像山楂（山裡紅）的花序。

**傜（猺）** ㄧㄠˊ 我國民族舊名，分布在兩廣、湖南、雲南等省。

## 十一筆

**僂** 図ㄌㄡˊ(一)彎曲，駝背叫「傴僂」。(二)「僂儸」，同「嘍囉」。(三)姓。

**僇** 図ㄌㄨˋ同「戮」。

**僅** ㄐㄧㄣˇ只，才。如「僅夠」。又讀ㄐㄧㄣˋ。

**僅見** ㄐㄧㄣˇ ㄐㄧㄢˋ 指很少見，只見。如「十年來所僅見的一次」「這個字僅見於康熙字典」。

**僅夠** ㄐㄧㄣˇ ㄍㄡˋ 祇夠，剛夠。

**僅僅** ㄐㄧㄣˇ ㄐㄧㄣˇ 只是。

**僉** 図ㄑㄧㄢ(一)全部。如「意見僉同」。(二)眾人。〈書・堯典〉「僉曰，於鯀哉」。(三)通「簽」「籤」。「僉押」同「簽押」。(四)姓。

**傾** ㄑㄧㄥ(一)偏側。如「傾斜」。(二)倒塌。如「大廈將傾」。(三)倒出。如「傾倒（ㄉㄠˋ）」。(四)向往。如「傾心」。(五)陷害。如「傾陷」。語音ㄎㄥ。

**傾人** ㄎㄥ ㄖㄣˊ 害人。也作「坑人」。

**傾心** ㄑㄧㄥ ㄒㄧㄣ 衷心向慕。如「一見傾心」。

**傾向** ㄑㄧㄥ ㄒㄧㄤˋ ①心中悅服。②趨勢。

**傾吐** ㄑㄧㄥ ㄊㄨˇ 心裡的話儘量說出來，毫不保留。

**傾角** ㄑㄧㄥ ㄐㄧㄠˇ 數學名詞，直線或平面與水平線或水平面所成的角。也叫「傾斜角」。

**傾注** ㄑㄧㄥ ㄓㄨˋ ①水流由上而下流入。②將感情、力量等全部集中到一個目標上。如「他將畢生精力傾注於教育事業」。

**傾軋** ㄑㄧㄥ ㄧㄚˋ 排擠打擊不同派系的人。

**傾盆** ㄑㄧㄥ ㄆㄣˊ 比喻雨勢又急又大。如「傾盆大雨」。

**傾倒** ▲ㄑㄧㄥ ㄉㄠˇ ①跌倒。②極端賞識感佩。▲ㄑㄧㄥ ㄉㄠˋ 倒出。如「傾倒垃圾」。

**傾側** ㄑㄧㄥ ㄘㄜˋ 傾斜。如「大廈傾側」。

**傾動** ㄑㄧㄥ ㄉㄨㄥˋ ①図使人佩服感動。如「傾動一時」。②天文學名詞，「星球傾動」，指任何星球的本動速度，都是趨向於某一方向，不是任意分布的。

**傾斜** ㄑㄧㄥ ㄒㄧㄝˊ ①傾側斜下的形狀。②呈層面跟水平面所成的角。

**傾陷** ㄑㄧㄥ ㄒㄧㄢˋ 図陷害。

**傾訴** ㄑㄧㄥ ㄙㄨˋ 將心裡的話完全說出來。如「盡情傾訴」。

**傾慕** ㄑㄧㄥ ㄇㄨˋ 傾心愛慕。如「彼此傾慕」。

**傾銷** ㄑㄧㄥ ㄒㄧㄠ 商品向市場減價大批售出，用來換取現金。

**傾瀉** ㄑㄧㄥ ㄒㄧㄝˋ 大量的水很快地從高處向下流。形容流動很快。

**傾覆** ㄑㄧㄥ ㄈㄨˋ ①（物體）倒下。②使失敗，顛覆。

**傾囊** ㄑㄧㄥ ㄋㄤˊ 図把自己所有的（財物、知識）都拿出來給別人。常作「傾囊相授」。

**傾聽** ㄑㄧㄥ ㄊㄧㄥ 側耳細聽。

**傾城傾國** ㄑㄧㄥ ㄔㄥˊ ㄑㄧㄥ ㄍㄨㄛˊ 形容絕色的美女，在歷史上有不少君主因為女人而傾邦滅國。〈漢書・外戚傳〉：「北方有佳人，絕世而獨立。一顧傾人城，再顧傾人國。寧不知傾城與傾國，佳人難再得。」也作「傾國傾城」。

**傾家蕩產** ㄑㄧㄥ ㄐㄧㄚ ㄉㄤˋ ㄔㄢˇ 把全部家產都用光了。

**傾巢而出** ㄑㄧㄥ ㄔㄠˊ ㄦˊ ㄔㄨ 窩裡的鳥全部飛出來。比喻出動全部力量。多含貶義，常指壞人。

**傾箱倒篋** ㄑㄧㄥ ㄒㄧㄤ ㄉㄠˇ ㄑㄧㄝˋ 把大小箱裡的東西全都倒出來了。比喻盡其所有。篋是竹編的小箱子。

## 僊

ㄒㄧㄢ 同「仙」。

## 債

ㄓㄞˋ 欠別人的錢。如「欠債」「還債」。

**債戶** ㄓㄞˋ ㄏㄨˋ 欠債的人。

**債主** ㄓㄞˋ ㄓㄨˇ 債權人。借出錢的人。

**債券** ㄓㄞˋ ㄑㄩㄢˋ 國庫發行的公債庫券或公司債券等的通稱。

**債務** ㄓㄞˋ ㄨˋ 借用人家的錢，有清償的義務，所以叫債務。欠人錢的叫「債務人」。

**債權** ㄓㄞˋ ㄑㄩㄢˊ 借錢給人有要求償還的權利，所以叫「債權」。債主叫「債權人」。

**債臺高築** ㄓㄞˋ ㄊㄞˊ ㄍㄠ ㄓㄨˊ 欠債很多。

## 傺

文 ㄔˋ 侘傺，失意的樣子。

## 傳

▲ㄔㄨㄢˊ ㈠轉給別人。如「傳遞」。㈡教人傳達意思。如「傳話」。㈢命令人來。如「傳喚」。㈣輾轉流傳。如「傳染」。

▲ㄓㄨㄢˋ ㈠解釋經義的書。如〈左傳〉。㈡記述個人生平的作品。如「傳記」。㈢歷史記載。如「於傳有之」。㈣古驛站。如「傳舍」。

**傳人** ㄔㄨㄢˊ ㄖㄣˊ ①傳授技藝給別人。②繼承某種學術、技藝而使它流傳的人。③發話叫人來。如「傳人來問話」。

**傳心** ㄔㄨㄢˊ ㄒㄧㄣ 以心中所悟，互相傳授。

**傳世** ㄔㄨㄢˊ ㄕˋ ①垂示後世。②子孫世代相繼。

**傳令** ㄔㄨㄢˊ ㄌㄧㄥˋ 傳達命令。如「傳令嘉獎」。

**傳布** ㄔㄨㄢˊ ㄅㄨˋ 傳播。

**傳戒** ㄔㄨㄢˊ ㄐㄧㄝˋ 佛教寺院召集初出家的人傳授戒法，受戒以後才成為正式的出家人。

**傳抄** ㄔㄨㄢˊ ㄔㄠ 輾轉抄寫。如「此書經多人傳抄，已見殘缺」。

**傳呼** ㄔㄨㄢˊ ㄏㄨ 輾轉呼喚、叫人。如「只見陣陣傳呼：『皇上駕到』」。

**傳奇** ㄔㄨㄢˊ ㄑㄧˊ ①文體之一。唐代興起的短篇小說，如〈李娃傳〉〈會真記〉等，開我國傳奇小說的先河。②小說，指內容奇特情節詭奇的。③明清兩代盛行的長篇戲曲，每一本都有四十五出，搬演的是奇情故事，後來因此把戲曲叫傳奇。

**傳注** ㄓㄨㄢˋ ㄓㄨˋ 闡述解釋古代經書的文字。傳，是相承的師說；註（也作注）是本人的意見。

**傳信** ㄔㄨㄢˊ ㄒㄧㄣˋ 傳遞信件或傳報消息。

**傳染** ㄔㄨㄢˊ ㄖㄢˇ 因為接觸而感染，大都指疾病或惡習。

**傳流** ㄔㄨㄢˊ ㄌㄧㄡˊ 流傳。

**傳神** ㄔㄨㄢˊ ㄕㄣˊ ①用圖畫或文字描寫人物，狀態逼真，能使人體會他的精神。②同「傳真」①。

**傳述** ㄔㄨㄢˊ ㄕㄨˋ 輾轉述說，傳說。

**傳家** ㄔㄨㄢˊ ㄐㄧㄚ 傳給子孫。

**傳真** ㄔㄨㄢˊ ㄓㄣ ①指畫家描繪人物的真影。也說「寫真」。②利用光電效應，通過有線或無線電裝置，把照片、圖表或書信、文件等的真跡傳送到對方的通訊方式。這種裝置叫「傳真機」。

**傳粉** ㄔㄨㄢˊ ㄈㄣˇ 雄蕊花藥裡的花粉借風或昆蟲做媒介，傳到雌蕊的柱頭上或直接傳到胚珠上，子房才能形成果實。

**傳記** ㄓㄨㄢˋ ㄐㄧˋ 傳（ㄓㄨㄢˋ）㈡。

**傳訊** ㄔㄨㄢˊ ㄒㄩㄣˋ 傳喚與案件有關的人來訊問。

**傳動** ㄔㄨㄢˊ ㄉㄨㄥˋ 把動力從機器的一部分傳遞到另一部分。如「傳動帶」「傳動裝置」「機械傳動」「液壓傳動」。

**傳情** ㄔㄨㄢˊ ㄑㄧㄥˊ 傳達情意。如「眉目傳情」。

**傳授** ㄔㄨㄢˊ ㄕㄡˋ 把知識技能教給別人。

**傳教** ㄔㄨㄢˊ ㄐㄧㄠˋ 宗教家傳布教義。

**傳球** ㄔㄨㄢˊ ㄑㄧㄡˊ 籃球、排球、足球等球類運動，球員將球傳給同隊的另一球員，以便快速進攻。

**傳略** ㄓㄨㄢˋ ㄌㄩㄝˋ 比較簡略的傳記。

**傳票** ㄔㄨㄢˊ ㄆㄧㄠˋ ①法院因為民事案件而傳喚人的憑證。②會計出納帳單的一種。

**傳統** ㄔㄨㄢˊ ㄊㄨㄥˇ 由歷史沿傳而來的風俗、道德、習慣、信仰、思想等。

**傳習** ㄔㄨㄢˊ ㄒㄧˊ ①傳播知識、技藝供人學習。如「傳習中心」。②誦習老師所教授的課業。如「傳習氣功」。

**傳訛** ㄔㄨㄢˊ ㄜˊ 傳布不實的事。如「以訛傳訛」。

**傳單** ㄔㄨㄢˊ ㄉㄢ 把所要告訴人的事，印成單張印刷品，四處分發，叫作傳單。

**傳喚** ㄔㄨㄢˊ ㄏㄨㄢˋ 法院發出傳票，叫當事人到場，叫做傳喚。

**傳揚** ㄔㄨㄢˊ ㄧㄤˊ 傳播。

**傳話** ㄔㄨㄢˊ ㄏㄨㄚˋ 把一方的話轉告給另一方。

**傳道** ㄔㄨㄢˊ ㄉㄠˋ ①傳布聖賢道理。②傳教。

**傳達** ㄔㄨㄢˊ ㄉㄚˊ ①轉達意見。②通報。

**傳疑** ㄔㄨㄢˊ ㄧˊ 研究學問的時候，對於有疑義自己不能解決的部分，不亂作主張，留待他人解決。比喻治學審慎。

**傳聞** ㄔㄨㄢˊ ㄨㄣˊ 傳說。

**傳說** ㄔㄨㄢˊ ㄕㄨㄛ ①輾轉傳述。②流傳民間的故事，附會史實而多變化添飾，也常把神話夾雜進去。

**傳誦** ㄔㄨㄢˊ ㄙㄨㄥˋ 輾轉傳布誦讀。如「他的文章傳誦一時」。

**傳遞** ㄔㄨㄢˊ ㄉㄧˋ 傳達，輾轉送遞。

**傳審** ㄔㄨㄢˊ ㄕㄣˇ 法院發出傳票，通知當事人到庭，聽候審問。

**傳播** ㄔㄨㄢˊ ㄅㄛ 發布推廣。

**傳熱** ㄔㄨㄢˊ ㄖㄜˋ 溫度不同的兩個物體相接觸，熱由溫度較高的物體移到溫度較低的物體，這種作用叫作傳熱。

**傳閱** ㄔㄨㄢˊ ㄩㄝˋ 同單位的人傳遞著看。如「傳閱文件」。

**傳導** ㄔㄨㄢˊ ㄉㄠˇ 電或熱由物體的一部傳到全部。

**傳輸** ㄔㄨㄢˊ ㄕㄨ 傳送。用於光、電、信息等。如「傳輸系統」「直線傳輸」。

**傳檄** ㄔㄨㄢˊ ㄒㄧˊ 〔文〕傳布檄文，責備所討伐的人。檄是古代官府用來徵召、聲討的文書。如「傳檄討賊」。

**傳聲** ㄔㄨㄢˊ ㄕㄥ 物體振動，靠空氣的媒介，傳到人耳的作用。

**傳薪** ㄔㄨㄢˊ ㄒㄧㄣ 傳火於薪。比喻師徒相傳，綿延不絕。也作「薪傳」。參看「薪盡火傳」。

**傳贊** ㄓㄨㄢˋ ㄗㄢˋ 史書中傳記後面所附的評論。

**傳臚** ㄔㄨㄢˊ ㄌㄨˊ ①科舉時代殿試後由皇帝宣布登第進士名次的典禮。臚是上級傳話告訴下級。②殿試第四名。前三名稱狀元、榜眼、探花。

**傳衣鉢** ㄔㄨㄢˊ ㄧ ㄅㄛ 佛家的衣鉢是師徒相授的，以後學術藝能的授受也叫傳衣鉢。

**傳染病** ㄔㄨㄢˊ ㄖㄢˇ ㄅㄧㄥˋ 病毒能傳染別人的病，如霍亂、赤痢、傷寒等。

**傳家寶** ㄔㄨㄢˊ ㄐㄧㄚ ㄅㄠˇ 家裡世代相傳的珍寶。

**傳書鴿** ㄔㄨㄢˊ ㄕㄨ ㄍㄜ 同「信鴿」。

**傳真機** ㄔㄨㄢˊ ㄓㄣ ㄐㄧ 具有傳真功能的機械裝置。也簡稱「傳真」（參看「傳真」②）。

**傳送帶** ㄔㄨㄢˊ ㄙㄨㄥˋ ㄉㄞˋ ①生產線上傳送材料、機件及成品等的裝置。②特指裝置上的傳送皮帶。

**傳教士** ㄔㄨㄢˊ ㄐㄧㄠˋ ㄕˋ 傳布宗教教義的人。通常稱基督教派出去傳教的人。

**傳達室** ㄔㄨㄢˊ ㄉㄚˊ ㄕˋ 公共機關的門房。

**傳聲筒** ㄔㄨㄢˊ ㄕㄥ ㄊㄨㄥˇ ①向附近許多人大聲講話用的類似圓椎形的筒。②比喻照著人家的話說，自己無主見的人。

**傳聲器** ㄔㄨㄢˊ ㄕㄥ ㄑㄧˋ 指廣播系統中的受話裝置。通稱麥克風或話筒。

**傳宗接代** ㄔㄨㄢˊ ㄗㄨㄥ ㄐㄧㄝ ㄉㄞˋ 宗族的生命一代一代延續。

**傳真電報** ㄔㄨㄢˊ ㄓㄣ ㄉㄧㄢˋ ㄅㄠˋ 利用電訊信號將書信真跡傳送到遠方的通訊方式。

**傳統戰爭** ㄔㄨㄢˊ ㄊㄨㄥˇ ㄓㄢˋ ㄓㄥ 不使用核子武器的戰爭。

**傳播事業** ㄔㄨㄢˊ ㄅㄛ ㄕˋ ㄧㄝˋ 利用平面媒體與電子媒體向社會大眾報告新聞，推銷政見、產品等。平面媒體如報紙、雜誌、公報；電子媒體如廣播、電視、網路等。

## 傻（儍）

ㄕㄚˇ ㈠愚蠢無知。如「傻瓜」。㈡死心眼兒，不知變通。㈢害怕到愣住了。如「一聽就傻了」。

**傻子** ㄕㄚˇ ㄗ˙ ①指智力低下的人。②指不明事理的人。

**傻瓜** ㄕㄚˇ ㄍㄨㄚ 罵人愚笨。

**傻勁** ㄕㄚˇ ㄐㄧㄣˋ ①傻氣。②形容人力氣大或只知道憑力氣蠻幹。

**傻氣** ㄕㄚˇ ㄑㄧˋ 形容人痴呆的樣子。如「傻裡傻氣」。

**傻笑** ㄕㄚˇ ㄒㄧㄠˋ 笨拙無謂的笑。

**傻眼** ㄕㄚˇ ㄧㄢˇ 因為出現某種意外情況而目瞪口呆，不知所措。

**傻話** ㄕㄚˇ ㄏㄨㄚˋ 不聰明、妄想的話。

**傻小子** ㄕㄚˇ ㄒㄧㄠˇ ㄗ˙ 譏笑年輕人不明事理，太笨。如「傻小子睡涼炕，全憑氣力壯」。

**傻呵呵** ㄕㄚˇ ㄏㄜ ㄏㄜ 形容人愚笨或忠厚的樣子。也說「傻乎乎」。如「別看他傻呵呵的，心裡可明白得很哪」。

## 傷（伤）

ㄕㄤ ㈠創口。如「傷口」「刀傷」。㈡損害。如「煙酒傷身體」。㈢得罪。如「出口傷人」。㈣悲哀。如「傷悼」。㈤冒犯，開罪。如「你把人都給傷透了，誰還理你」。㈥因為過多而厭惡。如「吃糖吃傷了」。㈦妨害。如「無傷大雅」「謗議庸何傷」。

**傷人** ㄕㄤ ㄖㄣˊ ①得罪人。如「出口傷人」。②打傷或殺傷人。

**傷亡** ㄕㄤ ㄨㄤˊ ①受傷和死亡。如「傷亡慘重」。②指受傷和死亡的人。如「雙方各有傷亡」。

**傷口** ㄕㄤ ㄎㄡˇ 皮膚受傷破裂開口的地方。

**傷心** ㄕㄤ ㄒㄧㄣ 心中悲痛。

**傷兵** ㄕㄤ ㄅㄧㄥ 受傷的士兵。如「傷兵纍纍」。

**傷身** ㄕㄤ ㄕㄣ 傷害身體。如「多愁傷身」。

**傷科** ㄕㄤ ㄎㄜ 中醫的一科，主治跌打損傷。

**傷神** ㄕㄤ ㄕㄣˊ ①損耗精神。②傷心。

**傷風** ㄕㄤ ㄈㄥ 也叫感冒。是一種濾過性病毒引發的病。症狀有發燒、頭疼、骨痛、打噴嚏、流鼻涕等。

**傷害** ㄕㄤ ㄏㄞˋ 使身體組織或思想感情受到損害。

**傷財** ㄕㄤ ㄘㄞˊ 損失錢財。

**傷悼** ㄕㄤ ㄉㄠˋ 懷念死者而感到悲傷。

**傷痕** ㄕㄤ ㄏㄣˊ 皮膚受過傷而留下的痕跡。

**傷寒** ㄕㄤ ㄏㄢˊ ①急性腸道傳染病。是由傷寒桿菌侵害腸部所引起的熱病，由食物感染而來。也叫「腸傷寒」。②中醫指外感發熱的病，特指發熱、惡寒無汗、頭痛頸僵的病。

**傷悲** ㄕㄤ ㄅㄟ 悲傷。

**傷痛** ㄕㄤ ㄊㄨㄥˋ ①傷心難過。②肢體受傷的痛苦。

**傷勢** ㄕㄤ ㄕˋ 受傷的情況。如「傷勢很重」。

**傷感** ㄕㄤ ㄍㄢˇ 因感觸而悲傷。

**傷害罪** ㄕㄤ ㄏㄞˋ ㄗㄨㄟˋ 指無意殺人而傷害他人的身體所成立的罪。按受傷害的輕重分為普通傷害、重傷害兩種。

**傷感情** ㄕㄤ ㄍㄢˇ ㄑㄧㄥˊ 使感情破裂。

**傷腦筋** ㄕㄤ ㄋㄠˇ ㄐㄧㄣ 事情很麻煩，不容易解決。

**傷天害理** ㄕㄤ ㄊㄧㄢ ㄏㄞˋ ㄌㄧˇ 行為違背天理。

**傷風敗俗** ㄕㄤ ㄈㄥ ㄅㄞˋ ㄙㄨˊ 敗壞風俗。

**傷筋動骨** ㄕㄤ ㄐㄧㄣ ㄉㄨㄥˋ ㄍㄨˇ 俗稱筋骨受傷。指扭筋或骨折。俗語有「傷筋動骨一百天」。

## 傯（傯）

図ㄗㄨㄥˇ 愁困。如「倥傯」。

## 催

ㄘㄨㄟ 促。如「時候到了，催他上車」。

**催生** ㄘㄨㄟ ㄕㄥ ①催產，用藥物或其他方法使孕婦的子宮收縮，促使胎兒出生。②比喻從旁協助促使某事早日實現。如「家庭計畫法的通過，有賴張委員的催生」。

**催告** ㄘㄨㄟ ㄍㄠˋ 官吏對於法律有關的人催促其回答的通知；如不回答，就視為承認。如「發出催告」。

**催促** ㄘㄨㄟ ㄘㄨˋ 催，追逼，促使。如「父母一再催促他結婚」。

**催逼** ㄘㄨㄟ ㄅㄧ 催促逼迫。

**催化劑** ㄘㄨㄟ ㄏㄨㄚˋ ㄐㄧˋ 也叫接觸劑或觸媒，只影響化學的反應的速度，本身不起化學變化的物質。

**催妝詩** ㄘㄨㄟ ㄓㄨㄤ ㄕ 舊俗在人結婚的當晚，作詩催促新娘梳妝，稱為「催妝詩」。

**催命符** ㄘㄨㄟ ㄇㄧㄥˋ ㄈㄨˊ 比喻促人死亡的事。

**催眠術** ㄘㄨㄟ ㄇㄧㄢˊ ㄕㄨˋ 利用暗示的方法，使人精神集中一點，慢慢進入昏睡狀態的一種技術。

**催淚彈** ㄘㄨㄟ ㄌㄟˋ ㄉㄢˋ 爆炸以後發生氣體能使人落淚的砲彈或炸彈。

## 傲

ㄠˋ 倨慢；和恭順相反。

**傲人** ㄠˋ ㄖㄣˊ 傲視於人。如「他的成就，足以傲人」。

**傲世** ㄠˋ ㄕˋ 傲視當世，輕視世人。

**傲岸** ㄠˋ ㄢˋ 図高傲的性質，跟人不和。岸是形容高峻的樣子。

**傲物** ㄠˋ ㄨˋ 図倨傲凌人。

**傲氣** ㄠˋ ㄑㄧˋ 自大自滿的作風。如「這個人傲氣十足」。

**傲骨** ㄠˋ ㄍㄨˇ 氣質高傲不屈。

**傲視** ㄠˋ ㄕˋ 傲慢地看待，輕視。如「傲視萬物」。

**傲然** ㄠˋ ㄖㄢˊ 堅強不屈服的樣子。如「傲然挺立」。

**傲慢** ㄠˋ ㄇㄢˋ 驕傲；對人無禮。

**傴**
囡ㄩˇ 駝背。

**傴僂**ㄌㄡˊ 囡①脊梁彎曲病。②恭敬聽從的樣子。

**傭**
ㄩㄥ ㈠受雇於人。㈡僕役。又讀ㄩㄥˊ。

**傭工**ㄍㄨㄥ 傭㈠。

**傭兵**ㄅㄧㄥ 雇用外籍人充當志願兵。

**傭書**ㄕㄨ 囡受雇為人抄寫。

## 十二筆

**僰**
ㄅㄛˊ 古代種族名。現在西南地區雲南貴州還有這種人。今稱擺族。

**僕**
ㄆㄨˊ ㈠從前供人使喚的工役。如「僮僕」。㈡囡謙稱自己。同「我」。㈢囡僕僕風塵，勞頓的樣子。㈣囡駕車。如「子適衛，冉有僕」。

**僕人**ㄖㄣˊ 僕㈠。

**僕役**ㄧˋ 僕人。

**僕婦**ㄈㄨˋ 指年紀較大的女僕。

**僕從**ㄗㄨㄥˋ 跟人同行，供人役使的人。

**僕僕**ㄆㄨˊ ①形容旅途奔波勞累的樣子。如「風塵僕僕」、「僕僕道途」。②囡煩瑣的樣子。

**僨**
囡ㄈㄣˋ ㈠毀壞，失敗。如「僨事」指把事情弄糟了。㈡動起來。如「張脈僨興」，形容很興奮而血脈緊張。㈢跌倒。

**僮**
ㄊㄨㄥˊ 供使喚的僕人。如「僮僕」「書僮」。

**僮僕**ㄆㄨˊ 僕役。

**僚**
ㄌㄧㄠˊ ㈠從前指官員說的。如「百僚」。㈡在一起作官的人。如「同僚」。

**僚友**ㄧㄡˇ 一起作官的人。

**僚機**ㄐㄧ 軍機編隊飛行時，一為長機，其餘跟隨的飛機，稱僚機。

**僚屬**ㄕㄨˇ 屬官。

**僱**
ㄍㄨˋ 同「雇」。

**僬**
ㄐㄧㄠ 僬僥（ㄧㄠˊ），古人想像的矮人。

**僥**
▲ㄐㄧㄠˇ 見僥倖條。
▲ㄧㄠˊ 見「僬」字。

**僥倖**ㄐㄧㄠˇ ㄒㄧㄥˋ 同「徼幸」。

**僦**
囡ㄐㄧㄡˋ 租賃房屋叫「僦屋」。

**僭（僣）**
ㄐㄧㄢˋ 過分。如「僭越」。

**僭越**ㄐㄧㄢˋ ㄩㄝˋ 使用名義器物或權力，超過權限。

**⿰亻欹**
ㄑㄧ 同「欹」。

**僑**
ㄑㄧㄠˊ ㈠住在外地的人。如「華僑」。㈡住在外地。如「僑居」。

**僑民**ㄇㄧㄣˊ 旅居國外的國民。

**僑居**ㄐㄩ 住在外國。

**僑胞**ㄅㄠ 住在國外的本國同胞。

**僑務**ㄨˋ 有關海外僑民的事務。如「僑務工作」「僑務委員會」。

**僑匯**ㄏㄨㄟˋ 僑民匯回國的款項。

**僑資**ㄗ 指僑民在國內所投注的資產，與「外資」有分別。

**僑居地**ㄐㄩ ㄉㄧˋ 稱僑民寄居的地方或國家。

**僑務委員會**ㄨˋ ㄨㄟˇ ㄩㄢˊ ㄏㄨㄟˋ 中央政府行政院所屬的機關，掌管僑務行政及輔導僑民等事項。採取委員會組織，設委員長一人，副委員長一至二人，下分設四處及祕書室。

**僖** 図ㄒㄧ 喜樂。

**像** ㄒㄧㄤˋ ㈠形態模樣。如「形像」。㈡摹仿人物的形像作的。如「畫像」「偶像」。㈢相似。如「他很像李先生」。㈣表推證的關係詞。如「像他這樣的人，決不可靠」。㈤譬喻的詞。如「像今天的天氣，就是最好的」。

**像生** ㄒㄧㄤˋ ㄕㄥ ①仿天然產物製成的工藝品，因其形狀栩栩如生。多用綾絹、通草等製成花果、人物等形狀。如「像生花果」。②宋元時期以說唱為業的女藝人。

**像姑** ㄒㄧㄤˋ ㄍㄨ 姑字輕讀。舊時北方酒樓陪酒男優的俗稱。也作「相公」。

**像話** ㄒㄧㄤˋ ㄏㄨㄚˋ 合道理。反面是「不像話」。

**像贊** ㄒㄧㄤˋ ㄗㄢˋ 畫像上的贊美辭句。

**像樣兒** ㄒㄧㄤˋ ㄧㄤˋ ㄦ 外表體面好看。

**像模像樣（兒）** ㄒㄧㄤˋ ㄇㄨˊ ㄒㄧㄤˋ ㄧㄤˋ（ㄦ） 鄭重隆重的樣子。

**僧** ㄙㄥ 皈依佛教出家受戒的男人，就是「和尚」。

**僧人** ㄙㄥ ㄖㄣˊ 和尚。

**僧尼** ㄙㄥ ㄋㄧˊ 和尚和尼姑。

**僧侶** ㄙㄥ ㄌㄩˇ ①稱佛教的出家人。②借稱某些別的宗教（如婆羅門教、天主教）的修道人。

**僧俗** ㄙㄥ ㄙㄨˊ 僧尼和一般人。

**僧徒** ㄙㄥ ㄊㄨˊ 和尚的總稱。

**僧院** ㄙㄥ ㄩㄢˋ 佛教的寺院。

**僧臘** ㄙㄥ ㄌㄚˋ 計算僧尼受戒後的年歲。如「僧臘二十」。也作「僧蠟」。

## 十三筆

**僻** ㄆㄧˋ ㈠交通不方便、不熱鬧的地方。如「荒僻」「偏僻」。㈡不普通，不常見的。如「冷僻」。語音ㄅㄟˋ，如「僻道」「僻靜」。

**僻陋** ㄆㄧˋ ㄌㄡˋ （地區）偏僻而荒涼。

**僻道** ㄅㄟˋ ㄉㄠˋ 幽靜的道路。

**僻靜** ㄅㄟˋ ㄐㄧㄥ˙ 靜字輕讀。謂地方偏僻冷靜。

**僻壤** ㄆㄧˋ ㄖㄤˇ 偏僻的地方。如「窮鄉僻壤」。

**儋** ㄉㄢ ㈠図負荷，同「擔（ㄉㄢ）」。〈國語・齊語〉「負任儋何（ㄏㄜˊ）」。㈡図容器名，同「擔（ㄉㄢˋ）」。〈史記・淮陰侯傳〉「守儋石之祿」。㈢儋耳，海南島縣名。

**僆** 図ㄊㄚˋ 見「佻僆」。

**儂** ㄋㄨㄥˊ ㈠我（蘇州話）。㈡他。如「渠儂」。

**儈（侩）** ㄎㄨㄞˋ 買賣的中間人。

**價** ▲ㄐㄧㄚˋ 物值。▲˙ㄍㄚ 吳語，如副詞尾「地」。如「震天價響」。

**價目** ㄐㄧㄚˋ ㄇㄨˋ 標明的商品價格。

**價值** ㄐㄧㄚˋ ㄓˊ ①物品的代價。②一種事物對於人生的意義或功用的程度叫「價值」，有使用價值和交換價值兩種。空氣、太陽、熱是使用價值，日常生活必需品是交換價值。

**價格** ㄐㄧㄚˋ ㄍㄜˊ 物品的交換價值，用貨幣數量來表示的，如米的價格，每公斤多少元等。

**價款** ㄐㄧㄚˋ ㄎㄨㄢˇ 買賣貨物收付的款項。

**價錢** ㄐㄧㄚˋ ㄑㄧㄢˊ 錢字輕讀。物值。

**價值觀**（ㄐㄧㄚˋ ㄓˊ ㄍㄨㄢ） 個人或團體對於人、事、物應該如何安排才最恰當的想法。

**價碼兒**（ㄐㄧㄚˋ ㄇㄚˇ ㄦ） 價目。

**價廉物美**（ㄐㄧㄚˋ ㄌㄧㄢˊ ㄨˋ ㄇㄟˇ） 價錢便宜東西好。

## 儌

ㄐㄧㄠ見「徼（ㄐㄧㄠ）幸」。又讀ㄐㄧㄠˇ。

## 儉

ㄐㄧㄢˇ㈠節省。如「省吃儉用」。㈡不豐。如「腹儉」，是說人「肚子裡沒有學問」。㈢「儉歲」是農作物收成不好。

**儉省**（ㄐㄧㄢˇ ㄕㄥˇ） 節省，不浪費。

**儉約**（ㄐㄧㄢˇ ㄩㄝ） 図儉省。

**儉樸**（ㄐㄧㄢˇ ㄆㄨˊ） 起居衣食，儉省樸實。

**儉以養廉**（ㄐㄧㄢˇ ㄧˇ ㄧㄤˇ ㄌㄧㄢˊ） 只有節儉的習性才可以養成廉潔的品德。廉指不貪汙、不損公、不肥私。

## 僵

ㄐㄧㄤ㈠倒下去就不能動了。如「僵臥」。㈡不活動。如「凍僵」。㈢相持不下，無法轉圜。如「僵局」。㈣挑撥激動。如「僵事」。㈤通「殭」。

**僵化**（ㄐㄧㄤ ㄏㄨㄚˋ） 事情趨於僵局。

**僵立**（ㄐㄧㄤ ㄌㄧˋ） 図直立不動。

**僵局**（ㄐㄧㄤ ㄐㄩˊ） 雙方都不讓步，把事情弄成不能再進行的局勢。

**僵事**（ㄐㄧㄤ ㄕˋ） 兩人口角，第三者在旁故意以言語挑撥，激怒他們。如「你別僵事了，他們倆打起來，你有什麼好處」。

**僵直**（ㄐㄧㄤ ㄓˊ） 僵硬，不能彎曲。如「手指凍得僵直」。

**僵臥**（ㄐㄧㄤ ㄨㄛˋ） 躺著不能動。

**僵持**（ㄐㄧㄤ ㄔˊ） 雙方堅持己見，相持不下。

**僵硬**（ㄐㄧㄤ ㄧㄥˋ） ①指肢體不能活動。如「兩腿僵硬」。②呆板，不靈活。如「做事方法僵硬」。

## 儆

ㄐㄧㄥˇ㈠告戒。如「儆戒」。㈡戒備。如「儆備」。

## 儁

図ㄐㄩㄣˋ通「俊」。

## 儇

図ㄒㄩㄢ聰明而輕薄。

**儇薄**（ㄒㄩㄢ ㄅㄛˊ） 図說人輕佻無行。

## 儎

ㄗㄞˋ同「載」，舟車裝運東西。

## 儀（仪）

ㄧˊ㈠人的舉止容貌。如「儀態」。㈡禮節的程序。如「儀注」。㈢法則，程式，標準。如「儀表」。㈣送人的財物，喜事的叫「賀儀」，喪事的叫「賻儀」。㈤儀器的簡稱。如「渾天儀」。

**儀仗**（ㄧˊ ㄓㄤˋ） 儀衛的軍隊和兵器。

**儀式**（ㄧˊ ㄕˋ） 典禮的秩序形式。

**儀表**（ㄧˊ ㄅㄧㄠˇ） ①図法則。〈史記〉有「人主，天下之儀表也」。②容貌舉止。如「注意儀表」。③表示機器操作情形的儀器。裝在汽車、飛機駕駛座前，指示速度、高度、存油量等。

**儀注**（ㄧˊ ㄓㄨˋ） ①天文的儀法。②禮節；也稱婚喪等事的禮單。

**儀容**（ㄧˊ ㄖㄨㄥˊ） 容貌，態度。

**儀態**（ㄧˊ ㄊㄞˋ） 指人的儀容、姿態。如「儀態萬方」。

**儀器**（ㄧˊ ㄑㄧˋ） 凡是測量繪圖和物理學化學實驗所用的各種特製器具，都叫儀器。

**儀禮**（ㄧˊ ㄌㄧˇ） 十三經之一，東漢名儒鄭玄注，共十七篇，論述冠、婚、喪、大射、飲酒等禮節。或稱「禮經」「士禮」。

**儀仗隊**（ㄧˊ ㄓㄤˋ ㄉㄨㄟˋ） ①指在喪儀中護伴靈柩的衛隊。②指出殯時喪家雇用的樂隊。③擔任典禮儀式護衛的隊伍。簡稱「儀隊」。

**儀表板**（ㄧˊ ㄅㄧㄠˇ ㄅㄢˇ） 飛機、汽車或工廠機器的多種儀表裝在平面板上，供操作人觀察、操縱。

**億** ㄧˋ ㈠一萬個萬叫億。如「全世界有三十億人口」。㈡図料度，通「臆」。㈢図安。如「心億則樂」。

**億萬**（ㄧˋ ㄨㄢˋ） 泛指極大的數目。如「張老家財億萬」。

**億載金城**（ㄧˋ ㄗㄞˇ ㄐㄧㄣ ㄔㄥˊ） 臺南古蹟之一，是清末建造的炮臺。億載是億萬年，金城是指堅固的城。

## 十四筆

**儐** ㄅㄧㄣˋ 儐相。語音ㄅㄧㄣ。

**儐相**（ㄅㄧㄣˋ ㄒㄧㄤˋ） 引導新郎、新娘行結婚禮的人，男的叫男儐相，女的叫女儐相。語音ㄅㄧㄣ ㄒㄧㄤˋ。

**儗** 図ㄋㄧˇ比。通「擬」。如「儗於不倫」。

**儘（侭）** ㄐㄧㄣˇ ㈠極。如「儘底下」「儘頭」。㈡聽任，不限制。如「儘管」。

**儘先**（ㄐㄧㄣˇ ㄒㄧㄢ） 副詞，表示放在優先地位。如「儘先錄用」。

**儘自**（ㄐㄧㄣˇ ㄗˋ） 図老是，總是。如「你別儘自訴苦」。

**儘快**（ㄐㄧㄣˇ ㄎㄨㄞˋ） 儘量加快。

**儘夠**（ㄐㄧㄣˇ ㄍㄡˋ） 十分充足。

**儘著**（ㄐㄧㄣˇ ㄓㄜ˙） 極力在範圍以內去做。如「儘著各人的能力做事」。

**儘管**（ㄐㄧㄣˇ ㄍㄨㄢˇ） ①不加限制，放心去做。②通「即使」「雖然」。如「儘管他不來，事情也能做好」。

**儘數**（ㄐㄧㄣˇ ㄕㄨˋ） 盡其所有的數量。如「軍品必須儘數供應」。

**儘量**（ㄐㄧㄣˇ ㄌㄧㄤˋ） 盡其量。

**儕（侪）** 図ㄔㄞˊ同輩。如「吾儕（我們）」。

**儕輩**（ㄔㄞˊ ㄅㄟˋ） 図同輩。

**儔（俦）** 図ㄔㄡˊ伴侶。好夫妻說「鸞儔鳳侶」。

**儒（仟）** ㄖㄨˊ ㈠孔子的道理叫「儒家」「儒道」。㈡儒者，學者。㈢侏儒，矮人。

**儒生**（ㄖㄨˊ ㄕㄥ） ①指遵從儒家學說的讀書人。②舊時泛指讀書人。

**儒艮**（ㄖㄨˊ ㄍㄣˇ） 脊椎動物，形狀像海牛，體長約一丈，棲息在熱帶的海裡。俗名人魚。

**儒者**（ㄖㄨˊ ㄓㄜˇ） 研究儒家學術的人。

**儒家**（ㄖㄨˊ ㄐㄧㄚ） 古九流之一，凡是尊崇六經孔孟學說，或是以訓詁性理著名的，都叫儒家。

**儒將**（ㄖㄨˊ ㄐㄧㄤˋ） 有儒者風度的將軍。

**儒術**（ㄖㄨˊ ㄕㄨˋ） 儒家的學術思想。

**儒雅**（ㄖㄨˊ ㄧㄚˇ） 溫文爾雅。

**儒道**（ㄖㄨˊ ㄉㄠˋ） 儒家主張的理想。

**儒醫**（ㄖㄨˊ ㄧ） 行醫濟世的儒生。如「葉家世為儒醫」。

## 十五筆

**儡** ㄌㄟˇ 見「傀儡」。

**償** ㄔㄤˊ ㈠歸還。如「償債」。㈡酬報。如「如願以償」。㈢抵當。如「得不償失」。

**償命** ㄔㄤˊ ㄇㄧㄥˋ 殺人的賠命。

**償債** ㄔㄤˊ ㄓㄞˋ 還債，償還借款。

**償還** ㄔㄤˊ ㄏㄨㄢˊ 把所欠的還清。

**償願** ㄔㄤˊ ㄩㄢˋ 達成平日的願望。

# 儲

ㄔㄨˊ ㈠積蓄。如「倉儲」。㈡副貳。如「太子者，國之儲貳」。㈢姓。又讀ㄔㄨˇ。

**儲存** ㄔㄨˊ ㄘㄨㄣˊ 把財物等存放起來，暫時不用。如「儲存物資」「儲存資料」。

**儲君** ㄔㄨˊ ㄐㄩㄣ 太子，準備繼承王位的人。

**儲金** ㄔㄨˊ ㄐㄧㄣ 存款，存在金融機構的錢。如「郵政儲金」。

**儲備** ㄔㄨˊ ㄅㄟˋ 積蓄預備。

**儲積** ㄔㄨˊ ㄐㄧ 同「蓄積」。

**儲蓄** ㄔㄨˊ ㄒㄩˋ 積聚存貯以備應用。

**儲藏** ㄔㄨˊ ㄘㄤˊ 收藏。

# 優（优）

ㄧㄡ ㈠良好。如「優美」。㈡充足。如「優裕」。㈢勝利，佔上風。如「優勝」「優勢」。㈣從前稱戲劇演員為「優伶」。

**優先** ㄧㄡ ㄒㄧㄢ 待遇上占在前面。如「優先權」「優先錄取」。

**優劣** ㄧㄡ ㄌㄧㄝˋ 美好與惡劣。

**優伶** ㄧㄡ ㄌㄧㄥˊ 優：俳優，伶：樂工。從前通稱演戲劇的人。

**優良** ㄧㄡ ㄌㄧㄤˊ 美好。

**優秀** ㄧㄡ ㄒㄧㄡˋ 超出眾人。

**優厚** ㄧㄡ ㄏㄡˋ 指待遇或其他方面好。如「利息優厚」。

**優待** ㄧㄡ ㄉㄞˋ 優越的待遇。

**優柔** ㄧㄡ ㄖㄡˊ 㸃因循不決。如「優柔寡斷」。

**優美** ㄧㄡ ㄇㄟˇ ①良好，美妙。②優雅，讓人看了或聽了會發生快感。

**優容** ㄧㄡ ㄖㄨㄥˊ 㸃寬待，寬容，不加責備。

**優異** ㄧㄡ ㄧˋ 特別好。

**優勝** ㄧㄡ ㄕㄥˋ 成績優異，勝過別人。如「優勝獎」。

**優惠** ㄧㄡ ㄏㄨㄟˋ 比一般的情況優厚。如「優惠關稅」。

**優游** ㄧㄡ ㄧㄡˊ 㸃①閒暇自得的樣子。如「優游林下」。②不決的樣子。

**優渥** ㄧㄡ ㄨㄛˋ 㸃豐富。

**優等** ㄧㄡ ㄉㄥˇ 上等。在上等之上更加一等的，叫優等。

**優裕** ㄧㄡ ㄩˋ 充足。

**優越** ㄧㄡ ㄩㄝˋ ①優渥超過別人。②才能、品質超過別的。

**優閒** ㄧㄡ ㄒㄧㄢˊ 閒暇自得。

**優勢** ㄧㄡ ㄕˋ 處在優越的、有利的形勢、地位上。相對的叫「劣勢」。如「我方的選手越來越佔優勢」。

**優遇** ㄧㄡ ㄩˋ 優待，給予比他人好的待遇。如「以示優遇」。

**優質** ㄧㄡ ㄓˋ 品質優良。如「這是優質米」。

**優點** ㄧㄡ ㄉㄧㄢˇ 美好之處。

**優禮** ㄧㄡ ㄌㄧˇ 㸃待遇優厚，禮貌周到。

**優生學** ㄧㄡ ㄕㄥ ㄒㄩㄝˊ 研究人種改良的學科，英國哥爾通所創，主張根據孟德爾的遺傳律來選擇配偶，產生好的人種。

**優先權** ㄧㄡ ㄒㄧㄢ ㄑㄩㄢˊ 可以比別人先得到的權利。

**優待券** ㄧㄡ ㄉㄞˋ ㄑㄩㄢˋ 可以享受減免費用的待遇的證券。

**優越感** ㄧㄡ ㄩㄝˋ ㄍㄢˇ 自覺超過別人，比別人好的心理。

**優境學** ㄧㄡ ㄐㄧㄥˋ ㄒㄩㄝˊ 研究如何改良生活環境來提高人種品質的一種學科。

**優養化** ㄧㄡ ㄧㄤˇ ㄏㄨㄚˋ 指過量的營養物進入水中，造成藻類大量繁殖、死亡，其腐敗分解消耗大量的氧，使水中溶氧耗盡，而有機物質卻很充足的現象。

**優哉游哉** ㄧㄡ ㄗㄞ ㄧㄡˊ ㄗㄞ 形容人從容不迫，自得其樂的樣子。

**優柔寡斷** ㄧㄡ ㄖㄡˊ ㄍㄨㄚˇ ㄉㄨㄢˋ 辦事遲疑，缺乏果斷力。

**優勝劣敗** ㄧㄡ ㄕㄥˋ ㄌㄧㄝˋ ㄅㄞˋ 進化論派認為物競天擇的結果，優良的生存，劣者絕滅。

**優惠待遇** ㄧㄡ ㄏㄨㄟˋ ㄉㄞˋ ㄩˋ 在國際商務關係中，一國對另一國給予比對其他國家更優厚的待遇，如放寬進口限額、減免關稅等。

## 十七筆

**儵** ㄕㄨˋ ①泛白的青黑色繒帛。②通「倏」，急速的樣子。

## 十九筆

**儺** ㄋㄨㄛˊ 舉辦迎神賽會來消災驅疫的迷信舉動，〈論語〉有「鄉人儺」的話。

**儷** 図ㄌㄧˋ ㈠配偶。如「伉儷（夫婦）」。㈡成雙的。如「儷影」。

**儷影** ㄌㄧˋ ㄧㄥˇ 図夫婦兩人的合影。

**儷辭** ㄌㄧˋ ㄘˊ 図對偶的文辭。

**儸** ㄌㄨㄛˊ ㈠「僂儸」，同「嘍囉」。㈡見「倮」。

**儻** 図ㄊㄤˇ見「倜儻」。

**儻來** ㄊㄤˇ ㄌㄞˊ 図無意中得來。

**儻然** ㄊㄤˇ ㄖㄢˊ 図①失意的樣子。②同「倘然」。

**儼** 図ㄧㄢˇ矜莊，恭敬。

**儼然** ㄧㄢˇ ㄖㄢˊ 図①矜莊的樣子。如「道貌儼然」。②整齊的樣子。如「屋舍儼然」。

# 儿部

## 一筆

**兀** ㄨˋ ㈠図山高而上平叫兀。㈡元曲跟舊小說常用的口頭語。如「兀的（怎麼）」「兀的般（這般）」「兀那（那）」「兀自（仍然，還是）」。㈢驟然出現的樣子。如「突兀」。

**兀兀** ㄨˋ ㄨˋ 図①勞苦用心的樣子。如「恆兀兀以窮年」。②昏昏然的樣子。如「不飲何為醉兀兀」。

**兀立** ㄨˋ ㄌㄧˋ 図直立；獨自站著。

**兀坐** ㄨˋ ㄗㄨㄛˋ 図端坐。

**兀傲** ㄨˋ ㄠˋ 図高傲倔強。如「負才兀傲」。

**兀鷹** ㄨˋ ㄧㄥ 猛禽類，頭、頸、跗蹠部都沒有羽毛。

## 二筆

**元** ㄩㄢˊ ㈠第一，開始的。如「民國元年」「元旦」。㈡大，為首的。如「元勳」「元惡」。㈢有時和「原」相同。如「元來」「元元本本」。㈣有時和方圓的「圓」相同，也指貨幣單位。如「元鋼」（圓桿狀的鋼鐵材料）「銀元」。㈤黑色。如「元呢大衣」。㈥図頭。如「喪其元」。㈦代數裡把代表未知數的文字叫元。如「一元二次方程式」。㈧朝代名。蒙古人滅了南宋，建立了元朝（西元 1279—1368）。㈨姓。

**元日** ㄩㄢˊ ㄖˋ ①元旦。②吉日。

**元月** ㄩㄢˊ ㄩㄝˋ 一年的第一個月。

**元旦** ㄩㄢˊ ㄉㄢˋ 一年的第一天，就是一月一日。

**元本** ㄩㄢˊ ㄅㄣˇ ①原始。②元代所刻的書。

**元目** ㄩㄢˊ ㄇㄨˋ 哲學名詞。①真實存在的事物。②一個論域中的任何分子。

**元兇** ㄩㄢˊ ㄒㄩㄥ 也作元凶，指作亂的禍首。

**元年** ㄩㄢˊ ㄋㄧㄢˊ 帝王即位或帝王改元的第一年。

**元戎** ㄩㄢˊ ㄖㄨㄥˊ 㘝軍事統帥。②古時大的兵車。

**元曲** ㄩㄢˊ ㄑㄩˇ 元代文學的代表，包括雜劇和散曲。在文學史上與「唐詩」「宋詞」並稱。其中雜劇成就尤高。有時專指元代的雜劇。

**元色** ㄩㄢˊ ㄙㄜˋ ①元青色，玄色，黑色。②原色。

**元老** ㄩㄢˊ ㄌㄠˇ ①有名德的大老。②俗稱在某一機關任職年資最深的人。

**元夜** ㄩㄢˊ ㄧㄝˋ 上元節的夜間，就是元宵。

**元始** ㄩㄢˊ ㄕˇ 萬物的本元。

**元帥** ㄩㄢˊ ㄕㄨㄞˋ 軍隊中最高的統師。

**元音** ㄩㄢˊ ㄧㄣ 對輔音說的，發音時氣流在口腔裡不受阻的叫元音，可以自成音。注音符號中ㄚ、ㄛ、ㄜ、ㄝ、ㄧ、ㄨ、ㄩ等都是元音。也稱韻母。

**元首** ㄩㄢˊ ㄕㄡˇ 國家的最高領袖。君主國的帝王，民主國的總統都是。

**元宵** ㄩㄢˊ ㄒㄧㄠ ①節名，陰曆正月十五日，就是上元節。②湯圓，是元宵節的應節食品。

**元氣** ㄩㄢˊ ㄑㄧˋ 人的精氣。

**元素** ㄩㄢˊ ㄙㄨˋ 又作「原素」，是各種物質的原質。現在科學上已經知道的原素有一百零四種。

**元配** ㄩㄢˊ ㄆㄟˋ 最先婚配的妻子。也稱「髮妻」。

**元惡** ㄩㄢˊ ㄜˋ 㘝首惡，罪魁。

**元勳** ㄩㄢˊ ㄒㄩㄣ ①大功勳。②稱有大功勳的人。

**元寶** ㄩㄢˊ ㄅㄠˇ 我國古時的貨幣。用金銀鑄成，重五十兩，中有凸出圓形，兩邊高翹。

**元宵節** ㄩㄢˊ ㄒㄧㄠ ㄐㄧㄝˊ 我國傳統節日。從唐代起，在上元（陰曆正月十五日）夜晚就有放燈、觀燈的風俗。也叫「上元節」「燈節」。

**元元本本** ㄩㄢˊ ㄩㄢˊ ㄅㄣˇ ㄅㄣˇ 從頭到尾，詳詳細細的經過。也作「源源本本」。

**元謀猿人** ㄩㄢˊ ㄇㄡˊ ㄩㄢˊ ㄖㄣˊ 中國猿人的一種，大約生活在一百七十萬年以前，化石在一九六五年發現於雲南元謀。也叫「元謀人」。

## 允 ㄩㄣˇ

㈠准許，肯。如「允諾」「應允」。㈡適當。如「公允無私」。㈢㘝信實，可靠。如「允稱妥善」。

**允准** ㄩㄣˇ ㄓㄨㄣˇ 允許。

**允許** ㄩㄣˇ ㄒㄩˇ 准許。

**允當** ㄩㄣˇ ㄉㄤ 公平適當。

**允諾** ㄩㄣˇ ㄋㄨㄛˋ 允許，答應。

**允文允武** ㄩㄣˇ ㄨㄣˊ ㄩㄣˇ ㄨˇ 能文能武，文武兼備。如「現代青年必須做到允文允武，才能報效國家」。

## 三筆

**兄** ㄒㄩㄥ (一)哥哥。如「兄弟三人」。(二)敬詞，平輩朋友的尊稱。如「老兄」。

**兄弟** ㄒㄩㄥ ㄉㄧˋ ①指同父母所生的男子。如「他家兄弟三人」。②哥哥和弟弟。
▲ㄒㄩㄥ ˙ㄉㄧ ①稱呼弟弟。②稱呼親朋同輩年少的人。③對人自稱的謙詞。如「兄弟今天來請教大家」。

**兄長** ㄒㄩㄥ ㄓㄤˇ 兄。

**兄嫂** ㄒㄩㄥ ㄙㄠˇ ①稱朋友和他的太太。②稱朋友的太太。常用於書信中，表示客氣的話。

**兄終弟及** ㄒㄩㄥ ㄓㄨㄥ ㄉㄧˋ ㄐㄧˊ 王位繼承法的一種。兄死傳弟，並按年齡長幼繼承的方式。

**充** ㄔㄨㄥ (一)滿，實。如「充足」。(二)填滿。如「充實」。(三)溢。如「充血」。(四)使用，擔任。如「充做軍用」「曾充家庭教師」。(五)假冒。如「拿假貨充真貨」。

**充公** ㄔㄨㄥ ㄍㄨㄥ 將私人財物沒收歸公。

**充分** ㄔㄨㄥ ㄈㄣˋ ①足夠。②完全。

**充斥** ㄔㄨㄥ ㄔˋ 充滿，很多。

**充任** ㄔㄨㄥ ㄖㄣˋ 擔任。

**充耳** ㄔㄨㄥ ㄦˇ 図①塞住耳朵。如「充耳不聞」。②古代冠冕旁的瑱玉，因其下垂及耳，所以叫「充耳」。

**充血** ㄔㄨㄥ ㄒㄩㄝˋ 動脈管的一部分血量增加，叫充血。

**充沛** ㄔㄨㄥ ㄆㄟˋ 充足而旺盛。沛是盛大。如「精力充沛」。

**充足** ㄔㄨㄥ ㄗㄨˊ 充分。

**充盈** ㄔㄨㄥ ㄧㄥˊ 図①充滿。如「淚水充盈」。②豐滿。如「肌膚充盈」。

**充軍** ㄔㄨㄥ ㄐㄩㄣ 古時遣發犯罪的人到遠地服役。

**充飢** ㄔㄨㄥ ㄐㄧ 吃食物解餓。

**充裕** ㄔㄨㄥ ㄩˋ 充足，寬裕。如「時間充裕」。

**充塞** ㄔㄨㄥ ㄙㄜˋ 充滿，填塞。

**充溢** ㄔㄨㄥ ㄧˋ ①充滿。②流露出來。

**充當** ㄔㄨㄥ ㄉㄤ 擔任職務。

**充電** ㄔㄨㄥ ㄉㄧㄢˋ ①把直流電源接到蓄電池的兩極上，使蓄電池獲得電力。如「汽車的電池該充電了」。②比喻汲取新知。如「為了業務上的需要，他最近努力充電，讀過好幾本書呢」。

**充暢** ㄔㄨㄥ ㄔㄤˋ 充沛暢達。如「貨源充暢」。

**充實** ㄔㄨㄥ ㄕˊ 內容充足豐富。

**充滿** ㄔㄨㄥ ㄇㄢˇ 填滿，充實。

**充數** ㄔㄨㄥ ㄕㄨˋ 湊數。如「濫竽充數」。

**充能幹（兒）** ㄔㄨㄥ ㄋㄥˊ ㄍㄢˋ ㄦ 實際上不會，表面上裝作很能幹的樣子。

**充耳不聞** ㄔㄨㄥ ㄦˇ ㄅㄨˋ ㄨㄣˊ 塞住耳朵故意裝聽不見。

## 四筆

**光** ㄍㄨㄤ (一)明亮。如「光明」「光亮」。(二)物體所發或反射的光。如「日光」「月光」。(三)榮耀。如「為國爭光」。(四)使自己感覺榮幸，是對人說的客套話。如「光臨」「光顧」。(五)時光景物。如「春光明媚」。(六)滑澤。如「光滑」。(七)全沒有了。如「錢光了」「人走光了」。(八)獨，單。如「光剩下他一人在家」。㈨裸露。如「光腳」「光膀子」。㈩姓。

**光大** ㄍㄨㄤ ㄉㄚˋ 光顯而盛大。

**光子** ㄍㄨㄤ ㄗˇ 構成光的基本粒子，具有一定的能量，是光能的最小單位。光子的能量隨著光的波長而變化，波長越短，能量越大。也叫「光量子」。參看「量子」。

**光心** ㄍㄨㄤ ㄒㄧㄣ 透鏡軸上的一個特別點。光通過這一點，行進方向不改變。

**光光** ㄍㄨㄤ ㄍㄨㄤ 光㈠㈥㈦㈧㈨。

**光年** ㄍㄨㄤ ㄋㄧㄢˊ 天文學上的一種距離單位。就是以光在一年內在真空中走過的路程為一光年。光速每秒約三十萬公里，一光年約等於九兆四千六百零五億公里。

**光束** ㄍㄨㄤ ㄕㄨˋ 成束狀的光線，像探照燈照射的光那樣。束是聚集成一條的樣子的。

**光芒** ㄍㄨㄤ ㄇㄤˊ 四散射出的光線。

**光明** ㄍㄨㄤ ㄇㄧㄥˊ ①明亮。②坦白。如「光明磊落」「光明正大」。③遠大而有作為，是祝賀人的話。如「前途光明」。

**光波** ㄍㄨㄤ ㄅㄛ 就是「光」。光是一種電滋波，具有波動性質，所以稱「光波」。

**光亮** ㄍㄨㄤ ㄌㄧㄤˋ 光明。

**光度** ㄍㄨㄤ ㄉㄨˋ 明亮的程度。

**光降** ㄍㄨㄤ ㄐㄧㄤˋ 図①惠賜。如「光降書辭」。②光顧。如「荷蒙光降」。

**光能** ㄍㄨㄤ ㄋㄥˊ 光所具有的能。

**光圈** ㄍㄨㄤ ㄑㄩㄢ ①照像機鏡頭裡可以放大、縮小的圓圈。②映現成圓圈或弧形的光。如「北極光的光圈」。

**光帶** ㄍㄨㄤ ㄉㄞˋ 聚集成帶狀的光束。

**光彩** ㄍㄨㄤ ㄘㄞˇ ①光的華彩。②榮耀的意思。

**光速** ㄍㄨㄤ ㄙㄨˋ 光波傳播的速度，在真空中每秒約為三十萬公里，在空氣中光速與這個數值相近。

**光陰** ㄍㄨㄤ ㄧㄣ 光明與陰暗，比喻白天與黑夜這種日月的推移，古人用以表示時間。李白〈春夜宴從弟桃李園序〉：「光陰者，百代之過客也。」

**光復** ㄍㄨㄤ ㄈㄨˋ ①收復失去的國土。②恢復舊業。

**光景** ▲ㄍㄨㄤ ㄐㄧㄥˇ ①時光景物。②境況。▲ㄍㄨㄤ ˙ㄐㄧㄥ ①情形，樣子。②依照情形來推斷。如「涼風四起，光景是要下雨」。

**光棍** ▲ㄍㄨㄤ ㄍㄨㄣˋ 蠻橫無賴之徒。▲ㄍㄨㄤ ˙ㄍㄨㄣ 好漢。如「你不要充光棍」。

**光華** ㄍㄨㄤ ㄏㄨㄚˊ ①光彩。②光榮。

**光象** ㄍㄨㄤ ㄒㄧㄤˋ 氣象學名詞，光在天空中所顯現的景象，如虹、極光、光環等，都是大氣的影響所造成。

**光滑** ㄍㄨㄤ ㄏㄨㄚˊ 圓潤平滑。

**光源** ㄍㄨㄤ ㄩㄢˊ 稱發光的物體，如太陽、燈、火等。通常指可見光。

**光腳** ㄍㄨㄤ ㄐㄧㄠˇ 赤足。

**光榮** ㄍㄨㄤ ㄖㄨㄥˊ 光彩榮耀，很體面。

**光餅** ㄍㄨㄤ ㄅㄧㄥˇ 明代戚繼光平倭寇時，為行軍所製的乾糧，圓形餅，中有孔，可以穿繩串起，便於攜帶。後人稱為「光餅」。

**光潔** ㄍㄨㄤ ㄐㄧㄝˊ 光亮而潔淨。如「在燈光照耀下，平滑的大理石顯得格外光潔」。

**光潤** ㄍㄨㄤ ㄖㄨㄣˋ 光滑潤澤。多用來形容皮膚。如「她那一身光潤的皮膚，不知道羨殺了多少女人」。

**光線** ㄍㄨㄤ ㄒㄧㄢˋ 光從發光體正射，或由別的物體反射，形成一條條直線的樣子，所以叫光線。

**光輝** ㄍㄨㄤ ㄏㄨㄟ ①光明。②榮耀。

**光學** ㄍㄨㄤ ㄒㄩㄝˊ 物理學的一個分科，研究光的產生、傳播、性質、現象及應用的科學。

**光澤** ㄍㄨㄤ ㄗㄜˊ 物體表面上反射出來的亮光。如「磁面有光澤」。

**光頭** ㄍㄨㄤ ㄊㄡˊ ①說人不戴帽子。②剃光的頭。③沒有頭髮的頭，禿頭。

**光環** ㄍㄨㄤ ㄏㄨㄢˊ ①某些行星周圍明亮的環狀物，由冰和鐵等構成。如土星、天王星等都有數量不同的光環。②發光的圈兒。如「五彩光環」。③特指神像或聖像頭部周圍畫的環形光輝。

**光臨** ㄍㄨㄤ ㄌㄧㄣˊ 對別人到自己這裡來所用的客氣話。如「光臨敝舍」。

**光鮮** ㄍㄨㄤ ㄒㄧㄢ 明亮鮮艷，整潔漂亮。大都指衣裳。如「衣著光鮮」。

**光譜** ㄍㄨㄤ ㄆㄨˇ 物理學名詞。光通過稜鏡起「色散現象」時所發生的「色帶圖形（像）」。可以分連續光譜、明線光譜跟吸收光譜等種。

**光耀** ㄍㄨㄤ ㄧㄠˋ ①光輝。②增光生色。如「光耀門楣」。

**光顧** ㄍㄨㄤ ㄍㄨˋ ①光臨照顧；商業上通用為歡迎顧客的敬語。②光臨。

**光面（兒）** ㄍㄨㄤ ㄇㄧㄢˋ（ㄦ） 平滑的表面。

**光禿禿** ㄍㄨㄤ ㄊㄨ ㄊㄨ 形容沒有草木、樹葉、毛髮等蓋著的樣子。如「光禿禿的山頭」。

**光板兒** ㄍㄨㄤ ㄅㄢˇ ㄦ 北方口語。①磨掉了毛的皮衣或皮褥子。②指沒有軋上花紋和字的銅元。

**光度計** ㄍㄨㄤ ㄉㄨˋ ㄐㄧˋ 測量光度強弱的儀器。有很多種不同的裝置方法。又稱「光度表」。

**光桿兒** ㄍㄨㄤ ㄍㄢˇ ㄦ 盡失其附屬或陪襯而僅剩本身的。如沒有枝葉的花朵，失去部屬的將吏，喪家失侶的個人，都稱為光桿兒。

**光棍兒** ㄍㄨㄤ ㄍㄨㄣˋ ㄦ 稱沒有妻子的男人。也稱光棍子。

**光溜溜** ㄍㄨㄤ ㄌㄧㄡ ㄌㄧㄡ ①很光滑。②完全赤裸，就是「赤條條」。

**光電池** ㄍㄨㄤ ㄉㄧㄢˋ ㄔˊ 利用光的照射產生電能的電池。用光電效應強的物質如硒、氧化銅製成。

**光膀子** ㄍㄨㄤ ㄅㄤˇ ㄗ˙ 上身不穿衣服。

**光化作用** ㄍㄨㄤ ㄏㄨㄚˋ ㄗㄨㄛˋ ㄩㄥˋ 物質由於光的照射而產生化學變化的作用，包括光合作用和光解作用兩類。

**光天化日** ㄍㄨㄤ ㄊㄧㄢ ㄏㄨㄚˋ ㄖˋ 白天；也比喻政治清明，社會安樂。

**光合作用** ㄍㄨㄤ ㄏㄜˊ ㄗㄨㄛˋ ㄩㄥˋ 光化作用的一類，如綠色植物的葉綠素細胞藉由紅外光或紫外光照射，把水和二氧化碳合成有機物質，並排出氧氣。

**光宗耀祖** ㄍㄨㄤ ㄗㄨㄥ ㄧㄠˋ ㄗㄨˇ 指一個人的好成就，使上代祖先都受到榮耀。

**光怪陸離** ㄍㄨㄤ ㄍㄨㄞˋ ㄌㄨˋ ㄌㄧˊ 形形色色表現奇奇怪怪的樣子。

**光明正大** ㄍㄨㄤ ㄇㄧㄥˊ ㄓㄥˋ ㄉㄚˋ 形容胸懷坦白光明，行為正派無私。也作「正大光明」。

**光前裕後** ㄍㄨㄤ ㄑㄧㄢˊ ㄩˋ ㄏㄡˋ 為祖先增光榮，為子孫造福祉。裕是使富足的意思。多用來稱頌別人的功業。簡稱「光裕」。

**光風霽月** ㄍㄨㄤ ㄈㄥ ㄐㄧˋ ㄩㄝˋ 比喻心胸光明坦白，人品清高。

**光譜分析** ㄍㄨㄤ ㄆㄨˇ ㄈㄣ ㄒㄧ 研究分析光譜的頻率、波長、形態和產生的本質。在化學、物理學上都必須應用光譜分析。在冶金、採礦方面用來測定合金中少量特種金屬的含量。

**光解作用** ㄍㄨㄤ ㄐㄧㄝˇ ㄗㄨㄛˋ ㄩㄥˋ 光化作用的一類，如照相材料在可見光的照射下感光，碘化氫在紫外線的照射下分解成氫和碘。

**光電效應** ㄍㄨㄤ ㄉㄧㄢˋ ㄒㄧㄠˋ ㄧㄥˋ 物理學上說，電磁波的能量被物質的原子全部吸收因而產生電子（光電子）的效應，稱為「光學效應」。

**光說不練** ㄍㄨㄤ ㄕㄨㄛ ㄅㄨˋ ㄌㄧㄢˋ 北方口語。只會說，不會做。練是練習、訓練。常用來譏諷愛耍嘴皮子的人。

**光學玻璃** ㄍㄨㄤ ㄒㄩㄝˊ ㄅㄛ ㄌㄧˊ 璃字輕讀。用來製造光學儀器的玻璃，具有一定的折射和色散率及高度的均勻性和透光性。如攝影機、望遠鏡等的鏡頭都用光學玻璃製成。

**光學儀器** ㄍㄨㄤ ㄒㄩㄝˊ ㄧˊ ㄑㄧˋ 使用透鏡、稜鏡、偏極光鏡等組合而成，用來觀測的儀器，如望遠鏡、顯微鏡、分光儀等，都叫光學儀器。

**光纖通訊** ㄍㄨㄤ ㄒㄧㄢ ㄊㄨㄥ ㄒㄩㄣˋ 也作「光纖維通訊」。利用玻璃纖維（光纖）作通訊時的傳輸媒介，稱「光纖通訊」。是線路損失最小（每公里一個分貝之下）的新式通訊系統。有材料豐富、價廉、重量輕、容易敷設，而且傳輸量大、沒有雜訊、高度保密、完全絕緣等優點。

**先** ▲ㄒㄧㄢ ㈠時間在前的。如「事先做好準備」。㈡次序在前的。如「首先」「先做後說」。㈢在某一時代之前的。如「先秦時代」「先史時期」。㈣指已經死去的人。如「先烈」「祖先」。㈤図急。如「先務」「救災為先」。㈥図指「祖先」說。如「不辱其先」。㈦図「先生」的簡稱（罕用）。
▲図ㄒㄧㄢˋ ㈠不該在前卻在前。如「疾行先長者」，見〈孟子〉。㈡図率先引導。如「天先乎地，君先乎臣」，見〈禮記〉。

**先人** ㄒㄧㄢ ㄖㄣˊ ①先代。②先父。③図先民。

**先夫** ㄒㄧㄢ ㄈㄨ 妻對別人稱已死去的丈夫。

**先天** ㄒㄧㄢ ㄊㄧㄢ ①人由父母方面得來的體質。②跟著生命一塊兒來的。

**先手** ㄒㄧㄢ ㄕㄡˇ 下棋時主動的形勢。跟「後手」相對。如「這是一手先手棋」。

**先父** ㄒㄧㄢ ㄈㄨˋ 對別人稱呼自己已死去的父親為「先父」。

**先世** ㄒㄧㄢ ㄕˋ ①祖先，先人。②前代。如「先世名儒」。

**先令** ㄒㄧㄢ ㄌㄧㄥˋ 英國以前的貨幣單位譯名。原文是 Shilling。簡稱先。

**先母** ㄒㄧㄢ ㄇㄨˇ 對別人稱呼自己已死的母親為「先母」。

**先民** ㄒㄧㄢ ㄇㄧㄣˊ 図①古代的人民。②古代的賢人。

**先生** ㄒㄧㄢ ㄕㄥ ①對老師的尊稱。②稱年長的人，有道德的人。③図父兄。如「先生饌」，見〈論語〉。④對一般人的尊稱。⑤稱有醫卜星相各種技能的人。⑥妻對別人稱自己的丈夫，向別人的太太稱她的丈夫。（④⑤⑥等三條「先生」的「生」字輕讀。）

**先兆** ㄒㄧㄢ ㄓㄠˋ 預兆，事先顯露出來的跡象。

**先考** ㄒㄧㄢ ㄎㄠˇ 図先父。

**先行** ㄒㄧㄢ ㄒㄧㄥˊ ①先鋒，走在前面。如「第一梯次先行」。②先進行，先做。如「先行試辦」。

**先君** ㄒㄧㄢ ㄐㄩㄣ 図同「先父」。

**先妣** ㄒㄧㄢ ㄅㄧˇ 図先母。

**先決** ㄒㄧㄢ ㄐㄩㄝˊ 應該先解決的。如「先決問題」「先決條件」。

**先見** ㄒㄧㄢ ㄐㄧㄢˋ 事先預料到。如「先見之明」。

**先例** ㄒㄧㄢ ㄌㄧˋ 已有的事例。

**先知** ㄒㄧㄢ ㄓ ①預言家。②知覺智慧比較一般人高的人；發明家。③預先知道。

**先河** ㄒㄧㄢ ㄏㄜˊ [文]事情的開始。

**先前** ㄒㄧㄢ ㄑㄧㄢˊ 以前。

**先容** ㄒㄧㄢ ㄖㄨㄥˊ [文]先加以雕飾。後來轉為事先為人介紹、推薦、疏通。如「懇為先容」。

**先後** ▲ㄒㄧㄢ ㄏㄡˋ 前後。▲[文]ㄒㄧㄢˋ ㄏㄡˋ ①妯娌。②領率後人。

**先祖** ㄒㄧㄢ ㄗㄨˇ ①祖先。②稱已死的祖父。

**先務** ㄒㄧㄢ ㄨˋ [文]急務，應該最先做的事情。如「以政刑為先務」。

**先哲** ㄒㄧㄢ ㄓㄜˊ 前代的賢人。

**先師** ㄒㄧㄢ ㄕ ①自稱已死的老師。②儒家對孔子的尊稱。如「至聖先師」。

**先烈** ㄒㄧㄢ ㄌㄧㄝˋ 已經死去的對國家有功績的人。

**先秦** ㄒㄧㄢ ㄑㄧㄣˊ 指秦以前，春秋戰國時代。

**先期** ㄒㄧㄢ ㄑㄧ 在預定時期之前。

**先進** ㄒㄧㄢ ㄐㄧㄣˋ ①前輩。②走在頭裡的。如「先進部隊」。③對人的尊稱，指有成就有經驗而值得人佩服和學習的人。如「在這一行，您是先進」。

**先慈** ㄒㄧㄢ ㄘˊ 先母。

**先達** ㄒㄧㄢ ㄉㄚˊ [文]先進。

**先端** ㄒㄧㄢ ㄉㄨㄢ 植物學上說，花、葉、果實等器官的頂部。

**先賢** ㄒㄧㄢ ㄒㄧㄢˊ 先代的賢人。

**先輩** ㄒㄧㄢ ㄅㄟˋ 前輩。

**先鋒** ㄒㄧㄢ ㄈㄥ ①戰爭時打頭陣的部隊。②比喻行動思想或事業上出頭領先的人。

**先導** ㄒㄧㄢ ㄉㄠˇ ①在前引路。②以身作則，導入正軌。

**先頭** ㄒㄧㄢ ㄊㄡˊ ①前頭，前面。如「走在隊伍的先頭」。②位置在前的。如「先頭部隊」。③時間在前的，以前。可儿化。如「先頭（儿）沒聽他說過」。

**先聲** ㄒㄧㄢ ㄕㄥ 某些重大事件發生前出現的有關事件或輿論等。

**先鞭** ㄒㄧㄢ ㄅㄧㄢ [文]占先一著，搶先一步，走在前面。比喻占先立功。如「欲著先鞭」。

**先嚴** ㄒㄧㄢ ㄧㄢˊ 先父。

**先覺** ㄒㄧㄢ ㄐㄩㄝˊ 覺悟最早的人。

**先驅** ㄒㄧㄢ ㄑㄩ ①先鋒。②先進。③在前領導。

**先體** ㄒㄧㄢ ㄊㄧˇ 精蟲頭部尖端的小形物，是為鑽入卵體用的。

**先君子** ㄒㄧㄢ ㄐㄩㄣ ㄗˇ [文]先父。

**先入為主** ㄒㄧㄢ ㄖㄨˋ ㄨㄟˊ ㄓㄨˇ 先聽到的話，留下深刻的主觀觀念，不再聽後來的話。

**先天不足** ㄒㄧㄢ ㄊㄧㄢ ㄅㄨˋ ㄗㄨˊ 指人或動物生下來體質就不好。也泛指事物的根基差。如「先天不足，後天失調」。

**先史時代** ㄒㄧㄢ ㄕˇ ㄕˊ ㄉㄞˋ 史前時代。

**先成國界** ㄒㄧㄢ ㄔㄥˊ ㄍㄨㄛˊ ㄐㄧㄝˋ 兩國之間約定以天然形成的地形（如山嶺、河流）為國界，稱為「先成國界」。

**先決問題** ㄒㄧㄢ ㄐㄩㄝˊ ㄨㄣˋ ㄊㄧˊ 比較別的問題應先解決的問題。

**先見之明** ㄒㄧㄢ ㄐㄧㄢˋ ㄓ ㄇㄧㄥˊ 事前就料到後來結果的高明見識。

**先來後到** ㄒㄧㄢ ㄌㄞˊ ㄏㄡˋ ㄉㄠˋ 指前後次序，應該按來到的時間先後排定。

**先斬後奏**（ㄒㄧㄢ ㄓㄢˇ ㄏㄡˋ ㄗㄡˋ） ①指帝王時代大臣把人殺了以後再報告。②比喻先把事情處理了，然後報告上級。

**先發制人**（ㄒㄧㄢ ㄈㄚ ㄓˋ ㄖㄣˊ） 先動手以制伏對方。

**先意承志**（ㄒㄧㄢ ㄧˋ ㄔㄥˊ ㄓˋ） 図①不待父母說出，就能揣摩父母的心意去做事。②形容善於諂媚逢迎他人。

**先睹為快**（ㄒㄧㄢ ㄉㄨˇ ㄨㄟˊ ㄎㄨㄞˋ） 以先看到為快事。形容想看到的急切心情。

**先遣部隊**（ㄒㄧㄢ ㄑㄧㄢˇ ㄅㄨˋ ㄉㄨㄟˋ） 最先派遣去前方的部隊。

**先憂後樂**（ㄒㄧㄢ ㄧㄡ ㄏㄡˋ ㄌㄜˋ） ①以天下為己任，憂患居先，享樂居後。北宋范仲淹說過「先天下之憂而憂，後天下之樂而樂」的話。②指先憂苦而後得安樂。

**先聲奪人**（ㄒㄧㄢ ㄕㄥ ㄉㄨㄛˊ ㄖㄣˊ） ①用兵時，先張聲勢，使敵人害怕。②泛指競賽或辯論時一上來聲勢就佔先。

**先禮後兵**（ㄒㄧㄢ ㄌㄧˇ ㄏㄡˋ ㄅㄧㄥ） 先講禮貌，行不通時再使用強硬的手段。

**先天性免疫**（ㄒㄧㄢ ㄊㄧㄢ ㄒㄧㄥˋ ㄇㄧㄢˇ ㄧˋ） 生下來就具有的對某種疾病的抵抗能力。如嬰兒出生後六個月內很少得麻疹等傳染病。喝母奶可增強此種免疫力。

**先小人後君子**（ㄒㄧㄢ ㄒㄧㄠˇ ㄖㄣˊ ㄏㄡˋ ㄐㄩㄣ ㄗˇ） 雙方商議接洽事情時，先將種種具體條件，嚴格規條，互相說明，以免日後感情日深而不便開口，就是先不客氣地說明條件，以後再講禮貌。

## 兇

ㄒㄩㄥ ㈠驚擾恐懼。如「群下兇兇」。㈡通「凶」。

## 兆

ㄓㄠˋ ㈠預先發露吉凶的現象。如「預兆」。㈡數量單位，古時以一萬億叫兆。民國二十年六月我國教育部通令因「兆、京」的定義未確定，暫不使用。

**兆頭**（ㄓㄠˋ ˙ㄊㄡ） 預先顯露出來的迹象。

# 五筆

## 免

▲ㄇㄧㄢˇ ㈠省去。如「免得麻煩」。㈡解除職務。如「免職」。㈢饒恕。如「免罪」。㈣避脫。如「避免」。㈤不可以，不要。如「閒人免進」「免開尊口」。

▲ㄨㄣˋ 袒免，古禮的一種。露左臂叫袒，括髮叫免。古時同一個高祖父的從兄弟死了，行這種喪禮。

**免刑**（ㄇㄧㄢˇ ㄒㄧㄥˊ） 經法院判決，免予刑責。如「這一樁官司，法官判他免刑了」。

**免役**（ㄇㄧㄢˇ ㄧˋ） 免除服勞役或服兵役的義務。

**免俗**（ㄇㄧㄢˇ ㄙㄨˊ） 言行不拘於世俗的禮儀。如「未能免俗」。

**免疫**（ㄇㄧㄢˇ ㄧˋ） 由於具有抵抗力而不患某種傳染病。有「先天性免疫」和「獲得性免疫」兩種。

**免除**（ㄇㄧㄢˇ ㄔㄨˊ） 脫除，免去。

**免得**（ㄇㄧㄢˇ ˙ㄉㄜ） 省得，以免。

**免票**（ㄇㄧㄢˇ ㄆㄧㄠˋ） 優待不必購票，准予享受某種權利。如「免票乘車」。

**免稅**（ㄇㄧㄢˇ ㄕㄨㄟˋ） 免繳稅金。

**免費**（ㄇㄧㄢˇ ㄈㄟˋ） 特准免除應繳的費用。

**免罪**（ㄇㄧㄢˇ ㄗㄨㄟˋ） 不論罪。

**免禮**（ㄇㄧㄢˇ ㄌㄧˇ） 不必行禮。

**免職**（ㄇㄧㄢˇ ㄓˊ） 除去職務。

**免不了**（ㄇㄧㄢˇ ㄅㄨˋ ㄌㄧㄠˇ） 不字輕讀。無法避免。

**免不得**（ㄇㄧㄢˇ ㄅㄨˋ ˙ㄉㄜ） 不字輕讀。躲不了，必須如此。

**免疫性**（ㄇㄧㄢˇ ㄧˋ ㄒㄧㄥˋ） 經過預防注射，或曾經患過同樣的病，因此對這種病原菌產生抵抗力，叫免疫性。

**免責權** 免除法律追訴責任的權利。如民意代表在議會中的言論有免責權，以保證能夠暢所欲言。

**免戰牌** 對敵表示停戰的牌子，舊小說中常見。如「掛出免戰牌」。

**免疫系統** 動物、人類所具有的抵抗外來病原體的系統。在人類包括淋巴腺、脾臟、胸腺、骨髓等器官，以及淋巴結、吞噬細胞等。

**兌** ㄉㄨㄟˋ ㈠掉換。如「兌換」。㈡液體從甲器裡注入乙器裡叫「兌」，並指液體往裡攙和。如「湯裡兌些水」。㈢八卦之一，卦形是☱。

**兌現** ①憑票據向金融機構換取現款。②比喻諾言的實現。

**兌換** 拿甲種貨幣去換成乙種貨幣，叫作兌換。

**克** ㄎㄜˋ ㈠[文]勝，攻下來。如「戰必克，攻必取」。㈡[文]能。如「克勤克儉」。㈢制勝。如「柔能克剛」。㈣Gram譯名「克蘭姆」的簡稱，就是重量單位「公分」或「公克」。

**克己** ①抑制自己的私欲。②價錢公道。

**克制** 克服，抑制。如「克制感情」。

**克拉** carat 卡拉特，寶石的重量單位，每克拉合〇．二公克。

**克服** 制伏，打破（對困難或障礙而言）。

**克復** 戰勝而收回失地。

**克原子** 計算元素原子的質量單位。以該元素的原子量的克數為一克原子。如氫的一克原子為一點零零零七九七克。

**克當量** 一克的當量。參看「當量」條。

**克分子量** 化學中以克表示分子量的數量，稱「克分子量」。

**克紹箕裘** [文]比喻子孫能繼承父業。紹是繼續。箕是畚箕。裘是皮襖。箕裘借喻為上一代祖先的原來事業。

**克勤克儉** 既能勤勞，又能節儉。克是能做到。

**兕** ㄙˋ [文]雌的犀牛。

## 六筆

**兔（兎）** ㄊㄨˋ 兔子，是一種囓齒類小獸，耳大尾短，上脣中裂，前腿短，後腿長，跑得快，毛可以製毛筆。

**兔脣** 脣有缺口，像兔子，就是「豁脣子」。

**兔毫** 用兔毛製成的毛筆。這種毛筆用起來筆尖軟硬適中。

**兔脫** [文]形容迅速逃脫。

**兔絲** ①一種寄生的蔓草，夏日開淡紅色小花，結實，子可入藥。又作「菟絲」。②比喻有名無實。像兔絲名字叫絲而不能織。如「兔絲燕麥」。

**兔死狗烹** 「狡兔死，走狗烹」的縮語。比喻事情成功以後，把曾經出過大力的人殺掉。比喻忘恩負義。

**兔死狐悲** 比喻因同類的失敗或死亡而感到悲傷。如「兔死狐悲，物傷其類」。

**兔走烏飛** 古代傳說月亮裡有玉兔，太陽裡有金烏。以烏、兔代表日、月。比喻時間很快流逝。也作「烏飛兔走」。

**兔起鶻落** [文]兔剛起而鶻已落，用來形容十分敏捷。比喻書法家腕力又健又快。

**兒** ▲ㄦˊ ㈠孩子。如「兒女忽成行」。㈡父母稱子。如「犬兒去當兵」。㈢男孩。如「沒兒沒女」。㈣子女對父母自稱。如「兒小明敬上」。㈤指年輕男子說。如「兒女英雄」「中華男兒」。

▲ㄦ 名詞、代名詞、動詞、形容詞、副詞的詞尾音。如「盤兒」「這兒」「玩兒」「壓根兒」「一點兒」。（「兒」字讀法，作詞尾時讀輕聲，但是ㄦ化的詞，常有變韻。）

▲ㄋㄧˊ 姓。

**兒女** ㄦˊ ㄋㄩˇ ①子女的總稱。②男女。

**兒子** ㄦˊ ㄗˇ 人倫上的稱呼，父母所生的男孩。

**兒化** ㄦˊ ㄏㄨㄚˋ 一詞後附「兒」詞尾，讀時「兒」與前字音的韻結合，成捲舌韻，拼音時有變化，叫兒化。如圈兒讀作ㄑㄩㄚㄦ，牌兒讀作ㄆㄚˊㄦ。

**兒科** ㄦˊ ㄎㄜ 診治小孩疾病的醫學或醫科。

**兒郎** ㄦˊ ㄌㄤˊ 図①男兒，男子。②兒子。③稱士兵或嘍囉。如「眾兒郎聽著」。

**兒孫** ㄦˊ ㄙㄨㄣ 泛指後代，就是「子孫」。

**兒童** ㄦˊ ㄊㄨㄥˊ 未成年的男女孩子。

**兒歌** ㄦˊ ㄍㄜ 兒童的歌謠。包括古今成人為兒童編寫的與兒童自己創作的。兒歌形式很自然，語言很淺顯，情感很天真，大多數從自然景物中擷取題材。

**兒戲** ㄦˊ ㄒㄧˋ ①小孩兒的遊戲。②比喻處理事務不認真、不鄭重，好像小孩兒玩遊戲一樣。

**兒女債** ㄦˊ ㄋㄩˇ ㄓㄞˋ 指兒女的教養婚嫁等費，無可避免，有如負債。

**兒皇帝** ㄦˊ ㄏㄨㄤˊ ㄉㄧˋ 五代後晉高祖石敬瑭，尊契丹主耶律德光為父皇帝，自稱兒皇帝。後來泛指投靠外國，取得統治地位的賣國賊。

**兒童節** ㄦˊ ㄊㄨㄥˊ ㄐㄧㄝˊ 為兒童所訂的節日。中華民國定四月四日為兒童節。

**兒童劇** ㄦˊ ㄊㄨㄥˊ ㄐㄩˋ 以兒童為主，且適於兒童觀賞的戲劇表演。

**兒童餐** ㄦˊ ㄊㄨㄥˊ ㄘㄢ 速食餐廳中特為兒童準備的定量餐飲，數量較少，價錢較低。

**兒媳婦（兒）** ㄦˊ ㄒㄧˊ ㄈㄨˋ（ㄦ） 婦字輕讀。兒子的妻子。

**兒女情長** ㄦˊ ㄋㄩˇ ㄑㄧㄥˊ ㄔㄤˊ 指男女之間纏綿的戀情。俗話有「英雄氣短，兒女情長」。

**兒童文學** ㄦˊ ㄊㄨㄥˊ ㄨㄣˊ ㄒㄩㄝˊ 以兒童為對象的文學作品，使兒童能了解而容易引起閱讀興趣，有兒歌、民歌、神話、童話、動植物故事、寓言、謎語等形式。

**兒童福利** ㄦˊ ㄊㄨㄥˊ ㄈㄨˊ ㄌㄧˋ 為兒童謀求幸福、利益的概念及措施，包括保障生存、維護生活、增進健康及幸福等。

**兒童心理學** ㄦˊ ㄊㄨㄥˊ ㄒㄧㄣ ㄌㄧˇ ㄒㄩㄝˊ 研究兒童階段心理發展的過程、規律及其特點的心理學。

## 七筆

**兗** ㄧㄢˇ 古時九州之一，在現在山東、河北一帶。

## 八筆

**党** ㄉㄤˇ ㈠「黨」字的簡寫。㈡姓。

**党項** ㄉㄤˇ ㄒㄧㄤˋ 古代羌族的一支。漢代稱「党項羌」，唐代賜姓李，世代為夏州節度使。宋代賜姓趙。西元一〇三二年，元昊舉兵反叛，建立西夏。地區包括今甘肅、陝西、蒙古的各一部分和寧夏。一二二六年亡於蒙古。

## 九筆

**兜** ㄉㄡ ㈠古時戰士戴的一種盔叫「兜鍪」。㈡口袋一類的東西。如「裝雜物的布兜」。㈢圍，繞。如「兜抄」。㈣鬆鬆的包住。如「兜了一手巾棗兒」「拿布把頭髮一兜」。㈤攬，拉攏。如「兜生意」。

**兜子** ㄉㄡ ㄗ˙ 上山時坐的轎子，也作篼子。

**兜抄** ㄉㄡ ㄔㄠ 從後面和兩旁包圍攻擊。

**兜兒** ㄉㄡ ㄦ 衣服、褲子等上面的小口袋叫兜兒。

**兜底** ㄉㄡ ㄉㄧˇ 把底細全部揭露出來。底字可ㄦ化。如「別兜他的底」。

**兜風** ㄉㄡ ㄈㄥ ①擋住風。如「破帆不兜風」。②坐車、騎馬去兜圈子納涼或遊玩。如「開車去兜風」。

**兜兜** ㄉㄡ ㄉㄡ˙ 第二個兜字輕讀。掛在胸前的像圍巾似的東西。

**兜售** ㄉㄡ ㄕㄡˋ 向人兜攬出售貨物。

**兜剿** ㄉㄡ ㄐㄧㄠˇ 圍剿。

**兜網** ㄉㄡ ㄨㄤˇ 網球、桌球運動，擊出的球不過網而入球網之中，稱「兜網」。也說「下網」。

**兜銷** ㄉㄡ ㄒㄧㄠ 帶著貨物，到處找人購買。

**兜攬** ㄉㄡ ㄌㄢˇ 招攬，拉攏，招徠。如「兜攬生意」。

**兜圈子** ㄉㄡ ㄑㄩㄢ ㄗ˙ ①無事閒逛。②說話不直截了當。

## 十二筆

**兢** ㄐㄧㄥ 「兢兢」，非常小心謹慎的樣子。如「戰戰兢兢」「兢兢業業」。

**兢兢業業** ㄐㄧㄥ ㄐㄧㄥ ㄧㄝˋ ㄧㄝˋ 形容做事小心謹慎，認真負責。兢兢是心中危懼的樣子。業業是警惕小心的樣子。表示做事戒慎恐懼的態度。

# 入部

**入** ▲ㄖㄨˋ ㈠進，和「出」相反。如「入口」「入門」。㈡沈沒。如「日出而作，日入而息」。㈢收進，進款。如「量入為出」。㈣參加。如「入會」「入股」。㈤切合。如「入情入理」「入時」。㈥到，達。如「入夜」「入冬」。㈦字音四聲（平上去入）之一，現代國音已將它分別併入陰平、陽平、上聲、去聲之中。▲ㄖㄨˇ ㈠不留心地亂放。如「別把東西隨便亂入」。㈡暗地裡把財物給人家。如「偷偷入給他一包東西」。㈢陷入。如「一腳入到水溝裡去了」。

**入口** ㄖㄨˋ ㄎㄡˇ ①進門的地方。②把食物吃到嘴裡。③外國貨物運進來。

**入土** ㄖㄨˋ ㄊㄨˇ 埋葬死人。

**入手** ㄖㄨˋ ㄕㄡˇ ①著手，開始動作。②到手。

**入世** ㄖㄨˋ ㄕˋ ①進入社會。如「入世不深」。②宗教中主張深入世俗以求正道的精神或態度。相對的稱「出世」。

**入冬** ㄖㄨˋ ㄉㄨㄥ 進入冬季，冬天開始。

**入伏** ㄖㄨˋ ㄈㄨˊ 進入伏天，夏天最熱的那一個月開始。

**入伍** ㄖㄨˋ ㄨˇ 進入軍營當兵。

**入列** ㄖㄨˋ ㄌㄧㄝˋ 出列的或遲到的人進入隊伍的行列中。

**入夜** ㄖㄨˋ ㄧㄝˋ 到了晚上。如「入夜時分」。

**入耳** ㄖㄨˋ ㄦˇ ①受聽，聽起來使人愉快。如「他的話聽了很不入耳」。②聽，聽到。如「不堪入耳」。

**入定** ㄖㄨˋ ㄉㄧㄥˋ 佛教修身養性的一種方法，閉著眼睛默坐而心定於一處，不涉想其他事物。

**入股** ㄖㄨˋ ㄍㄨˇ 加入股份。

**入侵** ㄖㄨˋ ㄑㄧㄣ　入境侵略，侵犯。如「殲滅入侵敵人」。

**入室** ㄖㄨˋ ㄕˋ　図譬喻學問已達深奧的境界。出自〈論語〉：「由也升堂矣，未入於室也」。

**入流** ㄖㄨˋ ㄌㄧㄡˊ　①古代官制，九品（九個等級）以內的稱為流內，九品以外的稱為流外，九品以外的官員進入九品以內叫「入流」。②泛指進入某個等級，常用於否定。如「他的本事還不入流」。

**入神** ㄖㄨˋ ㄕㄣˊ　①對某種事物聚精會神地注意。如「他正想得入神，忽然被吵鬧聲打斷了思路」。②一種強烈的精神感動狀態，患者意識受阻，經常像是在睡夢之中。

**入席** ㄖㄨˋ ㄒㄧˊ　①集會或舉行儀式時，與會人員各就位次。②入座。

**入庫** ㄖㄨˋ ㄎㄨˋ　①沒收歸公。「庫」指「公庫」而言。②指一般物品或貨物藏入倉庫。

**入座** ㄖㄨˋ ㄗㄨㄛˋ　在公眾場所或筵席間各就坐位。

**入時** ㄖㄨˋ ㄕˊ　式樣合於時尚。如「裝束入時」。

**入迷** ㄖㄨˋ ㄇㄧˊ　專心某種事物到了沈迷的程度。

**入院** ㄖㄨˋ ㄩㄢˋ　因病進入醫院住院治療。

**入骨** ㄖㄨˋ ㄍㄨˇ　極其深刻。如「恨之入骨」。

**入寇** ㄖㄨˋ ㄎㄡˋ　図指外敵進犯國土。

**入帳** ㄖㄨˋ ㄓㄤˋ　①記入帳簿中。②過帳。

**入教** ㄖㄨˋ ㄐㄧㄠˋ　加入某一種宗教，常指基督教或回教等而言。

**入梅** ㄖㄨˋ ㄇㄟˊ　進入梅雨季。梅指黃梅季，春末夏初梅子黃熟的時節，連續下雨，空氣潮溼。

**入港** ㄖㄨˋ ㄍㄤˇ　①船舶進入港口。②指交談相投合。如「兩人說得入港」。

**入眼** ㄖㄨˋ ㄧㄢˇ　中看，看得上眼，看得中意。如「看不入眼」。

**入畫** ㄖㄨˋ ㄏㄨㄚˋ　畫入圖畫中。多用來形容景物優美。如「美得可以入畫」。

**入超** ㄖㄨˋ ㄔㄠ　國際貿易上輸入額超過輸出額。

**入會** ㄖㄨˋ ㄏㄨㄟˋ　①加入團體組織成為會員。②加入民間的一種儲蓄組織。

**入微** ㄖㄨˋ ㄨㄟˊ　達到十分細緻或深刻的地步。如「體貼入微」。

**入道** ㄖㄨˋ ㄉㄠˋ　佛教說出家。

**入夢** ㄖㄨˋ ㄇㄥˋ　①入睡，進入夢境，指睡著了。②指別人出現在自己的夢中。

**入夥** ㄖㄨˋ ㄏㄨㄛˇ　加入某個團體或組織。多指為非作歹的組織或共同投資的團體。

**入獄** ㄖㄨˋ ㄩˋ　被關進監獄。如「鋃鐺入獄」。

**入睡** ㄖㄨˋ ㄕㄨㄟˋ　進入夢鄉，睡著了。

**入學** ㄖㄨˋ ㄒㄩㄝˊ　進入學校求學，常指初上學或學期始業而言。

**入選** ㄖㄨˋ ㄒㄩㄢˇ　當選，被選上。

**入營** ㄖㄨˋ ㄧㄥˊ　進入軍營，開始服兵役。如「應徵入營」。

**入殮** ㄖㄨˋ ㄌㄧㄢˋ　把屍體放進棺材裡。

**入聲** ㄖㄨˋ ㄕㄥ　字音聲調之一。國音將入聲分別併入陰平、陽平、上聲、去聲之中。

**入贅** ㄖㄨˋ ㄓㄨㄟˋ　男子結婚以後住在妻子家裡，把岳父母看成自己的父母，或者還要改隨妻姓。這種婚姻叫作入贅。

**入闈** ㄖㄨˋ ㄨㄟˊ　①科舉時代應考的或監考的進入考場。②指重大考試時命題及製題人員進入闈場。闈就是辦理考試的機密場所。

**入藥** ㄖㄨˋ ㄧㄠˋ　用做藥物。如「可以入藥」。

**入關**（ㄖㄨˋ ㄍㄨㄢ）①從遼寧省經過榆關到河北省。是「進入山海關」的意思。②加入國際關稅及貿易協定（J.A.T.T）的略語。

**入籍**（ㄖㄨˋ ㄐㄧˊ）中國人民脫離本國的國籍，依照規定的手續，改國籍做了乙國的人民。

**入魔**（ㄖㄨˋ ㄇㄛˊ）①入迷到了極點。②誤入邪道。

**入門**（ㄖㄨˋ ㄇㄣˊ）①進入門內。②學問得到門徑。③指「初步」「淺學」而說的，多用做書名。如「珠算入門」「國學入門」。

**入口稅**（ㄖㄨˋ ㄎㄡˇ ㄕㄨㄟˋ）海關稅則，對於進口貨物所課的稅金。也叫進口稅。

**入味兒**（ㄖㄨˋ ㄨㄟˋ ㄦ）①有滋味。如「菜做得很入味兒」。②有趣味。如「越看越入味兒」。

**入神兒**（ㄖㄨˋ ㄕㄣˊ ㄦ）「入神」①。如「正聽得有些入神兒」。

**入射兒**（ㄖㄨˋ ㄕㄜˋ ㄦ）投射角。

**入場券**（ㄖㄨˋ ㄔㄤˇ ㄑㄩㄢˋ）進入會場或戲院用的憑證。也叫「門票」。

**入木三分**（ㄖㄨˋ ㄇㄨˋ ㄙㄢ ㄈㄣ）形容筆力很強。比喻評論深刻中肯或描寫精到生動之極。

**入世思想**（ㄖㄨˋ ㄕˋ ㄙ ㄒㄧㄤˇ）①哲學名詞。肯定真理或價值存在於現實世界的理念。②出家人懷抱入塵世救人群的思想。

**入主出奴**（ㄖㄨˋ ㄓㄨˇ ㄔㄨ ㄋㄨˊ）原指信仰一種學說，就排斥另一種學說，以自己所信仰的為主人，以所排斥的為奴僕。比喻在學術上持有門戶的成見。語本韓愈〈原道〉「入者主之，出者奴之」。

**入情入理**（ㄖㄨˋ ㄑㄧㄥˊ ㄖㄨˋ ㄌㄧˇ）合情合理，合乎情理。如「今天他說的話可是入情入理」。

**入鄉隨俗**（ㄖㄨˋ ㄒㄧㄤ ㄙㄨㄟˊ ㄙㄨˊ）到一個地方就按當地的風俗習慣生活。也說「入鄉隨鄉」。

**入境問俗**（ㄖㄨˋ ㄐㄧㄥˋ ㄨㄣˋ ㄙㄨˊ）新到一個地方，應先探問當地的風俗習慣。比喻適應新環境。也作「入國問俗」。

**入境問禁**（ㄖㄨˋ ㄐㄧㄥˋ ㄨㄣˋ ㄐㄧㄣˋ）到一個新國境，先要了解該國的法禁，以免觸犯。禁指法律、習慣所不許可的行為。

**入幕之賓**（ㄖㄨˋ ㄇㄨˋ ㄓ ㄅㄧㄣ）図①稱參與機要的人。②比喻親近，與主人有特殊關係。也作「入幕賓」。

## 二筆

**內** ▲ㄋㄟˋ ①裡面。如「屋內」。對別人稱自己的妻。如「內人」「內子」「內助」（都是指妻）「內兄」（妻的哥哥）「內姪」（妻的姪子）。③古時天子的禁宮。如「大內」。▲ㄋㄚˋ 同「納」。

**內人**（ㄋㄟˋ ㄖㄣˊ）人字輕讀。對人稱自己的妻。

**內力**（ㄋㄟˋ ㄌㄧˋ）①身體裡蓄積的力量。②指一個體系內各部分間的相互作用力。宇宙中星體間的相互作用力，原子中電子與原子核的相互作用力，就是內力。

**內才**（ㄋㄟˋ ㄘㄞˊ）對「外才」說的。外才指形狀相貌，內才指學問方面。

**內子**（ㄋㄟˋ ㄗˇ）內人。

**內中**（ㄋㄟˋ ㄓㄨㄥ）其中，裡面。

**內丹**（ㄋㄟˋ ㄉㄢ）指道家修煉己身丹田的精氣。是對以烹鍊金石的外丹說的。

**內心**（ㄋㄟˋ ㄒㄧㄣ）心，對外形說的。

**內兄**（ㄋㄟˋ ㄒㄩㄥ）妻的哥哥。

**內功** ㄋㄟˋ ㄍㄨㄥ 鍛鍊武術的方法。相對的稱「外功」。內功注意在體內力的蘊蓄，而不顯露於外。以內斂為主，運氣為要。

**內外** ㄋㄟˋ ㄨㄞˋ ①裡面和外面，內部和外部。如「不分內外」。②左右，表示概數。如「四十歲內外」。

**內犯** ㄋㄟˋ ㄈㄢˋ 図外寇侵入。

**內向** ㄋㄟˋ ㄒㄧㄤˋ 人的性情傾向分為「內向」「外向」兩大類型。內向型特徵是拘謹、收斂、靜默。

**內因** ㄋㄟˋ ㄧㄣ 事物發展變化的內部原因。內因是事物發展的根本原因。

**內地** ㄋㄟˋ ㄉㄧˋ 凡是不是邊疆，不是通商口岸的地方，都稱內地。

**內在** ㄋㄟˋ ㄗㄞˋ 人或事物本身所具有的。相對的叫「外在」。如「內在因素」。

**內宅** ㄋㄟˋ ㄓㄞˊ 內房，家宅的內院。多指婦女居住的地方。

**內耳** ㄋㄟˋ ㄦˇ 耳朵最裡面的一部分，主管聽覺和身體的平衡。內耳分三部：一為半規管，內有膜囊，與神經相連，內外貯滿透明液體；二為耳蝸管，底部分布聽神經，滿注透明液體；三為前庭，在半規管與耳蝸管之間，也叫「骨迷路」。

**內行** ㄋㄟˋ ㄏㄤˊ ①人富有某種學識或經驗。②人專門從事某種行（ㄏㄤˊ）業而有成就。

**內衣** ㄋㄟˋ ㄧ 指貼身穿的衣褲。

**內助** ㄋㄟˋ ㄓㄨˋ ①妻子。②得到妻子的幫助。

**內弟** ㄋㄟˋ ㄉㄧˋ 妻的弟弟。

**內廷** ㄋㄟˋ ㄊㄧㄥˊ 宮中，帝王的住所。

**內定** ㄋㄟˋ ㄉㄧㄥˋ 在內部決定。如「出場隊員人選已經內定」。

**內服** ㄋㄟˋ ㄈㄨˊ 吃的藥。對外治敷用的藥說的。

**內爭** ㄋㄟˋ ㄓㄥ 內部的爭鬥。

**內疚** ㄋㄟˋ ㄐㄧㄡˋ 図心裡慚愧不安。

**內附** ㄋㄟˋ ㄈㄨˋ 図由外國來的歸附。

**內姪** ㄋㄟˋ ㄓˊ 妻的兄弟的子女。

**內急** ㄋㄟˋ ㄐㄧˊ 図急著要大小便。

**內政** ㄋㄟˋ ㄓㄥˋ 一國內部的政治。

**內胎** ㄋㄟˋ ㄊㄞ 輪胎的一部分，用薄膠皮製成，中空，充氣後產生彈性，裝在外胎裡面。也稱「裡胎」。

**內省** ㄋㄟˋ ㄒㄧㄥˇ 図內心反省。

**內科** ㄋㄟˋ ㄎㄜ 專門治療人體內部器官疾病的醫學跟醫科。

**內宮** ㄋㄟˋ ㄍㄨㄥ 舊時指皇后妃嬪居住的地方。也稱「六宮」。

**內容** ㄋㄟˋ ㄖㄨㄥˊ ①事物內部情形。②文學或藝術作品中所含的意義或精神；對形式而言。

**內庫** ㄋㄟˋ ㄎㄨˋ 宮中的府庫。也稱「內藏」。

**內訌** ㄋㄟˋ ㄏㄨㄥˋ 図一個團體內部自相爭奪傾軋。

**內務** ㄋㄟˋ ㄨˋ ①國內的事務。②軍營內的整潔工作，也叫「內務」。

**內患** ㄋㄟˋ ㄏㄨㄢˋ 內部的憂患。

**內情** ㄋㄟˋ ㄑㄧㄥˊ 內部情況，詳細情形。如「熟悉內情」。

**內戚** ㄋㄟˋ ㄑㄧ 內親，妻子的親戚的統稱。

**內海** ㄋㄟˋ ㄏㄞˇ ①海的四周有陸地環繞，而以狹小的海峽與大洋相通，稱為「內海」。如地中海、波羅的海等。②沿岸全屬於一個國家，因而本身也屬於這個國家的海。如我國的渤海。

**內涵** ㄋㄟˋ ㄏㄢˊ ①哲學、邏輯學上指一個概念所包含的事物本質屬性的總和。也就是概念的內容。如「人」這個概念的內涵是能製造工具並使用工具的動物。參看「外延」。②人的內在涵養，指修養、品格、氣質等精神特質。

**內痔** ㄋㄟˋ ㄓˋ 痔瘡長在肛門裡面的，是對「外痔」說的。

**內眷** ㄋㄟˋ ㄐㄩㄢˋ 家裡的女眷。

**內部** ㄋㄟˋ ㄅㄨˋ 裡面的部分。

**內野** ㄋㄟˋ ㄧㄝˇ 棒球、壘球運動場地上四個壘包圍繞的空地稱「內野」。野在英文是Field。參看「外野」。

**內陸** ㄋㄟˋ ㄌㄨˋ 大塊陸地的內部，離海岸較遠的陸地。如「內陸國」。

**內景** ㄋㄟˋ ㄐㄧㄥˇ 拍電影的室內布景。

**內視** ㄋㄟˋ ㄕˋ ①図憑主觀來觀察事物。②図自我省察。同「內省」。③觀察物體內部的情況。如「內視鏡」。

**內亂** ㄋㄟˋ ㄌㄨㄢˋ 國內的戰亂。

**內傳** ㄋㄟˋ ㄓㄨㄢˋ ①一種傳記體的小說，以記載人物的遺聞逸事為主。如〈漢武內傳〉。②古代稱解釋經文意義的書。而廣引事例，推演本義的書則稱為「外傳」。例如〈公羊傳〉、〈穀梁傳〉專解〈春秋〉的經義，屬於內傳。而〈詩經〉有〈韓詩內傳〉〈韓詩外傳〉。

**內傷** ㄋㄟˋ ㄕㄤ ①中醫指七情六慾的病。②身體內部所受的傷，對「外傷」而言。

**內債** ㄋㄟˋ ㄓㄞˋ 政府在國內所發行或攤派的各種公債。

**內匯** ㄋㄟˋ ㄏㄨㄟˋ 國內匯兌的簡稱。

**內勤** ㄋㄟˋ ㄑㄧㄣˊ 在辦公室內工作，對「外勤」說的。

**內裡** ㄋㄟˋ ㄌㄧˇ 內部，裡面。

**內詳** ㄋㄟˋ ㄒㄧㄤˊ 舊時在信封上寫「內詳」或「名內詳」，代替發信人的姓名、地址。是對很熟的人用的。

**內寢** ㄋㄟˋ ㄑㄧㄣˇ 図日常休息的地方。對「正寢」而言。②指婦人居住的地方。如婦人死亡稱「壽終內寢」。

**內幕** ㄋㄟˋ ㄇㄨˋ 事件的內情。如「內幕新聞」。

**內閣** ㄋㄟˋ ㄍㄜˊ ①舊官署名。②立憲國的最高行政機關，如我國的行政院。

**內障** ㄋㄟˋ ㄓㄤˋ 眼科醫學上指發生在瞳孔和眼內的疾病。如白內障、青光眼等。

**內憂** ㄋㄟˋ ㄧㄡ ①國內的憂患。②図指母喪，也作「內艱」。

**內監** ▲ㄋㄟˋ ㄐㄧㄢˋ 指宦官太監。▲ㄋㄟˋ ㄐㄧㄢ 清代監獄分內外監，凡強盜及斬絞等重大刑犯關入內監。

**內線** ㄋㄟˋ ㄒㄧㄢˋ ①舊稱在裡面通線索的。如「有些話不便當面向東家談的，便借他做個內線」。②眼線。

**內銷** ㄋㄟˋ ㄒㄧㄠ 本國或本地區生產的農工商品在國內或本地區市場上銷售。相對的稱「外銷」。如「內銷市場」。

**內嬖** ㄋㄟˋ ㄅㄧˋ 図受寵愛的女人

**內戰** ㄋㄟˋ ㄓㄢˋ 對內戰爭。

**內舉** ㄋㄟˋ ㄐㄩˇ 図自己推薦自己親屬。如「內舉不失親」見〈左傳〉。

**內褲** ㄋㄟˋ ㄎㄨˋ 貼身穿的褲子。

**內親** ㄋㄟˋ ㄑㄧㄣ 妻族的親屬。

**內應** ㄋㄟˋ ㄧㄥˋ 裡面的人響應外敵或在裡面接應，都叫內應。

**內蘊** ㄋㄟˋ ㄩㄣˋ 裡面蘊藏的。蘊是積聚、含著。

**內顧** ㄋㄟˋ ㄍㄨˋ ①向裡面回頭看。②在外惦念家事或國事。如「無內顧之憂」。

**內臟** ㄋㄟˋ ㄗㄤˋ 動物的胸腔、腹腔裡面的各種器官。

**內功（兒）** ㄋㄟˋ ㄍㄨㄥ ㄦ 指拳術家練習時以運氣使勁為主的。對外功說的。

**內分泌** ㄋㄟˋ ㄈㄣ ㄇㄧˋ 由無管腺體分泌的激素，不通過導管，由血液運行帶到全身，以調節有機體的生長、發育和生理機能。又稱「激素」或「荷爾蒙」。

**內出血** ㄋㄟˋ ㄔㄨ ㄒㄧㄝˇ 出血的一種，流出血管的血液停留在身體內部。如腦出血、胃出血等。

**內在的** ㄋㄟˋ ㄗㄞˋ ˙ㄉㄜ 存在於事物內部的。

**內在美** ㄋㄟˋ ㄗㄞˋ ㄇㄟˇ ①人的氣質、涵養等美好的德性所散發出的美感。②戲稱其妻在美國的男子為「內在美」。

**內服藥** ㄋㄟˋ ㄈㄨˊ ㄧㄠˋ 供病人口服的藥品。對「外敷藥」說的。

**內姪女** ㄋㄟˋ ㄓˊ ㄋㄩˇ 稱妻子兄弟的女兒。

**內政部** ㄋㄟˋ ㄓㄥˋ ㄅㄨˋ 中央政府行政院的一部，掌理全國地方行政業務。

**內家拳** ㄋㄟˋ ㄐㄧㄚ ㄑㄩㄢˊ 拳術家練功有內家、外家的分別。內家主靜，主防禦；外家主動，主攻擊。

**內動詞** ㄋㄟˋ ㄉㄨㄥˋ ㄘˊ 動詞的一種。文法上指動作止於自身，不投射於外物的動詞。如「鳥鳴」「虎嘯」中的「鳴」「嘯」。又稱「自動詞」，英文文法稱「不及物動詞」。相對的稱「外動詞」。

**內斜視** ㄋㄟˋ ㄒㄧㄝˊ ㄕˋ 眼病，一眼或兩眼的瞳孔經常向中間傾斜。通稱「鬥雞眼」。參看「斜視」。

**內視鏡** ㄋㄟˋ ㄕˋ ㄐㄧㄥˋ 醫學上用來觀察人體臟器內部情況的儀器，並可攝影。如食道鏡、十二指腸鏡、直腸鏡、膀胱鏡等。

**內亂罪** ㄋㄟˋ ㄌㄨㄢˋ ㄗㄨㄟˋ 法律上指意圖顛覆政府而起暴動的刑事罪。

**內聚力** ㄋㄟˋ ㄐㄩˋ ㄌㄧˋ 同種物質內部分子間互相吸引的力量。如水銀在玻璃板上，因水銀的內聚力大於附著力而成為球狀。

**內蒙古** ㄋㄟˋ ㄇㄥˊ ㄍㄨˇ 舊地名，在東北三省西境及從前熱河、察哈爾、綏遠地區，居大漠之南，河北、山西、陝西之北，分六盟，共四十九旗。

**內閣制** ㄋㄟˋ ㄍㄜˊ ㄓˋ 立憲國家的政事，由內閣代替元首掌理，向民選的國會負責任的制度。參看「總統制」。

**內燃機** ㄋㄟˋ ㄖㄢˊ ㄐㄧ 燃料在熱機汽缸內燃燒，產生膨脹氣體，推動活塞，由活塞帶動連桿轉動機軸。此種由熱能產生機械能的內燃機，可用汽油、柴油或煤氣做燃料。

**內外交困** ㄋㄟˋ ㄨㄞˋ ㄐㄧㄠ ㄎㄨㄣˋ 內部和外部的困難交織在一起，形容處境十分困難。常用來指國家、團體或領袖。

**內聖外王** ㄋㄟˋ ㄕㄥˋ ㄨㄞˋ ㄨㄤˊ [文]聖人的道德修養，外有王道的作風。指修己治人，德術兼備。

**內圓外方** ㄋㄟˋ ㄩㄢˊ ㄨㄞˋ ㄈㄤ 有圓滑的手段，方正的外表。也作「外方內圓」。和「外圓內方」相對舉。

**內憂外患** ㄋㄟˋ ㄧㄡ ㄨㄞˋ ㄏㄨㄢˋ 內部紊亂，外部有敵人。多指國家內部有動亂，又有外國的侵擾。

**內熱外冷** ㄋㄟˋ ㄖㄜˋ ㄨㄞˋ ㄌㄥˇ 形容內心熱情、焦急，而外表顯得冷淡、平靜。如「他這個人內熱外冷，很難看出他是要幹麼的」。

**內神通外鬼** ㄋㄟˋ ㄕㄣˊ ㄊㄨㄥ ㄨㄞˋ ㄍㄨㄟˇ [方]指裡面的人跟外面的人勾結做壞事，不讓其他的人知道。

## 四筆

**全** ㄑㄩㄢˊ ㈠完備。如「文武雙全」。㈡使完滿，不受損傷。如「保全」「苟全性命」。㈢統括。如「全體」「全國上下」。㈣皆，都。如「全來了」。㈤平安。如「安全」。㈥姓。

**全人** ㄑㄩㄢˊ ㄖㄣˊ ①古稱聖人為全人。②指具有完美人格的人。③肢體完全的人。

**全力** ㄑㄩㄢˊ ㄌㄧˋ 全部的力量。

**全才** ㄑㄩㄢˊ ㄘㄞˊ ①完美的人才，㈡能文能武的人

**全牛** ㄑㄩㄢˊ ㄋㄧㄡˊ 整體的牛，完整的牛。如「目無全牛」「祭祀要用全牛全羊」。

**全民** ㄑㄩㄢˊ ㄇㄧㄣˊ 一個國家內的全體人民。如「全民運動」「全民健保」。

**全份** ㄑㄩㄢˊ ㄈㄣˋ 整份，完整的一份。如「全份報表」。

**全年** ㄑㄩㄢˊ ㄋㄧㄢˊ 一整年。

**全局** ㄑㄩㄢˊ ㄐㄩˊ ㈠大局。㈡全盤的情況，整個局勢。

**全身** ㄑㄩㄢˊ ㄕㄣ 身體的全部。

**全修** ㄑㄩㄢˊ ㄒㄧㄡ 全部修習。相對的稱「選修」。如「全修生」。

**全軍** ㄑㄩㄢˊ ㄐㄩㄣ ①軍隊的全體。②図保全了部隊。如「全軍退回」。

**全音** ㄑㄩㄢˊ ㄧㄣ 音階中相距兩音為一個完全音程的，稱「全音」，包括兩個半音。如鋼琴兩白鍵中間隔有黑鍵的，就是「全音」；沒有黑鍵的是「半音」。參看「半音」。也作「全音階」。

**全套** ㄑㄩㄢˊ ㄊㄠˋ ①指全部的技藝。②指整部的書籍。③整組的零件。

**全家** ㄑㄩㄢˊ ㄐㄧㄚ 家裡所有的人。

**全能** ㄑㄩㄢˊ ㄋㄥˊ 無所不能。

**全般** ㄑㄩㄢˊ ㄅㄢ 全部。

**全豹** ㄑㄩㄢˊ ㄅㄠˋ 図比喻全部的情況。

**全副** ㄑㄩㄢˊ ㄈㄨˋ 全部。如「全副武裝」。

**全球** ㄑㄩㄢˊ ㄑㄧㄡˊ 全世界。

**全盛** ㄑㄩㄢˊ ㄕㄥˋ 極盛。

**全速** ㄑㄩㄢˊ ㄙㄨˋ 用所能達到的最高速度。如「全速前進」。

**全部** ㄑㄩㄢˊ ㄅㄨˋ ①事物的全體。②完整的一套。

**全都** ㄑㄩㄢˊ ㄉㄡ 全，都，全部，全體。如「客人全都到齊了。」

**全勝** ㄑㄩㄢˊ ㄕㄥˋ 完全勝利。

**全然** ㄑㄩㄢˊ ㄖㄢˊ 完全，都。如「全然不知」。

**全程** ㄑㄩㄢˊ ㄔㄥˊ 全部程序，全部路程或賽程。如「全程參與」。

**全集** ㄑㄩㄢˊ ㄐㄧˊ ①書籍的全部。②將同一性質或同一著作人的書籍，編纂而成的總集。

**全愈** ㄑㄩㄢˊ ㄩˋ 図病好了。也寫成「痊愈」。

**全貌** ㄑㄩㄢˊ ㄇㄠˋ 全部面貌，事物的全部情況。如「觀其全貌，庶不遺漏」。

**全數** ㄑㄩㄢˊ ㄕㄨˋ 所有的數目。

**全蝕** ㄑㄩㄢˊ ㄕˊ 也作「全食」。在日蝕或月蝕時，太陽或月亮完全被遮住。

**全權** ㄑㄩㄢˊ ㄑㄩㄢˊ 處理事務有完全的權力。

**全體** ㄑㄩㄢˊ ㄊㄧˇ ①全身。②團體的全部。③完整的物體。如「這部機器全體共有三千多個零件」。

**全分(兒)** ㄑㄩㄢˊ ㄈㄣˋ ㄦ 全部。也作「全份」。

**全本(兒)** ㄑㄩㄢˊ ㄅㄣˇ ㄦ ①指戲劇演出時間比較長而具備首尾因果

的。②完整的一本書。

**全盤（兒）**（ㄑㄩㄢˊ ㄆㄢˊ ㄦ）事務全部。

**全反射**（ㄑㄩㄢˊ ㄈㄢˇ ㄕㄜˋ）光由光密介質往光疏介質照射時，入射角大於某一數值後，被全部反射而不折射的現象。潛望鏡就是利用稜鏡的全反射來改變光的傳播方向的裝置。

**全天候**（ㄑㄩㄢˊ ㄊㄧㄢ ㄏㄡˋ）無論任何氣候條件，都能使用或工作。如「全天候飛機」。

**全方位**（ㄑㄩㄢˊ ㄈㄤ ㄨㄟˋ）指四面八方，各個方向或位置。如「全方位出擊」。

**全世界**（ㄑㄩㄢˊ ㄕˋ ㄐㄧㄝˋ）指地球上每一個角落。

**全音符**（ㄑㄩㄢˊ ㄧㄣ ㄈㄨˊ）音符的一種。在五線譜上用「○」表示。

**全國性**（ㄑㄩㄢˊ ㄍㄨㄛˊ ㄒㄧㄥˋ）性質屬於全國，而不限於某一個地方的。

**全等形**（ㄑㄩㄢˊ ㄉㄥˇ ㄒㄧㄥˊ）數學名詞。對應邊、對應角都相等的兩個或幾個幾何圖形。

**全等號**（ㄑㄩㄢˊ ㄉㄥˇ ㄏㄠˋ）表示兩個幾何圖形的邊和角都相等的符號，是用「≡」或「≌」來表示。

**全距離**（ㄑㄩㄢˊ ㄐㄩˋ ㄌㄧˊ）統計學上稱最小數量到最大數量間的總差。

**全壘打**（ㄑㄩㄢˊ ㄌㄟˇ ㄉㄚˇ）①棒球、壘球比賽時，打擊手擊出超越全壘打線的球，可經由一、二、三壘，跑回本壘，獲得分數，叫「全壘打」或「本壘打」。

**全力以赴**（ㄑㄩㄢˊ ㄌㄧˋ ㄧˇ ㄈㄨˋ）把全部的力量或精力都投進去。赴是去、前往。

**全心全意**（ㄑㄩㄢˊ ㄒㄧㄣ ㄑㄩㄢˊ ㄧˋ）一心一意，使用全部的精神、力量。

**全民政治**（ㄑㄩㄢˊ ㄇㄧㄣˊ ㄓㄥˋ ㄓˋ）國家政治不是由任何一個階級所主持，而是主權在全體國民的一種政治制度。

**全民健保**（ㄑㄩㄢˊ ㄇㄧㄣˊ ㄐㄧㄢˋ ㄅㄠˇ）全國民眾都參加的健康和醫療保險。

**全民體育**（ㄑㄩㄢˊ ㄇㄧㄣˊ ㄊㄧˇ ㄩˋ）全國人民參與各項體育活動，以健全身心，提升體能。

**全始全終**（ㄑㄩㄢˊ ㄕˇ ㄑㄩㄢˊ ㄓㄨㄥ）做事有頭有尾。

**全知全能**（ㄑㄩㄢˊ ㄓ ㄑㄩㄢˊ ㄋㄥˊ）沒有什麼不知道，沒有什麼辦不到的。

**全軍覆沒**（ㄑㄩㄢˊ ㄐㄩㄣ ㄈㄨˋ ㄇㄛˋ）整個軍隊全被消滅。

**全能運動**（ㄑㄩㄢˊ ㄋㄥˊ ㄩㄣˋ ㄉㄨㄥˋ）好幾種田徑運動項目合併比賽，叫全能運動。男子有十項：百米賽跑、四百米賽跑、一千五百米賽跑、百十米高欄、跳高、跳遠、撐竿跳高、推鉛球、擲鐵餅、擲標槍。女子七項：二百米賽跑、八百米賽跑、百米低欄、跳高、跳遠、推鉛球、擲標槍。

**全權代表**（ㄑㄩㄢˊ ㄑㄩㄢˊ ㄉㄞˋ ㄅㄧㄠˇ）受到委派，對某事有處理和作決定的權力的代表。

**全球資訊網**（ㄑㄩㄢˊ ㄑㄧㄡˊ ㄗ ㄒㄩㄣˋ ㄨㄤˇ）將世界各地的資訊庫聯繫起來，形成資訊網路系統，以便隨時查詢資料。

## 六筆

# 兩

▲ㄌㄧㄤˇ ㈠成雙的數，叫兩。如「兩個」「左右兩邊」。㈡這個和那個，這個或那個。如「模稜兩可」。㈢另外的，不同的。如「他們的習慣跟我們的兩樣兒」。㈣少數的，幾個（不一定是「二」）。如「請你向大家說兩句話」。㈤重量名，十錢為一兩。㈥図春秋時代布帛二丈為一端，二端為一兩。〈左傳〉有「重錦三十兩」。

▲図ㄌㄧㄤˋ同「輛」。

**兩下**（ㄌㄧㄤˇ ㄒㄧㄚˋ）①雙方面，也作「兩下裡」。②指少數的動作。如「打他兩下」「把瓶子拿起來搖了兩下」。也說成「兩下兒」或「兩下子」。

**兩心** ㄌㄧㄤˇ ㄒㄧㄣ ①雙方的心意。②〔文〕二心。

**兩可** ㄌㄧㄤˇ ㄎㄜˇ 不確定；這樣可以，那樣也可以。

**兩立** ㄌㄧㄤˇ ㄌㄧˋ 雙方並存。如「勢不兩立」。

**兩全** ㄌㄧㄤˇ ㄑㄩㄢˊ 兩方面都顧到，都無損害。如「公私兩全」。

**兩利** ㄌㄧㄤˇ ㄌㄧˋ 兩方面都便利。

**兩宋** ㄌㄧㄤˇ ㄙㄨㄥˋ 北宋和南宋的合稱。

**兩兩** ㄌㄧㄤˇ ㄌㄧㄤˇ 指一雙一雙的。如「三三兩兩」「兩兩相對」（這邊兩個那邊兩個，互相比對）。

**兩制** ㄌㄧㄤˇ ㄓˋ 兩種制度、方式。如「兩制同時施行」「一國兩制」。

**兩岸** ㄌㄧㄤˇ ㄢˋ ①江河、海峽等兩邊的陸地。②特指臺灣海峽兩岸。如「兩岸關係」「兩岸對談」。

**兩性** ㄌㄧㄤˇ ㄒㄧㄥˋ 指雄性和雌性，男性和女性。如「兩性生殖」「兩性教育」。

**兩歧** ㄌㄧㄤˇ ㄑㄧˊ 〔文〕①一個分成兩個。如「麥秀兩歧」。②指事物或意見不一致。如「如今意見兩歧，力量不集中」。

**兩便** ㄌㄧㄤˇ ㄅㄧㄢˋ ①公私或彼此便利。②兩方面各從所便，一般指分別付帳各自出錢說的。

**兩晉** ㄌㄧㄤˇ ㄐㄧㄣˋ 指歷史上晉朝的西晉和東晉。

**兩旁** ㄌㄧㄤˇ ㄆㄤˊ 兩邊。

**兩訖** ㄌㄧㄤˇ ㄑㄧˋ 貨收到了，款也付清。如「銀貨兩訖」。也作「兩清」。

**兩造** ㄌㄧㄤˇ ㄗㄠˋ 法律上指訴訟的雙方。如「由兩造具結結案」。

**兩棲** ㄌㄧㄤˇ ㄑㄧ ①水陸都適於生活的動物，像青蛙等，叫做兩棲類動物。②比喻兼屬於兩個團體或從事兩種不同性質的行業的人。

**兩極** ㄌㄧㄤˇ ㄐㄧˊ ①地球上的南極和北極。②電學上的陰極和陽極。

**兩湖** ㄌㄧㄤˇ ㄏㄨˊ 湖南和湖北的合稱。

**兩漢** ㄌㄧㄤˇ ㄏㄢˋ 指歷史上漢朝的前漢和後漢。

**兩端** ㄌㄧㄤˇ ㄉㄨㄢ ①事物的本末。②過與不及。③左右不定。④兩頭兒。

**兩儀** ㄌㄧㄤˇ ㄧˊ 〔文〕指天地。

**兩廣** ㄌㄧㄤˇ ㄍㄨㄤˇ 廣東和廣西的合稱。

**兩樣** ㄌㄧㄤˇ ㄧㄤˋ ①二種。②不同。

**兩翼** ㄌㄧㄤˇ ㄧˋ ①兩個翅膀，像鳥、飛機的。②左右兩股力量。如「中路吸住敵軍的主力，兩翼由側面包抄敵軍」。

**兩邊** ㄌㄧㄤˇ ㄅㄧㄢ ①物體的兩個邊兒。如「桌子兩邊」。②兩個方向或地方。如「兒子、女兒兩邊多走動走動」。③雙方，兩方面。如「兩邊都說好了」。

**兩難** ㄌㄧㄤˇ ㄋㄢˊ ①進退都感困難。②這樣也難，那樣也難。③兩方面彼此都為難。

**兩面（兒）** ㄌㄧㄤˇ ㄇㄧㄢˋ(ㄦ) ①雙方。②反覆無常。

**兩截（兒）** ㄌㄧㄤˇ ㄐㄧㄝˊ(ㄦ) 兩段。

**兩口子** ㄌㄧㄤˇ ㄎㄡˇ ㄗ˙ 夫妻二人。

**兩回事** ㄌㄧㄤˇ ㄏㄨㄟˊ ㄕˋ 兩件事，指彼此無關的兩種事物。也說「兩碼事」。

**兩性人** ㄌㄧㄤˇ ㄒㄧㄥˋ ㄖㄣˊ 具有男性和女性兩種生殖器官的人。也作「二性人」「二形人」。北方口語「二尾子」。

**兩性花** ㄌㄧㄤˇ ㄒㄧㄥˋ ㄏㄨㄚ 含有雌雄兩蕊的花，像梅、桃等都是。

**兩面光** ㄌㄧㄤˇ ㄇㄧㄢˋ ㄍㄨㄤ ①指兩面磨光的器物。②比喻做人圓滑，兩面討好。

**兩院制**（ㄌㄧㄤˇ ㄩㄢˋ ㄓˋ） 議會分設兩院的制度。兩院名稱各有不同，都有立法和監督行政的權力。英國叫上議院、下議院；美國、日本叫參議院、眾議院；法國叫參議院和國民議會。

**兩腳規**（ㄌㄧㄤˇ ㄐㄧㄠˇ ㄍㄨㄟ） 一種畫圖器，其中一腳有螺旋，可安裝鉛筆或蘸墨水筆頭，用來畫圓形。這種器具通常叫做「圓規」。

**兩碼事**（ㄌㄧㄤˇ ㄇㄚˇ ㄕˋ） 兩回事，兩件事。也說「兩碼子事」。

**兩頭蛇**（ㄌㄧㄤˇ ㄊㄡˊ ㄕㄜˊ） ①兩頭相並的蛇。②首尾都有頭的蛇。

**兩瞪眼**（ㄌㄧㄤˇ ㄉㄥˋ ㄧㄢˇ） ①失意的樣子。②彼此失望。

**兩邊倒**（ㄌㄧㄤˇ ㄅㄧㄢ ㄉㄠˇ） 宗旨不定，看兩方面勢力而傾向強的一面。

**兩小無猜**（ㄌㄧㄤˇ ㄒㄧㄠˇ ㄨˊ ㄘㄞ） 男女年紀都幼小，常在一起，不管男女禮節的限制。

**兩世為人**（ㄌㄧㄤˇ ㄕˋ ㄨㄟˊ ㄖㄣˊ） 指死裡逃生，好像再到人世。

**兩全其美**（ㄌㄧㄤˇ ㄑㄩㄢˊ ㄑㄧˊ ㄇㄟˇ） 做事時能照顧到兩方面，使雙方都得到好處。

**兩合公司**（ㄌㄧㄤˇ ㄏㄜˊ ㄍㄨㄥ ㄙ） 由無限責任股東跟有限責任股東組成的合資公司。

**兩把刷子**（ㄌㄧㄤˇ ㄅㄚˇ ㄕㄨㄚ ˙ㄗ） 稱讚人的能力強，有才幹。

**兩性生殖**（ㄌㄧㄤˇ ㄒㄧㄥˋ ㄕㄥ ㄓˊ） 又名「有性生殖」。凡是由雌雄兩性細胞結合而產生新個體，這種方式就是兩性生殖，是生物界最普遍的生殖方式。相對的是「無性生殖」。

**兩虎相鬥**（ㄌㄧㄤˇ ㄏㄨˇ ㄒㄧㄤ ㄉㄡˋ） 比喻兩雄（強者）相爭。

**兩相情願**（ㄌㄧㄤˇ ㄒㄧㄤ ㄑㄧㄥˊ ㄩㄢˋ） 雙方願意。

**兩面三刀**（ㄌㄧㄤˇ ㄇㄧㄢˋ ㄙㄢ ㄉㄠ） 指耍兩面手法，嘴上說得很甜，背地裡卻在挑撥是非。

**兩袖清風**（ㄌㄧㄤˇ ㄒㄧㄡˋ ㄑㄧㄥ ㄈㄥ） 古時比喻官吏清廉，毫無積蓄。

**兩敗俱傷**（ㄌㄧㄤˇ ㄅㄞˋ ㄐㄩˋ ㄕㄤ） 雙方相爭，同受損害。

**兩棲部隊**（ㄌㄧㄤˇ ㄑㄧ ㄅㄨˋ ㄉㄨㄟˋ） 指海軍陸戰隊，在海上或陸地上都可以作戰。

**兩棲動物**（ㄌㄧㄤˇ ㄑㄧ ㄉㄨㄥˋ ㄨˋ） 脊椎動物的一種，水陸兩居，如青蛙、蟾蜍、蠑螈等。也作「兩生類」。

**兩性化合物**（ㄌㄧㄤˇ ㄒㄧㄥˋ ㄏㄨㄚˋ ㄏㄜˊ ㄨˋ） 指既具酸性也有鹼性兩種性質的化合物，如氨基酸。

## 八部

**八**（ㄅㄚ） ㈠數目字。大寫作「捌」。㈡第八。如「門牌八號」。（八字，在去聲字前說成陽平聲。如「八月」「八個」。）

**八方**（ㄅㄚ ㄈㄤ） 東、南、西、北、東南、西南、東北、西北等八個方向的總稱。一般指所有各方。

**八仙**（ㄅㄚ ㄒㄧㄢ） 古代神話中的八位神仙，就是漢鍾離、張果老、呂洞賓、李鐵拐、韓湘子、曹國舅、藍采和、何仙姑。民間常作為繪畫題材和美術裝飾。

**八字**（ㄅㄚ ㄗˋ） 我國星命家以人出生的年分、月分、日子、時辰等，用天干、地支配合，剛好是八個字，作為推算一生命運的根據。

**八成**（ㄅㄚ ㄔㄥˊ） ①十分之八。如「八成新」。②多半，大概。可儿化。如「看樣子八成兒他不來了」。

**八角**（ㄅㄚ ㄐㄧㄠˇ） ①常綠灌木，葉子長橢圓形，花紅色，果實呈八角形。也叫「八角茴香」或「大茴香」。②這種植物的果實，是常用的調味香料。中醫入藥，有興奮及驅風作用，是我國特產之一。有的地區叫「大料」「茴香」等不同名稱。

**八佾** 周代天子所用的樂舞，總共有八列，每列八人。參看「佾舞」。

**八卦** 傳說是由伏羲氏所創的八個卦，乾☰、兌☱、離☲、震☳、巽☴、坎☵、艮☶、坤☷。

**八珍** 八種珍貴的食品。一般指龍肝、鳳髓、豹胎、鯉尾、鴞炙、猩脣、熊掌、酥酪蟬。

**八音** 古人說的八種樂器，能發出八種聲音：金（鐘）、石（磬）、絲（琴、瑟）、竹（簫、笛）、匏（竽）、土（壎）、革（鼓）、木（柷）。

**八哥** 哥字輕讀。可ㄦ化。鳥名，羽毛黑色，頭部有散開的白色羽冠，吃昆蟲和種子。能模仿人說話的某些聲音。古書裡作「鴝鵒」。

**八荒** [文]八方荒遠的地方。也作「八表」「八紘」。

**八景** 名勝地區的風景多分八處，如燕京八景、瀟湘八景、嚴陵八景。

**八節** 指立春、春分、立夏、夏至、立秋、秋分、立冬、冬至等八個節氣，比喻一年四季。

**八旗** 清代滿族軍隊組織和戶口編制，以旗為號，分為正黃、正白、正紅、正藍、鑲黃、鑲白、鑲紅、鑲藍八旗。後又增建蒙古八旗和漢軍八旗。八旗官員平時管民政，戰時任將領，旗民子孫永遠當兵。

**八德** 我國固有的美德：忠、孝、仁、愛、信、義、和、平。

**八儒** 孔子死後，儒家分為八派：子思氏、子張氏、顏氏、孟氏、漆雕氏、仲梁氏、公孫氏、樂正氏。

**八寶** 指其中含有八種（實際上是泛指許多種，不一定恰好八種）名貴成分的東西。如「八寶飯」「八寶鴨」「八寶印泥」等等。

**八股（兒）** ①明清兩代科舉考試所規定的一種應考的文體，要把全文寫成：破題、承題、起講、提比、虛比、中比、後比、大結等八個部分，所以叫八股。②用以形容陳腔爛調式的說教文字。

**八分書** 國字的一種書寫體式，屬於漢隸之一種。

**八斗才** 稱讚有才華的人。原為謝靈運讚美曹植的比喻：「天下共有才一石，曹子建獨占八斗」。

**八月節** 中秋節，陰曆八月十五日。

**八字眉** 稱像「八」字形的眉毛。

**八字腳** 形容人走路時候雙腳撇開像「八」字形，又分內八字、外八字。

**八行書** 以往比較正式的信紙每頁分成八行，尤其關於請託推薦之類的書信要用這種信紙，好表示客氣、鄭重。所以稱書信為八行書，通常指請託推薦的書信。

**八段錦** 我國健身術的一種，類似徒手體操，八個段落。又分成文八段和武八段兩種。

**八面光** 形容非常世故，各方面都應付得很周到。含貶義，有油滑、善變的意思。

**八陣圖** ①三國時蜀漢諸葛亮所推演的一種兵法。②比喻令人恍惚迷離的作法。

**八進制** 一種逢8進位的記數法。用0、1、2、3、4、5、6、7八個數碼字。十進制的9，27，在八進制分別寫11，33。常應用在電子計算機中。

**八寶飯** 糯米加蓮子、紅棗、桂圓等多種材料蒸製的甜食。

**八寶菜** 由核桃仁、萵筍、杏仁、黃瓜、花生米等混合的醬菜。

**八寶鴨** 鴨子殺好，掏去內臟，填入蓮子、果料、糯米等，蒸熟了吃。通常是在餐館吃的。

**八仙桌（兒）** 四周總共可坐八個人的方桌。

**八王之亂** 西晉惠帝時，皇族諸王互相爭殺，混戰十六年，帶來重大災難，致使西晉滅亡，史家稱「八王之亂」。

**八仙過海** 常與「各顯神通」連用，比喻各自有一套辦法，或各人顯示自己的本領，大家比一比。

**八百壯士** 抗日戰爭初期，我軍八百人堅守上海閘北四行倉庫英勇抗敵，孤軍奮鬥。又稱「四行孤軍」。時間在民國二十六年。

**八角茴香** 馬蘭科植物的果仁，用做食品中的香料。

**八拜之交** 通常稱結義兄弟或結義姊妹。

**八面威風** 處處都顯露威風的樣子。

**八面玲瓏** 行為、言論、做事手段，處處巧妙，對各方面都能討好。

**八九不離十** 形容非常接近實際情況。通常用在猜測或推測事情。如「這件事八九不離十是他幹的」。

**八字沒一撇** 比喻事情完全沒有眉目，還差得很遠。指要寫「八」字，卻連第一筆的「撇」都還沒寫。

**八小時工作制** 勞動者工作時間限定於工作日每天八個小時。是勞動運動的中心理念，產業革命的常識。美國芝加哥勞工團體於一八八六年五月一日發動，一九一九年國際聯盟通過，成為全世界奉行的準則。所以也把五月一日訂為國際勞動節。

## 二筆

**六** ㄌㄧㄡˋ數目字，大寫作「陸」。讀音ㄌㄨˋ。

**六丁** ①指六十干支中的丁丑、丁卯、丁巳、丁未、丁酉、丁亥六組。②道教的神名。以「六丁」為陰神玉女，「六甲」為陽神將軍，為天帝差遣，能制伏鬼神。

**六甲** ①古代用天干、地支依次相配成六十組干支，其中甲子、甲寅、甲辰、甲午、甲申、甲戌六組起頭是「甲」字，所以稱「六甲」。②指婦女有孕。如「身懷六甲」。據說古代傳聞：六甲是上天造物之日，因此也造人。③古代術數（用各種方法推測人的氣數、命運）的一種。④古代神名、星名。

**六合** 図指上、下、東、西、南、北，也就是泛指各處，宇宙間。

**六如** 佛教金剛經上說一切有為法，如夢、幻、泡、影、露、電，後人合稱「六如」。又稱「六喻」。

**六宮** ①古代皇后居住的寢宮，也泛指后妃或其住處。②詞曲中的宮調，分黃鐘、正宮、仙呂、南呂、中呂、道宮等六種宮調。

**六根** 佛家以眼（視根）、耳（聽根）、鼻（嗅根）、舌（味根）、身（觸根）、意（念根）為六根。如「六根清淨」。

**六書** 文字學把國字字體結構和用字情況，歸納為六類，叫作六書：就是象形（日、月），指事（上、下），形聲（江、陽），會意

(信、武),轉注(考、老)和假借(長短的長,也用作生長的長)。

**六畜** ㄌㄧㄡˋ ㄔㄨˋ 指馬、牛、羊、雞、犬、豬,并泛指各種家畜。

**六神** ㄌㄧㄡˋ ㄕㄣˊ 六種神祇。有的指天地四方,有的指風神、雨師、靈星、先農、社、稷。道教指人的心、肺、肝、腎、脾、膽各有神靈主宰,稱為「六神」。以後泛指心神,說人張皇失措叫「六神無主」。

**六欲** ㄌㄧㄡˋ ㄩˋ 泛指人的各種欲望。①〈呂氏春秋〉以生、死、耳、目、口、鼻為六欲。②佛教〈大智廣論〉以色欲、形貌欲、威儀姿態欲、言語音聲欲、細滑欲、人想欲為六欲。如「七情六欲」。

**六朝** ㄌㄧㄡˋ ㄔㄠˊ 吳、東晉、宋、齊、梁、陳這六個朝代相繼都在建康(南京)建都,歷史上稱為「六朝」。

**六腑** ㄌㄧㄡˋ ㄈㄨˇ 從前指胃、膽、三焦、膀胱、大腸、小腸為六腑;腑也作府。

**六經** ㄌㄧㄡˋ ㄐㄧㄥ 指詩、書、禮、樂、易、春秋等六種經書。其中樂經久已失傳。

**六義** ㄌㄧㄡˋ ㄧˋ 〈詩經〉的風、雅、頌、賦、比、興。風、雅、頌是詩歌的類型;賦、比、興是表現詩歌內容的方法。也有人認為是六種詩體。

**六道** ㄌㄧㄡˋ ㄉㄠˋ 佛教指天道、人道、阿修羅道、餓鬼道、畜生道、地獄道。

**六親** ㄌㄧㄡˋ ㄑㄧㄣ ①父、母、兄、弟、妻、子。②父、子、兄、弟、夫、婦。③父子、兄弟、姑姊、甥舅、婚媾、姻婭。④泛指最親近的親屬。如「六親不認」。

**六禮** ㄌㄧㄡˋ ㄌㄧˇ ①古時納采、問名、納吉、納徵、請期、親迎等婚禮。②古時冠、婚、喪、祭、鄉飲酒、相見等士禮。

**六藝** ㄌㄧㄡˋ ㄧˋ ①禮、樂、射、御、書、數,古時的六種才藝。②就是六經。

**六大洲** ㄌㄧㄡˋ ㄉㄚˋ ㄓㄡ 世界陸地分為亞洲、非洲、歐洲、南美洲、北美洲、大洋洲,合稱「六大洲」。

**六分儀** ㄌㄧㄡˋ ㄈㄣ ㄧˊ 天文儀器,在海洋上可用來觀測太陽和恆星的位置,以計算時間、方位,對航海方面有很大功用。

**六角形** ㄌㄧㄡˋ ㄐㄧㄠˇ ㄒㄧㄥˊ 由六條直線圍繞而成的平面形。

**六面體** ㄌㄧㄡˋ ㄇㄧㄢˋ ㄊㄧˇ 六個平面所圍成的立體。

**六指兒** ㄌㄧㄡˋ ㄓˇ ㄦˊ 手或腳有枝指。

**六十甲子** ㄌㄧㄡˋ ㄕˊ ㄐㄧㄚˇ ㄗˇ 以天干與地支配合,從甲子到癸亥共六十個,叫六十甲子。

**六神無主** ㄌㄧㄡˋ ㄕㄣˊ ㄨˊ ㄓㄨˇ 張皇失措。

**六親不認** ㄌㄧㄡˋ ㄑㄧㄣ ㄅㄨˋ ㄖㄣˋ 形容人沒有情義或不講情面。如「他這個人六親不認,你少去惹他」。

## 公

ㄍㄨㄥ ㈠沒有自私的念頭。如「公平合理」「天下為公」。㈡有關眾人的事務。如「辦公」。㈢許多人同意。如「公認」。㈣眾人所共有的。如「公物」。㈤〔文〕不獨占,跟大眾共享。如「公諸同好」。㈥〔文〕明白宣布。如「公之於世」。㈦古代五等爵(公、侯、伯、子、男)的第一位。如「公爵」。㈧對人的尊稱。如「李公」「林公」。㈨祖父、丈夫的父親,或兒童對男性老人都稱「公」。如「公婆」「老公公」。㈩古時對國君的稱呼。如「鄭莊公」「晉文公」。(十一)雄的禽獸。如「公雞」。(十二)度量衡屬於公制的,在單位名稱上加「公」字。如「公斤」「公尺」。(十三)姓。

**公丈** ㄍㄨㄥ ㄓㄤˋ 長度單位,就是十公尺。略字寫作「籵」。

**公子** ㄍㄨㄥ ㄗˇ　①古稱諸侯之子。②尊稱他人的兒子。

**公寸** ㄍㄨㄥ ㄘㄨㄣˋ　計算長度的單位，公尺的十分之一。略字寫作「粉」。

**公元** ㄍㄨㄥ ㄩㄢˊ　歐美通用的紀元標準，從傳說的耶穌誕生那一年算起。世界各國多有採用者。也稱「西元」。

**公允** ㄍㄨㄥ ㄩㄣˇ　公正允當，不偏不倚。

**公公** ㄍㄨㄥ ㄍㄨㄥ　第二公字輕讀。①丈夫的父親。②尊稱年老的男人。③祖父。④舊時稱太監。

**公分** ㄍㄨㄥ ㄈㄣ　①計算長度的單位，公寸的十分之一。也說「厘米」。略字作「粴」。②重量計算單位，公錢的十分之一。也作「公克」。略字作「克」。

**公升** ㄍㄨㄥ ㄕㄥ　容量單位，等於一立方公寸的容積，公斗的十分之一。略字寫作「竔」。

**公尺** ㄍㄨㄥ ㄔˇ　標準制長度的單位，等於地球子午線四千萬分之一。音譯詞是「米突」（法文 mètre），簡稱「米」。

**公斤** ㄍㄨㄥ ㄐㄧㄣ　計算重量的單位，等於攝氏四度時一立方公寸純水的重量，是公克的一千倍。

**公文** ㄍㄨㄥ ㄨㄣˊ　處理公務的文書。

**公主** ㄍㄨㄥ ㄓㄨˇ　舊時稱天子或國王的女兒。

**公出** ㄍㄨㄥ ㄔㄨ　因為處理公事而外出。

**公司** ㄍㄨㄥ ㄙ　以營利為目的，依照公司法組織而成，並向主管機關登記設立的社團法人，分為無限、兩合、有限、股份有限、股份兩合公司等五種。

**公布** ㄍㄨㄥ ㄅㄨˋ　也作公佈。①向眾人宣示法律或命令。②給大眾知道。

**公平** ㄍㄨㄥ ㄆㄧㄥˊ　處理事情、分配事物不偏袒任何一方。如「公平交易」。

**公正** ㄍㄨㄥ ㄓㄥˋ　公平正直，沒有偏私。

**公民** ㄍㄨㄥ ㄇㄧㄣˊ　①依法具有公民權的人。②學校的一門課目。

**公用** ㄍㄨㄥ ㄩㄥˋ　公共使用，共同使用。

**公休** ㄍㄨㄥ ㄒㄧㄡ　①星期日、紀念日等集體的休假。如「公休日」。②各種商店經同業公會決定，以每月某日或某幾日為公休日，到時候同業全部停業休息。如理髮業的每月十日、二十五日。

**公共** ㄍㄨㄥ ㄍㄨㄥˋ　屬於社會的；公有公用的。

**公同** ㄍㄨㄥ ㄊㄨㄥˊ　共同。

**公地** ㄍㄨㄥ ㄉㄧˋ　①屬於各級政府或公營事業所有的土地，對私有土地說的。②屬於眾人所有的土地，也就是公司共有土地。

**公安** ㄍㄨㄥ ㄢ　社會全體公眾的安寧。

**公式** ㄍㄨㄥ ㄕˋ　①科學上通用的定則。②數學上同類算題都可以應用的方式。③一般運用的一定法式。

**公有** ㄍㄨㄥ ㄧㄡˇ　屬於公眾所有。

**公克** ㄍㄨㄥ ㄎㄜˋ　重量單位，公錢的十分之一。也叫「公分」。略字作克。克是法文 gramme 音譯「克郎姆」的簡稱。

**公告** ㄍㄨㄥ ㄍㄠˋ　政府或機關團體向公眾發出的通告。

**公決** ㄍㄨㄥ ㄐㄩㄝˊ　由眾人共同決定。

**公車**　▲ㄍㄨㄥ ㄔㄜ 公共汽車的簡稱。▲ㄍㄨㄥ ㄐㄩ 図官車。漢代以公家車馬運送應舉的人，後來就以「公車」為舉人入京應試的代稱。如「公車上書」。

**公里** ㄍㄨㄥ ㄌㄧˇ　長度單位，等於十公引，也等於一千公尺。略字寫作「粁」。

**公事** ㄍㄨㄥ ㄕˋ ①公家的事務。②公文。

**公使** ㄍㄨㄥ ㄕˇ 代表本國駐紮外國辦理兩國交涉事件的外交官員，有大使、公使、代辦三等級。

**公例** ㄍㄨㄥ ㄌㄧˋ 通常的例子。

**公函** ㄍㄨㄥ ㄏㄢˊ 機關團體來往的一種公文書。

**公制** ㄍㄨㄥ ㄓˋ 是「萬國公制」的簡稱。我國現在所用的公尺、公斤、公升等度量衡就是萬國公制。

**公帑** ㄍㄨㄥ ㄊㄤˇ 図公款。如「浪費公帑」。

**公所** ㄍㄨㄥ ㄙㄨㄛˇ 處理公眾事務的場所。如「鄉公所」。

**公法** ㄍㄨㄥ ㄈㄚˇ ①對私法說的。規定直接關於國家的法律，如憲法、國際公法、行政法、刑法等。②解析幾何學上作圖題時所用淺顯而無待證明的基本作法。

**公物** ㄍㄨㄥ ㄨˋ ①直接供公用的物，如橋梁馬路等。②公家的器物。

**公秉** ㄍㄨㄥ ㄅㄧㄥˇ 容量單位，等於十公石，略字寫作「竏」。

**公門** ㄍㄨㄥ ㄇㄣˊ 從前指政府官署。

**公保** ㄍㄨㄥ ㄅㄠˇ 「公教人員健康保險」的簡稱。公教人員按規定每月繳交保險費，遇有疾病，可以到政府指定的醫院免費診治。死亡時可以領取給付，退休時也可以把保險金領回。

**公約** ㄍㄨㄥ ㄩㄝ ①三個以上的國家訂立的某些政治性或專門問題的多邊條約。如「北大西洋公約」。②機關、團體、學校內部擬訂共同遵守的章程。如「生活公約」。

**公孫** ㄍㄨㄥ ㄙㄨㄣ ①複姓。黃帝姓公孫，後代就作為姓氏。②古代諸侯的兒子稱公子，公子的兒子稱公孫。後來用作對官僚子弟的尊稱。

**公家** ㄍㄨㄥ ㄐㄧㄚ 指國家或公眾。

**公害** ㄍㄨㄥ ㄏㄞˋ 都市的噪音，交通紊亂，空氣不潔，河流、水源、地下水的汙染等對公眾有大害的，叫「公害」。

**公差** ▲ㄍㄨㄥ ㄔㄞ ①官署的差役。②因為處理公務而外出，叫出公差。▲ㄍㄨㄥ ㄔㄚ ①等差級數相近二項的差常相等，叫公差。②貨幣成色重量的差，在一定程度內，是法律所認可的。

**公案** ㄍㄨㄥ ㄢˋ ①指官吏審理案件時用的桌子。②指疑難案件，泛指有糾紛或離奇的事情。如「三椿公案」、「公案小說」。

**公海** ㄍㄨㄥ ㄏㄞˇ 離海岸六哩以外，不屬於任何國家的海。對領海說的。

**公畝** ㄍㄨㄥ ㄇㄨˇ 地積單位，等於一百平方公尺。

**公益** ㄍㄨㄥ ㄧˋ 公共的利益。

**公務** ㄍㄨㄥ ㄨˋ 關於公眾的事務。

**公堂** ㄍㄨㄥ ㄊㄤˊ ①古代貴族的大屋。②指官吏辦公或審理案件的廳堂。如「對簿公堂」。

**公婆** ㄍㄨㄥ ㄆㄛˊ 丈夫的父母。

**公推** ㄍㄨㄥ ㄊㄨㄟ 共同推舉。如「大家公推他當代表」。

**公理** ㄍㄨㄥ ㄌㄧˇ ①世界公認的道理。②科學上推理的基本，無須證明的，如數學的普通公理、幾何公理等。

**公產** ㄍㄨㄥ ㄔㄢˇ 國家或團體所有的產業。

**公眾** ㄍㄨㄥ ㄓㄨㄥˋ 大眾。

**公祭** ㄍㄨㄥ ㄐㄧˋ 機關、團體或學校為對死亡的人表示哀悼的祭奠。

**公頃** ㄍㄨㄥ ㄑㄧㄥˇ 地積單位，等於一百公畝。

**公報**（ㄍㄨㄥ ㄅㄠˋ） 政府機關專為刊登法令法規所發行的定期刊物。

**公寓**（ㄍㄨㄥ ㄩˋ） ①能容納許多人家居住的住宅建築，多為樓房，每一單元房間成套，設備齊全。②一種租期較長、房租論月計算的旅館，住宿的多半是謀事或求學的人。

**公款**（ㄍㄨㄥ ㄎㄨㄢˇ） 屬於公家的款項。

**公然**（ㄍㄨㄥ ㄖㄢˊ） 不隱瞞也不顧忌。

**公訴**（ㄍㄨㄥ ㄙㄨˋ） 檢察官偵查刑事犯之後，代表國家向法院提起的訴訟。

**公費**（ㄍㄨㄥ ㄈㄟˋ） ①公家或公眾支出的經費。②辦公的費用。③公款。

**公開**（ㄍㄨㄥ ㄎㄞ） ①不守祕密，大家都可以知道。②揭露。如「公開他的祕密」。

**公項**（ㄍㄨㄥ ㄒㄧㄤˋ） ①數學中凡是展開式級數的某項，可以用公共的式子表示，這個式子叫做公項。②公款。

**公債**（ㄍㄨㄥ ㄓㄞˋ） 政府為建設或其他急需向人民借債，按期歸還本息。

**公園**（ㄍㄨㄥ ㄩㄢˊ） 公家設置讓公眾遊憩的花園。

**公幹**（ㄍㄨㄥ ㄍㄢˋ） ①公事。如「有何公幹」。②辦理公事。如「外出公幹」。

**公意**（ㄍㄨㄥ ㄧˋ） 全體或多數人的意思。

**公會**（ㄍㄨㄥ ㄏㄨㄟˋ） ①工商業或自由業同業組織的共同團體。如「同業公會」。

**公署**（ㄍㄨㄥ ㄕㄨˇ） 官署，公務人員辦公的地方。

**公路**（ㄍㄨㄥ ㄌㄨˋ） ①公眾自由通行的道路。②由國家或地方政府修建管理的道路，供長途汽車行駛。

**公道** ▲ㄍㄨㄥ ㄉㄠˋ 最公正平直的道理。▲ㄍㄨㄥ ˙ㄉㄠ 公平。

**公僕**（ㄍㄨㄥ ㄆㄨˊ） 民主國家的政府官吏，為人民服務，稱為公僕。

**公墓**（ㄍㄨㄥ ㄇㄨˋ） 公共墓地。

**公演**（ㄍㄨㄥ ㄧㄢˇ） 公開演出。如「巡迴公演」。

**公認**（ㄍㄨㄥ ㄖㄣˋ） 大家所承認。

**公德**（ㄍㄨㄥ ㄉㄜˊ） 對於社會公共的道德。

**公敵**（ㄍㄨㄥ ㄉㄧˊ） 公共的敵人。

**公論**（ㄍㄨㄥ ㄌㄨㄣˋ） 社會一般的評論。

**公憤**（ㄍㄨㄥ ㄈㄣˋ） 眾人所不滿的，共同的憤慨。

**公賣**（ㄍㄨㄥ ㄇㄞˋ） ①依法律規定，以投標、拍賣等方式整批售賣物品。②依法令規定，由政府設機構製造售賣物品。如「菸酒公賣局」。

**公餘**（ㄍㄨㄥ ㄩˊ） 處理公務以外的空閒時間。

**公噸**（ㄍㄨㄥ ㄉㄨㄣˋ） 重量單位，等於一千公斤。

**公器**（ㄍㄨㄥ ㄑㄧˋ） ①舊時指宮中所用的器物。②公有的東西。如「報紙是社會的公器」。

**公廨**（ㄍㄨㄥ ㄒㄧㄝˋ） 〔文〕官署。廨是官吏辦公的地方。

**公擔**（ㄍㄨㄥ ㄉㄢˋ） 重量單位，公噸的十分之一，等於一百公斤。

**公曆**（ㄍㄨㄥ ㄌㄧˋ） 現在國際通用的曆法，陽曆的一種，一年三百六十五天，分十二個月，一、三、五、七、八、十、十二月為大月，每月有三十一天；四、六、九、十一月為小月，每月三十天；二月二十八天為平年，閏年則為二十九天。每四百年有九十七個閏年，四年一閏。也叫「格里曆」，通稱「陽曆」。民國成立，政府訂為「國曆」。

**公讌**（ㄍㄨㄥ ㄧㄢˋ） 公同的宴請。讌也作「宴」。

**公館**（ㄍㄨㄥ ㄍㄨㄢˇ） ①古時公家所設的館舍。②稱高級官吏的寓所。③尊稱別人的住所。

**公爵**（ㄍㄨㄥ ㄐㄩㄝˊ） 古代五等爵位（公、侯、伯、子、男）的第一等，位在侯爵之上。

**公斷** ㄍㄨㄥ ㄉㄨㄢˋ ①秉公判斷。如「實情如此，敬請公斷」。②由公正人士居中判斷。如「聽候眾人公斷。」

**公轉** ㄍㄨㄥ ㄓㄨㄢˇ 一個天體繞著另一個天體轉動叫做公轉，如太陽系的行星繞著太陽轉動，行星的衛星繞著行星轉動。地球繞太陽公轉一周的時間是三百六十五天又六小時九分十秒，月球繞地球公轉一周的時間是二十九天十二小時十四分。

**公釐** ㄍㄨㄥ ㄌㄧˊ ①長度單位，公分的十分之一。略字作粍。②重量單位，公分的十分之一。略字作兝。③地積單位，公畝的百分之一，就是一平方公尺。

**公雞** ㄍㄨㄥ ㄐㄧ 雄雞。

**公牘** ㄍㄨㄥ ㄉㄨˊ 公文，官方文書。

**公證** ㄍㄨㄥ ㄓㄥˋ 當事人或其他關係人請求法院公證人就法律行為或其他私權事實所作的證明。如「公證結婚」。

**公關** ㄍㄨㄥ ㄍㄨㄢ 「公共關係」的節縮語。

**公議** ㄍㄨㄥ ㄧˋ ①眾人的議論。②關於國家的事情，以公共利益為標準而評議，也叫公議。

**公權** ㄍㄨㄥ ㄑㄩㄢˊ 國民在公法應享的權利，就是參政權、自由權、請求權。

**公民權** ㄍㄨㄥ ㄇㄧㄣˊ ㄑㄩㄢˊ 公民依憲法規定所享有的權利，如選舉權、罷免權、創制權、複決權、應考試權、服公職權等。

**公事房** ㄍㄨㄥ ㄕˋ ㄈㄤˊ 辦公室。

**公約數** ㄍㄨㄥ ㄩㄝ ㄕㄨˋ 也作「公因數」，可以除盡各數的一數；像6、15、21這三個數，都可用3除盡，3就是公約數。

**公倍數** ㄍㄨㄥ ㄅㄟˋ ㄕㄨˋ 幾個數的共同倍數。如6、12、18，都是2、3的公倍數。

**公務員** ㄍㄨㄥ ㄨˋ ㄩㄢˊ 有公職而辦理公務的人員。

**公孫樹** ㄍㄨㄥ ㄙㄨㄣ ㄕㄨˋ 「銀杏」的別名。據說銀杏從種植到能開花結果，時間很長，爺爺種樹，到孫子出生以後才能結果，所以叫「公孫樹」。

**公訴人** ㄍㄨㄥ ㄙㄨˋ ㄖㄣˊ 代表國家向法院提起公訴的人，就是檢察官。相對的稱「自訴人」。

**公開信** ㄍㄨㄥ ㄎㄞ ㄒㄧㄣˋ 寫給個人或團體，但是作者認為有使公眾知道的必要，因而公開發表的信。

**公開賽** ㄍㄨㄥ ㄎㄞ ㄙㄞˋ 公開舉行，不限參加資格的比賽，與邀請賽、錦標賽、友誼賽等有區別，通常是職業性質的。如「法國網球公開賽」。

**公積金** ㄍㄨㄥ ㄐㄧ ㄐㄧㄣ 公司有盈餘時酌量提供的款項的一部分，準備在需要時候應用的。

**公證人** ㄍㄨㄥ ㄓㄥˋ ㄖㄣˊ ①證明雙方某種事實的人。②受人民囑託以作關於民事的公證為職務的人。

**公聽會** ㄍㄨㄥ ㄊㄧㄥ ㄏㄨㄟˋ 政府機關或民意代表舉行公開的座談會，邀請學者專家及民眾就座談主題聽取各方意見或建議，作為施政或議政的參考。

**公子哥兒** ㄍㄨㄥ ㄗˇ ㄍㄜ ㄦ 養尊處優而不知世故的富貴人家子弟。

**公公道道** ㄍㄨㄥ ㄍㄨㄥ ㄉㄠˋ ㄉㄠˋ 第二個公字輕讀。公平。

**公民投票** ㄍㄨㄥ ㄇㄧㄣˊ ㄊㄡˊ ㄆㄧㄠˋ 一國或一地區公民，以投票方式來表達他們對重大問題的意見和決定。如加拿大魁北克省要求獨立，曾舉行公民投票。

**公用事業** ㄍㄨㄥ ㄩㄥˋ ㄕˋ ㄧㄝˋ 供社會公眾使用的企業的統稱，如水電、交通、電話、電報等，都是公用事業。

**公共危險** ㄍㄨㄥ ㄍㄨㄥˋ ㄨㄟˊ ㄒㄧㄢˇ 危害公眾生命、財產安全的行為，如縱火、危害交通安全、妨害公共衛生等。

**公共安全** ㄍㄨㄥ ㄍㄨㄥˋ ㄢ ㄑㄩㄢˊ 維護公眾生命、財產的安全，使不發生意外事故。簡稱「公安」。

**公共行政** ㄍㄨㄥ ㄍㄨㄥˋ ㄒㄧㄥˊ ㄓㄥˋ 公務機關為了實現政策及推行公務所運用的各種措施，包括組織、人事、財務、領導、計畫、協調、獎懲及管理等。

**公共汽車** ㄍㄨㄥ ㄍㄨㄥˋ ㄑㄧˋ ㄔㄜ 供公眾乘坐的汽車。有固定的路線和停車站。

**公共給水** ㄍㄨㄥ ㄍㄨㄥˋ ㄐㄧˇ ㄕㄨㄟˇ 供公眾日常用的水。如自來水就是公共給水的設施。

**公共關係** ㄍㄨㄥ ㄍㄨㄥˋ ㄍㄨㄢ ㄒㄧˋ 對公眾或社會各界的聯繫、交往、解除誤會、協調合作等等所發生的關係。

**公私兼顧** ㄍㄨㄥ ㄙ ㄐㄧㄢ ㄍㄨˋ 同時照顧到公眾和私人的利益。

**公車站牌** ㄍㄨㄥ ㄔㄜ ㄓㄢˋ ㄆㄞˊ 公車行駛路途中分設上下客的停車站，並立杆掛牌作為標誌。站牌上注明公車種類、行程、班次、時間等資料。

**公教人員** ㄍㄨㄥ ㄐㄧㄠˋ ㄖㄣˊ ㄩㄢˊ 從事公務及文化、教育工作人員的合稱。

**公然侮辱** ㄍㄨㄥ ㄖㄢˊ ㄨˇ ㄖㄨˇ 在公開場所當眾侮辱他人或受到侮辱。

**公筷母匙** ㄍㄨㄥ ㄎㄨㄞˋ ㄇㄨˇ ㄔˊ 為配合我國同桌合食制所倡導的一種衛生飲食方式，夾菜、舀湯時不用自己的筷子、湯匙，而另設公用筷子和湯匙供同桌人使用。

**公諸同好** ㄍㄨㄥ ㄓㄨ ㄊㄨㄥˊ ㄏㄠˋ 把自己喜愛的東西拿出來給有同樣愛好的人共同享受。諸是「之於」兩字的合音。

**公營事業** ㄍㄨㄥ ㄧㄥˊ ㄕˋ ㄧㄝˋ 由國家或地方政府經營的工商、交通、金融等業務。

**公證結婚** ㄍㄨㄥ ㄓㄥˋ ㄐㄧㄝˊ ㄏㄨㄣ 男女雙方合乎法定條件，向法院登記，由法官公證完成結婚儀式，叫做公證結婚。

**公共下水道** ㄍㄨㄥ ㄍㄨㄥˋ ㄒㄧㄚˋ ㄕㄨㄟˇ ㄉㄠˋ 城區內敷設於地下的公用排水渠道。

**公共危險罪** ㄍㄨㄥ ㄍㄨㄥˋ ㄨㄟˊ ㄒㄧㄢˇ ㄗㄨㄟˋ 犯罪的行為以危害公眾的生命、財產為目的的罪責。如縱火罪、攜帶危險物罪等。

**兮** [文]ㄒㄧ 文言詩歌裡的語助詞，如同現在說「啊」或「呀」。〈史記〉有「力拔山兮氣蓋世」。

## 四筆

**共** ▲ㄍㄨㄥˋ ㈠公，同。如「這些財產是兄弟兩人共有的」。㈡合。如「總共」。㈢[文]在一處。如「朝夕與共」。㈣共產黨的簡稱。▲[文]ㄍㄨㄥ ㈠通「恭」。㈡古地名，在今河南省輝縣。㈢姓。▲[文]ㄍㄨㄥˇ通「拱」。如「眾星共之」。

**共生** ㄍㄨㄥˋ ㄕㄥ ①生物學上說，兩種或兩種以上的生物共同生活在一起。如對彼此都有利，則稱互利共生，是狹義的共生，如白蟻腸內的鞭毛蟲能幫助白蟻消化木材纖維，白蟻給鞭毛蟲提供養料。②見「汽電共生」。

**共同** ㄍㄨㄥˋ ㄊㄨㄥˊ ①一致。②公有或合作。

**共存** ㄍㄨㄥˋ ㄘㄨㄣˊ 同時存在。如「和平共存」。

**共事** ㄍㄨㄥˋ ㄕˋ 在一起做事。

**共和** ㄍㄨㄥˋ ㄏㄜˊ 主權屬於全體人民的國體，也就是民主政體。如「共和國」。

**共居** ㄍㄨㄥˋ ㄐㄩ 共同居住。如「他們二人共居一室」。

**共性** ㄍㄨㄥˋ ㄒㄧㄥˋ 兩個以上的物質的共有性質，對個性說的。

**共振** ㄍㄨㄥˋ ㄓㄣˋ 物理學上說，兩個振動頻率相同的物體，當一個發生振動時，另一個也會同時振動的現象。

**共處** ㄍㄨㄥˋ ㄔㄨˇ 相處在一起。如「此人性情褊急，難以共處」。

**共通** ㄍㄨㄥˋ ㄊㄨㄥ ①可通行或適用於各方面的。如「共通的道理」。②共同的，大家都有的。如「共通的毛病」。

**共棲** ㄍㄨㄥˋ ㄑㄧ 異種的兩個生物互相依賴幫助，共營生活。

**共管** ㄍㄨㄥˋ ㄍㄨㄢˇ 由幾國共同管理某一個地方的全部或一部事務。

**共鳴** ㄍㄨㄥˋ ㄇㄧㄥˊ ①同一振動數的兩個發聲體相對，這一個發聲時，另一個就也因此而發聲，聲學上稱為共鳴。②引伸為一個人的行為表現，可以激發他人情緒所引起的同響。

**共識** ㄍㄨㄥˋ ㄕˋ 共同的認識，對人或事的意見或看法，相互一致。

**共同體** ㄍㄨㄥˋ ㄊㄨㄥˊ ㄊㄧˇ ①一群人在共同的條件下結合成的集體。如「命運共同體」。②由若干國家在某一方面組成的集體組織。如「經濟共同體」。

**共和國** ㄍㄨㄥˋ ㄏㄜˊ ㄍㄨㄛˊ 實施共和政體的國家。

**共產黨** ㄍㄨㄥˋ ㄔㄢˇ ㄉㄤˇ 西元一九一七年俄國十月革命以後，奉行馬克斯主義，主張無產階級專政，實現共營共產的蘇維埃共產黨執政，並組織國際共產黨向世界各國推展，以取得政權。中國共產黨成立於一九二一年七月。

**共同市場** ㄍㄨㄥˋ ㄊㄨㄥˊ ㄕˋ ㄔㄤˊ 若干國家為共同的政治經濟利益而組成的統一市場。如「歐洲共同市場」。

**兵** ㄅㄧㄥ ㈠戰士。如「兵士」「兵來將擋」。㈡兵器。如「秣馬厲兵」（餵馬、磨兵器，準備作戰）。㈢關於戰爭的事。如「紙上談兵」「兵不厭詐」。

**兵丁** ㄅㄧㄥ ㄉㄧㄥ 戰士。

**兵力** ㄅㄧㄥ ㄌㄧˋ ①軍隊的實力。②能作戰的軍隊數量。如「兵力不足」。

**兵士** ㄅㄧㄥ ㄕˋ 軍人。

**兵工** ㄅㄧㄥ ㄍㄨㄥ ①有關武器彈藥製造的工作。如「兵工廠」。②暫時以兵為工。如「兵工築路」。

**兵甲** ㄅㄧㄥ ㄐㄧㄚˇ 図軍隊的裝備。

**兵戎** ㄅㄧㄥ ㄖㄨㄥˊ 図指武器、軍隊。兵是指兵器，戎是兵器的總稱，也指爭戰。如「兵戎相見」。

**兵役** ㄅㄧㄥ ㄧˋ 當兵的勞役，是我國憲法規定國民應盡的義務。

**兵制** ㄅㄧㄥ ㄓˋ 軍事制度。

**兵卒** ㄅㄧㄥ ㄗㄨˊ 戰士。

**兵法** ㄅㄧㄥ ㄈㄚˇ 練兵和作戰的方法，就是軍事學。

**兵員** ㄅㄧㄥ ㄩㄢˊ 士兵，戰士的總稱。如「兵員不足」。

**兵家** ㄅㄧㄥ ㄐㄧㄚ ①帶兵的軍官。②古代研究軍事學的人。

**兵書** ㄅㄧㄥ ㄕㄨ 研究兵法的書。

**兵站** ㄅㄧㄥ ㄓㄢˋ 戰時所設的軍事聯絡站或供應站。

**兵符** ㄅㄧㄥ ㄈㄨˊ 古時候行軍發布命令的信符。

**兵亂** ㄅㄧㄥ ㄌㄨㄢˋ 兵災；戰爭造成的騷亂和災害。

**兵團** ㄅㄧㄥ ㄊㄨㄢˊ ①軍隊的一級組織，下轄幾個軍或師。也稱「軍團」。②泛指團以上的部隊。如「主力兵團」。

**兵種** ㄅㄧㄥ ㄓㄨㄥˇ 軍隊的種類，如陸、海、空、聯勤、憲兵等，又細分為步兵、騎兵、砲兵、工兵、運輸、醫療、陸戰隊、特種部隊等兵科。

**兵器** ㄅㄧㄥ ㄑㄧˋ 武器。

**兵諫** ㄅㄧㄥ ㄐㄧㄢˋ 図用武力脅迫君主或當權者接受規勸。如「發動兵諫」。

**兵營** ㄅㄧㄥ ㄧㄥˊ 軍隊駐紮的地方。

**兵燹** ㄅㄧㄥ ㄒㄧㄢˇ 図戰爭所造成的焚燒破壞等災害。燹是野火，兵火。

**兵艦** ㄅㄧㄥ ㄐㄧㄢˋ 軍艦。

**兵權** ㄅㄧㄥ ㄑㄩㄢˊ ①指揮軍事的權力。如「杯酒釋兵權」。②図兵書。

**兵變** ㄅㄧㄥ ㄅㄧㄢˋ 軍隊違令叛變。

**兵工廠** ㄅㄧㄥ ㄍㄨㄥ ㄔㄤˇ 製造武器、彈藥等軍用物品的工廠。

**兵役法** ㄅㄧㄥ ㄧˋ ㄈㄚˇ 國家依據憲法規定公民服兵役的法律制度。我國於民國二十三年六月公布兵役法，明定採取徵兵制。二十五年三月一日施行，三十二年定三月一日為兵役節。

**兵不血刃** ㄅㄧㄥ ㄅㄨˋ ㄒㄩㄝˋ ㄖㄣˋ 図不用殺人而得到勝利，形容很容易的戰勝。

**兵不厭詐** ㄅㄧㄥ ㄅㄨˋ ㄧㄢˋ ㄓㄚˋ 用兵的時候，不妨用詐術來取勝；意思是兵法注重鬥智。

**兵荒馬亂** ㄅㄧㄥ ㄏㄨㄤ ㄇㄚˇ ㄌㄨㄢˋ 形容戰亂的騷擾破壞。

**兵強馬壯** ㄅㄧㄥ ㄑㄧㄤˊ ㄇㄚˇ ㄓㄨㄤˋ 形容軍隊或隊伍實力強盛，富有戰鬥力。

**兵連禍結** ㄅㄧㄥ ㄌㄧㄢˊ ㄏㄨㄛˋ ㄐㄧㄝˊ 接連用兵，戰禍不絕。

## 六筆

**典** ㄉㄧㄢˇ ㈠一種標準規範，可以作為依據或供模仿的。如「字典」「法典」。㈡制度，儀式。如「典禮」「雙十節慶典」。㈢古書故事可以稱說的。如「他寫文章愛用典故」。㈣法律上物權的一種。通常用產業作抵押來借錢，或把錢借給人，暫時佔用他的產業，都叫做「典」。如「出典房子」「典了幾間房子住」。㈤主持。如「典試」。

**典型** ㄉㄧㄢˇ ㄒㄧㄥˊ ①可以做模範的，代表一類事務特性的標準形式。②文學藝術中最富概括性和代表性的人物、事件或實例。

**典故** ㄉㄧㄢˇ ㄍㄨˋ 在文章裡引用簡單詞句來代表古書故事，而富有內涵的文字。如「守株待兔」「曲突徙薪」之類。

**典章** ㄉㄧㄢˇ ㄓㄤ 制度文物。

**典雅** ㄉㄧㄢˇ ㄧㄚˇ 指文字詞句有根據而不粗俗。

**典業** ㄉㄧㄢˇ ㄧㄝˋ 開設當鋪的行業。

**典當** ㄉㄧㄢˇ ㄉㄤˋ ①質押貨款，也稱「典押」。②就是當鋪。

**典試** ㄉㄧㄢˇ ㄕˋ 主持考試的事。

**典賣** ㄉㄧㄢˇ ㄇㄞˋ 對賣斷說的，俗稱「活賣」，期滿可以用原價贖回。

**典禮** ㄉㄧㄢˇ ㄌㄧˇ 正式的儀式。

**典籍** ㄉㄧㄢˇ ㄐㄧˊ 指典章法制等書籍。

**典藏** ㄉㄧㄢˇ ㄘㄤˊ 主持名貴器物（如重要圖書或古物之類）的保管事務。

**具** ㄐㄩˋ ㈠器物，使用的東西。如「器具」「用具」「家具」。㈡才幹。如「才具」「抱將相之具」。㈢備，辦。如「具保」「謹具薄禮」。㈣有，顯出來。如「粗具規模」「獨具隻眼（特別有高越的見識、眼光）」。㈤計算數目的詞。如「木箱一具」「屍體一具」。㈥寫出來。如「具名」「知名不具」。㈦図僅有形式而無實際的。如「具文」「具臣」（充數而不做事的臣子）。㈧図足以，足可。如「具見其有陰謀」。

**具文** ㄐㄩˋ ㄨㄣˊ 空話，徒有形式而無實際的文字，多指不認真實行的公文。

**具名** ㄐㄩˋ ㄇㄧㄥˊ 出名或簽名。

**具備** ㄐㄩˋ ㄅㄟˋ 一切完備。

**具結** ㄐㄩˋ ㄐㄧㄝˊ 向官署提出負責的保證書。

**具體** ㄐㄩˋ ㄊㄧˇ ①大體完備的。如「具體而微（形式相像而比較小）」。②實際存在的，與「抽象」相對稱。

**其** ▲ㄑㄧˊ ㈠代名詞，就是他（它）或他（它）們（只能用在句中，不能用在句的開頭或末尾）。如「聽其自然」。㈡他（它）的或是他（它）們的。如「知其一，不知其二」。㈢這、那。如「其中有個道理」「正當其時」。㈣「尤其」「極其」的「其」，是陪襯的字。㈤図或者。如「濃雲密布，其將雨乎」。㈥図將要。如「五世其昌」「其始播百穀」。㈦図豈。如「君其忘之乎」「一之謂甚，其可再乎」。㈧図可，應該，有勸使的意思。如「汝其速往」「子其勉之」。㈨図夾在一句中間的虛字。如「北風其涼」。▲図ㄐㄧ 用在語末表示詰問的助詞。如「夜如何其？夜未央」。

**其中** ㄑㄧˊ ㄓㄨㄥ 在這個中間。

**其內** ㄑㄧˊ ㄋㄟˋ 其中。

**其他** ㄑㄧˊ ㄊㄚ 別的。

**其外** ㄑㄧˊ ㄨㄞˋ 此外，另外。

**其次** ㄑㄧˊ ㄘˋ 第二，次一等的。

**其實** ㄑㄧˊ ㄕˊ 實在的意思。如「看他表面忠厚，其實是假裝的」。

**其餘** ㄑㄧˊ ㄩˊ ①其他。②剩下的。

## 八筆

**兼** ㄐㄧㄢ ㈠在原職務以外還擔任著別的職務。如「身兼數職」。㈡不止一方面，也牽涉到別的方面。如「兼籌並顧」。㈢図加倍的。如「兼旬」「兼人之量」。

**兼任** ㄐㄧㄢ ㄖㄣˋ 一個人在本職以外同時擔任別的職務；對專任說的。

**兼旬** ㄐㄧㄢ ㄒㄩㄣˊ 二十天。

**兼併** ㄐㄧㄢ ㄅㄧㄥˋ 合併。

**兼差** ㄐㄧㄢ ㄔㄞ 兼任其他的差事。

**兼毫** ㄐㄧㄢ ㄏㄠˊ 羊毫跟狼毫合製的毛筆。

**兼祧** ㄐㄧㄢ ㄊㄧㄠ 我國宗法上一個人要繼承兩房，就叫兼祧。

**兼程** ㄐㄧㄢ ㄔㄥˊ 走加倍的路程往前趕路，並泛指事務，加倍速度進行。

**兼愛** ㄐㄧㄢ ㄞˋ 不分別人或自己，親密或疏遠，一概平等看待，無所偏愛。是戰國時墨子所提倡的學說。

**兼職** ㄐㄧㄢ ㄓˊ 本職以外，另兼他職。

**兼顧** ㄐㄧㄢ ㄍㄨˋ 對雙方或幾方面都照顧到。

**兼收並蓄** ㄐㄧㄢ ㄕㄡ ㄅㄧㄥˋ ㄒㄩˋ 包羅各方面（指對人材、思想或學說派別等）。

**兼籌並顧** ㄐㄧㄢ ㄔㄡˊ ㄅㄧㄥˋ ㄍㄨˋ 通盤籌畫，顧到各方面。

## 十四筆

**冀** ㄐㄧˋ ㈠図希望。㈡古時的九州之一，包括現今河北、山西和豫北、遼西等處。㈢河北省的別名。㈣姓。

# 冂部

## 三筆

**冉** ㄖㄢˇ ㈠冉冉：①漸進。如「時光冉冉」「冉冉白雲」。②柔弱下垂的樣子。如「垂楊冉冉」。㈡姓。

**冊** ▲ㄘㄜˋ ㈠古時候封爵的符命叫「冊」。如「冊封」。㈡訂成本子的書。如「紀念冊」。㈢書的數量名。如「書一冊」。▲ㄔㄞˇ 「樣冊子」或「樣冊兒」，就是夾繡花圖樣的紙本子。

**冊子**（ㄘㄜˋ ㄗˇ） 簿子。

**冊葉**（ㄘㄜˋ ㄧㄝˋ） 也作「冊頁」，是裱成單張合裝成本的書畫。

## 四筆

## 再

ㄗㄞˋ ㈠又一次。如「再犯校規」。㈡下一次。如「再來的時候」。㈢更。如「再說詳細些」「再好沒有了」。

**再三**（ㄗㄞˋ ㄙㄢ） 好幾次。

**再生**（ㄗㄞˋ ㄕㄥ） 死而復活。

**再再**（ㄗㄞˋ ㄗㄞˋ） 一次又一次。

**再犯**（ㄗㄞˋ ㄈㄢˋ） 第二次犯錯或犯罪。

**再見**（ㄗㄞˋ ㄐㄧㄢˋ） 再會。

**再來**（ㄗㄞˋ ㄌㄞˊ） ①重來。②又來一次。③再取來。如「再來點兒水」。

**再版**（ㄗㄞˋ ㄅㄢˇ） ①第二次印刷出來的書籍。②第二次重新出版。

**再現**（ㄗㄞˋ ㄒㄧㄢˋ） 重新出現。

**再嫁**（ㄗㄞˋ ㄐㄧㄚˋ） 婦人死了丈夫或離過婚，第二次嫁人。

**再會**（ㄗㄞˋ ㄏㄨㄟˋ） 再見：①重相見。②分別時互相招呼的套語。

**再造**（ㄗㄞˋ ㄗㄠˋ） ①指恢復興盛，意同復興或重光。如「河山再造」。②死而復生。如「恩同再造」。

**再醮**（ㄗㄞˋ ㄐㄧㄠˋ） 図再嫁。

**再接再厲**（ㄗㄞˋ ㄐㄧㄝ ㄗㄞˋ ㄌㄧˋ） 不怕艱難，越前進越勇猛，繼續不停地去做。

## 七筆

## 冒

▲ㄇㄠˋ ㈠頂著，向著，勇往無所顧忌。如「冒雨而去」「冒著大太陽就跑出去了」。㈡鹵莽，不慎重。如「冒犯」。㈢往上起，往外透，發散出來。如「水裡冒泡兒」「眼睛冒金星」。㈣假託，假充。如「冒名頂替」。㈤姓。

▲ㄇㄛˋ 「冒頓（ㄉㄨˊ）」是漢朝初年匈奴族一個單于的名字。

**冒火**（ㄇㄠˋ ㄏㄨㄛˇ） ①火向上衝。②比喻發怒。

**冒充**（ㄇㄠˋ ㄔㄨㄥ） 以假的充作真的。

**冒失**（ㄇㄠˋ ㄕ） 失字輕讀。莽撞。

**冒名**（ㄇㄠˋ ㄇㄧㄥˊ） 假冒他人的名義。如「冒名頂替」。

**冒犯**（ㄇㄠˋ ㄈㄢˋ） 衝撞，得罪。

**冒姓**（ㄇㄠˋ ㄒㄧㄥˋ） 假託他人的姓，因為別人收養或隨母改嫁或為贅婿等而冒別人的姓氏，都叫冒姓。

**冒昧**（ㄇㄠˋ ㄇㄟˋ） 鹵莽。

**冒號**（ㄇㄠˋ ㄏㄠˋ） 「：」標點符號的一種，用來總起下文，總承上文，或提出引語。

**冒領**（ㄇㄠˋ ㄌㄧㄥˇ） 冒名領取。

**冒瀆**（ㄇㄠˋ ㄉㄨˊ） 図冒犯褻瀆。

**冒險**（ㄇㄠˋ ㄒㄧㄢˇ） ①不避危險勇往直前。②不顧後患但求急功近利的行動。

**冒牌（兒）**（ㄇㄠˋ ㄆㄞˊ ㄦ） 假託別人的商標；通常也指冒名招搖。

**冒失鬼**（ㄇㄠˋ ㄕ ㄍㄨㄟˇ） 失字輕讀。譏笑鹵莽的人。

## 胄

ㄓㄡˋ 古時將士作戰時所戴的頭盔，用以保護頭和臉，類似現代軍人戴的鋼盔。

注意：另有肉部的「胄」字，字音和楷書字形都相同，字義不同。請看肉部的「胄」字。

## 九筆

**冕** ㄇㄧㄢˇ ㈠古時大夫以上的官所戴的禮帽。㈡專指帝王的一種禮帽，皇冠。如「冕旒」。

## 十筆

**最** ㄗㄨㄟˋ 極，第一的。如「考其殿最（試出誰頂差，誰頂好）」「最後一課」「最好」。

**最好** ㄗㄨㄟˋ ㄏㄠˇ ①極好。②表希望的極度。如「最好你自己去」。

**最惠國** ㄗㄨㄟˋ ㄏㄨㄟˋ ㄍㄨㄛˊ 兩國訂立通商條約，而能得到己國最優待的利益的。

**最後通牒** ㄗㄨㄟˋ ㄏㄡˋ ㄊㄨㄥ ㄉㄧㄝˊ 國際外交文書的一種（見「哀的美頓書」）。

**最後五分鐘** ㄗㄨㄟˋ ㄏㄡˋ ㄨˇ ㄈㄣ ㄓㄨㄥ 緊要關頭的最後時間。

# 冖部

## 二筆

**冗（宂）** 図ㄖㄨㄥˊ ㈠多餘閒散的。如「冗員」。㈡煩忙。如「煩冗」。㈢卑劣的。如「愚冗」。

**冗長** ▲図ㄖㄨㄥˊ ㄔㄤˊ 文章長而不切實際。▲ㄖㄨㄥˇ ㄓㄤˋ 多餘而無用。

**冗筆** ㄖㄨㄥˇ ㄅㄧˇ 図文字或圖畫中囉唆而沒用的字或筆畫。

**冗費** ㄖㄨㄥˇ ㄈㄟˋ 図沒有必要的支出。

## 七筆

**冠** ▲ㄍㄨㄢ ㈠帽子。如「衣冠整齊」。㈡帽子形的東西，如花瓣也稱「花冠」，又雞頭上突起的肉瘤或鳥類頂上的毛飾也叫冠，如「雞冠」。㈢攏著頭髮的東西。如「道冠兒」。㈣姓。▲ㄍㄨㄢˋ ㈠佔第一位。如「勇冠三軍」。㈡佔第一位的。「他的總成績為全校之冠」。㈢図把帽子戴在頭上。如「冠以貂皮帽」。㈣古時男子二十歲要行「冠禮」，表示成人，所以用「冠」來代表二十歲。如「年方弱冠」（年紀近二十歲）。

**冠毛** ㄍㄨㄢ ㄇㄠˊ 由萼片變形而成，白色，形狀如絲或鳥羽，果實成熟時，冠毛隨風飛散，藉以散布種子；如蒲公英就是。

**冠玉** ㄍㄨㄢ ㄩˋ ①帽子上裝飾的美玉。②通常比喻男子貌美，說「面如冠玉」。

**冠軍** ㄍㄨㄢˋ ㄐㄩㄣ 考試或比賽的第一名。

**冠冕** ㄍㄨㄢ ㄇㄧㄢˇ ①指作官的人。②指領袖。③同「冠冕堂皇」。

**冠蓋** ㄍㄨㄢ ㄍㄞˋ 図官吏的官帽和車乘上的傘頂，意思就是指大官貴人。如「冠蓋滿京華」。

**冠冕堂皇** ㄍㄨㄢ ㄇㄧㄢˇ ㄊㄤˊ ㄏㄨㄤˊ ①光明正大。②高貴。

## 八筆

**冥** ㄇㄧㄥˊ ㈠図昏暗。如「晦冥」。㈡愚昧。如「冥頑不靈」。㈢図高遠。如「鴻飛冥冥」。㈣図深奧。如「沈思冥想」。㈤陰間，鬼魂所居之地。如「冥府」㈥喪葬或祭掃時候，跟冥界有關或認為是鬼魂所用的器物，都加上「冥」字。如「冥衣」「冥紙」。

**冥府** ㄇㄧㄥˊ ㄈㄨˇ 陰間地府，鬼魂所住的地方。

**冥冥** ㄇㄧㄥˊ ㄇㄧㄥˊ 図①遠空。②幽昧，晦暗。

**冥婚** ㄇㄧㄥˊ ㄏㄨㄣ 民間迷信的風俗，為已死的子女作一項結婚儀式，叫作「冥婚」。

**冥報** ㄇㄧㄥˊ ㄅㄠˋ 図幽冥中的報應。

**冥想** ㄇㄧㄥˊ ㄒㄧㄤˇ 図深思。

**冥頑** ㄇㄧㄥˊ ㄨㄢˊ 図糊塗而又頑固。常作「冥頑不靈」。

**冥王星** ㄇㄧㄥˊ ㄨㄤˊ ㄒㄧㄥ 太陽系的九大行星之一，西元一九三〇年發現，比地球大，是太陽系第九行星，離太陽最遠時達四十六億英里。

**冣** ▲ㄐㄩˋ 積蓄。是「聚」字的古體。▲ㄗㄨㄟˋ 同「最」。

**冢** ㄓㄨㄥˇ ㈠高大的墳墓。㈡山頂上，〈詩經〉有「山冢崒崩」。㈢図嫡長，排行在頭一個的。如「冢子」「冢婦」。㈣図大。如「冢宰（大宰相）」。

**冤（寃）** ㄩㄢ ㈠委屈，屈枉。如「這案子裡可能有冤情」「喊冤」。㈡仇恨。如「冤仇宜解不宜結」。㈢欺騙或被欺騙。如「不要冤人」「花真錢買假貨，太冤了」。

**冤仇** ㄩㄢ ㄔㄡˊ 仇恨。

**冤屈** ㄩㄢ ㄑㄩ ①枉受誣衊或迫害。②勞而無功，得不到應得的報償，不得志。

**冤枉** ㄩㄢ ㄨㄤˇ 冤屈。

**冤家** ㄩㄢ ㄐㄧㄚ 家字輕讀。①仇人。②好像是恨他而實在是愛他的人，指情人或夫妻間的感情關係而言。如「歡喜冤家」「不是冤家不聚頭」。

**冤情** ㄩㄢ ㄑㄧㄥˊ 冤枉的情節。

**冤魂** ㄩㄢ ㄏㄨㄣˊ 指枉死者的鬼魂。

**冤獄** ㄩㄢ ㄩˋ ①指專制時代或黑暗政治下的冤誣的訟案。②現代的冤獄，指冤枉坐牢說的。

**冤孽** ㄩㄢ ㄋㄧㄝˋ 冤仇罪孽。

**冤大頭** ㄩㄢ ㄉㄚˋ ㄊㄡˊ 譏笑吃虧上當的人。

## 十筆

**幂（冪）** ㄇㄧˋ ㈠図遮蓋，用布罩或用手巾搭上。㈡図遮蓋器物的布。㈢數學上把一數自乘的積數叫這個數的「乘幂」，如二次幂就是平方，三次幂就是立方等等。

# 冫部

## 三筆

**冬** ㄉㄨㄥ ㈠一年四季的第四季，從陽曆十一月七日或八日立冬到陽曆二月四日或五日立春的時期。一般人常以陰曆十、十一、十二這三個月或陽曆十二、一、二這三個月為冬（嚴格說，在氣候上各地冬季長短不同）。㈡代表一年的時間。如「三冬兩夏」「他在這兒住了兩冬」。

**冬天** ㄉㄨㄥ ㄊㄧㄢ 冬季。

**冬令** ㄉㄨㄥ ㄌㄧㄥˋ 冬季。

**冬瓜** ㄉㄨㄥ ㄍㄨㄚ 蔬類，葫蘆科，夏天開黃花，結綠皮長圓肥大的瓜，可以做菜或蜜餞。

**冬至** ㄉㄨㄥ ㄓˋ 節氣名，在陽曆十二月二十二日或二十三日。這天北半球夜最長，晝最短；南半球正相反。

**冬衣** ㄉㄨㄥ ㄧ 冬季穿的禦寒的衣服。

**冬防** ㄉㄨㄥ ㄈㄤˊ 冬季防衛治安的一種措施。

**冬季** ㄉㄨㄥ ㄐㄧˋ 冬天，四季之一。

**冬烘** ㄉㄨㄥ ㄏㄨㄥ ①不明事理、不識時務的書呆子。②指從前不開通的私塾教師。

**冬眠** ㄉㄨㄥ ㄇㄧㄢˊ 生理學名詞。無脊椎動物或變溫動物在冬季不食不動的蟄伏現象。通常這些動物在進入冬眠之前，會移到水底、地下或洞穴裡去。

**冬筍** ㄉㄨㄥ ㄙㄨㄣˇ 毛竹筍，冬天由土中掘出，質脆味美。

**冬菇** ㄉㄨㄥ ㄍㄨ 一種菌類，做菜味很鮮，產在我國南方各地。

**冬菜** ㄉㄨㄥ ㄘㄞˋ ①一種醃菜，用白菜或芥菜葉等醃製。②便於存供冬季食用的蔬菜，如大白菜、胡蘿蔔等。

**冬節** ㄉㄨㄥ ㄐㄧㄝˊ 指冬至這節氣。

**冬裝** ㄉㄨㄥ ㄓㄨㄤ 冬季穿的禦寒的服裝。

**冬不拉** ㄉㄨㄥ ㄅㄨˋ ㄌㄚ 哈薩克族的弦樂器，形狀略像半個梨加上長柄，一般有弦兩根或四根。也譯作「東不拉」。

**冬季奧運** ㄉㄨㄥ ㄐㄧˋ ㄠˋ ㄩㄣˋ 在冬季舉行的國際運動賽會，一九二四年起正式舉行。項目有滑雪、滑冰、雪車、雪橇等。比賽時間、地點，由國際奧會選定的主辦城市決定。

**冬扇夏爐** ㄉㄨㄥ ㄕㄢˋ ㄒㄧㄚˋ ㄌㄨˊ 冬天的扇子，夏天的烤火爐。比喻不合時宜，毫無用處。

**冬溫夏清** ㄉㄨㄥ ㄨㄣ ㄒㄧㄚˋ ㄐㄧㄥˋ 冬天使他溫暖，夏天使他涼快。清是寒冷。指兒女侍奉父母，照顧得無微不至。

**冬蟲夏草** ㄉㄨㄥ ㄔㄨㄥˊ ㄒㄧㄚˋ ㄘㄠˇ 菌類寄生在土中螻蛄等蟲類的屍體上，冬天生菌絲，到夏天成菌，長出土來像草的樣子，採掘以後，根部仍然保持了所寄生的蟲類的形狀，顯得很奇特。可以做藥。

## 四筆

**冰（氷）** ▲ㄅㄧㄥ ㈠水在攝氏零度或零度以下的低溫所凝結成的固體。如「人造冰」「冰塊」。㈡使用冰塊來防腐或減低溫度。如「太燙不能吃，冰一冰再吃」。㈢很涼的東西接觸到皮膚。如「這些鐵製的器具真冰手」。㈣用冷酷的態度對人。如「冷冰冰的面孔」。㈤結晶體像冰樣的東西。如「薄荷冰」「冰糖」。▲ㄋㄧㄥˊ「凝」的本字，凝固。見「冰雪」條。

**冰人** ㄅㄧㄥ ㄖㄣˊ 因婚姻介紹人，媒人。又作「冰下人」。典出〈晉書．索紞傳〉。

**冰刀** ㄅㄧㄥ ㄉㄠ 在冰鞋下面安裝的像刀形的鋼條。

**冰山** ㄅㄧㄥ ㄕㄢ ①在海上漂浮，大小如山一般的大冰塊。②比喻不可依賴的靠山（冰一熱就化了）。

**冰川** ㄅㄧㄥ ㄔㄨㄢ 在高山或兩極地區，積雪結成的冰塊，因重力作用而沿著地面傾斜方向移動，這種移動的大冰塊有如河川，叫做冰川。也叫「冰河」。

**冰心** ㄅㄧㄥ ㄒㄧㄣ ①形容人的純潔清淨心地。如「洛陽親友如相問，一片冰心在玉壺」。②現代女作家謝婉瑩的筆名。

**冰片** ㄅㄧㄥ ㄆㄧㄢˋ 中藥名，用龍腦香的樹膠製成的藥，有強烈的香氣。

**冰冷** ㄅㄧㄥ ㄌㄥˇ ①指物體或食物很低的溫度。②形容態度不親熱。如「看他那副冰冷的面孔」。

**冰河** ㄅㄧㄥ ㄏㄜˊ 高山上堆集的冰雪，因受氣候的影響，下層融化，上層冰塊下瀉，狀如河流，叫做冰河。

**冰柱** ㄅㄧㄥ ㄓㄨˋ ①下雪之後屋簷水溜凝結的冰條。也作「冰筋」或「冰箸」。②冰河地帶凝結成柱子形狀的冰。

**冰炭** ㄅㄧㄥ ㄊㄢˋ 比喻性質相反，如水如火，彼此不能相容。

**冰凍** ㄅㄧㄥ ㄉㄨㄥˋ ①水結成冰。如「冰凍三尺，非一日之寒」。②[方]冰。

**冰凌** ㄅㄧㄥ ㄌㄧㄥˊ 冰，成為塊狀或錐狀的冰。

**冰原** ㄅㄧㄥ ㄩㄢˊ 一大片寬廣平坦的冰天雪地。

**冰島** ㄅㄧㄥ ㄉㄠˇ 國名（Iceland），介於大西洋和北極海之間的一個海島，地形多火山及冰河，原為丹麥領土，一九一八年獨立，一九四四年成立共和國，面積十萬三千平方公里，首都為雷克雅維克，一九八九年人口約二十五萬人。

**冰涼** ㄅㄧㄥ ㄌㄧㄤˊ 冰冷。

**冰球** ㄅㄧㄥ ㄑㄧㄡˊ 一種冰上運動，在冰上滑行，並且用棒擊球。

**冰袋** ㄅㄧㄥ ㄉㄞˋ 裝冰塊的膠袋。裝上冰塊以後，敷在病人身上某一部位，使局部的溫度降低。

**冰雪** ▲ㄅㄧㄥ ㄒㄩㄝˇ 冰與雪。比喻純潔。如「冰雪般聰明」。▲ㄋㄧㄥˊ ㄒㄩㄝˇ 凝脂，脂膏。〈莊子．逍遙遊〉有「肌膚若冰雪」。

**冰棒** ㄅㄧㄥ ㄅㄤˋ 冷食名，把果汁、糖水、紅豆湯或牛奶、雞蛋等放入槽裡，凍結而成。也叫冰棍兒。

**冰窖** ㄅㄧㄥ ㄐㄧㄠˋ 藏冰的地窖。

**冰塊** ㄅㄧㄥ ㄎㄨㄞˋ 水在攝氏零度以下凝結成的半透明的塊狀固體。

**冰雹** ㄅㄧㄥ ㄅㄠˊ 雹子。

**冰箱** ㄅㄧㄥ ㄒㄧㄤ 內部裝冰或通電使降低溫度到冰點，用來儲藏食品的箱子。也叫冰櫃。

**冰輪** ㄅㄧㄥ ㄌㄨㄣˊ [文]詩文裡稱月亮。

**冰鞋** ㄅㄧㄥ ㄒㄧㄝˊ 溜冰所穿的運動鞋，大都是皮製，底下附有形狀如刀的鋼條。

**冰櫃** ㄅㄧㄥ ㄍㄨㄟˋ 一種冷藏裝置。在隔熱的櫃子裡裝有盤曲的管道，電動機帶動壓縮機，使冷凝劑在管道中循環產生低溫。冷藏溫度在攝氏零度以下。與電冰箱形式略有不同。通常為橫長型，櫃門在上。

**冰糕** ㄅㄧㄥ ㄍㄠ ①以牛奶、蛋和糖汁凍結而成的固體食品；也就是長方形的大冰棒。②冰淇淋也叫冰糕。

**冰糖** ㄅㄧㄥ ㄊㄤˊ 半透明的結晶形的糖。

**冰雕** ㄅㄧㄥ ㄉㄧㄠ ①在冰塊上雕刻各種形象的一種藝術。②指用冰雕刻成的作品。如「冰雕展覽」。

**冰霜** ㄅㄧㄥ ㄕㄨㄤ 比喻節操的堅貞潔白。

**冰點** ㄅㄧㄥ ㄉㄧㄢˇ 水結冰的溫度，在攝氏零度，華氏三十二度。

**冰鎮** ㄅㄧㄥ ㄓㄣˋ 把食物或飲料和冰等放在一起，使其降低溫度。如「冰鎮西瓜」。

**冰釋** ㄅㄧㄥ ㄕˋ [文]像冰溶解消散，不留痕跡。如「誤會冰釋」。

**冰盞兒** ㄅㄧㄥ ㄓㄢˇ ㄦˊ 以往在街上賣酸梅湯等涼食的，單手拿著兩個銅製的小杯子樣的東西，叫做冰盞兒；撞擊發出清脆好聽的聲音，藉以招徠顧客。

**冰淇淋** ㄅㄧㄥ ㄑㄧˊ ㄌㄧㄣˊ ice cream的音義混合譯名。用牛奶、雞蛋、糖、玉米粉等食品攪勻，冷凍成半固體的冷食。也作「冰激淋」。

**冰天雪地** ㄅㄧㄥ ㄊㄧㄢ ㄒㄩㄝˇ ㄉㄧˋ 非常寒冷的地方。

**冰肌玉骨** ㄅㄧㄥ ㄐㄧ ㄩˋ ㄍㄨˇ ①形容傲寒鬥艷的花。多指梅花。如「冰肌玉骨終安在，賴有清詩為寫真。」②形容婦女肌膚光潤潔白。如「冰肌玉骨清無汗。」

**冰河時代** ㄅㄧㄥ ㄏㄜˊ ㄕˊ ㄉㄞˋ 地質學上的一個時期，在新生代的第四紀。當時的氣候非常寒冷，歐洲和美洲北部都被冰川所覆蓋。也叫「冰川期」。

**冰消瓦解** ㄅㄧㄥ ㄒㄧㄠ ㄨㄚˇ ㄐㄧㄝˇ ①比喻事情消釋。②比喻敗散崩潰。

**冰雪聰明** ㄅㄧㄥ ㄒㄩㄝˇ ㄘㄨㄥ ㄇㄧㄥˊ 極聰明。

**冰清玉潔** ㄅㄧㄥ ㄑㄧㄥ ㄩˋ ㄐㄧㄝˊ 比喻德行高潔。

**冱** ㄏㄨˋ 図ㄏㄨˋ凍結，形容極寒冷。

## 五筆

**冷** ㄌㄥˇ ㈠寒涼，跟「熱」相反。如「天氣漸漸冷了」。㈡不應時，不受歡迎，沒有人過問的。如「這是冷貨」「作了一任冷官兒」。㈢生僻，不常見的。如「這是個冷字眼兒」「他學的是冷門科目」。㈣寂寞，不熱鬧。如「冷巷子」。㈤不熱烈。如「態度很冷」「心灰意冷」。㈥趁人沒準備時突然就做。如「抽冷子」「冷箭傷人」。㈦純用理智，不帶感情。如「頭腦冷靜」。㈧姓。

**冷天** ㄌㄥˇ ㄊㄧㄢ 寒冷的天氣。

**冷水** ㄌㄥˇ ㄕㄨㄟˇ 涼水，生水。

**冷汗** ㄌㄥˇ ㄏㄢˋ 內心煩躁、緊張、恐怖，或身體衰弱有病，並非因為天熱或勞動而出的汗，叫做冷汗。醫學上叫做「盜汗」。

**冷杉** ㄌㄥˇ ㄕㄢ 常綠喬木，莖高大，樹皮灰色，小枝紅褐色，有光澤，葉子條形，果實橢圓形，暗紫色。木材可以製作器具。也叫「樅」。

**冷灶** ㄌㄥˇ ㄗㄠˋ ①已經沒有火的爐灶。②比喻還沒有顯達的人或還沒有成就的事。為了將來得到利潤而預先拉攏或應酬這些人事，叫做「燒冷灶」。

**冷官** ㄌㄥˇ ㄍㄨㄢ ①指地位不重要、事務不繁忙的清閒官職。可儿化。②図舊時指擔任教學的官員。

**冷門** ㄌㄥˇ ㄇㄣˊ 人們不大注意的事物。與「熱門」相對而言。

**冷卻** ㄌㄥˇ ㄑㄩㄝˋ 使物體降低溫度，失去所含的熱（如使蒸氣冷凝為液體等）。

**冷泉** ㄌㄥˇ ㄑㄩㄢˊ 溫泉的對稱，泉水的溫度比當地一年的平均氣溫低，其中含有礦物質。

**冷面** ㄌㄥˇ ㄇㄧㄢˋ 図①臉上現出一副冷淡的表情。②鐵面無私。

**冷風** ㄌㄥˇ ㄈㄥ ①寒冷的風。②比喻背地裡散布的尖刻或能傷害他人的言論。如「吹冷風」「刮冷風」。

**冷食** ㄌㄥˇ ㄕˊ 冷的食品，大都是甜食。如餐廳先上的四冷盤或沙拉等食物以及冰棒、冰激淋等。

**冷香** ㄌㄥˇ ㄒㄧㄤ ①清香。②指帶清香的花。

**冷凍** ㄌㄥˇ ㄉㄨㄥˋ 降低溫度使食物所含水分凝固，以便長時間貯存。如「把菜冷凍起來」。

**冷宮** ㄌㄥˇ ㄍㄨㄥ ①舊時指失寵后妃所住的宮殿。②指存放沒有用的東西的地方。比喻被冷落，不再受到關愛。如「打入冷宮」。

**冷氣** ㄌㄥˇ ㄑㄧˋ ①冷的空氣，或冷氣機吹出的冷卻的空氣。②冷氣機的略稱。如「現在裝冷氣，便宜兩千元」。

**冷笑** ㄌㄥˇ ㄒㄧㄠˋ 含有譏誚或怒意的笑。

**冷寂** ㄌㄥˇ ㄐㄧˊ 清冷而寂靜。如「秋夜冷寂」。

**冷淡** ㄌㄥˇ ㄉㄢˋ ①不親熱，不熱心。②沈寂，不熱鬧。③不濃豔。

**冷清** ㄌㄥˇ ㄑㄧㄥ 寂靜、蕭條。

**冷眼** ㄌㄥˇ ㄧㄢˇ ①指神情冷淡，擺架子，瞧不起人。如「我討厭他那冷眼看人的樣子」。②指超然客觀的態度。

參看「冷眼旁觀」條。

**冷貨** 賣不出去的或很少客人要買的貨品。也說「冷門貨」。相對的叫「熱貨」「熱門貨」或「搶手貨」。

**冷場** 開會時沒有人發言。也叫「啞場」。

**冷媒** 在冷凍設備中促使降低溫度的致冷劑，通常使用二氧化硫、氯甲烷、二氧化碳等。

**冷落** ①沈寂、不熱鬧。②不親熱。③衰敗下降的樣子。

**冷話** 含譏誚性質的話。

**冷飲** 清涼或冷凍的飲料，如汽水、果汁、酸梅湯等。

**冷漠** 對人或事物顯得冷淡、不關心。如「動態冷漠」。

**冷酷** 苛刻無情。

**冷僻** ①人跡不常到的地方。②指不常應用的文字或典故。

**冷敷** 用冰袋或冷水浸濕的毛巾放在身體的局部，用以降低溫度，減輕疼痛或炎症。

**冷熱** ①天氣冷暖變化。如「他笨得不知冷熱」。②親熱或冷漠。如「人家對他冷熱，他全不知」。

**冷盤** 在盤子裡的涼菜。常為筵席上的第一道菜。四種不同的涼菜就叫「四冷盤」，多用以下酒。

**冷箭** 暗計害人，乘人沒有準備的時候突然打擊，叫「放冷箭」。

**冷鋒** 冷氣團向暖氣團方向流動時，氣團間的交界面稱「冷鋒」。流動方向相反的稱「暖鋒」。如交界面移動緩慢或來回搖擺時，稱「靜止鋒」。鋒面過境前後，氣候冷熱變化較大，常伴隨狂風暴雨。

**冷凝** 氣體或液體遇冷而凝結。如「水蒸氣冷凝為水，水冷凝為冰」。

**冷靜** ①不熱鬧。②不以感情用事。

**冷戰** ▲ㄌㄥˇ·ㄓㄢ 也作冷顫、寒顫。▲ㄌㄥˇ ㄓㄢˋ 國際間用砲火和軍隊熱戰以外的各種鬥爭，如宣傳戰、外交戰、經濟戰等。

**冷霜** 化妝品的一種，用來保護或清潔面部和皮膚的特製油脂。或稱「面霜」。

**冷藏** 把東西（如食物、藥品等等）收藏在低溫度中（如放在冰箱裡等等）以免腐化變質。

**冷覺** 寒冷的感覺。

**冷碟（兒）** 餐桌上的冷葷，多盛在碟中。也叫冷盤。

**冷不防** 不字輕讀。突然。

**冷水浴** 用冷水沐浴，是鍛鍊皮膚抵抗力的衛生方法。

**冷冰冰** 像冰一樣冷。指冰涼的東西，也指冷漠的態度。

**冷板凳** ①指私塾教師的坐位，用來比喻教師的清苦生活。②形容沒人理會的情況或清閒而不重要的職位。如「他在那兒坐冷板凳，半天不見人來」「他的工作無關緊要，整天坐冷板凳」。

**冷卻器** 在一定範圍之內使空氣冷卻的機器。參看「冷卻」條。

**冷巷子** 僻靜少有行人的小巷子。

**冷凍庫** 具有冷凍設備，可以冷凍各種食物或藥品的倉庫。也叫「冷藏庫」。

**冷氣團** 氣象學上說「一種移動的氣團」，本身的溫度比到達區域的地面溫度低。多在極地和西伯利亞大陸上形成。

**冷氣機** 利用空氣壓縮以後變冷的原理，降低室內溫度，以達到涼爽的效果。也稱「空氣調節機」。

**冷絲絲** 形容有點兒冷。如「清晨，空氣冷絲絲的，清新又有些寒意」。

**冷清清** 形容冷落、幽靜、淒涼、寂寞的樣子。如「冷清清的月色」。

**冷森森** 形容寒氣重得逼人的樣子。如「洞裡冷森森的」。

**冷感症** 心理學上說女性缺乏性慾，或性交時無法達到高潮。通常因為感情不好、幼年時期性經驗的罪惡感，或性教育不當。

**冷罨法** 用冰袋或布浸冷水，敷在病人身上，以減低熱度的一種治療法。

**冷颼颼** 形容寒氣逼人。

**冷藏法** 總稱冷藏的方法，如各種物品冷藏所需要的設備跟必須保持的低溫度數等等。參看「冷藏」條。

**冷藏室** ①裝有保持低溫設備的房屋，用來存放食物、藥品等等，以免腐化變質。②冰箱裡面的冷藏庫。

**冷字眼兒** 平常很少用的字詞。也說「冷字」「冷僻字」。

**冷血動物** ①一部分動物的體溫，隨外界溫度而變動的，像魚類、爬蟲類、兩棲類等，稱為冷血動物。②譏諷無情無義沒有人性的人。

**冷冷清清** 第二個冷字輕讀。形容寂靜、蕭條。

**冷言冷語** 譏諷的風涼話。

**冷若冰霜** 形容人不熱情，老是板著臉，使人不容易接近。

**冷眼旁觀** 用冷靜超然的態度在旁邊看著。

**冷暖自知** ①不必對方說明而自己心裡明白。②佛家有「如人飲水，冷暖自知」的話，譬喻自己悟道的情況。普通借「冷暖自知」指各人內心的微妙體會。

**冷嘲熱諷** 尖刻的嘲笑和譏諷。

**冷戰時期** 指二次世界大戰之後，美蘇兩大集團對峙時期（大約從 1945 — 1989）。這個時期西方國家與共產集團之間，除了全面戰爭沒有發生以外，雙方在意識形態、政治與經濟，甚至有限的軍事層面上，都有摩擦，直到一九八九年蘇聯瓦解。

**冷縮熱脹** 物理學上說，大多數物質在溫度升高時發生膨脹，溫度降低時發生收縮的現象。氣體最明顯，液體次之，固體不明顯。

**冶** ㈠鎔化和鍊製金屬，鑄造器物。如「冶金學」「礦冶」。㈡〔文〕從事鍛鑄的工匠。如「良冶之子」。㈢過分的修飾打扮。如「妖冶」。㈣美麗。如「豔冶」「春山淡冶」。

**冶工** 〔文〕鎔鑄金屬的工匠。

**冶容** 〔文〕容貌妖媚動人。

**冶煉** 用加熱或電解等方法把礦石中有用的金屬提取出來。

**冶遊** 舊時原指男女在春天或節日外出遊玩。後來專指嫖妓。

**冶豔** 〔文〕妖豔美麗。

**冶金學** 研究鎔鑄金屬方法的學問。

**冶容誨淫** 女人打扮得很妖媚，容易引發人的邪念。

## 六筆

**冽** 〔文〕ㄌㄧㄝˋ 寒冷。如「冽風」「朔風凜冽」。

**冽泉** ㄌㄧㄝˋ ㄑㄩㄢˊ 図寒泉。

## 八筆

**凋** ㄉㄧㄠ (一)草枯，葉落，花謝。如「草木凋零」。(二)図衰敗。如「凋敝」。

**凋年** ㄉㄧㄠ ㄋㄧㄢˊ 図①歲暮。如「急景凋年」。②指人的晚年。

**凋殘** ㄉㄧㄠ ㄘㄢˊ 図凋落，衰敗。

**凋敝** ㄉㄧㄠ ㄅㄧˋ 図①衰敗。如「民生凋敝」。②疲乏，不健康。如「心身凋敝」。

**凋零** ㄉㄧㄠ ㄌㄧㄥˊ 凋殘零落。

**凋萎** ㄉㄧㄠ ㄨㄟˇ 図凋零枯萎。

**凋落** ㄉㄧㄠ ㄌㄨㄛˋ 凋謝。

**凋謝** ㄉㄧㄠ ㄒㄧㄝˋ ①樹葉枯落。②花兒蔫了。③老年人死亡。如「老成凋謝」。

**凍** ㄉㄨㄥˋ (一)因冷而凝結。如「水凍成冰了」。(二)寒冷的侵襲。如「凍得直打哆嗦」。(三)放在冷的地方，或用冷藏法使東西受冷。如「把剩下的飯菜凍起來吧」。

**凍石** ㄉㄨㄥˋ ㄕˊ 一種有油脂光澤、硬度低，可製印章的石材。成分為含水的鉀、鋁矽酸鹽，多成非晶質塊狀。多產於福建福州的壽山，通稱「壽山石」。

**凍兒** ㄉㄨㄥˋ ㄦ 凝結的湯汁，如肉湯凝結成肉凍兒。

**凍原** ㄉㄨㄥˋ ㄩㄢˊ 亞、歐、美三洲的北部沿北極海一帶，氣候寒冷，常年為冰雪所覆蓋，只有夏季地表稍融解，僅能繁殖地衣、苔蘇類植物，稱為「凍原」。

**凍結** ㄉㄨㄥˋ ㄐㄧㄝˊ ①水或液體遇冷凝結。②比喻從此維持現狀不變動。如「人事凍結」「資金凍結」。③銀行將存款封存，不准提取。

**凍僵** ㄉㄨㄥˋ ㄐㄧㄤ 凍得不能動。

**凍瘡** ㄉㄨㄥˋ ㄔㄨㄤ 皮膚受凍紅腫，甚至潰爛而形成的像瘡一樣的病。

**凍餒** ㄉㄨㄥˋ ㄋㄟˇ 穿不暖，吃不飽。

**凍豆腐** ㄉㄨㄥˋ ㄉㄡˋ ㄈㄨˇ 經過冰凍的豆腐。豆腐內水分凝結，下鍋煮熟以後形成許多小洞。

**凌** ㄌㄧㄥˊ (一)図欺壓，侵犯。如「盛氣凌人」。(二)図升，向上起。如「壯志凌雲」。(三)図接近。如「凌晨」。(四)図細碎，錯雜。如「凌雜」。(五)図通「陵」，作「踰越」解。如「凌駕其上」。(六)姓。

**凌波** ㄌㄧㄥˊ ㄅㄛ 図形容美人的步履輕盈。

**凌空** ㄌㄧㄥˊ ㄎㄨㄥ 高高立在天空中或高升到天空中。如「高閣凌空」「凌空飛舞」。

**凌虐** ㄌㄧㄥˊ ㄋㄩㄝˋ 図欺侮虐待。

**凌辱** ㄌㄧㄥˊ ㄖㄨˇ 図欺壓侮辱。

**凌晨** ㄌㄧㄥˊ ㄔㄣˊ 図接近天亮的時候。

**凌虛** ㄌㄧㄥˊ ㄒㄩ 図升到天空。如「凌虛御風」。

**凌雲** ㄌㄧㄥˊ ㄩㄣˊ 図比喻上升得極高。

**凌厲** ㄌㄧㄥˊ ㄌㄧˋ 図奮迅直前。

**凌亂** ㄌㄧㄥˊ ㄌㄨㄢˋ 沒有次序。

**凌霄** ㄌㄧㄥˊ ㄒㄧㄠ 図高遠的意思。

**凌駕** ㄌㄧㄥˊ ㄐㄧㄚˋ 図想要超越他人之上。也作「凌架」。

**凌遲** ㄌㄧㄥˊ ㄔˊ 古時的酷刑，先把犯人斬斷四肢，然後處死。

**凌雜** ㄌㄧㄥˊ ㄗㄚˊ 錯雜凌亂。

**凌霄花** ㄌㄧㄥˊ ㄒㄧㄠ ㄏㄨㄚ 落葉藤本植物，攀援莖，羽狀複葉，小葉卵形，邊緣有鋸齒，自夏至秋開赭黃色花，八月結莢如豆莢，長三寸，花、莖、葉都可入藥。也叫「紫葳」「鬼目」。

**凌波仙子**（ㄌㄧㄥˊ ㄅㄛ ㄒㄧㄢ ㄗˇ） ①指輕步挪移的美女。②形容水仙花婀娜多姿，成為水仙花的異名。

**凌雲壯志**（ㄌㄧㄥˊ ㄩㄣˊ ㄓㄨㄤˋ ㄓˋ） 形容人的志向高大，理想高遠。

## 清

図ㄐㄧㄥˋ寒涼。

## 准

ㄓㄨㄣˇ ㈠允許，許可。如「准他再試一次」。㈡比照。如「准將（ㄐㄧㄤˋ）」「准前例處理」。㈢図確定。如「准於某日辦竣」。㈣図從前的公文用語，「准此」是依據、依照的意思。㈤偶爾通「準」字。

**准予**（ㄓㄨㄣˇ ㄩˇ） 准許。

**准此**（ㄓㄨㄣˇ ㄘˇ） 從前的公文用語，用於引敘平行機關來文內容之後，承接「等由」。意思是「按照這個」（以上所引敘的）。

**准尉**（ㄓㄨㄣˇ ㄨㄟˋ） 尉級軍銜之一，在少尉之下。有的國家不設。

**准許**（ㄓㄨㄣˇ ㄒㄩˇ） 許可。

**准將**（ㄓㄨㄣˇ ㄐㄧㄤˋ） 將（ㄐㄧㄤˋ）級軍階名，在少將之下。

### 十筆

## 凓

図ㄌㄧˋ寒冷。

**凓冽**（ㄌㄧˋ ㄌㄧㄝˋ） 図嚴寒。

### 十二筆

## 澌

図ㄙ融化以後，隨水而流動的冰。

### 十三筆

## 凜

ㄌㄧㄣˇ ㈠寒冷。如「凜若冰霜」。㈡嚴肅，嚴厲的樣子。如「凜不可犯」。㈢與「懍」通，敬畏之詞。如「凜遵」。

**凜冽**（ㄌㄧㄣˇ ㄌㄧㄝˋ） 図非常寒冷。

**凜然**（ㄌㄧㄣˇ ㄖㄢˊ） 嚴肅、不可侵犯的樣子，令人敬畏的樣子。如「大義凜然」。

**凜凜**（ㄌㄧㄣˇ ㄌㄧㄣˇ） 図①寒冷。②嚴肅，令人敬畏的樣子。如「威風凜凜」。

### 十四筆

## 凝

ㄋㄧㄥˊ ㈠液體受冷逐漸結成固體。如「凝結」。㈡聚集。如「凝神」。

**凝固**（ㄋㄧㄥˊ ㄍㄨˋ） 液體結成固體。

**凝思**（ㄋㄧㄥˊ ㄙ） 集中思考力。

**凝重**（ㄋㄧㄥˊ ㄓㄨㄥˋ） 図端莊嚴肅的樣子。

**凝神**（ㄋㄧㄥˊ ㄕㄣˊ） 聚精會神，集中注意力。

**凝眸**（ㄋㄧㄥˊ ㄇㄡˊ） 図注目而視。

**凝結**（ㄋㄧㄥˊ ㄐㄧㄝˊ） 因為溫度降低或壓力增加，使氣體凝為液體，或是液體凝為固體，都叫做「凝結」。

**凝脂**（ㄋㄧㄥˊ ㄓ） 図比喻皮膚柔滑白皙，像凝聚的脂膏。〈詩經〉有「膚如凝脂」。

**凝視**（ㄋㄧㄥˊ ㄕˋ） 目不轉睛的看著。

**凝想**（ㄋㄧㄥˊ ㄒㄧㄤˇ） 聚精會神的沈思。

**凝聚**（ㄋㄧㄥˊ ㄐㄩˋ） 聚集。

**凝滯**（ㄋㄧㄥˊ ㄓˋ） 図凝集不流動的意思。

**凝望**（ㄋㄧㄥˊ ㄨㄤˋ） 目不轉睛，很注意地看著。

**凝固點**（ㄋㄧㄥˊ ㄍㄨˋ ㄉㄧㄢˇ） 指液體開始凝固時的溫度。

**凝聚力** ㄋㄧㄥˊ ㄐㄩˋ ㄌㄧˋ ①內聚力。②泛指人或物聚集到一起的共同力量。

## 几部

**几** ▲ㄐㄧ ㈠小桌。㈡「幾」的簡筆字。▲ㄐㄧ 語音，如「茶几兒」。

**几席** ㄐㄧ ㄒㄧˊ 図長方形的桌子。

### 九筆

**凰** ㄏㄨㄤˊ 古時傳說的一種吉祥的鳥，雌的叫凰，雄的叫鳳。參看鳥部的「鳳凰」。

### 十筆

**凱** ㄎㄞˇ ㈠打勝仗。見「凱歌」條。㈡図通「愷」。「愷悌」也作「凱弟（ㄊㄧˋ）」。

**凱旋** ㄎㄞˇ ㄒㄩㄢˊ 戰勝歸來。

**凱歌** ㄎㄞˇ ㄍㄜ 古時打仗唱的得勝歌，現今通指歌頌勝利的歌曲。

### 十二筆

**凳（櫈）** ㄉㄥˋ 凳子，是沒有靠背的椅子。如「木凳」「板凳」「長凳兒」。

## 凵部

### 二筆

**凶** ㄒㄩㄥ ㈠惡。如「凶狠」「凶猛」。㈡傷人。如「行凶」。㈢図饑饉。如「凶歲」「凶年」。㈣形容很厲害的情況或行為。如「病勢很凶」「鬧得很凶」。

**凶凶** ㄒㄩㄥ ㄒㄩㄥ ①氣勢猛烈凌厲的樣子。現在作「洶洶」。②図喧擾的樣子。現在作「訩訩」。

**凶犯** ㄒㄩㄥ ㄈㄢˋ 殺害人的犯罪者。

**凶手** ㄒㄩㄥ ㄕㄡˇ 殺人的人。

**凶兆** ㄒㄩㄥ ㄓㄠˋ 不吉祥的預兆。

**凶宅** ㄒㄩㄥ ㄓㄞˊ ①指屢次出凶事的房屋。②發生命案的住宅。

**凶年** ㄒㄩㄥ ㄋㄧㄢˊ 図荒年。

**凶死** ㄒㄩㄥ ㄙˇ 指被人殺害或自殺而死。

**凶具** ㄒㄩㄥ ㄐㄩˋ 図喪具，棺木。

**凶狠** ㄒㄩㄥ ㄏㄣˇ 凶暴狠毒。

**凶相** ㄒㄩㄥ ㄒㄧㄤˋ 指人凶惡的面目，凶惡的相貌。如「一臉的凶相」。

**凶徒** ㄒㄩㄥ ㄊㄨˊ 極惡的人。

**凶氣** ㄒㄩㄥ ㄑㄧˋ 指人臉上顯露的凶惡的神氣。

**凶耗** ㄒㄩㄥ ㄏㄠˋ 同「噩耗」，不幸的消息，多半是指死亡的消息而說的。

**凶悍** ㄒㄩㄥ ㄏㄢˋ 十分蠻橫惡狠。

**凶問** ㄒㄩㄥ ㄨㄣˋ 図不吉祥的訊息。指人的死訊。也作「凶耗」「凶聞」。

**凶猛** ㄒㄩㄥ ㄇㄥˇ 非常勇猛。

**凶焰** ㄒㄩㄥ ㄧㄢˋ 図凶惡的氣勢。指凶惡的人或集團的惡劣表現。如「盧溝橋事變以來，敵人的凶焰日漸升高」。

**凶殘** ㄒㄩㄥ ㄘㄢˊ ①凶惡殘暴。如「凶殘成性」。②図凶惡的人。

**凶嫌** ㄒㄩㄥ ㄒㄧㄢˊ 有行凶嫌疑的人。如「凶嫌已經到案，尚待搜集行凶證據」。

**凶惡** ㄒㄩㄥ ㄜˋ 殘狠惡毒。

**凶歲** ㄒㄩㄥ ㄙㄨㄟˋ　[文]凶年。

**凶暴** ㄒㄩㄥ ㄅㄠˋ　凶狠殘暴。如「凶暴殘忍」「脾氣凶暴」。也作「兇暴」。

**凶器** ㄒㄩㄥ ㄑㄧˋ　①行凶（兇手殺人）的武器。②[文]喪葬用的器具，如棺木等。

**凶橫** ㄒㄩㄥ ㄏㄥˋ　凶惡蠻橫。如「滿臉凶橫」。

**凶禮** ㄒㄩㄥ ㄌㄧˇ　喪禮。

**凶險** ㄒㄩㄥ ㄒㄧㄢˇ　危險。

**凶巴巴** ㄒㄩㄥ ㄅㄚ ㄅㄚ　形容人態度凶惡的樣子。如「他那凶巴巴的樣子，讓人害怕」。

**凶殺案** ㄒㄩㄥ ㄕㄚ ㄢˋ　殺人的事件。

**凶神附體** ㄒㄩㄥ ㄕㄣˊ ㄈㄨˋ ㄊㄧˇ　指精神失常，恣意橫行。如「他好似凶神附體，什麼也不怕」。

**凶神惡煞** ㄒㄩㄥ ㄕㄣˊ ㄜˋ ㄕㄚˋ　凶惡的神。煞就是凶神。形容人氣勢凶惡的樣子。

**凶終隙末** ㄒㄩㄥ ㄓㄨㄥ ㄒㄧˋ ㄇㄛˋ　[文]形容交友有始無終，好友變仇人。「凶終」指張耳、陳餘，初為刎頸交，後張耳為將，殺死陳餘。「隙末」指蕭育、朱博，二人友好，後因細故而不再來往。

## 三筆

**凸**　▲ㄊㄨˊ 高出的樣子，凹的相反。▲ㄍㄨˇ 突出，鼓起來；也寫作「鼓」。

**凸版** ㄊㄨˊ ㄅㄢˇ　版面印刷的部分高出空白部分的印刷版。木版、鉛版、鋅版等都是。

**凸面** ㄊㄨˊ ㄇㄧㄢˋ　表面向外凸起。

**凸輪** ㄊㄨˊ ㄌㄨㄣˊ　機械上一種有曲面周緣或凹槽的零件。有很多種類，用來推動從動零件往復運動或擺動。

**凸顯** ㄊㄨˊ ㄒㄧㄢˇ　顯示出來。如「凸顯了這個問題的癥結」。

**凸透鏡** ㄊㄨˊ ㄊㄡˋ ㄐㄧㄥˋ　也叫「凸鏡」或「凸面鏡」，是中央厚而邊緣薄的透光鏡，可集光引火，可製放大鏡、顯微鏡、遠視眼鏡。

**出**　ㄔㄨ ㈠從裡面到外面。㈡發生。如「出芽兒」「出疹子」。㈢生產，出產。如「臺灣出香蕉」。㈣顯露。如「出面」「出沒無常」。㈤支付。如「出錢辦事」「量入為出」。㈥到遠處去。如「出差」「出國」。㈦超過。如「出類拔萃」「出界」。㈧計畫，擬定。如「出題」「出個樣子」。㈨發泄。如「出出悶氣」。㈩在動詞後面，表示實現、出現、發生、顯露等意思。如「聽出他的意思」「做出這種事」。(十一)[文]生子叫「出」，如指所生叫「所出」。(十二)[文]釋放，解救。如「出民於水火」。(十三)[文]古時離婚休妻叫「出妻」。(十四)[文]驅逐。〈左傳〉有「遂出武穆之族」。(十五)[文]逃亡。如「出亡」「出奔」。

**出入** ㄔㄨ ㄖㄨˋ　①出外與入內。②支出與收入。③差別。如「你前後所說的話很有出入」。

**出力** ㄔㄨ ㄌㄧˋ　盡力。

**出亡** ㄔㄨ ㄨㄤˊ　[文]出奔，逃亡。

**出口** ㄔㄨ ㄎㄡˇ　①運貨出國。②開口說話。如「出口傷人」。③外出的門，對「入口」而言。

**出土** ㄔㄨ ㄊㄨˇ　古代器物自地下發掘出來叫出土。如「這是一件新出土的古銅器」。

**出山** ㄔㄨ ㄕㄢ　從山中下來，比喻人不再隱居，出來做官、做事或擔任某項職務。

**出工** ㄔㄨ ㄍㄨㄥ 工人出發去上工。如「按時出工」。

**出手** ㄔㄨ ㄕㄡˇ ①所撰的詩文，剛剛脫稿。②賣出。③著手做事。④指用錢。如「他出手很大方」。

**出世** ㄔㄨ ㄕˋ ①降生。②出塵，出家，看輕世俗名利。如「他頗有脫塵出世的情態」。

**出仕** ㄔㄨ ㄕˋ 図出來做官。

**出去** ㄔㄨ ㄑㄩˋ ①從裡面到外面。「去」字可輕讀。如「你出去」「出去走走」。②表示能或不能出去。如「出得去」「出不去」。③接在動詞後，表示這個動作能或不能做到。「去」字可輕讀。如「走得出去」「走不出去」。④用在動詞後，表示動作由裡向外離開。「去」字可輕讀。如「走出去」「站出去」。⑤用在動詞後，「去」的前面有處所詞，表示離開該處。如「送出大門去」。

**出外** ㄔㄨ ㄨㄞˋ 離家遠行。

**出生** ㄔㄨ ㄕㄥ 生下來。

**出伏** ㄔㄨ ㄈㄨˊ 出了伏天，伏天結束。表示天氣將轉涼快。伏，指「三伏」，夏至到立秋這一段熱天。

**出任** ㄔㄨ ㄖㄣˋ 出來擔任某種職務。如「出任要職」。

**出守** ㄔㄨ ㄕㄡˇ 図舊時指由京官外調地方官的太守。通常是降調。也作「謫守」。

**出色** ㄔㄨ ㄙㄜˋ 不平凡。

**出血** ㄔㄨ ㄒㄧㄝˇ 身體受傷，血流出來。

**出行** ㄔㄨ ㄒㄧㄥˊ 出外遠行。如「天氣轉壞，不利出行」。

**出兵** ㄔㄨ ㄅㄧㄥ 發兵作戰。

**出局** ㄔㄨ ㄐㄩˊ ①指棒球、壘球比賽擊球員或跑壘員因被三振、接殺、封殺、刺殺或犯規等被判退離球場。②引申為被淘汰。③舊時稱官吏去職。④舊時稱妓女出外陪客飲酒。局指聚會飯局。

**出言** ㄔㄨ ㄧㄢˊ 講話，談吐。如「出言不遜」。

**出身** ▲ㄔㄨ ㄕㄣ ①図獻出自己的一切。②指由某種資歷而來的。如科舉時代官吏有的由進士出身。▲ㄔㄨ˙ㄕㄣ 指人的來歷、資格。如「他的出身很不錯」。

**出走** ㄔㄨ ㄗㄡˇ 被環境逼迫不說一聲就離開。如「離家出走」。

**出車** ㄔㄨ ㄔㄜ 開出車輛，派出車輛。如「這一條路線是上午六點出車」。

**出巡** ㄔㄨ ㄒㄩㄣˊ 國家元首、封疆大吏出外巡視。如「出巡查訪」。

**出事** ㄔㄨ ㄕˋ ①發生事故。②發生喪事。如「趙姨娘的兄弟趙國基昨兒出(了)事」。見〈紅樓夢〉。

**出來** ▲ㄔㄨ ㄌㄞˊ ①從裡面到外面來。「來」字可輕讀。「你出來」「出來玩兒」。②表示能或不能出來。如「出得來」「出不來」。③接在動詞後，表示這個動作能或不能做到。「來」字可輕讀。如「拿得出來」「拿不出來」。▲˙ㄔㄨ ㄌㄞˊ ①用在動詞後，表示動作由裡向外過來。「來」字可輕讀。如「走出來」「站出來」。②用在動詞後，「來」的前面有代表人物的詞，「來」字可輕讀。如「屋裡走出個人來」。③用在動詞後，表示由隱蔽到顯露。如「我認出他來了」「漸漸聽出點意思來了」。

**出使** ㄔㄨ ㄕˇ 到外國去當使節。使字舊讀作ㄕˋ。

**出典** ㄔㄨ ㄉㄧㄢˇ ①典故的出處。②用土地、房屋等抵押借錢，不付利息，議定年限，到期還款，收回原物。典是抵押借貸。

**出奇** ㄔㄨ ㄑㄧˊ ①不平凡。②出人意料的。

**出奔** ㄔㄨ ㄅㄣ 文逃亡。

**出征** ㄔㄨ ㄓㄥ 隨軍出去打仗。如「花木蘭代父出征」。

**出版** ㄔㄨ ㄅㄢˇ 印成圖書報刊，以供出售或散發。

**出芽** ㄔㄨ ㄧㄚˊ 植物種子抽芽，萌生新苗。

**出門** ㄔㄨ ㄇㄣˊ ①離家遠行。②外出。

**出品** ㄔㄨ ㄆㄧㄣˇ 製造出來的物品。

**出挑** ㄔㄨ ㄊㄧㄠ 挑字輕讀。指少年男女在青春期間容貌越變越美好。如「小姑娘出挑得美人似的」「這孩子比先前越發出挑了」。

**出洋** ㄔㄨ ㄧㄤˊ 到外國去（以往到外國去，通常要搭船遠渡重洋）。

**出界** ㄔㄨ ㄐㄧㄝˋ 超過界限，超越邊界，超出邊線或端線。

**出神** ㄔㄨ ㄕㄣˊ ①幻想時凝神呆視。②精神專注在某一事上，外表像癡呆一樣。

**出軌** ㄔㄨ ㄍㄨㄟˇ ①火車、電車等行駛不慎，車輪脫離了軌道。②比喻行為不合常規。

**出降** ㄔㄨ ㄒㄧㄤˊ 文投降。如「日軍攻打新加坡，英軍拒守幾天，無法再守，只有出降」。

**出面** ㄔㄨ ㄇㄧㄢˋ 親自出來處理事務。

**出借** ㄔㄨ ㄐㄧㄝˋ 借出。

**出家** ㄔㄨ ㄐㄧㄚ 脫離家庭到寺廟去做和尚或尼姑。

**出差** ㄔㄨ ㄔㄞ 奉命到外面去辦理公務。

**出師** ㄔㄨ ㄕ ①出兵。②從前指學徒從師學藝，期滿藝成，叫「出師」（現在說「畢業」）。

**出席** ㄔㄨ ㄒㄧˊ 參加集會或會議，到達席次。

**出庭** ㄔㄨ ㄊㄧㄥˊ 跟訟案有關係的人（原告、被告、法官、律師、證人等）到達法庭。

**出息** ▲ㄔㄨ ㄒㄧˊ 生產的利息。▲ㄔㄨ ˙ㄒㄧ ①努力向上的希望。如「有出息」「沒出息」。②利益。如「那件事出息很大」。③出挑。如「那姑娘更出息得漂亮了」。

**出恭** ㄔㄨ ㄍㄨㄥ 去大便（明代考試在考場預備了「出恭入敬」的字牌，參加考試的士子在考試當中去廁所，先要領這種牌子。因此，「出恭」成了大便的代稱）。

**出格** ㄔㄨ ㄍㄜˊ ①出眾。②越出常軌，言語行為與眾不同。③不合格。④從前應制文字及表章，凡遇表示尊稱的詞語，須另起一行，出格抬頭書寫，叫做「出格」。也叫做「跳出」。

**出氣** ㄔㄨ ㄑㄧˋ 發泄怒氣。

**出海** ㄔㄨ ㄏㄞˇ ①船離開港口到海上去。②漁民或船員駕船到海上去。如「出海打魚」。

**出浴** ㄔㄨ ㄩˋ 文剛洗完澡。用來形容清新、美麗。如「美人出浴」。

**出租** ㄔㄨ ㄗㄨ 收取一定代價，把房屋、土地或工具租借給別人。如「房屋出租」。

**出納** ㄔㄨ ㄋㄚˋ ①銀錢的收入和支出。②指負責管理銀錢收支的職務，或擔任這種職務的人。

**出缺** ㄔㄨ ㄑㄩㄝ 原任人員離職或死亡因而空出職位等待遞補。

**出航** ㄔㄨ ㄏㄤˊ 輪船或飛機離開港口或機場，向目的地航行。

**出草** ㄔㄨ ㄘㄠˇ 未開化民族外出獵殺其他族群，取其頭顱祭拜神靈，叫做「出草」。

**出院** ㄔㄨ ㄩㄢˋ 住院病人辦好手續，離開醫院。

**出馬** ㄔㄨ ㄇㄚˇ ①古時稱將士上馬出陣作戰。②意思跟「出面」相同，指親自出來辦事。

**出動** ㄔㄨ ㄉㄨㄥˋ ①軍事武力的調動派遣。如「敵軍出動了轟炸機五百架次」。②大量人員為某種任務而參加行動。如「臨時由各校出動青年學生三百名參加這項工作」。

**出售** ㄔㄨ ㄕㄡˋ 出賣①。

**出國** ㄔㄨ ㄍㄨㄛˊ 到外國去。

**出現** ㄔㄨ ㄒㄧㄢˋ 顯露出來。

**出產** ㄔㄨ ㄔㄢˇ 天然和人工製造的物品的產生。

**出眾** ㄔㄨ ㄓㄨㄥˋ 某些方面超出一般人。如「才能出眾」。

**出脫** ㄔㄨ ㄊㄨㄛ ①開脫罪名。②賣出。③出挑，出落。

**出處** ▲㊫ ㄔㄨ ㄔㄨˇ 出仕和退隱。▲ㄔㄨ ㄔㄨˋ ①引文或典故的來源。②物品的產地。

**出訪** ㄔㄨ ㄈㄤˇ 到外面或外國去訪問。如「出訪親友」。

**出貨** ㄔㄨ ㄏㄨㄛˋ ①賣出貨物。②發出貨物，相對的叫「進貨」。

**出頂** ㄔㄨ ㄉㄧㄥˇ 自己租來的房屋轉租給別人。

**出場** ㄔㄨ ㄔㄤˇ ①演戲的人，出現在舞臺上面。②運動員到運動場。

**出港** ㄔㄨ ㄍㄤˇ ①運貨出國。②船隻駛出港外。

**出發** ㄔㄨ ㄈㄚ 起程動身。

**出診** ㄔㄨ ㄓㄣˇ 醫生到病人的家裡去看病。

**出超** ㄔㄨ ㄔㄠ 出口貨物價值，多於進口貨物的價值。

**出項** ㄔㄨ ㄒㄧㄤˋ 會計學上說支出的款項。

**出勤** ㄔㄨ ㄑㄧㄣˊ ①上班辦事。②外出辦理公事。

**出塞** ㄔㄨ ㄙㄞˋ 到邊塞的地區去。古時到邊遠塞外的別國去，或出征外夷，也都叫「出塞」。如「王昭君出塞」。

**出嫁** ㄔㄨ ㄐㄧㄚˋ 女子婚嫁。

**出溜** ㄔㄨ ㄌㄡ 溜字輕讀。①滑行。如「一條蛇在地上出溜」。②滑下。如「他從山坡上出溜下來」。

**出落** ㄔㄨ ㄌㄨㄛˋ 落字輕讀。同「出挑」。如「姑娘大了，出落得很俊」。

**出路** ㄔㄨ ㄌㄨˋ ①發展的途徑。②未來的職業。

**出道** ㄔㄨ ㄉㄠˋ ①開始從事某種行業。②年輕就在社會上顯露頭角。③佛家指了悟生死的大道理。

**出遊** ㄔㄨ ㄧㄡˊ 出去遊歷。如「出遊歸來」。遊也作游。

**出境** ㄔㄨ ㄐㄧㄥˋ ①離開國境。相對的說「入境」。如「驅逐出境」。②離開某個地區也叫「出境」。

**出榜** ㄔㄨ ㄅㄤˇ ①揭示錄取人的名單，現在稱「放榜」。②從前官府揭示文告。如「出榜安民」。

**出閣** ㄔㄨ ㄍㄜˊ 出嫁。

**出價** ㄔㄨ ㄐㄧㄚˋ 買方提出願意付的價錢。如「出個價就賣」。

**出廠** ㄔㄨ ㄔㄤˇ 產品運出工廠，表示產品完成。如「汽車昨天出廠」。

**出賣** ㄔㄨ ㄇㄞˋ ①把貨物賣出去。②陷害別人或置別人的生死於不顧，只求自己有利，也叫出賣。

**出操** ㄔㄨ ㄘㄠ 軍人、學生出去操練。操練結束叫「收操」。如「軍人每天要出操」。

**出險** ㄔㄨ ㄒㄧㄢˇ ①脫出險境。②發生危險。如「火車出險了」。

**出頭** ㄔㄨ ㄊㄡˊ ①脫離困苦的境地。②出面。

**出擊** ㄔㄨ ㄐㄧˊ ①部隊出動，向敵人進攻。②泛指在競賽中發動攻勢。

**出醜** ㄔㄨ ㄔㄡˇ 丟臉，失體面。

**出殯** ㄔㄨ ㄅㄧㄣˋ 辦喪事，把死屍裝入棺材送到埋葬或停放的地方去。

**出題** ㄔㄨ ㄊㄧˊ 擬定題目。

**出爐** ㄔㄨ ㄌㄨˊ ①取出爐內烘烤的東西。如「剛出爐的麵包」。②借指新推出的辦法、規章。

**出籠** ㄔㄨ ㄌㄨㄥˊ ①大量售出。②指貨幣發行。

**出讓** ㄔㄨ ㄖㄤˋ 出賣①。

**出名（兒）** ㄔㄨ ㄇㄧㄥˊ（ㄦ） ①具名。②出色。如「這是出名的好酒」。③名氣很大，遠近聞名。

**出口貨** ㄔㄨ ㄎㄡˇ ㄏㄨㄛˋ 運銷外國的貨物。

**出月子** ㄔㄨ ㄩㄝˋ ㄗˇ 指婦女生產後一個多月而身體復原。

**出月兒** ㄔㄨ ㄩㄝˋ ㄦ 下月。如「這筆錢出月兒我就籌齊了」。

**出毛病** ㄔㄨ ㄇㄠˊ ㄅㄧㄥ˙ 病字輕讀。出了差錯，發生事故。

**出主意** ㄔㄨ ㄓㄨˇ ㄧ˙ 意字輕讀。參謀計策（語音也說成ㄔㄨ ㄓㄨˊ ˙ㄧ）。

**出生別** ㄔㄨ ㄕㄥ ㄅㄧㄝˊ 出生時在兄弟或姊妹中的排行（ㄏㄤˊ）。

**出生率** ㄔㄨ ㄕㄥ ㄌㄩˋ 指某地某一年中，每千人中出生的活嬰的比率數目。

**出生證** ㄔㄨ ㄕㄥ ㄓㄥˋ 記載出生時間、地點及有關資料的證明文件。

**出任務** ㄔㄨ ㄖㄣˋ ㄨˋ 軍警被派出去做某項工作。

**出岔兒** ㄔㄨ ㄔㄚˋ ㄦ 發生意外事故。也作「出岔子」。

**出版物** ㄔㄨ ㄅㄢˇ ㄨˋ 出售或散布的書報圖畫等印刷物。

**出洋相** ㄔㄨ ㄧㄤˊ ㄒㄧㄤˋ 當眾人的面前出醜，鬧笑話。

**出風頭** ㄔㄨ ㄈㄥ ㄊㄡˊ 也作「出鋒頭」。顯露自己的特長，叫眾人讚譽。

**出家人** ㄔㄨ ㄐㄧㄚ ㄖㄣˊ 指僧道尼姑等。

**出氣筒** ㄔㄨ ㄑㄧˋ ㄊㄨㄥˇ 比喻被人用作發泄怨氣的對象。

**出發點** ㄔㄨ ㄈㄚ ㄉㄧㄢˇ ①行程的起點。②事物的起頭。

**出亂子** ㄔㄨ ㄌㄨㄢˋ ㄗˇ 出毛病，出差錯。

**出溜兒** ㄔㄨ ㄌㄧㄡ ㄦ 溜字輕讀。滑行的動作。如「他打個出溜兒滾下來了」。

**出樓子** ㄔㄨ ㄌㄡˊ ㄗˇ 出亂子。

**出人意表** ㄔㄨ ㄖㄣˊ ㄧˋ ㄅㄧㄠˇ 在意料之外。

**出人頭地** ㄔㄨ ㄖㄣˊ ㄊㄡˊ ㄉㄧˋ 比別人高一等。

**出口成章** ㄔㄨ ㄎㄡˇ ㄔㄥˊ ㄓㄤ 所說的話記錄下來就是一篇文章。形容文思敏捷或言語精練，擅長辭令。

**出水芙蓉** ㄔㄨ ㄕㄨㄟˇ ㄈㄨˊ ㄖㄨㄥˊ 初開的荷花；多用來譬喻詩文作品、人物的清新可愛。

**出生入死** ㄔㄨ ㄕㄥ ㄖㄨˋ ㄙˇ 形容不避艱險，把生死置之度外。

**出乖露醜** ㄔㄨ ㄍㄨㄞ ㄌㄨˋ ㄔㄡˇ 指在大眾前面出了醜，做了丟臉的事。乖是荒謬。

**出其不意** ㄔㄨ ㄑㄧˊ ㄅㄨˋ ㄧˋ 趁對方沒有注意的時候採取行動。如「出其不意，攻其無備」。

**出奇制勝** ㄔㄨ ㄑㄧˊ ㄓˋ ㄕㄥˋ 用奇妙的方法來勝過別人。

**出神入化** ㄔㄨ ㄕㄣˊ ㄖㄨˋ ㄏㄨㄚˋ 形容技藝達到非常神奇高超的境界。神是神妙，化是化境，就是極其高超的境界。

**出將入相** ㄔㄨ ㄐㄧㄤˋ ㄖㄨˋ ㄒㄧㄤˋ 指文武兼能的高級官員。

**出爾反爾** ㄔㄨ ㄦˇ ㄈㄢˇ ㄦˇ 指人的言行前後反覆，自相矛盾。

**出頭露面** ㄔㄨ ㄊㄡˊ ㄌㄡˋ ㄇㄧㄢˋ 出面，不隱蔽行蹤。

**出類拔萃** ㄔㄨ ㄌㄟˋ ㄅㄚˊ ㄘㄨㄟˋ 人才特別優秀。

**凹** ▲ㄠ 窪下。凸的相反。陷下去。又讀ㄨㄚ、ㄧㄠ。
▲ㄨㄚˋ ㈠人兩顴之間稍稍凹入的面貌。如「凹心臉兒」。㈡平面物體深陷之處，叫「凹窯兒」。

**凹版** ㄠ ㄅㄢˇ 印刷上的圖文凹入版中的印刷版。

**凹陷** ㄠ ㄒㄧㄢˋ 向內或向下陷進去。如「兩頰凹陷」。

**凹鏡** ㄠ ㄐㄧㄥˋ 邊厚中薄的鏡，也稱「凹面鏡」，有透光凹鏡、回光凹鏡的分別。

**凹透鏡** ㄠ ㄊㄡˋ ㄐㄧㄥˋ 就是透光凹鏡，用來製近視眼鏡等。

## 六筆

**函（凾）** ㄏㄢˊ ㈠図護身的甲。製甲的人叫「函人」。㈡包容。如「包函」。㈢封套。㈣匣子。如「鏡函」「劍函」。㈤信件。

**函件** ㄏㄢˊ ㄐㄧㄢˋ 信件。

**函洞** ㄏㄢˊ ㄉㄨㄥˋ 也寫作「涵洞」，是供公路或鐵路通過的一種山洞。

**函送** ㄏㄢˊ ㄙㄨㄥˋ 備函送達。如「函送辦理」。

**函商** ㄏㄢˊ ㄕㄤ 通信商量討論。

**函授** ㄏㄢˊ ㄕㄡˋ 用通信的方法來教授。

**函數** ㄏㄢˊ ㄕㄨˋ 代數式中，甲數如隨乙數而改變，則甲數為乙數的函數；例：X+3=Y，Y就是X的函數。

**函購** ㄏㄢˊ ㄍㄡˋ 用通信的方式購買。

## 刀部

**刀** ㄉㄠ ㈠切、割、斬、削的器具，現在大都用鋼鐵做成。如「菜刀」。㈡古代錢幣的一種。叫「刀幣」。㈢紙一百張叫「一刀」。

**刀叉** ㄉㄠ ㄔㄚ 吃西餐用的刀子和叉子。

**刀口** ㄉㄠ ㄎㄡˇ 刀刃。

**刀山** ㄉㄠ ㄕㄢ 佛家語，地獄的一種酷刑。比喻極險惡的境地。

**刀片** ㄉㄠ ㄆㄧㄢˋ 沒有裝柄的薄片狀刀身。有單面和雙面兩種，裝在保險架內或機械上，用來刮鬍子、裁紙或切削東西。也說成刀片兒（ㄉㄠ ㄆㄧㄚˋ ㄦ）。

**刀兵** ㄉㄠ ㄅㄧㄥ 図①兵器。②指軍事。

**刀豆** ㄉㄠ ㄉㄡˋ 一種可以吃也可以入藥的豆科植物，豆莢扁平像刀，所以叫刀豆。

**刀具** ㄉㄠ ㄐㄩˋ 切削工具的統稱。泛指切削食物、製作木器或醫療手術、屠宰牲畜等使用的刀。

**刀法** ㄉㄠ ㄈㄚˇ ①雕刻的時候運刀的技法。②武術中的刀術。③廚師或屠夫的刀工。

**刀俎** ㄉㄠ ㄗㄨˇ 図宰割用的工具。俎是廚房用的案板。

**刀背** ㄉㄠ ㄅㄟˋ 用刀切東西的時候，刀的下面銳利的部分叫刀刃兒，上面厚重的部分叫刀背。

**刀插** ㄉㄠ ㄔㄚ 為了放置的安全，用來插刀具的架子。

**刀筆** ㄉㄠ ㄅㄧˇ ①古時在竹木上刻字用刀，叫刀筆。②図指訟師，是說筆如刀能殺人。也作「刀筆吏」。

**刀傷** ㄉㄠ ㄕㄤ 因刀刃切割刺戳而受的傷。

**刀槍** ㄉㄠ ㄑㄧㄤ 刀和槍。泛指武器。如「刀槍不入」。

**刀螂** ㄉㄠ ㄌㄤˊ 就是螳螂。也作螳蜋、螗螂。

**刀鋒** ㄉㄠ ㄈㄥ 刀刃，刀尖。也比喻筆勢銳利。

**刀鋸** ㄉㄠ ㄐㄩˋ ①刀和鋸，也泛指木匠工具。②古代刑具，也代指刑罰。

**刀刃(兒)** ㄉㄠ ㄖㄣˋ(ㄦ) 刀口。

**刀把兒** ㄉㄠ ㄅㄚˋ ㄦ ①刀柄。②「把柄」的意思。

**刀削麵** ㄉㄠ ㄒㄧㄠ ㄇㄧㄢˋ 麵食的一種。把麵和(ㄏㄨㄛˋ)成團，用刀削成片，煮熟吃的。

**刀馬旦** ㄉㄠ ㄇㄚˇ ㄉㄢˋ 傳統戲劇中旦角的一種。扮演騎馬執刀槍打仗的英勇女性。

**刀光劍影** ㄉㄠ ㄍㄨㄤ ㄐㄧㄢˋ ㄧㄥˇ 形容廝殺、搏鬥的猛烈或殺氣騰騰的氣勢。

**刀耕火耨** ㄉㄠ ㄍㄥ ㄏㄨㄛˇ ㄋㄡˋ 図原始的耕種方法。古代開墾山地種植，先砍伐林木，焚燒雜草，然後播種。也作「刀耕火耘」、「刀耕火種(ㄓㄨㄥˋ)」。

## 刁

ㄉㄧㄠ ㈠狡詐。㈡姓。

**刁斗** ㄉㄧㄠ ㄉㄡˇ 古行軍用具，白天作炊器，晚上敲打它來警眾報時。

**刁皮** ㄉㄧㄠ ㄆㄧˊ 調皮。如「這個小孩真刁皮」。

**刁悍** ㄉㄧㄠ ㄏㄢˋ 狡詐強悍。

**刁滑** ㄉㄧㄠ ㄏㄨㄚˊ 狡猾。

**刁頑** ㄉㄧㄠ ㄨㄢˊ 狡猾頑劣。

**刁難** ㄉㄧㄠ ㄋㄢˋ 故意使人為難。

**刁鑽** ㄉㄧㄠ ㄗㄨㄢ 狡猾。

### 一筆

## 刄

ㄌㄧㄤˇ 斤兩的「兩」的俗寫字。

## 刃(刄)

ㄖㄣˋ ㈠刀口。㈡図引伸作殺人。如「手刃仇敵」。

**刃兒** ㄖㄣˋ ㄦ 刀口。

### 二筆

## 分

▲ㄈㄣ ㈠析開，反面是「合」。㈡離開。如「分離」。㈢判別，辨別。如「分辨」。㈣支，對總體說的。如「分部」。㈤長度名，一尺的百分之一。㈥重量名，一兩的百分之一。㈦輔幣名，一圓的百分之一。㈧時間名，一小時的六十分之一。㈨地積名，一畝的十分之一。㈩小數名，單位的十分之一。如「年利二分」。㈪角度名，一度的六十分之一。

▲ㄈㄣˋ ㈠各自所佔的範圍。如「職分」「名分」。㈡對全體說的。如「部分」。㈢一組或一件叫「一分」。

**分土** ㄈㄣ ㄊㄨˇ 図古時帝王把土地分配給諸侯。

**分子** ▲ㄈㄣ ㄗˇ 分數中在上面的實數，如$\frac{1}{3}$的1是分子，3是分母。

▲ㄈㄣˋ ㄗˇ ①構成整體的各個個體。②物體分成最細的微粒，而不失原物的性質的，叫做分子。

▲ㄈㄣˋ ˙ㄗ 也作「份子」或「分資」，指婚喪喜事分攤的贈金。

**分寸** ㄈㄣ ㄘㄨㄣˋ ①辦事或言語適當的限度。②微細。

**分工** ㄈㄣ ㄍㄨㄥ 分頭做一件事情。如「分工合作」。

**分內** ㄈㄣˋ ㄋㄟˋ 本分以內。

**分化** ㄈㄣ ㄏㄨㄚˋ ①生物體內的組織各有分工作用的意思。②在社會中同一個團體或同一個階層，由於立場或利害關係而分裂的叫「分化」。

**分心** ㄈㄣ ㄒㄧㄣ ①用一部分精神兼顧別的事。②費心。

**分手** ㄈㄣ ㄕㄡˇ 別離。

**分支** ㄈㄣ ㄓ 從一個系統或主體分出來的部分。如「分支機構」。

**分文** ㄈㄣ ㄨㄣˊ 極少的錢。如「分文不取」。

**分付** ㄈㄣ ㄈㄨˋ ①分別付與。②吩咐，舊小說常簡作分付。

**分句** ㄈㄣ ㄐㄩˋ 語法上複句中的單句。分句和分句之間，通常用點號（逗號）或分號隔開。

**分外** ㄈㄣ ㄨㄞˋ ①非分，過分。②格外。如「月到中秋分外明」。

**分布** ㄈㄣ ㄅㄨˋ 分開散布。

**分母** ㄈㄣ ㄇㄨˇ 分數中寫在橫線下面的實數，如1/5的5即是分母。

**分合** ㄈㄣ ㄏㄜˊ 分開跟合攏。

**分行** ▲ㄈㄣ ㄏㄤˊ 公司行號的分店。▲ㄈㄣ ㄒㄧㄥˊ 公文用語。文件分別送給不同的機關單位。

**分別** ㄈㄣ ㄅㄧㄝˊ ①離別。②區別。③各個分開來。④各別的。

**分利** ㄈㄣ ㄌㄧˋ ①分得利益。②經濟學上稱只消費而不生產的。③中醫學上稱使用藥劑讓患者出汗以減輕病情。

**分局** ㄈㄣ ㄐㄩˊ 總局之下在各地分設的辦事機構。特別是指縣市警察局在轄區內為配合行政區域或便於勤務執行而設置的分支機構。

**分批** ㄈㄣ ㄆㄧ 分成前後幾個梯次。如「工廠分批出貨」。

**分貝** ㄈㄣ ㄅㄟˋ 圖英文 decibel 的音義兼譯。計量聲音強弱或電功率相對大小的單位。

**分身** ㄈㄣ ㄕㄣ 図兼顧的意思。如「分身乏術」。

**分居** ㄈㄣ ㄐㄩ 分開住。多指夫妻分開住。

**分店** ㄈㄣ ㄉㄧㄢˋ 為了營業的發展，本店之外分設的支店。也叫分行（ㄏㄤˊ）、分號。

**分明** ㄈㄣ ㄇㄧㄥˊ 清楚。

**分析** ㄈㄣ ㄒㄧ ①化學上的定性分析或定量分析，是察出化合物所含的原素或各元素質量的比例。②對事理的分條辨析。

**分泌** ㄈㄣ ㄇㄧˋ 物體中的液汁，流泄到物體外面。

**分治** ㄈㄣ ㄓˋ ①分別治理。②同一國家不同的地區分別用不同的制度治理。一國兩治即是。

**分歧** ㄈㄣ ㄑㄧˊ ①離別。②分枝。如「秀麥分歧」。③不一致。如「意見分歧」。

**分肥** ㄈㄣ ㄈㄟˊ 分取不正當的利益。

**分派** ㄈㄣ ㄆㄞˋ ①同「分流」「支流」。②分配，分發，分攤。閩南話指同一地區或同一團體的眾人分成不同派系。

**分流** ㄈㄣ ㄌㄧㄡˊ ①水流分道，同「支流」。②行人車輛分道行走。③分成不同的流派。④子孫分支繁衍。

**分界** ㄈㄣ ㄐㄧㄝˋ ①界限。②劃分的境界。

**分紅** ㄈㄣ ㄏㄨㄥˊ 工商業把盈餘分給股東或員工。

**分科** ㄈㄣ ㄎㄜ 學術或業務依不同的性質、專長或領域而分門別類。

**分神** ㄈㄣ ㄕㄣˊ 費心。

**分袂** ㄈㄣ ㄇㄟˋ 図離別。

**分娩** 図婦人生產。

**分家** 分析家產。

**分書** ①八分書。②分析家產的文據。

**分校** ▲ㄈㄣ ㄒㄧㄠˋ①在校本部之外分設的學校。②按不同性質，讓學生在不同的學校就讀。如男女分校。▲ㄈㄣ ㄐㄧㄠˋ①分別校勘（ㄎㄢ）。②科舉時代校閱試卷的各房官。

**分班** ①分組。如分班輪值。②學校將學生依智力、能力的優劣或不同性質，分成不同班別，以利教學。③校本部之外，在偏遠地區單獨分設的班級。

**分租** ①分開出租或租用。②地主和佃農依照約定的比率分配生產物。

**分級** 區分等級。如「外銷產品必須分級包裝」。

**分配** 區分支配。

**分針** 鐘錶上指示分鐘的長針。（指示時數的叫時針，指示秒數的叫秒針。）

**分毫** 極細微。

**分區** 劃分區域。

**分組** ①把眾多的成員分成幾個小組。②學科或科系的分門或類聚，如從前大學聯考分成甲組、乙組、丙組或第一類組、第二類組。

**分處** ▲ㄈㄣ ㄔㄨˇ①分別處分。②分別居住。③分別安置。▲ㄈㄣ ㄔㄨˋ①有所分別的地方。②本處的分支機構。如稅捐稽征分處。

**分設** 分開設立或分別設置。

**分途** 分向不同的途徑。也作「分路」。

**分部** ①分派，部署。②劃分區域。③從總部或本部分出的下屬機構。

**分野** ①古時分封諸侯的疆域。②事物的分界。

**分陰** 図「陰」指日影。日影移動了一分長的距離，比喻極短的時刻。

**分割** 分開共有物。

**分散** 分離散開。

**分發** ①官吏由政府分派到各地去任職。②分配的意思。③招生聯考辦理單位在考試之後，按照成績指定及格考生分別進入志願學校。

**分裂** ①整個的分散開。②細胞因增殖而分為兩體。

**分量** ▲ㄈㄣˋ ㄌㄧㄤˋ①本分所應得的範圍，多少。如「他沒有多大學識，卻擔當重要職務，已超過了他的分量」。②指力量。如「他這句話很有分量」。▲ㄈㄣ ˙ㄌㄧㄤ 輕重。

**分隊** 軍警或隊伍的分支單位。如憲兵分隊、消防分隊。

**分開** ①離開不在一起。②把連在一起的拆開。③把混在一起的分別歸類。

**分號** ①標點符號的一種，用來分開句子裡的分句，其形式為「；」。②分店、分行。

**分解** ①一化合物因化學作用分析成兩種以上的新物質。②解說。如「且聽下回分解」。

**分隔** 分開，區隔。如「安全島分隔了快車道和慢車道」。

**分說** 辯白，細說。如「不由分說」。

**分際** ①合適的界限、分寸。如「他做事很能守分際」。②相當的程度或地步。如「沒想到一年不見，他就落魄到如此分際」。

**分憂** ㄈㄣ ㄧㄡ 分擔憂慮，幫著想出解決的方法。「孝順的孩子為父母分憂」。

**分潤** ㄈㄣ ㄖㄨㄣˋ 分得財物。

**分撥** ㄈㄣ ㄅㄛ 分派。

**分數** ㄈㄣ ㄕㄨˋ ①算術上用分子分母來表出的數目，叫做分數。如$\frac{1}{2}$、$\frac{1}{5}$。②指競賽、考試等等所得「分」的數目。

**分銷** ㄈㄣ ㄒㄧㄠ 分售貨物。

**分擔** ㄈㄣ ㄉㄢ 分別擔負。

**分曉** ㄈㄣ ㄒㄧㄠˇ ①清晰，明白。②事情的底細或結果。③道理。如「沒分曉」。

**分機** ㄈㄣ ㄐㄧ 同一個電話門號內，在主機之外分設的電話機。也叫副機。

**分辨** ㄈㄣ ㄅㄧㄢˋ 辨別。

**分頭** ㄈㄣ ㄊㄡˊ ①分開工作。如「分頭辦理」。②頭髮向兩面分開梳理。

**分龍** ㄈㄣ ㄌㄨㄥˊ 吳越舊俗，把陰曆五月二十做分龍日；閩俗是夏至以後叫分龍；一般把五月的雨叫做分龍雨。

**分謗** ㄈㄣ ㄅㄤˋ 図分擔別人受到的誹謗。如「為長官分謗，有時是屬下應負的義務」。

**分繕** ㄈㄣ ㄕㄢˋ 分開謄寫。

**分釐** ㄈㄣ ㄌㄧˊ ①一分一釐，形容數量很少。②劃分整理。

**分離** ㄈㄣ ㄌㄧˊ 分別，離開。

**分餾** ㄈㄣ ㄌㄧㄡˊ 化學名詞。液體含有兩種以上揮發性不同物質時，蒸餾液體，分離所含的成分。

**分類** ㄈㄣ ㄌㄟˋ 依照種類分開。

**分櫱** ㄈㄣ ㄋㄧㄝˋ 植物在地下或近地面處生出的分枝。

**分辯** ㄈㄣ ㄅㄧㄢˋ 辯白。

**分贓** ㄈㄣ ㄗㄤ 分取贓物。

**分攤** ㄈㄣ ㄊㄢ ①分派，攤派，分開負擔。②分享，分得。

**分權** ㄈㄣ ㄑㄩㄢˊ 權力或權責的分立、分散、分擔。如五院分權、地方分權。

**分爨** ㄈㄣ ㄘㄨㄢˋ 兄弟分居，不共同生活。

**分子式** ㄈㄣ ㄗˇ ㄕˋ 化學名詞。用元素符號表示物質組成分子數量的化學式。如水的組成分子是二氫原子和一氧原子，分子式就是$H_2O$。

**分子量** ㄈㄣ ㄗˇ ㄌㄧㄤˋ 化學名詞。以含有六個質子和六個中子的一個中性碳原子定成原子質量單位，其他分子和它比較所得的量。

**分水嶺** ㄈㄣ ㄕㄨㄟˇ ㄌㄧㄥˇ ①地理名詞。也叫「分水線」。山陵脊部兩側，分開降雨的流向，成為兩邊河流的分界線，稱為分水嶺。②引伸比喻兩種事物的分界線。

**分光儀** ㄈㄣ ㄍㄨㄤ ㄧˊ 天文學一種很重要的工具。可以把一束光分解成各種波長的光，供光譜的研究。

**分光鏡** ㄈㄣ ㄍㄨㄤ ㄐㄧㄥˋ 物理學上說可以分出光譜來觀察的儀器。因操作原理和頻率區間的不同而有很多種類。

**分列式** ㄈㄣ ㄌㄧㄝˋ ㄕˋ 軍隊、學生或運動員，依不同兵種或編制，排列成一定隊形，走正步，行注目禮，通過檢閱官之前，以展現其訓練或裝備精良。

**分向島** ㄈㄣ ㄒㄧㄤˋ ㄉㄠˇ 設置於公路中央，以分隔相對方向行駛車輛的公路島。

**分析法** ㄈㄣ ㄒㄧ ㄈㄚˇ 論理學名詞。一種研討事理的方法，和綜合法相對。把一種事物、現象或概念分成各個部分，找出它的本質屬性和彼此間關係的方法。

**分析家** 精於分析事理、現象的學者專家。

**分析師** 分析評論金融、證券市場經濟的專業人員。

**分析語** 語言學名詞。又稱獨立語、孤立語或單節語，是世界語言三大系之一。特徵是一字一音，一音一義，詞語不因人稱、數目、格位而有所變化，思想和語句，表裡相當。我國語言就屬於這一系。

**分度規** 數學名詞。半圓形規，分成一百八十度，用來量幾何圖形的角度。又叫半圓規、分度器、分角器。

**分道島** 設置於同向車道上，分隔各種類型車輛行駛的公路島。

**分工合作** 眾人依照事情的性質，各司其職，共同協力完成一件工作。如「大家分工合作，很快就把事情做完了」。

**分斤掰兩** 比喻小氣。

**分支機構** 主體機構為業務需要，在各地分設的派出機構。

**分析化學** 化學名詞。一種研究分析化合物的學問，目的在檢驗物質組織成分的異同。

**分門別類** 把複雜的事物，按照某種標準分開。

**分秒必爭** 形容做事緊緊把握時間，毫不放鬆，努力以赴。

**分香賣履** 図曹操臨終吩咐：「餘香可分給諸夫人。眾妾如無事可做，就學做鞋帶賣吧！」後來以「分香賣履」比喻人臨死還念念不忘妻妾。

**分庭亢禮** 図彼此居於相同地位，互相用平等的禮節對待。

**分崩離析** 形容國家、群體或組織分裂瓦解，離散而不團結。

**分裂生殖** 生物學名詞，無性生殖的一種，是最原始的生殖方式。單細胞生物自行分裂成兩個以上個體，直到受空間、食物、溫度等環境限制為止。如植物界的細菌和動物界的變形蟲等。

**分期付款** 應該償還的款項，如貨款或貸款，在約定的時間內分若干次按期償還。

**分道揚鑣** 又作「分路揚鑣」，是說分道而行，也比喻趣向的不同。

**分層負責** 依照職責的範圍，工作的輕重，各層級的人員分別負責做事，完成任務。如「各部門分層負責，工作效率高」。

# 切

▲ㄑㄧㄝˋ ㈠密合。如「密切」。㈡靠近。如「切近」。㈢急迫。如「迫切」。㈣按。如「切脈」。㈤古時拼音叫「切」。如「反切」。㈥図千萬。如「切勿」。

▲ㄑㄧㄝ 用刀割斷。如「切菜」。

**切口** ▲ㄑㄧㄝˋ ㄎㄡˇ 以前幫會或行業中的密語。幫會成員相遇，互相以切口問答，一來避免外人聽懂，二來驗證對方是否為同道。工商行業中的切口，大都用於說明貨物的名稱和價目。

▲ㄑㄧㄝ ㄎㄡˇ ①用刀切開的地方。②書頁裁切一邊的空白處。

**切中** ①切要中肯。如「持論切中」。②準確說中。如「他的評論切中時弊」。

**切切** 図①再三告誡，有「千萬」的意思。如「切切勿違」。②悲哀。如「淒淒切切」。③懷念。如「切切故鄉情」。④聲音細長。如「小絃切切如私語」。

**切勿** 図千萬不要。如「切勿好逸惡勞，否則樂極生悲」。

**切片** 用特殊的刀具，從生物體的部分組織或礦物切下薄片，放在顯微鏡下觀察、研究，是現代醫學常用的病變檢查方法。

**切末** 戲曲舞臺上使用的簡單布景和特製的道具。也作「砌末」。口語也說「砌馬子」。

**切合** 確切而適合。

**切忌** 千萬要避免。

**切身** 跟自己有密切的關係。

**切近** 貼近。

**切要** 十分必要。

**切面** 數學名詞。平面和曲面相切於一點的時候，平面是曲面的切面。

**切音** 從前注音的方法，用兩個字，拿頭一個字的聲母和後一個字的韻及四聲合起來，讀成一個音，叫「切音」。

**切脈** 醫生按脈。也叫候脈。

**切記** 吩咐人要牢牢記住。

**切除** 外科手術把生物體受傷或病變的部分切下除去。

**切骨** 図憤恨極了。

**切貨** 因閩南話把零售商或經銷商向批發商訂貨說成「切貨」。

**切責** 嚴詞督責。

**切割** ①用刀切開割斷。②用車床切斷，或利用火焰、電弧燒斷金屬物。

**切結** 切實開具負責的保證。

**切題** 說話或作文的內容切合題意。如「作文不切題，作了等於沒作」。

**切麵** 用刀切的麵條。

**切齒** 非常憤怒。如「咬牙切齒」。

**切膚** 図跟自己有密切關係。

**切點** 圓或曲線的切線（直線）相切處的唯一公同點，叫切點。

**切當** 妥切恰當。如「所言切當，可作參考」。

**切實** 實實在在。語氣加重說成「切切實實」。

**切磋** 互相研討學問。

**切線** 一直線與一圓僅相交於一點，或是一直線與任何曲線相觸而僅有一個共同點，這樣的直線就叫做圓或曲線的切線。

**切骨之仇** 形容仇恨極深。切骨就是透骨、徹骨，透入骨裡，非常深刻。

**切膚之痛** 図切身的痛苦。也比喻受害很深。如「切膚之痛，永難忘懷」。

**刈** 図ㄧˋ ㈠割草。如「收刈」。㈡砍殺。

## 三筆

**刊** ㄎㄢ ㈠書報的排印叫刊。如「刊行」「發刊」。㈡刊物的簡稱。如「月刊」「週刊」。㈢図刻，在石上刻字叫「刊石」。

**刊印** 刻版或排版印刷。

**刊布** 刊行。

**刊本** 指書籍的印刷板本，有時、地、形式的不同。

**刊行** 刊印發行。

**刊刻** ㄎㄢ ㄎㄜˋ ①雕刻碑文。②刻版印行。

**刊物** ㄎㄢ ㄨˋ 統稱定期或不定期的印刷物。

**刊登** ㄎㄢ ㄉㄥ 在報刊雜誌上登載發表。

**刊載** ㄎㄢ ㄗㄞˇ ①刻在碑上，記載歷史。②在報刊上發表。同「刊登」。

**刊誤** ㄎㄢ ㄨˋ 校正文字的差誤。

**刊頭** ㄎㄢ ㄊㄡˊ 報刊上標示名稱、期數、發行人和社址等項目的部位。

## 四筆

**列** ㄌㄧㄝˋ ㈠行列，直排叫行，橫排叫列。㈡排定班次。如「列車」。㈢擺出來。如「陳列」。㈣指多數的。如「列位」、「列國」。㈤姓。

**列土** ㄌㄧㄝˋ ㄊㄨˇ [文]列常作裂。古時帝王把土地分封給諸侯。

**列位** ㄌㄧㄝˋ ㄨㄟˋ 稱呼眾人的話，同「各位」。

**列車** ㄌㄧㄝˋ ㄔㄜ 由機關車、車箱連成整列的火車。

**列星** ㄌㄧㄝˋ ㄒㄧㄥ 群星。

**列島** ㄌㄧㄝˋ ㄉㄠˇ 許多島嶼排列成線狀或弧狀，如日本的千島、琉球。

**列席** ㄌㄧㄝˋ ㄒㄧˊ ①在座。②參加會議而沒有表決權的，叫列席。

**列國** ㄌㄧㄝˋ ㄍㄨㄛˊ 各國。

**列宿** ㄌㄧㄝˋ ㄒㄧㄡˋ [文]群星。語出〈離騷〉。

**列強** ㄌㄧㄝˋ ㄑㄧㄤˊ 各個強國。

**列傳** ㄌㄧㄝˋ ㄓㄨㄢˋ 正史中列敘某人事蹟的傳記。

**列舉** ㄌㄧㄝˋ ㄐㄩˇ 一樣一樣的舉出來。

**列氏寒暑表** ㄌㄧㄝˋ ㄕˋ ㄏㄢˊ ㄕㄨˇ ㄅㄧㄠˇ 以八十度為沸點，零度為冰點，中間均分為八十度的寒暑表。

**划** ㄏㄨㄚˊ 撥水前進。如「划船」。

**划子** ㄏㄨㄚˊ ㄗˇ 用槳撥水行駛的小船。

**划拳** ㄏㄨㄚˊ ㄑㄩㄢˊ 猜拳。

**划算** ㄏㄨㄚˊ ㄙㄨㄢˋ 合算，算來還可以。

**划不來** ㄏㄨㄚˊ ㄅㄨˋ ㄌㄞˊ 不字輕讀。不合算。

**刑** ㄒㄧㄥˊ ㈠處罰犯罪的人的總稱。如「死刑」「徒刑」。㈡刑具簡稱刑，用刑具拷打也叫做刑。㈢[文]通「型」。

**刑名** ㄒㄧㄥˊ ㄇㄧㄥˊ ①戰國時代以申不害為代表的學派。主張循名責實（名實相副），慎賞明罰。後人稱為「刑名之學」，也省作「刑名」。②刑罰的名稱。如主刑、從（ㄗㄨㄥˋ）刑、拘役、罰金等。③指刑名師爺，即明清地方官署中處理刑事判牘的幕僚人員。

**刑事** ㄒㄧㄥˊ ㄕˋ 法律名詞，凡是有關公共秩序、社會安寧等，由國家行使刑罰權的案件，叫刑事；對民事而言。

**刑具** ㄒㄧㄥˊ ㄐㄩˋ 體罰罪犯的器械。

**刑法** ㄒㄧㄥˊ ㄈㄚˇ ①公法的一種，以預防社會危險為目的，而規定國家對犯罪者以如何刑罰的法律。②行刑的方法。如「這種刑法可厲害」。

**刑律** ㄒㄧㄥˊ ㄌㄩˋ 刑事法規。

**刑庭** ㄒㄧㄥˊ ㄊㄧㄥˊ 法院裡審判刑事訴訟的法庭。

**刑訊** ㄒㄧㄥˊ ㄒㄩㄣˋ 用刑具審問。

**刑場** ㄒㄧㄥˊ ㄔㄤˇ 執行死刑的場所。

**刑期** ㄒㄧㄥˊ ㄑㄧˊ 犯罪人被宣告的停止公權、自由權的期間。

**刑罰** ㄒㄧㄥˊ ㄈㄚˊ 指國家制裁犯罪者而執行的手段。

**刑賞** ㄒㄧㄥˊ ㄕㄤˇ 刑罰和獎賞。中國古代法家治理國家管理人民的手段。

**刑求** ㄒㄧㄥˊ ㄑㄧㄡˊ 用體罰、灌水或電擊等手段，逼迫嫌犯認罪或說明案情、供出共犯姓名等。

**刑事犯** ㄒㄧㄥˊ ㄕˋ ㄈㄢˋ 法律名詞。觸犯刑法，應負刑事責任的罪犯。

**刑事訴訟** ㄒㄧㄥˊ ㄕˋ ㄙㄨˋ ㄙㄨㄥˋ 法律名詞。刑事案件的程序，由法院起訴到判決，審判前的偵查，判決後的執行，統稱刑事訴訟。

**刑事警察** ㄒㄧㄥˊ ㄕˋ ㄐㄧㄥˇ ㄔㄚˊ 從事偵辦有關治安案件的警察，簡稱刑警。

**刓** 〔文〕ㄨㄢˊ用刀削、刻、挖。

**刎** 〔文〕ㄨㄣˇ用刀割頸。如「自刎」。

**刎頸之交** ㄨㄣˇ ㄐㄧㄥˇ ㄓ ㄐㄧㄠ 〔文〕形容友誼極深，可以共生死的交情。也省作「刎頸」。

**刖** 〔文〕ㄩㄝˋ古時把罪犯兩隻腳砍斷的一種刑罰。

## 五筆

**別** ㄅㄧㄝˊ ㈠分辨。如「識別」。㈡分離。如「永別」。㈢不要。如「你別罵人」。㈣用針把東西編緊。如「把紀念章別在胸前」。㈤折，轉。如「別起腿來」「別過臉去」。㈥另外的，其他的。如「別號」「別處」。

**別人** ㄅㄧㄝˊ ㄖㄣˊ 他人。自己或自家人以外的人。

**別史** ㄅㄧㄝˊ ㄕˇ 歷史體裁的一種，記載的史事介於正史和雜史之間。

**別字** ㄅㄧㄝˊ ㄗˋ ①因為音形相似而寫錯的字。也作「白字」。②別號。

**別致** ㄅㄧㄝˊ ㄓˋ 致字輕讀。特別或新奇的意思。也作「別緻」。

**別處** ㄅㄧㄝˊ ㄔㄨˋ 別的地方。

**別集** ㄅㄧㄝˊ ㄐㄧˊ 收錄個人詩文的集子。

**別傳** ㄅㄧㄝˊ ㄓㄨㄢˋ 史部分類之一，屬於雜史。通常記載一個人的遺聞逸事，可以補本傳的不足。

**別業** ㄅㄧㄝˊ ㄧㄝˋ ①在別處購置的田園產業。②別墅。

**別稱** ㄅㄧㄝˊ ㄔㄥ 正式名稱之外的別名。

**別義** ㄅㄧㄝˊ ㄧˋ ①一個詞的本義以外的意義。包括引申義、比喻義、通假義等。

**別解** ㄅㄧㄝˊ ㄐㄧㄝˇ 〔文〕另外的不同的解釋。

**別墅** ㄅㄧㄝˊ ㄕㄨˋ 供遊息的房舍，也叫別莊、別業。

**別緒** ㄅㄧㄝˊ ㄒㄩˋ 〔文〕離別時的心情。

**別樣** ㄅㄧㄝˊ ㄧㄤˋ 另外一種樣式。

**別館** ㄅㄧㄝˊ ㄍㄨㄢˇ ①行館，別墅。②客館，旅館。

**別離** ㄅㄧㄝˊ ㄌㄧˊ 分離。

**別體** ㄅㄧㄝˊ ㄊㄧˇ 另一種體式，大都指書法。

**別名（兒）** ㄅㄧㄝˊ ㄇㄧㄥˊ ㄦ 另一個名稱，綽號。

**別針（兒）** ㄅㄧㄝˊ ㄓㄣ ㄦ 暫時使衣物等聯繫或密合所用的金屬針形的物品。

**別號（兒）** ㄅㄧㄝˊ ㄏㄠˋ ㄦ 別名。

**別出心裁** ㄅㄧㄝˊ ㄔㄨ ㄒㄧㄣ ㄘㄞˊ 獨出巧思，不同於一般。如「他很用心經營新作品，無論篇章結構，描景敘心，都能別出心裁」。

**別出機杼** ㄅㄧㄝˊ ㄔㄨ ㄐㄧ ㄓㄨˋ 〔文〕同「別出心裁」。機杼是紡織用具，也指文辭的結構。

**別生枝節** ㄅㄧㄝˊ ㄕㄥ ㄓ ㄐㄧㄝˊ 另起事端或平添麻煩。

**別有天地** ㄅㄧㄝˊ ㄧㄡˇ ㄊㄧㄢ ㄉㄧˋ 另有一種境界。

**別有用心** ㄅㄧㄝˊ ㄧㄡˇ ㄩㄥˋ ㄒㄧㄣ 另外有用意或不欲人知的企圖。如「凡事退讓的人要提防他別有用心」。

**別具一格** ㄅㄧㄝˊ ㄐㄩˋ ㄧˋ ㄍㄜˊ 具有獨特的風格。

**別具肺腸** ㄅㄧㄝˊ ㄐㄩˋ ㄈㄟˋ ㄔㄤˊ [文]有其他的打算或企圖。也作「別有肺腸」「別有心肝」「別有心腸」。

**別具隻眼** ㄅㄧㄝˊ ㄐㄩˋ ㄓ ㄧㄢˇ 有獨到的眼光或見解。

**別無長物** ㄅㄧㄝˊ ㄨˊ ㄓㄤˋ ㄨˋ 沒有多餘的東西。

**別開生面** ㄅㄧㄝˊ ㄎㄞ ㄕㄥ ㄇㄧㄢˋ 特創的新花樣，與眾不同。

**別樹一幟** ㄅㄧㄝˊ ㄕㄨˋ ㄧˊ ㄓˋ 獨立自成一家。

**刨** ▲ㄆㄠˊ (一)挖。如「刨土」。(二)除去，減去。▲ㄅㄠˋ 同「鉋」。

**刨根兒** ㄆㄠˊ ㄍㄣ ㄦ 追究底細。也說「刨根兒問底兒」。

**判** ㄆㄢˋ (一)分。如「判別」。(二)斷定。如「評判」「裁判」。(三)古時官名。如「判官」「州判」。

**判行** ㄆㄢˋ ㄒㄧㄥˊ 行政部門的長官在公文上判定批示是否可行。

**判別** ㄆㄢˋ ㄅㄧㄝˊ 分辨。

**判定** ㄆㄢˋ ㄉㄧㄥˋ 裁定，斷定，評斷，認定。

**判決** ㄆㄢˋ ㄐㄩㄝˊ 法院對訴訟事件的裁決。

**判例** ㄆㄢˋ ㄌㄧˋ 法院可以援引作為審理同類案件依據的判決先例。

**判官** ▲ㄆㄢˋ ㄍㄨㄢ 古代官名，為地方長官的僚屬，輔佐政事。宋、元、明、清各代都沿襲。▲ㄆㄢˋ ·ㄍㄨㄢ 世俗相傳閻王屬下掌管生死簿的冥官。

**判明** ㄆㄢˋ ㄇㄧㄥˊ 辨別清楚。

**判罪** ㄆㄢˋ ㄗㄨㄟˋ 法院依據法律給犯法的人定罪。

**判斷** ㄆㄢˋ ㄉㄨㄢˋ 決定是非、利弊。

**判決書** ㄆㄢˋ ㄐㄩㄝˊ ㄕㄨ 法院依據法律判決訴訟案件所作成的文書。內容包括主文、事實、理由等。

**判斷句** ㄆㄢˋ ㄉㄨㄢˋ ㄐㄩˋ 文法用語。斷定主語和謂語說的是同屬一物，或斷定主語說的是屬於某一性質種類的句子。如「孔子是聖人」。

**判若雲泥** ㄆㄢˋ ㄖㄨㄛˋ ㄩㄣˊ ㄋㄧˊ [文]比喻雙方的身分地位懸殊，好像天上的雲和地上的泥，差別很大。

**利** ㄌㄧˋ (一)益處。如「利益」。(二)使人有益或使自己有益。如「利他」「利己」。(三)本金所生的息金。如「利息」。(四)方便。如「便利」。(五)刀很快，言辭很尖銳。如「銳利」。(六)吉。如「利市」。(七)私人的好處。如「利令智昏」。(八)姓。

**利人** ㄌㄧˋ ㄖㄣˊ 對別人有利。

**利刃** ㄌㄧˋ ㄖㄣˋ 鋒利的刀。

**利口** ㄌㄧˋ ㄎㄡˇ 善辯能言的口才。

**利子** ㄌㄧˋ ㄗˇ 利息。

**利己** ㄌㄧˋ ㄐㄧˇ 專謀自己的利益。

**利他** ㄌㄧˋ ㄊㄚ 有益他人。

**利市** ㄌㄧˋ ㄕˋ ①經商得到利益。如「利市三倍」。②吉利。

**利用** ㄌㄧˋ ㄩㄥˋ ①器物便於使用的。②作有利的使用。如「廢物利用」。③運用別人的才智或趁著時機達到自己的目的。④[文]發揮物資的功用。如「利用厚生」。

**利尿** ㄌㄧˋ ㄋㄧㄠˋ 促進排尿。能促進排尿的藥物叫利尿劑。

**利便** ㄌㄧˋ ㄅㄧㄢˋ 順利而便當。

**利害** ▲ㄌㄧˋ ㄏㄞˋ 利益和弊害。▲ㄌㄧˋ ·ㄏㄞ 劇烈，凶猛的意思，同「厲害」。

**利息** ㄌㄧˋ ㄒㄧˊ 把錢借給別人或存銀行所得的利益。有單利、複利兩種算法。

**利益** ㄌㄧˋ ㄧˋ 好處。

**利索** ㄌㄧˋ ·ㄙㄨㄛ 索字輕讀。同「利落」。①言語、動作靈活敏捷。②整齊而有條理。③完畢。④清淨無拖累。

**利得** ㄌㄧˋ ㄉㄜˊ 所得利益。

**利率** ㄌㄧˋ ㄌㄩˋ 計算利息的比率。

**利鈍** ㄌㄧˋ ㄉㄨㄣˋ ①鋒利或不鋒利。②順利或不順利。

**利源** ㄌㄧˋ ㄩㄢˊ 產生利益的所在。

**利祿** ㄌㄧˋ ㄌㄨˋ 財貨和名位。

**利落** ㄌㄧˋ ·ㄌㄨㄛ 落字輕讀。同「俐落」。

**利誘** ㄌㄧˋ ㄧㄡˋ 用利益誘惑人。

**利弊** ㄌㄧˋ ㄅㄧˋ 利益和弊病。

**利導** ㄌㄧˋ ㄉㄠˇ [文]利用情勢來引導。常作「因勢利導」。

**利慾** ㄌㄧˋ ㄩˋ 私利和嗜慾。如「利慾薰心」。

**利潤** ㄌㄧˋ ㄖㄨㄣˋ 營業所得的利益。

**利器** ㄌㄧˋ ㄑㄧˋ 銳利好用的器具。

**利錢** ㄌㄧˋ ·ㄑㄧㄢ 錢字輕讀。利息。

**利權** ㄌㄧˋ ㄑㄩㄢˊ 享受利益的權利。

**利樂包** ㄌㄧˋ ㄌㄜˋ ㄅㄠ 一種內襯鋁箔的紙盒包裝。市售飲料現在都這樣包裝。優點是不透氣，便於攜帶。

**利上滾利** ㄌㄧˋ ㄕㄤˋ ㄍㄨㄣˇ ㄌㄧˋ 以利息為本金，再生利息。

**利令智昏** ㄌㄧˋ ㄌㄧㄥˋ ㄓˋ ㄏㄨㄣ [文]被利慾迷住，以致失去理智。

**利用厚生** ㄌㄧˋ ㄩㄥˋ ㄏㄡˋ ㄕㄥ [文]使萬物都能發揮作用，充實人民的生活。原文見於〈尚書．大禹謨〉。

**利益團體** ㄌㄧˋ ㄧˋ ㄊㄨㄢˊ ㄊㄧˇ 人民為互相的利益而結合的團體，常設法影響行政官員或議員，以促進其利益。

**利益輸送** ㄌㄧˋ ㄧˋ ㄕㄨ ㄙㄨㄥˋ 利用法律漏洞或在法規掩護下，設法使私人從公家得到利益。

**利慾薰心** ㄌㄧˋ ㄩˋ ㄒㄩㄣ ㄒㄧㄣ [文]心智被貪利的慾念所蒙蔽。慾又作欲。

**利害關係人** ㄌㄧˋ ㄏㄞˋ ㄍㄨㄢ ㄒㄧˋ ㄖㄣˊ ①對第三者的利益或損害互有影響或關聯的人。②法律名詞。法律上利益相關的人。

**刪** ㄕㄢ 削除。

**刪改** ㄕㄢ ㄍㄞˇ 指文章、稿件的刪削改正。

**刪削** ㄕㄢ ㄒㄩㄝ 刪除。多指文章方面。

**刪除** ㄕㄢ ㄔㄨˊ 去掉。如「刪除虛列的預算」。

**刪減** ㄕㄢ ㄐㄧㄢˇ 刪除，削減。如「刪減預算」。

**刪節** ㄕㄢ ㄐㄧㄝˊ 刪去可有可無或較次要的文字，使文章精簡。

## 六筆

**到** ㄉㄠˋ ㈠抵達，來。如「他今天到臺北」。㈡去。如「到哪兒去」。㈢周全。如「周到」。㈣得到。如「到手」。㈤姓。

**到手** ㄉㄠˋ ㄕㄡˇ 得到。

**到任** ㄉㄠˋ ㄖㄣˋ 上任，接印視事。多用於長官或高階主管。也作「到職」。

**到底** ㄉㄠˋ ㄉㄧˇ ①究竟。如「到底是誰弄的」。②到了最後。如「奮鬥到底」。

**到家** ㄉㄠˋ ㄐㄧㄚ　①圓滿。如「他不愧是名角兒，唱做樣樣到家」。②到了家。

**到差** ㄉㄠˋ ㄔㄞ　到新任的工作部門就職。同「到任」、「到職」。

**到案** ㄉㄠˋ ㄢˋ　法律名詞。涉案人或嫌犯，自動或應傳喚或被拘提到治安偵查機關或法庭接受偵訊。

**到班** ㄉㄠˋ ㄅㄢ　到達上班或值勤地點工作或執行任務。

**到處** ㄉㄠˋ ㄔㄨˋ　處處，不論哪裡。

**到場** ㄉㄠˋ ㄔㄤˇ　①法律名詞。當事人如期到達法庭，以行訴訟行為。②到達現場。

**到達** ㄉㄠˋ ㄉㄚˊ　到了某一地點或某一階段，某一程度。如「成績到達錄取標準」。

**到頭(兒)** ㄉㄠˋ ㄊㄡˊ (ㄦ)　①盡頭。②到了極點。

**到了兒** ㄉㄠˋ ㄌㄠˇ ㄦ　到時候，到頭來，到底，畢竟。如「別高興太早，到了兒才知道有沒有」。

**到頭來** ㄉㄠˋ ㄊㄡˊ ㄌㄞˊ　到底，到了(ㄌㄧㄠˇ)兒。

**剁** ㄉㄨㄛˋ　用刀砍斷。如「剁菜」。

**刮** ▲ㄍㄨㄚ ㈠用刀刃兒平削。如「刮臉」。㈡擦摩。如「刮舌」。㈢同「颳」。▲ㄎㄚ 看「刮吃」條。

**刮打** ㄍㄨㄚ ㄉㄚ　打字輕讀。敲、擊。如「刮打桌子」。

**刮吃** ㄎㄚ ㄔ　吃字輕讀。用刀平削，去除平面上的附著物。如「把桌面上的漆都刮吃下來」。

**刮舌** ㄍㄨㄚ ㄕㄜˊ　刮除舌垢。用的是薄而長可以扭彎的竹片或金屬片，叫「刮舌子」或「刮舌兒」。

**刮風** ㄍㄨㄚ ㄈㄥ　起風；同「颳風」。

**刮骨** ㄍㄨㄚ ㄍㄨˇ　刮除骨上的毒，治療創傷。

**刮痧** ㄍㄨㄚ ㄕㄚ　民間對患了痧症的人的一種手術治療。用食指和中指揪起患者前後頸部和背部的肉，然後放下。這樣一起一落，揪到皮膚現出紫紅色為止。

**刮臉** ㄍㄨㄚ ㄌㄧㄢˇ　用刮鬍刀刮去臉上的鬍鬚和寒毛。

**刮地皮** ㄍㄨㄚ ㄉㄧˋ ㄆㄧˊ　比喻地方官搜刮民脂民膏。

**刮臉皮** ㄍㄨㄚ ㄌㄧㄢˇ ㄆㄧˊ　用手指刮自己的臉，取笑對方不知害臊。

**刮鬍刀** ㄍㄨㄚ ㄏㄨˊ ㄉㄠ　刮去鬍子和臉上寒毛的安全刀。

**刮鬍子** ㄍㄨㄚ ㄏㄨˊ ˙ㄗ　①刮臉。②使人當眾丟臉。

**刮目相待** ㄍㄨㄚ ㄇㄨˋ ㄒㄧㄤ ㄉㄞˋ　〔文〕另眼相看。

**刮垢磨光** ㄍㄨㄚ ㄍㄡˋ ㄇㄛˊ ㄍㄨㄤ　①原來指磨礪凡人使他成材，後來比喻深入鑽研，力求精湛。有時候也含貶義，譏喻致力於瑣細的事。②滌除汙垢，磨出光澤。

**刮搭板兒** ㄍㄨㄚ ㄉㄚ ㄅㄢˇ ㄦ　搭字輕讀，也作打。指木屐；穿著走路會「刮搭刮搭」響。

**刻** ㄎㄜˋ　㈠雕鏤。如「刻字」。㈡牢記；由「雕鏤」引伸。如「這件事深深刻在我的心版上」（以上兩解語音ㄎㄜ）。㈢深入。如「深刻」。㈣苛毒。如「刻薄」。㈤十五分鐘叫一刻。

**刻刀** ㄎㄜ ㄉㄠ　雕刻用的刀。

**刻下** ㄎㄜˋ ㄒㄧㄚˋ　現在，目前。

**刻本** ㄎㄜˋ ㄅㄣˇ　刻板所印的書。

**刻字** ㄎㄜˋ ㄗˋ　在木、石、碑、板上雕刻文字。

**刻板** ㄎㄜˋ ㄅㄢˇ ①用木板刻的書板。②呆板不靈活。

**刻毒** ㄎㄜˋ ㄉㄨˊ 深刻險毒。

**刻苦** ㄎㄜˋ ㄎㄨˇ ①做事能夠吃苦。②儉樸。

**刻度** ㄎㄜˋ ㄉㄨˋ 機械的儀錶盤上刻定的度數，是控制機械的操作用的。有些簡單的儀錶盤也叫「刻度盤」。

**刻骨** ㄎㄜˋ ㄍㄨˇ 図比喻深切不能忘。如「刻骨銘心」。

**刻畫** ㄎㄜˋ ㄏㄨㄚˋ ①雕刻，繪畫。②精細的描摹塑造。也指細心雕琢字句。如「這本書把各種人物的性格刻畫得淋漓盡致」。

**刻意** ㄎㄜˋ ㄧˋ 盡意。

**刻薄** ㄎㄜˋ ㄅㄛˊ 待人苛毒吝嗇。

**刻不容緩** ㄎㄜˋ ㄅㄨˋ ㄖㄨㄥˊ ㄏㄨㄢˇ 即刻做好，片刻也不容許耽擱。

**刻舟求劍** ㄎㄜˋ ㄓㄡ ㄑㄧㄡˊ ㄐㄧㄢˋ 比喻固執不通。〈呂氏春秋〉有一段寓言，說人坐船渡河，半路上把佩劍掉在水裡；就在劍掉下去的船舷上刻了一個記號，等船到岸再從刻的記號那裡下水去找。

## 刳

図ㄎㄨ 剖開。「刳腹」是剖開肚子。

## 封

図ㄎㄨㄟ 割。「封羊」就是宰羊。

## 券

ㄑㄩㄢˋ 用做憑據的票契。如「債券」「優待券」。

## 制

ㄓˋ ㈠規模法度。如「兵制」「幣制」。㈡創作。如「制定」「制作」。㈢斷定。如「裁制」。㈣喪禮裡服喪三年的叫「守制」。㈤限定、管束。如「制限」。㈥見「制裁」。

**制中** ㄓˋ ㄓㄨㄥ 図①猶言執中，保持中和。②居祖父母、父母的喪期間。

**制止** ㄓˋ ㄓˇ 用權力禁止。

**制伏** ㄓˋ ㄈㄨˊ 用強力壓伏。

**制作** ㄓˋ ㄗㄨㄛˋ 造作。

**制定** ㄓˋ ㄉㄧㄥˋ 訂立。

**制宜** ㄓˋ ㄧˊ 因不同情況而採取適宜的方法。如「因地制宜」。

**制服** ㄓˋ ㄈㄨˊ ①規定的服裝。②在父母喪期中所穿的一種喪服。

**制度** ㄓˋ ㄉㄨˋ 制定的法度。

**制約** ㄓˋ ㄩㄝ 一種事物的成立以其他事物為先決條件，如水遇熱化成汽，遇熱就是水化成汽的制約。

**制限** ㄓˋ ㄒㄧㄢˋ 拘限於適當範圍之內。

**制勝** ㄓˋ ㄕㄥˋ 制伏別人而使自己得到勝利。

**制裁** ㄓˋ ㄘㄞˊ 用法律或社會力量，對人加以約束或處分。

**制幣** ㄓˋ ㄅㄧˋ 國家制定的貨幣。

**制憲** ㄓˋ ㄒㄧㄢˋ 制定憲法。

**制衡** ㄓˋ ㄏㄥˊ 各種權力的行使，互相受到牽制，保持均衡，以防獨大或專斷。

**制錢** ㄓˋ ㄑㄧㄢˊ 民國以前我國歷代通行的圓廓方孔的金屬貨幣。

**制壓** ㄓˋ ㄧㄚ 同「壓制」，施用強力使對方無力抗拒。

**制空權** ㄓˋ ㄎㄨㄥ ㄑㄩㄢˊ 軍事用語。國家控制其領空的權力。

**制度化** ㄓˋ ㄉㄨˋ ㄏㄨㄚˋ 團體的行事、業務、出納，庶務以及人事升遷、考核等等，都有明細的規章可以遵循，稱為「制度化」。

**制海權** ㄓˋ ㄏㄞˇ ㄑㄩㄢˊ 國家海軍的兵力控制領海（包括水上、水下、空中）

的權力。

**制高點** ㄓˋ ㄍㄠ ㄉㄧㄢˇ 多用於軍事。指居高臨下，可以俯視並控制周圍情況的高地。

**制動器** ㄓˋ ㄉㄨㄥˋ ㄑㄧˋ 機械名稱。利用摩擦作用，使輪機停止轉動或減低速度的機件。多用於車輪上。俗稱煞車。

## 刷

▲ㄕㄨㄚ ㈠清除。如「刷洗」。㈡除垢的器具。如「牙刷」。㈢塗抹。如「刷上油漆」。㈣表示聲音的字。如「刷的一聲」「刷刷響」。
▲ㄕㄨㄚˇ 「刷選」，挑選。

**刷子** ㄕㄨㄚ ˙ㄗ ①硬毛做成的擦除髒東西或塗抹用的器具。②諷稱「本領」。如「這個人很有兩把刷子」。

**刷牙** ㄕㄨㄚ ㄧㄚˊ 用牙刷清潔牙齒。

**刷卡** ㄕㄨㄚ ㄎㄚˇ 消費者利用金融信用卡簽帳，不必當場給現款的付費方式。

**刷洗** ㄕㄨㄚ ㄒㄧˇ 擦洗。

**刷新** ㄕㄨㄚ ㄒㄧㄣ 除舊換新。

**刷選** ㄕㄨㄚˇ ㄒㄩㄢˇ 同「挑選」。

## 刺

ㄘˋ ㈠用尖銳的東西直戳進去。如「一刀刺入肺部」。㈡尖銳的東西。如「芒刺」「刺刀」。魚的細骨也叫「刺」。㈢暗殺。如「遇刺」。㈣殺人。如「刺死」。㈤尖銳的譏誚。如「諷刺」。㈥暗中偵伺。如「刺探」。㈦名片叫做「名刺」。㈧針黹。如「刺繡」。㈨囡古時在捉來的壯丁身上刺字讓他當兵。如「刺民為軍」。㈩囡「刺刺」，話多的樣子。
㈣㈥㈧㈩又讀ㄑㄧˋ。

**刺刀** ㄘˋ ㄉㄠ 尖刀，裝在槍尖上的。

**刺目** ㄘˋ ㄇㄨˋ ①光線強烈而炫目。②不順眼，彆扭。如「他的作為教人看了刺目」。

**刺字** ㄘˋ ㄗˋ ①古代的墨刑。②宋代軍士在臂或背部刺字做標記。

**刺竹** ㄘˋ ㄓㄨˊ 竹的一種。產於福建、廣東。高五公尺到二十四公尺，小枝節有刺。可以編器皿，鄉間種植成排以防風沙。

**刺耳** ㄘˋ ㄦˇ 不中聽。

**刺兒** ㄘˋ ㄦ 小刺。

**刺股** ㄘˋ ㄍㄨˇ 囡戰國時蘇秦讀書想打瞌睡，就用錐子自刺腿部，發憤用功。後來的人因此用「刺股」比喻苦學。

**刺青** ㄘˋ ㄑㄧㄥ 又作「雕青」，就是在人體上刺花紋圖像，並塗上青色，以示英勇。現在大都叫「紋身」。

**刺客** ㄘˋ ㄎㄜˋ 想暗殺人的人。

**刺面** ㄘˋ ㄇㄧㄢˋ 就是黥（ㄑㄧㄥˊ）面。在臉上刺字。古代五刑最輕的叫黥刑（墨刑），就是在罪犯額上刺字。

**刺釘** ㄘˋ ㄉㄧㄥ 又叫四角釘，是一種軍事用的障礙物。大的撒在交通要道上，用來刺破敵軍車輛輪胎；小的撒在陣地前，防禦敵兵登陸或空降。

**刺針** ㄘˋ ㄓㄣ ①尖細像針的東西。②腔腸動物（如水母、珊瑚）刺細胞外的針狀物，是腔腸動物的感覺器官。

**刺骨** ㄘˋ ㄍㄨˇ ①天氣很冷。如「寒風刺骨」。②深刻入骨。

**刺參** ㄘˋ ㄕㄣ 身上有刺狀突起物的海參。

**刺探** ㄘˋ ㄊㄢˋ 暗中探聽。

**刺殺** ㄘˋ ㄕㄚ 用武器殺人。暗殺也說成刺殺。

**刺痛** ㄘˋ ㄊㄨㄥˋ 一種像針扎一般疼痛的感覺。如「打預防針只是片刻的刺痛」。

**刺槐** ㄘˋ ㄏㄨㄞˊ 落葉喬木。枝幹多刺，羽狀複葉，初夏開白花，有香氣，花後結莢果。從歐美傳入，俗稱「洋槐」，又叫「針槐」。

**刺網** ㄘˋ ㄨㄤˇ 一種豎立海中成籬笆形的多層捕魚網具。魚類鑽入網目就被纏住。分定置刺網、流刺網、圍刺網和拖刺網四種。其中以流刺網（隨波逐流）應用較廣。

**刺蝟** ㄘˋ ㄨㄟˋ 獸名，形體小，背上生著尖銳的棘毛。晝伏夜出，愛吃小鼠、青蛙。

**刺激** ㄘˋ ㄐㄧ 能使心理或身體上發生特殊感覺的作用。也作「刺戟」。

**刺繡** ㄘˋ ㄒㄧㄡˋ 用針穿各色花線，在絲織品上繡成各種花樣。

**刺癢** ㄘˋ ㄧㄤˇ 癢字常輕讀。癢。

**刺斜裡** ㄘˋ ㄒㄧㄝˊ ㄌㄧˇ 也作「斜刺裡」。從旁邊或側斜的方向。裡字可輕讀。

**刺細胞** ㄘˋ ㄒㄧˋ ㄅㄠ 動物學上說生於腔腸動物身體外層囊中的管狀螺旋形細絲。受到外物刺激時，就突伸注射毒液。有防敵和捕食的功用。又名「刺絲胞」。

**刺激品** ㄘˋ ㄐㄧ ㄆㄧㄣˇ 能使身體感覺器官興奮的物品，如酒、菸草等。

**刺激素** ㄘˋ ㄐㄧ ㄙㄨˋ 能刺激生物生長發育的化學物質。略作「激素」。

**刺刺不休** ㄘˋ ㄘˋ ㄅㄨˋ ㄒㄧㄡ 図話多的樣子。

## 七筆

**剎** ▲ㄔㄚˋ 佛寺。▲ㄕㄚ 制止住機器的運動。通「煞」。如「剎車」。

**剎那** ㄔㄚˋ ㄋㄚˋ 梵語 ksana 的音譯，意思是極短的時間。也作「剎那間」。

**剃** ㄊㄧˋ (一)削髮。如「剃頭」。(二)用刀削刮。如「剃毛」。

**剃刀** ㄊㄧˋ ㄉㄠ 剃毛髮的刀。

**剃度** ㄊㄧˋ ㄉㄨˋ 剃髮做和尚或尼姑。

**剃頭** ㄊㄧˋ ㄊㄡˊ 剃髮。

**剌** 図ㄌㄚˋ 違背、惡劣。如「乖剌之心」。▲ㄌㄚˊ 割劃。如「剌開」。▲ㄌㄚ (一)表示聲音。如「嘩剌剌」。(二)譯音字。如「阿剌伯」「馬尼剌」「花剌子模」。

**剋（尅）** ㄎㄜˋ (一)限定。如「剋期」「剋日」。(二)私自扣減。如「剋扣」。

**剋日** ㄎㄜˋ ㄖˋ 限定日期。也作「剋期」。

**剋扣** ㄎㄜˋ ㄎㄡˋ 私自扣減該付的錢。北平語音說ㄎㄜ·ㄎㄡ。

**剋星** ㄎㄜˋ ㄒㄧㄥ 能剋制對方的人或物。如「刑警是流氓的剋星」。

**剋食** ㄎㄜˋ ㄕˊ 具有能消化食物的作用。如「水果可以剋食」。

**剄** 図ㄐㄧㄥˇ 用刀割頸。如「自剄」。

**前** ㄑㄧㄢˊ (一)跟後相反。如「屋前」。(二)比現在早的時候。如「前些日子」。(三)進行。如「勇往直前」。(四)先。如「事前」。(五)前任的簡稱。

**前人** ㄑㄧㄢˊ ㄖㄣˊ ①以前的人。②上文標明的作者，詩選常用。

**前夕** ㄑㄧㄢˊ ㄒㄧ ①前天晚上。②前一段時間。如「革命的前夕」。

**前仇** ㄑㄧㄢˊ ㄔㄡˊ 図過去的仇恨。

**前天** ㄑㄧㄢˊ ㄊㄧㄢ 昨天的前一天。

**前夫** ㄑㄧㄢˊ ㄈㄨ 以前的或已和他離了婚的丈夫（區別於現在的丈夫）。

**前方** ㄑㄧㄢˊ ㄈㄤ 雙方軍隊接近的地帶。也作前線。對後方說的。

**前日** ㄑㄧㄢˊ ㄖˋ 前天。

**前生** ㄑㄧㄢˊ ㄕㄥ 佛家所說的「前一輩子」，對今生說的。

**前世**（ㄑㄧㄢˊ ㄕˋ）①以前的時代。②前生，前一輩子。

**前任**（ㄑㄧㄢˊ ㄖㄣˋ）①在現任者之前擔任這個職位的人。②一個人在現職之前擔任的職位。

**前兆**（ㄑㄧㄢˊ ㄓㄠˋ）事前的徵兆。

**前列**（ㄑㄧㄢˊ ㄌㄧㄝˋ）①行列的前面或前面的行列。②先頭部隊。

**前因**（ㄑㄧㄢˊ ㄧㄣ）①事件的由來。②佛家認為一切事物的發生都由於從前所種的原因。

**前年**（ㄑㄧㄢˊ ㄋㄧㄢˊ）去年的前一年。

**前次**（ㄑㄧㄢˊ ㄘˋ）①以前的某一次。②上一次。

**前此**（ㄑㄧㄢˊ ㄘˇ）[文]在此之前。

**前行**　▲ㄑㄧㄢˊ ㄏㄤˊ 排在前面的一行。▲ㄑㄧㄢˊ ㄒㄧㄥˊ ①向前行走。②以前的行為。

**前言**（ㄑㄧㄢˊ ㄧㄢˊ）①[文]前哲的言論。②[文]以前所說的。③在文章前頭所提示的話。

**前身**（ㄑㄧㄢˊ ㄕㄣ）①同「前生」。②以前的存在狀況，包括名稱、樣式等。如「國立臺灣師範大學的前身是臺灣省立師範學院」。

**前例**（ㄑㄧㄢˊ ㄌㄧˋ）以前的事例。

**前夜**（ㄑㄧㄢˊ ㄧㄝˋ）昨天或前天的晚上。

**前妻**（ㄑㄧㄢˊ ㄑㄧ）以前的或已和她離了婚的妻子（區別於現在的妻子）。

**前定**（ㄑㄧㄢˊ ㄉㄧㄥˋ）①以前訂定。②預定。③宿命論說法，認為凡事都是前世或命中注定。④[方]定金分兩次給付，先給的一次閩南話叫前定或前送。

**前往**（ㄑㄧㄢˊ ㄨㄤˇ）去。

**前知**（ㄑㄧㄢˊ ㄓ）預知未來的事。

**前肢**（ㄑㄧㄢˊ ㄓ）①脊椎動物四肢當中接近頭部的左右兩肢。②昆蟲類接近頭部的一對步行肢。

**前非**（ㄑㄧㄢˊ ㄈㄟ）[文]以前的錯誤行為。如「痛改前非」。

**前奏**（ㄑㄧㄢˊ ㄗㄡˋ）演唱歌曲前所奏的附屬曲子。或稱「序曲」。引申為一切行為的開端或事物出現的先聲。如「公司增資是興建新廠的前奏」。

**前度**（ㄑㄧㄢˊ ㄉㄨˋ）[文]①前人的法度。也作前圖。②前一次，上一回。

**前後**（ㄑㄧㄢˊ ㄏㄡˋ）①前面及後面。②先後。

**前科**（ㄑㄧㄢˊ ㄎㄜ）①以前犯過罪，受過處罰。②科舉時代稱上一次的考試。

**前茅**（ㄑㄧㄢˊ ㄇㄠˊ）[文]考試成績好，名次在前面的。如「名列前茅」。

**前面**（ㄑㄧㄢˊ ㄇㄧㄢˋ）前頭。

**前哨**（ㄑㄧㄢˊ ㄕㄠˋ）①軍隊駐紮或行軍前進時候，擔任斥候的部隊。②泛指擔任開創性工作的前遣人員。

**前庭**（ㄑㄧㄢˊ ㄊㄧㄥˊ）①屋前的庭院。②前額。③人體器官內的某些空腔，如鼻前庭、口腔前庭等。

**前站**（ㄑㄧㄢˊ ㄓㄢˋ）行軍或集體行動的時候，在本隊之前，派一部分人員先走，辦理駐紮、宿營等事的，叫前站。

**前情**（ㄑㄧㄢˊ ㄑㄧㄥˊ）①前因。②舊事，舊情。

**前途**（ㄑㄧㄢˊ ㄊㄨˊ）未來的境地。

**前部**（ㄑㄧㄢˊ ㄅㄨˋ）事物的前面一部分。

**前提**（ㄑㄧㄢˊ ㄊㄧˊ）應該先注意的部分。如「以國家利益為前提」。

**前景**（ㄑㄧㄢˊ ㄐㄧㄥˇ）①面前的景物。②未來可能出現的景象或景氣。如「電子工業的前景看好」。

**前期**（ㄑㄧㄢˊ ㄑㄧˊ）某一時期的前段。②所定日期之前或事前。

**前款**（ㄑㄧㄢˊ ㄎㄨㄢˇ）①前面列舉的條款或款項。②先付的款項。

**前程**（ㄑㄧㄢˊ ㄔㄥˊ）①前途，多指將來成功立業方面說的。②舊時把官名或官職叫前程。

**前進**（ㄑㄧㄢˊ ㄐㄧㄣˋ）向前進行。

**前項**（ㄑㄧㄢˊ ㄒㄧㄤˋ）①法律條文的分項，如第二項裡提到了第一項，就說前項。②數學名詞，指比的第一項或比例的第一項跟第三項。

**前嫌**（ㄑㄧㄢˊ ㄒㄧㄢˊ）因以前的嫌隙仇恨。如「兩人握手言歡，盡釋前嫌」。

**前愆**（ㄑㄧㄢˊ ㄑㄧㄢ）因以前所犯的過失。如「閉門卻掃，追悔前愆」。

**前腦**（ㄑㄧㄢˊ ㄋㄠˇ）大腦兩半球和間腦的合稱。

**前腳**（ㄑㄧㄢˊ ㄐㄧㄠˇ）①動物的前肢。②邁步或兩腳前後分開站立時候在前面的一腳。③前後兩個動作的時間緊接著的時候用來說前一個動作。如「老師前腳剛出教室，同學們跟著就鬧起來」。

**前塵**（ㄑㄧㄢˊ ㄔㄣˊ）因過去的往事。

**前臺**（ㄑㄧㄢˊ ㄊㄞˊ）①前面的臺。②舞臺的前部，演員演出的地方。③劇場舞臺前的總稱，包括觀眾席和票房等。

**前敵**（ㄑㄧㄢˊ ㄉㄧˊ）①前鋒。②前線。

**前衛**（ㄑㄧㄢˊ ㄨㄟˋ）①軍事用語。在大隊之前，擔任警戒並排除障礙的先頭部隊。②球類比賽中，居於前鋒和後衛之間，擔任助攻和助守的球員。③指觀念、作為、打扮等走在時代尖端。

**前線**（ㄑㄧㄢˊ ㄒㄧㄢˋ）作戰時兩軍接戰的地帶，是對後方說的。

**前賢**（ㄑㄧㄢˊ ㄒㄧㄢˊ）前代以德行著名的賢士、哲人。也作「前修」「前哲」「前彥」。

**前鋒**（ㄑㄧㄢˊ ㄈㄥ）先鋒。

**前輩**（ㄑㄧㄢˊ ㄅㄟˋ）①老一輩。②先進。

**前導**（ㄑㄧㄢˊ ㄉㄠˇ）在前引路。

**前頭**（ㄑㄧㄢˊ ㄊㄡˊ）前面，前部。

**前臂**（ㄑㄧㄢˊ ㄅㄧˋ）臂膀由肘到腕的部分。又叫「下臂」。

**前藏**（ㄑㄧㄢˊ ㄗㄤˋ）指西藏的東部地區。

**前額**（ㄑㄧㄢˊ ㄜˊ）就是額頭，因為在頭的前部，所以叫前額。

**前驅**（ㄑㄧㄢˊ ㄑㄩ）前導。

**前邊（兒）**（ㄑㄧㄢˊ ㄅㄧㄢ ㄦ）前面。

**前元音**（ㄑㄧㄢˊ ㄩㄢˊ ㄧㄣ）聲韻學名詞。聲帶在發音時的氣流不受阻礙，稱為元音。如國語注音符號的ㄧ、ㄨ、ㄩ、ㄚ、ㄛ、ㄜ、ㄝ等。其中，發音時以舌前部向前的，叫做前元音，又叫前韻。ㄧ、ㄩ、ㄝ三韻就是。

**前半夜**（ㄑㄧㄢˊ ㄅㄢˋ ㄧㄝˋ）天黑以後到夜間十二點鐘以前。

**前列腺**（ㄑㄧㄢˊ ㄌㄧㄝˋ ㄒㄧㄢˋ）攝護腺的舊稱。見「攝護腺」。

**前奏曲**（ㄑㄧㄢˊ ㄗㄡˋ ㄑㄩˇ）樂曲序曲，如歌劇開幕前所奏的曲子。

**前置詞**（ㄑㄧㄢˊ ㄓˋ ㄘˊ）文法上詞類的一種，放在名詞或代名詞前面，表示時間、地位、方法、原因等關係的詞。

**前頭骨**（ㄑㄧㄢˊ ㄊㄡˊ ㄍㄨˇ）就是前面的頭蓋骨。又稱額骨。

**前頭葉**（ㄑㄧㄢˊ ㄊㄡˊ ㄧㄝˋ）大腦兩半球前面的部分，是理解、判斷的智能神經中樞。

**前半天（兒）**（ㄑㄧㄢˊ ㄅㄢˋ ㄊㄧㄢ ㄦ）上午。

**前仆後繼**（ㄑㄧㄢˊ ㄆㄨ ㄏㄡˋ ㄐㄧˋ）作戰時前面的人倒了，後面的人繼續往前衝。比喻不怕犧牲。

**前功盡棄**（ㄑㄧㄢˊ ㄍㄨㄥ ㄐㄧㄣˋ ㄑㄧˋ）指事情進行到快完成的時候卻終於失敗。

**前仰後合** 站不住腳的樣子。

**前因後果** 原因和結果。

**前車之鑑** 指作事應以過去的失敗為警戒。

**前呼後擁** 形容貴人出門，前邊有人喝道，後邊有人簇擁著。

**前所未有** 以前從來沒有過的。如「完成前所未有的壯舉」。

**前思後想** 一再思量。

**前倨後恭** 起先傲慢，以後卻恭順起來。

**前狼後虎** 比喻處境的險惡。

**前無古人** 從來沒有人做過的。是讚賞的話。如「他發明這個東西，可以說是前無古人」。

**前程萬里** 祝福人家前途遠大的話。

**前怕狼後怕虎** 形容某些人顧慮太多，以致畏縮不前。

**前事不忘後事之師** 不忘記過去的經驗教訓，可以作為今後行事的借鑑。

**前門拒虎後門進狼** 比喻前面的一難剛過去，接著另一難又跟著來。

# 削

ㄒㄩㄝˋ ㈠用刀平刮。如「削髮」。㈡說人肌肉瘦損。如「瘦削」。㈢〔文〕刪除，奪去。如「削職」。語音ㄒㄧㄠ。

**削平** ①鏟平，清除。口語說ㄒㄧㄠ ㄆㄧㄥˊ。②〔文〕平定。

**削弱** 〔文〕①割奪國土，減弱兵力。②力量變弱，減弱。

**削減** 〔文〕刪除，減少。如「削減一部分預算」。

**削奪** 〔文〕分割，奪取。

**削髮** 剃去頭髮做和尚或尼姑。

**削壁** 〔文〕峭立的山壁。

**削職** 〔文〕免職。同「削籍」①。

**削籍** 〔文〕①革職。②舊時妓女從良，從樂籍上除名。

**削足適履** 〔文〕比喻勉強遷就不合適的事情。語本〈淮南子．說林〉。

# 則

ㄗㄜˊ ㈠法度，規範。如「法則」「規則」。㈡等級。如「上則田」。㈢量詞，同「件」「條」。如「日記一則」。㈣〔文〕同「就」。㈤〔文〕仿效。如「河出圖，洛出書，聖人則之」。㈥〔文〕同「乃」。如「此則寡人之過也」。㈦〔文〕表因果關係的承接連詞，上文是原因，下文是結果。如「仁則榮，不仁則辱」。㈧〔文〕表對待的關係的承接連詞。如「入則無法家拂士，出則無敵國外患者，國恆亡」。㈨〔文〕同「而」。如「然則怪迂阿諛苟合之徒由此興」。㈩〔文〕有「如果」意思的假設連詞。如「今則來，沛公恐不得有此」。⑪〔文〕有「已經」的意思。如「使子路反見之，至則行矣」。

**則已** 〔文〕就罷了，就算了。如「不鳴則已，一鳴驚人」。

**則甚** 〔文〕做什麼。常見於元明戲劇小說中。

**則聲** 〔文〕出聲，做聲。

**則刀兒** 刀字做偏旁時，楷書寫作「刂」，俗稱則刀兒。

# 剉

ㄘㄨㄛˋ ㈠折傷。㈡砍，斬截。

**剉折** 也作「挫折」。①指戰事失利。②事情在進行中遭打擊，受損失。

## 八筆

**剝** ㄅㄛ ㈠削落。如「剝落」。㈡奪去。如「剝奪」。③把外層去掉。如「剝衣服」。語音ㄅㄠ，去皮的意思。

**剝皮** ㄅㄛ ㄆㄧˊ ①除去外皮。②同「刮地皮」。③戲指脫衣服。

**剝削** ㄅㄛ ㄒㄩㄝ 図壓榨，侵佔奪取。

**剝啄** ㄅㄛ ㄓㄨㄛˊ 図也作「剝琢」。狀聲詞，輕輕敲門的聲音。也可以重疊說成「剝剝啄啄」。

**剝復** ㄅㄛ ㄈㄨˋ 図〈易經〉的兩個卦名。坤下艮上為剝，表示陰盛陽衰；震下坤上為復，表示陰極而陽復。後來比喻盛衰消長為剝復。如「剝極必復」。

**剝落** ㄅㄛ ㄌㄨㄛˋ 図脫落，指物體表層的附著物，如油漆、樹皮。

**剝奪** ㄅㄛ ㄉㄨㄛˊ 図①削去。②用手段奪去別人的財產利益。

**剝蝕** ㄅㄛ ㄕˊ 図物體受風雨侵蝕以致表面損壞脫落。

**剝離** ㄅㄛ ㄌㄧˊ 剝落，分離。如「視網膜剝離」。

**剖** ㄆㄡˇ ㈠破開。如「解剖」。㈡分辨。如「剖白」。又讀ㄆㄡ。

**剖心** ㄆㄡˇ ㄒㄧㄣ 図①破腹取心。古代一種酷刑。②開誠布公，表示竭誠相待。

**剖白** ㄆㄡˇ ㄅㄛˊ 図把事情弄明白。

**剖析** ㄆㄡˇ ㄒㄧ 図①解決疑難。②分析解釋。

**剖面** ㄆㄡˇ ㄇㄧㄢˋ 切開的面。

**剖解** ㄆㄡˇ ㄐㄧㄝˇ 剖析。

**剖面圖** ㄆㄡˇ ㄇㄧㄢˋ ㄊㄨˊ 繪畫物體切開後所呈現的表面成圖。也叫「斷面圖」。

**剟** 図ㄉㄨㄛ ㈠使用刀刺或割。㈡通「刊」。如「剟布法令」。

**剔** ㄊㄧ ㈠分解骨肉。㈡挑選並把壞的去掉，叫剔。如「挑剔」。㈢挑（ㄊㄧㄠˇ）。如「剔牙」。

**剔牙** ㄊㄧ ㄧㄚˊ 用牙籤挑去附著在牙縫裡的殘餘食物。

**剔出** ㄊㄧ ㄔㄨ 剔除。

**剔除** ㄊㄧ ㄔㄨˊ 把不合用的去掉。

**剔莊** ㄊㄧ ㄓㄨㄤ 廉價出售的殘損的或次等的貨品。

**剔透** ㄊㄧ ㄊㄡˋ 通徹，明白事理。

**剠** 図▲ㄌㄩㄝˋ同「掠」。▲ㄑㄧㄥˊ同「黥」。

**剛** ㄍㄤ ㈠堅強。如「剛強」。㈡時間過去不久。如「剛才」。㈢恰好。如「剛巧」。

**剛才** ㄍㄤ ㄘㄞˊ 時間過去不久。「才」也作「纔」。

**剛介** ㄍㄤ ㄐㄧㄝˋ 図性情剛強正直。如「海瑞為人剛介，不怕得罪權貴」。

**剛毛** ㄍㄤ ㄇㄠˊ 人或動物身上長的硬毛。如人的鼻毛，蚯蚓表皮上的細毛。

**剛巧** ㄍㄤ ㄑㄧㄠˇ 恰巧

**剛正** ㄍㄤ ㄓㄥˋ 堅強嚴正。如「剛正不阿」。

**剛石** ㄍㄤ ㄕˊ 又稱「剛玉」。礦物學名詞。氧化鋁的結晶體，有玻璃光澤。紅色透明的叫紅寶石，綠色透明的叫綠寶石，是貴重的裝飾品。

**剛好** ㄍㄤ ㄏㄠˇ ①正好，恰巧。如「我正要出門去，他剛好來了」。②正合適。如「這件衣服你穿剛好」。

**剛直** ㄍㄤ ㄓˊ 剛強正直。

**剛性** ▲ㄍㄤ ㄒㄧㄥˋ ①剛硬而不變的性質。②物體對變形的抵抗能量。

▲ㄍㄤ．ㄒㄧㄥ　性情剛強。

**剛勇** ㄍㄤ ㄩㄥˇ　剛強勇武。也作「剛武」。

**剛度** ㄍㄤ ㄉㄨˋ　工程上指結構物或機件承載時抵抗變形的程度，剛度大則變形小。

**剛烈** ㄍㄤ ㄌㄧㄝˋ　指人的性格剛直貞烈，不受欺負。

**剛健** ㄍㄤ ㄐㄧㄢˋ　①身體壯，健康。②指作品的風格，人的性格堅強有力。

**剛強** ㄍㄤ ㄑㄧㄤˊ　性情堅強。

**剛愎** ㄍㄤ ㄅㄧˋ　図固執己見，不肯接受他人的意見。如「剛愎自用」。

**剛毅** ㄍㄤ ㄧˋ　意志堅強。

**剛剛(兒)** ㄍㄤ ㄍㄤ ㄦ　①時間過去不久。②恰好。

**剛板硬正** ㄍㄤ ㄅㄢˇ ㄧㄥˋ ㄓㄥˋ　剛直。

## 剞

図ㄐㄧ　剞劂，雕刻用的彎刀。

## 剗

▲ㄔㄢˇ削，平。▲図ㄔㄢˋ攻，平治。

## 剡

▲図ㄧㄢˇ(一)削尖。如「剡木為矢」。(二)斬。如「剡其脛」。▲ㄕㄢˋ剡溪，浙江水名，嵊縣曹娥江的上游。

## 剚

図ㄗˋ　用刀插入。

## 剸

ㄊㄨㄢˊ　斬。如「剸斷」。

## 剜

ㄨㄢ　用刀挖出。如「剜肉補瘡」。

**剜刀** ㄨㄢ ㄉㄠ　修削孔眼的鋼刀。

**剜肉補瘡** ㄨㄢ ㄖㄡˋ ㄅㄨˇ ㄔㄨㄤ　又作「剜肉醫瘡」。比喻只顧眼前的緊急，不顧後果。

# 九筆

## 副

ㄈㄨˋ　(一)主管人的助手。如「副經理」是「經理」的助手。(二)輔助的。如「副食」。(三)附帶產生的。如「副作用」「副產品」。(四)東西一組叫一副。(五)図相稱。如「名副其實」。

**副手** ㄈㄨˋ ㄕㄡˇ　助理事務的人。

**副刊** ㄈㄨˋ ㄎㄢ　報紙上刊登文藝作品或學術論文等的版面或專欄。

**副本** ㄈㄨˋ ㄅㄣˇ　公文用語，照正本謄錄的抄本。

**副車** ㄈㄨˋ ㄐㄩ　図①皇帝的侍從車輛。②清代稱鄉試的副榜貢生。

**副官** ㄈㄨˋ ㄍㄨㄢ　舊時軍中協助長官辦理行政事務或雜事的軍官。

**副虹** ㄈㄨˋ ㄏㄨㄥˊ　就是霓，有時候和虹同時出現。形成的原因和虹一樣，只是光線在水氣中的反射多了一次。彩帶排列的順序和虹相反，紅色在內，紫色在外。顏色比虹淡。

**副食** ㄈㄨˋ ㄕˊ　附在主食物的。如飯是主食物，下飯的菜就叫副食。

**副腎** ㄈㄨˋ ㄕㄣˋ　存在腎臟之上內緣的小器官，左右一對。

**副詞** ㄈㄨˋ ㄘˊ　修飾或限制動詞、形容詞，以表示其動作、形態、性質、範圍、程度等的詞。如很快的「很」，最好的「最」等。

**副業** ㄈㄨˋ ㄧㄝˋ　專業以外附帶經營的事業。

**副署** ㄈㄨˋ ㄕㄨˋ　國家元首發布命令，依法由行政院長連同簽署，表示負責，才能發生效力，稱為副署。

**副職** ㄈㄨˋ ㄓˊ　副的職位，對正職說的。如「張副院長擔任的是副職，李先生的院長才是正職」。

**副題** ㄈㄨˋ ㄊㄧˊ　在主標題之後，附加補充說明的標題。也叫「副標題」。

**副文化** ㄈㄨˋ ㄨㄣˊ ㄏㄨㄚˋ　社會中可認定的某一階層的文化。又叫「次文化」。如

「上班族副文化」「大學生副文化」等。

**副成分** ㄈㄨˋ ㄔㄥˊ ㄈㄣˋ 礦物學名詞。也叫「次要成分」，對主成分說的。指成分之有無，對岩石的鑑別全無關聯的。

**副作用** ㄈㄨˋ ㄗㄨㄛˋ ㄩㄥˋ 主要功用以外連帶生出別種作用的，叫做副作用。

**副性徵** ㄈㄨˋ ㄒㄧㄥˋ ㄓㄥ 也叫第二性徵。指人和動物發育成熟後出現的和性別有關的表徵。如男生開始長鬍鬚，喉結突出，音調低；女生乳房發育，音調高。又如雄雞冠高，善啼，尾長，羽毛鮮艷等。

**副教授** ㄈㄨˋ ㄐㄧㄠˋ ㄕㄡˋ 職級僅次於教授而在助理教授、講師之上的大學教師。

**副產品** ㄈㄨˋ ㄔㄢˇ ㄆㄧㄣˇ 製造某種物品時所附帶生產的另一種產品。如榨糖工業附帶生產蔗板。

**副傷寒** ㄈㄨˋ ㄕㄤ ㄏㄢˊ 一種急性腸道傳染病。症狀較傷寒輕。病原體是副傷寒桿菌。

**副睪丸** ㄈㄨˋ ㄍㄠ ㄨㄢˊ 生理學名詞。男性生殖器的一部分。被覆在睪丸背面的長扁圓形體，由彎曲輸送管組成。作用有：①是睪丸內生成的精蟲匯集處。②可以促使精蟲充分成熟。

**副語言** ㄈㄨˋ ㄩˇ ㄧㄢˊ 語言學名詞。說話時候伴隨產生的各種動作。像是聲音的強弱、高低、快慢，或是表情、手勢等。

**副學習** ㄈㄨˋ ㄒㄩㄝˊ ㄒㄧˊ 教育學名詞。指和主學習有關聯的其他知識、思想、觀念等的學習。

**副總統** ㄈㄨˋ ㄗㄨㄥˇ ㄊㄨㄥˇ 以總統為元首的國家，輔佐總統的副元首。總統如因故不能視事，由副總統代行其職。

## 剮

ㄍㄨㄚˇ ㈠剔肉留骨。㈡從前凌遲處死的刑罰。㈢碰著尖銳的東西而割破。如「手上剮了一個口子」。

## 劃

図ㄏㄨㄛˋ 破裂的聲音。

## 剪（翦）

ㄐㄧㄢˇ ㈠「剪子」也叫「剪刀」，兩個刀刃兒相對，用來剪東西的工具。㈡用剪子剪斷東西。如「剪指甲」「剪個紙人兒」。㈢現在已經不用剪刀剪，而用來打洞的工具依然叫剪。如「車票上剪個洞兒」。㈣図消滅，剷除。如「剪滅寇賊」「剪除惡人」。㈤兩手在背後交叉著叫剪。如「倒剪著手」。㈥図見「剪徑」。

**剪刀** ㄐㄧㄢˇ ㄉㄠ 利用槓桿原理，兩刃可以開合交會，用來截斷布、紙、繩等的金屬工具。

**剪枝** ㄐㄧㄢˇ ㄓ 剪去花木的贅枝。目的除了美觀之外，可以使發育均衡，促進著花結果的繁茂。

**剪徑** ㄐㄧㄢˇ ㄐㄧㄥˋ 図土匪強盜在路上搶劫商旅。

**剪紙** ㄐㄧㄢˇ ㄓˇ 我國古老的民間藝術。運用不同的摺疊方式，剪出各種巧妙的花樣圖形，做為喜慶時裝飾之用。

**剪除** ㄐㄧㄢˇ ㄔㄨˊ 図也作「剪滅」，消滅淨盡。

**剪接** ㄐㄧㄢˇ ㄐㄧㄝ 剪去不想要的部分再連接起來。如「這一部電影的毛片等張先生來剪接」。

**剪票** ㄐㄧㄢˇ ㄆㄧㄠˋ 乘客搭乘火車、汽車、電車的時候，由站務人員在車票上剪出小洞或缺口，作為票已用過的記號。

**剪裁** ㄐㄧㄢˇ ㄘㄞˊ ①製作衣物的時候，依量好的尺寸式樣剪開布料。②寫作的過程中，對文章題材和語句的安排取捨。

**剪貼** ㄐㄧㄢˇ ㄊㄧㄝ ①剪下報章雜誌上的文章資料，貼在紙上或簿本上，留做參考。②一種手工藝。用彩紙剪成文字或圖案，貼在紙上或其他器物上觀賞。

**剪滅** ㄐㄧㄢˇ ㄇㄧㄝˋ 図也作「剪除」。就是殲滅，消滅。

**剪綹** ㄐㄧㄢˇ ㄌㄧㄡˇ 扒竊人家身上的財物。

**剪綵** ㄐㄧㄢˇ ㄘㄞˇ 房屋、車船開始使用，商店、工廠、遊藝場所等開幕的一種典禮，是用剪刀剪斷綵帶，然後觀禮人進去參觀。

**剪影** ㄐㄧㄢˇ ㄧㄥˇ ①人站在燈前，側面的影子照在牆上，按它的輪廓縮小剪下來。②摘取事物、風景的一部分或一片段。

**剪輯** ㄐㄧㄢˇ ㄐㄧˊ ①電影製片的一個程序。把拍好的底片重新選擇、整理、剪接，編排成結構嚴謹完整的影片。②把文字圖片或錄音帶妥為剪裁、編排。

**剪燭** ㄐㄧㄢˇ ㄓㄨˊ 古人以蠟燭照明，燭心燒久了成灰，光度降低，必須將灰剪去，光度才能提高。好友久別重逢，夜間談心，必須不斷剪燭。因此「剪燭」成為談心的代詞。「共剪西窗燭」是「共同在西窗下促膝夜談」。

**剪草機** ㄐㄧㄢˇ ㄘㄠˇ ㄐㄧ 修剪草坪的機具。

**剪草除根** ㄐㄧㄢˇ ㄘㄠˇ ㄔㄨˊ ㄍㄣ 除惡要完全除盡，以免後患。也作「斬草除根」。

## 十筆

**割** ㄍㄜ ㈠用刀切開。如「割破」。㈡分。如「割讓」。

**割地** ㄍㄜ ㄉㄧˋ 分割一部分領土，讓給別的國家。

**割席** ㄍㄜ ㄒㄧˊ 図割開坐席，比喻朋友絕交。本是東漢管寧和華歆的故事。

**割除** ㄍㄜ ㄔㄨˊ 用刀切除。如「割除贅瘤」。

**割捨** ㄍㄜ ㄕㄜˇ 捨棄。

**割裂** ㄍㄜ ㄌㄧㄝˋ 分裂。

**割愛** ㄍㄜ ㄞˋ 把心愛的東西讓給別人。

**割線** ㄍㄜ ㄒㄧㄢˋ 數學名詞。和曲線的兩點或多點相交的直線。

**割據** ㄍㄜ ㄐㄩˋ 分割占據一部分國土；對統一而說的。

**割斷** ㄍㄜ ㄉㄨㄢˋ 切斷，斷絕。

**割讓** ㄍㄜ ㄖㄤˋ 畫出一部分讓給別人。大都指土地。

**割肉補瘡** ㄍㄜ ㄖㄡˋ ㄅㄨˇ ㄔㄨㄤ 図比喻用盡一切辦法，先救眼前燃眉之急，以後的問題以後再說。也作「剜肉醫瘡」。

**割雞焉用牛刀** ㄍㄜ ㄐㄧ ㄧㄢ ㄩㄥˋ ㄋㄧㄡˊ ㄉㄠ 殺雞何必用宰牛的刀。比喻做小事何須用大才或大力量。語出〈論語〉。

**剴** 図ㄎㄞˇ 見「剴切」。

**剴切** ㄎㄞˇ ㄑㄧㄝˋ 図切中事理。

**創（刱）** ▲ㄔㄨㄤˋ ㈠初有，初造。如「創始」。㈡図懲罰。如〈書經．益稷〉「予創若時，娶于塗山」。▲ㄔㄨㄤ ㈠戕傷。如「創痕」。㈡通「瘡」。

**創刊** ㄔㄨㄤˋ ㄎㄢ 創始發行刊物。

**創立** ㄔㄨㄤˋ ㄌㄧˋ 新建立，創設。如「國語日報創立於民國三十七年」。

**創作** ㄔㄨㄤˋ ㄗㄨㄛˋ 創造，多指文學、藝術方面。

**創見** ㄔㄨㄤˋ ㄐㄧㄢˋ ①以前所未有的事。②獨創的見解。

**創制** ㄔㄨㄤˋ ㄓˋ 開始制定或建立制度。我國憲法第十七條規定的「創制權」，就是人民有要求議會制定某種法律，或自行起草法律案提請議會表決的權利。

**創始** ㄔㄨㄤˋ ㄕˇ 開創。

**創建** ㄔㄨㄤˋ ㄐㄧㄢˋ 創設，建立。

**創痕** ㄔㄨㄤ ㄏㄣˊ 傷痕。

**創設** ㄔㄨㄤˋ ㄕㄜˋ 創辦。

**創造** ㄔㄨㄤˋ ㄗㄠˋ ①發明或製造前所未有的事物。②一種心理能力，經由思考而表現出來的獨到見解、作品或行為。也作「創作」。

**創傷** ㄔㄨㄤ ㄕㄤ 因外來暴力或欺侮而受到的肉體或精神上的傷害。也比喻戰亂或天災對國計民生造成的破壞。

**創意** ㄔㄨㄤˋ ㄧˋ ①創造新意。②新點子。如「新構想有創意」。

**創新** ㄔㄨㄤˋ ㄒㄧㄣ 突破傳統，發明或創造一種新的事物。

**創業** ㄔㄨㄤˋ ㄧㄝˋ 開創事業。

**創舉** ㄔㄨㄤˋ ㄐㄩˇ 以前所沒有的舉動。

**創辦** ㄔㄨㄤˋ ㄅㄢˋ 開辦。

**創議** ㄔㄨㄤˋ ㄧˋ 首先建議。

**創世紀** ㄔㄨㄤˋ ㄕˋ ㄐㄧˋ ①書名，基督教舊約全書的第一卷，記述上帝創造世界和人類最初的歷史。②比喻創新的偉大成就猶如開創新世紀。

**創紀錄** ㄔㄨㄤˋ ㄐㄧˋ ㄌㄨˋ ①打破從前的事例。②創造新的運動成績。

**創造力** ㄔㄨㄤˋ ㄗㄠˋ ㄌㄧˋ 創造事物的才力。

**創巨痛深** ㄔㄨㄤ ㄐㄩˋ ㄊㄨㄥˋ ㄕㄣ 比喻受害程度的重大。

## 剩

ㄕㄥˋ 多餘下來的。如「剩餘」。

**剩飯** ㄕㄥˋ ㄈㄢˋ 沒吃完的米飯。

**剩錢** ㄕㄥˋ ㄑㄧㄢˊ 有餘的錢。

**剩餘** ㄕㄥˋ ㄩˊ ①甲數或甲式以乙數或乙式除，殘餘的數叫剩餘，例如十一除以四，得商二，剩餘數是三。②指所剩的東西。

**剩餘價值** ㄕㄥˋ ㄩˊ ㄐㄧㄚˋ ㄓˊ ①馬克斯學說，認為產品的總值減去工資，即為剩餘價值；指工人生產的剩餘價值(即利潤)，全被資本家所剝削。②指人、事、物到後來僅存的些許利用價值。

### 十一筆

## 剽

文ㄆㄧㄠˋ ㊀劫奪。如「剽掠」。㊁輕捷。如「剽悍」。

**剽取** ㄆㄧㄠ ㄑㄩˇ 文①劫奪，掠取。②抄襲別人的文章。也作「剽竊」。

**剽悍** ㄆㄧㄠˋ ㄏㄢˋ 文敏捷而勇猛。

**剽掠** ㄆㄧㄠ ㄌㄩㄝˋ 文劫掠。

**剽竊** ㄆㄧㄠ ㄑㄧㄝˋ 文抄襲竊取（別人的著作）。

## 剺

文ㄌㄧˊ 用刀劃面叫剺面。

## 剿

ㄐㄧㄠˇ 與「勦」通：滅絕的意思。

**剿滅** ㄐㄧㄠˇ ㄇㄧㄝˋ 文討伐匪類將他消滅。也作「剿除」。

**剿襲** ㄐㄧㄠˇ ㄒㄧˊ 文就是抄襲。

## 剷

ㄔㄢˇ 通「鏟」，削平的意思。

**剷除** ㄔㄢˇ ㄔㄨˊ 去掉。

### 十二筆

## 劃（剨）

▲ㄏㄨㄚˋ ㊀齊一，一律。如「劃一」。㊁同「畫」，分界的意思。如「劃定界限」。▲ㄏㄨㄚˊ ㊀分開。如「劃開」。㊁擦摩。如「劃火柴」。

**劃分** ㄏㄨㄚˋ ㄈㄣ 分開。

**劃定** ㄏㄨㄚˋ ㄉㄧㄥˋ 劃分規定。「劃定界限」。

**劃撥** ㄏㄨㄚˋ ㄅㄛ 郵局辦理收支匯兌的一種。由申請人開設專戶，匯款人將款存入劃撥號碼戶頭，交給收款人。

**劃歸** ㄏㄨㄚˋ ㄍㄨㄟ 分出交付。

**劃時代** ㄏㄨㄚˋ ㄕˊ ㄉㄞˋ 事物從舊階段轉變到新階段，在歷史上顯然發生不同的變化的，叫做「劃時代」。

**劂** 図ㄐㄩㄝˊ見「剞」字。

## 十三筆

**劈** ▲ㄆㄧ ㈠用刀斧破開。㈡雷擊。如「一棵老樹被雷劈了」。㈢破裂了。如「竹竿劈了」。▲ㄆㄧˇ ㈠用手分裂，比「掰」用的力量大。如「把樹枝劈下來」「一劈兩半」。㈡分，掰。如「把全部資金劈成三股」。

**劈手** ㄆㄧ ㄕㄡˇ 形容動手很快。如「劈手奪過來」「劈手就打」。

**劈刺** ㄆㄧ ㄘˋ 刀劈劍刺的統稱。是一種軍事方面的技能，包含在新兵訓練項目之中。

**劈啪** ㄆㄧ ㄆㄚ 狀聲詞。如「劈啪兩耳刮子」。

**劈面** ㄆㄧ ㄇㄧㄢˋ 形容對著面發生的猛烈動作。如「劈面給他一拳」「劈面打來」。

**劈胸** ㄆㄧ ㄒㄩㄥ 當胸。如「劈胸揪住」。

**劈柴** ▲ㄆㄧˊ·ㄔㄞ 破裂成小段小塊供燒火用的木柴，叫「劈柴」。▲ㄆㄧ ㄔㄞ 把柴砍破，砍開。

**劈開** ▲ㄆㄧ ㄎㄞ ①破開，分開。②礦物各有特別方向容易剖開的都叫劈開；剖面叫劈開面。▲ㄆㄧˇ ㄎㄞ 分開，叉開。如「用手把竹片兒劈開」「劈開腿」。

**劈頭** ㄆㄧ ㄊㄡˊ ①開頭。如「劈頭便說」。②當頭。「如劈頭一棒」。

**劈哩啪啦** ㄆㄧ·ㄌㄧ ㄆㄚ ㄌㄚ 狀聲詞。如「鞭炮劈哩啪啦響個不停。」

**劈頭蓋臉** ㄆㄧ ㄊㄡˊ ㄍㄞˋ ㄌㄧㄢˇ 正對著頭部和面部而來。如「劈頭蓋臉打過來」。

**劉（刘）** ㄌㄧㄡˊ ㈠図殺。㈡古代的兵器名，斧一類的東西。㈢姓。

**劉海兒** ㄌㄧㄡˊ ㄏㄞˇ ㄦ 頭髮垂在額前的部分。

**劌** 図ㄍㄨㄟˋ刀傷，割破。

**劊** ㄎㄨㄞˋ 図斬斷。又讀ㄍㄨㄟˋ。

**劊子手** ㄍㄨㄟˋ ㄗˇ ㄕㄡˇ 舊時執行處決死囚的人。

**劇（剧）** ㄐㄩˋ ㈠戲，演戲也叫演劇。㈡厲害，猛烈。如「劇烈」。㈢繁雜。如「繁劇」。㈣姓。又讀ㄐㄧˊ。

**劇本** ㄐㄩˋ ㄅㄣˇ 戲劇腳本。

**劇目** ㄐㄩˋ ㄇㄨˋ 各種戲劇和劇本的統稱。分傳統劇目和新編劇目。

**劇烈** ㄐㄩˋ ㄌㄧㄝˋ 猛烈。

**劇院** ㄐㄩˋ ㄩㄢˋ 用來表演戲劇供人觀賞的建築物。通稱「戲院」。

**劇務** ㄐㄩˋ ㄨˋ ①図繁劇的事務。②劇團裡有關表演的各項事務。③擔任劇團事務工作的人。

**劇情** ㄐㄩˋ ㄑㄧㄥˊ 戲劇中的情節。

**劇場** ㄐㄩˋ ㄔㄤˇ 演戲的場所。

**劇照** ㄐㄩˋ ㄓㄠˋ 戲劇或電影中某個場面或鏡頭的照片。多為製成海報用做廣告。

**劇團** ㄐㄩˋ ㄊㄨㄢˊ 表演戲劇的團體。有只在所在地活動的，也有四處去表演的。

**劇藥** ㄐㄩˋ ㄧㄠˋ 性質猛烈的藥。

**劇變** ㄐㄩˋ ㄅㄧㄢˋ 劇烈的變化。如「經過這次劇變，景氣欣欣向榮」。

**劍（劒、劔）** ㄐㄧㄢˋ ㈠像刀而兩邊有刃的兵器。㈡姓。

**劍山** ㄐㄧㄢˋ ㄕㄢ 把銅釘排列在鉛板上做成底座，用來插花。通常有長方形、圓形、半月形等等形狀。

**劍俠** ㄐㄧㄢˋ ㄒㄧㄚˊ 從前稱精通劍術、行俠仗義的人。

**劍客** ㄐㄧㄢˋ ㄎㄜˋ ①精於劍術的人。②指刺客。

**劍眉** ㄐㄧㄢˋ ㄇㄟˊ 眉直如劍。大多形容人的相貌英武。

**劍術** ㄐㄧㄢˋ ㄕㄨˋ 擊劍技術。

**劍道** ㄐㄧㄢˋ ㄉㄠˋ 盛行於日本的一種劍術的修練行為。

**劍鞘** ㄐㄧㄢˋ ㄑㄧㄠˋ 劍套。

**劍蘭** ㄐㄧㄢˋ ㄌㄢˊ 葉子像劍一般的一種球根蘭花，名「唐菖蒲」。原產於地中海沿岸和非洲南部。品種多，花色有紅、淡紅、黃、橙黃、白等。

**劍齒虎** ㄐㄧㄢˋ ㄔˇ ㄏㄨˇ 古代的哺乳動物，形狀像老虎，上犬齒特別長。生存於第三紀末和第四紀初。

**劍齒象** ㄐㄧㄢˋ ㄔˇ ㄒㄧㄤˋ 古代哺乳動物，形似象，上門齒長而彎曲。生存於第三紀末和第四紀初。

**劍及履及** ㄐㄧㄢˋ ㄐㄧˊ ㄌㄩˇ ㄐㄧˊ 図也作「劍及屨及」或「屨及劍及」。〈左傳〉說春秋時代楚莊王急欲出兵替被宋國殺害的申舟報仇，匆匆跑出去。拿鞋的侍者追到走廊，拿劍的侍者追到寢室門外，駕車的也追到街上，才追上他。後人用這成語形容行動堅決迅速，急起直追。

**劍拔弩張** ㄐㄧㄢˋ ㄅㄚˊ ㄋㄨˇ ㄓㄤ 比喻情勢緊張或聲勢逼人。也作「弩張劍拔」。

## 十四筆

**劑** ㄐㄧˋ 經過配合而成的東西。如「藥劑」。

**劑量** ㄐㄧˋ ㄌㄧㄤˋ 藥劑的使用分量。

**劓** 図ㄧˋ 割鼻，古代五刑之一。

## 二十一筆

**劙** 図▲ㄌㄧˊ 刀刺。▲ㄌㄧˊ 同「剺」。

**劚** 図ㄓㄨˊ ㈠鋤頭一類的農具。㈡斫，砍。

## 力部

**力** ㄌㄧˋ ㈠人由體能產生的作用。如「體力」。㈡人由智慧產生的作用。如「智力」「心力」。㈢物理學上所說凡是能使別的物體運動、靜止或轉變方向的作用的，都叫力。如「離心力」。㈣勞力的人。如「苦力」。㈤図盡力的意思。如「力求上進」。㈥図堅持。如「主此議甚力」。㈦姓。

**力士** ㄌㄧˋ ㄕˋ 力氣大的人。

**力行** ㄌㄧˋ ㄒㄧㄥˊ 盡力做，努力實踐。如「光說不如力行」。

**力作** ㄌㄧˋ ㄗㄨㄛˋ ①図努力勞作。②下過工夫的作品。③功力深厚的傑作。

**力求** ㄌㄧˋ ㄑㄧㄡˊ 努力謀求。如「做事必須力求完美」。

**力爭** ㄌㄧˋ ㄓㄥ [文]極力爭取。

**力氣** ㄌㄧˋ ㄑㄧˋ 氣字輕讀。力量。

**力量** ㄌㄧˋ ㄌㄧㄤˋ 量字輕讀。氣力、能力、勢力的通稱。

**力圖** ㄌㄧˋ ㄊㄨˊ 竭力圖謀某事。同「力求」一(含貶義)。

**力學** ㄌㄧˋ ㄒㄩㄝˊ ①努力向學。②物理學之一，是研究物體受力的緣由、法則以及平衡、形變、運動的科學。分「動力學」與「靜力學」兩部門。

**力戰** ㄌㄧˋ ㄓㄢˋ [文]努力作戰。

**力錢** ㄌㄧˋ ㄑㄧㄢˊ 錢字輕讀。送給送禮人派來的人的賞錢。也作「台力」。

**力點** ㄌㄧˋ ㄉㄧㄢˇ 力學名詞。槓桿原理中用力的一點，和支點、重點並稱。

**力不從心** ㄌㄧˋ ㄅㄨˋ ㄘㄨㄥˊ ㄒㄧㄣ 心裡想做，可是能力不夠。

**力求上進** ㄌㄧˋ ㄑㄧㄡˊ ㄕㄤˋ ㄐㄧㄣˋ 竭力求取向上進步。意思同「力爭上游」。

**力爭上游** ㄌㄧˋ ㄓㄥ ㄕㄤˋ ㄧㄡˊ 努力爭取上進。

**力挽狂瀾** ㄌㄧˋ ㄨㄢˇ ㄎㄨㄤˊ ㄌㄢˊ [文]盡力挽救難以遏止的潮流或時勢。

**力透紙背** ㄌㄧˋ ㄊㄡˋ ㄓˇ ㄅㄟˋ [文]①書法遒勁有力。②文辭功力極深。

**力盡筋疲** ㄌㄧˋ ㄐㄧㄣˋ ㄐㄧㄣ ㄆㄧˊ 形容氣力用完。通常作「筋疲力盡」。

**力竭聲嘶** ㄌㄧˋ ㄐㄧㄝˊ ㄕㄥ ㄙ 力氣用盡，聲音也喊啞了。也作「聲嘶力竭」。

## 三筆

**功** ㄍㄨㄥ ㈠事業。如「事功」。㈡成效。如「功效」。㈢勳勞。如「功勞」。㈣喪服，見「功服」。㈤功率的簡稱。

**功力** ㄍㄨㄥ ㄌㄧˋ 能力。

**功夫** ㄍㄨㄥ ㄈㄨ 夫字輕讀。①時間、閒暇。②用力的程度。③中國武術。

**功令** ㄍㄨㄥ ㄌㄧㄥˋ 法令。

**功用** ㄍㄨㄥ ㄩㄥˋ 效用，用處。

**功名** ㄍㄨㄥ ㄇㄧㄥˊ ①功勞和名譽。如「功名利祿」。②科舉時代稱科第和官職。

**功臣** ㄍㄨㄥ ㄔㄣˊ ①君主時代稱有功的官吏。②泛指對某人或某事的成就有幫助有貢獻的人。

**功利** ㄍㄨㄥ ㄌㄧˋ 事功與利益。

**功服** ㄍㄨㄥ ㄈㄨˊ 喪服，分大功服（服喪九個月）、小功服（服喪五個月）兩種。

**功效** ㄍㄨㄥ ㄒㄧㄠˋ 事物或行為所生的功用效能。

**功能** ㄍㄨㄥ ㄋㄥˊ ①語言學名詞，指詞在語句中的作用，也就是詞在語言組織中的職務。②生理學名詞，指生物體或其某部分構造的生理作用。③社會學名詞，指社會體系之中，某種情況或事務對這個體系其他的運作和行動發生影響的一種狀態。④功績與才能。

**功率** ㄍㄨㄥ ㄌㄩˋ 物理學名詞（power），原動機或其他機械在單位時間裡所能作成的工作效果。功率單位最常見的是「馬力」「瓦特」。

**功勞** ㄍㄨㄥ ㄌㄠˊ 功勳勞績。

**功業** ㄍㄨㄥ ㄧㄝˋ 功勳和事業。

**功罪** ㄍㄨㄥ ㄗㄨㄟˋ 同「功過」。

**功過** ㄍㄨㄥ ㄍㄨㄛˋ 功勞和過錯。

**功德** ㄍㄨㄥ ㄉㄜˊ ①功業和德行。②佛教用語，指行善和念佛誦經等事。

**功課** ㄍㄨㄥ ㄎㄜˋ ①學生所學的課業。②僧尼誦經也叫功課。

**功勳** ㄍㄨㄥ ㄒㄩㄣ 勳勞。

**功績** ㄍㄨㄥ ㄐㄧ 勳績，勞績。

**功夫茶** ㄍㄨㄥ ㄈㄨ ㄔㄚˊ 夫字可輕讀。①發祥於閩粵（尤其是漳泉兩地）的一種飲茶風尚。茶具小而精巧，茶葉多為武夷山種。須慢慢品嘗。②指飲功夫茶所用的茶葉。

**功課表** ㄍㄨㄥ ㄎㄜˋ ㄅㄧㄠˇ 學校規定課業的各科科目時間表。

**功不唐捐** ㄍㄨㄥ ㄅㄨˋ ㄊㄤˊ ㄐㄩㄢ 図努力不會白費。

**功成不居** ㄍㄨㄥ ㄔㄥˊ ㄅㄨˋ ㄐㄩ 立了功而不居功。

**功成名遂** ㄍㄨㄥ ㄔㄥˊ ㄇㄧㄥˊ ㄙㄨㄟˋ 原來是說成就了功業才有名聲，後來指功績和名聲都得到了。也作「功成名就」。

**功利主義** ㄍㄨㄥ ㄌㄧˋ ㄓㄨˇ ㄧˋ 泛指一切以人類行為的結果是否產生幸福作為價值判斷標準的學說。分為利己功利主義、利他功利主義和泛功利主義。泛功利主義以最大多數的最大幸福為道德標準。為十八世紀英國學者邊沁所倡。

**功敗垂成** ㄍㄨㄥ ㄅㄞˋ ㄔㄨㄟˊ ㄔㄥˊ 事情快要成功的時候卻失敗了。有惋惜的意思。

**功虧一簣** ㄍㄨㄥ ㄎㄨㄟ ㄧ ㄎㄨㄟˋ 事情快完成了，只差最後一點人力物力而不能成功。〈尚書〉有：「為山九仞，功虧一簣」。

## 加

ㄐㄧㄚ ㈠增添。如「加多」。㈡算法的一種。見「加法」。㈢戴上。如「加冕」。㈣図勝過。如「無以加之」。㈤加拿大的簡稱。

**加一** ㄐㄧㄚ ㄧ 增加原數的十分之一。

**加入** ㄐㄧㄚ ㄖㄨˋ 加上，加進去，攙入，參加。

**加大** ㄐㄧㄚ ㄉㄚˋ 新製的器物比標準或原有尺寸要來得大。

**加工** ㄐㄧㄚ ㄍㄨㄥ ①增加工作時間和速度。②把成品或半成品再加製造，使它成為新的或更美的產品。如「加工製造」。

**加水** ㄐㄧㄚ ㄕㄨㄟˇ 比喻成分不實在。因為加了其他東西，原來內容的質量改變了。

**加以** ㄐㄧㄚ ㄧˇ ①同「加上」。用在後半句或後一分句之首，表示進一步的原因或條件。如「他生性貪玩，加以這幾天放假，就更難看見人影了」。②用在多音節動詞或由動詞轉成的名詞前，表示如何對待或處理上述事物。類似白話的「把它」。如「路邊設攤，違規停車，佔用馬路，都要加以取締」。

**加多** ㄐㄧㄚ ㄉㄨㄛ 數量比原來增加。

**加成** ㄐㄧㄚ ㄔㄥˊ 在原定數目之外，再增加若干百分比的數目。如在原定錄取名額之外，再增加若干百分比的名額，叫「加成錄取」。

**加快** ㄐㄧㄚ ㄎㄨㄞˋ 增加速度。

**加里** ㄐㄧㄚ ㄌㄧˇ 也作加釐、咖哩。由胡椒、茴香等植物混合研成的黃色粉末，又辣又香，可以調味。

**加侖** ㄐㄧㄚ ㄌㄨㄣˊ 英語gallon的音譯。也作「加倫」。容量單位。英制一加侖等於四．五四六公升，美制一加侖是三．七八五公升。

**加官** ㄐㄧㄚ ㄍㄨㄢ 図①升官。②另外增加兼任的官職。③以前節日或喜慶演戲，在正式節目上演前外加的表演。表演者身穿紅袍，戴微笑面具（叫加官臉），邊跳邊展示寫有頌詞的條幅如「國泰民安」，叫「跳加官」。

**加法** ㄐㄧㄚ ㄈㄚˇ 把幾個數目併成一個數目的算法。如「2加3等於5」。

**加注** ㄐㄧㄚ ㄓㄨˋ ①加上注釋。②附加註明。

**加冠** ㄐㄧㄚ ㄍㄨㄢˋ 図①古代男子二十歲行冠禮，表示成年。後來以加冠指二十歲的男子。②戴帽子。

**加勁** ㄐㄧㄚ ㄐㄧㄣˋ 增加力量，努力做事。常說「加把勁兒」。

**加封** ㄐㄧㄚ ㄈㄥ ①図在原有的封號或官位之上再加封號或官位。②貼上封條。

**加洗** ㄐㄧㄚ ㄒㄧˇ 到照相館照相，除了固定的張數之外，加錢多印若干張，叫做「加洗」。

**加重** ㄐㄧㄚ ㄓㄨㄥˋ ①比原來的分量重。②法律對累次犯罪的人，可以加重刑罰。

**加倍** ㄐㄧㄚ ㄅㄟˋ 照原數加一倍。

**加料** ㄐㄧㄚ ㄌㄧㄠˋ 器物質料勝過尋常的。

**加班** ㄐㄧㄚ ㄅㄢ 為了加快工作進度，在正常上班時段之外，增加工作時間。

**加強** ㄐㄧㄚ ㄑㄧㄤˊ 使更堅強或更有效。如「加強重力訓練」。

**加冕** ㄐㄧㄚ ㄇㄧㄢˇ 歐洲、中東各君主國的君主在即位時候，戴上皇冠，叫「加冕禮」。

**加深** ㄐㄧㄚ ㄕㄣ 加大深度或程度，變得更深或更厲害。如「加深作業難度」。

**加速** ㄐㄧㄚ ㄙㄨˋ 加快旋轉或前進的速度。

**加減** ㄐㄧㄚ ㄐㄧㄢˇ 增加或減少。

**加給** ㄐㄧㄚ ㄐㄧˇ 公教人員因職務的種類、性質以及服務地區的不同，在本俸之外多得的一種酬勞金。

**加意** ㄐㄧㄚ ㄧˋ 図注意，注重。

**加盟** ㄐㄧㄚ ㄇㄥˊ 加入已經成立的同盟團體。

**加緊** ㄐㄧㄚ ㄐㄧㄣˇ 加快速度或加大力量強度。如「賽前加緊操練」。

**加號** ㄐㄧㄚ ㄏㄠˋ 算術用來表示加法的符號，代號是「＋」。

**加價** ㄐㄧㄚ ㄐㄧㄚˋ 在原來價格之外另加的價錢。

**加劇** ㄐㄧㄚ ㄐㄩˋ 加重。情況更為嚴重厲害。

**加增** ㄐㄧㄚ ㄗㄥ 加添。

**加數** ㄐㄧㄚ ㄕㄨˋ 算術加法中的法數。如3＋4＝7這中間，4是加數。

**加熱** ㄐㄧㄚ ㄖㄜˋ 增加熱度。

**加壓** ㄐㄧㄚ ㄧㄚ 增加水壓、氣壓或重量等的壓力。

**加薪** ㄐㄧㄚ ㄒㄧㄣ 增加薪水。

**加油（兒）** ㄐㄧㄚ ㄧㄡˊ（ㄦ） ①努力。②為人打氣鼓勵。

**加油站** ㄐㄧㄚ ㄧㄡˊ ㄓㄢˋ 給機動車輛、船舶添加油料的專用站。

**加油槍** ㄐㄧㄚ ㄧㄡˊ ㄑㄧㄤ 在加油管末端，可以控制油料注入量的手執閘閥。

**加油機** ㄐㄧㄚ ㄧㄡˊ ㄐㄧ ①加油站加油用的機臺。②空中加油專用的飛機。

**加害人** ㄐㄧㄚ ㄏㄞˋ ㄖㄣˊ 法律名詞。以不法行為侵害他人權利的人。受侵害的為「被害人」。

**加速力** ㄐㄧㄚ ㄙㄨˋ ㄌㄧˋ 物體運動時，使物體速率增加的力量。

**加速度** ㄐㄧㄚ ㄙㄨˋ ㄉㄨˋ 物體運動，每秒中速度加增的速率。

**加速器** ㄐㄧㄚ ㄙㄨˋ ㄑㄧˋ 使粒子增加速度和能量的設備。是研究原子核和基本粒子性質的工具。

**加答爾** ㄐㄧㄚ ㄉㄚˊ ㄦˇ catarrh的譯音。臟腑黏膜所生的炎瘇病症，種類很多。

**加農砲** ㄐㄧㄚ ㄋㄨㄥˊ ㄆㄠˋ 図英語cannon的翻譯。又叫「格林砲」。一種砲身長，彈道低，初速大，射程遠，火力強的平射砲。

**加權法** ㄐㄧㄚ ㄑㄩㄢˊ ㄈㄚˇ 統計學名詞。計算平均數或指數的時候，權衡個別的比重大小或影響程度的輕重，分別加上恰如其分的權數(用來權衡輕重的數目)，叫做加權法。如計算學業平均成績，各科分數先乘以各該科每週鐘點數，就是加權法。又如臺灣股市的「加權指數」，是以民國五十五年某日為基期（基準日期），用加權法計算當天的「總發行市值」(即採樣上市公司的股票發行股數和股價乘積的總和），定為「基期指數」一〇〇。嗣後每天的「總發行市值」對「基期指數」的漲跌比率，就是當天股市的「總加權指數」。

**加速運動** 物理學名詞。速度不斷增加的運動。是變速運動的一種。

**加膝墜淵** 囡比喻人的愛憎無常。喜愛就抱在膝上，憎恨就拋棄深水中。語出〈禮記．檀弓下〉。

**加護病房** 集中人員和設備，為危急病患作加強醫護服務的特殊病房。

**加工出口區** 專做外銷產品的加工製造和裝配出口的集中工業區。政府為促進投資，發展外銷，增加產品及勞務輸出而設。區內容納產銷過程中必需之包裝、修配、倉儲、運輸、裝卸等事業設備，並設管理處管理。土地為公有，由各事業租用。產品限供外銷，特准內銷的依法課稅。所需原料和機器設備，免徵進口稅。

## 四筆

**劣** ㄌㄧㄝˋ 優的相反，不好的，不足的，弱的。如「劣等」「卑劣」。

**劣馬** 不好的馬，不馴服的馬。

**劣敗** 不好或不如人的，會失敗或遭淘汰。常作「優勝劣敗」。

**劣紳** 在地方上仗勢欺人的惡劣士紳。

**劣等** 下等。

**劣勢** 下風。情況或條件較差的形勢。

**劣跡** 惡劣的事跡。

**劣根性** 惡劣的天性。

## 五筆

**努** ㄋㄨˇ ㈠見「努力」。㈡翹起。如「努嘴兒」。㈢囡突出。如「努目」。

**努力** 認真，用力。

**努目** 囡生氣時兩隻眼睛睜得大大的樣子。

**努嘴兒** 翹嘴脣，常是暗示的動作，或是小孩子生氣的表情。

**劫（刦、刧、刼）** ㄐㄧㄝˊ ㈠強奪。如「路劫」。㈡脅制。如「劫制」。㈢災難。如「浩劫」。㈣圍棋術語。意思是「緊迫之處」。對方想在他處下棋子來提取我方棋子，叫「打」，我方設法在別處下子，使他不能提，叫「劫」；合稱「打劫」。

**劫持** 擄人挾制，以達勒索的目的。

**劫掠** 囡強奪。

**劫鈔** ①囡劫掠。②搶劫銀行，掠奪鈔票。

**劫奪** 搶奪財物。

**劫獄** 也作「劫牢」。襲擊牢獄，救出囚犯。

**劫數**（ㄐㄧㄝˊ ㄕㄨˋ） 佛教稱受災害的壞運氣為劫數。

**劫機**（ㄐㄧㄝˊ ㄐㄧ） 劫持飛機。脅迫飛機駕駛員改變航程，降落第三地，挾制乘客作為人質，以達到勒索或逃亡的目的。

**劫營**（ㄐㄧㄝˊ ㄧㄥˊ） 偷襲敵人的營地。

**劫簸**（ㄐㄧㄝˊ ㄅㄛ） 佛經裡的詞，是「長時間」的意思。常簡略為「劫」。如「萬劫不復」。

## 劬

又ㄑㄩˊ 勤勞的樣子。如「劬勞」。

**劬勞**（ㄑㄩˊ ㄌㄠˊ） 勞苦，多指母親育子。〈詩經・邶・凱風〉有「母氏劬勞」。

## 助

ㄓㄨˋ ㈠幫助。如「揠苗助長」。㈡又有益。如「助益」。

**助力**（ㄓㄨˋ ㄌㄧˋ） 成為幫助的力量。和阻力對稱。如「化阻力為助力」。

**助手**（ㄓㄨˋ ㄕㄡˇ） 幫忙作事的人。

**助攻**（ㄓㄨˋ ㄍㄨㄥ） 支援協助進攻。

**助長**（ㄓㄨˋ ㄓㄤˇ） 幫助長成。

**助威**（ㄓㄨˋ ㄨㄟ） 幫助別人增加聲勢。也作助勢。

**助益**（ㄓㄨˋ ㄧˋ） 幫助，加益。「多看書，對寫作有助益」。

**助陣**（ㄓㄨˋ ㄓㄣˋ） 在戰鬥或競賽中，幫助增加聲勢或力量。如「情勢危急，亟需援軍前往助陣」。

**助理**（ㄓㄨˋ ㄌㄧˇ） ①協助辦理。②幫助做事的人，是一種職稱。

**助詞**（ㄓㄨˋ ㄘˊ） 文法用詞。本身沒有獨立或具體的意義，只是用來輔助語意或語氣的詞。如是啊、來呀、好哇、說吧等詞的末一字就是。

**助跑**（ㄓㄨˋ ㄆㄠˇ） 田賽運動名詞，指跳遠、三級跳遠、跳高、撐竿跳等起跳之前，從出發處到起跳點的跑步。

**助學**（ㄓㄨˋ ㄒㄩㄝˊ） 出錢幫助別人求學。

**助燃**（ㄓㄨˋ ㄖㄢˊ） 幫助可燃物質燃燒。如「氧能助燃」。

**助興**（ㄓㄨˋ ㄒㄧㄥˋ） 幫助提高興致。

**助選**（ㄓㄨˋ ㄒㄩㄢˇ） 協助候選人競選。登記為法定助選人員的，稱助選員。

**助動詞**（ㄓㄨˋ ㄉㄨㄥˋ ㄘˊ） 文法用詞。在動詞或形容詞前，輔助說明動作或情狀的詞。如要、會、可以、可能、必須、應該、肯、願意等。

**助產士**（ㄓㄨˋ ㄔㄢˇ ㄕˋ） 以協助產婦順利分娩為職業的人。

**助學金**（ㄓㄨˋ ㄒㄩㄝˊ ㄐㄧㄣ） 補助學生為求學用的錢。如果是貸款，學生可在畢業後償還。

**助聽器**（ㄓㄨˋ ㄊㄧㄥ ㄑㄧˋ） 塞入聽力減退者的耳道內，或掛在耳聾患者的耳輪上，加強其聽力的擴聲器具。

**助力器械**（ㄓㄨˋ ㄌㄧˋ ㄑㄧˋ ㄒㄧㄝˋ） 可以用較小的力量，收較大效果的器械，如槓桿、滑輪等。

**助桀為虐**（ㄓㄨˋ ㄐㄧㄝˊ ㄨㄟˊ ㄋㄩㄝˋ） 比喻幫助惡人做壞事。也作「助紂為虐」。

## 劭

又ㄕㄠˋ ㈠勉勵，勸導。〈漢書〉有「先帝劭農」。㈡優美。如「劭美」。

### 六筆

## 劻

又ㄎㄨㄤ 見「劻勷」條。

**劻勷**（ㄎㄨㄤ ㄖㄤˊ） 又急迫的樣子。

## 劾

ㄏㄜˊ 揭發攻訐別人的不法行為。如「彈劾」。

### 七筆

**勃** ㄅㄛˊ 図㈠旺盛的樣子。如「蓬勃」「勃然」。㈡吵架叫「勃谿」。㈢忽然。如「勃興」。

**勃勃** ㄅㄛˊ ㄅㄛˊ 形容興隆旺盛。如「生氣勃勃」「野心勃勃」。

**勃怒** ㄅㄛˊ ㄋㄨˋ 図生氣時候臉色變了，或突然發怒。

**勃然** ㄅㄛˊ ㄖㄢˊ 図①生氣的樣子。如「勃然變色」。②興起的樣子。如「則苗勃然興之矣」。

**勃發** ㄅㄛˊ ㄈㄚ 図①蓬勃發展。②突然興起。

**勃興** ㄅㄛˊ ㄒㄧㄥ 図蓬勃興起。

**勃谿** ㄅㄛˊ ㄒㄧ 図婆婆和媳婦兩人不和、吵架。常作「婦姑勃谿」。

**勉** ㄇㄧㄢˇ ㈠盡力。如「勤勉」。㈡勸導，鼓勵。如「勉勵」。㈢不自然的樣子。如「勉強」。

**勉力** ㄇㄧㄢˇ ㄌㄧˋ 努力。

**勉強** ㄇㄧㄢˇ ㄑㄧㄤˇ ①不自然。如「你看他那一臉勉強的樣子」。②努力。又力量不夠而硬做，也叫「勉強」。如「他勉強把這件事扛了起來」。③壓迫別人做他不肯做的事。如「你勉強他作那件事，結果並沒成功」。

**勉學** ㄇㄧㄢˇ ㄒㄩㄝˊ 図努力求學問。

**勉勵** ㄇㄧㄢˇ ㄌㄧˋ 勸勉鼓勵。

**勉勉強強** ㄇㄧㄢˇ ㄇㄧㄢˇ ㄑㄧㄤˇ ㄑㄧㄤˇ 第二個勉字輕讀。見「勉強」①②。

**勉為其難** ㄇㄧㄢˇ ㄨㄟˊ ㄑㄧˊ ㄋㄢˊ 勉強去做自己不願意做、不方便做或能力做不到的事。

**勁** ▲ㄐㄧㄣˋ ㈠力量。如「使了大勁」。㈡興趣。如「起勁」。㈢見「勁兒」。
▲図ㄐㄧㄥˋ ㈠堅強有力。如「勁敵」「疾風知勁草」。

**勁兒** ㄐㄧㄣˋ ㄦ ①力氣。②精神、興趣。如「一說吃，他就有勁兒了」。③親密的情意。如「上勁兒」。④笑人不好的態度。如「你看他那股勁兒」。

**勁拔** ㄐㄧㄥˋ ㄅㄚˊ 図強勁，挺拔。剛毅、堅挺有力的樣子。

**勁松** ㄐㄧㄥˋ ㄙㄨㄥ 図不怕寒冷、矗立不搖的松樹。比喻堅貞不二的忠臣。

**勁風** ㄐㄧㄥˋ ㄈㄥ 図烈風。

**勁旅** ㄐㄧㄥˋ ㄌㄩˇ 図精銳的軍隊。

**勁草** ㄐㄧㄥˋ ㄘㄠˇ 図堅韌的草。比喻堅貞不屈的人。如「疾風知勁草」。

**勁節** ㄐㄧㄥˋ ㄐㄧㄝˊ 図竹節因其質地堅實，稱為勁節。比喻堅貞的節操。

**勁道** ㄐㄧㄥˋ ㄉㄠˋ 同「勁頭兒」。就是力氣，力道。

**勁敵** ㄐㄧㄥˋ ㄉㄧˊ 図強有力的敵人。也比喻厲害的對手。

**勁頭（兒）** ㄐㄧㄣˋ ㄊㄡˊ ㄦ 同「勁兒」①④。

**勁骨豐肌** ㄐㄧㄥˋ ㄍㄨˇ ㄈㄥ ㄐㄧ 図骨骼堅硬，肌肉豐實。形容畫法的筆勢既豐潤又有力。

**勇** ㄩㄥˇ ㈠形容人力氣大或膽量大。如「勇士」。㈡敢作敢為，肯擔當責任。如「勇於負責」。㈢清朝的士兵叫兵勇。

**勇士** ㄩㄥˇ ㄕˋ 膽量力氣都很大的人。

**勇壯** ㄩㄥˇ ㄓㄨㄤˋ 勇猛強壯。

**勇決** ㄩㄥˇ ㄐㄩㄝˊ 図勇敢而有決斷力。

**勇往** ㄩㄥˇ ㄨㄤˇ 大膽的前進。

**勇武** ㄩㄥˇ ㄨˇ 勇猛威武。

**勇者** ㄩㄥˇ ㄓㄜˇ 不怕艱難危險而能勇往直前的人。如「勇者不懼」。

**勇悍** ㄩㄥˇ ㄏㄢˋ 勇猛強悍。

**勇氣** ㄩㄥˇ ㄑㄧˋ 一股勇往前進無所畏懼的力量。

**勇退** ㄩㄥˇ ㄊㄨㄟˋ 不猶豫，不留戀，及時退隱。常作「急流勇退」。多指作官的人勇於退讓或退休。

**勇將** ㄩㄥˇ ㄐㄧㄤˋ ①指勇猛的大將。②比喻敢出頭、能對敵的中堅人物。

**勇猛** ㄩㄥˇ ㄇㄥˇ 勇武。

**勇敢** ㄩㄥˇ ㄍㄢˇ 有勇氣。

**勇往直前** ㄩㄥˇ ㄨㄤˇ ㄓˊ ㄑㄧㄢˊ 一直勇敢向前，毫不畏懼。如「既然決定要做，就得勇往直前」。

**勇於任事** ㄩㄥˇ ㄩˊ ㄖㄣˋ ㄕˋ 不退縮，不推委，能勇敢擔任艱難的工作。

**勇冠三軍** ㄩㄥˇ ㄍㄨㄢˋ ㄙㄢ ㄐㄩㄣ 勇猛的精神在全軍中數第一。比喻非常勇敢。

**勇猛精進** ㄩㄥˇ ㄇㄥˇ ㄐㄧㄥ ㄐㄧㄣˋ 図本為佛家語，指奮勉修行。後多用來指刻苦修習，猛進不已。

**勇敢善戰** ㄩㄥˇ ㄍㄢˇ ㄕㄢˋ ㄓㄢˋ 図有勇氣，有膽識，善於衝鋒陷陣。

## 八筆

**勍** 図ㄑㄧㄥˊ 強。如「勍敵」。

**勑** ▲ㄔˋ 同「敕」。▲ㄌㄞˋ 同「徠」。

## 九筆

**動** ㄉㄨㄥˋ ㈠靜的反面。如「動態」。㈡行為。如「舉動」。㈢開始。如「動工」。㈣感覺。如「動心」。㈤図每每。如「動輒」。

**動人** ㄉㄨㄥˋ ㄖㄣˊ 感人，使人感動。如「文章寫得很動人」。

**動力** ㄉㄨㄥˋ ㄌㄧˋ 使機器運轉的力量，如水力、火力、電力等。

**動土** ㄉㄨㄥˋ ㄊㄨˇ 開始建築。

**動工** ㄉㄨㄥˋ ㄍㄨㄥ 開工；開始工作；開始施工。

**動心** ㄉㄨㄥˋ ㄒㄧㄣ 內心受到刺激而感動。

**動支** ㄉㄨㄥˋ ㄓ 提用，大都指公款。

**動止** ㄉㄨㄥˋ ㄓˇ 図①動作和靜止。②行動，舉止。③起居作息，指日常生活。

**動用** ㄉㄨㄥˋ ㄩㄥˋ 使用。如「動用公款」。

**動向** ㄉㄨㄥˋ ㄒㄧㄤˋ 事勢發展的趨向與前途。

**動作** ㄉㄨㄥˋ ㄗㄨㄛˋ 舉動。

**動兵** ㄉㄨㄥˋ ㄅㄧㄥ 用兵作戰。

**動身** ㄉㄨㄥˋ ㄕㄣ 起程，出發。

**動武** ㄉㄨㄥˋ ㄨˇ 打起來。

**動物** ㄉㄨㄥˋ ㄨˋ 生物之一，常與植物並稱。動物的細胞沒有細胞壁；植物有。植物通常能自造養分，是「自營的」；動物必須攝取食物來維持生命，是「異營的」。高等的動植物之間，這些差異尤其明顯。

**動怒** ㄉㄨㄥˋ ㄋㄨˋ 發怒。

**動美** ㄉㄨㄥˋ ㄇㄟˇ 動態美，指自然界的波濤風雨，藝術方面的音樂戲劇。

**動員** ㄉㄨㄥˋ ㄩㄢˊ 國家到了戰時，動用人力、財力、物力，把平時編制變成戰時編制，叫做動員。

**動容** ㄉㄨㄥˋ ㄖㄨㄥˊ ①臉上出現感動的表情。②図舉止儀容。

**動氣** ㄉㄨㄥˋ ㄑㄧˋ 動怒。

**動脈** ㄉㄨㄥˋ ㄇㄞˋ 人體內的主要血管，心臟壓出的含氧多的血液由它輸送到身體各處。

**動能** 物理學名詞。指物體由於運動而具有的能。它的大小是物體速率平方和物體質量乘積的二分之一。

**動問** 問，質問。

**動情** ①發生感情，觸動情欲。②情緒激動。

**動產** 可以移動的財產，像金錢、證券、器物等。

**動眾** 勞動眾人，驚動眾人。常作「勞師動眾」。

**動粗** 以粗暴行為對待別人。

**動畫** 表現連續動態的圖畫。就是「卡通」。

**動筆** 寫作，開始寫作。

**動詞** 文法上陳述人、物、事的動作、情況、變化的詞。又稱動字、云謂字。如看、想、吃、走等。分內動詞（自動詞、不及物動詞）、外動詞（他動詞、及物動詞）、同動詞、助動詞四種。

**動量** 物理學上說物體運動的數量。舊名「運動量」。它的大小是物體的質量和速率的乘積。

**動亂** 指社會上、政治上的變動擾亂。

**動搖** 不穩定，不堅固。

**動態** ①事勢變動發展的狀態。②活動的狀態。

**動輒** 図每每、屢次，每次舉動都這樣。如「動輒得咎」。

**動彈** 彈字輕讀。（人、動物或能轉動的東西）活動。

**動機** 指動作發生的原因。

**動蕩** 図也作「動盪」。①起伏不定，不平靜。②比喻局勢或情況不安定，不太平。

**動靜** 靜字輕讀。①事情的消息。②聲音。

**動議** 會議上臨時提出意見，叫做動議。

**動聽** 說話能引人注意聽。

**動手（兒）** ①開始工作。②毆打或爭鬥。

**動火（兒）** 發怒。

**動不動（兒）** 不字輕讀。每次都這樣。如「他動不動就拍桌子」。文言說「動輒」。

**動物油** 從動物身上取得的油脂。如豬油、牛油、魚油。除了食用，也可以做潤滑劑和化工原料。

**動物學** 研究動物的形態、生理、分類、生態、分布、保護、控制等的科學。

**動物園** 養育各種動物，供人研究觀賞的場所。

**動心忍性** 図語見〈孟子．告子〉：「所以動心忍性，曾益其所不能。」原意是驚動其心，堅忍其性。後來多指不顧艱難險阻，堅持下去。

**動手動腳** 打鬧或調戲，不安穩老實。

**動輒得咎** 図輒，就；咎，過錯，責怪。動輒得咎，指動不動就獲罪或受到責怪。

## 勒

▲ㄌㄜ ㈠帶嚼子的馬絡頭。㈡抑迫。如「勒索」。㈢図刻作記號。如「勒石」。㈣煞住。如「勒馬」。㈤書法的橫的筆畫。㈥姓。語音ㄌㄜ。▲ㄌㄟ用繩帶等捆住或套住，再用力拉緊。

**勒令** 以命令強制別人做某事。如「勒令退學」。

**勒石**（ㄌㄜˋ ㄕˊ） 〔文〕在石上刻字，也指立碑。

**勒兵**（ㄌㄜˋ ㄅㄧㄥ） 停止軍隊進行。

**勒索**（ㄌㄜˋ ㄙㄨㄛˇ） 向人逼取財物。

**勒馬**（ㄌㄜˋ ㄇㄚˇ） 拉緊韁繩，讓馬停住腳步，不再前進。

**勒掯**（ㄌㄟ ㄎㄣˋ） 掯字輕讀。①強制，約束，勒逼。②阻擋，推辭。

**勒逼**（ㄌㄜˋ ㄅㄧ） 〔文〕強迫，逼迫。

**勒贖**（ㄌㄜˋ ㄕㄨˊ） 〔文〕綁匪擄人，強迫他的家屬拿錢來贖回人質。

**勒克斯**（ㄌㄜˋ ㄎㄜˋ ㄙ） 〔音〕英語 lux 的音譯。光學用詞。照明度的國際單位。

**勒緊褲（腰）帶**（ㄌㄟ ㄐㄧㄣˇ ㄎㄨˋ ㄧㄠ ㄉㄞˋ） 忍受飢餓。

## 勘

▲ㄎㄢˋ 考核，稽察。如「勘查」。▲ㄎㄢ 考察繕印的錯誤。如「勘誤」「校（ㄐㄧㄠˋ）勘」。

**勘正**（ㄎㄢˋ ㄓㄥˋ） ①審問核對事情的真假。②核校，糾正。

**勘合**（ㄎㄢˋ ㄏㄜˊ） ①核對符契。古代符契文書，上蓋印信，分為兩半，當事人雙方各執一半，作為憑證。凡是調遣軍隊，車輛進出皇城，官吏差使，都要勘驗核對符契，稱為勘合。②指可以做為憑證的符契。

**勘災**（ㄎㄢ ㄗㄞ） 察看災情。

**勘定**（ㄎㄢ ㄉㄧㄥˋ） 〔文〕①查對，核定。②測定。③同「戡定」。以武力平定。

**勘探**（ㄎㄢ ㄊㄢˋ） 勘察探測礦藏的分布情況。也作「勘測」。

**勘察**（ㄎㄢ ㄔㄚˊ） 實地調查。也作「勘查」。

**勘誤**（ㄎㄢ ㄨˋ） 同「刊誤」，校勘錯誤。

**勘驗**（ㄎㄢ ㄧㄢˋ） 校驗，查驗。

## 勖（勗）

〔文〕ㄒㄩˋ 勉勵。

## 務（务）

ㄨˋ ㈠事情。如「庶務」。㈡專力作事。如「務農」。㈢必須，一定。如「務必」。

**務必**（ㄨˋ ㄅㄧˋ） 必須。

**務本**（ㄨˋ ㄅㄣˇ） 〔文〕專力從根本上做起。

**務求**（ㄨˋ ㄑㄧㄡˊ） 一定要求得。如「文字務求簡潔」。

**務期**（ㄨˋ ㄑㄧ） 〔文〕一定要。如「務期父以教子，兄以教弟」。

**務須**（ㄨˋ ㄒㄩ） 必須，一定要。

**務農**（ㄨˋ ㄋㄨㄥˊ） 專心農作，以種植為業。

**務實**（ㄨˋ ㄕˊ） 不重形式，講求實際，致力於有具體實效的事情。如「務實作風」。

# 十筆

## 勞（劳）

▲ㄌㄠˊ ㈠勤苦用力。如「勞心」「勞力」。㈡事功。如「勞績」。㈢煩託。如「勞駕」。㈣勞動者的簡稱。如「勞資雙方」。㈤疲困。如「勞累」。㈥姓。▲ㄌㄠˋ 慰問。如「犒勞」「勞軍」。

**勞力**（ㄌㄠˊ ㄌㄧˋ） 用體力工作。

**勞工**（ㄌㄠˊ ㄍㄨㄥ） 職業工人，勞動者。

**勞心**（ㄌㄠˊ ㄒㄧㄣ） ①用腦力工作。②費精神。③〔文〕憂心。

**勞方**（ㄌㄠˊ ㄈㄤ） 指工商業的職工一方。對資方而言。

**勞乏**（ㄌㄠˊ ㄈㄚˊ） 疲倦。

**勞民**（ㄌㄠˊ ㄇㄧㄣˊ） 勞役人民。如「勞民傷財」。

**勞生**（ㄌㄠˊ ㄕㄥ） 〔文〕①辛苦勞碌的生活。②終身勞苦，勞碌一生。

**勞作** ㄌㄠˊ ㄗㄨㄛˋ ①勞動，工作。②學校教學科目之一。教導學生做手工或體力勞動。目的在藉由實地操作，養成勤勞習性，發展其設計創造的能力。

**勞困** ㄌㄠˊ ㄎㄨㄣˋ 疲勞困乏。也作「勞頓」。

**勞役** ㄌㄠˊ ㄧˋ ①人民出勞力替國家服務。②政府派人民作勞力的工作。

**勞形** ㄌㄠˊ ㄒㄧㄥˊ [文]因為事煩而形體疲勞。

**勞步** ㄌㄠˊ ㄅㄨˋ 敬稱別人的來臨。如「昨天勞步，還沒回拜呢」。

**勞保** ㄌㄠˊ ㄅㄠˇ 「勞工保險」的簡稱。各產業機構所屬的工作人員，按照政府規定每月繳交保險費，一旦有疾病、生育，可以到政府指定的醫院免費診治、生產；受保者本人死亡，可以領取一筆相當數目的「給付」。

**勞思** ㄌㄠˊ ㄙ [文]苦思，操心，憂慮。

**勞神** ㄌㄠˊ ㄕㄣˊ 煩勞心神。

**勞苦** ㄌㄠˊ ㄎㄨˇ 辛苦。

**勞軍** ㄌㄠˋ ㄐㄩㄣ 慰勞兵士。

**勞動** ▲ㄌㄠˊ ㄉㄨㄥˋ 用勞力作工。▲ㄌㄠˊ ·ㄉㄨㄥ 敬辭，煩勞。如「勞動您跑一趟」。

**勞務** ㄌㄠˊ ㄨˋ 經濟學名詞。能滿足他人需要或創造經濟價值的勞力服務。

**勞累** ㄌㄠˊ ㄌㄟˋ 勞苦。

**勞逸** ㄌㄠˊ ㄧˋ 勞苦和安逸，忙碌和清閒。「勞逸不均」就是工作分配不平均，包括工作分擔不均和勞逸時間不均。

**勞煩** ㄌㄠˊ ㄈㄢˊ 請託他人做事的詞。如「這事勞煩您代辦了」。

**勞資** ㄌㄠˊ ㄗ 勞動者和資本家兩方的簡稱。

**勞頓** ㄌㄠˊ ㄉㄨㄣˋ [文]勞累疲倦。

**勞碌** ㄌㄠˊ ㄌㄨˋ 勞苦忙碌。

**勞駕** ㄌㄠˊ ㄐㄧㄚˋ ①請人做事的客氣話。②敬稱客人來臨。

**勞績** ㄌㄠˊ ㄐㄧ 勤勞做事的成績。

**勞什子** ㄌㄠˊ ㄕˊ ·ㄗ [方]令人討厭的東西。也作「牢什子」。

**勞委會** ㄌㄠˊ ㄨㄟˇ ㄏㄨㄟˋ 我國行政院之下，主管勞工制度和福利的「勞工委員會」的簡稱。

**勞動者** ㄌㄠˊ ㄉㄨㄥˋ ㄓㄜˇ 依靠勞力做工來維持生活的人。

**勞動節** ㄌㄠˊ ㄉㄨㄥˋ ㄐㄧㄝˊ 五一國際勞動節的簡稱。西元一八八四年，美國工人要求八小時工作制。一八八六年五月一日，芝加哥工人成立協會響應，舉行罷工和示威遊行。一八八九年，「國際勞動者聯盟」在巴黎集會，決定以五月一日為國際勞動節。

**勞碌命** ㄌㄠˊ ㄌㄨˋ ㄇㄧㄥˋ 指要勞碌才能過日子的人，或老是閒不下來的人。

**勞人費馬** ㄌㄠˊ ㄖㄣˊ ㄈㄟˋ ㄇㄚˇ 是說事情使人煩忙勞累。

**勞工運動** ㄌㄠˊ ㄍㄨㄥ ㄩㄣˋ ㄉㄨㄥˋ 勞工組織或同情勞工的人士或政黨，為爭取勞工權益而發起的資訊傳播、集會、請願、抗議、罷工、示威、遊行等集體行為或運動。

**勞民傷財** ㄌㄠˊ ㄇㄧㄣˊ ㄕㄤ ㄘㄞˊ ①既使人勞苦，又浪費了錢財。②勞累了人民，又花費了國家很多的錢。

**勞而無功** ㄌㄠˊ ㄦˊ ㄨˊ ㄍㄨㄥ 白費力氣而沒有功效。

**勞苦功高** ㄌㄠˊ ㄎㄨˇ ㄍㄨㄥ ㄍㄠ 做事勤苦而功勞很大。

**勞師動眾** ㄌㄠˊ ㄕ ㄉㄨㄥˋ ㄓㄨㄥˋ ①費了很多人力。②使大家都不得安閒。

**勞燕分飛** ㄌㄠˊ ㄧㄢˋ ㄈㄣ ㄈㄟ 比喻別離。古樂府有「東飛伯勞西飛燕」。

伯勞、燕，都是鳥名。

**勞動基準法** ㄌㄠˊ ㄉㄨㄥˋ ㄐㄧ ㄓㄨㄣˇ ㄈㄚˇ 規定勞動條件的最低標準，保障勞工權益，加強勞資關係，促進社會發展的法律。簡稱「勞基法」。

**勞動價值說** ㄌㄠˊ ㄉㄨㄥˋ ㄐㄧㄚˋ ㄓˊ ㄕㄨㄛ 經濟學名詞。認為商品價值的大小，是由所費勞動量的多寡來決定的。這種學說是斯密亞當首創，李嘉圖加以發揚，而由馬克斯集其大成。

**勞力密集工業** ㄌㄠˊ ㄌㄧˋ ㄇㄧˋ ㄐㄧˊ ㄍㄨㄥ ㄧㄝˋ 依靠密集的勞力製造產品或創造經濟價值的工業。也就是耗費資金較少，使用人工或勞力較多，以手工業為主的生產類型。

## 勝

▲ㄕㄥˋ ㈠佔優勢，贏了。如「優勝」「戰勝」。㈡優越，形勢好的地方叫勝。如「名勝」「形勝」。㈢越過。如「略勝一籌」。▲ㄕㄥ ㈠能夠，足以。如「勝任」「不勝枚舉」。㈡受得住，受得了。如「悲不自勝」。㈢盡。如「不勝感激」「不可勝數」。

**勝仗** ㄕㄥˋ ㄓㄤˋ 打贏的戰爭。如「打了個漂亮的勝仗」。

**勝任** ㄕㄥ ㄖㄣˋ 能擔任得起。

**勝地** ㄕㄥˋ ㄉㄧˋ 優美的地方。

**勝似** ㄕㄥˋ ㄙˋ 勝過，超過。比某事或某物好。

**勝利** ㄕㄥˋ ㄌㄧˋ 贏了，「失敗」的對稱。

**勝券** ㄕㄥˋ ㄑㄩㄢˋ 図可以取勝的憑據。也就是獲勝的把握。

**勝狀** ㄕㄥˋ ㄓㄨㄤˋ 図也作「勝景」，指優美的風景。

**勝負** ㄕㄥˋ ㄈㄨˋ 勝敗。

**勝跡** ㄕㄥˋ ㄐㄧ 有名的風景優美的古跡。

**勝訴** ㄕㄥˋ ㄙㄨˋ 官司打贏了。

**勝會** ㄕㄥˋ ㄏㄨㄟˋ 盛大的集會。

**勝概** ㄕㄥˋ ㄍㄞˋ 図優美的景色；佳境。

**勝遊** ㄕㄥˋ ㄧㄡˊ 愉快愜意的遊覽。

**勝算** ㄕㄥˋ ㄙㄨㄢˋ 図能夠取得勝利的計謀。

**勝覽** ㄕㄥˋ ㄌㄢˇ 図美景，佳境。

**勝任愉快** ㄕㄥ ㄖㄣˋ ㄩˊ ㄎㄨㄞˋ 能力足夠擔任某項任務或工作，而且能做得很好。

**勝殘去殺** ㄕㄥ ㄘㄢˊ ㄑㄩˋ ㄕㄚ 図施行仁政或感化教育，使殘暴的人不再為惡，就可以廢除刑罰了。

# 十一筆

## 募

ㄇㄨˋ 廣求，招集。如「募捐」「募兵」。

**募化** ㄇㄨˋ ㄏㄨㄚˋ 化緣。佛教或道教的教徒求人布施供佛或行善用的財物。

**募兵** ㄇㄨˋ ㄅㄧㄥ 募集志願當兵的人，就是僱傭兵。對徵兵說的。

**募捐** ㄇㄨˋ ㄐㄩㄢ 募集捐款。

**募集** ㄇㄨˋ ㄐㄧˊ 徵募聚集。

**募兵制** ㄇㄨˋ ㄅㄧㄥ ㄓˋ 以雇傭的方式募集兵員。對徵兵制而言。

## 勣

ㄐㄧ 通「績」，指功業。

## 勦

ㄐㄧㄠˇ 滅絕。如「勦匪」。又讀ㄔㄠ。抄襲。如「勦襲」，同「抄襲」。

**勦撫兼施** ㄐㄧㄠˇ ㄈㄨˇ ㄐㄧㄢ ㄕ 包圍剿除，招降安撫，兩種辦法同時進行。

## 勤

ㄑㄧㄣˊ ㈠努力。如「勤勞」。㈡勞苦。如「勤苦」。㈢厚意待人。如「殷勤」。

**勤王** ㄑㄧㄣˊ ㄨㄤˊ 図舊時指效忠王室，或起兵解救王室的危難。

**勤快**（ㄑㄧㄣˊ ㄎㄨㄞˋ） 做事勤奮，不敢怠惰。如「做事勤快的人將來會成功」。

**勤思**（ㄑㄧㄣˊ ㄙ） 文①勤於思考。②勞神。

**勤政**（ㄑㄧㄣˊ ㄓㄥˋ） 指國家的領袖或官吏勤於政事。如「勤政愛民」。

**勤苦**（ㄑㄧㄣˊ ㄎㄨˇ） 刻苦耐勞。

**勤勉**（ㄑㄧㄣˊ ㄇㄧㄢˇ） 努力工作，不偷懶。

**勤務**（ㄑㄧㄣˊ ㄨˋ） 軍隊或警察日常所做的各種工作。

**勤惰**（ㄑㄧㄣˊ ㄉㄨㄛˋ） ①勤奮和懶惰。②人事考核項目之一。就是曠職、請假、遲到、早退等服務成績。

**勤勞**（ㄑㄧㄣˊ ㄌㄠˊ） 勞心盡力。

**勤儉**（ㄑㄧㄣˊ ㄐㄧㄢˇ） 勤勞儉樸。

**勤學**（ㄑㄧㄣˊ ㄒㄩㄝˊ） 用功讀書。

**勤奮**（ㄑㄧㄣˊ ㄈㄣˋ） 勤勉，努力求上進。

**勤懇**（ㄑㄧㄣˊ ㄎㄣˇ） ①做事認真。②非常誠意。

**勤謹**（ㄑㄧㄣˊ ㄐㄧㄣˇ） 勤勞謹慎。

**勤務兵**（ㄑㄧㄣˊ ㄨˋ ㄅㄧㄥ） 舊時軍隊中給軍官辦雜務的士兵。

**勤工儉學**（ㄑㄧㄣˊ ㄍㄨㄥ ㄐㄧㄢˇ ㄒㄩㄝˊ） 民國三年，吳稚暉、蔡元培等人組織勤工儉學會，提倡留法學生應該利用課餘，勤勞做工，賺取學費，節儉生活，刻苦求學。歐戰期間，留法學生大都以這種半工半讀的方式求學。

**勤則不匱**（ㄑㄧㄣˊ ㄗㄜˊ ㄅㄨˋ ㄎㄨㄟˋ） 文能夠勤奮工作，就不會匱乏。

**勤能補拙**（ㄑㄧㄣˊ ㄋㄥˊ ㄅㄨˇ ㄓㄨㄛˊ） 文勤奮可以彌補笨拙，是勉勵人努力勤學，不怕天資不好。

## 勢（势）

ㄕˋ ㈠地位高權力大所產生的一種無形強力。如「有錢有勢」。㈡自然界一些動的力量。如「風勢」「水勢」。㈢動作的狀態。如「手勢」「姿勢」。㈣機會。如「乘勢」。㈤形狀。如「形勢」「地勢」。㈥文雄性生殖器。如「去勢之馬」。

**勢力**（ㄕˋ ㄌㄧˋ） 權力，威力。

**勢必**（ㄕˋ ㄅㄧˋ） 表示根據情勢推測，將來的發展趨勢一定會這樣。如「演出陣容壯盛，勢必造成轟動」。

**勢利** ▲ㄕˋ ㄌㄧˋ 權勢和財利。▲ㄕˋ ˙ㄌㄧ 傾向於有財有勢者的行動。如「這個人最勢利，看人家有錢就巴結」。

**勢差**（ㄕˋ ㄔㄚ） 物理學名詞。指電場內兩點之間電位的差，就是「電位差」。也叫「電勢差」，簡稱「位差」。在工業上叫做「電壓」。因為有「電位差」，電場內電位較高的電必定向電位較低的地方流動。電壓的單位叫伏特。

**勢能**（ㄕˋ ㄋㄥˊ） 物理學名詞，指物體由高處落下所產生的能。

**勢焰**（ㄕˋ ㄧㄢˋ） 文勢力和氣焰。如「他受到董事長青睞之後，一時勢焰高起，眼睛裡就沒有人了」。

**勢頭**（ㄕˋ ㄊㄡˊ） ①情勢，形勢。②聲勢，威勢，勢力。

**勢派（兒）**（ㄕˋ ㄆㄞˋ（ㄦ）） ①氣派。②形勢。

**勢利眼**（ㄕˋ ㄌㄧ˙ ㄧㄢˇ） 利字輕讀。待人的態度，因對方的財勢權位而有親疏厚薄差別的。閩南話也有類似的說法，說「看人撒鹽」。意思是宴客的時候看對方身分高低而決定菜肴裡加多少調味料。

**勢力範圍**（ㄕˋ ㄌㄧˋ ㄈㄢˋ ㄨㄟˊ） 權力能夠達到的界限。

**勢不兩立**（ㄕˋ ㄅㄨˋ ㄌㄧㄤˇ ㄌㄧˋ） 彼此的仇恨很深，不可能和平共存。如「兩派積怨已深，勢不兩立」。

**勢如破竹** 比喻節節勝利，毫無阻礙。

**勢均力敵** 雙方勢力相等。

**勢高益危** 図權勢越高越危險。有如「爬得越高摔得越重」。

## 十三筆

**勦** 図ㄇㄞˋ盡力。

**勰** 図ㄒㄧㄝˊ和協。

## 十四筆

**勳** ㄒㄩㄣ功績。

**勳表** 勳章的附屬物，用來別在衣服上的。受過勳的軍人常把它掛在胸前。

**勳級** 功勳的等級。

**勳章** 國家頒給有功者的獎章。

**勳勞** 功勞。

**勳業** 図功業。

**勳爵** 舊時國家或朝廷對有功的人賜封的爵位。

**勳績** 功勳，功績，功勞。

## 十五筆

**勵（励）** ㄌㄧˋ (一)盡力。如「勵志」。(二)勸勉。如「策勵」。(三)姓。

**勵行** ▲ㄌㄧˋㄒㄧㄥˊ努力切實去做。▲ㄌㄧˋㄒㄧㄥˋ敦勵品行。

**勵志** 立定志向，努力上進。

**勵節** 図砥礪節操。也作「厲節」「礪節」。

**勵精圖治** 振作精神，想辦法把國家治理好。

## 十七筆

**勷** 図▲ㄖㄤˊ劻勷，急迫的樣子。▲ㄒㄧㄤ同「襄」字。相助的意思。

## 十八筆

**勸（劝）** ㄑㄩㄢˋ (一)用言語開導別人，使他聽從。如「勸告」。(二)図獎勵。如「勸農」。

**勸化** 図勸人做好事。

**勸世** 勸誡世人如何待人處世，修德立業。把它編成平易通俗歌謠的，叫「勸世歌」。

**勸告** 拿正當的道理開導別人，讓他聽從。

**勸戒** 勸勉警戒。

**勸和** 勸人和解，不再爭執。

**勸阻** 勸人不要做某事或進行某種活動。

**勸勉** 勸告且勉勵。

**勸架** 勸人停止爭吵或打架。

**勸降** 勸告使投降。

**勸捐** 用勸說的方式募捐。

**勸酒** 宴會的時候勸人多喝酒，叫「勸酒」。

**勸退** 和「勸進」③相對。勸人退出或不參加公職競選。

**勸善** ㄑㄩㄢˋ ㄕㄢˋ 勸人做好事。

**勸進** ㄑㄩㄢˋ ㄐㄧㄣˋ 図①舊時朝臣上表歌功頌德，勸主登帝位。②勸誘促進。③勸人參加公職競選。和「勸退」相對。

**勸募** ㄑㄩㄢˋ ㄇㄨˋ 勸人出錢，共同參與某種善舉。也作「勸捐」。

**勸業** ㄑㄩㄢˋ ㄧㄝˋ 図勸勉於事業。勸，做勤勉解釋。

**勸解** ㄑㄩㄢˋ ㄐㄧㄝˇ 勸人和好息爭。

**勸農** ㄑㄩㄢˋ ㄋㄨㄥˊ 図獎勵農人增產報國。

**勸說** ㄑㄩㄢˋ ㄕㄨㄛ 勸告。

**勸慰** ㄑㄩㄢˋ ㄨㄟˋ 勸解安慰。如「她哭了好久，經過大家再三勸慰，才不哭了」。

**勸誘** ㄑㄩㄢˋ ㄧㄡˋ 勸說誘導。

**勸駕** ㄑㄩㄢˋ ㄐㄧㄚˋ 勸人出來做事或做客。

**勸學** ㄑㄩㄢˋ ㄒㄩㄝˊ 勉勵別人努力求學。

**勸導** ㄑㄩㄢˋ ㄉㄠˇ 規勸開導。

**勸諫** ㄑㄩㄢˋ ㄐㄧㄢˋ 図規勸匡正過錯。多用在下對上的勸說。

**勸和不勸離** ㄑㄩㄢˋ ㄏㄜˊ ㄅㄨˋ ㄑㄩㄢˋ ㄌㄧˊ 規勸別人夫妻之間的嚴重吵架，只能勸他們和好，不能勸他們離異。

# 勹部

## 一筆

**勺** ▲ㄕㄠˊ ㈠舀水器具，也叫「舀子」。㈡量名，升的百分之一。㈢炒菜勺簡稱。▲ㄕㄨㄛˊ ㈠舀水器，也是量名的讀音。㈡周公所作樂名。

**勺子** ㄕㄠˊ ˙ㄗ ①舀水勺。②炒菜勺。③人的腦後叫腦勺子。

## 二筆

**勾** ▲ㄍㄡ ㈠彎曲。如「一勾新月」。㈡塗去。如「勾消」。㈢暗通聲氣，互相連結。如「勾結」。㈣通「鉤」。㈤用芡粉或麵粉使湯汁加濃叫勾。如「勾芡」。㈥書法末筆向上「趯」的叫勾。㈦姓。▲ㄍㄡˋ ㈠伸手探取。如「他伸長了手去勾櫃子上的糖罐兒」。㈡見「勾當」。

**勾乙** ㄍㄡ ㄧˇ 図在報刊或書籍的某些語句上下標上像「乙」的引號（「」），表示要抄錄下來做參考。

**勾引** ㄍㄡ ㄧㄣˇ 引誘。

**勾股** ㄍㄡ ㄍㄨˇ 數學名詞。直角三角形夾直角的兩邊，短邊為「勾」，長邊為「股」。立竿測日影的時候，日影是勾，標竿是股。

**勾芡** ㄍㄡ ㄑㄧㄢˋ 用芡粉、綠豆粉或麵粉使菜湯加濃，叫做勾芡。

**勾消** ㄍㄡ ㄒㄧㄠ 塗去。如「一筆勾消」。也作「勾銷」「勾除」。

**勾留** ㄍㄡ ㄌㄧㄡˊ 因事停留。

**勾針** ㄍㄡ ㄓㄣ 編織織物的時候，可以用來勾線編織的針。有不鏽鋼的和竹製等。也作「鉤針」。

**勾情** ㄍㄡ ㄑㄧㄥˊ 挑撥情欲。

**勾通** ㄍㄡ ㄊㄨㄥ 暗中串通。

**勾勒** ㄍㄡ ㄌㄜˋ 図描畫輪廓。

**勾畫** ㄍㄡ ㄏㄨㄚˋ 描繪。同「勾勒」。

**勾結** ㄍㄡ ㄐㄧㄝˊ 暗中結合。

**勾搭**（ㄍㄡ ˙ㄉㄚ） 搭字輕讀。引誘，多指搞不正當關係而說的。

**勾當** ▲図ㄍㄡˋ ㄉㄤ 辦理。▲ㄍㄡˋ ˙ㄉㄤ 事，多指不正當的行為說的。

**勾魂**（ㄍㄡ ㄏㄨㄣˊ） 勾攝靈魂，使人神魂為之顛倒。表示極有吸引人的魅力。如「勾魂攝魄」。

**勾攝**（ㄍㄡ ㄕㄜˋ） 図①處理公務。如「勾攝公事」。②拘捕。如「勾攝入獄」。③對人有極大吸引力。如「勾攝心靈」。

**勾臉（兒）**（ㄍㄡ ㄌㄧㄢˇ（ㄦ）） 戲劇中的淨角（花臉）、丑角（小丑）等用彩色畫臉譜。

**勾心鬥角**（ㄍㄡ ㄒㄧㄣ ㄉㄡˋ ㄐㄩㄝˊ） 也作「鉤心鬥角」。①形容宮室建築結構錯綜複雜而巧妙精緻。②比喻各用心機，明爭暗鬥。

## 勿

ㄨˋ 不要，不可，禁止的詞。如「請勿說話」。

**勿藥**（ㄨˋ ㄩㄝˋ） 図無須醫藥治療。祝禱別人的病早好的話。

## 匀

ㄩㄣˊ ㈠平均。如「均匀」。㈡分讓。如「你匀出一點兒給他用」。

**匀停**（ㄩㄣˊ ˙ㄊㄧㄥ） 停字輕讀。均匀，分量適當。

**匀淨**（ㄩㄣˊ ˙ㄐㄧㄥ） 淨字輕讀。調和均匀。

**匀稱**（ㄩㄣˊ ㄔㄣˋ） 匀淨。

**匀速運動**（ㄩㄣˊ ㄙㄨˋ ㄩㄣˋ ㄉㄨㄥˋ） 物理學名詞。又叫「等速運動」。物體在單位時間內運動的速度和方向保持不變。

# 三筆

## 包

ㄅㄠ ㈠裹起來。如「把這些都包在一起」。㈡包裹的東西。如「一包東西」。㈢包裹物品的用具。如「皮包」「書包」。㈣容忍。如「包涵」。㈤統括。如「包括」「包含」。㈥負全部責任。如「包辦」「包治」。㈦圍困而加以攻擊。如「包圍」「包抄」。

**包子**（ㄅㄠ ˙ㄗ） 用麵皮兒包餡兒蒸熟吃的食品。

**包工**（ㄅㄠ ㄍㄨㄥ） ①由個人或公司承辦一切工作。②按出品數量計值的工作。

**包月**（ㄅㄠ ㄩㄝˋ） 按月付費包用或是收費包辦。如「他在店裡一天吃兩頓飯，是包月的」。

**包用**（ㄅㄠ ㄩㄥˋ） 擔保合用。

**包皮**（ㄅㄠ ㄆㄧˊ） 男性生殖器上覆蓋龜頭的外皮。

**包含**（ㄅㄠ ㄏㄢˊ） 包括。

**包夾**（ㄅㄠ ㄐㄧㄚˊ） 由左右或前後包圍。如「左右包夾，突襲敵軍」。

**包庇**（ㄅㄠ ㄅㄧˋ） 袒護。

**包抄**（ㄅㄠ ㄔㄠ） 掩襲敵兵把他包圍起來。

**包車**（ㄅㄠ ㄔㄜ） 私人所置備或訂期包約的車。

**包治**（ㄅㄠ ㄓˋ） 包辦醫治，等病好總付酬金。也作包醫。

**包括**（ㄅㄠ ㄎㄨㄛˋ） 包含總括。

**包容**（ㄅㄠ ㄖㄨㄥˊ） 包涵，寬容。如「對無意的過失要多包容」。

**包租**（ㄅㄠ ㄗㄨ） 房屋多間，由一人出名承租，再分租給別家，叫做包租。

**包票**（ㄅㄠ ㄆㄧㄠˋ） 貨物保用的保單。

**包袱**（ㄅㄠ ˙ㄈㄨ） 袱字輕讀。①整包的衣物。②包衣服的布，也作包袱皮兒。③比喻經濟上、思想上的負擔。

**包船**（ㄅㄠ ㄔㄨㄢˊ） ①包租船隻。②被包租的船隻。

**包廂** ㄅㄠ ㄒㄧㄤ 戲院裡供人包定的特別廂座。

**包涵** ㄅㄠ ㄏㄢˊ 寬容。義同「包容」。

**包飯** ㄅㄠ ㄈㄢˋ 按日供人飯菜，按月收取餐費。

**包圍** ㄅㄠ ㄨㄟˊ ①四面圍住。②幾個人聯合著對一個人要求某事。

**包裝** ㄅㄠ ㄓㄨㄤ ①為了攜帶、久存、美觀、廣告或運輸的方便，把商品包裹起來或裝進盒子、瓶罐裡。②包裝商品的東西。③謔稱演藝人員或公眾人物刻意打扮，美化形象。

**包管** ㄅㄠ ㄍㄨㄢˇ 擔保。

**包裹** ㄅㄠ ㄍㄨㄛˇ ①包紮。②包紮成件的東西。

**包穀** ㄅㄠ ㄍㄨˇ 玉蜀黍。

**包銷** ㄅㄠ ㄒㄧㄠ 商人承攬貨物，負責銷售。

**包辦** ㄅㄠ ㄅㄢˋ ①一手負責辦理。②把持。

**包頭** ㄅㄠ ㄊㄡˊ ①頭巾，包頭髮的布。②俗稱包工的首領。③傳統戲劇用語。本指旦角頭上的化裝或飾物，也借稱旦角。④地名，內蒙古的市。

**包藏** ㄅㄠ ㄘㄤˊ ①隱藏，隱含。②心裡懷著的詭計陰謀。

**包羅** ㄅㄠ ㄌㄨㄛˊ 概括一切。如「包羅萬象」。

**包攬** ㄅㄠ ㄌㄢˇ 承攬包辦。如「包攬訴訟」。

**包乾(兒)** ㄅㄠ ㄍㄢ ㄦ 北方口語說負責完成一定範圍內的工作。

**包心菜** ㄅㄠ ㄒㄧㄣ ㄘㄞˋ 本名「甘藍」，又名「捲心菜」，簡稱「包菜」。閩南話叫「高麗菜」。葉子層層包成球形，是常用的蔬菜。

**包打聽** ㄅㄠ ㄉㄚˇ ㄊㄧㄥ 聽字輕讀。本來是上海話，稱以前租界巡捕房的包探。現在稱愛打聽消息或消息靈通、善於探查隱私的人。(包探今稱偵探)

**包青天** ㄅㄠ ㄑㄧㄥ ㄊㄧㄢ 本來是指宋朝龍圖閣直學士包拯。因為他剛正廉明，鐵面無私，不畏權貴，為民伸張正義，洗雪冤情，被譽為「包青天」。現在也用來稱贊公正廉明、不枉不縱的法官或辦案人員。

**包園兒** ㄅㄠ ㄩㄢˊ ㄦ 也作「包圓兒」，是把全部的或所餘的貨物，都買下來。

**包袱底(兒)** ㄅㄠ ㄈㄨˊ ㄉㄧˇ ㄦ 袱字輕讀。北方口語，指：①個人隱私。②家裡多年沒動用的或貴重的東西。③比喻最拿手的本領。

**包羅萬象** ㄅㄠ ㄌㄨㄛˊ ㄨㄢˋ ㄒㄧㄤˋ 包含極豐富。

**包藏禍心** ㄅㄠ ㄘㄤˊ ㄏㄨㄛˋ ㄒㄧㄣ 心裡懷著陰謀詭計。

**匆(怱、悤)** ㄘㄨㄥ 急忙。如「匆忙」「匆匆」。

**匆匆** ㄘㄨㄥ ㄘㄨㄥ ①急急忙忙的樣子。②時間過得很快的樣子。

**匆忙** ㄘㄨㄥ ㄇㄤˊ 忙碌，急忙。

**匆遽** ㄘㄨㄥ ㄐㄩˋ 図匆忙。

## 四筆

**匈** ㄒㄩㄥ (一)「胸」本字。(二)図匈匈，吵鬧嘈雜。(三)譯音字。如「匈牙利」。

**匈奴** ㄒㄩㄥ ㄋㄨˊ 中國古代北方遊牧民族，活動在內蒙古一帶。在西漢時最強盛，時常入侵。後來被漢兵攻打，分為南北兩支，北支西走，南支歸降漢朝，遷到內地雜居。

## 七筆

**匍** 図ㄆㄨˊ 見「匍匐」。

**匍匐** ㄆㄨˊ ㄈㄨˊ 図手足著地向前爬行。形容時間急迫，想走快些，或是卑屈的意思。

**匍匐莖** ㄆㄨˊ ㄈㄨˊ ㄐㄧㄥ 植物學名詞。植物的莖長成枝條，匍匐地面，隨處生根的，如番薯藤就是。

## 九筆

**匐** 図ㄈㄨˊ見「匍匐」。

**匏** ㄆㄠˊ ㈠葫蘆瓜的一種，結實圓大而扁。㈡八音之一。樂器。

**匏瓜** ㄆㄠˊ ㄍㄨㄚ ①見「匏」㈠，供食用，果皮可做容器。②図星座名。〈論語〉「吾豈匏瓜也哉？焉能繫而不食？」孔子擔心自己有名無實，高懸天空。

## 匕部

**匕** ㄅㄧˇ ㈠古時像羹匙、勺子的食器或鏟藥的器具。㈡箭鏃。

**匕首** ㄅㄧˇ ㄕㄡˇ 短劍，頭像匕，所以叫做匕首，長一尺八寸。

## 二筆

**化** ㄏㄨㄚˋ ㈠無形的改變。如「潛移默化」。㈡天地生成萬物，叫「造化」。㈢轉移民間的風俗。如「化俗」「化育」。㈣図超凡入聖的地步。如「化境」。㈤人死叫化。如「化鶴」。㈥焚毀。如「化紙」。㈦向人求乞。如「化緣」。㈧融解。如「化冰」。▲ㄏㄨㄚ見「化子」。

**化子** ㄏㄨㄚ ㄗˇ 乞丐。舊小說也作「花子」「叫化子」。

**化工** ㄏㄨㄚˋ ㄍㄨㄥ ①自然而成的。②化學工業、化學工程的簡稱。

**化分** ㄏㄨㄚˋ ㄈㄣ 把一種物質化為兩種以上不同的物質。又名分解。

**化外** ㄏㄨㄚˋ ㄨㄞˋ 沒有文化教育的地方。

**化石** ㄏㄨㄚˋ ㄕˊ 古生物埋在地下已變成石質，而原形體還顯然可見的，叫化石。

**化合** ㄏㄨㄚˋ ㄏㄜˊ 把兩種或兩種以上的元素或分子，結合成一種新物質的化學反應，叫做化合。像是氫與氧化合成水就是。

**化名** ㄏㄨㄚˋ ㄇㄧㄥˊ 隱藏真名，另定假名。

**化妝** ㄏㄨㄚˋ ㄓㄨㄤ 打扮。

**化身** ㄏㄨㄚˋ ㄕㄣ ①佛教稱菩薩暫現於世的變幻身形，叫化身。②抽象觀念的具體形象。如「我的教師是愛的化身」。

**化雨** ㄏㄨㄚˋ ㄩˇ 図稱受教化的人，像被雨水滋潤一般。

**化俗** ㄏㄨㄚˋ ㄙㄨˊ 図改良風俗。

**化育** ㄏㄨㄚˋ ㄩˋ 古人所說的天地育成萬物。

**化除** ㄏㄨㄚˋ ㄔㄨˊ 消滅除去。如「化除成見」。

**化裝** ㄏㄨㄚˋ ㄓㄨㄤ 改變裝束。

**化解** ㄏㄨㄚˋ ㄐㄧㄝˇ ①轉化，解除。使已經形成的事物消失。②図教導使人曉悟。

**化境** ㄏㄨㄚˋ ㄐㄧㄥˋ 図精妙超凡的境界，多指藝術作品到達高妙的程度而說。

**化緣** ㄏㄨㄚˋ ㄩㄢˊ 僧尼向人勸募財物。

**化學** ㄏㄨㄚˋ ㄒㄩㄝˊ 研究物質的組成及其變化的科學。

**化澤** ㄏㄨㄚˋ ㄗㄜˊ 図教化的恩惠。

**化膿**（ㄏㄨㄚˋ ㄋㄨㄥˊ） 人或動物體內生病或外傷，因為細菌感染而發炎，產生黃色、白色或綠黃的惡臭黏稠液體。大都為戰死的白血球、細菌和壞死的身體組織細胞的屍體。

**化鶴**（ㄏㄨㄚˋ ㄏㄜˋ） 〔文〕也作「鶴化」。本義是成仙。後多用來比喻人去世。

**化驗**（ㄏㄨㄚˋ ㄧㄢˋ） 利用化學方法，將物質分解試驗。

**化合物**（ㄏㄨㄚˋ ㄏㄜˊ ㄨˋ） 化學名詞。由兩種以上的物質相結合而成的新物質。

**化妝品**（ㄏㄨㄚˋ ㄓㄨㄤ ㄆㄧㄣˇ） 修飾容貌的物品，如面霜、脂粉等。

**化油器**（ㄏㄨㄚˋ ㄧㄡˊ ㄑㄧˋ） 也叫「汽化器」。引擎內可以使燃料和空氣充分混合成為可燃物的裝置。由空氣濾清器、節氣閥、浮球槽和一組凹形通道組成。能自動配合引擎轉速，提供比例適當的空氣和汽油混合物，以維護發動機的良好性能，保持較低的能量消耗。

**化學式**（ㄏㄨㄚˋ ㄒㄩㄝˊ ㄕˋ） 化學名詞。化學理論中，實驗式、分子式、示性式、構造式等的總稱。

**化糞池**（ㄏㄨㄚˋ ㄈㄣˋ ㄔˊ） 以「厭氧消化」分解糞便的汙水處理池。

**化民成俗**（ㄏㄨㄚˋ ㄇㄧㄣˊ ㄔㄥˊ ㄙㄨˊ） 〔文〕教化人民，成就社會良好的風尚習俗。

**化為泡影**（ㄏㄨㄚˋ ㄨㄟˊ ㄆㄠˋ ㄧㄥˇ） 比喻希望落空，好像變成很快就消失的水泡和影子一樣。

**化為烏有**（ㄏㄨㄚˋ ㄨㄟˊ ㄨ ㄧㄡˇ） 烏有就是無有（沒有）。「化為烏有」比喻全部落空，全都沒有了。如「萬貫家財化為烏有」。

**化學工業**（ㄏㄨㄚˋ ㄒㄩㄝˊ ㄍㄨㄥ ㄧㄝˋ） 應用化學原理、方法在技術上的工業。如酸類的製造，化妝品、藥物的製造，冶金業等等。

**化學工程**（ㄏㄨㄚˋ ㄒㄩㄝˊ ㄍㄨㄥ ㄔㄥˊ） 工程學分科的一種，是根據各種化學原理以及物理、數學，研發各種化學製法，應用於工業的科學。

**化學元素**（ㄏㄨㄚˋ ㄒㄩㄝˊ ㄩㄢˊ ㄙㄨˋ） 化學名詞，凡是以化學方法不能分解為更簡單的物質的，叫做元素。又叫「原素」「原質」。分為金屬元素和非金屬元素兩大類。元素名稱各以一字表示。氣體的從气，如氧、氫、氮；液體的從水，如溴、汞；金屬固體從金，如鈣、鎂；非金屬固體從石，如碳、矽等。各元素都有序號，叫原子序。

**化學分析**（ㄏㄨㄚˋ ㄒㄩㄝˊ ㄈㄣ ㄒㄧ） 化學名詞，簡稱分析。為測定一種或數種化合物的混合物成分所使用的化學方法。只求出成分的，叫定性分析；必須求出各成分重量百分比的，叫定量分析。

**化學反應**（ㄏㄨㄚˋ ㄒㄩㄝˊ ㄈㄢˇ ㄧㄥˋ） 化學名詞。兩種以上的物質因互起變化而成為其他物質。有取代、加成、複分解、脫去、重組等。簡稱「反應」。

**化學作用**（ㄏㄨㄚˋ ㄒㄩㄝˊ ㄗㄨㄛˋ ㄩㄥˋ） 化學名詞。異種物質互相密切結合，組成的原子就變更原來的結伴，叫做化學作用。化學作用的發生，多以水為媒介，也有藉熱、光或電誘導的。如果作用猛烈，會產生強大的熱、光或電。碳在常溫中不和氧化合，加熱就化為二氧化碳而產生大熱，就是一例。

**化學性質**（ㄏㄨㄚˋ ㄒㄩㄝˊ ㄒㄧㄥˋ ㄓˋ） 化學名詞。和物理性質相對。指物質受化學變化，或和其他物質起化學作用的時候所產生的性質。

**化學治療**（ㄏㄨㄚˋ ㄒㄩㄝˊ ㄓˋ ㄌㄧㄠˊ） 醫學名詞。使用化學藥物治療病原。對物理治療而言。所使用的化學藥物，大都有害於微生物或癌細胞，對正常細胞的作用較輕微。

**化學武器**（ㄏㄨㄚˋ ㄒㄩㄝˊ ㄨˇ ㄑㄧˋ） 利用化學原料製成的國防武器，如毒瓦斯、煙幕彈、炸彈、燒夷彈、達姆彈以及防毒面具等。

**化學肥料** 用化學工業製成的農田肥料，對堆肥、糞肥等天然肥料而言；簡稱「化肥」。

**化學戰爭** 利用有破壞性的化學品（如毒瓦斯等）當作武器的戰爭。

**化學變化** 化學名詞。物體因化學作用而改變其原有性質。對物理變化而言。

**化學纖維** 用天然或合成的高分子化合物為原料，經過化學方法加工製成的纖維。

**化整為零** 把龐大或完整的化分為細小或零碎的。如「化整為零，混跡群眾之中」。

**化險為夷** 図使危險的情況或處境變為平安。

**化學方程式** 化學名詞。表示化學反應前後各物質間之關係的式子。箭號左邊是參加反應的各物質的分子式，右邊是反應後生成物的分子式。各分子式以加號相連。

**化干戈為玉帛** 比喻化解暴力或戰爭為和平。干戈是古代武器，比喻兵事、戰亂；玉帛是玉器和絲織品，都是古代諸侯會盟或朝聘的時候攜帶的禮物，表示和好。

**化腐朽為神奇** 廢物利用的神妙奇特。

## 三筆

**北** ▲ㄅㄟˇ方位名，南的對面。吾人早晨面對著太陽時，左手是北。▲ㄅㄛˋ図（ㄅㄟˇ的讀音）打敗仗。如「追亡逐北」。▲ㄅㄟˋ㈠通「背」，背叛。如「士無反北之心」。㈡留善去惡，兩相分開。〈書經〉有「分北三苗」。

**北方** 指北的方向，地區。

**北瓜** ①倭瓜。②西瓜的別種。

**北伐** ①向北方進軍征討。②民國十五年，國民革命軍在廣東誓師，北進征討北洋軍閥，到民國十七年統一全國，史稱北伐。

**北曲** ①宋、元以後北方戲曲、散曲所用的各種曲調的統稱。②元曲分南北兩派。現在流傳的院本、雜劇，因盛行於北方而叫北曲。

**北非** 非洲撒哈拉沙漠中部以北地區。包括埃及、蘇丹、利比亞、突尼西亞、阿爾及利亞、摩洛哥等國家。

**北洋** ①指黃海、渤海區域。②清末的遼寧、河北、山東沿海地區。

**北風** 從北方吹來的寒風。

**北國** ①古代中國北部的諸侯國。②指北部氣候寒冷的地區。

**北朝** ①南北朝時代立國於北方的北魏、北齊、北周等朝代，史稱北朝。和立國於南方的宋、齊、梁、陳等南朝相對稱。②泛指北方的王朝。多指少數民族政權。

**北極** ①地軸在北半球的一端。②磁針大致向北的一端。③星名。

**北歐** 歐洲北部。包括丹麥、挪威、瑞典、芬蘭和冰島等國家。

**北緯** 赤道以北的緯度。

**北嶽** 也寫「北岳」，就是恒山，是五嶽之一。位於河北保定西境和山西大同東境。又名「大茂山」。

**北韓** 第二次世界大戰後因韓共崛起而分裂的朝鮮半島北部的國家。以北緯三十八度線為界，和南韓對峙。

**北邊** ㄅㄟˇ ㄅㄧㄢ ①指北部各省。如「北邊人」。②方位，南方的相對面。

**北斗星** ㄅㄟˇ ㄉㄡˇ ㄒㄧㄥ 在北方天空排列成斗杓形的七顆星，又叫「北斗七星」。屬於大熊星座。第一到第四顆成方形如斗魁，第五到第七顆成弧形和斗柄。把第一二顆星連接延長約五倍，就可以找到北極星。

**北半球** ㄅㄟˇ ㄅㄢˋ ㄑㄧㄡˊ 赤道以北的半個地球。

**北冰洋** ㄅㄟˇ ㄅㄧㄥ ㄧㄤˊ 世界五大洋之一。以北極為中心，介於亞洲、歐洲和北美洲北岸之間。北極圈內四季結冰，夏季可以由破冰船前導航行。

**北京人** ㄅㄟˇ ㄐㄧㄥ ㄖㄣˊ 又名「北京猿人」。一九二九年在北京周口店出土的猿人化石。據考古學家估計，大約生存在五十萬年以前。

**北美洲** ㄅㄟˇ ㄇㄟˇ ㄓㄡ 世界六大洲之一。西半球美洲大陸的北半部，是「北亞美利加洲」的簡稱。南以巴拿馬運河和南美洲相接。地勢東西為高地，中央為平原。產業以農礦為主，居民白人較多。

**北寒帶** ㄅㄟˇ ㄏㄢˊ ㄉㄞˋ 北溫帶以北的地方。

**北極光** ㄅㄟˇ ㄐㄧˊ ㄍㄨㄤ 北半球高緯度地區高空中常見的一種放電現象。太陽黑子較多的時候，常和磁暴同時出現。原因是太陽發出的電子聚集在地球的磁極而引起。極光通常為幔帳形或帶狀。微弱的呈白色，明亮的時候是黃綠色，甚至間有紅、藍、紫等色。是自然界的一大奇觀。

**北極星** ㄅㄟˇ ㄐㄧˊ ㄒㄧㄥ 又名北辰。位置在北斗七星第一二顆連接延長五倍處。因地球自轉，眾星看來每天繞北極星旋轉一周。以前航海船隻，常以北極星辨別方向。參看「北斗星」。

**北極圈** ㄅㄟˇ ㄐㄧˊ ㄑㄩㄢ 北半球的極圈，就是北緯六六・三三度的緯線，為北寒帶和北溫帶的分界線。北極圈以北地區，夏至當天太陽終日不沒，稱為極晝；冬至當天太陽終日不出，稱為極夜。

**北極熊** ㄅㄟˇ ㄐㄧˊ ㄒㄩㄥˊ 就是白熊。毛白色帶黃，鼻子和爪黑色，善游泳，能耐寒。廣布於北極區，因而叫北極熊。

**北溫帶** ㄅㄟˇ ㄨㄣ ㄉㄞˋ 地球上赤道和北寒帶中間的地方。

**北回歸線** ㄅㄟˇ ㄏㄨㄟˊ ㄍㄨㄟ ㄒㄧㄢˋ 北緯二十三度二十七分的緯線。每年夏至，北移的太陽直射這一線之後就向南回歸。臺灣嘉義和水上之間立有標識。

**北大西洋公約組織** ㄅㄟˇ ㄉㄚˋ ㄒㄧ ㄧㄤˊ ㄍㄨㄥ ㄩㄝ ㄗㄨˇ ㄓ 一九四九年四月，美、英、法等歐美國家，為抵抗蘇聯、防衛西歐而成立的公約組織。後來陸續有加拿大、義大利、挪威、冰島、丹麥、葡萄牙、希臘、土耳其、西德等國加入。

## 九筆

**匙** ▲ㄔˊ 羹匙，舀湯的食具。▲˙ㄕ 見「鑰匙」。

# 匚部

## 三筆

**匝（帀）** ㄗㄚ 周徧。環繞一周叫做「一匝」。本作帀。

**匝月** ㄗㄚ ㄩㄝˋ [文]滿一個月。匝，滿、足的意思。

**匝道** ㄗㄚ ㄉㄠˋ 設在轉向的立體交叉路段，引導車輛進入轉向車道的連接路線。有出口匝道和入口匝道之分。

## 四筆

**匟** ㄎㄤˋ 見「匟床」。

**匟床** ㄎㄤˋ ㄔㄨㄤˊ 可以兩人並坐的精緻的木床。床上有小几子，床前有擱腳的腳搭子。放在大廳上，可坐可臥。

**匡** ㄎㄨㄤ ㈠図糾正。如「匡正」。㈡図輔助。如「匡助」。㈢図救。如「匡復」。㈣姓。

**匡世** ㄎㄨㄤ ㄕˋ 図挽救世道，扶正世風。就是改正社會風氣。

**匡正** ㄎㄨㄤ ㄓㄥˋ 図改正，糾正。

**匡助** ㄎㄨㄤ ㄓㄨˋ 図輔助。

**匡救** ㄎㄨㄤ ㄐㄧㄡˋ 図幫忙改正。

**匡復** ㄎㄨㄤ ㄈㄨˋ 図拯救國家於危困之中，使能復興的意思。

**匡亂反正** ㄎㄨㄤ ㄌㄨㄢˋ ㄈㄢˇ ㄓㄥˋ 図扶正亂世，使能恢復正常。

**匠** ㄐㄧㄤˋ ㈠工人。如「木匠」「泥水匠」。㈡図機巧。如「匠心」。

**匠人** ㄐㄧㄤˋ ㄖㄣˊ 木工、泥水匠或各種靠技藝謀生的工人。

**匠心** ㄐㄧㄤˋ ㄒㄧㄣ 図心思靈巧。

**匠氣** ㄐㄧㄤˋ ㄑㄧˋ 雕刻、繪畫等藝術作品只是墨守成規，缺乏創意和特色，顯得平凡低俗。

**匠意** ㄐㄧㄤˋ ㄧˋ 巧思，創意。也作「匠心」「匠思」。

**匠心獨運** ㄐㄧㄤˋ ㄒㄧㄣ ㄉㄨˊ ㄩㄣˋ 図藝術構想工巧獨特。

## 五筆

**匣** ㄒㄧㄚˊ 藏東西的小箱子。口語說「匣子」。

## 八筆

**匪** ㄈㄟˇ ㈠殺人搶劫的強盜。如「土匪」。㈡行為不正當的人。如「匪類」「匪人」。㈢図當「非」講。如「夙夜匪懈」。

**匪人** ㄈㄟˇ ㄖㄣˊ 図行為不正當的人。

**匪徒** ㄈㄟˇ ㄊㄨˊ ①盜匪。②遊蕩無業而有害於地方的人。

**匪寇** ㄈㄟˇ ㄎㄡˋ 土匪，強盜。

**匪懈** ㄈㄟˇ ㄒㄧㄝˋ 図不懈怠。

**匪幫** ㄈㄟˇ ㄅㄤ 成夥有組織的匪徒。

**匪類** ㄈㄟˇ ㄌㄟˋ 行為不正當的人。

**匪話(兒)** ㄈㄟˇ ㄏㄨㄚˋ (ㄦ) 指流氓一類的人的特用語。

**匪夷所思** ㄈㄟˇ ㄧˊ ㄙㄨㄛˇ ㄙ 図不是依照常理所能想像的。表示事情怪誕，教人難以想像。匪：非。夷：平常。

## 九筆

**匭** ㄍㄨㄟˇ 匣子。

## 十一筆

**匯(滙、汇)** ㄏㄨㄟˋ ㈠水流會合。如「匯合」。㈡由甲地交付金錢，在乙地憑單取款，叫匯。如「匯兌」。

**匯合** ㄏㄨㄟˋ ㄏㄜˊ 水流會合。引申為聚集，會合。如「兩隊人馬匯合」。

**匯兌** ㄏㄨㄟˋ ㄉㄨㄟˋ 寄錢領錢的一種方式。由甲地付錢，而在指定的地點領錢。

**匯票** ㄏㄨㄟˋ ㄆㄧㄠˋ 匯兌銀錢的憑單。

**匯率** ㄏㄨㄟˋ ㄌㄩˋ 一國貨幣兌換另一國貨幣的折算率。也叫「匯價」。

**匯報** ㄏㄨㄟˋ ㄅㄠˋ 綜合相關資料，向上級或有關機構報告。

**匯款** ㄏㄨㄟˋ ㄎㄨㄢˇ ①透過銀行或郵局把款項匯寄到某地給某人。②指匯寄的款項。

**匯費** ㄏㄨㄟˋ ㄈㄟˋ 匯兌的手續費。

**匯集** ㄏㄨㄟˋ ㄐㄧˊ 聚集。也指水流匯合。

## 十二筆

**匱** ▲図ㄎㄨㄟˋ 缺乏，盡。如「匱乏」「孝思不匱」。▲ㄍㄨㄟˋ 同「櫃」。

**匱乏** ㄎㄨㄟˋ ㄈㄚˊ 缺乏，貧乏，不足。如「災區物資匱乏，人民生活困苦」。

**匱竭** ㄎㄨㄟˋ ㄐㄧㄝˊ 図財物耗光了，用盡了，嚴重缺乏。

# 匸部

## 二筆

**匹** ▲ㄆㄧˇ ㈠布一段的單位叫一匹（現在一般為四十碼）。也寫作「疋」。㈡配合。如「匹配」。㈢單獨。如「匹夫」。▲ㄆㄧ 馬一頭叫一匹。因此把馬叫「馬匹」。

**匹夫** ㄆㄧˇ ㄈㄨ ①図古代指平民男子，也泛指平民百姓。②獨夫。多指有勇無謀的人，有輕蔑意味。③早期白話裡罵人的話，猶如「傢伙」「東西」，常用來斥罵沒有知識的人。

**匹配** ㄆㄧˇ ㄆㄟˋ 配合。

**匹敵** ㄆㄧˇ ㄉㄧˊ 雙方地位平等，力量相同。

**匹練** ㄆㄧˇ ㄌㄧㄢˋ 図①一段絹。②形容瀑布。

**匹夫之勇** ㄆㄧˇ ㄈㄨ ㄓ ㄩㄥˇ 沒有識見，沒有智謀，單憑個人的意氣逞勇。如「不會游泳的人跳進急流救人，是匹夫之勇」。

**匹夫匹婦** ㄆㄧˇ ㄈㄨ ㄆㄧˇ ㄈㄨˋ 図指一般個人，就是人人。②指沒有學識的人。可以分開用。

**匹馬單槍** ㄆㄧˇ ㄇㄚˇ ㄉㄢ ㄑㄧㄤ 單人匹馬，不找人幫忙。

**匹夫不可奪志** ㄆㄧˇ ㄈㄨ ㄅㄨˋ ㄎㄜˇ ㄉㄨㄛˊ ㄓˋ 図即使是沒有權勢的人，也不可以強迫他改變意志。意思是任何人的想法都應該受到尊重。

## 九筆

**匾** ㄅㄧㄢˇ ㈠見「匾額」。㈡図圓形而淺邊的竹器。

**匾額** ㄅㄧㄢˇ ㄜˊ 大廳或雅致的書房上面掛的橫寫的大字題額。

**匿** ㄋㄧˋ 隱藏起來。如「匿名」「隱匿」。

**匿笑** ㄋㄧˋ ㄒㄧㄠˋ 図暗笑。

**匿跡** ㄋㄧˋ ㄐㄧ 図因事躲起來，不公開露面。

**匿名信** ㄋㄧˋ ㄇㄧㄥˊ ㄒㄧㄣˋ 不具真實姓名的攻訐人家的信。

**匿跡銷聲** ㄋㄧˋ ㄐㄧ ㄒㄧㄠ ㄕㄥ 隱藏起來。也作「銷聲匿跡」。

**區(区)** ▲ㄑㄩ ㈠類別。如「區別」。㈡地界的畫分。如「區域」。㈢地方自治機構名稱，在院轄市或省轄市之下分若干區。▲ㄡ 姓。

**區分** ㄑㄩ ㄈㄣ 分別，畫分。

**區宇** ㄑㄩ ㄩˇ 図疆土境界。

**區別** ㄑㄩ ㄅㄧㄝˊ 區分。

**區長** ㄑㄩ ㄓㄤˇ 地方自治機構「區」的行政首長。

**區區** ㄑㄩ ㄑㄩ 文①微小或少的樣子。②自稱的謙詞。

**區域** ㄑㄩ ㄩˋ 畫分出來的地區。

**區處** ▲ㄑㄩ ㄔㄨˋ①文居住的地方，處所。②企業機構的地區營業處所。
▲ㄑㄩ ㄔㄨˇ 文分別安排處理。

**區畫** ㄑㄩ ㄏㄨㄚˋ ①分區畫開。②區分的界畫。

**區間** ㄑㄩ ㄐㄧㄢ 區域和區域之間，或一個區域裡的兩地之間。

**區運** ㄑㄩ ㄩㄣˋ ①區域之間的大眾運輸。②臺灣區運動會的簡稱。

**區公所** ㄑㄩ ㄍㄨㄥ ㄙㄨㄛˇ 區長和部屬辦理本區地方自治工作的所在。

**區別詞** ㄑㄩ ㄅㄧㄝˊ ㄘˊ 文法上表性態的詞，形容詞跟副詞都是。

**區運會** ㄑㄩ ㄩㄣˋ ㄏㄨㄟˋ 臺灣區運動會的簡稱。參加單位包括臺灣省各縣市，臺北、高雄兩市以及金馬地區。

**區域防守** ㄑㄩ ㄩˋ ㄈㄤˊ ㄕㄡˇ 籃球比賽的防守方法。對釘人防守而言。

**區域代表制** ㄑㄩ ㄩˋ ㄉㄞˋ ㄅㄧㄠˇ ㄓˋ 公職人員或民意代表的選舉，以一地域為一選區的，稱為區域代表制。對政黨的比例代表制而言。

## 十部

**十** ㄕˊ ㈠數目名，比九多一是十。大寫作「拾」。㈡滿足的意思。如「十分」「十足」。

**十干** ㄕˊ ㄍㄢ 甲、乙、丙、丁、戊、己、庚、辛、壬、癸等十個天干稱為「十干」（十幹）。參看「干支」。

**十分** ㄕˊ ㄈㄣ ①十等分的劃分。如「十分就是一角」。②圓滿充足。如「能做到這地步，希望就有十分了」。③非常，極度。如「別後生活如何，十分想念」。

**十方** ㄕˊ ㄈㄤ 佛教稱東、西、南、北、東南、西南、東北、西北、上、下，為十方。

**十全** ㄕˊ ㄑㄩㄢˊ 事物完全沒有缺點。

**十戒** ㄕˊ ㄐㄧㄝˋ 也作十誡。①佛教的十項戒律：不殺生，不偷盜，不淫，不妄語，不飲酒，不戴花飾，不歌舞觀聽，不睡大床，不吃零食，不蓄金銀寶物等。②基督教的摩西十誡：信耶和華為唯一的神，不拜偶像，不妄稱上帝的名，守安息日為聖日，孝敬父母，不殺人，不奸淫，不偷盜，不作假見證，不貪他人財物。

**十足** ㄕˊ ㄗㄨˊ 滿滿的，足足的。

**十惡** ㄕˊ ㄜˋ ①佛教指殺生、偷盜、邪淫、妄語、兩舌（挑撥離間）、惡口、綺語、貪欲、瞋恚、邪見等十惡。②舊刑律以謀反、謀大逆、謀叛、惡逆、不道、大不敬、不孝、不睦、不義、內亂為十惡。

**十善** ㄕˊ ㄕㄢˋ 佛家語。不犯十惡，就是十善。

**十進** ㄕˊ ㄐㄧㄣˋ 逢十進位。

**十錦** ㄕˊ ㄐㄧㄣˇ 也作什錦；各式各樣的物品配合而成的東西。

**十成(兒)** ㄕˊ ㄔㄥˊ (ㄦ) 完滿充足，一點兒不短少。

**十二分** ㄕˊ ㄦˋ ㄈㄣ 形容程度極深，比「十分」語氣更強。更誇大的說法是「十二萬分」。

**十二支** ㄕˊ ㄦˋ ㄓ 見「地支」。

**十二律** ㄕˊ ㄦˋ ㄌㄩˋ 我國古代分音樂為陰陽二律，陽律六：黃鐘、太簇、姑洗、蕤賓、夷則、無射；陰律六：林鐘、南呂、應鐘、大呂、夾鐘、中呂，共為十二律。

**十二時**（ㄕˊ ㄦˋ ㄕˊ） 中國古代把一天分十二個時辰：子、丑、寅、卯、辰、巳、午、未、申、酉、戌、亥。每個時辰兩個小時。

**十八變**（ㄕˊ ㄅㄚ ㄅㄧㄢˋ） 形容多變化。

**十三陵**（ㄕˊ ㄙㄢ ㄌㄧㄥˊ） 明成祖及以後（景帝除外）十二個皇帝陵墓的總稱，位於北京昌平天壽山麓。

**十三經**（ㄕˊ ㄙㄢ ㄐㄧㄥ） 儒家十三部經書，就是易、書、詩、周禮、儀禮、禮記、左傳、公羊、穀梁、論語、孟子、孝經、爾雅。

**十三點**（ㄕˊ ㄙㄢ ㄉㄧㄢˇ） 〔方〕指腦筋不清楚，傻裡傻氣的人。

**十字架**（ㄕˊ ㄗˋ ㄐㄧㄚˋ） 耶穌遇害時被釘死在橫直木紮成的十字架上，所以基督教用十字架作為表記。

**十字軍**（ㄕˊ ㄗˋ ㄐㄩㄣ） ①西元十一到十三世紀，基督教徒為了恢復耶路撒冷聖地，而和回教徒發生戰爭，前後共七次。基督徒左肩都佩紅十字章，才叫十字軍。②基督教討伐異教的軍隊，都叫十字軍。

**十字路**（ㄕˊ ㄗˋ ㄌㄨˋ） ①道路縱橫交叉的地方。②借喻人生道路面臨抉擇的重要關口。

**十字節**（ㄕˊ ㄗˋ ㄐㄧㄝˊ） 機械上管子配件的一種，用在兩管成直角相交的裝置方面。

**十姊妹**（ㄕˊ ㄗˇ ㄇㄟˋ） ①花名，形似薔薇，約十朵成一簇。②鳥名，類似麻雀，群棲一處，鳴聲相和。

**十足蟲**（ㄕˊ ㄗㄨˊ ㄔㄨㄥˊ） 節足動物中的蟹、龍蝦等，各有步足五對，所以叫十足蟲。

**十進制**（ㄕˊ ㄐㄧㄣˋ ㄓˋ） 數目的單位或度量等單位，由低單位滿十數進作高單位的制度。也叫「十進法」。

**十樣菜**（ㄕˊ ㄧㄤˋ ㄘㄞˋ） 過舊曆年、春節期間常吃的素菜，包括金針菜、冬筍、黃豆芽、豆腐乾絲、香菇、醬瓜、胡蘿蔔、木耳、芹菜、頭髮菜等。也有搭配別的素菜的。

**十二指腸**（ㄕˊ ㄦˋ ㄓˇ ㄔㄤˊ） 小腸的上部，上頭接胃，下頭連空腸，約有十二個橫排著的指頭那麼長。

**十二生肖**（ㄕˊ ㄦˋ ㄕㄥ ㄒㄧㄠˋ） 用十二種動物，代表十二支：子鼠，丑牛，寅虎，卯兔，辰龍，巳蛇，午馬，未羊，申猴，酉雞，戌犬，亥豬。也叫十二屬，十二肖。

**十八羅漢**（ㄕˊ ㄅㄚ ㄌㄨㄛˊ ㄏㄢˋ） 佛教語。稱佛弟子十六尊者（賓度羅跋囉惰闍、迦諾迦伐蹉、蘇頻陀、諾詎羅、跋陀羅、迦哩迦、戍博迦、半托迦、羅睺羅、那迦犀那、因揭陀、伐那波斯、阿氏多、注荼半托迦）再加上降龍、伏虎二尊者。

**十大建設**（ㄕˊ ㄉㄚˋ ㄐㄧㄢˋ ㄕㄜˋ） 臺灣自民國六十二年起次第完成的十大經濟建設工程。交通建設有中正國際機場、南北高速公路、西部鐵路電氣化、北迴鐵路、臺中國際港、蘇澳港（擴建），工業建設有高雄大造船廠、一貫作業煉鋼廠、南部石油化學工業區、核能發電廠等。

**十目十手**（ㄕˊ ㄇㄨˋ ㄕˊ ㄕㄡˇ） 〔文〕人的一言一行總逃不過眾目的注視。由〈禮記．大學〉：「十目所視，十手所指，其嚴乎？故君子必誠其意」節縮而得。

**十全十美**（ㄕˊ ㄑㄩㄢˊ ㄕˊ ㄇㄟˇ） 比喻完美無缺點。如「做事力求十全十美」。

**十字花科**（ㄕˊ ㄗˋ ㄏㄨㄚ ㄎㄜ） 植物分類名詞。特徵是葉互生，無托葉，花萼和花瓣都是四片，兩兩相對成十字形。果實成莢。如蘿蔔、紫羅蘭等。

**十字街頭**（ㄕˊ ㄗˋ ㄐㄧㄝ ㄊㄡˊ） 街道縱橫交叉的地方。指行人車輛往來頻繁的熱鬧地方。引申為紛亂複雜的現實社會。

**十年樹木**（ㄕˊ ㄋㄧㄢˊ ㄕㄨˋ ㄇㄨˋ） 比喻久遠的計畫。如「十年樹木，百年樹人」。

**十室九空**（ㄕˊ ㄕˋ ㄐㄧㄡˇ ㄎㄨㄥ） 形容災亂之後，人民流離失所的慘狀。

**十指連心**（ㄕˊ ㄓˇ ㄌㄧㄢˊ ㄒㄧㄣ） 十個手指的傷痛都和心相連。比喻關係非常密切。

**十拿九穩**（ㄕˊ ㄋㄚˊ ㄐㄧㄡˇ ㄨㄣˇ） 比喻準確或有把握。

**十常八九**（ㄕˊ ㄔㄤˊ ㄅㄚ ㄐㄧㄡˇ） 十次裡就有八次或九次。表示常有的事。如「不如意事十常八九」。

**十惡不赦**（ㄕˊ ㄜˋ ㄅㄨˋ ㄕㄜˋ） ①舊時觸犯十種重大罪行之一的人，不得赦免。②比喻一個人罪大惡極或壞到極點，不可原諒。

**十項運動**（ㄕˊ ㄒㄧㄤˋ ㄩㄣˋ ㄉㄨㄥˋ） 田徑比賽中的男子全能運動。比賽分兩天進行。第一天依序為一百公尺、跳遠、鉛球、跳高、四百公尺；第二天為一百一十公尺高欄、鐵餅、撐竿跳高、標槍、一千五百公尺。

**十字路口（兒）**（ㄕˊ ㄗˋ ㄌㄨˋ ㄎㄡˇ（ㄦ）） 橫直兩條街道的交接處。

**十二項建設**（ㄕˊ ㄦˋ ㄒㄧㄤˋ ㄐㄧㄢˋ ㄕㄜˋ） 繼十大建設之後，臺灣自民國六十六年起進行的十二項經濟建設：①擴建中鋼二期工程，②興建核能第二、第三廠，③開發新市鎮，廣建國民住宅，④促進農業機械化，⑤完成環島鐵路網，⑥新開三條東西橫貫公路，⑦改善農田水利，⑧修建海隄、河隄，⑨拓寬屏東至鵝鑾鼻公路，⑩延長高速公路到屏東，⑪興建各縣市文化中心，⑫臺中港二期、三期拓建工程。

**十八般武藝**（ㄕˊ ㄅㄚ ㄅㄢ ㄨˇ ㄧˋ） ①我國舊有武藝的總稱，相傳是戰國時孫臏、吳起所留傳，是鎗、戟、棍、鉞、叉、钂、鉤、槊、環、刀、劍、枴、斧、鞭、鐧、錘、棒、杵等十八種兵器的運用法。②比喻門類齊全。

## 一筆

**千**（ㄑㄧㄢ） ㈠數名，百的十倍。㈡比喻多數。如「千秋」。㈢図「千萬」（祈求、囑咐的詞）的略語。如「千祈」。

**千仞**（ㄑㄧㄢ ㄖㄣˋ） 図一仞八尺，千仞形容非常高。

**千古**（ㄑㄧㄢ ㄍㄨˇ） ①比喻時代悠久。②哀悼死者的詞。

**千瓦**（ㄑㄧㄢ ㄨㄚˇ） 電的使用功率單位。一個千瓦就是一千瓦特。也寫成「瓩」。

**千克**（ㄑㄧㄢ ㄎㄜˋ） 公制計量單位。一千克等於一公斤。

**千里**（ㄑㄧㄢ ㄌㄧˇ） ①一千里路。如「距離千里」。②比喻路途遙遠或幅員遼闊。如「千里送鵝毛，物輕情意重」。

**千金**（ㄑㄧㄢ ㄐㄧㄣ） ①稱呼別人的女兒。②指很多的錢。

**千秋**（ㄑㄧㄢ ㄑㄧㄡ） ①千年。②祝人壽誕的詞。

**千萬**（ㄑㄧㄢ ㄨㄢˋ） ①再三囑咐的詞。如「千萬別客氣」。②比喻數目多。

**千鈞**（ㄑㄧㄢ ㄐㄩㄣ） 古時一鈞等於三十斤。千鈞形容很重。

**千歲**（ㄑㄧㄢ ㄙㄨㄟˋ） ①一千年，表示年代久遠。②古人祝壽的詞。③封建時代人臣對親王、太子、皇后的尊稱。④民間對所祀俗稱「王爺」的尊稱。

**千赫**（ㄑㄧㄢ ㄏㄜˋ） 無線電波頻率的單位名稱，就是「千週」。〔德國物理學家赫茲（Heinrich Hertz 1857-1894年）實驗證明無線電是一種波動。因此歐洲大陸國家在一九五九年國際電信聯合會無線電行政會議，提議把無線電頻率單位「週秒」改為「赫茲」(Hertz)，簡寫為「赫」(Hz)。我國交通部規定從民國五十七年八月十五日起實行，將「千週」改稱「千赫」，「兆週」改稱「兆赫」。)

**千斤頂**（ㄑㄧㄢ ㄐㄧㄣ ㄉㄧㄥˇ）一種易於攜帶的起重工具。利用螺旋、齒輪或油壓的作用，把重物舉起或升高。汽車修理最常用。

**千字文**（ㄑㄧㄢ ㄗˋ ㄨㄣˊ）①南朝梁代周興嗣用一千個不重複的字寫成的文章。四字一句，對偶押韻，便於記誦，後來多用做兒童啟蒙讀本。②法帖名。古人尊崇王羲之書法，以他的字集成〈千字文帖〉，作為範本。

**千里馬**（ㄑㄧㄢ ㄌㄧˇ ㄇㄚˇ）日行千里的好馬。

**千里眼**（ㄑㄧㄢ ㄌㄧˇ ㄧㄢˇ）①有遠見。②望遠鏡的俗稱。③神名，於媽祖座下，與「順風耳」相配。

**千面人**（ㄑㄧㄢ ㄇㄧㄢˋ ㄖㄣˊ）擅於化裝或扮演不同角色的人。也比喻善變的人(含貶義)。

**千層糕**（ㄑㄧㄢ ㄘㄥˊ ㄍㄠ）一種用大米做原料蒸熟的多層的甜點糕餅。

**千人所指**（ㄑㄧㄢ ㄖㄣˊ ㄙㄨㄛˇ ㄓˇ）被眾人指責。如「千人所指，無疾而死」。也作「千夫所指」。

**千刀萬剮**（ㄑㄧㄢ ㄉㄠ ㄨㄢˋ ㄍㄨㄚˇ）本指凌遲的刑罰，現在用作詛咒人的話。

**千千萬萬**（ㄑㄧㄢ ㄑㄧㄢ ㄨㄢˋ ㄨㄢˋ）①形容數目很多。②吩咐的話。如「這人很壞，你千千萬萬不能跟他交朋友」。

**千山萬水**（ㄑㄧㄢ ㄕㄢ ㄨㄢˋ ㄕㄨㄟˇ）山川重複。形容道路遙遠，危險難走。

**千手觀音**（ㄑㄧㄢ ㄕㄡˇ ㄍㄨㄢ ㄧㄣ）佛教菩薩名，「千手千眼觀世音」的簡稱。千手千眼，表示佛法無邊，廣度一切眾生有無礙的大作用。

**千方百計**（ㄑㄧㄢ ㄈㄤ ㄅㄞˇ ㄐㄧˋ）種種方法。

**千叮萬囑**（ㄑㄧㄢ ㄉㄧㄥ ㄨㄢˋ ㄓㄨˇ）再三叮嚀囑咐。

**千言萬語**（ㄑㄧㄢ ㄧㄢˊ ㄨㄢˋ ㄩˇ）形容要說的話很多。

**千辛萬苦**（ㄑㄧㄢ ㄒㄧㄣ ㄨㄢˋ ㄎㄨˇ）極其辛苦。

**千里同風**（ㄑㄧㄢ ㄌㄧˇ ㄊㄨㄥˊ ㄈㄥ）図①比喻天下太平。②比喻風俗相同。

**千里神交**（ㄑㄧㄢ ㄌㄧˇ ㄕㄣˊ ㄐㄧㄠ）図相距千里之遙，仍然心神契合。比喻友情深厚。

**千兒八百**（ㄑㄧㄢ ㄦ ㄅㄚ ㄅㄞˇ）北方口語，說一千或將近一千。形容多數。

**千呼萬喚**（ㄑㄧㄢ ㄏㄨ ㄨㄢˋ ㄏㄨㄢˋ）形容人不肯出頭或事情不容易實現。

**千奇百怪**（ㄑㄧㄢ ㄑㄧˊ ㄅㄞˇ ㄍㄨㄞˋ）各種奇怪的形狀。

**千金一諾**（ㄑㄧㄢ ㄐㄧㄣ ㄧ ㄋㄨㄛˋ）也作「一諾千金」。比喻說話很守信用。也比喻不是輕易許諾，一旦許諾，決不食言。

**千金之子**（ㄑㄧㄢ ㄐㄧㄣ ㄓ ㄗˇ）図富豪權貴人家的子弟。

**千門萬戶**（ㄑㄧㄢ ㄇㄣˊ ㄨㄢˋ ㄏㄨˋ）①形容屋子大，門戶多。②形容住戶多，人口稠密。

**千秋萬世**（ㄑㄧㄢ ㄑㄧㄡ ㄨㄢˋ ㄕˋ）千年萬年。形容歲月十分長久，也用來歌頌功業永垂不朽。

**千紅萬紫**（ㄑㄧㄢ ㄏㄨㄥˊ ㄨㄢˋ ㄗˇ）形容百花競艷，也指競艷的百花。

**千軍萬馬**（ㄑㄧㄢ ㄐㄩㄣ ㄨㄢˋ ㄇㄚˇ）兵馬眾多。形容戰爭激烈。

**千恩萬謝**（ㄑㄧㄢ ㄣ ㄨㄢˋ ㄒㄧㄝˋ）一次又一次的道謝。

**千真萬確**（ㄑㄧㄢ ㄓㄣ ㄨㄢˋ ㄑㄩㄝˋ）非常真確。

**千迴百折**（ㄑㄧㄢ ㄏㄨㄟˊ ㄅㄞˇ ㄓㄜˊ）形容曲折很多。也作「千迴百轉」。

**千鈞一髮**（ㄑㄧㄢ ㄐㄩㄣ ㄧ ㄈㄚˇ）比喻非常危險。鈞是古代重量單位，三十斤為一鈞。千鈞之重，繫於一髮。也作「一髮千鈞」。

**千載一時**（ㄑㄧㄢ ㄗㄞˇ ㄧˋ ㄕˊ） 一千年才有一次。形容機會非常難得。

**千載難逢**（ㄑㄧㄢ ㄗㄞˇ ㄋㄢˊ ㄈㄥˊ） 一千年也難遇到一次。比喻機會的難得和可貴。如「目睹哈雷彗星，真是千載難逢」。

**千嬌百媚**（ㄑㄧㄢ ㄐㄧㄠ ㄅㄞˇ ㄇㄟˋ） 形容漂亮女人的容貌與體態。

**千慮一失**（ㄑㄧㄢ ㄌㄩˋ ㄧˋ ㄕ） 是說聰明人的想法有時候也會有錯誤。

**千慮一得**（ㄑㄧㄢ ㄌㄩˋ ㄧˋ ㄉㄜˊ） 指愚笨的人有時也有可取之處。和「千慮一失」相對。

**千瘡百孔**（ㄑㄧㄢ ㄔㄨㄤ ㄅㄞˇ ㄎㄨㄥˇ） 形容破敗不堪或是弊病極多。也作「千瘡百痍」。如「霍伯颱風肆虐，大地千瘡百孔」。

**千篇一律**（ㄑㄧㄢ ㄆㄧㄢ ㄧˊ ㄌㄩˋ） 毫無變化。

**千頭萬緒**（ㄑㄧㄢ ㄊㄡˊ ㄨㄢˋ ㄒㄩˋ） 形容事情的頭緒很多，很難下手去做。

**千錘百鍊**（ㄑㄧㄢ ㄔㄨㄟˊ ㄅㄞˇ ㄌㄧㄢˋ） 比喻人經過重重歷練。也形容文章經過多次推敲，反覆修改，精練有力。如「千錘百鍊的鐵漢」「千錘百鍊的曠世名文」。

**千變萬化**（ㄑㄧㄢ ㄅㄧㄢˋ ㄨㄢˋ ㄏㄨㄚˋ） 變化無窮。

**千里送鵝毛**（ㄑㄧㄢ ㄌㄧˇ ㄙㄨㄥˋ ㄜˊ ㄇㄠˊ） 從老遠地方來，誠心誠意贈送微小的禮物。是給人送禮的謙詞。

## 二筆

**廿**（廾） ㄋㄧㄢˋ 二十。

**升** ㄕㄥ ㈠量名，一斗是十升，一升分十合（ㄍㄜˇ）。㈡上進，向上去。如「升級」「上升」。

**升天**（ㄕㄥ ㄊㄧㄢ） 俗稱人死了是升天。

**升平**（ㄕㄥ ㄆㄧㄥˊ） 天下太平。也作「昇平」。

**升值**（ㄕㄥ ㄓˊ） 本國貨幣兌換外國貨幣的匯率升高，叫做升值。

**升格**（ㄕㄥ ㄍㄜˊ） 資格、輩分、職位、稱呼、位階等的升級。如「專科學校升格為學院」。

**升班**（ㄕㄥ ㄅㄢ） 學生在新學年度的升級。

**升級**（ㄕㄥ ㄐㄧˊ） ①官階薪級升高。②學生的學業，每修完一學年升入較高一級的班。③戰爭擴大，也叫升級。

**升降**（ㄕㄥ ㄐㄧㄤˋ） 升高與降下。

**升溫**（ㄕㄥ ㄨㄣ） ①提高溫度。②提高情緒熱度。

**升旗**（ㄕㄥ ㄑㄧˊ） 把國旗或代表團隊的旗幟升上旗竿頂端的一種儀式。

**升學**（ㄕㄥ ㄒㄩㄝˊ） 初級學校畢業生，進入較高級的學校讀書，叫升學。

**升遷**（ㄕㄥ ㄑㄧㄢ） 官階升高。

**升元音**（ㄕㄥ ㄩㄢˊ ㄧㄣ） 聲韻學名詞。也叫上升韻母或升韻。發元音的時候，舌頭升到最高度。因為舌越上升脣就越閉合，所以又叫合元音、閉元音或合韻。國語注音符號中的ㄧ、ㄨ、ㄩ三韻就是升元音。又稱高元音。

**升降舵**（ㄕㄥ ㄐㄧㄤˋ ㄉㄨㄛˋ） 飛機或潛艇用來調節升降的舵。潛艇上的也叫水平舵。

**升降機**（ㄕㄥ ㄐㄧㄤˋ ㄐㄧ） 裝在高樓大廈裡，用電力上升和下降的機器。也叫「電梯」。

**升斗小民**（ㄕㄥ ㄉㄡˇ ㄒㄧㄠˇ ㄇㄧㄣˊ） 靠微薄收入維持生活的小老百姓。升斗，比喻微薄的所得。

**升官發財**（ㄕㄥ ㄍㄨㄢ ㄈㄚ ㄘㄞˊ） ①官職升高了，就能獲得更多的財富，是舊社會的士大夫觀念。②祝賀官場人士或薪水階級有前途的吉祥話。

**升降記號** ㄕㄥ ㄐㄧㄤˋ ㄐㄧˋ ㄏㄠˋ 音樂樂譜以基礎七音為本位音，如果要本位音升高半音，或降低半音，用升降記號來表示。升記號是♯，降記號是♭。也叫「嬰變記號」。

**升堂入室** ㄕㄥ ㄊㄤˊ ㄖㄨˋ ㄕˋ 比喻學問漸漸有了造詣。也用來比喻更進一步。

**升等考試** ㄕㄥ ㄉㄥˇ ㄎㄠˇ ㄕˋ 現職公務人員晉升職等的考試。

**升學主義** ㄕㄥ ㄒㄩㄝˊ ㄓㄨˇ ㄧˋ 不顧個人的性向、志趣、知能，以及社會、國家的需要，只以升學為唯一目標的教育觀念。

**升學輔導** ㄕㄥ ㄒㄩㄝˊ ㄈㄨˇ ㄉㄠˇ 學校教師對有意升學的學生所做的課業輔導。

**卅** ㄙㄚˋ 三十。

**午** ▲ㄨˇ ㈠地支的第七位。㈡時辰名，上午十一點到下午一點，叫午時。㈢白天十二點以前叫「上午」，十二點正叫「正午」或「中午」，十二點以後叫「下午」。

▲·ㄏㄨㄛ 晌午，就是正午。

**午休** ㄨˇ ㄒㄧㄡ 中飯過後的休息。

**午夜** ㄨˇ ㄧㄝˋ 半夜。因半夜為子時（十一時至一時），又稱「子夜」。

**午前** ㄨˇ ㄑㄧㄢˊ 中午十二點鐘以前。

**午後** ㄨˇ ㄏㄡˋ 中午十二點鐘以後。

**午砲** ㄨˇ ㄆㄠˋ 從前在正午時辰要放號砲，供人校對時刻。

**午飯** ㄨˇ ㄈㄢˋ 中飯，午餐。

**午覺** ㄨˇ ㄐㄧㄠˋ 也叫午睡。中飯過後的小睡。

**午夜場** ㄨˇ ㄧㄝˋ ㄔㄤˇ 排在午夜時間演出的電影或秀場。

## 三筆

**半** ㄅㄢˋ ㈠二分之一。如「半碗水」。㈡不完全。如「半生不熟」。㈢見「半晌」。

**半子** ㄅㄢˋ ㄗˇ 指女婿。

**半天** ㄅㄢˋ ㄊㄧㄢ ①一天的二分之一。②形容「很久了」，用來表示等待的不耐。③空中。

**半世** ㄅㄢˋ ㄕˋ ①人生的一半；半生。②指中年的年紀。

**半生** ㄅㄢˋ ㄕㄥ ①半世。②還沒有完全熟。

**半打** ㄅㄢˋ ㄉㄚˊ 六個。

**半百** ㄅㄢˋ ㄅㄞˇ 五十。

**半夜** ㄅㄢˋ ㄧㄝˋ ①晚上十二點鐘的時候。②一夜的一半。

**半空** ㄅㄢˋ ㄎㄨㄥ 空中。

**半島** ㄅㄢˋ ㄉㄠˇ 三面臨海，一面連大陸的地形。

**半徑** ㄅㄢˋ ㄐㄧㄥˋ 自圓心到圓周的直線，就是直徑的一半。

**半晌** ㄅㄢˋ ㄕㄤˇ 一會兒。

**半票** ㄅㄢˋ ㄆㄧㄠˋ 全票票價的一半。

**半價** ㄅㄢˋ ㄐㄧㄚˋ ①定價的百分之五十。②一半的價錢。

**半壁** ㄅㄢˋ ㄅㄧˋ 半邊。如「半壁江山」。

**半路** ㄅㄢˋ ㄌㄨˋ 也作「半途」。①走到一半的路程。②在路程之中。

**半截** ㄅㄢˋ ㄐㄧㄝˊ 一半。

**半邊** ㄅㄢˋ ㄅㄧㄢ ①旁邊，一邊。②一半。如「半邊身子還痛」。

**半弔子** ㄅㄢˋ ㄉㄧㄠˋ ·ㄗ ①以前錢串一千叫一弔，半弔為五百，不滿串。因而用來比喻學問或技藝不到家的人。同「半瓶醋」。②想法不通事理，言行舉止不老成或不沈穩的人。也作「半彪子」。

**半成品**（ㄅㄢˋ ㄔㄥˊ ㄆㄧㄣˇ） 在生產過程中還沒有全部完成，必須進一步加工或裝配的產品。也叫半製品。

**半自動**（ㄅㄢˋ ㄗˋ ㄉㄨㄥˋ） 部分由機械裝置，部分靠人工操作，這種機器叫「半自動」。

**半舌音**（ㄅㄢˋ ㄕㄜˊ ㄧㄣ） 聲韻學名詞。是一種輔音。發音屬於舌尖邊聲。就是國語注音符號中的ㄌ聲母。

**半流體**（ㄅㄢˋ ㄌㄧㄡˊ ㄊㄧˇ） 介於固體與流體之間的物質狀態，像蛋白、蛋黃之類。

**半瓶醋**（ㄅㄢˋ ㄆㄧㄥˊ ㄘㄨˋ） 沒有完全學成功的意思。也作「半弔子」。

**半規管**（ㄅㄢˋ ㄍㄨㄟ ㄍㄨㄢˇ） 解剖學名詞。是人和動物的內耳構造之一，由三個半環狀的管子構成，和維持身體平衡有關。

**半圓規**（ㄅㄢˋ ㄩㄢˊ ㄍㄨㄟ） 分度規。

**半輩子**（ㄅㄢˋ ㄅㄟˋ ㄗˇ） 半生，半世。

**半道兒**（ㄅㄢˋ ㄉㄠˋ ㄦ） 北方口語，半路，中途。

**半導體**（ㄅㄢˋ ㄉㄠˇ ㄊㄧˇ） 物理學名詞。導電能力介於導體和絕緣體之間的物質。如鍺、矽以及某些化合物。這些物質在室溫下，電阻係數是介於導體和絕緣體之間，所以稱為半導體。它具有單向導電等特性，用途極為廣泛，大都應用在積體電路（IC）上。如電腦微處理器、記憶體以及其他家用電器等。它的優點是體積小，可以容納許多功能極為複雜的原件，而且耗電量少，耐震力強，使用期限長。

**半邊天**（ㄅㄢˋ ㄅㄧㄢ ㄊㄧㄢ） 天空的一部分。

**半大不小**（ㄅㄢˋ ㄉㄚˋ ㄅㄨˋ ㄒㄧㄠˇ） 雖然還沒成年，卻也不再是小孩子了。指未成年的青少年。

**半工半讀**（ㄅㄢˋ ㄍㄨㄥ ㄅㄢˋ ㄉㄨˊ） 一方面工作賺取生活費或學費，一方面上學讀書。

**半升元音**（ㄅㄢˋ ㄕㄥ ㄩㄢˊ ㄧㄣ） 聲韻學名詞。也稱「半合元音」「半閉元音」或「半合韻」。發音的時候，下顎的角度比升元音（合元音）稍大，口蓋和舌頭的距離次小，口半合稍開。國語注音符號中的ㄝ、ㄛ、ㄜ三韻就是。

**半文半白**（ㄅㄢˋ ㄨㄣˊ ㄅㄢˋ ㄅㄞˊ） 也作「半文不白」。文言和白話夾雜。既不是純粹的文言，也不是完全的白話。

**半斤八兩**（ㄅㄢˋ ㄐㄧㄣ ㄅㄚ ㄌㄧㄤˇ） 一個半斤，一個八兩；輕重相同，比喻彼此不相上下。

**半生不熟**（ㄅㄢˋ ㄕㄥ ㄅㄨˋ ㄕㄡˊ） 還沒有全熟。

**半死不活**（ㄅㄢˋ ㄙˇ ㄅㄨˋ ㄏㄨㄛˊ） 沒有生氣，快要死的樣子。

**半吞半吐**（ㄅㄢˋ ㄊㄨㄣ ㄅㄢˋ ㄊㄨˇ） 也作「半吐半露」。說一半，留一半。形容說話吞吞吐吐，不直截了當。如「說話半吞半吐，教人不知所云」。

**半身不遂**（ㄅㄢˋ ㄕㄣ ㄅㄨˋ ㄙㄨㄟˋ） 因為腦溢血而引起的身體一側癱瘓。

**半夜三更**（ㄅㄢˋ ㄧㄝˋ ㄙㄢ ㄐㄧㄥ） 半夜。

**半信半疑**（ㄅㄢˋ ㄒㄧㄣˋ ㄅㄢˋ ㄧˊ） 有點兒相信，也有點兒懷疑。

**半降元音**（ㄅㄢˋ ㄐㄧㄤˋ ㄩㄢˊ ㄧㄣ） 聲韻學名詞。也稱「半開元音」或「半降韻」「半開韻」。發音的時候，下顎的角度比降元音（開元音）稍小，口蓋和舌頭的距離次大，口半開稍合。

**半面之交**（ㄅㄢˋ ㄇㄧㄢˋ ㄓ ㄐㄧㄠ） 只見過一次面的交情。還談不上深交。

**半推半就**（ㄅㄢˋ ㄊㄨㄟ ㄅㄢˋ ㄐㄧㄡˋ） 心裡已答應，行為上卻表現出拒絕的姿態，裝模作樣。

**半途而廢**（ㄅㄢˋ ㄊㄨˊ ㄦˊ ㄈㄟˋ） 做事情還沒有完成而終止。

**半部論語**（ㄅㄢˋ ㄅㄨˋ ㄌㄨㄣˋ ㄩˇ） 比喻只要使出一半的力氣就能把事情做好。古時候有「半部論語治天下」的話，是宋初宰相趙普回答宋太宗的話。

**半殖民地**（ㄅㄢˋ ㄓˊ ㄇㄧㄣˊ ㄉㄧˋ） 雖然名義上獨立，但是在政治、經濟、文化各方面受帝國主義者控制和壓迫的國家。

**半路出家**（ㄅㄢˋ ㄌㄨˋ ㄔㄨ ㄐㄧㄚ） 不是一開始就做這種事的人。

**半透明體**（ㄅㄢˋ ㄊㄡˋ ㄇㄧㄥˊ ㄊㄧˇ） 雖能透光，而不甚明亮的物體，如乳白色玻璃、油紙等。

## 仟
ㄑㄧㄢ ㈠千字大寫。㈡通「阡」。

## 卉
ㄏㄨㄟˋ 花草的總稱。如「花卉」。

## 六筆

## 卑
ㄅㄟ ㈠(文)低下。如「地勢卑濕」。㈡低劣，下等。如「卑劣」「卑賤」。

**卑下**（ㄅㄟ ㄒㄧㄚˋ） (文)①低賤，低賤的人，低賤的職位。②卑視，看不起。③謙讓。④指晚輩。

**卑劣**（ㄅㄟ ㄌㄧㄝˋ） 人格低下。

**卑汙**（ㄅㄟ ㄨ） (文)①卑鄙齷齪。②輕視汙辱。③矮小汙穢。④地位卑微。

**卑怯**（ㄅㄟ ㄑㄧㄝˋ） (文)因自卑而畏縮膽怯。

**卑微**（ㄅㄟ ㄨㄟ） ①低微，眇小，沒有地位，沒有分量。②謙稱自己。

**卑鄙**（ㄅㄟ ㄅㄧˇ） ①人格低下。②地位卑賤。

**卑賤**（ㄅㄟ ㄐㄧㄢˋ） 尊貴的反面。

**卑濕**（ㄅㄟ ㄕ） (文)地方低下潮濕。

**卑職**（ㄅㄟ ㄓˊ） ①卑微的職位。②以前下級官吏對上級官吏自稱的謙辭。

**卑辭**（ㄅㄟ ㄘˊ） (文)謙恭的言辭。

**卑親屬**（ㄅㄟ ㄑㄧㄣ ㄕㄨˇ） 法律名詞。輩分比自己低的親屬。對尊親屬而言。有直系、旁系的分別。直系卑親屬是子孫、曾孫、玄孫等。旁系卑親屬是弟、妹、姪、甥等。

**卑躬屈節**（ㄅㄟ ㄍㄨㄥ ㄑㄩ ㄐㄧㄝˊ） (文)自貶身價去諂媚別人的樣子。卑躬是貶低自己的身價，屈節是保不住節操。也作「卑躬屈膝」。

**卑躬屈膝**（ㄅㄟ ㄍㄨㄥ ㄑㄩ ㄒㄧ） (文)彎腰下跪。形容討好奉承，毫無骨氣。也作「卑躬屈節」。

**卑南文化遺址**（ㄅㄟ ㄋㄢˊ ㄨㄣˊ ㄏㄨㄚˋ ㄧˊ ㄓˇ） 民國六十九年在臺東卑南發見的先民遺址。年代約在五千年到兩千五百年前。由出土的石板棺可以知道，當時有墓葬於住屋下的習俗。是臺灣新石器時代住屋建築最早發見地區之一。

## 協（协）
ㄒㄧㄝˊ ㈠和合。如「協和」。㈡輔助。如「協助」。

**協力**（ㄒㄧㄝˊ ㄌㄧˋ） 共同努力。

**協同**（ㄒㄧㄝˊ ㄊㄨㄥˊ） 共同。

**協助**（ㄒㄧㄝˊ ㄓㄨˋ） 互相幫助。

**協和**（ㄒㄧㄝˊ ㄏㄜˊ） 和諧。

**協定**（ㄒㄧㄝˊ ㄉㄧㄥˋ） 兩國之間為了外交問題的暫時妥協而訂定的條款。簽字手續比普通條約簡單。

**協約**（ㄒㄧㄝˊ ㄩㄝ） 雙方因為利害關係，互相商議訂立的條約。

**協商**（ㄒㄧㄝˊ ㄕㄤ） 會同商議。

**協理**（ㄒㄧㄝˊ ㄌㄧˇ） ①協助辦理。②銀行或企業機構中協助經理執行業務的人，地位次於經理。

**協會** ㄒㄧㄝˊ ㄏㄨㄟˋ 聯合同志促進共同利益而結合的團體。

**協調** ㄒㄧㄝˊ ㄊㄧㄠˊ 使步調一致。

**協議** ㄒㄧㄝˊ ㄧˋ ①共同商議。②商議有了結果。

**協奏曲** ㄒㄧㄝˊ ㄗㄡˋ ㄑㄩˇ 由獨奏樂隊和管弦樂隊協同演奏的器樂大曲。通常由三個樂章組成。

**協約國** ㄒㄧㄝˊ ㄩㄝ ㄍㄨㄛˊ ①互相訂有協約的國家。②第一次世界大戰，和德、奧對抗的英、美、法等國家稱為協約國。

**協進會** ㄒㄧㄝˊ ㄐㄧㄣˋ ㄏㄨㄟˋ 為同心協力，共同實現某種理想或策進某種事業的發展而組成的團體。如工商協進會。

**卓** ㄓㄨㄛˊ ㈠姓。㈡図高超，有遠見。如「卓見」。㈢図直立的樣子。如「卓立」。㈣同「桌」。

**卓立** ㄓㄨㄛˊ ㄌㄧˋ 図獨立。

**卓見** ㄓㄨㄛˊ ㄐㄧㄢˋ 図高明的見解。

**卓卓** ㄓㄨㄛˊ ㄓㄨㄛˊ 図特立的樣子。

**卓絕** ㄓㄨㄛˊ ㄐㄩㄝˊ 図超出一切。

**卓錫** ㄓㄨㄛˊ ㄒㄧ 図拄著錫杖。和尚出遠門常帶錫杖，所以說和尚的行蹤、居處為卓錫。

**卒** ▲ㄗㄨˊ ㈠兵士。如「兵卒」。㈡古時稱差役。如「隸卒」。㈢図終於，到底。如「卒有天下」。㈣図死亡。如「暴卒」。㈤象棋子之一。▲ㄘㄨˋ 同「猝」。忽然的意思。

**卒子** ㄗㄨˊ ㄗˇ 舊稱兵士。

**卒業** ㄗㄨˊ ㄧㄝˋ 修完學業，畢業。

## 七筆

**南** ▲ㄋㄢˊ ㈠方位名。如「南方」。㈡図向南方走。如「挈而南」。㈢姓。▲ㄋㄚˊ 見「南無（ㄇㄛˊ）」條。

**南山** ㄋㄢˊ ㄕㄢ ①泛指南面的山。②指終南山。③指祁連山。④指荊南山。

**南斗** ㄋㄢˊ ㄉㄡˇ ①星名，即斗宿，共六星，在北斗星之南，形似斗，因而叫南斗。②借指南方、南部地區。

**南方** ㄋㄢˊ ㄈㄤ ①南面，南邊，表示方位。②泛指南部地區。

**南北** ㄋㄢˊ ㄅㄟˇ ①南方和北方。②從南到北，南北之間。

**南瓜** ㄋㄢˊ ㄍㄨㄚ 葫蘆科植物，結的實扁圓形或長圓形，色綠或黃，可以吃。

**南曲** ㄋㄢˊ ㄑㄩˇ 元明間，流行於江浙的戲曲。以唐宋大曲和宋詞為基礎。聲調柔和婉轉，以簫笛伴奏，不同於北曲的遒勁樸實，以弦樂器伴奏。因淵源於南宋戲文，所以叫南曲。

**南非** ㄋㄢˊ ㄈㄟ ①指非洲南部。②非洲南端的國家。原為大英國協自治領，一九六一年獨立。住民以黑人居多。黃金和鑽石產量居世界之冠。

**南柯** ㄋㄢˊ ㄎㄜ 夢的代稱。如「南柯一夢」。

**南洋** ㄋㄢˊ ㄧㄤˊ ①東南亞地區的泛稱。②清末民初，江蘇以南沿海各省為南洋，和山東以北的各省為北洋對稱。

**南胡** ㄋㄢˊ ㄏㄨˊ 樂器名，二胡的一種。

**南面** ㄋㄢˊ ㄇㄧㄢˋ ①古代以坐北朝南為尊位，所以南面泛指居於王位或尊位。②南向，南進。③南方，南邊。

**南宮** ㄋㄢˊ ㄍㄨㄥ 複姓。

**南拳** ㄋㄢˊ ㄑㄩㄢˊ 中國南部各路拳術的統稱。各路各有流派，一般以龍、虎、豹、蛇、鶴五拳為主。

**南海**（ㄋㄢˊ ㄏㄞˇ） ①泛指南方的海。②南中國海。③古代指極南地區。

**南國**（ㄋㄢˊ ㄍㄨㄛˊ） ①南方的國家或地區。②古代泛指中國南方。

**南貨**（ㄋㄢˊ ㄏㄨㄛˋ） 中國南部出產的貨物。

**南朝**（ㄋㄢˊ ㄔㄠˊ） 東晉滅亡後，先後在南方建立政權的宋、齊、梁、陳，史稱南朝。

**南無**（ㄋㄚˊ ㄇㄛˊ） 佛家合掌行禮。如「南無阿彌陀佛」。

**南越**（ㄋㄢˊ ㄩㄝˋ） ①古國名，又作南粵，現在的廣東廣西一帶。②指越南。

**南管**（ㄋㄢˊ ㄍㄨㄢˇ） 古樂的一種，流傳在南方。

**南腿**（ㄋㄢˊ ㄊㄨㄟˇ） 中國南部出產的火腿，以浙江金華的最有名。

**南歐**（ㄋㄢˊ ㄡ） 歐洲南部地區，大部分為地中海北岸的國家。

**南緯**（ㄋㄢˊ ㄨㄟˇ） 赤道以南的緯度。（緯度一度約為一百一十一公里。）

**南嶽**（ㄋㄢˊ ㄩㄝˋ） 也作南岳。五嶽之一的衡山，位於湖南省衡山縣西北，綿延於湘水、資水之間。

**南鍼**（ㄋㄢˊ ㄓㄣ） 又作南針，就是指南針。引伸作指導的意思。

**南韓**（ㄋㄢˊ ㄏㄢˊ） 朝鮮半島南部的國家，以北緯三十八度線和北韓對峙，是二次大戰後分裂的國家。首都漢城。

**南蠻**（ㄋㄢˊ ㄇㄢˊ） 古時候稱南方的蠻族以及他們居住的地方。

**南山壽**（ㄋㄢˊ ㄕㄢ ㄕㄡˋ） 祝壽的詞。

**南北朝**（ㄋㄢˊ ㄅㄟˇ ㄔㄠˊ） 我國在東晉之後，南北分立，南朝是宋、齊、梁、陳四朝；北朝是北魏（東魏、西魏）、北齊、北周；後來隋朝興起，中國才又統一。

**南北極**（ㄋㄢˊ ㄅㄟˇ ㄐㄧˊ） 地球的南北兩端，距離赤道各九十度。

**南半球**（ㄋㄢˊ ㄅㄢˋ ㄑㄧㄡˊ） 赤道以南的地球稱南半球。海洋遠多於陸地。

**南冰洋**（ㄋㄢˊ ㄅㄧㄥ ㄧㄤˊ） 世界五大洋之一。環繞南極洲的海洋。因四季結冰，所以叫南冰洋。

**南美洲**（ㄋㄢˊ ㄇㄟˇ ㄓㄡ） 世界六大洲之一。南亞美利加洲的簡稱。以巴拿馬地峽和北美洲相接。面積次於亞洲、非洲、北美洲，為世界第四大陸地。地勢東西為高地，中央平原。物產以森林、礦產為主。有阿根廷、波利維亞、巴西、智利、哥倫比亞、厄瓜多、巴拉圭、祕魯、烏拉圭、委內瑞拉、圭亞那、蘇利南等十二國。

**南梆子**（ㄋㄢˊ ㄅㄤ ˙ㄗ） 京劇中的西皮唱腔的一種。音調和婉，適於表達幽怨細膩的情感。主要用在旦角，偶爾也用在小生。

**南寒帶**（ㄋㄢˊ ㄏㄢˊ ㄉㄞˋ） 指南極圈以南到南極間的區域。終年嚴寒，沒有夏天。

**南溫帶**（ㄋㄢˊ ㄨㄣ ㄉㄞˋ） 南回歸線到南極圈的區域。也就是南緯二十三度二十七分到六十六度三十三分之間的部分。

**南極洲**（ㄋㄢˊ ㄐㄧˊ ㄓㄡ） 地理學上說「南極大陸」，就是南極上廣大的冰原，面積約一千三百六十萬平方公里。冰層厚約兩千公尺。經濟價值不高，科學研究價值卻很高，許多國家在那裡設有研究站。

**南極圈**（ㄋㄢˊ ㄐㄧˊ ㄑㄩㄢ） 南半球的極圈。就是南緯六六・三三度的緯線。為南寒帶和南溫帶的分界線。因為南半球的四季運轉和北半球相反，所以南極的極晝是北極的極夜，而北極的極晝是南極的極夜。參看「北極圈」條。

**南瓜子兒**（ㄋㄢˊ ㄍㄨㄚ ㄗˇ ㄦ） 瓜字輕讀。南瓜的子，可炒食。

**南回歸線**（ㄋㄢˊ ㄏㄨㄟˊ ㄍㄨㄟ ㄒㄧㄢˋ） 南緯二十三度二十七分的緯線。每年冬至，南移的太陽直射這一線之後就向北回歸。

**南沙群島** 在海南島東南方，南中國海南域的群島，是我國最南方的領土。

**南征北討** 形容轉戰南北，經歷了多次戰役。

**南來北往** ①來來往往。②形容交通頻繁順暢。

**南腔北調** 形容語音混亂，不純正。

**南轅北轍** 比喻志趣跟行為相背，彼此背道而行。轍的語音ㄓㄜˊ。

## 十筆

**博** ㄅㄛˊ ㈠寬廣。如「地大物博」。㈡見識多。如「博學多才」。㈢換、取。如「博得」。㈣賭博。

**博士** ①最高的學位。在大學研究所得碩士學位，再作研究，或在大學畢業後直接修博士課程有了成就，經過審查通過的，授予博士學位。②古官名，與學術有關，有五經博士、國子博士等。

**博大** 廣大。

**博取** 図①多方面採納。②取得認同。指以言行取得別人的信任、贊賞或同情。

**博物** ①図知識豐富。②動物、植物、礦物、生理等學科的總稱。

**博弈** 図賭博，下圍棋。

**博得** 換得，取得。如「精采的表演博得滿堂掌聲」。

**博雅** ①稱讚學問高深的學者的話。②書名，就是〈廣雅〉。

**博愛** 兼愛；廣泛的愛。

**博達** 淵博通達。

**博聞** 見聞廣闊。

**博學** 學問廣博。

**博物院** 也稱博物館，蒐集動、植、礦物或其他一切天然、人造物品，陳列給人觀覽的場所。

**博覽會** 廣集物品陳列展覽的集會。

**博浪鼓(兒)** 浪字輕讀。也作「撥浪鼓(兒)」。是一種小鼓，鼓的兩旁繫有小墜兒，左右一搖，小墜兒打在鼓面上，咚咚作響。是一種兒童玩具。

**博大精深** 形容思想、學問、理論或作品的內涵廣博豐富，深奧精微。多用在抽象的事物。

**博古通今** 通曉古今的事。形容學識淵博。

**博物洽聞** 図見多識廣。同「博學多聞」。洽，周到普徧的意思。

**博施濟眾** 図廣施恩惠，救濟眾人。

**博聞彊識** 図同「博聞強記」。見聞廣博而記憶力強。

**博學多聞** 図學識淵博見聞多。

**博學宏詞** 唐宋科舉名目的一種。用來選拔學問淵博、文筆卓越的人。也作「博學鴻詞」。

# 卜部

**卜** ㄅㄨˇ ㈠姓。㈡占卦。如「卜卦」。㈢図預料。如「未卜」。㈣図選擇。如「卜居」。

**卜卦**（ㄅㄨˇ ㄍㄨㄚˋ）一種預測運氣好壞前途吉凶的方法，就是占卜。

**卜居**（ㄅㄨˇ ㄐㄩ）[文]選擇居所。

**卜相**（ㄅㄨˇ ㄒㄧㄤˋ）占卜看相，斷定吉凶。

**卜珓**（ㄅㄨˇ ㄐㄧㄠˋ）也作卜筊。以擲杯珓占卜吉凶。杯珓是兩片半月形的木頭或竹頭，一面平，一面凸。問卜的時候，投擲地上，看它的仰覆來占卜吉凶或可否。閩南話叫「卜杯」。

**卜晝卜夜**（ㄅㄨˇ ㄓㄡˋ ㄅㄨˇ ㄧㄝˋ）[文]也作「卜夜卜晝」。夜以繼日盡情歡樂。

**卜筮**（ㄅㄨˇ ㄕˋ）古人預測吉凶，用龜甲叫卜，用蓍（ㄕ）草叫筮，合稱卜筮。

**卜辭**（ㄅㄨˇ ㄘˊ）商朝時代刻在龜甲或獸骨上，用來記錄占卜情形的文字。俗稱甲骨文。

## 二筆

**卞** ㄅㄧㄢˋ ㈠姓。㈡急躁。如「卞急」。

**卝** ▲ㄎㄨㄤˋ同「礦」。又讀ㄍㄨㄥˇ。▲ㄍㄨㄢˋ同「丱」。

## 三筆

**卡** ▲ㄎㄚˇ ㈠card的譯名。如「卡片」「卡紙」。㈡car的譯名。如「卡車」「摩托卡」。㈢calorie（卡路里）的簡譯。▲ㄑㄧㄚˇ ㈠政府收稅的機構。「關卡」「稅卡」。㈡堵塞。如「卡住了」。也讀ㄎㄚˇ。▲ㄑㄧㄚˇ夾在中間的動作。如「把茶几兒卡在椅子中間」。

**卡子**（ㄑㄧㄚˇ ˙ㄗ）①收捐稅的地方。②箝物的器具。③婦女夾髮的小鐵夾。

**卡片**（ㄎㄚˇ ㄆㄧㄢˋ）①名片。②小硬紙片。

**卡癶**（ㄎㄚˇ ˙ㄅㄛ）癶字輕讀。兩腿向外彎曲。如「卡癶著腿兒往前走」。

**卡位**（ㄎㄚˇ ㄨㄟˋ）[音]由英文cover而來。掩護、補位或彌補空缺的意思。cover在棒球比賽指「補位防守」（如一壘手離壘接球，來不及回壘，投手上前補位防守）。政壇上的「卡位」，意指遞補出缺的職位。

**卡車**（ㄎㄚˇ ㄔㄜ）大型裝貨的汽車。

**卡其**（ㄎㄚˇ ㄐㄧ）[音]英文khaki的音譯。一種斜紋布，質地結實耐用，多做為裁製制服或背包之用。

**卡通**（ㄎㄚˇ ㄊㄨㄥ）cartoon的譯音，表明連續動作的漫畫。用電影方式拍製的叫卡通電影。

**卡號**（ㄎㄚˇ ㄏㄠˋ）卡片號碼。如「信用卡卡號」。

**卡介苗**（ㄎㄚˇ ㄐㄧㄝˋ ㄇㄧㄠˊ）英文BCG(bacillus of Albert Calmette and Camille Gu'erin)，由卡氏跟介氏二人發現而得名，也就是防癆疫苗，或稱結核菌素。這種疫苗是特別培養使它弱化的結核細菌，注射到人體使體內產生抗體，預防肺結核等結核病。

**卡癶襠**（ㄎㄚˇ ˙ㄅㄛ ㄉㄤ）癶字輕讀。兩條大腿之間。

**卡拉特**（ㄎㄚˇ ㄌㄚ ㄊㄜˋ）carat的譯音。①英美說明黃金裡純含量的名稱。過去翻成「開」，現在很多改用「K」代替。純金是二十四卡拉特。十八K就是「含純金四之三」。②英美稱珠玉的衡名。一卡拉特等於〇・二〇七公分。

**卡路里**（ㄎㄚˇ ㄌㄨˋ ㄌㄧˇ）calorie的譯音。簡稱卡。計算熱量的單位，就是一公克水升高或降低攝氏溫度一度，所需或所放的熱度。

**占** ▲ㄓㄢ 就著徵兆來推知吉凶。如「占卜」。▲ㄓㄢˋ ㈠同「佔」。如「占領」。㈡口授，如「口占」。

**占卜** ㄓㄢ ㄅㄨˇ 用龜甲或蓍草擺列，按八卦的卦象斷定吉凶。也作占卦、占斷、占課。

**占先** ㄓㄢˋ ㄒㄧㄢ 處在優先或領先的地位。

**占地** ㄓㄢˋ ㄉㄧˋ 占有的土地面積。如「公園占地三公頃」。

**占有** ㄓㄢˋ ㄧㄡˇ 取為自己所有。

**占卦** ㄓㄢ ㄍㄨㄚˋ 同「卜卦」。根據卦象推測吉凶禍福。

**占星** ㄓㄢ ㄒㄧㄥ ①觀察星象推斷吉凶。②以占星為業的人。

**占夢** ㄓㄢ ㄇㄥˋ 即「圓夢」。解說夢兆的吉凶。

**占領** ㄓㄢˋ ㄌㄧㄥˇ 用軍事或外交的力量佔據別國的領土。

**占據** ㄓㄢˋ ㄐㄩˋ 奪取。

**占便宜** ㄓㄢˋ ㄆㄧㄢˊ ˙ㄧ 宜字輕讀。也作「佔便宜」。①得到非分的好處。②相較之下有優越條件。如個子高的打籃球占便宜。

**占鼇頭** ㄓㄢ ㄠˊ ㄊㄡˊ 科舉時代稱狀元及第。鼇頭，指狀元。

## 六筆

**卦** ㄍㄨㄚˋ 古時占卜所用符號，傳說是伏羲氏所創，基本卦共有八個，是用長短的橫畫擺成的，叫八卦；把基本卦兩兩重疊起來成為六十四卦。

# 卩部

## 二筆

**卬** ▲ㄤˊ ㈠我。㈡同「昂」。㈢卬卬，興旺的樣子。▲ㄧㄤˇ 古「仰」字。

## 三筆

**卯** ㄇㄠˇ ㈠十二地支的第四位。㈡早晨五點到七點是卯時。

**卯眼** ㄇㄠˇ ㄧㄢˇ 兩器接榫，凸起的叫做榫頭，凹進去的叫做卯眼。也作「卯榫」。

**卮（巵）** ㄓ 盛酒漿的器具。

## 四筆

**印** ㄧㄣˋ ㈠印信、印章。㈡留在物品上的痕跡。如「手印」。㈢印刷。如「書已經印好了」。㈣姓。

**印本** ㄧㄣˋ ㄅㄣˇ 印刷的書本。

**印色** ㄧㄣˋ ㄙㄜˋ 印泥的舊名。

**印行** ㄧㄣˋ ㄒㄧㄥˊ 印刷出版發行。

**印兒** ㄧㄣˋ ㄦ 痕跡。

**印花** ㄧㄣˋ ㄏㄨㄚ 政府發行的定額有價稅票，是各種契約、發票、簿據、憑證等等必須貼用的，也叫「印花稅票」。人民貼用印花稅票所付出的代價，就是向政府納稅，叫做「印花稅」。

**印刷** ㄧㄣˋ ㄕㄨㄚ 把文字、圖畫作成印版，加上油墨，可以連續印出很多張的技術。

**印泥** ㄧㄣˋ ㄋㄧˊ 也作印色；蓋印用的以硃砂和油合成的泥狀物。

**印信** ㄧㄣˋ ㄒㄧㄣˋ 政府機關使用的印章，有印、關防、鈐記等。

**印度** ㄧㄣˋ ㄉㄨˋ 國名。舊譯為身（ㄐㄩㄢ）毒、天竺、信度。是世界文明古國之一。在亞洲南部，印度洋之北，介於孟加拉灣和阿拉伯海之間。首都是新德里。一九四七年獨立前為英屬。

**印染** ㄧㄣˋ ㄖㄢˇ 紡織品的印花和染色。

**印堂** ㄧㄣˋ ㄊㄤˊ 相術家把人面部的兩眉中間叫印堂。

**印痕** ㄧㄣˋ ㄏㄣˊ 印下來的痕跡。

**印章** ㄧㄣˋ ㄓㄤ 圖章。

**印象** ㄧㄣˋ ㄒㄧㄤˋ 心理學名詞。凡是感官受到一定的刺激而在知覺上造成的心理過程，稱為印象。這種知覺存留意識之中，並未經過詳細的整體分析判斷，而且時常攙合或隨著某種情緒、經驗而生。

**印臺** ㄧㄣˋ ㄊㄞˊ 貯有紅（藍）墨供橡皮（木）戳記蓋用的印盒。

**印模** ㄧㄣˋ ㄇㄡˊ 金屬製的砧形物，上面刻花紋，將製品平面貼在模上，用錘打擊，就可將花紋印出。

**印樣** ㄧㄣˋ ㄧㄤˋ 蓋章印出來的字樣。

**印譜** ㄧㄣˋ ㄆㄨˇ 集歷代古印或各家所刻的印文成一書的。

**印證** ㄧㄣˋ ㄓㄥˋ 互相證明。

**印鑑** ㄧㄣˋ ㄐㄧㄢˋ 將所用的圖章的印樣，存在支領款項的機構，以備鑑別真偽。

**印子錢** ㄧㄣˋ ㄗ˙ ㄑㄧㄢˊ 舊時的一種高利貸。限借款人分期攤還。每次還錢，就在摺子上加蓋印記，所以叫印子錢。

**印把子** ㄧㄣˋ ㄅㄚˋ ㄗ˙ 舊稱官府的印章，也喻指官職或權力。

**印刷品** ㄧㄣˋ ㄕㄨㄚ ㄆㄧㄣˇ 印刷成的書籍、文件、圖畫等。也叫印刷物。

**印刷廠** ㄧㄣˋ ㄕㄨㄚ ㄔㄤˇ 印刷書報雜誌以及文件、圖表的工廠。

**印刷機** ㄧㄣˋ ㄕㄨㄚ ㄐㄧ 用來印刷文字圖書的機器。

**印刷體** ㄧㄣˋ ㄕㄨㄚ ㄊㄧˇ 用以印刷的字體。對手寫體而言。印刷體又分楷體、宋體、方體、隸書、行書等。

**印花布** ㄧㄣˋ ㄏㄨㄚ ㄅㄨˋ 印有圖案花樣的布料。

**印表機** ㄧㄣˋ ㄅㄧㄠˇ ㄐㄧ 電子計算機（俗稱電腦）的輸出設備之一。可以把電腦上設計的文字、圖像、表格等印在紙張上。

**印度洋** ㄧㄣˋ ㄉㄨˋ ㄧㄤˊ 世界三大洋之一。位於印度南邊，介於亞洲、澳洲、非洲之間，約佔全球海洋面積五分之一。是東西海洋最早的海運通路。

**印第安** ㄧㄣˋ ㄉㄧˋ ㄢ 美洲人種之一。黃皮膚，塗上赤色，因而有紅種之稱。身長，鼻高而呈鷹嘴形，臉上也有刺青的。性好鬥，多以農獵為生。

**印度尼西亞** ㄧㄣˋ ㄉㄨˋ ㄋㄧˊ ㄒㄧ ㄧㄚˇ 南洋群島的國家，簡稱印尼。包括爪哇、蘇門答臘、婆羅洲、西里伯、西新幾內亞諸島。首都雅加達。居民多為爪哇人跟馬來人。

## 危

ㄨㄟ ㈠不安全。如「危險」「危機」。㈡傷害。如「危害」。㈢病重。如「病危」。㈣〔文〕端正。如「正襟危坐」「危言危行」。㈤〔文〕高聳。如「危樓」。㈥姓。又讀ㄨㄟˊ。

**危坐** ㄨㄟ ㄗㄨㄛˋ 〔文〕端正的坐著。

**危言** ㄨㄟ ㄧㄢˊ ①〔文〕正直的言語。②〔文〕「危言聳聽」的「危言」，意思就是「危語」，參看「危語」條。

**危急** ㄨㄟ ㄐㄧˊ 危險急迫。

**危城** ㄨㄟ ㄔㄥˊ ①〔文〕高峻的城。②形容將被攻破的城。

**危害** ㄨㄟ ㄏㄞˋ 使受破壞；損害。

**危宿** ㄨㄟ ㄒㄧㄡˋ 〔文〕二十八宿之一。玄武七宿的第五宿。

**危淺** ㄨㄟˊ ㄑㄧㄢˇ 文人的生命將盡，朝不保夕。

**危語** ㄨㄟˊ ㄩˇ 文說些荒誕或誇大的話來聳人聽聞。是「危言聳聽」這句話的來源。

**危樓** ㄨㄟˊ ㄌㄡˊ ①高樓。②隨時可能坍倒的樓房。

**危機** ㄨㄟˊ ㄐㄧ ①生死成敗的緊急關頭。②發生危險的原因。

**危篤** ㄨㄟˊ ㄉㄨˇ 文極其危險，多指病重。

**危險** ㄨㄟˊ ㄒㄧㄢˇ 不安全。

**危難** ㄨㄟˊ ㄋㄢˋ 危險和災難。

**危險物** ㄨㄟˊ ㄒㄧㄢˇ ㄨˋ 容易發生危險的物品。如火藥、汽油等。

**危在旦夕** ㄨㄟˊ ㄗㄞˋ ㄉㄢˋ ㄒㄧ 文危險近在早晚之間，很快就會發生。

**危如累卵** ㄨㄟˊ ㄖㄨˊ ㄌㄟˇ ㄌㄨㄢˇ 文危險的情況，就像堆高的鳥蛋隨時會垮下來一樣。比喻非常危險。

## 五筆

**卵** ▲ㄌㄨㄢˇ (一)鳥、魚、蟲所生的蛋還沒孵化的。(二)男人的睪丸。又讀ㄌㄨㄛˇ。▲ㄌㄢˇ 見「卵子」。

**卵子** ▲ㄌㄨㄢˇ ㄗˇ ①動物學說從母體分離的配子細胞，在卵巢裡受精，然後倚賴母體供給的營養，逐漸發展為個體。②植物學上說，植物的有性生殖，由精蟲與卵子結合成芽胞（卵孢子），發育成植物的新一代。▲ㄌㄢˇ ·ㄗ 男子的睪丸。

**卵生** ㄌㄨㄢˇ ㄕㄥ 由卵孵化而生的。又讀ㄌㄨㄛˇ ㄕㄥ。

**卵形** ㄌㄨㄢˇ ㄒㄧㄥˊ 橢圓形。

**卵巢** ㄌㄨㄢˇ ㄔㄠˊ 動物母體中生殖器的一部分，是產生卵子的器官。

**卵殼** ㄌㄨㄢˇ ㄎㄜˊ 動物所產卵的外殼。

**卵翼** ㄌㄨㄢˇ ㄧˋ 文母雞用翼（翅膀）保護所孵的卵。比喻養育庇護。

**卵石** ㄌㄨㄢˇ ㄕˊ ①橢圓形或圓形的石頭。②蛋和石頭。比喻強弱懸殊。

**卵細胞** ㄌㄨㄢˇ ㄒㄧˋ ㄅㄠ ①動物卵巢中的球形或橢圓形生殖細胞，和精子結合而生第二代。②植物以有性生殖法所生的兩個生殖細胞，也有雌雄的分別。形狀大的是雌性，叫做卵細胞。

**卵磷脂** ㄌㄨㄢˇ ㄌㄧㄣˊ ㄓ 蛋黃裡含有的磷脂，是由磷酸和脂質合成，有幫助細胞膜進行正常活動，促成腦神經傳達活潑，以及乳化脂肪等作用。是近年來被譽為「生命的基礎物質」和「黃色鑽石」的重要營養素。

**卵與石鬥** ㄌㄨㄢˇ ㄩˇ ㄕˊ ㄉㄡˋ 文同「以卵擊石」。比喻弱者與強者鬥，必敗無疑。

**即（卽）** ㄐㄧˊ (一)立刻。如「立即」。(二)靠近。如「不即不離」。(三)假使。如「即便」「即或」。(四)就是。如「色即是空」。(五)今日，當日。如「即日」。(六)就、便。如「黎明即起」。

**即今** ㄐㄧˊ ㄐㄧㄣ 文正好是現在。

**即日** ㄐㄧˊ ㄖˋ ①當日。②在這幾天之內。

**即令** ㄐㄧˊ ㄌㄧㄥˋ 就算是。

**即位** ㄐㄧˊ ㄨㄟˋ 文①帝王登基。②就位，入席。

**即事** ㄐㄧˊ ㄕˋ 文①任事，做事。②面對眼前的事物。③對當前的事物有感而發的詩，多以即事標題，稱為即事詩。

**即使** ㄐㄧˊ ㄕˇ 縱然，即便。

**即刻** ㄐㄧˊ ㄎㄜˋ 立刻。

**即或** ㄐㄧˊ ㄏㄨㄛˋ 即便。

**即便** ㄐㄧˊ ㄅㄧㄢˋ 縱使。

**即若** ㄐㄧˊ ㄖㄨㄛˋ 文就近取譬的話，就像。同「即如」。

**即席** ㄐㄧˊ ㄒㄧˊ 文①當場。②在宴會席上。

**即時** ㄐㄧˊ ㄕˊ 即刻。

**即將** ㄐㄧˊ ㄐㄧㄤ 將要，就要。如「即將啟程」。

**即景** ㄐㄧˊ ㄐㄧㄥˇ 文就眼前風景而吟咏。

**即興** ㄐㄧˊ ㄒㄧㄥˋ 臨時發生的興致，隨興。如「即興吟詩」。

**即早兒** ㄐㄧˊ ㄗㄠˇ ㄦ 趁早兒。

**即景生情** ㄐㄧˊ ㄐㄧㄥˇ ㄕㄥ ㄑㄧㄥˊ 由眼前的景象觸發某種感想或情懷。也作「觸景生情」。

**即期支票** ㄐㄧˊ ㄑㄧ ㄓ ㄆㄧㄠˋ 票據的一種，銀行見票必須即時兌付。

**卲** 文ㄕㄠˋ高。如「年高德卲」。

## 六筆

**卷** ▲ㄐㄩㄢˋ ㈠可以捲起來的書畫。如「手卷」。㈡書籍。如「手不釋卷」。㈢書的分篇。如「卷上」「卷一」。㈣公私機構的文件。如「案卷」。㈤考試的題紙。如「試卷」。
▲ㄐㄩㄢˇ 同「捲」。如「卷鬚」。
▲ㄑㄩㄢˊ 彎曲。如「卷曲」。

**卷子** ㄐㄩㄢˋ ㄗ˙ 考試用的紙，上面印著題目。

**卷曲** ㄑㄩㄢˊ ㄑㄩ 彎曲。卷同「蜷」。

**卷宗** ㄐㄩㄢˋ ㄗㄨㄥ 公共機關分類彙存的文件。

**卷帙** ㄐㄩㄢˋ ㄓˋ 文書籍，可以捲的叫卷，編有目次的叫帙。

**卷舒** ▲ㄐㄩㄢˇ ㄕㄨ 文①捲起和展開。②退和進，隱和顯。
▲ㄑㄩㄢˊ ㄕㄨ 文蜷縮和伸展。

**卷軸** ㄐㄩㄢˋ ㄓㄡˊ 裱好有軸可以捲舒的中國字畫。

**卷髮** ㄐㄩㄢˇ ㄈㄚˇ 指成波浪形彎曲的頭髮。

**卷縮** ㄑㄩㄢˊ ㄙㄨㄛ 文也作「蜷縮」。①蜷曲而收縮。②比喻受壓抑而懷志難伸。

**卷鬚** ㄐㄩㄢˇ ㄒㄩ 爬蔓植物由葉變成的細長絲，如豌豆、葡萄等都有。

**卷軸裝** ㄐㄩㄢˋ ㄓㄡˊ ㄓㄨㄤ 一種書畫裝裱法。把多張字畫連成長幅，用圓棒做軸，從左到右捲成一卷的裝裱法。

**卷舌元音** ㄐㄩㄢˇ ㄕㄜˊ ㄩㄢˊ ㄧㄣ 發音學名詞。把舌尖向上捲起發出的元音。如國語注音符號的ㄦ。

**卸** ㄒㄧㄝˋ ㈠解脫。如「卸責」。㈡解除職務。如「卸職」。㈢拿下來。如「卸貨」。

**卸任** ㄒㄧㄝˋ ㄖㄣˋ 官吏任期屆滿而卸下職務。

**卸妝** ㄒㄧㄝˋ ㄓㄨㄤ 除去臉上的化妝。多用於婦女。

**卸肩** ㄒㄧㄝˋ ㄐㄧㄢ 文比喻解除責任。

**卸除** ㄒㄧㄝˋ ㄔㄨˊ 解開除去。

**卸貨** ㄒㄧㄝˋ ㄏㄨㄛˋ 把船上或車上的貨物搬下來。

**卸責** ㄒㄧㄝˋ ㄗㄜˊ ①解除原負的責任。②把責任推給別人。

**卸裝** ㄒㄧㄝˋ ㄓㄨㄤ 除去身上的裝扮。

**卸職** ㄒㄧㄝˋ ㄓˊ 解除或辭去職務。

**卹** ㄒㄩˋ 通「恤」。

**卹金** ㄒㄩˋ ㄐㄧㄣ 政府對為國犧牲或因公傷亡的官員或軍人，用現金給他們的遺族，表示撫卹。

## 七筆

**卻(却)** ㄑㄩㄝˋ ㊀推辭，不接受。如「推卻」「卻之不恭」。㊁後退。如「退卻」「卻步」。㊂反倒。如「叫我一定要到，他自己卻不來」。㊃同「去掉」。如「忘卻」「除卻」。㊄再。如「明日卻往」。㊅且。如「卻說」。

**卻又** ㄑㄩㄝˋ ㄧㄡˋ ①再。②意思轉折的用詞，等於「可又」。

**卻才** ㄑㄩㄝˋ ㄘㄞˊ 也作「卻纔」，就是「方才」「剛才」的意思；舊小說裡常用。

**卻步** ㄑㄩㄝˋ ㄅㄨˋ 図向後退；因為畏縮而後退。

**卻病** ㄑㄩㄝˋ ㄅㄧㄥˋ 図免除疾病。

**卻說** ㄑㄩㄝˋ ㄕㄨㄛ 且說。

**卻敵** ㄑㄩㄝˋ ㄉㄧˊ 図打退敵人。

**卻之不恭** ㄑㄩㄝˋ ㄓ ㄅㄨˋ ㄍㄨㄥ 拒絕別人的好意是失禮的事。多用來做為接受別人好意的客套話。

**卼** 図ㄨˋ「卼臲」，搖動不安。也作「杌隉」「阢隉」。

## 八筆

**卿** ㄑㄧㄥ ㊀舊時君對臣的好稱呼。㊁夫對妻的好稱呼。㊂舊時高級官名。如「上卿」。現在還用來翻譯外國官名，如「國務卿」。㊃姓。

**卿卿** ㄑㄧㄥ ㄑㄧㄥ ①図對妻或情人親熱的稱呼。②形容夫妻和睦的樣子。如「卿卿我我」。

**卿雲** ㄑㄧㄥ ㄩㄣˊ 古人所說的祥瑞的雲氣。

**卿大夫** ㄑㄧㄥ ㄉㄚˋ ㄈㄨ 古代的高官卿和大夫。後來借指高級官員。

# 厂部

**厂** ▲ㄢ「庵」的簡寫。▲ㄔㄤˇ「廠」的簡寫。

## 二筆

**厄** ㄜˋ ㊀困難，艱苦。如「不忘當年之厄」。㊁受威脅，受阻礙。如「孔子厄於陳蔡」「航行海上，厄於風暴」。

**厄運** ㄜˋ ㄩㄣˋ 図困苦的時運。

## 六筆

**厔** 図ㄓˋ ㊀河道彎曲的地方。㊁「盩（ㄓㄡ）厔」，陝西省的縣名。

**厓** ㄧㄚˊ ㊀山邊，與「崖」通。㊁水邊，與「涯」通。

## 七筆

**厖** ㄆㄤˊ 大。通「龐」。又讀「ㄇㄤˊ」。

**厘** ▲ㄌㄧˊ「釐」的簡寫。▲ㄔㄢˊ 同「廛」。

**厚** ㄏㄡˋ ㊀指扁平物體表面跟底面間的距離。㊁扁平物體的高度較大的，薄的反面。㊂深，重。如「交情厚」「未可厚非」。㊃不刻薄，待人好。如「忠厚」「不要厚此薄彼」。

**厚生** ㄏㄡˋ ㄕㄥ 図使人民的生活豐足。

**厚利** ㄏㄡˋ ㄌㄧˋ 很大的盈利。

**厚非** ㄏㄡˋ ㄈㄟ 図過分責備。

**厚度** ㄏㄡˋ ㄉㄨˋ 厚薄的程度。扁平物體上下兩面之間的距離。

**厚待** ㄏㄡˋ ㄉㄞˋ 優厚的待遇。

**厚重** ㄏㄡˋ ㄓㄨㄥˋ 舉止端莊。

**厚望** ㄏㄡˋ ㄨㄤˋ 很大、很殷切的希望。

**厚貺** ㄏㄡˋ ㄎㄨㄤˋ 〔文〕厚重的賜與或贈禮。

**厚意** ㄏㄡˋ ㄧˋ 誠懇的好意。

**厚愛** ㄏㄡˋ ㄞˋ 深厚的愛護。如「承蒙厚愛，感激不盡」。

**厚道** ㄏㄡˋ ㄉㄠˋ 道字輕讀。待人接物不刻薄。

**厚實** ㄏㄡˋ ㄕˊ ①富足。②忠厚誠實。③物體厚而有分量。

**厚誣** ㄏㄡˋ ㄨ 〔文〕深刻的誣蔑或欺騙。

**厚誼** ㄏㄡˋ ㄧˋ 〔文〕深厚的交情。

**厚薄（兒）** ㄏㄡˋ ㄅㄠˊ（ㄦ） 厚度。

**厚顏** ㄏㄡˋ ㄧㄢˊ 〔文〕不知羞恥，厚臉皮。

**厚臉皮** ㄏㄡˋ ㄌㄧㄢˇ ㄆㄧˊ 指不知羞恥。文言作「厚顏」。

**厚古薄今** ㄏㄡˋ ㄍㄨˇ ㄅㄛˊ ㄐㄧㄣ 重視以前，忽略現在；或厚待前人，刻薄後人。

**厚生利用** ㄏㄡˋ ㄕㄥ ㄌㄧˋ ㄩㄥˋ 〔文〕富裕民生，物盡其用。

**厚此薄彼** ㄏㄡˋ ㄘˇ ㄅㄛˊ ㄅㄧˇ 厚待或重視一方，薄待或輕忽另一方。形容待遇不公平。

**厚貌深情** ㄏㄡˋ ㄇㄠˋ ㄕㄣ ㄑㄧㄥˊ 也作「厚貌深辭」或「厚貌深文」。外貌看來忠厚老實，而內心卻深不可測。

**厚墩墩的** ㄏㄡˋ ㄉㄨㄣ ㄉㄨㄣ ˙ㄉㄜ 形容物體厚實有分量。

**厚德載福** ㄏㄡˋ ㄉㄜˊ ㄗㄞˋ ㄈㄨˊ 〔文〕有大德的人才能多得到福報。

**厙** ㄕㄜˋ ㈠姓。㈡「庫」的俗寫。

## 八筆

**厝** ㄘㄨㄛˋ ㈠〔文〕安置，古書裡和「措」字通。㈡把靈柩停放，不埋或淺埋。淺的暫埋叫「厝」。如「浮厝」「暫厝」。㈢福建沿海跟臺灣說閩南話的人，把家或屋子叫「厝」。

**厝火積薪** ㄘㄨㄛˋ ㄏㄨㄛˇ ㄐㄧ ㄒㄧㄣ 〔文〕把火放在柴堆之下。比喻潛伏極大危機。厝，放置。

**原** ▲ㄩㄢˊ ㈠廣大的平地。如「平原」「草原」。㈡本來。如「這話原是不錯的」。㈢最初的，開始的。如「原人」。㈣根本，和「源」字通。如「原委」「推本考原」。㈤〔文〕往上或往根源追究。如「原其初始」「推原其致誤之由」。㈥寬容，諒解。如「情有可原」。㈦姓。
▲ㄩㄢˋ 通「愿」。

**原人** ㄩㄢˊ ㄖㄣˊ 遠古時代的人類，略微具有人類的特徵，也稱為「原始人」。

**原子** ㄩㄢˊ ㄗˇ 物質分到不可再分的部分，叫做原子；是由中心的核跟周圍的電子所組成的，中心的核叫「原子核」。

**原木** ㄩㄢˊ ㄇㄨˋ 剛採伐還沒進行製材的樹幹。

**原主** ㄩㄢˊ ㄓㄨˇ 原來的所有人。如「物歸原主」。

**原本** ㄩㄢˊ ㄅㄣˇ ①事物的根由。②推原它的由來。③指原來的版本或作者的底本。

**原由** ㄩㄢˊ ㄧㄡˊ 原因。

**原先** ㄩㄢˊ ㄒㄧㄢ 起初。

**原因** ㄩㄢˊ ㄧㄣ 事情的起因，所以如此的緣故。

**原有** ㄩㄢˊ ㄧㄡˇ 以前所有，舊有。

**原色** ㄩㄢˊ ㄙㄜˋ ①紅、黃、藍三色，是各種顏色的變化的基本色，叫做「原色」。②以太陽光帶的紅、橙、黃、綠、藍、靛、紫等七種顏色為「原色」。

**原作** ㄩㄢˊ ㄗㄨㄛˋ 改寫或翻譯文章的時候所依據的原來作品。

**原形** ㄩㄢˊ ㄒㄧㄥˊ 本來的形態。如「原形畢露」。

**原來** ㄩㄢˊ ㄌㄞˊ ①事物的起源。如「原來是你在搗鬼」。②本來。如「我原來不想去」。

**原始** ㄩㄢˊ ㄕˇ ①古老。如「原始時代」「原始生活」。②最初。如「原始介紹人」。

**原委** ㄩㄢˊ ㄨㄟˇ 事情的從頭到尾。

**原油** ㄩㄢˊ ㄧㄡˊ 石油採出以後還沒有經過提煉的，叫原油。

**原版** ㄩㄢˊ ㄅㄢˇ 不是翻印、複製的：①書刊原來的版本。②錄音、錄音帶的原樣版本。

**原物** ㄩㄢˊ ㄨˋ ①法律名詞。是賴以生產或孳息的東西。如土地對農作物來說是原物。②原來的東西。如「遺失的原物找回來了」。

**原則** ㄩㄢˊ ㄗㄜˊ ①多數現象共通的法則。②可適用於一般事物的法則。

**原型** ㄩㄢˊ ㄒㄧㄥˊ ①雕刻所用的模型。②器物原先具有的型式。

**原宥** ㄩㄢˊ ㄧㄡˋ 原諒寬恕。

**原故** ㄩㄢˊ ㄍㄨˋ 原因。

**原音** ㄩㄢˊ ㄧㄣ 原來的聲音。多指音樂而言。如「他的錄音機非常好，能使原音重現」。

**原料** ㄩㄢˊ ㄌㄧㄠˋ 製造物品所用的材料。

**原素** ㄩㄢˊ ㄙㄨˋ 就是「原質」。

**原理** ㄩㄢˊ ㄌㄧˇ 真理或規則的根據。

**原野** ㄩㄢˊ ㄧㄝˇ 平廣的郊野。

**原棉** ㄩㄢˊ ㄇㄧㄢˊ 初採下未經彈製的棉花。

**原著** ㄩㄢˊ ㄓㄨˋ 作者交付出版時作品的原本；是對譯本、刪節本、改寫本說的。

**原意** ㄩㄢˊ ㄧˋ 原來的意思；本意。如「因為表達不當，原意受到曲解」。

**原煤** ㄩㄢˊ ㄇㄟˊ 採出的礦煤，塊末混合未曾分開的。又稱「混煤」。

**原罪** ㄩㄢˊ ㄗㄨㄟˋ ㈠因原諒罪過。㈡基督教的教義之一。說人類的始祖亞當和夏娃受了蛇的誘惑，違背上帝而吃了禁果。這過錯就成了全體人類的原始罪過，叫做原罪。

**原價** ㄩㄢˊ ㄐㄧㄚˋ ①成本，工業上指生產時所需的一切費用，商業上指進貨的價格跟各項費用。②原定的價值，對改變後的價值而言。

**原諒** ㄩㄢˊ ㄌㄧㄤˋ 饒恕諒解。

**原質** ㄩㄢˊ ㄓˊ 最純的物質，無論用任何方法，不能把它分析為兩種以上的異性物質。

**原點** ㄩㄢˊ ㄉㄧㄢˇ ①數學名詞。解析幾何學上，縱軸和橫軸的交點。②原來地點，實質、抽象都可以。如「這樣亂糟糟的討論沒有效果，一切都還在原點上哪」。

**原籍** ㄩㄢˊ ㄐㄧˊ 本來的籍貫。

**原文（兒）** ㄩㄢˊ ㄨㄣˊ ㄦ 原來的文字，指所根據、引證、轉述的原本文字而言。

**原告（兒）** ㄩㄢˊ ㄍㄠˋ ㄦ 訴訟事件的起訴人。

**原封（兒）** ㄩㄢˊ ㄈㄥ ㄦ ①精純的燒酒。②固有的形態。如「禮物原封兒沒動」。

**原處（兒）** ㄩㄢˊ ㄔㄨˋ ㄦ 原來的地方。

**原稿（兒）** ㄩㄢˊ ㄍㄠˇ ㄦ 著作物的本來的稿件。

**原子核**（ㄩㄢˊ ㄗˇ ㄏㄜˊ） 原子的中心部分，由質子和中子組成。原子的質量，幾乎全在原子核中。

**原子能**（ㄩㄢˊ ㄗˇ ㄋㄥˊ） 原子能（atomic energy）是核能的通俗名稱。

**原子量**（ㄩㄢˊ ㄗˇ ㄌㄧㄤˋ） 以碳十二為標準，各原子和它比較的相對質量。各元素的原子量都明列在「化學元素表」。

**原子筆**（ㄩㄢˊ ㄗˇ ㄅㄧˇ） 形狀像自來水筆，筆尖有一個圓珠，筆管裡裝有油墨，書寫時，筆尖的圓珠在紙上轉動，油墨滲出而成筆畫。又叫圓珠筆。

**原子彈**（ㄩㄢˊ ㄗˇ ㄉㄢˋ） 二次世界大戰時，美國使用的祕密武器之一。是應用原子能的原理造成的，製造的主要材料是鈾，破壞力極大，一顆原子彈能夠毀滅一個大城市。第二次世界大戰末期，日本的廣島和長崎，都毀於這種炸彈。

**原子鐘**（ㄩㄢˊ ㄗˇ ㄓㄨㄥ） 利用分子或原子核的快速振動來計時的一種裝置。比機械鐘或電鐘準確。

**原生質**（ㄩㄢˊ ㄕㄥ ㄓˊ） 構成細胞的有生命物質。

**原住民**（ㄩㄢˊ ㄓㄨˋ ㄇㄧㄣˊ） 原來就住在當地年代久遠的族群。如「印地安人是美國的原住民」。

**原形質**（ㄩㄢˊ ㄒㄧㄥˊ ㄓˊ） 動植物細胞中具有生活能力的物質。又名「原生質」。

**原動力**（ㄩㄢˊ ㄉㄨㄥˋ ㄌㄧˋ） 主動的力量，自身發出去推動別種東西的力量；如推動機器的發動力——電力、水力、蒸氣力等都是。

**原動機**（ㄩㄢˊ ㄉㄨㄥˋ ㄐㄧ） 利用原動力發生動力的各種機器的總稱。

**原子序數**（ㄩㄢˊ ㄗˇ ㄒㄩˋ ㄕㄨˋ） 化學上各種元素依照原子量大小而排列的次序號數，像氫為1，氦為2，鋰為3等是。

**原生動物**（ㄩㄢˊ ㄕㄥ ㄉㄨㄥˋ ㄨˋ） 由一個細胞形成的最下等動物，也叫原生蟲或單細胞動物，像變形蟲、眼蟲、草履蟲以及寄生在人或動物身上的各種病原菌等等。原生蟲只能在液體的環境中生活。

**原形畢露**（ㄩㄢˊ ㄒㄧㄥˊ ㄅㄧˋ ㄌㄨˋ） 本來的面目完全顯露。

**原始社會**（ㄩㄢˊ ㄕˇ ㄕㄜˋ ㄏㄨㄟˋ） 人類最初沒有文明文化的社會。

**原封不動**（ㄩㄢˊ ㄈㄥ ㄅㄨˋ ㄉㄨㄥˋ） 保持原來的樣子，沒有變動。如「原封不動歸還物主」。

**原告打成被告**（ㄩㄢˊ ㄍㄠˋ ㄉㄚˇ ㄔㄥˊ ㄅㄟˋ ㄍㄠˋ） 比喻本來有理的，反而被說成無理。

**原子能和平用途**（ㄩㄢˊ ㄗˇ ㄋㄥˊ ㄏㄜˊ ㄆㄧㄥˊ ㄩㄥˋ ㄊㄨˊ） 把原子能（核能）應用在發電、醫療、考古、工業、農業等方面。

## 十筆

**厥** ㄐㄩㄝˊ ㈠氣閉昏倒。如「昏厥」。㈡其，他的。如「大放厥詞」。㈢那個，這個，相當於「其」字。如「厥土甚肥」「徒慮當前，未謀厥後」。

## 十二筆

**厭** ▲ㄧㄢˋ ㈠不喜愛，嫌惡（ㄨˋ）。如「厭世」。㈡図滿，足，與「饜」通。▲ㄧㄢ 見「厭厭」條。

**厭世**（ㄧㄢˋ ㄕˋ） 就是厭惡世間，覺得這個世界是有苦無樂或苦多樂少，毫無留戀的價值。

**厭倦**（ㄧㄢˋ ㄐㄩㄢˋ） 對某種事物失去興趣，不願意繼續做下去。如「雖然屢做屢挫，還是毫不厭倦」。

**厭氣**（ㄧㄢˋ ˙ㄑㄧ） 氣字輕讀。討厭。

**厭棄**（ㄧㄢˋ ㄑㄧˋ） 厭惡嫌棄。

**厭惡**（ㄧㄢˋ ㄨˋ） 討厭憎惡。

**厭煩**（ㄧㄢˋ ㄈㄢˊ） 不耐煩，厭惡。

**厭厭**（ㄧㄢ ㄧㄢ） 文①安，久。②氣勢興盛的樣子。

**厭戰**（ㄧㄢˋ ㄓㄢˋ） 厭惡戰爭，不願繼續打仗。

## 十三筆

**厲** ▲ㄌㄧˋ ㈠把它磨銳利。如「秣馬厲兵」。㈡嚴肅。如「正顏厲色」。㈢認真，嚴格地。如「厲行節約」。㈣猛烈，粗暴。如「聲色俱厲」「雷厲風行」。㈤姓。▲ㄌㄞˋ 文同「癩」，痳瘋病。〈史記〉有「漆身為厲」。

**厲色**（ㄌㄧˋ ㄙㄜˋ） 嚴厲的臉色。如「疾言厲色」。

**厲行**（ㄌㄧˋ ㄒㄧㄥˊ） 嚴格實行。

**厲疫**（ㄌㄧˋ ㄧˋ） 文也作「癘疫」。急性或嚴重的傳染病。

**厲害**（ㄌㄧˋ ㄏㄞˋ） 害字輕讀。①猛烈。②凶狠。

**厲鬼**（ㄌㄧˋ ㄍㄨㄟˇ） 文惡鬼。

**厲階**（ㄌㄧˋ ㄐㄧㄝ） 文禍害的根源。

**厲禁**（ㄌㄧˋ ㄐㄧㄣˋ） 文嚴禁。

**厲聲**（ㄌㄧˋ ㄕㄥ） ①文猛烈地大聲說話。②粗惡（ㄜˋ）的聲音。

**厲兵秣馬**（ㄌㄧˋ ㄅㄧㄥ ㄇㄛˋ ㄇㄚˇ） 文磨利兵器，餵飽戰馬，做好戰鬥的準備。

## 十七筆

**靨** ㄧㄝˋ ㈠蟹肚下的臍。㈡田螺殼口的圓形薄片。

# 厶部

## 二筆

**厹** ▲ㄖㄡˊ 野獸用腳踐踏地面。▲ㄑㄧㄡˊ ㈠「厹矛」是古時的一種三稜矛。㈡「厹由」，古國名，在今山西省盂縣東北。

## 三筆

**去** ㄑㄩˋ ㈠走，從這裡走到那裡。如「你還不去」「大家都去旅行」。㈡往，到，跟「來」相反。㈢文離開。如「去世」「去國」。㈣文距離。如「去古已遠」「相去何止千里」。㈤過去的。如「去日苦多」。㈥送，發出。如「去信」「去電報」。㈦除掉。如「把這條線再去一寸」。㈧放棄。如「他對這個職務去就兩難」。㈨話裡的虛字，助動詞，表示事情的進行。如「努力去工作」「由他做去」。㈩表示數量的大。如「這條路可遠了去了」「瞧熱鬧的人可多了去了」。⑪在戲劇裡扮演劇中人。如「這齣戲他去什麼腳色」。⑫漢語聲調之一。見「去聲」。

**去了**（ㄑㄩˋ ˙ㄌㄜ） ①已經去那兒了。②削除減去。如「九個去了三個還剩六個」。③語助詞，加強說數量的大。如「人數多了去了」「屋子大了去了」。

**去日**（ㄑㄩˋ ㄖˋ） 過去的歲月。如「人到老年，就會覺得去日苦多」。

**去火**（ㄑㄩˋ ㄏㄨㄛˇ） 醫藥能消除體內的熱，叫做去火，也說「敗火」。

**去世**（ㄑㄩˋ ㄕˋ） 人死了。

**去向**（ㄑㄩˋ ㄒㄧㄤˋ） 所去的方向或地方。

**去年**（ㄑㄩˋ ㄋㄧㄢˊ） 已經過去的一年。

**去信** ㄑㄩˋ ㄒㄧㄣˋ 寫信去。如「想知道詳情，可以去信詢問」。

**去思** ㄑㄩˋ ㄙ [文]人民對已經離去的賢能的地方行政長官的懷念。

**去病** ㄑㄩˋ ㄅㄧㄥˋ 免除疾病。如「多吃水果可以去病」。

**去留** ㄑㄩˋ ㄌㄧㄡˊ 離去或留止。

**去國** ㄑㄩˋ ㄍㄨㄛˊ 離開本國。

**去處** ㄑㄩˋ ㄔㄨˇ [文]離去或留住。如「去處未定，不便作決」。▲ㄑㄩˋ ㄔㄨˋ ①場所，地方。如「那兒是觀光遊覽的好去處」。②指事情說。如「他平生沒有得罪人的去處」。③所去的地方。如「不知去處」。

**去就** ㄑㄩˋ ㄐㄧㄡˋ 就職或捨棄此職。

**去暑** ㄑㄩˋ ㄕㄨˇ 醫藥消除暑氣的功用。

**去勢** ㄑㄩˋ ㄕˋ [文]割去雄性的生殖器。

**去路** ㄑㄩˋ ㄌㄨˋ ①去的地方，同「出路」。如「另有去路」。②去的路途。

**去聲** ㄑㄩˋ ㄕㄥ 漢語聲調的一種，古四聲中的第三聲，現在國音中的第四聲。國音的去聲，發音時由高音而下降。例如「勝利萬歲」四字，都是去聲的字。

**去職** ㄑㄩˋ ㄓˊ [文]離去職務。

**去汙粉** ㄑㄩˋ ㄨ ㄈㄣˇ 一種可以洗除汙垢的化學藥粉。

**去邪歸正** ㄑㄩˋ ㄒㄧㄝˊ ㄍㄨㄟ ㄓㄥˋ [文]同「改邪歸正」。去除邪惡，回歸正道。

**去僞存真** ㄑㄩˋ ㄨㄟˋ ㄘㄨㄣˊ ㄓㄣ [文]去除虛假的，保留真實的。

**去暗投明** ㄑㄩˋ ㄢˋ ㄊㄡˊ ㄇㄧㄥˊ [文]脫離黑暗邪惡，走向光明正途。「去」字也作「棄」。

**去蕪存菁** ㄑㄩˋ ㄨˊ ㄘㄨㄣˊ ㄐㄧㄥ [文]去除雜亂的，留下精要的。

## 六筆

**叄** ㄙㄢ 「三」字的大寫。

## 九筆

**參（叅、条）** ▲ㄘㄢ ㈠加入，干預。㈡進見。如「參見」「參拜」。㈢拿有關的材料來幫助研究了解。如「參看註解」「這是供參考的資料」。㈣君主時代指彈劾說。如「奏參」「參他一本」。▲ㄕㄣ ㈠「人參」的簡稱，本作「蓡」。㈡星宿名，是二十八宿之一。見「參宿」。▲ㄘㄣ 見「參差」「參錯」等條。▲ㄙㄢ 同「三」。

**參天** ㄘㄢ ㄊㄧㄢ [文]①高聳入天際。如「古木高可參天」。②仰望高空。

**參加** ㄘㄢ ㄐㄧㄚ 加入。

**參半** ㄘㄢ ㄅㄢˋ 佔半數。如「利害參半」。

**參合** ㄘㄢ ㄏㄜˊ 綜合並參考。如「這一本書參合了三家的思想法則」。

**參考** ㄘㄢ ㄎㄠˇ 用有關的材料（理論學說、種種記載和意見）從旁查考印證，來幫助研究了解。

**參佐** ㄘㄢ ㄗㄨㄛˇ [文]僚屬。

**參見** ㄘㄢ ㄐㄧㄢˋ 進見長上。

**參事** ㄘㄢ ㄕˋ ①參與其事。②屬於幕僚地位的官職，置於中央各部會的首長之下，備諮詢。

**參劾** ㄘㄢ ㄏㄜˊ 檢舉彈劾官吏的失職。

**參拜** ㄘㄢ ㄅㄞˋ 參見。

**參政** ㄘㄢ ㄓㄥˋ 人民參與政治。

**參看** ㄘㄢ ㄎㄢˋ 參考閱讀。

**參軍** ㄘㄢ ㄐㄩㄣ ①舊官名，掌參謀軍務。②唐代戲劇角色名，類似現在的副淨。③參加軍隊，從軍。

**參展** ㄘㄢ ㄓㄢˇ 參加展覽。

**參差** ㄘㄣ ㄘ 不整齊的樣子。

**參校** ▲ㄘㄢ ㄐㄧㄠˋ參考校訂。▲ㄘㄢ ㄒㄧㄠˋ參謀學校的簡稱。

**參酌** ㄘㄢ ㄓㄨㄛˊ 參考斟酌。

**參參** ㄘㄣ ㄘㄣ 不整齊的樣子。如「參參差差」。

**參商** ㄕㄣ ㄕㄤ 本是參星、商星兩顆星的名字，參星在西，商星在東，出沒的時間不同，所以用來比喻雙方不能相見；或用來比喻雙方意見對立。

**參宿** ㄕㄣ ㄒㄧㄡˋ 図二十八宿之一。西方白虎七宿的末一宿，也就是獵戶座的七顆亮星。

**參透** ㄘㄢ ㄊㄡˋ 領悟透徹。

**參照** ㄘㄢ ㄓㄠˋ ①參考對照。②依照。

**參詳** ㄘㄢ ㄒㄧㄤˊ ①図參酌詳審。②図思量，琢磨。③図端詳細看。④方閩南話「商量」的意思。

**參預** ㄘㄢ ㄩˋ 同「參與」。參加計畫某一件事。

**參膏** ㄕㄣ ㄍㄠ 用人參熬成的膏汁。

**參與** ㄘㄢ ㄩˋ 加入在內，指參加做某一件事而言。

**參戰** ㄘㄢ ㄓㄢˋ 參加戰爭。

**參謀** ㄘㄢ ㄇㄡˊ ①參與軍事計畫的官員。②提供意見。如「關於這件事，請你為我參謀一下」。

**參禪** ㄘㄢ ㄔㄢˊ 研究佛經的禪學。

**參謁** ㄘㄢ ㄧㄝˋ 図①晉見上官或長輩。②瞻仰偉人或尊敬的人的遺容或陵墓。

**參選** ㄘㄢ ㄒㄩㄢˇ 參加候選。

**參錯** ㄘㄣ ㄘㄨㄛˋ 図錯雜不齊。又讀ㄘㄢ ㄘㄨㄛˋ。

**參賽** ㄘㄢ ㄙㄞˋ 參加競賽。也作「與(ㄩˋ)賽」。

**參贊** ㄘㄢ ㄗㄢˋ ①參預謀畫。②駐外使館的一種高級官職。

**參議** ㄘㄢ ㄧˋ ①參加提供意見，參預謀議。②一種官職名稱。

**參觀** ㄘㄢ ㄍㄨㄢ 實地觀察。

**參驗** ㄘㄢ ㄧㄢˋ 考核驗證。

**參考書** ㄘㄢ ㄎㄠˇ ㄕㄨ 研究時用作參考的書籍。

**參政權** ㄘㄢ ㄓㄥˋ ㄑㄩㄢˊ 人民參與政治的權利。中華民國憲法第十七條規定：人民有選舉、罷免、創制及複決之權。這四種權利就是人民的參政權。

**參軍長** ㄘㄢ ㄐㄩㄣ ㄓㄤˇ 隸屬總統府，由三軍將官中任命。掌理接待外賓、閱兵、國慶、大典，以及軍事報告、命令傳達等事項。

**參議員** ㄘㄢ ㄧˋ ㄩㄢˊ 參議院的議員。代表特殊階層（如英國的貴族）或地方（如美國的各州）。各國參議員的產生方式、名額、任期各有不同。代表人民的眾議院議員按人口多寡選出，而代表地方的參議院議員，是不論地區大小，一律同一名額（如美國各州都選出兩名，五十州共一百名）。

**參議院** ㄘㄢ ㄧˋ ㄩㄢˋ 各國國會採兩院制的，第一院叫做眾議院或下議院，代表全國人民；第二院叫做參議院或上議院，代表特殊階層或地方（如聯邦國的邦）。參議院對眾議院有補正、抑制的功用，可以防杜眾議院的疏忽和濫權。

**參辰卯酉** ㄕㄣ ㄔㄣˊ ㄇㄠˇ ㄧㄡˇ 參星酉時（下午五點到七點）出現西方，辰星（就是商星）卯時（上午五點到七點）出現東方。參和辰二星出現方位各異，時間不同。因而用來比喻互不相關或勢不兩立。

**參謀本部** ㄘㄢ ㄇㄡˊ ㄅㄣˇ ㄅㄨˋ 國防部組織之一，設參謀總長，為三軍統帥幕僚長，掌理軍令事項。有別於國防部本部之掌理軍政事項。

## 又部

**又** 一ㄡˋ ㈠表示重複或反覆。如「一天又一天」「擦了又寫，寫了又擦」。㈡用「又」來連結平列著的意思。如「做得又快又好」「又會念，又會作，又會寫」「又想走又捨不得走」。㈢表示動作或情況先後接連。如「剛吃完飯又看起書來」。㈣表示加強、加重的語氣，是「並」的意思。如「又沒有說你，你生什麼氣」「他又不是小孩子，怎麼不懂這個」。㈤表示更進一層。如「他的病又轉成肺炎了」。㈥零，表示數目的附加。如「一又二分之一」。

**又及** 一ㄡˋ ㄐㄧˊ 文書信寫完並已署名之後，又要補上幾句話的時候，常註明「又及」，表示「附帶再提一下」。

**又道是** 一ㄡˋ ㄉㄠˋ ㄕˋ 再說。用在第二次引用格言、成語、諺語或舊話之前。如「古人說過，『萬貫家財，坐吃山空』。又道是，『萬貫家財，不如薄技在身』。」

**又弱一個** 一ㄡˋ ㄖㄨㄛˋ 一 ㄍㄜˋ 文又死亡一個人。古時候多用作悼念人去世的話。弱，喪失，死亡。

**又當別論** 一ㄡˋ ㄉㄤ ㄅㄧㄝˊ ㄌㄨㄣˋ 也作「另當別論」「又作別論」，應當另外評論。表示不在這次談論的範圍內。如「這是就一般情形說的。至於其他特例，那就又當別論了」。

### 一筆

**叉** ▲ㄔㄚ ㈠手指相錯。是指兩隻手指交叉的樣子。㈡頂端有分歧的器具。如「叉子（餐具）」。㈢刺東西。如「用叉子叉起一片西瓜」。㈣用手卡著人的脖子把他推開。如「叉出門去」。

▲ㄔㄚˊ 擋住，卡（⿰酉可）住，不能通過。如「一塊骨頭叉在喉嚨裡」。

▲ㄔㄚˇ ㈠分開，張開。如「叉開腿」。㈡同「衩」。如「褲叉兒」。

**叉手** ㄔㄚ ㄕㄡˇ 就是拱手，是古時的敬體。

**叉車** ㄔㄚ ㄔㄜ 前後車輛相交錯，堵塞交通。

### 二筆

**反** ▲ㄈㄢˇ ㈠「正」的相對面。如「反面」「你把話說反了」。㈡掉轉。如「反敗為勝」「易如反掌」。㈢顛倒過來，與常情不符。如「是自己不對，反而誣賴別人」。㈣違背。如「反情理的妄行」「反時代的思想」。㈤不贊成或抗拒。如「反對侵略」。㈥對抗，打擊。如「反飛彈戰術」。㈦背叛，破壞。如「造反」「你們是反了嗎？這樣無法無天地亂鬧」。㈧文類推。如「舉一反三」。㈨文反省（ㄒㄧㄥˇ）。如「自反」。㈩文同「返」。

▲ㄈㄢ 図㈠翻案。如「平反」。㈡「反切」一詞的又讀。

▲ㄈㄢˋ 図「反反」是慎重的意思。

**反之**（ㄈㄢˇ ㄓ） ①反過來說，從相反的方面說。②和這個相反。③反過來做。

**反切**（ㄈㄢˇ ㄑㄧㄝˋ） 是已往的注音方法，用兩字標注，把上一個字的聲母跟下一個字的韻切合成一個音。例如「工」字的音是「姑翁」切，「反」字的音是「甫晚」切。又讀ㄈㄢ ㄑㄧㄝˋ。

**反比**（ㄈㄢˇ ㄅㄧˇ） 數學名詞。比的前項後項互換地位，這兩個比就互為反比。對於反比而言，稱通常的比為正比。例如b:a是a:b的反比，a:b就是正比，但a:b也就是b:a的反比。

**反戈**（ㄈㄢˇ ㄍㄜ） 図倒轉武器的指向，反過來攻打自己人。也作「倒戈」。

**反手**（ㄈㄢˇ ㄕㄡˇ） ①同「反掌」，比喻事情很容易做。②把手放在背後。如「反手捆綁」。③向相反的方向出手。如「接過手，反手投出去」。④桌球和網球的反手逆向擊球法。對正手而言。

**反本**（ㄈㄢˇ ㄅㄣˇ） 図不忘其本來。

**反正**（ㄈㄢˇ ㄓㄥˋ） ①由不正復歸於正，常指由叛亂而歸順。②橫豎，總是，無論如何。如「反正要去，不如早去」。

**反目**（ㄈㄢˇ ㄇㄨˋ） 不和睦，普通多指夫妻不和。

**反光**（ㄈㄢˇ ㄍㄨㄤ） 反射的光線。

**反而**（ㄈㄢˇ ㄦˊ） ①副詞，表相反的意思。②連詞，表意外的意思。

**反串**（ㄈㄢˇ ㄔㄨㄢˋ） 演員扮演本行以外的腳色，例如一向演旦角的扮演老生，叫「反串」。

**反坐**（ㄈㄢˇ ㄗㄨㄛˋ） 誣告了別人有什麼罪，就處罰誣告者受這個罪，叫做反坐。

**反抗**（ㄈㄢˇ ㄎㄤˋ） 抵抗外力壓迫。

**反攻**（ㄈㄢˇ ㄍㄨㄥ） ①軍隊暫時退守的時候，整頓實力再向敵軍進攻。②重新集結力量向對方實行反擊。

**反身**（ㄈㄢˇ ㄕㄣ） ①図回過來要求自己。如「反身修德」。②回轉身來。

**反制**（ㄈㄢˇ ㄓˋ） 反過來控制或牽制對方。

**反服**（ㄈㄢˇ ㄈㄨˊ） 図尊長為卑幼輩服喪，如父親對子女的喪事，自稱反服父。

**反叛** ▲ㄈㄢˇ ㄆㄢˋ 背叛。▲ㄈㄢˇ ·ㄆㄢ ①俗稱匪寇。②比喻暴橫不講理的惡人。如「對這些反叛，有理講不清」。

**反是**（ㄈㄢˇ ㄕˋ） 図和這個相反。

**反映**（ㄈㄢˇ ㄧㄥˋ） ①反照。②由某事物的一定狀態跟關係而發生跟它相符的現象叫反映。如「觀念是現實生活的反映」。③指政治上各種設施和作風，所得到下級或民間的意見而言。

**反派**（ㄈㄢˇ ㄆㄞˋ） 電影戲劇中飾演惡人的腳色。

**反相**（ㄈㄢˇ ㄒㄧㄤˋ） 背叛的表現。

**反省**（ㄈㄢˇ ㄒㄧㄥˇ） 回想和檢查自己過去行為的好壞。

**反胃**（ㄈㄢˇ ㄨㄟˋ） 胃不消化，吃了東西想嘔吐。

**反倒**（ㄈㄢˇ ㄉㄠˋ） 反而。

**反哺**（ㄈㄢˇ ㄅㄨˇ） 図慈烏覓食哺養父鳥母鳥，叫「反哺」。現在常用來比喻報答親恩。

**反射**（ㄈㄢˇ ㄕㄜˋ） ①聲浪或光線進行的時候，遇著阻礙就改變方向射出去，這種現象叫「反射」。②生物感覺器官受到刺激，經過神經系統，產生新的衝動，傳到反應器官，叫做「反射」。

**反悔**（ㄈㄢˇ ㄏㄨㄟˇ） 也作「翻悔」，就是對已經答應了的事，中途變卦。

**反芻** ㄈㄢˇ ㄔㄨˊ 獸類把吃下去的食物從胃裡吐到嘴裡細嚼，然後再嚥下，叫做「反芻」。這類動物稱「反芻類」。如牛、羊、鹿等。

**反逆** ㄈㄢˇ ㄋㄧˋ 図叛逆作亂。

**反骨** ㄈㄢˇ ㄍㄨˇ 說人有預示將來會謀反的骨相。引申為「陰謀造反」。

**反側** ㄈㄢˇ ㄘㄜˋ 図①輾轉不安。②有反叛的念頭。

**反動** ㄈㄢˇ ㄉㄨㄥˋ ①反對，反抗。②物理學上說相反的作用。③在思想或行動上反對改革。

**反問** ㄈㄢˇ ㄨㄣˋ 反過來問對方。

**反常** ㄈㄢˇ ㄔㄤˊ 違反常態。

**反掌** ㄈㄢˇ ㄓㄤˇ 把手掌反過來；比喻事情容易辦。

**反訴** ㄈㄢˇ ㄙㄨˋ 在訴訟進行中，被告對原告依同一訴訟程序，向法院獨立提起訴訟。

**反間** ㄈㄢˇ ㄐㄧㄢˋ 利用敵方的間諜，或以散佈謠言等等計策，使敵人發生內鬨，叫做反間。

**反亂** ㄈㄢˇ ㄌㄨㄢˋ 不太平。

**反感** ㄈㄢˇ ㄍㄢˇ 不服或不滿的情緒。如「他的專斷獨行，引起眾人的反感」。

**反照** ㄈㄢˇ ㄓㄠˋ 光線反射。又作「返照」。

**反話** ㄈㄢˇ ㄏㄨㄚˋ 故意說和本意相反的話。

**反詰** ㄈㄢˇ ㄐㄧㄝˊ 図反問。

**反對** ㄈㄢˇ ㄉㄨㄟˋ 不贊成。

**反駁** ㄈㄢˇ ㄅㄛˊ 用反對的理由回答。

**反彈** ㄈㄢˇ ㄊㄢˊ 對壓力的反向抗拒。如「高壓統治引起人民反彈」。

**反撲** ㄈㄢˇ ㄆㄨ ①図回擊，反擊。②圍棋術語。也叫做撲。先走一著讓對方吃，然後反過來吃對方數子。

**反衝** ㄈㄢˇ ㄔㄨㄥ 反轉衝擊回去。

**反噬** ㄈㄢˇ ㄕˋ 図反咬一口，指：①謀害恩人，恩將仇報。②犯罪者誣告舉發人為同謀。

**反璞** ㄈㄢˇ ㄆㄨˊ 図回復到最初的境界。

**反諷** ㄈㄢˇ ㄈㄥˋ 修辭學上說，故意把正面的意思反過來說，而且含有譏諷的意味，要表達的卻還是正面的意思。也稱「反語」。如「糖吃多了不會傷害牙齒，你儘管吃」。

**反應** ㄈㄢˇ ㄧㄥˋ ①化學上稱物質受化學作用而發生變化的現象。②心理學和生理學上指由刺激而引起的變化或動作。

**反擊** ㄈㄢˇ ㄐㄧˊ 回手還擊，反攻。

**反覆** ㄈㄢˇ ㄈㄨˋ ①重複，一次又一次。如「反覆細看」「反覆練習」。②變化不可靠，忽而這樣，忽而那樣。如「反覆無常」。③病況原已好轉，忽而又變壞。如「昨天病已見好，今天又反覆了」。

**反鎖** ㄈㄢˇ ㄙㄨㄛˇ 從室外鎖門，讓室內的人無法開門。

**反證** ㄈㄢˇ ㄓㄥˋ 提出相反的證據使對方的證據不能成立。

**反饋** ㄈㄢˇ ㄎㄨㄟˋ ①物理學說把放大器的輸出電路中的一部分能量送回輸入電路，使輸入訊號增強或減弱，稱為返饋。②研究社會學或教育學時，如果研究對象的反應可以做社會法規或教育方法的參考，將它歸入研究資料去處理，稱為反饋，或稱回饋。

**反顧** ㄈㄢˇ ㄍㄨˋ 図①回頭看。②後悔，退卻。③後顧。如「義無反顧」「反顧之慮」。

**反響** ㄈㄢˇ ㄒㄧㄤˇ ①回聲。音波遇到障礙物的反射音響。②泛指事物引起的後果。

**反面（兒）** ㄈㄢˇ ㄇㄧㄢˋ（ㄦ） 事物的背面。

**反文兒** ㄈㄢˇ ㄨㄣˊ ㄦ 「攴」在字中做右方偏旁時，寫成「攵」，俗稱「反文兒」。

**反比例** ㄈㄢˇ ㄅㄧˇ ㄌㄧˋ 數學上指兩個量的變大變小互成相反的關係。叫「反比例」。如以一定的工作，參加工作的人越多，做完工作所費的日數越少，這樣就是人數跟日數成反比例。

**反光鏡** ㄈㄢˇ ㄍㄨㄤ ㄐㄧㄥˋ ①專用來反射光線的鏡，可以集中光線，增加亮度。如手電筒、車燈、聚光燈的凹面鏡。②用來反射觀察者視野範圍外景物的平面或凸面鏡。多豎於道路轉彎處。

**反作用** ㄈㄢˇ ㄗㄨㄛˋ ㄩㄥˋ ①一物對他物起作用，他物就發生和這力量相等而方向相反的反動力量，叫做「反作用」。②和預期相反的作用。

**反義詞** ㄈㄢˇ ㄧˋ ㄘˊ 詞性相同而意義相反或相對的詞。如正和反，遠和近，重和輕，大和小，高和低等。

**反過來** ㄈㄢˇ ㄍㄨㄛˋ ㄌㄞˊ 倒轉過來。

**反對黨** ㄈㄢˇ ㄉㄨㄟˋ ㄉㄤˇ 在野黨。對執政黨而言。反對黨在國會對執政黨有監督、制衡的功用。

**反撞力** ㄈㄢˇ ㄓㄨㄤˋ ㄌㄧˋ 放槍時子彈放出而使槍桿後退的力量。

**反應熱** ㄈㄢˇ ㄧㄥˋ ㄖㄜˋ 化學名詞。在化學反應過程中熱能含量的變化。熱能含量增加的是吸熱反應，減少的是放熱反應。

**反應爐** ㄈㄢˇ ㄧㄥˋ ㄌㄨˊ 能使鈾或鈽等放射性元素的原子核分裂而產生原子能的裝置。原理是用中子（粒子）擊破鈾或鈽等元素的原子核，使它發生鏈反應而釋放出大量的能。又稱「原子反應爐」「原子爐」「核反應爐」「原子反應堆」「原子堆」「核反應堆」。

**反反覆覆** ㄈㄢˇ ㄈㄢˇ ㄈㄨˋ ㄈㄨˋ 同「反覆」。

**反犬旁兒** ㄈㄢˇ ㄑㄩㄢˇ ㄆㄤˊ ㄦ 犬字在字中做左偏旁時，寫成「犭」，俗稱「反犬旁兒」或「犬猶兒」「犬于兒」。

**反正撥亂** ㄈㄢˇ ㄓㄥˋ ㄅㄛ ㄌㄨㄢˋ 〔文〕也作「撥亂反正」。除去禍亂，恢復正常狀態。

**反老還童** ㄈㄢˇ ㄌㄠˇ ㄏㄨㄢˊ ㄊㄨㄥˊ 老年人恢復精力回復童年的樣子。也作「返老還童」。

**反求諸己** ㄈㄢˇ ㄑㄧㄡˊ ㄓㄨ ㄐㄧˇ 〔文〕同「反躬自問」。回過頭來從自己本身找出原因，或要求自己改進，不能只怪別人。

**反客為主** ㄈㄢˇ ㄎㄜˋ ㄨㄟˊ ㄓㄨˇ 客人反而成了主人，比喻被動變為主動。

**反面文章** ㄈㄢˇ ㄇㄧㄢˋ ㄨㄣˊ ㄓㄤ 從事情反面說好聽的話。多含有褒中帶貶的反諷意味。

**反面無情** ㄈㄢˇ ㄇㄧㄢˋ ㄨˊ ㄑㄧㄥˊ 翻臉不認人，不講情分。如「反面無情的人，不可以交往」。

**反躬自問** ㄈㄢˇ ㄍㄨㄥ ㄗˋ ㄨㄣˋ 〔文〕反問自己，自我檢討。

**反脣相稽** ㄈㄢˇ ㄔㄨㄣˊ ㄒㄧㄤ ㄐㄧ 〔文〕受指責不服氣，反過來和對方計較，甚至譏諷對方。（「稽」字一般也常寫作「譏」）。

**反經行權** ㄈㄢˇ ㄐㄧㄥ ㄒㄧㄥˊ ㄑㄩㄢˊ 〔文〕違背常道，權宜行事。

**反璞歸真** ㄈㄢˇ ㄆㄨˊ ㄍㄨㄟ ㄓㄣ 〔文〕去除虛偽造作，回復本來淳樸真實的狀態。回復原來純真的面目。

## 及

**及** ㄐㄧˊ ㈠到，達到。如「照顧不及」「已及入學年齡」。㈡〔文〕等到。如「及病情嚴重，延醫已遲」。

㈢図乘著，乘。如「宜及其未定而先攻之」。㈣與、跟、和。㈤趕上，趕到。如「來得及」「不及與之會面」。㈥合。如「及格」。㈦比得上。如「誰說我不及他」。

**及早** ㄐㄧˊ ㄗㄠˇ 趁早。

**及至** ㄐㄧˊ ㄓˋ 図連詞，表示等到出現某種情況。

**及冠** ㄐㄧˊ ㄍㄨㄢˋ 図古代男子年滿二十歲行冠禮，視為成人。因而稱男子年滿二十為及冠，快到二十歲為「弱冠」。

**及時** ㄐㄧˊ ㄕˊ ①在恰好的時間，趕得上時間。如「及時到達」。②趁這個時機。如「及時努力」。③得時，走運，正當好情況。如「他這個生意做得很及時，賺了不少錢」。

**及格** ㄐㄧˊ ㄍㄜˊ 合格，合程度。

**及第** ㄐㄧˊ ㄉㄧˋ 以往科舉考試，考中了叫「及第」。

**及笄** ㄐㄧˊ ㄐㄧ 図古代女子年滿十五歲就盤起頭髮，插上髮簪，表示可以婚嫁，因而稱女子年滿十五歲為及笄。笄，髮簪。

**及齡** ㄐㄧˊ ㄌㄧㄥˊ 達到規定的年齡。如「及齡兒童」（達到入學年齡的兒童）。

**及時雨** ㄐㄧˊ ㄕˊ ㄩˇ 來得正是時候的雨。也比喻能及時解決困難的人或事。

**及物動詞** ㄐㄧˊ ㄨˋ ㄉㄨㄥˋ ㄘˊ 又稱「他動詞」「外動詞」。表示動作涉及其他事物的動詞。如看書、寫字、打球的看、寫、打等動作都及於動作的對象書、字、球，那麼看、寫、打就是及物動詞。

**友** ㄧㄡˇ ㈠朋友，能互助，彼此有交情的人。㈡像兄弟或朋友間的互相親愛。如「友愛」「友好」。㈢有友好關係或共同目標的。如「友軍」「友邦」。㈣図結交。如「友其士之仁者」。

**友人** ㄧㄡˇ ㄖㄣˊ 朋友。

**友于** ㄧㄡˇ ㄩˊ 図稱兄弟或兄弟之情。〈書經〉有「惟孝友于兄弟」。

**友好** ㄧㄡˇ ㄏㄠˇ 友愛和好。

**友弟** ▲ㄧㄡˇ ㄉㄧˋ 図師長對門生自稱的謙詞。也稱「友生」。▲ㄧㄡˇ ㄊㄧˋ 図同「友悌」。友愛兄弟。

**友邦** ㄧㄡˇ ㄅㄤ 互相親善的國家。

**友朋** ㄧㄡˇ ㄆㄥˊ 図朋友。

**友情** ㄧㄡˇ ㄑㄧㄥˊ 朋友之間的感情。

**友善** ㄧㄡˇ ㄕㄢˋ 和善相處。

**友愛** ㄧㄡˇ ㄞˋ 兄弟姊妹間的互相親愛。

**友誼** ㄧㄡˇ ㄧˋ 交情。

**友軍** ㄧㄡˇ ㄐㄩㄣ 和我軍協同作戰的其他部隊。

**友黨** ㄧㄡˇ ㄉㄤˇ ①志趣相投契或利害相共的一夥人。②和本黨友好的其他政黨。

**友誼賽** ㄧㄡˇ ㄧˋ ㄙㄞˋ 為了增進友誼、切磋技藝而舉行的比賽。

## 六筆

**取** ㄑㄩˇ ㈠拿。如「回家取東西」。㈡得到。如「敗中取勝」「取信於人」。㈢接受。如「分文不取」。㈣選擇，選中。如「就地取材」「這意見很有可取之處」。㈤找，尋求。如「取笑」「自取滅亡」。㈥下判斷。如「取決」。㈦古時和「娶」字通。

**取代** ㄑㄩˇ ㄉㄞˋ 「取而代之」的略語。除去他人或他物而占有其位置。如

「在野黨贏得選戰，取代了執政黨」。

**取巧** ㄑㄩˇ ㄑㄧㄠˇ 用狡猾的手段避免繁難，逃避責任或謀取利益。

**取名** ㄑㄩˇ ㄇㄧㄥˊ 擬定人的名字或物的名稱。

**取材** ㄑㄩˇ ㄘㄞˊ 選取材料，普通指文章著述的材料而言。

**取決** ㄑㄩˇ ㄐㄩㄝˊ 判斷決定。

**取法** ㄑㄩˇ ㄈㄚˇ 仿效。

**取舍** ㄑㄩˇ ㄕㄜˇ 用與不用，也寫作「取捨」。

**取保** ㄑㄩˇ ㄅㄠˇ 請人擔保作證。

**取信** ㄑㄩˇ ㄒㄧㄣˋ ①去拿信件。②〔文〕使人相信。如「此言不足取信」。

**取悅** ㄑㄩˇ ㄩㄝˋ 〔文〕討人喜歡。

**取消** ㄑㄩˇ ㄒㄧㄠ 消除已成立的事。

**取得** ㄑㄩˇ ㄉㄜˊ 得到，拿在手裡。

**取勝** ㄑㄩˇ ㄕㄥˋ ①獲得勝利。②「見長」的意思。如「日月潭以山光水色取勝」。

**取景** ㄑㄩˇ ㄐㄧㄥˇ 拍照或寫生的時候選擇美好的景物。

**取給** ㄑㄩˇ ㄐㄧˇ 〔文〕拿來供應需用。

**取暖** ㄑㄩˇ ㄋㄨㄢˇ 靠近或接觸有熱度的地方，使身體暖和。

**取經** ㄑㄩˇ ㄐㄧㄥ ①佛教僧侶到印度求取佛經。②比喻向先進討教或吸取經驗。

**取義** ㄑㄩˇ ㄧˋ 〔文〕選取正義，求取正義，就義而死。如「舍生取義」「成仁取義」。

**取道** ㄑㄩˇ ㄉㄠˋ 〔文〕從這一條路行走。如「自臺北至澎湖可取道高雄乘船前往」。

**取樣** ㄑㄩˇ ㄧㄤˋ 從多數中抽取少數作為樣品。如「取樣調查，只能做參考」。

**取締** ㄑㄩˇ ㄉㄧˋ 禁止，取消。

**取錄** ㄑㄩˇ ㄌㄨˋ 錄取。

**取償** ㄑㄩˇ ㄔㄤˊ 〔文〕取得補償。得到償還。

**取笑（兒）** ㄑㄩˇ ㄒㄧㄠˋ ㄦ ①戲弄、開玩笑、逗樂兒。②譏笑。

**取齊（兒）** ㄑㄩˇ ㄑㄧˊ ㄦ ①聚齊。如「明天先在我家裡取齊兒，再一塊兒出發到陽明山去」。②拿來作為長度或數量的標準。如「剪那件衣裳，長短就照舊樣取齊兒吧」。

**取樂（兒）** ㄑㄩˇ ㄌㄜˋ ㄦ 尋求快樂。

**取吉利（兒）** ㄑㄩˇ ㄐㄧˊ ㄌㄧˋ ㄦ 藉事物引為吉利。

**取之不盡，用之不竭** ㄑㄩˇ ㄓ ㄅㄨˋ ㄐㄧㄣˋ，ㄩㄥˋ ㄓ ㄅㄨˋ ㄐㄧㄝˊ 拿不盡，用不完。表示存量豐富。

**取快一時** ㄑㄩˇ ㄎㄨㄞˋ ㄧˋ ㄕˊ 〔文〕只求暫時的快樂。

**取法乎上，僅得乎中** ㄑㄩˇ ㄈㄚˇ ㄏㄨ ㄕㄤˋ，ㄐㄧㄣˇ ㄉㄜˊ ㄏㄨ ㄓㄨㄥ 〔文〕做事以上等的為準則，結果也只能達到中等的地步。是說做事的標準要高，要求要嚴，雖然不一定能達到目的，至少可以做到七八分。

**取長補短** ㄑㄩˇ ㄔㄤˊ ㄅㄨˇ ㄉㄨㄢˇ 吸取優點來彌補缺點。

**取精用宏** ㄑㄩˇ ㄐㄧㄥ ㄩㄥˋ ㄏㄨㄥˊ 〔文〕①享用多而精。②從很多材料中選取精華，加以廣泛而充分的利用。

## 受

ㄕㄡˋ ㈠收得，接受。如「受到優待」「受人之託」「受之有愧」。㈡被，遭到。如「受人欺負」「受了冤枉」。㈢被侵害。如「受寒」「受暑」。㈣可，中，表示「好」的意思。如「他說的話很受聽」。

**受孕** ㄕㄡˋ ㄩㄣˋ 懷孕。也稱「受胎」「受身」。

**受用** ▲ㄕㄡˋ ㄩㄥˋ 享受使用。▲ㄕㄡˋ ˙ㄩㄥ ①受益。如「須是

見得分明，方有受用處」。②舒適。如「他聽了，心上很不受用」。

**受田** ㄕㄡˋ ㄊㄧㄢˊ 古代有分配田地給人民的制度。人民二十歲以後可以受到公家分給的田地，到六十歲歸還。

**受任** ㄕㄡˋ ㄖㄣˋ ①接受任命。接受委任。②授任，任命。受通授。

**受戒** ㄕㄡˋ ㄐㄧㄝˋ 出家當和尚或尼姑，受佛的戒律。

**受制** ㄕㄡˋ ㄓˋ 受別人或外力控制或約制。如「受制於財力短絀，難以施展抱負」。

**受命** ㄕㄡˋ ㄇㄧㄥˋ 図①奉命。②承受指教。

**受屈** ㄕㄡˋ ㄑㄩ 受委屈。

**受洗** ㄕㄡˋ ㄒㄧˇ 接受洗禮，是天主教徒、基督教徒入教時的儀式。

**受知** ㄕㄡˋ ㄓ 図受人知遇，受人重視或重用。

**受持** ㄕㄡˋ ㄔˊ 佛家語。領受在心叫受，憶而不忘叫持。

**受胎** ㄕㄡˋ ㄊㄞ 懷孕。

**受苦** ㄕㄡˋ ㄎㄨˇ 受到勞苦，遭受痛苦。

**受降** ㄕㄡˋ ㄒㄧㄤˊ 接受敵人投降。

**受害** ㄕㄡˋ ㄏㄞˋ 遭受損害。

**受挫** ㄕㄡˋ ㄘㄨㄛˋ 受到挫折或挫敗。

**受氣** ㄕㄡˋ ㄑㄧˋ 受人欺負。

**受病** ㄕㄡˋ ㄅㄧㄥˋ 得病。

**受益** ㄕㄡˋ ㄧˋ 得到利益。

**受粉** ㄕㄡˋ ㄈㄣˇ 植物的雌蕊柱頭接受雄蕊的花粉。

**受託** ㄕㄡˋ ㄊㄨㄛ 受人委託。

**受訓** ㄕㄡˋ ㄒㄩㄣˋ 接受訓練。

**受辱** ㄕㄡˋ ㄖㄨˇ 遭受侮辱。

**受教** ㄕㄡˋ ㄐㄧㄠˋ 図①接受他人的指教。②受教育。

**受涼** ㄕㄡˋ ㄌㄧㄤˊ 因天氣變冷或沒注意保暖而患感冒、腹瀉等疾病。

**受寒** ㄕㄡˋ ㄏㄢˊ 感受風寒的侵害而生病。

**受惠** ㄕㄡˋ ㄏㄨㄟˋ 得到好處或恩惠。如「高速公路的建設使人民受惠不少」。

**受理** ㄕㄡˋ ㄌㄧˇ 法院接受訴訟案件，進行審理。

**受暑** ㄕㄡˋ ㄕㄨˇ 中了暑氣。

**受窘** ㄕㄡˋ ㄐㄩㄥˇ 面臨尷尬、為難、窘迫等局面，一時不知道如何排解或自處。如「這件事情讓我受窘」。

**受累** ▲ㄕㄡˋ ㄌㄟˇ 為別人的事務受牽累。▲ㄕㄡˋ ㄌㄟˋ 勞神費力。

**受詞** ㄕㄡˋ ㄘˊ 文法用語。受事補詞的簡稱，也叫間接賓語。在敘事句中，接受事物的詞。如「甲寫信給乙」句中，乙就是受詞。

**受傷** ㄕㄡˋ ㄕㄤ 身體或物體受到損傷。

**受愚** ㄕㄡˋ ㄩˊ 図受到別人愚弄。

**受業** ㄕㄡˋ ㄧㄝˋ 図①接受學業，就是做學生。②學生對教師的自稱。

**受罪** ㄕㄡˋ ㄗㄨㄟˋ 遭受折磨，遇到不愉快的事情。如「這樣一來，他可要受罪了」。

**受聘** ㄕㄡˋ ㄆㄧㄣˋ ①婚俗。女方接受男方聘禮。②接受聘請。

**受過** ㄕㄡˋ ㄍㄨㄛˋ 承擔罪責，接受責備。如「代人受過」。

**受賄** ㄕㄡˋ ㄏㄨㄟˋ 收受賄賂。如「公務人員受賄，處罰是很重的」。

**受罰** ㄕㄡˋ ㄈㄚˊ 遭受處罰。

**受精** ㄕㄡˋ ㄐㄧㄥ　雄體的精子，與雌體的卵子相合，以營生殖作用。

**受潮** ㄕㄡˋ ㄔㄠˊ　物體沾上了濕氣。

**受獎** ㄕㄡˋ ㄐㄧㄤˇ　得到獎勵、獎狀或獎品。

**受敵** ㄕㄡˋ ㄉㄧˊ　図遭受攻擊或面臨敵對。如「這個地方沒有屏障，打仗時候四面受敵，很不安全」。

**受賞** ㄕㄡˋ ㄕㄤˇ　得到賞賜或獎賞。

**受禮** ㄕㄡˋ ㄌㄧˇ　接受人的敬禮或禮物。

**受騙** ㄕㄡˋ ㄆㄧㄢˋ　受到欺騙。

**受寵** ㄕㄡˋ ㄔㄨㄥˇ　被寵愛。

**受難** ㄕㄡˋ ㄋㄢˋ　遭受災難。

**受聽** ㄕㄡˋ ㄊㄧㄥ　中聽，好聽。如「你說的話他最受聽」。

**受驚** ㄕㄡˋ ㄐㄧㄥ　忽然受到驚嚇；吃驚。

**受刑人** ㄕㄡˋ ㄒㄧㄥˊ ㄖㄣˊ　図正在監獄中接受刑罰的罪犯。

**受災戶** ㄕㄡˋ ㄗㄞ ㄏㄨˋ　受到災害的民戶。

**受委屈** ㄕㄡˋ ㄨㄟˇ ㄑㄩ　①受了冤枉。②被損害。③受苦惱。

**受益人** ㄕㄡˋ ㄧˋ ㄖㄣˊ　①法律名詞。受到災難或損失的時候，依規定或約定享有賠償請求權的人。②因為國家建設（如開通道路）而得到利益的人。

**受款人** ㄕㄡˋ ㄎㄨㄢˇ ㄖㄣˊ　收受匯款的人（自然人或法人）。

**受話機** ㄕㄡˋ ㄏㄨㄚˋ ㄐㄧ　電話上的聽筒，也叫「受話器」。

**受難節** ㄕㄡˋ ㄋㄢˋ ㄐㄧㄝˊ　基督教節日。為紀念耶穌受難死亡，在復活節前的星期五舉行。

**受之有愧** ㄕㄡˋ ㄓ ㄧㄡˇ ㄎㄨㄟˋ　受禮的客氣話。表示接受禮物或禮遇覺得過譽，愧不敢當。也作「當之有愧」。

**受制於人** ㄕㄡˋ ㄓˋ ㄩˊ ㄖㄣˊ　受到別人的控制，不能自主行事。

**受氣包兒** ㄕㄡˋ ㄑㄧˋ ㄅㄠ ㄦ　被折磨受凌虐的人。

**受寵若驚** ㄕㄡˋ ㄔㄨㄥˇ ㄖㄨㄛˋ ㄐㄧㄥ　図忽然受到意外的寵愛而感到驚喜或不安。

**受命不受辭** ㄕㄡˋ ㄇㄧㄥˋ ㄅㄨˋ ㄕㄡˋ ㄘˊ　只接受上級交付的任務，至於如何完成，並不受指令的約束。辭，解說，告知。

## 叔

ㄕㄨˊ　㈠父親的弟弟。㈡小叔子，就是丈夫的弟弟。㈢稱父親的平輩朋友中較父親年輕的人。㈣用「伯、仲、叔、季」作為兄弟排行的次序，叔是老三。㈤図政治衰落，國勢衰敗稱為「叔世」。㈥「叔孫」，複姓。

**叔公** ㄕㄨˊ ㄍㄨㄥ　①父親的叔父。就是叔祖。②婦女對丈夫的叔父稱叔公。

**叔父** ㄕㄨˊ ㄈㄨˋ　父親的弟弟。

**叔母** ㄕㄨˊ ㄇㄨˇ　叔父的妻。

**叔伯** ㄕㄨˊ ㄅㄛˊ　兄弟姊妹同祖不同父的。如叔伯姐姐、叔伯兄弟。

**叔叔** ㄕㄨˊ ㄕㄨˊ　①叔父。②丈夫的弟弟，就是小叔子。語音ㄕㄨ˙ㄕㄨ。

**叔姪** ㄕㄨˊ ㄓˊ　叔父與姪子。

**叔祖** ㄕㄨˊ ㄗㄨˇ　叔公，父親的叔父。

**叔婆** ㄕㄨˊ ㄆㄛˊ　父親的叔母。

**叔嬸** ㄕㄨˊ ㄕㄣˇ　図①叔與嬸。②在元史上，「叔嬸」指稱叔母。

**叔祖母** ㄕㄨˊ ㄗㄨˇ ㄇㄨˇ　父親的叔母。同「叔婆」。

## 七筆

**叛** ㄆㄢˋ 違反，離背。

**叛徒** ㄆㄢˋ ㄊㄨˊ ①反抗政府的人。②不遵守其派別的主義，而有反抗行為的人。

**叛逆** ㄆㄢˋ ㄋㄧˋ 背叛，犯上作亂。

**叛亂** ㄆㄢˋ ㄌㄨㄢˋ 叛變而興兵作亂。

**叛離** ㄆㄢˋ ㄌㄧˊ 背叛脫離。

**叛變** ㄆㄢˋ ㄅㄧㄢˋ 在軍事上或政治上脫離原來的系統，變成敵對的立場。

**叚** ㄐㄧㄚˇ 文借，同「假」字。如「叚借」。

## 八筆

**叟** ㄙㄡˇ 文①老頭兒。如「童叟無欺」。㈡對長者的尊稱。像現在稱「你老」。

## 九筆

**曼** ㄇㄢˋ ㈠柔美。如「輕歌曼舞」。㈡延伸，伸長。如「曼延」。㈢文「曼曼」是長遠的樣子。又讀ㄨㄢˋ。

**曼妙** ㄇㄢˋ ㄇㄧㄠˋ 柔美妙麗。如「他的歌聲動人，舞姿曼妙」。

**曼延** ㄇㄢˋ ㄧㄢˊ 也作「蔓延」，連綿不斷的意思。

**曼衍** ㄇㄢˋ ㄧㄢˇ ①連綿無盡，相連不斷。②分布，散漫。

**曼曼** ㄇㄢˋ ㄇㄢˋ 文長遠的樣子。同「漫漫」。

**曼聲** ㄇㄢˋ ㄕㄥ 文長聲兒。

**曼麗** ㄇㄢˋ ㄌㄧˋ 文柔媚豔麗。

**曼陀鈴** ㄇㄢˋ ㄊㄨㄛˊ ㄌㄧㄥˊ 留英語 mandolin 的音譯。也作曼陀林。有四對金屬弦線的弦樂器。

**曼陀羅** ㄇㄢˋ ㄊㄨㄛˊ ㄌㄨㄛˊ 留梵語 mandārava 的音譯。意譯是悅意花。在印度被視為神聖的植物，多栽種在寺院。一年生有毒草本，葉子互生，卵形，花白色，花冠像喇叭，結蒴果，多刺。又名「山茄子」「風茄兒」。

## 十六筆

**叢** ㄘㄨㄥˊ ㈠聚集，湊在一起的。如「草木叢生」「叢書」。㈡由許多人或物湊合起來的集合體。如「人叢」「文叢」。㈢灌木。又讀ㄘㄨㄥ。

**叢木** ㄘㄨㄥˊ ㄇㄨˋ 灌木。

**叢生** ㄘㄨㄥˊ ㄕㄥ 文①聚生在一處。如「草木叢生」。②發生的極多。如「百弊叢生」。

**叢林** ㄘㄨㄥˊ ㄌㄧㄣˊ 文①聚集在一處的森林。②收容僧人的大寺院。

**叢書** ㄘㄨㄥˊ ㄕㄨ 按照一種系統，而聯合或連續印行成為一套的許多書。也叫「叢刊」。

**叢脞** ㄘㄨㄥˊ ㄘㄨㄛˇ 文事情瑣碎繁雜。

**叢菁** ㄘㄨㄥˊ ㄐㄧㄥ 文竹木叢生的地方。

**叢集** ㄘㄨㄥˊ ㄐㄧˊ 文聚集，匯集。

**叢葬** ㄘㄨㄥˊ ㄗㄤˋ ①許多屍體合葬在一起。②亂葬的墳場。

**叢談** ㄘㄨㄥˊ ㄊㄢˊ 談論各種瑣碎事情的文章。

# 口部

**口** ㄎㄡˇ ㈠動物的嘴，飲食發聲的器官。㈡用嘴說的。如「口授」

「口傳」。㈢跟說話有關的。如「口音」「口德」。㈣跟飲食習慣有關的。如「口重」「口輕」。㈤器物的嘴。如「瓶口」「碗口」。㈥內外相通，出入的要道。如「大門口」「關口」。㈦破裂的地方。如「傷口」。㈧一個人叫「一口」。如「五口之家」。㈨東西一件，牲畜一隻，有的也叫「一口」。如「一口鍋」「一口豬」。㈩刀鋒。如「刀口」。⑴張家口的略稱。如「口蘑」。⑵長城關口的略稱。如「口外」。⑶通商港埠。如「口岸」。

**口子** ㄎㄡˇ ㄗ˙ ①量詞，指人。如「你們三口子睡兩張床」。②關口，要隘的出入口。③人體或物體破裂的地方。如「鞋底綻線，開了個大口子」。

**口才** ㄎㄡˇ ㄘㄞˊ 說話的技巧。

**口水** ㄎㄡˇ ㄕㄨㄟˇ 唾液。

**口令** ㄎㄡˇ ㄌㄧㄥˋ ㈠教官對兵士口頭的指揮、命令。㈡戒嚴的時候，軍警所用的口頭暗號。

**口占** ㄎㄡˇ ㄓㄢˋ 図①不必先起稿，隨口念出來的文辭。②即興作詩。如「口占五絕一首」。

**口外** ㄎㄡˇ ㄨㄞˋ 泛指長城以北的地區；關外。也作「口北」。

**口白** ㄎㄡˇ ㄅㄞˊ 道白；劇中的說白。

**口吃** ㄎㄡˇ ㄐㄧˊ 說話不流利，常帶重疊的音。口語叫「結巴」。

**口舌** ㄎㄡˇ ㄕㄜˊ 因說話而引起的誤會或糾紛。

**口吻** ㄎㄡˇ ㄨㄣˇ ①語氣，語調。②図嘴。

**口形** ㄎㄡˇ ㄒㄧㄥˊ 說話或唱歌時候口部的形狀。語音學上特指發出某音的時候口部開合的形狀。

**口快** ㄎㄡˇ ㄎㄨㄞˋ ①說話不加考慮。②說話爽直。如「心直口快」。

**口技** ㄎㄡˇ ㄐㄧˋ 用嘴表演各種聲音的技藝。

**口沈** ㄎㄡˇ ㄔㄣˊ 口重。

**口角** ㄎㄡˇ ㄐㄧㄠˇ ①嘴邊。②爭吵。如「口角之爭」。角也讀ㄐㄩㄝˊ。

**口供** ㄎㄡˇ ㄍㄨㄥˋ 被審問的人在受訊問時候所說的話。

**口味** ㄎㄡˇ ㄨㄟˋ 味字輕讀。①滋味。②指一切所喜愛的。如「這事合他的口味」。

**口岸** ㄎㄡˇ ㄢˋ 港口。

**口拙** ㄎㄡˇ ㄓㄨㄛˊ 不善於說話。

**口服** ㄎㄡˇ ㄈㄨˊ ①口頭上信服。常和心服並提，如「口服心服」。②內服。吃的藥叫口服藥，對針藥或外用藥而言。

**口形** ㄎㄡˇ ㄒㄧㄥˊ 嘴的大小、厚薄、寬窄、方圓等形狀。

**口紅** ㄎㄡˇ ㄏㄨㄥˊ 女人化妝品之一，用來塗抹嘴唇的紅色硬膏。也叫唇膏。

**口述** ㄎㄡˇ ㄕㄨˋ 口頭敘述。

**口重** ㄎㄡˇ ㄓㄨㄥˋ ①菜或湯的味道鹹。②指人愛吃鹹一些的味道。也說「口沈」。

**口音** ㄎㄡˇ ㄧㄣ ①說話的聲音。②指方音。

**口哨** ㄎㄡˇ ㄕㄠˋ ①撮唇或把手指放在嘴邊吹出來的聲音。②哨子。

**口徑** ㄎㄡˇ ㄐㄧㄥˋ 器物圓口的直徑。

**口臭** ㄎㄡˇ ㄔㄡˋ 嘴裡發出來的難聞氣味。多因蛀牙、齒槽化膿、感冒、呼吸道炎或消化不良等所引起。

**口授** ㄎㄡˇ ㄕㄡˋ 口頭傳授。

**口條** ㄎㄡˇ ㄊㄧㄠˊ 用做食品的豬舌或牛舌。

**口袋** ㄎㄡˇ ㄉㄞ˙ 袋字輕讀。①衣兜。②袋子。

**口訣**（ㄎㄡˇ ㄐㄩㄝˊ） 可以用嘴背誦出來的要點。

**口惠**（ㄎㄡˇ ㄏㄨㄟˋ） 図只說不做的美言。

**口琴**（ㄎㄡˇ ㄑㄧㄣˊ） 用嘴吹的一種西洋樂器。

**口給**（ㄎㄡˇ ㄐㄧˇ） 図口才敏捷，能言善道。給，敏捷。

**口腔**（ㄎㄡˇ ㄑㄧㄤ） 生理學名詞，人體消化器官最前端的中空部分，由上顎、下顎與頰組成。上下顎各有成排牙齒長在前面。口腔底部有舌。舌的後面是口咽峽，是食物進入咽腔的通路。口咽峽的上面是軟口蓋，中央有懸雍垂（俗稱小舌），是口腔與咽頭的分界處。

**口傳**（ㄎㄡˇ ㄔㄨㄢˊ） ①口授。②口頭的傳說。

**口感**（ㄎㄡˇ ㄍㄢˇ） 食物吃在嘴裡的味覺或觸覺。

**口號**（ㄎㄡˇ ㄏㄠˋ） 群眾集會或遊行的時候，高喊的一種表示某種主張的簡單扼要的話。

**口罩**（ㄎㄡˇ ㄓㄠˋ） 掛在嘴上防止塵土或怪味侵入的東西。

**口腹**（ㄎㄡˇ ㄈㄨˋ） 図指飲食。

**口試**（ㄎㄡˇ ㄕˋ） 用口頭問答的考試方法。

**口碑**（ㄎㄡˇ ㄅㄟ） 受大多數人稱道的好名譽（像立了碑似的）。如「口碑載道」。

**口福**（ㄎㄡˇ ㄈㄨˊ） 飲食享用的幸福。

**口孵**（ㄎㄡˇ ㄈㄨ） 魚將魚子含在口中孵化。見「口育魚」。

**口緊**（ㄎㄡˇ ㄐㄧㄣˇ） 說話小心，不輕易透露內情。口風緊。

**口語**（ㄎㄡˇ ㄩˇ） ①図言辭，言論。司馬遷曾說「僕以口語遇遭此禍」。②図毀謗。〈漢書．楊敞傳〉：「遭遇變故，橫被口語。」③語言學名詞，是「口頭語」，用以談話。與「書面語」相對。

**口輕**（ㄎㄡˇ ㄑㄧㄥ） 愛吃較淡的味道。

**口德**（ㄎㄡˇ ㄉㄜˊ） 說話的道德。說話不刻薄，不傷人。如「說話要留口德，不要惡言傷人」。

**口談**（ㄎㄡˇ ㄊㄢˊ） ①口頭談論。②口氣，語氣。③方言，口頭禪，引申為騙人的話。

**口實**（ㄎㄡˇ ㄕˊ） 図話柄。

**口齒**（ㄎㄡˇ ㄔˇ） 言語。如「口齒伶俐」「口齒不清」。

**口器**（ㄎㄡˇ ㄑㄧˋ） 節肢動物圍繞在口邊的構造，總稱口器。包括上顎、下顎、上脣和下脣。除了上脣，都是頭部附肢經過特化而成的。

**口頭** ▲ㄎㄡˇ ㄊㄡˊ 不用書面而用言語表示。如「口頭道歉」。▲ㄎㄡˇ ˙ㄊㄡ 口味。

**口糧**（ㄎㄡˇ ㄌㄧㄤˊ） 按人數發給的糧食。

**口蘑**（ㄎㄡˇ ㄇㄛˊ） 蘑菇的一種。菌蓋肥厚，味鮮美，產於關外，尤以張家口一帶出產的最有名，因而叫口蘑。

**口譯**（ㄎㄡˇ ㄧˋ） 口頭翻譯；有別於用筆翻譯。

**口饞**（ㄎㄡˇ ㄔㄢˊ） 貪吃。也說「嘴饞」。

**口信（兒）**（ㄎㄡˇ ㄒㄧㄣˋ ㄦ） 用嘴傳達的消息。

**口風（兒）**（ㄎㄡˇ ㄈㄥ ㄦ） 口氣。

**口氣（兒）**（ㄎㄡˇ ˙ㄑㄧ ㄦ） 氣字輕讀。①話裡所包含的意思。②說話的態度。

**口含錢**（ㄎㄡˇ ㄏㄢˊ ㄑㄧㄢˊ） 舊俗稱死人入殮，在口中置一銅錢（富貴人家用金子），叫做口含錢。常用來諷刺貪鄙的人，意思是得了這些錢是為了死時用的。

**口育魚** 親魚用口腔孵育仔魚。包括鯰形目魚、天竺鯛科魚。雄海鯰科魚能在口腔中含五十多個卵，直到孵出並且發育到兩週以上。也有雌雄親魚輪流孵育仔魚。

**口角炎** 口角糜爛或乾裂出血，多因缺乏維他命 B2 而引起。

**口香糖** chewing gum（咀嚼樹膠）的中譯名。用中美洲猶加敦半島特產人心果樹的樹脂，加上香料和糖製成。可以清潔牙齒。樹脂本身清爽的氣味，極受年輕人喜愛。不過嚼過以後的膠團必須丟入垃圾桶，不可亂粘。

**口腔炎** 口腔紅腫、糜爛、潰瘍、劇痛、長水泡等口腔黏膜的發炎症狀。多因感染或消化不良引起。

**口頭交** 表面上好像親密，實際上並沒有深厚友誼的泛泛之交。閩南話說成「嘴脣皮相款待」。

**口頭禪** 口頭常說而意義淺近的套語。

**口蹄疫** 偶蹄動物（牛羊豬）的一種急性傳染病。症狀是體溫升高，口腔黏膜和蹄部起水泡且潰爛，跛足，口流白沫。傳染極快。民國八十六年三月，臺灣流行口蹄疫，造成養豬業者重大損失。

**口頭語（兒）** 某人說話時候慣用的話。

**口口聲聲** 老是重複或強調同樣的話。如「當初口口聲聲說好，如今卻不是那麼一回事了」。

**口不擇言** 情急或心情紛亂的時候，說話不能選用恰當的言詞。說話沒有分寸。亂說話。

**口中雌黃** 〔文〕隨口更改不妥的言論，就好像用筆蘸雌黃塗改錯字一般。雌黃，和雄黃同類，黃色，可以做繪畫的顏料。

**口耳之學** 〔文〕耳聽口說的學習。指道聽途說的膚淺學識。

**口血未乾** 〔文〕古人歃血為盟，結盟者以牲血塗口表示誠信。因而說結盟不久為口血未乾。

**口角春風** 〔文〕美言的意思。好話成全別人。

**口是心非** 說的話和心意相反。

**口若懸河** 說話滔滔不絕。

**口乾舌燥** 形容人極度口渴、焦灼或說話太多。也作「口燥脣乾」「口乾舌焦」。

**口傳心授** 〔文〕口頭傳授而心中悟解。

**口碑載道** 廣受群眾的讚譽。

**口腹之慾** 〔文〕飲食的慾望。口腹，嘴和肚子，指飲食。

**口誅筆伐** 用言語和文字攻擊他人的罪惡。

**口蜜腹劍** 〔文〕話很甜而心陰險。

**口說無憑** 單憑口說，沒有證據。

**口頭文學** 單用口耳相傳，沒有文字記載的民間文學。

## 二筆

**叭** ㄅㄚ 見「喇叭」。

**叭叭** 摹仿拍擊的聲音。

**叵** 〔文〕ㄆㄛˇ「不可」兩字的合音。如「居心叵測」。

**叵信** 〔文〕不可相信。

**叵耐** 〔文〕也作「叵奈」。①不可容忍，可恨。②無奈。

**叵測** 〔文〕不可測知。

**叨**

▲ㄊㄠ ㈠図貪婪。㈡忝，自謙的話。如「叨在知己」。

▲ㄉㄠ 嘮叨，話多教人厭煩。

**叨叨** ㄉㄠ ㄉㄠ 第二個叨字輕讀。說話沒完沒了。

**叨光** ㄊㄠ ㄍㄨㄤ 領受人的好處或請原諒時的用語。

**叨念** ㄉㄠ ㄋㄧㄢˋ 因惦記或想望而不斷絮叨。

**叨教** ㄊㄠ ㄐㄧㄠˋ 「領教」的謙詞。

**叨絮** ㄉㄠ ㄒㄩˋ 嘴裡念個不停。同「叨嘮」。也作「絮叨」。

**叨嘮** ㄉㄠ ㄌㄠˊ 嘮字輕讀。①話說個沒完。②抱怨，埋怨。

**叨擾** ㄊㄠ ㄖㄠˇ 謝人款待的話。

**叼** ㄉㄧㄠ 用嘴夾住（物體的一部分）。如「叼著香煙」。

**叮** ㄉㄧㄥ ㈠蚊子咬人叫叮。㈡吩咐。如「叮嚀」。㈢見「叮噹」。

**叮問** ㄉㄧㄥ ㄨㄣˋ 追問。也作「釘問」。

**叮噹** ㄉㄧㄥ ㄉㄤ 金屬相碰撞的聲音。

**叮嚀** ㄉㄧㄥ ㄋㄧㄥˊ 再三吩咐。也作「丁寧」。

**叮囑** ㄉㄧㄥ ㄓㄨˇ 再三囑咐。

**台**

▲ㄊㄞˊ ①尊稱對方的詞。如「台端」「台甫」。②同「臺」。

▲ㄊㄞ 台州，現在浙江臨海縣。

▲図ㄧˊ 我。

**台光** ㄊㄞˊ ㄍㄨㄤ 「台駕光臨」的略語。柬帖上常作「敬候 台光」。

**台安** ㄊㄞˊ ㄢ 書信末尾對平輩問候的敬詞。如「順請 台安」。

**台甫** ㄊㄞˊ ㄈㄨˇ 尊稱他人的名字的敬詞。

**台風** ㄊㄞˊ ㄈㄥ 人在講台或舞台上表現的風度、情態或氣質。又說「臺風」。

**台秤** ㄊㄞˊ ㄔㄥˋ ①計量台斤的磅秤。②載物處是平台的磅秤。

**台啟** ㄊㄞˊ ㄑㄧˇ 書信封套對平輩收信人的敬語。寫在收信人的名字下面。也作「大啟」。

**台詞** ㄊㄞˊ ㄘˊ 戲劇表演時候演員的說白。

**台照** ㄊㄞˊ ㄓㄠˋ 書信用詞。請對方鑒察的敬詞。如「敬祈 台照」。

**台端** ㄊㄞˊ ㄉㄨㄢ 図對人的敬稱，用在平輩之間。

**台銜** ㄊㄞˊ ㄒㄧㄢˊ 動問別人的官階或名字的敬詞。

**台鑒** ㄊㄞˊ ㄐㄧㄢˋ 図閱看的敬詞。信札上的用語。

**另** ㄌㄧㄥˋ ①別的，特別的。如「另外」「另眼相看」。②分開，不混合在一起。如「另行通知」「另想辦法」。

**另日** ㄌㄧㄥˋ ㄖˋ 図他日。

**另外** ㄌㄧㄥˋ ㄨㄞˋ 除此以外。

**另起爐灶** ㄌㄧㄥˋ ㄑㄧˇ ㄌㄨˊ ㄗㄠˋ 比喻：①事情不能繼續進行，另想方法去做。②脫離團體，自己單獨經營。

**另眼相看** ㄌㄧㄥˋ ㄧㄢˇ ㄒㄧㄤ ㄎㄢˋ 特別優待。

**古** ㄍㄨˇ ㈠離開現在時間久遠的。如「古代」。㈡保留傳統習慣，不很時髦。如「古板」。㈢姓。

**古人** ㄍㄨˇ ㄖㄣˊ ①泛指古時候的人。②已經亡故的人。

**古今** ㄍㄨˇ ㄐㄧㄣ 古代和現在。

**古文** ㄍㄨˇ ㄨㄣˊ ①上古的文字，如篆字等。②經學的一派，對今文而言。③文體名，就是文言文。

**古方** ㄍㄨˇ ㄈㄤ 古代流傳下來的中藥藥方。

**古代** ㄍㄨˇ ㄉㄞˋ 古時候。

**古本** ㄍㄨˇ ㄅㄣˇ　舊本。古老的版本。

**古式** ㄍㄨˇ ㄕˋ　①古時候的典制、儀範。②古老的樣式。

**古老** ㄍㄨˇ ㄌㄠˇ　陳舊；年代久遠的。

**古妝** ㄍㄨˇ ㄓㄨㄤ　古代的妝飾。

**古來** ㄍㄨˇ ㄌㄞˊ　自古以來。

**古典** ㄍㄨˇ ㄉㄧㄢˇ　古代的事實或文詞。

**古怪** ㄍㄨˇ ㄍㄨㄞˋ　①奇異。②不合時宜。

**古拙** ㄍㄨˇ ㄓㄨㄛˊ　古老樸拙。如「那一個石刻，形式古拙得很」。

**古昔** ㄍㄨˇ ㄒㄧˊ　古時候；很久很久以前。

**古板** ㄍㄨˇ ㄅㄢˇ　①不靈活。②不合時宜。

**古法** ㄍㄨˇ ㄈㄚˇ　①古代的法度規範。②傳統的老方法。如「遵古法炮製」。

**古物** ㄍㄨˇ ㄨˋ　古時的東西。

**古玩** ㄍㄨˇ ㄨㄢˊ　古董，可以玩賞的古物。

**古禮** ㄍㄨˇ ㄌㄧˇ　古代的禮制。

**古剎** ㄍㄨˇ ㄔㄚˋ　歷史久遠的廟宇。

**古風** ㄍㄨˇ ㄈㄥ　①古體詩。②古代的風氣。

**古音** ㄍㄨˇ ㄧㄣ　①指中國古代的語音。也作「古韻」。宋人稱隋朝陸法言〈切韻〉以前漢語音韻為古音。對〈切韻〉以後各韻書（唐韻、廣韻、集韻等）所稱今音而言。現在稱前者為上古音，隋唐宋音韻為中古音，合稱古音。②指古代音樂。

**古時** ㄍㄨˇ ㄕˊ　古時候；很久以前的時代。

**古書** ㄍㄨˇ ㄕㄨ　泛稱傳世的古代書籍。

**古訓** ㄍㄨˇ ㄒㄩㄣˋ　古代傳下來可以作參考的話。

**古琴** ㄍㄨˇ ㄑㄧㄣˊ　中國古樂器，相傳為伏羲所創。初為五弦，周代增為七弦。又稱七弦琴。

**古畫** ㄍㄨˇ ㄏㄨㄚˋ　年代久遠的繪畫。

**古稀** ㄍㄨˇ ㄒㄧ　人生七十歲叫古稀。

**古雅** ㄍㄨˇ ㄧㄚˇ　古樸而雅致。

**古意** ㄍㄨˇ ㄧˋ　①古代的風格意趣。②仿古，有古風的味道。

**古裝** ㄍㄨˇ ㄓㄨㄤ　古代的服飾或裝扮。對時裝而言。

**古跡** ㄍㄨˇ ㄐㄧ　古代的遺跡。也作「古蹟」。

**古董** ㄍㄨˇ ㄉㄨㄥˇ　古代留下來的器物。也作「骨董」。

**古詩** ㄍㄨˇ ㄕ　①古代的詩。②古體詩。

**古道** ㄍㄨˇ ㄉㄠˋ　①不趨附流俗而厚道。②古代留下的道路。

**古箏** ㄍㄨˇ ㄓㄥ　箏的俗稱。古代絃樂器，形狀似瑟。本為十二絃，今改為十三弦。

**古銅** ㄍㄨˇ ㄊㄨㄥˊ　①古代銅器，色彩褐黑斑斕。②像古銅器的顏色。

**古樸** ㄍㄨˇ ㄆㄨˊ　厚道純樸。

**古諺** ㄍㄨˇ ㄧㄢˋ　從古相傳的俗語。

**古錢** ㄍㄨˇ ㄑㄧㄢˊ　古時的貨幣。

**古籍** ㄍㄨˇ ㄐㄧˊ　古書。

**古文字** ㄍㄨˇ ㄨㄣˊ ㄗˋ　上古的文字。泛指甲骨文、金文、籀文和戰國時代通行於六國的文字。

**古生代** ㄍㄨˇ ㄕㄥ ㄉㄞˋ　地質年代的第三代，約開始於五億七千萬年前到兩億三千萬年前。分為寒武紀、奧陶紀、志留紀、泥盆紀、石炭紀、二疊紀六個紀。

**古生物** ㄍㄨˇ ㄕㄥ ㄨˋ　曾經生存在地質年代中而現在已經大都絕滅的生物。包括古植物、古無脊椎動物、古脊椎動物等。古生物遺體大都成為化石埋在地層中。

**古柯鹼** ㄍㄨˇ ㄎㄜ ㄐㄧㄢˇ 藥名，就是「可卡因」。從古柯（coca）樹葉中萃取的一種白色粉末。有收縮血管的作用，可以做為局部麻醉藥。也有人用作毒品。也譯作「高根」。

**古體詩** ㄍㄨˇ ㄊㄧˇ ㄕ 詩體名，對近體詩而言。有四言、五言、七言、雜言等。不求對仗、平仄，用韻比較自由。後世用五言、七言的較多。簡稱古詩，或稱古風。

**古文運動** ㄍㄨˇ ㄨㄣˊ ㄩㄣˋ ㄉㄨㄥˋ 唐朝韓愈和柳宗元等人，認同北周蘇綽、唐初李華的主張，反對唐初駢儷浮華的文風，主張「文以載道」（文章是用來闡揚聖賢之道的），認為應以古代的散文代替駢文。宋歐陽修等繼之，終於使古文成為文章正宗，稱為古文運動。

**古井無波** ㄍㄨˇ ㄐㄧㄥˇ ㄨˊ ㄅㄛ 図比喻人不動情。多指婦女守貞而言。

**古色古香** ㄍㄨˇ ㄙㄜˋ ㄍㄨˇ ㄒㄧㄤ 高雅而富有古代的風味。

**古典文學** ㄍㄨˇ ㄉㄧㄢˇ ㄨㄣˊ ㄒㄩㄝˊ ①泛稱中國古代的文學作品，如漢賦、唐詩、宋詞和元曲之類。②超越時代而有它不朽價值的文學，或指古代希臘和羅馬的文學。

**古往今來** ㄍㄨˇ ㄨㄤˇ ㄐㄧㄣ ㄌㄞˊ 從古到今。

**古典音樂** ㄍㄨˇ ㄉㄧㄢˇ ㄧㄣ ㄩㄝˋ 優美典雅，嚴整勻稱的正統音樂。中國的如「梅花三弄」「春江花月夜」「江南絲竹」等古曲；歐洲的如十八到十九世紀中葉維也納派的作品（作者如巴赫、韓德爾、海頓、莫札特、貝多芬等）。

**古道熱腸** ㄍㄨˇ ㄉㄠˋ ㄖㄜˋ ㄔㄤˊ 形容人仁厚重義氣，熱心幫助人。如「這個人古道熱腸，一向熱心公益」。

## 可

▲ㄎㄜˇ ㈠允許，承認。如「許可」。㈡合適。如「可口」「可身」。㈢能夠。如「可大可小」。㈣值得，宜於。如「可愛」「可惜」。㈤將就。如「可著這張紙來畫」。㈥同「卻」。如「你去，我可不去」。㈦同「豈」。如「這可不糟了嗎」。㈧用來加強語氣。如「你可回來了」「這可好了」。㈨表示疑問。如「你可知道」「你可想過」。㈩但是。如「他雖然笨，可很努力」。⑪図約計。如「年可十六七」。

▲ㄎㄜˋ 見「可汗」。

**可人** ㄎㄜˇ ㄖㄣˊ 図①使人歡喜。如「溫柔可人」。②指有優點而可取的人。

**可不** ㄎㄜˇ ㄅㄨˋ 不字輕讀。豈不，難道不，「可不是」的略語。如「你說他生病不能來。可不，看，他們班上全到了，就是他沒來」。

**可心** ㄎㄜˇ ㄒㄧㄣ 適合心意。

**可手** ㄎㄜˇ ㄕㄡˇ 合手，稱手。適合使用或操作。如「這一把斧子可手，削起來很利落」。

**可以** ㄎㄜˇ ㄧˇ ①能夠。如「可以意會不可言傳」。②表示允許。如「你可以走了」。③夠瞧的。如「這幾天熱得真可以」。④不錯，差不多。如「這菜燒得還可以」。

**可可** ㄎㄜˇ ㄎㄜˇ 梧桐科喬木，果實橢圓形，研末可作飲料，加糖跟香料做成「巧克力」。

**可巧** ㄎㄜˇ ㄑㄧㄠˇ 恰好，剛好。

**可好** ㄎㄜˇ ㄏㄠˇ ①好不好，如「你爸爸可好」。②正好，恰巧。如「我正著急呢，可好他來了」。

**可汗** ㄎㄜˋ ㄏㄢˊ 古時西域各國對君主的稱呼。參看「可敦」。

**可行** ㄎㄜˇ ㄒㄧㄥˊ 可以做。如「這計畫很周詳，是可行的辦法」。

**可否** ㄎㄜˇ ㄈㄡˇ ①可以不可以，能不能。②允許不允許。

**可決** ㄎㄜˇ ㄐㄩㄝˊ 提案經表決，獲得多數贊成而通過，稱為可決。對未通過的否決而言。

**可見** ㄎㄜˇ ㄐㄧㄢˋ ①可以看見。②可以想見。③可以知道。如「對方口是心非，可見沒有誠意」。

**可取** ㄎㄜˇ ㄑㄩˇ 可採，可用，可稱讚。

**可怕** ㄎㄜˇ ㄆㄚˋ 情狀恐怖，使人害怕。

**可知** ㄎㄜˇ ㄓ ①須知，要知道。如「辛苦了一輩子，你可知該休息休息麼」。②可想而知。如「從這一件事看，他的居心便可知了」。

**可恨** ㄎㄜˇ ㄏㄣˋ ①令人遺憾。②令人憤恨。

**可是** ㄎㄜˇ ㄕˋ ①是，語氣較重。如「這可是糟了」。②但是。如「病雖然好了，可是還要休養」。③詢問語氣，同「對不對」。如「我說的可是」。

**可畏** ㄎㄜˇ ㄨㄟˋ 図①可怕。如「人言可畏」。②令人敬畏。如「後生可畏」。

**可要** ㄎㄜˇ ㄧㄠˋ ①表示期待的囑咐。如「你可要好好努力」。②將要，就要，有預告的意味。如「我可要生氣咯」。

**可風** ㄎㄜˇ ㄈㄥ 図可以作為典範。如「其義行可風，眾人景仰」。

**可乘** ㄎㄜˇ ㄔㄥˊ 可以利用。如「有機可乘」。

**可恥** ㄎㄜˇ ㄔˇ 應當覺得羞恥。如「當街便尿，你的行為真是可恥」。

**可能** ㄎㄜˇ ㄋㄥˊ 也許做得到；說不定可以、能夠。是推想的詞。

**可惜** ㄎㄜˇ ㄒㄧ 惋惜。

**可喜** ㄎㄜˇ ㄒㄧˇ 令人高興。如「這是一件可喜的事」。

**可堪** ㄎㄜˇ ㄎㄢ 図①哪堪，何堪；哪能承受。②可以承受。

**可悲** ㄎㄜˇ ㄅㄟ 令人傷心、痛心。如「他的景況可悲」。

**可惱** ㄎㄜˇ ㄋㄠˇ 使人生氣。

**可敦** ㄎㄜˋ ㄉㄨㄣˊ 可汗之妻，也作可（ㄎㄜˋ）賀敦、賀敦。

**可評** ㄎㄜˇ ㄆㄧㄥˊ 図可以評論。

**可貴** ㄎㄜˇ ㄍㄨㄟˋ 值得珍重愛惜。如「多年的交情可貴，要好好珍惜」。

**可感** ㄎㄜˇ ㄍㄢˇ 令人感動。如「他古道熱腸，感情可感」。

**可愛** ㄎㄜˇ ㄞˋ 令人喜愛。如「這個小男孩兒長得純真可愛」。

**可敬** ㄎㄜˇ ㄐㄧㄥˋ 值得尊敬。

**可腳** ㄎㄜˇ ㄐㄧㄠˇ 合腳。

**可惡** ㄎㄜˇ ㄨˋ 令人厭惡。

**可嘉** ㄎㄜˇ ㄐㄧㄚ 值得贊許、嘉勉。如「百折不餒，精神可嘉」。

**可疑** ㄎㄜˇ ㄧˊ 值得懷疑。如「這個人鬼鬼祟祟，行跡可疑」。

**可憫** ㄎㄜˇ ㄇㄧㄣˇ 図憫也作「閔」「愍」。值得同情，令人憐憫。

**可憐** ㄎㄜˇ ㄌㄧㄢˊ ①同情人家不幸的遭遇。如「沒媽的孩子真可憐」。②図可羨慕。〈長恨歌〉有「可憐光采生門戶」。

**可憎** ㄎㄜˇ ㄗㄥ 図可恨。如「面目可憎」。

**可歎** ㄎㄜˇ ㄊㄢˋ ①值得贊歎。②令人感慨。③令人怨歎。

**可靠** ㄎㄜˇ ㄎㄠˋ ①可以信託。②真確。

**可謂** ㄎㄜˇ ㄨㄟˋ 〔文〕可以說是。

**可議** ㄎㄜˇ ㄧˋ 〔文〕值得探討議論。表示事情還有問題，是非曲直還有待辨明。

**可觀** ㄎㄜˇ ㄍㄨㄢ ①值得看。②表示大的意思。如「這個數目也就很可觀了」。

**可口（兒）** ㄎㄜˇ ㄎㄡˇ（ㄦ） ①好吃。②指飲食品不冷不熱正好食用的意思。

**可身（兒）** ㄎㄜˇ ㄕㄣ（ㄦ） 合身，多指衣服說的。

**可人意** ㄎㄜˇ ㄖㄣˊ ㄧˋ 使人滿意。

**可不是** ㄎㄜˇ ㄅㄨˋ ㄕˋ 不字輕讀。①附和別人的話，表示贊同，同「說的也是」。②豈不是，難道不是。③不是，語氣較重。如「這可不是玩笑話」。

**可可樹** ㄎㄜˇ ㄎㄜˇ ㄕㄨˋ 〔名〕英文cocoa的音譯，葉子和果實都是橢圓形。花冠帶黃色，花萼粉色，果實紅色或黃色。種子可以研成可可粉，製成飲料；加糖和香料，可以做巧克力。

**可見光** ㄎㄜˇ ㄐㄧㄢˋ ㄍㄨㄤ 肉眼可以看見的光，就是從紅到紫的光波。

**可見度** ㄎㄜˇ ㄐㄧㄢˋ ㄉㄨˋ 景物可以用肉眼看見的清晰程度；通常以距離表示。

**可能性** ㄎㄜˇ ㄋㄥˊ ㄒㄧㄥˋ 現在雖然做不到，將來或許可實現。

**可塑性** ㄎㄜˇ ㄙㄨˋ ㄒㄧㄥˋ ①指物質經過外力或高溫可以改變形狀而不致破裂的特性。多指膠泥、塑料和一般金屬可因揉捏或高溫而製成各種器物的特性。②指生物體經環境或教育的影響而改變的性質。如人的氣質、品行可因受教育而改變，就是具有可塑性。

**可憐蟲** ㄎㄜˇ ㄌㄧㄢˊ ㄔㄨㄥˊ 形容陷在困境裡的人。

**可燃物** ㄎㄜˇ ㄖㄢˊ ㄨˋ 可以用火燃燒處理的東西。垃圾分類常用語。

**可蘭經** ㄎㄜˇ ㄌㄢˊ ㄐㄧㄥ 又作古蘭經，伊斯蘭教（回教）的經典。

**可讀性** ㄎㄜˇ ㄉㄨˊ ㄒㄧㄥˋ 指文章的用字洗練，文句流暢，內容精采，能引起讀者興趣或共鳴，並且從中獲得了解或增益的，就說有可讀性。

**可可（兒）的** ㄎㄜˇ ㄎㄜˇ（ㄦ） ㄉㄜ˙ 恰好。

**可口可樂** ㄎㄜˇ ㄎㄡˇ ㄎㄜˇ ㄌㄜˋ 一種瓶裝或罐裝的清涼飲料的商業專用名稱。

**可歌可泣** ㄎㄜˇ ㄍㄜ ㄎㄜˇ ㄑㄧˋ 〔文〕不但值得贊頌，而且也令人感動得流淚。多指壯烈感人的事。

**可望而不可即** ㄎㄜˇ ㄨㄤˋ ㄦˊ ㄅㄨˋ ㄎㄜˇ ㄐㄧˊ 只能遠看，不能接近。表示事情只能企望，不能實現。

**叩** ㄎㄡˋ ㈠打、擊。如「叩門」「以杖叩其脛」。㈡問。如「叩安」。㈢磕頭，是最敬詞。如「叩稟」。

**叩別** ㄎㄡˋ ㄅㄧㄝˊ 〔文〕拜別。

**叩門** ㄎㄡˋ ㄇㄣˊ 打門，敲門。

**叩首** ㄎㄡˋ ㄕㄡˇ 叩頭。

**叩問** ㄎㄡˋ ㄨㄣˋ 請問。

**叩閽** ㄎㄡˋ ㄏㄨㄣ 〔文〕封建時代人民直接向朝廷申訴冤屈。閽指宮門。

**叩頭** ㄎㄡˋ ㄊㄡˊ 磕頭。

**叩應** ㄎㄡˋ ㄧㄥˋ 〔名〕英文call in的音譯。打電話進來的意思。電視立即轉播座談現場，多讓觀眾「叩應」，提供意見，參與討論。

**叩關** ㄎㄡˋ ㄍㄨㄢ 〔文〕①敲打城門要求進入。②攻打關塞。

**叩頭蟲** ㄎㄡˋ ㄊㄡˊ ㄔㄨㄥˊ ①植物害蟲之一。甲蟲類，全身黑色，有光澤，腹部可以自由屈伸，腹部朝上時能自己跳起，人用手壓住它的腹部，它會頻頻掙扎，像是叩頭一樣，所以俗名叫叩頭蟲。②指聽命於權勢，自己沒有主見的人。

**叫（呌）** ㄐㄧㄠˋ ㈠稱呼。如「名叫文德」。㈡鳴。如「雞叫」。㈢呼號。如「號叫」。㈣招喚。如「叫車」。㈤被，受。如「叫人批評得體無完膚」。㈥使，讓，命令。如「叫他走吧」「叫他好好用功」。

**叫子** ㄐㄧㄠˋ ㄗ˙ 哨子。

**叫名** ㄐㄧㄠˋ ㄇㄧㄥˊ ①名字叫做；叫做。②方言，名稱。③方言，名義上。

**叫吃** ㄐㄧㄠˋ ㄔ 下圍棋，把對方的棋子包圍，再下一子就可以提去對方的棋子。這時候警告對方叫「叫吃」。

**叫作** ㄐㄧㄠˋ ㄗㄨㄛˋ 就是叫做，稱為。

**叫屈** ㄐㄧㄠˋ ㄑㄩ 表示冤屈。

**叫門** ㄐㄧㄠˋ ㄇㄣˊ 在門外叫屋裡的人來開門。

**叫陣** ㄐㄧㄠˋ ㄓㄣˋ 挑戰。

**叫停** ㄐㄧㄠˋ ㄊㄧㄥˊ 比賽或活動進行中要求暫停。

**叫做** ㄐㄧㄠˋ ㄗㄨㄛˋ 被稱為。

**叫喊** ㄐㄧㄠˋ ㄏㄢˇ 大聲叫嚷。

**叫喚** ㄐㄧㄠˋ ㄏㄨㄢˋ 喚字輕讀。叫㈡㈢。

**叫號** ▲ㄐㄧㄠˋ ㄏㄠˊ ①呼叫號哭。②大聲呼喊。▲ㄐㄧㄠˋ ㄏㄠˋ 呼叫號碼。

**叫價** ㄐㄧㄠˋ ㄐㄧㄚˋ 喊出售價，要價。對出價、還價而言。如「商人叫價一百，有人還價五十」。

**叫罵** ㄐㄧㄠˋ ㄇㄚˋ 大聲罵。

**叫賣** ㄐㄧㄠˋ ㄇㄞˋ 小販賣貨沿街呼喚。

**叫嚷** ㄐㄧㄠˋ ㄖㄤˇ 大聲叫喊。

**叫囂** ㄐㄧㄠˋ ㄒㄧㄠ 大聲喊叫吵鬧。

**叫好（兒）** ㄐㄧㄠˋ ㄏㄠˇ ㄦ 喝采。

**叫座（兒）** ㄐㄧㄠˋ ㄗㄨㄛˋ ㄦ 指名演員有號召力，使顧客滿座。引伸泛指受人喜愛欣賞。

**叫化子** ㄐㄧㄠˋ ㄏㄨㄚˋ ㄗ˙ 乞丐。也寫作「叫花子」。

**叫苦連天** ㄐㄧㄠˋ ㄎㄨˇ ㄌㄧㄢˊ ㄊㄧㄢ 大聲叫苦。

**句** ▲ㄐㄩˋ 兩個以上的詞，聯合包有主語述語而能表示一個完全的意思的，叫句。▲ㄍㄡ ㈠同勾（①屈曲。②鉤）。㈡姓。▲ㄍㄡˋ ㈠同「勾當」的「勾」。㈡伸手去取。也作「搆」。如「架子太高了，句不著（ㄓㄠˊ）」。

**句子** ㄐㄩˋ ㄗ˙ 句。

**句式** ㄐㄩˋ ㄕˋ 句子的各種不同的構造。

**句法** ㄐㄩˋ ㄈㄚˇ 句子的構造方法。

**句型** ㄐㄩˋ ㄒㄧㄥˊ 句的類別。

**句號** ㄐㄩˋ ㄏㄠˋ 標明句子的標點符號，分兩種：「。」和「．」。

**句解** ㄐㄩˋ ㄐㄧㄝˇ 逐句解釋。

**句讀** ㄐㄩˋ ㄉㄡˋ 文詞中休止或停頓的地方，語氣完了的叫句，沒完的叫讀。

**句子成分** ㄐㄩˋ ㄗ˙ ㄔㄥˊ ㄈㄣˋ 句子的構成分子。在句子中，詞語和詞語之間有它的關係。按照不同的關係，句子成分可以分為主語、謂語、賓語、定語、狀語、補語等六種。

**句斟字酌** ㄐㄩˋ ㄓㄣ ㄗˋ ㄓㄨㄛˊ 逐字逐句仔細推敲琢磨。也作「字斟句酌」。

**叶** ▲ㄒㄧㄝˊ 古「協」字。意思是和協。

▲ㄧㄝˋ「葉」字的簡寫。

**叶韻** 舊詩詞講究句的韻腳和叶，所以定出格律，在固定的句末要韻腳相協，叫做叶韻。

# 只

▲ㄓˇ ㈠衹，「不過是」的意思。如「只要……就可以」。㈡儘。如「只管去做」。

▲ㄓ 「隻」的俗寫。

**只好** 表示將就的意思；除此以外沒有別的法子。

**只有** ①唯有，僅有。②連詞，表示必要或唯一的條件，往往和下文的「才」或「方」相呼應。如「只有繼續走，才能到達目的地」。

**只怕** 恐怕。

**只是** ①不過。②但是。

**只要** ①僅僅要。表示不多求。②連詞，表示必要或充分的條件。如「只要肯努力就會成功」。③一直要，一味要。

**只得** 只好。

**只管** 儘管。

**只顧** 只管。

**只此一家** 商店預防別人冒牌，寫出這四個字，表示別無分店。

**只許州官放火** 下文接「不許百姓點燈」。比喻統治者可以為所欲為，卻限制人民自由；或泛指自己可以任意而行，對別人卻要求極為嚴格。

**只見樹木，不見森林** 比喻只看到局部，沒有看到整體。也省作「見樹不見林」。

**只知其一，不知其二** ①比喻了解的範圍只是一部分。②比喻不懂得舉一反三。

# 召

▲ㄓㄠˋ ㈠上級叫下級來叫召。如「召見」。㈡引來的意思。如「召禍」。

▲ㄕㄠˋ 姓。

**召回** ①叫回來，調回來。如「召回駐外使節」。

**召見** 上級的人要下級的人來談話叫召見。

**召租** 招租。有空屋子要租給別人。

**召喚** 呼喚。

**召集** 使眾人集合。

**召募** 招募。

**召開** 召集眾人開會。

**召集人** ①召集人員開會時主持會議的人。②召集大家集合的人。

# 叱

ㄔˋ ㈠大聲責罵。如「叱責」。㈡呼喝。

**叱咤** 【文】發怒時的聲音。

**叱責** 【文】也作「斥責」。厲聲責罵。

**叱喝** 【文】大聲呼喝；呵斥。

**叱罵** 【文】大聲罵人；怒罵。

**叱咤風雲** 【文】咤也作吒。形容威風聲勢極大，可以左右世局。叱咤，是怒喝的意思。如「曾經叱咤風雲，如今歸隱山林」。

# 史

ㄕˇ ㈠古代掌文書紀錄的官員。如「太史」。㈡記載史事的書籍。㈢姓。

**史冊** 史書；記載歷史的書。

**史官** 古時候掌管記載歷史的官吏。

**史乘** ㄕˇ ㄕㄥˋ　記載歷史的書籍。同「史書」「史冊」。

**史書** ㄕˇ ㄕㄨ　歷史書籍的簡稱。也作「史冊」「史乘」。

**史記** ㄕˇ ㄐㄧˋ　①我國第一部紀傳體的正史，漢司馬遷所撰，年代從黃帝到漢武帝。內容包括本紀十二，表十，書八，世家三十，列傳七十，共一百三十卷。②図泛指古代的史書。如「兵燹之錄載，史記多有」。

**史評** ㄕˇ ㄆㄧㄥˊ　對於歷史上事跡所作的評論。

**史跡** ㄕˇ ㄐㄧ　歷史的遺跡。包括寫在書上的，留在地表上的實物，以及考古發現的出土物。

**史詩** ㄕˇ ㄕ　專記歷史或傳說中人物事跡的詩，又稱敘事詩。

**史實** ㄕˇ ㄕˊ　歷史事實。

**史論** ㄕˇ ㄌㄨㄣˋ　討論歷史事跡的文章。

**史學** ㄕˇ ㄒㄩㄝˊ　研究歷史本質及其因果關係的學問。

**史館** ㄕˇ ㄍㄨㄢˇ　專責編修國家歷史的官署。

**史籀** ㄕˇ ㄓㄡˋ　①人名。周宣王時的太史，名籀，姓氏不詳。②書名。太史籀所撰的古文書，共十五篇，又稱史籀篇或史篇，為周代史官教學童識字的用書。

**史籍** ㄕˇ ㄐㄧˊ　歷史典籍，史書。

**史不絕書** ㄕˇ ㄅㄨˋ ㄐㄩㄝˊ ㄕㄨ　図史冊上不斷有這一類記載。表示是歷史上常見的事。如「奸佞誤國，史不絕書」。

**史前時代** ㄕˇ ㄑㄧㄢˊ ㄕˊ ㄉㄞˋ　指人類有歷史記事以前的原始時代。

**史無前例** ㄕˇ ㄨˊ ㄑㄧㄢˊ ㄌㄧˋ　歷史上從來沒有過的事例。如「總統直接民選，在我國是史無前例」。

**司** ㄙ　㈠主管事務。如「職司」「司機」。㈡中央政府機關的組織單位。如「教育部社會教育司」。㈢姓。

**司令** ㄙ ㄌㄧㄥˋ　負責指揮所屬軍隊的主官。

**司命** ㄙ ㄇㄧㄥˋ　灶神。

**司法** ㄙ ㄈㄚˇ　我國政府現行五種治權之一，處理民事訴訟、刑事訴訟和行政訴訟事件。

**司空** ㄙ ㄎㄨㄥ　①古官名，掌管工程建設。②複姓。

**司徒** ㄙ ㄊㄨˊ　①古官名，掌管禮教。②複姓。

**司書** ㄙ ㄕㄨ　辦理文書繕寫的人。

**司馬** ㄙ ㄇㄚˇ　①古官名，相當於現在的國防部長。②複姓。

**司帳** ㄙ ㄓㄤˋ　管帳的人，一般指帳房。

**司晨** ㄙ ㄔㄣˊ　雄雞報曉。如「雄雞司晨」。

**司儀** ㄙ ㄧˊ　舉行典禮或召開大會時，負責報告進行程序的人。

**司機** ㄙ ㄐㄧ　①管理機器的人。②開車的人。

**司爐** ㄙ ㄌㄨˊ　負責在輪船、火車或大工廠燒鍋爐的人。

**司鐸** ㄙ ㄉㄨㄛˊ　①天主教傳教士的尊稱。②古時主持教化的人。

**司令部** ㄙ ㄌㄧㄥˋ ㄅㄨˋ　軍中發號施令的機關，是司令官的辦公地點。

**司法院** ㄙ ㄈㄚˇ ㄩㄢˋ　我國中央政府五院之一，為全國最高司法機關。掌理解釋憲法、統一解釋法令。下設最高法院、行政法院、公務員懲戒委員會，另設大法官若干人。

**司空見慣** ㄙ ㄎㄨㄥ ㄐㄧㄢˋ ㄍㄨㄢˋ　看慣了就不覺得奇怪。唐代詩人劉禹錫任和州刺史時，在李紳（曾任節度使，拜相）家見李家家妓，賦詩稱讚，有「司空見慣渾閑事，斷盡江南刺史腸」之句。

**司法警察** 依法律規定，輔助司法機關搜查證據或拘提罪犯的警察人員。

**司馬昭之心** 司馬昭（司馬懿的兒子，司馬炎之父）繼其兄司馬師任魏大將軍，陰謀篡位，人盡皆知。後以「司馬昭之心，路人皆知」，比喻很明顯的野心。

## 右

ㄧㄡˋ ㈠左的對面。早晨面向太陽時靠南的是右邊。㈡方位，右在西邊，山西叫山右，江西叫江右。㈢古時右位是上席。㈣通「佑」。

**右手** ①右邊的手。②右邊。

**右行** ▲ㄧㄡˋ ㄏㄤˊ 右邊的行列。▲ㄧㄡˋ ㄒㄧㄥˊ 自右向左。大都指書法或中文的書寫。

**右券** 契約。參看「左券」條。

**右派** 同「右翼」②。

**右衽** 図衽也作袵。古代中原漢族服裝的衣襟向右，因而以「右衽」代稱中原習俗或漢化。反之，夷狄衣襟向左，因而以「左衽」代稱四夷或少數民族。

**右面** 右邊。

**右首** 右邊；多數指位置。

**右傾** 思想、行為接近右派，即保守派。

**右翼** ①軍隊前進時靠右邊的一支。②政治主張傾向穩健保守的一派。法國大革命時，國民議會開會的會場，右邊坐的都是保守派人士。

**右邊（兒）** 右面。

## 三筆

## 名

ㄇㄧㄥˊ ㈠稱號。如「人名」「地名」「物名」「朝代名」。㈡人數，一人叫一名。如「學生五十一名」。㈢聲譽。如「名望」。㈣顯著。如「名人」。㈤高貴的。如「名貴」。㈥形容。如「莫名其妙」。㈦図說出。如「蕩蕩乎民無能名焉」。

**名人** ①有名望的人。②日本圍棋比賽最高榮譽的一種。

**名下** ①名義之下，名分之下。②図盛名之下，享有盛名。

**名士** ①有名的人。②有高名而不作官的人士。

**名子** 名稱。

**名山** 有名的山。

**名分** 同「本分」，指所居地位的名義及其應有應盡的職分。

**名手** 有名的技藝精湛的人。

**名文** 有名的文章。如「諸葛亮的〈出師表〉真是千古名文」。

**名氏** 人的名和姓。

**名片** 也作名片兒，名刺。印有姓名的卡片。

**名世** 図德業勳望，名聞於世。

**名冊** 名簿。

**名句** 有名或富於哲理的文句。

**名目** 事物的名稱。

**名匠** ①有名的匠人。②文學名家。

**名字** 指人的名跟字；通常指人的姓名。

**名次** 按一定標準排列的姓名或名稱的次序。

**名臣** 舊時著名的賢臣。如「魏徵、趙普都可算是唐宋的名臣」。

**名伶** ㄇㄧㄥˊ ㄌㄧㄥˊ 著名的戲劇演員。

**名作** ㄇㄧㄥˊ ㄗㄨㄛˋ 著名的作品。不限於文字，美術作品、手工藝品等都在內。

**名位** ㄇㄧㄥˊ ㄨㄟˋ 名義和地位；官職和品位。

**名利** ㄇㄧㄥˊ ㄌㄧˋ 名譽跟財利。

**名言** ㄇㄧㄥˊ ㄧㄢˊ 有價值的言論。

**名兒** ㄇㄧㄥˊ ㄦ˙ 名子。

**名物** ㄇㄧㄥˊ ㄨˋ ①有名的東西。②有名的特產。③図物的名稱、特徵。④図名義和事物。⑤図給事物命名。⑥図辨明物理。

**名狀** ㄇㄧㄥˊ ㄓㄨㄤˋ 図①形容，描述。多數用在否定詞前。如「思慕之情，無以名狀」。②名稱和形狀。

**名花** ㄇㄧㄥˊ ㄏㄨㄚ ①名貴的花卉。②著名的美女或交際花。

**名門** ㄇㄧㄥˊ ㄇㄣˊ 有聲望的世家。如「名門閨秀」。

**名城** ㄇㄧㄥˊ ㄔㄥˊ 著名的城市。

**名彥** ㄇㄧㄥˊ ㄧㄢˋ 名人，雅士，才能高超的人。

**名流** ㄇㄧㄥˊ ㄌㄧㄡˊ 著名的人士。

**名家** ㄇㄧㄥˊ ㄐㄧㄚ ①憑專門學問著名。②古九流之一，以正名辨義為主，創始於鄧析、尹文，後來有惠施、公孫龍等，更是詭辯。

**名師** ㄇㄧㄥˊ ㄕ 著名的教師或技師。

**名氣** ㄇㄧㄥˊ ㄑㄧˋ 名聲。

**名宿** ㄇㄧㄥˊ ㄙㄨˋ 有名的老前輩。

**名堂** ㄇㄧㄥˊ ㄊㄤ˙ 堂字輕讀。同「名目」。

**名將** ㄇㄧㄥˊ ㄐㄧㄤˋ 著名的將領。

**名教** ㄇㄧㄥˊ ㄐㄧㄠˋ 名分與教化，就是舊禮教的倫常道德。

**名望** ㄇㄧㄥˊ ㄨㄤˋ 名譽跟聲望。

**名產** ㄇㄧㄥˊ ㄔㄢˇ 著名的產物。

**名勝** ㄇㄧㄥˊ ㄕㄥˋ 風景好或是有古跡的地方。

**名單** ㄇㄧㄥˊ ㄉㄢ 開列姓名的單子。

**名媛** ㄇㄧㄥˊ ㄩㄢˋ 有名的閨秀。

**名牌** ㄇㄧㄥˊ ㄆㄞˊ ①寫有名號的牌子。②出了名的牌子（商品牌）。

**名畫** ㄇㄧㄥˊ ㄏㄨㄚˋ 有名的圖畫。

**名著** ㄇㄧㄥˊ ㄓㄨˋ 出了名的著作。如「世界兒童文學名著」。

**名貴** ㄇㄧㄥˊ ㄍㄨㄟˋ 貴重難得。

**名義** ㄇㄧㄥˊ ㄧˋ ①名稱與義理。②事物得名的道理。③對內容實質的關係說的，是表現在外表的名目。

**名號** ㄇㄧㄥˊ ㄏㄠˋ ①名目。②名譽。③稱謂。

**名節** ㄇㄧㄥˊ ㄐㄧㄝˊ 名譽與節操。

**名詞** ㄇㄧㄥˊ ㄘˊ 表示人、事、物、地等名稱的詞。分普通名詞、專有名詞、抽象名詞。

**名稱** ㄇㄧㄥˊ ㄔㄥ 名目，稱謂。

**名實** ㄇㄧㄥˊ ㄕˊ 名稱與實際。

**名銜** ㄇㄧㄥˊ ㄒㄧㄢˊ 名稱和職銜。

**名數** ㄇㄧㄥˊ ㄕㄨˋ ①數目的名稱。如五張十圓的張和圓。②數學名詞。帶有單位名稱的數，對「不名數」而言。

**名儒** ㄇㄧㄥˊ ㄖㄨˊ 著名的儒者或學者。

**名器** ㄇㄧㄥˊ ㄑㄧˋ ①図封建社會用來區別尊卑貴賤等級的名號和車服儀制。②名貴的器物。③大器。比喻國家的棟梁。

**名學** ①研究先秦各家關於「名」的思想和問題的學問。②理則學(邏輯學、論理學)的舊稱。

**名諱** 人的名字,生時叫名,死後叫諱。

**名醫** 出了名的醫生。

**名額** 額定的人數。

**名簿** 登載姓名的簿冊。

**名譽** 好的名聲。

**名聲(兒)** 同「名譽」。

**名士派** 知識分子中不拘小節、倜儻豁達一類的人。

**名士氣** 指文人不拘小節、自由豁達的習氣。

**名利客** 用心求名謀利的人。

**名腳兒** 也作「名角兒」。出了名的戲劇演員。

**名譽職** 不受薪俸的職務。

**名山事業** 指著作的事。

**名不副實** 只有虛名,不合實際。

**名不虛傳** 名聲和實際相合。

**名正言順** 取的名義很適當,說的道理就說得通。指名與實能相合。

**名列前茅** 古代軍隊行軍,前哨舉茅。後以「名列前茅」借稱名次列在前面的人。如「這次考試,他名列前茅」。

**名存實亡** 名義還留著,實際上已經不存在。

**名利雙收** 贏得名譽和實利。如「他在溫布頓網球賽封王,名利雙收」。

**名花有主** 出了名的美女已經有了對象,有歸宿。如「林小姐年輕貌美,名花有主了」。

**名垂青史** 因名聲永遠留在史冊上。如「文天祥正氣凜然,名垂青史」。

**名從主人** 事物的名稱以主人說的為準。

**名落孫山** 考試不及格,沒能錄取。〈過庭錄〉說:孫山跟鄰家公子一起赴考,發榜後孫山得最後一名。鄰家父親問孫山其兒子考上沒有,孫山回答:「解名盡處是孫山,賢郎更在孫山外。」

**名過其實** 名位或名聲比實際情形誇大。如「他只不過捐了一些錢,就說他造福鄉里,未免名過其實了」。

**名實相副** 名稱或名義和實際一致。如「他出錢出力,造橋鋪路,被譽為大善人,真是名實相副」。

**名滿天下** 名聲傳遍各地。如「楊振寧博士榮獲諾貝爾獎,名滿天下」。

**名聞遐邇** 因馳名遠近;名聲傳遍各處。如「王醫師醫術高明,名聞遐邇」。

**名譽領事** 受派遣國禮聘,在居住國義務執行領事職務的人。

**名韁利鎖** 名和利好像韁繩和鎖鏈,會把人束縛住。

**名下無虛士** 因有盛名的人必有真才實學。形容名不虛傳。

**名不正,言不順** 名分不正或名不副實,說話就沒有堂皇的道理或立場。如「他非會員，不請自來，硬要與會，豈非名不正，言不順」。

**吊** ㄉㄧㄠˋ 同「弔」。

**吊子** ㄉㄧㄠˋ ㄗ˙ 小壺兒。同「銚子」，有把兒有嘴兒的

**吊床** ㄉㄧㄠˋ ㄔㄨㄤˊ 沒有床腳的懸吊式睡床。多用繩網做成。同「弔床」。

**吊車** ㄉㄧㄠˋ ㄔㄜ 起重機的俗稱。同「弔車」。

**吊扇** ㄉㄧㄠˋ ㄕㄢˋ 安裝在天花板上的電扇。

**吊帶** ㄉㄧㄠˋ ㄉㄞˋ ①從雙肩向前後下垂吊住褲腰的帶子，有取代腰帶的作用。②從腰間或大腿下垂吊住長筒襪子的帶子，多為女用。

**吊銷** ㄉㄧㄠˋ ㄒㄧㄠ 把已經核發的執照、證件、印信等收回註銷。

**吊橋** ㄉㄧㄠˋ ㄑㄧㄠˊ ①懸吊在兩岸之間的沒有橋墩的橋。②全部或部分橋面可以吊起又放下的橋。

**吊燈** ㄉㄧㄠˋ ㄉㄥ 燈飾從天花板懸吊下來的。

**吊頸** ㄉㄧㄠˋ ㄐㄧㄥˇ 図上吊自殺。

**吊環** ㄉㄧㄠˋ ㄏㄨㄢˊ ①懸吊在車箱裡站位的頭頂上，讓乘客抓著的環。②體操器械的一種。從單槓垂吊的兩條繩子末端有環的。③手握吊環做各種翻轉動作的一種機械體操項目。

**吊籃** ㄉㄧㄠˋ ㄌㄢˊ ①懸吊的籃子。②可以運送人或貨物上下出入的籃狀輸送機。

**吊胃口** ㄉㄧㄠˋ ㄨㄟˋ ㄎㄡˇ 故意賣關子，使人急於想知道結果。如「要說不說，簡直吊胃口」。

**吊嗓子** ㄉㄧㄠˋ ㄙㄤˇ ㄗ˙ 鍛鍊歌喉。如「平劇演員每天要吊嗓子」。

**吊膀子** ㄉㄧㄠˋ ㄅㄤˇ ㄗ˙ 男女相勾引，俗稱吊膀子。

**吊兒郎當** ㄉㄧㄠˋ ㄦ ㄌㄤˊ ㄉㄤ 形容男人的行為放蕩，態度輕佻，做事不認真。是非常粗俗、女子不宜說的話。如「這個人吊兒郎當的，一點都不正經」。

**吐** ▲ㄊㄨˇ ㈠從嘴裡出來。如「吐痰」。㈡言詞。如「談吐」。㈢泄露。如「吐露」。㈣發。如「稻子吐穗」。▲ㄊㄨˋ ㈠嘔吐。㈡財物到手又退還人叫吐。如「他騙來的錢全都吐了出來」。

**吐字** ㄊㄨˇ ㄗˋ 咬字。說話、朗讀或唱歌的時候，每一個字詞語句的發音。如「吐字清晰」。

**吐血** ㄊㄨˋ ㄒㄧㄝˇ ①內出血而由口中吐出來。如「他昨晚吐血，今天查出來是十二指腸潰瘍」。②形容生氣的樣子。如「為了這一個人，今天我要吐血了」。

**吐沫** ㄊㄨˋ ㄇㄛ˙ 沫字輕讀。唾沫。

**吐氣** ㄊㄨˇ ㄑㄧˋ ①同「呼氣」，氣由肺部經過呼吸道排出體外。與「吸氣」相反。②吐出鬱積已久的氣憤。如「揚眉吐氣」。

**吐納** ㄊㄨˇ ㄋㄚˋ ①道家說呼氣和吸氣。②談吐。③「吐故納新」的略語。

**吐痰** ㄊㄨˇ ㄊㄢˊ 把嘴裡的痰吐出來。如「隨地吐痰要罰款」。

**吐實** ㄊㄨˇ ㄕˊ 說出實情。如「堅不吐實」。

**吐劑** ㄊㄨˋ ㄐㄧˋ 使人嘔吐的藥劑。

**吐蕃** ㄊㄨˇ ㄈㄢ ①我國古代少數民族，唐代曾在今青藏高原建立政權。②宋、元、明史家對青藏高原土著的稱謂。

**吐穗** ㄊㄨˇ ㄙㄨㄟˋ 穀物長出穗子。

**吐瀉** ㄊㄨˋ ㄒㄧㄝˋ 嘔吐與腹瀉。

**吐屬** ㄊㄨˇ ㄕㄨˇ 図談吐，作文。如「此君吐屬文雅，風度翩翩」。

**吐露** ㄊㄨˋ ㄌㄨˋ ①說出內心話。②顯露。

**吐谷渾** ㄊㄨˋ ㄩˋ ㄏㄨㄣˊ 古鮮卑族的一支。本姓慕容，居遼東，西晉時由首領吐谷渾率領西遷甘肅、青海，勢力漸大，唐太宗時歸降。

**吐苦水** ㄊㄨˇ ㄎㄨˇ ㄕㄨㄟˇ 發牢騷；說出心裡的苦楚。如「且聽他吐苦水吧」。

**吐綬雞** ㄊㄨˇ ㄕㄡˋ ㄐㄧ 也叫「火雞」。見「火雞」。

**吐故納新** ㄊㄨˇ ㄍㄨˋ ㄋㄚˋ ㄒㄧㄣ 図①道家和中國武術的修鍊術。吐出濁氣，吸入清氣。略稱吐納。②去除陳舊的，接受清新的。如「吐故納新，力求進步」。

**吐哺握髮** ㄊㄨˇ ㄅㄨˇ ㄨㄛˋ ㄈㄚˇ 図比喻禮賢下士，求才心切。也作「吐哺捉髮」，略作「吐握」。語出〈史記・魯世家〉。周公為了禮遇來訪的賢士，一沐三握髮（一次洗澡的時間裡，要攏著溼髮出來見客幾次），一飯三吐哺（吃一頓飯，要幾次吐出嘴裡食物出來見客）。表示對客人來訪不敢怠慢。「三」字作多數解。

**吐絲自縛** ㄊㄨˇ ㄙ ㄗˋ ㄈㄨˋ 図比喻自己做的事反而使自己為難或受困。如「訂立繁瑣的規章，猶如吐絲自縛」。

**同** ▲ㄊㄨㄥˊ ㈠共，在一起。如「同學」「同甘共苦」。㈡彼此一樣。如「同感」「志同道合」。㈢與、和（ㄏㄢˋ）。如「我同他是一路」。㈣和（ㄏㄜˊ）。如「世界大同」。㈤會合，聚集。如「會同」「率同」。㈥姓。

▲ㄊㄨㄥˋ見「胡同兒」。

**同一** ㄊㄨㄥˊ ㄧ ①共同的一個或一種。②一致，統一。

**同人** ㄊㄨㄥˊ ㄖㄣˊ 同在一處辦事的人。也作「同仁」。

**同上** ㄊㄨㄥˊ ㄕㄤˋ ①與上面所說的相同。（多用於填表）②戲劇用語，多人一起出場。

**同仇** ㄊㄨㄥˊ ㄔㄡˊ 共同仇恨。

**同化** ㄊㄨㄥˊ ㄏㄨㄚˋ 人在一個地方待久了，受了當地文化習俗的影響，而放棄自己原有的習慣。

**同仁** ㄊㄨㄥˊ ㄖㄣˊ ①同事。②彼此平等無差別。如「一視同仁」。

**同功** ㄊㄨㄥˊ ㄍㄨㄥ 功用、功力或功績相同。

**同心** ㄊㄨㄥˊ ㄒㄧㄣ ①目的相同。②齊心。

**同文** ㄊㄨㄥˊ ㄨㄣˊ 相同的文字。

**同日** ㄊㄨㄥˊ ㄖˋ 図相等的意思。如「不可同日而語」。

**同名** ㄊㄨㄥˊ ㄇㄧㄥˊ 名字、名稱或名聲相同。如「他跟我同名不同姓」。

**同好** ㄊㄨㄥˊ ㄏㄠˋ 愛好相同的人。

**同年** ㄊㄨㄥˊ ㄋㄧㄢˊ ①同一年裡。②同年出生，同年紀。③舊時科舉考試同榜登科者的互稱。

**同行** ▲ㄊㄨㄥˊ ㄒㄧㄥˊ 同在一路上行走。▲ㄊㄨㄥˊ ㄏㄤˊ 職業相同。

**同伴** ㄊㄨㄥˊ ㄅㄢˋ 同在一起的人。

**同志** ㄊㄨㄥˊ ㄓˋ ①宗旨相同的人。②同政黨的人。

**同步** ㄊㄨㄥˊ ㄅㄨˋ ①互相關聯的事物在進行速度互相配合。如「這一條大路上的交通燈是同步的」。②物理學名詞。兩個以上的隨時間變化的量，在變化過程中始終保持一定的相對關係。

**同事** ㄊㄨㄥˊ ㄕˋ 同在一處做事的人。政府機關也叫「同僚」。

**同命** ㄊㄨㄥˊ ㄇㄧㄥˋ 同生共死。

**同姓** ㄊㄨㄥˊ ㄒㄧㄥˋ 姓氏相同。

**同宗** ㄊㄨㄥˊ ㄗㄨㄥ 同姓。

**同居** ㄊㄨㄥˊ ㄐㄩ ①同在一處居住。②夫妻共同生活。③男女沒有結婚卻共同住在一起生活。

**同庚** ㄊㄨㄥˊ ㄍㄥ 年歲相同。

**同性** ㄊㄨㄥˊ ㄒㄧㄥˋ ①性別相同。②性質相同。

**同房** ㄊㄨㄥˊ ㄈㄤˊ ①宗族中同一支的族人。②居住同一房間。③婉詞，指夫妻過性生活。

**同門** ㄊㄨㄥˊ ㄇㄣˊ ①同師受業的人。②連襟。

**同型** ㄊㄨㄥˊ ㄒㄧㄥˊ 同一類型。如「他們倆是同型的人，都很愛玩兒」。

**同胞** ㄊㄨㄥˊ ㄅㄠ ①同父母所生的。②同一個國家或民族的人。

**同時** ㄊㄨㄥˊ ㄕˊ 同一時間。

**同氣** ㄊㄨㄥˊ ㄑㄧˋ 文①氣質相同或意氣投合。②兄弟姊妹。③同志。

**同班** ㄊㄨㄥˊ ㄅㄢ 同在一班求學。

**同袍** ㄊㄨㄥˊ ㄆㄠˊ 文①軍人互稱。②同「同衾」。古代夫妻互稱。③兄弟。④泛指朋友、同年、同事、同學等。

**同堂** ㄊㄨㄥˊ ㄊㄤˊ ①同處一堂，同住一家。如「三代同堂」。②同一祖父。同一祖父的兄弟（叔伯兄弟）稱同堂兄弟，簡稱堂兄弟。③同窗，同學。

**同寅** ㄊㄨㄥˊ ㄧㄣˊ 文同事，同僚，同人，同仁。

**同情** ㄊㄨㄥˊ ㄑㄧㄥˊ ①看到別人的悲歡而產生同樣的感情。②意見相同。

**同族** ㄊㄨㄥˊ ㄗㄨˊ ①同宗。②同種。

**同異** ㄊㄨㄥˊ ㄧˋ 文相同或不相同。

**同處** ▲ㄊㄨㄥˊ ㄔㄨˇ 文①同住一個地方。如「同處一室」。②共同相處。如「與善類同處」。③同樣的處境。如「同處險境」。
▲ㄊㄨㄥˊ ㄔㄨˋ 相同的地方。

**同期** ㄊㄨㄥˊ ㄑㄧˊ ①同一時期。②同一屆，同一期別。③同一期的刊物。

**同窗** ㄊㄨㄥˊ ㄔㄨㄤ 同學，同師門。也作「同硯」。

**同等** ㄊㄨㄥˊ ㄉㄥˇ 同樣。

**同鄉** ㄊㄨㄥˊ ㄒㄧㄤ 同一縣或同一省的人。

**同感** ㄊㄨㄥˊ ㄍㄢˇ ①贊同別人的說法或意見。②相同的感覺或感慨。

**同惡** ㄊㄨㄥˊ ㄜˋ 文共同作惡事。如「同惡相濟」。

**同意** ㄊㄨㄥˊ ㄧˋ ①意見相同。②承認。

**同業** ㄊㄨㄥˊ ㄧㄝˋ 職業相同；同一職業的人。

**同盟** ㄊㄨㄥˊ ㄇㄥˊ 兩個以上的國家締結盟約，叫做同盟。

**同路** ㄊㄨㄥˊ ㄌㄨˋ ①相同的路。②一路同行。③理念或主張相同。

**同道** ㄊㄨㄥˊ ㄉㄠˋ 志趣相同。

**同夥** ㄊㄨㄥˊ ㄏㄨㄛˇ 也作「同伙」。①一起參加活動的人。②經常在一起混的人。③一起做壞事，一起犯法的人。

**同種** ㄊㄨㄥˊ ㄓㄨㄥˇ ①同一種族。②同一品種。

**同樣** ㄊㄨㄥˊ ㄧㄤˋ 一樣。

**同輩** ㄊㄨㄥˊ ㄅㄟˋ 輩分相同。

**同儕** ㄊㄨㄥˊ ㄔㄞˊ 文同輩。

**同學** ㄊㄨㄥˊ ㄒㄩㄝˊ ①也叫「同窗」。受同一老師指導或同校求學的人。②老師稱呼學生。

**同謀** ㄊㄨㄥˊ ㄇㄡˊ 共同計謀。

**同聲** ㄊㄨㄥˊ ㄕㄥ ①一同出聲。②同一心意。

**同類** ㄊㄨㄥˊ ㄌㄟˋ 同屬一類。

**同爨** ㄊㄨㄥˊ ㄘㄨㄢˋ 文同居共食。指大家庭兄弟共同生活。

**同心圓**（ㄊㄨㄥˊ ㄒㄧㄣ ㄩㄢˊ） 數學名詞。同一平面上同一圓心而半徑不同的圓。

**同名數**（ㄊㄨㄥˊ ㄇㄧㄥˊ ㄕㄨˋ） 數學名詞。單位名稱相同的數目。對不同名數而言。如3元和5元，名數同為元，兩者就是同名數。

**同位素**（ㄊㄨㄥˊ ㄨㄟˋ ㄙㄨˋ） 也叫同位元素，是一種化學元素的另一種或幾種形態。它的原子核裡除了中子的數量不同以外，質子的數量全一樣。例如鈾同位素，不論鈾二三五、鈾二三八、鈾二三九，質子數量都是九十二，但是中子數量，鈾二三五是一百四十三個，鈾二三八是一百四十六個，鈾二三九有一百四十七個。

**同性戀**（ㄊㄨㄥˊ ㄒㄧㄥˋ ㄌㄧㄢˋ） 同性別的人之間的戀愛。

**同音字**（ㄊㄨㄥˊ ㄧㄣ ㄗˋ） 讀音相同的字。如同、桐、銅、童、瞳都念ㄊㄨㄥˊ，叫做同音字。

**同音詞**（ㄊㄨㄥˊ ㄧㄣ ㄘˊ） 讀音相同的詞。如十時、時時、食時、拾石都念ㄕˊ ㄕˊ，復元、復原、復員、復圓都念ㄈㄨˋ ㄩㄢˊ，叫做同音詞。

**同動詞**（ㄊㄨㄥˊ ㄉㄨㄥˋ ㄘˊ） 文法名詞。在語句中的性質和動詞相同，但是不表示動作或情狀的詞。如有、是、像等。

**同溫層**（ㄊㄨㄥˊ ㄨㄣ ㄘㄥˊ） 氣象學上指大氣層中位於對流層之上，臭氧層之下的一層，屬於廣義平流層的下層。其層底距地表高度，極圈上空約自八公里起，赤道上空約自十八公里起，夏高冬低。層內溫度保持恒定低溫，無風雨，無溼度，陽光強烈，觀察日月星球極為清晰。

**同盟國**（ㄊㄨㄥˊ ㄇㄥˊ ㄍㄨㄛˊ） ①互相結盟或參加同一盟約的國家。②第一次世界大戰，德、奧、意三國的結盟。③第二次世界大戰，參加對德、日、意軸心國作戰的中、美、英、法、蘇等國。

**同盟會**（ㄊㄨㄥˊ ㄇㄥˊ ㄏㄨㄟˋ） 一九〇五年成立於日本東京 孫中山先生繼興中會之後，的革命組織。原名中國革命同盟會，簡稱中國同盟會或同盟會。

**同義詞**（ㄊㄨㄥˊ ㄧˋ ㄘˊ） ①意義相同或相近的詞。如恐懼和害怕兩詞的意思一樣，叫做同義詞。②同「同義語」（同意語）。比喻人事物之間有共通或相似的本質或特性的詞，用來表示兩者簡直一樣。如「義和團是愚勇的同義詞」。

**同路人**（ㄊㄨㄥˊ ㄌㄨˋ ㄖㄣˊ） ①一路同行的人。②因理念或主張相同而同路走的人。

**同學錄**（ㄊㄨㄥˊ ㄒㄩㄝˊ ㄌㄨˋ） 印上同學的姓名、籍貫、年齡、住址的冊子。

**同工同酬**（ㄊㄨㄥˊ ㄍㄨㄥ ㄊㄨㄥˊ ㄔㄡˊ） 無論性別、族群，凡是做相同的工作，就能得一樣的報酬。如「同工同酬，待遇公平」。

**同工異曲**（ㄊㄨㄥˊ ㄍㄨㄥ ㄧˋ ㄑㄩˇ） 比喻文章雖不同而工力相當。也比喻事雖異而旨趣相同。也作「異曲同工」。

**同仇敵愾**（ㄊㄨㄥˊ ㄔㄡˊ ㄉㄧˊ ㄎㄞˋ） 図大家一致痛恨敵人，抵抗敵人。如「同仇敵愾，萬眾一心」。

**同化作用**（ㄊㄨㄥˊ ㄏㄨㄚˋ ㄗㄨㄛˋ ㄩㄥˋ） 生化名詞。物質在新陳代謝中，把原料物質（無生命物質）轉變成複雜的化合物（有生命的原生質）。

**同化政策**（ㄊㄨㄥˊ ㄏㄨㄚˋ ㄓㄥˋ ㄘㄜˋ） 統治者消除被統治者的民族文化特性，使它融合於統治者民族文化特性的政策。

**同心同德**（ㄊㄨㄥˊ ㄒㄧㄣ ㄊㄨㄥˊ ㄉㄜˊ） 也作「同心一德」。大家的思想和行動完全一致。如「同心同德，戮力以赴」。

**同文同軌**（ㄊㄨㄥˊ ㄨㄣˊ ㄊㄨㄥˊ ㄍㄨㄟˇ） 図也作「同文同規」。文字和法制都相同，比喻國家統一。

**同日而語**（ㄊㄨㄥˊ ㄖˋ ㄦˊ ㄩˇ） 図也作「同年而語」「同年而校（ㄐㄧㄠˋ）」

「相提並論」。不同的事作相同的看待（多用於否定）。如「不能同日而語」。

**同甘共苦** ㄊㄨㄥˊ ㄍㄢ ㄍㄨㄥˋ ㄎㄨˇ 共同享受幸福，共同擔當艱苦。如「同甘共苦，克服難關」。

**同生共死** ㄊㄨㄥˊ ㄕㄥ ㄍㄨㄥˋ ㄙˇ 大家生死與共。比喻情誼極深。

**同休共戚** ㄊㄨㄥˊ ㄒㄧㄡ ㄍㄨㄥˋ ㄑㄧ 図也作「休戚相共」。同歡樂共憂患。表示關係密切，利害一致。如「同休共戚，度過難關」。

**同舟共濟** ㄊㄨㄥˊ ㄓㄡ ㄍㄨㄥˋ ㄐㄧˋ 比喻同心協力，共同度過困難。

**同步衛星** ㄊㄨㄥˊ ㄅㄨˋ ㄨㄟˋ ㄒㄧㄥ 人造衛星在太空中環繞地球運行的速率、角度，和地球自轉的速率、角度完全一樣，從地面看去是不動的，稱為同步衛星。可以用來傳播電訊。

**同床各夢** ㄊㄨㄥˊ ㄔㄨㄤˊ ㄍㄜˋ ㄇㄥˋ 表面上相合，而心意各異。也作「同床異夢」。

**同室操戈** ㄊㄨㄥˊ ㄕˋ ㄘㄠ ㄍㄜ 兄弟不和，互相爭執。也泛指內訌。

**同流合汙** ㄊㄨㄥˊ ㄌㄧㄡˊ ㄏㄜˊ ㄨ 跟著壞人一起做壞事。

**同病相憐** ㄊㄨㄥˊ ㄅㄧㄥˋ ㄒㄧㄤ ㄌㄧㄢˊ 遭受同樣的困苦，互相同情。

**同袍同澤** ㄊㄨㄥˊ ㄆㄠˊ ㄊㄨㄥˊ ㄗㄜˊ 図袍是外衣。澤通襗，是內衣。同袍同澤，比喻穿同樣衣服。後來軍人互稱為袍澤，意思是同袍同澤，表示患難相共。

**同衾共枕** ㄊㄨㄥˊ ㄑㄧㄣ ㄍㄨㄥˋ ㄓㄣˇ 也作「同床共枕」。蓋同一條被子，睡並排的枕頭。比喻夫妻親密。

**同等學力** ㄊㄨㄥˊ ㄉㄥˇ ㄒㄩㄝˊ ㄌㄧˋ 例如只讀完高二，沒有高中畢業證書而自行修滿高三學業的學生，可用高二的成績單和修業證明書，報考大學，這叫「同等學力」。餘類推。

**同惡相濟** ㄊㄨㄥˊ ㄜˋ ㄒㄧㄤ ㄐㄧˋ 図也作「同惡共濟」。惡人互相幫助。

**同業公會** ㄊㄨㄥˊ ㄧㄝˋ ㄍㄨㄥ ㄏㄨㄟˋ 在同一地域經營相同行業的人，為了維護同業的權益並增進同業的交流而設立的團體。

**同業相仇** ㄊㄨㄥˊ ㄧㄝˋ ㄒㄧㄤ ㄔㄡˊ 即「同行是冤家」。同行業的人往往因為利益衝突而不能和睦相處。

**同聲相應，同氣相求** ㄊㄨㄥˊ ㄕㄥ ㄒㄧㄤ ㄧㄥˋ，ㄊㄨㄥˊ ㄑㄧˋ ㄒㄧㄤ ㄑㄧㄡˊ 志趣相投或氣質相類的人互相應和，互相吸引。如「革命黨人同聲相應，同氣相求」。

**同歸於盡** ㄊㄨㄥˊ ㄍㄨㄟ ㄩˊ ㄐㄧㄣˋ 一同毀滅或死亡。如「和敵人同歸於盡」。

## 吏

ㄌㄧˋ 官員。

**吏部** ㄌㄧˋ ㄅㄨˋ 舊時中央政府官署名，六部之一。六部是：吏、戶、禮、兵、刑、工。

## 各

▲ㄍㄜˋ 每。如「各種」。▲ㄍㄜˇ 自己。

**各人** ▲ㄍㄜˋ ㄖㄣˊ 每人。▲ㄍㄜˇ ㄖㄣˊ 自己。如「這是你各人的事」。

**各自** ▲ㄍㄜˋ ㄗˋ 每人自己。▲ㄍㄜˇ ㄗˋ ①自己。②孤僻。如「這個人脾氣很各自」。

**各色** ㄍㄜˋ ㄙㄜˋ 各樣。

**各位** ㄍㄜˋ ㄨㄟˋ 諸位。

**各別** ㄍㄜˋ ㄅㄧㄝˊ 分開；不同的。如「各別教學」。也作「個別」。

**各款** ㄍㄜˋ ㄎㄨㄢˇ ①各條。②各種款項。

**各路** ㄍㄜˋ ㄌㄨˋ ①各地。②各種。③各等。

**各項** ㄍㄜˋ ㄒㄧㄤˋ 各條，各種。

**各種** ㄍㄜˋ ㄓㄨㄥˇ 每種。

**各類** 每類。

**各行(兒)** 各種行業。

**各處(兒)** 各地。

**各樣(兒)** 每樣。

**各不相謀** 彼此不相參預。

**各有千秋** 各有優點、特色、價值，不相上下。如「兩者不分軒輊，各有千秋」。

**各自為政** 各人按自己的意思、規律辦事，不相聞問。如「互不協同，各自為政」。

**各行其是** ①各人照著自己認為對的去做。②意見不一致。

**各抒己見** 各人說出自己的見解。

**各取所需** 各人選取自己所需要的。

**各個擊破** 一種戰略，不等對方兵力集結，就一個個地把它打敗。

**各得其所** 人或事物都分別得到適合的安置。如「人人各得其所，社會安定」。

**各盡所能** 各人盡力做自己的事。如「大家各盡所能，社會必定繁榮」。

**各式各樣(兒)** 各種。

**合** ▲ㄏㄜˊ ㈠閉，「開」的反面。如「合上眼睡吧」。㈡聚，會。如「集合」。㈢全。如「合家歡」。㈣適當。如「合道理」。㈤比對。如「若合符節」。㈥環繞。如「合圍」「合抱」。㈦配。如「合婚」。㈧遇合。如「落落寡合」。㈨應當。如「理合呈請備案」。㈩折算。如「一公里合兩華里」。⑾性交。如「交合」。⑿同「盒」。

▲ㄍㄜˇ 量名，升的十分之一。

**合力** ①協力。②物理學名詞。一個力的作用和幾個力的同時作用，如果效果一樣，那麼這一個力就是那幾個力的合力。

**合十** 拜佛時兩手十指合攏行禮。也作「合掌」。

**合口** ①合口味，可口。②交會或相合的地方。③異口同聲。

**合用** ①適合於使用，適用。②共同使用，一起用。

**合伙** 同「合夥」。①伙食合在一起，共同分擔伙食費，一起吃飯。②合資做生意。

**合同** 同字輕讀。雙方各存同樣一份為憑據的契約。

**合式** 適合。

**合成** 幾種原子或化合物集合而成為一個分子量較大的化合物，叫合成。

**合作** 在同一目的之下作共同的努力。

**合身** 指衣服的大小適合身材。

**合併** 事物由分散聚合為一體。

**合宜** 合適，恰當。

**合抱** 雙臂合成圓圈的大小叫合抱。

**合板** 把數層薄板用膠黏合的木板。三夾板或五夾板。又叫夾板。

**合法** 合於法律的規定。

**合金** 兩種以上的金屬融合而成的金屬品。

**合奏** 幾種樂器同時和諧地演奏。

**合巹** ㄏㄜˊ ㄐㄧㄣˇ 図古代婚禮的一種儀式。把一瓠剖成兩瓢，叫做巹。新婚夫婦各執一瓢，斟酒對飲，稱為合巹。俗稱喝交杯酒。

**合度** ㄏㄜˊ ㄉㄨˋ 合於尺度或法度。適宜，得體。

**合流** ㄏㄜˊ ㄌㄧㄡˊ ①多支水流匯合。②不同流派融合為一。③不同的思想、行動趨向一致。

**合約** ㄏㄜˊ ㄩㄝ ①訂立盟約。②即「合同」。

**合計** ▲ㄏㄜˊ ㄐㄧˋ ①一起計算，總計。②共同商量，合謀。▲ㄏㄜˊ ·ㄐㄧ 考慮，盤算。如「這件事要再合計合計」。

**合音** ㄏㄜˊ ㄧㄣ ①物理學名詞。兩音在同一空間位置振動而相互融合產生的音。②合兩字的音急讀而成一字音的。參看「合音字」①。

**合家** ㄏㄜˊ ㄐㄧㄚ 全家。

**合時** ㄏㄜˊ ㄕˊ 適合時宜。

**合格** ㄏㄜˊ ㄍㄜˊ 合於規定的資格或標準。

**合唱** ㄏㄜˊ ㄔㄤˋ 將許多人分為幾部，同時歌唱各不相同的旋律，有二部合唱、四部合唱、六部合唱等。

**合婚** ㄏㄜˊ ㄏㄨㄣ 舊俗，訂婚之前，男女兩方交換庚帖，請人合卜，叫合婚。

**合理** ㄏㄜˊ ㄌㄧˇ 合乎道理。

**合圍** ㄏㄜˊ ㄨㄟˊ ①四面包圍。②合抱。

**合意** ㄏㄜˊ ㄧˋ ①稱心如意。②當事人雙方意見一致。

**合會** ㄏㄜˊ ㄏㄨㄟˋ 民間的小規模儲蓄互助組織。閩南話叫「會仔」。由倡議人當會首（會頭），參加者（會腳）按期交會款。頭期款免息歸會首，以後輪流由競標利息最高的得款。已得標的（死會）每期繳還的會款應包括先前所標利息；未得標的（活會）應交會款扣減利息。萬一已得標的未按期繳還會款，就由會首對活會會員負賠償責任。

**合照** ㄏㄜˊ ㄓㄠˋ ①合在一起拍照。②合在一起拍攝的照片。

**合群** ㄏㄜˊ ㄑㄩㄣˊ 結成團體，互相幫助。

**合資** ㄏㄜˊ ㄗ 共同拿出資金。如「兩人合資開了一家商店」。

**合夥** ㄏㄜˊ ㄏㄨㄛˇ 兩人以上出資經營事業。也叫「合股（兒）」。

**合演** ㄏㄜˊ ㄧㄢˇ 同臺表演，共同表演。

**合算** ㄏㄜˊ ㄙㄨㄢˋ 有利，不吃虧。也說「划算」。

**合影** ㄏㄜˊ ㄧㄥˇ 兩人或更多的人合在一塊兒拍的照片。

**合適** ㄏㄜˊ ㄕˋ 適合。

**合謀** ㄏㄜˊ ㄇㄡˊ 共同策劃（進行某種活動）。

**合辦** ㄏㄜˊ ㄅㄢˋ 共同辦某項事業。

**合龍** ㄏㄜˊ ㄌㄨㄥˊ 把河隄的決口堵塞成功時，稱之。

**合營** ㄏㄜˊ ㄧㄥˊ 共同經營。

**合璧** ㄏㄜˊ ㄅㄧˋ 図①兩個半璧相合成一璧。②把兩者的精華互為對比參照。如「英華合璧」。③把兩種不同的形式或特點融合成一物。如「中西合璧」。

**合韻** ㄏㄜˊ ㄩㄣˋ ①相同的韻律。②叶韻。③即合元音。參看「合元音」。

**合題** ㄏㄜˊ ㄊㄧˊ 文章的寫作切合題意。

**合歡** ㄏㄜˊ ㄏㄨㄢ ①相聚而歡樂。②豆科植物，落葉喬木。高六到九公尺，葉互生，廣披針形，夏季在梢頭開纖形花，莢果大而扁平。木材堅硬，可作木器。

**合股(兒)** ㄏㄜˊ ㄍㄨˇ ㄦ 幾個人合資（經營工商業）。

**合口呼** ㄏㄜˊ ㄎㄡˇ ㄏㄨ 聲韻學名詞。介音或主要元音有「ㄨ」韻母的。如ㄨㄚ、ㄨㄛ、ㄨㄞ、ㄨㄟ、ㄨㄢ、ㄨㄣ、ㄨㄤ、ㄨㄥ等。

**合不來** ㄏㄜˊ ㄅㄨˋ ㄌㄞˊ 性情或志趣不相合，難以相處。

**合元音** ㄏㄜˊ ㄩㄢˊ ㄧㄣ 見「升元音」。

**合成詞** ㄏㄜˊ ㄔㄥˊ ㄘˊ 語言學名詞。由兩個或兩個以上的詞素（構成詞的最小意義單位）構成而代表一個意義的詞。也就是合成的複音詞。又叫複合詞，或簡稱複詞。特性是具有特定意義，而且組織結構極為緊密。雖然可以把組成分子分析（還原成詞素），卻不能拆開來插進其他的詞素。依組合關係的不同，可以分為兩大類：由於意義關係而合成的，叫「合義複詞」。如朋友、來往、火車、進步、信封等。由於聲音關係而衍生的，叫「衍聲複詞」。如彷彿（雙聲）、逍遙（疊韻）、爸爸（疊字）、老鼠（帶詞頭）、桌子（帶詞尾）等。

**合作社** ㄏㄜˊ ㄗㄨㄛˋ ㄕㄜˋ 在互助合作基礎上，為謀取共同利益而組成的經濟經營組織。分消費合作社、生產合作社、信用合作社等。

**合胃口** ㄏㄜˊ ㄨㄟˋ ㄎㄡˇ ①適合個人的飲食喜好。②適合個人的興趣、需要。

**合訂本** ㄏㄜˊ ㄉㄧㄥˋ ㄅㄣˇ 把每月、每季或每年的報紙或雜誌彙集合訂成一本的。

**合音字** ㄏㄜˊ ㄧㄣ ㄗˋ ①把兩字的音合起來急讀而成一字音的。傳統語言學稱為「急聲」。如不可為「叵」，之乎（之於）為「諸」，何不為「盍」，大概為「蓋」，不用為「甭」。②指拼音文字。

**合家歡** ㄏㄜˊ ㄐㄧㄚ ㄏㄨㄢ ①指除夕的團圓飯。②全家人的合照。也叫全家福。

**合時宜** ㄏㄜˊ ㄕˊ ㄧˊ ①適合當時的需要。②適合時代潮流。③適時；正是時候。

**合理化** ㄏㄜˊ ㄌㄧˇ ㄏㄨㄚˋ 作事有計畫有條理，合科學原則。

**合眾國** ㄏㄜˊ ㄓㄨㄥˋ ㄍㄨㄛˊ 州、邦互相結合，在同一主權下成立聯邦國家。美國、瑞士都是這種性質。

**合轍兒** ㄏㄜˊ ㄓㄜˊ ㄦ ①慢慢成了習慣。如「初來很不便，過幾天就合轍兒了」。②恢復常軌。如「病剛剛好，還沒合轍兒哪」。③戲曲把韻調相合叫合轍兒。

**合議制** ㄏㄜˊ ㄧˋ ㄓˋ 由多數人合議對掌管的職務做決定的制度。對獨裁或獨任制而言。

**合議庭** ㄏㄜˊ ㄧˋ ㄊㄧㄥˊ 法院審理訴訟案件，由三名以上法官共同審理的審判庭。

**合體字** ㄏㄜˊ ㄊㄧˇ ㄗˋ 由兩個以上的獨體字合成的國字。如「解」字由角、刀、牛三個獨體字結合而成，稱為合體字。

**合成纖維** ㄏㄜˊ ㄔㄥˊ ㄒㄧㄢ ㄨㄟˊ 以有機化合物（如煤、石油、天然氣、乙炔等）為原料聚合而成的人造纖維。如尼龍、開司米龍、華隆等。強度高而耐磨，可以製成紡織物或繩索等。

**合從連衡** ㄏㄜˊ ㄗㄨㄥˋ ㄌㄧㄢˊ ㄏㄥˊ 也作「合縱連橫」。戰國時代蘇秦遊說六國聯合抗秦，因秦在西方，而六國分處南北，所以叫合從（從通縱）。張儀卻遊說六國共同事秦，因而叫連衡（衡通橫）。後人用來比喻因利害關係而聯合。

**合情合理** ㄏㄜˊ ㄑㄧㄥˊ ㄏㄜˊ ㄌㄧˇ 合於情理。既合於人情，又合於道理。如「這樣做完全合情合理」。

**合義複詞** ㄏㄜˊ ㄧˋ ㄈㄨˋ ㄘˊ 由於意義關係而合成的複詞，和「衍聲複詞」

並稱為複詞兩大類。參看「合成詞」。

**合轍押韻** (ㄏㄜˊ ㄓㄜˊ ㄧㄚ ㄩㄣˋ) 韻調相叶和。

**合瓣花冠** (ㄏㄜˊ ㄅㄢˋ ㄏㄨㄚ ㄍㄨㄢ) 植物學名詞。花瓣底部相合成為一個花冠的。如牽牛花等。

## 后

ㄏㄡˋ ㈠君主。〈書經〉有「徯我后，后來其蘇」。㈡天子的妻。㈢通「後」。㈣姓。

**后土** (ㄏㄡˋ ㄊㄨˇ) 地神。

**后妃** (ㄏㄡˋ ㄈㄟ) 「皇后」和「妃子」。

**后冠** (ㄏㄡˋ ㄍㄨㄢ) 皇后的冠冕。現在用來比喻女性項目競賽的第一名。如「榮獲后冠」。

**后座** (ㄏㄡˋ ㄗㄨㄛˋ) 皇后的寶座。比喻女性項目競賽第一名。如「榮登后座」。

## 吉

ㄐㄧˊ ㈠美好。如「吉人天相」。㈡有利。如「趨吉避凶」。㈢姓。

**吉凶** (ㄐㄧˊ ㄒㄩㄥ) ①禍福；際遇的好壞。②喜慶和喪事。

**吉日** (ㄐㄧˊ ㄖˋ) 好日子。

**吉他** (ㄐㄧˊ ㄊㄚ) guitar 的音譯，是一種西洋樂器。

**吉地** (ㄐㄧˊ ㄉㄧˋ) 吉祥的福地。

**吉宅** (ㄐㄧˊ ㄓㄞˊ) 吉祥的房子；平安的好住家。也作「吉房」「吉屋」。

**吉兆** (ㄐㄧˊ ㄓㄠˋ) 好預兆。

**吉羊** (ㄐㄧˊ ㄧㄤˊ) 「羊」是「祥」的古字。吉羊就是吉祥。

**吉利** (ㄐㄧˊ ㄌㄧˋ) 吉祥順利。

**吉貝** (ㄐㄧˊ ㄅㄟˋ) 木棉。

**吉房** (ㄐㄧˊ ㄈㄤˊ) 居住吉利的房舍，是租售房屋時的廣告用語。

**吉席** (ㄐㄧˊ ㄒㄧˊ) 用文字賀人婚禮，上款提稱用語。如「某某仁兄吉席」。

**吉祥** (ㄐㄧˊ ㄒㄧㄤˊ) 吉利祥瑞。

**吉期** (ㄐㄧˊ ㄑㄧˊ) 指婚嫁的日子。

**吉慶** (ㄐㄧˊ ㄑㄧㄥˋ) 可喜可賀的好現象。

**吉卜賽** (ㄐㄧˊ ㄅㄨˇ ㄙㄞˋ) [音]英文 Gypsy 的音譯。一種流浪民族。原居印度西北，十世紀以後向外遷移，流浪在西亞、北非、歐洲、美洲等地。大都以箱形馬車為家，四處漂泊，以占卜、歌舞為業。

**吉祥物** (ㄐㄧˊ ㄒㄧㄤˊ ㄨˋ) ①大型運動會或國際錦標賽中象徵吉祥的標記。多為具有主辦國家或主辦地區代表性的動植物。②象徵吉祥的東西。

**吉普車** (ㄐㄧˊ ㄆㄨˇ ㄔㄜ) 一種輕便堅固的小型軍車。英文 jeep 的音譯，取 general purpose 兩字的開頭字母。

**吉人天相** (ㄐㄧˊ ㄖㄣˊ ㄊㄧㄢ ㄒㄧㄤˋ) 天保佑好人。比喻可脫離危險。

**吉光片羽** (ㄐㄧˊ ㄍㄨㄤ ㄆㄧㄢˋ ㄩˇ) 比喻稀有的藝術珍品。

## 吓

ㄒㄧㄚˋ 同「嚇」。

## 向

ㄒㄧㄤˋ ㈠對著，朝著。如「相向」「向西」「向上」。㈡心志所趨。如「志向」「民心向背」。㈢方向。如「暈頭轉向」。㈣偏袒。如「爸爸總向著小弟」。㈤從來。如「向來」「一向」。㈥[文]臨近。如「向晚」「向曉」。㈦[文]從前。如「向者」「向日」。㈧姓。

**向下** (ㄒㄧㄤˋ ㄒㄧㄚˋ) ①向下面，朝下。②接下去，往後面。表示動作的繼續。如「再向下說」。

**向上** (ㄒㄧㄤˋ ㄕㄤˋ) ①上進。②朝上。

**向午** (ㄒㄧㄤˋ ㄨˇ) 快到中午，近午。

**向日** (ㄒㄧㄤˋ ㄖˋ) 往日。

**向火** ㄒㄧㄤˋ ㄏㄨㄛˇ ①近火取暖。②比喻趨炎附勢。

**向來** ㄒㄧㄤˋ ㄌㄞˊ 素來，從來。

**向例** ㄒㄧㄤˋ ㄌㄧˋ 已往的例子。

**向往** ㄒㄧㄤˋ ㄨㄤˇ 羨慕而神往。也作「嚮往」。

**向者** ㄒㄧㄤˋ ㄓㄜˇ 図①剛才。②從前。

**向後** ㄒㄧㄤˋ ㄏㄡˋ ①朝後。②以後。

**向背** ㄒㄧㄤˋ ㄅㄟˋ 図民心的傾向或反對。

**向風** ㄒㄧㄤˋ ㄈㄥ ①迎風，臨風。②図仰慕其人的品德學問。

**向時** ㄒㄧㄤˋ ㄕˊ 図從前，往日，往昔。

**向晚** ㄒㄧㄤˋ ㄨㄢˇ 傍晚。

**向善** ㄒㄧㄤˋ ㄕㄢˋ 從善，往好的方面去做。

**向著** ㄒㄧㄤˋ ㄓㄜ˙ ①對著。②偏袒著。

**向陽** ㄒㄧㄤˋ ㄧㄤˊ 正對陽光，光線充足。如「這間屋子向陽，所以暖和」。

**向隅** ㄒㄧㄤˋ ㄩˊ 図面向屋裡的角落。比喻孤獨失意或不得機遇而失望。

**向榮** ㄒㄧㄤˋ ㄖㄨㄥˊ ①植物滋長繁茂。②比喻事業發達，氣象旺盛。如「欣欣向榮」。

**向慕** ㄒㄧㄤˋ ㄇㄨˋ 図向往仰慕。

**向學** ㄒㄧㄤˋ ㄒㄩㄝˊ 立志求學。

**向導** ㄒㄧㄤˋ ㄉㄠˇ 或作「嚮導」，帶路的人。

**向曉** ㄒㄧㄤˋ ㄒㄧㄠˇ 拂曉，黎明，天快亮的時候。也作「向晨」「向曙」。

**向心力** ㄒㄧㄤˋ ㄒㄧㄣ ㄌㄧˋ 物理學名詞，從前譯作「求心力」。質點在圓周運動時候，因為慣性作用，常有按切線方向飛去的趨勢，所以非有吸引使它向中心去的引力不可。這種引力叫「向心力」。

**向日性** ㄒㄧㄤˋ ㄖˋ ㄒㄧㄥˋ 植物枝葉向日照方向成長的特性。也叫「向光性」。

**向日葵** ㄒㄧㄤˋ ㄖˋ ㄎㄨㄟˊ又叫葵花、朝陽花。一年生草本植物。莖高，葉卵形，夏天開黃色大花，為圓盤狀頭狀花序。花常朝向陽光，因而叫向日葵。種子叫葵花子，可以食用，也可以榨油。

**向水性** ㄒㄧㄤˋ ㄕㄨㄟˇ ㄒㄧㄥˋ 植物的根端朝有水分的地方伸展彎曲的特性。也叫「向溼性」。

**向光性** ㄒㄧㄤˋ ㄍㄨㄤ ㄒㄧㄥˋ 植物的莖枝朝向光源生長的特性。也作「向日性」。

**向地性** ㄒㄧㄤˋ ㄉㄧˋ ㄒㄧㄥˋ 植物的根向地下生長深入的特性。

**向風針** ㄒㄧㄤˋ ㄈㄥ ㄓㄣ 表示風向的儀器。又名風信器。

**向壁虛構** ㄒㄧㄤˋ ㄅㄧˋ ㄒㄩ ㄍㄡˋ 図向也作「鄉（ㄒㄧㄤˋ）」。西漢魯恭王敲壞孔子故居牆壁，得到〈禮記〉〈尚書〉〈春秋〉〈論語〉〈孝經〉等書，而世人卻不信壁中書為古文，認為是好奇者為了要篡改正文而憑空造假。

**吁** ㄒㄩ ㈠歎息。如「長吁短歎」。㈡吁吁，喘氣的樣子。如「氣吁吁地」。

**吁嗟** ㄒㄩ ㄐㄧㄝ 図歎氣的辭。

**吒** ㄓㄚˋ 同「咤」。

**吃（喫）** ▲ㄔ ㈠食、飲。如「吃飯」「吃茶」。㈡受到。如「吃驚」「吃了虧」。㈢支撐。如「吃不消」。㈣耗費。如「吃力」。㈤食物。如「有吃有穿」。㈥吸入。如「吃煙」。㈦容易被屈服。如「吃硬不吃軟」。㈧下棋、玩牌時取得對方的棋子或牌張，賭博時候贏了對方的錢，都叫「吃」。㈨船體入水的深度。如「吃水」。(十)倚靠著生活。如「一家九口就吃他一個人」。(十一)貪贓。如「他吃了多少民脂民膏」。(十二)吞沒。如「放在他那兒的錢全被他吃了」。

▲ㄐㄧˊ見「口吃」。

**吃人** ㄔ ㄖㄣˊ　騙人來圖利。

**吃力** ㄔ ㄌㄧˋ　用力，費力。

**吃水** ㄔ ㄕㄨㄟˇ　①船身入水的深度。②能吸取水分。如「這塊地不吃水」。③喝水。

**吃本** ㄔ ㄅㄣˇ　賠了本錢。也說「折（ㄕㄜˊ）本」。

**吃苦** ㄔ ㄎㄨˇ　耐苦，受苦。如「他能吃苦」。

**吃重** ㄔ ㄓㄨㄥˋ　①很費力氣。本事、能力或學識不夠做那一件事。如「這一件事很吃重，我做不來」。②責任很重，事情很艱巨。如「這事兒他做起來很吃重」。

**吃香** ㄔ ㄒㄧㄤ　到處受人歡迎。

**吃素** ㄔ ㄙㄨˋ　素食，不吃葷。

**吃茶** ㄔ ㄔㄚˊ　喝茶。

**吃飯** ㄔ ㄈㄢˋ　①進餐。②維持生活。如「不能一天到晚跟你胡逛，我有一家子要吃飯呢」。

**吃緊** ㄔ ㄐㄧㄣˇ　緊張，急切。

**吃醋** ㄔ ㄘㄨˋ　比喻妒忌。

**吃錢** ㄔ ㄑㄧㄢˊ　受賄。

**吃虧** ㄔ ㄎㄨㄟ　①受損失或遭汙辱。②可惜。如「這個機會很不錯，吃虧他不在這裡」。

**吃齋** ㄔ ㄓㄞ　同「吃素」。

**吃癟** ㄔ ㄅㄧㄝˇ　受了挫折，不得不認輸。如「連你都吃癟，我們就更沒轍了」。

**吃驚** ㄔ ㄐㄧㄥ　嚇一跳。

**吃不上** ㄔ ˙ㄅㄨ ㄕㄤˋ　沒得吃，吃不到。如「快去，去晚了就吃不上飯了」。

**吃不住** ㄔ ˙ㄅㄨ ㄓㄨˋ　①承受不起，忍受不了，抵擋不住。如「風太大，支柱太細，吃不住」。②駕馭不了，罩不住。「部屬個個都是老油條，他當主管只怕吃不住」。

**吃不來** ㄔ ˙ㄅㄨ ㄌㄞˊ　吃不慣，不喜歡吃。如「太辣的菜我吃不來」。

**吃不消** ㄔ ˙ㄅㄨ ㄒㄧㄠ　受不了。

**吃不開** ㄔ ˙ㄅㄨ ㄎㄞ　行不通，不受歡迎。如「他新來乍到，吃不開」。

**吃老本** ㄔ ㄌㄠˇ ㄅㄣˇ　比喻依靠原有的資歷、技能或年金過日子。如「他退休以後就吃老本過日子了」。

**吃豆腐** ㄔ ㄉㄡˋ ㄈㄨˇ　腐字輕讀。戲謔別人，佔人家便宜，使人難堪。特別指調戲女人。

**吃味兒** ㄔ ㄨㄟˋ ㄦ　吃醋，嫉妒。如「看別人得獎，不要吃味兒」。

**吃官司** ㄔ ㄍㄨㄢ ㄙ　司字輕讀。涉入訴訟。

**吃倒帳** ㄔ ㄉㄠˇ ㄓㄤˋ　被人賒欠的帳款收不回來。如「店裡連連吃倒帳，經營越來越困難」。

**吃得來** ㄔ ㄉㄜˊ ㄌㄞˊ　可以吃，能適應某種食物。如「越南菜我吃得來」。

**吃得開** ㄔ ㄉㄜˊ ㄎㄞ　行得通，人緣好，受歡迎。如「他在公司很吃得開」。

**吃寡酒** ㄔ ㄍㄨㄚˇ ㄐㄧㄡˇ　只有酒沒有菜或沒有人陪。如「沒有菜叫我喝，這不叫我吃寡酒嗎。」

**吃講茶** ㄔ ㄐㄧㄤˇ ㄔㄚˊ　上海話，在茶館或酒店，雙方爭論是非，請人評理。

**吃啞巴虧** ㄔ ㄧㄚˇ ˙ㄅㄚ ㄎㄨㄟ　吃了虧不敢聲張或無處申訴。

**吃現成的** 坐享其成。不費力氣就可以享受別人辛勞的成果。

**吃眼前虧** 只是當時吃虧。如「好漢不吃眼前虧」。

**吃裡爬外** 把自己這一方面的內情，暗中告訴別人或敵人。

**吃飯防噎** 俗諺，比喻做事要審慎的意思。

**吃人家嘴軟** 比喻得到別人好處，就不能秉公辦事。和「拿人家手短」相配對。

**吃力不討好** 費力氣做事卻得不到好的回報或好結果。

**吃角子老虎** 一種電動玩具。投入硬幣就開始遊戲，贏了有獎金。因為總是輸多贏少，電動玩具簡直成了吃角子（硬幣）的老虎了。

**吃軟不吃硬** 好好地跟他說他肯聽；用強硬高壓的辦法對付他，他絕不肯屈服。

**吃不了兜著走** 也說「吃不完兜著走」。比喻擔待不起或吃不消，受不了。

**吋** ㄘㄨㄣˋ（inch）英美長度單位，一般說「英寸」。一吋為十二分之一英尺，合二十五點四公釐。

**叽** ㄟˇ 感歎詞，表否定。

**吆** 一ㄠ 大聲叫喊。

**吆喝** 喝字輕讀。①喊叫。②街上小販的叫賣聲。

## 四筆

**吧** ▲ㄅㄚ ㈠形容聲音的字。如「吧兒吧兒」。㈡嘴開合的動作。如「吧嗒嘴兒」。㈢〔文〕吧吧，多話的樣子。

▲˙ㄅㄚ 語末助詞，表示商量、請求或指使的語氣。

**吧唧** 唧字輕讀。用嘴作出響聲。

**吧兒吧兒** 形容言語清脆動聽的聲音。

**吧答嘴兒** 吃東西時候嘴脣開合的聲音。也用作描述垂涎羨慕的意思。

**否** ▲ㄈㄡˇ ㈠不然的意思。如「是否」「可否」。㈡〔文〕表疑問的助詞，同「嗎」「麼」。如「汝知之否」。

▲ㄆ一ˇ ㈠易經卦名。㈡〔文〕惡（ㄜˋ）的，不好的。如「人事之臧否」。「臧」是好的。

**否決** 對某一件事作否認的議決。

**否定** 邏輯學名詞，與「肯定」相對：①否認某一判斷或命題。②含有「不」「非」等否定意義詞語的命題或語句。③兩個命題之間不能同樣是真或假，則彼此「互為否定」。

**否則** 不然。

**否泰** 〔文〕〈易經〉的兩個卦名。天地交，萬物通，謂之泰；不交而閉塞，謂之否。後來借以比喻世事命運的盛衰順逆。

**否認** 不承認。

**否決權** 政治學名詞。①行政機關否決立法機關決議的權力。如行政機關對立法機關決議認為窒礙難行，可移請立法機關覆議，這就是否決權。②聯合國安全理事會的決議，必須常任理事國一致同意。如有任何一常任理事國反對，就可以否決法案。這種反對就稱否決權。

**否定句** ㄈㄡˇ ㄉㄧㄥˋ ㄐㄩˋ 文法名詞。表示否定的判斷句。如「他不是壞人」。

**否定命題** ㄈㄡˇ ㄉㄧㄥˋ ㄇㄧㄥˋ ㄊㄧˊ 理則學名詞。這裡所謂命題，是用言辭語句表示判斷（肯定或否定）的意思。命題包括主詞、繫詞、賓詞三部分。如「樹是植物」，樹為主詞，是為繫詞，植物為賓詞。就主詞和賓詞的關係來說，有肯定和否定的分別。上例就是肯定命題，而如「人非木石」，就是否定命題。

**否極泰來** ㄆㄧˇ ㄐㄧˊ ㄊㄞˋ ㄌㄞˊ 図惡運到了極點就會轉為好運。參看「否泰」。

## 吠

ㄈㄟˋ 狗叫。

**吠日** ㄈㄟˋ ㄖˋ 図「蜀犬吠日」，比喻少見多怪。

**吠形吠聲** ㄈㄟˋ ㄒㄧㄥˊ ㄈㄟˋ ㄕㄥ 也作「吠影吠聲」。古諺「一犬吠形，百犬吠聲」，比喻世人好信傳說。

## 吩

ㄈㄣ 見「吩咐」。

**吩咐** ㄈㄣ ㄈㄨˋ 口頭指派或命令（多用於上對下）。

## 吞

ㄊㄨㄣ ㈠嚥下去。如「把藥片吞下去」。㈡由「嚥」引伸，兼并叫「并吞」，侵佔叫「侵吞」。

**吞吐** ㄊㄨㄣ ㄊㄨˇ ①吃進去與吐出來，形容港口的商船與貨物的進出。②呼氣與吸氣，形容文章的氣勢。

**吞沒** ㄊㄨㄣ ㄇㄛˋ 侵占代管的公私財物。

**吞併** ㄊㄨㄣ ㄅㄧㄥˋ 侵佔鄰國的土地，歸入本國的版圖。

**吞恨** ㄊㄨㄣ ㄏㄣˋ 図同「飲恨」。心中有怨恨而不能發泄。

**吞食** ㄊㄨㄣ ㄕˊ ①吞吃。②吞併，侵吞。

**吞象** ㄊㄨㄣ ㄒㄧㄤˋ 図吞食大象。①比喻志氣高。②比喻貪得無厭。如「人心不足蛇吞象」。

**吞滅** ㄊㄨㄣ ㄇㄧㄝˋ 并吞消滅（別的國家）。

**吞噬** ㄊㄨㄣ ㄕˋ 図吞食，并吞。

**吞聲** ㄊㄨㄣ ㄕㄥ ①不敢出聲。如「忍氣吞聲」。②哭不出聲。

**吞吐量** ㄊㄨㄣ ㄊㄨˇ ㄌㄧㄤˋ 指商港在一定時間內進口和出口的貨物總量，是表示港口裝卸成績的指標。

**吞舟漏網** ㄊㄨㄣ ㄓㄡ ㄌㄡˋ ㄨㄤˇ 図也作「吞舟是漏」。大魚漏網。比喻罪大的逍遙法外。「吞舟」，形容能吞下船隻的魚。

**吞吞吐吐** ㄊㄨㄣ ㄊㄨㄣ ㄊㄨˇ ㄊㄨˇ 想說，但又不痛痛快快的說。

**吞雲吐霧** ㄊㄨㄣ ㄩㄣˊ ㄊㄨˇ ㄨˋ 原指道家修煉時養氣，不食五穀。後用來譏諷人吸鴉片或抽煙時的情形。

**吞噬細胞** ㄊㄨㄣ ㄕˋ ㄒㄧˋ ㄅㄠ 生理學名詞。一種能把微生物吞食消滅的細胞。單細胞動物如變形蟲就是吞噬細胞。人體的吞噬細胞有脾髓、骨髓組織和淋巴腺的細胞，以及結締組織的大吞噬細胞。尤其重要的是白血球和淋巴球的吞噬細胞，可以消滅或排除因受傷或發熱而產生的外來細菌。

## 吶

ㄋㄚˋ ㈠吶吶，說話困難，言語緩慢。㈡見「吶喊」。

**吶喊** ㄋㄚˋ ㄏㄢˇ 高聲喊叫助威。

## 吝（恡）

ㄌㄧㄣˋ 惜，鄙嗇。如「吝嗇」。

**吝惜** ㄌㄧㄣˋ ㄒㄧ 愛惜不忍割捨。

**吝嗇** ㄌㄧㄣˋ ㄙㄜˋ 小氣，該用的卻捨不得用。

## 呂

ㄌㄩˇ ㈠中國古代音樂的陰律，如「律呂」。㈡姓。

**呂宋煙** ㄌㄩˇ ㄙㄨㄥˋ ㄧㄢ 雪茄煙，呂宋島出產的最好，所以叫呂宋煙。

**告** ▲ㄍㄠˋ ㈠對人說。如「告訴」「報告」。㈡控告，提出訴訟。如「到法院去告他」。㈢請求。如「告假」「告饒」。㈣宣布。如「告示」「告成」。
▲ㄍㄨˋ 文見「告朔」「忠告」。

**告白** ㄍㄠˋ ㄅㄞˊ ①表白，說明原委。②對大眾的通告。

**告示** ㄍㄠˋ ㄕˋ 示字輕讀。①通告大眾的文件；布告。②曉諭，示知，口頭指示。

**告吹** ㄍㄠˋ ㄔㄨㄟ 事情失敗或希望破滅。

**告成** ㄍㄠˋ ㄔㄥˊ 事情完成了。

**告老** ㄍㄠˋ ㄌㄠˇ 因為年老辭職退休。

**告別** ㄍㄠˋ ㄅㄧㄝˊ ①離別。②辭行。

**告狀** ㄍㄠˋ ㄓㄨㄤˋ 到法院去控告他人。

**告知** ㄍㄠˋ ㄓ 把事情告訴別人知道。

**告便** ㄍㄠˋ ㄅㄧㄢˋ ①向在場的人表示自己另外有事要暫時離開一下。如「告便起身，匆匆離座」。②上廁所的婉辭。

**告急** ㄍㄠˋ ㄐㄧˊ 危急時，向外請求救助。

**告朔** ㄍㄨˋ ㄕㄨㄛˋ 文古代天子常在季冬把第二年曆書頒給諸侯。諸侯領受以後供在自己祖廟裡，每月一日帶一「餼羊」到祖廟，敬拜以後按照曆法施行。這種頒行曆書的儀式叫「告朔」。

**告病** ㄍㄠˋ ㄅㄧㄥˋ 文因病請假或請辭。如「告病還鄉」。

**告訐** ㄍㄠˋ ㄐㄧㄝˊ 文舉發別人的陰私。

**告退** ㄍㄠˋ ㄊㄨㄟˋ ①辭職。②退席。③告辭。

**告假** ㄍㄠˋ ㄐㄧㄚˋ 請假。

**告密** ㄍㄠˋ ㄇㄧˋ 暗中告發祕密的事件。

**告捷** ㄍㄠˋ ㄐㄧㄝˊ 文報告戰勝。

**告終** ㄍㄠˋ ㄓㄨㄥ 終結。

**告發** ㄍㄠˋ ㄈㄚ 舉發別人的罪狀。

**告竣** ㄍㄠˋ ㄐㄩㄣˋ 宣告事情完畢（多指較大的工程）。

**告訴** ▲ㄍㄠˋ ㄙㄨˋ 向法院提出訴訟。▲ㄍㄠˋ ˙ㄙㄨ 說，通知。

**告貸** ㄍㄠˋ ㄉㄞˋ 請求別人借錢給自己。

**告罪** ㄍㄠˋ ㄗㄨㄟˋ ①交際應酬中，表示自己言行不宜或心中不安的謙詞。②文表白過錯，請求處罰或寬諒。也作告解。

**告解** ㄍㄠˋ ㄐㄧㄝˇ 天主教的一種聖事。教徒向神父表白自己的過錯，由神父代表天主赦免其罪。也作「告罪」。

**告誡** ㄍㄠˋ ㄐㄧㄝˋ 警告勸誡。

**告慰** ㄍㄠˋ ㄨㄟˋ 感到安慰，表示安慰。如「幸無隕越，差堪告慰」。

**告幫** ㄍㄠˋ ㄅㄤ 請人給予接濟。

**告罄** ㄍㄠˋ ㄑㄧㄥˋ 文錢或東西用完了，沒有了。如「存糧告罄」。

**告擾** ㄍㄠˋ ㄖㄠˇ 表示打擾，用來稱謝別人對自己的款待。

**告辭** ㄍㄠˋ ㄘˊ （向主人）辭別。

**告饒（兒）** ㄍㄠˋ ㄖㄠˊ（ㄦ） 請求饒恕。

**告奮勇** ㄍㄠˋ ㄈㄣˋ ㄩㄥˇ 自動請求擔任工作。

**告訴乃論** ㄍㄠˋ ㄙㄨˋ ㄋㄞˇ ㄌㄨㄣˋ 法律名詞。須由被害人或有告訴權的人提出告訴，才可以審理論罪的。如通姦罪或妨害名譽罪就是。

**吼** ㄏㄡˇ 猛獸叫喊的聲音。如「怒吼」。

**含** ▲ㄏㄢˊ ㈠擱在嘴裡既不吞下也不吐出來。如「嘴裡含著一口水」。語音ㄏㄣˊ。㈡包容。如「包含」。㈢蘊蓄而未吐。如「含苞」。▲ㄏㄢˋ古代禮俗，用珠玉塞在死人嘴裡叫含。通「琀」。

**含怒**（ㄏㄢˊ ㄋㄨˋ） 心裡生氣，但沒有發作出來。

**含胡**（ㄏㄢˊ ㄏㄨˊ） 胡字輕讀。①也作含糊。說話不清楚。②做事不求徹底了解。③畏懼。如「無論如何我也不含胡」。

**含冤**（ㄏㄢˊ ㄩㄢ） 忍受冤屈或有冤未伸。

**含笑**（ㄏㄢˊ ㄒㄧㄠˋ） ①面帶笑容。②図比喻花初開。③花名，木蘭科植物。葉互生，有柄，橢圓狀披針形，花腋生，香甚濃，味如香蕉，可提煉芳香劑，也可放在茶水裡作香料。

**含混**（ㄏㄢˊ ㄏㄨㄣˋ） 模糊；不明確。

**含羞**（ㄏㄢˊ ㄒㄧㄡ） 臉上帶著害羞的神情。

**含量**（ㄏㄢˊ ㄌㄧㄤˋ） 一種物質含有的某種成分的數量。如「這煙的尼古丁含量相當高」。

**含飴**（ㄏㄢˊ ㄧˊ） 図「含飴弄孫」的簡語。見「含飴弄孫」。

**含義**（ㄏㄢˊ ㄧˋ） （詞句等）所包含的意義。如「此句含義甚高，必須細細體會」。

**含蓋**（ㄏㄢˊ ㄍㄞˋ） 也作「涵蓋」。①籠罩，覆蓋。②包括，包含。

**含蓄**（ㄏㄢˊ ㄒㄩˋ） 心中情意不明白顯露。

**含殮**（ㄏㄢˊ ㄌㄧㄢˋ） 図古代喪禮。在死者口中納入珠、玉、米、貝等叫含（通琀）；屍體入棺叫殮。如「不孝等親視含殮，遵禮成服」。

**含蘊**（ㄏㄢˊ ㄩㄣˋ） 包含（思想、感情、意識等）。如「他眼中含蘊著無限情意」。

**含羞草**（ㄏㄢˊ ㄒㄧㄡ ㄘㄠˇ） 一年生草本植物。莖約七八寸，羽狀複葉，花粉紅色。如被觸及，葉片就閉合下垂，好像人害羞的樣子。

**含漱劑**（ㄏㄢˊ ㄕㄨˋ ㄐㄧˋ） 用以漱口或清喉的藥水。多用來治療口腔或喉頭疾病。如碳酸鈉水、硼酸水、食鹽水之類。

**含血噴人**（ㄏㄢˊ ㄒㄩㄝˋ ㄆㄣ ㄖㄣˊ） 冤枉別人。

**含含胡胡**（ㄏㄢˊ ㄏㄢˊ ㄏㄨˊ ㄏㄨˊ） 第二個含字輕讀。同「含胡」，語氣較重。

**含沙射影**（ㄏㄢˊ ㄕㄚ ㄕㄜˋ ㄧㄥˇ） 比喻暗地裡誹謗中傷他人。

**含辛茹苦**（ㄏㄢˊ ㄒㄧㄣ ㄖㄨˊ ㄎㄨˇ） 也作「含辛忍苦」。忍受辛苦。茹，吃。如「含辛茹苦撫養子女」。

**含垢納汙**（ㄏㄢˊ ㄍㄡˋ ㄋㄚˋ ㄨ） 図也作「含汙納垢」〈左傳〉原指人君有恢宏的度量。今指污穢的地方。

**含苞待放**（ㄏㄢˊ ㄅㄠ ㄉㄞˋ ㄈㄤˋ） ①即將開放的花蕾。②比喻即將成熟的少女。

**含情脈脈**（ㄏㄢˊ ㄑㄧㄥˊ ㄇㄛˋ ㄇㄛˋ） 「脈脈」也作「眽眽」。默默相對，用眼神表達藏在內心的情意。

**含飴弄孫**（ㄏㄢˊ ㄧˊ ㄋㄨㄥˋ ㄙㄨㄣ） 図含著飴糖逗弄小孫子。比喻老人不問他事，恬適自娛。如「退休以後含飴弄孫，生活閒適」。

**含糊其詞**（ㄏㄢˊ ㄏㄨˊ ㄑㄧˊ ㄘˊ） 說話含含糊糊，語意不明確。糊也作「胡」。

**吭** ▲図ㄏㄤˊ咽喉。如「引吭高歌」。▲ㄎㄥ出聲。如「不敢吭聲兒」。

**吭吭哧哧**（ㄎㄥ ㄎㄥ ㄔ ㄔ） 第二個吭字輕讀。也作「吭吭嗤嗤」。狀聲詞。形容說話吞吞吐吐的樣子。

**吭氣**（ㄎㄥ ㄑㄧˋ） 図同「吭聲」。出聲，說話（多用於否定式）。如「打死他他都不吭氣」。

**吭聲**（ㄎㄥ ㄕㄥ） 出聲，說話。同「吭氣」。

**呟** ㄏㄨㄥˊ噌（ㄔㄥ）呟，聲音宏亮。

**君** ㄐㄩㄣ ㈠封建時代一國之主。如「國君」「君主」。㈡封建時代的封號。如「商君」「孟嘗君」。㈢兒子在別人面前稱自己的父親。如「家君」。㈣妻稱夫。如「夫君」。㈤尊稱：①廣泛的，如「諸君」。②一般的：加在姓名後面，如「杜文昆君」。③已往對人的通稱，加在姓或名的後面，如「杜君」「文昆君」。④已往稱呼別人的母親叫「太君」；稱妻子叫「細君」。⑤稱老虎叫「山君」。㈥親暱或鄙夷的稱呼，如「此君」，意思是「這個人」。㈦姓。

**君子** ㄐㄩㄣ ㄗˇ ①指才德兼備的人。②舊時指有地位的人。

**君主** ㄐㄩㄣ ㄓㄨˇ 帝制時代國家的最高統治者。也作「君王」。

**君權** ㄐㄩㄣ ㄑㄩㄢˊ 君主的權力。

**君主國** ㄐㄩㄣ ㄓㄨˇ ㄍㄨㄛˊ 由君主為元首的國家。

**君子好逑** ㄐㄩㄣ ㄗˇ ㄏㄠˇ ㄑㄧㄡˊ 図君子的理想配偶。語出〈詩經．關雎〉。

**君子協定** ㄐㄩㄣ ㄗˇ ㄒㄧㄝˊ ㄉㄧㄥˋ不須書面簽字或作證，雙方僅以口頭或函件互相約好就算數的協定。就是以人格保證的協定。又稱「紳士協定」。

**君主立憲** ㄐㄩㄣ ㄓㄨˇ ㄌㄧˋ ㄒㄧㄢˋ 以君主為國家元首，而實際政治是依照憲法規定，由首相領導的內閣負責主持，這種政治制度稱「君主立憲」。如英國、日本、泰國等是。

**君主專制** ㄐㄩㄣ ㄓㄨˇ ㄓㄨㄢ ㄓˋ 國家的統治，由君主獨裁的政治制度。中國歷史上的各朝代都是君主專制。

**君子成人之美** ㄐㄩㄣ ㄗˇ ㄔㄥˊ ㄖㄣˊ ㄓ ㄇㄟˇ 君子會成全別人的好事。

**君子之交淡如水** ㄐㄩㄣ ㄗˇ ㄓ ㄐㄧㄠ ㄉㄢˋ ㄖㄨˊ ㄕㄨㄟˇ 比喻君子的交誼像水那麼平淡，不重虛華。

**君子一言，快馬一鞭** ㄐㄩㄣ ㄗˇ ㄧˋ ㄧㄢˊ ㄎㄨㄞˋ ㄇㄚˇ ㄧˋ ㄅㄧㄢ 比喻言而有信。義同「一言既出，駟馬難追」。話一旦說出去，就不能收回。

**呇（吣）** ㄑㄧㄣˋ 貓狗嘔吐叫呇。同「唚」。

**吸** ㄒㄧ ㈠把氣體引進鼻腔或口腔。如「呼吸」。㈡把液體引進口腔也叫「吸」。㈢攝引。如「吸引」。㈣收取，容納。如「吸收」「吸墨紙」。

**吸力** ㄒㄧ ㄌㄧˋ 吸引他物的力量。也稱攝力或引力。

**吸附** ㄒㄧ ㄈㄨˋ ①吸引使其附著。②物質的吸著現象。一種物體用吸力把其他物質吸引過來，使它附著在自己表面的現象。如「磁鐵能吸附小金屬物」。

**吸引** ㄒㄧ ㄧㄣˇ 牽引。

**吸收** ㄒㄧ ㄕㄡ 吸取，容納。以下都叫吸收：①固體或液體吸入氣體。②固體吸入液體或氣體。③植物的根吸入養分。④人的小腸吸入養分。⑤團體吸入新成員。⑥人接收新的知識觀念。

**吸取** ㄒㄧ ㄑㄩˇ ①用嘴、鼻子或管子吸進東西。②採用或吸收別人好的事物做自己的參考。如「吸取經驗」。

**吸枝** ㄒㄧ ㄓ 由地下莖發生新枝，枝的下部生根而成新植物，如薔薇等。

**吸毒** ㄒㄧ ㄉㄨˊ 吸食鴉片、大麻、海洛因等毒品。吸毒雖然有一時的舒適感覺，但是日久會致命。

**吸食** ㄒㄧ ㄕˊ 吸入。如「吸食毒品」。

**吸根** ㄒㄧ ㄍㄣ 寄生植物的根，沒有根毛而能侵入別的植物組織，如菟絲子等。

**吸煙** ㄒㄧ ㄧㄢ 抽煙。

**吸管** ㄒㄧ ㄍㄨㄢˇ ①專供吮吸飲料使用的塑膠製細管。②用真空原理來吸取少量液體的玻璃管或塑膠管。如鋼筆墨水吸管。

**吸膠** ㄒㄧ ㄐㄧㄠ 指吸食強力膠。吸膠可以獲得一時迷幻的感覺，但時間久了會傷害身體。

**吸盤** ㄒㄧ ㄆㄢˊ 某些動物用來把身體附著在其他物體上的器官。如蒼蠅、壁虎的腳都有這種器官。

**吸引力** ㄒㄧ ㄧㄣˇ ㄌㄧˋ ①也作「吸力」「引力」。物理學上多指磁性吸引他物的力量。②比喻吸引人傾心或迷戀的能力或魅力。

**吸收口** ㄒㄧ ㄕㄡ ㄎㄡˇ 昆蟲類口器官的一種，用來吸收液汁，如蝶、蛾、蟬、蜜蜂等。

**吸血鬼** ㄒㄧ ㄒㄧㄝˇ ㄍㄨㄟˇ ①西洋怪異傳說中的鬼。白面獠牙，會吸人的血，致人於死。②比喻用剝削或壓搾的手段奪取別人利益的殘酷的人。

**吸溼性** ㄒㄧ ㄕ ㄒㄧㄥˋ 物體吸收水氣的性質，如石灰。

**吸塵器** ㄒㄧ ㄔㄣˊ ㄑㄧˋ 利用抽風機原理製成的吸收灰塵的家用電器。

**吸墨紙** ㄒㄧ ㄇㄛˋ ㄓˇ 質地粗鬆而能吸收墨水的紙。

**吸鐵石** ㄒㄧ ㄊㄧㄝˇ ㄕˊ 帶有磁性的石塊，又名磁鐵，磁石。

**吸油煙機** ㄒㄧ ㄧㄡˊ ㄧㄢ ㄐㄧ 利用抽風機原理把烹飪時的油煙排出室外的廚用電器。

**呎** ㄔˇ （foot）英美長度名，一般叫「英尺」。一呎分十二吋，合0.3048公尺。

**吵** ㄔㄠˇ ㈠聲音繁雜。如「車聲太吵」。㈡攪擾。如「一場好事被他吵散了」。㈢爭鬧。如「吵嘴」。

**吵人** ㄔㄠˇ ㄖㄣˊ 喧嘩的噪音擾人安寧的意思。如「這種聲音真吵人」。

**吵子** ㄔㄠˇ ㄗ˙ 打吵子，吵鬧的意思。

**吵架** ㄔㄠˇ ㄐㄧㄚˋ 劇烈爭吵。

**吵嘴** ㄔㄠˇ ㄗㄨㄟˇ 爭吵，拌嘴。

**吵鬧** ㄔㄠˇ ㄋㄠˋ ①大聲爭吵。②擾亂，使不安靜。

**吵嚷** ㄔㄠˇ ㄖㄤˇ 嚷字輕讀，喧嘩吵鬧。

**吵吵鬧鬧** ㄔㄠˇ ㄔㄠˇ ㄋㄠˋ ㄋㄠˋ 第二個吵字輕讀。吵鬧。

**呈** ㄔㄥˊ ㈠顯露。如「呈現」「面呈紫色」。㈡奉上。如「呈獻」「面呈」。㈢民國六十二年以前下級機關給上級機關的公文叫「呈」。

**呈子** ㄔㄥˊ ㄗ˙ 呈文。

**呈文** ㄔㄥˊ ㄨㄣˊ 舊時指下級對上級的公文書。

**呈政** ㄔㄥˊ ㄓㄥˋ 〔文〕把自己作品送請別人指正的敬詞。政同正。呈也作「郢」。

**呈准** ㄔㄥˊ ㄓㄨㄣˇ 呈請上級批准。

**呈現** ㄔㄥˊ ㄒㄧㄢˋ 表露出來。

**呈祥** ㄔㄥˊ ㄒㄧㄤˊ 〔文〕也作「呈瑞」。呈現祥瑞。如「龍鳳呈祥」。

**呈報** ㄔㄥˊ ㄅㄠˋ 用呈文向上級官署報告。

**呈遞** ㄔㄥˊ ㄉㄧˋ 呈送。如「新任大使向總統呈遞到任國書」。

**呈請** ㄔㄥˊ ㄑㄧㄥˇ 下級對上級請求。

**呈閱** ㄔㄥˊ ㄩㄝˋ 呈請閱覽。也作「呈覽」。

**呈獻** ㄔㄥˊ ㄒㄧㄢˋ 送給長上的致詞。如「把榮譽呈獻給父母」。

**呈露** ㄔㄥˊ ㄌㄨˋ 顯出。

**吹** ㄔㄨㄟ ㈠從嘴裡向外用力噓氣。如「吹哨子」。㈡氣體流動或推進。如「風吹草動」。㈢說大話，自誇。如「吹牛」。㈣替人家誇張。如

「吹噓」。㈤事情作不成了。如「這件事吹了吧」。讀音ㄔㄨㄟˋ。見「鼓吹」條。

**吹毛** ㄔㄨㄟ ㄇㄠˊ ①比喻事情容易做，不費力氣。②形容刀劍銳利，吹毛可斷。③吹開皮上的毛。見「吹毛求疵」。

**吹牛** ㄔㄨㄟ ㄋㄧㄡˊ 說大話，自誇。

**吹打** ㄔㄨㄟ ㄉㄚˇ 用管樂器和打擊樂器演奏。

**吹求** ㄔㄨㄟ ㄑㄧㄡˊ 挑剔（毛病）。

**吹拂** ㄔㄨㄟ ㄈㄨˊ ①（微風）掠過；拂拭。②図吹噓。

**吹奏** ㄔㄨㄟ ㄗㄡˋ 口吹管樂器。泛指演奏各種樂器。

**吹風** ㄔㄨㄟ ㄈㄥ ①有所表示，故意讓人聽到。如「他只吹風說大話，不必理他」。②洗頭以後，用吹風機吹乾頭髮。

**吹嗙** ㄔㄨㄟ ㄆㄤˇ 自誇。

**吹管** ㄔㄨㄟ ㄍㄨㄢˇ ①用火焰分析礦物或化學物質所用的管狀裝置。②吹奏管樂器。

**吹臺** ㄔㄨㄟ ㄊㄞˊ （事情、交情）破裂，不成功。

**吹噓** ㄔㄨㄟ ㄒㄩ 誇大地或無中生有地說自己或別人的優點。

**吹彈** ㄔㄨㄟ ㄊㄢˊ 吹或彈某種樂器，泛指奏樂。

**吹擂** ㄔㄨㄟ ㄌㄟˊ 吹號打鼓。比喻誇口，吹噓。

**吹法螺** ㄔㄨㄟ ㄈㄚˇ ㄌㄨㄛˊ ①佛家講經說法叫吹法螺。②指吹牛。

**吹風機** ㄔㄨㄟ ㄈㄥ ㄐㄧ 一種利用線圈發熱，推動扇葉吹出熱風烘乾頭髮，或使頭髮定型的手提小電器。

**吹鼓手** ㄔㄨㄟ ㄍㄨˇ ㄕㄡˇ 鼓字輕讀。舊式婚喪禮中吹奏鼓樂的人。

**吹糖人** ㄔㄨㄟ ㄊㄤˊ ㄖㄣˊ ①吹糖漿做成各種人物形像，賣給兒童舔嘴或玩賞的人。②因吹糖工夫簡單，常用來比喻事情容易。如「這件事不像吹糖人那麼容易」。

**吹毛求疵** ㄔㄨㄟ ㄇㄠˊ ㄑㄧㄡˊ ㄘ 故意挑剔別人的毛病。

**吹灰之力** ㄔㄨㄟ ㄏㄨㄟ ㄓ ㄌㄧˋ 做起來很容易，不必費力。

**吹鬍子瞪眼** ㄔㄨㄟ ㄏㄨˊ ㄗ˙ ㄉㄥˋ ㄧㄢˇ 形容生氣的樣子。

## 吮

図ㄕㄨㄣˇ 用嘴吸取。

**吮吸** ㄕㄨㄣˇ ㄒㄧ 図用嘴吸取。

**吮墨** ㄕㄨㄣˇ ㄇㄛˋ 嘴裡含著毛筆筆毫。形容寫作時沈思的樣子。

## 吱

▲ㄗ 形容聲音的字。▲ㄓ 表聲的詞。參看「咭吱咯吱」。

**吱吱** ㄗ ㄗ 鳴叫聲。

**吱嘍嘍** ㄗ ㄌㄡ ㄌㄡ 第二個嘍字輕讀。形容聲音（用於開門或粗樹枝搖動的聲音）。

## 呆

ㄞˊ 同「獃」，癡愚。又讀ㄉㄞ。

**呆子** ㄉㄞ ㄗ˙ 也作「獃子」。傻子，傻瓜。

**呆板** ㄞˊ ㄅㄢˇ 拘泥不知變通。又讀ㄉㄞ ㄅㄢˇ。

**呆料** ㄉㄞ ㄌㄧㄠˋ 在工廠裡或生產事業中，暫時或永遠用不到的材料。

**呆帳** ㄉㄞ ㄓㄤˋ 又讀ㄞˊ ㄓㄤˋ。公司商行收不回來的帳款。

**呆滯** ㄞˊ ㄓˋ 停滯，不流暢，不靈活。如「目光呆滯」。

**呆若木雞** ㄞˊ ㄖㄨㄛˋ ㄇㄨˋ ㄐㄧ 看上去笨笨的，像是木頭刻的雞。本是〈莊子〉書上說紀渻子替齊王訓練鬥雞的寓言。紀渻子經過四十天，把雞訓練得像是木頭做的，但是雞見敵不驚，別的雞反而嚇跑了。在今天，「呆若木雞」是：①形容呆笨或受驚時不知所措的樣子。②鎮定，學養深厚，處變不驚的樣子，有「木雞養到」的成語。

**呆頭呆腦** ㄉㄞ ㄊㄡˊ ㄉㄞ ㄋㄠˇ 也作「獃頭獃腦」。腦筋不靈活，行動遲純，一副傻呵呵的樣子。

**呃** ㄜˋ 氣逆上衝發出的聲音。

**呃逆** ㄜˋ ㄋㄧˋ 喉頭氣逆出聲，由於橫膈膜收縮過急，空氣入肺，顫動聲帶而發。

**吽** ▲ㄡˋ 狗爭鬥的叫聲。▲ㄏㄨㄥ 佛教咒語中的用字。

**呾** ㄋˋ 感歎詞，表應諾。

**呀** ▲ㄧㄚ ㈠表示聲音的字。如：「呀呀吐哀音」「門兒呀的一聲開了」。㈡驚歎詞。如「哎呀！失火啦！」▲˙ㄧㄚ 句末的助詞，「啊」字用在ㄧ、ㄩ、ㄚ、ㄛ、ㄜ、ㄝ、ㄞ、ㄟ等韻的字後面時，變成「呀」。

**吟** ㄧㄣˊ ㈠歎，叫痛。如「呻吟」。㈡拉長聲音，有高有低的念。如「吟詩」。㈢我國舊詩歌的名稱，如「梁父（ㄈㄨˇ）吟」。㈣鳴叫。如「蟬吟」「猿吟」。㈤図體會玩味。如「吟味」。

**吟味** ㄧㄣˊ ㄨㄟˋ 図①吟詠玩味。②品味，品嘗。③體會玩味。

**吟哦** ㄧㄣˊ ㄜˊ 同「吟詠」。

**吟詠** ㄧㄣˊ ㄩㄥˇ 讀書吟詩。

**吟詩** ㄧㄣˊ ㄕ ①作詩。②吟詠詩歌。

**吟誦** ㄧㄣˊ ㄙㄨㄥˋ 吟詠歌誦。如「他沒事的時候就在家拿起唐詩，大聲吟誦」。

**吟風弄月** ㄧㄣˊ ㄈㄥ ㄌㄨㄥˋ ㄩㄝˋ ①也作「吟風詠月」。稱詩人吟詠，因為詩人吟詠多為風花雪月的情景。②貶稱文章只寫風月而逃避現實。

**听** ▲図ㄧㄣˇ 听听，笑的樣子。▲ㄊㄧㄥ 「聽」的簡寫。

**吳** ㄨˊ ㈠江蘇省的舊稱。㈡古國名：①周初，泰伯封在吳地。西元前五八五年到了壽夢，自稱吳王。傳到夫差（ㄈㄨ ㄔㄞ），被越王勾踐所滅（西元前四七五年）。②三國時孫權所建，有江、浙、湘、鄂、閩、粵、安南等地。經過三世四主，被晉朝所滅（西元 221-280，共五十九年）。③五代時楊行密所建，有淮南、蘇北、江西等地。傳三世四主，四十六年（西元 892-937），被徐誥所篡。㈢地名，吳縣，在江蘇省太湖東岸，又名蘇州，是春秋時代吳國首都，當時名姑蘇。㈣姓。

**吳郭魚** ㄨˊ ㄍㄨㄛ ㄩˊ 慈鯛科硬骨魚類，民國三十五年由吳振輝、郭啟彰兩人由南洋引進莫三比克種魚，在臺灣飼養，因為生長迅速，肉味鮮美，廣受社會大眾歡迎，成為臺灣優良的養殖魚，因此稱為「吳郭魚」。

**吳下阿蒙** ㄨˊ ㄒㄧㄚˋ ㄚ ㄇㄥˊ 図比喻不學無術的人。三國時吳國名將呂蒙，小時候不長進，是地方上的小流氓。後來發憤力學，前後判若兩人。魯肅因而誇贊他：「非復吳下阿蒙。」

**吳牛喘月** ㄨˊ ㄋㄧㄡˊ ㄔㄨㄢˇ ㄩㄝˋ 図吳牛怕熱，看見月亮以為烈日而氣喘。比喻因類似戒懼之物而害怕。

**吳越同舟** ㄨˊ ㄩㄝˋ ㄊㄨㄥˊ ㄓㄡ 比喻共患難時化仇為友，共度難關的意思。

**吾** ㄨˊ ㈠我。㈡我的。

**吾人** ㄨˊ ㄖㄣˊ 我們。

**吾兄** ㄨˊ ㄒㄩㄥ 對同輩朋友的尊稱。

**吾輩** ㄨˊ ㄅㄟˋ 図我輩，我等，我們。

**吾儕** ㄨˊ ㄔㄞˊ 文我們。

**吾黨** ㄨˊ ㄉㄤˇ 文①我的同鄉。②同「吾輩」、「吾儕」。③我們的黨。

## 吻

ㄨㄣˇ ㈠嘴邊，脣邊。㈡嘴相接觸。

**吻合** ㄨㄣˇ ㄏㄜˊ 相合。

## 五筆

## 咱

ㄆㄚ 形容爆發的聲音。如「咱的一聲，碗掉在地上碎了」「用力在他臉上咱咱的打了幾個耳刮子」。也作「啪」。

**咱啦** ▲ㄆㄚ ㄌㄚ 東西掉在地上破碎的聲音。▲ㄆㄚ ·ㄌㄚ 不清脆的聲音。

**咱答** ㄆㄚ ㄉㄚ 或作「咱嗒」「啪嗒」。形容清脆響亮的聲音。如「咱答一聲，閃電劃過眼前」。

## 呸

ㄆㄟ 爭吵時候表示憤怒或瞧不起對方的唾罵聲。如「呸！不要臉」。

## 咆

ㄆㄠˊ 發怒時候大嚷大叫。如「咆哮」。

**咆哮** ㄆㄠˊ ㄒㄧㄠ ①野獸的怒叫。②人生氣發怒，叫喊吵鬧。

## 哞

ㄇ 感歎詞，表鄙斥。

## 命

ㄇㄧㄥˋ ㈠差遣，使令。如「命令」「使命」。㈡宿命論者說貧富貴賤是上天所作的安排，人力無法改變，把這種情形叫命。如「命運」「紅顏薄命」。㈢生命，性命。如「救命」。㈣取定。如「命名」「命題」。㈤認為。如「自命不凡」。㈥文名譽顯著。如「命世」。㈦文政令。〈左傳．隱十一年〉「凡諸侯有命，告則書」，注：「命者，國之大事政令也」。㈧文指名。如「命中（ㄓㄨㄥˋ）」。

**命中** ㄇㄧㄥˋ ㄓㄨㄥˋ 拋擲物或發射物射中或投中目標。

**命世** ㄇㄧㄥˋ ㄕˋ 文有名於世。多用以稱譽治國的大才。如「命世英才」。

**命令** ㄇㄧㄥˋ ㄌㄧㄥˋ 上級對下級所發的告誡，有強制力，必須遵行的，叫命令。

**命名** ㄇㄧㄥˋ ㄇㄧㄥˊ 定名稱，取名兒。

**命門** ㄇㄧㄥˋ ㄇㄣˊ ①中醫說的人體經穴，在兩腎之間。②命相家以面旁左右當耳處為命門。

**命相** ㄇㄧㄥˋ ㄒㄧㄤˋ ①命運和與它有關的相貌。②相命，算命。

**命根** ㄇㄧㄥˋ ㄍㄣ ①花木的直根。②生命的根本。③心愛寶貝的東西，要加「兒」。如「那些書是你爸爸的命根兒」。

**命案** ㄇㄧㄥˋ ㄢˋ 牽涉人命的案件。大多指殺人案件。

**命脈** ㄇㄧㄥˋ ㄇㄛˋ 生命跟血脈，形容關係的重要。

**命運** ㄇㄧㄥˋ ㄩㄣˋ 見命㈡。

**命駕** ㄇㄧㄥˋ ㄐㄧㄚˋ 文①命令僕人備好車馬，表示立即動身的意思。②邀請賓客的話。如「幸賜命駕」。

**命館** ㄇㄧㄥˋ ㄍㄨㄢˇ 算命的地方。

**命薄** ㄇㄧㄥˋ ㄅㄛˊ 命運不好。

**命題** ㄇㄧㄥˋ ㄊㄧˊ ①哲學名辭，也作「命辭」。是：*1.*表示判斷的語句。*2.*述句所代表的內容、意義或事態。②出題目讓人作文或作答。

**命令句** ㄇㄧㄥˋ ㄌㄧㄥˋ ㄐㄩˋ 文法名詞，也叫祈使句，就是要求或期望別人做（或不做）某事的句子。如「快去快回」「不得放肆」。

**命中注定** ㄇㄧㄥˋ ㄓㄨㄥ ㄓㄨˋ ㄉㄧㄥˋ 宿命論認為人的遭遇禍福都是命運早就決定的。

**咐** ㄈㄨˋ 吩咐，囑咐。

**咄** ㄉㄨㄛˋ 呵叱的聲音。

**咄咄怪事** ㄉㄨㄛˋ ㄉㄨㄛˋ ㄍㄨㄞˋ ㄕˋ 想像不到的怪事情。語見〈世說新語・黜免〉。

**咄咄逼人** ㄉㄨㄛˋ ㄉㄨㄛˋ ㄅㄧ ㄖㄣˊ 盛氣凌人，使人害怕。語見〈世說新語・排調〉。

**咚** ㄉㄨㄥ 人或東西落地的聲音。

**呶** ▲ㄋㄠˊ ㈠話多。如「呶呶」。㈡歎詞。表示提醒對方注意。如「呶，看看這東西」。▲ㄋㄨˇ 翹起，噘起。如「呶嘴」（同「努嘴」）。

**呶呶** ▲ㄋㄠˊ ㄋㄠˊ 多言，喋喋不休。如「呶呶不休」。▲ㄋㄨˇ ㄋㄨˇ 噘嘴示意。如「呶呶嘴」（同「努努嘴」）。

**呢** ▲ㄋㄧˊ ㈠毛織物的一種。如「呢絨」。㈡呢喃，燕子叫聲。▲˙ㄋㄜ 助詞，常用在疑問句。如「怎辦麼呢?」

**呢子** ㄋㄧˊ ˙ㄗ 毛織品的一種，面上發毛，比毛氈細。

**呢喃** ㄋㄧˊ ㄋㄢˊ 燕子叫的聲音。

**呢絨** ㄋㄧˊ ㄖㄨㄥˊ 毛織品的統稱。

**咕** ㄍㄨ 形容聲音的字。

**咕咚** ▲ㄍㄨˇ ㄉㄨㄥ 形容重的東西落下的聲音。▲ㄍㄨ ˙ㄉㄨㄥ 用鎗射擊。如「拿炮把城門咕咚開了」。

**咕唧** ㄍㄨ ㄐㄧ 唧字輕讀。兩人低語或自言自語。

**咕隆** ㄍㄨ ㄌㄨㄥ 隆字輕讀。狀聲詞。也作「咕嚨」。如「咕隆咕隆打起雷來」。

**咕嘟** ▲ㄍㄨ ㄉㄨ 形容水向上冒的聲音。▲ㄍㄨ ˙ㄉㄨ ①煮。如「這條魚可別咕嘟爛了」。②噘嘴、生氣的樣子。如「他氣得咕嘟著嘴」。

**咕噥** ㄍㄨ ㄋㄨㄥˊ 噥字輕讀。聽不清楚的小聲說話。

**咕嚕** ㄍㄨ ㄌㄨ 嚕字輕讀。①餓的時候肚腸的響聲。如「餓得肚子咕嚕咕嚕地直叫」。②喝水的聲音。③滾動的聲音。

**咕囔** ㄍㄨ ㄋㄤˊ 囔字輕讀。同「咕噥」。小聲說話或自言自語。如「嘴裡不停地咕囔著」。

**呱** ▲ㄍㄨ 見「呱呱」條。▲ㄍㄨㄚ 狀聲。如「呱呱叫」（同「聒聒叫」）。語音ㄨㄚ

**呱呱** ▲ㄍㄨ ㄍㄨ 図初生兒的哭聲。如「呱呱墜地」。▲ㄍㄨㄚ ㄍㄨㄚ 狀聲。如「呱呱叫」（也作「聒聒叫」）。▲ㄨㄚ ㄨㄚ 嘈雜的叫聲。如「一群孩子呱呱叫」。

**咖** ㄎㄚ 見「咖啡」條。

**咖啡** ㄎㄚ ㄈㄟ 現代飲料名。把咖啡樹的種子焙乾、研末，加沸水、糖喝的，有人還加煉乳、葡萄酒或其他配料。

**咖哩** ㄎㄚ ㄌㄧˇ 圝英文 curry。也作「加里」。原產印度的一種調味品。用胡椒、薑黃、辣椒、茴香、陳皮等粉末合製而成，味香辣，色黃。

**咖啡因** ㄎㄚ ㄈㄟ ㄧㄣ 圝英文 coffeine。又名咖啡鹼。存在於咖啡豆、茶葉或可可中的一種植物鹼。是中樞神經興奮劑，味苦，有提神和利尿的作用。

**呵** ▲ㄏㄜ ㈠大聲責罵。如「呵斥」。㈡笑聲。如「呵呵大笑」。㈢図保護。如「聖子自有諸神呵護」。㈣吹氣去寒。如「呵凍」。㈤疲倦或沈悶時張嘴哈氣發聲，叫「呵欠」，也作「哈欠」。㈥表驚訝的歎詞。如「呵！來這麼多人」。
▲ㄏㄚ是ㄏㄜ㈣㈤的語音。
▲ㄜ 表驚歎的助詞，用在句末。如「這麼多錢呵！」
▲˙ㄜ 語尾助詞。表示囑咐、要求或期望等。如「你一定要來呵！」「要記得呵」。

**呵欠** ㄏㄜ ㄑㄧㄢˋ 人沈悶或疲倦時候張嘴透氣出聲，也作「打呵欠」「打哈欠」。

**呵叱** ㄏㄜ ㄔˋ 大聲責罵。也作「呵斥」「呵責」。

**呵呵** ㄏㄜ ㄏㄜ 笑聲。

**呵凍** ㄏㄜ ㄉㄨㄥˋ 冬天手指凍僵或筆硯結冰，呵氣生暖，使冰融解。

**呵喝** ㄏㄜ ㄏㄜˋ 大聲禁止。

**呵責** ㄏㄜ ㄗㄜˊ 呵叱責罵。

**呵癢** ㄏㄜ ㄧㄤˇ 也作「哈癢」。玩笑動作。手撓人腋下或腰際，使人發笑。

**呵護** ㄏㄜ ㄏㄨˋ ①神靈保佑。②照顧。如「呵護備至」。

**和（咊）** ㄏㄜˊ ㈠調諧。如「和協」。㈡停止爭鬥，恢復平靜。如「和平」「議和」。㈢適中。如「中和」。㈣親愛，友好。如「和睦」。㈤性情溫順，能跟人共處。如「和氣」。㈥柔軟的。如「柔和」。㈦不猛烈。如「溫和」。㈧溫暖的。如「和風」。㈨幾種混合的。如「和菜」。㈩數目相加的總數叫「和」。⑾連帶著的，整個的。如「和衣而臥」。⑿日本的別名。如「和服」。⒀姓。
▲ㄏㄢˋ 連詞「跟」「與」的意思（讀音ㄏㄜˊ）。
▲ㄏㄜˋ 聲音或韻腳相應。如「唱和」。
▲ㄏㄨㄛˋ 混合。如「和麵」。
▲ㄏㄨㄛˋ是ㄏㄜˋ的讀音。
▲˙ㄏㄨㄛ 暖和。
▲ㄏㄨˊ 打牌時張數湊齊成副而贏了叫「和」。

**和平** ㄏㄜˊ ㄆㄧㄥˊ ①心地平靜，和洽安寧。②世界安定，沒有戰爭。③溫和。常指藥物。如「藥性和平」。

**和合** ㄏㄜˊ ㄏㄜˊ 和諧好合。

**和好** ㄏㄜˊ ㄏㄠˇ 互相親睦。

**和衣** ㄏㄜˊ ㄧ 睡覺不脫衣服。

**和局** ㄏㄜˊ ㄐㄩˊ ①比賽或賭博，結果不分勝負。②議和的局勢。

**和弄** ㄏㄨㄛˋ ˙ㄌㄨㄥ 弄字輕讀。①攪和。②挑撥。如「這個亂子都是他和弄起來的」。

**和尚** ㄏㄜˊ ˙ㄕㄤ 僧徒。

**和協** ㄏㄜˊ ㄒㄧㄝˊ 同心協力。

**和約** ㄏㄜˊ ㄩㄝ 兩國停戰議和所結的條約。

**和美** ㄏㄜˊ ㄇㄟˇ ①親睦。②溫和優美。

**和風** ㄏㄜˊ ㄈㄥ ①柔和的小風。②通用風速表的第四級風，風速每小時二十一至二十九公里（每秒五·五至七·九公尺），陸地上灰塵和紙會飛揚，樹的小枝會搖動。參看「風速」。

**和悅** ㄏㄜˊ ㄩㄝˋ ①和樂喜悅。②和顏悅色。

**和氣** ㄏㄜˊ ˙ㄑㄧ 氣字輕讀。溫和的態度。

**和衷** ㄏㄜˊ ㄓㄨㄥ 同心。如「和衷共濟」。

**和婉** ㄏㄜˊ ㄨㄢˇ 溫和委婉。如「許先生用和婉的口氣跟我談了很多」。

**和絃** ▲ㄏㄜˊ ㄒㄧㄢˊ 音樂名詞。三個以上的音三度重疊，同時發聲。
▲ㄏㄜˋ ㄒㄧㄢˊ 和別人的絃音應和。

**和善**（ㄏㄜˊ ㄕㄢˋ）溫和而善良；和藹。

**和菜**（ㄏㄜˊ ㄘㄞˋ）①日本菜。②餐館中就一定金額先配好的固定菜色。對點菜而言。

**和誘**（ㄏㄜˊ ㄧㄡˋ）法律名詞。以溫和委婉的方法，引誘別人聽從自己的意思。對略誘而言。

**和順**（ㄏㄜˊ ㄕㄨㄣˋ）平和柔順。

**和暖**（ㄏㄜˊ ㄋㄨㄢˇ）天氣溫暖。

**和會**（ㄏㄜˊ ㄏㄨㄟˋ）國際間為終止戰爭並締結和約而舉行的全權代表會議。

**和煦**（ㄏㄜˊ ㄒㄩˇ）図和暖。

**和睦**（ㄏㄜˊ ㄇㄨˋ）相處得好，不爭吵。

**和解**（ㄏㄜˊ ㄐㄧㄝˇ）訴訟的兩造因為第三者調停，而和平解決紛爭，不再訴訟。

**和詩**（ㄏㄜˋ ㄕ）照別人的詩的格律跟韻腳寫詩，跟他相和。

**和暢**（ㄏㄜˊ ㄔㄤˋ）（風）溫和舒暢。如「惠風和暢」。

**和鳴**（ㄏㄜˊ ㄇㄧㄥˊ）音樂或歌唱聲調相配合。

**和數**（ㄏㄜˊ ㄕㄨˋ）兩個以上的數目相加的得數。

**和樂** ▲ㄏㄜˊ ㄌㄜˋ ①和氣快樂，和睦歡樂。②平和安適。▲ㄏㄜˊ ㄩㄝˋ 和諧的音樂。▲ㄏㄜˋ ㄩㄝˋ 應和（ㄏㄜˋ）音樂而奏樂或歌舞。

**和緩**（ㄏㄜˊ ㄏㄨㄢˇ）減低緊張的形勢。

**和談**（ㄏㄜˊ ㄊㄢˊ）和平談判的略語。為終止敵對狀態而舉行的談判。

**和親**（ㄏㄜˊ ㄑㄧㄣ）①和睦相親。②因為媾和而結為婚姻。

**和諧**（ㄏㄜˊ ㄒㄧㄝˊ）①聲調諧和。②互相配合。

**和聲**（ㄏㄜˊ ㄕㄥ）指同時發聲的幾個樂音的協調的配合。

**和韻**（ㄏㄜˋ ㄩㄣˋ）和（ㄏㄜˋ）他人的詩，用他原來的韻腳字。

**和藹**（ㄏㄜˊ ㄞˇ）溫和的樣子。

**和議**（ㄏㄜˊ ㄧˋ）兩國停戰議和。

**和麵**（ㄏㄨㄛˋ ㄇㄧㄢˋ）在麵粉中加水搓揉，使成有韌性的塊狀。

**和平鴿**（ㄏㄜˊ ㄆㄧㄥˊ ㄍㄜ）西洋人以鴿子和橄欖枝葉為和平象徵，因而遇有國家慶典或運動會開幕時，放和平鴿，有祈求和平的寓意。

**和稀泥**（ㄏㄨㄛˋ ㄒㄧ ㄋㄧˊ）比喻不講是非、沒有原則的調和、折衷。如「他只會和稀泥，評不出公道來」。

**和事老（兒）**（ㄏㄜˊ ㄕˋ ㄌㄠˇ（ㄦ））替人調解爭端的人。

**和光同塵**（ㄏㄜˊ ㄍㄨㄤ ㄊㄨㄥˊ ㄔㄣˊ）図掩蓋自己的光芒，不立異，和塵俗相融合。就是以隨和的態度跟平凡的眾人相處。

**和而不同**（ㄏㄜˊ ㄦˊ ㄅㄨˋ ㄊㄨㄥˊ）和衷共濟，但是各有所見，不和別人苟同。

**和和氣氣**（ㄏㄜˊ ㄏㄜ ㄑㄧˋ ㄑㄧ）第二個和字和第二個氣字都輕讀。和氣。

**和風細雨**（ㄏㄜˊ ㄈㄥ ㄒㄧˋ ㄩˇ）比喻做人的態度或做事的方法極為溫和，或說話聲音細小。

**和氣致祥**（ㄏㄜˊ ㄑㄧˋ ㄓˋ ㄒㄧㄤˊ）図和氣相處，可以帶來瑞祥。

**和衷共濟**（ㄏㄜˊ ㄓㄨㄥ ㄍㄨㄥˋ ㄐㄧˋ）同心協力，共度難關。

**和盤托出**（ㄏㄜˊ ㄆㄢˊ ㄊㄨㄛ ㄔㄨ）把東西連同盤子全部端出來。比喻毫不隱瞞地把所有的話都說出來。如「把原委和盤托出，大家才恍然大悟」。

**和顏悅色**（ㄏㄜˊ ㄧㄢˊ ㄩㄝˋ ㄙㄜˋ）溫和而歡悅的臉色。

**哈** 図ㄏㄞ ㈠譏笑，白香山詩有「見機若遲，二公所哈」。㈡笑樂。

如「哈哈」。

**呼** ㄏㄨ (一)向外吐氣，跟「吸」正相反。(二)叫。如「呼喚」。(三)大聲叫喚。如「呼嘯」。(四)招引。如「呼朋引類」。

**呼吸** ㄏㄨ ㄒㄧ 人類或動物吸入氧氣後產生二氧化碳的作用。

**呼呼** ㄏㄨ ㄏㄨ ①風聲。②打鼾聲。

**呼延** ㄏㄨ ㄧㄢˊ 也作呼衍，複姓。

**呼喊** ㄏㄨ ㄏㄢˇ 喊；嚷。如「大聲呼喊」。

**呼喚** ㄏㄨ ㄏㄨㄢˋ 召喚。

**呼號** ▲ㄏㄨ ㄏㄠˊ 因極端悲傷而哭叫。▲ㄏㄨ ㄏㄠˋ 無線電廣播用語，是廣播電臺或電視臺西文名稱的簡號。

**呼嘯** ㄏㄨ ㄒㄧㄠ 發出高而長的聲音。如「北風呼嘯」。

**呼應** ㄏㄨ ㄧㄥˋ 一呼一應，互相聯繫。

**呼聲** ㄏㄨ ㄕㄥ ①呼叫的聲音。②眾人的意見或要求。如「示威者抗爭的呼聲」。③眾望所歸的程度。如「某人呼聲最高」。

**呼嚕** ㄏㄨ ㄌㄨ 嚕字輕讀。①打鼾。如「打呼嚕」。②狀聲，形容鼾聲。如「呼嚕呼嚕睡著了」。③飲食聲。如「呼嚕呼嚕吃湯麵」。

**呼籲** ㄏㄨ ㄩˋ 請求援助。

**呼叫器** ㄏㄨ ㄐㄧㄠˋ ㄑㄧˋ 一種可以隨身攜帶的小型無線電子受信器。透過電信局的轉接，可以感應別人的呼叫，發出聲音，顯示呼叫人的電話號碼。

**呼吸道** ㄏㄨ ㄒㄧ ㄉㄠˋ 人和高等動物呼吸空氣的管道，包括鼻、口、咽喉、氣管、支氣管等。

**呼拉圈** ㄏㄨ ㄌㄚ ㄑㄩㄢ 一種圓圈形的塑膠製健身運動器材。套在腰部，以直立的軀幹為軸，做不停的繞圓擺動來減胖或健身的。

**呼么喝六** ㄏㄨ ㄧㄠ ㄏㄜˋ ㄌㄧㄡˋ ①骰子是六面體，每面分刻一（么）到六的點數，因而稱擲骰子的賭博為「呼么喝六」。②形容盛氣凌人的樣子。

**呼之欲出** ㄏㄨ ㄓ ㄩˋ ㄔㄨ ①形容所繪的人像栩栩如生，極為逼真，好像一叫他就會從畫中出來一般。②比喻人選即將發表、神秘人物即將出現或真相即將大白。

**呼天搶地** ㄏㄨ ㄊㄧㄢ ㄑㄧㄤ ㄉㄧˋ 大聲叫天，用頭撞地。形容十分悲痛。

**呼吸系統** ㄏㄨ ㄒㄧ ㄒㄧˋ ㄊㄨㄥˇ 人和高等動物體內，由鼻腔、口腔、咽喉、氣管、支氣管、肺臟等組成的系統。

**呼朋引類** ㄏㄨ ㄆㄥˊ ㄧㄣˇ ㄌㄟˋ 招引同類。也作「呼朋引伴」。

**呼風喚雨** ㄏㄨ ㄈㄥ ㄏㄨㄢˋ ㄩˇ ①叫來風和雨。比喻神仙或道士的法力高強。②比喻公開作煽惑的言行。

**呼圖克圖** ㄏㄨ ㄊㄨˊ ㄎㄜˋ ㄊㄨˊ 蒙古大喇嘛的尊稱，俗稱活佛。

**呼盧喝雉** ㄏㄨ ㄌㄨˊ ㄏㄜˋ ㄓˋ 囡古代一種賭博，擲五個木製骰子。每個骰子兩面，一面塗成黑色，畫上小牛，另一面塗成白色，畫上雉雞。如果一擲五個都是黑色，叫做盧，分數最大；如果是四黑一白，叫做雉，為次大。賭博者為求勝心切，往往邊擲邊喝。因而稱賭博為「呼盧喝雉」。

**咎** ▲ㄐㄧㄡˋ (一)過失。如「咎由自取」。(二)凶。災。如「休咎」。(三)論罪。如「既往不咎」。▲ㄍㄠ 姓。同「皋」，如咎繇即皋陶。

**咎由自取** ㄐㄧㄡˋ ㄧㄡˊ ㄗˋ ㄑㄩˇ 罪過或災禍全是自己招惹來的。如「不聽勸誡，落得這種下場，咎由自取」。

**咀** ㄐㄩˇ 見「咀嚼」。

**咀嚼** ㄐㄩˇ ㄐㄩㄝˊ ①嚼碎食物，吸取所含味道。②細細體會文章裡的意思。

**呿** 図ㄑㄩ 張口的樣子。

**呷** ㄒㄧㄚˊ 吸飲。

**呷呷** ㄒㄧㄚ ㄒㄧㄚ 鴨的叫聲。

**呴** 図▲ㄒㄩˇ 吹氣，〈漢書〉有「眾呴漂山」的話。▲ㄏㄡ 喉中喘氣聲。

**咋** ▲図ㄓㄚˋ 短暫，忽然。▲図ㄗㄜˊ ㈠咬。見「咋舌」條。㈡大聲。

**咋舌** ㄗㄜˊ ㄕㄜˊ 図①嚼舌頭，自己害怕悔恨。②驚訝。如「看到龍門大佛，大家都咋舌不已」。

**周** ㄓㄡ ㈠普遍。如「周到」。㈡完密。如「周密」。㈢救濟。如「周濟」。㈣圓形的外圍。如「周徑」「圓周」。㈤推翻。如「把桌子都給周了」。㈥朝代名：①姬發在西元前一一二二年推翻商朝建立的，傳至幽王為犬戎所滅，是為西周。幽王子平王東遷洛邑，是為東周。傳至赧王，於西元前二四九年被秦朝滅亡。②南北朝時宇文覺篡西魏，史稱北周。經過三世五主，被楊堅所篡（西元557-580，共二十四年）。③唐初武后稱制，一度改國號為周。④五代時郭威篡後漢，史稱後周。經過三世三主九年（951-959），禪位於宋。㈦通「週」。㈧姓。

**周內** ㄓㄡ ㄋㄟˋ 図想盡辦法，羅織罪名，把無罪的人定成有罪。如「深文周內」。

**周天** ㄓㄡ ㄊㄧㄢ ①指環繞天球上的大圓周，天文學上以三百六十度為周天。②指整個天地之間。

**周匝** ㄓㄡ ㄗㄚ 図也作周帀，圍繞一周。

**周全** ㄓㄡ ㄑㄩㄢˊ ①幫助人家。如「他常周全別人」。②齊全。如「準備周全」。

**周年** ㄓㄡ ㄋㄧㄢˊ 滿一年。

**周至** ㄓㄡ ㄓˋ 周到。

**周延** ㄓㄡ ㄧㄢˊ ①理則學名詞。一個命題（表示判斷的語句）中的主詞或賓詞所指的，是包括所有同類，叫做周延。如「人穿衣服」句中的人，是泛指所有的人，衣服也統稱各種衣服，人和衣服的含義是周延的。相反的，「某人穿新衣服」句中的某人，是專指某一個人，新衣服也不是指各種新衣服，兩者的含義都是不周延的。②周全，沒有遺漏。

**周折** ㄓㄡ ㄓㄜˊ 轉折，麻煩。

**周身** ㄓㄡ ㄕㄣ 全身。

**周到** ㄓㄡ ㄉㄠˋ 到字輕讀。不疏忽，面面俱到。

**周波** ㄓㄡ ㄅㄛ 無線電廣播用語，指交流電正負變換一周的意思。現在叫「千赫」。

**周知** ㄓㄡ ㄓ 図也作「週知」。普遍知道，人人都知道。如「眾所周知」。

**周恤** ㄓㄡ ㄒㄩˋ 図也作「周卹」。周濟，接濟。如「窮人上學時，全靠親戚周恤」。

**周徑** ㄓㄡ ㄐㄧㄥˋ ①図圓形的周圍。②圓周和直徑的比率，也就是圓周率，其值約3.1416。

**周密** ㄓㄡ ㄇㄧˋ 周到而細密。

**周旋** ㄓㄡ ㄒㄩㄢˊ ①應酬。如「周旋於賓客之間」。②對抗。如「誓與強敵周旋到底」。③図走路轉彎的樣子。

**周率** ㄓㄡ ㄌㄩˋ 廣播用語，電波每秒鐘振動的次數。

**周章** ㄓㄡ ㄓㄤ ①倉皇的樣子。如「凡事從容謹慎，不必周章」。②同「周折」。如「大費周章」。③進退，坐起。如「養馴了的大象，拜起周章，能從人意」。

**周偏** ㄓㄡ ㄅㄧㄢˋ 也作「周遍」。周到，普偏。

**周圍** ㄓㄡ ㄨㄟˊ 四周。

**周歲** ㄓㄡ ㄙㄨㄟˋ 小兒出生滿一歲。

**周詳** ㄓㄡ ㄒㄧㄤˊ 周到而詳盡。

**周遊** ㄓㄡ ㄧㄡˊ 四處遊歷。

**周遭** ㄓㄡ ㄗㄠ 四周；周圍。也作「週遭」。

**周濟** ㄓㄡ ㄐㄧˋ 救濟。

**周轉** ㄓㄡ ㄓㄨㄢˇ 通融。也作「週轉」。

**周邊** ㄓㄡ ㄅㄧㄢ ①算術上指多邊形各邊長度的和數。②周圍。

**周籀** ㄓㄡ ㄓㄡˋ 周宣王時太史籀所作的書體。也叫「籀書」「大篆」。

**周公吐哺** ㄓㄡ ㄍㄨㄥ ㄊㄨˇ ㄅㄨˇ 図比喻當權者禮遇賢士。參看「吐哺握髮」。

**呪（咒）** ㄓㄡˋ ㈠用惡毒的話罵人。如「呪他死」。㈡佛教密宗陀羅尼經文之一種。如「大悲呪」。㈢道士驅鬼治病的口訣。如「畫符念呪」。

**呪語** ㄓㄡˋ ㄩˇ 見呪㈢。

**呪罵** ㄓㄡˋ ㄇㄚˋ 用惡毒的話罵人。

**呻** ㄕㄣ ㈠用長而慢的聲音吟詩。㈡因為身心病痛從嘴裡發聲。如「呻吟」。

**呻吟** ㄕㄣ ㄧㄣˊ ①吟誦。②因為病苦的呼喊聲。

**咂** ㄗㄚ ㈠舌尖與上顎接觸。如「咂嘴」。㈡細細品嘗，吸取。如「咂一口酒」「咂滋味兒」。㈢奶頭叫「咂兒」。

**咂嘴（兒）** ㄗㄚ ㄗㄨㄟˇ ㄦ 舌尖抵住上顎發出吸氣聲。表示羨慕、驚訝、贊美等。

**呦** ㄧㄡ ㈠鹿叫的聲音。如「鹿鳴呦呦」。㈡表示驚訝的歎詞。如「呦！這孩子哪兒去了」。

**味** ㄨㄟˋ ㈠吃東西的時候舌頭的感覺。如酸、甜、苦、辣、鹹叫做五味。㈡氣味。如「怪味道」。㈢有趣的感受。如「趣味」「韻味」。㈣體會，研究。如「玩味」「尋味」。㈤食物或中藥一種叫一味。如「食不兼味」「藥方上只是大黃一味」。

**味兒** ㄨㄟˋ ㄦ 味道。

**味素** ㄨㄟˋ ㄙㄨˋ 就是味精。由小麥、豆類中的麩酸鈉製成的一種白色結晶體調味料。日本稱「味之素」，臺灣簡稱為味素。

**味道** ㄨㄟˋ ㄉㄠˋ 道字輕讀。①味㈠。②指興趣。

**味精** ㄨㄟˋ ㄐㄧㄥ 味素。

**味蕾** ㄨㄟˋ ㄌㄟˇ 味覺神經末梢，呈橢圓形，分布於舌面，約有九千個，能辨別滋味。

**味覺** ㄨㄟˋ ㄐㄩㄝˊ 飲食的時候由舌上味神經所生的感覺。

**味覺器** ㄨㄟˋ ㄐㄩㄝˊ ㄑㄧˋ 也叫味官，是辨味的器官，在口腔內，主要是舌頭上的味蕾。

**味同嚼蠟** ㄨㄟˋ ㄊㄨㄥˊ ㄐㄩㄝˊ ㄌㄚˋ 図比喻沒有味道，多指文章或講話枯燥乏味。

## 六筆

**品** ㄆㄧㄣˇ ㈠我國帝制時代的官制，從一品到九品，又有正從之分。㈡東西。如「物品」「品名」。㈢等級，類別。如「上品」「下品」。㈣人的性格、行為。如「品格」「品行」。㈤評量。如「品評」「品題」。㈥細辨滋味。如「品嘗」。㈦因為體驗考查才感覺到的。如「日子一長，就把他的性格品出來了」。㈧吹奏樂器。如「品簫」。

**品目** ㄆㄧㄣˇ ㄇㄨˋ 物品的名目。

**品名** ㄆㄧㄣˇ ㄇㄧㄥˊ 物品的名稱。

**品行** ㄆㄧㄣˇ ㄒㄧㄥˋ 人的品格與行為。

**品位** ㄆㄧㄣˇ ㄨㄟˋ ①官階。②品格，格調。③礦物中有價值成分的含量的百分比。

**品味** ㄆㄧㄣˇ ㄨㄟˋ ①嘗試食物的滋味。②物品的質地與風味。如「肉鬆罐子裝茶葉，難怪茶葉的品味都變了」。③人對衣著、食物的選擇標準。如「從衣著上看，他的品味相當高」。

**品性** ㄆㄧㄣˇ ㄒㄧㄥˋ 品格和性情。如「這孩子從小沒爹沒娘，無人管教，因此品性不好」。

**品流** ㄆㄧㄣˇ ㄌㄧㄡˊ 流別。

**品紅** ㄆㄧㄣˇ ㄏㄨㄥˊ 比大紅略淺的紅色。

**品格** ㄆㄧㄣˇ ㄍㄜˊ ①操守；品行。②指文學、藝術作品的質量和風格。

**品級** ㄆㄧㄣˇ ㄐㄧˊ 舊時官吏的階級。

**品茶** ㄆㄧㄣˇ ㄔㄚˊ 喝茶時候仔細品嘗茶味。也作「品茗」。

**品第** ㄆㄧㄣˇ ㄉㄧˋ 〔文〕①品評優劣，定出高下等第。②經過評定的等級。

**品脫** ㄆㄧㄣˇ ㄊㄨㄛ 〔文〕英文pint的音譯。英美常用的液體容量單位。一品脫等於〇．五夸特（〇．四七三一公升）。

**品牌** ㄆㄧㄣˇ ㄆㄞˊ 商品的牌子。如「有名的品牌」。

**品評** ㄆㄧㄣˇ ㄆㄧㄥˊ 評論高下。

**品貌** ㄆㄧㄣˇ ㄇㄠˋ ①相貌。②人品和相貌。如「品貌兼優」。

**品嘗** ㄆㄧㄣˇ ㄔㄤˊ 仔細地辨別；嘗試（滋味）。

**品種** ㄆㄧㄣˇ ㄓㄨㄥˇ ①農漁牧的動植物，經過人工選擇、交配、培育而成，遺傳特性一致，產量、品質、經濟價值符合要求的生物體種類。如「改良品種」。②泛指產品種類。

**品德** ㄆㄧㄣˇ ㄉㄜˊ 人的品格和道德修養。

**品綠** ㄆㄧㄣˇ ㄌㄩˋ 像青竹的顏色。

**品質** ㄆㄧㄣˇ ㄓˋ 物品的質量。

**品學** ㄆㄧㄣˇ ㄒㄩㄝˊ 品行與學問。

**品藍** ㄆㄧㄣˇ ㄌㄢˊ 略帶紅的藍色。

**品題** ㄆㄧㄣˇ ㄊㄧˊ 〔文〕①評論（人物、作品等）。②觀賞，欣賞。

**品類** ㄆㄧㄣˇ ㄌㄟˋ 物品的種類。如「這一家店的貨物，品類很多」。

**品鑑** ㄆㄧㄣˇ ㄐㄧㄢˋ 對人品、貨色、詩文優劣的品評鑑別。

**品竹彈絲** ㄆㄧㄣˇ ㄓㄨˊ ㄊㄢˊ ㄙ 也作「品竹調絲」「品竹調弦」。吹奏樂器。竹：簫、笛等管樂器。絲：弦樂器。

**品質管制** ㄆㄧㄣˇ ㄓˋ ㄍㄨㄢˇ ㄓˋ 確保產品品質的檢驗管制措施。簡作「品管」。

**品頭論足** ㄆㄧㄣˇ ㄊㄡˊ ㄌㄨㄣˋ ㄗㄨˊ 本指談論婦女的姿容，引申為對人或事的故意挑剔。也作「評頭論足」。

**品簫弄笛** ㄆㄧㄣˇ ㄒㄧㄠ ㄋㄨㄥˋ ㄉㄧˊ 吹奏洞簫和笛子。

**咪** ㄇㄧ ㈠貓叫或叫貓的聲音。㈡形容輕小的詞尾，如「笑咪咪」「小咪咪」。

**咪咪** ㄇㄧ ㄇㄧ ①對貓的呼叫。②形容微笑的樣子。如「笑咪咪」。③形容細小或幼小的樣子。如「小咪咪」。

## 哆

▲ㄉㄨㄛ見「哆嗦」條。

▲又ㄔˇ張嘴。

**哆嗦** ㄉㄨㄛ ㄙㄨㄛ 嗦字輕讀。戰慄，顫動。

**哆囉哆嗦的** ㄉㄨㄛ ㄌㄨㄛ ㄉㄨㄛ ㄙㄨㄛ ˙ㄉㄜ 囉字輕讀。哆嗦的樣子。

## 咷

ㄊㄠˊ 號咷，放聲大哭。

## 咧

▲ㄌㄧㄝ「咧咧」，第二字輕讀。指小孩兒哭。

▲ㄌㄧㄝˊ「咧咧」，第二字輕讀。唱，說。如「你別亂咧咧了」。

▲ㄌㄧㄝˇ嘴角向兩邊伸展。如「咧嘴」「咧開」。

## 咯

▲又ㄌㄨㄛˋ見「咯血」。語音ㄎㄚˇ。

▲˙ㄌㄛ語助詞。如「來咯」「這當然咯」。

▲ㄍㄜ「咯噠」，北方口語說芥菜頭，醃了就飯吃的。

▲ㄍㄜˊ見「咯噔」條。

**咯血** ㄌㄨㄛˋ ㄒㄧㄝˇ 咳嗽時出血。口語說ㄎㄚˇ ㄒㄧㄝˇ。

**咯噔** ㄍㄜˊ ㄉㄥ ①形容人穿著硬鞋走路或上樓的聲音。如「他咯噔咯噔地走了」。②忽然。如「他說著說著，咯噔就不說了」。③形容路上坎坷不平的樣子。

## 哏

▲ㄍㄣˊ ㈠滑稽有趣的話。如「逗哏」。㈡可笑，有趣。如「這個孩子真哏」。

▲ㄏㄣˇ哏哆（˙ㄉㄨㄛ），以惡聲罵人。

## 咳

▲ㄎㄜˊ見「咳嗽」條。

▲ㄎㄞˊ咳嗽（讀音）。

▲ㄎㄚˇ用力排出梗塞在喉頭的東西。如「咳痰」。

▲ㄏㄞˊ小孩兒笑。

▲ㄏㄞ歎詞。如「咳！我怎麼忘了這件事兒」。

▲ㄏㄞˋ歎詞，表示懊悔或惋惜。如「咳！你怎麼可以這樣做」。

**咳血** ㄎㄚˇ ㄒㄧㄝˇ 咳嗽帶血。

**咳痰** ㄎㄚˇ ㄊㄢˊ 痰因為咳嗽而吐出。

**咳嗽** ㄎㄜˊ ˙ㄙㄡ 嗽字輕讀。人的氣管的黏膜受了痰或氣體的刺激，肺部自然用力來排氣，要衝走刺激物，因此發出聲音，叫做咳嗽。

**咳唾成珠** ㄎㄞˊ ㄊㄨㄛˋ ㄔㄥˊ ㄓㄨ 図比喻談吐不凡或詩文優美。咳唾，咳嗽吐口水，比喻說話或談論。

**咳聲歎氣** ㄏㄞ ㄕㄥ ㄊㄢˋ ㄑㄧˋ 因為憂愁焦急而發出歎聲。

## 咵

ㄎㄨㄚˇ 北方說外地人語音不正叫咵。

## 哈

▲ㄏㄚ ㈠用嘴噓氣。如「哈了一口氣」。㈡大笑的聲音。如「哈哈大笑」。㈢腰部稍微向下彎。如「哈腰」（也作「躬腰」）。㈣用嘴向裡吸氣，把液體帶了進去。如「他把那碗稀飯哈著吃了」。㈤姓。

▲ㄏㄚˇ見「哈巴狗」。

▲ㄎㄚ哈喇（˙ㄌㄚ），西藏出產的呢子。

**哈欠** ㄏㄚ ㄑㄧㄢˋ 也作「呵欠」。人體血液中的二氧化碳增多，刺激腦神經的呼吸中樞，引起張嘴呼氣的現象。

**哈哈** ㄏㄚ ㄏㄚ 張口大笑的聲音。

**哈氣** ㄏㄚ ㄑㄧˋ 張嘴吐氣。

**哈腰** ㄏㄚ ㄧㄠ 也作「躬腰」。稍微向前彎腰。如「點頭哈腰」。

**哈達** ㄏㄚ ˙ㄉㄚ 達字輕讀。白、紅或黃色的薄絹，西藏人用來敬佛或餽贈的珍品。

**哈囉** ㄏㄚ ㄌㄨㄛ 英文 hello 的音譯。見面打招呼的用語。

**哈巴狗** ㄏㄚ ㄅㄚ˙ ㄍㄡˇ 巴字輕讀。也作哈叭狗。小個兒，毛又長又密，俗稱獅子狗或巴兒狗。

**哈哈鏡** ㄏㄚ ㄏㄚ ㄐㄧㄥˋ 凹凸透鏡的俗稱。因為會照映出扭曲變形的怪狀，引人發笑，所以叫「哈哈鏡」。

**哈密瓜** ㄏㄚ ㄇㄧˋ ㄍㄨㄚ 哈密出產的西瓜，有一種皮又薄又軟，一進嘴裡就化了；另一種皮厚而脆，味道很好。

**哈雷彗星** ㄏㄚ ㄌㄟˊ ㄏㄨㄟˋ ㄒㄧㄥ 肉眼能看到的大彗星之一。中國早在西元前七百年就發現，在〈公羊傳〉裡有記載。英國天文學家哈雷在一七〇五年計算出它的運行軌道，大約以七十六年的週期繞太陽運行，因而命名為「哈雷彗星」。

**哈薩克族** ㄏㄚ ㄙㄚˋ ㄎㄜˋ ㄗㄨˊ 種族名。由古代的烏孫、突厥、契丹和後來蒙古的一部分混合發展而成。以擅長騎術著稱。居住於西亞的，叫哥薩克或科薩克。在中國境內的，分布於新疆北部以及青海、甘肅西部。有自己的語言文字。信仰回教，以游牧為生。

**哄** ▲ㄏㄨㄥ 聲音嘈雜。
▲ㄏㄨㄥˇ ㈠騙人。如「連哄帶騙」。㈡照顧小孩兒，陪他玩兒。如「小明哭了，你哄哄他吧」。

**哄抬** ㄏㄨㄥˇ ㄊㄞˊ 紛紛叫喊抬高，大多指物價。如「哄抬物價」。

**哄動** ㄏㄨㄥ ㄉㄨㄥˋ 同「轟動」，引動很多人。

**哄堂** ㄏㄨㄥ ㄊㄤˊ 眾人同時發笑。

**哄傳** ㄏㄨㄥ ㄔㄨㄢˊ 紛紛傳說，眾口傳揚。

**哄騙** ㄏㄨㄥˇ ㄆㄧㄢˋ 說假話騙人。

**咭** ㄐㄧ 笑聲。

**咭吱咯吱** ㄐㄧ ㄓ ㄍㄜ ㄓ 形容東西互相摩擦或壓榨的聲音。

**咭咭呱呱** ㄐㄧ ㄐㄧ ㄍㄨㄚ ㄍㄨㄚ 形容人大聲說笑或高聲談話。也作「咭咭嘎嘎」。

**咭噔咯噔** ㄐㄧ ㄉㄥ ㄍㄜ ㄉㄥ 形容車聲、鞋聲或器物搖動的聲音。也作咭噔咭噔。

**咥** ▲〔文〕ㄒㄧˋ 大笑。
▲ㄉㄧㄝˊ 齧。

**咻** ▲〔文〕ㄒㄧㄡ 喧嚷，攪吵。如「眾楚人咻之」。
▲ㄒㄩˇ 噢咻，病人喊痛的聲音。

**咻咻** ㄒㄧㄡ ㄒㄧㄡ 呼吸聲。

**咸** 〔文〕ㄒㄧㄢˊ ㈠全、都。㈡姓。

**咸宜** ㄒㄧㄢˊ ㄧˊ 〔文〕一切都適合。

**咫** ㄓˇ 周朝制尺，八寸長為一咫。

**咫尺** ㄓˇ ㄔˇ 〔文〕比喻距離很近。

**咫尺天涯** ㄓˇ ㄔˇ ㄊㄧㄢ ㄧㄚˊ 〔文〕相距很近，卻像遠在天邊。比喻相見之難。也作「咫尺山河」「咫尺千里」。

**咫尺萬里** ㄓˇ ㄔˇ ㄨㄢˋ ㄌㄧˇ 〔文〕贊歎能在小小畫幅裡表現遼闊深遠的景色，也形容短短的篇幅能表現深遠意境。

**咤** 〔文〕ㄓㄚˋ ㈠吼。如「叱咤」。㈡吃東西時候嘴出聲。〈禮記〉有「毋咤食」。

**咮** ㄓㄡˋ 〔文〕鳥嘴。

**哂** 〔文〕ㄕㄣˇ ㈠微笑。如「夫子哂之」。㈡譏笑。如「哂笑」。

**哂笑** ㄕㄣˇ ㄒㄧㄠˋ 〔文〕譏笑。

**哂納** ㄕㄣˇ ㄋㄚˋ 〔文〕送東西給人，希望人家收下的客氣話。也作哂收。

**咨** ㄗ ㈠咨議，是商量謀畫的意思。咨訪，是訪問的意思。㈡咨嗟，歎氣聲。㈢總統與立法院、監察院之間來往的公文。如「咨請總統公布施行」。

**咨嗟**（ㄗ ㄐㄧㄝ） 図①贊歎。也作「咨贊」。②歎息。也作「咨歎」。

**咨請**（ㄗ ㄑㄧㄥˇ） 図具文送請。舊時同級官署之間的公文用語。現在只用於總統和國民大會或立法院之間的公文。

**哉** 図ㄗㄞ ㈠表疑問的詞。如「何足道哉」。㈡表感歎的助詞。如「嗚呼哀哉」。㈢「起初」的意思。

**咱** ▲ㄗㄢˊ 我。▲ㄗㄚˊ 咱家，我，小說人物的自稱。

**咱們**（ㄗㄢˊ ·ㄇㄣ） 我們大家，包括說話的人和聽話的人。

**呲** ㄘ 斥責。如「挨呲」。

**咢** 図ㄜˋ ㈠屋稜。㈡通「愕」。㈢通「鍔」。㈣通「諤」。㈤「咢咢」，形容帽子很高。

**哀** ㄞ ㈠傷悲。如「哀悼」。㈡死了母親，兒子自稱「哀子」。㈢憐、惜。如「哀矜」。㈣姓。

**哀子**（ㄞ ㄗˇ） 母親死了，兒子自稱哀子。

**哀告**（ㄞ ㄍㄠˋ） 苦苦央求。

**哀求**（ㄞ ㄑㄧㄡˊ） 苦苦請求。

**哀泣**（ㄞ ㄑㄧˋ） 悲傷而哭泣。

**哀哉**（ㄞ ㄗㄞ） 感歎語，表示悲傷或痛惜。

**哀思**（ㄞ ㄙ） 悲哀思念的感情。

**哀怨**（ㄞ ㄩㄢˋ） 悲傷怨恨。

**哀矜**（ㄞ ㄐㄧㄣ） 図對別人的不幸遭遇表示同情。

**哀婉**（ㄞ ㄨㄢˇ） 悲傷婉轉。如「歌聲哀婉動人」。

**哀悼**（ㄞ ㄉㄠˋ） 悲痛地追念死者。

**哀戚**（ㄞ ㄑㄧ） 図悲傷。戚，憂傷，悲哀。

**哀痛**（ㄞ ㄊㄨㄥˋ） 悲傷；悲痛。

**哀傷**（ㄞ ㄕㄤ） 悲傷。

**哀愁**（ㄞ ㄔㄡˊ） 悲哀憂愁。

**哀號**（ㄞ ㄏㄠˊ） 悲哀地號哭。

**哀榮**（ㄞ ㄖㄨㄥˊ） 図死後的榮譽。

**哀歌**（ㄞ ㄍㄜ） ①歌詠哀慟憂傷情懷的歌。②因哀傷而歌。

**哀鳴**（ㄞ ㄇㄧㄥˊ） 悲哀地呼叫。

**哀憐**（ㄞ ㄌㄧㄢˊ） 同「哀矜」。

**哀樂** ▲ㄞ ㄌㄜˋ 悲傷與歡樂。▲ㄞ ㄩㄝˋ 悲哀的音樂，喪葬或追悼時用的。

**哀歎**（ㄞ ㄊㄢˋ） 悲哀地歎息。

**哀懇**（ㄞ ㄎㄣˇ） 苦苦懇求。

**哀豔**（ㄞ ㄧㄢˋ） 図形容文詞淒切而華麗。

**哀兵必勝**（ㄞ ㄅㄧㄥ ㄅㄧˋ ㄕㄥˋ） 指受壓抑而奮起反抗的軍隊，必然能打勝仗。

**哀矜勿喜**（ㄞ ㄐㄧㄣ ㄨˋ ㄒㄧˇ） 図看見悲哀的事情應該憐憫同情，不應該有看熱鬧或喜樂的心情。

**哀感頑豔**（ㄞ ㄍㄢˇ ㄨㄢˊ ㄧㄢˋ） 頑鈍跟美好的人都受感動，形容文學作品的感人。

**哀毀骨立**（ㄞ ㄏㄨㄟˇ ㄍㄨˇ ㄌㄧˋ） 図形容某人因為其親人死亡以致過分悲痛而身體瘦得只剩骨架。

**哀鴻遍野**（ㄞ ㄏㄨㄥˊ ㄅㄧㄢˋ ㄧㄝˇ） 図比喻到處都是流離失所的災民。哀鴻，本指哀鳴的鴻雁，借喻流離失所的人。

**哀的美頓書**（ㄞ ㄉㄧˋ ㄇㄟˇ ㄉㄨㄣˋ ㄕㄨ） 英文 ultimatum 的譯音。兩國交涉接近破裂時，送致對方要求限期簽覆的最後通牒。

**哀莫大於心死** ㄞ ㄇㄛˋ ㄉㄚˋ ㄩˊ ㄒㄧㄣ ㄙˇ 頹廢不振作，喪失努力求好的意志，是最可悲不過的事。

**哎** ㄞ 感歎詞。㈠表示驚愕。如「哎呀」。㈡表示惋惜或傷痛。如「哎喲」。

**哎呀** ㄞ ㄧㄚ 驚歎詞，表驚訝。如「哎呀！原來是你呀」。

**哎喲** ㄞ ㄧㄠ 感歎詞，表驚訝或痛苦。如「哎喲，我的天！怎麼會有這種事」。

**咿（吚）** ㄧ 形容聲音的字。㈠見「咿啞」條。㈡咿咿，文言形容雞叫、蟲鳴和豬叫。㈢咿呦，文言形容人說話跟鹿叫的聲音。

**咿啞** ㄧ ㄧㄚ ①描述小兒學說話的聲音。②船上打槳聲。

**咦** ㄧˊ 表示驚訝的疑問感歎詞。如「咦！有這種事情」。

**咼** ㄍㄨㄛ 姓。

**咬** ㄧㄠˇ ㈠用牙齒切斷壓破或夾住物體。如「咬出血了」「咬住」。㈡罪犯攀扯好人，說好人有罪。如「被賊咬了一口，吃上官司了」。㈢狗吠。如「聽，外面狗直咬」。㈣吃。如「咬得菜根，百事可作」。㈤認定不變。如「一口咬定」。

**咬牙** ㄧㄠˇ ㄧㄚˊ ①痛恨的樣子。如「咬牙切齒」。②睡著以後牙齒相摩擦，是消化不良的病象之一。③為人精明，斤斤計較的樣子。如「他這人向來很咬牙」。④嚴格不放鬆。如「他一咬牙，我就沒辦法了」。

**咬舌** ㄧㄠˇ ㄕㄜˊ 說話時舌頭常和牙齒接觸，因此發音不清楚。俗稱咬舌的人為「咬舌子」。

**咬定** ㄧㄠˇ ㄉㄧㄥˋ 話說得很肯定。如「一口咬定他撒謊」。

**咬筋** ㄧㄠˇ ㄐㄧㄣ 在頰部，有咀嚼作用。又名咀嚼筋。

**咬字兒** ㄧㄠˇ ㄗˋ ㄦ 發出的字音。

**咬耳朵** ㄧㄠˇ ㄦˇ ㄉㄨㄛˇ 朵字輕讀。靠近別人的耳朵悄悄的說話。

**咬菜根** ㄧㄠˇ ㄘㄞˋ ㄍㄣ 比喻清苦的生活。

**咬文嚼字** ㄧㄠˇ ㄨㄣˊ ㄐㄩㄝˊ ㄗˋ 過分地斟酌字句（多用來譏笑死摳字眼兒，固執不知變通的人）。

**咬牙切齒** ㄧㄠˇ ㄧㄚˊ ㄑㄧㄝ ㄔˇ 恨怒的樣子。

**咬合不正** ㄧㄠˇ ㄏㄜˊ ㄅㄨˋ ㄓㄥˋ 牙醫用語。上排牙齒和下排牙齒不密合，或牙齒在齒列中的位置不正。

**咬緊牙關** ㄧㄠˇ ㄐㄧㄣˇ ㄧㄚˊ ㄍㄨㄢ 比喻忍受艱苦，堅持到底。

**咽** ▲ㄧㄢ 見「咽喉」條。▲ㄧㄢˋ 同「嚥」。▲ㄧㄝˋ 聲音堵塞。如「哽咽」。

**咽喉** ㄧㄢ ㄏㄡˊ ①咽與喉。咽，指口腔、鼻腔及食道，是消化器官的一部分。喉，指氣管上有軟骨、肌肉及黏膜層的構造，是發聲的器官。②文言裡比喻地勢扼要的地方。如「漢中，益州之咽喉」。

**哇** ▲ㄨㄚ ㈠見「哇哇」。㈡図淫靡的音樂聲。如「淫哇之聲」。▲˙ㄨㄚ 語尾助詞。凡是上一字收韻為ㄨ、ㄠ、ㄡ的助詞「啊」（˙ㄚ），就轉變成「哇」（˙ㄨㄚ）。如「別哭哇」「很好哇」「別走哇」。

**哇哇** ㄨㄚ ㄨㄚ ①小孩兒學話的聲音。②小孩兒啼哭聲。③大哭聲。④生氣叫喊的聲音。

## 七筆

**唄** ㄅㄞˋ 和尚作法事時頌佛歌詠的聲音。如「梵唄」。

**哺** 図ㄅㄨˇ ㈠嘴裡嚼著食物。㈡把食物餵給不能自己吃的人或動物。

如「哺乳」、「反哺」。

**哺育** ㄅㄨˇ ㄩˋ ①餵養，養育。②比喻培養，培育。

**哺乳** ㄅㄨˇ ㄖㄨˇ 母親把奶汁給嬰兒吃。

**哺乳動物** ㄅㄨˇ ㄖㄨˇ ㄉㄨㄥˋ ㄨˋ 凡是用母乳養育子女的，叫哺乳動物。人類跟獸類都屬哺乳動物。

**咩（哶）** ㄇㄧㄝ 同「羋」。羊叫的聲音。

**哇** ㄉㄡ 憤怒斥責的聲音。如「哇！你這小子」。

**啾** ㄌㄧˊ 見「啾咕」。

**啾咕** ㄌㄧˊ ㄍㄨ 咕字輕讀。①低聲說話。②心裡不安，作事猶疑不決。

**啾啾咕咕** ㄌㄧˊ ㄌㄧ ㄍㄨ ㄍㄨ 第二個啾字輕讀。啾咕的樣子。

**唐** ㄊㄤˊ (一)朝代名。(二)中國的別稱。如「唐裝」「唐人街」。(三)姓。

**唐山** ㄊㄤˊ ㄕㄢ ①河北省省轄市名，工礦都市。②海外華僑和臺灣居民對中國大陸的傳統稱呼。

**唐突** ㄊㄤˊ ㄊㄨˊ ①抵觸。②冒昧的舉動。

**唐捐** ㄊㄤˊ ㄐㄩㄢ 因落空，虛耗，白費。如「功不唐捐」。

**唐堯** ㄊㄤˊ ㄧㄠˊ 古帝名。帝嚳（ㄎㄨˋ）次子。先封於陶，又封於唐，號為陶唐氏。在位百年，行德政。因子丹朱不肖，把帝位禪讓給舜。

**唐朝** ㄊㄤˊ ㄔㄠˊ 李淵、李世民父子建立的朝代。隋朝之後，五代之前，歷兩百九十年（西元六一八年到九〇七年）。

**唐裝** ㄊㄤˊ ㄓㄨㄤ 中國式服裝。

**唐詩** ㄊㄤˊ ㄕ 近體詩以唐代最盛，當時作品稱為唐詩，是唐代文化的代表。

**唐韻** ㄊㄤˊ ㄩㄣˋ 唐代孫愐根據〈切韻〉（隋朝陸法言撰）修訂的韻書（依韻分類的字典）。現已失傳。

**唐人街** ㄊㄤˊ ㄖㄣˊ ㄐㄧㄝ 外國城市中華僑聚居的街道或區域。英語說 China-town，譯為「唐人街」。也作「華人街」。

**唐三彩** ㄊㄤˊ ㄙㄢ ㄘㄞˇ 唐代陶器和陶俑上的釉彩。也指有這種釉彩的陶製品。所謂三彩，並非只限於三種，只是以黃、綠、藍三色系為主。

**唐菖蒲** ㄊㄤˊ ㄔㄤ ㄆㄨˊ 多年生草本植物。地下球莖圓形，葉子像劍，因此俗稱劍蘭。全年開花，穗狀花序，有紅、黃、白、藍、紫等色。球莖繁殖，可供觀賞。

**唐僧取經** ㄊㄤˊ ㄙㄥ ㄑㄩˇ ㄐㄧㄥ 唐代高僧玄奘往天竺（印度）求經，歷時十七年，回國後譯出經文七十五部，一千三百三十五卷。明朝吳承恩的小說〈西遊記〉就是寫唐僧取經的中國民間故事。

**唐宋八大家** ㄊㄤˊ ㄙㄨㄥˋ ㄅㄚ ㄉㄚˋ ㄐㄧㄚ 唐宋兩代八個散文大家的合稱。就是唐朝的韓愈、柳宗元，宋朝的歐陽修、蘇洵、蘇軾、蘇轍、曾鞏、王安石。他們反對駢體文，提倡散文，是古文運動的代表人物。

**哪** ▲ㄋㄚˇ 表示詢問的指示代名詞或形容詞。如「哪裡」「哪個」。▲ㄋㄟˇ「哪」「一」兩字的合音，ㄋㄞˇ的變音。「哪一個」讀作ㄋㄟˇ ㄍㄜ。▲ㄋㄜˊ 見「哪吒」。▲·ㄋㄚ 助詞「啊」用在ㄢ、ㄣ兩韻的字的後面，讀·ㄋㄚ。

**哪回** ㄋㄚˇ ㄏㄨㄟˊ 哪一次。

**哪有** ㄋㄚˇ ㄧㄡˇ ①用反問口氣表示否定。如「哪有這回事」。②耍賴的口氣，表否定。如「我哪有這種事」。

**哪吒**（ㄋㄜˊ ˙ㄓㄚ） 神話裡神的名字。

**哪兒**（ㄋㄚˇ ㄦ） 同「哪裡」。「兒」是「裡」字字音的轉化。

**哪怕**（ㄋㄚˇ ㄆㄚˋ） ①何必擔心。如「只要肯努力，哪怕不進步」。②退一步說，或姑且假設的連詞。同「即使」「就算是」。如「哪怕赴湯蹈火，在所不辭」。

**哪些**（ㄋㄚˇ ㄒㄧㄝ） 哪一些。如「要哪些東西」。

**哪知**（ㄋㄚˇ ㄓ） 豈知；誰知道；沒料到。如「哪知他一口答應了」。

**哪個**（ㄋㄚˇ ˙ㄍㄜ） 哪一個，誰。①疑問代名詞。如「你說的是哪個」。②疑問形容詞。用反問語氣肯定表示「任何一個」都是那樣。如「哪個不多情」。

**哪能**（ㄋㄚˇ ㄋㄥˊ） 怎能，怎麼能夠。如「哪能相提並論呢」。

**哪般**（ㄋㄚˇ ㄅㄢ） 什麼原因，什麼緣故。常放在句末。如「眉頭不展為哪般」。

**哪裡**（ㄋㄚˇ ˙ㄌㄧ） 裡字輕讀。①什麼地方。如「人在哪裡」。②表示不確知的地方。如「我也不知道他在哪裡」。③泛指任何地方。如「他愛到哪裡，就到哪裡」。④用反問語氣表示否定。如「這哪裡是真貨」。⑤婉轉否定的謙詞。如「哪裡哪裡？別客氣」。

**哪樣**（ㄋㄚˇ ㄧㄤˋ） 什麼樣。哪一樣。如「哪樣東西只能看不能吃」。

**哪邊（兒）**（ㄋㄚˇ ㄅㄧㄢ ㄦ） 詢問方位的詞，或指東西南北，或指左右前後。

**哪吒鼓**（ㄋㄜˊ ˙ㄓㄚ ㄍㄨˇ） 臺灣民俗活動之一。哪吒是佛教護法之神，傳說是「毘沙門天王」之子，年少而英勇善戰，成為少年英雄象徵。廟會時以鑼鼓、耍刀舞棒，繞境而行。

**哪門子**（ㄋㄚˇ ㄇㄣˊ ˙ㄗ） 什麼。用反問語氣，表示對事物來由的懷疑。如「這算是哪門子道理呀」。

**哩** ▲ㄌㄧ 見「哩嚕」條。▲ㄌㄧˇ 英制長度名mile的意譯，也有譯作「英里」的。一哩長五千二百八十英尺，合一千六百零九點三一五公尺。▲˙ㄌㄧ 文藝作品所用的助詞，同「呢（˙ㄋㄜ）」。

**哩嚕**（ㄌㄧ ㄌㄨ） 說話不清楚。

**哢** ▲図ㄌㄨㄥˋ鳥兒吟唱的聲音。▲˙ㄋㄡ 助詞「哪」的變音。如「我對您是佩服得很哢」。

**哥** ㄍㄜ 兒。如「大哥」。

**哥兒**（ㄍㄜ ㄦ） ①兄弟的總稱。如「你們哥兒幾個」。②指富貴人家的男童。如「公子哥兒」。

**哥哥**（ㄍㄜ ˙ㄍㄜ） ①兄。如「我有三個哥哥」。②特殊用法的語尾助詞，沒有意義。如「行不得也哥哥」。

**哥兒們**（ㄍㄜ ㄦ ˙ㄇㄣ） ①弟兄們。②男子之間的暱稱。③指混在一起不做好事的一些年輕男子。

**哥兒倆**（ㄍㄜ ㄦ ㄌㄧㄚˇ） ①兄弟兩個人。②親密朋友的彼此合稱。如「咱哥兒倆去吧」。

**哥們兒**（ㄍㄜ ˙ㄇㄣ ㄦ） ①同哥兒們。兄弟輩或兄弟的統稱。②詼諧的暱稱。

**哿** 図ㄍㄜˇ可，〈詩經〉有「哿矣富人，哀此惸獨」。又讀ㄎㄜˇ。

**哽** ㄍㄥˇ 堵塞。如「哽咽」。

**哽咽**（ㄍㄥˇ ㄧㄝˋ） 悲傷得要哭都哭不出聲。

**哽塞**（ㄍㄥˇ ㄙㄜˋ） （嗓音）堵塞（多因悲痛氣塞而不能言語）。如「哽塞涕泗，不能成聲」。

**哭** ㄎㄨ 傷心流淚又出聲。

**哭泣**（ㄎㄨ ㄑㄧˋ） 哭。哭是流淚又出聲嚎叫，泣是流淚不出聲。泛稱哭嚎。

**哭訴** ㄎㄨ ㄙㄨˋ 哭著訴說。

**哭號** ㄎㄨ ㄏㄠˊ 也作哭嚎、哭嗥或號哭。又哭又號。哭是有淚有聲，號是有聲無淚。

**哭窮** ㄎㄨ ㄑㄩㄥˊ 告訴別人自己有多窮苦。

**哭喪棒** ㄎㄨ ㄙㄤ ㄅㄤˋ 出殯時孝子手裡拿的貼著短白紙條的棒。

**哭喪臉** ㄎㄨ ㄙㄤ ㄌㄧㄢˇ 喪字輕讀。悲傷的臉色。

**哭哭啼啼** ㄎㄨ ㄎㄨ ㄊㄧˊ ㄊㄧˊ 第二個哭字輕讀。沒完沒了地哭。

**哭笑不得** ㄎㄨ ㄒㄧㄠˋ ㄅㄨˋ ˙ㄉㄜ 哭也不是，笑也不是。形容令人難受，又令人發笑。

**哼** ▲ㄏㄥ ㈠痛苦呻吟的聲音。如「躺在床上哼哼」。㈡低聲唱歌。如「他跟著音樂哼了幾聲」。▲ㄏㄫ 表示憤怒或鄙斥的感歎詞。如「哼！好小子！明天給你好看」。

**哼唷** ㄏㄥ ㄧㄛ 歎詞。大家一起用力的時候，有節奏的打氣呼喊聲。如「大家用力呀！哼唷！哼唷！哼唷！」

**哼哼唧唧** ㄏㄥ ㄏㄥ ㄐㄧ ㄐㄧ 第二個哼字輕讀。①言語緩慢細碎，使人難懂。如「哼哼唧唧的教人冒火」。②病痛的呼叫聲。如「昨天他把手割破了，到今天還哼哼唧唧呢」。

**哼啊哈兒** ㄏㄥ ㄚ ㄏㄚ ㄦ 待人只是敷衍了事，或不在意別人說的話，只在口頭上含糊應答。也作「哼哼哈哈」。如「你跟他說話，他哼啊哈兒的，根本沒放在心上」。

**哼哈二將** ㄏㄥ ㄏㄚ ㄦˋ ㄐㄧㄤˋ 明代小說〈封神演義〉根據佛教護守寺廟的門神附會的兩個神將。一個叫鄭倫，鼻子能哼出白氣制敵；一個叫陳奇，口中能哈出黃氣擒將。後人用來比喻行為迴異卻能互相配合默契的一對夥伴。

**唧** ▲ㄐㄧ 細小的聲音。如「唧唧」。▲ㄐㄧˋ ㈠見「唧筒」。㈡ㄐㄧ的又讀。

**唧咕** ㄐㄧ ㄍㄨ 咕字輕讀。①兩人低聲說話。②自言自語。③液體受壓迫，擠出一點點兒。如「小弟弟又唧咕尿了」。

**唧唧** ㄐㄧ ㄐㄧ 図①蟲聲。②歎息聲。③細小的聲音。

**唧筒** ㄐㄧ ㄊㄨㄥˇ 抽水機。

**唧拉喳拉** ㄐㄧ ㄌㄚ ㄔㄚ ㄌㄚ 前一個拉字輕讀。嘈雜聲。

**唧唧咕咕** ㄐㄧ ㄐㄧ ㄍㄨ ㄍㄨ 第二個唧字輕讀。低聲說話，自言自語。

**唏** 図ㄒㄧ ①通「欷」。②唏唏，笑。

**哮** ㄒㄧㄠ ㈠猛獸發怒的聲音。如「咆哮」。㈡喘息的聲音。如「哮喘」。

**哮喘** ㄒㄧㄠ ㄔㄨㄢˇ 支氣管的病。患者氣急痰響，呼吸迫促。

**哳** 図ㄓㄚ ㈠啁哳，鳥叫聲。㈡嘲哳。

**哲（喆）** ㄓㄜˊ ㈠智慧高，洞明事理。如「明哲」。㈡品格與智慧都非常高的人。如「聖哲」。㈢尊稱人家的兒子。如「哲嗣」。

**哲人** ㄓㄜˊ ㄖㄣˊ 賢明智慧的人。〈禮記．檀弓〉記載孔子唱過「哲人其萎乎」的歌。「哲人其萎」就成了悼念人死亡的話。

**哲理** ㄓㄜˊ ㄌㄧˇ 宇宙人生的根本原理。

**哲嗣** ㄓㄜˊ ㄙˋ 尊稱人家的兒子。

**哲學** ㄓㄜˊ ㄒㄩㄝˊ 研究宇宙人生深層意義或根本原理的學科。包括知識論、形而上學、價值論等。

**哲人其萎** ㄓㄜˊ ㄖㄣˊ ㄑㄧˊ ㄨㄟˇ 図哀悼賢人死亡的話。〈禮記．檀弓上〉說：「孔子將死，自歌曰：『梁木其壞乎？哲人其萎乎？』」

**哧** ㄔ 表示笑聲的字。如「噗哧」。

**哨** ㄕㄠˋ ㈠軍隊在駐紮的地方布下崗位，往來巡邏警備，叫「哨」。㈡鳥兒歌唱叫「哨」。如「這金絲雀哨得多好聽」。㈢見「哨子」。

**哨子** ㄕㄠˋ ˙ㄗ 用嘴吹就能發出尖銳音響的小笛子。

**哨兵** ㄕㄠˋ ㄅㄧㄥ 軍隊駐紮負責守衛或警戒的軍士。

**哨音** ㄕㄠˋ ㄧㄣ 用哨子吹出長短不同的音，作為動息操作的信號。

**唣** ㄗㄠˋ 囉唣，聲音嘈雜。

**唑** ㄗㄨㄛˋ 譯音字，見「噻唑」。

**唆** ㄙㄨㄛ 見「唆使」。

**唆使** ㄙㄨㄛ ㄕˇ 煽動別人做壞事或跟人不和。

**哦** ▲図 ㄜˊ 吟哦。▲ㄛˊ 感歎詞，表示疑惑驚訝。如「哦！你就是胡先生」。

**哦呵** ㄛˊ ㄏㄜ 贊歎或驚訝的詞。如「哦呵！來了這麼多的人」。

**哦喲** ㄛˊ ㄧㄠ 驚歎詞。如「哦喲！這麼多」。

**唉** ㄞ 感歎詞：㈠表示傷感、惋惜。如「唉！好人不長壽」。㈡表示答應。如「唉！我聽到了」。

**唈** 図 ㄧˋ 嗚唈，悲傷、歎氣的聲音。又讀 ㄜˋ。

**唷** ㄧㄛ 感歎詞，見「喔唷」。

**唁** ㄧㄢˋ 慰問喪家。如「弔唁」。

**唔** ㄨˊ 咿唔，讀書、唱詩的聲音。

**員** ▲ㄩㄢˊ ㈠在機關團體學校等機構裡工作、表演或學習的人。如「職員」「教員」「學員」「演員」「運動員」「團員」「黨員」。㈡人數。如「十二員大將（ㄐㄧㄤˋ）」。㈢通「幅隕」的「隕」。如「幅員」（指疆域，廣狹及四至）。㈣図通「圓」。〈孟子〉書有「規矩，方員之至也」。▲図 ㄩㄣˊ 增益。〈詩經〉有「員于爾幅」。▲ㄩㄣˋ 姓。

**員工** ㄩㄢˊ ㄍㄨㄥ 職員和工人的合稱。統稱在同一機構服務的工作人員。

**員外** ㄩㄢˊ ㄨㄞˋ ①舊官名，員外郎的簡稱。②從前稱富家的主人。

**員額** ㄩㄢˊ ㄜˊ 人員的定額。

## 八筆

**啵** ㄅㄛ 助詞，表商榷或祈使。如「弟兄們，努力幹啵」。又讀 ˙ㄅㄛ。

**啤** ㄆㄧˊ beer 的音譯。見「啤酒」。

**啤酒** ㄆㄧˊ ㄐㄧㄡˇ 用大麥為主要原料釀成的酒；也叫麥酒。

**啡** ㄈㄟ 見「咖啡」、「嗎啡」。

**唪** ㄈㄥˇ ㈠誦。如「唪經」。㈡図大笑。

**啖（啗）** 図 ㄉㄢˋ ㈠吃。如「據案大啖」。㈡先給人利益，誘他聽從自己。如「以利啖之」。

**啕** ㄊㄠˊ 見「嚎啕」。

**啚** ▲ㄊㄨˊ 「圖」的簡寫。▲ㄅㄧˇ 同「鄙」。

**唸** ㄋㄧㄢˋ 念書、念經的念字的俗寫。

**啦** ▲ㄌㄚ 形容聲音的字。見「啦啦隊」。▲˙ㄌㄚ 助詞，是「了（˙ㄌㄜ）」「啊（˙ㄚ）」兩字的合音，意思同「了（˙ㄌㄜ）」，語氣比較重。

**啦啦隊**（ㄌㄚ ㄌㄚ ㄉㄨㄟˋ） 在運動場邊列隊為運動員吶喊助威的一組人。

**唳** 図ㄌㄧˋ鳥鳴。如「風聲鶴唳」。

**啃** ▲ㄎㄣˇ㈠用牙齒嗑開。如「啃骨頭」。㈡學生勤勉讀書叫「啃書本兒」。▲ㄎㄣˋ吃。

**唿** ㄏㄨ見「唿哨」。

**唿哨**（ㄏㄨ ㄕㄠˋ） 也作「忽哨」「打唿哨」。人用手緊捏自己的嘴脣，呼出尖銳的聲音作為信號，傳達給同伴，叫唿哨。

**唬** ㄏㄨˇ威嚇別人。如「嚇唬」。

**唬事**（ㄏㄨˇ ㄕˋ） 指以虛勢相唬嚇。

**唶** ▲図ㄐㄧㄝˋ歎氣聲。▲ㄐㄧˊ唶唶，鳥叫聲。

**啣** ㄒㄧㄢˊ同「銜」。㈠馬的勒口具。㈡嘴裡含著東西。如「烏鴉啣著一根小樹枝」。㈢図啣命，奉命。

**啄** ㄓㄨㄛˊ㈠鳥類鴿東西吃，叫啄。㈡図剝啄，敲門聲。

**啄木鳥**（ㄓㄨㄛˊ ㄇㄨˋ ㄋㄧㄠˇ） 攀禽類的鳥，嘴尖直而硬，舌尖有鉤，四個腳趾，兩個向前，兩個向後，常扒在樹幹上鴿開樹皮找蟲吃。

**啁** ▲ㄓㄡ「啁啾」「啁噍（ㄐㄧㄡ）」，鳥叫聲。▲ㄓㄠ㈠同「嘲」。「啁哳」是鳥兒叫的聲音。㈡詼啁：調（ㄊㄧㄠˊ）笑、戲謔的意思。

**唱** ㄔㄤˋ㈠照著樂譜發出歌聲。如「唱歌」「唱戲」「唱曲」。㈡高聲地叫。如「唱名」「唱票」。㈢歌。如「小唱」「聽唱兒」。㈣通「倡（ㄔㄤˋ）」。

**唱工**（ㄔㄤˋ ㄍㄨㄥ） 演唱戲曲的能力。也作唱功。

**唱名**（ㄔㄤˋ ㄇㄧㄥˊ） 高聲點名。

**唱和**（ㄔㄤˋ ㄏㄜˋ） 寫出詩詞相酬答。

**唱段**（ㄔㄤˋ ㄉㄨㄢˋ） 戲曲中一段完整的唱腔。

**唱針**（ㄔㄤˋ ㄓㄣ） 唱機裝在唱頭上的針，劃過唱片的音槽，會將刻痕的變化轉換成聲波。針的製作材料有合金、人造鑽石、人造寶石三種。

**唱票**（ㄔㄤˋ ㄆㄧㄠˋ） 票選開票時大聲唱出選票內所圈選的人名。

**唱腔**（ㄔㄤˋ ㄑㄧㄤ） 戲曲音樂中的聲樂部分，就是唱出來的曲調。

**唱盤**（ㄔㄤˋ ㄆㄢˊ） 唱機上承載唱片轉動的圓盤。

**唱機**（ㄔㄤˋ ㄐㄧ） 留聲機。

**唱頭**（ㄔㄤˋ ㄊㄡˊ） 唱機上安裝唱針的部分。

**唱戲**（ㄔㄤˋ ㄒㄧˋ） 演唱戲劇。

**唱片（兒）**（ㄔㄤˋ ㄆㄧㄢˋ ㄦ） 也叫留聲片，用塑膠製成圓片，上面有細溝，放在留聲機上，搭上唱頭，能發音。

**唱本（兒）**（ㄔㄤˋ ㄅㄣˇ ㄦ） 戲曲唱詞的小冊子。

**唱反調**（ㄔㄤˋ ㄈㄢˇ ㄉㄧㄠˋ） 提出相反的主張，或採取相反的行動。如「這個人故意唱反調」。

**唱高調**（ㄔㄤˋ ㄍㄠ ㄉㄧㄠˋ） 說出聳人聽聞而不切實際的言論。

**唱對臺戲**（ㄔㄤˋ ㄉㄨㄟˋ ㄊㄞˊ ㄒㄧˋ） 以前慶典或廟會時，請來兩班戲團同地同時表演，稱唱對臺戲或打對臺。後用來比喻提出相反的意見或採取相對的行動。如「對方蓄意和我們唱對臺戲」。

**唱籌量沙**（ㄔㄤˋ ㄔㄡˊ ㄌㄧㄤˊ ㄕㄚ） 南朝宋代名將檀道濟的故事。道濟伐魏敗退，軍糧缺乏，後有追兵，軍心渙散。道濟叫人在晚上把沙當作米來量，量時高呼數字。追兵以為他們軍糧多，不敢再追。部下也以為糧食夠吃，沒有逃散。後人用來比喻把無裝成有。

**啜** ㄔㄨㄛˋ ㈠用嘴吸氣把粥帶進嘴裡。如「冬日啜碎米粥」。㈡啜泣，哭泣的樣子。

**啥** ㄕㄚˊ 什麼。

**啑** ▲図ㄕㄚˋ ㈠同「唼」。㈡同「歃」。▲ㄉㄧㄝˊ「啑血」：㈠同「喋血」。㈡同「歃血」。

**商** ㄕㄤ ㈠兩個人以上在一起討論或計畫事情。如「面商」「相商」「商量好了再辦」。㈡生意，做買賣。如「商人」「經商」。㈢算術裡除法演算的得數。見「商數」。㈣古時候五音（宮、商、角、徵、羽）之一，是表示音的高低所用的字。㈤朝代名，成湯所建立的，國號商（西元前1766—前1123）。㈥星宿名。常跟參（ㄕㄣ）星連在一起說（見「參商」條）。㈦姓。

**商人** ㄕㄤ ㄖㄣˊ 做買賣的人。

**商行** ㄕㄤ ㄏㄤˊ 商店，多指較大的，以批發買賣為主的。

**商事** ㄕㄤ ㄕˋ 商業法律上有關的一切事項的總稱。

**商定** ㄕㄤ ㄉㄧㄥˋ 商議決定，商量好。

**商店** ㄕㄤ ㄉㄧㄢˋ 買賣貨物的店鋪。

**商法** ㄕㄤ ㄈㄚˇ 有關商事的法規，如公司法、票據法、海商法、保險法等。

**商股** ㄕㄤ ㄍㄨˇ 股份公司中由商民承擔出資的股。

**商品** ㄕㄤ ㄆㄧㄣˇ 在市場商店出售的物品，總稱叫商品，約分原料、半製品、製造品、再製品四種。

**商洽** ㄕㄤ ㄑㄧㄚˋ 接洽商談。

**商約** ㄕㄤ ㄩㄝ 通商條約的簡稱。是兩個國家因為通商關係而締結的條約。

**商計** ㄕㄤ ㄐㄧˋ 商量。

**商旅** ㄕㄤ ㄌㄩˇ 商人與旅客。

**商討** ㄕㄤ ㄊㄠˇ 商量討論。

**商酌** ㄕㄤ ㄓㄨㄛˊ 商量斟酌。

**商務** ㄕㄤ ㄨˋ 商業上的事務。

**商埠** ㄕㄤ ㄅㄨˋ ①商業發達的地方。②以往特指跟外國通商的城鎮。

**商情** ㄕㄤ ㄑㄧㄥˊ 指市場上的商品價格和供需的情況。如「商情報導」。

**商船** ㄕㄤ ㄔㄨㄢˊ 運載貨物和旅客的船。

**商場** ㄕㄤ ㄔㄤˇ ①聚集百貨以便買賣的地方。如「國際商場」「百貨商場」。②泛指商業界。如「他在商場中打滾了一輩子」。

**商港** ㄕㄤ ㄍㄤˇ 停泊商船的港灣。

**商量** ㄕㄤ ㄌㄧㄤˊ 量字輕讀。商酌量度事情的利害得失。

**商隊** ㄕㄤ ㄉㄨㄟˋ 成群結隊的販運商品的人。

**商會** ㄕㄤ ㄏㄨㄟˋ 商人為了維護自己的利益而組織的團體。

**商業** ㄕㄤ ㄧㄝˋ 指一切供銷商品從事貿易的營利事業。

**商號** ㄕㄤ ㄏㄠˋ 商店。

**商賈** ㄕㄤ ㄍㄨˇ 図商人的統稱。

**商數** ㄕㄤ ㄕㄨˋ 用一個數除另一個數所得的結果叫商數。如：24÷6＝4，4就是商數。

**商榷** ㄕㄤ ㄑㄩㄝˋ 商討。又作「商搉」。

**商標** ㄕㄤ ㄅㄧㄠ 俗稱「牌子」，就是用圖樣作商品的標記；商標經過政府核准註冊以後，可以取得專用權，不准別人冒用。

**商談** ㄕㄤ ㄊㄢˊ 口頭商量。

**商戰** ㄕㄤ ㄓㄢˋ 國際貿易間為奪取市場，競爭劇烈，類似交戰，所以稱商戰。

**商議** ㄕㄤ ㄧˋ 大家討論、研究。

**商學系** ㄕㄤ ㄒㄩㄝˊ ㄒㄧˋ 大學裡研究商業學術的一個學系。

**商業職業學校** ㄕㄤ ㄧㄝˋ ㄓˊ ㄧㄝˋ ㄒㄩㄝˊ ㄒㄧㄠˋ 培養商業人材的職業學校。

## 唼

▲ㄕㄚˋ ㈠蟲子咬過，有了痕跡的樣子。如「唼眼」。㈡見「唼氣」。▲ㄗㄚ 同「咂」。

**唼氣** ㄕㄚˋ ㄑㄧˋ 形容成群的魚、水鳥吃東西的聲音。

**唼眼** ㄕㄚˋ ㄧㄢˇ 器物上的小洞兒，像是蟲子咬過的。

**唼喋** ㄕㄚˋ ㄉㄧㄝˊ 図形容成群的魚、水鳥吃東西的聲音。

## 售

ㄕㄡˋ ㈠賣出。如「廉售」。㈡図得逞，成功。如「奸計不售」。

**售票處** ㄕㄡˋ ㄆㄧㄠˋ ㄔㄨˋ 也作售票口。發售車船票或入場券的處所。

**售貨員** ㄕㄡˋ ㄏㄨㄛˋ ㄩㄢˊ 商店裡賣商品的店員。

**售後服務** ㄕㄡˋ ㄏㄡˋ ㄈㄨˊ ㄨˋ 商品出售之後仍然繼續提供相關的服務，包括機件的修理換新。大都為商人標榜的品質保證。

## 啐

▲ㄘㄨㄟˋ ㈠吐痰，吐口水。如「啐了一口唾沫」。㈡用為表示鄙斥的動詞。

▲˙ㄑ 感歎詞，表示鄙斥。如「啐！不要臉」。

## 啊

▲ㄚ 感歎詞。可以分幾種用法：㈠表示吃驚用ㄚ。如「啊！失火了」。㈡表示意外用ㄚˊ。如「啊！他就是張老師」。㈢表示疑惑沈吟用ㄚˇ。如「啊！這件事難道是……」。㈣表示忽然明白了用ㄚˋ。如「啊！對了，是他」。

▲˙ㄚ 基本語助詞，常常因為前一個字的韻而改變：前面的字的韻是ㄧ、ㄩ、ㄚ、ㄛ、ㄜ、ㄝ、ㄞ、ㄟ的變成呀（˙ㄧㄚ）。如「看戲呀」「姓徐呀」「好大呀」「我呀」「哥哥呀」「姊姊呀」「來呀」「誰呀」。前面的字的韻是ㄨ、ㄠ、ㄡ的，變成哇（˙ㄨㄚ）。如「讀書哇」「不小哇」「好瘦哇」。前面的字的韻是ㄢ、ㄣ的，變成哪（˙ㄋㄚ）。如「沒錢哪」「有人哪」。前面的字的韻是ㄤ、ㄥ的，變成啊（˙ㄫㄚ）。如「好香啊」「好重啊」。前面的字的聲是ㄓ、ㄔ、ㄕ、ㄖ、ㄗ、ㄘ、ㄙ的，變成啊（˙ㄖㄚ或˙ㄙㄚ）。如「兩枝啊」「寫字啊」。

**啊呀** ㄚ ㄧㄚ 感歎詞，表驚訝或贊歎。

**啊哈** ㄚ ㄏㄚ 感歎詞，表驚訝或贊歎。

**啊唷** ㄚ ㄧㄛ 驚訝，叫痛的聲音。

## 唵

ㄢˇ ㈠感歎詞，表示懷疑。如「唵！真的？」。㈡佛經咒語發聲詞。

## 啞（唖）

▲ㄧㄚˇ ㈠聲帶有毛病，不能發聲。如「啞巴」。㈡音嘶而散。如「沙啞」。

▲図ㄜˋ 笑聲。如「啞然失笑」。

▲ㄧㄚ 形容聲音的字。如「啞啞吐哀音」。

▲˙ㄧㄚ 元曲用作語助詞，同「呀」。

**啞巴** ㄧㄚˇ ˙ㄅㄚ 不能說話，耳朵也不能聽的人。也作啞叭、啞吧。

**啞啞** ▲ㄧㄚ ㄧㄚ ①烏鴉叫聲，〈淮南子〉有「烏之啞啞」。②図同「牙牙」，小孩兒學說話的聲音。▲図ㄜˋ ㄜˋ 笑著說話的聲音。

**啞然** ㄜˋ ㄖㄢˊ 發笑的聲音。又讀ㄧㄚˇ ㄖㄢˊ。

**啞鈴** ㄧㄚˇ ㄌㄧㄥˊ 體操器械，用木頭或鐵做的，兩端像球，中部是手握的柄。

**啞劇** 沒有聲音，只用手勢、動作和表情來表達劇情的一種戲劇。也叫默劇。

**啞謎** 隱晦的話。比喻難以猜測的問題。如「打啞謎」。

**啞蟬** 又叫寒蟬、寒蜩。初生不鳴，等到寒露（國曆十月八日或九日）天氣轉涼才叫。另一種說法指雌蟬。

**啞嗓（子）** 話聲低而不宏亮。

**啞巴虧** 吃了虧還不好意思說出來或不能說。

**啞口無言** 沒話可說。

**啞巴吃黃連** 「有苦說不出」的歇後語。黃連，中藥健胃劑，味苦。

## 唫

ㄧㄣˊ古「吟」字。

## 啎（許、牾）

図ㄨˇ違背。

**啎逆** 図啎也作牾、迕。同忤逆。①違背。②不順從父母。

## 問（问）

ㄨㄣˋ㈠拿不知道的或不明白的事物請人解答。如「問路」「提問」。㈡追究，審訊。如「問案」「審問人犯」。㈢責成。如「好好兒看著他，跑了就惟你是問」。㈣責備。如「責問」「問罪」。㈤管，干預。如「過問」「不聞不問」。㈥向。如「他問我借書」「我問他要錢」。㈦致候。如「問候」「存問」。㈧図音信。如「音問」。㈨図餽贈。歸有光〈先妣事略〉有「外祖不二日使人問遺（ㄨㄟˋ）」。

**問卜** 用占卜的方法解決疑惑。

**問心** 反躬自問。如「問心無愧」。

**問世** ①指著作物出版。②進入社會服務。

**問好** 問候人家安好。如「請代我向令堂問好」。

**問安** 問候長輩安好。

**問卷** 列有一些問題的書面調查表，讓人就表內所提問題作答或填寫意見，做為研究分析大眾意見的數據。

**問俗** 打聽初到地方的風俗習慣。

**問政** 詢問或討論為政之道。如「議員問政，切中時弊」。

**問津** 図①探詢渡口。②比喻探問價格或情況（多用於否定句）。如「無人問津」。

**問候** 問人的起居，是客套常禮。

**問案** 法官審訊案件。

**問訊** ①問㈠。②和尚道士合掌行禮。

**問斬** 古代指執行斬首的死刑。

**問答** 發問與回答。

**問罪** ①宣揚對方的罪狀加以討伐。如「興師問罪」。②定罪。

**問診** 醫生詢問病人症狀，診斷疾病。

**問禁** 剛到一個陌生的地方，先探問當地風俗習慣的禁忌，免得觸犯。如「入境問禁」。

**問路** ①問人到某地的路該怎麼走。②試探前途有無危險，狀況如何。如「投石問路」。

**問鼎** 図①古時指企圖篡奪君位。周定王時楚國國君問王孫滿，鼎的大小輕重，似有篡奪之意。見〈左傳・宣公三年〉。②有希望取得最高榮譽。如「過了這一關，我國足球隊就可以問鼎世界冠軍寶座了」。

**問遺** 図親友之間送東西表示慰問。如「以百果問遺」。

**問題** ①需要研究討論的事。如「討論少年犯罪問題」。②等待解決的事。如「問題是錢還不夠，你幫點兒好了」。③考試時的題目。

**問難** 図詰問辯論。難（ㄋㄢˋ），責問。

**問號（兒）** 新式標點符號的一種，表示疑問語氣時用的。符號是「？」。

**問心無愧** 反問自己的良心，不覺得愧疚。就是所作所為，心安理得。如「這件事我問心無愧」。

**問長問短** 不分事情是否重要，仔細訊問。

**問柳尋花** ①玩賞春天景色。②到花街柳巷風化區去，就是狎妓。也說「尋花問柳」。

**問道於盲** 図比喻向不懂事的人求教。

**唯** ▲ㄨㄟˊ通「惟」。▲図ㄨㄟˇ應諾詞。如「唯唯諾諾」。

**唯唯** 図恭敬答應的詞。

**唯獨** 唯也作惟。單獨，單單，只有。如「唯獨這一件事不能讓步」。

**唯心論** ①就是唯心主義。哲學兩大派別之一，和唯物論相對。認為心靈和思想是宇宙的本體，是生命和生活的主宰，物質現象離不開精神的作用。②一種識論學說，主張事物的真相在心中存在。

**唯物論** 就是唯物主義，和唯心論相對。認為物質是宇宙本體，是生命和生活的主宰，是不依賴人的意識而客觀存在的，意識只是對物質存在的反映。

**唯利是圖** 唯也作惟。一心一意只顧圖謀利益。也作「唯利是視」「唯利是求」。

**唯妙唯肖** 唯也作惟。形容描繪或模仿非常巧妙逼真，幾乎跟真的沒有兩樣。如「這一幅自畫像畫得唯妙唯肖」。

**唯我獨尊** 本來是佛教推崇釋迦牟尼的話，後來用以形容人的極端狂妄自大。如「那個人一副唯我獨尊的樣子」。我字可念讀音ㄜˇ。

**唯命是從** 唯也作惟。只要吩咐就聽從，就是絕對服從。也作唯命是聽。如「輔佐長官，唯命是從」。

**唯唯諾諾** 順從的樣子。

## 九筆

**喵** ㄇㄧㄠ貓叫的聲音。

**單** ▲ㄉㄢ㈠獨個兒叫單。如「單人床」「單身漢」「單槍匹馬」。㈡簡，不複雜的。如「單純」「單式簿記」。㈢奇（ㄐㄧ）數，跟雙數相對。如「單日」「單程」。㈣薄弱，孤零。如「單薄」「形單影隻」。㈤票據或寫上數目的紙片兒。如「帳單兒」「菜單兒」。㈥只有一層的衣服。如「單衣」。㈦搭蓋在器物上面的布。如「床單」「被單」。㈧止，只。如「單說不行」。▲ㄕㄢˋ㈠姓。㈡山東省的縣名。▲ㄔㄢˊ見「單于」條。

**單一** 單獨一個，只有一種。如「我們公司採用單一薪俸制」。

**單丁** 無兄弟的人。

**單刀** ①短柄長刀，是武術用具。②國術比賽或表演的項目，表演者只拿一把單刀。

**單于** ㄔㄢˊ ㄩˊ 古代匈奴君長的稱號。

**單子** ㄉㄢ ㄗ˙ ①有文字的紙片。②床上罩的布。

**單元** ㄉㄢ ㄩㄢˊ 把若干性質相同的教材編在一起，自成一個系統，叫單元。可分成大單元和小單元。

**單方** ㄉㄢ ㄈㄤ ①專治某種疾病的中醫藥方，只有一兩味藥材。②單方面。對雙方而言。

**單句** ㄉㄢ ㄐㄩˋ 不能分析出分句來的單一短句。是對「複句」說的。

**單打** ㄉㄢ ㄉㄚˇ 桌球、羽毛球、網球等球類競賽一對一的對打；有別於二對二的雙打。

**單名** ㄉㄢ ㄇㄧㄥˊ 人的名字只用一個字的。如劉備、關羽、張飛。

**單向** ㄉㄢ ㄒㄧㄤˋ 單一方向；對雙向而言。如「今天鐵路交通只能維持南下單向通車，北上要由汽車接駁」。

**單字** ㄉㄢ ㄗˋ ①單個的漢字。②指外國語中一個個的詞。如「學習外文必須熟記單字」。

**單式** ㄉㄢ ㄕˋ 單一的形式或方式。對複式而言。

**單衣** ㄉㄢ ㄧ 沒有裡子的單層衣服；對夾衣（也作袷衣或裌衣）而言。

**單利** ㄉㄢ ㄌㄧˋ 計算利息的方法。只按照本金計算利息，其所生利息不加入本金重複計算；對複利而言。

**單位** ㄉㄢ ㄨㄟˋ ①計算數量的標準，比如量長度用公尺，量重量用公斤。②機關組織的一部分，如縣政府所屬各局科是縣級單位。

**單身** ㄉㄢ ㄕㄣ 獨身，沒有配偶，一個人。

**單車** ㄉㄢ ㄔㄜ 腳踏車。

**單軌** ㄉㄢ ㄍㄨㄟˇ 只容單線通行的軌道。

**單弱** ㄉㄢ ㄖㄨㄛˋ ①力量孤單薄弱。如「她們家兩代寡婦，家族實力單弱」。②形容身體瘦弱，不強壯。如「身體一向單弱」。

**單根** ㄉㄢ ㄍㄣ 植物學上指分歧的側根不發育的；對複根而言。如蘿蔔、牛蒡等。

**單純** ㄉㄢ ㄔㄨㄣˊ 純而不雜。

**單眼** ㄉㄢ ㄧㄢˇ ①一個眼睛，一邊的眼睛；如右眼或左眼。如「用單筒望遠鏡得用單眼看」。②獨眼，雙眼中有一眼殘障。③昆蟲眼睛只有一個水晶體，只能分辨光的明暗，不能辨別顏色；對複眼而言。④對焦點和攝影都用同一個鏡頭的照相機，叫單眼照相機。

**單飛** ㄉㄢ ㄈㄟ ①飛機單獨飛行。②一個駕駛員駕駛飛機飛行。③引申為父母或師長讓子弟或學生單獨行事。如「他今年十九歲，我放他單飛了」。

**單單** ㄉㄢ ㄉㄢ 僅僅。

**單程** ㄉㄢ ㄔㄥˊ 一來或一去的行程（區別於「來回」）。如「單程機票」。

**單傳** ㄉㄢ ㄔㄨㄢˊ ①一個師父所傳，不雜入其他派別。②幾代相傳都只有一個兒子。

**單葉** ㄉㄢ ㄧㄝˋ 植物學名詞。每一葉柄只有一葉的，如橘、柿、梅、桃等。

**單槓** ㄉㄢ ㄍㄤˋ ①體操器械名稱。由兩根支柱和一根鐵槓組成。②體操運動項目之一。運動員手握單槓，做各種翻轉動作。

**單價** ㄉㄢ ㄐㄧㄚˋ 商品、工價的單位價格。如「燈泡一只五元，修理工資一小時一百元，這都是單價」。

**單數** ㄉㄢ ㄕㄨˋ 正數的奇（ㄐㄧ）數；對雙數（偶數）而言。

**單線** ㄉㄢ ㄒㄧㄢˋ ①單獨的一條線。②只有一組軌道的鐵道或電車道，不能供相對方向的車輛同時通行。

**單調**（ㄉㄢ ㄉㄧㄠˋ） 簡單、重複而沒有變化。

**單據**（ㄉㄢ ㄐㄩˋ） 用作憑據的單子。

**單獨**（ㄉㄢ ㄉㄨˊ） ①自己一個人，不用別人幫忙。如「他可以單獨行動」。②一對一的。如「明天我跟你單獨談談」。③個別的行動。如「第一次大戰結束之前，保加利亞跟英美等協約國單獨簽訂休戰條約」。

**單幫**（ㄉㄢ ㄅㄤ） 單獨一個人從甲地購買商品到乙地兜售的投機性商販。如「到日本跑單幫」。

**單薄** ▲ㄉㄢ ㄅㄛˊ ①薄弱。②數目少。▲ㄉㄢ ˙ㄅㄛ 身體弱。

**單醣**（ㄉㄢ ㄊㄤˊ） 化學名詞。不能再分解成更小分子的醣類。如葡萄糖、果糖、分解乳糖等。單醣不必經過消化，就可以由腸壁直接吸收輸送到血液中。

**單韻**（ㄉㄢ ㄩㄣˋ） 聲韻學名詞。只由一個元音構成的韻母；對複韻而言。國語注音符號中的ㄧ、ㄨ、ㄩ、ㄚ、ㄛ、ㄜ、ㄝ等就是。也叫單元音。

**單人床**（ㄉㄢ ㄖㄣˊ ㄔㄨㄤˊ） 只容一個人睡的床；對雙人床而言。

**單人房**（ㄉㄢ ㄖㄣˊ ㄈㄤˊ） 只供一個人住宿的房間。

**單立人**（ㄉㄢ ㄌㄧˋ ㄖㄣˊ） 人字偏旁作「亻」時，叫做「單立人」。如仁、代、他、你、任、作等。

**單名數**（ㄉㄢ ㄇㄧㄥˊ ㄕㄨˋ） 只用一種單位名稱表示的數目；對複名數而言。如十二時、十元等。

**單行本**（ㄉㄢ ㄒㄧㄥˊ ㄅㄣˇ） 單獨印行的書。

**單行法**（ㄉㄢ ㄒㄧㄥˊ ㄈㄚˇ） 省、市、縣各級地方政府所頒行而僅適用於其管轄範圍的特別法。

**單行道**（ㄉㄢ ㄒㄧㄥˊ ㄉㄠˋ） 只容許單方向通車的道路。

**單位詞**（ㄉㄢ ㄨㄟˋ ㄘˊ） 各種計量單位的名稱。如計量長度單位的公分，計量重量單位的公克，計量時間單位的秒。

**單身漢**（ㄉㄢ ㄕㄣ ㄏㄢˋ） ①未結婚或喪偶未續絃的男子。②家眷不在身邊，一人獨居的男子。

**單性花**（ㄉㄢ ㄒㄧㄥˋ ㄏㄨㄚ） 又名「不完備花」。植物學名詞。同一朵花只有雌蕊或雄蕊，或雖有雌雄兩性，但是其中之一退化。

**單相思**（ㄉㄢ ㄒㄧㄤ ㄙ） 也叫「單戀」。男女之間單方面的愛慕思戀。

**單音程**（ㄉㄢ ㄧㄣ ㄔㄥˊ） 音樂名詞。又叫單純音程。指八度以內的音程。

**單音詞**（ㄉㄢ ㄧㄣ ㄘˊ） 也作單詞。只有一個音節的詞組。也就是僅以一個字代表一個意義的詞；對複音詞（也叫複合詞或複詞）而言。如山、水、花、鳥、白、人、黑、馬等。

**單個兒**（ㄉㄢ ㄍㄜˋ ㄦ） 單獨一個的，只有一個的，不是複數的。

**單峰駝**（ㄉㄢ ㄈㄥ ㄊㄨㄛˊ） 背部只有一個駝峰的駱駝；有別於雙峰駝。單峰駝耐熱，耐晒，產在中東、近東、印度等地。

**單純詞**（ㄉㄢ ㄔㄨㄣˊ ㄘˊ） 構詞學名詞。只有一個詞素（語言中最小的有意義的單位）的詞，叫單純詞。分單音詞（單詞）和複音詞（複詞）兩種：前者如草、木、風、雨等，後者如葡萄、玻璃等（後者任何一個單字都沒有意義，因而不成為詞素）。

**單記法**（ㄉㄢ ㄐㄧˋ ㄈㄚˇ） 選舉方法；對連記法而言。一張選票只能圈選一個人的。

**單掛號**（ㄉㄢ ㄍㄨㄚˋ ㄏㄠˋ） 掛號郵件，不需要收件人的回執的叫單掛號；需要回執的叫雙掛號。

**單眼皮**（ㄉㄢ ㄧㄢˇ ㄆㄧˊ） 上眼皮的下緣（睫毛的上面）平整無褶的。有褶的叫雙眼皮。

**單寧酸**（ㄉㄢ ㄋㄧㄥˊ ㄙㄨㄢ） 圖英文 tannin acid 的音譯。也作丹寧，或叫鞣質、鞣酸。見「鞣酸」。

**單簧管** ㄉㄢ ㄏㄨㄤˊ ㄍㄨㄢˇ 一種直吹的管樂器。又稱「黑管」。由嘴子、小筒、管身、喇叭口四部分組成。長約兩尺，音色渾厚圓潤，是管弦樂團中的要角兒。

**單刀直入** ㄉㄢ ㄉㄠ ㄓˊ ㄖㄨˋ 比喻說話直截了當，不繞彎子。如「我一見到他，就單刀直入的把這件事跟他說了」。

**單刀赴會** ㄉㄢ ㄉㄠ ㄈㄨˋ ㄏㄨㄟˋ 〈三國演義〉說蜀將關羽單獨前往會見吳將魯肅的故事。後人多用來比喻單獨一個人進入敵營和敵人周旋。

**單口相聲** ㄉㄢ ㄎㄡˇ ㄒㄧㄤ ㄕㄥ 聲字輕讀。一個人獨自表演的相聲。相對的是「對口相聲」。

**單打獨鬥** ㄉㄢ ㄉㄚˇ ㄉㄨˊ ㄉㄡˋ 一個人跟許多人打。引申為自己一個人面對環伺的敵人；一個人要應付許多人。

**單式編制** ㄉㄢ ㄕˋ ㄅㄧㄢ ㄓˋ 學級編制的一種，把同年級或同等程度的學生編入同一班來教學。對複式編制而言。用單式編制來進行教學，稱為單式教學；而用複式編制來教學，稱為複式教學。

**單式簿記** ㄉㄢ ㄕˋ ㄅㄨˋ ㄐㄧˋ 一種不完整的記帳方式。只記錄現金或個人的帳務，既不能反映全貌，又難查考是否正確。

**單科大學** ㄉㄢ ㄎㄜ ㄉㄚˋ ㄒㄩㄝˊ 只有一個類科的大學。如醫科大學、工科大學、警察大學等。

**單槍匹馬** ㄉㄢ ㄑㄧㄤ ㄆㄧˇ ㄇㄚˇ 單獨冒險直進；不靠別人幫助。

**單子葉植物** ㄉㄢ ㄗˇ ㄧㄝˋ ㄓˊ ㄨˋ 植物分類學區分被子植物為單子葉、雙子葉兩大類。單子葉植物的特徵是：種子的胚上只有葉一枚，莖中的大形的髓和散生的維管束，而無形成層，葉脈大多是平行脈，根多呈鬚狀。花各部由三數總合而成。稻、麥、水仙、玉米等都是。

**單元教學法** ㄉㄢ ㄩㄢˊ ㄐㄧㄠˋ ㄒㄩㄝˊ ㄈㄚˇ 把性質相同或教學目標相近的各種教材聯合編排，成為完整獨立的系統來進行教學的方法。例如教學單元是「我們的學區」，就把學區的地理、交通、人文、工商、特產等相關教材編排在一起進行教學。

**單細胞動物** ㄉㄢ ㄒㄧˋ ㄅㄠ ㄉㄨㄥˋ ㄨˋ 動物學上說，由單個細胞構成的生物體，如變形蟲、草履蟲等原生動物。

**喋** 図ㄉㄧㄝˊ (一)見「喋血」。(二)見「喋喋」。

**喋血** ㄉㄧㄝˊ ㄒㄩㄝˋ 図血流滿地(殺人很多)。

**喋喋** ㄉㄧㄝˊ ㄉㄧㄝˊ 說話沒完沒了。如「喋喋不休」。

**喋囁** ㄉㄧㄝˊ ㄋㄧㄝˋ 図私語。

**啼** ㄊㄧˊ (一)號哭。如「啼笑皆非」。(二)鳥鳴。如「雞啼」。

**啼哭** ㄊㄧˊ ㄎㄨ 號哭。

**啼笑皆非** ㄊㄧˊ ㄒㄧㄠˋ ㄐㄧㄝ ㄈㄟ 使人既難過又好笑，不知道該哭還是該笑。

**啼飢號寒** ㄊㄧˊ ㄐㄧ ㄏㄠˊ ㄏㄢˊ 図形容飢寒交迫的苦況。啼是哭泣，號是喊叫。

**啼啼哭哭** ㄊㄧˊ ㄊㄧˊ ㄎㄨ ㄎㄨ 哭個不停。

**唾** ㄊㄨㄛˋ (一)口水。如「唾沫」。又讀ㄊㄨˋ。(二)図吐口水。如「唾面自乾」。

**唾沫** ㄊㄨㄛˋ ㄇㄛˋ 沫字輕讀。口水。又讀ㄊㄨˋ ㄇㄛ。

**唾面** ㄊㄨㄛˋ ㄇㄧㄢˋ 図吐口水在人的臉上，比喻極度的侮辱。

**唾液** ㄊㄨㄛˋ ㄧㄝˋ 口腔中分泌的液體，可以滋潤口腔，消化食物。

**唾棄** ㄊㄨㄛˋ ㄑㄧˋ 鄙棄。

**唾腺** ㄊㄨㄛˋ ㄒㄧㄢˋ 分泌唾液的腺。

**唾罵**（ㄊㄨㄛˋ ㄇㄚˋ）鄙視辱罵。

**唾餘**（ㄊㄨㄛˋ ㄩˊ）文唾沫之餘。比喻別人言論的點滴。如「拾取他人唾餘，大放厥詞」。

**唾手可得**（ㄊㄨㄛˋ ㄕㄡˇ ㄎㄜˇ ㄉㄜˊ）比喻事情容易做到或東西容易到手。

**唾面自乾**（ㄊㄨㄛˋ ㄇㄧㄢˋ ㄗˋ ㄍㄢ）文人家在我臉上吐口水，我擦都不擦，等它自己乾了。意思是：形容被他人侮辱，寬容而不加反抗。語出〈唐書〉，是婁師德教導其弟的故事。

# 喃

ㄋㄢˊ 見「喃喃」。

**喃喃**（ㄋㄢˊ ㄋㄢˊ）①細語不絕。②讀書聲。

# 喇

▲ㄌㄚˇ 見「喇叭」「喇嘛」。▲ㄌㄚ 表示聲音的字。如「嘩喇」。

**喇叭**（ㄌㄚˇ ˙ㄅㄚ）①一種管樂器，又叫號筒。②有擴音作用的喇叭筒狀的裝置。如「汽車喇叭」「音響喇叭」。

**喇嘛**（ㄌㄚˇ ˙ㄇㄚ）喇嘛教的和尚。

**喇叭管**（ㄌㄚˇ ˙ㄅㄚ ㄍㄨㄢˇ）女性生殖器從卵巢到子宮的管子。

**喇叭褲**（ㄌㄚˇ ˙ㄅㄚ ㄎㄨˋ）一種長褲。特徵是褲腿的上半截狹窄，膝蓋以下逐漸寬鬆，褲腳成喇叭狀張開。

**喇嘛教**（ㄌㄚˇ ˙ㄇㄚ ㄐㄧㄠˋ）佛教的一派。唐代從印度傳入西藏，後又傳到蒙古、滿洲。分紅黃二派，元明間紅教漸衰，黃教代興，弟子達賴、班禪並為西藏前後地區政教領袖。

**喇叭花(兒)**（ㄌㄚˇ ˙ㄅㄚ ㄏㄨㄚ）牽牛花。

# 喱

▲ㄌㄧ 英美衡名「克冷」(grain)的簡譯。又叫「英釐」。▲ㄌㄧˊ 見「咖喱」。

# 喨

ㄌㄧㄤˋ 嘹亮。

# 啷

ㄌㄤ 見「啷噹」條。

**啷噹(兒)**（ㄌㄤ ㄉㄤ）零星瑣屑的配件。如「這個小孩兒帶著鐲鎖啷噹(兒)的」。

# 嘅

文ㄎㄞˇ 歎氣聲。又讀ㄎㄞˋ。

# 喀

▲ㄎㄚˋ 表示聲音或譯音的字。如「喀爾喀」，是蒙古部落名。▲ㄎㄚ 表示聲音的字，見「喀吧」條。▲ㄎㄜ 表示聲音的字。「喀兒喀兒」是咳嗽聲。▲文ㄎㄜˋ 嘔吐聲。

**喀吧**（ㄎㄚ ㄅㄚ）東西折斷的聲音。

# 喟

文ㄎㄨㄟˋ ㈠歎息。如「喟曰」（歎著氣說）。㈡歎氣聲。如「喟然長歎」。

**喟歎**（ㄎㄨㄟˋ ㄊㄢˋ）文感慨歎息。如「喟歎不已」。

# 喝

▲ㄏㄜ ㈠飲。如「喝水」「喝湯」。㈡見「喝風」條。㈢呼喊。如「喝道」㈠（從前達官貴人出門，有人前導呵止行人避路。也作呵導）。㈣表驚訝的歎詞。如「喝！這麼多！」▲ㄏㄜˋ ㈠高聲呼喊。如「大喝一聲」「喝采」。㈡恐嚇。如「恫喝」。

**喝令**（ㄏㄜˋ ㄌㄧㄥˋ）吆喝命令。如「喝令跪下」。

**喝斥**（ㄏㄜˋ ㄔˋ）大聲斥責。也作喝叱、呵斥、呵叱。如「他被師父喝斥了一頓」。

**喝采**（ㄏㄜˋ ㄘㄞˇ）大聲叫好。

**喝風**（ㄏㄜ ㄈㄥ）①比喻飢渴而得不到飲食，只有喝風填肚子。②受風寒。如「你肚子疼，是喝風啦」。

**喝道**（ㄏㄜˋ ㄉㄠˋ）文①也作呵道。②大聲叫著說。如「主人喝道：『快去呀！』」

**喝阻**（ㄏㄜˋ ㄗㄨˇ） 大聲阻止。

**喝倒采**（ㄏㄜˋ ㄉㄠˋ ㄘㄞˇ） ①對表演者的錯誤故意大聲叫好，表示嘲諷。②對講演的內容不表贊同而大聲叫喊或挖苦。

**喝西北風兒**（ㄏㄜ ㄒㄧ ㄅㄟˇ ㄈㄥ ㄦ） 同「喝風」①。

**喉** ㄏㄡˊ 在咽頭和氣管的中間，由喉頭軟骨、喉頭筋、聲帶等組成的。

**喉舌**（ㄏㄡˊ ㄕㄜˊ） 喉和舌都是發聲說話的器官。比喻代為表達意見、言論的工具或人物。如「報紙是人民的喉舌」。

**喉急**（ㄏㄡˊ ㄐㄧˊ） 焦急。也指因焦急而耍賴皮。如「慢慢來，別喉急」。

**喉音**（ㄏㄡˊ ㄧㄣ） 聲韻學名詞。又叫舌根聲。注音符號的ㄍ、ㄎ、ㄫ、ㄏ等就是。

**喉結**（ㄏㄡˊ ㄐㄧㄝˊ） 男人在青春期後，頸部前面的甲狀軟骨隆起突出，叫喉結。

**喉頭**（ㄏㄡˊ ㄊㄡˊ） 人和陸棲脊椎動物的咽和氣管之間的組織，由甲狀軟骨、環狀軟骨和會厭軟骨組成，是呼吸道前端，喉內的聲帶是發聲器官。

**喉嚨**（ㄏㄡˊ ㄌㄨㄥˊ） 嚨字可輕讀。咽部和喉部的統稱。

**喊** ㄏㄢˇ 大聲呼叫。如「喊叫」。

**喊叫**（ㄏㄢˇ ㄐㄧㄠˋ） 也作叫喊。大聲叫。如「他興奮地喊叫起來」。

**喊冤**（ㄏㄢˇ ㄩㄢ） 申訴冤枉。

**喊話**（ㄏㄢˇ ㄏㄨㄚˋ） 向距離較遠的對方大聲說話。常指在陣地前緣向對面敵人大聲宣傳或勸降。

**喊好（兒）**（ㄏㄢˇ ㄏㄠˇ ㄦ） 大聲叫好。

**喙** 図ㄏㄨㄟˋ ㈠鳥獸尖長形的嘴。如「鳥喙」。㈡借指人的嘴。如「置喙」（插嘴）。

**喚** ㄏㄨㄢˋ ㈠叫。如「喚起民眾」。㈡把他叫來。

**喚起**（ㄏㄨㄢˋ ㄑㄧˇ） 大聲呼喊，使人奮起。

**喚醒**（ㄏㄨㄢˋ ㄒㄧㄥˇ） ①叫醒。②比喻使人從迷惘中醒來。如「喚醒同胞，群起抗敵」。

**喈** 図ㄐㄧㄝ ㈠聲音和諧。如「鼓鐘喈喈」。㈡急速的樣子。如「北風其喈」。

**啾** ㄐㄧㄡ ㈠蟲子鳥兒細碎的鳴聲。如「啁啾」。㈡見「啾啾」。

**啾唧**（ㄐㄧㄡ ㄐㄧ） 図①細碎聲。②多而雜的聲音。

**啾啾**（ㄐㄧㄡ ㄐㄧㄡ） ①人多嘈雜聲。〈木蘭辭〉有「但聞燕（ㄧㄢ）山胡騎（ㄐㄧˋ）聲啾啾」。②小聲。③蟲聲。

**喬（乔）** ▲ㄑㄧㄠˊ ㈠高。如「喬木」。㈡假裝。如「喬妝」。㈢姓。▲ㄐㄧㄠ 通「驕」。

**喬木**（ㄑㄧㄠˊ ㄇㄨˋ） 枝幹高大在二三丈以上的樹木。

**喬妝**（ㄑㄧㄠˊ ㄓㄨㄤ） 也作喬裝。假裝，造作，為了隱瞞自己的身分。

**喬梓**（ㄑㄧㄠˊ ㄗˇ） 図本作橋梓。橋木高大，梓木矮小，用來比喻父子，所以用喬梓來稱呼別人父子。如「賢喬梓最寬洪大量」。

**喬遷**（ㄑㄧㄠˊ ㄑㄧㄢ） 〈詩經〉有「出自幽谷，遷於喬木」的句子。後來用喬遷作賀人搬家或升遷的話。

**喜** ㄒㄧˇ ㈠高興。如「歡喜」「喜極而泣」。㈡值得高興的事。如「喜事」「大喜」。㈢愛好。如「喜歡」「喜新厭舊」。㈣女人懷孕的初期，俗叫「有喜」「害喜」。

**喜功**（ㄒㄧˇ ㄍㄨㄥ） 喜歡立功來顯耀自己。

**喜好**（ㄒㄧˇ ㄏㄠˋ） 喜歡，愛好。如「他一向喜好文學」。

**喜色**（ㄒㄧˇ ㄙㄜˋ） 高興的表情。如「面有喜色」。

**喜事**（ㄒㄧˇ ㄕˋ） 婚嫁或一切值得慶賀的事。

**喜帖**（ㄒㄧˇ ㄊㄧㄝ）請人參加婚禮的柬帖。

**喜幸**（ㄒㄧˇ ㄒㄧㄥˋ）図歡喜慶幸。如「臣民喜幸」。

**喜雨**（ㄒㄧˇ ㄩˇ）久旱之後的甘霖，或及時而下的雨。對苦雨（久雨成災）而言。

**喜悅**（ㄒㄧˇ ㄩㄝˋ）歡喜，高興。如「喜悅之情，溢於言表」。

**喜氣**（ㄒㄧˇ ㄑㄧˋ）歡喜的神色或氣氛。如「喜氣洋洋」。

**喜訊**（ㄒㄧˇ ㄒㄩㄣˋ）好消息。同「喜信」。

**喜酒**（ㄒㄧˇ ㄐㄧㄡˇ）結婚時候宴請賓客的酒席。參加喜筵俗稱「喝喜酒」。

**喜帳**（ㄒㄧˇ ㄓㄤˋ）賀人喜事，用整幅綢緞為禮品，在上面浮粘祝頌的語句，叫做喜帳。帳也作幛。

**喜蛛**（ㄒㄧˇ ㄓㄨ）蜘蛛的一種。又叫喜子、蟢子。身體細長，暗褐色，腳很長。常在草際或樹間張網如車輪狀。古人以其出現為喜兆，因而叫它喜蛛。

**喜愛**（ㄒㄧˇ ㄞˋ）喜歡，愛好。

**喜敬**（ㄒㄧˇ ㄐㄧㄥˋ）送人喜禮的敬稱。

**喜筵**（ㄒㄧˇ ㄧㄢˊ）喜慶時候的筵席。多指婚娶的筵席。是比較典雅的語詞。

**喜劇**（ㄒㄧˇ ㄐㄩˋ）戲劇以愉快平和圓滿作結束的，叫喜劇；對悲劇說的。

**喜慶**（ㄒㄧˇ ㄑㄧㄥˋ）可喜可賀的。如「家有喜慶」。

**喜儀**（ㄒㄧˇ ㄧˊ）賀喜的禮金或禮物。

**喜糖**（ㄒㄧˇ ㄊㄤˊ）訂婚或結婚的時候，招待賓客或分送親友的糖果。

**喜錢**（ㄒㄧˇ ㄑㄧㄢˊ）喜慶的時候給人的賞錢。就是俗稱的「紅包」。

**喜鵲**（ㄒㄧˇ ㄑㄩㄝˋ）見「鵲」字條。又讀ㄒㄧˇ ˙ㄑㄧㄠ。

**喜歡**（ㄒㄧˇ ㄏㄨㄢ）歡字可輕讀。①對人或事物有好感或感到興趣。②愉快；高興。

**喜信（兒）**（ㄒㄧˇ ㄒㄧㄣˋ（ㄦ））吉利的消息。

**喜容（兒）**（ㄒㄧˇ ㄖㄨㄥˊ（ㄦ））①指畫的肖像。②喜歡的面容。

**喜字兒**（ㄒㄧˇ ㄗˋ ㄦ）雙喜的字樣。如「剪個喜字兒貼在屋裡」。

**喜孜孜**（ㄒㄧˇ ㄗ ㄗ）亦作「喜恣恣」。歡喜的樣子。

**喜洋洋**（ㄒㄧˇ ㄧㄤˊ ㄧㄤˊ）形容非常得意或是歡樂的樣子。

**喜上眉梢**（ㄒㄧˇ ㄕㄤˋ ㄇㄟˊ ㄕㄠ）喜悅的心情流露在眉宇之間。

**喜不自勝**（ㄒㄧˇ ㄅㄨˋ ㄗˋ ㄕㄥ）図按捺不住內心的喜悅。

**喜出望外**（ㄒㄧˇ ㄔㄨ ㄨㄤˋ ㄨㄞˋ）遇到出乎意外的喜事而特別高興。

**喜形於色**（ㄒㄧˇ ㄒㄧㄥˊ ㄩˊ ㄙㄜˋ）內心的喜悅洋溢在臉上。也作「喜見（ㄒㄧㄢˋ）於色」。

**喜怒無常**（ㄒㄧˇ ㄋㄨˋ ㄨˊ ㄔㄤˊ）一會兒高興，一會兒生氣，情緒變化不定。

**喜眉笑眼**（ㄒㄧˇ ㄇㄟˊ ㄒㄧㄠˋ ㄧㄢˇ）形容滿面喜笑的樣子。

**喜笑顏開**（ㄒㄧˇ ㄒㄧㄠˋ ㄧㄢˊ ㄎㄞ）也作「喜逐顏開」或「笑逐顏開」。形容心情愉快，滿面笑容。

**喜從天降**（ㄒㄧˇ ㄘㄨㄥˊ ㄊㄧㄢ ㄐㄧㄤˋ）忽然有意想不到的喜事。同「喜出望外」。

**喜極而泣**（ㄒㄧˇ ㄐㄧˊ ㄦˊ ㄑㄧˋ）高興得眼淚都掉下來了。

**喜新厭舊**（ㄒㄧˇ ㄒㄧㄣ ㄧㄢˋ ㄐㄧㄡˋ）㊀喜歡新的，討厭舊的。㊁對人和事物都可以用；現在多用來比喻愛情不專一。

**喜馬拉雅山**（ㄒㄧˇ ㄇㄚˇ ㄌㄚ ㄧㄚˇ ㄕㄢ）図英文Himalayan Range的音譯（Himalaya為梵文，意為有雪的地方）。介於西藏和印度、不丹、尼泊爾之間的世界著名山系。東西綿亙兩千五百多公里，其中埃佛勒斯峰（又名聖母峰）

為世界第一高峰，高八千八百四十八公尺。佛經中稱為須彌山。如「喧譁」

**喧** ㄒㄩㄢ 大聲說話，吵鬧。如「喧譁」「喧囂」。

**喧天** ㄒㄩㄢ ㄊㄧㄢ 震天。

**喧鬧** ㄒㄩㄢ ㄋㄠˋ 聲音吵鬧。

**喧擾** ㄒㄩㄢ ㄖㄠˇ 聲音很嘈雜。

**喧闐** ㄒㄩㄢ ㄊㄧㄢˊ 図聲音鬧哄哄的。

**喧譁** ㄒㄩㄢ ㄏㄨㄚˊ 吵鬧嘈雜。

**喧嚷** ㄒㄩㄢ ㄖㄤˇ 同「喧譁」。大聲叫嚷。如「外面有人喧嚷」。

**喧騰** ㄒㄩㄢ ㄊㄥˊ 図①名聲四處宣揚。如「露才揚己，喧騰於當代」。②聲音嘈雜。如「眾議喧騰」。

**喧囂** ㄒㄩㄢ ㄒㄧㄠ 吵鬧，喧譁。如「人聲喧囂」。

**喧賓奪主** ㄒㄩㄢ ㄅㄧㄣ ㄉㄨㄛˊ ㄓㄨˇ 客人的聲音、氣勢壓過主人。比喻客人搶了主人的地位，或外來的、次要的事物取代了原來的、主要的事物。如同閩南話俗語「乞食趕廟公」。

**啻** 図ㄔˋ 但，僅，只。如「不啻」。又讀ㄊㄧˋ。

**喳** ▲ㄔㄚ 表示聲音，形容小聲說話。如「嘁嘁喳喳」「在耳邊喳喳了半天」。▲ㄓㄚ 表示聲音：㈠鳥亂叫的聲音。如「喜鵲喳喳地叫」。㈡清季役隸答應上司的詞，說：「喳！」。

**喳喳** ▲ㄔㄚ ㄔㄚ 低聲說話。▲ㄓㄚ ㄓㄚ 群鳥在附近同時噪叫。

**喘** ㄔㄨㄢˇ ㈠呼吸急促。如「氣喘如牛」。㈡氣息。如「苟延殘喘」。

**喘息** ㄔㄨㄢˇ ㄒㄧˊ 休息。勞動之後坐下舒氣，叫喘息。戰事稍停，雙方各自增援，充實戰力，準備再戰，也叫喘息。

**喘氣兒** ㄔㄨㄢˇ ㄑㄧˋ ㄦ ①勞作以後的休息。如「他累了大半天，正在那兒喘氣兒哪」。②呼吸氣息。如「他頭破血流，躺在地下喘氣兒」。

**喘噓噓** ㄔㄨㄢˇ ㄒㄩ ㄒㄩ 喘氣兒的樣子。

**喏** ▲ㄖㄜˇ 唱喏。宋元小說中管「作揖」叫「唱喏」。▲ㄋㄨㄛˋ 同「諾」。如「喏喏連聲」。

**嗞** ㄗ 形容聲音的字。如「你別嗞嗞亂叫行不行」。嗞嗞是形容既尖銳又連續不斷的聲音。

**嗞喇** ㄗ ㄌㄚ 喇字輕讀。形容聲音的詞。如「嗞喇一聲，把菜倒在油鍋裡」「聽到嗞喇一聲，跑去一看，肉已經烤焦了」。

**喪（丧、丧）** ▲ㄙㄤ 關於死了人的事。如「治喪」「弔喪」「喪服」。▲ㄙㄤˋ ㈠失去。如「喪失」「喪子」。㈡指意氣頹敗，倒楣失意。

**喪亡** ㄙㄤˋ ㄨㄤˊ 人死亡，或宗族、政權、國家滅亡。如「商紂不君，致於喪亡」。

**喪主** ㄙㄤ ㄓㄨˇ 喪家的主人，通例由嫡長子作喪主，沒有長子就由嫡長孫承重。

**喪失** ㄙㄤˋ ㄕ 失去。

**喪志** ㄙㄤˋ ㄓˋ 図喪失志向氣節。〈書經〉有「玩（ㄨㄢˋ）物喪志」的話。

**喪身** ㄙㄤˋ ㄕㄣ 喪失生命。

**喪事** ㄙㄤ ㄕˋ 人死後的斂葬等事。

**喪命** ㄙㄤˋ ㄇㄧㄥˋ 死亡（多指凶死或死於暴病）。

**喪具** ㄙㄤ ㄐㄩˋ 裝殮死人的棺木、衣被之類的器具、物品。

**喪居**（ㄙㄤ ㄐㄩ）喪家所住的地方，訃文裡用的。

**喪明**（ㄙㄤˋ ㄇㄧㄥˊ）図①眼睛瞎了。②孔子的學生卜商（子夏）傷心兒子死了，哭瞎了眼睛。後人說喪子是「喪明之痛」。

**喪服**（ㄙㄤ ㄈㄨˊ）居喪所穿的衣服，分五種，參看「五服」條。

**喪家**（ㄙㄤ ㄐㄧㄚ）有喪事的人家。

**喪師**（ㄙㄤˋ ㄕ）図戰敗，損失軍隊。師，軍隊。

**喪氣**（ㄙㄤˋ ㄑㄧˋ）因事情不順利而情緒低落。如「垂頭喪氣」。

**喪偶**（ㄙㄤˋ ㄡˇ）喪失配偶。

**喪亂**（ㄙㄤ ㄌㄨㄢˋ）喪亡和禍亂。指時局的動亂。

**喪膽**（ㄙㄤˋ ㄉㄢˇ）害怕得不得了；嚇破了膽子。

**喪禮**（ㄙㄤ ㄌㄧˇ）有關喪事的禮節。

**喪鐘**（ㄙㄤ ㄓㄨㄥ）西方習俗，教堂在舉行喪禮或悼亡的時候敲鐘，稱為喪鐘。因而用來比喻死亡或滅亡。如「國民革命為極權統治敲響喪鐘」。

**喪家狗**（ㄙㄤ ㄐㄧㄚ ㄍㄡˇ）無家可歸的狗。比喻無處投奔，到處亂竄的人。

**喪心病狂**（ㄙㄤˋ ㄒㄧㄣ ㄅㄧㄥˋ ㄎㄨㄤˊ）失去良心，像害了瘋狂的病；形容人違背人性，舉動非常荒謬。

**喪盡天良**（ㄙㄤˋ ㄐㄧㄣˋ ㄊㄧㄢ ㄌㄧㄤˊ）形容絲毫沒有人性，極為殘忍惡毒。

**喪魂落魄**（ㄙㄤˋ ㄏㄨㄣˊ ㄌㄨㄛˋ ㄆㄛˋ）也作「失魂落魄」、「喪魂失魄」。形容因極度驚恐或失意而精神恍惚。

**喪權辱國**（ㄙㄤˋ ㄑㄩㄢˊ ㄖㄨˇ ㄍㄨㄛˊ）喪失主權，使國家蒙受恥辱。形容外交失敗，喪失國家權益和尊嚴。

**喲**　ㄧㄛ　語尾助詞，有驚歎的意思。如「可見天下人不全是見錢眼開的喲」。

**喑**　図ㄧㄣ　㈠失音不能言語。如「喑不能言」。㈡沈默不說話，像是啞巴。如「近臣則喑」。

**喑啞**（ㄧㄣ ㄧㄚˇ）図①啞巴，不能說話。②沈默不語。

**喔**　▲ㄨㄛˋ　雞啼聲。又讀ㄨ。▲ㄛ　感歎詞，表示了解。如「喔！原來如此」。

**喔唷**（ㄛ ㄧㄛ）①表驚異的詞。如「喔唷！有這麼厲害」。②喊痛的聲音。如「他摔斷了腿，躺在床上喔唷喔唷地喊」。

**喔嚄**（ㄛ ㄏㄨㄛˋ）感歎詞。如「喔嚄！糟了」。

**喂**　ㄨㄟˋ　㈠同「餵」。㈡招呼人的語詞。如「喂！老李」。

**喻（喩）**　ㄩˋ　㈠告訴。如「曉喻」。㈡比方。如「打個比喻」。㈢了解，明白。如「家喻戶曉」。㈣姓。

**喁**　図▲ㄩㄥˊ　魚嘴向上露出水面的樣子。見「喁喁」。▲ㄩˊ　㈠聲音相應和（ㄧㄥˋ ㄏㄜˋ）。㈡ㄩㄥˊ的又讀。

**喁喁**　▲ㄩㄥˊ ㄩㄥˊ　図眾人向慕的樣子，像是群魚的嘴露出水面。▲ㄩˊ ㄩˊ　人互相低聲說話。如「喁喁私語」。

## 十筆

**嗙**　ㄆㄤˇ　自誇。如「胡吹亂嗙」。

**嗎**　▲ㄇㄚˇ　見「嗎啡」「嗎呼」。▲˙ㄇㄚ　句中沒有疑問詞的疑問助詞。如「你來嗎？」「他沒去嗎？」

**嗎啡**（ㄇㄚˇ ㄈㄟ）由鴉片製成的白色結晶性粉末，有毒。吸食久了會上癮。

**嗎呼**（ㄇㄚˇ ㄏㄨ）呼字輕讀。草率；敷衍；不認真。也作馬虎、麻糊。

**嗒** 文ㄊㄚˋ 嗒然，失意的樣子。

**嗒喪** ㄊㄚˋ ㄙㄤˋ 文失意，喪氣。

**嗝** ㄍㄜˊ 人因為噎氣或吃得過飽，食管裡空氣向上升浮，經過咽喉發出聲音。參看「打嗝兒」條。

**嗝兒** ㄍㄜˊ ㄦ 嗝。

**嗥** ㄏㄠˊ 也作「嘷」。㈠野獸吼叫聲。如「狼嗥」。㈡號哭。如「嗥叫」。

**嗑** ㄎㄜˋ 用牙尖咬裂堅硬的東西。如「嗑瓜子兒」。

**嗑牙** ㄎㄜˋ ㄧㄚˊ 也作「磕牙」，閒談。

**嗨** ㄏㄞ ㈠感歎詞，同「咳」。如「嗨！可惜！可惜！」。㈡歌詞裡的呼聲字。如「嗨唷」。

**嗐** ㄏㄞˋ 感歎詞。如「嗐！這孩子真可憐！」。

**嗟** 文ㄐㄧㄝ ㈠表悲歎的歎詞。如「嗟夫」。㈡表贊美的歎詞。如「嗟嗟」。又讀ㄐㄩㄝ。

**嗟乎** ㄐㄧㄝ ㄏㄨ 文也作嗟呼、嗟夫（ㄈㄨˊ）、嗟虖，歎詞，表示感歎。同白話的「可歎哪」。

**嗟歎** ㄐㄧㄝ ㄊㄢˋ 文呻吟感歎，歎息。如「悲慘之事，聞之嗟歎不已」。

**嗟來食** ㄐㄧㄝ ㄌㄞˊ ㄕˊ 文〈禮記〉記載有個名叫黔敖的人，在路上遇到一個逃荒的人，可憐他飢餓，用輕視的口氣叫他來吃東西卻被拒絕的事。現在比喻給人恩惠卻沒有禮貌。

**嗛** ▲ㄑㄧㄢ 同「謙」。▲文ㄒㄧㄢˊ ㈠嘴裡叼著東西。㈡怨恨。▲ㄑㄧㄢˇ 猿猴的頰貯放食物的部分，叫做「頰嗛」。▲ㄑㄧㄢˋ 同「歉」。

**嗆** ▲ㄑㄧㄤ 喝水太急，食道的空氣上逆，類似咳嗽，叫嗆。▲ㄑㄧㄤˋ ㈠嗆鼻子，是煙氣衝進鼻孔裡去的感覺。㈡吃芥末一類的刺激物，鼻腔裡起初會有一種不舒服的感覺，也叫嗆。

**嗅** ㄒㄧㄡˋ 用鼻子聞氣味。如「嗅覺」。

**嗅覺** ㄒㄧㄡˋ ㄐㄩㄝˊ 嗅神經的作用，能辨別東西的香臭。

**嗅鹽** ㄒㄧㄡˋ ㄧㄢˊ 碳酸氨跟氨水合成的藥物，能使人興奮、減輕頭痛、頭暈。噴入人的鼻腔，可使昏倒的甦醒。

**嗅神經** ㄒㄧㄡˋ ㄕㄣˊ ㄐㄧㄥ 腦髓神經的第一對。從大腦的嗅葉分布到鼻腔裡，可以傳達嗅覺。

**嗤** ㄔ ㈠譏笑。如「嗤之以鼻」（笑時從鼻腔出氣）。㈡笑的樣子。如「嗤地一笑」。

**嗤笑** ㄔ ㄒㄧㄠˋ 譏笑。

**嗤之以鼻** ㄔ ㄓ ㄧˇ ㄅㄧˊ 文用鼻子哼氣，冷笑，表示不屑或看不起。

**嗔** ㄔㄣ 生氣，發怒。如「嬌嗔」。

**嗔怒** ㄔㄣ ㄋㄨˋ 發怒。

**嗔拳不打笑面** ㄔㄣ ㄑㄩㄢˊ ㄅㄨˋ ㄉㄚˇ ㄒㄧㄠˋ ㄇㄧㄢˋ 也作「強拳不打笑臉」。人儘管生氣，也不會抬起拳頭，揍笑容滿面的人。比喻對人和氣就不會受到蠻橫的酬報。

**嗜** 文ㄕˋ ㈠喜好。如「嗜好」。㈡因為過度愛好而形成的貪欲。如「嗜酒如命」。

**嗜好** ㄕˋ ㄏㄠˋ 凡是所喜好的都叫「嗜好」。一般常指抽煙喝酒這些既花錢又傷身體的事。

**嗜欲** ㄕˋ ㄩˋ 也作「嗜慾」。嗜好和欲望。多指感官方面的欲望。

**嗄** 文▲ㄕㄚˋ 哭多了聲音嘶啞。▲ㄚˊ 表示疑問或反問的感歎詞。如「嗄！有這種事」。

**嗣** ㄙˋ ㈠図繼續。如「嗣位」。㈡子孫。如「後嗣」。

**嗣子** ㄙˋㄗˇ 図以前稱繼承父業的嫡長子（正妻所生的長子）。沒有子嗣的人以別人的孩子為自己的兒子，也稱嗣子。

**嗣位** ㄙˋㄨㄟˋ 図指繼承王位。

**嗣後** ㄙˋㄏㄡˋ 図以後。

**嗇** ㄙㄜˋ ㈠有錢捨不得用。如「吝嗇」。㈡通「穡」。

**嗓** ㄙㄤˇ 喉嚨。

**嗓子** ㄙㄤˇ˙ㄗ ①喉嚨。如「嗓子啞了」。②嗓音。

**嗓音** ㄙㄤˇㄧㄣ 說話或唱歌的聲音。

**嗓門兒** ㄙㄤˇㄇㄣˊㄦ 嗓音。如「他嗓門兒大」。

**嗉** ㄙㄨˋ 見「嗉囊」。

**嗉子** ㄙㄨˋ˙ㄗ 嗉囊。

**嗉囊** ㄙㄨˋㄋㄤˊ 鳥類跟昆蟲消化器的一部分，上面接食道，下面連砂囊，像個口袋，可以暫存食物。也叫嗉道。

**嗦** ㄙㄨㄛ ㈠用嘴吮吸或用舌頭舔條形的東西。如「小孩子總喜歡嗦手指頭」。㈡見「哆嗦」。

**嗩** ㄙㄨㄛˇ 見「嗩吶」。

**嗩吶** ㄙㄨㄛˇㄋㄚˋ 原是回族所用的樂器，也叫蘇爾奈，木管上有銅口，管身正面有七孔，背面一孔。吹響時聲音很高。

**嗌** ▲㈠ ㄧˋ 図咽喉。▲㈡ ㄞˋ 図噎。

**嗚** ㄨ ㈠悲歎聲。見「嗚呼」等條。㈡火車、輪船汽笛聲。㈢小孩兒嘴裡模擬的車聲。

**嗚呼** ㄨㄏㄨ ①図表示悲傷的用詞。如「嗚呼哀哉」。嗚呼也作「烏乎」「烏呼」「烏虖」「於戲」。②感歎詞。③玩笑式的說人死叫嗚呼。如「一命嗚呼」。

**嗚咽** ㄨㄧㄝˋ ①哭泣聲，如「流涕嗚咽」。②流水聲，〈琵琶行〉有「嗚咽泉流水下灘」。

**嗚邑** ㄨㄧˋ 図同「於邑」。

**嗚呼哀哉** ㄨㄏㄨㄞㄗㄞ ①表示傷痛的歎詞，祭文常用。②借作「死亡」的意思。如「久病以後，他就嗚呼哀哉了」。

**嗚嗚咽咽** ㄨㄨㄧㄝˋㄧㄝˋ 同「嗚咽」。

**嗡** ㄨㄥ 形容聲音的字。常指昆蟲飛時振動翅膀的聲音。

**嗡嗡** ㄨㄥㄨㄥ ①昆蟲連續振動翅膀的聲音。②飛機飛行的聲音。

## 十一畫

**嗶** ㄅㄧˋ 見嗶嘰。

**嗶嘰** ㄅㄧˋㄐㄧ 密度比較小的斜紋毛織品。

**嘛** ㄇㄚˊ 見「喇嘛」。語音˙ㄇㄚ。

**嘟** ㄉㄨ 見嘟嘟。

**嘟嘟** ㄉㄨㄉㄨ 喇叭聲，汽笛聲。

**嘟嚕** ㄉㄨ˙ㄌㄨ 嚕字輕讀。①同嘟囔。②相連在一簇的。如「一嘟嚕葡萄」。

**嘟囔** ㄉㄨ˙ㄋㄤ 囔字輕讀。自言自語。

**嘟嘟囔囔** ㄉㄨ˙ㄉㄨ˙ㄋㄤ˙ㄋㄤ 第二個嘟字輕讀。自言自語。

**嘆（歎）** ㄊㄢˋ ㈠心裡苦悶時發出的呼聲。如「嘆息」「長嘆一聲」。㈡讚美。如「嘆賞」「嘆為觀止」。

**嘆服** ㄊㄢˋㄈㄨˊ 稱贊而且佩服。

**嘆息** ㄊㄢˋ ㄒㄧ ①大聲嘆氣。②讚美。

**嘆氣** ㄊㄢˋ ㄑㄧˋ 心中煩悶時，用嘆息使悶氣舒了出來。

**嘆惋** ㄊㄢˋ ㄨㄢˇ 図傷嘆惋惜。

**嘆詞** ㄊㄢˋ ㄘˊ 文法上稱表示喜怒哀懼感情的詞，像「嗚呼」「啊呀」等。也叫感嘆詞。

**嘆賞** ㄊㄢˋ ㄕㄤˇ 贊賞。

**嘆為觀止** ㄊㄢˋ ㄨㄟˊ ㄍㄨㄢ ㄓˇ 図讚美一樣東西好到極點，是從來沒有見過的。

**嘞** ·ㄌㄜ 語助詞，同「了」。

**嘍** ▲ㄌㄡˊ 見「嘍囉」條。▲·ㄌㄡ 語助詞，是「了呵」兩字的合音。如「就這麼辦嘍」。

**嘍囉** ㄌㄡˊ ㄌㄨㄛˊ 盜匪的部下。

**嘎** ▲ㄍㄚ 形容聲音的字。如「嘎叭」「嘎吱」。▲ㄍㄚˇ 見「嘎嘎兒」。

**嘎巴** ㄍㄚ ·ㄅㄚ 稠濃的液體或半固體乾了，凝固了。如「趕快把沾上膠水的衣服脫下來泡在水裡，等嘎巴了就不好洗了」。

**嘎叭** ㄍㄚ ㄅㄚ 東西斷裂的聲音。

**嘎吱** ㄍㄚ ㄓ 東西折斷的聲音。

**嘎啦** ㄍㄚ ㄌㄚ 霹靂聲。

**嘎嘎** ㄍㄚ ㄍㄚ 笑聲。

**嘎嘎兒** ㄍㄚˇ ㄍㄚˇ ㄦ 第二個嘎字輕讀。說兩頭尖中間又圓又大，像橄欖球的形狀。

**嘏** ▲図ㄍㄨˇ ㈠福祉。如「錫嘏（賜福）」。㈡祝壽叫祝嘏。▲ㄐㄧㄚˇ 大，遠的意思。

**嘓** ㄍㄨㄛ 見嘓嘓。

**嘓嘓** ㄍㄨㄛ ㄍㄨㄛ ①嚥下食物的聲音。②青蛙叫的聲音。

**嘑** ㄏㄨ 同「呼」。

**嘉** ㄐㄧㄚ ㈠好的。如「嘉賓」「嘉言」。㈡贊美。如「勇氣可嘉」「嘉獎」。

**嘉禾** ㄐㄧㄚ ㄏㄜˊ 穗大而壯美的稻子。

**嘉言** ㄐㄧㄚ ㄧㄢˊ 對人有益的好話。

**嘉尚** ㄐㄧㄚ ㄕㄤˋ 図贊許。

**嘉勉** ㄐㄧㄚ ㄇㄧㄢˇ 嘉獎勉勵。如「表現傑出，獲得長官嘉勉」。

**嘉納** ㄐㄧㄚ ㄋㄚˋ 図贊許而聽受。

**嘉許** ㄐㄧㄚ ㄒㄩˇ 図誇獎，贊許。

**嘉惠** ㄐㄧㄚ ㄏㄨㄟˋ 図①敬詞，稱人所給予的恩惠。②指給予好處。如「嘉惠士林」。

**嘉獎** ㄐㄧㄚ ㄐㄧㄤˇ ①稱贊和獎勵。②稱贊的話語或獎勵的實物。

**嘉賓** ㄐㄧㄚ ㄅㄧㄣ 對來賓的尊稱。

**嘉禮** ㄐㄧㄚ ㄌㄧˇ 古代五禮之一。今專指婚禮。

**嘉釀** ㄐㄧㄚ ㄋㄧㄤˋ 美酒。

**嘉香肉** ㄐㄧㄚ ㄒㄧㄤ ㄖㄡˋ 豬肉經過醃製的，皮白肉紅像火腿。也作「家鄉肉」。

**嘉年華會** ㄐㄧㄚ ㄋㄧㄢˊ ㄏㄨㄚˊ ㄏㄨㄟˋ 図(Carniva) 天主教國家在「四旬齋」（耶穌復活節前四十天的長齋）前三天到七天之間舉行的狂歡節。也叫「謝肉節」。四旬齋期間，基督徒有吃齋習俗，以紀念耶穌在荒野禁食。齋前可以食肉嬉戲，歌舞歡樂，稱為嘉年華會。以巴西舊都里約熱內盧的最有名。

**嘉言懿行** 図美好的言行。懿行也作「善行」。如「古人的嘉言懿行可以做我們修身的借鑑」。

**嘉耦天成** 図耦也作偶。贊美好姻緣的話：美好的匹配是自然生成的。

## 嘁

ㄑㄧ 見「嘁嘁喳喳」條。

**嘁嘁喳喳** 說話聲音細碎。如「學生在底下嘁嘁喳喳地說話」。

## 嘗（甞）

ㄔㄤˊ ㊀用嘴試出食物的滋味。如「嘗嘗看，鹹淡合適嗎」。㊁図從「試」引伸，凡是試作事情試說話也作嘗。如「先以羸兵五百嘗敵」「請嘗言之」。㊂曾經。如「俎豆之事，則嘗聞之矣」。㊃經歷。如「艱苦備嘗」。

**嘗新** 吃應時的新鮮食品。

**嘗試** 試一試。

**嘗膽** 臥薪嘗膽，春秋時代越王句踐復國之前的故事。嘗膽是表示不忘以前所受的苦楚。

## 嘖

ㄗㄜˊ ㊀爭辯。如「嘖有煩言」。㊁見「嘖嘖」。

**嘖嘖** 贊美不停。如「嘖嘖稱奇」。

**嘖有煩言** 本是人多嘴雜的意思，現在用作眾人發出怨言的意思。

## 嘈

ㄘㄠˊ 喧鬧。如「人聲嘈雜」。

**嘈雜** 眾人的聲音喧鬧的樣子。

## 嗾

ㄙㄡˇ 本是指使狗咬人，引伸作教唆人做壞事。如「嗾使」。又讀ㄗㄨˊ。

## 嗽

ㄙㄡˋ ㊀咳嗽。㊁通「漱」，盪口。

## 嗷

図ㄠˊ 見「嗷嗷」等條。

**嗷嗷** 図眾人愁歎的聲音，〈詩經〉有「鴻雁于飛，哀鳴嗷嗷」。

**嗷嗷待哺** 比喻災民哀號，等待人去救濟。

## 嘔（呕）

▲ㄡˇ 吐（ㄊㄨˋ）。如「嘔心」。又讀ㄡ 図同「謳」。▲ㄡˋ 故意逗人生氣。如「算了！算了！她哭了一天啦，你別再嘔她了」。

**嘔心** 嘔出心血，形容苦心思索。

**嘔吐** 胃壁收縮異常，食物向上從嘴裡湧出來；多因胃病、中毒或是精神作用而起。

**嘔血** 吐血。

**嘔氣** 惹氣、動氣、鬥氣。如「你看，他又跟哥哥嘔氣了」。

**嘔啞** 図①小孩兒說話聲。②鳥叫聲。③樂聲雜亂。④車聲。⑤搖櫓聲。

**嘔心瀝血** 図比喻竭盡心思精力；多用來形容詩文創作的嚴謹。

# 十二筆

## 噴

▲ㄆㄣ ㊀很猛地往外吐，像是放射一樣。㊁液體或氣體急遽衝出。如「噴水」「噴火」。▲ㄆㄣˋ 香氣撲鼻，見「噴鼻兒香」。▲ㄈㄣˋ 見「噴噴」。

**噴水** 噴出水來。

**噴火** ①噴出火焰。如「火山噴火」。②形容炎陽酷熱。如「烈日有如噴火」。③形容女子穿得很少，身體像是能噴出火來一樣引誘人。

**噴泉** 從地裡向上噴出的泉水；也叫飛泉。

**噴香** ㄆㄣ ㄒㄧㄤ 形容香氣醲郁撲鼻。如「媽媽做了一桌噴香的好菜」。

**噴射** ㄆㄣ ㄕㄜˋ 氣體、液體或小顆粒的固體受到強大壓力而向外急速噴出。

**噴氣** ㄆㄣ ㄑㄧˋ 噴出或噴射氣體。

**噴飯** ㄆㄣ ㄈㄢˋ 吃飯時候忽然發笑，把嘴裡的飯粒兒噴出來。所以形容事情可笑說「令人噴飯」。

**噴壺** ㄆㄣ ㄏㄨˊ 澆花、灑掃用來噴水的器具。

**噴漆** ㄆㄣ ㄑㄧ 利用噴霧器打漆的油漆方式。比傳統的用刷子油漆更均勻，更光滑，速度更快。

**噴鼻** ㄆㄣ ㄅㄧˊ 香氣撲鼻。如「剛起鍋的菜，香味噴鼻」。

**噴嘴** ㄆㄣ ㄗㄨㄟˇ 噴射流體物質用的管道的狹口。出口較管道狹窄，用意在增加噴射的力道和速度。

**噴頭** ㄆㄣ ㄊㄡˊ 即蓮蓬頭。噴壺、淋浴或噴灑設備的出水口成蓮蓬狀的構件。上面有許多細孔，可以出水。

**噴嚏** ㄆㄣ ㄊㄧˋ 也作嚏噴（·ㄈㄣ）。人的鼻腔黏膜受到刺激，氣從胸膛急遽噴出，發出響聲，叫「打噴嚏」。

**噴灑** ㄆㄣ ㄙㄚˇ 噴射散落。如「噴灑農藥」。

**噴水池** ㄆㄣ ㄕㄨㄟˇ ㄔˊ 為了點綴風景裝有人造噴泉的水池。

**噴火山** ㄆㄣ ㄏㄨㄛˇ ㄕㄢ 爆發時的火山，能噴出鎔漿、碎屑岩、熱水、泥土、蒸氣等。

**噴火器** ㄆㄣ ㄏㄨㄛˇ ㄑㄧˋ 即火焰放射器。一種會噴出火焰的近距離作戰武器。

**噴霧器** ㄆㄣ ㄨˋ ㄑㄧˋ 靠蒸發作用或壓迫作用，使液體變為細沫射出的器具，多用作醫療或消毒、除蟲、噴漆等方面。

**噴射氣流** ㄆㄣ ㄕㄜˋ ㄑㄧˋ ㄌㄧㄡˊ 地理學上說是大氣層內狹小而強的氣流。常指中緯度上空偏西風帶內的強風帶。

**噴雲吐霧** ㄆㄣ ㄩㄣˊ ㄊㄨˇ ㄨˋ 譏諷人吸鴉片、抽香烟時的情狀。

**噴鼻兒香** ㄆㄣ ㄅㄧˊ ㄦ ㄒㄧㄤ 非常的香。

**噴氣式飛機** ㄆㄣ ㄑㄧˋ ㄕˋ ㄈㄟ ㄐㄧ 用噴氣發動機做動力裝置的飛機。是利用燃料燃燒時候產生的氣體向後高速噴射的反作用力，取代已往的螺旋槳推遠動力。現在的超音速飛機都是。簡稱噴氣機或噴射機。

## 噗

ㄆㄨ 形容聲音的字。見「噗哧」。

**噗哧（兒）** ㄆㄨ ㄔ ㄦ 笑聲或水擠出的聲音。

## 嘿

▲ㄇㄛˋ 同「默」。▲ㄏㄟ 表示稱讚或驚訝的歎詞。如「嘿！這小子真棒」。

## 噉

ㄉㄢˋ 同「啖」。

## 噔

ㄉㄥ 喀噔，狀聲詞。形容穿硬底鞋走路的聲音。

## 嘮

ㄌㄠˊ 見下。

**嘮叨** ㄌㄠˊ ㄉㄠ 叨字輕讀。話多。

**嘮嘮叨叨** ㄌㄠˊ ㄌㄠˊ ㄉㄠ ㄉㄠ 第二個嘮字輕讀。話很多，說個沒完。

## 嘹

ㄌㄧㄠˊ 見下。

**嘹亮** ㄌㄧㄠˊ ㄌㄧㄤˋ 聲音清晰響亮。

## 嘩

▲ㄏㄨㄚˊ 同「譁」。▲ㄏㄨㄚ 見下。

**嘩喇** ㄏㄨㄚ ㄌㄚ 形容聲音的詞，常指倒坍散墜的聲音說的。

**嘩喇喇** ㄏㄨㄚ ㄌㄚ ㄌㄚ 嘩喇。

## 嘰

ㄐㄧ ㈠小聲說話。如「嘰嘰咕咕」。㈡見「嗶嘰」。

**嘰咕** ㄐㄧ ㄍㄨ 咕字輕讀。①低聲埋怨別人。②挑撥。

**嘰嘰叫**（ㄐㄧ ㄐㄧ ㄐㄧㄠˋ） ①形容鳥蟲鳴叫。②形容小動物痛苦的哀叫。

**嘰哩咕嚕**（ㄐㄧ ˙ㄌㄧ ㄍㄨ ㄌㄨ） ①語聲含混不能分辨。②散碎的樣子。③向下滾動的樣子。

**嘰哩呱啦**（ㄐㄧ ˙ㄌㄧ ㄍㄨㄚ ㄌㄚ） 狀聲詞，也作「嘰哩哇啦」。形容說話聲音大而嘈雜。如「他嘰哩呱啦的說了半天」。

**嘰嘰咕咕**（ㄐㄧ ㄐㄧ ㄍㄨ ㄍㄨ） 第二個嘰字輕讀。低聲議論。

**嘰哩旮旯(兒)**（ㄐㄧ ˙ㄌㄧ ㄍㄚ ㄌㄚˊ ㄦ） 到處，各個角落。如「中秋節第二天，公園裡嘰哩旮旯都是垃圾」。

**噍** 図▲ㄐㄧㄠˋ用牙齒咬，嚼。▲ㄐㄧㄡ噍噍，同「啾啾」，歡呼聲。

**噍類**（ㄐㄧㄠˋ ㄌㄟˋ） 図人類；通常指活人。「吾儕無噍類」是「我們都要死了」的意思。

**噘** ㄐㄩㄝ口部翹起。

**噘嘴**（ㄐㄩㄝ ㄗㄨㄟˇ） 氣憤時候嘴脣閉合而突舉。

**噘嘴兒**（ㄐㄩㄝ ㄗㄨㄟˇ ㄦ） 口部前凸的人。

**嘻** ㄒㄧ ㈠図表示悲痛或驚懼的歎詞。如「嘻！悲夫！」㈡笑樂的樣子。見「嘻嘻」。

**嘻笑**（ㄒㄧ ㄒㄧㄠˋ） 強笑的意思。

**嘻嘻**（ㄒㄧ ㄒㄧ） 喜笑的樣子。

**嘻皮笑臉**（ㄒㄧ ㄆㄧˊ ㄒㄧㄠˋ ㄌㄧㄢˇ） 不莊重的樣子。

**嘻嘻哈哈**（ㄒㄧ ㄒㄧ ㄏㄚ ㄏㄚ） 談笑聲。

**噏** ㄒㄧ 同「吸」。

**嘵** 図ㄒㄧㄠ見下。

**嘵嘵**（ㄒㄧㄠ ㄒㄧㄠ） 図爭辯不停的樣子。

**嘯** ㄒㄧㄠˋ ㈠古人說撮口作聲是嘯。如「嘯歌」。㈡長鳴。如「虎嘯」。

**嘯傲**（ㄒㄧㄠˋ ㄠˋ） 図高歌長嘯，傲然自得。形容人曠放豁達，不受拘束。「嘯傲林泉」是形容退休後閒逸自得的生活。

**嘯聚**（ㄒㄧㄠˋ ㄐㄩˋ） 図呼嘯而聚合（多指盜匪）。

**噓** ▲ㄒㄩ ㈠嘴裡慢慢吹氣。如「他噓了一口氣在掌心，兩個手掌使勁搓了幾下」。㈡替別人說好話，表示出稱讚的意思。如「為（ㄨㄟˋ）人吹噓」。㈢図歎氣。如「唏噓」（同「欷歔」）。㈣把東西移近熱氣來增加溫度。㈤指火或熱氣的放射高熱。▲ㄕ ㈠表示鄙視排斥的歎詞。如「噓！你說些什麼哟」。㈡警告人別說話或放低聲的詞。如「噓！小點兒聲音，老師來了」。

**噓聲**（ㄒㄩ ㄕㄥ） 表示不滿或鄙斥的叫聲。常見於喝倒采的時候。

**噓寒問暖**（ㄒㄩ ㄏㄢˊ ㄨㄣˋ ㄋㄨㄢˇ） 關心別人的寒暖。形容關懷備至。

**噚** ㄒㄩㄣˊ長度單位，是英文 fathom 的譯名，合六英尺或一·八二九公尺，主要用於測量水深。

**噀** 図ㄒㄩㄣˋ把水含在嘴裡再噴出去。又讀ㄙㄨㄣˋ。

**嘲** ㄔㄠˊ用話調笑人家。如「嘲笑」。讀音ㄓㄠ。

**嘲弄**（ㄔㄠˊ ㄋㄨㄥˋ） 嘲笑戲弄。

**嘲哳**（ㄓㄠ ㄓㄚ） ①樂器相雜的聲音。②說話聲。③鳥叫聲。

**嘲笑**（ㄔㄠˊ ㄒㄧㄠˋ） 諷刺譏笑別人。

**嘲訕**（ㄔㄠˊ ㄕㄢˋ） 図譏笑。

**嘲啾**（ㄓㄠ ㄐㄧㄡ） 図形容聲音錯亂而嘈雜。如「鳥聲嘲啾」。

**嘲諷**（ㄔㄠˊ ㄈㄥˋ） ①嘲笑諷刺。②嘲笑諷刺的話。

**嘲風詠月** ㄔㄠˊ ㄈㄥ ㄩㄥˇ ㄩㄝˋ 〔文〕指寫風雲月露等景色的作品。泛指寫詩抒情或遊戲筆墨。如「嘲風詠月，詩酒風流」。

# 噌

▲〔文〕ㄔㄥ 聲音壯闊的樣子。如「聲噌吰而似鐘音」。

▲ㄘㄥ 申斥，叱責。如「我被他噌了一頓」。

▲ㄘㄥˇ 決裂。如「他們倆說噌了」。

# 嘬

ㄔㄨㄞˋ 〔文〕用牙齒咬，一起吃。〈孟子〉有「蠅蚋姑嘬之」。語音 ㄗㄨㄛ 用嘴吸著吃。

# 噆

〔文〕ㄗㄢˇ 蚊子叮。如「蚊虻噆膚」。

# 嘴

ㄗㄨㄟˇ (一)動物進食的器官，口的通稱。如「我用嘴喝水」。(二)尖形而突出的地形。如「沙嘴」「山嘴」。(三)器具的尖形的口。如「瓶嘴」「茶壺嘴」。

**嘴子** ㄗㄨㄟˇ ˙ㄗ 泛稱各種容器或吹奏管樂器上尖形像嘴的東西。如茶壺或嗩吶、薩克斯風等的嘴子。

**嘴巴** ㄗㄨㄟˇ ˙ㄅㄚ 面頰的俗稱，批頰叫打嘴巴。

**嘴尖** ㄗㄨㄟˇ ㄐㄧㄢ 說話尖酸刻薄。如「這個人嘴尖，別惹他」。

**嘴快** ㄗㄨㄟˇ ㄎㄨㄞˋ 有話藏不住，馬上說出來。

**嘴角** ㄗㄨㄟˇ ㄐㄧㄠˇ 上下脣兩邊相連的部分。如「嘴角泛著微笑」。

**嘴乖** ㄗㄨㄟˇ ㄍㄨㄞ 說話乖巧動聽，討人喜愛。

**嘴兒** ㄗㄨㄟˇ ㄦ ①口齒，口才。如「嘴兒甜」。②嘴(三)。如「茶壺嘴兒」。

**嘴直** ㄗㄨㄟˇ ㄓˊ 直爽，想說什麼就說什麼，不會拐彎抹角。如「嘴直心快」。

**嘴笨** ㄗㄨㄟˇ ㄅㄣˋ 不善於說話。

**嘴軟** ㄗㄨㄟˇ ㄖㄨㄢˇ ①說話口氣緩和婉轉。②說話不響亮，沒有分量，不強硬。如「吃人的嘴軟，拿人的手短」。

**嘴硬** ㄗㄨㄟˇ ㄧㄥˋ 自知理虧而口頭上不肯認錯或服輸。

**嘴損** ㄗㄨㄟˇ ㄙㄨㄣˇ 說話尖酸刻薄又缺德。如「那長舌婦嘴損，愛搬弄是非」。

**嘴碎** ㄗㄨㄟˇ ㄙㄨㄟˋ 喜歡多說，不停地嘮叨。

**嘴緊** ㄗㄨㄟˇ ㄐㄧㄣˇ 說話小心，不亂講。也說嘴嚴。

**嘴雜** ㄗㄨㄟˇ ㄗㄚˊ 人多意見多。如「人多嘴雜，自己要拿定主意」。

**嘴饞** ㄗㄨㄟˇ ㄔㄢˊ 貪吃。如「這個人嘴饞，一天到晚吃個不停」。

**嘴脣(兒)** ㄗㄨㄟˇ ㄔㄨㄣˊ ㄦ 脣的通稱。

**嘴臉(兒)** ㄗㄨㄟˇ ㄌㄧㄢˇ ㄦ 面貌，臉色(貶義)。

**嘴皮子** ㄗㄨㄟˇ ㄆㄧˊ ˙ㄗ 嘴脣。借指說話的技巧或口頭表達的本事。有輕視的意思。如「這個人真會耍嘴皮子」。

**嘴上無毛，做事不牢** ㄗㄨㄟˇ ㄕㄤˋ ㄨˊ ㄇㄠˊ ㄗㄨㄛˋ ㄕˋ ㄅㄨˋ ㄌㄠˊ 比喻年輕人涉世未深，閱歷不多，辦不好事情。

**嘴甜心苦** ㄗㄨㄟˇ ㄊㄧㄢˊ ㄒㄧㄣ ㄎㄨˇ 說的話和善，心地卻狠毒。

# 嘶

ㄙ (一)馬鳴。如「人喊馬嘶」。(二)形容聲音沙啞。如「聲嘶力竭」。

# 噁

ㄜˇ 噁心，同「惡心」。

# 噎

ㄧㄝ 食物堵住食管。如「慢慢兒吃，別噎著」。

## 十三筆

# 噹(口当)

▲ㄉㄤ 形容聲音的字。如「噹噹」「叮噹」。

▲ㄉㄧㄤ 見「噹噹兒」條。

**噹啷** ㄉㄤ ㄌㄤ ①金屬器物碰撞的聲音。②鈴聲。

**噹噹兒** ㄉㄤ ㄉㄤ ㄦ 第二個噹字輕讀。沒有知識沒有看過世面的人。

# 噸(吨)

ㄉㄨㄣ 英美制重量名，英制等於二千二百四十鎊，合我國標準制一千零一十六點〇四七公斤；美制短噸（輕噸）等於二千磅，合我國標準制九百零七點一八四九公斤。長噸（重噸）等於二千二百四十磅。計算船的容積單位，每四十立方英尺是一噸。

**噸位** ㄉㄨㄣˋ ㄨㄟˋ ①指船上載貨的容積單位。②諧稱人的體重；常對肥胖者說的。

## 噥

ㄋㄨㄥˊ ㈠図話多而不得要領。〈玉篇〉：「噥，多言不中也。」㈡図通「濃」。〈呂氏春秋〉：「甘而不噥，酸而不酷。」㈢見「咕噥」。

## 噶

▲ㄍㄚˊ 譯音字。如「準噶爾」。▲ㄍㄜˊ 譯音字，「噶廈」是西藏的最高行政機關。

## 噲

図ㄎㄨㄞˋ 嚥下去。

## 噉

ㄏㄢˇ 表鄙斥的感歎詞。如「噉！你別作夢」。

## 噭

図ㄐㄧㄠˋ ㈠噭咷，號哭聲。㈡高聲喊叫。

## 噤

ㄐㄧㄣˋ ㈠閉起嘴，不作聲。如「噤若寒蟬」。㈡見「寒噤」條。

**噤口** ㄐㄧㄣˋ ㄎㄡˇ 図閉口。

**噤聲** ㄐㄧㄣˋ ㄕㄥ 図閉嘴，不作聲。制止人出聲的話。

**噤若寒蟬** ㄐㄧㄣˋ ㄖㄨㄛˋ ㄏㄢˊ ㄔㄢˊ 比喻不敢作聲。

## 噱

▲ㄐㄩㄝˊ 大笑。如「令人發噱」。▲ㄒㄩㄝ 見「噱頭」。

**噱頭** ㄒㄩㄝ ㄊㄡˊ 上海話。①引人發笑的話或動作。②花招。③滑稽。

## 器（噐）

ㄑㄧˋ ㈠用具的統稱。如「器物」「武器」。㈡動植物的分任生活機能的部分。口、耳、鼻、肺、心、胃、花、葉、根，都叫器官，也叫器。如「呼吸器」。㈢才能。如「大器晚成」。㈣尊重。如「器重」。㈤使用。如「器使」。㈥氣度。如「器量」。㈦封建時代的名位爵號等，叫「名器」。

**器用** ㄑㄧˋ ㄩㄥˋ 才幹，能力。比喻人才。

**器皿** ㄑㄧˋ ㄇㄧㄣˇ 盛食品的器具。

**器宇** ㄑㄧˋ ㄩˇ 図人的儀表。

**器局** ㄑㄧˋ ㄐㄩˊ 図氣量，度量。

**器材** ㄑㄧˋ ㄘㄞˊ 可供配套使用的器具或材料。如「衛浴器材」。

**器使** ㄑㄧˋ ㄕˇ 図量材使用。

**器具** ㄑㄧˋ ㄐㄩˋ 用具。

**器官** ㄑㄧˋ ㄍㄨㄢ 動植物體中分任各種生活機能的部分。

**器度** ㄑㄧˋ ㄉㄨˋ 図器量，風度。指人的見識和風度。如「器度恢弘」。

**器物** ㄑㄧˋ ㄨˋ 用具的總稱。

**器重** ㄑㄧˋ ㄓㄨㄥˋ （長輩對晚輩，上級對下級）看重；重視。

**器械** ㄑㄧˋ ㄒㄧㄝˋ ①有專門用途的或構造較精密的器具。②武器。

**器量** ㄑㄧˋ ㄌㄧㄤˋ 人的度量。

**器樂** ㄑㄧˋ ㄩㄝˋ 用樂器演奏的音樂的總稱（區別於「聲樂」）。

**器質** ㄑㄧˋ ㄓˋ 器度和資質。如「聰敏有器質」。

**器識** ㄑㄧˋ ㄕˋ 図器度與才識。

**器小易盈** ㄑㄧˋ ㄒㄧㄠˇ ㄧˋ ㄧㄥˊ 図原指容器小，容易裝滿，後來指人的器量狹小，容易自傲自大。

**器械體操** ㄑㄧˋ ㄒㄧㄝˋ ㄊㄧˇ ㄘㄠ 利用索環、平均臺、單槓、雙槓跟彈簧床等器械作體操。簡稱器械操。

**器滿則覆** ㄑㄧˋ ㄇㄢˇ ㄗㄜˊ ㄈㄨˋ 図也作器滿將覆。容量滿溢，就會傾覆。比喻事物的發展如果超過界限就會反效果；也比喻驕傲自滿必將招致失敗。

**噙** ㄑㄧㄣˊ ㈠嘴裡含著東西。㈡眼眶裡含著淚水。

**噣** ▲図ㄓㄡˋ同「咮」。▲図ㄓㄨㄛˊ同「啄」，鳥啄食。

**噬** 図ㄕˋ㈠用牙齒咬。如「噬臍」。㈡整個吞了進去。如「吞噬」。

**噬臍** ㄕˋㄑㄧˊ 図麝被獵人打中，咬肚臍（麝香）已來不及。比喻後悔已遲。常作「噬臍莫及」。

**噬菌體** ㄕˋㄐㄩㄣˋㄊㄧˇ 生物學名詞。濾過性病毒的一種。通常寄生在細菌中繁殖，進而殺死細菌。各種噬菌都只能對某一種細菌發生作用，因而以噬菌體做試驗，也可以鑑別細菌種類。

**噪** ㄗㄠˋ㈠吵鬧。如「噪音」。㈡蟲鳥鳴聲響亮而吵人的。如「蟬噪」「雀噪」。

**噪音汙染** ㄗㄠˋㄧㄣㄨㄖㄢˇ 指生活環境的噪音，為害心神的安寧。如沒有節制的汽車、機車引擎聲、喇叭聲，以及迎神、婚喪喜慶的噪音。

**噪聒** ㄗㄠˋㄍㄨㄛ 喧譁聒耳。

**噻** ㄙㄞ 化學方面的譯音字。見「噻吩」等條。

**噻吩** ㄙㄞㄈㄣ 圖thiophene的音譯。一種有機化合物，分子式 $C_4H_4S$。無色液狀，不溶於水，而溶於乙醇或乙醚。是藥物、染料的原料。

**噻唑** ㄙㄞㄗㄨㄛˋ 圖thiazole的音譯。有機化合物之一，分子式 $C_3H_3NS$。無色或黃色液狀，可合成藥物，也可製染料。

**噩** 図ㄜˋ㈠可驚的，可怕的。如「噩耗」「噩夢」。㈡愚昧無知的樣子。如「渾渾噩噩」。

**噩耗** ㄜˋㄏㄠˋ 図壞消息，常指親友死亡。

**噩夢** ㄜˋㄇㄥˋ 図惡夢，夢見壞事。

**噩噩** ㄜˋㄜˋ 図噩㈡。

**噯** ▲ㄞˋ感歎詞，表傷感或痛惜。如「噯！怎麼會有這樣的事」。▲ㄞˇ感歎詞，表否定。如「噯！不是這樣」。

**噯呀** ㄞㄧㄚ 同「哎呀」。

**噢** ▲ㄡˋ表示已經明白的歎詞。如「噢！原來如此」。▲図ㄩˇ見「噢咻」。

**噢咻** ㄩˇㄒㄩ 図也作噢休（ㄒㄩ）、燠（ㄩˋ）休（ㄒㄩ）。①撫慰病痛。如「問民所疾苦，撫摩而噢咻之」。②病苦呻吟聲。

**噫** 図ㄧ 悲歎傷痛的聲音。又讀ㄧˋ。

**噦** ▲ㄩㄝ 乾噦，要吐又吐不出來。▲図ㄏㄨㄟˋ噦噦，鳥鳴聲。

## 十四筆

**嚏** ㄊㄧˋ 見「噴嚏」。

**嚏噴** ㄊㄧˋㄈㄣˋ 噴字輕讀。噴嚏。

**嚀** ㄋㄧㄥˊ 見「叮嚀」條。

**嚇** ▲ㄏㄜˋ㈠害怕；使人害怕。如「恐嚇」。㈡見「嚇嚇」。▲ㄒㄧㄚˋ簡寫作「吓」。㈠害怕。如「嚇了一跳」。㈡使人害怕。如「你別嚇他」。

**嚇唬** ㄒㄧㄚˋㄏㄨˇ 唬字輕讀。使人害怕。

**嚇嚇** ㄏㄜˋㄏㄜˋ 笑聲。

**嚎** ㄏㄠˊ 哭喊。

**嚎咷** ㄏㄠˊㄊㄠˊ 也作嚎啕，大哭聲。

**嚄** ▲ㄏㄨㄛˋ表示贊美的感歎詞。如「嚄！瞧你多能幹」。▲ㄛˇ表示驚訝的歎詞。如「嚄！哪有這種事」？

**嚐** ㄔㄤˊ 同「嘗」㈠。

**嚅** ㄖㄨˊ 図見「囁嚅」。

## 十五筆

**嚜** ▲ㄏㄛ 通「嘿」。
▲·ㄇㄜ 表決定的語助詞。如「他來了嚜，當然要請他做下去」。
▲ㄇㄚㄎ 英文「商標(mark)」的音譯。

**嚕** ㄌㄨ 見「哩嚕」「嚕囌」條。

**嚕囌** ㄌㄨ ㄙㄨ 囌字輕讀。多話。

**嚮** ㄒㄧㄤˋ ㈠通「向」。㈡接近。如「嚮邇」「嚮明」。

**嚮導** ㄒㄧㄤˋ ㄉㄠˋ 引路的人。

**嚮往** ㄒㄧㄤˋ ㄨㄤˇ 同「向往」。羨慕而神往。

**嚮壁虛造** ㄒㄧㄤˋ ㄅㄧˋ ㄒㄩ ㄗㄠˋ 図即「向壁虛構」。

## 十六筆

**嚭** 図ㄆㄧˇ 大。

**嚨** ㄌㄨㄥˊ 見「喉嚨」條。

**嚥** ㄧㄢˋ 吞下去。如「狼吞虎嚥」。

**嚥氣** ㄧㄢˋ ㄑㄧˋ 人死氣絕。

**嚥唾沫** ㄧㄢˋ ㄊㄨㄛˋ ㄇㄛˋ 沫字輕讀。吞口水。

## 十七筆

**嚳** ㄎㄨˋ 我國傳說中上古帝王名，號「高辛氏」。

**嚵** ㄔㄢˊ 獸嘴。

**嚵子** ㄔㄢˊ ·ㄗ 獸類的嘴。如「狗嚵子」。

**嚷** ▲ㄖㄤˇ ㈠喧鬧。如「吵嚷」。㈡喊叫。如「你別嚷」。
▲ㄖㄤ 見「嚷嚷」條。

**嚷嚷** ㄖㄤ ㄖㄤ 第二個嚷字輕讀。①喧嘩；吵鬧。②聲張。

**嚴** ㄧㄢˊ ㈠認真，不放鬆。如「校規很嚴」。㈡厲害的。如「嚴冬」「嚴酷」。㈢緊密的。如「他的嘴嚴，不會走漏消息」。㈣尊，敬。如「師嚴然後道尊」。㈤軍隊遇到警報，加多崗哨，盤問行人，叫「戒嚴」，事情過後收哨，叫「解嚴」。㈥對別人稱自己的父親「家嚴」。㈦事態緊急。如「嚴重」。㈧図擂鼓。如「鼓三嚴」（祭祀禮節之一）。㈨姓。

**嚴父** ㄧㄢˊ ㄈㄨˋ 図①尊敬父親。〈孝經・聖治〉：「人之行莫大於孝，孝莫大於嚴父。」②父親。古人說父嚴母慈，所以多稱自己父親為嚴父。③管教嚴格的父親。

**嚴冬** ㄧㄢˊ ㄉㄨㄥ 極寒冷的冬天。

**嚴正** ㄧㄢˊ ㄓㄥˋ 嚴肅正當。

**嚴刑** ㄧㄢˊ ㄒㄧㄥˊ 嚴厲的刑罰。如「嚴刑逼供」。

**嚴守** ㄧㄢˊ ㄕㄡˇ ①嚴密守衛。如「嚴守陣營」。②嚴格遵守。如「嚴守校規」。

**嚴制** ㄧㄢˊ ㄓˋ 図稱父親去世，子女在家遵守喪制。

**嚴命** ㄧㄢˊ ㄇㄧㄥˋ ①父親的命令。②嚴厲的命令。

**嚴明** ㄧㄢˊ ㄇㄧㄥˊ 嚴肅而公正（多指法紀）。

**嚴苛** ㄧㄢˊ ㄎㄜ 也作嚴刻。嚴厲苛刻。如「公司規定嚴苛」。

**嚴重** ㄧㄢˊ ㄓㄨㄥˋ 程度深，影響大，情勢危急。

**嚴峻** ㄧㄢˊ ㄐㄩㄣˋ ①嚴厲；嚴肅。②地勢險要。如「山勢嚴峻」。

**嚴師** ㄧㄢˊ ㄕ ①因尊敬老師。②管教很嚴的老師。

**嚴格** ㄧㄢˊ ㄍㄜˊ 遵守一定的標準，決不寬疏。如「嚴格規定」。

**嚴密** ㄧㄢˊ ㄇㄧˋ ①嚴緊。②保守祕密不使泄漏。

**嚴處** ㄧㄢˊ ㄔㄨˇ 嚴厲的處罰。如「如有故違，當予嚴處」。

**嚴寒** ㄧㄢˊ ㄏㄢˊ （氣候）極為寒冷。

**嚴詞** ㄧㄢˊ ㄘˊ 嚴厲的措詞。如「以嚴詞譴責暴行」。

**嚴肅** ㄧㄢˊ ㄙㄨˋ ①（神情、氣氛等）使人感到敬畏的。②（作風、態度等）認真。

**嚴禁** ㄧㄢˊ ㄐㄧㄣˋ 嚴格禁止。如「工廠重地，嚴禁煙火」。

**嚴緊** ㄧㄢˊ ㄐㄧㄣˇ 緊密，沒有縫隙。

**嚴實** ㄧㄢˊ ㄕˊ 實字輕讀。①嚴密①。②藏得好，不容易找到。

**嚴酷** ㄧㄢˊ ㄎㄨˋ 嚴厲冷酷。如「律令嚴酷」。

**嚴厲** ㄧㄢˊ ㄌㄧˋ 嚴肅而厲害。

**嚴整** ㄧㄢˊ ㄓㄥˇ 嚴肅整齊（多指隊伍）。

**嚴辦** ㄧㄢˊ ㄅㄢˋ 嚴厲懲辦。如「違者嚴辦」。

**嚴霜** ㄧㄢˊ ㄕㄨㄤ ①寒冷的霜。②比喻嚴厲。

**嚴謹** ㄧㄢˊ ㄐㄧㄣˇ ①嚴肅謹慎。如「平生為人方直嚴謹」。②很周到。如「防衛嚴謹」。

**嚴陣以待** ㄧㄢˊ ㄓㄣˋ ㄧˇ ㄉㄞˋ 擺好嚴整的陣勢，等待來犯的敵人。

**嚴絲合縫** ㄧㄢˊ ㄙ ㄏㄜˊ ㄈㄥˊ 縫隙密合。

**嚴懲不貸** ㄧㄢˊ ㄔㄥˊ ㄅㄨˋ ㄉㄞˋ 因嚴厲懲處，不寬容。如「犯者嚴懲不貸」。

**嚴嚴兒的** ㄧㄢˊ ㄧㄢˊ ㄦ ˙ㄉㄜ 緊緊的。如「他躺在床上，自己把被蓋得嚴嚴兒的」。

**嚶** 因ㄧㄥ 鳥叫聲。

**嚼** ▲ㄐㄩㄝˊ 用牙齒磨碎食物，細品滋味。如「咀嚼」。▲ㄐㄧㄠˊ (一)ㄐㄩㄝˊ的語音。(二)指別人說話太多而討厭。如「淨聽他一個人窮嚼」。▲ㄐㄧㄠˋ 倒（ㄉㄠˇ）嚼，就是「反芻」。

**嚼舌** ㄐㄧㄠˊ ㄕㄜˊ ①信口胡說，搬弄是非。②無謂的爭辯。

**嚼蠟** ㄐㄩㄝˊ ㄌㄚˋ 比喻沒有味道。如「味如嚼蠟」。

**嚼舌根** ㄐㄩㄝˊ ㄕㄜˊ ㄍㄣ 嚼舌②。

## 十八筆

**囁** 因ㄋㄧㄝˋ 嘴動的樣子。

**囁嚅** ㄋㄧㄝˋ ㄖㄨˊ 因有話要說而又吞吞吐吐不敢說出來的樣子。

**囂** ㄒㄧㄠ 喧譁。如「喧囂」。

**囂浮** ㄒㄧㄠ ㄈㄨˊ 因不沈著。

**囂張** ㄒㄧㄠ ㄓㄤ 形容人放肆傲慢，言語行動都無約束。

**囀** ㄓㄨㄢˋ (一)鳥鳴。如「黃鶯巧囀」。(二)聲音轉折很好聽。

## 十九筆

**囊** ㄋㄤˊ (一)口袋。如「布囊」。(二)見「囊括」。(三)姓。

**囊括** ㄋㄤˊ ㄎㄨㄛˋ 把全部包羅在內。括也讀ㄍㄨㄚ。

**囊腫** ㄋㄤˊ ㄓㄨㄥˇ 醫學名詞。內含液體或半固體物質的囊狀腫大物。如肝囊腫或腎囊腫，是因腺器官障礙或腺管閉塞而生成。

**囊螢** ㄋㄤˊ ㄧㄥˊ 図比喻刻苦勤讀。典出晉朝車胤家貧，夏夜捕螢置囊中以代替燈光讀書。

**囊中物** ㄋㄤˊ ㄓㄨㄥ ㄨˋ 比喻不用多費力氣就可以得到的東西。

**囊空如洗** ㄋㄤˊ ㄎㄨㄥ ㄖㄨˊ ㄒㄧˇ 口袋裡好像洗過一樣。比喻很窮。

**囉（啰）** ▲ㄌㄨㄛˊ ㈠吵鬧。如「囉唣」。㈡見「嘍囉」。▲ㄌㄨㄛ 見「囉唆」。

**囉唆** ㄌㄨㄛ ㄙㄨㄛ 唆字輕讀。①話多。②麻煩。

**囉唣** ㄌㄨㄛ ㄗㄠˋ 吵鬧。

**囉哩囉唆** ㄌㄨㄛ ˙ㄌㄧ ㄌㄨㄛ ㄙㄨㄛ 形容囉唆的樣子。

**囉囉嗦嗦** ㄌㄨㄛ ㄌㄨㄛ ㄙㄨㄛ ㄙㄨㄛ 第二個囉字輕讀。也作囉囉唆唆，囉唆的樣子。

**囅** 図ㄔㄢˇ 見「囅然」。

**囅然** ㄔㄢˇ ㄖㄢˊ 図笑的樣子。如「囅然而笑」。

**囈** 図ㄧˋ 見「囈語」。

**囈語** ㄧˋ ㄩˇ 図夢話。

**囌** ㄙㄨ 見「嚕囌」。

## 二十一筆

**囑（嘱）** ㄓㄨˇ 託付。如「囑託」。

**囑咐** ㄓㄨˇ ㄈㄨˋ 告訴對方記住應該怎樣，不應該怎樣。如「再三囑咐」。

**囑託** ㄓㄨˇ ㄊㄨㄛ ①把事託付別人。②關說。

**囔** ㄋㄤ 見「嘟囔」條。

# 口部

**囗** ㄨㄟˊ 古「圍」字。

## 二筆

**四** ㄙˋ ㈠數目字，大寫寫成「肆」。㈡第四。如「四年級」。㈢我國從前音樂上用來表示聲音高低的符號，見「工尺」。

**四大** ㄙˋ ㄉㄚˋ ①道家以道、天、地、王（人）為四大。②佛教以地、水、火、風為四大。③古人稱大功、大名、大德、大權為四大。

**四元** ㄙˋ ㄩㄢˊ 我國古時指代數學說的，其中應用「天」「地」「人」「物」四個代字，類似現代的「多元方程式」。

**四六** ㄙˋ ㄌㄧㄡˋ 以往韻文的一種，句法是用四個字一短句和六個字一短句相間組成。

**四方** ㄙˋ ㄈㄤ ①東、南、西、北。②正方。③立方形的物體。

**四匝** ㄙˋ ㄗㄚ 図①四面環繞。②四圈。

**四史** ㄙˋ ㄕˇ 〈史記〉〈漢書〉〈後漢書〉〈三國志〉等四種史書的總稱。

**四民** ㄙˋ ㄇㄧㄣˊ 從前稱士、農、工、商為四民。

**四合** ㄙˋ ㄏㄜˊ 四面圍攏。如「暮色四合」。

**四至** ㄙˋ ㄓˋ 指基地四面的界址，土地房產契約上，一般要注明四至。

**四育** ㄙˋ ㄩˋ 德育、智育、體育、群育的合稱，是現代國民必須接受的健全教育。

**四周** ㄙˋ ㄓㄡ 周圍。

**四呼** ㄙˋ ㄏㄨ 按照韻母把字音分成開口呼、齊齒呼、合口呼、撮口呼四類，總稱四呼。

**四季** ㄙˋ ㄐㄧˋ 春、夏、秋、冬叫四季。

**四肢** ㄙˋ ㄓ　指人體的兩上肢和兩下肢，也指某些動物的四條腿。

**四則** ㄙˋ ㄗㄜˊ　加、減、乘、除，四種運算的總稱。

**四郊** ㄙˋ ㄐㄧㄠ　城市周圍附近的地方。

**四庫** ㄙˋ ㄎㄨˋ　見「四部」條。

**四旁** ㄙˋ ㄆㄤˊ　指前後左右很近的地方。

**四時** ㄙˋ ㄕˊ　四季。

**四書** ㄙˋ ㄕㄨ　〈大學〉〈中庸〉〈論語〉〈孟子〉，合稱四書。

**四海**　▲ㄙˋ ㄏㄞˇ 指全國各處，也指全世界各處。▲ㄙˋ·ㄏㄞ 是說人性情豪爽慷慨。

**四起** ㄙˋ ㄑㄧˇ　從各處出現或興起。如「群雄四起」「風雲四起」。

**四野** ㄙˋ ㄧㄝˇ　廣闊的原野。也泛指四方。

**四部** ㄙˋ ㄅㄨˋ　我國古代把圖書按「經、史、子、集」分為四大部類，合稱四部。後因分庫儲藏，所以又稱「四庫」，如「四庫全書」。

**四喜** ㄙˋ ㄒㄧˇ　舊傳四喜詩所指的四種喜事，即久旱逢甘雨，他鄉遇故知，洞房花燭夜，金榜題名時。

**四圍** ㄙˋ ㄨㄟˊ　周圍。

**四散** ㄙˋ ㄙㄢˋ　向四面分散。

**四診** ㄙˋ ㄓㄣˇ　中醫診病的四種方法，即對病人望其氣色，聞其聲音，問其病因，切其脈搏；合稱望、聞、問、切。

**四塞**　▲図 ㄙˋ ㄙㄞˋ ①四方藩衛的國家。②四境有要塞，邊防險固。▲図 ㄙˋ ㄙㄜˋ 充塞四方。

**四維** ㄙˋ ㄨㄟˊ　①管仲說：「禮、義、廉、恥，國之四維。」指這四項是治國的四大綱要。②(four dimension)愛因斯坦〈相對論〉所用的名詞，指空間的「長維」「短維」「厚維」與「時間維」而言，「四維」合才能構成「時空世界」。

**四德** ㄙˋ ㄉㄜˊ　①孝、悌、忠、信。②舊時以德、言、容、功為婦人的四德。③佛家指：常德、樂德、我德、淨德。

**四壁** ㄙˋ ㄅㄧˋ　図①指屋裡四邊的牆。如「家徒四壁」。②指周圍的城牆。如「四壁兵皆潰」。

**四聲** ㄙˋ ㄕㄥ　我國字音的四種聲調。古時分平、上、去、入四聲。國音分陰平、陽平、上聲、去聲，也叫做第一聲、第二聲、第三聲、第四聲。

**四鄉** ㄙˋ ㄒㄧㄤ　城鎮四周的鄉村。

**四隅** ㄙˋ ㄩˊ　図正方形的四個角，也就是東南、東北、西南、西北。

**四鄰** ㄙˋ ㄌㄧㄣˊ　①前後左右的鄰居。②古時稱四方的鄰國。

**四體** ㄙˋ ㄊㄧˇ　①指人的四肢。②書法的四種字體，就是真（楷）書、草書、隸書、篆書。

**四面（兒）** ㄙˋ ㄇㄧㄢˋ（ㄦ）　①東南西北。②周圍。

**四處（兒）** ㄙˋ ㄔㄨˋ（ㄦ）　周圍各處。

**四邊（兒）** ㄙˋ ㄅㄧㄢ（ㄦ）　①指東南西北四方。②正方形物體的四個邊緣。

**四下裡** ㄙˋ ㄒㄧㄚˋ ㄌㄧˇ　四處。如「明月當空，四下裡蟲聲唧唧」。

**四不像** ㄙˋ ㄅㄨˋ ㄒㄧㄤˋ　①哺乳動物偶蹄目，鹿科。蹄像牛，尾像驢，背像駱駝，角像鹿，所以稱「四不像」。體高約一公尺二，長約兩公尺二。生產在我國東北寧古塔附近。②比喻人做事不合法度，器物不成式樣。

**四六體** 也作四六文，簡稱四六，駢體的一種。因以四字句、六字句為主，所以有這個名稱。

**四分衛** 英文Quarterback的意譯。美式足球的九號球員，是整個隊伍的靈魂。條件必須很好：身高六尺以上，能看清前方；頭腦冷靜，反應快；臂力好，傳球準。

**四方步** 端莊穩重的步履，邁步大而緩慢。

**四平調** 二黃劇腔調名，又名平調。

**四合院** 也作四合房。一種舊式的住屋。四面的房屋相對，形如「口」字，中央為庭院。

**四君子** ①國畫對梅、蘭、菊、竹四種花卉的總稱。②中藥裡人參、白朮、茯苓、甘草的合稱。

**四言詩** 每句四字的古體詩。〈詩經〉中很多是四言詩。

**四周圍** 周圍。

**四季豆** 就是菜豆。莢果較長，種子有白色、褐色、藍黑色或絳紅色，也有花斑的。嫩莢做蔬菜，種子也可以入藥，有利尿、消腫作用。

**四面體** 數學上說以三角形為底的錐體，底和側共為四面。

**四健會** 以農村青少年為對象，以改善生活、改良技術為目標的推廣組織。主旨在促進手、腦、身、心的健全發展，因而稱四健會。第一次世界大戰後風行於美國，第二次世界大戰後傳入我國。

**四絃琴** 小提琴。西洋樂器，形略似琵琶，柄短，有四條弦，用弓輕摩而發音，也譯稱「梵啞鈴」。

**四腳蛇** 蜥蜴的俗稱。

**四壞球** 棒球比賽中，投手投了四個壞球，保送打擊者進一壘。

**四邊形** 四條直線圍成的平面形。

**四大自由** 美國前總統羅斯福在一九四一年提倡的四種自由，即言論和發表的自由，信仰的自由，免於匱乏的自由，免於恐懼的自由。

**四大金剛** 佛寺大門內所塑的四天王像，各執一物，俗稱風調雨順。拿劍的是風，拿琵琶的是調，拿傘的是雨，拿蛇的是順。

**四大皆空** 佛家指地、水、火、風是構成宇宙的四種元素，萬物都是由這四種元素組成。但是這四大元素不過是因緣和合的幻象，最後不免破滅。因此泛指一切都無成就或無希望。

**四分五裂** 形容分散，不完整，不團結。

**四四方方** 說形體方正的形狀。

**四平八穩** 形容說話、做事、寫文章穩當。有時也指做事只求不出差錯，缺乏創新精神。

**四面八方** 泛指周圍各地或各個方面。

**四面楚歌** 楚漢交戰時，項羽的軍隊被包圍在垓下，夜間聽見四面漢軍營裡都是楚人的歌聲，以為楚地已被漢軍所得。現在比喻窮途受困，環境艱難。

**四庫全書** 清朝乾隆年間編纂的一部大叢書，分經、史、子、集四部，收三千五百零三種書，分七萬九千三百三十卷，前後抄了七套，分藏各地。英法聯軍攻入北京及洪楊之亂，毀了三套。正本原來藏在北京清宮文淵閣，後來移到臺北的故宮博物院。其餘三套抄本在大陸。

**四框闌兒** ㄙˋ ㄎㄨㄤ ㄌㄢˊ ㄦ 「囗」（ㄨㄟˊ）字作部首，通稱四框闌兒。

**四時八節** ㄙˋ ㄕˊ ㄅㄚ ㄐㄧㄝˊ 指春、夏、秋、冬四季和立春、立夏、立秋、立冬、春分、秋分、夏至、冬至八個節。

**四海一家** ㄙˋ ㄏㄞˇ ㄧˋ ㄐㄧㄚ 四海之內，猶如一家。形容天下統一，世界和平。

**四海為家** ㄙˋ ㄏㄞˇ ㄨㄟˊ ㄐㄧㄚ 稱漂泊無定所的人。

**四捨五入** ㄙˋ ㄕㄜˇ ㄨˇ ㄖㄨˋ 計算小數的方法，在整數後面計算小數取到小數第三位或第五位為止，以下再遇到的是四以下的小數，就捨棄不計，五以上的小數，就在上一位加一。

**四通八達** ㄙˋ ㄊㄨㄥ ㄅㄚ ㄉㄚˊ 形容交通很方便。

**四戰之地** ㄙˋ ㄓㄢˋ ㄓ ㄉㄧˋ 比喻無險可守，四面受敵的空曠地方。

**四體不勤** ㄙˋ ㄊㄧˇ ㄅㄨˋ ㄑㄧㄣˊ 身體不勞動。如「四體不勤，五穀不分」。四體，指四肢。

**四腳兒朝天** ㄙˋ ㄐㄧㄠˇ ㄦ ㄔㄠˊ ㄊㄧㄢ 仰面跌倒，手足向上。

## 囚

ㄑㄧㄡˊ ㈠被拘禁的人。如「囚犯」「死囚」。㈡把人拘禁起來。如「囚起來」「囚禁」。

**囚犯** ㄑㄧㄡˊ ㄈㄢˋ 被拘禁的罪犯。也作囚徒。

**囚牢** ㄑㄧㄡˊ ㄌㄠˊ 牢獄。

**囚車** ㄑㄧㄡˊ ㄔㄜ 押解囚犯的車。

**囚徒** ㄑㄧㄡˊ ㄊㄨˊ 囚犯，罪犯。

**囚禁** ㄑㄧㄡˊ ㄐㄧㄣˋ 監禁。

**囚糧** ㄑㄧㄡˊ ㄌㄧㄤˊ 囚犯的食糧。

**囚首垢面** ㄑㄧㄡˊ ㄕㄡˇ ㄍㄡˋ ㄇㄧㄢˋ 形容人的儀容不整，頭髮散亂，面孔骯髒，好像囚犯一般狼狽。

## 三筆

## 囡

ㄋㄢ 江、浙、上海等地區對小孩兒的稱呼。

## 囝

▲ㄋㄢ 蘇州話，稱小孩兒。▲ㄐㄧㄢˇ 閩人稱兒子或女兒。

## 回（囘、囬）

ㄏㄨㄟˊ ㈠歸來，返。如「回家」「一去不回」。㈡還給對方的某種行動。如「回敬」「回他一槍」。㈢答覆。如「回條兒」「回信」。㈣掉轉。如「回身兒」「回過頭去」。㈤從前指往上稟報。如「回事」「回話」。㈥次數，一次、一遍叫一回。如「我前後去過五回」。㈦舊小說所分的段落。如「〈水滸傳〉共有七十回」「且聽下回分解」。㈧曲折，同「迴」字。如「回廊」。㈨宗教名。回教就是伊斯蘭教。㈩種族名。回族是我國少數民族之一。㈪姓。

**回升** ㄏㄨㄟˊ ㄕㄥ 下降或下滑之後又上升。如「景氣回升」。

**回天** ㄏㄨㄟˊ ㄊㄧㄢ 比喻力量大，可以扭轉難以挽回的局勢。如「回天乏術」。

**回心** ㄏㄨㄟˊ ㄒㄧㄣ ①收回以前不正的心。〈漢書・賈誼傳〉有「使天下回心而鄉（嚮）道」的話。②回復往日的好情意。如遼時蕭后曾作〈回心院詞〉十首，希望使天佑帝回復以往的寵愛。另見「回心轉意」。

**回文** ㄏㄨㄟˊ ㄨㄣˊ ①回族的文字。②回覆的公文。③指一種特別的詩詞，順著念或倒著念（從末尾往前倒念）都有意義，而且念著順口。（又有的利用字的排列格式，從中央向四周或從外向中央，都可念成文句。）也寫作「迴文」。

**回去**（ㄏㄨㄟˊ ㄑㄩˋ）去字輕讀。①回到原來的地方。②回家。

**回民**（ㄏㄨㄟˊ ㄇㄧㄣˊ）信奉回教的人民。

**回合**（ㄏㄨㄟˊ ㄏㄜˊ）戰爭時兩方的戰士接觸戰鬥一次，叫一個回合，舊小說裡常用。如「打了三百回合，不見勝敗」。現在把政治上雙方對抗到了一個段落也叫一回合。

**回回** ▲ㄏㄨㄟˊ ㄏㄨㄟˊ每一次。▲ㄏㄨㄟˊ·ㄏㄨㄟ回族，回教徒。

**回扣**（ㄏㄨㄟˊ ㄎㄡˋ）商業買賣上的佣金。

**回收**（ㄏㄨㄟˊ ㄕㄡ）把廢物或舊物收回來再利用。如「垃圾分類，回收再生」。

**回身**（ㄏㄨㄟˊ ㄕㄣ）轉身；回過身來。

**回事**（ㄏㄨㄟˊ ㄕˋ）舊時門房或僕役向主人稟報情況。

**回來**（ㄏㄨㄟˊ ㄌㄞˊ）來字輕讀。①回到這兒來。如「他是昨天回來的」。②稍緩，等一會兒的意思。如「這件事先別急，回來我們再慢慢兒商量」。

**回味**（ㄏㄨㄟˊ ㄨㄟˋ）①吃過以後，回想那味道的可口。②事後的回想。

**回帖**（ㄏㄨㄟˊ ㄊㄧㄝˇ）收款人收到匯款時，蓋章後交由付款單位寄回匯款人的憑證。

**回門**（ㄏㄨㄟˊ ㄇㄣˊ）結婚後若干日內新夫婦一起到女家拜見長輩和親友，叫做回門。

**回青**（ㄏㄨㄟˊ ㄑㄧㄥ）一種顏料，是石青中最貴的，可作燒瓷器塗色之用。

**回拜**（ㄏㄨㄟˊ ㄅㄞˋ）在對方來拜訪以後去拜訪對方。也叫「回訪」。

**回春**（ㄏㄨㄟˊ ㄔㄨㄣ）①冬盡春來。如「大地回春」。②稱道醫術高明，意思是能使垂危者復生。如「妙手回春」。

**回流**（ㄏㄨㄟˊ ㄌㄧㄡˊ）①水回旋或倒流。②出去了又回來。如「資金回流」。

**回紇**（ㄏㄨㄟˊ ㄏㄜˊ）回族的古稱，原指唐代的西方一個部族，約在現在的新疆等地方。也作「回鶻（ㄏㄨˊ）」。

**回音**（ㄏㄨㄟˊ ㄧㄣ）①回信。如「我早就寫信去了，他一直沒有回音」。②報告行蹤的信息。如「他離家三年，一去就沒有回音了」。

**回首**（ㄏㄨㄟˊ ㄕㄡˇ）図回想以前的事情。如「往事不堪回首」。

**回師**（ㄏㄨㄟˊ ㄕ）図調回軍隊。

**回執**（ㄏㄨㄟˊ ㄓˊ）①寄發郵件時，由郵務人員填交寄件人收執的憑證。②收到信件或其他文件的收據，通常是寫一張字條或是填寫一張印好的收據，所以也叫「回條」。

**回教**（ㄏㄨㄟˊ ㄐㄧㄠˋ）也叫「伊斯蘭」教，是阿剌伯人穆罕默德所創。該教盛行於中亞細亞、北非洲、土耳其、我國西北部跟南洋群島等處，是世界上的一個大宗教，所奉行的經典名叫「可蘭經」。

**回條**（ㄏㄨㄟˊ ㄊㄧㄠˊ）收信（物）人收到信件（物品）時交送信（物）人帶回去的便條（收據）。

**回旋**（ㄏㄨㄟˊ ㄒㄩㄢˊ）⑴旋轉，盤旋。如「飛機在上空回旋」。②可以作彈性處理。如「別把話說死了，留點兒回旋空間，事情才辦得成」。

**回族**（ㄏㄨㄟˊ ㄗㄨˊ）我國少數民族之一。又稱回回，信奉回教，使用漢族的語言文字，多和漢人雜居。主要分布於新疆、甘肅、寧夏地區。

**回游**（ㄏㄨㄟˊ ㄧㄡˊ）①回轉流動。②見「洄游」。

**回眸**（ㄏㄨㄟˊ ㄇㄡˊ）図回過頭來淺笑。如「回眸微笑」。

**回報**（ㄏㄨㄟˊ ㄅㄠˋ）①報告（有關工作的執行）。②報答。如「他很提拔我，我得回報他」。②報復。如「壞事做太多，將來會有回報」。

**回廊**(ㄏㄨㄟˊ ㄌㄤˊ) 曲折回環的走廊。也寫作「迴廊」。

**回復**(ㄏㄨㄟˊ ㄈㄨˋ) ①恢復。②回覆。

**回程**(ㄏㄨㄟˊ ㄔㄥˊ) 返回的路程。

**回答**(ㄏㄨㄟˊ ㄉㄚˊ) 答覆。

**回絕**(ㄏㄨㄟˊ ㄐㄩㄝˊ) 向對方表示拒絕。如「李小姐回絕了劉先生的求婚」。

**回翔**(ㄏㄨㄟˊ ㄒㄧㄤˊ) 回轉飛翔。

**回傳**(ㄏㄨㄟˊ ㄔㄨㄢˊ) 向後傳遞。球類運動的術語。如「籃球運動，在己方籃下的球員把球回傳給靠近中線的隊友」。

**回填**(ㄏㄨㄟˊ ㄊㄧㄢˊ) 工程名詞。挖出土方工作之後，將砂土填回去。

**回想**(ㄏㄨㄟˊ ㄒㄧㄤˇ) 想(過去的事情)。

**回敬**(ㄏㄨㄟˊ ㄐㄧㄥˋ) 回報別人的敬意或饋贈。

**回暖**(ㄏㄨㄟˊ ㄋㄨㄢˇ) 寒冷的天氣轉為溫暖。

**回腸**(ㄏㄨㄟˊ ㄔㄤˊ) ①小腸的一部分，在空腸下面，盲腸上面，形狀彎曲。②比喻內心焦慮不安。如「回腸九轉，輾轉難眠」。也作「迴腸」。

**回話**(ㄏㄨㄟˊ ㄏㄨㄚˋ) 回答別人問話(有時用於下對上)。

**回路**(ㄏㄨㄟˊ ㄌㄨˋ) ①回去的路。如「前路不通，回路也被堵住」。②電流通過介質或其他器件重回電源的通路。

**回電**(ㄏㄨㄟˊ ㄉㄧㄢˋ) 接到電報或信件後用電報回覆。

**回駁**(ㄏㄨㄟˊ ㄅㄛˊ) 否定或反駁別人提出的意見。

**回嘴**(ㄏㄨㄟˊ ㄗㄨㄟˇ) 頂嘴。

**回潮**(ㄏㄨㄟˊ ㄔㄠˊ) ①已經乾燥的東西又變潮溼。②引申比喻已經消失的舊事物重新出現。

**回請**(ㄏㄨㄟˊ ㄑㄧㄥˇ) 接受邀請或招待之後，回過來邀請或招待對方，表示報答。

**回憶**(ㄏㄨㄟˊ ㄧˋ) 回想(過去的事情)。

**回曆**(ㄏㄨㄟˊ ㄌㄧˋ) 又叫回回曆，穆罕默德創制的曆法。分太陰年和太陽年兩種。前者供歷史紀年和宗教祭祀之用，後者供農耕參考。

**回蕩**(ㄏㄨㄟˊ ㄉㄤˋ) 回也作迴。環繞飄蕩。如「歌聲回蕩在山谷間」。

**回頭**(ㄏㄨㄟˊ ㄊㄡˊ) ①轉過頭來。如「回頭一看」。②稍待；等一會兒。如「回頭再談」。③改邪歸正。如「浪子回頭」。

**回應**(ㄏㄨㄟˊ ㄧㄥˋ) 回答；答應。

**回聲**(ㄏㄨㄟˊ ㄕㄥ) 發出的聲浪遇著障礙而折回的音，叫回聲。

**回避**(ㄏㄨㄟˊ ㄅㄧˋ) 躲開，同「迴避」。

**回鍋**(ㄏㄨㄟˊ ㄍㄨㄛ) 把涼了的熟的食物放在鍋裡重新加熱。

**回歸**(ㄏㄨㄟˊ ㄍㄨㄟ) 返回原處。如「回歸祖居」。

**回禮**(ㄏㄨㄟˊ ㄌㄧˇ) ①回答別人的敬禮，還禮。②回贈禮物。

**回覆**(ㄏㄨㄟˊ ㄈㄨˋ) 回答，答覆。

**回轉**(ㄏㄨㄟˊ ㄓㄨㄢˇ) ①返回。②輪轉。③心回意轉。

**回瀾**(ㄏㄨㄟˊ ㄌㄢˊ) 回也作洄。①回旋的波濤。②花蓮舊名「洄瀾」。因花蓮溪入海處洄瀾洶湧而得名。

**回爐**(ㄏㄨㄟˊ ㄌㄨˊ) ①重新熔化(金屬)。②重新烘烤(燒餅之類)。

**回饋**(ㄏㄨㄟˊ ㄎㄨㄟˋ) 回報。如「行有餘力，定當回饋桑梓」。

**回護**(ㄏㄨㄟˊ ㄏㄨˋ) 袒護；包庇。

**回顧**(ㄏㄨㄟˊ ㄍㄨˋ) ①回頭看。②回想。

**回籠**(ㄏㄨㄟˊ ㄌㄨㄥˊ) 發行鈔票的銀行，將鈔票收回。

**回響**(ㄏㄨㄟˊ ㄒㄧㄤˇ) ①回聲。②因刺激而引起的行動。

**回手（兒）** ①反手取物。如「回手就把佩刀拔出來」。②還手。

**回信（兒）** 回復的音信。

**回馬槍** 古代槍法的一種。現在多指忽然調頭反擊追逐者。

**回旋曲** 樂曲形式的一種，特色是主題的旋律多次重複。

**回數票** 整本發售的車票或通行票。每本二十張的可以分二十次使用，省去每次買票的麻煩。

**回憶錄** 親身經歷或了解某一時期史實的人，在告老歸隱之後回憶往事寫下的自敘式真實紀錄。和專記私事的自傳不同。

**回歸熱** 一種急性傳染病，也叫「再歸熱」，由一種螺旋狀菌侵入人體的血液而起。病狀是發熱五六天以後退熱，隔幾天又發熱，時發時歇，所以叫回歸熱。

**回歸線** 地球上赤道南北各二十三度二十七分，和赤道平行的圈線，在南的叫「南回歸線」，在北的叫「北回歸線」。

**回心轉意** 改變態度。

**回光返照** ①太陽落山時陽光的反射。②油燈或蠟燭快乾的時候忽然特別一亮。③人臨死的時候，忽然覺得病有起色。

**回嗔作喜** 図轉怒為喜。嗔，生氣。

**回祿之災** 也作祝融之災。指火災。回祿、祝融，同為古代傳說的火神。

**回頭是岸** 佛家語「苦海無邊，回頭是岸」。意指只要能悔悟，壞人也有救。多用來規勸犯錯的人悔過自新或告誡壞人回心向善。

**回鍋油條** 諷稱回頭再作已經不做的工作的人。像炸過的油條再回鍋裡去。

## 囟

就是「囟門」。見「囟門」條。

**囟門** 嬰兒頭頂上接近前額處，有一頭骨還沒有密合的地方，可以看到跳動。這個部位叫「囟門」，也叫「囟腦門兒」或「頂門」。

## 因

㈠原因，在發生事物以前已經具備的條件。如「事出有因」。㈡因為，由於某種緣故。如「因小失大」「因病請假」。㈢沿襲照舊不變。如「陳陳相因」。㈣図依賴，藉著，就著。如「因人成事」「雲岡石佛多因山巖為之」。㈤図於是，因此。如「彼生於立春日，因名春生」「久客廣，因家焉」。㈥図由。如「可因李兄往見校長」（由李兄介紹往見）。

**因子** ①數學名詞，又名「因數」「因式」，凡是能除盡某數的數，都是因子，如2、3、4、6是12的因子。②生物學上說控制或影響生理、生化反應的理化條件或物質。

**因仍** 図因襲，沿襲。沿用舊例。

**因此** 連詞。因為這樣。同「因而」，只是兩者用法稍有分別：「因而」多用在句中，「因此」多用在上句之後起接。如「他夜以繼日，勤奮學習。因此，第二年就如願考上大學」。

**因而** 連詞。表示下面情況是上述原因的結果。如「勤習學業，成績因而日益進步」。

**因果** ①原因和結果，二者相互為用，所以指事物的演化常常研究其間的因果關係。②佛家通三世（人的前世，今世，來世），三世行善行惡都會得到報應，循環不差，叫做「因果」。見「因果報應」條。

**因為** ㄧㄣ ㄨㄟˋ 表示原因的詞，用來提起所述的原因。如「他因為生病，請假一天」。

**因革** ㄧㄣ ㄍㄜˊ 同沿革。

**因素** ㄧㄣ ㄙㄨˋ ①構成事物本質的成本。②決定事物成敗的原因或條件。

**因循** ㄧㄣ ㄒㄩㄣˊ ①守舊習而不改進。如「因循自誤」。②拖延，不振作，得過且過。如「因循苟且」。

**因數** ㄧㄣ ㄕㄨˋ 見「因子」。

**因緣** ㄧㄣ ㄩㄢˊ ①憑藉，依據。如「因緣時會」。②機會，機遇和緣分，指人事的結合而言，一般指夫妻婚姻結合叫因緣。③指直接間接的關係；本自佛家的說法：因此而生叫做因，此物緣彼物而生叫做緣。

**因應** ㄧㄣ ㄧㄥˋ 順應，應變。如「因應時勢」。

**因襲** ㄧㄣ ㄒㄧˊ 沿用舊例而不改變革新。

**因由(兒)** ㄧㄣ ㄧㄡˊ (ㄦ) 原因。

**因人成事** ㄧㄣ ㄖㄣˊ ㄔㄥˊ ㄕˋ 依賴別人而不是自己創立的。

**因小失大** ㄧㄣ ㄒㄧㄠˇ ㄕ ㄉㄚˋ 因只顧小事而耽誤大事，或為貪圖小便宜而失去更大的利益。

**因地制宜** ㄧㄣ ㄉㄧˋ ㄓˋ ㄧˊ 順應不同地區的環境而作適當的措施。

**因利乘便** ㄧㄣ ㄌㄧˋ ㄔㄥˊ ㄅㄧㄢˋ 藉著形勢的便利。

**因材施教** ㄧㄣ ㄘㄞˊ ㄕ ㄐㄧㄠˋ 依據受教育者不同的稟賦資質作適當的教導。

**因果報應** ㄧㄣ ㄍㄨㄛˇ ㄅㄠˋ ㄧㄥˋ 有其因必得其果；善有善報，惡有惡報，作善作惡，必有善惡的報應。

**因陋就簡** ㄧㄣ ㄌㄡˋ ㄐㄧㄡˋ ㄐㄧㄢˇ 就著原來簡陋的基礎。

**因勢利導** ㄧㄣ ㄕˋ ㄌㄧˋ ㄉㄠˇ 順著事情發展的趨勢加以引導。

**因禍得福** ㄧㄣ ㄏㄨㄛˋ ㄉㄜˊ ㄈㄨˊ 本來是災禍，卻由於某種原因，或是能利用機會，反而得到好處。

**因噎廢食** ㄧㄣ ㄧㄝ ㄈㄟˋ ㄕˊ 因為怕噎住了而不吃東西。比喻為了某種小問題而把要緊的事擱下來。

## 四筆

**囤** ▲ㄉㄨㄣˋ 用席箔等圍起來，中間存放糧食的器具。如「米囤」。▲ㄊㄨㄣˊ 存儲東西。如「囤積」「囤貨」。

**囤貨** ㄊㄨㄣˊ ㄏㄨㄛˋ 囤積貨物。

**囤聚** ㄊㄨㄣˊ ㄐㄩˋ 儲存聚集（貨物）。

**困** ㄎㄨㄣˋ ㈠窮苦。如「貧困」「困窘」。㈡艱難。如「艱困」。㈢疲乏。㈣被環境或條件所限制，掙脫不出來。如「被這個問題困住了」。㈤包圍住，斷絕出路。如「把敵人困住」「困獸猶鬥」。㈥和「睏」相同。如「困倦」。

**困厄** ㄎㄨㄣˋ ㄜˋ 也作「困阨」，（處境）很艱難窘迫。

**困乏** ㄎㄨㄣˋ ㄈㄚˊ ①同困窮。②疲乏。如「一夜急行軍，人馬都困乏不堪」。

**困守** ㄎㄨㄣˋ ㄕㄡˇ 被圍困而堅守陣地。

**困阨** ㄎㄨㄣˋ ㄜˋ 同「困厄」。

**困苦** ㄎㄨㄣˋ ㄎㄨˇ （生活）艱難痛苦。

**困倦** ㄎㄨㄣˋ ㄐㄩㄢˋ 疲倦想睡。

**困惑** ㄎㄨㄣˋ ㄏㄨㄛˋ 疑惑而不知如何是好。如「這一件無頭公案，實在令人困惑」。

**困窘** ①窘迫，為難。如「一句話說得他十分困窘」。②貧窮。如「家計困窘」。

**困頓** ①十分勞累。②（生計）艱難窘迫。

**困境** 困難的處境。如「林小弟父母因車禍死亡，生活陷於困境」。

**困慮** 「困心衡慮」的略語。參看該條。

**困窮** 窮困；貧窮。

**困憊** 〔文〕非常疲乏。

**困擾** ①因紛擾而感到為難或不安。如「這件事讓我覺得很困擾」。②使人為難，不安。如「我方採取左右調動的戰術，困擾敵方」。

**困難** ①事情複雜，阻礙多。如「克服困難」。②窮困，不好過。如「生活困難」。

**困獸猶鬥** 比喻被圍困的敵人或壞人在絕境中還是奮力抵抗，不肯降服。

**困心衡慮** 〔文〕是指「心情、心理，內心的困苦磨練」。「衡」同「橫」，就是不順利。〈孟子〉有「困於心，衡於慮，而後作」的話，意思是說，心情上發生了困苦，思慮上發生煩亂，然後就能奮發振作。

**囫** ㄏㄨˊ ㈠整個的，完整的。如「不要破的，挑個囫圇的」。㈡合在一起，不加分析的。如「你不要囫圇著說」。

**囫圇吞棗** 吃棗子連核吞下；形容粗枝大葉，凡事含糊籠統，不加詳細分析理解。也略作「囫圇吞」。

**囪** ㄘㄨㄥ 「煙囪」也叫「煙筒」，是爐灶上面所安裝的出煙的通路，通常是高伸在屋頂上。工廠的煙囪特別高大。

**囮** ㄧㄡˊ ㈠鳥媒。見「囮子」條。㈡敲詐，同「訛」。讀音ㄜˊ。

**囮子** 捉鳥的人把鳥栓住，用它來招引旁的鳥，這隻拴著的鳥叫「囮子」，文言詞稱為「鳥媒」。

## 五筆

**囹** 〔文〕ㄌㄧㄥˊ 囹圄（ㄌㄧㄥˊ ㄩˇ）就是監獄。也作「囹圉」。

**固** ㄍㄨˋ ㈠堅牢，結實，不容易壞。如「堅固」「鞏固」。㈡堅硬，成為一定的形體。如「固體」「凝固」。㈢安定。如「穩固」。㈣堅持，極力地。如「固辭」「固請」「固守」。㈤原來，原本。如「固有道德」「固所願也」。㈥表示語氣的詞，和「惟」「然」「而」等轉折詞前後配合著用，表示先同意，接著再否定，或更推進一步。如「所言固有理，惟目前尚難實行」「生活固不宜浪費，然亦不應過於吝嗇」。

**固守** 堅固的防守，不放棄，不改變。

**固有** 原有。

**固定** ①安定，不變動的。②使事物穩固不變。

**固陋** 〔文〕少見聞，不開通。

**固疾** 同「痼疾」，經久難治好的疾病。

**固執** ▲ㄍㄨˋ ㄓˊ 堅守不違背。如「擇善固執」。▲ㄍㄨˋ ˙ㄓ 堅持己見，不肯變通。

**固習** 〔文〕長期養成不易改掉的習慣。也作「痼習」。

**固然** ㄍㄨˋ ㄖㄢˊ　①本來如此。②雖然。如「這話固然不錯，但實行起來有困難」。

**固結** ㄍㄨˋ ㄐㄧㄝˊ　牢固地結合在一起。

**固著** ㄍㄨˋ ㄓㄨㄛˊ　牢固地附著在上面。

**固態** ㄍㄨˋ ㄊㄞˋ　物質的固體狀態。是物質存在的一種形態。

**固窮** ㄍㄨˋ ㄑㄩㄥˊ　図安於貧窮，不失氣節。〈論語〉有「君子固窮，小人窮斯濫矣」的話。

**固辭** ㄍㄨˋ ㄘˊ　図堅決推辭。

**固體** ㄍㄨˋ ㄊㄧˇ　物理學名詞，固態的物體。其體積和形狀相當固定，不是受到很強的外力影響，不會改變。

**固若金湯** ㄍㄨˋ ㄖㄨㄛˋ ㄐㄧㄣ ㄊㄤ　図比喻城池堅固難攻。金，金城，用金屬鑄成的城堡。湯，高熱度的水，湯池，注滿熱水的護城河。金城湯池，簡作金湯，比喻城池極為堅固。

**固體燃料** ㄍㄨˋ ㄊㄧˇ ㄖㄢˊ ㄌㄧㄠˋ　固態的燃料，對液體燃料而言。如媒、木柴、焦炭，以及可作核能燃料的鈾、鈈等。

**囷**　図ㄐㄩㄣ　圓形的倉。

## 六筆

**囿**　図ㄧㄡˋ　㈠有圍牆可養禽獸的園子。如「園囿」「鹿囿」。㈡拘束，局限。如「囿於成見」。

## 七筆

**圃**　ㄆㄨˇ　㈠畦，種植菜蔬、花卉或瓜果的地方。如「苗圃」「花圃」。㈡園子。㈢図場所。如「學圃」。㈣図老圃，就是農人，也指從事園藝工作的人。〈論語〉有「吾不如老圃」。

**圂**　図ㄏㄨㄣˋ　㈠廁所。㈡通「豢」。

**圄**　ㄩˇ　「囹圄」，見「囹」字。

## 八筆

**圇**　ㄌㄨㄣˊ　「囫圇」，見「囫」字。

**國（囯）**　ㄍㄨㄛˊ　㈠國家。㈡姓。

**國人** ㄍㄨㄛˊ ㄖㄣˊ　國民。

**國力** ㄍㄨㄛˊ ㄌㄧˋ　國家的力量。

**國土** ㄍㄨㄛˊ ㄊㄨˇ　國家的領土。

**國士** ㄍㄨㄛˊ ㄕˋ　図全國推仰的人。〈史記〉有「國士無雙」。

**國小** ㄍㄨㄛˊ ㄒㄧㄠˇ　國民小學的簡稱。

**國中** ㄍㄨㄛˊ ㄓㄨㄥ　①國內。②國民中學的簡稱。

**國手** ㄍㄨㄛˊ ㄕㄡˇ　精於某種技能，為全國之冠而受欽佩的人。

**國文** ㄍㄨㄛˊ ㄨㄣˊ　統稱中國語文和文學。

**國父** ㄍㄨㄛˊ ㄈㄨˋ　對創建國家，為全國所敬愛的人的尊稱。我國尊稱孫中山先生為國父。

**國王** ㄍㄨㄛˊ ㄨㄤˊ　①君主國家的首領。②我國自漢朝到明朝所設的一項最尊貴的封爵。③我國古時常對鄰近的外國（稱之為「外藩」）首領，封為國王。如朝鮮國王、安南國王。

**國史** ㄍㄨㄛˊ ㄕˇ　①國家的歷史。②古書上也把擔任記載國史的史官稱為國史，如周朝的大史、小史、外史、御史等官，都稱為國史。

**國本** ㄍㄨㄛˊ ㄅㄣˇ　①立國的根本。②図古史書上稱太子為國本。

**國民** ㄍㄨㄛˊ ㄇㄧㄣˊ　①凡取得一國國籍的人民，就是該國的國民。②泛指全國的人民。

**國立** ㄍㄨㄛˊ ㄌㄧˋ 國家設立的，如國立學校、圖書館等等，與省立、市立、縣市等相並稱。

**國交** ㄍㄨㄛˊ ㄐㄧㄠ 兩國之間的外交關係。

**國字** ㄍㄨㄛˊ ㄗˋ 一個國家固有的文字。我國以傳統的漢字為國字。

**國有** ㄍㄨㄛˊ ㄧㄡˇ 產權屬於國家所有的，稱為「國有」。如國有土地、國有森林等等。

**國色** ㄍㄨㄛˊ ㄙㄜˋ 〔文〕指容貌特別美麗的女子。

**國技** ㄍㄨㄛˊ ㄐㄧˋ 技也作伎。一國代表性的技藝。如我國的技擊（拳術），日本的相撲。

**國步** ㄍㄨㄛˊ ㄅㄨˋ 〔文〕同「國運」。

**國防** ㄍㄨㄛˊ ㄈㄤˊ 國家對外的防禦力量。狹義的國防，專指軍事方面的設施；廣義的國防，則包括政治、經濟、教育、文化各方面的設施在內。

**國事** ㄍㄨㄛˊ ㄕˋ 有關於國家的事情。

**國協** ㄍㄨㄛˊ ㄒㄧㄝˊ 「英國國協」的簡稱。原稱「大英國協」。由不列顛和加拿大、紐西蘭、澳大利亞等自治領以及曾為英國殖民地而現已獨立的國家結合而成，共同擁戴英王為國協元首。

**國命** ㄍㄨㄛˊ ㄇㄧㄥˋ 〔文〕①國家的命脈。②一國的政令，〈論語〉有「陪臣執國命」的話。

**國姓** ㄍㄨㄛˊ ㄒㄧㄥˋ 專制時代君主賜臣下以皇室的姓氏，稱為國姓。如鄭成功曾賜姓朱，因而人稱「國姓爺」。臺灣還有「國姓鄉」（在南投縣）「國姓井」（臺中縣大甲鎮、彰化縣都有），都和鄭成功有關。

**國帑** ㄍㄨㄛˊ ㄊㄤˇ 國家的公款。

**國法** ㄍㄨㄛˊ ㄈㄚˇ 國家的法律、制度。規定國家組織與其作用的法規，就是指憲法與行政法而言。

**國花** ㄍㄨㄛˊ ㄏㄨㄚ 選來作為標誌以代表國家或民族精神的一種花，稱為國花。如英國的薔薇，法國的百合，美國的山杞，日本的櫻花等。我國從前以牡丹為國花，現在以梅花為國花。

**國門** ㄍㄨㄛˊ ㄇㄣˊ 〔文〕①就是城門，見〈禮記・祭法〉的疏釋。②指國境而言。如剛剛自國外來的旅客到達國境、機場或碼頭，常說是「初抵國門」。

**國度** ㄍㄨㄛˊ ㄉㄨˋ ①國家。②〔文〕指國家財務需用。

**國威** ㄍㄨㄛˊ ㄨㄟ 國家的聲威或威勢。如「國威遠揚」。

**國柄** ㄍㄨㄛˊ ㄅㄧㄥˇ 〔文〕柄也作「秉」。國家的政權。如「專操國柄」。

**國故** ㄍㄨㄛˊ ㄍㄨˋ 〔文〕①本國固有的掌故與學術。②國家的變故。

**國是** ㄍㄨㄛˊ ㄕˋ 一般指國家正確的政策大計。如「共商國是」。

**國計** ㄍㄨㄛˊ ㄐㄧˋ ①國家的經濟。②國家的政策。

**國軍** ㄍㄨㄛˊ ㄐㄩㄣ 國家正式編制的軍事武裝部隊。

**國音** ㄍㄨㄛˊ ㄧㄣ ①一國通用的標準語音。②我國以北平（北京）語音為國語的標準音，叫做國音。

**國家** ㄍㄨㄛˊ ㄐㄧㄚ 我國古代，常稱諸侯為「國」，如齊國、楚國；士大夫稱「家」，如魯國有仲孫家、季孫家。後來「國」「家」兩個字合成一個詞來代表「國」的意思，現代政治學上認為國家是具有土地、人民、主權等三種要素的組織體。

**國宴** ㄍㄨㄛˊ ㄧㄢˋ 國家元首或政府首長為招待國賓而舉行的隆重宴會。通常有文武百官作陪。

**國庫** ㄍㄨㄛˊ ㄎㄨˋ 國家收入支出的總機關。

**國恥** ㄍㄨㄛˊ ㄔˇ 國家所蒙受的恥辱。

**國書** ㄍㄨㄛˊ ㄕㄨ ①一國的外交使節，在初到任的時候，持有本國元首署名的一種文書，遞送給駐在國政府的元首，這種文書叫做國書。②國際正式交涉時，政府互相往還的正式文書。③遼金元清各稱其本部所造的字為國書。

**國務** ㄍㄨㄛˊ ㄨˋ 國家的政務。

**國基** ㄍㄨㄛˊ ㄐㄧ 國本，立國的根本。

**國情** ㄍㄨㄛˊ ㄑㄧㄥˊ ①國家的政治、經濟、文化等方面的情況。如「國情報告」。②一國的風俗民情。

**國戚** ㄍㄨㄛˊ ㄑㄧ 舊時指后妃的家屬。皇親國戚。

**國教** ㄍㄨㄛˊ ㄐㄧㄠˋ ①國家的教化。②某些國家規定人民信仰的正統宗教。③國民教育的簡稱。

**國產** ㄍㄨㄛˊ ㄔㄢˇ 本國所生產的。

**國術** ㄍㄨㄛˊ ㄕㄨˋ 指我國固有的武術。

**國貨** ㄍㄨㄛˊ ㄏㄨㄛˋ 本國的出產或製造的貨品。

**國都** ㄍㄨㄛˊ ㄉㄨ 一國中央政府的所在地，就是首都。

**國喪** ㄍㄨㄛˊ ㄙㄤ 舊日稱帝后之喪。也稱國服、國孝。現在國家元首副元首之喪也稱為國喪。

**國富** ㄍㄨㄛˊ ㄈㄨˋ 一國的財力富足。

**國畫** ㄍㄨㄛˊ ㄏㄨㄚˋ 我國傳統的繪畫（區別於西洋畫）。

**國策** ㄍㄨㄛˊ ㄘㄜˋ ①一國的基本政策。②指〈戰國策〉。

**國華** ㄍㄨㄛˊ ㄏㄨㄚˊ 國家的精華。

**國債** ㄍㄨㄛˊ ㄓㄞˋ 國家所負的債務。

**國勢** ㄍㄨㄛˊ ㄕˋ 國家的實力和形勢。

**國會** ㄍㄨㄛˊ ㄏㄨㄟˋ 立憲國家的議會，是立法跟監督政府行政的機關。

**國葬** ㄍㄨㄛˊ ㄗㄤˋ 對國家有特殊大功的人，死後由政府以國家名義為他舉行的葬禮。

**國號** ㄍㄨㄛˊ ㄏㄠˋ 國家的稱號。我國以往每換一個朝代就換一個國號。

**國賊** ㄍㄨㄛˊ ㄗㄟˊ 危害或出賣國家的人。

**國道** ㄍㄨㄛˊ ㄉㄠˋ 由國庫闢建、維修的國有道路。臺灣的中山高速公路以及北部第二高速公路都是。

**國運** ㄍㄨㄛˊ ㄩㄣˋ 國家的境遇。

**國境** ㄍㄨㄛˊ ㄐㄧㄥˋ 一個國家行使主權的領土範圍。

**國幣** ㄍㄨㄛˊ ㄅㄧˋ 本國貨幣，由政府印製、鑄造。

**國旗** ㄍㄨㄛˊ ㄑㄧˊ 由國家規定代表本國的旗幟。我國的國旗是紅地，左上角青天白日。

**國歌** ㄍㄨㄛˊ ㄍㄜ 由政府規定，代表國家，於慶典所用的樂歌。

**國粹** ㄍㄨㄛˊ ㄘㄨㄟˋ 一個國家在精神上物質上所有的特色。

**國語** ㄍㄨㄛˊ ㄩˇ ①本國固有的語言。②指本國人民共同使用的標準語。③書名，周朝左丘明著，是紀事的史書。

**國賓** ㄍㄨㄛˊ ㄅㄧㄣ 國家的貴賓。一般指來訪的外國元首或政府首腦。

**國際** ㄍㄨㄛˊ ㄐㄧˋ ①各國相互之間的交往。②共產黨人指各國無產階級政黨共同的統一組織，簡稱為國際，有所謂第一國際，第三國際等等。

**國魂** ㄍㄨㄛˊ ㄏㄨㄣˊ 指國民的特殊精神與風尚而言。

**國劇** ㄍㄨㄛˊ ㄐㄩˋ 我國固有的戲劇，就是平劇。又稱「京戲」「京劇」。在臺灣舊稱「正音」。

**國慶** ㄍㄨㄛˊ ㄑㄧㄥˋ ①一國的大慶，如國家成立、統一等紀念，或皇帝登極、壽誕紀念等等。②指國家的生日，就是建立國家的紀念日。我國的國慶是每年的十月十日。又稱雙十節。

**國樂** ㄍㄨㄛˊ ㄩㄝˋ ①由國家制定作為大慶典所演奏的音樂。②指我國傳統的音樂（別於外國傳入）。

**國殤** ㄍㄨㄛˊ ㄕㄤ 為國家犧牲生命的人。

**國課** ㄍㄨㄛˊ ㄎㄜˋ 也作「國賦」「國稅」，即由國家課徵的賦稅。

**國學** ㄍㄨㄛˊ ㄒㄩㄝˊ 本國固有的學術。

**國曆** ㄍㄨㄛˊ ㄌㄧˋ 國家規定採用的曆法。我國以前用黃曆（陰曆），民國元年起改以公曆（陽曆）為國曆。

**國徽** ㄍㄨㄛˊ ㄏㄨㄟ 代表一個國家的徽識。我國的國徽是青天白日。

**國醫** ㄍㄨㄛˊ ㄧ 即中醫。也稱「漢醫」。

**國璽** ㄍㄨㄛˊ ㄒㄧˇ 一國元首所用，代表國家最高權力的印章。

**國難** ㄍㄨㄛˊ ㄋㄢˋ 國家的患難。

**國寶** ㄍㄨㄛˊ ㄅㄠˇ ①國家的寶器，如國璽等。②我國舊時指國家鑄造的金屬錢幣為國寶。

**國籍** ㄍㄨㄛˊ ㄐㄧˊ 一個人屬於某一國家的籍貫，稱為國籍。

**國權** ㄍㄨㄛˊ ㄑㄩㄢˊ 國家的權力。

**國變** ㄍㄨㄛˊ ㄅㄧㄢˋ 國家的大變故。

**國讎** ㄍㄨㄛˊ ㄔㄡˊ 國家的仇恨。

**國體** ㄍㄨㄛˊ ㄊㄧˇ 國家的根本體制。依統治權的所在，有君主國體和共和國體。

**國民性** ㄍㄨㄛˊ ㄇㄧㄣˊ ㄒㄧㄥˋ 一國的國民在思想、觀念、行為各方面表現的共同人格特性。

**國史館** ㄍㄨㄛˊ ㄕˇ ㄍㄨㄢˇ 編纂國家歷史的政府機關。

**國防部** ㄍㄨㄛˊ ㄈㄤˊ ㄅㄨˋ 主管國防事務的全國最高軍事行政機關。

**國事犯** ㄍㄨㄛˊ ㄕˋ ㄈㄢˋ 以改革政治或變更國體、政體為目的而犯罪的人。

**國務卿** ㄍㄨㄛˊ ㄨˋ ㄑㄧㄥ ①民國初年輔佐大總統處理政務的行政首長。②美國總統所任命的「國務院」的領導人，掌管邦際事務及協助總統處理重要的外交事務。

**國務院** ㄍㄨㄛˊ ㄨˋ ㄩㄢˋ ①民國初年的內閣（相當於現在的行政院）。以國務總理為首。②中共的最高行政機關，也就是中央人民政府。③美國政府中主管外交及邦際事務的部門。

**國語文** ㄍㄨㄛˊ ㄩˇ ㄨㄣˊ 兼指國語和國文。如「國語文教育」「國語文能力」。

**國際性** ㄍㄨㄛˊ ㄐㄧˋ ㄒㄧㄥˋ 指事物或思想、行動、問題等，不僅屬於某一國家範圍，而是衝破國界，為兩國或許多國家所共同有關的。

**國際法** ㄍㄨㄛˊ ㄐㄧˋ ㄈㄚˇ ①國際公法。②國際公法跟國際私法的合稱。

**國慶日** ㄍㄨㄛˊ ㄑㄧㄥˋ ㄖˋ 指國家成立的紀念日。西元一九一一年十月十日，國民革命軍在武昌起義，成立民國，所以我國規定十月十日為國慶日。

**國內貿易** ㄍㄨㄛˊ ㄋㄟˋ ㄇㄠˋ ㄧˋ 國境之內的商業往來。

**國外貿易** ㄍㄨㄛˊ ㄨㄞˋ ㄇㄠˋ ㄧˋ 本國跟外國互通貿易。

**國外匯兌** ㄍㄨㄛˊ ㄨㄞˋ ㄏㄨㄟˋ ㄉㄨㄟˋ 作為國際貿易結算的支付憑證。包括現金、匯票或信用證券。簡稱外匯。

**國民大會** ㄍㄨㄛˊ ㄇㄧㄣˊ ㄉㄚˋ ㄏㄨㄟˋ 代表全國人民行使政權的機構。成員稱為國民大會代表，由人民選舉產生。職權為制定及修改憲法，複決立法院所提憲法修正案。以前要選舉總統副總統，自民國八十五年三月二十三日修憲後，總統副總統改由人民直接選舉。

**國民小學** ㄍㄨㄛˊ ㄇㄧㄣˊ ㄒㄧㄠˇ ㄒㄩㄝˊ 我國現制的小學，原稱國民學校，自國民基本教育延長為九年，初中稱為國民中學，小學改為國民小學（修業期限六年）。

**國民中學** ㄍㄨㄛˊ ㄇㄧㄣˊ ㄓㄨㄥ ㄒㄩㄝˊ 就是初級中學，自民國五十七年將國民教育延長為九年，初級中學納入國民教育，改稱國民中學；國民小學修業六年期滿後，直接升入國民中學接受教育三年。

**國民外交** ㄍㄨㄛˊ ㄇㄧㄣˊ ㄨㄞˋ ㄐㄧㄠ 本國國民或團體，不經過官方機構，和外國國民或團體之間的交流，以促進友好關係，稱為國民外交。

**國民兵役** ㄍㄨㄛˊ ㄇㄧㄣˊ ㄅㄧㄥ ㄧˋ 指常備兵役之外的補充兵役。凡未服常備兵役者，均編為國民兵役，年滿四十五歲除役。

**國民住宅** ㄍㄨㄛˊ ㄇㄧㄣˊ ㄓㄨˋ ㄓㄞˊ 政府以長期低利貸款，提供中低收入國民（包括公教、勞工、農民、漁民等）購置的平價住宅。簡稱「國宅」。

**國民所得** ㄍㄨㄛˊ ㄇㄧㄣˊ ㄙㄨㄛˇ ㄉㄜˊ 在一定時間內（通常為一年），全國國民所生產或獲得的財貨總值。也就是國民經濟總收入減去總費用的純益總額。從分配方面看，是指每人收入的薪俸、工資、利息、地租等；從支出方面看，包括每人的消費、投資、儲蓄、租稅等。

**國民教育** ㄍㄨㄛˊ ㄇㄧㄣˊ ㄐㄧㄠˋ ㄩˋ 全體國民均應接受的基本教育，具有義務教育的性質。我國現行國民教育為國民小學六年，國民中學三年。

**國民義務** ㄍㄨㄛˊ ㄇㄧㄣˊ ㄧˋ ㄨˋ 國民依法應盡的義務。依我國憲法規定，國民有納稅、服兵役、受國民教育的義務。

**國色天香** ㄍㄨㄛˊ ㄙㄜˋ ㄊㄧㄢ ㄒㄧㄤ 原來形容牡丹花的可貴，現在通常用來形容特殊美貌的女子。

**國定假日** ㄍㄨㄛˊ ㄉㄧㄥˋ ㄐㄧㄚˋ ㄖˋ 國家規定的節慶假日。如國慶日、開國紀念日等，以及與民俗有關的如春節、中秋節等。

**國泰民安** ㄍㄨㄛˊ ㄊㄞˋ ㄇㄧㄣˊ ㄢ 國家太平，人民安樂。是祈願、祝頌的話。

**國計民生** ㄍㄨㄛˊ ㄐㄧˋ ㄇㄧㄣˊ ㄕㄥ 國家經濟和人民生活的狀況。

**國音字母** ㄍㄨㄛˊ ㄧㄣ ㄗˋ ㄇㄨˇ 由政府制定公布，用來標注國字字音的字母。有二式：民國七年十一月二十三日教育部公布的「注音字母」ㄅㄆㄇ，民國十九年四月二十九日經國民政府令改稱為「注音符號」，為第一式。民國十七年九月大學院公布的「國語羅馬字」ａｂｃ，經民國七十三年五月修訂後，改名為第二式。

**國家公園** ㄍㄨㄛˊ ㄐㄧㄚ ㄍㄨㄥ ㄩㄢˊ 由政府劃定範圍，保留天然資源，輔以公共設施，由政府設專責機構管理，供旅遊觀賞的風景優美地區。

**國家奧會** ㄍㄨㄛˊ ㄐㄧㄚ ㄠˋ ㄏㄨㄟˋ 國家奧林匹克委員會的略稱。由資深而熱心體育的人士組成，負責與國際奧會、其他國家奧會聯繫，以及受指定時主辦奧林匹克運動會。

**國破家亡** ㄍㄨㄛˊ ㄆㄛˋ ㄐㄧㄚ ㄨㄤˊ 國家殘破，家人離散。

**國策顧問** ㄍㄨㄛˊ ㄘㄜˋ ㄍㄨˋ ㄨㄣˋ 總統府聘任的顧問。應聘者多為對國家著有勛勞，貢獻卓越，或素孚信望，富有政治經驗或學術成就的人士。可隨時向總統提國策建言。

**國勢調查** ㄍㄨㄛˊ ㄕˋ ㄉㄧㄠˋ ㄔㄚˊ 有廣狹二義：廣義指人口以及經濟上、社會上各種事實的調查。狹義指人口和住宅等特定事項的調查。為了解國家的實力和現勢而舉行。

**國際人格** ㄍㄨㄛˊ ㄐㄧˋ ㄖㄣˊ ㄍㄜˊ 國家在國際法上有獨立人格，可以成為權利義務主體的，稱為國際人格或國際人。

**國際公法** ㄍㄨㄛˊ ㄐㄧˋ ㄍㄨㄥ ㄈㄚˇ 規定各國相互間權利義務，為各國所公認的法律。分平時國際公法和戰時國際公法兩種。

**國際共管** ㄍㄨㄛˊ ㄐㄧˋ ㄍㄨㄥˋ ㄍㄨㄢˇ 國際法名詞，由兩個或兩個以上的國家，共同管理或統治一個地區、國家或其部分的土地。

**國際私法** ㄍㄨㄛˊ ㄐㄧˋ ㄙ ㄈㄚˇ 規定兩國以上人民或人民和國家間私法關係的法律。

**國際音標** ㄍㄨㄛˊ ㄐㄧˋ ㄧㄣ ㄅㄧㄠ 也叫萬國音標或國際語音學字母，是由國際語音學會制定，用來統一表示各國語言音素的符號。

**國際貿易** ㄍㄨㄛˊ ㄐㄧˋ ㄇㄠˋ ㄧˋ 國際之間的貿易行為，就是本國貨物輸出外國或外國貨物輸入本國。其政策分為自由貿易主義和保護貿易主義兩種。

**國際裁判** ㄍㄨㄛˊ ㄐㄧˋ ㄘㄞˊ ㄆㄢˋ 具有在國際體育競賽中擔任裁判資格的裁判員。

**國際奧會** ㄍㄨㄛˊ ㄐㄧˋ ㄠˋ ㄏㄨㄟˋ 國際奧林匹克委員會的簡稱。四年一度的奧林匹克運動會的主管機構。委員分由各國資深熱心體育人士擔任。總部設在瑞士洛桑。

**國際聯盟** ㄍㄨㄛˊ ㄐㄧˋ ㄌㄧㄢˊ ㄇㄥˊ 第一次世界大戰後，由美國總統威爾遜倡議，於一九二〇年成立的國際組織。總部設在瑞士日內瓦，以促進國際合作，維持世界和平為目的。一九四五年十月二十四日聯合國成立，次年國際聯盟解散。

**國營事業** ㄍㄨㄛˊ ㄧㄥˊ ㄕˋ ㄧㄝˋ 由國家投資經營的公共事業。

**國民身分證** ㄍㄨㄛˊ ㄇㄧㄣˊ ㄕㄣ ㄈㄣˋ ㄓㄥˋ 由各鄉、鎮、市戶政機關製發的國民身分證明文件。

**國語羅馬字** ㄍㄨㄛˊ ㄩˇ ㄌㄨㄛˊ ㄇㄚˇ ㄗˋ 以特定拼音法拼出國語字音的羅馬字。民國十七年九月，中華民國大學院（教育部）公布，和注音符號相輔並行。

**國際換日線** ㄍㄨㄛˊ ㄐㄧˋ ㄏㄨㄢˋ ㄖˋ ㄒㄧㄢˋ 又名「國際日期變更線」。為一假想線，大致和縱貫太平洋中央的一百八十度經線相合，惟為避免陸地分隔而略呈彎曲。線的東西兩邊日期相差一天。向東航行過線減一天，向西過線加一天。

## 圊

[文]ㄑㄧㄥ 廁所。

## 圈

▲ㄑㄩㄢ ㈠外邊圓中間空的東西或形狀。如「項圈兒」「通電流的線圈」「黑眼圈兒」。㈡周遭兒。如「帽圈兒」「圍著操場走了一兩圈兒」。㈢用東西圍住。如「用柵欄把這塊地圈起來」。㈣假設一定地區的範圍。如「射擊圈」「埋伏圈」。㈤畫圓圈作記號。如「圈選」「把重要的字句圈出來」。

▲ㄑㄩㄢˋ 見「圈兒」「圈子」等條。

▲ㄐㄩㄢ 收管，關住。如「把狗圈在木籠子裡」「再不聽話，就得圈他幾天」。

▲ㄐㄩㄢˋ 養家畜餵牲口的地方。如「豬圈」「牲口圈」。

**圈子** ▲ㄑㄩㄢ ˙ㄗ ①「圈」（ㄑㄩㄢ）㈠㈡。②圈套。▲ㄑㄩㄢˋ ˙ㄗ 同「圈（ㄑㄩㄢˋ）兒」。如「墳圈子」。

**圈地** ㄑㄩㄢ ㄉㄧˋ 指清朝初年，滿清功臣宗族進入山海關以後，在各地所佔有的土地。

**圈弄** ㄑㄩㄢ ㄋㄨㄥˋ 設計籠絡、蒙蔽、誘惑或傾陷。

**圈兒** ▲ㄑㄩㄢ ㄦ 周圍有東西圈擋起來的地方。如「城圈兒」。▲ㄑㄩㄢ ㄦ ①圈（ㄑㄩㄢ）(一)(二)(四)。②範圍。如「這件事鬧得都出了圈兒了」。③圈套。

**圈椅** ㄑㄩㄢ ㄧˇ 靠背和扶手連成半圓形的椅子。

**圈禁** ㄑㄩㄢ ㄐㄧㄣˋ 拘禁。

**圈選** ㄑㄩㄢ ㄒㄩㄢˇ ①在印製好的選票上規定的位置蓋上戳記，表示選舉該候選人。②在表列眾多項目（人選）中的某一項（人）加上圓圈標記，表示選擇那一項（人）。

**圈點** ㄑㄩㄢ ㄉㄧㄢˇ ①在文字右下加圓圈或點，表示句讀（ㄉㄡˋ）。②在文句右旁加上圓圈或點，表示文句精采或重要。

**圈口（兒）** ㄑㄩㄢ ㄎㄡˇ ㄦ 口字輕讀。環狀物，如手鐲、戒指等的口徑。

**圈套（兒）** ㄑㄩㄢ ㄊㄠˋ ㄦ ①畫圓圈。②圈（ㄑㄩㄢ）(一)。

**圈起來** ㄐㄩㄢ ㄑㄧˇ ㄌㄞˊ 來字輕讀。關住。如「把這隻狗先圈起來吧」。

# 圉

[文] ㄩˇ (一)養馬的地方。如「馬有圉」。掌管養馬工作的人叫「圉人」。(二)邊境。如「邊圉」「守圉」。(三)通「圄」。(四)通「敵」。(五)姓。

## 九筆

# 圌

ㄔㄨㄢˊ 圌山，在江蘇省鎮江縣東北，緊靠長江，是江防要地。

# 圍（囲）

ㄨㄟˊ (一)環繞著四周攔擋起來。如「圍牆」「團團圍住」。(二)四周。如「四圍都是山」「外圍」。(三)五寸叫一圍。如「腰大十圍」。(四)兩臂合抱的長度叫一圍。如「三圍粗的大樹」。(五)遮蔽用的布類，同「帷」。如「床圍」「轎圍」。(六)指戰事的包圍陣地。如「解圍」「突圍」。

**圍子** ㄨㄟˊ ㄗ˙ ①土築的圍牆。②圍(四)。

**圍巾** ㄨㄟˊ ㄐㄧㄣ ①圍在脖子上的紡織品，也叫「圍脖兒」。②餐巾也叫圍巾。

**圍困** ㄨㄟˊ ㄎㄨㄣˋ 包圍起來使被包圍者不能逃走。

**圍攻** ㄨㄟˊ ㄍㄨㄥ 包圍攻擊。

**圍城** ㄨㄟˊ ㄔㄥˊ ①包圍城市。如「大軍開到，將軍下令圍城」。②受包圍的城。如「生活在圍城之中，日用品越來越缺乏」。

**圍屏** ㄨㄟˊ ㄆㄧㄥˊ 可以環繞障蔽的屏風。

**圍捕** ㄨㄟˊ ㄅㄨˇ 包圍捕捉。如「警察據報迅速到達，圍捕歹徒」。

**圍堵** ㄨㄟˊ ㄉㄨˇ 包圍堵塞。

**圍場** ㄨㄟˊ ㄔㄤˇ [文] 打獵的地方。

**圍棋** ㄨㄟˊ ㄑㄧˊ 也作「圍棊」「圍碁」，一種用棋子爭勝負的遊戲。棋局縱橫各十九路，合為三百六十一路，用黑白兩種棋子各自佔領和侵奪地盤，以最後佔棋格多的得勝。

**圍裙** ㄨㄟˊ ㄑㄩㄣˊ ①工作時圍在下半身的布。②婦女穿的一種裙子。

**圍剿** ㄨㄟˊ ㄐㄧㄠˇ ①包圍攻打，將其剿滅。②集合眾人為文指責某人某事，也稱圍剿。

**圍牆** ㄨㄟˊ ㄑㄧㄤˊ 圍繞房舍或土地四周，以區隔內外的牆。

**圍繞** ㄨㄟˊ ㄖㄠˋ 環繞。

**圍攏** ㄨㄟˊ ㄌㄨㄥˇ 由四周向中間圍繞聚攏。

**圍爐** ㄨㄟˊ ㄌㄨˊ 圍著火爐取暖、談天。如「圍爐共話」。

**圍殲**（ㄨㄟˊ ㄐㄧㄢ） 圍攻加以殲滅。如「布好袋形陣地，待敵人進入時將他圍殲」。

**圍脖兒**（ㄨㄟˊ ㄅㄛˊ ㄦ） 圍在脖子上的紡織品，就是「圍巾」，用來禦寒、防風，或婦女用作衣著的裝飾。

**圍兜（兒）**（ㄨㄟˊ ㄉㄡ （ㄦ）） 又叫圍嘴兒。參看「圍嘴兒」條。

**圍嘴兒**（ㄨㄟˊ ㄗㄨㄟˇ ㄦ） 小孩兒圍在脖子上，用來承接口水，防止衣服受濕染汙的穿著物。

**圍堵政策**（ㄨㄟˊ ㄉㄨˇ ㄓㄥˋ ㄘㄜˋ） 指第二次世界大戰後，美國運用國際條約組織，圍堵共產國家不使擴張的政策。

**圍魏救趙**（ㄨㄟˊ ㄨㄟˋ ㄐㄧㄡˋ ㄓㄠˋ） [文]戰國時代（西元前三五三年），魏軍圍攻趙都邯鄲，趙向齊求援。齊將田忌依軍師孫臏計，先不救趙，而揮軍直搗魏都大梁。魏軍回防，途中被齊軍大敗於桂陵，趙因以得救。事見〈史記〉。後稱間接紓解他人危困，為「圍魏救趙」。

## 十筆

**園**（ㄩㄢˊ） ㈠種植花木、果蔬的地方。如㈡可以遊玩、參觀的地方。如「公園」「動物園」。㈢酒飯館、澡堂、戲院跟娛樂的場所也多用「園」的名稱。㈣墳墓周圍地方的一種特殊稱呼，如帝王的墓地稱為「園陵」，稱名人、烈士的墓地為「陵園」。

**園丁**（ㄩㄢˊ ㄉㄧㄥ） 管理園圃培植花木的人。

**園子**（ㄩㄢˊ ㄗˇ） ①園㈠㈡。②從前也把戲院叫「戲園子」，簡稱「園子」。

**園地**（ㄩㄢˊ ㄉㄧˋ） ①種植花木果蔬的地方。②指報刊發表文字的專欄篇幅。如「學生園地」。

**園兒**（ㄩㄢˊ ㄦ） 園子。

**園林**（ㄩㄢˊ ㄌㄧㄣˊ） 種植花木以供遊息的處所。

**園圃**（ㄩㄢˊ ㄆㄨˇ） 種植果樹、花木或蔬菜的園地。就是果園、花圃和菜園的統稱。

**園陵**（ㄩㄢˊ ㄌㄧㄥˊ） 帝王的塋墓。

**園藝**（ㄩㄢˊ ㄧˋ） 培植果樹、蔬菜、花卉等的知識和技術。

**園遊會**（ㄩㄢˊ ㄧㄡˊ ㄏㄨㄟˋ） 機關學校團體等為慶祝節日或宣導某事而設置遊戲或飲食攤位，供人遊樂的活動。

**圓**（ㄩㄢˊ） ㈠形狀像球，從中心到周圍每一點的距離都相等的形體，叫圓。如皮球是圓的；太陽是圓的。㈡凡是不露稜角的叫「圓」，跟「方」相對。㈢完備，周全。如「這事做得很圓滿，沒有缺陷」「這話有毛病，說的不圓」。㈣指人說話做事很周到，善於應付人。如「圓通」「圓滑」。㈤補足不周全的地方，或掩飾矛盾。如「自圓其說」「圓謊」。㈥宛轉好聽的聲音。如「字正腔圓」「喉聲圓潤」。㈦貨幣的單位。㈧[文]指「天」。如「戴圓履方」。

**圓子**（ㄩㄢˊ ㄗˇ） 湯圓之類的食品。明人小說上有「上罷元宵圓子，方纔起身去了」。

**圓心**（ㄩㄢˊ ㄒㄧㄣ） 圓的中心，就是跟圓周上各點距離都相等的一點。

**圓月**（ㄩㄢˊ ㄩㄝˋ） 舊日的風俗，全家人中秋夜在月下聚餐，吃水果，飲酒賞月，叫做圓月。

**圓光**（ㄩㄢˊ ㄍㄨㄤ） ①佛家稱菩薩頭頂上放射出的光芒，成為圓弧形狀，叫圓光。②舊日的一種占卜迷信，由欺人詐財的術士，把鏡子或白紙經過念咒的法術，叫兒童來看，讓兒童說出鏡子裡或白紙上的景象，可以推斷所疑問的事情，或者據以治病。這種占卜叫做圓光。

**圓成** 圓成全。〈元曲選〉有「你要若圓成了我呵，重重的相謝你」。

**圓周** 平面圓形的外圍線，也就是圓面積的界線。

**圓房** 新婚夫婦開始同房。多指新婦原為童養媳或婚後因故延期遂行共同生活者而言。

**圓徑** 通過圓心而以圓周為界限的直線。也叫「直徑」。

**圓桌** 圓形的桌子。通常在宴會酒席時用圓桌。

**圓寂** 佛家把和尚死了叫圓寂，也叫「涅槃」，是「歸真返本」的意思。

**圓圈** 圓的圈子。

**圓通** 靈活圓滑，見什麼人說什麼話，不強持己見，不得罪人。

**圓規** 畫圓用的兩腳規。

**圓魚** [方]鼈的俗稱。見「鼈」字條。

**圓場** 為調解糾紛或緩和僵局而從中勸說或提出折衷辦法。也說「打圓場」。

**圓渾** ①詩歌或散文意趣濃鬱，手法自然不加雕鑿。②歌聲宛轉不滯澀。

**圓滑** 指人做事或言談面面周到，不得罪人。

**圓夢** 舊時迷信的人認為一個人夢見了什麼，都是某種吉凶的預兆，解說夢兆吉凶，稱為圓夢。

**圓滿** 完滿，毫無缺陷。

**圓潤** 圓融和潤流利，毫無阻礙扞格。常用來形容歌喉或書畫筆法。

**圓熟** ①人處事精明練達，也能隨勢變通。如「他處事十分圓熟」。②純熟，熟練。指技藝。如「他的筆法圓熟，所畫人物栩栩如生」。

**圓融** 佛家的話，說人為人圓滿融通。

**圓鋼** 斷面為圓形的條狀鋼材。就是建築工程使用的鋼筋。

**圓錐** 數學名詞。以直角三角形夾直角的任何一邊為軸旋轉一周所圍成的立體。也就是通過某一定點的直線的一端，循著不在同一平面上的圓周繞行一周所界定的立體。

**圓環** 在眾多道路的交會處設置的環形迴旋道，以紓解交通。周邊多種植花草樹木，樹立紀念碑像，以增加都市美觀。

**圓謊** 用一些說詞替說謊的人彌補謊話的漏洞。

**圓周率** 圓周除以直徑所得的比率。圓周率的值是3.1416或七分之二十二，通常用「π」（音ㄆㄞˋ）符號表示。

**圓面積** 圓周所圍成的平面部分。

**圓珠筆** 原子筆的本名。筆尖有小鋼珠，因而叫圓珠筆。

**圓球兒** 圓球形的物體。

**圓袞袞** 形狀極圓。袞俗作「滾」。

**圓舞曲** 即華爾滋（waltz）。一種三拍子的舞曲。原為奧地利民間舞蹈，現為社交舞之一。節奏明快，旋律流暢，第一拍重音為特色。

**圓錐體** 是一種立體形，由圓形的底漸高漸縮，到最上面的頂端成為一點。

**圓首方足** [文]圓形的頭，方形的腳，指人類。也作「圓頂方趾」或「圓顱方趾」。

**圓桌會議** 中世紀英國國王亞塔爾（King Arthur）在會

議時用圓形桌，使參與的人免席次高下之爭，叫做圓桌會議。近世英印曾開圓桌會議，也因會議時所用的桌子為圓形而名。

**圓脣元音** ㄩㄢˊ ㄔㄨㄣˊ ㄩㄢˊ ㄧㄣ 嘴脣向前成圓形發出的元音。又稱圓脣韻。注音符號的ㄨ、ㄩ、ㄛ三韻就是。

**圓錐花序** ㄩㄢˊ ㄓㄨㄟ ㄏㄨㄚ ㄒㄩˋ 花序全體成為圓錐形的一種複總狀花序。稻、槐、南天竹的花序都是。

**圓顱方趾** ㄩㄢˊ ㄌㄨˊ ㄈㄤ ㄓˇ 頭圓腳方。指人類。

**圓鑿方枘** ㄩㄢˊ ㄗㄨㄛˋ ㄈㄤ ㄖㄨㄟˋ 図也作方枘圓鑿。圓也作圜（ㄩㄢˊ）。圓鑿：圓的卯眼。方枘：方的榫頭。圓孔容不下方榫。比喻彼此不相容或不相合。

## 十一筆

**圖** ㄊㄨˊ ㈠畫。如「地圖」「插圖」。㈡図計謀；打算。如「容緩圖之」「再作他圖」。㈢希望，目的所在。如「你這是圖什麼」「不圖名利」。

**圖片** ㄊㄨˊ ㄆㄧㄢˋ 小幅圖畫、照片等的總稱。

**圖存** ㄊㄨˊ ㄘㄨㄣˊ 図設法生存。如「救亡圖存」。

**圖利** ㄊㄨˊ ㄌㄧˋ 謀利。

**圖形** ㄊㄨˊ ㄒㄧㄥˊ ①點、線、面的集合體。②図畫出人像。如「畫影圖形」。

**圖例** ㄊㄨˊ ㄌㄧˋ 地圖、天文圖、統計圖等所用符號的解說。

**圖板** ㄊㄨˊ ㄅㄢˇ 是製圖用的器具；把圖幅放在圖板上，便於畫圖。

**圖版** ㄊㄨˊ ㄅㄢˇ 用來印製照片、插圖、表格等的銅、鋅、玻璃等印刷版。

**圖表** ㄊㄨˊ ㄅㄧㄠˇ 表示統計數字的圖式和表格。

**圖書** ▲ㄊㄨˊ ㄕㄨ 圖和書；泛指書籍。▲ㄊㄨˊ ˙ㄕㄨ 圖章。

**圖案** ㄊㄨˊ ㄢˋ 有裝飾意味的花紋或圖形，以結構整齊、勻稱、調和為特點。

**圖記** ㄊㄨˊ ㄐㄧˋ 方形的印章。清代官方用的圖記規定為銅質、直紐、方形。現在政府機關的分支機構和民間機構所用的印章多稱為圖記。

**圖釘** ㄊㄨˊ ㄉㄧㄥ 文具。用來把紙張或布固定在木板或牆壁上的帽大針短的釘子。

**圖章** ㄊㄨˊ ㄓㄤ 私人或團體的印章。

**圖報** ㄊㄨˊ ㄅㄠˋ 図圖謀報答。如「感恩圖報」。

**圖畫** ㄊㄨˊ ㄏㄨㄚˋ 用筆描畫出來的各種形體，叫做圖畫。

**圖象** ㄊㄨˊ ㄒㄧㄤˋ 繪成的人物或形象。

**圖解** ㄊㄨˊ ㄐㄧㄝˇ 畫圖或用圖來解釋事物或學理。

**圖說** ㄊㄨˊ ㄕㄨㄛ 既有圖畫又有文字的著作（多用做書名）。如「天體圖說」。

**圖樣** ㄊㄨˊ ㄧㄤˋ 按照一定的規格和要求繪製的各種圖形，在製造或建築時用做樣子。

**圖謀** ㄊㄨˊ ㄇㄡˊ 暗中計畫（多含貶義）。如「圖謀不軌」。

**圖賴** ㄊㄨˊ ㄌㄞˋ ①企圖否認某事。②誣賴，耍賴。

**圖籍** ㄊㄨˊ ㄐㄧˊ ①地圖。②書冊。③図指地圖與戶籍簿冊。

**圖騰** ㄊㄨˊ ㄊㄥˊ 人在部落時代用動物或植物作為區別種族氏族血統的標識，並把它繪圖，當做祖先來崇拜。這種被崇拜的標識或符號叫「圖騰」。

**圖鑑** ㄊㄨˊ ㄐㄧㄢˋ 以圖畫為主，輔以文字說明的著作（多用做書名）。如「植物圖鑑」。

**圖讖** ㄊㄨˊ ㄔㄣˋ 図指河圖、洛書等關於帝王受命徵驗一類古人偽造的書籍。

**圖案畫** ㄊㄨˊ ㄢˋ ㄏㄨㄚˋ 繪畫的一種，用線條與彩色表現出有規則的形象，往往是對稱而且可以循環延長，供欣賞或建築、雕刻、染織、印刷等設計圖樣之用。

**圖書館** ㄊㄨˊ ㄕㄨ ㄍㄨㄢˇ 蒐羅各種書籍供公眾閱覽的場所。

**圖文並茂** ㄊㄨˊ ㄨㄣˊ ㄅㄧㄥˋ ㄇㄠˋ 文章和附圖或插圖的內容都充實豐富。

**圖書館學** ㄊㄨˊ ㄕㄨ ㄍㄨㄢˇ ㄒㄩㄝˊ 研究有關圖書館的工作（如圖書收藏、管理、使用）的方法，以及圖書的性質、分類、索引等學問的學科。

**圖畫文字** ㄊㄨˊ ㄏㄨㄚˋ ㄨㄣˊ ㄗˋ 文字的早期形態。用圖畫表示的文字。漢字的象形文字和象意文字，大都由圖畫文字演化而成。

**圖窮匕首見** ㄊㄨˊ ㄑㄩㄥˊ ㄅㄧˇ ㄕㄡˇ ㄒㄧㄢˋ 戰國時燕國太子丹使荊軻向秦王獻地圖，把匕首（短劍）藏在地圖裡。秦王看地圖，圖幅展開到盡頭（圖窮）的時候，現出了匕首，荊軻就抓起匕首來刺秦王。從這個故事，後來就用「圖窮匕首見」形容事情最後暴露真相，形跡敗露，陰謀顯現。也簡略作「圖窮匕現」。

**團** ㄊㄨㄢˊ ㈠揉成圓球形。如「把碎紙團成一個紙球」。㈡由散碎合成的圓形的東西。如「絲團」「棉花團兒」。㈢由許多人組合的集體。如「旅行團」「訪問團」。㈣圓形的。如「團扇」。㈤陸軍的編制單位，在師以下，三營為一團。㈥結合。如「團體」「團結」。

**團子** ㄊㄨㄢˊ ㄗ˙ 也作糰子。用糯米或麵粉做成的球形食品。一般多指湯圓。

**團契** ㄊㄨㄢˊ ㄑㄧˋ 基督教會中的一種社團。是教徒之間的自由結社，如青年團契、婦女團契等。

**團拜** ㄊㄨㄢˊ ㄅㄞˋ 有互相慶賀的事，大家相聚行禮，叫做團拜。現在指過年時大家聚在一起互相賀年。

**團音** ㄊㄨㄢˊ ㄧㄣ 聲韻學名詞，尖音的對稱。以注音符號的ㄐ、ㄑ、ㄒ為聲母的國字，依古音切音的聲母，區分為尖音和團音。聲母為「齒音」（即「舌尖前音」ㄗ、ㄘ、ㄙ）的，叫做尖音；聲母為「喉音」（即「舌根音」ㄍ、ㄎ、ㄏ）的，叫做團音。如果用閩南話發音，尖團字的分別至為明顯。

**團員** ㄊㄨㄢˊ ㄩㄢˊ 以「團」為名稱的團體的成員。

**團扇** ㄊㄨㄢˊ ㄕㄢˋ 圓形的下面有柄的扇子，用絹或紙做成。也有用竹篾或草編成的。

**團魚** ㄊㄨㄢˊ ㄩˊ 鼈的別名。

**團結** ㄊㄨㄢˊ ㄐㄧㄝˊ 緊密結合。

**團圓** ㄊㄨㄢˊ ㄩㄢˊ ①團聚。②指分離很久，又得到了聚會的機會。

**團團** ㄊㄨㄢˊ ㄊㄨㄢˊ ①形容圓的樣子。如「面團團，富家翁」②一層又一層地凝結或集合。如「他們把我團團圍住」。

**團聚** ㄊㄨㄢˊ ㄐㄩˋ ①聚集。②團圓歡聚。

**團臍** ㄊㄨㄢˊ ㄑㄧˊ 螃蟹肚子下面的甲是圓的，稱為團臍。團臍的螃蟹是雌蟹，雌蟹快到產卵期的時候，烹熟之後，裡面有很好吃的蟹黃（就是蟹子）。

**團欒** ㄊㄨㄢˊ ㄌㄨㄢˊ [文]也作團圞。①形容圓的樣子，如「團欒明月」。②團聚。

**團體** ㄊㄨㄢˊ ㄊㄧˇ 由許多人結合的組織。

**團圓節** ㄊㄨㄢˊ ㄩㄢˊ ㄐㄧㄝˊ 指中秋節。

**團團轉** ㄊㄨㄢˊ ㄊㄨㄢˊ ㄓㄨㄢˋ 繞來繞去。形容人著急、徬徨的樣子。

**團體操** 團體表演的體操。表演項目包括體操、器械操、舞蹈、隊形變化等。

**團隊精神** 團員為團體的榮譽而同心協力、共勉奮鬥的團結精神。

**團繖花序** 多數無梗花叢集在一起的花序。是聚繖花序之一，如白楊、地榆、瑞香的花序就是。

**團體壓力** 心理學上說，個人在團體中感到意見或行為不一致時，必須改變自己的意見或行為，求取與團體一致，這種感覺就是「團體壓力」。

## 十三筆

**圜** ▲ㄩㄢˊ ㈠同「圓」。㈡古代指天體，易經有「乾為天、為圜」。▲ㄏㄨㄢˊ「轉圜」（挽回、從中調停）的「圜」。

**圜丘** 古時祭天的壇，就是後世的「天壇」。

**圜鑿方枘** 見「圓鑿方枘」。

## 十九筆

**圝** ㄌㄨㄢˊ「團圝」也作團欒，見「團欒」。

# 土部

**土** ㄊㄨˇ ㈠地面上泥沙混合物。如「壤土」「沙土」。㈡「土地」的意思。如「國土」「寸土必爭」。㈢指本地。如「土產」「土生土長」。㈣樸實的，不合時宜的。如「土氣」「土頭土腦」。㈤從前稱鴉片叫土。如「雲土」（雲南出的鴉片煙膏）。

**土人** 同「土著」。

**土方** 工程學把土的方積，用立方公尺計算，叫土方。

**土木** 建築工程的事。學校有專設的科目：工職有土木科，工學院有土木工程學系。

**土牛** ①就是春牛。舊時在立春（國曆二月四日或五日）造土牛，以鼓勵農人春耕開始。②放在隄防上準備修繕用的土堆，遠望像臥牛。

**土司** ①也叫土官。元、明、清時代，在苗蠻地區設置的由當地首領世襲的官職。②[音]英文 toast 的音譯。薄片的烤麵包。

**土布** 由人工用木機織的布。

**土地** ▲ㄊㄨˇ ㄉㄧˋ ①田地。如「土地肥沃」。②疆域。如「我國土地廣大，人口眾多」。▲ㄊㄨˇ ˙ㄉㄧ 社神，一般叫土地神，簡稱土地。

**土豆** ①北平人把馬鈴薯叫土豆。②閩南人說花生是土豆。③笑人土裡土氣。

**土車** 搬運髒土的車。

**土味** 泥土的氣味。如「這鯉魚跟絲瓜都有土味」。

**土坯** 甎還沒入窯燒過的叫土坯。

**土宜** ①各地不同性質的土壤，對於當地住民和生物各有所宜。就是不同的土地適合不同的生物。②土產。

**土性** ①土地的燥濕、肥瘠、酸鹼度等性質。②一個地方的自然環境和人民的生活習性。

**土法** ㄊㄨˇ ㄈㄚˇ 本地舊法。

**土炕** ㄊㄨˇ ㄎㄤˋ 北方人用土塊或甎砌成的床。床下通火氣，可以取暖。

**土狗** ㄊㄨˇ ㄍㄡˇ 純土種的狗。

**土俗** ㄊㄨˇ ㄙㄨˊ ①風土習慣。②鄙俗不雅。

**土星** ㄊㄨˇ ㄒㄧㄥ （Saturn）太陽系九大行星之一，我國以往叫它鎮星、填星或信星。有一等星的光度，黃顏色。它本身有一個光環，外面有十個衛星。它每十小時十四分自轉一次，每二十九年又一百六十七天環繞太陽一周。上面沒有生物。

**土音** ㄊㄨˇ ㄧㄣ 本地口音。

**土風** ㄊㄨˇ ㄈㄥ ①地方固有的習俗。②鄉土的歌謠。

**土匪** ㄊㄨˇ ㄈㄟˇ 本地的盜匪。

**土氣** ㄊㄨˇ ㄑㄧˋ ①地氣。②不時髦的風格、式樣等。③不時髦。

**土偶** ㄊㄨˇ ㄡˇ 用泥土塑成的偶像。

**土產** ㄊㄨˇ ㄔㄢˇ 本地產品。

**土貨** ㄊㄨˇ ㄏㄨㄛˋ 當地出產的貨物；對洋貨而言。

**土棍** ㄊㄨˇ ㄍㄨㄣˋ 本地的無賴。

**土筐** ㄊㄨˇ ㄎㄨㄤ 盛灰土的筐子。

**土著** ㄊㄨˇ ㄓㄨˋ 世居本地的人。也讀ㄊㄨˇ ㄓㄨˊ。

**土黃** ㄊㄨˇ ㄏㄨㄤˊ ①指土。古代以五行配五色（木青、火赤、土黃、金白、水黑），土色黃，因而稱土黃。②一種黃色顏料。③中藥名。

**土葬** ㄊㄨˇ ㄗㄤˋ 人死後入棺埋葬土中。是傳統的葬法；對火葬而言。

**土話** ㄊㄨˇ ㄏㄨㄚˋ ①當地的語言。②不文雅的話。

**土語** ㄊㄨˇ ㄩˇ 也作土話。①當地的方言。②俚俗的話。

**土遁** ㄊㄨˇ ㄉㄨㄣˋ 神話說借土遁形的一種法術。

**土豪** ㄊㄨˇ ㄏㄠˊ 在地方上有勢力，作威作福的人。

**土儀** ㄊㄨˇ ㄧˊ 送人的土產。

**土質** ㄊㄨˇ ㄓˋ 土壤的性質。

**土壤** ㄊㄨˇ ㄖㄤˇ 由砂礫、腐植質、微生物以及各種雜質混合而且帶有水分的鬆土。可以分為壤土、砂土、黏土、腐植土等。分別適合不同植物生長。

**土籍** ㄊㄨˇ ㄐㄧˊ 世代久居的籍貫。如「其人土籍江西瑞金」。

**土山(子)** ㄊㄨˇ ㄕㄢ (ㄗ˙) 沒有石頭的小山。

**土石方** ㄊㄨˇ ㄕˊ ㄈㄤ 土方和石方的合稱。土木工程中，挖掘、填補、堆積、運輸泥土或石頭的計量單位。一土石方就是一立方公尺的土石。

**土石流** ㄊㄨˇ ㄕˊ ㄌㄧㄡˊ 含水飽和的土石由高處向低處流動。多發生在山洪暴發時候水土保持不良的山坡地，往往造成房舍人畜、農作物的傷害。

**土地神** ㄊㄨˇ ㄉㄧˋ ㄕㄣˊ 民間供奉的守護地方的神。俗稱土地公。

**土地稅** ㄊㄨˇ ㄉㄧˋ ㄕㄨㄟˋ 國家對擁有土地的人或團體所徵的稅。分地價稅跟土地增值稅兩種。

**土老兒** ㄊㄨˇ ㄌㄠˇ ㄦˊ 稱老住鄉下見聞不廣的人。

**土皇帝** ㄊㄨˇ ㄏㄨㄤˊ ㄉㄧˋ 也叫「土皇上」。指盤據一方的軍閥或土豪、劣紳。

**土風舞** ㄊㄨˇ ㄈㄥ ㄨˇ 具有風土或民族特色的平民舞蹈。舞步簡單，適合男女老少同樂。有的有特定的樂曲，有的要穿著各地民族的服裝。

**土豹子** 指沒有現代常識的人。

**土腥氣** 也叫土腥味。就是泥土的氣味。閩南語說「臭土味」。

**土曜日** 七曜的第七日，就是星期六。

**土黴素** 圖英文 Terramycin 的音譯。也叫地黴素或氧四環素。從土黴菌培養液中提出的一種抗生素。味稍苦，易溶。作用和金黴素略同。

**土撥鼠** 哺乳綱齧齒目動物。又叫豚鼠或旱獺，身體強壯，長約六十公分。毛灰黃，頭大，耳短。前肢發達，後肢五趾，趾有爪。群棲高山，掘地穴為巢。冬眠。產於蒙古、東北等地。

**土木工程** 指建造房屋、道路、橋梁、碑、塔等工程。

**土牛木馬** 土做的牛，木做的馬。比喻虛有其形而無實用。

**土生土長** 在當地出生，也在當地長大；非由外地移居來的。

**土地改革** ①就國家政策而言，是以「耕者有其田」為目標的平均地權。臺灣土地改革已收成效的有：三七五減租、公地放領、耕者有其田等。②就農經改良而言，是改善土地利用的各種制度、條件和措施。如農地重劃就是土地改革的一環。

**土地重劃** 在一定區域內的不合經濟使用的各筆土地，經過分合整理，改善公共設施，重劃交換，使其成為經濟效益更好的土地坵塊，再分配給原來土地所有人的一種土地改革措施。分為農地重劃和市地重劃兩種。

**土崩瓦解** 形容潰亂的情形，有如土山崩坍，瓦片破碎。

**土頭土腦** 不合時尚。同「土氣」。

**土壤汙染** 指酸雨、都市汙水、工業廢水或廢料、畜殖廢棄物處置不當，給農漁牧用地造成的土質汙染。如已往發生過的汞、鎘以及漏油等汙染。

**土地所有權** 對特定的土地依法享有、佔有、使用、收益、處分的權利。土地所有權歸屬的認定，以地政機關登記核發的所有權狀記載為準。

**土地增值稅** 政府對自然增值的土地所徵收的稅。一般是在發生土地買賣時徵收。

## 三筆

**圮** 図ㄆㄧˇ 毀壞。如「傾圮」。

**圮毀** 図坍塌毀壞。

**地** ▲ㄉㄧˋ ㈠九大行星之一，就是地球。㈡區域，地方。如「臺灣各地」「無地自容」。㈢田地，土地。如「在鄉下種地」「地主」。㈣地位。如「易地則皆然」「設身處地」。㈤地步。如「罵人不留餘地」「落得如此田地」。㈥對某種事的認識、主張、思想的情況。如「見地」「境地」。㈦心意。㈧品質。如「質地」。㈨底子。如「紅字白地」。㈩図副詞詞尾。如「驀地」「忽地」。▲˙ㄉㄜ 副詞詞尾。如「慢慢地走」「高高地飛」。

**地力** 土地發育生產的能力。

**地上** ▲ㄉㄧˋ ㄕㄤˋ 地面之上。如「地上物」。

▲ㄉㄧˋ．ㄕㄤ也是地面之上，不過指的是「地」。如「桌上的書掉在地上了」。

**地下** ㄉㄧˋ ㄒㄧㄚˋ ▲ㄉㄧˋ ㄒㄧㄚˋ地面之下。如「地下莖」「地下室」。▲ㄉㄧˋ．ㄒㄧㄚ同「地上」（ㄉㄧˋ．ㄕㄤ）。

**地心** ㄉㄧˋ ㄒㄧㄣ 地球內部的中心點，離地表約兩千九百公里。一般認為地心的物質由金屬鐵鎳組成。也叫「地核」。

**地支** ㄉㄧˋ ㄓ 子、丑、寅、卯、辰、巳、午、未、申、酉、戌、亥十二支，古人用作時日的代號。

**地方** ▲ㄉㄧˋ ㄈㄤ①區域。②本地。③對國家或中央而言，如地方稅、地方官。④處所。如「你住什麼地方」。⑤部分。如「他說的話有些地方是錯了」。▲ㄉㄧˋ．ㄈㄤ「地保」的俗稱。

**地主** ㄉㄧˋ ㄓㄨˇ ①土地所有權人。②住在本地的人（對外來的人說的）。如「略盡地主之誼」。

**地瓜** ㄉㄧˋ ㄍㄨㄚ 番薯的別稱。

**地皮** ㄉㄧˋ ㄆㄧˊ ①地的表面。②俗稱可供建築房屋的土地為地皮。③百姓的財物。舊時說貪官侵奪百姓的財物，叫「刮地皮」。

**地衣** ㄉㄧˋ ㄧ 隱花植物的一類。是菌類植物和藍綠藻植物的共生體。

**地位** ㄉㄧˋ ㄨㄟˋ ①所處的地方。②學問、職業、財產、名譽等所處的境地。如「社會地位」。

**地利** ㄉㄧˋ ㄌㄧˋ ①在地理上所佔形勢的便利。如「天時不如地利」。②同「地力」。

**地址** ㄉㄧˋ ㄓˇ 所在的地點。

**地形** ㄉㄧˋ ㄒㄧㄥˊ 地的形勢。

**地志** ㄉㄧˋ ㄓˋ 也作地誌，記述一地的形勢、風俗、人文、物產的書。

**地步** ㄉㄧˋ ㄅㄨˋ 地位，場合。

**地牢** ㄉㄧˋ ㄌㄠˊ 設在地下的監獄。

**地府** ㄉㄧˋ ㄈㄨˇ 道家說的「陰間」。如「陰曹地府」。

**地板** ㄉㄧˋ ㄅㄢˇ 鋪在地上的木板。

**地波** ㄉㄧˋ ㄅㄛ 沿地球表面發射的無線電波。因電波能量容易被大地吸收，所以傳播距離不遠。但是不受天候影響，因而極為可靠。長波和中波的通信或廣播，多利用地波傳播。

**地物** ㄉㄧˋ ㄨˋ ①図土地上的產物。②存在於地面上的固定物體，如樹木、岩石、房舍等。

**地表** ㄉㄧˋ ㄅㄧㄠˇ 地球的表層；地面。

**地保** ㄉㄧˋ ㄅㄠˇ 從前的民政基層幹部，同現在的鄰里長。也叫「保正」。

**地契** ㄉㄧˋ ㄑㄧˋ 買賣田地所立的契約。

**地政** ㄉㄧˋ ㄓㄥˋ 指有關土地的管理、利用的公共事務，以及土地政策的執行。

**地段** ㄉㄧˋ ㄉㄨㄢˋ 指具有某種共同性的某一地區或特殊範圍。如稱地價昂貴的地區為「黃金地段」等。

**地洞** ㄉㄧˋ ㄉㄨㄥˋ 地下的洞穴；有天然的，也有人工挖掘的。如「他羞得想找個地洞鑽進去」。

**地祇** ㄉㄧˋ ㄑㄧˊ 図地神。祇，地神。

**地面** ㄉㄧˋ ㄇㄧㄢˋ ①地球表面。②區域。

**地峽** ㄉㄧˋ ㄒㄧㄚˊ 海洋中連接兩塊陸地的狹窄陸地。巴拿馬運河就是地峽上開鑿的。

**地租** ㄉㄧˋ ㄗㄨ ①土地的租稅，就是土地稅。官方名稱是地價稅（土地所有權人向政府繳納）。②向人租用土地耕作或使用的租金（承租人交給地主）。

**地脈**（ㄉㄧˋ ㄇㄞˋ） ①土地的脈絡；地形的走勢。②地下水的分布，像人體的血脈，因而稱地脈。

**地動**（ㄉㄧˋ ㄉㄨㄥˋ） 地震。

**地區**（ㄉㄧˋ ㄑㄩ） 泛指較大範圍的地方。如「北部地區」。

**地基**（ㄉㄧˋ ㄐㄧ） 承受建築物重量的土層或岩層。

**地域**（ㄉㄧˋ ㄩˋ） 地的界域。

**地帶**（ㄉㄧˋ ㄉㄞˋ） 指具有某種性質的範圍或地區。如「軍事地帶」。

**地球**（ㄉㄧˋ ㄑㄧㄡˊ） 人類居住的大地，是太陽系距離太陽第三遠（約一億四千九百六十萬公里）的行星。形狀橢圓，稍扁。由西向東自轉一周約二十四小時，為一日。以大致為圓形軌道環繞太陽一周約三百六十五日，為一年。繞日軌道的垂直線與地軸呈二十三點五度的角度，因此而有四季之分。地球本身以倫敦格林威治天文臺為界線，到東經一百八十度為東半球；相對的半球稱西半球。以赤道為線，分南北兩半球。

**地理**（ㄉㄧˋ ㄌㄧˇ） 研究地面各種自然現象及其跟人生關係的科學；就研究的對象，又分為人文地理和自然地理。

**地產**（ㄉㄧˋ ㄔㄢˇ） 土地的產業。常和房產合稱為房地產。

**地殼**（ㄉㄧˋ ㄑㄧㄠˋ） 地形外部的固形體，厚二百多里，由岩石構成，因為凹凸不平，有水陸的分別。

**地毯**（ㄉㄧˋ ㄊㄢˇ） 鋪在地上的毯子。用羊毛或人造纖維織成。

**地痞**（ㄉㄧˋ ㄆㄧˇ） 地方上的壞分子。

**地窖**（ㄉㄧˋ ㄐㄧㄠˋ） 用來貯藏物品或居住的地洞或地下室。也作「地窨子」。

**地軸**（ㄉㄧˋ ㄓㄡˊ） 指地球自轉的軸心。以地球的南北兩極通過地心相接的假想軸線，就是地軸。

**地黃**（ㄉㄧˋ ㄏㄨㄤˊ） 中藥用植物。新鮮的叫鮮地黃或鮮地，有清熱生津作用；乾燥的叫生地黃或生地，可以養陰涼血；蒸製加工的叫熟地黃或熟地，有滋腎補精血的功效。

**地勤**（ㄉㄧˋ ㄑㄧㄣˊ） 地面勤務的簡稱。指空軍或航空公司人員在地面執行的有關的工作（如飛機維修）。和空勤對稱。

**地勢**（ㄉㄧˋ ㄕˋ） ①地的形勢。②地位。

**地煞**（ㄉㄧˋ ㄕㄚˋ） ①星相家說的主宰凶煞的星。常和天罡（月中凶神）並稱。②泛稱凶神惡鬼，也比喻惡勢力。

**地道** ▲ㄉㄧˋ ㄉㄠˋ 地下通道。▲ㄉㄧˋ ˙ㄉㄠ 真實，不虛偽。

**地雷**（ㄉㄧˋ ㄌㄟˊ） 炸彈的一種，埋在地下，引信在地面上，一碰就爆炸，用來防禦敵人。

**地圖**（ㄉㄧˋ ㄊㄨˊ） 描繪地球表面形態的圖。

**地獄**（ㄉㄧˋ ㄩˋ） 俗稱陰間的牢獄。比喻受殘暴飢寒的迫害，極其痛苦的境界。如「人間地獄」。

**地磁**（ㄉㄧˋ ㄘˊ） 地球的磁場。磁性因不同地區和時間而變化。指南針和磁力探礦都是地磁的利用。

**地閣**（ㄉㄧˋ ㄍㄜˊ） 也作「地格」「地角」。命相家指稱的人的下頦和天庭（兩眉之間或前額中央）並稱。

**地標**（ㄉㄧˋ ㄅㄧㄠ） ①指某一地區具有代表性的特殊景觀，一看見就知道到了那裡。如紐約的勝利女神，巴黎的鐵塔，臺北的新光三越大樓。②地界的標示物。

**地層**（ㄉㄧˋ ㄘㄥˊ） 構成地殼的各層，按所含化石的種類，分為太古代、始生代、古生代、中生代、新生代等五期，每期又各分為若干紀，用來表明地層的新舊。

**地熱**（ㄉㄧˋ ㄖㄜˋ）　地球內部的熱能。

**地磅**（ㄉㄧˋ ㄅㄤˋ）　計量車輛所載物品輕重的大型磅秤，安裝在路面以下，秤面跟地面平齊。

**地盤**（ㄉㄧˋ ㄆㄢˊ）　①房舍的基地。②用特殊勢力佔據的根據地。

**地線**（ㄉㄧˋ ㄒㄧㄢˋ）　①地平線。②電器和地面相接的導線；對天線而言。

**地質**（ㄉㄧˋ ㄓˊ）　土地的性質。

**地鋪**（ㄉㄧˋ ㄆㄨˋ）　把席子或被褥鋪在地上，做臨時的床鋪。如「你睡沙發，我打地鋪」。

**地震**（ㄉㄧˋ ㄓㄣˋ）　地球表面之下七百公里以內突發的震動傳到地表上，叫做地震。地震的原因最多的是「構造地震」，就是地層發生斷層現象，其餘是地層陷落和火山爆發。

**地學**（ㄉㄧˋ ㄒㄩㄝˊ）　原來指地理學或地質學，現在指地理學、地質學、地球物理學、地球化學、古生物學、海洋學、大氣物理學、自然資源考察等的統稱。

**地積**（ㄉㄧˋ ㄐㄧ）　土地面積。傳統的以畝、甲、分來區分。公制以公頃、公畝或平方公里、平方公尺為計量單位。

**地錢**（ㄉㄧˋ ㄑㄧㄢˊ）　苔類，沒有根、莖、葉的分別，產在陰濕的地上。

**地頭**（ㄉㄧˋ ㄊㄡˊ）　本地。

**地壇**（ㄉㄧˋ ㄊㄢˊ）　舊時皇帝祭地的場所。又叫方澤或方丘。在北京安定門外北郊。正陽門外的天壇（又叫圜丘）是祭天的場所。

**地籍**（ㄉㄧˋ ㄐㄧˊ）　地政機關對各宗土地的位置、種類、界址、面積、權利狀態、使用情形等所作的法定紀錄。

**地鐵**（ㄉㄧˋ ㄊㄧㄝˇ）　（subway）地下鐵道的略譯。在城市地下挖掘築成的鐵路，以行駛大中運量的火車或電車，便利交通。最早的地鐵是一八六三年建造於英國倫敦。

**地鱉**（ㄉㄧˋ ㄅㄧㄝ）　又名土鱉，文言叫䗪。昆蟲，身體扁扁，棕黑色，雄的有翅，雌的無翅。常出現在住宅牆壁下的土中。中醫說它有活血散瘀、通經止痛的功效。

**地點（兒）**（ㄉㄧˋ ㄉㄧㄢˇ ㄦ）　所在的地方。

**地攤（兒）**（ㄉㄧˋ ㄊㄢ ㄦ）　就地擺設的攤子。

**地下水**（ㄉㄧˋ ㄒㄧㄚˋ ㄕㄨㄟˇ）　蘊蓄或流動於地下的水。如井水、泉水、伏流水等。地下水如果妥為利用，可以補救地面水的不足；但是如果抽取過度，卻會造成地層下陷。

**地下室**（ㄉㄧˋ ㄒㄧㄚˋ ㄕˋ）　大樓房深入地面下的部分，可以作房舍之用。

**地下莖**（ㄉㄧˋ ㄒㄧㄚˋ ㄐㄧㄥ）　植物的莖埋在地下的。有「根莖」「球莖」「鱗莖」等類。

**地上物**（ㄉㄧˋ ㄕㄤˋ ㄨˋ）　統稱存在於地面的建造、設施和還沒採收的農作物等。

**地上權**（ㄉㄧˋ ㄕㄤˋ ㄑㄩㄢˊ）　法律名詞。使用他人土地建築房屋，設置工作物，或種植農作物的權利。多因租賃而取得。

**地方官**（ㄉㄧˋ ㄈㄤ ㄍㄨㄢ）　負地方責任的官吏，如縣市長。

**地方戲**（ㄉㄧˋ ㄈㄤ ㄒㄧˋ）　發祥於某一地區，以當地方言演唱，具有鄉土色彩的戲劇。如漢劇、粵劇、潮州戲、紹興戲和閩南、臺灣的歌仔戲、布袋戲等。

**地平線**（ㄉㄧˋ ㄆㄧㄥˊ ㄒㄧㄢˋ）　地平面跟四周天際相接的線。

**地役權**（ㄉㄧˋ ㄧˋ ㄑㄩㄢˊ）　法律名詞。為了使用自己的土地而便（ㄅㄧㄢˋ）宜使用他人土地的權利。如因自己土地無路可通而得以通行鄰地的權利。

**地面水** ㄉㄧˋ ㄇㄧㄢˋ ㄕㄨㄟˇ 也叫地上水。蓄積或流通於地面的水。如雨水和江河、湖沼、水庫等的水。

**地理師** ㄉㄧˋ ㄌㄧˇ ㄕ 以看地理風水為業的術士。也稱堪輿師。

**地理學** ㄉㄧˋ ㄌㄧˇ ㄒㄩㄝˊ ①研究地理的科學。分自然地理學和經濟地理學，研究地表上自然和經濟要素的分布規律和空間關係的學科。②風水術，堪輿術。相地、看風水的方術。

**地球村** ㄉㄧˋ ㄑㄧㄡˊ ㄘㄨㄣ 把整個地球（就是全世界）看做一個村落。是基於「四海一家」和愛護地球的環保意識產生的觀念。

**地球儀** ㄉㄧˋ ㄑㄧㄡˊ ㄧˊ 地球模型。標有經緯度、地圖、名稱、高度、深度等。

**地窨子** ㄉㄧˋ ㄧㄣˋ ㄗ˙ 地下室。也作「地窨」。

**地質學** ㄉㄧˋ ㄓˋ ㄒㄩㄝˊ 研究地殼的成立、變遷跟組織、性質等的科學。

**地震儀** ㄉㄧˋ ㄓㄣˋ ㄧˊ 也叫震波儀或地震計。測定並記錄地震的方向、深度、強度、時間等的儀器。

**地頭蛇** ㄉㄧˋ ㄊㄡˊ ㄕㄜˊ 在地方上強橫無賴的人。

**地下工作** ㄉㄧˋ ㄒㄧㄚˋ ㄍㄨㄥ ㄗㄨㄛˋ 祕密從事政治運動或情報工作。

**地下錢莊** ㄉㄧˋ ㄒㄧㄚˋ ㄑㄧㄢˊ ㄓㄨㄤ 指民間放高利貸，以極高的利息借錢給人的錢莊。

**地下鐵道** ㄉㄧˋ ㄒㄧㄚˋ ㄊㄧㄝˇ ㄉㄠˋ 在都市或近郊隧道中鋪設的鐵道，給火車或電車行駛。

**地久天長** ㄉㄧˋ ㄐㄧㄡˇ ㄊㄧㄢ ㄔㄤˊ 也作「天長地久」。①形容歷時悠久，像天地一般無窮無盡。②比喻愛情永久不變。

**地大物博** ㄉㄧˋ ㄉㄚˋ ㄨˋ ㄅㄛˊ 形容國家疆域遼闊，物產豐富。如「中國是地大物博的國家」。

**地心吸力** ㄉㄧˋ ㄒㄧㄣ ㄒㄧ ㄌㄧˋ 也作地球引力。地心對於萬物的吸引力，從物體向地面下墜可以看出。

**地方自治** ㄉㄧˋ ㄈㄤ ㄗˋ ㄓˋ 由各地方自己選公職人員，受中央政府監督，自行管理本地方公共事務的政治制度。以縣市為單位。

**地方色彩** ㄉㄧˋ ㄈㄤ ㄙㄜˋ ㄘㄞˇ 文藝作品有描寫地方特殊風俗跟景物的，這些特殊風俗跟景物就叫地方色彩。

**地方法院** ㄉㄧˋ ㄈㄤ ㄈㄚˇ ㄩㄢˋ 設在縣市的第一級法院，審理第一審訴訟案件和非訴訟事件。

**地老天荒** ㄉㄧˋ ㄌㄠˇ ㄊㄧㄢ ㄏㄨㄤ 比喻時代久遠。

**地角天涯** ㄉㄧˋ ㄐㄧㄠˇ ㄊㄧㄢ ㄧㄚˊ 也作「天涯地角」「天涯海角」。形容極遙遠的地方。也比喻彼此相隔很遠。

**地球科學** ㄉㄧˋ ㄑㄧㄡˊ ㄎㄜ ㄒㄩㄝˊ 以地球為研究對象的自然科學。依研究的方法分，有地球物理學、地球化學；依研究的對象分，有地外的天文學、氣象學，地表的地形學、水文學，地內的地質學、地震學。

**地盡其利** ㄉㄧˋ ㄐㄧㄣˋ ㄑㄧˊ ㄌㄧˋ 以最合理完善的利用，使土地獲得最大效益。

**地震震級** ㄉㄧˋ ㄓㄣˋ ㄓㄣˋ ㄐㄧˊ 也叫「地震規模」，簡稱「震級」；區分震源放出能量大小的等級。釋放能量越大，震級越大；震源越遠，震級越小。震級分為九級。小於二・五級，人無感覺；五級以上會造成災害。

## 圭

ㄍㄨㄟ ㈠上尖下方的玉器，古代遇有大典時候，用兩手在胸前舉著。㈡量名，升的十萬分之一。

**圭表** ㄍㄨㄟ ㄅㄧㄠˇ 古人測日影的儀器。

**圭臬** ㄍㄨㄟ ㄋㄧㄝˋ 図標準。

## 圳

▲ㄗㄨㄣˋ 閩南、臺灣管溝渠叫圳。如「圳仔頭」「瑠公圳」。

▲ㄓㄣˋ廣東把田間的水溝叫圳。如「深圳」。

**在** ㄗㄞˋ ㈠居，佔。如「在上」「在下」。㈡存在，生存。如「父母在」「他老人家不在了」。㈢正進行的某種動作，正做一件事。如「他在吃飯呢」「明明在打球，還說沒有」。㈣屬於。如「在教」（入教為教徒）。㈤介詞，表示事情的時間、地點、情形或範圍。如「在晚上讀書」「在學校作事」。㈥通曉某種事的內容。如「在行」。㈦確指那種境界。如「在止於至善」。㈧[文]各處。如「在在皆是」。㈨關心、注意；要點的所在。如「在乎」（有時可簡作「在」），如「山不在高」「事在人為」）。

**在下** ㄗㄞˋ ㄒㄧㄚˋ 自稱的謙詞。

**在上** ㄗㄞˋ ㄕㄤˋ 對長輩或上司的敬語。如「爺爺奶奶在上，孫子給您叩頭請安哪」。

**在心** ㄗㄞˋ ㄒㄧㄣ 留意，記在心裡。如「一切牢記在心」。

**在世** ㄗㄞˋ ㄕˋ 人活在世界上。

**在乎** ㄗㄞˋ ㄏㄨ 乎字輕讀。①要點的所在。如「張同學的長處，就在乎他誠實肯負責」。②注意，關心。如「他很在乎這個」。

**在先** ㄗㄞˋ ㄒㄧㄢ ①預先。②在這以前。

**在在** ㄗㄞˋ ㄗㄞˋ ①處處，不論什麼地方。如「出門旅遊，在在要小心」。②每一件，每一樣。如「無論大小事，在在他都管」。

**在行** ㄗㄞˋ ㄏㄤˊ 對某事有經驗而通曉內容。

**在位** ㄗㄞˋ ㄨㄟˋ ①居於帝王之位。②居官位，當官。也作「在官」。

**在即** ㄗㄞˋ ㄐㄧˊ 就是眼前，表示時間很近。

**在押** ㄗㄞˋ ㄧㄚ 嫌犯在收押拘禁中。

**在於** ㄗㄞˋ ㄩˊ 在㈦。

**在室** ㄗㄞˋ ㄕˋ [文]稱女子還沒出嫁。

**在家** ㄗㄞˋ ㄐㄧㄚ ①佛家說有父母妻子的人；對出家說的。②住在家裡。如「在家常起早」。

**在座** ㄗㄞˋ ㄗㄨㄛˋ 在坐位上。如「他也在座」。

**在案** ㄗㄞˋ ㄢˋ 公文用語。表示上述情形在上次文件中已經敘述，檔案中留有紀錄，可以查考。

**在逃** ㄗㄞˋ ㄊㄠˊ 逃走了沒抓到（指犯人）。

**在堂** ㄗㄞˋ ㄊㄤˊ [文]指父母長輩健在。如「慈母在堂」。

**在教** ㄗㄞˋ ㄐㄧㄠˋ ①信仰宗教。②特指信仰回教。

**在望** ㄗㄞˋ ㄨㄤˋ ①可以看到的遠處景物。如「火車疾駛蘭陽平原，龜山島隱隱在望」。②期盼的事即將實現。如「苦練有成，勝利在望」。

**在理** ㄗㄞˋ ㄌㄧˇ ①在道理方面。如「這樣做法，在情在理都說不過去」。②有道理，合於道理。如「你這話說得很在理」。

**在莒** ㄗㄞˋ ㄐㄩˇ [文]「毋忘在莒」的簡省。春秋時代，齊國大亂，齊桓公即位以後，有一次宴會，鮑叔牙向他敬酒說：「祝吾君無忘其出而在莒也。」因為桓公即位之前，齊國大亂，桓公逃到莒城，經過了一段慘澹的日子。所以「在莒」是勉勵人不可忘記以往的顛沛流離，要奮發自強，重振昔日光輝。

**在野** ㄗㄞˋ ㄧㄝˇ 原指不擔任朝廷官職，後來借指不當政。如「在野黨」。

**在場** ㄗㄞˋ ㄔㄤˇ 親身在事情發生、進行的地方。如「他們打架時我也在場」。

**在握**（ㄗㄞˋ ㄨㄛˋ） ①握在手中。如「大權在握」。②事情已經有把握。如「勝利在握」。

**在朝**（ㄗㄞˋ ㄔㄠˊ） ①図臨朝執政。如「太宗在朝，海內昇平」。②執政，或執政黨員在政府任官。如「兄弟二人，一在野一在朝」。

**在意**（ㄗㄞˋ ㄧˋ） 留意。

**在學**（ㄗㄞˋ ㄒㄩㄝˊ） 正在學校就讀。

**在職**（ㄗㄞˋ ㄓˊ） 現在任職。

**在來米**（ㄗㄞˋ ㄌㄞˊ ㄇㄧˇ） 稻米的一種，是臺灣本來就有的品種。

**在野黨**（ㄗㄞˋ ㄧㄝˇ ㄉㄤˇ） 政黨政治的國家中沒有執政的政黨。對執政黨有制衡作用。

**在天之靈**（ㄗㄞˋ ㄊㄧㄢ ㄓ ㄌㄧㄥˊ） 尊稱逝世者的心靈、精神。如「告慰他老人家在天之靈」。

**在劫難逃**（ㄗㄞˋ ㄐㄧㄝˊ ㄋㄢˊ ㄊㄠˊ） 世俗認為天災人禍為劫數，命中如果注定要遭受禍害，即使想躲也躲不開。

**在所不惜**（ㄗㄞˋ ㄙㄨㄛˇ ㄅㄨˋ ㄒㄧˊ） 不在乎付出代價。不會吝惜付出或割捨。如「成仁殺身，在所不惜」。

**在商言商**（ㄗㄞˋ ㄕㄤ ㄧㄢˊ ㄕㄤ） 生意人說話，總是以營利為要務。

**在鄉軍人**（ㄗㄞˋ ㄒㄧㄤ ㄐㄩㄣ ㄖㄣˊ） 實施徵兵制的國家，現役軍人役滿退伍後，成為在鄉軍人。遇有戰事，可以隨時召集。

**在職進修**（ㄗㄞˋ ㄓˊ ㄐㄧㄣˋ ㄒㄧㄡ） 一面擔任公職，一面進修學識，加強工作能力，使他更加了解業務的處理方法，或授予更高的知能，以便擔任更高的職位。

## 圯
図ㄧˊ 橋。

## 圬
ㄨ 図㊀泥水匠把泥灰抹在牆上。〈論語・公冶長〉作「杇」。㊁抹泥灰的工具。

## 圩
ㄩˊ ㊀防水患的隄岸。又讀ㄨㄟˊ。㊁中間低而四周高起。

# 四筆

## 坂
ㄅㄢˇ 斜坡，山坡。

## 坌
図ㄅㄣˋ ㊀聚。見「坌集」。㊁灰塵。

**坌集**（ㄅㄣˋ ㄐㄧˊ） 図聚集。

## 坏
▲ㄆㄧ 又讀ㄆㄟ。同「坯」。▲ㄏㄨㄞˋ「壞」的簡寫。

## 坟
ㄈㄣˊ「墳」的俗體字。

## 坊
▲ㄈㄤ ㊀從前城市的里巷或市街名。如「開元坊」。㊁古時表揚人物忠孝節義的華表建築物，都叫「牌坊」。㊂工作場所。如「作坊」。▲ㄈㄤˊ通「防」。

**坊本**（ㄈㄤ ㄅㄣˇ） 以前民間書坊（書肆、書堂、書鋪、書店、書局）刻印的書籍的版本，有別於官本、書塾本。也作坊刻。

**坊間**（ㄈㄤ ㄐㄧㄢ） 本指市面上，後來多指書坊、書肆、書店。

## 坍（埳、墈）
ㄊㄢ 土崩。如「坍塌」。

**坍方**（ㄊㄢ ㄈㄤ） 土方崩塌。特指山壁、山路、山崖等的坍塌。

**坍塌**（ㄊㄢ ㄊㄚ） 倒塌。

**坍臺**（ㄊㄢ ㄊㄞˊ） ①比喻恥辱。如「不能在人前坍臺」。②不能繼續維持。

## 坎
ㄎㄢˇ ㊀地面凹陷的地方。如「坎坷」。㊁卦名。卦爻是☵。見「八卦」。

**坎坷**（ㄎㄢˇ ㄎㄜˇ） 図①地不平，不好走。②比喻潦倒不得志。

**坎肩兒** ㄎㄢˇ ㄐㄧㄢ ㄦ 沒有袖子而有紐扣的背心。

## 坑（阬）

ㄎㄥ ㈠地面下陷的部分。㈡活埋。如「焚書坑儒」。㈢陷害。如「坑人」。

**坑人** ㄎㄥ ㄖㄣˊ ①設計害人。②使人痛心。如「這孩子養到這麼大死了，真坑人哪」。

**坑木** ㄎㄥ ㄇㄨˋ 架在坑道裡用來防止上面岩石崩塌的木柱。

**坑害** ㄎㄥ ㄏㄞˋ 陷害；用計害人。

**坑道** ㄎㄥ ㄉㄠˋ 地下道。軍隊作戰或礦山採礦用的。

**坑坑窪窪** ㄎㄥ ㄎㄥ ㄨㄚ ㄨㄚ 第二個坑字輕讀。高低不平的樣子。

**坑儒焚書** ㄎㄥ ㄖㄨˊ ㄈㄣˊ ㄕㄨ 秦始皇依相國李斯之議，認為儒生是古非今，於是焚燬〈詩〉〈書〉，活埋儒生四百六十多人。史稱坑儒焚書。

## 圾

▲（文）ㄐㄧˊ 危險。通「岌」。▲ㄙㄜˋ 見「垃圾」。

## 均

▲ㄐㄩㄣ ㈠一致。相等，沒有多寡偏頗的問題。如「平均」「均衡」。㈡都（ㄉㄡ），皆。如「兩老均安」「均已脫險」。▲ㄩㄣˋ 同「韻」。

**均一** ㄐㄩㄣ ㄧ 公平如一，平均一致，均勻無分別。如「待遇均一」。

**均分** ㄐㄩㄣ ㄈㄣ 平均分配。

**均勻** ㄐㄩㄣ ㄩㄣˊ 平均，一樣多。

**均安** ㄐㄩㄣ ㄢ （文）都平安。如「產後母子均安」。

**均富** ㄐㄩㄣ ㄈㄨˋ 財富分配平均。全體國民都能平均享有財富，沒有貧富懸殊的情形。

**均等** ㄐㄩㄣ ㄉㄥˇ 平均；相等。

**均勢** ㄐㄩㄣ ㄕˋ 彼此保持相等的勢力。

**均衡** ㄐㄩㄣ ㄏㄥˊ 平衡。

**均霑** ㄐㄩㄣ ㄓㄢ 平均享受利益。如「實惠均霑」。也作「均沾」。

**均攤** ㄐㄩㄣ ㄊㄢ 平均分攤。

**均買均賣** ㄐㄩㄣ ㄇㄞˇ ㄐㄩㄣ ㄇㄞˋ 公平交易。

**均權制度** ㄐㄩㄣ ㄑㄩㄢˊ ㄓˋ ㄉㄨˋ 國父孫中山先生主張的中央集權和地方分權的折衷制度。就是事務有全國一致性的劃歸中央，必須因地制宜的劃歸地方。

## 圻

（文）ㄑㄧˊ 地界。

## 址

ㄓˇ 基地，地點。如「廠址」「住址」。

## 坐

ㄗㄨㄛˋ ㈠把屁股放在椅子、凳子等物之上，不行動。如「坐下歇歇」。㈡搭乘。如「坐車」「坐船」。㈢基址所在。如「坐北朝南」。㈣（文）犯罪或定罪。如「連坐」「坐以殺人之罪」。㈤槍砲子彈、引信爆炸使子彈衝出時，槍砲猛然向下向後一頂，叫「坐」。如「後坐力」「無後坐力砲」。㈥堅守不去。如「坐鎮」「坐催」。㈦不勞動。如「坐享其成」。㈧不工作。如「坐吃山空」。㈨（文）安然。如「使敵人坐大」。㈩（文）涖臨。如「坐堂」。

**坐下** ㄗㄨㄛˋ ㄒㄧㄚˋ 下字輕讀。坐㈠。

**坐大** ㄗㄨㄛˋ ㄉㄚˋ （文）安然而強大，指敵人，不指自己。

**坐化** ㄗㄨㄛˋ ㄏㄨㄚˋ 佛教說和尚端坐而死。

**坐失** ㄗㄨㄛˋ ㄕ 眼睜睜地失去，白白地失去。如「坐失良機」。

**坐守** ㄗㄨㄛˋ ㄕㄡˇ 等著不走。

**坐位** ㄗㄨㄛˋ ㄨㄟˋ ①泛稱椅、凳等可以坐的東西。②指公車上對「立位」而說的坐位數量。

**坐困** ㄗㄨㄛˋ ㄎㄨㄣˋ 坐守一隅，沒辦法解困。如「坐困愁城」。

**坐牢** ㄗㄨㄛˋ ㄌㄠˊ 犯罪被關在牢獄裡。

**坐具** ㄗㄨㄛˋ ㄐㄩˋ 本指僧人用來鋪床席的布巾，現為椅、凳等的通稱。

**坐床** ㄗㄨㄛˋ ㄔㄨㄤˊ ①舊禮俗新夫婦行婚禮以後，要送入新房並坐在床上。②西藏政教領袖登位典禮。

**坐姿** ㄗㄨㄛˋ ㄗ 坐的姿勢。如「坐姿不良，脊椎會彎曲」。

**坐待** ㄗㄨㄛˋ ㄉㄞˋ 坐等；靜坐等待。如「坐待時機成熟」。

**坐科** ㄗㄨㄛˋ ㄎㄜ 從幼小時候就進入科班（戲班子）學戲。

**坐候** ㄗㄨㄛˋ ㄏㄡˋ 同「坐待」，坐著等候。等候的對象常指人或事。

**坐席** ㄗㄨㄛˋ ㄒㄧˊ ①坐位。②入席，就座。

**坐討** ㄗㄨㄛˋ ㄊㄠˇ 坐催（指討債）；等著要。

**坐骨** ㄗㄨㄛˋ ㄍㄨˇ 又名尻骨，在臀部的骨盤坐處，左右各一。

**坐莊** ㄗㄨㄛˋ ㄓㄨㄤ 賭博局中人輪流當莊家（主持人）。

**坐視** ㄗㄨㄛˋ ㄕˋ ①坐著觀看。②袖手旁觀，不理會該管的事。

**坐落** ㄗㄨㄛˋ ㄌㄨㄛˋ 指房地的位置方向。

**坐賈** ㄗㄨㄛˋ ㄍㄨˇ 也作「坐商」。在固定的地點開店經商；對行商（往來各地從事商業行為）而言。

**坐墊** ㄗㄨㄛˋ ㄉㄧㄢˋ 放在坐椅上，使人坐下來覺得柔軟舒適的墊子。

**坐蓐** ㄗㄨㄛˋ ㄖㄨˋ 也作「坐草」。婦女臨產。蓐：草席、草墊，引申為床。

**坐標** ㄗㄨㄛˋ ㄅㄧㄠ 幾何學名詞。平面內某一點的位置，可以用縱軸平行線和橫軸平行線的相交點表示。這種以縱橫兩軸的交點為「原點」，縱軸的平行線為「縱坐標」，橫軸的平行線為「橫坐標」，以縱橫兩坐標的交點表示某點位置的，稱為「坐標」。

**坐禪** ㄗㄨㄛˋ ㄔㄢˊ 僧尼端坐靜修。

**坐鎮** ㄗㄨㄛˋ ㄓㄣˋ 駐地鎮守督促。

**坐騎** ㄗㄨㄛˋ ㄐㄧˋ 指所騎（ㄑㄧˊ）的馬。

**坐關** ㄗㄨㄛˋ ㄍㄨㄢ 佛門修行者靜坐在和外界隔絕的屋裡禪修。也叫閉關。

**坐位（兒）** ㄗㄨㄛˋ ㄨㄟˋ（ㄦ） 泛稱椅凳。如「找一個坐位（兒）」。

**坐月子** ㄗㄨㄛˋ ㄩㄝˋ ˙ㄗ 女人生孩子滿月以前。

**坐春風** ㄗㄨㄛˋ ㄔㄨㄣ ㄈㄥ 也作「如坐春風」。比喻老師善於教學。本是北宋朱光庭稱讚程顥的話。

**坐針氈** ㄗㄨㄛˋ ㄓㄣ ㄓㄢ 有如坐在針氈上。比喻心裡有事，坐不安穩，或處在危險的地步。

**坐不垂堂** ㄗㄨㄛˋ ㄅㄨˋ ㄔㄨㄟˊ ㄊㄤˊ 図不坐在廳堂旁邊的屋簷下，以免屋瓦掉落而傷到身體。垂，旁邊。比喻謹慎保身。

**坐不窺堂** ㄗㄨㄛˋ ㄅㄨˋ ㄎㄨㄟ ㄊㄤˊ 図窺也作闚（ㄎㄨㄟ）。到別人家裡作客要端坐在廳堂裡，不可以東張西望、探頭偷看房間裡的情況。

**坐井觀天** ㄗㄨㄛˋ ㄐㄧㄥˇ ㄍㄨㄢ ㄊㄧㄢ 比喻所見太小。

**坐以待斃** ㄗㄨㄛˋ ㄧˇ ㄉㄞˋ ㄅㄧˋ 図坐著等死。比喻遭遇危難而不積極設法解救。

**坐立不安** ㄗㄨㄛˋ ㄌㄧˋ ㄅㄨˋ ㄢ 形容心情非常緊張、煩躁、憂慮或焦急的情形。

**坐吃山空** ㄗㄨㄛˋ ㄔ ㄕㄢ ㄎㄨㄥ 比喻光消費，不從事生產，就會把家產耗盡。

**坐地分贓** ㄗㄨㄛˋ ㄉㄧˋ ㄈㄣ ㄗㄤ 盜賊首領不必親自出馬，就可以輕易分得贓物。比喻不勞而獲，得到不當利益。

**坐收漁利** 不勞動而從中獲取利益。漁利指侵占不當利益。

**坐而論道** 図本指王公大臣陪侍君側議論政事，後指坐下來談論事理。

**坐冷板凳** 比喻在團體之中不被重用以致受到冷落。

**坐言起行** 不只坐著說，也要站起來做。比喻言行一致。

**坐享其成** 自己不出力而白白享受別人耕耘的成果。

**坐骨神經** 人體最粗大的神經，司下肢的感覺和運動，由腰神經和骶（尾椎）神經組成。

**坐擁書城** 比喻藏書豐富，書房裡四壁都是，像城一樣。

**坐懷不亂** 比喻男子為人正派，雖然有女子坐在懷中也不惑亂。

**坐觀成敗** 図袖手旁觀別人的成敗。

**坐山觀虎鬥** 比喻不介入雙方的爭鬥。

## 五筆

**坡** ㄆㄛ 地形傾斜的地方。如「斜坡」。

**坡地** 山坡地或有斜度的地面。

**坡度** 坡地、坡道或鐵路的斜度。測算方法是以坡地的起點到終點的高度差與水平距離的比值。如起點到終點是十二公尺，水平距離一千公尺，坡度便是〇．〇一二。

**坡道** 有斜度的道路。分上坡路、下坡路兩種。

**坯** ㄆㄧ 沒燒過的陶器，俗稱坯子。又讀ㄆㄟ。

**坯子** 坯。

**坪** ㄆㄧㄥˊ ㈠平地。㈡日本地積名，一坪合三．三〇五七平方公尺。

**坪數** 臺灣習用的地坪面積（多指房屋的地坪面積）。一坪是六尺見方。

**坿** ▲ㄈㄨˊ白坿，白石英。▲ㄈㄨˋ「附」的本字。

**坻** ▲ㄉㄧˇ寶坻，河北省縣名。▲図ㄔˊ水中高地。如「宛在水中坻」。

**坦** ㄊㄢˇ ㈠寬平。如「坦途」。㈡女婿的別稱。如「令坦」。

**坦白** 沒有私念或不可告人的祕密。

**坦率** 性情直率，不虛偽。

**坦途** 平坦的大路。

**坦然** ①坦白的樣子。②心安的樣子。

**坦腹** 図東晉王羲之露著肚臍坐在東邊床上吃東西，被選為女婿的佳話。後人以「東床快婿」「坦腹東床」稱呼別人的女婿。有時簡作「令坦」。

**坦蕩** 明白曠達。

**坦克車** 有鐵甲的戰車，用履帶轉動，平地坡地都能走。

**坨** ㄊㄨㄛˊ ㈠場鹽露天堆積成堆叫坨。㈡圓形的塊狀物。如「秤坨」。

**垃** ㄌㄜˋ 見「垃圾」。

**垃圾** 髒土和廢棄的東西的合稱。

**垃圾車** 穿梭於大街小巷，收集商家住戶的垃圾，運往垃圾場處理的車子。

**垃圾桶** 用來裝垃圾的桶。如果是箱形的，就叫垃圾箱。

**垃圾分類** ㄌㄜˋ ㄙㄜˋ ㄈㄣ ㄌㄟˋ 垃圾依其性質，分為可燃物、不可燃物，或紙類、金屬類、塑膠類、玻璃類等，以利分別處理。

**垃圾處理場** ㄌㄜˋ ㄙㄜˋ ㄔㄨˇ ㄌㄧˇ ㄔㄤˇ 垃圾分類並集中處理的場所。處理方式有再利用、焚燒、掩埋、填海造地等。

**坩** ㄍㄢ 見「坩堝」。

**坩堝** ㄍㄢ ㄍㄨㄛ （crucible）是陶土燒成的器具，用來熔化玻璃或各種金屬。又叫「傾銀罐」。

**坷** ㄎㄜˇ 見「坎坷」條。

**坤** ㄎㄨㄣ ㈠八卦之一，卦爻是☷。代表「地」。㈡柔順的意思，所以用來指女人。如「坤範」。

**坤宅** ㄎㄨㄣ ㄓㄞˊ 以前兩家聯姻，稱女家為坤宅，男家為乾宅。

**坤造** ㄎㄨㄣ ㄗㄠˋ 卜卦算命的人，稱女子的生年月日為坤造。

**坤範** ㄎㄨㄣ ㄈㄢˋ 婦德。

**垌（坰）** 図ㄐㄩㄥ 郊野。

**坵** ㄑㄧㄡ 同「丘」。

**坼** 図ㄔㄜˋ 分開，裂開。如「天崩地坼」。

**坳（㘭）** ㄠ 窪地。如「坳塘」。又讀ㄠˋ。

**坳塘** ㄠ ㄊㄤˊ 蓄水的小池子。

## 六筆

**垡** ㄈㄚˊ 耕起田土。

**垤** 図ㄉㄧㄝˊ ㈠地上凸起的螞蟻窩。㈡小土山。

**垛** ▲ㄉㄨㄛˇ 突出的牆。如「城垛口」。▲ㄉㄨㄛˋ ㈠成堆的東西。如「草垛」「灰垛」。㈡堆疊。如「垛草」。

**垓** ㄍㄞ ㈠古代數目名，一億叫一垓。㈡図「垓極」，荒遠的地方。

**垢** ㄍㄡˋ ㈠灰塵油泥這類髒物。如「垢泥」。㈡恥辱。如「含垢」。㈢不潔。如「蓬頭垢面」。

**垢面** ㄍㄡˋ ㄇㄧㄢˋ 図骯髒的臉。

**垢汙** ㄍㄡˋ ㄨ 骯髒，汙穢。

**垢泥** ㄍㄡˋ ㄋㄧˊ 人體皮膚表面上脫離的死細胞，跟皮膚分泌的油汗等合成。

**垝（陒）** 図ㄍㄨㄟˇ 毀壞。如「垝垣」。

**垮** ㄎㄨㄚˇ 崩潰或潰敗。如「這破房子颱風一次就垮了」「他被打垮了」。

**垮臺** ㄎㄨㄚˇ ㄊㄞˊ 比喻事業瓦解或團體潰散。

**垕** ㄏㄡˋ 同「厚」。

**型（型）** ㄒㄧㄥˊ ㈠鑄造器物所用的土模。如「模型」。㈡法式。如「典型」。㈢樣式。如「小型汽車」。

**型號** ㄒㄧㄥˊ ㄏㄠˋ 機械、工具、用品、服裝等的規格、大小、類型。

**型範** ㄒㄧㄥˊ ㄈㄢˋ ①指用來判別對象的原理或分類的標準。②指足以說明同類事物共同性的普遍實例。

**型錄** ㄒㄧㄥˊ ㄌㄨˋ 製品或商品的型號目錄，供購買人參考用的。

**型鋼** ㄒㄧㄥˊ ㄍㄤ 鐵鋼廠製作成型的鋼材。如槽型鋼、T型鋼、工型鋼、角鋼等，各種依斷面形狀取名的鋼材的統稱。

**垞** 図ㄔㄚˊ 小土堆。

**城** ㄔㄥˊ ㈠古時環繞疆界或區域興建的高牆。如「城牆」「萬里長城」。㈡地方大，人多，成為政治、經濟、文化中心的地方。如「京城」「城市」。㈢図築城。如「城彼東方」。

**城市** ㄔㄥˊ ㄕˋ 有廣大繁盛的街道的地方；對鄉村說的。

**城池** ㄔㄥˊ ㄔˊ 城牆跟護城河的合稱。

**城防** ㄔㄥˊ ㄈㄤˊ 城郭的防守；城市的防衛。

**城府** ㄔㄥˊ ㄈㄨˇ 図比喻人的胸懷；胸懷坦白的人，說他「胸無城府」，相反的就說「城府甚深」。

**城垣** ㄔㄥˊ ㄩㄢˊ 城牆。

**城區** ㄔㄥˊ ㄑㄩ 市區；和郊區相對。

**城郭** ㄔㄥˊ ㄍㄨㄛ 泛指城牆和外郭。

**城堡** ㄔㄥˊ ㄅㄠˇ ①堡壘式的小城。②特指西歐中世紀封建領主的豪華住宅。

**城堞** ㄔㄥˊ ㄉㄧㄝˊ 城上的短牆。

**城廂** ㄔㄥˊ ㄒㄧㄤ 近城的地區，即城郭四周。也泛指城市。

**城濠** ㄔㄥˊ ㄏㄠˊ 濠也作壕。護城河。

**城隍** ㄔㄥˊ ㄏㄨㄤˊ ①城池。②神的名字，傳說的陰間判事的神。

**城樓** ㄔㄥˊ ㄌㄡˊ 設在城上用來瞭望的樓。

**城牆** ㄔㄥˊ ㄑㄧㄤˊ 城壁。

**城闕** ㄔㄥˊ ㄑㄩㄝˋ ①城門上兩旁的望樓。②京城。③宮闕，皇宮。

**城關** ㄔㄥˊ ㄍㄨㄢ ①進入城內的關卡，就是城門。②泛指城區。

**城根(兒)** ㄔㄥˊ ㄍㄣ ㄦ 城牆下邊地面上頭一帶。

**城市病** ㄔㄥˊ ㄕˋ ㄅㄧㄥˋ 因城市和住屋內空氣汙染引起的病症。如胸腔鬱悶、支氣管疾病、頭暈、眼痛、過敏、精神不振等。

**城垛口** ㄔㄥˊ ㄉㄨㄛˇ ㄎㄡˇ ①城牆向外突出的部分。②城堞(城上的短牆)的俗稱。

**城圈兒** ㄔㄥˊ ㄑㄩㄢ ㄦ 指城牆四周的範圍。

**城下之盟** ㄔㄥˊ ㄒㄧㄚˋ ㄓ ㄇㄥˊ 敵兵到了城下，被迫跟他們訂立盟約。

**城狐社鼠** ㄔㄥˊ ㄏㄨˊ ㄕㄜˋ ㄕㄨˇ 城牆洞裡的狐狸和社神廟裡的老鼠。想驅去狐狸怕挖壞城牆，想燻跑老鼠怕燒了神廟。比喻憑藉權勢暗中作惡的人。

**城門失火** ㄔㄥˊ ㄇㄣˊ ㄕ ㄏㄨㄛˇ 下接「殃及池魚」。比喻無端被牽連而遭受禍害。相傳春秋宋國叫池仲魚的人住宅近城門，有一次城門失火延燒池家，池仲魚因而被燒死。另一說是城門失火，汲乾池水救火，池魚因而枯死。

**城門洞兒** ㄔㄥˊ ㄇㄣˊ ㄉㄨㄥˋ ㄦ 城門裡邊一段空洞。

## 垂（埀、埀）

ㄔㄨㄟˊ ㈠從上往下縋。如「垂釣」「垂手」。㈡上級施給下級，或稱尊長對自己。如「垂詢」「垂愛」。㈢図快要。如「垂老」。㈣留傳後世。如「永垂不朽」「名垂青史」。㈤通「陲」，邊界的意思。

**垂手** ㄔㄨㄟˊ ㄕㄡˇ 雙手垂下表示敬意。

**垂世** ㄔㄨㄟˊ ㄕˋ 図流傳後世。

**垂危** ㄔㄨㄟˊ ㄨㄟˊ 図十分危險，指事情快要失敗或病重將死。

**垂成** ㄔㄨㄟˊ ㄔㄥˊ 図快要成功。如「功敗垂成」。

**垂死** ㄔㄨㄟˊ ㄙˇ 図接近死亡。如「垂死掙扎」。

**垂老** ㄔㄨㄟˊ ㄌㄠˇ 図人快老了。

**垂念** ㄔㄨㄟˊ ㄋㄧㄢˋ 承蒙您想到。是小輩對尊長的關愛而說的。

**垂泣** ㄔㄨㄟˊ ㄑㄧˋ 掉眼淚。

**垂直** ㄔㄨㄟˊ ㄓˊ 兩直線或兩平面相交，或一直線和一平面相交，其相交角度成直角的，就是互為垂直。

**垂青** ㄔㄨㄟˊ ㄑㄧㄥ 図得到人家的重視或優待。

**垂柳** ㄔㄨㄟˊ ㄌㄧㄡˇ 柳枝柔軟下垂，所以叫垂柳。

**垂涕** ㄔㄨㄟˊ ㄊㄧˋ 哭泣。

**垂涎** ㄔㄨㄟˊ ㄒㄧㄢˊ 流口水。比喻羨慕。

**垂訓** ㄔㄨㄟˊ ㄒㄩㄣˋ 図也作垂教。①長輩對晚輩或上級對下級的教訓。②流傳後世的教訓。

**垂教** ㄔㄨㄟˊ ㄐㄧㄠˋ 図留下訓示。

**垂釣** ㄔㄨㄟˊ ㄉㄧㄠˋ 釣魚。

**垂意** ㄔㄨㄟˊ ㄧˋ 図長輩對晚輩的留意、關懷、喜愛、屬意。

**垂愛** ㄔㄨㄟˊ ㄞˋ 得到別人的愛護。

**垂楊** ㄔㄨㄟˊ ㄧㄤˊ 就是垂柳。

**垂詢** ㄔㄨㄟˊ ㄒㄩㄣˊ 上對下的詢問。

**垂察** ㄔㄨㄟˊ ㄔㄚˊ 図舊式公文或書信用語。請上級審察或諒察的敬語。

**垂餌** ㄔㄨㄟˊ ㄦˇ ①垂釣。②釣鉤上的食餌。

**垂憐** ㄔㄨㄟˊ ㄌㄧㄢˊ 對遭遇不幸的人表示同情（多用於上對下）。

**垂範** ㄔㄨㄟˊ ㄈㄢˋ 図留下典範。

**垂暮** ㄔㄨㄟˊ ㄇㄨˋ ①傍晚時候。②比喻年老。

**垂髫** ㄔㄨㄟˊ ㄊㄧㄠˊ 図古時童子不束髮，所以管童子叫「垂髫」。

**垂直舵** ㄔㄨㄟˊ ㄓˊ ㄉㄨㄛˋ 飛機上管轉換方向的尾舵。

**垂直線** ㄔㄨㄟˊ ㄓˊ ㄒㄧㄢˋ 跟平面成直角的直線。

**垂直包圍** ㄔㄨㄟˊ ㄓˊ ㄅㄠ ㄨㄟˊ 用直升飛機載運軍隊在固守據點的敵人的周圍降落，把敵人包圍起來。

**垂直關係** ㄔㄨㄟˊ ㄓˊ ㄍㄨㄢ ㄒㄧˋ 上級跟下級的縱斷關係。平等的橫斷關係叫水平關係。

**垂頭喪氣** ㄔㄨㄟˊ ㄊㄡˊ ㄙㄤˋ ㄑㄧˋ 失意的樣子。

**垂簾聽政** ㄔㄨㄟˊ ㄌㄧㄢˊ ㄊㄧㄥ ㄓㄥˋ 図舊時指太后、皇后臨朝干預朝政為垂簾聽政；也指官場首長之妻在幕後干涉公事。聽（ㄊㄧㄥˋ），治理，裁決。

## 垠

ㄧㄣˊ ㈠水涯，河岸。㈡界限。如「無垠黃沙」。

## 垣

ㄩㄢˊ ㈠牆。如「城垣」。㈡城。「省垣」就是省城，省會。

# 七筆

## 垻

ㄅㄚˋ 「壩」字的簡寫。

## 埔

ㄅㄨˋ 閩粵一帶把河邊的沙洲叫埔。又讀ㄆㄨˇ。

## 埋

▲ㄇㄞˊ ㈠死人下葬。如「埋葬」。㈡藏在土裡，隱藏在不明顯的地方。如「埋藏」「埋伏」。㈢忽略別人的才能，或自己的才能受人忽略。如「埋沒人才」。
▲ㄇㄢˊ 見「埋怨」。

**埋伏** ㄇㄞˊ ㄈㄨˊ 暗伏軍隊，等敵人來的時候攻擊他們。

**埋名** ㄇㄞˊ ㄇㄧㄥˊ 不再說自己的姓名，讓人不知道是誰。

**埋沒** ㄇㄞˊ ㄇㄛˋ 埋㈢。

**埋怨** ㄇㄢˊ ㄩㄢˋ 表示不滿。

**埋單** ㄇㄞˊ ㄉㄢ 粵語。到餐館吃飯後付帳。也作「買單」。

**埋葬** ㄇㄞˊ ㄗㄤˋ 把死人埋在土裡。

**埋頭** ㄇㄞˊ ㄊㄡˊ ①指專心伏案用功，不問外事。如「埋頭讀書」。②指集中精神默默努力工作。如「埋頭苦幹」。

**埋藏** ㄇㄞˊ ㄘㄤˊ 掩埋隱藏。

**埋鍋造飯** ㄇㄞˊ ㄍㄨㄛ ㄗㄠˋ ㄈㄢˋ 把鍋放在地上挖的坑，生火燒飯。是露營或野戰部隊燒飯的方法。

## 垺
図ㄌㄜˋ ㈠馬垺，是短牆。㈡界垺，是界限。㈢相垺，是相等。

## 埂
ㄍㄥˇ 田地裡分界的小路。如「田埂」。

## 埆
図ㄑㄩㄝˋ ㈠山上大石很多的樣子。㈡墝埆，不肥沃，生產力薄弱的土地。

## 埕
ㄔㄥˊ ㈠閩南臺灣把庭院叫「埕」。臺北市延平北路一段舊稱「大稻埕」（稻埕是曬稻穀的場子）。㈡閩粵一帶稱在海邊用人工飼養蟶類的田地，叫「蟶埕」。

## 埏
▲図ㄧㄢˊ ㈠墓道叫「埏隧」。㈡廣大土地的邊際叫埏。

▲ㄕㄢ 用水來和（ㄏㄨㄛˋ）泥。

## 埃
ㄞ ㈠細的灰塵。如「塵埃」。㈡物理光學長度名（angstrom），等於 $10^{-8}$ 厘米或 $10^{-10}$ 米，常用以計量光譜學中光波的波長，或計算液體薄膜、核子、原子或分子的厚薄、大小。其縮寫為Å。

**埃及** ㄞ ㄐㄧˊ 非洲東北部國家，為世界古文明發祥地之一。首都開羅。居民多信奉回教。除尼羅河流域外，多為沙漠。氣候燥熱，大部地區終年無雨。

# 八筆

## 埤
▲ㄅㄧˋ 低窪潮濕的地方。

▲ㄆㄧˋ ㈠埤堄：古時城上的矮牆，開小洞來向下望。㈡臺灣稱水池叫「水埤」。

▲ㄆㄧˊ ㈠增加，附加。㈡低牆。

## 埠
ㄅㄨˋ ㈠停泊船隻的地方。如「港埠」。㈡通商的口岸。如「商埠」。

**埠頭** ㄅㄨˋ ㄊㄡˊ ①近水的地方。②商船停靠的地方。

## 培
▲ㄆㄟˊ ㈠在植物的根的附近蓋上泥土，叫「培」。㈡用照顧植物的心情去教育孩子。如「培育」。

▲図ㄆㄡˇ 小土堆叫「培塿」。

**培土** ㄆㄟˊ ㄊㄨˇ 在植物根部覆土，助其成長。也作「培壅」。

**培育** ㄆㄟˊ ㄩˋ 培植養育（對人或動植物都可以用）。

**培訓** ㄆㄟˊ ㄒㄩㄣˋ 培養訓練。指人材的儲備訓練。

**培植** ㄆㄟˊ ㄓˊ ①栽種植物。②造就人才。

**培養** ㄆㄟˊ ㄧㄤˇ 同「培植」。

**培養皿** ㄆㄟˊ ㄧㄤˇ ㄇㄧㄣˇ 實驗室常用的培養微生物的玻璃器皿，圓形，可加蓋。

**培養基** ㄆㄟˊ ㄧㄤˇ ㄐㄧ ①園藝學、土壤學名詞。為供研究之用，以人工配製含有各種基本營養成分或特殊成分的培養材料。②植物病蟲害學名詞。可以培養微生物的營養物質。

**培養液** ㄆㄟˊ ㄧㄤˇ ㄧㄝˋ 即液體的培養基。

## 埭
ㄉㄞˋ 防水的土壩。

## 堵
ㄉㄨˇ ㈠阻遏，阻塞。如「防堵」。㈡牆。如「堵牆」。㈢見「安堵」。㈣姓。

**堵塞** ㄉㄨˇ ㄙㄜˋ 阻塞不通。

**堵嘴** ㄉㄨˇ ㄗㄨㄟˇ ①理屈而無話可說。②給人相當的好處，使對方不說反對的話，或對某事守祕密。

**堵門兒**（ㄉㄨˇ ㄇㄣˊ ㄦ） ①正在門口。②把門堵塞住了。

**堆**（ㄉㄨㄟ） ㈠物質從細少聚積成高大的，都叫堆。如「土堆」「草堆」。㈡累積，聚集。如「堆積」「堆疊」。㈢堆積物一處叫一堆。如「一堆草」。

▲ㄗㄨㄟ 指小堆的東西，「堆」後面往往加「兒」。如「一堆兒米」。

**堆肥**（ㄉㄨㄟ ㄈㄟˊ） 把動物的糞便跟草灰堆疊起來，保持適宜溫度，讓它自然腐爛發酵，成為良好的肥料，叫做堆肥。

**堆砌**（ㄉㄨㄟ ㄑㄧˋ） ①壘積甎石並用泥灰黏合。②比喻文章裡多用了不必要的詞語。

**堆棧**（ㄉㄨㄟ ㄓㄢˋ） 寄存貨物的倉庫。

**堆積**（ㄉㄨㄟ ㄐㄧ） （事物）聚集成堆。

**堆疊**（ㄉㄨㄟ ㄉㄧㄝˊ） 一層一層地堆起來。

**堆高機**（ㄉㄨㄟ ㄍㄠ ㄐㄧ） 把貨物一層層堆高放置的機器。多在工廠、堆棧或貨物裝運場使用。

**堂**（ㄊㄤˊ） ㈠大廳。如「堂屋」。㈡公眾聚會的地方。如「中山堂」。㈢法庭。如「公堂」。㈣寬敞的大房間，可以容納許多人的。如「禮堂」「講堂」「禮拜堂」。㈤處所。如「食堂」「澡堂子」。㈥學校上一節課叫一堂。㈦稱人的母親叫「堂」。如「令堂」。㈧同祖的親屬。如「堂兄弟」「堂叔伯」。㈨成套的器物。如「一堂瓷器」。㈩〔文〕山的平寬處叫「堂」。〈詩經〉有「有紀有堂」。

**堂上**（ㄊㄤˊ ㄕㄤˋ） ①父母。②舊稱官長。

**堂姪**（ㄊㄤˊ ㄓˊ） 堂兄弟的兒子。

**堂客**（ㄊㄤˊ ㄎㄜˋ） ①舊俗稱男子為官客，女子為堂客。②泛指婦女，特別是已婚婦女。

**堂屋**（ㄊㄤˊ ㄨ） 正房居中的一間。

**堂皇**（ㄊㄤˊ ㄏㄨㄤˊ） 氣勢闊大。

**堂倌**（ㄊㄤˊ ㄍㄨㄢ） 跑堂兒的；茶酒館裡的侍役。

**堂堂**（ㄊㄤˊ ㄊㄤˊ） 形容人的容貌既端正又莊嚴，作的事光明正大，陣容強大。

**堂奧**（ㄊㄤˊ ㄠˋ） 〔文〕深遠。比喻住處的隱祕或學問的深奧。

**堂會**（ㄊㄤˊ ㄏㄨㄟˋ） 喜慶等事的集會。

**堂號**（ㄊㄤˊ ㄏㄠˋ） 表示姓氏發源地的稱號。如姓李的是「隴西」，姓柯姓蔡的是「濟陽」。

**堂伯叔**（ㄊㄤˊ ㄅㄛˊ ㄕㄨˊ） 父親的堂兄弟。

**堂姊妹**（ㄊㄤˊ ㄐㄧㄝˇ ㄇㄟˋ） 同祖父的姊妹（指非親姊妹）。

**堂而皇之**（ㄊㄤˊ ㄦˊ ㄏㄨㄤˊ ㄓ） 堂堂皇皇，大模大樣。

**堂堂正正**（ㄊㄤˊ ㄊㄤˊ ㄓㄥˋ ㄓㄥˋ） ①盛大齊整。②光明正大。

**垷**（ㄋㄧˇ） 「埤（ㄆㄧˋ）垷」是城牆上的矮牆。

**埝**（ㄋㄧㄢˋ） 為了防水患而築的土隄。

**堀**（ㄎㄨ） 同「窟」。

**堃**（ㄎㄨㄣ） 同「坤」。

**基**（ㄐㄧ） ㈠建築物的底址。如「地基」。㈡根本。如「基本」「基礎」。㈢依據。如「基準」。㈣化學名詞，化合物分子中所含的一部分原子是一個單位的，叫「基」。最基本的元素就是基。如「氫氧基」「鹽基」。

**基本** ㄐㄧ ㄅㄣˇ　根本。

**基石** ㄐㄧ ㄕˊ　①作為建築物基礎的石頭。②比喻事物的根基。如「奠定事業發展的基石」。

**基因** ㄐㄧ ㄧㄣ　①圖英文 gene 的音意兩譯。又叫遺傳基因。存在於細胞內有自行複製繁殖能力的遺傳基本單位。②基本原因。③起因。如「兩種成就都基因於相同理由」。

**基地** ㄐㄧ ㄉㄧˋ　①可以起造建築物的土地。②根據地或事業據以發展的基礎地區。如「空軍基地」。

**基址** ㄐㄧ ㄓˇ　址也作趾或阯。①建築物的地基或基礎。②比喻事物的根本。

**基肥** ㄐㄧ ㄈㄟˊ　植物播種前施用的肥料。多以遲效性的有機肥如堆肥、廄肥、綠肥等為主。有供給養分、改良土壤的作用。

**基金** ㄐㄧ ㄐㄧㄣ　經營事業的基本資金。

**基幹** ㄐㄧ ㄍㄢˋ　基本，骨幹。

**基業** ㄐㄧ ㄧㄝˋ　事業的根基。

**基準** ㄐㄧ ㄓㄨㄣˇ　①根本原理或規範。②幾何學的「公法」也叫基準。

**基督** ㄐㄧ ㄉㄨ　圖（Christ）基督教徒對耶穌的尊稱。原義是救世主。

**基價** ㄐㄧ ㄐㄧㄚˋ　①計算各時期物價指數時，用作基準的「基期物價」。②國際貿易中，以商品的一定品質為基準，由雙方協定的價格。

**基層** ㄐㄧ ㄘㄥˊ　①建築物的底層。②各種社會組織或社會結構的下層，和大眾的接觸最直接，最密切。

**基數** ㄐㄧ ㄕㄨˋ　基本數。

**基線** ㄐㄧ ㄒㄧㄢˋ　①旋轉體上母線之一。②三角測量術上用作基礎而可精密測量的線。

**基礎** ㄐㄧ ㄔㄨˇ　房屋的基址跟柱腳的礎石，引伸作「根本」的意思。

**基本功** ㄐㄧ ㄅㄣˇ ㄍㄨㄥ　從事某種工作或行業、運動必須具備並且熟練的基本知識和技能。

**基金會** ㄐㄧ ㄐㄧㄣ ㄏㄨㄟˋ　為興辦或發展某種事業，籌集基本資金加以管理運用的組織。如「慈濟慈善事業基金會」。

**基督徒** ㄐㄧ ㄉㄨ ㄊㄨˊ　基督教的信徒。

**基督教** ㄐㄧ ㄉㄨ ㄐㄧㄠˋ　（Christianity）世界四大宗教之一，耶穌基督所創。教義是崇敬天道博愛世人，最初創於猶太，西元三一三年成為羅馬正教，教徒漸多。唐朝初年一度傳入中國，名叫「景教」，不久就消失了。明朝以後又傳入中國。到清朝時候准許公開傳教，才慢慢盛行。

**基本工資** ㄐㄧ ㄅㄣˇ ㄍㄨㄥ ㄗ　政府規定勞工薪資的最低標準。隨物價指數而調整。

**基本教育** ㄐㄧ ㄅㄣˇ ㄐㄧㄠˋ ㄩˋ　國民應受的最低限度的教育，就是國民教育。

**基本詞彙** ㄐㄧ ㄅㄣˇ ㄘˊ ㄏㄨㄟˋ　詞彙中最基本、最主要、最穩定，可作發展新詞的部分。如人、手、足、日、月、天、地、上、下、水、火等等。基本詞歷史悠久，使用範圍廣，造詞能力強，是構成語言的重要基礎。

**基本學科** ㄐㄧ ㄅㄣˇ ㄒㄩㄝˊ ㄎㄜ　學校裡的主要學科，指國文、英語、數學、理化、史地。

**基礎七音** ㄐㄧ ㄔㄨˇ ㄑㄧ ㄧㄣ　音樂名詞。簡稱基礎音。音樂使用的音，由低而高有七個音名，即ㄉㄛ、ㄖㄨㄟ、ㄇㄧ、ㄈㄚ、ㄙㄛ、ㄌㄚ、ㄙㄧ。音樂就是以這七個音名為基礎上下反覆使用。

**堅** ㄐㄧㄢ　㈠結實，牢固。如「堅固」「堅甲利兵」。㈡盡力，不鬆懈動搖。如「堅守」「堅決」「老而彌堅」。㈢指鎧甲之類。如「披堅執銳」。㈣指敵軍兵力強勁或防禦工事堅強的所在。如「攻堅」。㈤主要，骨幹。如「中堅分子」。

**堅守** ㄐㄧㄢ ㄕㄡˇ 堅決地守住，不離開。

**堅忍** ㄐㄧㄢ ㄖㄣˇ 受盡艱苦也不改變原來的心志。

**堅決** ㄐㄧㄢ ㄐㄩㄝˊ 心志確定不移。

**堅牢** ㄐㄧㄢ ㄌㄠˊ 堅固；牢固。

**堅固** ㄐㄧㄢ ㄍㄨˋ 牢固結實，不容易破壞。

**堅定** ㄐㄧㄢ ㄉㄧㄥˋ 意志固定不會動搖。

**堅果** ㄐㄧㄢ ㄍㄨㄛˇ ①果殼堅硬的乾果。如核桃、栗子等。②〔文〕堅決果斷。

**堅信** ㄐㄧㄢ ㄒㄧㄣˋ 堅決相信。如「他堅信世界大同的日子必可到來」。

**堅持** ㄐㄧㄢ ㄔˊ 固執既定的意志絕不改變。

**堅苦** ㄐㄧㄢ ㄎㄨˇ 堅忍刻苦。

**堅貞** ㄐㄧㄢ ㄓㄣ 節操堅定不變。

**堅強** ㄐㄧㄢ ㄑㄧㄤˊ 堅定剛強，不可摧毀，不可動搖。如「意志堅強」。

**堅硬** ㄐㄧㄢ ㄧㄥˋ 硬，牢固。

**堅實** ㄐㄧㄢ ㄕˊ 堅固結實。

**堅韌** ㄐㄧㄢ ㄖㄣˋ 堅固有韌性。

**堅毅** ㄐㄧㄢ ㄧˋ 堅定有毅力。如「他有堅毅不拔的精神」。

**堅銳** ㄐㄧㄢ ㄖㄨㄟˋ 〔文〕堅固銳利，堅強敏銳。

**堅甲利兵** ㄐㄧㄢ ㄐㄧㄚˇ ㄌㄧˋ ㄅㄧㄥ 鎧甲堅固，兵器銳利。形容軍力強盛精銳。

**堅苦卓絕** ㄐㄧㄢ ㄎㄨˇ ㄓㄨㄛˊ ㄐㄩㄝˊ 堅定、忍耐、刻苦的精神非比尋常。

**堅壁清野** ㄐㄧㄢ ㄅㄧˋ ㄑㄧㄥ ㄧㄝˇ 堅守壁壘使敵人攻不進來，搬空郊野的糧草使敵人無法久留。這是固守卻敵的一種策略。

## 堇

〔文〕ㄐㄧㄣˇ ㈠黏土。㈡同「墐」。㈢通「僅」。又讀ㄐㄧㄣˋ。

## 埴

ㄓˊ 可以作土坯燒成陶器的黏土。

**埴土** ㄓˊ ㄊㄨˇ 黏土、砂土混合而成的土壤，不適於植物的生長。

## 執

ㄓˊ ㈠用手拿著。如「執筆」。「執干戈以衛社稷」。㈡掌握，管理。如「執政」。㈢堅持。如「執意」「固執」。㈣憑證。如「回執」「執照」。

**執行** ㄓˊ ㄒㄧㄥˊ 依據法令或計畫實行。

**執事** ▲ㄓˊ ㄕˋ 書信中對不很熟悉又無連屬關係的平輩的尊稱。▲ㄓˊ ˙ㄕ 婚喪喜慶所用的儀仗。

**執拗** ㄓˊ ㄠˋ 性情固執不聽別人的意見。

**執法** ㄓˊ ㄈㄚˇ 執行法令。

**執政** ㄓˊ ㄓㄥˋ 執掌政權。

**執迷** ㄓˊ ㄇㄧˊ 固執不悟。

**執紼** ㄓˊ ㄈㄨˊ 〔文〕送殯。

**執掌** ㄓˊ ㄓㄤˇ 掌管；掌握（職權）。

**執筆** ㄓˊ ㄅㄧˇ 用筆寫，指寫文章，特指動筆擬訂文稿。如「這篇文宣由他出點子，我執筆」。

**執勤** ㄓˊ ㄑㄧㄣˊ 執行勤務。如「早班人員八點到十二點執勤」。

**執意** ㄓˊ ㄧˋ 堅持自己的意見。

**執業** ㄓˊ ㄧㄝˋ 〔文〕①從師受業。②所作的行業。③所守的產業。

**執照** ㄓˊ ㄓㄠˋ 由政府機關正式發給的憑證。

**執著**（ㄓˊ ㄓㄨㄛˊ） 〔文〕老是守著一些事物不肯離開或脫不開。

**執禮**（ㄓˊ ㄌㄧˇ） 〔文〕①守禮。②指對人的禮貌。如「執禮甚恭」。

**執牛耳**（ㄓˊ ㄋㄧㄡˊ ㄦˇ） 本為盟主之意，現在引申為稱呼主持其事者或居領導地位者。

**執行長**（ㄓˊ ㄒㄧㄥˊ ㄓㄤˇ） 各種基金會或協進會負責主持日常會務的首長。

**執政黨**（ㄓˊ ㄓㄥˋ ㄉㄤˇ） 民主國家執掌政權的政黨；對在野黨而言。

**執教鞭**（ㄓˊ ㄐㄧㄠˋ ㄅㄧㄢ） 也簡作執教。擔任教職。

**執行委員**（ㄓˊ ㄒㄧㄥˊ ㄨㄟˇ ㄩㄢˊ） 政黨或集會，由會員大會或代表大會選舉的負責執行大會決議的人員。

**執迷不悟**（ㄓˊ ㄇㄧˊ ㄅㄨˋ ㄨˋ） 固執錯誤的己見而不知覺悟。不悟也作不返。

**執經問難**（ㄓˊ ㄐㄧㄥ ㄨㄣˋ ㄋㄢˋ） 〔文〕手持經書，反覆質問，以求解惑。

**埻** 〔文〕ㄓㄨㄣˇ 箭。也作「準」。

**堊** ㄜˋ ㈠用白粉塗飾。引伸為塗抹裝飾。㈡白色的土。見「堊粉」。

**堊粉**（ㄜˋ ㄈㄣˇ） 白色土質或石質的粉末，可以給兒童製作模型，比石膏好用。

**場** 〔文〕ㄧˋ 邊界。如「疆場」。

**埡** ㄧㄚˇ 兩山之間可以通行的狹窄地段。如「埡口」。

**埜** ㄧㄝˇ 同「野」。

**域** ㄩˋ ㈠疆界，地盤。如「區域」。㈡〔文〕通「國」。如「域中」「域外」。

**域中**（ㄩˋ ㄓㄨㄥ） 〔文〕國內。

**域外**（ㄩˋ ㄨㄞˋ） 〔文〕疆界之外，國外。

## 九筆

**堡** ㄅㄠˇ 小城。如「城堡」。又讀ㄆㄨˋ。

**堡壘**（ㄅㄠˇ ㄌㄟˇ） 為了防禦而設的建築物。

**報** ㄅㄠˋ ㈠酬答。如「以德報怨」「報答」「報效」。㈡告訴，讓人知道。如「報告」「報信」。㈢見「報應」條。㈣音信，消息。如「捷報」「情報」。㈤報紙的簡稱。如「日報」「晚報」。

**報人**（ㄅㄠˋ ㄖㄣˊ） 從事新聞事業的人。

**報仇**（ㄅㄠˋ ㄔㄡˊ） 也作報讎。報復仇恨。

**報刊**（ㄅㄠˋ ㄎㄢ） 報紙和期刊的統稱。如「報刊雜誌」。

**報功**（ㄅㄠˋ ㄍㄨㄥ） ①〔文〕酬報有功者或報答功德。如「崇德報功」。②報告功績。

**報失**（ㄅㄠˋ ㄕ） 向治安機構或有關部門申報遺失財物。一來可以請受理機關協尋失物，二來可免失物被盜用引起的責任或損失。

**報名**（ㄅㄠˋ ㄇㄧㄥˊ） ①投考或應徵時候填寫姓名、籍貫等的一種手續。②報告自己的姓名。

**報考**（ㄅㄠˋ ㄎㄠˇ） 報名投考。

**報告**（ㄅㄠˋ ㄍㄠˋ） 下級向上級陳述事項叫報告。

**報到**（ㄅㄠˋ ㄉㄠˋ） 報告自己已經到了。

**報社**（ㄅㄠˋ ㄕㄜˋ） 編輯發行報紙的機構。舊稱「報館」。

**報界**（ㄅㄠˋ ㄐㄧㄝˋ） 新聞界的人或事。

**報表**（ㄅㄠˋ ㄅㄧㄠˇ） 報告有關事項或情形的表格。

**報怨** ▲ㄅㄠˋ ㄩㄢˋ 〔文〕報仇。▲ㄅㄠˋ·ㄩㄢ 埋怨的意思。

**報值**（ㄅㄠˋ ㄓˊ） 把貴重物品或有價證券放在掛號郵件裡交郵局寄發，應該報明價值，叫做報值郵件。

**報恩** ㄅㄠˋ ㄣ 報答恩惠。

**報效** ㄅㄠˋ ㄒㄧㄠˋ ①感恩盡力。②貢獻私財給公家用。

**報時** ㄅㄠˋ ㄕˊ 報告時間。特指傳播媒體向觀眾的整點報時，以及電信公司報時臺對詢問者的回答。

**報案** ㄅㄠˋ ㄢˋ 把發生的跟公眾有關的案件向治安機關報告。

**報紙** ㄅㄠˋ ㄓˇ ①向社會報告新聞為目的的印刷物。有日報、晚報、週報等。②用來印報的紙，是白報紙的簡稱。

**報國** ㄅㄠˋ ㄍㄨㄛˊ 為國家效力。

**報帳** ㄅㄠˋ ㄓㄤˋ 因公務領用消耗性物品或其他開銷，由經手人在事後檢具憑證向所屬單位報告銷帳。

**報捷** ㄅㄠˋ ㄐㄧㄝˊ 報告勝利。

**報章** ㄅㄠˋ ㄓㄤ 舊時稱書信，現在指報紙。

**報單** ㄅㄠˋ ㄉㄢ ①科舉時代考取的人向親友報告。②運貨報稅的單據。

**報喜** ㄅㄠˋ ㄒㄧˇ 報告可喜的消息。

**報喪** ㄅㄠˋ ㄙㄤ 向親友告訴家人喪亡的消息。

**報復** ㄅㄠˋ ㄈㄨˋ 報仇。

**報童** ㄅㄠˋ ㄊㄨㄥˊ 以前稱街頭賣報的孩童，現在專指送報生。

**報答** ㄅㄠˋ ㄉㄚˊ 酬謝恩惠。

**報聘** ㄅㄠˋ ㄆㄧㄣˋ 外交禮節之一，為了答謝友邦的好意訪問，而代表本國政府回訪。

**報酬** ㄅㄠˋ ㄔㄡˊ ①薪金。②答謝。

**報幕** ㄅㄠˋ ㄇㄨˋ 歌劇表演或遊藝會中，在各節目演出前向觀眾報告節目名稱、演出人員或演出內容。

**報廢** ㄅㄠˋ ㄈㄟˋ 設備、器具等因不堪或不適合繼續使用而報准作廢。

**報導** ㄅㄠˋ ㄉㄠˇ 報紙上對新聞所作的報告。

**報德** ㄅㄠˋ ㄉㄜˊ 報恩。

**報數** ㄅㄠˋ ㄕㄨˋ 軍隊或學生操演，從一開始按次序叫出數字，來計算人數，叫做報數。

**報銷** ㄅㄠˋ ㄒㄧㄠ 報告收支帳目。

**報曉** ㄅㄠˋ ㄒㄧㄠˇ 報告天明，通常指雞鳴。

**報頭** ㄅㄠˋ ㄊㄡˊ 報紙第一版的上頭或右上角，標示報紙名稱、期數、登記證字號、負責人姓名和社址等的位置。

**報償** ㄅㄠˋ ㄔㄤˊ ①報答，補償。②報復，報應。

**報應** ㄅㄠˋ ㄧㄥˋ 由原因而得的結果。

**報館** ㄅㄠˋ ㄍㄨㄢˇ 今作報社，編輯發行新聞紙的機構。

**報警** ㄅㄠˋ ㄐㄧㄥˇ ①報告災禍發生。②向警察報告。

**報信（兒）** ㄅㄠˋ ㄒㄧㄣˋ（ㄦ） 報告消息。

**報名費** ㄅㄠˋ ㄇㄧㄥˊ ㄈㄟˋ 報名參加考試、補習、訓練或團體遊樂等活動，應該繳交的費用。

**報歲蘭** ㄅㄠˋ ㄙㄨㄟˋ ㄌㄢˊ 春節前開深紫色花的一種蘭花。又名「墨蘭」。

**報關行** ㄅㄠˋ ㄍㄨㄢ ㄏㄤˊ 專門為貨主向海關報繳關稅，收取手續費的商行。

**報仇雪恨** ㄅㄠˋ ㄔㄡˊ ㄒㄩㄝˇ ㄏㄣˋ 報復冤仇，洗刷怨恨。

**報告文學** ㄅㄠˋ ㄍㄠˋ ㄨㄣˊ ㄒㄩㄝˊ 以報告當時當地的事為目的的敘事文學。

**報值掛號** ㄅㄠˋ ㄓˊ ㄍㄨㄚˋ ㄏㄠˋ 一種限額的現款郵件。可將現款裝入報值信封裡付郵。郵資依金額多寡而定。遺失時由郵局照額賠償。

**堞** ㄉㄧㄝˊ 城上的短牆。

**埵** 図ㄉㄨㄛˇ (一)硬土。(二)果實下垂的樣子。

**堠** ㄏㄡˋ (一)探望敵情的土堡。(二)用來標記里數的土堆。

**堝** ㄍㄨㄛ 見「坩堝」條。

**堪**(**堪**) ㄎㄢ (一)可以。如「堪受重任」。(二)勝(ㄕㄥ)任。如「不堪負荷」。(三)忍受。如「難堪」。(四)見「堪輿」條。

**堪虞** ㄎㄢ ㄩˊ 図可慮。

**堪輿** ㄎㄢ ㄩˊ 図①天地的總名。②相地,看風水。作這種事的人叫「堪輿家」。

**堿** ㄐㄧㄢˇ 同「鹼」。

**場**(**場**) ㄔㄤˊ (一)平整的空地。如「操場」「廣場」。(二)處所。如「場所」「會場」「試場」。(三)事情從頭到尾的經過一次叫一場。如「賽了一場球」「他大鬧了一場」。(四)舊戲一幕叫一場。(一)(二)(四)又讀ㄔㄤˇ。

**場子** ㄔㄤˇ ㄗ˙ 廣闊的場所。

**場合** ㄔㄤˇ ㄏㄜˊ 時候或情況。

**場地** ㄔㄤˇ ㄉㄧˋ 適合做某種用途或活動的空間或空地,如競賽、表演、施設、工作等所用的空間。

**場次** ㄔㄤˇ ㄘˋ 電影、戲劇等或其他藝文活動上場時間次序的安排。如電影有第一場到第四場、早場、午夜場,戲劇有日場、夜場等場次,觀眾按場次購票入座。

**場所** ㄔㄤˇ ㄙㄨㄛˇ 工作或活動的處所、地方。

**場面** ㄔㄤˇ ㄇㄧㄢˋ 表面的排場。如「每年國慶,總統府前的場面實在大」。

**場區** ㄔㄤˇ ㄑㄩ 大型競技場(田徑、棒球、足球場等)觀眾席分區編號的。如內野區、外野區、東區、西區等。

**場景** ㄔㄤˇ ㄐㄧㄥˇ ①戲劇的舞臺或拍攝電影以及表演、展覽等場所的景觀布置。②泛指情景。如「想想看,雙方要是真打起來,那場景可真夠瞧的」。

**堧**(**壖**) 図ㄖㄨㄢˊ 水邊的地,城下的田。

**堯** ㄧㄠˊ 我國古代帝王的名字。

**堯天舜日** ㄧㄠˊ ㄊㄧㄢ ㄕㄨㄣˋ ㄖˋ 形容太平盛世。也作「舜日堯年」。

**堰** ㄧㄢˋ 防水的土隄。

**堙** ㄧㄣ 図也作「陻」。(一)埋沒。如「堙沒」。(二)堵塞。如「堙塞」。

**堙滅** ㄧㄣ ㄇㄧㄝˋ 図埋沒。

## 十筆

**塌** ㄊㄚ (一)下陷,倒了。如「坍塌」「倒塌」。(二)由坍塌引伸作事業失敗。如「塌臺」。

**塌陷** ㄊㄚ ㄒㄧㄢˋ 陷下去了。

**塌實** ㄊㄚ ㄕ˙ 也作「踏實」。實字輕讀。①寧靜。如「這件事沒作好,我這幾天心裡很不塌實」。②切實認真。如「他做事都很蹋實」。

**塌臺** ㄊㄚ ㄊㄞˊ 事業失敗了。

**塌棵菜** ㄊㄚ ㄎㄜ ㄘㄞˋ 一種蔬菜。株短,葉大而皺折,近圓形,墨綠色,貼地生長,花淡黃。也叫太古菜。

**塔** ㄊㄚˇ 一種高而尖的建築物,本名浮圖、浮屠。建在佛寺裡,收藏佛骨,有許多層。

**塔臺** ㄊㄚˇ ㄊㄞˊ 飛機場裡引導飛機起飛降落的指揮臺。

**塘** ㄊㄤˊ (一)隄岸。(二)方形的池子。如「魚塘」。

**填** ㄊㄧㄢˊ ㈠補塞。如「把這個坑填平了」。㈡填寫的簡稱。如「只填姓名就行」。㈢文「填然」是指鼓聲。〈孟子〉書上有「填然鼓之」。

**填充** ㄊㄧㄢˊ ㄔㄨㄥ ①測驗方式之一。試題上故意空出來，要應考人把它寫滿。也叫填充法。②充實，把它的內部塞滿。

**填房** ㄊㄧㄢˊ ㄈㄤˊ 以前指正妻死後而續娶的繼室。

**填空** ㄊㄧㄢˊ ㄎㄨㄥˋ ①填補空位或懸缺。如「填空補缺」。②同填充。

**填報** ㄊㄧㄢˊ ㄅㄠˋ 在表格上填寫有關事實向該管機構報告。就是填寫報表。

**填然** ㄊㄧㄢˊ ㄖㄢˊ 文形容鼓聲盈耳。

**填補** ㄊㄧㄢˊ ㄅㄨˇ 補足空缺。

**填詞** ㄊㄧㄢˊ ㄘˊ 詞曲作者按照詞譜填入適當的字句，使整闋詞的音節諧和，叫作「填詞」。詞有規定的格式、字數和押韻，不可違背。

**填寫** ㄊㄧㄢˊ ㄒㄧㄝˇ 在印好的表格文契上，加入數目月日等文字，叫作填寫，或簡稱填。

**填鴨（子）** ㄊㄧㄢˊ ㄧㄚ ㄗ˙ 特別飼養鴨子的方法。用管子把食物塞入鴨的食管，不讓牠運動，使牠發育快，長得肥。比喻注入式的教法。

**填字遊戲** ㄊㄧㄢˊ ㄗˋ ㄧㄡˊ ㄒㄧˋ 也叫填字謎。就是在縱橫交疊的空格裡，分別依照直行、橫行的提示填入答案的遊戲。

**塗** ㄊㄨˊ ㈠刪改文字，把不要的抹了去，叫塗。如「塗改」。㈡把色彩、油漆抹在圖畫器物上面，把藥抹在傷口上。如「塗抹」。㈢文泥土。㈣文通「途」。㈤文見「塗炭」。

**塗乙** ㄊㄨˊ ㄧˇ 文刪改文字。刪去叫塗，勾添叫乙。

**塗地** ㄊㄨˊ ㄉㄧˋ 文像泥土散在地上。如「一敗塗地」「肝腦塗地」。

**塗改** ㄊㄨˊ ㄍㄞˇ 刪改文字，抹去不要的而加以修改。

**塗抹** ㄊㄨˊ ㄇㄛˇ ①隨意下筆。②用筆抹去。

**塗炭** ㄊㄨˊ ㄊㄢˋ 文爛泥和炭火。比喻極困苦的境地。如「生靈塗炭」。

**塗料** ㄊㄨˊ ㄌㄧㄠˋ 塗抹在器物上，用來保護、裝飾器物的一種材料。大都用油、水、假漆或膠液加顏料製成。

**塗鴉** ㄊㄨˊ ㄧㄚ 比喻書法的拙劣。

**塗脂抹粉** ㄊㄨˊ ㄓ ㄇㄛˇ ㄈㄣˇ ①婦女用脂粉化妝打扮。②比喻掩飾醜陋，美化形象。

**堽** ㄍㄤ 同「岡」。

**塏** 文ㄎㄞˇ 高燥的地。

**塊（块）** ㄎㄨㄞˋ ㈠結聚成團或呈固體的東西。如「土塊」「冰塊」。㈡固體物體的件數。如「一塊餅乾」「一塊肉」。㈢平面的一片。如「一塊地」「臉上有一塊癬」。㈣文古人說不平的怨氣會凝聚在心胸，成為一團。如「塊壘」。㈤文大地。如「大塊假我以文章」。

**塊根** ㄎㄨㄞˋ ㄍㄣ 植物的根部發達肥大而成塊狀的。如甘薯供食用的部分就是塊根。

**塊莖** ㄎㄨㄞˋ ㄐㄧㄥ 植物的地下莖肥大而成塊狀的。如馬鈴薯等。

**塊頭** ㄎㄨㄞˋ ㄊㄡˊ 人的身材的大小胖瘦。如「他的塊頭大，食量必然大」。

**塊壘** ㄎㄨㄞˋ ㄌㄟˇ 見「壘塊」條。

**塙** ㄑㄩㄝˋ 文堅固不搖動。

**塤（壎）** ㄒㄩㄣ 古代一種陶製樂器。又讀ㄒㄩㄢ。

# 塚

ㄓㄨㄥˇ 墳墓。同「冢」㈠，現代多作塚而不作冢。

# 塍（塖）

図ㄔㄥˊ 分隔稻田的界路。

# 塒

図ㄕˊ 古人鑿牆給雞棲息的洞叫塒。

# 塞

▲ㄙㄜˋ ㈠隔絕不通。如「阻塞」。㈡充滿。如「充塞」。㈢推託。如「搪塞」「敷衍塞責」。

▲ㄙㄞˋ ㈠邊疆跟它附近的地方，重要的地方。㈡図隔蔽。「四塞」是四方有藩衛的小國隔蔽，或國境四周都有要塞。

▲ㄙㄞ 是ㄙㄜˋ作動詞單用的語音。㈠填充空隙。如「肚子塞滿了」。㈡堵住瓶口的東西叫「瓶塞」，通常用軟木或塑膠製成。

▲ㄙㄟ 是ㄙㄞ㈠的變音。

**塞子** ㄙㄞ ˙ㄗ 塞住容器的口使內外隔絕的東西。如「瓶塞子」。

**塞牙** ㄙㄞ ㄧㄚˊ 食物塞進牙齒縫兒裡。塞也讀ㄙㄟ。

**塞外** ㄙㄞˋ ㄨㄞˋ 邊塞以外的地方。

**塞住** ㄙㄞ ㄓㄨˋ 堵住。塞也讀ㄙㄟ。

**塞車** ㄙㄞ ㄔㄜ 交通推擠，車行十分緩慢。

**塞門** ▲ㄙㄞˋ ㄇㄣˊ 通到塞外的城門。▲ㄙㄞ ㄇㄣˊ 龍頭，是管制氣體或液體流動的。▲ㄙㄜˋ ㄇㄣˊ 屏門，是遮隔內外的門。〈論語〉有「邦君樹塞門」。

**塞責** ㄙㄜˋ ㄗㄜˊ 図敷衍了事。

**塞滿** ㄙㄞ ㄇㄢˇ 填滿，擠滿。塞也讀ㄙㄟ。

**塞藥** ㄙㄞ ㄧㄠˋ 塞入肛門或陰道的藥。舊名坐劑、栓劑。

**塞狗洞** ㄙㄞ ㄍㄡˇ ㄉㄨㄥˋ 比喻把錢用在不當或無用的地方，或用以行賄。

**塞擦音** ㄙㄜˋ ㄘㄚ ㄧㄣ 聲韻學名詞。也叫塞擦聲。由塞音和擦音緊密結合而成的輔音。發音的時候，氣流從閉塞部位擠過縫隙摩擦而出。如國音的ㄗ、ㄘ、ㄓ、ㄔ、ㄐ、ㄑ等。

**塞爆音** ㄙㄜˋ ㄅㄠˋ ㄧㄣ 聲韻學名詞。也叫爆發音、破裂音。緊閉的氣流通路突然開啟所發出的輔音（即聲母）。如國音的ㄅ、ㄆ、ㄉ、ㄊ、ㄍ、ㄎ等。

**塞翁失馬** ㄙㄞˋ ㄨㄥ ㄕ ㄇㄚˇ 本是〈淮南子．人間〉篇所講的一個寓言，用來比喻禍福時常互轉，一時不能論定，現在的禍說不定就會變成將來的福。現在用的全句是：「塞翁失馬，焉知非福」。

# 塑

ㄙㄨˋ 用泥土做成人物的模樣。如「塑像」。

**塑性** ㄙㄨˋ ㄒㄧㄥˋ ①物體承受超過其應力限度的條件之下呈現連續且永久變形的性質。②材料能忍受上述塑性變形而不斷裂的耐度。

**塑造** ㄙㄨˋ ㄗㄠˋ ①以石膏、黏土或人造油土等材料塑成人或物的形象。②以文字描述或戲劇舞蹈表演等創造人物形象。

**塑像** ㄙㄨˋ ㄒㄧㄤˋ 用泥土、石膏等材料揑塑成人像。

**塑膠** ㄙㄨˋ ㄐㄧㄠ （plastic）泛指各種高分子有機化合物製造而成的固體原料，用途很廣，是現代工業發展的一大成就。

**塑鋼** ㄙㄨˋ ㄍㄤ 塑膠和鋼鐵的化合物。特性為堅硬，不生鏽。

# 塋

図ㄧㄥˊ 墓，葬地。

# 塢（隖）

ㄨˋ ㈠小城堡。〈後漢書〉說董卓建了一個「郿塢」，作藏身之所。㈡修造船隻用的長方形平底大池子。如「船塢」。

# 塭

ㄨㄣˋ 閩南及臺灣西南沿海把引海水養魚的池塘叫「魚塭」。

## 十一筆

**墁** ㄇㄢˋ 用甎鋪地叫「墁地」。地上鋪甎叫「墁磚」。做這些工作的工具叫墁（也寫作鏝），俗稱抹子、墁刀。

**墓** ㄇㄨˋ 埋葬死人的地方叫墓。

**墓木** ㄇㄨˋ ㄇㄨˋ 墓地所種的樹木。

**墓穴** ㄇㄨˋ ㄒㄩㄝˋ 埋棺材的坑穴。

**墓地** ㄇㄨˋ ㄉㄧˋ ①墓。②修墓的基址。

**墓祭** ㄇㄨˋ ㄐㄧˋ 到墓地去祭奠。

**墓葬** ㄇㄨˋ ㄗㄤˋ 將殮有屍體的棺槨埋入墓穴，然後堆土成墳，稱為墓葬。是對火葬、海葬、天葬等說的。

**墓道** ㄇㄨˋ ㄉㄠˋ 墓前的甬道。

**墓碑** ㄇㄨˋ ㄅㄟ 墓前的石碑，上面刻死者的姓名跟生卒年月。

**墓碣** ㄇㄨˋ ㄐㄧㄝˊ 泛稱墓碑；頂端方的叫碑，圓的叫碣。

**墓誌銘** ㄇㄨˋ ㄓˋ ㄇㄧㄥˊ 放在墓裡刻有死者生平事跡的石刻。也指這種石刻上的文字。

**墓木已拱** ㄇㄨˋ ㄇㄨˋ ㄧˇ ㄍㄨㄥˇ 図墓園的樹木已經長高了。慨歎故人逝世已久。

**墊** ㄉㄧㄢˋ ㈠襯托。如「墊高」「墊平」。㈡襯托用的東西。如「墊子」。㈢暫時代付款項。如「墊付」。

**墊子** ㄉㄧㄢˋ ˙ㄗ ①墊在坐臥的地方的東西。如「椅墊子」。②墊在螺旋釘的底部使它牢固。如「螺絲墊子」。

**墊付** ㄉㄧㄢˋ ㄈㄨˋ ①暫時代付款項。②簿記用語，支付的款項還不能確定在哪個科目的，叫墊付。

**墊沒** ㄉㄧㄢˋ ㄇㄛˋ 低下沈沒。

**墊底** ㄉㄧㄢˋ ㄉㄧˇ ①墊在底部。②名次排在最後。③比喻充當不起眼的襯托腳色或屈就沒有出頭機會的底層負重任務。如裝簍出售的蔬果中放在底層的部分，或疊羅漢表演中最底層的人。

**墊肩** ㄉㄧㄢˋ ㄐㄧㄢ 襯托在外套或上衣肩部內層的墊子，以使肩頭高挺。

**墊背** ㄉㄧㄢˋ ㄅㄟˋ 供人做犧牲品，頂罪。如「這次該你出差，你要我去，想叫我給你做墊背是不是」。

**墊圈** ㄉㄧㄢˋ ㄑㄩㄢ 英文 washer 的意譯。也叫座鐵、介子。用來套在螺絲釘和被連結的機件螺絲母口之間的扁圈。可以減少螺絲釘和機件的摩擦，加強連結固定力。有金屬製、橡皮製、皮革製、石綿紙製等多種。

**墊款** ㄉㄧㄢˋ ㄎㄨㄢˇ 墊付款項。

**墊補** ㄉㄧㄢˋ ㄅㄨˇ 補字輕讀。墊用。

**墊腳** ㄉㄧㄢˋ ㄐㄧㄠˇ 往高處取物或攀升的時候，踩在腳下使身體借力升高的東西。也指這種腳下踩物使身體升高的動作。

**墊褥** ㄉㄧㄢˋ ㄖㄨˋ 褥子，墊被。

**墊腳石** ㄉㄧㄢˋ ㄐㄧㄠˇ ㄕˊ 比喻被人利用借以向上攀升的人或事物。

**墊上運動** ㄉㄧㄢˋ ㄕㄤˋ ㄩㄣˋ ㄉㄨㄥˋ 體操運動項目之一，在墊子上做的翻滾、跳躍、疊羅漢等運動。

**塿** 図ㄌㄡˇ 小土堆叫做「培（ㄆㄡˇ）塿」。

**墈** ㄎㄢˋ 高險的土岸。

**墐** 図ㄐㄧㄣˋ ㈠用泥塗抹。〈詩經〉有「塞向墐戶」。㈡掩埋。〈詩經〉有「行有死人，尚或墐之」。㈢溝上道路。〈國語・齊語〉有「陸阜陵墐」。

又讀ㄐㄧㄣ。

**境** ㄐㄧㄥˋ ㈠疆界。如「國境」。㈡遭遇的情況。如「順境」「逆境」。㈢地方。如「佳境」。㈣程度，地步。如「學有進境」。

**境外** ㄐㄧㄥˋ ㄨㄞˋ 國境之外。

**境地** ㄐㄧㄥˋ ㄉㄧˋ ①事物達到的程度和表現出的狀況。如「他的技巧到了爐火純青的境地」。②生活或工作方面遭遇的情況。如「生活陷入貧寒無依的境地」。

**境況** ㄐㄧㄥˋ ㄎㄨㄤˋ 指所處的環境、情況。

**境界** ㄐㄧㄥˋ ㄐㄧㄝˋ ①土地的界限。②研求學問所到達的地步。

**境遇** ㄐㄧㄥˋ ㄩˋ 境況遭遇。

**墘** ㄑㄧㄢˊ 地名用字。指路邊。如「車路墘」在臺灣省臺南市南。

**塹** 〔文〕ㄑㄧㄢˋ ㈠繞城的河。如「高壘深塹」。㈡壕溝。如「古人以長江為天塹」。

**塹壕** ㄑㄧㄢˋ ㄏㄠˊ ①〔文〕護城河。②壕溝，坑道。戰術用語有「塹壕臼砲（就是迫擊砲）」等。

**塵（小土）** ㄔㄣˊ ㈠飄散在地面以上的細土。如「塵埃」。佛家、道家用「塵」代表現實的世界。如「塵凡」「塵世」。㈡通「陳」，是「呈上」的意思。如「留塵某某先生」。

**塵凡** ㄔㄣˊ ㄈㄢˊ 佛道所說的世間。

**塵土** ㄔㄣˊ ㄊㄨˇ 塵㈠。

**塵世** ㄔㄣˊ ㄕˋ 同「塵凡」。人間。

**塵事** ㄔㄣˊ ㄕˋ 〔文〕世俗的事。

**塵俗** ㄔㄣˊ ㄙㄨˊ 同「塵世」。

**塵垢** ㄔㄣˊ ㄍㄡˋ ①灰塵和汙垢。也引申為汙染。②〔文〕同「世俗」。道家的話。如「超脫塵垢」。

**塵封** ㄔㄣˊ ㄈㄥ 〔文〕被灰塵蓋滿。

**塵埃** ㄔㄣˊ ㄞ 飛揚的灰土。

**塵務** ㄔㄣˊ ㄨˋ 〔文〕塵事。

**塵緣** ㄔㄣˊ ㄩㄢˊ ①佛教認為色、聲、香、味、觸、法這六塵，是嗜欲的緣起，稱為塵緣。②塵世的因緣。

**塵寰** ㄔㄣˊ ㄏㄨㄢˊ 〔文〕同「塵世」。

**塵囂** ㄔㄣˊ ㄒㄧㄠ 汙穢喧鬧的地方。

**塵肺症** ㄔㄣˊ ㄈㄟˋ ㄓㄥˋ 因長久吸入汙染空氣、塵埃或微粒而引起的肺部病變。是一種職業病。

**塾** ㄕㄨˊ ㈠門旁的廳堂。㈡舊時請老師到家裡教子弟讀書的場所。如「家塾」。

**塾師** ㄕㄨˊ ㄕ 從前家塾的教師。

**墅** ㄕㄨˋ 有錢人在風景好的地方蓋的供休息遊玩的房子。如「別墅」。

**塽** ㄕㄨㄤˇ 高朗的地方。

**墉** 〔文〕ㄩㄥ 城牆，高牆。又讀ㄩㄥˊ。

## 十二筆

**墦** 〔文〕ㄈㄢˊ 墳墓。如「東郭之墦間」。

**墳** ㄈㄣˊ ㈠墓。如「上墳」。㈡〔文〕高起。如「墳起」。㈢泛指古書。見「墳典」。

**墳山** ㄈㄣˊ ㄕㄢ ①墳墓。②墳墓後的土圍。

**墳地** ㄈㄣˊ ㄉㄧˋ 埋葬死人的地方。

**墳典** ㄈㄣˊ ㄉㄧㄢˇ 〔文〕指難得的古書，又泛指書籍。〈南史〉有「居貧屋漏，恐濕墳典」（「三墳」「五典」都是指古書，據說三墳是伏羲、神農、黃帝的書，五典是少昊、顓頊、高辛、唐、虞的書）。

**墳起** ㄈㄣˊ ㄑㄧˇ 図高起，凸起。

**墳墓** ㄈㄣˊ ㄇㄨˋ 埋葬死人的穴和上面的墳頭。

**墳頭（兒）** ㄈㄣˊ ㄊㄡˊ（ㄦ） 墳墓隆起的部分。

## 墮（墯）

▲ㄉㄨㄛˋ ㈠下降。如「墮落」。㈡使它下來。如「墮胎」。▲図ㄏㄨㄟ 毀壞。俗作「隳」。

**墮胎** ㄉㄨㄛˋ ㄊㄞ 用藥物或人工的方法，使胎兒不到產期就生產下來。俗稱「打胎」。

**墮落** ㄉㄨㄛˋ ㄌㄨㄛˋ ①人的品格下降，變成下流。②衰落，零落。

## 墩

ㄉㄨㄣ 土堆。

**墩子** ㄉㄨㄣ ˙ㄗ 廚房用具，用一截木頭做切菜切肉的墊板。

## 墝

ㄑㄧㄠ 同「磽」，生產力薄弱的土地。

## 墟

ㄒㄩ ㈠大土堆。㈡図村子。如「墟落」。㈢已經廢棄的城村。如「殷墟」。㈣農村定期的臨時市集，南方叫「趁墟」，北方叫「趕集」「廟會」。㈤図毀滅。如「墟宗廟之國」。

**墟市** ㄒㄩ ㄕˋ 墟㈣。

**墟落** ㄒㄩ ㄌㄨㄛˋ 図村落。

**墟墓** ㄒㄩ ㄇㄨˋ 公共墓地。

## 墜

ㄓㄨㄟˋ ㈠落下來。如「下墜」。㈡向下沈。如「肚子發墜」。

**墜子** ㄓㄨㄟˋ ˙ㄗ ①耳環。②拴在器物上的小配件兒。如「扇墜子」。③地方戲曲之一，叫河南墜子。表演的人說唱故事，另一個人手軋二弦，腳踏小鼓相應和。

**墜地** ㄓㄨㄟˋ ㄉㄧˋ ①跌落在地上。②図比喻衰落。

**墜毀** ㄓㄨㄟˋ ㄏㄨㄟˇ 物體因墜落撞擊而損毀。如「飛機墜毀」。

**墜落** ㄓㄨㄟˋ ㄌㄨㄛˋ ①物體由高處往下掉落。如「失足墜落山谷」。

**墜體** ㄓㄨㄟˋ ㄊㄧˇ 由空中向地面直墜的物體。

## 墀

図ㄔˊ 階上的平地。如「丹墀」。

## 墡

ㄕㄢˋ 白埴土，可以跟油和在一起，塗飾門牆。俗稱白墡。

## 增

ㄗㄥ 加多。如「人口日增」。

**增刊** ㄗㄥ ㄎㄢ 新聞紙、雜誌等遇到特別紀念，增加材料，多出頁數，叫做增刊。

**增加** ㄗㄥ ㄐㄧㄚ 加，添。

**增光** ㄗㄥ ㄍㄨㄤ 增加光榮。

**增長** ㄗㄥ ㄓㄤˇ 增加跟長進。

**增訂** ㄗㄥ ㄉㄧㄥˋ 增補訂正。詞典等書籍經過增補修訂再版的，稱為增訂版。

**增值** ㄗㄥ ㄓˊ 增加價值。

**增益** ㄗㄥ ㄧˋ 図添，加。

**增高** ㄗㄥ ㄍㄠ 增加高度；特指增加身高。

**增強** ㄗㄥ ㄑㄧㄤˊ 增進，加強。如「增強國防」。

**增添** ㄗㄥ ㄊㄧㄢ 加添。

**增援** ㄗㄥ ㄩㄢˊ 增加人力、物力的支援。多用於軍事或救災方面。

**增殖** ㄗㄥ ㄓˊ ①図繁殖使其增多。②細胞分裂。

**增減** ㄗㄥ ㄐㄧㄢˇ 增加或減少。

**增補**（ㄗㄥ ㄅㄨˇ） 增加添補。

**增進**（ㄗㄥ ㄐㄧㄣˋ） 增加並促進。如「增進健康」。

**增廣**（ㄗㄥ ㄍㄨㄤˇ） 擴大。如「增廣見聞」。

## 十三筆

**壁** ▲ㄅㄧˋ ㈠牆。如「銅牆鐵壁」。㈡図軍隊駐守的營壘。如「壁壘森嚴」。㈢図山崖。如「峭壁」。▲ㄅㄧˇ 隔壁兒，說ㄐㄧㄝˋ ㄅㄧˇㄦ。

**壁立**（ㄅㄧˋ ㄌㄧˋ） （山崖等）像牆壁一樣陡立。

**壁虎**（ㄅㄧˋ ㄏㄨˇ） 爬蟲，能貼在牆壁上自由爬行。又名守宮。

**壁紙**（ㄅㄧˋ ㄓˇ） 貼在室內牆壁上作裝飾用的紙。

**壁宿**（ㄅㄧˋ ㄒㄧㄡˋ） 星宿名。二十八宿之一，玄武七宿的末宿，有二星。

**壁報**（ㄅㄧˋ ㄅㄠˋ） 貼在牆上給大家看的臨時報紙，多數用筆寫或油印。

**壁毯**（ㄅㄧˋ ㄊㄢˇ） 掛在壁上裝飾用的毛織掛毯，也稱掛毯。

**壁畫**（ㄅㄧˋ ㄏㄨㄚˋ） 畫在牆壁上的畫。

**壁燈**（ㄅㄧˋ ㄉㄥ） 安裝在牆上的燈。

**壁壘**（ㄅㄧˋ ㄌㄟˇ） 軍營。也常引伸作「陣營」的意思。

**壁櫥**（ㄅㄧˋ ㄔㄨˊ） 嵌入牆裡的櫥櫃。

**壁爐**（ㄅㄧˋ ㄌㄨˊ） 嵌在牆壁中的爐子。可作裝飾或生火取暖。多見於歐美住宅。

**壁上觀**（ㄅㄧˋ ㄕㄤˋ ㄍㄨㄢ） 坐觀成敗，不幫助任何一方。

**壁壘森嚴**（ㄅㄧˋ ㄌㄟˇ ㄙㄣ ㄧㄢˊ） ①形容軍營戒備嚴密，或防禦工事堅固，不可侵犯的樣子。②同「壁壘分明」。比喻雙方的對立或界限清楚。

**壇** ㄊㄢˊ ㈠舊時盟會、祭祀、講學所用的土石臺。如「天壇」「道壇」「講壇」。㈡用土堆起的小臺。如「花壇兒」。㈢代表一種工作或流別，有的可以通「界」。如「文壇」「籃壇」（如果後面加上「人士」，可以變成「文化界」「籃球界」人士）。

**墾（垦）** ㄎㄣˇ 耕種時候翻起泥土。因此也作耕種的意思。如「墾地」「開墾」。

**墾地**（ㄎㄣˇ ㄉㄧˋ） 開墾土地。

**墾荒**（ㄎㄣˇ ㄏㄨㄤ） 開闢荒地，用來種植。

**墾殖**（ㄎㄣˇ ㄓˊ） 開墾土地，生產糧食。

**墻** ㄑㄧㄤˊ 同「牆」。

**墺** ㄠˋ 水涯。

**壅（⿰土雍）** ㄩㄥˇ ㈠蔽塞，堵住。如「壅塞不通」。㈡把土或肥料培在植物的根部叫壅。又讀ㄩㄥ。

**壅塞**（ㄩㄥ ㄙㄜˋ） 阻塞淤滯不通。

**壅蔽**（ㄩㄥ ㄅㄧˋ） 図阻塞，遮蔽。如「明君不為群小壅蔽」。

## 十四筆

**壔** ㄉㄠˇ ㈠図高土。㈡幾何學把各種截柱體叫「壔」，截圓柱體叫「圓壔」，多邊柱體叫「角壔」。

**壕** ㄏㄠˊ 城下的水溝。

**壕溝**（ㄏㄠˊ ㄍㄡ） 在戰場上挖掘一人深的溝，給軍隊用來交通跟躲避槍彈。

**壑** ㄏㄨㄛˋ 低窪的地方或山坳的溝地。如「溝壑」「千山萬壑」。

**壎** ㄒㄩㄣ 古代吹奏的樂器，用土做成坯子再燒的。又讀ㄒㄩㄢ。

**壓（压）** ㄧㄚ ㈠從上面往下加力。如「壓平」「壓榨」。㈡把事情擱住。如「積壓」「把他的事情積壓下去」。㈢憑著威權禁阻或驅策別人。如「鎮壓」「壓迫」。㈣平抑。如「壓不住怒火中燒」「喝口水壓壓咳嗽」「置酒壓驚」。㈤靠近。如「大軍壓境」「太陽壓住山邊兒」。㈥寫字時用食指緊靠筆管叫壓。

**壓力** ㄧㄚ ㄌㄧˋ ①兩力的作用，彼此相向時叫做壓力。②迫人的威勢。如「誰怕你動壓力」。

**壓平** ㄧㄚ ㄆㄧㄥˊ 以重物由上向下加壓力，使物體表面平整。如「路面鋪好柏油，再由軋路機壓平」。

**壓抑** ㄧㄚ ㄧˋ 壓低，抑制，防止高起或發作。如「壓抑悲懷」。

**壓制** ㄧㄚ ㄓˋ 用強力壓服人家。

**壓卷** ㄧㄚ ㄐㄩㄢˋ 文稱冠於眾人的好詩文。如「壓卷之作」。

**壓枝** ㄧㄚ ㄓ ①「同壓條」。參看壓條法。②果實纍纍，把樹枝壓低。

**壓服** ㄧㄚ ㄈㄨˊ 也作「壓伏」。壓制使人屈服。

**壓迫** ㄧㄚ ㄆㄛˋ 壓制逼迫。

**壓倒** ㄧㄚ ㄉㄠˇ ①抵不住壓力而倒。②超越別人，勝過一切。如「壓倒群雄」。

**壓隊** ㄧㄚ ㄉㄨㄟˋ 走在隊伍後面，加以監督。

**壓榨** ㄧㄚ ㄓㄚˋ 加壓力來榨取。

**壓線** ㄧㄚ ㄒㄧㄢˋ ①文比喻為人忙碌。唐朝秦韜玉〈貧女〉詩有「苦恨年年壓金線，為他人作嫁衣裳」。②體育球賽用語，是說正好壓在場地的線上。

**壓境** ㄧㄚ ㄐㄧㄥˋ 敵軍已經迫近。

**壓縮** ㄧㄚ ㄙㄨㄛ 加上壓力，使體積或範圍縮小。

**壓韻** ㄧㄚ ㄩㄣˋ 作詩時每聯句末韻腳相同。也作押韻。

**壓寶** ㄧㄚ ㄅㄠˇ 憑靈感猜測若干機會當中的一個，猜中的得獎。西洋的輪盤賭是其中的一種。

**壓驚** ㄧㄚ ㄐㄧㄥ 設酒席宴客，解除他所受的驚駭。

**壓力鍋** ㄧㄚ ㄌㄧˋ ㄍㄨㄛ 不使蒸氣外泄，加熱後容易使食物熟爛的一種密封性能極好的燜鍋。

**壓克力** ㄧㄚ ㄎㄜˋ ㄌㄧˋ （acrylic）化學名詞，由丙烯酸和甲基丙烯酸或其衍生物聚成。透明、耐磨、能抗水、抗酸，不導電。可作黏劑、塗料，製造氈子、假牙、不碎玻璃等，用途廣泛。

**壓冑兒** ㄧㄚ ㄓㄡˋ ㄦ 舊時稱武戲為「冑子」，演出時多排在最後，所以稱倒數第二齣戲為「壓冑兒」，最後一齣為「大冑」。後來泛指最後一齣而且最好的戲為「壓冑」，也作「壓軸」。

**壓條法** ㄧㄚ ㄊㄧㄠˊ ㄈㄚˇ 園藝學上指一種繁殖方法。將植物的枝彎曲接近地面，部分埋入地下，等生根以後與母株分開，成為新株。

**壓根兒** ㄧㄚ ㄍㄣ ㄦ 本來、原來、根本的意思，表持續性的過去時間。如「壓根兒他就沒管」（北平口語也說ㄧㄚˋ ㄍㄜ ㄦ）。

**壓馬路** ㄧㄚ ㄇㄚˇ ㄌㄨˋ 俗稱逛街或閒逛馬路。壓也作「軋」。

**壓歲錢** ㄧㄚ ㄙㄨㄟˋ ㄑㄧㄢˊ 舊曆除夕長輩給小孩兒的錢。

**壓路機** ㄧㄚ ㄌㄨˋ ㄐㄧ 以大滾輪壓實路面或場地的機器。常用來鋪設柏油路。也作「軋道機」。

**壓縮性** ㄧㄚ ㄙㄨㄛ ㄒㄧㄥˋ 物質受了壓力而體積減縮的性質。其中氣體的壓縮性極大。

**壓縮機** ㄧㄚ ㄙㄨㄛ ㄐㄧ 可以把氣體壓縮，使氣壓升高，再輸入容器或其他設備中的一種機器。廣泛用於化學工業，是電冰箱的重要設備。

**壓力團體** ㄧㄚ ㄌㄧˋ ㄊㄨㄢˊ ㄊㄧˇ 以遊說或加壓力的辦法，使別的團體改變政策，這種團體稱為壓力團體。

**壓肩疊背** ㄧㄚ ㄐㄧㄢ ㄉㄧㄝˊ ㄅㄟˋ 形容人群密集。如「廣場上壓肩疊背的，到處都是人」。

**壓寨夫人** ㄧㄚ ㄓㄞˋ ㄈㄨ ㄖㄣˊ 稱強盜首領的妻子，小說戲曲裡常見到。

**壓縮空氣** ㄧㄚ ㄙㄨㄛ ㄎㄨㄥ ㄑㄧˋ 用氣泵壓進容器的空氣。其壓力高於大氣壓。可用來開動機具。

## 十五筆

**壘** ▲ㄌㄟˇ (一)軍營的牆。如「深溝高壘」。(二)砌牆或堆疊塊狀物都叫壘。如「壘一段牆」。▲ㄌㄩˋ 鬱壘。「神荼（ㄕㄨ）、鬱壘（ㄌㄩˋ）」，是古人所說的兩個「門神」的名字。

**壘手** ㄌㄟˇ ㄕㄡˇ 棒球或壘球比賽中的三個壘包上的守備員。

**壘包** ㄌㄟˇ ㄅㄠ 棒球或壘球比賽場中，固定在一壘、二壘、三壘的標識物。

**壘球** ㄌㄟˇ ㄑㄧㄡˊ 類似棒球的一種球類運動。

**壘塊** ㄌㄟˇ ㄎㄨㄞˋ 図心中鬱積不平之氣。〈世說新語〉說「阮籍胸中壘塊，故須以酒澆之」。

**壘審** ㄌㄟˇ ㄕㄣˇ 棒球或壘球比賽中的三個壘包的裁判員。在本壘板後面的稱為主審。

**壘線** ㄌㄟˇ ㄒㄧㄢˋ 棒球或壘球比賽場中，從本壘板後緣經過一壘或三壘外緣延伸到全壘打牆的直線。

**壙** ㄎㄨㄤˋ (一)墓穴叫壙。(二)同「曠」。

## 十六筆

**壜（罈、罎）** ㄊㄢˊ 口小肚大用來盛酒的瓦器。

**壜子** ㄊㄢˊ ㄗ˙ 壜。

**壢** ㄌㄧˋ (一)地名。「中壢」在臺灣省桃園縣境。(二)図坑。

**壚** ㄌㄨˊ (一)黑色的泥土叫壚。(二)同「鑪」「爐」。

**壟（壠）** ㄌㄨㄥˇ (一)墳墓。(二)田中高地。如「麥壟」。(三)從田中壁立的高地的意思，引伸為隔絕別人，獨占利益。如「壟斷」。

**壟斷** ㄌㄨㄥˇ ㄉㄨㄢˋ ①図高峻陡峭的田岡。②操縱市場，把持權柄而獨佔利益。

**壞** ㄏㄨㄞˋ (一)破損。如「他把門撞壞了」。(二)惡劣，不好。如「這個人壞透了」。(三)陰險，狡猾。如「壞心眼兒」。(四)腐朽。如「菜要不吃完，擱到明天就都壞了」。(五)加以損毀。如「敗壞」。(六)吃了不潔的東西使胃腸生病。如「吃壞了肚子」。(七)加強語氣的表示。如「氣壞了」「累壞了」。

**壞人** ㄏㄨㄞˋ ㄖㄣˊ 兇惡的人，品行不好的人。

**壞死** ㄏㄨㄞˋ ㄙˇ ①生物體的部分器官組織或細胞受破壞而死亡，原有功能喪失。②罵一個人很壞，說「壞死了」。

**壞事** ㄏㄨㄞˋ ㄕˋ ①不好的事。②把事情搞壞，弄砸。同「敗事」。

**壞帳** ㄏㄨㄞˋ ㄓㄤˋ 也作「呆帳」「歹帳」。收不回來的應收帳款。

**壞球** ㄏㄨㄞˋ ㄑㄧㄡˊ 棒球或壘球比賽，投手對打擊手投出的球沒有進入本壘板上的好球帶裡，叫壞球。對好球而言。

**壞處** ㄏㄨㄞˋ ㄔㄨˋ 缺點。

**壞蛋** ㄏㄨㄞˋ ㄉㄢˋ 罵人的話。指稱不好的人。

**壞話** ㄏㄨㄞˋ ㄏㄨㄚˋ 傷害別人或批評別人不是的話。如「不可背後說人壞話」。

**壞血病** ㄏㄨㄞˋ ㄒㄩㄝˋ ㄅㄧㄥˋ 病名，指身體衰弱，容易出血的病。

**壞良心** ㄏㄨㄞˋ ㄌㄧㄤˊ ㄒㄧㄣ 心地不良。

**壞坯子** ㄏㄨㄞˋ ㄆㄟ ㄗˇ 囡壞人，壞蛋。

**壞東西** ㄏㄨㄞˋ ㄉㄨㄥ ㄒㄧ 西字輕讀。不好的人。如「像他這種壞東西，你何必理他」。

**壞著兒** ㄏㄨㄞˋ ㄓㄠ ㄦ 陰謀詭計，壞主意。

**壞心眼兒** ㄏㄨㄞˋ ㄒㄧㄣ ㄧㄢˇ ㄦ 壞心腸；心地壞；存心不良。

## 十七筆

**壤** ㄖㄤˇ ㈠大地。如「天壤之別」「相去不啻霄壤」。㈡鬆軟不呈塊狀的泥土。如「土壤」。㈢囡由土地引伸作「國土」「國境」。如「兩國接壤」。

**壤土** ㄖㄤˇ ㄊㄨˇ 黑褐色沒有粗礫的土壤，由黏土、細砂、雲母跟氫氧化鐵等合成，是種植各種植物最好的土質。

## 二十一筆

**壩** ㄅㄚˋ 擋水的高岸。如「水壩」「大壩」。

# 士部

**士** ㄕˋ ㈠古時的一種官職；對有官職的人也常統稱為「士」。㈡已往把有學識的人或研究學問的人叫「士」。㈢古時把男人叫「士」，和「女」相對。㈣囡軍人。如「士卒」「士飽馬騰」。㈤軍職的階級，在尉級以下。㈥對人的好稱呼。如「鬥士」「戰士」「烈士」「女士」「各界人士」。㈦很多職業或工作加上「士」字，表示職位或工作名稱。如「醫士」「護士」「技士」「助產士」。

**士人** ㄕˋ ㄖㄣˊ 舊時泛稱讀書人和知識分子。

**士女** ㄕˋ ㄋㄩˇ ①青年男女，或指未婚的男女。②同「仕女」，以婦女為題材的國畫。

**士兵** ㄕˋ ㄅㄧㄥ 兵，沒有官階的軍人。

**士卒** ㄕˋ ㄗㄨˊ 兵士。

**士官** ㄕˋ ㄍㄨㄢ ①軍隊中介於尉官和兵之間的位階。包括士官長、上士、中士、下士等。②日本軍隊尉官的統稱。

**士林** ㄕˋ ㄌㄧㄣˊ 囡泛指學界，教育文化界。

**士氣** ㄕˋ ㄑㄧˋ ①指軍人勇於作戰的精神氣勢。如「士氣高昂」。②囡指社會上知識分子的氣勢。如「士氣之盛莫過於東漢、晚明」。

**士紳** ㄕˋ ㄕㄣ 即紳士（地方上有名望的人）。

**士大夫** ㄕˋ ㄉㄚˋ ㄈㄨ ①舊時指有官職的人。②士族或文人的泛稱。

**士敏土** ㄕˋ ㄇㄧㄣˇ ㄊㄨˇ 就是建築材料水泥；是cement的譯音，或譯稱「水門汀」。

**士飽馬騰** ㄕˋ ㄅㄠˇ ㄇㄚˇ ㄊㄥˊ 比喻軍糧充足，裝備齊全，士氣旺盛。

## 一筆

**壬** ㄖㄣˊ ㈠天干的第九個。㈡排列次序用的字，表示第九。㈢囡奸佞。如「壬人」。㈣與「任（ㄖㄣˋ）」通，當「負擔」講。

## 四筆

**壯(壮)** ㄓㄨㄤˋ ㈠強健，有力。如「壯漢」「雄壯」。㈡肥大，粗大。如「這頭牛長得壯」「大拇指比小拇指壯」。㈢氣盛，力量大。如「理直氣壯」。㈣偉大。如「壯觀」「壯志凌雲」。㈤增加勇氣或力量。如「壯膽子」「以壯聲勢」。㈥見「壯年」。

**壯丁** ㄓㄨㄤˋ ㄉㄧㄥ ①壯年的男子。②到達兵役年齡的男子。

**壯士** ㄓㄨㄤˋ ㄕˋ 意氣勇壯的人。

**壯大** ㄓㄨㄤˋ ㄉㄚˋ 雄偉的樣子。如「軍容壯大」。

**壯心** ㄓㄨㄤˋ ㄒㄧㄣ 即「壯志」。豪壯的志願。

**壯年** ㄓㄨㄤˋ ㄋㄧㄢˊ 人到了三四十歲的時期。

**壯志** ㄓㄨㄤˋ ㄓˋ 偉大的志願。

**壯美** ㄓㄨㄤˋ ㄇㄟˇ 雄壯優美。

**壯氣** ㄓㄨㄤˋ ㄑㄧˋ 振奮精神。

**壯烈** ㄓㄨㄤˋ ㄌㄧㄝˋ 豪壯慷慨，轟轟烈烈。如「壯烈成仁」。

**壯健** ㄓㄨㄤˋ ㄐㄧㄢˋ 強壯，健壯。

**壯族** ㄓㄨㄤˋ ㄗㄨˊ 我國少數民族之一，舊稱僮族，分布在廣西、雲南地區。

**壯盛** ㄓㄨㄤˋ ㄕㄥˋ ①身體健壯，力氣旺盛。②氣勢強盛壯大。

**壯猷** ㄓㄨㄤˋ ㄧㄡˊ 〔文〕偉大的功績。

**壯遊** ㄓㄨㄤˋ ㄧㄡˊ 〔文〕①形容旅程的長久。②抱著壯志去遠遊。

**壯圖** ㄓㄨㄤˋ ㄊㄨˊ 〔文〕偉大的計畫、志願。

**壯漢** ㄓㄨㄤˋ ㄏㄢˋ 強健有力的男子。

**壯碩** ㄓㄨㄤˋ ㄕㄨㄛˋ 健壯魁偉。

**壯膽** ㄓㄨㄤˋ ㄉㄢˇ 增加勇氣。

**壯舉** ㄓㄨㄤˋ ㄐㄩˇ 偉大的舉動，壯烈的行為。

**壯闊** ㄓㄨㄤˋ ㄎㄨㄛˋ ①雄壯廣闊。如「波瀾壯闊」。②宏大，宏偉。

**壯懷** ㄓㄨㄤˋ ㄏㄨㄞˊ 〔文〕豪壯的胸懷。如「胸中蘊藏以身許國的壯懷」。

**壯麗** ㄓㄨㄤˋ ㄌㄧˋ 雄壯而美麗。

**壯觀** ㄓㄨㄤˋ ㄍㄨㄢ 雄偉的景象。

**壯年期** ㄓㄨㄤˋ ㄋㄧㄢˊ ㄑㄧˊ 年富力強的年紀。指三四十歲前後的時期。

**壯士斷腕** ㄓㄨㄤˋ ㄕˋ ㄉㄨㄢˋ ㄨㄢˋ 原謂壯士手腕被毒蛇咬傷後立即截斷，以免毒性擴散全身。比喻處理危機或處置心腹禍患要當機立斷，不可遲疑或姑息，免得害到整體或大局。

**壯志未酬** ㄓㄨㄤˋ ㄓˋ ㄨㄟˋ ㄔㄡˊ 遠大的志願還沒實現。常用做哀悼英年早逝的話。

**壯志凌雲** ㄓㄨㄤˋ ㄓˋ ㄌㄧㄥˊ ㄩㄣˊ 比喻人的志向極為遠大。凌雲，直上雲霄。凌雲也作凌霄。

## 九筆

**壺** ㄏㄨˊ ㈠盛液體的用具。如「水壺」「茶壺」。㈡古代一種遊戲「投壺」的「壺」，像一個長頸瓶的樣子；把箭投進壺口裡算是得勝。

**壺漿** ㄏㄨˊ ㄐㄧㄤ 〔文〕用壺裝的酒或茶水。

**壺盧** ㄏㄨˊ ㄌㄨˊ 同「葫蘆」。

**壺觴** ㄏㄨˊ ㄕㄤ 〔文〕酒器。觴，泛稱酒杯。

**壺中天** ㄏㄨˊ ㄓㄨㄥ ㄊㄧㄢ 比喻仙境，勝地。傳說東漢費長房，隨賣藥翁跳入懸掛在街頭的壺中，裡面竟是玉堂華屋，別有勝境。

**壺中物** ㄏㄨˊ ㄓㄨㄥ ㄨˋ [文]指酒。

**壹** ㄧ 「一」字的大寫。

## 十筆

**壸** ㄎㄨㄣˇ ㈠[文]皇宮裡的道路。㈡指皇宮裡的事務。如「壸政」。㈢與「閫」字通，指婦女住的房子。如「閫壸」。又指婦女的品德。如「壸範」。

## 十一筆

**壽（壽、寿）** ㄕㄡˋ ㈠大歲數。如「福壽」。㈡年歲（常是說老年人的歲數）。如「您老高壽」。㈢生日。如「祝壽」「壽辰」。㈣[文]古時候用金帛贈人叫「壽」；對人敬酒祝福也叫「壽」。如「奉巨觥為壽」。㈤稱喪葬為死人用的東西，多加上「壽」字。如「壽衣」「壽材（棺材）」。㈥姓。

**壽夭** ㄕㄡˋ ㄧㄠˇ [文]長壽和短命。即壽命長短。

**壽世** ㄕㄡˋ ㄕˋ [文]延長世人的壽命，多用做祝頌醫生的辭。

**壽穴** ㄕㄡˋ ㄒㄩㄝˋ 生前預先做好的墓。

**壽考** ㄕㄡˋ ㄎㄠˇ 年高，年歲大。

**壽序** ㄕㄡˋ ㄒㄩˋ 祝壽的文詞，也叫「壽文」。

**壽辰** ㄕㄡˋ ㄔㄣˊ 生日。

**壽材** ㄕㄡˋ ㄘㄞˊ 為老年人預置的棺材。也叫「壽器」「壽板」。

**壽命** ㄕㄡˋ ㄇㄧㄥˋ 生命。

**壽屏** ㄕㄡˋ ㄆㄧㄥˊ 用壽序寫成的屏條。

**壽星** ㄕㄡˋ ㄒㄧㄥ 南極老人星之俗稱；畫成頭部聳長之老人像，表示長壽的象徵，也稱壽星老兒。語音說ㄕㄡˋ ㄒㄧㄥ。

**壽眉** ㄕㄡˋ ㄇㄟˊ 老人特別長的眉毛。舊說眉毛長的人長壽。

**壽桃** ㄕㄡˋ ㄊㄠˊ 祝壽所用的鮮桃或麵粉製的桃形饅頭。

**壽堂** ㄕㄡˋ ㄊㄤˊ 供人行禮祝壽的廳堂。

**壽終** ㄕㄡˋ ㄓㄨㄥ [文]人享盡了天年而死，叫「壽終」。

**壽斑** ㄕㄡˋ ㄅㄢ 俗稱「老人斑」。出現於老人皮膚上的黑色斑塊。多見於面部和上肢。

**壽誕** ㄕㄡˋ ㄉㄢˋ 生日。

**壽數** ㄕㄡˋ ㄕㄨˋ 數字輕讀。人應得的年命叫壽數。如「人的壽數，也不過百年」。

**壽險** ㄕㄡˋ ㄒㄧㄢˇ 人壽保險的簡稱。

**壽頭** ㄕㄡˋ ㄊㄡˊ [方]指昧於世故，容易受人愚弄欺騙的人。

**壽禮** ㄕㄡˋ ㄌㄧˇ 祝壽的禮節或禮品。

**壽麵** ㄕㄡˋ ㄇㄧㄢˋ 為祝壽而吃的麵條。

**壽衣（兒）** ㄕㄡˋ ㄧ（ㄦ） 死人入殮時所穿的衣服。

**壽山福海** ㄕㄡˋ ㄕㄢ ㄈㄨˊ ㄏㄞˇ 吉祥話。「壽比南山，福如東海」的節縮語。

**壽比南山** ㄕㄡˋ ㄅㄧˇ ㄋㄢˊ ㄕㄢ 壽命跟南山一樣地長久；是祝壽的話。

**壽終正寢** ㄕㄡˋ ㄓㄨㄥ ㄓㄥˋ ㄑㄧㄣˇ 享盡天年，在家裡安然過世。正寢：舊式住宅的正屋。若是女性過世，則稱「壽終內寢」。內寢：內屋、內房。

## 十二筆

**壿** ㄗㄨㄣ 同「樽」。

# 夊部

## 七筆

**夏** ▲ㄒㄧㄚˋ ㈠一年裡最熱的一季叫夏季，也通稱夏，按陽曆的月份是五、六、七三個月。㈡古時候把中國叫「夏」。㈢我國古時的朝代名。夏朝是禹接受虞舜的禪讓而建立的，傳十七主，四百四十年（西元前 2205 到前 1786 年）。㈣國名：①禹始封之地，在今河南省禹縣。②晉時匈奴赫連勃勃據統萬城自立，國號夏，又稱大夏，為十六國之一。③宋初趙元昊據興慶自立，國號夏，史稱西夏。㈤[文]大的。如「夏屋」。㈥姓。又「夏侯」是複姓。
▲ㄐㄧㄚˇ 通「檟」㈠，看「夏楚」條。

**夏天** ㄒㄧㄚˋ ㄊㄧㄢ 夏季期間。北平口語也說「夏季天兒」。

**夏月** ㄒㄧㄚˋ ㄩㄝˋ [文]夏天。

**夏令** ㄒㄧㄚˋ ㄌㄧㄥˋ 夏季。

**夏布** ㄒㄧㄚˋ ㄅㄨˋ 是細麻纖維織成的布，可做夏季的衣料，所以叫做「夏布」。以湖南瀏陽和江西萬載出產的最著名。

**夏正** ㄒㄧㄚˋ ㄓㄥ [文]陰曆（也稱夏曆）正月的別名。

**夏至** ㄒㄧㄚˋ ㄓˋ 節氣名，在陽曆六月二十一或二十二日。這天北半球的白晝最長，南半球的白晝最短。

**夏衣** ㄒㄧㄚˋ ㄧ 夏季衣服。也叫夏服。

**夏季** ㄒㄧㄚˋ ㄐㄧˋ ①夏㈠。②指立夏到立秋的一段時間。

**夏娃** ㄒㄧㄚˋ ㄨㄚ [外]Eve 音譯。原義是「生命」。猶太神話裡的人類始祖亞當（Adam）的妻子。上帝用泥土揑成亞當，再用亞當肋骨造成夏娃。兩人共居伊甸樂園，因受蛇誘惑，偷食上帝智慧果而被驅逐到人間。

**夏禹** ㄒㄧㄚˋ ㄩˇ 夏代開國的君主。顓頊之孫。姓姒氏，號禹。因平治洪水有功，受虞舜禪讓為天子，以初封之地夏為國號，史稱夏禹，又稱夏后氏。

**夏眠** ㄒㄧㄚˋ ㄇㄧㄢˊ 熱帶地方的昆蟲、蛇、壁虎、鱷魚等，每到夏季，多潛伏地下或泥中，不動不食，藉以避酷暑，叫做夏眠。

**夏耘** ㄒㄧㄚˋ ㄩㄣˊ [文]夏日鋤田除草。

**夏楚** ㄐㄧㄚˇ ㄔㄨˇ [文]同「檟楚」，古時學校裡對學生施行體罰的器具。

**夏裝** ㄒㄧㄚˋ ㄓㄨㄤ 夏季穿的服裝。

**夏曆** ㄒㄧㄚˋ ㄌㄧˋ 就是現今使用的陰曆，因為是夏朝用過的，所以叫「夏曆」。

**夏令營** ㄒㄧㄚˋ ㄌㄧㄥˋ ㄧㄥˊ 為提供兒童、青少年或團體成員利用暑假從事休閒育樂活動而開設的一種兼具教育和康樂性質的營地。多設在林中或海邊。

**夏枯草** ㄒㄧㄚˋ ㄎㄨ ㄘㄠˇ 多年生草本植物。莖方形，高一兩尺。葉對生，橢圓形，邊緣有淺鋸齒。莖葉都有毛茸。花生莖頂，穗狀花序，色淡紫或白，可為利尿劑。夏至後枯萎，因此得名。

**夏日可畏** ㄒㄧㄚˋ ㄖˋ ㄎㄜˇ ㄨㄟˋ 比喻為人嚴峻，像炎熱的夏陽令人難以親近。

**夏令時間** ㄒㄧㄚˋ ㄌㄧㄥˋ ㄕˊ ㄐㄧㄢ 又叫日光節約時間。夏季白晝長，為充分利用白晝時間，從初夏到秋季，時鐘較標準時間撥快一小時，稱為夏令時間。

**夏葛冬裘** ㄒㄧㄚˋ ㄍㄜˊ ㄉㄨㄥ ㄑㄧㄡˊ 夏天穿葛布衣，冬天穿皮裘。比喻順乎自然又合乎時宜的事。

**夏蟲語冰** ㄒㄧㄚˋ ㄔㄨㄥˊ ㄩˇ ㄅㄧㄥ [文]對夏天的昆蟲說冬天寒冰的事，牠怎麼會懂呢。比喻見聞有限，知識淺陋。常和「井蛙語海」並用。

**夏爐冬扇**（ㄒㄧㄚˋ ㄌㄨˊ ㄉㄨㄥ ㄕㄢˋ） 図比喻做事不合時宜，或做無益之事。

## 十八筆

**夔**（ㄎㄨㄟˊ） ㈠古時傳說中一種形狀像龍的一隻腳的怪獸。㈡人名地名用字。如「夔州」是四川省以前的府名。

**夔紋**（ㄎㄨㄟˊ ㄨㄣˊ） 夔龍紋和夔鳳紋的合稱。古代鐘鼎彝器上所雕刻的夔形、龍形或鳳形的紋飾。

**夔夔**（ㄎㄨㄟˊ ㄎㄨㄟˊ） 図恭敬謹慎而恐懼的樣子。

# 夕部

**夕**（ㄒㄧˋ） ㈠傍晚，天快黑的時候。如「夕陽」「朝發夕至」。㈡晚上，夜晚。如「一夕長談」「經過一夕的工夫，情況就變了」。㈢「前夕」，是指在某一天或某種情況以前很接近的時日（不一定指夜晚）。如「青年節前夕」「畢業前夕」。

**夕陰**（ㄒㄧˋ ㄧㄣ） 傍晚天將黑的樣子。

**夕陽**（ㄒㄧˋ ㄧㄤˊ） ①傍晚時候西斜下落的太陽。②比喻人年紀老了。③図指山的西側。〈詩經〉有「度其夕陽」。

**夕暉**（ㄒㄧˋ ㄏㄨㄟ） 図夕陽的光輝或餘暉。

**夕照**（ㄒㄧˋ ㄓㄠˋ） 夕陽。

**夕寐宵興**（ㄒㄧˋ ㄇㄟˋ ㄒㄧㄠ ㄒㄧㄥ） 図晚睡早起。同「夙興夜寐」。形容勤奮不息。

**夕陽工業**（ㄒㄧˋ ㄧㄤˊ ㄍㄨㄥ ㄧㄝˋ） 已經落伍，將被時代淘汰的工業。

## 二筆

**外**（ㄨㄞˋ） ㈠裡外、內外的「外」。㈡對「本」來說，指別方面的，不是自己方面的。如「外國」「外埠」。㈢指「外國」。如「古今中外」「對外貿易」。㈣疏遠，疏遠的。如「都不是外人」「倘不見外」。㈤其餘的，不在內的。如「除了用功讀書之外，還要鍛鍊身體」。㈥不在正格、正規的，非正式的。如「外號兒」（〈儒林外史〉）。㈦國劇裡一種腳色的名稱，多是扮演老年男子。

**外人**（ㄨㄞˋ ㄖㄣˊ） ①別人，外間的人。②外國人。③交誼疏遠的人。④範圍以外的人。

**外力**（ㄨㄞˋ ㄌㄧˋ） ①外來的力量。②物理學名詞。外界或外物對某一物的作用力。

**外子**（ㄨㄞˋ ㄗˇ） 婦女對人稱自己的丈夫，好比男子對人稱自己的妻說「內子」「內人」，含有家庭裡「女主內、男主外」的意思。

**外才**（ㄨㄞˋ ㄘㄞˊ） 對「內才」而言，指一個人外形所表現的狀態跟相貌。

**外丹**（ㄨㄞˋ ㄉㄢ） 道家術士用丹砂等金石燒煉而成的丹藥。俗稱金丹。對「內丹」（以吐納修鍊丹田之氣）而言。

**外公**（ㄨㄞˋ ㄍㄨㄥ） 母親的父親，就是外祖父。

**外史**（ㄨㄞˋ ㄕˇ） 稗史。野史、瑣記、舊小說之類的記述。對正史而言。

**外心**（ㄨㄞˋ ㄒㄧㄣ） ①図異心，二心。②數學名詞。三角形外接圓的中心。即三角形三邊的垂直平分線的相交點。

**外文**（ㄨㄞˋ ㄨㄣˊ） 外國的語言文字。

**外方**（ㄨㄞˋ ㄈㄤ） ①外面。②遠方。

**外欠**（ㄨㄞˋ ㄑㄧㄢˋ） ①外間對己所欠的款。②除此以外所欠的。如「除收若干，外欠若干」。

**外水** ㄨㄞˋ ㄕㄨㄟˇ　外快。如「他最近有很多外水，讓他請吃飯吧」。

**外功** ㄨㄞˋ ㄍㄨㄥ　修鍊手、眼、身、步和肩、肘、腕、胯、膝等功夫的中國武術。和內功相對。也叫外家拳（外家）。

**外加** ㄨㄞˋ ㄐㄧㄚ　附加。

**外包** ㄨㄞˋ ㄅㄠ　工作或工程發給外人承包。如電視公司節目包給公司之外的專業人員代為攝製。

**外在** ㄨㄞˋ ㄗㄞˋ　對內在而言。①不屬於事物本身的。如「外在因素」。②表現在外的。如「外在美」。

**外交** ㄨㄞˋ ㄐㄧㄠ　國與國之間的交涉和交際的事務行為，和「內政」相對。

**外行** ㄨㄞˋ ㄏㄤˊ　對於某種事情沒有經驗，不熟悉內情的，叫「外行」，也就是「不在行」。

**外向** ㄨㄞˋ ㄒㄧㄤˋ　心理學上說人的性情開朗活潑，善於表達，喜好活動和交際。對內向而言。

**外因** ㄨㄞˋ ㄧㄣ　外在原因，外在因素。對內因而言。

**外地** ㄨㄞˋ ㄉㄧˋ　外鄉。對本地而言。

**外耳** ㄨㄞˋ ㄦˇ　耳朵最外面的部分。包括耳殼、外聽道（外耳道）和鼓膜。對中耳、內耳而言。

**外衣** ㄨㄞˋ ㄧ　①穿在身體外面的衣服。對內衣而言。②比喻偽裝。如「披著美麗的外衣」。

**外快** ㄨㄞˋ ㄎㄨㄞˋ　①意外得到的錢。②正常入款以外的收入。

**外角** ㄨㄞˋ ㄐㄧㄠˇ　對內角而言。①角度向外的角。②靠外側的角。棒球或壘球比賽，投手投出的球從打擊者外側的本壘板上通過，叫做外角球。反之為內角球。

**外來** ㄨㄞˋ ㄌㄞˊ　由外面或外地而來，非本身或本地所固有。

**外姓** ㄨㄞˋ ㄒㄧㄥˋ　指異姓，如說「他是外姓人」。

**外延** ㄨㄞˋ ㄧㄢˊ　理則學名詞。一概念或一名詞所適用的範圍。如「人」這一概念的外延是指古今中外所有的人。對內涵而言。

**外放** ㄨㄞˋ ㄈㄤˋ　以前指京城官吏派為地方官吏，現在多指政府官員派駐外國。

**外泄** ㄨㄞˋ ㄒㄧㄝˋ　向外泄漏。如「消息外泄」。

**外表** ㄨㄞˋ ㄅㄧㄠˇ　表面。

**外侮** ㄨㄞˋ ㄨˇ　外來的侵略。

**外客** ㄨㄞˋ ㄎㄜˋ　①非親非故的客人。②外地或外來的客人。

**外室** ㄨㄞˋ ㄕˋ　〔文〕妾，姨太太，小老婆。

**外屋** ㄨㄞˋ ㄨ　相連的數間房屋之中可通往外面的房間。

**外流** ㄨㄞˋ ㄌㄧㄡˊ　指人才、人力、財貨等轉移到外地或外國。如「農村勞動人口外流」。

**外洋** ㄨㄞˋ ㄧㄤˊ　海外。

**外界** ㄨㄞˋ ㄐㄧㄝˋ　①境界之外。②同局外。不相干的第三者。如「外界的批評」。

**外相** ㄨㄞˋ ㄒㄧㄤˋ　①同外貌。②君主立憲國家的內閣中，主管外交的政務官，即外交部長、外務大臣。

**外省** ㄨㄞˋ ㄕㄥˇ　①對「本省」而言，本省以外的各省稱為外省。②以往對京都而言，京都以外的各省稱為外省。

**外科** ㄨㄞˋ ㄎㄜ　關於人身外部一切疾病的醫學和醫科。

**外祖** ㄨㄞˋ ㄗㄨˇ　母親的父親。

**外胎** ㄨㄞˋ ㄊㄞ　包在內胎外面直接和地面接觸的輪胎。

**外面** ㄨㄞˋ ㄇㄧㄢˋ 對內面、裡面而言。①外邊。②外表，表面。

**外食** ㄨㄞˋ ㄕˊ ①到外面（指家裡之外）餐館或速食店吃飯。②外面賣的餐食。

**外家** ㄨㄞˋ ㄐㄧㄚ ①已嫁婦女的娘家。②以往指男人有外遇，在家庭之外另設的住所。如「他安了一份兒外家」。也指妻室之外的姘婦而言。如「這個女人就是他新近弄的外家」。

**外島** ㄨㄞˋ ㄉㄠˇ 本土周邊的島嶼。

**外海** ㄨㄞˋ ㄏㄞˇ 離陸地比較遠的海域。

**外務** ㄨㄞˋ ㄨˋ ①外交的事務。②分（ㄈㄣˋ）外的事務。

**外商** ㄨㄞˋ ㄕㄤ ①泛指外來商人。②特指外國商人或外國商業機構。

**外國** ㄨㄞˋ ㄍㄨㄛˊ 本國以外的國家。

**外埠** ㄨㄞˋ ㄅㄨˋ ①本地以外的通都大邑。②本地以外各地。

**外婆** ㄨㄞˋ ㄆㄛˊ 外祖母。

**外寇** ㄨㄞˋ ㄎㄡˋ 図外來的敵寇或侵略者。

**外帶** ㄨㄞˋ ㄉㄞˋ ①另外附加。同外加。②餐館或速食店用語。指客人買餐食回家去吃。也叫外買。

**外患** ㄨㄞˋ ㄏㄨㄢˋ 一個國家受到外國的侵略叫外患。

**外戚** ㄨㄞˋ ㄑㄧ 母黨，妻黨。

**外族** ㄨㄞˋ ㄗㄨˊ ①異族。②図指母親娘家的同族而言。

**外港** ㄨㄞˋ ㄍㄤˇ 港口的外圍海域。對內港而言。

**外痔** ㄨㄞˋ ㄓˋ 病名。長出肛門外的痔瘡。對內痔而言。

**外貨** ㄨㄞˋ ㄏㄨㄛˋ 外地或外國來的貨物。

**外部** ㄨㄞˋ ㄅㄨˋ 物體的表面，對「裡面」而言。

**外野** ㄨㄞˋ ㄧㄝˇ ①野外。②棒球或壘球運動場地分內野和外野。本壘和三個壘之間的守備區為內野，其餘稱外野。

**外場** ㄨㄞˋ ㄔㄤˇ 人際關係中講求的面子、排場。如「他很講究外場」。

**外援** ㄨㄞˋ ㄩㄢˊ 外來的援助。

**外景** ㄨㄞˋ ㄐㄧㄥˇ 拍攝電影所取的室外場景。

**外焰** ㄨㄞˋ ㄧㄢˋ 火焰的外層，無色，因氧氣供應充足，燃燒完全，熱度最高。具有氧化作用。

**外腎** ㄨㄞˋ ㄕㄣˋ 睾丸。

**外貿** ㄨㄞˋ ㄇㄠˋ 與外國的貿易行為。是「對外貿易」的簡稱。

**外間** ㄨㄞˋ ㄐㄧㄢ 外界，外方，對「內部」而言。

**外項** ㄨㄞˋ ㄒㄧㄤˋ 數學名詞。比例式中的第一和第四兩項。如 a:b=c:d 中的 a、d 兩項。

**外債** ㄨㄞˋ ㄓㄞˋ 國家向外國所借的債款。

**外傳** ▲ㄨㄞˋ ㄓㄨㄢˋ ①正史以外的傳記。②古代經學家稱解釋經義為內傳，有所發揮的為外傳。▲ㄨㄞˋ ㄔㄨㄢˊ ①外界的傳聞。②由內向外傳遞。

**外傷** ㄨㄞˋ ㄕㄤ 身體或物體外部受到的損傷。對內傷而言。

**外圍** ㄨㄞˋ ㄨㄟˊ 圍繞在某事物中心而存在的，叫做某事物的外圍。

**外匯** ㄨㄞˋ ㄏㄨㄟˋ 「國外匯兌」的簡稱。

**外勤** ㄨㄞˋ ㄑㄧㄣˊ 對「內勤」而言，在外工作，如外勤記者等是。

**外感** ㄨㄞˋ ㄍㄢˇ ①因外界原因而引起的感動。②中醫說風寒暑濕等自外侵入的病症。

**外舅** ㄨㄞˋ ㄐㄧㄡˋ 図岳父。也作外父。和外姑（岳母）相對。

**外話** ㄨㄞˋ ㄏㄨㄚˋ 図見外的話。

**外資** ㄨㄞˋ ㄗ 外國或外國人的資本。

**外路** ㄨㄞˋ ㄌㄨˋ ①外地。如「外路人」。②図閩南語指外快，外財。

**外鄉** ㄨㄞˋ ㄒㄧㄤ 非本鄉的各地。

**外道** ▲ㄨㄞˋ ㄉㄠˋ ①佛教指不合佛法的教派。②不正當的行徑。如「邪魔外道」。▲ㄨㄞˋ ˙ㄉㄠ 見外。情面上的客氣。如「我們交情非淺，你這樣客氣就太外道了」。

**外遇** ㄨㄞˋ ㄩˋ 指丈夫或妻子在配偶之外的不正常男女關係。

**外電** ㄨㄞˋ ㄉㄧㄢˋ 外國通訊社的電訊。

**外僑** ㄨㄞˋ ㄑㄧㄠˊ 居住在國內的外國僑民。

**外幣** ㄨㄞˋ ㄅㄧˋ 外國的貨幣。如美元、英鎊。

**外貌** ㄨㄞˋ ㄇㄠˋ 表面的形狀或相貌。

**外賓** ㄨㄞˋ ㄅㄧㄣ 外國籍的賓客。

**外敷** ㄨㄞˋ ㄈㄨ ①把外用藥水、藥膏塗抹或覆蓋在患處。②也指冷敷和熱敷。

**外敵** ㄨㄞˋ ㄉㄧˊ 外來的敵人。

**外線** ㄨㄞˋ ㄒㄧㄢˋ ①軍事用語。由外向內包圍的作戰線。②籃球術語。遠離籃下的投籃。如「外線神準」。③內部裝有對講電話分機的地方稱對外的電話線路。對內線而言。

**外調** ㄨㄞˋ ㄉㄧㄠˋ ①由核心機構調往外圍機構。②由國內調往國外。③由本地調往外地。

**外銷** ㄨㄞˋ ㄒㄧㄠ 商品向國外銷售。對內銷而言。

**外縣** ㄨㄞˋ ㄒㄧㄢˋ ①指省城以外的全省各縣。②指本縣以外的各縣。

**外親** ㄨㄞˋ ㄑㄧㄣ ①由女系血統而結連的親屬。②同「外戚」。

**外頭** ㄨㄞˋ ㄊㄡˊ 外，對「裡頭」而言。

**外邊** ㄨㄞˋ ㄅㄧㄢ ①外頭。②邊緣。

**外騖** ㄨㄞˋ ㄨˋ 図心向別處，不專心。如「心無外騖」。

**外籍** ㄨㄞˋ ㄐㄧˊ 屬於外國國籍的人或物。如「外籍勞工」「外籍船舶」。

**外觀** ㄨㄞˋ ㄍㄨㄢ 外表的形態。

**外套（兒）** ㄨㄞˋ ㄊㄠˋ ㄦ ①在平常服裝外面所加的禦寒的長衣服，也就是大衣。②包裝器物的外層封套。

**外孫（子）** ㄨㄞˋ ㄙㄨㄣ ㄗ 女兒的兒子。

**外財（兒）** ㄨㄞˋ ㄘㄞˊ ㄦ 同「外快」，正常入款以外的收入。

**外甥（兒）** ㄨㄞˋ ㄕㄥ ㄦ 姊妹的兒子。

**外號（兒）** ㄨㄞˋ ㄏㄠˋ ㄦ 就是「綽號（兒）」。是按一個人的相貌或性情的特徵而給他取的別名。例如把一個戴眼鏡的人叫「四眼田雞」，把一個身材高大的叫「大塊頭」等等。這樣的別名為大家所慣用以後，就成了這個人的特定的外號。也有的外號是被人惡意嘲笑而取的，只在背地裡稱呼。

**外丹功** ㄨㄞˋ ㄉㄢ ㄍㄨㄥ 我國固有的一種健身術，以吐納和四肢抖動促進體內器官的活動，分十二式。

**外兄弟** ㄨㄞˋ ㄒㄩㄥ ㄉㄧˋ ①表兄弟。②遠房兄弟。③同母異父的兄弟。

**外分泌** ㄨㄞˋ ㄈㄣ ㄇㄧˋ 生理學名詞。人或高等動物體內的某些腺體如唾腺、胃腺、腸腺等，通過導管排出分泌物到體內其他部分，稱為外分泌。

**外太空** 地球大氣層以外的空間。

**外文系** 大學專修外國語文的學系。

**外出血** 體外的出血。對體內出血的「內出血」而言。

**外用藥** 供塗抹在身體表面患部的藥物。對內服藥而言。

**外交官** 代表政府駐紮外國辦理外交事項的官員。

**外交部** 國家外交事務的主管官署。其首長職稱各國稍異：我國為外交部長，美國為國務卿，英日等君主立憲國為外務大臣，簡稱外相。

**外來語** 從外國吸收成為本國語文一部分的語詞。像來自法文的「沙龍」，來自英文的「沙發」。

**外版書** 書店稱非本店出版的圖書。

**外活兒** [方]本職本業之外的工作。

**外祖母** 母親的母親。俗稱外婆。

**外面光** 只重外表美觀，不顧內容實質。

**外氣層** 氣象學名詞。大氣層的上限部分。在游離層之上，從離地表六百到八千公里的高空開始，直到三萬公里的大氣外限。空氣密度極低。層內有兩條強烈輻射帶：內范亞倫帶（離地四五千公里）、外范亞倫帶（離地一萬六千公里外）。

**外祖父** 母親的父親。俗稱外公。

**外動詞** 動詞的一種。對內動詞而言。又叫他動詞，相當於英文文法的及物動詞。即帶有賓語的動詞，也就是有動作對象的動詞。如「看書」「打球」句中的「看」和「打」。

**外國語** 外國的語言。簡稱外語。

**外道兒** 不正當的行徑，多指嫖、賭等。如「他有了外道兒了」。

**外縣市** 本縣市以外的其他縣市。

**外聽道** 也叫外耳道，俗稱耳孔。即耳殼和鼓膜之間的喇叭狀管道。管壁前部密生茸毛，後部分泌耳脂，都有防止異物進入耳內的作用。

**外孫女（兒）** 女兒的女兒。

**外甥女（兒）** 姊妹的女兒。

**外八字腳** 走路的時候，腳尖向外斜出，像八字形的樣子。

**外分泌腺** 指唾腺、胃腺、腸腺等具有外分泌作用的器官。

**外交辭令** 言辭客氣、得體而模稜含混的應酬話；指缺乏實際內容的話。

**外弛內張** 外表平靜無事，內心或內部卻緊張不安。

**外剛內柔** 外表剛強，內心柔和。

**外強中乾** 外表雖然強大，但內裡已經空虛；凡這類情形，如看來富有，實際貧窮；長相魁梧，實際多病；都可以說是外強中乾。

**外圓內方** 對人處事的手腕圓熟，內心正直不苟且。

**外厲內荏** [又]也作「色厲內荏」。表面強硬而內心柔弱。

**外交使節團** 由同駐一國首都的各國使節組成的團體。團長例由到任最早的最高階使節擔任。其活動限於禮儀方面的。

**外交豁免權**（ㄨㄞˋ ㄐㄧㄠ ㄏㄨㄛˋ ㄇㄧㄢˇ ㄑㄩㄢˊ） 外國使節人員及其隨員、家屬等，在駐在國享有的特權。如人身、住所不受侵犯，免受行政管轄、司法審判、免關稅、海關檢查，以及使用密碼通信等等。

## 三筆

**多** ▲ㄉㄨㄛ ㈠數量大，是「少」的相反詞。如「他讀的書很多」「多讀多寫」。㈡比一定的數目大。如「日子比預計多出三天」。㈢數目在「二」以上的。如「多邊形」「多年生草」。㈣有餘，有零頭。如「一個多月」「十多萬人」。㈤表示程度高。如「快得多」「強壯多了」。㈥不少的，多數。如「大家多有很好的意見」。㈦〔文〕只。如「多見其不知量也」。㈧〔文〕稱讚，佩服。如「眾皆多其謙虛好學」「時論多之」。㈨姓。
▲ㄉㄨㄛˊ ㈠「多麼」的簡語，表示驚異，贊歎。如「這件發明多巧妙」。㈡「多少」的簡語，是問話的口氣。如「你家離這兒有多遠」。

**多久**（ㄉㄨㄛ ㄐㄧㄡˇ） 多少時間。如「這是多久以前的事」。

**多士**（ㄉㄨㄛ ㄕˋ） 〔文〕眾多賢士，才俊、有識之士。如「濟濟（ㄐㄧˇ ㄐㄧˇ）多士」。

**多大**（ㄉㄨㄛ ㄉㄚˋ） 「多麼大」的略語。①詢問的口氣。如「他多大年紀」。②讚譽的口氣。如「這佛像多大呀」。

**多元**（ㄉㄨㄛ ㄩㄢˊ） 多種多樣。種類的屬性繁多。如「多元社會」。

**多少**（ㄉㄨㄛ ㄕㄠˇ） ①問數量。如「賣多少錢」。②很多。如「氣候不好，多少人都感冒了」。③有一些兒。如「這事他多少要負責」。

**多心**（ㄉㄨㄛ ㄒㄧㄣ） 疑心。

**多方**（ㄉㄨㄛ ㄈㄤ） ①各方面。如「這事要多方著想才好」。②用種種方法。如「多方進行」。

**多事**（ㄉㄨㄛ ㄕˋ） ①多管閒事。如「你真多事」。②〔文〕不安定。如「多事之秋」。

**多時**（ㄉㄨㄛ ㄕˊ） 時間長久。如「恭候多時」。

**多情**（ㄉㄨㄛ ㄑㄧㄥˊ） 富於感情。

**多嫌**（ㄉㄨㄛ ㄒㄧㄢˊ） 心裡討厭而想加以排除。如「他並沒有什麼過錯，你何必多嫌他」。

**多寡**（ㄉㄨㄛ ㄍㄨㄚˇ） ①數量多少。如「多寡不等」。②多與寡，同「眾寡」。如「兩國人口多寡，差異甚大」。

**多疑**（ㄉㄨㄛ ㄧˊ） 疑心重。如「生性多疑」。

**多頭**（ㄉㄨㄛ ㄊㄡˊ） ①商業名詞。做投機生意的人預期某種貨價將漲，就買進來，等漲價再賣出去，稱為「做多頭」。②領導不止一方面。與「寡頭」相對。如「多頭政治」。

**多難**（ㄉㄨㄛ ㄋㄢˋ） 多患難。如「多難興邦」。

**多端**（ㄉㄨㄛ ㄉㄨㄢ） ①許多種事情。②許多方面。如「詭計多端」「變化多端」。

**多麼**（ㄉㄨㄛ ˙ㄇㄜ） ①情態副詞。如「這有多麼好」。②疑問副詞。如「你一點鐘能跑多麼遠」。

**多嘴**（ㄉㄨㄛ ㄗㄨㄟˇ） 對於不關自己的事，多說話。

**多餘**（ㄉㄨㄛ ㄩˊ） ①剩下來的。如「把多餘的給他」。②不必要的。如「這話是多餘的」。

**多虧**（ㄉㄨㄛ ㄎㄨㄟ） 幸虧。

**多謝**（ㄉㄨㄛ ㄒㄧㄝˋ） 客套話，表示感謝。

**多半（兒）**（ㄉㄨㄛ ㄅㄢˋ ㄦ） 大多數，大部分。

**多會（兒）**（ㄉㄨㄛˊ ㄏㄨㄟˋ ㄦ） 會字輕讀。什麼時候。如「你是多會兒來的」。

**多數(兒)** 超過半數以上的數目。

**多元論** 唯心主義哲學觀點之一，認為世界是由許多種獨立不相依存的實體所構成，跟「一元論」相對。參看「一元論」。

**多汗症** 汗水分泌異常的病症。多由甲狀腺機能亢進或自主神經失調引起，有泛發性(全身性)和局部性兩種。

**多角化** 企業名詞。現代企業為分散市場風險，開拓成長空間，多分頭經營不同行業，提供多類新產品或新服務，稱為多角化經營。

**多足類** 動物學名詞。節肢動物的一類。身體長形，分為頭和軀幹兩部。頭有觸角一對，單眼數個。軀幹由多數環節合成；每節有足一兩對，用以爬行。如蜈蚣、馬陸等。

**多神教** 信奉許多神的宗教，由原始社會的「萬物有靈論」發展而來。人類對於各種自然現象和社會現象的成因不能理解，以為一切都是由各種神祕力量所操縱，因而把它人格化，奉為神來崇拜，如道教、佛教等。

**多晶體** 材料科學名詞。由多數不同位向的晶粒結合而成的晶體物質。沒有固定的外形，而其物理性質各種方向都相同。

**多義詞** 含有兩個以上意義的詞。如「涵泳」一詞，可以有「在水中游泳」，「沈浸，薰陶」，也可作「體會，玩味」等不同的意涵。

**多幕劇** 分兩幕以上演出的舞臺劇。對獨幕劇而言。通常劇情較複雜，場景和人物也較多。

**多樣化** 不限於一樣，演化或發展成許多樣式、種類。如「產品形式多樣化」。

**多數黨** 佔有半數以上代議席次的優勢政黨；對少數黨而言。

**多邊形** 數學名詞。又稱多角形。由三條以上的直線圍成的平面形。這些直線叫做多邊形的邊。邊和邊的交點叫做頂。諸邊的和叫做周。

**多黨制** 一個有多數政黨，而各政黨都有取得政權的可能，稱為多黨制。如法國的政黨。這種國家的政黨取得過半數國會議席的機率並不高，因此常由幾個政黨聯合執政。

**多早晚(兒)** 〔方〕略作「多早」。什麼時候。如「你多早晚出門」。口語中常變作「多咱(·ㄗㄢ)」。

**多寶槅(兒)** 放置古玩等陳設品的木架。

**多才多藝** 稱讚人具有各種不同層面的才能、技藝。

**多元媒體** 簡稱多媒體或混合媒體。將各種不同性質媒體(中介物)組合，做綜合性藝術表現的。

**多多益善** 越多越好。〈史記〉上說：漢高祖問韓信能將(ㄐㄧㄤˋ)兵幾何？韓信回答：「臣多多而益善耳」。

**多此一舉** 做不必要或多餘的事。如「做好了的事又從頭來，真是多此一舉」。

**多災多難** 災難頻繁。

**多言多敗** 同「言多必失」。話說得太多，敗事的機率也多。

**多言賈禍** 同「禍從口出」。話說多了，容易招來禍端。

**多事之秋** 多事故、多變亂的時期。局勢不安定、不平靜的時期。

**多彩多姿** 顏色多，樣式也多。也形容情趣多而且有變化。

**多氯聯苯** 化學名詞。氯聯苯化合物的統稱。難溶於水，易溶於有機溶劑和油脂。耐熱，耐氧化，抗酸鹼，富有接著性、延展性、絕緣性，為用途極廣的工業材料。因安定性、殘留性高，極易造成環境汙染。如進入人體，會蓄積脂肪內，破壞肝臟代謝功能，毒素永留體內，遺傳後代。臺灣中部地區於民國六十九年三月，爆發米糠油多氯聯苯危害千餘人中毒事件後即禁止進口。

**多愁善感** 常發愁，容易感傷。比喻情緒敏感而脆弱。常用來形容才子佳人的嬌弱。

**多管齊下** 比喻事情由多方面同時進行。

**多數暴力** 政黨或人民團體，仗著人數的優勢，欺壓少數黨或弱勢團體，稱為多數暴力。

**多藏厚亡** 図聚斂的財富越多，覬覦的人越多，因而憂患喪失也越多。

**多難興邦** 國家多難，往往可以激發人民的愛國情操，上下奮發惕厲，使國家度過危難而興旺。

**多年生植物** 可生存兩年以上的植物。如草本植物的芒草、牧草，以及木本植物的榕樹等。

**多細胞動物** 動物分類學上說，除了原生動物門以外，各門動物（魚、海綿、水螅等）的個體都由多數細胞構成。

## 夙

図ㄙㄨˋ ㈠早。如「夙夜匪懈」「夙興夜寐」。㈡舊學很好的學者。〈後漢書〉有「夙儒」。㈢舊時的，通「宿」。

**夙仇** 図舊仇；積久的仇恨。也作「宿仇」。

**夙夜** 図早晚。如「夙夜匪懈」。

**夙昔** 図從前。

**夙嫌** 図雙方由來已久的嫌隙。

**夙慧** 図①早慧。小時候就聰明。②佛家說前世帶來的智慧。

**夙敵** 図夙也作宿。結怨已久的仇敵。

**夙儒** 図夙也作宿。老成的博學之士。

**夙願** 図多年來的願望。

**夙夜匪懈** 図日夜辛勞，勤奮不懈。

**夙興夜寐** 図早起晚睡。比喻勤勞。

# 五筆

## 夜

ㄧㄝˋ 晚上。從天黑到天亮不見陽光的這段時間。

**夜叉** ①梵語 yaksa 的譯音，一種想像中的醜陋的鬼怪。亦作藥叉。②比喻容貌醜惡的人。

**夜工** 夜間的工作，或為趕工而在夜裡做的工作。

**夜分** 図夜半，半夜的時候。

**夜半** 午夜，深夜。

**夜市** ①夜裡做買賣的市場。②在夜間營業繁忙、擁擠熱鬧的市街。

**夜曲** 一種形式自由而具有幻想、浪漫或感傷情調的鋼琴小曲。

**夜色** ①夜光。如「夜色朦朧」。②夜間的景色。如「大都市裡燈火通明，夜色絢爛」。

**夜作** ㄧㄝˋ ㄗㄨㄛˋ 夜晚工作，連夜趕工。如「為了寫成這篇稿子，我打了兩個夜作」。

**夜車** ㄧㄝˋ ㄔㄜ ①夜間行駛的班車。②在深夜勤於工作或學業叫「開夜車」。

**夜夜** ㄧㄝˋ ㄧㄝˋ 逐夜，每夜。

**夜盲** ㄧㄝˋ ㄇㄤˊ 到晚上或光線暗的地方看不清東西的一種病，是因為營養不良，身體中缺乏甲種維生素而引起的。

**夜校** ㄧㄝˋ ㄒㄧㄠˋ 夜間上課的學校，大都為方便白天有工作的人業餘進修而設。

**夜消** ㄧㄝˋ ㄒㄧㄠ 也作夜宵。就是消夜，夜裡吃的酒食或點心。

**夜班** ㄧㄝˋ ㄅㄢ 班次在夜間的工作。

**夜航** ㄧㄝˋ ㄏㄤˊ 夜間航行。

**夜深** ㄧㄝˋ ㄕㄣ 夜間極晚的時間。

**夜場** ㄧㄝˋ ㄔㄤˇ 對日場而言。娛樂在夜間表演，叫做夜場。

**夜壺** ㄧㄝˋ ㄏㄨˊ 舊式的壺形便器，便利男人在夜間使用。

**夜景** ㄧㄝˋ ㄐㄧㄥˇ 夜晚的景色。

**夜晚** ㄧㄝˋ ㄨㄢˇ 夜間，晚上。

**夜間** ㄧㄝˋ ㄐㄧㄢ 間字輕讀。夜裡。

**夜飯** ㄧㄝˋ ㄈㄢˋ 晚飯。

**夜勤** ㄧㄝˋ ㄑㄧㄣˊ 在夜間服務，如警察或醫院護士工作有「日勤」「夜勤」的分別。

**夜遊** ㄧㄝˋ ㄧㄡˊ 夜間出遊。

**夜幕** ㄧㄝˋ ㄇㄨˋ 夜間的景物好像被帳幕罩住一樣朦朧，因而形容天色暗下來為夜幕低垂。

**夜學** ㄧㄝˋ ㄒㄩㄝˊ ①夜校。②晚間上的課。

**夜闌** ㄧㄝˋ ㄌㄢˊ 図夜深。「夜闌人靜」。

**夜鶯** ㄧㄝˋ ㄧㄥ ①鳥名，大小像麻雀，形態很美，背上褐紅色，翅膀有光澤，尾部比麻雀長，雄鳥鳴聲清脆，常在夜間高鳴，所以叫夜鶯。②借指在夜間出沒的娼妓。

**夜襲** ㄧㄝˋ ㄒㄧˊ 夜間襲擊（敵人）。

**夜鷹** ㄧㄝˋ ㄧㄥ 鳥名，也叫蚊母鳥，體大如鳩，褐色，晝伏夜出，捕食昆蟲。

**夜裡（頭）** ㄧㄝˋ ㄌㄧˇ（ㄊㄡˊ） 從天黑到天亮的一段時間。

**夜未央** ㄧㄝˋ ㄨㄟˋ ㄧㄤ 図夜未盡。夜雖已深，還沒到天亮。央，盡。

**夜光質** ㄧㄝˋ ㄍㄨㄤ ㄓˋ 也稱發光顏料。用一些能在常溫時自行發光的物質製成的各種顏色的塗料，可分為發螢光的跟發燐光的兩類。發螢光的夜光質用放射元素與硫化鋅的混合物為原料；發燐光的夜光質，是鹼土金屬的硫化物或硫酸鹽，見光後能在暗室繼續發光。用於塗刷航空或航海儀表、公路標示牌、防火設施等安全標誌，或廣告牌及需要夜間能看見的東西。

**夜光錶** ㄧㄝˋ ㄍㄨㄤ ㄅㄧㄠˇ 錶面的數目字和指針塗上夜光質，在黑暗處也能看得清時刻的錶。

**夜來香** ㄧㄝˋ ㄌㄞˊ ㄒㄧㄤ 多年生蔓草。葉對生，橢圓形。夏秋開花，花冠合瓣，瓣尖五裂，黃綠色。夜間香氣濃，因名夜來香。

**夜明珠** ㄧㄝˋ ㄇㄧㄥˊ ㄓㄨ 傳說中夜裡會發光的寶珠。

**夜間部** ㄧㄝˋ ㄐㄧㄢ ㄅㄨˋ 學校（中學、大專院校）增設夜間授課的部分，叫做夜間部。有夜間部的學校，把原來日間授課的部分叫做日間部。

**夜遊子** ㄧㄝˋ ㄧㄡˊ ㄗˇ 指晚間慣於遲睡或很遲才回家的人。

**夜遊神** ㄧㄝˋ ㄧㄡˊ ㄕㄣˊ ①夜間巡遊各地的神。②比喻喜歡深夜在外遊蕩的人。

**夜貓子** ㄧㄝˋ ㄇㄠ ㄗ˙ ①貓頭鷹晝伏夜出，俗稱夜貓子。②俗稱習慣晚睡或晚歸的人。

**夜總會** ㄧㄝˋ ㄗㄨㄥˇ ㄏㄨㄟˋ ①供人一面飲食，一面欣賞藝人表演的夜間娛樂場所。②墳場的諧稱。

**夜不閉戶** ㄧㄝˋ ㄅㄨˋ ㄅㄧˋ ㄏㄨˋ 夜裡睡覺不必關門。形容治安良好，沒有盜賊。

**夜以繼日** ㄧㄝˋ ㄧˇ ㄐㄧˋ ㄖˋ 白天做不完的，夜裡繼續做。表示日夜不停地勤奮工作或用功。

**夜長夢多** ㄧㄝˋ ㄔㄤˊ ㄇㄥˋ ㄉㄨㄛ 比喻某件事情時間拖長了，可能會發生不利的變化。

**夜郎自大** ㄧㄝˋ ㄌㄤˊ ㄗˋ ㄉㄚˋ 不自量，妄自尊大。（夜郎是漢朝時在今貴州的一個小國。有一次，夜郎國王問漢朝使者：「漢和夜郎哪一國大？」）

**夜靜更深** ㄧㄝˋ ㄐㄧㄥˋ ㄍㄥ ㄕㄣ 夜深。

**夜闌人靜** ㄧㄝˋ ㄌㄢˊ ㄖㄣˊ ㄐㄧㄥˋ 夜已深，人已靜息。形容深夜的靜謐。闌：將盡，晚。

## 八筆

**夠**（够） ㄍㄡˋ ㈠表示達到一定的數目。如「夠數兒」「剛夠三十人」。㈡表示達到適當程度。如「菜夠鹹不夠」「這戲演得不夠好」。㈢表示達到所能擔受的最大限度。如「冷得夠受」「這些事真夠你辦的」。㈣厭煩，膩了。如「這些流行歌曲我聽夠了」。

**夠受** ㄍㄡˋ ㄕㄡˋ ①受苦到了相當的程度。如「他收入不多，家裡子女一大群，生活負擔很重，真是夠受」。②很，到了極點。如「這件事真讓你麻煩得夠受」「天熱得夠受」。

**夠格** ㄍㄡˋ ㄍㄜˊ 夠資格；配得上。如「你當隊長夠格」。

**夠煩** ㄍㄡˋ ㄈㄢˊ 事情極煩人。如「這件事已經夠煩了」。

**夠戧** ㄍㄡˋ ㄑㄧㄤˋ 夠受的，很厲害的。如「這兩天累得真夠戧」。

**夠本（兒）** ㄍㄡˋ ㄅㄣˇ ㄦ ①賣價與買價相當，不賺，可也不賠。②上算，合算。

**夠數（兒）** ㄍㄡˋ ㄕㄨˋ ㄦ 達到了一定的數目。

**夠交情** ㄍㄡˋ ㄐㄧㄠ ㄑㄧㄥˊ 情字輕讀。①指交情深厚。②就是「夠朋友」的意思。

**夠味兒** ㄍㄡˋ ㄨㄟˋ ㄦ ①食物的滋味很好。②詩文等作品或歌唱、演奏的韻味美妙。③贊美態度、舉措恰當感人。④贊美言詞中肯，說理精詳。

**夠朋友** ㄍㄡˋ ㄆㄥˊ ㄧㄡˇ 友字輕讀。能盡朋友的情分，也就是「夠交情」。

**夠勁兒** ㄍㄡˋ ㄐㄧㄣˋ ㄦ 勁兒足，程度高，力氣夠，或氣派十足。如「這一碗辣子雞夠勁兒」。

**夠面子** ㄍㄡˋ ㄇㄧㄢˋ ㄗ˙ 稱讚人慷慨好義，待人有禮，不輕易拒絕別人的請託而樂於為人服務。

**夠瞧的** ㄍㄡˋ ㄑㄧㄠˊ ㄉㄜ˙ ①有面子，夠體面。如「這麼多人來給你做生日，你真夠瞧的」。②夠受，很厲害。如「他整人的本事真夠瞧」。③樣子不好看。如「那饞嘴的樣子，真夠瞧的」。

## 十一筆

**夢**（梦） ㄇㄥˋ ㈠睡眠中的幻象叫「夢」，多因身體內外所受的刺激而起。㈡比喻不切實際不能實現的。如「夢想」。㈢姓。

**夢幻**（ㄇㄥˋ ㄏㄨㄢˋ） 似夢似幻。比喻事物如在夢中，如在幻境，空虛而不實在。

**夢兆**（ㄇㄥˋ ㄓㄠˋ） 図夢的預兆。迷信的人認為夢中的種種情形，是未來吉凶的預示。

**夢迴**（ㄇㄥˋ ㄏㄨㄟˊ） 迴也作回。從夢中醒來。如「午夜夢迴」。

**夢寐**（ㄇㄥˋ ㄇㄟˋ） 睡夢。如「夢寐以求」。

**夢鄉**（ㄇㄥˋ ㄒㄧㄤ） 在睡夢裡。「進入夢鄉」就是睡著了。

**夢想**（ㄇㄥˋ ㄒㄧㄤˇ） ①妄想，空想。②渴想（做夢時也想念）。

**夢話**（ㄇㄥˋ ㄏㄨㄚˋ） ①夢中的囈語。②指胡塗的話；沒根據、不合實際的話。

**夢遊**（ㄇㄥˋ ㄧㄡˊ） 一種精神病，也叫「睡遊病」。人在睡眠中無意識地起來走路、做事，醒後並不自知。

**夢境**（ㄇㄥˋ ㄐㄧㄥˋ） 夢裡的境界。

**夢魂**（ㄇㄥˋ ㄏㄨㄣˊ） 図睡夢中的魂魄，指心裡有所思念，而牽懷託形在睡夢之中。

**夢遺**（ㄇㄥˋ ㄧˊ） 醫學上說青春期的男子睡夢中遺精。這是男性生殖系統發育到一定階段時正常的現象。

**夢囈**（ㄇㄥˋ ㄧˋ） 図夢話；引伸指不合理的胡說。

**夢魘**（ㄇㄥˋ ㄧㄢˇ） 図夢中受到的驚恐。

**夢幻泡影**（ㄇㄥˋ ㄏㄨㄢˋ ㄆㄠˋ ㄧㄥˇ） 比喻空虛不實。

**夢筆生花**（ㄇㄥˋ ㄅㄧˇ ㄕㄥ ㄏㄨㄚ） 図比喻文思豐富，才情洋溢。相傳李白小時候夢見所用的筆頭上開花，後來才有曠世文才。

**夢寐以求**（ㄇㄥˋ ㄇㄟˋ ㄧˇ ㄑㄧㄡˊ） 図連做夢都想望。比喻企求的殷切。

**夢想成真**（ㄇㄥˋ ㄒㄧㄤˇ ㄔㄥˊ ㄓㄣ） 空想妄想的事居然成了事實。

## 夥

**夥** ㄏㄨㄛˇ ㈠図眾多。如「為數甚夥」「受益者頗夥」。㈡許多人組成的一群。如「一夥人」「成群搭夥」「大家夥兒」。㈢聯合起來。如「夥同購買」「合夥經營」。㈣商店員工，是「夥計」的簡稱。如「店夥」。㈤「小夥子」的「夥」，看「小夥子」條。

**夥伴**（ㄏㄨㄛˇ ㄅㄢˋ） 同伴，合夥做事的人。

**夥計**（ㄏㄨㄛˇ ㄐㄧˋ） 計字輕讀。①舊稱商店的員工為「伙計」，也寫成「夥計」。②對夥伴的親近的稱呼。如「夥計，你累不累？咱們該歇歇了」。

**夥頤**（ㄏㄨㄛˇ ㄧˊ） 図驚訝而誇讚的詞，像現在口語裡說的「嘎！」〈史記・陳涉世家〉有「夥頤！涉之為王沈沈者」。

**夥友（兒）**（ㄏㄨㄛˇ ㄧㄡˇ（ㄦ）） 夥伴。

## 夤

**夤** 図 ㄧㄣˊ ㈠「夤夜」就是深夜。㈡遠。如「九州之外，乃有八夤」。

**夤夜**（ㄧㄣˊ ㄧㄝˋ） 図深夜。

**夤緣**（ㄧㄣˊ ㄩㄢˊ） 図本指藤蘿攀附上升，用來比喻攀附權貴，拉攏關係，向上巴結鑽營以求官位。

# 大部

## 大

**大** ▲ㄉㄚˋ ㈠不小。如「大水」「大火」。㈡偉大的，值得稱讚的。如「大禹」。㈢尊敬別人的稱呼。如「大名」「大作」。㈣多。如「歲數大」。㈤最長（ㄓㄤˇ）的。如「大伯父」「大哥」。㈥長成。如「孩子大了」。㈦再。如「大前天」「大後天」。㈧多半，包羅。如「大略」「大概」。㈨徹底的。如「大修」。

(十)[文]永遠，去而不復回的。如「大去」。(十一)驕矜自滿。如「夜郎自大」。(十二)很。如「大熱天」、「大遠的路」。(十三)姓。

▲ㄉㄞˋ見「大夫」條。

▲ㄊㄞˋ[文]同「太」。

**大人** ▲ㄉㄚˋ ㄖㄣˊ。敬詞，稱長輩(多用於書信)。如「父親大人」。▲ㄉㄚˋ·ㄖㄣ。①成人(區別於「小孩兒」)。②封建時代對官吏的敬稱。

**大力** ㄉㄚˋ ㄌㄧˋ ①力量很大。如「使了大力才把他從洞穴裡救出來」。②用很大的力量。如「請大力幫忙」。

**大凡** ㄉㄚˋ ㄈㄢˊ 大概。

**大口** ㄉㄚˋ ㄎㄡˇ ①指已成年的人。如「他家有大口三人，小口兩人」。②張大嘴吃喝，或一次喝下很多。如「他渴極了，正大口喝水呢」。

**大小** ㄉㄚˋ ㄒㄧㄠˇ ①指東西的體積。如「這兩張書桌大小差不多」。②輩分。如「不分大小」。③事情的輕重。如「事無大小，他全管了」。④指大人和小孩子。如「一家大小五口」。

**大內** ㄉㄚˋ ㄋㄟˋ ①舊時帝王住的宮殿。如「西宮南內都在大內」。②皇宮裡的官員或有職守的人。如「大內高手」。

**大公** ㄉㄚˋ ㄍㄨㄥ [文]非常公平。

**大少** ㄉㄚˋ ㄕㄠˋ 「大少爺」的略語，常指好吃懶作，自以為了不起的男人。

**大夫** ▲ㄉㄚˋ ㄈㄨ 古官名。也讀ㄉㄞˋ ㄈㄨ。▲ㄉㄞˋ·ㄈㄨ 醫生。

**大戶** ㄉㄚˋ ㄏㄨˋ 有大量資產的人家。

**大方** ▲ㄉㄚˋ ㄈㄤ 名家。「貽笑大方」是「被名家譏笑」。▲ㄉㄚˋ·ㄈㄤ ①不吝嗇。如「他用錢很大方」。②自然，不拘束。如「這孩子的舉止多大方」。

**大月** ㄉㄚˋ ㄩㄝˋ ①國曆每月三十一天的月分。②農曆每月三十天的月分。

**大水** ㄉㄚˋ ㄕㄨㄟˇ 洪水。

**大火** ㄉㄚˋ ㄏㄨㄛˇ ①指火災，火勢很大。如「大火延燒三個半小時，方才撲滅」。②旺火。如「炒牛肉要用大火」。

**大父** ㄉㄚˋ ㄈㄨˋ [文]①祖父。②外祖。

**大牙** ㄉㄚˋ ㄧㄚˊ ①槽牙，就是臼齒。②玩笑話說「笑掉了大牙」。

**大王** ㄉㄚˋ ㄨㄤˊ ①舊時對封有王爵的人的尊稱。②舊小說裡稱佔山為寇的盜賊首領。③稱呼對某事特別擅長而且有成就的人。如「發明大王愛迪生」。④稱呼經濟事業的領袖人物。如「麵粉大王」。

**大令** ㄉㄚˋ ㄌㄧㄥˋ ①戲曲的散套。②舊時對縣令的敬稱。③[音]英語 darling 的音譯，稱親愛的人。

**大兄** ㄉㄚˋ ㄒㄩㄥ ①長兄。②對朋友的敬稱。

**大功** ㄉㄚˋ ㄍㄨㄥ ①大的功勞。②獎勵用語。如「記大功」。③古時喪服「五服」之一。

**大卡** ㄉㄚˋ ㄎㄚˇ 計算熱量的單位，是一個卡路里的一千倍。也有稱「千卡」的。

**大去** ㄉㄚˋ ㄑㄩˋ [文]死亡的代詞。朱自清〈背影〉：「大約大去之期不遠矣」。

**大札** ㄉㄚˋ ㄓㄚˊ [文]對別人寄來的信的敬稱。

**大母** ㄉㄚˋ ㄇㄨˇ [文]祖母。

**大白** ㄉㄚˋ ㄅㄞˊ [文]①大酒杯。②真相完全顯露出來。

**大任** ㄉㄚˋ ㄖㄣˋ 重大的責任。如「擔當大任」。

**大名** ㄉㄚˋ ㄇㄧㄥˊ ①名氣響亮。如「鼎鼎大名」。②尊稱別人的字。如「貴姓大名」。③河北省縣名。

**大同** ㄉㄚˋ ㄊㄨㄥˊ ①天下為公的太平世界。如「世界大同」。②大致相同。如「大同小異」。

**大吉** ㄉㄚˋ ㄐㄧˊ 運道最好。口語常和「大利」連用，說成「大吉大利」。

**大地** ㄉㄚˋ ㄉㄧˋ 泛指整個地面。如「大地回春」。

**大多** ㄉㄚˋ ㄉㄨㄛ 大多數，大部分。如「這一批外國遊客大多是歐洲人」。

**大好** ㄉㄚˋ ㄏㄠˇ ①很好，好得很。如「他近來情況大好」。②祝頌的話。如「敬祝大好」。

**大字** ㄉㄚˋ ㄗˋ 一方寸以上的字。

**大年** ㄉㄚˋ ㄋㄧㄢˊ ①文高壽，也作「高年」。〈莊子〉書有「小年不及大年」。②文豐收的年頭。常作「大有年」。③指春節過後不久的日子。如「大年初三」。

**大成** ㄉㄚˋ ㄔㄥˊ 文①指人在道德智慧方面最圓融的成就。②指人的事業有了大成就。

**大旨** ㄉㄚˋ ㄓˇ 文主要的意思，要義。

**大有** ㄉㄚˋ ㄧㄡˇ 文大豐年叫「大有年」。

**大江** ㄉㄚˋ ㄐㄧㄤ ①專指長江。②大的江。

**大米** ㄉㄚˋ ㄇㄧˇ 稻米。

**大老** ㄉㄚˋ ㄌㄠˇ 曾經擔任重要職務，現在是當局的顧問、智囊，這種人習慣上被稱為大老。

**大考** ㄉㄚˋ ㄎㄠˇ 學校學期終了的考試。

**大臣** ㄉㄚˋ ㄔㄣˊ 君主時代的大官。

**大衣** ㄉㄚˋ ㄧ 穿在外面的長外套。

**大亨** ㄉㄚˋ ㄏㄥ ①文暢通。〈易經〉有「大亨以正，天之命也」。②對商場上的領袖人物的俗稱。

**大伯** ㄉㄚˋ ㄅㄛˊ ①排行最大的伯父。②對年紀比自己的父親較大的人的敬稱。

**大作** ㄉㄚˋ ㄗㄨㄛˋ ①大起。如「狂風大作」。②尊稱別人的著作。也作「大著（ㄓㄨˋ）」。

**大兵** ㄉㄚˋ ㄅㄧㄥ ①從前稱國軍，雄厚的軍力都叫「大兵」。②現在俗稱階級低的軍人。

**大別** ㄉㄚˋ ㄅㄧㄝˊ 大略的分別。

**大局** ㄉㄚˋ ㄐㄩˊ 同「大勢」。一件事情的全部局勢。

**大弟** ㄉㄚˋ ㄉㄧˋ 幾個弟弟中排行最大的弟弟。

**大我** ㄉㄚˋ ㄨㄛˇ 指民族、國家等大團體，跟「小我」相對。如「為了大我，只有犧牲小我」。

**大批** ㄉㄚˋ ㄆㄧ 大量，多數。

**大牢** ㄉㄚˋ ㄌㄠˊ 正式的監獄，舊時稱「大牢」。

**大豆** ㄉㄚˋ ㄉㄡˋ 豆科，一年生草本，又叫黃豆。結的子可以吃，可以榨油，做醬，做豆腐。我國東北產量最豐。

**大事** ㄉㄚˋ ㄕˋ ①重大事件。②指婚姻大事。③指父母之喪。

**大使** ㄉㄚˋ ㄕˇ 平時派駐外國最高級的使節。

**大典** ㄉㄚˋ ㄉㄧㄢˇ ①大典禮。如「國慶大典」。②大典籍。如「永樂大典」。

**大叔** ㄉㄚˋ ㄕㄨˊ 叔常說成ㄕㄨ。①叔父中排行最大的。②對年紀比自己父親較小的人的敬稱。

**大妹** ㄉㄚˋ ㄇㄟˋ 幾個妹妹當中排行最大的。

**大姑** ㄉㄚˋ ㄍㄨ ①父親的幾個姐妹當中排行最大的。②丈夫的大姐姐。也叫「大姑子」。

**大姐** ㄉㄚˋ ㄐㄧㄝˇ ①姐妹當中排行最大的。②對女性的朋友或熟人表尊敬的稱呼；有時還加上姓氏。如「李大姐回家去了」。

**大姓** ㄉㄚˋ ㄒㄧㄥˋ 世家大族。

**大官** ㄉㄚˋ ㄍㄨㄢ 高級官員。

**大宗** ㄉㄚˋ ㄗㄨㄥ ①世家大族。②同「大批」。

**大房** ㄉㄚˋ ㄈㄤˊ 家族的長房。

**大抵** ㄉㄚˋ ㄉㄧˇ 大概。

**大門** ㄉㄚˋ ㄇㄣˊ 臨著街挨著路的比較大的門。

**大雨** ㄉㄚˋ ㄩˇ 雨點兒很大很密的雨；氣象學說二十四小時以內雨量達到二十五公釐到五十公釐的雨水，叫大雨。

**大便** ㄉㄚˋ ㄅㄧㄢˋ ①排泄的糞。②拉屎。

**大型** ㄉㄚˋ ㄒㄧㄥˊ 在外觀上形體大，在結構上規模大，在內涵上容量大，都可稱為大型。如「大型運輸工具」。

**大姨** ㄉㄚˋ ㄧˊ ①母親的幾個姐姐當中排行最大的。②妻子的大姐，常說「大姨兒」。

**大度** ㄉㄚˋ ㄉㄨˋ 度量大，不拘小節。

**大建** ㄉㄚˋ ㄐㄧㄢˋ 農曆的大月，一個月有三十天。也說「大盡」。

**大指** ㄉㄚˋ ㄓˇ ①[文]主要的意思。②大拇指。

**大故** ㄉㄚˋ ㄍㄨˋ [文]①大事故，大災害。②舊時指父母的喪事。

**大洋** ㄉㄚˋ ㄧㄤˊ ①大海。②從前把銀圓叫「大洋」，是「大洋錢」的簡語。如「十八塊大洋」。

**大炮** ㄉㄚˋ ㄆㄠˋ ①軍用的口徑大的火炮。②比喻喜歡說大話，喜歡發表言論批評世事的人。

**大約** ㄉㄚˋ ㄩㄝ 大致的估計。同「大概」。

**大紅** ㄉㄚˋ ㄏㄨㄥˊ 深紅色。

**大致** ㄉㄚˋ ㄓˋ 大概。

**大要** ㄉㄚˋ ㄧㄠˋ 大略的要點。同「大概」。

**大計** ㄉㄚˋ ㄐㄧˋ 大的計畫。

**大軍** ㄉㄚˋ ㄐㄩㄣ ①指武裝部隊。用於誇耀己方的或敬稱對方的都可以。②人數眾多、聲勢浩大的隊伍。如「八萬農業大軍」。

**大限** ㄉㄚˋ ㄒㄧㄢˋ [文]死亡，生命的盡頭。如「大限之日不遠」。

**大風** ㄉㄚˋ ㄈㄥ ①很大的風，如「颳大風了」。②通用風級表的第八級風，風速每小時六十二到七十五公里；陸地上細的樹枝會折斷，車輛會搖晃（看「風速」條）。③中醫指痲瘋之類的一種惡疾。

**大乘** ㄉㄚˋ ㄕㄥˋ 佛教名詞。指教理圓融，能夠普濟大眾的佛法。對小乘說的。

**大修** ㄉㄚˋ ㄒㄧㄡ 機器、機具適時加以修繕或更換零件，或全部拆卸洗淨，使能正常運轉，叫做「大修」。

**大哥** ㄉㄚˋ ㄍㄜ ①排行最大的哥哥。②尊稱年紀比自己大的男人。③黑社會指幫會的首領。

**大員** ㄉㄚˋ ㄩㄢˊ 職位高，擔負重大責任的公務人員。

**大家** ▲ㄉㄚˋ ㄐㄧㄚ ①世家大族。②著名的專家。③眾人。如「你們大家」。
▲ㄉㄚˋ ㄍㄨ 女人的尊稱。東漢班昭稱「曹大家」。

**大師**（ㄉㄚˋ ㄕ） ①和尚的尊稱。②稱學問或藝術造詣很深的人。

**大料**（ㄉㄚˋ ㄌㄧㄠˋ） ①大約。②調味用的香料，也叫八角茴香。

**大氣**（ㄉㄚˋ ㄑㄧˋ） ①氣象學名詞。是「大氣層」的略語。指圍繞地球的一層氣體，包含氮、氧以及少量的氬、水汽以及微塵等等。②指粗重的氣息，常說「大氣兒」。如「聽到爸爸大喊，小英嚇得大氣兒都不敢出」。

**大班**（ㄉㄚˋ ㄅㄢ） ①幼稚園學生按年齡、智力分成大班、中班、小班。②舞廳裡調遣舞女的人。

**大秦**（ㄉㄚˋ ㄑㄧㄣˊ） 稱古羅馬帝國。

**大街**（ㄉㄚˋ ㄐㄧㄝ） 城市裡路面寬，車輛行人多，商業繁盛的街道。

**大副**（ㄉㄚˋ ㄈㄨˋ） 船上主持航務的人，地位僅次於船長。

**大堂**（ㄉㄚˋ ㄊㄤˊ） 舊時指衙門裡審理案件、辦理公務的大廳。如「刑部大堂」。

**大捷**（ㄉㄚˋ ㄐㄧㄝˊ） 指在戰爭之中得到重大的勝利。如「台兒莊大捷」。

**大族**（ㄉㄚˋ ㄗㄨˊ） 人口眾多、支派繁盛的家族。如「陳家在這裡是有名的大族」。

**大梁**（ㄉㄚˋ ㄌㄧㄤˊ） ①屋架上最粗大的橫梁。「梁」也寫成「樑」。②重責大任。參看「挑大樑」。③戰國時代稱河南開封（魏國都城）為「大梁」。

**大赦**（ㄉㄚˋ ㄕㄜˋ） 國家有大喜慶，由元首發布命令，赦免若干罪犯或予以減刑。

**大將**（ㄉㄚˋ ㄐㄧㄤˋ） 統率軍隊的高級武官。

**大略**（ㄉㄚˋ ㄌㄩㄝˋ） ①大概。②大的謀略。

**大率**（ㄉㄚˋ ㄕㄨㄞˋ） 文大概。率也讀ㄕㄨㄛˋ。

**大都**（ㄉㄚˋ ㄉㄨ） ①古時稱大城市叫「大都」。②元朝以北平為大都，即首都。③大概，大多數。

**大陸**（ㄉㄚˋ ㄌㄨˋ） ①大片的陸地，對海洋說的。②地理學上指海面上的大塊陸地，分歐洲、亞洲、非洲、南美洲、北美洲、澳洲、南極洲。③舊時指「洲」。如「新大陸」（指美洲，「舊大陸」指歐洲）。④「中國大陸」（不包括臺灣、金門、馬祖）的簡稱。

**大雪**（ㄉㄚˋ ㄒㄩㄝˇ） ①很大的雪。②二十四節氣之一，在陽曆十二月七日或八日。

**大麻**（ㄉㄚˋ ㄇㄚˊ） 一年生桑科草本，葉對生，掌狀，皮的纖維可以製繩索，子可以榨油。

**大眾**（ㄉㄚˋ ㄓㄨㄥˋ） 指社會上多數的人。

**大麥**（ㄉㄚˋ ㄇㄞˋ） 穀類，結的子可以作糧食，或作釀酒製糖的原料，莖可以編織草帽。

**大喜**（ㄉㄚˋ ㄒㄧˇ） 大的喜慶，常指結婚。如「今天是你們倆大喜的日子」。

**大媒**（ㄉㄚˋ ㄇㄟˊ） 婚姻的介紹人。

**大嫂**（ㄉㄚˋ ㄙㄠˇ） ①長嫂。②對年歲跟自己差不多的已婚女人的尊稱。③有些地方夫稱妻叫大嫂。

**大寒**（ㄉㄚˋ ㄏㄢˊ） 節氣名，在陽曆一月二十日或二十一日。

**大暑**（ㄉㄚˋ ㄕㄨˇ） 節氣名，在陽曆七月二十三日或二十四日。

**大發**（ㄉㄚˋ ㄈㄚ） ①超過限度（後面時常加一「了」字）。如「牛脾氣大發了」。②擴大。如「如今這件事大發了」。③「大大發財」的略語。如「他最近股票大發」。

**大筆**（ㄉㄚˋ ㄅㄧˇ） ①尊稱別人的書法或文字。②寫大字用的毛筆。

**大菜** ㄉㄚˋ ㄘㄞˋ 西餐也叫大菜。

**大量** ㄉㄚˋ ㄌㄧㄤˋ ①說人氣度寬宏。②數量多。如「大量生產」。

**大隊** ㄉㄚˋ ㄉㄨㄟˋ ①軍隊警察的編制名稱。通常一個大隊有幾個中隊，一個中隊有幾個小隊或分隊。②指許多人。如「大隊人馬」。

**大雄** ㄉㄚˋ ㄒㄩㄥˊ 佛教名詞。佛家認為釋迦牟尼佛有大智力，能伏魔，所以稱他為「大雄」。佛殿也稱「大雄寶殿」。

**大雅** ㄉㄚˋ ㄧㄚˇ ①〈詩經〉二〈雅〉之一，所收樂歌三十一篇，都是嚴肅雅正的西周時期作品。與〈小雅〉相對。②形容人性情純美有德行。③文雅大方（常反用）。如「不登大雅之堂」。

**大黃** ㄉㄚˋ ㄏㄨㄤˊ 蓼科多年生草本植物。高約一公尺半，葉卵橢圓形，鋸齒緣，開小白花。蒴果、莖、根都可作藥。

**大勢** ㄉㄚˋ ㄕˋ ①大局的趨勢。②大略情形。

**大塊** ㄉㄚˋ ㄎㄨㄞˋ ①〔文〕指土地。如「大塊假我以文章」。②東西比較大的。如「弟弟切蛋糕，哥哥拿了一大塊」。

**大媽** ㄉㄚˋ ㄇㄚ ①伯母。②尊稱年長的婦人。

**大廈** ㄉㄚˋ ㄒㄧㄚˋ 高大的樓屋。如「高樓大廈」。

**大意** ㄉㄚˋ ㄧˋ 主要的意思。如「段落大意」。▲ㄉㄚˋ ˙ㄧ 疏忽，不注意。如「太大意了」。

**大會** ㄉㄚˋ ㄏㄨㄟˋ ①盛大的集會。②團體或政權組織的最高權力機關。

**大概** ㄉㄚˋ ㄍㄞˋ ①約計。如「這些東西大概值二百元」。②大略的要點。如「我先說個大概，請你來補充」。③可能是。如「他現在還不來，大概是不來了」。

**大楷** ㄉㄚˋ ㄎㄞˇ ①手寫的大的楷體漢字。②拼音字母的大寫印刷體。參看「大寫」。

**大業** ㄉㄚˋ ㄧㄝˋ 偉大的事業。

**大殿** ㄉㄚˋ ㄉㄧㄢˋ ①帝王宮闕裡的大廳，舉辦慶典、接見貴客用的。②寺廟之中供奉主要神佛的大堂。

**大煙** ㄉㄚˋ ㄧㄢ 鴉片的通稱。

**大爺** ▲ㄉㄚˋ ㄧㄝˊ 指不肯做事，傲慢任性的男子。如「大爺作風」。▲ㄉㄚˋ ˙ㄧㄝ ①伯父。②尊稱年長的男子。

**大義** ㄉㄚˋ ㄧˋ ①大道理。如「深明大義」。②經書的要義。

**大節** ㄉㄚˋ ㄐㄧㄝˊ 指有關存亡安危的大事，臨難不苟的節操。如「大節凜然」。

**大肆** ㄉㄚˋ ㄙˋ 〔文〕無顧忌的。常指做壞事。如「敵人入城以後，大肆破壞」。

**大腦** ㄉㄚˋ ㄋㄠˇ 腦髓的一部分，專管思考、記憶、判斷等的主要器官。

**大腸** ㄉㄚˋ ㄔㄤˊ 腸子的下段，上接小腸，下接肛門，主要作用是吸收水分，把食物的渣滓排出體外。

**大號** ㄉㄚˋ ㄏㄠˋ ①對別人商店的敬稱。②尊稱人的名字。

**大話** ㄉㄚˋ ㄏㄨㄚˋ 誇大的話。

**大解** ㄉㄚˋ ㄐㄧㄝˇ 大便，拉屎。

**大路** ㄉㄚˋ ㄌㄨˋ 寬大的道路。

**大辟** ㄉㄚˋ ㄅㄧˋ 舊時五刑的一種，就是死刑。

**大過** ㄉㄚˋ ㄍㄨㄛˋ ①大的過錯。②懲戒用語。如「記大過」。

**大道** ㄉㄚˋ ㄉㄠˋ ①大路。如「康莊大道」。②大公無私的道理。如「大道之行也，天下為公」。

**大鼓** ㄉㄚˋ ㄍㄨˇ ①大的皮鼓，對小鼓說的。②中國北方曲藝的一種。表演者一邊敲打小鼓，和著三弦、板，一邊用韻文演唱故事，夾雜說白。按流行地區的不同，而有京韻大鼓、樂（ㄌㄠˋ）亭大鼓、湖北大鼓等分別。又名「鼓兒詞」「大鼓書」。

**大夢** ㄉㄚˋ ㄇㄥˋ 蒙昧，不明世事。如「你少做大夢了，情形早已改變了」。口語裡還有「做大頭夢」的話。

**大樣** ㄉㄚˋ ㄧㄤˋ ①報紙排檢校對工作完畢的整版樣張，對單篇的「小樣」而言。②工程方面指細部藍圖。

**大漠** ㄉㄚˋ ㄇㄛˋ 大沙漠。特指「戈壁沙漠」。

**大漢** ㄉㄚˋ ㄏㄢˋ ①身材高大的男人。②〔文〕從漢朝引伸為漢族、中國。如「振大漢之天聲」。

**大綱** ㄉㄚˋ ㄍㄤ 重要綱領。

**大腿** ㄉㄚˋ ㄊㄨㄟˇ 下肢從臀部到膝蓋的一段。也叫股。

**大餅** ㄉㄚˋ ㄅㄧㄥˇ ①麵粉烙成大張的餅。②〔方〕指燒餅。③臺灣習俗，男女雙方訂婚時，男方送給女方的包甜餡的麵餅，直徑可到一尺多。④借指各方都想獲取的利益。如「工程預算很大，許多人都想插手分這一塊大餅」。

**大寫** ㄉㄚˋ ㄒㄧㄝˇ ①數字怕相混時，常用大寫，如「一」寫成「壹」，「十」寫成「拾」。②英文的字母也分大寫（ABC）、小寫（abc）。

**大德** ㄉㄚˋ ㄉㄜˊ ①〔文〕美好的德行。②〔文〕大節。如「大德不踰閑」。③大的恩惠。如「大恩大德」。④佛教界的話，原本指高僧，現在對信徒也稱大德。

**大慶** ㄉㄚˋ ㄑㄧㄥˋ ①大可慶賀的事，如國慶、開國紀念日、創立事業的日子等。②生辰的敬稱。如「七十大慶」。

**大篆** ㄉㄚˋ ㄓㄨㄢˋ 書體之一，周宣王時史籀所創，因此也稱「籀文」「大籀」。

**大駕** ㄉㄚˋ ㄐㄧㄚˋ ①對他人的敬稱。如「大駕光臨，實感榮幸」。②古代指天子所乘的車。

**大儒** ㄉㄚˋ ㄖㄨˊ 學問淵博，道德修養受人欽仰的學者。如「南宋大儒朱熹」。

**大器** ㄉㄚˋ ㄑㄧˋ 大才能。

**大學** ㄉㄚˋ ㄒㄩㄝˊ ①實施高等教育的學校的一種。入學資格是高級中學畢業或同等學力。②「四書」之一，原是〈禮記〉中的一篇篇名。

**大戰** ㄉㄚˋ ㄓㄢˋ ①雙方凶狠對打。如「大戰一百合」。②大規模的戰爭。如「世界大戰」。

**大氅** ㄉㄚˋ ㄔㄤˇ 大衣。

**大選** ㄉㄚˋ ㄒㄩㄢˇ 全國人民同一天投票的選舉，通常是選總統或國會議員。

**大錯** ㄉㄚˋ ㄘㄨㄛˋ 大的錯誤。錯原指錯刀，是古代銅鑄的錢幣，借喻為錯誤，所以說「鑄成大錯」。

**大頭** ㄉㄚˋ ㄊㄡˊ ①冤大頭的意思。②大腦袋。

**大戲** ㄉㄚˋ ㄒㄧˋ 大型的戲劇。①跟雜耍、雜技相對的，如國劇。②多幕式的舞臺劇，故事情節比較複雜，角色齊全。

**大殮** ㄉㄚˋ ㄌㄧㄢˋ 喪禮中把屍體裝進棺材裡。

**大膽** ㄉㄚˋ ㄉㄢˇ 膽量大，不畏懼。

**大舉** ㄉㄚˋ ㄐㄩˇ 大規模的。如「敵軍集結重兵，大舉進犯」。

**大嬸** ㄉㄚˋ ㄕㄣˇ 尊稱跟母親同輩而年紀較小的婦人。常說「大嬸兒」。

**大禮** ㄉㄚˋ ㄌㄧˇ ①比一般繁複的禮節。如點頭、作揖、握手是常禮，跪拜便是大禮。②貴重的禮物。如「為了謀求一個好職位，他給張老闆送了大禮」。

**大蟲** 老虎的別名。

**大謬** 図大錯誤。如「大謬不然」。

**大寶** ①図極為珍貴的寶物。②図舊時指皇帝的寶座。③佛教界稱佛法或菩薩。④方排行老大的子女。

**大難** 極大的災難。

**大權** 大的權力。

**大體** 大概。

**大觀** 図①氣象萬千的景物。②比喻集大成的文物。

**大個(子)** 指身材高大的人。也說「大個兒」。

**大褂(兒)** 身長過膝的中式單衣。

**大一統** 國家一切制度、曆法、規章等等，都遵行統一的指導方針。

**大人物** 有名望的人。

**大力士** 身材魁梧，力氣特大的人。常指表演摔交、舉重、拉動火車等等的人。

**大丈夫** 勇敢剛毅不屈不撓的男人。如「大丈夫視死如歸」。

**大不了** ①最多不過如此。如「打破了碗，大不了賠他錢」。②表示否定，同「了不得」。如「你放心，這種事情沒什麼大不了」。

**大元帥** 統轄全國武裝部隊的首領。

**大公國** 舊封建時代遺留的，以大公（一種爵位）為元首的小國家，如歐洲的盧森堡。

**大少爺** 爺字輕讀。①對他人的大兒子的敬稱。②說人好吃懶做，喜歡花錢，擺出了不起的樣子。如「他常常耍大少爺的派頭」。

**大主教** 基督教某些派別裡一種神職人員的頭銜。通常稱管理大教區的主教。

**大出血** 醫學名詞。因為動脈破裂或是內臟（如胃臟）潰瘍引起大量出血的狀況。

**大半兒** ①過半數。②大概。

**大本營** ①戰時統帥指揮作戰的機關。②一切事務的總策動機關。

**大白天** 有陽光，晴朗的白晝。

**大自然** 廣大的自然界。如「征服大自然」。

**大合唱** 大規模的集體演唱。包括有獨唱、對唱、重唱、齊唱以及合唱等等形式，有時候還穿插了朗誦或表演，從頭到尾有樂器伴奏。

**大多數** 超過半數很多的數量。

**大年夜** 農曆除夕。

**大有為** 有所作為，一切施政都能達到理想的目標。如「這是一個大有為的政府」。

**大老婆** 婆字輕讀。有姨太太的人的正室。參看「小老婆」。

**大肌肉** 肌肉之中可以牽動骨骼，使動物運動的部分。通常指臂、腿的肌肉。生理學稱「骨骼肌」。

**大舌頭** 舌頭長，發音不清晰的人。

**大行星** 一般指天文學上說的太陽系九大行星。

**大西洋** 世界三大洋之一。位於美洲和歐洲、非洲之間，面積有九千四百多萬平方公里，是最繁忙的海洋。

**大伯子** 己婚女人稱丈夫的哥哥。

**大肚子** 腹部大。①指婦人懷孕。②說人的飯量大（不是很嚴肅的話）。

**大事記** 為了便於查考，把重大事件按時間順序逐一記載。

**大使館** 大使在駐在國的館舍。

**大妹子** 對年紀比自己小的女性的暱稱。

**大姑媽** 父親的姐妹中排行最大的。她的丈夫稱「大姑丈」或是「大姑父」「大姑爹」。

**大拇指** 拇指。也叫「大拇哥」。

**大花臉** 國劇角色名稱，花臉的一種，注重唱工。銅錘、黑頭等都是大花臉。

**大前天** 前天的前一天，也就是昨天的前天。

**大前年** 前年的前一年，也就是去年的前年。

**大前提** 形式邏輯間接推理的一種基本形式，由大前提與小前提推定結論。如「要想革命成功的大前提，是有全國民眾能接受的政綱」。參看「三段論」。

**大姪子** ①姪子之中排行最大的。②暱稱同儕已成年的兒子。

**大姨子** 妻的姐姐。

**大姨媽** 母親的姐妹中排行最大的。她的丈夫稱「大姨丈」「大姨父」。

**大後天** 後天的後一天，也就是明天的後天。

**大後年** 後年的後一年。假設今年是第一年，那麼大後年就是第四年。

**大洋洲** 介於亞洲、南美洲與南極洲之間的一片海洋，面積約七千萬平方公里。其中的島嶼以澳洲為主體，陸地面積約八百五十萬平方公里。

**大哥大** 行動電話的俗稱。

**大家庭** ①數代同堂，人口眾多的家庭。②比喻同一系族的集合體。如「中國是我們中華民族的大家庭」。

**大師傅** 傅字輕讀。①廚師。②對和尚的尊稱。

**大氣層** 氣象學名詞。指圍繞著地球表面的一層氣體。按高度不同的溫度變化，大氣層可分低氣層、高氣層兩段。低氣層又分對流層、同溫層、中氣層三段；高氣層可分熱氣層、外氣層兩段。熱氣層已在地表上空四百公里之上。

**大陣仗** 原指大規模的戰爭場景。比喻變化很大的社會經歷。如「吳經理從大風大浪裡過來，什麼大陣仗沒見過」。

**大動脈** ①粗大的動脈管，從心臟分布到頭、上肢、胸、腹、下肢等處。②由人體動脈引喻交通要道。

**大掃除** 室內室外全面打掃，叫大掃除。

**大理石** 結晶質的石灰岩，通常是白色，有的也帶灰、褐、綠、黑、玫瑰等斑紋，色澤美麗，可供裝飾。我國雲南大理出產的最有名，所以叫大理石。臺灣花蓮現在也有出產。

**大眾化** 跟社會大眾的風格、趣味相近，社會大眾能接受的。如「設備很高級，收費卻大眾化」。

**大袋鼠** 哺乳動物，形似袋鼠而大，身長五尺到六尺，尾長三尺多，雌者腹外有皮袋。

**大部分** 分字輕讀。過半數的部分。

**大陸棚** 地理學名詞。指水深兩百公尺以內的大陸邊層。坡度較緩的叫大陸棚、大陸架，簡稱陸棚或陸架，坡度大的叫大陸坡。常是資源豐富的地區。

**大帽子** 被用來佔優勝的顯貴權勢。如「他請大官寫信給我，這根本是拿大帽子壓我」。

**大提琴** 提琴的一種，體積比小提琴大四倍，音比中提琴低八度。

**大無畏** 任何艱難困苦都不能限止的奮鬥到底的精神。

**大猩猩** 第二個猩字輕讀。巨猿科哺乳動物，站著有一公尺七五的高度，體重兩百多公斤，是最大的「類人猿」。分布於西非洲森林中，吃果實。毛黑，轉棕色，能以半直立的姿勢走路。

**大舅子** 妻子的哥哥。

**大軸子** 國劇中指一次演出的戲碼之中排在最後的一齣戲。

**大飯店** 設備較好並附有酒館、舞廳、特產商店等的大型旅館。

**大塊頭** 身材高大或肥胖的人。

**大會堂** 舉行大型會議的廳堂。也叫「會議中心」。

**大節目** 事務上的重要關鍵。

**大腹賈** 生意做得很大的商人。

**大腸菌** 寄生在大腸裡的細菌，呈桿狀，有纖毛，又稱「大腸桿菌」，能幫助消化與吸收，抑止病原菌發生，合成維生素K幫助血液凝固，但是也有引起碳水化合物醱酵、蛋白質腐敗等害處。

**大跨步** 下肢之一向左或向右跨出，常為適應臨時發生的特殊狀況。如「對方把球打到右側的端線附近，他一個大跨步，過去用力把球打回去」。

**大運河** 中國大陸南起杭州、北到通縣，全長兩千七百多公里的人工河。沿途貫穿一些天然河流、湖泊；通過浙江、江蘇、山東、河北四省。連結錢塘江、長江與淮河、黃河、海河等五條河道。是輸通南北的糧食、茶葉、絲綢、水果等的大動脈。是世界上最早開鑿的人工運河。江蘇鎮江到浙江抗州的一段稱「漕河」。

**大夥兒** 北方話，意思是「大家」。也說「大家夥兒」。「夥」字也作「伙」。

**大嘴巴** 指愛說話、口無遮攔的人。如「他是個大嘴巴，你別想讓他不說話」。

**大團圓** 小說戲劇最後是完滿的收場的。

**大踏步** 邁開大步向前走。

**大貓熊** 我國西南山區的一種珍貴動物。參看「貓熊」。

**大靜脈** 粗大的靜脈管，分上大靜脈跟下大靜脈，都通心臟。

**大頭針** 用來別紙的一種針，一頭有個小疙瘩。

**大頭菜** 二年生草本植物，塊根和嫩葉供食用。

**大禮服** 舉行大典禮的時候所穿的服裝。

**大鍋飯** 用大鍋煮的飯，是供應多數人吃的普通伙食。軍中、學校開的就是大鍋飯。「吃大鍋飯」表示大家的生活層級相同。

**大雜燴** 把各種菜肴混在一起的菜。也比喻各不相干的事物胡亂混合在一起。

**大麗花** 多年生草本植物，對生羽狀葉，花色多，可供觀賞。大麗兩字是英文dahlia的音譯。

**大清早（兒）** 早晨天亮不久的時候。

**大刀闊斧** 說人辦事有魄力，敢放手去做。

**大千世界** 佛家說世界無數，這無數的世界合稱「大千世界」。現在常把新奇有趣的人世種種叫「大千世界」。

**大大方方** 形容人的行動舉止自然不拘束的樣子。如「小妹妹才六歲，可是大大方方的，一點兒也不靦腆」。

**大大咧咧** 第二個字輕讀。形容人隨隨便便滿不在乎的樣子。如「他一進門，就大大咧咧往上一坐，一副目中無人的樣子」。

**大不列顛** 包括英格蘭、蘇格蘭和威爾斯三部的歐洲大島，面積約二十三萬平方公里，是「大不列顛愛爾蘭聯合王國」的本土。一般稱為「英國」。

**大公無私** ①排難解紛，全憑公理，不偏袒任何一方。②處事全為公眾的利益著想，毫無私心。

**大手大腳** 形容人不重視金錢，不愛惜物力；花錢、用東西沒有節制。

**大失所望** 事情的發展跟預料不相同，因此非常令人失望。

**大巧若拙** [文]真正聰明的人，不會隨便表現自己，看去像是個笨拙的人。

**大同小異** 相同之處很多，只有少部分不一樣。

**大吉大利** 吉祥話，常用在春節或喜慶的時候。

**大奸巨猾** 深通世故，奸宄狡詐，常常暗害別人，圖謀自己的利益，這種人就是大奸巨猾。奸字也作姦。

**大有可為** 所做的事可以有很好的發展，前途很光明。

**大而無當** 雖然大，但是並不合用。①指人說大話不切實際。②器物過大不合用。

**大吹大擂** ①吹吹打打，熱鬧極了。如「廟口的野臺，整個下午大吹大擂，讓人沒法子休息」。②吹牛，說大話。如「誰都沒理他，他自己在那兒大吹大擂」。

**大吹法螺** 說大話。本是佛家語，指佛講經。

**大快人心** 大家都感到的一種高興的感覺。如「壞人受到法律制裁，就是大快人心的事」。

**大旱雲霓** [文]遇到久旱，盼望趕快下雨。比喻人受困的時候盼望趕快脫離困境。原句是「大旱之望雲霓」。雲霓總在下雨之前出現。

**大材小用** 把大的材料用在小地方。常比喻人事方面的安排不妥當，讓有本事的人不能施展才能，受到委屈。

**大言不慚** 公然誇大其詞。說大話而自己不覺得可羞。

**大拇指頭** 拇指。

**大放異采** 表現出與眾不同的精采。「異采」原來指「不相同的文采」。

**大放厥詞** [文]原來指人大展文才。現在比喻人大發誇張的議論。如「老劉從不聽人解釋，只是在那兒大放厥詞」。

**大是大非** 與國家、民族的利益或道德有關的是與非的問題。

**大相逕庭** 〔文〕比喻兩方面的差異很大或彼此相矛盾。參看「徑庭」。

**大紅大紫** ①形容富貴顯赫的人。②比喻演藝人員受到極大的歡迎或受雇人員得到上司的器重。

**大紅大綠** 指顏色鮮豔而欠高雅。

**大風大浪** 比喻人生所遭遇的動蕩或挫折。如「金大班是何等人物，什麼大風大浪都難不倒她」。

**大庭廣眾** 人多而公開的場合。

**大書特書** 對於某一事件特別寫得詳細，甚至加以評論。

**大海撈針** 比喻事情極難辦到或東西沒法子找到。

**大逆不道** 罪大惡極。

**大動干戈** 干和戈都是古代的兵器。大動干戈原指發動戰爭，現在用來比喻大費工夫。如「這一隻錶換個電池就行了，何必大動干戈，全拆開了呢」。

**大張旗鼓** 旗和鼓在古時候是軍中發布號令的工具。大張旗鼓原指舉旗擊鼓，部隊準備出發。比喻行動的聲勢和規模很大。如「他當了總經理以後，調動人事，改變機構組織，大張旗鼓的幹了起來」。

**大眾傳播** 以社會大眾為對象，通過報紙、雜誌、廣播、電影、電視、電腦等媒體，傳播知識，報導新聞，散播理念。

**大處著眼** 做事，寫文章，要從最主要的部分下工夫。這樣提綱挈領，力量集中在重要地方，才不會分散而減弱。也作「大處著墨」。常連著說「大處著眼，小處著手」。

**大脖子病** 甲狀腺腫大的俗稱。中醫叫「瘰癧」。

**大喜過望** 結果比原來希望的更好，因而特別高興。

**大惑不解** 指對某事物覺得很離奇而不可理解。

**大智若愚** 〔文〕才學智慧極為高深，只是不隨便衒耀表露，看似愚笨的人。

**大發雷霆** 比喻大發脾氣。

**大勢已去** 事情發展到已無法挽救的地步。

**大勢所趨** 整個局面發展的方向。常指國家大事。

**大慈大悲** 佛教用語。非常慈悲。

**大搖大擺** 形容走路神氣得很，一副滿不在乎的樣子。

**大義滅親** 為了國家民族的大利益，即使是自己的父母妻子也不姑息。

**大義凜然** 嚴峻不可侵犯的樣子。形容為了正義事業堅強不屈。

**大腦皮層** 生理學名詞。人的大腦表層的灰質構造，由不同的細胞排列一定的層次，主管語言、記憶、分析與判斷等等思維活動，是高級的神經中樞。

**大腹便便** 〔文〕形容人肥胖、腹部臃腫的體態。

**大醇小疵** 〔文〕比喻詩篇、散文或論文，大體上不錯，只是還有些小毛病或缺點。

**大器晚成** 能擔當大事的人物要經過長期的鍛鍊，所以成就比較晚。

**大興土木** ㄉㄚˋ ㄒㄧㄥ ㄊㄨˇ ㄇㄨˋ　大規模興建土木工程。

**大聲疾呼** ㄉㄚˋ ㄕㄥ ㄐㄧˊ ㄏㄨ　為了求救或促人覺悟的呼號。

**大謬不然** ㄉㄚˋ ㄇㄧㄡˋ ㄅㄨˋ ㄖㄢˊ　図至大的錯誤，全然的不對。

**大雜院兒** ㄉㄚˋ ㄗㄚˊ ㄩㄢˋ ㄦ　同一個院落住了很多戶人家。

**大驚小怪** ㄉㄚˋ ㄐㄧㄥ ㄒㄧㄠˇ ㄍㄨㄞˋ　慌裡慌張，遇到芝麻大的小事都怕得不得了。

**大模大樣（兒）** ㄉㄚˋ ㄇㄨˊ ㄉㄚˋ ㄧㄤˋ （ㄦ）　形容傲慢，滿不在乎的樣子。

**大陸性氣候** ㄉㄚˋ ㄌㄨˋ ㄒㄧㄥˋ ㄑㄧˋ ㄏㄡˋ　缺乏海風調劑的內陸氣候，夏熱冬寒，一日之間天氣變化很大。

**大水沖倒龍王廟** ㄉㄚˋ ㄕㄨㄟˇ ㄔㄨㄥ ㄉㄠˇ ㄌㄨㄥˊ ㄨㄤˊ ㄇㄧㄠˋ　俗諺。比喻發生衝突的兩方原來是自家人，但是互不相識。

## 一筆

**夫**　▲ㄈㄨ ㈠男子的通稱。如「一夫受田百畝」。㈡成年服役的男人。如「夫役」「民夫」。㈢成婚以後，男的是夫，女的是婦。▲ㄈㄨˊ ㈠図發語詞。㈡指示形容詞，如「夫天地者，萬物之逆旅」。等於「這」「那」。如「夫人不言，言必有中」。㈢助詞，同「乎」。如「逝者如斯夫，不舍晝夜」。

**夫人** ㄈㄨ ㄖㄣˊ　①從前官宦正妻的稱呼。②現在對別人的妻的尊稱。

**夫子** ㄈㄨ ㄗˇ　①學生尊稱老師。②對年紀大學問好的人的尊稱。③〈論語〉裡專指孔子。④図妻子尊稱丈夫。

**夫妻** ㄈㄨ ㄑㄧ　夫與妻，丈夫與太太。男女兩人一結婚，組織家庭，雙方在法律上便有夫妻的關係。

**夫家** ㄈㄨ ㄐㄧㄚ　婆家；婦人說丈夫的家。

**夫婦** ㄈㄨ ㄈㄨˋ　也作「夫妻」。參看「夫（ㄈㄨ）㈢」。

**夫婿** ㄈㄨ ㄒㄩˋ　婦人稱其丈夫。

**夫權** ㄈㄨ ㄑㄩㄢˊ　民法規定的做丈夫的人應有的權利，像是財產的支配和子女的管教等等。

**夫子自道** ㄈㄨ ㄗˇ ㄗˋ ㄉㄠˋ　図表面上是說別人，實際上是說自己的事。如「張先生說他朋友的事，其實正是『夫子自道』啊」。

**夫唱婦隨** ㄈㄨ ㄔㄤˋ ㄈㄨˋ ㄙㄨㄟˊ　比喻夫妻互相配合，行動一致。也指夫妻和睦。

**太** ㄊㄞˋ　㈠極，過於。如「太好」「太多」「太古時代」。㈡稱呼長輩的長輩或尊貴的人的長輩。如「太夫人」「太老伯」。㈢見「太太」條。

**太上** ㄊㄞˋ ㄕㄤˋ　①最高。如「太上有立德」。②太上皇的略稱。現代常指居於幕後掌握實權、控制大局的人物。如「老李這一家公司，他爸爸可是太上董事長啊」。

**太子** ㄊㄞˋ ㄗˇ　封建時代指皇帝立的預備繼承大位的人。

**太公** ㄊㄞˋ ㄍㄨㄥ　①父親。②祖父。③曾祖父。④對年紀很大的人的敬稱。

**太太** ㄊㄞˋ ˙ㄊㄞ　①對已嫁婦人的尊稱。②丈夫稱妻子。③僕人稱主婦。

**太古** ㄊㄞˋ ㄍㄨˇ　最古的時代。

**太平** ㄊㄞˋ ㄆㄧㄥˊ　①天下治平的盛世。②平安無事。

**太母** ㄊㄞˋ ㄇㄨˇ　祖母。

**太白** ㄊㄞˋ ㄅㄛˊ　中國古代天文家稱「金星」。又名「啟明」「長庚」。

**太后** ㄊㄞˋ ㄏㄡˋ　封建時代稱帝王的母親。

**太牢** ㄊㄞˋ ㄌㄠˊ　図①祭祀時候牛羊豬三牲具備的叫「太牢」。②牛的別名。

**太空** ㄊㄞˋ ㄎㄨㄥ 本是廣大無垠的空間，英文是space。在太空中有無數的星系：恆星、彗星、行星、隕石……等物體在活動。近來一般人常常提到的太空是狹義的，只限於太空乘具的活動空間，以及人類能夠觀察的空間範圍。

**太保** ㄊㄞˋ ㄅㄠˇ ①古代三公之一，是佐助天子治理國事的大臣，在太師、太傅之下。②俗稱不良少年。如「陳老大年輕時候也是個太保」。③臺灣省嘉義縣鄉名。

**太甚** ㄊㄞˋ ㄕㄣˋ 太利害；太狠。如「欺人太甚」。

**太息** ㄊㄞˋ ㄒㄧˊ 因歎氣。

**太婆** ㄊㄞˋ ㄆㄛˊ ①從前稱祖母。②現代俗稱曾祖母為太婆。

**太虛** ㄊㄞˋ ㄒㄩ ①天空。②空虛寂寞的地方。

**太陰** ㄊㄞˋ ㄧㄣ 月亮。

**太陽** ㄊㄞˋ ㄧㄤˊ 天體裡的恆星之一。一般叫「日」「日頭」。銀河系恒星之一，是一個巨大的熾熱球體，直徑約一百四十萬公里，體積是地球的一百三十萬倍。與地球的距離約一億五千萬公里。它的表面溫度約攝氏六千度，中心溫度則高達攝氏一千萬度，而且不停的產生輻射，向外發散熱能。地球和其他太陽系的星球都繞著它旋轉，從它那裡得到光和熱。

**太極** ㄊㄞˋ ㄐㄧˊ 漢學者所說的上古原始時代混沌未分的元氣。這一種元氣運動，才分出陰陽兩儀來，所以說：太極生兩儀，兩儀生太陰、太陽、少陰、少陽四象，因而出現了天、地、風、雷、水、火、山、澤八種自然現象，就是「八卦」，逐漸推衍，化出萬事萬物。

**太歲** ㄊㄞˋ ㄙㄨㄟˋ ①太陽系的木星每十二年繞行太陽一周。我國古代天文學家稱木星為「歲星」，十二年稱「十二辰」，每辰各有一個「太歲」。後世因而稱「值年的神」為「太歲」。②舊時稱地方上的土豪。如「花花太歲」。

**太爺** ㄊㄞˋ ㄧㄝˊ ①祖父。②舊時對知縣等官的尊稱。

**太監** ㄊㄞˋ ㄐㄧㄢˋ 官官；從前在皇宮裡供役使的人。

**太廟** ㄊㄞˋ ㄇㄧㄠˋ 封建時代稱帝王的祖廟。

**太學** ㄊㄞˋ ㄒㄩㄝˊ 古代的學校，設在京城。唐宋起改稱「國子監」。

**太醫** ㄊㄞˋ ㄧ ①舊時京城所設的中醫院，為帝王臣僚醫病，稱「太醫署」—「太醫局」或「太醫院」，後來稱皇帝的醫生。②舊時對中醫師的敬稱。

**太上皇** ㄊㄞˋ ㄕㄤˋ ㄏㄨㄤˊ 原來稱皇帝的父親。後來讓位給兒子的皇帝，也稱太上皇。

**太夫人** ㄊㄞˋ ㄈㄨ ㄖㄣˊ 對他人母親的敬稱。

**太平門** ㄊㄞˋ ㄆㄧㄥˊ ㄇㄣˊ 公共建築為了防避緊急災難而特設的門。

**太平洋** ㄊㄞˋ ㄆㄧㄥˊ ㄧㄤˊ 世界最大的海洋，位置在亞洲、澳洲和南北美洲之間，面積約一億八十多萬平方公里，佔地球水域的一半。

**太平梯** ㄊㄞˋ ㄆㄧㄥˊ ㄊㄧ 公共建築特設的鐵梯或鋼筋混凝土樓梯，準備緊急時候使用。

**太平間** ㄊㄞˋ ㄆㄧㄥˊ ㄐㄧㄢ 大規模的醫院裡暫時停放死人屍體的處所。

**太空人** ㄊㄞˋ ㄎㄨㄥ ㄖㄣˊ 操縱飛行乘具，從事太空飛行探險的人。一九五七年第一顆人造衛星發射成功，才出現這一個名詞。蘇聯第一個太空人蓋加林，在一九六一年四月十二日繞地球一周。美國第一個太空人薛巴特，在同年五月五日繞地球一周半。

**太空衣** ㄊㄞˋ ㄎㄨㄥ ㄧ space suit 是太空人在太空活動必須穿著的防身用的衣服。這種衣服裝置氧的供應器，可以抵抗太陽的酷熱，太陽粒子、宇宙線、微隕石、紫外線、X線、伽瑪線、寒冷以及壓力變化等等外來的傷害。

**太空站** ㄊㄞˋ ㄎㄨㄥ ㄓㄢˋ 科學家為了便利人類作星際旅行，發射大型的太空船在地球軌道上或外太空停留，以便供應作星際旅行的太空船的燃料跟其他補給品。這個大型太空船叫「太空站」。

**太空船** ㄊㄞˋ ㄎㄨㄥ ㄔㄨㄢˊ 太空旅行的乘具。裡面可以載人，有各種儀器設備。利用火箭送到太空，再用本身的噴射引擎飛行，形狀在目前都是圓錐體。

**太空梭** ㄊㄞˋ ㄎㄨㄥ ㄙㄨㄛ 太空飛行乘具之一，形體像小型噴射飛機，因為它可以穿梭飛行在地球和太空之間，所以稱「太空梭」。有發射、繞行軌道和降落地面的裝置。能載送人員到太空做實驗，也能收回人造衛星帶回地球。第一具太空梭由美國在一九八一年四月十一日發射，到達離地面四十公里的軌道上，三天後返回地球。

**太師椅** ㄊㄞˋ ㄕ ㄧˇ 大圈椅，椅背特別高。

**太陰曆** ㄊㄞˋ ㄧㄣ ㄌㄧˋ 曆法之一，我國發明的，簡稱陰曆，也稱夏曆、農曆、舊曆。是照月球環繞地球的週期（二十九日又十二小時四十四分三秒）為準所定的。一年分十二個月，每月三十天或二十九天。每三年有一個閏月，五年有兩個閏月，十九年有七個閏月。

**太湖石** ㄊㄞˋ ㄏㄨˊ ㄕˊ 太湖所產的石頭，以多孔有皺紋的為貴，用來疊假山裝飾亭園。

**太陽穴** ㄊㄞˋ ㄧㄤˊ ㄒㄩㄝˋ 人類的前額兩側靠近眉梢的凹處。

**太陽系** ㄊㄞˋ ㄧㄤˊ ㄒㄧˋ 天文學名詞。銀河系中以太陽為中心而運行的一個天體系統，包括行星、衛星和彗星。其中九大行星（由最接近太陽的算起）是水星、金星、地球、火星、木星、土星、天王星、海王星、冥王星。

**太陽能** ㄊㄞˋ ㄧㄤˊ ㄋㄥˊ solar eregy，又名日光能。地球所有的能，直接間接幾乎全是太陽的賜與。因此，科學家設計各種儀器或機械裝置，來吸收、存儲並利用太陽能。例如日光反射爐、太陽電池等，可以永遠不愁能的供應問題。

**太陽曆** ㄊㄞˋ ㄧㄤˊ ㄌㄧˋ 曆法之一，有埃及曆法、墨西哥古時曆法、回曆跟現行的通用曆法四種。現行通用曆法是西元前四十六年羅馬人發明的，以地球繞日運行一周三百六十五日又四分之一日為一年，平年三百六十五日，四年一閏，閏年三百六十六日。每年十二個月，一、三、五、七、八、十、十二各月三十一天，四、六、九、十一各月三十天，二月平年二十八天，閏年二十九天。簡稱陽曆。民國以後政府採用它。又稱「國曆」。

**太陽燈** ㄊㄞˋ ㄧㄤˊ ㄉㄥ 利用容易透紫外線的光波跟其他特殊裝置而成，使所發的光線富於紫外光線，用來治病。

**太極拳** ㄊㄞˋ ㄐㄧˊ ㄑㄩㄢˊ 拳術的一種，以柔緩的拳法雙手循圓形環繞為主。

**太極圖** ㄊㄞˋ ㄐㄧˊ ㄊㄨˊ 圓形中畫陰陽界各半交互的形狀。

**太空科學** ㄊㄞˋ ㄎㄨㄥ ㄎㄜ ㄒㄩㄝˊ 研究有關太空一切問題的有系統的科學。

**太空乘具** ㄊㄞˋ ㄎㄨㄥ ㄔㄥˊ ㄐㄩˋ 見「太空船」。

**太空醫學** ㄊㄞˋ ㄎㄨㄥ ㄧ ㄒㄩㄝˊ 研究人類從事太空飛行有關的保健、飲食方面的醫學。

**太阿倒持** ㄊㄞˋ ㄜ ㄉㄠˋ ㄔˊ 太阿，劍名。比喻把權柄給人，失去主動。

**太陽黑子** ㄊㄞˋ ㄧㄤˊ ㄏㄟ ㄗˇ sunspot，每隔七年，太陽表面會暫時呈現許多黑子。這些太陽黑子會干擾地球的無線電通信。從意大利物理學兼天文學家伽利略（1564-1642）起，太陽黑子到今天還是天文學家、太空科學家研究探討的目標。

**太陽電池** ㄊㄞˋ ㄧㄤˊ ㄉㄧㄢˋ ㄔˊ 光電池的一種。利用半導體硅、硒等材料將陽光的光能轉化為電能的裝置。具有高度可靠性、壽命長、轉換效率高等等優點。

**太歲頭上動土** ㄊㄞˋ ㄙㄨㄟˋ ㄊㄡˊ ㄕㄤˋ ㄉㄨㄥˋ ㄊㄨˇ 上字輕讀。比喻人膽大無知，冒犯了有錢有勢的人，招來不幸。

**天** ㄊㄧㄢ ㈠空中。如「飛機在天上飛」。㈡自然的，不是人力所能做成的。如「人定勝天」「天造地設」。㈢與生俱來的。如「天性」。㈣宗教上說神住的地方或屬於神的。如「天堂」。㈤習慣上把一晝夜叫一天。有時一個白晝也叫一天。㈥氣候、季節。如「冷天」「夏天」。㈦図絕對不能少的。如「民以食為天」。㈧図我國倫理道德，女人以丈夫為「天」。

**天人** ㄊㄧㄢ ㄖㄣˊ ①図天理人欲。如「精研天人之學」。②図出眾的人。熊鉌稱讚蘇軾說「東坡真天人」。③指女人貌美如仙女。如「驚為天人」。

**天下** ㄊㄧㄢ ㄒㄧㄚˋ ①世界。②中國自古來自稱全國常說「天下」。

**天上** ㄊㄧㄢ ㄕㄤˋ 上字輕讀。天空中。如「飛機在天上飛」。

**天大** ㄊㄧㄢ ㄉㄚˋ 極大。

**天子** ㄊㄧㄢ ㄗˇ 我國以前稱皇帝叫「天子」。

**天工** ㄊㄧㄢ ㄍㄨㄥ ①不是人力所能完成的工作。②比喻技藝精巧。如「巧奪天工」。

**天干** ㄊㄧㄢ ㄍㄢ 我國古代用來代表先後次序的十個符號（甲、乙、丙、丁、戊、己、庚、辛、壬、癸），往往和十二地支合起來，作為計年或計日的代號。

**天才** ㄊㄧㄢ ㄘㄞˊ ①生來就有的才能。指智力才能特高的人。②在某方面有特殊表現的。如「他有藝術天才」。

**天井** ㄊㄧㄢ ㄐㄧㄥˇ ①屋頂的方形木架。②院子的通稱。③正房和廂房之間的空地。

**天元** ㄊㄧㄢ ㄩㄢˊ 我國舊有的算法，好比現在的代數。

**天公** ㄊㄧㄢ ㄍㄨㄥ ①同「天」，指自然界的主宰。如「天公不作美，春節期間天天下雨」。②天神之一，是以天擬人的敬稱。如「初九拜天公」。

**天分** ㄊㄧㄢ ㄈㄣˋ 天賦的領悟力。

**天文** ㄊㄧㄢ ㄨㄣˊ ①關於日、月、星辰的一切現象。②指天文學術，是研究天體的形態、組織以及天體運轉的科學。

**天方** ㄊㄧㄢ ㄈㄤ 阿拉伯的古稱。如「天方夜譚」。

**天日** ㄊㄧㄢ ㄖˋ 天空和太陽，引伸作光明的意思。如「不見天日」。

**天火** ㄊㄧㄢ ㄏㄨㄛˇ 舊時把雷電等非人為的自然因素所引起的火，說是天神放的。

**天父** ㄊㄧㄢ ㄈㄨˋ 耶穌教徒稱上帝。

**天牛** ㄊㄧㄢ ㄋㄧㄡˊ 昆蟲名，是桑樹、果樹的害蟲，長一寸上下，有很長的觸鬚。

**天王** ㄊㄧㄢ ㄨㄤˊ ①春秋時稱周天子。②指天神。如「托塔天王」。

**天主** ㄊㄧㄢ ㄓㄨˇ 天主教徒稱上帝。

**天仙** ㄊㄧㄢ ㄒㄧㄢ ①仙人。②比喻美女。

**天平** ㄊㄧㄢ ㄆㄧㄥˊ 也作「天秤」，是衡量較輕物體的器具。直柱上支著一桿，桿的兩端各有一個小盤掛著，一頭兒放東西，另一頭擱砝碼。

**天生** ㄊㄧㄢ ㄕㄥ 天然生成。

**天光** ㄊㄧㄢ ㄍㄨㄤ ①天色。如「天光還很早」。②天亮了。如「等到天光，大家就出發了」。③図天空的景色。如「上下天光，一碧萬頃」。

**天地** ㄊㄧㄢ ㄉㄧˋ ①合指天和地。②世界。如「天地之大」。③光景、境地。如「別有天地」。④指上面、下面：❶書頁上下空白處。如「天地頭兒」。❷死人入殮時上面蓋的「被」和下面墊的「褥」，叫「天地被」。

**天宇** ㄊㄧㄢ ㄩˇ 図①天空。如「昭昭天宇闊」。②同「天下」。如「澤霑地境，化充天宇」。

**天年** ㄊㄧㄢ ㄋㄧㄢˊ ①天然的年壽。②指年成。如「天年不收，物價昂貴」。

**天色** ㄊㄧㄢ ㄙㄜˋ ①天空的顏色。②時間。如「天色已晚」。

**天衣** ㄊㄧㄢ ㄧ 舊時指仙人穿的衣服。

**天兵** ㄊㄧㄢ ㄅㄧㄥ ①神話中天神統率的部隊。常作「天兵天將」。②比喻勇猛善戰的軍隊。

**天君** ㄊㄧㄢ ㄐㄩㄣ 図古人以為心是主宰人意志的器官，好像天主宰世界一樣，所以把心叫「天君」。

**天災** ㄊㄧㄢ ㄗㄞ 天然的災害，如「水災」「旱災」等。

**天良** ㄊㄧㄢ ㄌㄧㄤˊ 良心。

**天足** ㄊㄧㄢ ㄗㄨˊ 天然發育的腳，對纏足的舊習說的。

**天使** ㄊㄧㄢ ㄕˇ ①基督教稱上帝的使者。②舊時稱皇帝派遣的使臣。

**天命** ㄊㄧㄢ ㄇㄧㄥˋ ①天地萬物自然的法則。②從前說天神所主宰的命運。

**天幸** ㄊㄧㄢ ㄒㄧㄥˋ 幸虧，已經陷於災厄卻能倖免。如「劉禮跌入廢井裡，天幸井底沒有水」。

**天府** ㄊㄧㄢ ㄈㄨˇ 指天然資源豐富的地方，一般常稱四川為「天府之國」。

**天性** ㄊㄧㄢ ㄒㄧㄥˋ 天然的稟性。

**天明** ㄊㄧㄢ ㄇㄧㄥˊ 天亮。

**天河** ㄊㄧㄢ ㄏㄜˊ 又名天漢、銀漢。見「銀河」。

**天物** ㄊㄧㄢ ㄨˋ 図泛指一切物質。如「暴殄天物」。

**天空** ㄊㄧㄢ ㄎㄨㄥ 同「天上」「空際」，常作「天空中」「空中」。

**天穹** ㄊㄧㄢ ㄑㄩㄥˊ 像是半個球面翻過來覆蓋地球表面的天空。是在地球上看去的感覺。

**天竺** ㄊㄧㄢ ㄓㄨˊ 中國隋唐時代稱印度為天竺。漢代則稱「身（ㄐㄩㄢ）毒」。

**天花** ㄊㄧㄢ ㄏㄨㄚ 一種傳染病。病原是過濾性病毒，由空氣傳布或接觸病人而傳染。預防的方法是種牛痘。

**天青** ㄊㄧㄢ ㄑㄧㄥ ①微紅的黑色。②放晴。如「雨過天青」。

**天亮** ㄊㄧㄢ ㄌㄧㄤˋ 天明。

**天姿** ㄊㄧㄢ ㄗ ①生來就有的姿色。②同「天資」。

**天癸** ㄊㄧㄢ ㄍㄨㄟˇ 女子的月經。

**天皇** ㄊㄧㄢ ㄏㄨㄤˊ ①中國上古「三皇」之一。其二是地皇、人皇（或泰皇）。②天子。唐高宗時稱皇帝、皇后為天皇、天后。③日本稱其國君為天皇。

**天香** ㄊㄧㄢ ㄒㄧㄤ ①牡丹花。②比喻女子的姿容美麗。如「國色天香」。也作「天香國色」。

**天倫** ㄊㄧㄢ ㄌㄨㄣˊ ①自然組成的倫常關係。②家庭的情誼。如「天倫之樂」。

**天候** ㄊㄧㄢ ㄏㄡˋ 天氣，氣候。如「天候不佳，雲層很低」。

**天宮** ㄊㄧㄢ ㄍㄨㄥ 古人傳說的「天帝居住的宮殿」。

**天師** ㄊㄧㄢ ㄕ 東漢張道陵的稱號，以後用來稱呼道教教主。

**天庭** ㄊㄧㄢ ㄊㄧㄥˊ ①神話裡說天帝的宮廷，也指帝王的朝廷。②星相家稱人前額的中央為天庭。如「天庭高聳，相貌不凡」。

**天時** ㄊㄧㄢ ㄕˊ ①氣候條件。②指時機。

**天書** ㄊㄧㄢ ㄕㄨ ①道家說「元始天尊所說的經」。②假說是天上降下的書文。③比喻深奧難懂的書。如「他寫的信比天書還難懂」。

**天條** ㄊㄧㄢ ㄊㄧㄠˊ 舊時說「天庭的法律」。「犯了天條」是犯上「必死的律法」。

**天氣** ㄊㄧㄢ ㄑㄧˋ ①氣溫的升降，空氣中含水量的多少，氣壓的高低、風向、風力、雲量、雨量等等氣象概況叫「天氣」。②指氣候。如「秋風蕭瑟天氣涼，草木搖落露為霜」。（曹丕〈燕歌行〉）

**天真** ㄊㄧㄢ ㄓㄣ ①態度自然，一點不做作。②人天生的本性。

**天神** ㄊㄧㄢ ㄕㄣˊ 傳說中的天上的神。

**天罡** ㄊㄧㄢ ㄍㄤ 古人指北斗星，也指北斗七星的「柄」。

**天國** ㄊㄧㄢ ㄍㄨㄛˊ 基督教天主教所說的天堂。

**天堂** ㄊㄧㄢ ㄊㄤˊ ①天上的宮殿，借喻為幸福美滿的生活環境。如「上有天堂，下有蘇杭」。②佛家指人死後靈魂所住的極樂世界。俗語有「天堂有路你不去，地獄無門偏要來」。③（heaven）天主教基督教認為善人死後靈魂所住的極樂世界。

**天授** ㄊㄧㄢ ㄕㄡˋ 図上天所賦予的，不是人力所能辦到的。

**天梯** ㄊㄧㄢ ㄊㄧ 級數很多的梯子，通常用鋼鐵製成，附屬於高樓，便於攀爬。

**天涯** ㄊㄧㄢ ㄧㄚˊ 極遠的地方。常常衍成「天涯地角」「天涯海角」。

**天淵** ㄊㄧㄢ ㄩㄢ 図高空與深水。比喻相隔極遠。

**天理** ㄊㄧㄢ ㄌㄧˇ 天然的公理。

**天球** ㄊㄧㄢ ㄑㄧㄡˊ 天文學名詞。為便於討論天體的位置與運動，假想以空間中任何點為中心，以無限大的長為半徑，作為一個「假設球體」，將一切天體投影在球面上，使天體方位間的關係化為點與點之間的關係。

**天眼** ㄊㄧㄢ ㄧㄢˇ ①佛家說「無所不見，能看清幻象的眼」。②道家說天空層雲的圓形縫隙。

**天麻** ㄊㄧㄢ ㄇㄚˊ 多年生蘭科草本植物。塊莖可入藥。產於中國、韓國、日本、印度及西伯利亞等地。

**天尊** ㄊㄧㄢ ㄗㄨㄣ ①佛家指佛。②道家指天神。如「元始天尊」。

**天朝** ㄊㄧㄢ ㄔㄠˊ 君主時代我國自稱「天朝」，是對外國說的。

**天棚** ㄊㄧㄢ ㄆㄥˊ 搭在露天用來遮陽的棚子。

**天然** ㄊㄧㄢ ㄖㄢˊ ①自然。②指天然物或天然力。

**天窗** ㄊㄧㄢ ㄔㄨㄤ ①在屋頂上開的窗洞，可以增加採光和通風的功能。②汽車頂蓋上開的窗戶。③破洞、空白之處。褲管上有破洞叫「開天窗」。報紙因為某種禁忌抽出已經排檢好的文字而留下空白，也叫「開天窗」。

**天象** ㄊㄧㄢ ㄒㄧㄤˋ 天空中的種種現象，古人用來預測吉凶。

**天意** ㄊㄧㄢ ㄧˋ 不是人力所能決定的運氣。古人相信人類的世界由天主宰。所以凡是人類意想不到的突然變化，都說是天的意思。

**天稟** ㄊㄧㄢ ㄅㄧㄥˇ [文]生下來就有的材質。

**天葬** ㄊㄧㄢ ㄗㄤˋ 一些民族或宗教信徒根據古老習俗處理親屬遺體的方式。把屍體抬到曠野上，任由猛禽如鵰、鷹或烏鴉啄食。

**天資** ㄊㄧㄢ ㄗ 人天生的資質。同「天賦」「天性」。如「天資聰明」。

**天道** ▲ㄊㄧㄢ ㄉㄠˋ 天理，自然的道理。▲ㄊㄧㄢ ˙ㄉㄠ 天氣。

**天塹** ㄊㄧㄢ ㄑㄧㄢˋ 天然的坑溝，比喻形勢險要。

**天幕** ㄊㄧㄢ ㄇㄨˋ ①天空。②舞臺劇場景後面掛的大布幕，演出時候配合燈光，表現天空的各種景象，如日月星辰的出現、陰晴的景象等等。

**天數** ㄊㄧㄢ ㄕㄨˋ 同「天命」，自然的運命。

**天漢** ㄊㄧㄢ ㄏㄢˋ 銀河。

**天演** ㄊㄧㄢ ㄧㄢˇ 物種發展進化的自然過程。

**天算** ㄊㄧㄢ ㄙㄨㄢˋ ①天文算法的簡稱。②天定。如「人算不如天算」。

**天際** ㄊㄧㄢ ㄐㄧˋ 遠處的天邊。李白詩有「孤帆遠影碧山盡，唯見長江天際流」。

**天敵** ㄊㄧㄢ ㄉㄧˊ 自然界中某一種動物常常捕食或為害另一種動物，前一種動物便是後者的天敵，如貓是鼠的天敵。又寄生者常是寄主的天敵，如寄生蜂是其他作物害蟲的天敵。

**天潢** ㄊㄧㄢ ㄏㄨㄤˊ [文]封建時代指帝王的宗族，常作「天潢貴胄」。

**天燈** ㄊㄧㄢ ㄉㄥ ①用鐵絲彎成骨架，上面糊棉紙，做成倒桶狀燈籠，點著油煙大的松木心（或其他同性質的燃料），燈便冉冉升空。常在夜間施放。也叫「孔明燈」。②月亮的別名。

**天線** ㄊㄧㄢ ㄒㄧㄢˋ 發射或接收無線電電波的裝置。

**天賦** ㄊㄧㄢ ㄈㄨˋ ①天生就有的，常指權力或某種能力。如「天賦機謀」。②指天資。如「天賦聰智」。

**天賜** ㄊㄧㄢ ㄘˋ ①上天所賜的。②意外的獲得。

**天趣** ㄊㄧㄢ ㄑㄩˋ [文]純真的趣味或意思。

**天閹** ㄊㄧㄢ ㄧㄢ 指天生缺乏生殖能力的男人。

**天壇** ㄊㄧㄢ ㄊㄢˊ 舊時皇帝祭天的「圜丘」。明嘉靖九年，制定分別祭天地的大禮，在北京正陽門外大祀殿的南邊建天壇，分三層。皇帝祭天，在每年冬至日舉行。

**天擇** ㄊㄧㄢ ㄗㄜˊ 依天然淘汰的結果，而占優勝的。

**天橋** ㄊㄧㄢ ㄑㄧㄠˊ ①古時的攻城器具，是一種木製懸橋。②跨越馬路、鐵路的橋梁。今又名陸橋。

**天機** ㄊㄧㄢ ㄐㄧ ①天意。②天生的性格。如「天機神妙」。③比喻機密。如「天機不可泄漏」。

**天險** ㄊㄧㄢ ㄒㄧㄢˇ 自然形勢極為險要的地區。常用在軍事方面。如「南唐倚長江為天險，君臣逸樂，不知防備」。

**天縱** ㄊㄧㄢ ㄗㄨㄥˋ 天所賦予的，不可限量。比喻才智卓越。

**天職** ㄊㄧㄢ ㄓˊ 自然應盡的職分。如「愛國衛國是國民的天職」。

**天藍** ㄊㄧㄢ ㄌㄢˊ 像晴朗的天空的顏色。

**天鵝** ㄊㄧㄢ ㄜˊ 游禽，就是鵠（ㄏㄨˊ），身長約三尺，形狀像鵝，羽白色，黑腳，鼻孔上有黃色瘤塊，在寒冷的地區繁殖，棲在水邊。

**天壤** ㄊㄧㄢ ㄖㄤˇ [文]天與地。比喻相距極遠或差別很大。

**天譴** ㄊㄧㄢ ㄑㄧㄢˇ 舊時以天然的災害如風災、水旱或雷電成災為上天的責罰，統稱為天譴。如「冉閔多行不義，後來遭了天譴」。

**天籟** ㄊㄧㄢ ㄌㄞˋ 図自然的音響，例如風吹樹木的響聲。又引伸指流暢自然的詩或文章。

**天驕** ㄊㄧㄢ ㄐㄧㄠ 図上天特別寵幸，有得天獨厚的意思。原是漢代說塞外民族是「天之驕子」，後來用以稱強悍的邊疆民族。

**天變** ㄊㄧㄢ ㄅㄧㄢˋ 天象的變化，如日蝕、月蝕等。

**天體** ㄊㄧㄢ ㄊㄧˇ ①太陽、地球、月亮和其他恆星、行星、衛星以及彗星、流星、宇寅塵、星雲、星團等的統稱。②歐美的一種特殊社會組織，以裸露全身，「恢復自然」為宗旨。

**天天（兒）** ㄊㄧㄢ ㄊㄧㄢ（ㄦ） 每天。

**天邊（兒）** ㄊㄧㄢ ㄅㄧㄢ（ㄦ） 指極遠的地方。

**天文臺** ㄊㄧㄢ ㄨㄣˊ ㄊㄞˊ 觀測天象的場所，有望遠鏡等觀測設備。也做「觀象臺」。

**天王星** ㄊㄧㄢ ㄨㄤˊ ㄒㄧㄥ 英文 Uranus，是太陽系九大行星之一，按距離太陽遠近的次序計是第七個，公元一七八一年發現，每十小時四十九分自轉一次，八十四年零七日繞太陽一週，有五個衛星。

**天主堂** ㄊㄧㄢ ㄓㄨˇ ㄊㄤˊ 天主教的教堂。

**天主教** ㄊㄧㄢ ㄓㄨˇ ㄐㄧㄠˋ 基督教的舊派，奉羅馬教皇為宗主。

**天底下** ㄊㄧㄢ ㄉㄧˇ ㄒㄧㄚ˙ 下字輕讀。世界上。

**天花板** ㄊㄧㄢ ㄏㄨㄚ ㄅㄢˇ 室內梁下的薄板。也稱「承塵」。

**天竺葵** ㄊㄧㄢ ㄓㄨˊ ㄎㄨㄟˊ 就是洋繡球。多年生草本植物，葉圓形，花有紅、粉紅、白等顏色。供觀賞。

**天竺鼠** ㄊㄧㄢ ㄓㄨˊ ㄕㄨˇ 嚙齒目哺乳動物，也叫「豚鼠」。像兔子而比較小，體長約三十公分。有白、紅、黑等色。性溫馴。每胎幼鼠一隻到四隻。供觀賞或醫學研究用。

**天氣圖** ㄊㄧㄢ ㄑㄧˋ ㄊㄨˊ 氣象學上說「地區在某一時間之內氣象狀態的圖表」，是預測和報告天氣變化用的。電視臺的氣象報告必定會引用。

**天球儀** ㄊㄧㄢ ㄑㄧㄡˊ ㄧˊ 天文學用的天球模型。上面畫有星座和黃赤經緯各圖，用羅馬字母代表。是研究天文學的儀器。我國古代叫做「渾天儀」或「渾象」。

**天然氣** ㄊㄧㄢ ㄖㄢˊ ㄑㄧˋ 從油田、煤田或沼澤地冒出的可燃氣體。主要成分是甲烷。大多數是油田和煤田的附帶產物。供燃料或化工原料。又叫「油氣」「天然煤氣」。

**天然痘** ㄊㄧㄢ ㄖㄢˊ ㄉㄡˋ 天花。

**天象儀** ㄊㄧㄢ ㄒㄧㄤˋ ㄧˊ 天文學名詞。一種光學投影器，可以在半球形的幕上映出設定的太空景象，顯示日月星辰的運行，以及日食、月食、流星雨等天文現象。

**天曉得** ㄊㄧㄢ ㄒㄧㄠˇ ㄉㄜ˙ 天知道，是反問的話。等於不知道、誰知道、難理解、沒法子辨別。

**天鵝絨** ㄊㄧㄢ ㄜˊ ㄖㄨㄥˊ 一種紡織品。用絲或毛做原料。成品表面有絨，顏色華美，大都用作服裝、布幕或沙發套等等。

**天靈蓋** ㄊㄧㄢ ㄌㄧㄥˊ ㄍㄞˋ 靈字輕讀。指人或某些動物頭頂部分的骨頭。

**天下一家** ㄊㄧㄢ ㄒㄧㄚˋ ㄧˋ ㄐㄧㄚ 我國儒家理想的境界，全天下的人都能和睦相處，有如一家人。

**天下為公** 我國古代儒家提出的理想社會。意思是「天下非帝王私產，政權應該歸屬全國國民」。原句見於〈禮記．禮運〉。

**天女散花** 本是佛家的話，說「天女撒下各種花瓣」。後用來形容燦爛、耀目的景象。

**天公地道** 絕對公平，不偏袒。

**天文單位** 天文學計量距離的一種單位，以地球到太陽的平均距離為一個天文單位，等於一億四千九百五十九萬七千八百九十二公里。

**天文數字** 天文學上應用的數字極大，所以用來比喻極大的數字。

**天方夜譚** 書名，阿拉伯著名的民間故事集。包括有童話、寓言、冒險故事、名人軼事等。反映中古時代阿拉伯世界的社會狀況，傳播很廣。又名〈一千零一夜〉。

**天可憐見** 得到上天的憐憫賜福。應用時常接希望得到的結果的話。如「天可憐見，你要打勝仗回來，咱們夫妻父子團圓」。

**天生麗質** 因生而具有美麗體態和嬌豔的面貌。形容美人用的。語出白居易〈長恨歌〉。

**天地頭兒** 書冊上下兩頭沒有文字的空白部分。

**天衣無縫** 形容事情做得非常好，恰好相吻合，沒有漏洞或雕琢的痕跡。

**天老地荒** 比喻時間非常長久。也作「地老天荒」。

**天作之合** 這婚姻是上天撮合的。多用做祝賀新婚的頌詞。

**天府之國** 指土地肥沃，物產豐富的地方。在我國，一般指四川。

**天長地久** 時間長久，可以和天地的存在相比。形容永久不變（常指愛情）。也作「地久天長」。

**天昏地暗** 形容非常黑暗。

**天花亂墜** 形容能說會道，言語動聽。

**天南地北** ①形容相離很遠。②談話沒有主題，想到什麼就談什麼。如「我們就天南地北的談了起來」。

**天怒人怨** 指作惡多端，害人不淺，讓上天憤怒，人民怨恨。

**天香國色** 本來是贊美牡丹花的話。現在多用來稱讚女人的漂亮高貴。

**天差地遠** 相差很遠。常指事物的差異很大。

**天氣預報** 氣象機構預測未來的氣象變化向社會所作的公開報告。

**天真爛漫** 本性真實，毫無假飾（多指小孩子）。

**天崩地裂** 天塌下來，地裂開了。比喻發生巨變。也作「天崩地坼（ㄔㄜˋ）」。

**天旋地轉** ①比喻重大的變化。②形容人頭昏的感覺。③形容人吵鬧得很厲害。如「這幾個孩子吵得天旋地轉」。

**天涯海角** 形容極遠的地方或彼此之間相隔很遠。也作「天涯地角」。

**天理良心** 天理，指公理。良心，指善心。天理良心，指為人行事的準則。如「說話要天理良心」。

**天理昭彰**（ㄊㄧㄢ ㄌㄧˇ ㄓㄠ ㄓㄤ）　行善有善報，報應不爽，在天理上是非常顯明的。

**天造地設**（ㄊㄧㄢ ㄗㄠˋ ㄉㄧˋ ㄕㄜˋ）　天然成就的事物。比喻非常合適。如「這小兩口兒真是天造地設」。

**天高地厚**（ㄊㄧㄢ ㄍㄠ ㄉㄧˋ ㄏㄡˋ）　①形容恩情深厚。②比喻對基本事理的了解。如「不知天高地厚」。

**天馬行空**（ㄊㄧㄢ ㄇㄚˇ ㄒㄧㄥˊ ㄎㄨㄥ）　形容才思豪放飄逸，無所拘束。

**天淵之別**（ㄊㄧㄢ ㄩㄢ ㄓ ㄅㄧㄝˊ）　図天上到深淵，其間差別很大。形容完全不相同。

**天無二日**（ㄊㄧㄢ ㄨˊ ㄦˋ ㄖˋ）　比喻事權不能分開，必須統一。

**天誅地滅**（ㄊㄧㄢ ㄓㄨ ㄉㄧˋ ㄇㄧㄝˋ）　比喻為天地所不容。多用於發誓或罵人的時候。

**天經地義**（ㄊㄧㄢ ㄐㄧㄥ ㄉㄧˋ ㄧˋ）　正確不能更改的道理。

**天網恢恢**（ㄊㄧㄢ ㄨㄤˇ ㄏㄨㄟ ㄏㄨㄟ）　本來比喻天道廣大，無所不包。原句是「天網恢恢，疏而不漏」（見〈老子〉）。後用來形容「法律雖然寬大，並不疏漏」，犯罪的人逃不過法律制裁。

**天翻地覆**（ㄊㄧㄢ ㄈㄢ ㄉㄧˋ ㄈㄨˋ）　形容變化很大或鬧得很凶。

**天羅地網**（ㄊㄧㄢ ㄌㄨㄛˊ ㄉㄧˋ ㄨㄤˇ）　布置嚴密，跑不了，逃不脫。

**天懸地隔**（ㄊㄧㄢ ㄒㄩㄢˊ ㄉㄧˋ ㄍㄜˊ）　相差很遠。常指地理上的距離。

**天公不作美**（ㄊㄧㄢ ㄍㄨㄥ ㄅㄨˋ ㄗㄨㄛˋ ㄇㄟˇ）　天氣不好，主要指連日下雨。

**天文望遠鏡**（ㄊㄧㄢ ㄨㄣˊ ㄨㄤˋ ㄩㄢˇ ㄐㄧㄥˋ）　天文學者用來觀測天體的望遠鏡。有分析光望遠鏡和反光望遠鏡兩種。前者利用凸透鏡的折光作用，後者利用凹面鏡的反射作用。現代稱光學望遠鏡，以示與射電遠鏡、X光遠鏡有所區別。

**天字第一號**（ㄊㄧㄢ ㄗˋ ㄉㄧˋ ㄧ ㄏㄠˋ）　指第一或第一類中的第一號。借指最高的，最大的或最強的。

**天狗吃月亮**（ㄊㄧㄢ ㄍㄡˇ ㄔ ㄩㄝˋ ㄌㄧㄤˋ）　亮字輕讀。舊時無知的人以為月食是天狗在啃月亮，要敲鑼打鼓來「趕走天狗」。

**天高皇帝遠**（ㄊㄧㄢ ㄍㄠ ㄏㄨㄤˊ ㄉㄧˋ ㄩㄢˇ）　比喻距離勢力中心很遠，管治不到。

**天橋兒把式**（ㄊㄧㄢ ㄑㄧㄠˊ ㄦ ㄅㄚˇ ㄕˋ）　北京的歇後語。笑人只說不做。原句是：「天橋兒的把式——光說不練」。

**天不怕地不怕**（ㄊㄧㄢ ㄅㄨˋ ㄆㄚˋ ㄉㄧˋ ㄅㄨˋ ㄆㄚˋ）　比喻大膽的人無所畏懼。

**天有不測風雲**（ㄊㄧㄢ ㄧㄡˇ ㄅㄨˋ ㄘㄜˋ ㄈㄥ ㄩㄣˊ）　比喻人禍福無常，不能事先料想。常跟「人有旦夕禍福」連用。

**天無絕人之路**（ㄊㄧㄢ ㄨˊ ㄐㄩㄝˊ ㄖㄣˊ ㄓ ㄌㄨˋ）　人生的道路很多，生活上可選擇的也很多，只要肯努力，不貪求，絕對不會把路走絕了。

**天機不可泄漏**（ㄊㄧㄢ ㄐㄧ ㄅㄨˋ ㄎㄜˇ ㄒㄧㄝˋ ㄌㄡˋ）　原指神祕莫測的天意不可泄漏，引申為「事關緊要，必須嚴守祕密」。

## 夭

▲ㄧㄠ　図草木美麗茂盛的樣子。如「夭夭」。

▲ㄧㄠˇ　短命死了。「夭折」。

**夭夭**（ㄧㄠ ㄧㄠ）　図①顏色和悅的樣子。如「夭夭如也」。②美麗可愛的樣子。如「桃之夭夭」。

**夭折**（ㄧㄠˇ ㄓㄜˊ）　少年人死亡。

**夭桃**（ㄧㄠ ㄊㄠˊ）　図初開豔麗的桃花。比喻年輕貌美的少女。出自〈詩・周南〉：「桃之夭夭，灼灼其華」。詞後常續作「夭桃穠李」「夭桃始花」。

**夭壽**（ㄧㄠˇ ㄕㄡˋ）　①短命，未成年就死了。②図夭與壽，短命與長壽。

**夭殤**（ㄧㄠˇ ㄕㄤ）　図未成年就死了。

**夭矯**（ㄧㄠˇ ㄐㄧㄠˇ）　図①伸長身體四肢以求快適。②飛騰的樣子，如猿猴在樹上跳躍戲耍的姿態。③伸屈自如，氣勢不錯的樣子。

**夬**　ㄐㄩㄝˊ　図㈠通「決」，決定，裁決。㈡卦名。

## 二筆

**夯**　ㄏㄤ　㈠木或石製的砸地器具，用整段樹身或加石塊做的；有的在兩側釘嵌短木以便舉放。如「打夯」「砸夯」。㈡由「砸地器」引伸的意義，笨漢叫「夯漢」，笨重的東西叫「夯貨」。

**夯貨**（ㄏㄤ ㄏㄨㄛˋ）　①笨重的東西。②罵人蠢笨有力。

**夯漢**（ㄏㄤ ㄏㄢˋ）　作粗工的男子。

**失**　ㄕ　㈠縱放過去。如「時不可失」。㈡丟了。如「遺失」。㈢過誤。如「過失」。㈣違背，不合。如「失禮」「失常」。

**失手**（ㄕ ㄕㄡˇ）　手的動作失誤，因而毀物或傷人。

**失火**（ㄕ ㄏㄨㄛˇ）　發生火災。

**失主**（ㄕ ㄓㄨˇ）　失落或失竊財物的所有人。

**失地**（ㄕ ㄉㄧˋ）　①図喪失國土。如「匈奴連年入侵，失地數百里」。②被敵軍佔領的土地。如「趕走敵軍，收復失地」。

**失守**（ㄕ ㄕㄡˇ）　図①失去應有的操守。②城市或陣地被敵人佔據。

**失血**（ㄕ ㄒㄧㄝˇ）　指大量出血。如「他大腿受傷，必須趕快紮緊動脈，免得失血過多，發生危險」。

**失色**（ㄕ ㄙㄜˋ）　因為驚恐而臉上變色。如「大驚失色」。

**失利**（ㄕ ㄌㄧˋ）　失敗，吃虧。

**失志**（ㄕ ㄓˋ）　喪失原有的心志，一時糊塗了。如「不可懷憂失志」。

**失言**（ㄕ ㄧㄢˊ）　說了不該說的話。

**失足**（ㄕ ㄗㄨˊ）　①走路不小心，摔倒了。②舉動不慎，因而犯了錯誤。

**失身**（ㄕ ㄕㄣ）　①喪失操守、志節。常指婦人失去貞節。②図失去生命。如「臣不密則失身」。

**失事**（ㄕ ㄕˋ）　①誤事。②發生不幸的變故。

**失和**（ㄕ ㄏㄜˊ）　失去和睦。

**失宜**（ㄕ ㄧˊ）　図不適合。如「處置失宜」。

**失怙**（ㄕ ㄏㄨˋ）　図喪父。

**失所**（ㄕ ㄙㄨㄛˇ）　失去可以安身的處所。如「難民流離失所，十分可憐」。

**失明**（ㄕ ㄇㄧㄥˊ）　眼睛瞎了。

**失物**（ㄕ ㄨˋ）　①丟掉了東西。②已經丟掉的東西。

**失迎**（ㄕ ㄧㄥˊ）　有失迎接。是對訪客表示歉意的客氣話。

**失信**（ㄕ ㄒㄧㄣˋ）　不守信用。

**失卻**（ㄕ ㄑㄩㄝˋ）　図失掉。

**失恃**（ㄕ ㄕˋ）　図喪母。

**失約**（ㄕ ㄩㄝ）　沒有照約定的做。

**失重**（ㄕ ㄓㄨㄥˋ）　物體失去重量。指物體在高空因為地心引力變弱，或物體向地球中心加速運動而引起失重的狀況。

**失音**（ㄕ ㄧㄣ）　因喉頭肌肉或聲帶發生病變引起的發音障礙。

**失修**（ㄕ ㄒㄧㄡ）　沒有維護修理。

**失效**（ㄕ ㄒㄧㄠˋ）　效力消失。

**失時** ㄕ ㄕˊ 錯過時機。如「播種不可失時」。

**失真** ㄕ ㄓㄣ 跟原來的有出入。

**失眠** ㄕ ㄇㄧㄢˊ 晚上睡不著叫失眠。

**失神** ㄕ ㄕㄣˊ 精神疏忽不集中。

**失笑** ㄕ ㄒㄧㄠˋ 不由自主地發笑。

**失閃** ㄕ ㄕㄢˇ 閃字輕讀。意外的差錯或危險。

**失常** ㄕ ㄔㄤˊ 跟正常的情形不同。

**失措** ㄕ ㄘㄨㄛˋ 舉動失常，不知怎麼辦才好。

**失敗** ㄕ ㄅㄞˋ 計畫或所做的不成功。

**失望** ㄕ ㄨㄤˋ 跟原來的盼望不合，希望落了空。

**失速** ㄕ ㄙㄨˋ ①飛機飛到空氣稀薄的空域，因為空氣浮力突然減弱，不能繼續前進而栽了下來，叫做失速。②汽車行駛時操控機件突然失靈，速度不能控制，也叫失速。

**失陪** ㄕ ㄆㄟˊ 客套話，表示不能陪伴對方。也作「少（ㄕㄠˇ）陪」。

**失陷** ㄕ ㄒㄧㄢˋ （領土，城市）被敵軍佔領。

**失單** ㄕ ㄉㄢ 被搶，被竊或失落的財物清單。

**失散** ㄕ ㄙㄢˋ 離散。

**失策** ㄕ ㄘㄜˋ 計謀失誤。

**失著** ㄕ ㄓㄨㄛˊ 図作事的步驟不對，行動疏忽或錯誤。如「這一件事必須步步小心，一有失著，就會全盤失敗」。

**失傳** ㄕ ㄔㄨㄢˊ 沒有流傳下來。

**失勢** ㄕ ㄕˋ 失去權勢。

**失意** ㄕ ㄧˋ 不得志，不如意。

**失慎** ㄕ ㄕㄣˋ 不小心。

**失敬** ㄕ ㄐㄧㄥˋ 不成敬意。向對方自責疏慢的話。

**失業** ㄕ ㄧㄝˋ 有工作能力的人找不到工作。

**失當** ㄕ ㄉㄤˋ 不得當。如「處置失當」。

**失禁** ㄕ ㄐㄧㄣˋ 失去禁制能力。指人控制大小便的器官機能失去作用。

**失節** ㄕ ㄐㄧㄝˊ ①婦女失去貞節。②不能以義相守。

**失落** ㄕ ㄌㄨㄛˋ 遺失，丟失。

**失察** ㄕ ㄔㄚˊ ①疏忽大意，沒有注意到。②指官吏對屬下沒有盡到督察的責任。

**失實** ㄕ ㄕˊ 不確實。

**失態** ㄕ ㄊㄞˋ 態度舉止不合乎應有的禮貌。如「酒後失態」。

**失算** ㄕ ㄙㄨㄢˋ 沒有計算或計算得不周到。

**失德** ㄕ ㄉㄜˊ 図罪過；過失。

**失調** ▲ㄕ ㄊㄧㄠˊ ①失去平衡；調配不當。②沒有得到適當的調養。如「病後失調」。▲ㄕ ㄉㄧㄠˋ 指樂音的聲調不和諧。

**失誤** ㄕ ㄨˋ 因疏忽而造成錯誤。

**失蹤** ㄕ ㄗㄨㄥ 下落不明（多指人）。

**失學** ㄕ ㄒㄩㄝˊ 因某些原因失去上學機會或中途輟學。

**失據** ㄕ ㄐㄩˋ 失去倚靠。

**失衡** ㄕ ㄏㄥˊ 図失去平衡。如「供需失衡」。

**失檢** ㄕ ㄐㄧㄢˇ 疏於檢點。如「行為失檢」。

**失聲** ㄕ ㄕㄥ ①嗓子啞了。②悲傷到極點，哭泣的聲音都變了。③受了重大刺激，不禁哭喊起來。如「失聲大哭」。

**失禮** ㄕ ㄌㄧˇ ①違背禮節。②對人表示禮貌不周的客套話。

**失職** ㄕ ㄓˊ 沒有盡到責任。

**失寵** ㄕ ㄔㄨㄥˇ 失去別人寵愛（含貶義）。

**失歡** ㄕ ㄏㄨㄢ 図失去別人的歡心。如「年老珠黃，因而失歡」。

**失竊** ㄕ ㄑㄧㄝˋ 鬧小偷兒，被小偷兒偷走了東西。

**失戀** ㄕ ㄌㄧㄢˋ 戀愛的一方失去另一方的愛情。

**失靈** ㄕ ㄌㄧㄥˊ （機件、器官、儀器）失去原有的靈敏或完全不起作用。如「開車最怕剎車失靈」。

**失之交臂** ㄕ ㄓ ㄐㄧㄠ ㄅㄧˋ 図當面遇見竟然放過。比喻把明明可以實現的好機會錯過。

**失魂落魄** ㄕ ㄏㄨㄣˊ ㄌㄨㄛˋ ㄆㄛˋ 形容人失去意識，精神恍惚，或是受到極大驚恐的樣子。

**失之東隅收之桑榆** ㄕ ㄓ ㄉㄨㄥ ㄩˊ ㄕㄡ ㄓ ㄙㄤ ㄩˊ 図比喻這個時候失敗了，另一個時候得到了補償。是勉勵人的話。東隅：東邊，日出處；也指早晨。桑榆，西邊：日落處；也指黃昏。

**失之毫釐謬以千里** ㄕ ㄓ ㄏㄠˊ ㄌㄧˊ ㄇㄧㄡˋ ㄧˇ ㄑㄧㄢ ㄌㄧˇ 図稍微差一點兒，結果就會造成很大的錯誤。也作「差之毫釐，謬以千里」。

## 央

ㄧㄤ ㈠中心，中間。如「中央」。㈡図盡了，完了。如「夜未央」。㈢請求。如「央求」「央及」。

**央及** ㄧㄤ ㄐㄧˊ 及字輕讀。央求。

**央託** ㄧㄤ ㄊㄨㄛ 請託。

**央告** ㄧㄤ ㄍㄠˋ 告字輕讀。央求。

**央求** ㄧㄤ ㄑㄧㄡˊ 懇求。

## 三筆

## 夸

ㄎㄨㄚ ㈠図誇大，吹牛。如「夸誕」。㈡図奢侈。〈荀子〉書上說「貴而不為夸」。㈢夸特的簡稱。

**夸特** ㄎㄨㄚ ㄊㄜˋ quart 的譯音，也譯作「夸爾」，英美制計算液體的容量，用加侖做基本單位。一夸特等於四分之一加侖。一加侖是三點七八五三公升。

**夸誕** ㄎㄨㄚ ㄉㄢˋ 図誇大不可相信。

**夸父逐日** ㄎㄨㄚ ㄈㄨˋ ㄓㄨˊ ㄖˋ 図比喻人不自量力，作自己永遠辦不到的事。夸父是神的名字，〈山海經〉裡說他跟著太陽競走。

**夸夸其談** ㄎㄨㄚ ㄎㄨㄚ ㄑㄧˊ ㄊㄢˊ 図所說的話或寫的文章，全是誇張、不切實際的。

## 夷

ㄧˊ ㈠我國古代稱中國東方的民族叫「夷」。如「島夷」。㈡泛稱異族。如「夷狄」。㈢図平：①平安。如「履險如夷」。②削平。如「夷為平地」。③殺滅。如「誅夷」。④燒光。如「燒夷彈」。㈣姓。

**夷平** ㄧˊ ㄆㄧㄥˊ 図破壞它，使它成為平地。常指對建築物。如「敵機轟炸，夷平半城房屋」。

**夷滅** ㄧˊ ㄇㄧㄝˋ 図誅除滅絕。

## 四筆

## 夾（夹）

▲ㄐㄧㄚˊ ㈠兩面鉗制。如「用筷子夾菜」。㈡兩面挾持。如「夾攻」。㈢多層合成的。如「夾衣」「夾板」。㈣夾住東西的器物。如「髮夾」「講義夾」。㈤攙雜。如「夾雜」「夾七夾八」。又讀ㄐㄧㄚ。

**夾子** ㄐㄧㄚˊ ㄗˇ ▲ㄐㄧㄚˋ見「夾生」「夾竹桃」。①箝東西的用具。②可以隨身帶著的扁形小袋子。如「皮夾子」。

**夾心** ㄐㄧㄚˊ ㄒㄧㄣ 在兩層原料中間放進一層比較特別的配料。如「夾心餅乾」。

**夾生** ㄐㄧㄚˊ ㄕㄥ 生字輕讀。半生不熟。如「夾生飯」。

**夾衣** ㄐㄧㄚˊ ㄧ 用雙層布做成的衣服。

**夾克** ㄐㄧㄚˊ ㄎㄜˋ 圖一種短外套，休閒時穿的。是英文 jacket 的音譯。

**夾攻** ㄐㄧㄚˊ ㄍㄨㄥ 由兩面攻擊。

**夾角** ㄐㄧㄚˊ ㄐㄧㄠˇ 數學名詞。兩條線（無論直線或曲線）所夾的角。參看「對角」條。

**夾板** ㄐㄧㄚˊ ㄅㄢˇ 把木材製成薄片，照一層直紋一層橫紋的次序，用膠粘牢，再加壓平切齊，叫「夾板」，也叫「合板」。有三層、五層、七層等種。

**夾注** ㄐㄧㄚˊ ㄓㄨˋ 插在文字中間的注解。

**夾帶** ㄐㄧㄚˊ ㄉㄞˋ 把東西暗藏在他物中間帶著。如應考時候私挾的文字。

**夾袋** ㄐㄧㄚˊ ㄉㄞˋ ①上衣口袋的舊稱。②備用人才名冊。如「他是張院長夾袋中的人物」。

**夾棍** ㄐㄧㄚˊ ㄍㄨㄣˋ 舊時的一種刑具。用兩根木棍為一組，夾住人的腿部，再用繩索拉緊。

**夾道** ㄐㄧㄚˊ ㄉㄠˋ ①兩旁有樹木或牆的道路。②排列在街道兩邊。如「夾道歡呼」。

**夾層** ㄐㄧㄚˊ ㄘㄥˊ 雙層的牆壁或兩個片狀物中間可以藏東西，如「夾牆」「夾心餅乾」等，都是夾層。

**夾擊** ㄐㄧㄚˊ ㄐㄧˊ 夾攻。

**夾縫** ㄐㄧㄚˊ ㄈㄥˋ 縫字可以ㄦ化。指兩個靠得很近的物體中間狹窄的罅隙。如「東西掉在兩口大箱子的夾縫中」。

**夾藏** ㄐㄧㄚˊ ㄘㄤˊ 藏在夾縫中。如「他把一片楓葉夾藏在書頁中間」。

**夾雜** ㄐㄧㄚˊ ㄗㄚˊ 攙和混進。

**夾竹桃** ㄐㄧㄚˊ ㄓㄨˊ ㄊㄠˊ 庭園裡常見的觀賞植物，莖高三公尺，葉狹長，花淡紅，葉有毒。

**夾板船** ㄐㄧㄚˊ ㄅㄢˇ ㄔㄨㄢˊ 航海的大帆船。

**夾注號** ㄐㄧㄚˊ ㄓㄨˋ ㄏㄠˋ 標點符號的一種，用來標明夾注的，有（）或〔〕兩式。

**夾餡兒** ㄐㄧㄚˊ ㄒㄧㄢˋ ㄦ 〔方〕包了餡兒的。如「夾餡兒燒餅」。

**夾七夾八** ㄐㄧㄚˊ ㄑㄧ ㄐㄧㄚˊ ㄅㄚ 含糊混雜在一起。

**夾層玻璃** ㄐㄧㄚˊ ㄘㄥˊ ㄅㄛ ㄌㄧˊ 璃字輕讀。把至少三層玻璃粘在一起，中間那一層是聚乙烯之類的塑膠料，用作汽車的擋風玻璃。這種玻璃遇有大力撞擊而破裂，不會飛散傷人。又名「安全玻璃」。

## 五筆

**奔**（犇） ▲ㄅㄣ ㈠跑。如「奔跑」。㈡逃走。如「奔亡」。㈢〔文〕女子沒經過婚禮而成婚。如「私奔」。▲ㄅㄣˋ 直往。如「投奔」「各奔前程」。

**奔月** ㄅㄣ ㄩㄝˋ 〔文〕「嫦娥奔月」的略語。見「嫦娥」。

**奔北** ㄅㄣ ㄅㄟˇ 〔文〕北也讀ㄅㄛˋ。敗逃。

**奔忙** ㄅㄣ ㄇㄤˊ 勞苦奔走。

**奔走** ㄅㄣ ㄗㄡˇ ①為達成某種任務的活動。如「到處奔走」。②奉命行事。

**奔命** ▲ㄅㄣ ㄇㄧㄥˋ 奉命奔走。▲ㄅㄣ ㄇㄧㄥ 拼命趕路或做事。

**奔放** ㄅㄣ ㄈㄤˋ ①馬飛快的奔跑。②不受拘束。如「感情奔放」。③形容文章寫得流暢有力。

**奔波** ㄅㄣ ㄅㄛ 勞苦奔走。

**奔流** ㄅㄣ ㄌㄧㄡˊ 水流很急。

**奔泉** ㄅㄣ ㄑㄩㄢˊ 急流的泉水。

**奔馬** ㄅㄣ ㄇㄚˇ 図比喻迅速。如「勢如奔馬」。

**奔敗** ㄅㄣ ㄅㄞˋ 図打了敗仗而奔逃。

**奔逐** ㄅㄣ ㄓㄨˊ 奔跑追逐。

**奔喪** ㄅㄣ ㄙㄤ 從他鄉趕回家去料理長輩親屬的喪事。

**奔跑** ㄅㄣ ㄆㄠˇ 很快地跑。有時是「奔走」的意思。

**奔雷** ㄅㄣ ㄌㄟˊ 來勢迅猛的雷。如「勢如奔雷」。

**奔馳** ㄅㄣ ㄔˊ (車、馬等)很快地跑。

**奔瀉** ㄅㄣ ㄒㄧㄝˋ (水流)向低處急速地流。

**奔竄** ㄅㄣ ㄘㄨㄢˋ 形容敗軍逃亡。如「敵軍大敗，四散奔竄」。

**奔騰** ㄅㄣ ㄊㄥˊ 跳躍著奔跑。如「萬馬奔騰」。

**奔車朽索** ㄅㄣ ㄐㄩ ㄒㄧㄡˇ ㄙㄨㄛˇ 図用腐爛的繩索控制奔馳的馬車。比喻危險萬分，不能不屏氣凝神，密切注意。

## 奉

ㄈㄥˋ ㈠對人家的敬詞(對平輩上輩都可以)。如「奉告」「奉勸」。㈡表示接受或送給的時候的恭敬的心情。如「接奉」「奉送」。㈢擁戴，推重，信仰。如「崇奉」「信奉」。㈣遵守。如「奉公守法」。㈤侍養。如「奉養(ㄧㄤˋ)」。㈥生活享受。如「自奉」。

**奉安** ㄈㄥˋ ㄢ 國家元首移靈或安葬。

**奉行** ㄈㄥˋ ㄒㄧㄥˊ 照著命令去做。

**奉告** ㄈㄥˋ ㄍㄠˋ 告訴，用做敬辭。如「此事屆時當再奉告」。

**奉命** ㄈㄥˋ ㄇㄧㄥˋ 接受命令；遵守命令。

**奉承** ㄈㄥˋ ㄔㄥˊ 承字輕讀。用好聽的話恭維人，向人討好。

**奉祀** ㄈㄥˋ ㄙˋ 図祭祀。

**奉送** ㄈㄥˋ ㄙㄨㄥˋ 贈送的敬詞。

**奉陪** ㄈㄥˋ ㄆㄟˊ 陪伴的敬詞。

**奉聞** ㄈㄥˋ ㄨㄣˊ 信札上的客氣話，意思是「說給您聽」或「給您報告」。

**奉趙** ㄈㄥˋ ㄓㄠˋ 図把東西還給別人的敬詞。參看「完璧歸趙」。

**奉養** ㄈㄥˋ ㄧㄤˇ 侍奉和贍養。

**奉還** ㄈㄥˋ ㄏㄨㄢˊ 送還東西給人的敬語。

**奉職** ㄈㄥˋ ㄓˊ 謹守職務。如「勤懇奉職」。

**奉勸** ㄈㄥˋ ㄑㄩㄢˋ 「勸告」的敬詞。如「奉勸你多做事，少開口」。

**奉獻** ㄈㄥˋ ㄒㄧㄢˋ 呈獻，獻給，是「給」的敬詞。

**奉祀官** ㄈㄥˋ ㄙˋ ㄍㄨㄢ 政府專設奉祀先聖先賢的公職人員，由聖賢後裔擔任。如「大成至聖先師奉祀官」，是奉祀孔子的。是從北宋就設置的「衍聖公」封爵改設的。

**奉公守法** ㄈㄥˋ ㄍㄨㄥ ㄕㄡˇ ㄈㄚˇ 奉行公事，遵守法令。

## 奈

ㄋㄞˋ 怎麼辦才好。沒有辦法叫「奈」。如「無可奈何」。

**奈何** ㄋㄞˋ ㄏㄜˊ ①怎麼辦才好。②處罰、對付、損害的意思。

**奈煩** ㄋㄞˋ ㄈㄢˊ 同「耐煩」。

## 奇

▲ㄑㄧˊ ㈠特別，不平常的。如「奇特」「奇聞」。㈡出人意料

的，想像不到的。如「奇襲」「出奇制勝」。㊂詫異。如「不足為奇」。▲ㄐㄧ ㈠單數。一、三、五、七、九……，和「偶數」相反。㈡図零數。如「五丈有奇」。㈢図指命運不好是「數奇」。

**奇人**（ㄑㄧˊ ㄖㄣˊ） 怪人。

**奇巧**（ㄑㄧˊ ㄑㄧㄠˇ） 新奇而且巧妙，形容工藝品。

**奇兵**（ㄑㄧˊ ㄅㄧㄥ） 乘敵人沒準備而突然加以襲擊的軍事行動。

**奇妙**（ㄑㄧˊ ㄇㄧㄠˋ） 巧妙。

**奇技**（ㄑㄧˊ ㄐㄧˋ） 特殊的技能。

**奇事**（ㄑㄧˊ ㄕˋ） ①不可測度（ㄉㄨㄛˋ）的事。②奇怪的事。

**奇怪**（ㄑㄧˊ ㄍㄨㄞˋ） ①指不常見的事物。②驚訝的詞。如「奇怪，怎麼不見了」。

**奇門**（ㄑㄧˊ ㄇㄣˊ） 古稱研究術數的一種隱祕的特殊方法。也叫「遁甲」或「奇門遁甲」。

**奇計**（ㄑㄧˊ ㄐㄧˋ） 奇妙的計謀。

**奇恥**（ㄑㄧˊ ㄔˇ） 重大的恥辱。

**奇特**（ㄑㄧˊ ㄊㄜˋ） 奇異或特殊。

**奇異**（ㄑㄧˊ ㄧˋ） 奇怪。

**奇術**（ㄑㄧˊ ㄕㄨˋ） 特殊的方法。

**奇勛**（ㄑㄧˊ ㄒㄩㄣ） 図別人難以比得上的特別功勛。如「老將黃忠在定軍山斬了夏侯淵，為蜀漢建立一件奇勛」。

**奇遇**（ㄑㄧˊ ㄩˋ） 意外奇特的遭遇。

**奇零**（ㄐㄧ ㄌㄧㄥˊ） 図零數。也作「畸零」。

**奇禍**（ㄑㄧˊ ㄏㄨㄛˋ） 使人想不到的災禍。

**奇聞**（ㄑㄧˊ ㄨㄣˊ） 讓人聽了覺得很驚奇的見聞。如「〈今古奇觀〉裡有不少海外奇聞」。

**奇數**（ㄐㄧ ㄕㄨˋ） 不成雙的數目，就是單數，如一、三、五、七、九等。

**奇緣**（ㄑㄧˊ ㄩㄢˊ） 意外的因緣。

**奇耦**（ㄐㄧ ㄡˇ） 單數與雙數。也作「奇偶」。

**奇謀**（ㄑㄧˊ ㄇㄡˊ） 神奇巧妙的計謀。

**奇談**（ㄑㄧˊ ㄊㄢˊ） 令人覺得奇怪的言談或見解。如「海外奇談」。

**奇醜**（ㄑㄧˊ ㄔㄡˇ） 非常醜，特別難看。

**奇跡**（ㄑㄧˊ ㄐㄧ） 想像不到的不平凡的事情。

**奇襲**（ㄑㄧˊ ㄒㄧˊ） 軍事上說在敵軍不注意沒防備的時候去攻擊他。

**奇驗**（ㄑㄧˊ ㄧㄢˋ） 非常有效應。

**奇觀**（ㄑㄧˊ ㄍㄨㄢ） 雄偉美麗而又罕見的景象。

**奇南香**（ㄑㄧˊ ㄋㄢˊ ㄒㄧㄤ） 用沈香的木材做成的香。又叫「伽南香」「沈香」。見「沈香」。

**奇蹄目**（ㄐㄧ ㄊㄧˊ ㄇㄨˋ） 哺乳動物中有蹄類的一目，後肢三趾，前肢三趾或四趾，也有前後肢各只有一趾的，如馬、犀牛、貘等。

**奇文共賞**（ㄑㄧˊ ㄨㄣˊ ㄍㄨㄥˋ ㄕㄤˇ） 本來是說「奇妙的文章大家來欣賞」，現在這個詞常帶有諷刺的意味。

**奇形怪狀**（ㄑㄧˊ ㄒㄧㄥˊ ㄍㄨㄞˋ ㄓㄨㄤˋ） 不正常，奇奇怪怪的形狀。

**奇技淫巧**（ㄑㄧˊ ㄐㄧˋ ㄧㄣˊ ㄑㄧㄠˇ） 新奇而特別的技藝。常指工藝美術方面，偶爾帶有貶義。

**奇奇怪怪**（ㄑㄧˊ ㄑㄧˊ ㄍㄨㄞˋ ㄍㄨㄞˋ） 各種奇怪的樣子。

**奇花異草**（ㄑㄧˊ ㄏㄨㄚ ㄧˋ ㄘㄠˇ） 平常難得見到的花草。如「花園裡有不少奇花異草」。

**奇珍異寶**（ㄑㄧˊ ㄓㄣ ㄧˋ ㄅㄠˇ） 罕見而難得的寶物。

**奇恥大辱** ㄑㄧˊ ㄔˇ ㄉㄚˋ ㄖㄨˋ 極大的恥辱。

**奇貨可居** ㄑㄧˊ ㄏㄨㄛˋ ㄎㄜˇ ㄐㄩ 語出〈史記．呂不韋傳〉。指商人把市面上稀少的貨物囤積起來，等待高價賣出去。

**奇裝異服** ㄑㄧˊ ㄓㄨㄤ ㄧˋ ㄈㄨˊ 奇異的服裝。

## 奄

▲ㄧㄢˇ 図㈠覆罩，引伸作擁有的意思。如「奄有四方」。㈡忽然。如「奄忽」。

▲ㄧㄢ 通「淹」「閹」。

**奄奄** ㄧㄢ ㄧㄢ 形容人氣息微弱，快要斷氣的樣子。李密〈陳情表〉有「氣息奄奄，人命危淺」。

**奄忽** ㄧㄢˇ ㄏㄨ 図忽然，倏忽。

## 六筆

## 奎

ㄎㄨㄟˊ ㈠兩條大腿之間的胯。㈡星宿名，就是古人所說的「文曲星」。㈢姓。

**奎宿** ㄎㄨㄟˊ ㄒㄧㄡˋ 星名，二十八宿之一，有十六顆星，其中九顆屬仙女座，七顆屬雙魚座。距離地球約七十六光年。

**奎寧** ㄎㄨㄟˊ ㄋㄧㄥˊ 又名「金雞納霜」，是從金雞納霜樹（又名「規那樹」）的樹皮提煉的白色結晶或粉末，可治瘧疾。

## 奐

ㄏㄨㄢˋ 文采鮮明的樣子。〈禮記．檀弓〉有「美哉奐焉」的話。

## 契

▲ㄑㄧˋ ㈠合同，合約。如「契約」「契據」。㈡意氣相投合。如「投契」。

▲図ㄑㄧㄝˋ 通「鍥」。如「契舟求劍」。

▲ㄒㄧㄝˋ 古人名，舜的臣子。

**契丹** ㄑㄧˋ ㄉㄢ 中國古代東北一種民族的名字，是東胡的一支，住在東北遼河上游，過游牧生活。西元九〇七年耶律阿保機統一各部，建立國家。後來改名「遼」。一一二五年被金滅亡。

**契友** ㄑㄧˋ ㄧㄡˇ 情意相投的好朋友。

**契合** ㄑㄧˋ ㄏㄜˊ ①符合。②意志相投。

**契券** ㄑㄧˋ ㄑㄩㄢˋ 契約證券。

**契約** ㄑㄧˋ ㄩㄝ 雙方商定的條件，彼此遵守，寫在文書上的叫做「契約」。

**契紙** ㄑㄧˋ ㄓˇ 契約。

**契稅** ㄑㄧˋ ㄕㄨㄟˋ 購置田宅向政府登記時所納的稅。

**契據** ㄑㄧˋ ㄐㄩˋ 契約、借據、收據等的總稱。

**契機** ㄑㄧˋ ㄐㄧ 指事物轉化的關鍵。

**契闊** ㄑㄧㄝˋ ㄎㄨㄛˋ 図①離合；聚散。②要約；生死相約。

**契兄弟** ㄑㄧˋ ㄒㄩㄥ ㄉㄧˋ 福建、臺灣、廣東各省指「義兄弟」。

**契舟求劍** ㄑㄧㄝˋ ㄓㄡ ㄑㄧㄡˊ ㄐㄧㄢˋ 時過境遷，仍固執己見而不知變通。〈呂氏春秋〉。也作「刻舟求劍」。

## 奏

ㄗㄡˋ ㈠照音樂譜使樂器發聲。如「奏樂」「奏鳴曲」。㈡顯現。如「奏效」「奏功」。㈢從前臣子向皇帝報事叫「奏」。

**奏功** ㄗㄡˋ ㄍㄨㄥ ①見效。②成功。

**奏效** ㄗㄡˋ ㄒㄧㄠˋ 事情進行收到效果。

**奏捷** ㄗㄡˋ ㄐㄧㄝˊ ①報告戰勝的消息。②得勝。

**奏章** ㄗㄡˋ ㄓㄤ 也稱「奏疏」。封建時代臣子向皇帝報告、建議的書表。

**奏琴** ㄗㄡˋ ㄑㄧㄣˊ 彈琴。

**奏摺** ㄗㄡˋ ㄓㄜˊ 明清時代臣子給皇帝的報告，用摺本繕寫，叫做奏摺。

**奏樂**（ㄗㄡˋ ㄩㄝˋ） 演奏音樂。

**奏鳴曲**（ㄗㄡˋ ㄇㄧㄥˊ ㄑㄩˇ） 音樂名詞。把幾個性質不同的樂章組合起來，成為一個樂曲，用樂器演奏，叫奏鳴曲。用鋼琴獨奏的叫鋼琴奏鳴曲，用提琴獨奏的叫提琴奏鳴曲，用管絃樂合奏的稱為交響曲。

**奕** 㘝ㄧˋ ㈠大，美。㈡奕奕：①精神煥發的樣子。如「神采奕奕」。②憂慮的樣子。如「憂心奕奕」。

**奕世**（ㄧˋ ㄕˋ） 㘝累代。

## 七筆

**套** ㄊㄠˋ ㈠同類的東西幾件合成一組的。如「套裝」「一套茶具」。㈡思想可以結成一體的。如「一套理論」。㈢動作連成一氣。如「打一套拳」「說一大套廢話」。㈣罩在外面的。如「套鞋」「筆套」。㈤加上去。如「隨便把鞋一套就走了」。㈥繩圈兒。如「繩套」。㈦用言語設計問出真情。如「他心裡的話都讓我套出來了」。㈧重疊的。如「套板」。㈨籠絡。如「圈套」。㈩模仿人家的文字言語。如「把人家說過的老話全套了下來」。(十一)陳舊的格調。如「套話」「俗套」。(十二)騙取。如「套交情」。

**套子**（ㄊㄠˋ ˙ㄗ） ①做成一定的形式，用來罩住棉被、棉袍、袖子、雨傘等東西，有保護作用。②一般應酬的套語。③圈套。如「上了他的套子」。

**套印**（ㄊㄠˋ ㄧㄣˋ） 木版印刷方法之一，在同一版面上將不同顏色的版，按次序疊印。如「這一本畫集是用紅黑兩色套印的。」

**套用**（ㄊㄠˋ ㄩㄥˋ） 模仿現成的辦法去做。

**套曲**（ㄊㄠˋ ㄑㄩˇ） 由若干樂曲或樂章組合成套的大型器樂曲或聲樂曲。

**套色**（ㄊㄠˋ ㄙㄜˋ） 彩色印刷的方法。應用平版或凸版分數次印刷，一次一種顏色，利用三原色疊印的原理，可以變出很多顏色來。

**套車**（ㄊㄠˋ ㄔㄜ） 把車上的套，套在拉車的牲口身上。

**套兒**（ㄊㄠˋ ㄦ） ①用繩結成的圈。②陷害人的計謀。

**套招**（ㄊㄠˋ ㄓㄠ） ①武術雙人表演前，雙方先商定一方如何出手，一方如何應付，並練習若干套招式再上場，外行人不容易看出是事先套好的。②比喻有關雙方對事情的處理，先已商定辦法、步驟。

**套板**（ㄊㄠˋ ㄅㄢˇ） 分色印刷。也叫「套印」。「板」也作「版」。

**套索**（ㄊㄠˋ ㄙㄨㄛˇ） 舊日作戰時一種捉人的用具。以前美國西部捉牛的索圈，也叫套索。

**套問**（ㄊㄠˋ ㄨㄣˋ） 用迂迴的方法向對方盤問，過程中儘量不使對方覺察出己方的目的。

**套袴**（ㄊㄠˋ ㄎㄨˋ） 套在袴子外面的只有袴腿的袴子。

**套袖**（ㄊㄠˋ ㄒㄧㄡˋ） 單層布料做成，套在衣袖外面，作用是保護袖子。

**套話**（ㄊㄠˋ ㄏㄨㄚˋ） ①普通應酬的習慣語。②用話設計問出真情。如「套出他的話來」。

**套裝**（ㄊㄠˋ ㄓㄨㄤ） 指成套的女裝。

**套語**（ㄊㄠˋ ㄩˇ） 客套話。

**套數**（ㄊㄠˋ ㄕㄨˋ） ①戲曲或散曲中連帶成套的曲子。②比喻成系統的技巧或手法。

**套鞋**（ㄊㄠˋ ㄒㄧㄝˊ） 套在鞋外的雨鞋。

**套餐**（ㄊㄠˋ ㄘㄢ） 餐廳裡賣的整組的餐食，通常以幾種菜肴加米飯、湯、飲料為一套，有若干菜色，便利顧客選擇。

**套頭**（ㄊㄠˋ ㄊㄡˊ） 不開襟，從領口部分開個口子的衣服。多種內衣、毛衣都是這樣製作的。

**套間**（ㄊㄠˋ ㄐㄧㄢ）**（兒**ㄦ**）** 跟正房兩側相通的小房間。

**套交情**（ㄊㄠˋ ㄐㄧㄠ ㄑㄧㄥˊ） 情字輕讀。拉攏感情。

**奚** 図ㄒㄧ ㈠僕役。如「奚奴」。㈡疑問詞：①什麼事。如「問臧奚事」。②什麼地方。如「水奚自至」。③疑問形容詞，用在名詞前。〈韓非子〉有「奚時得用」句。④疑問副詞。意思是「為什麼」「怎麼」。如「子奚不為政」。㈢見「奚落」條。㈣姓。

**奚若**（ㄒㄧ ㄖㄜˋ） 図怎麼樣。

**奚落**（ㄒㄧ ㄌㄨㄛˋ） 図譏笑。

**奘** ▲図ㄗㄤˋ大。▲ㄓㄨㄤˇ徑圍粗大。

## 八筆

**奢** ㄕㄜ ㈠用錢浪費，手面闊綽。如「奢侈」。㈡過多，過分。如「奢望」。㈢図說大話。如「奢言」。㈣姓。

**奢言**（ㄕㄜ ㄧㄢˊ） 図誇大的話。

**奢侈**（ㄕㄜ ㄔˇ） 不節儉。

**奢望**（ㄕㄜ ㄨㄤˋ） 過分的希望。

**奢華**（ㄕㄜ ㄏㄨㄚˊ） 過分講究鋪張，浪費的意思。

**奢費**（ㄕㄜ ㄈㄟˋ） 図奢侈浪費，不知節儉。

**奢靡**（ㄕㄜ ㄇㄧˊ） 図用錢過分，不知節儉。

**奢侈品**（ㄕㄜ ㄔˇ ㄆㄧㄣˇ） 不是生活上所必需的消費品，如高貴的化妝品等。

## 九筆

**奠** ㄉㄧㄢˋ ㈠安定。如「奠高山大川」。㈡祭獻。如「奠酒」。㈢安置。如「奠基」。

**奠定**（ㄉㄧㄢˋ ㄉㄧㄥˋ） 使穩固，使安定。

**奠酒**（ㄉㄧㄢˋ ㄐㄧㄡˇ） 祭祀時的一種儀式，把酒灑在地下。

**奠基**（ㄉㄧㄢˋ ㄐㄧ） 打下建築物的基礎。

**奠都**（ㄉㄧㄢˋ ㄉㄨ） 確定國都的地址。如「民國成立，奠都南京」。

**奠雁**（ㄉㄧㄢˋ ㄧㄢˋ） 図古代婚禮用雁作見面禮物，稱為「奠雁」。

**奠儀**（ㄉㄧㄢˋ ㄧˊ） 也作「奠敬」，致送喪家的賻金。

**奡** ㄠˋ 図㈠動作敏捷的樣子。㈡通「傲」。

## 十筆

**奧** ▲ㄠˋ ㈠房間裡的西南角兒叫奧，是祕密的地方。㈡由㈠引伸做精深祕密的意思。如「奧祕」「奧義」。▲ㄩˋ 通「澳」「燠」「隩」。

**奧妙**（ㄠˋ ㄇㄧㄠˋ） 深奧神奇的意思。

**奧祕**（ㄠˋ ㄇㄧˋ） 深奧隱祕。

**奧援**（ㄠˋ ㄩㄢˊ） 図內援；通常又指大力援引。

**奧會**（ㄠˋ ㄏㄨㄟˋ） 奧林匹克委員會的簡稱。①國際奧林匹克委員會（International Olympic Committee. I.O.C.），提倡業餘運動，監督每四年舉行一次的國際奧林匹克運動會。②國家奧林匹克委員會，由世界各國自行設立，掌管境內體育事務與國際聯繫工作。

**奧義** ㄠˋ ㄧˋ 深奧的義理。

**奧運會** ㄠˋ ㄩㄣˋ ㄏㄨㄟˋ （Olympic Games）奧林匹克運動會的簡稱。

**奧林匹克運動會** ㄠˋ ㄌㄧㄣˊ ㄆㄧˇ ㄎㄜˋ ㄩㄣˋ ㄉㄨㄥˋ ㄏㄨㄟˋ 原為古代希臘人的競賽，一八九六年舉行第一屆現代奧運會。由國際奧會事先決定主辦城市，負責籌備。奧運會每四年舉辦一次，運動項目多，規模龐大，是體育界一大盛事。

## 十一筆

**奪** ㄉㄨㄛˊ ㈠強取。如「搶奪」。㈡爭取。如「奪錦標」。㈢剝削。如「剝奪」。㈣決定可否。如「定奪」「裁奪」。㈤衝過。如「奪門而入」「眼淚奪眶而出」。㈥晃眼睛。如「光彩奪目」。

**奪目** ㄉㄨㄛˊ ㄇㄨˋ 光彩晃眼睛。

**奪取** ㄉㄨㄛˊ ㄑㄩˇ 用武力強取。

**奪氣** ㄉㄨㄛˊ ㄑㄧˋ 図懾於聲威，喪失膽氣。

**奪標** ㄉㄨㄛˊ ㄅㄧㄠ 奪取錦標，特指奪取冠軍。

**奩（匳、奁）** 図ㄌㄧㄢˊ ㈠古代婦女鏡匣。㈡裝東西的小匣子。㈢嫁妝。

**奩敬** ㄌㄧㄢˊ ㄐㄧㄥˋ 図祝賀人家女兒出嫁的賀禮。

## 十二筆

**奭** 図ㄕˋ ㈠紅色。㈡繁盛。

## 十三筆

**奮** ㄈㄣˋ ㈠鳥振動翅膀。如「奮翼高飛」。㈡猛然用力。如「奮袂」。㈢發揚。如「奮發」。㈣振作。如「人心振奮」。

**奮力** ㄈㄣˋ ㄌㄧˋ 図努力，振作精神去做。如「打起精神，奮力向前」。

**奮志** ㄈㄣˋ ㄓˋ 發奮（做一番事業）。如「奮志讀書」。

**奮迅** ㄈㄣˋ ㄒㄩㄣˋ 図精神振奮，行動迅速。

**奮勇** ㄈㄣˋ ㄩㄥˇ 鼓起勇氣。如「奮勇前進」。

**奮勉** ㄈㄣˋ ㄇㄧㄢˇ 振作努力。

**奮袂** ㄈㄣˋ ㄇㄟˋ 図指感情激動時，把袖子一甩，準備行動。如「奮袂而起」。

**奮起** ㄈㄣˋ ㄑㄧˇ 振作起來。如「奮起直追」。

**奮鬥** ㄈㄣˋ ㄉㄡˋ 為了達到一定目的而努力。

**奮發** ㄈㄣˋ ㄈㄚ 精神振作，情緒高漲。如「奮發圖強」。

**奮進** ㄈㄣˋ ㄐㄧㄣˋ 奮勇前進。

**奮戰** ㄈㄣˋ ㄓㄢˋ 奮勇戰鬥。

**奮擊** ㄈㄣˋ ㄐㄧˊ 奮勇攻打。

**奮臂** ㄈㄣˋ ㄅㄧˋ 図揮動胳臂而起。

**奮不顧身** ㄈㄣˋ ㄅㄨˋ ㄍㄨˋ ㄕㄣ 奮勇直前，不顧生命。

# 女部

**女** ▲ㄋㄩˇ ㈠雌性的人，不是男性的人。㈡女兒。如「兒女」「長女」。㈢婦女，沒出嫁的叫「女」，已嫁的叫「婦」。㈣星宿名，「女宿」是二十八宿之一。㈤文言裡表示「較小的」。見「女牆」。

▲図ㄋㄩˋ 把女兒嫁給人。

▲図ㄖㄨˇ 通「汝」，你，你的。

**女人** ㄋㄩˇ ㄖㄣˊ 女子，婦女。▲ㄋㄩˇ ˙ㄖㄣ ①妻。②稱婦女，含有輕侮的意思。

**女士** ㄋㄩˇ ㄕˋ ①女子的尊稱。②受過教育的女子。

**女子** ㄋㄩˇ ㄗˇ 指女性，是「男子」的對稱。

**女工** ㄋㄩˇ ㄍㄨㄥ ①做工的婦女。②図同「女紅」。

**女方** ㄋㄩˇ ㄈㄤ 男女兩位當事人之中屬於女性的那一邊的人。是對男方說的。常用來指新婚或相戀時女性的一邊。如「女方家長已經收了聘禮」。

**女王** ㄋㄩˇ ㄨㄤˊ 女性的君主。

**女兄** ㄋㄩˇ ㄒㄩㄥ 図姐姐。

**女史** ㄋㄩˇ ㄕˇ 古代女官名，後來借稱有學識的婦女。

**女奴** ㄋㄩˇ ㄋㄨˊ ①舊時稱婢女。②歐洲、中東在中古時代盛行販賣人口，富人把買來的女子做奴隸，稱為「女奴」。

**女生** ㄋㄩˇ ㄕㄥ 女學生。

**女色** ㄋㄩˇ ㄙㄜˋ 女子的美色。

**女伶** ㄋㄩˇ ㄌㄧㄥˊ 女戲子。

**女巫** ㄋㄩˇ ㄨ 就是「巫婆」，以替人燒香祈禱、降神為職業的婦女。

**女弟** ㄋㄩˇ ㄉㄧˋ 図妹妹。

**女兒** ㄋㄩˇ ㄦˊ 女孩子（對父母而言）。

**女性** ㄋㄩˇ ㄒㄧㄥˋ ①人類兩性之一，能在體內產生卵細胞。②婦女的。如「新女性」。

**女流** ㄋㄩˇ ㄌㄧㄡˊ 婦女（含輕蔑意）。如「女流之輩」。

**女皇** ㄋㄩˇ ㄏㄨㄤˊ 女性的皇帝。

**女神** ㄋㄩˇ ㄕㄣˊ 神話故事裡的女性的神。如女媧、媽祖。

**女紅** ㄋㄩˇ ㄍㄨㄥ 図以往稱女子的工作，像紡織、刺繡、縫紉等。

**女郎** ㄋㄩˇ ㄌㄤˊ 年輕的女子。

**女校** ㄋㄩˇ ㄒㄧㄠˋ 專收女生的學校。

**女真** ㄋㄩˇ ㄓㄣ 種族名，住在東北松花江一帶。北宋末年，滅遼攻宋，聲勢漸盛，後被元朝所滅。明末建立清朝的滿洲人就是女真的另一部族。

**女宿** ㄋㄩˇ ㄒㄧㄡˋ 星名，二十八宿之一，是北方玄武七星的第三宿，在牛宿與虛宿之間。又名「婺女」「須女」。

**女將** ㄋㄩˇ ㄐㄧㄤˋ ①女性將領。②各種隊伍中的女隊員或各種競賽中的女選手。

**女眷** ㄋㄩˇ ㄐㄩㄢˋ 女性家眷。

**女婿** ㄋㄩˇ ㄒㄩˋ 女兒的丈夫。

**女媧** ㄋㄩˇ ㄨㄚ 中國神話故事的人物。傳說她捏土造人，是人類的始祖。又說她煉石補天，使人民安居樂業。

**女隊** ㄋㄩˇ ㄉㄨㄟˋ 女性隊伍。

**女僕** ㄋㄩˇ ㄆㄨˊ 女性僕人。

**女德** ㄋㄩˇ ㄉㄜˊ ①女子的品德。如「張家那女孩兒女德不錯」。②女色。③尼姑，宋徽宗改尼為女德。

**女樂** ㄋㄩˇ ㄩㄝˋ 古代的女性歌舞藝人。

**女嬰** ㄋㄩˇ ㄧㄥ 女性嬰兒。

**女牆** ㄋㄩˇ ㄑㄧㄤˊ 城牆上的凹凸形的短牆。

**女聲** ㄋㄩˇ ㄕㄥ 聲樂中的女子聲部，一般分女高音、女中音、女低音。

**女權** ㄋㄩˇ ㄑㄩㄢˊ 女子在政治上、經濟上、社會上應享的權利。

**女蘿** ㄋㄩˇ ㄌㄨㄛˊ 地衣類隱花植物，又名「松蘿」。

**女家（兒）** 家字輕讀。婚姻關係中女方的家。

**女公子** 對別人的女兒的尊稱。

**女主人** 客人對家庭主婦的尊稱。

**女弟子** 女性的學生，對老師說的。如「陳英英是張公得先生的女弟子」。

**女兒身** 還沒出嫁的女子。

**女兒紅** 紹興酒的一種。又名「女兒酒」，也略作「女酒」。紹興人在女兒出生那一年，釀造若干罈酒，埋入地下，等女兒出嫁宴客時才拿出來喝。

**女性化** 心理學上說男人表現的有女性的傾向，比如在髮型、衣著，甚至肢體動作等等方面，都有類似女性的表現。

**女明星** 女性的演藝人員。

**女孩子** ①女兒。②女性兒童。

**女孩兒** 女孩子。

**女童軍** 女性組成的童子軍。

**女大當嫁** 俗語，女孩子長大了應該出嫁。常和「男大當婚」連用。

**女扮男裝** 女子假扮男子。

**女青年會** 「基督教女青年會」的略稱。該會在一八七七年創始於倫敦，宗旨是為促進女青年在身心、社會、知能與道德等方面的利益。中國的女青年會成立於一九二三年，舉辦夏令聯修會、職業介紹、家政研究以及各種語文訓練等事業。

**女權運動** 改善並提高婦女社會地位的社會運動。英國發起的最早，十八世紀就鼓吹男女平權。

**女大十八變** 諺語，說女子從小到大，在容貌方面有很大的改變。「十八」是形容多。

**女大不中留** 諺語，女孩子長大了就要嫁人，不適宜留在家裡。參看「女大當嫁」。

## 二筆

**奶** ㈠乳汁。如「牛奶」。㈡分泌乳汁的器官，就是乳房。㈢餵奶，哺乳。如「把孩子奶大了」「她正在奶孩子」。㈣「奶奶」的簡語。

**奶子** 〔方〕①乳房。②奶媽。

**奶水** ①乳汁，常指人乳。②比喻得以壯大的資源。如「他原先受民主黨培養，現在雖然是自由黨黨魁，卻可以說是吃民主黨的奶水長大的」。

**奶牙** 乳齒的通稱。

**奶奶** ①祖母。②對老婦人的尊稱。③少奶奶。

**奶昔** （milk shake）一種飲料。在牛奶中添加配料，如巧克力、香草精等，經過用力搖盪後，汁液比較濃，因為配料不同而有各種不同的口味。

**奶油** 由牛奶提製出來的油。

**奶品** 泛指含有牛奶或加入牛奶調製的食品。

**奶娘** 奶媽，乳母。

**奶粉** 牛奶除去水分製成的粉末，食用時加水沖成液體。

**奶茶** 加上牛奶或羊奶的茶。

**奶媽** ㄋㄞˇ ㄇㄚ 受雇給人家奶孩子的婦女。

**奶罩** ㄋㄞˇ ㄓㄠˋ 女人用來托住乳房的布罩。也叫「乳罩」、「胸罩」。

**奶皮(兒)** ㄋㄞˇ ㄆㄧˊ ㄦ 牛奶、羊奶煮沸冷卻以後，浮在表面上的一層含脂肪的薄膜。

**奶名(兒)** ㄋㄞˇ ㄇㄧㄥˊ ㄦ 也說「小名(兒)」，就是「乳名」，是幼時所用的名字，長大以後改用正式的「學名(兒)」。

**奶頭(兒)** ㄋㄞˇ ㄊㄡˊ ㄦ ①乳頭。②奶嘴兒。

**奶孩子** ㄋㄞˇ ㄏㄞˊ ㄗ˙ 給嬰兒吃奶。

**奶嘴兒** ㄋㄞˇ ㄗㄨㄟˇ ㄦ 裝在奶瓶口上的像奶頭的東西。

**奴** ㄋㄨˊ (一)舊時賣身供主人使喚，替主人做勞工的人。(二)舊時女子自謙稱「奴」，也說「奴家」。

**奴才** ㄋㄨˊ ㄘㄞˊ 才字常輕讀。①奴僕，以往仕宦人家的婢僕。②指庸才。③罵人人格卑下，沒有骨氣，沒有獨立自主的精神。④滿清旗籍官吏對皇帝的自稱。

**奴役** ㄋㄨˊ ㄧˋ 把人當做奴隸使用。

**奴性** ㄋㄨˊ ㄒㄧㄥˋ 甘心受人奴役的品性。

**奴婢** ㄋㄨˊ ㄅㄧˋ 男女奴僕。太監對皇帝、后妃等也自稱奴婢。

**奴僕** ㄋㄨˊ ㄆㄨˊ 舊時指供人使喚的用人。

**奴隸** ㄋㄨˊ ㄌㄧˋ 供人使喚，沒有自由的人。

**奴化教育** ㄋㄨˊ ㄏㄨㄚˋ ㄐㄧㄠˋ ㄩˋ 侵略者在殖民地實施的使人民甘心受其奴役的教育，如消滅原有的語言文字、風俗習慣。

**奴顏婢膝** ㄋㄨˊ ㄧㄢˊ ㄅㄧˋ ㄒㄧ 譏人卑賤諂媚極其無恥的態度。

**奴顏媚骨** ㄋㄨˊ ㄧㄢˊ ㄇㄟˋ ㄍㄨˇ [文]形容人奉承巴結、卑鄙無恥到了極點。

## 三筆

**妃** ㄈㄟ (一)古時候稱天子的配偶。(二)皇帝的妾的一種稱號，地位比「后」低。(三)古時太子或王子的妻。(四)中國人對女神的尊稱。如「天妃」「湘妃」。

**妃色** ㄈㄟ ㄙㄜˋ 淡紅色。

**她** ㄊㄚ 第三人稱代名詞，指女性的。

**好** ▲ㄏㄠˇ (一)美，善。跟「壞」相反。如「好事」「好房子」。(二)有美感的。如「好看的」「好聽的音樂」。(三)善良的。如「好人」「好心好意」。(四)親密、友愛。如「和好」「他們倆相好」。(五)辦妥，事情完成。如「稿子寫好了」。(六)指病癒。如「他的病完全好了」「好了疤瘌忘了疼」。(七)容易。如「這事好辦」「這個人好說話，求他去吧」。(八)有「方便」「相宜」的意思。如「有話不好出口」「他沒邀我，我好去嗎」。(九)以便。如「快準備材料，好早日開工」。(十)可以。如「只好這麼辦」「正好試試」。(十一)很。如「好久」「好多的東西」。(十二)表示程度的深的口氣。如「好冷」「好一條硬漢子」。(十三)形容動作的詞，表示加強加重的意思。如「你這病要好養」「我好勸了他一番」。(十四)表示稱讚跟允許的詞。如「好，就這麼辦吧」「好，我馬上就去」。(十五)表示結束或制止的詞。如「好，不要吵啦」。(十六)表示和預料相反的詞。如「他吃了這藥，好，反倒壞了」。

▲ㄏㄠˋ (一)喜愛、喜歡。如「這孩子好說笑」「好吃懶做」。(二)喜愛的事情。如「嗜好」「各有所好」。

**好人** ㄏㄠˇ ㄖㄣˊ ①品行好的、善良的人。如「好人是不寂寞的」。②對社會有貢獻，可以作楷模的人。如「好人好事」。③沒病，健康的人。如「昨天他還是個好人，今天怎麼就進了醫院」。④老好人。如「她只想做個好人」。

**好久** ㄏㄠˇ ㄐㄧㄡˇ 很久。

**好大** ▲ㄏㄠˇ ㄉㄚˋ 很大。▲ㄏㄠˋ ㄉㄚˋ 喜歡虛文誇張，貪多好事。

**好不** ㄏㄠˇ ㄅㄨˋ 副詞，用在某些雙音形容詞前面，表示「很」的意思。如「人山人海，好不熱鬧」。

**好天** ㄏㄠˇ ㄊㄧㄢ 晴朗的天氣，對「雨天」說的。

**好心** ㄏㄠˇ ㄒㄧㄣ 好意，善意。

**好歹** ㄏㄠˇ ㄉㄞˇ ①好壞。②危急的意思，多指人身不安全說的。如「萬一有個好歹，怎麼辦」。③無論如何。如「這件事好歹要辦，不能拖延」。

**好比** ㄏㄠˇ ㄅㄧˇ 譬如。

**好生** ▲ㄏㄠˇ ㄕㄥ ①吩咐人注意、留神的話。如「你們大家好生聽著」。②很，加強程度的修飾副詞。③同「好好的」①。▲ㄏㄠˋ ㄕㄥ 指慈善仁愛而不忍殺生。如「君子有好生之德」。

**好合** ㄏㄠˇ ㄏㄜˊ 囡兩人情意相投合，常用於慶賀新婚。如「百年好合」。

**好在** ㄏㄠˇ ㄗㄞˋ 副詞，表示徼幸的意思，同幸虧、多虧。如「我們走著去吧，好在離這兒不遠」。

**好死** ㄏㄠˇ ㄙˇ 善終。如「好死不如惡活著」。

**好似** ㄏㄠˇ ㄙˋ 好像，如同。

**好事** ▲ㄏㄠˇ ㄕˋ ①善事。如助人，為社會服務，稱為「做好事」。②指婚姻跟愛情方面順利美滿。也指婚期。③請和尚道士念經設醮，除災祈福，也叫「做好事」。▲ㄏㄠˋ ㄕˋ 喜歡多事，製造事端。「好事者」就是喜歡生事的人。

**好些** ▲ㄏㄠˇ ㄒㄧㄝ 許多。如「他讀過好些名著」。▲ㄏㄠˇ ㄒㄧㄝ 比較好。如「他的功課比他弟弟好些」。

**好使** ㄏㄠˇ ㄕˇ 便於使用。

**好受** ㄏㄠˇ ㄕㄡˋ 感到舒適。

**好奇** ㄏㄠˋ ㄑㄧˊ 覺得新奇，有興趣探究一下。如「他對新事物相當好奇」。

**好客** ㄏㄠˋ ㄎㄜˋ 對客人熱情，樂於接待客人。

**好看** ㄏㄠˇ ㄎㄢˋ ①看上去美觀、順眼。如「這條領帶很好看」。②光彩，有榮譽感。如「他這一件辦得好，連長官的臉上都好看」。③使人難堪說是「給他好看」，是反話。

**好音** ㄏㄠˇ ㄧㄣ 囡好消息。

**好哭** ㄏㄠˋ ㄎㄨ 愛哭，稍有不如意就哭。

**好笑** ㄏㄠˇ ㄒㄧㄠˋ 事情或行為滑稽、怪異而引人發笑。

**好強** ㄏㄠˋ ㄑㄧㄤˊ 不肯落在人後，好榮譽。如「李小姐這人生來好強，嘴上從不讓人半分」。

**好球** ㄏㄠˇ ㄑㄧㄡˊ ①完好合用的球。如「盒子裡的球壞了兩個，只剩一個好球」。②落點好，對方接不起的球。如「這一球落在邊線上，是個好球」。

**好處** ㄏㄠˇ ㄔㄨˋ 處字輕讀。①優點。②利益。

**好勝** ㄏㄠˋ ㄕㄥˋ 喜歡爭強鬥勝，想超越眾人。

**好喜** ㄏㄠˇ ㄒㄧ 喜字輕讀。愛好。

**好惡** ㄏㄠˋ ㄨˋ 喜愛和厭惡。如「有些人有特殊的好惡」。

**好感** ㄏㄠˇ ㄍㄢˇ 對人、物、事有一種喜愛或滿意的情緒。如「他對李小姐有相當好感」。

**好意** ㄏㄠˇ ㄧˋ 善意。

**好話** ㄏㄠˇ ㄏㄨㄚˋ ①有益的話。如「我好話說盡，他就是不聽」。②讚揚的話。如「李先生替他在經理面前說了許多好話」。

**好過** ㄏㄠˇ ㄍㄨㄛˋ ①生活富裕。②好受。

**好像** ㄏㄠˇ ㄒㄧㄤˋ ①很像。如「他急急忙忙地走了，好像有什麼重要的事等他去辦」。②譬如，好比。如「工作而無目的，好像是用篩子舀水」。③大約，似乎，不敢確定。如「這件事好像是發生在民國初年」。

**好漢** ㄏㄠˇ ㄏㄢˋ ①勇敢的男子。如「他出生入死，真是一條好漢」。②男子的通稱。如「好漢當兵，保家衛國」。

**好說** ㄏㄠˇ ㄕㄨㄛ ①表示客氣的語詞，常重複地說，意思是指對方所說的並非真確的事實。②好商量。如「您如果看中了這件貨色，價錢好說」。

**好麼** ㄏㄠˇ ˙ㄇㄚ ①表示商量，向對方徵求意見時的用詞，意思是好不好，可以不可以。如「現在我們就去好麼」。②寒暄、關切詢問的用詞。如「好久不見，近來好麼」。③表示氣憤的詞。如「好麼！他居然敢故意跟我作對」。

**好轉** ㄏㄠˇ ㄓㄨㄢˇ 情況由壞變好。

**好辯** ㄏㄠˋ ㄅㄧㄢˋ 喜歡跟人辯論。

**好聽** ㄏㄠˇ ㄊㄧㄥ 言語或音樂悅耳，人聽了覺得舒暢。

**好手(兒)** ㄏㄠˇ ㄕㄡˇ (ㄦ) 手藝精，很能辦事的人。

**好人家** ㄏㄠˇ ㄖㄣˊ ㄐㄧㄚ 家可ㄦ化。清白良善的人家。如「不管怎麼樣，她總是好人家的孩子」。

**好日子** ㄏㄠˇ ㄖˋ ˙ㄗ ①吉祥的日子。如「明天是個好日子，做什麼都會成功」。②辦喜事的日子。如「恭喜你呀，好日子是哪一天」。③美好的生活。如「她丈夫在的時候，她過了幾年好日子」。

**好半天** ㄏㄠˇ ㄅㄢˋ ㄊㄧㄢ 時間很久。

**好好的** ㄏㄠˇ ㄏㄠˇ ˙ㄉㄜ ①鄭重其事的意思。如「你好好的寫吧」。②好端端的。如「好好的一個工作，你為什麼不做」。

**好來塢** ㄏㄠˇ ㄌㄞˊ ㄨˋ （Hollywood）地名，在美國加州洛杉磯市西北郊，是拍攝電影、電視的製片機構的集中地，有「影城」的美譽。

**好奇心** ㄏㄠˋ ㄑㄧˊ ㄒㄧㄣ 心理學上說人面對新事物，想觀察它了解它，來增進知識。這一種心意稱為好奇心。

**好玩兒** ▲ㄏㄠˇ ㄨㄢˊ ㄦ 有趣味。▲ㄏㄠˋ ㄨㄢˊ ㄦ 貪玩。

**好容易** ㄏㄠˇ ㄖㄨㄥˊ ㄧˋ 易字輕讀。①用作反意，表示「不容易、很難」的意思；後面常接「才」字連用。如「他整天不在家，我好容易才找到他」。②很容易。如「這題目好容易，誰都會答」。

**好傢伙** ㄏㄠˇ ㄐㄧㄚ ㄏㄨㄛˇ 伙字輕讀。①對人戲謔的稱呼。②驚訝的語詞。如「好傢伙！可嚇死我了」。

**好意思** ㄏㄠˇ ㄧˋ ㄙ 思字輕讀。不害臊，不怕難為情。如「是他先動手打人，還好意思要你道歉」。

**好運道** ㄏㄠˇ ㄩㄣˋ ㄉㄠˋ 道字輕讀。好運氣。

**好端端** ㄏㄠˇ ㄉㄨㄢ ㄉㄨㄢ 情況正常。如「好端端的人，為什麼說病就病了」。

**好說話** ㄏㄠˇ ㄕㄨㄛ ㄏㄨㄚˋ ①指人脾氣好，別人容易跟他商量、溝通，有所請求也容易得到回應。

**好大喜功** 指不管條件是否許可，一心想做大事，立大功。

**好不容易** 易字輕讀。很難，很不簡單。如「刻了一個月，好不容易才把這對竹雕刻好了」。

**好吃懶做** 比喻只知道享受，卻不肯勞動。

**好好先生** ①指沒有主見的人。②為人和平，與人無爭的人。

**好事多磨** 指好的事情多有挫折，不容易一下子就做得好或達到圓滿的結果，含有安慰和勉勵的意思。

**好為人師** 處處以指導者自居，喜歡教訓別人。形容人不謙虛，自以為了不起。

**好高騖遠** 說話做事只求高遠而不切實際。

**好逸惡勞** 貪圖安逸，厭惡勞動。

**好說歹說** 用各種理由或方法，反覆勸告。如「幸虧我好說歹說，他才答應」。

**好整以暇** 図匆忙之中，仍然井井有條，從容不迫。

**好聲好氣** 臉色和悅，說話的語調溫和不強烈。

**好心沒好報** 指善意反而被誤會。

## 奸

ㄐㄧㄢ ㈠虛偽，險詐。如「老奸巨猾」「奸笑」。㈡自私，取巧，油滑。如「這個人才奸哪，不肯出力做事」。㈢私心。如「藏奸」。㈣在內部搗亂，和敵人勾結通謀的壞人。如「奸細」「漢奸」。㈤通「姦」。

**奸人** 自私、狡詐的人。

**奸宄** 図壞人（藏在內部的叫奸，起自外頭的叫宄）。

**奸臣** 指君主時代不忠於君主的大臣。

**奸佞** 図①奸邪諂媚。②奸邪諂媚的人。

**奸邪** 図①奸詐邪惡。②奸詐邪惡的人。

**奸計** 奸詐的計謀；壞主意。

**奸徒** 陰險狡詐的壞人。

**奸笑** 陰險的笑。

**奸商** 為了賺錢，不惜使用囤積居奇、哄抬物價等不正當行為獲私利的商人。

**奸淫** ①男女間不正當的性行為。②姦汙。

**奸細** 細字輕讀。①奸詐的小人。②通敵的間諜，替敵人探聽消息的人。

**奸詐** 虛偽詭作，不講信義。

**奸雄** 有才略而權詐百出的野心家。

**奸滑** 奸詐狡猾。

**奸險** 奸詐陰險。

## 妁

ㄕㄨㄛˋ 「媒妁」就是媒人，婚姻介紹人。

## 如

ㄖㄨˊ ㈠像，同。如「愛人如己」「整舊如新」。㈡及，比得上。如「遠親不如近鄰」。㈢依照。如「如願以償」「如約而來」。㈣如果，若是。如「如其不然」「如不能來，請先通知」。㈤舉例時用的詞。如「比如」「例如」。㈥図往，到。〈赤壁賦〉有「縱一葦之所如」。㈦図奈。〈愚公移山〉有「如太行王屋何」。㈧図或。〈論語〉有「方六七十，如五六十」。㈨図表示狀況或情態的詞尾。如「突如其來」「恂恂如也」。

**如一**（ㄖㄨˊ ㄧ）①固定不變。如「始終如一」「長年如一日」。②一致而沒有差異。如「心口如一」「表裡如一」。

**如下**（ㄖㄨˊ ㄒㄧㄚˋ）如同以下所說、所列舉的。用在綜述文字的末尾。如「茲列舉注意事項如下」。

**如上**（ㄖㄨˊ ㄕㄤˋ）如同以上（文字）所敘述（或以數字列舉）的。用以總括上文。如「茲特報告如上」。

**如己**（ㄖㄨˊ ㄐㄧˇ）像是自己。如「愛人如己」。

**如今**（ㄖㄨˊ ㄐㄧㄣ）而今，現在。

**如兄**（ㄖㄨˊ ㄒㄩㄥ）〔文〕書信用語，稱結拜的哥哥。

**如同**（ㄖㄨˊ ㄊㄨㄥˊ）好像。

**如字**（ㄖㄨˊ ㄗˋ）舊時的一種注音方法。遇到一個字有幾個不同的音，便從習慣上認定一個最基本的音，叫「如字」。像「養」字，讀ㄧㄤˇ是「如字」，讀ㄧㄤˋ是破讀。參看「破音字」條。

**如次**（ㄖㄨˊ ㄘˋ）如下。

**如此**（ㄖㄨˊ ㄘˇ）這樣。

**如何**（ㄖㄨˊ ㄏㄜˊ）怎麼，怎麼樣。

**如初**（ㄖㄨˊ ㄔㄨ）跟當初一樣。如「和好如初」。

**如弟**（ㄖㄨˊ ㄉㄧˋ）〔文〕書信用語，稱結拜的弟弟。

**如來**（ㄖㄨˊ ㄌㄞˊ）釋迦牟尼的十種稱號之一。

**如其**（ㄖㄨˊ ㄑㄧˊ）假如。

**如果**（ㄖㄨˊ ㄍㄨㄛˇ）假若，倘使。

**如泥**（ㄖㄨˊ ㄋㄧˊ）①泥是一種蟲子，失水時就像醉了一樣。所以用「爛醉如泥」來形容大醉的樣子。②形容像泥土一樣容易削切。如「削鐵如泥」。③比喻價錢低廉。杜甫詩有「物價賤如泥」。

**如故**（ㄖㄨˊ ㄍㄨˋ）①跟老朋友一樣。如「一見如故」。②跟從前一樣。如「依然如故」。

**如是**（ㄖㄨˊ ㄕˋ）如此。

**如約**（ㄖㄨˊ ㄩㄝ）遵照早先的約定。如「到了中午，兩人如約到新公園相會」。

**如若**（ㄖㄨˊ ㄖㄨㄛˋ）如果。

**如常**（ㄖㄨˊ ㄔㄤˊ）照常，像平常一樣。

**如許**（ㄖㄨˊ ㄒㄩˇ）〔文〕①這麼些；那麼些。如「耗費如許財力物力」。②如此。如「水清如許」。

**如廁**（ㄖㄨˊ ㄘˋ）〔文〕上廁所。廁字也可讀ㄘㄜˋ。

**如斯**（ㄖㄨˊ ㄙ）〔文〕如此。如「如斯而已」。

**如期**（ㄖㄨˊ ㄑㄧˊ）按照期限。如「如期完成」。

**如雲**（ㄖㄨˊ ㄩㄣˊ）形容眾多，像雲層一樣的密集。

**如意**（ㄖㄨˊ ㄧˋ）①符合心意。②一種器物，多用玉石雕製，一頭作靈芝或雲朵的形狀，光滑可愛，供玩賞。取名「如意」，作為吉祥的表徵。

**如新**（ㄖㄨˊ ㄒㄧㄣ）東西用過了，還像新的。

**如舊**（ㄖㄨˊ ㄐㄧㄡˋ）和原來一樣。

**如願**（ㄖㄨˊ ㄩㄢˋ）達成願望。

**如數（兒）**（ㄖㄨˊ ㄕㄨˋ（ㄦ））全部的數目或按照原來的數目。如「如數歸還」。

**如之何**（ㄖㄨˊ ㄓ ㄏㄜˊ）〔文〕①怎樣。②怎麼辦。

**如律令**（ㄖㄨˊ ㄌㄩˋ ㄌㄧㄥˋ）也作「急急如律令」。立即遵照法律命令辦理，不能違背。

**如之奈何** [文]如何是好，怎麼辦。

**如日中天** 比喻人的名望，事業的發展，已經達到最高的地步。如「他的名望、事業正如日中天」。

**如出一轍** 比喻兩件事情非常相似。

**如此這般** 如此如此。

**如坐針氈** [文]像坐在插著針的氈子上。形容心神極度不安。

**如坐春風** [文]像是坐在和煦的春風之中。形容受教於良師的舒暢的感覺。

**如法炮製** 本指依照古法炮製中藥。現在比喻照著現成的樣子做。

**如花似玉** 形容女人美貌。

**如花似錦** 形容風景好。也形容人前程遠大。

**如虎似狼** 像狼和老虎一樣。形容狠毒凶猛。

**如虎添翼** 像是在老虎身上添了翅膀。比喻聲勢強大的得到幫助更顯強大，或是凶狠的有了支援更加凶狠。

**如是我聞** 佛經的話，意思是「我聽到這樣說」。

**如飢如渴** 形容需要非常迫切，像餓極了想吃，渴極了想喝一樣。也作「如飢似渴」。

**如荼如火** [文]形容事物熾烈興盛，景況繁盛熱鬧。也作「如火如荼」。

**如魚得水** 比喻得到很相投合的人，或是得到一個很合適的環境，像是魚得到水一樣。

**如鳥獸散** 像是受到驚嚇的鳥獸，紛紛四處逃散。如「警察一來，那些流氓紛紛作鳥獸散」。

**如喪考妣** [文]悲傷得像是父母去世那樣。（含貶義）。

**如湯沃雪** [文]像是用熱水去澆雪，隨手就融化。比喻事情很容易辦成。

**如意郎君** 女子心目中適合結婚的理想對象。

**如意算盤** 比喻只從好的一面著想，或完全照著自己的願望所作的打算。如「這件事還有很多麻煩，你不能光打著如意算盤，以為一定成功」。

**如痴如醉** 像是發瘋了，喝醉了。形容人的精神似乎到了癲狂的狀態。如「歌王卡羅素在臺上賣力的演唱，眾人在臺下聽得如痴如醉」。

**如蟻附羶** [文]像螞蟻釘著帶羶味的東西。比喻一些臭味相投的人成群結隊的追逐某種事物，也比喻追求名利的人特意去奉承有錢有勢的人。（含貶義）

**如雷貫耳** 像雷聲穿入耳中。形容人的名氣很大。如「久聞大名，如雷貫耳」。

**如影隨形** 比喻不能夠分開（像影子跟著形體一樣）。

**如數家珍** [文]比喻敘述事物熟悉、流利、清楚，好像數出自家所藏珠寶一樣。

**如膠似漆** 比喻友誼的親密或感情的堅固。

**如臂使指** [文]像是胳臂指揮手指。比喻做事能夠稱心如意。

**如蠅逐臭** [文]像蒼蠅一樣的追著牠喜歡的味道飛。比喻人追逐嗜好或利益。（含貶義）

**如釋重負** 像是把重擔放下來了。比喻心情非常輕鬆舒暢。

**如墮五里霧中** 形容人面對著茫茫然的環境，或無法認清方向。「五里」形容廣大。也作「如墮煙霧」「如墮雲霧」。

**如人飲水冷暖自知** 比喻人必須親身經歷，才能真切的體會。

## 妄

ㄨㄤˋ ㈠荒謬無知。如「狂妄無知」。㈡非分地，出了常軌的。如「膽大妄為」。

**妄人** 図狂妄無知的人，言行荒唐的人。

**妄作** 行為荒唐無理。

**妄求** 図非分的、越軌的要求。如「人不妄求，就是安分守己」。

**妄言** 不知輕重而隨便亂說。

**妄取** 取所不當取的。如「不是我的東西，一草一木都不妄取」。

**妄念** 不正當的念頭。

**妄為** 胡作非為。

**妄動** 輕率地行動，如「輕舉妄動」。

**妄費** 虛費，白費，浪費。

**妄想** ①根本不能實現的非分的念頭。②佛家指不正當的邪念叫「妄想」。

**妄圖** 狂妄地謀畫。如「他明知那些錢是公款，卻妄圖侵佔」。

**妄稱** 虛妄地或狂妄地聲稱。如「王二妄稱他是王一民的弟弟，要跟我借錢」。

**妄說** 胡說，瞎扯。如「無知妄說」。

**妄語** ①亂說話。②荒誕無稽的話。

**妄想狂** 心理學名詞。對錯誤的信念或知覺堅信不移的人，就是「妄想狂」。常見於偏執、患有精神分裂症、抑鬱症、老年性精神病、痴呆等。所表現的常是「受迫害妄想」「誇大妄想」。

**妄自尊大** 狂妄地藐視別人，自以為了不起。

**妄自菲薄** 図輕意忽略自己，過分地看不起自己。

**妄作非為** 不守法紀，亂來一通。如「他就是妄作非為，才會被警察抓了去的」。

### 四筆

## 妣

ㄅㄧˇ 稱已死的母親。如「先妣」「如喪考妣」。

## 妙

ㄇㄧㄠˋ ㈠好，精巧。如「這個法子是妙極了」。㈡玄奇，神祕。如「莫名其妙」。

**妙手** 図工於技巧的人，技藝精巧的人。陸游詩有「文章本天成，妙手偶得之」。

**妙用** 神妙的作用。

**妙計** 巧妙的計策。

**妙訣** 巧妙的訣竅。

**妙絕** 妙極了，好極了。

**妙境** 美妙的境界。

**妙算** 巧妙的計策。如「神機妙算」。

**妙舞** 指優美的舞蹈。

**妙語** 有意味或動聽的言語。如「妙語如珠」。

**妙論** ㄇㄧㄠˋ ㄌㄨㄣˋ 美妙的理論（多含譏諷意）。

**妙麗** ㄇㄧㄠˋ ㄌㄧˋ 図美麗。如「妙麗善舞」。

**妙齡** ㄇㄧㄠˋ ㄌㄧㄥˊ 指女子的青春時期。也作「妙年」。

**妙不可言** ㄇㄧㄠˋ ㄅㄨˋ ㄎㄜˇ ㄧㄢˊ 美妙到了難以述說的程度。

**妙手回春** ㄇㄧㄠˋ ㄕㄡˇ ㄏㄨㄟˊ ㄔㄨㄣ 頌揚好醫生的話，指他醫術高明，能治好重病。

**妙手空空** ㄇㄧㄠˋ ㄕㄡˇ ㄎㄨㄥ ㄎㄨㄥ ①空著手，比喻手頭沒錢。②指小偷、扒手。源自唐朝傳奇小說〈聶隱娘〉。

**妙想天開** ㄇㄧㄠˋ ㄒㄧㄤˇ ㄊㄧㄢ ㄎㄞ 指想法不切實際，非常離奇。也作「異想天開」。

**妙趣橫生** ㄇㄧㄠˋ ㄑㄩˋ ㄏㄥˊ ㄕㄥ （言語或作品）洋溢著美妙的意趣。

## 妨

ㄈㄤˊ ㈠阻礙。如「妨礙」。㈡害。如「妨害」。又讀ㄈㄤ見「何妨」。

**妨害** ㄈㄤˊ ㄏㄞˋ 有害於。如「妨害健康」。

**妨礙** ㄈㄤˊ ㄞˋ 使事情不能順利進行，阻礙。

**妨害罪** ㄈㄤˊ ㄏㄞˋ ㄗㄨㄟˋ 法律名詞。因為作了阻止妨礙的行為，以致發生損害，如妨害自由、妨害名譽、妨害秩序、妨害風化、妨害公務等，都是有罪的。

## 妒（妬）

ㄉㄨˋ 見別人勝於自己而猜忌懷恨。如「嫉妒」。

**妒忌** ㄉㄨˋ ㄐㄧˋ 看不得別人的成就比自己好，看到人家有新東西就不高興。這種心理叫做妒忌。也作「忌妒」。

**妒婦** ㄉㄨˋ ㄈㄨˋ 図會嫉妒他人的女人。

## 妥

ㄊㄨㄛˇ ㈠穩當，安全，周到。如「妥為照料」「妥為安排」。㈡適當。如「這句話不妥」。㈢停當，完備。如「事已辦妥」「事情說妥了」。㈣姓。

**妥協** ㄊㄨㄛˇ ㄒㄧㄝˊ ①意見融洽。②敵對勢力的一方退讓或雙方互讓而議和，叫做「妥協」。

**妥帖** ㄊㄨㄛˇ ㄊㄧㄝ 穩妥適當。也作「妥貼」。

**妥洽** ㄊㄨㄛˇ ㄑㄧㄚˋ 妥協①。

**妥善** ㄊㄨㄛˇ ㄕㄢˋ 妥貼，完善。如「這件事他處理得十分妥善」。

**妥當** ㄊㄨㄛˇ ㄉㄤ˙ 當字輕讀。適當，穩當。

## 妞

ㄋㄧㄡ 女孩兒。

**妞妞** ㄋㄧㄡ ㄋㄧㄡ˙ 第二個妞字輕讀。小女孩兒。

**妞兒** ㄋㄧㄡ ㄦ 女孩子。

## 妓

ㄐㄧˋ ㈠古時的女樂（唱歌舞蹈的女子）。㈡賣淫的女子。如「娼妓」。

**妓女** ㄐㄧˋ ㄋㄩˇ 以賣淫為職業的女子。

## 妗

ㄐㄧㄣˋ 舅母。

**妗子** ㄐㄧㄣˋ ㄗ˙ ①有些地方的人把舅母叫「妗子」。②妻的嫂子是「大妗子」，妻的弟婦是「小妗子」。

## 妝

ㄓㄨㄤ 指婦女的修飾容貌、打扮。

**妝次** ㄓㄨㄤ ㄘˋ 舊時書信用語，男子給女子寫信時用的。如「麗英吾妻妝次」。

**妝奩** ㄓㄨㄤ ㄌㄧㄢˊ ①女子梳妝用的鏡匣之類的物品。②就是「嫁妝」。

**妝臺** ㄓㄨㄤ ㄊㄞˊ 稱婦女梳妝的地方。

**妝點** ㄓㄨㄤ ㄉㄧㄢˇ 修飾。如「妝點門面」。

## 妊（姙）

ㄖㄣˋ 婦人懷孕。又讀ㄖㄣˊ。

**妊娠** ㄖㄣˋ ㄕㄣ 婦女懷孕。

**妊婦** ㄖㄣˋ ㄈㄨˋ 懷孕的婦女。

## 妖

ㄧㄠ ㈠指奇怪反常而能夠害人的東西。如「妖怪」「妖孽」。㈡美麗而態度不莊重，打扮不大正派。如「妖冶」「妖豔」。㈢荒謬而能迷惑人的。如「妖言」。

**妖人** ㄧㄠ ㄖㄣˊ 図①以邪法異說誘惑大眾的人。②指罵行為狂妄不端的人。

**妖女** ㄧㄠ ㄋㄩˇ 妖冶的女人，憑著美色迷人的女子。

**妖冶** ㄧㄠ ㄧㄝˇ 図指婦女的舉止欠端莊，慣於賣弄服飾容貌。

**妖言** ㄧㄠ ㄧㄢˊ 怪誕的邪說。

**妖邪** ㄧㄠ ㄒㄧㄝˊ 怪異不合正道。

**妖怪** ㄧㄠ ㄍㄨㄞˋ ①兇惡而害人的怪物。②譏罵以妖嬈的態度媚人的女子。

**妖物** ㄧㄠ ㄨˋ 妖怪、怪物一類的東西。

**妖風** ㄧㄠ ㄈㄥ 神話故事說妖人作法興起的風。比喻邪惡的風氣。

**妖氣** ㄧㄠ ㄑㄧˋ 氣字輕讀。①妖異迷人的氣象。②樣子不正派。

**妖術** ㄧㄠ ㄕㄨˋ 邪怪的法術。

**妖媚** ㄧㄠ ㄇㄟˋ 形容女人雖然長得漂亮，卻不正派，妖裡妖氣的。

**妖道** ㄧㄠ ㄉㄠˋ 能施妖術的道士。

**妖精** ㄧㄠ ㄐㄧㄥ 精字輕讀。①妖怪。②比喻以姿色迷人的女子。

**妖嬈** ㄧㄠ ㄖㄠˊ 図嬌豔美好。

**妖霧** ㄧㄠ ㄨˋ ①山谷中盤旋不去的濕氣，也稱「瘴氣」。②神話中妖魔所興起的霧氣。

**妖孽** ㄧㄠ ㄋㄧㄝˋ 図①怪異不祥的事物。②比喻專做壞事的人。

**妖魔** ㄧㄠ ㄇㄛˊ ①妖怪。②比喻邪惡的勢力。

**妖豔** ㄧㄠ ㄧㄢˋ 美麗而不莊重。

**妖言惑眾** ㄧㄠ ㄧㄢˊ ㄏㄨㄛˋ ㄓㄨㄥˋ 造謠騙人，使大眾迷惑。

**妖聲妖氣** ㄧㄠ ㄕㄥ ㄧㄠ ㄑㄧˋ 指說話時故意用特殊的聲調表現與眾不同或向人示媚。

**妖魔鬼怪** ㄧㄠ ㄇㄛˊ ㄍㄨㄟˇ ㄍㄨㄞˋ 妖怪和魔鬼。

## 妍（姸）

図ㄧㄢˊ 美麗，好看。如「妍媸（美醜）」。

**妍麗** ㄧㄢˊ ㄌㄧˋ 図指女子容貌漂亮。

## 妤

ㄩˊ「倢伃」也作「婕妤」，見「倢」字。

## 妘

ㄩㄣˊ 姓。

# 五筆

## 姆

▲ㄇㄨˇ「保姆」的「姆」。保姆，是照管嬰兒或小孩兒的職工。▲ㄇ 西文m的譯音。如「達姆達姆彈」就是 dum-dum bullet 的譯音。

## 妹

ㄇㄟˋ ㈠同胞女子，後出生的叫「妹」。㈡女子對同輩朋友的自稱或謙稱。

**妹子** ㄇㄟˋ ˙ㄗ ①妹妹。②稱呼年紀小的女孩子。

**妹夫** ㄇㄟˋ ㄈㄨ 夫字輕讀。妹妹的丈夫。也叫「妹婿」或「妹丈」。

**妹妹** ㄇㄟˋ ˙ㄇㄟ 妹㈠，也叫「妹子」。

**妹婿** ㄇㄟˋ ㄒㄩˋ 妹妹的丈夫。也作「妹夫」。

## 妲

ㄉㄚˊ 妲己，商朝紂王的妃子。

## 妳

▲ㄋㄞˇ 同「嬭」。▲ㄋㄧˇ 用於女性的第二人稱代名

詞（實際上「妳」是一個不正常的字，因為第二人稱代名詞並不需要分出性別）。

**妮** ㄋㄧˊ 古時稱婢女；現在是對小女孩兒的親暱的稱呼（跟「妞」差不多）。

**妮子** ㄋㄧˊ ˙ㄗ 子也可輕讀。妮。

**姑** ㄍㄨ ㈠父親的姊妹叫姑。㈡丈夫的母親。如「翁姑」。㈢丈夫的姊妹，如「大姑」「小姑」。㈣未嫁的女子的通稱。㈤〔文〕暫且。如「姑置勿論」「姑往一觀」。

**姑丈** ㄍㄨ ㄓㄤˋ 姑母的丈夫。也作「姑父」「姑爹」。

**姑子** ㄍㄨ ˙ㄗ 華北口語背地裡稱尼姑叫「姑子」。

**姑公** ㄍㄨ ㄍㄨㄥ 父母親的姑丈。

**姑父** ㄍㄨ ㄈㄨˋ 姑丈。

**姑且** ㄍㄨ ㄑㄧㄝˇ 〔文〕暫且；有無可奈何，只好如此的意思。

**姑母** ㄍㄨ ㄇㄨˇ 父親的姊妹，已經出嫁的稱為「姑母」。

**姑姑** ㄍㄨ ˙ㄍㄨ 第二個姑字輕讀。姑㈠也稱「姑兒」。

**姑表** ㄍㄨ ㄅㄧㄠˇ 屬於姑母方面的表親，如姑母跟舅父的子女互稱姑表兄弟或姑表姊妹。

**姑娘** ▲ㄍㄨ ˙ㄋㄧㄤ ①未出嫁的女子。如「大姑娘」「小姑娘」。②北方方言中稱人家的女兒。如「林家那一個姑娘」。③娘字加儿——姑娘兒，是妓女。▲ㄍㄨ ㄋㄧㄤˊ ①姑母的俗稱。②丈夫的姐妹。

**姑息** ㄍㄨ ㄒㄧ 〔文〕①對人過於寬容，放縱。如「姑息養奸」。②暫且苟安，得過且過的意思。

**姑婆** ㄍㄨ ㄆㄛˊ ①丈夫的姑母。②父親的姑母。

**姑媽** ㄍㄨ ㄇㄚ 姑母（已婚的）。

**姑嫂** ㄍㄨ ㄙㄠˇ 是婦女本人跟她丈夫的姐妹的合稱。

**姑爺** ▲ㄍㄨ ㄧㄝˊ 岳家對女婿的稱呼。▲ㄍㄨ ˙ㄧㄝ 女婿。

**姑嫜** ㄍㄨ ㄓㄤ 〔文〕古時候稱丈夫的父母（公公婆婆）叫「姑嫜」。也作「姑章」。

**姑奶奶** ㄍㄨ ㄋㄞˇ ˙ㄋㄞ 第二個奶字輕讀。①父親的姑母。閩南、臺灣地區稱為「姑婆」。②娘家的人稱已出嫁的女兒。

**姑老爺** ㄍㄨ ㄌㄠˇ ˙ㄧㄝ ①岳家對女婿的尊稱。②母親的姑丈。

**姑舅親** ㄍㄨ ㄐㄧㄡˋ ㄑㄧㄣ 姑表關係的親屬，如姑舅哥哥、姑舅姐妹、姑舅嫂子等。

**姑妄言之** ㄍㄨ ㄨㄤˋ ㄧㄢˊ ㄓ 〔文〕之字可輕讀。姑且隨便說說，不一定有什麼道理（含客氣的意思）。

**姑息養奸** ㄍㄨ ㄒㄧ ㄧㄤˇ ㄐㄧㄢ 〔文〕沒有原則的縱容必然會生養出壞人來。

**姐** ㄐㄧㄝˇ ㈠通「姊」。㈡婦女的通稱，如「小姐」「大姐」。

**姊（姉）** ㄐㄧㄝˇ ㈠同胞女子先出生的叫姊。如「姊姊」「大姊」。㈡女子對同輩的尊稱。如「吾姊」「學姊」。讀音ㄗˇ。

**姊夫** ㄐㄧㄝˇ ˙ㄈㄨ 夫字輕讀。姊姊的丈夫。

**姊姊** ㄐㄧㄝˇ ˙ㄐㄧㄝ 第二個姊字輕讀。姊㈠。

**姊兒** ㄐㄧㄝˇ ˙ㄦ 姊妹輩的總稱。如「你們姊兒幾個」。

**姊妹** ㄐㄧㄝˇ ㄇㄟˋ 先出生的女子為「姊」，後出生的女子為「妹」。讀音ㄗˇ。

ㄇㄟˋ。

**姊妹市**（ㄗˇ ㄇㄟˋ ㄕˋ） 兩個城鎮為了增進彼此間的友誼，訂定盟約，成為「姊妹市」。結成姊妹市常是在不同國家的城市或省分。

**姊妹校**（ㄗˇ ㄇㄟˋ ㄒㄧㄠˋ） 兩所學校為互相觀摩，互相借鏡，訂下盟約，成為「姊妹校」。

**姊妹淘**（ㄗˇ ㄇㄟˋ ㄊㄠˊ） 親近得像姊妹一樣，常聚集在一起的女人。也作「姐妹淘」。

**姊妹篇**（ㄗˇ ㄇㄟˋ ㄆㄧㄢ） 內容互相呼應，或是前後有關聯的兩種作品。

## 妻

▲ㄑㄧ 男子正式合法的配偶。如「夫妻」「妻離子散」。▲図ㄑㄧˋ 把女兒嫁人。如「以女妻之」。

**妻子** ▲ㄑㄧ ㄗˇ 妻子（·ㄗ）和兒女。▲ㄑㄧ ·ㄗ 單指妻。

**妻孥**（ㄑㄧ ㄋㄨˊ） 図妻子和兒女。

**妻室**（ㄑㄧ ㄕˋ） 図妻子（·ㄗ）。

**妻舅**（ㄑㄧ ㄐㄧㄡˋ） 妻子的兄弟。也作「舅子」。

**妻兒老小**（ㄑㄧ ㄦˊ ㄌㄠˇ ㄒㄧㄠˇ） 指全體家屬（就家中有父母妻子等的人而言）。

**妻離子散**（ㄑㄧ ㄌㄧˊ ㄗˇ ㄙㄢˋ） 一家人被迫四散分離。

## 妾

ㄑㄧㄝˋ ㈠男子的側室，俗稱「姨太太」「小太太」「小老婆」。㈡從前女子在書面上自稱的謙詞。

**妾身**（ㄑㄧㄝˋ ㄕㄣ） 舊時婦女對自己的謙稱。

## 姓

ㄒㄧㄥˋ 姓氏、姓名的姓，是表明個人所屬的家族或家族系統的符號。如「百家姓」「我姓陳」。

**姓氏**（ㄒㄧㄥˋ ㄕˋ） 古時女系用「姓」，男系用「氏」，後來不分，總稱「姓氏」，專指「姓」的家族。

**姓名**（ㄒㄧㄥˋ ㄇㄧㄥˊ） 姓和名字。

**姓字**（ㄒㄧㄥˋ ㄗˋ） 姓名。

**姓名權**（ㄒㄧㄥˋ ㄇㄧㄥˊ ㄑㄩㄢˊ） 法律名詞。為了區別自己與他人的存在，而有姓名權。這種權利受到侵害時，可以請求法院予以除去，還可請求賠償。

## 姁

図ㄒㄩˇ 見「姁姁」。

**姁姁**（ㄒㄩˇ ㄒㄩˇ） 図①和樂的樣子。②指說話像年老婦女樣的溫和但是煩絮。

## 妯

ㄓㄡˊ 見「妯娌」。讀音ㄓㄨˊ。

**妯娌**（ㄓㄡˊ ㄌㄧˇ） 娌字輕讀。兄弟的妻（嫂子和弟媳婦），相互稱「妯娌」。如「他家兄弟友愛，妯娌和睦」。

## 始

ㄕˇ ㈠事情的開頭兒。如「開始」「有始有終」。㈡図才。如「促之始來」「屢經改進始告完成」。

**始末**（ㄕˇ ㄇㄛˋ） 從開始到終了，事情的整個過程。

**始祖**（ㄕˇ ㄗㄨˇ） ①開頭的祖宗，有世系可考的第一世遠祖。②指一種行為或事業的開創者。

**始基**（ㄕˇ ㄐㄧ） 最初的基礎。

**始終**（ㄕˇ ㄓㄨㄥ） ①始末。②終於。如「他始終沒來」。

**始業**（ㄕˇ ㄧㄝˋ） 學業開始。

**始祖鳥**（ㄕˇ ㄗㄨˇ ㄋㄧㄠˇ） 出現在侏儸紀的古脊椎動物。頭像鳥，翅膀有羽毛，稍能飛。除此以外，和爬行動物相似。科學家認為它是爬行動物進化到鳥類的中間型動物，是鳥類的祖先。

**始業式**（ㄕˇ ㄧㄝˋ ㄕˋ） 開學典禮。

**始作俑者**（ㄕˇ ㄗㄨㄛˋ ㄩㄥˇ ㄓㄜˇ） 図開始用俑殉葬的人。比喻歪風的創始人。原文見於〈孟子・梁惠王上〉：「始作俑者，其無後乎」（開始用俑殉葬的人，將會沒有後嗣吧）。引的是孔子的話。

**始終如一** ㄕˇ ㄓㄨㄥ ㄖㄨˊ ㄧ 從開始到末了，一直不變。

## 姍

▲ㄕㄢ ㈠見「姍姍」。㈡古「訕」字。

▲ㄒㄧㄢ 「姍姍」的又讀。

**姍姍** ㄕㄢ ㄕㄢ 形容走路緩慢從容的姿態。又讀ㄒㄧㄢ ㄒㄧㄢ。

**姍笑** ㄕㄢ ㄒㄧㄠˋ 図譏笑，同「訕笑」。

## 姒

ㄙˋ ㈠図丈夫的嫂子。㈡図雙胞胎的姐妹，先出生的叫姒，後出生的叫娣。㈢図兄弟的妻合稱「姒娣」，也稱「娣姒」，就是妯娌。㈣姓。

## 委

▲ㄨㄟˇ ㈠把事情交給人辦。如「委託」「委以重任」。㈡図推託。如「委罪於人」。㈢事情的始末；開始叫原，終了叫委。如「你把原委說出來」。㈣図疲勞，困乏。如「委靡」「委頓」。㈤図拋棄。如「委而去之」「委之於地」。㈥図確實。如「委實」「委係因重病請假」。㈦図曲折。如「委婉」「委巷」。㈧図細小。如「委瑣」。㈨「委員」的簡稱。如「立委（立法委員）」「常委（常務委員）」。

▲ㄨㄟ 見「委蛇」。

**委任** ㄨㄟˇ ㄖㄣˋ ①委託辦事。②任用。③公務員官階（簡任、薦任、委任）之一。

**委曲** ㄨㄟˇ ㄑㄩ ①婉轉曲折的情形。如「委曲詳盡」。②勉強將就。如「委曲求全」。

**委屈** ▲ㄨㄟˇ ㄑㄩ ①作事不能照自己的意思，要聽人家的。②才情不得發展。

▲ㄨㄟˇ ˙ㄑㄩ 冤枉，心中的抑鬱悲苦。如「受了委屈」「說不出的委屈」。

**委身** ㄨㄟˇ ㄕㄣ 図在不得已的情況之下，把身體和精神託付給某一方面。如「日暮途窮，委身吳會」（伍子胥的故事）。

**委派** ㄨㄟˇ ㄆㄞˋ 委任派遣。

**委員** ㄨㄟˇ ㄩㄢˊ ①委員會的成員。②擔任某特定職務的人員。如「專門委員」「立法委員」「監察委員」。

**委託** ㄨㄟˇ ㄊㄨㄛ 請別人代辦。

**委婉** ㄨㄟˇ ㄨㄢˇ （言詞）婉轉。

**委棄** ㄨㄟˇ ㄑㄧˋ 拋棄，扔了。

**委蛇** ㄨㄟ ㄧˊ 図從容隨順的樣子。②對人隨和；跟人敷衍應酬叫「虛與委蛇」。③同「逶迤」。

**委罪** ㄨㄟˇ ㄗㄨㄟˋ 將自己的罪責推卸在別人身上。

**委過** ㄨㄟˇ ㄍㄨㄛˋ 把過錯推給別人。「委」也作「諉」。

**委頓** ㄨㄟˇ ㄉㄨㄣˋ 疲乏；沒有精神。

**委實** ㄨㄟˇ ㄕˊ 図確實。

**委瑣** ㄨㄟˇ ㄙㄨㄛˇ 図瑣碎；拘泥於小節。

**委靡** ㄨㄟˇ ㄇㄧˇ 頹喪，不振作。

**委員會** ㄨㄟˇ ㄩㄢˊ ㄏㄨㄟˋ 採取委員制組織的機關團體。

**委曲求全** ㄨㄟˇ ㄑㄩ ㄑㄧㄡˊ ㄑㄩㄢˊ 勉強遷就，以求完好。

**委決不下** ㄨㄟˇ ㄐㄩㄝˊ ㄅㄨˋ ㄒㄧㄚˋ 遲疑不能決定。

# 六筆

## 姘（姘）

ㄆㄧㄣ 男女並非夫妻而結合同居，叫「姘頭」「姘居」。

**姥** ▲ㄇㄨˇ ㈠同「姆」。㈡老年婦女。如「老姥」。▲ㄌㄠˇ見「姥姥」。

**姥姥** ㄌㄠˇ ㄌㄠˇ 第二個姥字輕讀。①外祖母。②老太婆。③舊時也用來稱呼收生婆。

**姱** 図ㄎㄨㄚ 美。如「姱容」（美貌）。

**姮** ㄏㄥˊ 「姮娥」就是嫦娥。

**姣** 図ㄐㄧㄠ 面貌好看。又讀ㄐㄧㄠˇ。

**姣好** ㄐㄧㄠ ㄏㄠˇ 図面貌漂亮。

**姦** ㄐㄧㄢ ㈠不正當的性交。如「強姦」「姦汙」。㈡同「奸」。如「姦作」。

**姦汙** ㄐㄧㄢ ㄨ 強姦或誘姦婦女。

**姦邪** ㄐㄧㄢ ㄒㄧㄝˊ 図奸詐邪惡。

**姦猾** ㄐㄧㄢ ㄏㄨㄚˊ 図①奸詐。②奸詐的人。

**姜** ㄐㄧㄤ 姓。

**姜太公釣魚** ㄐㄧㄤ ㄊㄞˋ ㄍㄨㄥ ㄉㄧㄠˋ ㄩˊ 歇後語。傳說姜太公在渭水河畔用直鉤釣魚，沒有魚餌，願意上鉤的就來。整句是「姜太公釣魚——願者上鉤」。

**姪（侄）** ㄓˊ ㈠稱呼兄弟的兒子叫姪。妻的兄弟的兒子叫內姪。㈡男子對父執輩的自稱。

**姪子** ㄓˊ ˙ㄗ 姪㈠。也稱「姪兒」。

**姪孫** ㄓˊ ㄙㄨㄣ 兄弟的孫子。

**姪女（兒）** ㄓˊ ㄋㄩˇ 兄弟的女兒。

**姪女婿** ㄓˊ ㄋㄩˇ ㄒㄩˋ 姪女的丈夫，簡稱「姪婿」。

**姪孫女** ㄓˊ ㄙㄨㄣ ㄋㄩˇ 姪子的女兒

**姪媳婦（兒）** ㄓˊ ㄒㄧˊ ㄈㄨˋ 婦字輕讀。姪子的妻子。

**姹（奼）** 図ㄔㄚˋ ㈠美麗。如「姹紫嫣紅」。㈡「姹女」，少女。

**姹紫嫣紅** ㄔㄚˋ ㄗˇ ㄧㄢ ㄏㄨㄥˊ 図指各種色彩美麗的花。也形容花色豔麗。

**姝** 図ㄕㄨ ㈠美女。如「彼姝」。㈡指女子容貌美。如「容色姝麗」。

**姝麗** ㄕㄨ ㄌㄧˋ 指女子容貌漂亮。如「侍宴美人姝麗」。

**姿** ㄗ ㈠図容貌，形象。如「雄姿」「松柏之姿」。㈡態度，身體動作的形態。如「舞姿」「搖曳生姿」。㈢図與「資」通，「天資」也作「天姿」。

**姿色** ㄗ ㄙㄜˋ 指女人的容貌。

**姿容** ㄗ ㄖㄨㄥˊ 図人的體態、容貌。

**姿勢** ㄗ ㄕˋ ①動作的狀態。如「他擲鐵餅的姿勢非常夠標準」。②身體形像所表現的特殊形態，不一定是動作的。如「他的照片姿勢很美」。③指說話或演說時，所做的態度和手勢。

**姿態** ㄗ ㄊㄞˋ ①姿勢②態度。

**姿勢語** ㄗ ㄕˋ ㄩˇ 也作「肢體語言」。用身體的某一部分所作的姿勢，代替語言表達情意，如搖頭、搖手、眨眼等。

**姨** ㄧˊ ㈠母親的姊姊或妹妹。如「大姨」。㈡妻的姊妹。如「大姨子」「小姨子」。㈢「姨太太」「姨娘」，是對妾的稱呼。

**姨父** ㄧˊ ㄈㄨˋ 母親的姊夫、妹夫。也稱「姨丈」「姨夫」。

**姨母** ㄧˊ ㄇㄨˇ 稱母親的姊妹。俗稱姨媽。

**姨兒** ㄧˊ ㄦˊ 口頭上稱呼母親的姊妹。如「她媽媽是我的二姨兒」。

**姨妹**（ㄧˊ ㄇㄟˋ）　妻的妹妹。

**姨姐**（ㄧˊ ㄐㄧㄝˇ）　妻的姐姐。

**姨表**（ㄧˊ ㄅㄧㄠˇ）　屬於姨母方面的表親，如姨母的兒子跟自己是「姨表兄弟」。

**姨娘**（ㄧˊ ㄋㄧㄤˊ）　①舊時子女稱父親的妾。②〔方〕指姨母。

**姨太太**（ㄧˊ ㄊㄞˋ ㄊㄞˋ）　第二個太字輕讀。妾。前面加數字時，不說第二個「太」字。如「三姨太」。

**姚**　ㄧㄠˊ　㈠図與「窕」通，美好的樣子。㈡姓。

**姚黃魏紫**（ㄧㄠˊ ㄏㄨㄤˊ ㄨㄟˋ ㄗˇ）　宋朝姚姓人家培育的千葉黃牡丹，五代魏仁溥家培育的千葉肉紅牡丹，是兩種極為名貴的花。後來用作品種好的牡丹花的通稱。

**姻**　ㄧㄣ　㈠婚姻。如「聯姻」。㈡由婚姻關係而成的親屬。如「姻親」。

**姻婭**（ㄧㄣ ㄧㄚˋ）　図姻是女婿的父親；婭是連襟相互的稱呼；統稱有婚姻關係的親戚。

**姻戚**（ㄧㄣ ㄑㄧ）　姻親。

**姻緣**（ㄧㄣ ㄩㄢˊ）　婚姻的緣分。

**姻親**（ㄧㄣ ㄑㄧㄣ）　由婚姻而結成的親戚。

**姻兄弟**（ㄧㄣ ㄒㄩㄥ ㄉㄧˋ）　稱呼姊妹丈夫的兄弟，妻子的表兄弟。

**娃**　ㄨㄚˊ　㈠小孩兒。如「娃娃」。㈡図美女。如「嬌娃」。

**娃子**（ㄨㄚˊ ㄗˇ）　小孩兒。又暱稱某些幼小的家畜。如「豬娃子」。

**娃兒**（ㄨㄚˊ ㄦˊ）　①男孩兒。②指女孩兒或少女，表示親暱。

**娃娃**（ㄨㄚˊ ㄨㄚˊ）　第二個娃字輕讀。①嬰兒。②小孩兒。

**娃娃魚**（ㄨㄚˊ ㄨㄚˊ ㄩˊ）　第二個娃字輕讀。大鯢的俗稱。

**娃娃車**（ㄨㄚˊ ㄨㄚˊ ㄔㄜ）　第二個娃字輕讀。幼兒校園用來接送學生的車輛。

**威**　ㄨㄟ　㈠尊嚴。如「威儀」「威信」。㈡使人害怕，能壓服人的力量。如「發威」「示威」。㈢使用壓力。如「威逼」「威脅」。㈣聲勢。如「助威」。⑸図震。如「聲威」。

**威力**（ㄨㄟ ㄌㄧˋ）　使人害怕的強大的力量或聲勢。

**威名**（ㄨㄟ ㄇㄧㄥˊ）　威武的聲望。

**威武**（ㄨㄟ ㄨˇ）　能壓服人的大聲勢。

**威信**（ㄨㄟ ㄒㄧㄣˋ）　威望跟信譽。

**威迫**（ㄨㄟ ㄆㄛˋ）　図憑藉威勢相逼迫。也作「威逼」。

**威風**（ㄨㄟ ㄈㄥ）　①氣勢盛大。②尊嚴的樣子。

**威脅**（ㄨㄟ ㄒㄧㄝˊ）　用強大的勢力逼人。

**威望**（ㄨㄟ ㄨㄤˋ）　聲譽和名望。

**威勢**（ㄨㄟ ㄕˋ）　威力與氣勢。

**威福**（ㄨㄟ ㄈㄨˊ）　図刑罰與賞賜。參看「作威作福」。

**威儀**（ㄨㄟ ㄧˊ）　尊嚴的舉止容貌。

**威嚇**（ㄨㄟ ㄏㄜˋ）　用勢力嚇唬人。

**威嚴**（ㄨㄟ ㄧㄢˊ）　有威力而又嚴肅的樣子。

**威權**（ㄨㄟ ㄑㄩㄢˊ）　威力跟權勢。

**威靈**（ㄨㄟ ㄌㄧㄥˊ）　図①聲威；威勢。②神靈。

**威士忌**（ㄨㄟ ㄕˋ ㄐㄧˋ）　一種酒名，英文原名是 whisky 或 whiskey，含酒精百分之四十到五十。

**威風凜凜**（ㄨㄟ ㄈㄥ ㄌㄧㄣˇ ㄌㄧㄣˇ）　威嚴的聲勢讓人覺得害怕或是肅然起敬的樣子。如「他穿上軍裝，顯得威風凜凜」。

**威鳳祥麟** ㄨㄟ ㄈㄥˋ ㄒㄧㄤˊ ㄌㄧㄣˊ 有威儀的鳳凰，祥瑞的麒麟，古人傳說中的吉祥動物。比喻卓越難得的人才。

## 七筆

**娉** 図ㄆㄧㄥ見「娉婷」。

**娉婷** ㄆㄧㄥ ㄊㄧㄥˊ 図女人的容貌體態很美麗的樣子。

**娩** ▲図ㄇㄧㄢˇ見「分娩」。 ▲図ㄨㄢˇ嫵媚，柔順。容色美好叫「娩澤」。

**娣** ㄉㄧˋ ㈠図丈夫的弟弟的妻。㈡見「姒」㈡㈢。㈢人名用字。

**娘** ㄋㄧㄤˊ ㈠母親。如「爹娘」。㈡少女。如「漁娘」。㈢對女子的一種稱呼。如「姑娘」「大娘」。「娘」字儿化時讀ㄋㄧㄚˊ。見「娘們兒」「娘兒倆」。

**娘子** ㄋㄧㄤˊ ˙ㄗ ①稱呼妻；舊小說跟戲劇裡用。②指少年婦女。如「新娘子」「小娘子」。

**娘兒** ㄋㄧㄤˊ ㄦ 北平話裡稱呼姑姑有叫「娘兒」的。

**娘胎** ㄋㄧㄤˊ ㄊㄞ 母胎。

**娘娘** ㄋㄧㄤˊ ㄋㄧㄤˊ 第二個娘字輕讀。①以往稱皇后或貴妃。②信神的人稱女神。③江浙一帶有些地方稱呼祖母叫「娘娘」。

**娘家** ㄋㄧㄤˊ ㄐㄧㄚ 家字輕讀。已婚女子的自己父母的家（區別於「婆家」）。

**娘舅** ㄋㄧㄤˊ ㄐㄧㄡˋ 舅父。

**娘親** ㄋㄧㄤˊ ㄑㄧㄣ 母親；舊戲裡常這樣用。如「老娘親」。

**娘子軍** ㄋㄧㄤˊ ˙ㄗ ㄐㄩㄣ 婦女組成的隊伍（不一定是武裝部隊）。本是隋朝末年李淵起兵時，他的三女兒和女婿柴紹也聚眾響應，號稱娘子軍。

**娘兒們** ㄋㄧㄚˊ ㄦ ˙ㄇㄣ ①已嫁的女子。②母親跟子女等的合稱。③尊長女性跟晚輩的合稱。

**娘兒倆** ㄋㄧㄚˊ ㄦ ㄌㄧㄚˇ 「娘兒們」②，指「兩個人」時候用的。

**娘們兒** ㄋㄧㄤˊ ˙ㄇㄣ ㄦ 同「娘兒們」。

**娜** ▲ㄋㄨㄛˊ女子的名字用字。 ▲ㄋㄨㄛˇ見「娜娜」「婀娜」。 ▲ㄋㄚˋ對外國女子名字的譯音字。如「娜拉」「安娜」。

**娜娜** ㄋㄨㄛˇ ㄋㄨㄛˇ 図瘦長柔弱的樣子（形容女子或垂柳的體態）。

**娌** ㄌㄧˇ 見「妯娌」。

**姬** ㄐㄧ ㈠古時候婦女的好稱呼；有用「姬」作名字的。㈡把以歌舞為業的女子叫姬。如「歌姬」「鼓姬」。㈢指「妾」。如「姬妾」。㈣姓。

**娟** ㄐㄩㄢ 美好。如「娟秀」。

**娟秀** ㄐㄩㄢ ㄒㄧㄡˋ 秀麗動人的樣子。

**娟娟** ㄐㄩㄢ ㄐㄩㄢ 美好，漂亮。

**娙** 図ㄒㄧㄥˊ女子身材細長好看的樣子。

**娠** 図ㄕㄣ懷孕。如「妊娠」。又讀ㄓㄣˋ。

**娑** 図ㄙㄨㄛ見「婆娑」。

**娥** ㄜˊ ①美麗，美好。古詩有「娥娥紅粉妝」的句子。②人名用字。如「曹娥」「嫦娥」。

**娥眉** ㄜˊ ㄇㄟˊ ①形容女人的眉毛長得好看。〈詩經〉本作「蛾眉」。②図借指美貌的女子。

**娓** 図ㄨㄟˇ見「娓娓」。

**娓娓** ㄨㄟˇ ㄨㄟˇ 形容談論不倦或說話動聽。如「娓娓而談」「娓娓動聽」。

**娛** 図ㄩˊ ㈠快樂。如「歡娛」「極盡視聽之娛」。㈡使心裡快樂。如「自娛」「以琴棋相娛」。㈢樂趣，快樂有趣的事。如「射獵之娛」。

**娛悅** ㄩˊ ㄩㄝˋ 図使快樂。如「娛悅其心」。

**娛樂** ㄩˊ ㄌㄜˋ 快樂；消遣。

**娛樂場所** ㄩˊ ㄌㄜˋ ㄔㄤˇ ㄙㄨㄛˇ 供人娛樂的商業場所。

## 八筆

**婢** 図ㄅㄧˋ ㈠舊時稱年輕的女傭。（多是買來的，做家庭雜事，也叫「丫頭」）。如「富貴人家使奴喚婢」。㈡古時婦人自稱的謙詞。又讀ㄅㄟ。

**婢作夫人** ㄅㄧˋ ㄗㄨㄛˋ ㄈㄨ ㄖㄣˊ 丫頭升格作了太太，可是舉止儀態，到底不像夫人。這是譏笑模仿而不能逼真。

**婊** ㄅㄧㄠˇ 「婊子」就是妓女、娼妓。

**婆** ㄆㄛˊ ㈠老年的婦女。如「老太婆」「王婆」。㈡以往對某些職業婦女的稱呼。如「收生婆」「媒婆」。㈢女人稱丈夫的母親，叫「婆婆」。㈣祖母。如「外婆」「姑婆」。

**婆心** ㄆㄛˊ ㄒㄧㄣ 比喻仁慈的心。如「苦口婆心」。

**婆娘** ㄆㄛˊ ㄋㄧㄤˊ 舊時對已婚婦女不嚴肅的稱呼，有卑視的意思。如「這一個婆娘很潑辣」。

**婆娑** ㄆㄛˊ ㄙㄨㄛ 図①枝葉茂密的樣子。如「枝葉婆娑」。②舒展。如「肢體自婆娑」。③美麗。如「婆娑之島」。④舞蹈的樣子。〈詩經〉有「子仲之子，婆娑其下」。⑤疏落，闌珊。庾信〈枯樹賦〉：「此樹婆娑，生意盡矣」。

**婆家** ㄆㄛˊ ㄐㄧㄚ 家字輕讀。婦女稱夫家叫婆家（區別於「娘家」）。

**婆婆** ㄆㄛˊ ㄆㄛ˙ 第二婆字輕讀。①丈夫的母親。②祖母，外祖母。③尊稱年老的婦女。

**婆婆媽媽的** ㄆㄛˊ ㄆㄛ˙ ㄇㄚ ㄇㄚ˙ ㄉㄜ˙ 第二個婆字輕讀。①形容人行動緩慢，言語囉唆。②形容人感情脆弱。

**婦** ㄈㄨˋ ㈠婦人，是已經結婚的女子。如「少婦」「產婦」。㈡妻。如「夫婦」。㈢有關女性的。如「婦道」「婦科」。㈣兒子的妻叫做「媳婦」，文言簡稱「婦」。

**婦人** ㄈㄨˋ ㄖㄣˊ 已經結婚的女子。

**婦女** ㄈㄨˋ ㄋㄩˇ 成年女子的通稱。

**婦幼** ㄈㄨˋ ㄧㄡˋ 婦人和兒童。常用在醫療衛生方面。如「婦幼醫院」。

**婦科** ㄈㄨˋ ㄎㄜ 醫院中診治婦女疾病的一科。

**婦道** ▲ㄈㄨˋ ㄉㄠˋ 婦人應遵守的品行準則。▲ㄈㄨˋ ㄉㄠ˙ 指婦人。如「婦道人家」。

**婦德** ㄈㄨˋ ㄉㄜˊ 図婦人應具有的美德。

**婦孺** ㄈㄨˋ ㄖㄨˊ 婦女和小孩子。如「請讓座老弱婦孺」。

**婦女會** ㄈㄨˋ ㄋㄩˇ ㄏㄨㄟˋ 婦女組織的社會團體，以婦女為會員，謀求婦女的社會福利，提高婦女的道德與智能為主要宗旨。

**婦女節** ㄈㄨˋ ㄋㄩˇ ㄐㄧㄝˊ 又名「三八婦女節」「國際婦女節」。一九〇九年三月八日美國芝加哥女工示威遊行，要求男女平權，促使婦女覺醒，定每年三月八日為「國際婦女節」。

**婦產科** ㄈㄨˋ ㄔㄢˇ ㄎㄜ 婦科和產科的合稱。

**婦人之仁** ㄈㄨˋ ㄖㄣˊ ㄓ ㄖㄣˊ 図微小的恩惠。比喻姑息而少決斷。

**婦幼衛生** 運用醫學的公共衛生方面的知識，改善婦幼營養，減少婦幼疾病，以增進婦幼的健康。

**婦幼醫院** 專為婦女和兒童看病的醫院。

# 婁（娄）

▲ㄌㄡˊ ㈠姓。㈡星宿名，二十八宿之一。

▲図ㄌㄩˇ 古「屢」字。

▲ㄌㄩˊ 邾婁，春秋時代國名。

**婁宿** 星名，二十八宿之一。西方白虎七宿第二宿，有三顆星。

# 婪

図ㄌㄢˊ 貪心。如「貪婪」。

# 婚

ㄏㄨㄣ 男女結為夫婦。如「結婚」「婚姻」。

**婚事** 有關結婚的事。如「姐姐的婚事決定了」。

**婚姻** 結婚的事；因結婚而產生的夫妻關係。

**婚約** 男女雙方對婚姻的約定。

**婚書** 結婚證書（指舊式的）。

**婚紗** 舉行婚禮時候新娘穿的禮服。如「婚紗禮服公司」。

**婚配** 結婚（多就已婚未婚說）。

**婚期** 結婚的日期。如「李小姐和王先生的婚期定在下月二十九日」。

**婚禮** 結婚儀式。如「舉行婚禮」。

**婚齡** 適於結婚的年齡。也指法定的結婚年齡。如「在工業社會，平均婚齡普遍提高，三十多歲沒結婚的人多的是」。

**婚生子女** 法律上指有正式婚姻關係的夫妻生下的子女；對「非婚生子女」而言。

**婚期紀念** 西洋風俗，結婚紀念夫妻互送禮物，禮物的質地與婚期有關。名目是：一年—紙婚，兩年—棉婚，三年—皮婚，四年—花果婚，五年—木婚，七年—銅婚或羊毛婚，十年—錫婚，十二年—絲婚，十四年—象牙婚，十五年—水晶婚，二十年—瓷婚，二十五年—銀婚，三十年—珍珠婚，四十年—紅寶石婚，五十年—金婚，六十年與七十五年—鑽石婚。

# 婕

ㄐㄧㄝˊ「倢仔」也作「婕妤」，見「倢」字。

# 娶

ㄑㄩˇ 男女成婚，在女方說是「出嫁」，在男方說是「娶妻」。如「娶親」。

**娶親** 讀音ㄑㄩˋ。①男子娶妻。②男子到女家迎娶。

**娶媳婦** 為兒子娶妻。

**娶媳婦兒** 婦字輕讀。男子娶妻。

# 婞

図ㄒㄧㄥˋ 固執，狠戾。如「婞直」。

# 娼

ㄔㄤ 賣淫的女子。如「娼妓」「私娼」。

**娼婦** 娼妓，賣淫的女子。有時是罵人的話。

# 婥

図ㄔㄨㄛˋ「婥約」，同「綽約」，是形容女子體態柔弱可愛的樣子。

# 婀

ㄜ 見「婀娜」。又讀ㄜˇ。

**婀娜** （姿態）柔軟而美好。如「婀娜多姿」。

# 婭

図ㄧㄚˋ 姊妹的丈夫，互稱為「婭」，就是「連襟」。

# 娬

ㄨˇ 同「嫵」。

# 婉

ㄨㄢˇ ㈠說話、行事態度柔和，不直率。如「說話委婉」「請你替我婉辭」。㈡美好。如「姿容婉麗」。

**婉言** ㄨㄢˇ ㄧㄢˊ 婉轉的話。「婉言拒絕」。

**婉約** ㄨㄢˇ ㄩㄝ 図委婉含蓄，常指詩詞的風格。如「詞有兩派，豪放與婉約」。

**婉謝** ㄨㄢˇ ㄒㄧㄝˋ 婉言謝絕。

**婉轉** ㄨㄢˇ ㄓㄨㄢˇ ①（說話）溫和而曲折。②（歌聲、鳴聲等）抑揚動聽。

**婉辭** ㄨㄢˇ ㄘˊ ①婉言。②婉言拒絕。

**婉麗** ㄨㄢˇ ㄌㄧˋ ①美麗；漂亮。②婉轉而優美（多指詩文）。

## 九筆

**媒** ㄇㄟˊ ㈠介紹婚姻的人。如「媒人」「做媒」。㈡給兩者之間做結合或由它而引起一種現象的事物。如「風媒花」「溶媒」。

**媒人** ㄇㄟˊ ㄖㄣˊ 人字輕讀。婚姻介紹人。

**媒介** ㄇㄟˊ ㄐㄧㄝˋ ①就是「介紹」「中介」。如「金錢是商業交易的媒介」。②有介紹作用的東西。

**媒妁** ㄇㄟˊ ㄕㄨㄛˋ 図媒人，婚姻介紹人。

**媒質** ㄇㄟˊ ㄓˊ 能傳播聲波、光波或其他電磁波的物質，像水、空氣等。也稱「介質」。

**媒體** ㄇㄟˊ ㄊㄧˇ 大眾傳播工具，如報紙、雜誌、廣播、電視、電腦網路等。

**媒婆（兒）** ㄇㄟˊ ㄆㄛˊ 舊時以做媒為職業的婦人。

**媒染劑** ㄇㄟˊ ㄖㄢˇ ㄐㄧˋ 便利色素結合，生出不溶性有色物，沈澱在纖維裡，完成染色作用的媒介物。

**媒妁之言** ㄇㄟˊ ㄕㄨㄛˋ ㄓ ㄧㄢˊ 図婚姻介紹人的話。舊時男女結婚，多經過媒妁之言，得到父母應允。

**媚** ㄇㄟˋ ㈠奉承巴結，用甜言蜜語討好。如「諂媚」。㈡溫柔可愛。如「嫵媚」。㈢景色美好。如「春光明媚」。

**媚外** ㄇㄟˋ ㄨㄞˋ 諂媚外國人。

**媚行** ㄇㄟˋ ㄒㄧㄥˊ 図緩步行走。參看「煙視媚行」條。

**媚骨** ㄇㄟˋ ㄍㄨˇ 図卑躬屈膝討好人的性格。參看「奴顏媚骨」。

**媚眼** ㄇㄟˋ ㄧㄢˇ 嬌媚的眼睛。

**媮** 図 ㄊㄡ ㈠苟且，同「偷」。如「媮情」「媮薄」。㈡巧詐，狡猾。〈左傳〉有「齊君之語媮」。

**婷** ㄊㄧㄥˊ 見「婷婷」「娉婷」。

**婷婷** ㄊㄧㄥˊ ㄊㄧㄥˊ 形容女人體態美麗的樣子。

**嫏** ㄌㄤˊ 図通「琅」。古代天帝藏書處名「嫏嬛」。

**嬀（媯）** ㄍㄨㄟ ㈠水名，出於山西省永濟縣南，向西流入黃河。㈡姓。

**媟** 図ㄒㄧㄝˋ 太親近而不莊重，輕慢沒禮貌。「媟汙」「媟嫚」是不莊重的態度。

**婿（壻）** ㄒㄩˋ ㈠婦女對丈夫的稱呼。如「夫婿」。㈡稱女兒的丈夫。如「女婿」。（孫女的丈夫稱「孫婿」或「孫女婿」。）

**媞** 図▲ㄕˋ ㈠審慎，注意力集中。㈡好人安詳的面目。▲ㄊㄧˊ 媞媞，美好的樣子。▲ㄉㄧˋ 薃草的果實，莎的別名。

**媖** ㄧㄥ 女子的美稱。

**婺** ㄨˋ ㈠星宿名，婺女星也稱為女宿，是二十八宿之一。㈡婺水，在江西省。㈢婺源，安徽省縣名，婺川，貴州省縣名。

**媧** ㄨㄚ 「女媧氏」是傳說的上古時的女帝，又稱「媧皇」，曾經煉五色石補天。

**媛** [文]▲ㄩㄢˋ ㈠美女。㈡婦女的美稱。如「淑媛」「名媛」。▲ㄩㄢˊ見「嬋媛」。

## 十筆

**媲（媲）** [文]ㄆㄧˋ 匹配，匹敵，比得上，相並。如「媲偶」「媲美」。

**媲美** ㄆㄧˋ ㄇㄟˇ [文]配得上，同樣的好。

**媽** ㄇㄚ ㈠母親。如「爹媽」。㈡對親屬長輩婦女的稱呼裡用的字。如「姑媽」「姨媽」。㈢對年長婦人的稱呼。如「李大媽」。㈣對年紀大的和已婚的女僕的稱呼用字，同「嬤」字。如「奶媽」（家裡嬰兒的乳母）「王媽」。

**媽祖** ㄇㄚ ㄗㄨˇ 臺灣、福建、浙江沿海保護航海的神名。本姓林，名默娘。北宋時代人，世代捕魚為業，父在海上遇風落海，默娘入海救父，父女都死，屍體隨海潮並列海灘，面目如生。鄉人立廟祭祀，漁人在海上遇風，向她禱告，也能化險為夷，於是信眾越來越多，朝廟參拜者人山人海。她的廟叫天后宮，閩臺地區叫「媽祖宮」。

**媽媽** ㄇㄚ ˙ㄇㄚ 第二字輕讀。①母親。②對年長婦人的稱呼。

**嫋（嬝）** [文]ㄋㄧㄠˇ 見「嫋娜」「嫋嫋」各條。

**嫋娜** ㄋㄠˇ ㄋㄨㄛˊ [文]形容女子體態柔細、行路搖動的美麗姿態。

**嫋嫋** ㄋㄠˇ ㄋㄠˇ [文]①形容細弱而動搖的樣子。如「垂柳嫋嫋」。②形容柔弱纖細。如「嫋嫋素女」。③形容風的吹動。如「嫋嫋秋風」。④形容音調悠揚。如「餘音嫋嫋」。

**媾** [文]ㄍㄡˋ ㈠結婚。如「婚媾」。㈡議和。如「發使為媾」（派代表去議和）。㈢「交媾」，性交。

**媾和** ㄍㄡˋ ㄏㄜˊ [文]國家之間停戰議和。

**嫉** [文]ㄐㄧˊ ㈠妒忌。如「心嫉其能」「嫉賢」。㈡憎恨，痛恨。如「嫉惡如仇」。

**嫉妒** ㄐㄧˊ ㄉㄨˋ 妒忌。

**嫉恨** ㄐㄧˊ ㄏㄣˋ 因為妒忌而生怨恨。

**嫉惡如仇** ㄐㄧˊ ㄜˋ ㄖㄨˊ ㄔㄡˊ 憎惡（ㄨˋ）惡（ㄜˋ）人如仇人一樣。

**嫁** ㄐㄧㄚˋ ㈠女子結婚，從娘家遷到婆家去。如「出嫁」「嫁妝」。㈡[文]推給旁人。如「嫁禍」。

**嫁妝** ㄐㄧㄚˋ ˙ㄓㄨㄤ 妝字輕讀。女子出嫁時，從娘家隨帶到婆家去的一切物品。

**嫁娶** ㄐㄧㄚˋ ㄑㄩˇ 嫁女跟娶婦。

**嫁接** ㄐㄧㄚˋ ㄐㄧㄝ 將準備繁殖的植物枝芽栽入另一種植物體，吸取被栽入的植物的養分，成為一個獨立的植株，或用某種植物的根來繁殖適應力比較弱的植物，都叫嫁接。這種辦法能保留植物原有的特性，改良品種。

**嫁禍** ㄐㄧㄚˋ ㄏㄨㄛˋ [文]把自己應負的罪責，用陰謀方法轉移到別人身上去。

**嫁雞隨雞嫁狗隨狗** ㄐㄧㄚˋ ㄐㄧ ㄙㄨㄟˊ ㄐㄧ ㄐㄧㄚˋ ㄍㄡˇ ㄙㄨㄟˊ ㄍㄡˇ 俗語，意思是女人嫁了以後，一切依從丈夫，隨遇而安。

**媳** ㄒㄧˊ 兒子的妻子。如「婆媳和睦」。

**媳婦** ㄒㄧˊ ㄈㄨˋ ①兒子的妻。②晚輩親屬的妻子（前面加晚輩稱呼）。如「姪媳婦」「孫媳婦」。

**媳婦兒** ㄒㄧˊ ˙ㄈㄨ ㄦ 婦字輕讀。①妻子。②泛指已婚的年輕婦女。

**嫌** ㄒㄧㄢˊ ㈠厭惡。如「討人嫌」「嫌他多嘴」。㈡不滿意。如「要是嫌這湯太淡，就加點鹽」。㈢可疑。如「避嫌」「涉嫌」。㈣図怨。如「挾嫌誣告」「嫌恨」。

**嫌忌** ㄒㄧㄢˊ ㄐㄧˋ 図猜疑忌妒；疑忌。

**嫌怨** ㄒㄧㄢˊ ㄩㄢˋ 對別人不滿的情緒；怨恨。

**嫌惡** ㄒㄧㄢˊ ㄨˋ 惡字輕讀。厭惡。

**嫌棄** ㄒㄧㄢˊ ㄑㄧˋ 厭惡而不願接近，或不滿意而摔在一邊不管。

**嫌疑** ㄒㄧㄢˊ ㄧˊ ①懷疑。如「我們不必嫌疑他，他不會做這種事。」②處於可疑的地位。如「這件醜事他有嫌疑」。

**嫌隙** ㄒㄧㄢˊ ㄒㄧˋ 因彼此不滿或猜疑而發生的惡感。

**嫌憎** ㄒㄧㄢˊ ㄗㄥ 嫌棄厭惡。

**嫌疑犯** ㄒㄧㄢˊ ㄧˊ ㄈㄢˋ 有犯罪的嫌疑，可是還沒有實在證據的人。

**媸** 図ㄔ 女人相貌醜，跟「妍」相對。如「求妍更媸」。

**嫂** ㄙㄠˇ ㈠對哥哥或丈夫的哥哥的妻的稱呼。如「兄嫂」。㈡稱朋友的妻。如「大嫂」「嫂夫人」。

**嫂子** ㄙㄠˇ ˙ㄗ 嫂㈠。

**嫂夫人** ㄙㄠˇ ㄈㄨ ㄖㄣˊ 稱朋友的妻的敬詞。

**媼** 図ㄠˇ ㈠年老婦人。如「老媼」。㈡婦人通稱。〈史記〉有「與侯妾衛媼通」。

**媵** 図ㄧㄥˋ ㈠古時指「妾」。如「媵妾」。㈡古時指陪嫁去的人（女婢或男僕），叫「媵婢」。㈢遞送東西。儀禮上有「媵觚于賓」（送酒給賓客）。㈣古時寄信時附寄東西，叫「媵以某物」。

**嬍** 図ㄇㄟˇ ㈠美好。㈡少女。

## 十一筆

**嫖** ㄆㄧㄠˊ 男人在妓女戶，用金錢換來跟妓女一時的淫樂。如「嫖妓」「吃喝嫖賭」。北京話說「逛窯子」。

**嫚** ▲ㄇㄢˋ ㈠侮辱。如「嫚罵」。㈡通「慢」，輕視。▲図ㄐㄩㄢ 通「嬛」。「嫚嫚」，柔美纖弱的樣子。

**嫚罵** ㄇㄢˋ ㄇㄚˋ 輕慢他人而肆意辱罵。

**嫫** 図ㄇㄨˊ 「嫫母」，古代傳說的醜女人。

**嫡** ㄉㄧˊ ㈠從前叫正妻做「嫡室」。㈡正宗的，不是旁支的。如「嫡系」「嫡派」。㈢見「嫡子」。

**嫡子** ㄉㄧˊ ㄗˇ ①正妻所生的長子。②正妻所生的兒子，跟「庶子」相對稱（ㄔㄥ）。

**嫡出** ㄉㄧˊ ㄔㄨ 正妻所生，跟「庶出」相對稱（ㄔㄥ）。

**嫡母** ㄉㄧˊ ㄇㄨˇ 妾所生的子女稱父親的正妻。

**嫡系** ㄉㄧˊ ㄒㄧˋ 一脈相傳的正系。

**嫡派** ㄉㄧˊ ㄆㄞˋ 一個系統傳下來的正支。

**嫡堂** ㄉㄧˊ ㄊㄤˊ 嫡親的和堂房的。如「他們三人是嫡堂兄弟」。

**嫡傳** ㄉㄧˊ ㄔㄨㄢˊ 正宗相傳，是正統的。如「嫡傳弟子得到真傳」。

**嫡親** ㄉㄧˊ ㄑㄧㄣ 至親，同一血統最親近的。如「嫡親兄弟」「嫡親叔伯」。

**嫩** ㄋㄣˋ ㈠生長時間還短，而脆弱的。如「嫩芽」「嫩葉兒」。㈡柔軟，經不起磨弄的。如「杏仁上面包著一層嫩皮兒」。㈢指食物鬆脆或柔軟、容易嚼、好吃的。如「牛肉炒得好嫩」「這個果子真嫩」。㈣不老練，幼稚，閱歷少。如「臉皮兒嫩，不敢跟人爭」「他是剛來工作的嫩手。」㈤顏色淺的。如「嫩綠」「嫩藍」。

又讀ㄋㄨㄣˋ。

**嫩黃**（ㄋㄣˋ ㄏㄨㄤˊ） 淡淡的黃色，像韭黃那樣的。

**嫩綠**（ㄋㄣˋ ㄌㄩˋ） 淺淺的綠色，像剛長出來的葉子那樣。

**嫩骨頭**（ㄋㄣˋ ㄍㄨˇ ㄊㄡˊ） ①軟骨。②發育未成熟的骨骼。③譏笑人的沒擔當，經不起折磨，沒有魄力。

**嫩嫩（兒）的**（ㄋㄣˋ ㄋㄣˋ ㄦ ㄉㄜ˙） 形容極嫩的樣子。如「肉燉得嫩嫩（兒）的」。

**嫘** ㄌㄟˊ ㈠「嫘祖」，相傳是軒轅黃帝的元妃，教民養蠶繅絲織布。㈡姓。

**嫘祖**（ㄌㄟˊ ㄗㄨˇ） 〈史記．五帝紀〉說是黃帝的元妃，最早發現養蠶繅絲的人。南朝劉宋元嘉年間設「先農壇」，祭祀嫘祖。也作「累祖」「雷祖」。

**嫪** 図ㄌㄠˋ ㈠眷戀，愛惜。如「感物增戀嫪」。㈡姓。秦始皇時有大陰人「嫪毐（ㄞˇ）」。

**嫠** 図ㄌㄧˊ 見「嫠婦」。

**嫠婦**（ㄌㄧˊ ㄈㄨˋ） 図寡婦。

**嫜** 図ㄓㄤ 「姑嫜」，古時候女人稱公公婆婆。

**嫦** ㄔㄤˊ 見「嫦娥」。

**嫦娥**（ㄔㄤˊ ㄜˊ） 也作「姮娥」「恒娥」「常娥」。是我國古代神話裡的一個仙女，據說原是人間的女子，吃了一種靈藥而飛升到月亮裡，成了仙女。國劇裡有「嫦娥奔月」一齣戲。

**嫕** 図ㄧˋ 「婉嫕」，美貌柔順的樣子。

**嫣** ㄧㄢ ㈠見「嫣紅」。㈡見「嫣然」。

**嫣紅**（ㄧㄢ ㄏㄨㄥˊ） 図嬌豔的紅色。

**嫣然**（ㄧㄢ ㄖㄢˊ） 図形容很美的笑容。

**嫗** ▲図ㄩˋ 老婦人。▲ㄩˇ 撫育。如「嫗育」。

## 十二筆

**嬌（娇）** ㄐㄧㄠ ㈠溫柔嫵媚，逗人喜愛的姿態。如「嬌滴滴」「嬌小」。㈡愛護過度。如「嬌生慣養」「這孩子生得嬌」。㈢顏色鮮嫩可愛。如「嫩紅嬌綠」「這個色兒比那嬌些」。

**嬌女**（ㄐㄧㄠ ㄋㄩˇ） 寵愛的女兒。如「我家的三個嬌女，在爺爺奶奶面前最受寵」。

**嬌小**（ㄐㄧㄠ ㄒㄧㄠˇ） 體態小巧可愛。

**嬌妻**（ㄐㄧㄠ ㄑㄧ） 美麗的妻子。

**嬌娃**（ㄐㄧㄠ ㄨㄚˊ） 図美女。

**嬌客**（ㄐㄧㄠ ㄎㄜˋ） ①指女婿。②嬌貴的人。

**嬌柔**（ㄐㄧㄠ ㄖㄡˊ） 嬌媚溫柔。常形容年輕的女孩兒。

**嬌氣**（ㄐㄧㄠ ㄑㄧˋ） 氣字輕讀。①不健強或不堅固，容易壞。如「這花兒生得嬌氣，很難培養」。②柔弱嬌貴的樣子。

**嬌羞**（ㄐㄧㄠ ㄒㄧㄡ） 形容女人嬌媚含羞的樣子。

**嬌媚**（ㄐㄧㄠ ㄇㄟˋ） ①形容撒嬌獻媚的樣子。②嫵媚。

**嬌貴**（ㄐㄧㄠ ㄍㄨㄟˋ） 貴字輕讀。①看得很重；過度愛護。②指東西容易損壞。

**嬌嗔**（ㄐㄧㄠ ㄔㄣ） （年輕女子）嬌媚地微怒。如「她故作嬌嗔地罵了一聲」。

**嬌嫩**（ㄐㄧㄠ ㄋㄣˋ） ①身體柔弱。如「他的身子太嬌嫩了，一有風吹雨打就病了」。②東西禁不起摧殘的樣子。如「這些花兒很嬌嫩，你得小心照顧」。

**嬌態**（ㄐㄧㄠ ㄊㄞˋ） 柔美可愛的姿態。

**嬌嬈** ㄐㄧㄠ ㄖㄠˊ 図①女人嬌媚美麗的樣子。②指嬌媚漂亮的女人。

**嬌養** ㄐㄧㄠ ㄧㄤˇ 對孩子過分寵愛，捨不得管教。如「他的孩子嬌養慣了，很不聽話」。

**嬌憨** ㄐㄧㄠ ㄏㄢ 年幼不懂事而又天真可愛的樣子。

**嬌縱** ㄐㄧㄠ ㄗㄨㄥˋ 嬌養放縱。如「嬌縱孩子只是害他」。

**嬌癡** ㄐㄧㄠ ㄔ 嬌憨。

**嬌豔** ㄐㄧㄠ ㄧㄢˋ 嬌嫩豔麗。

**嬌滴滴** ㄐㄧㄠ ㄉㄧ ㄉㄧ 形容嬌媚。如「嬌滴滴的聲音」。

**嬌小玲瓏** ㄐㄧㄠ ㄒㄧㄠˇ ㄌㄧㄥˊ ㄌㄨㄥˊ 小巧可愛。

**嬌生慣養** ㄐㄧㄠ ㄕㄥ ㄍㄨㄢˋ ㄧㄤˇ 從小就過度受愛護，沒經過折磨歷練。

**嬌綠嫩紅** ㄐㄧㄠ ㄌㄩˋ ㄋㄣˋ ㄏㄨㄥˊ 綠和紅的顏色都是淺淺的，看上去不刺眼。

**嬉** 図ㄒㄧ 遊戲。如韓愈〈進學解〉：「業精於勤，荒於嬉」。

**嬉戲** ㄒㄧ ㄒㄧˋ 玩兒，遊戲。如「小兒嬉戲，不知停息」。

**嬉笑怒罵** ㄒㄧ ㄒㄧㄠˋ ㄋㄨˋ ㄇㄚˋ ①人的喜怒哀樂的自然狀態。②指人喜怒笑罵，隨意不拘，近乎任性放蕩的樣子。

**嫺（嫻）** 図ㄒㄧㄢˊ (一)安靜，文雅。如「談吐嫺雅」。(二)熟練。如「嫺於繪畫」。

**嫺習** ㄒㄧㄢˊ ㄒㄧˊ 図練習純熟。

**嫺雅** ㄒㄧㄢˊ ㄧㄚˇ 図文雅，多指女子說的。

**嫺熟** ㄒㄧㄢˊ ㄕㄨˊ 図熟練。如「他對自己的工作，無論內容、步驟，都很嫺熟」。

**嬋** 図ㄔㄢˊ 見「嬋娟」。

**嬋娟** ㄔㄢˊ ㄐㄩㄢ 図①形容姿態美好。②「月嬋娟」的略語，等於「月亮」。宋詞有「千里共嬋娟」。

**嬋媛** ㄔㄢˊ ㄩㄢˊ 図美好的樣子。〈楚辭〉有「心嬋媛而傷懷兮」。

**嬈** ▲図ㄖㄠˊ「嬌嬈」，是姿態柔美相貌美麗的樣子。如「女貌嬌嬈」。▲ㄖㄠˇ 擾亂。「嬈惱」就是煩惱。

**嫵（娬）** 図ㄨˇ 見「嫵媚」。

**嫵媚** ㄨˇ ㄇㄟˋ 図姿態可愛，美麗動人。

## 十三筆

**嬖** 図ㄅㄧˋ 指伺候人而得寵愛的，有下流卑鄙的意思。如「嬖妾」「嬖臣」。

**嬛** ▲図ㄑㄩㄥˊ 同「煢」「惸」，孤單的樣子。▲図ㄒㄩㄢ 輕飄美麗的樣子。如「便嬛綽約」。▲ㄏㄨㄢˊ (一)図「嫏嬛」是「天帝藏書的地方」。(二)同「丫鬟」的「鬟」。

**嬙** 図ㄑㄧㄤˊ 古時帝王姬妾的一種，地位在妃之下。

**嬗** 図ㄕㄢˋ 更替，變遷。如「由此可見其遞嬗之述」。

**嬗變** ㄕㄢˋ ㄅㄧㄢˋ 図蛻變，演化。嬗也作「蟺」。

**嬡** ㄞˋ 對別人尊稱他的女兒叫「令嬡」。也作「令愛」。

**嬴** ㄧㄥˊ 姓。如「嬴政」。

## 十四筆

**嬪** 図ㄆㄧㄣˊ (一)古時稱皇帝的妾，比妃、嬙的地位低。〈左傳〉有「宿，有妃嬙嬪御焉」。(二)嫁，成為妻。〈書經〉有「嬪于虞」的話。(三)多的樣子。〈漢書〉有「嬪然成行」。

**嬤** ㄇㄚ 同「媽」。

**嬤嬤** ㄇㄚ˙ㄇㄚ ①同「媽媽」。②對奶媽的尊稱。

**嬭（妳）** ㄋㄞˇ 同「奶」。

**嬲** ㄋㄧㄠˇ [文]戲弄，相擾。如「嬲之不置」。

**嬰** ㄧㄥ ㈠剛生下不久的小孩兒。也叫「嬰兒」。如「男嬰」「女嬰」。㈡[文]同「攖」。如「嬰之以芒刃」。㈢[文]圍繞。如「嬰城固守」。㈣[文]纏住。如「事務嬰身」。㈤[文]觸犯，遭遇。李密〈陳情表〉有「夙嬰疾病，常在床蓐」。

**嬰兒** ㄧㄥ ㄦˊ 不滿一歲的小孩兒。

**嬰孩** ㄧㄥ ㄏㄞˊ 嬰兒。

**嬰兒車** ㄧㄥ ㄦˊ ㄔㄜ 一種手推的四輪車，有可活動的頂棚，嬰兒可以坐也可以臥，大人出門時推著走。

## 十五筆

**嬸** ㄕㄣˇ ㈠叔母。㈡丈夫的弟婦也叫「小嬸」。

**嬸兒** ㄕㄣˇ ㄦ 嬸。

**嬸娘** ㄕㄣˇ ㄋㄧㄤˊ 叔母，若干地區叫做「嬸娘」，北平話說「嬸兒」。也作「嬸子」。

**嬸婆** ㄕㄣˇ ㄆㄛˊ ①稱丈夫的叔母。②稱父母的叔母。

## 十六筆

**孋** ㄌㄧˊ 同「儷」。

**嬿** ㄧㄢˋ ㈠[文]美好。如「嬿婉」。㈡女子命名用字。

**嬿婉** ㄧㄢˋ ㄨㄢˇ [文]女子柔順的樣子。引申作美好的樣子。

## 十七筆

**孃** ㄋㄧㄤˊ 同「娘」。

**孅** ㄒㄧㄢ 通「纖」。

**孀** ㄕㄨㄤ [文]寡婦。如「孀居」。

**孀居** ㄕㄨㄤ ㄐㄩ [文]守寡。

**孀婦** ㄕㄨㄤ ㄈㄨˋ [文]寡婦。

## 十九筆

**孿** [文]ㄌㄨㄢˊ ㈠美好的樣子。如「婉孿」。㈡以往有供人玩弄的美男子，就是男妓，稱為「孿童」。

# 子部

**子** ▲ㄗˇ ㈠十二地支的第一個，用來計時，等於夜間十一點到一點。㈡古時指子女，現在專指兒子。如「四子二女」。㈢當孩子講。如「百子圖」。㈣由「孩子」引伸，植物果實或動物的卵也叫「子」。如「西瓜子兒」「雞子兒」。㈤細碎的石頭叫「石子（兒）」。㈥對人的稱呼：①一般的。如「男子」「女子」。②[文]帶有職業性質的。如「舟子」「學子」。③指輩分兒小年紀輕的。如「子弟」。④夫婦相稱呼。如「內子」「外子」。⑤古時稱有學問道德或地位的人；也是對男子的美稱。如「孔子」「孟子」。⑥[文]古時學生稱呼老師。如「子不語怪力亂神」。⑦[文]老師稱呼學生。如「二三子以我為隱乎」。⑧[文]代名詞，同「你」。如「子亦有異聞乎」。㈦[文]撫愛如己子。如「子庶民」。㈧五等爵之一。

如「子爵」。(九)母的對稱。如「子金」「分子」。(十)見「子虛」。

▲·ㄗ (一)名詞的語尾。如「椅子」「襪子」。(二)加上形容詞後使它變成名詞。如「聾子」「亂子」。

**子女** ㄗˇ ㄋㄩˇ ①子與女。②女子。如「子女玉帛」。

**子母** ㄗˇ ㄇㄨˇ ①子與母。〈呂氏春秋〉「子母相哺」。②利錢和本錢。③可合可分的器具，大的叫母，小的叫子，如「子母扣兒」。

**子目** ㄗˇ ㄇㄨˋ 書籍總目提綱下面的細目。

**子弟** ㄗˇ ㄉㄧˋ ①子與弟的合稱。②對父兄的自稱。③年輕人。如「梨園子弟白髮新」。

**子兒** ㄗˇ ㄦ ①植物的種子。如「白菜子兒」。②動物的卵。如「雞子兒」。③舊時稱銅板（銅質輔幣）。如「身上一個子兒都沒有」。④細長的東西一束叫「一子兒」。如「一子兒掛麵」。⑤小而堅硬的東西。如「石子兒」。

**子夜** ㄗˇ ㄧㄝˋ 夜半子時（十一點到一點）。

**子房** ㄗˇ ㄈㄤˊ ①植物學名詞。雌蕊下面肥大的部分，裡面有胚珠。子房會發育成為果實，胚珠會發育成為種子。②漢初三傑之一張良的字，常用來比喻智謀高深的參謀、顧問人員。如「你的計策好，真是子房復生」。

**子法** ㄗˇ ㄈㄚˇ 法律名詞。任何法律以其他法律為根據的，就叫子法；被用作根據的法律，叫做母法。如所得稅法是母法，所得稅法施行細則是子法。

**子金** ㄗˇ ㄐㄧㄣ 利息。

**子姪** ㄗˇ ㄓˊ 兒輩、姪輩的統稱。

**子音** ㄗˇ ㄧㄣ 語音學名詞。發音時氣流通路有阻礙的音，國語的ㄅ、ㄉ、ㄍ、ㄐ、ㄓ、ㄗ等都是。也叫「輔音」。

**子孫** ㄗˇ ㄙㄨㄣ 兒子和孫子；泛指後代。

**子宮** ㄗˇ ㄍㄨㄥ 女子或雌性哺乳動物生殖器的主要部分，在下腹骨盆裡（膀胱和直腸之間），是孕育胎兒的部位。

**子息** ㄗˇ ㄒㄧˊ 図①子嗣。②利息。

**子時** ㄗˇ ㄕˊ 十二時辰的第一個。從夜裡十一點到第二天上午一點，這兩個小時是子時。

**子書** ㄗˇ ㄕㄨ 我國古時圖書四部分類法的第三類，包括諸子百家的著作。如〈老子〉〈墨子〉〈荀子〉〈韓非子〉等。也稱「子部」。

**子婦** ㄗˇ ㄈㄨˋ 図①兒子和兒媳婦兒。②專指兒媳婦兒。

**子規** ㄗˇ ㄍㄨㄟ 鳥名，就是杜鵑。舊時多在詩文中使用。

**子部** ㄗˇ ㄅㄨˋ 圖書四部分類法的第三部。參看「子書」條。

**子婿** ㄗˇ ㄒㄩˋ 図女婿。

**子虛** ㄗˇ ㄒㄩ 図義同「烏有」，虛無的意思。

**子嗣** ㄗˇ ㄙˋ 指兒子（就傳宗接代說）。

**子葉** ㄗˇ ㄧㄝˋ 植物學名詞。種子植物胚的組成部分之一，是種子萌發時的營養器官。

**子彈** ㄗˇ ㄉㄢˋ 槍彈的俗稱。

**子爵** ㄗˇ ㄐㄩㄝˊ 封建時代五等爵的第四等，在伯爵之下，男爵之上。

**子囊** ㄗˇ ㄋㄤˊ 植物學名詞。某些植物體內藏孢子的器官。

**子午儀** ㄗˇ ㄨˇ ㄧˊ 天文家測量恆星經緯度所用的儀器。

**子母船**（ㄗˇ ㄇㄨˇ ㄔㄨㄢˊ）　現代的一種遠海貨輪，在大的貨運母船體內裝載若干子船。子船裝載貨物。母船不進港口，在港外集納或放出子船，由子船駛入港口停靠碼頭裝卸貨物，以免港口擁擠，影響貨物裝卸時間。

**子弟兵**（ㄗˇ ㄉㄧˋ ㄅㄧㄥ）　由本鄉本土的子弟組成的軍隊。秦末項羽帶江東子弟八千人，起兵抗秦，因此有「子弟兵」這一個名稱。

**子弟戲**（ㄗˇ ㄉㄧˋ ㄒㄧˋ）　閩南稱以當地語言演出的地方戲劇為子弟戲。

**子宮頸癌**（ㄗˇ ㄍㄨㄥ ㄐㄧㄥˇ ㄞˊ）　醫學名詞。子宮頸的惡性腫瘤，和子宮頸糜爛，子宮頸炎、撕裂有關係，常因為配偶包皮汙垢而引起。是臺灣婦女常見的癌症之一。

**子子孫孫**（ㄗˇ ㄗˇ ㄙㄨㄣ ㄙㄨㄣ）　世世代代的後裔。

**子母扣兒**（ㄗˇ ㄇㄨˇ ㄎㄡˋ ㄦ）　紐扣的一種，用兩個金屬薄片作成凹凸的樣子，可以相嵌合。

**子虛烏有**（ㄗˇ ㄒㄩ ㄨ ㄧㄡˇ）　図西漢司馬相如作〈子虛賦〉，假託子虛先生、烏有先生和亡（ㄨˊ）是公三人互相問答。後世因稱不真實的事情為「子虛烏有」。

**孑**（ㄐㄧㄝˊ）　㈠図單獨。如「孑然一身」。㈡図剩餘。如「孑遺」。㈢見「孑孓」。

**孑孓**（ㄐㄧㄝˊ ㄐㄩㄝˊ）　蚊子的幼蟲。

**孑立**（ㄐㄧㄝˊ ㄌㄧˋ）　図孤立。

**孑然**（ㄐㄧㄝˊ ㄖㄢˊ）　図孤獨的樣子。

**孑遺**（ㄐㄧㄝˊ ㄧˊ）　図殘留的，剩下的。

**孓**（ㄐㄩㄝˊ）　見「孑孓」。

## 一筆

**孔**（ㄎㄨㄥˇ）　㈠穴。如「鼻孔」。㈡図通。如「孔道」。㈢図甚。如「孔急」。㈣孔子的簡稱。如「孔孟」。㈤大的，廣闊的。如「孔道」「孔雀」。㈥姓。

**孔子**（ㄎㄨㄥˇ ㄗˇ）　（西元前五五一—前四七九年）中國偉大思想家、教育家、政治家。出生於春秋時代的魯國（山東曲阜），字仲尼。曾任魯國大司寇（掌理法律的最高長官），長時間聚徒教學，開平民教育的風氣，後世尊他為大成至聖先師。從宋朝起各個時代對他都很尊敬，建有專廟祭祀。他的學說由門人輯錄為〈論語〉一書，影響後世很大。

**孔穴**（ㄎㄨㄥˇ ㄒㄩㄝˊ）　①窟窿眼兒。②人身的穴道。

**孔武**（ㄎㄨㄥˇ ㄨˇ）　図身材大，力氣大，而且勇敢。如「孔武有力」。

**孔急**（ㄎㄨㄥˇ ㄐㄧˊ）　図很急，很迫切。如「需款孔急」。

**孔雀**（ㄎㄨㄥˇ ㄑㄩㄝˋ）　熱帶鳥名，形狀像雉，雄的尾有長羽，張開時像扇子，翠綠斑紋，漂亮極了。

**孔道**（ㄎㄨㄥˇ ㄉㄠˋ）　①四通八達的大路。②孔子所講的道理。

**孔隙**（ㄎㄨㄥˇ ㄒㄧˋ）　窟窿眼兒，縫兒。

**孔廟**（ㄎㄨㄥˇ ㄇㄧㄠˋ）　紀念和祭祀孔子的廟宇。

**孔方兄**（ㄎㄨㄥˇ ㄈㄤ ㄒㄩㄥ）　從前圓形的制錢中間有方孔，因此戲稱錢為孔方兄。

**孔明車**（ㄎㄨㄥˇ ㄇㄧㄥˊ ㄔㄜ）　臺灣地區閩南語稱腳踏車為孔明車。

**孔明燈**（ㄎㄨㄥˇ ㄇㄧㄥˊ ㄉㄥ）　見「天燈」。

**孔雀石**（ㄎㄨㄥˇ ㄑㄩㄝˋ ㄕˊ）　一種含水碳酸銅的綠礦石，光澤像金剛石。可以製造飾物，也可以煉銅。俗稱「綠青」。

**孔雀綠**（ㄎㄨㄥˇ ㄑㄩㄝˋ ㄌㄩˋ）　一種綠色鹼性染料，顏色鮮綠像孔雀石，是用化學原料配合加熱而成的。可以染羊毛、絲、人造纖維。

**孔孟學會** ㄎㄨㄥˇ ㄇㄥˋ ㄒㄩㄝˊ ㄏㄨㄟˋ 以研究並發揮孔子、孟子思想學說為宗旨的社會團體。

## 二筆

**孕** ㄩㄣˋ ㈠懷胎。㈡懷了胎兒。如「有孕」。

**孕育** ㄩㄣˋ ㄩˋ ①懷胎生育。②比喻事物的漸漸培育長成。

**孕婦** ㄩㄣˋ ㄈㄨˋ 懷孕的婦女。

**孕期** ㄩㄣˋ ㄑㄧˊ 婦女受孕到生下孩子的這一段時間，通常是兩百六十六天，從末次經期的第一天算起，則為兩百八十天。

## 三筆

**孖** 因ㄗ 雙生子。

**字** ㄗˋ ㈠文字。如「字句」。㈡指字音。如「咬字清楚」。㈢人本名以外取的別號，一般是闡發本名的意義。如「岳飛，字鵬舉（大鵬舉翼，就要飛了）」。㈣契約、單據。如「字據」。㈤從前女子待嫁，叫「待字閨中」。㈥因撫育。柳宗元〈種樹郭橐駝傳〉有「字而幼孩」。

**字句** ㄗˋ ㄐㄩˋ 文章裡的字眼和句子。

**字形** ㄗˋ ㄒㄧㄥˊ 字的形體。

**字典** ㄗˋ ㄉㄧㄢˇ 把單字按次序排列，詳註字音字義的工具書。

**字音** ㄗˋ ㄧㄣ 字的讀音。

**字書** ㄗˋ ㄕㄨ 解釋漢字字形、字音、字義的書。如〈說文解字〉〈廣韻〉等，以及後來出版的字典、辭典，都叫字書。

**字紙** ㄗˋ ㄓˇ 有字的廢紙。

**字畫** ㄗˋ ㄏㄨㄚˋ ①文字的筆畫。②書畫（書法和繪畫）。

**字義** ㄗˋ ㄧˋ 字的意義。

**字號** ▲ㄗˋ ㄏㄠˋ 所編排的特用字與所列的號碼。如「公文字號」。▲ㄗˋ ·ㄏㄠ ①商店的招牌。②聲望，名譽。如「那個人字號不好」。

**字跡** ㄗˋ ㄐㄧ 字的筆畫和形體。如「字跡工整」。

**字幕** ㄗˋ ㄇㄨˋ 電影、電視幕上說明內容、情節或顯示對白的文字版。

**字樣** ㄗˋ ㄧㄤˋ ①字的式樣。②字句。

**字模** ㄗˋ ㄇㄨˊ 鑄造鉛字的模型，用紫銅或鋅合金製成。也叫「銅模」。

**字盤** ㄗˋ ㄆㄢˊ 印刷廠、打字機放鉛字的容器。

**字調** ㄗˋ ㄉㄧㄠˋ 字音的高低升降。一般叫「聲調」。參看「四聲」。

**字據** ㄗˋ ㄐㄩˋ 用作憑據的文書，如收據、合同等。

**字謎** ㄗˋ ㄇㄧˊ 用文字作謎底讓人猜的謎語。如「四面不通，十字在當中」，可以猜「田」字，也可以猜「亞」字。

**字體** ㄗˋ ㄊㄧˇ ①文字的體形，像楷書、行書、草書。②書法方面的各種派別，像顏體、柳體。

**字母（兒）** ㄗˋ ㄇㄨˇ（ㄦ） 拼音文字的最小書寫單位。如a、b、c。

**字帖（兒）** ▲ㄗˋ ㄊㄧㄝˇ（ㄦ） 有文字的柬條。▲ㄗˋ ㄊㄧㄝˋ（ㄦ） 習字範本。

**字面（兒）** ㄗˋ ㄇㄧㄢˋ（ㄦ） 文字表面上的意義。

**字眼（兒）** ㄗˋ ㄧㄢˇ（ㄦ） 用在句子裡的字或詞。如「挑字眼兒」「摳字眼兒」。

**字正腔圓** ㄗˋ ㄓㄥˋ ㄑㄧㄤ ㄩㄢˊ 稱讚人演說、朗讀時候字音正確，腔調圓潤。

**字裡行間** ㄗˋ ㄌㄧˇ ㄏㄤˊ ㄐㄧㄢ 字句中間。如「這篇文章，字裡行間充滿著警世的意味」。

**字斟句酌** ㄗˋ ㄓㄣ ㄐㄩˋ ㄓㄨㄛˊ 指寫作時態度非常慎重，對每一字每一句都細心推敲。

## 存

ㄘㄨㄣˊ ㈠在世，沒死。如「存在」「存亡」。㈡現有的，留下的。如「結存」「存餘」。㈢寄託。如「存車」「把這些東西存在你這裡」。㈣儲蓄。如「存款」。㈤停滯。如「存食」「存水」。㈥含有。如「你存甚麼心」「此中有深意存焉」。㈦図省（ㄒㄧㄥˇ）視，安慰。如「溫存」「存問」。

**存亡** ㄘㄨㄣˊ ㄨㄤˊ 存在或滅亡。

**存心** ㄘㄨㄣˊ ㄒㄧㄣ 居心。

**存戶** ㄘㄨㄣˊ ㄏㄨˋ 銀行稱存款人。

**存水** ㄘㄨㄣˊ ㄕㄨㄟˇ ①低窪的地方積水不流通。如「這院子一下雨就存水」。②存積食用水。

**存在** ㄘㄨㄣˊ ㄗㄞˋ 存㈠。

**存身** ㄘㄨㄣˊ ㄕㄣ ①保全其身。②安身。

**存放** ㄘㄨㄣˊ ㄈㄤˋ ①寄存（錢財、物品）。②存款、放款的合稱。

**存查** ㄘㄨㄣˊ ㄔㄚˊ 保存起來以備查考（多在批閱公文時用）。

**存活** ㄘㄨㄣˊ ㄏㄨㄛˊ 能活下來的。如「種了三百棵玫瑰花，存活的不到一半」。

**存食** ㄘㄨㄣˊ ㄕˊ 吃了東西不消化，停留在胃裡。如「這孩子不舒服，大概是存食吧」。也說「停食」。

**存根** ㄘㄨㄣˊ ㄍㄣ 開出的收據或票據同樣的一聯，留下來存查的。

**存案** ㄘㄨㄣˊ ㄢˋ 公文用語。登記備案。

**存問** ㄘㄨㄣˊ ㄨㄣˋ 図問候。

**存執** ㄘㄨㄣˊ ㄓˊ 郵局收受雙掛號郵件時開給寄件人收存的憑單，作為必要時查詢的根據。

**存貨** ㄘㄨㄣˊ ㄏㄨㄛˋ ①儲存貨物。②商店中儲存待售的貨物。

**存單** ㄘㄨㄣˊ ㄉㄢ 銀行發給存款者作為憑證的單據。

**存款** ㄘㄨㄣˊ ㄎㄨㄢˇ 存在銀行或其他金融機構生息的錢。

**存視** ㄘㄨㄣˊ ㄕˋ 図親自去問候。

**存項** ㄘㄨㄣˊ ㄒㄧㄤˋ 餘存的款項。

**存摺** ㄘㄨㄣˊ ㄓㄜˊ 存款的憑摺。

**存疑** ㄘㄨㄣˊ ㄧˊ 對疑惑難解的問題，暫時不做決定。

**存錢** ㄘㄨㄣˊ ㄑㄧㄢˊ 儲蓄。也作「攢（ㄗㄢˇ）錢」。

**存檔** ㄘㄨㄣˊ ㄉㄤˇ 公文用語。存留經過處理的公文書或資料、證物，歸入檔案。又稱「歸檔」。

**存續** ㄘㄨㄣˊ ㄒㄩˋ 繼續存在。

**存亡繼絕** ㄘㄨㄣˊ ㄨㄤˊ ㄐㄧˋ ㄐㄩㄝˊ 図讓將要滅亡的或斷絕的繼續存留。常指國家或後嗣。如「〈穀梁傳〉說，齊桓公有存亡繼絕之功」。

**存而不論** ㄘㄨㄣˊ ㄦˊ ㄅㄨˋ ㄌㄨㄣˋ 保留起來不加討論。如「這件案子可以存而不論，以後再說」。

### 四筆

## 孛

ㄅㄟˋ 彗星；俗名叫「掃帚星」。又讀ㄅㄛˊ。

## 孚

▲図ㄈㄨˊ ㈠信用。如「誠孚」。㈡使人相信。如「不孚眾望」。▲図ㄈㄨ同「孵」。

**孝** ㄒㄧㄠˋ ㈠盡心侍奉父母。如「孝思」。㈡居喪。如「正在孝中」。㈢居喪所穿的素服。如「穿著一身孝」。

**孝女**（ㄒㄧㄠˋ ㄋㄩˇ） ①有孝行的女子。②居親喪的女子。③居父母之喪的女子自稱。④女子臨祭對父母的自稱。

**孝子**（ㄒㄧㄠˋ ㄗˇ） ①居父母之喪的人。②稱孝順父母的人。③男子臨祭對父母的自稱。

**孝友**（ㄒㄧㄠˋ ㄧㄡˇ） 孝順父母跟友愛兄弟。

**孝行**（ㄒㄧㄠˋ ㄒㄧㄥˋ） 孝養父母的行為。

**孝衣**（ㄒㄧㄠˋ ㄧ） 因為死了尊長而穿的粗麻布或白布素服。

**孝弟**（ㄒㄧㄠˋ ㄊㄧˋ） 図對父母盡孝道，對兄弟友愛。如「人生在世，孝弟為要」。

**孝男**（ㄒㄧㄠˋ ㄋㄢˊ） ①居父母之喪的男子自稱。②男子臨祭對父母的自稱。也稱「孝子」。

**孝服**（ㄒㄧㄠˋ ㄈㄨˊ） 居喪所穿的素服。

**孝思**（ㄒㄧㄠˋ ㄙ） 孝順雙親的思想。

**孝家**（ㄒㄧㄠˋ ㄐㄧㄚ） 家字輕讀。居喪守孝的人。

**孝堂**（ㄒㄧㄠˋ ㄊㄤˊ） ①喪家所懸的素幕。②喪家停放靈柩的地方。也叫「靈堂」。

**孝婦**（ㄒㄧㄠˋ ㄈㄨˋ） ①有孝行的婦人。②居喪戴孝的婦人。

**孝帷**（ㄒㄧㄠˋ ㄨㄟˊ） 也作「孝幔」。喪家用來罩在靈柩前面上頭的布幔。

**孝順**（ㄒㄧㄠˋ ㄕㄨㄣˋ） 盡心奉養父母，順從父母的意志。

**孝敬**（ㄒㄧㄠˋ ㄐㄧㄥˋ） 把物品獻給尊長，表示敬意。

**孝道** ▲ㄒㄧㄠˋ ㄉㄠˋ 指奉養父母的準則。▲ㄒㄧㄠˋ ˙ㄉㄠ 指孝順。

**孝養**（ㄒㄧㄠˋ ㄧㄤˇ） 孝敬贍養。如「孝養父母」。

**孝子慈孫**（ㄒㄧㄠˋ ㄗˇ ㄘˊ ㄙㄨㄣ） 能夠孝敬父母的子孫。也作「孝子賢孫」「孝子順孫」。

**孜** ㄗ ㈠甘孜：西康省縣名。㈡看「孜孜」條。

**孜孜**（ㄗ ㄗ） 努力、勤勞的樣子。如「讀書孜孜不倦」。

## 五筆

**孢** ㄅㄠ 見「孢子」。

**孢子**（ㄅㄠ ㄗˇ） 某些低等動植物的細胞，有繁殖作用或休眠作用，脫離母體之後還能生存，形成新的個體。

**孢子植物**（ㄅㄠ ㄗˇ ㄓˊ ㄨˋ） 由孢子繁殖的植物，像菌類、藻類、苔蘚類、蕨類等。

**孟** ㄇㄥˋ ㈠兄弟排行最大的。㈡開始，領頭的，四季的頭一個月叫孟。如「孟春」。㈢做事不經考慮，太鹵莽。如「孟浪」。㈣姓。

**孟子**（ㄇㄥˋ ㄗˇ） （西元前三七二—前二八九年）戰國時代鄒人，名軻，字子輿。孔子的孫子孔伋（子思）的學生，提倡仁道，主張民主，曾周遊列國，宣揚孔子的思想。後世尊為亞聖。他的學生輯錄他的學說為〈孟子〉一書，共七篇。

**孟冬**（ㄇㄥˋ ㄉㄨㄥ） 冬季的第一個月，就是陰曆十月。

**孟春**（ㄇㄥˋ ㄔㄨㄣ） 春季的第一個月，就是陰曆正（ㄓㄥ）月。

**孟秋**（ㄇㄥˋ ㄑㄧㄡ） 秋季的第一個月，就是陰曆七月。

**孟夏**（ㄇㄥˋ ㄒㄧㄚˋ） 夏季的第一個月，就是陰曆四月。

**孟浪**（ㄇㄥˋ ㄌㄤˋ） ①不精細。②鹵莽。

**孟宗竹**（ㄇㄥˋ ㄗㄨㄥ ㄓㄨˊ） 一種粗大的竹，高可達二十公尺，莖直徑達二十公分，葉子兩片到四片為一簇。原產於江南各省，臺灣栽種也相當多。傳說三國時吳國人孟宗曾在冬天入竹林找竹筍要給他母親吃，找不到而哭泣，因而叫它孟宗竹。

**孟姜女**（ㄇㄥˋ ㄐㄧㄤ ㄋㄩˇ） 中國民間故事人物。傳說秦朝築長城，她的丈夫燕國人杞良被徵召去做工。孟姜女去找丈夫，到了長城時，他已經死亡。孟姜女痛哭，城牆倒塌，現出杞良的屍骨。因而有「孟姜女哭倒萬里長城」的故事。

**孟母三遷**（ㄇㄥˋ ㄇㄨˇ ㄙㄢ ㄑㄧㄢ） 孟子母親姓仉（ㄓㄤˇ），為了教養孟子，曾經搬家三次，讓孟子能在好環境之下成長。又因孟子逃學，她剪斷織布機上的布，警告孟子：讀書、做事不可以隨意中斷，必須貫徹始終。孟子從此不敢偷懶，後來才能成為大儒。常用以強調母教和學習環境的重要。

**孟不離焦、焦不離孟**（ㄇㄥˋ ㄅㄨˋ ㄌㄧˊ ㄐㄧㄠ ㄐㄧㄠ ㄅㄨˋ ㄌㄧˊ ㄇㄥˋ） 俗語形容兩個人形影不離。孟指孟良，焦指焦贊，是「楊家將」故事裡的人物。

## 孥

図ㄋㄨˊ 妻、子的統稱。如「罪及妻孥」。

## 孤

ㄍㄨ ㈠沒有父親，叫「孤兒」或「孤子」。㈡古時王侯的自稱。㈢違背。如「孤負」。㈣單獨。如「孤立」。㈤性情怪僻。如「孤僻」。▲ㄍㄨ ㄉㄨˊ 孤獨。

**孤丁** ▲ㄍㄨ ·ㄉㄧㄥ ①突起的東西。②突然發生的變化或困難。③賭博用語，孤注一擲的意思。

**孤子**（ㄍㄨ ㄗˇ） ①孤兒。②居父喪而母還在堂的人自稱。

**孤本**（ㄍㄨ ㄅㄣˇ） 指某書僅有一份在世間流傳的版本。如「海內孤本」。

**孤立**（ㄍㄨ ㄌㄧˋ） 不能得到同情和援助。如「孤立無援」。

**孤老**（ㄍㄨ ㄌㄠˇ） ①孤獨而年老。②孤獨而年老的人。

**孤行**（ㄍㄨ ㄒㄧㄥˊ） 図不理會別人的意見，不觀察周遭的環境，全憑自己的想法去做。如「一意孤行」。

**孤兒**（ㄍㄨ ㄦˊ） ①年幼沒有父親的人。②沒有父母的兒童。

**孤拐**（ㄍㄨ ㄍㄨㄞˇ） ①踝子骨。也叫「腳孤拐」。②顴骨。

**孤苦**（ㄍㄨ ㄎㄨˇ） 孤獨貧苦。

**孤負**（ㄍㄨ ㄈㄨˋ） 虧負。孤是沒有酬對，負是有所虧欠。也作「辜負」。

**孤陋**（ㄍㄨ ㄌㄡˋ） 學識疏淺。

**孤高**（ㄍㄨ ㄍㄠ） 図①指地上物或山岡高聳特出。②指人高傲，不合群。

**孤寂**（ㄍㄨ ㄐㄧˊ） 孤獨寂寞。

**孤單**（ㄍㄨ ㄉㄢ） 單獨沒有依靠。

**孤傲**（ㄍㄨ ㄠˋ） 孤僻高傲。

**孤寡**（ㄍㄨ ㄍㄨㄚˇ） 孤兒和寡婦。

**孤僻**（ㄍㄨ ㄆㄧˋ） ①孤獨怪僻。②荒遠的地方。

**孤獨**（ㄍㄨ ㄉㄨˊ） 獨自一個人；孤單。

**孤證**（ㄍㄨ ㄓㄥˋ） 獨一無二的證據。如「找遍了古書，這一種說法只有一個例證。孤證能成立嗎」。

**孤孀**（ㄍㄨ ㄕㄨㄤ） 図寡婦。

**孤兒院**（ㄍㄨ ㄦˊ ㄩㄢˋ） 收養沒人照顧的兒童，給他們適當的教養。孤兒院是一種兒童福利機構，由政府或法人設立。

**孤哀子**（ㄍㄨ ㄞ ㄗˇ） 居父喪或母喪時父母已雙亡的人的自稱。

**孤零零**（ㄍㄨ ㄌㄧㄥ ㄌㄧㄥ） 無依無靠或沒有陪襯；孤單。

**孤立主義**（ㄍㄨ ㄌㄧˋ ㄓㄨˇ ㄧˋ） ①閉關自守，不介入國際社會的政治思想。美國第五任總統門羅，就施行過這一種外交政策，稱為「門羅主義」。②科舉教育的缺點，在脫離現實，不跟社會生活相配合而形成孤立。凡有這種觀點的，稱為孤立主義。

**孤臣孽子**（ㄍㄨ ㄔㄣˊ ㄋㄧㄝˋ ㄗˇ） 失去權位，得不到援助的臣子和失去寵愛的庶出的兒子，會為了自身的安危作深切的思考。

**孤兒寡婦**（ㄍㄨ ㄦˊ ㄍㄨㄚˇ ㄈㄨˋ） 沒父親的孩子和死了丈夫的女人。比喻勢單力微，沒有援助。

**孤注一擲**（ㄍㄨ ㄓㄨˋ ㄧ ㄓˋ） 賭徒盡其所有，全部下注，想決一勝負。比喻人冒險從事，盡其力量以圖僥幸。

**孤芳自賞**（ㄍㄨ ㄈㄤ ㄗˋ ㄕㄤˇ） 比喻自命清高，自我欣賞。

**孤苦伶仃**（ㄍㄨ ㄎㄨˇ ㄌㄧㄥˊ ㄉㄧㄥ） 孤立，沒有依靠。

**孤軍奮鬥**（ㄍㄨ ㄐㄩㄣ ㄈㄣˋ ㄉㄡˋ） 沒有支援的軍隊，單獨作戰。比喻全憑自己的努力奮鬥。如「他今天的成就，全憑孤軍奮鬥」。

**孤陋寡聞**（ㄍㄨ ㄌㄡˋ ㄍㄨㄚˇ ㄨㄣˊ） 學識淺陋，見聞不廣。

**孤家寡人**（ㄍㄨ ㄐㄧㄚ ㄍㄨㄚˇ ㄖㄣˊ） 單獨的一個人。指沒有結婚或已離婚的人。如「他現在是孤家寡人一個」。

**孤掌難鳴**（ㄍㄨ ㄓㄤˇ ㄋㄢˊ ㄇㄧㄥˊ） 一個巴掌拍不出聲音。形容單獨一人不能有所作為。

**孤雲野鶴**（ㄍㄨ ㄩㄣˊ ㄧㄝˇ ㄏㄜˋ） 比喻隱士。

**孤魂野鬼**（ㄍㄨ ㄏㄨㄣˊ ㄧㄝˇ ㄍㄨㄟˇ） 本來指無人祭祀的鬼魂。比喻單獨行動、蹤跡不定的人。如「他獨來獨往，像個孤魂野鬼似的」。

**季** ㄐㄧˋ ㈠古人用伯仲叔季作兄弟排行，最小的叫季。㈡末了的。如「季春」「季世」。㈢一年十二個月分成四季。如「夏季」。㈣時期。老下雨的時候叫「雨季」；生意好的時候叫「旺季」。㈤姓。

**季月**（ㄐㄧˋ ㄩㄝˋ） 〔名〕一年四季之中，每一季的第三個月。如「季春」「季夏」「季秋」「季冬」。

**季世**（ㄐㄧˋ ㄕˋ） 〔名〕末世，末代，末年，末造。是「一個朝代快滅亡的最後幾年」。

**季刊**（ㄐㄧˋ ㄎㄢ） 每季出版一次的定期刊物。

**季軍**（ㄐㄧˋ ㄐㄩㄣ） 競賽結果的第三名。

**季候**（ㄐㄧˋ ㄏㄡˋ） 季節與天候。

**季節**（ㄐㄧˋ ㄐㄧㄝˊ） 一年之中某一個有特點的時期，叫做季節。

**季候風**（ㄐㄧˋ ㄏㄡˋ ㄈㄥ） 也作季節風。大陸跟海洋吸熱跟放熱不同，冬夏的氣壓也不同，因此夏季風向多由海洋吹向大陸，冬季風向多由大陸吹向海洋，每半年變換一次。

**季常癖**（ㄐㄧˋ ㄔㄤˊ ㄆㄧˇ） 〔名〕北宋人陳慥，字季常，很怕太太。因此把懼內的事叫做「季常癖」。現今用「ＰＴＴ」。

**季節性**（ㄐㄧˋ ㄐㄧㄝˊ ㄒㄧㄥˋ） 跟季節有關係的。如「梅雨是一種季節性的天氣」。

## 六筆

**孩** ㄏㄞˊ 兒童。

**孩子**（ㄏㄞˊ ㄗˇ） ①兒童。如「男孩子」。②子女。如「她有三個孩子」。

**孩兒**（ㄏㄞˊ ㄦˊ） ①父母稱呼子女。②子女對父母的自稱。

**孩提**（ㄏㄞˊ ㄊㄧˊ） 需要人提抱的幼兒。

**孩童**（ㄏㄞˊ ㄊㄨㄥˊ） 兒童。

**孩子氣**（ㄏㄞˊ ㄗˇ ㄑㄧˋ） 已成年而行為還是稚氣很濃。

**孩子頭兒** ㄏㄞˊ ㄗ˙ ㄊㄡˊ ㄦ ①喜歡跟孩子們一起玩的大人。②在一群孩子中當領袖的孩子。

## 七筆

**孬** ㄋㄠ 北方方言。不好的。如「孬種（ㄓㄨㄥˇ）」。

**孫** ▲ㄙㄨㄣ ㈠兒子的兒子。㈡子孫後代。如「曾孫」「四世孫」。㈢跟孫子同輩的親屬。如「外孫」「姪孫」。㈣植物再生或孳生的。如「稻孫」「孫竹」。㈤姓。▲ㄒㄩㄣˋ同「遜」，謙讓的意思。又讀ㄙㄨㄣˋ。

**孫女** ㄙㄨㄣ ㄋㄩˇ 也作「孫女兒」，兒子的女兒。

**孫子** ▲ㄙㄨㄣ ㄗ˙ 孫㈠。▲ㄙㄨㄣ ㄗˇ ①周朝孫武撰著的兵書，又叫〈孫子兵法〉。②尊稱孫武。③囡子孫後代。

**孫山** ㄙㄨㄣ ㄕㄢ 見「名落孫山」條。

**孫女婿** ㄙㄨㄣ ㄋㄩˇ ㄒㄩˋ 孫女兒的丈夫。也略作「孫婿」。

**孫中山** ㄙㄨㄣ ㄓㄨㄥ ㄕㄢ （西元一八六六年—一九二五年）名文，字逸仙，號中山，廣東省中山縣（原名香山縣）翠亨村人。少懷大志，見滿清政治腐敗，便和有革命志氣的友人，組興中會，以推翻滿清，建立民國為目標。經過十七年艱苦奮鬥，在一九一一（辛亥）年革命成功，建立中華民國，全國人士推舉他出任臨時大總統。民國十四年逝世，國人尊稱他為國父。

**孫媳婦（兒）** ㄙㄨㄣ ㄒㄧˊ ㄈㄨˋ ㄦ 婦字輕讀。孫子的妻子。

## 八筆

**孰** 囡ㄕㄨˊ ㈠誰。如「孰是孰非」。㈡何。如「孰不可忍也」。㈢通「熟」㈠。

**孰若** ㄕㄨˊ ㄖㄨㄛˋ 囡何若；不若。

**孰與** ㄕㄨˊ ㄩˇ 囡孰若。

## 九筆

**孱** ▲囡ㄔㄢˊ 弱小的樣子。如「孱弱」。▲ㄘㄢˋ 見「孱頭」。

**孱夫** ㄔㄢˊ ㄈㄨ 囡懦弱的人。

**孱弱** ㄔㄢˊ ㄖㄨㄛˋ 囡身體瘦弱。

**孱頭** ㄘㄢˋ ㄊㄡˊ 頭字輕讀。罵人的話。懦弱沒用的人。

**孳** ▲囡ㄗ ㈠滋生繁殖。如「孳乳」「孳萌」。㈡見「孳孳」。▲囡ㄗˋ「孳尾」，鳥獸交尾。

**孳乳** ㄗ ㄖㄨˇ 囡由一個逐漸演變出許多個的意思。動物的繁殖，文字因社會繁複而增多，都叫「孳乳」。

**孳息** ㄗ ㄒㄧ 囡生長。

**孳孳** ㄗ ㄗ 囡勤勉不懈的意思。

## 十一筆

**孵** ㄈㄨ ㈠鳥類伏在所生的蛋上使蛋受熱而成為小鳥，叫孵。如「母雞孵小雞兒」。㈡蟲魚由卵而生的也叫孵。如「口孵」。

**孵化** ㄈㄨ ㄏㄨㄚˋ 鳥類和蟲類從蛋裡生出來。

**孵化期** ㄈㄨ ㄏㄨㄚˋ ㄑㄧˊ 動物學名詞。昆蟲、魚類、鳥類或爬蟲類的卵，在受到溫熱逐漸形成幼體的時期。各種動物的孵化期長短不同。

**孵卵器** ㄈㄨ ㄌㄨㄢˇ ㄑㄧˋ 大型養雞場所用的人工孵卵器具。用金屬做成，利用電力保持一定的溫度，可以在任何季節孵出很多幼雛。

## 十三筆

**學（学、斈）** ㄒㄩㄝˊ ㈠效法。如「猴子學人戴帽子」。語音ㄒㄧㄠˊ。㈡求學問的所在。如「學校」。㈢有條理，有系統，有組織的知識。如「科學」、「數學」。㈣研求，揣摩。如「學習」。㈤姓。

**學人** ㄒㄩㄝˊ ㄖㄣˊ 稱研究學問的人，不像「學者」的意思那樣嚴肅，用的範圍比較廣些。

**學力** ㄒㄩㄝˊ ㄌㄧˋ 研究學問所到的程度。

**學士** ㄒㄩㄝˊ ㄕˋ ①研求學問的讀書人。②民國以前的文官名。如翰林學士、內閣學士。③學位名，學位授予法規定，大學畢業的授予學士學位。

**學子** ㄒㄩㄝˊ ㄗˇ 図學生。如「莘莘學子」。

**學分** ㄒㄩㄝˊ ㄈㄣ 大專院校計算學習成績的單位，每一學科每週上課一小時，滿一學期的叫一學分。

**學友** ㄒㄩㄝˊ ㄧㄡˇ 同學。

**學生** ㄒㄩㄝˊ ㄕㄥ 就學的人。

**學田** ㄒㄩㄝˊ ㄊㄧㄢˊ 舊時專為辦學用的公田，以田地收益作為師生的生活費用，或濟助本地貧苦的讀書人。

**學名** ㄒㄩㄝˊ ㄇㄧㄥˊ ①科學上的專門名稱，例如「食鹽」的學名是「氯化鈉」。②入學時使用的正式名字（區別於「乳名」「小名」）。

**學年** ㄒㄩㄝˊ ㄋㄧㄢˊ 規定的學習年度。學年由每年八月一日開始，第二年七月三十一日終了。

**學舌** ㄒㄧㄠˊ ㄕㄜˊ ①學著說別人的話。比喻人沒有主見。②嘴不嚴緊。

**學行** ㄒㄩㄝˊ ㄒㄧㄥˋ 學業和品行。

**學位** ㄒㄩㄝˊ ㄨㄟˋ 大專院校授予畢業生的稱號。我國的學位分學士、碩士、博士三種。

**學弟** ㄒㄩㄝˊ ㄉㄧˋ 同一個學校中入學年分較晚的同學。如「他比我晚兩年，是我的學弟」。

**學究** ㄒㄩㄝˊ ㄐㄧㄡ ①讀書人的通稱。②稱私塾中的教書先生。

**學系** ㄒㄩㄝˊ ㄒㄧˋ 大學或獨立學院依照學習內容不同而分科系。如中國文學系、土木工程學系等。各系設系主任一人，綜理系務。

**學制** ㄒㄩㄝˊ ㄓˋ 國家對各級各類學校的組織系統和課程、學習年限的規定。

**學姊** ㄒㄩㄝˊ ㄐㄧㄝˇ 稱比自己早進入同一學校就讀的女性同學。如「她早我一屆，是我的學姊」。

**學府** ㄒㄩㄝˊ ㄈㄨˇ 指實施高等教育的學校。

**學舍** ㄒㄩㄝˊ ㄕㄜˋ 學校的房舍。也指學生住宿的房舍。

**學者** ㄒㄩㄝˊ ㄓㄜˇ ①有學問的人。②從事學術研究的人。

**學長** ㄒㄩㄝˊ ㄓㄤˇ 對同學的尊稱。

**學政** ㄒㄩㄝˊ ㄓㄥˋ 舊時管理教育的官。清朝有「提督學政」。

**學派** ㄒㄩㄝˊ ㄆㄞˋ 學術上因詮釋主張不同而形成的派別。

**學界** ㄒㄩㄝˊ ㄐㄧㄝˋ 對從事教育事業的人士的稱呼。

**學科** ㄒㄩㄝˊ ㄎㄜ 分別學問的科目，像國文、社會、英語、幾何學……等。

**學苑** ㄒㄩㄝˊ ㄩㄢˋ 一種非正式的社會教育機構。如「老人學苑」。

**學風** ㄒㄩㄝˊ ㄈㄥ ①學術界的或一般學習方面的風氣。②學校的風氣。

**學員** ㄒㄩㄝˊ ㄩㄢˊ 指在訓練班、研究班、講習班等非正式學制的訓練機構學習的人。

**學徒**（ㄒㄩㄝˊ ㄊㄨˊ） ①商店或工廠裡的練習生。②學藝的人。

**學校**（ㄒㄩㄝˊ ㄒㄧㄠˋ） 聚集學生，分程度施行教育的處所。

**學海**（ㄒㄩㄝˊ ㄏㄞˇ） ①學問的淵藪。如「學海無邊」。②稱博學的人。

**學級**（ㄒㄩㄝˊ ㄐㄧˊ） 班級的舊稱。

**學院**（ㄒㄩㄝˊ ㄩㄢˋ） ①綜合大學的部門，如文學院、法學院、工學院。②不滿三個學院的高等學校，如海洋學院、藝術學院。③程度同大學的獨立學院。

**學區**（ㄒㄩㄝˊ ㄑㄩ） 為便利學生通學而劃定的區域，住在某個區域裡的學生必須在設於該區域內的學校就讀。

**學問**（ㄒㄩㄝˊ ㄨㄣˋ） 求學所得的知識。

**學堂**（ㄒㄩㄝˊ ㄊㄤˊ） 學校的舊稱。

**學理**（ㄒㄩㄝˊ ㄌㄧˇ） 科學上的原理或法則。

**學習**（ㄒㄩㄝˊ ㄒㄧˊ） ①求得知能的經過程序。②效法或受教。

**學術**（ㄒㄩㄝˊ ㄕㄨˋ） 有系統的，較專門的學問。

**學報**（ㄒㄩㄝˊ ㄅㄠˋ） 大學、獨立學院或學術團體定期出版的學術性刊物。

**學期**（ㄒㄩㄝˊ ㄑㄧˊ） 我國學制，一學年分為兩學期。八月到第二年一月是第一學期，二月到七月是第二學期。

**學殖**（ㄒㄩㄝˊ ㄓˊ） [文]學問與道德的累積、增長。

**學程**（ㄒㄩㄝˊ ㄔㄥˊ） ①研究學問的過程。②學科的區分種類，如「教育學程」。

**學童**（ㄒㄩㄝˊ ㄊㄨㄥˊ） 年幼學生的通稱。

**學費**（ㄒㄩㄝˊ ㄈㄟˋ） ①學生交給學校的肄業費用。②求學的一切費用。

**學會**（ㄒㄩㄝˊ ㄏㄨㄟˋ） 研究學術交換知識的團體。

**學業**（ㄒㄩㄝˊ ㄧㄝˋ） 研究學問的各種功課或所得。

**學塾**（ㄒㄩㄝˊ ㄕㄨˊ） 正式學校教育普遍施行以前，私人所設立的教育場所。也作「學館」。

**學說**（ㄒㄩㄝˊ ㄕㄨㄛ） 學術上的有系統的主張或見解。

**學閥**（ㄒㄩㄝˊ ㄈㄚˊ） 依仗勢力，把持教育界或學術機構的人。

**學潮**（ㄒㄩㄝˊ ㄔㄠˊ） 教師或學生因對當時的政治或學校措施不滿意，或對自身權利有所要求，因而發動的風潮。

**學養**（ㄒㄩㄝˊ ㄧㄤˇ） [文]學識和修養。如「此人學養俱佳」。

**學歷**（ㄒㄩㄝˊ ㄌㄧˋ） 求學的經歷，指曾在哪些學校肄業或畢業。

**學額**（ㄒㄩㄝˊ ㄜˊ） 學校根據可能的容量，招收新生的固定名額。

**學藝**（ㄒㄩㄝˊ ㄧˋ） ①學習技藝。②學問和技藝。

**學識**（ㄒㄩㄝˊ ㄕˋ） 學術上的知識和修養。

**學籍**（ㄒㄩㄝˊ ㄐㄧˊ） 學生的名籍。記錄學籍的簿冊叫「學籍簿」。

**學齡**（ㄒㄩㄝˊ ㄌㄧㄥˊ） 受義務教育的年齡。我國規定從六足歲起到十五足歲為「學齡」。

**學校曆**（ㄒㄩㄝˊ ㄒㄧㄠˋ ㄌㄧˋ） 學校每學年預定的行事曆。

**學校行政**（ㄒㄩㄝˊ ㄒㄧㄠˋ ㄒㄧㄥˊ ㄓㄥˋ） 學校由校長綜理校務。校務依照性質畫分，有教務和訓導、總務等部門，各有主管。工作雖不相同，目標卻都是支援教學。

**學前教育**（ㄒㄩㄝˊ ㄑㄧㄢˊ ㄐㄧㄠˋ ㄩˋ） 義務教育以前的一段教育，對象是學齡（六足歲）前的兒童。分幼稚園、託兒所兩段。以生活教育為主要內容。

**學貫天人**（ㄒㄩㄝˊ ㄍㄨㄢˋ ㄊㄧㄢ ㄖㄣˊ） [文]學識豐富，無論天理、人事都精通。

**學富五車**（ㄒㄩㄝˊ ㄈㄨˋ ㄨˇ ㄐㄩ） 図形容人讀書很多，學問淵博。如「你老人家學富五車，才高八斗，令人欽佩得很哪」。

## 十四筆

**孺**（孺） 図ㄖㄨˊ ㈠幼兒。如「婦孺」。㈡親慕的意思。如「孺慕」。又讀ㄖㄨˋ。

**孺人**（ㄖㄨˊ ㄖㄣˊ） 図①古時男人對妻的通稱。②古時大夫的妻子稱「孺人」。

**孺子**（ㄖㄨˊ ㄗˇ） 図兒童的通稱。

**孺慕**（ㄖㄨˊ ㄇㄨˋ） 図極誠懇，像小孩兒想親近父母的意思。

**孺子可教**（ㄖㄨˊ ㄗˇ ㄎㄜˇ ㄐㄧㄠˋ） 図年輕人可堪造就。語出漢初張良年輕時遇到「圯上老人」的故事。

## 十七筆

**孽**（孼） ㄋㄧㄝˋ ㈠姨太太生的兒子叫「孽子」。㈡妖怪，害人的東西，叫「妖孽」。㈢惡因。如「造孽」。

**孽障**（ㄋㄧㄝˋ ㄓㄤˋ） 也作「業障」。①佛教說過去的罪惡就是現在的障礙，稱做「孽障」。②罵人為自己的禍患的詞。

**孽緣**（ㄋㄧㄝˋ ㄩㄢˊ） 図不正常、不道德的關係。常指男女間的事。

## 十九筆

**孿**（孪） ㄌㄩㄢˊ 雙胞胎。

**孿子**（ㄌㄩㄢˊ ㄗˇ） 雙胞胎的孩子。

**孿生**（ㄌㄩㄢˊ ㄕㄥ） 雙生兒。

# 宀部

## 二筆

**它** ㄊㄨㄛ ㈠図不同的，不良的。〈禮記〉上有「或敢有它志」。㈡同「牠」，作代名詞。又讀ㄊㄜ，ㄊㄚ。

**宄** ㄍㄨㄟˇ 盜賊從外起的叫盜，從內起的叫宄。

**宁** ▲図ㄔㄨˇ 貯積物品，同「貯」。▲図ㄓㄨˋ久立，停留。通「佇」「竚」。▲ㄋㄧㄥˊ「寧」「甯」字的簡寫。

## 三筆

**宅** ㄓㄜˊ ㈠存，居。如「宅心善良」。㈡居所。如「住宅」。㈢墳墓叫「陰宅」。語音ㄓㄞˊ。

**宅子**（ㄓㄞˊ ㄗ˙） 房屋。

**宅心**（ㄓㄜˊ ㄒㄧㄣ） 図居心，存心。

**宅院**（ㄓㄞˊ ㄩㄢˋ） 有院子的住房。

**宅第**（ㄓㄞˊ ㄉㄧˋ） 高級住宅。通常指達官貴人所住的有大院子的房子。

**守** ▲ㄕㄡˇ ㈠看（ㄎㄢ）管，保護。如「看守」「守護」。㈡遵行。如「守時」「守法」。㈢保衛。如「守土」。㈣堅持。如「守信」「守節」。㈤保住。如「守財奴」。㈥等候。如「守候」。㈦節操，品行。如「操守」「有為有守」。㈧古時郡的長官。如「郡守」「太守」。▲ㄕㄡˋ通「狩」。

**守土**（ㄕㄡˇ ㄊㄨˇ） 保衛國家的領土。

**守分** ㄕㄡˇ ㄈㄣˋ 安守本分。

**守成** ㄕㄡˇ ㄔㄥˊ 〔文〕在事業上保持前人的成就。

**守孝** ㄕㄡˇ ㄒㄧㄠˋ 舊俗尊親死後，在服滿以前停止娛樂和交際，表示哀悼。

**守車** ㄕㄡˇ ㄔㄜ 鐵路列車長的辦公車箱，在列車的最後一節。

**守制** ㄕㄡˇ ㄓˋ 父母死去，休假在家為父母帶孝誌哀，古時為父母守制三年，服滿再外出做事。現在擔任公職的人，機關給喪假三個星期料理喪事，誌哀期間還照舊的傳統。

**守夜** ㄕㄡˇ ㄧㄝˋ 夜間守衛。

**守法** ㄕㄡˇ ㄈㄚˇ 遵守法律或法令。

**守舍** ㄕㄡˇ ㄕㄜˋ 精神集中的意思。形容人的神魂不定就說「魂不守舍」。

**守信** ㄕㄡˇ ㄒㄧㄣˋ 守信用。

**守則** ㄕㄡˇ ㄗㄜˊ 共同遵行的規則。

**守約** ㄕㄡˇ ㄩㄝ ①遵守約定的事項，不失約。②〔文〕把握重點，信守原則。如「孟施舍守約」（〈孟子・公孫丑上〉）。③〔文〕過儉省的生活。

**守候** ㄕㄡˇ ㄏㄡˋ ①等待。②看護。

**守宮** ㄕㄡˇ ㄍㄨㄥ 壁虎，又名「蠍虎子」。蜥蜴類，背部色灰暗，體扁平，腳上有吸盤，能在牆壁上或天花板上爬行。

**守時** ㄕㄡˇ ㄕˊ 遵守規定的時間。

**守密** ㄕㄡˇ ㄇㄧˋ 保守祕密。

**守望** ㄕㄡˇ ㄨㄤˋ 看守瞭望。〈孟子〉書上有「守望相助」的話。

**守備** ㄕㄡˇ ㄅㄟˋ ①軍事上指防守戒備。②棒球、壘球比賽，輪到對方隊員上場打擊，己方球員在場上準備三振、接殺或刺殺對方打擊者、跑者的那半局，稱為守備。如「這半局我隊打擊，對方守備」。③舊時的武官名。

**守喪** ㄕㄡˇ ㄙㄤ 守靈。

**守著** ㄕㄡˇ ㄓㄜ˙ ①看管。②近在身邊的意思。如「守著餅挨餓」。

**守勢** ㄕㄡˇ ㄕˋ 防禦敵方進攻的部署。如「採取守勢」。

**守歲** ㄕㄡˇ ㄙㄨㄟˋ 我國傳統風俗，除夕夜一家人圍爐團坐，直到天亮。

**守節** ㄕㄡˇ ㄐㄧㄝˊ ①不改變原來的節操。②婦人守寡。

**守寡** ㄕㄡˇ ㄍㄨㄚˇ 婦女在丈夫死亡以後，不再和他人結婚。

**守衛** ㄕㄡˇ ㄨㄟˋ ①防守保衛。②指衛兵。

**守舊** ㄕㄡˇ ㄐㄧㄡˋ 照著老規矩辦事，不能配合新時代的要求。

**守護** ㄕㄡˇ ㄏㄨˋ 看守保護。如「這次文物出國展覽，有關機關派人沿途守護」。

**守靈** ㄕㄡˇ ㄌㄧㄥˊ 守在靈床、靈柩或靈位的旁邊，叫做守靈。

**守中立** ㄕㄡˇ ㄓㄨㄥ ㄌㄧˋ 保持中立，不偏袒爭執雙方的任何一方。

**守門員** ㄕㄡˇ ㄇㄣˊ ㄩㄢˊ 足球、手球、冰球等球類比賽中守衛球門的隊員。

**守財奴** ㄕㄡˇ ㄘㄞˊ ㄋㄨˊ 有錢而過分吝嗇的人。

**守護神** ㄕㄡˇ ㄏㄨˋ ㄕㄣˊ 保護一個區域安全的神靈。如「漁民相信媽祖是海上的守護神」。

**守口如瓶** ㄕㄡˇ ㄎㄡˇ ㄖㄨˊ ㄆㄧㄥˊ 形容說話謹慎或嚴守祕密。

**守身如玉** ㄕㄡˇ ㄕㄣ ㄖㄨˊ ㄩˋ 〔文〕保持自身貞潔像玉一樣的清白。常指年輕女性。也作「守身若玉」。

**守株待兔** ㄕㄡˇ ㄓㄨ ㄉㄞˋ ㄊㄨˋ 比喻人愚笨無知，拘泥（ㄋㄧˋ）不知變通。語見〈韓非子・五蠹〉。

**守望相助**ㄕㄡˇ ㄨㄤˋ ㄒㄧㄤ ㄓㄨˋ 社區居民互相照顧，防備偷盜或歹徒侵入。

**安**ㄢ ㈠平靜，穩定，跟「危」相反。如「平安」「安定」。㈡慰藉，使他安定。如「安慰」「保境安民」。㈢裝置。如「在大門上安個門鈴」「給鐵鍋安個把兒」。㈣存。如「無處安身」「你到底安的什麼心」。㈤健康。如「安康」。㈥問候。如「請安」。㈦[文]怎麼。如「泰山其頹，則吾將安仰」。㈧[文]哪裡。如「兵安在，膏鋒鍔。民安在，填溝壑」。㈨姓。

**安分**ㄢ ㄈㄣˋ 安守本分，不投機取巧。

**安心**ㄢ ㄒㄧㄣ ①放心。②存心。③[文]心安而不外求。張華詩有「安心恬淡」。

**安可**ㄢ ㄎㄜˇ [音]（encore）臺上表演完畢時觀眾要求再唱、再演奏的話。意思是「再來一次」。原本是法國語。

**安打**ㄢ ㄉㄚˇ （safe hit）棒球比賽用語。打者擊出球以後，不藉對方的失誤而安全上壘，叫「安打」。

**安民**ㄢ ㄇㄧㄣˊ 安撫民眾。

**安全**ㄢ ㄑㄩㄢˊ 平安沒有危險。

**安危**ㄢ ㄨㄟˊ 平安或危險。

**安在**ㄢ ㄗㄞˋ [文]「在哪兒」的意思。

**安好**ㄢ ㄏㄠˇ 平安。

**安坐**ㄢ ㄗㄨㄛˋ ①靜坐。②不費勞力，依靠別人而生活的，叫做「安坐而食」。

**安妥**ㄢ ㄊㄨㄛˇ 平安穩妥。

**安步**ㄢ ㄅㄨˋ 慢慢地走著。如「安步當車」。

**安良**ㄢ ㄌㄧㄤˊ 安撫善良的人民。如「除暴安良」。

**安身**ㄢ ㄕㄣ 指在某處居住和生活（多用在困窘的環境下）。

**安命**ㄢ ㄇㄧㄥˋ 安於命運，守本分而不妄求。

**安定**ㄢ ㄉㄧㄥˋ ①（生活、形勢等）平靜而正常。如「生活安定」。②使安定。如「安定人心」。

**安居**ㄢ ㄐㄩ 安定地住下來。

**安放**ㄢ ㄈㄤˋ 放置，特指把機器、儀器或必須有固定位置的東西，小心放好。

**安厝**ㄢ ㄘㄨㄛˋ 停柩待葬。

**安家**ㄢ ㄐㄧㄚ ①安排家事。②使家庭生活安定。③成立家庭。

**安息**ㄢ ㄒㄧˊ ①也作「安歇」，安靜休息的意思。②對死者安慰之詞。如「你安息吧」。③古波斯國名，又名帕提亞。

**安培**ㄢ ㄆㄟˊ [音]（ampere）物理學名詞，是電流強度的單位。

**安堵**ㄢ ㄉㄨˇ [文]安居。如「城內居民，安堵如常」。

**安康**ㄢ ㄎㄤ 安好。

**安得**ㄢ ㄉㄜˊ [文]①怎樣才能得到。②豈可。

**安排**ㄢ ㄆㄞˊ 安置，辦理。

**安插**ㄢ ㄔㄚ 安置，多指人事職位方面。如「安插私人」。

**安然**ㄢ ㄖㄢˊ 平安無事。如「安然無恙」。

**安舒**ㄢ ㄕㄨ ①[文]性情遲緩。②安定舒適。

**安逸**ㄢ ㄧˋ 安閒舒適。

**安閒**ㄢ ㄒㄧㄢˊ 安靜清閒。

**安歇**　①上床睡覺。②休息。

**安置**　①使人或事物有著落；安放。②就寢。

**安葬**　埋葬（用於較鄭重的場合）。

**安裝**　裝置。

**安詳**　從容不迫；穩重。如「舉止安詳」。

**安靖**　①平靖。②図使安定。

**安頓**　①使人或事物有著落。②安穩。

**安寧**　平安寧靜。

**安慰**　①心情安適。②使人心情安適。

**安撫**　安頓撫慰。

**安樂**　安寧和快樂。

**安適**　安然，舒適。如「有人照顧，老人過著安適的生活」。

**安養**　①佛經的話，指安心養身。②妥善的養護，指照顧老人。如「社會上現在有安養院可以照顧無依的老人」。

**安靜**　①沒有聲音；沒有吵鬧和喧譁。②安穩；平靜。

**安營**　（隊伍）架起帳棚住下。如「一隊童子軍在山坡下安營」。

**安謐**　図平靜無事。

**安穩**　平安而穩當。

**安瀾**　図①河海平靜無波濤。②比喻太平。

**安石榴**　見「石榴」。

**安全門**　大客車或大型公共場所，為便利人眾迅速離去，或急難危險時逃生，特設的一種便門。

**安全島**　道路交通管制設施之一。一般用混凝土塊砌造，高出路面，用來分隔雙向車流的。

**安全帶**　飛機、汽車坐位上可以攏住人身體，不使向前衝的帶狀裝置。

**安全梯**　高樓的一種裝置，用鋼鐵做成梯子的形狀，安在樓外的壁上，接近樓窗，遇到火災，樓上的人隨時可以從門窗下梯。

**安全感**　心理學名詞。不待努力而有的安逸的狀態。也指需求得到滿足，焦慮得到解除，心中安適的感覺。

**安全燈**　①礦坑內部照明燈具，可以防止坑內混合氣體爆炸。②電壓低於三十六伏特的或備有安全裝置的照明用具。

**安胎藥**　防止胎兒流產的藥物。

**安家費**　安定家庭生活的費用。

**安息日**　基督教因為聖經〈創世紀〉說上帝用六天的時間創造天地萬物，第七天休息，教徒尊這一天為聖日，名叫安息日（就是星期日）。

**安眠藥**　使人安睡的藥。服用過量會使人死亡。

**安理會**　聯合國安全理事會的略稱。是聯合國主要機構之一，由十五個會員國代表為理事而組成，其中以中、美、英、法、俄五國為常任理事，並有否決權；其餘十席理事按地區由大會選舉。任務是處理國際和平、安全有關的重要事務。

**安琪兒**　（angel）①基督教稱傳達神意的天使。②比喻美人。

**安慰劑**　安慰病人要求服藥心理但沒有醫療作用的藥物。有些病並不需要服藥，靠人體的自療能力就可以治好，可是病人覺得不服藥病不會好，於是醫生處方，開些維他命之類的藥品，安慰病人。

**安樂死** 又稱「安死術」「助死術」或「無痛苦之死」。醫生用人工方法，幫助沒有痊癒希望、瀕臨死亡的重病（傷患）者死亡，使他減少痛苦。

**安樂國** ①佛教稱極樂世界。②同烏托邦。

**安樂窩** 最安穩快樂的地方。

**安之若素** [文]安然相處，和往常一樣，不感到有什麼不合適。

**安土重遷** 久居本土的人，不肯輕易遷移。

**安分守己** 規矩老實，守本分。

**安全火柴** 用赤燐製造的火柴。

**安全玻璃** 璃字輕讀。經過特殊處理或與其他材料組合，受到強力撞擊時，雖然會破裂，但是不會飛散傷害人身，這種玻璃叫安全玻璃。有膠合玻璃、強化玻璃等多種。

**安全氣囊** 小客車前座的特別裝置。汽車發生強力撞擊時，可迅速出現充氣，保護人身安全。

**安如泰山** 形容像泰山一樣穩固，不可動搖。也作「穩如泰山」。

**安步當車** 本來是形容節儉，現在常作緩步代車的意思。

**安身立命** 指生活有著落，精神有所寄託。

**安居樂業** 居住的地方安定，喜愛自己的職業。

**安哥拉兔** 一種細長毛的家兔，因為原產於土耳其安哥拉而得名。兔毛純白而有光澤，可供紡織。

**安貧樂道** 在貧困的生活環境中，仍然堅守道德規範。是儒家所提倡的立身處世的模式。

**宇** ㄩˇ ㈠房子。如「屋宇」。㈡屋簷。「宇下」是簷下。㈢上下四方的空間。如「宇內」。㈣人的儀容。如「眉宇」。㈤姓。㈥宇文，複姓。

**宇內** 天下。

**宇宙** 上下四方叫宇，古往今來叫宙。宇宙就是時間和空間的總合，習慣上常專指空間。

**宇航** 宇宙航行的略語。指人造衛星跟太空船、太空梭之類的太空乘具在外太空航行。

**宇宙線** 也作「宇宙輻射」。太陽光經過空氣層被吸收的光線，波長比紫外線短，有極大的透射力。

**宇宙觀** 「世界觀」的別稱。

**宇宙火箭** 具有強大推力，能把太空乘具送出地球，進入星際的火箭。

**宇宙速度** 物體脫離地心引力進入太空的速度。宇宙速度可分三級：第一宇速每秒七．九公里，和地心引力平衡，可以環繞地球。第二宇速每秒十一．二公里，可以甩掉地心引力，脫離地球。第三宇速每秒十六．七公里，可以飛離太陽系，進入其他星際。

## 四筆

**宏** ㄏㄨㄥˊ ㈠廣大。如「恢宏」。㈡姓。

**宏大** 廣大。

**宏旨** ㄏㄨㄥˊ ㄓˇ 図大旨，主要的意思。如「無關宏旨」。

**宏壯** ㄏㄨㄥˊ ㄓㄨㄤˋ 宏偉雄壯。如「氣勢宏壯」。

**宏偉** ㄏㄨㄥˊ ㄨㄟˇ （規模、計畫等）雄壯偉大。

**宏富** ㄏㄨㄥˊ ㄈㄨˋ 豐富。

**宏圖** ㄏㄨㄥˊ ㄊㄨˊ 遠大的設想，宏偉的計畫。如「立大志，展宏圖」。也作「鴻圖」。

**宏構** ㄏㄨㄥˊ ㄍㄡˋ 図①宏偉的建築。②偉大的著作。

**宏論** ㄏㄨㄥˊ ㄌㄨㄣˋ 図見解高、知識廣的言論。也作「弘論」。

**宏願** ㄏㄨㄥˊ ㄩㄢˋ 偉大的志願。

**宏贍** ㄏㄨㄥˊ ㄕㄢˋ 図學問廣博。如「他的學識宏贍，論斷確當，令人欽佩」。

## 宋

ㄙㄨㄥˋ ㈠朝代名：①趙匡胤所建，被元朝滅亡，起自西元九百六十年到一千二百七十九年，前後三百二十年，分北宋南宋兩段。②劉裕篡晉所建，被蕭道成所篡（西元420-479）。㈡古國名，是周朝分封商朝後代的，在今河南商丘以東到江蘇銅山一帶。㈢姓。

**宋本** ㄙㄨㄥˋ ㄅㄣˇ 宋朝刻印的線裝書，校刻精美，字體清晰，紙張好，裝訂也漂亮，是後代非常寶愛的。藏書家曾經照式影鈔，叫「影宋鈔本」。

**宋瓷** ㄙㄨㄥˋ ㄘˊ 宋代的瓷器。有官窯、哥窯、柴窯、龍泉窯等，製作精美，古董家很重視。

**宋詞** ㄙㄨㄥˋ ㄘˊ 詞在宋代最興盛，所以叫「宋詞」。

**宋體字** ㄙㄨㄥˋ ㄊㄧˇ ㄗˋ 宋時刻書的字體，字形方正，橫細，直粗。現在多用於印刷。

## 完

ㄨㄢˊ ㈠齊全。如「完善」。㈡盡，沒有了。如「貨賣完了」。㈢做成了。如「完工」「完成」。㈣交納賦稅。如「完稅」。㈤含有失敗的意思。如「這樣一來，他就完了」。㈥図保全。如「子胥智而不能完吳」。㈦図堅固安好。如「城郭不完」。㈧姓。

**完了** ▲ㄨㄢˊ ㄌㄧㄠˇ完結，完畢。▲ㄨㄢˊ ˙ㄌㄜ ①失敗。②指生命到了危險無望時。③完㈢。

**完人** ㄨㄢˊ ㄖㄣˊ 人格完全，道德學行毫無缺點的人。如「法古今完人」。

**完工** ㄨㄢˊ ㄍㄨㄥ 工事完畢。

**完全** ㄨㄢˊ ㄑㄩㄢˊ ①一點兒也不差。②純粹，全然的意思。如「這事完全是他鬧壞的」。

**完好** ㄨㄢˊ ㄏㄠˇ 完整無缺。

**完成** ㄨㄢˊ ㄔㄥˊ 按照預期的目的結束，做成。

**完卵** ㄨㄢˊ ㄌㄨㄢˇ 図指完好的鳥蛋。如「覆巢之下無完卵」，比喻家遭慘禍，家人無一能幸免。語見〈世說新語・言語〉。

**完投** ㄨㄢˊ ㄊㄡˊ 棒球比賽時，投手使對方球員全場沒有安打、上壘，不能得分，自己也沒失誤，沒投四壞球，叫做完投。

**完封** ㄨㄢˊ ㄈㄥ 棒球運動用語。完全封鎖住對方球員的攻擊火力。

**完美** ㄨㄢˊ ㄇㄟˇ 完備美好，沒有缺點。如「他這一件工藝品做得非常完美」。

**完納** ㄨㄢˊ ㄋㄚˋ 繳納。

**完婚** ㄨㄢˊ ㄏㄨㄣ 図指男子結婚。

**完畢** ㄨㄢˊ ㄅㄧˋ 完結；做完了。

**完蛋** ㄨㄢˊ ㄉㄢˋ 垮臺；毀滅。如「他一去世，公司就完蛋了」。

**完備** ㄨㄢˊ ㄅㄟˋ 齊全。

完善 美好，十分完備，沒有缺點。

完稅 繳納捐稅。如「沒有完稅證件的貨物不能出關」。

完竣 図完畢；完成。

完結 完畢，結束。

完滿 圓滿。

完聚 図團聚。指家人失散之後重新聚集。如「一家完聚慶團圓」。

完稿 文稿寫好了。如「明天就可以完稿」。也作「脫稿」。

完篇 寫完一篇文章叫「完篇」。

完整 完完全全的，沒有殘缺。

完璧 図原來的東西保持完好，沒有損傷。參看「完璧歸趙」。

完顏 複姓。

完事（兒） ①辦完了事。②事情失敗沒有希望了。

完全葉 葉片、葉柄和托葉都具備的葉子。缺少其中任何一部分的，是「不完全葉」。

完全中學 設有初級、高級兩部的普通中學。

完全比賽 棒球運動用語。指一場沒有安打、沒人上壘，沒有得分，沒有失誤，沒有四壞球的比賽。

完全打擊 棒球運動用語。打擊員在一場比賽之中，打出一壘、二壘、三壘安打和全壘打，稱為完全打擊。

完完全全 完全。

完璧歸趙 戰國時藺相如把和氏璧完整地從秦國帶回趙國的故事。比喻物歸原主。因此把送還東西叫「奉趙」。

## 五筆

**宓** ▲図ㄇㄧˋ安靜。 ▲ㄈㄨˊ姓。

**宕** 図ㄉㄤˋ㈠行為放蕩，沒有拘束。如「跌宕」（也作「跌蕩」）。㈡懸擱，把事情拖長，把故事的發展拖住不說。如「懸宕」。

**定** ㄉㄧㄥˋ㈠安靖。如「局勢已定」。㈡使它安定。如「安邦定國」「定心丸」。㈢寧靜。如「入定」。㈣不能變更的。如「定律」「確定」。㈤預約。如「定貨」。㈥訂立。如「定出辦法」。㈦決計。如「決定」。

定力 佛家所說的「能破亂想」的心力。是不被外界搖撼惑亂的堅強信念。

定心 ①図安定的心。②安定心意。如「讀書要先定心，摒棄雜念，才能有所得」。

定本 經過校訂的書籍。如「這是審閱過的定本」。

定名 確定名稱；命名（不用於人）。

定向 ①測定方向。②指有一定的方向。如「定向飛行」。

定位 ①指機件、擺設等的固定位置。②對人、物、事恰當的評價。

定局 事情已經確定。

定志 図立定志向，專心一意。

定見 一定的見解或主張。

定例 不改變的常規。

定居 在某些地方固定地居住了下來。如「他決定回國定居」。

**定性** ㄉㄧㄥˋ ㄒㄧㄥˋ ①化學名詞。測定化合物所含成分或其性質。②穩定的性向。如「這孩子沒定性，做事毛手毛腳的」。

**定法** ㄉㄧㄥˋ ㄈㄚˇ ①制定法則。②一定的法則。如「賦詩填詞，皆有定法」。

**定芽** ㄉㄧㄥˋ ㄧㄚˊ 從植物體的頂端、葉腋長出的芽叫定芽。反之，叫不定芽。

**定金** ㄉㄧㄥˋ ㄐㄧㄣ 買賣或租賃行為中買方或租賃人交付的一部分金錢，作為保證。也作「定錢」。

**定則** ㄉㄧㄥˋ ㄗㄜˊ 一定不變的法則。

**定型** ㄉㄧㄥˋ ㄒㄧㄥˊ 事物的特點逐漸形成並固定下來。如「他的性格已經定型，不會變了」。

**定律** ㄉㄧㄥˋ ㄌㄩˋ 在規定的條件當中，說明現象的程序或關係。數學也有用公式來表示的。

**定省** ㄉㄧㄥˋ ㄒㄧㄥˇ 〈禮記・曲禮〉說：「昏定而晨省。」是子女在每天早晚向父母請安的意思。

**定限** ㄉㄧㄥˋ ㄒㄧㄢˋ ①一定的數量或程度。②規定的日期。

**定食** ㄉㄧㄥˋ ㄕˊ 日式餐館的一種套餐，每份有固定的菜肴。

**定時** ㄉㄧㄥˋ ㄕˊ 固定的時間。如「這藥必須定時服用」。

**定根** ㄉㄧㄥˋ ㄍㄣ 植物由胚軸下端發育生成的根。反之，稱不定根。

**定案** ㄉㄧㄥˋ ㄢˋ 對案件、方案等作最後的決定。如「這件官司已經定案」。

**定婚** ㄉㄧㄥˋ ㄏㄨㄣ 男女雙方訂立婚約。也作「訂婚」。

**定情** ㄉㄧㄥˋ ㄑㄧㄥˊ 舊指男女相愛，贈物表示願結為夫妻的情意。也指結婚。

**定理** ㄉㄧㄥˋ ㄌㄧˇ ①確定的道理。②命題或公式，由演證知其為真，可以作為原理或規則的。是幾何學的主要部分。

**定規** ㄉㄧㄥˋ ㄍㄨㄟ 決定。如「這件事已經定規好啦」。

**定都** ㄉㄧㄥˋ ㄉㄨ 把首都設在（某地）。如「定都南京」。

**定單** ㄉㄧㄥˋ ㄉㄢ 定購貨物的單據。也作「訂單」。

**定期** ㄉㄧㄥˋ ㄑㄧˊ ①定下日期。如「定期開會」。②有一定期限的。如「定期刊物」。

**定植** ㄉㄧㄥˋ ㄓˊ 樹苗、蔬菜的秧苗，生長到適當的程度，移到固定的地方種植，稱為定植。

**定然** ㄉㄧㄥˋ ㄖㄢˊ 一定，必然。如「此事若做不成功，董事長定然會震怒」。

**定評** ㄉㄧㄥˋ ㄆㄧㄥˊ 確定的評論。

**定量** ㄉㄧㄥˋ ㄌㄧㄤˋ ①按照需要而規定數量。如「糧食每天定量分配」。②測定物質所含各種成分的數量。如「定量分析」。

**定溫** ㄉㄧㄥˋ ㄨㄣ 固定的溫度。如「他的新車裝了一套車內定溫的設備」。

**定當** ▲ㄉㄧㄥˋ ㄉㄤˋ 停當；妥當。如「處分定當」。▲ㄉㄧㄥˋ ㄉㄤ 一定應該。如「你我情同兄弟，此事定當效力」。

**定睛** ㄉㄧㄥˋ ㄐㄧㄥ 集中視線。如「定睛細看」。

**定義** ㄉㄧㄥˋ ㄧˋ 用簡單判斷的形式，說明事物的主要意義，使它有明白的範圍的界限，叫「定義」。也作「界說」。

**定鼎** ㄉㄧㄥˋ ㄉㄧㄥˇ 図①定都。②指建立王朝。

**定奪** ㄉㄧㄥˋ ㄉㄨㄛˊ 對事情作可否或取捨的決定。

**定價** ㄉㄧㄥˋ ㄐㄧㄚˋ 規定的價格。如「定價三十二元」。

**定影** ㄉㄧㄥˋ ㄧㄥˇ 攝影暗房作業之一。把經過顯影的感光膠片放在定影液裡，去除鹵化銀，留下影像，並且固定下來，叫做定影。

**定數** ㄉㄧㄥˋ ㄕㄨˋ 〔文〕①算出數目。如「稽查其實而定數」。②也作「定命」，命中注定的。

**定論** ㄉㄧㄥˋ ㄌㄨㄣˋ 確定的論斷。

**定親** ㄉㄧㄥˋ ㄑㄧㄣ 訂婚（多指由父母作主的）。

**定禮** ㄉㄧㄥˋ ㄌㄧˇ ①舊俗訂婚時男方送給女方的彩禮。②〔文〕制定禮儀制度。

**定額** ㄉㄧㄥˋ ㄜˊ 一定的數額。

**定議** ㄉㄧㄥˋ ㄧˋ 〔文〕最後決定的意見。「此為定議，不便再改」。

**定弦（兒）** ㄉㄧㄥˋ ㄒㄧㄢˊ（ㄦ） 在演奏以前，調整樂器上的弦。

**定神（兒）** ㄉㄧㄥˋ ㄕㄣˊ（ㄦ） 集中注意力。

**定心丸** ㄉㄧㄥˋ ㄒㄧㄣ ㄨㄢˊ 比喻可以使人的思想、情緒安定下來的言語、行為。如「你這樣一說，他就像吃了定心丸一樣，放下心了」。

**定南針** ㄉㄧㄥˋ ㄋㄢˊ ㄓㄣ 指南針的俗稱。

**定音鼓** ㄉㄧㄥˋ ㄧㄣ ㄍㄨˇ 銅製的打擊樂器，交響樂用的。

**定時器** ㄉㄧㄥˋ ㄕˊ ㄑㄧˋ 家用小電器的一種。可以設定時間，到時候會自動打開需用的電路。

**定場白** ㄉㄧㄥˋ ㄔㄤˇ ㄅㄞˊ 傳統戲劇中，一個腳色初次上場自我介紹的獨白。包括報告姓名，敘述出場緣由、當時情境等。

**定場詩** ㄉㄧㄥˋ ㄔㄤˇ ㄕ 傳統戲曲腳色自我介紹方式之一，坐場以後念的四句韻語，通常是一首七絕，用來介紹戲中的特定情境。也作「坐場詩」。

**定影液** ㄉㄧㄥˋ ㄧㄥˇ ㄧㄝˋ 也作定像液。是用硫代硫酸鈉加三倍的水做成的。拍過的底片在顯像液裡顯出影像以後，先在清水裡涮過，再放到定影液裡讓影像固定。

**定盤星** ㄉㄧㄥˋ ㄆㄢˊ ㄒㄧㄥ 桿秤上面釘的星星點點，用來稱重量用的。

**定向天線** ㄉㄧㄥˋ ㄒㄧㄤˋ ㄊㄧㄢ ㄒㄧㄢˋ 設定方向的接收無線電波的天線。有做成環狀的，也有做成凹面鏡狀的。

**定性分析** ㄉㄧㄥˋ ㄒㄧㄥˋ ㄈㄣ ㄒㄧ 分析化學的一部分。測定物質、混合物、化合物或溶液中所含的成分或離子的方法，是有系統有組織的一門學問。

**定時炸彈** ㄉㄧㄥˋ ㄕˊ ㄓㄚˋ ㄉㄢˋ ①使用計時器控制信管的爆裂物，能按照裝置者預定的時間，發生爆炸。②隱藏在周遭的危險因素。如「這事有如定時炸彈，你可要小心哪」。

**定期存款** ㄉㄧㄥˋ ㄑㄧ ㄘㄨㄣˊ ㄎㄨㄢˇ 規定有存取期限的一種存款方式，與「活期存款」相對。

**定量分析** ㄉㄧㄥˋ ㄌㄧㄤˋ ㄈㄣ ㄒㄧ 化學分析方法的一種，測定某一混合物或化合物所含成分的數量。

## 官

ㄍㄨㄢ ㈠公務員。如「官吏」。㈡屬於公眾所有而由官方管理的。如「官地」。㈢人體的感覺器。如「器官」「官能」。㈣姓。

**官人** ㄍㄨㄢ ㄖㄣˊ ①舊時妻子稱呼丈夫。②宋元時期對男子的尊稱，有的還在前面加個「大」字，如「大官人」。

**官方** ㄍㄨㄢ ㄈㄤ 公家的一方面，多指政府。

**官司** ▲〔文〕ㄍㄨㄢ ㄙ 官吏的職務分掌。▲ㄍㄨㄢ ˙ㄙ 訴訟的事。如「打官司」。

**官印** ㄍㄨㄢ ㄧㄣˋ ①官員的印章。②官府所用的印章。

**官名** ㄍㄨㄢ ㄇㄧㄥˊ ①官職的名稱。②舊時稱正式的名字，對「小名兒」說的。

**官吏** ㄍㄨㄢ ㄌㄧˋ 替政府辦理公務的人員，從前稱官吏，現在叫公務人員。

**官兵** ㄍㄨㄢ ㄅㄧㄥ ①指國家的正規部隊。②指軍官與士兵。如「官兵共三千一百七十四名」。

**官差** ㄍㄨㄢ ㄔㄞ ①舊時衙門（政府官署）裡的差役。②現在謔稱公家的或眾人的差使。

**官制** ㄍㄨㄢ ㄓˋ 規定官廳組織和職權、人員配置的制度。

**官舍** ㄍㄨㄢ ㄕㄜˋ 舊時稱官吏辦事的場所及其居住的宿舍。

**官府** ㄍㄨㄢ ㄈㄨˇ 舊時指地方上的行政機關。

**官法** ㄍㄨㄢ ㄈㄚˇ 舊稱政府訂頒的法令，如同現在的行政法規。

**官邸** ㄍㄨㄢ ㄉㄧˇ 高級官員的住宅。

**官長** ㄍㄨㄢ ㄓㄤˇ 上級官員的統稱。

**官官** ㄍㄨㄢ ㄏㄨㄢˋ 指作官的人。

**官軍** ㄍㄨㄢ ㄐㄩㄣ 舊時稱國家正式的武裝部隊。

**官員** ㄍㄨㄢ ㄩㄢˊ 官吏。

**官書** ㄍㄨㄢ ㄕㄨ ①公文書。②由官方編修或刊行的書冊。

**官氣** ㄍㄨㄢ ㄑㄧˋ 官架子，官僚習氣。如「這個人官氣十足」。

**官能** ㄍㄨㄢ ㄋㄥˊ 有機體的器官的功能，例如視覺是眼睛的官能。

**官場** ㄍㄨㄢ ㄔㄤˇ 政界。

**官等** ㄍㄨㄢ ㄉㄥˇ 公務員的高低等級。我國現行文官體系除特任官外，分為簡任、薦任、委任三級，十五職等。武官體系則分將、校、尉三級。

**官腔** ㄍㄨㄢ ㄑㄧㄤ ①從前指官員之間說的門面話。如「官腔官調的全是些不相干的話」。②現代公務人員拿規章、程序等來推託甚至責備人的話。如「他很能打官腔」。

**官階** ㄍㄨㄢ ㄐㄧㄝ 官員的等級。也作「官等」。

**官署** ㄍㄨㄢ ㄕㄨˇ 官廳。

**官話** ㄍㄨㄢ ㄏㄨㄚˋ ①官腔。②普通話的舊稱。③北方話的統稱。

**官僚** ㄍㄨㄢ ㄌㄧㄠˊ ①官吏。②擺出做官的架子。

**官銜** ㄍㄨㄢ ㄒㄧㄢˊ 官員的職位名稱。

**官價** ㄍㄨㄢ ㄐㄧㄚˋ 政府規定的物價。

**官窯** ㄍㄨㄢ ㄧㄠˊ 宋朝大觀政和年間，徽宗在現在的開封設窯，專燒製瓷器，叫做官窯。

**官辦** ㄍㄨㄢ ㄅㄢˋ 由政府官署辦理的事業，現在稱「公營」或「國營」。

**官爵** ㄍㄨㄢ ㄐㄩㄝˊ 官職爵位。

**官職** ㄍㄨㄢ ㄓˊ 官吏的職位。

**官廳** ㄍㄨㄢ ㄊㄧㄥ 舊時稱政府機關。

**官文書** ㄍㄨㄢ ㄨㄣˊ ㄕㄨ 政府機關的公文。

**官官相護** ㄍㄨㄢ ㄍㄨㄢ ㄒㄧㄤ ㄏㄨˋ 當官的人互相包庇、袒護。也說「官官相衛」。

**官報私仇** ㄍㄨㄢ ㄅㄠˋ ㄙ ㄔㄡˊ 借處理公事的機會，來報復私人的仇恨。

**官僚主義** ㄍㄨㄢ ㄌㄧㄠˊ ㄓㄨˇ ㄧˋ 只知道做官，高高在上，不關心人民的福祉，也不作調查研究的工作的落伍思想和腐敗作風。

**官樣文章** ㄍㄨㄢ ㄧㄤˋ ㄨㄣˊ ㄓㄤ 循著舊例進行的虛文。

## 宙

ㄓㄡˋ 古往今來的意思。如「宇宙」。

## 宗

ㄗㄨㄥ ㈠祖先。如「列祖列宗」。㈡同族。如「宗兄」。㈢派別。如「宗派」。㈣尊崇。如「宗仰」。㈤物品的數量。如「大宗貨物」。㈥姓。

**宗人** ㄗㄨㄥ ㄖㄣˊ 〔文〕①同宗族的人。②明清兩代稱皇族。管理皇族事務的機關稱「宗人府」。

**宗兄** ㄗㄨㄥ ㄒㄩㄥ 尊稱同姓的人。

**宗仰** ㄗㄨㄥ ㄧㄤˇ 〔文〕推崇，景仰。如「海內宗仰」。

**宗旨** ㄗㄨㄥ ㄓˇ 主要的目的和意圖。

**宗弟** ㄗㄨㄥ ㄉㄧˋ 同宗同輩而年齡比較小的人。

**宗社** ㄗㄨㄥ ㄕㄜˋ 〔文〕宗廟與社稷。比喻國家。

**宗尚** ㄗㄨㄥ ㄕㄤˋ 〔文〕因為相信而遵行。如「伯父宗尚樸素，過淡泊的生活」。

**宗法** ㄗㄨㄥ ㄈㄚˇ 舊時以家族為中心的法則。血緣的親疏，嫡庶的分別，繼承的方法，甚至有關祭祀、喜慶、婚嫁、設塾，都有一定的制度，用來維持家族的和諧。

**宗室** ㄗㄨㄥ ㄕˋ 帝王的宗族。

**宗派** ㄗㄨㄥ ㄆㄞˋ 派別。

**宗師** ㄗㄨㄥ ㄕ 為大眾尊崇的學者。

**宗祠** ㄗㄨㄥ ㄘˊ 供奉祖宗的祠堂。

**宗教** ㄗㄨㄥ ㄐㄧㄠˋ 凡利用人類對於宇宙、人生的神祕所發生的恐怖、模擬、奇異或希望種種的心理，構成一種勸善懲惡的教義，並用來教化別人，使人信仰的，都做「宗教」。

**宗族** ㄗㄨㄥ ㄗㄨˊ 同族的人。

**宗廟** ㄗㄨㄥ ㄇㄧㄠˋ ①封建時代天子、王侯的祖廟稱為宗廟。②〔文〕比喻國家、王室。

**宗親** ㄗㄨㄥ ㄑㄧㄣ 也叫「族親」。同宗的親屬。

**宗譜** ㄗㄨㄥ ㄆㄨˇ 族譜。記載宗族的源流與支派的簿冊，是維繫宗族關係，了解宗族發展的重要資料。

**宗主國** ㄗㄨㄥ ㄓㄨˇ ㄍㄨㄛˊ 對屬國有宗主權（干涉屬國的權力）的國家。

**宗主權** ㄗㄨㄥ ㄓㄨˇ ㄑㄩㄢˊ 因為訂有條約，甲國有統治乙國的權力。封建時代附庸國受大國的控制，是附庸國認大國為宗主國。如以往的朝鮮、安南、暹羅認中國為宗主國，中國對他們有宗主權。又，殖民國家對殖民地也自稱宗主國。

**宗宗件件** ㄗㄨㄥ ㄗㄨㄥ ㄐㄧㄢˋ ㄐㄧㄢˋ 各種，各類。

**宗教自由** ㄗㄨㄥ ㄐㄧㄠˋ ㄗˋ ㄧㄡˊ 憲政國家大都規定人民有信仰宗教的自由。包括信教、傳教的自由。政府對宗教活動不得干涉，對教堂、廟宇依法保護。我國憲法第十三條也規定人民有信仰宗教的自由。

## 宜

ㄧˊ ㈠適合。㈡相安。如「宜室宜家」。㈢應當。如「不宜如此」。

**宜人** ㄧˊ ㄖㄣˊ 合人的心意。如「風景宜人」。

**宜男** ㄧˊ ㄋㄢˊ ①〔文〕會生男孩子，是祝頌的話。如「新婦有宜男之相」。②萱草的別名。見〈本草綱目〉。

**宜家** ㄧˊ ㄐㄧㄚ 家庭和順的意思。〈詩經・桃夭〉有「宜其室家」句，簡化而成。

## 宛

▲ㄨㄢˇ ㈠相似。如「宛然」。㈡曲折。如「宛轉」。

▲ㄩㄢ 大宛，漢期時的西域國名。

**宛如** ㄨㄢˇ ㄖㄨˊ 好像是，髣髴是，似乎。如「夭矯騰挪，宛如游龍」。也作「宛若」。

**宛然** ㄨㄢˇ ㄖㄢˊ 非常相似。

**宛轉** ㄨㄢˇ ㄓㄨㄢˇ ①委曲隨和。②用和藹態度解釋，避免發生爭執。③形容鳥類鳴聲好聽。

## 六筆

**客** ㄎㄜˋ ㈠來賓。㈡外地來的人。如「客家人」。㈢舊時稱在外奔走的人。如「說客」「政客」。㈣姓。

**客人** ㄎㄜˋ ㄖㄣˊ ①賓客。②旅客。③主顧。

**客戶** ㄎㄜˋ ㄏㄨˋ 顧客。公司的顧客是客戶，在銀行存款的人也是銀行的客戶。

**客車** ㄎㄜˋ ㄔㄜ 載運旅客的車輛。

**客居** ㄎㄜˋ ㄐㄩ 在外地居留。

**客店** ㄎㄜˋ ㄉㄧㄢˋ 舊時稱供過往旅客住宿的旅店。也叫「客棧」「客舍」。

**客舍** ㄎㄜˋ ㄕㄜˋ 図旅館。

**客卿** ㄎㄜˋ ㄑㄧㄥ 舊時稱在本國做官的外國人。

**客套** ㄎㄜˋ ㄊㄠˋ 見賓客時所說的寒暄或謙虛的客套語。

**客家** ㄎㄜˋ ㄐㄧㄚ 原居住中原後來逐次南遷的漢族支裔。西晉末五胡亂華，山西、河南、安徽、湖北等地世族南下避亂，居於長江南岸。唐末亂起，復轉入江西、福建、廣東等省。南宋末年，為避蒙古，有轉入廣東東北部者，有遷移粵、湘毗鄰處者，有西徙廣西、四川者。明末為免清人迫害，更有遷至貴州、臺灣等處。所到之處，與原住居民雜處，因而自稱客家。其語言仍保存中古時代中原音，與河南西部、陝西東部若干地區語音相似。臺灣北部桃園、新竹，中部苗栗、東勢，南部旗山、美濃、屏東，東部臺東等地，有客家聚居。也有很多已經散處於各大城市之中，與閩南人和諧相處。其祖先來自廣東東部或福建西南部。

**客氣** ㄎㄜˋ ˙ㄑㄧ 氣字輕讀。態度舉動謙恭。

**客商** ㄎㄜˋ ㄕㄤ 在外地做生意的商人。

**客船** ㄎㄜˋ ㄔㄨㄢˊ 載運旅客的船隻。

**客隊** ㄎㄜˋ ㄉㄨㄟˋ 外來的運動隊伍，對主隊而言。如「客隊實力不錯，但是還贏不了主隊」。

**客飯** ㄎㄜˋ ㄈㄢˋ 餐館裡出售的套餐，論份兒，菜色任客挑選，大抵是一菜一湯或兩菜一湯。

**客歲** ㄎㄜˋ ㄙㄨㄟˋ 図去年。如「客歲自滬來美」。

**客運** ㄎㄜˋ ㄩㄣˋ 載送乘客的運輸業務。辦理這種業務的公司叫客運公司，車輛叫客運車。如「新店客運」和「指南客運」都是民營的客運公司。

**客滿** ㄎㄜˋ ㄇㄢˇ 客人滿滿的（多指旅館、餐廳、戲院等場所）。

**客輪** ㄎㄜˋ ㄌㄨㄣˊ 載運旅客的輪船，對貨輪、油輪而言。

**客機** ㄎㄜˋ ㄐㄧ 載運旅客的班機。對貨機而言。

**客籍** ㄎㄜˋ ㄐㄧˊ ①寄居的籍貫，對原籍而言。②籍貫是「客家」的人。

**客體** ㄎㄜˋ ㄊㄧˇ ①哲學上指主體以外的事物，是主體的認識與活動的對象。②法律名詞，民法上指雙方當事人的權利、義務所指向的事物。刑法上指法律所保護而被犯罪行為所侵害的社會關係。

**客廳** ㄎㄜˋ ㄊㄧㄥ 接待客人的廳堂。

**客觀** ㄎㄜˋ ㄍㄨㄢ 對主觀而言。觀察一件事物，不堅執自己的成見，是由多方面觀察推測而產生結論。

**客串（兒）** ㄎㄜˋ ㄔㄨㄢˋ（ㄦ） 戲劇之類演出時，有人臨時參加演出。

**客家話** ㄎㄜˋ ㄐㄧㄚ ㄏㄨㄚˋ 漢語系的一種方言，主要分布在廣東、廣西、江西、福建、臺灣各省的部分地區。

**宧** 図ㄏㄨㄢˋ ㈠官員；做官的。如「仕宧」「宧海」。㈡從前稱太監叫「宧官」。㈢姓。

**宧官** ㄏㄨㄢˋ ㄍㄨㄢ 舊時皇宮裡的太監。

**宧海** ㄏㄨㄢˋ ㄏㄞˇ 図宧場起伏不定，有如坐船在海上航行，所以稱宧場為宧海。

**宧途** ㄏㄨㄢˋ ㄊㄨˊ 指做官的生活、經歷、遭遇等；宧場。

**宧遊** ㄏㄨㄢˋ ㄧㄡˊ 図舊時指在外做官。也指為了做官而出外奔走。

**宣** 図ㄒㄩㄢ ㈠說明，表示。如「宣告」「宣誓」。㈡散布，發揚。如「宣傳」「宣揚」。㈢從前皇帝傳召臣下叫「宣」。㈣盡。「宣勞」是「盡力」；「不宣備」（舊式信札尾詞）是「意思沒說完」。㈤東西鬆軟。如「宣土」「這饅頭真宣」。㈥虛胖。如「臉胖得都宣起來了」。㈦姓。

**宣土** ㄒㄩㄢ ㄊㄨˇ 鬆軟的土地。

**宣布** ㄒㄩㄢ ㄅㄨˋ 也作「宣佈」。①依據法律傳出命令。②正式告訴大家。

**宣示** ㄒㄩㄢ ㄕˋ 公開表示。

**宣判** ㄒㄩㄢ ㄆㄢˋ 法院對當事人宣布案件的判決。

**宣告** ㄒㄩㄢ ㄍㄠˋ 宣布。

**宣言** ㄒㄩㄢ ㄧㄢˊ 宣布意見的文字。

**宣泄** ㄒㄩㄢ ㄒㄧㄝˋ 也作「宣洩」。①疏通水道。②泄漏機密。

**宣紙** ㄒㄩㄢ ㄓˇ 安徽宣城所出產的一種紙，品質很好，最適合於中國書畫。

**宣教** ㄒㄩㄢ ㄐㄧㄠˋ ①宣傳教育。②傳教。

**宣勞** ㄒㄩㄢ ㄌㄠˊ ①效力。如「為國宣勞」。②宣布慰勞的旨意。

**宣揚** ㄒㄩㄢ ㄧㄤˊ 廣泛宣布給眾人知道。

**宣傳** ㄒㄩㄢ ㄔㄨㄢˊ 用語言、文字、圖畫、廣播、電視等向社會廣泛傳播。

**宣稱** ㄒㄩㄢ ㄔㄥ 宣布；聲稱。

**宣說** ㄒㄩㄢ ㄕㄨㄛ 佛教演說教法。

**宣誓** ㄒㄩㄢ ㄕˋ 當眾朗誦誓詞，宣布嚴守戒約。

**宣慰** ㄒㄩㄢ ㄨㄟˋ ①舊時指大官代表統治者宣揚政府德意，安撫人民。現在指安撫比較偏遠的人民。如「遠赴海外，宣慰僑胞」。②元明的官名，在邊地宣布政令，安慰人民。

**宣導** ㄒㄩㄢ ㄉㄠˇ 疏通勸導。

**宣戰** ㄒㄩㄢ ㄓㄢˋ 兩國邦交破裂，宣告開戰。

**宣講** ㄒㄩㄢ ㄐㄧㄤˇ 宣傳講解。

**宣讀** ㄒㄩㄢ ㄉㄨˊ 當眾朗讀。

**宣傳品** ㄒㄩㄢ ㄔㄨㄢˊ ㄆㄧㄣˇ 宣傳用的物品，多指傳單、標語、圖畫等印刷物。

**宣傳週** ㄒㄩㄢ ㄔㄨㄢˊ ㄓㄡ 政黨或機關為推進某種運動，定某一個時期作廣大普遍的宣傳。

**宣傳網** ㄒㄩㄢ ㄔㄨㄢˊ ㄨㄤˇ 進行宣傳運動，所建立的普遍廣泛的宣傳組織。

**室** ㄕˋ ㈠房間。如「寢室」「教室」。㈡星名，二十八宿有「室宿」。㈢図妻。如「妻室」。

**室女** ㄕˋ ㄋㄩˇ 図還沒出嫁的女子，處女。也作「在室女」。

**室友** ㄕˋ ㄧㄡˇ 在宿舍或單身公寓同住一間房的人。如「他是我的室友」。

**室家** ㄕˋ ㄐㄧㄚ 図夫婦、家庭。《左傳》說「男有室，女有家」。

**室宿** ㄕˋ ㄒㄧㄡˋ 星宿名，二十八宿之一，在飛馬座。

**室樂** ㄕˋ ㄩㄝˋ 又稱「室內樂」，兩人以上，八九人以內的樂器合奏，可以在室內演奏，所以叫「室樂」。

**室如懸磬** ㄕˋ ㄖㄨˊ ㄒㄩㄢˊ ㄑㄧㄥˋ 図原來說家裡空無所有，後來也比喻公私機構缺少經費或家計貧困。

**室邇人遠** ㄕˋ ㄦˇ ㄖㄣˊ ㄩㄢˇ 図房子近在眼前，人卻遠在天邊，望不見了。比喻男女思慕很深但是不能相見。也用作懷念親人故舊或悼念亡者的話。

**宥** 図ㄧㄡˋ 寬恕。如「原宥」。

## 七筆

**宮** ㄍㄨㄥ ㈠高大的房屋，如帝王住的宮室。民間常把神廟叫宮。如「天后宮」。㈡五音之一（宮、商、角、徵、羽）。㈢古代割去男人的外生殖器，叫「宮刑」。㈣姓。

**宮女** ㄍㄨㄥ ㄋㄩˇ 封建時代在帝王宮裡做雜務伺候帝王后妃的女子。也叫「宮人」「宮娥」「宮妾」。

**宮刑** ㄍㄨㄥ ㄒㄧㄥˊ 図又名「腐刑」。古代割去男性罪犯的外生殖器的一種刑罰。到隋朝開皇年間廢除。

**宮廷** ㄍㄨㄥ ㄊㄧㄥˊ 古代帝王居住和處理公務、聽取報告的處所。也作「宮殿」「宮庭」「宮禁」。

**宮室** ㄍㄨㄥ ㄕˋ ①古代指人居住的房屋。②帝王的宮殿。

**宮扇** ㄍㄨㄥ ㄕㄢˋ 圓形的扇子。也叫「團扇」。

**宮掖** ㄍㄨㄥ ㄧㄝˋ 図封建時代皇宮裡面靠房邊的房舍，給嬪妃住的。

**宮殿** ㄍㄨㄥ ㄉㄧㄢˋ 帝王居住的宮室。

**宮調** ㄍㄨㄥ ㄉㄧㄠˋ 古代樂曲曲調。以七聲與十二律相配合，成為八十四宮調。

**宮燈** ㄍㄨㄥ ㄉㄥ 六角形或八角形的燈籠，用鏤刻精細的骨架，黏上絹紗。從前是宮廷裡用的，所以叫宮燈。現在多是塑膠製品，是外銷貨品之一。

**宮闈** ㄍㄨㄥ ㄨㄟˊ 図古代皇宮深處，后妃所住的地方。

**宮闕** ㄍㄨㄥ ㄑㄩㄝˋ 宮殿。闕是宮門樓。

**宮廷外交** ㄍㄨㄥ ㄊㄧㄥˊ ㄨㄞˋ ㄐㄧㄠ 專制君主統治時代一種外交方式。君主掌握外交政策與和戰的大權，談判成為君主之間私下的事務，流弊極多，糾紛迭起，民主政治發達以後才逐漸消失。

**害** ▲ㄏㄞˋ ㈠損害，毀壞。如「害蟲」「受害」。㈡殘殺。如「謀財害命」。㈢禍患。如「周處除三害」「酒對肝臟有害」。㈣妨礙。如「妨害」。㈤疾病的染患。如「害病」。㈥心理上的變化。如「害怕」「害羞」。㈦生理上的變化。如「害喜」。㈧図妒忌。如「心害其能」。
▲ㄏㄜˊ 同「曷」，意思是「何不」。

**害命** ㄏㄞˋ ㄇㄧㄥˋ 殺害性命。如「謀財害命」。

**害怕** ㄏㄞˋ ㄆㄚˋ 心中不安或發慌。

**害病** ㄏㄞˋ ㄅㄧㄥˋ 生病。

**害眼** ㄏㄞˋ ㄧㄢˇ 得了眼病。

**害羞** ㄏㄞˋ ㄒㄧㄡ 怕羞。

**害處** ㄏㄞˋ ㄔㄨˋ 處字輕讀。對於事物有損害。

**害鳥** ㄏㄞˋ ㄋㄧㄠˇ 對農作物有害的鳥類。

**害喜** ㄏㄞˋ ㄒㄧˇ 因懷孕而有惡心、嘔吐、食欲異常的現象。

**害臊** ㄏㄞˋ ㄙㄠˋ 害羞。

**害蟲** ㄏㄞˋ ㄔㄨㄥˊ 有害於人畜和農作物的蟲類。

**害群之馬** ㄏㄞˋ ㄑㄩㄣˊ ㄓ ㄇㄚˇ 比喻危害眾人的壞人。

**家** ▲ㄐㄧㄚ ㈠眷屬共同生活的處所。如「家庭」「回家」。㈡居住。

如「家於臺中」。㈢屬於家庭的。如「家常」「家務」「家當」。㈣謙稱自己尊長。如「家父」「家兄」。㈤自稱或稱別人。如「自家」「人家」。㈥家裡飼養的動物。如「家禽」「家畜」。㈦尊稱學有專長或有專門技術的人。如「專家」「教育家」。㈧店鋪的量詞。如「只此一家，別無分號」。

▲ㄍㄨ 同「姑」，是女子的尊稱。如「曹大家」(就是班昭)。

**家人** ㄐㄧㄚ ㄖㄣˊ ①親人；一家的人。②舊時稱僕人。

**家口** ㄐㄧㄚ ㄎㄡˇ 家裡的人口。如「他家口少，收入養家綽綽有餘」。

**家小** ㄐㄧㄚ ㄒㄧㄠˇ 妻子和兒女。

**家父** ㄐㄧㄚ ㄈㄨˋ 對人稱自己的父親。也作「家嚴」。

**家世** ㄐㄧㄚ ㄕˋ 図家庭的世系；門第。

**家兄** ㄐㄧㄚ ㄒㄩㄥ 對人稱自己的哥哥。如「家兄已於昨日赴美」。

**家奴** ㄐㄧㄚ ㄋㄨˊ 舊時指被買去做奴隸的人，沒有人身自由。

**家母** ㄐㄧㄚ ㄇㄨˇ 對人稱自己的母親。也作「家慈」。

**家用** ㄐㄧㄚ ㄩㄥˋ 家庭一切的開支。

**家姊** ㄐㄧㄚ ㄗˇ 對人稱自己的姐姐。

**家私** ㄐㄧㄚ ㄙ 家產。

**家事** ㄐㄧㄚ ㄕˋ ①家庭的事情。②家政。

**家兔** ㄐㄧㄚ ㄊㄨˋ 兔的一種，身體小，耳朵和後肢比野兔短。

**家具** ㄐㄧㄚ ㄐㄩˋ 家用的器具。

**家叔** ㄐㄧㄚ ㄕㄨˊ 對人稱自己的叔叔。

**家居** ㄐㄧㄚ ㄐㄩ 沒有就業，在家裡閒著。

**家法** ㄐㄧㄚ ㄈㄚˇ ①治家的法度。②家長責打家人的用具。

**家長** ㄐㄧㄚ ㄓㄤˇ ①一家之主。②學校稱學生的父母兄姊或其他監護人。

**家門** ㄐㄧㄚ ㄇㄣˊ 稱自己的家庭。

**家信** ㄐㄧㄚ ㄒㄧㄣˋ 也作「家書」；家屬來往的信件。

**家室** ㄐㄧㄚ ㄕˋ ①図夫婦兩人組成的家庭。〈詩・周南・桃夭〉有「之子于歸，宜其家室」。②図家產。③家屬；家庭。如「無家室之累」。

**家政** ㄐㄧㄚ ㄓㄥˋ ①家庭事務的管理工作。②學校裡研究治理家務的學科。

**家珍** ㄐㄧㄚ ㄓㄣ 家裡收藏的珍貴寶物。如「如數家珍」。

**家計** ㄐㄧㄚ ㄐㄧˋ 図家庭生計。

**家風** ㄐㄧㄚ ㄈㄥ 一個家族世傳的習慣行為。

**家館** ㄐㄧㄚ ㄍㄨㄢˇ 舊時私家設立的教學場所，請教師在家教育自己或親族的子弟。也稱「家塾」。

**家宴** ㄐㄧㄚ ㄧㄢˋ 一家人聚集飲宴。

**家庭** ㄐㄧㄚ ㄊㄧㄥˊ 家㈠。

**家書** ㄐㄧㄚ ㄕㄨ 家人往來的書信。如「家書抵萬金」。也作「家信」。

**家畜** ㄐㄧㄚ ㄔㄨˋ 飼養在家的畜生，如貓、狗、牛、馬等。

**家祖** ㄐㄧㄚ ㄗㄨˇ 對人稱自己的祖父。

**家祠** ㄐㄧㄚ ㄘˊ 家族共立供奉祖先的祠堂。也作「家廟」。

**家蚊** ㄐㄧㄚ ㄨㄣˊ 蚊子的一種。成蟲的特徵是身體多呈黃棕色，翅上沒有斑點，靜止時身體與落腳的平面呈平行狀。生存只有十四天。是傳染B型肝炎和血絲蟲病的媒介。又名「庫蚊」「常蚊」。

**家訓** ㄐㄧㄚ ㄒㄩㄣˋ 家長告誡子孫的話。

**家財** ㄐㄧㄚ ㄘㄞˊ 家產。

**家務** ㄐㄧㄚ ㄨˋ ①家庭日常的事情。②家人的爭執。如「鬧家務」。又讀ㄐㄧㄚ ˙ㄨ。

**家國** ㄐㄧㄚ ㄍㄨㄛˊ 家和國。和「國家」相似。李煜〈破陣子〉詞有「四十年來家國」。

**家婆** ㄐㄧㄚ ㄆㄛˊ ①廣東潮州婦女對他人說自己丈夫的母親。②閩南話「管家婆」的略語。嫌人囉嗦好管閒事。

**家常** ㄐㄧㄚ ㄔㄤˊ ①家庭裡尋常的事務。②家裡經常備有的。如「家常便飯」。

**家教** ㄐㄧㄚ ㄐㄧㄠˋ ①「家庭教育」的簡稱。②家庭一向持有的教養和規矩。③家庭教師的簡稱。

**家族** ㄐㄧㄚ ㄗㄨˊ ①一家人跟同族的人。②家屬。

**家產** ㄐㄧㄚ ㄔㄢˇ 也作「家財」。家庭的財產。

**家眷** ㄐㄧㄚ ㄐㄩㄢˋ 眷屬。

**家祭** ㄐㄧㄚ ㄐㄧˋ ①在家中祭拜祖先。如「家祭無忘告乃翁」。②祭奠儀式之一，在公祭之前。

**家累** ㄐㄧㄚ ㄌㄟˇ 家庭的生活負擔。

**家規** ㄐㄧㄚ ㄍㄨㄟ 家庭裡的規矩。

**家嫂** ㄐㄧㄚ ㄙㄠˇ 對人稱自己的嫂子。

**家童** ㄐㄧㄚ ㄊㄨㄥˊ 舊時家庭裡養的僮僕。也作「家僮」。

**家鄉** ㄐㄧㄚ ㄒㄧㄤ 故鄉。

**家傳** ㄐㄧㄚ ㄔㄨㄢˊ ①家庭世代相傳的事物。②家家傳述。如「家傳戶誦」。

**家園** ㄐㄧㄚ ㄩㄢˊ 家鄉。

**家慈** ㄐㄧㄚ ㄘˊ 對別人稱自己的母親。也作「家母」。

**家業** ㄐㄧㄚ ㄧㄝˋ 一家的財產跟門望。

**家當** ㄐㄧㄚ ㄉㄤˋ 當字輕讀。家產。如「打了多年官司，把家當全用光了」。

**家禽** ㄐㄧㄚ ㄑㄧㄣˊ 在家裡飼養的禽類，如雞、鴨、鵝等。

**家裡** ㄐㄧㄚ ㄌㄧˇ ①家中。②妻。如「我家裡不答應」。

**家賊** ㄐㄧㄚ ㄗㄟˊ 家屬或親近的人作弊營私或是偷竊財物。也讀ㄐㄧㄚ ㄗㄜˊ。

**家道** ㄐㄧㄚ ㄉㄠˋ ①家境。②家庭生活計畫。

**家鼠** ㄐㄧㄚ ㄕㄨˇ 生活在人家屋壁間的老鼠，尖鼻子，大耳朵，全身灰色，約四五寸長，尾巴比身子還長。

**家境** ㄐㄧㄚ ㄐㄧㄥˇ 家庭的經濟狀況。

**家塾** ㄐㄧㄚ ㄕㄨˊ 從前請教師在家裡教授子弟的私塾。

**家廟** ㄐㄧㄚ ㄇㄧㄠˋ 私人所立供奉祖先的祠堂。

**家醜** ㄐㄧㄚ ㄔㄡˇ 指家庭裡發生的慚愧丟人的事情。

**家鴿** ㄐㄧㄚ ㄍㄜ 家裡養的鴿子，對野鴿而言。

**家雞** ㄐㄧㄚ ㄐㄧ 家裡養的雞，對野雞而言。參看「雞」。

**家蠅** ㄐㄧㄚ ㄧㄥˊ 一種蒼蠅，常在住家內外生活，所以叫「家蠅」。雌蠅長度約一公分，比雄蠅大。灰黑色，翅透明，翅脈黑色，能傳染疾病。幼蟲是蛆。

**家譜** ㄐㄧㄚ ㄆㄨˇ 記載一家親屬世系跟歷史的書。

**家嚴** ㄐㄧㄚ ㄧㄢˊ 對人稱自己的父親。也說「家父」。

**家屬** ㄐㄧㄚ ㄕㄨˇ 同屬於一家的人。

**家釀** ㄐㄧㄚ ㄋㄧㄤˋ 〔文〕自家釀造的酒。

**家天下** ㄐㄧㄚ ㄊㄧㄢ ㄒㄧㄚˋ ①帝王把國家看成家產，由子孫代代繼承的觀念。②譏稱私營機構的傳承方式。如「這一家公司實施的是家天下的傳承制度」。

**家長會** ㄐㄧㄚ ㄓㄤˇ ㄏㄨㄟˋ 中小學校學生家長的組織。任務是協助學校解決問題。

**家家兒** ㄐㄧㄚ ㄐㄧㄚ ㄦ 每一家。

**家家酒** ㄐㄧㄚ ㄐㄧㄚ ㄐㄧㄡˇ 第二個家字輕讀。兒童扮演家庭事務的遊戲。也叫「過家家兒」。

**家務事** ㄐㄧㄚ ㄨˋ ㄕˋ 家庭裡的事務。

**家常菜** ㄐㄧㄚ ㄔㄤˊ ㄘㄞˋ 家裡日常食用的菜肴。

**家常話** ㄐㄧㄚ ㄔㄤˊ ㄏㄨㄚˋ 家常說的話，對客套話說的。

**家常飯** ㄐㄧㄚ ㄔㄤˊ ㄈㄢˋ ①家裡尋常的飯食。②比喻不希奇的事。也作「家常便飯」。

**家常餅** ㄐㄧㄚ ㄔㄤˊ ㄅㄧㄥˇ 飯館裡烙餅的一種，近似家裡烙著吃的。

**家雀兒** ㄐㄧㄚ ㄑㄧㄠˇ ㄦ 麻雀的俗稱。

**家鄉肉** ㄐㄧㄚ ㄒㄧㄤ ㄖㄡˋ 醃製的豬肉。也叫「嘉香肉」。

**家用電腦** ㄐㄧㄚ ㄩㄥˋ ㄉㄧㄢˋ ㄋㄠˇ 在家裡使用，為日常生活事務服務的電腦。它的功能有控制家庭電器、水電瓦斯、溫度調節與資訊處理、輔助教學等，也可以作為電子遊樂器。

**家事職校** ㄐㄧㄚ ㄕˋ ㄓˊ ㄒㄧㄠˋ 專收女生的中等學校之一。主要目的在傳習學生有關處理家務的學識及方法。

**家家戶戶** ㄐㄧㄚ ㄐㄧㄚ ㄏㄨˋ ㄏㄨˋ 每一個家庭。

**家庭工業** ㄐㄧㄚ ㄊㄧㄥˊ ㄍㄨㄥ ㄧㄝˋ 在家中做的小工業，大都是加工或手工業。在臺灣曾有「客廳即工場」的說法。

**家庭婦女** ㄐㄧㄚ ㄊㄧㄥˊ ㄈㄨˋ ㄋㄩˇ 沒出外就業，在家操持家務的已婚女性。

**家庭教育** ㄐㄧㄚ ㄊㄧㄥˊ ㄐㄧㄠˋ ㄩˋ 家長在家裡對子女的教導。

**家庭教師** ㄐㄧㄚ ㄊㄧㄥˊ ㄐㄧㄠˋ ㄕ 應聘到家庭裡替別人的子女補習功課、指導學業的人，常由學校教師兼任；大學生在課餘擔任的也很多。

**家庭廢水** ㄐㄧㄚ ㄊㄧㄥˊ ㄈㄟˋ ㄕㄨㄟˇ 家庭中日常從溝渠排出的廢水，包括洗滌、排泄等方面的。

**家徒四壁** ㄐㄧㄚ ㄊㄨˊ ㄙˋ ㄅㄧˋ 因家裡只剩四面牆壁。形容家裡窮得什麼都沒有。

**家喻戶曉** ㄐㄧㄚ ㄩˋ ㄏㄨˋ ㄒㄧㄠˇ 家家戶戶都明瞭。

**家給人足** ㄐㄧㄚ ㄐㄧˇ ㄖㄣˊ ㄗㄨˊ 地方富庶，家家豐衣足食的景象。

**家學淵源** ㄐㄧㄚ ㄒㄩㄝˊ ㄩㄢ ㄩㄢˊ 因說人傳承他的家庭世代相傳的學業或技術，頗有成就。

**家常理短（兒）** ㄐㄧㄚ ㄔㄤˊ ㄌㄧˇ ㄉㄨㄢˇ ㄦ 家庭尋常的雜事。

## 宵

ㄒㄧㄠ ㈠夜裡。如「元宵」。㈡見「宵小」。

**宵小** ㄒㄧㄠ ㄒㄧㄠˇ 盜匪，趁黑夜下手偷盜的壞人。

**宵夜** ㄒㄧㄠ ㄧㄝˋ 原是「消夜」，就是夜間吃的點心。

**宵禁** ㄒㄧㄠ ㄐㄧㄣˋ 戒嚴時期，規定夜間幾點到幾點，禁止行人在路上行走。

**宵衣旰食** ㄒㄧㄠ ㄧ ㄍㄢˋ ㄕˊ 因天還不亮就起床穿好衣服，到了天色晚了才有時間吃飯。形容人為政事奔忙，睡覺吃飯都不得安寧。

## 宸

因ㄔㄣˊ ㈠深奧的房屋。㈡帝王居住的地方。

**宸極** ㄔㄣˊ ㄐㄧˊ 因北極星。古人認為北極星有眾星拱護，最為高貴，因此用來比喻帝王。

## 容

ㄖㄨㄥˊ ㈠包涵，存留。如「包容」「容身之地」。㈡接受。如「容納」。㈢許可。如「容許」。㈣寬恕。如「寬容」。㈤儀表面貌。如「容貌」。㈥由儀容引伸為表面形態。如「市容」「陣容」。(七)或許，如「容或有之」。(八)等待。如「再容他拖兩天」。(九)〔文〕薦介。如「先容」。(十)〔文〕悅。如「順令以取容」。(土)姓。

**容止** 〔文〕儀容舉止。

**容忍** 寬容忍耐。

**容身** ①藏身。②安身。

**容受** 包涵，容納。

**容或** 或許。

**容易** 不難。

**容恕** 寬恕。

**容留** 收容，容納，收留。如「他浪跡天涯，無家可歸，幸虧有你容留」。

**容納** ①包容採納。②寬宏能包容一切。

**容情** 看在情分上予以原諒。

**容許** ①允許。②或許。

**容華** 〔文〕人的丰采。

**容量** 所能容納的數量。

**容態** 面貌跟體態。

**容貌** 面貌。

**容膝** 〔文〕形容房屋狹小。唐詩有「容膝何須多」。

**容器** 可以裝東西的器具，如碗、杯、斗、箱、櫃等。

**容積** 所能容納的體積。

**容顏** 面貌。如「回想從前，母親的容顏多麼慈祥」。

**容讓** 容忍讓步。

**容電器** 類似蓄電池的貯電器具。

**容熱量** 物理學說把一克的物質加熱，使它的溫度升高一度所需的熱力。

**容光煥發** 說人的儀表、風采好，精神飽滿，散發出光彩的樣子。如「他休息幾天，就顯得容光煥發，生氣蓬勃」。

**容量分析** 化學名詞。使用標準溶液來測定化合物的容量，這種技術叫容量分析。

## 宰

ㄗㄞˇ (一)主持，主管。如「宰制」「主宰」。(二)古代主官名。如「宰相」「冢宰」。(三)屠殺牲畜。如「屠宰」。(四)姓。

**宰制** 主宰。

**宰相** 舊時輔助皇帝處理國事的最高級官員。像現在的行政院長、國務總理。

**宰殺** 屠殺牲畜。

**宰割** ①割裂。②殺戮。

**宰相肚裡好撐船** 形容人的氣度大，凡事能寬容。

## 宴

ㄧㄢˋ (一)安樂。如「宴安」。(二)用酒食招待客人。如「宴客」。

**宴安** 〔文〕有貪圖苟安，不求振作的意思。

**宴集** 〔文〕聚集在一起喝酒吃飯。

**宴會** 準備酒菜招待客人的集會。

**宴安鴆毒** 〔文〕過安逸的生活而不能居安思危，就像每天吃著微量的毒藥一樣，後果不堪設想。是勸人不可以貪圖安樂，要時時警惕。

## 八筆

**密** ㄇㄧˋ ㈠稠，不稀疏。如「人煙稠密」。㈡隱祕，不讓別人知道。如「祕密」「保密」。㈢挨得很近。如「親密」「密邇」。㈣仔細，周到。如「思慮綿密」「細密」。㈤姓。

**密切** ㄇㄧˋ ㄑㄧㄝˋ 最切近。

**密友** ㄇㄧˋ ㄧㄡˇ 頂好的朋友。

**密令** ㄇㄧˋ ㄌㄧㄥˋ 機密的命令。

**密司** ㄇㄧˋ ㄙ 〔音〕miss的音譯。①常用在姓氏的前面，作為稱呼。意譯是「小姐」。如「密司陳」—陳小姐。②失誤的意思。如「這個球我沒接好，密司了」。

**密布** ㄇㄧˋ ㄅㄨˋ 四面全都布滿。

**密函** ㄇㄧˋ ㄏㄢˊ 祕密的書信。

**密宗** ㄇㄧˋ ㄗㄨㄥ 佛教的一支，源於古印度的密教。以〈大日經〉和〈金剛頂經〉為依據，把繁瑣難懂的大乘佛教理論運用在誦經、念咒、祈禱等簡易通俗的行動，認為口誦真言、手結契印、心作觀想(語密、身密、意密)同時相應，就可以成佛。在日本的密宗稱「真言宗」，在西藏的密宗稱為「藏密」。

**密度** ㄇㄧˋ ㄉㄨˋ ①物體所含物質組織的疏密程度叫密度。同樣大小的物體，因為密度不同而輕重不等，如同為一立方寸的金跟銀，金比銀重些。②數量密集的程度。如「人口密度」。

**密封** ㄇㄧˋ ㄈㄥ 信件、瓶罐等從外緊緊封閉。如「這是密封的信件，必須收件人才能打開」。

**密約** ㄇㄧˋ ㄩㄝ ①祕密的約會。②祕密的條約。

**密計** ㄇㄧˋ ㄐㄧˋ 祕密的計策。如「蔣幹奉了曹操的密計，便來東吳找周瑜，勸他投降」。

**密密** ㄇㄧˋ ㄇㄧˋ 緊緊的，細細的。如「臨行密密縫，意恐遲遲歸」。

**密探** ㄇㄧˋ ㄊㄢˋ ①暗中探查。②祕密探查的人。

**密接** ㄇㄧˋ ㄐㄧㄝ 緊密地接連在一起。

**密訪** ㄇㄧˋ ㄈㄤˇ 祕密探訪。

**密閉** ㄇㄧˋ ㄅㄧˋ 很嚴密的封閉；指房屋或較大的容器。如「門窗密閉，已經沒人住了」。

**密植** ㄇㄧˋ ㄓˊ 在單位面積土地上減少作物的行距和株距，增加種植株數。

**密集** ㄇㄧˋ ㄐㄧˊ 數量多又緊密的聚集在一處。如「城市人口密集」。

**密電** ㄇㄧˋ ㄉㄧㄢˋ 密碼電報。

**密實** ㄇㄧˋ ˙ㄕ 實字輕讀。細密；緊密。如「看，這一手細針縫得多密實啊」。

**密碼** ㄇㄧˋ ㄇㄚˇ 相約用電報明碼加減若干號數，或用其他方式改變而成的祕密電碼。

**密談** ㄇㄧˋ ㄊㄢˊ ①祕密談話。②親密的談話。

**密謀** ㄇㄧˋ ㄇㄡˊ 祕密計畫。

**密邇** ㄇㄧˋ ㄦˇ 〔文〕接近。

**密匝匝** ㄇㄧˋ ㄗㄚ ㄗㄚ 很稠密的樣子。

**密密麻麻(的)** ㄇㄧˋ ㄇㄧˋ ㄇㄚˊ ㄇㄚˊ (˙ㄉㄜ) 形容密集的樣子。如「圍觀的人密密麻麻的，不知有多少」。

**密密層層** ㄇㄧˋ ㄇㄧˋ ㄘㄥˊ ㄘㄥˊ 都布滿了，沒有空隙。

**密雲不雨**（ㄇㄧˋ ㄩㄣˊ ㄅㄨˋ ㄩˇ） 陰雲四布，可是不下雨。也用來比喻恩惠不能到達下人的身上，或是時機沒有成熟，正在醞釀中。

**寇** ㄎㄡˋ ㈠盜匪。如「匪寇」「流寇」。㈡指敵人。如「敵寇」。㈢指敵人侵入國境。如「入寇」。㈣姓。

**寇賊**（ㄎㄡˋ ㄗㄟˊ） 図盜匪。如「當街搶奪，行同寇賊」。

**寇讎**（ㄎㄡˋ ㄔㄡˊ） 仇敵。

**寂** ㄐㄧˊ ㈠安靜沒有聲音。如「萬籟俱寂」。㈡安。如「寂然」。

**寂然**（ㄐㄧˊ ㄖㄢˊ） 図安安靜靜沒有聲音的樣子。如「寂然無聲夜半時」。

**寂寞**（ㄐㄧˊ ㄇㄛˋ） ①冷靜。②無聊。

**寂寥**（ㄐㄧˊ ㄌㄧㄠˊ） 図寂寞。

**寂靜**（ㄐㄧˊ ㄐㄧㄥˋ） 安靜，沒聲音。也作「靜寂」。

**寄** ㄐㄧˋ ㈠付託。如「寄託」。㈡傳達。如「寄信」「寄情」。㈢暫時居留。如「寄寓」。㈣依附。如「寄生」「寄人籬下」。

**寄主**（ㄐㄧˋ ㄓㄨˇ） 寄生物所附著的生物。植物方面，如槲寄生、菟絲子等植物常寄生在別的植物的莖幹上，被寄生的植物就是寄主。動物方面，肝蛭的幼蟲先寄生在螺螄、毛蟹身上，最後寄生在人類或牛、羊身上。

**寄生**（ㄐㄧˋ ㄕㄥ） ①自己不能自主，仰賴他人供應生活。②動物或植物寄託生活在別的動植物（寄主）體外或體內，從那裡得到生活所需的養分，才能生活，叫做寄生。寄生在體外的，如跳蚤、蝨子；在體內的如蛔蟲等。

**寄存**（ㄐㄧˋ ㄘㄨㄣˊ） 寄放。

**寄身**（ㄐㄧˋ ㄕㄣ） ①暫時居住在某處。②暫時從事某種職業。

**寄居**（ㄐㄧˋ ㄐㄩ） 暫時寄住。

**寄放**（ㄐㄧˋ ㄈㄤˋ） 放字輕讀。暫時存放。

**寄信**（ㄐㄧˋ ㄒㄧㄣˋ） 把信交給郵局傳送出去。

**寄食**（ㄐㄧˋ ㄕˊ） 依靠別人過活。

**寄託**（ㄐㄧˋ ㄊㄨㄛ） ①把情感、理想交給人或事物。如「丈夫死後，她的希望全寄託在兒子身上」。②在詩文、言語之中表示弦外之音，借題發揮。如「他寫詩時常找個寄託，讓讀者體會他的真意」。③付託，交託。如「這些東西是李小姐寄託，要給黃先生的」。

**寄售**（ㄐㄧˋ ㄕㄡˋ） 寄賣。

**寄宿**（ㄐㄧˋ ㄙㄨˋ） ①図借住。如「暫時在陳老師家寄宿」。②學生住在學校宿舍，叫「寄宿生」。

**寄情**（ㄐㄧˋ ㄑㄧㄥˊ） 図寄託情感。如「退職之後，江先生每天徘徊於山水之間，寄情於物外」。

**寄寓**（ㄐㄧˋ ㄩˋ） 図寄居。

**寄意**（ㄐㄧˋ ㄧˋ） 傳達心意。

**寄費**（ㄐㄧˋ ㄈㄟˋ） 寄送信件等所需的費用。

**寄語**（ㄐㄧˋ ㄩˇ） 図傳話。

**寄賣**（ㄐㄧˋ ㄇㄞˋ） 委託出賣。

**寄養**（ㄐㄧˋ ㄧㄤˇ） 把子女託付別人代為撫養。

**寄籍**（ㄐㄧˋ ㄐㄧˊ） 長久寄居外地，附於那個地方的籍貫（區別於「原籍」）。

**寄生蟲**（ㄐㄧˋ ㄕㄥ ㄔㄨㄥˊ） ①寄生在人或動物體內或體外的複細胞動物，如蛔蟲等。②譏笑不能自立必須依賴別人生活的人。

**寄居蟹** ㄐㄧˋ ㄐㄩ ㄒㄧㄝˋ　節肢動物。頭胸發達，有硬毛，觸角特別長，螯像鉗子而右邊比左邊大。住在海灘上的空螺殼裡，常常因為長大而換「房子」。

**寄人籬下** ㄐㄧˋ ㄖㄣˊ ㄌㄧˊ ㄒㄧㄚˋ　比喻依靠別人過活。

**宿** ▲ㄙㄨˋ ㈠住夜。如「宿夜」。㈡短期住宿的地方。如「宿舍」。㈢舊的，但往往是老練、博學的。如「宿儒」「耆宿」。㈣平素久已有的。如「宿志」「宿怨」。㈤古人相信是前一輩子就定下的。如「宿緣」。㈥姓。
▲ㄒㄧㄡˋ 列星。如「二十八宿」。
▲ㄒㄧㄡˇ 一個晚上叫「一宿」。

**宿心** ㄙㄨˋ ㄒㄧㄣ　夙願。

**宿主** ㄙㄨˋ ㄓㄨˇ　同「寄主」。

**宿因** ㄙㄨˋ ㄧㄣ　佛教稱前世的因緣。

**宿志** ㄙㄨˋ ㄓˋ　素來的志願。

**宿命** ㄙㄨˋ ㄇㄧㄥˋ　佛教說人的前生都有生命，死後重新輪迴投胎轉世。

**宿昔** ㄙㄨˋ ㄒㄧˊ　〔文〕①往日，從前。曹植詩有「宿昔秉良弓」。②早晚。古詩有「宿昔夢見之」。

**宿舍** ㄙㄨˋ ㄕㄜˋ　機關學校工廠供給本單位的人住宿的房舍。

**宿怨** ㄙㄨˋ ㄩㄢˋ　積久下來的怨恨。

**宿根** ㄙㄨˋ ㄍㄣ　草木植物的根存在泥土裡，第二年再出新芽，如芍藥、菊。

**宿留** ㄙㄨˋ ㄌㄧㄡˊ　〔文〕①停留。②存留。③容忍。

**宿疾** ㄙㄨˋ ㄐㄧˊ　〔文〕醫治很久還不好的病。如「宿疾未痊，不能就業」。

**宿將** ㄙㄨˋ ㄐㄧㄤˋ　老將。

**宿緣** ㄙㄨˋ ㄩㄢˊ　〔文〕佛經稱前世的因緣。

**宿醉** ㄙㄨˋ ㄗㄨㄟˋ　前一天酒醉到第二天還沒完全清醒。

**宿儒** ㄙㄨˋ ㄖㄨˊ　老成博學的學者。

**宿營** ㄙㄨˋ ㄧㄥˊ　部隊或童子軍在室外過夜。

**宿願** ㄙㄨˋ ㄩㄢˋ　同「宿志」。

**宿命論** ㄙㄨˋ ㄇㄧㄥˋ ㄌㄨㄣˋ　哲學名詞，認為人生的榮華富貴或貧窮低賤，生與死，健康與疾病，甚至事物的變化與發展，一切都是命運安排好的，人力無法左右。這一種世界觀與人生觀又名「命運論」。

**寀** 〔文〕ㄘㄞˇ 官地。

**寅** ㄧㄣˊ ㈠十二地支的第三位。㈡凌晨三點到五點。㈢同事的關係。如「同寅」。

**寅支卯糧** ㄧㄣˊ ㄓ ㄇㄠˇ ㄌㄧㄤˊ　透支或預支。也說「寅吃卯糧」。

## 九筆

**寐** 〔文〕ㄇㄟˋ 睡。如「假寐」「夙興夜寐」。

**富** ㄈㄨˋ ㈠多財產。如「富戶」。㈡財產。如「財富」。㈢豐裕。如「富饒」。㈣健壯。如「年富力強」。

**富戶** ㄈㄨˋ ㄏㄨˋ　有很多財產的人家。

**富有** ㄈㄨˋ ㄧㄡˇ　①財產很多。②有很多。

**富足** ㄈㄨˋ ㄗㄨˊ　財產豐足。

**富厚** ㄈㄨˋ ㄏㄡˋ　財富多。

**富翁** ㄈㄨˋ ㄨㄥ　很有錢的人。

**富國** ㄈㄨˋ ㄍㄨㄛˊ　①富裕的國家。如「世界上到底是窮國多，富國少」。②使國家富裕。如「富國強兵的方法」。

**富庶**（ㄈㄨˋ ㄕㄨˋ） 人民眾多而富足。

**富強**（ㄈㄨˋ ㄑㄧㄤˊ） 國家富足而強盛。

**富裕**（ㄈㄨˋ ㄩˋ） 豐衣足食。

**富貴**（ㄈㄨˋ ㄍㄨㄟˋ） 財產既多，地位又高。

**富源**（ㄈㄨˋ ㄩㄢˊ） 財富的來源，同「資源」。

**富態**（ㄈㄨˋ ㄊㄞ˙） 態字輕讀。說人肥胖，是好聽的話。如「她越來越顯得富態了」。

**富豪**（ㄈㄨˋ ㄏㄠˊ） 很有錢財很有勢力的人。

**富餘**（ㄈㄨˋ ㄩ˙） 餘字輕讀。①富足有餘。②剩餘。

**富麗**（ㄈㄨˋ ㄌㄧˋ） 堂皇美麗。

**富饒**（ㄈㄨˋ ㄖㄠˊ） 富足而有餘。

**富貴花**（ㄈㄨˋ ㄍㄨㄟˋ ㄏㄨㄚ） 牡丹花的別名。

**富而好禮**（ㄈㄨˋ ㄦˊ ㄏㄠˋ ㄌㄧˇ） 家境富裕，但是能夠有禮節，不驕傲。原是〈禮記．坊記〉的話。

**富貴人家**（ㄈㄨˋ ㄍㄨㄟˋ ㄖㄣˊ ㄐㄧㄚ） 有錢有勢的人家。

**富貴浮雲**（ㄈㄨˋ ㄍㄨㄟˋ ㄈㄨˊ ㄩㄣˊ） 図富貴有如天上飛過的雲彩一樣，總會消失，不值得重視。

**富貴榮華**（ㄈㄨˋ ㄍㄨㄟˋ ㄖㄨㄥˊ ㄏㄨㄚˊ） 安享富貴尊榮。是稱頌他人的語詞。

**富麗堂皇**（ㄈㄨˋ ㄌㄧˋ ㄊㄤˊ ㄏㄨㄤˊ） 形容事物結構宏偉，華麗壯觀。

## 寒

ㄏㄢˊ ㈠冬季。如「寒暑易節」。㈡很冷。如「天寒地凍」。㈢窮困。如「清寒」。㈣害怕。如「膽寒」。㈤図違背。如「寒盟」。㈥姓。

**寒士**（ㄏㄢˊ ㄕˋ） 貧窮的讀書人。

**寒心**（ㄏㄢˊ ㄒㄧㄣ） ①因為失望而灰心。②害怕。

**寒毛**（ㄏㄢˊ ㄇㄠˊ） 人體上的細毛。

**寒光**（ㄏㄢˊ ㄍㄨㄤ） 図①冬夜的月光。〈木蘭詩〉有「朔氣傳金柝，寒光照鐵衣」。②刀劍的光芒。

**寒色**（ㄏㄢˊ ㄙㄜˋ） 也稱「冷色」，指藍、青、紫等色，心理上感覺比較冷，不像紅色、橙色、黃色（稱為暖色）有暖和的感覺。

**寒衣**（ㄏㄢˊ ㄧ） 冬天的衣服。

**寒冷**（ㄏㄢˊ ㄌㄥˇ） 溫度低；冷。

**寒夜**（ㄏㄢˊ ㄧㄝˋ） 寒冷的夜晚。

**寒舍**（ㄏㄢˊ ㄕㄜˋ） 對人謙稱自己的家。又作「寒家」。

**寒門**（ㄏㄢˊ ㄇㄣˊ） ①清寒的家庭。②對人謙稱自己的家。

**寒流**（ㄏㄢˊ ㄌㄧㄡˊ） 從南極北極向溫帶流出來的潮水或冷氣流。溫度低於所經過的海區，對沿途的氣候有降溫、減溫的作用。

**寒苦**（ㄏㄢˊ ㄎㄨˇ） 窮苦。

**寒食**（ㄏㄢˊ ㄕˊ） 清明的前兩天叫「寒食節」。

**寒症**（ㄏㄢˊ ㄓㄥˋ） 中醫說人怕冷，手腳冰涼，不口渴，瀉肚子，脈搏遲緩等的綜合病。

**寒素**（ㄏㄢˊ ㄙㄨˋ） 図見面時家境貧窮，但是世代清白，是「門寒身素」的略語。

**寒假**（ㄏㄢˊ ㄐㄧㄚˋ） 學校在冬季停止上課的假期。

**寒帶**（ㄏㄢˊ ㄉㄞˋ） 南極圈、北極圈以內的地帶，氣候寒冷。近兩極的地方，半年是白天，半年是黑夜。

**寒窗**（ㄏㄢˊ ㄔㄨㄤ） 図①冬天寒冷的窗前。如「暗風吹雨入寒窗」。②貧窮的人家。如「十載寒窗無人問」。

**寒微**（ㄏㄢˊ ㄨㄟˊ） 指家世、出身貧苦，社會地位低下。

**寒暄**（ㄏㄢˊ ㄒㄩㄢ） 見面時談論氣候冷暖之類的應酬話。

**寒酸**（ㄏㄢˊ ㄙㄨㄢ） 形容窮苦的樣子。

**寒熱**（ㄏㄢˊ ㄖㄜˋ） 中醫指身體發冷發燒的症狀。

**寒鴉**（ㄏㄢˊ ㄧㄚ） 一種烏鴉，比較小，背黑，頸腹灰色，鳴聲比較尖細。又名「慈烏」。

**寒噤**（ㄏㄢˊ ㄐㄧㄣˋ） 因為受驚或受寒而身體顫動。如「打了一個寒噤」。

**寒磣**（ㄏㄢˊ ㄔㄣˇ） 磣字輕讀。①醜陋，不光彩的意思。如「看你這樣子有多寒磣」。②羞辱。

**寒蟬**（ㄏㄢˊ ㄔㄢˊ） ①秋蟬。②囟蟬到天寒不鳴，因而形容人遇事不敢直說。如「噤若寒蟬」。

**寒露**（ㄏㄢˊ ㄌㄨˋ） 節氣名，在陽曆十月八日或九日。

**寒顫**（ㄏㄢˊ ㄓㄢˋ） 因為冷而身體抖動。也作「寒戰」「寒噤」。

**寒武紀**（ㄏㄢˊ ㄨˇ ㄐㄧˋ） 地球古生代的第一個紀。這個時代，陸地逐漸下陷，大部分北半球落入海中。海藻類生物開始形成，腕足類動物出現，岩石由砂岩、頁岩、石灰岩等組成。寒武紀始於五億七千萬年前，延續八千萬年。

**寒暑表**（ㄏㄢˊ ㄕㄨˇ ㄅㄧㄠˇ） 利用物體膨脹或收縮，來測溫度的器具。有三種：攝氏表：沸點一百度，冰點零度。華氏表：沸點二百十二度，冰點三十二度。列氏表：沸點八十度，冰點零度。

## 寓

**寓**（ㄩˋ） ㈠住所。如「寓所」「公寓」。㈡囟寄居。如「旅寓」「寄寓」。㈢寄託。如「寓託」「寓言」。㈣囟用眼睛看。如「寓目」。

**寓公**（ㄩˋ ㄍㄨㄥ） 寄寓他鄉的貴族或有錢的人。

**寓目**（ㄩˋ ㄇㄨˋ） 囟過目。

**寓言**（ㄩˋ ㄧㄢˊ） ①影射別事的話。②用淺近假託的事物表抽象觀念或道德教訓的文章。

**寓所**（ㄩˋ ㄙㄨㄛˇ） 住所。

**寓託**（ㄩˋ ㄊㄨㄛ） 囟寄託。

**寓意**（ㄩˋ ㄧˋ） 假借別的事物來表達心意。

**寓禁於征**（ㄩˋ ㄐㄧㄣˋ ㄩˊ ㄓㄥ） 加重收稅，來達到禁絕某些消費或商業行為。

## 十筆

## 寖

**寖**（ㄐㄧㄣˋ） ㈠水名，在山西省。㈡囟通「浸」。「寖淫」「寖尋」「寖潤」，都是漸漬，浸染，逐漸的意思。

## 十一筆

## 寞

**寞**（ㄇㄛˋ） 見「寂寞」。

## 寧（宁、寍）

**寧**（ㄋㄧㄥˊ） ㈠安定。如「社會安寧」。㈡情願。如「寧為玉碎，不為瓦全」。㈢囟省（ㄒㄧㄥˇ）視父母。如「歸寧」。㈣豈，難道。如「天下寧有此事」。

**寧日**（ㄋㄧㄥˊ ㄖˋ） 囟安定太平的日子。

**寧可**（ㄋㄧㄥˋ ㄎㄜˇ） 情願的意思。如「我寧可走路，不願坐你的破車」。

**寧忍**（ㄋㄧㄥˊ ㄖㄣˇ） 囟怎麼受得了。

**寧肯**（ㄋㄧㄥˋ ㄎㄣˇ） 寧可。

**寧家**（ㄋㄧㄥˊ ㄐㄧㄚ） 安家，治家。

**寧息**（ㄋㄧㄥˊ ㄒㄧ） 安息，平靜。

**寧貼**（ㄋㄧㄥˊ ㄊㄧㄝ） 安寧，寧靜。

**寧靖** ㄋㄧㄥˊ ㄐㄧㄥˋ 安定。

**寧靜** ㄋㄧㄥˊ ㄐㄧㄥˋ 安靜。

**寧謐** ㄋㄧㄥˊ ㄇㄧˋ 安定。

**寧願** ㄋㄧㄥˋ ㄩㄢˋ 情願的意思。

**寧馨兒** ㄋㄧㄥˊ ㄒㄧㄣ ㄦˊ 「這樣好的孩子」，是小兒的美稱。

**寧死不屈** ㄋㄧㄥˋ ㄙˇ ㄅㄨˋ ㄑㄩ 情願死都不屈服。形容人的意志堅定，不改節操。

**寧折不彎** ㄋㄧㄥˋ ㄓㄜˊ ㄅㄨˋ ㄨㄢ 寧可犧牲絕不屈服的意思。

**寧缺勿濫** ㄋㄧㄥˋ ㄑㄩㄝ ㄨˋ ㄌㄢˋ 與其多而不精，寧可少了他而不濫取。意思是重質不重量。

## 寥

図ㄌㄧㄠˊ ㈠空虛。如「寥廓」。㈡寂靜。如「寂寥」。㈢稀少。如「寥若晨星」。

**寥落** ㄌㄧㄠˊ ㄌㄨㄛˋ 図稀少。

**寥寥** ㄌㄧㄠˊ ㄌㄧㄠˊ 図①稀少的樣子。②空虛的樣子。

**寥廓** ㄌㄧㄠˊ ㄎㄨㄛˋ 図①空曠，高遠。②虛靜的樣子。

**寥闊** ㄌㄧㄠˊ ㄎㄨㄛˋ 図寂寞。

**寥若晨星** ㄌㄧㄠˊ ㄖㄨㄛˋ ㄔㄣˊ ㄒㄧㄥ 好像天亮時候的星星一般稀少。

## 寡

ㄍㄨㄚˇ ㈠少。如「寡不敵眾」。㈡女人死了丈夫叫寡。如「守寡」。

**寡人** ㄍㄨㄚˇ ㄖㄣˊ 本是封建時代帝王的自稱。意思是「寡德之人」。現代常常接著「孤家」，形容單身的人。如「他今年都三十好幾了，還是孤家寡人」。

**寡言** ㄍㄨㄚˇ ㄧㄢˊ 図默默的，少說話。

**寡居** ㄍㄨㄚˇ ㄐㄩ 居字輕讀。指寡婦。

**寡恩** ㄍㄨㄚˇ ㄣ 図對人沒有情義。

**寡酒** ㄍㄨㄚˇ ㄐㄧㄡˇ ①純喝酒，沒有下酒菜。②自己一個人喝酒，沒有人陪伴。

**寡婦** ㄍㄨㄚˇ ㄈㄨˋ 婦字輕讀。死了丈夫的女人。

**寡情** ㄍㄨㄚˇ ㄑㄧㄥˊ 図薄情，對人沒有情意。也常作「寡情薄義」。

**寡欲** ㄍㄨㄚˇ ㄩˋ 節欲。

**寡斷** ㄍㄨㄚˇ ㄉㄨㄢˋ 沒有決斷力。

**寡不敵眾** ㄍㄨㄚˇ ㄅㄨˋ ㄉㄧˊ ㄓㄨㄥˋ 也作「寡不勝眾」。少數人打不過多數人。

**寡廉鮮恥** ㄍㄨㄚˇ ㄌㄧㄢˊ ㄒㄧㄢˇ ㄔˇ 不知廉恥。

**寡頭政治** ㄍㄨㄚˇ ㄊㄡˊ ㄓㄥˋ ㄓˋ 獨裁政體，由少數人操縱整個國家政權。

## 寑（寢）

ㄑㄧㄣˇ ㈠上床去睡覺。如「就寢」。㈡睡。如「寢室」。㈢図事情停止進行。如「事寢」。㈣図相貌醜陋。如「貌寢」。

**寑具** ㄑㄧㄣˇ ㄐㄩˋ 睡覺的用具，像床、床墊、被褥、枕頭、席子、蚊帳等。

**寑室** ㄑㄧㄣˇ ㄕˋ 睡覺的房間。

**寑陋** ㄑㄧㄣˇ ㄌㄡˋ 図面貌長得很醜。

**寑食** ㄑㄧㄣˇ ㄕˊ 睡覺和吃飯。如「這幾天事情太煩，寢食難安」。

**寑宮** ㄑㄧㄣˇ ㄍㄨㄥ 指帝王后妃住的宮殿和死後陵墓中的墓室。

## 寨

ㄓㄞˋ ㈠防備匪寇侵襲的木柵欄。如「營寨」「安營紮寨」。㈡山寇的聚落處。如「山寨」。㈢村莊的地名。如「張家寨」。

## 察

ㄔㄚˊ ㈠詳細看清楚。如「審察」。㈡考核。如「察核」。㈢苛求。如〈呂氏春秋〉有「處大官者不欲小察」。

**察看** ㄔㄚˊ ㄎㄢˋ 考查。

**察核** ㄔㄚˊ ㄏㄜˊ 詳查而後決定。

**察勘** ㄔㄚˊ ㄎㄢ 實際調查。

**察訪** ㄔㄚˊ ㄈㄤˇ 詳細調查。

**察察** ㄔㄚˊ ㄔㄚˊ ①〔文〕明辨的樣子。②高潔的樣子。

**察言觀色** ㄔㄚˊ ㄧㄢˊ ㄍㄨㄢ ㄙㄜˋ 從人說話的表情而看出他的心意。

**實（实、寔）** ㄕˊ ㈠草木的果子。如「果實」。㈡充滿。如「充實」。㈢由充滿引伸作富裕茂盛的意思。如「殷實」。㈣填充，裝進去。如「實彈射擊」。㈤真誠，不作假。如「實情」「實價」。㈥確切的事跡。如「事實」。㈦親自去做。如「實行」「實踐」。㈧的確的。如「委實」。

**實力** ㄕˊ ㄌㄧˋ 實際的力量。

**實心** ㄕˊ ㄒㄧㄣ ①真心，認真。②中間盈滿的物體；對空心說的。

**實支** ㄕˊ ㄓ 實際應用。

**實在** ㄕˊ ㄗㄞˋ ①哲學上說不增不減，經常不變的實體。②的確。如「你的畫實在好」。③實際，真正的。如「他說他上過大學，實在只是初中畢業」。④堅牢。如「這扇子做得很實在」。⑤誠實。如「這個商人很實在，不亂要價錢」。④⑤在字輕讀。

**實地** ㄕˊ ㄉㄧˋ ①實際。②比喻真實的行為。如「腳踏實地」。

**實字** ㄕˊ ㄗˋ 舊日稱名詞、代名詞等為實字，其他各類詞叫虛字。

**實行** ㄕˊ ㄒㄧㄥˊ 實際去推動實行。

**實足** ㄕˊ ㄗㄨˊ 確實的，足數的。如「實足年齡」。

**實事** ㄕˊ ㄕˋ 真實不虛假的事。

**實例** ㄕˊ ㄌㄧˋ 實際可查考的例證。如「請舉實例證明」。

**實況** ㄕˊ ㄎㄨㄤˋ 實際的情形。如「實況轉播」。

**實物** ㄕˊ ㄨˋ 實際應用的物品。

**實則** ㄕˊ ㄗㄜˊ 〔文〕其實，實際上是。

**實施** ㄕˊ ㄕ 實際去施行。

**實效** ㄕˊ ㄒㄧㄠˋ 實際的功效。

**實益** ㄕˊ ㄧˋ 實在的利益。也作「實利」。

**實缺** ㄕˊ ㄑㄩㄝ 有實際職務、權柄的官職，是對「閒缺」說的。

**實情** ㄕˊ ㄑㄧㄥˊ 實在的情形。

**實現** ㄕˊ ㄒㄧㄢˋ 把理想變成事實。

**實習** ㄕˊ ㄒㄧˊ 實地練習。

**實惠** ㄕˊ ㄏㄨㄟˋ 惠字輕讀。實際上的利益。

**實詞** ㄕˊ ㄘˊ 也作「實體詞」。文法上指表示實體事物及其動作、變化、性狀、數量等的詞，可以單獨作為句子的成分，像名詞、動詞、代名詞、形容詞等。是對「虛詞」說的。

**實感** ㄕˊ ㄍㄢˇ ①實在的感覺。②真實的感情。

**實意** ㄕˊ ㄧˋ 心意真實。

**實業** ㄕˊ ㄧㄝˋ 農、礦、工、商等經濟事業的總稱。

**實話** ㄕˊ ㄏㄨㄚˋ 真實的話。

**實說** ㄕˊ ㄕㄨㄛ 照實在的情況說出來。

**實際** ㄕˊ ㄐㄧˋ 真實的情形。

**實價** ㄕˊ ㄐㄧㄚˋ 不折不扣的價格。

**實數** ㄕˊ ㄕㄨˋ ①加、減、乘、除四則的被加數、被減數、被乘數、被除數等。②數學裡凡是整數、小數、分數、正數、負數等，都叫「實數」。③實在的數目。

**實質** 本質。

**實踐** 實實在在做。

**實戰** 實際的作戰。是模擬作戰的狀況加以練習。如「實戰演習」。

**實據** 真實無誤的憑據。常說「真憑實據」。

**實錄** ①史體之一，專記帝王一人的事跡。②私人記先世的事也稱「實錄」。

**實權** 實際上的權力。如「光緒年間，慈禧太后掌握實權」。

**實驗** 親身實地試驗。

**實體** ①實在的物體。②事物所以能存在的性質或要素。

**實學（兒）** 真實的學問或才能。

**實心彈** 不含炸藥的子彈，用生鐵或水泥鑄造，供練習射擊之用。

**實用文** 實際應用的文體，如書信、契約、通知書等。

**實驗室** 設備各種儀器、標本、藥品，供研究人員或學生研究實驗的場所。

**實體詞** 文法上稱名詞跟代名詞叫「實體詞」。

**實心眼兒** 心地誠實。

**實至名歸** 有真實的才學，自然會得到好名聲。

**實足年齡** 從各人的生日算起，已滿若干整年的年齡。

**實事求是** 做事切實不虛偽。

**實況轉播** 為了社會大眾了解新聞性的若干狀況（如選舉日投票、遊行示威、大型運動比賽、天文奇觀、自然災害等），廣播、電視業者派出轉播車實地採訪報導，經過電波發射站傳播，稱為「實況轉播」。

**實報實銷** 實在用出多少錢，就報銷多少錢。

**實話實說** 不說假話。

**實實在在** 實在的樣子。

**實心實意（兒）** 誠摯的心意。

**寤** 〔文〕ㄨˋ ㈠睡醒。如「寤寐求之」。㈡通「悟」。

## 十二筆

**寮** ㄌㄧㄠˊ ㈠小屋子。如「茶寮」。㈡〔文〕小窗子。㈢通「僚」。同在一處做官叫做「同僚」，也作「同寮」。㈣和尚住的屋子。㈤國名，如「寮國」。

**寬** ㄎㄨㄢ ㈠闊。如「地方寬敞」。㈡指長方的東西的相對兩邊之間的距離。如「寬四尺六寸」。㈢舒緩，不緊迫。如「寬綽」。㈣原諒，不記人過錯。如「寬大」。㈤解下，脫下。如「寬衣」。㈥展限。如「寬限」。

**寬大** ①闊大。②不記人過錯。

**寬心** 放心。

**寬衣** ①寬大的衣服。②脫衣。

**寬免** 從寬免除。

**寬泛** （意義）涉及的面寬。如「這個詞的涵義很寬泛」。

**寬厚** 待人寬大厚道。

**寬度** 寬的程度。

**寬宥** 〔文〕寬恕；饒恕。如「如有不周之處，敬請寬宥」。

**寬待** ㄎㄨㄢ ㄉㄞˋ 寬大對待。如「他最近情緒不好，你就寬待寬待他吧」。

**寬限** ㄎㄨㄢ ㄒㄧㄢˋ 延長限期。

**寬容** ㄎㄨㄢ ㄖㄨㄥˊ ①寬大有度量。②饒恕。

**寬恕** ㄎㄨㄢ ㄕㄨˋ 原諒別人的過錯。也作「寬宥」「寬貸」。

**寬窄** ㄎㄨㄢ ㄓㄞˇ 面積、範圍大小的程度。

**寬敞** ㄎㄨㄢ ㄔㄤˇ 寬闊。

**寬裕** ㄎㄨㄢ ㄩˋ 富足。

**寬貸** ㄎㄨㄢ ㄉㄞˋ 寬容；饒恕。如「為非作歹的人，決不寬貸」。

**寬廣** ㄎㄨㄢ ㄍㄨㄤˇ 面積或範圍大。如「寬廣的原野」。

**寬暢** ㄎㄨㄢ ㄔㄤˋ （心裡）舒暢。如「胸懷寬暢」。

**寬綽** ▲ㄎㄨㄢ ㄔㄨㄛˋ 從容自然，不緊迫。▲ㄎㄨㄢ ˙ㄔㄨㄛ ①不狹窄。②寬裕。如「手頭兒很寬綽」。

**寬慰** ㄎㄨㄢ ㄨㄟˋ 心情放寬了，覺得安慰。如「聽到兒子平安，他心中寬慰不少」。

**寬縱** ㄎㄨㄢ ㄗㄨㄥˋ 寬容放縱，沒有約束。如「人如果太寬縱自己，就會像沒有籠頭的野馬，到處亂跑」。

**寬闊** ㄎㄨㄢ ㄎㄨㄛˋ 廣闊，不狹窄。如「寬闊的廣場」。

**寬鬆** ㄎㄨㄢ ㄙㄨㄥ ①不急迫。如「法令的執行相當寬鬆」。②衣裳寬大。如「這一次改得怎麼樣，寬鬆了些吧」。

**寬讓** ㄎㄨㄢ ㄖㄤˋ 寬容，不跟人爭執、計較。如「他有寬讓的美德」。

**寬銀幕** ㄎㄨㄢ ㄧㄣˊ ㄇㄨˋ 電影院裡映出影像的寬大的銀幕，是對「郵票銀幕」說的。

**寬大為懷** ㄎㄨㄢ ㄉㄚˋ ㄨㄟˊ ㄏㄨㄞˊ 常存包容的心，對犯錯的人從寬處理。

**寬宏大量** ㄎㄨㄢ ㄏㄨㄥˊ ㄉㄚˋ ㄌㄧㄤˋ 說人的度量寬大。

**寬猛相濟** ㄎㄨㄢ ㄇㄥˇ ㄒㄧㄤ ㄐㄧˋ 因處理人和事的原則，該寬大時寬大，該威猛時威猛。

**寫** ▲ㄒㄧㄝˇ ㈠拿筆作書畫。如「寫字」「寫生」。㈡訂立租賃或雇傭的契約。如「寫字兒」。㈢描述，紀錄。如「寫情」「寫實」。㈣逍遙自在，沒有拘束的樣子。如「寫意」。㈤因放置。白居易詩有「傾籃寫地上」。㈥因舒泄，傾盡。如「以寫我憂」。▲ㄒㄧㄝˋ ㈠同「卸」。㈡ㄒㄧㄝˇ㈥的又讀。如「寫意兒」。

**寫本** ㄒㄧㄝˇ ㄅㄣˇ 手抄的書本。

**寫生** ㄒㄧㄝˇ ㄕㄥ 畫法的一種。對著實物描繪它的形態。

**寫字** ㄒㄧㄝˇ ㄗˋ 國小教學科目國語科中的一個分項，學生每週要按規定用毛筆寫大小楷字若干幅。

**寫作** ㄒㄧㄝˇ ㄗㄨㄛˋ 寫文章。有時專指文學創作。如「他是寫作協會會員，平日勤於寫作」。

**寫法** ㄒㄧㄝˇ ㄈㄚˇ ①寫作的方法。如「這裡用倒敘的寫法，不合適」。②書寫的方法。如「這一字不是這種寫法」。

**寫真** ㄒㄧㄝˇ ㄓㄣ ①畫人的相貌。②描寫實在的事跡。③日語稱攝影。

**寫情** ㄒㄧㄝˇ ㄑㄧㄥˊ 用文字表達感情。如「他這一段寫情的文字，經過很多推敲」。

**寫景** ㄒㄧㄝˇ ㄐㄧㄥˇ 描摹山川草木等自然景象。如「這一段寫景，相當動人」。

**寫意** ㄒㄧㄝˇ ㄧˋ ①國畫的一派，不求形似，只寫大意。②逍遙舒適，不受拘束。

**寫照** ㄒㄧㄝˇ ㄓㄠˋ ①畫像。②泛指一切事象的描寫。

**寫實**（ㄒㄧㄝˇ ㄕˊ） 從實描寫事物。

**寫懷**（ㄒㄧㄝˇ ㄏㄨㄞˊ） 〔文〕抒發心中的感情、意念。也作「寫心」。

**寫字兒**（ㄒㄧㄝˇ ㄗˋ ㄦ） 簽訂契約的俗稱。

**寫字間**（ㄒㄧㄝˇ ㄗˋ ㄐㄧㄢ） 上海話說辦公室。

**寫字檯**（ㄒㄧㄝˇ ㄗˋ ㄊㄞˊ） 書桌。上海話。

**寫波器**（ㄒㄧㄝˇ ㄅㄛ ㄑㄧˋ） 用來記錄各種作用隨時變化形狀的儀器。

**寫意兒**（ㄒㄧㄝˇ ㄧˋ ㄦ） 寫意②。

## 審

ㄕㄣˇ ㈠詳細，慎密。如「審慎」。㈡仔細考究分析。如「審查」「審度（ㄉㄨㄛˋ）」。㈢訊問案件。如「審案」。㈣〔文〕知道。如「不審」。也作「諗」「讅」。㈤姓。

**審判**（ㄕㄣˇ ㄆㄢˋ） 法官對訴訟案件分別審問，然後加以判決。

**審定**（ㄕㄣˇ ㄉㄧㄥˋ） 審查核定。

**審度**（ㄕㄣˇ ㄉㄨㄛˋ） 〔文〕仔細思考。如「計畫中盤根錯節部分，關係很大，須經審度，方得通過」。

**審查**（ㄕㄣˇ ㄔㄚˊ） ①詳細驗看檢查。②請人知道或了解的詞。

**審美**（ㄕㄣˇ ㄇㄟˇ） 辨別美醜。

**審計**（ㄕㄣˇ ㄐㄧˋ） 會計上對於收入及預算、決算的審查和核計。

**審核**（ㄕㄣˇ ㄏㄜˊ） 審慎考核。核也作覈。

**審案**（ㄕㄣˇ ㄢˋ） 審問案件。

**審訊**（ㄕㄣˇ ㄒㄩㄣˋ） 訊問案件。

**審問**（ㄕㄣˇ ㄨㄣˋ） ①同「審訊」。②〔文〕仔細追究，到全無疑問為止。如「博學之，審問之」。

**審理**（ㄕㄣˇ ㄌㄧˇ） 案件的案查處理。如「案件必須隨時審理，不可耽擱」。

**審結**（ㄕㄣˇ ㄐㄧㄝˊ） 法律名詞，案件的審理訊問工作已經結束，可以宣判了。如「案件審結，即將宣判」。

**審慎**（ㄕㄣˇ ㄕㄣˋ） 小心謹慎。

**審察**（ㄕㄣˇ ㄔㄚˊ） 同「審查」。

**審斷**（ㄕㄣˇ ㄉㄨㄢˋ） 審判，裁決。

**審計部**（ㄕㄣˇ ㄐㄧˋ ㄅㄨˋ） 隸屬監察院的國家最高審計機關，審查全國各機關的會計及決算。

**審時度勢**（ㄕㄣˇ ㄕˊ ㄉㄨㄛˋ ㄕˋ） 〔文〕對時局情勢如何演變的仔細考量。如「閒居審時度勢，覺得政潮之發生已難阻止」。

# 十三筆

## 寰

ㄏㄨㄢˊ 廣大的境域。如「寰宇」。

**寰宇**（ㄏㄨㄢˊ ㄩˇ） 全國，天下，指整個國境。也作「寰區」。

**寰海**（ㄏㄨㄢˊ ㄏㄞˇ） 大地，包括水陸的總稱，意思是「全國」「普天之下」。

**寰球**（ㄏㄨㄢˊ ㄑㄧㄡˊ） 也作「環球」。整個地球；全世界。

## 寯

〔文〕ㄐㄩㄣˋ 才寯，有才幹的意思。同「俊」「儁」。

# 十六筆

## 寵

ㄔㄨㄥˇ ㈠愛，恩。如「寵愛」。㈡〔文〕尊榮。如「寵辱偕忘」。㈢偏愛，溺愛。如「小孩兒可千萬不能太寵」。㈣指妾（姨太太）。如「納寵」。

**寵兒**（ㄔㄨㄥˇ ㄦ） 得寵幸的人，意思同驕子。如「他是時代的寵兒」。

**寵幸**（ㄔㄨㄥˇ ㄒㄧㄥˋ） 〔文〕幸也作「倖」。特別喜愛、憐惜。指舊時在上者對待下人，丈夫對小太太。如「綺芳當了周老爺的五姨太，得到特別寵幸」。

**寵信** ㄔㄨㄥˇ ㄒㄧㄣˋ 愛而信任。

**寵愛** ㄔㄨㄥˇ ㄞˋ 長輩對小輩的深愛。

**寵辱不驚** ㄔㄨㄥˇ ㄖㄨˇ ㄅㄨˋ ㄐㄧㄥ 図原來是「寵辱若驚」：受到意外的寵辱，不免在心中感到驚異而不知道怎麼辦。後人改成「寵辱不驚」，變成：所有的寵辱都不計較。

**寵辱偕忘** ㄔㄨㄥˇ ㄖㄨˇ ㄒㄧㄝˊ ㄨㄤˋ 図忘了所受到的尊寵和羞辱。見〈岳陽樓記〉。

## 十七筆

**寶（宝、寶）** ㄅㄠˇ ㈠珍惜。如「寶愛」「寶貴」。㈡珍貴，價值高的東西。如「寶刀」「寶石」。㈢視同珍寶。如「心肝寶貝兒」。㈣舊時錢幣。如「通寶」「元寶」。㈤尊稱。如「寶號」「寶剎」。㈥罵人的話，見「寶氣」②。

**寶刀** ㄅㄠˇ ㄉㄠ 稀有而貴的刀。

**寶山** ㄅㄠˇ ㄕㄢ 出產珍寶的山。

**寶玉** ㄅㄠˇ ㄩˋ 貴重的美玉。

**寶石** ㄅㄠˇ ㄕˊ 珍貴的礦石，光澤美麗，可作裝飾品。

**寶貝** ㄅㄠˇ ㄅㄟˋ ①珍貴的東西。②罵人的話，笑人寶氣得很。

**寶典** ㄅㄠˇ ㄉㄧㄢˇ 十分珍貴的書籍。佛家用來比喻佛經。

**寶剎** ㄅㄠˇ ㄔㄚˋ ①寺廟的塔。②對和尚尊稱他的寺廟。

**寶卷** ㄅㄠˇ ㄐㄩㄢˋ 唐代的「變文」和宋代禪師的說經發展而成的一種說唱文學，韻文和散文相錯雜，早期都以佛經的故事為內容，明代以後加入民間故事和當時的生活等題材，是研究俗文學的重要資料。

**寶物** ㄅㄠˇ ㄨˋ 珍貴的東西。如「那些都是他收藏的寶物」。

**寶相** ㄅㄠˇ ㄒㄧㄤˋ 佛教徒稱莊嚴的佛像。

**寶重** ㄅㄠˇ ㄓㄨㄥˋ 珍惜重視。如「這一尊隋朝銅佛像極受老尼寶重」。

**寶座** ㄅㄠˇ ㄗㄨㄛˋ ①最尊的坐位。②王位。③比喻最優勝的。如「冠軍寶座」。

**寶庫** ㄅㄠˇ ㄎㄨˋ 儲存寶貴東西的倉庫。

**寶惜** ㄅㄠˇ ㄒㄧ 當成寶貝一樣的珍惜。如「這塊四百年歷史的石碑，村人極為寶惜」。

**寶眷** ㄅㄠˇ ㄐㄩㄢˋ 尊稱別人的家眷。

**寶貨** ㄅㄠˇ ㄏㄨㄛˋ ①錢。②罵人的話。如「這孩子是李家的寶貨」。

**寶氣** ㄅㄠˇ ㄑㄧˋ ①「珠光寶氣」，形容全身上下飾物很多。②罵人的話，笑人癡傻，行為乖張，處事方法特別。

**寶貴** ㄅㄠˇ ㄍㄨㄟˋ 貴重。

**寶塔** ㄅㄠˇ ㄊㄚˇ 塔的美稱。

**寶劍** ㄅㄠˇ ㄐㄧㄢˋ ①稀有可貴的劍。②劍的通稱。

**寶藍** ㄅㄠˇ ㄌㄢˊ 一種很鮮明的藍色。

**寶藏** ㄅㄠˇ ㄗㄤˋ ①礦產。②收藏的寶物。

**寶寶** ㄅㄠˇ ㄅㄠ˙ 第二字輕讀。小孩的稱呼。

**寶貝兒** ㄅㄠˇ ㄅㄟˋ ㄦ 特別寵愛，時時刻刻想念，捨不得分離的人，常用在對戀人或最鍾愛的嬰兒。

**寶特瓶** ㄅㄠˇ ㄊㄜˋ ㄆㄧㄥˊ 塑膠原料製成的液體容器。形狀像瓶，瓶蓋和螺旋紋做得很嚴密，不會滲漏，經過洗滌之後可以重複使用。

**寶婺星沉** ㄅㄠˇ ㄨˋ ㄒㄧㄥ ㄔㄣˊ 図婺女星的光芒消沉，是悼念女性死者的詞。婺女星是二十八宿之一，又名須女，借指作女神。

**寶蓋頭兒** ㄅㄠˇ ㄍㄞˋ ㄊㄡˊ ㄦ 以「宀」作部首的俗稱。如「『家』字的上面是個寶蓋頭兒」。

## 寸部

**寸** ㄘㄨㄣˋ ㈠長度名，十分為一寸，十寸為一尺。㈡形容簡短。如「寸管」。㈢形容小、少。如「寸步」「寸土」。㈣時間恰巧叫「寸」。如「他來得真寸」。

**寸土** ㄘㄨㄣˋ ㄊㄨˇ 形容很小的土地。

**寸心** ㄘㄨㄣˋ ㄒㄧㄣ ①指心中；心裡。②微小的心意。

**寸地** ㄘㄨㄣˋ ㄉㄧˋ 面積很小很小的地方。

**寸步** ㄘㄨㄣˋ ㄅㄨˋ 極小的距離。

**寸草** ㄘㄨㄣˋ ㄘㄠˇ 小草。

**寸陰** ㄘㄨㄣˋ ㄧㄣ 形容很短的時間。

**寸進** ㄘㄨㄣˋ ㄐㄧㄣˋ 一點兒的進步。

**寸楷** ㄘㄨㄣˋ ㄎㄞˇ 一方寸大小的楷書字。如「他每天練習，寸楷寫得不錯」。

**寸鐵** ㄘㄨㄣˋ ㄊㄧㄝˇ 短小的武器。

**寸土必爭** ㄘㄨㄣˋ ㄊㄨˇ ㄅㄧˋ ㄓㄥ 連最小的一片土地都不放棄，也要爭。

**寸草春暉** ㄘㄨㄣˋ ㄘㄠˇ ㄔㄨㄣ ㄏㄨㄟ 孟郊的詩：「誰言寸草心，報得三春暉。」拿春暉比父母，寸草比子女。比喻父母的恩惠深厚，子女怎麼樣也報答不了的意思。

### 三筆

**寺** ㄙˋ ㈠舊時官署名，如「大理寺」「太常寺」。㈡廟，和尚住的地方。如「善導寺」。

**寺院** ㄙˋ ㄩㄢˋ 佛寺的通稱。

**寺觀** ㄙˋ ㄍㄨㄢˋ 佛寺（和尚、尼姑的廟）和道觀（道士的廟）。

### 六筆

**封** ㄈㄥ ㈠舊時帝王以土地、爵位給有功的人或王族。如「封建」「封侯」。㈡密閉。如「封門」。㈢疆域。如「封疆」。㈣無形的界限。如「故步自封」。㈤因有錢人家。如「素封」。㈥加土使它增高。如「封墓」。㈦因大。如「封家長蛇」。㈧書信、電報一件叫一封。㈨姓。

**封口** ㄈㄥ ㄎㄡˇ ①封閉張開的地方（傷口、瓶口、信封口等）。如「這封信還沒封口」。②閉口不談。

**封火** ㄈㄥ ㄏㄨㄛˇ 掩蓋爐火，使不能熾旺也不息滅，叫做封火。

**封王** ㄈㄥ ㄨㄤˊ ①封建時代皇帝賜給臣下或皇族王爵。②比喻在某種大規模的比賽得到冠軍。如「統一獅棒球隊去年封王」。

**封皮** ㄈㄥ ㄆㄧˊ ①信封。②封條。③封面。

**封存** ㄈㄥ ㄘㄨㄣˊ 封牢收存。

**封底** ㄈㄥ ㄉㄧˇ 書刊的背面，跟封面相對那一面。

**封河** ㄈㄥ ㄏㄜˊ 北方的口岸到了冬天冰凍，船舶停止進口，叫做「封河」。

**封建** ㄈㄥ ㄐㄧㄢˋ 古代王者把爵位跟土地分封諸侯，使他們各自建立國家，叫做「封建」（參看「封建制度」）。

**封面** ㄈㄥ ㄇㄧㄢˋ 書本、雜誌等的表面。

**封域** ㄈㄥ ㄩˋ 因疆界。

**封寄** ㄈㄥ ㄐㄧˋ 封好寄出。

**封條** ㄈㄥ ㄊㄧㄠˊ 封閉房屋或器物的紙條。

**封殺** ㄈㄥ ㄕㄚ 棒球、壘球運動術語。守隊隊員把打者打出的滾地球接到，傳到跑者想去的壘，守壘接球者比跑者先踩壘，跑者就被封殺。

**封港** ㄈㄥ ㄍㄤˇ 交戰時候用軍艦布雷，封鎖敵國的港口。

**封閉** ㄈㄥ ㄅㄧˋ 密閉。

**封箱** ㄈㄥ ㄒㄧㄤ 農曆歲末劇團停演，將衣箱、用具收拾好，貼上「封箱大吉」的封條，叫做封箱。

**封樹** ㄈㄥ ㄕㄨˋ 堆土造墳以後在墓邊種樹，是古代「士」以上的葬禮。

**封鎖** ㄈㄥ ㄙㄨㄛˇ 戰時用兵力截斷對方對外的交通叫「封鎖」。

**封疆** ㄈㄥ ㄐㄧㄤ ①疆界。②守衛邊疆的將帥。③明、清兩朝稱行省的督撫叫「封疆」。

**封蠟** ㄈㄥ ㄌㄚˋ 密閉瓶口或函件所用的膠質。也稱「火漆」。

**封套(兒)** ㄈㄥ ㄊㄠˋ ㄦ 書信、書籍等的外套。

**封底裡** ㄈㄥ ㄉㄧˇ ㄌㄧˇ 封底的內面。

**封豕長蛇** ㄈㄥ ㄕˇ ㄔㄤˊ ㄕㄜˊ 図也作「封豨修蛇」。大豬長蛇，比喻貪暴的人。

**封妻廕子** ㄈㄥ ㄑㄧ ㄧㄣˋ ㄗˇ 君主時代功臣的妻子得到封號，子孫世襲官職。

**封建制度** ㄈㄥ ㄐㄧㄢˋ ㄓˋ ㄉㄨˋ 封建時代，土地歸國家統治者所有。統治者把它分封諸侯，諸侯又分封給卿大夫，卿大夫之下有家臣，家臣之下有農民或農奴。這種種階級堆疊的社會關係，叫「封建制度」。後來把有這種傳統觀念的叫「封建思想」。

## 七筆

## 射

▲ㄕㄜˋ ㈠凡是用彈力作用或機械作用使能達到遠處的叫射。如「注射」「發射」。㈡用語言或文字暗示。如「影射」。㈢図追逐財利。如「射利」。

▲ㄕˊ 用箭射目標。

▲ㄧˋ 「無射」，古音律名。

▲ㄧㄝˋ ㈠見「射干」。㈡僕射，古官名。㈢「姑射」，山名，在山西臨汾縣西。

**射干** ㄧㄝˋ ㄍㄢ ①多年生草，劍形葉，黃花破六片，有濃紫色斑點，根可做藥。②獸名。

**射手** ㄕㄜˋ ㄕㄡˇ ①射箭的人。②放槍放炮的人。③籃球隊中投籃最準的隊員。

**射日** ㄕㄜˋ ㄖˋ 図中國古代神話（見於〈淮南子・本經〉），說唐堯時天上有十個太陽，禾木枯死，后羿射下其中的九個，人民才得生存。

**射利** ㄕㄜˋ ㄌㄧˋ 図見到利益就急著去搶奪。

**射門** ㄕㄜˋ ㄇㄣˊ 足球或手球等比賽時把球直接踢向或投向對方的球門。

**射界** ㄕㄜˋ ㄐㄧㄝˋ 射擊時子彈能到達的地域。

**射魚** ㄕㄜˋ ㄩˊ 產在熱帶的一種像鱖的魚，能從嘴裡噴水，把距離水面上三四尺的昆蟲射下來吃。

**射程** ㄕㄜˋ ㄔㄥˊ 槍砲發射子彈，從發射到落點的距離。

**射箭** ㄕㄜˋ ㄐㄧㄢˋ ①用弓把箭射出去。②體育運動項目之一，選手在一定的距離外用箭射靶。

**射線** ㄕㄜˋ ㄒㄧㄢˋ 物理學上把波長比較短的電磁波叫射線，或稱輻射線。包括紅外線、紫外線、x射線等。

**射擊** ㄕㄜˋ ㄐㄧ 開槍或開砲。

**射獵** ㄕㄜˋ ㄌㄧㄝˋ 打獵。

## 八筆

**將** ▲ㄐㄧㄤ㈠快要。如「日將西沈」。㈡把。如「將酒喝下」。㈢図帶領。〈淮南子〉有「其馬將胡駿馬而歸」。㈣剛才。如「昨天將到家」。㈤恰，僅僅。如「將如坐得下」。㈥下象棋吃對方的「將（ㄐㄧㄤˋ）」「帥」，必須先叫「將」（ㄐㄧㄤ）。㈦調養。如「將息」。㈧拿、取。如「將酒菜來」。㈨做。如「慎重將事」。㈩攙扶。如「出郭相扶將」。⑪進步。如「日就月將」。⑫動詞後面的虛字。如「打將下去」。
▲ㄐㄧㄤˋ㈠高級軍官。如「將帥」「將領」。㈡高級軍階。如「上將」「准將」。㈢統率。如「韓信將兵，多多益善」。
▲図ㄑㄧㄤ請。如「將伯助予」。

**將士** ㄐㄧㄤˋㄕˋ 軍官和士兵。

**將令** ㄐㄧㄤˋㄌㄧㄥˋ 軍令。

**將次** ㄐㄧㄤㄘˋ 図將要；快要。

**將伯** ㄑㄧㄤㄅㄛˊ 図原意是「求長者幫助」，後來用作求助。如「將伯之助，義不敢忘」。見〈聊齋志異・連瑣〉。

**將兵** ㄐㄧㄤˋㄅㄧㄥ 統帥軍隊。

**將材** ㄐㄧㄤˋㄘㄞˊ 也作「將才」，有大將的才能。

**將事** ㄐㄧㄤㄕˋ 図處理事情；做事。如「謹慎將事」。

**將來** ㄐㄧㄤㄌㄞˊ 未來；對現在說的。

**將官** ㄐㄧㄤˋㄍㄨㄢ 將級的軍官。我國武職官員分為將、校、尉三級。將級分少將、中將、上將等級。

**將近** ㄐㄧㄤㄐㄧㄣˋ 靠近；快要。

**將帥** ㄐㄧㄤˋㄕㄨㄞˋ 統帥軍隊的司令官。

**將指** ㄐㄧㄤˋㄓˇ 図①手的中指。②腳的大趾。

**將要** ㄐㄧㄤㄧㄠˋ 就要。

**將軍** ㄐㄧㄤㄐㄩㄣ ①軍官，少將以上稱將軍。②軍官的尊稱。③將㈥也叫「將軍」。

**將息** ㄐㄧㄤㄒㄧˊ 休養。

**將校** ㄐㄧㄤˋㄒㄧㄠˋ 將官跟校官的合稱。

**將略** ㄐㄧㄤˋㄌㄩㄝˋ 用兵的計謀。

**將就** ㄐㄧㄤㄐㄧㄡˋ 就字輕讀。①雖然不滿意也只好如此。是「遷就」的意思。②過得去，還可以。如「這料子還將就，你就買下吧」。

**將領** ㄐㄧㄤˋㄌㄧㄥˇ 將帥。

**將養** ㄐㄧㄤㄧㄤˇ 養字可輕讀。休息和調養。如「將養身體」。

**將功折罪** ㄐㄧㄤㄍㄨㄥㄓㄜˊㄗㄨㄟˋ 用功勞抵消過失。

**將信將疑** ㄐㄧㄤㄒㄧㄣˋㄐㄧㄤㄧˊ 半信半疑，且信且疑。

**將計就計** ㄐㄧㄤㄐㄧˋㄐㄧㄡˋㄐㄧˋ 別人用什麼計策來，自己就借他的計策對付他。

**將錯就錯** ㄐㄧㄤㄘㄨㄛˋㄐㄧㄡˋㄘㄨㄛˋ 事情已經錯了，就順著錯去做，遷就既成的事實。

**專** ㄓㄨㄢ ㈠集中心力在一件事上。如「專一」「專心」。㈡獨得。如「專利」「專美」。㈢單獨的。如「限時專送」「學生專車」。㈣獨斷獨行。如「專權」「專制」。㈤姓。

**專一** ㄓㄨㄢㄧ 專心不二。

**專人** ㄓㄨㄢㄖㄣˊ 專為辦理某事的人。如「這件事公司已經派專人去辦」。

**專心** ㄓㄨㄢㄒㄧㄣ 心力集中不分散。

**專刊** ㄓㄨㄢ ㄎㄢ 報紙、雜誌以某一重大問題為報導或討論重心而編印的刊物，篇幅不定。也稱「專號」。

**專用** ㄓㄨㄢ ㄩㄥˋ 專供某種需要或某人使用，不能用於其他方面或他人。

**專任** ㄓㄨㄢ ㄖㄣˋ 專門擔任某事；是對「兼任」說的。如「專任教師」。

**專名** ㄓㄨㄢ ㄇㄧㄥˊ 專有的名稱。

**專利** ㄓㄨㄢ ㄌㄧˋ 政府對於發明新東西的人，准許他在一定的時間內，獨享其發明而得的利益。

**專攻** ㄓㄨㄢ ㄍㄨㄥ 專心研究一種學問。

**專車** ㄓㄨㄢ ㄔㄜ 指專為一人或一事而行駛的車輛。如「學生專車」。

**專使** ㄓㄨㄢ ㄕˇ 國家特派專辦一事的使節。

**專制** ㄓㄨㄢ ㄓˋ ①任意獨斷專行。②君主獨斷的政體。

**專注** ㄓㄨㄢ ㄓㄨˋ 專心，投入全部注意力。如「小明畫畫兒十分專注」。

**專長** ㄓㄨㄢ ㄔㄤˊ 專門的學問或技能；特長。

**專門** ㄓㄨㄢ ㄇㄣˊ 對某一門學識特別有研究。

**專政** ㄓㄨㄢ ㄓㄥˋ 獨自掌握政權，如同獨裁政治。

**專科** ㄓㄨㄢ ㄎㄜ ①特設的一種專門科目。如「專科學校」。②對某一種知識技術有特別研究的。

**專美** ㄓㄨㄢ ㄇㄟˇ 獨得美名。

**專修** ㄓㄨㄢ ㄒㄧㄡ 專門攻讀。

**專員** ㄓㄨㄢ ㄩㄢˊ ①擔任某項專門工作的人員。②公務員的一種職位名。

**專家** ㄓㄨㄢ ㄐㄧㄚ 對於某種學識或技術有專長的人。

**專差** ㄓㄨㄢ ㄔㄞ 專為一件事而派遣的使者。

**專案** ㄓㄨㄢ ㄢˋ ①專門處理的案件。②臨時發生的重大事件。如「組成專案小組，辦理這一件案子」。

**專訪** ㄓㄨㄢ ㄈㄤˇ ①專程訪問。②採訪記者向採訪對象作的單獨深入的訪問。

**專責** ㄓㄨㄢ ㄗㄜˊ 單獨擔負某種責任。如「付予專責，也賦與專權」。

**專款** ㄓㄨㄢ ㄎㄨㄢˇ 規定只能用在某一件或某一類事的款項；多指公款。如「修理風災損壞的抽水機，縣政府已經撥了專款」。

**專程** ㄓㄨㄢ ㄔㄥˊ 為了單一目的而專去某處或辦理某事。如「我是專程從美國來辦這一件事的」。

**專著** ㄓㄨㄢ ㄓㄨˋ 就某方面加以研究論述的專門著作。

**專業** ㄓㄨㄢ ㄧㄝˋ 專門學業或事業。

**專誠** ㄓㄨㄢ ㄔㄥˊ 專心誠意。

**專電** ㄓㄨㄢ ㄉㄧㄢˋ 記者專為本報社報導新聞而由外地拍來的電報。

**專精** ㄓㄨㄢ ㄐㄧㄥ 全心全力注意做某一事物。

**專線** ㄓㄨㄢ ㄒㄧㄢˋ 專用的電話線。如「公司裝了專線電話給他用」。

**專賣** ㄓㄨㄢ ㄇㄞˋ 由政府獨佔的事業，不許私人經營。這種權利叫「專賣權」。

**專擅** ㄓㄨㄢ ㄕㄢˋ 沒請示上級，就自己作主了。

**專橫** ㄓㄨㄢ ㄏㄥˊ 任意胡為。

**專機** ㄓㄨㄢ ㄐㄧ ①班機之外專為某人或某事特別飛行的飛機。②某人專用的飛機。

**專斷** ㄓㄨㄢ ㄉㄨㄢˋ 獨斷行事。

**專職** ㄓㄨㄢ ㄓˊ 由專人擔任的職務。

**專題** ㄓㄨㄢ ㄊㄧˊ 以某事為中心題目進行專門研究或討論，稱為專題。如「專題報告」「專題調查」。

**專欄** 雜誌或報紙特闢一欄，對某一件事作深入的報導或評論。

**專權** 大權獨攬。

**專心致志** 集中注意力，一心一意。如「研究工作如不專心致志，必定無所成就」。

**專有名詞** 名詞的一種，指個別專有的名稱。如「語言」是普通名詞，「漢語」是專有名詞。

**專科學校** 我國學制規定，教授應用科學、培養技術人才的學校，招收高中或職業學校畢業生修業三年（或兩年），國中畢業生修業五年。所設科目有工、商、農、藥、音樂、藝術、海事、新聞、市政、餐旅管理等。

## 尉

▲ㄨㄟˋ ㈠古官名。管地方治安跟監獄。㈡軍階名。在校官之下。分上尉、中尉、少尉三級。㈢姓。▲ㄩˋ「尉遲」，複姓。

## 九筆

## 尋

▲ㄒㄩㄣˊ ㈠找。如「尋覓」。㈡研究，探討。如「耐人尋味」。㈢考慮。如「尋思」。㈣中國古代八尺叫一尋。英制七英尺為一尋。㈤文漸漸到了。如「侵尋」。㈥文接著，繼續著。如「存問相尋」（慰問或探訪的人不斷地來到）。㈦文重溫。如「尋盟」。㈧時間不久。

▲ㄒㄧㄣˊ 向人乞求。如「尋錢的」。

▲ㄒㄩㄝˊ 用眼睛左右注視，尋找什麼似的。如「你又到我家來尋摸什麼東西」。

**尋丈** 文差不多一丈。如「石牆高可尋丈」。

**尋尺** 比喻很微薄。如「尋尺之祿」。

**尋死** 想自殺。

**尋找** 找。

**尋求** 探求。

**尋事** 故意找麻煩。也作「尋隙」「尋釁」。

**尋味** 探索。

**尋幽** ①探尋幽美勝地。②窮究深奧的義理。

**尋思** 想來想去。

**尋根** ①尋找事理、史跡的根源。②尋查祖先的譜系、遷移。

**尋常** 平常。

**尋訪** 文尋找探訪。如「失蹤多年，家人尋訪，迄無信息」。

**尋覓** 尋找。

**尋盟** 文謂國與國之間重申舊約，復歸和好。

**尋樂** 找樂趣。

**尋機** 文尋找機會。

**尋短見** 自殺。

**尋錢的** 向人要錢的乞丐。

**尋死覓活** 找方法自殺。

**尋花問柳** ①遊覽風景區，觀賞美景。②俗指男人嫖妓。

**尋幽探勝** 探尋幽雅美好的勝地。

**尋根問底** 追究事實的原因。

**尋章摘句** 譏笑文人只注重字眼格式，而不講求實用。

## 尊

ㄗㄨㄣ ㈠貴，重，或「尊貴」。㈡稱人的敬詞。如「尊處」。㈢同「樽」。如「酒尊」。㈣神佛的像，一座叫一尊。㈤長輩，如「尊長」。

㈥稱別人的父親叫「令尊」。

**尊兄** ㄗㄨㄣ ㄒㄩㄥ ①敬稱別人的哥哥。②對男性同輩的敬稱。

**尊長** ㄗㄨㄣ ㄓㄤˇ 長輩。

**尊前** ㄗㄨㄣ ㄑㄧㄢˊ 寫信給長輩的用語。如「叔父大人尊前」。

**尊重** ㄗㄨㄣ ㄓㄨㄥˋ ①看重。對人和職務而言。如「我對老闆很尊重，對自己的工作也很尊重」。②正經，嚴肅。如「你說話要放尊重些」。

**尊容** ㄗㄨㄣ ㄖㄨㄥˊ 稱人的容貌。

**尊師** ㄗㄨㄣ ㄕ ①尊敬師長。②舊時對道士的敬稱。

**尊翁** ㄗㄨㄣ ㄨㄥ 也稱「尊公」，是對別人父親的敬稱。

**尊堂** ㄗㄨㄣ ㄊㄤˊ 對別人的母親的敬稱。也稱「令堂」。

**尊崇** ㄗㄨㄣ ㄔㄨㄥˊ 尊敬，崇信。如「我們尊崇孫中山先生，稱他為國父」。

**尊崇** ㄗㄨㄣ ㄔㄨㄥˊ 尊敬推崇。

**尊處** ㄗㄨㄣ ㄔㄨˋ 貴處，您那裡。

**尊貴** ㄗㄨㄣ ㄍㄨㄟˋ 高等，高貴。

**尊敬** ㄗㄨㄣ ㄐㄧㄥˋ 恭敬，重視的看待。如「對老師要尊敬，對國旗也要尊敬」。

**尊榮** ㄗㄨㄣ ㄖㄨㄥˊ 尊貴有體面。

**尊稱** ㄗㄨㄣ ㄔㄥ 尊敬的稱呼。

**尊範** ㄗㄨㄣ ㄈㄢˋ 図當著面說別人的容貌（含貶義）。

**尊閫** ㄗㄨㄣ ㄎㄨㄣˇ 図尊稱別人的妻子。

**尊駕** ㄗㄨㄣ ㄐㄧㄚˋ 敬詞，稱對方。如「恭候尊駕光臨」。

**尊嚴** ㄗㄨㄣ ㄧㄢˊ ①尊貴莊嚴。②可尊敬的身分或地位。

**尊大人** ㄗㄨㄣ ㄉㄚˋ ㄖㄣˊ 稱別人的父親。

**尊夫人** ㄗㄨㄣ ㄈㄨ ㄖㄣˊ 尊稱別人的妻子。

**尊親屬** ㄗㄨㄣ ㄑㄧㄣ ㄕㄨˇ 法律上說輩分高於自己的有血緣關係的親屬，像直系的父母、祖父母、外祖父母，旁系的伯叔父母、姑舅父母等。

**尊姓大名** ㄗㄨㄣ ㄒㄧㄥˋ ㄉㄚˋ ㄇㄧㄥˊ 當面問人姓名的敬語。

**尊師重道** ㄗㄨㄣ ㄕ ㄓㄨㄥˋ ㄉㄠˋ 尊敬師長，重視儒家傳承的道理。

## 十一筆

**對（对）** ㄉㄨㄟˋ ㈠答話。如「對答」。㈡向。如「對天發誓」。㈢覆核。如「校對」。㈣合。不合也作「不對」。㈤物品成雙的。如「對筆」。

**對口** ㄉㄨㄟˋ ㄎㄡˇ 山歌、民歌或相聲的表演方式，兩人交替對答。

**對子** ㄉㄨㄟˋ ˙ㄗ ①對偶的詞句。如「對對子」。②對聯。如「寫對子」。

**對手** ㄉㄨㄟˋ ㄕㄡˇ ①競爭的對方。②本領相當的人。

**對方** ㄉㄨㄟˋ ㄈㄤ 相對的一方。

**對比** ㄉㄨㄟˋ ㄅㄧˇ 把兩種不同的事物、觀念擱在一起比較，查對，使特徵更明顯，意義更清楚，是修辭法常用的技巧或法則。

**對付** ㄉㄨㄟˋ ㄈㄨˋ 付字輕讀。①應付。②大致可以將就的意思。

**對仗** ㄉㄨㄟˋ ㄓㄤˋ 見「對偶」。

**對句** ㄉㄨㄟˋ ㄐㄩˋ 相對仗的語句。舊體詩文講究對偶，條件是：意義相對照，字數一樣，語法相似，虛實、平仄相對。如「國破山河在，城春草木深」。

**對外** ㄉㄨㄟˋ ㄨㄞˋ 對著外界（多指別的國家）；是對「對內」說的。如「槍口對外」。

**對生** ㄉㄨㄟˋ ㄕㄥ 植物的莖上每節長兩個葉子，彼此相對，叫對生葉。像番石榴、紫丁香等的葉子。

**對白** ㄉㄨㄟˋ ㄅㄞˊ 戲劇腳本裡所寫，供演員在演出時候說的話。也作「對話」。

**對立** ㄉㄨㄟˋ ㄌㄧˋ ①兩物相互矛盾的狀態。②彼此相對的站著。

**對光** ㄉㄨㄟˋ ㄍㄨㄤ ①使眼鏡等的光度適合。②使兩方面當事人當面對質，叫「對光」。

**對局** ㄉㄨㄟˋ ㄐㄩˊ 下棋。也指球類比賽。如「今天是我跟他對局」。

**對抗** ㄉㄨㄟˋ ㄎㄤˋ 抵禦或抵抗。

**對折** ㄉㄨㄟˋ ㄓㄜˊ 一半的折扣。如「商店要出清存貨，貨品全打對折」。

**對決** ㄉㄨㄟˋ ㄐㄩㄝˊ 相對決鬥。如「孫悟空和牛魔王對決」。

**對於** ㄉㄨㄟˋ ㄩˊ 表關係的介詞。如「我對於哲學是門外漢」。

**對門** ㄉㄨㄟˋ ㄇㄣˊ 大門相對的人家。門字可加兒。如「他家在我家對門」。

**對保** ㄉㄨㄟˋ ㄅㄠˇ 經保證人具書面保證以後，當面向保證人核對，證明保證屬實的一種手續。

**對峙** ㄉㄨㄟˋ ㄓˋ 図相對而立。

**對待** ㄉㄨㄟˋ ㄉㄞˋ ①雙方並立。②應付。

**對流** ㄉㄨㄟˋ ㄌㄧㄡˊ 液體或氣體受熱部分上升，沒受熱的部分下降，這種循環運動叫「對流」。

**對酒** ㄉㄨㄟˋ ㄐㄧㄡˇ 図喝酒歡快的時候。如「對酒當歌」。

**對酌** ㄉㄨㄟˋ ㄓㄨㄛˊ 兩人對面喝酒。

**對陣** ㄉㄨㄟˋ ㄓㄣˋ 敵對雙方列陣相對峙。

**對偶** ㄉㄨㄟˋ ㄡˇ 詩文講究把詞性相似的字配合運用，求得對稱（ㄔㄣˋ）。如「狂風」對「暴雨」，「紅花」對「綠葉」。

**對唱** ㄉㄨㄟˋ ㄔㄤˋ 兩人或兩組歌者對答式的歌唱。如「山歌對唱」。

**對眼** ㄉㄨㄟˋ ㄧㄢˇ ①合乎自己的眼光；滿意。②內斜視的通稱。

**對換** ㄉㄨㄟˋ ㄏㄨㄢˋ 交換。

**對焦** ㄉㄨㄟˋ ㄐㄧㄠ 攝影時對準了焦距。

**對筆** ㄉㄨㄟˋ ㄅㄧˇ 也叫禮筆。指鋼筆跟鉛筆或珠筆（ball pen）各一枝。

**對等** ㄉㄨㄟˋ ㄉㄥˇ ①同等，分不出高下。②借錢的跟放貸的兩方面所出的錢相等。如「對等基金」。也作「相對基金」。

**對答** ㄉㄨㄟˋ ㄉㄚˊ 應答。

**對策** ㄉㄨㄟˋ ㄘㄜˋ ①舊時應考的人回答皇帝所問關於治國的策略。②對付的策略或辦法。

**對象** ㄉㄨㄟˋ ㄒㄧㄤˋ ①心理學名詞，精神作用的目的所在，或是觀念、思維的內容。②行為或思維所針對的事物。

**對開** ㄉㄨㄟˋ ㄎㄞ ①車輛由起點跟終點朝相對的方向開行。②印刷上指整張白報紙的二分之一。

**對照** ㄉㄨㄟˋ ㄓㄠˋ 互相對比參照。如「英漢對照」。

**對號** ㄉㄨㄟˋ ㄏㄠˋ 按照排定的號數。如「對號入座」。

**對話** ㄉㄨㄟˋ ㄏㄨㄚˋ ①兩個或更多的人之間的談話（多指小說或戲劇人物）。②國際上兩方或幾方之間的接觸或談判。

**對調** ㄉㄨㄟˋ ㄉㄧㄠˋ 互相掉換。如「總務科李先生和檔案室陸小姐工作對調」。

**對稱** ㄉㄨㄟˋ ㄔㄣˋ 形體兩邊的距離、排比（ㄅㄧˋ）、大小、高下、多寡、虛實都相同。

**對敵** ㄉㄨㄟˋ ㄉㄧˊ ①對付敵人。如「團結起來，共同對敵」。②敵對。如「雙方對敵著，相持不下」。

**對質** ㄉㄨㄟˋ ㄓˋ 訴訟案的共犯、證人各方面或原告被告兩方面相對質詢，叫

「對質」。

**對頭** ▲ㄉㄨㄟˋ ㄊㄡˊ 適當的配偶。▲ㄉㄨㄟˋ ˙ㄊㄡ 指仇敵。如「我跟他是死對頭」。

**對壘** ㄉㄨㄟˋ ㄌㄟˇ 兩軍相持。

**對應** ㄉㄨㄟˋ ㄧㄥˋ 一個系統中的某一項在性質、作用、位置、數量上和另一個系統中的某一項相當，稱為對應。

**對簿** ㄉㄨㄟˋ ㄅㄨˋ 簿是狀子。原告被告同在法庭上受審問，叫「對簿公堂」。

**對證** ㄉㄨㄟˋ ㄓㄥˋ 為了證明是否真實而加以核對。如「對證筆跡」。

**對半（兒）** ㄉㄨㄟˋ ㄅㄢˋ ㄦ 一半。

**對勁（兒）** ㄉㄨㄟˋ ㄐㄧㄣˋ ㄦ 投合的意思。

**對面（兒）** ㄉㄨㄟˋ ㄇㄧㄢˋ ㄦ ①相對的那一面。②比喻相距很切近。

**對路（子）** ㄉㄨㄟˋ ㄌㄨˋ ˙ㄗ 正合需要。

**對聯（兒）** ㄉㄨㄟˋ ㄌㄧㄢˊ ㄦ 相對偶的上下兩句聯語。

**對襟（兒）** ㄉㄨㄟˋ ㄐㄧㄣ ㄦ 衣服的兩襟相對，在胸前排一行扣子的上衣。

**對不住** ㄉㄨㄟˋ ˙ㄅㄨ ㄓㄨˋ 不字輕讀。對人抱歉。也作「對不起」。

**對不起** ㄉㄨㄟˋ ˙ㄅㄨ ㄑㄧˇ 不字輕讀。對不住。

**對抗賽** ㄉㄨㄟˋ ㄎㄤˋ ㄙㄞˋ 團體的比賽。常指兩支或幾支隊伍之間單項運動項目的比賽。

**對味兒** ㄉㄨㄟˋ ㄨㄟˋ ㄦ ①合口味。如「燉鴨子擱些冬菜，很對味兒」。②比喻適合自己的思想或感情（多用於否定）。如「他跟我不對味兒」。

**對流層** ㄉㄨㄟˋ ㄌㄧㄡˊ ㄘㄥˊ 氣象學名詞。大氣層的一個層次，接近地球表面，距離地面十公里到二十公里。這個層裡空氣密度最大，常有對流現象發生。接近地面部分較暖，越高越冷，所以稱「對流層」。它的高度在溫帶是十公里到十二公里，在赤道左右是十七公里到十八公里，在兩極地方是八公里到九公里。

**對得起** ㄉㄨㄟˋ ˙ㄉㄜ ㄑㄧˇ 也作「對得住」。對人沒有羞愧或虧欠。

**對眼兒** ㄉㄨㄟˋ ㄧㄢˇ ㄦ 內斜眼的通稱。也說「鬥雞眼兒」。

**對話體** ㄉㄨㄟˋ ㄏㄨㄚˋ ㄊㄧˇ 文體之一，藉兩個人的問答，敘述一種事或某一項東西的。

**對過兒** ㄉㄨㄟˋ ㄍㄨㄛˋ ㄦ 對面或對門。

**對臺戲** ㄉㄨㄟˋ ㄊㄞˊ ㄒㄧˋ ①兩個戲班子或戲院，面對面演出同樣的戲，來爭取觀眾，叫「唱對臺戲」。②比喻雙方為了表現，競爭同一類的工作或事情。

**對講機** ㄉㄨㄟˋ ㄐㄧㄤˇ ㄐㄧ 一種室內通話的工具。利用電流傳達聲音，有的還附螢光幕，在室內可以看見室外叫門的人的面貌。

**對口相聲** ㄉㄨㄟˋ ㄎㄡˇ ㄒㄧㄤˋ ㄕㄥ 聲字輕讀。北方的一種曲藝，形式有說笑話、說唱和滑稽問答等，目的在逗笑。也有些是諷刺人事、歌頌賢能的內容。由兩人上臺表演。

**對牛彈琴** ㄉㄨㄟˋ ㄋㄧㄡˊ ㄊㄢˊ ㄑㄧㄣˊ 比喻對愚人談高深的道理。

**對外貿易** ㄉㄨㄟˋ ㄨㄞˋ ㄇㄠˋ ㄧˋ 本國跟外國之間的商業往來。略稱「外貿」。

**對症下藥** ㄉㄨㄟˋ ㄓㄥˋ ㄒㄧㄚˋ ㄧㄠˋ 比喻對事情處理得當。

**對事不對人** ㄉㄨㄟˋ ㄕˋ ㄅㄨˋ ㄉㄨㄟˋ ㄖㄣˊ 討論或批評是以事理、方法、制度等為對象，其中沒有摻雜個人恩怨。

## 十三筆

**導** ㄉㄠˇ (一)引路。如「引導」。(二)啟發。如「開導」。

語音ㄉㄠˇ。

**導引** ㄉㄠˇ ㄧㄣˇ ①引導；在前面帶路。②道家養生術之一，以呼吸、吐納為主，也配合外丹功、八段錦等肢體動作，達到健身長壽的目的。

**導坑** ㄉㄠˇ ㄎㄥ 開鑿隧道、地下道時先開鑿的一個較小的洞。

**導言** ㄉㄠˇ ㄧㄢˊ 書籍或論文開頭兒的序言。

**導致** ㄉㄠˇ ㄓˋ 引起，致使。如「小小事故不先排除，導致軒然大波」。

**導師** ㄉㄠˇ ㄕ 指導學生研究學術跟日常行為的老師。

**導航** ㄉㄠˇ ㄏㄤˊ 用航行標誌、雷達、無線電裝置引導飛機、輪船航行。

**導源** ㄉㄠˇ ㄩㄢˊ ①由某物逐漸發展而來的。如「認識導源於實踐」。②發源。如「黃河導源於青海中部」。

**導遊** ㄉㄠˇ ㄧㄡˊ 以引導觀光客遊覽名勝，聯絡交通服務為業的人。

**導電** ㄉㄠˇ ㄉㄧㄢˋ 讓電流通過。如「金屬、水都能導電」。

**導演** ㄉㄠˇ ㄧㄢˇ ①排演戲劇或電影的指導人。②引伸做暗中教唆別人做事的人。

**導管** ㄉㄠˇ ㄍㄨㄢˇ ①動植物體內輸送液體的管子。②安裝電線或電纜的保護管。

**導播** ㄉㄠˇ ㄅㄛ 廣播、電視節目的製作與播出的提調者。

**導線** ㄉㄠˇ ㄒㄧㄢˋ 引導、輸送電流的金屬線，原料是銅或鋁，外包絕緣體。

**導讀** ㄉㄠˇ ㄉㄨˊ 指導讀者閱讀本書的文字。如「他這段導讀寫得好極了」。

**導火線** ㄉㄠˇ ㄏㄨㄛˇ ㄒㄧㄢˋ 爆竹或槍砲上的引信。比喻引起事件發生的近因。

**導盲犬** ㄉㄠˇ ㄇㄤˊ ㄑㄩㄢˇ 經過特別訓練，能引導盲人在室外行動的狗。

**導盲甎** ㄉㄠˇ ㄇㄤˊ ㄓㄨㄢ 鋪在人行便道上，引導盲人行走的特製的地甎。

**導向飛彈** ㄉㄠˇ ㄒㄧㄤˋ ㄈㄟ ㄉㄢˋ 由電子儀器控制航程、航向、落點跟爆炸時間的飛彈。也作「電導飛彈」。

## 小部

**小** ㄒㄧㄠˇ ㈠跟「大」正相反。如「小狗」「小孩兒」。㈡面積少。如「地方小」。㈢體積所佔的空間少。如「小山」「小屋」。㈣容積少。如「瓶子小，裝不了」。㈤時間短。如「小睡」「小住」。㈥聲音低。如「他小聲兒說話」。㈦年紀輕的。如「她還小，才十七歲」。㈧年輕力壯的。如「小夥子」。㈨排行在後面。如「小叔叔」「小姑姑」。㈩能量少。如「噸位小」「馬達太小」。(十一)規模不大，成員少的。如「小組」「小手工業」。(十二)心地器量狹窄。如「心眼兒小」「量小非君子」。(十三)輕視。如「小看」。(十四)稍微。如「牛刀小試」「不無小補」。(十五)細微。如「小事兒」「小戶人家」。(十六)自謙的話。如「小弟姓林」。(十七)妾。如「嫁給人做小」。(十八)小學的簡稱。如「國小」「高小」。(十九)道德上有問題的人。如「小人」「宵小」。(二十)體式比較隨便的。如「小寫」。(二十一)零碎的，額外的。如「小錢兒」「小費」。

**小二** ㄒㄧㄠˇ ㄦˋ 章回小說裡寫的酒樓、旅店、茶樓的招待客人的侍者。或作「店小二」。

**小人** ㄒㄧㄠˇ ㄖㄣˊ ①從前指平民。②沒有道德的人。③自謙的話。

**小口** ㄒㄧㄠˇ ㄎㄡˇ ①指未成年的人。如「他家大口三人，小口兩人」。②不是大口大口的。如「小口喝了一點水」。③嘴小。如「櫻桃小口」。④[文]孔穴很小。〈桃花源記〉：「山有小口，髣髴若有光。」

**小女** ㄒㄧㄠˇ ㄋㄩˇ ①對人稱自己的女兒。②女兒當中最小的一個。

**小子** ㄒㄧㄠˇ ㄗˇ ▲ㄒㄧㄠˇ ㄗˇ ①小兒。②舊時對自己的謙稱。▲ㄒㄧㄠˇ ˙ㄗ 對男子輕慢或戲謔的一種稱呼。

**小小** ㄒㄧㄠˇ ㄒㄧㄠˇ ①很小。②年紀輕。③些許，些微，數量少。

**小工** ㄒㄧㄠˇ ㄍㄨㄥ ①正式工匠的助手。如「他給老木匠做小工」。②泛指工人。

**小丑** ㄒㄧㄠˇ ㄔㄡˇ 丑字可加ㄦ。①指戲曲中的丑角兒，或在馬戲團、雜技團作滑稽表演，取悅觀眾的角色。②比喻言行不端莊的人。如「他這種行為跟小丑兒有什麼不同」。

**小友** ㄒㄧㄠˇ ㄧㄡˇ ①年紀大的人稱年紀小的人。②舊時稱兒童，就是「小朋友」。

**小引** ㄒㄧㄠˇ ㄧㄣˇ 文章或書籍的前面，記述著作的原故，來引起下文的。也作小序。

**小心** ㄒㄧㄠˇ ㄒㄧㄣ 謹慎，留意。

**小戶** ㄒㄧㄠˇ ㄏㄨˋ 貧窮人家。

**小文** ㄒㄧㄠˇ ㄨㄣˊ 作者謙稱自己的文章。如「小文一篇，寄請指教」。

**小月** ㄒㄧㄠˇ ㄩㄝˋ 陽曆一個月三十天的，陰曆一個月二十九天的，都是小月。

**小水** ㄒㄧㄠˇ ㄕㄨㄟˇ 中醫用語，指尿。如「車前子利小水」。

**小火** ㄒㄧㄠˇ ㄏㄨㄛˇ 微火；文火。如「用小火慢慢的燉」。

**小犬** ㄒㄧㄠˇ ㄑㄩㄢˇ ①小狗。②謙稱自己的兒子。

**小令** ㄒㄧㄠˇ ㄌㄧㄥˋ ①短的詞調，五十八字以內的。②散曲的一種，體裁短小，通常以一支曲子為一個獨立的單位。

**小兄** ㄒㄧㄠˇ ㄒㄩㄥ 對比自己小的同輩朋友的謙稱。

**小半** ㄒㄧㄠˇ ㄅㄢˋ 接近一半，不到一半。

**小卡** ㄒㄧㄠˇ ㄎㄚˇ 熱量單位，就是卡路里。

**小可** ㄒㄧㄠˇ ㄎㄜˇ ①自謙的詞，等於「我」，用在對平輩或小輩時。②輕微。如「非同小可」。

**小史** ㄒㄧㄠˇ ㄕˇ 對生活瑣事、佚聞的記載。

**小巧** ㄒㄧㄠˇ ㄑㄧㄠˇ 小而玲瓏、精緻，能討人喜歡。如「小巧玲瓏」。

**小旦** ㄒㄧㄠˇ ㄉㄢˋ 戲劇裡扮演少女的人。

**小民** ㄒㄧㄠˇ ㄇㄧㄣˊ ①舊時百姓在官長面前的自稱。②指百姓，常說收入低、沒有什麼社會地位的人。如「升斗小民」。

**小生** ㄒㄧㄠˇ ㄕㄥ ①舊時讀書人或文人的自稱。②戲曲的腳色，演的是年輕男人。③對俊俏的年輕男子的稱呼。如「英俊小生」。

**小字** ㄒㄧㄠˇ ㄗˋ ①小名兒。②小楷。③字形小的字，與「大字」相對。

**小年** ㄒㄧㄠˇ ㄋㄧㄢˊ 指陰曆臘月二十四日。

**小曲** ㄒㄧㄠˇ ㄑㄩˇ ①小調。②俚俗的曲調。

**小考** ㄒㄧㄠˇ ㄎㄠˇ 學校裡的臨時考試或月考。

**小舌** ㄒㄧㄠˇ ㄕㄜˊ 「懸壅垂」的俗名。口腔裡軟口蓋（軟腭）後端正中央下垂的一塊軟性突起肌肉，吞嚥東西時候它會隨著軟口蓋上升，堵住鼻腔通路。又名「蚓垂」。

**小住** ㄒㄧㄠˇ ㄓㄨˋ 短期的逗留。如「在此小住幾天」。

**小別** ㄒㄧㄠˇ ㄅㄧㄝˊ 短時間的離別。如「小別三日，景況已大大不同」。

**小坐** ㄒㄧㄠˇ ㄗㄨㄛˋ 稍坐片刻。如「小坐一會兒再走」。

**小弟** ㄒㄧㄠˇ ㄉㄧˋ ①弟弟當中最幼小的。②對平輩自謙的稱呼。③指服務於餐館或公司行號，供差遣作傳遞工作的年輕男子。

**小我** ㄒㄧㄠˇ ㄨㄛˇ 自己，自我，我個人。是對「大我」說的。如「犧牲小我，完成大我」。

**小抄** ㄒㄧㄠˇ ㄔㄠ 考試以前先抄好可能出題目的資料，應考時用來偷看。抄字也可加ㄦ。

**小步** ㄒㄧㄠˇ ㄅㄨˋ 緩步。

**小豆** ㄒㄧㄠˇ ㄉㄡˋ 又名「紅豆」「赤豆」或「紅小豆」「赤小豆」。一年生草本植物。種子可供食用，是很普遍的一種雜糧。

**小車** ㄒㄧㄠˇ ㄔㄜ ①舊時指馬車。如「小車無軏，可以行之」。②比較小的車輛。

**小兒** ▲ㄒㄧㄠˇ ㄦˊ ①小孩子。如「拜大將如呼小兒」。②對人謙稱自己的兒子。③小的兒子。如「大兒五歲，小兒三歲」。
▲ㄒㄧㄠˇ ㄦ ①小時候。如「從小兒他就很懂事」。②男性小嬰兒。如「這是個胖小兒」。

**小叔** ㄒㄧㄠˇ ㄕㄨˊ ①女人稱丈夫的弟弟。②幾個叔父當中排行最末的。

**小妹** ㄒㄧㄠˇ ㄇㄟˋ ①年紀最小的妹妹。②指在餐館或公司行號做雜事的年輕女子。③年輕女子自謙的稱呼。

**小姑** ㄒㄧㄠˇ ㄍㄨ ①稱丈夫的妹妹。②幾個姑姑當中排行最末的。

**小姐** ㄒㄧㄠˇ ㄐㄧㄝˇ 未婚女子的通稱。

**小宗** ㄒㄧㄠˇ ㄗㄨㄥ 不是嫡出的子孫。參看「大宗」。

**小東** ㄒㄧㄠˇ ㄉㄨㄥ 請人小酌作主人的謙詞。如「改天我作個小東，大家再聚聚」。

**小注** ㄒㄧㄠˇ ㄓㄨˋ 夾在直行文字中的注解，字體小於正文，多成雙行。

**小的** ▲ㄒㄧㄠˇ ˙ㄉㄜ 泛指年紀、體積、面積、容積、聲音、能量、組織等不大的。
▲ㄒㄧㄠˇ ˙ㄉㄧ 舊時僕人的自稱。

**小便** ㄒㄧㄠˇ ㄅㄧㄢˋ ①尿。②撒尿。

**小品** ㄒㄧㄠˇ ㄆㄧㄣˇ ①短篇文字。②雜感、隨筆、短評之類的短文。

**小型** ㄒㄧㄠˇ ㄒㄧㄥˊ 體積較小的用具，規模較小的組織。

**小姪** ㄒㄧㄠˇ ㄓˊ ①姪子。②對父親的朋友的自稱。

**小屋** ㄒㄧㄠˇ ㄨ 小的房屋。

**小建** ㄒㄧㄠˇ ㄐㄧㄢˋ 陰曆的小月分，只有二十九天。也叫「小盡」。

**小星** ㄒㄧㄠˇ ㄒㄧㄥ 図小妻，就是妾，一般說小太太、姨太太。用於謙稱時作「小妾」。

**小指** ㄒㄧㄠˇ ㄓˇ 手或腳的第五指。也叫「小拇指」。

**小看** ㄒㄧㄠˇ ㄎㄢˋ 輕視。

**小食** ㄒㄧㄠˇ ㄕˊ 糕餅之類的小點心。

**小乘** ㄒㄧㄠˇ ㄕㄥˋ 佛教名詞。指以自我超脫為目標的佛法。原是「印度部」派佛教，大乘教盛行以後被貶稱為小乘。

**小家** ㄒㄧㄠˇ ㄐㄧㄚ 舊時說百姓家，小戶人家。如「小家碧玉」。

**小差** ㄒㄧㄠˇ ㄔㄞ 差字常加ㄦ。見「開小差兒」。

**小時** ㄒㄧㄠˇ ㄕˊ ①一個鐘點叫一小時。②年紀小的時候。

**小氣** ㄒㄧㄠˇ ㄑㄧˋ 氣字輕讀。①吝嗇。②度量小。也作「小器」。

**小班** ㄒㄧㄠˇ ㄅㄢ ①指幼稚園由年紀比較小的學生所編成的班級。②學生人數比較少的班級。如「小班教學」。

**小祥** ㄒㄧㄠˇ ㄒㄧㄤˊ 舊俗父母去世一週年的祭禮。兩週年的祭禮叫「大祥」。

**小草** ㄒㄧㄠˇ ㄘㄠˇ 英文字母草書小寫的字體。

**小酒** ㄒㄧㄠˇ ㄐㄧㄡˇ ①舊時指春秋兩季造好就賣的薄酒。②簡單隨興的小酌。如「高興了喝些小酒，滿愜意的。」

**小酌** ㄒㄧㄠˇ ㄓㄨㄛˊ 小飲。

**小鬼** ㄒㄧㄠˇ ㄍㄨㄟˇ ①罵人的話，比喻低微的人。如「閻王好惹，小鬼難搪」。②對小孩子的親暱的稱呼。

**小將** ㄒㄧㄠˇ ㄐㄧㄤˋ 舊時指年輕的將領。現在常用作比喻。如「巨人隊的小將有如生龍活虎」。

**小帳** ㄒㄧㄠˇ ㄓㄤˋ 小費。顧客在餐館、旅館消費後自願賞給服務人員的額外的錢。

**小康** ㄒㄧㄠˇ ㄎㄤ ①政教修明，人民康樂的時代，見〈禮記·禮運篇〉，是對「大同」說的。②略有資產，足以自給的家境。如「小康之家」。

**小慧** ㄒㄧㄠˇ ㄏㄨㄟˋ 小聰明。

**小產** ㄒㄧㄠˇ ㄔㄢˇ 女人懷孕不到足月就生產。也說「流產」。

**小疵** ㄒㄧㄠˇ ㄘ 〔文〕小毛病。

**小組** ㄒㄧㄠˇ ㄗㄨˇ 為了研究、學習、工作等事的方便而組成的小單位。有常設的，也有臨時機動組成的。

**小船** ㄒㄧㄠˇ ㄔㄨㄢˊ 提舢板、漁船之類的比較小的船隻。

**小視** ㄒㄧㄠˇ ㄕˋ 〔文〕小看。如「其人詭計多端，未可小視」。也作「小覷」。

**小販** ㄒㄧㄠˇ ㄈㄢˋ 做小生意的行商。

**小雪** ㄒㄧㄠˇ ㄒㄩㄝˇ 節氣名，在國曆十一月二十二日或二十三日。

**小麥** ㄒㄧㄠˇ ㄇㄞˋ 禾本科穀類，莖高三四尺，葉細長，種子可以磨粉，是主要糧食之一。

**小婿** ㄒㄧㄠˇ ㄒㄩˋ ①對人謙稱自己的女婿。②女婿謙稱自己。

**小寒** ㄒㄧㄠˇ ㄏㄢˊ 節氣名，在國曆一月五、六日或七日。

**小惠** ㄒㄧㄠˇ ㄏㄨㄟˋ 小恩惠，小好處。如「他喜歡給人一些小惠，討好人」。

**小暑** ㄒㄧㄠˇ ㄕㄨˇ 節氣名，在國曆七月六、七日或八日。

**小童** ㄒㄧㄠˇ ㄊㄨㄥˊ 小孩子。

**小補** ㄒㄧㄠˇ ㄅㄨˇ 稍稍補貼一些。如「這些錢對他不無小補」。

**小費** ㄒㄧㄠˇ ㄈㄟˋ 小帳。

**小量** ㄒㄧㄠˇ ㄌㄧㄤˋ 少量。

**小隊** ㄒㄧㄠˇ ㄉㄨㄟˋ 軍、警、童子軍隊伍編制的基層單位，歸中隊管轄。

**小雅** ㄒㄧㄠˇ ㄧㄚˇ 〈詩經〉二雅之一，七十四篇，大部分是西周末期東周初期，宴會、贈答、感事、抒懷的作品。

**小飲** ㄒㄧㄠˇ ㄧㄣˇ 稍稍喝些酒。同「小酌」。

**小傳** ㄒㄧㄠˇ ㄓㄨㄢˋ 簡短的傳記。

**小楷** ㄒㄧㄠˇ ㄎㄞˇ 小而端正的楷書。俗稱「小字兒」。

**小照** ㄒㄧㄠˇ ㄓㄠˋ 指自己的尺寸較小的照片。

**小葉** ㄒㄧㄠˇ ㄧㄝˋ 一葉柄分歧，生出兩片以上的葉子的，叫「小葉」，像複葉就是。

**小節** ㄒㄧㄠˇ ㄐㄧㄝˊ ①微末的行為。如「不拘小節」。②樂曲所分成的小段落。

**小舅** ㄒㄧㄠˇ ㄐㄧㄡˋ 幾個舅舅之中年紀最小的。

**小號** ㄒㄧㄠˇ ㄏㄠˋ ①舊時謙稱自己的商店。②規格比較小的商品。③銅管樂器的一種，也叫「小喇叭」。吹奏時聲音明朗高亢。

**小腦** ㄒㄧㄠˇ ㄋㄠˇ 腦的一部分，上接大腦，下連延髓，專管調整隨意肌的動作。

**小腹** ㄒㄧㄠˇ ㄈㄨˋ 人的軀體肚臍以下的部位。

**小腸** ㄒㄧㄠˇ ㄔㄤˊ 在腸的上部，比大腸細小而長，上面接胃部，能吸收養分。

**小解** ㄒㄧㄠˇ ㄐㄧㄝˇ 小便，撒尿。

**小試** ㄒㄧㄠˇ ㄕˋ ①〔文〕稍稍的顯示一下。如「牛刀小試」。②舊日童生應府縣官及學政的考試。亦稱「小考」。

**小道** ㄒㄧㄠˇ ㄉㄠˋ ①指農圃醫卜等的技藝。②道士的自稱。③小路。

**小過** ㄒㄧㄠˇ ㄍㄨㄛˋ ①小的過錯。②機關、學校的員工、學生所犯輕微的錯誤。參看「記過」。

**小滿** ㄒㄧㄠˇ ㄇㄢˇ 節氣名。在國曆五月二十、二十一或二十二日。

**小睡** ㄒㄧㄠˇ ㄕㄨㄟˋ 稍稍睡一下。如「小睡片刻」。

**小腿** ㄒㄧㄠˇ ㄊㄨㄟˇ 人下肢的一部，在膝蓋以下，接連腳部。

**小寫** ㄒㄧㄠˇ ㄒㄧㄝˇ 英文字母的一種，對大寫說的。除了專有名詞跟句頭，平常都用小寫。如a、b、c、d……。

**小廝** ㄒㄧㄠˇ ㄙ 舊時指小男孩兒或小傭人。

**小影** ㄒㄧㄠˇ ㄧㄥˇ 小照。如「小影一幀，送給你作紀念」。

**小數** ㄒㄧㄠˇ ㄕㄨˋ 小於整數1的非整數（不用分數表示）。

**小樣** ㄒㄧㄠˇ ㄧㄤˋ 鉛字排印過程中供校對的部分樣張。參看「大樣」。

**小篆** ㄒㄧㄠˇ ㄓㄨㄢˋ 秦代通行的一種字體，是改籀文而成的，傳說是李斯所作的。

**小賣** ㄒㄧㄠˇ ㄇㄞˋ 零售生意；是對「大賣」（批發生意）說的。

**小輩** ㄒㄧㄠˇ ㄅㄟˋ 輩字可加ㄦ。輩分小的人。也稱「晚輩」。

**小器** ㄒㄧㄠˇ ㄑㄧˋ 形容人：①器量小。②吝嗇。表示鄙視時甚至說「小器鬼」。也作「小氣」。

**小學** ㄒㄧㄠˇ ㄒㄩㄝˊ ①實施初等教育的學校。如「國民小學」。②研究文字形體、意義、聲韻的學問。③宋人把子弟該知道的儀節灑掃應對之類的知識叫「小學」。

**小憩** ㄒㄧㄠˇ ㄑㄧˋ 〔文〕休息一會兒。

**小築** ㄒㄧㄠˇ ㄓㄨˊ 指小住宅。也指別墅。

**小龍** ㄒㄧㄠˇ ㄌㄨㄥˊ 十二生肖裡的「蛇」的代稱。如「他屬小龍，今年八歲」。

**小醜** ㄒㄧㄠˇ ㄔㄡˇ 小人；盜匪。

**小鑼** ㄒㄧㄠˇ ㄌㄨㄛˊ 也叫「手鑼」。一種銅製的打擊樂器，直徑只有三寸多，在戲曲中作伴奏用的。

**小名（兒）** ㄒㄧㄠˇ ㄇㄧㄥˊ（ㄦ） 乳名，奶名。

**小吃（兒）** ㄒㄧㄠˇ ㄔ（ㄦ） 餐館出售的隨意小酌的菜肴。

**小姨（子）** ㄒㄧㄠˇ ㄧˊ（ㄗ˙） 妻的妹妹。

**小孩（子）** ㄒㄧㄠˇ ㄏㄞˊ（ㄗ˙） 兒童。也常說「小孩兒」。

**小偷（兒）** ㄒㄧㄠˇ ㄊㄡ（ㄦ） 竊賊。偷東西的人。

**小菜（兒）** ㄒㄧㄠˇ ㄘㄞˋ（ㄦ） 鹽或醬醃的菜蔬，下飯用的。

**小說（兒）** ㄒㄧㄠˇ ㄕㄨㄛ（ㄦ） 從前把雜說瑣語當作小說，如〈世說新語〉〈搜神記〉。唐代以來把摹述故事的文章叫做小說。現在通稱用散文描寫社會變革，人物故事而有完整布局，一貫思想的文學作品為「小說」。

**小調（兒）** 小曲。

**小人兒** 北方口語，對未成年人（不分男女）的暱稱。

**小人物** 不出名，對社會沒有影響力的普通人。

**小女子** 女子的自稱。如「小女子這廂有禮了」。

**小小子** 小男孩兒。

**小五金** 家用的金屬零件、工具的統稱。如釘子、螺絲、鐵絲、鉗子、螺絲起子、插銷等。

**小市民** 平凡普通的市民；多指中產階級。如「他說的只是些小市民的心聲」。

**小白菜** 葉菜類蔬菜，形狀像白菜，但是葉子直立，葉柄呈勺子形，綠色。

**小先生** 在小學教育上推行「小先生制」，就是選拔智慧較高、學業成績優良的學童，作為表率，協助教師教學，幫助別人學習，來擴大教學效果。

**小划子** 小船。

**小字兒** 像蠅頭大小的正楷字。

**小米兒** 粟的別名。

**小耳朵** 朵字輕讀。一種圓形的接收空中無線電波的裝置。

**小行星** 環繞太陽以橢圓形軌道運行的體積小的行星。在地球上肉眼看不到。過去發現的大約三千顆，最大的命名為穀神星，直徑八百零六公里，最小的不到一公里。估計總共在四萬顆以上。

**小衣裳** 裳字輕讀。①小孩子穿的衣裳。②貼身穿的單衣單褲。

**小妞兒** 小女孩兒。

**小把戲** 蘇州話說小孩兒是「小把戲」。

**小肚子** ①小腹。②指幼兒的胃。如「小肚子餓了，來吃奶」。

**小兒科** ①專治小兒疾病的醫科。②譏笑別人小氣。

**小卒兒** ①兵士。也指象棋的兵卒。②開玩笑的話，自稱隸屬於人的。

**小夜曲** 黃昏時在戶外演奏的音樂，多數帶牧歌或戀愛色彩，很多是世界名曲。

**小妮子** 小妞兒。

**小姑娘** 娘字輕讀。指小女孩兒。

**小性子** 常因小事就發作的壞脾氣。

**小朋友** 友字輕讀。指兒童。

**小拇指** 小指。也說「小拇哥」。

**小花臉** 京劇中的文丑。

**小品文** 一種散文。篇幅比較短，但是內容扎實，形式活潑。

**小娘子** 指少婦，早期白話小說裡常用。

**小家庭** 人口少的家庭。通常指由年輕夫婦組成，不與父母同居的家庭。

**小除夕** 舊曆除夕的前一日。也說「小年夜」。

**小圈子** ①生活範圍狹小。如「他每天忙著家事，走不出小圈子去」。②在團體之中為個人利益而組成的小團體。如「他們幾個人喜歡搞小圈子」。

**小提琴** 見「四弦琴」。

**小童兒** ①幼童。②小用人。

**小陽春** 陰曆十月的時節。

**小腳兒** 指舊時婦女纏足後發育不正常的腳。

**小腸氣** 臍部發痛，延到腎囊，致使睪丸偏腫的病。又叫「疝氣」。

**小舅子** 妻弟。

**小褂兒** 短的單衣。

**小道兒** ①小路。②竊盜。如「這東西怕是小道兒貨，我不買」。

**小夥子** 年輕力壯的男子。

**小算盤** 比喻為個人或局部利益的打算。

**小數點** 在整數跟小數的分界處標記的點。如4.7公斤。

**小鋪兒** 規模小的商店。

**小鞋兒** 鞋太小，穿起來很不舒服。比喻故意暗中刁難，或給人難題。如「你這種作法，不是給我小鞋兒穿嗎」。

**小鋼炮** ①指小型的火炮。②比喻說話直爽、不大考慮別人是否難堪的人。

**小錢兒** ①通行於前清時代的銅錢，圓形，中有方孔。②數目不多的錢。如「使小錢兒，說大話」。

**小館兒** 小飯館。

**小聰明** 明字輕讀。在小事上顯露出來的聰明。如「你看他又要小聰明了」。

**小臉兒** 小孩兒的臉。

**小嬸兒** 弟弟的妻。

**小辮子** ①短小的髮辮。②比喻「把柄」。如「這樣一來，你可有小辮子讓他抓啦」。

**小蘇打** 一種白色的無機化合物，成分是碳酸氫納，遇熱能放出二氧化碳，可作滅火劑、烘焙用劑、清涼飲料，醫藥上用來中和過多的胃酸。

**小白臉(兒)** 俗稱美少年。

**小買賣(兒)** 小本經營的生意。

**小意思(兒)** 微小的意思。時常用作贈人財物的謙詞。

**小人兒書** 描繪故事的連環圖畫。

**小大由之** [文]要小要大可以隨意。原意是上起帝王下至百姓都必須遵禮而行。語出於〈論語〉。

**小材大用** 說人的能力不夠卻擔當大任。與「大材小用」正相反。

**小不點兒** 不字輕讀。很小很小。

**小心翼翼** ①很仔細的樣子。如「他小心翼翼的捧著一口大玻璃缸」。②[文]恭敬戒慎的樣子。

**小心眼兒** 心地狹窄。

**小手小腳** ①不大方。②形容做事沒有魄力。

**小手工業** 利用手工（或半手工半機器），進行商品製作或加工的小規模工業。

**小巧玲瓏** 輕盈而靈活的樣子。

**小本生意** 資本少的商店。如「小本生意，請勿賒欠」。

**小本經營** ①做小生意。②比喻規模小。

**小老頭兒** 稱早衰的男子。

**小肚子兒** 小腹。

**小兒麻痺** 病名，就是脊髓灰質炎。由濾過性病毒感染，嬰孩最容易從食物中受到感染。口服「沙賓疫苗」可以預防。

**小兩口兒** 指青年夫婦。

**小姑獨處** 說已成年的女子還沒有出嫁。

**小拇指頭** 小指。

**小玩藝兒** ①小的玩具。②微末的技巧。

**小家子氣** 舉止局促不大方。

**小家碧玉** 稱小戶人家的女兒。

**小時候兒** 候字可輕讀。幼年的時候。

**小針美容** 整形醫師將液態矽化物或石蠟注入人體皮下組織的美容方法。大多用於隆鼻、隆乳。因為化合物在體內會形成肉芽瘤，破壞身體組織，發生紅腫、潰爛，不良副作用很多，小針美容幾乎已成歷史名詞。

**小鳥依人** 形容女人或小孩兒喜歡依傍別人的怯弱樣子。

**小腳指頭** 腳的小指。

**小過門兒** 短的過門兒，夾在曲子裡，使歌唱的人緩一口氣。

**小器易盈** 図小的容器容易裝滿。比喻人：①氣量狹窄。②容易滿足。

**小題大作** 把小事當做大事辦理，有誇大或處理不當的意思。

**小人窮斯濫** 図人格低下的人到了窮困的時候什麼都做得出來。語出〈論語．衛靈公〉。

**小巫見大巫** 比喻比不上，相形見絀。

## 一筆

**少** ▲ㄕㄠˇ ㈠「多」的相反詞。如「多做事少說話」。㈡缺乏。如「少吃少穿」。㈢兩數相比的差。如「我要三個，他給一個，少了兩個」。㈣不足。如「你數數（ㄕㄨˇ ㄕㄨˇ）看少不少」㈤不是經常的。如「人間少有」「少見多怪」。㈥遺失。如「家裡進了小偷兒，可是還不知道少了什麼」。㈦欠，負債。如「你放心，少不了你的」。㈧禁制或警戒的語氣。如「少廢話」「小心，那種地方你可少去」。㈨饒恕。如「你別想跑，少不了你的」（不能饒恕你的）。㈩図短時間。如「少頃」。(十一)図輕視，不滿意。〈史記〉有「素習知蘇秦皆少之」。
▲ㄕㄠˋ ㈠年紀輕。如「少女」「少奶奶」。㈡稱富貴人家的兒子或僕人稱主人的兒子。如「少爺」「闊少」。㈢稱軍職的第三階。如「少將」「少校」「少尉」。

**少子** 兒子當中年齡最小的。

**少小** 小時候。如唐人詩句「少小離家老大回」。

**少女** 年輕的女子。

**少年** ①人年輕的時候。②年輕的男子。

**少有** 罕見，新奇。

**少艾** 図年輕貌美；多指女子。

**少壯** ①年富力強的時候。如「少壯不努力，老大徒傷悲」。②年富力強，銳意求進的人。如「少壯派」。

**少牢** ㄕㄠˋ ㄌㄠˊ 図古時稱祭祀時所用的豬和羊。

**少見** ㄕㄠˇ ㄐㄧㄢˋ ①久不相見，見面時的客套語。②事物新奇罕見的。

**少東** ㄕㄠˋ ㄉㄨㄥ 稱年輕的老板或老板的兒子。

**少待** ㄕㄠˇ ㄉㄞˋ 稍稍等候。也作「少候」。

**少相** ㄕㄠˋ ㄒㄧㄤˋ 年紀不小，可是相貌還顯得很年輕。如「他就是長得少相」。

**少息** ㄕㄠˇ ㄒㄧ ①軍隊操練的口令，從立正姿勢改為左腳向左伸出，兩手伸到背後腰際。②図稍稍休息一下。

**少時** ▲ㄕㄠˇ ㄕˊ 一會兒，沒過多久。如「少時雨住，又萬里無雲」。也作「少刻」。▲ㄕㄠˋ ㄕˊ 年輕時候。如「少時落拓，成年以後才知讀書」。

**少校** ㄕㄠˋ ㄒㄧㄠˋ 軍官位階名，是校級軍官的第三階。

**少停** ㄕㄠˇ ㄊㄧㄥˊ 過了一會兒。

**少婦** ㄕㄠˋ ㄈㄨˋ 年輕的已婚女子。

**少將** ㄕㄠˋ ㄐㄧㄤˋ 軍官位階名，是將級軍官的第三階，在中將之下。

**少尉** ㄕㄠˋ ㄨㄟˋ 軍官位階名，是尉級軍官的第三階，在中尉之下。

**少許** ㄕㄠˇ ㄒㄩˇ 少量，些微，只有一點兒。

**少陪** ㄕㄠˇ ㄆㄟˊ 應酬賓客的謙詞：有事要走，不能陪客人談話或用飯。

**少頃** ㄕㄠˇ ㄑㄧㄥˇ 図不久，片刻。

**少棒** ㄕㄠˋ ㄅㄤˋ 「少年棒球」的略語。參看「棒球」條。

**少量** ㄕㄠˇ ㄌㄧㄤˋ 比較少的數量或分量。

**少爺** ㄕㄠˋ ㄧㄝˊ 爺字輕讀。①對富貴人家的子弟的稱呼。②僕人對主人的兒子的稱呼。③尊稱別人的兒子。

**少憩** ㄕㄠˇ ㄑㄧˋ 図暫時休息。

**少選** ㄕㄠˇ ㄒㄩㄢˇ 図沒多久，一會兒。如「少選視之，皆飛去」。

**少禮** ㄕㄠˇ ㄌㄧˇ 致歉的詞。如「上次令堂正壽，我也少禮，沒去拜壽」。

**少數（兒）** ㄕㄠˇ ㄕㄨˋ（ㄦ） 不多，對多數說的。

**少不了** ㄕㄠˇ ㄅㄨˋ ㄌㄧㄠˇ 不會少。如「他們倆湊在一起，少不了打打鬧鬧」。也說「少不得」。

**少奶奶** ㄕㄠˋ ㄋㄞˇ ㄋㄞ 第二個奶字輕讀。①舊時稱家裡少爺的太太。大少爺的稱「大少奶奶」，二少爺的稱「二少奶奶」。②尊稱別人的兒媳婦。如「你們家少奶奶可好」。

**少白頭** ㄕㄠˋ ㄅㄞˊ ㄊㄡˊ 年輕而頭髮白了的人。

**少林拳** ㄕㄠˋ ㄌㄧㄣˊ ㄑㄩㄢˊ 河南省登封縣少室山少林寺和尚曇宗在唐朝初年創的一種拳術。寺僧為健身而練習武術，自成一家，到現在還很有名。又稱「少林派」。

**少數黨** ㄕㄠˇ ㄕㄨˋ ㄉㄤˇ 在議會裡只有少數席位的政黨。

**少不更事** ㄕㄠˋ ㄅㄨˋ ㄍㄥ ㄕˋ 年紀輕，沒有處事經驗。更是指經歷。

**少吃少穿** ㄕㄠˇ ㄔ ㄕㄠˇ ㄔㄨㄢ 食物、衣物都不夠。形容貧困。

**少安勿躁** ㄕㄠˇ ㄢ ㄨˋ ㄗㄠˋ 勸人不要急躁的話。也作「稍安勿躁」。

**少年老成** ㄕㄠˋ ㄋㄧㄢˊ ㄌㄠˇ ㄔㄥˊ 年紀雖輕而老練、穩重。

**少年法庭** ㄕㄠˋ ㄋㄧㄢˊ ㄈㄚˇ ㄊㄧㄥˊ 地方法院裡專為審理少年犯罪案件而設的法庭。

**少見多怪** ㄕㄠˇ ㄐㄧㄢˋ ㄉㄨㄛ ㄍㄨㄞˋ 譏笑人識見不廣，遇事多以為可怪。

## 三筆

**尖** ㄐㄧㄢ ㈠頭小而銳利的部分。如「筆尖」「刀尖」。㈡頂上突出的部分。如「尖端」「山尖」。㈢銳利。如「尖銳」「鉛筆削尖了」。㈣前端，高峰。如「尖兵」「尖峰」。㈤感覺敏銳。如「耳朵尖」「眼睛尖」。㈥形容人會鑽營。如「他的頭真尖」。㈦形容人物的佳美。如「頂尖兒的人物」。㈧旅途中進食叫「打尖」。㈨不厚道。如「尖酸刻薄」。㈩形容劇烈相持。如「衝突已經尖銳化了」。

**尖兵** ㄐㄧㄢ ㄅㄧㄥ 軍隊出發時，走在最前面，負責搜索警戒的小隊。

**尖刻** ㄐㄧㄢ ㄎㄜˋ 刻薄。

**尖峰** ㄐㄧㄢ ㄈㄥ 統計學上稱數字統計的高峰。

**尖頂** ㄐㄧㄢ ㄉㄧㄥˇ 頂端；頂點。

**尖團** ㄐㄧㄢ ㄊㄨㄢˊ ①指雄蟹跟雌蟹的臍甲。②指尖音及團音的字。見「尖團字」條。

**尖端** ㄐㄧㄢ ㄉㄨㄢ ①末梢呈尖形的。如「寶塔的頂子有個棱形的尖端」。②科技方面有了最高的發展。如「尖端科技」。

**尖酸** ㄐㄧㄢ ㄙㄨㄢ 尖刻。

**尖銳** ㄐㄧㄢ ㄖㄨㄟˋ 銳利。

**尖臍** ㄐㄧㄢ ㄑㄧˊ 指臍甲呈尖形的雄蟹。

**尖團字** ㄐㄧㄢ ㄊㄨㄢˊ ㄗˋ 語音學上尖音字、團音字的合稱。尖音是發音時舌尖觸到齒背，發ㄗㄘㄙ的音，如資、此、思、精、千、相等，是從古時精、清、心、邪等變來的。團音是發音時舌尖頂在硬口蓋上或舌體平放，由ㄍㄎㄏ變成ㄐㄑㄒ的音，如兼、期、希、經、輕、香等，古代見、溪、群、曉、匣母字變來的。中國國劇最講究尖團字，以「中州韻」為準。「中州」指河南，那裡的口音尖團最分明。

**尖銳化** ㄐㄧㄢ ㄖㄨㄟˋ ㄏㄨㄚˋ 局勢轉成最緊急最嚴重的狀態。

**尖嘴薄舌** ㄐㄧㄢ ㄗㄨㄟˇ ㄅㄛˊ ㄕㄜˊ 形容說話尖酸刻薄。也作「尖嘴薄脣」。

## 五筆

**尚** ㄕㄤˋ ㈠尊崇，重視。如「崇尚」。㈡通「上」，是崇高的意思。如「高尚」。㈢〔文〕還（ㄏㄞˊ）。如「革命尚未成功」。㈣〔文〕更（ㄍㄥˋ）。如「尚何言哉」。㈤〔文〕主管其事。從前皇宮裡有「尚衣監」「尚寶監」。㈥〔文〕從前娶皇帝的女兒叫「尚主」。㈦〔文〕自誇。〈禮記〉「不自尚其功」。㈧姓。

**尚友** ㄕㄤˋ ㄧㄡˇ 〔文〕上與古人為友。「尚」通「上」。（語見〈孟子．萬章下〉。）

**尚且** ㄕㄤˋ ㄑㄧㄝˇ ①副詞，依、還（ㄏㄞˊ）的意思。如「軀殼毀滅了，精神尚且存在」。②表進一層的連詞，跟「況」相應。如「說話句句留心，尚且不免有錯，何況信口開合」。

**尚未** ㄕㄤˋ ㄨㄟˋ 還沒有。如「革命尚未成功，同志仍須努力」。

**尚志** ㄕㄤˋ ㄓˋ 〔文〕高尚其意志。〈孟子〉書有「何謂尚志，曰仁義而已矣」。

**尚武** ㄕㄤˋ ㄨˇ 〔文〕重視武事，以武事為上。

**尚書** ㄕㄤˋ ㄕㄨ ①古書名，也稱〈書經〉，簡稱〈書〉，是上古歷史、典章、文獻的彙編。分今古兩種。②舊官名，清代尚書相當於現在中央政府的部長。如兵部尚書相當國防部長。

## 十筆

**尟**（尠） ㄒㄧㄢˇ 同「鮮」，少。

# 尢部

# 尢

▲図ㄨㄤ ㈠跛。㈡矮小。▲ㄤ 注音符號的鼻聲隨韻母，先發ㄚ再隨ㄫ聲（用舌根作成阻礙，氣流從鼻腔出來）；發音像「昂」。

## 一筆

# 尤

ㄧㄡˊ ㈠図罪，過失。如「言寡尤」。㈡怨恨，怪罪。如「怨天尤人」。㈢図格外，更加。如「尤甚」。㈣特別的，最好的。如「拔尤」「尤物」。㈤姓。

**尤其** ㄧㄡˊ ㄑㄧˊ 副詞，表示更進一步。如「我喜歡音樂，尤其喜歡古典音樂」。

**尤物** ㄧㄡˊ ㄨˋ 図①本指特異的人物。〈莊子〉有「夫子，物之尤也」。②〈左傳〉有「天有尤物，足以移人」，是指漂亮的女人，所以後世用「尤物」來稱美女。

**尤甚** ㄧㄡˊ ㄕㄣˋ 図更加……，看上文來決定意思。如「此人迷戀賭博，歷有年所，近日尤甚」。這個「尤甚」就是「賭得更厲害」。又如「此生素知用功，近因升學考試在即，乃焚膏繼晷，孜孜尤甚」。這個「尤甚」就是「更用功」。

## 三筆

# 尥

ㄌㄧㄠˋ見「尥蹶子」①。

**尥蹶子** ㄌㄧㄠˋ ㄐㄩㄝˇ ˙ㄗ ①騾馬驢用後蹄踢人、踢東西。②比喻人不馴順。

## 四筆

# 尨

図▲ㄆㄤˊ ㈠多毛的狗。㈡「尨然」，形容毛多的樣子。㈢獸類身上毛色很雜叫「尨」。又讀ㄇㄤˊ。▲ㄇㄥˊ尨茸：形容雜亂。

# 尬

ㄍㄚˋ見「尷尬」。又讀ㄐㄧㄝˋ。

# 尪（尩）

ㄨㄤ ㈠身體瘦弱。㈡跛腳也叫「尪」。

## 九筆

# 就

ㄐㄧㄡˋ ㈠表示肯定的詞，文言用「即」。如「這樣做就好了」。㈡表示推論，是即便、即或、縱然的意思。如「你就不說，我也知道」。㈢即刻，表示不經過太多的時間。如「我去去就來」。㈣僅只，單單的。如「大家全都贊成，就是他反對」。㈤成功，確定。如「功成名就」。㈥從，擔任。如「就職」「就業」。㈦前去。如「就學於上海」「就讀於某校」。㈧接近，湊近。如「身子往前就一就」。㈨隨同著吃下去。如「就飯吃」。

**就中** ㄐㄧㄡˋ ㄓㄨㄥ 図從這（那）裡面。如「餘款三百元，就中取一百元付車夫，作為油費」。

**就手** ㄐㄧㄡˋ ㄕㄡˇ 順便，隨手。如「出門時候就手把門帶上」。

**就木** ㄐㄧㄡˋ ㄇㄨˋ 入棺木，比喻人死亡。如「行將就木」。

**就正** ㄐㄧㄡˋ ㄓㄥˋ 図請人指正。如「今將小文兩篇，就正於方家」。

**就任** ㄐㄧㄡˋ ㄖㄣˋ 公職人員到達工作場所，開始執行任務。同「到任」。

**就地** ㄐㄧㄡˋ ㄉㄧˋ 當場，就在原地（不到別處）。如「就地取材」。

**就此** ㄐㄧㄡˋ ㄘˇ 就在此地或此時。如「就此結束」。

**就位** ㄐㄧㄡˋ ㄨㄟˋ ①入席。②站在特定地位。如「主席就位」。③各歸本位。如「請大家開始就位工作」。

**就近** ㄐㄧㄡˋ ㄐㄧㄣˋ 在附近的地方。如「你就近買些菜來」。

**就便** ㄐㄧㄡˋ ㄅㄧㄢˋ 順便。如「這封信請你就便帶給我弟弟」。

**就是** ㄐㄧㄡˋ ㄕˋ ①表示決定語氣的同動詞。如「這位就是王先生」。②用在語句後面，表示事情效果的副詞。如「我盡我的力量去辦就是」。③連詞，或表示選擇，如「不是他就是你」；或表示進一層，有同時、而且的意思，如「不但我生氣，就是他也很不高興」；或表示推宕，有縱然、即使的意思，如「就是打我，我也不怕」。

**就教** ㄐㄧㄡˋ ㄐㄧㄠˋ 〔文〕向人請教。到別人的地方求學，向人學習。

**就飯** ㄐㄧㄡˋ ㄈㄢˋ 下飯，佐餐。如「這種醬菜太鹹了，不能就飯」。

**就勢** ㄐㄧㄡˋ ㄕˋ 順著動作姿勢的方便或情勢的便利。如「他跳起來，就勢一腿踢了過去」。

**就業** ㄐㄧㄡˋ ㄧㄝˋ 接受聘雇擔任一種工作。如「不能升學，就業去吧」。

**就義** ㄐㄧㄡˋ ㄧˋ 〔文〕為正義而犧牲生命。如「從容就義」。

**就裡** ㄐㄧㄡˋ ㄌㄧˇ 內情。常說「不明就裡」。

**就道** ㄐㄧㄡˋ ㄉㄠˋ 〔文〕動身上路，起程了。如「束裝就道」。

**就寢** ㄐㄧㄡˋ ㄑㄧㄣˇ 〔文〕上床睡覺。

**就緒** ㄐㄧㄡˋ ㄒㄩˋ 事情安排妥當。如「事情已經就緒」。

**就範** ㄐㄧㄡˋ ㄈㄢˋ 聽從支配和控制。如「迫使就範」。

**就養** ㄐㄧㄡˋ ㄧㄤˇ ①〔文〕侍奉父母。②指老人進入養老機構。

**就學** ㄐㄧㄡˋ ㄒㄩㄝˊ 學生進學校求學。

**就職** ㄐㄧㄡˋ ㄓˊ 正式到任（多指較高的職位）。

**就醫** ㄐㄧㄡˋ ㄧ 到醫院治病。

**就事論事** ㄐㄧㄡˋ ㄕˋ ㄌㄨㄣˋ ㄕˋ 針對發生的事來評論其中的是非曲直，不涉及以外的話。

**就湯下麵** ㄐㄧㄡˋ ㄊㄤ ㄒㄧㄚˋ ㄇㄧㄢˋ 在現成的湯裡下麵吃。比喻順著事機很自然的做些事。

## 十四筆

**尷**（尲） ㄍㄢ 見「尷尬」條。又讀 ㄐㄧㄢ。

**尷尬** ㄍㄢ ㄍㄚˋ ①左右為難的樣子。②事情多生枝節很難處理的樣子。又讀 ㄐㄧㄢ ㄐㄧㄝˋ。

# 尸部

**尸** ㄕ ㈠同「屍」。死人的身體。㈡〔文〕在位而不做事。如「尸位素餐」。㈢〔文〕主持，負責。〈詩經〉有「誰其尸之」。㈣〔文〕陳列屍體。〈國語〉有「殺三郤（ㄒㄧˋ）而尸諸朝（ㄔㄠˊ）」。㈤姓。

**尸首** ㄕ ㄕㄡˇ 人的屍體。

**尸解** ㄕ ㄐㄧㄝˇ 道家的話，指修道者留下形骸而成仙。

**尸諫** ㄕ ㄐㄧㄢˋ 〔文〕臣子以死來規勸君主。

**尸位素餐** ㄕ ㄨㄟˋ ㄙㄨˋ ㄘㄢ 〔文〕佔著職位享受俸祿，可是不做事情。

**尸居餘氣** ㄕ ㄐㄩ ㄩˊ ㄑㄧˋ 〔文〕人雖然形體還在，但氣息卻快斷絕了。形容人即將死亡。也比喻人沒有作為，似乎是在等死。如「司馬懿的表演，讓人以為他是『尸居餘氣』，快要死了」。

## 一筆

**尺**▲ ㄔˇ ㈠長度的計算單位，一丈的十分之一；一寸的十倍。㈡書牘。如「尺牘」「尺素」。㈢形容微小，些少。如「尺地」「尺寸」。㈣像尺的東西，用途卻不像尺。如「鎮尺」、「鐵尺」。㈤中醫診脈，無名指按的經脈叫「尺脈」。

▲ㄔˇ 見「尺寸」。

▲ㄔㄜˇ 見「工尺」。

**尺八** ㄔˇ ㄅㄚ 竹製管樂器，單管，直吹，正面五孔，背面一孔，長一尺八寸。

**尺寸** ㄔˇ ㄘㄨㄣˋ ①〔文〕比喻少許。〈漢書〉有「一日數戰，無尺寸之功」。②〔文〕比喻法度。〈韓非子〉有「有尺寸而無意度」。

▲ㄔˇ ㄘㄨㄣ˙ 寸字輕讀。①衣服的長短。如「這一件衣服裁得尺寸不合」。②節度。如「他很照規矩，凡事都有個尺寸」。

**尺地** ㄔˇ ㄉㄧˋ 也作「尺土」，形容地小。

**尺度** ㄔˇ ㄉㄨˋ ①尺寸長短的定制。②法制所規定的範圍。如「放寬尺度」。

**尺書** ㄔˇ ㄕㄨ ①書札。②簡冊，歷史書。

**尺素** ㄔˇ ㄙㄨˋ 〔文〕書信。

**尺骨** ㄔˇ ㄍㄨˇ 人前臂的長骨，上端接肱骨，形成肘關節；下端和腕骨相接。

**尺幅** ㄔˇ ㄈㄨˊ 〔文〕小小的一幅字畫。

**尺牘** ㄔˇ ㄉㄨˊ 書信。

**尺碼（兒）** ㄔˇ ㄇㄚˇ ㄦ ①尺度。②長度。

**尺蠖蛾** ㄔˇ ㄏㄨㄛˋ ㄜˊ 鱗翅目昆蟲。身體和腳都很細，翅膀大，灰褐色，是果樹和森林的害蟲。靜止形態像枯枝，用來保護自己，因而俗稱枯葉蛾。幼蟲名「尺蠖」。

**尺幅千里** ㄔˇ ㄈㄨˊ ㄑㄧㄢ ㄌㄧˇ 〔文〕在一尺長的畫幅把千里的景象都畫進去。比喻事物的外形雖小，所包含的內容卻很多。

**尺短寸長** ㄔˇ ㄉㄨㄢˇ ㄘㄨㄣˋ ㄔㄤˊ 語本〈楚辭．卜居〉。比喻每個人都有長處有短處。

## 二筆

# 尼

▲ㄋㄧˊ 削髮出家修行的女人。如「尼姑」。

▲〔文〕ㄋㄧˇ 阻止。

**尼姑** ㄋㄧˊ ㄍㄨ 也作「姑子」。是削髮修行，出家奉佛的女人。

**尼庵** ㄋㄧˊ ㄢ 尼姑所住的寺院。

**尼龍** ㄋㄧˊ ㄌㄨㄥˊ nylon 的音譯。是工業用合成纖維，基本原料是煤、空氣、水的綜合體。有羊毛的性質，受熱就變成可塑體。用途很大，可以做襪子、衣服、家庭用具等。

**尼古丁** ㄋㄧˊ ㄍㄨˇ ㄉㄧㄥ nicotine 的音譯。菸鹼，可以從煙草中提出，有劇毒。

**尼龍紗** ㄋㄧˊ ㄌㄨㄥˊ ㄕㄚ 一種高分子化合物，製成紗狀的纖維，可做衣料、窗紗等。耐磨、不吸水，但是怕火。

# 尻

ㄎㄠ 脊椎骨的下端。也作臀部講。

## 四筆

# 屁

ㄆㄧˋ 從肛門泄出來的臭氣。

**屁股** ㄆㄧˋ ㄍㄨˇ 股字輕讀。臀部。人軀體的背面的下端，跟大腿連接，用它來坐。

# 尿

▲ㄋㄧㄠˋ ㈠從血液裡分離，由腎臟過濾，經過尿道排出體外的廢水。有一種苦鹹的臭味，呈酸性反應，比水稍重。成分是水、尿素、尿酸、鹽、燐酸納等。尿液也作「小便」。㈡排尿。如「尿床」。

▲ㄙㄨㄟ 是ㄋㄧㄠˋ㈠又讀，只作名詞用。如「溺（ㄋㄧㄠˋ）尿」。

**尿布** ㄋㄧㄠˋ ㄅㄨˋ 包裹嬰兒或病人的下體，避免排泄物外泄的布。近年多改用紙製品。

**尿床** ㄋㄧㄠˋ ㄔㄨㄤˊ 小孩子睡夢中尿在床上，跟精神作用有關係。

**尿炕** ㄋㄧㄠˋ ㄎㄤˋ 北方睡炕，說人在睡夢中尿在炕上。

**尿胞** ㄋㄧㄠˋ ㄆㄠ 胞字輕讀。膀胱。也作「尿脬（ㄙㄨㄟ ˙ㄆㄠ）」。

**尿素** ㄋㄧㄠˋ ㄙㄨˋ 〔urea,（$NH_2$）$_2$CO〕化學名詞，是含氮碳化合物，因為在尿液裡發現，所以叫「尿素」。可以作肥料或醫藥用途。

**尿道** ㄋㄧㄠˋ ㄉㄠˋ 排泄尿液的通路。一頭通膀胱，一頭通體外，由括約肌控制。

**尿遁** ㄋㄧㄠˋ ㄉㄨㄣˋ 玩笑話，說人借小便為由，不告而去。如「昨天晚上他就是尿遁走的」。

**尿酸** ㄋㄧㄠˋ ㄙㄨㄢ 有機化合物，白色結晶，分子式是$C_5H_4O_3N_4$，微酸。人和哺乳動物、爬行動物、鳥類的尿液都含有尿酸。人尿中每天約排出〇．六公克，超過的人可能患有痛風病。

**尿毒症** ㄋㄧㄠˋ ㄉㄨˊ ㄓㄥˋ 腎臟機能衰退或喪失，尿液不能充分排出，身體代謝廢物（尤其是含氮化合物）滯留體內，使身體中毒的病。

**尿流屁滾** ㄋㄧㄠˋ ㄌㄧㄡˊ ㄆㄧˋ ㄍㄨㄣˇ 也作「屁滾尿流」。形容非常驚恐狼狽的樣子。

## 局

ㄐㄩˊ ㈠政府機構分工辦事的單位。如「教育局」「郵局」。㈡商店的稱呼。如「書局」。㈢部分。如「局部」。㈣棋盤叫「局」，一盤棋也作「一局棋」。㈤事勢，情況，結構，組織等。如「時局」「結局」「布局」。㈥人的器量。如「局量」「局度」。㈦聚會。如「飯局」「牌局」。㈧作圈套詐騙。如「美人局」「騙局」。㈨見「局促」。㈩通「拘」。如「局束」。⑪通「跼」。

**局內** ㄐㄩˊ ㄋㄟˋ 對「局外」說的。兩人下棋，一人觀棋，前者是局內，後者是局外。也作「局中」。

**局外** ㄐㄩˊ ㄨㄞˋ 局本指棋局。「局外」指不是下棋的；不在其中的；沒有關聯的。

**局束** ㄐㄩˊ ㄕㄨˋ 同「拘束」。

**局促** ㄐㄩˊ ㄘㄨˋ ①器量狹小。②不安適的樣子。也作「侷促」「跼促」。

**局限** ㄐㄩˊ ㄒㄧㄢˋ 限制在一個範圍之內。

**局面** ㄐㄩˊ ㄇㄧㄢˋ 情勢，場面。

**局部** ㄐㄩˊ ㄅㄨˋ 全體的一部分。

**局量** ㄐㄩˊ ㄌㄧㄤˋ [文]人的器量。也作「局度」。

**局勢** ㄐㄩˊ ㄕˋ ①結構。②情勢。

**局騙** ㄐㄩˊ ㄆㄧㄢˋ 假設一種事勢，做成圈套來騙人的財物。

**局部麻醉** ㄐㄩˊ ㄅㄨˋ ㄇㄚˊ ㄗㄨㄟˋ 醫生為了免除病人在接受治療時的痛苦，用醫學方法使病人身部的一部分暫時失去痛覺，叫「局部麻醉」；是對「全身麻醉」與「半身麻醉」而言。

## 尾

▲ㄨㄟˇ ㈠鳥獸魚類脊椎末梢突出的部分，有平衡身體的作用。語音又讀ㄧˇ，如「尾巴」。㈡在後面的。如「尾聲」。㈢[文]追隨。如「尾隨」。㈣殘餘的。如「尾數」。㈤魚的數量計算單位。如「魚一尾」。㈥鳥獸交配叫「交尾」。㈦星宿名，二十八宿之一。如「尾宿」。

▲ㄧˇ 語音。㈠禽獸的尾部。如「尾巴」「馬尾兒」。㈡一身而具男女兩性器官的人，叫「二尾子」。㈢蟋蟀尾端分叉的針狀物。如「三尾兒蟋蟀」。

**尾牙** ㄨㄟˇ ㄧㄚˊ [文]閩南、臺灣的民俗，陰曆臘月十六日，公司、工廠、商號宴請員工。因為是一年之中最後一次的打牙祭，所以叫「做尾牙」。

**尾追** ㄨㄟˇ ㄓㄨㄟ 緊跟在後面追趕。

**尾骨** ㄨㄟˇ ㄍㄨˇ 脊椎骨的最末一節，由四塊小骨組成。

**尾宿** ㄨㄟˇ ㄒㄧㄡˋ 二十八宿之一，「蒼龍七宿」的第六宿，有九顆星，都在天蠍座。

**尾舵** ㄨㄟˇ ㄉㄨㄛˋ 飛機末端管左右轉彎的垂直舵跟管高低上下的水平舵。

**尾隨** ㄨㄟˇ ㄙㄨㄟˊ 在後面跟著。

**尾擊** ㄨㄟˇ ㄐㄧˊ 図從敵軍的陣後襲擊。

**尾聲** ㄨㄟˇ ㄕㄥ 一曲調的最後一節。常用來比喻事勢的將近完畢。

**尾鰭** ㄨㄟˇ ㄑㄧˊ 魚類尾端的鰭，是為行進時轉身用的。

**尾巴(兒)** ㄧˇ ˙ㄅㄚ ㄦ ①尾㈠。②尾隨附和的人。

**尾數(兒)** ㄨㄟˇ ㄕㄨˋ ㄦ 帳目結算以後殘餘的零數。

**尾大不掉** ㄨㄟˇ ㄉㄚˋ ㄅㄨˋ ㄉㄧㄠˋ 図尾巴太大，轉不過來。比喻部屬權勢太大，長官指揮調動不了(ㄌㄧㄠˇ)。

## 五筆

**屄** ㄅㄧ 女性生殖器的俗稱。

**屆(屆)** ㄐㄧㄝˋ ㈠到。如「屆時」。㈡次。如「第一屆」。

**屆時** ㄐㄧㄝˋ ㄕˊ 到時候。也作「屆期」。如「此事已有計畫，屆時自當明白」。

**屆滿** ㄐㄧㄝˋ ㄇㄢˇ 期滿。

**居** ▲ㄐㄩ ㈠住。如「居住」。㈡住處。如「遷居」。㈢図坐下。如「居，吾語汝」。㈣在，處於。如「居首」「居間」。㈤積蓄，存積。如「居奇」。㈥當(ㄉㄤ)，任。如「居官」「自居」。㈦存著。如「居心」。㈧飯館有用「居」作名字的。如「沙鍋居」。㈨「居然」同「竟然」，是表示出乎意料的副詞。㈩姓。▲図ㄐㄧ 表示疑問的語末助詞。如「何居」(等於白話的「為什麼」)。

**居士** ㄐㄩ ㄕˋ ①隱居的人。②在家持齋念佛的人。

**居中** ㄐㄩ ㄓㄨㄥ 在兩方的中間。如「居中調停」。

**居心** ㄐㄩ ㄒㄧㄣ 存心。

**居功** ㄐㄩ ㄍㄨㄥ 自以為有功勞。

**居民** ㄐㄩ ㄇㄧㄣˊ 有固定住所的住民。

**居多** ㄐㄩ ㄉㄨㄛ 占多數。如「海島居民，以從事漁業居多」。

**居次** ㄐㄩ ㄘˋ 居於第二的位置。如「當地居民以從事農耕者居多，工商業者居次」。

**居住** ㄐㄩ ㄓㄨˋ 住。

**居奇** ㄐㄩ ㄑㄧˊ 認為是希奇的貨品，積存起來等著賣好價錢。

**居官** ㄐㄩ ㄍㄨㄢ 擔任官職。如「他居官清正，退休後兩袖清風」。

**居易** ㄐㄩ ㄧˋ 図說人心地平正，從無本分之外的企圖。如「君子居易以俟命」。

**居室** ㄐㄩ ㄕˋ 居住的房屋。

**居首** ㄐㄩ ㄕㄡˇ 占第一的位置。

**居家** ㄐㄩ ㄐㄧㄚ ①居住在家裡。②在家的日常生活。

**居留** ㄐㄩ ㄌㄧㄡˊ 停留居住。如「得到允許，他就可以在這裡居留了」。

**居停** ㄐㄩ ㄊㄧㄥˊ ①停留下來住下。②図寄居之處的主人。（由居停主人簡省為居停）

**居喪** ㄐㄩ ㄙㄤ 因喪守制。

**居然** ㄐㄩ ㄖㄢˊ 竟然。表示出乎意料的意思。

**居間** ㄐㄩ ㄐㄧㄢ 在雙方當事人之間而參與其事。

**居積** ㄐㄩ ㄐㄧ 經營儲蓄；指財物。

**居留權** ㄐㄩ ㄌㄧㄡˊ ㄑㄩㄢˊ 一國政府根據本國法律准許外國人民居留本國的權利。

**居心叵測** ㄐㄩ ㄒㄧㄣ ㄆㄛˇ ㄘㄜˋ 図指存心險惡，不可推測。「叵」是「不可」兩字的合音。

**居安思危** ㄐㄩ ㄢ ㄙ ㄨㄟˊ 在安定的時候應該想到可能會發生的危險。

**居住自由** ㄐㄩ ㄓㄨˋ ㄗˋ ㄧㄡˊ 分居所自由與住所自由兩種，是我國憲法第十條所規定的。居所自由是政府不得限制人民居住的地點，除非犯罪，由法院予以限制。住所自由是人民沒有犯罪，司法警察不得進入住所搜索。

**居高臨下** ㄐㄩ ㄍㄠ ㄌㄧㄣˊ ㄒㄧㄚˋ ①站在高處，可以俯視下面。②形容處於有利的地位。

# 屈

ㄑㄩ ㈠彎曲不直。如「屈指算來」。㈡沒有理由。如「理屈」。㈢低頭服輸。如「屈服」。㈣使人低頭服輸。如「威武不能屈」。㈤冤枉。如「冤屈」。㈥降低身分。如「屈就」。㈦委曲心意。如「受屈」。㈧虧。如「屈心」。㈨姓。

**屈才** ㄑㄩ ㄘㄞˊ 大才小用，指人的才能不能充分發揮。

**屈心** ㄑㄩ ㄒㄧㄣ 虧心。

**屈曲** ㄑㄩ ㄑㄩ 彎曲。

**屈伸** ㄑㄩ ㄕㄣ 彎曲跟伸直。

**屈折** ㄑㄩ ㄓㄜˊ ①彎曲。②光線射入密度不同的物體，因而變換方向的折射現象。

**屈枉** ㄑㄩ ㄨㄤˇ 冤枉。

**屈服** ㄑㄩ ㄈㄨˊ 低頭服輸，包括勉強的或誠悅的。也作屈伏。

**屈指** ㄑㄩ ㄓˇ 用手指計算時間或事物的數量。

**屈辱** ㄑㄩ ㄖㄨˋ 受了侮辱。

**屈從** ㄑㄩ ㄘㄨㄥˊ 雖然違反本意，但是無力抗拒，只好勉強順從。

**屈尊** ㄑㄩ ㄗㄨㄣ 降低身分俯就的意思，現在常用作客套。

**屈就** ㄑㄩ ㄐㄧㄡˋ 降低身分做自己不願做的職務。

**屈撓** ㄑㄩ ㄋㄠˊ 図屈服順從。

**屈膝** ㄑㄩ ㄒㄧ 跪下。

**屈駕** ㄑㄩ ㄐㄧㄚˋ 請人來臨的敬詞。

**屈戌（兒）** ㄑㄩ ㄒㄩ ㄦ 戌字輕讀。門窗上的鉸鈕。

**屈打成招** ㄑㄩ ㄉㄚˇ ㄔㄥˊ ㄓㄠ 用嚴刑拷打，逼迫疑犯招供。

## 六筆

# 屏（屛）

▲ㄆㄧㄥˊ ㈠遮，擋。如「屏風」。㈡字畫的條幅。如「屏條」。㈢從遮擋引伸為保護的意思。如「屏障」。▲ㄅㄧㄥˇ ㈠斥退，排除。如「屏棄」。㈡見「屏氣」。㈢図退隱。如「屏居」。▲ㄅㄧㄥ 図「屏營」，惶恐的樣子。

**屏風** ㄆㄧㄥˊ ㄈㄥ 放在客廳或臥室，用來遮風和阻擋視線的用具。

**屏息**（ㄅㄧㄥˇ ㄒㄧˊ）〔文〕暫時停止呼吸，不出聲息。如「屏息凝神，靜聽大師演奏」。

**屏氣**（ㄅㄧㄥˇ ㄑㄧˋ）也作「屏息」，敬畏，不敢作聲。

**屏退**（ㄅㄧㄥˇ ㄊㄨㄟˋ）〔文〕趕走。對象常指壞人。

**屏絕**（ㄅㄧㄥˇ ㄐㄩㄝˊ）〔文〕①斷絕往來。②戒除癖好。

**屏棄**（ㄅㄧㄥˇ ㄑㄧˋ）〔文〕拋開、丟掉、放逐的意思。

**屏障**（ㄆㄧㄥˊ ㄓㄤˋ）保衛。也作「屏蔽」。

**屏蔽**（ㄆㄧㄥˊ ㄅㄧˋ）〔文〕像屏風似的擋住，以保護之。如「屏蔽一方」。

**屏營**（ㄅㄧㄥ ㄧㄥˊ）〔文〕害怕的樣子。如「不勝感荷屏營之至」。

**屏藩**（ㄆㄧㄥˊ ㄈㄢˊ）〔文〕遮蔽保護，作用如同屏風籬笆。

**屏條**（ㄆㄧㄥˊ ㄊㄧㄠˊ）（兒）書畫條幅，每四幅或八幅一組的。

**屏氣凝神**（ㄅㄧㄥˇ ㄑㄧˋ ㄋㄧㄥˊ ㄕㄣˊ）專心一志。

## 屌

ㄉㄧㄠˇ 男子生殖器的俗稱。

## 屍

ㄕ ㈠人死後的軀體。如「死屍」。㈡動物死後的軀體也叫「屍」。

**屍身**（ㄕ ㄕㄣ）屍體。

**屍骨**（ㄕ ㄍㄨˇ）屍體腐爛後剩下的骨頭。如「屍骨未寒」。

**屍斑**（ㄕ ㄅㄢ）醫學名詞，指人死後在屍體上必定顯出的紫色斑痕。

**屍親**（ㄕ ㄑㄧㄣ）命案中死人的家屬。

**屍體**（ㄕ ㄊㄧˇ）人或動物死後的身體。如「解剖屍體」。

**屍首**（ㄕ ㄕㄡˇ）（兒）人的屍體。

## 屎

▲ㄕˇ ㈠糞便。如「拉屎」。㈡嘲笑低能的人所作的。如「屎棋」。
▲ㄒㄧ 見「殿屎」。

**屎棋**（ㄕˇ ㄑㄧˊ）嘲笑人下棋太笨。也說「臭棋」。

**屎蚵蜋**（ㄕˇ ㄎㄜˋ ㄌㄤˊ）蜣蜋的俗稱。背上有硬殼，全身黑色，喜歡吃人畜的糞便。

## 屋

ㄨ ㈠房舍。如「住屋」。㈡房間。如「裏屋」。

**屋子**（ㄨ ˙ㄗ）房舍，房間。

**屋宇**（ㄨ ㄩˇ）〔文〕房屋。如「城中屋宇華美，街路寬敞」。

**屋架**（ㄨ ㄐㄧㄚˋ）承載屋面的構件，使用木料、鋼材或鋼筋混凝土等長形材料疊架而成。材料的性質或形狀，看需要而定。

**屋脊**（ㄨ ㄐㄧˇ）屋頂高起的部分。

**屋梁**（ㄨ ㄌㄧㄤˊ）支撐房頂的柱子或頂架。

**屋漏**（ㄨ ㄌㄡˋ）屋頂破裂，遇雨漏水。如「屋漏偏逢連夜雨」。

**屋簷**（ㄨ ㄧㄢˊ）屋頂伸到牆外的邊沿。

**屋門**（ㄨ ㄇㄣˊ）（兒）房屋的門。

**屋上架屋**（ㄨ ㄕㄤˋ ㄐㄧㄚˋ ㄨ）比喻重複。也作「疊床架屋」。

**屋頂花園**（ㄨ ㄉㄧㄥˇ ㄏㄨㄚ ㄩㄢˊ）在高樓的平面屋頂布置成花園，叫做「屋頂花園」。其功能有淨化空氣，美化環境等。

# 七筆

## 屐

ㄐㄧ ㈠木底的鞋。如「木屐」。㈡鞋的通稱。如「草屐」。

**屐齒**（ㄐㄧ ㄔˇ）木屐底下前後兩片著地的橫木。

## 屓（贔）

ㄒㄧˋ「贔屓」，也作「屓贔」，舊時石碑下面像龜的基石。

**屑** ㄒㄧㄝˋ ㈠碎末。如「炭屑」「木屑」。㈡細碎的。如「瑣屑」。㈢輕視，不值得。如「不屑」。㈣在心裡記著。如「屑意」。

**屑意** ㄒㄧㄝˋ ㄧˋ 同「介意」，把事情記在心裡。

**展** ㄓㄢˇ ㈠張開，舒放。如「展翅」「愁眉不展」。㈡事情的繼續變化。如「發展」。㈢放寬，延擱。如「展期」。㈣省（ㄒㄧㄥˇ）視。如「展墓」。㈤陳列。如「展覽」。㈥図施為，陳述。如「展布」。㈦姓。

**展出** ㄓㄢˇ ㄔㄨ 清楚地擺出來；明顯地表現出來。

**展布** ㄓㄢˇ ㄅㄨˋ 図①陳述意見。②施為。如「展布經綸」。

**展示** ㄓㄢˇ ㄕˋ 陳列展品供人參觀或選購。

**展性** ㄓㄢˇ ㄒㄧㄥˋ 物質受搥擊或滾壓，而能展成薄片的性質，金屬物質多數有這種性質。

**展品** ㄓㄢˇ ㄆㄧㄣˇ 陳列出來供人參觀的物品。

**展限** ㄓㄢˇ ㄒㄧㄢˋ 放寬限期。

**展翅** ㄓㄢˇ ㄔˋ 鳥類張開翅膀。也比喻人得到自由。

**展望** ㄓㄢˇ ㄨㄤˋ 對於事態發展前途的觀察與預測。

**展現** ㄓㄢˇ ㄒㄧㄢˋ 表現出。如「展現國力強大」。

**展期** ㄓㄢˇ ㄑㄧˊ 延長預定的期限。

**展開** ㄓㄢˇ ㄎㄞ 舒開，拓展，進行。

**展緩** ㄓㄢˇ ㄏㄨㄢˇ 暫時延期。

**展轉** ㄓㄢˇ ㄓㄨㄢˇ 同「輾轉」。

**展覽** ㄓㄢˇ ㄌㄢˇ 陳列物品給人觀賞，可以簡稱「展」。如「書展」「美展」。

**展示館** ㄓㄢˇ ㄕˋ ㄍㄨㄢˇ 陳列展品供人參觀的場所。如「電力展示館」。

**展開式** ㄓㄢˇ ㄎㄞ ㄕˋ 代數學跟簡式同值的詳細式。

**展覽會** ㄓㄢˇ ㄌㄢˇ ㄏㄨㄟˋ 陳列物品在會場，規定一定的時間給人觀賞，叫做「展覽會」。

**展演活動** ㄓㄢˇ ㄧㄢˇ ㄏㄨㄛˊ ㄉㄨㄥˋ 包括展覽和演出的活動。

## 八筆

**屙** ㄜ 大小便的排泄。如「屙屎」，「屙尿（ㄋㄧㄠˋ）」。

**屜（屉）** ㄊㄧˋ ㈠襯在鞋裡面的東西。㈡器物上的隔層。如「抽屜」。㈢籠屜的簡稱。

**屜子** ㄊㄧˋ ㄗ˙ ①抽屜。②隔層的木架或木板。如「紗屜子」「櫃屜子」。

**屠** ㄊㄨˊ ㈠大量的殺。如「屠殺」「屠城」。㈡宰殺牲畜。如「屠宰」。㈢見「屠戶」。㈣姓。

**屠戶** ㄊㄨˊ ㄏㄨˋ 也作「屠夫」，以屠宰牲畜為職業的人。〈水滸傳〉有「鄭屠」。

**屠門** ㄊㄨˊ ㄇㄣˊ 肉店。

**屠城** ㄊㄨˊ ㄔㄥˊ 攻破城池後屠殺城裡的居民。

**屠宰** ㄊㄨˊ ㄗㄞˇ 宰殺（牲畜）。

**屠殺** ㄊㄨˊ ㄕㄚ 大批殘殺。如「南京大屠殺」。

**屠場** ㄊㄨˊ ㄔㄤˇ 大規模宰殺牲畜的場所。又比喻大量殺害人民的國家。

**屠蘇** ㄊㄨˊ ㄙㄨ ①酒名，相傳在陰曆元旦喝了可以避邪。②草名。

**屠宰稅** ㄊㄨˊ ㄗㄞˇ ㄕㄨㄟˋ 民間宰殺牛羊豬時向政府繳納的稅。

**屠門大嚼** ㄊㄨˊ ㄇㄣˊ ㄉㄚˋ ㄐㄩㄝˊ 図經過肉店門口想到肉好吃，牙齒就大大地嚼了起來。比喻人對渴望得到而得不到的東西，藉由幻想得到滿足而自慰。

## 十一筆

**屢** ㄌㄩˇ 時常，一次又一次的。如「屢次」。

**屢次** ㄌㄩˇ ㄘˋ 不止一次。

**屢屢** ㄌㄩˇ ㄌㄩˇ 常常，屢次。

**屢次三番** ㄌㄩˇ ㄘˋ ㄙㄢ ㄈㄢ 一次又一次地。形容次數很多。

**屢見不鮮** ㄌㄩˇ ㄐㄧㄢˋ ㄅㄨˋ ㄒㄧㄢ 是「常可見到，並不新鮮」的意思。也作「數（ㄕㄨㄛˋ）見不鮮」。

**屢敗屢戰** ㄌㄩˇ ㄅㄞˋ ㄌㄩˇ ㄓㄢˋ 每次戰敗後，總要召集敗兵再戰。

**屢試不爽** ㄌㄩˇ ㄕˋ ㄅㄨˋ ㄕㄨㄤˇ [文]屢次試驗都沒有差錯。爽，差錯。

**屣** [文]ㄒㄧˇ 鞋，拖鞋。破鞋作「敝屣」。表示急著歡迎的意思，作「倒屣相迎」。

**㞞（[illegible]）** ㄙㄨㄥˊ 男人的精液。

## 十二筆

**屪** ㄌㄧㄠˊ 男子的生殖器。

**履** ㄌㄩˇ ㈠鞋。如「西裝革履」（革履是皮鞋）。㈡實行。如「履行」。㈢指人的行動、作為。如「操履」「履歷」。㈣走，腳踩過去。如「如履薄冰」「履險如夷」。㈤[文]領土。〈左傳〉有「賜我先君履」。又讀ㄌㄧˇ。

**履行** ㄌㄩˇ ㄒㄧㄥˊ 實行自己所應盡的責任。如「履行契約」。

**履約** ㄌㄩˇ ㄩㄝ [文]踐約，實踐約定的事。如「租期已滿，請即履約歸還房屋」。

**履帶** ㄌㄩˇ ㄉㄞˋ 坦克車、挖土機之類的重車車輪上裝的鋼質鏈帶。裝履帶的車子可以減少對地面單位面積的壓力，增加爬坡力，還可以在泥濘鬆軟的地面上行走，只是速度比較慢。

**履新** ㄌㄩˇ ㄒㄧㄣ [文]官吏到任。

**履踐** ㄌㄩˇ ㄐㄧㄢˋ [文]實行。如「遵守前約，認真履踐」。

**履歷** ㄌㄩˇ ㄌㄧˋ ①生平所經歷跟所任的職務。②記載生平所經歷跟所任職務的文件。

**履險** ㄌㄩˇ ㄒㄧㄢˇ [文]處身於危險的境地。如「履險如夷」。

**履歷表** ㄌㄩˇ ㄌㄧˋ ㄅㄧㄠˇ 記載姓名、年籍、通信地址跟履歷的表格。

**層** ㄘㄥˊ ㈠重（ㄔㄨㄥˊ），疊。如「四層樓」「好厚的一層霜」。㈡重疊的，一級一級的。如「層巒疊嶂」「層出不窮」。

**層次** ㄘㄥˊ ㄘˋ 事物的次序。

**層面** ㄘㄥˊ ㄇㄧㄢˋ ①地層中層與層的分界面。②比喻組織中的層級。如「這一件事的討論，已經到相當高的層面」。

**層峰** ㄘㄥˊ ㄈㄥ 重疊的山峰。比喻上級領導人。

**層級** ㄘㄥˊ ㄐㄧˊ 組織結構中一級一級的階層。

**層雲** ㄘㄥˊ ㄩㄣˊ 層層積聚的雲。

**層樓** ㄘㄥˊ ㄌㄡˊ 高樓。

**層轉** ㄘㄥˊ ㄓㄨㄢˇ 一層一層的轉上去。指機關公文的逐級往上呈送。

**層出不窮** ㄘㄥˊ ㄔㄨ ㄅㄨˋ ㄑㄩㄥˊ 重重疊疊地出現，似乎沒完沒了（ㄌㄧㄠˇ）。用來比喻事物言論的變化。

**層見疊出** ㄘㄥˊ ㄐㄧㄢˋ ㄉㄧㄝˊ ㄔㄨ 屢次出現，一次一次的發生。如「最近不法事件層見疊出」。

**層巒疊嶂** ㄘㄥˊ ㄌㄨㄢˊ ㄉㄧㄝˊ ㄓㄤˋ 形容山嶺重疊。

**屧** [文]ㄒㄧㄝˋ 木屐。

## 十四筆

**屨** 図ㄐㄩˋ 古人穿的一種粗鞋。

## 十五筆

**屩** 図ㄐㄩㄝˊ 麻鞋。

## 十八筆

**屬** ▲ㄕㄨˇ ㈠同系統有連帶關係的：①有血緣關係的。如「家屬」「親屬」。②有管轄關係的。如「部屬」「下屬」。③有種別關係的。如「金屬」「麋鹿之屬」。④有統領關係的。如「屬地」「屬於」。㈡用十二生肖記出生年的叫「屬」。如「我屬龍，今年十八歲」。▲図ㄓㄨˇ ㈠同「囑」。如「屬令」。㈡專注。如「屬目」。㈢図連綴，接續。如「前後相屬」。㈣図寫作。如「屬文」。

**屬下** ㄕㄨˇ ㄒㄧㄚˋ 部下。

**屬文** ㄓㄨˇ ㄨㄣˊ 図寫文章。如「此人年少即好屬文，亦好讀詩」。

**屬令** ㄓㄨˇ ㄌㄧㄥˋ 図吩咐，使令；告誡的意思。

**屬目** ㄓㄨˇ ㄇㄨˋ 図注目。

**屬地** ㄕㄨˇ ㄉㄧˋ 國家除了它本身的土地以外，有統領關係的土地，可以施行統治權的，好像從前英國對印度，中國對琉球。

**屬性** ㄕㄨˇ ㄒㄧㄥˋ 事物所具有的性質。

**屬於** ㄕㄨˇ ㄩˊ 歸於、關於。如「這個問題屬於哲學範圍」。

**屬相** ㄕㄨˇ ㄒㄧㄤˋ 用十二生肖來記出生的年，那個生肖叫屬相。（北京語音也說ㄕㄨˇ·ㄒㄧㄤ）。

**屬員** ㄕㄨˇ ㄩㄢˊ 屬下的職員。如科員、股長都是科長的屬員。

**屬國** ㄕㄨˇ ㄍㄨㄛˊ 受別的國家主權統治的國家。

**屬望** ㄓㄨˇ ㄨㄤˋ 図期望；期待。

**屬意** ㄓㄨˇ ㄧˋ 意向專注於（某一人）。

**屬僚** ㄕㄨˇ ㄌㄧㄠˊ 下屬的官員。

**屬實** ㄕㄨˇ ㄕˊ 図合於實際。

**屬鏤** ㄓㄨˇ ㄌㄡˋ 図春秋時代吳王夫差賜伍子胥自刎的劍，名叫屬鏤。

**屬人法** ㄕㄨˇ ㄖㄣˊ ㄈㄚˇ 法律名詞。法律所支配的範圍，依照人而訂定的法，稱為屬人法。

**屬地法** ㄕㄨˇ ㄉㄧˋ ㄈㄚˇ 法律名詞。法律所支配的範圍，依土地而訂定的法稱為屬地法。如不管任何國家的人，住在中國就得從中國的屬地法。

**屬毛離裡** ㄓㄨˇ ㄇㄠˊ ㄌㄧˊ ㄌㄧˇ 図毛在外，比喻父親；裡在內，比喻母親。比喻親子關係的密切。

**屬垣有耳** ㄓㄨˇ ㄩㄢˊ ㄧㄡˇ ㄦˇ 図有人靠著牆偷聽。也略作「屬垣」。

# 屮部

**屮** ▲ㄔㄜˋ 草木初生。▲ㄘㄠˇ 「艸」的古文，就是現在的「草」字。

## 一筆

**屯** ▲ㄊㄨㄣˊ ㈠聚集，存儲。如「屯糧」「屯積」。㈡軍隊停下來駐守。如「屯兵」「屯田」。㈢北方稱村莊。如「皇姑屯」。㈣堆疊。如「大雪屯門」。▲図ㄓㄨㄣ 卦名。「屯難（ㄋㄢˋ）」「屯蹇」是困頓、艱難的意思。

▲ㄔㄨㄣˊ「屯留」，山西省縣名。

**屯子** ㄊㄨㄣˊ ˙ㄗ 村莊。

**屯田** ㄊㄨㄣˊ ㄊㄧㄢˊ 派兵一面駐守，一面墾地，從事糧食生產。

**屯聚** ㄊㄨㄣˊ ㄐㄩˋ 集聚。

**屯衛** ㄊㄨㄣˊ ㄨㄟˋ 図舊時駐守軍事要地的部隊，平時要屯墾操練，戰時保衛疆土，叫做屯衛。

**屯墾** ㄊㄨㄣˊ ㄎㄣˇ 為了開發邊境荒地，仿照屯田的制度開墾，叫做屯墾。

**屯積** ㄊㄨㄣˊ ㄐㄧ 同「囤積」。

**屯蹇** ㄓㄨㄣ ㄐㄧㄢˇ 図〈易經〉的屯卦、蹇卦，意思是艱難險阻。後來用作遭受挫折，凡事不順。

**屯糧** ㄊㄨㄣˊ ㄌㄧㄤˊ ①屯田者應納的糧食。②屯積食糧。又作「囤糧」。

**屯難** ㄓㄨㄣ ㄋㄢˋ 図困頓艱苦。也指禍亂叢生。如「正邪不分，善惡不明，正是國步屯難之秋」。

**屮** ㄓ 古文「之」字。

## 山部

**山** ㄕㄢ ㈠地球收縮地殼運動所造成的陸地高起部分，高度在三百二十公尺以上的叫山；以下的叫小山。低的小山叫丘。又因為橫壓力而使地球表面摺曲的也叫山。因為岩堆噴出堆積而成的火山也叫山。㈡墳墓。如「山陵」、「山向兒」。㈢房屋兩側的牆。如「山牆」。㈣蠶簇。用稻草、麥稭、竹篾做成下圓大，上尖細的簇，蠶爬上去吐絲結繭，叫蠶上山。㈤形容聲音很大、很響。如「山響」。㈥姓。

**山人** ㄕㄢ ㄖㄣˊ ①隱居的人。②星命術士之類的人。③開玩笑時候的自稱的詞。如「山人自有妙計」。

**山口** ㄕㄢ ㄎㄡˇ 山的入口處。常指連綿山脈之中比較低的地方。

**山川** ㄕㄢ ㄔㄨㄢ 山河。

**山水** ㄕㄢ ㄕㄨㄟˇ ①山跟水。②指風景。如「山水秀麗」。③國畫的一種。

**山丘** ㄕㄢ ㄑㄧㄡ ①土山。②墳墓。

**山右** ㄕㄢ ㄧㄡˋ ①山的右側。②山西省的別稱。（坐北朝南看）

**山左** ㄕㄢ ㄗㄨㄛˇ ①山的左側。②山東省的別稱。（坐北朝南看）

**山地** ㄕㄢ ㄉㄧˋ 山岳重疊的地帶。

**山羊** ㄕㄢ ㄧㄤˊ 羊的一種，比綿羊瘦，公羊母羊都有角，毛直而不捲。公羊的下巴有長鬚。

**山君** ㄕㄢ ㄐㄩㄣ ①山神。〈史記〉「泰一皋山山君，地長用牛」。②老虎。古人認為老虎是「獸長」，所以管牠叫「山君」。

**山系** ㄕㄢ ㄒㄧˋ 多數同方向的山脈，合成一個系統的，叫做山系。

**山芋** ㄕㄢ ㄩˋ 番薯。

**山谷** ㄕㄢ ㄍㄨˇ 山裡凹下的地方。

**山坳** ㄕㄢ ㄠˋ 山間的平地。

**山妻** ㄕㄢ ㄑㄧ 不做官的人謙稱自己的妻子。

**山居** ㄕㄢ ㄐㄩ 在山中居住，舊時多指隱居。

**山岡** ㄕㄢ ㄍㄤ 不高的山。口語也說「山岡（ㄍㄤˇ）子」。

**山岳** ㄕㄢ ㄩㄝˋ ①高大的山。岳也作「嶽」。②比喻重大。〈後漢書〉有「功名重山岳」。

**山房** ㄕㄢ ㄈㄤˊ 山裡的房屋。隱居著書的人常用它作書室的名字，稱為某某山房。

**山林**（ㄕㄢ ㄌㄧㄣˊ）①比喻高士隱居的地方。如「鐘鼎山林，各有天性」。②山地和林木的統稱。

**山河**（ㄕㄢ ㄏㄜˊ）高山和大河，比喻國土。如「山河重光」。

**山長**（ㄕㄢ ㄓㄤˇ）舊時稱①在書院講學或主持教務的學者。②不願出仕而隱居山林的士人。

**山阿**（ㄕㄢ ㄜ）山彎曲的地方。

**山門**（ㄕㄢ ㄇㄣˊ）佛寺的大門。

**山城**（ㄕㄢ ㄔㄥˊ）山上的城鎮或靠山的城邑。

**山查**（ㄕㄢ ㄓㄚ）薔薇科落葉喬木。查或作樝、楂。又名棠球子。葉近於卵形，有裂片。樹高五、六公尺。花白色。果實球形，味有些酸，可以生吃，也可入藥。

**山洪**（ㄕㄢ ㄏㄨㄥˊ）山上暴發的大水。

**山炮**（ㄕㄢ ㄆㄠˋ）軍用火炮的一種。炮身短，容易搬運，彈道彎曲，便於在山中作戰，因此俗稱「過山炮」。

**山峰**（ㄕㄢ ㄈㄥ）山的突出的尖頂。

**山根**（ㄕㄢ ㄍㄣ）①図命相家稱人的鼻梁為山根。②北方口語說山腳為山根。③俗稱後頸為山根。

**山脊**（ㄕㄢ ㄐㄧˇ）山的高處好像屋脊的。

**山脈**（ㄕㄢ ㄇㄞˋ）許多山相連，依一定的方向伸延而成系統的山系。

**山茶**（ㄕㄢ ㄔㄚˊ）山茶科常綠灌木或小喬木。名字很多：千葉紅、石榴茶、曼陀羅樹、一捻紅、包株花，通常叫茶花。卵形式橢圓形的革質葉，面有光，互生。花開在枝端，有紅、白、粉紅等色。花可供觀賞。木材可供製器或雕刻。子可榨油。

**山區**（ㄕㄢ ㄑㄩ）多山的地區。

**山國**（ㄕㄢ ㄍㄨㄛˊ）指多山的國家或地區。

**山崩**（ㄕㄢ ㄅㄥ）山上的土石坍塌。

**山崖**（ㄕㄢ ㄧㄞˊ）山的陡立的側面。

**山莊**（ㄕㄢ ㄓㄨㄤ）山裡的別墅。

**山野**（ㄕㄢ ㄧㄝˇ）山地和郊野的合稱，對城鎮說的。

**山陵**（ㄕㄢ ㄌㄧㄥˊ）①高原的概稱。②帝王的墳墓。

**山嵐**（ㄕㄢ ㄌㄢˊ）図山間的雲霧。

**山溝**（ㄕㄢ ㄍㄡ）①山間的小溪。②偏僻的山區。③山谷。

**山群**（ㄕㄢ ㄑㄩㄣˊ）多數的山聚集而成不規則狀的，在火山地帶常可見到。也稱山彙。

**山腳**（ㄕㄢ ㄐㄧㄠˇ）山的靠近平地的部分。北方口語說「山根」。

**山腰**（ㄕㄢ ㄧㄠ）山頂和山腳之間大約一半的地方。

**山葵**（ㄕㄢ ㄎㄨㄟˊ）多年生草本植物。又名山萮茶、山薑。原產於日本。臺灣阿里山海拔兩千公尺處也有種植。地下莖圓錐形，有辛味，吃生魚片時用作調味料。

**山路**（ㄕㄢ ㄌㄨˋ）山間的道路。如「山路崎嶇」。

**山寨**（ㄕㄢ ㄓㄞˋ）在山中建立的可供多人駐守的房舍或工事。寨也作「砦」。

**山歌**（ㄕㄢ ㄍㄜ）山村間的民歌。

**山澗**（ㄕㄢ ㄐㄧㄢˋ）山中的小溪流。

**山積**（ㄕㄢ ㄐㄧ）図堆積得很多。

**山貓**（ㄕㄢ ㄇㄠ）比家貓稍大，有黃色或黑褐色的毛，背上有暗色虎斑，住在森林跟岩穴裡，捕食小動物。

**山頭** 山頂。

**山牆** 房屋兩側的高牆。

**山雞** 鳥名，形狀像雉雞。

**山藥** 藥字輕讀。薯蕷；有條狀的根，可以吃。

**山難** 登山、攀崖時候發生的災難。

**山麓** 山的基部。

**山響** 很響。如「他急了，把門拍得山響」。

**山巔** 山的頂端。

**山巒** 連綿的山。如「山巒起伏」。

**山坡(兒)** 山頂與平地之間的傾斜面。

**山毛櫸** 落葉喬木，高七八十尺。樹皮色黑，葉闊有尖，背面有毛，花淡綠色，春天開花，果實是堅果，有殼斗包著。木材可用來做鐵路的枕木和製几案等。

**山地舞** 臺灣原住民的舞蹈，邊唱邊跳，動作整齊。類似舊時的「踏歌」。

**山水畫** 國畫的一種，多以風景為題材。

**山貨鋪** 賣竹、木等器物，如箕、帚、杆、繩等類的商店。

**山頂兒** 山的最高處。

**山道年** [音]（santoninum）藥名，也譯作「山道寧」。驅出腸中蛔蟲的口服藥。

**山藥蛋** 藥字輕讀。馬鈴薯。

**山光水色** 山水的美景。

**山旮旯兒** 偏僻的山區。旮旯，指狹窄偏僻的地方。

**山姆叔叔** （Uncle Sam）「美國人」的諢號。從U. S.兩個字母引起的。叔叔讀成ㄕㄨ .ㄕㄨ。

**山明水秀** 形容風景優美。

**山東大鼓** 山東的地方鼓詞。也叫梨花大鼓。

**山南海北** 指遼遠的地方。

**山珍海錯** 水陸出產的菜肴。也作「山珍海味」。

**山重水複** 一重重的山巒，一條條的河川，使人疑惑前面到底有沒有可以走的路。如「山重水複疑無路，柳暗花明又一村」。

**山高水低** 指死亡。明人小說有「便是因老身十病九痛，怕一時有些山高水低」。

**山高水長** [文]形容能垂諸久遠，與山河並傳。

**山高水深** 同「山長(ㄔㄤ)水遠」。形容路途的艱難遙遠。如「一路上山高水深，走了一個多月才到」。

**山高水遠** ①指道路遙遠。②比喻意外的災禍（多指死亡）。

**山崩地裂** ①山崩塌，地裂開。描述嚴重的天然災害。②形容重大的事件，震撼人心。如「這事一發生，像山崩地裂讓人心驚膽戰」。

**山陰道上** [文]形容沿路美景很多，使人看得忙不過來。如「山陰（紹興）道上，應接不暇」。

**山頂洞人** 生活在距今約一萬八千年前的人類。民國二十二年裴文中在北平周口店附近的山頂洞中發現此種人類的化石。

**山棲谷飲** ㄕㄢ ㄑㄧ ㄍㄨˇ ㄧㄣˇ 文形容隱居的生活。

**山窮水盡** ㄕㄢ ㄑㄩㄥˊ ㄕㄨㄟˇ ㄐㄧㄣˋ 比喻境況事勢到了沒有希望的地步。

**山高皇帝遠** ㄕㄢ ㄍㄠ ㄏㄨㄤˊ ㄉㄧˋ ㄩㄢˇ 舊時說「連皇帝都管不到的地方」。形容偏遠。

## 三筆

**屹** ㄧˋ 文山峰高聳的樣子。

**屹立** ㄧˋ ㄌㄧˋ 文直立不動的樣子。

**屺** ㄑㄧˇ 文不長草木的山。

## 四筆

**岌** ㄐㄧˊ 文山高的樣子。

**岌岌** ㄐㄧˊ ㄐㄧˊ 文①高峻的樣子。②危險的樣子。

**岐** ㄑㄧˊ ㈠山名。一處在陝西，一處在山西。成語裡「鳳鳴岐山」，是指陝西的岐山。㈡通「歧」。㈢姓。

**岐黃** ㄑㄧˊ ㄏㄨㄤˊ 岐，岐伯；黃，黃帝。中醫奉岐伯為鼻祖，合岐黃為醫術的代稱。

**岐嶷** ㄑㄧˊ ㄋㄧˋ 文聰明特異的樣子。

**岍** ㄑㄧㄢ 山名，在陝西省隴縣西南。

**岔** ㄔㄚˋ ㈠分歧的道路。如「岔路」「岔口兒」。㈡意外的事故或是錯亂。如「小心，出了岔子就不好辦了」。㈢故意脫出主題，插進題外的話。如「看他說得越來越不對，我趕快拿話岔開」。㈣在別人說話時候插嘴。如「打岔」。㈤視線錯亂。如「只覺得眼前一岔，彷彿有什麼東西扔了過來」。㈥矛盾，前後不相符。如「你這話就岔了」。㈦聲音變了。如「他哭得嗓子都岔了」。

**岔子** ㄔㄚˋ ㄗ˙ 發生意外變動或錯誤。如「出了岔子」。

**岔眼** ㄔㄚˋ ㄧㄢˇ 視覺錯亂。

**岔口(兒)** ㄔㄚˋ ㄎㄡˇ ㄦ 道路的分岔口。

**岔路(兒)** ㄔㄚˋ ㄌㄨˋ ㄦ 岔道(兒)。

**岔道(兒)** ㄔㄚˋ ㄉㄠˋ ㄦ 分歧的路。

**岑** ㄘㄣˊ ㈠文山小而高。㈡寂靜。如「岑寂」。㈢姓。

**岑寂** ㄘㄣˊ ㄐㄧˋ 寂靜。如「山居岑寂」。

## 五筆

**岷** ㄇㄧㄣˊ 江名，山名，都在四川省。

**岱** ㄉㄞˋ 岱嶽，山東泰山的別稱。

**岱宗** ㄉㄞˋ ㄗㄨㄥ 文山東泰山的美稱。舊時常在詩文中出現。

**峋** ㄍㄡˇ 峋嶁，山名，在湖南省，是南嶽衡山的主峰。嶁，音ㄌㄩˇ。

**岡** ㄍㄤ 較低而平的山脊。如「山岡」。又讀ㄍㄤˇ。

**岡陵** ㄍㄤ ㄌㄧㄥˊ 山岡和丘陵。

**岡巒** ㄍㄤ ㄌㄨㄢˊ 連綿的山岡。如「看過去盡是岡巒起伏，沒有一塊平地」。

**岢** ㄎㄜˇ 岢嵐，縣名，在山西省。

**岵** 文ㄏㄨˋ 有草木的山。〈詩經〉有「陟彼岵兮」。

**岬** ㄐㄧㄚˇ ㈠兩山的中間。㈡伸入海裡的岬角。

**岫** 文ㄒㄧㄡˋ ㈠山峰。如「牕中列遠岫」。㈡山洞。如〈歸去來辭〉「雲無心以出岫」。

**岸** ㄢˋ ㈠水邊的地。如「海岸」「河岸」。㈡莊嚴的樣子。如「道貌岸然」。㈢形容身高體壯的樣子。如「偉岸」。㈣形容人驕傲的樣子。如「傲岸」。

**岸然道貌** ㄢˋ ㄖㄢˊ ㄉㄠˋ ㄇㄠˋ 容貌尊嚴，毫不輕佻的樣子。也作「道貌岸然」。

**岩** ㄧㄢˊ ㈠同「巖」。㈡構成地殼的石質。如「花崗岩」「火成岩」。

**岩石** ㄧㄢˊ ㄕˊ 礦物的集合體所構成的地球外殼，大致有火成岩、水成岩、變質岩三種。

**岩洞** ㄧㄢˊ ㄉㄨㄥˋ 山洞。指在地層中幽深曲折而綿長的洞穴。

**岩流** ㄧㄢˊ ㄌㄧㄡˊ 地質學名詞。火山爆發，噴出的岩漿，流出地面，匯流而下，叫「岩流」。

**岩層** ㄧㄢˊ ㄘㄥˊ 地殼中成層的岩石。

**岩漿** ㄧㄢˊ ㄐㄧㄤ 地殼內部還是熔融狀態的岩石，能隨火山爆發噴出，凝固以後就成了火成岩。

**岩盤** ㄧㄢˊ ㄆㄢˊ 地質學名詞。地層中整塊像凸透鏡的岩石，直徑在五英里以下，厚度從幾英尺到幾百英尺。

**岩鹽** ㄧㄢˊ ㄧㄢˊ 石鹽，我國四川出產很多，用途同海鹽。

**岳** ㄩㄝˋ ㈠同「嶽」。㈡對妻子的父母的稱呼。如「岳父」。㈢姓。

**岳丈** ㄩㄝˋ ㄓㄤˋ 岳父，妻子的父親。

**岳父** ㄩㄝˋ ㄈㄨˋ 稱呼妻子的父親。也作「岳丈」。

**岳母** ㄩㄝˋ ㄇㄨˇ 稱呼妻子的母親。

**岳家** ㄩㄝˋ ㄐㄧㄚ 妻子的娘家；岳父母家。

**岳墳** ㄩㄝˋ ㄈㄣˊ 岳飛的墳墓，在浙江杭州棲霞嶺下，面對西湖。墓前有秦檜夫婦與万俟卨、張俊等人跪拜的鐵像。

**岳王廟** ㄩㄝˋ ㄨㄤˊ ㄇㄧㄠˋ 祀岳飛的廟，在浙江杭州。

## 六筆

**峒** ▲ㄊㄨㄥˊ 崆峒，山名，在甘肅省。▲ㄉㄨㄥˋ ㈠山穴，通「洞」。㈡中國西南的苗人，古稱峒人。見〈峒谿纖志〉。㈢図山高低不齊的樣子。

**峋** ㄒㄩㄣˊ 図見「嶙峋」條。

**峙** ㄓˋ ㈠図山高的樣子。如「峙立」。㈡相對立。如「對峙」。

**峙立** ㄓˋ ㄌㄧˋ 図高山矗立的樣子。

## 七筆

**峰（峯）** ㄈㄥ ㈠高而尖的山頂。如「山峰」。㈡高級長官。如「層峰」。㈢類似山峰高起的部分。如「駝峰」。㈣形容高。如「登峰造極」。

**峰巒** ㄈㄥ ㄌㄨㄢˊ 山峰和山巒。

**島（㠀）** ㄉㄠˇ 海洋裡的小陸地。

**島國** ㄉㄠˇ ㄍㄨㄛˊ 建立在海島上的國家，英國、日本都是。

**島嶼** ㄉㄠˇ ㄩˇ 大小的海島。

**峱** ㄋㄠˊ 山名，在山東臨淄縣南。

**峻** ㄐㄩㄣˋ ㈠形容山高。如「崇山峻嶺」。㈡図比喻嚴厲苛刻。如「嚴刑峻法」。㈢図性急。如「峻急」。㈣図大。如「峻德」。

**峻切** ㄐㄩㄣˋ ㄑㄧㄝˋ 図嚴厲而且限期迫切。

**峻拒** ㄐㄩㄣˋ ㄐㄩˋ 図嚴厲的拒絕。

**峻法** ㄐㄩㄣˋ ㄈㄚˇ 図嚴厲的法律。

**峻急** ㄐㄩㄣˋ ㄐㄧˊ ①性情苛嚴不能容物。②形容水流湍急。

**峻峭** ㄐㄩㄣˋ ㄑㄧㄠˋ ①又高又陡。②形容性情苛嚴。

**峻德** ㄐㄩㄣˋ ㄉㄜˊ 図大德行。

**峻嶺** ㄐㄩㄣˋ ㄌㄧㄥˇ 高聳的山嶺。

**峭（陗）** ㄑㄧㄠˋ ㈠山勢又高又陡。如「峭立」。㈡見「峭直」。

**峭拔** ㄑㄧㄠˋ ㄅㄚˊ ①形容山勢高陡。②形容筆力雄健。

**峭直** ㄑㄧㄠˋ ㄓˊ 性情嚴厲正直。

**峭急** ㄑㄧㄠˋ ㄐㄧˊ 性情孤僻而躁急。

**峭寒** ㄑㄧㄠˋ ㄏㄢˊ 寒冷（多形容春寒）。

**峭壁** ㄑㄧㄠˋ ㄅㄧˋ 山勢陡立，好像牆壁那樣直。

**峽** ㄒㄧㄚˊ ㈠兩山夾著水道的地方。如「長江三峽」。㈡見「海峽」「地峽」等條。

**峽谷** ㄒㄧㄚˊ ㄍㄨˇ 深而狹窄的河谷，兩岸常有高陡的峭壁，是河水強大的下蝕力造成的，長江三峽、花蓮太魯閣，都是這樣造成的。有的地質優良，是很好的水庫壩址。

**峴** ㄒㄧㄢˋ 山小而高。

**峨（峩）** ㄜˊ ㈠高。如「巍峨」。㈡見「嵯峨」條。㈢峨眉，也作峨嵋，山名，在四川省峨眉縣西南。

**峨冠博帶** ㄜˊ ㄍㄨㄢ ㄅㄛˊ ㄉㄞˋ 図高高的帽子，寬寬的腰帶。是古代儒生的裝束。

**峪** ㄩˋ 山谷。

## 八筆

**崩** ㄅㄥ ㈠倒塌。如「山崩地裂」。㈡毀壞。如「崩潰」。㈢舊時皇帝死了叫做崩。㈣炸傷。如「放鞭砲把手崩了」。

**崩坍** ㄅㄥ ㄊㄢ 倒塌毀壞。

**崩潰** ㄅㄥ ㄎㄨㄟˋ ①倒散。②因為破壞而失敗。

**崍** ㄌㄞˊ 山名，在西康省。

**崚** ㄌㄥˊ 見「崚嶒」條。

**崚嶒** ㄌㄥˊ ㄘㄥˊ 図①山高峻的樣子。②形容人性情剛直。如「風骨崚嶒」。

**崙** ㄌㄨㄣˊ 見「崑」字條。

**崗** ▲ㄍㄤ 同「岡」。▲ㄍㄤˇ 見「崗位」條。

**崗子** ㄍㄤˇ ㄗ˙ 小山丘或隆起的土坡。如「打了老虎，武松一步步走下崗子」。崗也作岡。

**崗位** ㄍㄤˇ ㄨㄟˋ ①軍警值勤的處所。②職責，本分。如「各人守著崗位努力」。

**崗亭** ㄍㄤˇ ㄊㄧㄥˊ 供警衛人員站崗而設置的亭子。

**崗哨** ㄍㄤˇ ㄕㄠˋ ①站崗放哨的人員。②站崗放哨的處所。

**崗警** ㄍㄤˇ ㄐㄧㄥˇ 在崗位上執行任務的警察。

**崮** ㄍㄨˋ 平頂而四面陡峭的山，多作山名。

**崞** ㄍㄨㄛ 山名，縣名，都在山西省。

**崑（崐）** ㄎㄨㄣ 崑崙，山名，是我國最大的山脈，由帕米爾高原的蔥嶺起原，分成三支向東伸延。今也作「昆侖」。

**崑曲** ㄎㄨㄣ ㄑㄩˇ 我國戲劇的一種。明末清初最盛行，是崑山人魏良輔改舊時南曲而成，所以叫「崑曲」。

**崑腔** ㄎㄨㄣ ㄑㄧㄤ 崑曲，又名「崑山腔」「南曲」「南詞」。原是元末明初流行於江蘇崑山一帶的戲曲腔調；明朝中葉經魏良輔改良，以演唱傳奇故事為主，兼用笙、簫等樂器伴奏。後來逐漸流行，稱之為崑曲或崑腔。「崑」今又作「昆」。

**崆** ㄎㄨㄥ 崆峒，山名，在甘肅、河南、四川、江西省等地，有六座山都名叫崆峒，以甘肅省固原縣的最有名。

**崛** [文]ㄐㄩㄝˊ 特起。

**崛起** ㄐㄩㄝˊ ㄑㄧˇ [文]突然高起。

**崎** ▲ㄑㄧˊ 彎曲的河岸。▲ㄑㄧ 見「崎嶇」條。

**崎嶇** ㄑㄧ ㄑㄩ ①山路不平。②比喻事情困難。如「前途崎嶇」。

**崢** [文]ㄓㄥ 見「崢嶸」條。又讀 ㄔㄥ。

**崢嶸** ㄓㄥ ㄖㄨㄥˊ [文]①山高峻的樣子。如「崖壁崢嶸」。②超過常人的樣子。如「頭角（ㄐㄩㄝˊ）崢嶸」。又讀 ㄔㄥ ㄏㄨㄥˊ。

**崇** ㄔㄨㄥˊ ㈠形容高。如「崇高」「崇山峻嶺」。㈡尊敬。如「尊崇」「崇拜」。㈢重視。如「崇尚」。㈣[文]終了，表示整個的一段時間。如「不崇朝（ㄓㄠ）」。㈤姓。

**崇山** ㄔㄨㄥˊ ㄕㄢ 高山。

**崇奉** ㄔㄨㄥˊ ㄈㄥˋ 尊敬信仰。

**崇尚** ㄔㄨㄥˊ ㄕㄤˋ 贊成，重視，而且照著那樣去做。如「我國自古崇尚禮義」。

**崇拜** ㄔㄨㄥˊ ㄅㄞˋ ①敬仰欽服。②基督教徒聚集禮拜上帝叫崇拜。

**崇朝** ㄔㄨㄥˊ ㄓㄠ [文]也就是「終朝」，從早晨到中午。〈詩經〉有「誰謂宋遠，曾不崇朝」。

**崇閎** ㄔㄨㄥˊ ㄏㄨㄥˊ [文]高而大。

**崔** ㄘㄨㄟ ㈠山高大的樣子。㈡姓。

**崔巍** ㄘㄨㄟ ㄨㄟˊ [文]形容山高。

**崧** ㄙㄨㄥ 高而大的山，同「嵩」。

**崖** ㄧㄞˊ ㈠山邊，高地的邊沿。如「懸崖」。㈡[文]崖岸，形容人性情高傲的樣子。

**崖鹽** ㄧㄞˊ ㄧㄢˊ 甘肅武都跟陝西鳳縣出產，生在土崖間，形狀像白礬的鹽塊。

**崤** ㄧㄠˊ 山名，在河南省。

**崦** ㄧㄢ 見「崦嵫」條。

**崦嵫** ㄧㄢ ㄗ 山名，在甘肅省天水縣西面，相傳是日落的地方，所以文言用來比喻人老景暮。

**崟** ㄧㄣˊ 見「嶔崟」條。

## 九筆

**嵋** ㄇㄟˊ 峨眉，山名，在四川省。一般人往往寫成峨嵋。

**嵐** [文]ㄌㄢˊ 山裡的水蒸氣上升，結成雲霧的樣子，隨風飄動，叫嵐。如「山光嵐影」。

**嵂** [文]ㄌㄩˋ 高大的樣子。

**嵌** ㄑㄧㄢ 把東西填進空隙裡去。如「嵌寶石戒指」。又讀 ㄑㄧㄢˋ，ㄎㄢˋ。

**嵌石** ㄑㄧㄢ ㄕˊ 源於希臘的一種工藝美術。把彩色玻璃或石片，嵌在地面或牆壁上，用來作裝飾。希臘語為mosaic，現在稱為馬賽克的，就是嵌石。

**嵌金** ㄑㄧㄢ ㄐㄧㄣ 工藝美術的一種，把碎金嵌在器物上作裝飾。

**嵇** ㄐㄧ ㈠山名，在河南省。㈡姓。

**崽** ㄗㄞˇ ㈠見「崽子」條。㈡過去稱為外僑服勞役的我國人叫「西崽」。

**崽子** ㄗㄞˇ ˙ㄗ ①小孩兒。②指小動物。③兔崽子，罵人的話。

**崿** 図 ㄜˋ 山崖。

**嵒** ㄧㄢˊ 同「巖」。

**嵗** 図 ㄨㄟ 嵗嵬，形容高的樣子。

**嵎** 図 ㄩˊ ㈠山彎曲的地方。「負嵎」就是憑藉彎曲險要的地勢。㈡通「隅」。

## 十筆

**嵫** 図 ㄗ 見「崦嵫」條。

**嵊** ㄕㄥˋ 縣名，山名，都在浙江省。

**嵯** 図 ㄘㄨㄛˊ 見「嵯峨」。

**嵯峨** ㄘㄨㄛˊ ㄜˊ 図山高的樣子。

**嵩** 図 ㄙㄨㄥ ㈠高聳。㈡嵩山，在河南省，是我國五嶽之一，高約兩千公尺。

**嵬** 図 ㄨㄟˊ 高而不平。「崔巍」也作「崔嵬」。

## 十一筆

**嶁** 図 ㄌㄡˇ 山巔。

**嶇** ㄑㄩ 見「崎嶇」條。

**嶄（嶃）** 介 ㄓㄢˇ ㈠山頭高峻。㈡同「巉」，「嶄巖」就是「巉巖」。

**嶄然** ㄓㄢˇ ㄖㄢˊ 図①高峻的樣子。②非常的。

**嶄新** ㄓㄢˇ ㄒㄧㄣ 很新。

**嶄露頭角** ㄓㄢˇ ㄌㄨˋ ㄊㄡˊ ㄐㄩㄝˊ 図顯現很高的才華，引人注目。「頭角」是說「頭頂左右突出如同犄角」，比喻年輕的氣概或才華。如「他在班上特別用功，不久就嶄露頭角，名列前茅」。

**嶂** 図 ㄓㄤˋ 直立像屏障的山峰。

## 十二筆

**嶝** 図 ㄉㄥˋ 登山的小路。

**嶙** 図 ㄌㄧㄣˊ 見「嶙峋」①。

**嶙峋** ㄌㄧㄣˊ ㄒㄩㄣˊ ①図形容山石重疊的樣子。②形容人消瘦露骨。如「瘦骨嶙峋」。

**嶙嶙** ㄌㄧㄣˊ ㄌㄧㄣˊ 図山巒起伏的樣子。

**嶗** ㄌㄠˊ 山名，在山東省即墨縣。原作「勞山」。

**嶠** ㄐㄧㄠˋ 尖而高的山。

**嶔** 図 ㄑㄧㄣ 見下。

**嶔崟** ㄑㄧㄣ ㄧㄣˊ 図①山高的樣子。②品格高的樣子。如「他是個嶔崟磊落的人」。

**嶒** ㄘㄥˊ 見「崚嶒」條。

**嶢** 図 ㄧㄠˊ 山高的樣子。

## 十三筆

**嶮** ㄒㄧㄢˇ 図 ㄒㄧㄢˇ ㈠形容高峻的樣子。㈡同「險」㈠。

**嶮巇** ㄒㄧㄢˇ ㄒㄧ 図艱險，顛危，也形容山路不好走。引伸作人生道路的崎嶇。

**嶲（巂）** ▲ㄙㄨㄟ 州名，故治在今西康省西昌縣，漢代設立，名越嶲。▲ㄍㄨㄟ 鳥名，就是子規、杜鵑。〈爾雅〉「子嶲鳥出蜀中」。

**嶴** ㄠˋ 地名，浙江等省沿海的島嶼很多用它作名字。浙江樂清有「章嶴」。

**嶧** ㄧˋ 山名，縣名，都在山東省。

## 十四筆

**嶷** ▲ㄋㄧˋ 見「岐嶷」條。▲ㄧˊ 九嶷，山名，在湖南省寧遠縣。

**嶺** ㄌㄧㄥˇ ㈠山頂有路可通的叫嶺。㈡山脈的幹系。如「南嶺」「北嶺」。

**嶺南** ㄌㄧㄥˇ ㄋㄢˊ 指五嶺以南的地區，就是廣東、廣西一帶。

**嶸** 図ㄖㄨㄥˊ 見「崢嶸」條。又讀ㄏㄨㄥˊ。

**嶼** ㄩˇ 小島。如「島嶼」。

**嶽** ㄩㄝˋ 高大的山。「五嶽」，是我國古時候認為著名的五座高山。

**嶽峙淵渟** ㄩㄝˋ ㄓˋ ㄩㄢ ㄊㄧㄥˊ 図讚美人的品格如山之聳峙，如淵之深沉。也作「淵渟嶽峙」。

## 十七筆

**巇** 図ㄒㄧ 危險。如「巉巇」。

**巉** 図ㄔㄢˊ 像是鏤刻過的高山。

**巉巖** ㄔㄢˊ ㄧㄢˊ 図山石危峻的樣子。

## 十八筆

**巋** ㄎㄨㄟ 図㈠小山羅列的樣子。㈡高聳的樣子。㈢屹立、獨立的樣子。如「巋然獨存」。

**巋然獨存** ㄎㄨㄟ ㄖㄢˊ ㄉㄨˊ ㄘㄨㄣˊ 図周圍都已蕩然無存，只有它屹立不搖。

**巍** 図ㄨㄟˊ 高大的樣子。如「巍峨」。

**巍峨** ㄨㄟˊ ㄜˊ 図崇高、高聳的樣子。

**巍巍** ㄨㄟˊ ㄨㄟˊ 図高大的樣子，〈論語〉有「巍巍乎舜禹之有天下也」。

## 十九筆

**巔** ㄉㄧㄢ 山頂。如「巔峰」。

**巔峰** ㄉㄧㄢ ㄈㄥ 最高的山頂。

**巒（峦）** ㄌㄨㄢˊ ㈠迂迴連綿的山峰。㈡小而尖的山。

## 二十筆

**巖** ㄧㄢˊ ㈠高山。㈡石洞。

**巖穴** ㄧㄢˊ ㄒㄩㄝˊ 山洞。

**巖居穴處** ㄧㄢˊ ㄐㄩ ㄒㄩㄝˋ ㄔㄨˇ 比喻人隱居的情形。

**巘** ㄧㄢˇ 山峰。巘巘，山勢高的樣子。

# 巛部

**巛** ㄔㄨㄢ 「川」的本字。

**巜** ㄍㄨㄞˋ 通「澮」，田間比く大的水道。現在用作注音符號。

**く** ㄑㄩㄢˇ 「畎」的古字，是田間的水道。現在用作注音符號。

**川** ㄔㄨㄢ ㈠河流。如「河川」「高山大川」。㈡水不停的流，所以經常不斷的叫「常川」。㈢平地叫「平川」。㈣四川省的簡稱。如「川鹽」。㈤烹飪法的一種，把食物放在滾開的水裡，一煮就撈起來叫「川」。㈥旅費叫「川資」。

**川芎** ㄔㄨㄢ ㄒㄩㄥ 中藥名，四川出產的芎藭。芎藭是多年生草本植物，莖高約三十到六十公分，羽狀複葉，秋天開白色小花。地下莖可入藥，有調經、補血、止痛等效用。

**川流** ㄔㄨㄢ ㄌㄧㄡˊ 拿水流比喻事情的連續不斷。也作「川流不息」。

**川資** ㄔㄨㄢ ㄗ 旅費。

**川鹽** ㄔㄨㄢ ㄧㄢˊ 四川所出產的井鹽。

## 三筆

**州** ㄓㄡ ㈠從前的行政區域名。如「揚州」「幽州」。㈡姓。

**州官放火** ㄓㄡ ㄍㄨㄢ ㄈㄤˋ ㄏㄨㄛˇ 宋朝田登做州官，官府不願犯他的名諱，把「燈」改成「火」。元宵節出布告說：「本州依例放火三日。」一般說「只許州官放火，不許百姓點燈」，就是從這裡來的。後來引伸作在上的人仗勢胡來，卻限制在下的人的自由。

## 八筆

**巢** ㄔㄠˊ ㈠樹上的鳥窩。如「鵲巢」。㈡土匪窩。

**巢穴** ㄔㄠˊ ㄒㄩㄝˋ ①土匪藏身的地方。如「巢穴」。②鳥獸的窩。也作「巢窟」。

**巢居** ㄔㄠˊ ㄐㄩ 上古時代，人類沒有居室，棲宿樹上，叫做巢居。

# 工部

**工** ㄍㄨㄥ ㈠從事勞動生產的人。如「工人」「長工」。㈡工作。如「加工」「手工」「完工」。㈢由人工做成的。如「工程」「工事」。㈣工人工作一天叫「一工」。㈤精緻的。如「工整」。㈥我國舊樂譜上表樂音高低的符號，見「工尺」條。㈦〔文〕擅長，善於。如「工書畫」。

**工人** ㄍㄨㄥ ㄖㄣˊ 用勞力換取報酬的人。

**工力** ㄍㄨㄥ ㄌㄧˋ ①工夫跟力量。如「他的畫很見工力」。②工作人數。

**工夫** ㄍㄨㄥ ㄈㄨ 也作「功夫」。夫字輕讀。①時間，閒空。如「我沒工夫，不去了」。②技藝，本領，武藝。如「你這工夫練得也真不錯了」。③經驗。如「工夫很老練」（經驗老到）。④所用的時間、勞力跟心血的程度。如「只要工夫深，鐵杵磨成繡花針」。

**工友** ㄍㄨㄥ ㄧㄡˇ 機關學校裡作雜事的工人。

**工尺** ㄍㄨㄥ ㄔㄜˇ 我國舊時記樂譜的符號，分合、四、一、上、尺、工、凡七聲，叫做工尺。相當於西樂的C、D、E、F、G、A、B及Do. Re. Mi. Fa. So. La. Si。

**工巧** ㄍㄨㄥ ㄑㄧㄠˇ 細緻精巧。多用於手工藝品或詩文、書畫。

**工本** ㄍㄨㄥ ㄅㄣˇ 製造品所費的工事和成本。如「酌收工本費」「不惜工本」。

**工匠** ㄍㄨㄥ ㄐㄧㄤˋ 做手藝的工人。

**工地** ㄍㄨㄥ ㄉㄧˋ 工程正在進行的地方。如「這些機具明天得運到工地」。

**工作** ㄍㄨㄥ ㄗㄨㄛˋ ①做工。②做事。③工或事。如「你近來有什麼工作麼」。

**工兵** ㄍㄨㄥ ㄅㄧㄥ 挖掘戰壕、架橋、鋪路等工程的兵種。

**工役** ㄍㄨㄥ ㄧˋ ①舊時稱在機關、學校做雜事的人。②民工的徵用。

**工事** ㄍㄨㄥ ㄕˋ 關於土木跟其他工作的事。

**工具** ㄍㄨㄥ ㄐㄩˋ ①工作時候應用的器具。②比喻受人利用的人。

**工房** ㄍㄨㄥ ㄈㄤˊ ①規模比較小的工作場所。②工人宿舍。

**工拙** ㄍㄨㄥ ㄓㄨㄛˊ 図精美與拙劣。如「任憑如何耍嘴皮，不將工拙與人爭」。

**工架** ㄍㄨㄥ ㄐㄧㄚˋ 也作「功架」。戲曲演員表演時候的身段和姿勢。

**工科** ㄍㄨㄥ ㄎㄜ 跟工程有關的教育學科的統稱。如「工科範圍很廣，土木、建築等都包括在內」。

**工時** ㄍㄨㄥ ㄕˊ 工人工作時間的計算單位，工作一小時為一工時。

**工料** ㄍㄨㄥ ㄌㄧㄠˋ 人工跟材料。

**工場** ㄍㄨㄥ ㄔㄤˇ 工人做工的場所，機器間。

**工期** ㄍㄨㄥ ㄑㄧˊ 工程的期限。如「這棟大樓的工期是七百六十個工作天」。

**工程** ㄍㄨㄥ ㄔㄥˊ 建築、製造等工作規模大的。

**工筆** ㄍㄨㄥ ㄅㄧˇ 國畫筆畫細緻的作畫方法。

**工會** ㄍㄨㄥ ㄏㄨㄟˋ 工人自己組織，謀求共同利益的人民團體。

**工楷** ㄍㄨㄥ ㄎㄞˇ 工整的楷書。如「老師規定，今天下午每人要交一張工楷」。

**工業** ㄍㄨㄥ ㄧㄝˋ 投入資金跟勞力，用機器跟人為的力，使自然物變更形態成為更有用的東西，或是使低價值的物體變成高價值，這種生產事業叫工業。如「電器工業」「鐘錶工業」。又建築、出版等事業，規模宏大的，也叫工業。

**工蜂** ㄍㄨㄥ ㄈㄥ 蜂群中生殖器官發育不完全的雌蜂，身體小，深黃灰色，翅膀長，善於飛行，有毒刺，腹部有分泌臘質的腺體，兩隻後腳上有花粉籃。工蜂只管築蜂窩，採集花粉和花蜜，哺育幼蟲和母蜂等工作。

**工資** ㄍㄨㄥ ㄗ 就是工錢，工人用勞力換來的金錢報酬。

**工價** ㄍㄨㄥ ㄐㄧㄚˋ 完成工程所需要的金錢代價。

**工廠** ㄍㄨㄥ ㄔㄤˇ 有機器、工人，把原料變成製造品，或把半成品變為成品的製造工作的場所。通常至少包括工作、業務、管理各部門。

**工潮** ㄍㄨㄥ ㄔㄠˊ 工人跟工廠老闆之間因為工資或其他事故而發生的風潮。

**工整** ㄍㄨㄥ ㄓㄥˇ 精細齊整。

**工緻** ㄍㄨㄥ ㄓˋ 図精巧細緻。如「這一幅刺繡繡得多工緻啊」。

**工錢** ㄍㄨㄥ ㄑㄧㄢˊ 做工所得到的錢。

**工職** ㄍㄨㄥ ㄓˊ 工業職業學校的略稱。

**工穩** ㄍㄨㄥ ㄨㄣˇ 図工整而妥貼。如「他的舊詩對仗很工穩」。

**工藝** ㄍㄨㄥ ㄧˋ ①工作上的技藝。②學校科目之一，教學生作手工藝品的課業。

**工讀** ㄍㄨㄥ ㄉㄨˊ 學生依靠自己的勞力賺取生活費用或學費。也有學校訂立辦法，讓學生參加校內的勞務工作，所得抵繳學費。

**工頭（兒）** ㄍㄨㄥ ㄊㄡˊ（ㄦ） 工人的頭目。

**工作天** ㄍㄨㄥ ㄗㄨㄛˋ ㄊㄧㄢ 實際上能工作的日子。

**工作坊** ㄍㄨㄥ ㄗㄨㄛˋ ㄈㄤ 志同道合而且有相同能力的人所組的工作小集體。製品可以作商品，但是工作場所既不是工廠，也不是商店。

**工作狂** ㄍㄨㄥ ㄗㄨㄛˋ ㄎㄨㄤˊ 指整天埋頭工作，不找娛樂消遣的工作熱忱。

**工作服** ㄍㄨㄥ ㄗㄨㄛˋ ㄈㄨˊ 工人在工作時穿的服裝。

**工作權** ㄍㄨㄥ ㄗㄨㄛˋ ㄑㄩㄢˊ　憲法規定人民有工作權。有工作能力的國民，可以請求國家給工作機會。

**工具書** ㄍㄨㄥ ㄐㄩˋ ㄕㄨ　供人查考字詞的意義、讀音與出處，或是歷史事蹟、典章的字典、辭典、索引、年鑑等。

**工商業** ㄍㄨㄥ ㄕㄤ ㄧㄝˋ　工業和商業的合稱。

**工程師** ㄍㄨㄥ ㄔㄥˊ ㄕ　凡是土木、化學、機械、電機、水利、紡織、礦冶、航空等各類工程，負責主持工作的計畫以及執行跟管理、人力跟機器的運用、材料的選擇跟使用等，這些專門人員都叫工程師。

**工業化** ㄍㄨㄥ ㄧㄝˋ ㄏㄨㄚˋ　使現代工業在國民經濟中佔主要地位。

**工業國** ㄍㄨㄥ ㄧㄝˋ ㄍㄨㄛˊ　現代工業在國民經濟中佔主要地位的國家。

**工讀生** ㄍㄨㄥ ㄉㄨˊ ㄕㄥ　課餘用勞力賺錢支付生活費和學費的學生。

**工力悉敵** ㄍㄨㄥ ㄌㄧˋ ㄒㄧ ㄉㄧˊ　図兩人的本事、才學相差不多，分不出高低。

**工作母機** ㄍㄨㄥ ㄗㄨㄛˋ ㄇㄨˇ ㄐㄧ　用來製造機器和機械的機器，比如車床、鉋床等。

**工作規範** ㄍㄨㄥ ㄗㄨㄛˋ ㄍㄨㄟ ㄈㄢˋ　一種分析性的文件，列明具完成一件工作所必需的人員及其必備的資格、條件等。

**工業革命** ㄍㄨㄥ ㄧㄝˋ ㄍㄜˊ ㄇㄧㄥˋ　又名「產業革命」「實業革命」。發生在西元一七六〇到一八三〇年間，新發明的蒸汽機和紡織機改變了以手工為主的工業技術，引起一連串的變革。

**工藝美術** ㄍㄨㄥ ㄧˋ ㄇㄟˇ ㄕㄨˋ　陶器、雕塑、鑄造、染織、髹漆、刺繡等，加上美術技巧或裝飾使它美化的，都叫「工藝美術」。

**工藝教育** ㄍㄨㄥ ㄧˋ ㄐㄧㄠˋ ㄩˋ　傳授實用技藝，使學生得到製作工藝品所必需的知識，以便用於社會的一種學校教育。

## 二筆

**巨** ㄐㄩˋ　㈠大。如「巨頭」。㈡姓。

**巨人** ㄐㄩˋ ㄖㄣˊ　①偉人。②身材高大的人。

**巨大** ㄐㄩˋ ㄉㄚˋ　很大。形容數量、規模等。如「他設計了一件巨大的工程」。

**巨子** ㄐㄩˋ ㄗˇ　在一種行業當中優秀而影響力大的人。如「工業巨子」。

**巨奸** ㄐㄩˋ ㄐㄧㄢ　大壞人。也作巨猾。

**巨室** ㄐㄩˋ ㄕˋ　図①大房子。②舊時指公卿大夫的家，借喻達官、貴人、富豪。如「為政不得罪於巨室」。

**巨星** ㄐㄩˋ ㄒㄧㄥ　①大明星，突出的人物。常指演藝、歌唱界最受觀眾聽眾喜愛的人。②體積大，光度強的恒星。

**巨浪** ㄐㄩˋ ㄌㄤˋ　①高高激起的海浪。②比喻影響很大的時勢趨向。如「民主自由的巨浪」。

**巨細** ㄐㄩˋ ㄒㄧˋ　大的和小的（事情）。如「事無巨細」。

**巨蛋** ㄐㄩˋ ㄉㄢˋ　指半球形屋頂的巨型運動場，從天空鳥瞰，像個大蛋。

**巨富** ㄐㄩˋ ㄈㄨˋ　①巨額財富；大富。②非常富有的人。

**巨著** ㄐㄩˋ ㄓㄨˋ　篇幅長或內容精深的著作。如「〈紅樓夢〉是一部巨著」。

**巨頭** ㄐㄩˋ ㄊㄡˊ　重要的領袖人物。

**巨擘** ㄐㄩˋ ㄅㄛˋ　図大拇指。比喻最有成就、最有影響力的人物。如「王先生是對外貿易的巨擘」。

**巨額** ㄐㄩˋ ㄜˊ　很大的數量。

**巨變** ㄐㄩˋ ㄅㄧㄢˋ　巨大的變化。

**巨無霸** ㄐㄩˋ ㄨˊ ㄅㄚˋ　①新莽時代一個巨人，身高十尺，腰大十圍。②泛稱身材高大的人。

**巧** ㄑㄧㄠˇ ㈠美好，精細。如「巧妙」「巧奪天工」。㈡技術。如「技巧」。㈢恰好。如「巧合」「偏巧」。㈣聰明，靈敏，拙之反。如「巧婦」「靈巧」。㈤耍小聰明騙人。如「花言巧語」「巧言令色」。㈥姓。

**巧手** ㄑㄧㄠˇ ㄕㄡˇ 靈巧的手。如「她有一雙靈巧的手，擅長刺繡」。

**巧合** ㄑㄧㄠˇ ㄏㄜˊ （事情）湊巧相合或相同。如「他跟我同年，生日又是同一天，真是巧合」。

**巧妙** ㄑㄧㄠˇ ㄇㄧㄠˋ （方法或技術等）靈巧高明，超過尋常的。如「巧妙的安排」。

**巧言** ㄑㄧㄠˇ ㄧㄢˊ 好聽而不實在的話。

**巧思** ㄑㄧㄠˇ ㄙ 巧妙的構思。如「園中布置的山石花木，各具巧思」。

**巧計** ㄑㄧㄠˇ ㄐㄧˋ 巧妙的計策。

**巧婦** ㄑㄧㄠˇ ㄈㄨˋ 在家事方面很能幹的婦女。如「巧婦難為無米之炊」。

**巧詐** ㄑㄧㄠˇ ㄓㄚˋ 巧施詐騙。

**巧辯** ㄑㄧㄠˇ ㄅㄧㄢˋ 善於辯解，能把黑的說成白的（含貶義）。如「這種巧辯的人，少跟他來往」。

**巧克力** ㄑㄧㄠˇ ㄎㄜˋ ㄌㄧˋ 圖chocolate的音譯，一種食品，用可可粉加牛奶、香料和糖做成的。

**巧固球** ㄑㄧㄠˇ ㄍㄨˋ ㄑㄧㄡˊ 一種球類運動。在二十公尺寬四十公尺長的場地上，兩端中央各設球網。比賽時攻隊在不違反三傳、三步及三秒等規定動作，攻球而觸球網。球觸網之前，守隊不得以任何動作阻礙。球觸網反彈回球場，如未被守隊接住，算攻隊得分，反彈球觸地前由守隊接住，守隊可轉守為攻。

**巧勁兒** ㄑㄧㄠˇ ㄐㄧㄣˋ ㄦ ①碰巧的事。如「我正想打電話找他，他卻來了，真是巧勁兒」。②巧妙的竅門。如「只要找到巧勁兒，做起來就很順利了」。

**巧立名目** ㄑㄧㄠˇ ㄌㄧˋ ㄇㄧㄥˊ ㄇㄨˋ 定出許多名目，以達到某種不正當的目的。

**巧言令色** ㄑㄧㄠˇ ㄧㄢˊ ㄌㄧㄥˋ ㄙㄜˋ 図形容人花言巧語，假裝和善，討好別人的樣子。（語出〈論語．學而〉）。

**巧取豪奪** ㄑㄧㄠˇ ㄑㄩˇ ㄏㄠˊ ㄉㄨㄛˊ 運用詭詐的手段或強大的威勢奪得（錢財或土地、權利）。

**巧奪天工** ㄑㄧㄠˇ ㄉㄨㄛˊ ㄊㄧㄢ ㄍㄨㄥ 人工製造，但是勝過天然。

**巧婦難為無米之炊** ㄑㄧㄠˇ ㄈㄨˋ ㄋㄢˊ ㄨㄟˊ ㄨˊ ㄇㄧˇ ㄓ ㄔㄨㄟ 能幹的婦女沒有米，再也燒不出飯來。比喻無中生有是辦不到的。

**左** ㄗㄨㄛˇ ㈠「右」邊的對面，在左手這一邊的。如「向左轉」。㈡面向南時候東邊叫左。如「山左」（山東），「江左」（江東）。㈢不正派的。如「旁門左道」。㈣錯誤。如「你越說越左了」。㈤偏執，怪僻。如「左性子」。㈥政治思想屬於急進的派系；又指有共產思想的人。如「左派」「左傾」。㈦用左手作業不方便，所以不方便叫「左」。如「左計」。㈧偏袒一方面。如「左袒」。㈨憑據。如「左證」。㈩鄰近。如「左近」。⑪図古時官位右邊的高，所以降職叫「左遷」。⑫姓。

**左手** ㄗㄨㄛˇ ㄕㄡˇ ①左邊的手。②左邊。

**左右** ㄗㄨㄛˇ ㄧㄡˋ ①左跟右兩方面。如「左右為難」。②上下、光景。如「二十歲左右」。③影響。如「被他的意見所左右」。④表示決定的副詞，有「反正」「終究」的意思。如「今天左右沒事兒，出去走走」。⑤図身邊跟隨的人。如「屏退左右」。⑥図書信裡的敬詞，不直接稱呼對方，表示尊敬。如「某某先生左右」。

**左券** ㄗㄨㄛˇ ㄑㄩㄢˋ ①契約。②契約分左右兩券，拿左券是比喻事情有把握。

**左近** ㄗㄨㄛˇ ㄐㄧㄣˋ 附近，鄰近。

**左派** ㄗㄨㄛˇ ㄆㄞˋ ①歐洲各國議會，執政黨跟保守派的席位在右邊，在野黨跟急進分子在左邊，所以政黨當中急進激烈的分子叫左派。②稱有共產激進思想的人。

**左計** ㄗㄨㄛˇ ㄐㄧˋ 不適當，做起來不方便的辦法、計畫。

**左衽** ㄗㄨㄛˇ ㄖㄣˋ 〔文〕夷狄的衣襟向左開，因此用來比喻野蠻。

**左袒** ㄗㄨㄛˇ ㄊㄢˇ 偏助一方面。

**左傾** ㄗㄨㄛˇ ㄑㄧㄥ 指思想行動傾向於比較激進的。

**左傳** ㄗㄨㄛˇ ㄓㄨㄢˋ 書名。春秋時魯國史官左丘明寫的歷史書。以孔子寫的〈春秋〉為經，右史和〈春秋〉說的兩百多年間各國史事為緯。是一部完美的編年體史書。

**左道** ㄗㄨㄛˇ ㄉㄠˋ 不正派的邪道。

**左輪** ㄗㄨㄛˇ ㄌㄨㄣˊ 一種轉輪手槍。裝槍彈的輪可以從左邊拆下來。

**左遷** ㄗㄨㄛˇ ㄑㄧㄢ 〔文〕官員職位降調。

**左翼** ㄗㄨㄛˇ ㄧˋ ①軍隊正面中央的左面。②主張急進的一派，本指政治而言，後乃泛用於一般學術、文藝、思想等。

**左證** ㄗㄨㄛˇ ㄓㄥˋ 也作「佐證」，就是證據。

**左不過** ㄗㄨㄛˇ ㄅㄨˋ ㄍㄨㄛˋ ①橫豎，反正。如「欠債還錢，左不過是這種事」。②只是，僅僅。如「他左不過是他們局裡一個小卒子，有什麼好神氣的」。

**左右手** ㄗㄨㄛˇ ㄧㄡˋ ㄕㄡˇ 比喻得力的助手。如「他們三個人都是總經理的左右手」。

**左右袒** ㄗㄨㄛˇ ㄧㄡˋ ㄊㄢˇ 左袒或右袒，露出左邊或右邊的肩。本是西漢初年太尉周勃命令軍中的話：「為呂氏右袒，為劉氏左袒。」後來作為偏向袒護一方的意思。「不作左右袒」是「不偏袒任何一方」。

**左性子** ㄗㄨㄛˇ ㄒㄧㄥˋ ˙ㄗ 性情偏執，脾氣古怪的人。

**左嗓子** ㄗㄨㄛˇ ㄙㄤˇ ˙ㄗ ①歌唱時聲音高低不準。②左嗓子的人。

**左撇子** ㄗㄨㄛˇ ㄆㄧㄝ ˙ㄗ 習慣於用左手做事的人。

**左支右絀** ㄗㄨㄛˇ ㄓ ㄧㄡˋ ㄔㄨˋ 〔文〕形容財政困難或能力不足，顧此失彼，無法應付客觀需要。

**左右逢源** ㄗㄨㄛˇ ㄧㄡˋ ㄈㄥˊ ㄩㄢˊ 比喻辦事順利。

**左右開弓** ㄗㄨㄛˇ ㄧㄡˋ ㄎㄞ ㄍㄨㄥ ①用兩手一邊一下兒打人兩邊嘴巴。②形容雙手同時動作或兩方面同時進行。

**左思右想** ㄗㄨㄛˇ ㄙ ㄧㄡˋ ㄒㄧㄤˇ 想了又想，仔細考慮。

**左鄰右舍** ㄗㄨㄛˇ ㄌㄧㄣˊ ㄧㄡˋ ㄕㄜˋ 泛指鄰居。如「左鄰右舍沒有人願意理他」。

**左顧右盼** ㄗㄨㄛˇ ㄍㄨˋ ㄧㄡˋ ㄆㄢˋ ①左邊看看，右邊看看。如「他一路上左顧右盼，耽誤了很多時間」。②比喻人志得意滿的神態。如「看他那左顧右盼的樣子，就知道他升官了」。

## 四筆

**巫** ㄨˊ (一)替迷信神鬼的人求神祈福或是為神鬼代言的人。如「巫婆」。(二)姓。語音ㄨ。

**巫師** ㄨˊ ㄕ 施行巫術替人「消災，解厄」，或使人與鬼「通話」的人。

**巫婆** ㄨˊ ㄆㄛˊ 女巫。

**巫術** ㄨˊ ㄕㄨˋ 巫師所施行的法術。人類學上說，巫術是以「一種特殊的施為企圖對環境或人事作可能的控制」。

**巫醫** ㄨˊ ㄧ 使用巫術替人治病的人。

**巫蠱** ㄨˊ ㄍㄨˇ 巫師或其信徒使用巫術害人。

## 七筆

**差** ▲ㄔㄚ ㈠比較以後顯出的區別。如「差別」「差異」。㈡錯誤。如「差錯」。㈢還，略。如「差可」。㈣兩數相減的餘數。如「差數」。㈤意外。如「差池」。▲ㄔㄚˋ是ㄔㄚ的語音。㈠比較見出的區別，而常常單用。如「差不多」「差好遠」。㈡缺欠。如「差五分鐘就十點了」。㈢不好，不行。如「成績太差」「這個人差勁」。▲ㄔㄞ ㈠派遣。如「差遣」。㈡受派遣去做事的人。如「差役」「郵差」。㈢奉命辦事。如「出差」。▲ㄘ ㈠等級，如「等差」。㈡見「參差」條。▲ㄘㄨㄛ 同「磋」。

**差人** ㄔㄞ ㄖㄣˊ ①派人。②差役。

**差可** ㄔㄚ ㄎㄜˇ [文]還可以。如「撒鹽空中差可擬」。

**差池** ▲ㄔㄚ ㄔˊ ①意外。如「你要小心，如果有了差池，就不好辦了」。②錯誤。如「這事要小心做，不能有半點差池」。▲ㄘ ㄔˊ [文]不整齊。

**差別** ㄔㄚ ㄅㄧㄝˊ 不同，區別。

**差役** ㄔㄞ ㄧˋ 公家機關的工役。

**差事** ㄔㄞ ㄕˋ 事字輕讀。職業；常指在公家機關的。

**差使** ㄔㄞ ㄕˇ 泛指職務或官職。

**差勁** ㄔㄚˋ ㄐㄧㄣˋ 有了缺欠，不合標準。

**差異** ㄔㄚ ㄧˋ 不同。

**差距** ㄔㄚ ㄐㄩˋ 兩者之間的距離。如「他們兩個人的功課一好一壞，差距很大」。

**差號** ㄔㄚ ㄏㄠˋ 表示減法運算的符號，形狀是「－」。

**差遣** ㄔㄞ ㄑㄧㄢˇ 分派到外面去工作；派遣。

**差價** ㄔㄚ ㄐㄧㄚˋ 兩種價格之間的差距。①同一貨物因為時間地點等因素的差異，造成價格的不同。②貨物出售時與成本價格的差距。

**差數** ㄔㄚ ㄕㄨˋ 數學上說甲數減去乙數之後剩餘的數。如「三十減十七，差數是十三」。

**差錯** ㄔㄚ ㄘㄨㄛˋ 錯誤。

**差額** ㄔㄚ ㄜˊ ①泛指兩者之間相差的數額。②不足的金錢的數目。③差價。

**差不多** ㄔㄚ ㄅㄨˋ ㄉㄨㄛ ①相差有限的意思。②有大概、大約、幾乎、或許、即將、彷彿的意思。

**差不離** ㄔㄚ ㄅㄨˋ ㄌㄧˊ 同「差不多」。

**差旅費** ㄔㄞ ㄌㄩˇ ㄈㄟˋ 員工出差應領的交通、膳宿等費。

**差點兒** ㄔㄚ ㄉㄧㄢˇ ㄦ ①所差不多。②幾乎。

**差強人意** ㄔㄚ ㄑㄧㄤˊ ㄖㄣˊ ㄧˋ 大致還好，勉強教人滿意。

**差之毫釐謬以千里** ㄔㄚ ㄓ ㄏㄠˊ ㄌㄧˊ ㄇㄧㄡˋ ㄧˇ ㄑㄧㄢ ㄌㄧˇ 〈禮記·經解〉引〈易經〉的話，勉勵人一開始就得謹慎小心。起初一點誤差，結果可能相差十萬八千里。

## 己部

**己** ㄐㄧˇ ㈠對人稱自身。如「自己」「己身」。㈡天干的第六位；有時拿它標明等第。㈢姓。

**己方** ㄐㄧˇ ㄈㄤ 自己這一方面。如「此事對方、己方都有不是」。

**己任** ㄐㄧˇ ㄖㄣˋ 自己的責任。如「以國家興亡為己任」。

**己飢己溺** ㄐㄧˇ ㄐㄧ ㄐㄧˇ ㄋㄧˋ 図〈孟子·離婁上〉的話。後代往往用來稱頌執政者關心民間疾苦的套語。

**已** ㄧˇ ㈠表示過去。如「已經」。㈡図停止，完畢。如「爭吵不已」。㈢通「以」。如「已後」。㈣図過分。如「不為已甚」。㈤図後來，沒過多久。如「已而」。㈥図離去，退。〈論語〉有「三已之」。㈦図語助詞，同「矣」，表示語氣完畢。如「往事不可記已」。

**已而** ㄧˇ ㄦˊ 図沒多久。如「突然雷電大作，已而大雨傾盆」。

**已矣** ㄧˇ ㄧˇ 図①完了，結束了。表示絕望。如「鳳鳥不至，河不出圖，吾已矣夫」。②語氣詞，表示認定，用於句末。如「喪思哀，其可已矣」。

**已來** ㄧˇ ㄌㄞˊ 同「以來」。

**已往** ㄧˇ ㄨㄤˇ 以前，已經過去的。如〈歸去來辭〉「悟已往之不諫，知來者之可追」。也作「以往」。

**已後** ㄧˇ ㄏㄡˋ 同「以後」。如「已後不許更改」。

**已甚** ㄧˇ ㄕㄣˋ 図過分。如「不為已甚」。

**已然** ㄧˇ ㄖㄢˊ 図已經是這樣了。如「國人之自私，自古已然，於今為烈」。

**已經** ㄧˇ ㄐㄧㄥ 表示過去的詞。如「我已經看完了」「他已經來過了」。文言也作「經已」「業已」。

**已知數** ㄧˇ ㄓ ㄕㄨˋ 數學名詞，代數或方程式之中，已知其值或已假定其值而不必推求的數，叫「已知數」。

**巳** ㄙˋ ㈠十二地支的第六位。㈡巳時，午前九點到十一點。

### 一筆

**巴** ㄅㄚ ㈠古國名，在現在四川的東部。㈡盼望。如「巴不得」。㈢因為乾燥而粘住。如「鍋巴」。黏的泥土叫「泥巴」。㈣附著，貼近。如「前不巴村，後不著店」。㈤攀附叫巴，同「扒」。如「巴山虎」。㈥下頦叫「下巴」。㈦詞尾。如「尾巴」「鹽巴」。㈧姓。

**巴士** ㄅㄚ ㄕˋ 英語 bus 的音譯。㈠按照一定的路線跟一定的時間行駛，載運旅客的大型汽車。㈡市區的公共汽車。㈢有時為了特別目的而租用的大型客車，也叫巴士，如遊覽車也叫「觀光巴士」。

**巴巴** ㄅㄚ ㄅㄚ ①黏結的樣子。如「乾巴巴」。②迫切盼望的樣子。如「眼巴巴」。③形容拍擊的聲音。

**巴豆** ㄅㄚ ㄉㄡˋ 一種高約一公尺的常綠小喬木。又名「巴菽」「貢子」。葉呈卵形，開淡黃色小花，結蒴果。種子可研末、榨油，製瀉藥。

**巴望** ㄅㄚ ㄨㄤˋ ①非常盼望。如「兒子出征，母親巴望他早日回來」。②指望，可盼望。如「寡婦死了兒子，沒得巴望了」。

**巴掌** ㄅㄚ ㄓㄤˇ 掌字輕讀。①手掌。拍手也說「拍巴掌」。②用手掌打人。如「狠狠地給他一巴掌」。

**巴答** ㄅㄚ ㄉㄚ 形容突然一擊的聲音。

**巴結** ㄅㄚ ㄐㄧㄝ˙ 結字輕讀。①力圖上進或報效。②奉承別人。

**巴山虎** ㄅㄚ ㄕㄢ ㄏㄨˇ 就是扒山虎，一種沿牆蔓生的植物。也叫長春藤。

**巴不得** ㄅㄚ ㄅㄨ˙ ㄉㄜ˙ 不字輕讀。十分盼望。也作「巴不的」「巴不得的」「巴不到」。

**巴山夜雨** ㄅㄚ ㄕㄢ ㄧㄝˋ ㄩˇ 図從唐朝李商隱〈夜雨寄北〉詩末句「卻話巴山夜雨時」剪裁而得，意思是好友久別，盼能重逢。

**巴高枝兒** ㄅㄚ ㄍㄠ ㄓ ㄦ 高攀的意思。如「今天我跟您訂下這一門親，就算是我巴高枝兒了」。

**巴蛇吞象** ㄅㄚ ㄕㄜˊ ㄊㄨㄣ ㄒㄧㄤˋ 語出〈山海經·海內南經〉。用來比喻貪得無厭。

## 六筆

**巹（巹）** ㄐㄧㄣˇ 舊時新婚時夫婦喝交杯酒所用的瓢。把乾葫蘆對剖，去瓤，可盛液體，新婚夫婦各執一半盛酒漱口，叫做「合巹」。

**巷** ㄒㄧㄤˋ 以前市鎮上的道路，直的叫街，彎的叫巷。現在是大的寬的叫街（更大更寬的叫路），小的窄的叫巷。如「大街小巷」。

**巷口** ㄒㄧㄤˋ ㄎㄡˇ 巷的盡頭出入的地方。

**巷子** ㄒㄧㄤˋ ㄗ˙ 巷。

**巷戰** ㄒㄧㄤˋ ㄓㄢˋ 在城鎮街巷內進行的戰鬥。

**巷議** ㄒㄧㄤˋ ㄧˋ 社會一般人的議論。參看「街談巷議」條。

## 九筆

**巽** 図ㄒㄩㄣˋ ㈠卑順叫巽。㈡〈易經〉八卦的一卦☴。㈢通「遜」。又讀ㄙㄨㄣˋ。

**巽懦** ㄒㄩㄣˋ ㄋㄨㄛˋ 図為人過分謙順而顯得膽小。如「其為人也，巽懦無能」。

# 巾部

**巾** ㄐㄧㄣ ㈠從前我國把帽子叫「巾」。如「頭巾」「綸（ㄍㄨㄢ）巾羽扇」。㈡擦臉、洗澡用的稀布。如「毛巾」「浴巾」。

**巾幗** ㄐㄧㄣ ㄍㄨㄛˊ 我國古時婦人用的首飾，常常用作女人的代稱。如「巾幗英雄」。

## 二筆

**布** ㄅㄨˋ ㈠我國古代錢幣。㈡棉麻織品。如「棉布」「布疋」。㈢排列，安放。如「布置」「布局」。㈣自然景象，卻像有人安排。如「濃雲密布」「天上布滿了白雲」。㈤宣告，陳述。如「公布」「布告」。㈥散發。如「布施」。㈦姓。

**布丁** ㄅㄨˋ ㄉㄧㄥ Pudding的音譯，是一種英國式的食物，用麵粉、奶油、雞蛋、糖等蒸成的糕，在飯後吃的。

**布疋** ㄅㄨˋ ㄆㄧ 布以疋為計算單位，所以稱布疋。

**布衣** ㄅㄨˋ ㄧ ①指棉麻織品的衣服。②我國古代用來作「平民」的代稱。同「白丁」。

**布告** ㄅㄨˋ ㄍㄠˋ 也作佈告，是通告大眾的一種公文書。

**布局** ㄅㄨˋ ㄐㄩˊ ①安排。②詩文字畫的結構層次。③圍棋、象棋下子攻防也作布局。

**布帛** ㄅㄨˋ ㄅㄛˊ 棉織的叫布，絲織的稱帛，合稱布帛。

**布施**（ㄅㄨˋ ㄕ）[文]捐出財物給人。如「他拿錢布施和尚」。

**布被**（ㄅㄨˋ ㄅㄟˋ）粗布做成的被褥。比喻生活節儉。

**布陣**（ㄅㄨˋ ㄓㄣˋ）作戰時候軍隊陣勢的布置。

**布袋**（ㄅㄨˋ ㄉㄞˋ）用布做成的袋子。

**布菜**（ㄅㄨˋ ㄘㄞˋ）在筵席上，拿菜敬客叫做布菜。布也作餔。

**布置**（ㄅㄨˋ ㄓˋ）分布安排。

**布雷**（ㄅㄨˋ ㄌㄟˊ）軍事用語，在衝要地域布設水雷或地雷，阻礙敵軍進犯。布雷的地域叫做「雷區」。

**布穀**（ㄅㄨˋ ㄍㄨˇ）鳥名，像杜鵑而體較大，灰黑色，腹白，好食毛蟲，有益於森林。

**布景（兒）**（ㄅㄨˋ ㄐㄧㄥˇ ㄦ）也作佈景。①畫家按篇幅廣狹配置風景。②戲臺上裝點的景物。

**布紋紙**（ㄅㄨˋ ㄨㄣˊ ㄓˇ）上面壓了像布的紋理的紙，通常指印照片、名片和卡片用的。

**布袋裝**（ㄅㄨˋ ㄉㄞˋ ㄓㄨㄤ）一度流行的女裝，長度在膝蓋以上，肩部以下寬鬆，沒有腰身。

**布袋戲**（ㄅㄨˋ ㄉㄞˋ ㄒㄧˋ）木偶戲的一種。用木頭刻成中空的人頭，下面綴上「衣服」，把手伸進去表演的一種戲，在河北、江蘇、浙江、福建、臺灣等省都有。

**布雷艇**（ㄅㄨˋ ㄌㄟˊ ㄊㄧㄥˇ）專門布設水雷的艦艇。

## 市（ㄕˋ）

㈠做買賣。如「日中為市」。㈡做買賣的地方。如「市場」「街市」。㈢商業發達，人口集中，因而成為工商、文化、政治中心的所在。如「省轄市」「臺北市」。㈣中國固有的度量衡制。如「市里」「市升」「市斤」（見度量衡表）。㈤[文]買。如「千金市馬骨」「市惠」。㈥[文]招引來。如「市怨」。

**市井**（ㄕˋ ㄐㄧㄥˇ）市街，常指一般社會。如「市井小民」。

**市民**（ㄕˋ ㄇㄧㄣˊ）城市裡的居民。

**市立**（ㄕˋ ㄌㄧˋ）用市的經費所設立的，如市立學校、市立醫院。

**市制**（ㄕˋ ㄓˋ）我國原有的度量衡制度。長度單位叫市尺、市寸、市分；容量單位叫市石（ㄉㄢˋ）、市斗、市升、市合（ㄍㄜˇ）；重量單位叫市斤、市兩、市錢；地積單位叫市頃、市畝、市分。詳見本辭典附表。

**市招**（ㄕˋ ㄓㄠ）舊時說街市上的商店招牌。

**市虎**（ㄕˋ ㄏㄨˇ）①在城市裡不按規則行駛因而傷人造成車禍的機動車輛。②〈淮南子〉裡「謠言」三人成市虎的傳聞，同「曾參殺人」。

**市長**（ㄕˋ ㄓㄤˇ）一個市的最高行政長官。我國的市分院轄、省轄、縣轄三級，在「省縣自治通則」公布實施以後，三級市長都由市民選舉產生。

**市政**（ㄕˋ ㄓㄥˋ）一市的公共事務，有關全市的教育、交通、警察、衛生等。

**市郊**（ㄕˋ ㄐㄧㄠ）城市緣邊郊野的區域。

**市容**（ㄕˋ ㄖㄨㄥˊ）都市的外觀。如「整頓市容」。

**市恩**（ㄕˋ ㄣ）買好；討好。

**市區**（ㄕˋ ㄑㄩ）①屬於城市範圍的地區。②人口和房屋密集，商業繁盛的地區。對郊區說的。

**市場**（ㄕˋ ㄔㄤˇ）①買賣貨物的地方，如「菜市場」。②一定的經濟範圍內貨物的銷路。如「我國的紡織品，在非洲、東南亞各地，市場廣闊」。又讀ㄕˋ ㄔㄤˊ。

**市惠** 〔文〕買好兒，討好。

**市集** 有一定時期一定地點的臨時商場。

**市義** 〔文〕收買人心，買義回來。原是戰國時代齊國孟嘗君的門客馮諼的故事。見〈戰國策·齊策〉。

**市價** 貨物當時、當日的售價。

**市儈** 指唯利是圖，巧詐多端的商人。又常用來形容有這種習氣的文人。如「這傢伙吃的是新聞飯，可是看他的行為根本是個市儈」。

**市廛** 〔文〕①市場上儲存商品的貨倉。②商店集中的街市。

**市聲** 城市裡叫賣東西的喧囂聲音。

**市鎮** 大於鄉村，小於城市，人口比較集中的區域。

**市面(兒)** 當地的商業情況。

**市政府** 院轄市或省轄市的最高行政機關，負責辦理有關本市的各種業務。受市議會監督。市長之下，分別設有民政、財政、教育、交通、建設、衛生、工務、警察等局，推行市政。縣轄市的最高行政機關叫市公所。

**市運會** 全市運動大會的簡稱。

**市銀行** 由市政單位出資設立的銀行，業務和一般銀行相同，受市議會監督。

**市議會** 一市的代議機關，由市民選出的議員(代表)組成。負責議決本市單行法規、預算、決算，監督市政推行。議長是由議員互選產生，其下按各項市政分別組成委員會。我國院轄市、省轄市設議會，縣轄市設代表會。

**市場調查** 企業機構有關本身提供的商品或勞務，市場上顧客的反應和同行的競爭進行資料收集與分析，叫市場調查。

## 三筆

**帆** ▲ㄈㄢˊ 掛在桅杆上，借風力使船前進的布篷。▲ㄈㄢ 見「帆布」條。

**帆布** 用棉紗或亞麻織成的一種厚粗的布，可以做船帆、帳棚、行李袋、鞋、書包等。

**帆船** 掛著布帆借風力行駛的船。

**帆檣** 船上掛帆的桅杆。

**帆布床** 一種容易裝卸的便床，用木製的骨架和帆布床面合成。也叫「行軍床」。

**帆布鞋** 棉麻粗布做鞋面，橡膠料做鞋底的鞋，運動、登山或休閒時穿的。也有高靿兒的籃球鞋。

## 四筆

**希** ㄒㄧ ㈠少。如「希罕」「恨晨光之希微」。㈡盼望。如「希望」「希冀」。㈢〔文〕聲音漸歇。〈論語〉有「鼓瑟希」。

**希世** 〔文〕①世界上少見。②阿(ㄜ)附世俗。〈莊子〉書有「希世而行」。

**希有** 少有。

**希罕** ①少有。②珍惜的意思，「不希罕」就是不足珍惜。

**希奇** 希少而奇特。

**希望** 心裡想望。

**希圖** ①希望。②圖謀。

**希冀** 希望。

**希臘字母** ㄒㄧ ㄌㄚˋ ㄗˋ ㄇㄨˇ 希臘通用的字母，共二十四個，常用作科學及高等數學符號，如α、β、γ、θ。

## 五筆

**帛** ㄅㄛˊ 絲織物的總稱。如「布帛」。

**帕** ㄆㄚˋ ㈠舊時的頭巾。㈡方形的小巾。如「手帕」。

**帕米爾** ㄆㄚˋ ㄇㄧˇ ㄦˇ 高原名，在我國新疆省西邊，中亞細亞東南。亞洲的大山系多由那裡出發。海拔一萬三千到兩萬五千英尺，因此有「世界屋脊」之稱。

**帔** ㄆㄟˋ 古時我國官宦人家婦女披在肩上的衣飾。有「鳳冠霞帔」的話。

**帑** ▲[文] ㄊㄤˇ ㈠舊時政府機構藏儲銀錢的倉庫。㈡政府的公款。如「公帑」。▲[文] ㄋㄨˊ 同「孥」。

**帑藏** ㄊㄤˇ ㄗㄤˋ 政府的財庫。

**帖** ▲ㄊㄧㄝ ㈠順服。也作「貼」。如「俯首帖耳」「服帖」。㈡安定，平穩。如「妥帖」。▲ㄊㄧㄝˇ ㈠請客的書面通知。如「喜帖」。㈡寫了字的小紙片兒。如「字帖兒」。▲ㄊㄧㄝˋ ㈠見「碑帖」。㈡藥劑計算單位。㈢科舉時代的試題。

**帖子** ㄊㄧㄝˇ ㄗ˙ 請客的書面通知單或卡片。

**帖服** ㄊㄧㄝ ㄈㄨˊ 順從。

**帘** ㄌㄧㄢˊ ㈠從前酒店在門口掛著招攬生意的旗。如「酒帘兒」。㈡遮住門窗不使人從外面向裡看的布。如「窗帘兒」。

**帘子** ㄌㄧㄢˊ ㄗ˙ 帘㈡。

**帙** ㄓˋ 古時放書放信件的袋子。

**帚（箒）** ㄓㄡˇ 掃除的器具。如「掃帚」。

## 六筆

**帝** ㄉㄧˋ ㈠我國舊時稱國家的元首叫「皇」叫「帝」，或叫「皇帝」。㈡我國上古時候稱天神叫帝。

**帝力** ㄉㄧˋ ㄌㄧˋ [文]帝王的功德。古〈擊壤歌〉有「日出而作，日入而息……帝力於我何有哉」。

**帝王** ㄉㄧˋ ㄨㄤˊ 舊時稱國家的元首。

**帝君** ㄉㄧˋ ㄐㄩㄣ 古人稱呼神，如「關聖帝君」及「文昌帝君」。

**帝制** ㄉㄧˋ ㄓˋ 有皇帝的政治制度。

**帝室** ㄉㄧˋ ㄕˋ 皇家，王室。

**帝國** ㄉㄧˋ ㄍㄨㄛˊ ①有皇帝稱號的國家。如「大英帝國」。②用本國的勢力兼併別的國家或種族的。如「帝國主義」。

**帝業** ㄉㄧˋ ㄧㄝˋ [文]封建時代指開國的帝王成就了千秋大業。如「朱元璋奮起於濠州，剷除群雄，驅逐蒙古，成就了帝業」。

**帝王思想** ㄉㄧˋ ㄨㄤˊ ㄙ ㄒㄧㄤˇ 一心想當皇帝，想把天下作為私產傳給子孫的思想。

**帝國主義** ㄉㄧˋ ㄍㄨㄛˊ ㄓㄨˇ ㄧˋ 凡是不顧國際正義、世界和平，而向外擴充領土，奪取所侵占地區的資源，使本國得到利益的，都是帝國主義。

**帢** ㄑㄧㄚˋ 古代一種便帽，用縑帛製成，十分簡便。憑帢的顏色辨別貴賤。

**帥** ㄕㄨㄞˋ ㈠統率。如「帥師北伐」。㈡軍隊的最高指揮官。如「統帥」「大元帥」。㈢姓。讀音ㄕㄨㄛˋ。

**帥哥** ㄕㄨㄞˋ ㄍㄜ 指長得英俊、服裝整齊的年輕男子。如「穿上西裝，他成了個帥哥啦」。

**帥氣** ㄕㄨㄞˋ ㄑㄧˋ 形容人的穿著或風度輕俏優美；不論男女都可以說。如「她剪了一頭短髮，穿上長褲花襯衫，脖子上再加一條絲巾，顯得很帥氣」。

## 七筆

**席** ㄒㄧˊ ㈠通常叫「席子」，是坐臥時墊在下面的編織物。如「草席」「竹席」。㈡坐位。如「席位」「出席」。㈢指酒席。如「擺席」「坐席」。㈣指職位。如「主席」「祕書一席請他擔任」。㈤図帆。謝靈運詩有「挂席拾海月」。㈥図像席一樣的。如「席捲天下」。㈦図憑藉。〈漢書・蒯通傳〉有「乘利席勝，威震天下」。㈧姓。

**席地** ㄒㄧˊ ㄉㄧˋ 図坐在地上。如「席地而坐」。

**席次** ㄒㄧˊ ㄘˋ 會議上坐位的次序。如「代表的席次，請看會場席位圖」。

**席位** ㄒㄧˊ ㄨㄟˋ 會議上的坐位。如「本黨在議會有過半數的席位」。

**席捲** ㄒㄧˊ ㄐㄩㄢˇ 捲也作「卷（ㄐㄩㄢˇ）」：①全部帶走。②囊括所有。③統治佔領。如「席捲天下」。

**席不暇暖** ㄒㄧˊ ㄅㄨˋ ㄒㄧㄚˊ ㄋㄨㄢˇ 比喻事忙不能久坐。

**席地幕天** ㄒㄧˊ ㄉㄧˋ ㄇㄨˋ ㄊㄧㄢ 図土地作席，天空作幕。形容人生性曠達，不受拘束。

**席夢思床** ㄒㄧˊ ㄇㄥˋ ㄙ ㄔㄨㄤˊ 英語Simmons的音譯，一種有鋼絲彈簧的床。

**席豐履厚** ㄒㄧˊ ㄈㄥ ㄌㄩˇ ㄏㄡˋ ①比喻祖先的遺產極豐富。②處境優良。

**師（师）** ㄕ ㈠人多的地方。如「京師」。㈡教授知識、學問的人。如「老師」。㈢擅長一種專門技藝的人。如「醫師」「樂師」。㈣榜樣。如「前事不忘，後事之師」。㈤效法。如「師法」。㈥軍隊。如「出師」「誓師」。㈦軍制名：軍以下，旅以上的大單位叫師。㈧姓。

**師丈** ㄕ ㄓㄤˋ 學生稱女老師的丈夫。

**師公** ㄕ ㄍㄨㄥ ①師父的師父。②閩南語稱道士。

**師友** ㄕ ㄧㄡˇ 可以切磋學問、砥礪品格的人，統稱師友。

**師心** ㄕ ㄒㄧㄣ 図認為自己什麼都行，剛愎任性，從不採納別人的意見，叫師心自用。

**師父** ㄕ ㄈㄨˋ 父字輕讀。也作師傅。①師的通稱。②泥水匠、木匠，這些有專技的人，一般稱他們為「師父」。③和尚、尼姑也稱「師父」。

**師兄** ㄕ ㄒㄩㄥ ①稱同一師門比自己先受業的人。②稱老師的兒子。

**師母** ㄕ ㄇㄨˇ 學生稱老師的妻子叫師母。也作「師娘」。

**師生** ㄕ ㄕㄥ 老師及學生。

**師弟** ㄕ ㄉㄧˋ 稱同一師門比自己年紀小或後受業的人。

**師事** ㄕ ㄕˋ 図看待他和看待老師一樣的崇敬。

**師姑** ㄕ ㄍㄨ 對尼姑的敬稱。

**師承** ㄕ ㄔㄥˊ 図①學習某一學者或某一學術派別並繼承其傳統。如「書法師承二王」。②師徒相傳的系統。如「這些藝人各有自己的師承」。

**師法** ㄕ ㄈㄚˇ 図效法。

**師表** ㄕ ㄅㄧㄠˇ 可以讓人效法做人表率的人。

**師長** ㄕ ㄓㄤˇ ①老師。②統率一師軍隊的長官。

**師娘** ㄕ ㄋㄧㄤˊ ①師母。②女巫。

**師徒** ㄕ ㄊㄨˊ ①師生。②図士卒。

**師婆** ㄕ ㄆㄛˊ ①稱師父的母親。②舊時稱女巫，是「三姑六婆」之一。

**師傅** ㄕ ㄈㄨˋ ①古官制太師、太傅的合稱。②老師的通稱。

**師爺** ㄕ ㄧㄝˊ ①幕友的俗稱。如「紹興師爺」。②舊時稱替地主或大商家管帳的人。

**師資** ㄕ ㄗ ①有學歷夠資格擔任老師的人。②老師。〈後漢書〉「若師資所承，宜標名為證者」。

**師道** ㄕ ㄉㄠˋ ①老師所傳授的學問、方法。②從師學習的道理，就是尊師重道之理。如「師道尊嚴」。

**師團** ㄕ ㄊㄨㄢˊ 武裝部隊編制屬於師級的單位。

**師範** ㄕ ㄈㄢˋ ①可以作教師作模範。②養成師資的教育叫師範教育；養成師資的學校叫師範學校。

**師心自用** ㄕ ㄒㄧㄣ ㄗˋ ㄩㄥˋ 固守自己的想法，不管別人的意見或社會的通例。如「他為人剛愎，師心自用」。

**師出無名** ㄕ ㄔㄨ ㄨˊ ㄇㄧㄥˊ 沒有理由的出兵打仗。也比喻想做一件事卻缺乏正當的理由。

**師老無功** ㄕ ㄌㄠˇ ㄨˊ ㄍㄨㄥ 軍隊在外打仗時間太久，士兵疲勞，不能建功。

**師範大學** ㄕ ㄈㄢˋ ㄉㄚˋ ㄒㄩㄝˊ 為培養中等學校各科師資而設的大學。

**師範教育** ㄕ ㄈㄢˋ ㄐㄧㄠˋ ㄩˋ 培養中小學校各科教師的教育。小學教師由師範學院培養，中學教師由師範大學培養。

**師嚴道尊** ㄕ ㄧㄢˊ ㄉㄠˋ ㄗㄨㄣ 教師能受人尊敬，所傳授的學術也會受重視。語出〈禮記‧學記〉。

**帨** 図ㄕㄨㄟˋ 女人用的佩巾，就是手帕。

## 八筆

**帶** ㄉㄞˋ ㈠繫衣服或紮東西的薄的條狀物。如「繃帶」「皮帶」「鞋帶」。㈡佩掛。如「腰上帶一把刀」「胸前帶個勳章」。㈢隨身拿著。如「自帶乾糧」「我帶了幾塊錢」。㈣領、率領。如「帶路」「你帶他來見我」。㈤順便捎著。如「給我帶個好兒」「託他帶些東西」。㈥連著，附著。如「帶葉兒的橘子」。㈦含有。如「面帶笑容」。㈧再加上，隨著搭配上。如「連說帶笑」。㈨區域。如「熱帶」「沿海一帶」。㈩婦科病。如「白帶」。

**帶子** ㄉㄞˋ ˙ㄗ ①皮、布等做成的條狀物，用來綁紮東西。②錄音、錄影帶子的略語。如「帶子要過好，亂了就得重弄」。

**帶兵** ㄉㄞˋ ㄅㄧㄥ 帶領軍隊。

**帶孝** ㄉㄞˋ ㄒㄧㄠˋ 尊親屬死亡的人，服喪期間穿著孝服或在袖子上纏黑紗，衣襟上繫白花，表示哀悼。也作「戴孝」。

**帶音** ㄉㄞˋ ㄧㄣ 語音學名詞。發音時候因為振動聲帶而有帶音的現象。國語的元音都帶音，輔音的ㄇ、ㄋ、ㄌ、ㄖ也帶音。

**帶動** ㄉㄞˋ ㄉㄨㄥˋ ①引導向前。如「他帶動全體隊員，發揮能力，贏了球賽」。②拖著走。如「機關車帶動列車」。

**帶累** ㄉㄞˋ ㄌㄟˋ 牽連受累。

**帶魚** ㄉㄞˋ ㄩˊ 海魚，大的長五尺多，形狀扁長好像帶子，沒有鱗。

**帶路** ㄉㄞˋ ㄌㄨˋ 在前頭領路。

**帶電** ㄉㄞˋ ㄉㄧㄢˋ 物體帶有電荷，因其變化會吸引其他物質。摩擦、感應、充電都能使物體帶電。

**帶領** ㄉㄞˋ ㄌㄧㄥˇ 率領。

**帶信（兒）** ㄉㄞˋ ㄒㄧㄣˋ（ㄦ） ①傳話。②替人捎信。

**帶原者** ㄉㄞˋ ㄩㄢˊ ㄓㄜˇ 傳染病醫學上指身上帶有病原體的人。病原體包括病菌、病毒或寄生蟲等。

**帳** ㄓㄤˋ ㈠用稀的料子（紗羅或尼龍）做成掛在床上的幕。如「蚊帳」。㈡行軍在外，臨時搭建作為住宿的營幕。如「虎帳」「帳棚」。㈢同「賬」。

**帳戶** ㄓㄤˋ ㄏㄨˋ 會計上指帳簿中對各種資金運用、來源和周轉過程等設置的分類。

**帳本** ㄓㄤˋ ㄅㄣˇ 帳簿。

**帳目** ㄓㄤˋ ㄇㄨˋ 登入帳簿上的錢款收支項目。

**帳務** ㄓㄤˋ ㄨˋ 關於核算銀錢或貨物出入的事務。

**帳單** ㄓㄤˋ ㄉㄢ 列舉買賣、貸借有關項目需要付款的清單。

**帳棚** ㄓㄤˋ ㄆㄥˊ 用布做幕，供人露宿用的。

**帳幕** ㄓㄤˋ ㄇㄨˋ 帳棚。

**帳簿** ㄓㄤˋ ㄅㄨˋ 記載銀錢貨物出入事項的簿冊。

**帳簷** ㄓㄤˋ ㄧㄢˊ 舊式蚊帳或神帳上面下垂的一塊橫布，主要是為了裝飾。也作「帳額」。

**帳房（兒）** ㄓㄤˋ ㄈㄤˊ（ㄦ） ①管理銀錢出入的處所。②管理銀錢出入的人。

**帳鉤（兒）** ㄓㄤˋ ㄍㄡ（ㄦ） 掛帳子用的鉤子。也作帳鏞。

**帳面價值** ㄓㄤˋ ㄇㄧㄢˋ ㄐㄧㄚˋ ㄓˊ 會計學名詞。①企業帳列的資產或負債加減其相關評價科目所得的金額。②固定資本的成本扣除累計折舊的餘額。

**常** ㄔㄤˊ ㈠普通的，一般的。如「常態」「常識」。㈡平凡的。如「常人」「常談」。㈢長久的，老不變的。如「常理」「常綠樹」。㈣一次又一次的。如「時常」「常常」。㈤定期而比較頻繁的（聚會或工作）。如「常會」。㈥姓。

**常人** ㄔㄤˊ ㄖㄣˊ 平常的人。

**常久** ㄔㄤˊ ㄐㄧㄡˇ 長久。

**常川** ㄔㄤˊ ㄔㄨㄢ 繼續不斷；從「川流不息」的意思轉來的。

**常心** ㄔㄤˊ ㄒㄧㄣ ①平常心，向來如此的心情。②文固執不變的情懷。

**常任** ㄔㄤˊ ㄖㄣˋ 長期擔任的。如「常任理事會」。

**常年** ㄔㄤˊ ㄋㄧㄢˊ ①終年；長期。②平常的年份。

**常住** ㄔㄤˊ ㄓㄨˋ ①經常居住。如「常住之地」。②佛教指法無生滅變遷。③佛教指寺廟及其田產。

**常言** ㄔㄤˊ ㄧㄢˊ 習慣上常說的像諺語、格言一類的話。

**常例** ㄔㄤˊ ㄌㄧˋ 行之已久的慣常的事例。如「過年以前犒賞員工，是本公司的常例」。

**常服** ㄔㄤˊ ㄈㄨˊ 日常穿的便服。

**常軌** ㄔㄤˊ ㄍㄨㄟˇ 平常應走的路或應取的法則。

**常務** ㄔㄤˊ ㄨˋ 主持日常工作的。如「常務委員」。

**常情** ㄔㄤˊ ㄑㄧㄥˊ 一般的心情或情理。如「餓了想吃飯，是人之常情」。

**常理** ㄔㄤˊ ㄌㄧˇ 通常的道理。

**常規** ㄔㄤˊ ㄍㄨㄟ 不變的規則。如「學生在校，遵守常規是天經地義的事」。

**常量** ㄔㄤˊ ㄌㄧㄤˋ ①數學名詞。在某一過程中數值不變的量，像等速運動中的速度就是。②物理學名詞。不隨時間而改變的，也叫常量。

**常會** ㄔㄤˊ ㄏㄨㄟˋ ①按照規定在一定期間舉行的會議。②常務委員會的簡稱。

**常溫** ㄔㄤˊ ㄨㄣ 一般指攝氏十五度到二十五度的溫度。

**常態** ㄔㄤˊ ㄊㄞˋ ①図固定的儀態。〈後漢書〉「舞無常態，鼓無定節」。②心理學名詞，正常的狀態，對變態說的。

**常數** ㄔㄤˊ ㄕㄨˋ 代數式裡一定不變的數。

**常模** ㄔㄤˊ ㄇㄛˊ 心理學名詞。把單一數值或一組數值，代表一項行為或心理特質上大多數人所具有的程度，作為團體通常的表現或特徵，稱為常模。它是比較測驗分數的標準，編製心理測驗卷必須的步驟。

**常談** ㄔㄤˊ ㄊㄢˊ 平常的談論。如「老生常談」。

**常駐** ㄔㄤˊ ㄓㄨˋ 久住。

**常禮** ㄔㄤˊ ㄌㄧˇ 通常的禮節，如鞠躬、作揖、點頭、握手等。

**常識** ㄔㄤˊ ㄕˋ 一般人所應該有而且能了解的知識。

**常常（兒）** ㄔㄤˊ ㄔㄤˊ（ㄦ） 時時，每每。

**常分數** ㄔㄤˊ ㄈㄣ ㄕㄨˋ 數學名詞。分母分子都是整數，凡是分母大於分子的真分數，分子大於分母的假分數，都是常分數。

**常用字** ㄔㄤˊ ㄩㄥˋ ㄗˋ 指日常生活中最常用到的文字。例如國立臺灣師範大學國文研究所選定公布的常用字有四千八百零八個，次常用字有六千三百四十個。

**常春藤** ㄔㄤˊ ㄔㄨㄣ ㄊㄥˊ 常綠灌木，蔓生，葉卵形，開淡黃綠色的花，果實黑色，莖和葉子都可入藥。

**常備軍** ㄔㄤˊ ㄅㄟˋ ㄐㄩㄣ 國家為保衛國土的需要，經常保持一定數額的三軍武裝部隊，稱為常備軍。

**常溫層** ㄔㄤˊ ㄨㄣ ㄘㄥˊ 地質學名詞。地面下十五到二十公尺深，全年溫度變化不顯著的地層。再往下每深三十公尺大約增高攝氏一度。

**常綠樹** ㄔㄤˊ ㄌㄩˋ ㄕㄨˋ 一年四季葉子青綠的樹，像松、柏就是。

**常禮服** ㄔㄤˊ ㄌㄧˇ ㄈㄨˊ 尋常所穿的禮服，對大禮服說的。

**常務委員** ㄔㄤˊ ㄨˋ ㄨㄟˇ ㄩㄢˊ 在委員會之內設置的經常參與會務的委員。有提供意見、參加決策並執行，隨時供主任委員顧問諮詢等任務。略作「常委」。

**常務董事** ㄔㄤˊ ㄨˋ ㄉㄨㄥˇ ㄕˋ 在董事會之內設置的經常參與會務的董事。除了有調查、分析、提供建議或備顧問等功能之外，有時還有參加決策與執行的權力。常務董事由董事互選產生。略作「常董」。

**常勝將軍** ㄔㄤˊ ㄕㄥˋ ㄐㄧㄤˋ ㄐㄩㄣ 領兵打仗總是得勝的將軍。

**常溫動物** ㄔㄤˊ ㄨㄣ ㄉㄨㄥˋ ㄨˋ 就是「溫血動物」，在一般情況下，體溫不變或變化很小的動物，鳥和哺乳類動物都是。

**常任理事國** ㄔㄤˊ ㄖㄣˋ ㄌㄧˇ ㄕˋ ㄍㄨㄛˊ 聯合國安全理事會共有十五個理事國，其中有五國是常任理事國：美、英、中、法、俄。安全理事會的決議，除了程序性問題以外，必須這五國一致同意，才可以通過。這五國都有否決權，有權阻止議案通過。

## 帷

ㄨㄟˊ 分隔內外的幕。

**帷堂** ㄨㄟˊ ㄊㄤˊ 有喪事時在大廳上掛起帷幕，叫帷堂。弔喪的人只可在幕外。

**帷幄** ㄨㄟˊ ㄨㄛˋ [文]軍中帳幕。〈漢書〉有「運籌帷幄之中，決勝千里之外」。

**帷幔** ㄨㄟˊ ㄇㄢˋ 圍在室內四周的帘幕。

**帷幕** ㄨㄟˊ ㄇㄨˋ 帳子在旁的叫帷，在上的叫幕。

**帷薄不修** ㄨㄟˊ ㄅㄛˊ ㄅㄨˋ ㄒㄧㄡ [文]說人的家庭有男女間的淫亂問題，是比較含蓄的說法。

## 九筆

**帽** ㄇㄠˋ ㈠戴在頭上用來遮陽擋雨，保護頭部的東西。如「草帽」「呢帽」。㈡器物的頂罩。如「筆帽」。

**帽子** ㄇㄠˋ ㄗ˙ ①帽㈠。②給人加上不恰當、挖苦或罪嫌的詞。如「高帽子」「綠帽子」。

**帽耳** ㄇㄠˋ ㄦˇ 寒帶地區的人戴的帽子，兩邊各有一塊向下垂的棉質或毛皮做耳套，用來保護耳朵。

**帽舌** ㄇㄠˋ ㄕㄜˊ 帽子前面形狀像舌頭向前伸出的帽簷兒，擋陽光用的。

**帽章** ㄇㄠˋ ㄓㄤ 安在制服帽子上的徽章。也作「帽花兒」。

**帽簷(兒)** ㄇㄠˋ ㄧㄢˊ (ㄦ˙) 像屋簷似的帽子邊緣。

**幅** ㄈㄨˊ ㈠織物或紙張的寬度。如「雙幅的料子」「篇幅」。㈡邊緣。如「幅員」。㈢書畫圖表一張叫「一幅」。㈣見「幅度」。

**幅度** ㄈㄨˊ ㄉㄨˋ 振動或變動的大小不同程度。如「這次公務人員調整待遇，幅度是百分之二十」。

**幅面** ㄈㄨˊ ㄇㄧㄢˋ 布料、呢絨、紙張、塑膠布等裁開以前的寬度。

**幅員** ㄈㄨˊ ㄩㄢˊ 疆域廣狹叫「幅」，周圍叫「員」，所以稱疆域叫幅員。

**幀** [文]ㄓㄥˋ 畫幅，一幅畫作「一幀」。

**幄** [文]ㄨㄛˋ 帳幕。見「帷幄」。

**幃** [文]ㄨㄟˊ 單層的帳。

## 十筆

**幌** ㄏㄨㄤˇ 帷幔。

**幌子** ㄏㄨㄤˇ ㄗ˙ ①從前酒店或商店門外掛著的，表明所賣貨物的標誌。②專門裝飾外觀，叫「裝幌子」。③用來矇騙人家的話或行為。如「他拿這話做幌子，你可要當心他動壞心眼兒」。

## 十一筆

**幣** ㄅㄧˋ 可以用來買東西的錢叫貨幣。如「銀幣」「紙幣」。

**幣制** ㄅㄧˋ ㄓˋ 國家所規定的貨幣制度。

**幣帛** ㄅㄧˋ ㄅㄛˊ 古人餽贈所用的禮物，幣指金錢，帛指綢緞布疋。

**幣信** ㄅㄧˋ ㄒㄧㄣˋ 貨幣受信任的程度。如幣值升降太頻繁或幅度太大，這種貨幣的幣信必然很低。

**幣值** ㄅㄧˋ ㄓˊ ①貨幣在市場上的價值，就是貨幣買商品的能力。②一國的貨幣在國際市場上能換多少外幣的價值。

**幣重言甘** ㄅㄧˋ ㄓㄨㄥˋ ㄧㄢˊ ㄍㄢ [文]給的財物很多，說的言詞很甜，是為了達到某種目的的誘惑。

**幔** ㄇㄢˋ 帳幕。如「布幔」。

**幕** ㄇㄨˋ ㈠遮住上面的帳子。如「帳幕」「天幕」。㈡舞臺前掛著的布幅，戲劇開演把幕拉開，演完再合上，所以叫「開幕」「閉幕」，引伸事情跟機構的開始跟結束。㈢放映電影所用的大幅白布。如「銀幕」。㈣話劇一段叫一幕。如「獨幕劇」「多幕劇」。㈤從前政府機構或領兵主將所任用的管文書幫忙做事的人叫「幕友」，簡稱「幕」。

**幕友** ㄇㄨˋ ㄧㄡˇ 舊時在軍中擔任參謀、書記的人員。後來泛指在地方行政機關辦理文書等工作的助理人員。也作「幕客」「幕賓」；現稱「幕僚」。

**幕府** ㄇㄨˋ ㄈㄨˇ ①舊時指將軍的官署。軍隊出征沒有固定住處，在駐地搭帳幕作指揮所，所以稱幕府。②日本明治維新以前掌權的軍閥，在西元一八六八年廢除。

**幕後** ㄇㄨˋ ㄏㄡˋ 在帷幕後面，比喻在暗中的作為。如「幕後操縱」。

**幕僚** ㄇㄨˋ ㄌㄧㄠˊ ①幫助機關主管處理文書等日常事務，如祕書之類的官員。②在軍中幫助主官分析敵情，策定作戰計畫的參謀人員。

**幕天席地** ㄇㄨˋ ㄊㄧㄢ ㄒㄧˊ ㄉㄧˋ [文]以天地為幕席。比喻高曠。

**幗** ㄍㄨㄛˊ 古時女人的包頭帕、首飾。

**幛** ㄓㄤˋ 在布帛上題字用作慶弔的禮物，叫做幛。如「壽幛」「喜幛」。通稱「幛子」。

**幘** ㄗㄜˊ 古人裹頭髮用的巾。

## 十二筆

**幞** ㄆㄨˊ 幞頭，古人戴的幘巾的一種，分展腳幞頭與交腳幞頭。前者像國劇（也叫京劇）中曹操戴的巾，後者像展昭戴的巾。

**幡** ㄈㄢ ㈠長形下垂的旗子。㈡通「翻」。

**幡兒** ㄈㄢ ㄦˊ 出殯時孝子手裡拿的狹而長像旗子樣的東西。

**幡然** ㄈㄢ ㄖㄢˊ 翻然。很快的。如「幡然覺悟」。

**幟** ㄓˋ ㈠直幅長條用作標幟的旗。如「旗幟」。㈡派別。如「獨樹一幟」。

**幢** ㄔㄨㄤˊ ㈠旗子一類的東西。如「幢幡」。㈡樓房一棟叫「一幢」。㈢見「幢幢」條。

**幢幡** ㄔㄨㄤˊ ㄈㄢ 佛前所立的旌旗。

**幢幢** ㄔㄨㄤˊ ㄔㄨㄤˊ 搖曳的樣子，通「憧憧」。元稹的詩有「殘燈無焰影幢幢」。

## 十三筆

**幨** [文]ㄔㄢ 軍帷。

## 十四筆

**幫（帮）** ㄅㄤ ㈠佐助。如「告幫」「幫忙」。㈡陪同或附和也叫「幫」。如「幫腔」「幫閑」。㈢同夥的或同行（ㄒㄧㄥˊ）的。如「客幫」。㈣從前水陸碼頭的一種祕密結社。如「青幫」「洪幫」（也作紅幫）。㈤現在社會上一些不良少年的祕密結社。如「四海幫」。㈥成批的，成群的。如「一幫貨物」「大幫人馬」。㈦從旁邊豎起的部分。如「船幫」「鞋幫」。

**幫子** ㄅㄤ ˙ㄗ ①幫㈦。②白菜等露在外面的厚而寬的菜葉，叫「菜幫子」，簡稱「幫子」。

**幫凶** ㄅㄤ ㄒㄩㄥ ①幫助行凶或作惡。②幫助行凶或作惡的人。如「他是正凶，你可是幫凶啊」。

**幫手** ㄅㄤ ㄕㄡˇ 助手。

**幫同** ㄅㄤ ㄊㄨㄥˊ 幫助別人一同（做事）。如「幫同他完成這件事」。

**幫忙** ㄅㄤ ㄇㄤˊ 助人辦事。

**幫助** ㄅㄤ ㄓㄨˋ 幫忙，援助。

**幫拳** ㄅㄤ ㄑㄩㄢˊ 幫人打架。

**幫腔** ㄅㄤ ㄑㄧㄤ ①附和人家歌唱的聲音。②附和別人做事或發言。

**幫補** ㄅㄤ ㄅㄨˇ 用金錢相助。

**幫閑** ㄅㄤ ㄒㄧㄢˊ 「閑」也作「閒」。在有錢人家裡作食客，陪人吃喝玩樂。

**幫亂** ㄅㄤ ㄌㄨㄢˋ 同「幫倒忙」。如「走開吧，你這樣哪兒是幫忙，是幫亂」。

**幫會** ㄅㄤ ㄏㄨㄟˋ 民間的會黨，是某些人為了某種目的而組成的祕密組織。

**幫辦** ㄅㄤ ㄅㄢˋ ①幫著做事。②官職名，協助單位主管處理公務的高級官員。如中央各部的幫辦，相當於副司長。

**幫襯** ㄅㄤ ㄔㄣˋ 幫助；幫忙。如「我上大學的時候，他時常寄錢幫襯我」。

**幫倒忙** ㄅㄤ ㄉㄠˋ ㄇㄤˊ 形式上幫忙而實際上反添麻煩。如「你別來幫倒忙了好不好，越幫越忙」。

## 幬

図 ㄉㄠˋ ㈠車帷。㈡覆蓋。〈左傳〉有「如天之無不幬也」。

### 十六筆

## 幰

図 ㄒㄧㄢˇ 車前的布篷，跟車頂平而稍向上仰，用以遮陽。

# 干部

## 干

ㄍㄢ ㈠古代指盾，作戰時用來防身的兵器。㈡冒犯，觸犯。如「干犯刑章」。㈢關係。如「這跟我不相干」。㈣牽連。如「不干我事」。㈤對於數目的約計，有「幾許」的意思。如「若干」。㈥天干的簡稱。如「干支」。㈦「乾」字作名詞時候的俗寫。如「干貝」「豆腐干」。㈧図求。如「干求」。㈨図岸邊。如「江干」。㈩姓。

**干戈** ㄍㄢ ㄍㄜ 干、戈都是武器，作為戰具的通稱，引伸作戰亂。如「干戈四起」。

**干支** ㄍㄢ ㄓ 十個天干字跟十二個地支字。

**干犯** ㄍㄢ ㄈㄢˋ 冒犯，侵犯。

**干休** ㄍㄢ ㄒㄧㄡ 罷手。也作「甘休」。

**干求** ㄍㄢ ㄑㄧㄡˊ 図請求。

**干貝** ㄍㄢ ㄅㄟˋ 見「乾貝」。

**干係** ㄍㄢ ㄒㄧˋ 關係。

**干城** ㄍㄢ ㄔㄥˊ 図干，指盾；城，指城牆；都是保衛國土的工具和建築物。比喻保國衛民的將軍。

**干涉** ㄍㄢ ㄕㄜˋ ①干預。②牽連。

**干連** ㄍㄢ ㄌㄧㄢˊ 牽連，牽涉到。

**干預** ㄍㄢ ㄩˋ 參預；過問。

**干謁** ㄍㄢ ㄧㄝˋ 図有所企圖或要求而求見（顯達的人）。

**干擾** ㄍㄢ ㄖㄠˇ ①擾亂。如「我想去找他，又怕干擾他用功」。②妨礙無線電設備的正常接收。如「廣播受到干擾，雜音很多」。

**干礙** ㄍㄢ ㄞˋ 關係；牽連；妨礙。如「沒有干礙，我可以請他進來了」。

**干卿底事** ㄍㄢ ㄑㄧㄥ ㄉㄧˇ ㄕˋ 図表示與你何干。比喻事與自己無關而好管閒事。

### 二筆

## 平

ㄆㄧㄥˊ ㈠沒有高低，也不傾斜。如「平坦」「像水面一樣平」。㈡沒有多的或少的。如「平分」「公平合理」。㈢高低相等，不相上下。如

「平列」「平輩」。㈣經常的，沒有特別的。如「平時」「平淡」。㈤安寧沒有動亂。如「太平」「和平」。㈥征服了，把動亂消除。如「跨海平魔」「平定匪亂」。㈦漢語聲調四聲之一。如「平上去入」「陰平」「陽平」。㈧穩定。如「平抑物價」。㈨姓。

**平凡** ㄆㄧㄥˊ ㄈㄢˊ　平常；不希奇。

**平川** ㄆㄧㄥˊ ㄔㄨㄢ　地勢平坦的地方。也說「平川地」。

**平仄** ㄆㄧㄥˊ ㄗㄜˋ　字的四聲，上、去、入三聲叫仄聲，與平聲合稱平仄。

**平允** ㄆㄧㄥˊ ㄩㄣˇ　〔文〕公平適當。

**平分** ㄆㄧㄥˊ ㄈㄣ　平均分配。

**平反** ㄆㄧㄥˊ ㄈㄢˇ　把冤枉的案件辨正過來，使不再受冤枉。

**平手** ㄆㄧㄥˊ ㄕㄡˇ　比賽或辯論不分勝負。如「兩場足球比賽，都是一比一平手」。

**平方** ㄆㄧㄥˊ ㄈㄤ　①正方形的平面。②同數目自乘的積。

**平日** ㄆㄧㄥˊ ㄖˋ　平常的日子。

**平月** ㄆㄧㄥˊ ㄩㄝˋ　陽曆二月只有二十八天或二十九天，二十八天的叫平月。

**平平** ㄆㄧㄥˊ ㄆㄧㄥˊ　不好不壞；尋常。

**平旦** ㄆㄧㄥˊ ㄉㄢˋ　〔文〕天剛亮的時候。

**平正** ㄆㄧㄥˊ ㄓㄥˋ　端正。

**平民** ㄆㄧㄥˊ ㄇㄧㄣˊ　一般百姓，不是高官顯貴的普通國民。

**平生** ㄆㄧㄥˊ ㄕㄥ　①終身，生平。②一向。如「素昧平生」（一向不認識）。

**平白** ㄆㄧㄥˊ ㄅㄞˊ　無緣無故的。

**平光** ㄆㄧㄥˊ ㄍㄨㄤ　普通眼鏡，不是近視也不是遠視。

**平列** ㄆㄧㄥˊ ㄌㄧㄝˋ　平等排列。如「這兩件事平列起來，仔細分析，就知道誰是誰非啦」。

**平地** ㄆㄧㄥˊ ㄉㄧˋ　①平坦的土地；對山地說的。②無緣無故的，突然的。如「平地風波」。

**平安** ㄆㄧㄥˊ ㄢ　平穩安全；沒有事故；沒有危險。

**平年** ㄆㄧㄥˊ ㄋㄧㄢˊ　①陽曆不是閏年，二月份只有二十八天的年分。②陰曆沒有閏月的年分。

**平行** ㄆㄧㄥˊ ㄒㄧㄥˊ　①地位相等，沒有高低。②指二線或二平面固定以相等的距離延伸，始終不相交的。

**平均** ㄆㄧㄥˊ ㄐㄩㄣ　數學名詞。將n個同類的數相加再除以n，所得的值叫做「算術平均數」。把n個同類的數相乘，再求n次方根，所得的值叫「幾何平均數」。

**平妥** ㄆㄧㄥˊ ㄊㄨㄛˇ　平穩妥善。如「這篇文章措詞平妥」。

**平局** ㄆㄧㄥˊ ㄐㄩˊ　球賽或棋賽不分勝負的局面。如「我們下了兩盤棋，結果都成平局」。

**平抑** ㄆㄧㄥˊ ㄧˋ　抑制使穩定；壓低。如「平抑物價」。

**平身** ㄆㄧㄥˊ ㄕㄣ　〔文〕行跪拜禮後站起來。舊時帝王常用，等於說「起來吧」。

**平和** ㄆㄧㄥˊ ㄏㄜˊ　①性情溫和。如「他為人平和，好說話」。②藥物效用溫和。如「這兩味藥的藥性平和」。

**平坦** ㄆㄧㄥˊ ㄊㄢˇ　沒有凹凸高低的。

**平定** ㄆㄧㄥˊ ㄉㄧㄥˋ　①動亂過去，而恢復常態。②設法消除動亂。

**平居** ㄆㄧㄥˊ ㄐㄩ　〔文〕平日；平素。

**平房** ㄆㄧㄥˊ ㄈㄤˊ　沒有樓的房屋。

**平明** ㄆㄧㄥˊ ㄇㄧㄥˊ　〔文〕天剛亮的時候。

**平昔** ㄆㄧㄥˊ ㄒㄧˊ [文]從前，往日。如「平昔不知讀書，今日深為悔恨」。

**平易** ㄆㄧㄥˊ ㄧˋ ①性格和平，容易相處。如「平易近人」。②文字淺顯不艱深。

**平服** ㄆㄧㄥˊ ㄈㄨˊ 安定；服氣。如「經過解釋，他心境平服，不再生氣了」。

**平板** ㄆㄧㄥˊ ㄅㄢˇ ①平淡，死板，常指文章或戲劇的內容情節缺少變化。如「文章平板，讀者看不下去」。②鉗工刮研用的工具，是用厚鑄鐵板製成的，有一面很平。

**平林** ㄆㄧㄥˊ ㄌㄧㄣˊ [文]平地上的樹林。

**平治** ㄆㄧㄥˊ ㄓˋ [文]①太平。如「四方平治，人民安樂」。②平定治理。如「平治天下，舍我其誰」。

**平空** ㄆㄧㄥˊ ㄎㄨㄥ 無緣無故的，突然的。

**平信** ㄆㄧㄥˊ ㄒㄧㄣˋ 普通信件；對掛號信件說的。

**平面** ㄆㄧㄥˊ ㄇㄧㄢˋ 最簡單的面。在一個面上任意取兩點連成直線，如果直線上所有的點都在這個面上，這個面就是平面。

**平原** ㄆㄧㄥˊ ㄩㄢˊ 海拔在兩百公尺以下，少有起伏，廣闊平坦的陸地。如「嘉南平原是臺灣的穀倉」。

**平息** ㄆㄧㄥˊ ㄒㄧˊ 平定止息。如「風浪平息」。引伸作解決了。如「平息紛爭」。

**平時** ㄆㄧㄥˊ ㄕˊ 平常的時候。

**平素** ㄆㄧㄥˊ ㄙㄨˋ 平時；素來。

**平常** ㄆㄧㄥˊ ㄔㄤˊ ①平時。②普通，沒有什麼特別。

**平庸** ㄆㄧㄥˊ ㄩㄥ 平凡，比別人沒什麼特別。

**平添** ㄆㄧㄥˊ ㄊㄧㄢ 無故地增加，突然地增加。文言作「徒增」。

**平淡** ㄆㄧㄥˊ ㄉㄢˋ 平常，沒有出奇的地方。

**平野** ㄆㄧㄥˊ ㄧㄝˇ 平坦空曠的郊野。如「春天一來到，平野上繁花似錦」。

**平復** ㄆㄧㄥˊ ㄈㄨˋ ①恢復平靜；指風浪、事故。如「事故已經止息，社會秩序逐漸平復」。②恢復原狀；多指身體健康。如「病根已拔，身體平復」。

**平等** ㄆㄧㄥˊ ㄉㄥˇ ①指人與人之間在政治、經濟上的機會相同。②佛家認為「六道眾生本具佛性，無二無別；生命應當平等，互為慈愛。」

**平視** ㄆㄧㄥˊ ㄕˋ 視線平直地看過去。

**平順** ㄆㄧㄥˊ ㄕㄨㄣˋ 平穩順適。

**平滑** ㄆㄧㄥˊ ㄏㄨㄚˊ 平而光滑。

**平裝** ㄆㄧㄥˊ ㄓㄨㄤ 書籍裝訂法之一，只用較厚的單層紙張做封面，書脊不呈弧形，售價較低。是對「精裝」說的。

**平話** ㄆㄧㄥˊ ㄏㄨㄚˋ 也作「評話」或「評書」，就是「說書」。用口語說故事，是古代就有的口頭文學，有說有唱，宋朝時候最為盛行。

**平實** ㄆㄧㄥˊ ㄕˊ 平和，實在，說人的性情，文章的內涵。如「他這個人很平實，寫的文章也一樣」。

**平臺** ㄆㄧㄥˊ ㄊㄞˊ ①平頂沒有瓦的房屋。②房屋前後伸出的曬臺。

**平價** ㄆㄧㄥˊ ㄐㄧㄚˋ ①不高不低的價格。②平定貨物的價格。有的國家有「平價會」。

**平緩** ㄆㄧㄥˊ ㄏㄨㄢˇ ①指地勢平坦，傾斜度不大。如「地勢平緩，積水難消」。②指人心情舒緩。如「他的聲音已經平緩，心情應該寬鬆下來了」。

**平調** ㄆㄧㄥˊ ㄉㄧㄠˋ 公務人員調動工作，調動前後的職等職級相同，不升不降，稱為「平調」。

**平整** ㄆㄧㄥˊ ㄓㄥˇ ①填挖土方。使土地平坦整齊。②（土地）平坦整齊。

**平衡** ㄆㄧㄥˊ ㄏㄥˊ ①物體受了各方外力其總和等於零的狀態。②收支相等。

**平靜** ㄆㄧㄥˊ ㄐㄧㄥˋ 安靜。

**平頭** ㄆㄧㄥˊ ㄊㄡˊ ①図齊頭。如「平頭並進」。②男人短髮式的一種。

**平聲** ㄆㄧㄥˊ ㄕㄥ 漢語四聲（平上去入）之一，又分成陰平、陽平兩種。

**平疇** ㄆㄧㄥˊ ㄔㄡˊ 図平坦的田地。如「平疇交遠風」（陶淵明的詩句）。

**平穩** ㄆㄧㄥˊ ㄨㄣˇ 安穩，穩當。

**平議** ㄆㄧㄥˊ ㄧˋ ①公平地討論。②折衷的言論。

**平權** ㄆㄧㄥˊ ㄑㄩㄢˊ 彼此間權利平等。如「男女平權」。

**平糴** ㄆㄧㄥˊ ㄉㄧˊ 政府在糧價過賤沒人想買的時候，用公平合理的價格，買糧食儲藏，準備荒年出售，叫作平糴。

**平糶** ㄆㄧㄥˊ ㄊㄧㄠˋ 政府在糧價高漲時，把大批糧食按公平合理而能適合公眾購買力的價格，普遍賣出，叫作平糶。

**平手（兒）** ㄆㄧㄥˊ ㄕㄡˇ（ㄦ） 技藝力量相等，不分勝負。

**平輩（兒）** ㄆㄧㄥˊ ㄅㄟˋ（ㄦ） 輩分相同的人。

**平交道** ㄆㄧㄥˊ ㄐㄧㄠ ㄉㄠˋ 鐵路和公路的平面交叉口。

**平安夜** ㄆㄧㄥˊ ㄢ ㄧㄝˋ 每年陽曆十二月二十四日，天主教徒、基督教徒慶祝耶穌誕生，在這天晚上互報佳音，聚會祝頌，稱為「平安夜」。

**平安險** ㄆㄧㄥˊ ㄢ ㄒㄧㄢˇ 一種旅行保險。旅行者向保險公司要保，付保險費，旅行途中遇有災難，由保險公司理賠。

**平行線** ㄆㄧㄥˊ ㄒㄧㄥˊ ㄒㄧㄢˋ 在同一平面內任意延長而始終不相交的兩條直線。

**平面圖** ㄆㄧㄥˊ ㄇㄧㄢˋ ㄊㄨˊ ①在平面上的顯示圖。所畫的無論全部或局部，都顯示在同一個平面上。與立體圖相對。②建築物、地形的鳥瞰圖。

**平面鏡** ㄆㄧㄥˊ ㄇㄧㄢˋ ㄐㄧㄥˋ 平面回光的鏡子。

**平飛球** ㄆㄧㄥˊ ㄈㄟ ㄑㄧㄡˊ 棒球運動用語。打擊員以水平的姿勢揮棒擊球，呈直線平飛。這種球強勁有力，大都落在外野。

**平埔族** ㄆㄧㄥˊ ㄆㄨˇ ㄗㄨˊ 住在臺灣平地或丘陵地帶的原住民。十七世紀中葉漢人遷臺以後，部分與漢族同化，稱為「平埔族」。也稱「平地山胞」，有別於住在山區的「高山山胞」。

**平射炮** ㄆㄧㄥˊ ㄕㄜˋ ㄆㄠˋ 軍用火炮中如加農炮、坦克炮等，初速大，射程遠，威力驚人。因為彈道低，所以叫「平射炮」。

**平等權** ㄆㄧㄥˊ ㄉㄥˇ ㄑㄩㄢˊ 法律名詞。人民在法律上應該享有平等待遇的權利，包括政治、經濟以及法律等各方面。

**平衡木** ㄆㄧㄥˊ ㄏㄥˊ ㄇㄨˋ 一種女子體操器械，五公尺長，十公分寬，直徑方形的長木條，架在腳架上，離地面一百二十公分。運動員在上面做各種動作。

**平衡覺** ㄆㄧㄥˊ ㄏㄥˊ ㄐㄩㄝˊ 人因為身體所處位置的變化而引起的感覺，主要來自大腦的平衡作用和小腦控制身體的姿勢。

**平分秋色** ㄆㄧㄥˊ ㄈㄣ ㄑㄧㄡ ㄙㄜˋ 原指天地無私，四時平分。後來引伸為雙方勢均力敵，旗鼓相當。

**平心而論** ㄆㄧㄥˊ ㄒㄧㄣ ㄦˊ ㄌㄨㄣˋ 平心靜氣地評論。

**平心靜氣** ㄆㄧㄥˊ ㄒㄧㄣ ㄐㄧㄥˋ ㄑㄧˋ 心平氣和，態度冷靜。

**平方公里** ㄆㄧㄥˊ ㄈㄤ ㄍㄨㄥ ㄌㄧˇ 公制面積單位名，一平方公里合一百公頃，一百萬平方公尺。

**平地風波** ㄆㄧㄥˊ ㄉㄧˋ ㄈㄥ ㄅㄛ 比喻突然發生的意外事變。

**平地樓臺** ㄆㄧㄥˊ ㄉㄧˋ ㄌㄡˊ ㄊㄞˊ 比喻人白手起家，像在平地上蓋起樓臺似的。如「幾年不見，他竟然平地樓臺，成就了這麼大的事業」。

**平步青雲** ㄆㄧㄥˊ ㄅㄨˋ ㄑㄧㄥ ㄩㄣˊ 忽然間爬到高的位子。常指升官。

**平易近人** ㄆㄧㄥˊ ㄧˋ ㄐㄧㄣˋ ㄖㄣˊ ①形容人態度謙和，讓人覺得容易接近。②形容文章淺顯，容易懂。

**平版印刷** ㄆㄧㄥˊ ㄅㄢˇ ㄧㄣˋ ㄕㄨㄚ 使用石版或金屬版印刷。版面空白部分和印刷部分都沒有凹凸紋的印刷版。

**平面媒體** ㄆㄧㄥˊ ㄇㄧㄢˋ ㄇㄟˊ ㄊㄧˇ 指報紙、雜誌等媒體；是對「電子媒體」說的。

**平面幾何** ㄆㄧㄥˊ ㄇㄧㄢˋ ㄐㄧˇ ㄏㄜˊ 研究平面上幾何圖形的形狀、大小、位置等性質的學科。

**平起平坐** ㄆㄧㄥˊ ㄑㄧˇ ㄆㄧㄥˊ ㄗㄨㄛˋ 指雙方地位平等，不分高低。如「他的地位很高，可以跟司法院長平起平坐」。

**平鋪直敘** ㄆㄧㄥˊ ㄆㄨ ㄓˊ ㄒㄩˋ 說話或寫文章時，直接地簡單地把意思說出來或寫出來。也指文章或說話沒有起伏，重點不突出。

**平頭正臉** ㄆㄧㄥˊ ㄊㄡˊ ㄓㄥˋ ㄌㄧㄢˇ 形容人面貌端正。如「他長得平頭正臉的，不像個壞人」。

**平地一聲雷** ㄆㄧㄥˊ ㄉㄧˋ ㄧˋ ㄕㄥ ㄌㄟˊ 平地上突然響起巨大的聲響。比喻人的名聲、地位突然高了許多，或是忽然發生一件大喜事。如「就像是平地一聲雷，說是范進中了秀才」。

## 三筆

# 并（幷）

▲ㄅㄧㄥˋ ㈠「合」的意思。如「并吞」「兼并」。㈡通「並」。▲ㄅㄧㄥ 古時從河北省中部清苑、正定各縣到山西省北部一帶叫并州。

**并吞** ㄅㄧㄥˋ ㄊㄨㄣ 強佔他國的土地或別人的產業。如「暴秦并吞六國，一統天下，不久就告滅亡」。

**并日而食** ㄅㄧㄥˋ ㄖˋ ㄦˊ ㄕˊ 〔文〕只夠一天的食物要分作兩三天吃。形容人窮困。

# 年

ㄋㄧㄢˊ ㈠地球繞著太陽轉一周的時間叫「一年」，通常是三百六十五天。㈡歲數。如「年輕力壯」。㈢光陰。如「年光」「大好年華」。㈣人生經歷的階段。如「幼年」「青年」「老年」。㈤指時期說。如「遠年」「近年」。㈥指農作物的收成。如「豐年」「年成」「歉年」。㈦指新年說的。如「拜年」「年糕」。㈧指姓。

**年下** ㄋㄧㄢˊ ㄒㄧㄚˋ 下字輕讀。過年的時候。

**年分** ㄋㄧㄢˊ ㄈㄣˋ ①指某一年。如「這兩筆開支不在一個年分」。②所經年歲長短的量，常以深淺多少為區別詞。如「這件瓷器的年分，比那件深」。

**年少** ㄋㄧㄢˊ ㄕㄠˋ 〔文〕少年，年紀輕。

**年月** ㄋㄧㄢˊ ㄩㄝˋ ①指時間說。如「不知過了多少年月」。②指時代情況說，就是「年頭」。如「當時年月不太平」。

**年代** ㄋㄧㄢˊ ㄉㄞˋ ①時代。②指西元世紀中的某十年期間。如二十世紀五十年代就是指一九四一至一九五〇年。

**年幼** ㄋㄧㄢˊ ㄧㄡˋ 年紀小。如「孩子年幼，須要教養和照顧」。

**年年** ㄋㄧㄢˊ ㄋㄧㄢˊ 一年一年，每年。如「公司年年虧損，快要支撐不住了」。

**年成** ㄋㄧㄢˊ ㄔㄥˊ 農事收穫的情況。

**年次** ㄋㄧㄢˊ ㄘˋ 年分①。如「他小我一歲，是民國七十二年次的」。

**年利** ㄋㄧㄢˊ ㄌㄧˋ 按年計算的利息。又稱「年息」。

**年事** ㄋㄧㄢˊ ㄕˋ 〔文〕人事的經驗隨著年齡增加，因而說年齡為年事。通常用在年長的人。如「年事已高」。

**年來**（ㄋㄧㄢˊ ㄌㄞˊ） ①近年以來。②一年以來。

**年夜**（ㄋㄧㄢˊ ㄧㄝˋ） 除夕。也叫大年夜。

**年底**（ㄋㄧㄢˊ ㄉㄧˇ） 一年快過完的時候，通常指十二月下旬。閩南語也說「年尾」。

**年庚**（ㄋㄧㄢˊ ㄍㄥ） 人出生的年月日時。也指年歲。

**年表**（ㄋㄧㄢˊ ㄅㄧㄠˇ） 按年次排列記載的大事表。

**年金**（ㄋㄧㄢˊ ㄐㄧㄣ） 公私機構對有功或退休人員按年付給的定額酬金。分撫卹年金、酬庸年金和契約年金三種。

**年長**（ㄋㄧㄢˊ ㄓㄤˇ） 年紀大。

**年前**（ㄋㄧㄢˊ ㄑㄧㄢˊ） 過年以前。如「年前他來過我家」。

**年度**（ㄋㄧㄢˊ ㄉㄨˋ） 為事務便利而規定每一年的起迄期限。如會計年度、學年度等。

**年紀**（ㄋㄧㄢˊ ㄐㄧˋ） 紀字輕讀。年齡，歲數。

**年限**（ㄋㄧㄢˊ ㄒㄧㄢˋ） 限定的年數。

**年息**（ㄋㄧㄢˊ ㄒㄧˊ） 年利。

**年級**（ㄋㄧㄢˊ ㄐㄧˊ） 學校裡照修業年限和課程所分的班級。

**年紙**（ㄋㄧㄢˊ ㄓˇ） 舊俗過年時候所用的黃錢、掛錢、神馬、門聯等。

**年假**（ㄋㄧㄢˊ ㄐㄧㄚˋ） 過年時的假期。

**年終**（ㄋㄧㄢˊ ㄓㄨㄥ） 年末，年尾。

**年貨**（ㄋㄧㄢˊ ㄏㄨㄛˋ） 過年用的一切物品的總稱。

**年華**（ㄋㄧㄢˊ ㄏㄨㄚˊ） ①年紀。②光陰。

**年菜**（ㄋㄧㄢˊ ㄘㄞˋ） 農曆過年期間家裡吃的比平日豐富的菜肴。

**年間**（ㄋㄧㄢˊ ㄐㄧㄢ） 在某年代之中。如「明朝年間」「光緒年間」。

**年飯**（ㄋㄧㄢˊ ㄈㄢˋ） 也叫「年夜飯」。過舊曆年除夕吃的團圓飯。就是全家人在一起團爐、吃飯，菜肴比平日豐盛。

**年會**（ㄋㄧㄢˊ ㄏㄨㄟˋ） 固定在每年集會一次的會。

**年歲**（ㄋㄧㄢˊ ㄙㄨㄟˋ） ①年齡。②年頭兒。

**年號**（ㄋㄧㄢˊ ㄏㄠˋ） 從前君主紀年的名稱。如清德宗的年號是「光緒」。

**年節**（ㄋㄧㄢˊ ㄐㄧㄝˊ） 指春節及其前後的幾天。

**年資**（ㄋㄧㄢˊ ㄗ） 年齡和資歷。也指任職的年數和職級。如「他在這裡工作三十年，年資很高」。

**年貌**（ㄋㄧㄢˊ ㄇㄠˋ） 年齡和容貌。

**年輪**（ㄋㄧㄢˊ ㄌㄨㄣˊ） 木本植物橫截面的環狀紋。也作「生長輪」。木本植物受季節變化的影響，生長速度不同，發生主幹內部色澤深淺與組織疏密的差異，因而產生年輪。從年輪的數目、寬窄，可以推知樹齡和當地的氣候變化。

**年輕**（ㄋㄧㄢˊ ㄑㄧㄥ） 年紀小。

**年齒**（ㄋㄧㄢˊ ㄔˇ） 図年紀。

**年曆**（ㄋㄧㄢˊ ㄌㄧˋ） 印有全年的月份、星期、日期、節氣、假日的單張印刷品。

**年糕**（ㄋㄧㄢˊ ㄍㄠ） 糯米漿蒸成的糕，是春節的應時食品。

**年禧**（ㄋㄧㄢˊ ㄒㄧ） 「新年吉利」的意思，是賀年的話。禧也作釐（ㄒㄧ）。

**年禮**（ㄋㄧㄢˊ ㄌㄧˇ） 在年終餽贈的禮品。

**年臘**（ㄋㄧㄢˊ ㄌㄚˋ） 也作「僧臘」。僧尼受戒後的歲數。十五歲出家，十八歲受戒，五十歲時，僧臘是三十三。

**年譜**（ㄋㄧㄢˊ ㄆㄨˇ） 用編年體記載個人生平事跡的著作，叫年譜。

**年關**（ㄋㄧㄢˊ ㄍㄨㄢ） 年終要還債，好像過關一樣，所以叫做年關。現在一般指年底。

**年邁** ㄋㄧㄢˊ ㄇㄞˋ 文年紀老。

**年齡** ㄋㄧㄢˊ ㄌㄧㄥˊ 人或動植物已經生存的年數。

**年鑑** ㄋㄧㄢˊ ㄐㄧㄢˋ 彙錄截至出版年為止的大事和各種統計的參考書，如世界年鑑、教育年鑑等。

**年景（兒）** ㄋㄧㄢˊ ㄐㄧㄥˇ （ㄦ） ①過年時候的景象。②農事收成的狀況。

**年畫（兒）** ㄋㄧㄢˊ ㄏㄨㄚˋ （ㄦ） 過年時候賣的應節吉利的圖畫。

**年頭（兒）** ㄋㄧㄢˊ ㄊㄡˊ （ㄦ） ①時代情況。②年。③指農事收成。

**年功俸** ㄋㄧㄢˊ ㄍㄨㄥ ㄈㄥˋ 公務員受職級限制，已領最高薪的就無級可升，以後對他應受的獎勵只有給特別俸給，稱為「年功俸」。

**年產量** ㄋㄧㄢˊ ㄔㄢˇ ㄌㄧㄤˋ 產業每年生產產品的數量。如「本公司抽海水製鹽，年產量一百五十萬噸」。

**年久失修** ㄋㄧㄢˊ ㄐㄧㄡˇ ㄕ ㄒㄧㄡ 經過多年沒有整修；多指建築物。如「這棟房子年久失修，不能住了」。

**年老力衰** ㄋㄧㄢˊ ㄌㄠˇ ㄌㄧˋ ㄕㄨㄞ 年紀老了，氣力衰退。

**年高德劭** ㄋㄧㄢˊ ㄍㄠ ㄉㄜˊ ㄕㄠˋ 年老而有德望。

**年深日久** ㄋㄧㄢˊ ㄕㄣ ㄖˋ ㄐㄧㄡˇ 時間久遠。如「這已經是年深日久的事情了」。

**年富力強** ㄋㄧㄢˊ ㄈㄨˋ ㄌㄧˋ ㄑㄧㄤˊ 年力壯盛很有作為。

**年輕力壯** ㄋㄧㄢˊ ㄑㄧㄥ ㄌㄧˋ ㄓㄨㄤˋ 年紀輕，氣力大。指二三十歲的人。

**年輕氣盛** ㄋㄧㄢˊ ㄑㄧㄥ ㄑㄧˋ ㄕㄥˋ ①同「年富力強」。②形容年輕人比較容易動怒。如「他年輕氣盛，動不動就生氣」。

## 五筆

**幸** ㄒㄧㄥˋ ㈠福分，受到的好處。如「幸福」「榮幸」。㈡高興。如「欣幸」「慶幸」。㈢希望。如「幸勿推辭」。㈣想不到的得到了或躲開了。如「萬幸」「僥幸」。㈤多虧。如「幸好你來，否則這件事就難辦了」。㈥舊時皇帝到一個地方叫臨幸，喜歡一個人叫寵幸。㈦姓。

**幸好** ㄒㄧㄥˋ ㄏㄠˇ 僥幸剛好碰到。

**幸而** ㄒㄧㄥˋ ㄦˊ 幸虧。

**幸臣** ㄒㄧㄥˋ ㄔㄣˊ 文封建時代受帝王寵幸的臣子。

**幸免** ㄒㄧㄥˋ ㄇㄧㄢˇ 從危急當中脫身。也作「倖免」。

**幸甚** ㄒㄧㄥˋ ㄕㄣˋ ①非常希望。②說受到的利益很多。

**幸喜** ㄒㄧㄥˋ ㄒㄧˇ 幸虧。如「幸喜他不再追來，否則我就要遭殃了」。

**幸會** ㄒㄧㄥˋ ㄏㄨㄟˋ 跟人初次見面時候的客套話。如「今天的幸會，我高興極了」。

**幸運** ㄒㄧㄥˋ ㄩㄣˋ 好的運氣；出乎意料的好機會。

**幸福** ㄒㄧㄥˋ ㄈㄨˊ 身體健康，精神快樂，做事順利……等人生努力追求的福分。

**幸虧** ㄒㄧㄥˋ ㄎㄨㄟ 多虧。

**幸運兒** ㄒㄧㄥˋ ㄩㄣˋ ㄦˊ 幸運的人。

**幸災樂禍** ㄒㄧㄥˋ ㄗㄞ ㄌㄜˋ ㄏㄨㄛˋ 在別人遇到災禍時反而感到高興。

## 十筆

**幹** ㄍㄢˋ ㈠軀體。如「軀幹」「樹幹」。㈡主要的部分。如「主幹」「骨幹」。㈢主要的線路。如「幹道」「幹線」。㈣主要的人員。如如「幹部」「基幹人員」。㈤辦事，做。如「你幹的什麼事」「公幹」「貴幹」。㈥辦事的能力。如「才幹」「能幹」。㈦事情或東西弄壞了。如「幹了，出毛病了」。

**幹才** ㄍㄢˋ ㄘㄞˊ 能辦事的人才。

**幹事** ▲ㄍㄢˋ ㄕˋ 辦理事務。▲ㄍㄢˋ ·ㄕ 辦事人員的職務名稱。

**幹勁** ㄍㄢˋ ㄐㄧㄣˋ 辦事的熱情及活力。如「他幹勁十足，這事可以交給他辦」。

**幹員** ㄍㄢˋ ㄩㄢˊ 辦事能幹的官吏。

**幹部** ㄍㄢˋ ㄅㄨˋ 團體內的中堅分子。泛指一般工作人員。

**幹道** ㄍㄢˋ ㄉㄠˋ 主要路線；對支路說的。

**幹麼** ㄍㄢˋ ㄇㄚˊ ①為什麼這樣。②做什麼事。

**幹線** ㄍㄢˋ ㄒㄧㄢˋ 同「幹道」。

**幹練** ㄍㄢˋ ㄌㄧㄢˋ 能辦事又有經驗。

**幹得了** ㄍㄢˋ ·ㄉㄜ ㄌㄧㄠˇ 可以勝任。

## 幺部

# 幺

ㄧㄠ ㈠「一」的另一種說法。骰子上的「一」說是幺。如「幺二三」。㈡稱同一輩中排行最小的。如「幺兒（ㄦˊ）」「幺妹」。㈢形狀微小。如「幺麼小醜」。㈣姓。

## 一筆

# 幻

ㄏㄨㄢˋ ㈠似乎是真的，仔細看是假的。如「幻術」「幻境」。㈡空虛不實在。如「幻想」。㈢變化。如「幻化」。

**幻化** ㄏㄨㄢˋ ㄏㄨㄚˋ ①變化。②指人死亡。

**幻術** ㄏㄨㄢˋ ㄕㄨˋ 變幻的技術，如魔術、戲法等。

**幻象** ㄏㄨㄢˋ ㄒㄧㄤˋ 不是真實的景象，如海市蜃樓。

**幻想** ㄏㄨㄢˋ ㄒㄧㄤˇ 心理學名詞。人遭受挫折或失意時，常陷入一種想像的境界，希望借助於脫離現實的方向，來面對挫折或問題。

**幻滅** ㄏㄨㄢˋ ㄇㄧㄝˋ 幻想或幻影，受到現實的打擊而消滅。

**幻境** ㄏㄨㄢˋ ㄐㄧㄥˋ 虛假的境界。比喻世事。

**幻影** ㄏㄨㄢˋ ㄧㄥˇ 虛假不真實的影像。如「榮華富貴不過是夢中幻影而已」。

**幻燈** ㄏㄨㄢˋ ㄉㄥ 用擴大鏡把幻燈片上的字畫擴大，放映在白幕上。只能作個別映現，不能有連續動作。

**幻覺** ㄏㄨㄢˋ ㄐㄩㄝˊ 心理學名詞。缺乏實際外在的刺激而產生的知覺經驗，也就是誤把想像的經驗看做真實知覺。也作「妄覺」。

**幻想曲** ㄏㄨㄢˋ ㄒㄧㄤˇ ㄑㄩˇ 音樂上指全憑自由創作的器樂小品，形式不固定。莫札特的D小調幻想曲是最著名的作品。

**幻燈片** ㄏㄨㄢˋ ㄉㄥ ㄆㄧㄢˋ 用照相方法把景物或書畫文件等拍攝好，底片剪斷，加上硬紙框，可以放在幻燈機上放映。

**幻燈機** ㄏㄨㄢˋ ㄉㄥ ㄐㄧ 利用強光透過凸透鏡，把小影畫放大，投影在白幕上的機器。所用的小影畫叫「幻燈片」，通常是照相底片的正片。

## 二筆

# 幼

ㄧㄡˋ ㈠年紀小。如「幼童」「幼年」。㈡初生不久的。如「幼芽」「幼蟲」。㈢由年紀小引伸作知識淺薄。如「幼稚」。㈣図待人慈愛。如「幼吾幼以及人之幼」（第一個幼字作動詞，慈愛待人的意思）。

**幼子** ㄧㄡˋ ㄗˇ 最小的兒子。如「大兒方三歲，幼子尚在襁褓」。

**幼小** ㄧㄡˋ ㄒㄧㄠˇ 小。常指「未成年」。如「父母的死亡，在他幼小的心靈上刻下悲痛的烙痕」。

**幼年** ㄧㄡˋ ㄋㄧㄢˊ 年紀小的時候。

**幼沖** ㄧㄡˋ ㄔㄨㄥ 〔文〕幼小，幼稚。如「皇上幼沖踐祚」。

**幼兒** ㄧㄡˋ ㄦˊ 嬰兒。

**幼芽** ㄧㄡˋ ㄧㄚˊ 種子發生時，胚軸上端向上生長的部分。

**幼苗** ㄧㄡˋ ㄇㄧㄠˊ ①剛剛發芽的植物體。②比喻兒童。如「他們是國家的幼苗」。

**幼弱** ㄧㄡˋ ㄖㄨㄛˋ 年紀小，身體弱。如「大兒已去世，小兒幼弱，難當大任」。

**幼稚** ㄧㄡˋ ㄓˋ 稚也作穉。①年紀小的。②知能淺薄。

**幼蟲** ㄧㄡˋ ㄔㄨㄥˊ 剛剛孵化的小生物體，像孑孓、蛆等。

**幼稚病** ㄧㄡˋ ㄓˋ ㄅㄧㄥˋ 說人處理問題時候，頭腦太簡單，不深入分析，想法跟小孩子一樣天真。

**幼稚園** ㄧㄡˋ ㄓˋ ㄩㄢˊ 學前教育的機構，收四足歲到六足歲的幼童，用教育方法培養團體生活的習慣。是德國教育家福祿貝爾在一八三三年所創始的。

**幼稚師範** ㄧㄡˋ ㄓˋ ㄕ ㄈㄢˋ 專為培養幼稚教育師資的學校或系科。

**幼稚教育** ㄧㄡˋ ㄓˋ ㄐㄧㄠˋ ㄩˋ 也作「學前教育」，指幼兒在進入國民小學之前，在幼稚園所受的教育。幼稚教育以培養幼兒過團體生活為主。

## 六筆

# 幽

ㄧㄡ ㈠形容地方僻靜陰暗。如「幽谷」「幽靜」。㈡〔文〕深遠。如「幽思」。㈢雅致，不俗氣。如「幽雅」「幽美」。㈣〔文〕隱祕。如「幽居」。㈤迷信的人所說的陰間或鬼魂。如「幽冥」「幽靈」。㈥單獨監禁叫幽禁。㈦中國古時把河北省北部跟山海關外一帶叫幽州。

**幽谷** ㄧㄡ ㄍㄨˇ ①深谷。②比喻低下的地方。〈詩經〉有「出自幽谷，遷于喬木」。

**幽居** ㄧㄡ ㄐㄩ 〔文〕隱居。

**幽明** ㄧㄡ ㄇㄧㄥˊ 〔文〕①迷信所說的「人鬼之間」。②聰明的和愚笨的。

**幽門** ㄧㄡ ㄇㄣˊ 胃跟小腸相連的部分。

**幽咽** ㄧㄡ ㄧㄝˋ 水流的聲音，〈琵琶行〉有「幽咽泉流水下灘」。

**幽幽** ㄧㄡ ㄧㄡ ①微弱的樣子，常指光線或聲音。如「聽到幽幽的簫聲」。②昏暗的樣子。如「靜室幽幽，寂若無人」。

**幽思** ㄧㄡ ㄙ 〔文〕深沈的情思。

**幽美** ㄧㄡ ㄇㄟˇ 幽靜引人深思的美；如寒星、冷月、夜笛、晚鐘之類。

**幽香** ㄧㄡ ㄒㄧㄤ 清淡、微薄的香味。如「幽香隨風而來」。

**幽冥** ㄧㄡ ㄇㄧㄥˊ ①暗。②佛家指地獄。也叫冥土。

**幽浮** ㄧㄡ ㄈㄨˊ 〔留〕（UFO）音譯。不明的飛行物。

**幽婚** ㄧㄡ ㄏㄨㄣ 人鬼通婚。也作「冥婚」。

**幽情** ㄧㄡ ㄑㄧㄥˊ 幽深的情懷。

**幽深** ㄧㄡ ㄕㄣ 陰暗深遠。

**幽閉** ㄧㄡ ㄅㄧˋ ①拘禁。②古代割去女子生殖器官的宮刑。

**幽雅** ㄧㄡ ㄧㄚˇ 清靜雅致。

**幽會** ㄧㄡ ㄏㄨㄟˋ 男女隱祕的約會。

**幽暗** ㄧㄡ ㄢˋ 陰暗，昏暗。如「室內幽暗，什麼都看不清楚」。

**幽禁** ㄧㄡ ㄐㄧㄣˋ 拘禁，軟禁，不囚在正式的監獄，是在自己家裡或其他處所。如「他被幽禁在家，行動失去自由」。

**幽魂** ㄧㄡ ㄏㄨㄣˊ 鬼魂。如「倩女幽魂」。

**幽憤** ㄧㄡ ㄈㄣˋ 憂鬱憤恨。

**幽憂** ㄧㄡ ㄧㄡ 文深刻的憂鬱。如「幽憂已散，彈冠新沐」。

**幽篁** ㄧㄡ ㄏㄨㄤˊ 文幽靜陰涼的竹林。如「獨坐幽篁裡」。

**幽趣** ㄧㄡ ㄑㄩˋ 文雅致的趣味。如「山中水石多幽趣」。

**幽靜** ㄧㄡ ㄐㄧㄥˋ 幽雅清靜。

**幽默** ㄧㄡ ㄇㄛˋ 含蓄深刻而有趣。是英語humour的音譯。

**幽壤** ㄧㄡ ㄖㄤˇ 文同「幽冥」。指「地下」「陰間」。

**幽蘭** ㄧㄡ ㄌㄢˊ 蘭的別名。

**幽靈** ㄧㄡ ㄌㄧㄥˊ 鬼魂。

**幽明永隔** ㄧㄡ ㄇㄧㄥˊ ㄩㄥˇ ㄍㄜˊ 文死人活人永遠隔絕。意思是「死別」。

**幽閑貞靜** ㄧㄡ ㄒㄧㄢˊ ㄓㄣ ㄐㄧㄥˋ 文幽閑是安詳文雅。閑同「嫻」。貞靜是品德好。合起來是稱讚婦女的話。

## 九筆

**幾（几）** ▲ㄐㄧˇ ㈠問數目多少的詞。如「一共幾個人」「現在幾點鐘」。㈡說大概或不定數量的詞。如「來了幾十個人」「這幾本書」「相差無幾」。㈢是「何、哪」的意思。如「幾時來的」「幾曾見過」。▲ㄐㄧ ㈠將近，只差一點兒；通常說「幾乎」。㈡文細微，不多。如「幾希」。㈢事先稍微顯露的。如「幾兆」「幾微（預兆）」「見幾（也作「見機」）」。

**幾乎** ㄐㄧ ㄏㄨ 也作「幾幾乎」。是說相差不遠，很接近。如「你若不提，我幾乎忘了」「生意虧損，幾乎破產」。

**幾兆** ㄐㄧ ㄓㄠˋ 文預兆。

**幾多** ㄐㄧˇ ㄉㄨㄛ 多少。也作「幾許」。

**幾何** ㄐㄧˇ ㄏㄜˊ ①多少。如「人生幾何」「所值幾何」。②幾何學的簡稱。

**幾希** ㄐㄧ ㄒㄧ 文很少，不多。

**幾兒** ㄐㄧˇ ㄦ 幾時。如「你是幾兒來的」。

**幾時** ㄐㄧˇ ㄕˊ 什麼時候，哪一天。

**幾許** ㄐㄧˇ ㄒㄩˇ 文多少，詢問的詞。如「庭院深幾許」。

**幾曾** ㄐㄧˇ ㄘㄥˊ 文何嘗，未曾。如「風帆處處，幾曾見小舟獨橫」。

**幾微** ㄐㄧ ㄨㄟˊ 文①事情的預兆。如「慎選通於幾微謀慮之士，作為輔佐」。②細微。如「以幾微之故，傷天下萬民之心」。

**幾何畫** ㄐㄧˇ ㄏㄜˊ ㄏㄨㄚˋ geometric drawing，也叫用器畫。用圓規、丁字尺、三角板、曲線板等，照幾何學的原理畫圖。有平面幾何畫，立體幾何畫，投影畫等，是測量、建築、機械等方面應用的。

**幾何學** ㄐㄧˇ ㄏㄜˊ ㄒㄩㄝˊ 研究物的點、線、面、體的性質、關係和計算方法的學科。

**幾何體** ㄐㄧˇ ㄏㄜˊ ㄊㄧˇ 就是「立體」。數學上說正方體、球體等「由平面和曲面組成的空間有限部分」。

**幾何級數** ㄐㄧˇ ㄏㄜˊ ㄐㄧˊ ㄕㄨˋ 數學名詞。由第二項起，每一項與前一項的比恆等的級數。如 10 ＋ 20 ＋ 40 ＋

80＋160……。也稱「等比級數」。

**幾何圖形** ㄐㄧˇ ㄏㄜˊ ㄊㄨˊ ㄒㄧㄥˊ 數學名詞。點、線、面、體或其組合。

## 广部

**广** ▲図ㄧㄢˇ 靠著山蓋的房子。▲ㄢ「庵」的簡寫。▲ㄍㄨㄤˇ「廣」的簡寫。

### 三筆

**庄** ▲図ㄆㄥˊ 平坦。▲ㄓㄨㄤ「莊」的俗字。

### 四筆

**庇** ㄅㄧˋ 遮蔽，保護。如「包庇」「護庇」「庇短」。

**庇蔭** ㄅㄧˋ ㄧㄣˋ ①（樹木）遮住陽光。②比喻包庇或保護。

**庋** 図ㄐㄧˇ ㈠收藏。如「庋藏」。㈡收藏東西的器具。又讀ㄍㄨㄟˇ。

**庋藏** ㄐㄧˇ ㄘㄤˊ 收藏。現在多指圖書館或博物館的典藏。

**序** ㄒㄩˋ ㈠從前說廳堂的東西兩牆。㈡古代的鄉學—地方學校—叫序。如「庠序」。㈢次第。如「次序」「秩序」。㈣在正式的之前的。如「序曲」「序幕」。㈤文體的一種，見「序文」。

**序文** ㄒㄩˋ ㄨㄣˊ ①一種文體，概略地敘述全書大意，排印在書前的文字。也作「序言」。②古人臨別時，寫一篇文章送人，有「臨別贈言」的意思。如〈送徐無黨南歸序〉。也作「贈序」。

**序目** ㄒㄩˋ ㄇㄨˋ 書籍的序文和目錄。如「書已寫好，等序目好了就可以付印」。

**序列** ㄒㄩˋ ㄌㄧㄝˋ 按次序排好的行列。也作「敘列」。

**序曲** ㄒㄩˋ ㄑㄩˇ 歌劇開幕以前所奏的管絃樂，用來表示準備開幕或暗示劇情的。也叫「前奏曲」。

**序跋** ㄒㄩˋ ㄅㄚˊ 「序」「跋」都是說明著作意義的文章，排在正文之前的叫「序」，附在正文之後的叫「跋」。

**序幕** ㄒㄩˋ ㄇㄨˋ ①古典派戲劇公演前，介紹全劇大意的報導劇。②事變將要發生的預兆。

**序數** ㄒㄩˋ ㄕㄨˋ 記事物次第的數字。如第一、第二。

**序論** ㄒㄩˋ ㄌㄨㄣˋ 論文前面敘述全文大概跟中心問題的文字。

**序齒** ㄒㄩˋ ㄔˇ 図照年齡大小排定先後次序。

**床（牀）** ㄔㄨㄤˊ ㈠古人稱坐臥的用具。如「胡床」「達賴五世坐床大典」。㈡睡覺的用具。如「木床」「行軍床」。㈢河流的槽狀底。如「河床」。㈣安放器物的架子，放琴的叫琴床，放蔬菜的菜攤子叫菜床子。㈤齒齦、上顎稱「牙床」。

**床子** ㄔㄨㄤˊ ㄗ˙ 也說「床兒」，在菜市場賣菜的貨架。如「菜床子」。

**床位** ㄔㄨㄤˊ ㄨㄟˋ 長途火車、輪船中為旅客設的床鋪。

**床帷** ㄔㄨㄤˊ ㄨㄟˊ 舊時張掛在床楣的帷幔。

**床單** ㄔㄨㄤˊ ㄉㄢ 鋪在床上的布罩子。

**床罩** ㄔㄨㄤˊ ㄓㄠˋ 覆蓋在床上防塵土用的布單子。

**床蓐** ㄔㄨㄤˊ ㄖㄨˋ 図臥具。

**床蝨** ㄔㄨㄤˊ ㄕ 俗稱「臭蟲」。體扁平，呈橢圓形，紅褐色。白天藏在牆洞或床架的縫隙裡，晚上出來吸人或動物的血，會傳染皮膚病。

**床鋪** 床。

**床頭人** 俗指妻。

**床頭金盡** 窮困的意思。

## 五筆

**庖** 図ㄆㄠˊ廚房。〈孟子〉書有「君子遠（ㄩㄢˋ）庖廚」。

**庖丁解牛** 図〈莊子〉書上說梁惠王有個廚師很能宰牛。比喻人做事爽快利落或技術巧妙。

**府** ㄈㄨˇ㈠古時儲藏財物、文書的處所。如「府庫」。㈡總管一地行政的機關。如「縣市政府」「省政府」「中央政府」。㈢從前稱官宦人家的住宅。如「王府」「相府」。㈣尊稱別人的家。如「府上有幾口人」「林府喜事」。㈤舊時省、縣之間的地方行政機構叫府。如「一府二鹿三艋舺」（這個「府」指臺南，前清時代是臺灣府城）。

**府上** 上字輕讀。敬詞，尊稱對方的家或老家。

**府君** 子孫對已故的祖父或父親的尊稱。訃聞上的用語。

**府城** 舊時指府一級的行政機構所在的城市。

**府庫** 舊時稱政府機關儲藏文書、財物的地方。

**府第** 貴族、大官、有錢人家的住宅。

**府綢** 柞蠶絲織物，質地堅緻耐穿，山東歷城、蓬萊等縣出產的最有名，所以也叫「山東綢」。

**底** ▲ㄉㄧˇ㈠器物向下的一面。如「鞋底」。㈡草稿。如「底稿」「留下底子」。㈢靠近結束的時間。如「月底」「年底」。㈣事情的內情。如「底細」「底蘊」。㈤把握，已定的主見。如「心裡有個底兒」。㈥図終止。如「底止」。㈦図疑問詞，同「什麼」。如「干卿底事」。㈧図達到。如「終底於成」。㈨図平定。如「底定」。▲˙ㄉㄜ同「的」，用在名詞或代名詞後面，表「所有」。如「我底書」。

**底下** 下字輕讀。下面。如「樹底下坐著許多人」。

**底子** ①基礎，根基。如「他家的底子厚」。②草稿。③鞋底。④沈澱物。如「茶底子」。（也作「茶底兒」「茶根兒」）。

**底片** 照相所用的映入影像的底板。照相館用的乾片，是玻璃質的。普通攝影機用的乾片，是用賽璐珞製的。

**底冊** 留作根底的簿冊。

**底本** 留做底子的稿本。

**底色** 背景顏色。

**底定** ①亂事平定。②大局安定。

**底版** 普通照相機使用的底片。

**底限** 數量最小或時間最少的限度。如「繳費的底限是下月一日」。

**底座** 上面安裝有各種零件或構件的基礎部分。如「獎杯的底座是大理石」。

**底細** 事件的根源或內情。

**底牌** ①玩撲克牌時還沒有掀開的牌，是決定勝負的關鍵。②比喻事情的真相、底蘊。

**底層** 建築物最下面的一層。

**底數** ㄉㄧˇ ㄕㄨˋ ①事情的原委，想好的計畫或數字等。如「事情該怎麼辦，我有個底數」。口語也說「底兒」。②求一個數的若干次乘方時，這個數就叫底數。

**底盤** ㄉㄧˇ ㄆㄢˊ ①車輛的基本骨架。在汽車是用來安放引擎、坐椅、車軸等部分。②電腦或其他儀器安裝零件的板。

**底稿** ㄉㄧˇ ㄍㄠˇ 原稿。

**底線** ㄉㄧˇ ㄒㄧㄢˋ 指暗藏在對方內部刺探情況或進行其他活動的人。

**底薪** ㄉㄧˇ ㄒㄧㄣ 基本工資，就是不含津貼、獎金的薪額。

**底邊** ㄉㄧˇ ㄅㄧㄢ 數學名詞。平面幾何圖形下方的一邊。

**底蘊** ㄉㄧˇ ㄩㄣˋ 図詳細的內容。如「不知其中底蘊」。

**底下人** ㄉㄧˇ ㄒㄧㄚˋ ㄖㄣˊ 下字輕讀。舊時指家裡的男女用人。也作「下人」。

**底棲生物** ㄉㄧˇ ㄑㄧ ㄕㄥ ㄨˋ 生活在水的最深處或固定在水底的動植物，像珊瑚蟲、海星、海綿等。

**店** ㄉㄧㄢˋ ㈠賣東西的鋪子。如「百貨店」「書店」。㈡從前稱旅館叫店。如「前不巴村，後不著(ㄓㄠˊ)店兒」。

**店主** ㄉㄧㄢˋ ㄓㄨˇ 店家的主人，老闆。

**店底** ㄉㄧㄢˋ ㄉㄧˇ 店鋪裡實存的貨物。

**店東** ㄉㄧㄢˋ ㄉㄨㄥ 商店的主人，是舊名詞。

**店面** ㄉㄧㄢˋ ㄇㄧㄢˋ 店鋪的門面。

**店員** ㄉㄧㄢˋ ㄩㄢˊ 商店的職員。

**店租** ㄉㄧㄢˋ ㄗㄨ 租店屋的錢。

**店肆** ㄉㄧㄢˋ ㄙˋ 図店鋪。

**店夥** ㄉㄧㄢˋ ㄏㄨㄛˇ 店員；是舊名詞。

**店鋪** ㄉㄧㄢˋ ㄆㄨˋ 泛指商店。

**店小二** ㄉㄧㄢˋ ㄒㄧㄠˇ ㄦˋ 舊時稱旅店、飯館、酒肆中接待客人的侍者。

**庚** ㄍㄥ ㈠天干的第七位。㈡年齡。如「貴庚」(問人多大歲數)。㈢姓。

**庚帖** ㄍㄥ ㄊㄧㄝˇ 舊式訂婚時記載男女雙方生辰八字的帖子。

## 六筆

**度** ▲ㄉㄨˋ ㈠指著測量、長短、面積、體積的標準說的。如「度量衡」。㈡図計量。如「度然後知長短」。㈢心意。如「置之度外」。㈣計算物體長、寬、厚的大小，等於英文的 dimension。㈤數學上計算圓弧跟角的單位。如「圓周分三百六十度」。㈥事物所到達的境界。如「極度恐慌」「高度智慧」。㈦物理學上按照計算標準分出來的單位。如「溫度」「濕度」「一度電」。㈧法式。如「制度」「法度」。㈨人的外貌。如「風度」「態度」。㈩人的器量。如「度量」「大度容人」。(十一)捱過。如「度日」「虛度此生」。(十二)次數。如「二度梅開」「再度來臨」。(十三)救濟。如「濟世度人」「普度眾生」。(十四)同「渡」。(十五)姓。▲ㄉㄨㄛˋ 考慮，心裡盤算。如「忖度」。

**度支** ㄉㄨˋ ㄓ 図財政。

**度日** ㄉㄨˋ ㄖˋ 平常過生活。

**度外** ㄉㄨˋ ㄨㄞˋ ①在思慮之外。如「置之度外」。②法律、制度之外，不合常規的。

**度曲** ㄉㄨˋ ㄑㄩˇ 図①照著曲調歌唱。②譜曲。

**度命** ㄉㄨˋ ㄇㄧㄥˋ 在困境之中維持生命。如「每日以樹皮、菜根度命」。

**度假** ㄉㄨˋ ㄐㄧㄚˋ 度過假期，享受假期。如「他們兩人出國度假去了」。

**度量** ㄉㄨˋ ㄌㄧㄤˋ 指能寬容人的限度。如「他的度量很大，難得見他生氣」。也作器量、氣量、器局、局度。

**度牒** ㄉㄨˋ ㄉㄧㄝˊ 舊時出家當和尚或尼姑的許可證；由官府發給。有度牒的可免地稅徭役。

**度數** ㄉㄨˋ ㄕㄨˋ 按度計算的數目。如「查看水表、電表的度數」。

**度度鳥** ㄉㄨˋ ㄉㄨˋ ㄋㄧㄠˇ 產在非洲東岸印度洋南端模里西斯島的一種鳥，比火雞大，翅膀短而無力，不會飛。已在一六八一年絕種，現在只能在圖片中看到。

**度量衡** ㄉㄨˋ ㄌㄧㄤˊ ㄏㄥˊ 度是量長短的標準；量是計體積的標準；衡是算輕重的標準。

**度日如年** ㄉㄨˋ ㄖˋ ㄖㄨˊ ㄋㄧㄢˊ 過一天像過一年那麼緩慢難捱。形容日子不好過。

**度德量力** ㄉㄨㄛˋ ㄉㄜˊ ㄌㄧㄤˊ ㄌㄧˋ 衡量自己的品德能否服人，估計自己的能力能否勝任。

**庥** 図ㄒㄧㄡ 庇蔭。如「蒙庥」。

**庠** ㄒㄧㄤˊ 古代鄉學叫庠；所以從前把府學、縣學叫郡庠、邑庠。

**庠序** ㄒㄧㄤˊ ㄒㄩˋ 図庠跟序，都是古代學校的名稱（周代叫庠，商代叫序）。〈孟子〉書上有「謹庠序之教」。

## 七筆

**庭** ▲ㄊㄧㄥˊ ㈠大廳臺階前面的空地，就是院子。如「庭院」。㈡法院訊問案件的場所。如「法庭」「開庭」。㈢泛稱寬闊的地方。如「大庭廣眾」。▲図ㄊㄧㄥˋ見「徑庭」。

**庭訓** ㄊㄧㄥˊ ㄒㄩㄣˋ 父母親的教訓。從〈論語·季氏〉「鯉趨而過庭」來的。

**庭訊** ㄊㄧㄥˊ ㄒㄩㄣˋ 法庭開庭審問案件。

**庭除** ㄊㄧㄥˊ ㄔㄨˊ 大廳前面臺階兒下面。

**庭院** ㄊㄧㄥˊ ㄩㄢˋ 正房前面的院子，泛指院子。

**庭園** ㄊㄧㄥˊ ㄩㄢˊ 比較大的庭院，種了花木的，或宅子裡的花園。

**庫** ▲ㄎㄨˋ ㈠貯存物品的地方。如「倉庫」。㈡把許多書集成整套。如「文庫」。▲ㄕㄜˋ姓。常寫做「厙」。

**庫存** ㄎㄨˋ ㄘㄨㄣˊ 倉庫裡儲存的，常指金錢或物品。

**庫房** ㄎㄨˋ ㄈㄤˊ 專為儲藏財物的房屋。

**庫藏** ㄎㄨˋ ㄗㄤˋ 倉庫裡所收藏的東西。常指金銀財寶。

**座** ▲ㄗㄨㄛˋ ㈠坐位。如「客座」「滿座」「座次」。㈡器物底部的墊架。如「花瓶座兒」「鐘座兒」。㈢文武官員對長官的敬稱，一般的稱「鈞座」。㈣整套的物品一件叫一座。如「一座樓房」「一座山」「兩座鐘」。

**座子** ㄗㄨㄛˋ ˙ㄗ 座㈡。

**座次** ㄗㄨㄛˋ ㄘˋ 坐位的次序。

**座位** ㄗㄨㄛˋ ㄨㄟˋ 坐位。

**座談** ㄗㄨㄛˋ ㄊㄢˊ 不拘形式地討論。如「座談會」。

**座鐘** ㄗㄨㄛˋ ㄓㄨㄥ 擺在桌上的時鐘，有別於「掛鐘」。

**座上客** ㄗㄨㄛˋ ㄕㄤˋ ㄎㄜˋ 指在席上的受主人尊敬的客人。

**座右銘** ㄗㄨㄛˋ ㄧㄡˋ ㄇㄧㄥˊ 寫出來放在坐位旁邊的格言。

**座次表** ㄗㄨㄛˋ ㄘˋ ㄅㄧㄠˇ 事先安排好了座次號碼的表，讓出席或參加的人對號入座。

**座無虛席** ㄗㄨㄛˋ ㄨˊ ㄒㄩ ㄒㄧˊ 沒有一個空位子，全都坐滿了。形容參加的人很多很多。

## 八筆

**庹** ㄊㄨㄛˇ ㈠兩臂左右伸開計量長短叫庹。一般說「一庹五尺，兩庹一丈」。㈡姓。

**康** ㄎㄤ ㈠平安。如「安康」「康健」。㈡平坦而四通八達的路。如「康莊大道」。㈢[文]空虛。如「康爵」。㈣姓。

**康健** ㄎㄤ ㄐㄧㄢˋ 身體強健。

**康莊** ㄎㄤ ㄓㄨㄤ 寬廣平坦的路，叫康莊大道。

**康強** ㄎㄤ ㄑㄧㄤˊ 康健；強健。

**康復** ㄎㄤ ㄈㄨˋ 恢復健康。

**康寧** ㄎㄤ ㄋㄧㄥˊ 健康安寧。

**康樂** ㄎㄤ ㄌㄜˋ 安樂。

**康爵** ㄎㄤ ㄐㄩㄝˊ [文]大的酒爵。

**康莊大道** ㄎㄤ ㄓㄨㄤ ㄉㄚˋ ㄉㄠˋ 四通八達的大路。古代五達叫康，六達叫莊。「達」是通達。

**康樂活動** ㄎㄤ ㄌㄜˋ ㄏㄨㄛˊ ㄉㄨㄥˋ 有益身心健康的休閒活動。簡稱「康樂」。如「康樂隊」「康樂設施」。

**庶（庻）** ㄕㄨˋ ㈠多，種種。如「富庶」「庶務」。㈡從前宗法上稱妾的身分。如「庶出」。㈢古時稱平民為「庶人」「庶民」「黎庶」。㈣[文]相近，差不多。如「庶幾（ㄐㄧ）」。

**庶人** ㄕㄨˋ ㄖㄣˊ [文]平民，百姓。如「奪去爵位，廢為庶人」。

**庶子** ㄕㄨˋ ㄗˇ 姨太太所生的兒子；對嫡子（正妻生的兒子）說的。

**庶乎** ㄕㄨˋ ㄏㄨ [文]接近，差不多。如「此事倘能放手而為，庶乎可成」。

**庶出** ㄕㄨˋ ㄔㄨ 姨太太（妾）所生的孩子。參看「嫡出」條。

**庶母** ㄕㄨˋ ㄇㄨˇ 舊時子女稱父親的妾。

**庶民** ㄕㄨˋ ㄇㄧㄣˊ 指百姓。也作庶人，黎庶。

**庶物** ㄕㄨˋ ㄨˋ [文]各種各樣的東西。

**庶政** ㄕㄨˋ ㄓㄥˋ 各種政務。

**庶務** ㄕㄨˋ ㄨˋ ①指機關團體內的雜項事務。②擔任庶務的人員。

**庶幾** ㄕㄨˋ ㄐㄧ [文]①相近，差不多。〈孟子·梁惠王下〉有「則齊其庶幾乎」。②表示希望的意思。〈孟子·梁惠王下〉有「吾王庶幾無疾病與（ㄩˊ）」。

**庶物崇拜** ㄕㄨˋ ㄨˋ ㄔㄨㄥˊ ㄅㄞˋ 崇拜自然物；如太陽、水、火、動物等。屬於拜物教。

**庵** ㄢ ㈠圓形的小草屋。㈡供（ㄍㄨㄥ）佛的小房子。㈢尼姑住的寺。

**庾** ㄩˇ ㈠[文]古時沒有頂蓋的糧倉。㈡姓。

**庸** ㄩㄥ ㈠普通的，平常的。如「平庸」。㈡平凡，拙劣的。如「庸碌」「庸人自擾」「庸醫」。㈢功勞。如「酬庸」。㈣任用。如「登庸」。㈤必要。如「無庸細述」。㈥[文]豈。呂氏春秋有「吾庸敢驚霸王乎？」㈦姓。又讀ㄩㄥˊ。

**庸人** ㄩㄥ ㄖㄣˊ 平凡的人。

**庸才** ㄩㄥ ㄘㄞˊ 図指能力平常或能力低的人。

**庸俗** ㄩㄥ ㄙㄨˊ 平凡粗淺，帶有俗氣。

**庸碌** ㄩㄥ ㄌㄨˋ 指人平庸沒有志氣，沒有作為。如「庸碌無能」。

**庸醫** ㄩㄥ 一 醫術低劣的醫生。

**庸人自擾** ㄩㄥ ㄖㄣˊ ㄗˋ ㄖㄠˇ 「天下本無事，庸人自擾之」，唐書上的話，笑人無緣無故自找麻煩。

**庸中佼佼** ㄩㄥ ㄓㄨㄥ ㄐㄧㄠˇ ㄐㄧㄠˇ 図在平常人當中比較特出的。

**庸庸碌碌** ㄩㄥ ㄩㄥ ㄌㄨˋ ㄌㄨˋ 同「庸碌」，語氣較強。如「隨波逐流，庸庸碌碌過一生」。

## 九筆

# 廊

ㄌㄤˊ ㈠上面有頂，兩旁沒有牆的建築物，通常是形狀狹長，可以遮陽擋雨，做為通路用的。如「長廊」「迴廊」。㈡屋前簷下的部分。也作「廊簷（兒）」。

**廊子** ㄌㄤˊ ˙ㄗ ①走廊。②廊簷兒。

**廊廟** ㄌㄤˊ ㄇㄧㄠˋ 図宮殿四周的走廊和太廟，前者是臣僚論政的地方，後者借指皇室；合起來是「朝廷」的意思。「廊廟之才」是能擔當大政的人才。

**廊簷（兒）** ㄌㄤˊ 一ㄢˊ ㄦ 廊頂突出在柱子外邊的部分，可以遮陽擋雨。

# 廄（厩）

ㄐㄧㄡˋ 馬棚，泛指牲口棚。

**廄舍** ㄐㄧㄡˋ ㄕㄜˋ 図養牛、馬、豬等家畜的棚屋。

# 廂

ㄒㄧㄤ ㈠正屋兩旁的房間。如「廂房」。㈡靠近城區的地方。如「城廂」。㈢邊。旁邊作「這廂」，是舊小說跟國劇裡常用的詞。㈣戲院裡特別隔開的好位子叫「包廂」。㈤通「箱」。如「車廂」。

**廂房** ㄒㄧㄤ ㄈㄤˊ 在正房前面兩旁的房屋。如「東廂房」「西廂房」。

# 廁

▲ㄘˋ ㈠便所。如「廁所」。㈡図加入。如「廁身文壇」。又讀ㄘㄜˋ。

▲ㄙ 茅廁，北京話說廁所。

**廁身** ㄘˋ ㄕㄣ 図參加其中，置身於其間；有謙虛的意思。如「廁身於教育界，倏忽十年」。

**廁所** ㄘˋ ㄙㄨㄛˇ 大小便的地方。又讀ㄘㄜˋ ㄙㄨㄛˇ。

## 十筆

# 廉（亷、㢘）

ㄌㄧㄢˊ ㈠不貪汙。如「清廉」。㈡價錢便宜。如「物美價廉」。㈢清代稱公務員在正俸以下的一種政府發給的月銀，叫廉俸或養廉銀。㈣図查考。如「廉得其情」。㈤図邊側，大廳的兩邊叫「堂廉」。

**廉正** ㄌㄧㄢˊ ㄓㄥˋ 清廉正直無私；多用來稱讚公務員。也作「廉直」。

**廉明** ㄌㄧㄢˊ ㄇㄧㄥˊ 操守廉潔而且能明察是非曲直，是稱讚公務員的詞。

**廉恥** ㄌㄧㄢˊ ㄔˇ ①廉與恥。廉是清清白白的辨別。恥是切切實實的覺悟。②恥，無恥叫沒廉恥。

**廉售** ㄌㄧㄢˊ ㄕㄡˋ 廉價出售。

**廉訪** ㄌㄧㄢˊ ㄈㄤˇ 図查訪。舊時常指政府人員探訪民情。

**廉隅** ㄌㄧㄢˊ ㄩˊ 図稜角。比喻人的行為、品性端正不苟。

**廉價** ㄌㄧㄢˊ ㄐㄧㄚˋ 比較低的價格。如「廉價書」「廉價出售」。

**廉潔** ㄌㄧㄢˊ ㄐㄧㄝˊ 不貪汙。

**廉謹** ㄌㄧㄢˊ ㄐㄧㄣˇ 廉潔謹慎。

**廉讓** ㄌㄧㄢˊ ㄖㄤˋ 低價出讓。

**廆** ▲図ㄏㄨㄟˋ偏愛，癖好。▲ㄍㄨㄟ山名，在河南省洛陽縣西南。▲ㄨㄟˇ慕容廆，前燕國主。

**廈（厦）** ㄒㄧㄚˋ ㊀高大的屋子。如「高樓大廈」「廣廈」。㊁房子後面突出的部分，像屋廊似的。如「前廊後廈」。㊂「廈門」是福建省的市名，從前叫思明縣。語音ㄕㄚˋ。

**廌** ㄓˋ 同「獬豸」的「豸」。

**廋（廋）** ㄙㄡ ㊀隱匿。〈論語〉有「人焉廋哉」。㊁古文裡通「搜」。

## 十一筆

**廖** ㄌㄧㄠˋ 姓。

**廓** ㄎㄨㄛˋ ㊀寬大。如「寥廓」。㊁空。如「廓落」。㊂開，擴張。如「開廓」。㊃肅清。如「廓清」。

**廓清** ㄎㄨㄛˋ ㄑㄧㄥ 肅清。

**廓然** ㄎㄨㄛˋ ㄖㄢˊ 図廣大、清明的樣子。「廓然大公」是形容人心胸寬廣、公正無私。

**廓落** ㄎㄨㄛˋ ㄌㄨㄛˋ ①寬大的樣子。②空寂的樣子。

**廑（廑）** ㄐㄧㄣˇ ㊀小屋。㊁殷勤。見「廑念」。又讀ㄐㄧㄣˋ。

**廑念** ㄐㄧㄣˇ ㄋㄧㄢˋ 図深切的想念。

**廎** 図ㄑㄧㄥˇ小廳堂。

**廒（廒）** ㄠˊ 倉廒，藏米穀的地方。

**廙** 図ㄧˋ ㊀恭敬的樣子。㊁姓。

**廕** ㄧㄣˋ ㊀庇護。如「廕庇」。㊁父祖的恩澤到達子孫身上的叫廕。如「祖澤餘廕」。

## 十二筆

**廟（庙、庿）** ㄇㄧㄠˋ ㊀供奉神鬼的處所。如「廟宇」「宗廟」「土地廟」。㊁古時稱朝廷叫「廟堂」。㊂利用廟宇或附近的空地舉辦的臨時市場。如「廟會」。

**廟主** ㄇㄧㄠˋ ㄓㄨˇ ①供在廟中的木主。②總管全廟事務的僧道。

**廟宇** ㄇㄧㄠˋ ㄩˇ 供奉神靈的建築物。

**廟見** ㄇㄧㄠˋ ㄐㄧㄢˋ 舊式結婚，新娘初次祭祀祖先，叫廟見。

**廟祝** ㄇㄧㄠˋ ㄓㄨˋ 主管廟內香火事務的人。

**廟堂** ㄇㄧㄠˋ ㄊㄤˊ ①舊時帝王的宗廟。②君主時代的朝廷。

**廟會** ㄇㄧㄠˋ ㄏㄨㄟˋ 寺廟定期開放，任人隨便進香，並且設臨時市集，叫做廟會。

**廟號** ㄇㄧㄠˋ ㄏㄠˋ 舊時皇帝死後，神主送入太廟，追尊為某祖某宗，叫做廟號。如清朝光緒皇帝的廟號稱「德宗」。

**廟貌** ㄇㄧㄠˋ ㄇㄧㄠˋ 宗廟裡供奉的祖先像。

**廢** ㄈㄟˋ ㊀停止，捨棄。如「廢止」「廢棄」。㊁東西毀壞無用的。如「廢料」「廢物利用」。㊂機體障害殘缺。如「殘廢」。

**廢人** ㄈㄟˋ ㄖㄣˊ ①殘廢的人。②沒有用的人。

**廢止** ㄈㄟˋ ㄓˇ 廢棄，停止使用。

**廢水**（ㄈㄟˋ ㄕㄨㄟˇ） 生產事業在製造、操作、自然資源開發過程中或作業環境所產生的含有汙染物的水。

**廢弛**（ㄈㄟˋ ㄕˇ） 懈怠敗壞。

**廢物**（ㄈㄟˋ ㄨˋ） 沒有用的東西，也用來罵人沒有用。

**廢品**（ㄈㄟˋ ㄆㄧㄣˇ） 不堪使用、報廢的物品。

**廢料**（ㄈㄟˋ ㄌㄧㄠˋ） ①沒用的材料。②罵人沒用。

**廢時**（ㄈㄟˋ ㄕˊ） 荒廢時間。

**廢氣**（ㄈㄟˋ ㄑㄧˋ） 工廠及汽機車排出的二氧化碳，是空氣的主要汙染源。

**廢疾**（ㄈㄟˋ ㄐㄧˊ） 精神或身體殘缺的人。

**廢紙**（ㄈㄟˋ ㄓˇ） 沒用的紙。

**廢除**（ㄈㄟˋ ㄔㄨˊ） 法令、規章、制度、條約等的取消，停止效力。如「廢除舊約，另訂新約」。

**廢票**（ㄈㄟˋ ㄆㄧㄠˋ） ①作廢的票據。②依法無效的選舉票。

**廢棄**（ㄈㄟˋ ㄑㄧˋ） 沒有利用價值而拋棄。

**廢置**（ㄈㄟˋ ㄓˋ） 擱在一邊不再使用。

**廢話**（ㄈㄟˋ ㄏㄨㄚˋ） ①沒意義的空話，多餘或沒用的話。②申斥別人說話不對。

**廢墟**（ㄈㄟˋ ㄒㄩ） 城鎮、鄉村遭受人為或天然的重大損害之後成為荒涼沒有人煙的地方。

**廢黜**（ㄈㄟˋ ㄔㄨˋ） 図免去官職。現在常用作取消帝王的地位或其特權。

**廢礦**（ㄈㄟˋ ㄎㄨㄤˋ） 廢棄不用的礦坑。

**廢物利用**（ㄈㄟˋ ㄨˋ ㄌㄧˋ ㄩㄥˋ） 設法使沒用的東西變成有用。

**廢寢忘食**（ㄈㄟˋ ㄑㄧㄣˇ ㄨㄤˋ ㄕˊ） 專心於某種事，到了不睡覺、忘了吃飯的程度。

## 廣（广）

**廣**（ㄍㄨㄤˇ） ㈠寬敞闊大。如「廣場」「廣闊」。㈡擴充。如「以廣見聞」。㈢多。如「大庭廣眾」。㈣寬度。如「長廣各為一丈」。㈤伸展。如「推廣」「廣為宣傳」。㈥見「廣袤」條。㈦廣東省的簡稱。廣東人的暱稱叫「老廣」。廣東廣西兩地合稱「兩廣」。

**廣大**（ㄍㄨㄤˇ ㄉㄚˋ） 寬闊而大。

**廣有**（ㄍㄨㄤˇ ㄧㄡˇ） 所有很多。

**廣告**（ㄍㄨㄤˇ ㄍㄠˋ） 利用平面或電子媒體、車輛、郵政，向顧客傳播產品的訊息，達到銷售的目的的方法，叫做廣告。

**廣角**（ㄍㄨㄤˇ ㄐㄧㄠˇ） 角度很寬廣。如「這是一具備有廣角鏡頭的照相機」。

**廣泛**（ㄍㄨㄤˇ ㄈㄢˋ） 所涉及的面大而普遍。如「他涉獵廣泛，常識極為豐富」。

**廣度**（ㄍㄨㄤˇ ㄉㄨˋ） 寬窄的程度。指抽象事物，和「深度」相並稱，而與「寬度」不同。

**廣衍**（ㄍㄨㄤˇ ㄧㄢˇ） 図①廣大。②孳厚，蔓延。

**廣眾**（ㄍㄨㄤˇ ㄓㄨㄥˋ） 人數眾多。

**廣袤**（ㄍㄨㄤˇ ㄇㄠˋ） 図地的面積，東西叫廣，南北叫袤。

**廣博**（ㄍㄨㄤˇ ㄅㄛˊ） 範圍廣大，各種各樣都有。形容人的知識、見聞。

**廣場**（ㄍㄨㄤˇ ㄔㄤˇ） 廣大的場地。

**廣廈**（ㄍㄨㄤˇ ㄒㄧㄚˋ） 大房子。

**廣義**（ㄍㄨㄤˇ ㄧˋ） ①就本來的意義加以推廣。②意義的範圍，大的叫廣義，小的叫狹義。

**廣漠**（ㄍㄨㄤˇ ㄇㄛˋ） 廣大寥廓。

**廣播**（ㄍㄨㄤˇ ㄅㄛ） 借由音波與電波對大眾傳播的一種電子媒介，有調幅、調頻的兩大類。傳播媒介只有聲音的是無線電廣播，兼有聲音與影像的是電視。

**廣闊** ㄍㄨㄤˇ ㄎㄨㄛˋ 廣大寬闊。

**廣告畫** ㄍㄨㄤˇ ㄍㄠˋ ㄏㄨㄚˋ 為了達到廣告效果所作的圖畫，圖面簡單扼要，給人印象深刻。

**廣播劇** ㄍㄨㄤˇ ㄅㄛ ㄐㄩˋ 經由廣播電臺播出的戲劇。其內容由廣播電臺請人編劇，在播音室「演出」。也有把播送的戲曲叫廣播劇的。

**廣結善緣** ㄍㄨㄤˇ ㄐㄧㄝˊ ㄕㄢˋ ㄩㄢˊ 多做好事，跟社會各方面建立並維持良好的關係。

**廣播公司** ㄍㄨㄤˇ ㄅㄛ ㄍㄨㄥ ㄙ 經營廣播事業的企業。

**廣播電臺** ㄍㄨㄤˇ ㄅㄛ ㄉㄧㄢˋ ㄊㄞˊ 每天利用電波向外播送新聞、娛樂或知識等節目的傳播機構。公營民營都有。

**廛** 図ㄔㄢˊ ㈠古時說一戶人家的住屋叫一廛。㈡市街叫「市廛」。

**廠（厂）** ㄔㄤˇ ㈠製造或修理器物的工作場所。如「工廠」「紡織廠」。㈡商店而擁有廣大空地存放貨物的。如「木廠」。㈢像棚子一樣沒有牆壁的房屋。如「馬廠」「廠房」。㈣許多人臨時聚集的地方。如「粥廠」。

**廠房** ㄔㄤˇ ㄈㄤˊ 工廠裡製造產品的房舍，像機器間、車間等。

**廠址** ㄔㄤˇ ㄓˇ 工廠的地址。

**廠商** ㄔㄤˇ ㄕㄤ 工廠和商店。

**廚（厨）** ㄔㄨˊ ㈠燒菜煮飯的場所。如「廚房」。㈡菜做得好的廚子。如「名廚」。㈢通「櫥」。如「一廚子書」。

**廚子** ㄔㄨˊ ㄗ˙ 專管做飯燒菜的人。也作廚夫，廚師。

**廚具** ㄔㄨˊ ㄐㄩˋ 做飯、做菜的用具，如鍋、炒勺、菜刀等。

**廚房** ㄔㄨˊ ㄈㄤˊ ①廚㈠。②廚子有時也叫廚房。

**廚娘** ㄔㄨˊ ㄋㄧㄤˊ 管燒菜做飯的女人。

**廚師** ㄔㄨˊ ㄕ 對烹調技巧相當專精並且從事烹調工作的人。

**廚餘** ㄔㄨˊ ㄩˊ 図淘過米的泔水，剩菜剩飯，統稱廚餘。

**廝（厮）** ㄙ ㈠図舊時指受人役使的人。如「廝役」「小廝」。㈡舊小說裡用來表示鄙視的稱呼。像「這廝」「那廝」的。㈢互相。如「廝殺」「耳鬢廝磨」。

**廝役** ㄙ ㄧˋ 図舊時指供人差遣的僕人。

**廝殺** ㄙ ㄕㄚ 相殺，指戰鬥。

**廝養** ㄙ ㄧㄤˇ 図賤役。

**廝纏** ㄙ ㄔㄢˊ 図相糾纏。

**廡** ㄨˇ 大廳下面周圍的屋子。

## 十三筆

**廩** 図ㄌㄧㄣˇ ㈠米倉。如「倉廩實」。㈡供給。如「廩食」。

**廨（解）** ㄒㄧㄝˋ 政府機關辦公的房子，叫公廨。又讀ㄐㄧㄝˋ。

## 十六筆

**龐（龎、庞）** ㄆㄤˊ ㈠厚大。如「龐大」。㈡雜亂的樣子。如「龐雜」。㈢臉。如「面龐」。㈣姓。

**龐眉** ㄆㄤˊ ㄇㄟˊ 図老人的長眉毛。如「老人龐眉皓髮，扶杖而行」。

**龐然** ㄆㄤˊ ㄖㄢˊ 大的樣子。如「龐然大物」。

**龐雜** ㄆㄤˊ ㄗㄚˊ 雜亂。

**龐然大物** ㄆㄤˊ ㄖㄢˊ ㄉㄚˋ ㄨˋ 形體巨大的東西。常指動物。

**廬（庐）** ㄌㄨˊ 屋舍。如「三顧茅盧」。

**廬舍** ㄌㄨˊ ㄕㄜˋ 田舍。比喻小屋。

**廬墓** ㄌㄨˊ ㄇㄨˋ 図在父母老師墓旁蓋個草棚子住，陪伴死者，表示哀思，叫做廬墓。

**廬山真面目** ㄌㄨˊ ㄕㄢ ㄓㄣ ㄇㄧㄢˋ ㄇㄨˋ 「不識廬山真面目，只緣身在此山中」（蘇軾的詩）。現在比喻事情的真相。

## 十八筆

**廱** ㄩㄥ 通「壅」。

## 二十二筆

**廳（厛、厅）** ㄊㄧㄥ ㈠堂屋。如「大廳」「客廳」。㈡大屋子。如「餐廳」「理髮廳」。㈢官署。如「省府各廳處」。

**廳堂** ㄊㄧㄥ ㄊㄤˊ 大廳。

# 廴部

## 四筆

**廷** ㄊㄧㄥˊ 朝廷，是君主時代國家最高的統治機關，也是君主辦事和發布政令的處所。

**廷杖** ㄊㄧㄥˊ ㄓㄤˋ 在朝廷上當眾用杖打大臣；明朝時候的公卿受這種刑罰的很多。

## 五筆

**延** ㄧㄢˊ ㈠伸長，拉長。如「金和銀，這些金屬的延性很大」。㈡時間向後推。如「延期舉行」「遇風雨則順延」。㈢請，接納。如「延醫」「延聘」。㈣姓。

**延企** ㄧㄢˊ ㄑㄧˇ 図延頸佇立。比喻盼望期待。

**延伸** ㄧㄢˊ ㄕㄣ ①向外邊伸長（ㄔㄤˊ），擴展。②指軍隊向某一方向前進或攻入。

**延宕** ㄧㄢˊ ㄉㄤˋ 図延緩，耽擱。如「此事延宕數月，至今尚未成功」。

**延性** ㄧㄢˊ ㄒㄧㄥˋ 物理學名詞。物體在限度之內延長的彈性，叫做延性。通常硬度大則延性小。

**延後** ㄧㄢˊ ㄏㄡˋ 向後面推，延遲預定的時間。如「演奏會延後一星期舉行」。

**延展** ㄧㄢˊ ㄓㄢˇ 延期。

**延長** ㄧㄢˊ ㄔㄤˊ 向長的方面發展。如「路線延長一百公里」。

**延期** ㄧㄢˊ ㄑㄧ ①把原定的時限放寬或加長。如「延期閉幕」。②展緩，改在以後再另定日期。如「延期舉辦」。

**延會** ㄧㄢˊ ㄏㄨㄟˋ 原定的會議日期或時間向後推延。如「校長臨時公出，校務會議只好延會，改期舉行」。

**延腦** ㄧㄢˊ ㄋㄠˇ 解剖生理學名詞，又名延髓，是後腦的一部分，長約一寸，呈錐狀，是控制心跳、呼吸、血液循環、分泌唾液等的中樞，俗稱生命中樞。

**延聘** ㄧㄢˊ ㄆㄧㄣˋ 聘請。

**延緩** ㄧㄢˊ ㄏㄨㄢˇ 比預定時間慢。如「多運動，多接觸新鮮事，可以延緩老化」。

**延請** ㄧㄢˊ ㄑㄧㄥˇ 招請，聘請。

**延誤** ㄧㄢˊ ㄨˋ 耽誤。

**延燒**(ㄧㄢˊ ㄕㄠ) 火勢由起火點向四周圍蔓延。如「東城失火，延燒十四五間商店和住宅」。

**延踵**(ㄧㄢˊ ㄓㄨㄥˇ) 図抬高腳跟，用腳尖站起來。形容迫切期待。如「延踵以待」。

**延遲**(ㄧㄢˊ ㄔˊ) 向後推延。如「他延遲了半個月才交來讀書報告」。

**延擱**(ㄧㄢˊ ㄍㄜ) 延宕擱置。

**延醫**(ㄧㄢˊ ㄧ) 請醫生來診病。

**延續**(ㄧㄢˊ ㄒㄩˋ) 延長連續下去。

**延髓**(ㄧㄢˊ ㄙㄨㄟˇ) 即延腦。

**延攬**(ㄧㄢˊ ㄌㄢˇ) 招收人才。

**延年益壽**(ㄧㄢˊ ㄋㄧㄢˊ ㄧˋ ㄕㄡˋ) 延長壽數。是頌祝人長壽的詞。

**延頸企踵**(ㄧㄢˊ ㄐㄧㄥˇ ㄑㄧˋ ㄓㄨㄥˇ) 図伸長脖子，抬高腳後跟，意思是說盼望得很。

## 六筆

**建**(ㄐㄧㄢˋ) ㈠設立，成立。如「建國」「建校」。㈡築造。如「建橋」。㈢「大建」「小建」的「建」，指陰曆每月的天數，大建是三十天，小建是二十九天。㈣図翻著、倒著。如「建瓴」。

**建白**(ㄐㄧㄢˋ ㄅㄛˊ) 図對某事提出報告，說明意見。如「凡所建白，皆能切中時弊，裨益國家社會」。

**建立**(ㄐㄧㄢˋ ㄌㄧˋ) 創設，成立。

**建交**(ㄐㄧㄢˋ ㄐㄧㄠ) 兩個國家互相承認，建立外交關係。

**建言**(ㄐㄧㄢˋ ㄧㄢˊ) 提出建議，表示意見。如「對政府的建言，都能言而有物」。

**建制**(ㄐㄧㄢˋ ㄓˋ) 文武機關的組織和人員編制，行政區域的制度，都稱建制。甲機關人員調乙機關工作後又調回甲機關，稱為歸還建制。

**建政**(ㄐㄧㄢˋ ㄓㄥˋ) 成立政府，行使治權。

**建校**(ㄐㄧㄢˋ ㄒㄧㄠˋ) 創立學校。

**建瓴**(ㄐㄧㄢˋ ㄌㄧㄥˊ) 図「瓴」是屋瓦，或說是盛水瓶；「建」的意思是翻著、倒著。「建瓴」就是把屋瓦（或水瓶）翻著使水容易流出去；常用在「高屋建瓴」這個成語裡。出自〈漢書〉「譬猶居高屋之上建瓴水也」。比喻居高臨下，形勢好。

**建國**(ㄐㄧㄢˋ ㄍㄨㄛˊ) 建立國家。

**建設**(ㄐㄧㄢˋ ㄕㄜˋ) ①興建。②政治經濟各方面的興建工作。

**建造**(ㄐㄧㄢˋ ㄗㄠˋ) 建築物（包括房舍、隄壩、橋梁與道路等）的建築。

**建都**(ㄐㄧㄢˋ ㄉㄨ) 把首都設在某地。

**建置**(ㄐㄧㄢˋ ㄓˋ) 指購買房屋、土地等不動產。

**建樹**(ㄐㄧㄢˋ ㄕㄨˋ) ①建立（功績）。②建立的功績。

**建築**(ㄐㄧㄢˋ ㄓㄨˊ) ①進行築造房屋道路橋梁碑塔等土木工程。②指各種土木工程及其築造物。如「這個都市的各項建築都很好」。

**建醮**(ㄐㄧㄢˋ ㄐㄧㄠˋ) 道教做法事，超度亡魂。

**建議**(ㄐㄧㄢˋ ㄧˋ) 提出意見。

**建蘭**(ㄐㄧㄢˋ ㄌㄢˊ) 一種蘭。葉細長而尖，有平行脈。花色淡黃帶紫，有清香。多生產在福建省建甌縣一帶（古時的「建州」地區），所以叫「建蘭」。

**建設性**(ㄐㄧㄢˋ ㄕㄜˋ ㄒㄧㄥˋ) 有積極意義的，是「破壞性」的反面。

**建設廳**(ㄐㄧㄢˋ ㄕㄜˋ ㄊㄧㄥ) 隸屬於省政府的一級機構，主管全省的建設事務，如工商、水利、礦產、道路、森林與其他有關民生的公共事業。隸屬於縣市政府的稱建設局，隸屬於縣轄市、鄉、鎮公所的稱建設課。

**建蔽率** ㄐㄧㄢˋ ㄅㄧˋ ㄌㄩˋ 新建房屋地面面積，在建築基地之中所佔的比率。

**建築物** ㄐㄧㄢˋ ㄓㄨˊ ㄨˋ 用人工建築的房屋橋梁等。

**建築師** ㄐㄧㄢˋ ㄓㄨˊ ㄕ 從事建築工程的設計、監工等的專業技師。

**建築學** ㄐㄧㄢˋ ㄓㄨˊ ㄒㄩㄝˊ 研究建築工程的學科。內容包括結構、材料、設計、施工以及環境等。

**建教合作** ㄐㄧㄢˋ ㄐㄧㄠˋ ㄏㄜˊ ㄗㄨㄛˋ 教育工作與工商企業相互合作，學校派學生到工廠學習，由工廠的專業人員負責教導，使學生在正式課程以外，學到實用的知識、技術等。

**建設公司** ㄐㄧㄢˋ ㄕㄜˋ ㄍㄨㄥ ㄙ 專為建造房屋（主要的住宅）出售的企業組織。

## 十筆

**䢕** ㄉㄢˋ 我國南方少數民族名，原作蜑，民國二十九年行政院令改為䢕。見「䢕戶」條。

**䢕戶** ㄉㄢˋ ㄏㄨˋ 我國福建、廣東沿海少數民族，又名䢕民、䢕人、䢕戶。人數約一百多萬，操當地語言。多浮宅於河海，捕魚、取蠔、採珠為生，其地位自古以來低於漢人。民國以後，為達到各民族一律平等，改其名稱，升其地位，使與漢人相同。

# 廾部

## 二筆

**弁** ▲ㄅㄧㄢˋ ㈠舊時的一種低級軍職，軍官的隨從，通常叫「馬弁」。㈡古時武人戴的一種帽子。▲ㄆㄢˊ 小弁：〈詩經．小雅〉的篇名。

**弁言** ㄅㄧㄢˋ ㄧㄢˊ 書籍正文前面的序文。

**弁髦** ㄅㄧㄢˋ ㄇㄠˊ 図將它看成沒用的廢物。如「弁髦法令」。弁是黑布帽，髦是額前的垂髮。古時男子行冠禮以後，不再戴黑布帽，剃去劉海兒，因而以「弁髦」比喻無用的東西。

## 三筆

**异** ▲図ㄧˋ 舉起。▲ㄧˋ 通「異」字。

## 四筆

**弄** ㄋㄨㄥˋ（語音）㈠做。如「弄飯」「這件事我弄不好」。㈡用手拿著或摸著玩耍。如「小孩兒弄沙土」。㈢照料，處理。如「把身上弄乾淨」。㈣耍，行使。如「弄手段」「弄鬼」「弄花樣」。㈤使，落得。如「弄得他心慌意亂」「打不成狐狸弄一身臊」。㈥搬運。如「把這堆垃圾弄走」。㈦取得，常指用不正常的方法取得。如「他很會弄錢」。㈧追究，探察。如「把情況弄清楚」「把事情弄明白」。㈨使事務發生影響或變化。如「把衣服弄破了」「這消息弄得人心不安」。㈠㈡㈢又讀 ㄋㄥˋ。

讀音ㄌㄨㄥˋ ㈠図遊戲或玩耍。如「弱不好弄（小時候不愛玩耍）」。㈡欺侮。如「不能受他玩弄」。㈢演奏樂器。如「弄笛」「弄簫」。㈣國樂曲名。「梅花三弄」。㈤図一支曲子叫一弄。㈥小巷（胡同）叫「弄」，也叫「弄堂」，也寫作「衖」。㈡㈢㈣

又讀ㄋㄨㄥˋ。

**弄瓦** ㄌㄨㄥˋ ㄨㄚˇ 文生了女兒。〈詩經・小雅・斯干〉有「乃生女子，載弄之瓦」。「瓦」指紡塼(紡錘)，拿紡塼給女孩子作玩具。

**弄好** ㄋㄨㄥˋ ㄏㄠˇ ①做好。②修理好了。

**弄臣** ㄌㄨㄥˋ ㄔㄣˊ 文跟帝王很親近，可以向帝王講私話，但不大正派，不為別人欽佩的臣子。

**弄法** ㄌㄨㄥˋ ㄈㄚˇ 文以權勢運用法令為非作弊，達到自己的企圖。

**弄鬼** ㄋㄨㄥˋ ㄍㄨㄟˇ 搞鬼，耍手段。

**弄堂** ㄌㄨㄥˋ ㄊㄤˊ 小巷(原是吳語)。

**弄獅** ㄋㄨㄥˋ ㄕ 舞獅。

**弄璋** ㄌㄨㄥˋ ㄓㄤ 文生了男兒。〈詩經・小雅・斯干〉有「乃生男子，載弄之璋」。「璋」是一種像方板子一樣的玉器，拿玉器給男孩子作玩具。

**弄錢** ㄋㄨㄥˋ ㄑㄧㄢˊ 想法子斂錢，有貶義。如「他總是欺上瞞下，想法子弄錢」。

**弄權** ㄌㄨㄥˋ ㄑㄩㄢˊ 文越權做事或憑藉權勢作威作福。

**弄潮兒** ㄌㄨㄥˋ ㄔㄠˊ ㄦˊ 文泛指在海裡或江河裡駕船或游泳戲水的人。

**弄壞了** ㄋㄨㄥˋ ㄏㄨㄞˋ ˙ㄌㄜ ①做壞了。②損壞了。

**弄巧成拙** ㄋㄨㄥˋ ㄑㄧㄠˇ ㄔㄥˊ ㄓㄨㄛˊ 也作「弄巧反拙」，想取巧反而失敗，是說枉用心計的意思。

**弄神弄鬼** ㄋㄨㄥˋ ㄕㄣˊ ㄋㄨㄥˋ ㄍㄨㄟˇ 也作「裝神弄鬼」。比喻故弄玄虛。如「他弄神弄鬼糊弄人」。

**弄假成真** ㄋㄨㄥˋ ㄐㄧㄚˇ ㄔㄥˊ ㄓㄣ 原是虛情假做，結果倒當真地變成了事實。

**弄虛作假** ㄋㄨㄥˋ ㄒㄩ ㄗㄨㄛˋ ㄐㄧㄚˇ 指耍花招，做假事，說謊話等騙人的行為。如「你別再弄虛作假了，誰不了解你」。

## 六筆

**弈** ㄧˋ 文㊀圍棋。㊁下棋。

**弇** ▲文ㄧㄢˇ ㊀掩蓋。㊁深刻。㊂狹窄。▲ㄧㄢ 弇山，就是「崦嵫山」，在甘肅省天水縣西。▲ㄋㄢˊ 姓。

## 十一筆

**弊** ㄅㄧˋ ㊀害處。如「有利無弊」。㊁作假或非法的事。如「作弊」。如「舞弊」。㊂疲勞。如「疲弊」。㊃破的，舊的。如「弊車羸馬」。

**弊病** ㄅㄧˋ ㄅㄧㄥˋ ①在事情上作假亂真。②事情的缺點、害處。

**弊端** ㄅㄧˋ ㄉㄨㄢ 作弊的事情。

**弊竇** ㄅㄧˋ ㄉㄡˋ 弊害的所在。

**弊絕風清** ㄅㄧˋ ㄐㄩㄝˊ ㄈㄥ ㄑㄧㄥ 文弊端全革除了，風氣變清明了。是讚揚官吏(特別是地方官)的治績良好。如「他才做一年縣長，地方上就弊絕風清，民眾齊聲稱讚」。也作「風清弊絕」。

# 弋部

**弋** ㄧˋ ㊀古時候用帶著繩子的箭射鳥，叫「弋」。㊁捕捉，取得。

**弋獲** ㄧˋ ㄏㄨㄛˋ 文①射得。②把賊盜捕到，也可用「弋獲」的詞來說。

**弋陽腔** ㄧˋ ㄧㄤˊ ㄑㄧㄤ 是一種戲劇腔調，起源於江西省的弋陽縣；簡稱「弋腔」，俗稱「高腔」。

## 一筆

**弌** 一 古文「一」字。

## 二筆

**弍** ㄦˋ 「二」字的古體。現在也是「貳」字的簡寫。

## 三筆

**式** ㄕˋ ㈠規格，標準。如「程式」「格式」「公式」。㈡樣子。如「中國式建築」「新式家具」。㈢典禮。如「閱兵式」「畢業式」。㈣把數字或符號排列起來，表示事物關係跟科學上一般規律的，叫「式」。如「算式」「方程式」「分子式」「數學公式」「化學分子構造式」。㈤図同「軾」，古時候車上面所安裝的橫板。

**式子** ㄕˋ ˙ㄗ ①簡明的樣式或例子。②對科學上的計算式、方程式、公式等，在指稱跟解說的時候，也叫「式子」；參看式㈣。

**式微** ㄕˋ ㄨㄟˊ 図泛指國勢、家境、事業或某類社會運動的衰微；是從〈詩經．邶風．式微〉「式微式微，胡不歸」的話而來。「式」字原是發語詞，沒有實際意義。

**式樣** ㄕˋ ㄧㄤˋ 模樣，樣子。

## 十筆

**弒** 図ㄕˋ 古時候臣子殺君父，或地位低的人殺死地位高的人，叫「弒」。

# 弓部

**弓** ㄍㄨㄥ ㈠射箭或彈（ㄊㄢˊ）射用的兵器；弓箭、彈弓的「弓」。㈡有彈力像弓樣的東西，如彈棉花用的繃弓兒等。㈢丈量地畝用的計算單位，五尺是一弓。㈣彎曲。如「弓著身子」。㈤姓。

**弓子** ㄍㄨㄥ ˙ㄗ 各種有彈力的像弓的形狀的器物，都可以說是「弓子」。如彈棉花用的棉花弓子，裝在門上，使門自動關閉的弓子等。

**弓衣** ㄍㄨㄥ ㄧ 図裝弓的袋，亦稱弓袋。

**弓形** ㄍㄨㄥ ㄒㄧㄥˊ 像弓樣的弧形。

**弓弩** ㄍㄨㄥ ㄋㄨˇ 弓和弩，泛稱武器。弩，用機關發射箭的弓，又稱高弓。

**弓馬** ㄍㄨㄥ ㄇㄚˇ 図騎射，亦泛指武事。

**弓腰** ㄍㄨㄥ ㄧㄠ 彎起腰使身子成為像弓的樣子。

**弓箭** ㄍㄨㄥ ㄐㄧㄢˋ 射箭或發彈的器具為弓，搭於弓弦上可發射殺敵的武器為箭。泛指武器。

**弓弦（兒）** ㄍㄨㄥ ㄒㄧㄢˊ（ㄦ） ①弓上的紘。②比喻直形的路線；彎的叫弓背（兒）。

## 一筆

**弔** ㄉㄧㄠˋ ㈠向喪家或遭到不幸事情的人致慰。㈡追悼或祭奠死去的人。如「開弔」「弔祭」。㈢懸掛。如「杆子上弔著一個燈籠」。㈣上弔自殺，自縊。㈤提取。如「弔卷」。㈥從前把一千個銅錢叫一弔；北京舊稱錢一百文叫一弔。

**弔文** ㄉㄧㄠˋ ㄨㄣˊ 図弔慰的文詞。

**弔古** ㄉㄧㄠˋ ㄍㄨˇ 図感念舊時的事物。

**弔死** ㄉㄧㄠˋ ㄙˇ ①用繩自縊，氣絕而死。②弔祭死去的人。

**弔孝** ㄉㄧㄠˋ ㄒㄧㄠˋ　弔喪。

**弔車** ㄉㄧㄠˋ ㄔㄜ　工程所用的，上面裝有起重機的車；也就是起重機工程車。

**弔床** ㄉㄧㄠˋ ㄔㄨㄤˊ　弔在空中懸掛起來的睡床。如海船水手常用弔床，以節省空間；獵人常在林野間用弔床；熱天在庭院樹木下設置弔床乘涼。

**弔客** ㄉㄧㄠˋ ㄎㄜˋ　弔喪的人。

**弔唁** ㄉㄧㄠˋ ㄧㄢˋ　弔祭跟對喪家慰問。

**弔帶** ㄉㄧㄠˋ ㄉㄞˋ　圍繞在腰部從兩側垂下來弔住長筒褲子的帶子。

**弔掛** ㄉㄧㄠˋ ㄍㄨㄚˋ　懸掛。

**弔桶** ㄉㄧㄠˋ ㄊㄨㄥˇ　用繩子繫著放下井去汲水用的桶。

**弔喪** ㄉㄧㄠˋ ㄙㄤ　慰問喪家。

**弔腳** ㄉㄧㄠˋ ㄐㄧㄠˇ　一種文書的格式，應一行到底，如果一行寫不完而空著一大截，好像雙腳弔在半空中一樣，謂之弔腳。

**弔詭** ㄉㄧㄠˋ ㄍㄨㄟˇ　図奇異怪誕的事物。語出〈莊子·齊物論〉。

**弔銷** ㄉㄧㄠˋ ㄒㄧㄠ　將發出去的證件、執照、印信等收回並取消。

**弔慰** ㄉㄧㄠˋ ㄨㄟˋ　到喪家祭奠死者，並慰問死者的家屬。

**弔橋** ㄉㄧㄠˋ ㄑㄧㄠˊ　①用繩索或鐵索做的橋；牢繫在兩岸山巖或特築的高架上。②架在城壕上，可隨時落下，以便通行，或弔起來以阻斷交通的橋。

**弔環** ㄉㄧㄠˋ ㄏㄨㄢˊ　①體操器材的一種，在架上掛兩根繩索，下面各繫一個環。②體操項目的一種，體操選手用手握住弔環做各種動作。

**弔臂** ㄉㄧㄠˋ ㄅㄧˋ　起重機上的臂桿。

**弔襪帶** ㄉㄧㄠˋ ㄨㄚˋ ㄉㄞˋ　圍繞在腿上弔著襪子的帶子。

**弔死鬼（兒）** ㄉㄧㄠˋ ㄙˇ ㄍㄨㄟˇ（ㄦ）　①自縊死亡的鬼魂。②也指自縊者的屍體。③對翻眼睛吐舌頭的怪相貌，譏笑為弔死鬼。④咒罵人的惡毒的話。

**弔民伐罪** ㄉㄧㄠˋ ㄇㄧㄣˊ ㄈㄚ ㄗㄨㄟˋ　図起兵征討有罪的人，以撫慰民眾。

**弔死問疾** ㄉㄧㄠˋ ㄙˇ ㄨㄣˋ ㄐㄧˊ　弔祭死者，慰問患病的人。

## 引

ㄧㄣˇ　㈠拉，牽。如「引弓」「引身」「由這件案子引出另一件案子」。㈡領路，帶著。如「引車」「引港」。㈢招惹，招來，使某種事情發生。如「拋甎引玉」「一句話引得大家笑起來」。㈣伸。如「引領而望」（伸著脖子遠望，盼望）。㈤拿來作憑信或根據。如「引述」「引了幾句原文」。㈥図作引導用的事物。如「此藥以薑湯作引」（參看「引子」條）。㈦図推譽，標榜。如「互為引重」。㈧図承認。如「引咎」。㈨離開。如「引退」「引避」。㈩縫紉法的一種，用長線直行粗縫。如「把被面兒用針線引上」。(十一)長度名。十丈是一引。(十二)古時的重量名。明代、清代把食鹽用「引」計算，每引五十包，每包一百斤。(十三)文體名，和「序」一樣，也叫「引子」「引言」。(十四)古代詩歌的一種名稱。如「箜篌引」。

**引力** ㄧㄣˇ ㄌㄧˋ　也叫「攝力」「吸力」，物體互相吸引的力量。參看「萬有引力」條。

**引子** ㄧㄣˇ ㄗ˙　①樂曲的前奏曲。②戲劇（如國劇等）裡，角色出場所念的詞句，用來提示劇情或說明角色所扮演的身分，通常都很簡短，偶爾有較長的叫「長引子」。③中醫的藥方上主藥以外的，作引導之用的副藥。如「這劑藥拿薑湯作引子」。④文章或一本書開端的引言。⑤泛指一般事物的起端，起點或緣起的因素。

**引弓** ㄧㄣˇ ㄍㄨㄥ　図拉弓。

**引文** ㄧㄣˇ ㄨㄣˊ　引自其他書籍或文件的語句。也叫引語。

**引水** ㄧㄣˇ ㄕㄨㄟˇ　引航。

**引火** ㄧㄣˇ ㄏㄨㄛˇ　就是「點火」；使火燃燒起來。

**引用** ㄧㄣˇ ㄩㄥˋ　語文中援用古書典故，名人格言，以及俗語等，稱為引用。

**引曳** ㄧㄣˇ ㄧˋ　牽引或拖著向前。曳也是拖引的意思。

**引申** ㄧㄣˇ ㄕㄣ　由這個意思推廣起來，發展轉變成別的意思。申也作伸。

**引吭** ㄧㄣˇ ㄏㄤˊ　図①鳥鳴。②唱歌的發聲。如「引吭高歌」。

**引言** ㄧㄣˇ ㄧㄢˊ　①相當於序言，寫在著作正文前面的短文，用來介紹全書內容，或說明寫作的目的、經過。②研討會或座談會上引起話題的講話。

**引見** ㄧㄣˇ ㄐㄧㄢˋ　①介紹、相見，使彼此認識。②図引導入見天子。

**引身** ㄧㄣˇ ㄕㄣ　動身，抽身。如「引身上路」「引身而退」。

**引車** ㄧㄣˇ ㄔㄜ　図拉車。如「引車而致遠道」如「引車賣漿者流」。

**引咎** ㄧㄣˇ ㄐㄧㄡˋ　図認錯。如「引咎自責」。

**引信** ㄧㄣˇ ㄒㄧㄣˋ　砲彈裡用來引燃炸藥的那一部分配件，叫引信。

**引述** ㄧㄣˇ ㄕㄨˋ　引用別人的話或文字敘述。

**引柴** ㄧㄣˇ ㄔㄞˊ　乾燥易燃的薄片或細枝，專做爐灶起火引火時候用的。

**引航** ㄧㄣˇ ㄏㄤˊ　由熟悉航道的人員引導或駕駛船舶進出港口，或在內海、江河一定區域內航行。也叫引水。

**引荐** ㄧㄣˇ ㄐㄧㄢˋ　引導推荐。又作「引薦」。

**引起** ㄧㄣˇ ㄑㄧˇ　引發起來；由此發生。如「他的意見引起大家熱烈地討論」。

**引退** ㄧㄣˇ ㄊㄨㄟˋ　告退，多指辭官說的。

**引帶** ㄧㄣˇ ㄉㄞˋ　使機輪轉動的皮帶。

**引得** ㄧㄣˇ ㄉㄜˊ　圖索引。英文 index 的音譯。

**引接** ㄧㄣˇ ㄐㄧㄝ　招待。

**引逗** ㄧㄣˇ ㄉㄡˋ　挑逗，誘引。

**引喻** ㄧㄣˇ ㄩˋ　援引例證以做比喻。

**引渡** ㄧㄣˇ ㄉㄨˋ　罪犯（非政治犯）逃亡外國，外國政府根據國際公法跟本國政府的請求，把他解（ㄐㄧㄝˋ）送本國受審，叫做引渡。

**引港** ㄧㄣˇ ㄍㄤˇ　①引導船隻進出港口。②擔任引港工作的人。又作領港、引航。

**引路** ㄧㄣˇ ㄌㄨˋ　帶路

**引道** ㄧㄣˇ ㄉㄠˋ　①帶路。②橋梁兩端連接河岸的道路。

**引號** ㄧㄣˇ ㄏㄠˋ　標點符號的一種，有兩種：在直行文字裡用「」和『』；在橫行文字裡用“”和‘’，用來表示引用語的起止或顯示特別提出的詞語。

**引領** ㄧㄣˇ ㄌㄧㄥˇ　①引導；帶領。②図伸長脖子遠望。形容盼望殷切。如「引領而望」。

**引線** ㄧㄣˇ ㄒㄧㄢˋ　線字輕讀。①縫衣針的俗稱。②指對事情從中引導媒介促其順利進行的人。

**引誘** ㄧㄣˇ ㄧㄡˋ　①引導勸誘別人學好向善。②用巧言或手段使人去做壞事。

**引導** ㄧㄣˇ ㄉㄠˇ　①引路前導。②領導。③同「導引」，是道家修煉的方法。語音ㄧㄣˇ ㄉㄠˋ。

**引擎** ㄧㄣˇ ㄑㄧㄥˊ　就是發動機、原動機，是英文 engine 的譯音詞。

**引避** ㄧㄣˇ ㄅㄧˋ ①讓路。②躲避。③避嫌而辭官引退以讓賢者。

**引證** ㄧㄣˇ ㄓㄥˋ 用事實、法條或別人的話做為憑證或根據。

**引水人** ㄧㄣˇ ㄕㄨㄟˇ ㄖㄣˊ 即領航人。

**引火點** ㄧㄣˇ ㄏㄨㄛˇ ㄉㄧㄢˇ 物體開始燃燒時所需要的溫度。

**引申義** ㄧㄣˇ ㄕㄣ ㄧˋ 文字由本義引申發展而產生的意義。

**引言人** ㄧㄣˇ ㄧㄢˊ ㄖㄣˊ 學術會議或專題座談會上的首先發言者，任務在講述題綱，引起與會者的話題。

**引進品** ㄧㄣˇ ㄐㄧㄣˋ ㄆㄧㄣˇ 從外地引入新產品、新品種。

**引人入勝** ㄧㄣˇ ㄖㄣˊ ㄖㄨˋ ㄕㄥˋ ①把人帶到優美的境地。②形容風景名勝或美妙的文章等能引人進入佳境。

**引火燒身** ㄧㄣˇ ㄏㄨㄛˇ ㄕㄠ ㄕㄣ 比喻自討苦吃或自取毀滅。又作「引火上身」。

**引以為戒** ㄧㄣˇ ㄧˇ ㄨㄟˊ ㄐㄧㄝˋ 以他人或自己所犯錯誤的教訓作為警戒。

**引狼入室** ㄧㄣˇ ㄌㄤˊ ㄖㄨˋ ㄕˋ 把惡人或敵人引到家裡來。比喻自招其禍。

**引經據典** ㄧㄣˇ ㄐㄧㄥ ㄐㄩˋ ㄉㄧㄢˇ 拿經典上的話來做引證。

## 二筆

**弗** ㄈㄨˊ 不（在文言或近代蘇州等地方方言裡用）。如「弗肯」、「弗用」。

**弘** ㄏㄨㄥˊ ㈠廣大。如「弘量」。㈡図擴大，發揚。論語有「人能弘道」的話。㈢姓。

**弘量** ㄏㄨㄥˊ ㄌㄧㄤˋ ①度量寬大。②酒量很大。

**弘毅** ㄏㄨㄥˊ ㄧˋ 抱負遠大，意志堅強。

**弘願** ㄏㄨㄥˊ ㄩㄢˋ 遠大的志願。

## 三筆

**弛** ㄕˇ ㈠図放鬆弓弦（弓在不用的時候，要把弦放鬆，以保持彈力）。㈡鬆，不緊。如「繩索鬆弛」、「弛張自如（鬆緊自如）」。㈢図放鬆，解除。如「弛禁」。㈣放棄不管。如「廢弛」。㈤毀壞。〈國語〉有「文公欲弛孟子之宅」的話。又讀ㄔˊ。

**弛禁** ㄕˇ ㄐㄧㄣˋ 図解除禁令。

**弛廢** ㄕˇ ㄈㄟˋ 放棄不管。

## 四筆

**弟** ▲ㄉㄧˋ ㈠弟弟。同胞男子，後出生的叫弟。㈡「徒弟」的「弟」，看「徒弟」條。㈢「弟子」的「弟」，看「弟子」條。㈣對同輩朋友的自稱。㈤次序，同「第」字。▲ㄊㄧˋ 同「悌」字。

**弟子** ㄉㄧˋ ㄗˇ ①受業的學生，對「師」而言。②年幼的人。〈論語〉有「弟子入則孝，出則弟（ㄊㄧˋ）」。

**弟兄** ㄉㄧˋ ㄒㄩㄥ 兄字輕讀。①哥哥和弟弟。②軍隊裡軍官對士兵或士兵之間表示親熱的稱呼。如「他是我們連上的好弟兄」。

**弟弟** ㄉㄧˋ ㄉㄧ˙ 弟㈠。

**弟妹** ㄉㄧˋ ㄇㄟˋ ①弟弟的妻；對弟弟的妻的稱呼。②弟弟和妹妹。

**弟婦** ㄉㄧˋ ㄈㄨˋ 弟弟的妻。

**弟媳婦兒** ㄉㄧˋ ㄒㄧˊ ㄈㄨˋ ㄦ˙ 婦字輕讀。弟弟的妻子。

## 五筆

**弢** ㄊㄠ ㈠裝弓的口袋。㈡通「韜」字。

**弩** ㄋㄨˇ 一種古代的兵器，就是安裝機關利用機械的力量來射箭的弓。

**弩張劍拔** ㄋㄨˇ ㄓㄤ ㄐㄧㄢˋ ㄅㄚˊ 図比喻氣勢兇猛而緊張。也說成「劍拔弩張」。

**弧** ㄏㄨˊ ㈠木製的弓。㈡圓周的任何一段叫「弧」。㈢彎的，有弧度的。如「弧形」。

**弧形** ㄏㄨˊ ㄒㄧㄥˊ 彎曲而有弧度的形狀。

**弧度** ㄏㄨˊ ㄉㄨˋ 測量角度的一種單位。若一圓心角所對弧的長度等於圓的半徑時，該角即為一弧度。

**弧菌** ㄏㄨˊ ㄐㄩㄣ 細菌的一類，略呈弧形，有鞭毛，如霍亂弧菌。

**弧線** ㄏㄨˊ ㄒㄧㄢˋ 弧形的線條。

**弧光燈** ㄏㄨˊ ㄍㄨㄤ ㄉㄥ 電燈的一種，裡面裝設兩枝尖端幾乎相接的炭精棒，通電以後，在炭棒尖端空隙間發生弧狀的強光，光度可達一千到三千燭光。

**弦** ㄒㄧㄢˊ ㈠張在弓上的線，就是弓弦。㈡樂器上可以彈奏發出樂音的線。㈢形容月亮半圓。看「弦月」條。㈣幾何學把「勾股形」（就是有直角的三角形）的斜線叫「弦」。㈤中醫把脈象很急的稱為「弦」。㈥図彈奏琴瑟（弦樂器）叫「弦」。如「春誦夏弦」「弦歌不輟」。㈦古人把琴瑟比喻夫婦，所以稱喪妻叫「斷弦」，再娶叫「續弦」。

**弦子** ㄒㄧㄢˊ ㄗˇ 三弦的通稱。

**弦月** ㄒㄧㄢˊ ㄩㄝˋ 半圓形的月亮。月亮成半圓形的時候，如果缺少的是往上的一半，是陰曆每月的初七、初八，叫「上弦」；如果缺少的是往下的一半，是陰曆每月的二十二、二十三日，叫「下弦」。

**弦兒** ㄒㄧㄢˊ ㄦ ①弦㈡。②就是弦子。

**弦柱** ㄒㄧㄢˊ ㄓㄨˋ 絲弦樂器上綰住弦絲的小木柱或小鐵柱。

**弦索** ㄒㄧㄢˊ ㄙㄨㄛˇ 弦樂或弦樂器的通稱。

**弦誦** ㄒㄧㄢˊ ㄙㄨㄥˋ 図指學校裡的樂聲跟讀書聲。

**弦樂** ㄒㄧㄢˊ ㄩㄝˋ ①利用絲弦發音演奏的樂器。②用絲弦樂器奏出的音樂。

**弦切角** ㄒㄧㄢˊ ㄑㄧㄝ ㄐㄧㄠˇ 圓的切線和過切點的弦所構成的角。

**弦外之音** ㄒㄧㄢˊ ㄨㄞˋ ㄓ ㄧㄣ 比喻言外之意。

**弦歌不輟** ㄒㄧㄢˊ ㄍㄜ ㄅㄨˋ ㄔㄨㄛˋ 図比喻文教風氣很盛。語出〈論語・陽貨篇〉。

## 六筆

**弭** ㄇㄧˇ ㈠弓的末端。㈡図停止，平息，消除。如「弭戰」「弭亂」。

**弭兵** ㄇㄧˇ ㄅㄧㄥ 図停戰，終止兵亂。

**弭患** ㄇㄧˇ ㄏㄨㄢˋ 図消除禍患。

**弭亂** ㄇㄧˇ ㄌㄨㄢˋ 図平息戰亂。

**弭戰** ㄇㄧˇ ㄓㄢˋ 図停止戰爭。

**弭謗** ㄇㄧˇ ㄅㄤˋ 図止息誹謗的話。

## 七筆

**弰** ㄕㄠ 弓的兩端。

**弱** ㄖㄨㄛˋ ㈠強的反面，不堅強或不健全。如「體弱多病」「不甘示弱」「兵力弱」。㈡年紀幼小的。如「弱弟幼妹」「老弱（年老的與年幼的）」。㈢不足，稍微少一點叫「弱」。如「百分之五弱」。㈣指人的死亡。如「又弱一個（又喪失了一人」。

**弱小** ㄖㄨㄛˋ ㄒㄧㄠˇ 「強大」的反面，指力量或勢力微薄。如「弱小民族」。

**弱水** ㄖㄨㄛˋ ㄕㄨㄟˇ 古時候的水名。古謂其長有三千里。其所在地有多處傳說，一說上游為甘肅的張掖河。

**弱冠** ㄖㄨㄛˋ ㄍㄨㄢˋ 古時男子滿二十歲叫「弱冠」，是說二十歲開始是成年人而加冠（成年人平時要戴帽子），後來用來泛指少年時期。

**弱國** ㄖㄨㄛˋ ㄍㄨㄛˊ 國勢不強的國家。

**弱勢** ㄖㄨㄛˋ ㄕˋ 處在地位、形勢較不利的一方。

**弱酸** ㄖㄨㄛˋ ㄙㄨㄢ 酸性反應微弱的酸，在水溶液中只能產生少量的氫離子。

**弱點** ㄖㄨㄛˋ ㄉㄧㄢˇ 缺點，不健全，不美滿的地方。

**弱鹼** ㄖㄨㄛˋ ㄐㄧㄢˇ 鹼性反應微弱的鹼，在水溶液中只能產生少量氫氧離子，如氫氧化銨。

**弱音器** ㄖㄨㄛˋ ㄧㄣ ㄑㄧˋ 弦樂器、銅樂器、定音鼓或鋼琴上的一種附件，用來使樂音變弱。

**弱不勝衣** ㄖㄨㄛˋ ㄅㄨˋ ㄕㄥ ㄧ 沒有力氣，連所穿衣服的重量都禁不起。形容身體軟弱得很，也用來形容女子的嬌弱動人。

**弱不禁風** ㄖㄨㄛˋ ㄅㄨˋ ㄐㄧㄣ ㄈㄥ 形容身體太弱，連風吹都禁受不住。也用來形容女子身體嬌弱。

**弱水三千** ㄖㄨㄛˋ ㄕㄨㄟˇ ㄙㄢ ㄑㄧㄢ 弱水為傳說中的一條三千里長河，水雖然多，僅取其中一瓢來喝。比喻可愛之物雖多，卻情有獨鍾，只選其一。語見〈紅樓夢〉九十一回。

**弱肉強食** ㄖㄨㄛˋ ㄖㄡˋ ㄑㄧㄤˊ ㄕˊ 弱者為強者所吞食，強的併吞弱的。

## 八筆

**弸** 図 ㄆㄥˊ ㈠強勁的弓。㈡弓很強勁的樣子。

**弸弓** ㄆㄥˊ ㄍㄨㄥ 門上自動開關的裝置。

**強（强）** ▲ㄑㄧㄤˊ ㈠「弱」的反面，有力。㈡勝過。比較好。如「你比我強」「光景一天比一天強」。㈢還多一點，有餘。如「生產量提高了百分之二十強」。㈣好。如「這貨色不強」「他的手藝不強」。㈤努力地，竭力地。如「強襲」「強諫（竭力諍諫）」。㈥粗暴。如「強橫」。㈦姓。

▲ㄑㄧㄤˇ ㈠逼迫，壓迫。如「強迫」。㈡勉強。如「強不知以為知」「強顏為笑」。

▲ㄐㄧㄤˋ ㈠固執自己的意見，不聽人勸。如「這個人的性子好強」。㈡參看「木強」「倔強」等條。

**強人** ㄑㄧㄤˊ ㄖㄣˊ ①強盜。②強有力的人。

**強大** ㄑㄧㄤˊ ㄉㄚˋ 力量堅強雄厚。如「強大的國家」「陣容強大」。

**強化** ㄑㄧㄤˊ ㄏㄨㄚˋ 加強使更堅實鞏固。

**強水** ㄑㄧㄤˊ ㄕㄨㄟˇ 化學上的強酸，如硫酸、硝酸、鹽酸等，是液體狀態，通常稱為「強水」。「硝酸」也稱為「硝強水」。強也作「鏹」。

**強占** ㄑㄧㄤˊ ㄓㄢˋ ①用暴力侵占。如「強占地盤」。②用武力攻占。如「強占有利地形」。

**強行** ㄑㄧㄤˊ ㄒㄧㄥˊ ①不守紀律，硬要進行。②勉力實行。如「知足者富，強行者有志」。

**強似** ㄑㄧㄤˊ ㄙˋ 図超過，勝於。如「只願你嫁得丈夫強似朱買臣的便好」（見〈喻世明言・二七〉）。亦說「強如」。

**強壯** ㄑㄧㄤˊ ㄓㄨㄤˋ 壯健。

**強攻** ㄑㄧㄤˊ ㄍㄨㄥ 用強力進行攻擊；強行進攻。

**強求** ㄑㄧㄤˇ ㄑㄧㄡˊ 硬要求。如「寫文章可以有各種風格，不必強求一律」。

**強制** ㄑㄧㄤˇ ㄓˋ ①用法律的力量，束縛人的行為。如「強制執行」。②用力量來約束。如「醫生強制病人靜臥」。

**強固** ㄑㄧㄤˊ ㄍㄨˋ 堅固。

**強直** ㄑㄧㄤˊ ㄓˊ ①肌肉、關節等由於病變不能活動。②剛強正直。

**強勁** ㄑㄧㄤˊ ㄐㄧㄥˋ 強有力的。如「強勁的北風」。

**強姦** ㄑㄧㄤˇ ㄐㄧㄢ 指用暴力姦淫婦女。

**強度** ㄑㄧㄤˊ ㄉㄨˋ ①作用力的大小，如聲、光、電、磁等的強弱，都叫強度。②物體抵抗外力作用的能力。

**強派** ㄑㄧㄤˇ ㄆㄞˋ ①強迫。②指關於捐募或出錢的事，不顧別人願意不願意而硬性攤派。

**強風** ㄑㄧㄤˊ ㄈㄥ 通用風速表上所列的六級風，風速每小時四十到五十公里（每秒一〇．八至一三．八公尺）；地上大樹枝搖動，電線呼呼有聲，撐傘困難（參看「風速」）。

**強迫** ㄑㄧㄤˇ ㄆㄛˋ ①用勢力逼迫。②用強大的力量來壓迫。

**強悍** ㄑㄧㄤˊ ㄏㄢˋ 強橫兇暴。

**強恕** ㄑㄧㄤˇ ㄕㄨˋ 努力行忠恕之道。忠是盡己盡心，恕是將心比心。

**強烈** ㄑㄧㄤˊ ㄌㄧㄝˋ ①威力極強的。如「強烈颱風」。②鮮明的，程度很深的。如「強烈的情感」。③強壯暴厲。

**強記** ▲ㄑㄧㄤˇ ㄐㄧˋ 勉強記住。▲ㄑㄧㄤˊ ㄐㄧˋ 記憶力特別強。

**強健** ㄑㄧㄤˊ ㄐㄧㄢˋ 強壯。

**強國** ㄑㄧㄤˊ ㄍㄨㄛˊ ①名詞，指國力強大的國家。②動詞，使國家強大。

**強梁** ㄑㄧㄤˊ ㄌㄧㄤˊ 図①強橫。②〈後漢書〉記載的一種吃鬼的神。③強盜之流的強暴橫行者。

**強盛** ㄑㄧㄤˊ ㄕㄥˋ 興盛。

**強渡** ㄑㄧㄤˊ ㄉㄨˋ 用炮火掩護強行渡過敵人防守的江河。

**強盜** ㄑㄧㄤˊ ㄉㄠˋ 用暴力搶劫他人財物的人。

**強硬** ㄑㄧㄤˊ ㄧㄥˋ 態度堅決，不肯退讓。

**強項** ㄑㄧㄤˊ ㄒㄧㄤˋ 図「項」是脖子，「強項」就是剛強不肯低頭屈服，或是決不同意不合理的要求。

**強勢** ㄑㄧㄤˊ ㄕˋ 地位、形勢較有利的一方。與弱勢相對。

**強幹** ▲ㄑㄧㄤˊ ㄍㄢˋ 強壯能幹。如「精明強幹」。▲ㄑㄧㄤˇ ㄍㄢˋ 不計成敗不怕艱難地硬做。

**強虜** ㄑㄧㄤˊ ㄌㄨˇ 強勁的敵人。

**強韌** ㄑㄧㄤˊ ㄖㄣˋ 性質柔軟堅固。

**強酸** ㄑㄧㄤˊ ㄙㄨㄢ 一般在水溶液中幾乎能全部離解為離子的酸類，大都具有強烈的腐蝕作用。如鹽酸（HCl）、硫酸（$H_2SO_4$）。

**強暴** ㄑㄧㄤˊ ㄅㄠˋ ①凶猛，蠻橫。②指用暴力對婦女做無禮（戲弄、姦淫等）的行為。

**強調** ㄑㄧㄤˊ ㄉㄧㄠˋ ①著重，加強注意。②特別對於某種事或某一些意思鄭重宣揚，使人注意或信服。

**強嘴** ㄐㄧㄤˋ ㄗㄨㄟˇ 図頂嘴，強辯。

**強橫** ㄑㄧㄤˊ ㄏㄥˋ 蠻不講理。

**強諫** ㄑㄧㄤˊ ㄐㄧㄢˋ 下對上極力諫諍。

**強顏** ▲ㄐㄧㄤˋ ㄧㄢˊ 厚著臉皮不知羞恥。也寫成「彊顏」。

▲ㄑㄧㄤˇㄧㄢˊ 勉強裝著高興。如「強顏為笑」。

**強鹼** 一般指由鹼金屬或鹼土金屬所組成的氫氧化物；在水溶液幾乎完全電離，大都具有強烈的腐蝕作用。如氫氧化鉀（KOH）、氫氧化鈉（NaOH）。

**強辯** ▲ㄑㄧㄤˊㄅㄧㄢˋ有力的辯論。▲ㄑㄧㄤˇㄅㄧㄢˋ理屈而還要爭辯。

**強權** 依仗武力欺凌別人的惡勢力，多指國家或集團而言。如「強權終於向正義低頭」。

**強襲** 行動前隱蔽攻擊的企圖，行動後便不顧敵人火力的強弱，以壓倒的優勢兵力，強行襲擊。

**強力膠** 將生橡膠溶為高黏性的膠液。對神經有痲痺作用，吸食會成癮而失去理智。

**強化液** 液體滅火劑的一種，為增強滅火效果，將鹽類溶於水中，又稱鹽類水溶液。

**強心針** 能使心臟肌肉收縮力量增加和心臟搏動次數減慢，從而使心臟排出的血量增加，改進血液循環的藥物。又叫「強心劑」。

**強有力** ①實力大。②權勢大。

**強行軍** 部隊執行緊急任務所進行的高速度的行軍。

**強壯劑** 能改善身體的神經調節、內分泌機能或補充某種缺乏的成分，使虛弱患者得以恢復健康的藥物。

**強人所難** 勉強人家做他所不能或不願意做的事情。

**強制保險** 國家對一定的對象以法律、法令或條例規定其必須投保的保險。亦稱「法定保險」。

**強制執行** 用政治或經濟力量強迫執行法院之判決。

**強制處分** 法律名詞，國家為確保刑法，以公力強迫制馭的處分。對人如傳喚，拘提；對物如搜索或扣押。

**強制履行** 法律名詞。債務人在不履行一定行為時，執行機關依債權人之聲請，以強制力命其履行，謂之強制履行。

**強弩之末** 比喻到最後氣衰力竭，已經沒威勢了。強也寫作「彊」。

**強迫教育** 法律規定兒童在學齡期內，如不入學則處罰其父母或監護人，稱作強迫教育。亦稱義務教育。

**強詞奪理** 無理強（ㄑㄧㄤˇ）辯，明明沒有理硬說有理。

**強幹弱枝** 〔文〕比喻中央權力大，地方權力小。〈漢書・地理志〉：「蓋以強幹弱枝，非獨為奉山園也。」

**強顏歡笑** 勉強裝出高興的樣子。

**強中更有強中手** 強手之中還有更強的人。

**強將手下無弱兵** 好的將領手下不會有懦弱的兵士。比喻領頭的人高強，所屬人員一定能幹。

**強龍不壓地頭蛇** 外來的強權難於對付盤據當地的惡霸。也泛指外來力量再強，也對付不了地方的惡勢力。

## 張

▲ㄓㄤ ㈠開，展開。如「張開嘴」「把手一張」。㈡商店開幕營業。如「新張」「開張」。㈢望，看。如「東張西望」「向門縫裡張一張」。㈣擴大，放大了。如「虛張聲勢」「張大其詞」「明目張膽」。㈤計數量的單位。如「一張弓」「一張嘴」。㈥「紙張」的「張」，是說

「紙」時的搭配字。㈦図安裝弓弦。㈧図設置。如「張樂設飲」。㈨図捕取鳥獸。如「有鳥飛來，舉羅張之」。㈩姓。

▲ㄓㄤˋ ㈠通「脹」字。㈡図陳設。同「帳」。

**張力** ㄓㄤ ㄌㄧˋ ①液體表面要收縮為極小面積的力。②氣體因分子運動的作用所生的壓力。③（文學批評）英國詩人愛倫·泰特所創的批評理論，認為一首好詩應該具有內在的平衡張力，即介乎抽象與具體之間，全體與各個之間，字語的狹義與廣義之間的制衡力量。

**張大** ㄓㄤ ㄉㄚˋ 擴大；誇大。如「張大其事」「張大其詞」。

**張本** ㄓㄤ ㄅㄣˇ 図預留地步。

**張目** ㄓㄤ ㄇㄨˋ ①睜大眼睛或怒目而視。②宣傳以助聲勢。

**張弛** ㄓㄤ ㄔˊ 緊張與弛緩。比喻為政之道須急緩得度。

**張狂** ㄓㄤ ㄎㄨㄤˊ 囂張；輕狂。

**張皇** ㄓㄤ ㄏㄨㄤˊ ①驚慌；慌張。如「張皇失措」。②図張大，擴大。〈書經〉有「張皇六師」的話，意思是張大軍威。

**張致** ㄓㄤ ㄓˋ 故意作態來哄騙人；是舊小說用語。也作「張智」。或把兩個字分開來說。如「做張做致，假裝吃驚」。

**張宿** ㄓㄤ ㄒㄧㄡˋ 星名，二十八宿之一。有六星，屬長蛇座。

**張掛** ㄓㄤ ㄍㄨㄚˋ 展開掛起。如「張掛地圖」「張掛蚊帳」。

**張望** ㄓㄤ ㄨㄤˋ ①從小孔或隙縫裡看。②向四周或遠處看。

**張揚** ㄓㄤ ㄧㄤˊ 宣布祕密或擴大宣傳。

**張貼** ㄓㄤ ㄊㄧㄝ 貼布告標語等以告知大眾某事。

**張嘴** ㄓㄤ ㄗㄨㄟˇ ①把嘴張開。②開口，指向人乞求或借貸。如「我跟他沒多大交情，他竟向我張嘴」。

**張羅** ▲ㄓㄤ ·ㄌㄨㄛ ①招待。如「張羅大家吃飯」。②籌畫。如「這一大筆款子，到哪裡張羅」。③表現出殷勤。如「大家都想偷懶，只有他張羅著做東西，把事情辦完了」。▲ㄓㄤ ㄌㄨㄛˊ 把網張開。如「張羅捕鳥」。

**張老師** ㄓㄤ ㄌㄠˇ ㄕ 隸屬於「救國團」的青少年輔導機構。透過電話或信箱的協談、諮詢，為青少年解決身心和生活上的問題或困擾。

**張三李四** ㄓㄤ ㄙㄢ ㄌㄧˇ ㄙˋ 假設的姓名，如同說「某某」。

**張口結舌** ㄓㄤ ㄎㄡˇ ㄐㄧㄝˊ ㄕㄜˊ 無言對答。形容心虛或慌張，說不出話來的情形。

**張牙舞爪** ㄓㄤ ㄧㄚˊ ㄨˇ ㄓㄠˇ ①形容猛獸發威。②比喻張揚作勢，顯示威力來嚇唬人或欺侮人。

**張冠李戴** ㄓㄤ ㄍㄨㄢ ㄌㄧˇ ㄉㄞˋ 把張三的帽子戴在李四的頭上。比喻名實不符，弄錯對象。

**張皇失措** ㄓㄤ ㄏㄨㄤˊ ㄕ ㄘㄨㄛˋ 張皇：慌張。失措：舉止失去常態。驚慌得不知怎麼辦才好。也作「倉皇失措」。

**張燈結綵** ㄓㄤ ㄉㄥ ㄐㄧㄝˊ ㄘㄞˇ 在喜慶場地張掛各色各樣的燈火綵帶，增加喜慶的熱鬧氣氛。

## 九筆

**弼** ㄅㄧˋ ㈠古時使弓端正的器具。㈡図輔助。如「輔弼」。

## 十筆

**彀** ㄍㄡˋ ㈠拉滿弓，準備射出箭去，叫彀。㈡図從前科舉考試中式叫「入彀」。受牢籠也叫「入彀」。㈢同「夠」，是「敷用」「足數」。

**彀中** ㄍㄡˋ ㄓㄨㄥ 図原意是射箭的有效射程，比喻進入掌握之中。如「天下英雄盡入我彀中」。

## 十一筆

**彆** ㄅㄧㄝˋ 「彆扭」的「彆」。看「彆扭」條。

**彆扭** ㄅㄧㄝˋ ㄋㄧㄡˇ 扭字輕讀。①不順，不正常，不合適。如「他的脾氣彆扭」「這種做法太彆扭」。②意見不合，矛盾，抵觸。如「他們倆又鬧彆扭了」。

**彄** ㄎㄡ ㈠図環子類的東西。㈡弓弩兩端裝弦的部分。

## 十二筆

**彈** ▲ㄉㄢˋ ㈠彈弓或槍、砲發射用的鐵丸。如「槍彈」「砲彈」「子彈」。㈡小圓球。如「是誰團成的這些小泥彈兒」。
▲ㄊㄢˊ ㈠用手指頭撥弄。如「彈琴」「彈弦子」。㈡把彎曲著的食指或中指等，用指甲蓋兒猛然放開，使東西掉下或向遠方。如「彈球」「把香煙灰彈掉」。㈢把壓縮或緊縮的東西忽然放開，這種力量就叫彈。如「彈棉花」「彈簧」。㈣図揭發官吏的罪過，「彈劾」的簡詞。如「彈章（彈劾的奏章）」。

**彈力** ㄊㄢˊ ㄌㄧˋ 物體抵抗壓迫回復原形的力量。

**彈丸** ㄉㄢˋ ㄨㄢˊ ①彈弓所用的鐵丸。②比喻地方狹小。如「彈丸之地」。

**彈子** ㄉㄢˋ ㄗˇ ①槍砲的子彈。②檯子上撞球用的球。③一般實心的小圓珠、圓球。

**彈弓** ㄉㄢˋ ㄍㄨㄥ 發射彈丸的弓。

**彈片** ㄉㄢˋ ㄆㄧㄢˋ 砲彈、炸彈等爆炸後的碎片。

**彈坑** ㄉㄢˋ ㄎㄥ 砲彈、地雷、炸彈等爆炸後，地面或其他東西上形成的坑洞。

**彈劾** ㄊㄢˊ ㄏㄜˊ 政府監察權的一種，對於違法失職的公務人員提出彈劾，請求移付懲戒之權。

**彈性** ㄊㄢˊ ㄒㄧㄥˋ ①物體受外力壓迫，暫時變了形狀或體積，在外力除去時，就回復原形，叫做彈性。②引伸指事務工作或法律規定上的張弛性、伸縮性。

**彈冠** ㄊㄢˊ ㄍㄨㄢ 図彈去帽子上的塵土，保持潔淨。出自〈楚辭・漁父〉「新沐者必彈冠」。

**彈指** ㄊㄢˊ ㄓˇ 図形容極短的時間（彈一下手指的時間）。

**彈射** ㄊㄢˊ ㄕㄜˋ 利用彈力、壓力等射出。

**彈珠** ㄉㄢˋ ㄓㄨ 用玻璃或合成纖維製成的小圓珠，為孩童的玩具之一。

**彈殼** ㄉㄢˋ ㄎㄜˊ 炸彈的外殼。

**彈琴** ㄊㄢˊ ㄑㄧㄣˊ 演奏弦樂器或鍵盤樂器。

**彈詞** ㄊㄢˊ ㄘˊ ①曲藝的一種，流行於南方各省，有說有唱，曲調、唱腔各地不同，用三弦伴奏，或再加琵琶陪襯。②也指說唱彈詞的底本。

**彈跳** ㄊㄢˊ ㄊㄧㄠˋ （身體或物體）利用彈力向上跳起。

**彈道** ㄉㄢˋ ㄉㄠˋ 槍彈射出槍口以後的進行路向。

**彈腿** ㄊㄢˊ ㄊㄨㄟˇ 拳術的一種。

**彈壓** ㄊㄢˊ ㄧㄚ 用武力強（ㄑㄧㄤˇ）制壓服。

**彈頭** 槍彈、砲彈、導彈等的前部，射出後能起殺傷和破壞作用。

**彈簧** 利用材料的彈性作用製成的零件。一般用鋼片或鋼絲製成，用來控制機件的運轉，緩和衝擊或運動力，貯藏能量等，在機器、鐘錶等用具之中，廣泛使用。

**彈子房** 臺灣叫做「撞球場」。專設撞球供顧客娛樂的場所。

**彈著點** 槍彈、砲彈或炸彈擊中目標或落著之點。

**彈簧秤** 用彈簧製成的秤，常見的是用螺旋形彈簧裝在金屬筒裡，上端固定，下端有鉤，筒上有刻度。重物懸掛在鉤上，就可以由指針所指的刻度上得出重量。

**彈丸之地** 比喻地方狹小。

**彈性疲勞** 物體受外力作用時間太長，即使外力在彈性限度以內，除去外力後也不能立刻恢復原狀的現象。

**彈冠相慶** 指一人做了官或升了官，他的同伙也互相慶賀將有官可做。

**彈道飛彈** ①（軍事）由火箭發展而來，其彈道升弧階段係使用火箭噴射動力飛行並實施導航；其降弧階段則為自由彈道，也有實施終端導引者，可超越大氣層活動。②（航空）為依彈道定律而設計之飛彈，其飛行是依推力行之，而飛行後期無推力，此後其彈道如普通的砲彈。

**彈盡援絕** 彈藥用盡，外援也已斷絕。比喻處在生死存亡的關頭。

## 十三筆

# 彊

▲ㄑㄧㄤˊ同「強（ㄑㄧㄤˊ）」㈠㈡㈢㈣。

▲ㄑㄧㄤˇ同「強」。

▲ㄐㄧㄤˋ同「強」。

**彊弩之末** 同「強弩之末」。〈漢書〉上有「彊弩之末，力不能入魯縞」的話。「末」是指力量將盡的時候。「魯縞」是古時魯國所出產的一種薄絹。參看「強弩之末」條。

## 十四筆

# 彌（弥）

ㄇㄧˊ ㈠補。如「彌補」。㈡図滿。如「彌月」。㈢図更加。如「老而彌勇」「此後來者彌眾」。㈣姓。

**彌月** 図小兒初生滿一個月。也稱「滿月」。

**彌年** 図經年。

**彌封** 把試卷上的編號或應考人姓名部分密封起來，不使閱卷者知道是誰的試卷，叫做彌封。

**彌留** 病重將死，奄奄一息的時候。

**彌望** 形容廣遠，充滿視野。

**彌補** 補足。

**彌漫** 偏布，布滿。

**彌撒** 拉丁文 Missa 的音譯。天主教的祭禮，奉獻耶穌救世功勞的儀式，通常由神父或主教主持。

**彌縫** 縫字輕讀。①補合。②設法遮掩闕失免被發覺。

**彌勒佛** 佛教菩薩之一，佛寺中常有他的塑像，胸腹袒露，滿面笑容。彌勒是梵文 Maitreya 的音譯，意譯為慈氏，生於南天竺，傳法相之學。

**彌天大罪** ㄇㄧˊ ㄊㄧㄢ ㄉㄚˋ ㄗㄨㄟˋ 極大的罪過。

## 十五筆

**彍** 図ㄎㄨㄛˋ ㈠拉滿的弓。㈡彍騎，唐代宿衛兵名。

## 十九筆

**彎（弯）** ㄨㄢ ㈠把直的弄曲。如「把鐵絲彎一下」。㈡開弓，拉弓。如「彎弓」。㈢曲折而不直。如「這條路是彎的」。㈣同量詞，如「一彎新月」。㈤舊小說裡有時用來作「停泊」講，同「灣」。如「彎了船」。

**彎子** ㄨㄢ ㄗ˙ 曲折的地方。

**彎弓** ㄨㄢ ㄍㄨㄥ ①開弓，引弓。②彎曲像弓形的東西。

**彎曲** ㄨㄢ ㄑㄩ 曲而不直。

**彎兒** ㄨㄢ ㄦ 曲折的地方。

**彎度** ㄨㄢ ㄉㄨˋ 物體彎曲的程度。

**彎路** ㄨㄢ ㄌㄨˋ 不直的路。比喻工作、學習等不得法而多費的冤枉工夫。

**彎彎** ㄨㄢ ㄨㄢ 彎曲的樣子。

**彎彎曲曲** ㄨㄢ ㄨㄢ ㄑㄩ ㄑㄩ ①曲而不直。②比喻不率直，不爽快。如「他說話行事總是彎彎曲曲的深沉難測」。

# 彐部

**彐** 図ㄐㄧˋ ㈠豬頭。㈡彙類。本作彑。

## 五筆

**彔** 図ㄌㄨˋ ㈠刻木。㈡「祿」的簡寫。㈢「彔彔」，同「栗碌」，信札常用的詞，看「栗碌」條。

## 六筆

**彖** ㄊㄨㄢˋ 看「彖辭」條。

**彖辭** ㄊㄨㄢˋ ㄘˊ 〈易經〉上總論一個卦的意義的那一段文字，叫做「彖辭」。

## 八筆

**彗** ㄏㄨㄟˋ ㈠図掃帚。㈡見「彗星」條。

**彗星** ㄏㄨㄟˋ ㄒㄧㄥ 是一種星，後面拖著長長的，像掃帚樣子的光芒，所以也叫「掃帚星」，又稱妖星、孛星。彗星在太空中是作拋物線、橢圓或雙曲線的軌道運行的。地球上所見的彗星，是太陽系的一部分，稱為周期彗星。

## 九筆

**彘** 図ㄓˋ 豬。

## 十筆

**彙（彚）** ㄏㄨㄟˋ 聚集在一起。如「彙集」。

**彙報** ㄏㄨㄟˋ ㄅㄠˋ ①把許多的事聚集在一起，報告出來。②許多事情彙集起來做成的報告。

**彙集** ㄏㄨㄟˋ ㄐㄧˊ 聚集。

**彙編** ㄏㄨㄟˋ ㄅㄧㄢ 把文章、文件等彙集而加以編排。

**彙音妙悟** ㄏㄨㄟˋ ㄧㄣ ㄇㄧㄠˋ ㄨˋ 清代第一本泉州方言韻書，作者為黃謙。按十五音（聲母）五十字母（韻）八音

（調）排列。

## 十五筆

**彝** ㄧˊ ㈠古時候一種盛酒的器具，像罐子樣的。㈡古代總稱祭器為「彝器」。㈢図不變的，常道，法度。如「彝訓」「彝倫（常理，倫常）」「彝法（常法）」。

# 彡部

**彡** 図▲ㄕㄢ毛長的樣子。▲ㄒㄧㄢ裝飾用的帶毛的獸皮。

## 四筆

**彤** ㄊㄨㄥˊ ㈠紅色。古代弓箭有漆成紅色的。叫「彤弓」「彤矢」。㈡看「彤雲」條。㈢姓。

**彤雲** ㄊㄨㄥˊ ㄩㄣˊ 下雪前密布的濃雲（「彤」是形容濃密的樣子）。

**彤管流芳** ㄊㄨㄥˊ ㄍㄨㄢˇ ㄌㄧㄡˊ ㄈㄤ 図稱許婦德之美，多用於輓幛。彤管是赤管筆，為古代女史記事所用，因借稱婦女。

**形** ㄒㄧㄥˊ ㈠形象，樣子，式樣。如「三角形」「形似長蛇」。㈡看得見的物體狀態。如「跑得無影無形」。㈢地勢。如「地形險要」。㈣比較。如「相形之下」「相形見絀」。㈤図表現，顯露出來。如「形之於外」「喜形於色」。

**形式** ㄒㄧㄥˊ ㄕˋ ①物體外表的樣子，跟「內容」相對。②指事態所表現的外貌，跟「實質」相對。如「這樣做法只是形式而已，無補於實際」。③文學作品或藝術上的表達方式，如文體、色彩、節奏等格式，稱為「形式」。

**形色** ㄒㄧㄥˊ ㄙㄜˋ 形指身體外貌，色指性情顏色。

**形似** ㄒㄧㄥˊ ㄙˋ 形貌相像。

**形成** ㄒㄧㄥˊ ㄔㄥˊ 構成，變成，生長成，發展成。

**形兒** ㄒㄧㄥˊ ㄦˊ 形象，形體。

**形制** ㄒㄧㄥˊ ㄓˋ 指器物或建築物的形狀、構造。

**形狀** ㄒㄧㄥˊ ㄓㄨㄤˋ 物體表現在外面的樣子。

**形容** ㄒㄧㄥˊ ㄖㄨㄥˊ ①形狀，容貌。②語文或圖畫雕刻等的描寫或刻畫。如「形容盡致」。語音ㄒㄧㄥˊ·ㄖㄨㄥ。③對人暴（ㄆㄨ）露他的弱點來耍笑他。〈紅樓夢〉有「他偏在這裡這樣，分明是氣我沒娘的人，故意來形容我」。

**形跡** ㄒㄧㄥˊ ㄐㄧ 也作「形迹」。①態度的跡象；指儀容禮貌。如說「不拘形跡」。②看得出的形象遺跡；指表露於外的動作舉止。如說「形跡可疑」。

**形符** ㄒㄧㄥˊ ㄈㄨˊ 図文字學名詞，相對於聲符，亦稱意符，是文字偏旁中的義類單位。

**形勝** ㄒㄧㄥˊ ㄕㄥˋ 很好的形勢，地勢優美。如図「沿途很多形勝古跡」。

**形象** ㄒㄧㄥˊ ㄒㄧㄤˋ ①也作「形像」，就是形狀。②在藝術或美術上指關於人或物的造象外形而言，與「實體」相對。

**形勢** ㄒㄧㄥˊ ㄕˋ ①地方的狀態地勢。②事務的外觀情況，成敗盛衰跟變化的趨向。

**形態** ㄒㄧㄥˊ ㄊㄞˋ 外表的狀態。

**形貌** ㄒㄧㄥˊ ㄇㄠˋ 相貌。

**形骸** ①形體骨骸，指人的身體。②專指軀殼，與靈魂相對。

**形聲** 是研究漢字結構所說的「六書」之一。由音符跟形符組合而成的字叫「形聲字」；形聲字的結構法則叫做「形聲」。例如「江」字是由意符「水」旁跟音符「工」（古音ㄍㄤ）所組成的；「河」字由意符「水」旁跟音符「可」組成的。意符表示形，音符表示聲。

**形蹤** 看得出的形象蹤跡。

**形變** 固體受到外力作用時所發生的形狀或體積的改變，如伸長、壓縮、扭轉、彎曲等變化。

**形體** 形狀，實體的外貌。

**形上學** 哲學名詞。哲學的一支。為研究事物或事態的真實本質或根本原理的學科，包括宇宙論和存有論。其研究對象不是現象界的事物與原理，而是本體界的存有、本質和結構。

**形式美** 指合乎形式法則的美，對內容美而言。例如建築物形體的比例跟色彩的調和美觀，都是形式美。其表現莊嚴偉大或小巧玲瓏的精神，就是內容美。

**形而下** 與「形而上」相對，泛指一切具有形體、形質的東西。

**形而上** 哲學名詞。指超乎形體之外者，如精神、神、本體等。

**形容詞** 因形容事物的形態、性質的詞，多半加在名詞之上。如「高山」的「高」。

**形意拳** 拳術名，分為龍、虎、猴、馬、鼉、雞、鷂、燕、蛇、駘、鷹、熊等十二形，分為劈、崩、炮、鑽、橫五拳，路數較簡單。也作「行意拳」。

**形態學** ①研究生物體外部形狀、內部構造及其變化的科學。②語法學中研究詞的形態變化的部分。也叫詞法學。

**形同虛設** 指設施或法律不能發生作用，如同沒有設置一般。

**形式法則** 根據統一的原則而來的法則，有反復、漸層、對稱、均衡、調和、對比、節奏、單純等。

**形式邏輯** 研究思維推理的形式及其法規的科學。狹義的邏輯即形式邏輯，演繹法即形式邏輯，歸納法則有形式者，有非形式者。又在思想方法上，形式邏輯往往與辯證法對立而言。因形式邏輯乃抽離經驗及思想概念的內容，而立其形式架構之理，辯證法則不離概念或經驗內容以論事。

**形形色色** 各色各樣，品類很多。

**形格勢禁** 指受形勢的阻礙或限制而不得自由。後來用以比喻事情礙於形勢，無法進行。

**形單影隻** 因形容孤單沒有夥伴，無所倚靠的樣子。參看「形影相弔」。

**形象藝術** 合於形象性的藝術，包括圖畫、手工等。

**形影不離** 如同影子隨著形體一樣的不能分離。比喻極親暱。也說「形影相隨」。

**形影相弔** 因只有形體和自己的影子互相慰藉著。比喻極其孤獨無依。參看「形單影隻」。

**形銷骨立** 是說極其瘦弱。

## 六筆

**彥** 一ㄢˋ ㈠才德兼備的人。如「一時英彥」、「旁求俊彥」。㈡姓。

## 七筆

**彧** 図ㄩˋ 與「郁」㈠通，形容富有文采。「彧彧」是指文采茂盛的樣子。

## 八筆

**彩** ㄘㄞˇ ㈠有多種顏色。如「彩色」「水彩畫」。㈡光榮。如「臉上有光彩」。㈢見「彩排」。㈣図文章。〈宋書〉有「俱以詞彩齊名」。㈤鮮明的樣子。如「光彩奪目」。㈥憑運氣得來的財物。如「摸彩」「彩票」。㈦軍人在作戰時受傷，叫「掛彩」。

**彩旦** ㄘㄞˇ ㄉㄢˋ 國劇的角色名，就是丑旦。

**彩色** ㄘㄞˇ ㄙㄜˋ 各種顏色。

**彩券** ㄘㄞˇ ㄑㄩㄢˋ 獎券的通稱。亦稱彩票，是具有賭博意味的票券，編成號碼發售，定期抽獎。

**彩虹** ㄘㄞˇ ㄏㄨㄥˊ 七彩的弧形光暈，常見於雨後初晴的天空，為陽光折射的結果。

**彩排** ㄘㄞˇ ㄆㄞˊ 戲劇的排演已近熟練，在演出以前再按實際的演出情況排練一次，服裝道具俱全，叫「彩排」。

**彩球** ㄘㄞˇ ㄑㄧㄡˊ ①以綵綢結成的球形物。②圍繞太陽的赤色氣球，由於光度的高熱而形成。日蝕時即可看見。

**彩票** ㄘㄞˇ ㄆㄧㄠˋ 獎券的舊名。

**彩陶** ㄘㄞˇ ㄊㄠˊ 新石器時代的一種陶器，上面繪有彩色花紋。

**彩釉** ㄘㄞˇ ㄧㄡˋ 瓷器上面所塗的彩色釉藥。

**彩頭** ㄘㄞˇ ㄊㄡˊ 獲得或得勝的預兆。

**彩霞** ㄘㄞˇ ㄒㄧㄚˊ 彩色的雲霞。

**彩繪** ㄘㄞˇ ㄏㄨㄟˋ ①器物、建築物等上面的繪畫。②用彩色繪畫。

**彩陶文化** ㄘㄞˇ ㄊㄠˊ ㄨㄣˊ ㄏㄨㄚˋ 我國黃河流域新石器時代的一種文化，發現於河南澠池縣仰韶村。因遺物中常有紅黑彩紋的陶器，所以稱為彩陶文化。亦稱仰韶文化。

**彬** ㄅㄧㄣ ㈠看「彬彬」條。㈡姓。

**彬彬** ㄅㄧㄣ ㄅㄧㄣ 形容人儀容華美而資質樸實，文質俱備。如「文質彬彬」「彬彬有禮」。

**彫** ㄉㄧㄠ ㈠同雕刻的「雕」。㈡同「凋」，衰落。㈢飾畫。

**彫弓** ㄉㄧㄠ ㄍㄨㄥ 上面刻著花紋的弓。也作「雕弓」。

**彫殘** ㄉㄧㄠ ㄘㄢˊ ①樹木花草凋零殘敗。②図比喻經過災難之後殘餘的人物。

**彫落** ㄉㄧㄠ ㄌㄨㄛˋ ①草木彫殘零落。②比喻人的死亡。

**彫零** ㄉㄧㄠ ㄌㄧㄥˊ 彫謝零落。也作「彫落」。

## 九筆

**彭** ㄆㄥˊ ㈠姓。㈡人名地名用字。如「彭祖」図，是古代神話裡長壽的人，據說活了七八百歲。彭縣，在四川省。彭蠡，湖名，就是江西省鄱陽湖的古名。今徐州古稱「彭城」。

## 十一筆

**彰** 図ㄓㄤ ㈠明顯，顯著。如「功績昭彰」。㈡表揚。如「彰善懲惡」「以彰其功」。

**彰彰** ㄓㄤ ㄓㄤ 図顯露無遺。如「是非功過，彰彰在人耳目」。

**彰顯** ㄓㄤ ㄒㄧㄢˇ 顯露。

**彰明較著** ㄓㄤ ㄇㄧㄥˊ ㄐㄧㄠˋ ㄓㄨˋ 非常顯明。

**彰善懲惡** ㄓㄤ ㄕㄢˋ ㄔㄥˊ ㄜˋ 表彰為善的人，懲罰作惡的人。

## 十二筆

**影** ㄧㄥˇ ㈠光線被遮擋而造成陰暗的形象。如「人影」「樹影兒」。㈡遮擋光線。如「請你讓一讓，不要影著我，我看不清楚」。㈢隱藏。如「樹林子裡影著一個人」「把棍子影在背後」。㈣人或物的形象。如「攝影」「畫影圖形」。㈤模糊的形象或印象。如「望影而逃」「後影兒好像是他」。㈥仿照。如「這篇小說是影了這椿事情寫的」。㈦臨摹或照像。如「影印」「影宋本楚辭」。㈧「電影」的簡稱。㈨「影戲」的簡稱。

**影子** ㄧㄥˇ ˙ㄗ ①人影或物影。②不真切的形象或印象。如「對於這件事，我腦子裡連一點影子也沒有」。

**影片** ㄧㄥˇ ㄆㄧㄢˋ ①電影。②用來放映電影的膠片。

**影本** ㄧㄥˇ ㄅㄣˇ ①用照像、影印或複印技術將文件或圖片中的正本複製而成的副本。②臨摹影寫的書本；以往照著宋、元舊板的畫摹寫成的書本，字體、標點、格式跟原本完全一樣的，叫「影寫本」，也叫「影鈔本」或「影本」。又寫作「景（ㄧㄥˇ）本」。

**影印** ㄧㄥˇ ㄧㄣˋ 用照像方法製版印刷。

**影兒** ㄧㄥˇ ㄦ 影子。

**影城** ㄧㄥˇ ㄔㄥˊ 專門從事電影拍製的場景區域。

**影射** ㄧㄥˇ ㄕㄜˋ ①仿照，冒充。②編造類似的情況來攻擊別人或損害別人，也叫「影射」。

**影展** ㄧㄥˇ ㄓㄢˇ ①攝影展覽。②電影展覽。

**影迷** ㄧㄥˇ ㄇㄧˊ 很愛看電影的人。

**影帶** ㄧㄥˇ ㄉㄞˋ 一種寬磁帶，能記錄電視機的訊號，並能重新播放。

**影評** ㄧㄥˇ ㄆㄧㄥˊ 對電影（主題、劇情、演技、攝製等方面）的評論。

**影集** ㄧㄥˇ ㄐㄧˊ ①用來貼照片的本子。②連續播放的電視。

**影像** ㄧㄥˇ ㄒㄧㄤˋ ①肖像、畫像。②形象。③物體通過光學裝置、電子裝置等呈現出來的形狀。

**影戤** ㄧㄥˇ ㄍㄞˋ 商人所用的商標或商品牌號，故意與別人相似，冒充蒙混圖利，叫做「影戤」。

**影壁** ㄧㄥˇ ㄅㄧˋ 中國舊時大房子的門內或門外，為了遮擋視線或裝飾用的短牆。

**影壇** ㄧㄥˇ ㄊㄢˊ 從事電影事業的電影界。

**影戲** ㄧㄥˇ ㄒㄧˋ ①電影。②用白紙做影幕，影幕內點著燈。表演者在幕後拿著紙或皮所做的人物形狀來演唱，觀眾在幕外欣賞幕上映出的影像，叫做「影戲」；創於河北省灤縣，所以也叫「灤州影」；影戲的人物用皮製的又叫「皮影戲」。

**影響** ㄧㄥˇ ㄒㄧㄤˇ 如影之隨形，響之隨聲，是說一方發生一種動作而引起他方發生變化或行動的作用。例如說，科學的進步對人類生活情況很有影響。

**影片（兒）** ㄧㄥˇ ㄆㄧㄢˋ（ㄦ） ①電影。②拍攝成電影的底版膠片。

**影碟機** ㄧㄥˇ ㄉㄧㄝˊ ㄐㄧ 一種把影碟（disk）放映到螢光幕上的機器。

**影劇版** ㄧㄥˇ ㄐㄩˋ ㄅㄢˇ 報紙中專門以記載影劇界人士動態為內容的版面。

**影子內閣** ㄧㄥˇ ˙ㄗ ㄋㄟˋ ㄍㄜˊ 某些國家的在野黨在其議會黨團內部按照內閣

形式組成的準備執政的班子。始於英國。

**影影綽綽** ㄧㄥˇ ㄧㄥˇ ㄔㄨㄛˋ ㄔㄨㄛˋ 看得見但是看不真切的樣子。口語說ㄧㄥ ㄧㄥ ㄔㄠ ㄔㄠ。

## 彳部

**彳** ㄔˋ 適小步。參看「彳亍」條。

**彳亍** ㄔˋ ㄔㄨˋ 慢慢走，走一走，站一站的樣子。如「獨自在河邊彳亍」。（向來對彳、亍兩字的解釋是：「左步為彳，右步為亍。」兩字合起來就成了「行」字。）

### 四筆

**彷** ▲ㄆㄤˊ 參看「彷徨」「彷徉」等條。▲ㄈㄤˇ 參看「彷佛」條。

**彷徉** ㄆㄤˊ ㄧㄤˊ 徘徊。

**彷佛** ㄈㄤˇ ㄈㄨˊ 好像。同「仿佛」。

**彷徨** ㄆㄤˊ ㄏㄨㄤˊ 猶疑不定的樣子。如「心裡頭有些彷徨」。

**役** ㄧˋ ㈠事件，戰爭。如「中日甲午之役」「戰役」。㈡勞力的事。如「勞役」「苦役」。㈢為國家所出的勞力，所盡的義務。如「服役」「兵役」。㈣使喚，差遣。如「役使」「奴役」。㈤供差遣的人。如「僕役」「差役」。

**役使** ㄧˋ ㄕˇ 差遣，使用。

**役男** ㄧˋ ㄋㄢˊ 男子年滿十八歲之翌年一月一日起役之時起，至屆滿四十五歲之年十二月三十一日除役時止，稱為役齡男子，簡稱役男。

**役齡** ㄧˋ ㄌㄧㄥˊ 合於法定服役之年齡。男子自年滿十八歲之翌年一月一日起役開始，至年滿四十五歲之年十二月三十一日止，共計二十七年之間。

### 五筆

**彼** 図ㄅㄧˇ ㈠彼此的「彼」，就是「那個」。如「彼時」「彼處」。㈡他。如「知己知彼」「彼已離此他往」。

**彼此** ㄅㄧˇ ㄘˇ ①「彼」「此」是相對的稱呼，指人的雙方相互間。如「彼此無冤無仇」。②指雙方情形相似，常說成疊語「彼此彼此」。如「彼此彼此，我和你情況差不多」。

**彼岸** ㄅㄧˇ ㄢˋ ①江、河、湖、海的那一邊；對岸。②佛教認為有生有死的境界好比此岸，超脫生死的境界（涅槃）好比彼岸。

**彼等** ㄅㄧˇ ㄉㄥˇ 図他們。

**彼一時此一時** ㄅㄧˇ ㄧˋ ㄕˊ ㄘˇ ㄧˋ ㄕˊ 那是一個時候，現在又是一個時候，表示時間不同，情況有了改變。

**佛** ㄈㄨˊ 看「彷佛」條。

**征** ㄓㄥ ㈠走遠路。如「征夫」「長征」。㈡討伐。如「南征北討」。㈢由國家收用，與「徵」字通用。如「征用財物」「征兵」。㈣徵稅賦。如「橫征暴斂」。㈤姓。

**征夫** ㄓㄥ ㄈㄨ 図出遠門的人。如「問征夫以前路」。

**征用** ㄓㄥ ㄩㄥˋ 政府依法使用個人或集體的土地、房產等。

**征伐** ㄓㄥ ㄈㄚˊ 出兵討伐。

**征收** ㄓㄥ ㄕㄡ ①收取捐稅。②同「徵收」。

**征衣** ㄓㄥ ㄧ 図離家遠行者旅途所穿著需用的衣服。

**征兵** ㄓㄥ ㄅㄧㄥ 政府召集公民服兵役。

**征服** ㄓㄥ ㄈㄨˊ 用力量制伏。如「我們要研究自然，開發自然，征服自然」。

**征討** ㄓㄥ ㄊㄠˇ 征伐。

**征途** ㄓㄥ ㄊㄨˊ [文]出門遠行的旅程。

**征程** ㄓㄥ ㄔㄥˊ ①泛指遠行的道路或前進的歷程。②征戰的路程。

**征誅** ㄓㄥ ㄓㄨ [文]以武力推翻暴政，誅鋤暴君。

**征塵** ㄓㄥ ㄔㄣˊ [文]遠行歸來，身上所積的塵埃叫征塵，指路途辛勞的意思。

**征戰** ㄓㄥ ㄓㄢˋ 出兵征伐作戰。

**徂** [文]ㄘㄨˊ ㈠往，到。如「自西徂東」。㈡古書裡有時和「殂」字通用，意思是死亡。

**徂暑** ㄘㄨˊ ㄕㄨˇ [文]指陰曆六月盛夏、盛暑的時候。

**徂落** ㄘㄨˊ ㄌㄨㄛˋ [文]徂又作「殂」。①死亡。②衰退。

**徂謝** ㄘㄨˊ ㄒㄧㄝˋ [文]①死亡。②衰退。

**往** ㄨㄤˇ ㈠去。如「徒步前往」「一來一往」。㈡指過去的，從前的。如「往日」。㈢向。如「往前走」。

**往日** ㄨㄤˇ ㄖˋ 過去的、已往的日子，從前。

**往生** ㄨㄤˇ ㄕㄥ 佛教認為修行佛法的人死後可以飛昇至西方極樂世界，稱為往生。

**往年** ㄨㄤˇ ㄋㄧㄢˊ 昔年，過去的年頭兒。

**往事** ㄨㄤˇ ㄕˋ 過去的、已往的事情。

**往來** ㄨㄤˇ ㄌㄞˊ 同「來往」。①去與來。②此來彼往的友誼、交際。如「我們和他沒往來」。

**往昔** ㄨㄤˇ ㄒㄧˊ [文]以前，從前。

**往返** ㄨㄤˇ ㄈㄢˇ 去和回來的合稱。如「我去過了，但是事情沒辦成，徒勞往返」。

**往後** ㄨㄤˇ ㄏㄡˋ ①自此以後。如「現在多吃些苦，工作有了成績，往後的事情就容易辦了」。②向後。如「人不能光顧眼前，要往後想一想」「請讓讓路，往後退一步」。

**往哲** ㄨㄤˇ ㄓㄜˊ [文]前賢。

**往時** ㄨㄤˇ ㄕˊ 從前的時候，已往的時期。

**往常** ㄨㄤˇ ㄔㄤˊ 平素，平時。如「今天街上比往常熱鬧」。

**往復** ㄨㄤˇ ㄈㄨˋ [文]往來，去來循環不已。

**往還** ㄨㄤˇ ㄏㄨㄢˊ 往來。

**往往（兒）** ㄨㄤˇ ㄨㄤˇ ㄦˊ 每每，常常。

## 六筆

**待** ▲ㄉㄞˋ ㈠等候。如「急不能待」「待查」。㈡接應，照顧。如「對待」「虐待」「他待人很厚道」「這菜是準備待客的」。㈢正要，將，打算（舊小說裡常這樣用）。如「待問他時，他已去了」。▲ㄉㄞ ㈠留在一個地方。如「待了半天才走」「國外待了五六年」。㈡稍停候，遲延。如「這事不急，待一會兒再說」。

**待旦** ㄉㄞˋ ㄉㄢˋ 等候天亮。如「坐以待旦」。

**待字** ㄉㄞˋ ㄗˋ [文]女孩子還沒有許配人家。如「待字閨中」。

**待考** ㄉㄞˋ ㄎㄠˇ 暫時存有疑問，留待查考。

**待物** ㄉㄞˋ ㄨˋ [文]指對人家的交際，是「待人接物」的省詞。〈晉書〉有「容納直言，虛己待物」。

**待時** ㄉㄞˋ ㄕˊ　等候時機。

**待產** ㄉㄞˋ ㄔㄢˇ　指孕婦懷孕的末期，將要生產，留在家裡或在醫院等候產期來臨。如「我內人這些日子在家待產，很少出門」。

**待聘** ㄉㄞˋ ㄆㄧㄣˋ　等待被聘用。

**待遇** ㄉㄞˋ ㄩˋ　①對待人的情形。②工作的報酬，指薪金等而言。如「他在這家公司工作，待遇很高」。

**待機** ㄉㄞˋ ㄐㄧ　等待時機。

**待斃** ㄉㄞˋ ㄅㄧˋ　等死。如「坐以待斃」。

**待人接物** ㄉㄞˋ ㄖㄣˊ ㄐㄧㄝ ㄨˋ　與人相處。

**待價而沽** ㄉㄞˋ ㄐㄧㄚˋ ㄦˊ ㄍㄨ　図貨物要出售，但等待有人肯出好價錢再賣。常用這種說法比喻人正在謀求適當的職位或工作機會。也簡說「待價」或「待沽」。

**待理(兒)不理(兒)的** ㄉㄞˋ ㄌㄧˇ ㄦ ㄅㄨˋ ㄌㄧˇ ㄦ ˙ㄉㄜ　不大理會。

**律** ㄌㄩˋ　㈠法條，法律。如「按律判罪」。㈡法則，規則。如「定律」「週期律」「乘法交換律」。㈢図約束。如「律己甚嚴」。㈣音樂的節拍、高低等法則，叫「音律」，簡稱「律」。如「五音六律」「旋律」。㈤古典詩歌的一種體裁，叫做「律詩」，簡稱「律」。如「五律」「七律」。㈥古時審音的標準。參看「律呂」條。㈦姓。

**律己** ㄌㄩˋ ㄐㄧˇ　約束自己。

**律令** ㄌㄩˋ ㄌㄧㄥˋ　①依法律而定的命令。②道家的符咒，末句大都是「急急如律令」。「律令」是漢代公文常用詞語，意思是立刻奉行。

**律呂** ㄌㄩˋ ㄌㄩˇ　古時審音的標準器，截竹為筒，按筒的長短，聲音的清濁高下，分陰陽各六種，陽是律，陰是呂，合稱十二律，是樂器所奏樂音的準則。

**律例** ㄌㄩˋ ㄌㄧˋ　有關刑法的條律和例案。

**律度** ㄌㄩˋ ㄉㄨˋ　図法度。

**律師** ㄌㄩˋ ㄕ　經國家許可，領得證書，受訴訟當事人的委託，在法庭上為訴訟人辯護和辦理一切有關法律事務的人。

**律動** ㄌㄩˋ ㄉㄨㄥˋ　有韻律的擺動。

**律詩** ㄌㄩˋ ㄕ　古典詩（舊詩）的一種體裁，有固定的格律，講究平仄、押韻，分五言、七言兩種；八句是一首，中間四句對偶。每一首八句以上的，叫排律。

**後** ㄏㄡˋ　㈠跟「前」相反。如「向後轉」「背後」。㈡跟「先」相反。如「後來」「以後」。㈢指下代子孫。如「後代」「不愧為哲人之後」。㈣是在後、居後的意思。如「努力工作，向不後人」。㈤姓。

**後人** ㄏㄡˋ ㄖㄣˊ　①泛稱後世的人。②指身後的子孫等。語音說ㄏㄡˋ ˙ㄖㄣ。③図居人之後。如「辛勤努力，不敢後人」。

**後天** ㄏㄡˋ ㄊㄧㄢ　①和「先天」相對，指人出生以後。②明天的明天。

**後手** ㄏㄡˋ ㄕㄡˇ　①指接替的人。②下棋時被動的形勢（跟「先手」相對）。③比喻可以轉圜的餘地。又稱後步。

**後方** ㄏㄡˋ ㄈㄤ　戰時遠離戰爭地區的地方，對「前方」而言。

**後日** ㄏㄡˋ ㄖˋ　明日的明日。也說「後天」。

**後世** ㄏㄡˋ ㄕˋ　世代。

**後代** ㄏㄡˋ ㄉㄞˋ　①子子孫孫，後裔。②將來的後世。

**後母**（ㄏㄡˋ ㄇㄨˇ） 就是繼母。生母死後，父親再娶的妻，就是後母。

**後生**（ㄏㄡˋ ㄕㄥ） ①後起的青年一輩。②少年，年輕的人（舊小說上常用）。

**後任**（ㄏㄡˋ ㄖㄣˋ） 繼任的人，接替前任的人。

**後年**（ㄏㄡˋ ㄋㄧㄢˊ） ①明年的明年。②指「明年」說（〈晉書〉裡常這樣用）。

**後步**（ㄏㄡˋ ㄅㄨˋ） 說話做事時，為了以後伸縮迴旋而留的地步。如「做人不要太絕，要給自己留點後步」。

**後言**（ㄏㄡˋ ㄧㄢˊ） 背後的非議。

**後身**（ㄏㄡˋ ㄕㄣ） ①來世之身。②指衣服後面的部分。③街巷的背面。也說「後身兒」。

**後事**（ㄏㄡˋ ㄕˋ） ①死後的事，如裝殮、棺槨、殯葬等。②泛指以後的事，如章回小說裡習用的結語：「欲知後事如何，且聽下回分解。」

**後來**（ㄏㄡˋ ㄌㄞˊ） 以後。

**後房**（ㄏㄡˋ ㄈㄤˊ） ①庭院裡或一整棟房屋靠裡靠後的房間。②指姬妾所住的地方。也作「後宮」。〈梁書〉有「後房伎妾」的話。

**後果**（ㄏㄡˋ ㄍㄨㄛˇ） 最後的結果（多用在壞的方面）。如「後果不堪設想」。

**後肢**（ㄏㄡˋ ㄓ） ①脊椎動物軀體後部或下部的兩肢。②昆蟲等接近尾端的步行肢。

**後門**（ㄏㄡˋ ㄇㄣˊ） ①房屋或庭院後面的便門。②比喻非法的、便捷的途徑。

**後勁** ▲ㄏㄡˋ ㄐㄧㄣˋ 發作較遲的力量。如「黃酒後勁大」。▲図ㄏㄡˋ ㄐㄧㄥˋ 殿後的精兵。

**後盾**（ㄏㄡˋ ㄉㄨㄣˋ） 後方的援助力量。

**後凋**（ㄏㄡˋ ㄉㄧㄠ） 比喻人之有晚節，語出〈論語．子罕〉。

**後娘**（ㄏㄡˋ ㄋㄧㄤˊ） 後母。也作「後媽」。

**後宮**（ㄏㄡˋ ㄍㄨㄥ） ①指皇后及嬪妃。②指嬪妃所住的地方。

**後庭**（ㄏㄡˋ ㄊㄧㄥˊ） ①後宮。②屋後的庭園。

**後悔**（ㄏㄡˋ ㄏㄨㄟˇ） 事後的懊悔。

**後效**（ㄏㄡˋ ㄒㄧㄠˋ） 後來的效果；後來的表現。如「以觀後效」。

**後翅**（ㄏㄡˋ ㄔˋ） 指昆蟲的第二對翅，附著於後胸。

**後記**（ㄏㄡˋ ㄐㄧˋ） 寫在文章、書籍等後面的短文，用以說明寫作目的、經過或補充個別內容。

**後退**（ㄏㄡˋ ㄊㄨㄟˋ） 向後退，退回（後面的地方或以往的發展階段）。

**後起**（ㄏㄡˋ ㄑㄧˇ） 後出現的或新成長起來的（人才）。如「後起之秀」。

**後患**（ㄏㄡˋ ㄏㄨㄢˋ） 日後的禍患。

**後援**（ㄏㄡˋ ㄩㄢˊ） ①戰時的後方對軍事力量的援助支持。②泛指對於某人某事所作的接濟與援助。

**後期**（ㄏㄡˋ ㄑㄧˊ） ①過了預定的期限。②日後的約會。③劃分時代，在後的時期稱後期。

**後進**（ㄏㄡˋ ㄐㄧㄣˋ） 後起的人，後輩。

**後項**（ㄏㄡˋ ㄒㄧㄤˋ） 數學稱比的第二項，或比例的第二項及第四項，如 3:1 中的 1，a:b＝c:d 中的 b 和 d。

**後勤**（ㄏㄡˋ ㄑㄧㄣˊ） 在全部軍事活動中，若干非戰術性的管理與作業，主要為勤務支援的部分，包括人員及軍品的運輸、醫療、保養、儲存等。

**後嗣**（ㄏㄡˋ ㄙˋ） 後代子孫。

**後裔**（ㄏㄡˋ ㄧˋ） 後嗣，後世子孫。

**後腦**（ㄏㄡˋ ㄋㄠˇ） 腦的一部分，位於腦顱的後部，由延髓、小腦及第四腦室組成。

**後腳**（ㄏㄡˋ ㄐㄧㄠˇ） ①走路時站在後面的一隻腳。②與前腳連說時表示在別人後面（時間上很接近）。如「我前腳出門，他後腳就跟著出去了」。

**後葉**（ㄏㄡˋ ㄧㄝˋ） 將來的世代，即後世。如「流芳後葉」。

**後路**（ㄏㄡˋ ㄌㄨˋ） ①行軍時，列在後面的隊伍。如「後路救兵已到」。②後面的道路。如「我軍向敵陣抄後路包圍上去」。③比喻轉圜的餘地或退身的準備。如「做事應留後路，以免進退兩難」。

**後跟**（ㄏㄡˋ ㄍㄣ） 鞋子或襪子接近腳跟的部分。如「鞋後跟」。

**後圖**（ㄏㄡˋ ㄊㄨˊ） 因為日後的事情打算，作日後的計畫。

**後塵**（ㄏㄡˋ ㄔㄣˊ） ①走路時背後揚起的塵土。比喻處在別人後面。②用做謙辭，形容自己的地位低下。

**後福**（ㄏㄡˋ ㄈㄨˊ） 未來的或晚年的幸福。

**後綴**（ㄏㄡˋ ㄓㄨㄟˋ） 加在詞根後面的構詞成分，如「作家」、「科學家」的「家」。

**後臺**（ㄏㄡˋ ㄊㄞˊ） ①戲臺後部，供裝扮的地方。②同「後盾」。如「你跟他周旋，有我做你的後臺」。③不出名的實際主持人。如「後臺老板」。

**後衛**（ㄏㄡˋ ㄨㄟˋ） ①軍隊行軍時在後方擔任掩護或警戒的部隊。②籃球、足球等球類比賽中主要擔任防禦的隊員。

**後輩**（ㄏㄡˋ ㄅㄟˋ） ①後進的人，對前輩而言。②後裔。

**後學**（ㄏㄡˋ ㄒㄩㄝˊ） ①後進的學者。②對前輩學者自稱的謙詞。

**後頭**（ㄏㄡˋ ㄊㄡˊ） ①後面，後部。②以後，將來。如「吃苦還在後頭呢」。

**後襟**（ㄏㄡˋ ㄐㄧㄣ） 上衣、袍子等背後的部分。

**後繼**（ㄏㄡˋ ㄐㄧˋ） 後面繼續跟上來的。

**後續**（ㄏㄡˋ ㄒㄩˋ） ①接著來的。如「後續部隊」。②續娶；續弦。

**後顧**（ㄏㄡˋ ㄍㄨˋ） 顧慮以後的事情。如「無後顧之憂」。

**後手兒**（ㄏㄡˋ ㄕㄡˇ ㄦ） 餘地。如「做事要留後手兒」。

**後半天**（ㄏㄡˋ ㄅㄢˋ ㄊㄧㄢ） 指午後，下午。

**後半生**（ㄏㄡˋ ㄅㄢˋ ㄕㄥ） 人生的後半。

**後半夜**（ㄏㄡˋ ㄅㄢˋ ㄧㄝˋ） 晚上十二時以後。也說下半夜。

**後半場**（ㄏㄡˋ ㄅㄢˋ ㄔㄤˇ） 一場比賽或表演若時間較長，往往分為兩半，即前半場與後半場。

**後坐力**（ㄏㄡˋ ㄗㄨㄛˋ ㄌㄧˋ） 指槍彈、砲彈射出時的反衝力。

**後面兒**（ㄏㄡˋ ㄇㄧㄢˋ ㄦ） 跟「前面（兒）」相反，指：①在後的。②背面。

**後備軍**（ㄏㄡˋ ㄅㄟˋ ㄐㄩㄣ） 常備軍不足時所召集補充的兵士，也稱「後備兵」。

**後腿兒**（ㄏㄡˋ ㄊㄨㄟˇ ㄦ） ①獸類長在後面的兩條腿。②爬蟲類最後面的兩條腿。③指獸肉自後肢取下的部分。④後面。如「扯後腿兒」。

**後遺症**（ㄏㄡˋ ㄧˊ ㄓㄥˋ） ①某種疾病痊癒或主要症狀消退之後所遺留下的一些症狀。②比喻由於做事情或處理問題不認真、不妥善而留下的消極影響。

**後半輩子**（ㄏㄡˋ ㄅㄢˋ ㄅㄟˋ ㄗ˙） 人生的後半。

**後生可畏**（ㄏㄡˋ ㄕㄥ ㄎㄜˇ ㄨㄟˋ） 指後起的青年一輩有了不起的表現，勝過老一輩的人。

**後來居上**（ㄏㄡˋ ㄌㄞˊ ㄐㄩ ㄕㄤˋ） 〈史記．汲黯傳〉有「陛下用群臣，如積薪耳，後來者居上」的話，本意是譏諷用人不當。現在常就字面泛用，指：①後來的人勝過前面的人。②後輩勝過前輩。

**後知後覺**（ㄏㄡˋ ㄓ ㄏㄡˋ ㄐㄩㄝˊ） 相對於「先知先覺」，泛指一般芸芸眾生。

**後備軍人**（ㄏㄡˋ ㄅㄟˋ ㄐㄩㄣ ㄖㄣˊ） 對現役期滿退伍，或因故離營及停役等列管有案的軍官、士官、士兵的總稱。

**後會有期**（ㄏㄡˋ ㄏㄨㄟˋ ㄧㄡˇ ㄑㄧˊ） 以後有再會的時候。

**後腦杓子**（ㄏㄡˋ ㄋㄠˇ ㄕㄠˊ ㄗ˙） 頭的後面的部分。

**後臺老板**（ㄏㄡˋ ㄊㄞˊ ㄌㄠˇ ㄅㄢˇ） 比喻暗中操縱事態的主動人。

**後冷戰時代**（ㄏㄡˋ ㄌㄥˇ ㄓㄢˋ ㄕˊ ㄉㄞˋ） 冷戰本指國際間進行的不使用武器的鬥爭。第二次世界大戰結束後，民主國家和以蘇聯為首的共產國家之間存在的一種雙方對峙但並無戰爭的狀態，英前首相邱吉爾稱為冷戰。後兩個集團間取得妥協，以和平相處，冷戰結束，此後的時代稱後冷戰時代。

**後浪推前浪**（ㄏㄡˋ ㄌㄤˋ ㄊㄨㄟ ㄑㄧㄢˊ ㄌㄤˋ） ①江水奔流，前後相繼。②借喻人事更換，新陳代謝。

**後天（性）免疫不全症候群（AIDS愛滋病）**（ㄏㄡˋ ㄊㄧㄢ ㄒㄧㄥˋ ㄇㄧㄢˇ ㄧˋ ㄅㄨˋ ㄑㄩㄢˊ ㄓㄥˋ ㄏㄡˋ ㄑㄩㄣˊ，ㄞˋ ㄗ ㄅㄧㄥˋ） 是由一種稱作人類免疫缺乏病毒（HIV）所引起，它會破壞及抑制免疫系統，使其崩潰，疾病輕易入侵，導致病人因感染疾病而致死。傳染途徑可經由性交、輸血、共用針頭及母親傳染給胎兒。目前此病仍無有效的治癒方法。

## 很

ㄏㄣˇ ㈠極，甚，就是「很好」「好得很」的「很」，是表示程度加深的詞。㈡同「狠」。

**很毒**（ㄏㄣˇ ㄉㄨˊ） 同「狠毒」，兇惡殘忍。

## 徊

ㄏㄨㄞˊ 看「徘徊」條。又讀ㄏㄨㄟˊ。

## 徇（狥）

▲ㄒㄩㄣˊ ㈠經營，向著某一個目的去做。如「徇私」「徇情」。㈡〔文〕周遍。〈墨子〉書有「思慮徇通」的話。㈢〔文〕使。〈莊子〉書有「夫徇耳目內通而外於心知」的話。▲ㄒㄩㄣˋ ㈠同「殉」。㈡〔文〕巡行，宣布號令。如「以徇三軍」。㈢〔文〕攻打。如「徇地」。㈣〔文〕順從。㈤〔文〕急速地。〈左傳〉有「國人弗徇」。〈素問〉書上把眼睛急速害病而看不見叫「徇蒙」。

**徇私**（ㄒㄩㄣˋ ㄙ） 為了私情而不秉公辦理。

**徇情**（ㄒㄩㄣˋ ㄑㄧㄥˊ） 就是「徇私」，受私情的左右而做不合公道的事情。

**徇義**（ㄒㄩㄣˋ ㄧˋ） 〔文〕寧棄身命，不害正義。

**徇節**（ㄒㄩㄣˋ ㄐㄧㄝˊ） 〔文〕同「殉節」，守節不屈辱而死。

**徇難**（ㄒㄩㄣˋ ㄋㄢˋ） 〔文〕同「殉難」，不顧身命，以殉國家的大難。

## 徉

ㄧㄤˊ 看「彷徉」「徜徉」等條。

# 七筆

## 徒

ㄊㄨˊ ㈠人（一般多指壞人）。如「暴徒」「匪徒」「不法之徒」。㈡信仰同一宗教的人。如「教徒」「基督徒」。㈢「徒弟」的簡稱。如「嚴師出高徒」。㈣空，白白地。如「往返徒勞」「徒自驚擾」。㈤不憑藉什麼。如「徒手擒敵」「徒步旅行」。㈥但，只。如「非徒無益，而又有害」。㈦刑罰的一種，看「徒刑」條。

**徒手**（ㄊㄨˊ ㄕㄡˇ） 空手，什麼也不拿。如「徒手搏鬥」「徒手冒白刃」。

**徒刑**（ㄊㄨˊ ㄒㄧㄥˊ） 犯罪以後經法院判決監禁並罰令勞動操作的一種刑罰，分有期徒刑和無期徒刑兩種。

**徒弟** 跟著師傅學習技藝的（多指幼年、年輕人）。

**徒步** 步行。

**徒勞** 無益地耗費勞力。

**徒然** 白白地、空空地（費力而沒有成效）。

**徒眾** 群眾。

**徒子徒孫** 一派相承的人。

**徒手體操** 不使用器械的體操。

**徒託空言** ①說了不做。②只說空話而沒有憑據（只說不做）。

**徒勞無功** 白辛苦而不見功效。

**徑** ㄐㄧㄥˋ ㈠小路；較狹窄的道路。如「曲徑」「山徑」。㈡量圓體的大小，通過圓心而以圓周為界的直線叫「直徑」，簡稱「徑」。如「半徑」「大砲口徑」。㈢直捷去做。如「言畢徑去」「徑行辦理」。㈣比方達到目的的方法或過程。如「捷徑」「門徑」。㈤図與「竟」字通用。〈史記〉有「不過一斗，徑醉矣」。

**徑自** 表示自己直接行動。

**徑直** ①表示直接向某處前進，不繞道，不中途耽擱。②表示直接進行某件事，不在事前費周折。

**徑庭** 図徑指窄路，庭指廣庭，比方相差很遠。如「兩般情況大有徑庭」。

**徑賽** 各種長短距離的賽跑。

**徐** ㄒㄩˊ ㈠図慢慢地。如「清風徐來」「疾徐自如」。㈡姓。

**徐步** 緩步。

**徐徐** ①安穩的樣子。②遲緩的樣子。

**徐娘半老** 南朝梁元帝妃徐昭佩的事，今稱年長而尚有風韻的婦女。

## 八筆

**徘** ㄆㄞˊ 見「徘徊」。

**徘徊** 是在同一個地方走來走去，不往前進的樣子。比喻猶疑不決或流連不忍離去。

**得** ▲ㄉㄜˊ ㈠「獲得」「得到」的「得」，取到，收到，能夠有了的意思。如「得勝」「得獎」。㈡遇到。如「得便」「得閒」「得空兒大家聚一聚」。㈢貪。如「戒之在得」。㈣高興，心滿意足。如「面有得色」「他很自得」。㈤很合適，很好。如「得看」「得用」。㈥指計算數目的結果。如「二加二得四」「三乘三得九」。㈦可以。如「辦公時間不得大聲談笑」「前項規定得按實際情況加以修訂」。㈧能，可能。如「令人哭笑不得」「求生不能，求死不得」。㈨完成了。如「飯做得了」「這件事情什麼時候辦得」。㈩表示阻止的詞。如「得了，別鬧了」。(十一)表示許可或滿意的詞。如「得，夠了」。(十二)表示無可奈何的詞。如「得，這一件衣服撕破了」「得，這下子可全完了」。

▲ㄉㄟˇ 應該，必須。如「我們得趕緊把這件事辦完」「他病了，我得去看看」。

▲˙ㄉㄜ ㈠是一個虛字，在動詞後面，再由它連上一個形容這個動作的詞。如「做得很好」。㈡用在動詞後面，再連上表示動作效果或程度的詞。如「把敵人打得望風而逃」。㈢用在動詞後面，表示可能。如「拿得起，放得下」「走得動」「我認得出

他寫的字」。▲ㄉㄞˇ(口語裡用法，罕用。)遭受。如「他這回可得了苦子了！」

**得了** ㄉㄜˊ ·ㄌㄜ ▲ㄉㄜˊ ·ㄌㄜ ①完成。如「衣服做得了」。參看「得」(九)。②制止的詞。參看「得」(十)。▲ㄉㄜˊ ㄌㄧㄠˇ對事態表示驚恐、擔憂的詞，「了(ㄌㄧㄠˇ)」是表處理、解決的意思。如「不得了」「怎麼得了」「這還得了」。

**得人** ㄉㄜˊ ㄖㄣˊ ①有人緣。如「他到處很得人」。②㊀用人得當。如「深慶得人」。

**得力** ㄉㄜˊ ㄌㄧˋ ①很得用的，很當用的。如「他是一個得力的助手」。②很有力量的，很出力的。如「他辦這件事很得力」。③得到人家的助力。如「這件事大家幫忙，讓我得力不小」。

**得分** ㄉㄜˊ ㄈㄣ 遊戲或比賽時得到分數。

**得手** ㄉㄜˊ ㄕㄡˇ 做事順利，達到目的。

**得以** ㄉㄜˊ ㄧˇ 可以；能夠。

**得失** ㄉㄜˊ ㄕ ①舉措的是和非。②事情的成功和失敗。

**得色** ㄉㄜˊ ㄙㄜˋ 得意的樣子。如「面有得色」。

**得志** ㄉㄜˊ ㄓˋ 有機會施展自己的抱負，達到自己的志願。

**得宜** ㄉㄜˊ ㄧˊ 適當。

**得法** ㄉㄜˊ ㄈㄚˇ 適當，合宜。

**得勁** ㄉㄜˊ ㄐㄧㄣˋ ①舒服合適。如「感冒了，渾身很不得勁」。②稱心合意。如「這工具使用起來很得勁」。

**得計** ㄉㄜˊ ㄐㄧˋ 計謀得以實現。

**得時** ㄉㄜˊ ㄕˊ 遇到好時機。

**得病** ㄉㄜˊ ㄅㄧㄥˋ 生病。如「現在工作正忙，大家要注意身體，千萬不能得病」。

**得益** ㄉㄜˊ ㄧˋ 得到益處。

**得勝** ㄉㄜˊ ㄕㄥˋ 獲得勝利。

**得閒** ㄉㄜˊ ㄒㄧㄢˊ 得空兒；有空閒的時候。

**得勢** ㄉㄜˊ ㄕˋ ①處於形勢良好的地位。②得到了勢力，事事順利。

**得意** ㄉㄜˊ ㄧˋ ①稱心而高興。如「得意揚揚」。②㊀領悟了真義。如「得意忘言」。

**得當** ㄉㄜˊ ㄉㄤˋ 妥當。如「這件事辦得很得當」。

**得罪** ▲ㄉㄜˊ ㄗㄨㄟˋ ㊀①犯罪。②謙謝的詞，是對不起的意思。▲ㄉㄜˊ ·ㄗㄨㄟ 冒犯了人家，使人家生氣。

**得道** ㄉㄜˊ ㄉㄠˋ ①行事合乎正道。③道家指道術修煉完成。⑤尋獲道路。④佛家指佛術修行完成。如「得道成仙」。

**得數** ㄉㄜˊ ㄕㄨˋ 計算運算的時候求得的答數。

**得寵** ㄉㄜˊ ㄔㄨㄥˇ 受寵愛(貶義)。

**得體** ㄉㄜˊ ㄊㄧˇ 處置恰當，舉止和行動合於尊卑上下的體制、體統。

**得空(兒)** ㄉㄜˊ ㄎㄨㄥˋ(ㄦ) 有空閒的時間。

**得人心** ㄉㄜˊ ㄖㄣˊ ㄒㄧㄣ 得到多數人的好感和擁護。

**得便兒** ㄉㄜˊ ㄅㄧㄢˋ ㄦ ①順便。②遇到便利的機會。常作客氣話的用語。如「這件事請您得便兒替我問一問」。

**得寸進尺** ㄉㄜˊ ㄘㄨㄣˋ ㄐㄧㄣˋ ㄔˇ 比喻不知足。得了一寸，還想一尺。

**得不償失** ㄉㄜˊ ㄅㄨˋ ㄔㄤˊ ㄕ 形容做事所花費的工夫很多，而所得到的成果卻很少。

**得天獨厚**（ㄉㄜˊ ㄊㄧㄢ ㄉㄨˊ ㄏㄡˋ） 獨具特殊優越的條件。也指所處的環境特別好。

**得心應手**（ㄉㄜˊ ㄒㄧㄣ ㄧㄥˋ ㄕㄡˇ） 比喻做事很如意，很順利。

**得未曾有**（ㄉㄜˊ ㄨㄟˋ ㄘㄥˊ ㄧㄡˇ） 図從來沒有過。

**得其所哉**（ㄉㄜˊ ㄑㄧˊ ㄙㄨㄛˇ ㄗㄞ） 図得到適當的處所。

**得魚忘筌**（ㄉㄜˊ ㄩˊ ㄨㄤˋ ㄑㄩㄢˊ） 比喻人在成功以後卻遺忘了其原本的憑藉（這是〈莊子〉書上的故事成語）。「筌」是捕魚用的竹籠。漁人捕到了大魚，高興起來連捕魚用的竹籠都忘記帶走了。

**得意忘形**（ㄉㄜˊ ㄧˋ ㄨㄤˋ ㄒㄧㄥˊ） 比喻高興過度，舉動失常。「忘」今多說成語音ㄨㄤˋ。

**得意揚揚**（ㄉㄜˊ ㄧˋ ㄧㄤˊ ㄧㄤˊ） 很得意很高興的樣子。

**得過且過**（ㄉㄜˊ ㄍㄨㄛˋ ㄑㄧㄝˇ ㄍㄨㄛˋ） 過一天算一天，混日子，不求上進。

**得隴望蜀**（ㄉㄜˊ ㄌㄨㄥˇ ㄨㄤˋ ㄕㄨˇ） 比喻人貪心不知足（本是漢朝光武帝說過的話，原意是得到了隴右，又希望得巴蜀）。

**得饒人處且饒人**（ㄉㄜˊ ㄖㄠˊ ㄖㄣˊ ㄔㄨˋ ㄑㄧㄝˇ ㄖㄠˊ ㄖㄣˊ） 指做事待人不要做得太絕，須留有餘地。

**徠** ▲ㄌㄞˊ ㈠古「來」字。㈡「招徠」（商店等地方吸引顧客）的「徠」。
▲図ㄌㄞˋ 慰勞，對投奔而來的人加以照料、撫養。

**徙** ㄒㄧˇ 遷移，挪動。如「徙居」「遷徙」「曲突徙薪（比喻防患於未然）」。

**徙倚**（ㄒㄧˇ ㄧˇ） 図徘徊，慢慢地走。

**徙宅忘妻**（ㄒㄧˇ ㄓㄞˊ ㄨㄤˋ ㄑㄧ） 搬家忘了妻子。比喻做事心神恍惚，荒唐不經意的人（出自〈孔子家語〉）。

**徜** ㄔㄤˊ 見「徜徉」。

**徜徉**（ㄔㄤˊ ㄧㄤˊ） 図從容自在或安閒徘徊的樣子。如「臨高縱目，逍遙徜徉」。

**從** ▲ㄘㄨㄥˊ ㈠由，自。如「從家裡到學校」「從民國七年開始推行注音符號」。㈡隨。如「力不從心」「從風而靡（隨風就倒）」。㈢聽信。如「言聽計從」「擇善而從」。㈣順著，依著。如「服從」「從命」。㈤屈服。如「至死不從」。㈥辦理。如「從政」「從公」。㈦參加。如「從軍」「從商」。㈧採取某種原則。如「從速解決」「從嚴懲罰」。㈨図就，隨即。如「經此討論，從而深入研究」。
▲ㄗㄨㄥˋ ㈠跟從的人。如「侍從」「僕從」「從者」。㈡指同謀的，附和的。如「不分首從」「從犯」「主從」。㈢有血統關係，比至親稍次的。如「從兄弟」「從父」「從子」。㈣舊時官吏有「正」「從」，「從」官位好像現在的「副」官位，次於正官位。
▲ㄘㄨㄥ 看「從容」條。
▲ㄗㄨㄥ 古時和「縱橫」的「縱」相同。

**從女**（ㄗㄨㄥˋ ㄋㄩˇ） 「姪女」的另一種稱呼。

**從子**（ㄗㄨㄥˋ ㄗˇ） 姪兒。

**從父**（ㄗㄨㄥˋ ㄈㄨˋ） 伯父、叔父的通稱。

**從兄**（ㄗㄨㄥˋ ㄒㄩㄥ） 堂兄，同祖父母的哥哥。

**從母**（ㄗㄨㄥˋ ㄇㄨˇ） 指母親的姊妹，也稱姨母。

**從犯**（ㄗㄨㄥˋ ㄈㄢˋ） 幫助他人做犯罪事件的人；對正犯而言。

**從刑** ㄗㄨㄥˋ ㄒㄧㄥˊ 附隨主刑的刑罰，如在判處有期徒刑之外所判處的褫奪公權。

**從戎** ㄘㄨㄥˊ ㄖㄨㄥˊ 從軍，服兵役。

**從而** ㄘㄨㄥˊ ㄦˊ 連詞，上文是原因、方法等，下文是結果，目的等，有「因此就」的意思。

**從伯** ㄗㄨㄥˋ ㄅㄛˊ 堂伯父。

**從弟** ㄗㄨㄥˋ ㄉㄧˋ 堂弟，同祖父母的弟弟。

**從良** ㄘㄨㄥˊ ㄌㄧㄤˊ 妓女脫離賣身的生活而嫁人。

**從事** ㄘㄨㄥˊ ㄕˋ ①做某種事情。如「從事農耕」「從事寫作」。②図專心工作。如「朝夕從事」「勤勉從事」。

**從來** ㄘㄨㄥˊ ㄌㄞˊ 從過去到現在。如「他從來不遲到」。

**從叔** ㄗㄨㄥˋ ㄕㄨˊ 堂叔。

**從命** ㄘㄨㄥˊ ㄇㄧㄥˋ 依從命令。

**從姑** ㄗㄨㄥˋ ㄍㄨ 堂姑，父親的堂姊妹。

**從俗** ㄘㄨㄥˊ ㄙㄨˊ ①按照風俗習慣；遵循一般通常的做法。②指順從世俗。如「從俗浮沈」。

**從前** ㄘㄨㄥˊ ㄑㄧㄢˊ 過去的時候；以前。

**從政** ㄘㄨㄥˊ ㄓㄥˋ 做公務員，為國家治理政事。

**從軍** ㄘㄨㄥˊ ㄐㄩㄣ ①到軍隊中去服務。②當兵。

**從孫** ㄗㄨㄥˋ ㄙㄨㄣ 姪孫；兄弟的孫子。

**從容** ㄘㄨㄥ ㄖㄨㄥˊ ①鎮靜，不慌不忙。如「從容不迫」「態度又嚴肅又從容」。②寬鬆，不緊迫。如「時間很從容，可以做得細緻些」「近來手頭從容多了（指經濟充裕）」。③図舉動。〈禮記〉有「從容有常」。④図同「慫恿」。〈史記〉有「日夜從容王謀反事」。①②也讀ㄘㄨㄥ˙ㄖㄨㄥ。

**從師** ㄘㄨㄥˊ ㄕ 跟師傅（學習）。如「從師學藝」。

**從眾** ㄘㄨㄥˊ ㄓㄨㄥˋ 指依多數人的意見或流行的做法做事。

**從速** ㄘㄨㄥˊ ㄙㄨˋ 趕快，趕緊。如「存貨不多，欲購從速」。

**從業** ㄘㄨㄥˊ ㄧㄝˋ 就業。如「從業機會」。

**從舅** ㄗㄨㄥˋ ㄐㄧㄡˋ 母親的堂兄弟。

**從權** ㄘㄨㄥˊ ㄑㄩㄢˊ 變通辦理。

**從頭（兒）** ㄘㄨㄥˊ ㄊㄡˊ（ㄦ） 自起初開始。多半是追溯或重複一遍的時候這樣說。如「我正在說故事呢，你來遲了，沒聽到，我再從頭兒說起」。

**從兄弟** ㄗㄨㄥˋ ㄒㄩㄥ ㄉㄧˋ 同祖父母的兄弟，堂兄弟。

**從一而終** ㄘㄨㄥˊ ㄧ ㄦˊ ㄓㄨㄥ ①指婦人只嫁一夫，夫死不再改嫁。②指做事抱持一定的原則，貫徹到底。

**從天而降** ㄘㄨㄥˊ ㄊㄧㄢ ㄦˊ ㄐㄧㄤˋ 比喻事情很突然地發生，完全出乎人意料之外。

**從心所欲** ㄘㄨㄥˊ ㄒㄧㄣ ㄙㄨㄛˇ ㄩˋ 隨心所欲，按照自己的想法去做。

**從長計議** ㄘㄨㄥˊ ㄔㄤˊ ㄐㄧˋ ㄧˋ 暫時不作決定，再仔細的考慮考慮。

**從容中道** ㄘㄨㄥˊ ㄖㄨㄥˊ ㄓㄨㄥ ㄉㄠˋ 形容一個人的行為不疾不徐，又能合乎法度。

**從善如流** ㄘㄨㄥˊ ㄕㄢˋ ㄖㄨˊ ㄌㄧㄡˊ 形容能夠聽從善言，像河水一直順流下去的樣子，樂於接受人家的勸告。

**從輕發落** ㄘㄨㄥˊ ㄑㄧㄥ ㄈㄚ ㄌㄨㄛˋ 減輕處罰。

**從頭到尾** ㄘㄨㄥˊ ㄊㄡˊ ㄉㄠˋ ㄨㄟˇ 從開頭到末了，自始至終。

## 御

▲ㄩˋ ㈠趕車，駕御車馬。㈡図統治，管理，支配。如「御下

（管理下屬）」「御妻有術」。㈢以往把關於帝王的事情、行動都叫「御」。如「御筆（皇帝寫的字）」「御駕親征」。㈣「禦」字的古體。㈤姓。

▲〖文〗ㄧㄚˋ通「迓」，迎。如「百兩御之」。

**御用** ㄩˋ ㄩㄥˋ　①指屬於帝王所用的。②現在言論中借以諷刺各種統治者所控制操縱或專用專享的事物。如「這是個御用機構」。

**御宇** ㄩˋ ㄩˇ　〖文〗統治天下。

**御者** ㄩˋ ㄓㄜˇ　〖文〗①駕御車的人。②做侍從的人。

**御風** ㄩˋ ㄈㄥ　〖文〗從前人說仙道「在天上駕著雲飛」。也作「凌虛御風」。

**御窯** ㄩˋ ㄧㄠˊ　舊時指官設的窯，專製御用瓷器。

**御駕** ㄩˋ ㄐㄧㄚˋ　皇帝的馬車，也做皇帝的代稱。

**御筆** ㄩˋ ㄅㄧˇ　天子親自書寫的文字或畫的圖畫。

**御璽** ㄩˋ ㄒㄧˇ　古代帝王的印信。秦以前天子、諸侯的印信都稱璽，秦以後則為帝王印信的專稱。

**御膳房** ㄩˋ ㄕㄢˋ ㄈㄤˊ　舊時稱皇帝的廚房。

## 九筆

**偏** ㄅㄧㄢˋ　㈠滿、全。如「偏體鱗傷」「工業社會可說是偏地黃金，隨處都可以賺錢」。㈡表示沒有一處或一部分遺漏。如「走偏天下」「找偏了」。語音ㄆㄧㄢˋ。

**偏布** ㄅㄧㄢˋ ㄅㄨˋ　傳布各處。

**偏地** ㄅㄧㄢˋ ㄉㄧˋ　處處，到處。

**復** ㄈㄨˋ　㈠再，又。如「去而復返」「死灰復燃」「故態復萌」。㈡回答。如「此信未復」。㈢恢復，就是使已經變化了或壞了的再成為原樣。如「收復失地」「傷口已平復」。㈣〖文〗回來。如「往復三十里」。㈤〖文〗重疊，與「複」字通。㈥姓。

ㄈㄡˋ是ㄈㄨˋ㈠的又讀。

**復工** ㄈㄨˋ ㄍㄨㄥ　停工或罷工之後恢復工作。

**復仇** ㄈㄨˋ ㄔㄡˊ　也作「復讎」，就是報仇。

**復元** ㄈㄨˋ ㄩㄢˊ　恢復原來的元氣。

**復方** ㄈㄨˋ ㄈㄤ　①中醫指由兩個或兩個以上成方所配成的藥方。②西醫指藥中含有兩種或兩種以上藥品的。

**復刊** ㄈㄨˋ ㄎㄢ　報刊停刊一段時間後又恢復刊行。

**復出** ㄈㄨˋ ㄔㄨ　不再擔任職務或早已停止社會活動的人又出來擔任職務或參加社會活動。（多指名人）

**復古** ㄈㄨˋ ㄍㄨˇ　恢復古代的制度或風尚。

**復旦** ㄈㄨˋ ㄉㄢˋ　〖文〗黑夜過去，天亮了。比喻光明重現。

**復生** ㄈㄨˋ ㄕㄥ　復活。如「死而復生」。

**復合** ㄈㄨˋ ㄏㄜˊ　結合一起，結合起來。

**復次** ㄈㄨˋ ㄘˋ　〖文〗是表示下面還有論述時所用的連繫詞。

**復命** ㄈㄨˋ ㄇㄧㄥˋ　①奉命辦事以後，回去回報。②在書信裡陳述對方託付事項的辦理情形，稱為復命，是客氣的語詞。如「承囑各事，久未復命，殊深愧歉」。

**復明** ㄈㄨˋ ㄇㄧㄥˊ　眼睛因病失明，經醫治之後，又恢復視力。

**復查** ㄈㄨˋ ㄔㄚˊ　再一次檢查。

**復活** ㄈㄨˋ ㄏㄨㄛˊ　①死而復生。②指沈寂的事又發動了。

**復原** ㄈㄨˋ ㄩㄢˊ ①軍事上指戰後回復平時人員的編制為復原。②回復原狀。

**復員** ㄈㄨˋ ㄩㄢˊ 戰後使動員的軍隊人員轉入各行各業，恢復平民生活。

**復學** ㄈㄨˋ ㄒㄩㄝˊ 休學或退學後再上學。

**復國** ㄈㄨˋ ㄍㄨㄛˊ 光復故國。

**復習** ㄈㄨˋ ㄒㄧˊ 溫習已學過的功課。也作「複習」。

**復診** ㄈㄨˋ ㄓㄣˇ 在同一診所或醫院第一次去診病叫「初診」，第二次或二次以後診病都叫「復診」。

**復圓** ㄈㄨˋ ㄩㄢˊ 指日蝕或月蝕過程的結束。

**復業** ㄈㄨˋ ㄧㄝˋ ①商店歇業後再開張。②恢復原來的事業。

**復辟** ㄈㄨˋ ㄅㄧˋ 図①失位的帝王復位。②借指某種已失勢或沒落的舊勢力復活。

**復興** ㄈㄨˋ ㄒㄧㄥ 衰敗之後再重新興盛起來。

**復禮** ㄈㄨˋ ㄌㄧˇ 反復於禮。如「克己復禮為仁」。

**復職** ㄈㄨˋ ㄓˊ 辭職、停職或免職後又恢復原職，叫做復職。

**復舊** ㄈㄨˋ ㄐㄧㄡˋ 回復原來的樣子。

**復蘇** ㄈㄨˋ ㄙㄨ ①死了又醒過來。如「死而復蘇」。②一種回復心臟搏動和動脈血壓的動作及措施，包括人工呼吸及氧氣供應，藉以回復腦力及其他生命器官的功能。③經濟景氣循環的一階段，此時生產漸恢復、投資與消費都有增加的現象。

**復權** ㄈㄨˋ ㄑㄩㄢˊ ①恢復喪失的權利。②指受褫奪公權者，經一定期限或遇恩赦，而回復其公權，稱為復權。

**復活節** ㄈㄨˋ ㄏㄨㄛˊ ㄐㄧㄝˊ 基督教紀念耶穌復活的節日，在春分後第一次月圓之後的第一個星期日。

## 徨

ㄏㄨㄤˊ 看「彷徨」「徨徨」等條。

**徨徨** ㄏㄨㄤˊ ㄏㄨㄤˊ 心中拿不定主意，不知何所適從。如「徨徨不安」「民心徨徨」。

## 循

ㄒㄩㄣˊ ㈠依照。如「遵循命令」「循山徑前進」。㈡「因循」（做事遷延不決，拖拖拉拉）的「循」。㈢順著。如「循流而下」。㈣図同「巡」。〈漢書〉有「遣使者循行郡國」。

**循分** ㄒㄩㄣˊ ㄈㄣˋ 図安守本分。

**循吏** ㄒㄩㄣˊ ㄌㄧˋ 図善良守法的官吏。

**循序** ㄒㄩㄣˊ ㄒㄩˋ 順著一定的次序行動。如「循序漸進」。

**循例** ㄒㄩㄣˊ ㄌㄧˋ 依照舊例。

**循俗** ㄒㄩㄣˊ ㄙㄨˊ 依從世俗。

**循理** ㄒㄩㄣˊ ㄌㄧˇ 依照道理。

**循循** ㄒㄩㄣˊ ㄒㄩㄣˊ 図有步驟的樣子。如「循循善誘」。

**循環** ㄒㄩㄣˊ ㄏㄨㄢˊ 事物周而復始地運動或變化。如「血液循環」。

**循環賽** ㄒㄩㄣˊ ㄏㄨㄢˊ ㄙㄞˋ 體育運動競賽的方式之一，參加者相互輪流比賽，按全部比賽中得分多少決定名次。有單循環及雙循環兩種。

**循名責實** ㄒㄩㄣˊ ㄇㄧㄥˊ ㄗㄜˊ ㄕˊ 図由其名而求其實際，要求名實相符。也作「循名覈實」。

**循序漸進** ㄒㄩㄣˊ ㄒㄩˋ ㄐㄧㄢˋ ㄐㄧㄣˋ 順著次序漸漸進行。

**循規蹈矩** ㄒㄩㄣˊ ㄍㄨㄟ ㄉㄠˇ ㄐㄩˇ 處處遵守禮法，按照做人的規則行事（參看「規矩」條）。

**循循善誘** ㄒㄩㄣˊ ㄒㄩㄣˊ ㄕㄢˋ ㄧㄡˋ 善於有步驟地引導別人學習。

**循環小數**（ㄒㄩㄣˊ ㄏㄨㄢˊ ㄒㄧㄠˇ ㄕㄨˋ） 在小數點以下，除不盡而循環出現的小數。有純循環小數和混循環小數兩種。

**循環氣流**（ㄒㄩㄣˊ ㄏㄨㄢˊ ㄑㄧˋ ㄌㄧㄡˊ） 赤道的溫度高，空氣膨脹上升，流向兩極；兩極的溫度低，空氣收縮下降，流向赤道；這樣的循環不已的氣流叫循環氣流。

**循環器官**（ㄒㄩㄣˊ ㄏㄨㄢˊ ㄑㄧˋ ㄍㄨㄢ） 使血液運行循環全身的器官，包括心臟、動脈、靜脈、微血管等。

## 十筆

**徬** ㄆㄤˊ 與「彷」通，「彷徨」也作「徬徨」。

**徯** 図ㄒㄧ ㈠等待。㈡與「蹊」通，步行的道路。

**徯徑**（ㄒㄧ ㄐㄧㄥˋ） 同「蹊徑」。

**徭** 図ㄧㄠˊ 見下。

**徭役**（ㄧㄠˊ ㄧˋ） 舊時國家規定人民服勞役的義務，稱為「徭役」。

**微** ㄨㄟˊ ㈠細小。如「細微」「微不足道」。㈡衰，落。如「世衰道微」。㈢不強，不大的。如「微笑」「微火」。㈣指地位低的，卑賤的人。如「人微言輕」。㈤不明言其非。如「微辭」。㈥図隱祕的。如「微服」「微行」。㈦深。如「體貼入微」。㈧図伺探，偵察。如「微知其處」。㈨図沒有，如非。〈論語〉有「微管仲，吾其披髮左衽矣」。㈩図不是，非。〈詩經〉有「微我無酒」。口語又讀ㄨㄟ。

**微小**（ㄨㄟˊ ㄒㄧㄠˇ） 極小。如「微小的顆粒」。

**微火**（ㄨㄟˊ ㄏㄨㄛˇ） 微弱的火。

**微末**（ㄨㄟˊ ㄇㄛˋ） 細小；不重要。

**微行**（ㄨㄟˊ ㄒㄧㄥˊ） 図①微服出行，隱蔽自己的身分。②小路。

**微妙**（ㄨㄟˊ ㄇㄧㄠˋ） 用意幽深而不尋常。

**微忱**（ㄨㄟˊ ㄔㄣˊ） 図一點點小的心意，是自表心意的謙詞。

**微服**（ㄨㄟˊ ㄈㄨˊ） 図改換常服，使人認不出來，叫「微服」。如說帝王或高官大吏「微服出遊，探求民隱」。

**微波**（ㄨㄟˊ ㄅㄛ） 電磁波的波長介於十公分及紅內線的波長者，稱為微波（microwave）。

**微雨**（ㄨㄟˊ ㄩˇ） 細雨。

**微風**（ㄨㄟˊ ㄈㄥ） ①微微吹著的小風。②通用風級表上的第三級風，風速每小時十三到二十公里（每秒三．四到五．四公尺）；陸地上樹葉和細枝搖動不停，旗子會飄揚（參看「風速」條）。

**微眇**（ㄨㄟˊ ㄇㄧㄠˇ） ①輕微。②微妙。

**微弱**（ㄨㄟˊ ㄖㄨㄛˋ） 小而弱。如「氣息微弱」「微弱的燈光」。

**微息**（ㄨㄟˊ ㄒㄧ） 微弱。

**微時**（ㄨㄟˊ ㄕˊ） 指一個人還沒有顯達的時候。

**微笑**（ㄨㄟˊ ㄒㄧㄠˋ） ①略帶笑容。②不顯著的、不出聲的笑。

**微細**（ㄨㄟˊ ㄒㄧˋ） 非常細小。

**微微**（ㄨㄟˊ ㄨㄟˊ） 稍微，略微。如「微微一動」。

**微賤**（ㄨㄟˊ ㄐㄧㄢˋ） 微小卑賤。舊時指社會地位低下。

**微薄**（ㄨㄟˊ ㄅㄛˊ） 微小單薄，少量。如「微薄的薪水」。

**微辭**（ㄨㄟˊ ㄘˊ） 図隱晦的批評。

**微觀**（ㄨㄟˊ ㄍㄨㄢ） 深入到分子、原子、電子等構造領域的。

**微生物**（ㄨㄟˊ ㄕㄥ ㄨˋ） 又作「微生蟲」，屬細菌類。

**微血管**（ㄨㄟˊ ㄒㄧㄝˇ ㄍㄨㄢˇ） 連接在小動脈和小靜脈之間的最細小的血管。

**微波爐**（ㄨㄟˊ ㄅㄛ ㄌㄨˊ） 一種利用微波來加熱的烹調爐子。適當波長的微波穿入食物，引起水分子間的共振，因而有效的吸收微波的輻射能轉變為熱，在數分鐘內便能將食物煮熟。

**微電腦**（ㄨㄟˊ ㄉㄧㄢˋ ㄋㄠˇ） 微型電子計算機的簡稱。

**微積分**（ㄨㄟˊ ㄐㄧ ㄈㄣ） 數學裡的「微分學」和「積分學」合稱為「微積分」。

**微不足道**（ㄨㄟˊ ㄅㄨˋ ㄗㄨˊ ㄉㄠˋ） 非常藐小，不值得一提。

**微乎其微**（ㄨㄟˊ ㄏㄨ ㄑㄧˊ ㄨㄟˊ） 形容非常少或非常小。

**微言大義**（ㄨㄟˊ ㄧㄢˊ ㄉㄚˋ ㄧˋ） 包含在精緻語言裡的深刻的大道理。

**微型小說**（ㄨㄟˊ ㄒㄧㄥˊ ㄒㄧㄠˇ ㄕㄨㄛ） 指極短篇的小說或小小說。

**微量元素**（ㄨㄟˊ ㄌㄧㄤˋ ㄩㄢˊ ㄙㄨˋ） ①植物體所必需的硼、砷、錳、銅、鈷、鉬等需要量極少的元素，叫做微量元素。②海水中濃度低於10-3mg/kg的金屬元素，如銻、鈷、鎘、銀、金等，稱微量元素。

## 十一筆

**徹**（ㄔㄜˋ） ㈠通，透。如「貫徹」「寒風徹骨」。㈡周代的田賦稅，徹取農產品總產量的十分之一，叫做「徹」。㈢図剝取。〈詩經〉有「徹彼桑土」。

**徹夜**（ㄔㄜˋ ㄧㄝˋ） 通宵，整夜。如「徹夜不眠」。

**徹底**（ㄔㄜˋ ㄉㄧˇ） 貫徹到底。引伸為思想、行為一貫到底。如「徹底解決」。

**徹悟**（ㄔㄜˋ ㄨˋ） 徹底覺悟。

**徹骨**（ㄔㄜˋ ㄍㄨˇ） 比喻深入到骨頭裡去。常用來形容寒冷的感覺或深深憤恨、思念等情緒的用詞。

**徹頭徹尾**（ㄔㄜˋ ㄊㄡˊ ㄔㄜˋ ㄨㄟˇ） 自始至終，從頭到底。

## 十二筆

**德（悳）**（ㄉㄜˊ） ㈠恩惠。如「報德」「感念大德」。㈡指為人之道。如「德行」「美德」。㈢心意。如「同心同德」「離心離德」。㈣図感念別人的恩惠。〈左傳〉有「然則德我乎」。㈤姓。㈥德意志共和國的簡稱。

**德色**（ㄉㄜˊ ㄙㄜˋ） 自以為有恩於人而形於色。

**德行** ▲ㄉㄜˊ ㄒㄧㄥˋ 道德跟品行。▲ㄉㄜˊ ˙ㄒㄧㄥ 模樣，態度，裝扮，使人看了有不好的感覺。如「看他那種邋裡邋遢的德行」。

**德育**（ㄉㄜˊ ㄩˋ） 注重培養學生良好品德的教育。

**德性**（ㄉㄜˊ ㄒㄧㄥˋ） ①有關道德的品性。②同德行（ㄉㄜˊ ˙ㄒㄧㄥ）。如「也不瞧瞧自己是什麼德性」。

**德政**（ㄉㄜˊ ㄓㄥˋ） 有益於人民的政治。

**德音**（ㄉㄜˊ ㄧㄣ） ①善言。②歌功頌德的音樂。

**德望**（ㄉㄜˊ ㄨㄤˋ） 道德和名望。

**德澤**（ㄉㄜˊ ㄗㄜˊ） 仁德與恩澤。

**德配**（ㄉㄜˊ ㄆㄟˋ） ①尊稱人家的太太。②可分開用，指其德可跟某某相配。如「德配天地」。

**德配天地**（ㄉㄜˊ ㄆㄟˋ ㄊㄧㄢ ㄉㄧˋ） 指人的品德高尚，可與天地相比。

**德國麻疹**（ㄉㄜˊ ㄍㄨㄛˊ ㄇㄚˊ ㄓㄣˇ） 與一般麻疹不同，潛伏期通常是十二到二十一天，發病時輕微發燒，全身呈粉紅色的斑點，後頸部、耳後、頸側的淋巴腺會腫脹、疼痛；婦女在懷孕三個月內得病，可能造成先天性畸形兒。

**德高望重**（ㄉㄜˊ ㄍㄠ ㄨㄤˋ ㄓㄨㄥˋ） 道德高，名望大。

**德薄能鮮**（ㄉㄜˊ ㄅㄛˊ ㄋㄥˊ ㄒㄧㄢˇ） 自謙語，謂德行淺薄，才能不足。

**德謨克拉西**（ㄉㄜˊ ㄇㄛˊ ㄎㄜˋ ㄌㄚ ㄒㄧ） 一地的政府，由當地的人來管理的，叫做「德謨克拉西」，意譯是「民主」或「民主主義」。（英文 democracy 的音譯）

## 徵

▲ㄓㄥ ㈠召集。如「徵兵」「徵集」。㈡由國家收取。如「徵稅」「這項稅從本月一日開徵」。㈢公開地找，希望得到。如「徵文」「房屋徵租」。㈣図證明。如「徵實」「足徵其偽」。㈤現象。如「特徵」「象徵」。

▲ㄓˇ 古時五音（宮、商、角、徵、羽）之一，是表示音的高低所用的詞。

**徵引**（ㄓㄥ ㄧㄣˇ） ①薦拔。②引證。

**徵文**（ㄓㄥ ㄨㄣˊ） ①公開徵求文章。②図從已有的書籍文章裡追求印證。〈宋書〉有「正應推類求意，不可動必徵文」。

**徵召**（ㄓㄥ ㄓㄠˋ） 政府對賢才的招致任用。

**徵用**（ㄓㄥ ㄩㄥˋ） 也作「征用」，指政府為公用或軍事需要而借用或付價使用私有的土地房屋或其他財物。

**徵兆**（ㄓㄥ ㄓㄠˋ） 徵候，事前的現象。

**徵收**（ㄓㄥ ㄕㄡ） ①因公用的需要而由政府出價收買私有土地。②同「征收」，指收取捐稅。

**徵兵**（ㄓㄥ ㄅㄧㄥ） ①依法律規定，人民到適當年齡就有服兵役的義務；這種制度稱為徵兵。②図徵召屬地的兵。〈史記〉有「楚項王擊齊，徵兵九江」。

**徵求**（ㄓㄥ ㄑㄧㄡˊ） 由各處尋求收集。

**徵信**（ㄓㄥ ㄒㄧㄣˋ） 調查報告工廠、商號或個人身家事業的財產信用以及市場消息。

**徵候**（ㄓㄥ ㄏㄡˋ） 可為事實徵驗的各種預先顯示的現象。

**徵逐**（ㄓㄥ ㄓㄨˊ） 図召集，尋求，形容朋友為了宴飲，來往頻繁。

**徵畫**（ㄓㄥ ㄏㄨㄚˋ） 徵求他人的畫。

**徵發**（ㄓㄥ ㄈㄚ） 徵集夫役跟軍需品。

**徵稅**（ㄓㄥ ㄕㄨㄟˋ） 收取捐稅。

**徵象**（ㄓㄥ ㄒㄧㄤˋ） 徵候；現象。如霍亂的徵象是上吐下瀉。

**徵集**（ㄓㄥ ㄐㄧˊ） ①招集。②政府依徵兵法之規定，徵募國民，編入軍隊，使服現役。

**徵募**（ㄓㄥ ㄇㄨˋ） 招募（兵士）。

**徵聘**（ㄓㄥ ㄆㄧㄣˋ） 招聘。

**徵詢**（ㄓㄥ ㄒㄩㄣˊ） 提出問題或指定範圍向人詢求意見。

**徵實**（ㄓㄥ ㄕˊ） 指田賦徵收實物。

**徵調**（ㄓㄥ ㄉㄧㄠˋ） 發令徵兵或收取軍糧。

**徵信錄**（ㄓㄥ ㄒㄧㄣˋ ㄌㄨˋ） 經理公益款項所公布的收支報告書。

## 十三筆

**徼** ▲ㄐㄧㄠˋ(一)邊界。如「邊徼」「徼外(域外)」。(二)巡察。如「徼巡」。▲ㄐㄧㄠ(一)伺察。〈論語・陽貨〉有「惡(ㄨˋ)徼以為知者」。(二)求取。▲又ㄐㄧㄠˇ同「僥」。▲ㄧㄠ想求取得，祈求。也寫作「邀」。如「徼功」。

**徼功** ㄧㄠ ㄍㄨㄥ 同「邀功」「要功」，意思是想為自己求功勞，搶別人的功勞作為自己的功勞。

**徼幸** ▲ㄐㄧㄠˇ ㄒㄧㄥˋ碰巧得到意外的利益或幸而沒有受害。也作「僥倖」。▲又ㄐㄧㄠˇ ㄒㄧㄥˋ希圖非分。

**徼福** ㄧㄠ ㄈㄨˊ 祈福，求福。

## 十四筆

**徽** ㄏㄨㄟ (一)標識(ㄓˋ)，記號。如「國徽」「帽徽」。(二)古琴上表示音的高低的標識，共有十三徽。古時也用來指一切音樂的聲音。(三)又「徽音」「徽猷」的「徽」，都是美好。(四)地名用字。如「安徽」「徽縣(在甘肅省)」。(五)安徽省的簡稱。

**徽音** ㄏㄨㄟ ㄧㄣ ①指美好的名聲。②指彈弄琴弦所發出的聲音。

**徽章** ㄏㄨㄟ ㄓㄤ 佩帶在身上(衣服上或帽子上)的一種標記，如校徽、紀念徽章等。

**徽猷** ㄏㄨㄟ ㄧㄡˊ 高明的計策，引申為偉大的貢獻。

**徽號** ㄏㄨㄟ ㄏㄠˋ ②表示尊敬和贊美的稱號。②古時候作為標誌用的旌旗。

**徽調** ㄏㄨㄟ ㄉㄧㄠˋ ①徽劇的舊稱，為中國戲劇的一種，由安徽人變漢調而成，今之皮黃即源於徽調。②徽劇所用的腔調，包括吹腔、二黃、西皮等，清代傳到北京，對京劇腔調的形成有很大的影響。

**徽墨** ㄏㄨㄟ ㄇㄛˋ 以往安徽省徽州地方所出產的墨，很有名，稱為徽墨。

## 心部

**心** ㄒㄧㄣ (一)心臟。(二)我國古代認為心主管思慮，因此相沿把心作為腦的代稱。如「用心去想」「勞心勞力」。(三)情緒，情感。如「心裡煩悶」「心平氣和」。(四)泛指智力品行。如「有益身心」。(五)意念。如「良心」「存心」「不知他安的是什麼心」。(六)志向，謀畫。如「有心人」「一心一意」。(七)見「心眼兒」。(八)真誠的表現。如「心願」「心服」。(九)指平面的中央，物體的內部。如「中心點」「空心」。(十)星宿名。如「心宿」。

**心力** ㄒㄧㄣ ㄌㄧˋ 運用思想的能力。

**心下** ㄒㄧㄣ ㄒㄧㄚˋ 心裡。

**心上** ㄒㄧㄣ ㄕㄤˋ 心裡。

**心口** ㄒㄧㄣ ㄎㄡˇ 胸口。

**心土** ㄒㄧㄣ ㄊㄨˇ 介於表土層與底土層之間的一層土壤。

**心子** ㄒㄧㄣ ㄗˇ ①物體中心的部分。②指食用的動物心臟。

**心中** ㄒㄧㄣ ㄓㄨㄥ 心裡。

**心切** ㄒㄧㄣ ㄑㄧㄝˋ 心情急迫。如「求勝心切」。

**心火** ㄒㄧㄣ ㄏㄨㄛˇ ①中醫指煩躁、口渴、脈搏快、舌頭痛等症狀。②心裡的怒氣。

**心包** ㄒㄧㄣ ㄅㄠ 包在心臟外面的一層薄膜，心包和心臟壁的中間有漿液，能滑潤心肌，使心臟活動時不跟胸腔摩擦而受傷。

**心田** ㄒㄧㄣ ㄊㄧㄢˊ ①心。②存心。如「心田好」。

**心目** ㄒㄧㄣ ㄇㄨˋ ①思憶跟觀察。如「心目中只有他一人」。②印象。

**心地** ㄒㄧㄣ ㄉㄧˋ ①天資。②心術或存心。如「心地良善」。③頭腦。如「心地糊塗」。

**心安** ㄒㄧㄣ ㄢ 心裡沒有掛慮，心裡坦然。

**心曲** ㄒㄧㄣ ㄑㄩ 図①內心深處。②心聲。

**心死** ㄒㄧㄣ ㄙˇ ①指人頑鈍無恥，不思振作。②摒除雜念而達於無我的境界。③絕望的意思。

**心肌** ㄒㄧㄣ ㄐㄧ 構成心臟的肌肉，受交感神經和迷走神經的支配，是不隨意的橫紋肌。心臟的收縮和舒張就是由心肌進行的。

**心血** ㄒㄧㄣ ㄒㄩㄝˇ 心思和精力。如「費盡心血」。

**心坎** ㄒㄧㄣ ㄎㄢˇ ①心意。②心中。

**心志** ㄒㄧㄣ ㄓˋ 心思毅力。如「心志不堅」。

**心折** ㄒㄧㄣ ㄓㄜˊ 打從心裡佩服。如「她的一席話使人心折」。

**心材** ㄒㄧㄣ ㄘㄞˊ 木材的中心，色澤較深，質地最堅硬的部分。

**心肝** ㄒㄧㄣ ㄍㄢ ①誠意，良心；通常都反用。如「這個人根本沒有心肝」。②心愛的。如「我的心肝寶貝」。

**心事** ㄒㄧㄣ ㄕˋ 事字輕讀。①心裡期望的事。②不可告人的憂愁。

**心底** ㄒㄧㄣ ㄉㄧˇ ①內心深處。②居心；用心。如「這個人心底好」。

**心弦** ㄒㄧㄣ ㄒㄧㄢˊ 因受感動而起共鳴的心。如「動人心弦」。

**心性** ㄒㄧㄣ ㄒㄧㄥˋ ①心情，心理。②佛教稱不變的心體為心性。

**心房** ㄒㄧㄣ ㄈㄤˊ ①心臟內部上面的兩個空腔，在左邊的叫左心房，在右邊的叫右心房。左心房與肺靜脈相連，右心房與上、下腔的靜脈相連。心房收縮時血從通路流入心室。②指人的內心。如「她親切的話語溫暖了我的心房」。

**心服** ㄒㄧㄣ ㄈㄨˊ 衷心佩服。

**心法** ㄒㄧㄣ ㄈㄚˇ 師徒傳授心得的方法。

**心盲** ㄒㄧㄣ ㄇㄤˊ 醫學及心理學名詞。感覺病的一種，指雖視覺無缺損，但卻不能認知物體的病症。

**心室** ㄒㄧㄣ ㄕˋ 心臟內部下面的兩個空腔，在左邊的叫左心室，在右邊的叫右心室。左心室與主動脈相連，右心室與肺動脈相連。

**心思** ▲ㄒㄧㄣ ㄙ 智力，思想。如「心思靈巧」。▲ㄒㄧㄣ ．ㄙ ①意思，主見。②情趣。

**心急** ㄒㄧㄣ ㄐㄧˊ 心裡焦躁。

**心狠** ㄒㄧㄣ ㄏㄣˇ ①狠毒殘忍。②刻薄，吝嗇。

**心計** ㄒㄧㄣ ㄐㄧˋ 計謀；心裡的打算。

**心音** ㄒㄧㄣ ㄧㄣ 心跳的聲音。

**心香** ㄒㄧㄣ ㄒㄧㄤ 佛家謂心中虔誠，如焚香供佛。

**心浮** ㄒㄧㄣ ㄈㄨˊ 心情浮躁。

**心病** ㄒㄧㄣ ㄅㄧㄥˋ ①心裡憂慮成病。②不可告人的愁恨。③人的短處或怕人知道的隱私。

**心疼** ㄒㄧㄣ ㄊㄥˊ 憐惜，吝惜，痛惜。

**心疾** ㄒㄧㄣ ㄐㄧˊ 指心悸、心疼等病。

**心神** ㄒㄧㄣ ㄕㄣˊ 情緒。如「心神不定」。

**心胸** ㄒㄧㄣ ㄒㄩㄥ 志氣，抱負。

**心迷** ㄒㄧㄣ ㄇㄧˊ 思慮迷亂。

**心動** ㄒㄧㄣ ㄉㄨㄥˋ ①忽然受到震驚而心中不安。〈史記〉「貫高謀弒高祖，高祖心動，因不留」。②內心受了誘惑而動搖。

**心宿** ㄒㄧㄣ ㄒㄧㄡˋ 星名，二十八宿之一。

**心得** ㄒㄧㄣ ㄉㄜˊ 學習技能，研究學問的時候，心裡領悟而有所得。

**心悸** ㄒㄧㄣ ㄐㄧˋ ①心跳。②因心裡害怕。

**心情** ㄒㄧㄣ ㄑㄧㄥˊ ①心境，情緒。②情趣。

**心旌** ㄒㄧㄣ ㄐㄧㄥ 內心如飄蕩不定的旌旗。比喻不安定的心情。

**心理** ㄒㄧㄣ ㄌㄧˇ ①思想、意識等內心活動過程的總稱。②思想見解。如「這是一般人的心理」。③心理學的簡稱。

**心細** ㄒㄧㄣ ㄒㄧˋ 心思細密。

**心術** ㄒㄧㄣ ㄕㄨˋ ①運用思慮的方法。②存心。

**心許** ㄒㄧㄣ ㄒㄩˇ ①默許。②賞識；贊許。

**心寒** ㄒㄧㄣ ㄏㄢˊ 寒心。

**心軟** ㄒㄧㄣ ㄖㄨㄢˇ 心裡有所不忍。

**心扉** ㄒㄧㄣ ㄈㄟ 指人的內心。如「敞開心扉，迎接陽光」。

**心焦** ㄒㄧㄣ ㄐㄧㄠ 心裡煩悶急躁。

**心痛** ㄒㄧㄣ ㄊㄨㄥˋ 痛心。

**心硬** ㄒㄧㄣ ㄧㄥˋ 不容易被外界事物感動而憐憫或同情。

**心結** ㄒㄧㄣ ㄐㄧㄝˊ ①謂憂抑之情織結於心。②猶聯結，聯絡。

**心虛** ㄒㄧㄣ ㄒㄩ ①謙虛。②因為理屈而氣餒。

**心裁** ㄒㄧㄣ ㄘㄞˊ 心中的計畫、策謀。多指詩文或藝術作品的構思設計。

**心亂** ㄒㄧㄣ ㄌㄨㄢˋ 心思迷亂。

**心傳** ㄒㄧㄣ ㄔㄨㄢˊ ①禪宗指不立文字，不依經卷，只以師徒心心相印，傳授佛法。②泛指世世代代相傳的某種學說。

**心想** ㄒㄧㄣ ㄒㄧㄤˇ 想。

**心意** ㄒㄧㄣ ㄧˋ 意思，主見。

**心愛** ㄒㄧㄣ ㄞˋ 最喜愛。如「心愛的東西」。

**心慌** ㄒㄧㄣ ㄏㄨㄤ 驚慌忙亂。

**心照** ㄒㄧㄣ ㄓㄠˋ 心裡明白別人的意思但不說出。如「心照不宣」。

**心煩** ㄒㄧㄣ ㄈㄢˊ 煩悶，厭煩。

**心碎** ㄒㄧㄣ ㄙㄨㄟˋ 悲傷到極點。

**心腹** ㄒㄧㄣ ㄈㄨˋ ①要害。如「心腹大患」。②比喻親近可靠的人。如「他是我的心腹」。③內心隱祕的意思。如「一吐心腹」。

**心腸** ▲ㄒㄧㄣ·ㄔㄤ 心地。如「這個人心腸不壞」。▲ㄒㄧㄣ ㄔㄤˊ 心情，興致。如「到了這種地步，他哪有心腸陪你看電影」。

**心裡** ㄒㄧㄣ·ㄌㄧ ①指胸腔裡。如「心裡發疼」。②指腦。如「他根本就沒把這事放在心裡」。③心情。如「心裡不安」。④指智力，人聰明說「心裡透亮」。⑤指愛慕之情。如「我的心裡只有你」。

**心跳** ㄒㄧㄣ ㄊㄧㄠˋ 醫學名詞，也作「心搏」。心肌收縮和舒放的活動。成人心跳平均一分鐘大約七十二次。

**心路** ㄒㄧㄣ ㄌㄨˋ ①機智；計謀。②氣量。③指人的用心、居心。

**心跡** ㄒㄧㄣ ㄐㄧ 內心的真實情況。如「表明心跡」。

**心境** ㄒㄧㄣ ㄐㄧㄥˋ 心中苦樂的情境。

**心窩** ㄒㄧㄣ ㄨㄛ ①心中。②胸部的中央。

**心算** ㄒㄧㄣ ㄙㄨㄢˋ 全憑心思，不用器具的計算方法。

**心酸** ㄒㄧㄣ ㄙㄨㄢ 悲痛。

**心領** ㄒㄧㄣ ㄌㄧㄥˇ ①心裡領會。②拒絕別人的餽贈或邀宴的客套話，表示心裡已經領受了。

**心緒** ㄒㄧㄣ ㄒㄩˋ 心情。

**心儀** ㄒㄧㄣ ㄧˊ 〔文〕心中仰慕。如「心儀已久」。

**心數** ㄒㄧㄣ ㄕㄨˋ 心計。

**心潮** ㄒㄧㄣ ㄔㄠˊ 比喻像潮水一樣起伏的心情。如「心潮澎湃」。

**心醉** ㄒㄧㄣ ㄗㄨㄟˋ 因極喜愛而陶醉。

**心魄** ㄒㄧㄣ ㄆㄛˋ 心靈。如「動人心魄」。

**心戰** ㄒㄧㄣ ㄓㄢˋ ①指對事物得失的取捨。②攻心之戰。③心中恐懼而戰慄。

**心機** ㄒㄧㄣ ㄐㄧ 心思，計謀。

**心頭** ㄒㄧㄣ ㄊㄡˊ 心裡。

**心聲** ㄒㄧㄣ ㄕㄥ 指言語，意見。

**心竅** ㄒㄧㄣ ㄑㄧㄠˋ 心機。

**心懷** ㄒㄧㄣ ㄏㄨㄞˊ ①心意，心情。②胸懷，胸襟。

**心證** ㄒㄧㄣ ㄓㄥˋ ①佛家指心跟佛相印證。②法官因為缺乏法律上正確的證據，只就可能得到的憑證，加上個人的判斷而作判決。

**心願** ㄒㄧㄣ ㄩㄢˋ 願字輕讀。願望，立定意向要做的事。

**心癢** ㄒㄧㄣ ㄧㄤˇ 心想急著要嘗試。

**心囊** ㄒㄧㄣ ㄋㄤˊ 在心臟外面的囊，作用是保護心臟。

**心臟** ㄒㄧㄣ ㄗㄤˋ 脊椎動物循環系統的動力器官，是肌肉構成的幫浦。人類的心臟在胸腔裡肺臟的中間，稍稍偏左，大小有如拳頭，分左右兩部分，有上下心房心室，分別與大靜脈、大動脈、肺靜脈、肺動脈相連。

**心靈** ㄒㄧㄣ ㄌㄧㄥˊ ①指人本來有的智慧。②心理學上講的「意識泉所從出的主體，像精神、靈魂的意思」。③文藝名詞，指心神，情緒。

**心理學** ㄒㄧㄣ ㄌㄧˇ ㄒㄩㄝˊ 以科學方法，研究心理現象客觀規律或行為的科學，根據不同的研究領域分普通心理學、兒童心理學、教育心理學等。

**心眼兒** ㄒㄧㄣ ㄧㄢˇ ㄦ ①心地。如「心眼兒不好」。②聰明機智。如「太沒心眼兒」。③防人的意念。如「我不跟你留心眼兒」。④做事拘謹對小節的注意。如「心眼兒太多」。⑤度量。如「心眼兒小」。⑥心意。如「衝著他的心眼兒說話」。

**心絞痛** ㄒㄧㄣ ㄐㄧㄠˇ ㄊㄨㄥˋ 使人感覺窒悶的陣發性胸痛，大都因心肌缺氧而起，多發生於冠狀動脈硬化、梅素性主動脈炎等病。也叫狹心症。

**心腹事** ㄒㄧㄣ ㄈㄨˋ ㄕˋ 藏在心裡不肯告訴別人的事。

**心電圖** ㄒㄧㄣ ㄉㄧㄢˋ ㄊㄨˊ 以電氣記錄心臟收縮和舒張時瓣膜關閉發生的聲音的一種描錄圖，可藉以判讀心臟的各種疾病。

**心頭肉** ㄒㄧㄣ ㄊㄡˊ ㄖㄡˋ 比喻極珍愛的人或物。如「你可別動那些玩意兒，那是你哥哥的心頭肉」。

**心臟病** ㄒㄧㄣ ㄗㄤˋ ㄅㄧㄥˋ 心臟器官發生的各種病症。

**心肝(兒)肉** ㄒㄧㄣ ㄍㄢ ㄦ ㄖㄡˋ 稱呼最疼愛的人。

**心力交瘁** ㄒㄧㄣ ㄌㄧˋ ㄐㄧㄠ ㄘㄨㄟˋ 精神和體力都極度勞累。

**心口如一** 心裡想的和嘴裡說的一樣。形容誠實直爽。

**心不在焉** 心神不定，不能專注。

**心中有數** 心裡很明白，知道某件事的原委。

**心心念念** 掛念不忘。

**心心相印** 彼此心意相通。比喻兩人的心合而為一。

**心手相連** 猶言得心應手。

**心手相應** 心裡怎麼想，手就怎麼做。形容技藝純熟，運用自如。

**心平氣和** 心氣和平，不急躁。

**心甘情願** 自己願意，不是出於勉強或被迫的。也作「心甘意願」。

**心回意轉** 意念轉了過來，不再固執。

**心如止水** 心情平靜，如靜止的不流動的水，毫無波瀾。

**心如鐵石** 形容堅定不移。

**心安理得** 人的行為正派，因此心神安適，沒有遺憾。

**心灰意懶** 又作心灰意冷。形容失意的人，心意消極，不想進取。

**心有餘悸** 危險的事情雖然過去了，回想起來還感到害怕。

**心肌梗塞** 冠狀動脈發生血栓，血液供應中斷，引起心肌的局部性壞死。

**心血來潮** 形容意念忽然發生。

**心明眼亮** 公開；全無隱私。

**心服口服** 佩服到了極點。

**心直口快** 指人性情豪爽，說話毫無顧慮。

**心花怒放** 比喻高興極了。

**心律不整** 心跳的正常節律發生變化，有多種的形態。

**心狠手辣** 心腸凶狠，手段毒辣。

**心毒手辣** 存心險惡，手段殘忍。也作「心狠手辣」。

**心神喪失** 心理狀態失常，不能明辨是非。

**心悅誠服** 誠心誠意的服從。

**心浮氣躁** 心情浮躁。

**心高氣傲** 高傲不馴服的樣子。

**心理衛生** 保持心理功能，維護並研究心理健康的科學。

**心勞日拙** 作偽巧飾，徒自勞苦而無補於事。

**心無二用** 專心做一件事。

**心慌意亂** 驚慌忙亂的樣子。

**心想事成** 指心願能夠達成。

**心照不宣** 彼此心裡明白而不說出來。

**心猿意馬** 心如猿動，意如馬馳，形容心意不定。

**心腹之患** 指藏於內部的禍患。

**心路歷程** 指思想轉變的過程。

**心電感應** 謂彼此心中如有電流，能相互感通接應。又稱精神感應。

**心煩意亂** 心裡煩亂，鎮靜不下來。

**心馳神往** 謂一心向往。

**心滿意足** 非常滿足。

**心領神會** 深刻領會。

**心廣體胖** 〈大學〉的話，說人問心無愧，心胸廣平，身體自然舒泰。

**心慕手追** 竭力仿效。

**心餘力絀** 心有餘而力不足。

**心曠神怡** 心情開朗，精神愉快。

**心懷鬼胎** 心懷不可告人之事。

**心驚肉跳** 形容情緒不安，一般以為預兆。

**心驚膽戰** 心裡很害怕。

**心靜自然涼** 只要心裡平靜，即使熱天也會覺得涼快。

**心有餘力不足** 謂力不從心。

**心有靈犀一點通** 舊說以犀為神獸，犀角有白紋，感應靈敏，原比喻男女間心心相印，也泛喻彼此心意相通。

## 一筆

# 必

ㄅㄧˋ 一定。如「必然的事」。

**必定** 一定的。

**必要** ①不可缺少的。②必得。

**必得** 必須。

**必然** ①必定如此。②事物發展變化的固定不變的規律。

**必須** ①一定要怎樣。如「必須喚起民眾」。②應該。

**必需** ①必定需要。②不可少的。

**必修科** 學校課程規定學生必須修習的科目。

**必需品** 生活上不可缺少的東西，如米、麥、鹽、布等。

**必必剝剝** 形容火燒時爆裂的聲音。

**必恭必敬** 極為尊敬。

## 二筆

# 忉

㊀ㄉㄠ 憂慮的樣子。

## 三筆

# 忙

ㄇㄤˊ ㈠事情煩多。如「忙碌」「工作很忙」。㈡急迫。如「匆忙」「忙忙叨叨」。㈢匆促的感覺。如「心裡發忙」。

**忙迫** 匆忙，急迫。

**忙亂** 事情繁忙而沒有條理。

**忙碌** 事情太多不得休息。

**忙不過來** 不字輕讀。事情多到沒有時間管別的事。

**忙忙叨叨** 第二忙字輕讀。很忙。

**忙忙碌碌** 第二忙字輕讀。忙碌。

**忙裡偷閒** 在忙碌當中抽點兒時間來娛樂。

# 忒

▲ㄊㄜ ㈠過分的。如「欺人忒甚」。㈡㊀變更。如「四時不忒」。

▲ㄊㄜ 描述聲音的字。如「忒楞楞」。

**忒兒的** 鳥兒拍翅膀飛行的聲音。

**忒兒摟** 摟字輕讀。描述吸入東西的聲音。如「忒兒摟麵條兒」「忒兒摟鼻涕」。

**忒楞楞** 兩個楞字都輕讀。描述聲音的詞，如鳥飛的聲音，風的聲音等。

## 忑

ㄊㄜˋ 見「忐忑」條。

## 忐

ㄊㄢˇ 見下。

**忐忑** 心神不定。

**忐忐忑忑** 心神不定的樣子。

## 忌

ㄐㄧˋ ㈠嫉妒。如「妒忌」。㈡顧慮。如「忌憚」。㈢禁戒。如「禁忌」。㈣祖先逝世紀念日叫「忌日」。

**忌口** 有病時候忌吃不相宜的東西。也說「忌嘴」。

**忌日** 祖先或父母逝世的紀念日。也作「忌辰」。

**忌妒** 對才能、名譽、地位或境遇比自己好的人心懷怨恨。

**忌辰** 忌日。

**忌刻** 對人忌妒刻薄。

**忌憚** [文]畏懼。如「肆無忌憚」。

**忌嘴** 忌口。

**忌諱** 諱字常輕讀。①有所顧慮而避開不說。②北方人把醋叫忌諱。

## 志

ㄓˋ ㈠心意的趨向，想有所作為的決定。如「立志做大事」「志向」「有志者事竟成」。㈡心意。如「男兒志在四方」「得志」。㈢同「誌」，記載。如〈三國志〉「方志」。

**志士** ①有偉大志向的人。如「革命志士」。②有節操的人。

**志工** 具利他助人意願，本性之所近與興之所在，參與不同服務團體而發揮功能的人員。

**志向** 意志的趨向。

**志行** 志向跟品行。

**志書** 記載地方疆域沿革跟古蹟、交通、人物、物產風俗等的書。也作「方志」。

**志氣** 向上的決心和勇氣。

**志節** 志向跟節操。

**志慮** 精神，思想。

**志趣** 行動或意志的趨向。趣通趨。

**志願** ①心裡所希望的。②自己願意的。如「志願兵」。

**志願書** 表明是自己志願的證明書。

**志大才疏** 志向雖然大，可是能力不夠。

**志同道合** 彼此志趣相同。

## 忍

ㄖㄣˇ ㈠容讓，耐住。如「忍痛」「忍住怒氣」。㈡殘酷，狠心。如「殘忍」「忍心」。㈢閉上眼睛打盹兒。如「太累了，我要坐著忍一會兒」。㈣[文]堪，受。如「爭忍」「寧忍」。

**忍心** 狠心。如「怎麼能忍心看他受苦」。

**忍冬** ①蔓生灌木，葉橢圓形，經冬不枯，夏開白花，經數日變黃，故又名金銀花，有香氣，味甘，花與莖均可入藥。又名鷺鷥藤，鴛鴦藤。②麥門冬的別稱，又稱忍凌。

**忍死** 將死未死，而有所待。比喻忍受最大的痛苦。

**忍受** 忍耐。心裡不高興，但是受環境的逼迫，只好暫時不發作。

**忍性** ㄖㄣˇ ㄒㄧㄥˋ 図強迫自己必須忍耐的心性。

**忍俊** ㄖㄣˇ ㄐㄩㄣˋ 図含笑，忍不住要發笑叫「忍俊不禁」。

**忍耐** ㄖㄣˇ ㄋㄞˋ 把感情按住，不使發作。

**忍笑** ㄖㄣˇ ㄒㄧㄠˋ 忍住不笑。

**忍辱** ㄖㄣˇ ㄖㄨˋ 忍受屈辱。

**忍痛** ㄖㄣˇ ㄊㄨㄥˋ 容忍痛苦（多形容不情願）。

**忍讓** ㄖㄣˇ ㄖㄤˋ 容忍退讓。

**忍尤含垢** ㄖㄣˇ ㄧㄡˊ ㄏㄢˊ ㄍㄡˋ 図暫時忍受恥辱。

**忍辱負重** ㄖㄣˇ ㄖㄨˋ ㄈㄨˋ ㄓㄨㄥˋ 不避勞怨毀謗，努力做艱鉅重要的工作。

**忍氣吞聲** ㄖㄣˇ ㄑㄧˋ ㄊㄨㄣ ㄕㄥ 忍受氣憤而不作聲。

**忍無可忍** ㄖㄣˇ ㄨˊ ㄎㄜˇ ㄖㄣˇ 要忍受也沒辦法兒忍受。

## 忖

ㄘㄨㄣˇ 仔細思量。如「忖度」。

**忖度** ㄘㄨㄣˇ ㄉㄨㄛˋ 思考衡量。

**忖量** ㄘㄨㄣˇ ㄌㄧㄤˊ 仔細的想。

## 忘

ㄨㄤˋ ㈠不記得，想不起來了。如「我忘了這件事」。㈡不注意，忽略了。如「得意忘形」。讀音ㄨㄤˊ。

**忘八** ㄨㄤˋ ㄅㄚ 八字輕讀。俗作王八。孝、悌、忠、信、禮、義、廉、恥，忘了第八個字「恥」。罵人無恥的意思。

**忘本** ㄨㄤˋ ㄅㄣˇ 忘了根本。

**忘形** ㄨㄤˋ ㄒㄧㄥˊ ①忘了自己。比喻興奮失常。如「得意忘形」。②交朋友不拘形跡。如「忘形之交」。

**忘我** ㄨㄤˋ ㄨㄛˇ 忘掉自己；不顧自己。

**忘卻** ㄨㄤˋ ㄑㄩㄝˋ 忘記，忘掉。

**忘記** ㄨㄤˋ ㄐㄧˋ 不記得。

**忘情** ㄨㄤˋ ㄑㄧㄥˊ ①對於喜怒哀樂的事看得很淡，好像不記得了。常用於否定式。如「不能忘情」。②不能節制自己的感情。如「他終日忘情地遨遊於山水之間」。

**忘掉** ㄨㄤˋ ㄉㄧㄠˋ 忘記。

**忘憂** ㄨㄤˋ ㄧㄡ 忘記憂愁。

**忘舊** ㄨㄤˋ ㄐㄧㄡˋ 有了新的，忘記舊的。比喻人的勢利眼。

**忘懷** ㄨㄤˋ ㄏㄨㄞˊ ①記不住了。②心裡很空洞。③不在意。

**忘年交** ㄨㄤˋ ㄋㄧㄢˊ ㄐㄧㄠ 不拘輩分年齡而交為朋友。

**忘其所以** ㄨㄤˋ ㄑㄧˊ ㄙㄨㄛˇ ㄧˇ 由於過度興奮或驕傲自滿而忘記了一切。

**忘恩負義** ㄨㄤˋ ㄣ ㄈㄨˋ ㄧˋ 受人恩義而不報答。

# 四筆

## 忭

図ㄅㄧㄢˋ 高興，快樂。如「欣忭之至」。

## 忿

ㄈㄣˋ ㈠憤，恨。如「忿忿不平」「忿恨」。㈡図見「忿鷙」。

**忿忿** ㄈㄣˋ ㄈㄣˋ 怨恨生氣不平的樣子。

**忿怒** ㄈㄣˋ ㄋㄨˋ 怒。

**忿恨** ㄈㄣˋ ㄏㄣˋ 恨怒。

**忿鷙** ㄈㄣˋ ㄓˋ 図殘忍凶狠。〈漢書・匈奴傳〉有「天性忿鷙」的話。

## 忝

図ㄊㄧㄢˇ 辱，文言用作自稱的謙詞。如「忝為知己」。

## 忸

図▲ㄋㄩˋ 慚愧。▲ㄋㄧㄡˇ 同「狃」。

**忸怩** ㄋㄧㄡˇ ㄋㄧˊ 慚愧難為情的樣子。讀音ㄋㄩˋ ㄋㄧˊ。

**念** ㄋㄧㄢˋ ㈠惦記，想。如「懷念」。如「念舊」。㈡讀書讀出聲音。如「念書」。㈢見「念叨」。㈣即二十。同「廿」。

**念叨** ㄋㄧㄢˋ ㄉㄠ 叨字輕讀。①在話裡提到，有惦記的意思。②嘮叨。如「事情過去了，你還念叨什麼」。

**念佛** ㄋㄧㄢˋ ㄈㄛˊ 出聲誦讀佛經或宣誦佛號。

**念書** ㄋㄧㄢˋ ㄕㄨ ①出聲讀書。②上學。如「你在哪個學校念書」。

**念珠** ㄋㄧㄢˋ ㄓㄨ 佛教徒掛在脖子上，垂到胸前，用來計算念經咒或佛號次數的珠串，全串共有一百零八顆。

**念秧** ㄋㄧㄢˋ ㄧㄤ 設圈套騙人。

**念經** ㄋㄧㄢˋ ㄐㄧㄥ ①誦讀佛經。②俏皮話，譏笑人到時候一定有的念叨。

**念頭** ㄋㄧㄢˋ ㄊㄡ 心裡的意思。

**念舊** ㄋㄧㄢˋ ㄐㄧㄡˋ 不忘舊交。

**念央兒** ㄋㄧㄢˋ ㄧㄤ ㄦ 想求人或想表示意思，而不直截說出來，用話從旁使人明白。

**念念不忘** ㄋㄧㄢˋ ㄋㄧㄢˋ ㄅㄨˋ ㄨㄤˋ 牢記在心，時刻不忘。

**念茲在茲** ㄋㄧㄢˋ ㄗ ㄗㄞˋ ㄗ 図指念念不忘某件事情。

**忼** ㄎㄤ ㈠同「慷」。㈡極高處，同「亢」。

**快** ㄎㄨㄞˋ ㈠高興，歡喜。如「大快人心」。㈡舒服。如「快感」「身體不快」。㈢指爽直。如「心直口快」「快人快語」。㈣迅速；跟緩慢相反。如「快跑」「快點兒來」。㈤鋒利。如「快刀」。㈥將近。如「快要到家了」。㈦從前官府管抓犯人的衙役叫捕快（相當於現在的刑警）。

**快人** ㄎㄨㄞˋ ㄖㄣˊ 爽快的人。

**快心** ㄎㄨㄞˋ ㄒㄧㄣ 心裡暢快。

**快手** ㄎㄨㄞˋ ㄕㄡˇ 辦事敏捷的人。

**快車** ㄎㄨㄞˋ ㄔㄜ ①加速開駛的車輛。②行駛速度很快的車。

**快事** ㄎㄨㄞˋ ㄕˋ 令人覺得痛快的事。

**快板** ㄎㄨㄞˋ ㄅㄢˇ 戲曲中急速的拍子。

**快門** ㄎㄨㄞˋ ㄇㄣˊ 照像機上控制曝光時間之裝置，由金屬片或不透光的布簾構成。因其開合速度之不同，能使底片得到適度感光，或使被攝體之動態在底片上靜止，成為清晰的影像。

**快信** ㄎㄨㄞˋ ㄒㄧㄣˋ 郵局隨到隨送的信。

**快活** ㄎㄨㄞˋ ㄏㄨㄛˊ 活字輕讀。快樂。

**快書** ㄎㄨㄞˋ ㄕㄨ 曲藝的一種。用銅板或竹板伴奏，唱詞合轍押韻，節奏較快。有山東快書、竹板快書等。

**快捷** ㄎㄨㄞˋ ㄐㄧㄝˊ （速度）快；（行動）敏捷。

**快速** ㄎㄨㄞˋ ㄙㄨˋ 速度快的；迅速。

**快婿** ㄎㄨㄞˋ ㄒㄩˋ 図很滿意的女婿。如「乘龍快婿」。

**快郵** ㄎㄨㄞˋ ㄧㄡˊ 快捷郵件的省稱。

**快意** ㄎㄨㄞˋ ㄧˋ 稱心滿意。

**快感** ㄎㄨㄞˋ ㄍㄢˇ 舒服滿足的感覺。

**快艇** ㄎㄨㄞˋ ㄊㄧㄥˇ 速度很快的輕便小艇。

**快遞** ㄎㄨㄞˋ ㄉㄧˋ 限在一定時間內送達的郵件。

**快慰** ㄎㄨㄞˋ ㄨㄟˋ 痛快而心裡感到安慰。

**快樂** ㄎㄨㄞˋ ㄌㄜˋ 感到幸福或滿意。

**快嘴** ㄎㄨㄞˋ ㄗㄨㄟˇ 形容人多嘴不能守祕密。

**快餐** ㄎㄨㄞˋ ㄘㄢ 餐館裡賣的便餐。

**快鍋** ㄎㄨㄞˋ ㄍㄨㄛ 利用高壓的原理使食物快熟的鍋。

**快點（兒）** ㄎㄨㄞˋ ㄉㄧㄢˇ（ㄦ） 趕緊。

**快車道** ㄎㄨㄞˋ ㄔㄜ ㄉㄠˋ 馬路中專供四輪以上機動車輛行駛的車道；機車、自行車、三輪車等都不可駛入；是對慢車道說的。

**快快（兒）的** ㄎㄨㄞˋ ㄎㄨㄞˋ（ㄦ） ˙ㄉㄜ 迅速。口語裡說成ㄎㄨㄞˋ ㄎㄨㄞ ㄦ ˙ㄉㄜ。

**快人快語** ㄎㄨㄞˋ ㄖㄣˊ ㄎㄨㄞˋ ㄩˇ 性情爽快，說話無所顧忌，叫人聽了感到痛快。也作「快人快言」。

**快馬加鞭** ㄎㄨㄞˋ ㄇㄚˇ ㄐㄧㄚ ㄅㄧㄢ 跑得很快的馬再加上幾鞭子，使跑得更快。比喻快上加快。

**快慰平生** ㄎㄨㄞˋ ㄨㄟˋ ㄆㄧㄥˊ ㄕㄥ 平生感到很安慰。

**快刀斬亂麻** ㄎㄨㄞˋ ㄉㄠ ㄓㄢˇ ㄌㄨㄢˋ ㄇㄚˊ 比喻辦事爽利有決斷。

## 忽

ㄏㄨ ㈠突然，想不到的。如「忽然來了一封信」。㈡不留心，不注意。如「疏忽」「輕忽」。㈢輕視。如「忽視」。㈣小數名，一分的一萬分之一。㈤重量名，一釐的千分之一。

**忽地** ㄏㄨ ㄉㄧˋ 忽然；突然。

**忽而** ㄏㄨ ㄦˊ 忽然。（大多同時用在意義相對或相近的動詞、形容詞等前頭。）如「忽而說，忽而笑」。

**忽忽** ㄏㄨ ㄏㄨ 図①失意的樣子。如「忽忽若有所亡」。②不經意。如「忽忽之謀，不可為也」。③同「匆匆」。如「忽忽歲云暮」。④迷糊不清。如「悠悠忽忽」。

**忽律** ㄏㄨ ㄌㄩˋ 就是鱷魚。

**忽哨** ㄏㄨ ㄕㄠˋ 口哨，撮脣發出的尖銳聲。也作「唿哨」。

**忽略** ㄏㄨ ㄌㄩㄝˋ 不注意。

**忽然** ㄏㄨ ㄖㄢˊ 一種動作或事物的出現很快，出人意料。如「天忽然黑了一大片」。

**忽視** ㄏㄨ ㄕˋ 看輕。

## 忻

ㄒㄧㄣ ㈠同「欣」字。㈡姓。

**忻慕** ㄒㄧㄣ ㄇㄨˋ 喜悅愛慕。

## 忮

図ㄓˋ 害，嫉妒。〈東坡志林〉有「不忮之誠，信於異類也」。

**忮求** ㄓˋ ㄑㄧㄡˊ 図忌刻而貪得。

## 忠

ㄓㄨㄥ ㈠竭盡心力做事。如「盡忠」「忠心」。㈡正直。如「忠言逆耳」。

**忠心** ㄓㄨㄥ ㄒㄧㄣ 忠誠的心。

**忠臣** ㄓㄨㄥ ㄔㄣˊ 忠於君主的官吏。

**忠告** ㄓㄨㄥ ㄍㄠˋ 盡心盡力規勸。讀音ㄓㄨㄥ ㄍㄨˋ。

**忠孝** ㄓㄨㄥ ㄒㄧㄠˋ 忠和孝。

**忠良** ㄓㄨㄥ ㄌㄧㄤˊ 為國盡忠的人。

**忠言** ㄓㄨㄥ ㄧㄢˊ 忠誠正直的話。

**忠直** ㄓㄨㄥ ㄓˊ 忠誠正直。

**忠信** ㄓㄨㄥ ㄒㄧㄣˋ 忠誠信實。

**忠勇** ㄓㄨㄥ ㄩㄥˇ 忠誠勇敢。

**忠厚** ㄓㄨㄥ ㄏㄡˋ ①待人忠實寬厚。②為人善良。

**忠貞** ㄓㄨㄥ ㄓㄣ 忠誠而堅定不移。

**忠恕** ㄓㄨㄥ ㄕㄨˋ 忠心與恕道的合稱。忠是盡心對人，恕是推己及人。

**忠義** ㄓㄨㄥ ㄧˋ 做人做事能盡忠心，合義理。

**忠誠** ㄓㄨㄥ ㄔㄥˊ 對國家、人民、事件、領導、朋友……等盡心盡力。

**忠實** ㄓㄨㄥ ㄕˊ 忠誠篤實。

**忠心耿耿** ㄓㄨㄥ ㄒㄧㄣ ㄍㄥˇ ㄍㄥˇ 用以表示對人忠誠，不受任何影響，自始至終，堅定貞節。

**忠肝義膽** ㄓㄨㄥ ㄍㄢ ㄧˋ ㄉㄢˇ 比喻忠心而富血性。也作「忠心赤膽」。

**忠言逆耳** ㄓㄨㄥ ㄧㄢˊ ㄋㄧˋ ㄦˇ 正直的勸告聽起來不順耳，但是有利於改正缺點錯誤。

**忪** ▲図ㄓㄨㄥ見「怔忪」條。▲ㄙㄨㄥ見「惺忪」條。

**忱** ㄔㄣˊ 真實的情意。如「熱忱」。

**忡** 図ㄔㄨㄥ 憂慮的樣子。如「憂心忡忡」。

**忡忡** ㄔㄨㄥ ㄔㄨㄥ 図憂愁的樣子。

**忤** ㄨˇ 不順從。如「忤逆」。

**忤逆** ㄨˇ ㄋㄧˋ 不孝順父母，不聽父母的話。

**忨** 図ㄨㄢˋ 只圖逸樂，不做正事，一天一天地過去，叫「忨歲愒日」（也作「玩日愒歲」），是「蹉跎歲月」的意思。

**忨愒** ㄨㄢˋ ㄎㄞˋ 図工作不努力，沒有盡責任，貪圖安逸，荒廢職務。

## 五筆

**怖** ㄅㄨˋ 懼怕。如「恐怖」。

**怕** ㄆㄚˋ ㈠恐懼。如「害怕」「不怕死」。㈡想是，或者，猜測的意思。如「天這麼黑，怕要下雨了」。

**怕人** ㄆㄚˋ ㄖㄣˊ 可怕，叫人害怕。

**怕生** ㄆㄚˋ ㄕㄥ 遇見不熟識的人時感到害羞、難為情。

**怕事** ㄆㄚˋ ㄕˋ 膽小不敢多事。

**怕是** ㄆㄚˋ ㄕˋ 是字輕讀。想是，或者是；有猜測的意味。如「這樣說怕是不成吧」。

**怕羞** ㄆㄚˋ ㄒㄧㄡ 怕難為情；害臊。

**怦** ㄆㄥ 心急，心動。如「怦然心動」「心裡怦怦跳」。

**怦怦** ㄆㄥ ㄆㄥ ①心動的樣子。②図忠直的樣子。

**怫** 図ㄈㄨˊ ㈠不高興，鬱悶。㈡生氣。如「怫然」。

**怫然** ㄈㄨˊ ㄖㄢˊ 生氣的樣子。

**怛** 図ㄉㄚˊ ㈠悲悼。如「惻怛」。㈡驚愕。〈莊子〉書上有「无怛化」。㈢勞苦。如「勞心怛怛」。

**怠** ㄉㄞˋ ㈠懶惰，敷衍了事。如「怠工」「怠惰」。㈡輕視。如「怠慢」。

**怠工** ㄉㄞˋ ㄍㄨㄥ 工人在不能達到要求的時候，雖然每天照時間上班，可是不肯出力做事，叫做「怠工」。

**怠忽** ㄉㄞˋ ㄏㄨ 図怠惰忽略，不盡心，不振作。

**怠惰** ㄉㄞˋ ㄉㄨㄛˋ 不勤勉，不努力。

**怠慢** ㄉㄞˋ ㄇㄢˋ ①懶惰粗疏。②待客簡慢，常是謙虛的話。

**怹** ㄊㄢ 北京話「他」的尊稱。

**怓** ㄋㄠˊ 話多而亂說。

**怓怓** ㄋㄠˊ ㄋㄠˊ 胡說八道。

**怩** ㄋㄧˊ 見「忸怩」條。

**怒** ㄋㄨˋ ㈠生氣。如「羞惱成怒」「怒髮衝冠」。㈡聲勢盛大。如「怒潮」「心花怒放」。

**怒火**　形容極大的憤怒。

**怒目**　睜大眼睛表示發怒。

**怒吼**　猛獸發威吼叫。比喻發出雄壯的聲音。

**怒放**　（花）盛開。

**怒氣**　發怒的氣勢，就是發火兒。也作怒火。

**怒馬**　図肥壯而氣盛的馬。

**怒號**　形容聲音很大。如「狂風怒號」。

**怒潮**　洶湧的潮水。常用來形容氣勢浩大。

**怒濤**　洶湧起伏的波濤。

**怒沖沖**　形容非常生氣的樣子。

**怒目橫眉**　形容發怒時的神情。

**怒髮衝冠**　形容非常生氣的樣子。

## 怜

▲ㄌㄧㄥˊ見「怜悧」。▲ㄌㄧㄢˊ「憐」字的簡寫。

**怜悧**　同「伶俐」。

## 怪（恠）

ㄍㄨㄞˋ㈠奇異。如「怪人怪事」。㈡妖怪。如「鬼怪」。㈢疑惑害怕。如「大驚小怪」。㈣責備，埋怨。如「怪罪」。㈤很。如「怪悶得慌」。

**怪人**　行為、個性詭異的人。

**怪石**　形式怪特的石頭。

**怪物**　①奇異的東西。②說性情乖僻的人。

**怪異**　①奇怪。②非常的變異。

**怪罪**　責備；埋怨。

**怪僻**　說人性情奇異偏執。

**怪誕**　離奇反常。

**怪癖**　古怪的癖好。

**怪事（兒）**　新鮮希奇的事。

**怪不得**　難怪。

**怪裡怪氣**　裡字輕讀。形狀、裝束、聲音奇特，與一般的不同。（含貶義）

**怪誕不經**　指離奇不常見的事物。

**怪模怪樣（兒）**　模字輕讀。①不正常的形狀。②裝模作樣兒。

## 怙

図ㄏㄨˋ㈠憑藉依靠。如「無所依怙」。㈡父親的代詞，從〈詩經〉「無父何怙」來的，所以父親死了叫「失怙」。

**怙恃**　図①藉、依靠的意思。②比喻父母。〈詩經〉有「無父何怙，無母何恃」。

**怙勢**　仗人之勢。

**怙惡不悛**　図做了壞事而不肯悔改。語出〈左傳〉。

## 急

ㄐㄧˊ㈠迅速。如「急速」「急轉直下」。㈡緊急，必須快辦的。如「急事」「急要」。㈢性情暴躁。如「躁急」「別往下說了，再說他就急了」。㈣危險，情形很嚴重。如「危急存亡之秋」「救急不救貧」。㈤焦躁。如「著急」「等了半天還不來，快把人急死了」。㈥熱心公眾的事。如「急公好義」。

**急切**　緊急迫切。

**急用**　急切的需用。

**急件**　需要很快就處理或送到的緊急文件。

急忙 ㄐㄧˊ ㄇㄤˊ　緊急匆忙。

急性 ㄐㄧˊ ㄒㄧㄥˋ　①性情躁急。②發作很快的疾病。如「急性盲腸炎」。

急促 ㄐㄧˊ ㄘㄨˋ　同「急迫」。

急急 ㄐㄧˊ ㄐㄧˊ　很急。

急流 ㄐㄧˊ ㄌㄧㄡˊ　湍急的水流。

急迫 ㄐㄧˊ ㄆㄛˋ　匆忙緊促。

急症 ㄐㄧˊ ㄓㄥˋ　急性的病。

急務 ㄐㄧˊ ㄨˋ　急切緊要的事務。

急救 ㄐㄧˊ ㄐㄧㄡˋ　緊急救治。

急速 ㄐㄧˊ ㄙㄨˋ　非常快。

急智 ㄐㄧˊ ㄓˋ　臨機應變的才智。

急湍 ㄐㄧˊ ㄊㄨㄢ　很急的水流。

急診 ㄐㄧˊ ㄓㄣˇ　病情嚴重，急待診治。大型醫院多設有急診處。

急進 ㄐㄧˊ ㄐㄧㄣˋ　①猛力進取。②政治上抱激烈主張的一派；對保守派說的。如「急進分子」。

急須 ㄐㄧˊ ㄒㄩ　急待要做。

急電 ㄐㄧˊ ㄉㄧㄢˋ　加急傳送的電報。

急需 ㄐㄧˊ ㄒㄩ　緊急的需要。

急劇 ㄐㄧˊ ㄐㄩˋ　急速，迅速而劇烈。

急遽 ㄐㄧˊ ㄐㄩˋ　急速。

急難 ㄐㄧˊ ㄋㄢˋ　①人在危急患難的時候。②[文]救助災難。

急躁 ㄐㄧˊ ㄗㄠˋ　沒有耐性。

急彎 ㄐㄧˊ ㄨㄢ　①道路突然轉折的地方。②車、船、飛機等行進方向突然改變。

急灘 ㄐㄧˊ ㄊㄢ　水流湍急的險灘。

急變 ㄐㄧˊ ㄅㄧㄢˋ　突然的變故。

急驟 ㄐㄧˊ ㄗㄡˋ　急速。

急口令 ㄐㄧˊ ㄎㄡˇ ㄌㄧㄥˋ　見「繞口令」條。

急先鋒 ㄐㄧˊ ㄒㄧㄢ ㄈㄥ　比喻積極領頭的人。

急行軍 ㄐㄧˊ ㄒㄧㄥˊ ㄐㄩㄣ　指部隊為執行緊急任務所進行的快速行軍。

急性子 ㄐㄧˊ ㄒㄧㄥˋ ˙ㄗ　①性情急躁。②性情急躁的人。

急救包 ㄐㄧˊ ㄐㄧㄡˋ ㄅㄠ　裝有急救用品的小包。

急救法 ㄐㄧˊ ㄐㄧㄡˋ ㄈㄚˇ　救護意外傷患的方法。

急就章 ㄐㄧˊ ㄐㄧㄡˋ ㄓㄤ　速成的事或作品。

急診處 ㄐㄧˊ ㄓㄣˇ ㄔㄨˋ　醫院內專為患急性病或受重傷的人所設的一個部門。

急進派 ㄐㄧˊ ㄐㄧㄣˋ ㄆㄞˋ　在一個團體中抱持的思想主張較激烈的人或派系。

急驚風 ㄐㄧˊ ㄐㄧㄥ ㄈㄥ　中醫說小兒急性的神經性的病，患者手腳痙攣，牙關緊閉。簡稱急驚。

急公好義 ㄐㄧˊ ㄍㄨㄥ ㄏㄠˋ ㄧˋ　熱心公益。

急功近利 ㄐㄧˊ ㄍㄨㄥ ㄐㄧㄣˋ ㄌㄧˋ　急於求成，貪圖目前的利益。

急流勇退 ㄐㄧˊ ㄌㄧㄡˊ ㄩㄥˇ ㄊㄨㄟˋ　說人在得意的時候，見機引退。

急起直追 ㄐㄧˊ ㄑㄧˇ ㄓˊ ㄓㄨㄟ　趕快起來追上前去。

急景凋年 ㄐㄧˊ ㄐㄧㄥˇ ㄉㄧㄠ ㄋㄧㄢˊ　光陰速逝，年歲將盡。

急轉直下 ㄐㄧˊ ㄓㄨㄢˇ ㄓˊ ㄒㄧㄚˋ　突然轉變，並且很快地順勢發展下去。

急急如律令 ㄐㄧˊ ㄐㄧˊ ㄖㄨˊ ㄌㄩˋ ㄌㄧㄥˋ　火速遵照命令辦理，不得違誤。本漢代公文常用語，今道家用於符咒的末尾。

急驚風遇到慢郎中 ㄐㄧˊ ㄐㄧㄥ ㄈㄥ ㄩˋ ㄉㄠˋ ㄇㄢˋ ㄌㄤˊ ㄓㄨㄥ　郎中，南方人稱醫生為郎中。急驚風，為小兒驚風病中屬於急性的，危險而難活。比喻緊急的事，卻遇上慢性的人，使人萬分著急。

**怯** ㄑㄧㄝˋ ㈠膽子小，害怕。如「膽怯」。㈡城裡人笑鄉下人不大方的樣子。如「怯愣兒」。㈢形容身體瘦弱。如「怯弱」。語音ㄑㄩㄝˋ。

**怯口** ㄑㄧㄝˋ ㄎㄡˇ 鄉土的語音。

**怯生** ㄑㄧㄝˋ ㄕㄥ 遇見不熟識的人有些害怕和不自然。

**怯弱** ㄑㄧㄝˋ ㄖㄨㄛˋ ①膽小沒有勇氣。②說人身體瘦弱。

**怯陣** ㄑㄧㄝˋ ㄓㄣˋ 臨陣膽怯。

**怯場** ㄑㄧㄝˋ ㄔㄤˇ 臨場畏縮慌張。

**怯懦** ㄑㄧㄝˋ ㄋㄨㄛˋ 膽小怕事。

**怯調兒** ㄑㄧㄝˋ ㄉㄧㄠˋ ㄦ 指說話時帶有膽怯而不自然的語氣。

**怯生生的** ㄑㄧㄝˋ ㄕㄥ ㄕㄥ ˙ㄉㄜ ①身體衰弱的樣子。②形容膽怯的樣子。

**性** ㄒㄧㄥˋ ㈠人或事物本身所具有的本質，像人類有知、情、意的稟賦，事物有功能質地就是。如「惡性」「性本善」「彈性」。㈡物體的機能。如「展性」「延性」。㈢生理上的區別。如「男性」「女性」「異性」「同性」。㈣生命。如「性命」。㈤效力，功能。如「毒性」「藥性」。㈥範圍，方式，作用。如「全國性」「綜合性」。㈦人生活的態度。如「冒險性」「依賴性」。㈧脾氣。如「性格」「任性」。㈨情慾。如「性慾」。

**性子** ㄒㄧㄥˋ ˙ㄗ ①稟性。如「這個人性子很急」。②脾氣，怒氣。如「他的性子一上來，你可就慘了」。

**性向** ㄒㄧㄥˋ ㄒㄧㄤˋ ①指各人某類行為常有一定的趨勢，和先天的性情及後天的志向關係很大。其構成和習慣相似，是同類行為以同一形式多次反覆而成。但習慣只指外表，性向則兼指動機。②心理學上說神經中樞和神經要素容易從一定理路活動的慣勢。

**性地** ㄒㄧㄥˋ ㄉㄧˋ 心地，性子。

**性色** ㄒㄧㄥˋ ㄙㄜˋ 動物軀體上因為雌雄性別而有不同的色彩。

**性行** ㄒㄧㄥˋ ㄒㄧㄥˋ 性情與行為。

**性別** ㄒㄧㄥˋ ㄅㄧㄝˊ 雌雄兩性的區別，通常指男女兩性的區別。

**性兒** ㄒㄧㄥˋ ㄦ ①脾氣，性格。②心，意。

**性命** ㄒㄧㄥˋ ㄇㄧㄥˋ ①生命的本質。宋代理學家說：「在天曰命，在人曰性，循性曰道。性也，命也，道也，各有所當。」②指人的生命。諸葛亮〈出師表〉：「苟全性命於亂世。」

**性急** ㄒㄧㄥˋ ㄐㄧˊ 稱人處理事務不喜歡拖延的。

**性病** ㄒㄧㄥˋ ㄅㄧㄥˋ 男女生殖器病的總稱。

**性能** ㄒㄧㄥˋ ㄋㄥˊ ①天然具有的能力。②事物發生作用的能力。

**性情** ▲ㄒㄧㄥˋ ㄑㄧㄥˊ 本性跟情感。▲ㄒㄧㄥˋ ˙ㄑㄧㄥ 性子。

**性慾** ㄒㄧㄥˋ ㄩˋ 男女的肉慾。

**性惡** ㄒㄧㄥˋ ㄜˋ 荀子學說主旨之一，謂人性本惡，要靠後天的禮法教育來約束，才能化性成善。

**性善** ㄒㄧㄥˋ ㄕㄢˋ 孟子學說主旨之一，謂人性本善，其惡乃環境習染、物欲包蔽之故。

**性感** ㄒㄧㄥˋ ㄍㄢˇ 男女兩性由形體與氣質特徵所發出的令人興奮之感。

**性腺** ㄒㄧㄥˋ ㄒㄧㄢˋ 人或動物體產生精子或卵子的腺體。雄性的性腺是睪丸，雌性的性腺是卵巢。也叫生殖腺。

**性徵** ㄒㄧㄥˋ ㄓㄥ 男女表現在身體構造上的差異。

**性質** ㄒㄧㄥˋ ㄓˊ 性㈠。

**性器** ㄒㄧㄥˋ ㄑㄧˋ 生殖器官。

**性靈** ㄒㄧㄥˋ ㄌㄧㄥˊ 才情，靈感。

**性格（兒）** ㄒㄧㄥˋ ㄍㄜˊ（ㄦ） 個人一定不移的特有品質，是道德跟心智兩方合成的。

**性行為** ㄒㄧㄥˋ ㄒㄧㄥˊ ㄨㄟˊ 男女交媾的行為。

**性教育** ㄒㄧㄥˋ ㄐㄧㄠˋ ㄩˋ 關於男女兩性問題的教育，以防止不正當知識侵入，使青年成為健全國民為目的。

**性激素** ㄒㄧㄥˋ ㄐㄧ ㄙㄨˋ 由睪丸或卵巢分泌的激素，主要作用是刺激生殖器官的生長和調節生殖器的機能。

**性關係** ㄒㄧㄥˋ ㄍㄨㄢ ㄒㄧˋ 男女間發生性行為的關係。

**性騷擾** ㄒㄧㄥˋ ㄙㄠ ㄖㄠˇ 指用帶有性暗示的言語或行為騷擾異性，構成別人的不舒服。

**性向測驗** ㄒㄧㄥˋ ㄒㄧㄤˋ ㄘㄜˋ ㄧㄢˋ 鑑別個人學習潛能，預測其將來成就的測驗，分為綜合性向測驗與特殊性向測驗兩大類。

**性命交關** ㄒㄧㄥˋ ㄇㄧㄥˋ ㄐㄧㄠ ㄍㄨㄢ 關係到人的性命。形容關係重大，非常緊要。

**性格分析** ㄒㄧㄥˋ ㄍㄜˊ ㄈㄣ ㄒㄧ 心理學名詞。以適應良好之個體為對象，進行精神分析，以達到專業訓練的目的，或增進對心理分析的了解。

**性格異常** ㄒㄧㄥˋ ㄍㄜˊ ㄧˋ ㄔㄤˊ 心理學名詞。心理病態的一種，患者能自知行為有異，但未經驗內在的衝突。其行為較固執，富有攻擊性，對焦慮的忍受力低，可能轉為異常行為而表現於外。

**性情中人** ㄒㄧㄥˋ ㄑㄧㄥˊ ㄓㄨㄥ ㄖㄣˊ 有血性、富於真情實感的人。

## 怔

▲ㄓㄥ ㈠怔忪，恐懼的樣子。㈡見「怔忡」。▲ㄌㄥˋ 同「愣」，發呆的樣子。

**怔忪** ㄓㄥ ㄓㄨㄥ 図驚懼的樣子。

**怔忡** ㄓㄥ ㄔㄨㄥ 中醫指心悸。患者心跳不安，像驚恐的樣子，是精神衰弱症。

## 怊

図ㄔㄠ 悲傷，心中不順適。

## 怵

ㄔㄨˋ 害怕或讓人害怕，膽怯。如「發怵」。

**怵惕** ㄔㄨˋ ㄊㄧˋ 図害怕。

**怵目驚心** ㄔㄨˋ ㄇㄨˋ ㄐㄧㄥ ㄒㄧㄣ 懼怕的樣子。

## 怎

▲ㄗㄣˇ 見「怎樣」。▲ㄗㄜˇ 見「怎麼」條。「怎」字跟「麼」相連，ㄣ韻的鼻音跟「麼」字的鼻音相混，不再顯明，賸下ㄜ音，所以念ㄗㄜˇ。

**怎生** ㄗㄣˇ ㄕㄥ 怎樣；怎麼（多見於詩詞和早期白話）。

**怎地** ㄗㄣˇ ˙ㄉㄜ 也作「怎的」「怎得（˙ㄉㄜ）」，都是「怎樣」的意思。舊小說裡常用。

**怎奈** ㄗㄣˇ ㄋㄞˋ 無奈（多見於早期白話）。

**怎麼** ㄗㄜˇ ˙ㄇㄜ ①什麼原因。②如何。又讀ㄗㄣˇ ˙ㄇㄜ。

**怎樣** ㄗㄣˇ ㄧㄤˋ 如何。舊小說裡也作「怎生」。

**怎麼著** ㄗㄣˇ ˙ㄇㄜ ˙ㄓㄜ 如何，怎麼樣。

**怎麼樣** ㄗㄣˇ ˙ㄇㄜ ㄧㄤˋ 表非商討或問訊的詞，同「如何」。如「你看這枝筆怎麼樣」。

**怍** 図ㄗㄨㄛˋ 慚愧。如「愧怍」。

**思** ▲ㄙ ㈠想，動腦筋。如「思前想後」「思索」。㈡惦念。如「思親」「思鄉」。㈢情緒。如「情思」「文思」。㈣図傷悲。如「思秋」。上列㈢的讀音又讀ㄙˋ。▲図ㄙㄞ「于思」，鬍鬚多的樣子。

**思凡** ㄙ ㄈㄢˊ 指出家人對一般社會的思慕。

**思考** ㄙ ㄎㄠˇ ①思索，考慮。②思惟。

**思念** ㄙ ㄋㄧㄢˋ 懷念。

**思秋** ㄙ ㄑㄧㄡ 悲秋。

**思索** ㄙ ㄙㄨㄛˇ 考慮，研求。

**思惟** ㄙ ㄨㄟˊ 也作「思維」。①想，思索。②把以往從經驗而知道的事，加以比較統一，來推論還沒經歷的事實。心理學把這種心理過程叫「思惟」。研判認識事物的本質跟規律的心理過程也叫「思惟」。

**思量** ㄙ ㄌㄧㄤˊ 仔細想。

**思鄉** ㄙ ㄒㄧㄤ 想念故鄉。

**思想** ㄙ ㄒㄧㄤˇ ①想念。如「日夜思想」。②由思惟而產生的意識內容的總稱。如「思想可以產生信仰」「思想端正」。

**思路** ㄙ ㄌㄨˋ 作文運思的歷程跟趨向；因為有連綿條貫的情形，所以叫思路。

**思過** ㄙ ㄍㄨㄛˋ 反省自己的過失。

**思緒** ㄙ ㄒㄩˋ ①思想的頭緒；思路。②情緒。

**思齊** ㄙ ㄑㄧˊ 想要與勝於自己的人齊等。

**思潮** ㄙ ㄔㄠˊ ①指一個時代，一個地方大眾思想的趨勢。②起伏不定的思慮。③思想的潮流。

**思慮** ㄙ ㄌㄩˋ 思索考慮。

**思慕** ㄙ ㄇㄨˋ 思念（自己敬仰的人）。

**思親** ㄙ ㄑㄧㄣ 思念親人。

**思戀** ㄙ ㄌㄧㄢˋ 念念不忘的意思。

**思想家** ㄙ ㄒㄧㄤˇ ㄐㄧㄚ 能夠獨創一種有系統思想的人。

**思想起** ㄙ ㄒㄧㄤˇ ㄑㄧˇ 臺灣民謠名，原為恆春民歌。又叫「思想枝」「樹雙枝」。是一曲隨興的即興歌曲，流行全島，歌詞多彩多樣。

**思前想後** ㄙ ㄑㄧㄢˊ ㄒㄧㄤˇ ㄏㄡˋ 前前後後反覆地思考。

**思想體系** ㄙ ㄒㄧㄤˇ ㄊㄧˇ ㄒㄧˋ ①成體系的思想。②意識形態。

**怡** ㄧˊ ㈠和樂的樣子。如「心曠神怡」。㈡姓。

**怡悅** ㄧˊ ㄩㄝˋ 和悅，喜樂的樣子。

**怡然** ㄧˊ ㄖㄢˊ 和樂自得的樣子。

**怏** ㄧㄤˋ 不快樂。

**怏怏** ㄧㄤˋ ㄧㄤˋ 心情上不能滿足，因而不快樂的樣子。如「怏怏不樂」。

**怨** ㄩㄢˋ ㈠仇恨。如「結怨」。㈡心裡不滿意，指責。如「埋（ㄇㄢˊ）怨」「怨言」。

**怨言** ㄩㄢˋ ㄧㄢˊ 表示埋怨的話。

**怨忿** ㄩㄢˋ ㄈㄣˋ 怨恨。

**怨恨** ㄩㄢˋ ㄏㄣˋ 心中不滿而生恨。

**怨毒** ㄩㄢˋ ㄉㄨˊ 恨惡。

**怨氣** ㄩㄢˋ ㄑㄧˋ 心裡怨恨的情緒。

**怨偶** ㄩㄢˋ ㄡˇ 図不和睦的夫妻。

**怨望** ㄩㄢˋ ㄨㄤˋ 図怨恨。

**怨懟** ㄩㄢˋ ㄉㄨㄟˋ 図怨恨。

**怨不得** ㄩㄢˋ ㄅㄨˋ ˙ㄉㄜ 不字輕讀。①無怪。②不能埋怨。

**怨天尤人** ㄩㄢˋ ㄊㄧㄢ ㄧㄡˊ ㄖㄣˊ 不安分守己，怪天怪地地恨別人。

**怨聲載道** ㄩㄢˋ ㄕㄥ ㄗㄞˋ ㄉㄠˋ 路途上充滿了人民抱怨的聲音。形容抱怨的人很多。

## 六筆

**恫** ▲図ㄉㄨㄥˋ見「恫喝」。▲ㄊㄨㄥ病痛。如「恫瘝」。

**恫喝** ㄉㄨㄥˋ ㄏㄜˋ 図虛聲恐嚇。

**恫瘝** ㄊㄨㄥ ㄍㄨㄢ 図病苦。也作「痌瘝」。

**恫瘝在抱** ㄊㄨㄥ ㄍㄨㄢ ㄗㄞˋ ㄅㄠˋ 把人民的疾苦放在心上。

**恬** 図ㄊㄧㄢˊ (一)見「恬靜」。(二)見「恬澹」。

**恬然** ㄊㄧㄢˊ ㄖㄢˊ 安閒的樣子。

**恬適** ㄊㄧㄢˊ ㄕˋ 図恬靜而舒適。

**恬澹** ㄊㄧㄢˊ ㄉㄢˋ 図也作恬淡，說人不羨慕名利。

**恬靜** ㄊㄧㄢˊ ㄐㄧㄥˋ 図安靜。

**恬不知恥** ㄊㄧㄢˊ ㄅㄨˋ ㄓ ㄔˇ 做了壞事滿不在乎，一點兒也不以為恥。

**恧** 図ㄋㄩˋ內心慚愧。

**恡** ㄌㄧㄣˋ同「吝」。

**恑** 図ㄍㄨㄟˇ變異。

**恭** ㄍㄨㄥ (一)表現出來的敬意。如「恭敬」「謙恭有禮」。(二)俗稱大小便叫「出恭」。

**恭候** ㄍㄨㄥ ㄏㄡˋ 恭敬地等候。表示要在某地等待對方的敬詞。

**恭喜** ㄍㄨㄥ ㄒㄧˇ ①對人表示慶賀的話。②擔任職務的意思。如「您在哪兒恭喜」。

**恭賀** ㄍㄨㄥ ㄏㄜˋ 恭敬的祝賀。

**恭順** ㄍㄨㄥ ㄕㄨㄣˋ 恭敬而順服。

**恭敬** ㄍㄨㄥ ㄐㄧㄥˋ 禮貌周到。

**恭維** ▲図ㄍㄨㄥ ㄨㄟˊ 也作恭惟，恭敬地思想。▲ㄍㄨㄥ ˙ㄨㄟ 奉承，討好。

**恭謹** ㄍㄨㄥ ㄐㄧㄣˇ 恭敬而謹慎。

**恭敬不如從命** ㄍㄨㄥ ㄐㄧㄥˋ ㄅㄨˋ ㄖㄨˊ ㄘㄨㄥˊ ㄇㄧㄥˋ 敬詞，表示願意依照對方的意思去做。

**恪**（愙） 図ㄎㄜˋ誠敬，謹慎。如「恪守紀律」。又讀ㄑㄩㄝˋ。

**恪守** ㄎㄜˋ ㄕㄡˇ 誠敬的遵守。

**恪遵** ㄎㄜˋ ㄗㄨㄣ 謹遵。

**恇** 図ㄎㄨㄤ恇駭，就是害怕。

**恐** ㄎㄨㄥˇ (一)害怕。如「恐懼」。(二)可怕。如「恐怖」。(三)疑慮推測的詞，有時候當作「或者」「大概」的意思。見「恐怕」②。

**恐怕** ㄎㄨㄥˇ ㄆㄚˋ ①害怕，恐懼。②疑慮的詞，有點兒「或者」「似乎」「大概」的意思。如「這事情恐怕不會成功」。

**恐怖** ㄎㄨㄥˇ ㄅㄨˋ 可怕。

**恐慌** ㄎㄨㄥˇ ㄏㄨㄤ ①害怕慌張。②危機。如「經濟恐慌」。

**恐龍**（ㄎㄨㄥˇ ㄌㄨㄥˊ）（dinosaurs）中生代盤踞地球的爬蟲，滅絕於白堊紀末期（距今約六千七百萬年）。種類很多，可分二足類與四足類，肉食、草食都有。我國新疆天山迪化附近的「侏羅紀」地層中曾發掘出恐龍化石，蒙古、江西、雲南也曾出土。

**恐嚇**（ㄎㄨㄥˇ ㄏㄜˋ）威嚇，用威力脅迫別人。也作「恐喝」。

**恐懼**（ㄎㄨㄥˇ ㄐㄩˋ）害怕。

**恐水病**（ㄎㄨㄥˇ ㄕㄨㄟˇ ㄅㄧㄥˋ）見「狂犬病」條。

**恐怖分子**（ㄎㄨㄥˇ ㄅㄨˋ ㄈㄣˋ ㄗˇ）不用合法方法，而用暴力破壞社會秩序及政治體制，以擾亂治安，乘機奪取政權或破壞政治體制者，稱為恐怖分子。

## 恨

ㄏㄣˋ ㈠怨。如「可恨」「恨入骨髓」。㈡結仇。如「深仇大恨」「報仇雪恨」。㈢懊悔。如「悔恨」。㈣不如意。如「恨事」。

**恨事**（ㄏㄣˋ ㄕˋ）①不如意的事。②永久感到遺憾悔恨的事。

**恨海**（ㄏㄣˋ ㄏㄞˇ）大而深的怨恨。

**恨之入骨**（ㄏㄣˋ ㄓ ㄖㄨˋ ㄍㄨˇ）比喻對某事深惡痛絕。

**恨鐵不成鋼**（ㄏㄣˋ ㄊㄧㄝˇ ㄅㄨˋ ㄔㄥˊ ㄍㄤ）指對所期望的人不爭氣、不上進而感到不滿，急切希望其變好。

## 恆（恒）

ㄏㄥˊ ㈠長久。如「永恆」「恆心」。㈡常，不變或不大變動的。如「四季恆春」。

**恆久**（ㄏㄥˊ ㄐㄧㄡˇ）永久。

**恆心**（ㄏㄥˊ ㄒㄧㄣ）觀念情緒持久不變，不會見異思遷。

**恆星**（ㄏㄥˊ ㄒㄧㄥ）①中國古人認為目視位置不會改變的星辰。②能發光發熱的天體，如太陽、織女星等。肉眼可以見到約三千顆，用望遠鏡可以看到更多。它們一樣有自轉和公轉，其直徑、密度、光度大小不一。

**恆產**（ㄏㄥˊ ㄔㄢˇ）可以歷久的產業，指不動產。

**恆溫**（ㄏㄥˊ ㄨㄣ）相對穩定的溫度。

**恆齒**（ㄏㄥˊ ㄔˇ）人或哺乳動物的乳齒脫落後長出的牙齒。恆齒脫落後不會再長。

**恆河沙數**（ㄏㄥˊ ㄏㄜˊ ㄕㄚ ㄕㄨˋ）佛經的話，比喻極多的數目。

## 恢

ㄏㄨㄟ ㈠寬大，廣闊。如「天網恢恢」。㈡〔文〕擴大。如「恢弘」。

**恢弘**（ㄏㄨㄟ ㄏㄨㄥˊ）〔文〕①寬廣。如「氣度恢弘」。②擴大。如「恢弘大道」。

**恢恢**（ㄏㄨㄟ ㄏㄨㄟ）〔文〕廣大到無所不包。

**恢復**（ㄏㄨㄟ ㄈㄨˋ）失去以後又得到。

**恢廓**（ㄏㄨㄟ ㄎㄨㄛˋ）〔文〕①寬弘。如「恢廓的胸襟」。②擴展。

## 恚

〔文〕ㄏㄨㄟˋ 怨恨。如「恚怒」。

**恚憤**（ㄏㄨㄟˋ ㄈㄣˋ）怨恨。

## 恍

ㄏㄨㄤˇ ㈠忽然。如「恍然大悟」。㈡好像是，彷彿。如「恍如隔世」。

**恍若**（ㄏㄨㄤˇ ㄖㄨㄛˋ）也作「恍如」，好像是。

**恍惚** ▲ㄏㄨㄤˇ ㄏㄨ 神志迷糊不清。如「精神恍惚」。▲ㄏㄨㄤˇ ˙ㄏㄨ 彷彿，像是。如「他恍惚說過這句話」。

**恍然**（ㄏㄨㄤˇ ㄖㄢˊ）忽然醒悟。如「恍然大悟」。

## 恝

〔文〕ㄐㄧㄚˊ 忽視，不留心的樣子。如「恝置不顧」。

## 恰

ㄑㄧㄚˋ ㈠正巧。如「恰巧」「恰到好處」。㈡適當，合適。如「恰當」「恰如其分（ㄈㄣˋ）」。

**恰巧**（ㄑㄧㄚˋ ㄑㄧㄠˇ） 恰好，碰巧。

**恰好**（ㄑㄧㄚˋ ㄏㄠˇ） ①恰巧，正好。如「恰好遇著他不在家」。②適當。如「這件事，你處理得很恰好」。

**恰如**（ㄑㄧㄚˋ ㄖㄨˊ） 正好像。也作「恰似」。

**恰似**（ㄑㄧㄚˋ ㄙˋ） 恰如。

**恰恰**（ㄑㄧㄚˋ ㄑㄧㄚˋ） ①恰好。②鳥叫聲。③曾在我國流行過的一種南美傳來的舞蹈。

**恰當**（ㄑㄧㄚˋ ㄉㄤˋ） 適當。

**恰如其分**（ㄑㄧㄚˋ ㄖㄨˊ ㄑㄧˊ ㄈㄣˋ） 剛好和他的地位身分相當。

**恰到好處**（ㄑㄧㄚˋ ㄉㄠˋ ㄏㄠˇ ㄔㄨˋ） 到了最適當的地位、境界；不太過，也無不及。

**恓** 図ㄒㄧ 恓惶，驚慌煩惱的樣子。

**恓恓**（ㄒㄧ ㄒㄧ） 悲傷的樣子。

**恓恓惶惶**（ㄒㄧ ㄒㄧ ㄏㄨㄤˊ ㄏㄨㄤˊ） 驚慌煩惱的樣子。

**息** ㄒㄧˊ ㈠呼吸。如「喘息」「一息尚存」。㈡停歇。如「休息」「息怒」。㈢利錢。如「年息」「月息」。㈣音信。如「消息」「信息」。㈤図子女，多半是對別人稱自己的兒女，子息就是兒子。㈥姓。

**息肉**（ㄒㄧˊ ㄖㄡˋ） 一種自黏膜上生長的凸出物或病態贅生物。

**息兵**（ㄒㄧˊ ㄅㄧㄥ） 停戰。

**息事**（ㄒㄧˊ ㄕˋ） 了事。

**息肩**（ㄒㄧˊ ㄐㄧㄢ） 除去肩頭的負擔而獲得休息。比喻卸除責任。

**息怒**（ㄒㄧˊ ㄋㄨˋ） 怒氣平息了。

**息息**（ㄒㄧˊ ㄒㄧˊ） 息是呼吸，呼吸是相連續的，所以「息息」表示相互之間有密切關係。如「息息相關」。

**息影**（ㄒㄧˊ ㄧㄥˇ） 図閒居。

**息燈**（ㄒㄧˊ ㄉㄥ） 把燈弄滅了。

**息錢**（ㄒㄧˊ ㄑㄧㄢˊ） 利息。

**息交絕遊**（ㄒㄧˊ ㄐㄧㄠ ㄐㄩㄝˊ ㄧㄡˊ） 停止交遊活動。

**息事寧人**（ㄒㄧˊ ㄕˋ ㄋㄧㄥˊ ㄖㄣˊ） 停止紛爭，使人相安。

**息息相關**（ㄒㄧˊ ㄒㄧˊ ㄒㄧㄤ ㄍㄨㄢ） 關係極為密切。

**恤（卹）** ㄒㄩˋ ㈠可憐別人，同情別人。如「憐恤」「體恤」。㈡救濟。如「撫恤」「恤金」。㈢図顧慮。「不恤人言」，就是不考慮別人的意見。

**恤金**（ㄒㄩˋ ㄐㄧㄣ） 為表示救濟或憐憫而交付的金錢，通常有政府發給為國事而傷亡、殘廢的軍公教人員家屬，或交通機構發給因交通事故而傷亡的人員。

**恂** 図ㄒㄩㄣˊ ㈠忠厚、老實的樣子。如「恂恂如處子（ㄔㄨˇ ㄗˇ）」（處子是未婚少女）。㈡恂懼，害怕。

**恂恂如也**（ㄒㄩㄣˊ ㄒㄩㄣˊ ㄖㄨˊ ㄧㄝˇ） 溫和恭敬的樣子。

**恟** 図ㄒㄩㄥ 恐懼，不安。

**恟恟**（ㄒㄩㄥ ㄒㄩㄥ） 喧擾的樣子。

**恥（耻）** ㄔˇ ㈠羞愧。如「羞恥」「知恥」「不恥下問」。㈡侮辱。如「恥笑」「奇恥大辱」「引以為恥」。

**恥辱**（ㄔˇ ㄖㄨˇ） 羞恥侮辱。

**恥骨**（ㄔˇ ㄍㄨˇ） 人體骨盤中髀骨之一，在生殖器上面，即骨盤前部的骨。又稱交骨。

**恃** ㄕˋ ㈠依賴，仗著。如「恃勢凌人」「有恃無恐」。㈡図死了母親叫做「失恃」（參看「怙」字條）。

**恃勢** ㄕˋ ㄕˋ 倚仗他人的勢力。

**恃才傲物** ㄕˋ ㄘㄞˊ ㄠˋ ㄨˋ 倚仗自己有才能而輕視一切。

**恃強凌弱** ㄕˋ ㄑㄧㄤˊ ㄌㄧㄥˊ ㄖㄨㄛˋ 倚仗自己的強勢而去欺凌弱小。

**恕** ㄕㄨˋ ㈠推己及人。如「恕道」「忠恕」。㈡寬恕。如「饒恕」。㈢請人原諒的謙詞。如「恕罪」「恕不招待」「恕難從命」。

**恕道** ㄕㄨˋ ㄉㄠˋ 推己及人，寬待別人的道理。

**恕罪** ㄕㄨˋ ㄗㄨㄟˋ 原諒罪過。

**恁** ㄖㄣˋ 舊小說、戲曲常常用的：㈠這樣。如「何須恁怕怯」。㈡那（ㄋㄚˋ）。如「恁時」。㈢什麼。如「恁事如此煩惱」。㈣怎麼。如「恁地道他不是人」。

**恣** ▲図 ㄗˋ 放縱，沒有拘束。如「恣意」「恣情作樂」。又讀 ㄗ。▲図 ㄘ 恣睢，自得的樣子。

**恣情** ㄗˋ ㄑㄧㄥˊ 放縱情意，不加拘限。

**恣意** ㄗˋ ㄧˋ 任意做事。

**恩** ㄣ ㈠恩惠，別人給的好處及深厚的情誼。如「恩澤」「報恩」「恩人」。㈡愛。如「恩物」「恩愛」。

**恩人** ㄣ ㄖㄣˊ 對自己有恩情的人。

**恩典** ㄣ ㄉㄧㄢˇ 恩惠。

**恩物** ㄣ ㄨˋ ①指為幼兒教育設計的玩具。②泛指喜愛的東西。

**恩怨** ㄣ ㄩㄢˋ 恩惠與仇怨。

**恩師** ㄣ ㄕ 稱對自己有恩情的師傅或老師。

**恩情** ㄣ ㄑㄧㄥˊ 深厚的情義；恩惠。

**恩惠** ㄣ ㄏㄨㄟˋ 恩㈠。

**恩愛** ㄣ ㄞˋ 親切的愛，大都指夫妻的愛。

**恩德** ㄣ ㄉㄜˊ 深厚的恩惠。

**恩賜** ㄣ ㄙˋ 原指帝王給予賞賜，現泛指因憐憫而施捨。

**恩澤** ㄣ ㄗㄜˊ 用亢旱時的雨水來比喻別人所賜的恩惠。

**恩寵** ㄣ ㄔㄨㄥˇ 特殊的寵遇。

**恩同再造** ㄣ ㄊㄨㄥˊ ㄗㄞˋ ㄗㄠˋ 形容給與的恩惠極大，如同重新給與生命。多指救命之恩。

**恩怨分明** ㄣ ㄩㄢˋ ㄈㄣ ㄇㄧㄥˊ 有恩報恩，有仇報仇，分辨得很清楚。

**恩威並用** ㄣ ㄨㄟ ㄅㄧㄥˋ ㄩㄥˋ 待人的手段，寬嚴並用，恰到好處。

**恩重如山** ㄣ ㄓㄨㄥˋ ㄖㄨˊ ㄕㄢ 比喻恩惠情意的深厚，如山的厚重。

**恩將仇報** ㄣ ㄐㄧㄤ ㄔㄡˊ ㄅㄠˋ 拿仇恨回報所受的恩惠。

**恩深義重** ㄣ ㄕㄣ ㄧˋ ㄓㄨㄥˋ 深厚的恩惠和情義。

**恩斷義絕** ㄣ ㄉㄨㄢˋ ㄧˋ ㄐㄩㄝˊ 感情破裂，情義斷絕。

**恙** 図 ㄧㄤˋ 病。如「貴恙」「無恙」。

**恙蟲** ㄧㄤˋ ㄔㄨㄥˊ 節肢動物，屬蜘蛛類，棲低濕地。幼蟲也叫赤蟲，多寄生田鼠體上，人為所螫，則頭暈發熱，且生一種有傳染性的病毒，重則發生耳聾和昏迷。

## 七筆

**悖** ㄅㄟˋ ㈠做事違背情理。如「悖逆」「悖謬」。㈡衝突，矛盾。

如「並行不悖」。▲ㄅㄛˊ盛，通「勃」。〈左傳〉有「其興也悖焉」。

**悖逆** 違反正道，犯上作亂。

**悖晦** 年老而糊塗。

**悖謬** 不合情理。

**悖入悖出** 有不正當的收入，一定有不正當的損失。

**悌** 図ㄊㄧˋ ㈠弟弟敬愛哥哥或兄弟友愛。如「孝悌」。㈡見「愷悌」。

**您** ㄋㄧㄣˊ「你」的敬稱，是北京話，對長輩一定要用，對平輩可用可不用，對晚輩絕對不用。

**悧** ㄌㄧˋ 見「怜悧」條。

**悃** 図ㄎㄨㄣˇ 誠實的心意。如「悃誠」「謝悃」。

**悃愊** 図至誠。

**悃款** 誠懇；忠實。

**悃誠** 図誠懇的心意。

**悍** ㄏㄢˋ ㈠勇猛。如「短小精悍」。㈡凶暴，蠻不講理。如「悍婦」「悍然不顧」。

**悔** ㄏㄨㄟˇ ㈠事後懊惱追恨。如「後悔」。㈡改過。如「悔過」。㈢說話不算話。如「反悔」「悔棋」。

**悔改** 因悔悟而改過自新。

**悔恨** 事後越想越不應該的自責。

**悔悟** 覺悟改過。

**悔婚** 訂婚後一方廢棄婚約。

**悔棋** 棋子下定後收回重下。也說回棋。

**悔罪** 悔恨自己的罪惡。

**悔過** 承認並追悔自己的錯誤。如「悔過自新」。

**悔不當初** 後悔當初不該這樣做或沒有那樣做。

**悔之無及** 後悔已經來不及了。

**患** ㄏㄨㄢˋ ㈠図憂慮。如「不患寡而患不均」。㈡禍害。如「水患」「禍患」。㈢得病。如「病患」「患病」。㈣艱難困苦。如「患難」。

**患者** 害某種病的人。如「肺結核患者」。

**患苦** 図①憎惡，厭恨。②疾苦。

**患病** 生病。

**患處** 身體有病的地方；多指外傷。

**患難** 困難和危險的處境。

**患得患失** 沒有得到的怕得不到，得到之後又怕失掉。指老是考慮個人的利害得失。

**患難之交** 在災難時能互相救助的好朋友。

**悁** ▲図ㄐㄩㄢ 躁急。如「悁急」。▲ㄐㄩㄢ 憂思。如「中心悁悁」。「悁悁」也是含怒的樣子。

**悁急** 躁急。

**悄** ㄑㄧㄠˇ ㈠靜寂。如「靜悄悄」「悄然」。㈡小聲說話。如「悄默聲兒的」。㈢図憂愁。〈詩經〉有「憂心悄悄，慍于群小」。

**悄悄** ①不聲不響的樣子。②図憂愁的樣子。

**悄默聲兒** ①小聲講話。②沒有聲息。

**悛** 図ㄑㄩㄢ 悔改。見「悛改」。

**悛改** ㄑㄩㄢ ㄍㄞˇ 悔恨改過。

**悉** ㄒㄧ ㈠知道。如「得悉」「熟悉」。㈡盡。如「悉心照顧」。㈢〔文〕全，都。如「悉數」。

**悉力** ㄒㄧ ㄌㄧˋ 〔文〕盡力。

**悉心** ㄒㄧ ㄒㄧㄣ 盡心去做。

**悉數** ▲〔文〕ㄒㄧ ㄕㄨˇ 把事情全給說出來。▲ㄒㄧ ㄕㄨˋ 全數。

**悉心畢力** ㄒㄧ ㄒㄧㄣ ㄅㄧˋ ㄌㄧˋ 竭盡心力。

**悚** ▲〔文〕ㄙㄨㄥˇ 害怕的樣子。如「悚然」。▲ㄙㄨㄥˇ 笑人怯懦。如「這個小子真悚」。

**悚然** ㄙㄨㄥˇ ㄖㄢˊ 〔文〕害怕的樣子。如「毛骨悚然」。

**悚懼** ㄙㄨㄥˇ ㄐㄩˋ 〔文〕心裡害怕，也作「聳懼」。

**悒** 〔文〕ㄧˋ 愁悶，不安。如「悒悒不樂」。

**悒悒** ㄧˋ ㄧˋ 〔文〕憂悶不開心的樣子。

**悠** ㄧㄡ ㈠長久，長遠。如「悠久」「悠揚」「悠遠」。㈡懸空搖蕩。如「他在打秋千，悠過來悠過去」。㈢穩住，控制住。如「用力別太猛，悠著點勁兒」。㈣見「悠悠」。

**悠久** ㄧㄡ ㄐㄧㄡˇ 長久。

**悠忽** ㄧㄡ ㄏㄨ 〔文〕輕忽游蕩過日子。

**悠長** ㄧㄡ ㄔㄤˊ （時間）長。如「悠長的歲月」。

**悠悠** ㄧㄡ ㄧㄡ ①安靜閒在的樣子。如「白雲悠悠」。②〔文〕憂鬱不高興的樣子。如「悠悠我思」。③不規則的搖蕩。如「晃晃悠悠」。④形容日子過得快。如「悠悠忽忽」。

**悠揚** ㄧㄡ ㄧㄤˊ ①形容聲音迴盪，能傳到很遠。②〔文〕時間長久。如「世事悠揚」。

**悠然** ㄧㄡ ㄖㄢˊ 悠閒的樣子。如「悠然自得」。

**悠遠** ㄧㄡ ㄩㄢˇ ①時間長。②距離遠。

**悠悠忽忽** ㄧㄡ ㄧㄡ ㄏㄨ ㄏㄨ ①形容悠閒懶散。②形容神志恍惚。

**悠悠蕩蕩** ㄧㄡ ㄧㄡ ㄉㄤˋ ㄉㄤˋ 飄浮不著實地的樣子。

**悟** ㄨˋ ㈠明白，領會，了解，覺醒。如「恍然大悟」「執迷不悟」「覺悟」「醒悟」。㈡見「悟性」。

**悟性** ㄨˋ ㄒㄧㄥˋ 人很聰明，看到這就知道那，能「舉一反三」「觸類旁通」。這種能力叫「悟性」。如「這孩子悟性高，一說他就懂」。

**悟道** ㄨˋ ㄉㄠˋ 領會道理或哲理。

**悅** ㄩㄝˋ ㈠快樂。如「喜悅」。㈡聽到、看見就會有舒適愉快的感覺。如「悅耳」「悅目」。㈢高興。如「近悅遠來」「心悅誠服」。㈣和善。如「和顏悅色」。㈤〔文〕喜歡他。〈孟子〉書有「悅周公仲尼之道」。

**悅心** ㄩㄝˋ ㄒㄧㄣ 使心情快慰。

**悅目** ㄩㄝˋ ㄇㄨˋ 看了之後有愉快的感覺。

**悅耳** ㄩㄝˋ ㄦˇ 聽了之後有愉快的感覺。

**悅色** ㄩㄝˋ ㄙㄜˋ 和善的臉色。

**悅服** ㄩㄝˋ ㄈㄨˊ 喜悅而敬服。

**恿（慂）** ㄩㄥˇ 見「慫恿」。

## 八筆

**悲** ㄅㄟ (一)傷心，哀痛。如「悲喜交集」「悲傷」。(二)憐憫。如「悲天憫人」「慈悲」。

**悲切** ㄅㄟ ㄑㄧㄝˋ 図悲痛。

**悲吟** ㄅㄟ ㄧㄣˊ 悲痛地吟詠。

**悲壯** ㄅㄟ ㄓㄨㄤˋ 又悲哀又雄壯。

**悲辛** ㄅㄟ ㄒㄧㄣ 図悲痛辛酸。

**悲咽** ㄅㄟ ㄧㄝˋ 悲哀哽咽。

**悲哀** ㄅㄟ ㄞ 傷心。

**悲苦** ㄅㄟ ㄎㄨˇ 悲哀痛苦。

**悲戚** ㄅㄟ ㄑㄧ 図悲傷。

**悲涼** ㄅㄟ ㄌㄧㄤˊ 悲哀悽涼。

**悲啼** ㄅㄟ ㄊㄧˊ ①悲傷啼哭。②鳴聲悽慘。

**悲愁** ㄅㄟ ㄔㄡˊ 悲傷憂愁。

**悲痛** ㄅㄟ ㄊㄨㄥˋ 傷心。

**悲傷** ㄅㄟ ㄕㄤ 傷心難過。

**悲愴** ㄅㄟ ㄔㄨㄤˋ 図悲傷。

**悲慘** ㄅㄟ ㄘㄢˇ 情景悽慘可悲。

**悲歌** ㄅㄟ ㄍㄜ 淒涼悲哀的歌聲。

**悲酸** ㄅㄟ ㄙㄨㄢ 悲痛心酸。

**悲鳴** ㄅㄟ ㄇㄧㄥˊ 哀號（ㄏㄠˊ）。

**悲嘆** ㄅㄟ ㄊㄢˋ 悲傷嘆息。

**悲劇** ㄅㄟ ㄐㄩˋ ①用悲慘或悲壯的故事作中心的戲劇。②悲慘的事。

**悲憤** ㄅㄟ ㄈㄣˋ 悲痛憤怒。

**悲觀** ㄅㄟ ㄍㄨㄢ ①樂觀的相反詞。對世事沒興趣而有厭世的觀念。②失望。如「這個人哪，我對他很悲觀」。

**悲不自勝** ㄅㄟ ㄅㄨˋ ㄗˋ ㄕㄥ 形容非常悲傷。

**悲天憫人** ㄅㄟ ㄊㄧㄢ ㄇㄧㄣˇ ㄖㄣˊ ①憂慮時局。②對人類的災難非常憐憫。

**悲從中來** ㄅㄟ ㄘㄨㄥˊ ㄓㄨㄥ ㄌㄞˊ 悲哀從心內發出。

**悲喜交集** ㄅㄟ ㄒㄧˇ ㄐㄧㄠ ㄐㄧˊ 既悲傷又高興的感覺。

**悲歡離合** ㄅㄟ ㄏㄨㄢ ㄌㄧˊ ㄏㄜˊ 泛指人生一切遭遇，包含各種感覺跟行動。

**悶** ▲ㄇㄣ (一)因為氣壓低或是空氣不流通，使人發生一種憋氣的感覺。如「天氣好悶哪，快下雨了吧」「屋裡這麼悶，還不快把窗戶打開，透透氣兒」。(二)密密地封閉起來。如「快把話說出來，別擱在心裡，悶出病來可就不好了」「沏好了的茶，悶一悶再喝」。(三)銀幣的響聲不響亮了叫悶板。(四)不聲不響的。如「悶頭兒」。

▲ㄇㄣˋ (一)心情不舒暢。如「煩悶」「悶悶不樂」。(二)嚴密的器具。如「悶表」「悶葫蘆罐兒」。

**悶表** ㄇㄣ ㄅㄧㄠˇ 前後兩面都有蓋子的懷表。

**悶倦** ㄇㄣˋ ㄐㄩㄢˋ 心情不舒暢而疲倦。

**悶氣** ▲ㄇㄣˋ ㄑㄧˋ 鬱結的怨怒。▲ㄇㄣ ㄑㄧˋ 空氣不流通。

**悶悶** ㄇㄣˋ ㄇㄣˋ 鬱結不高興。

**悶著** ㄇㄣ ˙ㄓㄜ 有話不說出來。

**悶雷** ㄇㄣ ㄌㄟˊ 聲音低沈的雷。比喻精神上突然受到的打擊。如「聽了他的話，有如一個悶電從頭上打下來」。

**悶熱** ㄇㄣ ㄖㄜˋ 天氣很熱，氣壓低，濕度大，使人感到呼吸不暢快。

**悶得慌** ▲ㄇㄣˋ ˙ㄉㄜ ˙ㄏㄨㄤ 就是「悶得很」。非常煩悶。

▲ㄇㄣ ・ㄉㄜ ・ㄏㄨㄤ 天氣或屋裡空氣悶（ㄇㄣ）得忍受不住。

**悶葫蘆** ㄇㄣ ㄏㄨˊ ㄌㄨˊ 蘆字輕讀。難了解的事。如「這件事他說了半天，我總覺得是一個悶葫蘆」。

**悶頭兒** ㄇㄣ ㄊㄡˊ ㄦ ①暗中努力不讓人知道。②有錢有本事，但是不顯露。

**悶葫蘆罐兒** ㄇㄣ ㄏㄨˊ ㄌㄨˊ ㄍㄨㄢˋ ㄦ 蘆字輕讀。撲滿；攢錢罐兒。

**悱** 図ㄈㄟˇ ㈠有話想說可是說不出來。如「不悱不發」。㈡悲傷。如「悱惻」。

**悱惻** ㄈㄟˇ ㄘㄜˋ 図形容內心悲苦。

**悼** ㄉㄠˋ ㈠悲傷。如「悼亡」。㈡憐惜。

**悼亡** ㄉㄠˋ ㄨㄤˊ 図本是悼念死者。晉人潘岳為亡妻作「悼亡詩」三首，後人因以「悼亡」為悼念妻子。

**悼念** ㄉㄠˋ ㄋㄧㄢˋ 懷念死者，表示哀痛。

**悼詞** ㄉㄠˋ ㄘˊ 對死者表示哀悼的話或文章。

**惦** ㄉㄧㄢˋ 思念。如「惦記」「惦念」。

**惦念** ㄉㄧㄢˋ ㄋㄧㄢˋ 記掛，思念。

**惦記** ㄉㄧㄢˋ ㄐㄧˋ 記字輕讀。思念，掛念。

**惇** 図ㄉㄨㄣ 惇惇，誠實篤厚的樣子。

**惝** 図ㄊㄤˇ 見「惝然」條。又讀ㄔㄤˇ。

**惝然** ㄊㄤˇ ㄖㄢˊ 図失意不快樂的樣子。

**惕（惖）** ㄊㄧˋ 小心謹慎，提防出事。如「警惕」。

**惕厲** ㄊㄧˋ ㄌㄧˋ 図警惕；戒懼。

**㥏** ㄊㄧㄢˇ 図慚愧。同「靦」。㥏墨，因羞愧而色變。

**惄** 図ㄋㄧˋ 憂思。〈詩經〉有「惄焉如擣」。

**悾** ▲図ㄎㄨㄥ 見「悾悾」。▲図ㄎㄨㄥˇ 見「悾傯」。

**悾悾** ㄎㄨㄥ ㄎㄨㄥ 形容誠懇。

**悾傯** ㄎㄨㄥˇ ㄗㄨㄥˇ 不得志。同倥傯。

**惚** ㄏㄨ 見「恍惚」條。

**惑** ㄏㄨㄛˋ ㈠迷亂。如「妖言惑眾」「受了蠱惑」。㈡疑慮不能決定。如「四十而不惑」「疑惑」。

**惑眾** ㄏㄨㄛˋ ㄓㄨㄥˋ 迷惑眾人。

**惑亂** ㄏㄨㄛˋ ㄌㄨㄢˋ 造謠言使人陷於混亂。如「惑亂人心」。

**惠** ㄏㄨㄟˋ ㈠恩，仁愛。如「恩惠」。㈡賜。如「惠顧」。㈢通「慧」。㈣舒和。如「惠風和暢」。㈤姓。

**惠存** ㄏㄨㄟˋ ㄘㄨㄣˊ 送人東西，請人保存的敬詞。

**惠賜** ㄏㄨㄟˋ ㄙˋ 尊稱他人的賞賜。

**惠臨** ㄏㄨㄟˋ ㄌㄧㄣˊ 尊稱人家的來臨。

**惠贈** ㄏㄨㄟˋ ㄗㄥˋ 尊稱他人的贈送。

**惠顧** ㄏㄨㄟˋ ㄍㄨˋ ①說人到自己的店裡來買賣貨物。②光臨。也作惠臨。

**惠而不費** ㄏㄨㄟˋ ㄦˊ ㄅㄨˋ ㄈㄟˋ 加惠於人而自己無所耗費。

**惛（惽）** ㄏㄨㄣ ㈠不明白。腦筋不清楚，糊塗。如「心惛意亂」。㈡視力不好。見「惛懵」。

**惛懵** ㄏㄨㄣ ㄇㄥˊ 図視力不好，看不清楚。

**悸** ㄐㄧˋ 害怕心跳。如「驚悸」。

**惎** 図ㄐㄧˋ 憎惡（ㄨˋ）。如「惎之尤甚」。

**悽** ㄑㄧ 悲傷。如「悽楚」。

**悽愴** ㄑㄧ ㄔㄨㄤˋ 悲傷淒涼。也作淒愴。

**悽惻** ㄑㄧ ㄘㄜˋ 〔文〕哀傷；悲痛。

**悽然** ㄑㄧ ㄖㄢˊ 〔文〕形容悲傷。如「悽然淚下」。

**悽楚** ㄑㄧ ㄔㄨˇ 〔文〕悽慘痛苦。也作淒楚。

**悽慘** ㄑㄧ ㄘㄢˇ 悲傷慘痛。也作淒慘。

**悽豔** ㄑㄧ ㄧㄢˋ 文詞悲悽綺麗。

**情** ㄑㄧㄥˊ ㈠人受了外來刺激而發生表現出來的心理狀態。如「七情」「情緒」「感情」。㈡兩性交好。如「愛情」「談情說愛」。㈢意念。如「情懷」「熱情」「情投意合」。㈣友誼，好意。如「人情」「交情」。㈤私意。如「情、理、法兼顧」「不徇情」。㈥狀況，內容。如「情形」「情節」「病情」「行（ㄏㄤˊ）情」。㈦趣味。如「情趣」。㈧〔文〕真實的。如「情偽」。

**情人** ㄑㄧㄥˊ ㄖㄣˊ ①相愛中的男女的一方。②〔文〕故人，舊友。

**情分** ㄑㄧㄥˊ ㄈㄣˋ 分字輕讀。交情。

**情夫** ㄑㄧㄥˊ ㄈㄨ 男女兩人，一方或雙方已有配偶，他們之間發生性愛的違法行為，男方是女方的情夫。

**情天** ㄑㄧㄥˊ ㄊㄧㄢ 愛情的境界。

**情由** ㄑㄧㄥˊ ㄧㄡˊ 事情的內容跟原因。

**情形** ㄑㄧㄥˊ ㄒㄧㄥˊ 事物的實際狀況。

**情事** ㄑㄧㄥˊ ㄕˋ 情形，事實。

**情味** ㄑㄧㄥˊ ㄨㄟˋ 情調；意味。

**情況** ㄑㄧㄥˊ ㄎㄨㄤˋ 情形。

**情狀** ㄑㄧㄥˊ ㄓㄨㄤˋ 事情的內容跟外表。

**情侶** ㄑㄧㄥˊ ㄌㄩˇ 相愛中的男女或其中的一方。

**情急** ㄑㄧㄥˊ ㄐㄧˊ 因為希望馬上避免或獲得某種事物而心中著急。「情急智生」。

**情思** ㄑㄧㄥˊ ㄙ 情意；心思。

**情致** ㄑㄧㄥˊ ㄓˋ 情趣；興致。

**情面** ㄑㄧㄥˊ ㄇㄧㄢˋ 面字輕讀。人情面子。如「不顧情面」。

**情郎** ㄑㄧㄥˊ ㄌㄤˊ 相戀的青年男女中的男子。

**情書** ㄑㄧㄥˊ ㄕㄨ 男女間表示愛情的書信。

**情偽** ㄑㄧㄥˊ ㄨㄟˋ 〔文〕真實的跟虛偽的。

**情婦** ㄑㄧㄥˊ ㄈㄨˋ 男女兩人，一方或雙方已有配偶，他們之間產生性愛的違法行為，女方是男方的情婦。

**情欲** ㄑㄧㄥˊ ㄩˋ ①人情所貪欲的。②對異性的欲望。

**情理** ㄑㄧㄥˊ ㄌㄧˇ ①天理跟人情。②事理，道理。

**情報** ㄑㄧㄥˊ ㄅㄠˋ 關於敵人、假想敵、競爭者等方面的消息的通信報告，可分軍事、外交、經濟、內政……等。

**情場** ㄑㄧㄥˊ ㄔㄤˇ 男女間的愛情關係。如「情場風波」。

**情景** ㄑㄧㄥˊ ㄐㄧㄥˇ （具體場合的）情形。

**情結** ㄑㄧㄥˊ ㄐㄧㄝˊ （心理學）英文complex的意譯，近代心理分析學家佛洛伊德首創，指個人因社會道德標準、風俗習慣的約束，或與個人行事為人的標準不合，發生厭惡感，而壓抑到潛意識層，不讓它在意識層浮現的一種念頭和情感。如「自卑情結」「優越情結」等。

**情感** ㄑㄧㄥˊ ㄍㄢˇ 感情。

**情勢** ㄑㄧㄥˊ ㄕˋ 事情發展的趨向。

**情愫** ㄑㄧㄥˊ ㄙㄨˋ 〔文〕①感情。②本心；真情實意。

**情意** ㄑㄧㄥˊ ㄧˋ 對人的感情。

**情愛** ㄑㄧㄥˊ ㄞˋ 愛情。

**情節** ㄑㄧㄥˊ ㄐㄧㄝˊ 事情的內容跟發生的原因以及經過。如「這個故事情節很複雜」。

**情義** ㄑㄧㄥˊ ㄧˋ 親屬、朋友相互間應有的感情。

**情聖** ㄑㄧㄥˊ ㄕㄥˋ ①對愛情誠摯不二的人。②俗稱談情高手。

**情話** ㄑㄧㄥˊ ㄏㄨㄚˋ 男女間表示愛情的話。

**情境** ㄑㄧㄥˊ ㄐㄧㄥˋ 情景；境地。

**情實** ㄑㄧㄥˊ ㄕˊ ①實際情形。②罪狀確實。

**情態** ㄑㄧㄥˊ ㄊㄞˋ 神態。

**情歌** ㄑㄧㄥˊ ㄍㄜ 表現男女愛情的歌曲。

**情緒** ㄑㄧㄥˊ ㄒㄩˋ ①纏綿的情意。②心理學名詞，因為刺激而發生的強烈感受，以及伴隨而生的生理上的變化。愛好、高興、訝異、悲苦、傷痛、生氣、討厭等，都是表現於外的行為，在體內會引起臟器的變化，而有口渴、頭昏等現象。

**情網** ㄑㄧㄥˊ ㄨㄤˇ 指不能擺脫的愛情。

**情敵** ㄑㄧㄥˊ ㄉㄧˊ 情場上的敵手。

**情調** ㄑㄧㄥˊ ㄉㄧㄠˋ ①光線、音響跟景物的混合體，可以給人一種感受。如「在月光下散散步，情調不錯」。②代表一種地區或特殊意義的格調。如「這家飯館兒有意大利情調」。

**情誼** ㄑㄧㄥˊ ㄧˊ 交情。

**情趣** ㄑㄧㄥˊ ㄑㄩˋ 情緒趣味。

**情操** ㄑㄧㄥˊ ㄘㄠ 各種感情以一個觀念為中心而組成的系統。

**情懷** ㄑㄧㄥˊ ㄏㄨㄞˊ 心境。

**情癡** ㄑㄧㄥˊ ㄔ 多情達到癡心程度的人。

**情願** ㄑㄧㄥˊ ㄩㄢˋ 甘心願意。

**情竇** ㄑㄧㄥˊ ㄉㄡˋ 初通情欲的感情作用。如「情竇初開」。

**情變** ㄑㄧㄥˊ ㄅㄧㄢˋ 相愛的男女感情發生變化，一方或雙方移情別戀。

**情人（兒）** ㄑㄧㄥˊ ㄖㄣˊ（ㄦ） 相愛中的男女。

**情人節** ㄑㄧㄥˊ ㄖㄣˊ ㄐㄧㄝˊ 西方國家在每年二月十四日這一天，情人之間互贈禮物或互示愛意，調之情人節。

**情態詞** ㄑㄧㄥˊ ㄊㄞˋ ㄘˊ 表示情態的詞。如文法上的助詞跟歎詞等。

**情不自禁** ㄑㄧㄥˊ ㄅㄨˋ ㄗˋ ㄐㄧㄣ 感情衝動，沒有辦法抑制。

**情文並茂** ㄑㄧㄥˊ ㄨㄣˊ ㄅㄧㄥˋ ㄇㄠˋ 指文章的內容和文辭都很好。

**情有可原** ㄑㄧㄥˊ ㄧㄡˇ ㄎㄜˇ ㄩㄢˊ 察其實情，有可原諒之處。

**情有獨鍾** ㄑㄧㄥˊ ㄧㄡˇ ㄉㄨˊ ㄓㄨㄥ 對於某人或某事物特別有感情。

**情投意合** ㄑㄧㄥˊ ㄊㄡˊ ㄧˋ ㄏㄜˊ 雙方思想感情融洽，意見一致。

**情見乎辭** ㄑㄧㄥˊ ㄐㄧㄢˋ ㄏㄨ ㄘˊ 真情流露在字裡行間。

**情治單位** ㄑㄧㄥˊ ㄓˋ ㄉㄢ ㄨㄟˋ 掌管情報與治安的單位，多指祕密警察、祕密情報系統等。

**情緒智商** ㄑㄧㄥˊ ㄒㄩˋ ㄓˋ ㄕㄤ 與智力商數（簡稱IQ）相對的一種性格特質，稱為情緒智商（簡稱EQ），處理感情的基本能力，其高下影響一個人的成就。

**情竇初開** ㄑㄧㄥˊ ㄉㄡˋ ㄔㄨ ㄎㄞ 指剛懂得愛情（多指少女）。

**情人眼裡出西施** ㄑㄧㄥˊ ㄖㄣˊ ㄧㄢˇ ㄌㄧˇ ㄔㄨ ㄒㄧ ㄕ 西施：古代美女。因為愛之深，只覺得對方無處不美。

**惓** ⊠ㄑㄩㄢˊ見「惓惓」。

**惓惓** ㄑㄩㄢˊㄑㄩㄢˊ ⊠同「拳拳」，誠懇的意思。

**惜** ㄒㄧˊ (一)愛憐。如「愛惜」。(二)捨不得。如「吝惜」。(三)悲痛。如「痛惜」。

**惜字** ㄒㄧˊㄗˋ 珍重文字，把扔了的字紙撿起來燒掉，不讓它在地上讓人亂踩。

**惜別** ㄒㄧˊㄅㄧㄝˊ 捨不得分別。

**惜售** ㄒㄧˊㄕㄡˋ 捨不得賣出。

**惜福** ㄒㄧˊㄈㄨˊ 不肯過分享用。

**惜陰** ㄒㄧˊㄧㄣ ⊠愛惜光陰。古時大禹說「惜寸陰」，陶侃說「惜分陰」，都是充分利用時間，分秒不浪費的意思。

**惜玉憐香** ㄒㄧˊㄩˋㄌㄧㄢˊㄒㄧㄤ 形容對女子有同情憐惜的心。

**惜老憐貧** ㄒㄧˊㄌㄠˇㄌㄧㄢˊㄆㄧㄣˊ 愛護老年人，同情窮人。

**惜墨如金** ㄒㄧˊㄇㄛˋㄖㄨˊㄐㄧㄣ 原指寫字、繪畫、寫文章下筆非常謹慎。現在泛指不肯輕易動筆。

**悻** ⊠ㄒㄧㄥˋ見下。

**悻悻** ㄒㄧㄥˋㄒㄧㄥˋ 怨恨，忿怒。如「悻悻而去」。

**悻然** ㄒㄧㄥˋㄖㄢˊ 怨恨憤怒的樣子。

**惆** ⊠ㄔㄡˊ見「惆悵」。

**惆悵** ㄔㄡˊㄔㄤˋ ⊠悲愁，傷感或失意的樣子。如「找你幾次都沒找到，惆悵得很」。

**悵** ⊠ㄔㄤˋ失意。如「來訪未遇，悵甚」。

**悵悵** ㄔㄤˋㄔㄤˋ ⊠表示非常惆悵失意的樣子。

**悵惘** ㄔㄤˋㄨㄤˇ ⊠惆悵迷惘。

**悵然** ㄔㄤˋㄖㄢˊ 因不如意而感到不痛快。

**悵然若失** ㄔㄤˋㄖㄢˊㄖㄨㄛˋㄕ 失意的樣子。

**惙** ⊠ㄔㄨㄛˋ惙怛，心裡憂愁。

**悴** ㄘㄨㄟˋ見「憔悴」條。

**悰** ⊠ㄘㄨㄥˊ快樂。如「歡悰」。

**惢** ▲⊠ㄙㄨㄛˇ心中疑惑。▲ㄖㄨㄟˇ同「蕊」，花心。

**惡（悪）** ▲ㄜˋ (一)壞的，粗劣的。如「惡人有惡報」「惡衣」「惡食」。(二)凶狠。如「惡毒」「惡狗守門」。(三)醜陋的。如「相貌不惡」。(四)犯罪的事。如「作惡多端」「惡貫滿盈」。(五)⊠病。如「其惡易睹」。▲ㄜˇ見「惡心」條。▲ㄨˋ (一)討厭。如「可惡」「深惡痛絕」。(二)羞恥。如「羞惡之心，人皆有之」。▲ㄨ (一)怎麼，同「烏」。如「惡可如此」。(二)感歎詞，表驚訝。如「惡！是何言也」。

**惡人** ㄜˋㄖㄣˊ 壞人。

**惡化** ㄜˋㄏㄨㄚˋ ①事情或品性漸漸顯現險惡衰敗的狀態。②人的病嚴重起來。

**惡少** ㄜˋㄕㄠˋ 品行不好的少年，就是「太保」。

**惡心** ▲ㄜˇ·ㄒㄧㄣ想吐。▲ㄜˋㄒㄧㄣ不安好心，壞心眼兒。

**惡劣** ㄜˋㄌㄧㄝˋ 不好，壞透了。

**惡行** 不良的行為。

**惡性** 能產生嚴重後果的。

**惡果** 不良的後果。

**惡俗** 不良的風俗。

**惡客** 不好的客人。

**惡毒** （心術、手段、語言）陰險狠毒。

**惡相** 凶惡的面容。如「一臉惡相」。

**惡狠** 凶狠。

**惡徒** 惡人。

**惡疾** 難治的疾病。

**惡耗** 同「噩耗」。

**惡臭** 難聞的臭氣。

**惡鬼** 佛經說害人的鬼。

**惡婦** 凶惡的女人。

**惡習** 不良的習慣。

**惡報** 因做壞事而有壞的報應。

**惡棍** 凶惡的壞人。

**惡補** 「惡性補習」的略語，是過分注重某種學科或項目，用盡精力時間作填鴨式的補習。

**惡意** 不安好心。

**惡感** ①不好的感情。②產生厭惡的感覺。

**惡煞** 迷信的人指凶神。也用來比喻凶惡的人。

**惡瘡** 難治好的瘡。

**惡戰** 激烈的戰鬥或搏鬥。

**惡濁** 汙穢；不乾淨。

**惡聲** ①罵人的難聽的聲音。②囡壞名聲。

**惡霸** 在地方上有惡勢力，專做壞事的人。

**惡魔** 凶惡的魔鬼。

**惡名（兒）** 壞名聲。

**惡作劇** 戲弄人的使人難堪的行為。

**惡名昭彰** 惡劣的行為為眾人所知。

**惡形惡狀** 儀表行為不良善；惡劣。

**惡言惡語** 不好聽的粗話。

**惡性循環** 若干事物互為因果，循環不已，越來越壞。

**惡性腫瘤** 腫瘤的一種，周圍沒有包膜，細胞異常增生，形狀、大小很不規則，與正常組織的界限不明顯。能在體內轉移，破壞性很大。

**惡貫滿盈** 作惡太多，受到應得的罪了。

**惡人先告狀** 有過失的一方反而先怪罪別人。

**惡有惡報，時辰未到** 作惡多端的人將來必沒有好下場，現在還未報應，只是時候還沒到而已。

## 惟

ㄨㄟˊ ㈠想，考慮。如「思惟」。㈡單單，只。如「惟一」「惟恐又失去」。㈢但是，不過。如「病已治好，惟身體仍很虛弱」。㈣囡因為。如「亦惟女（ㄖㄨˇ）故」。㈤囡文言發語詞、語助詞。如「惟二月既望」。（㈠㈤可以寫作「維」。㈡可通「唯」。）

**惟一** ㄨㄟˊ ㄧ 只有一個；獨一無二。

**惟有** ㄨㄟˊ ㄧㄡˇ 只有。

**惟恐** ㄨㄟˊ ㄎㄨㄥˇ 只怕。如「惟恐落後」。

**惟獨** ㄨㄟˊ ㄉㄨˊ 單單；只有。

**惟利是圖** ㄨㄟˊ ㄌㄧˋ ㄕˋ ㄊㄨˊ 只貪圖財利，不顧其他。

**惟妙惟肖** ㄨㄟˊ ㄇㄧㄠˋ ㄨㄟˊ ㄒㄧㄠˋ 指模仿的精妙，跟真的幾乎分不出來。也作「唯妙唯肖」。

**惟我獨尊** ㄨㄟˊ ㄨㄛˇ ㄉㄨˊ ㄗㄨㄣ 認為只有自己最了不起。

**惟命是從** ㄨㄟˊ ㄇㄧㄥˋ ㄕˋ ㄘㄨㄥˊ 絕對服從命令，不敢違抗。

## 惋

ㄨㄢˋ 對人家不幸的遭遇表示同情，替人嘆氣。如「嘆惋」。

**惋惜** ㄨㄢˋ ㄒㄧ 嘆惜，痛惜。

## 惘

囟ㄨㄤˇ 不如意的樣子。如「悵惘」「惘然」。

**惘然** ㄨㄤˇ ㄖㄢˊ 囟不如意的樣子。

## 九筆

## 愎

ㄅㄧˋ 不肯聽從人家的意見。如「剛愎自用」。

## 愊

ㄅㄧˋ ㈠悃愊，是形容至誠的。㈡愊憶，是非常鬱結不暢快的樣子。

## 愐

ㄇㄧㄢˇ 囟㈠黽勉，努力。㈡思維。

## 愍

ㄇㄧㄣˇ 囟㈠憂傷。㈡哀憐。李密〈陳情表〉「祖母劉愍臣孤弱」。㈢父母喪亡。如「少遭愍凶」。㈣強橫。如「愍不畏死」。

## 惰

ㄉㄨㄛˋ 懈怠，不肯盡力工作。如「怠惰」「懶惰」。

**惰性** ㄉㄨㄛˋ ㄒㄧㄥˋ 物體沒有受到外來的力量，本身總保持原來的狀態的性質。就是物理學講的「動者恆動，靜者恆靜」的性質。

## 惱

ㄋㄠˇ ㈠氣恨，發怒。如「羞惱成怒」「惱怒」。㈡精神的苦悶。如「煩惱」「苦惱」。

**惱人** ㄋㄠˇ ㄖㄣˊ 令人感覺焦急煩惱。

**惱火** ㄋㄠˇ ㄏㄨㄛˇ 生氣。

**惱怒** ㄋㄠˇ ㄋㄨˋ 氣憤。

**惱恨** ㄋㄠˇ ㄏㄣˋ 憤恨。

**惱羞成怒** ㄋㄠˇ ㄒㄧㄡ ㄔㄥˊ ㄋㄨˋ 因為羞愧而惱怒。也作「羞惱成怒」。

## 愣

▲ㄌㄥˋ ㈠發呆。如「他這一問，我不知怎麼回答，就愣住了」。㈡見「愣頭愣腦」。㈢一口咬定叫「愣說」。如「明明是你拿回去了，還愣說是我沒還你」。一定要這麼辦叫「愣幹」。

▲ㄌㄥˋ 見「愣兒」。

**愣兒** ▲ㄌㄥˋ ㄦ 因為驚疑而發呆。如「當時我一愣兒，就抓不到它了」。

▲ㄌㄥˋ ㄦ 笑人初辦事，沒有經驗而癡呆或手忙腳亂。

**愣頭愣腦** ㄌㄥˋ ㄊㄡˊ ㄌㄥˋ ㄋㄠˇ ①粗心鹵莽的樣子。如「看你這愣頭愣腦的樣子，什麼東西都讓你給丟了」。②癡呆的樣子。如「這傢伙愣頭愣腦的，什麼都不懂」。

## 感

ㄍㄢˇ ㈠受到外來刺激而情緒動盪。如「雜感」「感慨」「百感交集」。㈡使人動心，意識上起變化。如「感人甚深」「感動」。㈢情意。如「感情」。㈣受到，接觸到。如「感光」「感冒」「感到一陣溫暖」。㈤對別人給的好處表示謝意。如「感恩圖報」「感謝」「感激」。

㈥因為感覺而產生的思想。如「自卑感」「性感」。

**感化** ㄍㄢˇ ㄏㄨㄚˋ　用言語或動作感動他人，使他變化氣質，成為良善的人。

**感召** ㄍㄢˇ ㄓㄠˋ　受到感化而自動來效力。

**感光** ㄍㄢˇ ㄍㄨㄤ　照相用的軟片，因光線強弱的感觸，而起變化。

**感受** ㄍㄢˇ ㄕㄡˋ　①感覺神經受外界的刺激。②感染。如「感受風寒」。

**感官** ㄍㄢˇ ㄍㄨㄢ　感覺器官。如耳、目、口、鼻、舌、皮膚等。

**感念** ㄍㄢˇ ㄋㄧㄢˋ　感謝而思念。

**感性** ㄍㄢˇ ㄒㄧㄥˋ　指屬於感覺、知覺等心理活動的，與理性相對。

**感冒** ㄍㄢˇ ㄇㄠˋ　病名，也說「傷風」。是呼吸系統感染病毒的疾病。有幾種形態，其症狀有呼吸道粘膜發炎、鼻塞、流鼻水、打噴嚏、咳嗽、扁桃腺腫大等。患者有發燒、頭痛、不思飲食等現象。

**感染** ㄍㄢˇ ㄖㄢˇ　①影響或傳播。如「他受老師的感染，也喜歡投稿了」。②病理學上說病原體侵入生物並存在於其體內的過程或狀態。

**感紉** ㄍㄢˇ ㄖㄣˋ　図感激（多用於書信）。

**感恩** ㄍㄢˇ ㄣ　感激別人給的恩惠。

**感悟** ㄍㄢˇ ㄨˋ　有所感觸而領悟。

**感動** ㄍㄢˇ ㄉㄨㄥˋ　情緒受到刺激而發生的激動。

**感情** ㄍㄢˇ ㄑㄧㄥˊ　①受了外界的刺激而發生的情緒。②人跟人之間的交情。

**感通** ㄍㄢˇ ㄊㄨㄥ　有感於此然後通於彼。

**感喟** ㄍㄢˇ ㄎㄨㄟˋ　図有所感觸而嘆息。

**感慨** ㄍㄢˇ ㄎㄞˇ　有所感觸而慨嘆。

**感發** ㄍㄢˇ ㄈㄚ　受到刺激而發生一種感情。

**感傷** ㄍㄢˇ ㄕㄤ　有了感觸而悲傷。

**感想** ㄍㄢˇ ㄒㄧㄤˇ　因為感觸而興起的思想。

**感電** ㄍㄢˇ ㄉㄧㄢˋ　觸電，受到在線路上通行的電所觸擊。

**感嘆** ㄍㄢˇ ㄊㄢˋ　有了感觸而嘆息。

**感激** ㄍㄢˇ ㄐㄧ　受人好處，發生想感謝的心理。

**感應** ㄍㄢˇ ㄧㄥˋ　①隨著感動而發生的反應。②物理學名詞，又作「誘導」。乙物因為甲物有某種物理特質而產生物理性質的變化，叫做感應。如磁感應、電磁感應、靜電感應等。

**感戴** ㄍㄢˇ ㄉㄞˋ　感激別人的恩德而尊敬他。

**感謝** ㄍㄢˇ ㄒㄧㄝˋ　表示謝意。

**感懷** ㄍㄢˇ ㄏㄨㄞˊ　有所感觸，感傷地懷念。

**感覺** ㄍㄢˇ ㄐㄩㄝˊ　①心理學名詞，由感覺器傳導外界的刺激到神經跟腦而生的識別。②覺得，認為。

**感觸** ㄍㄢˇ ㄔㄨˋ　見到風景事物而觸動感情。

**感化院** ㄍㄢˇ ㄏㄨㄚˋ ㄩㄢˋ　一種教育機構，專門收容不良少年或兒童，施以特殊的感化教育。

**感恩節** ㄍㄢˇ ㄣ ㄐㄧㄝˊ　每年十一月的第四個星期四是美國的感恩節。在這一天，每個家庭都團聚在一起祈禱，感謝上蒼賜予一年來的幸福和平安。家家戶戶還特地準備豐盛的火雞大餐，慶祝佳節。

**感嘆句** ㄍㄢˇ ㄊㄢˋ ㄐㄩˋ　帶有濃厚感情的句子。在書面上，感嘆句末用感嘆號。

**感嘆號** ㄍㄢˇ ㄊㄢˋ ㄏㄠˋ　新式標點符號「！」，表示一個感嘆句完了。

**感應圈** ㄍㄢˇ ㄧㄥˋ ㄑㄩㄢ　依感應電流的原理發生強電力的儀器。

**感化教育** ㄍㄢˇ ㄏㄨㄚˋ ㄐㄧㄠˋ ㄩˋ 刑法上規定未滿十四歲的罪犯，不施刑罰而得令入感化院，施以特殊教育。

**感同身受** ㄍㄢˇ ㄊㄨㄥˊ ㄕㄣ ㄕㄡˋ 好像親身受到恩惠一樣的感激。

**感恩圖報** ㄍㄢˇ ㄣ ㄊㄨˊ ㄅㄠˋ 感人恩德而圖報答。

**感情用事** ㄍㄢˇ ㄑㄧㄥˊ ㄩㄥˋ ㄕˋ 不顧理智，僅憑一時感情衝動辦理事情。

**感激涕零** ㄍㄢˇ ㄐㄧ ㄊㄧˋ ㄌㄧㄥˊ 感激得眼淚都流出來了。

**感覺中樞** ㄍㄢˇ ㄐㄩㄝˊ ㄓㄨㄥ ㄕㄨ 指大腦與脊髓，是全身各種感覺與反應的傳導中心所在。

**慨（慨）** ㄎㄞˇ ㈠感嘆。如「感慨」。㈡憤激。如「憤慨」。㈢不吝惜。如「慷慨」「慨允」。又讀ㄎㄞˋ。

**慨允** ㄎㄞˇ ㄩㄣˇ 慷慨地應許。

**慨然** ㄎㄞˇ ㄖㄢˊ ①感慨地。如「慨然長嘆」。②慷慨地。如「慨然相贈」。

**慨嘆** ㄎㄞˇ ㄊㄢˋ 有所感觸而嘆息。

**愒** ▲ㄏㄜˋ 同「嚇（ㄏㄜˋ）」，恐愒。▲ㄑㄧˋ 同「憩」。▲ㄎㄞˋ 貪。

**惶** ㄏㄨㄤˊ 恐懼。如「人心惶惶」。

**惶恐** ㄏㄨㄤˊ ㄎㄨㄥˇ 恐懼的樣子。

**惶惑** ㄏㄨㄤˊ ㄏㄨㄛˋ 心裡懷疑而恐懼。

**惶惶** ㄏㄨㄤˊ ㄏㄨㄤˊ 恐懼不安。如「人心惶惶」。

**愀** 図ㄑㄧㄠˇ 臉色變了。又讀ㄐㄧㄡˇ。

**愀然** ㄑㄧㄠˇ ㄖㄢˊ 図①臉色變得嚴肅的樣子。②憂懼的樣子。

**愜** ㄑㄧㄝˋ ㈠滿足，暢快。如「愜意」。㈡滿意、合理。如「愜當」。

**愜心** ㄑㄧㄝˋ ㄒㄧㄣ 図愜意。

**愜意** ㄑㄧㄝˋ ㄧˋ 滿意，稱心，舒服。

**愜當** ㄑㄧㄝˋ ㄉㄤˋ 適當，合理，作得恰好。

**愜懷** ㄑㄧㄝˋ ㄏㄨㄞˊ 図心中滿足。

**愆** 図ㄑㄧㄢ ㈠過失。如「愆尤」。㈡差錯，誤失。如「愆期」。

**愆尤** ㄑㄧㄢ ㄧㄡˊ 図過失。

**愆期** ㄑㄧㄢ ㄑㄧˊ 図誤了約定的時間。

**惸** 図ㄑㄩㄥˊ ㈠憂愁。如「憂心惸惸」。㈡孤獨，沒兄沒弟。如「惸獨」。

**惸獨** ㄑㄩㄥˊ ㄉㄨˊ 図孤苦的人。文言管沒兄沒弟叫惸，沒子沒孫叫獨。

**想** ㄒㄧㄤˇ ㈠思索，用心思。如「想了好久想不出道理來」。㈡助動詞，欲、要、打算的意思。如「小弟想去逛動物園」。㈢希望。如「不作此想」。㈣謀求。如「想個事情做」。㈤憶，念。如「想念」。㈥測。如「猜想」「推想」。㈦為。如「您想這樣對不對」。

**想必** ㄒㄧㄤˇ ㄅㄧˋ 副詞，表示偏於肯定的推斷。如「這事想必你知道」。

**想見** ㄒㄧㄤˇ ㄐㄧㄢˋ ①由料想而知。如「從這件事可以想見他的為人」。②可見。如「想見是你不對」。

**想到** ㄒㄧㄤˇ ㄉㄠˋ 想起，想出來了。

**想念** ㄒㄧㄤˇ ㄋㄧㄢˋ 思念，懷念。

**想法** ㄒㄧㄤˇ ㄈㄚˇ 設法，想辦法。

**想家** ㄒㄧㄤˇ ㄐㄧㄚ 人在外面，思念家裡。

**想望** ㄒㄧㄤˇ ㄨㄤˋ ①盼望。②仰慕。

**想像** ①聯貫舊觀念而成新觀念的作用。②推想。

**想頭** ①想法，念頭。②希望。

**想不到** 不字輕讀。出乎意料之外。

**想不開** 不字輕讀。不能達觀。

**想當然** 推測必定會是這樣的。

**想像力** 聯絡變化舊觀念來構成新觀念的能力。

**想入非非** 奇想，妄想，胡思亂想。

**想當然耳** 憑主觀推測，以為事情大概是或應該是這樣。

**惺** 図ㄒㄧㄥ ㈠惺悟，是醒悟的意思。㈡聰明。如「惺惺」。㈢見「惺忪」。

**惺忪** 図①動搖不定的樣子。元慎的詩有「桐花暗淡柳惺忪」。②清楚的樣子。楊萬里的詩有「晝眠初醒未惺忪」。③因剛醒而眼睛模糊不清。如「睡眼惺忪」。

**惺惺** 図①聰明。「惺惺相惜」，是憐惜同樣聰明有為的人的意思。②見「假惺惺」。

**惺惺作態** 裝模作樣，故作姿態。

**惴** 図ㄓㄨㄟˋ 憂懼。如「惴惴不安」。

**惴惴** 図形容又發愁又害怕的樣子。

**惴慄** 図恐懼戰慄。

**愁** ㄔㄡˊ ㈠憂慮。如「不愁吃不愁穿」。㈡慘淡的樣子。如「愁雲慘霧」。

**愁思** 憂慮。

**愁城** 図愁苦的境地。如「坐困愁城」。

**愁容** 發愁的面容。

**愁悶** 憂愁煩悶。

**愁雲** 慘淡的雲，慘淡的景象。

**愁腸** 図憂愁的心情。

**愁緒** 図憂鬱的情緒。

**愁霧** 図慘淡的迷霧，慘淡的景象。

**愁眉不展** 因為憂愁而沒有愉快的表情。

**愁眉苦臉** 形容愁苦的神情。

**愁雲慘霧** 形容使人感到愁悶淒慘的景象或氣氛。

**惹** ㄖㄜˇ 招，引，挑（ㄊㄧㄠˇ）起。如「招惹」「惹是生非」「惹了個亂子」。

**惹事** 招引麻煩或禍端。

**惹氣** 招引煩惱。

**惹厭** 討人厭惡（ㄨˋ）。

**惹禍** 引起禍事。

**惹是非** 引起麻煩或爭端。

**惹火燒身** 比喻自討苦吃或自取毀滅。

**惹是生非** 招惹是非，挑起事端，製造麻煩。也簡作「惹是非」。

**惹草拈花** 指男人用情不專，隨處挑逗、引誘女子。

**愞** 図ㄖㄨㄢˇ 畏愞，怕事軟弱的樣子。

**慈** ㄘˊ ㈠父母對子女深篤的愛。如「慈愛」。㈡長輩疼愛晚輩。如「慈祥」「慈幼」。㈢子女稱母親。

如「家慈」。㈣關懷、同情別人。如「慈善」。

**慈父** ㄘˊ ㄈㄨˋ 慈愛的父親。

**慈幼** ㄘˊ ㄧㄡˋ 對幼童表示慈愛。

**慈母** ㄘˊ ㄇㄨˇ 慈愛的母親。

**慈制** ㄘˊ ㄓˋ 母親去世。

**慈命** ㄘˊ ㄇㄧㄥˋ 母親的命令。

**慈姑** ㄘˊ ㄍㄨ ①媳婦稱自己的婆婆。②多年生草本植物，生於水田中，在泥土裡的球莖可供食用。

**慈烏** ㄘˊ ㄨ 烏鴉的一種，體小嘴細狹，由頸到胸、腹，都是灰褐色，腹面是灰白色。因為曉得「反哺」，所以叫牠「慈烏」。

**慈航** ㄘˊ ㄏㄤˊ 佛家稱助人脫離苦難的佛力。

**慈祥** ㄘˊ ㄒㄧㄤˊ 慈善祥和。

**慈善** ㄘˊ ㄕㄢˋ 仁慈而好善。

**慈悲** ▲ㄘˊ ㄅㄟ 慈愛和同情。如「大發慈悲」。▲ㄘˊ ˙ㄅㄟ 憐憫。如「請您慈悲慈悲吧」。

**慈愛** ㄘˊ ㄞˋ 長輩對晚輩的愛。

**慈顏** ㄘˊ ㄧㄢˊ 稱尊親的音容。

**慈眉善目** ㄘˊ ㄇㄟˊ ㄕㄢˋ ㄇㄨˋ 慈祥善良的容貌。

**慈善事業** ㄘˊ ㄕㄢˋ ㄕˋ ㄧㄝˋ 救濟貧窮和災荒一類的事業。

## 惻

ㄘㄜˋ ㈠心裡難過，同情。如「惻隱之心」。㈡悲痛。如「悱惻」。

**惻然** ㄘㄜˋ ㄖㄢˊ 文悲傷的樣子。

**惻隱** ㄘㄜˋ ㄧㄣˇ 文看到人家遭遇不幸，心裡難過、同情的情緒。〈孟子〉書有「惻隱之心，人皆有之」。

## 愕

文ㄜˋ 驚駭的樣子。如「驚愕」。

**愕然** ㄜˋ ㄖㄢˊ 文驚奇的樣子。

**愕視** ㄜˋ ㄕˋ 文因驚奇而瞪著眼看。

## 愛（爱）

ㄞˋ ㈠親近思慕。如「國民都愛國家」「妹妹愛媽媽」。㈡喜歡。如「弟弟愛吃糖」。㈢親慕的情緒或親慕的人。如「親愛」「愛慕」「愛人」。㈣珍視。如「自愛」「愛名譽」。㈤容易。如「鐵愛生鏽」「吃生冷的東西愛拉肚子」。㈥兩性相傾慕。如「愛情」「張小姐愛上李先生」。㈦文仁，惠。〈孟子〉書有「古之遺愛」。㈧文吝惜。〈孟子〉書有「百姓皆以王為愛也」。

**愛人** ㄞˋ ㄖㄣˊ ①情人。②博愛大眾。

**愛力** ㄞˋ ㄌㄧˋ 兩種以上物質相遇，互相吸引，使變成新的物質的力量。也作「化合力」「親和力」。

**愛好** ㄞˋ ㄏㄠˋ ①喜歡。如「他愛好打棒球」。②文自愛。

**愛河** ㄞˋ ㄏㄜˊ ①形容愛情深厚，永遠如河水流動一般。②佛教指情天慾海，謂愛慾如河，最能溺人。

**愛玩** ㄞˋ ㄨㄢˊ 喜歡玩耍。

**愛美** ㄞˋ ㄇㄟˇ 愛漂亮。

**愛國** ㄞˋ ㄍㄨㄛˊ 愛護國家。

**愛情** ㄞˋ ㄑㄧㄥˊ 相愛的情緒，多指男女的相戀。

**愛惜** ㄞˋ ㄒㄧ ①珍惜，捨不得。②愛護。

**愛現** ㄞˋ ㄒㄧㄢˋ 愛表現。

**愛群** ㄞˋ ㄑㄩㄣˊ ①人喜歡跟別人交往的習性。②愛護群眾。

**愛慕** 喜愛而羨慕。

**愛憐** 憐愛。

**愛憎** 喜愛跟討厭。

**愛戴** 敬愛而尊崇。

**愛護** 愛惜而加以保護。

**愛顧** 親愛照顧。

**愛面子** 怕損害自己的體面，被人看不起。

**愛滋病** 是由一種稱作人類免疫缺乏病毒（ＨＩＶ）所引起的，會破壞及抑制免疫系統，使其崩潰，疾病輕易入侵，導致病人因感染疾病而致死。傳染途徑可經由性交、輸血、共用針頭或母親傳染給胎兒。目前此病仍找不出有效的治癒方法。

**愛屋及烏** 因愛甲，連帶去愛和甲有關係的。比喻推愛的意思。

**愛國主義** 指主張全國人民對國家的忠誠和熱愛的做法。

**愛莫能助** 內心雖然同情，卻無力幫助。

**愛克斯光線** Ｘ光線，波長很短的電磁波，有很大的穿透力，能使底片感光，使某些物質發光，並能使氣體游離，對肌體細胞有很強的破壞作用，廣泛應用於科技及醫療方面，是德國物理學家倫琴發現的。

**愛斯基摩人** 居住在北美洲北冰洋沿岸的人，一小部分住在俄羅斯東北部楚克奇半島一帶，主要從事捕魚和獵取海豹。

**愛理不理的** 不想答理的樣子。也作「愛理兒不理兒的」。

## 意

㈠心裡所想的。如「意思」「心意」。㈡主張，見解。如「意見」。㈢料想。如「意料」。㈣意大利國的簡稱。

**意下** ①意思，主張。如「你意下如何」。②意思之中。如「他滔滔說了一片話，意下頗為不滿」。

**意外** 意料之外。如「意外的事」。

**意匠** 指詩文、繪畫等的構思設計。

**意向** 心意的傾向。

**意旨** 意思和宗旨。

**意志** 泛指意識中一切能動要素。如注意、慾望、思想、選擇、決斷等一切心意的作用。

**意見** ①心裡的意思和見解。②彼此的見解不合。如「大家不要鬧意見」。

**意味** 值得玩味的意趣。

**意念** 意思，觀念。

**意表** 図意外。

**意度** ①心中揣測。同臆度。②見識與度量。

**意思** ①思想。如「我的意思跟你的意思一樣」。②意義。如「我不懂這個字的意思」。③趣味。如「沒有意思」。④意旨。如「辦這件事的意思是要服務社會」。⑤敬意，送東西給人的謙詞。如「這不過是小意思」。②③④⑤思字常輕讀。

**意料** 預先料想到的。如「這是意料中的事」。

**意根** 佛家所說的六根之一，指記憶、推理、判斷的心理活動的器官。

**意氣** 任性行事，不顧一切。如「意氣用事」。

**意涵** 內在的意義、含義。

**意符** 凡形聲字半以表聲，半以表義。表聲的叫聲符，也叫諧聲或形聲偏旁；表義的叫義符，也叫意符，又叫形旁，或叫部首。

**意象** ①修辭學指在主觀意識中被選擇而有秩序地組織起來的客觀現象。②藉某一具體的形象來喻傳一種印象或心境感覺的象徵語言。

**意會** 心裡領會。

**意義** 事情的道理跟旨趣。如「這事意義重大」。

**意圖** 企圖。

**意境** 文字或藝術品內容所含的境界。

**意態** ①人的活動狀態。②姿勢。

**意趣** 意思。

**意興** 興致。如「意興勃勃」「意興索然」。

**意識** ㊂指人精神覺醒的狀態。一切精神現象如知覺、記憶、想像等，都是意識。

**意願** 願望；心願。

**意譯** 翻譯外國文字只將大體的意義譯出，不是一字字，一句句地直譯。

**意中人** 心裡愛慕的異性。

**意外險** 以個人發生意外為投保對象的保險。

**意思兒** 思字輕讀。①同「意思」③。②同「意思」⑤。

**意在言外** 言詞的真正用意是暗含著的，沒有明白說出。

**意在筆先** 指寫字、作畫前先構思，然後下筆。

**意到筆隨** 比喻文思敏捷，想到就能寫出來。

**意思意思** 點到為止，意思到了就好。

**意氣用事** 處事全憑感情，缺乏理智。

**意料中事** 事先料想到一定會發生的事。

**意氣風發** 形容精神振奮，氣概昂揚。

**意氣相投** 彼此的意志相合。

**意氣揚揚** 形容自滿自得，意氣高昂。

**意馬心猿** ①意志不定。②心神飄蕩，不能自恃。

**意興闌珊** 興趣已盡的意思。

**意懶心灰** 形容意志非常消沈。

**意識形態** 觀念、信仰的狀況，某一社群或集團所信持（或堅持）的基本信仰或價值觀。

## 愔

図 ㄧㄣ 安和的樣子。

## 愚

ㄩˊ ㈠不聰明。如「愚笨」「大智若愚」。㈡欺騙。如「愚弄」「受愚」。㈢使人愚蠢。如「愚民政策」。㈣自稱的謙詞。如「愚兄」。

**愚人** 無知的人。

**愚兄** 同輩而年長男性的自稱。

**愚民** ①指沒有知識的民眾。②図使人民愚蠢無知。

**愚妄**(ㄩˊ ㄨㄤˋ) 愚蠢無知。

**愚弟**(ㄩˊ ㄉㄧˋ) 男性對同輩的謙稱自己。

**愚孝**(ㄩˊ ㄒㄧㄠˋ) 不明事理的孝行。如從前的人迷信，割下自己的肉當湯藥，去治父母的病的愚笨行為。

**愚弄**(ㄩˊ ㄋㄨㄥˋ) 欺騙作弄。

**愚見**(ㄩˊ ㄐㄧㄢˋ) 謙稱自己的見解笨拙。

**愚忠**(ㄩˊ ㄓㄨㄥ) 不明事理的忠心。

**愚拙**(ㄩˊ ㄓㄨㄛˊ) 愚笨。

**愚昧**(ㄩˊ ㄇㄟˋ) 缺乏知識；不聰明。

**愚笨**(ㄩˊ ㄅㄣˋ) 頭腦遲鈍，不靈活。

**愚鈍**(ㄩˊ ㄉㄨㄣˋ) 愚笨；不伶俐。

**愚意**(ㄩˊ ㄧˋ) 謙稱自己的意見。

**愚蒙**(ㄩˊ ㄇㄥˊ) 愚昧。

**愚魯**(ㄩˊ ㄌㄨˇ) [文]愚笨。

**愚蠢**(ㄩˊ ㄔㄨㄣˇ) 愚笨；不聰明。

**愚人節**(ㄩˊ ㄖㄣˊ ㄐㄧㄝˊ) 西方人以四月一日為萬愚節，當天人們可以互相愚弄以取樂。我國人習稱愚人節。

**愚不可及**(ㄩˊ ㄅㄨˋ ㄎㄜˇ ㄐㄧˊ) 形容非常愚昧。

**愚公移山**(ㄩˊ ㄍㄨㄥ ㄧˊ ㄕㄢ) 〈列子〉書上的寓言故事。比喻有決心有毅力克服最大困難的精神。

**愚民政策**(ㄩˊ ㄇㄧㄣˊ ㄓㄥˋ ㄘㄜˋ) 統治者為了便於統治人民而實行的愚弄人民，使人民處於愚昧無知狀態的政策。

**愚者千慮，必有一得**(ㄩˊ ㄓㄜˇ ㄑㄧㄢ ㄌㄩˋ，ㄅㄧˋ ㄧㄡˇ ㄧ ㄉㄜˊ) 是說即使是愚笨的人，在許許多多的考慮中總會有一次是想對的。多用來表示自謙。

## 愉(愉)

ㄩˊ 快樂，高興。如「愉快」。

**愉快**(ㄩˊ ㄎㄨㄞˋ) 快樂。

**愉悅**(ㄩˊ ㄩㄝˋ) [文]快樂。

## 愈

ㄩˋ ㈠更加。如「愈來愈好」。㈡[文]病好了。如「病愈」。㈢[文]勝過。如「豈非此愈於彼」。

**愈加**(ㄩˋ ㄐㄧㄚ) 更加。

## 惲

ㄩㄣˋ ㈠厚重的樣子。㈡謀，議。㈢姓。

# 十筆

## 態

ㄊㄞˋ 模樣。如「形態」。

**態度**(ㄊㄞˋ ㄉㄨˋ) ①言語行動的神情。如「態度從容」。②主張。如「態度強硬」。

**態勢**(ㄊㄞˋ ㄕˋ) 軍用語詞。形態，形勢。如「敵軍兵力態勢圖」。

## 慄

[文]ㄌㄧˋ 因為寒冷或恐懼而肢體抖動。如「戰慄」「不寒而慄」。

## 愷

[文]ㄎㄞˇ ㈠和，樂。如「愷悌」。㈡通「凱」。

**愷悌**(ㄎㄞˇ ㄊㄧˋ) [文]和樂，為人和善，容易親近。〈左傳〉有「愷悌君子」。也作「豈弟(ㄎㄞˇ ㄊㄧˋ)」。

## 愾

[文]▲ㄎㄞˋ 怒，恨。如「敵愾同仇」。▲ㄒㄧˋ 嘆息。

## 愧(媿)

ㄎㄨㄟˋ 羞慚。如「羞愧」「慚愧」。

**愧汗**(ㄎㄨㄟˋ ㄏㄢˋ) 因慚愧而出汗。

**愧色**(ㄎㄨㄟˋ ㄙㄜˋ) 慚愧的臉色。

**愧怍**(ㄎㄨㄟˋ ㄗㄨㄛˋ) [文]慚愧。

**愧服**(ㄎㄨㄟˋ ㄈㄨˊ) 面對別人的優點而自慚不如。

**愧恨** ㄎㄨㄟˋ ㄏㄣˋ 因羞愧而自恨。

**慌** ▲ㄏㄨㄤ ㈠害怕，著急。如「恐慌」「慌作一團」。㈡急忙，混亂，做事不穩。如「心慌意亂」「慌裡慌張」。
▲·ㄏㄨㄤ 放在詞尾，形容情況的程度，是「很」字的轉音。如「悶得慌」「亂得慌」。

**慌忙** ㄏㄨㄤ ㄇㄤˊ 急忙，不從容。

**慌張** ㄏㄨㄤ ㄓㄤ 張字輕讀。心裡不沈著，動作忙亂。

**慌亂** ㄏㄨㄤ ㄌㄨㄢˋ 恐慌而紛亂。

**慌裡慌張** ㄏㄨㄤ ·ㄌㄧ ㄏㄨㄤ ㄓㄤ 形容慌張的樣子。

**慊** ▲図ㄑㄧㄢˋ 同「歉」。
▲ㄑㄧㄝˋ 滿足。如「不慊於心」。

**慤（愨）** 図ㄑㄩㄝˋ ㈠謹慎。㈡端正。㈢樸實。㈣誠懇。

**慉** 図ㄒㄩˋ 養。〈詩經〉有「不我能慉」。

**愴** 図ㄔㄨㄤˋ 悲傷。如「愴傷」「悽愴」。

**愴然** ㄔㄨㄤˋ ㄖㄢˊ 図悲傷的樣子。

**慎（愼、昚）** ㄕㄣˋ ㈠小心，仔細。如「小心謹慎」「敏於事而慎於言」。㈡千萬，吩咐告誡的話。如「服用此藥，慎勿過量」。㈢恐怖，淒厲。如「半夜裡，窗外一聲長嗥，真慎得慌」。

**慎行** ㄕㄣˋ ㄒㄧㄥˊ 行為謹慎。

**慎始** ㄕㄣˋ ㄕˇ 図凡事一開始就要謹慎。

**慎思** ㄕㄣˋ ㄙ 図謹慎思索。

**慎重** ㄕㄣˋ ㄓㄨㄥˋ 謹慎認真。

**慎密** ㄕㄣˋ ㄇㄧˋ 謹慎細密。

**慎終** ㄕㄣˋ ㄓㄨㄥ 図喪事要盡禮。如「慎終追遠」。

**慎微** ㄕㄣˋ ㄨㄟ 図謹慎到極微細的地方，也不疏忽苟且。

**慎獨** ㄕㄣˋ ㄉㄨˊ 図一個人獨處的時候，也要謹慎不苟。

**慎言慎行** ㄕㄣˋ ㄧㄢˊ ㄕㄣˋ ㄒㄧㄥˊ 說話做事都很小心謹慎。

**慎終追遠** ㄕㄣˋ ㄓㄨㄥ ㄓㄨㄟ ㄩㄢˇ 對父母的喪事，要辦得謹慎合理；祖先雖遠，也須依禮祭祀。

**愫** 図ㄙㄨˋ ㈠真情。如「情愫」。㈡心裡的話。如「西窗夜話，一傾積愫」。

**愬** 図ㄙㄨˋ 同「訴」。

**慇** ㄧㄣ 見「慇懃」。

**慇懃** ㄧㄣ ㄑㄧㄣˊ 待人接物親切周到的意思。

**愿** 図ㄩㄢˋ ㈠忠厚誠實。如「謹愿」。㈡跟別人同流合汙，想博得「謹愿」的名聲的人。如「鄉愿」。

**慍（慍）** 図ㄩㄣˋ 含怒。如「慍怒」「面有慍色」。

**慍色** ㄩㄣˋ ㄙㄜˋ 図臉上有怨恨的神色。

**慍怒** ㄩㄣˋ ㄋㄨˋ 含怒。

## 十一筆

**憋** ㄅㄧㄝ 在心裡悶住，勉強忍受。如「憋著氣」。

**憋氣** ㄅㄧㄝ ㄑㄧˋ ①呼吸受阻礙。如「門窗關得嚴嚴兒的，真憋氣」。②把氣憋住不使它發出。如「要學潛水，先學憋氣」。

**慓** 図ㄆㄧㄠˋ ㈠行動輕便快捷。如「慓悍」，同「剽悍」。㈡急躁。

**慢** ㄇㄢˋ ㈠遲，緩。如「跑得慢」「慢慢地說」。㈡不勤快。如

「怠慢」。㈢驕傲。如「傲慢」。㈣禮貌不周到。如「慢待」「簡慢」。

**慢火** ㄇㄢˋ ㄏㄨㄛˇ 火勢不猛的小火。也作「文火」。

**慢車** ㄇㄢˋ ㄔㄜ 速度比較慢或停站比較多的火車班車。對快車說的。

**慢板** ㄇㄢˋ ㄅㄢˇ 樂曲中拍子緩慢的。

**慢待** ㄇㄢˋ ㄉㄞˋ 招待簡慢，是主人待客的謙詞。

**慢詞** ㄇㄢˋ ㄘˊ 長的、節奏緩慢的詞叫慢詞。

**慢跑** ㄇㄢˋ ㄆㄠˇ 速度不快且保持穩定的跑步運動。

**慢慢** ㄇㄢˋ ㄇㄢˋ 遲緩的樣子。

**慢說** ㄇㄢˋ ㄕㄨㄛ 連詞，別說。如「這種動物，慢說國內少有，在全世界也不多」。

**慢聲** ㄇㄢˋ ㄕㄥ ①古語有一音緩讀成二音的叫慢聲。②緩慢悠揚的音樂。

**慢性（兒）** ㄇㄢˋ ㄒㄧㄥˋ ㄦ ①性情遲緩。②做事不積極。

**慢吞吞** ㄇㄢˋ ㄊㄨㄣ ㄊㄨㄣ 形容緩慢。

**慢性病** ㄇㄢˋ ㄒㄧㄥˋ ㄅㄧㄥˋ 長期累積而成，短期內不容易治好的病症。

**慢郎中** ㄇㄢˋ ㄌㄤˊ ㄓㄨㄥ 動作緩慢的醫生。

**慢動作** ㄇㄢˋ ㄉㄨㄥˋ ㄗㄨㄛˋ 影片中人物動作緩慢的效果，為拍攝時攝影機速度超過每秒24格所得的效果。

**慢騰騰** ㄇㄢˋ ㄊㄥ ㄊㄥ 形容十分遲緩的樣子。

**慢手慢腳** ㄇㄢˋ ㄕㄡˇ ㄇㄢˋ ㄐㄧㄠˇ 做事遲緩。

**慢藏誨盜** ㄇㄢˋ ㄘㄤˊ ㄏㄨㄟˋ ㄉㄠˋ 図收藏財物不謹慎，招致被人盜竊的後果。

**慢條斯理（兒）** ㄇㄢˋ ㄊㄧㄠˊ ㄙ ㄌㄧˇ ㄦ 形容說話或做事慢騰騰地，不慌不忙的樣子。

**慢工出細活兒** ㄇㄢˋ ㄍㄨㄥ ㄔㄨ ㄒㄧˋ ㄏㄨㄛˊ ㄦ 工作速度緩慢，才能生產精巧細緻的成品。

## 慕

ㄇㄨˋ ㈠思，戀念。如「思慕」。㈡羨愛。如「愛慕」。㈢姓。

**慕名** ㄇㄨˋ ㄇㄧㄥˊ ①羨慕人家的盛名。如「慕名而來」。②喜好名譽。

**慕容** ㄇㄨˋ ㄖㄨㄥˊ 複姓。晉五胡十六國中，前燕、後燕、南燕，皆慕容氏所建。

**慕義** ㄇㄨˋ ㄧˋ 嚮慕正道。

## 慝

図ㄊㄜˋ 邪惡，心裡藏著惡意。如「邪慝」。

## 慟

図ㄊㄨㄥˋ 悲傷得過度。如「哀慟」。

**慟哭** ㄊㄨㄥˋ ㄎㄨ 極其悲哀的哭泣。

## 慮

ㄌㄩˋ ㈠深想，謀算。如「考慮」「思慮」「人無遠慮，必有近憂」。㈡憂疑。如「憂慮」。

**慮事** ㄌㄩˋ ㄕˋ 對事的思考。

## 慣

ㄍㄨㄢˋ ㈠習以為常的，積久成性的。如「習慣」「吃慣了米，不想吃麵」。㈡縱容的意思。如「把他慣壞了」「嬌生慣養」。

**慣犯** ㄍㄨㄢˋ ㄈㄢˋ 經常犯罪，屢教不改的刑事犯。

**慣用** ㄍㄨㄢˋ ㄩㄥˋ 慣於使用、運用（多含貶義）。

**慣技** ㄍㄨㄢˋ ㄐㄧˋ 用慣了的方法、手段。

**慣例** ㄍㄨㄢˋ ㄌㄧˋ 成為習慣的舊例子。

**慣性** ㄍㄨㄢˋ ㄒㄧㄥˋ 物體沒有受外力影響的時候，「動者恆動，靜者恆靜」的性質。也作惰性。

**慣賊** ㄍㄨㄢˋ ㄗㄟˊ 慣竊。

**慣竊** ㄍㄨㄢˋ ㄑㄧㄝˋ 偷竊多次的賊。

**慷** ㄎㄤˇ 又讀ㄎㄤ。見「慷慨」條。

**慷慨** ㄎㄤˇ ㄎㄞˇ ①意氣高昂。如「慷慨激昂」。②度量大，不吝嗇。如「這個人很慷慨，一定會幫你的忙」。

**慷慨解囊** ㄎㄤˇ ㄎㄞˇ ㄐㄧㄝˇ ㄋㄤˊ 很豪爽的拿出錢來。

**慷慨激昂** ㄎㄤˇ ㄎㄞˇ ㄐㄧ ㄤˊ 情緒激動的樣子。

**慧** ㄏㄨㄟˋ 聰敏。如「敏慧」「秀外慧中」。

**慧心** ㄏㄨㄟˋ ㄒㄧㄣ 図心思聰明。

**慧根** ㄏㄨㄟˋ ㄍㄣ 佛家語，觀達真理的根性。

**慧眼** ㄏㄨㄟˋ ㄧㄢˇ ①佛家語，意思是說能看出一切事實的真相。②眼光特別敏銳。如「慧眼識英雄」。

**慧劍** ㄏㄨㄟˋ ㄐㄧㄢˋ 佛家語，智慧如劍，能斬斷一切煩惱或祛除一切魔障。

**慧黠** ㄏㄨㄟˋ ㄒㄧㄚˊ 図敏捷而有機會。

**感** 図ㄑㄧ ㈠憂愁。㈡慚愧。

**慳** 図ㄑㄧㄢ 見「慳吝」。

**慳吝** ㄑㄧㄢ ㄌㄧㄣˋ 図吝嗇。

**慳囊** ㄑㄧㄢ ㄋㄤˊ 譏笑吝嗇的人錢囊總是束緊而吝於取用。

**慶（庆）** ㄑㄧㄥˋ ㈠賀喜。如「慶賀」。㈡祝賀的事。如「國慶」「七十大慶」。㈢福澤。如「積善之家必有餘慶」。㈣姓。

**慶弔** ㄑㄧㄥˋ ㄉㄧㄠˋ 賀喜和弔喪。

**慶功** ㄑㄧㄥˋ ㄍㄨㄥ 慶祝成功。

**慶生** ㄑㄧㄥˋ ㄕㄥ 慶祝生日。

**慶典** ㄑㄧㄥˋ ㄉㄧㄢˇ 隆重的慶祝典禮。

**慶幸** ㄑㄧㄥˋ ㄒㄧㄥˋ 值得安慰慶賀的。

**慶祝** ㄑㄧㄥˋ ㄓㄨˋ 慶賀。

**慶賀** ㄑㄧㄥˋ ㄏㄜˋ 祝賀可喜的事。

**慶雲** ㄑㄧㄥˋ ㄩㄣˊ 也作「卿雲」，指祥瑞的氣氛或兆頭。

**慶壽** ㄑㄧㄥˋ ㄕㄡˋ 祝賀生日。

**慶功宴** ㄑㄧㄥˋ ㄍㄨㄥ ㄧㄢˋ 慶祝成功的宴會。

**慶生會** ㄑㄧㄥˋ ㄕㄥ ㄏㄨㄟˋ 慶祝生日的集會或宴會。

**慴** 図ㄓㄜˊ 畏懼。如「慴伏」。

**慴伏** ㄓㄜˊ ㄈㄨˊ 図害怕而屈伏。

**慥** 図ㄗㄠˋ 慥慥，厚道的樣子。又讀ㄘㄠˋ。

**慚（慙）** ㄘㄢˊ 羞愧。如「慚愧」「滿臉羞慚」。

**慚色** ㄘㄢˊ ㄙㄜˋ 慚愧的臉色。

**慚愧** ㄘㄢˊ ㄎㄨㄟˋ 羞愧。如「他做錯事以後，見到人總覺得慚愧得很」。

**慘** ㄘㄢˇ ㈠悲痛。如「悲慘」「其慘無比」。㈡毒辣。如「慘殺」。

**慘白** ㄘㄢˇ ㄅㄞˊ ①（面容）蒼白。②（景色）暗淡。

**慘狀** ㄘㄢˇ ㄓㄨㄤˋ 悲慘的情景、狀況。

**慘毒** ㄘㄢˇ ㄉㄨˊ 殘忍狠毒。

**慘重** ㄘㄢˇ ㄓㄨㄥˋ （損失）極其嚴重。

**慘案** ㄘㄢˇ ㄢˋ 殘酷的屠殺事件。

**慘烈** ㄘㄢˇ ㄌㄧㄝˋ ①十分淒慘。②極其壯烈。③猛烈、厲害。

**慘笑** ㄘㄢˇ ㄒㄧㄠˋ 內心痛苦、煩惱而勉強作出笑容。

**慘敗** ㄘㄢˇ ㄅㄞˋ 慘重的失敗。

**慘殺** ㄘㄢˇ ㄕㄚ 殘忍的殺害。

**慘然** ㄘㄢˇ ㄖㄢˊ 形容心裡悲慘。

**慘痛** ㄘㄢˇ ㄊㄨㄥˋ 悲慘痛苦。

**慘酷** ㄘㄢˇ ㄎㄨˋ 非常殘酷。

**慘劇** ㄘㄢˇ ㄐㄩˋ 悲慘的事。

**慘厲** ㄘㄢˇ ㄌㄧˋ 淒涼；淒慘。

**慘澹** ㄘㄢˇ ㄉㄢˋ 也作「慘淡」，暗淡無光。

**慘綠少年** ㄘㄢˇ ㄌㄩˋ ㄕㄠˋ ㄋㄧㄢˊ 比喻風度翩翩的少年或稱喜歡打扮、穿著入時的年輕男子。

**慘澹經營** ㄘㄢˇ ㄉㄢˋ ㄐㄧㄥ ㄧㄥˊ 苦心計畫，竭盡心力去經營。

**慫** 図ㄙㄨㄥˇ (一)驚懼。(二)見「慫恿」。

**慫恿** ㄙㄨㄥˇ ㄩㄥˇ 也作慫慂。從旁鼓動、攛掇、勸誘別人做某種事情。

**慪** ㄡˋ 同「嘔」，故意惹人生氣。如「慪人生氣」。

**慪氣** ㄡˋ ㄑㄧˋ 同「嘔氣」，生氣，憤怒。

**憂** ㄧㄡ (一)愁。如「憂愁」。(二)患。如「憂患」。(三)可以愁的事。如「人無遠慮，必有近憂」。(四)図居喪。如「丁憂」。

**憂天** ㄧㄡ ㄊㄧㄢ 比喻無謂的憂慮。如「杞人憂天」。

**憂色** ㄧㄡ ㄙㄜˋ 憂愁的臉色。

**憂思** ㄧㄡ ㄙ 図①憂慮。②憂愁的情緒。

**憂苦** ㄧㄡ ㄎㄨˇ 愁苦。

**憂悒** ㄧㄡ ㄧˋ 図憂愁不安。

**憂國** ㄧㄡ ㄍㄨㄛˊ 図為國事憂愁。

**憂患** ㄧㄡ ㄏㄨㄢˋ 図患難的事情。

**憂戚** ㄧㄡ ㄑㄧ 図憂傷。

**憂悶** ㄧㄡ ㄇㄣˋ 憂愁煩悶。

**憂傷** ㄧㄡ ㄕㄤ 憂愁悲傷。

**憂愁** ㄧㄡ ㄔㄡˊ 發愁。

**憂慮** ㄧㄡ ㄌㄩˋ 憂愁擔心。

**憂憤** ㄧㄡ ㄈㄣˋ 心裡愁悶悲憤。

**憂懼** ㄧㄡ ㄐㄩˋ 憂慮害怕。

**憂鬱** ㄧㄡ ㄩˋ 愁悶。

**憂鬱症** ㄧㄡ ㄩˋ ㄓㄥˋ 苦悶不樂的病，一切精神作用皆受障礙，思慮及運動呈呆滯狀。有原發性、續發性兩種。

**憂心忡忡** ㄧㄡ ㄒㄧㄣ ㄔㄨㄥ ㄔㄨㄥ 形容心事重重，十分憂愁。

**憂患意識** ㄧㄡ ㄏㄨㄢˋ ㄧˋ ㄕˋ 對困苦患難作為生存條件的一種省察。如〈易經．繫辭傳下〉說：「作易者，其有憂患乎？」

**憂讒畏譏** ㄧㄡ ㄔㄢˊ ㄨㄟˋ ㄐㄧ 憂人毀謗，怕人譏議。

**慰** ㄨㄟˋ (一)心安。如「欣慰」。(二)安慰。如「慰問」。

**慰安** ㄨㄟˋ ㄢ 安慰。

**慰勉** ㄨㄟˋ ㄇㄧㄢˇ 安慰勉勵。

**慰問** ㄨㄟˋ ㄨㄣˋ 慰安問候。

**慰勞** ㄨㄟˋ ㄌㄠˋ 說話或送東西安慰勞苦的人。

**慰藉** ㄨㄟˋ ㄐㄧㄝˋ 図安慰。

**慰安婦** ㄨㄟˋ ㄢ ㄈㄨˋ 第二次世界大戰期間，日本軍隊徵集臺灣及朝鮮等地年輕婦女充當軍中妓女，供日本兵嫖妓。

**慰情勝無** ㄨㄟˋ ㄑㄧㄥˊ ㄕㄥˋ ㄨˊ 有「聊勝於無」之意。如「弱女雖非男，慰情良勝無」（見陶潛和劉柴桑詩）。

**慾** ㄩˋ 內心喜歡而急著想滿足的願望。如「求知慾」「慾望」。

**慾火** ㄩˋ ㄏㄨㄛˇ 形容情慾熾烈，像火一樣旺盛。

**慾念** ㄩˋ ㄋㄧㄢˋ ①貪得的意念。②情慾的念頭。

**慾望** ㄩˋ ㄨㄤˋ 同「欲望」。

**慵** 図ㄩㄥ懶。如「慵懶」。又讀ㄩㄥˊ。

**慵懶** ㄩㄥ ㄌㄢˇ 懶惰，不愛動。

## 十二筆

**憊** ㄅㄟˋ 精神疲倦。如「疲憊」。

**憑（凴、凭）** ㄆㄧㄥˊ ㈠身子靠著。如「憑欄遠眺」。㈡依托。如「憑藉」「就憑這一雙手過日子」。㈢證據。如「憑證」「憑單」。㈣隨，任。如「任憑你怎麼說，不理就是不理」。㈤姓。

**憑弔** ㄆㄧㄥˊ ㄉㄧㄠˋ 図由遺留下來的景物追念從前發生的事跡，心中有所感嘆，叫做憑弔。

**憑仗** ㄆㄧㄥˊ ㄓㄤˋ 依憑、倚杖。

**憑依** ㄆㄧㄥˊ ㄧ 依據。

**憑河** ㄆㄧㄥˊ ㄏㄜˊ 徒步涉河。同「馮河」。

**憑空** ㄆㄧㄥˊ ㄎㄨㄥ 沒有根據的。如「憑空捏造」。

**憑信** ㄆㄧㄥˊ ㄒㄧㄣˋ 信賴。

**憑恃** ㄆㄧㄥˊ ㄕˋ 図依仗。

**憑眺** ㄆㄧㄥˊ ㄊㄧㄠˋ 在高處遠望過去。

**憑陵** ㄆㄧㄥˊ ㄌㄧㄥˊ 図仗勢欺人。

**憑單** ㄆㄧㄥˊ ㄉㄢ 作為領取財物或作證據的單據。

**憑虛** ㄆㄧㄥˊ ㄒㄩ ①虛構。②凌空。③有所依靠。

**憑據** ㄆㄧㄥˊ ㄐㄩˋ 用來作證明的東西或事情。

**憑險** ㄆㄧㄥˊ ㄒㄧㄢˇ 図占著險要的地勢。

**憑藉** ㄆㄧㄥˊ ㄐㄧㄝˋ 依靠。

**憑證** ㄆㄧㄥˊ ㄓㄥˋ 證據。

**憑欄** ㄆㄧㄥˊ ㄌㄢˊ 靠在欄杆上。

**憫** 図ㄇㄧㄣˇ哀憐。如「悲天憫人」「憐憫」。

**憫恤** ㄇㄧㄣˇ ㄒㄩˋ 図哀憐而加以救濟。

**憤（憤）** ㄈㄣˋ ㈠生氣，發怒。如「氣憤不平」「惹起公憤」。㈡同「恨」。如「憤恨」「洩憤」。㈢心裡鬱悶。如「不憤不啟」。

**憤怒** ㄈㄣˋ ㄋㄨˋ 生氣（激動到極點）。

**憤恨** ㄈㄣˋ ㄏㄣˋ 憤慨痛恨。

**憤慨** ㄈㄣˋ ㄎㄞˇ 氣憤不平。

**憤憤** ㄈㄣˋ ㄈㄣˋ 很生氣的樣子。如「憤憤不平」。

**憤激** ㄈㄣˋ ㄐㄧ 憤怒而激動。

**憤懣** ㄈㄣˋ ㄇㄣˋ 図心裡憤恨不平。

**憤世嫉俗** ㄈㄣˋ ㄕˋ ㄐㄧˊ ㄙㄨˊ 對現實勢利社會和不合理的習俗表示憤恨憎惡（ㄨˋ）。

**憚** 図ㄉㄢˋ害怕。如「不憚煩」「肆無忌憚」。

**憚煩** ㄉㄢˋ ㄈㄢˊ 図怕麻煩。

**憝** 図ㄉㄨㄟˋ大壞蛋。〈書經〉有「元惡大憝」。

**憐** ㄌㄧㄢˊ ㈠對別人的不幸表示同情。如「可憐」「同病相憐」。㈡

愛，惜。如「憐香惜玉」「我見猶憐」。

**憐才** ㄌㄧㄢˊ ㄘㄞˊ 愛惜才能。

**憐恤** ㄌㄧㄢˊ ㄒㄩˋ 憐憫。

**憐惜** ㄌㄧㄢˊ ㄒㄧˊ 深深地愛惜。

**憐愛** ㄌㄧㄢˊ ㄞˋ 疼愛。

**憐憫** ㄌㄧㄢˊ ㄇㄧㄣˇ 對遭遇不幸的人表示同情。

**憐香惜玉** ㄌㄧㄢˊ ㄒㄧㄤ ㄒㄧˊ ㄩˋ 形容男人對女人的愛護體貼，無微不至。香與玉都代表女人。

## 憒

［文］ㄎㄨㄟˋ 心智昏亂不明。如「昏憒」「憒亂」。

**憒亂** ㄎㄨㄟˋ ㄌㄨㄢˋ ［文］糊塗昏亂。

## 憨

ㄏㄢ ㈠癡傻。如「憨子」。㈡天真純潔。如「嬌憨」。㈢從純真轉為誠實忠厚的意思。如「憨厚」。㈣粗。如「用憨一點的繩子捆上」。

**憨子** ㄏㄢ ㄗˇ 傻瓜。

**憨直** ㄏㄢ ㄓˊ 忠厚。

**憨厚** ㄏㄢ ㄏㄡˋ 厚字輕讀。樸實厚道。

**憨笑** ㄏㄢ ㄒㄧㄠˋ 傻笑，癡笑。

**憨態** ㄏㄢ ㄊㄞˋ 天真而略帶傻氣的神態。

## 憬

［文］ㄐㄧㄥˇ 見「憬悟」。

**憬悟** ㄐㄧㄥˇ ㄨˋ ［文］覺悟。

## 憩（憇）

［文］ㄑㄧˋ 休息。如「休憩」。

**憩息** ㄑㄧˋ ㄒㄧˊ ［文］休息。

## 憔

ㄑㄧㄠˊ 見「憔悴」條。

**憔悴** ㄑㄧㄠˊ ㄘㄨㄟˋ 也作「顦顇」。①［文］受困苦。〈孟子〉書有「民之憔悴於虐政」。②臉上顯出生病的狀態。如「顏色憔悴」。

## 憙

［文］ㄒㄧˇ ㈠欣喜，喜悅的樣子。㈡嘆息聲。

## 憲

ㄒㄧㄢˋ ㈠法令。如「憲章」。㈡憲法的略稱。如「立憲」「行憲」。

**憲兵** ㄒㄧㄢˋ ㄅㄧㄥ 軍中監督並稽查軍隊紀律的兵科。

**憲法** ㄒㄧㄢˋ ㄈㄚˇ 保障人民權利，規定國家立國性質、基本政策、政府組織、人民權利義務等的根本大法。

**憲政** ㄒㄧㄢˋ ㄓㄥˋ 立憲的政治。

**憲章** ㄒㄧㄢˋ ㄓㄤ ①法度典章。②［文］遵守其法制。〈中庸〉有「憲章文武」，意思就是遵守文王和武王的法制。

## 憧

［文］ㄔㄨㄥ ㈠心意不定或往來不絕的樣子。如「憧憧往來」。㈡見「憧憬」。

**憧憬** ㄔㄨㄥ ㄐㄧㄥˇ ［文］對過去的事或未來的事，因為思念而產生的想像。如「憧憬未來美好的前程」。

## 憎

ㄗㄥ 討厭。如「面目可憎」。

**憎恨** ㄗㄥ ㄏㄣˋ 厭惡（ㄨˋ）痛恨。

**憎惡** ▲ㄗㄥ ㄨˋ 厭惡。▲ㄗㄥ ㄜˋ 嫉恨壞事。〈管子〉有「聖人之憎惡也內，愚人之憎惡也外」。

## 憯

［文］ㄘㄢˇ ㈠憂苦的樣子。〈詩經·小雅〉有「憯憯日瘁」句。㈡傷痛，同「慘」。

## 憖

［文］ㄧㄣˋ 肯、願意。〈左傳〉有「昊天不弔，不憖遺一老」句。

## 憮

［文］ㄨˇ ㈠「憮然」，茫然若失的樣子。㈡撫愛。

## 十三筆

**懋** ㄇㄠˋ (一)盛大的意思。如「懋勳」。(二)同「貿易」的「貿」。「懋遷」就是商業交易行為。與「楙」通。

**懋業** ㄇㄠˋ ㄧㄝˋ 大業。

**懋賞** ㄇㄠˋ ㄕㄤˇ ①用獎賞勉勵。②重賞。

**懋遷** ㄇㄠˋ ㄑㄧㄢ 〔文〕貿易。

**懋勳** ㄇㄠˋ ㄒㄩㄣ 〔文〕大功勞。

**懋績** ㄇㄠˋ ㄐㄧ 〔文〕大功勞。

**懂** ㄉㄨㄥˇ (一)明白，了解。如「懂事」「懂得」。(二)見「懵懂」。

**懂事** ㄉㄨㄥˇ ㄕˋ 明白事理，知道事體。

**懂得** ㄉㄨㄥˇ ˙ㄉㄜ 知道，明白。

**憹** ▲〔文〕ㄋㄠˇ 懊憹，就是懊惱。▲ㄋㄨㄥˊ 心亂。

**懍** 〔文〕ㄌㄧㄣˇ 敬，畏。如「懍敬」。

**懇(恳)** ㄎㄣˇ (一)誠懇。如「懇切」。(二)請求。如「懇求」。

**懇切** ㄎㄣˇ ㄑㄧㄝˋ 誠懇而殷切。

**懇求** ㄎㄣˇ ㄑㄧㄡˊ 誠懇地請求。

**懇託** ㄎㄣˇ ㄊㄨㄛ 懇切的託付。

**懇摯** ㄎㄣˇ ㄓˋ 〔文〕(態度或言詞)誠懇真摯。

**懇請** ㄎㄣˇ ㄑㄧㄥˇ 誠懇地請求。

**懇親會** ㄎㄣˇ ㄑㄧㄣ ㄏㄨㄟˋ 學校安排家長參觀學校及與教師溝通的活動。

**憾** ㄏㄢˋ (一)見「憾事」。(二)心裡不快。如「缺憾」「遺憾」。

**憾事** ㄏㄢˋ ㄕˋ 認為不完美的、感到不滿足的事情。

**憾恨** ㄏㄢˋ ㄏㄣˋ 〔文〕不滿，怨恨。

**懃** ㄑㄧㄣˊ 通「勤」。厚意待人。如「慇懃」。

**懈** ㄒㄧㄝˋ (一)怠惰。如「努力不懈」。(二)液體由稠變稀叫「懈」。如「這稀飯太懈，跟水差不多了」。

**懈怠** ㄒㄧㄝˋ ㄉㄞˋ ①工作不努力。②不莊重。

**懈鬆** ㄒㄧㄝˋ ㄙㄨㄥ 鬆字輕讀。①不緊密，不堅牢。②懈怠。

**憸** 〔文〕ㄒㄧㄢ (一)不厚道的人叫「憸人」。(二)好口才的壞人叫「憸佞」。

**懊** ㄠˋ (一)悔恨。如「懊悔」「懊恨」。(二)頹唐。如「懊喪」。

**懊悔** ㄠˋ ㄏㄨㄟˇ 也作懊恨。事後抱怨自己。

**懊喪** ㄠˋ ㄙㄤˋ 人因為失意而精神頹唐。

**懊惱** ㄠˋ ㄋㄠˇ 心中鬱恨。

**懌** 〔文〕ㄧˋ 快樂。

**憶** ㄧˋ (一)思念。如「回憶」。(二)記得。如「記憶」。

**應(应、譍)** ▲ㄧㄥ (一)該當。如「應有盡有」「應該如此」。(二)想來是。如「應是母慈重，使爾悲不任(ㄖㄣˊ)」。(三)姓。▲ㄧㄥˋ (一)回答。如「應答如流」「應聲而至」。(二)對付，對待。如「應戰」「應接不暇」。(三)供給。如「供應」「以應急需」。(四)允許。如「應許」「答應」。(五)適合。如「應用」「應時」。(六)接受。如「應試」「應徵」。(七)感動。如「感應」「響應」。

**應力** ㄧㄥˋ ㄌㄧˋ 物體遇到外力作用時，內部產生的對抗應變的力。

**應允** ㄧㄥ ㄩㄣˇ 應許，答應。

**應分** ㄧㄥ ㄈㄣˋ 分內應該。

**應付** ㄧㄥˋ ㄈㄨˋ 設法對待或處置。如「這件事他恐怕應付不了」。

**應用** ㄧㄥˋ ㄩㄥˋ ①切合實用。如「應用文」「應用科學」。②用在實際上，有如「運用」。如「可以應用這種方法來製造」。

**應考** ㄧㄥˋ ㄎㄠˇ 參加招考的考試。

**應承** ㄧㄥˋ ㄔㄥˊ 答應（做某事）。

**應和** ㄧㄥˋ ㄏㄜˋ （聲音、語言、行動等）相呼應。

**應屆** ㄧㄥ ㄐㄧㄝˋ 本屆，當屆，今年的這一屆。如「應屆畢業生」。

**應門** ㄧㄥˋ ㄇㄣˊ 図管理門戶的開閉。

**應急** ㄧㄥˋ ㄐㄧˊ 應付急迫的需要。

**應時** ㄧㄥˋ ㄕˊ ①適合時令的。如「應時小菜」。②即刻，馬上。如「該辦的應時就辦」。

**應訊** ㄧㄥˋ ㄒㄩㄣˋ 接受偵訊。

**應接** ㄧㄥˋ ㄐㄧㄝ ①應付，接觸。如「應接不暇」。②彼此相呼。

**應許** ㄧㄥ ㄒㄩˇ 承諾，許可。

**應援** ㄧㄥˋ ㄩㄢˊ 接應援救。

**應答** ㄧㄥˋ ㄉㄚˊ 回答。如「應答如流」。

**應診** ㄧㄥˋ ㄓㄣˇ 図接受求診。

**應當** ㄧㄥ ㄉㄤ 應該。如「你應當努力讀書」。

**應聘** ㄧㄥˋ ㄆㄧㄣˋ 接受聘請。

**應該** ㄧㄥ ㄍㄞ ①應當。如「這是你應該做的事」。②須，要。如「你應該明白」。

**應試** ㄧㄥˋ ㄕˋ 應考。

**應運** ㄧㄥˋ ㄩㄣˋ 原指應天命（而降生），泛指順應時機。

**應酬** ㄧㄥˋ ㄔㄡˊ 酬字常輕讀。和親友往來交際。如「他每天應酬很多」。

**應對** ㄧㄥˋ ㄉㄨㄟˋ 語言的對答。

**應徵** ㄧㄥˋ ㄓㄥ 參加各種徵求。如「徵文比賽我去應徵，結果得了第一」。

**應敵** ㄧㄥˋ ㄉㄧˊ 應付敵人。

**應諾** ㄧㄥˋ ㄋㄨㄛˋ 答應；應承。

**應戰** ㄧㄥˋ ㄓㄢˋ ①臨陣接戰。②接受別人的挑戰。

**應聲** ㄧㄥˋ ㄕㄥ ①回聲。如「父母叫時應當立即應聲」。②應和的聲音。

**應邀** ㄧㄥˋ ㄧㄠ 接受邀請。

**應變** ㄧㄥˋ ㄅㄧㄢˋ 應付突然發生的情況。如「隨機應變」。

**應驗** ㄧㄥˋ ㄧㄢˋ 有了效驗。

**應召站** ㄧㄥˋ ㄓㄠˋ ㄓㄢˋ 介紹妓女與嫖客進行交易的場所。

**應用文** ㄧㄥˋ ㄩㄥˋ ㄨㄣˊ 指日常生活或工作中經常應用的文書。

**應景兒** ㄧㄥˋ ㄐㄧㄥˇ ㄦ ①適應節候。如「中秋節到了，總得（ㄉㄟˇ）買幾個月餅應景兒」。②在某種場合，順便應付敷衍。

**應電流** ㄧㄥˋ ㄉㄧㄢˋ ㄌㄧㄡˊ 由電磁感應產生的電流。

**應聲蟲** ㄧㄥˋ ㄕㄥ ㄔㄨㄥˊ 譏諷無主見而隨聲附和別人的人。

**應付裕如** ㄧㄥˋ ㄈㄨˋ ㄩˋ ㄖㄨˊ 形容從容對付，毫不費力。

**應用化學** ㄧㄥˋ ㄩㄥˋ ㄏㄨㄚˋ ㄒㄩㄝˊ 化學的一分科，又稱工業化學或製造化學，依照化學原理來製造物品的學科。

**應用科學** ㄧㄥˋ ㄩㄥˋ ㄎㄜ ㄒㄩㄝˊ 跟人類生產或生活直接聯繫的科學，如醫學、農學。

**應用數學** 用以解決物理、工程學一切問題的數學的總稱；與純粹數學相對。

**應有盡有** 應該有的全都有了。

**應時當令** 配合時令。如「他穿的都是應時當令的」。也作「應時對景」。

**應接不暇** 形容來人或事情太多，接待應付不過來。

## 十四筆

**懣** ㄇㄣˋ 煩悶。如「憤懣」。

**懟** 図ㄉㄨㄟˋ 怨恨。如「怨懟」。

**懦** ㄋㄨㄛˋ 柔弱。如「懦弱」。

**懦夫** 軟弱沒有丈夫氣概的男子。

**懦弱** 柔弱怕事。

**懤** 図ㄔㄡˊ「懤懤」是形容憂愁的樣子。

**懨（懕）** ▲図ㄧㄢ ㈠生病的樣子。㈡安詳，滿足。▲ㄧㄢˋ 通「饜」。

## 十五筆

**懲（惩）** ㄔㄥˊ ㈠警戒。如「懲一儆百」「嚴懲貪汙」。㈡責罰。如「懲戒」。

**懲戒** ①拿以前的過失警戒自己。②責罰。

**懲治** 懲辦。

**懲處** 處罰。

**懲罰** 嚴厲地處罰。

**懲辦** 處罰。

**懲一警百** 図責罰一個人來警戒眾人。

**懲戒處分** 對於違法失職的公務人員所加的制裁，分撤職、休職、降級、減俸、記過、申誡等多種。

**懲忿窒欲** 止息忿怒、窒塞情欲。

**懲前毖後** 図以前吃了虧，以後就得謹慎了。

**懲羹吹齏** 比喻受創以後過分的小心。

## 十六筆

**懵（懞、懜）** ▲ㄇㄥˊ 不明事理的樣子。見「懵然」。▲ㄇㄥˇ 見「懵懂」。

**懵然** 図無知，不明理的樣子。

**懵懂** 心裡不明瞭，糊塗。

**懶（嬾）** ㄌㄢˇ ㈠不努力。如「懶惰」。㈡不想，不願意。如「懶得動」「懶得和他說話」。

**懶惰** 做事不肯盡力。

**懶散** 懶惰隨便不經心的樣子。北平語也讀ㄌㄢˇ˙ㄙㄢ。

**懶腰** 疲倦時舉起雙臂，伸伸腰，叫「伸懶腰」。

**懶蟲** 懶惰的人（罵人的話）。

**懶洋洋** 第二個洋字輕讀。倦怠的姿態。

**懶骨頭** 罵人懶惰的話。

**懶驢上磨屎尿多** ㄌㄢˇ ㄌㄩˊ ㄕㄤˋ ㄇㄛˋ ㄕˇ ㄋㄧㄠˋ ㄉㄨㄛ 比喻懶的人做事多所拖延。

**懷（怀）** ㄏㄨㄞˊ ㈠抱。如「懷抱」。㈡藏。如「不懷好意」。㈢思念。如「關懷」「懷念」。㈣傷心。如「傷懷」。㈤胸腹之間。如「抱在懷裡」。㈥心中。如「耿耿於懷」。㈦文歸附。如「黎民懷之」。㈧文安撫。如「懷柔」「以懷遠人」。㈨姓。

**懷土** ㄏㄨㄞˊ ㄊㄨˇ ①懷念故鄉。②安於故土，不願遷徙。

**懷古** ㄏㄨㄞˊ ㄍㄨˇ 文追念古人古事。

**懷孕** ㄏㄨㄞˊ ㄩㄣˋ 女人有孕。也作「懷胎」。

**懷生** ㄏㄨㄞˊ ㄕㄥ ①愛惜生命。②安於生計。

**懷刑** ㄏㄨㄞˊ ㄒㄧㄥˊ 畏懼法律。

**懷念** ㄏㄨㄞˊ ㄋㄧㄢˋ 想念。

**懷抱** ㄏㄨㄞˊ ㄅㄠˋ ①抱在懷裡。②心裡含蓄的意思。

**懷恨** ㄏㄨㄞˊ ㄏㄣˋ 記恨在心。

**懷春** ㄏㄨㄞˊ ㄔㄨㄣ 文指少女愛慕異性。

**懷柔** ㄏㄨㄞˊ ㄖㄡˊ 文以柔和的手段使遠方的人來歸附。

**懷恩** ㄏㄨㄞˊ ㄣ 心懷感恩。

**懷惠** ㄏㄨㄞˊ ㄏㄨㄟˋ 貪戀小惠。

**懷鄉** ㄏㄨㄞˊ ㄒㄧㄤ 思念故鄉。

**懷想** ㄏㄨㄞˊ ㄒㄧㄤˇ 懷念。

**懷疑** ㄏㄨㄞˊ ㄧˊ ①疑惑。②猜測。

**懷德** ㄏㄨㄞˊ ㄉㄜˊ 懷念恩德。

**懷錶** ㄏㄨㄞˊ ㄅㄧㄠˇ 放在衣袋裡隨身使用，不能戴在手上的錶。

**懷璧** ㄏㄨㄞˊ ㄅㄧˋ 比喻有才能而遭受嫉妒。

**懷舊** ㄏㄨㄞˊ ㄐㄧㄡˋ 懷念往事和舊日的熟人。

**懷鬼胎** ㄏㄨㄞˊ ㄍㄨㄟˇ ㄊㄞ 比喻心中懷有不可以告人的祕密。

**懷才不遇** ㄏㄨㄞˊ ㄘㄞˊ ㄅㄨˋ ㄩˋ 有才能而得不到施展的機會。

**懷憂喪志** ㄏㄨㄞˊ ㄧㄡ ㄙㄤˋ ㄓˋ 憂思鬱結，心志頹喪。

**懸（悬）** ㄒㄩㄢˊ ㈠掛起來。如「懸掛」「懸在半空中」。㈡文距離遠。如「懸隔」「懸殊」。㈢文心中掛念。如「懸念」「懸望」。㈣公開揭示。如「懸賞」。㈤文憑空設想。如「懸擬」「懸想」。㈥沒有著落。如「懸案」「懸而未決」。

**懸心** ㄒㄩㄢˊ ㄒㄧㄣ 不安心。

**懸宕** ㄒㄩㄢˊ ㄉㄤˋ 擱置拖延。

**懸念** ㄒㄩㄢˊ ㄋㄧㄢˋ 掛念。

**懸河** ㄒㄩㄢˊ ㄏㄜˊ 形容人口才好，能滔滔不絕的說話。如「口若懸河」。

**懸空** ㄒㄩㄢˊ ㄎㄨㄥ 掛在空中，下不著地。如「兩腳懸空」。

**懸泉** ㄒㄩㄢˊ ㄑㄩㄢˊ 文瀑布。

**懸案** ㄒㄩㄢˊ ㄢˋ 擱置沒有解決的案件或問題。

**懸殊** ㄒㄩㄢˊ ㄕㄨ 相差很遠。如「貧富懸殊」。

**懸浮** ㄒㄩㄢˊ ㄈㄨˊ 指固體微粒跟液體相混合而不是溶化的狀態。

**懸缺** ㄒㄩㄢˊ ㄑㄩㄝ 職位員額有出缺，尚未決定適當人選來擔任。

**懸崖** ㄒㄩㄢˊ ㄧㄞˊ 由侵蝕斷層形成高聳的山崖。

**懸掛** ㄒㄩㄢˊ ㄍㄨㄚˋ 掛著。

**懸梁** ㄒㄩㄢˊ ㄌㄧㄤˊ [文]①用繩子把頭髮綁在屋梁，避免讀書時打瞌睡。是漢朝孫敬勤學的故事。〈三字經〉有「頭懸梁，錐刺股」。②上弔自殺。

**懸壺** ㄒㄩㄢˊ ㄏㄨˊ [文]行醫。是〈後漢書・費長房傳〉裡的故事，說汝南市中，有老翁懸壺賣藥，市罷而跳入壺中。

**懸腕** ㄒㄩㄢˊ ㄨㄢˋ 寫字方法，手腕臨空而不著桌子。

**懸想** ㄒㄩㄢˊ ㄒㄧㄤˇ 憑空想像。

**懸隔** ㄒㄩㄢˊ ㄍㄜˊ 相隔很遠。

**懸賞** ㄒㄩㄢˊ ㄕㄤˇ 立下獎資，向大家徵集事物。如「懸賞找人」。

**懸擬** ㄒㄩㄢˊ ㄋㄧˇ 憑空虛構。

**懸臂** ㄒㄩㄢˊ ㄅㄧˋ 某些機器伸展在機身外部像手臂的部分。

**懸膽** ㄒㄩㄢˊ ㄉㄢˇ ①形容人的鼻子形狀正直的詞，比喻下垂的膽囊。②就是說「嘗膽」；「臥薪嘗膽」也作「坐薪懸膽」。

**懸瀑** ㄒㄩㄢˊ ㄆㄨˋ 從山上往下流的泉水，就是瀑布。

**懸壅垂** ㄒㄩㄢˊ ㄩㄥ ㄔㄨㄟˊ 口腔裡的小筋肉，在軟口蓋後端而呈圓錐形的。一般叫小舌。

**懸而未決** ㄒㄩㄢˊ ㄦˊ ㄨㄟˋ ㄐㄩㄝˊ 擱置而沒有做決定。

**懸浮微粒** ㄒㄩㄢˊ ㄈㄨˊ ㄨㄟˊ ㄌㄧˋ 在流體中運動而不沈下去的固體微粒。

**懸崖峭壁** ㄒㄩㄢˊ ㄧㄞˊ ㄑㄧㄠˋ ㄅㄧˋ 山高聳而險峻。

**懸崖勒馬** ㄒㄩㄢˊ ㄧㄞˊ ㄌㄜˋ ㄇㄚˇ 比喻人恍然大悟，及時回頭改過。

**懸梁刺股** ㄒㄩㄢˊ ㄌㄧㄤˊ ㄘˋ ㄍㄨˇ 指戰國時代蘇秦等頭懸梁錐刺股苦讀的故事。

**懸絲傀儡** ㄒㄩㄢˊ ㄙ ㄎㄨㄟˇ ㄌㄟˇ 一種用提線動作的木偶戲。傀儡就是木偶，比布袋戲的木偶稍大，用九至二十條的提線弔住，演出時靠提線牽動木偶。

**懸腸掛肚** ㄒㄩㄢˊ ㄔㄤˊ ㄍㄨㄚˋ ㄉㄨˋ 非常牽掛。也作「牽腸掛肚」。

**懸燈結綵** ㄒㄩㄢˊ ㄉㄥ ㄐㄧㄝˊ ㄘㄞˇ 有喜慶時，懸掛花燈綵綢，以示慶祝。也作「張燈結綵」。

## 十七筆

**懺** ㄔㄢˋ ㈠知道自己的錯誤而想改過。如「懺悔」。㈡和尚尼姑替人禮佛誦經，叫「拜懺」。

**懺悔** ㄔㄢˋ ㄏㄨㄟˇ 自思改過。

## 十八筆

**懼（俱、愳）** ㄐㄩˋ 害怕。如「恐懼」。

**懼內** ㄐㄩˋ ㄋㄟˋ [文]怕老婆。

**懼怕** ㄐㄩˋ ㄆㄚˋ 害怕。

**懾** [文]ㄓㄜˊ ㈠威脅。〈淮南子〉有「聲懾海內」。㈡受威勢所逼迫而害怕。如「懾服」。又讀ㄕㄜˋ。

**懾服** ㄓㄜˊ ㄈㄨˊ [文]也作「慴伏」。畏懼威勢而屈服。

**懾慴** ㄓㄜˊ ㄓㄜˊ [文]害怕而失去勇氣。

**懿** [文]ㄧˋ 美、善、溫柔。如「嘉言懿行」「懿德」。又讀ㄧˊ。

**懿德** ㄧˋ ㄉㄜˊ [文]指婦女溫柔美善的德行。

## 十九筆

**戁** [文]ㄋㄢˇ 敬畏。

**戀（恋）** ㄌㄧㄢˋ ㈠掛念，不忍分離。如「戀家」「留戀」。㈡愛慕而捨不得分手。如「戀愛」。

**戀棧** ㄌㄧㄢˋ ㄓㄢˋ 図比喻人貪戀職位，好像下劣的馬貪吃料豆兒捨不得離開馬棧。

**戀愛** ㄌㄧㄢˋ ㄞˋ 男女相愛，不忍分手。

**戀舊** ㄌㄧㄢˋ ㄐㄧㄡˋ ①懷念舊友。②依戀舊地或故鄉。

**戀戀不捨** ㄌㄧㄢˋ ㄌㄧㄢˋ ㄅㄨˋ ㄕㄜˇ 形容捨不得離開。

## 二十四筆

**戇（戅）** 図ㄓㄨㄤˋ愚笨而剛直。荀子有「悍戇好鬥」。

# 戈部

**戈** ㄍㄜ ㈠古代兵器之一，就是平頭戟。㈡図從兵器而比喻戰爭。如「偃武息戈」。㈢姓。

**戈壁** ㄍㄜ ㄅㄧˋ 大沙漠，原係滿洲語，特指東起興安嶺西麓，西至天山東麓的沙漠地帶；也稱「大漠」或「瀚海」。

## 一筆

**戊** ㄨˋ 天干的第五位。也用作等第的第五位。

**戊戌變法** ㄨˋ ㄒㄩ ㄅㄧㄢˋ ㄈㄚˇ 清德宗親政後，因甲午戰敗，外侮頻至，國勢衰弱，遂用康有為等人的變法，為舊黨所忌，擁西太后復臨朝、囚帝、殺六君子、令罷新政。時年光緒二十四年戊戌（西元一八九八）八月，世稱戊戌政變。

## 二筆

**戌** 図ㄒㄩ ㈠十二地支的第十一位。㈡稱午後七時到九時。

**成** ㄔㄥˊ ㈠成就。㈡完整。如「成天」。㈢成功。如「做得成」。㈣古代稱地方十里叫一成。如〈左傳〉有「有田一成」。㈤可以。如「你這樣不成」。㈥稱人能幹叫成。如「那個人很成」。㈦成為。如「你成了名人了」。㈧量詞，十分之一叫成。如「有八成希望」。㈨足夠。如「成了，成了，別再買了」。㈩姓。

**成丁** ㄔㄥˊ ㄉㄧㄥ 男子滿二十歲。

**成了** ㄔㄥˊ ˙ㄌㄜ ①勉強可以的意思。如「做到這樣就成了」。②成就。如「事情成了」。③足夠。如「成了，不要了」。

**成人** ㄔㄥˊ ㄖㄣˊ ①已達成年的人。②完人，全人。③成器，成材。如「把他教育成人」。④成全別人。如「成人之美」。

**成仇** ㄔㄥˊ ㄔㄡˊ 結成仇恨。

**成分** ㄔㄥˊ ㄈㄣˋ 構成物體的分子。

**成天** ㄔㄥˊ ㄊㄧㄢ 整天。如「他成天不念書，盡在外頭玩兒」。

**成心** ㄔㄥˊ ㄒㄧㄣ 故意。如「他成心找我的麻煩」。

**成文** ㄔㄥˊ ㄨㄣˊ ①已成的文章。②成樣兒。如「沒有一件成文的東西」。③制成定型的文字。如「成文法」。

**成日** ㄔㄥˊ ㄖˋ 整天。

**成功** ㄔㄥˊ ㄍㄨㄥ 事業成就。

**成本** ㄔㄥˊ ㄅㄣˇ 商品的本錢。

**成立** ㄔㄥˊ ㄌㄧˋ ①成人能自立。②成就。③開會時議案經議決通過。如「本案成立」。④指事業的建立開始。

**成交** ㄔㄥˊ ㄐㄧㄠ 買賣成功。

**成全** ㄔㄥˊ ㄑㄩㄢˊ 幫助別人達到他的希望。

**成名** ㄔㄥˊ ㄇㄧㄥˊ 因事業成就而得名。如「一舉成名」。

**成因** ㄔㄥˊ ㄧㄣ （事物）形成的原因。

**成年** ㄔㄥˊ ㄋㄧㄢˊ ①指人發育到已經成熟的年齡。②整年。如「成年累月」。

**成色** ㄔㄥˊ ㄙㄜˋ 金銀幣或器物中所含鈍金銀的量。

**成衣** ㄔㄥˊ ㄧ ①裁縫。②做成的衣服。

**成佛** ㄔㄥˊ ㄈㄛˊ 學佛得證正果。如「放下屠刀，立地成佛」。

**成局** ㄔㄥˊ ㄐㄩˊ ①既成的局面。②事情已定。

**成形** ㄔㄥˊ ㄒㄧㄥˊ 自然生長或經過加工後達到所需要的形狀。

**成材** ㄔㄥˊ ㄘㄞˊ 比喻人的可以造就。如「他家有個不成材的兒子」。

**成災** ㄔㄥˊ ㄗㄞ 造成災害。

**成見** ㄔㄥˊ ㄐㄧㄢˋ 心裡已決定不易變更的意見。

**成事** ㄔㄥˊ ㄕˋ ①已經成就的事。②做事有成績。

**成例** ㄔㄥˊ ㄌㄧˋ 過去的事例。如「依照成例辦理」。

**成命** ㄔㄥˊ ㄇㄧㄥˋ 已經發布的命令、決定等。

**成性** ㄔㄥˊ ㄒㄧㄥˋ 形成某種習性（多指不好的）。

**成招** ㄔㄥˊ ㄓㄠ 罪犯在審訊中招供畫押。

**成果** ㄔㄥˊ ㄍㄨㄛˇ 成績結果。

**成法** ㄔㄥˊ ㄈㄚˇ 已制定的法則。

**成服** ㄔㄥˊ ㄈㄨˊ 囗人死大殮後，親屬各依禮制，穿著應穿的喪服。

**成長** ㄔㄥˊ ㄓㄤˇ 生長而成熟；長成。

**成阻** ㄔㄥˊ ㄗㄨˇ 形成阻礙。

**成俗** ㄔㄥˊ ㄙㄨˊ ①舊的風俗。②形成風俗。

**成型** ㄔㄥˊ ㄒㄧㄥˊ 產品經過加工，成為所需要的形狀。

**成為** ㄔㄥˊ ㄨㄟˊ 變成。

**成約** ㄔㄥˊ ㄩㄝ 已有的約定或已定的條約。

**成風** ㄔㄥˊ ㄈㄥ 形成風氣。

**成員** ㄔㄥˊ ㄩㄢˊ 集體或家庭的組成人員。

**成套** ㄔㄥˊ ㄊㄠˋ 配合起來成為一整套。

**成家** ㄔㄥˊ ㄐㄧㄚ 結婚組織家庭。如「成家立業」。

**成效** ㄔㄥˊ ㄒㄧㄠˋ 功效；效果。

**成眠** ㄔㄥˊ ㄇㄧㄢˊ 入睡；睡著。

**成婚** ㄔㄥˊ ㄏㄨㄣ 結婚。

**成敗** ㄔㄥˊ ㄅㄞˋ 成功或失敗。

**成章** ㄔㄥˊ ㄓㄤ ①成文章。如「出口成章」。②成條理。如「順理成章」。

**成規** ㄔㄥˊ ㄍㄨㄟ 現成的或久已通行的規則、方法。

**成都** ㄔㄥˊ ㄉㄨ 四川省省會，位於成都平原東南，岷江船運的終點，是該省西部的陸運中心，商業繁盛，交通便利，風景明秀。

**成棒** ㄔㄥˊ ㄅㄤˋ 成人棒球的省稱。

**成就** ㄔㄥˊ ㄐㄧㄡˋ ①完成。②優良的結果或成績，多指人的事業。

**成童** ㄔㄥˊ ㄊㄨㄥˊ 囗少年。〈禮記〉指十五歲以上的人。

**成話** ㄔㄥˊ ㄏㄨㄚˋ 像話。指言語行動合理。

**成算** 早已做好的打算。

**成誦** 図讀書能背誦。

**成數** ①整數。②一數為另一數的幾成，泛指比率。

**成樣** ①合乎體統。②製造品已成外形，只要將零件配合，便可組成成品。這些已成外形的零件，稱作成樣。

**成熟** ①果實稻麥等已熟。②事機醞釀到了可收效果的程度，或是已經具備發動的條件。

**成齒** 哺乳類動物乳齒脫落後所生的新齒。

**成器** 図①物質的可以應用。②成材，可造就。如「那孩子不成器」。

**成擒** 図被捉到。

**成親** 結婚。

**成績** 已經表現的功效。

**成禮** 図①行禮完畢。②成婚。

**成蟲** 是指昆蟲的幼蟲變成蛹，再變為和母體同一的形態；如蠶變成蛾，青蠋變成蝴蝶。

**成藥** 現成的藥劑；對臨時處方配合的藥劑而言。

**成議** 已定的辦法。

**成語（兒）** 社會上習用的古語以及流行的詞語。成語結構多樣，來源的途徑很多，有可以從字面看出的，有本來有典故的，有很典雅的，有很粗俗的。

**成文法** 依照一定的立法程序所定而頒布實施的法律。

**成年人** 滿二十足歲的人。

**成年禮** 表示一個人已經成年而舉行的儀式。

**成氣候** 候字輕讀。比喻有成就或有發展前途（多用於否定式）。

**成副兒** 骨牌、麻將等牌局指牌自成一組的。如「三餅、四餅、五餅成一副兒」。

**成就感** 對自己能完成某件事而感到滿足的感覺。

**成績單** 記載學生在校成績的單子。

**成人之美** 図成全別人的好事。

**成人教育** 指對成年人進行的教育。

**成千累萬** 形容數量非常多。也作成千成萬。

**成仁取義** 図「殺身成仁，捨生取義」的縮語，指為正義而犧牲。

**成本會計** 廠商對於貨物成本（原料、工資、設備損耗、資本利息的總合）的詳細計算，以為訂定售價的標準，並作革除耗費的指針。

**成吉思汗** 就是元太祖。姓奇渥溫，名鐵木真。武功極盛，即帝位時，群臣共上尊號，稱「成吉思汗」。

**成年累月** 形容時間的長久。

**成竹在胸** 図比喻事前有周詳的計畫。

**成事不說** 已經過去的事情，最好不要提起。

**成事在天** 事情的成敗決定於天命。

**成康之治** 指周成王與周康王統治的時代，天下安寧，刑罰不用，後用來比喻盛世。

**成敗利鈍** 指事情的成功或失敗，順利或不順利。

**成就測驗**(ㄔㄥˊ ㄐㄧㄡˋ ㄘㄜˋ ㄧㄢˋ) 一種鑑別個人實際能力的測驗，用以衡量個人在某一時間內學得的知識技能。

**成群結隊**(ㄔㄥˊ ㄑㄩㄣˊ ㄐㄧㄝˊ ㄉㄨㄟˋ) 很多人或動物集在一起。

**成雙成對**(ㄔㄥˊ ㄕㄨㄤ ㄔㄥˊ ㄉㄨㄟˋ) 形容人或物雙雙對對。

**成也蕭何敗也蕭何**(ㄔㄥˊ ㄧㄝˇ ㄒㄧㄠ ㄏㄜˊ ㄅㄞˋ ㄧㄝˇ ㄒㄧㄠ ㄏㄜˊ) 比喻成功和失敗完全出於一人之手。

**成事不足敗事有餘**(ㄔㄥˊ ㄕˋ ㄅㄨˋ ㄗㄨˊ ㄅㄞˋ ㄕˋ ㄧㄡˇ ㄩˊ) 指人辦不好事情，反而常常把事情弄壞。

## 戍

図ㄕㄨˋ ㈠以兵守衛邊界。㈡守衛的兵。

**戍守**(ㄕㄨˋ ㄕㄡˇ) 武裝守衛；防守。

**戍邊**(ㄕㄨˋ ㄅㄧㄢ) 守衛邊疆。

## 戎

図ㄖㄨㄥˊ ㈠跟軍事、戰爭有關的事物。如「戎馬」「戎機」。㈡古時西方各族的總名。㈢姓。

**戎行**(ㄖㄨㄥˊ ㄏㄤˊ) 図軍旅；行伍。

**戎狄**(ㄖㄨㄥˊ ㄉㄧˊ) 舊稱西方民族為戎，北方民族為狄。

**戎首**(ㄖㄨㄥˊ ㄕㄡˇ) ①兵事的主謀者。②俗稱開啟爭端的人。

**戎馬**(ㄖㄨㄥˊ ㄇㄚˇ) 図軍馬，借指從軍、作戰。如「戎馬生涯」。

**戎裝**(ㄖㄨㄥˊ ㄓㄨㄤ) 図軍裝。

**戎機**(ㄖㄨㄥˊ ㄐㄧ) 図軍事行動。

# 三筆

## 戒

ㄐㄧㄝˋ ㈠警告。如「勸戒」。㈡防備。如「戒備」。㈢革除某種嗜好。如「戒煙」。㈣齋戒。㈤訓示。㈥宗教中不准做某種事的規定。如「戒律」。

**戒刀**(ㄐㄧㄝˋ ㄉㄠ) 僧人所佩的刀。

**戒尺**(ㄐㄧㄝˋ ㄔˇ) 從前塾師用來體罰學生的竹木板。

**戒心**(ㄐㄧㄝˋ ㄒㄧㄣ) 因怕危險有所防備的心。

**戒具**(ㄐㄧㄝˋ ㄐㄩˋ) 監所管理人員或警察人員用來戒護犯人脫逃、自殺、暴行或其他擾亂秩序之虞所使用的工具。

**戒律**(ㄐㄧㄝˋ ㄌㄩˋ) 教徒必須遵守的法規。

**戒指**(ㄐㄧㄝˋ ㄓˇ) 指字輕讀。戴在手指上的環形飾物。

**戒毒**(ㄐㄧㄝˋ ㄉㄨˊ) 戒除吸食毒品。

**戒酒**(ㄐㄧㄝˋ ㄐㄧㄡˇ) 不再喝酒。

**戒除**(ㄐㄧㄝˋ ㄔㄨˊ) 革除不良嗜好。如戒賭、戒煙。

**戒條**(ㄐㄧㄝˋ ㄊㄧㄠˊ) 図戒律。

**戒備**(ㄐㄧㄝˋ ㄅㄟˋ) 防備。

**戒菸**(ㄐㄧㄝˋ ㄧㄢ) 不再吸菸。

**戒牒**(ㄐㄧㄝˋ ㄉㄧㄝˊ) 政府發給僧尼的身分證明文件。也叫度牒。

**戒賭**(ㄐㄧㄝˋ ㄉㄨˇ) 不再賭博。

**戒嚴**(ㄐㄧㄝˋ ㄧㄢˊ) 戰爭或非常事變時，在某一地區施行的一種緊急防備。

**戒懼**(ㄐㄧㄝˋ ㄐㄩˋ) 警惕和畏懼。

**戒護**(ㄐㄧㄝˋ ㄏㄨˋ) 戒備防護。指機關或監所為防止發生意外或違紀事件的有計畫的措施。

## 我

▲ㄨㄛˇ 稱自己，自己的。
▲ㄜˇ 讀音。㈠自稱。㈡指我國或我國的。㈢私意。如「大公無我」。

**我們**(ㄨㄛˇ ˙ㄇㄣ) ①我的複稱。②我。女子和小孩子多將「我們」當「我」使用。如把「我不要」說成「我們不要」。

**我輩** ㄨㄛˇ ㄅㄟˋ 〔文〕我們。

**我行我素** ㄨㄛˇ ㄒㄧㄥˊ ㄨㄛˇ ㄙㄨˋ 不管別人怎麼說，我還是照我平素的做法去做。

**我武維揚** ㄨㄛˇ ㄨˇ ㄨㄟˊ ㄧㄤˊ 指國勢的發揚。

## 四筆

**或** ㄏㄨㄛˋ ㈠表示不定的連詞。如「請張三或李四來幫忙都可以」。㈡指示形容詞。㈢表示不定的副詞。如「或許」。㈣〔文〕代名詞某人，有人，誰。如「或曰」(有人說)。

**或者** ㄏㄨㄛˋ ㄓㄜˇ ①表示不定的連詞，同或是。②表示不定的副詞。如「他或者已經知道這件事」。

**或則** ㄏㄨㄛˋ ㄗㄜˊ 或者。

**或是** ㄏㄨㄛˋ ㄕˋ 「或」㈠。如「你到我家或是我到你家都可以」。

**或許** ㄏㄨㄛˋ ㄒㄩˇ 說不定。

**或然率** ㄏㄨㄛˋ ㄖㄢˊ ㄌㄩˋ ①數學名詞，是大代數中計算法的一種，已知某事的成敗機會，而求其成功或失敗的折衷數的方法。②可能性，機會。

**戔** 〔文〕ㄐㄧㄢ 細小的。

**戔戔** ㄐㄧㄢ ㄐㄧㄢ 〔文〕①形容細微或少的樣子。如「為數戔戔」。②形容眾多。白居易〈秦中吟〉「灼灼百朵紅，戔戔五束素」。

**戕** 〔文〕ㄑㄧㄤ 傷害，殺害。如「戕賊身心」。

**戕賊** ㄑㄧㄤ ㄗㄜˊ 〔文〕殘害。

## 七筆

**戛（戞）** 〔文〕ㄐㄧㄚˊ ㈠擊。㈡長矛。

**戛戛** ㄐㄧㄚˊ ㄐㄧㄚˊ 〔文〕①意見不合。齟齬。②難。如「戛戛乎其難哉」。

**戚** ㄑㄧ ㈠憂愁，悲哀。如「悲戚」。㈡親屬。如「親戚」。㈢古時的一種兵器，就是大斧子。㈣姓。

**戚然** ㄑㄧ ㄖㄢˊ 〔文〕憂鬱的樣子。

**戚誼** ㄑㄧ ㄧˋ 〔文〕親戚關係。

**戚舊** ㄑㄧ ㄐㄧㄡˋ 〔文〕親戚故舊。

**戚屬** ㄑㄧ ㄕㄨˇ 〔文〕親屬。

## 八筆

**戟** ㄐㄧˇ 古代兵器，在長柄的一端裝有槍尖，旁邊附有月牙形的鋒刃。

**戟手** ㄐㄧˇ ㄕㄡˇ 〔文〕伸手指人而罵。也作戟指。

## 九筆

**戥** ㄉㄥˇ 見戥子。

**戥子** ㄉㄥˇ ˙ㄗ 是小型的秤，用來稱金銀、珠寶等貴重物品或重量很小的東西。

**戤** 〔文〕ㄍㄞˋ ㈠商人冒牌取利，叫「影戤」。㈡用東西去押錢。

**戡** 〔文〕ㄎㄢ ㈠平定。如「戡亂」。㈡殺。

**戡亂** ㄎㄢ ㄌㄨㄢˋ 〔文〕平定亂事。

**戣** 〔文〕ㄎㄨㄟˊ 戟一類的兵器。

**戢** 〔文〕ㄐㄧˊ ㈠收藏。㈡止息。㈢姓。

## 十筆

**截** ㄐㄧㄝˊ ㈠割斷。如「截斷」。㈡分明。如「截然」。㈢段。如「斷成好幾截兒」。㈣阻攔。如「攔截」。

**截止** ㄐㄧㄝˊ ㄓˇ 到某時期停止進行。

**截至** ㄐㄧㄝˊ ㄓˋ 到某時期。

**截兒** ㄐㄧㄝˊ ㄦ 段。如「分成兩截兒」。

**截取** ㄐㄧㄝˊ ㄑㄩˇ 從中取一部分。

**截肢** ㄐㄧㄝˊ ㄓ 把肢體截斷。

**截面** ㄐㄧㄝˊ ㄇㄧㄢˋ 物體切斷後呈現出的表面，如球體的截面是個圓形。也叫「剖面」。

**截留** ㄐㄧㄝˊ ㄌㄧㄡˊ 扣住不放。

**截然** ㄐㄧㄝˊ ㄖㄢˊ 図分明的樣子。如「截然不同」。

**截獄** ㄐㄧㄝˊ ㄩˋ 從監獄逃脫。

**截稿** ㄐㄧㄝˊ ㄍㄠˇ 報紙或雜誌稿子的截止收件時間。

**截擊** ㄐㄧㄝˊ ㄐㄧˊ 攔住敵人施以攻擊。

**截斷** ㄐㄧㄝˊ ㄉㄨㄢˋ ①割斷。②隔斷。

**截長補短** ㄐㄧㄝˊ ㄔㄤˊ ㄅㄨˇ ㄉㄨㄢˇ 図把長的取下一部分，補在短的方面。

**截然不同** ㄐㄧㄝˊ ㄖㄢˊ ㄅㄨˋ ㄊㄨㄥˊ 很清楚地顯現出不一樣。

**戩** 図ㄐㄧㄢˇ ㈠盡。㈡與「翦」通。「戩穀」就是盡善。

**戧** ▲ㄑㄧㄤ ㈠逆向。如「戧風」「戧水」。㈡衝突，包括言語的與拳腳的。如「他們倆說著說著就戧了起來」「兩人說戧了嘴」。▲ㄑㄧㄤˋ ㈠撐；頂。如「找些木頭把這一堵牆戧住，免得倒下來」「夠了，這些就戧得住啦」。㈡在器物的圖案上填入金銀作裝飾。如「戧金」。㈢工作勞煩，事情難為。如「這真夠戧」（多用於事後怨嘆）。

**戧金** ㄑㄧㄤˋ ㄐㄧㄣ 在器物上嵌鑲金銀以為裝飾的工作。

## 十一筆

**戮（剹）** 図ㄌㄨˋ ㈠殺。如「殺戮」。㈡侮辱，同「僇」。㈢見「戮力」條。

**戮力** ㄌㄨˋ ㄌㄧˋ 図共同努力。也作勠力。

## 十二筆

**戰（战）** ㄓㄢˋ ㈠戰鬥。㈡比較優劣的競賽。如「挑（ㄊㄧㄠ）戰」「球戰」。㈢顫動。㈣害怕。如「心驚膽戰」。㈤姓。

**戰士** ㄓㄢˋ ㄕˋ 從事戰鬥的士兵。

**戰友** ㄓㄢˋ ㄧㄡˇ 並肩作戰的人。

**戰火** ㄓㄢˋ ㄏㄨㄛˇ 指戰爭。

**戰功** ㄓㄢˋ ㄍㄨㄥ 打仗的功績。

**戰史** ㄓㄢˋ ㄕˇ 記載戰爭狀況的史書。

**戰犯** ㄓㄢˋ ㄈㄢˋ 發動戰爭的責任犯。

**戰地** ㄓㄢˋ ㄉㄧˋ 兩軍交戰的地域。

**戰死** ㄓㄢˋ ㄙˇ 在戰場上作戰而死。也說「陣亡」。

**戰局** ㄓㄢˋ ㄐㄩˊ 戰爭局勢。

**戰役** ㄓㄢˋ ㄧˋ 戰爭期間內各種作戰的總稱。

**戰抖** ㄓㄢˋ ㄉㄡˇ 身體抖動。

**戰車** ㄓㄢˋ ㄔㄜ 指有槍砲火力、裝甲防護，而且有履帶可以越野作戰的車，就是「坦克車」。

**戰事** ㄓㄢˋ ㄕˋ 有關戰爭的各種活動，泛指戰爭。如「戰事頻仍」。

**戰果** ㄓㄢˋ ㄍㄨㄛˇ 戰鬥中獲得的成果。

**戰法** ㄓㄢˋ ㄈㄚˇ 作戰的方法。

**戰況** ㄓㄢˋ ㄎㄨㄤˋ 作戰的情況。

**戰爭** ㄓㄢˋ ㄓㄥ 以兵力決勝負的敵對行為。

**戰俘** ㄓㄢˋ ㄈㄨˊ 戰爭中俘虜的敵方人員。

**戰時** ㄓㄢˋ ㄕˊ 戰爭時期。

**戰書** ㄓㄢˋ ㄕㄨ 對敵方宣戰的文書。

**戰陣** ㄓㄢˋ ㄓㄣˋ 作戰的陣勢；戰場陣地。

**戰馬** ㄓㄢˋ ㄇㄚˇ 經過特殊訓練，用於作戰的馬匹。

**戰鬥** ㄓㄢˋ ㄉㄡˋ 武力爭鬥。

**戰區** ㄓㄢˋ ㄑㄩ 為便於執行戰略任務而畫分的作戰區域。

**戰國** ㄓㄢˋ ㄍㄨㄛˊ 我國歷史上的一個時代，自周威烈王二十三年（公元前403年）三家分晉起，至秦始皇二十六年（公元前221年）併吞六國止，共一八二年。

**戰略** ㄓㄢˋ ㄌㄩㄝˋ 決定整個戰鬥行動的總計畫。

**戰術** ㄓㄢˋ ㄕㄨˋ 在戰時關於運用軍隊的一切方法，為達成戰略的手段。

**戰備** ㄓㄢˋ ㄅㄟˋ 作戰的裝備和準備。如：加強戰備。

**戰報** ㄓㄢˋ ㄅㄠˋ 戰時由司令部或其他有關方面發表的關於戰爭的報導。

**戰場** ㄓㄢˋ ㄔㄤˇ ①作戰的地方。②比喻商業競爭。如「商場如戰場」。③比喻與情敵競爭。如「情場如戰場」。

**戰雲** ㄓㄢˋ ㄩㄣˊ 比喻戰爭的氣氛。如「戰雲密布」。

**戰亂** ㄓㄢˋ ㄌㄨㄢˋ 指戰爭時期的混亂狀況。

**戰慄** ㄓㄢˋ ㄌㄧˋ 恐懼的樣子。

**戰鼓** ㄓㄢˋ ㄍㄨˇ 從前作戰時所擊的鼓，是進攻的信號。

**戰線** ㄓㄢˋ ㄒㄧㄢˋ 作戰時軍隊所據守的一帶地方。

**戰壕** ㄓㄢˋ ㄏㄠˊ 作戰時為掩護而挖的壕溝。

**戰績** ㄓㄢˋ ㄐㄧ 戰爭中獲得的成績。

**戰艦** ㄓㄢˋ ㄐㄧㄢˋ 作戰艦艇的統稱。

**戰利品** ㄓㄢˋ ㄌㄧˋ ㄆㄧㄣˇ 在戰地所得的敵人的器械物品。

**戰鬥力** ㄓㄢˋ ㄉㄡˋ ㄌㄧˋ 軍隊作戰的能力。

**戰鬥機** ㄓㄢˋ ㄉㄡˋ ㄐㄧ 攻擊用的軍用飛機。

**戰敗國** ㄓㄢˋ ㄅㄞˋ ㄍㄨㄛˊ 在國際戰爭中失敗的國家。

**戰勝國** ㄓㄢˋ ㄕㄥˋ ㄍㄨㄛˊ 在國際戰爭中獲得勝利的國家。

**戰地政務** ㄓㄢˋ ㄉㄧˋ ㄓㄥˋ ㄨˋ 在兩軍交戰地區，進行組訓、動員、策畫等工作。

**戰爭販子** ㄓㄢˋ ㄓㄥ ㄈㄢˋ ㄗˇ 煽動、發起戰爭，企圖從中取利的人。

**戰鬥行為** ㄓㄢˋ ㄉㄡˋ ㄒㄧㄥˊ ㄨㄟˊ 國家間或國家與交戰團體間的武裝爭鬥行為。

**戰略物資** ㄓㄢˋ ㄌㄩㄝˋ ㄨˋ ㄗ 直接或間接可以用作支援戰爭的重要物資，如金屬、化工原料、機械、軍用品等。

**戰戰兢兢** ㄓㄢˋ ㄓㄢˋ ㄐㄧㄥ ㄐㄧㄥ 形戒慎恐懼的樣子。

## 十三筆

**戴** ㄉㄞˋ ㈠把東西放在頭頂上。如「把帽子戴好」。㈡形頂著。如「披星戴月」、「不共戴天」。㈢尊敬。如「擁戴」、「愛戴」。㈣把東西附加在頭部或面部。如「頭上戴一朵花兒」、「戴眼鏡」。㈤姓。

**戴天**（ㄉㄞˋ ㄊㄧㄢ） 存在於人世。如「不共戴天」是指誓不兩立。

**戴奧辛**（ㄉㄞˋ ㄠˋ ㄒㄧㄣ） 化學名詞。又稱二噁肮。一種氧化的氯苯環化合物，藥性劇毒並具有持久性。

**戴高帽（子）**（ㄉㄞˋ ㄍㄠ ㄇㄠˋ ㄗ˙） 比喻恭維的話或對人說恭維的話。也說「戴高帽兒」「戴炭簍子」。

**戴月披星**（ㄉㄞˋ ㄩㄝˋ ㄆㄧ ㄒㄧㄥ） 図也作「披星戴月」。比喻早出晚歸或連夜趕路。

**戴盆望天**（ㄉㄞˋ ㄆㄣˊ ㄨㄤˋ ㄊㄧㄢ） 図比喻達不到願望。

**戴圓履方**（ㄉㄞˋ ㄩㄢˊ ㄌㄩˇ ㄈㄤ） 堂堂正正地處於天地之間。圓指天，方指地；古人以為天圓地方。

**戴罪立功**（ㄉㄞˋ ㄗㄨㄟˋ ㄌㄧˋ ㄍㄨㄥ） 在背負某種罪名的情況下建立功勞。

**戲（戲、戏）** ▲ㄒㄧˋ ㈠玩弄，遊戲。㈡開玩笑。如「戲言」。㈢戲劇。

▲ㄏㄨ 図見「於戲（ㄨ ㄏㄨ）」條。

▲ㄏㄨㄟ 図㈠古代將軍的旗子。通「麾」，「戲下」就是「麾下」。㈡指揮，〈漢書〉有「戲騎（ㄐㄧˋ）縛（灌）夫置傳舍」。

**戲子**（ㄒㄧˋ ㄗ˙） 以演戲為職業的演員。

**戲文**（ㄒㄧˋ ㄨㄣˊ） 戲曲。

**戲水**（ㄒㄧˋ ㄕㄨㄟˇ） 在水中玩。

**戲曲**（ㄒㄧˋ ㄑㄩˇ） 戲劇的曲文。

**戲弄**（ㄒㄧˋ ㄌㄨㄥˋ） 愚弄人以取笑。

**戲言**（ㄒㄧˋ ㄧㄢˊ） 図開玩笑的話。

**戲服**（ㄒㄧˋ ㄈㄨˊ） 演戲時穿著的服裝，也叫戲裝、行頭、戲衫等。

**戲耍**（ㄒㄧˋ ㄕㄨㄚˇ） 戲弄。

**戲迷**（ㄒㄧˋ ㄇㄧˊ） 喜歡看戲或唱戲而而入迷的人。

**戲院**（ㄒㄧˋ ㄩㄢˋ） 營業性質的演戲的場所。

**戲殺**（ㄒㄧˋ ㄕㄚ） 図以能殺人的事相戲弄，因而弄假成真。

**戲筆**（ㄒㄧˋ ㄅㄧˇ） 遊戲之作。

**戲評**（ㄒㄧˋ ㄆㄧㄥˊ） 評論戲曲的文字。

**戲照**（ㄒㄧˋ ㄓㄠˋ） 戲劇演出時所攝的照片。也稱劇照。

**戲裝**（ㄒㄧˋ ㄓㄨㄤ） 戲曲演員表演時所穿戴的衣服、靴、帽。

**戲臺**（ㄒㄧˋ ㄊㄞˊ） 供演戲用的舞臺。

**戲劇**（ㄒㄧˋ ㄐㄩˋ） 某種故事或某種情節，在戲臺上表演出來的叫做「戲劇」。

**戲箱**（ㄒㄧˋ ㄒㄧㄤ） 戲班中放置戲衣或其他用具的箱。

**戲談**（ㄒㄧˋ ㄊㄢˊ） 図說著玩的話。

**戲謔**（ㄒㄧˋ ㄋㄩㄝˋ） 図戲談。

**戲本（子）**（ㄒㄧˋ ㄅㄣˇ ㄗ˙） 劇本。

**戲法（兒）**（ㄒㄧˋ ㄈㄚˇ ㄦ） ①供人玩賞的魔術。②事情進行時曲折詭譎的小手段。

**戲班（兒）**（ㄒㄧˋ ㄅㄢ ㄦ） 劇團。

**戲單（兒）**（ㄒㄧˋ ㄉㄢ ㄦ） 演出戲劇的名目和演員表。

**戲詞兒**（ㄒㄧˋ ㄘˊ ㄦ） 戲曲中唱詞和說白的總稱。

**戲園子**（ㄒㄧˋ ㄩㄢˊ ㄗ˙） 以往指戲院。

**戲碼兒**（ㄒㄧˋ ㄇㄚˇ ㄦ） 預定演出的戲劇名目。

**戲館子**（ㄒㄧˋ ㄍㄨㄢˇ ㄗ˙） 以往指戲院。

## 十四筆

**戳** ㄔㄨㄛ ㈠用東西的尖端刺觸或被觸，叫戳。如「向他頭上戳了一指頭」「打球戳了手」。㈡豎立。如「戳觔斗」「把一口袋麵粉戳在地上」。㈢「戳子」的簡詞，指圖章之類。如「木戳」「郵戳」。

**戳子** ㄔㄨㄛ ˙ㄗ 圖章。也叫「戳記」「戳兒」。

**戳穿** ㄔㄨㄛ ㄔㄨㄢ 用器具刺破東西。

**戳記** ㄔㄨㄛ ㄐㄧˋ 圖章。

## 戶部

**戶** ㄏㄨˋ ㈠門，一扇叫戶，兩扇的叫門。如「門戶」。㈡總稱一家。如「住戶」「挨戶通知」。㈢姓。

**戶口** ㄏㄨˋ ㄎㄡˇ 指戶數、人口。

**戶主** ㄏㄨˋ ㄓㄨˇ 一家的主持人。也稱戶長。

**戶名** ㄏㄨˋ ㄇㄧㄥˊ 與銀行有往來的客戶在該銀行帳上所用的名義。也稱戶頭。

**戶長** ㄏㄨˋ ㄓㄤˇ 一家的主持人。

**戶限** ㄏㄨˋ ㄒㄧㄢˋ 図門檻。

**戶稅** ㄏㄨˋ ㄕㄨㄟˋ 以戶為單位所徵收的稅。古代也叫「戶調」。

**戶牖** ㄏㄨˋ ㄧㄡˇ 門戶。

**戶頭** ㄏㄨˋ ㄊㄡˊ ①家主。②商業的往來客戶。

**戶籍** ㄏㄨˋ ㄐㄧˊ 政府記錄各戶的人數、姓名、籍貫、職業等事項的簿冊與其有關的事項。

**戶口名簿** ㄏㄨˋ ㄎㄡˇ ㄇㄧㄥˊ ㄅㄨˋ 政府發給住戶的記載本戶人口、姓名、年齡等事項的簿子。

**戶口普查** ㄏㄨˋ ㄎㄡˇ ㄆㄨˇ ㄔㄚˊ 政府定期普遍的舉行全國戶口總檢查。

**戶政機關** ㄏㄨˋ ㄓㄥˋ ㄐㄧ ㄍㄨㄢ 掌管與戶口有關事項的行政機關，如戶政事務所。

**戶樞不蠹** ㄏㄨˋ ㄕㄨ ㄅㄨˋ ㄉㄨˋ 比喻時常用的東西不會敗壞。戶樞是門軸，因經常轉動所以不會被蟲蛀蝕。

**戶口謄本** ㄏㄨˋ ㄎㄡˇ ㄊㄥˊ ㄅㄣˇ 有關一戶人口事項的戶籍抄本。如遷移戶口要有原來的戶口謄本才行。

**戶政事務所** ㄏㄨˋ ㄓㄥˋ ㄕˋ ㄨˋ ㄙㄨㄛˇ 辦理戶籍登記及其他有關事項的基層行政機關。

### 一筆

**戹** 図ㄜˋ ㈠險隘，同「阨」。㈡困苦，受困，同「厄」。

### 四筆

**房** ㄈㄤˊ ㈠人寢息居處的建築物。如「房屋」。㈡居室中的一間。如「臥房」。㈢家族的分支。如「李家共三房兄弟」。㈣星宿名。如「房宿」。㈤大部分裡面隔開為許多小的部分叫做房。如「蜂房」「蓮房」。㈥姓。

**房子** ㄈㄤˊ ˙ㄗ 供居住用的建築物。

**房主** ㄈㄤˊ ㄓㄨˇ 房屋的主人。

**房事** ㄈㄤˊ ㄕˋ 指夫婦性交的事。

**房東** ㄈㄤˊ ㄉㄨㄥ 房主。

**房契** ㄈㄤˊ ㄑㄧˋ 房屋所有權的契約憑據。

**房客** ㄈㄤˊ ㄎㄜˋ 租房屋住的人。

**房屋** ㄈㄤˊ ㄨ 房子、屋子的總稱。

**房柁** ㄈㄤˊ ㄊㄨㄛˊ 房屋前後兩柱間的大橫梁。

**房捐** ㄈㄤˊ ㄐㄩㄢ 以往指政府以房屋為對象所課徵的稅款。現在改稱房屋稅。

**房租** ㄈㄤˊ ㄗㄨ 房錢。

**房脊** ㄈㄤˊ ㄐㄧˇ 房頂高起似脊的部分。

**房宿** ㄈㄤˊ ㄒㄧㄡˋ 図星宿名，也叫房星。二十八宿之一，蒼龍七宿的第四宿，有四顆星。

**房梁** ㄈㄤˊ ㄌㄧㄤˊ 屋子裡架在柱子上的橫木。

**房產** ㄈㄤˊ ㄔㄢˇ 產業中屬於房屋的部分。

**房間** ㄈㄤˊ ㄐㄧㄢ 房子裡面的每間屋子。

**房錢** ㄈㄤˊ ㄑㄧㄢˊ 錢字輕讀。租房屋的錢。

**房簷（兒）** ㄈㄤˊ ㄧㄢˊ（ㄦ） 屋簷。

**房地產** ㄈㄤˊ ㄉㄧˋ ㄔㄢˇ 指房屋或土地方面的財產，是不動產的一種。

**戾** 図ㄌㄧˋ ㈠乖張凶惡。如「暴戾」。㈡罪。如「罪戾」。㈢違背。㈣到。如「鳶飛戾天」。

**戾氣** ㄌㄧˋ ㄑㄧˋ 図乖僻暴惡的氣勢。

**戽** ㄏㄨˋ ㈠引水灌田用的農具，也叫「戽斗」。㈡把水引進來。如「戽水」。

**戽水** ㄏㄨˋ ㄕㄨㄟˇ 用戽斗或水車引水灌田。

**所** ㄙㄨㄛˇ ㈠處所。如「區公所」。㈡房屋計算單位。如「房子一所」。㈢虛字：①放在動詞的前面，暗示動作所達到的事物；有時並沒有意義，只有聯繫作用。如「眾所周知」「據我所知」「不知所云」。②和「為」字或「被」字前後結合著，表示被動。如「他的作品為一般青年人所喜愛」。㈣表示事物的代名詞。如「所愛」「所居」。㈤図約計的詞。通「許」。如「歷有年所」「父去里所復還」。㈥図表示假設、假若。論語有「予所否者，天厭之，天厭之」。

**所以** ㄙㄨㄛˇ ㄧˇ ①因此，常與「因為」相應。②図何以，為何，為什麼。③図原故。

**所司** ㄙㄨㄛˇ ㄙ 図①經管的事物。②主管部門的長官。

**所在** ㄙㄨㄛˇ ㄗㄞˋ ①地方。②關係。③重要之處。

**所有** ㄙㄨㄛˇ ㄧㄡˇ ①謂權利的歸屬。②包括一切。如「所有的東西都毀了」。

**所居** ㄙㄨㄛˇ ㄐㄩ 所在；所在的地方。

**所長** ▲ㄙㄨㄛˇ ㄔㄤˊ 謂專精的技能。▲ㄙㄨㄛˇ ㄓㄤˇ 用「所」作單位名稱的單位負責人。

**所思** ㄙㄨㄛˇ ㄙ 心中所想念的人或事。

**所為** ▲ㄙㄨㄛˇ ㄨㄟˋ 原因。如「所為何來」。▲ㄙㄨㄛˇ ㄨㄟˊ 法律用語：①刑法上指犯罪心意表現在身體行動的。②民法上指行為。

**所得** ㄙㄨㄛˇ ㄉㄜˊ ①所得到的。②在一定的會計期限之內，收益與利得（超過費用與損失）的部分，稱為所得。有所得就必須報稅。

**所部** ㄙㄨㄛˇ ㄅㄨˋ 所率領的部隊。

**所愛** ㄙㄨㄛˇ ㄞˋ 稱喜愛的人或事物。

**所謂** ㄙㄨㄛˇ ㄨㄟˋ 所說的。

**所屬** ㄙㄨㄛˇ ㄕㄨˇ 屬下。

**所歡** ㄙㄨㄛˇ ㄏㄨㄢ 図心愛的人。

**所以然** ㄙㄨㄛˇ ㄧˇ ㄖㄢˊ ①事理的緣由。②代指那個東西。因不便明言，所以用「所以然」為隱語來代替。〈儒林外史〉第五十回：「秦老爺快把所以然交與高老爺去罷。」

**所在地** ㄙㄨㄛˇ ㄗㄞˋ ㄉㄧˋ 人或物所處的地點或場所。

**所有權** ㄙㄨㄛˇ ㄧㄡˇ ㄑㄩㄢˊ 法律名詞。對於其所有財物，在法律範圍內，得自由處置的權利。

**所得稅** ㄙㄨㄛˇ ㄉㄜˊ ㄕㄨㄟˋ 國家稅收之一，分「個人綜合所得稅」與「營利事業所得稅」兩種，按累進制的方式，由在上一年度有所得或盈利的國民與營利事業，定時向國庫報繳，多退少補。

**所向披靡** ㄙㄨㄛˇ ㄒㄧㄤˋ ㄆㄧ ㄇㄧˇ 兵力所到之處，敵人紛紛敗退。

**所向無敵** ㄙㄨㄛˇ ㄒㄧㄤˋ ㄨˊ ㄉㄧˊ 形容兵力強盛，到處沒有人能抵抗。

**所作所為** ㄙㄨㄛˇ ㄗㄨㄛˋ ㄙㄨㄛˇ ㄨㄟˊ 一切行為。

## 五筆

# 扁

▲ㄅㄧㄢˇ ㈠寬而薄的形狀。如「扁圓形」。㈡同「匾」。匾額也作「扁額」。㈢姓。▲ㄆㄧㄢ 図「扁舟」就是小船。

**扁平** ㄅㄧㄢˇ ㄆㄧㄥˊ 物體闊而薄。

**扁舟** ㄆㄧㄢ ㄓㄡ 小船。

**扁豆** ㄅㄧㄢˇ ㄉㄡˋ 豆科植物，果實莢長而扁，可以吃。

**扁柏** ㄅㄧㄢˇ ㄅㄞˇ 常綠喬木，葉小像鱗，木材可做器具。

**扁食** ㄅㄧㄢˇ ㄕ˙ 食字輕讀。餛飩。

**扁擔** ㄅㄧㄢˇ ㄉㄢ˙ 擔字輕讀。挑東西的工具，用竹子或木頭製成，扁而長。

**扁桃腺** ㄅㄧㄢˇ ㄊㄠˊ ㄒㄧㄢˋ 在口腔深處，咽喉旁邊的腺體，形狀似扁桃。

**扁形動物門** ㄅㄧㄢˇ ㄒㄧㄥˊ ㄉㄨㄥˋ ㄨˋ ㄇㄣˊ 無脊椎動物的一門，身體呈扁形，有的雌雄同體，如絛蟲；有的雌雄異體，如吸血蟲。

# 扃

図ㄐㄩㄥ ㈠從外面關閉門戶用的橫木，也就是安在門外面的門閂；又指門扇上的環鈕。㈡把門關上。如「扃戶」。㈢門戶的通稱。如「柴扃」「重（ㄔㄨㄥˊ）扃」。又讀ㄐㄩㄥˇ。

## 六筆

# 扇

▲ㄕㄢˋ ㈠搖動時生風的用具。如「摺扇」「團扇」「電扇」。㈡指板片形狀的東西。如「門扇」「隔扇」。㈢計算門、窗的單位。如「兩扇門」「四扇窗戶」。東西也有用「扇」來計算的。如「一扇玻璃」「六扇屏風」。▲ㄕㄢ ㈠搖動扇子生風。如「扇風」「扇一扇就涼快了」。㈡從旁把事情挑撥鼓動起來。如「扇動」「扇惑」。

**扇子** ㄕㄢˋ ㄗ˙ 拿在手裡搖動生風的用具。

**扇形** ㄕㄢˋ ㄒㄧㄥˊ 圓的兩個半徑和所夾的弧圍成的形。

**扇貝** ㄕㄢˋ ㄅㄟˋ 軟體動物，殼略呈扇形，表面有很多縱溝。體內的閉殼肌可製成乾貝。

**扇風** ㄕㄢ ㄈㄥ 搖扇生風。也作搧風。

**扇動** ㄕㄢ ㄉㄨㄥˋ 慫恿生事。也作煽動。

**扇惑** ㄕㄢ ㄏㄨㄛˋ 鼓動誘惑（別人去做壞事）。也作煽惑。

**扇舞** ㄕㄢˋ ㄨˇ 手裡拿著扇子配合動作節奏的一種舞蹈。

**扇面兒** ㄕㄢˋ ㄇㄧㄢˋ ㄦ 摺扇或團扇的面，用紙或綾子做成。

**扇骨子** ㄕㄢˋ ㄍㄨˇ ㄗ˙ 支撐摺扇張合的骨架，多用竹子做成。

**扇墜兒** ㄕㄢˋ ㄓㄨㄟˋ ㄦ 繫在扇柄的飾物。

**扇風耳朵** ㄕㄢˋ ㄈㄥ ㄦˇ ㄉㄨㄛ˙ 朵字輕讀。指人的兩耳輪傾向前方的。

**扅** 図 ㄧˊ 見「扊扅」。

## 七筆

**扈** ㄏㄨˋ ㈠図隨從的人，叫「扈從（ㄗㄨㄥˋ）」。㈡強橫。如「跋扈」。㈢鳥名。㈣姓。

**扈從** ㄏㄨˋ ㄗㄨㄥˋ 図古代皇帝出巡時的待從護駕人員。

## 八筆

**扉** 図 ㄈㄟ 門扇。如「柴扉」。

**扉頁** ㄈㄟ ㄧㄝˋ 書本封面之內印著書名、著者等項的一頁。

**扊** 図 ㄧㄢˇ 見下。

**扊扅** ㄧㄢˇ ㄧˊ 図門閂。

# 手部

**手** ㄕㄡˇ ㈠人體上肢末端包括指頭與掌的部分。如「手心」「手指」。㈡臂的總稱。如「左手」。㈢跟手有關係的。如「手套兒」「手杖」「手銬」「手工」。㈣從手的動作想起的。如「入手」「出手」「下手」。㈤技能，本領。如「能手」「高手」。㈥做某種事情或有特殊技能的人。如「國手」「選手」「劊子手」。㈦指做事的人。如「助手」「人手不夠」。㈧親自做的。如「手書」「手抄」。㈨図手拿著。如「人手一冊」。

**手下** ㄕㄡˇ ㄒㄧㄚˋ ①手底下，部下。如「他手下有四員大將」。②手頭。如「這本書現在不在我手下」。③下手的時候。如「請你手下留情」。

**手工** ㄕㄡˇ ㄍㄨㄥ ①用手做成的工作。②學校勞作科的舊名。

**手巾** ㄕㄡˇ ㄐㄧㄣ ①盥洗時用來擦手擦臉的巾。也叫「毛巾」。②手絹兒，手帕。

**手心** ㄕㄡˇ ㄒㄧㄣ ①手掌的中心部分。②手的正面，對手背說的。

**手冊** ㄕㄡˇ ㄘㄜˋ 一種體積小，容易攜帶，便於閱覽的小冊子；內容大都是各種隨時需要查考的資料。

**手印** ㄕㄡˇ ㄧㄣˋ 在文書上捺指紋表示承認或負責（指紋常指大拇指或食指的）。

**手巧** ㄕㄡˇ ㄑㄧㄠˇ 手靈巧，手藝高。如「心靈手巧」。

**手本** ㄕㄡˇ ㄅㄣˇ ①明清時代門生見老師或下屬見上司所用的帖子，上面寫著自己的姓名、職位等。②手冊。

**手札** ㄕㄡˇ ㄓㄚˊ 親手寫的書信。

**手民** ㄕㄡˇ ㄇㄧㄣˊ 図①指木匠。②指雕版、排字的工人。

**手示** ㄕㄡˇ ㄕˋ 親手寫的訓示（多指親筆信）。

**手肌** ㄕㄡˇ ㄐㄧ 上肢肌的一部分，主要有三：一是拇指肌，二是小指肌，三是骨間肌。

**手快** ㄕㄡˇ ㄎㄨㄞˋ 動作敏捷，做事快。如「這事要請他做，他手快」。

**手抄** ㄕㄡˇ ㄔㄠ ①親手抄錄。②用手工抄錄。

**手杖** ㄕㄡˇ ㄓㄤˋ 走路時手裡拄著的棍子。通常握柄成彎曲形或雕飾物形。

**手足** ㄕㄡˇ ㄗㄨˊ 図指同胞的兄弟。李華〈弔古戰場文〉有「誰無兄弟，如手如足」。後來就以「手足」比喻兄弟。

**手兒** ㄕㄡˇ ㄦ ①手。②手工，技藝。如「他的手兒巧」。③本領。如「我得給他看一手兒」。④策略，手段。如「他這一手兒太厲害了」。

**手到** ㄕㄡˇ ㄉㄠˋ 讀書方法所謂耳到、口到、心到、手到的四到之一，是指勤於動手，將學習所得隨手記下來，加深印象，以免遺忘。

**手卷** ㄕㄡˇ ㄐㄩㄢˋ 書畫橫幅裱成長卷，可以用手展開看的，叫做「手卷」。

**手帕** ㄕㄡˇ ㄆㄚˋ ①手絹，手巾。②佩巾。

**手法** ㄕㄡˇ ㄈㄚˇ 指技巧、作風、工夫等，常用在文學藝術等方面。如「這種手法不很高明」。

**手段** ㄕㄡˇ ㄉㄨㄢˋ 處理事務所用的方法。

**手背** ㄕㄡˇ ㄅㄟˋ ①手掌的反面。②比賽時運氣不好。

**手重** ㄕㄡˇ ㄓㄨㄥˋ 下手時候用力比較重。

**手面** ㄕㄡˇ ㄇㄧㄢˋ 面字輕讀。①手段。②出手的氣派。

**手書** ㄕㄡˇ ㄕㄨ [文]①親筆。②親筆寫的函件。

**手紙** ㄕㄡˇ ㄓˇ 解手（大便）時使用的紙。

**手紋** ㄕㄡˇ ㄨㄣˊ 手掌的紋脈。

**手記** ㄕㄡˇ ㄐㄧˋ ①親手記錄。②親手寫下的記錄。

**手骨** ㄕㄡˇ ㄍㄨˇ 上肢骨之一，上連下膊骨，分為：腕骨、掌骨、指骨等三部分。

**手淫** ㄕㄡˇ ㄧㄣˊ 自己用手刺激生殖器以發泄性慾。

**手球** ㄕㄡˇ ㄑㄧㄡˊ ①球類運動項目之一。比賽時每隊七人上場，一人守門，用手做傳、接、運球等動作，將球擲入對方球門算得分。②手球運動使用的球，似足球而略小。

**手術** ㄕㄡˇ ㄕㄨˋ 外科醫生的治療方法，一般也叫「開刀」。

**手軟** ㄕㄡˇ ㄖㄨㄢˇ 不忍下手。

**手植** ㄕㄡˇ ㄓˊ 親手種植。

**手掌** ㄕㄡˇ ㄓㄤˇ 手在握拳時指尖觸著的一面。

**手筆** ㄕㄡˇ ㄅㄧˇ ①制作文字。②同「手書」。

**手肅** ㄕㄡˇ ㄙㄨˋ 親筆恭肅留言，現代人留呈被訪人用語，多寫於名片上。

**手腕** ㄕㄡˇ ㄨㄢˋ 可兒化。①手臂下端和手掌相連的部分。②手段、方法、技術。也指對付人事的辦法。如「耍手腕」。

**手勢** ㄕㄡˇ ㄕˋ 勢字輕讀。用來表示意思的手部動作。也常作「手式」。

**手感** ㄕㄡˇ ㄍㄢˇ 用手撫摸時的感覺。用這種方法來評定紡織材料品質的好壞。

**手腳** ㄕㄡˇ ㄐㄧㄠˇ ①指舉動。如「手腳伶俐」。②計策，多指詭計。如「他又做了手腳，使壞」。也讀ㄕㄡˇ ㄐㄩㄝˊ。

**手摺** ㄕㄡˇ ㄓㄜˊ ①從前官吏向上級長官陳述意見，寫在紙上，摺疊成縱長的一本，大都是親手呈遞給長官，這種紙本叫手摺。②從前商人記載商品的數量跟價值的小摺紙本兒。

**手槍** ㄕㄡˇ ㄑㄧㄤ 可以佩在身上的短小的槍，有左輪、白郎寧等多種。

**手緊** ㄕㄡˇ ㄐㄧㄣˇ ①小氣，捨不得用；對「手鬆」而言。②指缺錢用。

**手語** ㄕㄡˇ ㄩˇ ①用手指與臂作出各種姿勢代表「字母」，組合成詞語，表達情意，是教導聾啞學生用的。學生學會手語，可以與同儕溝通。手語分「指語」和「手勢語」兩種。②用手勢做暗號。

**手輕** ㄕㄡˇ ㄑㄧㄥ 下手時候用力輕微。

**手銬** ㄕㄡˇ ㄎㄠˋ 束縛犯人兩手的刑具。

**手模** ㄕㄡˇ ㄇㄛˊ 手印。

**手稿** ㄕㄡˇ ㄍㄠˇ 親手寫成的底稿（多指名人的）。

**手談** ㄕㄡˇ ㄊㄢˊ 指下圍棋或打牌。

**手澤** ㄕㄡˇ ㄗㄜˊ 図先人的遺物或手跡。

**手諭** ㄕㄡˇ ㄩˋ 指上級或尊長親筆寫的指示。

**手錶** ㄕㄡˇ ㄅㄧㄠˇ 戴在手腕上的錶。也作「手表」。

**手頭** ㄕㄡˇ ㄊㄡˊ ①近在身邊的意思。如「手頭正好有一本英文字典，就借給他了」。②手中所有，指個人經濟狀況。如「這幾天吶，手頭緊得不得了，東問人借錢，西向人拉頭寸」。③日常應用的文字叫「手頭字」。

**手鬆** ㄕㄡˇ ㄙㄨㄥ 對財物不吝惜，跟「手緊」相反。

**手藝** ㄕㄡˇ ㄧˋ 用手製作器物的技藝。

**手癢** ㄕㄡˇ ㄧㄤˇ 指急於親自動手做某事。如「牌友們看到牌就手癢」。

**手續** ㄕㄡˇ ㄒㄩˋ （辦事的）程序。如「報名手續」。

**手鐲** ㄕㄡˇ ㄓㄨㄛˊ 套在腕上的環形飾物，有金、銀、玉各種質地的。

**手套（兒）** ㄕㄡˇ ㄊㄠˋ（ㄦ） 套在手上用來禦寒、保護手部的套子。用棉紗、毛線、皮革或人造纖維製的。

**手氣（兒）** ㄕㄡˇ ㄑㄧˋ（ㄦ） 氣字輕讀。指賭博輸贏的運氣。

**手絹（兒）** ㄕㄡˇ ㄐㄩㄢˋ（ㄦ） 手巾，手帕。

**手邊（兒）** ㄕㄡˇ ㄅㄧㄢ（ㄦ） 身邊，指伸手可以拿到的地方。如「抄了一份副稿，留在手邊」。

**手工業** ㄕㄡˇ ㄍㄨㄥ ㄧㄝˋ 以手工為主，運用簡單的工具從事生產的小規模工業。

**手心兒** ㄕㄡˇ ㄒㄧㄣ ㄦ 掌握。如「逃不出他的手心兒去」。

**手指頭** ㄕㄡˇ ㄓˇ ˙ㄊㄡ 變讀ㄕㄡˇ ㄓˊ ˙ㄊㄡ。就是手指。

**手風琴** ㄕㄡˇ ㄈㄥ ㄑㄧㄣˊ 風琴的一種，由金屬簧、折疊的皮製風箱和鍵盤組成。演奏時左手拉動風箱，右手按鍵盤。

**手推車** ㄕㄡˇ ㄊㄨㄟ ㄔㄜ 用人力推動的小車，用來裝運貨物。也叫手車。

**手提包** ㄕㄡˇ ㄊㄧˊ ㄅㄠ 也叫「手袋」，是婦女出門時提著，放隨身用品的小提包。

**手提箱** ㄕㄡˇ ㄊㄧˊ ㄒㄧㄤ 裝隨身用品的有提梁的輕便的箱子。

**手腕子** ㄕㄡˇ ㄨㄢˋ ˙ㄗ 手和臂相接的部分。

**手電筒** ㄕㄡˇ ㄉㄧㄢˋ ㄊㄨㄥˇ 可以隨手攜帶的筒形的小電燈，用乾電池做電源。也叫電筒。

**手榴彈** ㄕㄡˇ ㄌㄧㄡˊ ㄉㄢˋ 用手投擲的小型炸彈。

**手寫體** ㄕㄡˇ ㄒㄧㄝˇ ㄊㄧˇ 文字或拼音字母的手寫形式（區別於「印刷體」）。

**手頭字** ㄕㄡˇ ㄊㄡˊ ㄗˋ 簡體字的舊稱。指在手頭上許多人都這麼寫而在書本上卻並不這麼印的字。

**手續費** ㄕㄡˇ ㄒㄩˋ ㄈㄟˋ 委請別人代辦事情而付給的費用。

**手工藝品** ㄕㄡˇ ㄍㄨㄥ ㄧˋ ㄆㄧㄣˇ 用手工做成的具有技巧性、藝術性的用品。

**手不釋卷** ㄕㄡˇ ㄅㄨˋ ㄕˋ ㄐㄩㄢˋ 比喻勤學。

**手忙腳亂** ㄕㄡˇ ㄇㄤˊ ㄐㄧㄠˇ ㄌㄨㄢˋ 形容做事慌張沒有條理。

**手足之情** ㄕㄡˇ ㄗㄨˊ ㄓ ㄑㄧㄥˊ 指兄弟姊妹之間的情誼。

**手足無措** ㄕㄡˇ ㄗㄨˊ ㄨˊ ㄘㄨㄛˋ 形容舉動慌亂或不知怎麼應付。

**手揮目送** ㄕㄡˇ ㄏㄨㄟ ㄇㄨˋ ㄙㄨㄥˋ 形容手眼並用，意趣自得。語本嵇康〈贈秀才入軍〉詩「目送歸鴻，手揮五絃」。今多用來比喻做事兩面兼顧或語義雙關。

**手無寸鐵** ㄕㄡˇ ㄨˊ ㄘㄨㄣˋ ㄊㄧㄝˇ 形容手裡沒有任何武器。

**手舞足蹈** ㄕㄡˇ ㄨˇ ㄗㄨˊ ㄉㄠˇ 図形容非常高興時的動作。

**手無縛雞之力** ㄕㄡˇ ㄨˊ ㄈㄨˋ ㄐㄧ ㄓ ㄌㄧˋ 連綁一隻雞的力氣都沒有。多用來形容文弱的人。

**才** ㄘㄞˊ ㈠做事的能力。如「多才多藝」「才幹」。㈡從做事的能力來分析人的品流。如「天才」「奴才」。㈢同「纔」。如「剛才」「昨天才來」。㈣僅僅，只有。如「他才五歲」。㈤指能達到某種目的或標準的一種語氣。如「這樣說才對」「能吃苦，才能出人頭地」。

**才人** ㄘㄞˊ ㄖㄣˊ ①才子。②古代宮廷中的女官。

**才力** ㄘㄞˊ ㄌㄧˋ 辦事的能力。

**才女** ㄘㄞˊ ㄋㄩˇ 指有文才的女子。

**才子** ㄘㄞˊ ㄗˇ ①從前指文思敏捷的讀書人。如「才子佳人」。②有學問、有見地的人。

**才具** ㄘㄞˊ ㄐㄩˋ 図才能。

**才俊** ㄘㄞˊ ㄐㄩㄣˋ 図①才能出眾的人。②出眾的才能。

**才思** ㄘㄞˊ ㄙ 図文藝創作的能力。如「才思敏捷」。

**才氣** ㄘㄞˊ ㄑㄧˋ 天賦的聰明。

**才能** ㄘㄞˊ ㄋㄥˊ ①指人辦事的能力。如「才能出眾」。②「才能夠」的簡語。

**才情** ㄘㄞˊ ㄑㄧㄥˊ 才幹，能力。

**才略** ㄘㄞˊ ㄌㄩㄝˋ 政治或軍事上的能力和智謀。如「有文武才略」。

**才智** ㄘㄞˊ ㄓˋ 才能與智慧。

**才華** ㄘㄞˊ ㄏㄨㄚˊ 表現於外的才能（多指文藝方面）。

**才幹** ㄘㄞˊ ㄍㄢˋ 辦事的能力。

**才盡** ㄘㄞˊ ㄐㄧㄣˋ ①指能力不足，無計可施。②比喻才思減退。如「江郎才盡」（指南朝文人江淹）。

**才貌** ㄘㄞˊ ㄇㄠˋ 才學和容貌。

**才調** ㄘㄞˊ ㄉㄧㄠˋ 才氣，才情。

**才學** ㄘㄞˊ ㄒㄩㄝˊ 才能與學問。

**才識** ㄘㄞˊ ㄕˋ 才能和見識。

**才子佳人** ㄘㄞˊ ㄗˇ ㄐㄧㄚ ㄖㄣˊ 特別具有才華的人和容貌美麗的女子。

**才高八斗** ㄘㄞˊ ㄍㄠ ㄅㄚ ㄉㄡˇ 形容文才極高。語出〈南史·謝靈運傳〉：「天下才共一石，曹子建獨得八斗。」

**才疏志大** ㄘㄞˊ ㄕㄨ ㄓˋ ㄉㄚˋ 指人見識不廣，才能不高，但空有大志向。

**才疏學淺** ㄘㄞˊ ㄕㄨ ㄒㄩㄝˊ ㄑㄧㄢˇ 見識不廣，學問不深（多用做自謙語）。

**才貌雙全** ㄘㄞˊ ㄇㄠˋ ㄕㄨㄤ ㄑㄩㄢˊ 指人（多指女人）具有極高的才學和極美的容貌。

## 一筆

**扎** ▲ㄓㄚ ㈠刺。如「扎耳朵眼兒」。㈡鑽入，投進去。如「扎猛子」「扎到媽媽懷裡」。㈢廣闊的。如「扎肩膀」。㈣張開的樣子。如「扎著兩隻手」。㈤縫紉法之一，扎花兒就是刺繡。㈥見「扎手」。

▲ㄓㄚˊ ㈠見「掙扎」。㈡同「紮」。㈢見「扎掙」。

▲ㄓㄚˇ 停住，人在行進中站住。如「他跑著跑著，聽到我喊，就扎住腳了」。

**扎手** ㄓㄚ ㄕㄡˇ ①比喻事情的難辦或人的難應付。②形容冷，使手有刺痛的感覺。如「冰塊冷得扎手」。

**扎針** ㄓㄚ ㄓㄣ 中醫治病的一種方法，就是「針灸」。

**扎掙** ㄓㄚˊ ˙ㄓㄥ 掙字輕讀。是勉強支持的意思。

**扎眼** ㄓㄚ ㄧㄢˇ ①刺目。如「拉上帘子吧，太陽光好扎眼」。②惹人注意。如「你別穿這種大紅大綠的衣服，怪扎眼的」。

**扎實** ㄓㄚ ˙ㄕ 實字輕讀。堅固。

**扎根(兒)** ㄓㄚ ㄍㄣ ㄦ ①植物生根。②比喻建立基礎。如「我國古代文化在黃河流域扎了根兒」。

**扎猛子** ㄓㄚ ㄇㄥˇ ˙ㄗ 把頭鑽入水裡的游泳方法。

**扎耳朵眼兒** ㄓㄚ ㄦˇ ˙ㄉㄨㄛ ㄧㄢˇ ㄦ 朵字輕讀。在耳朵垂兒上穿洞，準備戴耳環。

## 二筆

# 扒

▲ㄆㄚˊ ㈠攀援。爬上牆說「扒牆頭」。㈡撓，抓。抓癢說「扒癢癢兒」。㈢見「扒手」。㈣西餐的菜肴，把肉塊搥打扁了再下鍋，用油煎炸。如「牛扒」「豬扒」。㈤烹飪法之一。如「扒羊肉」「扒白菜」。

▲ㄅㄚ ㈠用手攀或攀的東西。如「你扒住，不然就掉下去了」「這裡沒有扒頭兒，上不去」。㈡用強力脫下人家的衣服。如「把他的衣服扒下來」。

**扒手** ㄆㄚˊ ㄕㄡˇ 專門在公共場所伸手偷人家口袋裡的財物的一種小偷兒。也說「三隻手」「翦綹」。

**扒拉** ▲ㄅㄚ ˙ㄌㄚ 撥動或撥開。如「扒拉算盤」「扒拉人」。

▲ㄆㄚˊ ˙ㄌㄚ 用筷子把碗裡的食物往嘴裡送。

**扒山虎** ㄆㄚˊ ㄕㄢ ㄏㄨˇ ①一種沿牆蔓生的植物。又名「扒牆虎」「常春藤」。②一種登山便轎，由兩個人抬著的。

# 扑

ㄆㄨ ㈠輕輕敲擊，同攴。㈡古時笞罰的用具。〈書經〉有「扑作教刑」。㈢同「撲」。

# 打

▲ㄉㄚˇ ㈠敲，擊，捶。如「打門」「打球」「動手打人」。又棒球擊球的結果也叫打，如「全壘打」「犧牲打」。㈡吵架，鬥毆，戰爭。如「打架」「毆打」「打仗」。㈢從，由。如「打今天起要努力用功」「打哪兒來的」。㈣購買。如「打兩斤油」「打船票」。㈤捕捉，打死。如「打魚」「武松打虎」。㈥汲取。如「打水」。㈦金屬製造。如「打鐵」「打了一把切菜刀」。㈧編織。如「打毛衣」。㈨繫，結。如「打領帶」。㈩猜測。如「打謎語」。(十一)舉著，拿著，提著。如「打著旗子」「打著傘」「打個燈籠」。(十二)振奮。如「打起精神」。(十三)計算。如「打量」「打算」「精打細算」。(十四)起稿，拓印樣張。如「打了個草稿」「打大樣」。(十五)發，撥。如「打電報」「打電話」。(十六)立下，定下。如「打定主意」「打好基礎」。(十七)捆紮。如「打包裹」。(十八)摔破。如「把一筐磁器通通給打了」。(十九)掀，揭。如「打開帘子」「打開書本兒看」。(二十)賭博。如「打麻將」「打梭哈」。(二十一)表示一種動作的發生。如「打閃」「打滾兒」「打噴嚏」。

▲ㄉㄚˊ 十二個叫一打，是從英文dozen譯的。

**打下** ㄉㄚˇ ㄒㄧㄚˋ ①攻克（某地點）。②奠定（基礎）。

**打工** ㄉㄚˇ ㄍㄨㄥ ①因做工。如「打工餬口」。②做兼職的工作。

**打孔** ㄉㄚˇ ㄎㄨㄥˇ 鑽洞。多指用打孔器在活頁紙上打洞，以便裝訂或放入活頁夾。

**打手** ▲ㄉㄚˇ·ㄕㄡ 豪強手下以暴力脅迫他人的惡徒。▲ㄉㄚˇ ㄕㄡˇ 籃球犯規術語，指以手拍打正在運球的對方球員的手部。

**打火** ㄉㄚˇ ㄏㄨㄛˇ 用火鐮敲打火石取火。

**打仗** ㄉㄚˇ ㄓㄤˋ 進行戰爭。

**打包** ㄉㄚˇ ㄅㄠ ①把行李與衣服包裹起來。②包紮貨物。

**打卡** ㄉㄚˇ ㄎㄚˇ ①機關、公私企業、工廠員工上下班時候，將自己的名卡放在打卡鐘裡打出時間，是為了人事管理考查是否守時而這樣做的。②用電子計算機（電腦）處理資料，要先將資料細目用機器打成有孔的卡片，這種打穿卡片的工作叫打卡，打卡的人員叫打卡員，打卡的機器叫打卡機。③指打字員把資料、目錄等打印在卡片上。

**打字** ㄉㄚˇ ㄗˋ 用打字機代替手寫。

**打尖** ㄉㄚˇ ㄐㄧㄢ 在旅途中休息、吃飯。

**打住** ㄉㄚˇ ㄓㄨˋ 表示停止的命令語。

**打劫** ㄉㄚˇ ㄐㄧㄝˊ ①盜賊劫奪人家財物。②也作打結。圍棋要提敵方的子叫打，在別處下子來應付，使對方不能提叫劫。

**打坐** ㄉㄚˇ ㄗㄨㄛˋ 和尚道士尼姑盤腿靜坐，使心境入定，叫做打坐。

**打岔** ㄉㄚˇ ㄔㄚˋ ①有意或無意做跟本題無關的回答。②打斷別人的說話或工作。

**打扮** ㄉㄚˇ ㄅㄢˋ ①修飾容貌。②穿戴服飾。

**打更** ㄉㄚˇ ㄐㄧㄥ 舊時打鑼敲梆子，巡夜報時，叫做打更。也說ㄉㄚˇ ㄍㄥ。

**打底** ㄉㄚˇ ㄉㄧˇ ①飲酒之前先吃點兒東西。②（心情）安穩。③作畫時先畫底樣或寫作時起草稿。

**打拚** ㄉㄚˇ ㄆㄢˋ [因]努力做事，常訛讀為ㄉㄚˇ ㄆㄧㄣ。閩南語說「努力」為「拍拚（ㄆㄚˊ ㄅㄧㄚˋ）」。

**打泡** ㄉㄚˇ ㄆㄠˋ 名角兒新到某處登臺的頭幾天演出拿手好戲。如「打泡戲」「打泡三天」。也作打砲。

**打油** ㄉㄚˇ ㄧㄡˊ ①用油提子舀油，借指零星地買油。②為機動車輛添加滑潤油料。

**打者** ㄉㄚˇ ㄓㄜˇ 指棒球運動中的打擊手。

**打門** ㄉㄚˇ ㄇㄣˊ 敲門。

**打架** ㄉㄚˇ ㄐㄧㄚˋ 互相打鬥。

**打胎** ㄉㄚˇ ㄊㄞ 就是人工流產。在胚胎發育的早期，利用藥物、物理性刺激或手術使胎兒脫離母體的方法。也叫墮胎。

**打倒** ㄉㄚˇ ㄉㄠˇ ①推翻。②普通對於敵人的一種口號，有消滅到底的意思。

**打拳** ㄉㄚˇ ㄑㄩㄢˊ 練習拳術。

**打氣** ㄉㄚˇ ㄑㄧˋ ①加壓力使氣進入（球或輪胎等）。②比喻鼓勵。

**打酒** ㄉㄚˇ ㄐㄧㄡˇ 用酒提子舀酒，借指零星地買酒。

**打消** ㄉㄚˇ ㄒㄧㄠ 消除（用於抽象的事物）。如「打消原意」。

**打烊** ㄉㄚˇ ㄧㄤˋ 上海話，指商店晚上收市，關上門。

**打破** ㄉㄚˇ ㄆㄛˋ 突破原有的限制、拘束、紀錄。如「打破常規」「打破紀錄」「打破情面」「打破沉默」。

**打躬** ㄉㄚˇ ㄍㄨㄥ 彎腰作揖。也作「打恭」。

**打退** ㄉㄚˇ ㄊㄨㄟˋ 趕走，驅逐。

**打針** ㄉㄚˇ ㄓㄣ 注射藥針。

**打閃** ㄉㄚˇ ㄕㄢˇ 指雲層發出閃電光。

**打動** ㄉㄚˇ ㄉㄨㄥˋ 引動，惹起。

**打從** ㄉㄚˇ ㄘㄨㄥˊ 從。如「那天打從街上經過」。

**打探** ㄉㄚˇ ㄊㄢˋ 暗中打聽。如「打探消息」。

**打掃** ㄉㄚˇ ㄙㄠˇ 灑掃，掃除。

**打敗** ㄉㄚˇ ㄅㄞˋ ①戰勝（敵人）。②在戰爭或競賽中失敗；打敗仗。

**打球** ㄉㄚˇ ㄑㄧㄡˊ 做各種球類運動的通稱。

**打通** ㄉㄚˇ ㄊㄨㄥ 使不通暢的通暢了。

**打造** ㄉㄚˇ ㄗㄠˋ 製造（多指金屬器物）。如「打造農具」。

**打魚** ㄉㄚˇ ㄩˊ 用魚網捕魚。

**打麥** ㄉㄚˇ ㄇㄞˋ ①大麥、小麥收割後，把麥穗晒乾，在廣場上用石滾子軋脫麥粒的外殼，收集起麥粒。打麥的地方叫打麥場。②小孩兒用手掌相對打，嘴裡唱著兒歌的一種遊戲。

**打傘** ㄉㄚˇ ㄙㄢˇ 撐開傘。

**打圍** ㄉㄚˇ ㄨㄟˊ 在田野間獵禽獸。

**打牌** ㄉㄚˇ ㄆㄞˊ 用牌作賭具來消遣或賭博。

**打發** ㄉㄚˇ ㄈㄚ˙ 發字輕讀。①派遣。如「打發他去辦這件事」。②解雇。如「給他倆錢兒，把他打發了吧」。③施助。如「打發了要飯的」。④用武力應付。如「要是還不聽話，就叫人打發他」。

**打結** ㄉㄚˇ ㄐㄧㄝˊ ①（條狀物等）結成紐。②形容舌頭不靈活，說話不流利。

**打量** ㄉㄚˇ ㄌㄧㄤ˙ 審察，測度。也作「打諒」。

**打開** ㄉㄚˇ ㄎㄞ˙ 開字輕讀。揭開，衝開，解開。

**打滑** ㄉㄚˇ ㄏㄨㄚˊ ①指車輪或皮帶輪轉動時產生的摩擦力達不到要求而空轉。②因地滑站不住，走不穩。

**打道** ㄉㄚˇ ㄉㄠˋ 開路。舊小說中常有「打道回衙」的話。

**打雷** ㄉㄚˇ ㄌㄟˊ 天上響雷。

**打靶** ㄉㄚˇ ㄅㄚˇ 設置靶子，練習槍砲射擊。

**打鼓** ㄉㄚˇ ㄍㄨˇ ①擊鼓。②形容心跳，吃驚。如「聽了這些話，我心裡就直打鼓」。

**打槍** ㄉㄚˇ ㄑㄧㄤ ①開槍。②指考試時作弊，替別人做文章或答題。也說「槍替」。

**打歌** ㄉㄚˇ ㄍㄜ 歌手為宣傳某歌曲而透過媒體密集傳送、表演。

**打算** ㄉㄚˇ ㄙㄨㄢˋ ①心裡想。如「我打算看電影」。②計畫。如「他打算開店」。

**打緊** ㄉㄚˇ ㄐㄧㄣˇ 要緊。

**打撈** ㄉㄚˇ ㄌㄠ 從水裡撈東西。

**打樁** ㄉㄚˇ ㄓㄨㄤ 把木樁、石樁等砸進地裡，使建築物基礎堅固。

**打賭** ㄉㄚˇ ㄉㄨˇ 雙方對事情的趨勢或結果，看法不同，互賭輸贏。

**打趣** ㄉㄚˇ ㄑㄩˋ 拿人開玩笑；嘲弄。

**打鬧** ㄉㄚˇ ㄋㄠˋ 爭吵，騷鬧。

**打嘴** ㄉㄚˇ ㄗㄨㄟˇ ①打嘴巴。②說人的言行相違反。③丟臉。

**打橫** ㄉㄚˇ ㄏㄥˊ 圍著方桌坐時，坐在末座叫打橫。

**打磨** ▲ㄉㄚˇ ㄇㄛ˙ 磨字輕讀。製作器物時，加工使它精細光緻的一種工作。▲ㄉㄚˇ ㄇㄛˋ 把石磨的齒溝鑿深，使它磨（ㄇㄛˋ）得快。

**打擊** ㄉㄚˇ ㄐㄧˊ ①敲打。②挫折。如「他已經夠倒楣了，哪兒還能禁得起這次打擊」。③打球。如打棒球有「打擊手」，擔任用棒打擊（打球）的任務。

**打點** ㄉㄚˇ ㄉㄧㄢˇ ①收拾。②疏通，託人關照。（北京口語說成ㄉㄚˊ ·ㄉㄧㄢ）。

**打鼾** ㄉㄚˇ ㄏㄢ 睡覺時鼻息作響。口語說「打呼嚕」。

**打擾** ㄉㄚˇ ㄖㄠˇ 打攪。

**打獵** ㄉㄚˇ ㄌㄧㄝˋ 到野外捕捉鳥獸。

**打轉** ㄉㄚˇ ㄓㄨㄢˋ 繞圈子；旋轉。

**打醮** ㄉㄚˇ ㄐㄧㄠˋ 道士設壇念經做法事。

**打疊** ㄉㄚˇ ㄉㄧㄝˊ 收拾；安排；準備。

**打聽** ㄉㄚˇ ㄊㄧㄥ 聽字輕讀。探問。

**打攪** ㄉㄚˇ ㄐㄧㄠˇ ①擾亂。②添麻煩。

**打千（兒）** ㄉㄚˇ ㄑㄧㄢ ㄦ 舊時的敬禮，右手下垂，左腿向前屈膝，右腿略彎曲。這種敬禮方式行之於滿族旗人，漢人多用作揖。

**打盹（兒）** ㄉㄚˇ ㄉㄨㄣˇ ㄦ ①短時間的睡眠。如「昨天晚上趕著寫稿子，睡得很遲，一打盹就天亮了」。②坐著睡一會兒。如「他精神不夠，老是打盹兒」。

**打扇（子）** ㄉㄚˇ ㄕㄢˋ ·ㄗ 給別人扇扇子。

**打嗝（兒）** ㄉㄚˇ ㄍㄜˊ ㄦ 因為噎氣，或吃得太飽，氣衝上來，喉嚨裡發出一種特殊的聲音。

**打楞（兒）** ㄉㄚˇ ㄌㄥˋ ㄦ 〔方〕發呆；發愣。

**打滾（兒）** ㄉㄚˇ ㄍㄨㄣˇ ㄦ ①躺在地上來回翻滾。②是說人在某種環境裡歷盡艱辛波折。如「在商場中打滾」。

**打戰（兒）** ㄉㄚˇ ㄓㄢˋ ㄦ 發抖。也作「打顫（兒）」。

**打頭（兒）** ㄉㄚˇ ㄊㄡˊ ㄦ 從頭，從一開頭。如「我再打頭兒說一遍」。

**打樣（兒）** ㄉㄚˇ ㄧㄤˋ ㄦ ①建築或製造器具之前，畫出設計圖樣，叫「打樣」。②排印書報，先把樣張印出來作審查或校對之用，叫做「打樣」。

**打天下** ㄉㄚˇ ㄊㄧㄢ ㄒㄧㄚˋ 下字輕讀。①用武力奪取政權。②比喻開創事業。

**打手式** ㄉㄚˇ ㄕㄡˇ ㄕˋ 用舉手、搖手等姿勢把意向表示出來。

**打手印** ㄉㄚˇ ㄕㄡˇ ㄧㄣˋ 為初生的嬰兒或罪犯製作手（指）模。

**打火機** ㄉㄚˇ ㄏㄨㄛˇ ㄐㄧ 一種小巧的取火器。按其燃料不同分為液體打火機和氣體打火體；按其發火方式不同分為火石打火機和電子打火機。

**打比方** ㄉㄚˇ ㄅㄧˇ ㄈㄤ ①用一件事物來說明另一件事物；比喻。②〔方〕比較。

**打牙祭** ㄉㄚˇ ㄧㄚˊ ㄐㄧˋ 就是特別加菜，享用豐盛的一餐（原是長江上游的俗語）。

**打主意** ㄉㄚˇ ㄓㄨˇ ㄧˋ ①決定意見。②想辦法。③運用心機。如「看他的樣子，又是要打主意取巧了」。主意兩字常讀ㄓㄨˊ ·ㄧ。

**打出手** ㄉㄚˇ ㄔㄨ ㄕㄡˇ ①戲曲演武打時，以一個角色為中心，互相投擲和傳遞武器。也說「過家伙」。②〔方〕指動手打架。如「大打出手」。

**打卡鐘** ㄉㄚˇ ㄎㄚˇ ㄓㄨㄥ 用來記錄時間的計時器，多用在記錄上下班的時間。

**打交道** ㄉㄚˇ ㄐㄧㄠ ㄉㄠˋ 一般的交際往來。如「我不願意跟他打交道」。

**打光棍** ㄉㄚˇ ㄍㄨㄤ ㄍㄨㄣˋ 指成年男子過獨身生活。

**打印臺** ㄉㄚˇ ㄧㄣˋ ㄊㄞˊ 蓋圖章（主要是橡皮圖章或木戳）所用的印油盒。也叫印臺。

**打地鋪** 把鋪蓋鋪在地上睡覺。

**打字機** 一種印字的機器，用手按下字鍵，可以把文字或科學符號印在紙上，代替手寫。

**打老虎** 比喻打擊有權勢的為非作歹的人。

**打冷戰** 突然間神經震動，全身猛烈顫抖一下，好像覺得發冷一樣。也叫「打寒戰」「打冷顫」。

**打屁股** 股字輕讀。舊時的一種刑法。現在比喻嚴厲批評（多含詼諧意）。

**打折扣** ①降低商品的定價（出售）。②比喻不完全按所規定的、已承認的或已答應的來做。

**打呼嚕** 打鼾。也說「打呼」。

**打官司** 司字輕讀。①與別人發生訴訟的事情。②泛指指責、辯駁、申論是非的事情。如「看你們這小弟兄倆，整天在父母跟前兒打官司告狀」。發表文章互相辯駁，叫「打筆墨官司」。

**打官腔** ①言詞冷酷而不顧私情（好比官廳辦案，不講情面，毫不通融一樣）。②用冠冕堂皇而無補實際的話對付人（如同不好的官員只是應付公事，傲慢而欠缺誠意一樣）。

**打拍子** 按照樂曲拍子揮動手或棍兒。也指按照樂曲拍子敲打。

**打招呼** 呼字輕讀。①在路上遇到相識的人，彼此用手式、姿態或短短一兩句話來表示禮貌，叫做「打招呼」。②在做一項事情之前，為了進行順利，預先通知有關的人或先作一次簡單的接洽，也叫「打招呼」。

**打泡戲** 名角兒新到某個地點登臺獻藝的頭幾天演出拿手好戲。

**打油詩** 唐朝人張打油寫詠雪詩，詞句通俗。後來的人就把通俗詼諧的詩叫打油詩。

**打前站** 行軍或集體出行時，先有人到將要停留或到達的地點去辦理食宿等事務，叫打前站。

**打哆嗦** 嗦字輕讀。「打戰（兒）」，發抖。

**打哈欠** 欠字輕讀。身體疲倦的時候，張口深深呼氣吸氣的動作。

**打哈哈** 第二個哈字輕讀。①開玩笑。②大笑或嬉笑。

**打秋風** ①境況不好的人，到有交情的朋友那兒去弄幾個錢，稱為「打秋風」。也作「打抽豐」。②指一般藉故發請帖收禮圖財的事情。

**打挺兒** 身體作挺直的狀態。

**打晃兒** （身體）左右搖擺站立不穩。

**打氣筒** 用來打氣的工具。參閱「打氣」條①。

**打圈子** 轉圈子。

**打旋兒** 來回地繞；旋轉。

**打通兒** 演戲劇在第一齣上場以前，要奏一陣鼓樂，叫做「打通兒」。

**打通宵** 整夜不休息地做事。

**打通關** 宴會時，一個人和在座的眾人挨著一個又一個划拳飲酒，叫「打通關」。

**打野外** （軍隊）到野外演習。

**打雪仗** 把雪團成球，互相投擲做遊戲。

**打悶雷** [方]比喻不明事情底細，悶在心裡瞎猜疑。

**打游擊** ①從事游擊活動。②生活（食、住）或工作沒有固定的處所，也叫「打游擊」。

**打補靪** 補鞋底或補衣服。也作「打補釘」。（靪：補鞋底。）

**打圓場** 也作「打圓盤」。是說給人調解紛爭或撮合事情。

**打群架** 雙方都聚集了很多人敵對打架。

**打電報** 拍發電報。

**打電話** 通電話，利用電話機跟對方談話。

**打鳴兒** （公雞）叫。

**打榧子** 把拇指貼緊中指面，再使勁閃開，使中指打在掌面上，拇指與中指急搓時所發出的聲音。

**打算盤** 盤字輕讀。①使用算盤運算。②比喻對利害得失的思考與計較。如「他做事情很會打算盤，從來不吃虧上當」「他是個暴性子，什麼事說做就做，從來不打算盤」。

**打蒼蠅** 蠅字輕讀。蒼蠅是小的害蟲。比喻打擊微小的壞人。

**打彈子** 打檯球。

**打樣子** 打樣（兒）。

**打瞌睡** 坐著打盹兒。

**打嘴巴** 〔方〕因事實與宣揚的不符而出了醜。如「他整天誇讚兒子聰明，卻考了個鴨蛋回來，看打嘴巴了」。

**打擂臺** 在擂臺上比武。

**打燈謎** 猜燈謎。也作打燈虎。

**打頭陣** 比喻衝在前面帶頭做事。

**打噴嚏** 噴字輕讀。打噴嚏（ㄉㄚˇ ㄆㄣ ㄊㄧˋ）。

**打擊手** 棒球運動的主要球員之一，擔任握棒打擊對方投手所投出的球的任務。參看「投手」條。

**打擊率** 棒球運動術語，指打擊者上場擊出有效打點（安打）的比率。

**打擊樂** 指用敲打樂器（鑼、鼓、木魚、三角鈴等）所奏出的音樂。

**打點滴** 靜脈注射。通常利用輸液裝置將葡萄糖溶液、生理鹽水等弔高液瓶，調節輸液流量，點點滴滴地輸入靜脈管中。

**打鞦韆** 作盪鞦韆的遊戲。也作「打秋千」。

**打邊鼓** 從旁吹噓、贊助。也作「敲邊鼓」「打鞭鼓」。

**打爛仗** 打一場分不出輸贏的糊塗仗，通常是無端介入，分不清敵我的遊戲。

**打鐵的** 鐵匠。

**打冷嗝（兒）** 氣管受了各種的影響，突然間打嗝兒，叫做「打冷嗝」。參看「打嗝兒」條。

**打草稿（兒）** 寫出文稿或畫出畫稿。

**打雜（兒）的** 擔任雜務做零碎活兒的人。

**打小報告** 指向上級祕密報告某人的情況（含貶義）。

**打水漂兒** ①一種遊戲，把小而薄的瓦片等沿水平方向用力投出，使連續貼著水面跳躍。②比喻隨意浪費錢財。

**打打鬧鬧** 第二個打字輕讀。玩笑，打著玩兒。

**打成一片** ①把零星的、部分的連結成一個整體。②生活親近，感情融洽，彼此聯合在一起，沒有隔閡。

**打抱不平** 激於義憤，幫助被欺負的人。

**打家劫舍** 指成群結伙到人家裡搶奪財物。

**打破紀錄** 表現創了新紀錄；新的某種事物有關的數字，超過了以往最高數字紀錄。如「有三項競賽成績打破紀錄」。

**打草驚蛇** 比喻採取機密行動時，由於不謹慎，透露了風聲，使對方覺察而有所準備。

**打躬作揖** 彎身禮貌拱手，多用來形容恭順懇求。

**打退堂鼓** 舊時官吏審訊案件完畢，退出公堂時要打鼓。今比喻跟人共同做事中途退縮。

**打馬虎眼** 虎字輕讀。故意裝糊塗蒙混騙人。

**打情罵俏** 男女間用輕佻的言語動作挑逗戲弄。

**打落水狗** 比喻對失意或失敗的人乘機加以打擊。

**打道回府** 回家。（打道：封建時代官員出門，先使差役在前面開路，叫人迴避，叫打道。）

**打擊樂器** 指由敲打樂器本身而發音的一類樂器，如鑼、鼓、木魚等。

**打鐵趁熱** 鐵要趁燒紅的時候打。比喻做事要掌握住時機，加速進行。

**打蛇打七寸** 「七寸」是蛇的頸部要害處。比喻做事要恰到好處。

**打鴨子上架** 比喻強迫某人做其能力不及的事情。也說「趕鴨子上架」。

**打破沙鍋問到底** 「問」是和「璺」（裂痕）諧音。比喻對事情的原委追問到底。

**打開天窗說亮話** 比喻毫無隱瞞地公開說出來。

**打斷牙齒和血吞** 比喻忍耐痛苦或屈辱，勉力完成某事。

**扔** ㄖㄥ ㈠拋出去。如「扔球」「往上一扔」。㈡丟掉，拋棄。如「這些東西還有用處，可別當廢物扔了」。又讀ㄖㄥˇ。

**扔下** 下字輕讀。遺留下。如「他一走，就把這些事情扔下不管了」「他父母去世之後，扔下他們小弟兄幾個人，全靠他大姊夫辛辛苦苦照料長大」。

**扔掉** 掉字輕讀。丟棄不要。

## 三筆

**托** ㄊㄨㄛ ㈠用手掌承舉東西。如「托著茶盤」「托不住」。㈡用手往上推。如「向上一托」「下巴掉了，用手一托就好」。㈢襯，墊。如「下面托一層毛毯」「烘雲托月」。㈣墊東西用的器具，通常說成「托兒」或是「托子」。如「茶托兒」「槍托子」。㈤「推託」的意思。如「托詞兒（推託的話）」「托故不來」。㈥今和「託」字混用。

**托子** 某些物件下面起支撐作用的部分；座兒。如「槍托子」。

**托生** 迷信的人指人或高等動物（多指家畜家禽）死後，靈魂轉生世間。

**托身** 委託身軀；把身體交給別人。

**托缽** ㄊㄨㄛ ㄅㄛ ①指僧人化緣或請求布施。②指討飯吃。

**托詞** ㄊㄨㄛ ㄘˊ 原作託詞或託辭。是找理由做藉口。

**托福** ㄊㄨㄛ ㄈㄨˊ 留美國為非英語系國家留美學生所作的英語能力測驗，簡稱TOEFL 全名為 Test of English as a Foreign Language；「托福」為其縮寫的譯音。

**托運** ㄊㄨㄛ ㄩㄣˋ 委託運輸部門運送（行李、貨物等）。

**托盤** ㄊㄨㄛ ㄆㄢˊ 端飯菜時盛碗碟的盤子，多用木頭製成。也用來盛禮物。

**托兒所** ㄊㄨㄛ ㄦˊ ㄙㄨㄛˇ 原作「託兒所」。是委託照管嬰兒或教養幼兒的處所。

**托拉斯** ㄊㄨㄛ ㄌㄚ ㄙ 留①商業壟斷組織形式之一，由許多生產同類商品或在生產上有密切關係的企業合併組成。②專業公司（英文 trust 的音譯）。

**扛** ▲ㄍㄤ ㈠用兩手舉。如「力能扛鼎」。㈡兩人抬一件東西。▲ㄎㄤˊ ㈠把東西承放在肩上。如「扛槍」「扛鋤」。引伸作負責的意思。如「這件事我一定要替他扛」。㈡用言語頂撞人；舊小說裡偶爾這樣用。

**扣** ㄎㄡˋ ㈠把人拘留起來，或把財物留下不給。如「把犯人扣起來」「要帳還錢，不必扣東西」。㈡從總數裡減除、減少。如「十元扣七元，還剩三元」。㈢減算價錢的比例數；也叫「折」。如「打九扣」「七折八扣」。㈣把東西倒放著，口朝下或面朝下。如「把盆子罐子都扣著」。㈤蓋上，罩上。「拿碗把菜扣上」「上面扣著紗罩」。㈥結子，可以鉤結的東西。如「麻繩扣兒」「繫（ㄐㄧˋ）個活扣兒」。㈦把有鉤、有圈形的東西套上、搭上，使它連結住。如「扣上門」「把領子扣好」。㈧和「釦」相同。㈨貼緊，密合。如「這篇文章的每一段都扣得很緊」。㈩舊時的摺子兩頁一摺，叫「一扣」。⑪図敲，擊。如「扣門」「扣舷而歌」。⑫図通「叩」，問。如「以疑難相扣」。

**扣子** ㄎㄡˋ ˙ㄗ ①紐扣。②事理糾結難解處。③章回小說在最緊要關頭忽然截止處。

**扣押** ㄎㄡˋ ㄧㄚ 法院對於有嫌疑的人或其財物，以強制的力量，把他扣留的一種行為。

**扣門** ㄎㄡˋ ㄇㄣˊ 用指關節敲門。

**扣留** ㄎㄡˋ ㄌㄧㄡˊ ①因為某種原因，把東西留在某處，不讓原主拿走。②把人拘禁起來，不放他走。

**扣除** ㄎㄡˋ ㄔㄨˊ 從某數額中除去一些數額。

**扣舷** ㄎㄡˋ ㄒㄧㄢˊ 図用力在船的兩側敲打以為節奏。如「扣舷而歌」。

**扣應** ㄎㄡˋ ㄧㄥˋ 留英文 Call-in，是一種由觀眾或聽眾，經由電話撥入與現場節目進行連線的節目形態。

**扣籃** ㄎㄡˋ ㄌㄢˊ 籃球術語，以手直接將球由籃框上方放入籃網叫扣籃。

**扣帽子** ㄎㄡˋ ㄇㄠˋ ˙ㄗ 對人或事不經過調查研究及仔細分析，就輕率地加上現成的不好的名目或罪名。

**扣襻兒** ㄎㄡˋ ㄆㄢˋ ㄦ 也叫「紐襻兒」。是衣服上用布做的鈕扣的一部分，像個小圈套。

**扣人心弦** ㄎㄡˋ ㄖㄣˊ ㄒㄧㄣ ㄒㄧㄢˊ 形容詩文、表演等有感召力，使人心情激動。

**扞** 図ㄏㄢˋ 抵禦，保衛。「扞衛」也寫作「捍衛」。

**扞拒** ㄏㄢˋ ㄐㄩˋ 図抵禦。

**扞格** ㄏㄢˋ ㄍㄜˊ 図抵觸，不相適合。如「扞格不入」。

**扞禦** ㄏㄢˋ ㄩˋ 図抵禦。

**扞衛** ㄏㄢˋ ㄨㄟˋ 図保衛。

# 扦

ㄑㄧㄢ ㈠插。如「把花兒扦在瓶子裡」。㈡見「扦子」。

**扦子** ㄑㄧㄢ ˙ㄗ 可以往東西裡面插進去的有尖的細木條或鐵條；探查麻袋裡裝的東西用的。簡說成「扦」。如「鐵扦」「木扦」。

**扦插** ㄑㄧㄢ ㄔㄚ 截取植物的根或莖的一段，或摘取其葉子，把它插在土壤裡，使長出新的植株來。

**扦腳** ㄑㄧㄢ ㄐㄧㄠˇ 修腳。

# 扠

▲ㄔㄚ 見「扠腰」。▲ㄓㄚ 張開大拇指和食指（或中指）來量東西的長短，叫做扠。這樣量得的長度就叫「一扠」。如「用手把這塊木板扠一扠」「這塊布有三扠寬」。

**扠腰** ㄔㄚ ㄧㄠ 把雙手撐在腰間。

## 四筆

# 把

▲ㄅㄚˇ ㈠握住。如「把舵」「雙手把住欄杆」。㈡約束住，使不散開、裂開。如「用釘子將破裂的地方把住」「錢都把在他手裡」。㈢守衛。「把住城門」。㈣緊靠。「把街口兒」「把牆角兒」。㈤將。如「把東西整理一下」。㈥抱著小孩兒大便小便。如「把屎」「把尿」。㈦有柄的器具一個叫一把。如「一把斧子」「一把茶壺」。㈧抓東西滿了一手叫一把。如「抓一把米」。㈨長條的東西捆成一小捆，叫「把兒」。一捆叫「一把兒」。如「買一把兒蔥」。㈩同「副」，一副也說「一把」。如「一把好手藝」「他是寫魏碑的一把能手」。⑪表示大約的數量。只用在「萬」「千」「百」「個」等數位的下面。如「百把里的路」「約有千把人」。⑫「車把」的簡稱。▲ㄅㄚˋ 柄，器具上能用手拿的部分。如「茶壺把兒」「鋤把子」。

**把手** ㄅㄚˇ ㄕㄡˇ ①図握手。辛棄疾詞有「羨夜來把手」。②可供手扶持的地方叫把手。如「樓梯的把手」。

**把守** ㄅㄚˇ ㄕㄡˇ 看守。

**把玩** ㄅㄚˇ ㄨㄢˊ 図拿著賞玩。

**把持** ㄅㄚˇ ㄔˊ 獨斷獨行，不讓別人參預。

**把柄** ㄅㄚˇ ㄅㄧㄥˇ ①可作交涉或要挾的憑證。②言語議論的根據。

**把酒** ㄅㄚˇ ㄐㄧㄡˇ ①図拿著酒杯。②敬酒。

**把脈** ㄅㄚˇ ㄇㄞˋ 方診脈，按脈。

**把晤** ㄅㄚˇ ㄨˋ 図會面握手；會晤。

**把握** ㄅㄚˇ ㄨㄛˋ ①堅強自信，保證辦得到或做得好，就說是有「把握」。②掌握。如「把握住事情的原則」。

**把勢** ㄅㄚˇ ˙ㄕ ①武術。②會武術的人；專精某種技術的人。③方技術。也作「把式」。

**把盞** ㄅㄚˇ ㄓㄢˇ 図端著酒杯（多用於斟酒敬客）。

**把戲** ㄅㄚˇ ㄒㄧˋ ①某種技能（戲法、武藝等）的表演。②指某種舉動，含有不尊重的意味，或者暗示這種舉動有詭計。如「我不知道他耍的是什麼把戲」。

**把臂** ㄅㄚˇ ㄅㄧˋ 図互相握住臂腕，表示親密。

**把關** ㄅㄚˇ ㄍㄨㄢ ①把守關口。②比喻根據已定的標準，嚴格檢查，防止差錯。

**把攬** ㄅㄚˇ ㄌㄢˇ 盡量占有；把持包攬。

**把兄弟**（ㄅㄚˇ ㄒㄩㄥ ㄉㄧˋ） 指結拜的兄弟。也叫盟兄弟。

**把風的**（ㄅㄚˇ ㄈㄥ ˙ㄉㄜ） 從事不正當的或違法的事情，像聚賭、盜劫等，派人在門外偵察守候，以防緝捕。擔任守候任務的人叫「把風的」。

**扳** ▲ㄅㄢ 用力拉扯，使直挺的東西動轉或倒下。如「把機器開關的閘桿扳下來」。▲図ㄆㄢ。同「攀」。如「扳談」。

**扳手**（ㄅㄢ ㄕㄡˇ） 手字輕讀。①擰緊或鬆開螺絲、螺母等的工具。也叫扳子。②器具上用手扳的部分。

**扳機**（ㄅㄢ ㄐㄧ） 槍械機槽底面的擊發器。

**扳親**（ㄆㄢ ㄑㄧㄣ） 拉親戚關係。如「扳親道故」。

**扮** ㄅㄢˋ ㈠裝飾，化裝。如「女扮男裝」「改扮成商人模樣」。㈡擔任戲中的一個腳色。如「扮曹操像曹操」。

**扮相**（ㄅㄢˋ ㄒㄧㄤˋ） ①演員化裝成戲中人物後的外部形象。②也指打扮成的模樣。

**扮演**（ㄅㄢˋ ㄧㄢˇ） 化裝表演。

**扮戲**（ㄅㄢˋ ㄒㄧˋ） ①戲曲演員化裝。②舊時稱演戲。

**扮鬼臉（兒）**（ㄅㄢˋ ㄍㄨㄟˇ ㄌㄧㄢˇ ㄦ） 故意弔眼睛吐舌頭作詼諧可笑的面貌，作為暗示、譏笑或無奈的情態。

**抔** 図ㄆㄡˊ ㈠用手捧東西。如「抔水而飲」。㈡東西一捧的數量。如「一抔土」。

**抔土**（ㄆㄡˊ ㄊㄨˇ） 図①只一捧的土，是說其數量極少。②指墳墓而言。

**批** ㄆㄧ ㈠図用手打。如「批其頰」。㈡評判，分析是非好壞。如「批的分數很高」「書上有很多眉批」。㈢上級對下級請示的公文指示。如「這件公文還沒有批下來」。㈣全體按先後分成幾部分，每一部分叫一批。如「貨品分四批收到」「頭兩批旅客都走了」。㈤分開。如「把財產批成兩部分」「把房產批開賣」。㈥整大宗地買或賣。如「只批賣，不零售」。

**批示**（ㄆㄧ ㄕˋ） 上級對下級的公文加批語，指示怎樣辦理。

**批判**（ㄆㄧ ㄆㄢˋ） ①根據一種固定的理論基礎，對事實或學說加以判斷和批評。②同「批評」。

**批改**（ㄆㄧ ㄍㄞˇ） 教師對學生作業的批評改正。如「批改作文」。

**批准**（ㄆㄧ ㄓㄨㄣˇ） 對於下級請求的事項，批示准許。

**批貨**（ㄆㄧ ㄏㄨㄛˋ） 商人整批、大宗買入貨品。如「老闆到貨莊批貨去了」。

**批發**（ㄆㄧ ㄈㄚ） 貨物大宗發售。

**批答**（ㄆㄧ ㄉㄚˊ） 對下屬的文件批示答覆。

**批評**（ㄆㄧ ㄆㄧㄥˊ） 評論。

**批語**（ㄆㄧ ㄩˇ） 批評的言詞。

**批駁**（ㄆㄧ ㄅㄛˊ） 對於請示事項作否決的答覆，批示駁斥。

**批閱**（ㄆㄧ ㄩㄝˋ） 閱讀，並且加以批示或批改。如「他在批閱公文」。

**批頰**（ㄆㄧ ㄐㄧㄚˊ） 図打耳光。

**批點**（ㄆㄧ ㄉㄧㄢˇ） ①評論文字而加以圈點。②改訂文字。

**扶** ㄈㄨˊ ㈠用手放在東西上面來支持身體。如「扶牆摸壁」「扶著欄杆」。㈡用手來支持住。如「攙扶老年人過馬路」「把梯子扶住，別讓它歪了」。㈢把倒下去的拉起來。如「弟弟跌倒了，趕快把他扶起來」。㈣幫助。如「濟弱扶傾」。

**扶手**（ㄈㄨˊ ㄕㄡˇ） 手字輕讀。指供手扶用的器具或設備。像樓梯兩旁的欄杆，轎前的木板等。

**扶正** ㄈㄨˊ ㄓㄥˋ ①舊時把妾提到妻的地位叫扶正。②放正；擺正。

**扶乩** ㄈㄨˊ ㄐㄧ 迷信的人一種請神的方法，用一架懸錐，由兩人扶著，懸錐因扶力之不平衡而自動在沙盤上寫字，以卜吉凶。也作「扶鸞」。

**扶老** ㄈㄨˊ ㄌㄠˇ ①筇竹的別名，因為可以做杖，所以也稱杖為扶老。②扶持年老的人。

**扶助** ㄈㄨˊ ㄓㄨˋ 幫助，援助。

**扶侍** ㄈㄨˊ ㄕˋ 同「服侍」。

**扶持** ㄈㄨˊ ㄔˊ ①攙扶。②扶助支持。

**扶桑** ㄈㄨˊ ㄙㄤ ①古書上說是日出的地方。②我國古時稱日本叫扶桑，現在也常在文字上作日本的代稱。如「東渡扶桑」。③一種落葉灌木，就是「佛桑」，也叫「朱槿」；葉如桑，花深紅色、五瓣。

**扶將** ㄈㄨˊ ㄐㄧㄤ [文]扶持。〈木蘭詩〉有「爺娘聞女來，出郭相扶將」。

**扶掖** ㄈㄨˊ ㄧㄝˋ [文]攙扶；扶助。

**扶梯** ㄈㄨˊ ㄊㄧ 有扶手的樓梯。

也作「扶疎」。草木枝葉繁茂

**扶疏** ㄈㄨˊ ㄕㄨ 的意思。

**扶植** ㄈㄨˊ ㄓˊ 扶助使能自立。

**扶搖** ㄈㄨˊ ㄧㄠˊ ①[文]指從下向上起的暴風。②比喻事業的發展迅速，或地位升得很快，叫「扶搖直上」。

**扶養** ㄈㄨˊ ㄧㄤˇ 扶助養護。

**扶靈** ㄈㄨˊ ㄌㄧㄥˊ 扶護靈柩歸葬。

**扶輪社** ㄈㄨˊ ㄌㄨㄣˊ ㄕㄜˋ 也叫「國際扶輪社」，西元一九〇五年成立於美國芝加哥。是各地專業人員及商人為服務社會所組織的國際性團體。（英名為Rotary Club）。

**扶危持傾** ㄈㄨˊ ㄨㄟˊ ㄔˊ ㄑㄧㄥ 匡救國家的危機。又說「扶危定傾」。

**扶老攜幼** ㄈㄨˊ ㄌㄠˇ ㄒㄧ ㄧㄡˋ 扶著年老的走，帶著年幼的同行。比喻群眾全體出動。

## 抖

ㄉㄡˇ ㈠顫動，打哆嗦。如「發抖」「渾身亂抖」。㈡甩開，甩動。如「抖抖袖子」「抖開手巾」。㈢振作。如「抖起精神」。㈣俗話指一個人發跡得志。如「他這幾年可抖啦，有錢有勢，不是從前的樣子了」。

**抖摟** ㄉㄡˇ ㄌㄡˇ [方]摟字輕讀。①把衣物提起來振動，使附著的東西落下。也寫作「抖落」。②指人只知揮霍，耗盡家產。如「他父親的全部遺產都叫他抖摟光了」。③宣布自己或別人的祕密。如「他不管不顧，任什麼事情都抖摟出來了」。④因脫去了一些衣服，穿得少而受寒。如「天氣冷，又少穿了衣裳，看你會抖摟出病來吧」。

**抖擻** ㄉㄡˇ ㄙㄡˇ 奮發振作。如「精神抖擻」。

**抖空竹** ㄉㄡˇ ㄎㄨㄥ ㄓㄨˊ 竹字輕讀。用繩兜住空竹的軸，兩邊振抖，使它旋轉而發聲。也叫「抖空鐘」。

## 投

ㄊㄡˊ ㈠扔，擲。如「把手榴彈向敵人投過去」「往山澗裡投一塊石頭」。㈡放進去。如「把票投入票箱」。㈢跳進去。如「投河而死」。㈣遞送。如「投書寄信」「投來的稿件不少」。㈤自己找上去或參加進去。如「飛蛾投火」「投身軍旅」。㈥歸依，向往。如「棄暗投明」。㈦合得來，契合。如「意氣相投」「情投意合」。㈧抖。如「投袂而起」「舉手投足」。

**投入** ㄊㄡˊ ㄖㄨˋ ①投到某種環境裡去。②全心全意地做某事。如「他對工作十分投入」。

**投子** ㄊㄡˊ ㄗˇ 骰子。

**投手** ㄊㄡˊ ㄕㄡˇ 在棒球比賽時擔任扔球的那一個球員，叫「投手」。

**投止** ㄊㄡˊ ㄓˇ 図投靠，投奔，落腳兒。參看「望門投止」。

**投生** ㄊㄡˊ ㄕㄥ 投胎。

**投合** ㄊㄡˊ ㄏㄜˊ ①合得來。②迎合。

**投考** ㄊㄡˊ ㄎㄠˇ 報名參加考試。

**投足** ㄊㄡˊ ㄗㄨˊ 図抬腳；踏步。如「舉手投足」。

**投河** ㄊㄡˊ ㄏㄜˊ 跳河自殺。

**投奔** ㄊㄡˊ ㄅㄣ 朝向一個目的地去求得依靠。

**投契** ㄊㄡˊ ㄑㄧˋ 図情意相合。

**投胎** ㄊㄡˊ ㄊㄞ 指「鬼魂轉生人世」。

**投軍** ㄊㄡˊ ㄐㄩㄣ 去當兵或從事軍職。

**投降** ㄊㄡˊ ㄒㄧㄤˊ 放下武器向敵人認輸。

**投射** ㄊㄡˊ ㄕㄜˋ ①（對著目標）扔；擲。②（光線等）放出光芒。

**投效** ㄊㄡˊ ㄒㄧㄠˋ 図歸依某一團體，自願效力。

**投書** ㄊㄡˊ ㄕㄨ 以寫信的方式申訴。

**投案** ㄊㄡˊ ㄢˋ 犯法的人主動到司法機關或警察機關交代自己的作案經過，聽候處理。

**投宿** ㄊㄡˊ ㄙㄨˋ 找到地方去寄宿。

**投球** ㄊㄡˊ ㄑㄧㄡˊ 棒球術語。投手向本壘板擲球的動作。

**投票** ㄊㄡˊ ㄆㄧㄠˋ 選舉或議事表決的一種方法；就是把個人意見表現在選舉票或表決票上，投入票箱裡（或指定專人收集起來），叫做「投票」。

**投壺** ㄊㄡˊ ㄏㄨˊ 古代宴會時的一種娛樂活動，賓主依次把矢投入壺（古代的一種容器）中，以投中多少決定勝負，輸的人須飲酒。

**投資** ㄊㄡˊ ㄗ 把錢財運用在生產營利事業方面，或購買各種股票，都叫「投資」。

**投誠** ㄊㄡˊ ㄔㄥˊ ①誠心歸服。②盜寇或叛亂者歸降，或敵人前來投降，都稱為「投誠」。

**投遞** ㄊㄡˊ ㄉㄧˋ 遞送，送到。

**投彈** ㄊㄡˊ ㄉㄢˋ 空投炸彈或燃燒彈等。也指投擲手榴彈。

**投影** ㄊㄡˊ ㄧㄥˇ 藝術名詞，由光線射來的方向，作實線通過實物頂點，跟影的平面相交，叫「投影」。

**投標** ㄊㄡˊ ㄅㄧㄠ 建築工程或採購、出賣物料等事，公開招人承攬，從中選定，叫「投標」。

**投稿** ㄊㄡˊ ㄍㄠˇ 把文稿寄給報社或出版機構，供其採用登載。

**投緣** ㄊㄡˊ ㄩㄢˊ 情意相合（多指剛認識的時候）。

**投靠** ㄊㄡˊ ㄎㄠˋ ①去依靠別人過日子。②為了本身私利，在政治上或經濟上投奔別人，歸順別人而替他搖旗吶喊，也叫「投靠」。

**投機** ㄊㄡˊ ㄐㄧ ①看市場情況變化而機動投資，取得暴利。②迎合時機，博取利益或地位。③指一切缺乏實質而買空賣空的行為。④意見相合。如「話不投機半句多」。

**投親** ㄊㄡˊ ㄑㄧㄣ 投靠親戚。

**投擲** ㄊㄡˊ ㄓˊ 扔；丟。如「投擲手榴彈」。

**投繯** ㄊㄡˊ ㄏㄨㄢˊ 図上吊自殺。

**投藥** ㄊㄡˊ ㄧㄠˋ 把藥物給病人服用。

**投籃** ㄊㄡˊ ㄌㄢˊ 打籃球時向球架上的鐵圈投球。

**投影畫** ㄊㄡˊ ㄧㄥˇ ㄏㄨㄚˋ 幾何畫之一。假設視線始終平行，在互為垂直的立面、平面、側面上求物體的投影，顯示物體的形狀、大小、位置。

**投石問路** ㄊㄡˊ ㄕˊ ㄨㄣˋ ㄌㄨˋ 先做一些試探，以確定事情是不是可行。

**投阱下石** ㄊㄡˊ ㄐㄧㄥˇ ㄒㄧㄚˋ ㄕˊ 見人掉到阱裡，不但不救，反而扔下石頭。比喻乘人之危，加以陷害。也說「落井下石」。

**投畀豺虎** ㄊㄡˊ ㄅㄧˋ ㄔㄞˊ ㄏㄨˇ 図把壞人扔給豺狼、老虎吃。比喻對壞人十分憤恨。

**投降主義** ㄊㄡˊ ㄒㄧㄤˊ ㄓㄨˇ ㄧˋ 主張對敵人妥協、屈服，不予堅持對抗的思想和行動。

**投桃報李** ㄊㄡˊ ㄊㄠˊ ㄅㄠˋ ㄌㄧˇ 朋友間彼此互相餽贈。語出〈詩經．大雅〉「投我以桃，報之以李」。

**投筆從戎** ㄊㄡˊ ㄅㄧˇ ㄘㄨㄥˊ ㄖㄨㄥˊ 棄文就武。本是東漢班超的故事。

**投開票所** ㄊㄡˊ ㄎㄞ ㄆㄧㄠˋ ㄙㄨㄛˇ 選舉時進行投票和開票的場地。多以村里為單位。

**投閒置散** ㄊㄡˊ ㄒㄧㄢˊ ㄓˋ ㄙㄢˇ 図不在重要的地位。

**投鼠忌器** ㄊㄡˊ ㄕㄨˇ ㄐㄧˋ ㄑㄧˋ 打老鼠怕傷了器具，比喻對事情的有所顧忌而不能實施。語出〈漢書．賈誼傳〉。

**投機倒把** ㄊㄡˊ ㄐㄧ ㄉㄠˇ ㄅㄚˇ 指以買空賣空、囤積居奇、套購轉賣等欺詐手段牟取暴利。

**投鞭斷流** ㄊㄡˊ ㄅㄧㄢ ㄉㄨㄢˋ ㄌㄧㄡˊ 這個成語是晉書上記載前秦主苻堅說過的話，意思是誇張軍隊很多。——把士兵的馬鞭扔在江河裡，可以把江填滿，截斷了江水的流動。

## 扭

ㄋㄧㄡˇ ㈠掉轉。如「扭過臉來」「扭轉身子」。㈡擰。如「扭斷」「把那條濕毛巾扭一扭」。㈢因為猛然用力，使筋骨受傷。如「扭了腰」「別扭他的胳膊」。㈣搖擺著身體走路。如「快點走吧，別扭啦」。

**扭力** ㄋㄧㄡˇ ㄌㄧˋ 物理學稱棒狀物體或物質的線絲被扭轉後，欲回復原狀的力。

**扭打** ㄋㄧㄡˇ ㄉㄚˇ 兩個人你揪住我，我抓住你地打了起來。

**扭曲** ㄋㄧㄡˇ ㄑㄩ ①扭轉變形。②指故意斷章取義，曲解別人的意思。

**扭捏** ㄋㄧㄡˇ ㄋㄧㄝ 也說「扭扭捏捏」。①走路時身體左右扭動搖轉的樣子。②舉動害羞、不自然的樣子。

**扭送** ㄋㄧㄡˇ ㄙㄨㄥˋ 揪住他把他送到某地方去。如「扭送警局」。

**扭搭** ㄋㄧㄡˇ ㄉㄚ 搭字輕讀。身體左右轉動。如「扭搭來了」「扭搭扭搭地走出來了」。

**扭筋** ㄋㄧㄡˇ ㄐㄧㄣ 身體動作用力過猛，筋肉受了挫傷。

**扭斷** ㄋㄧㄡˇ ㄉㄨㄢˋ 由扭轉的力量使物體斷成兩截或裂開。

**扭轉** ▲ㄋㄧㄡˇ ㄓㄨㄢˇ 扳轉，使情勢轉變。如「扭轉大局」「扭轉這種不好的風氣」。▲ㄋㄧㄡˇ ㄓㄨㄢˋ 用手擰著一個東西轉動。如「他把瓶塞扭轉開來」。

**扭扭捏捏** ㄋㄧㄡˇ ㄋㄧㄡˇ ㄋㄧㄝ ㄋㄧㄝ 本來指身體擺動的樣子，今多用來形容不夠大方爽快，或害羞的樣子。

**扭轉乾坤** ㄋㄧㄡˇ ㄓㄨㄢˇ ㄑㄧㄢˊ ㄎㄨㄣ 乾、坤是〈易經〉中的兩個卦名，也用來代表天地。扭轉乾坤意謂扭轉天地，也就是改變大局。

## 抗

ㄎㄤˋ ㈠對敵人或外力的抵抗。如「對抗」「抗敵」。㈡拒絕，不接受。如「抗命」「抗拒」。㈢不相上下。如「抗衡」「分庭抗禮」。㈣図「抗直」「抗節」，剛直不屈的樣子。㈤図「抗志」，是高尚的意思。

㈥姓。

**抗告** ㄎㄤˋ ㄍㄠˋ 不服判決而上訴。

**抗命** ㄎㄤˋ ㄇㄧㄥˋ 違抗上級的命令。

**抗拒** ㄎㄤˋ ㄐㄩˋ 抵抗，拒絕。

**抗爭** ㄎㄤˋ ㄓㄥ 對抗，爭執。

**抗毒** ㄎㄤˋ ㄉㄨˊ 抵抗毒素侵害。

**抗原** ㄎㄤˋ ㄩㄢˊ ①（醫學）能在生物體內刺激產生相對抗體的物質，可為蛋白質或為蛋白質多醣複合物，如各種微生物。②（醫術）是一種介入別種動物時能提引出抗體形成，並可專一地與這些抗體反應的物質。（植物）注射到動物體內，可誘發生抗體的外來蛋白質，有時也為複脂類。

**抗暴** ㄎㄤˋ ㄅㄠˋ 抵抗和反擊暴力的壓迫。

**抗震** ㄎㄤˋ ㄓㄣˋ ①（建築物、機器、儀表等）具有承受震動的性能。②對破壞性地震採取各種防禦措施，儘量減輕生命財產的損失。

**抗戰** ㄎㄤˋ ㄓㄢˋ ①一個民族、國家，為了自己的生存，對於外來的侵略，用武力抵抗的戰爭。②指民國二十六年七月七日起到三十四年八月十四日止的我國抵抗日本侵略的戰爭。

**抗衡** ㄎㄤˋ ㄏㄥˊ 彼此互相抵抗，不相上下。

**抗癌** ㄎㄤˋ ㄞˊ 預防或抵抗癌症。

**抗議** ㄎㄤˋ ㄧˋ 針對別人的指責或別人損害自己利益的言行，提出駁斥和反對的意見。

**抗辯** ㄎㄤˋ ㄅㄧㄢˋ 對於對方不利於己的責難作辯護的陳述，叫抗辯。

**抗體** ㄎㄤˋ ㄊㄧˇ 人在接種疫苗以後，身體可以產生一種抗滅病菌的物質，叫做「抗體」。

**抗生素** ㄎㄤˋ ㄕㄥ ㄙㄨˋ 現代醫藥上具有高度抑制細菌和其他微生物生長功能的化學性物質，作為殺菌消炎的治療藥品，如鏈黴素、金黴素等，統稱為抗生素。

**抗藥性** ㄎㄤˋ ㄧㄠˋ ㄒㄧㄥˋ 某些病菌或病毒在含有藥物的人或動物體內逐漸產生抵抗藥物的能力，使藥物失去原有的效力，叫抗藥性。

## 技

ㄐㄧˋ 專門的本領。如「一技之長」「絕技」。

**技士** ㄐㄧˋ ㄕˋ ①助理技術事務的專門人才。②公務人員的一種職稱，這種職位的人員從事專門技術方面的工作。

**技工** ㄐㄧˋ ㄍㄨㄥ 技術工人。

**技正** ㄐㄧˋ ㄓㄥˋ 公務人員的一種職稱，這種職位的人員主管技術方面的審核指導工作。

**技巧** ㄐㄧˋ ㄑㄧㄠˇ ①方法跟技術。②巧妙的方法或技術。

**技佐** ㄐㄧˋ ㄗㄨㄛˇ 工務人員職稱之一，職位次於技正和技士。掌管技術事務，以有專門知識特別技能的人擔任。

**技法** ㄐㄧˋ ㄈㄚˇ （繪畫或雕塑等的）技巧和方法。

**技師** ㄐㄧˋ ㄕ 實地從事技術工作的專家，像工程師等。

**技能** ㄐㄧˋ ㄋㄥˊ 專門而且熟練的手藝。

**技術** ㄐㄧˋ ㄕㄨˋ ①專門的技能。②專指應用技術而言，像紡織技術、電工技術、農業技術等。

**技窮** ㄐㄧˋ ㄑㄩㄥˊ 原典故是「黔驢技窮」。用來比喻本領有限，無技可施。

**技監** ㄐㄧˋ ㄐㄧㄢ 公務人員職稱。接受長官命令辦理專門技術事務，並指揮所屬技術人員。位在技正之上。

**技擊** ㄐㄧˋ ㄐㄧˊ 図武術。

**技藝**（ㄐㄧˋ ㄧˋ） 各種才藝和技術。

**技癢**（ㄐㄧˋ ㄧㄤˇ） 很想做一做、試一試，把自己本來有的本領顯露出來。

**技術性**（ㄐㄧˋ ㄕㄨˋ ㄒㄧㄥˋ） 有關技術方面的。如「技術性問題」。

**技術員**（ㄐㄧˋ ㄕㄨˋ ㄩㄢˊ） 職稱之一，在工程師的指導下，能夠完成一定技術任務的技術人員。

**技巧運動**（ㄐㄧˋ ㄑㄧㄠˇ ㄩㄣˋ ㄉㄨㄥˋ） 體操運動項目之一，由滾翻、倒立、跳躍、平衡、拋接等動作組成。

**技術革命**（ㄐㄧˋ ㄕㄨˋ ㄍㄜˊ ㄇㄧㄥˋ） 指生產技術上的根本變革，例如從用體力、畜力生產改為用蒸汽做動力生產，用手工工具生產改為用機器生產。

**抉** 図ㄐㄩㄝˊ ㈠挑揀。如「抉擇」。㈡挖，剔。如「珠墮槽中，抉而出之」。

**抉取**（ㄐㄩㄝˊ ㄑㄩˇ） 図選擇，選取。

**抉摘**（ㄐㄩㄝˊ ㄓㄜˊ） 図選取精要。

**抉擇**（ㄐㄩㄝˊ ㄗㄜˊ） 図選取。

**抵** 図ㄓˇ ㈠拍打。「抵掌」就是鼓掌。㈡生病，通「疷（ㄓ）」。

**抵掌**（ㄓˇ ㄓㄤˇ） 図鼓掌。

**折** ▲ㄓㄜˊ ㈠弄斷。如「不可攀折花木」。㈡彎，曲。如「曲折」。㈢折疊，也可寫作「摺」。如「把紙折起來」「一疊兩折兒」。㈣返轉。如「事情辦完就趕快折回家去」。㈤價錢只按幾成減算。如「不折不扣」「打八折」。㈥相抵，對換。如「用東西折錢」。㈦損失，喪失。如「損兵折將」「夭（ㄧㄠˇ）折」。㈧受阻撓，受打擊。如「百折不撓」「挫折」。㈨図佩服。如「心折」。㈩図判斷。如「片言折獄」。⑪元朝的戲劇，一幕叫一折，普通四折是一本戲。⑫姓。

▲ㄓㄜ ㈠翻轉。如「折跟頭」「找東西把抽屜折了個過兒」。㈡倒出。如「一失手，把一碗湯都折了」「茶很熱，用個碗來回折一折就涼了」。㈢「返轉」的又讀。

ㄕㄜˊ ㈠斷。如「棍子折了」。㈡賠錢，虧損。如「他做買賣把本錢折光了」「折本（兒）」。

**折半**（ㄓㄜˊ ㄅㄢˋ） 減半，對折。

**折光**（ㄓㄜˊ ㄍㄨㄤ） 光線經過密度不同的兩種物體時發生的曲折作用。

**折合**（ㄓㄜˊ ㄏㄜˊ） 不同的貨幣或度量衡制度的換算。

**折回**（ㄓㄜˊ ㄏㄨㄟˊ） 半路上轉回。

**折扣**（ㄓㄜˊ ㄎㄡˋ） 減少成數（減少十分之幾）的算法。

**折受**（ㄓㄜˊ ㄕㄡˋ） 方承受不起特別的優待或是尊敬。

**折枝**（ㄓㄜˊ ㄓ） 図①按摩肢體。〈孟子〉書有「為長者折枝」。②花卉畫法的一種，只畫兩三枝而不帶根。

**折服**（ㄓㄜˊ ㄈㄨˊ） 図用言語或方法使人心服。也作「折伏」。

**折柳**（ㄓㄜˊ ㄌㄧㄡˇ） 図①送別，表示依依離別之情。②樂府，折楊柳曲。

**折射**（ㄓㄜˊ ㄕㄜˋ） 光線的屈折。

**折扇**（ㄓㄜˊ ㄕㄢˋ） 用竹、木、象牙等做骨架，上面蒙上紙或絹面製成的可以折疊的扇子。

**折耗**（ㄕㄜˊ ㄏㄠˋ） 虧耗，虧損。

**折衷**（ㄓㄜˊ ㄓㄨㄥ） 也作「折中」。①兩邊兼顧，不過分也不太損減的方法。②雙方各作讓步，求得接近一致而達成協議的一種方法。

**折乾**（ㄓㄜˊ ㄍㄢ） 指贈送禮品時，不用買禮品而用同價值的錢來代替。

**折殺**ㄓㄜˊ ㄕㄚ 也作「折煞」。原指因享受過分而減損福壽，後來一般用來表示承受不起。

**折現**ㄓㄜˊ ㄒㄧㄢˋ 換成現金。

**折損**ㄓㄜˊ ㄙㄨㄣˇ 虧耗。

**折節**ㄓㄜˊ ㄐㄧㄝˊ 文①委屈自己，情願居人之下。②改變舊日的素行。如「折節讀書」。

**折腰**ㄓㄜˊ ㄧㄠ 低頭下拜。

**折壽**ㄓㄜˊ ㄕㄡˋ 折損年壽。

**折實**ㄓㄜˊ ㄕˊ ①打了折扣，合成實在數目。②把金額折合成某種實物價格計算。

**折獄**ㄓㄜˊ ㄩˋ 文斷案；斷獄。〈書經〉有「非佞折獄，惟良折獄」。

**折福**ㄓㄜˊ ㄈㄨˊ 指過於貪圖享受，會削減福分的意思。

**折算**ㄓㄜˊ ㄙㄨㄢˋ 折合，換算。

**折價**ㄓㄜˊ ㄐㄧㄚˋ ①把實物折合成錢。②降低價格。

**折箭**ㄓㄜˊ ㄐㄧㄢˋ 文①比喻勢力孤單則力量小，團結起來則力量大。②立誓。

**折線**ㄓㄜˊ ㄒㄧㄢˋ 不在同一條直線上的順序首尾相連的若干直線段所組成的線。

**折衝**ㄓㄜˊ ㄔㄨㄥ 對抗敵人，取得勝利。古時諸侯會盟或國家交涉，在筵席上用外交方法制勝對方，說是「折衝樽俎」；後來泛指國家之間的外交會議交涉。

**折賣**ㄓㄜˊ ㄇㄞˋ 變賣財產還債。

**折帳**ㄓㄜˊ ㄓㄤˋ 以實物抵償債款。

**折磨**ㄓㄜˊ ㄇㄛˊ 挫折磨難（ㄋㄢˋ）。

**折錢**ㄓㄜˊ ㄑㄧㄢˊ ①用銅錢卜筮的方法之一。②折價。③應給的物品依物價折合成銀錢。

**折簡**ㄓㄜˊ ㄐㄧㄢˇ 文裁紙寫信。

**折舊**ㄓㄜˊ ㄐㄧㄡˋ ①工商企業每年度將所有建築物、機器、用具等建造或買進價格，分期折成現款，從利潤中扣除，叫做「折舊」。②建築物、機器、用具等在使用以後，逐漸陳舊損壞，估價的時候要按照實際情形或工程原理，比新建新製的減低價格，叫做「折舊」；按已經使用過的期間長短而所用的折舊估算比率，叫「折舊率」。

**折騰**ㄓㄜˊ ˙ㄊㄥ 騰字輕讀。①搗亂。②循環反覆。③揮霍浪費。如「他把上萬的家當都折騰完了」。

**折疊**ㄓㄜˊ ㄉㄧㄝˊ 把物體的一部分翻轉和另一部分緊挨在一起。如「折疊衣服」。

**折本（兒）**ㄓㄜˊ ㄅㄣˇ（ㄦ） 也說成ㄕㄜˊ ㄅㄣˇ（ㄦ），賠本，虧本，蝕本。做生意把本錢虧了。

**折子戲**ㄓㄜˊ ㄗˇ ㄒㄧˋ （戲曲）只演全本中可以單獨演出的某一片段的戲。有別於「本戲」。如演出〈破幽夢孤燕漢宮秋〉是本戲，表演〈昭君出塞〉則是折子戲。此種形式演出始於崑曲後期。

**折返點**ㄓㄜˊ ㄈㄢˇ ㄉㄧㄢˇ 路途中折回的地點，常用於長程賽跑。

**折跟頭**ㄓㄜˊ ㄍㄣ ˙ㄊㄡ 翻跟頭。

**折長補短**ㄓㄜˊ ㄔㄤˊ ㄅㄨˇ ㄉㄨㄢˇ 把長的部分移到短的方面去。又說「截長補短」。

**折衝樽俎**ㄓㄜˊ ㄔㄨㄥ ㄗㄨㄣ ㄗㄨˇ 文在酒席宴會間制敵取勝。指進行外交談判。樽俎：古時盛酒食的器具。

**找**ㄓㄠˇ ㈠尋覓。如「找人」「找竅門兒」「把原因找出來」。㈡補不足。如「找錢」「找零兒」。㈢惹出，自己往上碰。如「找麻煩」「找不自在」「找苦吃」。

**找人** ㄓㄠˇ ㄖㄣˊ ①尋覓合適的人物。②尋訪某人。如「我們是來找人的」。

**找死** ㄓㄠˇ ㄙˇ 指有意惹禍或自投羅網；常用作感嘆或罵人的用語。

**找事** ㄓㄠˇ ㄕˋ ①謀職業。②惹事。③找碴兒。

**找尋** ▲ㄓㄠˇ ㄒㄩㄣˊ 尋求。▲ㄓㄠˇ ·ㄒㄩㄣ 吹毛求疵，故意使人難堪。如「你不要找尋我」。

**找補** ㄓㄠˇ ㄅㄨˇ 補字輕讀。①補足不夠的。②同「補報」。

**找齊** ㄓㄠˇ ㄑㄧˊ ①使高低、長短相差不多。②先給一部分，然後再補足。

**找錢** ㄓㄠˇ ㄑㄧㄢˊ 用大面額的貨幣付款，由對方把多付出的零頭兒退還，叫「找錢」。

**找頭** ㄓㄠˇ ·ㄊㄡ 因指買東西或付款所應找回來的零錢。參看「找錢」。

**找岔子** ㄓㄠˇ ㄔㄚˋ ·ㄗ 因尋找破綻作為攻擊的藉口。也說「找縫（ㄈㄥˋ）子」。

**找空子** ㄓㄠˇ ㄎㄨㄥˋ ·ㄗ 因也可說成「找縫子（ㄓㄠˇ ㄈㄥˋ ·ㄗ）」。①故意挑毛病，使人難堪。②找機會，尋求著手的途徑。

**找門路** ㄓㄠˇ ㄇㄣˊ ㄌㄨˋ 想辦法（多含貶義）。

**找苦吃** ㄓㄠˇ ㄎㄨˇ ㄔ 自尋煩惱。

**找面子** ㄓㄠˇ ㄇㄧㄢˋ ·ㄗ 在作了丟臉的事情之後，設法挽救彌補。如「上一次我輸給他，這一次要找面子回來」。

**找麻煩** ㄓㄠˇ ㄇㄚˊ ㄈㄢˊ 煩字輕讀。①自尋煩擾。②找碴兒。③惹是生非。

**找零兒** ㄓㄠˇ ㄌㄧㄥˊ ㄦ 因兒換零錢或找零錢。

**找碴兒** ㄓㄠˇ ㄔㄚˊ ㄦ 因故意找人的毛病，找藉口。如「找碴兒打架」。

**找臺階（兒）** ㄓㄠˇ ㄊㄞˊ ㄐㄧㄝ ㄦ 尋找機會罷休，以顧全體面。如「他勢成騎虎，正要找臺階兒下」。

**抓** ▲ㄓㄨㄚ ㈠撓，搔。如「身上發癢，抓一抓」。㈡伸手（或爪子）拿取。如「抓一把米餵雞」「抓一張好牌」。㈢捉，捕。如「抓賭」「抓小偷」。㈣搶著做；或是工作無重點，無步驟，碰著什麼就做什麼。如「幾天就把工作抓完了」「東抓一把，西抓一把」。㈤吸引。如「他很會表演，緊抓住觀眾」。㈥把握。如「抓緊時間」「抓住要點」。㈦巴住。如「蟲子用爪兒在牆上抓得很結實」。讀音ㄓㄠ。▲ㄔㄨㄚˇ 看「抓子兒」條。

**抓手** ㄓㄨㄚ ㄕㄡˇ 因拉手。

**抓撓** ㄓㄨㄚ ㄋㄠˊ 因撓字輕讀。①搔。②亂抓。③互相爭打。如「他們兩人抓撓起來了」。④趕著做。如「幫她們抓撓飯」。

**抓瞎** ㄓㄨㄚ ㄒㄧㄚ 因忙亂，著急沒辦法，倉皇失措。

**抓髻** ㄓㄨㄚ ·ㄐㄧ 梳在頭頂兩旁的髻。同「髽髻」。

**抓舉** ㄓㄨㄚ ㄐㄩˇ 一種舉重法，兩手把槓鈴從地上舉過頭頂，一直到兩臂伸直為止，不在胸前停頓。

**抓藥** ㄓㄨㄚ ㄧㄠˋ 到中藥店去買藥（因為藥店店員配藥時，通常是從藥斗子裡把藥抓出來，量了分量，再包成小包，湊成一劑）。

**抓周（兒）** ㄓㄨㄚ ㄓㄡ ㄦ 因嬰兒周歲，長輩拿代表各種行業的工具像紙、筆、算盤等讓嬰兒抓，來「預估他的前途」。也作「試兒」。

**抓大頭** ㄓㄨㄚ ㄉㄚˋ ㄊㄡˊ 幾個人在一起，大家出錢買食物或聚餐，先用抓鬮的方法決定每人出錢的多寡，叫做「抓大頭」（出錢最多的人是「大頭」）。

**抓子兒** ㄔㄨㄚˇ ㄗˇ ㄦ 從前兒童遊戲的一種。是手裡抓著果核或石子兒，輕輕地一顆顆向上扔，再接住；在扔和接的當中，還做花樣，把手裡的果核或石子兒放出來幾顆或另外抓取幾顆，以花樣多而不失手的取勝。

**抓破臉** ㄓㄨㄚ ㄆㄛˋ ㄌㄧㄢˇ 比喻感情破裂，公開爭吵。

**抓鬮兒** ㄓㄨㄚ ㄐㄧㄡ ㄦ 拈鬮。

**抓耳撓腮** ㄓㄨㄚ ㄦˇ ㄋㄠˊ ㄙㄞ ①遇到困難，心裡著急的樣子。②忙亂的樣子。

## 扯 ㄔㄜˇ

㈠撕破。㈡拉。如「拉拉扯扯」「扯著嗓子喊」。㈢展開。如「扯旗」「扯篷」。㈣沒有中心話題的隨便閒談。如「胡扯」「東拉西扯」。

**扯平** ㄔㄜˇ ㄆㄧㄥˊ ①平均。如「縱然是多產的作家，扯平計算起來，一天也不過寫幾百字而已」。②拉繩索的時候，使兩端高低一致。③把布料用力拉一拉，使表面平整起來。

**扯皮** ㄔㄜˇ ㄆㄧˊ (方)無原則地爭論；爭吵。

**扯淡** ㄔㄜˇ ㄉㄢˋ (方)說無味的話，胡扯。

**扯鈴** ㄔㄜˇ ㄌㄧㄥˊ 民俗玩具，又叫「天龍」「空鐘」。刨木如鈴狀，另以細長木棍兩根，繫於細繩兩端，玩時兩手持細木棍以繩纏鈴，鈴旋轉時會發出嗡嗡聲。

**扯旗** ㄔㄜˇ ㄑㄧˊ 張掛旗幟。

**扯篷** ㄔㄜˇ ㄆㄥˊ 把船帆張起來。

**扯謊** ㄔㄜˇ ㄏㄨㄤˇ 說假話。

**扯後腿** ㄔㄜˇ ㄏㄡˋ ㄊㄨㄟˇ 對別人的行動加以阻撓、破壞，使他的努力沒有成效，不能前進。也簡說「扯腿」。

**扯嗓子** ㄔㄜˇ ㄙㄤˇ ㄗ˙ (方)同「引吭（ㄏㄤˊ）」，高聲叫喊。

## 抄 ㄔㄠ

㈠(文)掠奪。如「匈奴數抄郡界」。㈡謄寫。如「抄寫」。㈢直線進行。如「抄近路走」。㈣繞道攻擊。如「包抄」。㈤逮捕，沒收。如「抄家」。㈥拿，取。如「抄起一根棍子」。㈦把菜蔬放在滾水裡燙個半熟。如「把四季豆兒在開水鍋裡抄一下」。

**抄本** ㄔㄠ ㄅㄣˇ ①手錄的書籍。②謄本。

**抄件** ㄔㄠ ㄐㄧㄢˋ 送交有關單位參考的文件，多指把上級所發的文件複製幾份，送給有關單位作參考。

**抄身** ㄔㄠ ㄕㄣ 搜檢身上有無私帶的東西。

**抄家** ㄔㄠ ㄐㄧㄚ 君主時代，做官的犯了罪，政府查封他家裡的財物歸公，叫「抄家」。

**抄掠** ㄔㄠ ㄌㄩㄝˋ (文)搶劫財物。

**抄道（兒）** ㄔㄠ ㄉㄠˋ ㄦ ①走較近便的路。②近便的路。

**抄截** ㄔㄠ ㄐㄧㄝˊ 由敵人的側面或背面進行突擊。

**抄寫** ㄔㄠ ㄒㄧㄝˇ 照著原來的文字謄寫。

**抄錄** ㄔㄠ ㄌㄨˋ 謄寫文字。也作「鈔錄」。

**抄襲** ㄔㄠ ㄒㄧˊ ①抄錄別人家的文章，當做自己作的。②軍隊繞道前進，從敵後或兩旁出其不意地進攻。

**抄手（兒）** ㄔㄠ ㄕㄡˇ ㄦ (方)①指兩手所表現的姿態，這類姿態一般是含著優閒或怠慢的意味：*1.*兩臂交疊或交叉在胸前。*2.*袖手，攏著手，兩手交藏在袖管裡。*3.*兩手搋在衣袋裡。②四川話把餛飩叫「抄手」。

**抄近路** ㄔㄠ ㄐㄧㄣˋ ㄌㄨˋ 走較近的路。

**承** ㄔㄥˊ ㈠受到，蒙受；常用作客氣話。如「承贈書籍，謝謝」。㈡接著，托著。如「以盆承雨」。㈢繼續。如「承上啟下」「承前文而言」。㈣擔當，負責。如「這件工程由一家公司承做」。㈤「承認」的簡詞。如「招承」「自承其罪」。

**承乏** ㄔㄥˊ ㄈㄚˊ 図①補充空缺的職位。②擔任空的職位，是在任者說自己任職的謙詞。

**承包** ㄔㄥˊ ㄅㄠ 接受工程或大宗訂貨等，負責完成。

**承平** ㄔㄥˊ ㄆㄧㄥˊ 図太平。如「承平之世」。

**承受** ㄔㄥˊ ㄕㄡˋ 接受。

**承奉** ㄔㄥˊ ㄈㄥˋ 図受命遵行。

**承重** ㄔㄥˊ ㄔㄨㄥˊ 図父親與自己都是嫡長子，而父親先死，對祖父母之喪，就自稱「承重孫」。「承重」就是「繼承雙重祭祀責任」的意思。

**承情** ㄔㄥˊ ㄑㄧㄥˊ 是說領受人的恩惠。

**承接** ㄔㄥˊ ㄐㄧㄝ ①用容器接受流下的液體。②接續。如「承接上文」。

**承教** ㄔㄥˊ ㄐㄧㄠˋ 図接受指教。

**承祧** ㄔㄥˊ ㄊㄧㄠ 沒有子嗣的人，以同族的姪子承繼，叫作「承祧」。

**承當** ㄔㄥˊ ㄉㄤ 擔當。

**承載** ㄔㄥˊ ㄗㄞˋ 托著物體，承受它的重量。

**承塵** ㄔㄥˊ ㄔㄣˊ 天花板。

**承蒙** ㄔㄥˊ ㄇㄥˊ 客套話，受到。如「承蒙熱情招待，十分感激」。

**承認** ㄔㄥˊ ㄖㄣˋ ①對某種既成事實表示認可。②供認自己的某種作為，不推諉隱瞞。③認許，接受別人的條件。

**承辦** ㄔㄥˊ ㄅㄢˋ 接受辦理（多指加工、訂貨等）。

**承擔** ㄔㄥˊ ㄉㄢ 承認擔當。

**承諾** ㄔㄥˊ ㄋㄨㄛˋ 應允同意。

**承霤** ㄔㄥˊ ㄌㄧㄡˋ 附在屋簷下承受雨水的裝置。

**承繼** ㄔㄥˊ ㄐㄧˋ ①傳宗接代。②繼續。

**承歡** ㄔㄥˊ ㄏㄨㄢ 図①順從父母的意思，使父母歡喜。②迎合別人，使人歡悅。

**承襲** ㄔㄥˊ ㄒㄧˊ 繼承前人的爵位或產業。

**承攬** ㄔㄥˊ ㄌㄢˇ 接受做某種事件。

**承重孫** ㄔㄥˊ ㄔㄨㄥˊ ㄙㄨㄣ 父親死後的嫡長子，當祖父母喪禮時的自稱，意即承繼雙重祭祀的責任。

**承上啟下** ㄔㄥˊ ㄕㄤˋ ㄑㄧˇ ㄒㄧㄚˋ 接續上面的並引起下面的（多用於寫作等）。「啟」也作「起」。

**承先啟後** ㄔㄥˊ ㄒㄧㄢ ㄑㄧˇ ㄏㄡˋ 就是繼往開來的意思。是說繼承先聖、先賢，開導後知、後覺。（多用於學術、事業等方面。）

**抒** 図ㄕㄨ ㈠發泄，表達。如「一抒君意」「題詩抒懷」。㈡解除，跟「紓」相同。

**抒情** ㄕㄨ ㄑㄧㄥˊ 發揮情感。

**抒發** ㄕㄨ ㄈㄚ 表達，發抒（感情）。

**抒懷** ㄕㄨ ㄏㄨㄞˊ 抒發情懷。

**抒難** ㄕㄨ ㄋㄢˋ 図同「紓難」，就是解除危難。如「毀家抒難」。

**抒情文** ㄕㄨ ㄑㄧㄥˊ ㄨㄣˊ 發表情感的文章，是文體的一種。

**抒情詩** ㄕㄨ ㄑㄧㄥˊ ㄕ 發揮作者個人情感的詩歌。

**扼（搤）** ㄜˋ ㈠抓緊，握緊。如「力能扼虎」「扼緊咽喉」。㈡図把守。如「一夫扼關，萬夫莫敵」。

**扼守** ㄜˋ ㄕㄡˇ 指軍事上對重要據點的守衛。

**扼要** ㄜˋ ㄧㄠˋ ①抓住要點。如「他這些話說得簡單扼要」。②図守住重要地點。

**扼殺** ㄜˋ ㄕㄚ ①掐住脖子弄死。②壓制、摧殘，使不能存在或發展。

**扼腕** ㄜˋ ㄨㄢˋ 図用手握腕，表示某種情緒的姿態。有四種不同的用法：①表示無可奈何地同情嘆息。如「對他的失敗，朋友們都扼腕太息」。②表示憤怒。如「日夜扼腕，憤懣不已」。③表示振奮。如「扼腕抵掌，暢談終宵」。④表示失意的樣子。如「偏袒扼腕，踽踽獨行」。

**抑** ㄧˋ ㈠壓下去，遏止。如「壓抑」「抑強扶弱」「貶抑」。㈡強制。如「抑止」「強而弗抑」。㈢図還是，或是。如「其果真如此，抑傳聞之非真耶」。㈣図可是，然；表示轉折。如「非惟天時，抑亦人謀也」。㈤図那麼，則。如「若非鞏固國防力量，抑國家安全之不保，尚何建設之可言」。㈥図古書裡有時候作發語詞用。㈦図古書裡有時候作嘆詞，跟「噫」字通。

**抑且** ㄧˋ ㄑㄧㄝˇ 図況且。

**抑制** ㄧˋ ㄓˋ 強制壓迫，不使他自由。

**抑或** ㄧˋ ㄏㄨㄛˋ 連詞，表示選擇關係。如「不知他是同意，抑或是反對」。

**抑揚** ㄧˋ ㄧㄤˊ ①聲音的一低一高。②指文氣的起伏。③図是「浮沈」的意思。漢書上有「隨時抑揚，違離道本」的句子。

**抑鬱** ㄧˋ ㄩˋ 憂悶。

**抑揚頓挫** ㄧˋ ㄧㄤˊ ㄉㄨㄣˋ ㄘㄨㄛˋ （聲音）高低起伏和停頓轉折。

**抆** 図ㄨㄣˋ擦，抹。如「抆拭」「抆淚」。

**抆淚** ㄨㄣˋ ㄌㄟˋ 図擦眼淚。

## 五筆

**拔** ㄅㄚˊ ㈠揪起，用力揪。如「拔草」「拔去眼中釘」。㈡抽出來。如「拔刀」「不能自拔」。㈢挑選出最好的來。如「選拔」「拔取人才」。㈣提高。如「號兵練習吹號，在一起拔號音」。㈤超出的，特出的。如「出類拔萃」「他是這一輩的拔尖兒人物」。㈥用涼水或冰把食物變冷。如「把蘿蔔用涼水拔一拔，更好吃」。㈦作戰攻打下一個地方。如「連拔五城」。

**拔山** ㄅㄚˊ ㄕㄢ 図把山舉起，比喻力氣大。如「力拔山兮氣蓋世」。

**拔牙** ㄅㄚˊ ㄧㄚˊ 一種把牙齒連根抽掉的牙科診治方法。

**拔身** ㄅㄚˊ ㄕㄣ 脫身。

**拔取** ㄅㄚˊ ㄑㄩˇ 選擇錄用。

**拔河** ㄅㄚˊ ㄏㄜˊ 兩隊人數相等，分別拉住粗繩子的兩端，同時用力向後拉。這是比賽力氣的一種運動。

**拔毒** ㄅㄚˊ ㄉㄨˊ 中醫說去毒消腫。

**拔除** ㄅㄚˊ ㄔㄨˊ 除去。

**拔救** ㄅㄚˊ ㄐㄧㄡˋ 解救痛苦。

**拔群** ㄅㄚˊ ㄑㄩㄣˊ 才能出眾。

**拔腳** ㄅㄚˊ ㄐㄧㄠˇ ①邁步。也說「拔步」。如「他拔腳便跑了」。②比喻擺脫。如「我很不願意管這一件事，可是怎麼也不得拔腳」。

**拔腿** ㄅㄚˊ ㄊㄨㄟˇ ①邁開腳步。②抽身，脫身。

**拔擢**（ㄅㄚˊ ㄓㄨㄛˊ）文提拔，升用。

**拔營**（ㄅㄚˊ ㄧㄥˊ）指軍隊從駐地出發轉移。如「拔營必須滅跡」。

**拔錨**（ㄅㄚˊ ㄇㄠˊ）把錨拔起，船隻開始航行。也說「起錨」。

**拔尖兒**（ㄅㄚˊ ㄐㄧㄢ ㄦ）①出眾；超出一般。②突出個人，自居於眾人之上。

**拔蘿蔔**（ㄅㄚˊ ㄌㄨㄛˊ ˙ㄅㄛ）①把成熟的蘿蔔從地裡拔出來。②用兩手抱著兒童的頭，把兒童全身往上提起，這種玩笑危險動作叫「拔蘿蔔」。

**拔（火）罐子**（ㄅㄚˊ（ㄏㄨㄛˇ）ㄍㄨㄢˋ ˙ㄗ）中醫的一種治療方法。在小罐內點火燃燒片刻，把罐口扣在皮膚上，造成局部瘀血，達到治療目的。

**拔刀相助**（ㄅㄚˊ ㄉㄠ ㄒㄧㄤ ㄓㄨˋ）指遇上不平的事情，挺身而出，幫助他人。

## 拜

ㄅㄞˋ ㈠一種行禮的方式，是低頭拱手行禮或兩手扶地跪下磕頭。如「參拜」「下拜」。㈡行禮，表示慶祝或尊敬。如「拜年」「拜神」。㈢授官，任官。如「拜相」「拜將」。㈣訪問人，看望人的恭敬說法。如「拜訪」「回拜」。

**拜年**（ㄅㄞˋ ㄋㄧㄢˊ）新年行禮慶賀的禮俗。

**拜佛**（ㄅㄞˋ ㄈㄛˊ）叩拜佛像。

**拜別**（ㄅㄞˋ ㄅㄧㄝˊ）告別的敬詞。

**拜見**（ㄅㄞˋ ㄐㄧㄢˋ）恭敬的去拜訪。

**拜服**（ㄅㄞˋ ㄈㄨˊ）敬詞，就是佩服的意思。

**拜客**（ㄅㄞˋ ㄎㄜˋ）拜訪別人。

**拜拜**（ㄅㄞˋ ㄅㄞˋ）①閩南、臺灣的地區性打醮或謝神時，大宴親朋。②再見，再會。是英語的 bye-bye 音譯。

**拜神**（ㄅㄞˋ ㄕㄣˊ）對神明表示尊敬的一種儀式。

**拜倒**（ㄅㄞˋ ㄉㄠˇ）磕下行禮，比喻屈服或崇拜。有時指男子對女子的傾心迷戀。如「拜倒在她的石榴裙下」。

**拜託**（ㄅㄞˋ ㄊㄨㄛ）①託人辦事的敬詞。②有時用來表示不耐煩。如「別吵吧，拜託」。

**拜堂**（ㄅㄞˋ ㄊㄤˊ）舊式婚禮，新郎新娘一起舉行參拜天地的儀式。拜天地後也拜見父母公婆。也叫「拜天地」。

**拜望**（ㄅㄞˋ ㄨㄤˋ）敬詞，就是「探望」。

**拜票**（ㄅㄞˋ ㄆㄧㄠˋ）選舉時，候選人向選民進行宣傳，拜託投他一票的活動叫「拜票」。

**拜訪**（ㄅㄞˋ ㄈㄤˇ）訪人、看望人的敬詞。也說「拜望」。

**拜賀**（ㄅㄞˋ ㄏㄜˋ）敬賀。

**拜會**（ㄅㄞˋ ㄏㄨㄟˋ）拜訪，拜望。

**拜節**（ㄅㄞˋ ㄐㄧㄝˊ）賀節。

**拜壽**（ㄅㄞˋ ㄕㄡˋ）慶賀他人生日。

**拜謁**（ㄅㄞˋ ㄧㄝˋ）文①拜見。②瞻仰（陵墓、碑碣）。

**拜辭**（ㄅㄞˋ ㄘˊ）敬詞，告別。

**拜天地**（ㄅㄞˋ ㄊㄧㄢ ㄉㄧˋ）見「拜堂」。

**拜火教**（ㄅㄞˋ ㄏㄨㄛˇ ㄐㄧㄠˋ）起源於古波斯的宗教，把火當作光明的象徵來崇拜。西元六世紀傳入中國，稱「祆教」。

**拜老師**（ㄅㄞˋ ㄌㄠˇ ㄕ）①拜人為師。②初見老師所行的禮。

**拜把子**（ㄅㄞˋ ㄅㄚˇ ˙ㄗ）指朋友結為異姓兄弟。見「把子」條③。

**拜把兄弟**（ㄅㄞˋ ㄅㄚˇ ㄒㄩㄥ ㄉㄧˋ）結為異姓兄弟的朋友叫「拜把兄弟」。

**拜金主義**（ㄅㄞˋ ㄐㄧㄣ ㄓㄨˇ ㄧˋ）只知崇拜金錢，以金錢為中心的人生觀。

## 抱

ㄅㄠˋ ㈠用手和胳膊圍攏的動作搬起或舉起。如「抱孩子」「他抱了一綑書」。㈡用胳膊圍住。如「擁抱」「摟抱」。㈢合攏兩臂所能拿起的東西數量。如「一大抱柴」。㈣合適地緊緊攏住。如「衣裳抱身兒」「鞋抱腳兒」。㈤心裡存著或身上存在著。如「抱不平」「抱病」。㈥指胸懷。如「懷抱」。㈦姓。

**抱屈**（ㄅㄠˋ ㄑㄩ） 受屈，心中不平。

**抱怨**（ㄅㄠˋ ㄩㄢˋ） 心裡存著怨恨。

**抱恨**（ㄅㄠˋ ㄏㄣˋ） 心裡懷著憤恨。

**抱負**（ㄅㄠˋ ㄈㄨˋ） 志向，願望。

**抱恙**（ㄅㄠˋ ㄧㄤˋ） 図有病。

**抱拳**（ㄅㄠˋ ㄑㄩㄢˊ） 一種禮節，一手握拳，另一手抱著拳頭，合攏在胸前。

**抱病**（ㄅㄠˋ ㄅㄧㄥˋ） 害病。

**抱愧**（ㄅㄠˋ ㄎㄨㄟˋ） 心中感到對不起別人。

**抱罪**（ㄅㄠˋ ㄗㄨㄟˋ） 心中有所慚愧。

**抱歉**（ㄅㄠˋ ㄑㄧㄢˋ） 對人心中不安，過意不去。

**抱養**（ㄅㄠˋ ㄧㄤˇ） 把別人家的孩子抱來當自己的孩子撫養。

**抱憾**（ㄅㄠˋ ㄏㄢˋ） 心中存有遺憾的事。

**抱不平**（ㄅㄠˋ ㄅㄨˋ ㄆㄧㄥˊ） 心裡痛恨事情的不公平。

**抱佛腳**（ㄅㄠˋ ㄈㄛˊ ㄐㄧㄠˇ） 形容平時不準備，臨時著急的意思。

**抱殘守缺**（ㄅㄠˋ ㄘㄢˊ ㄕㄡˇ ㄑㄩㄝ） 図比喻守舊的人過於保守。

**抱頭鼠竄**（ㄅㄠˋ ㄊㄡˊ ㄕㄨˇ ㄘㄨㄢˋ） 形容狼狽逃避的情形。如「一陣密集的槍聲，敵人嚇得抱頭鼠竄」。

**抱薪救火**（ㄅㄠˋ ㄒㄧㄣ ㄐㄧㄡˋ ㄏㄨㄛˇ） 拿著柴去救火，越救火越旺。比喻做事不切實際，方法不合適，於事不但無益，反而有害。

**抱關擊柝**（ㄅㄠˋ ㄍㄨㄢ ㄐㄧˊ ㄊㄨㄛˋ） 図抱關：把守關隘的人；擊柝：敲梆子巡夜。指守城門和巡夜的小吏。語出〈孟子·萬章〉。

# 拌

▲ㄅㄢˋ ㈠攪和，攙和。如「涼菜裡添些作料，用筷子拌一拌」「把水泥和沙子拌勻」。㈡吵嘴。如「他們倆又拌嘴了」。

▲図ㄆㄢˋ 捨棄：「拌命」同「拚命」。

**拌和**（ㄅㄢˋ ㄏㄨㄛˋ） 攪拌。

**拌嘴**（ㄅㄢˋ ㄗㄨㄟˇ） 爭吵，吵嘴。

# 拍

ㄆㄞ 打擊。㈠用手或者平面體的器具來拍。如「他把身上的土拍了一拍」「拍蒼蠅」。㈡拍打的用具，常說成「拍子」或「拍兒」。如「球拍子」「蒼蠅拍兒」。㈢樂曲的節奏。如「三分之一拍」。㈣照相。如「拍了一張半身相」。

讀音ㄆㄛ。

**拍子**（ㄆㄞ ˙ㄗ） ①音樂上表明節拍的度數。如「三拍子」「你唱，我打拍子」。②拍東西的用具。如「球拍子」。

**拍打**（ㄆㄞ ˙ㄉㄚ） 打字輕讀。輕輕地用手或用小片的板子打。

**拍板**（ㄆㄞ ㄅㄢˇ） ①樂器名，用硬木三塊組成。又叫「鼓板」。②拍賣貨物時用的一塊木板。

**拍案**（ㄆㄞ ㄢˋ） 用手拍桌子，是情緒激動的舉動。如「拍案大罵」「拍案叫絕」。

**拍馬**（ㄆㄞ ㄇㄚˇ） 阿諛奉承，博人歡喜，也說「拍馬屁」。

**拍掌**（ㄆㄞ ㄓㄤˇ） 鼓掌，拍手。

**拍發**（ㄆㄞ ㄈㄚ） 發出（電報）。

**拍照**（ㄆㄞ ㄓㄠˋ） 攝影。

**拍賣**（ㄆㄞ ㄇㄞˋ） 貨物當眾估價或喊價發賣。

**拍攝**（ㄆㄞ ㄕㄜˋ） 用攝影機把人、物的形象照在底片上。如「拍攝電影」。

**拍手（兒）**（ㄆㄞ ㄕㄡˇ ㄦ） 鼓掌。

**拍片子**（ㄆㄞ ㄆㄧㄢˋ ㄗ˙） 攝製電影底片。

**拍紙簿**（ㄆㄞ ㄓˇ ㄅㄨˋ） 〔外〕一疊紙的一邊用膠粘住，便於一頁一頁撕下來的本子。（「拍」是英文pad的音譯）。

**拍胸脯**（ㄆㄞ ㄒㄩㄥ ㄆㄨˊ） 拍打前胸，表示自信滿滿敢做保證的意思。

**拍電報**（ㄆㄞ ㄉㄧㄢˋ ㄅㄠˋ） 發電報。

**拍老腔兒**（ㄆㄞ ㄌㄠˇ ㄑㄧㄤ ㄦ） 〔方〕仗著年紀大、資格老來教訓別人。和「倚老賣老」相似。

**拍案叫絕**（ㄆㄞ ㄢˋ ㄐㄧㄠˋ ㄐㄩㄝˊ） 拍桌子叫好，表示十分讚賞。

**拍電影兒**（ㄆㄞ ㄉㄧㄢˋ ㄧㄥˇ ㄦ） 見「拍攝」條。

## 拋

ㄆㄠ ㈠扔，投。如「拋球」「光陰不能虛拋」。㈡捨棄。如「你怎麼把家小都拋了」「拋頭顱，灑熱血」。㈢廉價傾銷。參看「拋售」。

**拋售**（ㄆㄠ ㄕㄡˋ） 把貨物或其他財物如股票等賤價大量賣出去。

**拋棄**（ㄆㄠ ㄑㄧˋ） ①扔掉，不要了。②棄權，不執行應有的權利。

**拋錨**（ㄆㄠ ㄇㄠˊ） ①把錨拋在水裡，用來停船。②車輛發生毛病不能行走。

**拋擲**（ㄆㄠ ㄓˋ） ①扔。②拋棄。

**拋物線**（ㄆㄠ ㄨˋ ㄒㄧㄢˋ） 數學名詞，是曲線的一種。把物體拋擲出去，落在遠處地面，這物體在空中經過的曲線，就是拋物線。

**拋磚引玉**（ㄆㄠ ㄓㄨㄢ ㄧㄣˇ ㄩˋ） 拿自己壞的東西，引出人家好的東西來。——這是首先發言的人或寫作的人，表示客氣自謙的用語。

**拋頭露面**（ㄆㄠ ㄊㄡˊ ㄌㄡˋ ㄇㄧㄢˋ） 舊時婦女守在閨房，不見生人；如果不得已外出而不規避生人，就是「拋頭露面」。

## 拚

▲ㄆㄢ 捨棄。又讀ㄆㄢˋ。▲ㄈㄣˋ ㈠掃除。㈡「拚箕」就是畚箕，盛垃圾的。

**拚命**（ㄆㄢˋ ㄇㄧㄥˋ） 〔方〕不顧性命。

## 抨

ㄆㄥ 見「抨擊」。

**抨彈**（ㄆㄥ ㄊㄢˊ） 〔文〕指彈劾、糾舉別人的過錯或罪惡。

**抨擊**（ㄆㄥ ㄐㄧ） 用言語或文字攻擊人。

## 披

ㄆㄧ ㈠散開，打開。如「披頭散髮」「披卷」（打開書看）。㈡作「搭蓋在身上」講的讀音。沒有袖子的衣著品的名稱用「披」字，如「披肩」「披風」。口語說ㄆㄟ 搭蓋在身上。如「披著衣裳沒伸上袖子」。

**披甲**（ㄆㄧ ㄐㄧㄚˇ） 軍士披上鎧甲。

**披卷**（ㄆㄧ ㄐㄩㄢˋ） 翻閱書籍。

**披拂**（ㄆㄧ ㄈㄨˊ） 〔文〕飄動，（微風）吹動。如「枝葉披拂」「春風披拂」。

**披肩**（ㄆㄧ ㄐㄧㄢ） ①搭蓋在兩肩上的服飾，婦女在冷天用（清代男人的朝服也加披肩）。②形容女人留長髮，下垂到肩部。如「長髮披肩」。

**披紅**（ㄆㄧ ㄏㄨㄥˊ） 用紅綢等披在人身上，以表示榮寵、慰勞或喜慶之意。

**披風**（ㄆㄧ ㄈㄥ） 一種沒有袖子，搭在身上的短外套，舊時婦女用來作禮服，現在作冷天的服飾。也說ㄆㄟ ㄈㄥ。

**披掛**（ㄆㄧ ㄍㄨㄚˋ） 穿戎裝。如「全身披掛」。披也念ㄆㄟ。

**披散**（ㄆㄧ ㄙㄢˇ） （頭髮、鬃毛等）散亂著下垂。

**披閱**（ㄆㄧ ㄩㄝˋ） 翻閱，把文件打開來看；也就是「披覽」「披讀」。

**披髮** ㄆㄧ ㄈㄚˇ 頭髮散亂。也念ㄆㄟ ㄈㄚˇ。

**披薩** ㄆㄧ ㄙㄚˋ 囡意大利脆餅。用麵粉作為主材料，上面依不同口味灑上各種蔬菜、肉類和調味料。（英文pizza的音譯）

**披靡** ㄆㄧ ㄇㄧˇ 図①草木隨風散倒的樣子。②軍隊潰散。如「望風披靡」。

**披露** ㄆㄧ ㄌㄨˋ ①文件的發表。②把事情宣布出來。

**披麻皴** ㄆㄧ ㄇㄚˊ ㄘㄨㄣ 國畫山水畫法之一，由王維首創，用如披麻葉的手法處理石頭的紋路，重渲染。

**披沙揀金** ㄆㄧ ㄕㄚ ㄐㄧㄢˇ ㄐㄧㄣ 比喻從大量的事物中選擇精華。如「披沙揀金，時時見寶」。或作「排沙簡金」。

**披肝瀝膽** ㄆㄧ ㄍㄢ ㄌㄧˋ ㄉㄢˇ 比喻開誠相見。也比喻極盡忠誠。

**披星戴月** ㄆㄧ ㄒㄧㄥ ㄉㄞˋ ㄩㄝˋ ①夜間趕路。也作「戴月披星」。②形容早出晚歸，工作繁重而奔波辛苦。

**披荊斬棘** ㄆㄧ ㄐㄧㄥ ㄓㄢˇ ㄐㄧˊ 比喻人開創事業的艱難過程。

**披堅執銳** ㄆㄧ ㄐㄧㄢ ㄓˊ ㄖㄨㄟˋ 披上堅固的鎧甲，拿起銳利的武器。指上戰場打仗。

**披麻帶孝** ㄆㄧ ㄇㄚˊ ㄉㄞˋ ㄒㄧㄠˋ 指子女為父母服喪帶孝。

**披髮左衽** ㄆㄧ ㄈㄚˇ ㄗㄨㄛˇ ㄖㄣˋ 古代指東方、北方少數民族的裝束（左衽：大襟開在左邊）。

**披頭散髮** ㄆㄧ ㄊㄡˊ ㄙㄢˋ ㄈㄚˇ ①頭髮不加梳攏，分散披垂下來。②形容人的懶惰放縱或失意，受災難，而不加修飾的樣子。披也讀ㄆㄟ。

## 抹

▲ㄇㄛˇ ㈠擦，塗掉。如「抹眼淚」「把這個字抹了」。㈡去除。如「只算整數，把零頭抹了」。㈢塗上。如「抹藥」「油手別往衣服上抹」。㈣摸弄。如「抹骨牌」。㈤是「放」或「拉」的意思。如「抹下臉來」。▲ㄇㄛˋ ㈠塗上，再軋平。如「抹上一層白灰」「用泥抹牆」。㈡轉，掉轉向；同「磨（ㄇㄛˋ）」。如「拐彎兒抹角兒」「抹頭就走」。㈢緊貼。如「抹胸」。

**抹子** ㄇㄛˋ ˙ㄗ 泥水匠抹（ㄇㄛˋ）泥灰用的工具。

**抹布** ㄇㄛˇ ㄅㄨˋ 擦桌椅等用的布。也叫「揩布」。

**抹胸** ㄇㄛˋ ㄒㄩㄥ 緊貼胸間的內衣，俗稱兜肚。

**抹殺** ㄇㄛˇ ㄕㄚ 又作「抹摋」「抹煞」。是勾消、完全不顧的意思。如「抹殺事實」「一筆抹殺」。

**抹黑** ㄇㄛˇ ㄏㄟ ①塗抹黑色。②比喻醜化。多指在選舉期間散布不利於對手的不實消息。

**抹零** ㄇㄛˇ ㄌㄧㄥˊ 付錢時不計算整數之外的尾數。

**抹額** ㄇㄛˋ ㄜˊ 又叫「抹頭」「帕額」，綁在額上的頭巾。

**抹藥** ㄇㄛˇ ㄧㄠˋ 擦藥。

**抹香鯨** ㄇㄛˇ ㄒㄧㄤ ㄐㄧㄥ 鯨的一種，重達六十至八十噸。頭部約占身長的三分之一，上頷略像桶，無齒，下頷小，有齒，噴水孔在頭部，體呈黑色，略帶赤褐色，腹部色淡。脂肪可製油和蠟。腸內分泌物叫做龍涎香，是貴重的香料。

**抹脖子** ㄇㄛˇ ㄅㄛˊ ˙ㄗ 用刀割斷自己的喉管。常指人自殺。

**抹一鼻子灰** ㄇㄛˇ ㄧˋ ㄅㄧˊ ˙ㄗ ㄏㄨㄟ 想討好而結果反落個沒趣。

## 抿

ㄇㄧㄣˇ ㈠輕輕地合上嘴。如「抿著嘴笑」。㈡嘴唇輕輕沾一下杯、碗，稍微喝一點叫抿一抿。㈢用小刷子蘸水或油刷頭髮。

**抿子** ㄇㄧㄣˇ ˙ㄗ 婦女梳頭時抹油用的小刷子。

**抿嘴笑** ㄇㄧㄣˇ ㄗㄨㄟˇ ㄒㄧㄠˋ 合著嘴微笑。

**拇** ㄇㄨˇ 手腳的大指頭叫「拇指」。小指頭也叫「小拇指」。

**拇印** ㄇㄨˇ ㄧㄣˋ 以手的拇指代印，捺印作為憑信，叫做拇印。也叫「手模」或「指印」。

**拇指** ㄇㄨˇ ㄓˇ 就是大拇指。

**拇戰** ㄇㄨˇ ㄓㄢˋ 宴會飲酒的時候，兩個人伸手指猜合計數，猜中的為勝，猜不中的罰酒。又叫「划拳」。

**拂** ▲ㄈㄨˊ ㈠撣，輕掃。如「拂去桌子上的塵土」。㈡文輕輕擦過。如「暖風拂面」。㈢文抖動，甩動。如「拂袖」「拂衣」。㈣文違背。如「不忍拂其意」。㈤文「拂塵」（蠅刷子）的簡稱。如「棕拂」。▲文ㄅㄧˋ同「弼」，當輔助講。如「法家拂士」。

**拂士** ㄅㄧˋ ㄕˋ 文「拂」同「弼」。輔弼的賢士。

**拂子** ㄈㄨˊ ㄗ˙ 拂㈤，就是「拂塵」，也叫「蠅刷子」，是趕蒼蠅或拂去塵土的用具。

**拂耳** ㄈㄨˊ ㄦˇ 逆耳，刺耳。

**拂拂** ㄈㄨˊ ㄈㄨˊ 文風輕吹的樣子。

**拂拭** ㄈㄨˊ ㄕˋ 文①除去塵埃。②受到恩惠。

**拂袖** ㄈㄨˊ ㄒㄧㄡˋ 文振動衣袖，表示不高興或憤怒。如「拂袖而去」。

**拂煦** ㄈㄨˊ ㄒㄩˇ 文（風）吹來溫暖。如「微風拂煦」。

**拂塵** ㄈㄨˊ ㄔㄣˊ 文①拂去塵土或趕蒼蠅的用具，用塵尾或馬尾做成，也叫「蠅刷子」。②指對遠來的人舉行歡迎的宴會，同「洗塵」。

**拂曉** ㄈㄨˊ ㄒㄧㄠˇ 文天快亮的時候。

**拊** 文ㄈㄨˇ ㈠撫摸，慰藉。如「拊循」。㈡輕輕拍打。如「拊舷而歌」。㈢攻打。如「拊背」。㈣見「拊掌」。

**拊背** ㄈㄨˇ ㄅㄟˋ 文輕拍肩背。

**拊循** ㄈㄨˇ ㄒㄩㄣˊ 文撫慰。又作「撫循」。

**拊掌** ㄈㄨˇ ㄓㄤˇ 文拍手。如「拊掌大笑」。也作「撫掌」。

**拊背扼喉** ㄈㄨˇ ㄅㄟˋ ㄜˋ ㄏㄡˊ 文比喻軍隊據守控制險要之地。

**拊掌大笑** ㄈㄨˇ ㄓㄤˇ ㄉㄚˋ ㄒㄧㄠˋ 拍手大笑。

**抵** ▲ㄉㄧˇ ㈠彼此相當，互相頂換。如「收支相抵」。㈡抗拒。如「抵抗」。㈢頂著。如「用棍子把門抵住」。㈣文達到，到了。如「平安抵家」。㈤「抵押」的簡詞。如「用房產作抵」。▲ㄉㄧˊ用在「抵命」「抵換」「抵償」「抵不住」等詞。▲文ㄓˇ同「抵」，「抵掌」也作「抵掌」。

**抵死** ㄉㄧˇ ㄙˇ 拼死（表示態度堅決）。

**抵抗** ㄉㄧˇ ㄎㄤˋ 抵禦，抗拒。

**抵事** ㄉㄧˇ ㄕˋ 方頂事；中用（多用於否定式）。如「究竟抵事不抵事，試一試看」。

**抵制** ㄉㄧˇ ㄓˋ 採取行動、方法或態度，對抗、阻止、消除某種勢力或不良情況。如「抵制外貨」「抵制強權侵略」。

**抵命** ㄉㄧˇ ㄇㄧㄥˋ 償命。

**抵押** ㄉㄧˇ ㄧㄚ ①欠人債務，用首飾器物作抵。②債務人為貸款而交付債權人的擔保品。

**抵消** ㄉㄧˇ ㄒㄧㄠ 把兩種作用相反的事物擺在一起，其作用互相消除。

**抵帳** ㄉㄧˇ ㄓㄤˋ 用實物或勞力等來還帳。

**抵牾** ㄉㄧˇ ㄨˇ 図相當於「牴觸」。

**抵換** ㄉㄧˇ ㄏㄨㄢˋ 私下把一樣東西用另一樣東西來頂替。又讀ㄉㄧˇ ˙ㄏㄨㄢ。

**抵補** ㄉㄧˇ ㄅㄨˇ 補足所缺的部分。

**抵當** ▲ㄉㄧˇ ㄉㄤˋ 用財物抵押。▲ㄉㄧˇ ㄉㄤˇ 阻止，抵禦。也作「抵擋」。

**抵罪** ㄉㄧˇ ㄗㄨㄟˋ 依犯罪的輕重，處以相當的刑罰。

**抵達** ㄉㄧˇ ㄉㄚˊ 到達。

**抵銷** ㄉㄧˇ ㄒㄧㄠ ①收付的數目相等而勾銷帳目。②正負數相同，總和成零。③指強弱相等的力量對抗消除。

**抵擋** ㄉㄧˇ ㄉㄤˇ 擋住壓力；抵抗。擋也作當。

**抵禦** ㄉㄧˇ ㄩˋ 抵擋；抵抗。

**抵賴** ㄉㄧˇ ㄌㄞˋ 有過或犯罪不肯承認。

**抵償** ㄉㄧˇ ㄔㄤˊ ①償命。②償還，賠償。

**抵觸** ㄉㄧˇ ㄔㄨˋ ①抵拒觸犯。②矛盾衝突。又作「牴觸」。

**抵不住** ㄉㄧˇ ˙ㄅㄨ ㄓㄨˋ 不字輕讀。不能抵抗，抵抗不了。

**抵押品** ㄉㄧˇ ㄧㄚ ㄆㄧㄣˇ 債務人押給債權人的物品，作為清償債務的保證。

**抵押權** ㄉㄧˇ ㄧㄚ ㄑㄩㄢˊ 債務人用不動產作抵押，為他日償還債務的保證。

## 拖（拕）

ㄊㄨㄛ ㈠牽引，拉拽。如「把箱子拖到牆角去」「一個人不起勁，拖住了全部工作」。㈡垂在後面，在後頭拉著。如「老牛拖著犁頭」。㈢延誤，向後推日子。如「這件事拖了一年，好容易才算完成」「工作拖拖拉拉，不趕緊辦」。

**拖欠** ㄊㄨㄛ ㄑㄧㄢˋ 應該償還而久不償還。

**拖吊** ㄊㄨㄛ ㄉㄧㄠˋ 通常指由大型車將小型車拖走。

**拖把** ㄊㄨㄛ ㄅㄚˇ 擦地板的工具，用許多布條或線繩綁在木棍的一頭做成。

**拖車** ㄊㄨㄛ ㄔㄜ 被牽引車拉著走的車輛，通常指汽車、電車等所牽引的車輛。

**拖延** ㄊㄨㄛ ㄧㄢˊ 推拖延誤時間。

**拖沓** ㄊㄨㄛ ㄊㄚˋ 図①做事拖延不爽快。②言詞累贅煩雜而不能把握要旨。

**拖帶** ㄊㄨㄛ ㄉㄞˋ 牽連。

**拖累** ㄊㄨㄛ ㄌㄟˋ 使受牽累。

**拖船** ㄊㄨㄛ ㄔㄨㄢˊ 港口設備之一，是一種蠢笨有力的小船，能拉動或推動輪船。

**拖鞋** ㄊㄨㄛ ㄒㄧㄝˊ 一種沒有後跟的便鞋。

**拖泥帶水** ㄊㄨㄛ ㄋㄧˊ ㄉㄞˋ ㄕㄨㄟˇ 不爽快，不簡潔。

**拖網漁船** ㄊㄨㄛ ㄨㄤˇ ㄩˊ ㄔㄨㄢˊ 使用拖網在海上作業的漁船。（拖網：一種形狀像袋子的漁網，使用時由漁船拖著，兜捕海洋底層魚蝦）。現在國際間已禁止使用。

**拖拖拉拉** ㄊㄨㄛ ㄊㄨㄛ ㄌㄚ ㄌㄚ 辦事遲緩，不趕緊完成。

## 拓

▲ㄊㄨㄛˋ ①推廣，開展，擴張。如「開拓業務」。②開墾。如「拓荒」。③「拓跋」是複姓。▲ㄊㄚˋ 同「搨」。▲図ㄓˊ 同「摭」。

**拓本** ㄊㄚˋ ㄅㄣˇ 同「搨本」。

**拓印** ㄊㄚˋ ㄧㄣˋ 把碑刻、銅器等的形狀和文字、圖形印下來，方法是在物體上蒙一層薄紙，先拍打使凹凸分明，然後上墨，使顯出文字、圖像來。

**拓地** ㄊㄨㄛˋ ㄉㄧˋ ①開闢土地。②図擴充領土。

**拓荒** ㄊㄨㄛˋ ㄏㄨㄤ 開荒。如：「拓荒者」。

**拓殖** ㄊㄨㄛˋ ㄓˊ 開墾荒地以便遷移人民去居住。

**拓撲學** ㄊㄨㄛˋ ㄆㄨ ㄒㄩㄝˊ 屬數學的一支，研究幾何圖形在連續改變形狀時還能保留不變的一些特性，只考慮物體間的位置關係，並不考慮距離和大小。（從英語 topology 音譯而來）

**抬（擡）** ㄊㄞˊ ㈠翹，向上高舉。如「抬一抬腿」「抬不起頭來」。㈡合起力量來搬動。如「兩人抬一桶水」「抬轎」。

**抬肩** ㄊㄞˊ ㄐㄧㄢ 肩字輕讀。指量製衣服，從胳肢窩到肩膀中間這個部分的尺寸。也叫「抬裉（ㄎㄣˋ）」。

**抬槓** ㄊㄞˊ ㄍㄤˋ 爭辯。

**抬價** ㄊㄞˊ ㄐㄧㄚˋ 提高價錢。

**抬舉** ㄊㄞˊ ㄐㄩˇ 舉字輕讀。獎勵，提拔。

**抬頭** ㄊㄞˊ ㄊㄡˊ ①仰起頭來。②情況轉好。如「他苦了這幾年，現在算是抬頭了」。③貨價變高。④書寫文字遇有尊稱處，另起一行或空下一字寫，叫做抬頭。

**抬頭紋** ㄊㄞˊ ㄊㄡˊ ㄨㄣˊ 額上的皺紋。

**拗（抝）** ▲ㄋㄧㄡˋ 拗不順從。如「他的脾氣真拗」「我拗不過他，就依著他辦了」。讀音ㄠˋ。▲図ㄠˇ 折斷，扭斷。如「拗折」「拗花」。▲ㄧㄠˋ 不順。看「拗口」條。▲図ㄩˋ 壓制。如「拗怒」。

**拗口** ㄠˋ ㄎㄡˇ 名詞或字句念起來不順口，發音容易錯誤。

**拗性** ㄠˋ ㄒㄧㄥˋ 性情固執。

**拗強** ㄠˋ ㄐㄧㄤˋ 倔強，不肯服人。

**拗彆** ㄠˋ ㄅㄧㄝˋ 彆字輕讀。①固執，不順和。如「他這個人很拗彆」。②爭執，不合作。如「他們倆拗彆起來了」。

**拗口令** ㄠˋ ㄎㄡˇ ㄌㄧㄥˋ 也叫「繞口令」或「急口令」。兒歌的一種；利用語言聲韻的重複交錯，組成句子，一念快了就容易念錯。例如「大花碗底下蓋著個大花活蝦蟆」。

**拈** ▲ㄋㄧㄢˊ 用手指頭夾取物品。▲ㄋㄧㄢˇ 同「捻」，用手指頭搓。

**拈弄** ㄋㄧㄢˊ ㄋㄨㄥˋ 把玩。

**拈香** ㄋㄧㄢˊ ㄒㄧㄤ 手指拿著香來拜神。

**拈鬮** ㄋㄧㄢˊ ㄐㄧㄡ 就是「抓鬮」，是分別暗寫了不同的姓名或意見，分別摺起來或團成紙球，混在一起，隨意從其中取出一個（或登記次序取出若干個），按照紙上所寫的來取決，作用和抽籤方式相同。

**拈花惹草** ㄋㄧㄢˊ ㄏㄨㄚ ㄖㄜˇ ㄘㄠˇ 「拈」，用手指取物；「惹」，沾惹。用以譏責男子到處留情，勾搭異性。

**拈輕怕重** ㄋㄧㄢˊ ㄑㄧㄥ ㄆㄚˋ ㄓㄨㄥˋ 接受工作時挑揀輕易的，害怕繁重的。

**拈酸吃醋** ㄋㄧㄢˊ ㄙㄨㄢ ㄔ ㄘㄨˋ 任意嫉妒、吃味兒的意思。

**拉** ▲ㄌㄚ ㈠扯，拽。㈡牽挽，拖動。如「拉車」。㈢連合，聯絡。如「東拉西扯」「拉交情」「拉關係」。「拉主顧」「拉生意」都是招攬生意，吸引顧客的意思。㈣扯開，使它變長。如「拉長了聲兒」「拉下臉來」。㈤演奏樂器的一種方法。如「拉胡琴」。㈥糞便的排泄。如「拉屎」。瀉肚也說「拉稀」。㈦図破壞。如「摧枯拉朽」。▲ㄌㄚˊ ㈠同「剌（ㄌㄚˊ）」，割的意思。如「手上拉了一個口子」「用刀子把梨拉開」。㈡「拉遢」同「邋遢」。▲ㄌㄚˇ (一)「半拉」就是一半，半個。(二)看「拉忽」條。

**拉丁** ㄌㄚ ㄉㄧㄥ ①舊時軍隊抓青壯年男子當兵。也說拉夫。②圖英 Latin 古羅馬。

**拉力** ㄌㄚ ㄌㄧˋ 物理學上指物品能承受拉伸力量如何，也就是韌性的強弱，說是「拉力」的大小。如「這張紙拉力大」。

**拉夫** ㄌㄚ ㄈㄨ 舊時軍隊抓老百姓充當夫役。

**拉手** ▲ㄌㄚ ㄕㄡˇ 握手。▲ㄌㄚ ˙ㄕㄡ，安裝在門窗或抽屜上便於用手開關的木條或金屬物等。

**拉朽** ㄌㄚ ㄒㄧㄡˇ 図摧毀那已朽的東西，比喻攻擊摧毀並不費力。常說成「摧枯拉朽」。

**拉扯** ㄌㄚ ˙ㄔㄜ ①拉(一)。如「別拉扯了，免得人家看到」。②提攜。如「你有出息，我才一把拉扯你出頭」。

**拉忽** ㄌㄚ ㄏㄨ 因忽字輕讀。①是粗心大意，疏忽。如「這是我一時拉忽」。②顢頇。也說成「拉裡拉忽(ㄌㄚˇ ˙ㄌㄧ ㄌㄚˇ ㄏㄨ)」。如「他真夠拉忽，什麼事情都辦不清楚」。

**拉抬** ㄌㄚ ㄊㄞˊ 抬高，助長。如「拉抬聲勢」「拉抬物價」。

**拉架** ㄌㄚ ㄐㄧㄚˋ 圀勸解雙方不要打架。

**拉坯** ㄌㄚ ㄆㄟ 一種製作陶器的方法，利用離心力做出器皿的雛形，再入窯去燒。

**拉風** ㄌㄚ ㄈㄥ 因流行，出鋒頭。

**拉倒** ㄌㄚ ㄉㄠˇ 因算了，作罷(ㄅㄚˋ)。

**拉帳** ㄌㄚ ㄓㄤˋ ①欠錢掛帳。②借債。

**拉場** ㄌㄚ ㄔㄤˇ ①舊指藝人在街頭圍成場地表演。②指撐場面或打開局面。又叫「拉場子」。

**拉稀** ㄌㄚ ㄒㄧ 瀉肚子。

**拉開** ㄌㄚ ㄎㄞ 開字輕讀。①使兩方分開。②拽開，扯開。

**拉鋸** ㄌㄚ ㄐㄩˋ ①用鋸子鋸斷木頭。②比喻一來一往連續不停的意思。

**拉縴** ㄌㄚ ㄑㄧㄢˋ ①逆水行船的時候，用繩拴住桅杆，在岸上由許多人拉著前進。②介紹雙方，使他們接近。

**拉雜** ㄌㄚ ㄗㄚˊ 不整潔，沒有條理。

**拉攏** ㄌㄚ ㄌㄨㄥˇ 攏字輕讀。①用方法進行聯絡。②使雙方互相接近。

**拉鏈** ㄌㄚ ㄌㄧㄢˋ 一種縫在衣服，口袋或皮包等上面，可以分開和鎖合的鏈條形製品。也叫「拉鎖」。

**拉麵** ㄌㄚ ㄇㄧㄢˋ 麵食的一種，把麵和好了用手拉成細條下鍋煮，比擀了切成的麵條吃起來柔韌。本來叫「抻麵」。

**拉手(兒)** ㄌㄚ ㄕㄡˇ ㄦ ①牽著手。如「手拉手兒」。②見面或分別時的握手。③合作的意思。

**拉丁文** ㄌㄚ ㄉㄧㄥ ㄨㄣˊ 拉丁族的文字，也就是古羅馬人的文字(拉丁族本指最初住在意大利半島的民族，後來泛指拉丁語系的意大利、法國、西班牙、葡萄牙人叫拉丁民族；西班牙、葡萄牙人移殖的南美洲叫拉丁美洲)。

**拉下臉** ㄌㄚ ㄒㄧㄚˋ ㄌㄧㄢˇ ①指不顧情面。②指露出不高興的表情。

**拉大鋸** ㄌㄚ ㄉㄚˋ ㄐㄩˋ 兩人用大鋸一來一往地鋸東西。比喻雙方你來我往，不斷地爭奪或辯論。

**拉生意** ㄌㄚ ㄕㄥ ˙ㄧ 招攬生意。

**拉交情** ㄌㄚ ㄐㄧㄠ ㄑㄧㄥˊ 拉攏感情，攀交情(多含貶義)。

**拉肚子** ㄌㄚ ㄉㄨˋ ˙ㄗ 腹瀉。

**拉後腿** ㄌㄚ ㄏㄡˋ ㄊㄨㄟˇ 比喻利用親密關係和感情牽制別人的行動（含貶義）。也說「扯後腿」。

**拉洋片** ㄌㄚ ㄧㄤˊ ㄆㄧㄢˋ 舊日民間文娛活動。在裝有凸透鏡的木箱中掛著各種畫片，表演者一邊拉換畫片，一面說唱畫片內容給觀眾看。也叫「拉大片」。

**拉鋸戰** ㄌㄚ ㄐㄩˋ ㄓㄢˋ 雙方勝敗難分，像拉鋸似的屢進屢退的戰爭。

**拉關係** ㄌㄚ ㄍㄨㄢ ㄒㄧˋ 跟關係較疏遠的人聯絡、拉攏，使有某種關係（多含貶義）。

**拉丁美洲** ㄌㄚ ㄉㄧㄥ ㄇㄟˇ ㄓㄡ 指中南美洲。

**拉拉雜雜** ㄌㄚ ㄌㄚ ㄗㄚˊ ㄗㄚˊ 零碎、不完整、沒有系統。

**拉不斷扯不斷** ㄌㄚ ㄅㄨˋ ㄉㄨㄢˋ ㄔㄜˇ ㄅㄨˋ ㄉㄨㄢˋ 言語煩絮囉嗦。

## 拎（[扌零]）

ㄌㄧㄥ 手提東西。如「拎著一隻皮箱」。

## 拐

ㄍㄨㄞˇ ㈠用欺詐手段把東西或人騙去。如「拐款潛逃」。㈡轉方向。如「往右一拐就到了」。㈢瘸腿。如「走路一拐一拐的」。㈣〔方〕彎曲的地方。如「拐角兒」。㈤用臂膀曲的力量一碰。如「用胳膊肘拐了他一下」。㈥通「柺」字。「柺杖」「柺棍」也可寫成「拐杖」「拐棍」。

**拐子** ㄍㄨㄞˇ ˙ㄗ ①柺杖。②腿腳瘸的人。③一種簡單的木製工具，形狀略像「工」字，中間直木長，兩頭橫木短。把絲紗等纏在上面，拿下來就可以成桄。④拐騙人口、財物的人。

**拐帶** ㄍㄨㄞˇ ㄉㄞˋ 將人或物品拐騙挾持逃走。

**拐騙** ㄍㄨㄞˇ ㄆㄧㄢˋ 用欺詐的手段騙走別人的東西，或誘騙人跟他走。

**拐角兒** ㄍㄨㄞˇ ㄐㄧㄠˇ ㄦ ①轉過牆角。②轉過牆角的地方。

**拐彎兒** ㄍㄨㄞˇ ㄨㄢ ㄦ ①行走時轉變方向。②道路轉變方向的地方。③說話不直說。如「他說話總好拐彎兒」。

**拐彎兒抹角兒** ㄍㄨㄞˇ ㄨㄢ ㄦ ㄇㄛˋ ㄐㄧㄠˇ ㄦ ①隨著道路的曲折前行。②說話故意不直爽，先說不緊要的事情，慢慢說到正題。③事情曲折複雜，要一段一段地詳細說明白。如「這件事讓他拐彎兒抹角兒細細說一說」。

## 拘

▲ㄐㄩ ㈠逮捕，用強力把人抓來。如「拘捕」。㈡把抓來的犯罪的人暫時關起來。如「拘留」。㈢限定，限制。如「不拘多少」「無拘無束」。㈣不變通，死板。如「這個人太拘了」。

▲ㄐㄩ 見「拘著」。

**拘役** ㄐㄩ ㄧˋ 一日以上未滿兩個月的剝奪自由刑。

**拘束** ㄐㄩ ㄕㄨˋ ①不自由，不自在。②不活潑。③管束限制。

**拘泥** ㄐㄩ ㄋㄧˋ 泥字輕讀。呆板不能變通。

**拘押** ㄐㄩ ㄧㄚ 拘禁。

**拘捕** ㄐㄩ ㄅㄨˇ 把人犯捉起來。

**拘留** ㄐㄩ ㄌㄧㄡˊ 把人犯暫時禁押起來。

**拘著** ㄐㄩ ˙ㄓㄜ ①謹守禮節，舉動不自然叫「拘著」。如「大家初次見面，總有點兒拘著」。②用禮貌來約束人。如「大家拿話拘著他，他倒不好意思胡鬧了」。

**拘牽** ㄐㄩ ㄑㄧㄢ 〔文〕束縛。

**拘票** ㄐㄩ ㄆㄧㄠˋ 法院或檢警機關簽發的強制被告或有關人到案的憑證。

**拘提** ㄐㄩ ㄊㄧˊ 法律名詞，法院以強制力使被告到案接受審判的手段。

**拘禁** ㄐㄩ ㄐㄧㄣˋ 看管監禁，不讓自由活動。

**拘管** ㄐㄩ ㄍㄨㄢˇ 管束。

**拘禮**（ㄐㄩ ㄌㄧˇ） 為禮法所拘束，不能變通適應環境。

**拘謹**（ㄐㄩ ㄐㄧㄣˇ） 考慮過多，不敢粗心大意，說話和舉動很不自然。

**拘攣**（ㄐㄩ ㄌㄨㄢˊ） 攣字也常輕讀。手腳抽筋的病狀。

**拘留所**（ㄐㄩ ㄌㄧㄡˊ ㄙㄨㄛˇ） 未經判刑的罪犯，暫時拘押的處所。

**拘攣兒**（ㄐㄩ ㄌㄨㄢˊ ㄦ） 攣字輕讀。蜷曲，彎彎曲曲。如「他的頭髮打拘攣兒是天生的，不是用夾子夾成的」。

**拘文牽義**（ㄐㄩ ㄨㄣˊ ㄑㄧㄢ ㄧˋ） 拘泥於成法，受約束牽制而不知變通。

**拘拘縮縮**（ㄐㄩ ㄐㄩ ㄙㄨㄛ ㄙㄨㄛ） 第二拘字輕讀。形容人的精神委靡不振。

## 拒

ㄐㄩˋ ㈠抵抗。如「抗拒」「拒敵於國門之外」。㈡不接受。如「拒不受賄」「來者不拒」。

**拒付**（ㄐㄩˋ ㄈㄨˋ） 拒絕交付（金錢、物品等）。

**拒交**（ㄐㄩˋ ㄐㄧㄠ） 拒絕交出或交付（款項或人員等）。

**拒收**（ㄐㄩˋ ㄕㄡ） 拒絕收受、受理（款項、禮物、學生等）。

**拒捕**（ㄐㄩˋ ㄅㄨˇ） 抗拒逮捕。

**拒馬**（ㄐㄩˋ ㄇㄚˇ） 一種障礙物，用圓木或鋼材交叉連成架，上面有帶尖刺的鐵絲等，用途是不讓人馬、車輛通過。

**拒絕**（ㄐㄩˋ ㄐㄩㄝˊ） 不答應，不允許。

**拒買**（ㄐㄩˋ ㄇㄞˇ） 消費者拒絕購買某些產品。

**拒載**（ㄐㄩˋ ㄗㄞˇ） 車輛等交通工具的駕駛員或公司拒絕搭載乘客或貨物。

**拒賣**（ㄐㄩˋ ㄇㄞˋ） 商店或經銷者拒絕販賣某些產品。

**拒抽二手煙**（ㄐㄩˋ ㄔㄡ ㄦˋ ㄕㄡˇ ㄧㄢ） 指不抽煙的人為了自身健康，有拒絕讓自己成為愛抽煙者的犧牲者的權利。是一種禁煙的口號。

**拒絕往來戶**（ㄐㄩˋ ㄐㄩㄝˊ ㄨㄤˇ ㄌㄞˊ ㄏㄨˋ） 指銀行對信用不好的客戶停止金融往來。引申為斷絕人際關係的意思。

## 招

ㄓㄠ ㈠點手叫人來。如「把手一招，他就來了」。㈡引來。如「招禍」「招怨」。㈢用公開的方式使人來。如「招標」「招生」。㈣惹，逗。如「好好地和小妹妹玩兒，別招她哭」「別招你媽生氣」。㈤傳染。如「這病招人，要注意預防」。㈥承認自己的罪狀。如「不打自招」。㈦明顯的標誌。如「市招」「招牌」。㈧「招數」的簡詞，看「招數」條。㈨蒙古地區的寺廟叫「召」，也作「招」。㈩姓。

**招子**（ㄓㄠ ˙ㄗ） [方]①招貼。②掛在商店門口寫明商店名稱的旗子或其他招攬顧客的標誌。③辦法、計策或手段。

**招引**（ㄓㄠ ㄧㄣˇ） ①引誘來。②領來。

**招生**（ㄓㄠ ㄕㄥ） 學校招收新生。

**招安**（ㄓㄠ ㄢ） [古]古時招撫盜匪，編成地方團隊。

**招收**（ㄓㄠ ㄕㄡ） 用考試或其他方式接收（學員、學徒等）。

**招考**（ㄓㄠ ㄎㄠˇ） 學校招人來應考。

**招兵**（ㄓㄠ ㄅㄧㄥ） 軍事機關招募兵士。

**招事**（ㄓㄠ ㄕˋ） 招惹事端。

**招供**（ㄓㄠ ㄍㄨㄥˋ） 犯罪者承認自己的罪狀。

**招兒**（ㄓㄠ ㄦ） ①就是「招數」。②招貼。③顯明的標誌。也叫「招子」。

**招呼** ▲ㄓㄠ ㄏㄨ 邀請。▲ㄓㄠ ˙ㄏㄨ ①交際場合或熟人相遇的交談。如「大家見了面，彼此招呼」。②接待，照料。如「要好好招呼客人」「街上車多，你要招呼著他」。③呼喚。如「我老遠就招呼，可是他沒聽見」。④囗吩咐，告訴。如「招呼他要這樣做」。⑤囗留神，小心。如「躲開這兒，招呼著上面的磚砸著你」「這麼冷還下水游泳，招呼你會受涼」。⑥囗指互相打鬥。如「他們倆就招呼上了」「兩個人都不相讓，招呼了兩下子，大家趕緊去拉架」。

**招股** ㄓㄠ ㄍㄨˇ 企業採用公司組織形式時募集股金。

**招待** ㄓㄠ ㄉㄞˋ ①接待客人。②負責接待賓客的人。

**招怨** ㄓㄠ ㄩㄢˋ 自己引來的怨恨。

**招架** ㄓㄠ ㄐㄧㄚˋ 抵擋。如「招架不住」。

**招致** ㄓㄠ ㄓˋ ①招收；搜羅（人才）。②引起（後果）。如「招致意外的損失」。

**招降** ㄓㄠ ㄒㄧㄤˊ 號召敵人來投降。

**招風** ㄓㄠ ㄈㄥ 指惹人注意而生出是非。

**招展** ㄓㄠ ㄓㄢˇ 擺動、飄蕩的樣子。如「迎風招展」。

**招租** ㄓㄠ ㄗㄨ 房屋出租，招人租賃房屋。也作「召租」。

**招徠** ㄓㄠ ㄌㄞˊ 用法子把對方招引過來，一般商店常用廣告或折扣等優待吸引顧客。

**招牌** ㄓㄠ ㄆㄞˊ 牌字輕讀。掛在商店門前，寫明店名的版子。

**招眼** ㄓㄠ ㄧㄢˇ 囗惹人注意。

**招集** ㄓㄠ ㄐㄧˊ 招呼大家集合在一起。

**招貼** ㄓㄠ ㄊㄧㄝ 張貼在街巷的廣告。

**招募** ㄓㄠ ㄇㄨˋ 募集。

**招惹** ㄓㄠ ㄖㄜˇ 惹字輕讀。逗引，招致和惹動。如「何必招惹是非」「那孩子很頑皮，招惹不得」。

**招搖** ㄓㄠ ㄧㄠˊ ①做事虛張聲勢。如「招搖撞騙」。②鋪張顯耀。如「那暴發戶處處擺闊，事事招搖」。③囗搖動的樣子。如「徘徊招搖」。

**招禍** ㄓㄠ ㄏㄨㄛˋ 引來災害；惹禍。

**招認** ㄓㄠ ㄖㄣˋ 自己承認過失或罪狀。

**招領** ㄓㄠ ㄌㄧㄥˇ 貼出通告或廣告，叫失主來認領取回失物。

**招魂** ㄓㄠ ㄏㄨㄣˊ 把鬼魂招引回來，是民間喪事中的一種儀式。

**招撫** ㄓㄠ ㄈㄨˇ 說服反叛者，使他們歸順。

**招數** ㄓㄠ ㄕㄨˋ 數字輕讀。①武術的一個動作，叫一個招數。②借作手段、計策的意思；常說成「招兒」，同「著（ㄓㄠ）兒」。如「耍花招兒」「這一步棋是個新招數」。

**招標** ㄓㄠ ㄅㄧㄠ 興建工程或進行大宗商品交易時，公布標準和條件，提出價格，招人承包或承買叫做招標。

**招親** ㄓㄠ ㄑㄧㄣ ①招男子到女家來結婚。又作「招贅」。②不經父母或媒人，在某種情形下私意結婚；舊小說上常用。

**招贅** ㄓㄠ ㄓㄨㄟˋ 女子招男子在女家成婚，婚後在女家生活。

**招攬** ㄓㄠ ㄌㄢˇ ①收羅。如「招攬人才」。②招徠，吸引。如「招攬顧客」。③把某事攬在自己方面。如「你喜愛招攬這些麻煩事」「招攬生意」。

**招手（兒）** ㄓㄠ ㄕㄡˇ（ㄦ） ①舉手招呼示意。②用手勢叫人來。

**招女婿** ㄓㄠ ㄋㄩˇ ㄒㄩˋ 為女兒招贅。

**招呼站** ㄓㄠ ㄏㄨ ㄓㄢˋ ①計程車公司設置固定招攬乘客的地點。②臨時設置的服務地點。

**招待所**（ㄓㄠ ㄉㄞˋ ㄙㄨㄛˇ）　機關、工廠等所設接待賓客或所屬單位來往的人員住宿的處所。

**招待會**（ㄓㄠ ㄉㄞˋ ㄏㄨㄟˋ）　對社會大眾或特定對象說明公布某事或表示歡迎，所舉行的集會。如「記者招待會」。

**招魂旛**（ㄓㄠ ㄏㄨㄣˊ ㄈㄢ）　習俗在死者靈柩前所立的旗旛。

**招兵買馬**（ㄓㄠ ㄅㄧㄥ ㄇㄞˇ ㄇㄚˇ）　①比喻建立軍事力量，準備作戰。②比喻招攬人籌組事業或進行政治活動。

**招災惹禍**（ㄓㄠ ㄗㄞ ㄖㄜˇ ㄏㄨㄛˋ）　引來災害或禍事。

**招降納叛**（ㄓㄠ ㄒㄧㄤˊ ㄋㄚˋ ㄆㄢˋ）　①招收接納敵方投降、叛變過來的人。②指網羅壞人，結黨營私。

**招財進寶**（ㄓㄠ ㄘㄞˊ ㄐㄧㄣˋ ㄅㄠˇ）　過年時春聯常用的吉祥話，希望財源廣進的意思。

**招搖撞騙**（ㄓㄠ ㄧㄠˊ ㄓㄨㄤˋ ㄆㄧㄢˋ）　使用招搖的方法（假借名義，虛張聲勢）來誘騙財物。

## 拄

ㄓㄨˇ　藉著木棍等支持身體。「拄柺棍兒」。

## 拙

ㄓㄨㄛˊ　㈠笨。如「弄巧成拙」「藏拙」。㈡自謙的詞。如「拙見」「拙作」。

**拙劣**（ㄓㄨㄛˊ ㄌㄧㄝˋ）　很不好，非常低劣。常指字句、圖畫等作品。

**拙作**（ㄓㄨㄛˊ ㄗㄨㄛˋ）　謙稱自己的作品。也作「拙著（ㄓㄨˋ）」。

**拙見**（ㄓㄨㄛˊ ㄐㄧㄢˋ）　謙稱自己的意見。

**拙荊**（ㄓㄨㄛˊ ㄐㄧㄥ）　〔文〕對人謙稱自己的妻子。也作「拙內」。

**拙笨**（ㄓㄨㄛˊ ㄅㄣˋ）　愚笨。

**拙筆**（ㄓㄨㄛˊ ㄅㄧˇ）　謙稱自己的書、畫作得不好。

**拙澀**（ㄓㄨㄛˊ ㄙㄜˋ）　拙劣晦澀，手法不高明、不順暢。如「譯文拙澀」。

**拙嘴笨腮**（ㄓㄨㄛˊ ㄗㄨㄟˇ ㄅㄣˋ ㄙㄞ）　口才不好。

## 拆

ㄔㄞ　㈠把連著或粘住、縫住的分開，把成組的弄散。如「拆開這封信」「拆被褥」「拆機器」。㈡破壞，毀壞。如「拆房子」「不必拆人家的和氣」。讀音ㄔㄜˋ。

**拆伙**（ㄔㄞ ㄏㄨㄛˇ）　合作的伙伴解散，結束合作關係。伙也作「夥」。

**拆字**（ㄔㄜˋ ㄗˋ）　同「測字」；是任意寫出或選定一個字，隨機解釋，來判斷疑難和預告吉凶的占卜方法。也讀ㄔㄞ ㄗˋ。

**拆卸**（ㄔㄞ ㄒㄧㄝˋ）　把完整組織起來的東西一部分一部分地拆開卸下來。如「拆卸機器」「拆卸零件」。

**拆封**（ㄔㄞ ㄈㄥ）　把封起來的東西（像信件、包裝品）拆開。

**拆洗**（ㄔㄞ ㄒㄧ）　洗字輕讀。衣服被褥的拆補洗濯。

**拆穿**（ㄔㄞ ㄔㄨㄢ）　就是「揭穿」；指說破真相，暴露實情。

**拆息**（ㄔㄞ ㄒㄧ）　商場中的臨時借款，按日計算利息，叫做拆息。也讀ㄔㄜˋ ㄒㄧ。

**拆除**（ㄔㄞ ㄔㄨˊ）　拆毀消除。

**拆帳**（ㄔㄞ ㄓㄤˋ）　無固定工資行業的人員，根據收入和工作量，按比例分錢，叫做拆帳。

**拆散**（ㄔㄞ ㄙㄢˋ）　把在一起的弄得分離零散。

**拆毀**（ㄔㄞ ㄏㄨㄟˇ）　拆除。

**拆臺**（ㄔㄞ ㄊㄞˊ）　①比喻從中破壞，使事體不能成功。②比喻對於彼此合作的事，中途故意退出，使事情不成。

**拆爛汙**（ㄔㄞ ㄌㄢˋ ㄨ）　〔方〕比喻不負責任，搞壞了事情。（爛汙：稀屎。）

## 抽

ㄔㄡ　㈠拔出，拉出。如「抽絲」「抽籤」。㈡脫開。如「及早抽身」。㈢從全部裡取出一部分。如「從一綑書裡抽出一本來」「抽肥補瘦」「抽工夫兒」。㈣植物發芽、生長。如「麥子抽芽」「新筍初抽」。㈤吸。如「抽菸」「抽水機」。㈥減、縮。如「這種布一洗就抽」「蝸牛抽進殼裡去了」。㈦用細的、軟的東西打。如「拿鞭子抽了一頓」。㈧攙、扶。如「小弟摔倒了，快把他抽起來」。㈨收稅。如「值百抽一」「抽地價稅」。㈩「抽瘋」的簡詞。

**抽斗** ㄔㄡ ㄉㄡˇ 〔方〕抽屜。

**抽打** ▲ㄔㄡ ㄉㄚˇ 打。▲ㄔㄡ ·ㄉㄚ 輕輕的拍打衣物，使附著的塵土去掉。

**抽考** ㄔㄡ ㄎㄠˇ ①只挑出一部分學生或科目來出題測驗。②在不固定的時間，對所學的課業作臨時的考試。

**抽身** ㄔㄡ ㄕㄣ 脫身離去。

**抽空** ㄔㄡ ㄎㄨㄥˋ 為了做別的事情而特別空出時間。

**抽芽** ㄔㄡ ㄧㄚˊ 植物長出芽來。

**抽查** ㄔㄡ ㄔㄚˊ 從全部裡抽出一部分來檢查。

**抽屜** ㄔㄡ ·ㄊㄧ 屜字輕讀。桌子、櫃子上裝置的可以抽出和推進去的盛東西的匣子。也叫「抽斗」。

**抽筋** ㄔㄡ ㄐㄧㄣ ①肌肉痙攣發痛。如「腿受了寒直抽筋兒」。②指處理肉食剔除筋絡，或泛指酷刑。如「剝皮抽筋」。

**抽絲** ㄔㄡ ㄙ ①抽繭取絲。②比喻進度緩慢。

**抽菸** ㄔㄡ ㄧㄢ 吸菸。

**抽象** ㄔㄡ ㄒㄧㄤˋ ①指無形不可能由感官覺察到的事實，特別是事物的性質或是事物之間的關係；與具象（具體）相對。②從事物之中去除個別的、非本質的屬性，抽取共同的、本質的屬性，作為思考的對象，也叫抽象。是形成概念必要的手續。③作畫時根據的是當時的心意作用。

**抽搭** ㄔㄡ ·ㄉㄚ 搭字輕讀。哭泣時候的吸氣，形容哭泣的聲音。也說「抽抽搭搭」。

**抽搐** ㄔㄡ ㄔㄨˋ 肌肉牽動痙攣（小孩子發高熱時候，時常有抽搐現象）。

**抽瘋** ㄔㄡ ㄈㄥ ①也作「抽風」。中醫稱急驚、慢驚、羊角等風症的發作，症狀多是口眼歪斜或手足痙攣。②罵人舉動過分沒有節制。

**抽樣** ㄔㄡ ㄧㄤˋ 從大量物品或材料中抽取少數做樣品。又叫「取樣」。

**抽獎** ㄔㄡ ㄐㄧㄤˇ 用抽籤的方式摸獎品。

**抽調** ㄔㄡ ㄉㄧㄠˋ 從人員或物資中調出一部分。

**抽穗** ㄔㄡ ㄙㄨㄟˋ 指小麥、高粱、稻子、玉米等農作物由葉鞘中長出穗。

**抽繹** ㄔㄡ ㄧˋ 〔文〕引出頭緒。也作「紬（ㄔㄡ）繹」。

**抽抽（兒）** ㄔㄡ ·ㄔㄡ 〔方〕第二個抽字輕讀。收縮。

**抽頭（兒）** ㄔㄡ ㄊㄡˊ 賭場主人（俗稱「頭家」）向贏錢的人抽取所贏錢額的一部分。

**抽皺（兒）** ㄔㄡ ·ㄓㄡ 皺字輕讀。指東西收縮起皺。如「抽皺得像風乾橘子」。也寫作「抽縐」。

**抽籤（兒）** ㄔㄡ ㄑㄧㄢ ①事物難以分配時，做暗號在幾個紙團上頭，每人抽取一個，憑運氣來決定分得哪一份的方法。也叫「拈鬮」。②在廟中占卜吉凶。

**抽水機** ㄔㄡ ㄕㄨㄟˇ ㄐㄧ 抽水的機器，就是唧筒。

**抽印本** ㄔㄡ ㄧㄣˋ ㄅㄣˇ 從整本書或刊物的印刷版中取出單篇來單獨印刷的版本。

**抽冷子** ㄔㄡ ㄌㄥˇ ·ㄗ 〔方〕突然；趁人不注意。

**抽風機** ㄔㄡ ㄈㄥ ㄐㄧ 抽取室內燥熱或帶有油煙的空氣的電器，製作原理跟電扇相同，而裝置正好相反。

**抽氣機** ㄔㄡ ㄑㄧˋ ㄐㄧ 排除容器內空氣的機器（利用唧筒的原理製成）。

**抽象畫** ㄔㄡ ㄒㄧㄤˋ ㄏㄨㄚˋ 指具有超現實主義意識的畫作。它的形象與自然形象不同，有時帶有幾何形體或設計觀念。西洋美術在立體派流行時就已開始探索抽象造形觀念。這種藝術的兩種主要導源，一是主張以幾何形體構成正式的美，反對用曲線，而以水平線、長方或方形構成。一是主張繪畫以色彩、點、線、面，表現主觀的情感。

**抽工夫(兒)** ㄔㄡ ㄍㄨㄥ ˙ㄈㄨ ㄦ 為了做別的事情而特地抽出時間來。

**抽水馬桶** ㄔㄡ ㄕㄨㄟˇ ㄇㄚˇ ㄊㄨㄥˇ 安有抽水裝置，可隨時沖去糞便保持清潔的便盆。

**抽抽噎噎** ㄔㄡ ㄔㄡ ㄧㄝ ㄧㄝ 第二個抽字輕讀。同「抽搭」，也說「抽抽搭搭」。哭泣時一吸一頓的聲音和樣子。

**抽油煙機** ㄔㄡ ㄧㄡˊ ㄧㄢ ㄐㄧ 廚房中用來排出烹飪時產生油煙的家電用品。

**抽肥補瘦** ㄔㄡ ㄈㄟˊ ㄅㄨˇ ㄕㄡˋ 拿充裕的部分來彌補不足的部分。

**抽絲剝繭** ㄔㄡ ㄙ ㄅㄛ ㄐㄧㄢˇ 一步一步分析問題、尋找答案或真相的過程。

**抽樣調查** ㄔㄡ ㄧㄤˋ ㄉㄧㄠˋ ㄔㄚˊ 統計方法之一，於總體中隨機抽取一定數量的部分進行調查，並以其結果推斷統計總體的一般情況。

**押** ▲ㄧㄚ ㈠向人借錢，把東西留給債權人作保證。如「以提貨單作押」。㈡拘留。如「押起來」「在押」。㈢跟隨看管。如「押車」「押運貨物」。㈣壓制，擱住不動，與「壓」通用。如「拿大話押一押」「公文押在他手裡」。▲ㄧㄚˊ在文件或簿冊上簽名。如「簽押」「畫押」。

**押尾** ㄧㄚ ㄨㄟˇ 在文書契約的末尾或兩紙縫之間簽名。

**押車** ㄧㄚ ㄔㄜ 隨車照料或看管（物品等）。也作「壓車」。

**押金** ㄧㄚ ㄐㄧㄣ 供抵押的錢，也就是賠償保證金，像租借物品、租船等時交付押金。

**押租** ㄧㄚ ㄗㄨ 租住房屋時向房主所交的保證金。

**押送** ㄧㄚ ㄙㄨㄥˋ ①拘送犯人或俘虜交給有關方面。②押運。

**押款** ㄧㄚ ㄎㄨㄢˇ 以貨物或有價證券等，向金融機關抵押借款。

**押隊** ㄧㄚ ㄉㄨㄟˋ 跟在隊伍後面保護或監督。又作「壓隊」。

**押解** ㄧㄚ ㄐㄧㄝˋ ①拘送犯人。②監督運送。

**押運** ㄧㄚ ㄩㄣˋ 監督運送。

**押櫃** ㄧㄚ ㄍㄨㄟˋ 方舊時店員受雇於商店或人力車、三輪車工人向車廠租車時所繳的保證金。

**押韻** ㄧㄚ ㄩㄣˋ 同「壓韻」，就是詩、賦、歌、曲每句末字用韻母相叶的字。也叫「韻腳」。西洋詩文中，在一行末尾，用音調的某母音，在下一行或隔一兩行末尾也用同一母音，也稱押韻。在中世紀就已開始，因而產生十四行詩、短歌等韻文。

**押起來** ㄧㄚ ㄑㄧˇ ㄌㄞˊ 收押、羈押（犯人）。

**抴** 又、ㄧ 同「拽」，牽引的意思。

## 六筆

**拼(拚)** ㄆㄧㄣ ㈠湊在一塊兒。如「七拼八湊」「用七巧板拼成一個花式」。㈡「拚命」的通常說法。如「跟敵人拼了」。

**拼命**（ㄆㄧㄣ ㄇㄧㄥˋ） ①不顧性命去做，就是「拚命」。②努力，盡力。如「遇到月考，他總拼命開夜車」。

**拼版**（ㄆㄧㄣ ㄅㄢˇ） 按照書刊要求的大小和式樣，把排好的鉛字等組成版面。

**拼音**（ㄆㄧㄣ ㄧㄣ） ①連綴字母成複合音。②從標音文字讀出音來。

**拼湊**（ㄆㄧㄣ ㄘㄡˋ） 把零星的聚合起來。

**拼綴**（ㄆㄧㄣ ㄓㄨㄟˋ） 連接；組合。

**拼寫**（ㄆㄧㄣ ㄒㄧㄝˇ） 用拼音字母按照拼音規則書寫。

**拼盤**（ㄆㄧㄣ ㄆㄢˊ） 用兩種以上的涼菜（多為滷肉、海蜇皮、松花等冷葷）擺在一個菜盤裡拼成的菜。

**拼死拼活**（ㄆㄧㄣ ㄙˇ ㄆㄧㄣ ㄏㄨㄛˊ） 為了達到某個目的，犧牲一切也在所不惜。

**拼花地板**（ㄆㄧㄣ ㄏㄨㄚ ㄉㄧˋ ㄅㄢˇ） 又叫「鑲嵌地板」。以硬木條鋪釘於普通木料地板上，或膠固於水泥地面，拼成各種花紋的優質地板面層。

**拼音文字**（ㄆㄧㄣ ㄧㄣ ㄨㄣˊ ㄗˋ） 用符號（字母）來表示語音的文字。現代世界多數國家和我國的藏文、蒙文、維吾爾文，都是拼音文字。

**拼音字母**（ㄆㄧㄣ ㄧㄣ ㄗˋ ㄇㄨˇ） ①拼音文字所用的字母。②指大陸漢語拼音方案採用的為漢字注音的二十六個拉丁字母。

## 挑

▲ㄊㄧㄠ (一)在扁擔兩頭拴上東西，用肩膀擔著走，叫「挑」。(二)兩頭拴上東西的扁擔叫「挑子」「挑兒」。如「菜挑子」「一挑兒土」。(三)選擇。如「挑好的」「把米裡的沙子挑出來」。

▲ㄊㄧㄠˇ (一)舉起，支起，翹起。如「挑著旗子」「挑眉立目」。(二)用器具撥。如「挑火（把炭火撥一撥使爐火旺一些）」。(三)用刀槍的頭刺穿人的身體。如「迎面一槍刺就把撲來的敵人挑了」。(四)搬弄，煽動。如「挑弄是非」。(五)刺激，引動。如「這句話真挑人的火兒」。(六)楷書一種由下斜著向上寫的筆法。提手旁的末筆就是一挑。

▲ㄊㄠ 看「挑達」條。

**挑夫**（ㄊㄧㄠ ㄈㄨ） 替人擔運東西的工人。

**挑食**（ㄊㄧㄠ ㄕˊ） 指對食物有所選擇，有的愛吃，有的不愛吃或不吃。

**挑剔** ▲ㄊㄧㄠ ㄊㄧ 書法的筆畫名稱，由下往上斜提的叫挑，由上往右下方挫的叫剔。▲ㄊㄧㄠ ˙ㄊㄧ（也說成挑踢）①嚴格的找缺點，挑出好的，除去壞的。②苛求責備，近似「吹毛求疵」的意思。

**挑唆**（ㄊㄧㄠˇ ㄙㄨㄛ） 挑動教唆，使人生嫌隙。

**挑動**（ㄊㄧㄠˇ ㄉㄨㄥˋ） ①引起；惹起。如「挑動是非」。②挑撥；搧動。如「挑動戰爭」。

**挑眼**（ㄊㄧㄠ ㄧㄢˇ） 因挑剔人家的差錯，故意為難。

**挑逗**（ㄊㄧㄠˇ ㄉㄡˋ） 也作「挑鬥」。①招惹。②調戲。

**挑揀**（ㄊㄧㄠ ㄐㄧㄢˇ） 選擇。

**挑達**（ㄊㄠ ㄉㄚˊ） 因態度輕浮，不端莊。也可寫成「佻撻」（讀成ㄊㄧㄠ ㄊㄚˋ）。

**挑撥**（ㄊㄧㄠˇ ㄅㄛ） ①播弄是非，引起別人的爭鬧。如「挑撥離間（ㄐㄧㄢˋ）」。②激怒。

**挑嘴**（ㄊㄧㄠ ㄗㄨㄟˇ） 吃東西偏食。

**挑戰**（ㄊㄧㄠˇ ㄓㄢˋ） ①激引敵人出來打仗。②激動對方參加競賽。③用言語或行動激動別人。④先向對方採取行動引起爭鬥或戰爭。

**挑擔** ㄊㄧㄠ ㄉㄢˋ ①指「挑擔子」「挑挑兒」，「挑擔的」就是挑擔子的人。②俗稱同門的女婿，就是「連襟」。

**挑燈** ㄊㄧㄠˇ ㄉㄥ ①撥動燈芯、燭心，使更明亮些。②在夜裡把燈燭高高地挑架起來，便於工作行動。如「挑燈夜讀」「挑燈夜戰（古時軍人夜間作戰常用這話來說）」。

**挑選** ㄊㄧㄠ ㄒㄩㄢˇ 選擇。

**挑釁** ㄊㄧㄠˇ ㄒㄧㄣˋ 故意惹起爭端。故意找碴兒，找爭鬥的藉口。

**挑手（兒）** ㄊㄧㄠ ㄕㄡˇ ㄦ 國字偏旁的一種，就是「扌」。也叫「提手兒」。

**挑花（兒）** ㄊㄧㄠ ㄏㄨㄚ ㄦ 手工藝的一種，在棉布或麻布的經緯線上用彩色的線挑出許多很小的十字作為裝飾。

**挑大樑** ㄊㄧㄠ ㄉㄚˋ ㄌㄧㄤˊ ①指戲劇等藝術表演中擔任主要演員或主要角色。②泛指承擔重要的、起支柱作用的工作。

**挑毛病** ㄊㄧㄠ ㄇㄠˊ ㄅㄧㄥˋ 病字輕讀。挑剔小錯誤；指摘缺點。

**挑刺兒** ㄊㄧㄠ ㄘˋ ㄦ 〔方〕指摘；挑剔（言語行動方面的缺點）。

**挑字眼兒** ㄊㄧㄠ ㄗˋ ㄧㄢˇ ㄦ 從措辭用字上找小毛病。

**挑弄是非** ㄊㄧㄠˇ ㄋㄨㄥˋ ㄕˋ ㄈㄟ 無中生有，製造是非。

**挑肥揀瘦** ㄊㄧㄠ ㄈㄟˊ ㄐㄧㄢˇ ㄕㄡˋ 挑選對自己有利的（含貶義）。

**挑燈夜戰** ㄊㄧㄠˇ ㄉㄥ ㄧㄝˋ ㄓㄢˋ 把燈掛在高處，以方便在夜晚工作。指人在晚上趕工幹活兒。

**拿** ㄋㄚˊ ㈠取，取得。如「把書從架子上拿下來」「錢用完了再來拿」。㈡在手裡握著，抓著。如「拿筷子」「拿不動」。㈢掌握，主持。如「拿主意」「拿事的」。㈣用。如「拿話鼓勵他」。㈤把。如「拿事當事」「怎麼能拿騙子當朋友看待」。㈥捕捉。如「拿蝗蟲」「狗拿耗子」。㈦〔方〕妨害，侵害。如「黃瓜叫害蟲拿得都不長了」「叫糖尿病把他拿苦了」。㈧捉住把柄來要挾。如「借著這事情拿他一把」。

**拿人** ㄋㄚˊ ㄖㄣˊ ①刁難人，要挾人。②舊時官府捉人叫「拿人」。

**拿手** ▲〔方〕ㄋㄚˊ ㄕㄡˇ 最精於此道的，最擅長的；多指技藝而言。如「這是他的拿手功夫」「拿手好戲」。▲ㄋㄚˊ ˙ㄕㄡ ①把握，信心。如「做這一件事，他很有拿手」。②憑藉，把柄。如「有這樣一個極好的拿手，就不該輕易放過他」。

**拿事** ㄋㄚˊ ㄕˋ 掌握大權。「拿事的」就是掌權的人。

**拿捏** ㄋㄚˊ ㄋㄧㄝ 〔方〕①扭捏。②刁難，要挾。

**拿問** ㄋㄚˊ ㄨㄣˋ 捕捉審問。

**拿喬** ㄋㄚˊ ㄑㄧㄠˊ 〔方〕裝模作樣或故意表示為難，以抬高自己的身價。

**拿開** ㄋㄚˊ ㄎㄞ 開字輕讀。移開，搬走。

**拿糖** ㄋㄚˊ ㄊㄤˊ 〔方〕擺架子。也說「拿喬」。

**拿辦** ㄋㄚˊ ㄅㄢˋ 把犯罪的人捉住法辦。

**拿獲** ㄋㄚˊ ㄏㄨㄛˋ 捉住（犯罪的人）。

**拿權** ㄋㄚˊ ㄑㄩㄢˊ 掌握權力。

**拿大頂** ㄋㄚˊ ㄉㄚˋ ㄉㄧㄥˇ 〔方〕用兩手拄地，頭朝下，兩腳向上倒豎，叫「拿大頂」；也是一種武藝。

**拿主意** ㄋㄚˊ ㄓㄨˇ ㄧˋ 決定處理事情的方法或對策。

**拿架子** ㄋㄚˊ ㄐㄧㄚˋ ˙ㄗ 也就是「擺架子」「拿喬」「拿糖」，就是故意作態或故意表示為難，來抬高自己的身分，或刁難別人。

**拿破崙** ㄋㄚˊ ㄆㄛˋ ㄌㄨㄣˊ [留]人名，Napoleon Bonaparte（一七六九—一八二一），是法國的英雄皇帝，後為英國所敗，被放逐於聖赫拿島而死。

**拿手好戲** ㄋㄚˊ ㄕㄡˇ ㄏㄠˇ ㄒㄧˋ 擅長的某種技術。

**拿印把兒的** ㄋㄚˊ ㄧㄣˋ ㄅㄚˇ ㄦ ˙ㄉㄜ 指做官、掌權的人。

## 括

ㄍㄨㄚ ㈠包含。㈡結，約束。如「總括起來」。㈢「搜刮」的「刮」也寫作「括」，是搜求的意思。又讀ㄎㄨㄛˋ。

**括弧** ㄍㄨㄚ ㄏㄨˊ 也說ㄎㄨㄛˋ ㄏㄨˊ，就是「括號」。

**括號** ㄍㄨㄚ ㄏㄠˋ 也說ㄎㄨㄛˋ ㄏㄠˋ。①標點符號夾註號的一種，用來表示其他文句的插入，式樣是（ ）。②算術上表示幾個數目的運算應該總括成一個的符號，有括線（用於數字頂上）、大括號、中括號、小括號的分別。

**括約肌** ㄎㄨㄛˋ ㄩㄝ ㄐㄧ 靠近肛門、尿道等排泄口，能發生收張作用的肌肉。

## 拱

ㄍㄨㄥˇ ㈠兩手合在一起的一種動作。如「拱一拱手兒」。㈡兩手圍起來的大小粗細。如「拱璧（大璧，是古時的寶物）」「拱木」。㈢弧形建築。如「拱橋」「橋拱」。㈣圍著，環繞著。如「眾星拱月」。㈤肩膀兒向上聳。如「拱肩縮背」。㈥慢慢推動或頂起。如「豬把豬欄拱破了」「新的芽兒把土都拱起來了」。

**拱木** ㄍㄨㄥˇ ㄇㄨˋ [方]兩手可圍抱的大木頭。

**拱辰** ㄍㄨㄥˇ ㄔㄣˊ [文]比喻四方歸向的意思（北極星叫北辰，眾星環繞著它）。如「我國唐代，萬國來朝，勢如拱辰」。

**拱抱** ㄍㄨㄥˇ ㄅㄠˋ （山巒）環繞，環抱。如「群峰拱抱」。

**拱門** ㄍㄨㄥˇ ㄇㄣˊ ①弧形的門。②圓弧形的橋洞。

**拱衛** ㄍㄨㄥˇ ㄨㄟˋ 環繞著護衛。

**拱橋** ㄍㄨㄥˇ ㄑㄧㄠˊ 中部高起，橋洞呈弧形的橋。

**拱璧** ㄍㄨㄥˇ ㄅㄧˋ 大璧。

**拱手（兒）** ㄍㄨㄥˇ ㄕㄡˇ ㄦ 雙手作揖行禮。

## 拷

ㄎㄠˇ ㈠打，特別指用板子、藤棍之類的刑具來打。㈡「拷貝」的縮語。如「我的遙控器壞了，幸虧上月我去拷了個備份」。

**拷打** ㄎㄠˇ ㄉㄚˇ 審問案件或追問事由的時候，對被問者行刑毒打。

**拷貝** ㄎㄠˇ ㄅㄟˋ 由英文 copy 音譯的詞。①電影底片複製的正片。②文件抄本、謄本或複印本。③複寫或複印。④複寫紙或複印紙叫「拷貝紙」，也簡稱「拷貝」。

**拷問** ㄎㄠˇ ㄨㄣˋ 對犯人用拷打的方法來審問口供，強迫他招認。

**拷貝筆** ㄎㄠˇ ㄅㄟˋ ㄅㄧˇ 鉛筆的一種，複寫用的，遇濕則變成紫色，俗稱「變色（鉛）筆」。

## 拮

[文]ㄐㄧㄝˊ 看「拮据」條。

**拮据** ㄐㄧㄝˊ ㄐㄩ [文]①手部動作不靈活。②事情難為，手足忙亂。③境況窘迫，缺少錢。如「平時隨意浪費，就不免弄得手頭拮据」。

## 挈

[文]ㄑㄧㄝˋ ㈠舉，提起。如「提綱挈領」。㈡拿著，提著。如「班白者不提挈」。㈢帶著。如「扶老挈幼」。

**挈眷** ㄑㄧㄝˋ ㄐㄩㄢˋ [文]帶領家眷。

**挈領** ㄑㄧㄝˋ ㄌㄧㄥˇ [文]①舉出，提示要領。如「提綱挈領」。②刎頸。

**拳** ㄑㄩㄢˊ ㈠就是「拳頭」。如「兩手握拳」。㈡「拳術」的簡稱。如「打一套拳」「賽拳」。㈢彎曲。通「蜷」。「鬈拳耳戢」是形容猛獸失威的樣子。㈣見「拳拳」。

**拳手** ㄑㄩㄢˊ ㄕㄡˇ ①練拳術武藝的人。②拳擊比賽員。

**拳曲** ㄑㄩㄢˊ ㄑㄩ 彎曲。

**拳法** ㄑㄩㄢˊ ㄈㄚˇ 拳術或拳擊運動的打擊方法，如刺、勾、擺、抄等。

**拳勇** ㄑㄩㄢˊ ㄩㄥˇ 図有勇力而精於技擊的人。

**拳拳** ㄑㄩㄢˊ ㄑㄩㄢˊ 図懇摯忠誠的樣子。如「拳拳服膺」。

**拳術** ㄑㄩㄢˊ ㄕㄨˋ 拳腳並用的徒手武術。

**拳腳** ㄑㄩㄢˊ ㄐㄧㄠˇ ①拳術。②拳打腳踢的略語。如「拳腳並施」。

**拳頭** ㄑㄩㄢˊ ˙ㄊㄡ 屈著指頭握緊的手。

**拳擊** ㄑㄩㄢˊ ㄐㄧ 西洋拳賽，是一種運動項目。

**指** ㄓˇ ㈠手指頭或腳指頭。如「首屈一指」「食指」。㈡用手指頭指點。如「往東一指」。㈢對著，衝著，向著。如「時針正指十二點」。㈣指示，指出。如「把道理指給我們」。㈤希望，仰仗。如「就指著他能出個好主意」。㈥直立起來。如「怒髮上指」「令人髮指」。㈦說深度或寬度，有時用「指」來比方。如「下了五指雨」「三指寬」。㈧図人口的數目。如「食指浩繁」。

**指引** ㄓˇ ㄧㄣˇ ①指示和引導。②幫助教學的書叫教學指引。

**指正** ㄓˇ ㄓㄥˋ ①指出錯誤，予以改正。②客套話，用於請人批評自己的作品或意見。

**指印** ㄓˇ ㄧㄣˋ ①手指尖的內面接觸到東西留下的指紋痕跡。②特別用手指沾上印泥或墨色，然後按在紙上所印出來的指紋痕跡，舊時常代替簽名證明之用。

**指日** ㄓˇ ㄖˋ 図不日，不久；指很快了，時間就要到了。如「指日成功」「指日可待」。

**指斥** ㄓˇ ㄔˋ 指摘責備。

**指示** ㄓˇ ㄕˋ ①用手指出事物給別人看。②對下屬的囑咐，說明處理事情的原則和方法。③請教別人時所用的敬詞，意思就是「指教」。如「這件事情請您多多指示」「多承指示，萬分感激」。

**指甲** ㄓˇ ㄐㄧㄚˇ 甲字輕讀。長在手指和腳趾端的角質硬蓋。北京話也說ㄓ ˙ㄐㄧㄚ。

**指名** ㄓˇ ㄇㄧㄥˊ 指出人或事物的名字。如「指名道姓」。

**指事** ㄓˇ ㄕˋ 六書之一。指事是說字由象徵性的符號構成。如「上」字古寫作「𠄞」，「下」字古寫作「𠄟」。

**指使** ㄓˇ ㄕˇ 自己主謀，叫別人動手去做。

**指定** ㄓˇ ㄉㄧㄥˋ 確定（做某件事的人、時間、地點等）。

**指明** ㄓˇ ㄇㄧㄥˊ 明白指示。

**指南** ㄓˇ ㄋㄢˊ ①指示方向。②書籍或小冊的題名用詞，意思是解決問題的正確途徑，辦好事情的最好方法。如「旅行指南」「處世指南」。

**指派** ㄓˇ ㄆㄞˋ 派遣（某人去做某項工作）。

**指書** ㄓˇ ㄕㄨ 用手指頭蘸墨代替毛筆寫字。

**指紋** ㄓˇ ㄨㄣˊ 人手指第一節內面，成螺旋形的凹凸紋路。據專家研究，沒有人的指紋相同，因此刑事鑑識人員拿指紋作為辨識鑑別的重要參考資料。

**指迷** ㄓˇ ㄇㄧˊ 指點人使其走出迷途。

**指針** ㄓˇ ㄓㄣ ①鐘表的面上指示時間的針，分為時針、分針、秒針。②儀表指示度數的針。③比喻辨別正確方向的依據。

**指控** ㄓˇ ㄎㄨㄥˋ 指責和控訴。

**指教** ㄓˇ ㄐㄧㄠˋ 指示、教導（向人求教時用的詞）。如「請您常常指教」。

**指責** ㄓˇ ㄗㄜˊ 挑出錯誤，加以批評。

**指揮** ㄓˇ ㄏㄨㄟ 發號施令，叫別人遵行。像調度和布置部隊，領導很多人共同從事一項工作或其他集體行動，都叫做指揮。

**指掌** ㄓˇ ㄓㄤˇ 図①比喻又近又顯明。如「他對這件事情瞭如指掌」。②比喻很容易達到。晉書上有「取蜀如指掌」的話。

**指畫** ㄓˇ ㄏㄨㄚˋ ①揮動手指；指點。②國畫的一種特殊畫法，用指頭、指甲和手掌蘸水墨或顏色畫畫兒。③用②所敘述的方法畫出的國畫。

**指摘** ㄓˇ ㄓㄜˊ 指出錯誤的所在。

**指數** ㄓˇ ㄕㄨˋ ①代數式。指示某數自乘若干次，在該數的右肩記上小的數字，所記的小數字叫「指數」。如$5^2$就是5×5，2是5的指數。②一種表現經濟現象的變動和比例的數字，把一定時期的物價、工資等數字作為一〇〇（基數），據此而用比例表示它增減的百分數，就叫「指數」。

**指標** ㄓˇ ㄅㄧㄠ ①指示牌。②工作計畫或生產計畫要求達到的一定標準。

**指模** ㄓˇ ㄇㄛˊ 指印。也作「指摹」。

**指導** ㄓˇ ㄉㄠˇ 指示和引導。

**指頭** ㄓˇ ·ㄊㄡ 手指。加「手」字時北京人說ㄕㄡˇ ㄓ·ㄊㄡ。

**指環** ㄓˇ ㄏㄨㄢˊ 套在指上的環形飾物；也叫戒指。

**指點** ㄓˇ ㄉㄧㄢˇ ①同「指示」「指教」。②指示某種事情或傳授某種方法。

**指顧** ㄓˇ ㄍㄨˋ 図形容極迅速。如「指顧間事」。

**指望（兒）** ㄓˇ ㄨㄤˋ（ㄦ） 對於事物或別人所寄予的好希望。如「這個人的病一天天惡化，看樣子一點指望都沒有了」。

**指甲花** ㄓˇ ㄐㄧㄚˇ ㄏㄨㄚ 甲字輕讀。古人以鳳仙花的色素製成顏料塗在指甲上，所以鳳仙花也叫做「指甲花」。「指甲」，北京話也說ㄓ·ㄐㄧㄚ。

**指南針** ㄓˇ ㄋㄢˊ ㄓㄣ 用磁針指示南北方向的儀器，精密的叫羅盤（和紙、印刷術、火藥合稱為我國古代的四大發明）。

**指揮刀** ㄓˇ ㄏㄨㄟ ㄉㄠ 軍官指揮士兵作戰、演習或操練時用的狹長的刀。

**指揮官** ㄓˇ ㄏㄨㄟ ㄍㄨㄢ 軍隊中握有指揮權的長官。

**指導員** ㄓˇ ㄉㄠˇ ㄩㄢˊ 擔任指導工作的人員。

**指不勝屈** ㄓˇ ㄅㄨˋ ㄕㄥ ㄑㄩ 比喻多得無法掐手指頭計算。

**指天誓日** ㄓˇ ㄊㄧㄢ ㄕˋ ㄖˋ 鄭重地發誓。

**指天畫地** ㄓˇ ㄊㄧㄢ ㄏㄨㄚˋ ㄉㄧˋ 手的動作，引申作放言無忌的樣子。

**指手畫腳** ㄓˇ ㄕㄡˇ ㄏㄨㄚˋ ㄐㄧㄠˇ 說話時用手和腳做種種姿勢。

**指日可待** ㄓˇ ㄖˋ ㄎㄜˇ ㄉㄞˋ （事情、希望等）不久就可以實現。

**指東說西** ㄓˇ ㄉㄨㄥ ㄕㄨㄛ ㄒㄧ 也作「指東道西」，意思是亂說不相干的話。

**指桑罵槐** ㄓˇ ㄙㄤ ㄇㄚˋ ㄏㄨㄞˊ 不從正面攻擊，借別的事故來影射罵人。

**指鹿為馬** ㄓˇ ㄌㄨˋ ㄨㄟˊ ㄇㄚˇ 比喻故意顛倒是非，擅作威福。據〈史記〉記載：秦朝丞相趙高擅權，陰謀叛亂，向秦二世獻一隻鹿，卻說是馬，隨從二世的官員也多附和趙高，說那是馬。

**指腹為婚** ㄓˇ ㄈㄨˋ ㄨㄟˊ ㄏㄨㄣ 孩子還沒有出生，就由雙方家長訂下婚約，叫做「指腹為婚」。

**挓** ㄓㄚ 見下。

**挓挲** ㄓㄚ ㄕㄚ 挲字輕讀。張開的樣子。也作「扎煞」。見於舊小說、戲曲裡。

**拯** 図ㄓㄥˇ 援救。

**拯救** ㄓㄥˇ ㄐㄧㄡˋ 救助。

**拽** ▲ㄓㄨㄞˋ 拉。如「生拉硬拽」「把門拽開」。▲ㄓㄨㄞˇ ㈠使勁扔出。如「把球拽出去」。㈡胳膊有毛病或受了傷，不能伸動的，叫「拽胳膊兒」。▲図ㄧㄝˋ 牽引，拖。

**持** ㄔˊ ㈠図手拿。如「持筆」「持以相贈」。㈡堅守不變。如「持久」。㈢對抗。如「相持不下」。㈣掌握，管理。如「主持」「操持」。㈤維護，扶助。如「維持」「護持」。㈥図挾制。如「劫持」。㈦做某種主張。如「持之有故（主張得很有理由）」。

**持久** ㄔˊ ㄐㄧㄡˇ 維持長久不變的。

**持分** ㄔˊ ㄈㄣˋ 手中握有分配到的股份或份數。

**持平** ㄔˊ ㄆㄧㄥˊ 図不偏，主張公道。如「持平之論」。

**持正** ㄔˊ ㄓㄥˋ 図主持正道。

**持戒** ㄔˊ ㄐㄧㄝˋ 佛教指遵守戒律。

**持身** ㄔˊ ㄕㄣ 管束自己。

**持重** ㄔˊ ㄓㄨㄥˋ 舉動不輕浮。

**持家** ㄔˊ ㄐㄧㄚ ①保守家業。②主持家務。

**持論** ㄔˊ ㄌㄨㄣˋ 図發表自己的主張。如「持論甚公」。

**持齋** ㄔˊ ㄓㄞ 守戒吃素。

**持續** ㄔˊ ㄒㄩˋ 繼續不斷。

**持久戰** ㄔˊ ㄐㄧㄡˇ ㄓㄢˋ 拖延時間的戰鬥。

**持之以恆** ㄔˊ ㄓ ㄧˇ ㄏㄥˊ 有恆心地堅持下去。

**持之有故** ㄔˊ ㄓ ㄧㄡˇ ㄍㄨˋ 見解或主張有一定的根據。

**拾** ▲ㄕˊ ㈠撿取。如「拾金不昧」「路不拾遺」。㈡「十」字的大寫。▲ㄕㄜˋ 看「拾級」條。▲ㄕ 看「拾翻」條。

**拾取** ㄕˊ ㄑㄩˇ 把地上的東西拿起來；撿。

**拾級** ㄕㄜˋ ㄐㄧˊ 図由臺階一步一步走上去。

**拾掇** ㄕˊ ㄉㄨㄛ˙ 掇字輕讀。①收拾，整理。如「屋裡東西很亂，拾掇拾掇吧」。②修理。如「機器壞了，請人來拾掇一下」。③懲治。「他太可惡了，非拾掇拾掇他不可」。

**拾遺** ㄕˊ ㄧˊ ①拾取別人遺失的東西。②著書者代人補錄缺漏，也叫拾遺。

**拾翻** ㄕˊ ㄈㄢ 翻字輕讀。翻動、撿查而弄亂了。如「不要亂拾翻」「把一抽屜的東西都拾翻亂了」。

**拾人牙慧** ㄕˊ ㄖㄣˊ ㄧㄚˊ ㄏㄨㄟˋ 撿別人說過的話來說。慧字本作惠。〈世說新語〉說殷浩罵他外甥韓康伯「未得我牙後惠」。牙後惠指牙垢。

**拾金不昧** ㄕˊ ㄐㄧㄣ ㄅㄨˋ ㄇㄟˋ 拾到別人失落的錢或貴重物品，並不昧心私自藏起來。

**拭** 図ㄕˋ 擦抹。

**拭目**（ㄕˋ ㄇㄨˋ） 図擦眼睛，比喻期待、等著瞧、仔細看的意思。如「拭目以待」「拭目而觀」。

**拭淚**（ㄕˋ ㄌㄟˋ） 擦眼淚。

**拴** ㄕㄨㄢ 用繩子繫上。如「把馬拴住」「把這幾個小包拴在一塊兒」。

**拶** ▲ㄗㄢˇ ㈠舊時用幾根小木棒夾犯人手指頭的刑具，口語叫「拶子」。㈡舊時用拶子來夾手指頭的酷刑。▲図ㄗㄚˊ「排拶」，逼迫。

**按** ㄢˋ ㈠依照。如「按規定去辦」。㈡用手輕輕往下壓。如「按一下電鈴」。㈢図扶著，握著。如「按劍」「按轡」。㈣止住，壓住，停擱下來。如「按兵不動」。㈤図考查，考究。如「按之當今之務」。㈥作者或編者作註解或論斷時候，用「按」字（或用「案」字）來引起下文；見「按語」（或作「案語」）。㈦與「案」字通，作「審查、考驗」的意思。

**按時**（ㄢˋ ㄕˊ） 依照規定的時間。如「按時完成」。

**按脈**（ㄢˋ ㄇㄛˋ） 中醫用三個手指頭摁著病人腕上的脈來診病。

**按酒**（ㄢˋ ㄐㄧㄡˇ） 也作「案酒」，喝酒用的菜肴（多見於早期白話）。

**按捺**（ㄢˋ ㄋㄚˋ） 壓止。如「怒氣按捺不下」。

**按理**（ㄢˋ ㄌㄧˇ） 按照情理。

**按期**（ㄢˋ ㄑㄧ） 按照一定日期。

**按照**（ㄢˋ ㄓㄠˋ） 根據；依照。

**按說**（ㄢˋ ㄕㄨㄛ） 是「按理說」的省語。如「按說他不應該這麼做，他竟這麼做了」。

**按語**（ㄢˋ ㄩˇ） 又作「案語」，是作者、編者對有關文章、詞句所做的說明、提示或考證。

**按摩**（ㄢˋ ㄇㄛˊ） 醫學名詞，中醫稱推拿。用手或器具按捺或摩擦患處，使血流通暢，達到療疾或消除疲勞的目的。〈漢書・藝文志〉錄有「黃帝歧伯按摩」十卷。

**按件計酬**（ㄢˋ ㄐㄧㄢˋ ㄐㄧˋ ㄔㄡˊ） 依照工作的件數來支付酬勞。

**按兵不動**（ㄢˋ ㄅㄧㄥ ㄅㄨˋ ㄉㄨㄥˋ） 使軍隊暫不行動，等待時機。現也借指接受任務後不肯行動。

**按部就班**（ㄢˋ ㄅㄨˋ ㄐㄧㄡˋ ㄅㄢ） 是說做事有層次，按著順序去做。

**按鈴申告**（ㄢˋ ㄌㄧㄥˊ ㄕㄣ ㄍㄠˋ） 指前往法院按鈴發動對某人（或法人）的控告行動。

**按圖索驥**（ㄢˋ ㄊㄨˊ ㄙㄨㄛˇ ㄐㄧˋ） 按照畫好的圖樣去找好馬，比喻：①拘泥而不知變通。②依照已有的資料或線索去追求，根據既有的樣子去做。

**挖** ▲ㄨㄚ ㈠用手伸進洞裡去掏。㈡掘，發掘。如「挖掘」。也比喻「設法把別的機關單位的人弄到本機關單位來」。㈢用刀刻。▲ㄨㄚˊ如「耳挖子」（掏耳朵的用具）。

**挖苦**（ㄨㄚ ㄎㄨˇ） 苦字經讀。用諷刺的話來譏笑人。

**挖掘**（ㄨㄚ ㄐㄩㄝˊ） 掘土挖根。比喻追求、探索。

**挖補**（ㄨㄚ ㄅㄨˇ） 把壞的地方去掉，用新的材料補上。

**挖根（兒）**（ㄨㄚ ㄍㄣ ㄦ） 追問事物的根源或真相。

**挖泥船** ㄨㄚ ㄋㄧˊ ㄔㄨㄢˊ 在河川等水道中負責疏濬河道、去除汙泥的船隻。

**挖牆腳** ㄨㄚ ㄑㄧㄤˊ ㄐㄧㄠˇ 挖掘牆壁的基礎，使它倒塌。比喻從根本上去破壞。

**挖肉補瘡** ㄨㄚ ㄖㄡˋ ㄅㄨˇ ㄔㄨㄤ 也作「剜肉補瘡」。挖好肉來補創傷。比喻為了救眼前之急而不顧後患。

**挖空心思** ㄨㄚ ㄎㄨㄥ ㄒㄧㄣ ㄙ 費盡心計（貶義）。

## 七筆

**捌** ㄅㄚ 「八」字的大寫。

**捕** ㄅㄨˇ 捉拿，擒住。如「警察捕強盜」。又讀ㄅㄨˋ。

**捕手** ㄅㄨˇ ㄕㄡˇ 棒球比賽中和投手搭配，位在本壘位置，負責接球等防守任務的球員。

**捕快** ㄅㄨˇ ㄎㄨㄞˋ 舊時衙門裡擔任緝捕的差役。

**捕食** ㄅㄨˇ ㄕˊ ①（動物）捕取食物。②（動物）捉住別的動物並把牠吃掉。

**捕拿** ㄅㄨˇ ㄋㄚˊ 捉拿。

**捕捉** ㄅㄨˇ ㄓㄨㄛ 捉。如「捕捉逃犯」「捕捉鏡頭」。

**捕撈** ㄅㄨˇ ㄌㄠ 捕捉和打撈（水中動植物）。

**捕頭** ㄅㄨˇ ㄊㄡˊ 巡捕的頭目。

**捕獲** ㄅㄨˇ ㄏㄨㄛˋ 捉到，逮住。

**捕蠅紙** ㄅㄨˇ ㄧㄥˊ ㄓˇ 一種捉蒼蠅用的紙，紙上塗毒藥和膠質，蒼蠅落在紙上就被粘住。

**捕蟲燈** ㄅㄨˇ ㄔㄨㄥˊ ㄉㄥ 晚上放在田間捕蟲用的燈。燃燈置於水盆中，盆中滴石油，昆蟲見燈火飛集，遂落於水中而死。

**捕風捉影** ㄅㄨˇ ㄈㄥ ㄓㄨㄛ ㄧㄥˇ 指所說的話不確實，毫無根據。

**挺** ㄊㄧㄥˇ ㈠直。如「筆挺地站在那裡」。㈡突出。如「挺進部隊」。㈢撐直。如「挺著胸膛」「挺住腰板」。㈣勉強堅持，努力支撐。如「他病了也不吃藥，只是硬挺著」。㈤很。如「挺好」「挺高興」。㈥有些東西用「挺」計數。如「一挺機槍」。

**挺立** ㄊㄧㄥˇ ㄌㄧˋ 直立。

**挺秀** ㄊㄧㄥˇ ㄒㄧㄡˋ 超出一般的樣子，秀美出眾。

**挺身** ㄊㄧㄥˇ ㄕㄣ 站出來；形容毫不畏縮，勇往直前。

**挺拔** ㄊㄧㄥˇ ㄅㄚˊ 獨特直立出色的樣子。

**挺直** ㄊㄧㄥˇ ㄓˊ ①伸直（身體或身體的某一部分）。②很直。

**挺胸** ㄊㄧㄥˇ ㄒㄩㄥ 直起胸膛。

**挺進** ㄊㄧㄥˇ ㄐㄧㄣˋ （軍隊）直向前進。

**挺節** ㄊㄧㄥˇ ㄐㄧㄝˊ [文]堅守著節操，不屈不撓的樣子。

**挺舉** ㄊㄧㄥˇ ㄐㄩˇ 一種舉重法，雙手把槓鈴從地上提到胸前，再利用屈膝等動作舉過頭頂，一直到兩臂伸直、兩腿直立為止。

**捅** ㄊㄨㄥˇ ㈠用手指頭或棍子等去戳。如「捅個窟窿」「用竹竿捅馬蜂窩」。㈡比喻破壞、刺殺。如「這一件事情辦不成，都是叫他給捅了」「把偷襲的敵人一個個地全捅了」。

**捅樓子** ㄊㄨㄥˇ ㄌㄡˊ ˙ㄗ [方]惹禍。

**捏（揑）** ㄋㄧㄝ ㈠用兩三個手指頭拈緊或拿東西。如「捏著鼻子」「捏住這枝筆」。㈡用手指頭搓揉搏起來。如「捏泥人兒」。㈢勉強湊合，虛假不實的。如「捏造事實」。

**捏合** ㄋㄧㄝ ㄏㄜˊ ①使湊合在一起。②憑空虛造；捏造（多見於早期白話）。

**捏告** ㄋㄧㄝ ㄍㄠˋ 以不實的罪名誣告陷害他人。

**捏弄** ㄋㄧㄝ ㄋㄨㄥˋ 弄字輕讀。①捏造。②撮合。

**捏造** ㄋㄧㄝ ㄗㄠˋ 附會假設出來的，不是真實的。

**捏報** ㄋㄧㄝ ㄅㄠˋ 不實在的報告。也常作「捏告」。

**捏詞** ㄋㄧㄝ ㄘˊ [文]謊話。

**捏塑** ㄋㄧㄝ ㄙㄨˋ 用黏土或其他泥狀的材料來團合揉弄，塑造成各種玩具或偶像。

**捏麵人** ㄋㄧㄝ ㄇㄧㄢˋ ㄖㄣˊ 用手指把軟麵團弄成人或各種動物的形狀，是一種民俗藝術。

**捏一把汗** ㄋㄧㄝ ㄧˋ ㄅㄚˇ ㄏㄢˋ 形容很擔心（因為驚恐的時候，手掌常會分泌出冷汗）。

**捏手捏腳** ㄋㄧㄝ ㄕㄡˇ ㄋㄧㄝ ㄐㄧㄠˇ 輕輕走動，不敢出聲的樣子。也作「躡手躡腳」。

**捏著鼻子** ㄋㄧㄝ ·ㄓㄜ ㄅㄧˊ ·ㄗ 也說「捏著頭皮」。形容不甘願、不高興做的情況。如「我真不願意做這件事，好容易算是捏著鼻子應付過去了」。

# 挪

ㄋㄨㄛˊ 把東西由一個地方搬到另一個地方。如「挪桌子」「從東屋挪到西屋」。

**挪用** ㄋㄨㄛˊ ㄩㄥˋ 把款項移作別用。

**挪威** ㄋㄨㄛˊ ㄨㄟ [音]Norway 的音譯，國名。歐洲北部立憲王國，西界大西洋及北海，北界北極海，東北界俄羅斯與芬蘭，東界瑞典，南界斯卡吉拉克海峽，面積三十八萬九千平方公里。海運發達，漁獲量甚豐。

**挪借** ㄋㄨㄛˊ ㄐㄧㄝˋ 移借款項。

**挪動** ㄋㄨㄛˊ ㄉㄨㄥˋ 移動。

**挪移** ㄋㄨㄛˊ ㄧˊ ①移動。②就是說挪借、挪用。

**挪窩兒** ㄋㄨㄛˊ ㄨㄛ ㄦ [方]離開原來所在的地方；搬家。

# 挼

ㄋㄨㄛˊ 兩手摩挲，揉。語音ㄖㄨㄛˊ。

**挼搓** ㄖㄨㄛˊ ㄘㄨㄛ 搓字常輕讀。在手裡揉搓、擺弄。

# 捋

▲ㄌㄩˇ 用手掌手指順著摸過去。如「捋鬍子」「把紙捋平」。▲ㄌㄨㄛ 把東西握住，順手滑過。如「捋起袖子」「捋樹葉兒」。▲ㄌㄜˋ ㈠ㄌㄩˇ的讀音。㈡「捋虎鬚」：比方觸犯惡人，冒險。

**捋奶** ㄌㄜˋ ㄋㄞˇ 擠取乳汁。

**捋虎鬚** ㄌㄜˋ ㄏㄨˇ ㄒㄩ 扯老虎的鬍鬚，比喻冒險。

**捋胳膊** ㄌㄜˋ ㄍㄜ ㄅㄛˊ 膊字輕讀。拉上衣袖，使臂部露出。常說「捋胳膊，挽袖子」，是形容預備動手打架的樣子。

# 捆

ㄎㄨㄣˇ ㈠拴綁。如「把這些書捆起來」「捆行李」。㈡拴成一束叫「一捆」或「一捆兒」「一捆子」。如「一捆木頭」「一捆子舊報紙」「一捆兒柴」。

**捆工** ㄎㄨㄣˇ ㄍㄨㄥ [方]以勞力工作的搬運工。

**捆兒** ㄎㄨㄣˇ ㄦ 量詞，用於捆起來的東西。如「一捆兒柴火」。

**捆紮** ㄎㄨㄣˇ ㄗㄚ 把東西捆在一起，使不分散。

**捆綁** ㄎㄨㄣˇ ㄅㄤˇ 用繩子捆住（多用於人）。

**捍** ㄏㄢˋ ㈠與「扞」通。保衛、抵禦的意思。如「捍衛」。㈡與「悍」通，凶暴的意思。

**捍衛** ㄏㄢˋ ㄨㄟˋ 保護，對象常指較抽象的。如「捍衛國家」。

**挾** ▲ㄒㄧㄝˊ ㈠又夾在胳膊底下。如「持弓挾矢」「挾泰山以超北海」。㈡倚仗勢力或拿住把柄來壓迫人。如「要挾」「挾天子以令諸侯」。㈢又倚仗著，仗恃著。〈孟子〉書有「不挾長，不挾貴」。㈣又懷藏，隱藏著。秦始皇訂頒禁止私人藏書的法律，叫「挾書律」。又讀ㄒㄧㄚˊ。▲ㄐㄧㄚˊ ㈠又與「浹」通，周匝。㈡拿著，通「夾」。

**挾仇** ㄒㄧㄝˊ ㄔㄡˊ 又懷著仇恨，企圖報復。

**挾制** ㄒㄧㄝˊ ㄓˋ 抓住別人的缺點來要挾，使他順從。

**挾恨** ㄒㄧㄝˊ ㄏㄣˋ 又懷恨在心。也作「挾怨」「挾嫌」。

**挾持** ㄒㄧㄝˊ ㄔˊ ①從兩旁抓住或架住被捉住的人（多指壞人捉住好人）。②用威力強迫對方服從。

**挾帶** ㄐㄧㄚˊ ㄉㄞˋ 同「夾帶」。①指藏帶物品，想蒙混過去不被發現。②指藏帶的物品。

**挾藏** ㄒㄧㄝˊ ㄘㄤˊ 暗藏，私藏。

**挾山超海** ㄒㄧㄝˊ ㄕㄢ ㄔㄠ ㄏㄞˇ 挾泰山以超北海，出自〈孟子〉。挾帶高山，跨越大海，都是人力所不可能做到的事。形容超過了人的能力限度。

**挾嫌誣告** ㄒㄧㄝˊ ㄒㄧㄢˊ ㄨ ㄍㄠˋ 又心懷恨意而對他人作不確實的控告。

**挾天子以令諸侯** ㄒㄧㄝˊ ㄊㄧㄢ ㄗˇ ㄧˇ ㄌㄧㄥˋ ㄓㄨ ㄏㄡˊ ①挾制皇帝，以其名義號令諸侯。②今用來比喻假借名義，以發號施令。

**捄** 又ㄐㄧㄡˋ 古書裡同「救」字。

**捔** ㄐㄩㄝˊ 又㈠「捔力」，同角力。㈡陰暗。〈淮南子·說林〉「廣燭捔，膏燭澤也」。

**捐** ㄐㄩㄢ ㈠稅法的一種名稱。如「房捐」。㈡用財物幫助。如「募捐」「捐錢救災」。㈢捨掉、拋去。如「為國捐軀」。

**捐血** ㄐㄩㄢ ㄒㄧㄝˇ 為了幫助意外受傷或手術等原因大量失血的人，而從健康的人身上取出血液儲存，以備注入失血者體內的救助方式。

**捐助** ㄐㄩㄢ ㄓㄨˋ 拿財物幫助別人。

**捐棄** ㄐㄩㄢ ㄑㄧˋ 拋棄，捨棄。

**捐款** ㄐㄩㄢ ㄎㄨㄢˇ ①捐助款項。②捐助的款項。

**捐稅** ㄐㄩㄢ ㄕㄨㄟˋ 人民向政府繳納的各種稅金。

**捐腎** ㄐㄩㄢ ㄕㄣˋ 將腎臟捐出（通常捐一個），植入腎功能喪失的病人體內，以協助其恢復泌尿功能的救助方式。

**捐輸** ㄐㄩㄢ ㄕㄨ 對公家捐助財物。

**捐錢** ㄐㄩㄢ ㄑㄧㄢˊ 捐助錢財，拿錢去做有益的事。

**捐軀** ㄐㄩㄢ ㄑㄩ 犧牲生命，指為國殉難或因公喪身者而言。

**捐贈** ㄐㄩㄢ ㄗㄥˋ 贈送物品給他人或團體機關。

**捐獻** ㄐㄩㄢ ㄒㄧㄢˋ 為貢獻國家社會而捐出錢或其他財物。

**捐髓** ㄐㄩㄢ ㄙㄨㄟˇ 從健康的人身上取出骨髓，植入病人體內，以幫助病人身體進行造血功能的救助方式。

**捃（攟、攈）** 又ㄐㄩㄣˋ 拾取。

**捃摭** ㄐㄩㄣˋ ㄓˊ 又採集，蒐集。

**振** ▲ㄓㄣˋ ㈠奮發。如「士氣大振」「精神不振」。㈡又搖動，抖摟。如「振衣(把衣服抖一抖)」「振筆直書」。㈢和「震」相同。如「振動」「振撼」。㈣通「賑」。如「振災」。㈤通「鎮」。「冰鎮」也寫作「冰振」。參看「冰鎮」。▲図ㄓㄣ見振振(ㄓㄣ ㄓㄣ)。

**振作** ㄓㄣˋ ㄗㄨㄛˋ 提起精神。

**振刷** ㄓㄣˋ ㄕㄨㄚ 振作刷新，振奮。

**振振** ㄓㄣˋ ㄓㄣˋ 鳥成群飛的樣子。〈毛詩・魯頌〉有「振振鷺，鷺于下」。▲図ㄓㄣ ㄓㄣ ①仁厚。〈毛詩・周南〉有「振振公子」。②盛大的樣子。〈左傳・僖五年〉有「均服振振」。

**振起** ㄓㄣˋ ㄑㄧˇ 興起，奮起。如「振起精神」。

**振動** ㄓㄣˋ ㄉㄨㄥˋ ①同「震動」。②物質往返顫動，有一定的時間規則，叫振動。

**振救** ㄓㄣˋ ㄐㄧㄡˋ 図①救助。②周濟。

**振幅** ㄓㄣˋ ㄈㄨˊ 波動或擺的振動，從平衡度到最甚度的距離。

**振筆** ㄓㄣˋ ㄅㄧˇ 図動筆，運筆。如「振筆直書」。

**振奮** ㄓㄣˋ ㄈㄣˋ 振作。

**振撼** ㄓㄣˋ ㄏㄢˋ 振動，搖撼。

**振興** ㄓㄣˋ ㄒㄧㄥ 提倡，讓它興盛起來。

**振濟** ㄓㄣˋ ㄐㄧˋ 同「賑濟」。

**振盪** ㄓㄣˋ ㄉㄤˋ ①物體通過一個中心位置，不斷作往復運動。又叫「振動」。②電流的周期性變化。

**振臂** ㄓㄣˋ ㄅㄧˋ 図奮發的樣子。如「振臂高呼」。

**振鐸** ㄓㄣˋ ㄉㄨㄛˊ 図古時鳴鈴以教育眾人，叫做「振鐸」。

**振振有辭** ㄓㄣˋ ㄓㄣˋ ㄧㄡˇ ㄘˊ 形容人說話說個不完，辯駁不停，自覺理直氣壯的樣子。辭，也作「詞」。

**振衰起弊** ㄓㄣˋ ㄕㄨㄞ ㄑㄧˇ ㄅㄧˋ 図警醒並奮起衰落、弊病叢生的惡況，使之步上正軌。

**振聾發聵** ㄓㄣˋ ㄌㄨㄥˊ ㄈㄚ ㄎㄨㄟˋ 図發出很大的響聲，使耳聾的人也能聽見。比喻用語言文字喚醒糊塗的人，使他們清醒過來。「聵」又作「瞶」。

## 捉

ㄓㄨㄛ ㈠拿，握住。如「捉筆作書」「捉不住要點」。㈡逮住。如「捕捉」「捉賊」。

**捉刀** ㄓㄨㄛ ㄉㄠ 代別人寫作。

**捉弄** ㄓㄨㄛ ㄋㄨㄥˋ 戲弄，開玩笑的時候，用狡猾的方法叫人上當。

**捉拿** ㄓㄨㄛ ㄋㄚˊ 捕捉。

**捉賊** ㄓㄨㄛ ㄗㄟˊ 捕捉盜賊。

**捉摸** ㄓㄨㄛ ㄇㄛ ①料想得到或把握得住的。如「他這個人真是不可捉摸」。②也說「作摩」，或寫「琢磨」，是揣度、尋思、想一想的意思。如「這件事要仔細捉摸一下」「這番話的用意值得捉摸捉摸」。

**捉迷藏** ㄓㄨㄛ ㄇㄧˊ ㄘㄤˊ 蒙起眼睛來捉人的兒童遊戲。

**捉襟肘見** ㄓㄨㄛ ㄐㄧㄣ ㄓㄡˇ ㄒㄧㄢˋ 図衣裳舊了一拉就破，露出胳膊肘子來；比喻窮窘困難的處境，各方面照顧不周的樣子。現在許多人都說成「捉襟見(ㄐㄧㄢˋ)肘」。

## 捎

▲図ㄕㄠ ㈠附帶，隨帶。如「這件事請你捎著替我辦一辦」。㈡寄信也說「捎」。如「捎封信」「從家裡捎來一個包裹」。㈢用東西的末梢輕輕打中。如「讓鞭子捎了一下」。▲ㄕㄠˋ ㈠灑水，把水灑上。如「往菜上捎水」「天氣太乾，捎捎院子」。

㈡雨往斜裡橫著灑。如「把窗戶關上，雨捎進來了」「這地方捎雨，往後躲躲」。㈢注視到，照顧到。如「用眼睛往後捎著點兒」。㈣往後退一退。如「你捎一捎，把路讓出來」。

**捎色** ㄕㄠˋ ㄕㄞˇ 褪色，多指布料的顏色一洗就變淡或脫落了。

**捎帶** ㄕㄠ ㄉㄞˋ 〔方〕①攜帶。②順便。如「這件事他捎帶著就辦了」。「帶」常是輕讀。

## 挼

〔文〕ㄗㄨㄣˋ 搯，按，推擠。〈左傳・定公八年〉有「涉佗挼衛侯之手及捥」。

## 挫

ㄘㄨㄛˋ ㈠〔文〕事情進行不順利或軍事失利。如「受挫」「挫折」。㈡壓抑，按下去。如「挫了銳氣」「念書聲音抑揚頓挫，很生動」。

**挫折** ㄘㄨㄛˋ ㄓㄜˊ 事情在進行當中遭到阻礙和打擊，受到損失。

**挫辱** ㄘㄨㄛˋ ㄖㄨˇ 〔文〕受到羞辱。

**挫敗** ㄘㄨㄛˋ ㄅㄞˋ ①挫折與失敗。②擊敗。

**挫傷** ㄘㄨㄛˋ ㄕㄤ ①身體因碰撞或突然壓擠而形成的傷，皮膚下面呈青紫色，疼痛，但不流血。②心靈遭受損傷。

## 挲（抄）

▲ㄙㄨㄛ看「摩挲」條。▲ㄕㄚ看「挓挲」條。▲ㄙㄚ˙看「摩挲」條。

## 挨

ㄞ ㈠靠近，接觸。如「兩個人挨著坐」「門上的油漆還沒乾，挨不得」。㈡受。如「挨餓」「挨打」。㈢等待，拖延。如「挨一時是一時」「錢不夠用，凡是花錢的事能挨的且挨一日」。㈣依照次序。如「挨戶通知」「挨個兒問」。㈤擊，推，擁擠（舊小說裡用的詞語）。如「挨挨搶搶」。㈥〔文〕強進。㈦摩擦。㈠㈡㈢又讀ㄞˊ。

**挨戶** ㄞ ㄏㄨˋ 一戶一戶地依序過去。

**挨打** ㄞ ㄉㄚˇ 受打。

**挨次** ㄞ ㄘˋ 依次，按照順序。

**挨近** ㄞ ㄐㄧㄣˋ 靠近。

**挨揍** ㄞ ㄗㄡˋ 受了重打。

**挨著** ㄞ ㄓㄜ˙ ①靠近。②按照順序接連著。如「一個挨著一個地過去」。

**挨罵** ㄞ ㄇㄚˋ 受罵。

**挨餓** ㄞ ㄜˋ 受餓。

**挨個兒** ㄞ ㄍㄜ˙ ㄦ 逐一；順次。

## 挹

〔文〕ㄧˋ ㈠舀，如「挹彼注茲」。㈡退讓。如「謙挹」。㈢推重。如「獎挹」。

**挹注** ㄧˋ ㄓㄨˋ 〔文〕調劑，取有餘以補不足的意思。一般是指錢財說的。

## 捂

▲ㄨˇ同「摀」。▲〔文〕ㄨˋ同「悟」。逆，牴觸。

## 挽

ㄨㄢˇ ㈠〔文〕拉。「牽挽」「挽手同行」。㈡〔文〕「挽救」「挽回」的簡語，設法使快要壞的事情恢復正常或糾正改善。如「敗象難挽」。㈢同「綰」。如「挽袖子」「挽扣兒」。㈣同「輓」。

**挽手** ㄨㄢˇ ㄕㄡˇ 手牽著手。

**挽回** ㄨㄢˇ ㄏㄨㄟˊ 事情快要壞了，想法子避免或補救。

**挽面** ㄨㄢˇ ㄇㄧㄢˋ 舊時婦女美容的一種方法，用棉線互絞來拔除臉上的汗毛，目的是讓面部比較容易上妝。

**挽留** ㄨㄢˇ ㄌㄧㄡˊ 留住人，使他不離去。

**挽強** ㄨㄢˇ ㄑㄧㄤˊ 〔文〕拉硬弓。杜甫詩有「挽弓當挽強，用箭當用長」。

**挽救** ㄨㄢˇ ㄐㄧㄡˋ ①已經做錯了的事，設法糾正過來。②設法挽回補救。

**挽歌** ㄨㄢˇ ㄍㄜ 同「輓歌」，哀悼死者的歌。

**挽袖子** ㄨㄢˇ ㄒㄧㄡˋ ㄗ˙ ①把袖子向上捲起。②引申為開始工作。

## 八筆

**掰** ㄅㄞ 用手把東西分裂開。如「把包子掰開看看是什麼餡兒」「掰下一個香蕉來」。

**捭** ㄅㄞˇ ㈠開。如「捭闔」。㈡兩手敲打。

**捭闔** ㄅㄞˇ ㄏㄜˊ 開叫捭，閉叫闔，指言詞辯論的變化。戰國時代，鬼谷子著捭闔篇，論策士游說之術，當時蘇秦張儀等縱橫家游說諸侯，辯論起來，各自說得頭頭是道，後來就把多機變善應付的叫「縱橫捭闔」。

**排** ▲ㄆㄞˊ ㈠陸軍編制名：九人或十一人為一班，三班或四班為一排。㈡人物一行，叫「一排」。㈢依照次序陳列。如「排列」。㈣推開。如「排闥」。㈤解除。如「排解」。㈥擯斥。如「排斥」。㈦練習。如「排戲」。
▲ㄆㄞˇ「排子車」，從前北方一種人拉的貨車。

**排比** ㄆㄞˊ ㄅㄧˇ ①依次排列，使接靠在一起。②指駢體文的各句各段相對稱。

**排水** ㄆㄞˊ ㄕㄨㄟˇ 排除汙水、廢水或是農田、礦井中的積水。

**排外** ㄆㄞˊ ㄨㄞˋ ①排斥外國人。②排除異己。

**排斥** ㄆㄞˊ ㄔˋ 排除，不能相容。

**排列** ㄆㄞˊ ㄌㄧㄝˋ ①排成整齊的行列。②依照次序陳列。③陳列的次序。如「這些展覽品的排列不很恰當」。

**排印** ㄆㄞˊ ㄧㄣˋ 排字和印刷。

**排名** ㄆㄞˊ ㄇㄧㄥˊ 按照名次排序。

**排字** ㄆㄞˊ ㄗˋ ①把鉛字拼排成印刷用的底版。也叫「排版」。②舉行慶典或盛大活動時，大批學生在看臺上用色板拼排字形或圖形，以增加氣氛，稱為排字。

**排行** ㄆㄞˊ ㄏㄤˊ （兄弟姐妹）依長幼排列次序。如「他排行第二」。

**排尾** ㄆㄞˊ ㄨㄟˇ 站在隊伍最後的人。

**排放** ㄆㄞˊ ㄈㄤˋ ①排出（廢水、廢氣等）。②順序安放。

**排泄** ㄆㄞˊ ㄒㄧㄝˋ 生物將體內物質經過代謝之後產生的有害廢物，由特定的器官或管道排出體外，叫做排泄。如肺臟排出碳酸氣，皮膚排出汗水，腎排出過多的水分、鹽分及含氮的有害物質，大腸排出養分已被吸收的食物殘渣等。

**排版** ㄆㄞˊ ㄅㄢˇ 依照稿本把鉛字、圖版等排在一起，拼成活版。

**排長** ㄆㄞˊ ㄓㄤˇ 軍隊編制「排」的帶兵官，軍階常是少尉。

**排律** ㄆㄞˊ ㄌㄩˋ 長的（排偶在六句以上的）律詩。

**排班** ㄆㄞˊ ㄅㄢ ①依照次序或班級排列。②輪流擔任職務。

**排除** ㄆㄞˊ ㄔㄨˊ 除掉；消除。如「排除萬難」。

**排骨** ㄆㄞˊ ㄍㄨˇ 骨字輕讀。①作食品用的豬、牛、羊等的肋骨。②謔稱很瘦的人。

**排球** ㄆㄞˊ ㄑㄧㄡˊ ①一種球類運動，球場當中懸掛高一公尺的球網，雙方以九人或六人（海灘排球一方球員只有兩人）組織的甲乙兩隊隔網對立，把一個球用手拍送過網，對方接擊不落地

（一方只限擊球三次），以接擊不中、出界或送不過網的為負。②排球運動使用的球，用塑料製成，大小同足球。

**排場** ㄆㄞˊ ㄔㄤˇ 場字輕讀。①氣派大方，外表好看。如「這個人做事很講究排場」。②指外表鋪張的形式。③設置。

**排揎** ㄆㄞˊ ㄒㄩㄢ [方]揎字輕讀。數說責備；訓斥。

**排筆** ㄆㄞˊ ㄅㄧˇ 畫家著色或裱糊匠裱糊所用的筆，好幾管相連為一排的。

**排隊** ㄆㄞˊ ㄉㄨㄟˋ 排列隊伍。

**排解** ㄆㄞˊ ㄐㄧㄝˇ ①排難解紛，使糾紛終止。②與「和解」意思相同。

**排演** ㄆㄞˊ ㄧㄢˇ 戲劇正式上演以前的練習。

**排遣** ㄆㄞˊ ㄑㄧㄢˇ 對不如意的事自行寬慰。

**排練** ㄆㄞˊ ㄌㄧㄢˋ 排演練習（節目）。

**排調** ㄆㄞˊ ㄊㄧㄠˊ 嘲笑戲弄。

**排擋** ㄆㄞˊ ㄉㄤˇ 汽車、拖拉機等用來改變牽引力的裝置，用於倒車或改變行車速度。簡稱「擋」。

**排頭** ㄆㄞˊ ㄊㄡˊ 站在隊伍最前面的人。

**排戲** ㄆㄞˊ ㄒㄧˋ 排演戲劇。

**排檔** ㄆㄞˊ ㄉㄤˇ [方]粵語中「攤販」的意思。廣州地區路邊夜市煮消夜叫「大排檔」。

**排擠** ㄆㄞˊ ㄐㄧˇ 利用勢力或手段使不利於自己的人失去地位或利益。

**排水量** ㄆㄞˊ ㄕㄨㄟˇ ㄌㄧㄤˋ 船在水裡所排去水的重量；由此可以推測船艦的載重噸位。

**排他性** ㄆㄞˊ ㄊㄚ ㄒㄧㄥˋ 一事物不容許另一事物與自己在同一範圍內並存的性質。如「那裡的人排他性很強」。

**排行榜** ㄆㄞˊ ㄏㄤˊ ㄅㄤˇ 反映排名先後的榜單，多用於顯現暢銷產品或人、物、事受歡迎的程度。

**排卵期** ㄆㄞˊ ㄌㄨㄢˇ ㄑㄧˊ 發育成熟的女子或雌性哺乳動物，卵子從卵巢排出的時間叫做排卵期。人類的排卵期通常在下次月經開始前第十四天左右。

**排氣量** ㄆㄞˊ ㄑㄧˋ ㄌㄧㄤˋ 空氣唧筒所能排出空氣的總值。

**排氣機** ㄆㄞˊ ㄑㄧˋ ㄐㄧ 抽出容器內空氣的機器。又叫「空氣唧筒」。

**排灣族** ㄆㄞˊ ㄨㄢ ㄗㄨˊ 臺灣原住民種族之一，人口約六萬餘，多分布在東臺灣的臺東縣。

**排山倒海** ㄆㄞˊ ㄕㄢ ㄉㄠˇ ㄏㄞˇ 形容來勢凶猛。

**排沙簡金** ㄆㄞˊ ㄕㄚ ㄐㄧㄢˇ ㄐㄧㄣ 同「披沙揀金」。比喻從大量的事物中選擇精華。

**排除異己** ㄆㄞˊ ㄔㄨˊ ㄧˋ ㄐㄧˇ 排擠、清除和自己意見不同的人。

**排難解紛** ㄆㄞˊ ㄋㄢˋ ㄐㄧㄝˇ ㄈㄣ 調解困難糾紛，為人解圍。

## 掊

▲[文]ㄆㄡˊ ㈠同「抔」。㈡聚斂。「掊克」是說以苛稅斂取民財。
▲ㄆㄡˇ ㈠擊。「掊擊」就是打擊。㈡同「剖」。

## 捧

ㄆㄥˇ ㈠張開兩個手掌來拿。如「捧著碗」。㈡必須兩手合在一起來拿，或指兩隻手合在一起所拿的數量。如「給他一大捧糖果」。㈢從旁贊美或當面奉承，有意藉此抬高那個人的地位。如「正當的批評不應該亂捧亂罵」。

**捧場** ㄆㄥˇ ㄔㄤˇ 臨場助威，對人有意贊揚奉承來抬高其地位。

**捧腹** ㄆㄥˇ ㄈㄨˋ 常作「捧腹大笑」。是說人大笑的時候摀著肚子；可以單用「捧腹」，形容大笑的樣子，就是作「大笑」的代稱。

**捫** 図(一)撫持。(二)用手摸。

**捫心自問** 図反省、自我檢討。

**捯** ㄉㄠˊ(一)扯繩索，扯線。如「捯了一子兒毛線」。(二)追求，尋出線索。如「這件案子已經捯出點兒頭緒來了」。

**捯飭** 飭字輕讀。修飾打扮。

**捯線** 整理線。像放風箏的人，把線收回來叫「捯線」。

**掉** ㄉㄧㄠˋ(一)落。如「掉雨點兒」「帽子掉地下了」。(二)減少，消失。如「這塊布掉色」。(三)遺失。如「我的錢包掉了」。(四)轉。如「掉過臉來」。(五)去，做後附的助動詞用。如「這話不能忘掉」「剪掉這些枝杈」。(六)図搖動。如「尾大不掉」「掉臂而去」。

**掉下** 落下。

**掉換** 換。也作「調換」。

**掉頭** ①搖頭。②轉頭，不顧而去。如「掉頭不顧」。③回頭。如「掉頭去找，就找到了」。④斷頭。如「這件事我掉頭也不能同意」。

**掉臂** 図①不顧而去。②閒適自在。

**掉轉** 回轉。

**掉包(兒)** 用欺詐手段，暗中換取他人財物。

**掉色(兒)** 落色。

**掉書袋** 是譏笑人喜歡引經據典，咬文嚼字的毛病。

**掉槍花** 因耍花招；耍手腕欺騙人。

**掉點兒** 落下疏疏的雨點。

**掉以輕心** 形容態度輕浮或疏忽，以致忽略某事。

**掂** ㄉㄧㄢ 把東西托在手掌上試試輕重。如「掂掂這包東西有多重」。

**掂掇** 掇字輕讀。①斟酌。②估計。

**掂對** 忖度（ㄉㄨㄛˊ），斟酌。

**掂算** （・ㄉㄧㄤ）就是敁敪、掂掇，也作「掂量」。

**掂斤播兩** 形容一星一點都要計較，不肯放鬆的樣子。也作「掂斤掰兩」。

**掇** ㄉㄨㄛ(一)拾取，如「拾掇」。(二)図搶奪。〈史記〉有「秦得燒掇焚杅君之國」。(三)見「攛掇」。

**掇拾** 図採取。

**掏** ㄊㄠ(一)伸進手去拿東西。如「掏腰包」。(二)挖。如「掏窟窿」。

**掏心** 指發自內心的。

**掏腰包** ①拿出錢來（腰包是放錢的地方）。②指破費、花錢。

**掏窟窿** 因比喻負債。

**探** ▲ㄊㄢ(一)打聽。如「探消息」「偵探」。(二)找，尋求。如「探源」「鑽探」。(三)看望。如「探病」「探親」。(四)測試。如「探探他的口氣」「用竿子探一探溝裡的水多麼深」。(五)插，通。如「探探煙袋」。(六)伸出。如「不要向窗外探頭」「彎著腰探著身子」。▲図ㄊㄢˋ試一試。「探湯」是比喻心存戒懼的意思。（「湯」是滾熱的水湯。用手去試滾熱的水湯，手必然會燙傷。）

**探子** 以往軍隊裡的偵探人員。騎馬傳遞消息的偵探人員叫「探馬」。

**探戈** ㄊㄢˋ ㄍㄜ [音]tango的音譯，交際舞的一種，起源於非洲，流行於歐美，速度緩慢，多為滑步，舞時變化很多。

**探求** ㄊㄢˋ ㄑㄧㄡˊ 探索追求。

**探究** ㄊㄢˋ ㄐㄧㄡ 探索追究。如「探究原因」。

**探花** ㄊㄢˋ ㄏㄨㄚ 科舉時代的一種稱號。明清兩代稱殿試考取一甲（第一等）第三名的人。

**探查** ㄊㄢˋ ㄔㄚˊ 偵察，查看。如「探查敵軍的情形」。

**探春** ㄊㄢˋ ㄔㄨㄣ [文]指初春的時候去郊遊。

**探病** ㄊㄢˋ ㄅㄧㄥˋ 看望生病的人。

**探祕** ㄊㄢˋ ㄇㄧˋ 刺探祕密或事物的內情。

**探索** ㄊㄢˋ ㄙㄨㄛˇ 多方尋求答案，解決疑問。

**探討** ㄊㄢˋ ㄊㄠˇ 研究討論。

**探勘** ㄊㄢˋ ㄎㄢ 探察勘測。多指礦藏。

**探問** ㄊㄢˋ ㄨㄣˋ ①試探著詢問（消息、情況、意圖等）。②探望，問候。

**探悉** ㄊㄢˋ ㄒㄧ 打聽後知道。

**探望** ㄊㄢˋ ㄨㄤˋ 拜訪問候。

**探訪** ㄊㄢˋ ㄈㄤˇ 訪問，訪查。

**探視** ㄊㄢˋ ㄕˋ 看望。如「探視病人」。

**探測** ㄊㄢˋ ㄘㄜˋ 對於不能直接觀察的事物或現象用儀器進行考察和測量。

**探源** ㄊㄢˋ ㄩㄢˊ 尋訪源頭或事情的根本。

**探詢** ㄊㄢˋ ㄒㄩㄣˊ 探問。

**探監** ㄊㄢˋ ㄐㄧㄢ 到監獄裡看望被囚禁的人（多為親友）。

**探親** ㄊㄢˋ ㄑㄧㄣ 看望親戚。

**探險** ㄊㄢˋ ㄒㄧㄢˇ 到危險的或從來沒有人去過的地方去探察了解。專好探險的人叫「探險家」。

**探頭** ㄊㄢˋ ㄊㄡˊ 向前伸出頭。

**探礦** ㄊㄢˋ ㄎㄨㄤˋ 查勘試探有無礦產。

**探聽** ㄊㄢˋ ㄊㄧㄥ 打聽，訪察。

**探信（兒）** ㄊㄢˋ ㄒㄧㄣˋ（ㄦ） 打聽消息。

**探口氣** ㄊㄢˋ ㄎㄡˇ ˙ㄑㄧ 氣字輕讀。設法引出對方的話，探聽他對某人某事的態度和看法。

**探照燈** ㄊㄢˋ ㄓㄠˋ ㄉㄥ 一種強烈的弧光燈，用凹光鏡使光線遠射，夜間瞭望遠方和探照高空，用以搜尋敵艦、敵機。也叫「探海燈」。

**探賾索隱** ㄊㄢˋ ㄗㄜˊ ㄙㄨㄛˇ ㄧㄣˇ [文]①窺探幽深，求索隱微，研究深奧道理。②形容著作或理論極為精深隱微。賾：精微深奧。

**探囊取物** ㄊㄢˋ ㄋㄤˊ ㄑㄩˇ ㄨˋ 比喻絲毫不費力（就好比伸手到袋子裡拿東西一樣容易）。

**探驪得珠** ㄊㄢˋ ㄌㄧˊ ㄉㄜˊ ㄓㄨ [文]〈莊子・列禦寇〉篇上說驪（黑龍）的頷下有寶珠；後來就用「探驪得珠」來比喻文章精采扼要。

**探頭（兒）探腦（兒）** ㄊㄢˋ ㄊㄡˊ（ㄦ）ㄊㄢˋ ㄋㄠˇ（ㄦ） 偷偷地看，形容舉動不大方。

## 掭

ㄊㄧㄢˋ 毛筆蘸墨以後在硯臺邊上或墨盒蓋上蹭蹭，使筆上的墨量勻稱，筆尖順溜好寫，叫做「掭」。如「把筆掭掭再寫字」。「掭筆」就是把筆尖掭一掭。

## 推

ㄊㄨㄟ ㈠用力使東西向前挪動。如「推開」「推車」。㈡用力使事情展開。如「推行」「推進」。㈢選舉。如「推代表」「公推」。㈣佩服擁護。如「推崇」「推戴」。㈤由當時狀況預測將來，或由一種事實來判斷其餘。如「推論」「類推」。㈥謙讓。如「三推兩讓」。㈦自己不負責任，把過失或任務放在別人身上。如「這件事你推我，我推你，誰也不管」。㈧找藉口來躲避。如「推病不到」「推故不去」。㈨拖延。如「往後推幾天」。㈩審問。如「三推六問」。㈩㈠理髮時用推子剪短頭髮。如「推一個平頭」。

**推子** ㄊㄨㄟ ㄗ˙ 理髮時剪短頭髮的用具，類似多刃兒的剪刀。

**推手** ㄊㄨㄟ ㄕㄡˇ 太極拳的一種招式，用以比喻打太極拳。

**推平** ㄊㄨㄟ ㄆㄧㄥˊ 將凹凸崎嶇的表面整平。

**推行** ㄊㄨㄟ ㄒㄧㄥˊ 對事情的提倡和促使進行。

**推延** ㄊㄨㄟ ㄧㄢˊ 拖延。

**推求** ㄊㄨㄟ ㄑㄧㄡˊ 進一步的研究。

**推究** ㄊㄨㄟ ㄐㄧㄡ 研究。

**推車** ㄊㄨㄟ ㄔㄜ ①用手使車子前進。②以手推動的載貨工具車。

**推事** ㄊㄨㄟ ㄕˋ ①法院裡的審判官。②遇事推諉的詭語。如「他什麼責任都不肯擔，大家管他叫嚴推事」。

**推卸** ㄊㄨㄟ ㄒㄧㄝˋ 不肯承擔（責任）。

**推委** ㄊㄨㄟ ㄨㄟˇ 把責任推給別人。如「遇事推委」。也作「推諉」。

**推定** ㄊㄨㄟ ㄉㄧㄥˋ 推測假定。

**推卻** ㄊㄨㄟ ㄑㄩㄝˋ 拒絕；推辭。

**推度** ㄊㄨㄟ ㄉㄨㄛˋ 揣測，揣度（ㄉㄨㄛˋ）。

**推故** ㄊㄨㄟ ㄍㄨˋ 藉故推託。

**推衍** ㄊㄨㄟ ㄧㄢˇ 推求結果。

**推重** ㄊㄨㄟ ㄓㄨㄥˋ 佩服，重視。

**推倒** ㄊㄨㄟ ㄉㄠˇ ①向前用力使立著的倒下來。②推翻。

**推拿** ㄊㄨㄟ ㄋㄚˊ ①一種治療肌肉筋骨痠痛的按摩法。②中醫師治療骨節脫臼的正骨法：把脫臼部分推回原位，用手拿捏患處，使逐漸復原。

**推病** ㄊㄨㄟ ㄅㄧㄥˋ 以生病為藉口來推辭。

**推託** ㄊㄨㄟ ㄊㄨㄛ 藉口拖延規避。

**推動** ㄊㄨㄟ ㄉㄨㄥˋ 使事物前進；使工作展開。

**推問** ㄊㄨㄟ ㄨㄣˋ 推究審問。

**推崇** ㄊㄨㄟ ㄔㄨㄥˊ 尊敬。

**推理** ㄊㄨㄟ ㄌㄧˇ ①邏輯學名詞。*1.*以一種意識內容為根據，導引另一種意識內容的心靈活動。*2.*同推論。②心理學名詞，將兩個以上的不同事件或判斷，擱在一起作綜合或延伸，用以解決問題的認知過程。

**推脫** ㄊㄨㄟ ㄊㄨㄛ 藉故推卸責任。

**推許** ㄊㄨㄟ ㄒㄩˇ 推重並贊許。

**推測** ㄊㄨㄟ ㄘㄜˋ 猜想事物的結果。

**推進** ㄊㄨㄟ ㄐㄧㄣˋ 推動前進。

**推開** ㄊㄨㄟ ㄎㄞ 將東西或人推離。

**推想** ㄊㄨㄟ ㄒㄧㄤˇ 推度（ㄉㄨㄛˋ），推測。

**推鉋** ㄊㄨㄟ ㄅㄠˋ 削平木材表面，使它光滑的工具。

**推敲** ㄊㄨㄟ ㄑㄧㄠ ①對詩文的字句作仔細的考慮。典故出於唐代詩人賈島問韓愈「僧推月下門」與「僧敲月下門」，「推」「敲」哪一個字好的故事。②泛指對事情的斟酌推求。如「這一件事你們先推敲一下再說」。

**推演** ㄊㄨㄟ ㄧㄢˇ 推斷演繹。

**推算** ㄊㄨㄟ ㄙㄨㄢˋ ①推測。②計算，估算。

**推廣** ㄊㄨㄟ ㄍㄨㄤˇ ①使好的方法或經驗擴大應用範圍。②擴充，開展。

**推論** ㄊㄨㄟ ㄌㄨㄣˋ ①推求討論。②由本問題進行研求，引出其他的理由或結論。

**推銷** ㄊㄨㄟ ㄒㄧㄠ 推廣銷售貨物。

**推磨** ㄊㄨㄟ ㄇㄛˋ 推磨子（使磨石轉動）來磨麵粉，比喻人事的循序轉移。

**推舉** ㄊㄨㄟ ㄐㄩˇ 舉薦提出賢能的人選，使他擔任工作。

**推轂** ㄊㄨㄟ ㄍㄨˇ [文]①舉薦人才。②助人成事。

**推選** ㄊㄨㄟ ㄒㄩㄢˇ 推舉。

**推遲** ㄊㄨㄟ ㄔˊ 把預定時間向後改動。

**推戴** ㄊㄨㄟ ㄉㄞˋ 擁護。

**推荐** ㄊㄨㄟ ㄐㄧㄢˋ 推舉，介紹人才。

**推斷** ㄊㄨㄟ ㄉㄨㄢˋ 推測斷定。

**推翻** ㄊㄨㄟ ㄈㄢ 推倒已成的局面，或取消已定的案件。

**推辭** ㄊㄨㄟ ㄘˊ 不接受，不擔任。

**推讓** ㄊㄨㄟ ㄖㄤˋ 推辭讓給別人。

**推土機** ㄊㄨㄟ ㄊㄨˇ ㄐㄧ 在拖拉機前面有推土鏟裝置的機械，用於推土、平整建築場地等。

**推進器** ㄊㄨㄟ ㄐㄧㄣˋ ㄑㄧˋ 汽船尾所裝置的輪葉形的機器，用它的旋轉來激動水力，使船進行。

**推鉛球** ㄊㄨㄟ ㄑㄧㄢ ㄑㄧㄡˊ 田賽運動之一。與賽者以掌屈肘托球，從肩上推擲，以最遠者為優勝。

**推三阻四** ㄊㄨㄟ ㄙㄢ ㄗㄨˇ ㄙˋ 使用種種方法拖延、推辭。

**推己及人** ㄊㄨㄟ ㄐㄧˇ ㄐㄧˊ ㄖㄣˊ 用自己的親身感受，去替別人著想。

**推心置腹** ㄊㄨㄟ ㄒㄧㄣ ㄓˋ ㄈㄨˋ 以至誠待人，開誠相見，毫無隔閡。

**推本溯源** ㄊㄨㄟ ㄅㄣˇ ㄙㄨˋ ㄩㄢˊ 推究根本，找出事物發生的根本原由。

**推波助瀾** ㄊㄨㄟ ㄅㄛ ㄓㄨˋ ㄌㄢˊ 從旁鼓動，使事態（多指糾紛等不好的事）擴大。

**推推搡搡** ㄊㄨㄟ ㄊㄨㄟ ㄙㄤˇ ㄙㄤˇ 形容接連不斷地推。

**推陳出新** ㄊㄨㄟ ㄔㄣˊ ㄔㄨ ㄒㄧㄣ 從舊的原理中推求出新的方法，使舊有的事物改造革新。

**推誠相見** ㄊㄨㄟ ㄔㄥˊ ㄒㄧㄤ ㄐㄧㄢˋ 用真心相待。

**推廣教育** ㄊㄨㄟ ㄍㄨㄤˇ ㄐㄧㄠˋ ㄩˋ 把教育推廣到學校以外，使之普及社會各階層。

**推襟送抱** ㄊㄨㄟ ㄐㄧㄣ ㄙㄨㄥˋ ㄅㄠˋ 比喻推誠相見。襟抱：指心意。

## 捺

ㄋㄚˋ ㈠用手用力按下。如「捺印」。㈡壓下，忍耐。通「納」字。如「捺著性子」「捺著氣兒」。㈢書法向右斜下的一筆叫「捺」。

**捺印** ㄋㄚˋ ㄧㄣˋ 蓋指模為據。也說「捺手印（兒）」。

## 捻

▲ㄋㄧㄢˇ ㈠「撚」的借用字。①用手指頭搓。如「捻鬍子」「捻繩」。②樣子像繩的東西。如「紙捻（兒）」「藥捻（子）」。㈡清朝咸豐同治年間在北方各省反抗清廷的民間組織──會黨。又稱捻黨。曾與太平天國南北呼應，夾擊清軍。太平天國衰亡後，捻黨分東西兩支，後被清廷敉平。

▲ㄋㄧㄝ 捏。如「捻鼻」。

**捻子** ㄋㄧㄢˇ ˙ㄗ 搓成長條兒的東西。如「藥捻子」。

**捻兒** ㄋㄢˇ ㄦ ①用手捻成像繩索的東西。如「紙捻兒」「麻捻兒」。②像捻兒的東西。如「燈捻兒」。

**捻鼻** ㄋㄧㄝ ㄅㄧˊ 図一種輕蔑不屑的態度。〈世說新語・容止〉：「但恭坐捻鼻顧睞」。

**捩** ▲図ㄌㄧㄝˋ ㈠用力扭轉物體。㈡拆撕。

**掄** ▲ㄌㄧˋ 彈琵琶用的撥子。▲ㄌㄨㄣ ㈠手與臂旋動，轉動著甩開。如「掄拳」「掄刀」。㈡任意浪費金錢。如「家產早被他掄光」。▲ㄌㄨㄣˊ 選擇。如「掄材」。

**掄材** ㄌㄨㄣˊ ㄘㄞˊ 図①指選拔人才。也作「掄才」。②選取木材。

**掠** ㄌㄩㄝˋ ㈠奪取。如「劫掠」「掠人之美」。㈡斜著抄過去。如「一隻鳥從頭上掠過去」。㈢図輕輕接觸。如「涼風掠面」。㈣図用刑具打。如「拷掠」。㈤書法把一長撇叫「掠」。

**掠取** ㄌㄩㄝˋ ㄑㄩˇ 奪取；搶奪。

**掠美** ㄌㄩㄝˋ ㄇㄟˇ 掠取別人的優點或成績，作為自己的。

**掠奪** ㄌㄩㄝˋ ㄉㄨㄛˊ 劫取財物。

**掠奪婚** ㄌㄩㄝˋ ㄉㄨㄛˊ ㄏㄨㄣ 原始社會的一種婚姻習俗，男子用搶奪女子的方式成親。這種習俗在某些地區曾長期留存。也叫「搶婚」。

**掆** ㄍㄤ ㈠頂住。如「他一刀砍下來，我拿鐵棒向上掆住」。㈡同「扛」，舉起。

**掛（挂）** ㄍㄨㄚˋ ㈠懸起來。如「把衣裳掛在衣架上」。㈡懸著的。如「掛圖」「掛鐘」。㈢鉤住脫不開。如「釘子把衣裳掛住了」。㈣沾上。如「臉上掛了一層灰土」。㈤放在心上，總是想著。如「心上掛著這件事」。㈥帶上，連帶。如「掛上一個虛名兒」「看歲數有五十掛零兒了」。㈦登記。如「掛了號」「支票掛失」。㈧見「掛電話」。㈨諱語，死傷。如「掛了」。

**掛心** ㄍㄨㄚˋ ㄒㄧㄣ 掛念。也說「掛懷」。

**掛欠** ㄍㄨㄚˋ ㄑㄧㄢˋ 購物記帳。

**掛失** ㄍㄨㄚˋ ㄕ 遺失票據或證件時，到原發的機關去登記，聲明作廢。

**掛孝** ㄍㄨㄚˋ ㄒㄧㄠˋ 穿孝服。

**掛念** ㄍㄨㄚˋ ㄋㄧㄢˋ 心裡惦記著。

**掛冠** ㄍㄨㄚˋ ㄍㄨㄢ 図舊時指人辭去官職。如「掛冠求去」。

**掛帥** ㄍㄨㄚˋ ㄕㄨㄞˋ 掌帥印，當元帥。比喻居於領導、統率地位。

**掛紅** ㄍㄨㄚˋ ㄏㄨㄥˊ ①店鋪開張，懸掛紅幛等來慶賀。②宴會時賭酒，勝者陪負者飲，叫掛紅。

**掛帳** ㄍㄨㄚˋ ㄓㄤˋ 賒帳。

**掛彩** ㄍㄨㄚˋ ㄘㄞˇ ①遇喜慶事時門前懸掛紅色綵綢。②軍中說作戰負傷。

**掛單** ㄍㄨㄚˋ ㄉㄢ 和尚投宿廟宇。

**掛牌** ㄍㄨㄚˋ ㄆㄞˊ ①指醫生、律師等正式開業。②股票正式上市。

**掛軸** ㄍㄨㄚˋ ㄓㄡˊ 裝裱成軸可以懸掛的字畫。

**掛號** ㄍㄨㄚˋ ㄏㄠˋ ①編號登記。②指掛號郵件。

**掛鉤** ㄍㄨㄚˋ ㄍㄡ ①火車的車箱與車箱相連處的機鍵。②火車用掛鉤連結起來。③指一般懸掛東西的釘鉤。④比喻人與人互相連結。如「老吳最近跟黑道的人掛鉤」。

**掛圖** ㄍㄨㄚˋ ㄊㄨˊ 可供懸掛的圖表，供課程上的參考或各種說明之用。

**掛漏** ㄍㄨㄚˋ ㄌㄡˋ 「掛一漏萬」的簡語，就是說「遺漏」的意思。

**掛網** ㄍㄨㄚˋ ㄨㄤˇ （網球等球類運動）比賽時發球或攔截來球未過網。

**掛慮** ㄍㄨㄚˋ ㄌㄩˋ 掛念。

**掛齒** ㄍㄨㄚˋ ㄔˇ [文]常在口頭上提起。如「這件小事，何足掛齒」。

**掛錶** ㄍㄨㄚˋ ㄅㄧㄠˇ [方]懷錶。

**掛錫** ㄍㄨㄚˋ ㄒㄧ 僧侶投宿寺院。錫：錫杖，因僧侶止住必須懸掛錫杖，所以僧侶止住休息叫「掛錫」。

**掛礙** ㄍㄨㄚˋ ㄞˋ 本作「罣礙」。牽掛；牽掣。

**掛麵** ㄍㄨㄚˋ ㄇㄧㄢˋ 做好晒乾的細薄麵條。

**掛鐘** ㄍㄨㄚˋ ㄓㄨㄥ 掛在牆上的時鐘。

**掛火（兒）** ㄍㄨㄚˋ ㄏㄨㄛˇ ㄦ 心裡有點兒羞憤、惱怒。也說「掛勁（ㄐㄧㄣˋ）（兒）」。

**掛名（兒）** ㄍㄨㄚˋ ㄇㄧㄥˊ ㄦ 有空名而無實職。

**掛零（兒）** ㄍㄨㄚˋ ㄌㄧㄥˊ ㄦ ①整數以外還有零數。②球類比賽時，一方還沒有得分，記分牌上仍然是個「○」。

**掛不住** ㄍㄨㄚˋ ㄅㄨˊ ㄓㄨˋ [方]①因羞辱而沈不住氣。②丟臉；沒面子。

**掛號信** ㄍㄨㄚˋ ㄏㄠˋ ㄒㄧㄣˋ 在郵局裡特別登記以免失誤的信件。

**掛電話** ㄍㄨㄚˋ ㄉㄧㄢˋ ㄏㄨㄚˋ 撥動電話轉盤，準備與對方通話。

**掛一漏萬** ㄍㄨㄚˋ ㄧ ㄌㄡˋ ㄨㄢˋ 不完備，脫漏很多。

**掛羊頭賣狗肉** ㄍㄨㄚˋ ㄧㄤˊ ㄊㄡˊ ㄇㄞˋ ㄍㄡˇ ㄖㄡˋ 比喻表面和事實不合（多指有欺詐性的事）。

## 掯

ㄎㄣˋ「勒掯」的「掯」，壓迫、限制或刁難的意思。如「他老是欺負人，遇事掯著人家」。

## 控

ㄎㄨㄥˋ ㈠操持，掌握。如「控馬（勒住馬不使前進）」「控制」。㈡告訴，告狀，告發。如「控告」。㈢拉引。「控弦」就是開弓拉弦。㈣投。〈莊子〉有「時則不至，而控於地而已矣」。

**控告** ㄎㄨㄥˋ ㄍㄠˋ 告狀。

**控制** ㄎㄨㄥˋ ㄓˋ 施用方法加以管制。

**控球** ㄎㄨㄥˋ ㄑㄧㄡˊ ①棒球投手控制球路的術語。②籃球比賽進行時，球在進攻球員手裡由該球員控制，叫「控球」。

**控訴** ㄎㄨㄥˋ ㄙㄨˋ ①向法院告訴。②向社會大眾控告。

**控制棒** ㄎㄨㄥˋ ㄓˋ ㄅㄤˋ 用容易吸收中子的材料（如鎘、硼）製成的棒，這種棒用來控制反應堆裡的核反應。

## 掎

[文] ㄐㄧˇ ㈠牽引著一邊使其受影響；像分兩面牽制敵人，叫「掎角」。㈡捕獸時從後捉拉住一隻腳。㈢弓矢機弩的引發。

## 接

ㄐㄧㄝ ㈠收，受。如「接到來信」「他去接電話了」。㈡托住，承受。如「球扔過來他沒接住」。㈢相迎，陪著一起回來。如「到車站接人」「接病人出院」。㈣靠近，挨上，碰到一塊兒。如「交頭接耳」。㈤連接。如「把這兩條線接起來」「這兩行字句接不起來」「短兵相接」。㈥連續。「這個電影上下集接著演」「青黃不接」。㈦輪替，一個完了又一個跟上去。如「你接誰的班」「誰來接替你的工作」。㈧姓。

**接力** ㄐㄧㄝ ㄌㄧˋ 一個接替一個地連續進行。如「接力賽跑」。

**接手** ▲ㄐㄧㄝ ㄕㄡˇ 接替前人的工作。▲ㄐㄧㄝ·ㄕㄡ ①暫時擱置物品的桌子。②從旁接應的人。

**接引** ㄐㄧㄝ ㄧㄣˇ 引導。

**接生** ㄐㄧㄝ ㄕㄥ 照料孕婦生產，使胎兒安全出生。

**接任** ㄐㄧㄝ ㄖㄣˋ 接替職務。

**接合** ㄐㄧㄝ ㄏㄜˊ 連接併合。

**接收** ㄐㄧㄝ ㄕㄡ 接過來，收下。

**接吻** ㄐㄧㄝ ㄨㄣˇ 親嘴。

**接見** ㄐㄧㄝ ㄐㄧㄢˋ 會見賓客。

**接事** ㄐㄧㄝ ㄕˋ 接受職務並開始工作。

**接受** ㄐㄧㄝ ㄕㄡˋ ①受到，承受。②採納。

**接招** ㄐㄧㄝ ㄓㄠ 接受難題或突發狀況，因應變局。

**接物** ㄐㄧㄝ ㄨˋ ①處置事物。②和別人交往。

**接近** ㄐㄧㄝ ㄐㄧㄣˋ ①距離很近。②交往親切。

**接待** ㄐㄧㄝ ㄉㄞˋ 招待。

**接洽** ㄐㄧㄝ ㄑㄧㄚˋ 跟人商量事情。

**接風** ㄐㄧㄝ ㄈㄥ 設宴款待遠道來的親友。也叫「洗塵」。

**接氣** ㄐㄧㄝ ㄑㄧˋ 聯貫（多指文章內容，用於否定句）。如「這兩句不接氣」。

**接班** ㄐㄧㄝ ㄅㄢ ①接替上一班的工作。②指權力的交棒。

**接納** ㄐㄧㄝ ㄋㄚˋ 接受（意見，或個人、團體參加組織）。

**接骨** ㄐㄧㄝ ㄍㄨˇ 傷科醫生醫治受傷骨折的方法。

**接殺** ㄐㄧㄝ ㄕㄚ 棒球比賽術語。打擊手在揮棒把球打出去跑上一壘之前，就被負責防守的隊伍接住球而出局或判上壘無效。

**接連** ㄐㄧㄝ ㄌㄧㄢˊ 連續不斷。

**接替** ㄐㄧㄝ ㄊㄧˋ 從別人手裡把工作接過來並繼續做下去；代替。

**接棒** ㄐㄧㄝ ㄅㄤˋ ①接力賽跑在先後兩人接替的時候，要把「接力棒」傳交下去，叫做「接棒」。②指工作任務方面的新舊傳遞接替。

**接種** ㄐㄧㄝ ㄓㄨㄥˋ 把疫苗注射到人或動物體內，以預防疾病。如種痘。

**接管** ㄐㄧㄝ ㄍㄨㄢˇ 接收並管理。

**接線** ㄐㄧㄝ ㄒㄧㄢˋ ①把電線接通。②代人牽引謀洽某種事情。

**接談** ㄐㄧㄝ ㄊㄢˊ 接見並交談。

**接踵** ㄐㄧㄝ ㄓㄨㄥˇ 図腳後跟相連接。形容人一個跟著一個走的樣子。

**接辦** ㄐㄧㄝ ㄅㄢˋ 從別人手裡把工作接過來辦理。

**接頭** ㄐㄧㄝ ㄊㄡˊ ①接洽。②線路或機件互相接合的地方。

**接龍** ㄐㄧㄝ ㄌㄨㄥˊ 図又叫「頂牛兒」，骨牌的一種玩法，由兩家或幾家輪流出牌，點數可以銜接的就出牌，不能銜接的就扣牌，以終局不扣牌或所扣點數最小者為勝。

**接應** ㄐㄧㄝ ㄧㄥˋ 後援。

**接濟** ㄐㄧㄝ ㄐㄧˋ 救助，支援。

**接點** ㄐㄧㄝ ㄉㄧㄢˇ 電器中電極間的接觸部分，一般指開關、插銷、電鍵和繼電器裡使電路或通或斷的開合點。

**接壤** ㄐㄧㄝ ㄖㄤˇ 図①交界。②毗連著的土地。

**接觸** ㄐㄧㄝ ㄔㄨˋ ①挨起來，碰到一塊兒。如「不能接觸傳染病患者」。②軍事上指交戰而言。

**接續** ㄐㄧㄝ ㄒㄩˋ 連續。

**接力棒** ㄐㄧㄝ ㄌㄧˋ ㄅㄤˋ 接力賽跑的運動員要拿一根短棒，在賽跑當中先後接替的時候由前一人傳交給後一人，這個短棒叫「接力棒」。

**接木法** ㄐㄧㄝ ㄇㄨˋ ㄈㄚˇ 用甲植物的枝條，接在乙植物的幹上，使合成一個植物體，是改良品種的一種繁殖法。

**接地線** ㄐㄧㄝ ㄉㄧˋ ㄒㄧㄢˋ ①為了保護人身或設備的安全，把電力電訊等裝置的金屬底盤或外殼接上地線。②利用大地作回流電路，接上地線。

**接班人** ㄐㄧㄝ ㄅㄢ ㄖㄣˊ 接替上一班工作的人，多用於比喻。

**接茬兒** ㄐㄧㄝ ㄔㄚˊ ㄦ 図㈠接著別人的話頭說下去；搭腔。②緊接著做另外一件事。

**接線生** ㄐㄧㄝ ㄒㄧㄢˋ ㄕㄥ 管理電話總機，負責接通電話的人。

**接觸器** ㄐㄧㄝ ㄔㄨˋ ㄑㄧˋ 可以自動頻繁操作的開關。能切斷幾倍的額定電流，但是不能切斷更大的短路電流。

**接二連三** ㄐㄧㄝ ㄦˋ ㄌㄧㄢˊ ㄙㄢ 繼續不斷，絡繹不絕。

**接力賽跑** ㄐㄧㄝ ㄌㄧˋ ㄙㄞˋ ㄆㄠˇ 徑賽運動中唯一的團體項目。四人或四人以上，依照順序在固定的接力區域內，以最快的速度傳接棒，並且在最短的時間之內跑完規定距離。分二百公尺、四百公尺、八百公尺、一千六百公尺接力，一千公尺異程接力，以及公路接力、大隊接力等。奧運會只列四百公尺和一千六百公尺為正式競賽項目。

## 捷（㨗）

ㄐㄧㄝˊ ㈠快速。如「迅捷」。㈡靈巧，伶俐。如「敏捷」。㈢戰勝。如「連戰連捷」「大捷」。㈣図戰利品。如「獻捷」。

**捷克** ㄐㄧㄝˊ ㄎㄜˋ 國名，歐洲中部的共和國，為一完全內陸國。西元一九九三年一月和斯洛伐克分裂為兩個獨立國家，面積約十二萬八千平方公里，首都布拉格。

**捷徑** ㄐㄧㄝˊ ㄐㄧㄥˋ ①近路。②簡便速成的方法。

**捷書** ㄐㄧㄝˊ ㄕㄨ 報告戰勝的文書。

**捷報** ㄐㄧㄝˊ ㄅㄠˋ ①打勝仗的消息。②最快的消息。③指考試考中的喜報或喜信。

**捷給** ㄐㄧㄝˊ ㄐㄧˇ 図言談的反應很快，對答如流。

**捷運** ㄐㄧㄝˊ ㄩㄣˋ 大眾快速運輸系統，由英文Rapid Trans Portation意譯而來。

**捷足先登** ㄐㄧㄝˊ ㄗㄨˊ ㄒㄧㄢ ㄉㄥ 頭腦、手腳敏捷的人先達到目的。也作「捷足先得」。

## 据

▲図ㄐㄩ。見「拮据」。▲ㄐㄩˋ ㈠「據」的簡寫。㈡通「倨」㈠。

## 掬

図ㄐㄩˊ ㈠捧起來。如「掬水而飲」「笑容可掬（形容笑得明顯）」。㈡一捧。如「鮮果盈掬」。

## 掘

ㄐㄩㄝˊ 挖。如「掘井」「發掘」。

**掘井** ㄐㄩㄝˊ ㄐㄧㄥˇ 在地面上穿鑿洞穴，以便汲取地下水源。

**掘室求鼠** ㄐㄩㄝˊ ㄕˋ ㄑㄧㄡˊ ㄕㄨˇ 比喻因小失大。語出〈淮南子‧說山〉。

## 捲

ㄐㄩㄢˇ ㈠收，聚，把東西彎轉成圓筒狀。如「捲簾子」「把這些掛圖捲起來」。㈡彎轉收聚呈圓筒狀的東西也叫「捲兒」。如「雞蛋捲兒」「煙捲兒」。㈢一種大的力量把東西撮起或裹住。如「北風捲地」「捲入漩渦」。㈣彎曲的東西。如「頭髮打捲兒」。㈤俗語把惡毒的辱罵說是「捲罵」，也簡說「捲」。如「你不應該隨便捲人」。

**捲尺** ㄐㄩㄢˇ ㄔˇ 可以捲起來和伸開的能自由伸縮的尺，用布、皮或金屬製成。

**捲兒** ㄐㄩㄢˇ ㄦ ①裹成圓筒形的東西。如「鋪蓋捲兒」。②卷子。如「花捲兒」。③量詞，用於成卷的東西。如「一捲兒紙」。

**捲逃** ㄐㄩㄢˇ ㄊㄠˊ 捲帶錢物潛逃。

**捲菸** ㄐㄩㄢˇ ㄧㄢ 就是香菸，也寫作「菸捲」或「菸捲兒」。

**捲髮** ㄐㄩㄢˇ ㄈㄚˇ 把頭髮捲成彎曲的形狀。

**捲心菜** ㄐㄩㄢˇ ㄒㄧㄣ ㄘㄞˋ 十字花科，菜層層包裹成圓球形，色淡綠，俗稱「包心菜」。

**捲葉蛾** ㄐㄩㄢˇ ㄧㄝˋ ㄜˊ 昆蟲，成蟲身體小，前翅寬，幼蟲吃植物的葉片或鑽進果實裡面吃果實，有的把葉片捲成筒狀，在裡面吐絲做繭。

**捲鋪蓋** ㄐㄩㄢˇ ㄆㄨ ㄍㄞˋ 蓋字輕讀。比喻被解雇或辭職，離開工作地點。

**捲簾格** ㄐㄩㄢˇ ㄌㄧㄢˊ ㄍㄜˊ 謎語的一格。謎底要由下往上倒著念才跟謎面切合的，叫「捲簾格」。

**捲土重來** ㄐㄩㄢˇ ㄊㄨˇ ㄔㄨㄥˊ ㄌㄞˊ 失敗以後，重新再來努力恢復。

**捲舌元音** ㄐㄩㄢˇ ㄕㄜˊ ㄩㄢˊ ㄧㄣ 把舌尖向裡捲起來，使舌面和舌尖同時起作用而發出的元音，如國語中的ㄦ。

# 掐

ㄑㄧㄚ ㈠用手指頭或指甲夾住或按住。如「緊掐脖子」「誰在蘋果上掐了幾個指甲印子」。㈡採摘，用指甲摘斷。如「掐花」。㈢用手指拿著。如「手裡掐著一把青菜」。又用來形容數量很少。如「他又不曾虧欠你一掐半掐」。

**掐訣** ㄑㄧㄚ ㄐㄩㄝˊ 和尚、道士念咒時用拇指掐其他指頭的關節。如：「掐訣念咒」。

**掐算** ㄑㄧㄚ ㄙㄨㄢˋ 算字輕讀。是「掐指一算」的意思。①用手指算數目。②猜度，預料。

**掐花(兒)** ㄑㄧㄚ ㄏㄨㄚ(ㄦ) 因以指甲折花。

**掐頭去尾** ㄑㄧㄚ ㄊㄡˊ ㄑㄩˋ ㄨㄟˇ 省略不重要的部分。如「掐頭去尾簡短地說」。

# 掮

ㄑㄧㄢˊ ㈠用肩膀扛東西。㈡因「掮客」的簡詞。如「掮商」「掮者」。

**掮客** ㄑㄧㄢˊ ㄎㄜˋ 代客買賣，從中抽取佣金的人。

# 掀

ㄒㄧㄢ ㈠揭。如「把這一頁掀過去」「掀簾子」。㈡高起而離開原來的位置。如「馬受驚了亂跑亂跳，把騎馬的掀了下來」。㈢翻騰，鼓盪。如「掀起大風波」。

**掀天** ㄒㄧㄢ ㄊㄧㄢ ①形容起得很高。如「波浪掀天」。②形容很驚人。如「掀天事業」。

**掀起** ㄒㄧㄢ ㄑㄧˇ ①招起。②高高舉起。③同「掀」㈢，是翻騰，鼓盪。

**掀動** ㄒㄧㄢ ㄉㄨㄥˋ 揭起，挑(ㄊㄧㄠˇ)動。

**掀開** ㄒㄧㄢ ㄎㄞ 揭開，翻開。

**掀天動地** ㄒㄧㄢ ㄊㄧㄢ ㄉㄨㄥˋ ㄉㄧˋ ①劇烈的變動。意思同「驚天動地」。②形容驚人的，很使人吃驚。

**掀風播浪** ㄒㄧㄢ ㄈㄥ ㄅㄛˋ ㄌㄤˋ 鼓動風潮，或是鼓搗煽動許多人去做壞事。也作「興風作浪」。

# 掌

ㄓㄤˇ ㈠手心這一面叫手掌，簡稱掌。如「鼓掌」「瞭如指掌」。㈡動物的腳底板。如「鴨掌」「熊掌」。㈢指鞋底說的。如「鞋底破了，去補一補前後掌」。㈣用手把著。如「掌著舵」。㈤管理，主持。如「掌大權」「掌灶的」。㈥用手掌打。如「掌嘴」「掌頰」。㈦姓。

**掌心** ㄓㄤˇ ㄒㄧㄣ ①手心。②比喻控制的範圍。

**掌印** ㄓㄤˇ ㄧㄣˋ 掌管印信，比喻主持事務或掌握政權。

**掌故** ㄓㄤˇ ㄍㄨˋ 以往的典章制度以及傳說故事。

**掌珠** ㄓㄤˇ ㄓㄨ 比喻極受父母寵愛的兒女，也比喻為人所珍愛的物品。也說「掌上明珠」「掌中珠」。

**掌骨** ㄓㄤˇ ㄍㄨˇ 構成手掌的骨頭，每個手掌有五根。

**掌舵** ㄓㄤˇ ㄉㄨㄛˋ 把著舵，控制航行方向。

**掌握** ㄓㄤˇ ㄨㄛˋ 控制住的意思。

**掌旗** ㄓㄤˇ ㄑㄧˊ 運動會開幕出場時，舉著隊旗在隊伍前導者。

**掌管** ㄓㄤˇ ㄍㄨㄢˇ 負責管理；主持。

**掌嘴** ㄓㄤˇ ㄗㄨㄟˇ 〔方〕打嘴巴。

**掌燈** ㄓㄤˇ ㄉㄥ 〔方〕點燈。

**掌聲** ㄓㄤˇ ㄕㄥ 鼓掌的聲音。如「掌聲雷動」。

**掌櫃** ㄓㄤˇ ㄍㄨㄟˋ 管理商店的銀錢，主持商店事務的人，就是舊式商店的經理。也叫「掌櫃的」。

**掌權** ㄓㄤˇ ㄑㄩㄢˊ 掌握大權。

**掌上舞** ㄓㄤˇ ㄕㄤˋ ㄨˇ 形容舞態的輕盈。

**掌勺兒** ㄓㄤˇ ㄕㄠˊ ㄦ 負責烹飪煎炒的事。

**掌中戲** ㄓㄤˇ ㄓㄨㄥ ㄒㄧˋ 民俗藝術的一種，將人偶的衣飾身軀做成布袋狀，套在手中舞弄搬演。

**掌心雷** ㄓㄤˇ ㄒㄧㄣ ㄌㄟˊ ①道家稱得道的人能隨手發電擊物的道術。②小得可以用手掌握住的武器，常指小型手槍。

**掌舵的** ㄓㄤˇ ㄉㄨㄛˋ ˙ㄉㄜ ①在船上掌舵的人。②主持重要事務的人。

**掌狀脈** ㄓㄤˇ ㄓㄨㄤˋ ㄇㄞˋ 植物的葉脈，左右分歧，形狀好像手掌一樣的，叫掌狀脈。

**掌灶(兒)的** ㄓㄤˇ ㄗㄠˋ (ㄦ) ˙ㄉㄜ 稱飯館裡的廚師，管烹飪的人。

**掌上明珠** ㄓㄤˇ ㄕㄤˋ ㄇㄧㄥˊ ㄓㄨ 稱人家的女兒叫「掌上明珠」，比喻其珍貴。簡稱「掌珠」。

**掌狀複葉** ㄓㄤˇ ㄓㄨㄤˋ ㄈㄨˋ ㄧㄝˋ 植物學名詞。小葉基部一起著生在總葉柄的頂端，好像手掌張開的樣子。例如木棉、鵝掌柴的葉子。

## 掙

▲ㄓㄥ 用力。「扎掙」就是勉強支持。「掙扎」是用力支持。

▲ㄓㄥˋ ㈠用力拉緊，拉斷。如「掙脫了枷鎖」「把綁著的繩子掙斷」。㈡出力謀取。如「掙錢」。

**掙扎** ㄓㄥ ㄓㄚˊ 用力支持。如「敵人作垂死掙扎」。

**掙脫** ㄓㄥˋ ㄊㄨㄛ 用力使自己擺脫束縛。如「掙脫枷鎖」。

**掙錢** ㄓㄥˋ ㄑㄧㄢˊ 出力賺錢。

**掙命(兒)** ㄓㄥ ㄇㄧㄥˋ (ㄦ) 〔方〕臨死的掙扎。

## 掣

ㄔㄜˋ ㈠拉，拽。如「掣肘」「風馳電掣」。㈡抽取。如「掣籤」。

**掣肘** ㄔㄜˋ ㄓㄡˇ 拉住胳臂肘兒。①比喻阻撓別人做事。如「原來有人掣肘，怪不得這件事做不成功」。②比喻做事受人牽制。如「這件事處處掣肘，實在很難做好」。

**掣電** ㄔㄜˋ ㄉㄧㄢˋ 形容時間極短，像電光的一閃。

**掣後腿** ㄔㄜˋ ㄏㄡˋ ㄊㄨㄟˇ 比喻從後面牽制，使不能順利前進。也作「扯後腿」。

## 捵(抻)

ㄔㄣ 北方方言。用碾壓、拉扯的方法，使物體的長度增加。用這一種方法拉長的麵條兒叫「捵麵」(也叫「拉麵」)。從前也有把這方法用在還不全乾的被單、被套上，使皺紋消失。

**捵麵** ㄔㄣ ㄇㄧㄢˋ 用手捵長的麵條。也作「拉麵」。

## 捨

ㄕㄜˇ ㈠不要了，不顧了。如「四捨五入」「兩個人難捨難分」。㈡放下，放著，不管或不用。如「捨己之田，耘人之田」。㈢布施；為了同情或宗教信仰，把財物白白送給人。如「施捨」「捨藥」。

**捨身** ㄕㄜˇ ㄕㄣ 犧牲自己的身體。

**捨命** ㄕㄜˇ ㄇㄧㄥˋ 拚死，不顧自身的生命。

**捨得** ㄕㄜˇ ˙ㄉㄜ 願意割捨；不吝惜。

**捨棄** ㄕㄜˇ ㄑㄧˋ 放棄。

**捨不得** ㄕㄜˇ ㄅㄨˋ ˙ㄉㄜ ①愛惜不忍捨棄。②因顧惜而不肯。如「他的孩子有了過錯，他也捨不得責罰」。

**捨己為人** ㄕㄜˇ ㄐㄧˇ ㄨㄟˋ ㄖㄣˊ 為了他人而犧牲自己的利益。又作「舍己為人」。

**捨己從人** ㄕㄜˇ ㄐㄧˇ ㄘㄨㄥˊ ㄖㄣˊ 放棄自己的意見，順從他人。

**捨本逐末** ㄕㄜˇ ㄅㄣˇ ㄓㄨˊ ㄇㄛˋ 不顧根本重要問題，只注意小節。

**捨生取義** ㄕㄜˇ ㄕㄥ ㄑㄩˇ ㄧˋ 見「舍生取義」。

**捨死忘生** ㄕㄜˇ ㄙˇ ㄨㄤˋ ㄕㄥ 形容不顧性命危險。又作「舍死忘生」。

**捨近求遠** ㄕㄜˇ ㄐㄧㄣˋ ㄑㄧㄡˊ ㄩㄢˇ 捨去近的而追求遠的。比喻人的迂拙。

**捨短取長** ㄕㄜˇ ㄉㄨㄢˇ ㄑㄩˇ ㄔㄤˊ 除其缺點取其優點。

# 授

ㄕㄡˋ ㈠給。如「私相授受」「授獎」。㈡教給人，讓人學習。如「講授」「傳授」。

**授予** ㄕㄡˋ ㄩˇ 給予（勳章、獎狀、學位、榮譽等）。也作「授與」。

**授田** ㄕㄡˋ ㄊㄧㄢˊ 古時候土地公有，按戶授給人民耕種，按時交納賦稅，年老或身死還田。現代也有因某事而由政府授給土地。

**授受** ㄕㄡˋ ㄕㄡˋ 給與和接受。

**授命** ㄕㄡˋ ㄇㄧㄥˋ 〔文〕捐軀捨棄生命。〈論語〉有「見危授命」。

**授首** ㄕㄡˋ ㄕㄡˇ 〔文〕（叛逆、盜賊等）被斬首。

**授粉** ㄕㄡˋ ㄈㄣˇ 雄蕊的花粉傳到雌蕊的柱頭上，叫做授粉。

**授意** ㄕㄡˋ ㄧˋ 把自己的意思告訴別人，叫別人照著去做。

**授業** ㄕㄡˋ ㄧㄝˋ 師長以學業傳授弟子。

**授獎** ㄕㄡˋ ㄐㄧㄤˇ 頒發獎品或獎狀。如：「授獎大會」。

**授課** ㄕㄡˋ ㄎㄜˋ 教授功課。

**授權** ㄕㄡˋ ㄑㄩㄢˊ 把完成任務的職權交付給人。

# 掞

〔文〕ㄕㄢˋ 伸展，發舒。「掞張」是說鋪張浮華，「掞藻」是說發舒詞藻。

# 捽

〔文〕ㄗㄨˊ ㈠手裡拿著。㈡抵觸。㈢拔。如「捽草」。語音ㄗㄨㄛˊ〔方〕拉、揪的意思。如「小女兒捽著媽媽的袖子」。

# 採

ㄘㄞˇ ㈠摘取下來。如「採茶」「採桑」。㈡選擇，選取。如「稿件不好的不採」「採納」。㈢搜求，找。如「採掘」「開採」。㈣扯，揪，牽引。如「不要採小狗的尾巴」。㈤古書裡有的和「睬」字通，是過問、理會的意思。

**採用** ㄘㄞˇ ㄩㄥˋ 選取。

**採取** ㄘㄞˇ ㄑㄩˇ ①摘取。②選擇施行。

**採納** ㄘㄞˇ ㄋㄚˋ 接受意見。

**採訪** ㄘㄞˇ ㄈㄤˇ ①新聞記者打聽消息。如「採訪新聞」。②有關地方文獻掌故的採集。

**採買** ㄘㄞˇ ㄇㄞˇ 選擇購買（物品）。如「採買禮物」。

**採集** ㄘㄞˇ ㄐㄧˊ 同「采集」。搜羅材料。如「採集標本」。

**採摘** ㄘㄞˇ ㄓㄜ 對於花草蔬果的摘取。

**採擇** ㄘㄞˇ ㄗㄜˊ 選擇。也作「采擇」。

**採辦** ㄘㄞˇ ㄅㄢˋ 選買各種物品。

**採購** ㄘㄞˇ ㄍㄡˋ 選擇購買（多指為機關或企業）。如「採購建材」。

**採擷** ㄘㄞˇ ㄒㄧㄝˊ 摘取。擷也讀ㄐㄧㄝˊ。

**採礦** ㄘㄞˇ ㄎㄨㄤˋ 掘取地底下的礦物。

## 措

ㄘㄨㄛˋ ㈠安放，安置。如「手足無措」「驚慌失措」。㈡〔文〕放棄了，不管了。〈中庸〉有「學之弗能，弗措也」：意思是說：如果沒學好，決不把它放下。㈢事先計畫辦理。如「籌措款項」。

**措大** ㄘㄨㄛˋ ㄉㄚˋ 稱一般不被賞識的知識分子，含有輕慢的意味。如「窮措大」「老措大」。

**措手** ㄘㄨㄛˋ ㄕㄡˇ 動手安排。如「時間太迫促了，要辦這一件事情恐怕是措手不及」。

**措施** ㄘㄨㄛˋ ㄕ 安排施行。

**措意** ㄘㄨㄛˋ ㄧˋ 介意，留意。

**措置** ㄘㄨㄛˋ ㄓˋ 安排，料理。

**措辭** ㄘㄨㄛˋ ㄘˊ 運用語詞。

## 掃（埽）

▲ㄙㄠˇ ㈠用笤帚等器具除去塵土。如「把地掃乾淨」。㈡除去，消滅。如「掃除文盲」。㈢完全歸攏在一起。如「將欠款掃數還清」。㈣用一種動作很快地達到各方面。如「用眼睛一掃」「掃射」。
▲ㄙㄠˋ看「掃帚」「掃帚星」等條。

**掃平** ㄙㄠˇ ㄆㄧㄥˊ 討伐平定。

**掃地** ㄙㄠˇ ㄉㄧˋ ①掃除地上的垃圾。②形容消滅無餘；例如文人墮落，稱「斯文掃地」，名譽敗壞稱「聲名掃地」。

**掃把** ㄙㄠˋ ㄅㄚˇ 除去塵土、垃圾等的用具，多用竹枝或尼龍絲紮成，比笤帚大。又叫「掃帚」。

**掃帚** ㄙㄠˋ ㄓㄡˇ 帚字輕讀。掃地的器具，用竹枝等做的大笤帚。

**掃房** ㄙㄠˇ ㄈㄤˊ 清除房屋，舉行大掃除。

**掃盲** ㄙㄠˇ ㄇㄤˊ 掃除文盲，對不識字或識字很少的成年人進行識字教育，使他們脫離文盲狀態。

**掃射** ㄙㄠˇ ㄕㄜˋ ①用槍砲左右旋轉成半圓形來射擊敵人。②戰鬥機用機槍向地面往返射擊。③眼珠很快地移動，向各處看一看。

**掃除** ㄙㄠˇ ㄔㄨˊ ①灑掃清除汙穢的東西。②清除，消滅。如「掃除文盲」。

**掃描** ㄙㄠˇ ㄇㄧㄠˊ 利用一定裝置使電子束、無線電波等左右移動而描繪出畫面、物體等圖形。

**掃街** ㄙㄠˇ ㄐㄧㄝ ①清掃街道。②沿著街道。如「掃街拜票」。

**掃視** ㄙㄠˇ ㄕˋ 目光迅速地向周圍看。

**掃滅** ㄙㄠˇ ㄇㄧㄝˋ 掃蕩，消滅。

**掃榻** ㄙㄠˇ ㄊㄚˋ 〔文〕清掃床上的灰塵，準備客人寄住；是歡迎朋友來臨的意思。

**掃墓** ㄙㄠˇ ㄇㄨˋ 到墓地去祭祖先，清掃墓地環境。如「清明節掃墓」。

**掃數** ㄙㄠˇ ㄕㄨˋ 全部數目，完全歸攏在一起的數目。

**掃興** ㄙㄠˇ ㄒㄧㄥˋ 打消了興致。

**掃蕩** ㄙㄠˇ ㄉㄤˋ 把他完全消滅。好像用掃帚掃、用水沖一樣。

**掃臉** ㄙㄠˇ ㄌㄧㄢˇ 丟臉。

**掃帚星** ㄙㄠˋ ㄓㄡˇ ㄒㄧㄥ 帚字輕讀。彗星也稱掃帚星。

**掃堂腿**（ㄙㄠˋ ㄊㄤˊ ㄊㄨㄟˇ） 武術的一種動作，是把腿横著一掄，來絆倒敵人。

**掃雷艇**（ㄙㄠˇ ㄌㄟˊ ㄊㄧㄥˇ） 專門搜索和排除水雷的快速艦，用於開闢雷區航道，以保障艦船航行安全。

**掃地出門**（ㄙㄠˇ ㄉㄧˋ ㄔㄨ ㄇㄣˊ） 剝奪全部財產，趕出家門。

**捱** ㄞˊ ㈠受；通「挨」字。如「捱罵」「捱餓」。㈡等待，拖延；與「挨」通。如「捱一天又一天」「把日子捱過去」。

**掖** ▲ㄧˋ ㈠〔文〕攙扶。㈡〔文〕提拔，幫助。如「獎掖」。㈢〔文〕旁邊。如宮殿的旁門叫「掖門」；宮殿也稱「宮掖」；掖，指旁殿說。㈣掖縣，在山東省。㈤通「腋」。語音ㄧㄝˋ。

▲ㄧㄝ ㈠塞藏，放進緊密的地方。如「腰裡掖著槍」「不瞞著，也不掖著，有什麼說什麼」。㈡也指倒捲起來說。如「把衣裳襟兒掖起來」。

**挜** ㄧㄚˋ ㈠別人不要而強給他。㈡搖。〈水滸傳〉有「挜著金蘸斧，立馬在陣前」。㈢把持也說「挜把」。

**掩** ㄧㄢˇ ㈠遮住，擋住。如「遮掩」「掩耳盜鈴」。㈡關上，合上。如「掩門」「掩卷」。㈢〔文〕突然來攻擊。如「掩襲」「大軍掩至」。

**掩口**（ㄧㄢˇ ㄎㄡˇ） ①用手遮口。②笑。

**掩耳**（ㄧㄢˇ ㄦˇ） 用手摀著耳朵。

**掩至**（ㄧㄢˇ ㄓˋ） 〔文〕乘其不備而至。也作「奄至」。

**掩抑**（ㄧㄢˇ ㄧˋ） 掩：撫弄。抑：按。掩抑是撫彈（琵琶等弦樂器）的意思。

**掩卷**（ㄧㄢˇ ㄐㄩㄢˋ） 〔文〕合起書本。

**掩泣**（ㄧㄢˇ ㄑㄧˋ） 〔文〕摀著臉哭泣。

**掩門**（ㄧㄢˇ ㄇㄣˊ） 把門關上。

**掩映**（ㄧㄢˇ ㄧㄥˋ） 〔文〕光和影相映。

**掩埋**（ㄧㄢˇ ㄇㄞˊ） 埋藏，埋在地下。

**掩藏**（ㄧㄢˇ ㄘㄤˊ） 隱藏。

**掩襲**（ㄧㄢˇ ㄒㄧˊ） 乘敵人不注意而加以襲擊。也作「掩殺」。

**掩蓋**（ㄧㄢˇ ㄍㄞˋ） 掩蔽。

**掩飾**（ㄧㄢˇ ㄕˋ） ①說假話裝面子。②遮掩錯誤不讓人知道。

**掩鼻**（ㄧㄢˇ ㄅㄧˊ） ①怕臭氣而摀住鼻子。②表示厭惡（ㄨˋ）。

**掩蔽**（ㄧㄢˇ ㄅㄧˋ） 遮蓋。

**掩護**（ㄧㄢˇ ㄏㄨˋ） 遮蔽保護。

**掩體**（ㄧㄢˇ ㄊㄧˇ） 作戰時候用以掩蔽的一種地面工事。

**掩蔽部**（ㄧㄢˇ ㄅㄧˋ ㄅㄨˋ） 保障人員免受敵方炮火傷害的掩蔽工事，一般構築在地下。

**掩人耳目**（ㄧㄢˇ ㄖㄣˊ ㄦˇ ㄇㄨˋ） 比喻欺瞞別人。

**掩耳盜鈴**（ㄧㄢˇ ㄦˇ ㄉㄠˋ ㄌㄧㄥˊ） 偷鈴怕鈴響，自己掩住耳朵聽不見，就以為鈴不響了；比喻自己欺騙自己。

## 九筆

**摒（摒）** 〔文〕ㄅㄧㄥˋ ㈠排除，除去。㈡見「摒擋」。

**摒除**（ㄅㄧㄥˋ ㄔㄨˊ） 〔文〕排除，除去。也作「屏除」。

**摒棄**（ㄅㄧㄥˋ ㄑㄧˋ） 〔文〕摒除捨棄。

**摒擋**（ㄅㄧㄥˋ ㄉㄤˋ） 〔文〕收拾，料理。如「摒擋行裝」。

**描** ㄇㄧㄠˊ ㈠照樣子摹仿著畫。如「描圖樣」。㈡細細地畫。㈢反覆塗抹。如「寫字不要描」「越描越黑」。

**描金**（ㄇㄠˊ ㄐㄧㄣ）用金銀粉在器物上細細塗畫作為裝飾，叫做「描金」。

**描眉**（ㄇㄠˊ ㄇㄟˊ）描畫眉毛。

**描述**（ㄇㄠˊ ㄕㄨˋ）用語言文字來表達事物的情況。

**描畫**（ㄇㄠˊ ㄏㄨㄚˋ）畫；描寫。

**描寫**（ㄇㄠˊ ㄒㄧㄝˇ）依照事物的性態、狀況跟背景等，用文字或圖畫、音樂等作品表現出來。

**描摹**（ㄇㄠˊ ㄇㄛˊ）依樣摹寫繪畫。

**描繪**（ㄇㄠˊ ㄏㄨㄟˋ）①細細地畫。②同「描寫」。

## 提

▲ㄊㄧˊ ㈠手拿著東西的上部，讓東西向下垂著。㈡懸在上面。如「寫大字要提腕」「提著一口氣」。㈢由下往上拉。如「提升」「把襪子提一提」。㈣把時間往前挪。如「這個會議提前舉行」「把日程往前提幾天」。㈤取出。如「提煉」「提款」。㈥拿出，舉出。如「提議」「提名」。㈦說，說起。如「舊話重提」「別提了」。㈧振作。如「提精神」。㈨國字由下斜向上寫的一種筆法。

▲ㄉㄧ 看「提溜」「提防」條。

▲図ㄕˊ 「朱提」，銀的別稱。

**提升**（ㄊㄧˊ ㄕㄥ）提拔升級。

**提出**（ㄊㄧˊ ㄔㄨ）①抽取。②拿出。如「提出議案」。

**提包**（ㄊㄧˊ ㄅㄠ）有提梁的包兒，用皮、布、塑料等製成。

**提示**（ㄊㄧˊ ㄕˋ）①拿出來給大家看。如「提示圖樣」。②提出來，指示出來，讓大家知道。③提出學生已知的事項，使和現在所教的發生關係的教學法。

**提交**（ㄊㄧˊ ㄐㄧㄠ）把需要討論、決定或處理的問題交給有關的機構或會議。如「提交大會討論」。

**提名**（ㄊㄧˊ ㄇㄧㄥˊ）在決定人選之前提出適當候選人的姓名，通常是從政黨利益為考量依據。

**提存**（ㄊㄧˊ ㄘㄨㄣˊ）法律名詞。清償人因債權人難為給付時，將其給付物為債權人寄存於法院所指定處所，以代替清償的行為。

**提成**（ㄊㄧˊ ㄔㄥˊ）提取全額的若干成。

**提早**（ㄊㄧˊ ㄗㄠˇ）提前。如「提早出發」。

**提行**（ㄊㄧˊ ㄏㄤˊ）書寫或排版時另起一行。

**提防**（ㄊㄧˊ ㄈㄤˊ）小心防備。語音ㄉㄧ ˙ㄈㄤ。

**提供**（ㄊㄧˊ ㄍㄨㄥ）①拿出具體的意見或資料。②供給。

**提取**（ㄊㄧˊ ㄑㄩˇ）①從負責保管的機構取出（存放的或應得的財物）。如「提取存款」。②提煉而取得。如「從油頁岩中提取石油」。

**提拔** ▲ㄊㄧˊ ㄅㄚˊ 舉荐任事。▲ㄊㄧˊ ˙ㄅㄚ 提醒。

**提花**（ㄊㄧˊ ㄏㄨㄚ）用經線、緯線錯綜地在織物上織出凸起的圖案。

**提前**（ㄊㄧˊ ㄑㄧㄢˊ）儘先，把期間提早。

**提要**（ㄊㄧˊ ㄧㄠˋ）摘出要點。

**提倡**（ㄊㄧˊ ㄔㄤˋ）①發起。②鼓勵，倡導。

**提挈**（ㄊㄧˊ ㄑㄧㄝˋ）図相扶持。也作「提攜」。

**提案**（ㄊㄧˊ ㄢˋ）①提出議案。②提供大家討論研究決定的問題。

**提神**（ㄊㄧˊ ㄕㄣˊ）使精神興奮。

**提訊**（ㄊㄧˊ ㄒㄩㄣˋ）把犯人從關押的地方提出來審訊。

**提起**（ㄊㄧˊ ㄑㄧˇ）①談到。②興起。如「提起精神」。③提出。如「提起訴訟」。

**提高**（ㄊㄧˊ ㄍㄠ）把低的（位置、程度、等級）抬高或拉高。如「提高工作效率」「提高生活水準」。

**提問**（ㄊㄧˊ ㄨㄣˋ） 設問的一種，指為提起下文的設問。提問之後，一定附有答案。（多指教師對學生）

**提票**（ㄊㄧˊ ㄆㄧㄠˋ） 強制訴訟關係人到法院的憑票。

**提貨**（ㄊㄧˊ ㄏㄨㄛˋ） （從貨棧、倉庫等處）提取貨物。

**提單**（ㄊㄧˊ ㄉㄢ） 提取貨物的憑單。

**提款**（ㄊㄧˊ ㄎㄨㄢˇ） 把錢從金融機構提取出來。

**提琴**（ㄊㄧˊ ㄑㄧㄣˊ） 一種弦樂器，有大中小及低音等多種；小提琴也稱「梵啞鈴」（Violin的音譯）。

**提筆**（ㄊㄧˊ ㄅㄧˇ） 拿筆，指寫作而言。

**提腕**（ㄊㄧˊ ㄨㄢˋ） 寫字運腕的一種方法；肘部貼在桌上，輕提手腕寫字。

**提詞**（ㄊㄧˊ ㄘˊ） 戲劇演出時給演員提示臺詞。

**提訴**（ㄊㄧˊ ㄙㄨˋ） 提起訴訟。

**提補**（ㄊㄧˊ ㄅㄨˇ） 補字輕讀。用言語提醒。也作「提撥」。

**提溜**（ㄉㄧ ㄌㄡ） 溜字輕讀。手裡提著。

**提煉**（ㄊㄧˊ ㄌㄧㄢˋ） 把不純的物質，經過鍛鍊而提取純粹的物質。

**提撥**（ㄊㄧˊ ㄅㄛ） ①將一部分的錢財分出來移作某種用途。②〔方〕撥字輕讀。提醒。

**提撕**（ㄊㄧˊ ㄙ） 〔文〕①提掣。②振作。③使他警悟。

**提箱**（ㄊㄧˊ ㄒㄧㄤ） 手提的箱子。

**提調**（ㄊㄧˊ ㄉㄧㄠˋ） 管理跟調度。

**提親**（ㄊㄧˊ ㄑㄧㄣ） 說親。

**提醒**（ㄊㄧˊ ㄒㄧㄥˇ） 從旁指點或促人注意。

**提錢**（ㄊㄧˊ ㄑㄧㄢˊ） 把錢從金融機構提取出來。也說「提款」。

**提議**（ㄊㄧˊ ㄧˋ） 提出意見，請大家討論。

**提攜**（ㄊㄧˊ ㄒㄧ） 領著孩子走路，比喻在事業上扶植後輩。

**提梁（兒）**（ㄊㄧˊ ㄌㄧㄤˊ ㄦ） 籃子、水壺等用手所提的部分。

**提盒（兒）**（ㄊㄧˊ ㄏㄜˊ ㄦ） 裝有提梁的食盒。

**提籃（兒）**（ㄊㄧˊ ㄌㄢˊ ㄦ） 小巧有提梁的籃子。

**提手兒**（ㄊㄧˊ ㄕㄡˇ ㄦ） 國字的「手」字部首偏旁。

**提款卡**（ㄊㄧˊ ㄎㄨㄢˇ ㄎㄚˇ） 上面附有磁條密碼，插入金融機構的提款機內便可提取現款的卡片。

**提款機**（ㄊㄧˊ ㄎㄨㄢˇ ㄐㄧ） 金融機構用來供存款戶提領現款的機器。

**提稱語**（ㄊㄧˊ ㄔㄥ ㄩˇ） 書信前面的稱謂關聯敬語。

**提審法**（ㄊㄧˊ ㄕㄣˇ ㄈㄚˇ） 為保護人身自由，人民被任何機關拘捕，法院有在一定時間內提審的權力。被捕的人也可以自請提審。

**提燈會**（ㄊㄧˊ ㄉㄥ ㄏㄨㄟˋ） 節日的晚間提著燈籠遊行的盛會。

**提頭兒** ▲ㄊㄧˊ ㄊㄡˊ ㄦ 引起話頭。▲ㄊㄧ ˙ㄊㄡ ㄦ 談論的價值。如「這種事沒個大提頭兒」。

**提心吊膽**（ㄊㄧˊ ㄒㄧㄣ ㄉㄧㄠˋ ㄉㄢˇ） 很擔心，時時刻刻留神。

**提綱挈領**（ㄊㄧˊ ㄍㄤ ㄑㄧㄝˋ ㄌㄧㄥˇ） 摘取大綱，握住要領。

**提線木偶**（ㄊㄧˊ ㄒㄧㄢˋ ㄇㄨˋ ㄡˇ） 木偶戲的一種，表演時藝人用線牽引木偶表演動作。

## 掿

ㄋㄨㄛˋ 拿著，同「搦」；舊小說（如〈水滸傳〉）裡用的字。

## 揢

ㄎㄜ ㈠用手握住。㈡卡住，夾住，不能進退或上下。如「抽屜揢住了，拉不開了」。㈢「揢人」就是故意為難人。

**揩** ㄎㄞ 擦抹。如「把桌子揩乾淨」。

**揩油** ㄎㄞ ㄧㄡˊ 俗稱舞弊、取利或白占便宜。也讀ㄎㄚ ㄧㄡˊ。

**揆** 囟ㄎㄨㄟˊ ㈠揣測，審度。㈡道理。〈孟子〉有「先聖後聖，其揆一也」。㈢古時把宰相稱做「揆」。㈣近代借稱內閣總理或相當於內閣總理的官職。又讀ㄎㄨㄟˋ。

**揆度** ㄎㄨㄟˊ ㄉㄨㄛˋ 囟測度。

**揮** ㄏㄨㄟ ㈠振動，搖動。如「大筆一揮」「揮扇」。㈡掄開，舞動。如「揮刀」「把大旗一揮」。㈢發號令，做指示。如「指揮大軍」「揮令前進」。㈣做出手勢，讓人離開。如「招之即來，揮之即去」。㈤散開，散去。如「發揮」「揮金如土」。㈥囟甩，灑。如「揮淚」「揮汗成雨」。

**揮刀** ㄏㄨㄟ ㄉㄠ 揮動著刀。

**揮手** ㄏㄨㄟ ㄕㄡˇ 舉起手來揮動。①表示見面招呼。②表示告別。③叫人走開。

**揮杆** ㄏㄨㄟ ㄍㄢ ①打高爾夫球時用球杆擊球的動作。②也指打高爾夫球。

**揮拍** ㄏㄨㄟ ㄆㄞ 打網球、羽毛球或桌球時以球拍擊球的動作叫「揮拍」。

**揮扇** ㄏㄨㄟ ㄕㄢˋ 用手揮動扇子，通常是搧涼。

**揮動** ㄏㄨㄟ ㄉㄨㄥˋ 舉起胳膊（連同拿著的東西）搖擺。

**揮毫** ㄏㄨㄟ ㄏㄠˊ 用毛筆寫字或畫圖。

**揮淚** ㄏㄨㄟ ㄌㄟˋ 囟灑淚，落淚。

**揮發** ㄏㄨㄟ ㄈㄚ 液體在常溫中慢慢變為氣體。容易揮發的液體，可以說它是「揮發性」很強，像酒精、汽油等。由石油提煉出來的汽油之類揮發性強的油液，統稱為「揮發油」。

**揮舞** ㄏㄨㄟ ㄨˇ 舉起手臂（連同拿著的東西）搖擺。

**揮霍** ㄏㄨㄟ ㄏㄨㄛˋ 囟浪費金錢。

**揮灑** ㄏㄨㄟ ㄙㄚˇ ①揮筆灑墨，就是說隨意寫字作畫。②灑脫，瀟灑的樣子。

**揮汗成雨** ㄏㄨㄟ ㄏㄢˋ ㄔㄥˊ ㄩˇ ①比喻人數多。②天熱多汗。也作「揮汗如雨」。

**揮金如土** ㄏㄨㄟ ㄐㄧㄣ ㄖㄨˊ ㄊㄨˇ 極度浪費金錢。

**撝** ㄏㄨㄟ ㈠囟「撝謙」，就是謙讓。㈡指揮，和「麾」「揮」㈠㈡㈢㈣㈥相通。

**換** ㄏㄨㄢˋ ㈠對調，互易。如「交換」「兌換」。㈡改變，更改。如「換車」「換衣服」。

**換文** ㄏㄨㄢˋ ㄨㄣˊ 國家與國家之間就已經達成協議的事項而交換內容相同的文書。一般用來補充正式條約或確定已達成的協議。

**換牙** ㄏㄨㄢˋ ㄧㄚˊ 乳齒逐一脫落，恆齒逐一長出來。一般人在六歲到八歲時開始換牙，十二歲到十四歲時乳齒全部被恆齒所替代。

**換車** ㄏㄨㄢˋ ㄔㄜ ①由一地出發到目的地的途中，換乘另一輛或另一列車叫「換車」。②把原有的車另換一輛。

**換防** ㄏㄨㄢˋ ㄈㄤˊ 原在某處駐防的部隊移交防守任務，由新調來的部隊接替。

**換取** ㄏㄨㄢˋ ㄑㄩˇ 用交換的方法取得。

**換帖** ㄏㄨㄢˋ ㄊㄧㄝˇ 結拜異姓兄弟（舊時朋友結義為兄弟時，把自己的姓名、籍貫、家世寫在帖子上，彼此交換）。

**換班** ㄏㄨㄢˋ ㄅㄢ 工作的輪流替換。

**換裝** ㄏㄨㄢˋ ㄓㄨㄤ 改變穿著裝束。

**換算** ㄏㄨㄢˋ ㄙㄨㄢˋ 把某種單位的數量折合成另一種單位的數量。

**換錢**（ㄏㄨㄢˋ ㄑㄧㄢˊ） ①把整錢換成零錢或把零錢換成整錢。②把一種貨幣換成另一種貨幣。③把東西賣出得到錢。

**換藥**（ㄏㄨㄢˋ ㄧㄠˋ） ①為外傷的患部更換包紮的藥。②改換另一種服用的藥。

**換季（兒）**（ㄏㄨㄢˋ ㄐㄧˋ ㄦ） 指衣服因季節變更而增減變換。

**換言之**（ㄏㄨㄢˋ ㄧㄢˊ ㄓ） 図換句話說。

**換湯不換藥**（ㄏㄨㄢˋ ㄊㄤ ㄅㄨˋ ㄏㄨㄢˋ ㄧㄠˋ） 形容形式雖然改變了，而內容照舊。

## 揭

▲ㄐㄧㄝ ㈠舉起。如「高揭義旗」。㈡豎立。如「揭竿而起」。㈢公開表露出來。如「揭曉」「不要揭人的短處」。㈣掀起。如「揭鍋蓋」。㈤把黏合的東西分開。如「把信封上的郵票揭下來」。㈥姓。▲図ㄑㄧˋ 提衣襟涉淺水叫「揭」。〈論語〉有「淺則揭」。

**揭示**（ㄐㄧㄝ ㄕˋ） ①張貼文字，通告大眾。②把事情發表，讓大家知道。

**揭底**（ㄐㄧㄝ ㄉㄧˇ） 揭露底細。

**揭穿**（ㄐㄧㄝ ㄔㄨㄢ） 表露，顯示。如「揭穿真相」。

**揭竿**（ㄐㄧㄝ ㄍㄢ） 図民眾徒手舉旗，號召起事。

**揭破**（ㄐㄧㄝ ㄆㄛˋ） 揭穿。

**揭發**（ㄐㄧㄝ ㄈㄚ） 把事情揭露舉發出來。

**揭開**（ㄐㄧㄝ ㄎㄞ） ①把黏合的兩層拉開。②使封閉的顯露出來。

**揭幕**（ㄐㄧㄝ ㄇㄨˋ） 事情的開始，集會、會議或事業的開幕。

**揭曉**（ㄐㄧㄝ ㄒㄧㄠˇ） 發表，公布出來。

**揭櫫**（ㄐㄧㄝ ㄓㄨ） 図揭原作楬（ㄐㄧㄝ）。指出。

**揭露**（ㄐㄧㄝ ㄌㄨˋ） ①使隱蔽的事物顯現。②用文字明白表示，讓眾人知道。

**揭短（兒）**（ㄐㄧㄝ ㄉㄨㄢˇ ㄦ） 指出別人的短處。

**揭瘡疤**（ㄐㄧㄝ ㄔㄨㄤ ㄅㄚ） 比喻揭露別人的醜事。

## 揪

ㄐㄧㄡ 用手拉扯。如「揪住不放」「揪著繩子往上爬」。

**揪心**（ㄐㄧㄡ ㄒㄧㄣ） 擔憂，不放心，提心弔膽。也說成「揪心扒肝」。

**揪痧**（ㄐㄧㄡ ㄕㄚ） 民間治療某些疾病的一種方法。通常用手指揪頸部、咽喉部、額部等，使局部皮膚充血以減輕內部炎症。

## 揀

ㄐㄧㄢˇ ㈠選擇，挑選。如「樹上的果子先揀那熟了的摘下來」。㈡同「撿」，是拾取、拾得、不勞而獲的意思。

**揀選**（ㄐㄧㄢˇ ㄒㄩㄢˇ） 図選擇。也作「揀擇」。

## 揳

ㄒㄧㄝ 捶打進去。如「在地上揳了一根木樁子」「牆上的釘子鬆了，拿鐵錘來把它揳進去」。

## 揎

ㄒㄩㄢ ㈠挽起袖子露出胳膊來。㈡用手打人。㈢見「排揎」。

**揎拳捋袖**（ㄒㄩㄢ ㄑㄩㄢˊ ㄌㄛ ㄒㄧㄡˋ） 伸出拳頭，捲起衣袖，使胳膊露出來。也作「揎拳捋臂」「揎拳攋袖」。見於舊小說、戲曲。

## 揸

ㄓㄚ 用手指撮取東西。

## 揕

図ㄓㄣˋ 擊、刺。〈史記〉有「右手持匕首揕之」。

## 插（揷）

ㄔㄚ ㈠扎進去，穿進去，或直著放進去。如「插花」「在香爐裡插上香」。㈡栽培。如「插稻秧」。㈢參加在裡面。如「插圖」「插班生」。

**插入**（ㄔㄚ ㄖㄨˋ） ①刺入。②加入。

**插刀**（ㄔㄚ ㄉㄠ） ①插床上用來切削金屬的刀具。②比喻擔當很大風險，做出重大犧牲。又作「兩肋插刀」。

**插口**（ㄔㄚ ㄎㄡˇ） 插嘴。

**插天**（ㄔㄚ ㄊㄧㄢ） 図形容高極了。

**插手** ㄔㄚ ㄕㄡˇ ①插腰。②加入。③做事開始，著手。

**插曲** ㄔㄚ ㄑㄩˇ ①穿插在電影或話劇裡的歌曲。②指臨時發生的有趣的小事件。

**插足** ㄔㄚ ㄗㄨˊ ①把腳插進去。如「人山人海，沒有插足的地方」。②比喻參加某一種事情。如「他們合夥的生意，不容旁人插足」。

**插身** ㄔㄚ ㄕㄣ 加入，參加。

**插枝** ㄔㄚ ㄓ 植物的人工繁殖法之一，就是剪取植物的枝，插入泥土，使它生根。

**插花** ㄔㄚ ㄏㄨㄚ ①把各種可供觀賞的花適當地搭配著插進花瓶、花籃裡。②[方]繡花。③夾雜，攙雜。

**插座** ㄔㄚ ㄗㄨㄛˋ 連接電路的電器元件，通常接在電源上，跟電器的插頭連接時電流就通入電器。

**插班** ㄔㄚ ㄅㄢ 學生轉學，依照程度插入合適的班級。

**插秧** ㄔㄚ ㄧㄤ 把稻子的秧苗移種到田裡。

**插翅** ㄔㄚ ㄔˋ 長了翅膀；平常說「插翅難飛」，比喻無法逃脫或不能脫身的情況。

**插敘** ㄔㄚ ㄒㄩˋ 一種敘述方式，在敘述時不依時間次序插入其他情節。

**插腳** ㄔㄚ ㄐㄧㄠˇ 插足，插身。

**插話** ㄔㄚ ㄏㄨㄚˋ ①插嘴。②在敘述當中臨時所插入的跟前後沒有密切關聯的話。

**插圖** ㄔㄚ ㄊㄨˊ 加入文字中間的圖畫。也叫「插畫」。

**插播** ㄔㄚ ㄅㄛ ①在節目播放當中，臨時插入另一單元或消息。②電話交談中，另一通電話打進來的情況。也說「插撥」。

**插銷** ㄔㄚ ㄒㄧㄠ ①門窗上裝的金屬閂子。②見「插頭」。

**插嘴** ㄔㄚ ㄗㄨㄟˇ ①不等人家說完，從中間插進去說話。②干預別人的事，自己加進去說話。

**插頭** ㄔㄚ ㄊㄡˊ 裝在導線一端的接頭，插到插座上，電路就能接通。也叫「插銷」。

**插科打諢** ㄔㄚ ㄎㄜ ㄉㄚˇ ㄏㄨㄣˋ 國劇表演時候，演員即興插入使人發笑的話。科指古代劇本指示演員的用語，如「笑科」「飲酒科」；諢是戲謔。

## 揣

ㄔㄨㄞˇ [文]猜測，估量。如「不揣冒昧」。

**揣度** ㄔㄨㄞˇ ㄉㄨㄛˋ [文]猜測，料想，暗地裡估量。

**揣測** ㄔㄨㄞˇ ㄘㄜˋ 推測。

**揣摩** ㄔㄨㄞˇ ㄇㄛˊ 細細研究文章或著作的字句內容，推求其中的含意。

## 搥

ㄔㄨㄟˊ ㈠打，敲。如「搥鼓」「頓足搥胸」；也寫成「捶」。㈡敲打東西的用具，同「鎚」。如「鼓搥」。

## 揉

ㄖㄡˊ ㈠用手按摩。如「別用手揉眼睛」「扭了筋，揉揉就好了」。㈡用手和弄壓擠。如「揉麵」。㈢把直的弄成曲的，曲的弄成直的。如「矯揉」。㈣見「揉雜」。

**揉搓** ㄖㄡˊ ㄘㄨㄛ ①按摩。②玩弄或磨難。如「小雞剛出殼兒，禁不起小弟揉搓」。③把柔軟的東西用手合起來壓擠揉弄。

**揉雜** ㄖㄡˊ ㄗㄚˊ 紛紜雜亂。

## 揍

ㄗㄡˋ ㈠打。如「揍他一頓」。㈡俗語說東西打破了、摔破了也叫「揍了」。如「不留神把茶杯揍了」。

## 揞

ㄢˇ ㈠壓住，按。如「手上破了一小塊，用點藥把傷口揞上」。㈡亂放。如「把蘇秦和蘇武說到一起去了，你真胡揞」「張三的帽子揞在李四頭上」。

# 揖

一作揖，拱手行敬禮。如「一揖到地」「長揖不拜」。

**揖讓** ㄧ ㄖㄤˋ ①以禮相讓。②主人和客人相見的敬禮。

# 揠

図ㄧㄚˋ拔。

**揠苗助長** ㄧㄚˋ ㄇㄧㄠˊ ㄓㄨˋ ㄓㄤˇ 嫌苗長得慢，把它拔一拔，幫助它長（結果反而把苗弄枯死了）。比喻急於事功，而方法不得當，反倒弄糟了（這個成語故事出自〈孟子·公孫丑〉篇）。

# 揶

図ㄧㄝˊ「揶揄」，就是耍笑，戲弄。

# 揜

図ㄧㄢˇ㈠奪。㈡與「掩」字通。

# 揚

ㄧㄤˊ㈠舉起，抬高。如「揚手」「趾高氣揚」。㈡起來。如「塵土飛揚」。㈢稱讚，稱說。如「表揚」「頌揚」。㈣宣傳出去，顯示出來。如「宣揚」「張揚」。㈤播散。如「拿簸箕簸米揚糠」「這個孩子抓起一把土來亂揚」。㈥図高。〈禮記〉有「將上堂，聲必揚」的話。㈦図眉上邊和下邊，就是前額，叫「揚」。

**揚名** ㄧㄤˊ ㄇㄧㄥˊ 聲名遠播。

**揚帆** ㄧㄤˊ ㄈㄢˊ 船掛起帆行駛。

**揚言** ㄧㄤˊ ㄧㄢˊ 把話宣揚出去，使大家知道。

**揚長** ㄧㄤˊ ㄔㄤˊ 沒有禮貌，掉頭不顧，輕率離去的樣子。如「他一不高興就揚長而去了」。

**揚波** ㄧㄤˊ ㄅㄛ 波浪興起的意思。

**揚氣** ㄧㄤˊ ㄑㄧˋ 氣字輕讀。形容商人的態度傲慢。如「這家買賣做得揚氣，店員對顧客都是愛理不理的樣子」。

**揚棄** ㄧㄤˊ ㄑㄧˋ ①事物在新陳代謝中，發揚舊事物的積極因素，去除舊事物的消極因素。②拋棄。

**揚揚** ㄧㄤˊ ㄧㄤˊ 得意的樣子。如「揚揚得意」「得意揚揚」。

**揚琴** ㄧㄤˊ ㄑㄧㄣˊ 弦樂器，把許多根弦安在一個梯形的扁木箱上，用竹製的富有彈性的小槌擊弦而發聲。也作「洋琴」。

**揚搉** ㄧㄤˊ ㄑㄩㄝˋ 図是「約略」的意思。漢書敘傳裡有「揚搉古今」的話，意思是「約略述說古今的事情」。〈韓非子〉有〈揚搉篇〉。

**揚子鱷** ㄧㄤˊ ㄗˇ ㄜˋ 也叫「鼉（ㄊㄨㄛˊ）」「豬婆龍」「鼉龍」。爬行動物，短吻，長兩公尺多，背上、尾部有鱗甲。力大，性貪睡，穴居於江河岸邊。

**揚聲器** ㄧㄤˊ ㄕㄥ ㄑㄧˋ 把電能變成聲音的器件，電流通過線圈時使共鳴器作相應的振動而發出聲音。多用在收音機和擴音機上。

**揚眉吐氣** ㄧㄤˊ ㄇㄟˊ ㄊㄨˇ ㄑㄧˋ 形容歡欣得意的樣子。

**揚湯止沸** ㄧㄤˊ ㄊㄤ ㄓˇ ㄈㄟˋ 図①把沸水（湯）揚一揚，使它稍冷；比喻暫時減輕人民的困苦。〈三國志〉有「揚湯止沸使不燋爛」。②火不停燒，單是揭開鍋蓋把熱湯揚一揚，就想叫它變冷；比喻只顧眼前，不能根本解決。〈三國志〉有「揚湯止沸，不如滅火去薪」。③把熱水加到滾水裡使它不滾；比喻所採的辦法無效。也作「以湯止沸」。〈漢書·禮樂志〉有「以湯止沸，沸愈甚而無益」。

# 握

ㄨㄛˋ㈠手指合攏起來拿東西，用手攥住。如「掌握」。㈡図量詞，滿一把叫「握」。如「一握之沙」。㈢図「握手」的簡詞。如「握談投契」。

**握力** ㄨㄛˋ ㄌㄧˋ 手的攥握力量。

**握手** ㄨㄛˋ ㄕㄡˇ 互相握住右手，表示親熱，是通常相見或分別時的禮節。

**握別** ㄨㄛˋ ㄅㄧㄝˊ 〔文〕握手道別。

**握柄** ㄨㄛˋ ㄅㄧㄥˇ 器物供手持的把手。

**握拳** ㄨㄛˋ ㄑㄩㄢˊ 手指向掌心彎曲成拳頭。

**握管** ㄨㄛˋ ㄍㄨㄢˇ 〔文〕執筆，用手拿筆。

**握髮** ㄨㄛˋ ㄈㄚˇ 〔文〕洗頭時客人來了，趕緊握著溼髮出來見客。比喻急於見到賢士。〈史記〉說周公「我一沐三握髮，一飯三吐哺，起以待士」。

**握權** ㄨㄛˋ ㄑㄩㄢˊ 掌管實權。

**揄** ▲〔文〕ㄩˊ ㈠牽引，提起。如「揄揚」。㈡「揶揄」的「揄」，看「揶」字。▲ㄧㄡˊ 清理舂米的臼，把米從石臼裡拿出來。〈詩經〉有「或舂或揄」的句子。

**揄揚** ㄩˊ ㄧㄤˊ 〔文〕特別提到某人而加以稱讚。

**援** ㄩㄢˊ ㈠幫助，救助。如「援助」「外援」。㈡拉，牽引，用來做為依據。如「援引古書為證」「援例辦理」。㈢〔文〕拿起來。如「援筆直書」。

**援引** ㄩㄢˊ ㄧㄣˇ ①引做證據。②拉，牽引；常常指牽引親戚朋友等，為他們謀取職位或加入政治活動。

**援手** ㄩㄢˊ ㄕㄡˇ 救助。

**援用** ㄩㄢˊ ㄩㄥˋ 引用。如「援用成例」。

**援助** ㄩㄢˊ ㄓㄨˋ 救援幫助。

**援例** ㄩㄢˊ ㄌㄧˋ 引用慣例或先例。

**援軍** ㄩㄢˊ ㄐㄩㄣ 救兵。

**援救** ㄩㄢˊ ㄐㄧㄡˋ 援助，救濟。

**援筆** ㄩㄢˊ ㄅㄧˇ 〔文〕拿起筆來寫字。

**援照** ㄩㄢˊ ㄓㄠˋ 依照現成的例子。

**掾** 〔文〕ㄩㄢˋ 古代政府官署一般附屬官員的通稱。如「廷掾」。

## 十筆

**搏** ㄅㄛˊ ㈠用手打。打交手仗叫「肉搏」。㈡〔文〕捕捉。如「搏虎」。㈢撲、抓。如「捉風搏影」。

**搏戰** ㄅㄛˊ ㄓㄢˋ ①雙方打鬥。也作「搏鬥」。②短兵相接的格鬥。

**搬** ㄅㄢ ㈠挪動，移動位置。如「搬動」「搬椅子」。㈡和「扳」字通用。如「搬開」。

**搬子** ㄅㄢ ㄗˇ 開啟瓶塞或安卸機械上螺旋的工具。

**搬兵** ㄅㄢ ㄅㄧㄥ 搬取救兵，多比喻請求援助或調動力量。

**搬弄** ㄅㄢ ㄋㄨㄥˋ ①用手翻動；搬動。②賣弄。③挑撥。如「搬弄是非」。

**搬家** ㄅㄢ ㄐㄧㄚ 遷居。南方話也說「搬場」。

**搬運** ㄅㄢ ㄩㄣˋ 把東西移動到別處，由這兒運送到那兒。

**搬演** ㄅㄢ ㄧㄢˇ 同「扮演」。

**搬遷** ㄅㄢ ㄑㄧㄢ 遷移。

**搬不倒(兒)** ㄅㄢ ㄅㄨˋ ㄉㄠˇ ㄦ 〔因〕不字輕讀。「不倒翁」的俗稱。也作「扳不倒兒」。

**搬弄是非** ㄅㄢ ㄋㄨㄥˋ ㄕˋ ㄈㄟ 向兩方面挑撥，使他們不和睦。

**搬磚砸腳** ㄅㄢ ㄓㄨㄢ ㄗㄚˊ ㄐㄧㄠˇ 形容由自己引起，但是事先沒想到有害處，就是弄巧成拙的意思。

**搭** ㄉㄚ ㈠支架起來。如「搭棚」「搭鋪」。㈡抬。如「搭桌子」。㈢湊到一塊兒。如「搭擔架」。

夥」「搭街坊」。㈣放上去，兩頭垂下來。如「把圍巾搭在肩上」「搭衣裳」。㈤蓋，被，遮。如「身上搭著一條毛毯」。㈥加上，湊上。如「白搭」「把這些錢搭上還不夠」。㈦乘坐。如「搭車」「搭船」。

**搭伙** ㄉㄚ ㄏㄨㄛˇ ①合為一群。如「成群搭伙」。②加入伙食團。

**搭拉** ㄉㄚ ㄌㄚ˙ 因拉字輕讀。下垂，同「耷拉」。

**搭客** ㄉㄚ ㄎㄜˋ 車、船裡的乘客。

**搭乘** ㄉㄚ ㄔㄥˊ 乘；坐（車、船等）。

**搭訕** ㄉㄚ ㄕㄢˋ ①有點兒不好意思的態度。②藉機交談。

**搭配** ㄉㄚ ㄆㄟˋ 把不同的種類，分配湊合在一起。

**搭救** ㄉㄚ ㄐㄧㄡˋ 救人危急。

**搭理** ㄉㄚ ㄌㄧ˙ 理字輕讀。又作「答理」，對別人的言語行動有所反應（多用於否定句）。

**搭腔** ㄉㄚ ㄑㄧㄤ ①接著別人的話來說。②因交談。也作「答腔」。

**搭腰** ㄉㄚ ㄧㄠ 牲口拉車時搭在背上使車轅、套繩不致掉下的用具，多用皮條或繩索做成。有的地區叫「搭背」。

**搭話** ㄉㄚ ㄏㄨㄚˋ 交談。

**搭載** ㄉㄚ ㄗㄞˋ （車、船等）順便裝載（旅客或貨物等）。

**搭夥** ㄉㄚ ㄏㄨㄛˇ 合夥。

**搭撒** ㄉㄚ ㄙㄚ˙ 因眼皮下垂。

**搭頭** ㄉㄚ ㄊㄡ˙ 頭字輕讀。配搭的、非主要的東西。

**搭檔** ㄉㄚ ㄉㄤˇ 因①合作。②合作的人。如「老搭檔」「好搭檔」。

**搭伴（兒）** ㄉㄚ ㄅㄢˋ ㄦ 趁便作伴兒。

**搭架子** ㄉㄚ ㄐㄧㄚˋ ㄗ˙ ①搭起間架，比喻事業開創或文章布局略具規模。②因擺架子，指自高自大，裝腔作勢。

**搭街坊** ㄉㄚ ㄐㄧㄝ ㄈㄤ˙ 因坊字輕讀。作了鄰居。也作「搭隔房」。

**搗** ㄉㄠˇ ㈠砸，打。如「搗米」。㈡衝上去，攻打。如「直搗敵人的巢穴」。㈢頂、抵。如「用胳膊肘搗了他一下」。

**搗鬼** ㄉㄠˇ ㄍㄨㄟˇ ①用詭計，無中生有。②背地裡搬弄是非。

**搗蛋** ㄉㄠˇ ㄉㄢˋ ①借端生事，無理取鬧。如「調皮搗蛋」。②同「搗亂」②。

**搗亂** ㄉㄠˇ ㄌㄨㄢˋ ①用不好的手段或無理的行動來擾亂秩序，進行破壞。②別人正在做正經事的時候，故意跟人家胡鬧。

**搗毀** ㄉㄠˇ ㄏㄨㄟˇ 砸壞；擊垮。如「搗毀蜂窩」。

**搗蒜** ㄉㄠˇ ㄙㄨㄢˋ 蒜頭搗爛，使成蒜泥。

**搨** ▲ㄊㄚˋ 用紙和墨在碑上或器物上摹印花紋或字形。▲ㄊㄚ 因出汗溼透了衣服。

**搨本** ㄊㄚˋ ㄅㄣˇ 摹印碑帖的本子。

**搪** ㄊㄤˊ ㈠抵擋，招架。如「水來土搪」。㈡架起，支撐起。如「搪上一塊板子就塌不下來了」。㈢敷衍，支吾。如「搪帳」「先搪過這一陣再說」。㈣塗抹使表面平整。如「搪爐子」「搪缸」。

**搪缸** ㄊㄤˊ ㄍㄤ 磨平汽缸（引擎）內壁的工作。

**搪瓷** ㄊㄤˊ ㄘˊ 也叫「洋瓷」，是用金屬作胎，塗上釉子，看起來好像瓷器一樣的工藝品。

**搪塞** ㄊㄤˊ ㄙㄜˋ 敷衍塞責。

**搪瓷胎子** ㄊㄤˊ ㄘˊ ㄊㄞ ㄗ˙ 塗琺瑯粉在金屬坯上製成器皿，這個金屬坯就是「搪瓷胎子」。

**搦** 図ㄋㄨㄛˋ㈠握，拿。㈡挑，惹。

**搦管** ㄋㄨㄛˋ ㄍㄨㄢˇ 図拿筆。

**搦戰** ㄋㄨㄛˋ ㄓㄢˋ 図挑（ㄊㄧㄠˇ）戰。

**搿** ㄍㄜˊ 兩手合拿。

**搞** ㄍㄠˇ ㈠做，幹。如「把這件事情搞好」。㈡弄，攪擾。如「不能胡搞亂搞」。

**搞鬼** ㄍㄠˇ ㄍㄨㄟˇ 暗中使用詭計。

**搞什麼名堂** ㄍㄠˇ ㄕㄜˊ ·ㄇㄜ ㄇㄧㄥˊ ㄊㄤˊ 堂字輕讀。對他人的言語行為感到莫名其妙時所發出的疑問。

**搆** ㄍㄡˋ ㈠口伸手拿東西。如「糖罐兒擱在架子上，小弟搆不著」。㈡図與「構」字通。如「搆兵」「搆思」。

**搆陷** ㄍㄡˋ ㄒㄧㄢˋ 図設計陷害，使別人落得罪名。又作「構陷」。

**搕** ㄎㄜ 敲打。

**搕碰** ㄎㄜ ㄆㄥˋ ①東西互相撞擊。②口人和東西相撞。③比喻衝突。

**搕搕碰碰** ㄎㄜ ·ㄎㄜ ㄆㄥ ㄆㄥ 形容路不好走或腿腳不靈便而行走費力。又作「磕磕絆絆」。

**搰** 図ㄏㄨˊ發掘。如「狐埋狐搰」。

**搳** ▲ㄏㄨㄚˊ「划拳」也寫作「搳拳」。▲図ㄒㄧㄚˊ搔。

**搛** ㄐㄧㄢ 夾取。如「用筷子搛菜」。

**搢** 図ㄐㄧㄣˋ㈠插。「搢笏」是古時官員把笏插在腰帶裡。㈡振。「振鐸」也作「搢鐸」。

**搢紳** ㄐㄧㄣˋ ㄕㄣ ①古時候做官的人都「垂紳搢笏」，所以稱呼士大夫為「搢紳」，也作「縉紳」。②舊時的職官人名錄稱「搢紳錄」。

**搴** 図ㄑㄧㄢ拔。如「斬將搴旗」。

**搇** ㄑㄧㄣˋ 用手按住。

**搶** ▲ㄑㄧㄤˇ㈠奪取，爭。如「這些東西大家均分，不要亂搶」。㈡趕快做。如「風水災之後要做好搶修工作」。㈢爭著做。如「搶先」「搶到頭裡去」。㈣口皮膚受擦傷。如「搶破了一塊皮」「跌下來，搶了臉」。㈤口把刀剪的刃刮薄，使它鋒利。如「刀子鈍了，磨一磨搶一搶吧」。

▲ㄑㄧㄤ㈠迎著，逆著。如「搶著風往前走」「帆船遇到了搶風，耽誤了行程」。㈡図碰。如「以頭搶地」「呼天搶地」。又讀ㄔㄨㄤ。

**搶白** ㄑㄧㄤˇ ㄅㄞˊ 責備。也讀ㄑㄧㄤ ㄅㄞˊ。

**搶收** ㄑㄧㄤˇ ㄕㄡ 農作物成熟時，為了避免可能遭受的損害而趕緊收割。

**搶劫** ㄑㄧㄤˇ ㄐㄧㄝˊ 搶奪財物。

**搶背** ㄑㄧㄤˇ ㄅㄟˋ 戲曲表演的跌撲動作。演員身體向前斜撲，就勢翻滾，以左肩背著地。多用於武戲，表示受到踢打而倒地。

**搶風** ㄑㄧㄤ ㄈㄥ 逆風。

**搶修** ㄑㄧㄤˇ ㄒㄧㄡ ①對於將要出危險的工程加緊修理。如「搶修河隄」。②為緊急需要，或在有危險的情況下，趕快進行修築。如「搶修鐵路橋梁」。

**搶案** ㄑㄧㄤˇ ㄢˋ 搶劫的案件。

**搶掠** ㄑㄧㄤˇ ㄌㄩㄝˋ 強力奪取（多指財物）。

**搶救** ㄑㄧㄤˇ ㄐㄧㄡˋ 在緊急危險的情況下迅速救護。如「搶救傷患」。

**搶球** ㄑㄧㄤˇ ㄑㄧㄡˊ 球類比賽中，攔截奪取對方隊伍的球。

**搶眼** ㄑㄧㄤˇ ㄧㄢˇ 引人注意。

**搶通** ㄑㄧㄤˇ ㄊㄨㄥ 將中斷的道路搶修通車。

**搶奪** ㄑㄧㄤˇ ㄉㄨㄛˊ 用強力把別人的東西奪過來。

**搶嘴** ㄑㄧㄤˇ ㄗㄨㄟˇ 爭先說話。

**搶購** ㄑㄧㄤˇ ㄍㄡˋ 搶著購買。

**搶先（兒）** ㄑㄧㄤˇ ㄒㄧㄢ ㄦ 爭先。

**搉** 〔文〕ㄑㄩㄝˋ ㊀敲擊。㊁商量。如「商搉」。㊂引述。如「揚搉古今」（約略述說古今的話）。

**搘** 〔文〕ㄓ 支撐。如「搘柱」「以木搘牆」。

**搾** ㄓㄚˋ 用力壓，把汁液壓擠出來。

**搾取** ㄓㄚˋ ㄑㄩˇ 搜刮，掠取別人的利益。

**搾菜** ㄓㄚˋ ㄘㄞˋ 一種脆硬的醃菜，用芥藍醃製，四川產製的最出名。

**搌** ㄓㄢˇ 擦抹或輕輕按壓。如「用吸墨紙把紙上的墨點搌一搌」。

**搌布** ㄓㄢˇ ㄅㄨˋ 布字輕讀。擦東西的布，就是抹布，揩布。

**摛** 〔文〕ㄔ ㊀散布。如「英名遠摛」。㊁發布安排。如「摛藻」「摛詞」，是作文章修飾詞藻，發布思想。

**搽** ㄔㄚˊ 塗抹，塗敷。如「臉上搽粉」「在傷口上搽藥」。又讀ㄘㄚ。

**搽粉** ㄔㄚˊ ㄈㄣˇ 抹粉，用粉敷在臉上。

**搊** ㄔㄡ ㊀用手指撥弄弦樂器的弦。如「搊箏」「搊琵琶」。㊁束緊。如「搊帶」。㊂攙扶。如「搊扶」。㊃拘執。如「他性情太搊」。

**搐** ▲ㄔㄨˋ 筋肉牽動。如「渾身抽搐作痛」。▲ㄔㄡ 同「抽」。抽風或抽瘋也寫作「搐風」。

**搐動** ㄔㄨˋ ㄉㄨㄥˋ （肌肉等）不隨意地收縮抖動。

**搋** ㄔㄨㄞ 〔方〕㊀把東西藏在口袋裡。如「把錢搋起來」。㊁用力揉。如「搋麵」「把衣服洗了又搋」。㊂見「搋子」。

**搋子** ㄔㄨㄞ ˙ㄗ 疏通下水道的工具，由木柄和橡膠碗製成。

**搋手兒** ㄔㄨㄞ ㄕㄡˇ ㄦ 兩手交叉藏在袖子裡。

**搥** ㄔㄨㄟˊ 打，敲，與「捶」通。

**搥打** ㄔㄨㄟˊ ㄉㄚˇ 打字輕讀。輕輕地敲打。

**搥背** ㄔㄨㄟˊ ㄅㄟˋ 用手或拳輕輕打背部的按摩術。

**搥胸** ㄔㄨㄟˊ ㄒㄩㄥ 用手敲打自己的胸，是怒極或痛極時的動作。

**搥鼓** ㄔㄨㄟˊ ㄍㄨˇ 擊鼓。

**搧** ㄕㄢ ㊀用手摑臉。㊁同「扇」，搖動扇子生風。㊂從旁把事情挑撥起來。如「搧動」「搧惑」，本作「扇動」「扇惑」。

**搠** 〔文〕ㄕㄨㄛˋ 刺，扎（是舊小說裡用的詞）。如「將敵人一槍搠死於馬下」。

**搓** ㄘㄨㄛ ㊀兩手相摩。㊁用手揉擦。

**搓板兒** ㄘㄨㄛ ㄅㄢˇ ㄦ 〔方〕搓洗衣服的用具，是長方形的木板，板面上橫刻窄而密的稜槽。

**搔** ㄙㄠ 用指甲撓。如「搔著癢處」「搔背」。

**搔首** ㄙㄠ ㄕㄡˇ 〔文〕也作「搔頭」，用手搔髮，形容心裡想著事情的樣子。

**搔擾** ㄙㄠ ㄖㄠˇ 同「騷擾」。①紛亂不安寧。②是說擾亂使人不安的意思。

**搔癢** ㄙㄠ ㄧㄤˇ 用指甲抓癢處。

**搔首弄姿** ㄙㄠ ㄕㄡˇ ㄋㄨㄥˋ ㄗ 〔文〕形容婦人作態媚人的樣子。

**搔頭摸耳** ㄙㄠ ㄊㄡˊ ㄇㄛ ㄦˇ 形容心神不定，猶豫不決的樣子。

**搜** ㄙㄡ 仔細查找。

**搜求** ㄙㄡ ㄑㄧㄡˊ 尋找。

**搜括** ㄙㄡ ㄍㄨㄚ ①指用種種的方法或假借名目聚斂財物；也作「搜刮」。②搜索。〈梁書〉有「夜分求衣，未遑搜括」。

**搜身** ㄙㄡ ㄕㄣ 搜查身上有沒有夾帶非法的東西。

**搜查** ㄙㄡ ㄔㄚˊ 搜索檢查（犯罪的人或違禁的東西）。

**搜捕** ㄙㄡ ㄅㄨˇ 搜查捕捉。

**搜索** ㄙㄡ ㄙㄨㄛˇ ①尋找。②行軍派遣部隊先行搜查探索。③搜查犯罪人的身體和住處，以求發現犯罪的證據。

**搜尋** ㄙㄡ ㄒㄩㄣˊ 尋覓。

**搜集** ㄙㄡ ㄐㄧˊ 搜尋東西集合起來。

**搜羅** ㄙㄡ ㄌㄨㄛˊ 多方面尋找和網羅。

**搜索枯腸** ㄙㄡ ㄙㄨㄛˇ ㄎㄨ ㄔㄤˊ 形容竭力思索（多指寫詩文）。

**搜章摘句** ㄙㄡ ㄓㄤ ㄓㄞ ㄐㄩˋ 抄襲別人的文辭。也作「尋章摘句」。

**損** ㄙㄨㄣˇ ㈠減少。如「減損」。㈡傷害。如「有益無損」。㈢物質、利益或人物的喪失。如「破損」「海損（指海運遇險所損失的貨物）」。㈣(文)說的話刻薄。如「嘴損」「這話可損透了」。㈤狠，殘酷。如「這一招兒真損」。㈥(文)貶。〈晉書·平安王孚傳〉有「常自退損」。㈦(文)弱。如「衰損」。㈧中醫稱身體久病不能復元叫「損」。

**損人** ㄙㄨㄣˇ ㄖㄣˊ ①用輕薄的話嘲諷人。②使人受損失。如「損人利己」。

**損友** ㄙㄨㄣˇ ㄧㄡˇ (文)有害無益的朋友。

**損失** ㄙㄨㄣˇ ㄕ ①喪失利益。②損傷和失去。

**損害** ㄙㄨㄣˇ ㄏㄞˋ 權利或利益受到侵害時所生的損失。

**損益** ㄙㄨㄣˇ ㄧˋ ①虧與盈。企業機構每年結算盈虧的報告書叫「損益表」。②減與增。

**損耗** ㄙㄨㄣˇ ㄏㄠˋ ①損失消耗。②貨物由於自然原因（如物理變化或化學變化）或運輸而造成的消耗損失。

**損傷** ㄙㄨㄣˇ ㄕㄤ 損壞傷殘。

**損壞** ㄙㄨㄣˇ ㄏㄨㄞˋ 破壞，毀壞。

**損人利己** ㄙㄨㄣˇ ㄖㄣˊ ㄌㄧˋ ㄐㄧˇ 使別人受到損失而使自己得到好處。

**損兵折將** ㄙㄨㄣˇ ㄅㄧㄥ ㄓㄜˊ ㄐㄧㄤˋ 本來是形容作戰失敗，損失兵馬，後引伸形容在某項競爭中損失成員。

**損人不利己** ㄙㄨㄣˇ ㄖㄣˊ ㄅㄨˋ ㄌㄧˋ ㄐㄧˇ 損害了他人，自己也沒得到什麼好處。

**搤** (文)ㄜˋ 同「扼」。

**摁** ㄣˋ ㈠用手按。如「摁電鈴」。㈡比喻扣留或壓伏。如「這件事多虧你給摁住了」。

**搖** ㄧㄠˊ ㈠擺動。如「搖鈴」「齒牙動搖」。㈡見「扶搖」條。㈢(文)與「遙」通。

**搖曳** ㄧㄠˊ ㄧˋ (文)飄蕩的樣子。

**搖板** ㄧㄠˊ ㄅㄢˇ 國劇板式的一種，緩慢而無板眼的界域，節奏由唱者自行控制，不受板眼的限制。也稱散板。

**搖晃** ㄧㄠˊ ㄏㄨㄤˋ 晃字輕讀。擺動不定。

**搖動** ㄧㄠˊ ㄉㄨㄥˋ ①擺動。②不穩。

**搖船** ㄧㄠˊ ㄔㄨㄢˊ 划船。

**搖椅** ㄧㄠˊ ㄧˇ 一種能夠前後搖晃的椅子，構造的特點是前腿兒和後腿兒連成弓形，弓背著地，供休息時坐。

**搖撼** ㄧㄠˊ ㄏㄢˋ 撼字輕讀，搖動。

**搖頭** ㄧㄠˊ ㄊㄡˊ ①頭向左右擺動。②表示不願意或不是。

**搖蕩** ㄧㄠˊ ㄉㄤˋ 搖擺動蕩。

**搖擺** ㄧㄠˊ ㄅㄞˇ ①擺動，向左右搖動。②不固定，多指局面、政策等。如「搖擺不定」。

**搖手(兒)** ㄧㄠˊ ㄕㄡˇ(ㄦ) 把手左右擺動，表示不是、不可以或不願意。

**搖籃(兒)** ㄧㄠˊ ㄌㄢˊ(ㄦ) ①小孩的睡具，也叫「搖車」，搖動它可以使小孩子睡覺。②由睡具引伸，指某種事物的培育長成的處所。

**搖滾樂** ㄧㄠˊ ㄍㄨㄣˇ ㄩㄝˋ 一九三〇到四〇年代西方流行的一種狂熱的、即興的、不按樂譜演奏的爵士樂。

**搖錢樹** ㄧㄠˊ ㄑㄧㄢˊ ㄕㄨˋ 神話中的一種寶樹，一搖晃就有許多錢落下來，後來多用來比喻借以獲取錢財的人或物。

**搖籃曲** ㄧㄠˊ ㄌㄢˊ ㄑㄩˇ 催嬰兒入睡時唱的小歌曲，以及由此發展而成的形式簡單的聲樂曲或器樂曲。也叫搖籃歌。

**搖尾乞憐** ㄧㄠˊ ㄨㄟˇ ㄑㄧˇ ㄌㄧㄢˊ 有所請求，故意作媚態向人討好（像狗搖尾巴）。

**搖身一變** ㄧㄠˊ ㄕㄣ ㄧˊ ㄅㄧㄢˋ ①神怪小說中描寫人物或妖怪一晃身就變成別的形體。②指改換面目出現。

**搖脣鼓舌** ㄧㄠˊ ㄔㄨㄣˊ ㄍㄨˇ ㄕㄜˊ [文]比喻多話逞口才。

**搖搖欲墜** ㄧㄠˊ ㄧㄠˊ ㄩˋ ㄓㄨㄟˋ 形容非常危險，就要掉下來或垮下來。

**搖搖擺擺** ㄧㄠˊ ㄧㄠˊ ㄅㄞˇ ㄅㄞˇ 行動緩慢，傲然自得的樣子。

**搖旗吶喊** ㄧㄠˊ ㄑㄧˊ ㄋㄚˋ ㄏㄢˇ 形容在一旁聲援助威。

**搖頭晃腦** ㄧㄠˊ ㄊㄡˊ ㄏㄨㄤˋ ㄋㄠˇ ①自以為是的神氣。②頭部搖搖晃晃（以往書生吟詩或背誦古文時，常作這種姿態）。

**搖頭擺尾** ㄧㄠˊ ㄊㄡˊ ㄅㄞˇ ㄨㄟˇ 得意輕狂的樣子。

## 搗

ㄨˇ [方](一)遮蓋。如「搗著耳朵」「搗搗蓋蓋」。(二)封嚴了。如「放在罈子裡搗幾天」。(三)比喻對事的遮掩。如「這件事先搗幾天再說」。

**搗蓋** ㄨˇ ㄍㄞˋ ①遮掩。②掩飾。

**搗搗蓋蓋** ㄨˇ ㄨˇ ㄍㄞˋ ㄍㄞˋ [方]藏藏掖掖。又作「捂捂蓋蓋」。

## 搵（揾）

[文] ㄨㄣˋ (一)用手指按。(二)指觸。(三)擦，抹。同「抆」字。

# 十一筆

## 摽

▲[文] ㄅㄧㄠ 指揮。▲[文] ㄆㄧㄠˇ 落下。▲ㄅㄧㄠˋ (一)緊緊地鉤連在一起。如「兩人摽著胳膊走」。(二)互相親近、依附在一起。如「他們總在一塊兒摽著」。(三)勒緊。如「桌子腿活動了，用繩子摽住吧」。

**摽梅** ㄆㄧㄠˇ ㄇㄟˊ [文]「摽有梅」是〈詩經〉上的篇名。是說梅子落時。季節已晚，女子也當及時出嫁，不能再晚了。後來就用「摽梅」或「摽有梅」比喻女子到了應該結婚（出嫁）的年齡。

## 撇

▲ㄆㄧㄝ (一)捨棄不管。如「他這個人過河拆橋，把共過患難的朋友都撇了」。(二)遺留下。如「死後撇下一兒一女」。(三)由液體表面舀出來。如「撇油」。▲ㄆㄧㄝˇ (一)往遠處扔，拋。「把手榴彈向敵人撇去」「我們撇瓦片，看誰撇得遠」。(二)把嘴角向下一動，表示輕視的意思。如「把嘴一撇」。(三)國字書法向左斜著寫下去的筆畫。如

「一撇一捺，寫個『人』字」。

**撇下** ㄆㄧㄝ ㄒㄧㄚˋ 放在一邊，丟開不管。

**撇油** ㄆㄧㄝ ㄧㄡˊ 在油表面輕輕地舀起。

**撇清** ㄆㄧㄝ ㄑㄧㄥ 假裝置身事外，巧言遮飾錯誤，而故意表示自己清白。

**撇棄** ㄆㄧㄝ ㄑㄧˋ 拋棄。

**撇開** ㄆㄧㄝ ㄎㄞ 把事情擱置一旁。

**撇嘴** ㄆㄧㄝˇ ㄗㄨㄟˇ ①輕視的意思。②小孩子將哭的樣子。

**撇蘭** ㄆㄧㄝˇ ㄌㄢˊ 是抓大頭的一種方式。在紙上畫蘭草葉一叢，葉的數目和人數相等，每個蘭草葉的根部寫明錢數，蓋起來不讓人先看見；參加的每人選定一個蘭葉，再查看葉根，按數出錢（參看「抓大頭」）。

**摸** ▲ㄇㄛ ㈠用手指觸或撫摩。如「絨布摸著很軟」「不要用濕手摸電門」。㈡摸索，試探著進行工作。如「摸了一年多，才找到了竅門兒」。㈢形容暗地裡活動。如「天上沒有月亮，摸著往前走」「蛙人摸過敵軍的岸邊哨崗」。又讀ㄇㄠ。▲ㄇㄛˊ ㈠同「摹」。㈡「摸稜」同「模稜」。

**摸底** ㄇㄛ ㄉㄧˇ 打探底細。

**摸索** ㄇㄛ ㄙㄨㄛˇ 索字輕讀。①尋求（方法、方向、經驗等）。如「這件事到底怎麼辦，還在摸索哪」。②試探著進行。如「暗夜趕路，大家摸索著前行」。

**摸魚** ㄇㄛ ㄩˊ ①撈魚。②藉機偷懶。

**摸營** ㄇㄛ ㄧㄥˊ 暗中襲擊敵人的兵營。

**摸不清** ㄇㄛ ㄅㄨˋ ㄑㄧㄥ 不字輕讀。知道得不很清楚。

**摸不著** ㄇㄛ ㄅㄨˋ ㄓㄠˊ 不字輕讀。得不到。

**摸骨相** ㄇㄛ ㄍㄨˇ ㄒㄧㄤˋ 一種相術，用手摸人身上的骨骼，預測貴賤禍福。也叫「揣骨」。

**摸黑兒** ㄇㄛ ㄏㄟ ㄦ 在黑暗中行路或做事。

**摩** ▲ㄇㄛˊ ㈠接觸以後，來回的動。如「摩拳擦掌」「按摩」。㈡接觸。如「摩天大廈」。㈢「觀摩」（互相學習，吸取優點）。㈣見「揣摩」（體會別人的心理或道理）。㈤古詩詞裡通「未」字。顧敻詞有「歸摩歸」。▲ㄇㄚ 看「摩挲」條。

**摩天** ㄇㄛˊ ㄊㄧㄢ 接觸到天，形容很高。如「摩天嶺」「摩天大樓」。

**摩托** ㄇㄛˊ ㄊㄨㄛ motor 的音譯，就是內燃機。也譯作「馬達」。

**摩西** ㄇㄛˊ ㄒㄧ [音]人名，Moses 的音譯，約生於西元前十四世紀前葉，以色列民族酋長，傳上帝命令創為十誡，為後世猶太教所宗，並且率族人出埃及。

**摩挲** ▲ㄇㄛˊ ㄙㄨㄛ 用手撫摩。也作「摩娑」。▲ㄇㄚ ·ㄙㄚ 就是用手平著壓、按，一下一下地推動；像摩挲衣物，使它平貼。

**摩崖** ㄇㄛˊ ㄧㄞˊ 山崖上刻的文字、佛像等。

**摩頂** ㄇㄛˊ ㄉㄧㄥˇ ①佛家有摩頂受戒的儀式。②看「摩頂放踵」條。

**摩登** ㄇㄛˊ ㄉㄥ [音]英文 modern 的音譯，原意是「現代的」，現用來指裝飾新奇、新式的，迎合時尚的意思。

**摩練** ㄇㄛˊ ㄌㄧㄢˋ 揣摩練習。

**摩擦** ㄇㄛˊ ㄘㄚ ①兩件物體接觸著來回擦動。如「玻璃棒在毛皮上摩擦可以生電」。②比喻爭執或小衝突。

**摩托車** ㄇㄛˊ ㄊㄨㄛ ㄔㄜ 英文 motor-car 的譯名，原是「汽車」，現在多用來指兩輪的人騎的機車。

**摩托船** ㄇㄛˊ ㄊㄨㄛ ㄔㄨㄢˊ 用內燃機發動的小型船舶，速度高，機動性大，有的用做交通工具，有的用於體育競賽。也叫「汽艇」「快艇」。

**摩門教** ㄇㄛˊ ㄇㄣˊ ㄐㄧㄠˋ 圖 Mormonism，美國基督教的一特殊教派，一八三〇年在紐約州成立，漸傳至猶他州，因主張多妻制一度被禁，一八九〇年自行廢除。

**摩電燈** ㄇㄛˊ ㄉㄧㄢˋ ㄉㄥ 裝在自行車上面的一種照明裝置，通常由燈頭和小型發電機兩部分構成。又作「磨電燈」。

**摩爾斯** ㄇㄛˊ ㄦˇ ㄙ 圖 Samuel Finley Breese Morse（一七九一—一八七二）美國人，電報機的發明者，發明摩爾斯電報機及補助電池等。

**摩擦力** ㄇㄛˊ ㄘㄚ ㄌㄧˋ 運動物體和另一物體表面相接觸時，所產生的阻礙運動的作用力叫摩擦力。

**摩擦音** ㄇㄛˊ ㄘㄚ ㄧㄣ 口腔通路縮小，氣流從口腔中擠出而發的輔音，如國音中的ㄈ、ㄙ、ㄕ、ㄒ、ㄏ等。又叫「擦聲」。

**摩天大樓** ㄇㄛˊ ㄊㄧㄢ ㄉㄚˋ ㄌㄡˊ 很高的大樓。（摩天：高度幾乎可以觸及天。）

**摩肩接踵** ㄇㄛˊ ㄐㄧㄢ ㄐㄧㄝ ㄓㄨㄥˇ 肩碰肩，腳碰腳，形容人很多，很擁擠。

**摩肩擊轂** ㄇㄛˊ ㄐㄧㄢ ㄐㄧ ㄍㄨˇ 図肩膀和肩膀相摩，車輪和車輪相撞。形容行人車輛非常擁擠。也作「肩摩轂擊」。

**摩拳擦掌** ㄇㄛˊ ㄑㄩㄢˊ ㄘㄚ ㄓㄤˇ ①準備動武的意思。②準備努力工作的意思。

**摩頂放踵** ㄇㄛˊ ㄉㄧㄥˇ ㄈㄤˋ ㄓㄨㄥˇ 東奔西跑，把頭頂都碰得起了泡，腳跟都跑得脹大了，形容為大眾的事奔走而不辭勞苦。〈孟子〉書「墨子兼愛，摩頂放踵，利天下為之」。

**摩厲以須** ㄇㄛˊ ㄌㄧˋ ㄧˇ ㄒㄩ 図預備銳利的兵器，準備著使用；就是指預先已準備好了，一有機會就立刻行動。

## 摹

ㄇㄛˊ 與「模」通。仿傚，模仿，照著樣子做。如「臨摹」「把這個字摹下來」。

**摹本** ㄇㄛˊ ㄅㄣˇ ①摹仿翻刻的版本。②花緞，一種絲織品（語音也作ㄇㄛˊ ㄅㄣˊ）。

**摹印** ㄇㄛˊ ㄧㄣˋ ①古代用於印璽的一種字體。②摹寫書畫等和印刷。

**摹狀** ㄇㄛˊ ㄓㄨㄤˋ 描摹事物的情狀或聲音，是修辭學上辭格的一種。

**摹寫** ㄇㄛˊ ㄒㄧㄝˇ 照著樣子描寫。也作「模寫」。

**摹聲詞** ㄇㄛˊ ㄕㄥ ㄘˊ 又稱作「擬聲詞」。摹仿自然界的聲音所構成的詞。

## 摶

ㄊㄨㄢˊ ㈠用手把東西揉成一團。如「摶弄」。㈡憑藉。〈莊子〉書有「摶扶搖而上者九萬里」。

**摶弄** ㄊㄨㄢˊ ㄋㄨㄥˋ 用手翻動。

## 摟

▲ㄌㄡˇ 擁抱。如「摟抱」。▲ㄌㄡ 囫㈠把東西攏過來，湊到一塊兒。如「拿耙子摟草」。㈡用手指往懷裡的方向撥動。如「摟機槍」。㈢貪取，搜括。如「摟錢」「貪官到處摟」。㈣用手把東西集攏著提起來。如「摟著衣裳，邁開大步」。㈤見「摟頭」。▲図ㄌㄡˇ 牽在手裡。〈孟子〉有「踰東家牆而摟其處子」。

**摟抱** ㄌㄡˇ ㄅㄠˋ 雙手抱住。

**摟頭** ㄌㄡ ㄊㄡˊ 迎頭。如「摟頭就是一棍，把他打倒」。

**摟錢** ㄌㄡ ㄑㄧㄢˊ 搜刮錢財。

## 撂

ㄌㄧㄠˋ ㈠放，放下。如「把行李撂到地上」「把簾子撂下來」。㈡扔，撇開。如「把這些沒用的東西撂出去」。㈢遺留。如「他一死，撂下了兩個孩子怪可憐的」「空撂下許多財產，帶不到墳裡去」。

**撂下** ㄌㄠˋ ㄒㄧㄚˋ 放下，擱下。

**撂手** ㄌㄠˋ ㄕㄡˇ 放下不管。

**撂倒** ㄌㄠˋ ㄉㄠˇ 弄倒。

**摑** 〔文〕ㄍㄨㄛˊ 用手掌打人的臉，打耳刮子。

**摜** ㄍㄨㄢˋ 扔下，拋擲。如「摜在一邊」「用力往地下一摜」。

**摜交** ㄍㄨㄢˋ ㄐㄧㄠ 也作「摜跤」。一種角力遊戲，就是摔跤。

**摳** ㄎㄡ ㈠用手指頭或指甲挖。如「不要摳鼻子挖耳朵」「摳了個窟窿」。㈡雕刻。如「在鏡框邊上摳出花兒來」。㈢向一個狹窄的方面追究。如「不要死摳字面兒」「他遇著問題總好死摳」。㈣〔方〕指性情吝嗇。如「他這個人真摳，該花的錢都不肯花」。㈤〔文〕用手提起來。如「摳衣」就是把衣裳提起來，是古時為表示恭敬的一種動作。

**摳門兒** ㄎㄡ ㄇㄣˊ ㄦ 吝嗇。

**摭** 〔文〕ㄓˊ 撿起來，拾起來。如「摭拾」「摭取」。

**摯** ㄓˋ ㈠誠懇。如「態度真摯」「情意懇摯」。㈡〔文〕與「鷙」通。㈢姓。

**摯友** ㄓˋ ㄧㄡˇ 交情深厚密切的朋友。

**摺** ▲ㄓㄜˊ ㈠屈疊，疊起來。如「摺紙」。㈡疊起的。如「摺扇」「摺尺」。㈢用一張紙疊成幾頁的紙本子。如「手摺」「奏摺」。㈣曲折。㈤〔文〕打斷。〈史記〉有「折脅摺齒」。

▲ㄓㄜˇ 摺疊的痕跡。如「摺子」「摺兒」。

**摺子** ▲ㄓㄜˊ·ㄗ 疊成頁的紙本子。▲ㄓㄜˇ·ㄗ 摺疊的痕跡。

**摺尺** ㄓㄜˊ ㄔˇ 分成幾節可以摺攏的尺。

**摺扇** ㄓㄜˊ ㄕㄢˋ 可以摺起、張開的扇子。

**摺疊** ㄓㄜˊ ㄉㄧㄝˊ 按一定形式重疊的摺起來。

**摺紙工** ㄓㄜˊ ㄓˇ ㄍㄨㄥ 小學勞作的一種，用紙摺成各種形體。

**摘** ▲ㄓㄜ ㈠用手取下來。㈡選取，如「摘要」「摘錄」。㈢借錢。如「東摘西借」。㈣〔文〕舉發。如「摘奸發伏」。

▲ㄓㄞ ㈠㈡㈢的語音。如「摘一朵花兒」「摘帽子」。

**摘由** ㄓㄜ ㄧㄡˊ 摘錄公文的主要內容以便查閱。處理公文的一種手續。

**摘要** ㄓㄜ ㄧㄠˋ ①提要。②摘錄要點。

**摘借** ㄓㄞ ㄐㄧㄝˋ 借貸，向人借錢。

**摘記** ㄓㄜ ㄐㄧˋ 摘要記錄。

**摘錄** ㄓㄜ ㄌㄨˋ 選擇要點抄錄。

**摘由（兒）** ㄓㄜ ㄧㄡˊ ㄦ ①簡要摘錄公務文件的事由。②所摘錄的公文要點。

**摘奸發伏** ㄓㄜ ㄐㄧㄢ ㄈㄚ ㄈㄨˊ 〔文〕檢舉奸人隱瞞的罪惡。

**撤** ㄔㄜˋ ㈠免去，除去。如「撤職」「撤銷」。㈡召回，向後移轉。如「撤回」「撤退」。㈢〔方〕減輕。如「撤味兒」「放點醋撤撤鹹」。

**撤回** ㄔㄜˋ ㄏㄨㄟˊ ①使駐在外面的人員回國。②收回（發出去的文件等）。如「撤回提案」。

**撤兵** ㄔㄜˋ ㄅㄧㄥ 撤退或撤回軍隊。

**撤防** ㄔㄜˋ ㄈㄤˊ 把駐防的軍隊撤去。

**撤差** ㄔㄜˋ ㄔㄞ 免去原來的職務。舊時稱「撤官職」。

**撤席** ㄔㄜˋ ㄒㄧˊ 撤去筵席。

**撤退** ㄔㄜˋ ㄊㄨㄟˋ 軍隊放棄陣地或占領的地區。

**撤除** ㄔㄜˋ ㄔㄨˊ 除去；取消。如「撤除報廢的工事」。

**撤換** ㄔㄜˋ ㄏㄨㄢˋ 把原來的（人、物）撤去，換一個新的來。

**撤銷** ㄔㄜˋ ㄒㄧㄠ 撤回，解除。

**撤職** ㄔㄜˋ ㄓˊ 撤銷職務。

**撤離** ㄔㄜˋ ㄌㄧˊ 撤退；離開。

**摏** 図ㄔㄨㄥ 撞擊，突擊，同「舂」。

**摋** ▲図ㄕㄚ 揉雜。▲ㄙㄚˋ ㈠側手擊打。㈡抹摋，掃滅。

**摻** ▲図ㄕㄢ「摻摻」是形容手的纖細。〈詩經〉有「摻摻女手」。▲図ㄕㄢˇ 拿著，拉著。〈詩經〉有「摻執子之袪兮」。▲ㄔㄢ 混合，同「攙」。

**摻和** ㄔㄢ ㄏㄜ˙ 和字輕讀，混入。

**摻雜** ㄔㄢ ㄗㄚˊ 攙和。

**摴** 図ㄕㄨ ㈠放開。㈡「摴蒱」，見「樗蒲」。

**摔** ㄕㄨㄞ ㈠用力往下扔。如「把這一本書狠狠往桌上一摔」。㈡擺脫開。如「把這件事摔下不管」。㈢用力掄動，是憤怒的表示。如「摔手不顧」「摔門而去」。㈣東西掉下去，碰壞，碰碎了。如「把盆摔了」「盒子摔裂了」。㈤跌。如「摔倒了」「摔了個跟頭」。

**摔下** ㄕㄨㄞ ㄒㄧㄚˋ 很快地往下落。

**摔手** ㄕㄨㄞ ㄕㄡˇ 一種手臂前後擺動的運動。也作「甩手」。

**摔打** ㄕㄨㄞ ㄉㄚ˙ 打字輕讀。①指生氣的時候，動作粗野放肆。如「有什麼事好好說，何必摔打呢」。②指受艱險折磨，歷練世故人情。如「他是多少年在外頭摔打過的，什麼事情不懂」。

**摔跤** ㄕㄨㄞ ㄐㄧㄠ 兩人角力的遊戲，以摔倒對方為勝。

**摔筋斗** ㄕㄨㄞ ㄐㄧㄣ ㄉㄡ˙ 斗字輕讀。同「摔跟頭」。也作「摔觔斗」。

**摔跟頭** ㄕㄨㄞ ㄍㄣ ㄊㄡ˙ 跌倒。

**摠（揔）** ㄗㄨㄥˇ ㈠図兼持。㈡同「總」。

**摧** 図ㄘㄨㄟ ㈠破壞。如「無堅不摧」「摧鋒陷陣」。㈡折斷。如「摧折」「摧枯拉朽」。

**摧殘** ㄘㄨㄟ ㄘㄢˊ ①摧毀。②用暴力來侮辱傷害。

**摧毀** ㄘㄨㄟ ㄏㄨㄟˇ 毀壞。

**摧枯拉朽** ㄘㄨㄟ ㄎㄨ ㄌㄚ ㄒㄧㄡˇ 図枯，乾草；朽，腐爛的木頭。把乾草、朽木掃除。比喻推倒腐敗勢力是毫不費力的。

## 十二筆

**撥** ㄅㄛ ㈠挑開，使它動轉。如「撥鐘」「手上扎了一個刺，用針撥出來吧」。㈡分出來一部分。如「撥了一碟菜」「撥幾個人參加另外一項工作」。㈢批；一批叫「一撥兒」或「一撥子」。如「貨物分撥兒運送」。㈣図除去。如「撥亂反正」。㈤図見「撥冗」。

**撥子** ㄅㄛ ㄗ˙ ①一種用金屬、木頭、象牙或塑膠等製成的薄片，用以彈奏月琴等弦樂器。②徽劇主要腔調之一，又叫「高播子」。③量詞。如「一撥子隊伍」。

**撥付** ㄅㄛ ㄈㄨˋ 調撥款項發給。如「撥付經費」。

**撥冗** ㄅㄛ ㄖㄨㄥˇ 從忙中騰出一點兒時間來。如「撥冗參加」。

**撥弄** ㄅㄛ ㄌㄨㄥˋ ①用手玩弄。②挑撥。如「撥弄是非」。

**撥兒** ㄅㄛ ㄦ 一批叫一撥兒。

**撥剌** ㄅㄛ ㄌㄚˋ ①〔文〕狀聲的詞。溫庭筠的詩句有「驚魚潑剌燕翩翾」。②撥動或撥開。同「扒拉」。

**撥款** ㄅㄛ ㄎㄨㄢˇ 支付或調配款項。

**撥雲見日** ㄅㄛ ㄩㄣˊ ㄐㄧㄢˋ ㄖˋ ①比喻事態不明或心中迷惑不清，突然轉為明朗。②比喻處在黑暗困苦的環境中，境遇突然好轉，重見天日。

**撥亂反正** ㄅㄛ ㄌㄨㄢˋ ㄈㄢˇ ㄓㄥˋ 〔文〕除去禍亂，復歸正道。

## 播

ㄅㄛˋ ㈠散布，傳布。如「傳播」「廣播」。㈡下種，把植物的種子撒在土裡使它生長。如「播種」。㈢〔文〕遷移逃亡。如「播遷」。㈣〔文〕搖動。如「播蕩」。語音ㄅㄛ。

**播弄** ㄅㄛˋ ㄌㄨㄥˋ ①挑撥是非。②玩弄。

**播音** ㄅㄛˋ ㄧㄣ ①用無線電波將語言歌唱傳送出去。②在無線電臺對著麥克風向聽眾說話或講演報告。又讀ㄅㄛ ㄧㄣ。

**播送** ㄅㄛˋ ㄙㄨㄥˋ 用無線電波或聲波放送出去，也作「播放」。如「播送歌曲」。語音ㄅㄛ ㄙㄨㄥˋ。

**播揚** ㄅㄛˋ ㄧㄤˊ 〔文〕宣布傳揚。

**播種** ▲ㄅㄛˋ ㄓㄨㄥˇ ①把種子撒在地上。②比喻傳布一種新的而且能發展的思想或理論。▲ㄅㄛˋ ㄓㄨㄥˋ 用撒種子的方法種植。

**播蕩** ㄅㄛˋ ㄉㄤˋ 〔文〕遷徙流離而沒有固定的地方。〈左傳〉有「夏氏之亂，成公播蕩」。

**播遷** ㄅㄛˋ ㄑㄧㄢ 〔文〕流離遷徙。〈列子．湯問〉有「仙聖播遷者巨億計」。

**播音劇** ㄅㄛˋ ㄧㄣ ㄐㄩˋ 用無線電廣播的演劇，特別注重音樂配合跟音樂效果。也叫「廣播劇」。

**播種機** ㄅㄛˋ ㄓㄨㄥˇ ㄐㄧ 播種用的機器，可以用人力、畜力或拖拉機牽引。

## 撲

ㄆㄨ ㈠猛衝過去。如「孩子一頭撲到媽媽的懷裡」「燈蛾撲火」。㈡打，拍。如「撲蒼蠅」「撲蝴蝶」。㈢輕輕地拍打。如「撲粉」「撲掉衣上的灰塵」。㈣輕輕拍打用的器具，也叫「撲兒」。如「粉撲兒」。

**撲地** ㄆㄨ ㄉㄧˋ ①滿地都是。如「芳草撲地」。②倒在地上。

**撲克** ㄆㄨ ㄎㄜˋ 〔外〕克字輕讀。poker 的音譯，一種五十二張紙牌的遊戲。

**撲的** ㄆㄨ ˙ㄉㄜ ①響聲。②突然。

**撲空** ㄆㄨ ㄎㄨㄥ 訪人不遇，或所求的事落空了。

**撲面** ㄆㄨ ㄇㄧㄢˋ 迎面而來。

**撲救** ㄆㄨ ㄐㄧㄡˋ 救火，撲滅它。

**撲通** ㄆㄨ ㄊㄨㄥ 東西落到水裡的聲音。

**撲稜** ㄆㄨ ㄌㄥ 形容翅膀抖動的聲音。

**撲滅** ㄆㄨ ㄇㄧㄝˋ 消除，毀滅。

**撲滿** ㄆㄨ ㄇㄢˇ 一種存零錢的容器。錢投進去就拿不出來。北方方言叫「攢（ㄗㄢˇ）錢罐兒」。

**撲鼻** ㄆㄨ ㄅㄧˊ 氣味衝到鼻子裡來。如「芬芳撲鼻」。

**撲簌** ㄆㄨ ㄙㄨˋ 形容眼淚向下掉的樣子。

**撲燈蛾** ㄆㄨ ㄉㄥ ㄜˊ 穀蛾。

**撲簌簌** ㄆㄨ ㄙㄨˋ ㄙㄨˋ ①往下落的樣子。②急滾的樣子。

**撲朔迷離** ㄆㄨ ㄕㄨㄛˋ ㄇㄧˊ ㄌㄧˊ 不能認清楚。出自〈木蘭詩〉。原意指辨不清雌雄，現在也泛指事情錯綜複雜不易分辨的意思。

**撫** ㄈㄨˇ ㈠愛護，照料。如「撫養」「撫之成人」。㈡摩挲。如「撫摩」「以手撫之」。㈢[文]安慰。如「好言相撫」「撫問」。㈣[文]「撫掌」是拍手。

**撫字** ㄈㄨˇ ㄗˋ [文]撫養愛護。

**撫孤** ㄈㄨˇ ㄍㄨ [文]撫養孤兒。

**撫育** ㄈㄨˇ ㄩˋ 撫養。

**撫恤** ㄈㄨˇ ㄒㄩˋ 對為國立功的死亡者的家屬給予安慰和救濟。也作「撫卹」。

**撫掌** ㄈㄨˇ ㄓㄤˇ [文]喜而拍手。也作「拊掌」。

**撫琴** ㄈㄨˇ ㄑㄧㄣˊ [文]彈琴。

**撫慰** ㄈㄨˇ ㄨㄟˋ 安慰。

**撫摩** ㄈㄨˇ ㄇㄛˊ 用手按摩。

**撫養** ㄈㄨˇ ㄧㄤˇ 愛護和教養。

**撫恤金** ㄈㄨˇ ㄒㄩˋ ㄐㄧㄣ 國家或組織發給因公受傷或殘廢、病故的人員家屬的金錢。「恤」又作「卹」。

**撫今追昔** ㄈㄨˇ ㄐㄧㄣ ㄓㄨㄟ ㄒㄧˊ [文]接觸當前的事物而回想過去。

**撫躬自問** ㄈㄨˇ ㄍㄨㄥ ㄗˋ ㄨㄣˋ [文]反省。

**撢** ▲ㄉㄢˇ ㈠把塵土拂掃下去。如「撢桌子」「撢鞋」。㈡就是「撢子」。如「布撢」「雞毛撢」（參看「撢子」條）。▲[文]ㄊㄢˋ 同「探」字。「撢人」，古官名，把帝王的意思告訴四方的官。

**撢子** ㄉㄢˇ ˙ㄗ 一種拂掃塵土的器具，用布或雞毛做的。

**撣** ▲ㄉㄢˇ 同「撢」。▲ㄕㄢˋ 撣族，是在我國雲南省居住的一部分種族。越南、泰國等地也有撣族。

**⿰扌等** ㄉㄣˋ 用力拉繩、線一類的東西。如「別使大勁兒⿰扌等，小心把線⿰扌等斷了」。

**撓** ▲ㄋㄠˊ ㈠用手輕輕抓。如「撓癢」。㈡彎曲。如「不屈不撓」。㈢打攪，使別人的事情進行不順利。如「阻撓」「撓擾」。▲[方]ㄋㄠ 俗語離去、逃走的意思。如「撓鴨子」。「鴨子」是指「腳」。

**撓折** ㄋㄠˊ ㄓㄜˊ [文]摧折。

**撓敗** ㄋㄠˊ ㄅㄞˋ 失敗。

**撓鉤** ㄋㄠˊ ㄍㄡ ①頂端是大鐵鉤而帶長柄的工具。②古兵器之一。

**撓頭** ㄋㄠˊ ㄊㄡˊ ①是說煩難的事，不容易解決。如「這件事真撓頭」。②指毛髮散亂。如「你看他不修邊幅，撓頭獅子似的」。

**撓擾** ㄋㄠˊ ㄖㄠˇ 擾亂。

**撓鴨子** ㄋㄠ ㄧㄚ ˙ㄗ [方]離去，走了。北京俚語。鴨子指「腳」，也作「丫子」。

**撓癢癢（兒）** ㄋㄠˊ ㄧㄤˇ ˙ㄧㄤ ㄦ 第二個癢字輕讀。用手輕輕地抓身上發癢的部位。

**撚** ㄋㄧㄢˇ ㈠用手指搓東西。㈡撥弄。

**撚酸** ㄋㄧㄢˇ ㄙㄨㄢ 因嫉妒而心中不平。

**撚指間** ㄋㄧㄢˇ ㄓˇ ㄐㄧㄢ 同「彈指間」，比喻時間的短暫迅速。如「撚指間又過了五六年」。

**撈(撈)** ㄌㄠ ㈠把水裡的東西取出。如「大海撈針」。㈡比方不正常的獲得，取得。如「一個錢也沒撈著」。語音ㄌㄠˊ。

**撈魚** ㄌㄠ ㄩˊ 從水裡把魚取出來。

**撈本兒** ㄌㄠ ㄅㄣˇ ㄦ 指賭輸錢之後想再贏回來；也泛指想收回成本，取得報償。

**撩** ▲ㄌㄧㄠˊ引逗，招惹。如「撩人」。▲ㄌㄧㄠ㈠掀起。如「撩開簾子」「撩起長裙」。㈡蘸著水往外甩，把水灑出去。如「賣菜的往菜上撩水」。㈢略微看看。如「撩了一眼」。

**撩人** ㄌㄧㄠˊ ㄖㄣˊ 逗引人，引動人。

**撩水** ㄌㄧㄠ ㄕㄨㄟˇ 撥弄水。

**撩起** ㄌㄧㄠ ㄑㄧˇ 提起，掀起。如「撩起衣裳」。

**撩逗** ㄌㄧㄠˊ ㄉㄡˋ 逗也作「鬥」；是挑（ㄊㄧㄠˇ）弄，招惹的意思。

**撩亂** ㄌㄧㄠˊ ㄌㄨㄢˋ 紛亂。如「眼花撩亂」。

**撟** ▲図ㄐㄧㄠˇ舉起，抬起。如「撟舌」（害怕，不敢出聲）。▲ㄐㄧㄠˇ與「矯」通。

**撟舌** ㄐㄧㄠˇ ㄕㄜˊ 図因為害怕而致舌頭翹起不能出聲。

**撟捷** ㄐㄧㄠˇ ㄐㄧㄝˊ 図同「矯捷」。身體輕靈，行動敏捷。

**撅** ㄐㄩㄝ ㈠翹起。如「撅尾巴」。㈡同「噘」。㈢同「撧」。

**撧** ㄐㄩㄝ ㈠折斷。㈡俗話指按摩活動使昏倒的人醒過來，叫「撧」。如「他昏過去了，趕快撧一撧」。㈢使人難堪。如「當面撧人」「什麼難題也撧不倒他」。

**撬** ㄑㄧㄠˋ利用工具把東西挑（ㄊㄧㄠˇ）開或挑起。如「撬門」「撬起箱蓋」。又讀ㄑㄧㄠ。

**撳** ㄑㄧㄣˋ㈠用手按住。同「搇」。如「撳住敵人的脖子」。㈡向下倒垂著。如「撳著頭」「身子往下撳」。

**撏** ▲ㄒㄩㄣˊ㈠揪，拉拽。如「撏綿扯絮」（形容下雪的情況）。㈡拉住，抓住。如「撏扯」。㈢拔毛。▲ㄒㄧㄢˊ是ㄒㄩㄣˊ㈢的又讀。如「雞身上的毛撏淨了再下鍋煮」。

**撰** ㄓㄨㄢˋ寫作文章。如「撰述」「撰著」。

**撰述** ㄓㄨㄢˋ ㄕㄨˋ 文字的著述。

**撞** ㄓㄨㄤˋ㈠打。如「撞鐘」。㈡碰。如「兩輛車相撞了」「他被汽車撞傷了」。㈢衝。如「橫衝直撞」「衝撞」（得罪，使人發怒）。讀音ㄔㄨㄤˊ。

**撞見** ㄓㄨㄤˋ ㄐㄧㄢˋ 見字輕讀。無意中碰到、遇到。

**撞車** ㄓㄨㄤˋ ㄔㄜ ①車跟車碰在一起。②被車撞碰。③故意往行駛著的車輛撞上去。如「撞車自殺」。

**撞破** ㄓㄨㄤˋ ㄆㄛˋ ①因疾行而擊破（玻璃、門窗等）。②不經意地發現他人的祕密。

**撞球** ㄓㄨㄤˋ ㄑㄧㄡˊ 又稱「彈子」。是一種室內運動。用象牙或塑料製成的球三個、四個或十六個，放在鋪著綠呢的長方檯上，用球桿來撞擊的。

**撞期** ㄓㄨㄤˋ ㄑㄧˊ 不同的行程或活動，選在同一個時間發生，讓人難以同時兼顧，叫「撞期」。

**撞擊** ㄓㄨㄤˋ ㄐㄧˊ 運動中的物體跟別的物體猛然碰上。如「浪花撞擊岩石」。

**撞騙** ㄓㄨㄤˋ ㄆㄧㄢˋ 到處騙人的錢。如「招搖撞騙」。

**撐(撐)** ㄔㄥ ㈠支住，抵住，用力推。如「撐船」「撐竿跳高」。㈡支持。如「撐門面」

「苦撐危局」。㈢堅持。如「說得他自己撐不住，笑了」。㈣張開，繃緊。如「撐傘」「撐線」。㈤充填。如「用棉花把枕頭撐起來」。㈥吃得過飽，裝得太滿。如「晚飯吃多了，撐得很難過」「口袋撐破了」。

**撐竿**（ㄔㄥ ㄍㄢ） 撐竿跳高用的長竿子，用竹子、合金或玻璃纖維等製成。

**撐開**（ㄔㄥ ㄎㄞ） 支住使它張開。如「撐開他的嘴」。

**撐腰**（ㄔㄥ ㄧㄠ） 比喻對人事從旁加以支持。

**撐篙**（ㄔㄥ ㄍㄠ） 就是「撐船」，用篙竿撐著，推船前進。

**撐場面**（ㄔㄥ ㄔㄤˇ ㄇㄧㄢˋ） 面字輕讀。①鋪張外表。②維持局面。也說「撐門面」。

**撐竿跳高**（ㄔㄥ ㄍㄢ ㄊㄧㄠˋ ㄍㄠ） 田賽運動項目之一。運動員手持跳竿，經過長三十五到四十公尺的助跑之後，將撐竿插入木穴，身體借力跳起過橫竿，用來比賽誰跳得高。通常包括助跑、插竿、起跳、空中動作和推竿落地等五項動作。

# 撙

ㄗㄨㄣˇ 見「撙節」。

**撙節**（ㄗㄨㄣˇ ㄐㄧㄝˊ） ①節省費用。如「撙節開支」。②図遵守法度。〈禮記・曲禮〉有「君子恭敬撙節」。

# 撮

▲ㄘㄨㄛ ㈠聚攏。如「撮聚」「撮合」。㈡聚集起來用器具盛取。如「撮了一簸箕土」。㈢図提取出少數的東西。如「撮其要點」。㈣容量名，是一升的萬分之一；現在的「一撮」是一公升的千分之一。「一撮」表示量很少。如「藥末一撮」。又讀ㄘㄨㄛˋ。

▲ㄗㄨㄛˇ 一小叢兒叫「一撮（兒）」或「一撮子」，多指毛髮等細微的東西說的。

**撮土**（ㄘㄨㄛ ㄊㄨˇ） ①把塵土聚集起來，用器具盛取。②図一撮土，形容量很少、微不足道的東西。

**撮合**（ㄘㄨㄛ ㄏㄜˊ） 把雙方拉攏在一起。

**撮弄**（ㄘㄨㄛ ㄌㄨㄥˋ） ①古代說「變戲法」。如「撮弄雜藝」。②教唆。〈西遊記〉有「你這猴頭，又是撮弄我也」。

**撮要**（ㄘㄨㄛ ㄧㄠˋ） 図摘取要點。

**撮影**（ㄘㄨㄛ ㄧㄥˇ） 照相。

**撮口呼**（ㄘㄨㄛ ㄎㄡˇ ㄏㄨ） 聲韻學上把含有「ㄩ」韻或「ㄩ」的結合韻（有「ㄩㄝ」「ㄩㄢ」「ㄩㄣ」「ㄩㄥ」四個）的字音，稱為「撮口呼」。

# 撕

▲ㄙ ㈠扯破，扯裂。如「撕碎」「撕裂」。㈡俗語說買布料叫「撕」。如「到布店裡撕半匹綢子來」。

▲図ㄒㄧ ㈠「提撕」，意思是㈠提拔。㈡拉扯。㈢提醒，使之警悟。

**撕打**（ㄙ ㄉㄚˇ） 扭扯毆打。

**撕破**（ㄙ ㄆㄛˋ） ①扯破，裂毀。②「撕破臉（兒）」是說感情破裂。也說「抓破臉（兒）」。

**撕票**（ㄙ ㄆㄧㄠˋ） 綁票的匪徒因勒索金錢的要求沒得到滿足，把擄去的人殺死，叫做「撕票」。

**撕開**（ㄙ ㄎㄞ） 扯裂開。

**撕擄**（ㄙ ㄌㄨˇ） 擄字輕讀。①辦理解決困難或糾葛的事。〈紅樓夢〉有「這半日只顧撕擄這樁事」。也作「撕羅」。②糾纏嬉戲。〈紅樓夢〉有「賈薔收起來，然後撕擄賈蓉」。

# 撒

▲ㄙㄚ ㈠放開。如「撒網捕魚」。㈡發出，散出，透出，放出。如「撒傳單」「撒腿就跑」「撒了個大謊」。㈢盡量發揮。如「小孩子撒歡兒」「撒酒瘋兒」。

▲ㄙㄚˇ ㈠散布。如「撒種」「撒上

一層石灰」。㈡図吃驚的樣子。如「撒然驚覺」。

**撒旦**（ㄙㄚ ㄉㄢˋ） 图 Satan，指魔鬼。據天主教、基督教聖經〈舊約全書〉的記載，撒旦是與上帝為敵的。

**撒尿**（ㄙㄚ ㄋㄧㄠˋ） 小便，排尿。也作「撒溺（ㄋㄧㄠˋ）」。

**撒村**（ㄙㄚ ㄘㄨㄣ） 囫說出粗野難聽的話。

**撒野**（ㄙㄚ ㄧㄝˇ） 言語舉動任性粗野，沒有禮貌。

**撒然**（ㄙㄚ ㄖㄢˊ） 図驚覺的樣子。也作洒然。如「撒然驚覺，一身冷汗」。

**撒開**（ㄙㄚ ㄎㄞ） ①放開，鬆開。②分離。③放縱而毫無限制，無顧忌。如「撒開吃」「撒開花錢」。

**撒種**（ㄙㄚ ㄓㄨㄥˇ） 播種。

**撒網**（ㄙㄚ ㄨㄤˇ） 張網。

**撒腿**（ㄙㄚ ㄊㄨㄟˇ） 拔腿奔逃。如「他一見到我，就撒腿跑了」。

**撒嬌**（ㄙㄚ ㄐㄧㄠ） 依靠著對方的寵愛，故意裝出不順從的嬌態。

**撒潑**（ㄙㄚ ㄆㄛ） 大哭大鬧，不講道理，撒野。

**撒賴**（ㄙㄚ ㄌㄞˋ） 放刁要挾，耍誣賴。也作「撒刁」。

**撒謊**（ㄙㄚ ㄏㄨㄤˇ） 說假話。

**撒鹽**（ㄙㄚ ㄧㄢˊ） ①把鹽分散著扔出去，散布出去。②比喻降雪。語出〈世說新語〉「撒鹽空中差可擬」句。

**撒手（兒）**（ㄙㄚ ㄕㄡˇ ㄦ） ①放開手，鬆手。②比喻不負責。如「他撒手兒全不管」。③丟手的意思，人死了說「撒手長辭」。

**撒線（兒）**（ㄙㄚ ㄒㄧㄢˋ ㄦ） 放線，使其延伸出去。像放風箏時把線放長，釣魚時把釣絲放長，偵察案件故意放縱疑犯，使線索延伸。

**撒手鐧**（ㄙㄚ ㄕㄡˇ ㄐㄧㄢˇ） 就是說最後一著，把最拿手的施展出來。

**撒鴨子**（ㄙㄚ ㄧㄚ ˙ㄗ） 囫同「撒腿」，放步奔跑。

**撒囈症**（ㄙㄚ ㄧˋ ㄓㄥ） 症字輕讀。睡著了的時候發囈語，亂說亂動。也作「撒囈怔」。

**撒酒瘋（兒）**（ㄙㄚ ㄐㄧㄡˇ ㄈㄥ ㄦ） 醉後放肆地亂嚷亂動。

**撒科打諢**（ㄙㄚ ㄎㄜ ㄉㄚˇ ㄏㄨㄣˋ） 即「插科打諢」，指戲曲演員在演出中穿插些滑稽的談話和動作來引人發笑。

## 十三筆

**擘**（ㄅㄛˋ） 図㈠大拇指，常用來比喻特別優秀的人。如「他是工業界的巨擘」。㈡分裂，分析。

**擘指**（ㄅㄛˋ ㄓˇ） 图大拇指。

**擘畫**（ㄅㄛˋ ㄏㄨㄚˋ） 図經營計畫。如「擘畫周詳」。

**擘肌分理**（ㄅㄛˋ ㄐㄧ ㄈㄣ ㄌㄧˇ） 図分析得很精細。

**擗**（ㄆㄧˋ） 図㈠搥拍胸部（表示悲憤）。㈡折，擘開。

**擗踊**（ㄆㄧˋ ㄩㄥˇ） 図悲痛時捶胸頓足。

**擔（担）** ▲ㄉㄢ ㈠挑，扛。如「把兩桶水擔回去」。㈡負責，擔當。如「責任由他來擔」。㈢緊張地牽掛著。如「擔驚害怕」「您不必為這件小事擔憂」。▲ㄉㄢˋ ㈠挑東西的擔子，也就是挑（ㄊㄧㄠ）子。如「一擔青菜」「貨郎擔」。㈡重量名，一百斤是一擔。㈢比喻很重的責任。如「維持一家八口生活的重擔，壓得他喘不過氣來」。

**擔子**（ㄉㄢˋ ˙ㄗ） ①「挑子」，肩挑著成擔的東西。②責任。

**擔心**（ㄉㄢ ㄒㄧㄣ） 不放心，有顧慮。

**擔任**（ㄉㄢ ㄖㄣˋ） 擔當某種職務或工作。

**擔名**（ㄉㄢ ㄇㄧㄥˊ） 承當某種名分，不負實際責任。如「擔罪名」。

**擔承**（ㄉㄢ ㄔㄥˊ） 負起某種責任。如「這件事由我一個人擔承」。

**擔保**（ㄉㄢ ㄅㄠˇ） 給別人作保證。

**擔待**（ㄉㄢ ㄉㄞˋ） 待字輕讀。①擔負，擔當。如「我擔待不起」。②包涵和原諒。如「請您擔待點兒吧」。

**擔架**（ㄉㄢ ㄐㄧㄚˋ） 醫院或軍隊抬送傷患病人的軟床。

**擔負**（ㄉㄢ ㄈㄨˋ） ①負責任。②責任的分量。如「他的擔負太重」。

**擔當**（ㄉㄢ ㄉㄤ） 負起責任。

**擔憂**（ㄉㄢ ㄧㄡ） 憂慮。

**擔險**（ㄉㄢ ㄒㄧㄢˇ） 冒險。

**擔擱**（ㄉㄢ ㄍㄜ） 擱字輕讀。遲延。通常寫作「耽擱」。

**擔不是**（ㄉㄢ ㄅㄨˋ ㄕˋ） 是字輕讀。受過，把造成錯誤的責任擔當過來。

**擔保品**（ㄉㄢ ㄅㄠˇ ㄆㄧㄣˇ） 為防止債務人不履行債務時，用以賠償債權人所受損害的物品。

**擔雪填井**（ㄉㄢ ㄒㄩㄝ ㄊㄧㄢˊ ㄐㄧㄥˇ） 挑起雪來倒在井裡。比喻徒勞無功。意思和「炊沙作飯」相同。

**擔驚受怕**（ㄉㄢ ㄐㄧㄥ ㄕㄡˋ ㄆㄚˋ） 承擔驚恐和害怕。

## 擋（挡）

ㄉㄤˇ ㈠攔阻。如「阻擋」「前面有車擋住了路」。㈡遮蔽。如「擋雨」「擋太陽」。㈢做遮蔽用的器具，也叫「擋兒」「擋子」。如「爐擋」「火擋」。㈣抗拒，抵抗，對敵。如「兵來將擋」「擋頭陣」。▲図ㄉㄤˋ「摒擋」，就是收拾，料理。

**擋住**（ㄉㄤˇ ㄓㄨˋ） 阻隔。如「他擋住我的亮兒啦」。

**擋眼**（ㄉㄤˇ ㄧㄢˇ） ①遮住視線。如「前面這棵樹擋眼，遠處看不清楚」。②惹人注意。如「別把這些亂東西擺在擋眼的地方」。

**擋駕**（ㄉㄤˇ ㄐㄧㄚˋ） ①拒客來訪（回說不在，請不要進來）。②不敢勞駕的客氣話。如「您來看我，怎麼敢當，擋駕，擋駕」。

**擋箭牌**（ㄉㄤˇ ㄐㄧㄢˋ ㄆㄞˊ） 盾牌，比喻推託或掩飾的借口。

## 撻

図ㄊㄚˋ ㈠打。如「鞭撻」。㈡「撻伐」，是征伐。

## 擂

▲ㄌㄟˊ ㈠把東西研碎。如「擂鉢」。㈡搥，打。如「擂鼓」。▲ㄌㄟˋ ㈠ㄌㄟˊ的又讀。㈡「擂臺」，是古時候比賽武術所搭的臺。

**擂鼓**（ㄌㄟˊ ㄍㄨˇ） 打鼓。

**擂鉢**（ㄌㄟˊ ㄅㄛ） 中藥店研碎藥品等的乳鉢。

## 擄

図ㄌㄨˇ 把人搶走。如「擄人勒索」。又讀ㄌㄨㄛˇ。

**擄掠**（ㄌㄨˇ ㄌㄩㄝˋ） 用強力搶劫人和財物。如「敵人一來，奸淫擄掠無所不為」。

## 擀

ㄍㄢˇ ㈠用棒輾平、軋薄。如「擀麵」「擀餃子皮」。㈡用力細擦。如「先用水把玻璃擦淨，然後再擀一遍」。㈢「擀氈」是形容絨毛樣的東西糾結成一片而不能分離的樣子。「皮襖都擀氈了」，就是指皮襖舊了，毛梳不開了。

**擀麵**（ㄍㄢˇ ㄇㄧㄢˋ） 拿麵杖把用水和成的軟麵壓碾成薄薄平平的，叫「擀麵」。

**擀麵杖**（ㄍㄢˇ ㄇㄧㄢˋ ㄓㄤˋ） 也叫「麵杖」。是擀麵所用的木棍。

## 擓

因ㄎㄨㄞˇ ㈠把臂插在提籃環子裡。如「擓著籃子」。㈡用指甲輕輕抓撓。如「擓癢」。

**擓癢癢兒** ㄎㄨㄞˇ ㄧㄤˇ ㄧㄤˇ ㄦ 因第二個癢字輕讀。搔癢。

# 撼
ㄏㄢˋ ㈠搖動。如「搖撼」「蚍蜉撼大樹」。㈡因慫恿。

# 擐
因ㄏㄨㄢˋ穿。如「擐甲執兵」(披上鎧甲，拿著兵器)。

# 擊(击)
ㄐㄧˊ ㈠打。如「擊鼓」「擊掌」。㈡攻打。如「迎頭痛擊」「游擊」。㈢因接觸。如「目擊」(親眼看見)「肩摩轂擊」(形容道路上人多擁擠)。

**擊缶** ㄐㄧˊ ㄈㄡˇ 因唱歌時打著拍節，形容心情快樂(缶，是古時一種簡陋的瓦製樂器，唱歌的時候用來敲打拍節)。

**擊刺** ㄐㄧˊ ㄘˋ ①擊劍刺人的技術。〈史記〉有「曲成侯以善擊刺學用劍，立名天下」。②以矛戈相攻。

**擊倒** ㄐㄧˊ ㄉㄠˇ ①因遭受攻擊而倒下。②打敗。③拳擊比賽名詞，將對方打倒在地。

**擊敗** ㄐㄧˊ ㄅㄞˋ 打敗。

**擊發** ㄐㄧˊ ㄈㄚ 射擊時用手指扳動扳機。

**擊筑** ㄐㄧˊ ㄓㄨˊ 因就是奏出悲壯的曲調，形容胸中的激憤慷慨。(筑是古時一種像箏的樂器，用竹尺敲打，發出悲壯的聲音。〈史記·荊軻傳〉記載：荊軻要去刺秦王，出發的時候，高漸離擊筑，荊軻和著筑音唱歌，聲調悲壯，送行的人都垂淚涕泣。)

**擊楫** ㄐㄧˊ ㄐㄧˊ 因就是敲打船棹，形容有志澄清天下的氣概。(〈晉書·祖逖傳〉載：祖逖統兵北伐，渡江，中流擊楫而誓曰：「不能清中原而復濟者，有如此江。」)

**擊毀** ㄐㄧˊ ㄏㄨㄟˇ 擊中並摧毀。

**擊節** ㄐㄧˊ ㄐㄧㄝˊ 因對詩文作品表示贊賞的樣子。如「擊節稱賞」。

**擊劍** ㄐㄧˊ ㄐㄧㄢˋ ①現代運動競賽項目之一。分鈍劍、銳劍、軍刀三種。比賽雙方必須戴鋼絲面罩，金屬夾衣及手套出場。比賽一方被擊中次數多、部位重要者為負。②以劍相擊刺，是古人運動習武方法之一。

**擊潰** ㄐㄧˊ ㄎㄨㄟˋ 打垮，打散。

**擊斃** ㄐㄧˊ ㄅㄧˋ 打死(多指用槍)。

**擊壤** ㄐㄧˊ ㄖㄤˇ 因帝堯時，天下太平，百姓無事，有八九十老人擊壤而歌：「日出而作，日入而息；鑿井而飲，耕田而食，帝力於我何有哉。」

**擊球員** ㄐㄧˊ ㄑㄧㄡˊ ㄩㄢˊ 棒球比賽中擊打投手投出的球的打擊手。

# 撿
ㄐㄧㄢˇ ㈠因查驗。宋〈揮麈錄〉有「禁中已撿見韓絳故事」。㈡拾取；取得別人所遺棄的東西；不勞而獲或徼幸得到。與「揀」同。

**撿便宜** ㄐㄧㄢˇ ㄆㄧㄢˊ ㄧˊ 宜字輕讀。①不勞而獲。②廉價買到貴貨。

**撿破爛兒** ㄐㄧㄢˇ ㄆㄛˋ ㄌㄢˋ ㄦ 撿取別人扔掉的廢棄物。

# 據(据)
ㄐㄩˋ ㈠根據，按照。如「據理力爭」「據實報告」。㈡指可以做證明的事情或東西。如「真憑實據」「憑據」。㈢做證明的文件。如「字據」「收據」。㈣占。如「占據」「據為己有」。

**據守** ㄐㄩˋ ㄕㄡˇ 憑藉險要防守。

**據有** ㄐㄩˋ ㄧㄡˇ 占有。

**據理** ㄐㄩˋ ㄌㄧˇ 根據道理。

**據實** ㄐㄩˋ ㄕˊ 根據事實。

**據說** ㄐㄩˋ ㄕㄨㄛ 根據他人所說。

**據險** ㄐㄩˋ ㄒㄧㄢˇ 依靠險要的地勢。

**據點** ㄐㄩˋ ㄉㄧㄢˇ 軍事上用作戰鬥行動憑藉的地點。

**據理力爭** ㄐㄩˋ ㄌㄧˇ ㄌㄧˋ ㄓㄥ 依據道理，努力爭取。

## 擒

ㄑㄧㄣˊ 捕捉。如「擒住了一個小偷」。

**擒抱** ㄑㄧㄣˊ ㄅㄠˋ 橄欖球運動術語。橄欖球運動中，用來阻止對方帶球球員前進的動作。

**擒拿** ㄑㄧㄣˊ ㄋㄚˊ ①捕捉。②一種徒手抵抗、攻擊和捕捉人犯的武術訓練。

**擒賊擒王** ㄑㄧㄣˊ ㄗㄟˊ ㄑㄧㄣˊ ㄨㄤˊ 也作「擒賊先擒王」，比喻先從主要的地方著手。

## 擎

ㄑㄧㄥˊ ㈠[文]舉，往上托。如「眾擎易舉」「一柱擎天」（比喻能支持重任）。㈡承受。如「這個人很會偷懶，什麼都擎現成的」「他沒骨氣，人家侮辱他，他寧可擎著」。㈢見「引擎」。

**擎受** ㄑㄧㄥˊ ㄕㄡˋ 受字輕讀。承受。

**擎天柱** ㄑㄧㄥˊ ㄊㄧㄢ ㄓㄨˋ 比喻負有重責來支持一種事業或任務的人。如「他是這家公司的擎天柱」。

## 撾

ㄓㄨㄚ ㈠敲打。如「撾鼓」。㈡「老撾」（就是寮國）的「撾」，也讀ㄨㄛ。

## 擅（抎）

ㄕㄢˋ ㈠非分地獨斷獨行。如「擅作主張」。㈡專長，特別有的技術。如「擅繪畫」「不擅言談」。㈢[文]占有。如「擅利」。

**擅自** ㄕㄢˋ ㄗˋ 對不在自己的職權範圍以內的事情自作主張。

**擅利** ㄕㄢˋ ㄌㄧˋ [文]專有其利。

**擅長** ㄕㄢˋ ㄔㄤˊ 專精於某一種技術。如「擅長詩畫」。

**擅專** ㄕㄢˋ ㄓㄨㄢ 獨自作主而行。

**擅場** ㄕㄢˋ ㄔㄤˇ [文]壓倒全場；在某種專長方面超過一般人。

**擅權** ㄕㄢˋ ㄑㄩㄢˊ [文]專權。

**擅作主張** ㄕㄢˋ ㄗㄨㄛˋ ㄓㄨˇ ㄓㄤ 獨斷獨行，自作主張。

**擅作威福** ㄕㄢˋ ㄗㄨㄛˋ ㄨㄟ ㄈㄨˊ 比喻專權橫行。

**擅離職守** ㄕㄢˋ ㄌㄧˊ ㄓˊ ㄕㄡˇ 指有職守的人員未經過主管的核可就擅自離開工作崗位。

## 擇

ㄗㄜˊ ㈠揀選。如「選擇」。㈡分別。〈孟子．梁惠王〉有「牛羊何擇焉」。語音ㄓㄞˊ。

**擇交** ㄗㄜˊ ㄐㄧㄠ [文]選好人交往做朋友。

**擇吉** ㄗㄜˊ ㄐㄧˊ [文]選擇吉祥的日子。如「擇吉開業」。

**擇言** ㄗㄜˊ ㄧㄢˊ [文]挑選合宜的話說。常用於否定詞後。如「口不擇言」。

**擇刺** ㄓㄞˊ ㄘˋ [方]①吃魚前把魚刺撿去。②比喻解除糾紛。也作「擇魚頭」。

**擇席** ㄓㄞˊ ㄒㄧˊ [方]換了睡覺的地方就睡不著，叫「擇席」。

**擇配** ㄗㄜˊ ㄆㄟˋ 選擇配偶。

**擇菜** ㄓㄞˊ ㄘㄞˋ [方]剔除蔬菜中不宜吃的部分，留下可以吃的部分。

**擇開** ㄓㄞˊ ㄎㄞ [方]解開或擺脫開。

**擇期** ㄗㄜˊ ㄑㄧˊ 選擇日期。

**擇選** ㄗㄜˊ ㄒㄩㄢˇ 挑選。也念ㄓㄞˊ ㄒㄩㄢˇ。

**擇鄰** ㄗㄜˊ ㄌㄧㄣˊ 選擇好的鄰居。

**擇日子** ㄓㄞˊ ㄖˋ ˙ㄗ 選擇吉日。

**擇善固執** ㄗㄜˊ ㄕㄢˋ ㄍㄨˋ ㄓˊ 通常用以表示一個人對事情的看法、態度，擇取善道而專心不移地實踐。

**操（撡）** ㄘㄠ ㈠図拿，掌握。如「操刀」「操必勝之券」。㈡使用，運用。如「操舟」（駕船）「操琴」（彈琴）。㈢図駕馭。〈史記〉有「操下如束溼薪」。㈣體力的鍛鍊。如「體操」「早操」。㈤軍事訓練。如「操演」「打野操」。㈥從事。如「操副業」「操律師業」。㈦用某種語言或口音說話。如「操英語」「操閩南語」。㈧品行。如「節操」「操守」。㈨古時琴曲的名稱。如「猗蘭操」「覆霜操」。㈩姓。上列㈧㈨又讀ㄘㄠˋ。

**操刀** ㄘㄠ ㄉㄠ 把刀抓在手裡；拿刀。

**操心** ㄘㄠ ㄒㄧㄣ ①勞神，勞費心力。②図存心。〈孟子〉「其操心也危」。

**操切** ㄘㄠ ㄑㄧㄝˋ 做事過於急躁。

**操戈** ㄘㄠ ㄍㄜ 図互相敵對，互相攻擊。如「同室操戈」。

**操守** ㄘㄠ ㄕㄡˇ 素常的品德和行為。

**操舟** ㄘㄠ ㄓㄡ 駕駛船隻。

**操行** ㄘㄠ ㄒㄧㄥˋ 品行。

**操作** ㄘㄠ ㄗㄨㄛˋ 以勞力來做事。

**操典** ㄘㄠ ㄉㄧㄢˇ 專談操練方法的書。如「步兵操典」。

**操法** ㄘㄠ ㄈㄚˇ 練習兵操體操的方法。

**操持** ㄘㄠ ㄔˊ ①料理，處理。②籌劃；籌辦。

**操勞** ㄘㄠ ㄌㄠˊ 勞苦操作。

**操場** ㄘㄠ ㄔㄤˊ 場也讀ㄔㄤˇ。軍事操練或體育訓練的廣場。

**操觚** ㄘㄠ ㄍㄨ 図①執筆作文。②比喻從事一種技藝或事業。

**操演** ㄘㄠ ㄧㄢˇ 操練演習。

**操練** ㄘㄠ ㄌㄧㄢˋ 以隊列形式學習和練習軍事或體育等方面的技能。

**操縱** ㄘㄠ ㄗㄨㄥˋ ①用手段駕馭人，使為自己所用。②按自己的意思，用權力來支配某種事物。

**操之過急** ㄘㄠ ㄓ ㄍㄨㄛˋ ㄐㄧˊ 處理事情過於急躁。

**操奇計贏** ㄘㄠ ㄑㄧ ㄐㄧˋ ㄧㄥˊ 図商人居奇以得利。也說是商人有了餘錢，就屯積奇異的貨物。

**搔** ㄙㄚˋ 見「攙搔」。

**擁** ▲ㄩㄥˇ ㈠抱。如「擁抱」。㈡圍著，圍護。如「前呼後擁」「擁被而眠」。㈢聚，擠。如「擁擠」「許多人擁在一條窄道裡」。又讀ㄩㄥ。▲ㄩㄥ ㈠ㄩㄥˇ的又讀。㈡遮住，阻塞住，堵住；和「壅」字相同。如「雲擁山腰」。㈢大家一齊往前去。如「一擁而上」「人像潮水一般擁來」。

**擁抱** ㄩㄥˇ ㄅㄠˋ 為了表示親愛而相抱。

**擁塞** ㄩㄥ ㄙㄜˋ ①阻塞。②擁擠得走不通。

**擁戴** ㄩㄥˇ ㄉㄞˋ 擁護愛戴。

**擁擠** ㄩㄥˇ ㄐㄧˇ 很多人擠在一起。

**擁護** ㄩㄥˇ ㄏㄨˋ 支持，扶助，保護。

## 十四筆

**擯** 図ㄅㄧㄣˋ ㈠排斥。如「擯除」「擯黜」。㈡引導。「擯相」是贊禮者：到外面迎接賓客叫「擯」，在裡面贊禮叫「相」。（「擯相」也作「儐相」。）

**擯棄** ㄅㄧㄣˋ ㄑㄧˋ 図斥棄。

**擣** ㄉㄠˇ ㈠舂碎。如「擣藥」。㈡攻擊。如「直擣黃龍」（擣也作「搗」）。

**擣衣** ㄉㄠˇ ㄧ 用棒槌捶打的方式洗衣服，目的是把衣服上的髒水捶打出來。

**擬（拟）** ㄋㄧˇ ㈠事前的設計，起草。如「擬了一個計畫」「擬一個文稿」。㈡模仿。如「模擬」。㈢[文]打算，想要。如「假期擬往日月潭旅行」「此稿擬不採用」。

**擬古** ㄋㄧˇ ㄍㄨˇ 模仿古代作品的風格。

**擬作** ㄋㄧˇ ㄗㄨㄛˋ 模仿別人的風格或假託別人的口吻而寫的作品。

**擬定** ㄋㄧˇ ㄉㄧㄥˋ ①起草制定。如「擬定拼音方案」。②揣測斷定。

**擬訂** ㄋㄧˇ ㄉㄧㄥˋ 草擬。如「擬訂計畫」。

**擬態** ㄋㄧˇ ㄊㄞˋ 動物學名詞。某些動物為保護自身，將形態、斑紋、顏色等變成與另外一種動物、植物或周圍自然界的物體相似，免受侵害的現象。

**擬稿** ㄋㄧˇ ㄍㄠˇ 起草稿（多指公文）。

**擬議** ㄋㄧˇ ㄧˋ ①事先所作的考慮。如「結果證明他的擬議正確」。②草擬。如「現在的計畫是他所擬議的」。

**擬人化** ㄋㄧˇ ㄖㄣˊ ㄏㄨㄚˋ 修辭方式，把事物人格化。例如童話裡的動物能說話。

**擰** ▲ㄋㄧㄥˊ ㈠用雙手抓住扭絞。如「擰毛巾」「把麻線擰成繩子」。㈡用兩三隻手指抓住。如「擰了他一把」。▲ㄋㄧㄥˇ ㈠錯誤，相反。如「你把這件事情鬧擰了」。㈡扭轉。如「把螺絲擰緊」。▲ㄋㄧㄥˋ 倔強。如「他的脾氣太擰」。

**擰性** ㄋㄧㄥˋ ㄒㄧㄥˋ 性字輕讀。性情倔強。

**擱** ㄍㄜ ㈠放下，放置。如「先把箱子擱下」「桌子上擱了一堆書」。㈡容納。如「屋裡擱不下這些東西」「這人心裡擱不住事」。㈢摻兌，加入。如「湯裡沒擱醬油」。㈣停止不做。如「這是一件急事，可不能擱著」「擱一擱再辦吧」。

**擱下** ㄍㄜ ㄒㄧㄚˋ 下字輕讀。①放下。②中途停止。③可以容受或容納得下。

**擱淺** ㄍㄜ ㄑㄧㄢˇ ①船陷在沙灘裡不能走動。②比喻事務受阻停頓。

**擱筆** ㄍㄜ ㄅㄧˇ 停止寫作。

**擱著** ㄍㄜ ˙ㄓㄜ ①使要開始做的或正在做的事，暫時停頓。也作「擱起來」。②放著。如「書包擱著，你先洗手」。

**擱置** ㄍㄜ ㄓˋ 放下不辦。

**擱不下** ㄍㄜ ㄅㄨˋ ㄒㄧㄚˋ 無法擱置，不放心。

**擱不住** ㄍㄜ ㄅㄨˋ ㄓㄨˋ ①擔當不了。②心事放不下，想把它說出來。

**擠（挤）** ㄐㄧˇ ㈠人和人、東西和東西緊緊挨靠在一起。如「擠得難受」「擁擠」。㈡用力插入人人縫裡。如「擠進去」「人太多，擠不下了」。㈢用力壓迫，排斥。如「人潮把路旁的欄杆擠斷了」「他很受這群人的排擠」。㈣壓榨。如「擠牛奶」「沒話兒擠話兒」。

**擠兌** ㄐㄧˇ ㄉㄨㄟˋ 多數人擁集銀行兌取現款。

**擠陷** ㄐㄧˇ ㄒㄧㄢˋ [文]排斥，陷害。

**擠咕眼兒** ㄐㄧˇ ㄍㄨ ㄧㄢˇ ㄦ [方]咕字輕讀。①不正常舉動的眨眼。②擠眉弄眼兒。北平口語說ㄐㄧˇ ˙ㄍㄨ ㄧㄚˇ ㄦ。

**擠眉弄眼（兒）** ㄐㄧˇ ㄇㄟˊ ㄋㄨㄥˋ ㄧㄢˇ ㄦ ①以眉眼作態表達情意。②鬼鬼祟祟的樣子。

**擤** ㄒㄧㄥˇ 分別摁住鼻子的一邊使一個鼻孔噴出鼻涕。

**擢** 図ㄓㄨㄛˊ ㈠提拔。如「擢用」。㈡聳起。左思賦有「擢木千尋」句。

**擢升**（ㄓㄨㄛˊ ㄕㄥ） 図提升官職。

**擢用**（ㄓㄨㄛˊ ㄩㄥˋ） 図越級升用。

**擢拔**（ㄓㄨㄛˊ ㄅㄚˊ） 図提拔。

**擢髮難數**（ㄓㄨㄛˊ ㄈㄚˇ ㄋㄢˊ ㄕㄨˇ） 図形容罪狀或惡劣事項多得很。語出〈史記・范雎傳〉。

**擩** ▲図ㄖㄨˇ ㈠同「濡」，沾染。㈡擦拭。▲ㄋㄡˋ「搆擩」，不懂事。▲ㄖㄨㄢˊ「擩嚌」，探求，體味。

**擦** ㄘㄚ ㈠摩拭，抹刷。如「擦皮鞋」「擦臉」。㈡擦抹的器具，也說成「擦子」「擦兒」。如「黑板擦（兒）」（子）」。㈢刮刨，摩擦。如「擦破了皮」「摩拳擦掌」。㈣貼近。如「鳥兒擦著屋簷飛過去了」。㈤狀聲詞，也作「嚓」。如「擦擦擦，一隊兵走過」。

**擦子**（ㄘㄚ ㄗ˙） 也說「擦兒」，如「板擦兒」，擦黑板的工具。

**擦拭**（ㄘㄚ ㄕˋ） 用布、毛巾等摩擦使東西變乾淨。如「擦拭眼鏡」。

**擦音**（ㄘㄚ ㄧㄣ） 語音學名詞。「摩擦音」的簡稱。發音部位不完全阻塞，氣流由此隙縫摩擦而出的輔音。如國語的ㄈ、ㄏ、ㄒ、ㄕ、ㄖ、ㄙ等。

**擦網**（ㄘㄚ ㄨㄤˇ） 網球、桌球或羽毛球項目比賽時，球未順利過半場，而從網子上方擦過的情況。

**擦黑兒**（ㄘㄚ ㄏㄟ ㄦ） 〔方〕傍黑兒，天快黑的時候。

**擦槍走火**（ㄘㄚ ㄑㄧㄤ ㄗㄡˇ ㄏㄨㄛˇ） 擦槍時不小心觸動扳機而使子彈發射出去。比喻處理事情不慎而釀成災禍。

**擦擦抹抹**（ㄘㄚ ㄘㄚ ㄇㄛˇ ㄇㄛˇ） 指在臉上化妝。

**擨（擪）** 図ㄧㄝˋ 用手指按。如「擨笛」（用手指按笛孔）「擨脈」（中醫把脈）。

## 十五筆

**擺（摆）** ㄅㄞˇ ㈠擱，放。如「架子上擺滿了東西」。㈡布置，安排。如「擺下陣勢」「這家商店的櫥窗擺的地方很合適」。㈢搖動。如「來回亂擺」「搖頭擺尾」。㈣搖動的物體。如「鐘擺」。㈤慢慢走動。如「在街上擺來擺去」。㈥故意顯露出來。如「擺威風」「擺闊」。㈦同「襬」。

**擺子**（ㄅㄞˇ ㄗˇ） 〔方〕瘧疾。如「打擺子」。

**擺手**（ㄅㄞˇ ㄕㄡˇ） 搖手。

**擺布**（ㄅㄞˇ ㄅㄨˋ） 也作「擺佈」。①陳列。②安排，隨意處置，支配，捉弄。

**擺列**（ㄅㄞˇ ㄌㄧㄝˋ） 陳列。

**擺夷**（ㄅㄞˇ ㄧˊ） 我國西南少數民族名，為僰人之一族，居今四川省境。

**擺弄** ▲ㄅㄞˇ ㄋㄨㄥˋ ①用手玩弄。②捉弄，播弄。▲ㄅㄞˇ ㄋㄨㄥ 胃不舒服。如「吃了兩片西瓜，覺得肚子擺弄，十分難過」。

**擺席**（ㄅㄞˇ ㄒㄧˊ） 設宴席請客。

**擺動**（ㄅㄞˇ ㄉㄨㄥˋ） 向左右或前後搖動。

**擺渡**（ㄅㄞˇ ㄉㄨˋ） ①用船由河川的這一岸渡到那一岸。②渡船也叫擺渡。

**擺脫**（ㄅㄞˇ ㄊㄨㄛ） 設法脫離。

**擺闊**（ㄅㄞˇ ㄎㄨㄛˋ） 在外表上故意顯出富裕來。

**擺設（兒）**（ㄅㄞˇ ㄕㄜˋ ㄦ） 設字輕讀。陳設品，多指專為美觀裝飾用的東西。

**擺門面** ㄅㄞˇ ㄇㄣˊ ㄇㄧㄢˋ 講究排場，粉飾外表。

**擺架子** ㄅㄞˇ ㄐㄧㄚˋ ㄗ˙ 驕傲誇張，故意顯出身分比人高貴的樣子。也說是「擺威風」。

**擺樣子** ㄅㄞˇ ㄧㄤˋ ㄗ˙ ①只有好看的外表。②故作姿態給別人看。

**擺擂臺** ㄅㄞˇ ㄌㄟˋ ㄊㄞˊ ①搭了臺子歡迎人來比武。②比喻向人挑戰。

**擺譜兒** ㄅㄞˇ ㄆㄨˇ ㄦ 〔方〕擺門面。

**擺攤兒** ㄅㄞˇ ㄊㄢ ㄦ 小販在街上或市場陳列貨品求售，叫做擺攤兒。

**擺龍門陣** ㄅㄞˇ ㄌㄨㄥˊ ㄇㄣˊ ㄓㄣˋ 〔方〕談天或講故事。原是四川方言。

**攀** ㄆㄢ ㈠抓住東西向上爬。如「攀登」「攀山越嶺」。㈡拉，牽扯。如「在車上攀住手環」「你不要攀扯別人」。㈢〔文〕挽留。如「攀留」。㈣比喻和比自己地位高的人接近、交往，或發生連帶關係；常用在自謙的話裡。如「高攀」「攀親」。

**攀折** ㄆㄢ ㄓㄜˊ 折損。如「請勿攀折花木」。

**攀扯** ㄆㄢ ㄔㄜˇ 牽連拉扯，舊時多指牽連別人獲罪。

**攀附** ㄆㄢ ㄈㄨˋ 也說「攀援」。①依附別的東西上升。②趨附權貴，以求高升。

**攀援** ㄆㄢ ㄩㄢˊ ①抓著東西往上爬。②比喻投靠有錢有勢的人往上爬。

**攀登** ㄆㄢ ㄉㄥ 用手抓著或拉著東西，從下面爬上去。

**攀談** ㄆㄢ ㄊㄢˊ 和人親近交談。

**攀供** ㄆㄢ ㄍㄨㄥ 在法庭上供出別人有連帶關係。

**攀登架** ㄆㄢ ㄉㄥ ㄐㄧㄚˋ 幼稚園、小學裡給學生遊玩的一種休閒設備。

**攀緣莖** ㄆㄢ ㄩㄢˊ ㄐㄧㄥ 植物學上說，不能直立的植物，靠卷鬚或吸盤狀的器官附著在別的東西上生長的莖，如葡萄、黃瓜、常春藤等的莖。

**攀親家** ㄆㄢ ㄑㄧㄥˋ ㄐㄧㄚ 〔文〕議婚；訂婚。

**攀龍附鳳** ㄆㄢ ㄌㄨㄥˊ ㄈㄨˋ ㄈㄥˋ 巴結或投靠有權有勢的人。

**攆** ㄋㄧㄢˇ ㈠驅逐。如「把他攆走」「攆他出去」。㈡追趕。如「攆不上他」。

**擸** ㄌㄚˋ 「擸搕」，汙穢的東西，現在寫成「垃圾」。

**擴（扩）** ㄎㄨㄛˋ 往外伸張，開展，推廣。如「擴大範圍」「擴而充之」。

**擴大** ㄎㄨㄛˋ ㄉㄚˋ 放大範圍。

**擴充** ㄎㄨㄛˋ ㄔㄨㄥ 伸張，推廣。

**擴建** ㄎㄨㄛˋ ㄐㄧㄢˋ 把廠礦企業建築等的規模加大。

**擴展** ㄎㄨㄛˋ ㄓㄢˇ 向外伸展；擴大。

**擴張** ㄎㄨㄛˋ ㄓㄤ 擴大，向外伸張。

**擴散** ㄎㄨㄛˋ ㄙㄢˋ ①兩種氣體或兩種液體互相混合之後，因為粒子的移動，彼此勻和散布，叫擴散。花、水果的香味，就是因為擴散才發出的。②擴大而分散。如「擴散影響力」。

**擴編** ㄎㄨㄛˋ ㄅㄧㄢ 擴大編制。

**擴張壓** ㄎㄨㄛˋ ㄓㄤ ㄧㄚ 心臟舒張時最低血壓的簡稱。也叫「舒張壓」，對「收縮壓」而言。

**擴聲器** ㄎㄨㄛˋ ㄕㄥ ㄑㄧˋ 演說、廣播時用的一種使聲音放大傳送的器具，也用作留聲機、無線電收音機、錄音機、電視機等機器裡的零件。又叫做「擴音器」。

**擷** 図ㄒㄧㄝˊ ㈠摘取。如「採擷」「擷取」。㈡與「襭」字通用。又讀ㄐㄧㄝˊ。

**擲（掷）** ㄓˊ ㈠投，拋，扔出去。如「投擲」「擲鐵餅」。㈡請人把東西交給自己的客氣話。如「請早日擲下」「擲還」。㈢図形容人獸臨死或被縛之後的掙扎跳躍。〈世說新語〉說曹操與袁紹迷路，掉在荊棘中，「紹遑迫自擲出」。

**擲瓶** ㄓˊ ㄆㄧㄥˊ 開工、開始通車或輪船下水等典禮中的一項儀式，有這種儀式的典禮也通稱擲瓶典禮。

**擲還** ㄓˊ ㄏㄨㄢˊ 求人交還原物的客氣話。

**擲鉛球** ㄓˊ ㄑㄧㄢ ㄑㄧㄡˊ 田賽運動競賽項目之一。也叫推鉛球。運動員將鉛球放在手掌中，舉高到肩部，然後向前擲去，遠者勝利。鉛球以鐵或銅為外殼，中間灌鉛，圓形。男子所用鉛球重七・二六五公斤到七・二八五公斤；女子所用為四・〇〇五公斤到四・〇二五公斤。

**擲標槍** ㄓˊ ㄅㄧㄠ ㄑㄧㄤ 田賽運動的一種，即標槍擲遠比賽。

**擲鏈球** ㄓˊ ㄌㄧㄢˊ ㄑㄧㄡˊ 田賽運動的一種，即鏈球擲遠。

**擲鐵餅** ㄓˊ ㄊㄧㄝˇ ㄅㄧㄥˇ 田賽運動競賽項目之一。運動員一手握鐵餅，以臂為半徑，利用轉身所生的離心力，將鐵餅向正前方擲去，以獲得最大距離者為勝利。擲鐵餅運動源於古代石塊擲遠的比賽。

**擿** ▲ㄓˊ 同「擲」。▲図ㄊㄧˋ 挖出來。如「發奸擿伏」，是說把遮掩的情節都挖掘、揭發出來。也作「擿姦發伏」。

**攄** 図ㄕㄨ 發表、表示出來。如「各攄所見」「攄陳己見」。

**擾（扰）** ㄖㄠˇ ㈠打攪，破壞秩序。如「擾亂」「騷擾」。㈡図亂。如「紛擾」。㈢受人招待飲食的客氣話。如「叨擾」「有擾」。㈣図馴養。〈左傳〉有「乃擾畜龍」。㈤図安。〈周禮〉有「撫五典，擾兆民」。

**擾動** ㄖㄠˇ ㄉㄨㄥˋ ①受到擾亂而驚惶。②氣象學上指範圍與力量較小的旋風，或指某一地區之內產生旋風的氣候、風速、壓力等的改變。

**擾亂** ㄖㄠˇ ㄌㄨㄢˋ 破壞原來的安定秩序。

**擾攘** ㄖㄠˇ ㄖㄤˇ 図紛亂。

**擻** ▲ㄙㄡˇ 「抖擻」，振作精神的意思。▲図ㄙㄡˋ 用通條或火筷子插到火爐裡，把灰搖下，叫「擻火」。

## 十六筆

**攏** ▲ㄌㄨㄥˇ ㈠聚合，湊在一起。如「大家走攏來看熱鬧」「收攏」。㈡靠近，接近。如「船攏了岸」「拉攏」。㈢捆上，從周圍繞住、約束住。如「用繩子把柴火攏住」。㈣梳，整理。如「攏頭髮」。▲ㄌㄨㄥˋ 彈琵琶的指法之一，是用手上下按的彈法。白居易詩有「輕攏慢撚抹復挑」。晏殊詞有「春蔥指甲輕攏撚」。

**攏子** ㄌㄨㄥˇ ㄗ˙ 図梳子，頭梳。

**攏岸** ㄌㄨㄥˇ ㄢˋ 船隻靠岸。

**攏總** ㄌㄨㄥˇ ㄗㄨㄥˇ 總計。也說「攏共」。

**擽（攈）** 図ㄐㄩㄣˋ 同「捃」，拾取。

## 十七筆

**攔** ㄌㄢˊ 阻擋。如「用手一攔」「你不能攔人說話」。

**攔劫** ㄌㄢˊ ㄐㄧㄝˊ 攔住路，搶劫行人的東西。

**攔阻** ㄌㄢˊ ㄗㄨˇ 遮阻，阻擋。

**攔腰** ㄌㄢˊ ㄧㄠ 在身體中段橫截或是抱住。

**攔路** ㄌㄢˊ ㄌㄨˋ 在路當中攔住，阻擋住去路。

**攔截** ㄌㄢˊ ㄐㄧㄝˊ 截斷去路。

**攔砂壩** ㄌㄢˊ ㄕㄚ ㄅㄚˋ 河道中用來攔截淤砂的建物。

**攔路虎** ㄌㄢˊ ㄌㄨˋ ㄏㄨˇ ①攔路搶劫的盜匪。②比喻不認識的字。

**攙** ㄔㄢ ㈠挽，扶。如「攙著老人走路」。㈡混合。如「泥裡攙石灰」。

**攙合** ㄔㄢ ㄏㄜˊ 攙雜混合。也作「攙和」。

**攙扶** ㄔㄢ ㄈㄨˊ 扶著，挽著。

**攙假** ㄔㄢ ㄐㄧㄚˇ 把假的東西攙合到純粹的東西裡面去。

**攙雜** ㄔㄢ ㄗㄚˊ 好的、壞的、真的、假的攙合在一起。

**攘** ▲ㄖㄤˇ ㈠偷。如「攘奪」。㈡把細碎的東西撒出去。如「攘場」（農民收穫之後在穀場播揚穀粒）「攘一把土」。㈢指無謂的揮霍。也說「撒散」。如「他把家財都攘出去了」。㈣[文]排去。如「攘除」。㈤[文]退卻。㈥[文]除去。〈詩經〉上有「攘之剔之」。㈦[文]含。〈楚辭〉有「忍尤而攘垢」。▲[文]ㄖㄤˊ亂。「紛紜擾攘」。

**攘災** ㄖㄤˇ ㄗㄞ [文]排除災害。

**攘袂** ㄖㄤˇ ㄇㄟˋ [文]甩袖子捋胳膊，形容奮發振起的樣子。意思跟「攘臂」相仿。

**攘除** ㄖㄤˇ ㄔㄨˊ [文]排除。

**攘奪** ㄖㄤˇ ㄉㄨㄛˊ 奪取。

**攘臂** ㄖㄤˇ ㄅㄧˋ [文]捋袖子伸出胳膊，是形容興奮的神氣。如「攘臂大呼」。

**攘攘** ㄖㄤˇ ㄖㄤˇ [文]雜亂、交錯的樣子。〈史記〉有「天下攘攘，皆為利往」。也作「壤壤」。

**攖** [文]ㄧㄥ ㈠碰，觸犯，挨近。〈孟子〉有「虎負隅，莫之敢攖」。㈡擾亂。〈莊子〉有「不以人物利害相攖」。

## 十八筆

**攝** ▲ㄕㄜˋ ㈠收，取。如「攝取養分」。㈡[文]保養。如「攝生」。㈢[文]代理。如「攝政」。「珍攝」。㈣[文]佐助。〈詩經〉有「朋友攸攝」。㈤[文]夾處。〈論語〉有「攝乎大國之間」。㈥[文]拘捕。〈漢書〉有「攝錄盜賊」。▲[文]ㄋㄧㄝˋ安。〈漢書〉上有「天下攝然，人安其生」。

**攝力** ㄕㄜˋ ㄌㄧˋ 物體互相吸引的力。也叫「引力」。

**攝生** ㄕㄜˋ ㄕㄥ [文]養生，保養身體。

**攝行** ㄕㄜˋ ㄒㄧㄥˊ [文]代行職務。

**攝取** ㄕㄜˋ ㄑㄩˇ 收取，攝取。

**攝政** ㄕㄜˋ ㄓㄥˋ [文]代替君主管理國政。

**攝食** ㄕㄜˋ ㄕˊ (動物)攝取食物。

**攝影** ㄕㄜˋ ㄧㄥˇ 照相。

**攝衛** ㄕㄜˋ ㄨㄟˋ [文]保養。

**攝影棚** ㄕㄜˋ ㄧㄥˇ ㄆㄥˊ 電影製片廠或電視臺裡供拍攝內景的建築。

**攝影機** ㄕㄜˋ ㄧㄥˇ ㄐㄧ 照相機，拍攝影片的機器，由鏡頭、測距、取景、測光等裝置構成。

**攝氏寒暑表** ㄕㄜˋ ㄕˋ ㄏㄢˊ ㄕㄨˇ ㄅㄧㄠˇ 一種常用的寒暑表。以零度為冰點，沸點為一百度，其間均分為一百度。也簡稱「攝氏表」，符號「C」。是瑞典人攝爾修斯（Celsius）制定的。

**攜（擕、携、㩗）** ㄒㄧ ㈠提，帶。㈡牽。如「攜手」。語音ㄒㄧㄝ。

**攜手** ㄒㄧ ㄕㄡˇ ①手拉手。②合作。

**攜帶** ㄒㄧ ㄉㄞˋ ①隨身帶著。②帶領。

**攜眷** ㄒㄧ ㄐㄩㄢˋ 帶領家眷。

**攜貳** ㄒㄧ ㄦˋ 図有二心；離心。攜：背叛。

**攛** ㄘㄨㄢ ㈠匆匆忙忙地做。如「臨時現攛」。㈡扔，拋（舊小說裡的詞）。㈢看「攛掇」條。

**攛掇** ㄘㄨㄢ ㄉㄨㄛˊ 慫恿，從旁發動人做某一件事。如「他本不想買，讓別人一攛掇，也就買了」。也說「攛弄」（弄字輕讀）。

## 十九筆

**攧** ㄉㄧㄢ ㈠用力頓腳叫「攧腳」。㈡「攧撲」，跌倒，仆倒。㈢「攧脣簸舌」，搬弄口舌。

**攤（摊）** ㄊㄢ ㈠擺開，鋪展開。如「把零碎的東西都攤在桌上」。㈡分擔財物或是分配職務。如「攤錢」「大家均攤任務」。㈢引伸指「遭遇到」的意思。如「不料他竟攤到了這個災難」。㈣液體靜止在一處，或稀軟的東西一堆，叫一攤。如「一攤泥」「一攤水」。㈤把稀軟的東西炒或烙成片狀食品。如「攤雞蛋」，也叫「攤黃菜」；「攤煎餅」就是把麵糊攤成薄片狀的餅。㈥把貨物擺在街旁來賣的，就是「攤子」。如「攤販」「地攤（兒）」。

**攤子** ㄊㄢ ㄗ˙ 把貨物陳列在路旁或地上的零售處。也叫「攤兒」。

**攤派** ㄊㄢ ㄆㄞˋ 平均分派。

**攤販** ㄊㄢ ㄈㄢˋ 在路旁擺設攤子的商販。

**攤開** ㄊㄢ ㄎㄞ 展開。

**攤錢** ㄊㄢ ㄑㄧㄢˊ ①博戲名，亦稱「攤賭」，唐朝時已有。②大家一起出分子湊錢。

**攤簧** ㄊㄢ ㄏㄨㄤˊ 也作「灘簧」，一種地方戲，起於清咸豐年間，後來在江蘇上海一帶演唱。

**攤牌** ㄊㄢ ㄆㄞˊ ①玩撲克牌時把底牌掀開給大家看，叫「攤牌」。②比喻坦白表示，在最後關頭把自己的意見、條件、實力等全擺出來讓對方看。

**攤認** ㄊㄢ ㄖㄣˋ 分派，分認。

**攤還** ㄊㄢ ㄏㄨㄢˊ 分期歸還。

**攤黃菜** ㄊㄢ ㄏㄨㄤˊ ㄘㄞˋ 炒雞蛋的別稱。

**攣（孪）** ㄌㄩㄢˊ ㈠図互相牽繫著。㈡手腳不能伸直。如「手凍得拘攣了」。又讀ㄌㄧㄢˊ。

**攢** ▲ㄗㄢˇ 積蓄，儲蓄。如「攢一點錢，準備不時之需」。▲ㄘㄨㄢˊ ㈠湊在一塊兒。如「他把眉頭攢成一個疙瘩」「群山攢簇」。㈡靈櫬暫厝不葬。厝所稱「攢宮」「攢所」，用於帝王。

**攢眉** ㄘㄨㄢˊ ㄇㄟˊ 蹙著眉頭，心裡不快活的樣子。

**攢錢** ▲ㄗㄢˇ ㄑㄧㄢˊ 儲蓄金錢。▲ㄘㄨㄢˊ ㄑㄧㄢˊ 大家拿出錢湊起

來。如「朋友們攢錢給他解決困難」。

**攢錢罐兒** ㄗㄢˇ ㄑㄧㄢˊ ㄍㄨㄢˋ ㄦ 〔方〕見「撲滿」。

## 二十筆

**攩** ㄉㄤˇ ㈠攔阻，同「擋」。㈡〔文〕擊，錘打。

**攪（搅）** ▲ㄐㄧㄠˇ ㈠擾亂。如「攪亂」「打攪」。㈡用器具插入液體或鬆散的物品裡做旋轉的動作，混合起來拌一拌。如「把各種飼料放在一起攪勻」。㈢攙混，混合。如「這是兩件事，別攪在一起」。▲ㄍㄠˇ做，幹，弄。如「胡攪」「亂攪」。也寫作「搞」。

**攪局** ㄐㄧㄠˇ ㄐㄩˊ 擾亂別人安排好的事情。

**攪和** ㄐㄧㄠˇ ㄏㄜ˙ 和字輕讀。攪拌調和。

**攪拌** ㄐㄧㄠˇ ㄅㄢˋ 用棍子或其他器具在混合物中轉動、和弄，使均勻。

**攪笑** ㄍㄠˇ ㄒㄧㄠˋ 說些或做些逗人發笑的話或動作。也作「搞笑」。

**攪動** ㄐㄧㄠˇ ㄉㄨㄥˋ ①用棍子等在液體中翻動或和弄。②攪擾；攪亂。

**攪亂** ㄐㄧㄠˇ ㄌㄨㄢˋ ①搗亂。②弄亂。

**攪擾** ㄐㄧㄠˇ ㄖㄠˇ 用動作或聲音影響別人，使人感到討厭。

**攪拌器** ㄐㄧㄠˇ ㄅㄢˋ ㄑㄧˋ 用來攪拌材料用的機器。小的如家用小電器，大的如攪拌水泥的大機器。

**攪絲兒** ㄐㄧㄠˇ ㄙ ㄦ 國字部首偏旁，就是「糸」。

**攫** 〔文〕ㄐㄩㄝˊ 撲，抓。如「攫奪」「攫為己有」。

**攫取** ㄐㄩㄝˊ ㄑㄩˇ 〔文〕掠奪。

**攥** 〔方〕ㄗㄨㄢˋ 握。如「攥拳頭」「一把攥住不放」。

## 二十一筆

**攬（揽、擥）** ㄌㄢˇ ㈠拉過來，拉到自己這一面或自己身上。如「延攬人才」「兜攬」。㈡把持，包辦。如「包攬」「攬權」。㈢〔文〕拿住。如「攬轡」（拉住馬）。

**攬事** ㄌㄢˇ ㄕˋ 把事情承攬在自己身上。

**攬勝** ㄌㄢˇ ㄕㄥˋ 〔文〕把美好的景物盡收眼底。

**攬權** ㄌㄢˇ ㄑㄩㄢˊ 包攬分外的事權。

## 二十二筆

**攮** 〔方〕ㄋㄤˇ ㈠推。如「推推攮攮」（就是推推搡搡）。㈡用刀刺。如「用尖刀攮進去」。

**攮子** ㄋㄤˇ ㄗ˙ 舊時的一種像短劍的武器。

# 支部

**支** ㄓ ㈠由總體分出來的。如「支流」「支店」。㈡撐住。如「用棍子支篷子」。㈢受得住。如「樂不可支」。㈣付錢。如「收支相抵」。㈤領錢，取錢。如「先支了一百元」。㈥推託或說假話應付人使人離開。如「他的工作由上月支到這個月，還是沒做完」「說好說歹才把他支走了」。㈦電燈燈光的強度用「支」（「枝」字的簡筆）作單位來計算「燭光」。如「這是五十支光的燈泡」。㈧計算棉紗的單位，一磅重八百四十碼長的棉紗叫「一支紗」；支數愈多，紗質愈細。㈨我國舊曆法把子、丑、寅、卯、辰、巳、午、未、申、酉、戌、亥等十二個字叫「地支」，也簡稱

「支」，跟十個「天干」相配合，用來作年、月、日的代表字。㈩姓。

**支付** ㄓ ㄈㄨˋ 付出款項。

**支出** ㄓ ㄔㄨ ①付出，花費。②支付的款項。

**支吾** ▲図ㄓ ㄨˊ 同「枝梧」，抵抗的意思。▲ㄓ ·ㄨ 言語牽強，有應付搪塞的意思。如「你先不必答應，且用話支吾著他」。

**支那** ㄓ ㄋㄚˋ 留古代有些國家對中國的稱呼。幾十年前日本仍沿用此稱呼。為China的音譯。

**支使** ㄓ ㄕˇ 使字輕讀。差遣使喚。

**支取** ㄓ ㄑㄩˇ 領取金錢。

**支店** ㄓ ㄉㄧㄢˋ 分店。

**支持** ㄓ ㄔˊ ①勉強（ㄑㄧㄤˇ）盡力維持。②撐起來。如「全部的重量靠這一根柱子支持」。

**支架** ㄓ ㄐㄧㄚˋ ①支持物體用的架子。②護理上用來支持或矯正傷患頸部、軀幹或四肢受傷部位的架子。③招架，抵擋。如「支架不住」。

**支柱** ㄓ ㄓㄨˋ ①支撐物體的柱子。②比喻組織中的主要人物，也叫「台柱」。

**支派** ㄓ ㄆㄞˋ 宗族分出來的派別。

**支流** ㄓ ㄌㄧㄡˊ 由主流分出來的小河流。

**支根** ㄓ ㄍㄣ 植物學名詞。又稱「側根」。主根側面長出來的根。

**支脈** ㄓ ㄇㄞˋ （山脈）由主脈分出的細脈。

**支配** ㄓ ㄆㄟˋ ①安排。如「把人力作妥善分配」。②對人、事物發生引導和控制的作用。有「調度」「指揮」的意味。如「心理作用支配行動」。

**支票** ㄓ ㄆㄧㄠˋ 向銀行取款的票據。

**支絀** ㄓ ㄔㄨˋ 図錢財不夠分配。

**支部** ㄓ ㄅㄨˋ 某些黨派、團體的基層組織。如「黨支部」。

**支援** ㄓ ㄩㄢˊ 以人力、物力或其他實際行動去支持和援助。

**支渠** ㄓ ㄑㄩˊ 從幹渠引水到斗渠的渠道。

**支隊** ㄓ ㄉㄨㄟˋ 由大隊中分出的小隊。

**支路** ㄓ ㄌㄨˋ 由幹路分出的小路。

**支解** ㄓ ㄐㄧㄝˇ 割解身體的四肢（是古時的一種酷刑）。

**支撐** ㄓ ㄔㄥ ①抵抗住壓力使東西不倒塌。②勉強維持。如「一家的生活由他一人支撐」。

**支線** ㄓ ㄒㄧㄢˋ 交通線路的分支。

**支頤** ㄓ ㄧˊ 図以手托住面頰。

**支應** ㄓ ㄧㄥˋ ①指管理錢財出入。②就是「支吾」的意思，用含混搪塞的言詞來應付。如「無論好歹，你把他支應走就算了」。③留守看管。如「留一個人支應門」。

**支薪** ㄓ ㄒㄧㄣ 支領薪水。

**支點** ㄓ ㄉㄧㄢˇ ①物理學與機械學的槓桿原理，稱支持全體的一點為「支點」；另有「力點」與「重點」，合為槓桿的三點。②標點符號的分號（；）也有人叫它「支點」。

**支離** ㄓ ㄌㄧˊ ①分散，殘缺。如「家庭支離破碎」。②語言文字雜亂而無條理。如「言語支離」。

**支屬** ㄓ ㄕㄨˇ 親屬。

**支招兒** ㄓ ㄓㄠ ㄦ 幫助設計；為人出主意。如「人家下棋，你別胡亂支招兒」。招也作著。

**支氣管** ㄓ ㄑㄧˋ ㄍㄨㄢˇ 也叫「氣管支」。是由氣管下端分出的小氣管，通連肺部，是呼吸道的一部分。

**支支吾吾** ㄓ ㄓ ㄨˊ ㄨˊ 形容言詞含混閃爍，敷衍搪塞。也作「枝枝梧梧」。

**支付票據** ㄓ ㄈㄨˋ ㄆㄧㄠˋ ㄐㄩˋ 匯票及期票的總稱。銀行對這兩種票據都負有支付的義務。

**支氣管炎** ㄓ ㄑㄧˋ ㄍㄨㄢˇ ㄧㄢˊ 傷風感冒引起支氣管發炎的病。

**支離破碎** ㄓ ㄌㄧˊ ㄆㄛˋ ㄙㄨㄟˋ 形容事物殘缺散亂，不成整體。

## 八筆

**攲** 図ㄑㄧ 歪，傾斜。如「日影半攲」「攲斜」。

**攲斜** ㄑㄧ ㄒㄧㄝˊ 傾斜的。

# 攴部

**攴** 図ㄆㄨ 輕輕地打。

**攵** ▲図ㄆㄨ 同「攴」。▲ㄨㄣˊ 「文」字的別體。

## 二筆

**收(収)** ㄕㄡ ㈠把東西集聚存藏起來。如「收藏」。㈡作物成熟之後採割叫「收穫」，簡稱「收」。如「秋收」「豐收」。㈢索取。如「收稅」「款已收齊」。㈣接受。如「概不收禮」「收信」。㈤錢財的進項。如「收支相抵」。㈥拿回來，叫回來。如「鳴金收兵」「說出的話收不回來」。㈦容納。如「這箱子太小，收不了這麼多東西」「這個學校還可以多收幾班學生」。㈧買。如「收購」「他專收便宜貨」。㈨控制。如「收不住腳」「收心不想了」。㈩結束。如「收工」「買賣早就收了」。⑪拘捕。如「收押」。⑫合攏。如「瘡傷已經收口兒了」「兩邊的幕布往當中一收，好戲就演完了」。⑬雨停了也叫「收」。

**收入** ㄕㄡ ㄖㄨˋ 收進來，多指錢財款項的收進而說的。

**收口** ㄕㄡ ㄎㄡˇ ①傷口癒合。②把編織物的開口結合起來。

**收山** ㄕㄡ ㄕㄢ 方閩南方言稱「收攤兒」為收山。

**收工** ㄕㄡ ㄍㄨㄥ 結束工作。（在田間或工地幹活兒的人）

**收心** ㄕㄡ ㄒㄧㄣ 控制住心思，就是專心致志而不胡思亂想。

**收支** ㄕㄡ ㄓ 財物的收入和支出。如「收支平衡」。

**收文** ㄕㄡ ㄨㄣˊ 本單位收到的公文（與「發文」相對）。

**收方** ㄕㄡ ㄈㄤ 簿記帳戶的左方，記載資產的增加，負債的減少和淨值的減少（跟「付方」相對）。也叫借方。

**收市** ㄕㄡ ㄕˋ 指市場、商店等停止交易或營業。

**收生** ㄕㄡ ㄕㄥ 舊時指接生。

**收回** ㄕㄡ ㄏㄨㄟˊ ①把發出去或借出去的財貨取回來。②撤消，取消（意見、命令等）。如「收回成命」。

**收成** ㄕㄡ ㄔㄥˊ ①「秋收為成」。現在農民把一年當中的主要農產品的收穫，叫收成。如「今年風調雨順，收成很好」。②泛指各種有形無形的成績或成果而言。如「今年工業上的收成非常好，新出品層出不窮」。

**收兵** ㄕㄡ ㄅㄧㄥ ①把軍隊撤回，結束戰爭。如「鳴金收兵」。②比喻結束工作。③因招收士兵。如「行收兵，比至陳」。（〈史記・陳勝世家〉）

**收束** ㄕㄡ ㄕㄨˋ ①約束，控制住。如「愛玩的心收束一下」。②結束。如「這一篇文章到此該收束了」。

**收尾** ㄕㄡ ㄨㄟˇ 收場，結尾。

**收取** ㄕㄡ ㄑㄩˇ 交來（或取來）收下。如「收取手續費」。

**收受** ㄕㄡ ㄕㄡˋ 收下，收了去。

**收押** ㄕㄡ ㄧㄚ 把犯人扣留拘禁起來。

**收放** ㄕㄡ ㄈㄤˋ ①收縮與放鬆，比喻一收一放，寬嚴相濟。如「收放自如」。②收受並存放。

**收服** ㄕㄡ ㄈㄨˊ 制伏對方使順從自己。

**收屍** ㄕㄡ ㄕ 收拾屍體火化或埋葬。

**收拾** ㄕㄡ ㄕˊ 拾字輕讀。①把散亂的東西收集整理一下。②管束，打擊，懲罰，使他吃苦頭。如「這孩子這麼不乖，等會兒我收拾他」。

**收音** ㄕㄡ ㄧㄣ ①收取語言、歌曲的聲音，製成留聲機的唱片或有聲影片。②收聽廣播。

**收容** ㄕㄡ ㄖㄨㄥˊ 收留容納。

**收效** ㄕㄡ ㄒㄧㄠˋ 收到效果。

**收留** ㄕㄡ ㄌㄧㄡˊ 把無處安身的人留下來，給他適當的生活安置。如「在戰亂時候，他收留過許多無家可歸的難民」「他創辦了一個育幼院，收留了幾百個孤兒」。

**收益** ㄕㄡ ㄧˋ ①所有權人或用益權人，依法利用他的所有物或用益物，而取得其物所產生的利益。像房主所收的房租，農人收穫的農產品，工商業者所得的營業收入等。②得到好處。

**收納** ㄕㄡ ㄋㄚˋ 收容，收進來。

**收訖** ㄕㄡ ㄑㄧˋ 收清（款項等）。兩字常刻成戳子，加蓋在收據或單據上。

**收執** ㄕㄡ ㄓˊ ①公文用語。收下並保存。②政府機關收到稅金或其他東西時所發給的書面憑證。

**收條** ㄕㄡ ㄊㄧㄠˊ 收據。如「打收條」。

**收淚** ㄕㄡ ㄌㄟˋ 停止哭泣。

**收清** ㄕㄡ ㄑㄧㄥ 全部如數收到（多指款項）。

**收割** ㄕㄡ ㄍㄜ 割取（成熟的農作物）。

**收場** ㄕㄡ ㄔㄤˇ ①結束。②一件事情的結束。

**收復** ㄕㄡ ㄈㄨˋ 把已失去的收回來。如「收復失地一千餘里」。

**收發** ㄕㄡ ㄈㄚ ①指文件的收進跟發出的工作。②也指專做文件收發工作的人跟職位。

**收稅** ㄕㄡ ㄕㄨㄟˋ 徵收稅捐。

**收集** ㄕㄡ ㄐㄧˊ 使聚集在一起。如「收集資料」。

**收煞** ㄕㄡ ㄕㄚ 收場，結束。也作「收殺」。

**收齊** ㄕㄡ ㄑㄧˊ 全數收清。

**收播** ㄕㄡ ㄅㄛ （電視臺或廣播電臺）一天播放節目的結束。通常是清晨開播，午夜收播。

**收盤** ㄕㄡ ㄆㄢˊ 指交易市場中，收市之前最後一次報告行情。

**收編** ㄕㄡ ㄅㄧㄢ 收容並改編（多指武力隊伍）。

**收養** ㄕㄡ ㄧㄤˇ 領養他人子女為自己子女。有一定的法定程序。具有養父、母與養子女的關係。

**收據** ㄕㄡ ㄐㄩˋ 收到財物的憑據。

**收錄** ㄕㄡ ㄌㄨˋ ①錄取，任用。如「收錄新生」。②納入編輯。如「收錄某人作品」。

**收斂** ㄕㄡ ㄌㄧㄢˋ ①〔文〕收取租稅。②〔文〕割莊稼，收糧食。③指行為不再放縱而比較檢點嚴肅些了。如「他聽了朋友的勸告，行動上收斂多了」。④指對病象的克制並使其平復。醫藥上止血、止瀉、止痛等藥品稱為「收斂劑」。

**收殮** ㄕㄡ ㄌㄧㄢˋ 也叫「殮屍」。是把死屍裝到棺材裡去。

**收縮** ㄕㄡ ㄙㄨㄛ ①物體由大變小或由長變短。②把大的範圍收小。如「把警力收縮到臺北縣山區」。

**收購** ㄕㄡ ㄍㄡˋ 收集購買。如「收購糧食」。

**收禮** ㄕㄡ ㄌㄧˇ 收受別人餽贈的禮金或禮物。

**收藏** ㄕㄡ ㄘㄤˊ ①收集儲藏起來。②特別指收藏珍玩古物等而言；因此專門收藏珍玩古物的或以收藏珍玩古物特多而著名的，叫「收藏家」。③所收藏的財物。如「吳大澂的收藏可多著呢」。

**收穫** ㄕㄡ ㄏㄨㄛˋ ①穀物、蔬果等農作物的收成。②泛指得到的成果或利益。如「今天他是大有收穫」。

**收繳** ㄕㄡ ㄐㄧㄠˇ ①接收繳納。如「收繳軍火」。②徵收上交。如「收繳稅款」。

**收羅** ㄕㄡ ㄌㄨㄛˊ 把人或物聚集在一起。如「收羅人才」。

**收聽** ㄕㄡ ㄊㄧㄥ 聽廣播。

**收驚** ㄕㄡ ㄐㄧㄥ 〔方〕閩南、臺灣舊俗，婦女遇小兒受驚，則持兒衣叫名以招魂的習俗。

**收攬** ㄕㄡ ㄌㄢˇ 用手段籠絡。如「收攬人心」。

**收口（兒）** ㄕㄡ ㄎㄡˇ（ㄦ） ①指瘡口或傷口長合攏了。②縫紉或編織衣物的時候，把袖子、領子、袋子或腰身部分的周邊密接合攏起來，也叫「收口兒」。

**收生婆** ㄕㄡ ㄕㄥ ㄆㄛˊ 民間以舊法接生為業的婦人。也稱「產婆」。

**收件人** ㄕㄡ ㄐㄧㄢˋ ㄖㄣˊ 郵件投遞的對象（與「寄件人」相對）。

**收音機** ㄕㄡ ㄧㄣ ㄐㄧ 收聽無線電廣播的裝置器。

**收容所** ㄕㄡ ㄖㄨㄥˊ ㄙㄨㄛˇ 收容受災難或失業流浪者的場所。

**收益稅** ㄕㄡ ㄧˋ ㄕㄨㄟˋ 政府對所有權人或用益權人依法徵收的稅，像土地稅、營業稅等。

**收執聯** ㄕㄡ ㄓˊ ㄌㄧㄢˊ 收費通知、收據連在一起的三聯單，繳費後留存作為憑證的一聯。

**收割機** ㄕㄡ ㄍㄜ ㄐㄧ 自動割取農作物的機器。

**收報機** ㄕㄡ ㄅㄠˋ ㄐㄧ 電報機收錄電報的部分叫「收報機」。（電報機的另一部分是「發報機」。）

**收視率** ㄕㄡ ㄕˋ ㄌㄩˋ 某一電視節目在同一時段為觀眾收看的比例，可作為檢視該節目受歡迎的程度。

**收銀機** ㄕㄡ ㄧㄣˊ ㄐㄧ 商業或金融事業所使用的記錄收支錢款數額的機器。

**收縮壓** ㄕㄡ ㄙㄨㄛ ㄧㄚ 「收縮時的最高血壓」的簡稱。相對的是「舒張壓」。

**收藏家** ㄕㄡ ㄘㄤˊ ㄐㄧㄚ 收藏文物較多的人。

**收攤兒** ㄕㄡ ㄊㄢ ㄦ ①攤販把貨物收拾起來，暫停販賣。②比喻收工。

**收之桑榆** ㄕㄡ ㄓ ㄙㄤ ㄩˊ 〔文〕比喻起初雖然失敗，終必有所成就。語出〈後漢書・馮異傳〉「失之東隅，收之桑榆」。

**收回成命** ㄕㄡ ㄏㄨㄟˊ ㄔㄥˊ ㄇㄧㄥˋ 撤銷已經發布的命令。

**收錄音機** ㄕㄡ ㄌㄨˋ ㄧㄣ ㄐㄧ 收音、錄音兩機一體的裝置。

## 三筆

**改** 《ㄞˇ ㈠變更。如「更改」「知過必改」。㈡把做出來的東西修理好。如「改製」「改文章」。㈢[方]用不正當的話譏誚人，向人開玩笑。如「你這不是改人嗎」「你別改我了」。㈣姓。

**改口** 《ㄞˇ ㄎㄡˇ 臨時更改成別的說法。如「他昨天說的，今天全改口了」。

**改元** 《ㄞˇ ㄩㄢˊ 我國從前君主時代，新皇帝就位時要改換年號，或在中途因故改換年號，都要新起一個「元年」，叫做「改元」。

**改天** 《ㄞˇ ㄊㄧㄢ 今天以後的另外一天。如「今天這件事談不完了，咱們改天再談吧」。也作「改日」。

**改正** 《ㄞˇ ㄓㄥˋ 把錯的改一改，改成對的。

**改行** 《ㄞˇ ㄏㄤˊ 改變職業。

**改判** 《ㄞˇ ㄆㄢˋ 上級法院更改原審法院所作的判決。體育競賽的裁判更改原來的判決。

**改良** 《ㄞˇ ㄌㄧㄤˊ 把不好的部分加以改進，以求其良好。

**改制** 《ㄞˇ ㄓˋ 改變政治、經濟等制度。

**改易** 《ㄞˇ ㄧˋ [文]改變。

**改建** 《ㄞˇ ㄐㄧㄢˋ ①在原有的基礎上加以改造，使更適合於新的需要（多指廠房等建築）。②在原地基上重新建造。如「房屋改建」。

**改訂** 《ㄞˇ ㄉㄧㄥˋ 修訂（書籍文字、規章制度等）。

**改革** 《ㄞˇ ㄍㄜˊ 改良革新。

**改悔** 《ㄞˇ ㄏㄨㄟˇ 改正錯誤，悔悟以往的過失。

**改動** 《ㄞˇ ㄉㄨㄥˋ 變動（文字、項目、次序等）。如「改動章節的次序」。

**改組** 《ㄞˇ ㄗㄨˇ 機關團體改變它的組成分子跟組織現狀。

**改造** 《ㄞˇ ㄗㄠˋ ①重新製造。②根本上的改革。

**改善** 《ㄞˇ ㄕㄢˋ 改良。

**改換** 《ㄞˇ ㄏㄨㄢˋ 變更。

**改期** 《ㄞˇ ㄑㄧˊ 改變日期。

**改進** 《ㄞˇ ㄐㄧㄣˋ 改良，使進步。

**改嫁** 《ㄞˇ ㄐㄧㄚˋ 婦女離婚後或丈夫死後再跟別人結婚。

**改裝** 《ㄞˇ ㄓㄨㄤ ①改變服裝。②物品運送途中改換包裝。③商品改換外部的包裝。

**改道** 《ㄞˇ ㄉㄠˋ 變更道路或水路。

**改過** 《ㄞˇ ㄍㄨㄛˋ 改正以往的過失。

**改寫** 《ㄞˇ ㄒㄧㄝˇ ①修改文字、結構等。②根據原著重寫。③對歷史記錄的翻新。如「改寫歷史」。

**改編** 《ㄞˇ ㄅㄧㄢ ①重新編制。②把書籍、戲曲、樂譜或文件的內容重新加以編訂。

**改選** 《ㄞˇ ㄒㄩㄢˇ 原來的當選人任期屆滿，重新另選繼任人。

**改錐** 《ㄞˇ ㄓㄨㄟ [方]裝卸螺絲釘用的工具，尖端有十字、扁平等形狀。也叫螺絲刀。

**改竄** 《ㄞˇ ㄘㄨㄢˋ 對既有的文件或著述不鄭重地加以修改。

**改轍** 《ㄞˇ ㄓㄜˊ 比喻改變辦法。轍，車輪的軌跡。

**改變** 《ㄞˇ ㄅㄧㄢˋ ①改了，變了；舊的事物有了更改和變化。如「幾年沒來，這裡的情形都改變了」。②對原有的事物加以更改和變化。如「無論如何也不能改變我們原來的決心和立場」。

**改觀**（ㄍㄞˇ ㄍㄨㄢ） 經過改變以後，面目一新。

**改透了**（ㄍㄞˇ ㄊㄡˋ ˙ㄌㄜ） 図形容所說的話譏誚之極，挖苦之極。如「他把這事說得活神活現，簡直改透了」。

**改脾氣**（ㄍㄞˇ ㄆㄧˊ ˙ㄑㄧ） 氣字輕讀。指人的性情突然反了常態，改變了原來的脾氣。

**改邪歸正**（ㄍㄞˇ ㄒㄧㄝˊ ㄍㄨㄟ ㄓㄥˋ） 改去不好的行為，歸入正道。

**改弦更張**（ㄍㄞˇ ㄒㄧㄢˊ ㄍㄥ ㄓㄤ） 比喻去舊更新，改變辦法或制度（如同把弦樂器上舊的弦線，重新換上新的弦線，以求奏出的聲音更加美妙）。

**改弦易轍**（ㄍㄞˇ ㄒㄧㄢˊ ㄧˋ ㄓㄜˊ） 改換琴弦，變更行車道路。比喻改變方法或態度。

**改朝換代**（ㄍㄞˇ ㄔㄠˊ ㄏㄨㄢˋ ㄉㄞˋ） 舊的朝代為新的朝代所代替。泛指政權更替。

**改過自新**（ㄍㄞˇ ㄍㄨㄛˋ ㄗˋ ㄒㄧㄣ） 改正過失，重新作人。如「能改過自新，將來一定能有一番作為，出人頭地」。

**改頭換面**（ㄍㄞˇ ㄊㄡˊ ㄏㄨㄢˋ ㄇㄧㄢˋ） 比喻只對外表改換而實質仍舊不變。帶有貶義。

## 攻

（ㄍㄨㄥ） ㈠軍隊作戰向前打擊敵人。如「攻城」「圍攻」。㈡指責別人的過失或錯誤。如「群起而攻之」。㈢指勤奮地學習、研究。如「攻讀不輟」「他專攻這門學術」。

**攻下**（ㄍㄨㄥ ㄒㄧㄚˋ） 攻克敵方的陣地。

**攻心**（ㄍㄨㄥ ㄒㄧㄣ） ①用心理的戰術，攻擊對方。②用智謀並施以恩德，使對方衷心屈服。

**攻占**（ㄍㄨㄥ ㄓㄢˋ） 攻擊並占領（敵方的據點）。

**攻打**（ㄍㄨㄥ ㄉㄚˇ） 攻擊敵方。

**攻伐**（ㄍㄨㄥ ㄈㄚˊ） 用武力攻擊。

**攻克**（ㄍㄨㄥ ㄎㄜˋ） 攻下（敵人的據點）。

**攻取**（ㄍㄨㄥ ㄑㄩˇ） 攻打並奪取。

**攻破**（ㄍㄨㄥ ㄆㄛˋ） 打破，攻下。如「攻破防線」。

**攻訐**（ㄍㄨㄥ ㄐㄧㄝˊ） 図舉發別人不正當的私事或過錯，加以打擊。

**攻隊**（ㄍㄨㄥ ㄉㄨㄟˋ） 指團體的球類比賽如手球、棒球、壘球等輪到攻擊的一隊。是對「守隊」說的。

**攻堅**（ㄍㄨㄥ ㄐㄧㄢ） ①攻擊敵軍精銳部隊所在的地方。②攻打防守嚴密的據點。

**攻勢**（ㄍㄨㄥ ㄕˋ） 進攻的情勢。

**攻錯**（ㄍㄨㄥ ㄘㄨㄛˋ） 図參考他人的優點，來改進自己的缺點，可以為錯。（〈詩經・鶴鳴〉有「他山之石，可以為錯。……他山之石，可以攻玉。」意思就是用別處的石頭，來磨去自己玉石上的瑕疵；比喻借人之長以改善本身之短。）

**攻擊**（ㄍㄨㄥ ㄐㄧ） ①進攻。②批評指責。

**攻籃**（ㄍㄨㄥ ㄌㄢˊ） 指籃球比賽時，一方的球員把球投向對方的球籃。也說「上籃」。

**攻讀**（ㄍㄨㄥ ㄉㄨˊ） 努力讀書或研究。

**攻守同盟**（ㄍㄨㄥ ㄕㄡˇ ㄊㄨㄥˊ ㄇㄥˊ） 兩國以上締結盟約，約定軍事上一致行動。

**攻其不備**（ㄍㄨㄥ ㄑㄧˊ ㄅㄨˋ ㄅㄟˋ） 乘敵人沒有防備時，加以攻擊。

**攻城略地**（ㄍㄨㄥ ㄔㄥˊ ㄌㄩㄝˋ ㄉㄧˋ） 攻占城池，奪取土地。

## 攸

図ㄧㄡ ㈠走得很快的樣子。如「攸然而逝」。㈡古文裡的虛字，和「所」字用法相同，表示聯繫作用。如「罪有攸歸」「性命攸關」「攸往咸宜」。㈢古文裡和「乃」字用法相同，作語助詞，表示「於是」的意思。如「予攸好德」「風雨攸除，鳥鼠攸去」（是說建築的堅固。

見〈詩經〉。

**攸攸** ㄧㄡ ㄧㄡ 図遙遠的樣子。〈漢書・兩越傳〉「攸攸外寓，閩越東甌」。

**攸關** ㄧㄡ ㄍㄨㄢ 図有關係。

## 四筆

**放** ▲ㄈㄤˋ ㈠解脫拘束，可以自由，開展。如「把俘虜放了」「放開手去做」。㈡放縱，不加拘束。如「放大了膽子」「放量痛飲」。㈢擴大，在數量上增加。如「把這張小照片放大成八寸的」「在顯微鏡底下放大了一千倍」。㈣花開。如「梅花怒放」。㈤發出。如「水仙花放出陣陣清香」「唱機放出一支歌曲」。㈥安置，擱。如「把書放在書架上」「把機器零件安放好」。㈦把牛羊等趕出來，在野地上吃草，叫「放」。如「放牛」。㈧攙兌。如「在酒裡放了水」「菜裡醬油放多了」。㈨捨棄，拋開。如「放著正道不走，卻去鑽牛犄角」「放著覺不睡，滿處去亂跑」。㈩控制自己的行動分寸。如「腳步放輕些」「對人放尊重些」。(十一)從前稱任官叫「放」。如「外放」。(十二)図古時候把人充發到遠方去。如「放逐」「流放」。(十三)指借錢給人。如「放債」「貸放」。
▲図ㄈㄤˇ ㈠依，按照，順從。〈論語〉上有「放於利而行」。㈡至，到達。〈孟子〉有「放乎四海」。㈢效法，跟「倣」「仿」字通。

**放刁** ㄈㄤˋ ㄉㄧㄠ 暴露惡性來欺負人。

**放大** ㄈㄤˋ ㄉㄚˋ ①透過一定方法增大某一量值，以便於觀察、測量或利用，這種增大作用稱為「放大」。②用放大機將底片上的影像投射到感光紙上，曝光後製成放大的照片的一種方法，即「投影印相法」。

**放工** ㄈㄤˋ ㄍㄨㄥ ①工作完畢離開工廠。②工廠放假。

**放心** ㄈㄤˋ ㄒㄧㄣ ①安心，無須掛念。②図放逸而不專注的心。〈孟子〉有「學問之道無他，求其放心而已」。句裡的「求」字是「求取回來」的意思，「求其放心」就是把放逸不專的心求取回來，專心去致力學問。

**放手** ㄈㄤˋ ㄕㄡˇ ①撒開手。②沒有顧忌。③放棄不管。

**放水** ㄈㄤˋ ㄕㄨㄟˇ ①泄水。②在比賽時候故意輸給對方或故意放任敵對方面取勝。

**放火** ㄈㄤˋ ㄏㄨㄛˇ 縱火焚燒。

**放牛** ㄈㄤˋ ㄋㄧㄡˊ 把牛趕出來在田野吃草。

**放生** ㄈㄤˋ ㄕㄥ 信佛教的人把捉到的動物釋放，叫「放生」，公認為是一種善舉。

**放任** ㄈㄤˋ ㄖㄣˋ 聽（ㄊㄧㄥ）其自然，不加干涉。

**放羊** ㄈㄤˋ ㄧㄤˊ ①把羊趕到野外吃草。②比喻不加管理，任其自由行動。

**放血** ㄈㄤˋ ㄒㄧㄝˇ 醫學上指用針刺破靜脈，放出血液，或用水蛭放在耳部周圍吸血。

**放行** ㄈㄤˋ ㄒㄧㄥˊ 准許通過。

**放屁** ㄈㄤˋ ㄆㄧˋ ①從肛門泄出的臭氣。②罵人的用語，是指罵人家所說的話荒謬無理，不值得重視。

**放言** ㄈㄤˋ ㄧㄢˊ 無拘束無顧忌的言談。如「放言高論」。

**放定** ㄈㄤˋ ㄉㄧㄥˋ 以往民間訂婚的時候，男方要贈送禮物（金銀珠寶之類）給女方，叫做「放定」。又有放定兩次的，分別稱為「放小定」與「放大定」。

**放牧**（ㄈㄤˋ ㄇㄨˋ） 把牲畜（ㄔㄨˋ）趕到牧地自由覓食。

**放洋**（ㄈㄤˋ ㄧㄤˊ） ①船開到海外去。②到外國去。

**放風**（ㄈㄤˋ ㄈㄥ） ①使空氣流通。②監獄裡定時讓坐牢的人到院子裡散步或上廁所。③透露或散布消息。④図順風。〈莊子・天運〉有「放風而動。」

**放哨**（ㄈㄤˋ ㄕㄠˋ） 軍隊派士兵到緊要的地方去巡邏。

**放射**（ㄈㄤˋ ㄕㄜˋ） 由一點向四外射出。

**放恣**（ㄈㄤˋ ㄗˋ） 図行為放縱，不守規矩。

**放浪**（ㄈㄤˋ ㄌㄤˋ） 放蕩，不守規矩。

**放砲**（ㄈㄤˋ ㄆㄠˋ） ①指砲戰或野戰砲擊演習，射出砲彈，發出聲響。②指政治、軍事或外交方面舉行典禮或迎送貴賓，鳴放禮砲。③燃放爆竹。也說「放鞭砲」。④比喻發表驚人議論或猛烈抨擊。⑤物體破裂時因空氣向外衝壓而發出巨響。如「輪胎放砲」「氣球放砲了」。⑥打麻將的時候，出牌讓人和了大牌。

**放送**（ㄈㄤˋ ㄙㄨㄥˋ） 播送。

**放假**（ㄈㄤˋ ㄐㄧㄚˋ） ①學校在休假日停止課業；機關或工廠休假，停止工作。②給予休假。如「為慶祝新廠落成，廠長給全體員工放假兩天」。

**放棄**（ㄈㄤˋ ㄑㄧˋ） 拋棄。

**放眼**（ㄈㄤˋ ㄧㄢˇ） 極目遠望。

**放逐**（ㄈㄤˋ ㄓㄨˊ） 図把罪人充發到遠方去或驅逐出境。

**放款**（ㄈㄤˋ ㄎㄨㄢˇ） （銀行或信用合作社）把錢借給用戶。

**放量**（ㄈㄤˋ ㄌㄧㄤˋ） 盡量（吃、喝）。〈紅樓夢〉第三十八回：「（湘雲）又招呼山坡下的眾人只管放量喫。」

**放過**（ㄈㄤˋ ㄍㄨㄛˋ） 從輕處分，不加深究。

**放債**（ㄈㄤˋ ㄓㄞˋ） 借錢給人家收取利息。

**放肆**（ㄈㄤˋ ㄙˋ） 行動不加管束，沒有顧忌，不守規矩和禮節。

**放置**（ㄈㄤˋ ㄓˋ） 安放。

**放話**（ㄈㄤˋ ㄏㄨㄚˋ） ①指某些政客或政客身旁的人，利用大眾媒體為其傳播消息，達到某種預期效果。②將話傳開。

**放電**（ㄈㄤˋ ㄉㄧㄢˋ） ①帶異性電荷的兩極互相接觸時，發出火花或聲響而使異性電荷中和。②電池或蓄電器等釋放電能。

**放榜**（ㄈㄤˋ ㄅㄤˇ） 考試經評定成績後，公布錄取名單。

**放誕**（ㄈㄤˋ ㄉㄢˋ） 放蕩，好說大話。

**放賑**（ㄈㄤˋ ㄓㄣˋ） 把錢財或糧食散給受災的人。

**放養**（ㄈㄤˋ ㄧㄤˇ） 把有經濟價值的動物放到一定的地方使牠們生長繁殖。與在固定處所「圈養」相對。

**放學**（ㄈㄤˋ ㄒㄩㄝˊ） ①學生下課回家。②學校放假也叫「放學」。

**放燈**（ㄈㄤˋ ㄉㄥ） ①元宵夜張點花燈。②佛寺中的慶祝儀式。

**放蕩**（ㄈㄤˋ ㄉㄤˋ） 過著沒有規律的荒唐生活。

**放縱**（ㄈㄤˋ ㄗㄨㄥˋ） ①不加約束。②不遵循規矩禮節。

**放膽**（ㄈㄤˋ ㄉㄢˇ） 放開膽量。

**放鬆**（ㄈㄤˋ ㄙㄨㄥ） 放寬，不苛刻。

**放懷**（ㄈㄤˋ ㄏㄨㄞˊ） ①放心，無須掛念。②任意。

**放晴（兒）** 雨後天晴，太陽放出光來。

**放大鏡** 凸透鏡的通稱。

**放牛班** （學生用語）在國民中學裡，學生課業成績比較差，也不受學校重視，任其自行發展的班級，諧稱為「放牛班」或「牛頭班」。

**放冷箭** 比喻暗中害人。

**放牧地** 牧地，青草地，供牧畜用的。

**放空氣** 比喻故意製造某種氣氛或散布某種消息（貶義）。

**放映機** 放映電影用的機器，用強光源透過影片上的影像，經過鏡頭映在銀幕上。

**放風箏** 箏字輕讀。風箏是「紙鳶」的別名。用線桄兒把長線繞在上面，可以轉動放出長線，尾端繫紙鳶，其下端有小竹筒，在高空中受風，嗡嗡作響，像箏的聲音。

**放射性** 鐳、鈾、釷等化學元素在黑暗中能放出一種射線，使攝影乾片起感光作用；這種有發射線的特性，叫做「放射性」；這類元素叫「放射性元素」。

**放射線** 某些元素（如鐳、鈾等）的不穩定原子核衰變時放射出來的有穿透性的粒子束。分為甲種射線、乙種射線和丙種射線，其中丙種射線貫穿力最強。

**放鴿子** ①載運賽鴿在規定地點開籠放飛。②比喻中途被同伴遺棄。

**放下屠刀** 比喻惡人改過遷善。

**放言高論** 毫無顧忌地大發議論。

**放虎歸山** 比喻放走敵人，留下禍根。

**放馬後炮** 比喻事情已經過去了才提意見，發議論。

**放飯流歠** 図形容大吃大喝。放飯是大吃時飯粒狼藉；流歠是大喝時湯水流溢。古人認為是對尊長極不敬的行為。

**放僻邪侈** 図指行為放蕩乖僻。

**放羊的孩子** 愛撒謊騙人的孩子。如說「狼來了」。

**放射性元素** 物理學名詞。能發出射線而衰變成另一種元素的化學元素，如鐳、釷、鈾等。

**放射性汙染** 某些能放射$\alpha$、$\beta$粒子和X、Y射線的物質對環境造成的汙染。

**放長線釣大魚** ①比喻做周密的布置，引出深藏的、主要的敵人。②比喻從長計議，以便收到更大的成效。

**放射性同位素** 具有放射性的同位素。現在已知道的有一千多種，有天然產生的，也有人工製造的，在工業、農業、醫學上用途很廣。

**放諸四海而皆準** 図指永恆不變的準則，到任何地方都可依循而行。

**放下屠刀，立地成佛** 比喻邪惡的人只要決心改過，馬上就可以變成好人。（原為佛教勸人改惡從善的話。）

## 五筆

**敁** ㄉㄧㄢ 看「敁敪」條。

**敁敪** 敪字輕讀。用手掂量斤兩，或心中揣摩輕重，也就是斟酌、估量的意思。如「這件事由你敁敪著辦吧」「你敁敪這塊銅有多重」。

**故** ㄍㄨˋ ㈠事情（指不平常的或不幸的事）。如「家庭多故」「遭逢變故」。㈡原因。如「無緣無故」「不知何故」。㈢〔文〕所以。如「因有信心，故能戰勝困難」。㈣有意的。如「明知故犯」「故做不知」。㈤死。如「病故」「已故」。㈥〔文〕以前。「余故嘗居此」。㈦以前的。如「故居」「故宮」。㈧原來的，有多年關係的。如「故鄉」「故交」。㈨〔文〕陳舊。如「新故」「故紙」。㈩〔文〕指舊情，舊事。如「歡然道故」。(十一)朋友，友情。如「沾親帶故」「與之有故」。

**故人** ㄍㄨˋ ㄖㄣˊ ①老朋友。②原先的人，指前妻。〈古樂府詩〉有「新人工織縑，故人工織素」。

**故土** ㄍㄨˋ ㄊㄨˇ 故鄉。

**故友** ㄍㄨˋ ㄧㄡˇ ①死去了的朋友。②舊日的朋友。

**故夫** ㄍㄨˋ ㄈㄨ 〔文〕前夫。

**故世** ㄍㄨˋ ㄕˋ 去世。

**故主** ㄍㄨˋ ㄓㄨˇ ①舊君，昔日的君主。②已死的君主。③舊日的主人。

**故交** ㄍㄨˋ ㄐㄧㄠ 老朋友。

**故地** ㄍㄨˋ ㄉㄧˋ 曾經居住過的地方。

**故此** ㄍㄨˋ ㄘˇ 〔文〕因此，所以。

**故老** ㄍㄨˋ ㄌㄠˇ 年高有德的人。

**故而** ㄍㄨˋ ㄦˊ 〔文〕所以。也作「故爾」。

**故址** ㄍㄨˋ ㄓˇ 〔文〕舊地址。

**故我** ㄍㄨˋ ㄨㄛˇ 〔文〕舊日的我；指從前自己的情況而言。如「幾年來生活如舊，依然故我」。

**故技** ㄍㄨˋ ㄐㄧˋ 老花招；老手法。如「故技重演」。

**故里** ㄍㄨˋ ㄌㄧˇ 故鄉。

**故事** ▲〔文〕ㄍㄨˋ ㄕˋ 舊事，舊例。▲ㄍㄨˋ ·ㄕ ①傳說中的舊事，或憑空構造的事情。②同「事故」，指發生的事端說的。

**故居** ㄍㄨˋ ㄐㄩ 舊時的住所。

**故知** ㄍㄨˋ ㄓ 故交，舊友。

**故宮** ㄍㄨˋ ㄍㄨㄥ ①舊日的宮苑。②單指明清時代的宮苑。

**故國** ㄍㄨˋ ㄍㄨㄛˊ ①祖國。②故鄉。③歷史悠久的國家。

**故常** ㄍㄨˋ ㄔㄤˊ 〔文〕陳舊不變。〈莊子〉有「變化齊一，不主故常」。

**故都** ㄍㄨˋ ㄉㄨ 舊日的國都。

**故智** ㄍㄨˋ ㄓˋ 〔文〕已經用過的老方法。

**故鄉** ㄍㄨˋ ㄒㄧㄤ 各人原來的家鄉。

**故園** ㄍㄨˋ ㄩㄢˊ 故鄉；昔日的家園。

**故道** ㄍㄨˋ ㄉㄠˋ 〔文〕舊的道路或舊的方法。

**故實** ㄍㄨˋ ㄕˊ 〔文〕往日的事實。

**故態** ㄍㄨˋ ㄊㄞˋ 〔文〕①老脾氣；舊有的狀態，常常指壞的方面。「故態復萌」就是說老脾氣又發作了，或是說以前的不好狀態又恢復了。②夙昔的常態。

**故障** ㄍㄨˋ ㄓㄤˋ ①由意外事故形成的障礙。②指機器發生毛病。

**故舊** ㄍㄨˋ ㄐㄧㄡˋ 老朋友們。

**故意（兒）** ㄍㄨˋ ㄧˋ（ㄦ） 存心，有意的。

**故事書** ㄍㄨˋ ㄕˋ ㄕㄨ 描寫真實的或虛構的情節的書籍。

**故事詩** 敘述詩的一種。一名史詩。

**故紙堆** 指數量很多並且十分陳舊的書籍、資料等（含貶義）。

**故弄玄虛** 故意耍弄使人迷惑的欺騙手段。

**故步自封** 守著老樣子，自我設限而不求進步。

**故態復萌** 舊日的習氣或老毛病重新出現。

**故宮博物院** 是我國中央政府所設置的機構，收藏故宮（指在北京的明清皇宮）原有的各種古代文物，並舉辦公開展覽。

## 政

ㄓㄥˋ ㈠國家的一切行政事務。如「內政」「財政」。㈡辦事的規則。如「家政」「校政」。㈢行政主持者。如以往官制的「學政」「鹽政」等。㈣図文字上的改正、指正，是向人求教的詞語用字。如「敬請政之」「呈政」。

**政友** 政見上的同情者，政治行動中的合作者。

**政令** 政府發出的命令。

**政局** 政治的局勢。

**政見** 對於政治上的意見。

**政事** 同「政治」；指關於政治的事項。

**政府** 國家行使政治權力施行政治的機關。

**政治** ①政府制定政策的一種過程。②指治理國家所施行的一切措施。③指政府、政黨、社會團體和個人在內政及國際關係方面的活動。

**政法** 政治、法律的合稱。有時也作「法治」。

**政客** 指沒有政治理想，缺乏高尚品德，專靠從事政治活動而獲取私利的人。

**政界** 泛稱服務政治事業的人。

**政要** ①図施政的綱要。②政界的要人。

**政躬** 図尊稱長官的身體。

**政務** ①與國家大計有直接關係的公務。②泛指有關政治的職務與任務。

**政情** 政治方面的情況。如「政情不穩定，會影響外國投資者的意願」。

**政教** ①政治的教化。②政治與宗教。

**政略** 政策。

**政策** 國家或政黨，為了實現政治上的目的而採取的具體計畫。

**政綱** 政治主張的各項基本原則。

**政敵** 指在政治上與自己處於敵對地位的人、團體或黨派。

**政潮** 政治上起伏變遷的事件。

**政論** 評論政府行為與政事得失的言論。

**政績** 行政的成績，治理政務的功績。

**政聲** 官吏施政所獲的聲譽。

**政黨** 在政治理念上有共同主張的人結合為一個團體，在一定紀律下謀取政權，以實現其共同政見的，稱為政黨，為民主政治的產物。

**政權** ①管理政事的權力。②人民的選舉、罷免、創制、複決等四種參政權。

**政變** 政治上發生的變局。

**政體** ㄓㄥˋ ㄊㄧˇ 國家行使統治權的形式，有專制政體、民主立憲政體等分別。

**政治犯** ㄓㄥˋ ㄓˋ ㄈㄢˋ 圖謀推翻現有政權而觸犯法律的人。又叫「國事犯」。

**政治家** ㄓㄥˋ ㄓˋ ㄐㄧㄚ 有政治理想、高尚品德，從事政權的爭取，為的是實行自己的抱負，來造福社會、國家的人。

**政治學** ㄓㄥˋ ㄓˋ ㄒㄩㄝˊ 以國家起源、性質、政體、目的與人類政治行為為研究對象的科學。

**政務官** ㄓㄥˋ ㄨˋ ㄍㄨㄢ 治理國家公務的官員。與事務官不同：政務官制定施政方針，由事務官切實執行。政務官由政黨內閣按需要任用，事務官必須合於任用資格。政務官隨政潮進退，事務官有身分保障，機關長官不得無故免除其職務。

**政治地理** ㄓㄥˋ ㄓˋ ㄉㄧˋ ㄌㄧˇ 就是「人文地理」。

**政治革命** ㄓㄥˋ ㄓˋ ㄍㄜˊ ㄇㄧㄥˋ 為了變更政體或改革政治而起的革命。

**政治神話** ㄓㄥˋ ㄓˋ ㄕㄣˊ ㄏㄨㄚˋ 為了政治目的而杜撰出來的神話。如空想的烏托邦思想即是。

**政治哲學** ㄓㄥˋ ㄓˋ ㄓㄜˊ ㄒㄩㄝˊ 哲學名詞，是哲學的一支。主要在探討政治的基本原理，尤其是國家成立的基礎和價值，以及個人與國家之間的關係等問題。

**政治責任** ㄓㄥˋ ㄓˋ ㄗㄜˊ ㄖㄣˋ 政治權力來自人民對政府作為的信任，因此政府政策上出現重大差失或其作為損及人民對它的信任，該管部會首長即應去職以示對政策失敗負責。政府在選舉之後而更替執政，是政治責任的最高表現。

**政治漫畫** ㄓㄥˋ ㄓˋ ㄇㄢˋ ㄏㄨㄚˋ 以嘲諷時政作主題的一種漫畫形式，多在報紙或政論雜誌上刊載。

**政治實體** ㄓㄥˋ ㄓˋ ㄕˊ ㄊㄧˇ 指政治關係的構成和政治活動的參與者所組成的從事政治活動的主體。它包括政黨、民族及一切政治團體、國際政治社會和以個體參與政治活動的社會成員。

**政務次長** ㄓㄥˋ ㄨˋ ㄘˋ ㄓㄤˇ 中央政府各部設政務次長一人以輔助部長。政務次長是政務官，主管政務的綜合設計等，隨政潮以進退，不同於事務官的「常務次長」。

**政務委員** ㄓㄥˋ ㄨˋ ㄨㄟˇ ㄩㄢˊ 行政院官員的職稱。分為兩種：一為兼管部會的政務委員，一為不兼管部會的政務委員，均由行政院長提請總統任命。

**政通人和** ㄓㄥˋ ㄊㄨㄥ ㄖㄣˊ ㄏㄜˊ 政事通達，人心和順。

**政簡刑清** ㄓㄥˋ ㄐㄧㄢˇ ㄒㄧㄥˊ ㄑㄧㄥ 指政治清明，政令簡要，刑罰公正。

**政黨內閣** ㄓㄥˋ ㄉㄤˇ ㄋㄟˋ ㄍㄜˊ 國家最高行政機關—內閣，由議會內多數黨所組成。

## 六筆

**敉** 図ㄇㄧˇ 安定，安撫。如「敉亂」。

**敉平** ㄇㄧˇ ㄆㄧㄥˊ 図平定。如「亂事敉平」。

**效**（**効**） ㄒㄧㄠˋ ㈠摹仿。「仿效」「效法」。㈡出力，盡力。如「效勞」「報效」。㈢功用。如「很有成效」「效果良好」。

**效力** ㄒㄧㄠˋ ㄌㄧˋ ①情願為人出力。②功效。

**效尤** ㄒㄧㄠˋ ㄧㄡˊ 図仿效別人的錯誤，跟著學壞樣子。語出〈左傳〉。

**效用** ㄒㄧㄠˋ ㄩㄥˋ 事物的功效。

**效死** ㄒㄧㄠˋ ㄙˇ 〔文〕努力賣命地去報效。

**效命** ㄒㄧㄠˋ ㄇㄧㄥˋ 〔文〕①奮不顧身，盡力去做。②服從命令，努力報效。

**效忠** ㄒㄧㄠˋ ㄓㄨㄥ 對國家對領袖的忠心效力。

**效果** ㄒㄧㄠˋ ㄍㄨㄛˇ ①有功效有作用的結果。②戲劇用語，指舞臺上使觀眾直接感應的聲響或光色等適應配合的種種事項；像狂風暴雨的響聲，嬰兒哭啼、蟲鳴、鳥叫、車馬聲、雷聲、閃電、槍砲聲音等。

**效度** ㄒㄧㄠˋ ㄉㄨˋ 事物有效的程度或可靠程度，如證據和契約，效度越高，價值也越高。

**效法** ㄒㄧㄠˋ ㄈㄚˇ 仿照和學習。如「效法先賢的精神」。

**效益** ㄒㄧㄠˋ ㄧˋ 效果和利益。

**效能** ㄒㄧㄠˋ ㄋㄥˊ 效率。

**效率** ㄒㄧㄠˋ ㄌㄩˋ ①實際功用與功效的程度。②物理學上指產生出來的有用的功與產生此功所耗用的功的相比（所生功效與所用能力的比率）。

**效勞** ㄒㄧㄠˋ ㄌㄠˊ 出力幫忙。

**效應** ㄒㄧㄠˋ ㄧㄥˋ ①物理的或化學的作用所產生的效果，如光電效應。②泛指某個人物的言行或某種事物的發生、發展在社會上所引起的反應和效果。

**效驗** ㄒㄧㄠˋ ㄧㄢˋ 功效。

**效顰** ㄒㄧㄠˋ ㄆㄧㄣˊ 〔文〕比喻勉強仿效，不但學得不像，反而出醜。（這個語詞是從〈莊子〉書裡醜婦人學西施捧心皺眉的故事而來的）。

## 七筆

**敗** ㄅㄞˋ ㈠「勝」的相反，戰爭或競爭失利。如「一敗塗地」。㈡壞，腐爛。如「敗肉」「腐敗」。㈢毀。如「敗壞」。㈣衰落。如「敗興而返」「家敗人亡」。㈤凋謝。如「敗柳殘花」「枯枝敗葉」。

**敗亡** ㄅㄞˋ ㄨㄤˊ 敗壞滅亡。

**敗火** ㄅㄞˋ ㄏㄨㄛˇ 中醫說使體內火氣衰散，解熱。如「這是敗火的藥」。

**敗仗** ㄅㄞˋ ㄓㄤˋ 戰敗。

**敗北** ㄅㄞˋ ㄅㄟˇ 戰敗而逃。「北」讀音ㄅㄛˋ。

**敗走** ㄅㄞˋ ㄗㄡˇ 戰敗逃跑，即敗北。

**敗軍** ㄅㄞˋ ㄐㄩㄣ ①〔文〕打敗仗。如「敗軍之將」。②戰敗的軍隊。

**敗退** ㄅㄞˋ ㄊㄨㄟˋ 戰敗而撤退。

**敗陣** ㄅㄞˋ ㄓㄣˋ 在陣地上被打敗。

**敗筆** ㄅㄞˋ ㄅㄧˇ ①用壞了的禿筆。②書法或圖畫的疏忽不好的部分。③文章裡寫得不好不美的字句。

**敗絮** ㄅㄞˋ ㄒㄩˋ 破棉絮。①形容乾枯破碎。明朝劉基〈賣柑者言〉的文章裡有「剖其中乾若敗絮」。②比喻無價值、無足貴。如「金玉其外，敗絮其中」。

**敗訴** ㄅㄞˋ ㄙㄨˋ 官司打輸了。

**敗象** ㄅㄞˋ ㄒㄧㄤˋ 敗落的跡象。如「敗象已見，無可挽回了」。

**敗落** ㄅㄞˋ ㄌㄨㄛˋ 凋落。

**敗德** ㄅㄞˋ ㄉㄜˊ 惡劣的品行。

**敗興** ㄅㄞˋ ㄒㄧㄥˋ 掃興，使興趣衰落下來。

**敗績** ㄅㄞˋ ㄐㄧ 〔文〕打了敗仗。

**敗壞** ㄅㄞˋ ㄏㄨㄞˋ 毀壞。

**敗類** ㄅㄞˋ ㄌㄟˋ ①對群體有害的人，壞人。如「社會敗類」。②無恥的，不要臉的人。

**敗露** ㄅㄞˋ ㄌㄨˋ ①壞事情被發覺。②祕密的事泄露出來。如「事機敗露」。

**敗血病** ㄅㄞˋ ㄒㄩㄝˋ ㄅㄧㄥˋ ①一種病名，就是壞血病，因為營養缺乏丙種維生素而發生。②就是「血癌」，也叫「白血球過多症」。

**敗柳殘花** ㄅㄞˋ ㄌㄧㄡˇ ㄘㄢˊ ㄏㄨㄚ 比喻不貞的婦女或風塵女子。也作「殘花敗柳」。

**敗家子兒** ㄅㄞˋ ㄐㄧㄚ ㄗˇ ㄦˊ 不務正業，傾家蕩產而不能自立的子弟。也說成「敗子」；說敗子悔改是「敗子回頭」。

## 敏

ㄇㄧㄣˇ ㈠思想或行動很快，身體動作很靈便。如「聰敏」「神經過敏」。「不敏」是自謙的詞。㈡奮勉，努力工作。如「勤敏」「好古敏以求之」。

**敏求** ㄇㄧㄣˇ ㄑㄧㄡˊ 努力求學。

**敏捷** ㄇㄧㄣˇ ㄐㄧㄝˊ 反應快，動作迅速。

**敏感** ㄇㄧㄣˇ ㄍㄢˇ ①是神經上的一種病態，對外界情況容易起反應，反應迅速而且不正常地強烈。②泛指在心理或生理上超乎尋常程度的感受與反應。

**敏慧** ㄇㄧㄣˇ ㄏㄨㄟˋ 聰明，反應敏捷。

**敏銳** ㄇㄧㄣˇ ㄖㄨㄟˋ 聰明，對於外界刺激的感覺很靈敏。

## 教

▲ㄐㄧㄠˋ ㈠訓誨，指導。如「因材施教」「請教」。㈡使，讓，叫。如「誰教你去的」「教他進來吧」。㈢被。如「小心教蚊子咬了」。㈣宗教。如「佛教」「信教」。㈤指使，唆使。如「教唆」。

▲ㄐㄧㄠ ㈠傳授（單字動詞）。如「他在中學教書」「師傅教徒弟」。

**教士** ㄐㄧㄠˋ ㄕˋ 也叫「傳教士」，就是傳教的人；普通多指天主教、基督教的傳教者。

**教化** ㄐㄧㄠˋ ㄏㄨㄚˋ 用教育來感化人。

**教父** ㄐㄧㄠˋ ㄈㄨˋ ①基督教指公元二世紀至十二世紀間在制訂或闡述教義方面有權威的神學家。②天主教、正教及新教某些教派新入教者接受洗禮時的男性監護人。③師。如「吾將以為教父」（〈老子〉第四十二章）。

**教主** ㄐㄧㄠˋ ㄓㄨˇ 宗教的創始人。

**教本** ㄐㄧㄠˋ ㄅㄣˇ 課本。

**教正** ㄐㄧㄠˋ ㄓㄥˋ 指教糾正，把自己的作品送給別人看時的客套話。如「敬祈教正」。

**教坊** ㄐㄧㄠˋ ㄈㄤ ①古代管理宮廷音樂的官署。唐高祖於禁中設內教坊，掌教習音樂。②後代沿襲，女樂隸於教坊，所以也稱官妓為教坊。

**教廷** ㄐㄧㄠˋ ㄊㄧㄥˊ 天主教會的最高統治機構，設在羅馬城梵蒂岡。

**教材** ㄐㄧㄠˋ ㄘㄞˊ 教學的材料跟教授上所傳達的內容。

**教育** ㄐㄧㄠˋ ㄩˋ 培植人材，訓練技能，以能適合於國家建設、社會發展與世界進化的一種事業，也是政府行政工作的一大部門。

**教具** ㄐㄧㄠˋ ㄐㄩˋ 幫助教學用的工具，像掛圖、卡片、模型等。

**教官** ㄐㄧㄠˋ ㄍㄨㄢ ①軍事學校或訓練機關的教員。②學校裡教授軍事訓練課程的教員。

**教宗** ㄐㄧㄠˋ ㄗㄨㄥ 天主教最高統治者，常駐羅馬梵蒂岡。又稱「教皇」。

**教法** ㄐㄧㄠˋ ㄈㄚˇ 教學的方法。

**教門** ㄐㄧㄠˋ ㄇㄣˊ ①教會，教派。②佛家指佛的教法。教法為入道的門戶，所以稱教門。

**教室** ㄐㄧㄠˋ ㄕˋ 教學授課所用的房舍。

**教派** ㄐㄧㄠˋ ㄆㄞˋ 宗教內部的派別。如「教派雖然不相同，但是勸人為善的宗旨，都是一樣的」。

**教皇** ㄐㄧㄠˋ ㄏㄨㄤˊ 天主教最高領袖的舊稱。教皇由樞機主教組成的團體選舉產生，任滿為止。

**教唆** ㄐㄧㄠˋ ㄙㄨㄛ 指使別人做壞的事情。法律上對指使他人犯法的人，要判處「教唆罪」。

**教員** ㄐㄧㄠˋ ㄩㄢˊ 教師，給學生授課的人。

**教師** ㄐㄧㄠˋ ㄕ 同「教員」，語氣上較為尊敬。

**教徒** ㄐㄧㄠˋ ㄊㄨˊ 宗教的信徒。

**教書** ㄐㄧㄠ ㄕㄨ 指從事教育工作，授課教人讀書。

**教案** ㄐㄧㄠˋ ㄢˋ ①教學的進行計畫與程序。②舊稱教室裡供教師用的桌子。③指從前在我國的基督教徒跟一般民眾發生交涉的各種案件。

**教益** ㄐㄧㄠˋ ㄧˋ 受教導以後得到的好處。

**教訓** ㄐㄧㄠˋ ㄒㄩㄣˋ 訓字輕讀。①解說指導。②失敗的經驗。

**教務** ㄐㄧㄠˋ ㄨˋ 學校裡關於教學方面的事務；「教務主任」是學校負責教務工作的主管人。

**教堂** ㄐㄧㄠˋ ㄊㄤˊ 宗教徒集會傳教與舉行儀式的會堂。也叫「禮拜堂」。

**教授** ㄐㄧㄠˋ ㄕㄡˋ ①傳授。②大學或專科以上學校職別最高的教師。

**教條** ㄐㄧㄠˋ ㄊㄧㄠˊ ①訓練的主要項目。②宗教上要信徒服從遵守的條文。③泛指一切使人盲目接受而不求證明的立論。

**教習** ㄐㄧㄠˋ ㄒㄧˊ 習字輕讀。清朝翰林院有「庶常館教習」，各官學也設有教習，後來就演變為學校教師的通稱；這個稱呼現在已很少使用。

**教規** ㄐㄧㄠˋ ㄍㄨㄟ 宗教的規條。

**教場** ㄐㄧㄠˋ ㄔㄤˇ 舊時訓練軍隊的場地。

**教程** ㄐㄧㄠˋ ㄔㄥˊ 專門學科的課程（多用做書名）。如「新編語言學教程」。

**教會** ㄐㄧㄠˋ ㄏㄨㄟˋ 天主教、東正教、新教等教派信徒的組織，定期聚會，所以稱教會。

**教義** ㄐㄧㄠˋ ㄧˋ 宗教的宗旨。

**教誨** ㄐㄧㄠˋ ㄏㄨㄟˇ 教訓。

**教練** ㄐㄧㄠˋ ㄌㄧㄢˋ ①訓練兵士。②體育團隊的訓練員，分訓練教練與臨場教練等。

**教養** ㄐㄧㄠˋ ㄧㄤˇ 教導養育。

**教學** ▲ㄐㄧㄠˋ ㄒㄩㄝˊ 教書。▲ㄐㄧㄠ ㄒㄩㄝˊ 對學科的教授與學習。如「教學法」。

**教導** ㄐㄧㄠˋ ㄉㄠˇ ①訓誨指導。②學校裡負責教務及訓導工作的人員。如「教導員」「教導主任」。

**教頭** ㄐㄧㄠˋ ㄊㄡˊ ①宋代軍隊中教練武藝的人員，有教頭、都教頭之別。②泛指傳授歌舞、武術等技藝的教練。

**教職** ㄐㄧㄠˋ ㄓˊ ①〈周禮〉官名。為小宰六職之一。掌理教導人民之事。②教官、教師的職位。

**教鞭** ㄐㄧㄠˋ ㄅㄧㄢ 教師授課對學生作指示用的鞭棒狀的工具，從前用小籐條，現在用竹棍或塑膠細棍；因此，教書也叫「執教鞭」。

**教育局** ㄐㄧㄠˋ ㄩˋ ㄐㄩˊ 縣市的教育行政機關，掌管縣市的學校教育及圖書館、博物館、公共體育場等文化機構。

**教育家** ㄐㄧㄠˋ ㄩˋ ㄐㄧㄚ 對教育工作或理論有豐富經驗和研究的人。

**教育部** 中央政府行政院的部會之一，掌理全國學術及教育行政事務。

**教育會** 教育界人士共同組織的一種團體。

**教育廳** 省級教育行政機關，掌理全省的學術研究及教育行政事務。

**教科書** 學校裡教學時使用的各種學科的課本。

**教唆犯** 法律名詞。以誘騙、慫恿、授意等方式，指使他人實行犯罪的人。

**教師節** 我國政府規定每年九月二十八日（孔子誕辰紀念日）為教師節；全國各級教育行政機關、各級學校及教育團體，應該在教師節舉行慶祝會。對於成績優良或年資長久的教師加以褒獎，以樹立尊師重道的風氣。

**教練車** 專供學生學習駕駛用的汽車。

**教練機** 專供飛行生學習飛行用的飛機。

**教育召集** 已經退伍列管的役男或國民兵，因軍事上的需要，又召集入營，舉行訓練或演習。

**教育行政** 對教育工作的組織、領導和管理。

**教育制度** 關於教育實際方面的規畫，包括教育行政系統和學校系統。

**教育統計** 對於各種教育問題所作的統計，或者在研究中處理資料，作為理論的佐證。

**教條主義** 一種處事或論學的主觀態度，特點是輕視經驗，誇大理性作用，不從實踐出發，把某種抽象的定義、原則視同宗教教義，拒絕接受實際經驗的批判。

**教學相長** 本指教與學都可使教師獲益而進步，二者互相促進，增長知能。現亦指師生之間相互學習，共同提高。

**教學時數** ①某一課程每週授課時數。②一位教師每週排課的鐘點數。

**教育行政主管機關** 管理國家或省縣市一切教育行政工作的機關，像教育部、省教育廳、縣市教育局。

**救** ㄐㄧㄡˋ ㈠援助，使脫離災難或危險。如「挽救」、「營救」。㈡制止。如「救火」。㈢治。如「救藥」。

**救亡** 挽救國家的危亡。

**救火** 撲滅火災。

**救主** 基督教徒對基督的稱呼。也稱「救世主」。

**救生** 援救將死的人。

**救兵** 解救危難的援兵。

**救助** 救護和援助。

**救災** 救濟民間因為水旱而發生的災禍。

**救命** ①援助臨死的人，使他保持生命。②遭遇生命危險所發出的緊急求救聲。

**救治** ①救護醫治，使脫離危險。②[文]糾正人的毛病。如「為學多無著實處，回首茫然，計非歲月功夫所能救治」。

**救急** 對急病或急難的人予以協助。如「救急扶傷」。

**救星** 尊稱幫助人脫離苦境的人。

**救荒** 救濟凶年災荒。

**救國** 全國上下共同努力，使國家免除危難。

**救援** 救助。

**救窮** ①救助窮困。②中藥草名。即黃精。一名兔竹，又叫垂珠，可供藥用。

**救應** 救援接應。

**救濟** 用財物幫助災區或生活困難的人。

**救總** 「大陸災胞救濟總會」的簡稱。

**救藥** 治療。引伸指缺點的改正或惡劣情況的改善與挽救。如「這件事情已經到了完全失敗，不可救藥的程度了」。

**救護** 救濟保護。

**救火車** 救火用的車輛。

**救世軍** 基督教會所組織的慈善團體，仿軍隊的組織，以救濟教民為宗旨。

**救生衣** 飛機、船上最常見的一種救生設備，是一種吹氣式塑膠布背心。

**救生員** 游泳池或海濱浴場工作人員之一，專為搭救不慎沉下水去的人。

**救生圈** 船上預備的橡皮做的圓圈，中空，灌入空氣，人落水時可套在腰部，使不致下沉。

**救生船** 專備搭救落水人的船。小的救生船也叫「救生艇」。

**救助金** 救助受災戶或貧困個人的款項。

**救急法** 對於水、火、刀傷等意外災害的臨時救治法。也叫急救法。

**救濟院** 地方的慈善機關。專門救濟無力謀生的老幼、殘廢、貧民的處所。

**救護車** 醫院運送病人傷患的汽車。

**救死扶傷** 救活將死的，照顧受傷的。

**救苦救難** 拯救在苦難中的人。

**救急不救窮** 指救人一時的急難還好辦，幫人由窮變富則不容易。

**救人一命勝造七級浮屠** 救人活命功德無量，比建造七層佛塔的功德還大。

**救火須救滅救人須救徹** 救火必須做到火熄滅，助人務求做到徹底。這句俗語見〈兒女英雄傳〉第八回。

## 敘（敍、叙）

ㄒㄩˋ ㈠說。如「當面詳敘」「敘敘家常」。㈡図談話，發表意見。如「請來一敘」「暢敘所感」。㈢図獎勵功勞。如「敘勳」「銓敘」。㈣書卷前面的一段文字，說明全書要點或撰寫經過，叫「敘」或「敘言」。與「序」字相同。

**敘文** 同「序文」。

**敘功** 図獎勵有功的人。

**敘用** 図分別職位高下而任用。

**敘別** 話別，在作較長時期離別之前的聚談。

**敘言** 同「序言」，是述說全書大意的話。

**敘述** 陳述，述說。

**敘談** 図聚談。

**敘勳** 図敘錄功勳等第。

**敘舊** 談論舊情。

**敘事文** ㄒㄩˋ ㄕˋ ㄨㄣˊ 文體的一種，記述人或物的情況或事態變遷過程的文章。

**敘事句** ㄒㄩˋ ㄕˋ ㄐㄩˋ 用來敘述一個事件的句子。也作「敘述句」。用動詞充當謂語，又稱「動句」。

**敘事詩** ㄒㄩˋ ㄕˋ ㄕ 一種「史詩」，以記敘人物的事件為主的詩。

**敝** ㄅㄧˋ ㈠破的，壞的。如「敝衣」。㈡對人自謙的詞。如「敝校」「敝處」。㈢疲倦。「敝於奔命」同「疲於奔命」。

**敝屣** ㄅㄧˋ ㄒㄧˇ 〔文〕破鞋。比喻廢物。

**敝帚千金** ㄅㄧˋ ㄓㄡˇ ㄑㄧㄢ ㄐㄧㄣ 連破掃帚也像值千金一樣的；比喻自己的東西雖不值錢，卻看得很重。也作「敝帚自珍」。

**啟（啓、啓、启）** ㄑㄧˇ ㈠〔文〕開，打開。「啟戶」是「開門」。「啟齒」是「開口說話」。㈡開導，使明白事理。如「啟蒙」「啟發」。㈢開始，動身。如「啟行」。㈣〔文〕從隱藏的地方出來叫啟。如「啟蟄」。㈤陳述。如「啟事」「敬啟」。㈥書信。如「謝啟」「小啟」。㈦姓。

**啟戶** ㄑㄧˇ ㄏㄨˋ 〔文〕開門。如「清曉啟戶」。

**啟示** ㄑㄧˇ ㄕˋ 啟發提示，使人領悟。如「這件事給我們很大的啟示」。

**啟用** ㄑㄧˇ ㄩㄥˋ 開始使用（房屋或物品）。如「新廈落成啟用」。

**啟行** ㄑㄧˇ ㄒㄧㄥˊ 動身出門。

**啟事** ㄑㄧˇ ㄕˋ ①陳述事情。②應用文的一種，利用書面向社會大眾陳說事情，叫啟事。

**啟者** ㄑㄧˇ ㄓㄜˇ 舊式書信開始陳述的套語。

**啟封** ㄑㄧˇ ㄈㄥ ①把已經查封的房屋、器物的封條撕了。②拆開信封。

**啟迪** ㄑㄧˇ ㄉㄧˊ 〔文〕開導，啟發。如「啟迪後進」。

**啟航** ㄑㄧˇ ㄏㄤˊ 開航，出航。如「艦隊啟航」。

**啟動** ㄑㄧˇ ㄉㄨㄥˋ 起動，發動，開始轉動。如「啟動機器」。

**啟發** ㄑㄧˇ ㄈㄚ 開發知識。參看「啟㈡」。

**啟程** ㄑㄧˇ ㄔㄥˊ 起程，出發，動身。如「隊伍啟程」。

**啟碇** ㄑㄧˇ ㄉㄧㄥˋ 碇，船錨。啟碇，同起錨，開船。如「啟碇出港」。碇也作「椗」。

**啟運** ㄑㄧˇ ㄩㄣˋ ①開啟新運。如「新春啟運」。②起運，貨物開始運送。

**啟蒙** ㄑㄧˇ ㄇㄥˊ 教導初學的人。從前把初入學的學生叫「蒙童」「蒙生」。

**啟齒** ㄑㄧˇ ㄔˇ 〔文〕開口說話，常指向人有所請求說的。

**啟蟄** ㄑㄧˇ ㄓˊ ①昆蟲冬眠，到了春天再出來。②節氣名，見「驚蟄」。

**啟釁** ㄑㄧˇ ㄒㄧㄣˋ 〔文〕引發互相之間的嫌隙，挑起爭端。如「日軍啟釁，發生盧溝橋事變」。

**啟明學校** ㄑㄧˇ ㄇㄧㄥˊ ㄒㄩㄝˊ ㄒㄧㄠˋ 專為視力有障礙的學生設立的學校，教學內容以由點字而識字，以及謀生技能等為主。

**啟智學校** ㄑㄧˇ ㄓˋ ㄒㄩㄝˊ ㄒㄧㄠˋ 專為智力有障礙的學生設立的學校，教學內容以啟發其智慧為主。

**啟瞶振聾** ㄑㄧˇ ㄎㄨㄟˋ ㄓㄣˋ ㄌㄨㄥˊ 〔文〕也作「振聾發瞶」。比喻大聲疾呼，喚醒糊塗、麻木、愚昧的人，使他覺悟。瞶，有眼無珠（沒有瞳人），借喻糊塗。

**啟聰學校** ㄑㄧˇ ㄘㄨㄥ ㄒㄩㄝˊ ㄒㄧㄠˋ 專為聽力殘障學生設立的學校。教學內容從手語的學習入手，進而按學生程度施以不同的教育。

以兒童自我學習活動為中心，教師站在輔導的地位，啟發學生研究、探討、思考、領悟，以擴展經驗，增進知識，達成學習的教學方法。對傳統的「注入式教學法」而言。

**敕**（**勅**）図 ㄔˋ ㈠舊時帝王的詔命。為「敕命」。㈡道士用符咒以「驅役鬼神的命令」。㈢謹慎。如「謹敕」，通「飭」字。

**敖** ▲ㄠˊ ㈠図出遊，同「遨」。㈡図焦灼。㈢姓。▲ㄠˋ 同「傲」。

**敖遊** ㄠˊ ㄧㄡˊ 図到處遊玩。

**敔** ㄩˇ 古時一種敲打樂器，樣子像趴著的老虎；在雅樂結束時敲擊。

## 八筆

**敠** ㄉㄨㄛ 「敁敠」的「敠」，看「敁敠」條。

**敦** ▲ㄉㄨㄣ ㈠誠心誠意。如「敦聘」「敦請」。㈡情意深厚。如「敦厚」。▲図ㄉㄨㄣˋ 混沌。▲ㄉㄨㄟˋ 古時盛黍稷的器具。

**敦厚** ㄉㄨㄣ ㄏㄡˋ 忠厚。

**敦倫** ㄉㄨㄣ ㄌㄨㄣˊ ①使人與人之間的關係和睦融洽。②諱指夫妻房事。

**敦睦** ㄉㄨㄣ ㄇㄨˋ 誠信和睦，親善友好。如「敦睦邦交」。

**敦敦實實** ㄉㄨㄣ ㄉㄨㄣ ㄕˊ ㄕˊ 忠厚誠實，不輕浮。

**敦煌石室** ㄉㄨㄣ ㄏㄨㄤˊ ㄕˊ ㄕˋ 也作「敦煌石窟」，俗稱「千佛洞」，在甘肅省敦煌縣東南的鳴沙山。內藏唐人手寫佛教經卷及壁畫。

**敦睦艦隊** ㄉㄨㄣ ㄇㄨˋ ㄐㄧㄢˋ ㄉㄨㄟˋ 訪問友邦以促進友誼的海軍艦隊。

**敢** ㄍㄢˇ ㈠有膽量，不怕。如「你還敢去嗎」。㈡對人說話時候表示冒昧的詞。如「敢問」「敢請」。㈢図「豈敢」的省略詞。如「敢不奉命」。㈣莫非。如「你敢認錯了」「哥哥敢是來看球賽的麼」。

**敢死** ㄍㄢˇ ㄙˇ 不怕死。

**敢言** ㄍㄢˇ ㄧㄢˊ ①敢進直言。②冒昧陳說。

**敢是** ㄍㄢˇ ㄕˋ 囫①可是，或者是。②正是。

**敢情** ㄍㄢˇ ㄑㄧㄥˊ 囫情字輕讀。①原來。如「敢情他是個騙子」。②自然，當然的意思。如「敢情他會，他學了三年了」。③可，真。如「那敢情好」。

**敢當** ㄍㄢˇ ㄉㄤ ①勇於承擔。如「大丈夫敢作敢當」。②敢承受，承受得起。如「您這樣誇獎我，我怎麼敢當呢」。「不敢當」就是「承受不起」的意思，是謙遜的用語。

**敢死隊** ㄍㄢˇ ㄙˇ ㄉㄨㄟˋ 不怕死，要與敵人決戰而同歸於盡的隊伍。

**敢作敢為** ㄍㄢˇ ㄗㄨㄛˋ ㄍㄢˇ ㄨㄟˊ 有做事的勇氣，說做就做，不怕困難。

**敢作敢當** ㄍㄢˇ ㄗㄨㄛˋ ㄍㄢˇ ㄉㄤ 有勇氣做事，不推卸責任，不規避指責。

**敢怒不敢言** ㄍㄢˇ ㄋㄨˋ ㄅㄨˋ ㄍㄢˇ ㄧㄢˊ 心裡氣憤而嘴裡不敢明說；嘴裡雖不敢說，但是心裡很憤恨。也說成「敢怒而不敢言」。

**敞** ㄔㄤˇ ㈠地方寬綽，沒有遮擋。如「寬敞」。㈡打開，張開。如「敞著大門」「敞著口兒」。㈢囫放肆，沒有限制；隨意亂說話不加審慎，叫「嘴敞」。「敞笑兒」就是大笑。

**敞亮** ㄔㄤˇ ㄌㄧㄤˋ 亮字輕讀。寬敞豁亮。如「這屋子很敞亮」。

**敞開** ㄔㄤˇ ㄎㄞ 張開，打開。

**敞開兒** ㄔㄤˇ ㄎㄞ ㄦ 北京口語說ㄔㄚ ㄎㄚ ㄦ。恣意地，儘量地。如「菜多得很，你敞開兒吃吧」。也作「敞可兒」。

**敞篷兒車** ㄔㄤˇ ㄆㄥˊ ㄦ ㄔㄜ 車篷開敞的車。

**敞胸（兒）露懷** ㄔㄤˇ ㄒㄩㄥ ㄦ ㄌㄨˋ ㄏㄨㄞˊ 解開上衣，露出胸脯。

# 散

▲ㄙㄢˋ ㈠分離開，和「聚集」相反。如「分散」「電影院剛剛散場」。㈡分布，撒出。如「散傳單」「天女散花」。㈢消除，排遣。如「散悶」「散心」。㈣解雇，解職。如「遣散」「解散」。

▲ㄙㄢˇ ㈠鬆開。如「鬆散」「散著頭髮」。㈡分裂，解體，成群成組的分開成零零星星的。如「隊伍走散了」「這把椅子散了」。㈢不連續，零碎的。如「散工」「散座兒」。㈣閒逸的。如「閒散」。㈤藥末。如「膏丹丸散」「消暑散」。

**散人** ㄙㄢˇ ㄖㄣˊ 因閒散無所事事的人。常作隱士的泛稱。

**散亡** ㄙㄢˋ ㄨㄤˊ ①（書籍等）分散遺失。②分散逃亡。

**散工** ▲ㄙㄢˋ ㄍㄨㄥ 工人下班。▲ㄙㄢˇ ㄍㄨㄥ 臨時僱傭的工人。

**散心** ㄙㄢˋ ㄒㄧㄣ ①佛家語，指散亂的心，相對於「定心」而言。②解除心裡的煩悶。如「出去走走，散散心。」

**散文** ㄙㄢˇ ㄨㄣˊ 不用韻，不用對偶句的文章；是對有韻的詩歌和特重對偶的駢文說的。

**散失** ㄙㄢˋ ㄕ ①分散遺失。如「散失不少書稿」。②（水分等）消散。失去。

**散布** ㄙㄢˋ ㄅㄨˋ 分散傳布。如「散布謠言」。也作「散佈」。

**散光** ㄙㄢˇ ㄍㄨㄤ ①空氣中的微點或各種物質，能反射光線，使向各方擴散，稱為散光。也叫漫射光。②人眼睛的水晶體的凸起面不正常，光線射入不能將影像清晰映現在網膜的黃點（視神經感光的部分）上，這種情形叫做「散光」。語音ㄙㄢˇ ㄍㄨㄤ。

**散曲** ㄙㄢˇ ㄑㄩˇ 元、明、清三代沒有科白而相聯貫的曲子。內容以抒情為主，有小令、散套兩種。

**散兵** ㄙㄢˇ ㄅㄧㄥ ①戰鬥時各個散開以減少目標而進攻的兵。②因為戰鬥而與原編制失散的兵。如「散兵游勇」。

**散步** ㄙㄢˋ ㄅㄨˋ 隨意走走。

**散沙** ㄙㄢˇ ㄕㄚ 比喻不團結（單純的沙是團結不起來的）。如「我們不能像一盤散沙，應該彼此互助合作，團結起來」。

**散居** ㄙㄢˋ ㄐㄩ 分散居住。

**散套** ㄙㄢˇ ㄊㄠˋ 散曲的一種，也稱套數或套曲。分為小令和套數兩種。起源於宋代的大曲，取同宮調的曲牌若干支聯貫而成。

**散射** ㄙㄢˋ ㄕㄜˋ 光束、波動或粒子束在碰撞時偏離進行方向而分散傳播的現象。

**散場** ㄙㄢˋ ㄔㄤˇ ①會議開完了，大家分散離場。②戲劇電影等演完了，觀眾離場。

**散悶** ㄙㄢˋ ㄇㄣˋ 排遣煩悶。

**散發** ㄙㄢˋ ㄈㄚ 發出；分發。如「散發傳單」。

**散亂** ㄙㄢˇ ㄌㄨㄢˋ 分散不整齊。

**散會** ㄙㄢˋ ㄏㄨㄟˋ 會開完了，大家分散離去。

**散落** ㄙㄢˋ ㄌㄨㄛˋ ①分散地往下落。②分散，不集中。如「草原上散落著些牛羊」。③因分散而失落。如「兄弟不知散落何方」。

**散裝** ㄙㄢˇ ㄓㄨㄤ 原來整桶或整包的商品，出售時臨時分成小包小袋或零星出售，不加包裝。

**散夥** ㄙㄢˋ ㄏㄨㄛˇ （團體、組織等）解散。

**散漫** ㄙㄢˇ ㄇㄢˋ ①沒有約束。②不聚在一塊兒。

**散播** ㄙㄢˋ ㄅㄛˋ 散布開。如「散播種子」。

**散髮** ㄙㄢˇ ㄈㄚˇ 披散著頭髮。

**散劑** ㄙㄢˇ ㄐㄧˋ 也稱粉劑。即兩種以上的藥物，按處方分量混合成的均勻粉末狀藥劑，可分內服或外用。

**散蕩** ㄙㄢˇ ㄉㄤˋ 沒事兒到處逛。

**散戲** ㄙㄢˋ ㄒㄧˋ 戲劇演出結束，觀眾離開劇場。也說「散場」。

**散體** ㄙㄢˇ ㄊㄧˇ 即散文。是不要求詞句對偶整齊的文體。

**散座（兒）** ㄙㄢˇ ㄗㄨㄛˋ（ㄦ） ①指劇院中包廂以外的坐位。②指人力車夫拉的不固定的主顧。③飯館中的零散客人的坐位。

**散文詩** ㄙㄢˇ ㄨㄣˊ ㄕ 散文體的詩，不壓韻又不限字數，但是含有詩意的詩。

**散熱器** ㄙㄢˋ ㄖㄜˋ ㄑㄧˋ ①又名「暖氣片」。供暖系統中的散熱設備。②俗稱「水箱」。水冷式內燃機和空氣壓縮機上用來把冷卻水的熱量散發到空氣中的設備。

**散裝貨輪** ㄙㄢˇ ㄓㄨㄤ ㄏㄨㄛˋ ㄌㄨㄣˊ 凡將貨物散裝於船艙內者，統稱為散裝貨輪。

## 九筆

**敬** ㄐㄧㄥˋ ㈠恭肅。如「恭敬」。㈡慎重。如「敬慎」。㈢図把物品贈人表示敬意。如「送銀十兩為敬」。㈣姓。

**敬仰** ㄐㄧㄥˋ ㄧㄤˇ 敬重仰慕。

**敬老** ㄐㄧㄥˋ ㄌㄠˇ 尊敬老年人。

**敬佩** ㄐㄧㄥˋ ㄆㄟˋ 尊敬佩服。

**敬奉** ㄐㄧㄥˋ ㄈㄥˋ 図①以物贈人的敬詞。②表示接到長輩的信或上級的公文的敬語。如「敬奉指示」。

**敬服** ㄐㄧㄥˋ ㄈㄨˊ 恭敬佩服。

**敬畏** ㄐㄧㄥˋ ㄨㄟˋ 恭敬而畏懼。

**敬重** ㄐㄧㄥˋ ㄓㄨㄥˋ 恭敬尊重。

**敬候** ㄐㄧㄥˋ ㄏㄡˋ ①恭恭敬敬的問候。如「敬候起居」。②恭恭敬敬地等候。如「敬候回音」。

**敬酒** ㄐㄧㄥˋ ㄐㄧㄡˇ 在宴會上舉杯向人表示敬意。

**敬賀** ㄐㄧㄥˋ ㄏㄜˋ 恭敬的祝賀。

**敬愛** ㄐㄧㄥˋ ㄞˋ 恭敬愛慕。

**敬意** ㄐㄧㄥˋ ㄧˋ 恭敬的心意。

**敬慎** ㄐㄧㄥˋ ㄕㄣˋ 図恭敬慎重。

**敬頌** ㄐㄧㄥˋ ㄙㄨㄥˋ 祝頌的套詞，書信裡常用，意思是「恭恭敬敬地祝頌」。也作「敬祝」。

**敬語** ㄐㄧㄥˋ ㄩˇ 表示尊敬和禮貌的用語。

**敬慕** ㄐㄧㄥˋ ㄇㄨˋ 尊敬仰慕。

**敬謝** ㄐㄧㄥˋ ㄒㄧㄝˋ ①恭敬地道謝。②表示不敢接受的客氣話。③「敬謝不敏」是不接受擔任某項工作的邀請的客氣話。

**敬禮** ㄐㄧㄥˋ ㄌㄧˇ ①贈人的禮物。②行禮。③書信中的致敬用語。

**敬辭** ㄐㄧㄥˋ ㄘˊ 含恭敬口吻的用語。也叫「敬語」。

**敬啟者** ㄐㄧㄥˋ ㄑㄧˇ ㄓㄜˇ 書信的套詞，用在信的前頭；表示恭敬陳述的意思。

**敬老尊賢** ㄐㄧㄥˋ ㄌㄠˇ ㄗㄨㄣ ㄒㄧㄢˊ 尊敬老人和尊重賢能的人。

**敬而遠之** ㄐㄧㄥˋ ㄦˊ ㄩㄢˇ ㄓ 敷衍他，不親近他，也不敢得罪他。

**敬謝不敏** ㄐㄧㄥˋ ㄒㄧㄝˋ ㄅㄨˋ ㄇㄧㄣˇ 對於他人的任命或囑託，不能做到時，恭敬地向對方辭謝。

## 十筆

## 敲

ㄑㄧㄠ ㈠扣，打。如「敲門」「敲鑼」。㈡「敲詐」「敲竹槓」的簡語。如「精明的人不會挨敲上當」。㈢見「推敲」。

**敲打** ㄑㄧㄠ ㄉㄚˇ 打字輕讀。①擊，叩打。②就是說敲鑼打鼓。如「鄉村裡迎神賽會，敲打得很熱鬧」。

**敲詐** ㄑㄧㄠ ㄓㄚˋ 用不正當的手段，假借事端或利用時機，勒索他人財物。

**敲竹槓** ㄑㄧㄠ ㄓㄨˊ ㄍㄤˋ 敲詐。

**敲門磚** ㄑㄧㄠ ㄇㄣˊ ㄓㄨㄢ 用磚頭敲門，目的是要敲開門進去，並不重視磚頭，所以用「敲門磚」來比喻任何用作進身之階的東西；尤其指借學問或學歷來謀取名位說的。

**敲邊鼓** ㄑㄧㄠ ㄅㄧㄢ ㄍㄨˇ 從旁說好話，促使事情成功。也可說「打邊鼓」。

**敲骨吸髓** ㄑㄧㄠ ㄍㄨˇ ㄒㄧ ㄙㄨㄟˇ 敲碎骨頭來吸吮骨髓。比喻殘酷地榨取。

## 十一筆

## 敷（旉）

ㄈㄨ ㈠布置。如「敷設」。㈡塗，擦抹。如「敷藥」「敷粉」。㈢夠。如「入不敷出」。㈣〔文〕展開。如「敷陳其事」。

**敷用** ㄈㄨ ㄩㄥˋ 〔文〕夠用。

**敷料** ㄈㄨ ㄌㄧㄠˋ 外科上用來包紮傷口的紗布、藥棉等。

**敷衍** ▲ㄈㄨ ㄧㄢˇ ①〔文〕散步。如「藻采敷衍」。②說明文義並加以引伸。如「敷衍前說」。▲ㄈㄨ ˙ㄧㄢ 做事苟且潦草，虛情假意地應付或應酬。如「敷衍塞責」「敷衍了事」。

**敷設** ㄈㄨ ㄕㄜˋ 布置，陳設。

**敷陳** ㄈㄨ ㄔㄣˊ 詳細敘述。

**敷衍塞責** ㄈㄨ ˙ㄧㄢ ㄙㄜˋ ㄗㄜˊ 做事不負責或待人不懇切，只在表面上應付一下。

## 敵（敌）

ㄉㄧˊ ㈠仇人，對頭。如「仇敵」「分清敵我」。㈡抵抗。如「寡不敵眾」。㈢相對的，同等的。如「無敵」「勢均力敵」。

**敵人** ㄉㄧˊ ㄖㄣˊ 仇敵，與自己這方面有仇恨而相對抗的人。

**敵手** ㄉㄧˊ ㄕㄡˇ 能力相等的對手。如「他不是你的敵手」「這回可遇見敵手了」。

**敵方** ㄉㄧˊ ㄈㄤ 敵對的方面。

**敵兵** ㄉㄧˊ ㄅㄧㄥ 敵方的士兵。

**敵後** ㄉㄧˊ ㄏㄡˋ 作戰時的敵人的後方。

**敵軍** ㄉㄧˊ ㄐㄩㄣ 敵對的軍隊。

**敵陣** ㄉㄧˊ ㄓㄣˋ 敵人的陣地。

**敵國** ㄉㄧˊ ㄍㄨㄛˊ ①仇國，跟本國對敵的國家。②〔文〕國力相等的國家。③〔文〕可與國家相匹敵。如「富可敵國」。

**敵情** ㄉㄧˊ ㄑㄧㄥˊ 有關敵方的種種情況。

**敵探** ㄉㄧˊ ㄊㄢˋ 敵方派遣來刺探我方機密情報的間諜。

**敵視**（ㄉㄧˊ ㄕˋ）　不親善，仇視，以對抗敵人的態度相對待。

**敵愾**（ㄉㄧˊ ㄎㄞˋ）　抵禦大家所恨怒的人。如「同仇敵愾」。

**敵意**（ㄉㄧˊ ㄧˋ）　仇視的心意。

**敵對**（ㄉㄧˊ ㄉㄨㄟˋ）　①利害衝突不能相容。②仇視而相對抗。

**敵樓**（ㄉㄧˊ ㄌㄡˊ）　築在城牆上，用來瞭望敵人的閣樓。

**敵體**（ㄉㄧˊ ㄊㄧˇ）　図彼此名分相同，沒有高下尊卑之分。

**敵對行為**（ㄉㄧˊ ㄉㄨㄟˋ ㄒㄧㄥˊ ㄨㄟˊ）　為反抗對方而危害對方生存的種種行為。

**敻**　図ㄒㄩㄥˋ時間或地方距離很遠。如「敻古」「敻遠」。

**敻古**（ㄒㄩㄥˋ ㄍㄨˇ）　遠古。

**數（数）**　▲ㄕㄨˋ㈠數目，計算事物多少的名稱。如「把東西先過過數兒」「歲數」。㈡幾，幾個。如「數十種」「不過三數人而已」。㈢図策略。如「權謀術數」。㈣指命運、定命而言。如「在數難逃」「氣數」。㈤「數學」的簡詞。如「數、理、化是重要課程」。㈥古時指計數方法，是六藝之一。

▲ㄕㄨˇ㈠計算，查查有多少。如「數錢」「數一數」。㈡責備。如「數說」「數其罪」。㈢比較起來是最突出的。如「全班數他最好」「數他最能幹」。

▲図ㄕㄨㄛˋ屢次，頻頻的意思。如「言之數數」「數見不鮮」。

▲図ㄘㄨˋ細密。如「數罟不入汙池」（見〈孟子〉）。

▲ㄙㄨˋ看「數珠兒」條。

**數九**（ㄕㄨˇ ㄐㄧㄡˇ）　俗以冬至後為「數九」，每九天為一九，至九九八十一日為「出九」。大冷天也叫「數九天」。

**數四**（ㄕㄨˋ ㄙˋ）　三四個的意思。如「其險要必爭之地不過數四」（見〈三國志〉）。

**數目**（ㄕㄨˋ ㄇㄨˋ）　記數用的一、二、三、十、百、千、萬等。

**數列**（ㄕㄨˋ ㄌㄧㄝˋ）　即序列。將一組數依序排列。如1、2、3、4……或1、3、5、7……。數列分有限數列和無限數列兩種。

**數字**（ㄕㄨˋ ㄗˋ）　在字面上表示的數目。

**數位**（ㄕㄨˋ ㄨㄟˋ）　數的所在位置，例如十進制的整數的數位從右向左依次是個位、十位、百位……。

**數兒**（ㄕㄨˋ ㄦ）　①數目。②預計，標準。如「問問近日情形，自然就有了數兒了」。「不必替他擔心，他心裡有數兒」。

**數奇**（ㄕㄨˋ ㄐㄧ）　図舊時說人命運不好。〈史記〉說「李廣老，數奇」。

**數值**（ㄕㄨˋ ㄓˊ）　一個量用數目表示出來的多少，叫這個量的數值。

**數詞**（ㄕㄨˋ ㄘˊ）　表示數目的詞，如一、二、三、十、百、千、萬等。

**數量**（ㄕㄨˋ ㄌㄧㄤˋ）　事物的多少。如「要保證數量，也要保證質量」。

**數落**（ㄕㄨˇ ㄌㄨㄛ）　落字輕讀。①逐項指責他人的過錯。②訴說心中的不平。

**數說**（ㄕㄨˇ ㄕㄨㄛ）　責備人的過錯。

**數學**（ㄕㄨˋ ㄒㄩㄝˊ）　論數及量的科學的總稱，包括算術、幾何、代數、三角、微積分等。

**數據**（ㄕㄨˋ ㄐㄩˋ）　以數字來描寫的資料，稱為「數據」。

**數額**（ㄕㄨˋ ㄜˊ）　金錢的數目。

**數珠（兒）**（ㄙㄨˋ ㄓㄨ（ㄦ））　珠字輕讀。念佛的時候手裡拿著的珠串。也叫「念珠兒」。

**數碼（兒）**（ㄕㄨˋ ㄇㄚˇ（ㄦ））計算的號碼，像阿拉伯數字的1、2、3等。

**數目字**（ㄕㄨˋ ㄇㄨˋ ㄗˋ）數字。

**數來寶**（ㄕㄨˇ ㄌㄞˊ ㄅㄠˇ）從前乞丐向商店乞錢時所念著喊著的一種詞句和調子。（念數來寶的乞丐，隨他遇到的不同商店的不同情景，順口念出逗笑的、押韻的、討好稱頌的話。雙手拿著大片的牛骨頭，骨頭上面繫著許多銅鈴，一面念唱，一面有節拍地敲打骨片。）

**數數兒**（ㄕㄨˇ ㄕㄨˋ ㄦ）計算數目。

**數一數二**（ㄕㄨˇ ㄧ ㄕㄨˇ ㄦˋ）最優等的，難得有的。

**數米而炊**（ㄕㄨˇ ㄇㄧˇ ㄦˊ ㄔㄨㄟ）煮飯以前先把米數一數。比喻處理事情不得法，做些不必要的瑣屑事情，勞而無益。

**數位電路**（ㄕㄨˋ ㄨㄟˋ ㄉㄧㄢˋ ㄌㄨˋ）一種以開和關兩種狀態來處理1、0等二進位制數字量的組合電路。

**數見不鮮**（ㄕㄨㄛˋ ㄐㄧㄢˋ ㄅㄨˋ ㄒㄧㄢ）図常常看到而不是新鮮少有的。源出〈史記・酈生陸賈傳〉，指「不用鮮美食物款待常見的客人」。

**數典忘祖**（ㄕㄨˇ ㄉㄧㄢˇ ㄨㄤˋ ㄗㄨˇ）図忘了事物的本源（追數舊典，卻忘了本源）。語出〈左傳・昭公十五年〉。

**數往知來**（ㄕㄨˇ ㄨㄤˇ ㄓ ㄌㄞˊ）①追溯既往的事，以預知將來的事。②由既往而推知將來。

# 毆

▲ㄑㄩ 古「驅」字。▲ㄡ 同「毆」字。

# 敹

ㄌㄧㄠˊ 用針線縫連的一種手工縫紉法，通常用來縫衣服的貼邊等。也用「繚」字代替。

## 十二筆

# 整

ㄓㄥˇ ㈠完全的，沒有殘缺的。如「完整無缺」「蛋幾乎全破了，只剩一個整的」。㈡全部的。如「整套家具」。㈢有秩序，不亂。如「整然有序」。㈣數目沒有零頭的。如「一百元整」「整一星期」。㈤治理，把散亂的收拾好，把壞的弄好。如「整理」「桌子壞了整一整」。㈥弄。如「整了一些菜給大家吃」。

**整天**（ㄓㄥˇ ㄊㄧㄢ）從早到晚。

**整日**（ㄓㄥˇ ㄖˋ）整天。

**整合**（ㄓㄥˇ ㄏㄜˊ）①全面性的組合。②兩種地層之間，具有相同的走向及傾斜，稱為整合，表示在沈積期間沒有劇烈的變動。

**整地**（ㄓㄥˇ ㄉㄧˋ）播種前進行耕地、耙地、平地等工作。

**整形**（ㄓㄥˇ ㄒㄧㄥˊ）醫學上說透過外科手術使人體上先天的缺陷或後天的畸形恢復正常外形或生理機能。

**整夜**（ㄓㄥˇ ㄧㄝˋ）全夜，整個晚上。

**整治** ▲ㄓㄥˇ ㄓˋ 整理。▲ㄓㄥˇ ˙ㄓ ①修整。如「整治河堤」。②給苦頭吃。如「這孩子不乖，你替我整治整治」。③料理，備辦。如「一轉眼他就整治出些飯菜來」。

**整流**（ㄓㄥˇ ㄌㄧㄡˊ）利用一種器具將交流電改變為直流電的作用。

**整套**（ㄓㄥˇ ㄊㄠˋ）完整的或成系統的一套。

**整容**（ㄓㄥˇ ㄖㄨㄥˊ）①修整容貌。②理髮修面。

**整除**（ㄓㄥˇ ㄔㄨˊ）用甲數除乙數所得的商是整數時，叫做整除。

**整理**（ㄓㄥˇ ㄌㄧˇ）整頓治理。

**整然**（ㄓㄥˇ ㄖㄢˊ）有條理的樣子。

**整肅** ㄓㄥˇ ㄙㄨˋ ①整頓和清理。②懲治異議分子。

**整補** ㄓㄥˇ ㄅㄨˇ 整修，修補。如「整補損漏」「整補漁網」。

**整飭** ㄓㄥˇ ㄔˋ 整頓事情使它有規律有條理。

**整頓** ㄓㄥˇ ㄉㄨㄣˋ 把散亂的事物弄得有條不紊。

**整齊** ㄓㄥˇ ㄑㄧˊ ①把事物按規格或標準整理起來。②排列得很有次序。

**整數** ㄓㄥˇ ㄕㄨˋ ①沒有零數的數，例如：十、百、千、萬等。②不帶分數或小數的數。

**整潔** ㄓㄥˇ ㄐㄧㄝˊ 整齊而清潔。

**整編** ㄓㄥˇ ㄅㄧㄢ 把軍隊整理改編。

**整整** ㄓㄥˇ ㄓㄥˇ 達到一個整數的。如「整整一天」「整整三年」。

**整體** ㄓㄥˇ ㄊㄧˇ 全體，全體的。

**整個（兒）** ㄓㄥˇ ㄍㄜˋ（ㄦ） ①完整的一個。②全體。

**整流器** ㄓㄥˇ ㄌㄧㄡˊ ㄑㄧˋ 物理學名詞。使交流電變為直流電的裝置。其原理是把交流電中某一方向的半周內的電流減弱、抑制或調整方向。密閉管中的汞弧、二極真空管、某些晶片、礦石、半導體都具有整流功能。

**整容術** ㄓㄥˇ ㄖㄨㄥˊ ㄕㄨˋ 整治容貌使它正常或美觀的技術。也叫「美容術」。

**整形外科** ㄓㄥˇ ㄒㄧㄥˊ ㄨㄞˋ ㄎㄜ 醫學名詞。外科中的一門分科，又稱「形成外科」，以皮膚移植作為主要手術。

**整軍經武** ㄓㄥˇ ㄐㄩㄣ ㄐㄧㄥ ㄨˇ 整頓軍事，進行軍事訓練及裝備工作。

**整裝待發** ㄓㄥˇ ㄓㄨㄤ ㄉㄞˋ ㄈㄚ 整理行裝，等待出發。

## 十三筆

**斃** ㄅㄧˋ ㈠死。如「倒斃」「槍斃」。㈡殺死。如「我斃了他」。

**斃命** ㄅㄧˋ ㄇㄧㄥˋ 死去。

**斂（歛）** ▲ㄌㄧㄢˋ ㈠聚集，收集。如「斂財」。㈡收縮，不放縱。如「收斂」「斂跡」。㈢凝聚，不發散。如「墨太稠就要斂筆」。▲ㄌㄧㄢˇ 是ㄌㄧㄢˋ㈠㈢的又讀。如「斂錢」「把土斂成一堆」。

**斂口** ㄌㄧㄢˋ ㄎㄡˇ 指傷口癒合。

**斂足** ㄌㄧㄢˋ ㄗㄨˊ 図裹足不前。也作「斂步」。

**斂服** ㄌㄧㄢˋ ㄈㄨˊ 殯殮時候給死人穿著的衣服。「斂」通「殮」，給死人穿衣、入棺的意思。

**斂首** ㄌㄧㄢˋ ㄕㄡˇ 図就是俯首。形容非常馴服。

**斂容** ㄌㄧㄢˋ ㄖㄨㄥˊ 図態度嚴肅起來（收斂容顏，表示鄭重嚴肅的樣子）。

**斂財** ㄌㄧㄢˋ ㄘㄞˊ 聚財。

**斂跡** ㄌㄧㄢˋ ㄐㄧ 不敢再有放肆的行為。

**斂衽** ㄌㄧㄢˋ ㄖㄣˋ 図把衣襟收斂一下，表示恭敬。

**斂錢** ㄌㄧㄢˋ ㄑㄧㄢˊ 收集錢財。又讀ㄌㄧㄢˇ ㄑㄧㄢˊ。

**斂鍔韜光** ㄌㄧㄢˋ ㄜˋ ㄊㄠ ㄍㄨㄤ 比喻隱匿鋒芒，才不外露。

**斁** ▲図ㄉㄨˋ 「損斁」就是敗壞。▲図ㄧˋ 厭惡。〈詩經〉有「服之無斁」。

## 十六筆

**斆** 図ㄒㄧㄠˋ ㈠教導。㈡覺悟。

# 文部

**文** ▲ㄨㄣˊ ㈠記錄語言的符號。如「文字」「國文」「外文」。㈡貫串字句，用來表示意思，叫「文章」。如「古文」「白話文」「作文」「議論文」「文集」。㈢文言的簡稱。如「文白雜揉」。㈣指從事文學。如「文人」。㈤從前指禮節、儀式。如「虛文」「繁文縟節」。㈥花紋。如「文身」。㈦形象。如「天文」「水文」。㈧柔和的，緩慢的。如「文火」。㈨外貌，儀表。如「文質彬彬」。㈩通「紋」字。如「文采」「文錦」。(十一)量詞，指錢。如「一文不值」「十文錢」。(十二)姓。▲図ㄨㄣˋ㈠掩飾過錯。如「文過」。㈡修飾。如「文飾」。

**文人** ㄨㄣˊ ㄖㄣˊ ①指會做文章的讀書人。②有文德的人。

**文士** ㄨㄣˊ ㄕˋ 泛指讀書而能寫作詩文的人。同文人。

**文才** ㄨㄣˊ ㄘㄞˊ 指作文的才氣。

**文化** ㄨㄣˊ ㄏㄨㄚˋ 人類社會由野蠻到文明，這中間大家努力所得的成績，表現在各方面的，像科學、藝術、宗教、道德、法律、風俗、習慣等，它們的綜合體叫做「文化」。

**文友** ㄨㄣˊ ㄧㄡˇ 以詩文相交的朋友。

**文火** ㄨㄣˊ ㄏㄨㄛˇ 不猛烈的火。

**文句** ㄨㄣˊ ㄐㄩˋ 文章的詞句。

**文史** ㄨㄣˊ ㄕˇ ①文學和史學。②舊時指文學評論的書。

**文旦** ㄨㄣˊ ㄉㄢˋ 柚子的一種，個兒小，纖維細，味兒比較甜。

**文石** ㄨㄣˊ ㄕˊ ①瑪瑙的別稱。②有文理的石頭。

**文件** ㄨㄣˊ ㄐㄧㄢˋ 公文和書札等件。

**文名** ㄨㄣˊ ㄇㄧㄥˊ 善於寫文章的聲譽。

**文字** ㄨㄣˊ ㄗˋ ①人類用來表示觀念，代表語言的符號。②文書、文章也叫文字。

**文竹** ㄨㄣˊ ㄓㄨˊ 竹子的一種，莖細葉小，可作盆景。

**文告** ㄨㄣˊ ㄍㄠˋ 政府的公文布告。

**文言** ㄨㄣˊ ㄧㄢˊ 用古文辭句作成的文體；是語體文的對稱。

**文身** ㄨㄣˊ ㄕㄣ 在身體皮膚上刺染各種圖案，是古代一些民族的習俗。也作「紋身」。

**文兒** ㄨㄣˊ ㄦˊ 文詞。

**文具** ㄨㄣˊ ㄐㄩˋ 讀書寫字所用的器具，像筆、墨、紙、硯等。

**文定** ㄨㄣˊ ㄉㄧㄥˋ 訂婚。

**文官** ㄨㄣˊ ㄍㄨㄢ 文職官吏。

**文宗** ㄨㄣˊ ㄗㄨㄥ ①文章為眾人所師法的人物。②明清時對提學、學政等學官的稱呼。

**文明** ㄨㄣˊ ㄇㄧㄥˊ ①具體的文化。②文化已開的狀態，是「野蠻」的對稱。③指人言行合理，不撒野。④在清末民初說當時的新奇事物常加上「文明」二字：像話劇稱為「文明戲」，手杖稱為「文明棍兒」，新式婚禮稱為「文明結婚」等。

**文林** ㄨㄣˊ ㄌㄧㄣˊ 図文士聚集的處所。亦泛指文壇、文學界。

**文法** ㄨㄣˊ ㄈㄚˇ ①作文的法則。②研究語文的詞、語、句的連結、配置、構造、組織等習慣規則的學科。

**文治** ㄨㄣˊ ㄓˋ 用文教施政，就是政治建設。

**文物** ㄨㄣˊ ㄨˋ 一國的禮樂、典章及教育制度。

**文玩** ㄨㄣˊ ㄨㄢˊ 供賞玩的器物。

**文采** ㄨㄣˊ ㄘㄞˇ ①鮮豔美麗的采色。②文章或衣服的華美。

**文盲** ㄨㄣˊ ㄇㄤˊ 不識字的人。

**文虎** ㄨㄣˊ ㄏㄨˇ 「燈謎」的別稱。

**文契** ㄨㄣˊ ㄑㄧˋ 為買賣所訂立的契約。

**文思** ㄨㄣˊ ㄙ 作文時思想發展的路線。

**文科** ㄨㄣˊ ㄎㄜ 早期在教學上對哲學、中國文學、外國文學、史學、語言學、社會學等學科的統稱（與理科相對）。現在多稱「文史哲」，而把政治學、社會學等排除。

**文風** ㄨㄣˊ ㄈㄥ ①使用文字的風格。②讀書的風氣。如「舊時閩臺一帶，文風頗盛」。③見「文風不動」。

**文庫** ㄨㄣˊ ㄎㄨˋ 叢書（多用做叢書名）。

**文弱** ㄨㄣˊ ㄖㄨㄛˋ 舉止文雅，身體柔弱。

**文書** ㄨㄣˊ ㄕㄨ ①公文、契券等文件的總稱。②辦理公文書的草擬繕寫的人。

**文案** ㄨㄣˊ ㄢˋ ①公文、文書或文書的底稿。②舊時指官署中草擬文書和管理文書檔案的人員。

**文氣** ㄨㄣˊ ㄑㄧˋ 文章的氣勢。

**文情** ㄨㄣˊ ㄑㄧㄥˊ 文章裡所用的辭藻和所表現的情感。

**文教** ㄨㄣˊ ㄐㄧㄠˋ ①指用以教化人民的禮樂典章制度。②文化和教育。

**文理** ㄨㄣˊ ㄌㄧˇ ①文章的條理。②文科理科的合稱。

**文責** ㄨㄣˊ ㄗㄜˊ 作者對文章內容的正確性以及在讀者中發生的作用所應負的責任。

**文章** ㄨㄣˊ ㄓㄤ ①單篇文字作品。②禮樂法度；〈論語〉有「煥乎其有文章」。③文采。如「青黃雜糅，文章爛兮」。④指暗含曲折內情。如「其中另有文章」。

**文鳥** ㄨㄣˊ ㄋㄧㄠˇ 鳴禽類，鳥綱，文鳥科，文鳥屬各種的通稱，主食穀類，有害農作物。

**文場** ㄨㄣˊ ㄔㄤˇ ①就是文壇。②科舉取士的考場。③我國戲劇伴奏樂隊的管弦樂器部分（與鑼鼓的武場相對）。

**文筆** ㄨㄣˊ ㄅㄧˇ ①作文章的技術。②六朝時稱有韻者為文，無韻者為筆。

**文蛤** ㄨㄣˊ ㄍㄜˊ 軟體動物門，斧足綱，真瓣鰓目。殼略呈三角形，長達六至九公分，高約五公分。殼表面呈灰白色，殼內白色，有光輝。生於暖海，肉可供食用。

**文集** ㄨㄣˊ ㄐㄧˊ 把許多文章集成整本的書。

**文雅** ㄨㄣˊ ㄧㄚˇ 優美不粗俗。

**文意** ㄨㄣˊ ㄧˋ 文章的旨趣。

**文會** ㄨㄣˊ ㄏㄨㄟˋ 文人在一起作文、飲酒的聚會，就是文酒之會。

**文義** ㄨㄣˊ ㄧˋ 文字的意義。

**文過** ㄨㄣˊ ㄍㄨㄛˋ 図掩飾自己的過失。成語有「文過飾非」。

**文飾** ㄨㄣˊ ㄕˋ 図①修飾。②同「文過」。

**文摘** ㄨㄣˊ ㄓㄞ ①對一本書或一篇文章所作的扼要摘述。②指選取的文章片段。也用作書刊名。

**文豪** ㄨㄣˊ ㄏㄠˊ 大文學家。

**文廟** ㄨㄣˊ ㄇㄧㄠˋ 孔子廟。

**文稿** ㄨㄣˊ ㄍㄠˇ 文章或公文的草稿。

**文墨** ㄨㄣˊ ㄇㄛˋ 關於寫字作文這類的事情。

**文壇** ㄨㄣˊ ㄊㄢˊ 文學界。

**文學** ㄨㄣˊ ㄒㄩㄝˊ 包含著思想、情感、想像，用藝術方法來描寫人生的作品。像小說、散文、詩歌、戲劇等。

**文憑** ㄨㄣˊ ㄆㄧㄥˊ 畢業證書之類的證件。

**文翰**（ㄨㄣˊ ㄏㄢˋ）①文章。古人稱筆為翰。②公文，書信。③有文采的鳥，相傳是周成王時蜀人所獻。

**文選**（ㄨㄣˊ ㄒㄩㄢˇ）從古今文人作品中選出來的文章選集。

**文錦**（ㄨㄣˊ ㄐㄧㄣˇ）文采斑斕的織錦。

**文靜**（ㄨㄣˊ ㄐㄧㄥˋ）嫻雅。

**文戲**（ㄨㄣˊ ㄒㄧˋ）戲劇裡只重唱、白或做工，而不表演武打的。

**文丑**（ㄨㄣˊ ㄔㄡˇ）①戲曲中丑角的一種，扮演性格滑稽的人物，以念白、做工為主。②用來罵政治立場相對，甘為敵方效命的文人。

**文職**（ㄨㄣˊ ㄓˊ）文官。

**文牘**（ㄨㄣˊ ㄉㄨˊ）公文書札的總稱。

**文藝**（ㄨㄣˊ ㄧˋ）①文學與藝術的簡稱。②指文章而言。

**文辭**（ㄨㄣˊ ㄘˊ）①文章。②文章的辭句。

**文獻**（ㄨㄣˊ ㄒㄧㄢˋ）本指一代的典籍和保存文化的賢人。現在專指典籍文章制度之類。

**文籍**（ㄨㄣˊ ㄐㄧˊ）文字書籍。

**文體**（ㄨㄣˊ ㄊㄧˇ）文章的體裁。

**文人畫**（ㄨㄣˊ ㄖㄣˊ ㄏㄨㄚˋ）我國繪畫史上泛指文人的繪畫，有別於民俗畫、宮廷畫。文人畫多以山水、花木、人物為題材，講究性靈的抒發，不重寫實。

**文化人**（ㄨㄣˊ ㄏㄨㄚˋ ㄖㄣˊ）指在文化界工作或對文化方面有所貢獻的人。

**文天祥**（ㄨㄣˊ ㄊㄧㄢ ㄒㄧㄤˊ）字宋瑞、履善，號文山，廬陵（今江西省吉安縣）人。南宋政治家、文學家。其詩詞散文，直抒胸臆，沈鬱悲壯，表現了忠貞的民族氣節和英雄氣慨，如〈正氣歌〉〈文山先生集〉。

**文字交**（ㄨㄣˊ ㄗˋ ㄐㄧㄠ）從寫作的探討而結交的朋友關係。

**文字獄**（ㄨㄣˊ ㄗˋ ㄩˋ）專制時代，因為文字上的關係而引起的刑罰，在清朝時最多。

**文字學**（ㄨㄣˊ ㄗˋ ㄒㄩㄝˊ）語文學中專門研究文字的一門學科。我國有關文字形、音、義的研究，古人通稱小學，近人稱為文字學。

**文抄公**（ㄨㄣˊ ㄔㄠ ㄍㄨㄥ）譏稱拾人牙慧，專門抄襲剽竊別人文章的人。

**文言文**（ㄨㄣˊ ㄧㄢˊ ㄨㄣˊ）①用古漢語書面語所寫的文章，相對於用現代語體的「白話文」。②泛稱古代散文。

**文明病**（ㄨㄣˊ ㄇㄧㄥˊ ㄅㄧㄥˋ）指由於工商業迅速發展，造成人們逸多勞少、心血管功能衰退，而高營養的細食品又導致人體胃腸功能敗壞，如肥胖症、高血壓、動脈硬化等，稱為「文明病」。

**文明戲**（ㄨㄣˊ ㄇㄧㄥˊ ㄒㄧˋ）初期的通俗話劇，流行於民國初年。

**文學史**（ㄨㄣˊ ㄒㄩㄝˊ ㄕˇ）記述歷代各朝文學演化軌跡的歷史。其中並顧及文學家的生平、思想和作風等。

**文縐縐**（ㄨㄣˊ ㄓㄡˋ ㄓㄡˋ）溫文儒雅的態度。（口語說ㄨㄣˊ ㄓㄡ ㄓㄡ）。或作「文謅謅的」。

**文人相輕**（ㄨㄣˊ ㄖㄣˊ ㄒㄧㄤ ㄑㄧㄥ）文人多自負，常互相輕視。

**文不加點**（ㄨㄣˊ ㄅㄨˋ ㄐㄧㄚ ㄉㄧㄢˇ）寫作文章，不必再加以塗改、潤飾。比喻文思敏捷。

**文不對題**（ㄨㄣˊ ㄅㄨˋ ㄉㄨㄟˋ ㄊㄧˊ）作文時文章內容離開了題目的範圍。

**文化水準**（ㄨㄣˊ ㄏㄨㄚˋ ㄕㄨㄟˇ ㄓㄨㄣˇ）一個社會或一個民族的文化教養的平均程度。

**文化遺產**（ㄨㄣˊ ㄏㄨㄚˋ ㄧˊ ㄔㄢˇ）指人們所承襲前人的文化或文化的產物，包括知識、信仰、藝術、道德、法律、風俗習慣等。

**文化體系** ㄨㄣˊ ㄏㄨㄚˋ ㄊㄧˇ ㄒㄧˋ 指文化的各部分具有某些種類及程度上的互依而集合在一起，並且由於內部的彼此聯繫，使整個文化具有一種界限和特徵。

**文以載道** ㄨㄣˊ ㄧˇ ㄗㄞˋ ㄉㄠˋ 文章是用以闡述發揚聖賢道理的。

**文白雜揉** ㄨㄣˊ ㄅㄞˊ ㄗㄚˊ ㄖㄡˊ 一種不合文體規範的文字，就是文言、白話夾雜使用。

**文房四寶** ㄨㄣˊ ㄈㄤˊ ㄙˋ ㄅㄠˇ 筆、墨、紙、硯。

**文武全才** ㄨㄣˊ ㄨˇ ㄑㄩㄢˊ ㄘㄞˊ 文德與武德兼備。

**文采風流** ㄨㄣˊ ㄘㄞˇ ㄈㄥ ㄌㄧㄡˊ 指優雅的舉止，瀟灑的風度。

**文恬武嬉** ㄨㄣˊ ㄊㄧㄢˊ ㄨˇ ㄒㄧ 図文武官員苟且偷安，貪圖逸樂。

**文風不動** ㄨㄣˊ ㄈㄥ ㄅㄨˋ ㄉㄨㄥˋ 紋絲兒不動，一動都不動。

**文書處理** ㄨㄣˊ ㄕㄨ ㄔㄨˇ ㄌㄧˇ 屬於事務管理的一部門。其範圍包括文書處理程序、收發文處理、文書核擬、公文登記、文書保密等。

**文從字順** ㄨㄣˊ ㄘㄨㄥˊ ㄗˋ ㄕㄨㄣˋ 作文用字妥貼無誤的意思。

**文責自負** ㄨㄣˊ ㄗㄜˊ ㄗˋ ㄈㄨˋ 文章所引起的法律問題，其責任由作者自己負擔。

**文過飾非** ㄨㄣˊ ㄍㄨㄛˋ ㄕˋ ㄈㄟ 図掩飾自己的過錯。也作「飾非文過」。

**文質彬彬** ㄨㄣˊ ㄓˋ ㄅㄧㄣ ㄅㄧㄣ 形容人舉止斯文，態度閒雅。

**文學革命** ㄨㄣˊ ㄒㄩㄝˊ ㄍㄜˊ ㄇㄧㄥˋ 「五四」時期反對舊文學，提倡新文學的文學運動。一九一七年一月，胡適發表「文學改革芻議」，提出文學改革主張。同年二月，陳獨秀發表「文學革命論」，正式提出文學革命口號。

**文學語言** ㄨㄣˊ ㄒㄩㄝˊ ㄩˇ ㄧㄢˊ 指詩歌、散文、小說、戲劇等文學作品的語言，是語言藝術塑造形象、表達主張的基本工具。

**文藝復興** ㄨㄣˊ ㄧˋ ㄈㄨˋ ㄒㄧㄥ 歐洲十四世紀至十六世紀在文學藝術上的復興運動，復興的字源意指「再生」。此項運動始於義大利中部的佛羅倫斯，先由文學藝術，後漸擴張到一般思想及生活問題。史家以此為歐洲中古及近世的過渡時代。

**文化大革命** ㄨㄣˊ ㄏㄨㄚˋ ㄉㄚˋ ㄍㄜˊ ㄇㄧㄥˋ 指一九六六年五月到一九七六年十月，中共領導人在大陸所發動的一場假革命為名的權力鬥爭，帶給中國人民十年浩劫。

**文窮而後工** ㄨㄣˊ ㄑㄩㄥˊ ㄦˊ ㄏㄡˋ ㄍㄨㄥ 當人生到了極為窮困的時候，因為抑鬱的情感積蘊已久，一旦提筆為文，所表現的情感往往生動而感人。

**文化資產保護法** ㄨㄣˊ ㄏㄨㄚˋ ㄗ ㄔㄢˇ ㄅㄠˇ ㄏㄨˋ ㄈㄚˇ 以保存文化資產，充實國民精神生活，發揚中華文化為宗旨而制定的法律。

## 八筆

**斌** ㄅㄧㄣ 通「彬」。文質俱備的樣子。蔡邕詩有「斌斌碩人，貽我以文」。

**斐** 図ㄈㄟˇ ㈠文采美麗的樣子。如「成績斐然可觀」。㈡姓。

**斐然** ㄈㄟˇ ㄖㄢˊ ①文采繁盛的樣子。②顯著。

**斑（編）** ㄅㄢ ㈠雜色。如「頭髮斑白」、「色彩斑駁」。㈡點點的痕跡。如「雀斑」、「斑點」。㈢見「斑斕」。

**斑白** ㄅㄢ ㄅㄞˊ 同「班白」。

**斑竹** ㄅㄢ ㄓㄨˊ 有斑紋的竹。又名「湘妃竹」。

**斑紋** ㄅㄢ ㄨㄣˊ 雜色花紋。

**斑馬** ㄅㄢ ㄇㄚˇ 馬的一種，比普通的馬稍小，有黑色的條紋，產於美洲和非洲。

**斑斑** ㄅㄢ ㄅㄢ 斑點多的樣子，也是文采明顯的樣子。

**斑鳩** ㄅㄢ ㄐㄧㄡ 鳥名，像鴿子，後頸有黑色斑環。

**斑駁** ㄅㄢ ㄅㄛˊ 也作「斑駮」。顏色錯雜不純。

**斑點** ㄅㄢ ㄉㄧㄢˇ 純色上有雜色的點。

**斑斕** ㄅㄢ ㄌㄢˊ 図文采美麗的樣子。

**斑馬線** ㄅㄢ ㄇㄚˇ ㄒㄧㄢˋ 城市裡熱鬧的岔路口，地上畫上稀疏的白色粗紋，作為行人過街的步道。車輛到了那裡必須暫停，用來保護行人的安全。

**斑節蝦** ㄅㄢ ㄐㄧㄝˊ ㄒㄧㄚ 節肢動物門，甲殼綱，軟甲亞綱，十足目，游泳亞目，長鬚蝦科。體長有二十一至二十四公分，肉質鮮美，含有高蛋白質。

## 十七筆

**斕** ㄌㄢˊ 見「斑斕」條。

# 斗部

**斗** ㄉㄡˇ ㈠量米的器具。如「米斗」。㈡容量單位，十升為一斗。㈢大略像斗的器物。如「熨斗」「漏斗」。㈣形容多。如「車載斗量」。㈤形容大。如「斗膽」。㈥形容小。如「斗室」。㈦指紋的一類，凡是旋轉成圓形的叫斗。㈧星宿名。如「北斗」。㈨通「陡」字。「陡絕」（形容山峰壁立而高）也作「斗絕」。

**斗山** ㄉㄡˇ ㄕㄢ 北斗和泰山。比喻受到社會大眾景仰的人。

**斗方** ㄉㄡˇ ㄈㄤ 書畫所用的方形紙張，也指一兩尺見方的字畫。

**斗牛** ㄉㄡˇ ㄋㄧㄡˊ 斗宿和牛宿。

**斗杓** ㄉㄡˇ ㄅㄧㄠ 北斗星的柄部。北斗七星，四顆像斗，三顆像杓。

**斗室** ㄉㄡˇ ㄕˋ 比喻狹小的房間或屋子。

**斗栱** ㄉㄡˇ ㄍㄨㄥˇ 支持梁棟的柱子上面的方木。

**斗宿** ㄉㄡˇ ㄒㄧㄡˋ 二十八宿之一，玄武七宿的首宿，有星六，屬人馬座。也稱「北斗」，又名「南斗」。

**斗笠** ㄉㄡˇ ㄌㄧˋ 漁夫、農夫所戴的竹笠。

**斗量** ㄉㄡˇ ㄌㄧㄤˊ 用斗來量，形容數量之多。

**斗筲** ㄉㄡˇ ㄕㄠ ①量器名。比喻小的容器。②比喻才智短淺、器量狹小的人。

**斗箕** ㄉㄡˇ ㄐㄧ 箕字輕讀。手指紋有斗和箕的區別，可用斗箕代表「指紋」。

**斗篷** ㄉㄡˇ ㄆㄥ 篷字輕讀。披在身上抗風禦寒的外衣。

**斗膽** ㄉㄡˇ ㄉㄢˇ 大膽。

**斗酒隻雞** ㄉㄡˇ ㄐㄧㄡˇ ㄓ ㄐㄧ 一斗酒一隻雞，古人祭弔亡友，常帶酒雞到墓前，後來用作悼念亡友的詞。

**斗轉參橫** ㄉㄡˇ ㄓㄨㄢˇ ㄕㄣ ㄏㄥˊ 斗杓星迴轉，參星橫斜，指天剛亮的時候。

## 六筆

**料** ㄌㄧㄠˋ ㈠可供製造使用的物品。如「原料」「材料」「燃料」。㈡東西的分量。如「單料」「雙料」。㈢牛馬吃的穀物。如「料豆兒」「草料」。㈣猜測，估量。如「料想」「不出所料」「料事如神」。㈤指不成材的人。如「這塊料」。㈥図微寒。如「料峭」。㈦酌量處理。如「料理」。

**料子** ㄌㄧㄠˋ ˙ㄗ 材料；衣料。

**料度** ㄌㄧㄠˋ ㄉㄨㄛˋ 料想。

**料峭** ㄌㄧㄠˋ ㄑㄧㄠˋ [文]風吹在身上，覺得有點兒冷。

**料酒** ㄌㄧㄠˋ ㄐㄧㄡˇ 烹調時作佐料用的黃酒米酒。

**料理** ㄌㄧㄠˋ ㄌㄧˇ ①處理事情。②日本人把烹煮食物叫「料理」。③照料。

**料量** ㄌㄧㄠˋ ㄌㄧㄤˊ ①會計，核算。②料想。

**料想** ㄌㄧㄠˋ ㄒㄧㄤˇ 猜想，測度（ㄉㄨㄛˋ）。

**料算** ㄌㄧㄠˋ ㄙㄨㄢˋ 預計。

**料豆（兒）** ㄌㄧㄠˋ ㄉㄡˋ（ㄦ） 餵牛馬所用的黑（ㄏㄟ）豆。

**料事如神** ㄌㄧㄠˋ ㄕˋ ㄖㄨˊ ㄕㄣˊ 比喻預料事情極為準確。

## 七筆

# 斛

ㄏㄨˊ ㈠量器名，五斗是一斛。㈡斛律、斛斯，都是複姓。

# 斜

▲ㄒㄧㄝˊ 方位不正或是形狀不正。如「斜眼」「日已西斜」。押韻又讀ㄒㄧㄚˊ。如「烏衣巷口夕陽斜」。▲ㄧㄝˊ「斜谷」：山谷名，是陝西終南山的一個山谷。

**斜井** ㄒㄧㄝˊ ㄐㄧㄥˇ 從地面斜向通達地下巷道的井筒。斷面有梯形、拱形、馬蹄形和圓形等。修建長隧道和地下鐵道時，用作輔助通道，或作出口斜隧道、通風井。

**斜度** ㄒㄧㄝˊ ㄉㄨˋ 傾斜的地面跟水平面所成的斜坡。

**斜面** ㄒㄧㄝˊ ㄇㄧㄢˋ 傾斜的平面，是力學的助力器械的一種。物體沿斜面上移，較為省力。

**斜射** ㄒㄧㄝˊ ㄕㄜˋ 光線不垂直地照射到物體上。

**斜紋** ㄒㄧㄝˊ ㄨㄣˊ 一根經紗和兩根緯紗交錯織成的紋路。

**斜高** ㄒㄧㄝˊ ㄍㄠ ①從正圓錐的頂點到底周的直線。②從正角錐的頂點到底面一邊的垂線。

**斜眼** ㄒㄧㄝˊ ㄧㄢˇ ①斜視。②患斜視的眼睛。

**斜視** ㄒㄧㄝˊ ㄕˋ 眼睛的一種異常狀態，就是一眼珠直視，另一眼珠斜向側面。

**斜陽** ㄒㄧㄝˊ ㄧㄤˊ 傍晚西斜的太陽。

**斜睨** ㄒㄧㄝˊ ㄋㄧˋ [文]斜著眼睛看。

**斜路** ㄒㄧㄝˊ ㄌㄨˋ 比喻錯誤的道路或途徑。

**斜線** ㄒㄧㄝˊ ㄒㄧㄢˋ 跟某直線或某平面不垂直不平行的直線。也叫「偏線」。

**斜邊** ㄒㄧㄝˊ ㄅㄧㄢ 直角三角形中對直角的邊。

**斜坡（兒）** ㄒㄧㄝˊ ㄆㄛ（ㄦ） 傾斜的坡地。

**斜度標** ㄒㄧㄝˊ ㄉㄨˋ ㄅㄧㄠ 立在鐵路旁邊表示路線傾斜的標記。

**斜紋布** ㄒㄧㄝˊ ㄨㄣˊ ㄅㄨˋ 織紋斜的棉布叫斜紋布。

**斜抹槍兒** ㄒㄧㄝˊ ㄇㄛˇ ㄑㄧㄤ ㄦ [方]抹字輕讀。對著偏斜不正的方向。也作「斜半籤兒」「斜乜阡兒」。

## 八筆

# 斝

ㄐㄧㄚˇ 古時的玉酒杯。

## 九筆

# 斟

ㄓㄣ ㈠注酒在酒杯裡。如「斟酒」。㈡審度，研討。如「斟酌」。

**斟酌** ㄓㄣ ㄓㄨㄛˊ 考慮可否而決定去取。

## 十筆

**斡** ▲ㄨㄛˋ 轉，旋，運。如「斡旋」。▲図ㄍㄨㄢˇ 掌管。如「欲擅斡山海之貨」（見〈漢書・食貨志〉）。

**斡旋** ㄨㄛˋ ㄒㄩㄢˊ 居中調停轉圜，打開僵局。

**斠** ㄐㄧㄠˋ ㈠用來平斗斛的器具。㈡度量。

# 斤部

**斤** ㄐㄧㄣ ㈠古時砍木頭用的斧。〈孟子〉有「斧斤以時入山林」。㈡重量名。十六兩為一斤，現在的衡制有市斤、臺斤、公斤。

**斤兩** ㄐㄧㄣ ㄌㄧㄤˇ ①重量的單位。②分量，比喻輕重。

**斤斤計較** ㄐㄧㄣ ㄐㄧㄣ ㄐㄧˋ ㄐㄧㄠˋ 對細微的事物、數目，都認真計較。比喻拘謹，過分注意微末的事。

## 一筆

**斥** ㄔˋ ㈠責罵。如「申斥」「指斥」。㈡拒絕，排除。如「同性相斥」「排斥」。㈢反對，辯駁。如「駁斥」。㈣偵伺。如「斥候」。㈤形容多而普遍。如「充斥」。㈥図直接指出。如「直斥其名」。㈦図開拓土地。〈漢書〉有「斥地遠境」。

**斥力** ㄔˋ ㄌㄧˋ 物體互相排斥的力量，跟「引力」正相反。

**斥候** ㄔˋ ㄏㄡˋ 軍隊裡派出偵察敵情的人。

**斥責** ㄔˋ ㄗㄜˊ 責罵。

**斥退** ㄔˋ ㄊㄨㄟˋ ①革職。②教他走開。

**斥逐** ㄔˋ ㄓㄨˊ 驅逐。

**斥鹵** ㄔˋ ㄌㄨˇ 図指土地含有過多的鹽鹵成分，不宜耕種。

**斥罵** ㄔˋ ㄇㄚˋ 責罵。

## 四筆

**斧** ㄈㄨˇ ㈠砍木頭的工具。如「樵夫用斧子砍樹」。㈡兵器。如「斧鉞」。㈢図動詞，用斧子砍。曹操的〈苦寒行〉有「斧冰持作糜」。㈣図旅費。如「資斧」。㈤図見「斧政」。

**斧子** ㄈㄨˇ ˙ㄗ 砍樹、木頭等用的工具，呈楔狀，裝有木柄。也叫「斧頭」。

**斧斤** ㄈㄨˇ ㄐㄧㄣ 図①斧頭。②刑具。也指刑戮。

**斧削** ㄈㄨˇ ㄒㄩㄝ 図斧正。是說訂正作品中的錯誤如用斧頭削去一般。

**斧政** ㄈㄨˇ ㄓㄥˋ 図也作「斧正」，請人修改文字的謙詞。

**斧頭** ㄈㄨˇ ˙ㄊㄡ 伐木劈柴的工具。也叫「斧子」。

**斧鑕** ㄈㄨˇ ㄓˋ 古代斬人的刑具。

**斧鑿痕** ㄈㄨˇ ㄗㄠˊ ㄏㄣˊ 図用斧頭和鑿子加工所留下的痕跡。比喻藝術作品沒有達到渾成的境地，還留著雕琢的痕跡。

**斨** ㄑㄧㄤ 斧上的插木柄的方形孔。

## 五筆

**斫** 図ㄓㄨㄛˊ 砍。如「斧，斫木器也」。

## 七筆

**斬** ㄓㄢˇ ㈠殺，用刀砍斷的叫斬。如「斬首」「斬斷情絲」。㈡古時斬首這種極刑的簡稱。如「問斬」。

㈢図斷絕，完了。〈孟子〉有「君子之澤，五世而斬」。

**斬決** ㄓㄢˇ ㄐㄩㄝˊ ①斬首處決。②図背棄，絕棄。如「秦作無道，斬決天紀」（揚雄〈博士箴〉）。

**斬首** ㄓㄢˇ ㄕㄡˇ 殺頭。

**斬衰** ㄓㄢˇ ㄘㄨㄟ 父母的喪服，是喪服中最重的，就是不縫衣旁及下襬的粗麻衣。

**斬獲** ㄓㄢˇ ㄏㄨㄛˋ 古代作戰時對敵人的斬首、俘獲。後形容大有收穫。

**斬草除根** ㄓㄢˇ ㄘㄠˇ ㄔㄨˊ ㄍㄣ 連根剷除，徹底消滅。

**斬釘截鐵** ㄓㄢˇ ㄉㄧㄥ ㄐㄧㄝˊ ㄊㄧㄝˇ 比喻說話做事的決斷。

**斬將搴旗** ㄓㄢˇ ㄐㄧㄤˋ ㄑㄧㄢ ㄑㄧˊ 砍殺敵將，拔取敵旗。形容勇猛善戰。

## 八筆

**斮** 図ㄓㄨㄛˊ 斬，砍，削。

**斯** ㄙ ㈠這，這個，這裡，這樣。如「斯時」「生於斯」「逝者如斯」。㈡則，那麼。〈論語〉有「我欲仁，斯仁至矣」。㈢図語助詞，等於「啊」。如「爾何人斯」。㈣姓。

**斯人** ㄙ ㄖㄣˊ 図①此人，這個人。如〈論語〉「斯人也，而有斯疾也」。②同「斯民」，指人民，百姓。

**斯文** ▲ㄙ ㄨㄣˊ ①指禮樂制度教化。②指知識分子。如「斯文掃地」。▲ㄙ ·ㄨㄣ 說人的舉止行動，文雅有禮貌。

**斯須** ㄙ ㄒㄩ 図片刻，一會兒。如〈禮記〉「禮樂不可斯須去身」。

**斯文掃地** ㄙ ㄨㄣˊ ㄙㄠˇ ㄉㄧˋ 指無行文人道德墮落。

**斯巴達精神** ㄙ ㄅㄚ ㄉㄚˊ ㄐㄧㄥ ㄕㄣˊ 古代希臘城邦斯巴達式的教育。也稱斯巴達主義。西元前九世紀時，斯巴達人制定法律，由政府進行兒童體檢，汰弱留強，厲行尚武教育，因此國家強盛，一度稱霸於希臘。

## 九筆

**新** ㄒㄧㄣ ㈠和舊的相對。如「新辦法」「新樣子」。㈡剛開始的。如「新學年」。㈢才做不久的。如「新寫的楷書」「新買的房子」。㈣革除舊的。如「改過自新」「面目一新」。㈤對結婚時候的人或物的稱呼。如「新郎」「新娘」「新房」。㈥王莽篡漢所建的國號（西元八年至二十二年）。㈦姓。

**新人** ㄒㄧㄣ ㄖㄣˊ ①初次擔任事務的人。②新露頭角的人才。③剛結婚的人（又讀ㄒㄧㄣ ·ㄖㄣ）。

**新手** ㄒㄧㄣ ㄕㄡˇ 初參加某種工作的人。

**新文** ㄒㄧㄣ ㄨㄣˊ ①新寫的文章。②新花樣。〈紅樓夢〉「我又會興出新文來」。

**新月** ㄒㄧㄣ ㄩㄝˋ 陰曆每月上旬的月亮。

**新句** ㄒㄧㄣ ㄐㄩˋ 詩文裡優美不落俗套濫調的語句。

**新巧** ㄒㄧㄣ ㄑㄧㄠˇ 新奇而精巧。

**新正** ㄒㄧㄣ ㄓㄥ 陰曆新年的第一個月。

**新民** ㄒㄧㄣ ㄇㄧㄣˊ 図革除舊習，教民向善的意思。

**新生** ㄒㄧㄣ ㄕㄥ ①新的生命。②新的生活。③新入學的學生。

**新交** ㄒㄧㄣ ㄐㄧㄠ 新結識的朋友。

**新任** ㄒㄧㄣ ㄖㄣˋ ①初就職接手辦事的官員。②指接手的機關或職位。如「趕

「赴新任」。

**新年** ㄒㄧㄣ ㄋㄧㄢˊ 一年的開始。

**新式** ㄒㄧㄣ ㄕˋ 剛出現的樣式，是從前沒有的。

**新址** ㄒㄧㄣ ㄓˇ 新的地址。

**新妝** ㄒㄧㄣ ㄓㄨㄤ 婦女的新妝飾。

**新制** ㄒㄧㄣ ㄓˋ 改革後的制度。

**新奇** ㄒㄧㄣ ㄑㄧˊ 新鮮奇異。

**新居** ㄒㄧㄣ ㄐㄩ ①新遷住的房屋。②新造的住屋。

**新房** ㄒㄧㄣ ㄈㄤˊ ①新建築的房子。②洞房。

**新法** ㄒㄧㄣ ㄈㄚˇ ①新政令。②新制定的法律。③新方法。

**新知** ㄒㄧㄣ ㄓ 新交的朋友。

**新芽** ㄒㄧㄣ ㄧㄚˊ 草木初生的嫩芽。

**新近** ㄒㄧㄣ ㄐㄧㄣˋ 最近。

**新雨** ㄒㄧㄣ ㄩˇ ①初春的雨。②剛下過的雨。

**新型** ㄒㄧㄣ ㄒㄧㄥˊ 新的類型款式。

**新政** ㄒㄧㄣ ㄓㄥˋ 為適應新的時代潮流，而對國家政治所作的全面改革，得到正面效果。

**新星** ㄒㄧㄣ ㄒㄧㄥ ①在短時期內亮度突然增大數千倍或數萬倍，後來又逐漸回降到原來亮度的恆星。②指新出現的演藝人員或運動員。

**新春** ㄒㄧㄣ ㄔㄨㄣ ①春季。②舊曆新年。

**新約** ㄒㄧㄣ ㄩㄝ 基督教經典。稱為新約全書，簡稱「新約」。對〈舊約全書〉而言。是耶穌死後，由其使徒寫成的經典彙集。

**新軍** ㄒㄧㄣ ㄐㄩㄣ ①新編組的軍隊。②清末用新法訓練的陸軍。

**新郎** ㄒㄧㄣ ㄌㄤˊ 稱結婚時候的男子。也叫「新郎官」。

**新書** ㄒㄧㄣ ㄕㄨ ①書名，漢朝賈誼撰，十卷。②新編著出版的書籍。

**新婦** ㄒㄧㄣ ㄈㄨˋ ①新娘。②新娶的媳婦。

**新婚** ㄒㄧㄣ ㄏㄨㄣ 初結婚的時候。

**新張** ㄒㄧㄣ ㄓㄤ 指新開幕的商店開始營業。

**新教** ㄒㄧㄣ ㄐㄧㄠˋ 基督教的新派，就是耶穌教，西元一五三〇年德國人馬丁路德所創，重聖經，盛行於英、美、德等國。與天主教、東正教並稱基督教三大派別。

**新異** ㄒㄧㄣ ㄧˋ 新奇，與眾不同。

**新晴** ㄒㄧㄣ ㄑㄧㄥˊ 剛放晴。

**新詞** ㄒㄧㄣ ㄘˊ 就是新創的詞語，與「舊詞」相對。新詞的創造，反映社會生活的變遷。如「新新人類」「扣應節目」「愛滋病」等，都是當代新詞。

**新貴** ㄒㄧㄣ ㄍㄨㄟˋ 新近出任要職的顯貴。

**新進** ㄒㄧㄣ ㄐㄧㄣˋ 初出來做事的人。

**新義** ㄒㄧㄣ ㄧˋ 指詞語新產生的意義。

**新詩** ㄒㄧㄣ ㄕ ①不照舊套子，而用語體文作成的詩。②新作的詩。

**新寡** ㄒㄧㄣ ㄍㄨㄚˇ 指丈夫死了不久的婦人。

**新潮** ㄒㄧㄣ ㄔㄠˊ 事物發展的新趨勢、新潮流。

**新綠** ㄒㄧㄣ ㄌㄩˋ 春季裡初萌芽的草木。

**新聞** ㄒㄧㄣ ㄨㄣˊ ①新的、少有的見聞。〈紅樓夢〉第一回：「當下哄動街坊，眾當作一件新聞傳說」。②（News）由平面、電子媒體報導的，社會、世界各種事情、新知識及其發展等。

**新興** 最近興起的。

**新曆** 陽曆。

**新穎** 新奇脫俗。

**新禧** 新年快樂，賀年時祝詞。禧也作釐（ㄒㄧ）。

**新聲** 新穎美妙的音樂。

**新鮮** 鮮字輕讀。①食物沒有變質。②少見的新奇事物。

**新手（兒）** 指初次做事的人。

**新娘（子）** 結婚時候或剛結婚的女子。

**新人物** ①思想舉止都合現代潮流的人。②新露頭角的人才。

**新大陸** 美洲的別稱。因為是十五世紀哥倫布所發現的，所以歐洲人叫它新大陸。

**新文化** 科學發達後所興起的新思想新學術。

**新文字** 民初稱晚近興起可以代替漢字的羅馬字、拉丁文等。時移世變，漢字拉丁化已成歷史陳跡。

**新文學** 指五四運動以後的富有改革性的文學，像白話文體的作品等。

**新文藝** 指文學革命以後的純文學作品，像新詩、小說、戲劇等。

**新世界** ①新的世界。②比喻沒有見過的新奇境界。

**新生代** ①地質學名詞，屬五個大地質時代的最後一代，分為第三紀和第四紀。在這個時期地殼有強烈的造山運動，中生代的爬行動物絕跡，哺乳動物繁盛，生物達高度發展階段，後期有人類出現。②指生於第二次世界大戰結束以後（一九四五年），接受現代科學、民主教育，而逐漸對社會產生新影響力的年輕一代。

**新生兒** 剛出生的嬰孩。

**新名詞** 新興而不很通俗的語詞。

**新紀元** 比喻一切事業的開始，也有新紀錄的意思。

**新紀錄** 創造更好的成績，打破前人所創的紀錄。

**新臺幣** 民國三十八年以後臺灣所通用的貨幣，以別於舊臺幣。

**新聞紙** ①印報的紙。②報紙的通稱。

**新潮流** 新傳入或新產生的思想勢力。

**新鮮人** ①大學一年級的新生，是英語 freshman 的直譯。②指剛步入社會開始就業的人。也叫「社會新鮮人」。

**新體詩** ①南北朝後期的詩歌，崇尚對偶、聲律和詞藻，是過渡到唐代近體詩的一種詩體。②指五四以來的白話詩。

**新陳代謝** ①生物排除廢物吸收養料的交互作用。②事態更新的過程。

**新媳婦兒** 媳婦字輕讀。新娘子。

**新愁舊恨** 過去的煩惱怨恨未了，新的愁悶又產生。

**新新人類** （新創的詞）指當代一群崇尚自由、講求個性、重視感覺的年輕人。「新人類」一詞來自日文，通常指戰後新生代的次一代年輕人，追求名牌服飾、高級汽車、出國旅遊等，以及時行樂為目的。「新新人類」的不同點在其對生活與生命有新的詮釋，他們藉努力創造並努力消費來感受生命，工作上則追求高度自主性。

**新聞自由** ㄒㄧㄣ ㄨㄣˊ ㄗˋ ㄧㄡˊ 民權的一種。是言論、講學、著作及出版自由的一種形式。

**新聞記者** ㄒㄧㄣ ㄨㄣˊ ㄐㄧˋ ㄓㄜˇ 報館負責採訪消息、編輯新聞或撰寫時評的人。

**新聞檢查** ㄒㄧㄣ ㄨㄣˊ ㄐㄧㄢˇ ㄔㄚˊ 政府對全國或某地的新聞加以審查與管制，認為有利的新聞才得發表，叫新聞檢查。

**新鮮勁兒** ㄒㄧㄣ ㄒㄧㄢ ㄐㄧㄣˋ ㄦ 〔因〕鮮字輕讀。剛開始做事，覺得有趣，做得很起勁。

**新石器時代** ㄒㄧㄣ ㄕˊ ㄑㄧˋ ㄕˊ ㄉㄞˋ 介於石器時代後期與銅器時代之前的年代，約為西元前一萬年至西元前四千年。由於製造石器的技法粗精不同而分為舊石器時代與新石器時代。

**新藝拉瑪體** ㄒㄧㄣ ㄧˋ ㄌㄚ ㄇㄚˇ ㄊㄧˇ 〔例〕Cinerama 的音譯。一種寬銀幕的電影，一九四六年美國人魏勒所開發。

## 十一筆

**斲（斵）** 〔文〕ㄓㄨㄛˊ 砍，砍斷。

**斲喪** ㄓㄨㄛˊ ㄙㄤˋ 〔文〕①傷耗精神。②全部砍伐，不留餘種。

**斲輪老手** ㄓㄨㄛˊ ㄌㄨㄣˊ ㄌㄠˇ ㄕㄡˇ 〔文〕比喻老手，經驗豐富。

## 十四筆

**斷（断）** ㄉㄨㄢˋ ㈠截開。如「一刀兩斷」「剪不斷」。㈡從中間分裂（也可作抽象的分斷的意思）。如「中斷」「斷了線了」「藕斷絲連」。㈢兩面隔絕。如「斷了音信」「斷絕邦交」。㈣決，一定。如「斷無此理」「斷斷不可」。㈤裁定，決定。如「診斷」「優柔寡斷」。

**斷七** ㄉㄨㄢˋ ㄑㄧ 民間風俗以人死後每七天叫一個「七」，滿七個「七」即四十九天時叫「斷七」。那天常請和尚道士來念經超度亡魂。

**斷片** ㄉㄨㄢˋ ㄆㄧㄢˋ ①也作「片段」。整體中的一部分。②電影放映中途，影片斷裂。

**斷乎** ㄉㄨㄢˋ ㄏㄨ 絕對的。如「此事斷乎不行」。

**斷代** ㄉㄨㄢˋ ㄉㄞˋ 按時代分成段落。

**斷句** ㄉㄨㄢˋ ㄐㄩˋ 古書無標點符號，誦讀時根據文義作停頓，或同時在書上按停頓加圈點，叫做斷句。

**斷奶** ㄉㄨㄢˋ ㄋㄞˇ 嬰孩停止吃母乳。

**斷言** ㄉㄨㄢˋ ㄧㄢˊ ①十分肯定地說。②斷定的話。

**斷定** ㄉㄨㄢˋ ㄉㄧㄥˋ 認定，判定，決定。

**斷炊** ㄉㄨㄢˋ ㄔㄨㄟ 窮到沒米下鍋煮飯。

**斷後** ㄉㄨㄢˋ ㄏㄡˋ 沒有子孫延續。

**斷面** ㄉㄨㄢˋ ㄇㄧㄢˋ 橫切面。

**斷根** ㄉㄨㄢˋ ㄍㄣ ①斷後。②比喻徹底除去。

**斷案** ㄉㄨㄢˋ ㄢˋ 判決案件。

**斷送** ㄉㄨㄢˋ ㄙㄨㄥˋ 毀棄的意思，說敗壞喪失所有，無可挽回。如「把如錦前程，一旦斷送」。

**斷崖** ㄉㄨㄢˋ ㄧㄞˊ 陡峭的山崖。如「斷崖絕壁」。

**斷屠** ㄉㄨㄢˋ ㄊㄨˊ 同「禁屠」。政府下令禁止宰殺供食的禽獸。

**斷絃** ㄉㄨㄢˋ ㄒㄧㄢˊ 絃也作弦。指人死了妻。

**斷然** ㄉㄨㄢˋ ㄖㄢˊ ①同「斷乎」。如「這事斷然做不得」。②決斷。如「採取斷然措施」。

**斷絕** 隔斷。聯絡之反。

**斷想** 片段的想法。

**斷腸** 悲傷到了極點。

**斷路** 擋路搶財。

**斷獄** 判決訟案。

**斷魂** 悲傷得很。

**斷層** ①由於地殼的變動，地層發生斷裂並沿斷裂面發生垂直、水平或傾斜方向的相對移位的現象。②連續性的事業或人員的層次中斷、不相銜接。

**斷橋** ①折斷的橋梁。②拆斷橋梁。③橋名，在杭州西湖。

**斷斷** 堅決的意思。如「斷斷不可」。

**斷氣(兒)** 氣絕身死。

**斷代史** 記事只限於一朝代的史書。與通史相對稱。

**斷路器** 使電流斷開，電路不能通過的一種安全設施。

**斷頭臺** 歐洲舊時的刑具。臨時搭成高臺，用斷頭機切斷死囚的頭顱。

**斷子絕孫** 絕了後代（用來咒罵人的話。）

**斷水斷電** 政府主管機關對於違法營業或不合公共安全標準的行業的先期處置措施：切斷自來水及電力供應，以限期改善為恢復供應的前提。

**斷垣殘壁** 形容建築物倒塌殘破的景象。

**斷梗飄蓬** 図斷枝與飄飛的蓬草。比喻飄泊無定所。

**斷章取義** 截取全書文字的一段或一句，曲解它的意思，不問作者的本意。

**斷編殘簡** 零落不全的文字。也作「斷簡殘編」。

**斷線風箏** 比喻一去就沒消息了。

**斷髮文身** 剪落頭髮，身繪花紋，是古代東南吳越民族的風俗。

**斷斷續續** 時而中斷，時而繼續，事情進行不能聯貫。

**斷爛朝報** ①王安石曾戲稱春秋經為斷爛朝報。②殘缺不全的政府公報。

## 方部

**方** ㄈㄤ ㈠平面的四角成直角而等邊的叫方。如「方桌」「正方形」。㈡正方的面積。如「方尺」「方里」。㈢図地積的大小。如「今王之地，方千里」。㈣地位的一邊或一面。如「對方」「北方」「四面八方」。㈤指某一個地方。如「方言」「方志」。㈥行為正直。如「品行方正」。㈦法子。如「方法」「指導有方」。㈧正在。如「方今」「方興未艾」。㈨纔。如「大雨至夜方停」「有病方知健康重要」。㈩塊，個。如「匾額一方」。(十一)工程上把一立方公尺的土石叫方。(十二)中藥治病的藥單，叫「方劑」「藥方」「方子」。(十三)數學把自乘的積叫「方」。(十四)法術，技藝。如「方士」。(十五)図比較，批評。〈論語〉有「子貢方人」。(十六)姓。

**方士** ㄈㄤ ㄕˋ 舊時稱研究神仙、祈禳等法術的人。

**方丈** ▲ㄈㄤ ㄓㄤˋ 長寬各一丈的面積。▲ㄈㄤ・ㄓㄤ 僧寺長老及住持說法傳道的處所，後來指長老、住持。

**方子** ㄈㄤ ㄗ˙ 中藥藥單。

**方寸** ㄈㄤ ㄘㄨㄣˋ ①長寬各一寸的面積。②心。如「方寸大亂」。

**方才** ㄈㄤ ㄘㄞˊ 也作「方纔」。副詞，指過去不久的時間。

**方今** ㄈㄤ ㄐㄧㄣ 現在。

**方尺** ㄈㄤ ㄔˇ 長寬各一尺的面積。

**方且** ㄈㄤ ㄑㄧㄝˇ 副詞，尚且。

**方外** ㄈㄤ ㄨㄞˋ 世外，指僧尼、道士之類的人。

**方正** ㄈㄤ ㄓㄥˋ ①指人行為、品行正直無邪。②正方形，方方正正。③漢時選舉科目的一種，以德行方正為取士的主要標準。

**方向** ▲ㄈㄤ ㄒㄧㄤˋ東南西北上下等的區別。▲ㄈㄤ ·ㄒㄧㄤ情勢。如「看方向做事」。

**方字** ㄈㄤ ㄗˋ 寫在方紙塊上，供幼兒識字的紙片，就是教學用的卡片。

**方式** ㄈㄤ ㄕˋ 方法和格式。

**方竹** ㄈㄤ ㄓㄨˊ 竹的一種，多實心的，外略成方形，湖南岳陽出產。臺灣阿里山奮起湖也有出產。

**方舟** ㄈㄤ ㄓㄡ ①兩舟相連。②基督教〈舊約聖經·創世紀〉說的「諾亞方舟」，是人類最早的水上航行器。

**方位** ㄈㄤ ㄨㄟˋ 東、西、南、北四方的位置。

**方技** ㄈㄤ ㄐㄧˋ 醫卜星相各種的技能。也作「方術」。

**方步** ㄈㄤ ㄅㄨˋ ①長寬各一步的面積。②見「邁方步兒」。

**方志** ㄈㄤ ㄓˋ 記載一地的地理環境、氣候、產物、史蹟及人文的書。也作「地志」。

**方言** ㄈㄤ ㄧㄢˊ 與標準語或多或少有些差異，只能通行於某一地區的地域性語言。中國有吳語、閩語（分南北）、客語、湘語、贛語、粵語等六種以上的方言。

**方里** ㄈㄤ ㄌㄧˇ 長寬各一里的面積。

**方法** ㄈㄤ ㄈㄚˇ 要達到某種目的的手段。

**方物** ㄈㄤ ㄨˋ 各地的物產。

**方便** ㄈㄤ ㄅㄧㄢˋ 便字輕讀。①有益於人的事。如「請您行個方便，幫幫忙吧」。②便利。③指大小便的排泄。如「我去方便一下」。

**方面** ㄈㄤ ㄇㄧㄢˋ 事物的部分地位。

**方音** ㄈㄤ ㄧㄣ 同一語言因地域不同，經長久演變而形成的語音差別。在標準音確立後，不同於標準音的即稱方音。

**方家** ㄈㄤ ㄐㄧㄚ 尊稱有名的學術或藝術家。

**方格** ㄈㄤ ㄍㄜˊ ①正方格子。②図正確的標準。

**方案** ㄈㄤ ㄢˋ 辦事的計畫。

**方根** ㄈㄤ ㄍㄣ 數學名詞。代數學中用開方法求得的答數。二次方根也稱平方根，三次方根也稱立方根，求方根的運算稱為開方。

**方針** ㄈㄤ ㄓㄣ 計畫進行的一定趨向。

**方陣** ㄈㄤ ㄓㄣˋ ①數學名詞。矩陣所含各元素的行數與列數相等的，稱為方陣。②古代步戰的一種隊形，士兵排成方形隊形，可以向四面發動攻擊。

**方略** ㄈㄤ ㄌㄩㄝˋ 為達到目的而擬訂的方法謀略。

**方勝** ㄈㄤ ㄕㄥˋ 兩菱形互相連合而成的圖案，是首飾的一種。也稱綵結。

**方圓** ㄈㄤ ㄩㄢˊ ①指物的形狀，或方或圓。也作方員。②図權宜之計，斟酌情形辦理。③四周所涵蓋的範圍。

**方糖**（ㄈㄤ ㄊㄤˊ） 將已加工的細白沙糖用機器壓成方形塊狀，以便取用。

**方劑**（ㄈㄤ ㄐㄧˋ） 藥方。

**方寸地**（ㄈㄤ ㄘㄨㄣˋ ㄉㄧˋ） 〔文〕同「方寸」②。

**方向舵**（ㄈㄤ ㄒㄧㄤˋ ㄉㄨㄛˋ） 飛機航向的操縱器。位於垂直安定面的後端，左右擺動可使機身左右偏轉，與垂直安定面共同安定及操縱飛機航行方向。

**方向盤**（ㄈㄤ ㄒㄧㄤˋ ㄆㄢˊ） 輪船、汽車等的操縱行駛方向的輪狀裝置。

**方位詞**（ㄈㄤ ㄨㄟˋ ㄘˊ） 表示方向或位置的詞。

**方言學**（ㄈㄤ ㄧㄢˊ ㄒㄩㄝˊ） 語言學的一個分支學科。研究各種方言的特質、形成及其演變等。廣義的方言又包括各種「社會方言」。如行話、隱語、黑話等。「方言」是相對於「國語」（民族共同語）而言。

**方法論**（ㄈㄤ ㄈㄚˇ ㄌㄨㄣˋ） 也稱方法學。研究某一學科的成立原理，或探討某一問題的解決步驟的理論。

**方格紙**（ㄈㄤ ㄍㄜˊ ㄓˇ） 印有方塊形的紙，數學上畫圖用的。

**方帽子**（ㄈㄤ ㄇㄠˋ ˙ㄗ） ①大學畢業典禮時畢業生所戴的學士帽。現在也包括碩士、博士的學位帽子。②方形的帽子。

**方程式**（ㄈㄤ ㄔㄥˊ ㄕˋ） 代數學名詞，表示各種數量之間關係等式。有代數方程式、三角方程式、對數方程式、指數方程式、微分方程式、積分方程式等。

**方塊字**（ㄈㄤ ㄎㄨㄞˋ ㄗˋ） 方形的字，通常指漢字。

**方枘圓鑿**（ㄈㄤ ㄖㄨㄟˋ ㄩㄢˊ ㄗㄠˋ） 〔文〕方榫不能入圓孔。比喻事情不可能做或彼此不相容。

**方便之門**（ㄈㄤ ㄅㄧㄢˋ ㄓ ㄇㄣˊ） ①泛指使人便利、得益的門徑。②佛教稱隨機度人的法門。

**方趾圓顱**（ㄈㄤ ㄓˇ ㄩㄢˊ ㄌㄨˊ） 頭圓足方，指人類。

**方興未艾**（ㄈㄤ ㄒㄧㄥ ㄨㄟˋ ㄞˋ） 〔文〕正在興起，繼續發展，還沒止境。

## 四筆

**於（扵）** ▲ㄩˊ ㈠在。如「生於某年」「巨舟行於大海之中」。㈡與，和，跟。「於你何干」「於我無益」。㈢對於。如「敏於事而慎於言」。㈣到。如「鶯遷於喬木」。㈤從，由。如「取之於民」「拯民於水火之中」。㈥在形容詞後面，表示比較而有超過的意思。如「苛政猛於虎」。㈦在動詞後面，表示被動。如「淪於敵手」「貽笑於方家」。㈧姓。

▲〔文〕ㄨ 見「於戲」。

**於今**（ㄩˊ ㄐㄧㄣ） 〔文〕表現在時間的副詞，同「如今」。

**於邑**（ㄨ ㄧˋ） 〔文〕煩苦憂傷。曹丕〈與朝歌令吳質書〉有「東望於邑」。

**於是**（ㄩˊ ㄕˋ） 表順序承接的連詞。如「他聽了這話，於是匆匆而去」。

**於菟**（ㄨ ㄊㄨˊ） 虎的別名。也作䖘、烏菟、烏䖘。

**於戲**（ㄨ ㄏㄨ） 〔文〕同「嗚呼」。

**於是乎**（ㄩˊ ㄕˋ ㄏㄨ） 於是，語氣稍緩。

**於心何忍**（ㄩˊ ㄒㄧㄣ ㄏㄜˊ ㄖㄣˇ） 怎能忍心。

## 五筆

**施** ▲ㄕ ㈠實行，辦理。如「施工」「施行」。㈡發揮能力，使出來。如「施展」「無計可施」。㈢加上。如「施肥」。㈣給人好處而不收取代價。如「樂善好施」「施人慎勿念」。㈤図喜悅自得的樣子。見「施施」。㈥姓。▲図ㄧˋ ㈠延，到。如「施於子孫」。㈡彎曲地走。〈孟子〉有「施從良人之所之」。

**施工** ㄕ ㄍㄨㄥ 工程上指工程的進行。

**施主** ㄕ ㄓㄨˇ 和尚稱呼布施財物的人。

**施用** ㄕ ㄩㄥˋ ①使用。②在物體上加某種東西。如「施用化肥」。

**施行** ㄕ ㄒㄧㄥˊ 實行規定的法律、辦法或計畫。

**施放** ㄕ ㄈㄤˋ 放出；發出。如「施放煙火」。

**施法** ㄕ ㄈㄚˇ ①（道士、巫師等）施展法術。②図施行法令。

**施肥** ㄕ ㄈㄟˊ 給植物加上肥料。

**施政** ㄕ ㄓㄥˋ 政務的施行。

**施施** ㄕ ㄕ 図①喜悅自得的樣子。〈孟子〉有「施施從外來」。②難進的意思。〈詩經〉有「將其來施施」。

**施為** ㄕ ㄨㄟˊ ①施展。②図行為，作為。

**施展** ㄕ ㄓㄢˇ 發揮所長。

**施恩** ㄕ ㄣ 施行恩惠。如「法外施恩」。

**施捨** ㄕ ㄕㄜˇ 把財物分送給窮人。

**施救** ㄕ ㄐㄧㄡˋ 給予搶救。如「緊急施救」。

**施設** ㄕ ㄕㄜˋ 安排；布置。

**施勞** ㄕ ㄌㄠˊ 図誇大自己的功勞。〈論語〉有「願無伐善，無施勞」。

**施與** ㄕ ㄩˇ 施捨。

**施壓** ㄕ ㄧㄚ （輿論等）對有關權責單位施加壓力。

**施禮** ㄕ ㄌㄧˇ 行禮。

**施醫** ㄕ ㄧ 治病不收報酬。

**施工圖** ㄕ ㄍㄨㄥ ㄊㄨˊ 或稱施工設計圖，是建築設計的最後階段。

**施及子孫** ㄧˋ ㄐㄧˊ ㄗˇ ㄙㄨㄣ 図指由上一代延續到後代子孫。〈詩經・大雅〉作「施于子孫」。

**施而不費** ㄕ ㄦˊ ㄅㄨˋ ㄈㄟˋ 加惠於人，而所費不多。

**斿** ㄌㄧㄡˊ ㈠旌旗上面下垂的飾物。㈡同「旒」，帝王諸侯冠冕上垂下的飾物。㈢又讀ㄧㄡˊ図浮游不定。「游」字的簡體。

## 六筆

**旆** ㄆㄟˋ ㈠雜色綴邊的旗子。㈡旗幟的通稱。

**旁** ▲ㄆㄤˊ ㈠邊上，附近。如「臥榻之旁，豈容他人鼾睡」。㈡另外的。如「旁人」「旁聽」「旁的事情」。㈢「正」的相對。如「旁枝」「旁敲側擊」。▲図ㄅㄤˋ見「旁午」。

**旁人** ㄆㄤˊ ㄖㄣˊ 他人，局外人，沒有關係的人。

**旁午** ㄅㄤˋ ㄨˇ 図事情煩雜。如「軍書旁午」。

**旁出** ㄆㄤˊ ㄔㄨ ①由旁側而出。②到處發生。

**旁生** ㄆㄤˊ ㄕㄥ 由旁邊發生。

**旁白** ㄆㄤˊ ㄅㄞˊ 當戲劇進展中，角色在一旁直接同觀眾交談，品評對方言行或表達本人內心活動，而假設同臺其他角色聽不見其臺詞。

**旁坐** ㄆㄤˊ ㄗㄨㄛˋ 舊時罪犯的親屬也要受罰，叫作「旁坐」。

**旁枝** ㄆㄤˊ ㄓ ①旁生歧出。②側生的枝幹。

**旁通**（ㄆㄤˊ ㄊㄨㄥ） 本指卦爻的陰陽互相通達。同「傍通」。後引伸為融會貫通，通權達變。

**旁證**（ㄆㄤˊ ㄓㄥˋ） 正式證據以外的證據。

**旁騖**（ㄆㄤˊ ㄨˋ） [文]請正業以外別有追求而不專心一致。

**旁礴**（ㄆㄤˊ ㄅㄛˊ） [文]混同的樣子，又是廣被充塞的意思。礴也作薄、魄。

**旁聽**（ㄆㄤˊ ㄊㄧㄥ） ①會議或法庭開庭時候，列席聽人說話，自己沒有發言權。②學校裡非正式的學生，可以聽課，沒有學籍，叫旁聽生。

**旁觀**（ㄆㄤˊ ㄍㄨㄢ） 身在局外，從旁觀察。

**旁邊（兒）**（ㄆㄤˊ ㄅㄧㄢ ㄦ） ①側面。②距離近的地方。

**旁系親**（ㄆㄤˊ ㄒㄧˋ ㄑㄧㄣ） 父子祖孫直系親屬以外，像兄弟、姊妹、伯叔、甥姪等叫旁系親。

**旁壓力**（ㄆㄤˊ ㄧㄚ ㄌㄧˋ） 物理學名詞。指氣體、液體對容器側壁的壓力。旁壓力與容器壁成垂直方向，強壓力隨深度而增加。也稱側壓力。

**旁門左道**（ㄆㄤˊ ㄇㄣˊ ㄗㄨㄛˇ ㄉㄠˋ） ①指非正統的學術流派或宗教派別。②泛指不正當的方法、門徑。

**旁若無人**（ㄆㄤˊ ㄖㄨㄛˋ ㄨˊ ㄖㄣˊ） 意態自若，目中無人；看不起別人的意思。

**旁敲側擊**（ㄆㄤˊ ㄑㄧㄠ ㄘㄜˋ ㄐㄧ） 不說本意，而用倒轉隱晦的話去挑（ㄊㄧㄠ）動人家。

**旁徵博引**（ㄆㄤˊ ㄓㄥ ㄅㄛˊ ㄧㄣˇ） 大量地引證資料，以求真實。

**旁觀者清**（ㄆㄤˊ ㄍㄨㄢ ㄓㄜˇ ㄑㄧㄥ） 局外人的觀察比較客觀、清楚。原指弈棋，引伸指一切事務。與當局者迷相反。

## 旄

▲ㄇㄠˊ古時旗子的一種，用犛牛尾裝飾。▲[文]ㄇㄠˋ通「耄」。「旄倪」是老人與小孩。

## 旅

ㄌㄩˇ ㈠古時軍制，五百人為一旅。㈡現行軍制，旅在師以下，團以上，普通是兩三個團為一旅。㈢軍隊的通稱。如「軍旅」「勁旅」。㈣在外面作客。如「旅行」「旅客」「旅次」。㈤[文]跟著人家，自己沒有主見。如「旅進旅退」。

**旅人**（ㄌㄩˇ ㄖㄣˊ） ①周官名，掌理割烹之事。②旅客，旅居外地的人。

**旅次**（ㄌㄩˇ ㄘˋ） ①旅客暫住的地方。②使用交通工具，從甲地到乙地的現象。

**旅行**（ㄌㄩˇ ㄒㄧㄥˊ） 到外地去遊歷。

**旅居**（ㄌㄩˇ ㄐㄩ） 在他鄉暫時居住。

**旅社**（ㄌㄩˇ ㄕㄜˋ） 旅館。也作「旅舍」「旅店」。

**旅客**（ㄌㄩˇ ㄎㄜˋ） 出門旅行的人。

**旅途**（ㄌㄩˇ ㄊㄨˊ） 旅行途中，亦作「旅塗」。

**旅寓**（ㄌㄩˇ ㄩˋ） 旅居。

**旅程**（ㄌㄩˇ ㄔㄥˊ） 旅行的路程。

**旅費**（ㄌㄩˇ ㄈㄟˋ） 旅行的費用。

**旅順**（ㄌㄩˇ ㄕㄨㄣˋ） 市名，屬遼寧省，在遼東半島南端，扼渤海咽喉，是我國黃海北岸第一良港。

**旅遊**（ㄌㄩˇ ㄧㄡˊ） ①旅行遊覽。②謂長期居住他鄉。

**旅館**（ㄌㄩˇ ㄍㄨㄢˇ） 旅客所暫住的地方。引伸為客居。

**旅行車**（ㄌㄩˇ ㄒㄧㄥˊ ㄔㄜ） 便於出外旅遊的汽車，坐位之外可供放置物品的空間較一般小轎車為大，亦可客貨兩用。

**旅行社**（ㄌㄩˇ ㄒㄧㄥˊ ㄕㄜˋ） 替旅行的人辦理手續，洽買車船機票並代定旅館，收取佣金，或招攬旅客，組團到國外遊覽的商業機構。

**旅行團**（ㄌㄩˇ ㄒㄧㄥˊ ㄊㄨㄢˊ） 出外遊歷的人群，臨時組織的團體。

**旅行支票**（ㄌㄩˇ ㄒㄧㄥˊ ㄓ ㄆㄧㄠˋ） 銀行或旅行社為使旅客免除攜帶現款的麻煩而發行的一種支票。旅客向銀行或旅行社購買這種支票時，須先在支票上簽字，作為印鑑，使用時當場再作第二次簽字以資核對。

**旅途愉快**（ㄌㄩˇ ㄊㄨˊ ㄩˊ ㄎㄨㄞˋ） 對於出門旅遊者的祝福語。

**旅進旅退**（ㄌㄩˇ ㄐㄧㄣˋ ㄌㄩˇ ㄊㄨㄟˋ） 〔文〕隨著眾人同進退，自己沒有主見。

**旂**（ㄑㄧˊ） 旗的一種，旗上有鈴作裝飾。又通「旗」字。

**旃**（ㄓㄢ） ㈠古時曲柄的旗子。㈡〔文〕語助詞，是「之焉」兩字的合音。如「勉旃」「慎旃」。㈢通「氈」。

**旃檀**（ㄓㄢ ㄊㄢˊ） 檀香。

## 七筆

**旎**（ㄋㄧˇ） 見「旖旎」。

**旌（旍）**（ㄐㄧㄥ） ㈠古時有羽毛裝飾的旗子。㈡〔文〕表彰人家的好處。如「以旌其功」。

**旌表**（ㄐㄧㄥ ㄅㄧㄠˇ） 從前記明事跡，用來表揚有功德的人的匾額或牌坊。

**旌旗**（ㄐㄧㄥ ㄑㄧˊ） 旗的通稱。

**旋** ▲ㄒㄩㄢˊ ㈠繞著圓軌轉動。如「旋轉」「迴旋」。㈡指旋轉的現象或形狀。如「螺旋」「打著旋兒」。㈢〔文〕一會兒。如「旋即南返」「其病旋急」。㈣〔文〕回去。如「凱旋」。▲ㄒㄩㄢˋ ㈠螺旋形狀的。如「旋風」。㈡「鏇」的簡寫。

**旋子**（ㄒㄩㄢˋ ㄗ˙） ①漩渦。②旋風。③武技的一種，用力擺動頭部，全身跟著懸空橫起而旋轉。

**旋毛**（ㄒㄩㄢˊ ㄇㄠˊ） 鳥獸身上回旋的毛。

**旋即**（ㄒㄩㄢˊ ㄐㄧˊ） 〔文〕隨即，立即。

**旋里**（ㄒㄩㄢˊ ㄌㄧˇ） 〔文〕返回故鄉。

**旋兒**（ㄒㄩㄢˊ ㄦ） ①迴轉的行動。如「一隻老鷹在空中打旋兒」。②人頭上迴旋紋的頭髮。

**旋律**（ㄒㄩㄢˊ ㄌㄩˋ） 把一群高低、長短、強弱不同的樂音，按照節奏上一定的關係，繼續奏出的，叫做「旋律」。旋律是音樂的基本要素，樂曲的內容、風格、體裁與民族性，都是由旋律來表現的。

**旋風**（ㄒㄩㄢˋ ㄈㄥ） 風字輕讀。因為空氣壓力忽然降低，四面空氣突然向中間湧進而起的螺旋形的風。

**旋梯**（ㄒㄩㄢˊ ㄊㄧ） 運動器械名，形狀像梯子，中間有一根軸固定在鐵架上，可以來回旋轉。

**旋渦**（ㄒㄩㄢˊ ㄨㄛ） 同「漩渦」。

**旋踵**（ㄒㄩㄢˊ ㄓㄨㄥˇ） 〔文〕一轉腳。形容時間過去的迅速。

**旋繞**（ㄒㄩㄢˊ ㄖㄠˋ） 迴轉。

**旋轉**（ㄒㄩㄢˊ ㄓㄨㄢˇ） 轉動。

**旋毛蟲**（ㄒㄩㄢˊ ㄇㄠˊ ㄔㄨㄥˊ） 寄生蟲名，身體小，雄蟲長一毫米，雌蟲長約二毫米，常寄生在人和豬狗等哺乳動物的小腸內。人體通常攝食未煮熟含幼蟲的豬肉而感染。

**旋乾轉坤**（ㄒㄩㄢˊ ㄑㄧㄢˊ ㄓㄨㄢˇ ㄎㄨㄣ） 有回轉天地的力量。

**族**（ㄗㄨˊ） ㈠有血統關係的人群。如「家族」「宗族」「貴族」。㈡人類因為生活習慣、語言文字相同而自然匯集的大群體。如「民族」「族類」。㈢生物的種類。如「水族」。㈣〔文〕叢集在一起的。如「木族生為灌」。㈤〔文〕古時的殘酷刑罰，一人有罪，往往連累他的親族。如「族誅」。

**族人** ㄗㄨˊ ㄖㄣˊ 同宗族的人。

**族居** ㄗㄨˊ ㄐㄩ ①聚居。②籍貫，即祖居。

**族長** ㄗㄨˊ ㄓㄤˇ 族中行輩最尊而掌理宗族事務的人。

**族群** ㄗㄨˊ ㄑㄩㄣˊ 在一個較大的文化單位之下，認為他們自己是特別的一個實體，並且和此文化單位的其他人有所區分的一群人。

**族誅** ㄗㄨˊ ㄓㄨ 因專制時代的酷刑，一人犯罪，全族都要被殺，最殘忍的是明成祖朱棣殺方孝孺的「十族」。

**族譜** ㄗㄨˊ ㄆㄨˇ 記同族的人的系統的簿冊。也作「譜牒」。

**族類** ㄗㄨˊ ㄌㄟˋ 同族或同類。

## 八筆

**旒** ㄌㄧㄡˊ ㈠古時旗子上下垂的綵帶。㈡用細線串起小圓玉，一串串垂在冕的前後，是古時禮冠當中最尊貴的，是天子所戴的。

## 十筆

**旗** ㄑㄧˊ ㈠用布、紙做成，上面有固定的圖形，作為一國或一個團體的標誌，來代表這個國家、團體或是臨時作記號、發令用的。如「國旗」「軍旗」「令旗」。㈡滿清時代軍籍的編制，分正黃、鑲黃、正白、鑲白、正紅、鑲紅、正藍、鑲藍八旗。分滿洲、蒙古、漢軍各八旗。㈢泛指滿族的人或物。如「在旗的叫旗人」「在旗的女子穿的袍子叫旗袍」。㈣內蒙古行政區名稱「盟旗」的簡稱，相當於縣。

**旗人** ㄑㄧˊ ㄖㄣˊ 滿清初年籍隸八旗的人，後來用作對滿洲人的泛稱。參看「八旗」條。

**旗子** ㄑㄧˊ ˙ㄗ ①用綢、布、紙等製成的長方形、方形或三角形的標幟。②旗號，比喻某種名義。

**旗手** ㄑㄧˊ ㄕㄡˇ ①執旗的人。②比喻領導人或先行者。

**旗杆** ㄑㄧˊ ㄍㄢ 掛旗的高杆。也作旗竿。

**旗魚** ㄑㄧˊ ㄩˊ 一種熱帶海域硬骨魚名。體呈紡錘形，無鱗，背部青藍色，腹面銀白色，口闊無齒，吻部突出呈劍狀，背鰭大，尾鰭叉形。長三至六公尺。性凶猛，游泳敏捷，肉食性。魚肉可做生魚片的材料。

**旗鼓** ㄑㄧˊ ㄍㄨˇ 軍隊的旗和鼓，是壯軍威或發號令的用具。

**旗號** ㄑㄧˊ ㄏㄠˋ ①旗語。②旗幟。③同「名義」。

**旗語** ㄑㄧˊ ㄩˇ 用旗子做種種動作，來傳達意思，代替語言。

**旗幟** ㄑㄧˊ ㄓˋ 旗子。

**旗艦** ㄑㄧˊ ㄐㄧㄢˋ 海軍艦隊司令官所乘的座艦。

**旗袍(兒)** ㄑㄧˊ ㄆㄠˊ (ㄦ) 原先是指滿洲旗人婦女穿的長袍，現在是中國女子所穿長袍的通稱。

**旗國主義** ㄑㄧˊ ㄍㄨㄛˊ ㄓㄨˇ ㄧˋ 國際法上規定，船舶航行時應只懸掛其登記國籍的國旗，在公海上只受旗國專屬管轄。

**旗開得勝** ㄑㄧˊ ㄎㄞ ㄉㄜˊ ㄕㄥˋ 一經交戰，即獲勝利。

**旗鼓相當** ㄑㄧˊ ㄍㄨˇ ㄒㄧㄤ ㄉㄤ 比喻雙方勢均力敵，不分高低。

**旖** ㄧˇ 見「旖旎」條。

**旖旎** ㄧˇ ㄋㄧˇ 柔美的樣子。如「旖旎風光」。

## 十四筆

**旛** ㄈㄢ ㈠旌旗的總名。㈡旗的一種，旗幅狹長而下垂。

## 十五筆

**旝** ㄎㄨㄞˋ ㈠古代指揮作戰的旗子。〈左傳〉有「旝動而鼓」。㈡古代作戰的發石車。見〈唐書・南蠻傳〉。

# 无部

**无** ㄨˊ 古「無」字。

## 一筆

**旡** ㄐㄧˋ 図飲食氣逆不得息。

## 五筆

**既（旣）** ㄐㄧˋ ㈠已經。如「既成事實」「法律不溯既往」。㈡図盡了，完了，過去了。如「月食食既」。㈢既然，表示已經決定，後面常有「就」或「則」連著用。如「既然說了，就做吧」「既來之，則安之」。㈣表示承接的連詞，常和「且」「又」連用。如「既高且大」「既不肯吃，又不肯睡」。㈤図不久，未幾。如「既而悔之」。

**既而** ㄐㄧˋ ㄦˊ 図不久。

**既是** ㄐㄧˋ ㄕˋ ①既然，已經如此。如「既是他有難處，那就不必勉強」。②一方面是。如「他既是教師，又是學生」。

**既望** ㄐㄧˋ ㄨㄤˋ 農曆以每月十五日為望，因日月東西方相望，故以每月十六日為既望。

**既然** ㄐㄧˋ ㄖㄢˊ 連詞，用在上半句話，下半句用副詞「就」「則」「還」呼應。如「既然已經決定，那就不改了」。

**既得權** ㄐㄧˋ ㄉㄜˊ ㄑㄩㄢˊ 法律名詞。事前合法取得的正當權利。

**既遂犯** ㄐㄧˋ ㄙㄨㄟˋ ㄈㄢˋ 稱已經犯罪的人。

**既成事實** ㄐㄧˋ ㄔㄥˊ ㄕˋ ㄕˊ 外交用語，指未經合法的程序。例如使用武力或其他非法手段，事先造成一種事實狀態以圖尋求他國的認可。

**既往不咎** ㄐㄧˋ ㄨㄤˇ ㄅㄨˋ ㄐㄧㄡˋ 不追究已經過去的事。

**既得利益** ㄐㄧˋ ㄉㄜˊ ㄌㄧˋ ㄧˋ 通常指當政者集團長期承受的政治利益而言，為維護既得利益，常傾向保守的政治立場。

**既來之則安之** ㄐㄧˋ ㄌㄞˊ ㄓ ㄗㄜˊ ㄢ ㄓ ①指招徠遠人，並加以安撫。②指已經來了，就應該要安下心來。

# 日部

**日** ㄖˋ ㈠太陽，恆星之一。地球和太陽系所有行星都是環繞著太陽旋轉。㈡白天，與「夜」相對。如「日間部」。㈢一晝夜，地球自轉一周，叫「一日」。現在的一日叫「今日」「今天」；剛過去的一日叫「昨日」「昨天」；將要到的一日是「明日」「明天」。㈣特定的一日。如「忌日」「國慶日」「生日」。㈤日日，每天。如「日記」「日新月異」「日積月累」。㈥時候。如「往日」「他日」「來日無多」。㈦季節。如「冬日」「秋日」。㈧図日光，日影。〈梁父吟〉有「窗外日遲遲」。㈨日本的簡稱。如「日僑」「日文」「日貨」。

**日夕** ㄖˋ ㄒㄧ 図日夜，早晚，黃昏。

**日子** ㄖˋ ˙ㄗ ①光陰。如「日子過得好快」。②指時間。如「日子還長」。

③特指的一天。如「今天是他結婚的日子」。④定準的某日。如「你有日子走沒有」。⑤固定的期間。如「他要回家結婚，你給這兩天日子怎麼夠呢」。⑥生活，生計。如「近來他的日子不好過喲」。

**日中** 正午。

**日內** 最近幾天。

**日日** 每天。

**日月** ①太陽和月亮。②光陰，時間。③一天或一月。④每日每月，時時。⑤比喻帝王、后妃。⑥比喻聖賢。

**日出** 太陽從東方的地平線升上來。與「日沒」或「日入」相對。

**日刊** 每天發行的出版物。

**日本** 國名，位於東亞的島國，東臨太平洋，西瀕日本海。面積三十七萬八千平方公里，人口一億二千萬，由北海道、本州、四國、九州及一些小島所組成。以東京語為國語。首都東京。

**日用** ①尋常衣食住行，是每天所必需的。②日常生活的消費。

**日光** 太陽光。

**日色** 陽光。如「日色漸漸暗了」。

**日利** 利息按日計算的，也叫日息。

**日沒** 太陽降落到地平線以下去了。

**日來** 近日以來。

**日夜** 晝夜。

**日前** 以前，前幾天。

**日後** 以後，將來。

**日食** ①同「日蝕」。②図同「生活」。

**日息** ①日日生長。②按日計算的利息。也稱日利。

**日珥** 太陽的周圍有薔薇色的火焰或深紅色雲霧隆然突起，叫「日珥」。

**日記** 每天的生活記錄。

**日冕** 太陽大氣的最外圈。顏色淡，如珍珠白，主要是由氫原子和鐵、鎳組成。溫度約七十五萬到一百五十萬度。

**日常** 平常。

**日規** 日晷儀。

**日報** 每天出版的新聞紙。

**日場** 娛樂場所（如電影院）在白天演出的，叫「日場」。

**日晷** ①日影。②日晷儀的簡稱。

**日期** 日子②③④⑤。

**日斑** 太陽表面上所現的黑色斑點。

**日程** 為了會議、讀書、辦事、出門遊歷而訂定每天的工作或遊覽時間表。

**日間** 白天。

**日新** 天天進步。

**日暈** 太陽周圍成圈的光氣，是陽光照射地球時，經高空雲層中雪晶體的折射而形成的。也說日承。

**日照** ①日光普照。②一天中太陽光照射的時間。③山東省縣名。

**日漸** 一天一天慢慢地，逐漸。

**日誌** 日記。如「教室日誌」。

**日語**（ㄖˋ ㄩˇ） 日本國語，使用人數約一億二千萬。日本從西元八世紀起有文字，用假名和漢字。語言系屬，多數學者列入阿爾泰語系。

**日影**（ㄖˋ ㄧㄥˇ） 日光的影子。也寫作「日景」（景讀ㄧㄥˇ）。

**日課**（ㄖˋ ㄎㄜˋ） 每天一定的功課。

**日蝕**（ㄖˋ ㄕˊ） 月球運行到太陽和地球中間，三者成直線，從地球上看去，太陽有部分或全部被月球球體遮住，叫做「日蝕」。有日全蝕、日偏蝕、日環蝕三種。我國記錄日蝕，在世界上是最早與最完整的。〈書經・胤征〉所記是四千年前的一次日蝕。

**日曆**（ㄖˋ ㄌㄧˋ） 記載月、日、星期和季候、節氣等的冊子或活頁本。

**日內瓦**（ㄖˋ ㄋㄟˋ ㄨㄚˇ） 都市名，在瑞士西南部，日內瓦湖西岸的隆河河谷上。瑞士為一中立國，許多國際組織永久設於此，因此各種國際性會議常在此舉行。

**日月蝕**（ㄖˋ ㄩㄝˋ ㄕˊ） 分別看「日蝕」和「月蝕」。

**日月潭**（ㄖˋ ㄩㄝˋ ㄊㄢˊ） 湖泊名。本名魚池，古稱水裡社潭。在臺灣省南投縣魚池鄉，是中央山脈斷裂盆地積水而成，為臺灣第一名湖，也是重要水力發電廠的所在。

**日用品**（ㄖˋ ㄩㄥˋ ㄆㄧㄣˇ） 日常生活中，飲食、衣著、衛生等每日必須使用的東西。

**日光浴**（ㄖˋ ㄍㄨㄤ ㄩˋ） 坐臥在日光下，使皮膚充分接受太陽光線，可以增進健康。

**日光燈**（ㄖˋ ㄍㄨㄤ ㄉㄥ） 螢光燈。

**日全蝕**（ㄖˋ ㄑㄩㄢˊ ㄕˊ） 見「全蝕」。

**日記簿**（ㄖˋ ㄐㄧˋ ㄅㄨˋ） ①會計學名詞。依發生交易事項的時間先後，記入交易分錄。②寫日記用的本子，用以每日記載個人生活及感想的冊子。

**日偏蝕**（ㄖˋ ㄆㄧㄢ ㄕˊ） 地球在月球影內是日蝕。在半影內的，人只能看見太陽的一部分，這就叫做「日偏蝕」。

**日晷儀**（ㄖˋ ㄍㄨㄟˇ ㄧˊ） 觀測日晷的儀器。主要原理是物鏡所得的影像，用遮光版遮住光球部分，僅使日晷影像顯現在乾板上。

**日期戳**（ㄖˋ ㄑㄧˊ ㄔㄨㄛ） 刻有年月日的戳子。

**日間部**（ㄖˋ ㄐㄧㄢ ㄅㄨˋ） 學校裡在白天上課的部分。

**日環蝕**（ㄖˋ ㄏㄨㄢˊ ㄕˊ） 日蝕時候，月球沒遮住太陽的全部，看去太陽像是發光的圓環。

**日曜日**（ㄖˋ ㄧㄠˋ ㄖˋ） 七曜日的第一天，就是星期日。

**日上三竿**（ㄖˋ ㄕㄤˋ ㄙㄢ ㄍㄢ） 太陽很高了，大約在上午八九點鐘時候。

**日久天長**（ㄖˋ ㄐㄧㄡˇ ㄊㄧㄢ ㄔㄤˊ） 時日久了。

**日中則昃**（ㄖˋ ㄓㄨㄥ ㄗㄜˊ ㄗㄜˋ） 図太陽到了正午必定偏斜。比喻盛極必衰。

**日月如梭**（ㄖˋ ㄩㄝˋ ㄖㄨˊ ㄙㄨㄛ） 形容時間過得很快。

**日本腦炎**（ㄖˋ ㄅㄣˇ ㄋㄠˇ ㄧㄢˊ） 一種濾過性病毒所引起的腦發炎的急性傳染病，由蚊蟲為媒介。一九二四年曾流行於日本。

**日理萬機**（ㄖˋ ㄌㄧˇ ㄨㄢˋ ㄐㄧ） 謂主政者每天要處理繁多的事務，日日辛勞。

**日就月將**（ㄖˋ ㄐㄧㄡˋ ㄩㄝˋ ㄐㄧㄤ） 図每天每月都有進步。

**日新月異**（ㄖˋ ㄒㄧㄣ ㄩㄝˋ ㄧˋ） 日日更新，月月不同。形容變化、進步的快速。

**日暮途窮**（ㄖˋ ㄇㄨˋ ㄊㄨˊ ㄑㄩㄥˊ） 太陽快下山而路途還很遠。比喻人遇到困難，無計可施。語見〈吳越春秋・闔閭內傳第四〉，是伍子胥回答申包胥的話

「日暮路遠，倒行而逆施之於道也」。

**日據時代** ㄖˋ ㄐㄩˋ ㄕˊ ㄉㄞˋ 臺灣史的一個斷代。自清光緒二十一年（一八九五）馬關條約後，臺灣割讓日本，至民國三十四年（一九四五）九月抗戰勝利，臺灣光復，這段日本人占據時期為日據時代。

**日積月累** ㄖˋ ㄐㄧ ㄩㄝˋ ㄌㄟˇ 時間越長，積累越多。歷時很久的意思。

**日薄西山** ㄖˋ ㄅㄛˊ ㄒㄧ ㄕㄢ 図太陽迫近西山，接近日落。比喻衰老、病重的人或衰微的事物臨近死亡。薄：迫近。

**日薄崦嵫** ㄖˋ ㄅㄛˊ ㄧㄢ ㄗ 図同「日薄西山」。崦嵫：古代指太陽落山的地方。太陽快落山了。比喻人衰老，臨近死亡。

## 一筆

**旦** ㄉㄢˋ ㈠太陽出來的時候，引伸作早晨的意思。如「平旦」、「旦夕」。㈡日。如「旦旦」、「元旦」。㈢國劇裡扮演女人的腳色的叫「旦」，有「老旦」「花旦」「刀馬旦」等，統稱「旦腳兒」。

**旦夕** ㄉㄢˋ ㄒㄧ ①早晚。②很短的時間。如「危在旦夕」。

**旦旦** ㄉㄢˋ ㄉㄢˋ 図①日日。②誠懇。如「信誓旦旦」。

**旦暮** ㄉㄢˋ ㄇㄨˋ 図朝夕。比喻時間過得很快。

## 二筆

**旯** ㄌㄚˊ 見「旮旯兒」條。

**旮** ㄍㄚ 見「旮旯兒」。

**旮旯兒** ㄍㄚ ㄌㄚˊ ㄦ 角落，指平常不受注意的暗隅。如「牆旮旯兒」「山旮旯兒」。

**旭** ㄒㄩˋ ㈠日出光明的樣子。如「朝旭」。㈡剛升起的朝陽。如「旭日東升」。

**旭日** ㄒㄩˋ ㄖˋ 剛升起的太陽。

**旬** ㄒㄩㄣˊ ㈠十天叫一旬，一個月分三旬。如「旬刊」、「上旬」。㈡計算年歲，十年叫一旬。如「八旬大慶」。㈢図滿滿。一年叫「旬年」，滿一歲叫「旬歲」。

**旬日** ㄒㄩㄣˊ ㄖˋ 十天或十天左右。

**旬刊** ㄒㄩㄣˊ ㄎㄢ 每十天出版一次的刊物。

**旨** ㄓˇ ㈠意思，心意，意義。如「旨趣」「宗旨」「要旨」。㈡図美味。如「甘旨」「旨酒佳肴」。㈢君主專制時代帝王的命令。如「聖旨」。

**旨意** ㄓˇ ㄧˋ 宗旨，意義。同「指意」。

**旨趣** ㄓˇ ㄑㄩˋ 宗旨，大意。同「指趣」「趣旨」。

**旨歸** ㄓˇ ㄍㄨㄟ 宗旨與意向。同「旨意」。

**旨酒佳肴** ㄓˇ ㄐㄧㄡˇ ㄐㄧㄚ ㄧㄠˊ 図美酒，好菜。

**早** ㄗㄠˇ ㈠太陽剛出來的時候。如「早晨」「大清早」。㈡時間靠前的。如「早睡早起」「早期的作品」。㈢以前，從前。如「早就這樣」「早知如此」。㈣不晚。如「還早，太陽沒下山呢」。㈤早晨見面時候互相招呼的話。如「早哇」「您早」。

**早上** ㄗㄠˇ ㄕㄤˋ 上字輕讀。早晨。

**早已** ㄗㄠˇ ㄧˇ ①表過去時的詞。如「火車還沒有到站，那些歡迎的早已把站臺擠滿了」。②早先，從前。

**早日** ㄗㄠˇ ㄖˋ 時期提早。

**早先** ㄗㄠˇ ㄒㄧㄢ 從前，以前。

**早年** ㄗㄠˇ ㄋㄧㄢˊ 多年以前。

**早春** ㄗㄠˇ ㄔㄨㄣ 初春，指節氣立春前後。

**早茶** ㄗㄠˇ ㄔㄚˊ ①七八月間採的茶葉新芽。②早上吃的茶點。香港廣州流行風尚。

**早衰** ㄗㄠˇ ㄕㄨㄞ 人未老而身心先老化。

**早退** ㄗㄠˇ ㄊㄨㄟˋ ①提前隱退。②提早退席或提早離開崗位。

**早起** ▲ㄗㄠˇ ㄑㄧˇ 早起床。如「早睡早起身體好」。▲ㄗㄠˇ ·ㄑㄧ 早晨。

**早婚** ㄗㄠˇ ㄏㄨㄣ 不到適婚年齡就先結婚。

**早晨** ㄗㄠˇ ㄔㄣˊ 上午。通常指十點以前。

**早晚** ㄗㄠˇ ㄨㄢˇ ①早晨與夜間。②遲早。如「他早晚是要來的」。③時候。如「明天這早晚他就來了」。

**早產** ㄗㄠˇ ㄔㄢˇ 懷孕不足月的分娩；不滿二十八週的叫流產。過了二十八週而不足三十六週的叫早產。

**早場** ㄗㄠˇ ㄔㄤˇ 戲劇、電影等在上午的演出。

**早期** ㄗㄠˇ ㄑㄧ 一個時代、一個過程或一個人一生的最早階段。

**早飯** ㄗㄠˇ ㄈㄢˋ 晨餐。

**早歲** ㄗㄠˇ ㄙㄨㄟˋ 早年。

**早寡** ㄗㄠˇ ㄍㄨㄚˇ 婦女年輕喪夫。

**早熟** ㄗㄠˇ ㄕㄨˊ ①農作物的果實提早成熟。②人的身心早發達。

**早稻** ㄗㄠˇ ㄉㄠˋ 成熟期較早的水稻，就是秈稻。

**早課** ㄗㄠˇ ㄎㄜˋ 晨間課業，如禪坐、誦念或早自習等。

**早操** ㄗㄠˇ ㄘㄠ 早晨做的體操。

**早點** ㄗㄠˇ ㄉㄧㄢˇ 早晨所吃的點心，就是早飯。

**早早兒** ㄗㄠˇ ㄗㄠˇ ㄦ 快些，提前。如「你如果想辦，就早早兒動手」。

**早點兒** ㄗㄠˇ ㄉㄧㄢˇ ㄦ 提早。也作「早些兒」。

## 三筆

# 旰
〔文〕ㄍㄢˋ 晚，日落的時候。如「旰食」。

**旰食** ㄍㄢˋ ㄕˊ 〔文〕過了時才吃飯。比喻勤勞做事。

**旰食宵衣** ㄍㄢˋ ㄕˊ ㄒㄧㄠ ㄧ 〔文〕天已晚才吃飯，天未亮就起來穿衣。形容勤於政事。同「宵衣旰食」。

# 旱
ㄏㄢˋ ㈠久不下雨。如「旱災」「大旱之望雲霓」。㈡陸地，陸路，是對溼地、水路說的。如「旱田」「旱路」。

**旱田** ㄏㄢˋ ㄊㄧㄢˊ 種植不需要大量水分的作物的田地。

**旱地** ㄏㄢˋ ㄉㄧˋ 旱田。也指土地乾燥的田地。

**旱災** ㄏㄢˋ ㄗㄞ 因為天旱而農作物枯死，叫做「旱災」。

**旱季** ㄏㄢˋ ㄐㄧˋ 不下雨或雨水少的季節。

**旱船** ㄏㄢˋ ㄔㄨㄢˊ ①〔方〕園林中形狀略像船的臨水房屋。②民間舞蹈「跑旱船」所用的船形道具。

**旱菸** ㄏㄢˋ ㄧㄢ 裝在無水菸袋裡吸食的菸草碎末，對水菸說的。

**旱象** ㄏㄢˋ ㄒㄧㄤˋ 乾旱的現象。

**旱路** ㄏㄢˋ ㄌㄨˋ 陸路。

**旱潦** ㄏㄢˋ ㄌㄠˋ 天久不下雨或多雨。

**旱稻** ㄏㄢˋ ㄉㄠˋ 種在旱地裡的稻子，抗旱力比水稻強。

**旱獺** ㄏㄢˋ ㄊㄚˋ 屬脊椎動物，食肉目的哺乳動物。全身棕灰色或帶黃黑色，喜歡穴居岩洞、土窟中而不入水域。有冬眠的習性，又稱土撥鼠或山撥鼠。

**旱天** ㄏㄢˋ ㄊㄧㄢ（兒ㄦ） 天氣乾燥而不下雨。

**旱鴨子** ㄏㄢˋ ㄧㄚ ㄗ˙ 指不會游泳的人。

## 四筆

**旻** 図ㄇㄧㄣˊ秋天叫「旻天」，也作天空的通稱。

**明（朙、眀）** ㄇㄧㄥˊ ㈠光亮。如「明亮」「天色未明」。㈡通曉。如「明白」「深明大義」。㈢図眼力，視力。〈孟子·梁惠王上〉：「明足以察秋毫之末」。㈣図與「幽」相對，指陽間。如「幽明永隔」。㈤清楚，清晰。如「耳聰目明」「黑白分明」。㈥聰慧，悟性高。如「聰明」。㈦視覺。如「失明」（瞎了眼睛）。㈧表面的。如「明火執仗」「明棄暗取」。㈨顯然的。如「明明是你拿去，還說沒有」。㈩公開的。如「明碼」「有話明說」。⑪次，第二（只用在時間方面）。如「明年」「明天」。⑫朝代名，朱元璋所建，被清朝所滅（西元一三六八—一六四四）。⑬神。如「神明」。⑭乾淨的，整潔的。如「窗明几淨」。⑮姓。

**明人** ㄇㄧㄥˊ ㄖㄣˊ ①有視力的人（與盲人相對）。②心地光明的人。如「明人不做暗事」。

**明公** ㄇㄧㄥˊ ㄍㄨㄥ 舊時對有名位者的尊稱。

**明文** ㄇㄧㄥˊ ㄨㄣˊ 事實規則，有文字可以依據的。如「明文規定」。

**明日** ㄇㄧㄥˊ ㄖˋ 今天的下一天，明天。

**明王** ㄇㄧㄥˊ ㄨㄤˊ 図我國舊時封建時代稱「聖主」。

**明令** ㄇㄧㄥˊ ㄌㄧㄥˋ 公開發表的命令。

**明白** ㄇㄧㄥˊ ㄅㄞˊ 白字輕讀。①了解。②聰明，不糊塗。③清晰。

**明示** ㄇㄧㄥˊ ㄕˋ 明白指示或表示。

**明年** ㄇㄧㄥˊ ㄋㄧㄢˊ 下一年，第二年。

**明色** ㄇㄧㄥˊ ㄙㄜˋ 比正色淡或明亮的顏色。反過來的叫「暗色」。

**明君** ㄇㄧㄥˊ ㄐㄩㄣ ①賢明的國君。②漢元帝妃王嬙，字昭君，因晉時避司馬昭諱，改稱明君。

**明快** ㄇㄧㄥˊ ㄎㄨㄞˋ ①語言、文字等明白通暢。②性格開朗直爽，處事有決斷。

**明兒** ㄇㄧㄥˊ ㄦ 就是明天。北京話說ㄇㄧㄜˊㄦ。

**明明** ㄇㄧㄥˊ ㄇㄧㄥˊ 明白的。如「明明是他幹的」。

**明知** ㄇㄧㄥˊ ㄓ 明明知道。

**明亮** ㄇㄧㄥˊ ㄌㄧㄤˋ ①清晰。②光明而堅貞。③光亮，光線充足。④明白清楚。

**明星** ㄇㄧㄥˊ ㄒㄧㄥ ①明亮的星，常指金星。②演藝界或體育界的出色人物。如「電影明星」。

**明哲** ㄇㄧㄥˊ ㄓㄜˊ 賢智的人。

**明朗** ㄇㄧㄥˊ ㄌㄤˇ ①光線充足，明亮。②明白，清晰。③光明磊落。

**明珠** ㄇㄧㄥˊ ㄓㄨ ①寶珠。②比喻可貴的人物。如「掌上明珠」。

**明堂** ㄇㄧㄥˊ ㄊㄤˊ ①打晒糧食的場地。②院子。

**明教** ㄇㄧㄥˊ ㄐㄧㄠˋ ①敬辭，高明的指教（用於書信）。②明清時代流行於江蘇、浙江、福建的民間宗教。

**明淨** ㄇㄧㄥˊ ㄐㄧㄥˋ 明亮而潔淨。

**明理** ㄇㄧㄥˊ ㄌㄧˇ ①明白道理。②明顯的道理。

**明處** ㄇㄧㄥˊ ㄔㄨˋ ①明亮的地方。②公開的場合。

**明喻** ㄇㄧㄥˊ ㄩˋ 修辭學名詞，指比喻的一種。明顯地用另外的事物來比擬事物，表示兩者之間的相似。

**明媚** ㄇㄧㄥˊ ㄇㄟˋ 景物鮮明悅目。如「春光明媚」。

**明晰** ㄇㄧㄥˊ ㄒㄧ 明白清楚。

**明智** ㄇㄧㄥˊ ㄓˋ 懂事理，有達見，想得周到。

**明朝** ▲ㄇㄧㄥˊ ㄓㄠ 明天早晨。▲ㄇㄧㄥˊ ㄔㄠˊ 朝代名。見明(十一)。

**明搶** ㄇㄧㄥˊ ㄑㄧㄤˇ 公然搶劫。

**明滅** ㄇㄧㄥˊ ㄇㄧㄝˋ 時現時隱，忽明忽暗。

**明溝** ㄇㄧㄥˊ ㄍㄡ 沒設蓋子的水溝。

**明達** ㄇㄧㄥˊ ㄉㄚˊ 對事理有明確透徹的認識；通達。

**明道** ㄇㄧㄥˊ ㄉㄠˋ 明曉道理。

**明察** ㄇㄧㄥˊ ㄔㄚˊ 觀察明細，不受蒙蔽。如「明察秋毫」。

**明暢** ㄇㄧㄥˊ ㄔㄤˋ （語言、文字等）明白流暢。

**明澈** ㄇㄧㄥˊ ㄔㄜˋ 明亮而清澈。

**明說** ㄇㄧㄥˊ ㄕㄨㄛ 明白說出。

**明德** ㄇㄧㄥˊ ㄉㄜˊ 崇高顯明的道德。

**明徵** ㄇㄧㄥˊ ㄓㄥ 顯明的徵驗。

**明盤** ㄇㄧㄥˊ ㄆㄢˊ 商業用語。指買賣雙方在市場上公開議定的價格。

**明碼** ㄇㄧㄥˊ ㄇㄚˇ ①沒有祕密的電報字碼。②商店貨品上所標的價格。如「明碼實價」。

**明確** ㄇㄧㄥˊ ㄑㄩㄝˋ 明白確實。

**明膠** ㄇㄧㄥˊ ㄐㄧㄠ 即動物膠，是一種有機化合物。從動物的結締組織中提煉而成。冰淇淋、棉花軟糖、蛋糕、肉湯中皆可加明膠，增加其充實感；膠囊或軟膏中也都含有明膠。

**明蝦** ㄇㄧㄥˊ ㄒㄧㄚ 蝦的一種，大者長五、六寸，殼薄而明透。也叫對蝦，又稱螟蝦。

**明駝** ㄇㄧㄥˊ ㄊㄨㄛˊ 図駱駝。

**明器** ㄇㄧㄥˊ ㄑㄧˋ 送死的器具，埋在墳墓中的。

**明燈** ㄇㄧㄥˊ ㄉㄥ 比喻指引群眾朝向光明正確方向前進的人或事物。

**明璫** ㄇㄧㄥˊ ㄉㄤ 図用珠玉做成的耳飾。

**明瞭** ㄇㄧㄥˊ ㄌㄧㄠˇ 明白，了解，清晰。

**明斷** ㄇㄧㄥˊ ㄉㄨㄢˋ ①清明而果斷。②英明的決斷。③明辨是非，做出公平明白的判決。

**明蟾** ㄇㄧㄥˊ ㄔㄢˊ 指月亮。傳說月宮中有一大蟾蜍。明朝劉基詩：「深秋白露洗明蟾」。

**明證** ㄇㄧㄥˊ ㄓㄥˋ 顯明的證據。

**明鏡** ㄇㄧㄥˊ ㄐㄧㄥˋ 明亮的鏡子。

**明礬** ㄇㄧㄥˊ ㄈㄢˊ 用濃硫酸處理黏土或鍛燒明礬石所得的無色透明的結晶，帶澀味，入水溶化，有結合染料的功用。

**明鑑** ㄇㄧㄥˊ ㄐㄧㄢˋ ①明亮的鏡子。鑑即是鏡。②明察；善於辨別事物。③明顯的借鏡或鑑戒。

**明顯** ㄇㄧㄥˊ ㄒㄧㄢˇ 明白顯露。

**明前（茶）** ㄇㄧㄥˊ ㄑㄧㄢˊ（ㄔㄚˊ） 綠茶的一種，用清明前採摘的細嫩芽尖製成。

**明晃晃** 光亮的樣子。

**明眼人** 有見識的人。

**明細表** 詳細的表格化清單。依照事物的性質，詳細列在各欄裡，多以數字表示。

**明擺的** 顯而易見的。

**明信片（兒）** 郵局出售的不用封套的寫信紙片，郵費比普通信便宜。

**明心見性** 図洞明心性的本源。

**明日黃花** 過時的事物。是感嘆的話。

**明正典刑** ①依法公開處理。②將犯人公開處死。

**明火執仗** 舊小說裡形容強盜在夜裡點著火把，公然搶劫的行為。

**明目張膽** 毫無顧忌的樣子。

**明見萬里** 形容眼光遠大，能預測未來的事。

**明來暗往** 公開或暗地裡來往。形容關係密切，來往頻繁。

**明明白白** ①明白，清晰。②明明，顯然。

**明爭暗鬥** 明裡暗裡都在進行爭鬥。

**明知故犯** 明知犯法的事，卻故意去做。

**明知故問** 自己已經知道而故意問人。

**明若觀火** 看得很清楚。

**明哲保身** 原指明智的人不參與可能給自己帶來危險的事。後多指生怕有損自己利益，以迴避為原則的處世態度。

**明恥教戰** ①申明大義，使士兵知懦弱為恥而勇於作戰。②使民眾知道過去受到敵人侮辱的事蹟，以激發同仇敵愾之心。

**明珠暗投** ①比喻懷才不遇。②比喻高才做微賤的事。③比喻好人入惡黨。

**明棄暗取** 表面不要，暗地裡偷著要。

**明眸皓齒** 眼睛光亮，齒潔白。指美人。

**明媒正娶** 指夫妻結婚經過媒人介紹正式行禮成親的。

**明察暗訪** 公開查問與祕密探訪。

**明槍暗箭** 公開或暗中的種種攻擊。

**明察秋毫** 能看出極細微的事物。語出〈孟子・梁惠王〉。

**明辨是非** 把是非分清楚。

**明鏡高懸** 比喻居官清明，審案公正無私，秉持公道。

**明修棧道暗度陳倉** 使對方注意明處的行動，忽略暗處的行動，而攻其不備，使對方措手不及。

**明槍易躲暗箭難防** 比喻公開的攻擊尚易應付，暗中的陷害難以防範。

## 昉

図 ㄈㄤˇ ㈠天剛亮。㈡開始。

## 昆

ㄎㄨㄣ ㈠兄弟叫「昆仲」。昆是兄的意思。㈡図子孫後代，叫「昆裔」。㈢眾多的，各種各類的。如「昆蟲」。㈣同「崑」。

**昆布** 藻類植物，生在海裡，細長如帶，可以吃，狹的叫「海帶」。

**昆仲** 稱呼別人兄弟的敬詞。也作「昆季」。

**昆侖** ㄎㄨㄣ ㄌㄨㄣˊ 「崑崙」（山名）的另一種寫法。

**昆蟲** ㄎㄨㄣ ㄔㄨㄥˊ 蟲類的總稱。身體由頭、胸、腹等三部組成，用氣管呼吸的節足動物，像螞蟻、蜻蜓等都是。

**昊** 図ㄏㄠˋ 見「昊天」。

**昊天** ㄏㄠˋ ㄊㄧㄢ 図①天的泛稱。②指父母養育之恩。〈詩經〉有「昊天罔極」。

**昏（昬）** ㄏㄨㄣ ㈠太陽下山以後的那段時間。如「黃昏」「晨昏定省（ㄒㄧㄥˇ）」。㈡光線暗，不亮。如「昏黑」「昏暗」。㈢暈（ㄩㄣ）。如「頭昏」「氣得發昏」。㈣神志模糊不清。如「昏聵」「昏頭昏腦」。㈤失去知覺。如「昏厥」「昏迷不醒」。

**昏君** ㄏㄨㄣ ㄐㄩㄣ 愚昧無道的君主。

**昏沉** ㄏㄨㄣ ㄔㄣˊ 昏迷不省人事。加強語氣時說「昏昏沉沉」。

**昏昏** ㄏㄨㄣ ㄏㄨㄣ 迷糊不明的樣子。

**昏花** ㄏㄨㄣ ㄏㄨㄚ 眼睛發花，看不清楚。

**昏星** ㄏㄨㄣ ㄒㄧㄥ 我國天文家指日落以後，在西邊出現的水星或金星。

**昏昧** ㄏㄨㄣ ㄇㄟˋ 図糊塗，不明白。

**昏眩** ㄏㄨㄣ ㄒㄩㄢˋ 頭腦昏沉，眼花撩亂。

**昏迷** ㄏㄨㄣ ㄇㄧˊ 知覺不清，不省人事的樣子。

**昏庸** ㄏㄨㄣ ㄩㄥ 糊塗而愚蠢。

**昏厥** ㄏㄨㄣ ㄐㄩㄝˊ 図因為生病或重大刺激而昏迷不省人事。

**昏黃** ㄏㄨㄣ ㄏㄨㄤˊ 天色幽暗，或是風沙很大的天色。

**昏黑** ㄏㄨㄣ ㄏㄟ 夜裡昏暗看不清楚。

**昏亂** ㄏㄨㄣ ㄌㄨㄢˋ 昏迷錯亂。

**昏暗** ㄏㄨㄣ ㄢˋ 光線不夠，視線不明。

**昏睡** ㄏㄨㄣ ㄕㄨㄟˋ 昏昏沉沉地睡。

**昏聵** ㄏㄨㄣ ㄎㄨㄟˋ 図糊塗不明。

**昏天黑地** ㄏㄨㄣ ㄊㄧㄢ ㄏㄟ ㄉㄧˋ ①昏暗不能辨別方向。②比喻人的昏亂無知。

**昏定晨省** ㄏㄨㄣ ㄉㄧㄥˋ ㄔㄣˊ ㄒㄧㄥˇ 古時子女早晚向父母請安的禮節。也作「晨昏定省」。

**昏昏沉沉** ㄏㄨㄣ ㄏㄨㄣ ㄔㄣˊ ㄔㄣˊ 頭腦模糊，意識不清楚。

**昏頭昏腦** ㄏㄨㄣ ㄊㄡˊ ㄏㄨㄣ ㄋㄠˇ 神志不清。

**昔** 図ㄒㄧˊ ㈠從前，古時候。如「往昔」「昔者」。㈡夜。如「宿昔」。

**昔日** ㄒㄧˊ ㄖˋ 図從前。

**昔者** ㄒㄧˊ ㄓㄜˇ 図往日，古時候。也作「昔時」。

**昕** 図ㄒㄧㄣ 太陽快升起時，引伸作「早上」的意思。

**昕夕** ㄒㄧㄣ ㄒㄧˋ 図朝暮。

**昌** ㄔㄤ ㈠興盛。如「昌盛」「順天者昌」。㈡光亮燦爛。如「昌明」。㈢図正當的，好的。如「昌言」。

**昌言** ㄔㄤ ㄧㄢˊ 図①正當的言論。②直言不諱。

**昌明** ㄔㄤ ㄇㄧㄥˊ 光明，光大，美好。

**昇** ㄕㄥ ㈠太陽上升。如「旭日初昇」。㈡太平。如「昇平」。㈢通「陞」。

**昇平** ㄕㄥ ㄆㄧㄥˊ 也作「升平」。國家太平。

**昇汞**（ㄕㄥ ㄍㄨㄥˇ） 殺菌藥品，是白色結晶粉末，在水裡容易溶化，毒性強。也叫「猛汞」。

**昇華**（ㄕㄥ ㄏㄨㄚˊ） ①化合物由固體直接變成氣體，冷卻以後，氣體又直接凝為固體，而都不先呈液體的，叫昇華。像硫黃、甘汞等。②事物的提高與精鍊。如戲曲藝術是現實生活的昇華。③心理學名詞，人時常壓抑內心不合良心或社會規範的欲望，另外尋求出路或加以新的導向，以道德或倫理規範所能接受的方式表達，這種改變就是昇華。

## 昃

（ㄗㄜˋ） 図過了正午，太陽偏西叫做「昃」。

## 昂

（ㄤˊ） ㈠上仰，高舉。如「昂首挺胸」。㈡情緒高，不卑下。如「激昂」「軒昂」。㈢物價高漲。如「百物昂貴」。

**昂昂**（ㄤˊ ㄤˊ） 挺拔出群的樣子。也指志向高超。

**昂首**（ㄤˊ ㄕㄡˇ） 仰著頭。如「昂首闊步」。

**昂揚**（ㄤˊ ㄧㄤˊ） ①情緒高漲。②聲音高昂。

**昂然**（ㄤˊ ㄖㄢˊ） 高傲不卑屈的樣子。

**昂貴**（ㄤˊ ㄍㄨㄟˋ） 價格很高。

**昂藏**（ㄤˊ ㄘㄤˊ） 図氣宇軒昂。如「七尺昂藏之軀」。

## 易

（ㄧˋ） ㈠交換。如「以貨易貨」「易地而處」。㈡由交換演成商業行為。如「交易」「貿易」。㈢改變。如「移風易俗」「改弦易轍」。㈣困難的反面。如「容易」「行易知難」「輕而易舉」。㈤安穩。如「居易」。㈥和平，和氣。如「平易近人」。㈦図治理。如「易其田疇」。㈧〈易經〉的簡稱。㈨姓。

**易手**（ㄧˋ ㄕㄡˇ） 指政權或財產等更換主政者或占有人。

**易易**（ㄧˋ ㄧˋ） 図極容易。

**易姓**（ㄧˋ ㄒㄧㄥˋ） ①改姓。②図封建時代更換朝代。

**易俗**（ㄧˋ ㄙㄨˊ） 改善風俗。

**易經**（ㄧˋ ㄐㄧㄥ） 就是〈周易〉，簡稱〈易〉，是古代卜筮的書。

**易與**（ㄧˋ ㄩˇ） 図不難應付。輕鄙之詞。

**易水歌**（ㄧˋ ㄕㄨㄟˇ ㄍㄜ） 古歌名。戰國時荊軻將為燕太子丹刺秦王，太子丹在易水（在今河北易縣）邊為他送行所唱的歌。歌曰：「風蕭蕭兮易水寒，壯士一去兮不復還！」

**易子而教**（ㄧˋ ㄗˇ ㄦˊ ㄐㄧㄠˋ） 彼此交換孩子來施教。

**易地而處**（ㄧˋ ㄉㄧˋ ㄦˊ ㄔㄨˇ） 設身處地，站在對方看問題。

**易如反掌**（ㄧˋ ㄖㄨˊ ㄈㄢˇ ㄓㄤˇ） 如同將手掌反過來那麼容易。比喻事情極為容易。

**易科罰金**（ㄧˋ ㄎㄜ ㄈㄚˊ ㄐㄧㄣ） 法律名詞。即犯罪人犯最重本刑為三年以下有期徒刑之罪，而六月以下有期徒刑或拘役之宣告，因身體、教育、職業或家庭關係，其執行顯有困難者，以罰金代替執行。

## 旺

（ㄨㄤˋ） 興盛。如「興旺」「士氣旺盛」。

**旺地**（ㄨㄤˋ ㄉㄧˋ） 一般說興盛對人有利的地方。

**旺季**（ㄨㄤˋ ㄐㄧˋ） 營業旺盛的季節或某種東西出產多的季節。

**旺盛**（ㄨㄤˋ ㄕㄥˋ） 生命力強，情緒高漲。

**旺月（兒）**（ㄨㄤˋ ㄩㄝˋ（ㄦˊ）） 貨物暢銷，營業收入多的月份。

## 昀

（ㄩㄣˊ） 図㈠日出。㈡日光。

## 五筆

**昺**（昞） 図ㄅㄧㄥˇ同「炳」。

**昧** ㄇㄟˋ ㈠糊塗不明理。如「愚昧」「昏昧」。㈡隱藏起來。如「拾金不昧」「昧了良心」。㈢図天要亮不亮的時候。如「昧爽」「昧旦」。㈣図黑暗，不明。如「暗昧」「曖昧」。

**昧心** ㄇㄟˋ ㄒㄧㄣ 欺心，沒有良心。

**昧旦** ㄇㄟˋ ㄉㄢˋ 図天要亮不亮時候。也作「昧爽」。

**昧死** ㄇㄟˋ ㄙˇ 図臣下對帝王自謙的話，同「冒犯而得死罪」。

**昧理** ㄇㄟˋ ㄌㄧˇ 不明白道理。

**昴** ㄇㄠˇ 「昴宿」，星宿名。是七虎宿的第四宿。

**昵** ㄋㄧˋ 同「暱」。親近。

**昵愛** ㄋㄧˋ ㄞˋ 親愛。

**星** ㄒㄧㄥ ㈠宇宙間發光的球體，有恆星、行星、衛星、彗星等。㈡微細的小東西。如「零星」「火星兒」。㈢秤桿上記數的金屬點叫「星」。㈣在藝術界從事表演工作有名的人物。如「影星」「歌星」。㈤比喻布列的形狀。如「星羅棋布」。㈥図形容立刻出發，連夜趕路的樣子。如「星發」「星馳」「星夜奔馳」。㈦姓。

**星斗** ㄒㄧㄥ ㄉㄡˇ 天上的星星。

**星火** ㄒㄧㄥ ㄏㄨㄛˇ ①比喻急迫。如「急如星火」。②微小的火。如「星火燎原」。

**星主** ㄒㄧㄥ ㄓㄨˇ 舊小說裡常見，多用來附會忠正的人物，說他是天星下凡。

**星行** ㄒㄧㄥ ㄒㄧㄥˊ 連夜趕路。如「星行夜歸」。也作「星奔」。

**星形** ㄒㄧㄥ ㄒㄧㄥˊ 正多邊形的邊互相交截的形體。

**星系** ㄒㄧㄥ ㄒㄧˋ 恆星系的簡稱。

**星辰** ㄒㄧㄥ ㄔㄣˊ 眾星的總稱。

**星兒** ㄒㄧㄥ ㄦ 星㈡㈢。

**星夜** ㄒㄧㄥ ㄧㄝˋ 図夜晚。

**星河** ㄒㄧㄥ ㄏㄜˊ 天河，銀河。也作「星漢」。

**星空** ㄒㄧㄥ ㄎㄨㄥ 夜晚有星光的天空。

**星星** ▲ㄒㄧㄥ ㄒㄧㄥ ①點點。謝靈運詩有「星星白髮垂」。②星星點點，形容少數、零碎的樣子。如「菜裡星星點點擱了一點兒香油，並不好吃」「衣服上星星點點地沾了些油漆」。▲ㄒㄧㄥ˙ㄒㄧㄥ 星㈠。

**星相** ㄒㄧㄥ ㄒㄧㄤˋ ①星象和相貌。②指星相家。

**星座** ㄒㄧㄥ ㄗㄨㄛˋ 為了便利表示恆星位置而分恆星群的區畫，我國的二十八宿就是，西洋也略照它分布的形象而命名，共有十二宮八十六星座。

**星宿** ㄒㄧㄥ ㄒㄧㄡˋ ①指天上的列星。如「夜觀星宿，晝誦詩書」。②二十八宿之一，朱雀七宿的第四宿。③星相家以為人的時運受天上列星的控制，運轉不好，就說是「星宿不利」。

**星球** ㄒㄧㄥ ㄑㄧㄡˊ 指列星。

**星魚** ㄒㄧㄥ ㄩˊ 海盤車。

**星散** ㄒㄧㄥ ㄙㄢˋ 分散。

**星期** ㄒㄧㄥ ㄑㄧˊ ①星期日。②七日一週，叫作一星期。

**星發** ㄒㄧㄥ ㄈㄚ 図天沒亮時候就出發。也作「星奔」。

**星等** ㄒㄧㄥ ㄉㄥˇ 恆星或行星亮度的等級。

**星象**（ㄒㄧㄥ ㄒㄧㄤˋ） 天星的明、暗、薄、蝕等的現象。

**星雲**（ㄒㄧㄥ ㄩㄣˊ） 天體有高溫度，呈瓦斯狀態而不凝集的，外形很像雲霞。

**星群**（ㄒㄧㄥ ㄑㄩㄣˊ） 就是恆星群。由七八顆以上的星球聚集的小群恆星。

**星號**（ㄒㄧㄥ ㄏㄠˋ） 星形的記號，通常作「*」，多用來標記特殊類型或做注腳時用。

**星隕**（ㄒㄧㄥ ㄩㄣˇ） 流星接近地球時，飛行力量小於地心吸力，被吸引墜地。

**星馳**（ㄒㄧㄥ ㄔˊ） 〔文〕連夜趕路。

**星團**（ㄒㄧㄥ ㄊㄨㄢˊ） 在一定空間中由數百、數千甚至數萬以上的恆星聚集在一起的恆星集團。

**星算**（ㄒㄧㄥ ㄙㄨㄢˋ） 天文算術。

**星際**（ㄒㄧㄥ ㄐㄧˋ） 星體與星體之間。

**星曆**（ㄒㄧㄥ ㄌㄧˋ） ①星術、曆法。②記載星球在經緯線上各時刻的位置的曆書。

**星霜**（ㄒㄧㄥ ㄕㄨㄤ） 比喻歲月。星的位置因地球自轉歲差而變，但仍一年為一循環。霜每年遇寒而降，因此以星霜比喻歲月。

**星體**（ㄒㄧㄥ ㄊㄧˇ） 天體。通常指個別的星球，如月亮、太陽、火星、北極星。

**星條旗**（ㄒㄧㄥ ㄊㄧㄠˊ ㄑㄧˊ） 美國國旗。有十三條條紋，七紅六白，代表開國時東北部的新英格蘭等十三州。左上角五十顆白色五角星代表現有的五十州。

**星期日**（ㄒㄧㄥ ㄑㄧˊ ㄖˋ） 一週七日的頭一日，也叫禮拜天或日曜日。

**星移斗轉**（ㄒㄧㄥ ㄧˊ ㄉㄡˇ ㄓㄨㄢˇ） 星斗變換位置，表示季節改變。比喻時間變化。

**星羅棋布**（ㄒㄧㄥ ㄌㄨㄛˊ ㄑㄧˊ ㄅㄨˋ） 以星星棋子比喻布列的繁密。

**星星之火可以燎原**（ㄒㄧㄥ ㄒㄧㄥ ㄓ ㄏㄨㄛˇ ㄎㄜˇ ㄧˇ ㄌㄧㄠˊ ㄩㄢˊ） ①比喻細微的事情足以釀成大禍。②比喻開始時顯得弱小的生命事物有旺盛的生命力和廣闊的發展前途。

## 昫

〔文〕ㄒㄩˋ 日出溫暖的意思。

## 昭

ㄓㄠ ㈠光亮，顯明。如「信譽昭著」「昭然若揭」。㈡〔文〕洗刷冤枉。如「昭雪」。㈢姓。

**昭示**（ㄓㄠ ㄕˋ） 明白的表示或宣布。

**昭明**（ㄓㄠ ㄇㄧㄥˊ） 明顯。

**昭昭**（ㄓㄠ ㄓㄠ） ①明亮。②明白。

**昭雪**（ㄓㄠ ㄒㄩㄝˇ） 〔文〕明白，洗雪冤枉。

**昭著**（ㄓㄠ ㄓㄨˋ） 顯明。也作「昭彰」。

**昭彰**（ㄓㄠ ㄓㄤ） 明顯；顯著。同「昭著」。

**昭然若揭**（ㄓㄠ ㄖㄢˊ ㄖㄨㄛˋ ㄐㄧㄝ） 〔文〕指真相大白。

## 昶

〔文〕ㄔㄤˇ ㈠白天的時間較長，叫「昶」。㈡通「暢」。

## 春（旾、萅）

ㄔㄨㄣ ㈠四季的第一季，在陰曆是正月、二月、三月。㈡〔文〕東方。因北斗星指向東方。㈢〔文〕年的代詞。如「恍恍忽忽三十春」。㈣〔文〕生命力，生機。如「妙手回春」。㈤〔文〕男女間的情愫。如「懷春」「思春」。㈥比喻年紀輕。如「青春」。㈦唐代詩人喜歡用春作酒的名稱，如「玉壺買春，賞雨茆屋」。㈦姓。

**春山**（ㄔㄨㄣ ㄕㄢ） 春色點染的山容，顏色黛青，詩人多用它比喻婦女的眉色。如「蛾眉巧畫春山」。

**春分**（ㄔㄨㄣ ㄈㄣ） 節氣名，在陽曆三月二十一日或二十二日，這天晝夜平均。

**春心**（ㄔㄨㄣ ㄒㄧㄣ） ①春天傷感的心情。②戀情。③也指女子思慕男子的情懷。

慾念。如「春心蕩漾」。

**春牛** ㄔㄨㄣ ㄋㄧㄡˊ 舊制，立春前一天，官府打春牛迎春。春牛是用蘆葦或紙做的。

**春光** ㄔㄨㄣ ㄍㄨㄤ 春天的景色。

**春忙** ㄔㄨㄣ ㄇㄤˊ 春天農耕。

**春色** ㄔㄨㄣ ㄙㄜˋ ①春天的景色。②色情的感覺。③臉上的喜氣。

**春季** ㄔㄨㄣ ㄐㄧˋ 從立春到立夏之間，共六個節氣，這段時間是春季。

**春秋** ㄔㄨㄣ ㄑㄧㄡ ①[文]代表一年。〈詩經．魯頌．閟宮〉：「春秋匪懈，享祀不忒」。②[文]說人的年齡，通常指「長成」「壯盛」的年紀。如「春秋鼎盛」。③我國周朝時候魯國的史書，經孔子修正，是經書之一，公羊、穀梁、左氏三家作了傳（ㄓㄨㄢˋ）—解釋的文字，所以叫「春秋三傳」。另有私家或私人的史學著述也叫「春秋」的。如〈晏子春秋〉〈呂氏春秋〉等。④孔子修〈春秋〉，從魯隱公元年（西元前七二二年）起到魯哀公十四年（西元前四八一年），共十二代二百四十二年，史書稱這段時間叫「春秋時代」。

**春風** ㄔㄨㄣ ㄈㄥ ①和煦的風，比喻恩惠。如「口角春風」。②春風吹拂，發育萬物，所以用來比喻教育。如「春風化雨」。

**春宮** ㄔㄨㄣ ㄍㄨㄥ ①舊時指太子所居的宮室，也指太子。又作「東宮」。②宋畫苑有「春宮祕戲圖」，後人也把色情圖畫叫春宮圖。

**春宵** ㄔㄨㄣ ㄒㄧㄠ ①春夜。②歡樂的時光，常指夜晚。如「夜夜春宵」。

**春酒** ㄔㄨㄣ ㄐㄧㄡˇ ①春作冬熟的酒。②新年宴飲叫「吃春酒」。

**春耕** ㄔㄨㄣ ㄍㄥ 春季播種之前，翻鬆土地。

**春假** ㄔㄨㄣ ㄐㄧㄚˋ 學校在春季特放的假日，通常在陽曆三月底四月初。

**春情** ㄔㄨㄣ ㄑㄧㄥˊ ①春天的意興。②男女互相愛慕的情慾。

**春景** ㄔㄨㄣ ㄐㄧㄥˇ 春光。

**春筍** ㄔㄨㄣ ㄙㄨㄣˇ 春日初生的筍。古人用來比喻①陡然多了起來。如「雨後春筍」。②比喻女人纖細美好的手指。如「十指尖尖如春筍」。

**春華** ㄔㄨㄣ ㄏㄨㄚˊ 春天的花。比喻盛時。

**春意** ㄔㄨㄣ ㄧˋ ①春天的氣象。②春心。

**春暉** ㄔㄨㄣ ㄏㄨㄟ [文]比喻父母的恩惠。孟郊詩「誰言寸草心，報得三春暉」。

**春裝** ㄔㄨㄣ ㄓㄨㄤ 春季服裝。

**春遊** ㄔㄨㄣ ㄧㄡˊ 春天到郊外遊玩（多指集體組織的）。

**春夢** ㄔㄨㄣ ㄇㄥˋ 春天好睡，夢境容易忘失，所以一切陳述容易忘的，都叫春夢。

**春節** ㄔㄨㄣ ㄐㄧㄝˊ 指陰曆正月初一到十五日這一段期間。

**春霖** ㄔㄨㄣ ㄌㄧㄣˊ 春雨。

**春餅** ㄔㄨㄣ ㄅㄧㄥˇ 薄餅，常在春天吃，所以叫春餅。

**春天（兒）** ㄔㄨㄣ ㄊㄧㄢ（ㄦ） 春季。

**春捲（兒）** ㄔㄨㄣ ㄐㄩㄢˇ（ㄦ） 食品的一種，用麵粉製成薄皮，包餡兒，捲作細長形，蒸或炸熟就行了。包好不炸就吃的叫春餅。

**春聯（兒）** ㄔㄨㄣ ㄌㄧㄢˊ（ㄦ） 新年時候門上所貼紅色的對聯。

**春和景明** ㄔㄨㄣ ㄏㄜˊ ㄐㄧㄥˇ ㄇㄧㄥˊ 春氣和暢，景物鮮明。

**春花秋月** ㄔㄨㄣ ㄏㄨㄚ ㄑㄧㄡ ㄩㄝˋ 美好的時光和景物。

**春秋五霸**（ㄔㄨㄣ ㄑㄧㄡ ㄨˇ ㄅㄚˋ）春秋時代五位霸主，即齊桓公、宋襄公、晉文公、秦穆公、楚莊王。

**春秋鼎盛**（ㄔㄨㄣ ㄑㄧㄡ ㄉㄧㄥˇ ㄕㄥˋ）正當壯盛之年。同「春秋正富」。

**春風化雨**（ㄔㄨㄣ ㄈㄥ ㄏㄨㄚˋ ㄩˇ）春風吹拂，化雲為雨，以潤澤草木。比喻良好的教育。

**春風風人**（ㄔㄨㄣ ㄈㄥ ㄈㄥˋ ㄖㄣˊ）春風和煦，吹拂人們。比喻給人恩惠、教益或幫助。

**春風得意**（ㄔㄨㄣ ㄈㄥ ㄉㄜˊ ㄧˋ）①在春風中舒暢得意的心情。②泛指官場、考場順利或其他得意的事情。

**春蚓秋蛇**（ㄔㄨㄣ ㄧㄣˇ ㄑㄧㄡ ㄕㄜˊ）図比喻人的書法拙劣。蚓指蚯蚓，和蛇都是彎彎曲曲的。

**春寒料峭**（ㄔㄨㄣ ㄏㄢˊ ㄌㄧㄠˋ ㄑㄧㄠˋ）早春的微寒。

**春華秋實**（ㄔㄨㄣ ㄏㄨㄚˊ ㄑㄧㄡ ㄕˊ）比喻文采和德行各有不同。

**春誦夏弦**（ㄔㄨㄣ ㄙㄨㄥˋ ㄒㄧㄚˋ ㄒㄧㄢˊ）古人施教，春天誦詩，夏天則加弦樂伴奏。後泛指學習詩歌。

**春樹暮雲**（ㄔㄨㄣ ㄕㄨˋ ㄇㄨˋ ㄩㄣˊ）図比喻懷念遠方友人。

**春風不入驢耳**（ㄔㄨㄣ ㄈㄥ ㄅㄨˋ ㄖㄨˋ ㄌㄩˊ ㄦˇ）比喻聽不進好言善語。也說成「春風過馬耳」。

**春宵一刻值千金**（ㄔㄨㄣ ㄒㄧㄠ ㄧˊ ㄎㄜˋ ㄓˊ ㄑㄧㄢ ㄐㄧㄣ）比喻歡樂時光的寶貴，後多指洞房花燭夜。

## 是

ㄕˋ ㈠表示肯定的詞，與「非」相反。如「我是中國人」「這是我的學校」。㈡對的，合理的。如「是非分明」「實事求是」。㈢答應的詞。如「是，我就去」「是，是，我去去就來」。㈣合適，得當。如「你這套衣服很是樣兒」「來的是時候兒」。㈤凡是，任何。如「是中國人一定愛中國」。㈥図「唯……是……」，指示一種目的或對象的詞。如「唯利是圖」。㈦事。如「國是」。㈧図指示代名詞，等於「這」「此」。如「是可忍，孰不可忍」。㈨図承接上文的連詞。如「是以」「是故」。

**是日**（ㄕˋ ㄖˋ）⑴當日。⑵図這個太陽。通常比喻獨裁統治者，也作「時日」，尚書的「時日曷喪」，是百姓咒詛昏君早日滅亡。

**是以**（ㄕˋ ㄧˇ）図承接上文的連詞，等於白話的「所以」。

**是否**（ㄕˋ ㄈㄡˇ）副詞表然否有疑問的。如「是否昨日來的」。

**是非**（ㄕˋ ㄈㄟ）①辨別事理是與非。如「是非之心，人皆有之」。②泛稱口舌爭論。如「搬弄是非」「惹出是非」。

**是故**（ㄕˋ ㄍㄨˋ）図所以。

**是時**（ㄕˋ ㄕˊ）此時；這一刻。

**是是非非**（ㄕˋ ㄕˋ ㄈㄟ ㄈㄟ）①以是為是，以非為非，能辨別事理的曲直正誤。②議論紛紛的意思。

**是可忍孰不可忍**（ㄕˋ ㄎㄜˇ ㄖㄣˇ ㄕㄨˊ ㄅㄨˋ ㄎㄜˇ ㄖㄣˇ）図形容事情惡劣到令人無法忍受的地步。

**是非只為多開口**（ㄕˋ ㄈㄟ ㄓˇ ㄨㄟˋ ㄉㄨㄛ ㄎㄞ ㄎㄡˇ）多話容易滋生事端。有時下面接「煩惱皆因強出頭」。

## 昝

ㄗㄢˇ 姓。

## 昨

ㄗㄨㄛˊ ㈠剛過去的一天。如「昨天他來，今天就走了」。㈡凡是以往的都可以作「昨」。如「覺今是而昨非」。

**昨天**（ㄗㄨㄛˊ ㄊㄧㄢ）昨㈠。

**昨日**（ㄗㄨㄛˊ ㄖˋ） 昨天。北京口語常說成「昨兒個」。

**昳** 図ㄧˋ 美好。見「昳麗」。

**昳麗**（ㄧˋ ㄌㄧˋ） 図明豔美好。

**映（暎）** ㄧㄥˋ ㈠日光。如「餘映」。㈡光線的照射。如「光彩溢目，照映左右」「放映」。㈢光線照在反光體上反射起來也叫「映」。如「倒映」「反映」。

**映襯**（ㄧㄥˋ ㄔㄣˋ） 修辭學辭格名，是映照和襯托的合稱。

**映雪讀書**（ㄧㄥˋ ㄒㄩㄝˇ ㄉㄨˊ ㄕㄨ） 晉朝人孫康在夜間借助於雪的反光讀書。和「鑿壁」「囊螢」都是古人的勤學故事。

**昱** 図ㄩˋ ㈠日光。㈡光明的樣子。

## 六筆

**晃** ▲ㄏㄨㄤˇ ㈠明亮。如「明晃晃的」。㈡強光使人視線不明。如「晃眼」「燈太亮，晃得人眼睛都睜不開了」。㈢形影閃動。如「門外有個人，一晃就不見了」。▲ㄏㄨㄤˋ ㈠搖擺。如「搖晃」「搖頭晃腦」「晃晃悠悠」。㈡一閃就過去，形容時間過得快。如「一晃就兩三個月了」。

**晃晃**（ㄏㄨㄤˇ ㄏㄨㄤˇ） 光明的樣子。

**晃動**（ㄏㄨㄤˋ ㄉㄨㄥˋ） 搖動。

**晃蕩**（ㄏㄨㄤˋ ㄉㄤˋ） 搖晃。

**晃晃悠悠**（ㄏㄨㄤˋ ㄏㄨㄤ˙ ㄧㄡ ㄧㄡ） 第二個晃字輕讀。搖蕩不定的樣子。

**晉（晋）** ㄐㄧㄣˋ ㈠向前進。〈說文〉：「晉，進也」。㈡卦名。㈢周代侯國，在現今山西省大部分和河北省西南地區，跨黃河兩岸，後來被韓、趙、魏三家瓜分。㈣朝代名。①西晉，司馬炎篡魏建立，四帝，西元二六五—三一六年。②東晉，司馬睿建立，十一帝，西元三一七—四二〇年。③後晉，五代石敬瑭建立，二帝，西元九三六—九四六年。㈤山西省的別名。㈥姓。

**晉升**（ㄐㄧㄣˋ ㄕㄥ） 図提高（職位或階級）。

**晉見**（ㄐㄧㄣˋ ㄐㄧㄢˋ） 下級前去會見上級。也作「進見」。

**晉級**（ㄐㄧㄣˋ ㄐㄧˊ） 升級。

**晉謁**（ㄐㄧㄣˋ ㄧㄝˋ） 図進見尊長。

**晁（鼂）** ▲図ㄓㄠ 古「朝」（ㄓㄠ）字。「晁采」是玉名。也作「鼂采」。▲ㄔㄠˊ 姓。

**時（时、旹）** ㄕˊ ㈠春夏秋冬四季叫四時。如「四時八節」。㈡時代。如「此一時也，彼一時也」「現時」「古時」。㈢見「時間」。㈣從前一天分十二個時辰，用地支作名字。如「子時」「辰時」。㈤鐘點，地球自轉一周的二十四分之一。如「上午九時」。㈥計算時間。如「為時甚久」「歷時三十分鐘」。㈦現代的。如「時興」「時髦」。㈧常常。如「時常」「時時刻刻」。㈨有時候。如「時發時停」。㈩機會。如「及時」「時機」。⑪図合時宜的，〈孟子〉書有「孔子，聖之時者也」。⑫図伺，等候。〈論語〉有「時其亡也，而往拜之」。⑬姓。

**時人**（ㄕˊ ㄖㄣˊ） ①當時的人。②一時有地位、名望的人。

**時下**（ㄕˊ ㄒㄧㄚˋ） 現在，現時。

**時分** ㄕˊ ㄈㄣˊ 時節，時候。

**時文** ㄕˊ ㄨㄣˊ ①科舉時代稱應試的文章。②現代通行的文體。

**時日** ㄕˊ ㄖˋ ①良時吉日。②時間。如「假以時日，定能成功」。

**時代** ㄕˊ ㄉㄞˋ ①時期或年代，指歷史上的某一階段。如「蠻荒時代」。②現代的潮流。如「趕不上時代」。

**時令** ㄕˊ ㄌㄧㄥˋ 歲時節令。語音 ㄕˊ·ㄌㄧㄥ。

**時光** ㄕˊ ㄍㄨㄤ 時候，時間。

**時式** ㄕˊ ㄕˋ 合乎時尚的衣著式樣。也說「時樣(兒)」。

**時而** ㄕˊ ㄦˊ ①表示不定時的重複發生。②疊用，表示不同的現象或事情在一定時間內交替發生。

**時行** ㄕˊ ㄒㄧㄥˊ ①[文]待時而行。如「時行則行」。②時下流行。

**時局** ㄕˊ ㄐㄩˊ 國家社會的情勢。也作「時勢」。

**時辰** ㄕˊ ㄔㄣˊ 辰字輕讀。古時把一天二十四小時分做：子、丑、寅、卯、辰、巳、午、未、申、酉、戌、亥等十二個時辰。中午十二時為午時正。

**時事** ㄕˊ ㄕˋ 世界上最近發生的大事。

**時刻** ㄕˊ ㄎㄜˋ ①時時。如「身分證是時刻不可離身的」。②時間，時候。

**時宜** ㄕˊ ㄧˊ 當時所需或合潮流的。

**時尚** ㄕˊ ㄕㄤˋ 一時的風尚。

**時段** ㄕˊ ㄉㄨㄢˋ 指某一段時間。

**時疫** ㄕˊ ㄧˋ 流行的傳染病。

**時限** ㄕˊ ㄒㄧㄢˋ 限定的時日。

**時值** ㄕˊ ㄓˊ ①時價。②在當時正好是⋯⋯。如「時值春末，疫癘流行」。

**時差** ㄕˊ ㄔㄚ ①地球上經度不同的地區，每天見到太陽出沒的時間遲早不同。比如臺灣是早上六點看到太陽出來，在香港就要臺灣的早上七點才能看到太陽出來（可是在香港也是六點），這叫時差。②一般鐘錶面上的時刻與天文學上所說的太陽時的差數。

**時效** ㄕˊ ㄒㄧㄠˋ 在一定時間以內具有的效力。

**時時** ㄕˊ ㄕˊ 時常。

**時症** ㄕˊ ㄓㄥˋ 按季節流行的疾病。

**時針** ㄕˊ ㄓㄣ 鐘錶上指示時的短針。

**時務** ㄕˊ ㄨˋ ①當世的要務。如「識時務者為俊傑」。②及時的農事。

**時區** ㄕˊ ㄑㄩ 同一時間的地區。按經線把地球表面平分為二十四區，每一區跨十五度，叫做一個時區。中國共有五個時區。

**時常** ㄕˊ ㄔㄤˊ 常常。

**時羞** ㄕˊ ㄒㄧㄡ 應時的食物。也作「時饈」。

**時期** ㄕˊ ㄑㄧˊ ①限定的時日，不論用月、日或小時作計算單位，都叫時期。②時代，時日。

**時間** ㄕˊ ㄐㄧㄢ ①泛指時刻的長短，如地球自轉一周是一日，公轉一周是一年；這日、年都是時間單位。②哲學上說古往今來，無限流轉的，都叫時間，是對空間說的。

**時勢** ㄕˊ ㄕˋ 時代的趨勢。

**時會** ㄕˊ ㄏㄨㄟˋ [文]①〈周禮〉說諸侯不定期的朝見周王。②時運。

**時裝** ㄕˊ ㄓㄨㄤ 當時社會流行的服裝，對古裝說的。

**時節** ▲ㄕˊ ㄐㄧㄝˊ 節令。如「清明時節雨紛紛」。▲ㄕˊ·ㄐㄧㄝ 時候。

**時運**（ㄕˊ ㄩㄣˋ） 氣運，命運。

**時髦**（ㄕˊ ㄇㄠˊ） ①因本意是「一時的英才俊傑」，〈後漢書〉有「孝順初立，時髦允集」。②因為新奇而在社會上廣為流傳的嗜好與行為，比時尚略為廣泛與長久。如髮型、衣著、生活習慣等。

**時價**（ㄕˊ ㄐㄧㄚˋ） 隨時漲落的物價。

**時論**（ㄕˊ ㄌㄨㄣˋ） 當時的輿論。

**時機**（ㄕˊ ㄐㄧ） 時會機遇。

**時興**（ㄕˊ ㄒㄧㄥ） 當時風行的。

**時鮮**（ㄕˊ ㄒㄧㄢ） 少量上市的應時新鮮蔬菜、魚蝦等。

**時鐘**（ㄕˊ ㄓㄨㄥ） ①能報時的鐘。②電子計算機同步訊號的主源。

**時派（兒）**（ㄕˊ ㄆㄞˋ ㄦ） 能迎合時代的儀態和裝束。

**時候（兒）**（ㄕˊ ㄏㄡˋ ㄦ） 候字輕讀。時間的泛稱。

**時間性**（ㄕˊ ㄐㄧㄢ ㄒㄧㄥˋ） 言語、文字或行為，適應一定時間的特性，過時就沒價值了，叫做「時間性」。

**時間表**（ㄕˊ ㄐㄧㄢ ㄅㄧㄠˇ） 依照時間而訂的行事計畫的表格。

**時間詞**（ㄕˊ ㄐㄧㄢ ㄘˊ） 表示時間的名詞，如現在、早晨、春季、秋節。

**時代精神**（ㄕˊ ㄉㄞˋ ㄐㄧㄥ ㄕㄣˊ） 一個時代的人在思想與行為上所表現的共同傾向。

**時來運轉**（ㄕˊ ㄌㄞˊ ㄩㄣˋ ㄓㄨㄢˇ） 從逆境轉成順境。

**時時刻刻**（ㄕˊ ㄕˊ ㄎㄜˋ ㄎㄜˋ） 時常。

**時間藝術**（ㄕˊ ㄐㄧㄢ ㄧˋ ㄕㄨˋ） 根據時間感覺而成立的藝術，與空間藝術相對，像音樂、詩文等。

**時過境遷**（ㄕˊ ㄍㄨㄛˋ ㄐㄧㄥˋ ㄑㄧㄢ） 隨著時間的推移，境況發生變化。

## 晒（曬）

ㄕㄞˋ ㈠在太陽的光和熱之下露著。如「晒乾了」「風吹日晒」。㈡照相以後把底片浸過藥水，然後放在有光的地方讓它顯影。

**晒圖**（ㄕㄞˋ ㄊㄨˊ） 機械、土木、建築等圖紙的一種複製法。

**晒臺**（ㄕㄞˋ ㄊㄞˊ） 樓上晒衣裳的平臺。

**晒太陽**（ㄕㄞˋ ㄊㄞˋ ㄧㄤˊ） 陽字輕讀。在日光下取暖。

## 晌

ㄕㄤˇ ㈠正午。㈡估計時間的詞，像「片刻」說「半晌」「一晌」。

**晌午**（ㄕㄤˇ ㄏㄨㄛ） 晌㈠。

## 晟

因ㄕㄥˋ 明亮，熾盛。又讀ㄔㄥˊ。

## 晏

因ㄧㄢˋ ㈠遲，晚。起床晚了叫「晏起」。㈡安逸。如「晏居」「晏樂」。㈢天上明朗無雲。叫「天清日晏」。㈣姓。

**晏起**（ㄧㄢˋ ㄑㄧˇ） 因很晚才起床。

# 七筆

## 晡

ㄅㄨ 太陽過午到下山前，大約下午三點到五點的時間。

## 晧

因ㄏㄠˋ ㈠太陽剛出來的樣子。㈡同「皓」。

## 晦

ㄏㄨㄟˋ ㈠陰曆每月最後一天。㈡因隱藏不出，文言叫「晦跡」。㈢因昏暗的晚上。如「風雨如晦，雞鳴不已」。㈣倒楣，不吉利。如「晦氣」。

**晦明**（ㄏㄨㄟˋ ㄇㄧㄥˊ） ①從黑夜到天明，晝夜。②陰晴，明暗。③指有品德的人，在亂世中隱藏不露。

**晦冥**（ㄏㄨㄟˋ ㄇㄧㄥˊ） 因昏暗。

**晦朔** ㄏㄨㄟˋ ㄕㄨㄛˋ 文①早晚，朝夕。②從陰曆某月末一天到下月的第一天。

**晦氣** ㄏㄨㄟˋ ㄑㄧˋ 遇事多不順利。

**晦跡** ㄏㄨㄟˋ ㄐㄧ 文隱居匿跡，不與人交往。

**晦澀** ㄏㄨㄟˋ ㄙㄜˋ 文（詩文、樂曲等的含意）隱晦不易懂。

**晞** 文ㄒㄧ ㈠天亮時的日光。如「東方未晞」。㈡乾燥。如「白露未晞」。

**晝（昼）** ㄓㄡˋ 白天，地球向日的時間。

**晝分** ㄓㄡˋ ㄈㄣ 文中午。

**晝夜** ㄓㄡˋ ㄧㄝˋ 日夜。

**晝晦** ㄓㄡˋ ㄏㄨㄟˋ 文日光昏暗。

**晝寢** ㄓㄡˋ ㄑㄧㄣˇ 文白天睡覺。

**晝長圈** ㄓㄡˋ ㄔㄤˊ ㄑㄩㄢ 天文學的夏至線，白晝最長。晝短圈是冬至線。

**晝長夜短** ㄓㄡˋ ㄔㄤˊ ㄧㄝˋ ㄉㄨㄢˇ 從春分到夏至，太陽漸往北半球直射，白天長夜間短。夏至到達北回歸線時，是一年中北半球晝最長夜最短的一天。

**晨** ㄔㄣˊ 早上太陽初出的時候。如「清晨」「晨昏定省（ㄒㄧㄥˇ）」。

**晨昏** ㄔㄣˊ ㄏㄨㄣ 早晚。

**晨星** ㄔㄣˊ ㄒㄧㄥ ①清晨稀疏的星。②比喻東西的少。如「寥若晨星」。

**晨跑** ㄔㄣˊ ㄆㄠˇ 一種健身運動，晨間在戶外慢跑。

**晨操** ㄔㄣˊ ㄘㄠ 早晨做的健身操。

**晨昏定省** ㄔㄣˊ ㄏㄨㄣ ㄉㄧㄥˋ ㄒㄧㄥˇ 朝夕向長者問安。

**晨鐘暮鼓** ㄔㄣˊ ㄓㄨㄥ ㄇㄨˋ ㄍㄨˇ 同「暮鼓晨鐘」。

**晤** 文ㄨˋ 相見。如「把晤」「晤談」。

**晤面** ㄨˋ ㄇㄧㄢˋ 文見面。

**晤談** ㄨˋ ㄊㄢˊ 文見面談話。

**晚** ㄨㄢˇ ㈠日落以後。如「晚上」「吃晚飯」。㈡泛指夜間。如「昨晚下了一場大雨」。㈢末期。如「晚年」。㈣遲。如「大器晚成」。㈤後來的。如「晚娘」「晚輩」。㈥文近來。如「晚近」。㈦對長輩自稱晚生，簡稱「晚」。

**晚上** ㄨㄢˇ ㄕㄤˋ 上字輕讀。天黑以後。

**晚世** ㄨㄢˇ ㄕˋ 文①近世。②末世。指一個時代或一個朝代將終了的時候。

**晚生** ㄨㄢˇ ㄕㄥ ①後生晚輩。②兒子得晚，指中年以後才得子。

**晚安** ㄨㄢˇ ㄢ 晚上向人問好的用語。

**晚年** ㄨㄢˇ ㄋㄧㄢˊ 年老的時候。

**晚成** ㄨㄢˇ ㄔㄥˊ 成就比較遲。如「大器晚成」。

**晚近** ㄨㄢˇ ㄐㄧㄣˋ 文近世。

**晚娘** ㄨㄢˇ ㄋㄧㄤˊ 繼母。

**晚婚** ㄨㄢˇ ㄏㄨㄣ ①指男女超逾適婚年齡才結婚。②再嫁的婦女。

**晚報** ㄨㄢˇ ㄅㄠˋ 下午出版發行的報紙。

**晚場** ㄨㄢˇ ㄔㄤˇ 戲劇、電影在晚上演出的場次。

**晚景** ㄨㄢˇ ㄐㄧㄥˇ ①傍晚的景色。如「晚景淒涼」。②人的老年。

**晚期** ㄨㄢˇ ㄑㄧ 一個時代、一個過程或一個人一生的最後階段。

**晚間** ㄨㄢˇ ㄐㄧㄢ 日落以後，天亮以前。

**晚飯** ㄨㄢˇ ㄈㄢˋ 晚上吃的飯。也作「晚餐」。

**晚會** ㄨㄢˇ ㄏㄨㄟˋ 晚上舉行的以娛樂節目為主的集會。

**晚節**（ㄨㄢˇ ㄐㄧㄝˊ） 晚年的節操。

**晚稻**（ㄨㄢˇ ㄉㄠˋ） 霜降以後成熟的稻。

**晚輩**（ㄨㄢˇ ㄅㄟˋ） 後輩，輩分比較晚的人。

**晚霞**（ㄨㄢˇ ㄒㄧㄚˊ） 黃昏出現的雲霞。

**晚香玉**（ㄨㄢˇ ㄒㄧㄤ ㄩˋ） 石蒜科植物名。也叫「月下香」「夜來香」。

**晚食當肉**（ㄨㄢˇ ㄕˊ ㄉㄤˋ ㄖㄡˋ） 図①過時才進餐，因飢餓而覺得吃的食物味美如肉。②比喻淡泊的生活。

**晚節不保**（ㄨㄢˇ ㄐㄧㄝˊ ㄅㄨˋ ㄅㄠˇ） 指到了晚年不能保持節操。

## 八筆

**普** ㄆㄨˇ ㈠廣大周徧。如「普天同慶」。㈡尋常的，不特別的。如「普通」。㈢姓。

**普及**（ㄆㄨˇ ㄐㄧˊ） 徧及到一般的。如「普及教育」。

**普度**（ㄆㄨˇ ㄉㄨˋ） ①廣行剃度僧尼。②佛家說廣施法力，救濟眾生叫「普度」。

**普查**（ㄆㄨˇ ㄔㄚˊ） ①「普徧調查」的簡語。是為搜集一特定事項，將研究有關的現象或對象一一全部加以調查。②普通調查全國或某一地區的人口，也簡稱普查。

**普通**（ㄆㄨˇ ㄊㄨㄥ） 通常，對特別或專門說的。

**普徧**（ㄆㄨˇ ㄅㄧㄢˋ） 也作「普遍」。各方面、各地方全都有了。

**普照**（ㄆㄨˇ ㄓㄠˋ） 普徧地照耀。如「佛光普照」。

**普選**（ㄆㄨˇ ㄒㄩㄢˇ） 一種選舉方式，由有選舉權的公民普徧地參加。

**普及本**（ㄆㄨˇ ㄐㄧˊ ㄅㄣˇ） 大量銷行的書籍，在原有版本外，發行成本較低，定價較廉的版本。

**普陀山**（ㄆㄨˇ ㄊㄨㄛˊ ㄕㄢ） 在浙江省定海縣東海中的小島上，俗稱南海普陀山，是佛教四大名山之一。

**普洱茶**（ㄆㄨˇ ㄦˇ ㄔㄚˊ） 雲南西南部出產的一種黑茶。因產地部分地區在清代屬普洱府而得名。

**普通話**（ㄆㄨˇ ㄊㄨㄥ ㄏㄨㄚˋ） 大陸用語，相當於「國語」。現代漢語的標準語，以北京語音為標準音，以北方話為基礎方言，以典範的現代白話文著作為語法規範。

**普天同慶**（ㄆㄨˇ ㄊㄧㄢ ㄊㄨㄥˊ ㄑㄧㄥˋ） 指全國或全世界都共同慶祝。

**普通考試**（ㄆㄨˇ ㄊㄨㄥ ㄎㄠˇ ㄕˋ） 文官任用考試的一種。簡稱普考。高中畢業的人就可以報考。與「高等考試」（大學畢業生報考）都是國家掄才的方法。

**普通教育**（ㄆㄨˇ ㄊㄨㄥ ㄐㄧㄠˋ ㄩˋ） 國民應受的基本教育，指國民教育，包括國民中小學、職業教育等。

**晾** ㄌㄧㄤˋ 在通風地方或太陽底下，使它乾燥。如「晾衣服」。

**晷** ㄍㄨㄟˇ 図㈠太陽的影子。㈡用表測日影。㈢見「晷刻」。

**晷刻**（ㄍㄨㄟˇ ㄎㄜˋ） 図時間。

**晶** ㄐㄧㄥ ㈠光輝。如「晶瑩」。㈡水晶的簡稱。

**晶晶**（ㄐㄧㄥ ㄐㄧㄥ） 光明的樣子。

**晶瑩**（ㄐㄧㄥ ㄧㄥˊ） 光明透徹。

**晶體**（ㄐㄧㄥ ㄊㄧˇ） ①指「結晶體」。②用矽或鍺做的代替真空管的電子器材，通稱「電晶體」。

**景** ▲ㄐㄧㄥˇ ㈠形色悅目可以欣賞的。如「風景」「景物」。㈡日光。如「春和景明」。㈢情況。如「光景」「景況」。㈣尊敬仰慕。如「景仰」。㈤電影、話劇的布景的簡稱。如「這一場內景」。㈥図大。如「景行行（ㄒㄧㄥˋ ㄒㄧㄥˊ）止」「景福」。㈦

姓。▲ㄧㄥˇ同「影」。如「景印」。

**景仰** ㄐㄧㄥˇ ㄧㄤˇ 仰慕。

**景色** ㄐㄧㄥˇ ㄙㄜˋ 景致。

**景行** ▲ㄐㄧㄥˇ ㄒㄧㄥˋ偉大的德行。▲ㄐㄧㄥˇ ㄏㄤˊ大道。引伸作「了不起的好榜樣」。

**景況** ㄐㄧㄥˇ ㄎㄨㄤˋ ①事物的各種狀況。②人的境遇。

**景狀** ㄐㄧㄥˇ ㄓㄨㄤˋ 景象。

**景物** ㄐㄧㄥˇ ㄨˋ 風景。

**景氣** ㄐㄧㄥˇ ㄑㄧˋ 指經濟成長的速度很快；與不景氣相反。一般指消費力旺盛，物價穩定，沒有通貨膨脹發生，不必提高利率，緊縮信用。

**景教** ㄐㄧㄥˇ ㄐㄧㄠˋ 唐朝時流入我國的基督教的一派。

**景深** ㄐㄧㄥˇ ㄕㄣ 指景物在軟片中可以清晰感光的深度。即當鏡頭對準被攝物時，在該物之前及後的某個距離內，能夠照得很清楚，叫做景深。

**景象** ㄐㄧㄥˇ ㄒㄧㄤˋ 形狀，現象。

**景遇** ㄐㄧㄥˇ ㄩˋ 文景況和遭遇。

**景慕** ㄐㄧㄥˇ ㄇㄨˋ 景仰。

**景觀** ㄐㄧㄥˇ ㄍㄨㄢ ①指地表自然景色或某類型的自然景色。②指特定區域；自然地理區。

**景致（兒）** ㄐㄧㄥˇ ㄓˋ（ㄦ） 風景。

**景泰藍** ㄐㄧㄥˇ ㄊㄞˋ ㄌㄢˊ 又名銅胎掐絲琺瑯。原創於土耳其，元朝時代傳入我國，明朝景泰年間大量製造，並以藍釉最出色，所以叫景泰藍。製作過程包括作胎、掐絲、點藍、燒藍、磨光、鍍金等。

**景德鎮** ㄐㄧㄥˇ ㄉㄜˊ ㄓㄣˋ 地名，在江西省東北部，以產瓷器出名，稱為「瓷都」。所產的瓷器稱為「景德窯」。

## 晴

ㄑㄧㄥˊ ㈠雨住了。如「放晴」。㈡不陰雨的天氣。如「晴天」。

**晴天** ㄑㄧㄥˊ ㄊㄧㄢ 不陰沒雨而有陽光的天氣。

**晴和** ㄑㄧㄥˊ ㄏㄜˊ 天氣晴朗和暖。

**晴空** ㄑㄧㄥˊ ㄎㄨㄥ 晴朗的天空。

**晴朗** ㄑㄧㄥˊ ㄌㄤˇ 天晴朗爽。

**晴雨表** ㄑㄧㄥˊ ㄩˇ ㄅㄧㄠˇ 測量風雨的儀器。

## 晳

ㄒㄧ 同「皙」。見「白部」。

## 晰

ㄒㄧ 明白。如「明晰」「清晰」。

## 智

ㄓˋ ㈠愚的相反詞，是聰明，主意多。如「智慧」「吾寧鬥智，而不鬥力」。㈡謀略。如「計智」「多智而決」。㈢姓。也寫作「知（ㄓˋ）」。

**智力** ㄓˋ ㄌㄧˋ 智慧的程度。

**智利** ㄓˋ ㄌㄧˋ 國名。位於南美洲西南部，西臨太平洋，是世界上領土最狹長的國家。人口約一千一百五十萬人，說西班牙語。

**智育** ㄓˋ ㄩˋ 以啟發智力、增進知識為目的的教育。

**智商** ㄓˋ ㄕㄤ 「智力商數」的簡稱，簡寫 I.Q. 是一種比較智力高低的標準。智商等於智齡除以實足年齡乘一百，如果一個兒童的智齡與實足年齡相等，則智商為一百，說明其智力中等。智商在一百二十以上的叫做「聰明」，在八十以下的叫做「愚蠢」。一般認為智商基本不變。

**智略** ㄓˋ ㄌㄩㄝˋ 智謀和才略。

**智障** ㄓˋ ㄓㄤˋ 弱智，智力障礙。

**智慮** ㄓˋ ㄌㄩˋ 智謀與思慮。

**智慧** ㄓˋ ㄏㄨㄟˋ ①才智。②指對事物認知和處理的能力。

**智齒** ㄓˋ ㄔˇ 臼齒，最後生出的。它在二十三歲到三十歲前後才能生出，所以叫智齒。

**智謀** ㄓˋ ㄇㄡˊ 計謀。

**智識** ㄓˋ ㄕˋ 智慧才識。

**智囊** ㄓˋ ㄋㄤˊ 智慧很高，常常替人出主意的人。

**智仁勇** ㄓˋ ㄖㄣˊ ㄩㄥˇ 三達德（三種常行的美德），是儒家的倫理思想，今為我國童子軍奉行的信條。

**智多星** ㄓˋ ㄉㄨㄛ ㄒㄧㄥ 〈水滸傳〉人物吳用的綽號，泛指計謀多的人。

**智利硝** ㄓˋ ㄌㄧˋ ㄒㄧㄠ 成分是 $NaNO_3$，也叫智利硝石，一名硝酸鈉。可以製造硝酸跟肥料。

**智慧板** ㄓˋ ㄏㄨㄟˋ ㄅㄢˇ 七巧板。

**智囊團** ㄓˋ ㄋㄤˊ ㄊㄨㄢˊ 在政治家身邊參與機要的顧問。

**智力年齡** ㄓˋ ㄌㄧˋ ㄋㄧㄢˊ ㄌㄧㄥˊ 簡稱「智齡」。某一年齡兒童的智齡，根據對一定數量同齡兒童進行測驗的平均成績確定。智齡超過實足年齡越多，智力發展水準越高。

**智力測驗** ㄓˋ ㄌㄧˋ ㄘㄜˋ ㄧㄢˋ 指用一定方式對人的智力水準進行的測定。

**智者不惑** ㄓˋ ㄓㄜˇ ㄅㄨˋ ㄏㄨㄛˋ 有智慧的人能明辨事理，不致受迷惑。

**智能不足** ㄓˋ ㄋㄥˊ ㄅㄨˋ ㄗㄨˊ 由於遺傳、疾病或腦部受傷等因素，致使智力表現低於常人。通常在智商七十以下的人，稱為智能不足者。

**智德兼修** ㄓˋ ㄉㄜˊ ㄐㄧㄢ ㄒㄧㄡ 指在知識、品德兩方面兼顧修養，齊頭並進。

**智慧財產權** ㄓˋ ㄏㄨㄟˋ ㄘㄞˊ ㄔㄢˇ ㄑㄩㄢˊ 法律名詞，通常是指對商標權、專利權、著作權等具有財產性質的權利加以保障，他人不得仿冒。

## 暑

ㄕㄨˇ ㈠天氣熱。如「溽暑」「避暑」。㈡盛夏。如「暑期」「處暑」。

**暑天** ㄕㄨˇ ㄊㄧㄢ 熱天。

**暑氣** ㄕㄨˇ ㄑㄧˋ 夏天的熱氣。

**暑假** ㄕㄨˇ ㄐㄧㄚˋ 學校因為暑熱而放假，通常是陽曆七、八兩個月。

**暑期** ㄕㄨˇ ㄑㄧ ①夏季。②暑假期間。

**暑熱** ㄕㄨˇ ㄖㄜˋ 炎熱。

**暑期學校** ㄕㄨˇ ㄑㄧ ㄒㄩㄝˊ ㄒㄧㄠˋ 利用暑假期間進行教學的短期研修學校，招收學生以中小學生為多。

## 晬

ㄗㄨㄟˋ 小兒出生一周歲。

## 晻

図 ㄢˇ ㈠陽光不明的樣子。㈡陰雨淒淒的樣子。又讀ㄢˋ。㈢晻昧，曖昧不明的樣子。

## 九筆

## 暖（煖、㬉）

▲ㄋㄨㄢˇ ㈠溫。如「溫暖」「暖和」。㈡使它溫熱。如「暖酒」。▲ㄋㄤˇ見「暖和」。

**暖色** ㄋㄨㄢˇ ㄙㄜˋ 給人以溫暖的感覺的顏色，如紅、橙、黃。

**暖房** ㄋㄨㄢˇ ㄈㄤˊ 遷居或結婚前一天，親友去道賀，叫做暖房。

**暖和** ㄋㄨㄢˇ ㄏㄨㄛˊ 溫暖，也作暖活（北京話也說ㄋㄤˇ ·ㄏㄨㄛ）。

**暖流** ㄋㄨㄢˇ ㄌㄧㄡˊ 從低緯度流向高緯度的洋流。暖流的水溫比它所到區域的水溫高。

**暖氣**（ㄋㄨㄢˇ ㄑㄧˋ） ①暖和的氣體。②由取暖設備所產生的氣流，以供人冬天取暖。

**暖壺**（ㄋㄨㄢˇ ㄏㄨˊ） 熱水瓶的別稱。也叫暖水瓶。

**暖壽**（ㄋㄨㄢˇ ㄕㄡˋ） 在壽誕的前一天置酒祝賀，叫暖壽。

**暖鋒**（ㄋㄨㄢˇ ㄈㄥ） 氣象學上說暖空氣驅走冷空氣而充滿其地區，所造成的鋒面叫暖鋒。暖鋒往往帶來大範圍的連續大雨或大雪。

**暖鍋**（ㄋㄨㄢˇ ㄍㄨㄛ） 火鍋。

**暖爐**（ㄋㄨㄢˇ ㄌㄨˊ） 冬天禦寒的火爐。

**暖室法**（ㄋㄨㄢˇ ㄕˋ ㄈㄚˇ） 設置火爐、電爐、暖水管、暖氣管等來使室內溫度提高的方法。

**暖烘烘**（ㄋㄨㄢˇ ㄏㄨㄥ ㄏㄨㄥ） 溫暖。

**暖氣團**（ㄋㄨㄢˇ ㄑㄧˋ ㄊㄨㄢˊ） 一種移動的氣團，本身的溫度比到達區域的地面溫度為高，多在熱帶大陸或海洋上形成。

**暍** 図ㄏㄜˋ (一)熱。(二)中暑而得病。又讀ㄧㄝ。

**睺** ㄏㄡˊ 同「睺」，目半盲。如「羅睺」。

**暌** 図ㄎㄨㄟ 別離。如「暌違」。

**暌違**（ㄎㄨㄟ ㄨㄟˊ） 図離隔不能見面。

**暉** ㄏㄨㄟ 日光。如「餘暉」。

**暉映**（ㄏㄨㄟ ㄧㄥˋ） 光彩照耀。

**暇** ㄒㄧㄚˊ 空閒。如「閒暇無事」。又讀ㄒㄧㄚˋ。

**暇日**（ㄒㄧㄚˊ ㄖˋ） 空閒的日子。

**暄** 図ㄒㄩㄢ 溫，日煖，晒太陽叫「負暄」。

**暄寒**（ㄒㄩㄢ ㄏㄢˊ） 図寒暄，問天氣冷熱，是賓主見面的應酬話。

**暗** ㄢˋ (一)沒有亮光，昏黑。如「暗中摸索」「天昏地暗」。(二)図愚昧不明理。〈三國志〉曹髦說自己「暗昧，愛好文雅」。暗昧也作「晻昧」「闇昧」。(三)隱密不明顯的。如「暗室」「暗中」。

**暗中**（ㄢˋ ㄓㄨㄥ） ①私下裡。如「暗中透露消息」。②昏暗之中。如「暗中摸索」。

**暗示**（ㄢˋ ㄕˋ） ①暗中指示，使人服從，催眠家利用暗示方法達到目的。②暗中透露的表示。

**暗合**（ㄢˋ ㄏㄜˊ） 並非有意，是偶然巧合。

**暗色**（ㄢˋ ㄙㄜˋ） 比正色濃或暗的顏色。反過來的叫明色。

**暗事**（ㄢˋ ㄕˋ） 不光明正大的事。

**暗房**（ㄢˋ ㄈㄤˊ） 沖印照片的房間，房內只可用紅色光線，又叫暗室。

**暗泣**（ㄢˋ ㄑㄧˋ） 沒有聲音的哭泣。

**暗室**（ㄢˋ ㄕˋ） ①幽暗的內室；黑暗無光的房間。②図別人看不見的地方。如「不欺暗室」，比喻光明磊落。③同「暗房」。

**暗計**（ㄢˋ ㄐㄧˋ） 默默地計數。

**暗害**（ㄢˋ ㄏㄞˋ） 用陰謀陷害他人。

**暗射**（ㄢˋ ㄕㄜˋ） 影射。

**暗疾**（ㄢˋ ㄐㄧˊ） 図隱疾，表面看不出來的病。

**暗笑**（ㄢˋ ㄒㄧㄠˋ） 暗中譏笑。

**暗記**（ㄢˋ ㄐㄧˋ） ①默記。②祕密的記號。

**暗探**（ㄢˋ ㄊㄢˋ） ①暗中刺探。②從事祕密偵察的人。

**暗殺**（ㄢˋ ㄕㄚ） 趁人不防備時候把人殺害。

**暗暗**(ㄢˋ ㄢˋ) 在暗中或私下裡，沒有顯露出來。

**暗溝**(ㄢˋ ㄍㄡ) 設在地下而上面加蓋的排水溝。

**暗算**(ㄢˋ ㄙㄨㄢˋ) 暗中計畫害人。

**暗語**(ㄢˋ ㄩˇ) 彼此約定的祕密話。

**暗影**(ㄢˋ ㄧㄥˇ) 陰影。

**暗潮**(ㄢˋ ㄔㄠˊ) ①潛伏的潮流。②比喻暗中發展，還沒有表面化的事態。

**暗箭**(ㄢˋ ㄐㄧㄢˋ) 比喻暗中害人的行為，常說「明槍易躲，暗箭難防」。

**暗箱**(ㄢˋ ㄒㄧㄤ) 照相機的一部分，密閉時不透光，前部裝鏡頭、快門，後部裝底板。

**暗器**(ㄢˋ ㄑㄧˋ) 暗中投射使人不及防備的兵器，如鏢、袖箭等。

**暗澹**(ㄢˋ ㄉㄢˋ) 不鮮豔，不鮮明。也作「暗淡」。

**暗礁**(ㄢˋ ㄐㄧㄠ) 不露出海面上的礁石，船碰撞上了往往破沉。

**暗藏**(ㄢˋ ㄘㄤˊ) 隱藏或隱蔽。

**暗鎖**(ㄢˋ ㄙㄨㄛˇ) 嵌在門、箱子、抽屜上，只有鎖孔露在外面的一種鎖。

**暗地**(ㄢˋ ㄉㄧˋ)**（裡）**(ㄌㄧˇ) 暗中。

**暗處**(ㄢˋ ㄔㄨˋ)**（兒）**(ㄦ) ①黑暗的地方。②祕密的地方。

**暗號**(ㄢˋ ㄏㄠˋ)**（兒）**(ㄦ) 指祕密的口號或記號。參看「口令」「暗碼（兒）」。

**暗盤**(ㄢˋ ㄆㄢˊ)**（兒）**(ㄦ) 商業用語，指買賣雙方在市場外祕密議定的價格。

**暗碼**(ㄢˋ ㄇㄚˇ)**（兒）**(ㄦ) ①密碼。②商店貨物的售價，用祕密符號標出，自己人才知道。也作「暗碼子」。

**暗花兒**(ㄢˋ ㄏㄨㄚ ㄦ) 隱約的花紋，如瓷器上利用凹凸構成的花紋和紡織品上利用明暗勾勒出的花紋。

**暗中摸索**(ㄢˋ ㄓㄨㄥ ㄇㄛ ㄙㄨㄛˇ) 在昏暗中摸取尋求。比喻讀書做事沒有方法。

**暗度陳倉**(ㄢˋ ㄉㄨˋ ㄔㄣˊ ㄘㄤ) 漢高祖劉邦用韓信的計策：「明修棧道，暗度陳倉」，攻占三秦（陝西）。①比喻暗中行事。②指男女私通的事。

**暗射地圖**(ㄢˋ ㄕㄜˋ ㄉㄧˋ ㄊㄨˊ) 地圖上只記各省縣等所在地的符號，而不記載名稱，叫作暗射地圖。是用來教育學生練習記憶的。

**暗無天日**(ㄢˋ ㄨˊ ㄊㄧㄢ ㄖˋ) 比喻黑暗沒天理。

## 暘

ㄧㄤˊ ㈠日出。㈡天晴。

## 暐

ㄨㄟˇ ㈠日光。㈡暐暐、暐曄，都是光很亮的樣子。

## 暈

▲ㄩㄣ ㈠昏倒。如「暈過去」「暈倒」。㈡頭腦迷亂。如「暈頭轉向」「暈頭暈腦」。㈢笑人行動沒有目的。如「你幹麼?暈了頭了」。▲ㄩㄣˋ ㈠日月周圍的光圈。如「日暈」「月暈而風」。㈡頭腦昏亂的感覺。如「暈車」「暈船」「眼暈」。▲ㄧㄣˋ 血暈，傷處沒破口而呈紅暈的。

**暈池**(ㄩㄣˋ ㄔˊ) 指在熱水浴池裡洗澡，因溫度過高、體質較弱等原因而暈厥。

**暈車**(ㄩㄣˋ ㄔㄜ) 坐車時候，頭昏嘔吐的現象。

**暈堂**(ㄩㄣˋ ㄊㄤˊ) 同「暈池」。

**暈船**(ㄩㄣˋ ㄔㄨㄢˊ) 坐船時受了搖蕩而頭昏嘔吐。

**暈厥**(ㄩㄣ ㄐㄩㄝˊ) 昏厥。

**暈機**(ㄩㄣˋ ㄐㄧ) 乘飛機時的暈眩嘔吐的現象。

**暈頭轉向**(ㄩㄣ ㄊㄡˊ ㄓㄨㄢˋ ㄒㄧㄤˋ) 頭腦昏亂，不辨方向。

## 十筆

**暝** ▲図ㄇㄧㄥˊ光線昏暗。▲ㄇㄧㄥˋ夜裡。

**暠** ▲図ㄍㄠˇ「暠暠」，明亮的樣子。▲ㄏㄠˋ潔白，同「皜」「皓」和「顥」。

**暨（曁）** ㄐㄧˋ ㈠図與，及，和，跟。用作連詞。㈡姓。

**㬎** ㄒㄧㄢˇ古「顯」字。

**暢** ㄔㄤˋ ㈠沒有阻礙，不停滯。如「暢銷」「貨暢其流」。㈡痛快，盡興。如「暢飲」「暢談」。㈢繁盛。如「枝葉暢盛」。

**暢行** ㄔㄤˋ ㄒㄧㄥˊ 順利地通行。如「暢行無阻」。

**暢快** ㄔㄤˋ ㄎㄨㄞˋ ①稱心快意。②性情直爽。

**暢旺** ㄔㄤˋ ㄨㄤˋ 繁榮旺盛的樣子。

**暢茂** ㄔㄤˋ ㄇㄠˋ 繁茂滋長的樣子。

**暢敘** ㄔㄤˋ ㄒㄩˋ 図談得很痛快。

**暢通** ㄔㄤˋ ㄊㄨㄥ 無阻礙地通行或通過。

**暢飲** ㄔㄤˋ ㄧㄣˇ 酒喝得很痛快。

**暢達** ㄔㄤˋ ㄉㄚˊ 通暢明白。

**暢遊** ㄔㄤˋ ㄧㄡˊ 暢快盡情地遊覽。

**暢談** ㄔㄤˋ ㄊㄢˊ 盡情地談。

**暢銷** ㄔㄤˋ ㄒㄧㄠ 商品銷路旺盛。

**暢懷** ㄔㄤˋ ㄏㄨㄞˊ 図心裡舒暢。

**暢所欲言** ㄔㄤˋ ㄙㄨㄛˇ ㄩˋ ㄧㄢˊ 暢暢快快地說出想說的事情。

## 十一筆

**暴** ▲ㄅㄠˋ ㈠凶惡，凶狠的。「殘暴不仁」「暴徒」「施暴」。㈡忽然的；意外的。如「暴斃」「暴冷暴熱」。㈢急躁，猛然。如「暴風雨」「暴脾氣」「暴跳如雷」。㈣不自愛。如「自暴自棄」。㈤図空著手搏擊。如「暴虎馮（ㄆㄧㄥˊ）河」。㈥姓。▲ㄆㄨˋ ㈠同「曝」，意思是「晒」。如「一暴十寒」。㈡顯現出來。如「暴露」。

**暴力** ㄅㄠˋ ㄌㄧˋ ①強制的力量；武力。②泛指侵害他人人身或強取他人財物的強暴行為。

**暴民** ㄅㄠˋ ㄇㄧㄣˊ 參與暴動或暴亂的無理性的人。

**暴行** ㄅㄠˋ ㄒㄧㄥˊ 蠻橫的舉動。

**暴利** ㄅㄠˋ ㄌㄧˋ 用不正當手段在短時間內獲得的巨額利潤。

**暴君** ㄅㄠˋ ㄐㄩㄣ 暴虐的君主。

**暴投** ㄅㄠˋ ㄊㄡˊ 棒球或壘球比賽時，投手所投出的球太偏內外側或過近過遠，以致捕手無法接住。

**暴卒** ㄅㄠˋ ㄗㄨˊ 突然死亡。

**暴戾** ㄅㄠˋ ㄌㄧˋ 図粗暴乖張，殘酷凶惡。

**暴雨** ㄅㄠˋ ㄩˇ 急猛的雨。

**暴客** ㄅㄠˋ ㄎㄜˋ 図指匪寇盜賊。

**暴政** ㄅㄠˋ ㄓㄥˋ 殘暴的政治。

**暴虐** ㄅㄠˋ ㄋㄩㄝˋ 行為殘酷。

**暴風** ㄅㄠˋ ㄈㄥ ①很急很猛的風。②通用風級表列的第十一級風，風速每小時一〇三至一二〇公里（每秒二八・五至三二・六公尺），在陸地上的損害力很大（參看「風速」條）。③也有把風級第十級風（狂風）稱為暴風，把第十一級風稱為「強烈暴風」的（參看「狂風」條）。

**暴徒** ㄅㄠˋ ㄊㄨˊ 強暴不法的人。

**暴病** ㄅㄠˋ ㄅㄧㄥˋ 急病。

**暴動** ㄅㄠˋ ㄉㄨㄥˋ 集合許多情緒激動的民眾，使用暴力作違反法律的舉動，如毆打、縱火、搶奪、殺人，占領政府機關房舍及公用道路等，引起社會動亂不安。政治性的暴動，刑法稱為「內亂罪」。

**暴富** ㄅㄠˋ ㄈㄨˋ 忽然發了財。

**暴發** ㄅㄠˋ ㄈㄚ 突然發作起來。如「山洪暴發」。

**暴亂** ㄅㄠˋ ㄌㄨㄢˋ 破壞社會秩序的武裝騷動。

**暴雷** ㄅㄠˋ ㄌㄟˊ 突然而來的響雷。

**暴漲** ㄅㄠˋ ㄓㄤˇ ①河海的水位突然升高。②價值忽然提高。

**暴橫** ㄅㄠˋ ㄏㄥˋ 凶暴蠻橫。

**暴斃** ㄅㄠˋ ㄅㄧˋ 忽然病死。也作「暴卒」。

**暴躁** ㄅㄠˋ ㄗㄠˋ ①焦急。②粗暴。

**暴露** ㄆㄨˋ ㄌㄨˋ 顯露：①顯現出來。②図奔走，不能安頓。如「萬里奔走，連年暴露」。

**暴風雨** ㄅㄠˋ ㄈㄥ ㄩˇ 大而急的風雨。

**暴風雪** ㄅㄠˋ ㄈㄥ ㄒㄩㄝˇ 大而急的風雪。

**暴脾氣** ㄅㄠˋ ㄆㄧˊ ㄑㄧˋ 氣字輕讀。暴躁容易發怒的性情。也作「暴性子」。

**暴發戶** ㄅㄠˋ ㄈㄚ ㄏㄨˋ 突然發了財的人。

**暴露狂** ㄆㄨˋ ㄌㄨˋ ㄎㄨㄤˊ 在公共場所或他人面前顯露個人身體（通常為性器官）的不當傾向和行動。

**暴力犯罪** ㄅㄠˋ ㄌㄧˋ ㄈㄢˋ ㄗㄨㄟˋ 刑法上指使用攻擊為手段，對人或物的破壞行為，以致觸犯刑法，如殺人、強盜、毀損、傷害、強姦等。

**暴戾恣睢** ㄅㄠˋ ㄌㄧˋ ㄗˋ ㄙㄨㄟ 図殘暴凶狠，恣意橫行。

**暴虎馮河** ㄅㄠˋ ㄏㄨˇ ㄆㄧㄥˊ ㄏㄜˊ 図空手打虎，不乘船渡河。比喻有勇無謀。

**暴殄天物** ㄅㄠˋ ㄊㄧㄢˇ ㄊㄧㄢ ㄨˋ 図浪費或拋棄有用的東西。

**暴風半徑** ㄅㄠˋ ㄈㄥ ㄅㄢˋ ㄐㄧㄥˋ 從颱風眼到暴風邊緣距離稱為暴風半徑，颱風進行方向右側的半圓，風力特別強，破壞力特別大。

**暴風驟雨** ㄅㄠˋ ㄈㄥ ㄗㄡˋ ㄩˇ 來勢急遽而猛烈的風雨。有時也比喻聲勢浩大、發展迅速的群眾活動。

**暴飲暴食** ㄅㄠˋ ㄧㄣˇ ㄅㄠˋ ㄕˊ 又猛又急地沒有節制的大量吃喝。

**暴跳如雷** ㄅㄠˋ ㄊㄧㄠˋ ㄖㄨˊ ㄌㄟˊ 比喻人急怒跳起的樣子。

## 暮

ㄇㄨˋ ㈠太陽下山的時候。如「日暮黃昏」。㈡由太陽下山比喻「晚」「靠近末期」。如「暮年」「歲暮」。㈢由太陽下山比喻人沒辦法了。如「日暮途窮」。㈣由下山的太陽熱氣減低，形容精神委靡，振作不起來。如「暮氣」。

**暮年** ㄇㄨˋ ㄋㄧㄢˊ 老年。也作「暮齡」。

**暮色** ㄇㄨˋ ㄙㄜˋ 傍晚昏暗的天色。

**暮春** ㄇㄨˋ ㄔㄨㄣ 陰曆三月，春季的末期。

**暮秋** ㄇㄨˋ ㄑㄧㄡ 陰曆九月，秋季的末期。

**暮氣** ㄇㄨˋ ㄑㄧˋ ①黃昏迷濛的景象。②比喻精神衰頹，不能振作。

**暮靄** ㄇㄨˋ ㄞˇ 黃昏時的雲氣。

**暮鼓晨鐘** ㄇㄨˋ ㄍㄨˇ ㄔㄣˊ ㄓㄨㄥ 早晨敲鐘，夜晚打鼓，本來是佛寺用來報時的，現在用來比喻警醒人的言論。

**暱（嫟）** ㄋㄧˋ 親，近。如「親暱」。

**暫（蹔）** ㄓㄢˋ ㈠図時間短。如「為時甚暫」。㈡短時間的，不久的。如「暫時」「暫代」。讀音ㄗㄢˋ。

**暫且** ㄓㄢˋ ㄑㄧㄝˇ 姑且，用在臨時變通將就的事情上。如「暫且不管它」。

**暫代** ㄓㄢˋ ㄉㄞˋ 暫行代理（某職務）。

**暫存** ㄓㄢˋ ㄘㄨㄣˊ 暫時把東西寄存某處。

**暫行** ㄓㄢˋ ㄒㄧㄥˊ ①暫時實行的（法令規章）。如「暫行條例」。②図剛上路，行不久。如「暫行，忽暴病」。

**暫時** ㄓㄢˋ ㄕˊ 時間不長。臨時，不是永久的意思。

**暫緩** ㄓㄢˋ ㄏㄨㄢˇ 暫時延緩。如「暫緩執行」。

## 十二筆

**曇** ㄊㄢˊ ㈠多雲而日光暗淡的天氣。㈡梵語 dharma（曇摩）的音譯，就是佛法。

**曇花** ㄊㄢˊ ㄏㄨㄚ ①仙人掌科植物，又名「蘭仙人掌」「月下美人」。原產於美洲的熱帶及亞熱帶地區。多數是附生植物，也可插枝成長。莖扁平無刺，花像葉片，夜間開花，很快就謝。本有紅、黃、白三色，在福建、臺灣地區的方言稱為瓊花，只開白花。②也叫優曇華，產於印度，樹幹高一丈多。生在中國的幹如木樨，葉像枇杷葉。春天開花如蓮，十二瓣，一開即斂。

**曇花一現** ㄊㄢˊ ㄏㄨㄚ ㄧ ㄒㄧㄢˋ 比喻事情或狀況的極不常見，偶然發生而不久就消失。

**暾** ㄊㄨㄣ ㈠図早晨剛出來的太陽。如「朝暾」。㈡液體溫而不燙，叫「溫暾」。

**曈** 図ㄊㄨㄥˊ 見「曈曨」。

**曈曨** ㄊㄨㄥˊ ㄌㄨㄥˊ 図太陽剛出還不十分明亮的樣子。

**曆** ㄌㄧˋ ㈠推定日、月、星辰運行來定歲時節候的方法。如「曆法」「陽曆」「陰曆（夏曆、農曆）」。㈡年代。如「年曆」。

**曆本** ㄌㄧˋ ㄅㄣˇ 曆書。

**曆法** ㄌㄧˋ ㄈㄚˇ 從日、月、星辰的運行，推定歲時的方法。以太陽為標準的叫太陽曆，簡稱陽曆；以月亮為標準的叫太陰曆，簡稱陰曆，也叫農曆、夏曆。我國在民國以前採用陰曆，現在以陽曆為國曆。

**曆書** ㄌㄧˋ ㄕㄨ 記載年、月、日、節氣等的書，也叫「曆本」，俗稱「黃曆」「通書」。

**曆數** ㄌㄧˋ ㄕㄨˋ ①天道，也指改朝換姓的順序。②推算日月運行軌跡的數據。

**曉** ㄒㄧㄠˇ ㈠早晨天剛亮。如「破曉」「拂曉」。㈡知道。如「曉得」「通曉」。㈢図把道理告訴人。如「曉諭」「曉以大義」。㈣發表，公布。如「揭曉」。

**曉示** ㄒㄧㄠˇ ㄕˋ 明白地告訴，開導。

**曉色** ㄒㄧㄠˇ ㄙㄜˋ 清晨的景色。

**曉事** ㄒㄧㄠˇ ㄕˋ 図明白事理。

**曉得** ㄒㄧㄠˇ ˙ㄉㄜ 知道。

**曉暢** ㄒㄧㄠˇ ㄔㄤˋ 了解得很透徹。如「明白曉暢」。

**曉諭** ㄒㄧㄠˇ ㄩˋ 図把道理詳細地告訴別人。諭也作喻。

**曉以大義** ㄒㄧㄠˇ ㄧˇ ㄉㄚˋ ㄧˋ 用正大合宜的義理，告訴敵人或作惡多端的人使他大徹大悟，改邪歸正。

**曉行夜宿** ㄒㄧㄠˇ ㄒㄧㄥˊ ㄧㄝˋ ㄙㄨˋ 破曉即啟程，到夜晚才休息。指急於趕路。

**暹** ㄒㄧㄢ ㈠図日光升起。㈡暹羅的簡稱。暹羅就是現在的泰國，在亞洲中南半島。

**曏** 図ㄒㄧㄤˋ從前，往昔。如「曏者」（「曏」通作「向」）。

**曄（曅）** 図ㄧㄝˋ光明的樣子。

## 十三筆

**曙** ㄕㄨˋ 天剛亮的那段時間。如「曙色曚曨」「曙光」。

**曙光** ㄕㄨˋ ㄍㄨㄤ ①天剛亮時候東方的光芒。②比喻光明、有希望。如「這件事情已經透出一線曙光」。

**曙色** ㄕㄨˋ ㄙㄜˋ 黎明時的天色。

**曖** ㄞˋ ㈠図「曖曖」是昏暗不明的樣子。如「暮雲曖曖」。㈡見「曖昧」條。

**曖昧** ㄞˋ ㄇㄟˋ ①意思隱約不明的樣子。②行為不光明，有不可告人的事。

## 十四筆

**曚** ㄇㄥˊ 見「曚曨」。

**曚曨** ㄇㄥˊ ㄌㄨㄥˊ 形容天快亮或太陽光發暗的樣子。

**曛** 図ㄒㄩㄣ ㈠太陽下山以後的餘光。㈡黃昏時候。

**曜** ㄧㄠˋ ㈠図日光。㈡図光明的樣子。㈢日、月、星都叫曜。定曆法的人拿日、月、火星、水星、木星、金星、土星等七個星球，代表一星期裡的各日，日曜日代表星期日，月曜日代表星期一，以下順推。又讀ㄩㄝˋ。

## 十五筆

**曝** ㄆㄨˋ 在陽光底下晒。

**曝光** ㄆㄨˋ ㄍㄨㄤ ①攝影時光線經鏡頭快門，射入軟片藥膜層的感光材料，使感光材料產生潛在的變化叫曝光。②諷稱人出現在社會大眾面前。如「陳委員最近經常曝光」。

**曝獻** ㄆㄨˋ ㄒㄧㄢˋ 図〈列子〉書有「野人獻曝」的寓言，用作貢獻意見或贈送微物而心意誠懇的意思。也作「獻曝」。

**曝光表** ㄆㄨˋ ㄍㄨㄤ ㄅㄧㄠˇ 攝影時用以測量光線強度的儀表。

**曠（旷）** ㄎㄨㄤˋ ㈠空闊。如「曠野」「心曠神怡」。㈡缺失，荒廢。如「曠課」「曠職」。㈢図「盡」「絕」的意思，如「曠代」「曠古」，都是說某個時代所未有。㈣姓。

**曠久** ㄎㄨㄤˋ ㄐㄧㄡˇ 図長久。

**曠世** ㄎㄨㄤˋ ㄕˋ 図當代沒有能相比的，如「曠世奇才」。

**曠代** ㄎㄨㄤˋ ㄉㄞˋ 図在一代之中僅有的。如「曠代豪傑」。

**曠古** ㄎㄨㄤˋ ㄍㄨˇ 図空前的。也作「曠世」。如「曠古未有」。

**曠野** ㄎㄨㄤˋ ㄧㄝˇ 空曠的郊野。

**曠費** ㄎㄨㄤˋ ㄈㄟˋ 図浪費。如「曠費時光」。

**曠達** ㄎㄨㄤˋ ㄉㄚˊ 心性恬適而不加拘束。

**曠廢** ㄎㄨㄤˋ ㄈㄟˋ 図曠缺廢棄。

**曠課** ㄎㄨㄤˋ ㄎㄜˋ 學生沒請假而缺課。

**曠職** ㄎㄨㄤˋ ㄓˊ 該上班而不上班。

**曠日持久** ㄎㄨㄤˋ ㄖˋ ㄔˊ ㄐㄧㄡˇ 図空廢時間，相持過久。

## 十六筆

**曨** ㄌㄨㄥˊ 見「曚曨」。

**曦** 図ㄒㄧ 太陽的光色。如「晨曦」。

## 十七筆

**曩** 図ㄋㄤˇ 從前，往昔。如「曩昔」。

**曩昔** ㄋㄤˇ ㄒㄧˊ 図從前。也作「曩時」「曩日」。

# 曰部

**曰** 図ㄩㄝ (一)說。(二)叫做，和「是」字相當，在列舉事物或理由的時候說「一曰……二曰……」。(三)句中或句首助詞。〈詩經〉有「我東曰歸，我心西悲」「我送舅氏，曰至渭陽」。

## 二筆

**曲** ▲ㄑㄩ (一)彎的，不是直的。如「曲線」「曲徑通幽」。(二)不正當。如「曲解」。(三)理虧。如「是非曲直」。(四)拐彎的地方。如「山曲」「河曲」。(五)図兵卒部隊。如「部曲」。(六)姓。▲ㄑㄩˇ (一)歌，歌的調子。如「高歌一曲」「曲高和寡」。(二)中國文學古典韻文的一種。如「戲曲」「散曲」。

**曲子** ㄑㄩˇ ㄗ˙ 歌曲。

**曲尺** ㄑㄩ ㄔˇ 形狀像直角三角形的勾股兩邊，直的長，橫的短，刻有尺寸，是木匠用來求直角的彎尺。

**曲本** ㄑㄩˇ ㄅㄣˇ 歌曲的本子。

**曲全** ㄑㄩ ㄑㄩㄢˊ 図曲意保全。

**曲庇** ㄑㄩ ㄅㄧˋ 図袒護。

**曲折** ㄑㄩ ㄓㄜˊ ①彎曲迴轉。②事情的隱情。③形容事情演變發展的過程複雜。如「這個故事內容很曲折」。

**曲拐** ㄑㄩ ㄍㄨㄞˇ 本名曲柄。機械名詞，一個彎曲的柄，它的軸與飛輪相連接，藉飛輪的運動來傳動機器。

**曲直** ㄑㄩ ㄓˊ 是非。

**曲阜** ㄑㄩ ㄈㄨˋ 山東省的縣名，孔子的故里，春秋時代魯國國都。城東北有孔林，是孔子的墓園。

**曲面** ㄑㄩ ㄇㄧㄢˋ 物體的邊界或空間中的曲線依一定條件運動的軌跡，例如球面、圓柱面等。

**曲徑** ㄑㄩ ㄐㄧㄥˋ 彎曲的小路。如「曲徑通幽」。

**曲牌** ㄑㄩˇ ㄆㄞˊ 曲的調子的名稱，如〈山坡羊〉〈一枝花〉等。

**曲軸** ㄑㄩ ㄓㄡˊ 把機械的往復運動轉變為回轉運動，或把回轉運動轉變為往復運動的軸。

**曲解** ㄑㄩ ㄐㄧㄝˇ 不正確的解釋，所見有偏差，或隨意附會。

**曲說** ㄑㄩ ㄕㄨㄛ 片面的說法。如「不要被曲說所蒙蔽」。

**曲線** ㄑㄩ ㄒㄧㄢˋ ①數學上指方向處處變化不同的線。②美學上說彎曲的波狀線。單調的叫定曲線，多變化的是不定曲線。

**曲調** ㄑㄩˇ ㄉㄧㄠˋ 歌曲的曲譜所屬的高低音調(音階)。

**曲學** ㄑㄩ ㄒㄩㄝˊ ①邪曲的學術。②偏頗淺陋的言論。

**曲蟮** ㄑㄩ ㄕㄢˋ 図蚯蚓。(北京說成ㄑㄩ ㄕㄢ)。

**曲藝** ㄑㄩˇ ㄧˋ 指富有地方色彩的各種說唱藝術，如彈詞、大鼓、相聲、快板兒等。

**曲譜**（ㄑㄩˇ ㄆㄨˇ） 戲曲樂譜，不包括詞的部分。

**曲射砲**（ㄑㄩ ㄕㄜˋ ㄆㄠˋ） 發射時彈道彎曲的砲，像臼砲就是。和「平射砲」不同。

**曲棍球**（ㄑㄩ ㄍㄨㄣˋ ㄑㄧㄡˊ） ①球類運動項目之一，用下端彎曲的棍子把球打進對方球門為勝。②曲棍球運動使用的球，體小而硬。

**曲線板**（ㄑㄩ ㄒㄧㄢˋ ㄅㄢˇ） 畫曲線的畫圖板，是畫圖儀器之一。

**曲頸甑**（ㄑㄩ ㄐㄧㄥˇ ㄗㄥˋ） 蒸餾用的玻璃瓶，瓶口的地方是彎曲的管子。

**曲突徙薪**（ㄑㄩ ㄊㄨ ㄒㄧˇ ㄒㄧㄣ） 図突，是煙囪。薪，是柴火。把煙囪拐個彎兒，改變出煙的通路；把柴火挪開，以免失火。比喻預防災禍，防患未然的意思。語出〈漢書．霍光傳〉。

**曲徑通幽**（ㄑㄩ ㄐㄧㄥˋ ㄊㄨㄥ ㄧㄡ） 通往幽靜之處的曲折小路。

**曲高和寡**（ㄑㄩ ㄍㄠ ㄏㄜˋ ㄍㄨㄚˇ） 語出〈昭明文選．宋玉對楚王問〉。①比喻懷才不遇，難得知音。②比喻深奧的藝術或理論，少有人能欣賞。

**曲意承歡**（ㄑㄩ ㄧˋ ㄔㄥˊ ㄏㄨㄢ） 委屈自己而取悅他人。

**曲意逢迎**（ㄑㄩ ㄧˋ ㄈㄥˊ ㄧㄥˊ） 違反自己的本心去迎合他人的意思。

**曲裡拐彎兒**（ㄑㄩ ㄌㄧˇ ㄍㄨㄞˇ ㄨㄢ ㄦ） 彎曲的樣子。形容不肯直接明說出來。

**曳** ㄧˋ 牽引；拖著。如「引曳」「棄甲曳兵」。語音ㄧㄝˋ。

**曳引機**（ㄧㄝˋ ㄧㄣˇ ㄐㄧ） 有牽引力可以拖動的農耕機器，有點像犁耙。又叫牽引車。

**曳光彈**（ㄧㄝˋ ㄍㄨㄤ ㄉㄢˋ） 子彈的一種。在夜間射出，發強烈的光以照明或指示目標。飛機偵察敵情時常用。

**曳兵棄甲**（ㄧˋ ㄅㄧㄥ ㄑㄧˋ ㄐㄧㄚˇ） 拖著兵器，丟掉鎧甲。比喻部隊打敗仗逃跑的狼狽相。

## 三筆

**更** ▲ㄍㄥ ㈠改換。如「更名改姓」「更正」。㈡從前把晝夜分成十二個時辰，晚上七點到第二天早上五點，這十個小時分成五個「更」。如「更深人靜」「打更」。語音ㄐㄧㄥ。如「三更（ㄐㄧㄥ）半夜」。㈢図閱歷。如「少（ㄕㄠˋ）不更事」。▲ㄍㄥˋ ㈠再。如「自力更生」「更上一層樓」。㈡愈發，尤其。如「更好看」「更加用功」。㈢又，另外。

**更夫**（ㄍㄥ ㄈㄨ） 舊時打更巡夜的人。也作「更卒」。

**更正**（ㄍㄥ ㄓㄥˋ） 改正錯誤。

**更生**（ㄍㄥ ㄕㄥ） 復活，重（ㄔㄨㄥˊ）生。

**更名**（ㄍㄥ ㄇㄧㄥˊ） 改名字。

**更衣**（ㄍㄥ ㄧ） ①換衣服。②図舊時上廁所的託詞。

**更改**（ㄍㄥ ㄍㄞˇ） 改變。

**更事**（ㄍㄥ ㄕˋ） 図經歷世事，懂得事理。

**更始**（ㄍㄥ ㄕˇ） 図①革新。〈漢書〉有「厲精更始」。②換新年。〈禮記〉有「歲且更始」。③年號。如漢朝劉玄稱帝時年號是「更始」（公元二十三年）。

**更定**（ㄍㄥ ㄉㄧㄥˋ） 改訂，修訂。

**更易**（ㄍㄥ ㄧˋ） 図改變。

**更迭**（ㄍㄥ ㄉㄧㄝˊ） 図按次序變換，一個一個交替。

**更動**（ㄍㄥ ㄉㄨㄥˋ） 改動。

更張 (ㄍㄥ ㄓㄤ) 図更改。
更深 (ㄍㄥ ㄕㄣ) 夜深。如「夜靜更深」。
更番 (ㄍㄥ ㄈㄢ) 輪流調換。
更換 (ㄍㄥ ㄏㄨㄢˋ) 改換。
更替 (ㄍㄥ ㄊㄧˋ) 按次序替代。
更新 (ㄍㄥ ㄒㄧㄣ) 革新。如「工廠機器要汰舊更新」。
更鼓 (ㄍㄥ ㄍㄨˇ) 舊時報更所用的鼓。
更漏 (ㄍㄥ ㄌㄡˋ) 古時夜間憑漏壺表示的時刻報更，所以漏壺又叫更漏。
更審 (ㄍㄥ ㄕㄣˇ) 即重新審判。指已施行的審判程序，因上訴或特定的原因，而重新施行的審判程序。
更年期 (ㄍㄥ ㄋㄧㄢˊ ㄑㄧ) 生理學名詞。指男女性機能進入衰退時期。通常女人在四十五至五十五歲，卵巢功能逐漸衰退，月經停止。男性生理症狀較不明顯，通常約在五十歲以後。
更僕難數 (ㄍㄥ ㄆㄨˊ ㄋㄢˊ ㄕㄨˇ) 図比喻事物極其繁多，到了數算不清的程度。源出〈禮記．儒行〉。

## 五筆

曷 図ㄏㄜˊ ㈠怎麼，為什麼，哪裡。如「曷若」「曷有」。㈡何時。如「時日曷喪」。㈢何不。〈詩經〉有「中心好之，曷飲食之」。
曷若 (ㄏㄜˊ ㄖㄨㄛˋ) 図怎麼比得上，何如。

## 六筆

書 ㄕㄨ ㈠有文字或圖畫的冊子。如「教科書」「書籍」。㈡信。如「家書」「書牘」。㈢用筆寫字。如「書法」「書寫」。㈣字體。如「楷書」「草書」。㈤文件。如「申請書」「證書」。㈥図記錄。如「書不勝書」「大書特書」。㈦〈書經〉（尚書）的簡稱。㈧姓。
書丹 (ㄕㄨ ㄉㄢ) 古代刻碑，先以朱筆書寫於石上。後來也泛指書寫碑上的文字。
書包 (ㄕㄨ ㄅㄠ) 放書的袋子。從前包書的布也叫書包。
書札 (ㄕㄨ ㄓㄚˊ) 書信。
書生 (ㄕㄨ ㄕㄥ) 讀書人。
書目 (ㄕㄨ ㄇㄨˋ) 圖書目錄。
書局 (ㄕㄨ ㄐㄩˊ) ①書店。②從前指公家刻書的地方。
書卷 (ㄕㄨ ㄐㄩㄢˋ) 指一般書籍。唐朝以前的書籍都是卷軸形狀，唐朝以後才改用冊頁，也稱「書冊」。
書帙 (ㄕㄨ ㄓˋ) 図書套。
書房 (ㄕㄨ ㄈㄤˊ) ①讀書寫作的房間。②從前指家塾。
書林 (ㄕㄨ ㄌㄧㄣˊ) 図①藏書多的地方。②指眾多的文人學者。
書法 (ㄕㄨ ㄈㄚˇ) ①寫字的技術方法。②図指史家記事的體例筆法。
書信 (ㄕㄨ ㄒㄧㄣˋ) 往來通問的信件。也作書札、函札、書牘、尺牘、尺素、尺書、書柬、書記、柬札。
書契 (ㄕㄨ ㄑㄧˋ) ①文字。②取東西的證券。
書城 (ㄕㄨ ㄔㄥˊ) ①積書環列如城，形容書多。②賣書的場所。
書屋 (ㄕㄨ ㄨ) 舊時供讀書用的房子，現在也指書店。
書後 (ㄕㄨ ㄏㄡˋ) 寫在別人著作後面，對著作有所說明或評論的文章。
書柬 (ㄕㄨ ㄐㄧㄢˇ) 書信。也作「書簡」。

**書眉** ㄕㄨ ㄇㄟˊ 書頁上端空白的地方，可供眉批。

**書面** ㄕㄨ ㄇㄧㄢˋ 談話或意見的文字記錄。

**書頁** ㄕㄨ ㄧㄝˋ 書中印有文字或圖片的單篇。

**書香** ㄕㄨ ㄒㄧㄤ 古人拿芸香草夾在書裡防蠹魚，因而有書香之說。是讀書的風氣，常指家世說的。如「書香門第」。

**書家** ㄕㄨ ㄐㄧㄚ 書法家，有名的寫好字的人。

**書庫** ㄕㄨ ㄎㄨˋ ①藏書室。②稱博學的人。

**書套** ㄕㄨ ㄊㄠˋ 套在幾本書或一本書外面的套子，有保護作用。

**書案** ㄕㄨ ㄢˋ 図長形的書桌。

**書脊** ㄕㄨ ㄐㄧˇ 書籍被釘住的一邊。也叫書背。新式裝訂的書脊上，一般印有書名、作者、出版機構名稱等。

**書記** ㄕㄨ ㄐㄧˋ ①書牘。②辦理文書的人員。③某些機構職員的職稱。

**書訊** ㄕㄨ ㄒㄩㄣˋ 報導圖書出版動態的專刊。

**書院** ㄕㄨ ㄩㄢˋ ①舊時講學的地方，主持人叫「山長（ㄓㄤˇ）」。②私立學校的名稱。

**書場** ㄕㄨ ㄔㄤˇ 說書的場所。

**書畫** ㄕㄨ ㄏㄨㄚˋ 作為藝術品供人欣賞的書法和繪畫。

**書評** ㄕㄨ ㄆㄧㄥˊ 評論或介紹書刊的文章。

**書僮** ㄕㄨ ㄊㄨㄥˊ 舊時侍候主人及其子弟讀書並做雜事的未成年的僕人。

**書塾** ㄕㄨ ㄕㄨˊ 家塾；私塾。

**書摘** ㄕㄨ ㄓㄞ 摘錄書中的精華部分。

**書寫** ㄕㄨ ㄒㄧㄝˇ 拿筆寫字。

**書廚** ㄕㄨ ㄔㄨˊ ①藏書的櫃子。②比喻讀書廣博的人。③譏笑書讀得多卻不能融化應用的人。

**書篋** ㄕㄨ ㄑㄧㄝˋ 図放書的小箱子，口語說「書箱」。

**書館** ㄕㄨ ㄍㄨㄢˇ ①從前的私塾。②書店。

**書齋** ㄕㄨ ㄓㄞ 書房，讀書時用的房間。

**書簡** ㄕㄨ ㄐㄧㄢˇ 書信。同「書柬」。

**書蟲** ㄕㄨ ㄔㄨㄥˊ ①蛀書的蠹魚。②指愛讀書的人。

**書牘** ㄕㄨ ㄉㄨˊ 図書信。

**書癡** ㄕㄨ ㄔ 図書獃子。

**書籍** ㄕㄨ ㄐㄧˊ 書本冊籍的總稱。

**書蠹** ㄕㄨ ㄉㄨˋ ①蠹魚，蛀書的蟲。②図比喻讀死書的人。

**書體** ㄕㄨ ㄊㄧˇ 字的體式。

**書本（兒）** ㄕㄨ ㄅㄣˇ ㄦ 書，冊子。

**書皮（兒）** ㄕㄨ ㄆㄧˊ ㄦ 書籍的封面紙。

**書架（子）** ㄕㄨ ㄐㄧㄚˋ ㄗ 放書的架子。

**書桌（兒）** ㄕㄨ ㄓㄨㄛ ㄦ 讀書寫字用的桌子。

**書簽（兒）** ㄕㄨ ㄑㄧㄢ ㄦ 書裡夾的狹長形紙片，作為「看到這裡」的記號。

**書攤（兒）** ㄕㄨ ㄊㄢ ㄦ 賣書的攤子。也說「書攤子」。

**書生氣** ㄕㄨ ㄕㄥ ㄑㄧˋ 指知識分子只顧讀書，脫離實際的習氣。

**書名號** ㄕㄨ ㄇㄧㄥˊ ㄏㄠˋ 標點符號的一種。我國以前使用的是﹏，加在書名或篇名的左邊（直行）或下面（橫行）。但是因為排版或打字較不方便，現在各報刊書籍都已採用《》加在書名篇名的前後。如《禮記》，如《桃花源記》。

**書卷氣** ㄕㄨ ㄐㄩㄢˋ ㄑㄧˋ 讀書人的溫雅風度。

**書面語** ㄕㄨ ㄇㄧㄢˋ ㄩˇ 用文字寫出來的語言。（區別於「口語」）。

**書記官** ㄕㄨ ㄐㄧˋ ㄍㄨㄢ 法院中掌理記錄、編案、文牘、統計及其他事務的人員。

**書獃子** ㄕㄨ ㄉㄞ ˙ㄗ 也作「書呆子」，讀書而不通世事的人。

**書不盡言** ㄕㄨ ㄅㄨˋ ㄐㄧㄣˋ ㄧㄢˊ 文辭難以表達心意。

**書空咄咄** ㄕㄨ ㄎㄨㄥ ㄉㄨㄛˋ ㄉㄨㄛˋ 図手向空中作出書寫的姿態。比喻人失意時所表現的驚怪、無奈的情狀。

**書香門第** ㄕㄨ ㄒㄧㄤ ㄇㄣˊ ㄉㄧˋ 指世代都是讀書人的家庭。

## 七筆

**曹** ㄘㄠˊ ㈠図等，儕，輩。「爾曹」「汝曹」是「你們」；「兒曹」是「兒子輩兒」。㈡訴訟時從前把原告被告叫「兩曹」，現在叫「兩造」。㈢図群，班。如「冠其曹」。㈣古時官署分科辦事叫「曹」，也用來稱呼掌管某事的職官。如「部曹」「功曹」。㈤古國名，在現在山東省菏澤縣。㈥姓。

## 八筆

**替** ㄊㄧˋ ㈠図衰敗。如「興替」「隆替」。㈡代換。如「他病了，由我替他做這件事吧」。

**替工** ㄊㄧˋ ㄍㄨㄥ 傭工的替代人。

**替代** ㄊㄧˋ ㄉㄞˋ 換上，代替。

**替班** ㄊㄧˋ ㄅㄢ 代替別人上班。

**替換** ㄊㄧˋ ㄏㄨㄢˋ 代替，接換。

**替補** ㄊㄧˋ ㄅㄨˇ 代替補充。

**替身（兒）** ㄊㄧˋ ㄕㄣ（ㄦ） ①替代的人。②同「替死鬼」。

**替死鬼** ㄊㄧˋ ㄙˇ ㄍㄨㄟˇ 代替他人受災禍的人。

**曾** ▲ㄗㄥ ㈠重（ㄔㄨㄥˊ），進一層的意思。如「曾祖父」「曾孫」。㈡図乃，竟自。〈論語〉有「曾是以為孝乎」。㈢図通「增」。㈣姓。 ▲ㄘㄥˊ 嘗；從前經歷過。如「曾幾何時」「似曾見過」「得未曾有」。

**曾子** ㄗㄥ ㄗˇ 春秋魯國人，名參，字子輿。孔子弟子，事親至孝，悟孔子一貫之道，其學傳子思，再傳孟子。

**曾孫** ㄗㄥ ㄙㄨㄣ 孫子的兒子。

**曾經** ㄘㄥˊ ㄐㄧㄥ 副詞，表示從前有過某種行為或情況。如「他曾經當過校長」。

**曾孫女** ㄗㄥ ㄙㄨㄣ ㄋㄩˇ 孫子的女兒。

**曾祖父** ㄗㄥ ㄗㄨˇ ㄈㄨˋ 祖父的父親。

**曾祖母** ㄗㄥ ㄗㄨˇ ㄇㄨˇ 父親的祖母。

**曾幾何時** ㄘㄥˊ ㄐㄧˇ ㄏㄜˊ ㄕˊ 図時間過去沒有多久。

**曾經滄海** ㄘㄥˊ ㄐㄧㄥ ㄘㄤ ㄏㄞˇ 比喻曾經經歷過很大的場面，眼界開闊，對比較平常的事物不放在眼底。

## 九筆

**會（会）** ▲ㄏㄨㄟˋ ㈠集合在一起。如「聚會」「會師」。㈡見面。如「會面」「相會」。㈢知道怎麼作。如「我會跳繩」「狗會看家」。㈣有可能。如「他會來嗎」「會不會是他來了」。㈤集合多人的團體。如「農會」「班會」「國會」。(六)指大城市。如「省會」「都會」。(七)領悟，了解。如「會意」「會心」。(八)時機。如「機會」「適逢其會」。(九)應酬時付款。如「不客氣了，帳我已經會過了」。(十)民間自由組織的帶有儲蓄意味的小經濟團體。會頭請人入會叫「請會」，每月約定日期「標會」。

▲ㄏㄨㄟˇ (一)「會兒」：①是「一會兒」的略語，指片刻，較短的時間。如「看了會兒書」「等會兒再來」。②指一段時間。如「不大會兒」「過了一小會兒」。③時候。如「這會兒不熱了」「你多會兒走」。(二)「會子」是「一會子」的略語，指一陣子，一段時間。如「還要等會子哪」「兩個人說了一會子話」。

▲ㄎㄨㄞˋ見「會計」條。

▲ㄍㄨㄟˋ會稽。①地名，現在的浙江紹興。②山名，在浙江紹興東南。

**會子** ㄏㄨㄟˋ ㄗˇ 南宋時發行的一種紙幣。▲ㄏㄨㄟˇ ˙ㄗ 見「會」字條▲ㄏㄨㄟˇ(二)。

**會元** ㄏㄨㄟˋ ㄩㄢˊ 明清兩代稱會試第一名的人。

**會友** ㄏㄨㄟˋ ㄧㄡˇ ①會員。②結交的意思。如「以文會友」。

**會心** ㄏㄨㄟˋ ㄒㄧㄣ 領悟。

**會合** ㄏㄨㄟˋ ㄏㄜˊ ①聚集。②遇合。

**會同** ㄏㄨㄟˋ ㄊㄨㄥˊ 聯合，共同在一起。

**會考** ㄏㄨㄟˋ ㄎㄠˇ 集合一地區各校畢業生所舉行的考試。

**會址** ㄏㄨㄟˋ ㄓˇ 團體組織的所在地。

**會攻** ㄏㄨㄟˋ ㄍㄨㄥ 聯合進攻。

**會見** ㄏㄨㄟˋ ㄐㄧㄢˋ 遇見，見面。

**會典** ㄏㄨㄟˋ ㄉㄧㄢˇ 專記一代法典政制的書。

**會所** ㄏㄨㄟˋ ㄙㄨㄛˇ 團體組織的辦公處所。

**會社** ㄏㄨㄟˋ ㄕㄜˋ 公司（日本名詞）。

**會客** ㄏㄨㄟˋ ㄎㄜˋ 接見賓客。

**會要** ㄏㄨㄟˋ ㄧㄠˋ 記載一代制度及沿革的書。

**會計** ㄎㄨㄞˋ ㄐㄧˋ ①管理財務帳目和收支的工作。②指稱管理財務帳目和收支的人員。

**會面** ㄏㄨㄟˋ ㄇㄧㄢˋ 見面。

**會首** ㄏㄨㄟˋ ㄕㄡˇ 民間各種互助會的發起人。也叫會頭。

**會員** ㄏㄨㄟˋ ㄩㄢˊ 參加團體、會社組織的分子。

**會師** ㄏㄨㄟˋ ㄕ 幾支獨立行動的部隊在戰地會合。

**會悟** ㄏㄨㄟˋ ㄨˋ 同領會，解悟。

**會商** ㄏㄨㄟˋ ㄕㄤ 雙方或多方共同商量。

**會帳** ㄏㄨㄟˋ ㄓㄤˋ 在飯館請客付款。也作「會鈔」。

**會晤** ㄏㄨㄟˋ ㄨˋ 同見面。

**會眾** ㄏㄨㄟˋ ㄓㄨㄥˋ ①到會的人；參加開會的人。②舊時指參加某些會、道、門等組織的人。如「紅門會眾」。

**會陰** ㄏㄨㄟˋ ㄧㄣ 人體陰部和肛門之間的部分。

**會報** ㄏㄨㄟˋ ㄅㄠˋ 綜合報告。為互有關係的上級或平級機構在一定期間例行的會議。

**會場** ㄏㄨㄟˋ ㄔㄤˇ 集會的場所。

**會期** ㄏㄨㄟˋ ㄑㄧˊ ①開會的日子或時期。如「會期定在十月十日」。②民意機構開會的期間。如「本會期是三月一日到五月十日」。

**會診** ㄏㄨㄟˋ ㄓㄣˇ 會同數位醫生共同診斷疑難病症。

**會鈔** ㄏㄨㄟˋ ㄔㄠ 會帳。

**會集** ㄏㄨㄟˋ ㄐㄧˊ 聚集。

**會意** ㄏㄨㄟˋ ㄧˋ ①領會。②六書之一。用兩個字合在一起讓人領會字意。如把「止、戈」合起來是「武」字，「人、言」合起來為「信」字。

**會盟** ㄏㄨㄟˋ ㄇㄥˊ 指古時諸侯相會而結盟。

**會話** ㄏㄨㄟˋ ㄏㄨㄚˋ 說話，談話。

**會試** ㄏㄨㄟˋ ㄕˋ 明清兩代各省舉人參加在京城舉行的科舉考試，每三年舉行一次。

**會費** ㄏㄨㄟˋ ㄈㄟˋ 會員按規定交給團體的經費。

**會銜** ㄏㄨㄟˋ ㄒㄧㄢˊ （兩個或兩個以上的機關或個人）在發出的公文上共同具名。

**會審** ㄏㄨㄟˋ ㄕㄣˇ 兩個以上的人或機關會同審判。

**會談** ㄏㄨㄟˋ ㄊㄢˊ 雙方或多方共同商談。

**會戰** ㄏㄨㄟˋ ㄓㄢˋ 兩軍各集結強大主力，以一決勝負的戰役。

**會操** ㄏㄨㄟˋ ㄘㄠ 指會合舉行軍事或體育方面的操演。

**會親** ㄏㄨㄟˋ ㄑㄧㄣ 舊時結婚後，男女兩家互邀親屬相見，叫做會親。

**會頭** ㄏㄨㄟˋ ㄊㄡˊ 社會一般人共同組織的儲蓄團體的負責人。

**會館** ㄏㄨㄟˋ ㄍㄨㄢˇ ①同省或同縣的人旅居異地共同設置的館舍。②同業商人集會的館舍。

**會餐** ㄏㄨㄟˋ ㄘㄢ 多人相聚進餐。

**會議** ㄏㄨㄟˋ ㄧˋ 多人聚集商議事情。

**會計師** ㄎㄨㄞˋ ㄐㄧˋ ㄕ 領有合法證照，負責接受委託，辦理有關會計的設計、管理、稽核、財務分析、調查、清算、鑑定證明等業務的專門職業人員。

**會計年度** ㄎㄨㄞˋ ㄐㄧˋ ㄋㄧㄢˊ ㄉㄨˋ 就一年之內定下起訖日期，以便結束會計事務，叫作會計年度。我國會計年度是每年七月一日到第二年的六月三十日。現在改為從一月一日起至十二月三十一日止。

**會厭軟骨** ㄏㄨㄟˋ ㄧㄢˋ ㄖㄨㄢˇ ㄍㄨˇ 喉部構成會厭的軟骨，形狀扁平，像樹葉，下部附著在喉結的內壁上。「厭」也作「咽」。

## 十筆

**朅** ㄑㄧㄝˋ 同「去」。

# 月部

**月** ㄩㄝˋ ㈠月球，是地球的衛星，繞地球運行，本身沒有亮光，而能反射日光。㈡太陰曆單位，以月球繞地球一周為一個月；大月三十天，小月二十九天。一年十二個月。三年有一閏月，五年兩個閏月，十九年七個閏月。㈢太陽曆單位，一年分十二個月。㈣季節。如「夏月」「秋月」。㈤圓形像月亮的東西。如「月餅」「月琴」。㈥見「月子」。

**月子** ㄩㄝˋ ㄗ˙ 女人生孩子的一個月之內，叫「坐月子」。臺語說「月內」。

**月中** ㄩㄝˋ ㄓㄨㄥ 一個月的中間那幾天。

**月支** ㄩㄝˋ ㄓ ①每個月的支付。如「月支生活費五千元」。②漢代西域國名，在今甘肅省中部、青海省東部地方。也作「月氏」。有大月氏、小月氏之分。又讀「ㄖㄡˋ ㄓ」。

**月令** ㄩㄝˋ ㄌㄧㄥˋ ①農曆某個月的氣候和物候。②〈禮記〉篇名。

**月刊** ㄩㄝˋ ㄎㄢ 每月出版的定期刊物。

**月半** ㄩㄝˋ ㄅㄢˋ 陰曆的每月十五日。

**月台** ㄩㄝˋ ㄊㄞˊ 火車站裡軌道旁邊供乘客上下車的平台地方。

**月旦** ㄩㄝˋ ㄉㄢˋ 図①農曆每月初一。②品評人物。如「月旦之評，誠可以厲俗明教」。

**月末** ㄩㄝˋ ㄇㄛˋ 每月的末了，也叫「月終」「月底」。

**月白** ㄩㄝˋ ㄅㄞˊ 淺藍的顏色。

**月份** ㄩㄝˋ ㄈㄣˋ 指某一個月。

**月光** ㄩㄝˋ ㄍㄨㄤ 月亮的光線，是由太陽光照到月球上反射出來的。

**月色** ㄩㄝˋ ㄙㄜˋ 月光。

**月利** ㄩㄝˋ ㄌㄧˋ 按月計算的利息。也作「月息」。

**月形** ㄩㄝˋ ㄒㄧㄥˊ ①球面上兩個大圓的半周所圍成的形狀。②兩個圓弧間所夾的平面。

**月初** ㄩㄝˋ ㄔㄨ 每月最初的幾天。

**月事** ㄩㄝˋ ㄕˋ 図婦女的月經。

**月兔** ㄩㄝˋ ㄊㄨˋ ①神話傳說中指月宮裡的兔子。②兔子繁殖力很強，每月一胎，所以叫月兔。

**月夜** ㄩㄝˋ ㄧㄝˋ 有月光的夜晚。

**月季** ㄩㄝˋ ㄐㄧˋ 一種常綠灌木，屬薔薇類，花是重瓣的，紅色，按月開花，也叫四季花、長春花、月月紅。

**月底** ㄩㄝˋ ㄉㄧˇ 一個月的最後幾天。

**月杪** ㄩㄝˋ ㄇㄧㄠˇ 図每月的最後一天。

**月亮** ㄩㄝˋ ㄌㄧㄤˋ 亮字也可輕讀。見月㈠。

**月相** ㄩㄝˋ ㄒㄧㄤˋ 指人們所看到的月球表面發亮部分的不同形狀。

**月軌** ㄩㄝˋ ㄍㄨㄟˇ 月球繞地球轉的橢圓形軌道。距離地球最近點是三十六萬三千一百九十三點〇四公里，最遠點是四十萬五千五百〇一點七六公里。

**月俸** ㄩㄝˋ ㄈㄥˋ 月薪。

**月宮** ㄩㄝˋ ㄍㄨㄥ 俗謂月球上有宮殿，稱為月宮。

**月桂** ㄩㄝˋ ㄍㄨㄟˋ ①植物名，樟科，常綠喬木的一種，原產於地中海一帶。除可供觀賞外，葉子和果實也可以提煉芳香油，葉子還可以當作罐頭食品的矯味劑。②神話傳說月中的桂樹。

**月球** ㄩㄝˋ ㄑㄧㄡˊ 地球的衛星，直徑三千四百七十六公里，大約地球的四分之一。和地球的平均距離是三十八萬四千四百公里。表面凹凸不平，不會發光，只能反射太陽的光。通稱月亮。

**月票** ㄩㄝˋ ㄆㄧㄠˋ 按月購買的票證，如車票。

**月報** ㄩㄝˋ ㄅㄠˋ ①每月刊行一次的雜誌。②每月做一次報告。如「月報表」。

**月琴** ㄩㄝˋ ㄑㄧㄣˊ 樂器名，形狀是圓的，有四條弦。

**月華** ㄩㄝˋ ㄏㄨㄚˊ ①月光。②月光照射到雲層上，呈現在月球周圍的彩色光環。

**月暈** ㄩㄝˋ ㄩㄣˋ 月球四周圍繞著的光氣叫月暈，是由於地球大氣中水蒸氣折光而形成的。

**月經** ㄩㄝˋ ㄐㄧㄥ 成熟的女性每二十八天左右，子宮內膜潰裂流血，舊時叫做行經。月經，也稱「天癸」。

**月蝕** ㄩㄝˋ ㄕˊ 地球運行在太陽與月球的中間，月球被地影所遮蔽，使月球的一部分甚至全部受不到陽光，在地球上就可看到月球的一部分或全部是黑暗的，叫做月蝕。古時寫作「月食」。

**月輪** ㄩㄝˋ ㄌㄨㄣˊ 月亮。

**月曆** ㄩㄝˋ ㄌㄧˋ 曆書之一，載明每月陰曆陽曆日期、星期及節氣，有的每頁載一月，有的每頁載兩三月。

**月頭** ㄩㄝˋ ㄊㄡˊ 〔口〕月初。一個月的開始。

**月薪** ㄩㄝˋ ㄒㄧㄣ 按月計算的薪金（工資）。

**月餅** ㄩㄝˋ ㄅㄧㄥˇ 扁圓形包餡兒的點心，是中秋節應時的食品。

**月分（兒）** ㄩㄝˋ ㄈㄣˋ（ㄦ） ①時間。如「他的病夠月分兒了，不容易治」。②懷孕的月數。如「這個孩子月分兒不足」。

**月牙兒** ㄩㄝˋ ㄧㄚˊ ㄦ 也作「月芽兒」。①新月。②物形圓而缺的。

**月台票** ㄩㄝˋ ㄊㄞˊ ㄆㄧㄠˋ 迎送乘客時進入月台所用的票。

**月桂冠** ㄩㄝˋ ㄍㄨㄟˋ ㄍㄨㄢ 用月桂（一種植物）的葉子做的頭箍。古代希臘奧林匹克用來贈送優勝者。英國大學對學習古修辭學、詩學畢業的人，也送他月桂冠。

**月曜日** ㄩㄝˋ ㄧㄠˋ ㄖˋ 七曜日的第二日，就是星期一。

**月下老人** ㄩㄝˋ ㄒㄧㄚˋ ㄌㄠˇ ㄖㄣˊ 稱媒人，簡稱「月老」。語見唐人小說〈定婚店〉。

**月分牌兒** ㄩㄝˋ ㄈㄣˋ ㄆㄞˊ ㄦ 日曆、月曆的通俗名稱。

**月月年年** ㄩㄝˋ ㄩㄝˋ ㄋㄧㄢˊ ㄋㄧㄢˊ 每月每年，所有的時間。如「我倆相愛，是月月年年永遠不變」。

**月白風清** ㄩㄝˋ ㄅㄞˊ ㄈㄥ ㄑㄧㄥ 形容夜景優美宜人。

**月明星稀** ㄩㄝˋ ㄇㄧㄥˊ ㄒㄧㄥ ㄒㄧ ①形容月色明亮而幽靜的夜晚。②比喻賢人出現，小人便會隱沒。

**月亮門兒** ㄩㄝˋ ㄌㄧㄤˋ ㄇㄣˊ ㄦ 亮字輕讀。院牆上作成圓月形的門洞，用以通行。

**月球探測** ㄩㄝˋ ㄑㄧㄡˊ ㄊㄢˋ ㄘㄜˋ 人類自古對月球有無限的向往與遐思。一九六九年，美國太陽神十一號太空船登陸月球，留下探測儀器，並帶回岩石和土壤，不但增進人類對月球的認識，對宇宙的形成，人類未來的太空發展，都有莫大利益。

**月暈而風** ㄩㄝˋ ㄩㄣˋ ㄦˊ ㄈㄥ 古人認為月亮的周圍如果有光環出現，就會起大風。

**月滿則虧** ㄩㄝˋ ㄇㄢˇ ㄗㄜˊ ㄎㄨㄟ 月滿之後就會虧缺。比喻人事盛極必衰。

**月裡嫦娥** ㄩㄝˋ ㄌㄧˇ ㄔㄤˊ ㄜˊ 稱讚美女的詞。

## 二筆

**有** ▲ㄧㄡˇ ㈠「無」的相反詞。①持得。如「有錢」「有吃有穿」。②存在。如「還有」「萬有」。㈡表事物的所屬。如「所有」。㈢表示多的意思。如「咱們有日子沒見面了」「蓋有年矣」。㈣豐足。如「富有」。㈤〔文〕親愛，友愛。〈詩經〉上有「亦莫我有」。㈥助詞。①在動詞前面，多用在客氣的話裡。如「有勞大駕」「有請張先生」。②用在某些朝代名的前面，作音節的襯字。如「有虞」「有明一代」。㈦姓。▲〔又〕ㄧㄡˋ 副詞，表示數目的附加，通「又」。如「十有六年」。

**有了** ㄧㄡˇ ˙ㄌㄜ ①是說找到了，發現了或想起來了。如「有了，有了，我想起來了」。②說女人「有了身孕」的略語。如「她剛結婚兩個月就有了」。

**有力** ㄧㄡˇ ㄌㄧˋ ①強勁。②有權威勢力。

**有才** ㄧㄡˇ ㄘㄞˊ 天資聰明而有才幹。

**有分**(ㄧㄡˇ ㄈㄣˋ) ①有分享利益或分負責任的資格。②有緣分。

**有心**(ㄧㄡˇ ㄒㄧㄣ) ①故意。②存心深刻細密。

**有方**(ㄧㄡˇ ㄈㄤ) ①有道;有方法。如「教子有方」。②図常在的場所。〈論語・里仁〉:「父母在,不遠游;游必有方」。

**有司**(ㄧㄡˇ ㄙ) 図官吏。

**有生**(ㄧㄡˇ ㄕㄥ) 図生來。如「他有生以來就十分好(ㄏㄠˋ)玩」,就是他生來就好玩。

**有名**(ㄧㄡˇ ㄇㄧㄥˊ) 聲譽被社會人士所知。

**有如**(ㄧㄡˇ ㄖㄨˊ) 若,似,像。如「有如織女下瑤臺」。

**有年**(ㄧㄡˇ ㄋㄧㄢˊ) 図①豐收之年。②已經有許多年。

**有成**(ㄧㄡˇ ㄔㄥˊ) 図成功。如「三年有成」。

**有利**(ㄧㄡˇ ㄌㄧˋ) 有幫助;有利益。

**有形**(ㄧㄡˇ ㄒㄧㄥˊ) 形,體。凡有形體可見的事物,都可以稱有形。

**有身**(ㄧㄡˇ ㄕㄣ) 指婦女懷孕。

**有幸**(ㄧㄡˇ ㄒㄧㄥˋ) 很幸運。

**有底**(ㄧㄡˇ ㄉㄧˇ) 知道底細,因而有把握。如「我心中有底,所以不怕」。

**有物**(ㄧㄡˇ ㄨˋ) 図談吐講話有內容,不含糊。如「作文首重言之有物」。

**有的**(ㄧㄡˇ ˙ㄉㄜ) ①無定稱的代名詞,如「園裡的花有的紅,有的白」。②有㈠,是回答的話。

**有待**(ㄧㄡˇ ㄉㄞˋ) 図等待。

**有恆**(ㄧㄡˇ ㄏㄥˊ) 人有毅力,行事能持久不變。

**有為**(ㄧㄡˇ ㄨㄟˊ) 有所作為,能幹的意思。

**有限**(ㄧㄡˇ ㄒㄧㄢˋ) ①有一定的限制。②不多。

**有效**(ㄧㄡˇ ㄒㄧㄠˋ) 有效果,有成效。

**有時**(ㄧㄡˇ ㄕˊ) 有時候。

**有神**(ㄧㄡˇ ㄕㄣˊ) ①精神充足。如「他眼睛有神」。②是說奇妙莫測,如有神助。如「下筆如有神」。

**有益**(ㄧㄡˇ ㄧˋ) 有幫助;有好處。

**有情**(ㄧㄡˇ ㄑㄧㄥˊ) ①佛經對一切動物都稱有情,舊譯「眾生」。②有情趣。如。〈歷代名畫記〉有「動筆形似,畫外有情」。③指男女有戀慕的心。

**有救**(ㄧㄡˇ ㄐㄧㄡˋ) 獲得了可以解除困難的方法或條件。

**有望**(ㄧㄡˇ ㄨㄤˋ) 有希望。

**有涯**(ㄧㄡˇ ㄧㄚˊ) 図①有邊際,有盡頭。如「吾生也有涯,而知也無涯」。②比喻有所限制。

**有理**(ㄧㄡˇ ㄌㄧˇ) ①合理。②具有理由。

**有頃**(ㄧㄡˇ ㄑㄧㄥˇ) 図過了一會兒。

**有勞**(ㄧㄡˇ ㄌㄠˊ) 客氣應酬的話,謝人代為做事。

**有喜**(ㄧㄡˇ ㄒㄧˇ) 婦人有身孕。

**有閒**(ㄧㄡˇ ㄒㄧㄢˊ) 是說不必為生活奔忙,每天很空閒。閒也作閑。

**有意**(ㄧㄡˇ ㄧˋ) ①故意。②合意,願意。③發生某種意念。

**有道**(ㄧㄡˇ ㄉㄠˋ) 図在書信上,常寫「某某先生有道」,是用作尊敬對方的稱呼,意思是指稱有道德學問的人。

**有零**(ㄧㄡˇ ㄌㄧㄥˊ) 整數之外還有多餘的數。如「八百有零」。

**有德**(ㄧㄡˇ ㄉㄜˊ) 行事忠厚有道德。

**有請**(ㄧㄡˇ ㄑㄧㄥˇ) 客套話,表示主人請客人相見。

**有錢** ㄧㄡˇ ㄑㄧㄢˊ 富有。

**有賴** ㄧㄡˇ ㄌㄞˋ 必須依賴憑藉。如「國家的建設有賴全國人民同心協力」。

**有識** ㄧㄡˇ ㄕˋ 具有卓見。

**有關** ㄧㄡˇ ㄍㄨㄢ ①指彼此間有相關聯的性質。如「這件事跟他有關」。②牽涉到。如「他們談的都是有關健康的問題」。③同「關於」，作介詞用。如「有關宿舍的事，市長已經批准」。

**有些（兒）** ㄧㄡˇ ㄒㄧㄝ（ㄦ） 有一點兒，數目不多。

**有勁（兒）** ㄧㄡˇ ㄐㄧㄣˋ（ㄦ） ①有趣動人。②有力。

**有趣（兒）** ㄧㄡˇ ㄑㄩˋ（ㄦ） 有趣味。

**有禮（兒）** ㄧㄡˇ ㄌㄧˇ（ㄦ） ①知道禮節。②對人行禮說「小弟這廂有禮」。

**有分兒** ㄧㄡˇ ㄈㄣˋ ㄦ ①同「有分」①。②氣派權勢很大。③有餘裕。

**有心人** ㄧㄡˇ ㄒㄧㄣ ㄖㄣˊ ①志士。②心思深刻的人。③心裡有主意的人。

**有日子** ㄧㄡˇ ㄖˋ ㄗ˙ ①有好些天。如「咱們有日子沒見面了」。②有確定的日期。如「你們結婚有日子了沒有」。

**有加利** ㄧㄡˇ ㄐㄧㄚ ㄌㄧˋ （Eucalyptus）〔名〕植物名，就是桉樹。

**有光紙** ㄧㄡˇ ㄍㄨㄤ ㄓˇ 一種一面光一面毛的紙，質薄而脆。又名油光紙、洋毛邊紙。

**有作為** ㄧㄡˇ ㄗㄨㄛˋ ㄨㄟˊ 有能力、才幹可以開創事業。

**有志者** ㄧㄡˇ ㄓˋ ㄓㄜˇ 有懷抱、有志向的人。

**有味兒** ㄧㄡˇ ㄨㄟˋ ㄦ ①指菜肴好吃。②有腐餿、臭氣味。③歌唱、書法等能現出韻味。④有意思，有趣味。

**有的是** ㄧㄡˇ ㄉㄜ˙ ㄕˋ 很多。

**有肩膀** ㄧㄡˇ ㄐㄧㄢ ㄅㄤˇ 〔比〕比喻有擔當、肯負責。

**有門兒** ㄧㄡˇ ㄇㄣˊ ㄦ 〔比〕得到訣竅；有希望。如「這事有門兒了」。

**有眉目** ㄧㄡˇ ㄇㄟˊ ㄇㄨˋ 有頭緒，有實現的希望。

**有神論** ㄧㄡˇ ㄕㄣˊ ㄌㄨㄣˋ 一種宗教的哲學理論，認為物質世界是由超自然存在的神所創造並控制的。觀點與無神論相對。

**有氣兒** ㄧㄡˇ ㄑㄧˋ ㄦ ①還能呼吸，不至於死。②發怒，生氣。

**有骨頭** ㄧㄡˇ ㄍㄨˇ ㄊㄡ˙ 〔比〕豪強有丈夫氣。（北京話說成ㄧㄡ ㄍㄨˊ ˙ㄊㄡ。）

**有條件** ㄧㄡˇ ㄊㄧㄠˊ ㄐㄧㄢˋ 指事情有一定的限制或約束。

**有袋類** ㄧㄡˇ ㄉㄞˋ ㄌㄟˋ 哺乳綱的一目，是較低等的哺乳類動物。通常在雌獸的腹部有一個育兒袋。大部分沒有胎盤，體溫也不恆定。種類很多，主要分布在澳洲和新幾內亞。

**有意識** ㄧㄡˇ ㄧˋ ㄕˋ 發於意識，不是盲目無意義的舉動。

**有數兒** ㄧㄡˇ ㄕㄨˋ ㄦ ①不可多得的意思。②為數不多。如「有數兒的幾本」。③有心計，有把握。如「他肚子裡有數兒」。④知道數目。如「拿來的貨你有數兒沒有」。

**有機物** ㄧㄡˇ ㄐㄧ ㄨˋ 稱碳素或碳素化合物。

**有機的** ㄧㄡˇ ㄐㄧ ㄉㄜ˙ ①有生命的。②事物構成各部分互相關聯而有不可分的統一性，與生物相同的。

**有機酸** ㄧㄡˇ ㄐㄧ ㄙㄨㄢ 分子中含羧基的有機化合物。

**有機質** ㄧㄡˇ ㄐㄧ ㄓˊ 泛指含有碳質或碳質化合物的物質。

**有機體** ㄧㄡˇ ㄐㄧ ㄊㄧˇ 具有生命的個體的統稱，包括植物和動物。例如最低等最原始的單細胞生物、最高等最複雜的人類。

**有蹄類** 動物學名詞。哺乳類的一目，四肢細長，趾端有角質的蹄，臼齒發達。分為偶蹄和奇蹄等類。

**有錢人** 富有錢財的人。

**有點兒** 有一些，數量不多。

**有意思（兒）** 思字輕讀。①能耐人尋味的。②有趣味。

**有人家兒** 指女子已經定婚。

**有口皆碑** 人人稱讚。

**有口無心** 指人心直口快。

**有口難分** 形容難以分辯。

**有目共睹** 人人都看見，極其明顯。如「這是有目共睹的事，騙不了人的」。

**有目共賞** 看見的人都贊賞。

**有名無實** 虛有其名。

**有色人種** 指白種人以外的人種。

**有血有肉** ①比喻文藝作品的描寫生動，內容充實。②形容活生生的人或別的生物。

**有利有弊** 指事情這樣做有好處也有壞處，沒有十全十美的。

**有利無弊** 指事情只有好處，沒有壞處。

**有志竟成** 立定志向做去，一定成功。是勉人立志的話。

**有求必應** 無論求什麼事都會答應。

**有言在先** 事先說過。

**有始有終** 貫徹到底。

**有始無終** 做事不能貫徹到底。

**有性生殖** 生物學名詞。生物生殖方法的一種，行有性生殖時由兩性生殖細胞結合，產生新個體。是生物界中最普遍的生殖方式。

**有性雜交** 指基因形態不同的生物體，通過生殖細胞的結合而產生後代的一種雜交方式。其後代具有雙親的遺傳。

**有板有眼** ①唱戲合乎拍節拍眼。②形容人的言語行事清晰有條理。

**有勇無謀** 全憑勇氣，沒有謀略。

**有恃無恐** 因有所依恃而不害怕。

**有為有守** 有作為，有操守。

**有限公司** 公司的一種，股東所負責任，以認定的股本為限。

**有限花序** 植物學名詞，花序的一大類。莖頂或中心的花先開的植物。

**有氣無力** 說人說話聲音委頓虛弱，或遇事軟弱不能決斷。

**有情有義** 有情感，講義氣。

**有教無類** 孔子的教育主張。不論富貴、貧賤、聰明或愚笨，都應當受到教育。

**有條不紊** 條理清楚不亂。

**有條有理** 同「有條不紊」。

**有眼無珠** 比喻人沒有辨別能力。

**有備無患** 凡事有了準備，就不會有憂患。

**有朝一日** 將來有一天。

**有期徒刑** 有期限的徒刑，在刑期內剝奪犯人的自由。

**有稜有角** 指事物有邊有角，或為人處世耿直不圓滑。

**有進無退** ①只有進步，沒有退步。②只有前進，沒有後退。

**有說有笑** 又說又笑。

**有價證券** 代表價值而可以流通的證券，像公債票、公司股票、提單等。

**有增無減** 只有增加不會減少。

**有模有樣** 具有某種儀表和架式。

**有線電報** 靠導線傳送信號的電報。

**有線電視** 也稱電纜電視。是利用電纜來傳送節目的一種電視。通常要付費才能收看，所以又稱為付費電視。

**有憑有據** 指所說的、所想的、所做的是有根據的，不是亂來的。

**有機化學** 化學的一個分科，研究有機化合物的結構、性質、變化、用途等。

**有機可乘** 有機會可以趁著去做。「乘」也作「趁」。

**有機肥料** 含有機物質的肥料。

**有錢有勢** 又有錢又有勢力。

**有頭有尾** 同「有始有終」，是口語用的。

**有頭有臉** 指在地方上有地位、有聲望的人。

**有頭無尾** 做事不能堅持到底，有始無終。

**有聲有色** 形容盡致，精采動人。

**有機化合物** 指含有碳質或碳質化合物的總稱。簡稱有機物。

**有志者事竟成** 心志堅定，做事一定成功。是勉勵人立志上進的話。

**有眼不識泰山** 比喻見識短淺，不識崇高尊貴的人。常用作對人失敬的自謙語。

**有鼻子有眼睛** ①形容人模人樣的樣子。②形容敘事已具輪廓。如「這種事他可說得有鼻子有眼睛的」。

**有情人終成眷屬** 真心愛對方的男女，終能結成美滿姻緣。

**有過之而無不及** 絕對比得上，不會比不上人家。

**有緣千里來相會** 彼此有緣分，再遠都能聚會。

**有錢能使鬼推磨** 有錢好辦事。形容金錢萬能。

## 四筆

**朋** ㄆㄥˊ ㈠彼此友好或熟識的人。如「朋友」「高朋滿座」。㈡結黨。如「朋黨」「朋比為奸」。㈢図相比。如「碩大無朋」。㈣古代貨幣單位。有「五貝一朋」之說。㈤姓。

**朋分** ㄆㄥˊ ㄈㄣ 図夥分，大家共同分配，各得一部分。

**朋友** ㄆㄥˊ ㄧㄡˇ 友人的通稱。

**朋比** ㄆㄥˊ ㄅㄧˋ 図結黨營私。常說「朋比為奸」。

**朋黨** ㄆㄥˊ ㄉㄤˇ 結成黨派，排斥異己。

**服** ㄈㄨˊ ㈠衣裳。如「衣服」「大禮服」。㈡図穿著。如「夏服單衣」。㈢吃。如「服藥」「服毒自殺」。㈣聽從。如「服從」「不服指揮」。㈤擔任，做事。如「服役」「服務」。㈥習慣，適應。如「水土不服」。㈦欽佩，順從。如「佩服」「服帖」。㈧中藥一劑叫一服。㈨喪衣。如「五服」。㈩姓。

**服用** ㄈㄨˊ ㄩㄥˋ ①図指衣服和器用。②吃，喝。

**服刑** ㄈㄨˊ ㄒㄧㄥˊ 進監獄接受法律的刑罰。

**服老** ㄈㄨˊ ㄌㄠˇ 承認自己的年紀已經不小了。常用作否定式。如「他無論如何就是不服老」。

**服色** ㄈㄨˊ ㄙㄜˋ ①古代歷朝所定的車馬祭牲的顏色。②衣服的式樣和顏色。

**服役** ㄈㄨˊ ㄧˋ ①擔任勞役。②入營當兵。

**服侍** ㄈㄨˊ ㄕˋ 侍字輕讀。服事侍候。也作「服事」。

**服帖** ㄈㄨˊ ㄊㄧㄝ 順從，順適。

**服法** ㄈㄨˊ ㄈㄚˇ ①服從法律。②服藥的方法。

**服毒** ㄈㄨˊ ㄉㄨˊ 吃毒藥自殺。

**服氣** ㄈㄨˊ ㄑㄧˋ 心中悅服。

**服務** ㄈㄨˊ ㄨˋ ①履行職務。②供職。如「他在政府機關服務」。③廣泛地指替別人做事。

**服從** ㄈㄨˊ ㄘㄨㄥˊ 聽從命令。

**服勞** ㄈㄨˊ ㄌㄠˊ 図作勞力的事情。

**服喪** ㄈㄨˊ ㄙㄤ 穿戴喪服，悼念已死的親人。

**服罪** ㄈㄨˊ ㄗㄨㄟˋ 認罪。也作「伏罪」。

**服裝** ㄈㄨˊ ㄓㄨㄤ 衣服鞋帽的總稱。如「服裝整齊」。

**服飾** ㄈㄨˊ ㄕˋ 衣服跟裝飾。

**服滿** ㄈㄨˊ ㄇㄢˇ 服喪期滿。

**服輸** ㄈㄨˊ ㄕㄨ 承認失敗。也作「伏輸」。

**服膺** ㄈㄨˊ ㄧㄥ 図記在心裡不忘。

**服藥** ㄈㄨˊ ㄧㄠˋ 吃藥。

**服務所** ㄈㄨˊ ㄨˋ ㄙㄨㄛˇ 為公眾服務的處所。如電力公司在各地分設許多服務所。

**服務員** ㄈㄨˊ ㄨˋ ㄩㄢˊ 在公共場所為公眾服務的人。

**服務站** ㄈㄨˊ ㄨˋ ㄓㄢˋ 指提供各種替人辦理事務、修理器具的單位。

**服務業** ㄈㄨˊ ㄨˋ ㄧㄝˋ 指專門提供各種勞務，而不以商品買賣為內容的行業。

**服裝店** ㄈㄨˊ ㄓㄨㄤ ㄉㄧㄢˋ 出售服裝的商店。

**服裝秀** ㄈㄨˊ ㄓㄨㄤ ㄒㄧㄡˋ 時裝模特兒的舞臺表演。秀字是英語 show（表演）的音譯。

**服服帖帖** ㄈㄨˊ ㄈㄨˊ ㄊㄧㄝ ㄊㄧㄝ 第二個服字輕讀。順從，順適。

**服務部門** ㄈㄨˊ ㄨˋ ㄅㄨˋ ㄇㄣˊ 指機關團體裡專為公眾提供服務的單位。

## 五筆

**胐** 図ㄈㄟˇ 上弦月的月光。也指天剛亮的亮光。

## 六筆

**朕** ㄓㄣˋ ㈠我。秦始皇起定為皇帝專用的自稱。㈡見「朕兆」。

**朕兆** ㄓㄣˋ ㄓㄠˋ 事情發生以前，可以預先看出的現象。

**朒** ㄋㄩˋ ㈠陰曆初一，月在東方叫朒。㈡不足，虧損。「盈朒」就是盈虧。

**朗** ㄌㄤˇ ㈠明亮。如「明朗」「豁然開朗」。㈡聲音響亮。如「朗讀」。㈢姓。

**朗月** ㄌㄤˇ ㄩㄝˋ 明月。

**朗朗** ㄌㄤˇ ㄌㄤˇ ①形容明亮的樣子。如「朗朗乾坤」。②形容聲音清脆響亮。如「鼓聲朗朗」。

**朗照** ㄌㄤˇ ㄓㄠˋ ①形容日月光的照射。②図明察，用在書牘的結尾。如「朗照不宣」。

**朗誦** ㄌㄤˇ ㄙㄨㄥˋ 高聲誦讀。

**朗聲** ㄌㄤˇ ㄕㄥ 響亮的聲音。如「朗聲誦讀」。

**朗讀** ㄌㄤˇ ㄉㄨˊ 朗誦，大聲念。

**朔** ㄕㄨㄛˋ ㈠陰曆每月初一。㈡図北方。如「朔方」「朔風」。

**朔方** ㄕㄨㄛˋ ㄈㄤ 図北方。

**朔日** ㄕㄨㄛˋ ㄖˋ 陰曆每月初一。

**朔風** ㄕㄨㄛˋ ㄈㄥ 北風。

**朔氣** ㄕㄨㄛˋ ㄑㄧˋ 図寒氣。〈木蘭詩〉有「朔氣傳金柝」。

**朔望月** ㄕㄨㄛˋ ㄨㄤˋ ㄩㄝˋ 天文學名詞。也叫做「會合月」或「太陽月」。指月球相繼兩次具有相同月相所經歷的時間，平均是二十九．五三日。

## 七筆

**望** ㄨㄤˋ ㈠向遠處、高處看。如「登高瞭望」「一望無際」。㈡拜訪或探問。如「拜望」「探望」。㈢希圖，盼著。如「希望」「盼望」。㈣名譽。如「名望」「眾望所歸」。㈤陰曆每月十五叫「望」。如「朔望」。㈥向，通「往」。如「望前走」「望後退」。㈦將近。如「四十七八歲的人是『望五之年』了」。㈧図怨恨，責備。如「怨望」「不意君之望臣深也」。㈨姓。

**望子** ㄨㄤˋ ㄗˇ 也作「幌子」。店鋪門前懸掛的布招，特別是用來指酒店的招子，也就是酒帘子。

**望日** ㄨㄤˋ ㄖˋ 陰曆每月十五。

**望外** ㄨㄤˋ ㄨㄞˋ 意料之外。如「喜出望外」。

**望洋** ㄨㄤˋ ㄧㄤˊ 原是形容仰視的樣子。現在常說「望洋興嘆」，是說眼界空闊，心中茫然驚奇，不知如何是好的意思。

**望族** ㄨㄤˋ ㄗㄨˊ 鄉里推重的大族。

**望樓** ㄨㄤˋ ㄌㄡˊ 舊時關卡上瞭望用的樓。

**望斷** ㄨㄤˋ ㄉㄨㄢˋ 図形容希望破滅。如「秋水望斷，不見孤雁歸來」。

**望門寡** ㄨㄤˋ ㄇㄣˊ ㄍㄨㄚˇ 舊時女子訂婚後未婚夫就死去，俗稱望門寡。

**望遠鏡** ㄨㄤˋ ㄩㄢˇ ㄐㄧㄥˋ 觀察遠距離物體的光學儀器。俗稱千里鏡。

**望彌撒** ㄨㄤˋ ㄇㄧˊ ㄙㄚˋ 參加天主教祭禮——彌撒的行為。彌撒是Missa的音譯。

**望女成鳳** ㄨㄤˋ ㄋㄩˇ ㄔㄥˊ ㄈㄥˋ 希望女兒長大以後能夠成為了不起的人。

**望子成龍** ㄨㄤˋ ㄗˇ ㄔㄥˊ ㄌㄨㄥˊ 希望自己的兒子能成大器。

**望文生義** ㄨㄤˋ ㄨㄣˊ ㄕㄥ ㄧˋ 讀書時不求內容的真正意義，只就字面上作出附會的解釋。

**望而生畏** ㄨㄤˋ ㄦˊ ㄕㄥ ㄨㄟˋ 一見到就害怕起來。

**望而卻步** ㄨㄤˋ ㄦˊ ㄑㄩㄝˋ ㄅㄨˋ 一見到就不敢前進。

**望門投止** ㄨㄤˋ ㄇㄣˊ ㄊㄡˊ ㄓˇ 図見有人家就去投宿。

**望洋興嘆** ㄨㄤˋ ㄧㄤˊ ㄒㄧㄥ ㄊㄢˋ ①比喻因為眼界大開而驚嘆。②比喻做事因力量不夠，無從著手，而感到莫可奈何。

**望穿秋水** ㄨㄤˋ ㄔㄨㄢ ㄑㄧㄡ ㄕㄨㄟˇ 図望穿了眼睛等候消息，形容殷切盼望的樣子。

**望風披靡** ㄨㄤˋ ㄈㄥ ㄆㄧ ㄇㄧˇ 図形容軍隊喪失鬥志，只聽到敵軍要來，還沒看到影子，便潰不成軍的樣子。

**望風撲影** ㄨㄤˋ ㄈㄥ ㄆㄨ ㄧㄥˇ 図是說知道得不詳確，只是無把握無定向地尋求。也作「捕風捉影」。

**望梅止渴** ㄨㄤˋ ㄇㄟˊ ㄓˇ ㄎㄜˇ 比喻用空想來安慰自己。這個詞是由漢末丞相曹操命軍士「望梅林以止渴」的故事來的。

**望眼欲穿** ㄨㄤˋ ㄧㄢˇ ㄩˋ ㄔㄨㄢ 盼望得很深切。

**望塵不及** ㄨㄤˋ ㄔㄣˊ ㄅㄨˋ ㄐㄧˊ 仰望不及。比喻緊跟不上、追趕不上。也作「望塵莫及」。

**望聞問切** ㄨㄤˋ ㄨㄣˊ ㄨㄣˋ ㄑㄧㄝˋ 是中醫診病的四種方法：望是眼看；聞是耳聽；問是詢問病人，了解病狀；切是切脈。

**望君如望歲** ㄨㄤˋ ㄐㄩㄣ ㄖㄨˊ ㄨㄤˋ ㄙㄨㄟˋ 図比喻盼望國家安定，君主賢能，就好像農夫希望能夠豐收一樣。

## 八筆

**朞（稘）** ㄐㄧ 同「期（ㄐㄧ）」。

**期** ▲ㄑㄧˊ ㈠約定的時間。如「定期」「後會有期」。㈡希望。如「期望」「期待」。㈢限。如「萬壽無期」。㈣活一百歲叫「期」。如「期頤之年」。又讀ㄑㄧ。▲図ㄐㄧ（朞、稘）周年。如「期年」「期功」。

**期日** ㄑㄧˊ ㄖˋ 約定的時日。

**期月** ㄐㄧ ㄩㄝˋ 図①一年。〈論語〉有「苟有用我者，期月而已可也」。②滿一個月。

**期刊** ㄑㄧˊ ㄎㄢ 定期出版的書報。

**期功** ㄐㄧ ㄍㄨㄥ 図喪服名。指期服和功服。期，服喪一年；功分大小，大功服喪九月，小功服喪五月。

**期年** ㄐㄧ ㄋㄧㄢˊ 図一周年。

**期成** ㄑㄧˊ ㄔㄥˊ 図希望事情的成功。

**期考** ㄑㄧˊ ㄎㄠˇ 學期的考試。

**期求** ㄑㄧˊ ㄑㄧㄡˊ 希望，請求。

**期服** ㄐㄧ ㄈㄨˊ 一年的喪服。

**期待** ㄑㄧˊ ㄉㄞˋ 希冀，等待。

**期盼** ㄑㄧˊ ㄆㄢˋ 期待盼望。

**期限** ㄑㄧˊ ㄒㄧㄢˋ 預定的時限。

**期望** ㄑㄧˊ ㄨㄤˋ 期待。

**期票** ㄑㄧˊ ㄆㄧㄠˋ 定期付現的支票。

**期許** ㄑㄧˊ ㄒㄩˇ 盼望，期待（常用以對晚輩）。如「你要努力，可別辜負了父母的期許」。

**期貨** ㄑㄧˊ ㄏㄨㄛˋ 議定價格後，約定時間交貨的商品。以大宗的為多。

**期期** ㄑㄧˊ ㄑㄧˊ 図①口吃，說話不流利的樣子。如「期期艾艾」。②表示極、很的意思。如「期期以為不可」。

**期間** ㄑㄧˊ ㄐㄧㄢ 在約定期限之內。

**期頤** ㄑㄧˊ ㄧˊ 図一百歲叫期頤。

**期期艾艾** ㄑㄧ ㄑㄧ ㄞˋ ㄞˋ 図形容口吃的樣子。語出〈史記〉及〈世說新語〉。

## 朝

▲ㄓㄠ ㈠早晨。如「朝會」「朝發夕至」。㈡日，天。如「今朝」「有朝一日」。
▲ㄔㄠˊ ㈠向。如「坐北朝南」「朝著我笑」。㈡舊時臣下進見君王。如「朝見」「來朝」。㈢教徒到遠處拜神。如「朝聖」「朝山進香」。㈣舊時君主辦事的宮殿。如「朝廷」「上朝」。㈤舊時君主帝王的世代。如「朝代」「漢朝」「唐朝」。

**朝夕** ㄓㄠ ㄒㄧ ①時時。如「朝夕相處」。②早晚，形容時間短促。

**朝山** ㄔㄠˊ ㄕㄢ 到名山寺廟去進香。也作「朝香」。

**朝天** ㄔㄠˊ ㄊㄧㄢ ①觀見天子。②仰面向上看。

**朝代** ㄔㄠˊ ㄉㄞˋ 一姓帝王的系統。

**朝廷** ㄔㄠˊ ㄊㄧㄥˊ ①君主上朝的處所。②君主國的政府。

**朝見** ㄔㄠˊ ㄐㄧㄢˋ 古時候諸侯或臣下謁見天子。也作「朝覲」。

**朝奉** ㄔㄠˊ ㄈㄥˋ ①以前對有錢人的稱呼。②以前對當鋪中的管事人的稱呼。

**朝宗** ㄔㄠˊ ㄗㄨㄥ 図①諸侯朝見天子。②比喻水流歸向大海。

**朝服** ㄔㄠˊ ㄈㄨˊ 古時候君臣上朝時所穿的禮服。

**朝拜** ㄔㄠˊ ㄅㄞˋ ①舊時臣下拜見皇帝。②教徒到廟宇或聖地向神、佛禮拜。

**朝氣** ㄓㄠ ㄑㄧˋ 早晨的氣象，比喻清新奮進的精神。

**朝貢** ㄔㄠˊ ㄍㄨㄥˋ 諸侯或屬邦來朝，向帝王獻上禮物。

**朝野** ㄔㄠˊ ㄧㄝˇ 指政府及民間。

**朝頂** ㄔㄠˊ ㄉㄧㄥˇ 佛教徒登山去進香拜佛。

**朝報** ㄔㄠˊ ㄅㄠˋ 君主時代的政府公報。

**朝朝** ㄓㄠ ㄓㄠ 每天。

**朝陽** ▲ㄓㄠ ㄧㄤˊ 早晨的太陽或陽光。▲ㄔㄠˊ ㄧㄤˊ 向著太陽。

**朝暉** ㄓㄠ ㄏㄨㄟ 早晨出現的不很強烈的陽光，就是「朝（ㄓㄠ）陽」。

**朝會** ▲ㄓㄠ ㄏㄨㄟˋ 早上的集會。通常指中小學校每天早晨全校師生的集會。▲ㄔㄠˊ ㄏㄨㄟˋ 舊時皇帝和臣下在朝廷會合議論朝政，稱為朝會。

**朝聖** ㄔㄠˊ ㄕㄥˋ 宗教徒朝拜宗教聖地，如回教徒朝拜麥加。

**朝暮** ㄓㄠ ㄇㄨˋ ①早晨和晚上。②一天到晚；時時。

**朝霞** ㄓㄠ ㄒㄧㄚˊ 日出時東方的雲霞。

**朝露** ㄓㄠ ㄌㄨˋ 比喻不能久存。〈漢書〉上有「人生如朝露」。

**朝曦** ㄓㄠ ㄒㄧ 早晨的陽光。

**朝九晚五** ㄓㄠ ㄐㄧㄡˇ ㄨㄢˇ ㄨˇ ①指上班時間由早上九點到下午五點。②指這種生活或是過這種生活的人。如「你是七點到校，我是朝九晚五，生活上有相當差別」。

**朝三暮四** ㄓㄠ ㄙㄢ ㄇㄨˋ ㄙˋ 〈莊子・齊物論〉說養猴子的人使用詐術騙猴子的故事。以後用以形容①實質不變，而改了形式，讓人上當。②變化多端或反覆無常。

**朝不保夕** ㄓㄠ ㄅㄨˋ ㄅㄠˇ ㄒㄧ 比喻非常危急。

**朝令夕改** ㄓㄠ ㄌㄧㄥˋ ㄒㄧˋ ㄍㄞˇ 政令時常改變。〈漢書〉作「朝令而暮改」。

**朝生暮死** ㄓㄠ ㄕㄥ ㄇㄨˋ ㄙˇ 早上才出生，晚上就死了。形容生命的短促。

**朝思暮想** ㄓㄠ ㄙ ㄇㄨˋ ㄒㄧㄤˇ 形容非常想念。如「你出門以後，我是朝思暮想，每天想念」。

**朝秦暮楚** ㄓㄠ ㄑㄧㄣˊ ㄇㄨˋ ㄔㄨˇ 戰國時代，西方的秦國和南方的楚國很強大，兩國之間的一些小國，時而傾向秦國，時而附合楚國，變化無常。後人把這情形凝縮為「朝秦暮楚」，比喻人或團體為了自身的利益，反覆無常。

**朝乾夕惕** ㄓㄠ ㄑㄧㄢˊ ㄒㄧ ㄊㄧˋ 図指人整天勤奮戒懼，不敢怠惰（本是〈易經〉上的話）。

**朝朝暮暮** ㄓㄠ ㄓㄠ ㄇㄨˋ ㄇㄨˋ 日日夜夜；時時刻刻。指每天。

**朝發夕至** ㄓㄠ ㄈㄚ ㄒㄧˋ ㄓˋ 早上出發，晚上就到。形容路程不遠或交通便利。語出韓愈〈祭鱷魚文〉。

**朝聞夕改** ㄓㄠ ㄨㄣˊ ㄒㄧˋ ㄍㄞˇ 図同「朝過夕改」。說人勇於改過。

## 十四筆

**朦** ㄇㄥˊ 見「朦朧」。

**朦朧** ㄇㄥˊ ㄌㄨㄥˊ ①月光模糊的樣子。②不清楚。

## 十六筆

**朧** ㄌㄨㄥˊ 見「朦朧」。

# 木部

**木** ㄇㄨˋ ㈠木本植物的總名。如「喬木」「灌木」。㈡樹。如「花木」「墓木已拱」。㈢木質的或用木頭製造的。如「木棍」「木馬」。㈣供製造器物建築的木料。如「木材」。㈤呆板。如「木強（ㄐㄧㄤˋ）」。㈥失了知覺或感覺。如「手指麻木」「兩腿發木」。㈦指棺材說。如「行將就木」。㈧「木星」是太陽系九大行星之一。㈨図質朴，不多嘴。如「木訥」。㈩姓。

**木人** ㄇㄨˋ ㄖㄣˊ 也作「木頭人兒」。①用木頭刻的人形。②比喻愚蠢的人。

**木工** ㄇㄨˋ ㄍㄨㄥ 木器工人。平常叫木匠。

**木主** ㄇㄨˋ ㄓㄨˇ 神主牌位。

**木本** ㄇㄨˋ ㄅㄣˇ 多年生長而根莖枝幹成木質的植物，有灌木、喬木兩種。

**木瓜** ㄇㄨˋ ㄍㄨㄚ ①落葉灌木，葉橢圓形，果實也是橢圓形，色黃而香甜。可供生食、製蜜餞，富含維他命C。②比喻相餽贈。〈詩經．衛風．木瓜〉「投我以木瓜，報之瓊琚」。

**木石** ㄇㄨˋ ㄕˊ ①木頭及石頭。②比喻人感情麻木，像是沒有知覺的東西。

**木匠** ㄇㄨˋ ㄐㄧㄤˋ 製造、修理木器的工匠，製作、安裝房屋內所有木製器具、構件的匠人。

**木耳** ㄇㄨˋ ㄦˇ 菌類，長在朽木上，有野生的，也有人工培養的，可以吃。有白、黑二種。

**木材** ㄇㄨˋ ㄘㄞˊ 截斷樹木，供人建築或製造器具用的。也叫「木料」。

**木刻** ㄇㄨˋ ㄎㄜ 美術的一種。在木板上雕刻圖畫，用墨印在紙上。也稱板畫或木板畫。特性在用刀法顯示強硬的線條與強烈光線的對比。

**木板** ㄇㄨˋ ㄅㄢˇ 原木裁成的薄板。

**木版** ㄇㄨˋ ㄅㄢˇ 用木頭製版，刻字印刷。

**木星** ㄇㄨˋ ㄒㄧㄥ 太陽系九大行星中最大的一顆，介於火星和土星之間。我國古代稱它為歲星。自轉一周約九小時五十分，繞日公轉一周要十一點八六年。

**木炭** ㄇㄨˋ ㄊㄢˋ ①把樹木密閉起來燒成的燃料。②特製的炭條，畫畫兒用的。

**木屐** ㄇㄨˋ ㄐㄧ 用木材做底的拖板。

**木料** ㄇㄨˋ ㄌㄧㄠˋ 經過初步加工，有一定形狀、用途的木材。

**木柴** ㄇㄨˋ ㄔㄞˊ 可以當柴火燒的木頭或樹枝。

**木栓** ㄇㄨˋ ㄕㄨㄢ 通稱軟木。栓皮櫟之類的樹，樹皮上有木栓層，質輕軟，富有彈性，不透水氣，耐磨，可做瓶塞、救生圈、隔音板、隔熱板等。

**木馬** ㄇㄨˋ ㄇㄚˇ ①兒童玩具，用木頭做成的馬。②體操器材的一種。加雙環的叫鞍馬，不加環的叫跳馬。

**木偶** ㄇㄨˋ ㄡˇ ①木俑，木頭雕的人像。②比喻不靈活或不會做事情的人。

**木強** ㄇㄨˋ ㄐㄧㄤˋ 也作「木彊」。呆板不柔順。

**木排** ㄇㄨˋ ㄆㄞˊ 把許多原木釘在一起推入河面，順流而下，由下游的木商收取備售。

**木船** ㄇㄨˋ ㄔㄨㄢˊ 用原木削成或用木板製成的船。

**木訥** ㄇㄨˋ ㄋㄜˋ 形質朴遲鈍，沒有口才。

**木通** ㄇㄨˋ ㄊㄨㄥ 也叫野木瓜。木通科，纏繞性的木本植物。春天開花，雌雄同株，雌花比較大，呈紫褐色；雄花比較小，呈紫紅色。產於我國中部，也見於朝鮮和日本。果實呈長橢圓形，可吃，也可以作藥材。俗稱通草。

**木棉** ㄇㄨˋ ㄇㄧㄢˊ 也作木綿，木緜。①喬木名，見「棉」字。②草本棉也稱木棉。

**木然** ㄇㄨˋ ㄖㄢˊ 形形容神情呆滯的樣子。

**木犀** ㄇㄨˋ ㄒㄧ 犀字輕讀。也作木樨，俗稱桂花。常綠亞喬木，葉橢圓，叢生小花，色有黃有白，秋天開花，很香。

**木琴** ㄇㄨˋ ㄑㄧㄣˊ 樂器名。由若干長短不一的木條所組成的打擊樂器。通常用兩根小木槌來敲擊，發音清脆響亮，適合用於管弦樂隊或獨奏。

**木筏** ㄇㄨˋ ㄈㄚˊ 木簰，又作木排。用木材編結成排，可以用來在淺水域捕魚、載客、運貨。

**木賊** ㄇㄨˋ ㄗㄟˊ 蕨類植物，多年生直立式草本植物。木賊科，莖上的節與節間呈中空。地下莖呈棕褐色，橫臥土中；地上莖呈綠色，有縱向排列的溝紋，表面粗糙，通常不分枝。葉成鞘形，緊包在節上。枝端有毛筆頭形的孢子葉球。生長於山坡溼地或疏林之下。多分布在我國北方各地。莖可以作藥材。

**木精** ㄇㄨˋ ㄐㄧㄥ ①甲醇。②古時傳說樹木中的精靈。③麒麟的別名。

**木槿** ㄇㄨˋ ㄐㄧㄣˇ 錦葵科，落葉灌木。葉卵形，夏秋開花，花生於葉腋，紫紅或白色。產於我國和印度。除可供觀賞外，樹皮和花也可當藥材，供治痢疾。

**木樁** ㄇㄨˋ ㄓㄨㄤ 插在地上的短木棍。

**木箱** ㄇㄨˋ ㄒㄧㄤ 用木頭做成的箱子。

**木蓮** ㄇㄨˋ ㄌㄧㄢˊ 木蘭科，一種常綠喬木。葉呈倒針形。初夏開花，花單生枝頂，呈白色。果實呈球果狀，紅紫色。產於我國西南部和東南部。可供觀賞，果實可以作藥材。另有屬於桑科的薜荔，也稱木蓮。

**木質**（ㄇㄨˋ ㄓˊ） ①木材的質地。如「這塊板子木質好」。②由芳香族聚合的高分子化合物，存在植物木質化組織細胞壁裡，是木材主要成分之一。一般動物無法消化它，只有白蟻能消化它。

**木器**（ㄇㄨˋ ㄑㄧˋ） 用木材做成的各種器具，如桌、椅、櫥、櫃等。

**木樨**（ㄇㄨˋ ㄒㄧ） 樨字輕讀。食物烹調時加進蛋花的，像木樨飯、木樨肉、木樨湯。

**木雕**（ㄇㄨˋ ㄉㄧㄠ） 雕刻木材的工藝。

**木頭**（ㄇㄨˋ ㄊㄡˊ） ①木材。②說不靈活或愚笨的人。

**木薯**（ㄇㄨˋ ㄕㄨˇ） 也叫樹薯。大戟科，亞灌木。原產於熱帶美洲，適合在溫暖的氣候裡生長。塊根中含有豐富的澱粉，可供食用。而莖和葉也可以用來當作飼料。含有輕微的毒性，不宜生吃。

**木雞**（ㄇㄨˋ ㄐㄧ） ①比喻人的學養純粹。有「木雞養到」的話。是〈莊子〉書的寓言。②「呆若木雞」，形容人呆滯不靈活，或受驚恐，嚇得沒了主意的樣子。

**木蘭**（ㄇㄨˋ ㄌㄢˊ） ①植物名，木蘭科。落葉喬木或灌木。葉倒卵形。早春開花，花色外紫內白，微香。產於我國中部。除可供觀賞外，晒乾後的花蕾名叫辛夷，可作鎮痛藥。②中國古代文學故事中的人物，叫「花木蘭」，曾女扮男裝，代父從軍。

**木鐸**（ㄇㄨˋ ㄉㄨㄛˊ） 古時一種裝著木舌的大鈴鐺，施政教時用的。現在用木鐸或振鐸比喻教師的教導。

**木板（兒）**（ㄇㄨˋ ㄅㄢˇ（ㄦ）） 木質的薄板。

**木魚（兒）**（ㄇㄨˋ ㄩˊ（ㄦ）） 和尚念經敲擊的木質法器。

**木廠（子）**（ㄇㄨˋ ㄔㄤˇ（ㄗˇ）） 販賣木材的廠商店鋪。

**木乃伊**（ㄇㄨˋ ㄋㄞˇ ㄧ） 圖古代埃及人用防腐藥品保存不壞的屍體。是 mummy 的音譯。

**木芙蓉**（ㄇㄨˋ ㄈㄨˊ ㄖㄨㄥˊ） 俗稱芙蓉花。錦葵科。一種落葉灌木。秋天開花，花腋生，淡紅或白色。原產於我國。可供觀賞，花和葉可作藥材。

**木炭畫**（ㄇㄨˋ ㄊㄢˋ ㄏㄨㄚˋ） 用特製的木炭條在硬紙上作的畫。

**木偶戲**（ㄇㄨˋ ㄡˇ ㄒㄧˋ） 由演員操縱木偶表演的戲劇。表演時，演員一面在幕後操縱木偶，一面演唱、道白。可分布袋木偶、懸絲木偶、杖頭木偶等。通常統稱傀儡戲。

**木麻黃**（ㄇㄨˋ ㄇㄚˊ ㄏㄨㄤˊ） 木麻黃科。常綠喬木，樹高可達二十公尺。小枝細軟，呈灰綠色，很像針葉，多節。初夏開花。果序呈球形。堅果小，上面有翅。原產於澳洲。在我國沿海一帶通常當作行道樹或防風林樹種。

**木焦油**（ㄇㄨˋ ㄐㄧㄠ ㄧㄡˊ） 木材乾餾過後所得到的黑色油狀液體。可用作木材的防腐劑和防腐塗料。

**木器行**（ㄇㄨˋ ㄑㄧˋ ㄏㄤˊ） 販賣各種木製器具的商店。

**木頭人**（ㄇㄨˋ ㄊㄡˊ ㄖㄣˊ） ①用木頭刻成的人像。②形容呆板、不靈活或不知趣的人。

**木曜日**（ㄇㄨˋ ㄧㄠˋ ㄖˋ） 七曜日的第五天，星期四。

**木人石心**（ㄇㄨˋ ㄖㄣˊ ㄕˊ ㄒㄧㄣ） 比喻不動心。

**木已成舟**（ㄇㄨˋ ㄧˇ ㄔㄥˊ ㄓㄡ） 比喻事情已成定局，不能改變。

**木牛流馬**（ㄇㄨˋ ㄋㄧㄡˊ ㄌㄧㄡˊ ㄇㄚˇ） 古代一種不用勞力而能自動運糧的機械式交通工具，相傳是三國諸葛亮所創造的。

**木本水源** ㄇㄨˋ ㄅㄣˇ ㄕㄨㄟˇ ㄩㄢˊ 木有根，水有源，比喻凡事必有根本，或是推究根本的話。

**木本植物** ㄇㄨˋ ㄅㄣˇ ㄓˊ ㄨˋ 有木質莖幹，多年生的植物。喬木如楊、柳，灌木如丁香、玫瑰等。

**木材工業** ㄇㄨˋ ㄘㄞˊ ㄍㄨㄥ ㄧㄝˋ 從事木材採伐、木器製造等相關的工業。

**木雕泥塑** ㄇㄨˋ ㄉㄧㄠ ㄋㄧˊ ㄙㄨˋ 用土木做的偶像，比喻人的愚呆。

**木馬屠城記** ㄇㄨˋ ㄇㄚˇ ㄊㄨˊ ㄔㄥˊ ㄐㄧˋ 古希臘神話。傳說是荷馬（Homer）史詩伊利亞德（Iliad）中的一小部分，大約是在西元前七、八世紀時寫成的。內容主要描述希臘軍隊採用奧德修斯的計策，把精兵埋伏在木馬中，攻陷特洛伊城的故事。

## 一筆

# 本

ㄅㄣˇ ㈠草木的根。如「草本」「木本水源」。㈡事情的主要基礎。如「基本」「民為邦本」「學問為濟世之本」。㈢草木一棵，書簿一冊，都叫一本。㈣對外人稱自己的這方面。如「本國」「本身」。㈤母金。如「本息償清」「將本圖利」。㈥原來的。如「本意」「本心」。㈦目前的。如「本年」「本月」。㈧書籍、圖書、碑帖都可叫「本」。如「刻本」「拓本」「精裝本」。㈨根據，憑著。如「各本良心」「本著公平原則」。㈩中心的。如「校本部」「大學本科」。⑪見「本科」。

**本人** ㄅㄣˇ ㄖㄣˊ ①自己。②當事人。

**本土** ㄅㄣˇ ㄊㄨˇ 本地；本鄉；本國。

**本子** ㄅㄣˇ ㄗˇ ①訂成冊子的紙張。②版本。如「這種本子錯誤太多」。

**本分** ▲ㄅㄣˇ ㄈㄣˋ 本人的地位或職務。▲ㄅㄣˇ ˙ㄈㄣ 安分。如「老師有事暫時離開教室，你們要本分些」。

**本心** ㄅㄣˇ ㄒㄧㄣ ①自己的心意。②良心。

**本文** ㄅㄣˇ ㄨㄣˊ ①指眼前所看到的這篇文章。如「本文談的全是不重要的事」。②原文，不是譯文，也不是釋文。③文章的主要部分，是對序文說的。

**本末** ㄅㄣˇ ㄇㄛˋ ①一事的開始和終結。②緊要的以及不重要的。

**本生** ㄅㄣˇ ㄕㄥ 指自己的親生父母。

**本地** ㄅㄣˇ ㄉㄧˋ 當地。

**本字** ㄅㄣˇ ㄗˋ 正字。對假借字、俗字、別字等說的。

**本旨** ㄅㄣˇ ㄓˇ 本來或主要的意向。

**本色** ㄅㄣˇ ㄙㄜˋ ①沒有顏色的白底子。②本性，原來的顏色。比喻本來的性質。如「男兒本色」。

**本行** ㄅㄣˇ ㄏㄤˊ ①原來的行業。②自稱我這一家商行、銀行。

**本位** ㄅㄣˇ ㄨㄟˋ ①基本單位。如「金本位」。②為本身立場打算。如「本位主義」。

**本利** ㄅㄣˇ ㄌㄧˋ 本錢以及利息。也作「本息」。

**本身** ㄅㄣˇ ㄕㄣ 自己，本人。

**本事** ▲ㄅㄣˇ ㄕˋ 為介紹詩詞或戲劇大意所寫的短文。▲ㄅㄣˇ ˙ㄕ 才力，技能；同「本領」。

**本來** ㄅㄣˇ ㄌㄞˊ 原來。

**本兒** ㄅㄣˇ ㄦ ①資本。②本子。

**本命** ㄅㄣˇ ㄇㄧㄥˋ 命相占卜者說人的生肖干支。

**本性** ㄅㄣˇ ㄒㄧㄥˋ 天生的性質。

**本金** ㄅㄣˇ ㄐㄧㄣ 母金，資本。

**本科** ㄅㄣˇ ㄎㄜ ①學校的正科，對「預科」說的。②學校的主要學科，是對「選科」說的。

**本相** ㄅㄣˇ ㄒㄧㄤˋ 原來的面目；原形。如「本相畢露」。

**本紀** ㄅㄣˇ ㄐㄧˋ 歷代帝王的傳記，在紀傳體史書中屬於全書的綱領，可以見出一時代史事的概要。以漢代司馬遷〈史記〉十二本紀為最早，後來的正史也都沿用。也有簡稱「紀」的。

**本俸** ㄅㄣˇ ㄈㄥˋ 公務員的基本薪俸。

**本原** ㄅㄣˇ ㄩㄢˊ 同「本源」。指事物的基礎或根源。

**本家** ㄅㄣˇ ㄐㄧㄚ 同家族或同姓的人。

**本務** ㄅㄣˇ ㄨˋ ①本業，古代常指農桑之事。②根本大事。

**本能** ㄅㄣˇ ㄋㄥˊ 生下來就有的能力，像哭、笑、吃、喝，都是人的本能。

**本埠** ㄅㄣˇ ㄅㄨˋ 本地。

**本票** ㄅㄣˇ ㄆㄧㄠˋ 票據的一種，憑票按票面金額在約定時間向發票人領取現金。

**本部** ㄅㄣˇ ㄅㄨˋ 指機關、學校、團體中的主要組織部門。對分部說的。

**本意** ㄅㄣˇ ㄧˋ 本來的意思。

**本業** ㄅㄣˇ ㄧㄝˋ 本身從事的行業。如「張先生本業務農」。

**本源** ㄅㄣˇ ㄩㄢˊ 根本。從「木本水源」簡略的。

**本義** ㄅㄣˇ ㄧˋ ①重要的基本意義。②理論上本來的意義。③文字最初的意義。如「葉」字，本義是樹葉。葉是扁平的，因此借葉來形容小船，如「一葉扁舟」。

**本領** ㄅㄣˇ ㄌㄧㄥˇ 才能和技藝。

**本質** ㄅㄣˇ ㄓˊ ①事物當中不變而且必不可缺的性質。②人的本性。

**本錢** ㄅㄣˇ ㄑㄧㄢˊ 資本，貨物的成本。

**本職** ㄅㄣˇ ㄓˊ 所任的正式職務。對兼職說的。如「李委員的本職是教授」。

**本題** ㄅㄣˇ ㄊㄧˊ ①本來的題目。②題意。

**本願** ㄅㄣˇ ㄩㄢˋ 原來的願望。

**本籍** ㄅㄣˇ ㄐㄧˊ 原來的籍貫。

**本體** ㄅㄣˇ ㄊㄧˇ ①與「現象」相對，指事物的本身。②機器、工程的主要部分。

**本主兒** ㄅㄣˇ ㄓㄨˇ ㄦ ①本人。如「等會兒本主兒一來了，你跟他說好了」。②失物的主人。如「你撿的那個皮包，剛才本主兒領回去了」。

**本生燈** ㄅㄣˇ ㄕㄥ ㄉㄥ 煤氣燈，因德國著名化學家本生所創製而得名。

**本色兒** ㄅㄣˇ ㄕㄞˇ ㄦ 多指紡織品沒有染過的原本顏色。

**本壘打** ㄅㄣˇ ㄌㄟˇ ㄉㄚˇ 棒球比賽時打擊手把球擊過本壘打線，使對方無法接殺，而自己從本壘跑出，過一、二、三壘回到本壘，叫本壘打。也叫「全壘打」。

**本土文化** ㄅㄣˇ ㄊㄨˇ ㄨㄣˊ ㄏㄨㄚˋ 本地的傳統文化。

**本土能源** ㄅㄣˇ ㄊㄨˇ ㄋㄥˊ ㄩㄢˊ 在本地可開發利用的能源，如煤、水力、沼氣等。

**本末倒置** ㄅㄣˇ ㄇㄛˋ ㄉㄠˋ ㄓˋ 將事情的先後、輕重的次序顛倒。

**本地風光** ㄅㄣˇ ㄉㄧˋ ㄈㄥ ㄍㄨㄤ ①同「本來面目」。②眼前看得到的景色、風物。

**本位主義** ㄅㄣˇ ㄨㄟˋ ㄓㄨˇ ㄧˋ　以自己的利益為立論基礎的學說。

**本來面目** ㄅㄣˇ ㄌㄞˊ ㄇㄧㄢˋ ㄇㄨˋ　①泛指事物原來的樣子。②佛教用語。禪宗所指的人人本有的心性。

**本性難移** ㄅㄣˇ ㄒㄧㄥˋ ㄋㄢˊ ㄧˊ　說人的生性難以改變。

**末** ㄇㄛˋ　㈠最後。如「末日」「窮途末路」。㈡物的尖梢。如「末梢」「物有本末」。㈢不重要的，非根本的。如「捨本逐末」。㈣小的，輕的。如「末技」「微末」。㈤自謙的話。如「末學」「叨陪末座」。㈥碎屑，粉狀的。如「藥末兒」「茶葉末兒」。㈦戲劇裡的一種腳色，生旦淨末丑，後併入「生」。㈧図作「無」講。如「吾末如之何」。

**末子** ㄇㄛˋ ㄗˇ　細碎的或呈粉狀的東西。如「茶葉末子」。

**末日** ㄇㄛˋ ㄖˋ　宗教家把世界到了將盡的一天叫末日。

**末世** ㄇㄛˋ ㄕˋ　図近於衰亡的時代。也作「末代」。

**末年** ㄇㄛˋ ㄋㄧㄢˊ　歷史上指一個朝代、一個君主或一種年號最後面的幾年。如「北宋末年」。

**末尾** ㄇㄛˋ ㄨㄟˇ　①最後。②最後的一頭。

**末技** ㄇㄛˋ ㄐㄧˋ　小技。

**末兒** ㄇㄛˋ ㄦ　也作「末子」。粉末，碎屑。

**末後** ㄇㄛˋ ㄏㄡˋ　最後。

**末席** ㄇㄛˋ ㄒㄧˊ　最後的席次。也作「末座」。

**末座** ㄇㄛˋ ㄗㄨㄛˋ　坐位分尊卑時，最後的座次。如「敬陪末座」。

**末將** ㄇㄛˋ ㄐㄧㄤˋ　舊時武職官員在長官面前自稱的謙詞。

**末梢** ㄇㄛˋ ㄕㄠ　同「末尾」②。如「末梢神經」。

**末造** ㄇㄛˋ ㄗㄠˋ　図末世，末年，末代。

**末期** ㄇㄛˋ ㄑㄧˊ　最後的一段時期。

**末減** ㄇㄛˋ ㄐㄧㄢˇ　法律名詞，從輕定罪。

**末節** ㄇㄛˋ ㄐㄧㄝˊ　小節，細微的事情。

**末路** ㄇㄛˋ ㄌㄨˋ　絕路。如「窮途末路」。

**末著** ㄇㄛˋ ㄓㄠ　最後的計策。

**末葉** ㄇㄛˋ ㄧㄝˋ　図①後世子孫。②最後的時代。

**末學** ㄇㄛˋ ㄒㄩㄝˊ　図①沒有根本的學識。②自謙的話。同「後學」。

**末了兒** ㄇㄛˋ ㄌㄧㄠˇ ㄦ　最後。加強語氣時說「末末了兒」。

**末末尾兒** ㄇㄛˋ ㄇㄛˋ ㄧˇ ㄦ　最後。

**末梢神經** ㄇㄛˋ ㄕㄠ ㄕㄣˊ ㄐㄧㄥ　生理學指由神經中樞分布到身體各部的神經纖維。又稱「周邊神經」。

**札** ㄓㄚˊ　㈠古時候寫字的木板。如「簡札」。㈡見「札記」。㈢書信。如「大札」「手札」。

**札記** ㄓㄚˊ ㄐㄧˋ　讀書時候把大要或心得一條條記錄下來。也作「箚記」。

**朮** ㄓㄨˊ　多年生草，莖高兩三尺，秋天開花，有紫、碧、紅等色。白色的根可以作藥，通稱白朮，皮色蒼黑的叫蒼朮。

**未** ㄨㄟˋ　㈠地支的第八位。㈡十二時辰的第八個，未時相當於下午一點到三點。㈢與「已經」的「已」相反，是「不」「沒有」「不曾」的意思。如「未能及格」「假期未滿」「未雨綢繆」。㈣用在句末表疑問。如「寒梅著花未」。

**未了** ㄨㄟˋ ㄌㄧㄠˇ　①沒解決。②還沒作完。

**未央** ㄨㄟˋ ㄧㄤ 〔文〕未半。如「夜未央」。

**未必** ㄨㄟˋ ㄅㄧˋ 不能確定的意思。

**未免** ㄨㄟˋ ㄇㄧㄢˇ 不免，未必沒有，表示必然的語氣。

**未來** ㄨㄟˋ ㄌㄞˊ 將來，對現在及過去說的。

**未始** ㄨㄟˋ ㄕˇ 〔文〕「不是不」「不是沒有」，用在否定句前面，作為雙重否定，但是語氣比較委婉。如「你的建議未始不可行」。

**未便** ㄨㄟˋ ㄅㄧㄢˋ 有所不便的意思。

**未幾** ㄨㄟˋ ㄐㄧˇ 〔文〕①不久。②無多。

**未遑** ㄨㄟˋ ㄏㄨㄤˊ 〔文〕還沒空兒去作。如「補過未遑，甚慚今我」。

**未遂** ㄨㄟˋ ㄙㄨㄟˋ 沒有達成。如「未遂其志」。

**未亡人** ㄨㄟˋ ㄨㄤˊ ㄖㄣˊ 寡婦的自稱。

**未定草** ㄨㄟˋ ㄉㄧㄥˋ ㄘㄠˇ 詩文的稿子還沒作最後決定的。有些文人用來稱自己的作品，是一種謙詞。

**未知數** ㄨㄟˋ ㄓ ㄕㄨˋ 數學上未明示還要推求的數。

**未來學** ㄨㄟˋ ㄌㄞˊ ㄒㄩㄝˊ 以目前的狀況為依據，研究人類未來科技、文化、社會前景的一門綜合性學科，以便為未來預作設計、規畫。

**未卜先知** ㄨㄟˋ ㄅㄨˇ ㄒㄧㄢ ㄓ 預先知道。

**未雨綢繆** ㄨㄟˋ ㄩˇ ㄔㄡˊ ㄇㄡˊ 事先準備預防。

## 二筆

**朴** ▲ㄆㄛˋ ㈠厚朴，一種落葉喬木，樹皮與花都可以作藥。㈡見「朴硝」條。
▲ㄆㄨˊ ㈠姓。㈡「樸」的簡寫。
▲ㄆㄧㄠˊ 夷姓。

**朴硝** ㄆㄛˋ ㄒㄧㄠ 藥名，出在有鹽鹵質的地方，像食鹽，用水煎煉成結晶體，呈淡黃色，可以作消化劑，也可使牛馬皮革柔軟。

**朵(朶)** ㄉㄨㄛˇ ㈠植物的花或苞。如「花朵」「花兒骨朵」(苞)。㈡量詞，用於花或成團的。如「三朵花」「一朵白雲」。㈢〔文〕動。如「朵頤」。

**朵頤** ㄉㄨㄛˇ ㄧˊ 〔文〕兩個腮幫子動起來，吃東西的樣子。「大快朵頤」是說吃得很痛快。

**机** ▲ㄐㄧˇ 通「几」。
▲ㄐㄧ 「機」的簡寫。

**朽** ㄒㄧㄡˇ ㈠腐爛，壞了。如「朽木不可雕也」。㈡衰老。如「老朽無能」。

**朽敗** ㄒㄧㄡˇ ㄅㄞˋ 腐朽敗壞。

**朽壞** ㄒㄧㄡˇ ㄏㄨㄞˋ 腐爛敗壞。

**朽木糞牆** ㄒㄧㄡˇ ㄇㄨˋ ㄈㄣˋ ㄑㄧㄤˊ 〔文〕腐朽的木材和髒土造的牆。比喻不堪造就的人。〈論語〉有「朽木不可雕也；糞土之牆不可杇也」的話。

**朱** ㄓㄨ ㈠正紅色。㈡姓。

**朱門** ㄓㄨ ㄇㄣˊ 從前有錢人的大門常漆紅色，所以用「朱門」比喻豪富的人家。如「朱門酒肉臭，路有凍死骨」。

**朱紅** ㄓㄨ ㄏㄨㄥˊ 比大紅稍淺的紅色。

**朱提** ㄓㄨ ㄕˊ 山名，在雲南省昭通縣西南境內，產銀，因此作為銀的代稱。

**朱顏** ㄓㄨ ㄧㄢˊ ①紅顏，指美人。②青春。李後主詞有「只是朱顏改」。

**朿** ㄘˋ 草木的刺。

## 三筆

**杓** ▲ㄅㄧㄠ「斗杓」，北斗七星柄部的那三顆星。▲ㄕㄠˊ同「勺」，舀水器具。

**杜** ㄉㄨˋ ㈠一種落葉喬木，果實叫「棠梨」或「杜梨」，味澀，可吃。㈡堵塞。如「杜絕流弊」「杜口不言」。㈢姓。

**杜口** ㄉㄨˋ ㄎㄡˇ 図閉上嘴不說話。

**杜門** ㄉㄨˋ ㄇㄣˊ 図閉門不出。

**杜絕** ㄉㄨˋ ㄐㄩㄝˊ ①阻塞斷絕。②買賣田地房屋不能贖回的契約，叫杜絕契。

**杜弊** ㄉㄨˋ ㄅㄧˋ 図防止弊病。

**杜撰** ㄉㄨˋ ㄓㄨㄢˋ 憑空捏造的；不確實的。

**杜鵑** ㄉㄨˋ ㄐㄩㄢ ①鳥名，又名子規，杜宇，口大尾長，鳴聲淒厲。②一種常綠灌木，春天開紅紫色花，偶爾也有白色的。

**杕** ▲図ㄉㄨㄛˋ 船尾定向的器械，同「柁」「舵」。▲ㄉㄧˋ 樹木孤立的樣子。〈詩經・唐風・杕杜〉：「有杕之杜，其葉湑湑」。

**李** ㄌㄧˇ ㈠亞喬木，長卵形的葉子，開白花，果實圓圓的，可以吃。㈡姓。

**李下** ㄌㄧˇ ㄒㄧㄚˋ 比喻嫌疑地方。古樂府有「瓜田不納履，李下不正冠」。常連起作「瓜田李下」。

**李子** ㄌㄧˇ ㄗˇ 李樹的果實。

**李代桃僵** ㄌㄧˇ ㄉㄞˋ ㄊㄠˊ ㄐㄧㄤ 図比喻用這代那。古樂府有「蟲來齧桃根，李樹代桃僵」。

**杆** ㄍㄢ ㈠直長的木棒。如「電線杆」「旗杆」。㈡見「欄杆」。

**杆子** ㄍㄢ ㄗ˙ 細長木頭，可以插在地上或作固定用途的。如「電線杆子」。

**杠** ▲図ㄍㄤ 小木橋叫「杠梁」。▲ㄍㄤˋ 同「槓」。

**杞** ㄑㄧˇ ㈠植物名，見「杞柳」「枸杞」。㈡周代國名，在現在河南省杞縣。㈢姓。

**杞柳** ㄑㄧˇ ㄌㄧㄡˇ 落葉灌木，有大葉、細葉兩種，細條的可以編製篋箱。

**杞人憂天** ㄑㄧˇ ㄖㄣˊ ㄧㄡ ㄊㄧㄢ 比喻無益的憂慮。〈列子〉有杞國人憂慮天塌下來的笑話。簡說成「杞憂」。

**杏** ㄒㄧㄥˋ 薔薇科落葉喬木，花葉像梅，果實可吃，核裡有仁，可以吃，也可作藥。

**杏子** ㄒㄧㄥˋ ㄗˇ 杏樹的果實。

**杏林** ㄒㄧㄥˋ ㄌㄧㄣˊ 指醫師或醫學界。是對醫術高妙的讚譽。如「望重杏林」。

**杏眼** ㄒㄧㄥˋ ㄧㄢˇ 比喻女子眼睛的美，又圓又大。

**杏黃** ㄒㄧㄥˋ ㄏㄨㄤˊ 顏色的一種，比橙黃稍紅。

**杏壇** ㄒㄧㄥˋ ㄊㄢˊ ①相傳是孔子講學的地方，後來則用以稱呼教育界。②道觀，道家修煉的場所。

**杏仁(兒)** ㄒㄧㄥˋ ㄖㄣˊ(ㄦ) 杏核裡面扁圓如心臟形的東西，脆脆的，有一點兒苦，可以作藥。

**杏花村** ㄒㄧㄥˋ ㄏㄨㄚ ㄘㄨㄣ 指鄉村裡多杏花，詞章中寫春景的常用它。也常泛指賣酒的地方。如「牧童遙指杏花村」。

**杏仁兒茶** ㄒㄧㄥˋ ㄖㄣˊ ㄦ ㄔㄚˊ 把粳米粉加糖與研碎的杏仁混合煮成的濃汁。

**杖** ㄓㄤˋ ㈠扶著走路的棍子。如「枴杖」「手杖」。㈡泛稱木棒一類的東西。如「明火執杖」「擀麵杖兒」。㈢図拄著枴棍兒。如「六十杖於鄉」。㈣古時五刑之一，用棒子或竹板打犯人。如「杖三百」。㈤通「仗」㈢㈣。

**杖責** ㄓㄤˋ ㄗㄜˊ 図用棍棒打人，作為處罰。

**杖期** ㄓㄤˋ ㄑㄧ 喪禮名，杖是喪禮時在手上拿的。期服中拿杖的叫杖期，否則叫不杖期。舊制嫡子為庶母都服杖期。夫為妻，父母不在的服杖期，父母在的服不杖期。

**杖朝** ㄓㄤˋ ㄔㄠˊ 図周禮規定八十歲的老人可以持杖入朝，是對老人的尊崇。

**杖藜** ㄓㄤˋ ㄌㄧˊ 図用藜莖做枴杖，宋僧志南有「杖藜扶我過橋東」的詩句。

**杖頭傀儡** ㄓㄤˋ ㄊㄡˊ ㄎㄨㄟˇ ㄌㄟˇ 木偶戲的一種。偶形一般約有六十公分高，裡面裝有三根操縱桿，由藝人操縱表演。宋代已經流行。

## 杈

▲ㄔㄚ ㈠農人取禾束的器具。㈡図樹枝向外分歧的樣子。如「老樹杈枒」。▲ㄔㄚˋ分岔的樹枝。如「杈子」。

**杈子** ㄔㄚˋ ㄗ˙ 分岔的樹枝。如「樹杈子」。

**杈枒** ㄔㄚ ㄧㄚˊ 図樹枝歧出的樣子。也作「杈椏」。

## 杉

ㄕㄢ 常綠針葉喬木，樹幹高且直，木材可以建築房屋，製造器具。語音ㄕㄚ。

**杉木** ㄕㄢ ㄇㄨˋ 杉樹的木材，建築上用得最多。

**杉杆子** ㄕㄢ ㄍㄢ ㄗ˙ 杉木細直而長的，建築上常用。

## 束

ㄕㄨˋ ㈠捆，紮。如「束髮」「束裝」。㈡東西成捆的。如「一束鮮花」。㈢限制，管理。如「拘束」「束身自愛」。㈣姓。

**束手** ㄕㄨˋ ㄕㄡˇ 比喻無法可想。如「束手無策」。

**束身** ㄕㄨˋ ㄕㄣ 図約束自身，不放縱。如「束身自愛」。

**束脩** ㄕㄨˋ ㄒㄧㄡ 古時把十條乾肉紮成一束，作為最起碼的拜見老師的禮物。因此稱送給老師的酬金叫束脩。

**束裝** ㄕㄨˋ ㄓㄨㄤ 整理行裝，準備遠行。

**束髮** ㄕㄨˋ ㄈㄚˇ 古代男童捋頭髮束成一髻，因此用束髮作成男童的代稱。

**束縛** ㄕㄨˋ ㄈㄨˊ 拘束。

**束之高閣** ㄕㄨˋ ㄓ ㄍㄠ ㄍㄜˊ 図比喻棄置不用。

**束手束腳** ㄕㄨˋ ㄕㄡˇ ㄕㄨˋ ㄐㄧㄠˇ 形容受到限制，覺得不自由的樣子。

**束手待斃** ㄕㄨˋ ㄕㄡˇ ㄉㄞˋ ㄅㄧˋ 想不出一點兒辦法來解救，只有等死了。比喻無計可施，坐待死亡。

**束手無策** ㄕㄨˋ ㄕㄡˇ ㄨˊ ㄘㄜˋ 一點兒辦法也沒有。比喻遇事無能為力。

## 材

ㄘㄞˊ ㈠木料。如「木材」「建材」「上材」。㈡原料的通稱。如「器材」「藥材」。㈢通「才」字，是資質、能力的意思。如「材幹」「因材施教」。㈣資料。如「題材」「素材」「教材」。㈤臺灣計算建材體積的單位。㈥棺材的略稱。如「壽材」。

**材木** ㄘㄞˊ ㄇㄨˋ 用作建築、製作器具的木材。

**材料** ㄘㄞˊ ㄌㄧㄠˋ ①一切可供製作成品的原料。②作為著作內容的事物。如「寫文章要先找材料」。③比喻適合做某事的人。

**材能** ㄘㄞˊ ㄋㄥˊ 同「才能」。

**材幹** ㄘㄞˊ ㄍㄢˋ ①木材。②才能。

**材積** ㄘㄞˊ ㄐㄧ 森林裡可作木材的數量，也就是木材或樹木的體積。

**材料力學** ㄘㄞˊ ㄌㄧㄠˋ ㄌㄧˋ ㄒㄩㄝˊ 也稱作材料強度學。研究機械或結構中構件承載能力的一門學科。

**材料科學** ㄘㄞˊ ㄌㄧㄠˋ ㄎㄜ ㄒㄩㄝˊ 研究材料的結構、性能、成分等和外界環境因素的相互關係以及應用方面的一門學科。

**材疏志大** ㄘㄞˊ ㄕㄨ ㄓˋ ㄉㄚˋ 図比喻資質低劣，但是志向不小。有貶義。如「材疏志大，難成大事」。

**村**（**邨**） ㄘㄨㄣ ㈠鄉間有人聚居的地方。如「鄉村」「翠亨村」。㈡粗野，鄙陋，不文雅。如「村氣」「說話太村」。㈢囡責罵。如「我村了他幾句」。

**村子** ㄘㄨㄣ ˙ㄗ 北方話說村莊，指鄉人居住的地方。

**村長** ㄘㄨㄣ ㄓㄤˇ 管理一村事務的人。

**村野** ㄘㄨㄣ ㄧㄝˇ ①村郊；野外。②粗俗鄙野。如「其人村野不文」。

**村落** ㄘㄨㄣ ㄌㄨㄛˋ 鄉人聚居的地方。

**村話** ㄘㄨㄣ ㄏㄨㄚˋ 囡村野的言語，多指罵人的詞。

**村塾** ㄘㄨㄣ ㄕㄨˊ 舊時鄉村中的學堂。

**村墟** ㄘㄨㄣ ㄒㄩ 村中集市所在。

**村鎮** ㄘㄨㄣ ㄓㄣˋ 較大的村莊，已有成列店鋪的。

**村姑**（**兒**） ㄘㄨㄣ ㄍㄨ ㄦ 村女。

**村莊**（**兒**） ㄘㄨㄣ ㄓㄨㄤ ㄦ 村落。

**杙** 図ㄧˋ 小木樁。

**杇** ㄨ 図㈠塗抹牆壁的工具，同槾，鏝。㈡塗抹，粉刷。〈論語·公冶長〉：「糞土之牆不可杇也」。也作「圬」。

**杌** ㄨˋ ㈠方形沒有靠背的椅子，叫「杌凳」「杌子」。㈡図見「杌隉」。

**杌隉** ㄨˋ ㄋㄧㄝˋ 図動搖不安定。古書裡也寫「阢隉」或「卼臲」。

**杌凳**（**兒**） ㄨˋ ㄉㄥˋ ㄦ 方形的小凳子。

## 四筆

**杯**（**桮、盃**） ㄅㄟ ㈠盛酒、茶水的器具。如「酒杯」「茶杯」。㈡競賽優勝的獎品。如「金杯」「銀杯」。

**杯子** ㄅㄟ ˙ㄗ 盛酒或盛茶的器具。

**杯珓** ㄅㄟ ㄐㄧㄠˋ 在神前占卜吉凶的器具，原是用兩片蚌殼投擲到地上，看其俯仰來斷定休咎；後來用竹子或木頭削成兩片，合為蚌蛤形，叫做杯珓。杯也作「盃」，珓也作「茭（ㄐㄧㄠˋ）」。

**杯葛** ㄅㄟ ㄍㄜˊ 圕boycott譯音。是拒絕買賣或拒絕雇傭等經濟絕交的行為。現在多用作「抵制」的意思。

**杯中物** ㄅㄟ ㄓㄨㄥ ㄨˋ 酒。

**杯弓蛇影** ㄅㄟ ㄍㄨㄥ ㄕㄜˊ ㄧㄥˇ 〈晉書〉描述有人錯把杯中弓影當蛇，喝了以後竟然得病的故事。現在常用來形容因為虛幻的事而驚疑。

**杯水車薪** ㄅㄟ ㄕㄨㄟˇ ㄐㄩ ㄒㄧㄣ 図用一杯水救一車木柴燒著（ㄓㄠˊ）的火。比喻無濟於事。

**杯盤狼藉** ㄅㄟ ㄆㄢˊ ㄌㄤˊ ㄐㄧˊ 形容酒席完了，杯盤散亂的情形。

**板** ㄅㄢˇ ㈠成片的木料。如「杉板」「松板」。㈡相當長寬，呈薄片的物體。如「黑板」「墊板」。㈢書籍或照片的底片。如「原板」「翻板」。㈣不活潑。如「呆板」「古板」。㈤表情嚴肅，沉下臉來。如「他板著個臉，一句話不說」。㈥國樂的節拍。如「板眼」「一板一眼」。

**板子** ㄅㄢˇ ˙ㄗ ①木片。②古時候笞刑所用的刑具。③棺木的代稱。

**板牙** ㄅㄢˇ ㄧㄚˊ 人的門牙。

**板油**（ㄅㄢˇ ㄧㄡˊ） 指豬體內呈板狀的脂肪層。

**板栗**（ㄅㄢˇ ㄌㄧˋ） 栗子。

**板眼**（ㄅㄢˇ ㄧㄢˇ） ①傳統音樂和戲曲中的節拍，每個小節最強的拍子叫板，其餘的拍子叫眼。②比喻做事按一定的步驟，有條不紊。如「他做起事來很有板眼」。③図比喻計謀、主意、意見。如「他呀，板眼多」。

**板菸**（ㄅㄢˇ ㄧㄢ） 菸葉經重壓以後呈塊狀或片狀再切絲，叫板菸。

**板凳**（ㄅㄢˇ ㄉㄥˋ） 木製的長凳。

**板滯**（ㄅㄢˇ ㄓˋ） 不靈活。

**板壁**（ㄅㄢˇ ㄅㄧˋ） 把大房間隔出幾個小房間的板牆。

**板築**（ㄅㄢˇ ㄓㄨˋ） 図也作「版築」。用三合土或黃土造泥牆。板是夾牆板，築是搗土的杵。

**板蕩**（ㄅㄢˇ ㄉㄤˋ） 図板、蕩都是〈詩經・大雅〉的篇名，譏刺周厲王治國沒有綱紀。後來用作「亂世」的代稱。如「中原板蕩」。

**板鴨**（ㄅㄢˇ ㄧㄚ） 一種鹹鴨。把鴨殺好撐開加鹽風乾。有名的是「南京板鴨」。

**板擦（兒）**（ㄅㄢˇ ㄘㄚ ㄦ） 擦黑板的用具。

**板著臉**（ㄅㄢˇ ˙ㄓㄜ ㄌㄧㄢˇ） 沉著臉，是一種不願意或含有怒意的嚴肅的表情。

**板凳球員**（ㄅㄢˇ ㄉㄥˋ ㄑㄧㄡˊ ㄩㄢˊ） 球隊（特別是籃球隊）的替補球員。

**板板六十四**（ㄅㄢˇ ㄅㄢˇ ㄌㄧㄡˋ ㄕˊ ㄙˋ） 清末鑄造銀元，每一版六十四枚。因此說人固執不會變通為「板板六十四」。

## 杷

ㄆㄚˊ 或讀˙ㄆㄚ、˙ㄅㄚ。見「枇杷」。

## 枇

ㄆㄧˊ 見「枇杷」。

**枇杷**（ㄆㄧˊ ㄆㄚˊ） 果樹名，長圓形的葉子，白色的花，結黃色圓形的果子，很好吃。語音ㄆㄧˊ˙ㄆㄚ或ㄆㄧˊ˙ㄅㄚ。

## 枚

ㄇㄟˊ ㈠同「個」；一個叫一枚。如「銅元一枚」。㈡図古時夜行軍，防止士兵說話泄漏軍情，命令士兵人人嘴裡銜著一根像筷子的東西，不能開口，叫「銜枚疾走」。㈢図樹幹。〈詩經〉有「施于條枚」。㈣姓。

**枚舉**（ㄇㄟˊ ㄐㄩˇ） 一項一項的舉出來。如「不勝（ㄕㄥ）枚舉」。

## 杪

▲ㄇㄧㄠˇ 図指末端。如「樹杪」（樹梢）「歲杪」（年底）。

## 枋

▲ㄈㄤ 檀木的別名。▲図ㄅㄧㄥˇ「枋國」就是「柄國」，掌握國家軍政大權。

## 東

ㄉㄨㄥ ㈠方位的名稱，早晨太陽出來的那一邊。㈡主人叫東。如「房東」「股東」「東道主」。㈢図向東邊。如「大江東去」。

**東方**（ㄉㄨㄥ ㄈㄤ） 東邊。

**東北**（ㄉㄨㄥ ㄅㄟˇ） 方向，在東與北之間。

**東西** ▲ㄉㄨㄥ ㄒㄧ ①東方與西方。如「地不分東西」。②図由東到西。〈周禮・地官〉：「東西為廣，南北為輪」「東西長十五尺」。▲ㄉㄨㄥ ˙ㄒㄧ ①泛指一切物件。如「你給他什麼東西」。②喜愛或厭惡的人或物。如「他不是個好東西」。

**東亞**（ㄉㄨㄥ ㄧㄚˇ） 亞洲的東部地區，指中國、日本和朝鮮半島地區。

**東周**（ㄉㄨㄥ ㄓㄡ） 朝代名。周朝從平王遷都洛陽到赧王的時代（西元前七七〇至西元前二五六）。

**東南**（ㄉㄨㄥ ㄋㄢˊ） 方向，在東和南之間。

**東流**（ㄉㄨㄥ ㄌㄧㄡˊ） 中國大陸的河流大都由西向東流，因此說事物的消失就像往東流去的水一樣，一去不回頭。

**東洋** ㄉㄨㄥ ㄧㄤˊ ①清代以來我國對日本的稱呼。②泛指我國東部的大海。

**東風** ㄉㄨㄥ ㄈㄥ ①從東邊吹來的風。②春風。

**東家** ▲ㄉㄨㄥ ㄐㄧㄚ 東鄰。▲ㄉㄨㄥ・ㄐㄧㄚ ①居停主人。也叫東人，敬稱東翁。②股東。

**東晉** ㄉㄨㄥ ㄐㄧㄣˋ 朝代名。晉朝從元帝建都於建康，到恭帝禪位給劉宋的時代（西元三一七至四二〇）。

**東經** ㄉㄨㄥ ㄐㄧㄥ 子午線以東的經線。請參看「經線」條。

**東道** ㄉㄨㄥ ㄉㄠˋ 設宴請客的主人。如「今天讓我作個東道吧」。也說「東道主」。

**東漢** ㄉㄨㄥ ㄏㄢˋ 朝代名。漢朝從光武帝東遷洛陽到獻帝的時代。又稱後漢（西元二五至二二〇）。

**東嶽** ㄉㄨㄥ ㄩㄝˋ 指泰山。因為在五嶽當中最靠東邊，所以稱它為東嶽，在今山東省泰安縣北邊。

**東瀛** ㄉㄨㄥ ㄧㄥˊ 〔文〕①東海。②指日本。

**東北亞** ㄉㄨㄥ ㄅㄟˇ ㄧㄚˇ 亞洲東北部地區，指我國東北和日本、朝鮮半島地區。

**東半球** ㄉㄨㄥ ㄅㄢˋ ㄑㄧㄡˊ 地球東邊的一半，包括歐、亞、非、大洋洲等四洲。

**東坡肉** ㄉㄨㄥ ㄆㄛ ㄖㄡˋ 大塊豬肉，用醬油和少量水慢火煮熟下飯的菜肴。因為宋代詩人蘇東坡最愛吃這樣煮的肉，故名東坡肉。

**東南亞** ㄉㄨㄥ ㄋㄢˊ ㄧㄚˇ 亞洲的東南部，指印度、巴基斯坦、越南、緬甸、泰國、寮國、新加坡、印尼、馬來西亞、菲律賓、汶萊等國。

**東洋車** ㄉㄨㄥ ㄧㄤˊ ㄔㄜ 從前由車夫拉著跑而乘客坐在上面的兩輪車，由日本傳來，所以叫東洋車，簡稱洋車。也叫人力車、黃包車。

**東山再起** ㄉㄨㄥ ㄕㄢ ㄗㄞˋ ㄑㄧˇ 比喻人退隱以後再出來做官。本是東晉謝安的故事。東山在今浙江省上虞縣。

**東床快婿** ㄉㄨㄥ ㄔㄨㄤˊ ㄎㄨㄞˋ ㄒㄩˋ 也作「東床嬌客」。晉代名臣郗鑒派人到王導家選女婿，後來選上王羲之的故事。今用作對女婿的美稱。

**東扶西倒** ㄉㄨㄥ ㄈㄨˊ ㄒㄧ ㄉㄠˇ 形容難以栽培或扶持。如「這一家公司經營不善，東扶西倒，幫忙都沒用」。

**東奔西走** ㄉㄨㄥ ㄅㄣ ㄒㄧ ㄗㄡˇ 形容到處奔忙。

**東征西討** ㄉㄨㄥ ㄓㄥ ㄒㄧ ㄊㄠˇ 形容到處去征戰。

**東拉西扯** ㄉㄨㄥ ㄌㄚ ㄒㄧ ㄔㄜˇ ①勉強湊合。②形容雜亂無章，沒有條理。③左右牽引。

**東拼西湊** ㄉㄨㄥ ㄆㄧㄣ ㄒㄧ ㄘㄡˋ 勉強胡亂拼湊出來。

**東施效顰** ㄉㄨㄥ ㄕ ㄒㄧㄠˋ ㄆㄧㄣˊ 〔文〕醜人學美，卻顯得更醜。比喻人不會模仿。顰又作矉。語出〈莊子・天運〉。

**東倒西歪** ㄉㄨㄥ ㄉㄠˇ ㄒㄧ ㄨㄞ 傾倒零落的樣子。指房屋毀壞或人疲憊的樣子。

**東張西望** ㄉㄨㄥ ㄓㄤ ㄒㄧ ㄨㄤˋ 形容到處張望的樣子。

**東窗事發** ㄉㄨㄥ ㄔㄨㄤ ㄕˋ ㄈㄚ 指人的陰謀或罪行敗露。如「他做了許多壞事，昨天東窗事發，被刑警抓走了」。

**東風吹馬耳** ㄉㄨㄥ ㄈㄥ ㄔㄨㄟ ㄇㄚˇ ㄦˇ 形容人對別人的話，像耳邊風一樣毫不關心。

**東一句西一句** ㄉㄨㄥ ㄧ ㄐㄩˋ ㄒㄧ ㄧ ㄐㄩˋ 說話沒有層次，沒有秩序。

**東不成西不就** ㄉㄨㄥ ㄅㄨˋ ㄔㄥˊ ㄒㄧ ㄅㄨˋ ㄐㄧㄡˋ 到處找事做而事情總是不能成功。

## 杻
ㄋㄧㄡˇ 樹名，葉子像杏而尖，皮赤色，材可以做弓幹。

## 林
ㄌㄧㄣˊ ㈠叢生的樹木。如「森林」、「桃林子」。㈡人物叢集。如

**林**ㄌㄧㄣˊ（續）……「躋身於作家之林」「士林」（讀書人的人群）。㈢人多，旺盛。如「工廠林立」「林林總總」。㈣姓。

**林下** ㄌㄧㄣˊ ㄒㄧㄚˋ [文]山野；從前辭官歸隱叫「退歸林下」。

**林木** ㄌㄧㄣˊ ㄇㄨˋ 樹木。

**林立** ㄌㄧㄣˊ ㄌㄧˋ [文]比喻建立得很多。如「學校林立」。

**林地** ㄌㄧㄣˊ ㄉㄧˋ 可以種植林木的山地。

**林表** ㄌㄧㄣˊ ㄅㄧㄠˇ [文]從遠處看去的樹林的末端。

**林冠** ㄌㄧㄣˊ ㄍㄨㄢ 指林木樹冠的集合體。集合若干林冠，便是「林相」。

**林泉** ㄌㄧㄣˊ ㄑㄩㄢˊ [文]①林木泉石。②從前比喻退隱的地方。

**林相** ㄌㄧㄣˊ ㄒㄧㄤˋ 森林的外貌。

**林苑** ㄌㄧㄣˊ ㄩㄢˋ 建造在森林中的房屋庭園，舊時供統治者或顯要遊賞打獵用的。

**林海** ㄌㄧㄣˊ ㄏㄞˇ 形容樹木非常多而且茂盛，就像海一樣。

**林班** ㄌㄧㄣˊ ㄅㄢ 森林管理機構依天然地形線或人工線劃分的森林區域。是林地分劃的最小單位。

**林區** ㄌㄧㄣˊ ㄑㄩ 將林地劃分成較大單位的區域。

**林莽** ㄌㄧㄣˊ ㄇㄤˇ [文]草木。

**林野** ㄌㄧㄣˊ ㄧㄝˇ 森林與原野。

**林場** ㄌㄧㄣˊ ㄔㄤˇ 種植、砍伐森林的地方。

**林業** ㄌㄧㄣˊ ㄧㄝˋ 經營、培育和保護森林資源的事業，是木材和森林產物的產地。

**林蔭** ㄌㄧㄣˊ ㄧㄣˋ 樹下陽光照不到的地方。

**林墾** ㄌㄧㄣˊ ㄎㄣˇ 造林，墾荒。

**林檎** ㄌㄧㄣˊ ㄑㄧㄣˊ 一丈多高的落葉喬木，果實呈圓形，俗稱「花紅」，我國北方叫沙果。

**林壑** ㄌㄧㄣˊ ㄏㄨㄛˋ [文]山林幽深的地方。

**林產物** ㄌㄧㄣˊ ㄔㄢˇ ㄨˋ 直接或間接出產在森林裡的物品，主要是木材，副產品有草、菌類、落葉、枯枝等。

**林林總總** ㄌㄧㄣˊ ㄌㄧㄣˊ ㄗㄨㄥˇ ㄗㄨㄥˇ 形容眾多。柳宗元文有「惟人之初，總總而生，林林而群」。

**林業公司** ㄌㄧㄣˊ ㄧㄝˋ ㄍㄨㄥ ㄙ 管理森林的培植和木材砍伐、運銷、加工的機構。

# 杲

ㄍㄠˇ [文]明亮。如「杲日」。

# 果

ㄍㄨㄛˇ ㈠植物結的實。如「水果」「乾果」（核桃之類的）。㈡事情的結局或成效。如「成果」「後果」。㈢決斷。如「果敢」「果斷」。㈣真正的，實在的。如「果然」。㈤假如，若是。如「如果」。㈥[文]能夠。如「不果來」。㈦[文]勝利。如「殺敵致果」。㈧[文]吃飽。如「果腹」。㈨終於。〈呂氏春秋〉有「果伏劍而死」。

**果子** ㄍㄨㄛˇ ㄗˇ 果實。

**果木** ㄍㄨㄛˇ ㄇㄨˋ 能結食用的果子的樹木。像柿、橘、柚、桃等。也作「果木樹」。

**果汁** ㄍㄨㄛˇ ㄓ 鮮果的汁水。

**果皮** ㄍㄨㄛˇ ㄆㄧˊ 果實的皮層，分內中外三部分。

**果肉** ㄍㄨㄛˇ ㄖㄡˋ 果實除去皮和核以外，可以吃的部分。

**果決** ㄍㄨㄛˇ ㄐㄩㄝˊ 勇敢堅決。

**果品** ㄍㄨㄛˇ ㄆㄧㄣˇ 果子一類的東西。

**果核** ㄍㄨㄛˇ ㄏㄜˊ 果實裡保護種子的硬殼。

**果真** ㄍㄨㄛˇ ㄓㄣ 果然是真的。

**果粒** ㄍㄨㄛˇ ㄌㄧˋ 果實的顆粒。

**果脯** ㄍㄨㄛˇ ㄈㄨˇ 桃、杏、梨、棗等水果加糖或蜜製成的食品的總稱。

**果報** ㄍㄨㄛˇ ㄅㄠˋ 佛家語。以前種的因，現在得到回報。通常指今生善惡的報應。即所謂「善有善報，惡有惡報」。

**果敢** ㄍㄨㄛˇ ㄍㄢˇ 有決斷力，敢放手去做。

**果然** ㄍㄨㄛˇ ㄖㄢˊ 事實和料想相吻合。如「果然不是這樣」。

**果腹** ㄍㄨㄛˇ ㄈㄨˋ 〔文〕吃得飽。

**果實** ㄍㄨㄛˇ ㄕˊ ①果子。②成效，努力的結果。如「勝利的果實」。

**果爾** ㄍㄨㄛˇ ㄦˇ 〔文〕果然如此，真是這樣。

**果酸** ㄍㄨㄛˇ ㄙㄨㄢ 也叫酒石酸，有機化合物，分子式 $C_2H_2(OH)_2(COOH)_2$，廣布在植物體中，葡萄果汁含的最多，可供醫藥或工業用。

**果毅** ㄍㄨㄛˇ ㄧˋ 勇敢有毅力。

**果盤** ㄍㄨㄛˇ ㄆㄢˊ 盛果子等的盤子。

**果糖** ㄍㄨㄛˇ ㄊㄤˊ 單醣的一種，是淡黃或白色的結晶體，可溶於水，存於果實蜂蜜中，可作調味劑或滋養料。

**果樹** ㄍㄨㄛˇ ㄕㄨˋ 能結供人食用果實的木本植物。

**果斷** ㄍㄨㄛˇ ㄉㄨㄢˋ 果敢決斷。

**果類** ㄍㄨㄛˇ ㄌㄟˋ ①能結果實的植物。②果實的品類。

**果仁（兒）** ㄍㄨㄛˇ ㄖㄣˊ ㄦ 果核去殼的部分。

**果核（兒）** ㄍㄨㄛˇ ㄏㄨˊ ㄦ 果實的種子，帶硬殼的。

**果盒（兒）** ㄍㄨㄛˇ ㄏㄜˊ ㄦ 盛果品或糖果的盒子。

**果園（兒）** ㄍㄨㄛˇ ㄩㄢˊ ㄦ 種果樹的園地。也說「果園子」。

**果碟（兒）** ㄍㄨㄛˇ ㄉㄧㄝˊ ㄦ 筵席上盛果食的小碟。也說「果碟子」。

**果子酒** ㄍㄨㄛˇ ㄗˇ ㄐㄧㄡˇ 水果釀造的酒。

**果子醬** ㄍㄨㄛˇ ㄗˇ ㄐㄧㄤˋ 果品加糖做成醬，抹在麵包上吃。

**果子露** ㄍㄨㄛˇ ㄗˇ ㄌㄨˋ 果汁加糖做成的飲料。

**果汁機** ㄍㄨㄛˇ ㄓ ㄐㄧ 切碎水果磨出汁水的機器。

**果不其然** ㄍㄨㄛˇ ㄅㄨˋ ㄑㄧˊ ㄖㄢˊ 果然如此。指事實與預料的相同。

## 杭
ㄏㄤˊ ㈠杭縣，在浙江省。㈡姓。㈢〔文〕通「航」，〈詩經〉有「一葦杭之」。

## 枅
ㄐㄧ 斗拱，柱子上的橫木。

## 杰
ㄐㄧㄝˊ 通「傑」。

## 析
ㄒㄧ ㈠分散。如「分崩離析」。㈡解釋。如「分析」「析疑」。㈢〔文〕分，分開。如「析產」「析居」。㈣〔文〕破開。如「析薪」。

**析居** ㄒㄧ ㄐㄩ 〔文〕分家。

**析產** ㄒㄧ ㄔㄢˇ 〔文〕分家財。

**析義** ㄒㄧ ㄧˋ 解釋說明意義。

**析解** ㄒㄧ ㄐㄧㄝˇ 分析解釋。

**析疑** ㄒㄧ ㄧˊ 把可懷疑的解釋清楚。

**析薪** ㄒㄧ ㄒㄧㄣ 〔文〕劈開木柴。

**析爨** ㄒㄧ ㄘㄨㄢˋ 〔文〕兄弟分家產，各自起伙食，不再共同生活。

## 枝
▲ㄓ ㈠樹幹上旁生的小杈子。如「樹枝」「枝葉茂盛」。㈡由

樹枝比喻事情的旁出。如「枝節橫生」「枝枝節節」。㊂零碎的，細微的，也叫「枝節」。㊃量詞。如「一枝筆」「一枝香煙」。㊄又通「肢」。
▲ㄑㄧˊ見「枝指」。

**枝子** ㄓ ㄗ˙ 枝條。

**枝枒** ㄓ ㄧㄚ 枝條。樹木旁生的樹枝。枒也作「椏」。

**枝指** ㄑㄧˊ ㄓˇ ①長了六個指頭的手。②比喻多餘沒有用的東西。

**枝梧** ㄓ ㄨˊ 又①原指斜形相抵的支柱，引伸為牴觸，抗拒。〈史記〉有「諸將皆慴服，莫敢枝梧」。②支持。支撐。陸游詩：「藥物枝梧病漸蘇」。

**枝條** ㄓ ㄊㄧㄠˊ 枝子。

**枝幹** ㄓ ㄍㄢˋ 樹幹和旁枝。

**枝節** ㄓ ㄐㄧㄝˊ 比喻事情本體發生的一些零星細微的問題。

**枝葉** ㄓ ㄧㄝˋ ①樹枝和樹葉。②又比喻旁支疏遠的親屬。〈左傳〉有「公族，公室之枝葉也」。

**枝蔓** ㄓ ㄇㄢˋ 樹枝和藤蔓。引伸為糾纏牽連的意思。

**枝頭** ㄓ ㄊㄡˊ ①樹枝上。②比喻高就。如「飛上枝頭變鳳凰」。

**枝枝節節** ㄓ ㄓ ㄐㄧㄝˊ ㄐㄧㄝˊ 有關聯但是屬於次要的事情。如「大問題先解決，剩下的枝枝節節以後再說」。

**枝節叢生** ㄓ ㄐㄧㄝˊ ㄘㄨㄥˊ ㄕㄥ 由一件事引出許多小問題來。形容事情雜亂，沒有條理的樣子。

## 枕

▲ㄓㄣˇ 躺下時候墊著頭的寢具，叫「枕」。
▲又 ㄓㄣˋ ㈠把頭靠上去。如「曲肱而枕之」。㈡靠近。如「北枕大江」。㈢見「枕藉」。

**枕巾** ㄓㄣˇ ㄐㄧㄣ 罩在枕頭上以免弄髒的布巾。

**枕木** ㄓㄣˇ ㄇㄨˋ 鐵路上鐵軌下所墊的橫木。

**枕套** ㄓㄣˇ ㄊㄠˋ 枕頭的外套。

**枕席** ㄓㄣˇ ㄒㄧˊ 寢具。

**枕骨** ㄓㄣˇ ㄍㄨˇ 在頭顱的後面，是頭顱底的一部分。

**枕頭** ㄓㄣˇ ㄊㄡˊ 寢具，就是枕（ㄓㄣˇ）。

**枕藉** ㄓㄣˇ ㄐㄧㄝˊ 又縱橫相枕而躺著。如「死亡枕藉」。

**枕中書** ㄓㄣˇ ㄓㄨㄥ ㄕㄨ 祕藏不肯給人家看的書。

**枕邊言** ㄓㄣˇ ㄅㄧㄢ ㄧㄢˊ 妻對丈夫的私語。

**枕戈待旦** ㄓㄣˇ ㄍㄜ ㄉㄞˋ ㄉㄢˋ 枕著武器等天亮。形容為了準備殺敵，不敢安睡。

## 杼

又 ㄓㄨˋ 舊時織布機上帶著緯線，穿過經線用的器具。如「不聞機杼聲」。

## 杵

ㄔㄨˇ ㈠舊時舂米的器具，手舉的叫「杵」。㈡洗衣時擣衣的木槌。㈢古兵器。如「降魔杵」。㈣刺。如「拿手指頭杵他一下」。㈤獃傻地站立不動。如「人都走了，他還杵在那兒不動」。

**杵歌** ㄔㄨˇ ㄍㄜ ①古代版築工人工作時唱的歌。②臺灣原住民婦女月夜在石臼旁作舂米狀的歌舞。也作「杵樂（ㄩㄝˋ）」。

## 杶

ㄔㄨㄣ 就是香椿，樹名，像樗，可以製琴。

## 枘

又 ㄖㄨㄟˋ 用短木削成的榫頭。

**枘鑿** ㄖㄨㄟˋ ㄗㄨㄛˋ 又「方枘圓鑿」的略語。方榫頭，圓卯眼。比喻事情或意見彼此不能相容、相合。參看「鑿枘」。

## 松

ㄙㄨㄥ 常綠喬木，樹幹挺直，皮粗厚，針狀葉，結毬果，木質堅硬，可以做建築材料或用具。種類很多。

**松子** ㄙㄨㄥ ㄗˇ　①松樹的種子。②松仁(兒)。

**松木** ㄙㄨㄥ ㄇㄨˋ　松樹的木材。

**松花** ㄙㄨㄥ ㄏㄨㄚ　雞、鴨蛋在灰、鹽等物中醃了以後自然顯現的花紋。用作皮蛋的代稱。

**松柏** ㄙㄨㄥ ㄅㄞˇ　①松樹和柏樹。②図比喻經得起困難考驗的人。③比喻健康的老人。如「松柏長青」。

**松香** ㄙㄨㄥ ㄒㄧㄤ　松柏類的樹分泌的脂肪，黏而容易燃燒，用途很廣。也叫松脂，松膠。

**松針** ㄙㄨㄥ ㄓㄣ　松樹的針狀葉。

**松毬** ㄙㄨㄥ ㄑㄧㄡˊ　松樹的毬果，裡面有松仁，乾了會裂成鱗甲形，可以作燃料。北方口語叫「松塔兒」。

**松菌** ㄙㄨㄥ ㄐㄩㄣˋ　擔子菌類，形如傘，叢生松樹下，芳香可食。也叫松蕈，松茸。

**松楸** ㄙㄨㄥ ㄑㄧㄡ　図墓地所種的樹木，因此用作墳墓的代稱。

**松煙** ㄙㄨㄥ ㄧㄢ　松材加工後的殘滓在窯內進行不完全燃燒時，由散發出來的煙氣所凝結的黑色煙灰，可用作松煙墨和墨汁。

**松濤** ㄙㄨㄥ ㄊㄠ　風吹松樹，聲音像波濤。

**松雞** ㄙㄨㄥ ㄐㄧ　又名「林雞」。鳥綱，松雞科。在我國著名的有細嘴松雞，雄鳥羽毛呈純黑色，而雜有白斑。尾長，呈楔形。雌鳥喉部乳白色，有黑色細斑，上身呈棕色，有褐色橫斑。多群居於高山林帶，食樹芽和漿果等，為黑龍江省的留鳥。

**松鶴** ㄙㄨㄥ ㄏㄜˋ　図松和鶴，比喻高壽。

**松蘿** ㄙㄨㄥ ㄌㄨㄛˊ　地衣門，松蘿科。植物體呈樹枝狀。常寄生於高山針葉林的枝幹間，也有少數生於石上。可提煉出抗生素和石蕊試劑。

**松仁(兒)** ㄙㄨㄥ ㄖㄣˊ(ㄦ)　松子裡面的仁，可以吃。

**松鼠(兒)** ㄙㄨㄥ ㄕㄨˇ(ㄦ)　見「栗鼠」。

**松節油** ㄙㄨㄥ ㄐㄧㄝˊ ㄧㄡˊ　存在松柏科植物裡的精油，是無色的液體，揮發性很大，有特殊香氣，工業醫藥方面常用。

**枒** ㄧㄚ　見「枒杈」。

**枒杈** ㄧㄚ ㄔㄚ　樹枝縱橫雜出。也作「杈枒」。

**杳** 図ㄧㄠˇ　㈠深廣。如「深杳」。㈡寂靜。如「杳然」。又讀ㄇㄧㄠˇ。

**杳然** ㄧㄠˇ ㄖㄢˊ　図寂靜的樣子。

**杳如黃鶴** ㄧㄠˇ ㄖㄨˊ ㄏㄨㄤˊ ㄏㄜˋ　図一去就無影無蹤。

**枉** ㄨㄤˇ　㈠彎曲；不正直。如「矯枉過正」。㈡冤屈。如「枉死」「冤枉」。㈢徒然，白費。如「枉然」「枉費心機」。㈣図歪曲。如「枉法」。㈤図屈尊。如「枉駕」「枉顧」。

**枉死** ㄨㄤˇ ㄙˇ　冤枉死的。

**枉求** ㄨㄤˇ ㄑㄧㄡˊ　図徒勞無功的追求。

**枉屈** ㄨㄤˇ ㄑㄩ　図說人降低身分來訪自己。諸葛亮〈出師表〉有「猥自枉屈，三顧臣於草廬之中」。也作「屈尊」。

**枉法** ㄨㄤˇ ㄈㄚˇ　図以私意曲解法律。

**枉然** ㄨㄤˇ ㄖㄢˊ　徒然。

**枉費** ㄨㄤˇ ㄈㄟˋ　白費，空費。

**枉駕** ㄨㄤˇ ㄐㄧㄚˋ　図尊稱別人來訪問的客套話。也作「枉顧」。

**枉尺直尋** ㄨㄤˇ ㄔˇ ㄓˊ ㄒㄩㄣˊ 図弄彎短的部分，拉直長的部分。比喻在小節上不妨委屈些，以求得到較大的好處。（尋：長度單位，合當時八尺。）

## 五筆

**柏（栢）** ㄅㄞˇ ㈠針葉樹名，有扁柏、龍柏、真柏等好幾種。葉鱗片狀。結毬果。木質堅硬，可作建材。㈡姓。讀音ㄅㄛˊ。

**柏油** ㄅㄞˇ ㄧㄡˊ ①煤黑油，是製造煤氣的副產品。也叫焦油。②瀝青。

**柄** ㄅㄧㄥˇ ㈠把兒：器具上手握的部分。如「刀柄」「傘柄」。㈡言語或行為被別人用作談笑的材料。如「話柄」「笑柄」。㈢權力。如「權柄」。㈣図執，掌握。如「柄政」「柄國」。又讀ㄅㄧㄥˋ。

**柄政** ㄅㄧㄥˇ ㄓㄥˋ 図掌握政權。

**枰** ㄆㄧㄥˊ ㈠棋盤。㈡圍棋一局叫「一枰」。

**某** ㄇㄡˇ 不指名的人或事物的代稱。也用作自稱代名詞。如「某人」「我王某豈是這種人」。

**某人** ㄇㄡˇ ㄖㄣˊ 不提出姓名而暗指的人。

**某甲** ㄇㄡˇ ㄐㄧㄚˇ 因為某種緣故不直接指名是誰，而以某甲、某乙等來稱呼，是一種假定的代名詞。

**某件** ㄇㄡˇ ㄐㄧㄢˋ 某個事件、貨物。

**某處** ㄇㄡˇ ㄔㄨˋ ①某個地方。也作「某地」。②某個方面。

**枹** ㄈㄨˊ 鼓槌。又讀ㄈㄨ。

**枹鼓相應** ㄈㄨˊ ㄍㄨˇ ㄒㄧㄤ ㄧㄥˋ 図用鼓槌打鼓，鼓發出聲音。比喻互相感應。

**柢** ㄉㄧˇ 樹根。如「深根固柢」。

**柮** ㄉㄨㄛˋ 見「榾」字。

**柁** ▲ㄉㄨㄛˋ 同「舵」。▲ㄊㄨㄛˊ 見「房柁」。

**柗** ▲ㄊㄞˊ 「檯」的俗體。▲ㄙ 耒的下端，俗寫作耜。

**析** ㄊㄨㄛˋ 巡夜人所敲的木梆子。

**柰** ㄋㄞˋ ㈠果名，與蘋果同類異種。㈡通「奈」。

**柳（栁、桺）** ㄌㄧㄡˇ ㈠落葉喬木，枝細長，葉狹尖，花是穗狀的，種子成熟後隨風飄散。㈡像柳枝或柳葉的。如「柳腰」「柳眉」。㈢姓。

**柳字** ㄌㄧㄡˇ ㄗˋ 指唐代柳公權所寫的字體，特徵是瘦硬有力。與顏真卿的字體，並稱顏柳。

**柳杉** ㄌㄧㄡˇ ㄕㄢ 杉科。常綠喬木的一種。高達四十公尺。葉子略呈五行排列，錐形，微向內彎曲。毬果接近圓形，種子狹長，兩側有翅。產於我國長江以南各地。材質輕軟細緻，可用作建築和觀賞等。

**柳枝** ㄌㄧㄡˇ ㄓ 柳樹的枝條。

**柳眉** ㄌㄧㄡˇ ㄇㄟˊ 形容美人的眉毛，像柳葉形。也稱柳葉眉。

**柳宿** ㄌㄧㄡˇ ㄒㄧㄡˋ 星名，二十八宿之一。南方朱雀七宿的第三宿。

**柳絮** ㄌㄧㄡˇ ㄒㄩˋ 柳樹的種子有白色毛狀物，成熟後隨風飛散像棉絮。

**柳腰** ㄌㄧㄡˇ ㄧㄠ 形容女人的腰部，像柳條的柔軟、纖細。

**柳條（兒）** ㄌㄧㄡˇ ㄊㄧㄠˊ ①柳樹的枝條。②像柳條的花紋。

**柳安木** ㄌㄧㄡˇ ㄢ ㄇㄨˋ 図馬來文 luan 的音譯。緬甸、印度、馬來西亞、印尼、菲律賓等國所產的一種木材。屬龍腦香科的常綠大喬木。木材結構粗，紋理斜徑切面花紋美麗。是家具、建築、車輛等的良材。

**柳暗花明** ㄌㄧㄡˇ ㄢˋ ㄏㄨㄚ ㄇㄧㄥˊ ①綠柳成陰，繁花似錦的景象。形容景色的清新美麗。②比喻在無望時忽然看到生路。是陸游〈游山西村詩〉「柳暗花明又一村」的略語。

**柳綠花紅** ㄌㄧㄡˇ ㄌㄩˋ ㄏㄨㄚ ㄏㄨㄥˊ 形容春色的妍麗美好。

## 枸
▲ㄍㄡˇ見「枸杞」。▲ㄍㄡ見「枸橘」。▲ㄐㄩˇ見「枸櫞」。

**枸杞** ㄍㄡˇ ㄑㄧˇ 落葉小灌木，高三尺多，長橢圓形葉子，花淡紫色，結紅色的子，可作藥。

**枸橘** ㄍㄡ ㄐㄩˊ 落葉灌木，高一丈多，掌狀複葉，開白花，結的果子圓而黃，瓤兒像柚子。

**枸櫞** ㄐㄩˇ ㄩㄢˊ 俗稱香櫞。常綠喬木，葉子像橘葉而大，果子圓形，色黃，皮厚，有香氣，味酸。

**枸櫞酸** ㄐㄩˇ ㄩㄢˊ ㄙㄨㄢ 見檸檬酸。

## 柑
ㄍㄢ 常綠灌木，高一丈多，葉長圓形，花白色，結圓形朱黃色的果子，瓤裡水汁多，味甜美芬芳。

**柑橘** ㄍㄢ ㄐㄩˊ 果木名，芸香科，柑橘亞科。柑橘族中柑橘亞科植物的統稱。果實味道酸甜可口。

## 柺
ㄍㄨㄞˇ ㈠見「柺杖」。㈡〔方〕踝。如「柺子」。

**柺子** ㄍㄨㄞˇ ˙ㄗ 〔方〕俗稱踝部。

**柺杖** ㄍㄨㄞˇ ㄓㄤˋ 木棍，走路時拄著它，幫著支持體重。也可說「柺棍兒」。

## 柯
ㄎㄜ ㈠落葉喬木，高三四丈，葉多，長橢圓形，單性花，結的是堅果。㈡〔文〕草木的枝莖。㈢〔文〕斧子的柄。㈣〔文〕「執柯」「伐柯」，都是給人做媒的意思。㈤姓。

## 枯
ㄎㄨ ㈠草木焦黃沒有生氣。如「枯萎」「枯樹」。㈡乾了。如「枯井」「枯竭」。㈢沒有精神，沒有趣味。如「枯燥」「枯坐」。㈣貧乏。如「枯窘」「遍索枯腸」。㈤中醫說半身不遂的病，叫「偏枯」。

**枯井** ㄎㄨ ㄐㄧㄥˇ 沒有水的井。

**枯朽** ㄎㄨ ㄒㄧㄡˇ 枯萎朽壞。

**枯坐** ㄎㄨ ㄗㄨㄛˋ 在寂寞中悶坐。

**枯骨** ㄎㄨ ㄍㄨˇ 擱了很久的死人骨骸。

**枯乾** ㄎㄨ ㄍㄢ 植物失去水分。

**枯寂** ㄎㄨ ㄐㄧˊ 寂寞，靜寂。

**枯涸** ㄎㄨ ㄏㄜˊ 〔文〕水乾了。

**枯窘** ㄎㄨ ㄐㄩㄥˇ 貧乏困窘，通常指人的生活。如「獨處斗室，居常枯窘無趣」。

**枯萎** ㄎㄨ ㄨㄟˇ 植物失去水分而乾枯萎靡。

**枯腸** ㄎㄨ ㄔㄤˊ 〔文〕比喻思慮枯竭。

**枯槁** ㄎㄨ ㄍㄠˇ 〔文〕面容憔悴。如「形容枯槁」。

**枯榮** ㄎㄨ ㄖㄨㄥˊ 〔文〕盛衰。

**枯瘦** ㄎㄨ ㄕㄡˋ 乾瘦。

**枯竭** ㄎㄨ ㄐㄧㄝˊ 乾涸，沒有水分了。如「水庫枯竭」。

**枯樹** ㄎㄨ ㄕㄨˋ 乾枯的樹木。也作「枯木」。

**枯澀** ㄎㄨ ㄙㄜˋ ①枯燥呆板沒有生機的樣子。多用來評論詩文。②乾燥不滑潤。如「雙眼枯澀」。

**枯燥** ㄎㄨ ㄗㄠˋ ①乾枯沒有水分。②沒趣味，沒有生氣。

**枯水期** ㄎㄨ ㄕㄨㄟˇ ㄑㄧˊ 河流或湖泊、水庫中的水位降到最低的時期。

**枯葉蛾**（ㄎㄨ ㄧㄝˋ ㄜˊ） 昆蟲綱，鱗翅目，枯葉蛾科。體粗壯，多厚毛，翅膀很大，靜止時形狀顏色像枯葉一樣，因而得名。

**枯木逢春**（ㄎㄨ ㄇㄨˋ ㄈㄥˊ ㄔㄨㄣ） 比喻久不得志，忽有得意的事來臨。也作「枯樹生花」「枯樹著花」。

**枯魚之肆**（ㄎㄨ ㄩˊ ㄓ ㄙˋ） 図賣魚乾的店鋪。源出〈莊子・外物〉「索我於枯魚之肆」。比喻窮困的境地，或身在窮途的人。

**枯楊生稊**（ㄎㄨ ㄧㄤˊ ㄕㄥ ㄊㄧˊ） 図枯老的楊樹生出嫩芽。比喻老夫娶少妻或老年得子。

**枯樹生華**（ㄎㄨ ㄕㄨˋ ㄕㄥ ㄏㄨㄚˊ） 図枯木逢春。比喻在絕望中重獲生機，或因某種機緣而使逆境轉好。

**枷** ㄐㄧㄚ ㈠舊時套在犯人脖子上的刑具。㈡通「架」。

**枷鎖**（ㄐㄧㄚ ㄙㄨㄛˇ） 枷與鎖都是刑具。枷，套在脖子上，鎖是鏈子，拴在犯人的腳踝上。引伸作束縛的意思。

**架** ㄐㄧㄚˋ ㈠擱東西的器具。如「書架」「衣架」。㈡在東西的內部支著作骨幹的。如「骨架」「風箏架子」。㈢支搭。如「架橋鋪路」「把帳棚架起來」。㈣攙扶。如「架著他走」「綁架」。㈤形像，姿勢。如「架式」。㈥承受，擔當，抵擋。如「招架不住」。㈦打鬧，吵嘴。如「打架」「吵架」「勸架」。㈧房屋兩柱的距離。如「間（ㄐㄧㄢ）架」。㈨量詞，包含有整套機件的。如「一架飛機」「一架機器」。㈩多餘的加到上面去。如「疊床架屋」。⑪比喻高傲的神態。如「架子」。⑫図撮弄。如「架訟」。⑬図憑空杜撰。如「架詞誣控」。

**架子**（ㄐㄧㄚˋ ˙ㄗ） ①擱放東西的器具。②比喻人高傲的神態。如「擺架子」。③事物的組織架構。如「雞架子」「這文章的架子不錯」。

**架式**（ㄐㄧㄚˋ ㄕˋ） 式字輕讀。形象、姿勢或樣式。

**架次**（ㄐㄧㄚˋ ㄘˋ） 複合量詞，表示飛機出動或出現若干次架數的總和。

**架空**（ㄐㄧㄚˋ ㄎㄨㄥ） ①凌空。形容建築物高聳空中。如「架空線路」。②憑空捏造，沒有根據。③比喻表面尊崇，暗地裡排擠，或除去主官的部屬或權力，使其無力或無權執行業務。

**架訟**（ㄐㄧㄚˋ ㄙㄨㄥˋ） 図唆使別人打官司。

**架設**（ㄐㄧㄚˋ ㄕㄜˋ） 安裝設置。

**架構**（ㄐㄧㄚˋ ㄍㄡˋ） ①建造。如「虛空架構」。②輪廓規模的構想設計。如「架構完整」。

**架詞誣控**（ㄐㄧㄚˋ ㄘˊ ㄨ ㄎㄨㄥˋ） 憑空捏造事實，誣告陷害別人。

**柩** ㄐㄧㄡˋ 裝著屍體的棺材。如「靈柩」。

**柩車**（ㄐㄧㄡˋ ㄔㄜ） 載運棺材的車子。

**柬** ㄐㄧㄢˇ ㈠通「揀」，選擇。㈡通「簡」，「柬帖」「書柬」就是帖子，書信。

**柬帖**（ㄐㄧㄢˇ ㄊㄧㄝˇ） 邀請人時所用的帖子。

**柜** ▲ㄐㄩˇ ㈠柜柳，就是杞柳。㈡「櫸」的簡寫。▲ㄍㄨㄟˋ 櫃的簡寫。

**柒** ㄑㄧ 「七」的大寫字。

**枲** ㄒㄧˇ 不結子兒的大麻，纖維可以作麻布的原料。

**柙** ㄒㄧㄚˊ 古時關猛獸的木籠。如「虎兕出於柙」。

**枵** 図ㄒㄧㄠ 空虛。如「枵腹從公（餓著肚子替公家辦事）」。

**枳** ㄓˇ 常綠灌木，枝上多刺，葉長圓形，開白花，秋天結的果子成熟，可以作藥。

**枳殼**（ㄓˇ ㄑㄠˋ） 中藥名。比較晚採下來的枳樹的果實，果皮很薄，沒什麼果肉，但是可以作藥材。

# 柵

ㄓㄚˋ 用竹木編成的籬笆牆。又讀ㄕㄢˋ。

**柵門**（ㄓㄚˋ ㄇㄣˊ） 柵欄的門。

**柵欄兒**（ㄓㄚˋ ㄌㄢˊ ㄦ） 欄字輕讀。柵。

# 柘

ㄓㄜˋ ㈠落葉灌木，樹幹很直，葉尖厚，可以養蠶，果實像桑葚而圓，皮可以作黃色染料。㈡通「蔗」。㈢柘城，古縣名，在河南省。㈣姓。

**柘黃**（ㄓㄜˋ ㄏㄨㄤˊ） 用柘木染的顏色。

# 柱

ㄓㄨˋ ㈠房屋裡承受屋頂的直立粗木，叫「柱子」。㈡取柱子的意思，作「擔負重任」講。如「擎天一柱」「柱石」。㈢支持重量的木樁。如「支柱」。㈣貝類的韌帶。如「江瑤柱」。㈤像柱子的東西。如「膠柱鼓瑟」（譏刺人不能變通）。

**柱子**（ㄓㄨˋ ˙ㄗ） 支撐房屋的構件。種類有直木、砌石、混凝土、鋼架等。

**柱石**（ㄓㄨˋ ㄕˊ） 比喻負國家社會重任的人。

# 柷

ㄓㄨˋ 古代樂器名。木製，形狀很像斗，於樂曲開始演奏時候使用。常與敔配合。參見「敔」字條。

# 查

▲ㄔㄚˊ ㈠考查，檢點。如「查戶口」「查字典」。㈡又通「槎」，是船的意思。

▲ㄓㄚ ㈠同「楂」。如「山查」。㈡姓。

**查收**（ㄔㄚˊ ㄕㄡ） 點明收下。

**查考**（ㄔㄚˊ ㄎㄠˇ） 調查。

**查抄**（ㄔㄚˊ ㄔㄠ） 查明犯人的家產，沒收充公。

**查究**（ㄔㄚˊ ㄐㄧㄡˋ） 調查之後如果屬實，便依法追究。

**查夜**（ㄔㄚˊ ㄧㄝˋ） 夜間巡查。

**查明**（ㄔㄚˊ ㄇㄧㄥˊ） 調查清楚。

**查封**（ㄔㄚˊ ㄈㄥ） 強（ㄑㄧㄤˇ）制執行法之一，法院照債權人的申請，封存債務人的財產，等待處（ㄔㄨˇ）分。

**查看**（ㄔㄚˊ ㄎㄢˋ） 檢查。

**查哨**（ㄔㄚˊ ㄕㄠˋ） 軍事用語。檢查哨兵的勤惰，以提高其警覺性。也作「查崗」。

**查核**（ㄔㄚˊ ㄏㄜˊ） 檢查審核。

**查勘**（ㄔㄚˊ ㄎㄢ） 訪查勘驗。

**查問**（ㄔㄚˊ ㄨㄣˋ） 查究，詢問。

**查訪**（ㄔㄚˊ ㄈㄤˇ） 調查和訪問。

**查照**（ㄔㄚˊ ㄓㄠˋ） 公文用語。請對方知道公文的內容。

**查禁**（ㄔㄚˊ ㄐㄧㄣˋ） 查明而禁止。

**查詢**（ㄔㄚˊ ㄒㄩㄣˊ） 調查和詢問。

**查對**（ㄔㄚˊ ㄉㄨㄟˋ） 訪察比較。

**查閱**（ㄔㄚˊ ㄩㄝˋ） 找出來閱讀。

**查辦**（ㄔㄚˊ ㄅㄢˋ） 調查罪狀，加以懲罰。

**查點**（ㄔㄚˊ ㄉㄧㄢˇ） 檢點。

**查證**（ㄔㄚˊ ㄓㄥˋ） 調查證明。

**查驗**（ㄔㄚˊ ㄧㄢˋ） 檢查。

**查明真相**（ㄔㄚˊ ㄇㄧㄥˊ ㄓㄣ ㄒㄧㄤˋ） 查清楚事情的真實狀況。

**查無實據**（ㄔㄚˊ ㄨˊ ㄕˊ ㄐㄩˋ） 經過調查，並沒有實際的證據可供研判。

**柿（柹）** ㄕˋ 落葉喬木，樹幹高兩三丈，葉卵形，開黃花，果實圓，熟時味甜，可以食用，品種很多。

**柿子** ㄕˋ ㄗ˙ 柿樹的果實。

**柿霜** ㄕˋ ㄕㄨㄤ 柿餅製好，表面有霜狀粉末，叫作柿霜。

**柿餅** ㄕˋ ㄅㄧㄥˇ 把柿子壓扁，晒乾製成，甜美好吃。

**柔（兒）** ㄖㄡˊ ㈠與「剛」相反，是軟和，不堅硬。如「柔軟體操」「柔枝嫩葉」。㈡軟弱。如「柔能克剛」「百鍊剛化為繞指柔」。㈢溫和，不強烈。如「聲音很柔和」「柔風細雨」。㈣図安順。如「懷柔」。

**柔化** ㄖㄡˊ ㄏㄨㄚˋ 由堅硬狀態轉到鬆軟狀態。

**柔性** ㄖㄡˊ ㄒㄧㄥˋ 柔順性的略稱。

**柔和** ㄖㄡˊ ㄏㄜ˙ 和字輕讀。溫順不剛強。

**柔弱** ㄖㄡˊ ㄖㄨㄛˋ 不堅強。

**柔情** ㄖㄡˊ ㄑㄧㄥˊ 委婉溫和的情緒。

**柔術** ㄖㄡˊ ㄕㄨˋ 徒手搏擊的武技。日本叫「柔道」。

**柔軟** ㄖㄡˊ ㄖㄨㄢˇ 軟和。

**柔魚** ㄖㄡˊ ㄩˊ 見「魷魚」。

**柔媚** ㄖㄡˊ ㄇㄟˋ 表現和順取悅於人。

**柔韌** ㄖㄡˊ ㄖㄣˋ 柔軟而堅韌。

**柔順** ㄖㄡˊ ㄕㄨㄣˋ 溫柔和順。

**柔腸** ㄖㄡˊ ㄔㄤˊ 図委婉的心腸。

**柔嫩** ㄖㄡˊ ㄋㄣˋ 柔軟細嫩。

**柔體** ㄖㄡˊ ㄊㄧˇ 柔弱的體態。

**柔枝嫩葉** ㄖㄡˊ ㄓ ㄋㄣˋ ㄧㄝˋ ①形容初春新的枝葉。②形容人柔弱纖細的樣子。

**柔風細雨** ㄖㄡˊ ㄈㄥ ㄒㄧˋ ㄩˇ ①形容春天宜人的景象。②形容人和婉的態度。如「同他相處，會覺得他像柔風細雨，非常和婉」。

**柔能克剛** ㄖㄡˊ ㄋㄥˊ ㄎㄜˋ ㄍㄤ 柔弱的態度可以使剛強人屈服。

**柔荑花序** ㄖㄡˊ ㄊㄧˊ ㄏㄨㄚ ㄒㄩˋ 花序的一種。花側生於柔軟的花軸上，單性，無花梗，有苞而無花冠，開花結果後整個花序會脫落下來。如楊、柳等植物的花序。

**柔情似水** ㄖㄡˊ ㄑㄧㄥˊ ㄙˋ ㄕㄨㄟˇ 形容情感像水一樣溫柔。常指女人的。

**柔軟體操** ㄖㄡˊ ㄖㄨㄢˇ ㄊㄧˇ ㄘㄠ 指徒手或只用啞鈴、木環等輕質的器材做的運動。目的是為了使身體各筋骨、關節更為靈活。是基本體操，有時作為其他運動的暖身活動。

**柔腸寸斷** ㄖㄡˊ ㄔㄤˊ ㄘㄨㄣˋ ㄉㄨㄢˋ 形容人非常傷心難過的樣子。

**染** ㄖㄢˇ ㈠用顏料使織物變成理想的顏色及花紋。如「染布」「印染」。㈡書畫上著色。如「染色」。㈢沾著（ㄓㄠˊ），感受到。如「染病」「傳染」。㈣男女通姦。如「兩人有染」。㈤不乾淨了。如「汙染」。

**染上** ㄖㄢˇ ㄕㄤˋ 受到傳染。如「去年他染上霍亂以後，身體再也胖不起來」。

**染布** ㄖㄢˇ ㄅㄨˋ ①用顏料將布染色。②經過染色的布。

**染汙** ㄖㄢˇ ㄨ ①沾著不潔淨。②傳染。

**染指** ㄖㄢˇ ㄓˇ 図不是自己應有而妄想據有。源出〈左傳〉。

**染缸** ㄖㄢˇ ㄍㄤ ①裝放染料的水缸。②引伸為社會。如「社會像是個染缸，在裡面的人無法不受影響」。

**染料** ㄖㄢˇ ㄌㄧㄠˋ 供染色的物質，有用化學方法製成的人工染料，及能直接染色在纖維上的獨立染料等。

**染病** ㄖㄢˇ ㄅㄧㄥˋ 害病，比較文雅的說法。

**染色體** ㄖㄢˇ ㄙㄜˋ ㄊㄧˇ 細胞核分裂時，外包的網狀體產生錯綜的絲條，絲條漸漸變為一定數目的大線條，能感受染色，叫作染色體。

**染指書** ㄖㄢˇ ㄓˇ ㄕㄨ 用指頭染墨而作的書法。

**染料植物** ㄖㄢˇ ㄌㄧㄠˋ ㄓˊ ㄨˋ 植物可以製成染色材料的，像蓼藍、蘇木、紫草等是。

## 柞

ㄗㄨㄛˋ常綠灌木，葉子小，光滑堅韌，有針刺。

## 柚

▲ㄧㄡˋ常綠喬木，長圓形的葉子，初夏開小白花兒，果實叫柚子。其中有一種個子小的叫文旦，汁水多，味甜。▲ㄓㄨˊ同「軸」。

**柚子** ㄧㄡˋ ㄗ˙ 水果名，又名文旦。芸香科，一種常綠喬木。皮厚，酸甜可口，約在每年中秋節前後可以採收。

# 六筆

## 栟（栟）

ㄅㄧㄥ 「栟櫚」就是棕櫚。

## 桃

ㄊㄠˊ ㈠落葉喬木，春初開花，有白的、紅的，果實圓形，頂端有尖，味甜可口。㈡形狀大略像桃兒似的東西。如「壽桃」。

**桃色** ㄊㄠˊ ㄙㄜˋ ①粉紅色。②指男女間情愛的事。

**桃李** ㄊㄠˊ ㄌㄧˇ ①図桃樹與李樹，也指桃花與李花，桃子與李子。〈史記·李將軍傳贊〉：「桃李不言，下自成蹊。」②由於桃李樹結實很多，比喻培育的門人弟子很多。如「桃李滿天下」。③図比喻美色。如「色豔桃李」。

**桃兒** ㄊㄠˊ ㄦ˙ 桃的果實。

**桃花** ㄊㄠˊ ㄏㄨㄚ ①桃樹開的花。花單生，呈淡紅、深紅或白色。春初開花。②「桃花運」的略語，指有關男女戀情的事。如「人家說她命中帶桃花」。

**桃紅** ㄊㄠˊ ㄏㄨㄥˊ 淺紅色。

**桃核** ㄊㄠˊ ㄏㄜˊ 桃實裡的果核。

**桃符** ㄊㄠˊ ㄈㄨˊ ①古人過年時候，在桃木上畫神荼（ㄕㄨ）鬱壘（ㄌㄩˋ）二神或寫上這兩神的名字，或把桃木刻成人形掛在門旁，據說可以驅邪。②春聯的別稱。

**桃酥** ㄊㄠˊ ㄙㄨ 一種甜味的脆餅，用油、花生、麵粉製成。

**桃源** ㄊㄠˊ ㄩㄢˊ 晉朝陶潛作〈桃花源記〉，後來的人就把避亂的地方叫「世外桃源」。

**桃膠** ㄊㄠˊ ㄐㄧㄠ 桃樹上所生的膠脂，可作中藥。

**桃觴** ㄊㄠˊ ㄕㄤ 稱祝壽的酒席。也作桃樽。相傳麻姑曾向西王母獻桃祝壽，因而凡是與祝壽有關的事物都冠上桃字。

**桃仁（兒）** ㄊㄠˊ ㄖㄣˊ（ㄦ˙） 胡桃、桃核裡面的仁（兒）。

**桃花運** ㄊㄠˊ ㄏㄨㄚ ㄩㄣˋ 俗稱男女在戀情上走運，或男女受對方的垂青。

**桃色新聞** ㄊㄠˊ ㄙㄜˋ ㄒㄧㄣ ㄨㄣˊ 有關男女戀情的新聞。

**桃花心木** ㄊㄠˊ ㄏㄨㄚ ㄒㄧㄣ ㄇㄨˋ 楝科，常綠喬木的一種。樹皮呈淡紅色，會有鱗片狀的脫落。春夏開花，花呈白色。種子有翅。原產於南美洲，我國南部也有。木材色澤美麗，能抗蟲蝕，適合用來作舟車、木器。

**桃花過渡** ㄊㄠˊ ㄏㄨㄚ ㄍㄨㄛˋ ㄉㄨˋ 閩南及潮州一帶著名車鼓戲曲名。唱詞分十二段，由正月到十二月，每段都是五、七、七、七字的句子。

**桃李滿天下** ㄊㄠˊ ㄌㄧˇ ㄇㄢˇ ㄊㄧㄢ ㄒㄧㄚˋ 形容教過的學生多得數不清。

## 桐

ㄊㄨㄥˊ 喬木名，葉又圓又大，開白色或紫色的花，木材質料輕，可以做琴或箱篋，不生蠹蟲。

**桐油** ㄊㄨㄥˊ ㄧㄡˊ 油桐子所榨的油，塗飾房屋器具，可以防水防腐。

**桐樹** ㄊㄨㄥˊ ㄕㄨˋ 落葉喬木的一種，俗名油桐。果實可以吃，也可用來榨油。

**桐城派** ㄊㄨㄥˊ ㄔㄥˊ ㄆㄞˋ 清代古文運動的一派，反對八股，注重義理、考據、辭章合而為一，格律謹嚴而以典雅凝煉為主要特色，後世稱為清代古文正宗。此派淵源於北宋的歐陽修、明朝的歸有光，而以清初的方苞、劉大櫆、姚鼐為主幹，三人都是安徽桐城人，所以稱桐城派。

## 栲

ㄎㄠˇ 樹名，葉像櫟樹，木材可做車軸。

**栲栳** ㄎㄠˇ ㄌㄠˇ 細竹或柳條編的盛物器。也叫「笆斗」。

## 栳

ㄌㄠˇ 見「栲栳」條。

## 栗

ㄌㄧˋ ㈠落葉喬木，四五丈高，果實叫栗子，有糖分，炒了吃，很香。木材堅密，可造器具。㈡図通「慄」。㈢図忙迫。如「栗碌」。㈣姓。

**栗子** ㄌㄧˋ ㄗˇ 栗樹結的果實，就是「板栗」。

**栗色** ㄌㄧˋ ㄙㄜˋ 図像栗殼的紫褐色。

**栗碌** ㄌㄧˋ ㄌㄨˋ 事情忙。也作「栗六」「栗陸」。

**栗鼠** ㄌㄧˋ ㄕㄨˇ ①松鼠，毛黑褐色，尾巴又長又粗，跑得快，住在樹上吃果實。②貂的別稱。見〈爾雅．釋獸〉。

**栗爆** ㄌㄧˋ ㄅㄠˋ ①栗子在鍋裡爆開。②借栗子爆開的聲音，指人用手指關節或拳頭敲打別人的頭頂。舊小說裡常用。爆也作暴。

## 格

ㄍㄜˊ ㈠標準，式樣。如「規格」「格調」「合格」。㈡方形的空框或條紋。如「方格子」「有格稿紙」。㈢常例。如「格外」「破格錄用」。㈣架子的一層或藥水瓶上的刻度都叫格。㈤打鬥。如「格鬥」「格殺勿論」。㈥抵觸。如「格格不入」。㈦図深研。如「格物致知」。㈧図改正。〈論語〉有「有恥且格」。㈨図來。〈詩經〉有「神之格恩」。㈩図阻礙。如「格於成例」。

**格子** ㄍㄜˊ ㄗˇ 見格㈡。

**格外** ㄍㄜˊ ㄨㄞˋ 超出常例之外。

**格正** ㄍㄜˊ ㄓㄥˋ 正字輕讀。平正挺直。如「他的衣服總是那麼格正」。

**格式** ㄍㄜˊ ㄕˋ 標準形式。

**格局** ㄍㄜˊ ㄐㄩˊ 結構及式樣。

**格言** ㄍㄜˊ ㄧㄢˊ 可作日常生活行為標準的話。

**格物** ㄍㄜˊ ㄨˋ 図窮究事物的道理。

**格律** ㄍㄜˊ ㄌㄩˋ ①詩文的平仄、音韻、字數、句數等形式規定。②準則。

**格致** ㄍㄜˊ ㄓˋ ①図窮究事物的道理來推求知識。②物理學的舊名。

**格格** ▲ㄍㄜˊ ㄍㄜˊ ①笑聲。②鳥鳴聲。▲ㄍㄜˊ ˙ㄍㄜ 滿洲語，小姐。清代用作皇族女子的稱號，在公主之下，宗女之上。如「還珠格格」。

**格殺** ㄍㄜˊ ㄕㄚ 打死。

**格調** ㄍㄜˊ ㄉㄧㄠˋ ①文詞的格律聲調。②人的品格。

**格鬥** ㄍㄜˊ ㄉㄡˋ 互相打鬥。

**格蘭姆** 就是「克蘭姆」，見克(四)。

**格林童話** 德國雅各・格林（Jakob Grimm, 1785-1863）和威廉・格林（Wilhelm Grimm, 1786-1859）兄弟兩人合力編寫的童話故事集（西元一八一二年—一八二二年出版），頗受世界各國歡迎。

**格格不入** 相牴觸，不合。

**格林威治時間** 由國際經度會議決定的，以英國格林威治天文臺的經線為本初子午線，作為世界時區的起點。

# 根

ㄍㄣ (一)植物莖部的最下截，吸收養分用的。如「球根」「氣根」。(二)東西的底部。如「牙根」「牆根兒」。(三)事情的本源或基礎。如「禍根」「病根」。(四)依據。如「根據」「無根之談」。(五)徹底杜絕。如「根治」「根除」。(六)量詞，計算細長的東西。如「一根繩子」「一根棍子」。(七)佛經說能產生罪孽的根源。如「六根清淨」。(八)數學上指方程式內所求未知數的值叫根。(九)化學說一個化合物分子所含一部分原子，當作一個單位來說的，叫根（radical），也作「基」。

**根子** 根(一)(二)(三)。

**根毛** 根尖表皮細胞向外面突出的毛狀物。數量很多，會形成根毛區，是根部吸收水和營養的主要部分。

**根牙** 根源，根本，起因。如「根牙從頭說」。也作「根芽」「根苗」。

**根本** ①事物的來源。②重要的，主要的。如「根本問題是沒錢」。③本來，從來。如「這話我根本就沒說過」。④從頭到尾，始終（大多用於否定句）。如「我根本沒想到」。

**根由** 來歷，緣故。

**根究** 徹底查究。

**根性** 本質。

**根治** ①從根本治理。②根本治療。

**根柢** ①根(一)。②事情的基礎。

**根苗** 本源。

**根除** 連根拔除，徹底解決。常指習俗或病痛。如「根除惡習」。

**根基** ▲ㄍㄣ ㄐㄧ 基礎。▲ㄍㄣ・ㄐㄧ 品行。笑人無恥，品行不好，叫「沒根基」。

**根莖** 根狀的地下莖。蓮藕、薑都是。

**根絕** 完全禁止。如「吸毒這事，必須痛下決心，予以根絕」。

**根源** 根由。

**根瘤** 豆類植物根部的瘤狀突起。是由根瘤菌侵入根的組織而引起的。

**根據** ①憑依。②來源。

**根底（兒）** ①指事情的究竟。②事情的基礎。③財產。

**根本法** 又名「基本法」。①規定一個國家的根本制度，具有最高法律效力的就是憲法。②有些國家對某些地區主要法律的稱呼。

**根據地** 可以依據的地區。

**根生土長** 在當地出生、長大。

**根深柢固** 形容基礎很穩固。

# 栝

ㄍㄨㄚ 樹名，就是檜。

**桂** ㄍㄨㄟˋ ㈠木名，分肉桂、巖桂兩種。肉桂作藥用，巖桂就是木樨（平時說的桂花）。㈡廣西的簡稱（見「桂林」條）。㈢姓。

**桂子** ㄍㄨㄟˋ ㄗˇ [文]誇獎別人的子孫，說桂子蘭孫。

**桂木** ㄍㄨㄟˋ ㄇㄨˋ 植物名，常綠喬木的一種。肉桂的皮可以用來做藥。巖桂又叫木樨，花有紅色、白色兩種。

**桂皮** ㄍㄨㄟˋ ㄆㄧˊ 肉桂的樹皮，乾製後呈黃褐色，味道很香很衝（ㄔㄨㄥˋ）。可以做藥品，也可作調味用。

**桂林** ㄍㄨㄟˋ ㄌㄧㄣˊ 在廣西壯族自治區，有「桂林山水甲天下」的美譽。在秦代屬桂林郡，所以廣西簡稱桂。

**桂竹** ㄍㄨㄟˋ ㄓㄨˊ 又名斑竹，禾本科。稈散生，葉較大，呈圓形。葉披針形，葉鞘無毛。筍籜背面有褐色的斑點。主要產於我國黃河流域以南各地。變形的斑竹也稱作湘妃竹。

**桂圓** ㄍㄨㄟˋ ㄩㄢˊ ①一種水果，就是龍眼。甜分很高。可生吃，也可取果肉乾製。②也指結這種水果的樹。

**桂花（兒）** ㄍㄨㄟˋ ㄏㄨㄚ（ㄦ） 木樨花。

**桂子飄香** ㄍㄨㄟˋ ㄗˇ ㄆㄧㄠ ㄒㄧㄤ 桂花散發香氣。形容中秋時美好的景色。

**桂子蘭孫** ㄍㄨㄟˋ ㄗˇ ㄌㄢˊ ㄙㄨㄣ 對別人子孫的美稱。

**桂冠詩人** ㄍㄨㄟˋ ㄍㄨㄢ ㄕ ㄖㄣˊ ①英國王宮的名譽官員，遇到英王誕辰以獻詩為職的人。②英王對於最有名的詩人，授給月桂冠，稱桂冠詩人。

**桄** ▲ㄍㄨㄤ 見「桄榔」。▲ㄍㄨㄤˋ ㈠線一團或是一束。如「給我拿一桄兒毛線來」。㈡[方]把線繞在桄子上。如「這些毛線要先桄上」。㈢竹木做成的繞線用具。

**桄榔** ㄍㄨㄤ ㄌㄤˊ 也作桄桹。常綠喬木，羽狀複葉，開綠色小花，幹內有赤黃色粉，可以作澱粉。

**框** ㄎㄨㄤˋ ㈠門窗邊緣用來固定門窗的木檔。㈡器物周圍的邊緣，可以嵌住東西的。如「鏡框」「眼鏡框子」。語音ㄎㄨㄤ。

**框框** ㄎㄨㄤˋ ㄎㄨㄤˋ 語音ㄎㄨㄤ ㄎㄨㄤ。①器具周邊的圈。如「孩子管鏡框叫框框」。②線狀的圓圈。如「他拿筆在紙上畫了兩個框框」。③固有的形式或作法。如「要創新，不能受傳統的框框所限制」。

**核** ㄏㄜˊ ㈠植物果實裡的堅硬外殼包著果仁的部分。如「桃核」。㈡中心部分。如「核心」。㈢結硬塊兒。如「肺結核」。㈣詳細稽察。如「核對」「審核」。ㄏㄨˊ果核的語音。如「李子核兒」。

**核子** ㄏㄜˊ ㄗˇ nuclear 的意譯，是每一個原子的荷正電的核心部分。又稱原子核。

**核仁** ㄏㄜˊ ㄖㄣˊ 桃、李、梅等核果內部的肉實部分。

**核心** ㄏㄜˊ ㄒㄧㄣ 中心，主要的部分。如「核心人物」。

**核兒** ㄏㄨˊ ㄦ 果核的語音。如「把核兒吐出來」。

**核定** ㄏㄜˊ ㄉㄧㄥˋ 查考以後決定。

**核果** ㄏㄜˊ ㄍㄨㄛˇ 果實的一種類型。由一個心皮發育而成的肉質果。中果皮多漿，內果皮堅硬成核的果實，像是桃、李、梅等。

**核計** ㄏㄜˊ ㄐㄧˋ 考查計算。

**核准** ㄏㄜˊ ㄓㄨㄣˇ 公文用語，查看以後批准。

**核桃** ㄏㄜˊ ㄊㄠˊ 桃字輕讀。落葉喬木，有兩三丈高，奇（ㄐㄧ）數羽狀複葉，開黃綠花，果子像青桃，果仁可以吃。也叫胡桃。

**核能** ㄏㄜˊ ㄋㄥˊ 每一種物質的原子都是很微小的，肉眼看不見的東西。但是每個原子都有一個更小的中心，叫做原子核。一個原子核分裂，或兩個原子核融合的時候，會釋出相當的能量，這種能量就叫「核能」（nuclear energy）。原子的數量很多，它們發生分裂或融合而產生連鎖反應的時候，就會釋出非常大的能量，成為力量極大的核能。

**核減** ㄏㄜˊ ㄐㄧㄢˇ 核定減少。如「報了三十萬元，核減五萬元」。

**核試** ㄏㄜˊ ㄕˋ 核子武器裝置試爆的略語。

**核實** ㄏㄜˊ ㄕˊ 查對實際數目。

**核對** ㄏㄜˊ ㄉㄨㄟˋ 審查比對。

**核算** ㄏㄜˊ ㄙㄨㄢˋ 核計。

**核銷** ㄏㄜˊ ㄒㄧㄠ 核准報銷。如「經過審查，准予核銷」。

**核爆** ㄏㄜˊ ㄅㄠˋ 「核子試爆」的略語。利用原子核分裂或融合所發生的核能，形成強烈的爆炸。舉行這種試驗叫做「核子試爆」。

**核子彈** ㄏㄜˊ ㄗˇ ㄉㄢˋ 利用原子核的強烈爆炸力製成的原子彈、氫彈，強大的威力十分驚人。

**核分裂** ㄏㄜˊ ㄈㄣ ㄌㄧㄝˋ 原子核的質量數甚大時，可以自然或透過撞擊粒子的誘發，分裂成兩個質量數相比擬的原子核及少數的快速粒子，這種現象稱為核分裂。

**核電廠** ㄏㄜˊ ㄉㄧㄢˋ ㄔㄤˇ 利用核能來發電的工廠。

**核彈頭** ㄏㄜˊ ㄉㄢˋ ㄊㄡˊ 有核子裝置的飛彈、炮彈彈頭。

**核融合** ㄏㄜˊ ㄖㄨㄥˊ ㄏㄜˊ 在適當的情況下，兩個低質量數的原子核會結合在一起成為一個新的原子核，這種核子反應過程稱為核融合。

**核子反應** ㄏㄜˊ ㄗˇ ㄈㄢˇ ㄧㄥˋ 某種微粒子與原子核相互作用時，使核的結構發生變化而形成新核，並釋放出一個或幾個粒子的過程。

**核子武器** ㄏㄜˊ ㄗˇ ㄨˇ ㄑㄧˋ 由核爆而發展成的「核子彈頭」以及應用核子動力的「核子潛艇」等，都是核子武器。使用核子武器的戰爭叫「核子戰爭」。

**核子動力** ㄏㄜˊ ㄗˇ ㄉㄨㄥˋ ㄌㄧˋ 利用核能所激發的力量作動力。「核子發電」「核子潛艇」都是使用核子動力的。

**核子廢料** ㄏㄜˊ ㄗˇ ㄈㄟˋ ㄌㄧㄠˋ 核燃料使用過後所剩的沒有用處的物質。

**核子醫學** ㄏㄜˊ ㄗˇ ㄧ ㄒㄩㄝˊ 將放射線同位素應用於身體功能的測定、病態的描述和疾病的治療的一門學問，範圍相當廣泛。

**核糖核酸** ㄏㄜˊ ㄊㄤˊ ㄏㄜˊ ㄙㄨㄢ 高分子化合物的一種，簡稱RNA，是生命最基本的物質之一，對生物的生長、遺傳、變異等現象都有重要的決定作用。

**核子反應器** ㄏㄜˊ ㄗˇ ㄈㄢˇ ㄧㄥˋ ㄑㄧˋ 用以進行核子分裂反應產生核能的裝置。

## 桁

▲ㄏㄥˊ 在屋頂下面托住椽子的橫木，也叫檁。

▲㊫ ㄏㄤˊ 通「航」，古人稱以船隻、木筏連結而成的浮橋。

▲ㄏㄤˊ 古人用的衣架。

**桁桷** ㄏㄥˊ ㄐㄩㄝˊ 屋頂下面的橫木及方椽。

## 桓

ㄏㄨㄢˊ ㈠樹名。㈡桓桓，威武的樣子。梁啟超詩有「桓桓劉壯肅」句讚美劉銘傳。㈢姓。

## 桔

▲ㄐㄧㄝˊ 見「桔梗」「桔槔」條。

▲ㄐㄩˊ 「橘」的簡寫。

**桔子** ㄐㄩˊ ㄗ˙ 橘子。

**桔梗** ㄐㄧㄝˊ ㄍㄥˇ 桔梗科多年生的草本植物。根有肉質，呈圓錐形。葉呈卵形。秋天開花，花呈紫色，鐘狀。多生於野外山坡上。產於東亞各地。根可以作藥材。

**桔槔** ㄐㄧㄝˊ ㄍㄠ 從井裡汲水的器具。把繩子搭在橫木上，一頭繫水桶，一頭繫著重的東西，用手拉動，一上一下，省不少力氣。

# 桀

[文]ㄐㄧㄝˊ ㊀兇暴。如「桀黠」。㊁通「傑」。

**桀黠** ㄐㄧㄝˊ ㄒㄧㄚˊ [文]凶惡奸詐。

**桀驁** ㄐㄧㄝˊ ㄠˋ [文]凶暴而倔強。

**桀犬吠堯** ㄐㄧㄝˊ ㄑㄩㄢˇ ㄈㄟˋ ㄧㄠˊ [文]桀是暴君，堯是仁君。比喻人各為其主，而不問主人行為的是非。

# 校

▲ㄒㄧㄠˋ ㊀教學的所在。如「學校」。㊁軍人級銜的一種，在「將」之下，「尉」之上，分上校、中校、少校三級。▲ㄐㄧㄠˋ ㊀比較。如「校量」。㊁考訂書籍。如「校訂」「校對」。

**校工** ㄒㄧㄠˋ ㄍㄨㄥ 在學校做雜務的工役，也叫工友。

**校友** ㄒㄧㄠˋ ㄧㄡˇ 同學或同一所學校畢業的人。

**校刊** ㄒㄧㄠˋ ㄎㄢ 報導學校各項事務訊息或成果的刊物。

**校史** ㄒㄧㄠˋ ㄕˇ 學校的歷史。

**校正** ㄐㄧㄠˋ ㄓㄥˋ 校對、改正。

**校地** ㄒㄧㄠˋ ㄉㄧˋ 學校所持有的土地。

**校址** ㄒㄧㄠˋ ㄓˇ 學校所在的地址。

**校改** ㄐㄧㄠˋ ㄍㄞˇ 校對、改正。

**校官** ㄒㄧㄠˋ ㄍㄨㄢ 校級的軍官。

**校舍** ㄒㄧㄠˋ ㄕㄜˋ 學校房舍。

**校長** ㄒㄧㄠˋ ㄓㄤˇ 主持一校行政事務的人。

**校訂** ㄐㄧㄠˋ ㄉㄧㄥˋ 校對、訂正。也作「校勘」。

**校風** ㄒㄧㄠˋ ㄈㄥ 學校的風氣和紀律。

**校書** ㄐㄧㄠˋ ㄕㄨ ①校勘書籍。②以前對妓女的雅稱。

**校訓** ㄒㄧㄠˋ ㄒㄩㄣˋ 按照自己學校的情形，在德育方面所規定的項目。

**校務** ㄒㄧㄠˋ ㄨˋ 關於學校行政、教學、訓導、諮商的種種事務。

**校勘** ㄐㄧㄠˋ ㄎㄢ 也作校讎、校訂。把不同版本的書籍相互比較、核對，鑑別它們的異同，勘定它們的正誤。這一門學問稱校勘學。

**校規** ㄒㄧㄠˋ ㄍㄨㄟ 學校按照本身的情形和需要製訂的管理規則。

**校場** ㄐㄧㄠˋ ㄔㄤˇ 舊時指操演教練或比武的場地。也作「教場」「較場」。

**校量** ㄐㄧㄠˋ ㄌㄧㄤˋ 量字輕讀。比一比。同「較量」。

**校隊** ㄒㄧㄠˋ ㄉㄨㄟˋ 代表學校對外參加比賽或表演的隊伍。

**校園** ㄒㄧㄠˋ ㄩㄢˊ 學校裡種植花木供教職員生休閒、遊憩的園地。

**校準** ㄐㄧㄠˋ ㄓㄨㄣˇ 調整儀器上的指示表或刻度，使它的讀數與實際值相符。

**校對** ㄐㄧㄠˋ ㄉㄨㄟˋ ①根據原稿校正排印或繕寫的錯誤。②負責校對的人。

**校旗** ㄒㄧㄠˋ ㄑㄧˊ 代表一校的旗子。

**校慶** ㄒㄧㄠˋ ㄑㄧㄥˋ 學校成立的紀念活動。

**校樣** ㄐㄧㄠˋ ㄧㄤˋ 文稿排版以後試印出來供校正的樣張。

**校閱** ㄐㄧㄠˋ ㄩㄝˋ ①審核書稿。②定期的閱兵。

**校徽** ㄒㄧㄠˋ ㄏㄨㄟ 代表學校的徽章。

**校點** ㄐㄧㄠˋ ㄉㄧㄢˇ [文]校勘書籍，加上標點。

**校醫** ㄒㄧㄠˋ ㄧ 學校常設的醫生。

**校讎** ㄐㄧㄠˋ ㄔㄡˊ [文]校勘。

**校友會** ㄒㄧㄠˋ ㄧㄡˇ ㄏㄨㄟˋ 為畢業校友提供各項服務的組織。

**校運會** ㄒㄧㄠˋ ㄩㄣˋ ㄏㄨㄟˋ 校園中舉辦的運動會。

**桕** ㄐㄧㄡˋ 烏桕，落葉喬木，子可榨油做肥皂、蠟燭。

**栖** ㄑㄧ 同「棲」。又讀ㄒㄧ。

**柗** ㄒㄧㄚˊ 舊時的劍匣。

**栩** ㄒㄩˇ 櫟樹的別名。

**栩栩** ㄒㄩˇ ㄒㄩˇ 形生動可喜的樣子。如「栩栩如生」。

**栒** ㄒㄩㄣˊ 見「栒虡」。

**栒虡** ㄒㄩㄣˊ ㄐㄩˋ 掛鐵磬的架子，直立的是虡，橫牽的是栒。也作「簨虡」。

**桎** ㄓˋ 腳鐐。見「桎梏」。

**桎梏** ㄓˋ ㄍㄨˋ 桎是腳鐐，梏是手銬，古時用來束縛犯人的刑具。引伸作束縛的意思。

**栴** ㄓㄢ 喬木名，栴檀，就是檀香。

**株** ㄓㄨ ㈠露在地面上的樹木的根部。㈡計算樹的量詞，一棵也說一株。㈢見「株守」「守株待兔」。㈣見「株連」。

**株守** ㄓㄨ ㄕㄡˇ 形困守，不知道變通。

**株連** ㄓㄨ ㄌㄧㄢˊ 形一個人的罪牽連好多人，像是樹木根株相連。

**株距** ㄓㄨ ㄐㄩˋ 植株之間的距離。

**桌（棹）** ㄓㄨㄛ ㈠古時叫几、案，可以放東西、吃飯、讀書、寫字。也有人叫檯子。如「飯桌」「書桌」「辦公桌」。㈡酒席一全分叫做一桌。如「今天他哥哥結婚，辦了三十桌酒席」。

**桌子** ㄓㄨㄛ ˙ㄗ 桌㈠。

**桌巾** ㄓㄨㄛ ㄐㄧㄣ 鋪在桌面上的布巾。

**桌面** ㄓㄨㄛ ㄇㄧㄢˋ 桌子上面可以擺東西的部分。

**桌球** ㄓㄨㄛ ㄑㄧㄡˊ 一種球類運動。在九英尺長，五英尺寬，兩英尺六英寸高的木桌上，架六英寸高的球網。打球的人拿球拍把球打到對方桌上，出桌或觸網算輸。每局二十一分。可以單打（兩人對打），也可以雙打（四人分兩組對打）。又叫乒乓球。

**桌曆** ㄓㄨㄛ ㄌㄧˋ 放在桌面上的小型日曆。

**桌燈** ㄓㄨㄛ ㄉㄥ 放在桌面上的枱燈。

**桌鐘** ㄓㄨㄛ ㄓㄨㄥ 放在桌面上的時鐘。

**桌腿（兒）** ㄓㄨㄛ ㄊㄨㄟˇ ㄦ 北方說桌腳。

**桌椅板凳** ㄓㄨㄛ ㄧˇ ㄅㄢˇ ㄉㄥˋ 泛指日常生活中的各種坐具。

**柴** ㄔㄞˊ ㈠燒火用的草木。如「柴火」。㈡形容乾瘦。如「骨瘦如柴」「這隻雞太柴了」。㈢形容堅硬。如「柴魚（用鰹魚乾製，堅硬如木）」「這碗肉發柴了」。㈣姓。

**柴火** ㄔㄞˊ ˙ㄏㄨㄛ 火字輕讀。供燃料用的柴薪。

**柴米** ㄔㄞˊ ㄇㄧˇ 泛稱一切日常食用物品。

**柴門** ㄔㄞˊ ㄇㄣˊ 用柴作門，形容貧苦樸陋的人家。

**柴油** ㄔㄞˊ ㄧㄡˊ 由石油的原油分餾而成的，是動力的燃料。

**柴胡** ㄔㄞˊ ㄏㄨˊ 也作茈胡、北柴胡或硬柴胡。傘形科，多年生草本植物。有肥厚的根。莖部直立，單片葉子呈披針形。秋天開花，呈黃色。產於我國和亞洲其他各地。根可入藥，性平和，味苦，有發汗、退熱的功效。

**柴魚** ㄔㄞˊ ㄩˊ 用鰹魚製成的魚乾，堅硬得像木頭一樣。

**柴扉** ㄔㄞˊ ㄈㄟ 図用木柴做的門。形容房屋簡陋，通常指貧寒的人家。

**柴薪** ㄔㄞˊ ㄒㄧㄣ 用作燃料的木片、枯枝。

**柴油機** ㄔㄞˊ ㄧㄡˊ ㄐㄧ 又名壓燃式內燃機，是德國機械工程師狄賽爾（Diesel）發明的一種以柴油、重油為燃料的內燃機。

**柴米夫妻** ㄔㄞˊ ㄇㄧˇ ㄈㄨ ㄑㄧ 貧寒家庭的夫妻。

**柴米油鹽醬醋茶** ㄔㄞˊ ㄇㄧˇ ㄧㄡˊ ㄧㄢˊ ㄐㄧㄤˋ ㄘㄨˋ ㄔㄚˊ 指日常食用的生活必需品。

## 梳

ㄕㄨ ㈠把頭髮理順。如「梳頭」。㈡梳頭的器具。如「梳子」。

**梳子** ㄕㄨ ˙ㄗ 梳頭的用具。從前用木頭、竹子或牛角做的，現在幾乎全是鋁或塑膠製品。

**梳洗** ㄕㄨ ㄒㄧˇ 梳頭洗臉。

**梳理** ㄕㄨ ㄌㄧˇ ①用梳子整理使順。②比喻整理資料，組合成篇章。③紡紗生產中用具有鋼針或鋸齒的機件來處理纖維的過程。

**梳妝** ㄕㄨ ㄓㄨㄤ 婦女理髮妝飾。

**梳頭** ㄕㄨ ㄊㄡˊ ①梳理頭髮。②泛指婦女化妝。

## 栓

ㄕㄨㄢ ㈠瓶塞兒。如「栓子」。㈡機器上的活門。如「消火栓」「槍栓」。㈢通「閂」。

**栓塞** ㄕㄨㄢ ㄙㄜˋ 醫學上說是血管受阻塞，血液不能流通的病狀。

## 桚

ㄗㄚ 同「拶」。又讀ㄗㄢˇ。

## 栽

ㄗㄞ ㈠種植草木。如「栽樹」「栽花」。㈡植物幼苗可以移種的（也叫「秧子」）。如「桃栽」「樹栽子」。㈢無中生有的加上罪名。如「栽贓」。㈣裝上，插上也叫「栽」。㈤摔倒。如「栽跟頭」。

**栽了** ㄗㄞ ˙ㄌㄜ ①跌倒。如「腳下一滑，小明就栽了」。②遭受挫折。如「他在這一件事上栽了」。

**栽花** ㄗㄞ ㄏㄨㄚ 種花。

**栽培** ㄗㄞ ㄆㄟˊ ①種植培養。②比喻教養人才。③受人提拔錄用叫「受栽培」。

**栽植** ㄗㄞ ㄓˊ ①栽㈠。②栽培②。

**栽種** ㄗㄞ ㄓㄨㄥˋ 栽㈠。

**栽贓** ㄗㄞ ㄗㄤ 把偷盜來的東西，放在人家的地方，誣賴人家是賊。

**栽跟頭** ㄗㄞ ㄍㄣ ㄊㄡˊ ①跌倒。②出醜，丟臉。

## 桑

ㄙㄤ ㈠落葉喬木，桃形的葉子可以養蠶，材木可以製器具，皮可以造紙。㈡姓。

**桑田** ㄙㄤ ㄊㄧㄢˊ ①栽植桑樹的地。②見「滄海桑田」。

**桑梓** ㄙㄤ ㄗˇ 図桑樹和梓樹。原意是說桑和梓是父母所種植的，對它不敢不敬。現在用桑梓代表鄉里、家鄉。

**桑榆** ㄙㄤ ㄩˊ 図①桑樹和榆樹。日落時陽光照在這些樹上，因此以桑榆代表西邊。如「失之東隅，收之桑榆」。②從太陽下山比喻晚年。

**桑皮紙** ㄙㄤ ㄆㄧˊ ㄓˇ 舊時北方用桑皮做成的紙，質地堅韌，顏色很白。

**桑寄生** ㄙㄤ ㄐㄧˋ ㄕㄥ 桑寄生科。半寄生性常綠小灌木。寄生於桑科等植物的樹枝上。嫩枝被絨毛，小枝呈黑色。葉革質，呈卵形。夏秋開花，花呈紅色。漿果呈橢圓形。產於我國南半部。葉、莖、枝都可以作藥材。

**桑葚兒** ㄙㄤ ㄖㄣˋ ㄦ 也作桑椹。桑樹所結的果實，有白、黑兩種，味甜，可以吃。

**桑間濮上** ㄙㄤ ㄐㄧㄢ ㄆㄨˊ ㄕㄤˋ ①比喻淫風，男女苟合。略作「桑濮」。見〈漢書·地理志〉。②亡國之音。見

〈禮記・樂記〉。

**案** ㄢˋ ㈠長方形的桌子。如「書案」「伏案疾書」。㈡機關的文件。如「檔案」「案卷」。㈢書面提出會議討論的事件。如「議案」「提案」。㈣牽涉到法律問題的事。如「犯案」「辦案」。㈤古時候送飯食的木盤帶短腿兒的叫案。古人有「舉案齊眉」的話。㈥図根據。如「案之事實」。

**案子** ㄢˋ ㄗ˙ ①粗大的桌子。②案件。

**案件** ㄢˋ ㄐㄧㄢˋ 關於法律訴訟的事件。

**案卷** ㄢˋ ㄐㄩㄢˋ 機關裡把一個事件有關的文件都釘在一起，叫作「案卷」。

**案板** ㄢˋ ㄅㄢˇ 廚房用具，是切菜切麵的厚木板。

**案桌** ㄢˋ ㄓㄨㄛ 狹長的桌子。也叫「條案」。臺灣叫神桌。

**案酒** ㄢˋ ㄐㄧㄡˇ 下酒的菜肴。也作「按酒」。元明小說裡常用。

**案情** ㄢˋ ㄑㄧㄥˊ 案件的情節。

**案語** ㄢˋ ㄩˇ 同「按語」。

**案頭** ㄢˋ ㄊㄡˊ 桌上。

**案牘** ㄢˋ ㄉㄨˊ 政府機關的文書工作。

**案外案** ㄢˋ ㄨㄞˋ ㄢˋ 由一起事件所引發的另外一起事件。

**案牘勞形** ㄢˋ ㄉㄨˊ ㄌㄠˊ ㄒㄧㄥˊ 図因為公事或文書工作繁忙，身體感到疲憊。

**桉** ㄢˋ ㈠同「案」。㈡樹名，就是有加利，一種長得很快的常綠喬木。

**桅** ㄨㄟˊ 船上掛帆的長杆。

**桅杆** ㄨㄟˊ ㄍㄢ 桅。

**桅檣** ㄨㄟˊ ㄑㄧㄤˊ 桅杆。引伸為帆船或帆。

## 七筆

**梆** ㄅㄤ ㈠古時候木製或竹製的打更用的響器。㈡用兩塊長方形木頭做的樂器。

**梆子** ㄅㄤ ㄗ˙ ①梆㈠。②打著梆子唱的戲劇曲調，種類很多，分山西、山東、河南、陝西各派別，最有名的是秦腔，也叫陝西梆子。

**梅（楳、槑）** ㄇㄟˊ ㈠落葉喬木，春天開白色或紅色、淡紅的花，有很濃的香味。葉子在花開以後才生，結的果子可以吃。梅花是我國國花。㈡見「梅雨」。㈢姓。

**梅子** ㄇㄟˊ ㄗ˙ 梅的果實。

**梅雨** ㄇㄟˊ ㄩˇ 春末黃梅要熟的時候，我國很多省分雨水很多，因此叫梅雨。也作「霉雨」。這段時間叫黃梅天。

**梅毒** ㄇㄟˊ ㄉㄨˊ 性病的一種。梅毒菌侵入人體細嫩而帶有薄膜的部分而發生的。患這種病的人，輕的痛苦，重的喪命。

**梅紅** ㄇㄟˊ ㄏㄨㄥˊ 略淡的紅色。

**梅花鹿** ㄇㄟˊ ㄏㄨㄚ ㄌㄨˋ 哺乳綱偶蹄目鹿科動物。毛色夏天時呈栗紅色，有許多白斑，狀似梅花，因而得名；冬天呈煙褐色，白斑紋不明顯。頸部有鬣毛。棲息於森林的丘陵地區。分布於我國、朝鮮和日本等地，目前野生種已日趨減少。

**梅開二度** ㄇㄟˊ ㄎㄞ ㄦˋ ㄉㄨˋ 也作「二度梅」，是說同樣的事作了第二次。常指男女再婚。

**梵** ㄈㄢˋ ㈠古印度文字。如「梵文」。㈡佛教的事物，念經作梵唱，佛寺作梵刹。

**梵文** ㄈㄢˋ ㄨㄣˊ 印度古文字，也叫梵書，書體由左向右寫。

**梵唄** ㄈㄢˋ ㄅㄞˋ 僧尼作法事時頌讚歌唱的聲音。

**梵啞鈴** ㄈㄢˋ ㄧㄚˇ ㄌㄧㄥˊ 〔音〕Violin的音譯。樂器名，就是「小提琴」。

## 桴

〔文〕ㄈㄨˊ ㈠通「枹」，鼓槌。㈡木筏或竹筏。〈論語〉有「乘桴浮於海」。（集解：「桴，編竹木。大者曰筏，小者曰桴」）。㈢〔方〕房屋的次棟，俗稱「二梁」。

## 梯

ㄊㄧ ㈠登高的用具。如「樓梯」「雲梯」「電梯」。㈡數學上說四邊形只有兩邊平行而長短不相等叫「梯形」。㈢像樓梯一層層上去的。如「梯田」。㈣貼身的。如「梯己」。

**梯子** ㄊㄧ ˙ㄗ 梯㈠。

**梯己** ㄊㄧ ㄐㄧˇ 己字輕讀。①別人不知道的私有財物。如「老太太手邊有幾個梯己錢」。②貼身親近。如「對我說了些梯己話」。又作「體己」。

**梯田** ㄊㄧ ㄊㄧㄢˊ 順著山勢開闢的農田，一層層上去好像樓梯。

**梯形** ㄊㄧ ㄒㄧㄥˊ 只有兩邊平行且長短不相等的四邊形。

**梯隊** ㄊㄧ ㄉㄨㄟˋ 軍隊或有組織的人員，出發時依照任務和行動順序，由前向後排列成階梯式的隊形，每一部分叫一梯隊。

## 條（条）

ㄊㄧㄠˊ ㈠細長的樹枝。如「柳條兒」「枝條茂密」。㈡狹而細長的東西。如「紙條」「麵條兒」。㈢細細長長的形狀。如「條紋」「身材苗條」。㈣秩序，層次。如「有條不紊」「條理」。㈤量詞。①指細長的東西。如「一條蛇」「兩條辮子」。②指無形的事物。如「軍民團結一條心」「千萬條視線」。③香煙十包叫「一條」。㈥文字分項列舉。如「條舉」「條文」「頭條新聞」。㈦靜寂，淒苦。如「蕭條」。

**條几** ㄊㄧㄠˊ ㄐㄧ 一種中國式狹長形的高桌，七八尺長，一尺多寬，擺在大廳上，用來供祖先牌位、神明跟其他擺設。也叫「條案」。

**條子** ㄊㄧㄠˊ ˙ㄗ ①短信。②長而窄的東西叫條子。如「紙條子」「布條子」。③長官對屬下的簡單命令，俗稱下條子。④金條的俗稱。⑤不良分子對警察人員的稱呼。

**條文** ㄊㄧㄠˊ ㄨㄣˊ 法律或辦法的分條文字。

**條目** ㄊㄧㄠˊ ㄇㄨˋ 就意義分成的綱目。

**條件** ㄊㄧㄠˊ ㄐㄧㄢˋ ①契約上所訂的條款。②事物產生或存在的因素。

**條例** ㄊㄧㄠˊ ㄌㄧˋ 分條訂立的規則。

**條兒** ㄊㄧㄠˊ ㄦ ①條子。②非正式的短柬。

**條約** ㄊㄧㄠˊ ㄩㄝ 國與國相互之間約定關於權利義務等的條文。

**條案** ㄊㄧㄠˊ ㄢˋ 狹長而高的桌子。

**條鬯** ㄊㄧㄠˊ ㄔㄤˋ 〔文〕暢達，也作「條暢」。

**條紋** ㄊㄧㄠˊ ㄨㄣˊ 長條形的紋路。

**條條** ㄊㄧㄠˊ ㄊㄧㄠˊ ①每條。②〔文〕條理分明的樣子。如「四時條條，宜行而無留」。③形容裸露的樣子。如「赤條條」，舊小說裡常用。

**條理** ㄊㄧㄠˊ ㄌㄧˇ ①脈絡。②層次。

**條規** ㄊㄧㄠˊ ㄍㄨㄟ 條例規則。

**條貫** ㄊㄧㄠˊ ㄍㄨㄢˋ 〔文〕條理；系統。如「規章寫得條貫分明」。

**條陳** ㄊㄧㄠˊ ㄔㄣˊ ①分條陳述。②舊時向上級陳述意見的文件。如「昨天接到閩侯知縣的條陳」等。

**條幅** ㄊㄧㄠˊ ㄈㄨˊ 直掛的長條形字畫，單幅的叫單條，成組或成對的叫屏條。

**條款** ㄊㄧㄠˊ ㄎㄨㄢˇ 法令、條約、契約所定的事項。

**條達** ㄊㄧㄠˊ ㄉㄚˊ 図條理通達。

**條對** ㄊㄧㄠˊ ㄉㄨㄟˋ 図就所問一一對答。

**條碼** ㄊㄧㄠˊ ㄇㄚˇ 在商品包裝上，由粗細相間的黑白線條組成的價格代碼，供收銀機判讀。

**條舉** ㄊㄧㄠˊ ㄐㄩˇ 分條舉出。如「公司章程，已經條舉如文，敬請討論」。

**條件句** ㄊㄧㄠˊ ㄐㄧㄢˋ ㄐㄩˋ 具有限制約束性質的句子。如「你〔如果〕不來，我〔就〕不回去」，這「如果……就……」的形式叫條件句。

**條分縷析** ㄊㄧㄠˊ ㄈㄣ ㄌㄩˇ ㄒㄧ 一條一條的分清楚。比喻有條有理，很深入的進行剖析。

## 梃

図ㄊㄧㄥˇ棍子，棒子。〈孟子〉書有「殺人以梃與刃，有以異乎」。

## 桶

ㄊㄨㄥˇ圓柱形中空裝東西的器具。如「水桶」「油桶」。

## 根

ㄌㄤˊ通「榔」。

## 梨（棃）

ㄌㄧˊ落葉喬木，高三丈多，開五瓣白花，果實叫梨，味甜可吃。木材可以做木刻、印刷的用途。

**梨棗** ㄌㄧˊ ㄗㄠˇ 舊時雕版印書用梨木棗木，所以稱書版叫梨棗，胡亂出書叫「災梨禍棗」。

**梨園** ㄌㄧˊ ㄩㄢˊ 唐明皇選三百人，在梨園學演戲，所以後人把戲園叫梨園。把劇曲演員叫梨園子弟。

**梨膏** ㄌㄧˊ ㄍㄠ 中藥名。又稱糖梨膏，具有清肺止咳的功效。

**梨花大鼓** ㄌㄧˊ ㄏㄨㄚ ㄉㄚˋ ㄍㄨˇ 歌調名詞，大鼓的一種，出自山東。唱時用梨花簡（半月形金屬片）打拍子。

## 梁（梁）

ㄌㄧㄤˊ㈠橋。如「橋梁」「津梁」「石梁」。㈡架在柱子上面用來承受屋頂的大橫木。如「棟梁」「房梁」。㈢物體隆起的部分。如「鼻梁兒」。㈣器物上面橫著的部分。如「腳踏車的大梁」「茶壺梁兒」。㈤設水堰來捕魚的地方，叫「魚梁」。㈥國名，戰國時代魏國首都在大梁（河南開封），所以也叫梁國。㈦朝代名。①南北朝南朝之一也稱南梁。蕭衍所建，三世，四主，五十六年（西元五〇二－五五七）。②五代之一，朱溫所建，二世，二主，十七年（西元九〇七－九二三），史稱後梁。㈧古九州之一，東到華山，南臨長江，北鄰雍州。㈨姓。

**梁山泊** ㄌㄧㄤˊ ㄕㄢ ㄆㄛ 在山東省東平、鄆城間，梁山之下，是一個大水泊。北宋時宋江等作為根據地。施耐庵據以寫成〈水滸傳〉。

**梁上君子** ㄌㄧㄤˊ ㄕㄤˋ ㄐㄩㄣ ㄗˇ 竊賊的雅稱。

## 梠

図ㄌㄩˇ㈠楣。㈡屋簷。

## 桿

ㄍㄢˇ㈠木棍。如「桿棒」。㈡形狀細長，像棍子的東西。如「筆桿兒」「秤桿兒」。㈢量詞，指細長的東西。如「一桿槍」「一桿秤」。

**桿子** ㄍㄢˇ ㄗ˙ 桿。

**桿秤** ㄍㄢˇ ㄔㄥˋ 用木棒作成的秤。秤上有秤星，稱東西時，移動秤砣，使呈水平狀，看秤星就知多少重量。

**桿菌** ㄍㄢˇ ㄐㄩㄣˋ 桿狀細菌。

**桿錐** ㄍㄢˇ ㄓㄨㄟ 進退螺絲釘的工具。

**梗** ㄍㄥˇ ㈠植物的枝子或莖。如「芹菜梗兒」「荷葉梗兒」。㈡挺直。如「梗著脖子站著」。㈢阻塞。如「從中作梗」「來源梗塞」。㈣正直。如「為人梗直」。㈤大略。如「梗概」。㈥強硬。如「強梗」。㈦図病。如「至今為梗」。

**梗兒** ㄍㄥˇ ㄦ 梗㈠。

**梗直** ㄍㄥˇ ㄓˊ 正直爽朗。

**梗阻** ㄍㄥˇ ㄗㄨˇ 図①阻塞不通。如「洪水為患，道路梗阻」。②阻擋。如「其婚事不諧，皆因後母梗阻」。

**梗塞** ㄍㄥˇ ㄙㄜˋ 阻塞不通。

**梗概** ㄍㄥˇ ㄍㄞˋ 大略情形。

**梏** ㄍㄨˋ 古時的手銬，是一種刑具。現在引伸作「束縛」的意思。見「桎梏」。

**梱** ㄎㄨㄣˇ 在門中間豎短木作成的門檻兒。

**械** ㄒㄧㄝˋ ㈠兵器。如「軍械」「繳械」。㈡器具的總稱。如「器械」「機械」。㈢図用手銬拘禁犯人。如「械繫」。又讀ㄐㄧㄝˋ。

**械鬥** ㄒㄧㄝˋ ㄉㄡˋ 動刀槍打群架。

**械繫** ㄒㄧㄝˋ ㄒㄧˋ 図用腳鐐手銬等刑具拘禁犯人。

**桷** ㄐㄩㄝˊ 方形的椽子。

**棄（弃）** ㄑㄧˋ ㈠捨去，丟掉。如「拋棄」「棄暗投明」。㈡廢置。如「廢棄」。㈢忘。如「捐棄」。

**棄世** ㄑㄧˋ ㄕˋ 死的別稱。

**棄甲** ㄑㄧˋ ㄐㄧㄚˇ 士兵戰敗，扔下盔甲，好逃得快。

**棄守** ㄑㄧˋ ㄕㄡˇ 放棄了，不再防守了。如「敵軍炮火猛烈，城圈兒守不住，棄守了」。

**棄兒** ㄑㄧˋ ㄦˊ 被父母遺棄的兒童。

**棄取** ㄑㄧˋ ㄑㄩˇ 棄與取，不要與要。如「棄取之間，很難決定」。

**棄物** ㄑㄧˋ ㄨˋ 廢物。

**棄婦** ㄑㄧˋ ㄈㄨˋ 被丈夫遺棄的女人。

**棄絕** ㄑㄧˋ ㄐㄩㄝˊ 完全捨去。如「吸毒的壞習慣，必須立刻棄絕」。

**棄置** ㄑㄧˋ ㄓˋ 放棄不用。

**棄養** ㄑㄧˋ ㄧㄤˇ 図父母死了。是比較委婉的辭。

**棄權** ㄑㄧˋ ㄑㄩㄢˊ 放棄權利。

**棄邪歸正** ㄑㄧˋ ㄒㄧㄝˊ ㄍㄨㄟ ㄓㄥˋ 也作「改邪歸正」。不再做壞事，重新作好人。

**棄暗投明** ㄑㄧˋ ㄢˋ ㄊㄡˊ ㄇㄧㄥˊ 捨去不好的一方，歸向好的一方。如「義士投奔自由，是棄暗投明的表現」。

**棄舊迎新** ㄑㄧˋ ㄐㄧㄡˋ ㄧㄥˊ ㄒㄧㄣ 捨去舊的，迎接新的。多指對人的態度。

**梫** ㄑㄧㄣˇ 木桂的別名。

**梟** ㄒㄧㄠ ㈠鴞。㈡比喻雄健。如「一代梟雄」。㈢販運私鹽的人叫鹽梟；販運毒品的人叫毒梟。

**梟示** ㄒㄧㄠ ㄕˋ 図舊刑律的斬首示眾。

**梟首** ㄒㄧㄠ ㄕㄡˇ 図古代刑罰名稱。把犯人的頭砍下，掛在竿上示眾。

**梟雄** ㄒㄧㄠ ㄒㄩㄥˊ 図狡詐凶狠的領袖人物。

**梟獍** ㄒㄧㄠ ㄐㄧㄥˋ 図梟、獍是惡鳥惡獸。比喻不孝或忘恩負義的惡人。

**梔** ㄓ 常綠灌木，高一丈多，葉橢圓形，夏天開白花，結黃色果實，可以入藥，也可做染料。口語叫

「梔子」。

**梲** ㄓㄨㄛˊ 梁上的短柱。

**梣** ㄔㄣˊ 野生的落葉喬木，中醫用這種樹的皮作藥，叫「秦皮」，據說可洗去眼翳。

**梢** ㄕㄠ ㈠樹的尖端。如「樹梢」。㈡細長形器物的末端。如「掃帚梢兒」「辮子梢兒」「船梢」「下梢（事情的收尾）」。

**梢頭** ㄕㄠ ㄊㄡˊ ①梢㈠。②盡端。如「市鎮梢頭」。

**梓** ㄗˇ ㈠落葉亞喬木，木材可以作建築材料或器具。㈡[文]製作木器的工匠，叫「梓人」「梓匠」。㈢[文]把文字刻在木板上準備印書。如「付梓」。㈣[文]指故鄉。如「桑梓」。

**梭** ㄙㄨㄛ ㈠梭子，舊織布機上拉著橫線穿過直線的工具，橄欖形。㈡用梭子一來一往的動作，形容來往的快。如「日月如梭」「穿梭而過」。㈢形容兩頭兒尖的東西。如「梭魚」「梭子蟹」。

**梭子** ㄙㄨㄛ ˙ㄗ 織布機上牽引橫線的工具，橄欖形。

**梭巡** ㄙㄨㄛ ㄒㄩㄣˊ [文]往來巡邏。

**梭哈** ㄙㄨㄛ ㄏㄚ [音]show hand 的訛化音譯。撲克牌的一種玩法。掀開底牌比較大小的意思。也譯作「沙蟹」。

**梭魚** ㄙㄨㄛ ㄩˊ 魚類的一種。體長一尺多，呈圓柱形，頭形扁平，像梭一樣。產於淡水。

**梭鏢** ㄙㄨㄛ ㄅㄧㄠ 在木杆上裝有兩刃的長柄尖刀。

**梭子蟹** ㄙㄨㄛ ˙ㄗ ㄒㄧㄝˋ 又名蝤蛑、槍蟹。甲殼綱，蝤蛑科。頭部胸甲寬大，兩側有長棘，略呈梭形。暗紫色，有青白色雲斑。常群棲於淺海海底。主要分布於我國沿海一帶。可供食用。

**桫** ㄙㄨㄛ 桫欏，落葉喬木名，木材堅實，可作建築材料。

**梧** ▲ㄨˊ 梧桐。▲ㄨˇ 見「魁梧」。

**梧桐** ㄨˊ ㄊㄨㄥˊ 落葉喬木，樹幹挺直，種子可以吃，木材可以作器具，樹皮可以榨油。

**梧鼠技窮** ㄨˊ ㄕㄨˇ ㄐㄧˋ ㄑㄩㄥˊ [文]梧鼠就是鼫鼠。參看「鼠技」。

## 八筆

**棒** ㄅㄤˋ ㈠粗木棍。如「球棒」。㈡形容「強」「好」。如「他的作文真棒」「他的字寫得好棒」。㈢用棍子打。如「當頭一棒」。

**棒子** ㄅㄤˋ ˙ㄗ ①粗而短的棍子。②北方話把玉蜀黍叫「棒子」。

**棒球** ㄅㄤˋ ㄑㄧㄡˊ ①（base-ball）室外球類團體運動之一，盛行於美國、日本，我國近年也很熱中。球場呈扇形，內野四角設有本壘、一壘、二壘、三壘。本壘向左右經一壘、三壘，畫有壘線，到達場邊，線內為界內，線外為界外。一二壘之間與二三壘也有壘線，線內為內野，線外為外野。比賽為兩隊對抗，上場隊員每隊九人。守方球員分投手、捕手、壘手、野手四種。比賽開始，守方球員分布於各壘及外野，投手站在投手丘，捕手蹲在本壘板後。攻方球員輪番上場，站在本壘板旁邊，持球棒擊投手投出的球，得安打便可上壘，由下一名球員上場，再得安打時可進一壘。由一壘、二壘、三壘，然後回到本壘得分。全部局數賽完，得分多者勝利。每局分上下兩半局，攻方球員三人因三振或遭接殺、刺殺出局，該半局即告結束。成人棒球分職業、業餘兩種，每場比賽九局。少年棒球（十二歲以下）及青少年棒球（十五歲以下）每場比賽六局，青年棒球（十八歲以下）每場七局。臺灣棒球運動風氣很盛，在國際上比賽成績很高，得過一九八八年漢城奧運銅牌獎，一九九二年巴塞隆那奧運銀牌獎。②棒球運動使用的球。

**棒喝** ㄅㄤˋ ㄏㄜˋ 驚醒迷誤。如「當頭棒喝」。

**棒槌** ㄅㄤˋ ㄔㄨㄟˊ 槌字輕讀。洗衣時用來擣衣服的木棒。

**棒球帽** ㄅㄤˋ ㄑㄧㄡˊ ㄇㄠˋ 棒球員所戴的帽子，圓頂，前有帽舌，後面有鬆緊帶。

**棒頭出孝子** ㄅㄤˋ ㄊㄡˊ ㄔㄨ ㄒㄧㄠˋ ㄗˇ 舊時的教養理念，認為使用打罵等嚴格方法管教，孩子才會聽話且孝順父母。

## 棓

▲図ㄅㄤˋ大棒子。▲ㄆㄡˊ古時用來墊腳的「躡板」。〈公羊傳〉有「踊於棓而闚客」。

## 棚

ㄆㄥˊ用竹木或茅草、鐵架搭建，為遮陽擋雨的。如「竹棚」「草棚」「涼棚」。

**棚子** ㄆㄥˊ ˙ㄗ 簡陋的居處。以前用來圈牛、馬或堆草木、雜物的地方。也有為臨時的需要而用竹木支架搭造，用完以後拆除的。

**棚戶** ㄆㄥˊ ㄏㄨˋ 住在草棚內的人家。比喻貧苦人家。

**棚車** ㄆㄥˊ ㄔㄜ ①鐵路貨車的主要類型之一，有車頂、側牆和端牆，並且設有窗子和滑門，用來裝運貨物。②舊時帶有頂棚的牛車或馬車。

**棚鋪** ㄆㄥˊ ㄆㄨˋ 搭棚子在露天場地營業的店鋪。

## 椪

ㄆㄥˋ見「椪柑」。

**椪柑** ㄆㄥˋ ㄍㄢ 閩南、臺灣柑橘的改良品種。個子比較大，果皮與果肉之間比較疏鬆，汁水多，可以久藏。椪是地方字，形容膨脹的樣子。

## 棉

ㄇㄧㄢˊ㊀植物名，有兩種。草棉高兩三尺，果實成熟以後綻出棉花，可以紡紗，種子可以榨油。木棉長在熱帶，樹高七八丈，棉花只能塞在枕頭裡，鋪在棉衣裡，不能紡紗。㊁通「緜」。

**棉毛** ㄇㄧㄢˊ ㄇㄠˊ 加厚的棉織品。如「棉毛衣」。

**棉布** ㄇㄧㄢˊ ㄅㄨˋ 用棉紗織成的布。

**棉田** ㄇㄧㄢˊ ㄊㄧㄢˊ 種植棉花的田地。

**棉衣** ㄇㄧㄢˊ ㄧ 絮了棉花的衣服。

**棉花** ㄇㄧㄢˊ ㄏㄨㄚ 花字輕讀。棉的果實成熟，會自己綻裂，脹出絮狀的東西，叫棉花。

**棉紡** ㄇㄧㄢˊ ㄈㄤˇ 把棉絮紡成紗的工業。如「棉紡工廠」。

**棉紙** ㄇㄧㄢˊ ㄓˇ 一種柔韌的薄紙。

**棉紗** ㄇㄧㄢˊ ㄕㄚ 用棉花紡成的紗，主要用來織布。

**棉被** ㄇㄧㄢˊ ㄅㄟˋ 套子裡裝棉絮的被子。

**棉絮** ㄇㄧㄢˊ ㄒㄩˋ ①棉花彈鬆的纖維。②集合棉纖維做成的可以裝在被套裡或裌衣褲裡的棉胎。

**棉襖** ㄇㄧㄢˊ ㄠˇ 兩層布中間絮了棉花的衣服。

**棉簽** ㄇㄧㄢˊ ㄑㄧㄢ 一頭裹著少量藥棉的小棒子，處理傷口或局部消毒用的。

**棉袍(兒)** ㄇㄧㄢˊ ㄆㄠˊ (ㄦ) 絮了棉花的長衣。也說「棉袍子」。

**棉子油** ㄇㄧㄢˊ ㄗˇ ㄧㄡˊ 棉子提出來的一種半乾性的油。

**棉織物** ㄇㄧㄢˊ ㄓ ㄨˋ 用棉花作原料織成的布料。

**棉花火藥** ㄇㄧㄢˊ ㄏㄨㄚ ㄏㄨㄛˇ ㄧㄠˋ 用極細的上等棉花，加硝酸、硫酸等製成，稍受撞擊摩擦就發火自動燃燒。

## 棼

図ㄈㄣˊ㊀短梁。㊁紛亂。如「治絲益棼」。

**棣** ㄉㄧˋ ㈠樹名，有「常棣」「唐棣」等。㈡通「弟」。舊時寫信時常把「賢弟」寫成「賢棣」。

**椗** ㄉㄧㄥˋ ㈠墊在馬棚裡讓馬不致潮溼的木板條。也作棧。㈡同「碇」。㈢同「錠」。

**棟** ㄉㄨㄥˋ ㈠屋中正梁。如「棟梁」。㈡量詞，數（ㄕㄨˇ）房子用的。如「路邊有兩棟平房」。

**棟宇** ㄉㄨㄥˋ ㄩˇ [文]房屋。

**棟梁** ㄉㄨㄥˋ ㄌㄧㄤˊ ①房屋的正梁。②比喻能為國家負重大責任的人。

**棠** ㄊㄤˊ 落葉亞喬木，有赤、白兩種。

**棠棣** ㄊㄤˊ ㄉㄧˋ ①落葉喬木，果實像櫻桃，可以吃。②[文]比喻兄弟的情誼。

**椁（槨）** ㄍㄨㄛˇ 棺材外面的套棺。

**棺** ㄍㄨㄢ 收殮屍體的東西。平時說「棺木」「棺材」。

**棺材** ㄍㄨㄢ ㄘㄞˊ 材字輕讀。裝殮死人的東西。

**棺材裡伸手** ㄍㄨㄢ ㄘㄞˊ ㄌㄧˇ ㄕㄣ ㄕㄡˇ 歇後語，死要錢。譏諷貪錢的人。如「他說只盡義務，算了吧，他是『棺材裡伸手——死要錢』」。

**棍** ㄍㄨㄣˋ ㈠木棒。如「童軍棍」「鐵棍」。㈡說壞人，無賴。如「惡棍」「賭棍」。㈢對單身人的謔稱。如「光棍兒」。

**棍子** ㄍㄨㄣˋ ˙ㄗ 木棒。

**棍徒** ㄍㄨㄣˋ ㄊㄨˊ 無賴之徒。

**棵** ㄎㄜ 植物一株叫一棵。

**棵子** ㄎㄜ ˙ㄗ [方]稻、麥、玉米等作物的莖、葉。

**棘** ㄐㄧˊ ㈠有刺的灌木，果實很小，味道酸。㈡說有刺的東西。如「棘皮動物」。㈢從多刺比喻艱難。如「滿途荊棘」。㈣急。如「棘人」。㈤姓。

**棘人** ㄐㄧˊ ㄖㄣˊ 居父母喪的人自稱。

**棘手** ㄐㄧˊ ㄕㄡˇ 比喻事情難辦。平常也說「扎手」。

**棘皮動物** ㄐㄧˊ ㄆㄧˊ ㄉㄨㄥˋ ㄨˋ 海產動物之一，皮的表面生有許多硬刺，像海膽、海參等。

**椒** ㄐㄧㄠ 植物名：木本的有胡椒、花椒等；草本的有辣椒、青椒等。

**椒鹽** ㄐㄧㄠ ㄧㄢˊ 用胡椒粉末和鹽調拌而成的調味料。

**椐** ㄐㄩ ㈠樹名，也叫「靈壽木」，可以作手杖。㈡通「櫸」。

**椈** ㄐㄩˊ 就是柏樹，材質堅緻，有脂而香，古人用它作臼。

**椇** ㄐㄩˇ 落葉喬木，也叫枳椇。果實味道甘美，木材可作器物。

**棲（栖）** [文]ㄑㄧ ㈠停留，住。如「棲止」「兩棲動物」。㈡匆迫。如「棲遑」。又讀ㄒㄧ。

**棲止** ㄑㄧ ㄓˇ [文]停留。

**棲身** ㄑㄧ ㄕㄣ [文]居住。

**棲息** ㄑㄧ ㄒㄧˊ [文]休息，居留。

**棲遑** ㄑㄧ ㄏㄨㄤˊ [文]匆迫的樣子。

**棲遲** ㄑㄧ ㄔˊ [文]游息。〈詩經〉有「衡門之下，可以棲遲」。

**棲棲遑遑** ㄑㄧ ㄑㄧ ㄏㄨㄤˊ ㄏㄨㄤˊ [文]往返奔波，生活不安，心裡不踏實的樣子。也作「栖栖皇皇」。

**棋（棊）** ㄑㄧˊ 一種娛樂鬥智力的東西。如「圍棋」「象棋」「跳棋」。

**棋王** ㄑㄧˊ ㄨㄤˊ 棋藝很好，比賽常勝的棋手。

**棋布** ㄑㄧˊ ㄅㄨˋ 常作「星羅棋布」，形容繁密有如棋子的散布。

**棋局** ㄑㄧˊ ㄐㄩˊ ①棋盤。②下棋一次叫一局。

**棋社** ㄑㄧˊ ㄕㄜˋ 設有各種棋供人下棋的公共場所，平常收一點兒茶錢。

**棋品** ㄑㄧˊ ㄆㄧㄣˇ ①圍棋棋手的等級。②指下棋時所表現的修養、態度。

**棋迷** ㄑㄧˊ ㄇㄧˊ 對下棋非常著迷的人。

**棋盤** ㄑㄧˊ ㄆㄢˊ 在木板或紙上畫格子，用來下棋。也作「棋枰」。

**棋譜** ㄑㄧˊ ㄆㄨˇ 研究下棋的布局、攻戰等方法的專書。

**棋子(兒)** ㄑㄧˊ ㄗˇ ㄦ 圍棋子、象棋子的總稱。

**棋逢敵手** ㄑㄧˊ ㄈㄥˊ ㄉㄧˊ ㄕㄡˇ 比喻彼此能力相當，難分高下。

**棋高一著** ㄑㄧˊ ㄍㄠ ㄧˊ ㄓㄠ 棋藝比別人高。後用來比喻智謀、技能比人高超。

**棨** ㄑㄧˇ 古時一種通行的憑證，用木頭刻的，形狀像戟。

**棨戟** ㄑㄧˇ ㄐㄧˇ 古時候官吏所用的儀仗之一，形狀像戟一樣，出行時用作前導。

**植** ㄓˊ ㈠穀物、草木的總稱，叫「植物」。㈡栽種。如「植樹」「種植」。㈢樹立。如「扶植」「植黨營私」。㈣因倚。《論語》有「植其杖而芸」。

**植皮** ㄓˊ ㄆㄧˊ 移植皮膚。是治療燒燙傷患者必要的手術。

**植物** ㄓˊ ㄨˋ 生物族群之一，與動物相對稱，穀物、樹木的總稱。由細胞構成，含葉綠素，行光合作用，攝取無機物為營養，只是缺乏感覺神經系統，不能自由行動。

**植苗** ㄓˊ ㄇㄧㄠˊ 種植樹苗。

**植根** ㄓˊ ㄍㄣ ①把植物的根種在土裡。②比喻事情的根源。如「不良少年問題，植根於不良的社會風氣」。

**植株** ㄓˊ ㄓㄨ 成長的植物體，根、莖、枝、葉等。

**植被** ㄓˊ ㄅㄟˋ 植物學上說覆蓋地面的植物及其群落的泛稱。

**植髮** ㄓˊ ㄈㄚˇ 將毛囊植入真皮之中，使毛髮再生的現代整形醫術，常用在禿頂的人。

**植樹** ㄓˊ ㄕㄨˋ 種樹。

**植物油** ㄓˊ ㄨˋ ㄧㄡˊ 由植物的種子、果仁、中果皮或胚芽組織中所提煉出來的油，像豆油、花生油、麻油、桐油等，可供食用或入藥。

**植物園** ㄓˊ ㄨˋ ㄩㄢˊ 種植各種植物，供研究、教學與公眾觀賞憩止的場所。

**植物學** ㄓˊ ㄨˋ ㄒㄩㄝˊ 生物學的分科之一，研究植物的構造、生長、生活相關問題的學科。分理論植物學、應用植物學兩大類。

**植樹節** ㄓˊ ㄕㄨˋ ㄐㄧㄝˊ 國曆三月十二日是孫中山先生逝世紀念日，政府定為植樹節。

**植物纖維** ㄓˊ ㄨˋ ㄒㄧㄢ ㄨㄟˊ 植物體上絲狀的物質。

**植黨營私** ㄓˊ ㄉㄤˇ ㄧㄥˊ ㄙ 樹立黨派，謀求私人的利益。

**棧** ㄓㄢˋ ㈠堆存貨物的倉庫。如「堆棧」「貨棧」。㈡從前把旅社叫棧。如「客棧」「高陞棧」。㈢見「棧道」。㈣養牲畜的木柵欄。如「牛棧」「戀棧」。

**棧房** ㄓㄢˋ ㄈㄤˊ 替客戶存放貨物，收取保管費用並留客戶住宿的商店。

**棧單** ㄓㄢˋ ㄉㄢ 貨棧收受客戶寄存貨物的憑據。

**棧道** ㄓㄢˋ ㄉㄠˋ 長江上游以及川陝交界地方，在山岩打洞，插進木樁，鋪上木板做為道路，便於交通行旅，叫棧道。也叫「棧閣」。

**棧橋** ㄓㄢˋ ㄑㄧㄠˊ 用鐵架或木架建立的長橋，從岸上伸入海灣，作為臨時碼頭，便利旅客貨物的上下。

# 棹

▲ㄓㄨㄛ 同「桌」。

▲図ㄓㄠˋ 同「櫂」。

# 椎

ㄓㄨㄟ ㈠敲打東西的用具。如「鐵椎」。㈡作成椎狀的東西。如「椎髻」。㈢図打，敲。〈史記·信陵君列傳〉有「椎殺晉鄙」。㈣見「椎骨」。㈤図樸實笨拙，叫「椎魯」。㈠㈢又讀ㄔㄨㄟˊ。

**椎骨** ㄓㄨㄟ ㄍㄨˇ 生理學名詞，就是脊椎動物背部中央的骨柱。人的椎骨分頸椎、胸椎、腰椎、骶椎、尾椎五部分，共三十三塊短骨。

**椎魯** ㄓㄨㄟ ㄌㄨˇ 図愚昧遲鈍。

**椎髻** ㄓㄨㄟ ㄐㄧˋ 把長頭髮向上挽，束在頭頂，再盤成椎狀的髻。

**椎間盤** ㄓㄨㄟ ㄐㄧㄢ ㄆㄢˊ 人體椎骨每兩個相鄰骨體之間的圓盤形軟墊。

**椎心刺骨** ㄓㄨㄟ ㄒㄧㄣ ㄘˋ ㄍㄨˇ 搥打胸部，刺入骨骼。形容悲痛到了極點。

**椎心泣血** ㄓㄨㄟ ㄒㄧㄣ ㄑㄧˋ ㄒㄩㄝˋ 搥打胸部，哭出血來，形容非常痛苦難過。

# 梴

図ㄔㄢ 樹木長得很高的樣子。

# 棖

ㄔㄥˊ ㈠門兩旁木。㈡図棖觸，是觸動、感動的意思。

# 楮

ㄔㄨˇ ㈠喬木，葉子像桑，樹皮可以造紙。㈡図紙的代稱。如「楮墨」。㈢俗稱冥鏹。

**楮墨** ㄔㄨˇ ㄇㄛˋ 図紙與墨。

**楮錢** ㄔㄨˇ ㄑㄧㄢˊ 燒給死人的紙錢，就是冥鏹。

# 棗（枣）

ㄗㄠˇ ㈠落葉亞喬木，圓葉子，開小黃花，橢圓的果子，可以吃，種類很多。㈡棗的果實。㈢姓。

**棗兒** ㄗㄠˇ ㄦ 棗的果實。也叫棗子。

**棗紅** ㄗㄠˇ ㄏㄨㄥˊ 像紅棗一樣的暗紅色。

**棗仁（兒）** ㄗㄠˇ ㄖㄣˊ（ㄦ） 棗核裡的仁，可以作藥。

**棗泥（兒）** ㄗㄠˇ ㄋㄧˊ（ㄦ） 把棗兒煮熟搗爛製成的泥狀物，多數用作糕餅的餡兒。

# 棕（椶）

ㄗㄨㄥ ㈠常綠喬木，幹圓而高，不分枝，葉子的基部有鞘，褐色，俗稱棕毛，強韌耐水溼，可以做繩子、刷子、雨具等。㈡顏色名，見「棕色」。

**棕竹** ㄗㄨㄥ ㄓㄨˊ 又名棕櫚竹。棕櫚科，常綠叢生灌木。樹幹有網狀的纖維鞘。葉呈掌狀深裂，有裂片，叢生於莖頂。春夏開淡黃色的花。原產於我國西南部。大多用來供觀賞。

**棕色** ㄗㄨㄥ ㄙㄜˋ 深赭色。

**棕櫚** ㄗㄨㄥ ㄌㄩˊ 棕㈠。

# 森

ㄙㄣ ㈠樹很多，很茂盛。如「森林」「松柏森森」。㈡幽暗的樣子。如「陰森」。㈢図靜寂衰殘的樣子。如「巫山巫峽氣蕭森」。㈣嚴整。如「森嚴」。

**森林** ㄙㄣ ㄌㄧㄣˊ 一般指上有喬木叢生，樹冠互相連接，下有灌木及草木植物，地面有苔蘚、菌類、小動物的較廣地區。森林可按種類不同，區分為針葉林、闊葉林、寒帶林、熱帶林、自然林與人造林等。

**森森** ㄙㄣ ㄙㄣ ①形容繁盛。如「松柏森森」。②図高聳的樣子。如「森森然如千丈松」。③形容陰沈可怕或寒氣逼人。如「屋子裡陰森森的」。

**森嚴** ㄙㄣ ㄧㄢˊ 嚴整的樣子。如「法度森嚴」「門禁森嚴」。

**森林浴** ㄙㄣ ㄌㄧㄣˊ ㄩˋ 森林的空氣中含有大量植物所釋出的芬多精成分，對人體健康有幫助，在那兒行走就好像是沐浴一樣，非常舒服。

**森林資源** ㄙㄣ ㄌㄧㄣˊ ㄗ ㄩㄢˊ 森林對人類有很多好處：涵養水源，防止土壤沖刷，調節氣候，阻止風砂移動，製造景觀，供給林木以及副產品。

**椅** ▲ㄧ 落葉喬木，與桐、梓差不多，結紅色的球形果，木材可以作細木器。▲ㄧˇ 有靠背的坐具，就是椅子。

**椅披** ㄧˇ ㄆㄧ 用彩緞精繡，披在椅背的裝飾品。

**椅背** ㄧˇ ㄅㄟˋ 椅子上的靠背。

**椏** ㄧㄚ 樹杈。

**椏杈** ㄧㄚ ㄔㄚˋ 樹木歧生出來的枝子。也作「杈枒」。

**棪** ㄧㄢˇ 木名，果實像柰，紅了就可以吃。

**棫** ㄩˋ 叢生小樹，莖葉細刺很多，黃花黑實。又名白荌。

## 九筆

**楩** ㄆㄧㄢˊ 古時長在南方的一種大樹，也叫黃楩。

**楣** ㄇㄟˊ 門上的橫梁。如「門楣（也可以作「家世」「門第」講）」「橫楣子」。

**楙** ㄇㄠˋ ㈠古「茂」字。㈡古人把木瓜叫楙。

**楓** ㄈㄥ 落葉喬木，掌狀的葉子，秋天變紅，春間開黃褐色的花，結球狀果。

**楓林** ㄈㄥ ㄌㄧㄣˊ 由許多楓樹所形成的樹林。

**椴** ㄉㄨㄢˋ 樹木名，木材常用作家具。

**楠（枏、柟）** ㄋㄢˊ 常綠喬木，高的有十幾丈，長橢圓形的葉子，淡綠色的花，結紫黑色的果子，木材堅密芳香，是做棟梁器具的好材料。

**楞** ▲ㄌㄥˊ 同「稜」。▲ㄌㄥˋ 同「愣」。

**楞小子** ㄌㄥˋ ㄒㄧㄠˇ ˙ㄗ 〔方〕說話、做事不考慮後果，行為魯莽的年輕人。

**楞頭楞腦** ㄌㄥˋ ㄊㄡˊ ㄌㄥˋ ㄋㄠˇ 〔方〕形容人莽撞冒失的樣子。

**榔** ㄌㄤˊ ㈠見「檳榔」「桄榔」等條。㈡漁人驅魚的長棍子。

**榔頭** ㄌㄤˊ ˙ㄊㄡ 鐵鎚。

**榔糠** ㄌㄤˊ ㄎㄤ 〔文〕笨拙不靈活的樣子。也作「狼犺」「郎犺」「榔杭」。

**楝** ㄌㄧㄢˋ 樹名，高一丈多，複葉，春末開淡紫花，果實橢圓形像小鈴，熟了變黃。一般叫金鈴子。

**概（槩）** ㄍㄞˋ ㈠大略。如「概況」「概要」。㈡一律。如「貨品出門，概不退換」。㈢態度，舉止。如「氣概」「大有席捲天下之概」。㈣〔文〕景象。如「勝概」。㈤平斗斛的小木棒。

**概見** ㄍㄞˋ ㄐㄧㄢˋ 見到大概情形。

**概況** ㄍㄞˋ ㄎㄨㄤˋ 大略的情形。

**概念** ㄍㄞˋ ㄋㄧㄢˋ ①心理學上說由同類的多數事物的各種知覺所成的普徧觀念。②綜合若干相同的觀念而成一個共同的觀念。

**概括** ㄍㄞˋ ㄎㄨㄛˋ 包括。也讀ㄍㄞˋ ㄍㄨㄚ。

**概要** ㄍㄞˋ ㄧㄠˋ 大體的綱要。

**概略** ㄍㄞˋ ㄌㄩㄝˋ 大概。

**概算** ㄍㄞˋ ㄙㄨㄢˋ ①大概計算。②政府財務收支預算完成法定程序以前叫概算。

**概貌**ㄍㄞˋ ㄇㄠˋ　大概的形貌。

**概數**ㄍㄞˋ ㄕㄨˋ　概略的數字。如「兩千是個概數，實際上是一千九百八十二」。

**概論**ㄍㄞˋ ㄌㄨㄣˋ　概括扼要的論述。

**概觀**ㄍㄞˋ ㄍㄨㄢ　大略的觀察。

# 楷

ㄎㄞˇ　㈠典範，法式，榜樣。如「楷模」。㈡書法體式之一，見「楷書」。㈢樹名，也叫黃連木。落葉喬木，樹幹很直，木材可以作器具。曲阜孔林有這種樹，所以也叫孔木。

**楷書**ㄎㄞˇ ㄕㄨ　是漢章帝建初年間王次仲從隸書演化出來的，到三國時候鍾繇寫出「賀剋捷表」，才正式建立法度，慢慢成為全國通行的正體書法。又名「正書」「真書」「正楷」。

**楷模**ㄎㄞˇ ㄇㄛˊ　①模範。②心理學說仿照他人的言行舉止，使自己的行為方式和所仿照的人相同，這種被仿照的對象或行為標準，就叫楷模。

**楷體**ㄎㄞˇ ㄊㄧˇ　楷書字體。

# 楛

▲ㄏㄨˋ　樹木名，像荊，但是紅色的。古人用它作箭桿。

# 楫

▲ㄐㄧˊ　又ㄐㄧˊ　行船划水用的槳。如「祖逖擊楫渡江」。

# 極

ㄐㄧˊ　㈠最，甚。如「極佳」「妙極了」。㈡事物到了最高的境地。如「極品」「登峰造極」。㈢用盡。如「極力工作」「極盡人事」。㈣地球的南北兩端。如「南極」「北極」。㈤電源或電器上電流進出的一端。如「陽極」「陰極」。㈥窮絕。如「昊天罔極」。㈦舊時說皇帝登位叫「登極」。㈧副詞。表示達到最高度。如「極重要」「極少數」。（也可以用在後面。但是要加「了」。如「重要極了」「多極了」。）

**極力**ㄐㄧˊ ㄌㄧˋ　用盡能力。

**極口**ㄐㄧˊ ㄎㄡˇ　言談之中盡力（讚美、批評、抨擊、毀謗）。如「極口讚揚」。

**極目**ㄐㄧˊ ㄇㄨˋ　㈠就是極盡目力，眼睛能看多遠，就盡力看去。㈡地球南北兩極地方的美麗光彩。

**極光**ㄐㄧˊ ㄍㄨㄤ　地球南北兩極地方的美麗光彩。

**極刑**ㄐㄧˊ ㄒㄧㄥˊ　最重的刑，死刑。

**極地**ㄐㄧˊ ㄉㄧˋ　位於地球南北兩個極圈以內的地區。

**極其**ㄐㄧˊ ㄑㄧˊ　十分的，非常的。

**極東**ㄐㄧˊ ㄉㄨㄥ　歐洲人稱亞洲最東的國家，如我國、日本、韓國等。

**極品**ㄐㄧˊ ㄆㄧㄣˇ　①最好的品質。②最高的官階。

**極度**ㄐㄧˊ ㄉㄨˋ　極高。

**極為**ㄐㄧˊ ㄨㄟˊ　非常的。如「他對你的作品極為欣賞」。

**極致**ㄐㄧˊ ㄓˋ　最高的造詣。

**極限**ㄐㄧˊ ㄒㄧㄢˋ　①最高，無可再變更的限度。②數學上指能逐漸接近，而不能完全達到的數目。

**極峰**ㄐㄧˊ ㄈㄥ　①山的最高峰。②比喻一國最高的領袖。

**極圈**ㄐㄧˊ ㄑㄩㄢ　地球上距南北極各二十三度二十七分的緯度圈。南邊的（地球儀下端的）叫南極圈，北邊的（地球儀上端的）叫北極圈。

**極量**ㄐㄧˊ ㄌㄧㄤˋ　最大的分量。

**極意**ㄐㄧˊ ㄧˋ　竭盡心意。如「極意討好」。

**極端**ㄐㄧˊ ㄉㄨㄢ　①實體兩端極盡的地方。②激烈的作為。如「極端分子」。③非常的。如「極端危險」。

**極點** 事物的最高點。

**極權** 由個人或少數人操縱政權，不容許其他人民或其他黨派參加意見的獨裁行為。

**極歡** 図極為高興。

**極樂鳥** 本名風鳥。鳥綱。體態很華美，常棲息於丘谷的樹林之中。產於新幾內亞島，是世界著名的觀賞鳥。

**極樂世界** 佛教說的阿彌陀佛修行完成的境地。佛家修淨業的，目標都是通往極樂世界。

# 楬

▲ㄐㄧㄝˊ表識事物的小木樁。▲ㄑㄧㄚˋ古樂器，又名敔。

**楬櫫** 図小木樁，是表識事物用的，所以「楬櫫」等於標明。也作「揭著」，現在一般作「揭櫫」。

# 椷

図ㄐㄧㄢ ㊀信封。信一封作「一椷」。通「緘」。㊁木箱。

# 楸

ㄑㄧㄡ落葉喬木。葉像桐樹，夏天開黃綠色花，結實成莢。

# 楔

ㄒㄧㄝ㊀門兩邊的木柱。㊁在榫頭縫兒裡塞入上平下尖的木橛，敲緊，使榫頭牢固。㊂用鐵槌敲擊（釘子之類的）。㊃見「楔子」。㊄櫻桃又名。又讀ㄒㄧㄝˋ。

**楔子** ①楔㊁。②舊式小說、戲曲的開場白。

**楔形文字** 形狀像木楔的文字，公元一八四五年英國人拉雅（Layard）在古亞述國都尼尼微發現，是古巴比倫人所用的文字。

# 楦（楥）

ㄒㄩㄢˋ㊀做鞋的木質模型。㊁用木、鐵做成的「保持鞋樣器」。放在鞋裡撐起來，可以使鞋不變樣。㊂動詞，用楦頭撐大。如「這鞋緊了，要拿去再楦一楦」。㊃用紙、乾草、穀皮填塞箱裡的空隙。如「這古瓷器箱子還得再楦好」。

**楦頭** 做鞋的模型。

# 楂

▲ㄔㄚˊ同「槎」。▲ㄓㄚ同「樝」。

# 楨

図ㄓㄣ㊀堅固的木材。㊁根本。〈書經〉有「以立楨基」。又讀ㄓㄥ。

**楨幹** 図①築牆時用的木樁。②比喻賢才。如「國之楨幹」。③比喻事物的根本。

# 椹

▲ㄓㄣ也作「碪」，與「鑕」同義，就是切斷用的砧板。

# 楚

▲ㄕㄣˋ同「葚」。▲ㄔㄨˇ㊀樹名，現在叫「牡荊」。落葉灌木，葉上有齒，梗上有毛，鮮葉可以作藥。古時拿它的枝條作小杖打人。如「夏（ㄐㄧㄚˇ）楚」「箠楚」。㊁古國名，戰國時是七雄之一，國土主要在湖南湖北一帶。㊂湖南湖北的代稱，或單指湖北。㊃形容痛苦。如「苦楚」。㊄整齊的樣子。如「衣冠楚楚」。㊅姓。

**楚楚** ①整齊的樣子。如「衣冠楚楚」。②見「楚楚可憐」。

**楚歌** 古時候楚國人所唱的歌謠。形容四面受敵。如「四面楚歌」。

**楚辭** 我國騷體文學作品的總集，由西漢劉向所編輯成集的。全書以屈原作品為主，其餘各篇也都是承襲屈賦的形式。因其運用楚地的文學形式與方言聲韻、風土物產，具有濃厚的地方色彩，所以稱為楚辭。

**楚弓楚得** 図比喻東西雖然失去，但是並沒有流落在外。

**楚材晉用** 図楚國的人材被晉國所用。比喻人材外流。

**楚楚可憐** 形容女子的嬌弱。

# 棰

ㄔㄨㄟˊ同「箠」。

**椽** ㄔㄨㄢˊ 房屋上架住屋瓦的圓木。

**椽子** ㄔㄨㄢˊ ㄗˇ 椽。

**椽筆** ㄔㄨㄢˊ ㄅㄧˇ 図稱讚別人的文筆了不起，像椽子那麼大。

**椿** ㄔㄨㄣ ㈠落葉喬木，複葉，嫩的可以吃，俗稱香椿、椿芽。如「椿萱」。㈡図象徵長壽，用來稱父親。

**椿萱** ㄔㄨㄣ ㄒㄩㄢ 図比喻父母。如「堂上椿萱雪滿頭」。

**椿萱並茂** ㄔㄨㄣ ㄒㄩㄢ ㄅㄧㄥˋ ㄇㄠˋ 比喻父母都健在。

**楯** ㄕㄨㄣˇ ㈠闌干的橫木。㈡通「盾」。

**椰** ㄧㄝ 樹名，見「椰子」。

**椰子** ㄧㄝ ㄗˇ 常綠喬木，生在熱帶，有高到十丈的。羽狀的大葉子。花單性，雌雄同株，果實圓大，外有木殼，果肉稀軟，中空有清水，味甘美，清涼下火。

**椰肉** ㄧㄝ ㄖㄡˋ 椰子的果肉，味道甜美，可以生吃。

**椰林** ㄧㄝ ㄌㄧㄣˊ 由許多椰樹所形成的樹林。

**椰果** ㄧㄝ ㄍㄨㄛˇ 椰樹所結的果實。

**椰油** ㄧㄝ ㄧㄡˊ 從椰子果肉提煉出來的一種不乾性的油，可做髮油、肥皂等的原料。

**椰菜** ㄧㄝ ㄘㄞˋ 蔬類，葉層層包捲成球形，又叫捲心菜或花椰菜。

**業** ㄧㄝˋ ㈠古時書冊的大版，就是篇卷。〈曲禮〉有「請業則起」。現在學生在學叫「修業」就是從這來的。㈡社會各種事業。如「農業」「工業」「商業」。㈢職務，所作的工作。如「職業」「就業」。㈣學習過程。如「始業」「肄業」。㈤財產。如「祖業」「家業」。㈥從事於。如「業農」「業商」。㈦已經。如「業已辦妥」「業經分發」。㈧功烈，基業。如「功業」「偉業」。㈨図小心謹慎。如「兢兢業業」。

**業已** ㄧㄝˋ ㄧˇ 図已經。

**業主** ㄧㄝˋ ㄓㄨˇ 房屋、土地等產業的所有人。

**業師** ㄧㄝˋ ㄕ 對人謙稱為自己授課的老師。

**業務** ㄧㄝˋ ㄨˋ 職業上的事務。

**業商** ㄧㄝˋ ㄕㄤ 從事商業。

**業業** ㄧㄝˋ ㄧㄝˋ 図①戒慎危懼的樣子。如「兢兢業業」。②健壯的樣子。如「四牡（公馬）業業」。

**業經** ㄧㄝˋ ㄐㄧㄥ 図已經。也作「業已」。

**業農** ㄧㄝˋ ㄋㄨㄥˊ 從事農業為生。

**業障** ㄧㄝˋ ㄓㄤˋ 也作「孽障」。①佛經說人所做的罪惡，就是正道的障礙。②罵人的話。

**業餘** ㄧㄝˋ ㄩˊ ①工作完畢，閒空的時間。如「業餘多作正當的休閒活動」。②非職業性的。如「業餘運動員」（不以運動為職業的人）。

**業績** ㄧㄝˋ ㄐㄧ 工作績效成就。

**業務過失** ㄧㄝˋ ㄨˋ ㄍㄨㄛˋ ㄕ 法律上說，擔任特殊業務的人在職業上未盡應盡義務，造成過錯，為業務過失。在刑法的處罰比一般過失重。

**業精於勤** ㄧㄝˋ ㄐㄧㄥ ㄩˊ ㄑㄧㄣˊ 図指學問的進步，在於勤奮用功。語出韓愈〈進學解〉。

**楊** ㄧㄤˊ ㈠喬木名，同柳相像，不過樹枝是向上挺的。㈡周代小國，在現今山西省洪洞縣東南。㈢姓。

**楊花** ㄧㄤˊ ㄏㄨㄚ 楊柳在春天開花，花瓣隨風飄散，像是棉絮，也叫柳絮。又因它隨風飄散，象徵女子用情不專，所以有「楊花水性」一說。參看「水性楊花」。

**楊柳** ㄧㄤˊ ㄌㄧㄡˇ 楊樹和柳樹。有時泛稱柳樹。

**楊桃** ㄧㄤˊ ㄊㄠˊ 果木名，葉子像卵，開紫紅色的小花，果實五稜，起初青色，熟後呈淺黃色，吃起來酸甜可口。也作「羊桃」。

**楊梅** ㄧㄤˊ ㄇㄟˊ ①常綠喬木，生在暖地，高兩丈多，橢圓形的葉子，夏初結小圓顆粒的果實，紅紫色，味道甘酸，可以吃。樹皮可作染料。②楊梅瘡（梅毒瘡）的簡稱。

**楹** ㄧㄥˊ ㈠堂前的直柱。㈡図房屋一間叫一楹。

**楹聯** ㄧㄥˊ ㄌㄧㄢˊ 掛在屋子兩旁柱子上的對聯。

**榆** ㄩˊ 落葉喬木，橢圓形的葉子，淡紫色的花兒，果子扁圓，聯結成串，叫榆莢，也叫榆錢。木材可作建築材料。

**榆錢** ㄩˊ ㄑㄧㄢˊ 榆莢。指榆樹所結的果實，因形狀像小錢一樣，成串相連，所以叫榆錢。

**楀** ㄩˇ ㈠樹名。㈡姓。

## 十筆

**榜** ▲ㄅㄤˇ ㈠從前把貼在牆上的公告叫榜。㈡發表考試及格錄取的名單。如「大學聯考放榜」。㈢模範。如「榜樣」。㈣見「標榜」。▲図ㄅㄥˋ ㈠船夫，文言作「榜人」。㈡舊時刑罰罪犯叫「榜掠」。

**榜上** ㄅㄤˇ ㄕㄤˋ 在榜單上，錄取名單上。如「榜上無名」。

**榜文** ㄅㄤˇ ㄨㄣˊ 舊時指政府機關對人民的公告。

**榜示** ㄅㄤˇ ㄕˋ 在牆上張貼公告，通知民眾。

**榜單** ㄅㄤˇ ㄉㄢ 考試的錄取名單。

**榜樣** ㄅㄤˇ ㄧㄤˋ 模範。

**榜額** ㄅㄤˇ ㄜˊ 匾額。

**槃** ㄆㄢˊ ㈠木頭做的托盤。㈡図形容大的樣子。〈續晉陽秋〉有「大才槃槃謝道安」。㈢同「盤」，「槃桓」「槃旋」就是「盤桓」「盤旋」。

**榧** ㄈㄟˇ 常綠喬木，形態像杉，木材可作建築材料。

**榧子** ㄈㄟˇ ㄗˇ ①榧樹的果子，橄欖形，炒熟很香，可以吃。②用中指跟大拇指相摩擦出聲，叫「打榧子」，對人時有戲弄的意思。

**榻** ㄊㄚˋ 狹而長的床。

**槁（稾）** ㄍㄠˇ 草木枯乾。如「枯槁」。

**槁木死灰** ㄍㄠˇ ㄇㄨˋ ㄙˇ ㄏㄨㄟ 比喻沒有生趣，或寂寞沒有情致。

**榴** ㄌㄧㄡˊ 落葉灌木，夏天開紅花，結球形果子，一般叫石榴。根和皮可以作驅蟲藥，果子可以吃。

**榴火** ㄌㄧㄡˊ ㄏㄨㄛˇ 図紅色的榴花，盛開時像一團火。舊詩詞常用來形容仲夏。

**榴彈砲** ㄌㄧㄡˊ ㄉㄢˋ ㄆㄠˋ 砲管短，初速小，彈道彎曲的火砲。

**榴霰彈** ㄌㄧㄡˊ ㄒㄧㄢˋ ㄉㄢˋ 裝有鋼珠、火藥等，爆開時能四散發射、殺傷人馬的炮彈。又名「霰彈」「子母彈」。

**槔（槹、橰）** ㄍㄠ 見「桔槔」。

**構** ㄍㄡˋ ㈠建築，建設。如「構築」「王業肇構」。㈡寫作。如「構造文辭」「佳構」。㈢組織。如「結構」「機構」。㈣結成。如「雙方構怨」。㈤連結運用。如「構思」。㈥図陰謀，陷害。如「構亂」「構陷」。㈦図成功。如「事已構矣」。㈧図通「篝」。如「夜構火，狐鳴」〈漢書・陳勝傳〉。

**構成** ㄍㄡˋ ㄔㄥˊ 造成。

**構思** ㄍㄡˋ ㄙ 作家或藝術家在創作過程中所進行的思維活動。

**構怨** ㄍㄡˋ ㄩㄢˋ 図結怨。也作「構釁」。

**構造** ㄍㄡˋ ㄗㄠˋ 事物的組織。

**構陷** ㄍㄡˋ ㄒㄧㄢˋ 図設計陷害人。

**構亂** ㄍㄡˋ ㄌㄨㄢˋ 図謀亂。

**構圖** ㄍㄡˋ ㄊㄨˊ 繪製美術或工程方面用的圖。要按線、形、色等形式美，加以配合。在中國國畫中稱布局或章法。

**構築** ㄍㄡˋ ㄓㄨˊ 建造。

**構詞法** ㄍㄡˋ ㄘˊ ㄈㄚˇ 詞素構成詞的方法。

## 榦

▲ㄍㄢˋ ㈠樹身子。如「枝榦」。㈡見「楨榦」。▲ㄏㄢˊ 井欄。

## 槓

ㄍㄤˋ ㈠抬重物的粗棍子。如「轎槓」。㈡一種體育器械，有單槓，雙槓。㈢批改文章，在不好或錯誤有問題的字句旁邊畫一道粗線叫「槓」。㈣把刀在皮上或石上摩擦幾下，使它鋒利些，叫「槓刀」。㈤專橫自以為是，喜歡與人爭吵的動作。如「今天他又跟我槓上了」。吵嘴叫「抬槓」。

**槓刀** ㄍㄤˋ ㄉㄠ 把刀在皮上或石上摩擦幾下，使它鋒利些。

**槓子** ㄍㄤˋ ㄗ˙ ①槓㈠。②運動器械的一種。

**槓夫** ㄍㄤˋ ㄈㄨ 抬棺材的工人。

**槓桿** ㄍㄤˋ ㄍㄢˇ 力學的助力器械。桿上設有三點，加重物的點叫重點，用力的點叫力點，支在別的東西上的點叫支點。支點距離重點近，距離力點遠，起重時就省力。

**槓鈴** ㄍㄤˋ ㄌㄧㄥˊ 舉重器具之一。標準槓鈴由橫槓、槓鈴片和卡箍三部分所組成。

**槓頭** ㄍㄤˋ ㄊㄡˊ ①槓夫的頭目。②喜歡抬槓的人。

## 榾

ㄍㄨˇ 榾柮（ㄉㄨㄛˋ），燒火用的斷木。

## 榼

ㄎㄜˋ 古時的酒器。〈左傳〉有「執榼承飲」。

## 槐

ㄏㄨㄞˊ 落葉喬木，有兩三丈高，初夏開黃白花，果子長形，子兒可以作藥。木材可以做家具跟建築材料，花蕾可以作染料。

## 榤

図ㄐㄧㄝˊ 古時家中供雞棲的木樁。

## 榘

ㄐㄩˇ 同「矩」。

## 槍

ㄑㄧㄤ ㈠兵器。①發射子彈殺人的武器，有步槍、手槍、機關槍等。②古人在長棍上嵌著尖銳的金屬物，用來刺殺人的武器。也叫鎗。㈡工作過程甚至形狀都類似手槍的器械，像用在機械上注油的黃油槍，噴漆用的噴漆槍等。㈢長筒形的東西。如「煙槍」（抽鴉片的煙管）。㈣煙癮很深的人叫「老槍」。㈤「將（ㄑㄧㄤ）」字的轉變。如「槍替」。㈥用步槍或手槍行刑。如「槍斃」「槍決」。

**槍手** ▲ㄑㄧㄤ ㄕㄡˇ ①宋代殿前指揮使所屬的槍兵。②持槍的士兵。▲ㄑㄧㄤ ㄕㄡ˙ 冒名代人寫作或考試的人。

**槍決** ㄑㄧㄤ ㄐㄩㄝˊ 用槍行刑，殺死犯人。也作「槍斃」。

**槍刺** ㄑㄧㄤ ㄘˋ 套在步槍上的刺刀。

**槍法** ㄑㄧㄤ ㄈㄚˇ ①射擊的技術。如「槍法高明」。②國術中使用長槍的技術。

**槍械** ㄑㄧㄤ ㄒㄧㄝˋ 槍（總稱）。

**槍殺** ㄑㄧㄤ ㄕㄚ 用槍殺人。

**槍眼** ㄑㄧㄤ ㄧㄢˇ ①槍彈打成的孔。②碉堡或房屋用來對外射擊的孔穴。

**槍替** ㄑㄧㄤ ㄊㄧˋ 冒名頂替，代人考試。

**槍靶** ㄑㄧㄤ ㄅㄚˇ 射擊的目標。

**槍彈** ㄑㄧㄤ ㄉㄢˋ 槍械的子彈。

**槍斃** ㄑㄧㄤ ㄅㄧˋ 用槍射殺，是執行死刑的一種方法。

**槍桿兒** ㄑㄧㄤ ㄍㄢˇ ㄦ ①步槍的桿體。②比喻武裝力量。如「槍桿兒強」。

**槍林彈雨** ㄑㄧㄤ ㄌㄧㄣˊ ㄉㄢˋ ㄩˇ 形容戰爭猛烈。

**槍桿子出政權** ㄑㄧㄤ ㄍㄢˇ ˙ㄗ ㄔㄨ ㄓㄥˋ ㄑㄩㄢˊ 靠武力得到國家統治權。

# 榷

ㄑㄩㄝˋ (一)古人指獨木橋。(二)專賣，專利。如「榷利」。(三)見「商榷」。

**榷利** ㄑㄩㄝˋ ㄌㄧˋ 專利。

# 榭

ㄒㄧㄝˋ 臺上的房屋，遊觀憩息的場所。如「水榭」「歌臺舞榭」。

# 榨

ㄓㄚˋ 同「搾」。

# 榛

ㄓㄣ (一)落葉喬木，高兩三丈，闊葉，春天開花如長穗，果實呈苞形。(二)(文)草木叢生。如「榛榛」。

**榛子** ㄓㄣ ㄗˇ 榛的果實，味如胡桃。

**榛狉** ㄓㄣ ㄆㄧ (文)形容蠻荒沒開化的景象。柳宗元文有「草木榛榛，鹿豕狉狉」的句子。

**榛莽** ㄓㄣ ㄇㄤˇ (文)叢木眾草。

**榛榛** ㄓㄣ ㄓㄣ (文)草木叢生，荒蕪的樣子。

**榛雞** ㄓㄣ ㄐㄧ 鳥名，身體同斑鳩相似，羽毛棕灰色，有暗色橫斑。頭上有明顯的羽冠。肉味鮮美。也叫飛龍。

# 槎

(文) ㄔㄚˊ (一)木簰，木筏。如「乘槎」。(二)斫。〈公羊傳〉有「山木不槎」。

# 槌

ㄔㄨㄟˊ (一)敲打東西的用具。如「棒槌」「鐵槌」。(二)擊，通「搥」。

# 槊

ㄕㄨㄛˋ 古兵器，長矛。

# 榕

ㄖㄨㄥˊ (一)熱帶常綠喬木，高三四丈，枝有很多氣根，下垂入地，葉橢圓形，花紅色，果圓而小，像無花果，產在閩廣、臺灣等地。(二)榕城，福州市的別稱。

**榕樹** ㄖㄨㄥˊ ㄕㄨˋ 榕(一)。

# 榮（荣）

ㄖㄨㄥˊ (一)草木茂盛。如「欣欣向榮」。(二)草花。〈爾雅‧釋草〉有「木謂之華（花），草謂之榮」。(三)興盛。如「繁榮」。(四)有好名譽，受人稱讚，「辱」相反詞。如「榮耀」「光榮」「仁則榮，不仁則辱」。(五)稱揚別人的。如「榮膺冠軍」「榮行」。(六)姓。

**榮民** ㄖㄨㄥˊ ㄇㄧㄣˊ 退役軍人的美稱。

**榮任** ㄖㄨㄥˊ ㄖㄣˋ 稱官員擔任某種職務。

**榮光** ㄖㄨㄥˊ ㄍㄨㄤ ①瑞氣。②榮耀。

**榮行** ㄖㄨㄥˊ ㄒㄧㄥˊ 對別人出遠門的敬辭。

**榮幸** ㄖㄨㄥˊ ㄒㄧㄥˋ 光榮和幸運。

**榮枯** ㄖㄨㄥˊ ㄎㄨ ①草木的盛衰。②(文)比喻人的亨通及窮困。

**榮軍** ㄖㄨㄥˊ ㄐㄩㄣ 國軍作戰受傷的榮譽軍人的簡稱。

**榮辱** ㄖㄨㄥˊ ㄖㄨˋ 光榮或恥辱。

**榮華** ㄖㄨㄥˊ ㄏㄨㄚˊ 草木開花，引伸作人的顯貴。

**榮銜** ㄖㄨㄥˊ ㄒㄧㄢˊ 榮譽的頭銜。

**榮膺** ㄖㄨㄥˊ ㄧㄥ ①光榮的承受。②榮任。

**榮歸** ㄖㄨㄥˊ ㄍㄨㄟ 光榮的回故鄉。如「榮歸故里」。

**榮寵** ㄖㄨㄥˊ ㄔㄨㄥˇ 〔文〕受到光榮的禮遇。也指那一種禮遇。

**榮耀** ㄖㄨㄥˊ ㄧㄠˋ 光榮顯耀。

**榮譽** ㄖㄨㄥˊ ㄩˋ ①光榮的名譽。②只有名譽上的，不是實質上的。如「榮譽市民」「榮譽學位」。

**榮宗耀祖** ㄖㄨㄥˊ ㄗㄨㄥ ㄧㄠˋ ㄗㄨˇ 光耀祖宗。

**榮枯得失** ㄖㄨㄥˊ ㄎㄨ ㄉㄜˊ ㄕ 比喻人事的盛衰成敗。

**榮華富貴** ㄖㄨㄥˊ ㄏㄨㄚˊ ㄈㄨˋ ㄍㄨㄟˋ 有光榮有錢又有地位。

**榮譽學位** ㄖㄨㄥˊ ㄩˋ ㄒㄩㄝˊ ㄨㄟˋ 大學頒給在某方面有特殊傑出表現者的學位，而無須在該校修習學分及寫論文。

## 榱

ㄘㄨㄟ 屋頂上的椽子。

## 榫

ㄙㄨㄣˇ 做木器時候，為了使兩件材料接合而特製的凸凹部分。

**榫子** ㄙㄨㄣˇ ㄗ˙ 榫。

**榫卯** ㄙㄨㄣˇ ㄇㄠˇ 木器中兩部分接合的部分，突出的部分叫榫頭，凹空的部分叫卯眼。

**榫眼** ㄙㄨㄣˇ ㄧㄢˇ 器物之上任何鑲嵌零件或部件的凹形洞，預備插入榫頭的。

**榫頭** ㄙㄨㄣˇ ㄊㄡˊ ①榫。②金屬物或木製物突出的末端，可以套進榫眼裡的。

# 十一筆

## 標

ㄅㄧㄠ ㈠表露。如「標新立異」「標題」。㈡表面的，非根本的。如「治標」。㈢表記，符號。如「商標」「音標」「標點」。㈣目的物。如「標的」「奪標」。㈤私相表揚稱讚。如「標榜」。㈥指人的面貌好看，風度不錯。如「標致」「風標」。㈦範式。如「標準」。㈧對一定數量的工程或商品，照一定的標準估定價目。如「招標」「開標」。㈨民間小經濟互助組織會員在共組的儲蓄會集會時，付出最高利息取得儲金。如「標會」。㈩書寫。如「標價」「標明」。(十一)清代陸軍三營叫一標。(十二)〔文〕樹梢。〈淮南子〉有「木標相應」。

**標尺** ㄅㄧㄠ ㄔˇ 測量地面、建物高度以及水深的標準度量工具。

**標本** ㄅㄧㄠ ㄅㄣˇ 採取動植礦物，保存它的原狀，供人研究參考。

**標示** ㄅㄧㄠ ㄕˋ 用記號或文字顯示。如「沒有標示有效期限的罐頭不能買」。

**標兵** ㄅㄧㄠ ㄅㄧㄥ 閱兵場上用作定點標識的儀兵，站在閱兵臺的兩側，以規整行軍的方向和速度。也稱基準兵。

**標明** ㄅㄧㄠ ㄇㄧㄥˊ 註明，題明。

**標的** ㄅㄧㄠ ㄉㄧˋ ①靶子。②準則，榜樣。③目的。

**標金** ㄅㄧㄠ ㄐㄧㄣ 標準金條的簡稱，成色在零點九七八上下，鑄造時壓模標明。

**標竿** ㄅㄧㄠ ㄍㄢ 用竹竿做成的標記。

**標致** ㄅㄧㄠ ㄓˋ 也作「標緻」。①指女子容貌美麗。②〔文〕表明意旨。

**標格** ㄅㄧㄠ ㄍㄜˊ 〔文〕風範，風度，品格。

**標記** ㄅㄧㄠ ㄐㄧˋ 記號。

**標高** ㄅㄧㄠ ㄍㄠ 從海平面算起，到地表面的實際高度（垂直距離），叫「標高」。

**標會** ㄅㄧㄠ ㄏㄨㄟˋ 我國民間臨時自行組織的有儲蓄意味的信用互助團體。定期開標，由會員付利息競標。

**標準** ㄅㄧㄠ ㄓㄨㄣˇ ①範式，榜樣，模範。②衡量事物的準則。

**標號** ㄅㄧㄠ ㄏㄠˋ 記號。

**標榜** ㄅㄧㄠ ㄅㄤˇ ①表揚稱讚。②指明重點或優點之所在。如「這一家藥局以絕不賣假藥為標榜」。

**標槍** ㄅㄧㄠ ㄑㄧㄤ ①以竹木作桿，頂端包鐵簇，是原始社會的武器。②田徑運動一種投擲的器具。鋁製槍桿，鐵製槍頭。男用標槍長二・六—二・七公尺，重〇・八公斤；女用標槍長二・二—二・三公尺，重〇・六公斤（參看「擲標槍」條）。

**標語** ㄅㄧㄠ ㄩˇ 政府或團體為了表明主張，鼓勵社會大眾所寫的一種語句簡單而意義明顯的宣傳品。

**標價** ㄅㄧㄠ ㄐㄧㄚˋ 標明價格。

**標幟** ㄅㄧㄠ ㄓˋ 作記號以為識別。

**標賣** ㄅㄧㄠ ㄇㄞˋ ①標明價目，通告出賣。②用投標法出賣。

**標點** ㄅㄧㄠ ㄉㄧㄢˇ 圈點句讀（ㄉㄡˋ）的符號。

**標題** ㄅㄧㄠ ㄊㄧˊ 用簡要語句標明全文意旨。

**標識** ㄅㄧㄠ ㄓˋ 符號，記號。

**標籤** ㄅㄧㄠ ㄑㄧㄢ 繫在物品上，標明品名、價目、用途等的小紙片。

**標音法** ㄅㄧㄠ ㄧㄣ ㄈㄚˇ 使用國際音標來注明語音的方法。

**標準化** ㄅㄧㄠ ㄓㄨㄣˇ ㄏㄨㄚˋ 為適應科學發展、企業進步、市場需要，將產品規格、質量、零件等方面都作統一規定，稱為標準化。

**標準制** ㄅㄧㄠ ㄓㄨㄣˇ ㄓˋ 從前叫「萬國權度通制」。我國政府頒布以公尺作長度單位，公斤作重量單位，公升作容量單位，叫作標準制。

**標準音** ㄅㄧㄠ ㄓㄨㄣˇ ㄧㄣ 標準語的語音。在我國是北京音，在日本是東京音。

**標準語** ㄅㄧㄠ ㄓㄨㄣˇ ㄩˇ 對內通行全國，人人能懂能說，對外代表國家的語言。就是國語。

**標準鐘** ㄅㄧㄠ ㄓㄨㄣˇ ㄓㄨㄥ 設在大都市主要街道上的時鐘，用來指明當地的標準時間。

**標新立異** ㄅㄧㄠ ㄒㄧㄣ ㄌㄧˋ ㄧˋ 思想、立論、言行的表現新奇特殊，與眾不同。

**標點符號** ㄅㄧㄠ ㄉㄧㄢˇ ㄈㄨˊ ㄏㄠˋ 加在文字中用來便利句讀及標明詞句性質、種類的符號，共十三種：
句號。
點號（逗號），
頓號、
分號；
冒號：
問號？
驚嘆號！
引號「」或『』
破折號——
刪節號……
私名號——
書名號﹏或《》〈〉
夾註號（）

**標題音樂** ㄅㄧㄠ ㄊㄧˊ ㄧㄣ ㄩㄝˋ 樂曲的一種，由標題給聽眾提示，有時在說明或前言中有所描述。

**模** ▲ㄇㄛˊ ㈠可以作規範、法式，供人仿效的。如「楷模」「模範」。㈡通「摹」。如「模寫」「模本」。㈢態度不明。如「模稜」。㈣不清楚，不明顯。如「模糊不清」。▲ㄇㄨˊ見「模子」「模樣（兒）」等條。

**模子** ㄇㄨˊ ㄗ˙ 一種具有凹入圖形的工具，可以製成凸出的東西。

**模本** ㄇㄛˊ ㄅㄣˇ 供人摹寫或摹畫的範本。

**模仿** ㄇㄛˊ ㄈㄤˇ 仿效。也作「摹仿」。

**模式** ㄇㄛˊ ㄕˋ 可以作為範本的標準式樣。

**模具** ㄇㄨˊ ㄐㄩˋ 製造器物的母型。

**模板** ㄇㄨˊ ㄅㄢˇ 建築工程上用以灌漿造牆的型範工具。

**模型** ㄇㄛˊ ㄒㄧㄥˊ 模仿實物，縮小製成的樣品。

**模稜** ㄇㄛˊ ㄌㄥˊ 意見或語言含糊不肯定。如「模稜兩可」。

**模寫** ㄇㄛˊ ㄒㄧㄝˇ 依照範本臨摹。也作「摹寫」。

**模範** ㄇㄛˊ ㄈㄢˋ 木製的模型，引伸作榜樣的意思。

**模糊** ㄇㄛˊ ㄏㄨˊ 糊字輕讀。不分明。

**模擬** ㄇㄛˊ ㄋㄧˇ 也作「摹擬」。①模仿別人的樣子。②模仿事勢而先作演練。如「明天進行模擬考試」。

**模樣(兒)** ㄇㄨˊ ㄧㄤˋ ㄦ 形狀，樣子，容貌。

**模特兒** ㄇㄛˊ ㄊㄜˋ ㄦ 圖model的音譯，是「供藝術家作圖或攝影」或「穿著新樣衣裝或使用新商品供人欣賞」的人。

**模山範水** ㄇㄛˊ ㄕㄢ ㄈㄢˋ ㄕㄨㄟˇ 描寫山水風景。

**模稜兩可** ㄇㄛˊ ㄌㄥˊ ㄌㄧㄤˇ ㄎㄜˇ 態度、意見含糊不明確的樣子。

**模模糊糊** ㄇㄛˊ ㄇㄛˊ ㄏㄨˊ ㄏㄨˊ 第二個模字輕讀。①不分明。②不求甚解。

**樠** ㄇㄢˊ 松心木。

**⿰木莽** ㄇㄤˊ ⿰木莽果，也叫芒果。

**樊** ㄈㄢˊ ㈠名籬笆。如「樊籬」「營營青蠅，止于樊」。㈡名鳥籠。如「樊籠」「澤雉……畜于樊中」。㈢名紛雜的樣子。如「樊然殽亂」。㈣姓。

**樊籠** ㄈㄢˊ ㄌㄨㄥˊ 名鳥籠。比喻束縛。

**樊籬** ㄈㄢˊ ㄌㄧˊ 名籬笆，也比喻不自由的境地。

**樂(乐)** ▲ㄌㄜˋ ㈠歡喜，快活。如「歡樂」「樂趣」。㈡喜愛。如「樂於助人」「樂此不疲」。㈢笑。如「樂不可支」「樂嘻嘻的」。㈣可以快樂的。如「樂子」「樂兒」。㈤姓。▲ㄌㄠˋ ㈠樂亭：河北省縣名。㈡樂陵：山東省縣名。▲ㄧㄠˋ 愛好。如「敬業樂群」「知(ㄓˋ)者樂水」。▲ㄩㄝˋ ㈠有規律而和諧動人的聲音。如「音樂」「奏樂」。㈡古代的詩歌叫「樂府」。㈢姓。

**樂土** ㄌㄜˋ ㄊㄨˇ 安樂的好地方。

**樂子** ㄌㄜˋ ㄗ˙ 快樂的事。

**樂天** ㄌㄜˋ ㄊㄧㄢ 順自然天理，樂觀不憂傷。如「樂天知命」。

**樂句** ㄩㄝˋ ㄐㄩˋ 音樂術語。樂曲之中區分行列的段落，像是散文的句子，是樂段的主要組成部分。

**樂式** ㄩㄝˋ ㄕˋ 樂曲結構的形式。

**樂曲** ㄩㄝˋ ㄑㄩˇ 音樂的曲調。幾個樂素連成樂節，樂節合成樂句，樂句連成樂段，樂段連成樂曲。

**樂池** ㄩㄝˋ ㄔˊ 舞臺與觀眾席之間供樂隊演奏的區域。

**樂利** ㄌㄜˋ ㄌㄧˋ 名快樂和利益。如「民生樂利」。

**樂助** ㄌㄜˋ ㄓㄨˋ 自願捐助。

**樂事** ㄌㄜˋ ㄕˋ 可以快樂的事。

**樂兒** ㄌㄜˋ ㄦ ①因為趣事引起的發笑。如「他說的話真招樂兒」。②快樂的事。如「我總以為聽戲是個樂兒」。

**樂府** ㄩㄝˋ ㄈㄨˇ 〈漢書·禮樂志〉說漢武帝定郊祀之禮，立樂府。樂府在當時是政府機關，負責采集民間的詩歌加以保存。後來樂府又作為詩歌詞曲的總稱。古詩叫古樂府。

**樂和**（ㄌㄜˋ ㄏㄜˊ） 和字輕讀。快樂。如「唱支曲兒來聽聽，讓大家樂和樂和」。

**樂於**（ㄌㄜˋ ㄩˊ） 做某一件事情覺得很愉快。如「樂於助人」。

**樂律**（ㄩㄝˋ ㄌㄩˋ） 音樂的規律。

**樂施**（ㄌㄜˋ ㄕ） 喜歡施捨。

**樂音**（ㄩㄝˋ ㄧㄣ） 在一定時間作一定的振盪，使人聽了發生快感的聲音。

**樂師**（ㄩㄝˋ ㄕ） ①周朝官名，掌管音樂的事。②演奏音樂的人員。

**樂得**（ㄌㄜˋ ㄉㄜˊ） ①很愉快的意思。②事情的安排或狀況的演變正合心意，於是順其自然的做。如「他忙得一頭汗，我樂得逍遙」。

**樂理**（ㄩㄝˋ ㄌㄧˇ） 研究音樂所以組成的理論。像樂譜論、旋律論、和聲論、音響論、樂式論等。

**樂章**（ㄩㄝˋ ㄓㄤ） ①樂書的篇章，就是詩。②交響樂的段落，往往分為第一樂章、第二樂章、第三……。

**樂處**（ㄌㄜˋ ㄔㄨˋ） 快樂的所在。

**樂普**（ㄌㄜˋ ㄆㄨˇ） 圖loop的音譯。安放在婦女子宮口的一種小金屬環（也有用人造纖維做的），避孕用的。也叫「子宮環」。

**樂善**（ㄌㄜˋ ㄕㄢˋ） 喜歡做善事。如「樂善好施」。

**樂隊**（ㄩㄝˋ ㄉㄨㄟˋ） 演奏音樂的團隊。

**樂園**（ㄌㄜˋ ㄩㄢˊ） ①快樂的園地。②供遊樂的場所，像兒童樂園。

**樂意**（ㄌㄜˋ ㄧˋ） 願意。

**樂業**（ㄌㄜˋ ㄧㄝˋ） 樂於所做的事。

**樂歲**（ㄌㄜˋ ㄙㄨㄟˋ） 図收成好的年頭兒。

**樂群**（ㄧㄠˋ ㄑㄩㄣˊ） 図把同朋友群居當作樂事。又讀ㄌㄜˋ ㄑㄩㄣˊ。

**樂道**（ㄌㄜˋ ㄉㄠˋ） 図願意遵守儒家的聖道，不貪心，不慕虛榮。如「安貧樂道」。

**樂團**（ㄩㄝˋ ㄊㄨㄢˊ） 從事音樂演出工作的團體。

**樂境**（ㄌㄜˋ ㄐㄧㄥˋ） 安樂的境遇。

**樂歌**（ㄩㄝˋ ㄍㄜ） 音樂與歌曲。

**樂聞**（ㄌㄜˋ ㄨㄣˊ） 図願意聽見。

**樂趣**（ㄌㄜˋ ㄑㄩˋ） 快樂的意味。如「仔細思索，工作之中有很多樂趣」。

**樂器**（ㄩㄝˋ ㄑㄧˋ） 音樂演奏所用的器具，可分以下各類：①弦樂器，如琴、瑟、琵琶、箏、三弦、提琴、揚琴、豎琴等。②管樂器，如簫、笛、笙、喇叭、管風琴等。③鍵盤樂器，如鋼琴、風琴、木琴、鋼片等。④打擊樂器，如鐘、磬、鑼、鼓、鐃、鈸等。

**樂譜**（ㄩㄝˋ ㄆㄨˇ） 樂曲的譜。

**樂觀**（ㄌㄜˋ ㄍㄨㄢ） 對悲觀說的。①對人生充滿希望的看法。②事務有成功的希望。

**樂天派**（ㄌㄜˋ ㄊㄧㄢ ㄆㄞˋ） ①相信樂天主義的。②處世達觀的人。

**樂呵呵**（ㄌㄜˋ ㄏㄜ ㄏㄜ） 高興的開懷大笑。

**樂府詩**（ㄩㄝˋ ㄈㄨˇ ㄕ） 詩體名。起源於西漢武帝時設立音樂官署采集各地民歌，後世凡是民歌或合樂的詩，便稱為樂府詩。

**樂陶陶**（ㄌㄜˋ ㄊㄠˊ ㄊㄠˊ） 快樂的樣子。如「收帆滿載歸，漁翁樂陶陶」。

**樂山樂水**（ㄧㄠˋ ㄕㄢ ㄧㄠˋ ㄕㄨㄟˇ） 図「智者樂水，仁者樂山」（〈論語〉的話），比喻人的愛好不同。

**樂不可支**（ㄌㄜˋ ㄅㄨˋ ㄎㄜˇ ㄓ） 快樂得不得了。形容快樂到了極點。

**樂不思蜀** 蜀漢亡後，劉禪全家遷居洛陽，司馬昭問他是否還想念蜀國？答：「此間樂，不思蜀。」現在沿用作樂而忘返的意思。

**樂天知命** 語出〈易經・繫辭〉，沿用作安分守己的意思。

**樂在其中** 比喻做事能得到樂趣，而不覺乏味。

**樂此不疲** 樂於做這些事，也就不覺得疲倦。

**樂而忘返** 高興得忘了回去。

**樂善好施** 喜歡做善事，施捨財物救濟窮人。

**樂滋滋的** 形容因為滿意而快樂的樣子。如「他聽了這話，心裡樂滋滋的」。

**樂極生悲** 歡樂到了極點，發生悲傷的事情。比喻物極必反。

**樂嘻嘻的** 形容人高興的樣子。也作「樂滋滋的」。

**樓（楼）** ㄌㄡˊ ㈠兩層以上的房子。如「高樓大廈」「三層樓」。㈡雙層的。如「樓船」。㈢一種高起的建築。如「砲樓子」「城門樓子」。㈣宴飲、遊樂場所也常叫樓。如茶樓、酒樓、青樓。㈤姓。

**樓子** ①比喻層疊形狀的東西。②糾紛，禍殃。如「這一件事出了樓子」。

**樓車** 古時攻城用具。

**樓房** 樓㈠。對平房說的。

**樓板** 樓房的地板。

**樓梯** 上下樓的階梯。

**樓船** 雙層的大船。

**樓臺** 兩層以上的建築物叫樓；高而平可以遠望的叫臺。一般指高大的房屋。

**樓底下** 指樓房最下面的一層。

**樓子花兒** 層疊高起的花冠。

**樑** ㄌㄧㄤˊ 同橋梁、棟梁的「梁」字。

**槻** ㄍㄨㄟ 常綠喬木，木可製弓。

**槲** ㄏㄨˊ 落葉喬木，高兩三丈，倒卵形的大葉子。雌雄同株，果實呈圓形，木材可以燒木炭。

**槲寄生** 桑寄生科常綠小灌木。寄生於槲、梨、榆等樹上。莖呈圓柱形，叉狀分枝，有明顯的節。葉對生於枝端，呈倒披針形。花生於枝端兩葉間，呈綠黃色。果實是漿果，呈橙黃色，含有黏液。產於我國中北部。莖葉都可作藥材。

**槥** ㄏㄨㄟˋ 古時一種較粗較小的棺材。

**樛** [文]ㄐㄧㄡ ㈠樹枝向下彎曲。㈡纏繞盤結。

**槿** ㄐㄧㄣˇ 樹名，就是木槿。落葉灌木，花有紫、白、紅各色，可供觀賞。

**槳** ㄐㄧㄤˇ ㈠划船的用具。粗而長，在船尾搖叫櫓；短的，在船舷划的叫槳。㈡見「螺旋槳」。

**槧** [文]ㄑㄧㄢˋ 古書的版本。如「宋槧」（宋代的版本）。

**樝** ㄓㄚ 見「樝子」。

**樝子** 落葉灌木，又名木桃。莖高一兩尺，枝上有刺，春天開白色或黃色的花。果子圓形，色黃味酸。

**樟** ㄓㄤ 常綠喬木，高五六丈，卵形的葉子，開淡黃色小花，果實大小像豌豆，木材紋理緻密，有香氣，可以製樟腦；做成箱櫃可防蛀蟲。

**樟腦** ㄓㄤ ㄋㄠˇ 用樟木蒸餾而成的白色粉末，醫藥上用為防腐劑，又可供工業上的應用。

**樟樹** ㄓㄤ ㄕㄨˋ 見「樟」。

**樟腦丸** ㄓㄤ ㄋㄠˇ ㄨㄢˊ 用樟腦製成的小球，可以殺蟲避臭。

**樟腦油** ㄓㄤ ㄋㄠˇ ㄧㄡˊ 作防臭劑或強心劑。用樟木蒸餾而得的油，可以作防臭劑或強心劑。

## 樁

ㄓㄨㄤ ㈠一頭打進地下的木頭、石條。如「橋樁」「打樁」。㈡事情一件叫一樁。如「這一樁事」。

**樁子** ㄓㄨㄤ ㄗ˙ 樁㈠。

## 樞(枢)

ㄕㄨ ㈠門上的轉軸部分。如「戶樞不蠹」（時常轉動的門軸不怕蟲蛀，也是勉勵人勤勉的話）。㈡重要的關鍵。如「樞紐」。㈢中心部分。如「中樞」。

**樞要** ㄕㄨ ㄧㄠˋ ①事物的中心、關鍵。②指中央政府指揮行政中心或官職。

**樞紐** ㄕㄨ ㄋㄧㄡˇ 戶樞，門紐，比喻重要的關鍵。

**樞機** ㄕㄨ ㄐㄧ ①戶樞，弩機，比喻事物主要的所在。舊時用以指政府的重要職位或機構。②見「樞機主教」。

**樞機主教** ㄕㄨ ㄐㄧ ㄓㄨˇ ㄐㄧㄠˋ 也稱紅衣主教。天主教的崇高職位，團體稱「樞機聖團」，是教宗的主要諮詢單位。有選舉教宗的權力和被選舉權。

## 樗

ㄕㄨ ㈠落葉喬木，皮粗，葉有臭氣，所以又叫臭椿。㈡〔文〕見「樗材」。

**樗材** ㄕㄨ ㄘㄞˊ 〔文〕比喻無用之材，就是「不材」，自謙的詞。

**樗散** ㄕㄨ ㄙㄢˇ 〔文〕自謙沒有用處的詞。

**樗蒲** ㄕㄨ ㄆㄨˊ 古時的一種賭博，大略像擲骰子。

## 槽

ㄘㄠˊ ㈠放飼料餵牲畜的器具。如「馬槽」。㈡盛東西的器具。如「水槽」。㈢兩邊高起中間凹下，形狀像槽的東西。如「在門框上挖個槽兒」「河槽」。㈣臼齒叫「槽」。㈤量詞，門窗或室內用以隔斷的家具的單位。如「兩槽隔扇」。

**槽子** ㄘㄠˊ ㄗ˙ 槽㈠㈡㈢。

**槽牙** ㄘㄠˊ ㄧㄚˊ 臼齒。

## 椷

ㄘㄨˋ 落葉喬木，高有幾丈，四五月開暗紅色小花，木材可以製器具。又讀ㄗㄨˊ，誤讀ㄑㄧ。

## 樅

ㄘㄨㄥ 常綠喬木，葉子細長扁平，結的毬果呈橢圓形，木材輕軟，可以作建築材料，製造器具、紙張。又名冷杉。

## 槱

ㄧㄡˇ 古時祭祀時燒積柴的一種儀式，叫「槱燎」。

## 樣

ㄧㄤˋ ㈠形式，形狀。如「圖樣」「模樣」。㈡圖型，標準。如「樣本」「樣張」。㈢種類。如「這樣的」「各式各樣的」。

**樣子** ㄧㄤˋ ㄗ˙ ①形狀。②樣張。

**樣本** ㄧㄤˋ ㄅㄣˇ 做為樣品的貨物或出版物、印刷物。

**樣式** ㄧㄤˋ ㄕˋ 形式，樣子。

**樣板** ㄧㄤˋ ㄅㄢˇ ①檢驗工作輪廓的板狀工具。②一種供人畫圖形用的鏤空板狀工具。③比喻學習的榜樣、範式。

**樣品** ㄧㄤˋ ㄆㄧㄣˇ 廠商把貨物的一部分送給買主看，作為議價的標準或宣傳品的，叫樣品。

**樣張** ㄧㄤˋ ㄓㄤ 印刷品付印以前，把組好的版拓出的單張式樣（給校樣人校對），叫樣張。

**樣品屋** 一ㄤˋ ㄆㄧㄣˇ ㄨ 當作樣品向人展示的房屋。

**樣樣兒** 一ㄤˋ 一ㄤˋ ㄦ 各式各樣。

## 十二筆

**樸** ㄆㄨˊ (一)落葉喬木，高有幾丈，葉子呈橢圓形而粗糙，結黑色的圓果，味甜可吃。(二)質實不加裝飾。如「儉樸」「樸素」。

**樸拙** ㄆㄨˊ ㄓㄨㄛˊ 形容人的性格真摯純厚。

**樸直** ㄆㄨˊ ㄓˊ 樸實戇直。

**樸厚** ㄆㄨˊ ㄏㄡˋ 形容人樸實厚道。如「他心地樸厚，生活嚴謹」。

**樸茂** ㄆㄨˊ ㄇㄠˋ 形容人樸實忠厚。

**樸陋** ㄆㄨˊ ㄌㄡˋ 形容陳設質素簡陋。

**樸素** ㄆㄨˊ ㄙㄨˋ ①穿著自自然然的不加裝扮。②生活節約，不奢華。③顏色式樣不濃豔，不華麗。

**樸實** ㄆㄨˊ ㄕˊ 實字輕讀。①儉樸誠實。②同「樸素」。

**樸質** ㄆㄨˊ ㄓˊ 誠實率真，不講俗套。

**樸學** ㄆㄨˊ ㄒㄩㄝˊ ①漢學。②專從實際而不浮華的樸實之學，不以名利為目的的學問。

**橐（槖）** ㄊㄨㄛˊ (一)〔文〕口袋。如「囊橐充盈」。(二)見橐駝。(三)〔文〕穿著鞋走路的聲音。如「橐橐」。

**橐駝** ㄊㄨㄛˊ ㄊㄨㄛˊ ①駱駝。②〔文〕比喻駝背的人。

**橢** ㄊㄨㄛˇ 狹長的圓形。如「橢圓」。

**橢圓** ㄊㄨㄛˇ ㄩㄢˊ 用平面斜截正圓錐，截口一定呈橢圓。

**橢圓體** ㄊㄨㄛˇ ㄩㄢˊ ㄊㄧˇ 呈橢圓形的球體。

**橈** ㄋㄠˊ (一)彎曲的木頭。(二)〔文〕枉屈作「枉橈」。(三)〔文〕船槳，也指船。如「停橈」「歸橈」（又讀ㄖㄠˊ）。(四)橈骨，上肢骨的一部分。

**橄** ㄍㄢˇ 見「橄欖」。

**橄欖** ㄍㄢˇ ㄌㄢˇ 常綠喬木，羽狀的葉子，果實尖長，青色，可以生吃，也可以蜜漬鹽醃。又名青果或諫果。種子可以榨油，樹脂可以作藥。

**橄欖油** ㄍㄢˇ ㄌㄢˇ 一ㄡˊ 用南歐或北美橄欖樹的果子榨出的油，主要成分是油脂及硬脂，可供醫藥、工業上用。

**橄欖球** ㄍㄢˇ ㄌㄢˇ ㄑㄧㄡˊ ①一種球類運動，盛行於英、美、澳、日等國家。球場像足球場，長一百公尺（以內），寬六十九公尺（以內），兩邊端線內有達陣區，中央有中央線。比賽時一方隊員到達對方的達陣區就可得分，得分多的隊伍勝利。②這種運動使用的球，用皮革做成，形狀像橄欖。

**橫** ▲ㄏㄥˊ (一)平線。是「縱」（直）的對稱。如「縱橫交錯」。(二)從東到西，從西到東，都叫橫。(三)從中間穿過。如「橫渡太平洋」。(四)把直立的東西放平叫橫。如「橫槊賦詩」「橫刀」。(五)國字的平畫。如「一橫一豎就是十」。(六)意外的。如「飛來橫禍」。(七)不順理的。如「橫衝直撞」。(八)見「橫豎」。(九)姓。▲ㄏㄥˋ (一)倚靠勢力不講理。如「蠻橫」「強橫」。(二)不正常的；凶的。如「橫死」「橫事」。

**橫心** ㄏㄥˊ ㄒㄧㄣ 下定決心，鐵了心；不顧一切。如「他這次是橫了心幹了」。

**橫目** ㄏㄥˊ ㄇㄨˋ 瞪著眼睛，表示生氣。

**橫生** ㄏㄥˊ ㄕㄥ ①雜亂地生長。如「野草橫生」。②意外地發生。如「橫生枝節」。

**橫亙** ㄏㄥˊ ㄍㄣˋ 橋梁、山脈、沙漠、平原等從這一端橫延到另一端。

**橫列**（ㄏㄥˊ ㄌㄧㄝˋ） 平線排列。

**橫死**（ㄏㄥˋ ㄙˇ） 死於非命。

**橫肉**（ㄏㄥˋ ㄖㄡˋ） 指人天生的凶惡面貌。如「一臉橫肉」。

**橫行**（ㄏㄥˊ ㄒㄧㄥˊ） ①行為不照正道。②旁行，橫著走，指螃蟹。

**橫走**（ㄏㄥˊ ㄗㄡˇ） ①同「橫行」。②橫著走。如「順著山稜走就是橫走，由山稜的一邊越過，向另一邊走，叫直走」。

**橫事**（ㄏㄥˋ ㄕˋ） 凶事，意外的事。

**橫兒**（ㄏㄥˊ ㄦ） ①寫字平直的筆畫。②橫披。

**橫披**（ㄏㄥˊ ㄆㄧ） 披字輕讀。橫掛在牆上的書畫，軸在兩旁的。

**橫是**（ㄏㄥˊ ㄕˋ） [方]表示揣測的副詞。如「這麼晚了，他橫是不會來了」。

**橫直**（ㄏㄥˊ ㄓˊ） ①橫與直。②同「橫豎」，反正。如「給誰做都一樣，橫直是要花錢的」。

**橫空**（ㄏㄥˊ ㄎㄨㄥ） [文]當空；橫亙在空中。如「微雨未晴，彩虹橫空」。

**橫臥**（ㄏㄥˊ ㄨㄛˋ） 橫向式的臥倒。

**橫流**（ㄏㄥˋ ㄌㄧㄡˊ） [文]①流淚不止的樣子。如「老淚橫流」。②河水氾濫。如「大水橫流」。③比喻人的慾念很大。如「物欲橫流」。

**橫財**（ㄏㄥˋ ㄘㄞˊ） 徼幸得來的錢財。

**橫逆**（ㄏㄥˋ ㄋㄧˋ） [文]強暴無理。

**橫排**（ㄏㄥˊ ㄆㄞˊ） 橫向式的排列。如「英文是由左到右橫排的」。

**橫掃**（ㄏㄥˊ ㄙㄠˇ） 掃除，有誇大的意味。如「橫掃千軍」。

**橫笛**（ㄏㄥˊ ㄉㄧˊ） 橫吹的笛子。指今通用的七孔笛，竹管做的，聲音很好聽。

**橫貫**（ㄏㄥˊ ㄍㄨㄢˋ） 從橫向穿過。如「公路橫貫中部山區」。

**橫幅**（ㄏㄥˊ ㄈㄨˊ） 幅面是上下窄，左右寬的字畫。也作「橫披」。

**橫禍**（ㄏㄥˋ ㄏㄨㄛˋ） 想不到的意外災禍。

**橫暴**（ㄏㄥˋ ㄅㄠˋ） 蠻橫強暴。

**橫豎**（ㄏㄥˊ ㄕㄨˋ） ①橫與豎。②反正。

**橫膈膜**（ㄏㄥˊ ㄍㄜˊ ㄇㄛˊ） 胸腹兩腔間的筋肉膈膜。也作「隔膜」。

**橫斷面**（ㄏㄥˊ ㄉㄨㄢˋ ㄇㄧㄢˋ） 由橫線方向垂直截斷的一面。也作「橫剖面」「橫切面」。

**橫七豎八**（ㄏㄥˊ ㄑㄧ ㄕㄨˋ ㄅㄚ） 顛倒錯亂的樣子。

**橫生枝節**（ㄏㄥˊ ㄕㄥ ㄓ ㄐㄧㄝˊ） 意外地旁生些瑣碎的雜事，影響主要問題的解決。

**橫行霸道**（ㄏㄥˊ ㄒㄧㄥˊ ㄅㄚˋ ㄉㄠˋ） 凶橫不講理。

**橫征暴斂**（ㄏㄥˊ ㄓㄥ ㄅㄠˋ ㄌㄧㄢˋ） 形容稅捐的苛重。

**橫眉怒目**（ㄏㄥˊ ㄇㄟˊ ㄋㄨˋ ㄇㄨˋ） 形容人面貌凶惡的樣子。

**橫眉瞪眼**（ㄏㄥˊ ㄇㄟˊ ㄉㄥˋ ㄧㄢˇ） 形容凶惡的態度。也作「橫眉豎目」。

**橫衝直撞**（ㄏㄥˊ ㄔㄨㄥ ㄓˊ ㄓㄨㄤˋ） 走路慌張或粗莽的樣子。

**橫貫公路**（ㄏㄥˊ ㄍㄨㄢˋ ㄍㄨㄥ ㄌㄨˋ） 橫貫山脈的公路。臺灣有北、中、南三條橫貫公路。

**橫槊賦詩**（ㄏㄥˊ ㄕㄨㄛˋ ㄈㄨˋ ㄕ） [文]在軍中橫擎長矛而吟詩。形容豪氣縱橫，文才傑出的樣子。原來是蘇軾〈前赤壁賦〉形容曹操〈短歌行〉的句子。

**橫眉豎眼兒**（ㄏㄥˊ ㄇㄟˊ ㄕㄨˋ ㄧㄢˇ ㄦ） 形容人瞪大眼睛看或強硬的神情。

## 樺

（ㄏㄨㄚˋ） 落葉喬木名，開穗狀的小黃花，皮厚而輕軟，可以捲作蠟燭。木材緻密，可以造器具。

**機（机）** ㄐㄧ ㈠發動器。如「機器」「機件」。㈡事情的樞紐或可能性。如「生機」「危機」。㈢重要而有高度祕密的。如「機密」「軍機不能泄漏」。㈣時宜，際會。如「機會」「投機」。㈤靈活。如「機動」。㈥図巧詐。如「機心」「機詐」。㈦活動或作業的能力。如「機能」。㈧有全套組織，能同時操作，如同機器的。如「機體」「機關」。㈨飛機的簡稱。如「轟炸機」「班機」。

**機工** ㄐㄧ ㄍㄨㄥ 機械工人的簡稱。

**機心** ㄐㄧ ㄒㄧㄣ 図巧詐的心。

**機巧** ㄐㄧ ㄑㄧㄠˇ 機伶。

**機件** ㄐㄧ ㄐㄧㄢˋ 機器的零件。

**機先** ㄐㄧ ㄒㄧㄢ 図指事機發動還沒成事實的時候。如「制敵機先」。

**機伶** ㄐㄧ ㄌㄧㄥ˙ 伶字輕讀。①也作「機靈」，是伶俐的意思。②猛吃一驚的樣子。如「嚇得他一機伶」。

**機位** ㄐㄧ ㄨㄟˋ 飛機座艙中的位子。

**機車** ㄐㄧ ㄔㄜ ①機關車，俗稱火車頭。②機器腳踏車（摩托車）的略稱。

**機具** ㄐㄧ ㄐㄩˋ 機械和工具的合稱。如「建造水庫，需要很多機具」。

**機制** ㄐㄧ ㄓˋ ①原指機器的構造和動作原理。②泛指工作系統的組織或部分之間相互作用的過程與方式。如「市場機制比較微妙」。

**機宜** ㄐㄧ ㄧˊ 事機與事宜。

**機房** ㄐㄧ ㄈㄤˊ 或稱機器房，設置機器的房屋。

**機杼** ㄐㄧ ㄓㄨˋ ①紡織用具。②図比喻詩文創作的巧思。

**機油** ㄐㄧ ㄧㄡˊ 一般機械潤滑油的統稱。

**機要** ㄐㄧ ㄧㄠˋ 機密重要的事。

**機師** ㄐㄧ ㄕ 管理並操作機器的人。

**機班** ㄐㄧ ㄅㄢ 在同一架次客機上工作的全體人員。

**機耕** ㄐㄧ ㄍㄥ 機械化耕種的略稱。如「我們公司有機耕隊」。

**機能** ㄐㄧ ㄋㄥˊ 活動的功能。

**機動** ㄐㄧ ㄉㄨㄥˋ ①靈活運用。如「機動作戰」「機動調整」。②屬於機器發動的。如「機動車輛」「由人力裝置改為機動裝置」。

**機務** ㄐㄧ ㄨˋ ①機要的事務。②機器方面的事務。

**機密** ㄐㄧ ㄇㄧˋ 緊要祕密的事。

**機敏** ㄐㄧ ㄇㄧㄣˇ 機警，聰敏。

**機智** ㄐㄧ ㄓˋ 機警，腦子轉得快，能隨機應變。

**機械** ㄐㄧ ㄒㄧㄝˋ ①機器，凡是能夠作功的工具，都叫機械。②比喻呆板不靈活沒有變化。

**機票** ㄐㄧ ㄆㄧㄠˋ 搭乘客機的票證。

**機組** ㄐㄧ ㄗㄨˇ 由多種不同的機器結合而成的聯合體，同時工作，共同完成任務。

**機場** ㄐㄧ ㄔㄤˇ 飛機場。專供飛機起降、修護及旅客進出、休息的地方。

**機智** ㄐㄧ ㄓˋ 聰明，反應力快。

**機詐** ㄐㄧ ㄓㄚˋ 図機巧謀詐，心存不軌。

**機會** ㄐㄧ ㄏㄨㄟˋ 做事說話的適當時間。

**機群** ㄐㄧ ㄑㄩㄣˊ 編隊在空中飛行的一群飛機。常指為作戰、運補的空軍飛機。

**機遇** ㄐㄧ ㄩˋ 機會。

**機電** ㄐㄧ ㄉㄧㄢˋ 機械和電力設備的合稱。如「車子走不動，先查機電」。

**機構** ㄐㄧ ㄍㄡˋ ①機械的內部構造，或機械內部的某一元件。如「輸油機構」。②處理社會事務的單位。如「事業機構」。③機關、團體的內部組織。如「調整機構」。

**機器** ㄐㄧ ㄑㄧˋ 利用機械能來代替人力的工具。通常指發動機、交換機及工具機三類。

**機緣** ㄐㄧ ㄩㄢˊ 機會或因緣。

**機關** ㄐㄧ ㄍㄨㄢ ①經過設計有機件可以活動的器械。②図樞紐，產生事物的關鍵。〈易林〉有「甘露醴泉，太平機關」。③權謀巧詐，設計圈套。〈紅樓夢．五〉「機關算盡太聰明，反算了卿卿性命」。④處理事務的部門。如「政府機關」「各機關團體」。

**機警** ㄐㄧ ㄐㄧㄥˇ 靈敏，能隨機應變。

**機變** ㄐㄧ ㄅㄧㄢˋ ①能隨機應變。②図機心變詐，壞主意多。

**機體** ㄐㄧ ㄊㄧˇ 自然界中有生命的生物體的總稱，包括人和一切動植物。也作「有機體」。

**機帆船** ㄐㄧ ㄈㄢˊ ㄔㄨㄢˊ 裝有動力推進設備的帆船。

**機械化** ㄐㄧ ㄒㄧㄝˋ ㄏㄨㄚˋ 生產事業、日常事務或軍隊行軍，儘量使用機械，節省人力，叫機械化。

**機械能** ㄐㄧ ㄒㄧㄝˋ ㄋㄥˊ 機器設備產生的能，是物質機械運動的量度。

**機械臂** ㄐㄧ ㄒㄧㄝˋ ㄅㄧˋ 能模仿人臂特定功能的機械裝置，種類很多，功用很廣泛。

**機器人** ㄐㄧ ㄑㄧˋ ㄖㄣˊ 由微電腦控制操縱，能模仿人類某些活動，替人做事的一種機器裝置。

**機關車** ㄐㄧ ㄍㄨㄢ ㄔㄜ 火車頭，用蒸氣作原動力，在鐵軌上拉著列車走的車輛。

**機關報** ㄐㄧ ㄍㄨㄢ ㄅㄠˋ 由機關團體所出版的報刊。

**機關槍** ㄐㄧ ㄍㄨㄢ ㄑㄧㄤ 利用機器連續發射子彈的槍。分輕重等型。

**機會均等** ㄐㄧ ㄏㄨㄟˋ ㄐㄩㄣ ㄉㄥˇ 機會相同，沒有高低之分。

**機械運動** ㄐㄧ ㄒㄧㄝˋ ㄩㄣˋ ㄉㄨㄥˋ 物體間或物體內部間相對位置發生變化的過程，是物質最基本的運動形式。

**機械化部隊** ㄐㄧ ㄒㄧㄝˋ ㄏㄨㄚˋ ㄅㄨˋ ㄉㄨㄟˋ 利用機械化裝置而行動的部隊。特別針對使用裝甲自動車輛作戰的部隊而言。

## 橘

ㄐㄩˊ 常綠灌木，高一丈左右，莖有刺，葉長卵形，開白色五瓣的花，結扁圓形的果子，紅色或黃色，皮剝開後果肉有十瓣，味甜可吃。

**橘子** ㄐㄩˊ ㄗˇ 橘樹的果實。

**橘皮** ㄐㄩˊ ㄆㄧˊ 中藥名，是用乾燥的柑橘果皮製成的，性溫，味苦辛，有理氣、化痰等功效。

**橘色** ㄐㄩˊ ㄙㄜˋ 橘子的顏色，通常是紅黃色。

**橘紅** ㄐㄩˊ ㄏㄨㄥˊ ①中藥名。見「橘皮」。②也作「橘黃」。鮮橘皮的顏色。

**橘絡** ㄐㄩˊ ㄌㄨㄛˋ 中藥名，指橘瓤上的纖維，性平，味苦，有化痰的功效。

## 橛（橜）

ㄐㄩㄝˊ ㈠短木頭，小木樁。如「木頭橛子」。㈡像橛的東西。如「屎橛兒」。

**橛子** ㄐㄩㄝˊ ㄗ˙ 橛。

## 橋（桥）

ㄑㄧㄠˊ ㈠架在河上便利交通的建築物。如「鐵橋」「索橋」。㈡像橋梁一樣的建築物。如「陸橋」。㈢樹名，見「橋梓」。㈣姓。

**橋孔** ㄑㄧㄠˊ ㄎㄨㄥˇ　橋梁下面橋墩之間的孔。

**橋兒** ㄑㄧㄠˊ ㄦ　橋㈠。用以形容小橋。如「河上架著一座小木橋兒」。

**橋梁** ㄑㄧㄠˊ ㄌㄧㄤˊ　①為便利交通所建造的跨過河川、山谷的建物。簡稱橋。通常由橋墩、橋身、橋臺構成；簡單的小橋可以只有橋身。以建造材料而言，有藤草橋、木橋、磚石橋、混凝土橋、鋼架橋、鋼索橋、鋼筋混凝土橋等。②比喻能夠發生溝通作用的人、事、物。如「橋梁工具」。

**橋梓** ㄑㄧㄠˊ ㄗˇ　図橋樹高大而上仰，梓樹矮小而下俯，像是父子兩人，因此尊稱別人父子叫「賢橋梓」（橋也作喬）。

**橋牌** ㄑㄧㄠˊ ㄆㄞˊ　撲克牌遊戲之一。四人分兩組對抗。分叫牌、出牌兩階段。同組友伴應判斷當時狀況，協助組友，打敗對方。其中溝通如有橋梁，所以稱為橋（bridge）牌。

**橋墩** ㄑㄧㄠˊ ㄉㄨㄣ　支撐橋身的建築物，用木頭、石頭、混凝土或鋼骨建造。

**橋頭** ㄑㄧㄠˊ ㄊㄡˊ　橋梁和岸連接的部分。

**橋洞（兒）** ㄑㄧㄠˊ ㄉㄨㄥˋ（ㄦ）　橋柱下空的地方。

**橋頭堡** ㄑㄧㄠˊ ㄊㄡˊ ㄅㄠˇ　①建造在大型橋梁橋頭上的裝飾用的建築物。②進入敵方陣地的進攻據點。

## 樵

ㄑㄧㄠˊ　㈠柴。上山打柴叫「採樵」。㈡樵夫（是上山打柴的人）的簡稱。如「漁樵耕讀」。

**樵夫** ㄑㄧㄠˊ ㄈㄨ　舊時稱上山打柴維生的人。

**樵蘇** ㄑㄧㄠˊ ㄙㄨ　図①打柴割草。②泛稱人民日常的生計。

## 樨

ㄒㄧ　見「木樨」。又讀ㄒㄩ。

## 橡

ㄒㄧㄤˋ　㈠常綠喬木，樹幹有乳狀漿汁，可以作樹膠（也叫橡膠），用途很廣。㈡櫟實。見「橡實」。

**橡皮** ㄒㄧㄤˋ ㄆㄧˊ　①橡樹的乳狀膠汁乾了，成黃色軟塊，就是「橡皮」，富有彈性，可以製車輪、皮球等。在橡皮裡加上多量硫磺，成硬橡皮，用途很廣。②專為擦去鉛筆痕跡用的文具。

**橡實** ㄒㄧㄤˋ ㄕˊ　櫟實，俗稱橡子，圓形有尖端，可以吃。

**橡膠** ㄒㄧㄤˋ ㄐㄧㄠ　化學名詞，分天然橡膠、合成橡膠兩類。天然的是淺乳白色到深琥珀色無定形的彈性乾塊，含有樹脂、蛋白質及生膠等。合成橡膠以石油、天然氣、煤等為原料。橡膠絕緣性高，不透水，不透氣，製品廣泛地用於工業、生活等方面。

**橡木桶** ㄒㄧㄤˋ ㄇㄨˋ ㄊㄨㄥˇ　橡木所做成的桶，歐美人用來裝剛釀好的酒。

**橡皮圈** ㄒㄧㄤˋ ㄆㄧˊ ㄑㄩㄢ　①學游泳用的救生圈，橡膠做成。②見「橡皮筋」。

**橡皮筋** ㄒㄧㄤˋ ㄆㄧˊ ㄐㄧㄣ　用橡膠做成的小環狀圈，富有彈性，常用來捆小東西。

**橡皮膏** ㄒㄧㄤˋ ㄆㄧˊ ㄍㄠ　就是膠布。塗有樹膠的布，容易黏著。外科醫生用來包紮患處。

**橡皮樹** ㄒㄧㄤˋ ㄆㄧˊ ㄕㄨˋ　富於膠脂的樹，種類很多，產在阿拉伯的，樹脂可以作藥、糨糊等。產在東印度或南美洲的，白色如乳汁，可以製彈性橡皮，用途極廣。

## 橙

ㄔㄥˊ　㈠常綠灌木，葉長圓形，開白花，果實圓形黃色，味道或酸或甜，可以吃。㈡橙色，黃中帶著微紅的顏色。

**橙皮** ㄔㄥˊ ㄆㄧˊ　橙子的皮，可以作健胃藥，也可以用來調味或去臭。或寫作「陳皮」。

**橙黃** ㄔㄥˊ ㄏㄨㄤˊ　像橙子一樣的顏色，紅黃色。

**樹** ㄕㄨˋ ㈠木本植物的總稱。如「植物園裡種了各種各樣的樹」。㈡種植。如「十年樹木」。㈢建立。如「建樹」「樹立」。㈣用種植比喻人材的培育。如「百年樹人」。

**樹人** ㄕㄨˋ ㄖㄣˊ 図比喻培植人材。

**樹木** ㄕㄨˋ ㄇㄨˋ ①樹㈠。②図種樹。如「十年樹木，百年樹人」。

**樹皮** ㄕㄨˋ ㄆㄧˊ 樹的表皮。有輸送水分、保護樹幹的功能。

**樹立** ㄕㄨˋ ㄌㄧˋ 建立。

**樹身** ㄕㄨˋ ㄕㄣ 樹幹。

**樹杪** ㄕㄨˋ ㄇㄧㄠˇ 樹梢。

**樹枝** ㄕㄨˋ ㄓ 樹木分杈的枝節。

**樹冠** ㄕㄨˋ ㄍㄨㄢ 喬木主幹以上集生枝葉的部分。

**樹怨** ㄕㄨˋ ㄩㄢˋ 図與人家結了怨。

**樹苗** ㄕㄨˋ ㄇㄧㄠˊ 小樹，做移植用的，多數在苗圃裡培植。

**樹栽** ㄕㄨˋ ㄗㄞ 历同「樹苗」。

**樹脂** ㄕㄨˋ ㄓ ①植物細胞的分泌物，由損傷的樹皮處漏出，像漆、松香等全是。②一種人工化合物，由小分子聚合而成。有丙烯樹脂、酚醛樹脂、烷基樹脂、聚酯樹脂等十多種。

**樹梢** ㄕㄨˋ ㄕㄠ 樹木的頂端。

**樹陰** ㄕㄨˋ ㄧㄣ 樹下日光照不到的地方。也作「樹蔭」。

**樹蛙** ㄕㄨˋ ㄨㄚ 也稱作斑腿樹蛙、變色樹蛙。兩棲綱，樹蛙科。體色會隨環境的不同而變化，居住在山陵地帶的草叢和樹上，以捕食蚊蟲為生。主要分布於我國長江流域以南地區。

**樹幹** ㄕㄨˋ ㄍㄢˋ 樹的主體。

**樹種** ㄕㄨˋ ㄓㄨㄥˇ ①樹木的種類。如「闊葉樹」「針葉樹」。②樹木的種子。

**樹影** ㄕㄨˋ ㄧㄥˇ 樹木、枝葉在光線之下形成的陰影。

**樹德** ㄕㄨˋ ㄉㄜˊ 図立德。

**樹敵** ㄕㄨˋ ㄉㄧˊ 図與人家結怨，使自己成了人家的敵人。如「從政以來，他樹敵太多」。

**樹膠** ㄕㄨˋ ㄐㄧㄠ 見「橡皮」。

**樹叢** ㄕㄨˋ ㄘㄨㄥˊ 樹林。

**樹懶** ㄕㄨˋ ㄌㄢˇ 脊椎動物，身子像猿猴，四肢有鉤爪，常在樹枝上吃樹葉。產在美洲熱帶地方的森林中。

**樹藝** ㄕㄨˋ ㄧˋ 図種植。

**樹黨** ㄕㄨˋ ㄉㄤˇ 図因為利益而結合成朋黨。

**樹杈（兒）** ㄕㄨˋ ㄔㄚˋ ㄦ 樹枝椏杈。也作「樹杈子」。

**樹林（子）** ㄕㄨˋ ㄌㄧㄣˊ ㄗ˙ 叢生的樹木。

**樹根（兒）** ㄕㄨˋ ㄍㄣ ㄦ 樹的根。也作「樹根子」。

**樹大招風** ㄕㄨˋ ㄉㄚˋ ㄓㄠ ㄈㄥ 樹愈高大愈容易招受風害，用來比喻顯貴的人容易招致災禍。

**樹倒猢猻散** ㄕㄨˋ ㄉㄠˇ ㄏㄨˊ ㄙㄨㄣ ㄙㄢˋ 比喻依附勢利的人，勢敗就散了。

**樹欲靜而風不止** ㄕㄨˋ ㄩˋ ㄐㄧㄥˋ ㄦˊ ㄈㄥ ㄅㄨˋ ㄓˇ 図〈韓詩外傳〉的話，下一句是「子欲養（一ㄤˋ）而親不待」。比喻子女想孝養父母，而父母已經去世，等不及了。

**樹高千丈落葉歸根** ㄕㄨˋ ㄍㄠ ㄑㄧㄢ ㄓㄤˋ ㄌㄨㄛˋ ㄧㄝˋ ㄍㄨㄟ ㄍㄣ 比喻人不忘本，或終須回歸本源。

**檣** 図ㄗㄥ 檣巢：上古時代人用柴草堆成像鳥巢一樣的住所。

**樽** ㄗㄨㄣ 酒杯。如「移樽就教」、「莫使金樽空對月」。

**橇** ㄑㄧㄠ 在泥地上雪地上行走的工具。如「雪橇」。又讀ㄘㄨㄟ。

**樾** [文]ㄩㄝˋ 兩棵樹交會所成的樹陰。

## 十三筆

**檗** ㄅㄛˋ 木名，就是黃檗，俗稱黃柏。落葉喬木，淡灰色樹皮，羽狀複葉。木材堅緻，可以做器具，莖可以做黃色染料，皮可以入藥。

**檐** ▲ㄧㄢˊ「簷」的本字。▲ㄉㄢˋ 同「擔」。

**檐石** ㄉㄢˋ ㄕˊ [文]一擔糧食，形容數量微少。檐通「擔」。

**檔（档）** ㄉㄤˋ ㈠架子上的橫木。如「橫檔」。㈡機關裡分類保存的案卷，叫檔案。㈢檔子，事情的單位數。如「出了一檔子事兒」。又讀ㄉㄤˇ。

**檔案** ㄉㄤˋ ㄢˋ 政府機關裡分類保存的整套案卷。

**檀（枟）** ㄊㄢˊ ㈠常綠喬木，生在熱帶，有黃檀、白檀兩種，木材有香氣，可以作香料或造器具。另有無香氣的檀木，造器具用。㈡[文]淺紅色。如「檀口」（形容女人塗口紅）。

**檀板** ㄊㄢˊ ㄅㄢˇ 歌唱時所用的拍板，用紫檀木做成。

**檀香** ㄊㄢˊ ㄒㄧㄤ ①有香味的檀樹。②檀樹的木材。③用檀香木做的香料。

**檀越** ㄊㄢˊ ㄩㄝˋ 佛教稱施主叫檀越，也叫「檀施」。

**檑** ㄌㄟˊ 古城防工具，把圓柱形的木頭，從城上往下扔去攻擊敵人。俗稱滾木。

**檁** ㄌㄧㄣˇ 平常說「檁子」，是架在屋架或山牆上支持椽子或屋面板的長條形構件。也叫「桁」。

**檜** ㄎㄨㄞˋ 常綠喬木，樹幹像松，葉子像柏，木材質地緻密，不怕水，不會蹺敧，適宜作家具或建築材料。又讀ㄍㄨㄟˋ。

**檝** [文]ㄐㄧˊ 同「楫」。

**檟（榎）** ㄐㄧㄚˇ ㈠山楸的別名。古人用它或一種叫楚的有刺小灌木來刑罰犯人，所以把鞭打叫「檟楚」（或作「夏楚」）。㈡茶樹的別名。

**櫛** ㄐㄧㄝˊ ㈠梳子篦子的總名。如「巾櫛」。㈡[文]理髮。如「櫛髮」。㈢[文]見「櫛比」。

**櫛比** ㄐㄧㄝˊ ㄅㄧˋ [文]比喻房屋排列密集。

**櫛風沐雨** ㄐㄧㄝˊ ㄈㄥ ㄇㄨˋ ㄩˇ [文]由風來梳頭，雨水來洗澡。形容在外勤勞的意思。也作「風櫛雨沐」。

**檞** ㄐㄧㄝˇ 樹名，就是松樠。

**檢** ㄐㄧㄢˇ ㈠書皮上的題簽。如「署檢」。㈡約束。如「檢束」、「行為不檢」。㈢查驗。如「檢查」、「檢閱」。㈣揭發。如「檢舉」。

**檢字** ㄐㄧㄢˇ ㄗˋ ①從字典詞典翻查文字。②排字工人從字架上檢出需用的鉛字。

**檢束** ㄐㄧㄢˇ ㄕㄨˋ 檢點約束。如「自己的行為舉止必須時時檢束」。

**檢定** ㄐㄧㄢˇ ㄉㄧㄥˋ 檢驗決定。

**檢波** ㄐㄧㄢˇ ㄅㄛ 在無線電接收器中，利用真空管或晶體將高頻振盪中的低頻有用信號分離出來。

**檢查** ㄐㄧㄢˇ ㄔㄚˊ 點驗查看。

**檢疫** ㄐㄧㄢˇ ㄧˋ 防止帶入傳染病的檢查。

**檢修** ㄐㄧㄢˇ ㄒㄧㄡ 對機器設備、交通工具、建築物等進行檢查和修理工作。

**檢索** ㄐㄧㄢˇ ㄙㄨㄛˇ 查尋（圖書、資料等）。如「目錄很清楚，便於檢索」。

**檢討** ㄐㄧㄢˇ ㄊㄠˇ ①檢查反省自己的言行。如「自我檢討」。②檢查核對。如「工作檢討」。

**檢視** ㄐㄧㄢˇ ㄕˋ 檢驗查看。

**檢場** ㄐㄧㄢˇ ㄔㄤˇ 整理舞臺布置的工作。也指做這種工作的人。

**檢察** ㄐㄧㄢˇ ㄔㄚˊ 稽查。

**檢閱** ㄐㄧㄢˇ ㄩㄝˋ ①查看。②軍隊的檢查校閱。

**檢舉** ㄐㄧㄢˇ ㄐㄩˇ 舉發過失或違法的行為。

**檢點** ㄐㄧㄢˇ ㄉㄧㄢˇ ①清理事務。②檢束行為。

**檢驗** ㄐㄧㄢˇ ㄧㄢˋ ①檢查驗看。②法醫驗傷。

**檢字法** ㄐㄧㄢˇ ㄗˋ ㄈㄚˇ 字典、工具書裡所收文字排列次序的檢查方法。使用漢字的，用的有部首檢字法、音序檢字法、筆畫檢字法、四角號碼檢字法。

**檢波器** ㄐㄧㄢˇ ㄅㄛ ㄑㄧˋ （detector）是無線電接收機裝置的主要部分，普通是使用電子管檢探電波。也叫顯波器。

**檢察官** ㄐㄧㄢˇ ㄔㄚˊ ㄍㄨㄢ 偵查刑事被告證據並且提起公訴的司法官。檢察官所屬的司法機關稱檢察處或檢察署，主管長官職稱為檢察長。

**檢定考試** ㄐㄧㄢˇ ㄉㄧㄥˋ ㄎㄠˇ ㄕˋ 檢定學力、技能、資格的考試，無學力而有能力的人，通過考試，可以得到相當的學歷或職位的資格。

**檢覈考試** ㄐㄧㄢˇ ㄏㄜˊ ㄎㄠˇ ㄕˋ 一種資格考試。應考人將學歷證件或著作送請考試機關審查，必要時予以筆試。審查通過的可以取得專門職業或技術人員的執業資格，或公職候選人資格。

**檎** ㄑㄧㄣˊ 果名。見「林檎」。

**檣（艢）** ㄑㄧㄤˊ 船上的桅杆。

**檣傾楫摧** ㄑㄧㄤˊ ㄑㄧㄥ ㄐㄧˊ ㄘㄨㄟ 図風浪很大，船桅、船槳都斷了。

**檠（檄）** ㄑㄧㄥˊ 古人所用的器具：㈠調正弓弩的器具。㈡燈檠，就是燈架。㈢一種像籩豆的有腿兒的盤子。

**檄** ㄒㄧˊ ㈠古時為了徵召、調兵、聲討用的文書，通稱「檄文」。㈡插上雞毛表示緊急的文書叫「羽檄」。

**樫** ㄔㄥ 見「樫柳」。

**樫柳** ㄔㄥ ㄌㄧㄡˇ 落葉亞喬木，枝細長，葉密生，夏秋開小紅花成穗狀。有觀音柳、西河柳、西湖柳、人柳、三春柳、赤楊柳等品種。

**檨** ㄕㄜˋ 樹名，就是芒果。產於福建、廣東、臺灣等地。夏天成熟，形狀像鵝卵，皮深綠，肉黃，味美。

**檇** ㄗㄨㄟˋ 檇李。果名，皮色鮮紅，肉多漿質，味道甘美。浙江桐鄉所產的最好。

**檥** 図ㄧˇ 同「艤」。

**檃（檼）** ㄧㄣˇ 矯正木條使它平直的工具。如「檃括」。

**檃括** ㄧㄣˇ ㄎㄨㄛˋ 同「檃栝」。①矯正彎曲樹枝的器具。②図對文章的素材加以剪裁。③図改寫某種文體原有的詞句成為另一種體裁，而能保存原作旨趣的手法。

## 十四筆

**檳（梹）** ㄅㄧㄣ 見「檳子」。又讀ㄅㄧㄥ。

**檳子** ㄅㄧㄣ ㄗ˙ 図一種水果，比蘋果小些，皮帶紫色，甜而有酸味。

**檳榔** ㄅㄧㄣ ㄌㄤˊ 常綠喬木，高三丈多，產在熱帶，果實堅硬，味澀，能幫助消化。

## 檬

ㄇㄥˊ ㈠木名，像槐，葉子黃色。㈡見「檸檬」。

## 檯（枱）

ㄊㄞˊ 桌子。如「寫字檯」。今常作「枱」。

**檯子** ㄊㄞˊ ·ㄗ 桌子或像桌子的東西。如「寫字檯」「梳妝檯」。

**檯布** ㄊㄞˊ ㄅㄨˋ 桌布。

**檯球** ㄊㄞˊ ㄑㄧㄡˊ 一種室內球類運動。在鋪有綠絨的長方形槽檯上，用杆子撞象牙（塑料）球，先得滿分或分數多的勝利。臺灣叫「撞球」。

**檯燈** ㄊㄞˊ ㄉㄥ 桌燈。

## 檮

図ㄊㄠˊ 見「檮杌」。

**檮杌** ㄊㄠˊ ㄨˋ 図①古代傳說的凶獸，也用來比喻惡人。②古時楚國的史書。

**檮昧** ㄊㄠˊ ㄇㄟˋ 図愚昧無知的樣子。

## 檸

ㄋㄧㄥˊ 見「檸檬」。

**檸檬** ㄋㄧㄥˊ ㄇㄥˊ 常綠灌木，生在熱帶，葉跟花都像橘；果實橢圓，色黃，味酸，可以作飲料，也可作藥；皮可榨油作清涼劑或芳香劑。

**檸檬酸** ㄋㄧㄥˊ ㄇㄥˊ ㄙㄨㄢ 也稱枸櫞酸。一種含有羥基的三元羥酸。含蘊在果類中，在未成熟的檸檬中尤其多。可製作清涼飲料、抗氧化劑，也可用於醫藥、染料方面。

**檸檬水（兒）** ㄋㄧㄥˊ ㄇㄥˊ ㄕㄨㄟˇ（ㄦ） 檸檬汁加水製的飲料。

## 櫃（柜）

ㄍㄨㄟˋ 大的收藏東西的家具。

**櫃子** ㄍㄨㄟˋ ·ㄗ 櫃。

**櫃臺** ㄍㄨㄟˋ ㄊㄞˊ 商店用來分隔內外，便利交易的家具。

**櫃櫥（兒）** ㄍㄨㄟˋ ㄔㄨˊ（ㄦ） 櫥櫃。

**櫃員機** ㄍㄨㄟˋ ㄩㄢˊ ㄐㄧ 自動櫃員機的略稱。銀行所設供客戶提取存款的機器。

## 檻

▲ㄐㄧㄢˋ ㈠古時押送罪犯的籠車叫「檻車」。㈡關猛獸的柵欄。如「獸檻」。▲ㄎㄢˇ 門下面的橫木。如「門檻兒」。

**檻車** ㄐㄧㄢˋ ㄔㄜ ①裝載禽獸的車。②古時押送犯人的車。

## 檾

ㄑㄧㄥˇ 草名，又名「白麻」，一年生草本，莖直，花黃色，莖皮的纖維可以做粗繩索。

## 櫂

図ㄓㄠˋ ㈠搖船的櫓。如「鼓櫂」。㈡船。如「買櫂」。

# 十五筆

## 櫝

ㄉㄨˊ ㈠櫃子。如「買櫝還珠」「龜玉毀於櫝中」。㈡棺材。如「令郡國給槥櫝葬埋」。

## 櫟

ㄌㄧˋ 落葉亞喬木，高兩三丈，葉狹長，花黃褐色，木材不能作建築材料，果實圓而端尖，有殼斗，叫作橡實。

## 櫓

ㄌㄨˇ ㈠撥水使船前進的器具，比槳大。㈡古兵器，大盾、大戟一類的東西。㈢古時守城的瞭望臺叫「樓櫓」。

## 櫚

ㄌㄩˊ 常綠喬木，木材紅紫色，像紫檀，很硬，是製作床几的好木材。

## 櫜

ㄍㄠ ㈠古時收藏兵器、鎧甲的口袋。㈡図收起兵器來。

## 櫧

ㄓㄨ 常綠喬木，木材堅實，可作車船或棟梁。

## 櫫

ㄓㄨ ㈠小木樁。㈡図見「楬櫫」。

## 櫥（厨）

ㄔㄨˊ 藏器物的器具。如「書櫥」。

**櫥窗** ㄔㄨˊ ㄔㄨㄤ 陳列展示商品的窗櫃。

**櫥櫃（兒）** ㄔㄨˊ ㄍㄨㄟˋ（ㄦ） 矮立櫃，前面有門，有抽屜。

**櫞** ㄩㄢˊ 見「枸櫞」。

## 十六筆

**櫱** 図ㄋㄧㄝˋ 樹木被砍伐的部分生出的新芽，叫「萌櫱」。

**櫱枝** ㄋㄧㄝˋ ㄓ 図樹木砍伐後，在剩下的樹幹上長出來的新枝。

**櫪** 図ㄌㄧˋ ㈠馬棚，馬槽。如「老驥伏櫪」。㈡樹名，同「櫟」。

**櫨** ㄌㄨˊ ㈠柱上的方木，就是斗拱，也叫「欂櫨」。㈡樹名，就是黃櫨，漆科落葉喬木，果實扁圓，可以製蠟。

**櫳** ㄌㄨㄥˊ ㈠窗戶。如「簾櫳」。㈡獸檻。

**櫬** ㄔㄣˋ 棺材。如「靈櫬」。

## 十七筆

**欂** ㄅㄛˊ 「欂櫨」，柱子上托著棟梁的短木，就是「斗拱」。

**欄** ㄌㄢˊ ㈠家畜的圈。如「豬欄」「牛欄」。㈡闌干（也作「欄杆」）。如「花欄」。㈢報紙版面上用線條或空白分隔的各部分。如「特欄」「專欄」。

**欄杆** ㄌㄢˊ ㄍㄢ 用木頭或金屬條做的遮闌，縱橫交錯的。也作「闌干」。

**櫺** ㄌㄧㄥˊ 窗框上的小格子。

**櫸** ㄐㄩˇ 榆科的落葉喬木，高好幾丈，葉長卵形，花淡黃色，木質堅細，可以作家具。

**櫻** ㄧㄥ 薔薇科落葉喬木，卵形葉，總狀或傘房花序，春天開白色或紅色的花，結核果。我國長江流域、日本、韓國都有。

**櫻桃** ㄧㄥ ㄊㄠˊ 灌木名，葉橢圓而闊，有鋸齒，春夏開花，淡紅白色，果實像小紅球，甜美好吃。

**櫻脣** ㄧㄥ ㄔㄨㄣˊ 比喻美人的嘴，嬌小而紅，像櫻桃。

## 十八筆

**權（权）** ㄑㄩㄢˊ ㈠古時把秤錘叫權。㈡図度量輕重。如「權而後知輕重」。㈢支配或指揮事物人員的力量。如「權力」「主權」「權柄」。㈣應有的權力跟應享的利益。如「行使四權」。㈤變通。如「權宜之計」。㈥暫且。如「權且」。㈦機謀。如「權術」「弄權」。㈧姓。

**權力** ㄑㄩㄢˊ ㄌㄧˋ ①能產生效果的力量。②能操縱指揮的威力。

**權且** ㄑㄩㄢˊ ㄑㄧㄝˇ 暫且。

**權位** ㄑㄩㄢˊ ㄨㄟˋ 具有權力的地位。

**權利** ㄑㄩㄢˊ ㄌㄧˋ ①權勢及貨財。②「義務」的相反詞；國民照法律規定應該享有的利益，像選舉權等。

**權杖** ㄑㄩㄢˊ ㄓㄤˋ 作為權力象徵的手杖。

**權宜** ㄑㄩㄢˊ ㄧˊ 暫時適宜的處置。

**權狀** ㄑㄩㄢˊ ㄓㄨㄤˋ 物權的證明書。如「土地權狀」。

**權威** ㄑㄩㄢˊ ㄨㄟ ①權力。②在某種事業或學術上最有地位的人。如「史學權威」。

**權柄** ㄑㄩㄢˊ ㄅㄧㄥˇ 權力。

**權要** ㄑㄩㄢˊ ㄧㄠˋ 図權貴顯要。

**權限** ㄑㄩㄢˊ ㄒㄧㄢˋ 事權的界限。

**權益** ㄑㄩㄢˊ ㄧˋ ①關於權勢、貨物、錢財的利益。②人民依法律的規定應享有的利益。

**權能** ㄑㄩㄢˊ ㄋㄥˊ 權力與職能。

**權略** ㄑㄩㄢˊ ㄌㄩㄝˋ 能夠隨機應變的策略。同「權謀」。

**權術** ㄑㄩㄢˊ ㄕㄨˋ 使用智巧行事。

**權責** ㄑㄩㄢˊ ㄗㄜˊ 權力範圍的職責。如「依照權責辦事」。

**權詐** ㄑㄩㄢˊ ㄓㄚˋ 權謀狡詐。

**權貴** ㄑㄩㄢˊ ㄍㄨㄟˋ 指居高位、有權勢的人。

**權勢** ㄑㄩㄢˊ ㄕˋ 權柄勢力。

**權數** ㄑㄩㄢˊ ㄕㄨˋ ①權勢的類別。②機智善變的能力。③在統計學中計算平均數等指標值時，對各個變量值具有權衡輕重作用的數值。

**權衡** ㄑㄩㄢˊ ㄏㄥˊ ①稱東西輕重的工具。②品評事物。③權力②。

**權謀** ㄑㄩㄢˊ ㄇㄡˊ 隨機應變的謀略。

**權變** ㄑㄩㄢˊ ㄅㄧㄢˋ 隨機應變。

**權力結構** ㄑㄩㄢˊ ㄌㄧˋ ㄐㄧㄝˊ ㄍㄡˋ 政治學名詞。指國際社會、國家、政黨或團體內部整體權力分配、組織的狀況。

**權利侵害** ㄑㄩㄢˊ ㄌㄧˋ ㄑㄧㄣ ㄏㄞˋ 法律上指身體或財產的利益受到他人侵害。

**權高位重** ㄑㄩㄢˊ ㄍㄠ ㄨㄟˋ ㄓㄨㄥˋ 權力大，地位重要。指高官。

## 十九筆

**欒（栾）** ㄌㄨㄢˊ ㈠落葉喬木，也叫「欒華」，小圓葉子，黃花，結的果像豌豆，圓黑堅硬，可以作數珠。㈡姓。

**欏** ㄌㄨㄛˊ 見「桫欏」。

**欐** ㄌㄧˋ 梁棟的別名。

## 二十筆

**欓** ▲ㄉㄤˇ 果木名，就是「茱萸」。▲ㄊㄤˇ 木桶。

## 二十一筆

**欖（榄）** ㄌㄢˇ 見「橄欖」。

# 欠部

**欠** ㄑㄧㄢˋ ㈠不夠。如「欠缺」「欠好」。有時作否定副詞，比用「不」要委婉。如「欠佳」「欠通」。㈡借人財物沒還。如「欠帳」「舊欠未清」。㈢肢體稍向上提。如「欠身兒」。㈣累的時候張嘴呼氣。如「打呵欠」「欠伸」。㈤因言行方面的缺失。喜歡說話譏笑別人，叫「嘴欠」；喜歡損毀東西，叫「手欠」。

**欠打** ㄑㄧㄢˋ ㄉㄚˇ 比喻人的言行不合常軌，需要糾正。

**欠好** ㄑㄧㄢˋ ㄏㄠˇ 不好。

**欠安** ㄑㄧㄢˋ ㄢ 說別人生病的委婉話。

**欠伸** ㄑㄧㄢˋ ㄕㄣ 張嘴哈氣伸懶腰兒。

**欠佳** ㄑㄧㄢˋ ㄐㄧㄚ 不夠好。

**欠缺** ㄑㄧㄢˋ ㄑㄩㄝ 缺少。

**欠帳** ㄑㄧㄢˋ ㄓㄤˋ 買東西、吃東西不給錢，應允以後再給。

**欠通** ㄑㄧㄢˋ ㄊㄨㄥ 文筆不夠通暢。

**欠揍** 同「欠打」，意思比較重些。如「你老不聽話，欠揍」。

**欠款** 欠人的錢。

**欠債** 負債。

**欠薪** 欠發薪俸。

**欠身（兒）** 身子稍斜傾向上提，好像要站起來的樣子，表示對人的尊敬。

**欠情（兒）** 沒報答人的恩情。

**欠資郵票** 寄件人在郵件上貼的郵票不夠，郵局蓋「欠資」戳，由郵差向收件人按照欠額加倍收取郵資，並按照這項加倍額貼上郵票。這種郵票上面印明是「欠資郵票」。

## 二筆

**次** ㄘˋ ㈠等第，順序。如「等次」「層次」。㈡回數。如「次數」「一天來回四次」。㈢第二。如「次子」「次日」。㈣品質不精。如「次貨」。北京話把人品不好，說「人頭兒太次」。㈤〔文〕旅行途中暫住的處所。如「旅次」「客次」。㈥〔文〕倉卒，草率。如「造次」。

**次日** 第二天。

**次序** 依次排列的順序。

**次長** 我國中央政府各部的副首長，分政務次長、常務次長兩種。

**次要** 不是最重要的。

**次第** ①次序。②照著次序。

**次貨** 品質比較差的貨物。也作「次品」。

**次等** 比較下一等。

**次數** 回數。

**次韻** 〔文〕作古體詩的方式之一，也作「步韻」。就是按照所要應和的詩中的韻腳和它用韻的先後次序來寫詩。

**次大陸** 面積比洲小，因為地理原因形成獨立的單元，如含有印度、巴基斯坦、孟加拉的南亞次大陸。

**次文化** 指一個社會裡的某一群體，雖然有這個社會的基本價值觀念，同時也保有它自己的生活方式、風俗習慣和價值。

**次殖民地** 地位低於殖民地的國家或地區。

## 四筆

**欣** ㄒㄧㄣ 歡喜，快樂。如「欣喜」「敗亦欣然」。

**欣忭** 〔文〕喜悅。

**欣幸** 歡喜而慶幸。

**欣欣** ①歡喜的樣子。②自得的樣子。③草木茂盛的樣子。如「木欣欣以向榮」。也比喻事情有發展。

**欣喜** 喜悅。

**欣然** 〔文〕高興的樣子。

**欣羨** 歡喜羨慕。

**欣慰** 心裡高興覺得安慰。

**欣賞** 瀏覽藝術作品或技藝表演等而能引起舒暢滿足的感受。

**欣欣向榮** ①草木茂盛的樣子。②比喻事業蓬勃發展。

**欣然自喜** ㄒㄧㄣ ㄖㄢˊ ㄗˋ ㄒㄧˇ 快樂、自得。如「得遂所志，則欣然自喜」。

## 六筆

**欬** ▲ㄎㄞˋ 談笑的樣子，見「謦欬」。▲ㄎㄜˊ，同「咳」。

**欬唾成珠** ㄎㄞˋ ㄊㄨㄛˋ ㄔㄥˊ ㄓㄨ 〔文〕比喻人的文字很優美，言談很出色，吐出的唾沫變成珠玉。

## 七筆

**欷** 〔文〕ㄒㄧ 見「欷歔」。

**欷歔** ㄒㄧ ㄒㄩ 〔文〕①嗟嘆聲。②哭泣以後的抽噎聲。

**欸** ▲ㄟˋ 感嘆詞，表示應允。又讀ㄞˇ。▲ㄞˇ ㈠答應的聲音。㈡〔文〕見「欸乃」。

**欸乃** ㄞˇ ㄋㄞˇ 〔文〕搖櫓聲。柳宗元詩有「欸乃一聲山水綠」。

**欲** ㄩˋ ㈠想；要；打算。如「深知欲達到此目的」「欲罷不能」。㈡快要。如「搖搖欲墜」「山雨欲來風滿樓」。㈢同「慾」。如「求知欲」「欲望」。

**欲念** ㄩˋ ㄋㄧㄢˋ 欲望。

**欲海** ㄩˋ ㄏㄞˇ 〔文〕原是佛教用語。比喻貪欲很大，會使人沈溺的意思。

**欲望** ㄩˋ ㄨㄤˋ ①不足的感念與想滿足這種感念的願望。②非物質的願望，如向學求知的欲望。

**欲加之罪** ㄩˋ ㄐㄧㄚ ㄓ ㄗㄨㄟˋ 想要憑空捏造人家的罪過。（常接「何患無辭」連用）

**欲哭無淚** ㄩˋ ㄎㄨ ㄨˊ ㄌㄟˋ 想哭卻哭不出眼淚來。形容悲痛到極點。

**欲速不達** ㄩˋ ㄙㄨˋ ㄅㄨˋ ㄉㄚˊ 「欲速則不達」，形容操切求快，反而不能達到目的。

**欲蓋彌彰** ㄩˋ ㄍㄞˋ ㄇㄧˊ ㄓㄤ 〔文〕想掩蔽過失反而更加顯明。彰也作章。

**欲擒故縱** ㄩˋ ㄑㄧㄣˊ ㄍㄨˋ ㄗㄨㄥˋ 想抓他卻故意先放他，使他不知防備。

**欲罷不能** ㄩˋ ㄅㄚˋ ㄅㄨˋ ㄋㄥˊ 想要中途停止，卻無法做到。

## 八筆

**款（欵）** ㄎㄨㄢˇ ㈠經費，錢財。如「存款」「款項」。㈡招待。如「款待」「款客」。㈢條目。如「條款」「第二條第四款」。㈣見「款識」。㈤樣式。如「款式」。㈥慢慢地。如「款步」「點水蜻蜓款款飛」。㈦〔文〕誠懇。如「悃款」「款留」。㈧〔文〕叩，敲，打。如「款關請見」。㈨〔文〕誓詞叫「款」。古時投降的人進納誓詞，叫「納款」。

**款子** ㄎㄨㄢˇ ㄗ˙ 經費，錢財。

**款目** ㄎㄨㄢˇ ㄇㄨˋ ①條項。②分條的帳目。

**款式** ㄎㄨㄢˇ ㄕˋ 式樣。

**款曲** ㄎㄨㄢˇ ㄑㄩ 〔文〕衷情；內心的情意，後來引伸為傾述衷情。

**款待** ㄎㄨㄢˇ ㄉㄞˋ 殷勤接待。

**款洽** ㄎㄨㄢˇ ㄒㄧㄚˊ 情意融洽。

**款留** ㄎㄨㄢˇ ㄌㄧㄡˊ 〔文〕招待賓客，殷勤地勸他留下。

**款款** ㄎㄨㄢˇ ㄎㄨㄢˇ 〔文〕①誠懇；忠實。②徐緩的樣子，同「緩緩」。如「點水蜻蜓款款飛」。

**款項** ㄎㄨㄢˇ ㄒㄧㄤˋ ①同「款目」。②經費，錢財。

**款額** ㄎㄨㄢˇ ㄜˊ 經費或錢財的數額。

**款識** ㄎㄨㄢˇ ㄓˋ ①鐘鼎彝器上面所刻的字，凹的叫款，凸的叫識。②書畫上的標題姓名等也叫款識。

**欻** ▲図ㄏㄨ 同「忽」，忽然；快速。如「欻忽」。▲ㄔㄨㄚ 狀聲字。如「欻的一聲」。

**欻忽** ㄏㄨ ㄏㄨ 図迅速快疾。

**欻拉** ㄔㄨㄚ ㄌㄚ 狀聲的詞。如「欻拉一聲，把菜放在滾油鍋裡」。

**欺** ㄑㄧ ㈠詐騙。如「欺騙」「自欺欺人」。㈡自己昧著心。如「欺心」。㈢凌辱。如「欺負」「欺軟怕硬」。

**欺心** ㄑㄧ ㄒㄧㄣ 自欺。

**欺生** ㄑㄧ ㄕㄥ 欺負外來的人。

**欺侮** ㄑㄧ ㄨˇ 欺陵侮辱。

**欺負** ㄑㄧ ㄈㄨˋ 負字輕讀。欺陵侮辱。

**欺陵** ㄑㄧ ㄌㄧㄥˊ 用勢力壓迫侮辱人家。

**欺詐** ㄑㄧ ㄓㄚˋ 用詐術騙人。

**欺蒙** ㄑㄧ ㄇㄥˊ 欺騙蒙蔽。

**欺壓** ㄑㄧ ㄧㄚ 用勢力逼迫人家。

**欺瞞** ㄑㄧ ㄇㄢˊ 欺騙隱瞞。

**欺矇** ㄑㄧ ㄇㄥˊ 欺騙。

**欺騙** ㄑㄧ ㄆㄧㄢˋ 說假話哄人。

**欺人太甚** ㄑㄧ ㄖㄣˊ ㄊㄞˋ ㄕㄣˋ 過分的欺負人。

**欺人自欺** ㄑㄧ ㄖㄣˊ ㄗˋ ㄑㄧ 言行不但欺騙別人，而且昧著良心，欺騙自己。

**欺世盜名** ㄑㄧ ㄕˋ ㄉㄠˋ ㄇㄧㄥˊ 欺騙社會人士，從中取得美譽。

**欺君罔上** ㄑㄧ ㄐㄩㄣ ㄨㄤˇ ㄕㄤˋ 舊時說欺騙皇上，蒙騙上司。

**欺貧重富** ㄑㄧ ㄆㄧㄣˊ ㄓㄨㄥˋ ㄈㄨˋ 欺負貧窮人家，敬重富有的人。

**欺善怕惡** ㄑㄧ ㄕㄢˋ ㄆㄚˋ ㄜˋ 欺負好人，害怕惡人。

**欺軟（的）怕硬（的）** ㄑㄧ ㄖㄨㄢˇ ㄉㄜ˙ ㄆㄚˋ ㄧㄥˋ ㄉㄜ˙ 欺負軟弱的人，懼怕強橫的人。也作「欺善怕惡」。

**欽** ㄑㄧㄣ ㈠恭敬，敬重。如「欽佩」「英勇可欽」。㈡以往對於君主的敬語，指說皇帝的行動。如「欽差大臣」「欽定四庫全書」。㈢縣名，在廣東省。㈣姓。

**欽仰** ㄑㄧㄣ ㄧㄤˇ 図敬佩景仰。

**欽佇** ㄑㄧㄣ ㄓㄨˋ 図敬仰、想望的意思。

**欽佩** ㄑㄧㄣ ㄆㄟˋ 恭敬而佩服。

**欽定** ㄑㄧㄣ ㄉㄧㄥˋ 皇帝所寫的著述，或經由皇帝所裁定的書籍、指定的著作。

**欽差** ㄑㄧㄣ ㄔㄞ 君主時代由皇帝派到各地辦事的官員。

**欽敬** ㄑㄧㄣ ㄐㄧㄥˋ 欽佩恭敬。

**欽遲** ㄑㄧㄣ ㄔˊ 図敬仰的意思。

**欽天監** ㄑㄧㄣ ㄊㄧㄢ ㄐㄧㄢˋ 明清兩代皇家掌管天文曆法的官署，好比現在的中央氣象局。

**欹** ㄧ ㈠図「欹歟」，嘆美的詞，同「猗」。㈡借作「敧」。

## 九筆

**歇** ㄒㄧㄝ ㈠休息。如「歇歇腿兒」「歇會兒」。㈡睡覺；住宿。如「歇宿」。㈢停止。如「歇業」。

**歇工** ㄒㄧㄝ ㄍㄨㄥ 休業。

**歇手** ㄒㄧㄝ ㄕㄡˇ 罷手，住手。

**歇乏** ㄒㄧㄝ ㄈㄚˊ 勞動之後休息一下。

**歇肩** ㄒㄧㄝ ㄐㄧㄢ 卸下重負，休息一下。

**歇夏** ㄒㄧㄝ ㄒㄧㄚˋ 夏季休業。

**歇息** ㄒㄧㄝ ㄒㄧ˙ 息字輕讀。①休息。②睡覺。也作「安歇」。

**歇氣** ㄒㄧㄝ ㄑㄧˋ 停下來休息。如「走了三個鐘頭，該歇氣了」。

**歇宿** ㄒㄧㄝ ㄙㄨˋ 住宿。

**歇閒** ㄒㄧㄝ ㄒㄧㄢˊ 休閒。

**歇業** ㄒㄧㄝ ㄧㄝˋ 停止營業。

**歇腳** ㄒㄧㄝ ㄐㄧㄠˇ ①休息。②暫住。

**歇後語** ㄒㄧㄝ ㄏㄡˋ ㄩˇ 用歇後法構成的語句。把最要緊的意思藏起來不說，讓人從前面的話去推測。如「孝弟忠信禮義廉——無恥」「竹籃子打水——一場空」。

**歇會兒** ㄒㄧㄝ ㄏㄨㄟˇ ㄦ 休息一下子。

**歇斯德里** ㄒㄧㄝ ㄙ ㄉㄜˊ ㄌㄧˇ 外 hysteria 的音譯，一種精神失常的病態，患者憂鬱暴躁。女人害這種病的較多。

**歇歇腿兒** ㄒㄧㄝ ㄒㄧㄝ ㄊㄨㄟˇ ㄦ 走累了暫時休息一下，也是歇息的意思。

**歆** ㄒㄧㄣ 文㈠羨慕。如「歆羨」。㈡古時說是神來享用祭品叫「歆」。㈢悅服。如「民歆而德之」。

**歆羨** ㄒㄧㄣ ㄒㄧㄢˋ 文同「欣羨」，羨慕。

**歆慕** ㄒㄧㄣ ㄇㄨˋ 文羨慕。

**歃** 文ㄕㄚˋ ㈠小飲。㈡見「歃血」。

**歃血** ㄕㄚˋ ㄒㄩㄝˋ 文古時盟誓時候，把血塗在口邊，表示信守，叫做歃血。

**歈** 文ㄩˊ 歌。如「吳歈蔡謳」。

## 十筆

**歌（謌）** ㄍㄜ ㈠出聲唱。如「歌唱」「高歌一曲」。㈡可以唱的韻文。如「兒歌」「詩歌」。㈢編出詩歌來讚頌。如「歌功頌德」。

**歌女** ㄍㄜ ㄋㄩˇ 靠歌唱為生的女人。

**歌手** ㄍㄜ ㄕㄡˇ 唱歌的藝人。

**歌曲** ㄍㄜ ㄑㄩˇ 可以唱的曲子。

**歌行** ㄍㄜ ㄒㄧㄥˊ 古樂府的一體。歌，總名，鋪敘本事而成的長歌叫行，漢代叫歌或行，唐人沿用，也有合併稱歌行的。古詩歌行的格律、音節比較自由，句子長短參差（像〈孔雀東南飛〉），變化很多。唐代的歌行，不是五言就是七言，〈琵琶行〉〈秦婦吟〉可為代表。

**歌兒** ㄍㄜ ㄦ 歌㈡。

**歌星** ㄍㄜ ㄒㄧㄥ 以歌唱為職業而已經成名的人。

**歌迷** ㄍㄜ ㄇㄧˊ 愛聽歌愛唱歌而入迷的人。

**歌唱** ㄍㄜ ㄔㄤˋ 出聲唱歌。

**歌訣** ㄍㄜ ㄐㄩㄝˊ 口訣。把事情的內容要點編成韻文或比較整齊的文句以便背誦。如「珠算歌訣」。

**歌喉** ㄍㄜ ㄏㄡˊ 歌唱的音色。也指歌聲（多用於讚美）。如「他的歌喉不錯」。

**歌詞** ㄍㄜ ㄘˊ 歌曲裡的文詞。

**歌詠** ㄍㄜ ㄩㄥˇ 歌唱。

**歌頌** ㄍㄜ ㄙㄨㄥˋ 作詩歌來頌揚。

**歌舞** ㄍㄜ ㄨˇ 歌唱跳舞。

**歌劇** ㄍㄜ ㄐㄩˋ 由器樂、聲樂、舞蹈、背景拼合成的一種音樂劇，十六世紀末出現在意大利，原名叫opera。

**歌壇** ㄍㄜ ㄊㄢˊ 歌唱界。

**歌聲** ㄍㄜ ㄕㄥ 歌唱的聲音。

**歌謠** ㄍㄜ ㄧㄠˊ 可以唱的韻語，有樂曲伴奏的叫歌，沒樂曲伴奏的叫謠。

**歌譜** ㄍㄜ ㄆㄨˇ 歌曲上面的音樂符號。

**歌廳** ㄍㄜ ㄊㄧㄥ 聘有歌星駐唱供人聽歌的場所。

**歌仔戲** ㄍㄜ ㄗˇ ㄒㄧˋ 臺灣最通行的民間戲劇。清末民初從閩南傳入臺灣的錦歌、車鼓弄、採茶褒歌等基礎上所發展形成的地方戲曲。也是臺灣唯一土生土長的地方戲曲劇種。主要流行於臺灣、福建漳州（龍溪）和東南亞華僑聚居的地區。

**歌舞伎** ㄍㄜ ㄨˇ ㄐㄧˋ 一種日本戲劇。由男子表演。表演時演員畫臉譜，只有說白和動作，不唱歌，由伴奏音樂的人在幕後隨演員的動作歌唱。

**歌舞劇** ㄍㄜ ㄨˇ ㄐㄩˋ 有歌舞的戲劇。

**歌功頌德** ㄍㄜ ㄍㄨㄥ ㄙㄨㄥˋ ㄉㄜˊ 頌揚別人的功德。

**歌舞昇平** ㄍㄜ ㄨˇ ㄕㄥ ㄆㄧㄥˊ 形容社會繁榮的景象。

**歌臺舞榭** ㄍㄜ ㄊㄞˊ ㄨˇ ㄒㄧㄝˋ 聽歌和看跳舞的場所，都是營業場所。

**歌聲繞梁** ㄍㄜ ㄕㄥ ㄖㄠˋ ㄌㄧㄤˊ 歌聲雖止，餘音仍不絕於耳。形容歌聲很美的意思。

**歌韻心聲** ㄍㄜ ㄩㄣˋ ㄒㄧㄣ ㄕㄥ 形容歌聲中透露出內心所想要傾訴的言語和願望。

**歉** ㄑㄧㄢˋ ㈠農作物收成不好。如「歉收」「年成有豐歉」。㈡向人說對不起的意思。如「道歉」「歉意」。

**歉收** ㄑㄧㄢˋ ㄕㄡ 農作物收成不好。

**歉疚** ㄑㄧㄢˋ ㄐㄧㄡˋ 抱歉；心裡覺得過意不去。

**歉意** ㄑㄧㄢˋ ㄧˋ 對不起人的感覺。

## 十一筆

**歐（欧）** ㄡ ㈠同「嘔」，嘔吐。㈡同「毆」，捶擊。㈢歐羅巴洲的簡稱。如「西歐」「歐化」。㈣「歐姆」（ohm）②的簡稱。㈤姓。又複姓，如「歐陽」。

**歐化** ㄡ ㄏㄨㄚˋ ①為歐洲文化思想風習所轉移。②歐洲式樣，如「歐化廚具」。

**歐西** ㄡ ㄒㄧ 泛指西方歐洲各國。

**歐姆** ㄡ ㄇㄨˇ 外 ①(Georg Simon Ohm,1787-1854)德國物理學家，發現電阻的歐姆定律，所以把電阻單位叫「歐姆」。②（Ohm）電氣阻力單位，導體兩端電位差為一伏特時，通過一安培電流的電阻為一歐姆。

**歐洲** ㄡ ㄓㄡ 歐羅巴洲的簡稱。

**歐美** ㄡ ㄇㄟˇ 指歐洲美洲各國。

**歐體** ㄡ ㄊㄧˇ 唐朝著名書法家歐陽詢的字體。

**歐氏管** ㄡ ㄕˋ ㄍㄨㄢˇ 生理學名詞。指咽喉和中耳相連的管道。也稱耳氣管。是意大利人歐司達（Eustacho）所發現的，因而得名。

**歐椋鳥** ㄡ ㄌㄧㄤˊ ㄋㄧㄠˇ 動物名。屬鳥綱燕雀目。體大如鵯。築巢於櫧屬的樹幹上。夏天能繁殖兩次。性好溫暖。常棲息在牛馬羊等的背上啄食寄生蟲。喜食葡萄、蛇苺及鱗翅類昆蟲。俗名叫「白頭翁」。

**歐陽修**（ㄡ ㄧㄤˊ ㄒㄧㄡ） 北宋著名的賢臣及文學家。字永叔，號醉翁、六一居士，廬陵（今江西吉安）人，為唐宋古文八大家之一（西元1007-1072）。

**歐羅巴洲**（ㄡ ㄌㄨㄛˊ ㄅㄚ ㄓㄡ） （Europe）図歐洲的全稱，世界八大洲之一。東接亞洲，西臨大西洋，面積總共有一千零九十萬平方公里。

## 十二筆

**歙** ▲図 ㄒㄧˋ 通「吸」、「翕」，是縮鼻子抽氣。▲ㄕㄜˋ 縣名，在安徽。

**歙硯**（ㄕㄜˋ ㄧㄢˋ） 用安徽省歙溪石製作的硯臺，在宋朝就很名貴了。

**歔** 図 ㄒㄩ 由鼻孔出氣。

**歔欷**（ㄒㄩ ㄒㄧ） 図悲泣氣咽而抽息。

## 十四筆

**歟**（欤） 図 ㄩˊ ㈠語末助詞，表疑問、反詰。如「然歟否歟」（是嗎不是嗎）。㈡嘆詞。如「猗歟盛哉」（美呀盛啊）。

## 十八筆

**歡**（懽、驩、欢） ㄏㄨㄢ ㈠快樂；高興。如「歡迎」「歡天喜地」。㈡図相愛的人。如「所歡」「新歡」。㈢活潑，興奮，旺盛。如「孩子玩兒好歡哪」「歡蹦亂跳」。

**歡心**（ㄏㄨㄢ ㄒㄧㄣ） 歡悅的心。

**歡呼**（ㄏㄨㄢ ㄏㄨ） 快樂的呼聲。

**歡欣**（ㄏㄨㄢ ㄒㄧㄣ） 心中喜樂。

**歡迎**（ㄏㄨㄢ ㄧㄥˊ） ①高興那個人來而迎接他。②誠心希望，樂於接受。如「歡迎參觀」「歡迎投稿」。

**歡悅**（ㄏㄨㄢ ㄩㄝˋ） 喜悅。

**歡笑**（ㄏㄨㄢ ㄒㄧㄠˋ） 歡喜快活。

**歡送**（ㄏㄨㄢ ㄙㄨㄥˋ） 誠懇地給人送行。

**歡娛**（ㄏㄨㄢ ㄩˊ） 歡樂。

**歡喜**（ㄏㄨㄢ ㄒㄧˇ） ①歡樂。②同「喜歡」，是心愛的意思。

**歡場**（ㄏㄨㄢ ㄔㄤˇ） 尋歡作樂的地方。常指歌廳、舞廳、酒樓等。

**歡暢**（ㄏㄨㄢ ㄔㄤˋ） 歡喜暢快的意思。

**歡聚**（ㄏㄨㄢ ㄐㄩˋ） 高興的聚在一起。

**歡樂**（ㄏㄨㄢ ㄌㄜˋ） 快樂。

**歡顏**（ㄏㄨㄢ ㄧㄢˊ） 図臉上歡喜的表情。

**歡騰**（ㄏㄨㄢ ㄊㄥˊ） 高興而喧騰起來。如「大夥兒看見孫先生來了，一下子就歡騰起來」。

**歡天喜地**（ㄏㄨㄢ ㄊㄧㄢ ㄒㄧˇ ㄉㄧˋ） 歡喜極了。

**歡欣鼓舞**（ㄏㄨㄢ ㄒㄧㄣ ㄍㄨˇ ㄨˇ） 形容高興得手舞足蹈。欣也作忻。

**歡喜冤家**（ㄏㄨㄢ ㄒㄧˇ ㄩㄢ ㄐㄧㄚ） 家字輕讀。指相愛又相怨尤的夫妻或戀人。

**歡喜錢兒**（ㄏㄨㄢ ㄒㄧˇ ㄑㄧㄢˊ ㄦ） 指婚慶喜事時給人的賞錢。

**歡聲雷動**（ㄏㄨㄢ ㄕㄥ ㄌㄟˊ ㄉㄨㄥˋ） 歡呼之聲如雷震動天地。

# 止部

**止** ㄓˇ ㈠停住。如「行人止步」「適可而止」。㈡使停住。如「止痛」「止咳」。㈢攔阻。如「禁止」「制止」。㈣沈靜。如「心如止水」。㈤通「只」，僅有。如「止此一家，別無分號」「不止這樣」。㈥図來到。如「嘉賓蒞止」。㈦図留。如「止子路宿」。㈧図居住。如「邦畿千里，維民所止」。㈨図心之所安。如「止於至善」。㈩図語末助詞，表決定。如「高山仰止，景行行止」。

**止水** ㄓˇ ㄕㄨㄟˇ 図靜止不流動的水。常用以形容心境平靜。如「心如止水」。

**止血** ㄓˇ ㄒㄧㄝˇ 止住血液從傷口外流。

**止住** ㄓˇ ㄓㄨˋ 停止，使停止。

**止步** ㄓˇ ㄅㄨˋ ①不再前進。②禁阻通行的話。如「遊人止步」。

**止於** ㄓˇ ㄩˊ 僅只於。

**止咳** ㄓˇ ㄎㄜˊ 用藥物止住咳嗽。

**止息** ㄓˇ ㄒㄧˊ 停息。

**止是** ㄓˇ ㄕˋ 只是；僅此。

**止限** ㄓˇ ㄒㄧㄢˋ 只限。

**止渴** ㄓˇ ㄎㄜˇ 解渴。

**止痛** ㄓˇ ㄊㄨㄥˋ 止住疼痛。

**止境** ㄓˇ ㄐㄧㄥˋ 終點。

**止水栓** ㄓˇ ㄕㄨㄟˇ ㄕㄨㄢ 控制自來水流動的器械。

**止血帶** ㄓˇ ㄒㄧㄝˇ ㄉㄞˋ 防止血液繼續外流的醫療急救用品，類似繃帶。

## 一筆

**正** ▲ㄓㄥˋ ㈠「反」的相反詞。如「正面」「正比例」。㈡「副」的相對詞。如「正本」「正刊」。㈢「偏」的相對詞。如「正廳」「正房」。㈣「負」的相對詞。如「正電」「正數」。㈤數學名詞，和「餘」相對。如「正弦」「正切」。㈥與「變」相對。如「正體字」「正格詩」。㈦方直的，不偏不倚的。如「正中」「方正」。㈧沒有私心的。如「正人君子」「公正」。㈨合於常理的。如「正經」「正路」。㈩恰恰。如「正好」「正中下懷」。(十一)表示動作在進行中。如「正吃飯呢」「正在開會」。(十二)改除錯誤。如「正名」「糾正」「訂正」。(十三)精純不雜的。如「純正」「正白色」。(十四)標準的。如「正音」「正字商標」。(十五)稱別人的太太叫「令正」。(十六)図整理。如「正其衣冠」。(十七)図治其罪。如「正法」。(十八)同「整」，「整數」的意思。如「五百元正」。

▲ㄓㄥ 陰曆每年第一個月叫「正月」，第一天叫「正旦」。

**正人** ㄓㄥˋ ㄖㄣˊ 正直的人。

**正大** ㄓㄥˋ ㄉㄚˋ 公正大方。

**正中** ㄓㄥˋ ㄓㄨㄥ 正當中。

**正午** ㄓㄥˋ ㄨˇ 中午十二點鐘。

**正心** ㄓㄥˋ ㄒㄧㄣ 使人心歸向正，是「大學」八個條目之一。

**正手** ㄓㄥˋ ㄕㄡˇ 桌球運動技術術語。執球拍的手如果是右手，從身體右側擊球叫「正手擊球」；這時左手叫「反手」。如用左手執拍，由身體左側擊球，也叫「正手擊球」，右手便成「反手」。

**正文** ㄓㄥˋ ㄨㄣˊ 主要文句。

**正方** ㄓㄥˋ ㄈㄤ ①面積的四邊四角都相等。②図端正方向。〈禮記〉有「立必正方」。

**正月** ㄓㄥ ㄩㄝˋ 陰曆元月。

**正比** ㄓㄥˋ ㄅㄧˇ 兩種東西的量呈現著互相順應的數，例如鉛筆一枝是五元，兩枝就是十元，枝數和價錢剛好是成正比。

**正片** ㄓㄥˋ ㄆㄧㄢˋ ①沖印以後有圖像的照相紙。②電影的本片，是對廣告、宣導片說的。

**正刊** ㄓㄥˋ ㄎㄢ 對副刊而言，用以稱報紙的主要版面。

**正史** ㄓㄥˋ ㄕˇ 〈史記〉、〈漢書〉等紀傳體的史書，像〈二十四史〉等。

**正巧** ㄓㄥˋ ㄑㄧㄠˇ 恰巧。

**正旦** ▲ㄓㄥ ㄉㄢˋ 陰曆元月初一。▲ㄓㄥˋ ㄉㄢˋ 京劇的青衣，重唱工。

**正本** ㄓㄥˋ ㄅㄣˇ ①對副本說的，就是文書的原本。②図正其根本。如「正本清源」。

**正交** ㄓㄥˋ ㄐㄧㄠ 數學上說兩直線兩平面相交，所成的四角相等的。

**正兇** ㄓㄥˋ ㄒㄩㄥ 幾個人有共同殺人行為時，下手殺人的人是正兇，也作「正犯」。協助行事的是幫兇。

**正名** ㄓㄥˋ ㄇㄧㄥˊ 正其名義。〈論語〉有「必也正名乎」。

**正在** ㄓㄥˋ ㄗㄞˋ ①恰好在那個地位。如「正在中間」。②動作在進行。如「正在吃飯」。

**正好** ㄓㄥˋ ㄏㄠˇ 恰好。

**正字** ㄓㄥˋ ㄗˋ 正體字，符合標準寫法的字。是對異體字、俗寫字說的。

**正式** ㄓㄥˋ ㄕˋ ①正當的法式。②合於規定法式的。如「正式婚姻」。

**正色** ㄓㄥˋ ㄙㄜˋ ①古代以紅、黃、青、白、黑五色為正色。②図端肅嚴正的態度。③色彩學上說，某一色已呈飽和，其中沒有白色或黑色摻入的，叫正色；否則叫明色或暗色。

**正告** ㄓㄥˋ ㄍㄠˋ 嚴肅的告知。

**正步** ㄓㄥˋ ㄅㄨˋ 步兵操法的一種，行進時，身體挺直，雙目前視，兩臂擺動時抬高到達肩部，腳落地時稍用力。通常在校閱時使用。

**正言** ㄓㄥˋ ㄧㄢˊ 正直的話。

**正身** ㄓㄥˋ ㄕㄣ 確實是本人，對替身說的。如「驗明正身」。

**正事** ㄓㄥˋ ㄕˋ ①正業。②責任上應當做的事。

**正取** ㄓㄥˋ ㄑㄩˇ 正式錄取，對備取說的。

**正妻** ㄓㄥˋ ㄑㄧ 嫡妻，和妾相對而言。也作「正室」。

**正宗** ㄓㄥˋ ㄗㄨㄥ 嫡派。

**正房** ㄓㄥˋ ㄈㄤˊ ①四合院裡正面的房子。在北方是坐北朝南的，也叫上房。②正妻；嫡妻。也作「正室」。

**正果** ㄓㄥˋ ㄍㄨㄛˇ 學佛的人精修有得叫正果。也作「證果」。

**正法** ㄓㄥˋ ㄈㄚˇ 明正典刑。如「就地正法」。

**正直** ㄓㄥˋ ㄓˊ 心性公正而剛直。

**正門** ㄓㄥˋ ㄇㄣˊ 房屋正中的主要門戶。

**正則** ㄓㄥˋ ㄗㄜˊ ①正當的法則。②釐正法則。

**正是** ㄓㄥˋ ㄕˋ 恰是。

**正派** ㄓㄥˋ ㄆㄞˋ 人的品行方正。

**正軌** ㄓㄥˋ ㄍㄨㄟˇ 正道。

**正面** ㄓㄥˋ ㄇㄧㄢˋ 反面的對面兒。

**正音** ㄓㄥˋ ㄧㄣ ①標準音。②矯正讀音的錯誤。

**正值**（ㄓㄥˋ ㄓˊ）[文]剛好遇到。

**正書**（ㄓㄥˋ ㄕㄨ）楷書。

**正朔**（ㄓㄥˋ ㄕㄨㄛˋ）陰曆元月初一。

**正氣**（ㄓㄥˋ ㄑㄧˋ）光朗正直的氣概。

**正骨**（ㄓㄥˋ ㄍㄨˇ）治療骨折、脫臼等病所用的手術，包括推、按、拽、捺等。

**正常**（ㄓㄥˋ ㄔㄤˊ）沒有特殊，沒有缺陷。如「正常發育」。

**正教**（ㄓㄥˋ ㄐㄧㄠˋ）也稱東正教。基督教的一派，與天主教、新教並稱基督教的三大教派。盛行於俄羅斯、土耳其等地，教徒約一億五千萬人。

**正理**（ㄓㄥˋ ㄌㄧˇ）①公理。②正合事理。如「這樣辦倒是正理」。

**正統**（ㄓㄥˋ ㄊㄨㄥˇ）①稱君主時代，統一天下嫡系相承的。②黨派、學派的嫡系。

**正規**（ㄓㄥˋ ㄍㄨㄟ）正式的規格，符合公認的標準的。

**正視**（ㄓㄥˋ ㄕˋ）嚴肅面對問題而不逃避。如「為防止山崩，必須正視森林保護、水土保持的問題」。

**正途**（ㄓㄥˋ ㄊㄨˊ）正道。

**正稅**（ㄓㄥˋ ㄕㄨㄟˋ）正規的賦稅。

**正項**（ㄓㄥˋ ㄒㄧㄤˋ）數學上說代數式某項前有符號「＋」的。

**正楷**（ㄓㄥˋ ㄎㄞˇ）字體名，我國正體的書法。也叫正書、真書、楷書。

**正殿**（ㄓㄥˋ ㄉㄧㄢˋ）大殿。舊時君臣共商朝政的廳堂。

**正業**（ㄓㄥˋ ㄧㄝˋ）正當職業。

**正當** ▲ㄓㄥˋ ㄉㄤˋ 合理的，正確的。▲ㄓㄥ ㄉㄤ 適逢。如「正當雨季來臨時」。

**正經**（ㄓㄥˋ ㄐㄧㄥ）經字輕讀。①規矩，指品行、態度。如「正經人」「正經話」。②道地的意思，指性質。如「正經貨」。

**正義**（ㄓㄥˋ ㄧˋ）①公理。②注釋經史義理正確的。如〈五經正義〉〈史記正義〉。

**正號**（ㄓㄥˋ ㄏㄠˋ）用來表示數目的正而不是負的，代號是「＋」。

**正該**（ㄓㄥˋ ㄍㄞ）應該。

**正路**（ㄓㄥˋ ㄌㄨˋ）正道。

**正道**（ㄓㄥˋ ㄉㄠˋ）正當的途徑。

**正電**（ㄓㄥˋ ㄉㄧㄢˋ）陽電。

**正寢**（ㄓㄥˋ ㄑㄧㄣˇ）居室的正屋。

**正數**（ㄓㄥˋ ㄕㄨˋ）數學上說大於零的數，與負數相對而言。

**正確**（ㄓㄥˋ ㄑㄩㄝˋ）準確，沒錯誤。

**正誤**（ㄓㄥˋ ㄨˋ）①正確與錯誤。②改正錯誤。

**正論**（ㄓㄥˋ ㄌㄨㄣˋ）合理的議論。

**正課**（ㄓㄥˋ ㄎㄜˋ）①賦稅照額繳納叫做正課。②正規的課業。

**正點**（ㄓㄥˋ ㄉㄧㄢˇ）形容人的相貌長得不錯。如「她長得正點，只是還太年輕」。

**正職**（ㄓㄥˋ ㄓˊ）①正的職位，對副職說的。如「李院長是正職，張先生的副院長是副職」。②主要從事的職業。

**正題**（ㄓㄥˋ ㄊㄧˊ）言論或文章的中心內容。同「主題」。

**正體**（ㄓㄥˋ ㄊㄧˇ）正書，對別體說的。

**正廳**（ㄓㄥˋ ㄊㄧㄥ）大廳。大型房屋裡正中間的廳堂。

**正方形**（ㄓㄥˋ ㄈㄤ ㄒㄧㄥˊ）四邊四角都相等的四邊形。

**正方體** ㄓㄥˋ ㄈㄤ ㄊㄧˇ 由六個相等的正方形所構成的方形立體。

**正比例** ㄓㄥˋ ㄅㄧˇ ㄌㄧˋ 比例的二量互相順應的數。

**正白色** ㄓㄥˋ ㄅㄞˊ ㄙㄜˋ 純白色。

**正投影** ㄓㄥˋ ㄊㄡˊ ㄧㄥˇ 正形投影；等角投影。凡投射線彼此平行且垂直於投影面上而得的投影，都稱正投影。

**正面圖** ㄓㄥˋ ㄇㄧㄢˋ ㄊㄨˊ 正面的圖像。

**正格詩** ㄓㄥˋ ㄍㄜˊ ㄕ 符合主要格律規定所作成的詩。

**正骨科** ㄓㄥˋ ㄍㄨˇ ㄎㄜ 中醫之一，現在叫傷科。

**正常化** ㄓㄥˋ ㄔㄤˊ ㄏㄨㄚˋ 原來不正常的使它正常。

**正常價** ㄓㄥˋ ㄔㄤˊ ㄐㄧㄚˋ 符合供需原理、市場狀況的商品價格。

**正張兒** ㄓㄥˋ ㄓㄤ ㄦ 報紙登載新聞或評論文字的篇幅。副刊、廣告叫副張兒。

**正規軍** ㄓㄥˋ ㄍㄨㄟ ㄐㄩㄣ 由國家編制的正式軍隊。

**正牌兒** ㄓㄥˋ ㄆㄞˊ ㄦ 貨物原來的牌號，跟副牌不同。

**正當年** ㄓㄥˋ ㄉㄤ ㄋㄧㄢˊ 正是有所作為或適合做某事的年紀。

**正當中** ㄓㄥˋ ㄉㄤ ㄓㄨㄥ 事物正好處於中間地帶的意思。如「日正當中」。

**正經人** ㄓㄥˋ ㄐㄧㄥ ㄖㄣˊ 經字輕讀。正派的人。

**正經貨** ㄓㄥˋ ㄐㄧㄥ ㄏㄨㄛˋ 經字輕讀。①正牌貨品。②好人。常用於否定。如「她並不是什麼正經貨」。

**正經話** ㄓㄥˋ ㄐㄧㄥ ㄏㄨㄚˋ 經字輕讀。正確合理的話。

**正義感** ㄓㄥˋ ㄧˋ ㄍㄢˇ 好善嫉惡，有主張正義的熱情。

**正電子** ㄓㄥˋ ㄉㄧㄢˋ ㄗˇ 也稱作陽電子。電子的反粒子。常用符號$e^+$來表示。所帶的電量與電子相等，但符號相反；質量和電子相同。最早由美國物理學家安德森在宇宙射線實驗中發現。

**正體字** ㄓㄥˋ ㄊㄧˇ ㄗˋ 國家公布的字體，對異體字說的。

**正人君子** ㄓㄥˋ ㄖㄣˊ ㄐㄩㄣ ㄗˇ 品行端正、大公無私的人。

**正三角形** ㄓㄥˋ ㄙㄢ ㄐㄧㄠˇ ㄒㄧㄥˊ 三邊或三角相等的三角形。

**正大光明** ㄓㄥˋ ㄉㄚˋ ㄍㄨㄤ ㄇㄧㄥˊ 言行公正而坦白。

**正中下懷** ㄓㄥˋ ㄓㄨㄥ ㄒㄧㄚˋ ㄏㄨㄞˊ 正合自己的心意。下懷是自謙的詞。

**正六面體** ㄓㄥˋ ㄌㄧㄡˋ ㄇㄧㄢˋ ㄊㄧˇ 由六個相同的正多邊形所構成的立體。

**正本清源** ㄓㄥˋ ㄅㄣˇ ㄑㄧㄥ ㄩㄢˊ 從根本改革，是從頭做起的意思。

**正字商標** ㄓㄥˋ ㄗˋ ㄕㄤ ㄅㄧㄠ 符合商品標準，由國家頒發可資證明的標誌。標誌中有一「正」字。

**正多面體** ㄓㄥˋ ㄉㄨㄛ ㄇㄧㄢˋ ㄊㄧˇ 由幾個相同的正多邊形所構成的立體。

**正多邊形** ㄓㄥˋ ㄉㄨㄛ ㄅㄧㄢ ㄒㄧㄥˊ 也稱正多角形。在平面上內角相等的等邊多邊形。

**正當防衛** ㄓㄥˋ ㄉㄤˋ ㄈㄤˊ ㄨㄟˋ 法律名詞。在危急的時候為了防衛自己或他人的權利、生命，對於不法的侵害所做的防衛和反擊的行為。

**正經八百** ㄓㄥˋ ㄐㄧㄥ ㄅㄚ ㄅㄞˇ 非常嚴肅、端正的樣子。

**正義凜然** ㄓㄥˋ ㄧˋ ㄌㄧㄣˇ ㄖㄢˊ 形容人心中充滿了正義感，別人不由自主地敬佩他。

**正襟危坐** ㄓㄥˋ ㄐㄧㄣ ㄨㄟˊ ㄗㄨㄛˋ 図端整衣冠，嚴肅地坐著。

**正顏厲色** ㄓㄥˋ ㄧㄢˊ ㄌㄧˋ ㄙㄜˋ 莊重嚴厲的態度。

## 二筆

**此** ㄘˇ ㈠這，這個。如「此時此地」「不分彼此」。㈡這樣。如

「因此」「如此這般」。㈢這裡。「到此一遊」。㈣〔文〕乃，就。如「有人此有土」。

**此人**（ㄘˇ ㄖㄣˊ） 這個人。

**此外**（ㄘˇ ㄨㄞˋ） 除此以外。

**此生**（ㄘˇ ㄕㄥ） 今生，這一輩子。

**此次**（ㄘˇ ㄘˋ） 這一次。

**此地**（ㄘˇ ㄉㄧˋ） 當地，本地。

**此君**（ㄘˇ ㄐㄩㄣ） ①這個人。略含親敬的意味。②竹的別稱。如「何可一日無此君」（東晉王徽之的話）。

**此刻**（ㄘˇ ㄎㄜˋ） 這時。

**此後**（ㄘˇ ㄏㄡˋ） 從今以後。

**此時**（ㄘˇ ㄕˊ） 這時，當時。

**此處**（ㄘˇ ㄔㄨˋ） 這個地方。

**此間**（ㄘˇ ㄐㄧㄢ） 此地。

**此道**（ㄘˇ ㄉㄠˋ） 這一類的事。如「精於此道」。

**此際**（ㄘˇ ㄐㄧˋ） 〔文〕此刻，現在。

**此舉**（ㄘˇ ㄐㄩˇ） 這種舉動。

**此起彼落**（ㄘˇ ㄑㄧˇ ㄅㄧˇ ㄌㄨㄛˋ） 這裡起來，那裡落下。形容連續不斷。如「吵鬧之聲，此起彼落」。

**此一時彼一時**（ㄘˇ ㄧ ㄕˊ ㄅㄧˇ ㄧ ㄕˊ） 現在情形是這樣，那時候的情形卻是那樣，不相同的。

**此地無銀三百兩**（ㄘˇ ㄉㄧˋ ㄨˊ ㄧㄣˊ ㄙㄢ ㄅㄞˇ ㄌㄧㄤˇ） 諺語。比喻本想掩蓋隱瞞，卻使真相更為顯露。

## 三筆

**步**（ㄅㄨˋ） ㈠用腳走路。如「徒步」「安步當車」。㈡兩腳向前跨一次叫「一步」。如「三步併做兩步」「七步成詩」。㈢表示程度。如「進步」「退一步說」。㈣做事的程序。如「步驟」。㈤〔文〕追隨。如「步其後塵」。㈥〔文〕氣運。如「國步維艱」。㈦姓。

**步子**（ㄅㄨˋ ㄗ˙） 走路時的速度和兩腳之間的距離。如「步子要快，否則就趕不上了」。

**步伐**（ㄅㄨˋ ㄈㄚˊ） ①軍隊操練所行的步稱步伐。如「步伐整齊」。②共同的行動。如「步伐一致」。

**步行**（ㄅㄨˋ ㄒㄧㄥˊ） 徒步行走。

**步兵**（ㄅㄨˋ ㄅㄧㄥ） 陸軍兵種之一。有獨力作戰的能力，是軍中的主兵。古代兵卒都是步行，所以叫步兵，也叫步卒。現在已經機械化，用車輛甚至輪船、飛機運兵。

**步步**（ㄅㄨˋ ㄅㄨˋ） 一步一步。如「步步高陞」。

**步武**（ㄅㄨˋ ㄨˇ） 〔文〕①追隨人家學習。②步是兩腿各邁一次，武是一條腿邁一次，形容距離近。

**步哨**（ㄅㄨˋ ㄕㄠˋ） 軍隊中專任警戒的步兵。

**步測**（ㄅㄨˋ ㄘㄜˋ） 用步武測量距離。是最簡單的測量方法。

**步搖**（ㄅㄨˋ ㄧㄠˊ） 舊時婦女頭上插的一種首飾，上面有垂珠，走起路來就會搖動。

**步道**（ㄅㄨˋ ㄉㄠˋ） 人走的道路，一般比較狹窄，不適合行車。

**步槍**（ㄅㄨˋ ㄑㄧㄤ） 步兵用的一種槍，槍管比較長。

**步履**（ㄅㄨˋ ㄌㄩˇ） 步行，行動。

**步調**（ㄅㄨˋ ㄉㄧㄠˋ） ①行走時腳步的速度。②比喻做事的步驟、方法和速度。如

「兩人步調一致」。

**步韻** ㄅㄨˋ ㄩㄣˋ 因次韻。依照別人詩詞的韻腳及順序作詩填詞。

**步驟** ㄅㄨˋ ㄗㄡˋ 做事的程序。

**步行蟲** ㄅㄨˋ ㄒㄧㄥˊ ㄔㄨㄥˊ 昆蟲名，也稱蚑，形似斑蝥而呈黑綠色，頭部突出，觸角呈絲狀，翅鞘有縱溝，呈紫藍色。夏天多在朽木中捕食小蟲為生。

**步人後塵** ㄅㄨˋ ㄖㄣˊ ㄏㄡˋ ㄔㄣˊ 跟在人家後面走。比喻追隨或仿效。

**步步為營** ㄅㄨˋ ㄅㄨˋ ㄨㄟˊ ㄧㄥˊ 軍隊向前每走一步就紮下營來。比喻小心謹慎的樣子。

## 四筆

**武** ㄨˇ ㈠軍事方面的。如「武將」「武裝部隊」。㈡技擊方面的。如「武士」「武術」。㈢粗莽暴力的。如「動武」。㈣勇猛。如「英武」「威武」。㈤比較猛烈的。如「武斷」「武火」。㈥因古時指「半步」。如「步武」。㈦姓。

**武人** ㄨˇ ㄖㄣˊ ①從事軍務的人。②從事武藝的人。

**武力** ㄨˇ ㄌㄧˋ ①兵力。②勇武的威力。

**武士** ㄨˇ ㄕˋ 勇武有力的人。

**武工** ㄨˇ ㄍㄨㄥ 武術，普通多指國劇武打演員的表演。

**武丑** ㄨˇ ㄔㄡˇ 俗稱開口跳。戲曲中扮演擅長武藝，而且幽默機靈的丑角。

**武夫** ㄨˇ ㄈㄨ ①勇武的人。②同「武人」①。

**武火** ㄨˇ ㄏㄨㄛˇ 烈火。對文火說的。

**武功** ㄨˇ ㄍㄨㄥ ①用武力征服的功績。②武術。

**武旦** ㄨˇ ㄉㄢˋ 戲劇裡扮女子而有武術的角色。

**武打** ㄨˇ ㄉㄚˇ 武術方面的打鬥、套招。

**武生** ㄨˇ ㄕㄥ 在戲劇中扮演勇武角色的男人。

**武行** ㄨˇ ㄏㄤˊ 戲劇中專門表演武打的配角。

**武官** ㄨˇ ㄍㄨㄢ ①軍官。②駐外使館裡的武職官員。

**武師** ㄨˇ ㄕ 尊稱精於武術的人。

**武庫** ㄨˇ ㄎㄨˋ 存放兵器的倉庫。

**武將** ㄨˇ ㄐㄧㄤˋ 軍隊中的將官。

**武術** ㄨˇ ㄕㄨˋ 國術。也作「武技」。

**武備** ㄨˇ ㄅㄟˋ 軍事方面的設施。

**武場** ㄨˇ ㄔㄤˇ ①戲曲樂隊裡的打擊樂部分。過去習慣上也用來稱呼演奏打擊樂的樂師。②也說「武戲」。

**武裝** ㄨˇ ㄓㄨㄤ ①穿軍服，佩帶武器。如「全副武裝」。②準備戰鬥。如「武裝起來」。

**武廟** ㄨˇ ㄇㄧㄠˋ 舊時稱合祀關羽、岳飛的廟。

**武器** ㄨˇ ㄑㄧˋ 兵器。

**武戲** ㄨˇ ㄒㄧˋ 舊戲劇裡表演戰爭的戲。

**武斷** ㄨˇ ㄉㄨㄢˋ 憑自己私見，強斷事理。

**武藝** ㄨˇ ㄧˋ 關於武術方面的技藝，像拳腳、刀劍、角力、擊刺等。

**武士道** ㄨˇ ㄕˋ ㄉㄠˋ 日本所提倡的一種勇武精神和道德。是江戶時代武士階級所持倫理觀念的總稱，特別重視忠誠與服從，生活簡樸、堅忍，武士腰間佩刀，以表勇武。

**武當派** ㄨˇ ㄉㄤ ㄆㄞˋ 相傳是明朝人張三丰在湖北武當山上所創的一個拳術門派，以練內家拳為主。

**武裝部隊** ㄨˇ ㄓㄨㄤ ㄅㄨˋ ㄉㄨㄟˋ 由國家編組、訓練、裝備，保衛國家的軍隊。

**歧** ㄑㄧˊ ㈠分岔的路。如「歧途」。㈡事物錯綜複雜。如「歧見」「歧異」。

**歧出** ㄑㄧˊ ㄔㄨ 錯雜不相合。

**歧見** ㄑㄧˊ ㄐㄧㄢˋ 不同的論點。

**歧異** ㄑㄧˊ ㄧˋ 不相同。

**歧途** ㄑㄧˊ ㄊㄨˊ 也作「歧路」。①岔道。②錯誤的路。如「誤入歧途」。

**歧視** ㄑㄧˊ ㄕˋ 輕視，不同等待遇。

**歧黃** ㄑㄧˊ ㄏㄨㄤˊ 指黃帝和歧伯，後代醫家奉他們為祖師，並稱歧黃。歧也作「岐」。

**歧義** ㄑㄧˊ ㄧˋ 指一個語句含有多個意義，在實際應用時可能產生解釋上的分歧。如「行是個歧義字」。

**歧路亡羊** ㄑㄧˊ ㄌㄨˋ ㄨㄤˊ ㄧㄤˊ 〔文〕比喻根本相同而末節相異，追求道理容易誤了方向，入於歧途。語見〈列子〉。

## 五筆

**歪** ▲ㄨㄞ ㈠不正。如「歪七扭八」「歪戴帽子」。㈡不正當的。如「歪風」「歪纏」。㈢粗劣的。如「歪詩」。㈣〔方〕身子暫時斜靠休息一下。如「在床上歪一會兒」。▲ㄨㄞˇ 扭傷。如「歪了踝子骨」。

**歪才** ㄨㄞ ㄘㄞˊ 不合正道的才能，不用在正路的聰明。

**歪曲** ㄨㄞ ㄑㄩ 故意變亂真相。如「歪曲事實」。

**歪風** ㄨㄞ ㄈㄥ 不正當的風氣。

**歪斜** ㄨㄞ ㄒㄧㄝˊ 不正。

**歪詩** ㄨㄞ ㄕ 劣詩，也指以遊戲態度寫成的詩。

**歪纏** ㄨㄞ ㄔㄢˊ 無理糾纏。

**歪七扭八** ㄨㄞ ㄑㄧ ㄋㄧㄡˇ ㄅㄚ 不正的樣子。常形容動態。

**歪歪扭扭** ㄨㄞ ㄨㄞ ㄋㄧㄡˇ ㄋㄧㄡˇ 不正的樣子。常形容動態。

**歪打正著兒** ㄨㄞ ㄉㄚˇ ㄓㄥˋ ㄓㄠˊ ㄦ 無意去做，卻又恰好收效。

## 九筆

**歲（嵗、岁、𡻕）** ㄙㄨㄟˋ ㈠年。如「客歲」「歲歲平安」。㈡年齡。如「今年十五歲」。㈢〔文〕穀物的收成。如「國人望君如望歲焉」。

**歲入** ㄙㄨㄟˋ ㄖㄨˋ 一年當中收入的總數。

**歲月** ㄙㄨㄟˋ ㄩㄝˋ 年月，時間。

**歲出** ㄙㄨㄟˋ ㄔㄨ 一年當中支出的總數。

**歲序** ㄙㄨㄟˋ ㄒㄩˋ 歲次；年代的順序。

**歲杪** ㄙㄨㄟˋ ㄇㄧㄠˇ 〔文〕歲末。

**歲星** ㄙㄨㄟˋ ㄒㄧㄥ 木星。

**歲計** ㄙㄨㄟˋ ㄐㄧˋ 一年間收支的計算。

**歲首** ㄙㄨㄟˋ ㄕㄡˇ 〔文〕一年開始。

**歲差** ㄙㄨㄟˋ ㄔㄚ 天文學名詞。由於其他星球引力的影響，地球上的回歸年比恆星年還短的現象。

**歲除** ㄙㄨㄟˋ ㄔㄨˊ 除夕。

**歲歲** ㄙㄨㄟˋ ㄙㄨㄟˋ 每年。如「歲歲年年，青春永駐」。

**歲暮** ㄙㄨㄟˋ ㄇㄨˋ 〔文〕①快過年的時候。②比喻年老。

**歲數（兒）** ㄙㄨㄟˋ ㄕㄨˋ（ㄦ） 年齡。

**歲月如流** ㄙㄨㄟˋ ㄩㄝˋ ㄖㄨˊ ㄌㄧㄡˊ 時光像流水，很快就過去。

**歲寒三友** ㄙㄨㄟˋ ㄏㄢˊ ㄙㄢ ㄧㄡˇ 指松、梅、竹三種常青的植物。

## 十二筆

## 歷（历） ㄌㄧˋ

㈠經過。如「經歷」「歷盡艱苦」。㈡已經過去的。如「歷年」「歷代」。㈢図一個個的，周遍的。如「歷覽了各地風光」。㈣図與「曆」通。如「歷法」。㈤図分明，清晰的。如「歷歷」。

**歷久** ㄌㄧˋ ㄐㄧㄡˇ 図經過長久的時期。

**歷代** ㄌㄧˋ ㄉㄞˋ 以往各朝代。

**歷史** ㄌㄧˋ ㄕˇ 人類生活經驗的記錄。〈說文〉：「史，記本也」。本義是手拿筆記事。人類的經驗構成文化，有文化才能進入文明，把文化用文字寫下來，就是歷史。文化比文字早出現，那時的文化是史前文化，也就是史前史。史前史包括史前傳說和遺留下來的古代器物。

**歷年** ㄌㄧˋ ㄋㄧㄢˊ 以前的一年一年。

**歷次** ㄌㄧˋ ㄘˋ ①經過許多次數。②以往的各次。

**歷劫** ㄌㄧˋ ㄐㄧㄝˊ 図①經過劫數。②經過幾多年代。

**歷來** ㄌㄧˋ ㄌㄞˊ 從以前到現在；向來。

**歷屆** ㄌㄧˋ ㄐㄧㄝˋ 每次（通常指集會或學生畢業等事情說的）。

**歷時** ㄌㄧˋ ㄕˊ 図經過的時間。

**歷程** ㄌㄧˋ ㄔㄥˊ 過程。

**歷練** ㄌㄧˋ ㄌㄧㄢˋ ①經過，練習。②閱歷、經驗豐富。

**歷歷** ㄌㄧˋ ㄌㄧˋ 図清楚分明的樣子。

**歷史小說** ㄌㄧˋ ㄕˇ ㄒㄧㄠˇ ㄕㄨㄛ 根據歷史故事所寫成的小說。

**歷史語言學** ㄌㄧˋ ㄕˇ ㄩˇ ㄧㄢˊ ㄒㄩㄝˊ 以歷史的眼光來研究語言的古往今來親屬關係及其演變的一門學問。

## 十四筆

## 歸（归、帰、𨗳）

▲ㄍㄨㄟ ㈠回來，回去。如「外出未歸」「歸心似箭」。㈡還給。如「歸還」「完璧歸趙」。㈢依附。如「萬眾歸心」「眾望所歸」。㈣屬於。如「這份兒是我的，那份兒歸你」「這事不歸我管」。㈤合併。如「歸併」「三國盡歸司馬懿」。㈥併合一切推到別人身上。如「歸咎」「歸功」。㈦珠算除法。如「九歸」。㈧古時女人出嫁叫「歸」「于歸」。㈨姓。

▲図ㄎㄨㄟˋ 通「饋」，贈送的意思。如「歸孔子豚」。

**歸人** ㄍㄨㄟ ㄖㄣˊ 図返回家鄉的遊子。

**歸土** ㄍㄨㄟ ㄊㄨˇ 回歸到泥土之中，指埋葬死人。

**歸化** ㄍㄨㄟ ㄏㄨㄚˋ 甲國的人民入乙國的國籍。

**歸公** ㄍㄨㄟ ㄍㄨㄥ 交給公家。

**歸天** ㄍㄨㄟ ㄊㄧㄢ 死去的代詞，對所尊敬的人而言。如「諸葛孔明歸天，蜀漢頓失支柱」。

**歸心** ㄍㄨㄟ ㄒㄧㄣ ①心悅歸附。②歸家的意念。如「歸心似箭」。

**歸功** ㄍㄨㄟ ㄍㄨㄥ 把功績推給某人。

**歸田** ㄍㄨㄟ ㄊㄧㄢˊ 図辭官返鄉，從此歸隱。

**歸休** ㄍㄨㄟ ㄒㄧㄡ 図①回家去。②退隱。③死亡的代詞。如「吾生行歸休」。

**歸向** ㄍㄨㄟ ㄒㄧㄤˋ 歸往的方向。如「看看選票，就知道人心歸向」。

**歸帆** ㄍㄨㄟ ㄈㄢˊ 文返回的船隻。

**歸西** ㄍㄨㄟ ㄒㄧ 死的代詞。如「一命歸西」。

**歸併** ㄍㄨㄟ ㄅㄧㄥˋ 合併。

**歸依** ㄍㄨㄟ ㄧ 同「皈依」。

**歸咎** ㄍㄨㄟ ㄐㄧㄡˋ 把過失推在別人身上。也作「歸罪」。

**歸附** ㄍㄨㄟ ㄈㄨˋ 歸向依附。

**歸省** ㄍㄨㄟ ㄒㄧㄥˇ 文回家探望父母家人。

**歸降** ㄍㄨㄟ ㄒㄧㄤˊ 投降。

**歸案** ㄍㄨㄟ ㄢˋ 嫌疑犯被逮捕，即將接受審訊結案。

**歸納** ㄍㄨㄟ ㄋㄚˋ 由具體事實推求普通原理的思維方法。

**歸除** ㄍㄨㄟ ㄔㄨˊ 珠算兩位或兩位以上除數的除法。

**歸宿** ㄍㄨㄟ ㄙㄨˋ 結局。

**歸途** ㄍㄨㄟ ㄊㄨˊ 歸路，回去的路途。

**歸著** ▲ㄍㄨㄟ ㄓㄨㄛˊ 歸宿著落。▲ㄍㄨㄟ ˙ㄓㄨㄛ 安排收拾。

**歸程** ㄍㄨㄟ ㄔㄥˊ 歸路，回去的路程。

**歸結** ㄍㄨㄟ ㄐㄧㄝˊ ①歸納而求得結論。如「歸結起來，就是這三個人」。②結局。如「他一生勞累，現在的歸結還真不錯」。

**歸隊** ㄍㄨㄟ ㄉㄨㄟˋ 返回到原來的隊伍裡。

**歸順** ㄍㄨㄟ ㄕㄨㄣˋ ①歸附順從。②投降。

**歸罪** ㄍㄨㄟ ㄗㄨㄟˋ 歸咎，把過錯推給人家。如「他不承認自己有錯，總是歸罪他人」。

**歸寧** ㄍㄨㄟ ㄋㄧㄥˊ 文出嫁的女人回娘家。

**歸趙** ㄍㄨㄟ ㄓㄠˋ 文將事物歸還原主。語出〈史記・藺相如傳〉完璧歸趙。

**歸燕** ㄍㄨㄟ ㄧㄢˋ ①飛回巢裡休息的燕子。②比喻出門很久，回到家的孩子。如「歸燕投懷」。

**歸檔** ㄍㄨㄟ ㄉㄤˋ 把用過的或整理好的文件檔案放到原來的或該放的地方去。

**歸還** ㄍㄨㄟ ㄏㄨㄢˊ ①還給。②回來。

**歸隱** ㄍㄨㄟ ㄧㄣˇ 文在外做官的或經商的人回到民間或故鄉去過寧靜的生活。如「歸隱故里」。

**歸類** ㄍㄨㄟ ㄌㄟˋ 同「分類」。將事物分門別類。

**歸去來兮** ㄍㄨㄟ ㄑㄩˋ ㄌㄞˊ ㄒㄧ 文東晉詩人陶淵明歸隱所作表明心志的辭賦篇名。比喻放棄官宦或商賈等在外動蕩的生活，回家鄉去。

**歸根究柢** ㄍㄨㄟ ㄍㄣ ㄐㄧㄡˋ ㄉㄧˇ 探究事情的根源。如「歸根究柢，都是我錯了」。柢也作底。

## 歹部

**歹** ㄉㄞˇ 好的反面，壞的，惡的。如「為非作歹」。

**歹人** ㄉㄞˇ ㄖㄣˊ 壞人。

**歹命** ㄉㄞˇ ㄇㄧㄥˋ 台命運不好。

**歹毒** ㄉㄞˇ ㄉㄨˊ 狠毒；惡毒。

**歹徒** ㄉㄞˇ ㄊㄨˊ ①壞人。②盜賊。也作「歹人」。

**歹意** ㄉㄞˇ ㄧˋ ①壞意。②害人的意思。

**歹竹出好筍** ㄉㄞˇ ㄓㄨˊ ㄔㄨ ㄏㄠˇ ㄙㄨㄣˇ 台比喻不好的父母卻生出好子弟來。

## 二筆

**死** ㄙˇ (一)喪失生命，是「活」的反面。如「死亡」「視死如歸」。(二)判定被處死刑的。如「死囚」「死罪」。(三)失去作用或效力。如「死信」「死棋」。(四)沒有知覺像是死了的。如「睡得真死」「耳朵發死」。(五)拚命。如「死守」「死戰」。(六)不能生發的。如「死錢」。(七)靜寂不流動的。如「死水」。(八)非常，極甚。如「高興死了」「氣死人了」。(九)堅持。「死等」「死不認帳」。(十)呆板不靈。如「死板」。(十一)不通達。如「死巷子」。(十二)不可改變的。如「死規矩」「死法子」。(十三)固定了不能動的東西。如「板兒釘死了」。(十四)強記。如「死記」。(十五)息滅了的。如「死灰復燃」。(十六)咒罵的話。如「該死」「簡直是死人」。(十七)固執不能變通。如「死賣力氣」「死要面子」。(十八)因為某事而死，同「殉」。如「死難」「死義」。

**死人** ㄙˇ ㄖㄣˊ ①死去的人。②罵人呆板。

**死力** ㄙˇ ㄌㄧˋ 必死的力量。比喻極大的力量。

**死亡** ㄙˇ ㄨㄤˊ 喪失生命。

**死友** ㄙˇ ㄧㄡˇ 因指交情至死不變的朋友。〈後漢書〉有「恨不見我死友」。

**死心** ㄙˇ ㄒㄧㄣ 斷了念頭。

**死水** ㄙˇ ㄕㄨㄟˇ 停留不能流通的水。

**死囚** ㄙˇ ㄑㄧㄡˊ 死刑犯。

**死刑** ㄙˇ ㄒㄧㄥˊ 剝奪犯人生命權的刑罰。

**死地** ㄙˇ ㄉㄧˋ 必死的絕地。如「置之死地而後生」。

**死字** ㄙˇ ㄗˋ 已經廢棄不用的字。

**死守** ㄙˇ ㄕㄡˇ ①拚死命防守。②固執不改變。如「死守著老規矩」。

**死灰** ㄙˇ ㄏㄨㄟ 不再燃燒的冷灰。比喻人頹喪或枯寂。

**死別** ㄙˇ ㄅㄧㄝˊ 永別。人死，便與親朋永遠離別。

**死角** ㄙˇ ㄐㄧㄠˇ ①戰線前方，因為地形限制，火力到不了的地方。②平常注意不到之處。

**死事** ㄙˇ ㄕˋ 因死於其事，指殉難。

**死命** ㄙˇ ㄇㄧㄥˋ ①致死的定數。如「制其死命」。②極力。如「死命抵抗」。

**死忠** ㄙˇ ㄓㄨㄥ 絕對忠誠可靠。

**死者** ㄙˇ ㄓㄜˇ 死人。

**死板** ㄙˇ ㄅㄢˇ 呆滯，不活動。

**死信** ㄙˇ ㄒㄧㄣˋ ①無法投遞而又不能退還原寄信人的郵件。②同「死訊」。人死亡的消息。

**死屍** ㄙˇ ㄕ 人死後的遺體。

**死活** ㄙˇ ㄏㄨㄛˊ ①生或死。②無論如何。如「他不肯來，死活把他拉來」。

**死症** ㄙˇ ㄓㄥˋ 醫治不好的病症。

**死記** ㄙˇ ㄐㄧˋ 勉強記憶。

**死訊** ㄙˇ ㄒㄩㄣˋ 死亡的訊息。

**死鬼** ㄙˇ ㄍㄨㄟˇ ①去世的人。②一般罵人的話。

**死啃** ㄙˇ ㄎㄣˇ ①不事生產，只吃祖宗遺產。②努力鑽求或過分致力某事。

**死寂** ㄙˇ ㄐㄧˊ 非常寂靜。

**死棋** ①已經沒有救的棋局。②比喻無可挽回的局勢。

**死硬** ①態度非常強硬。②呆板，頑固。

**死等** 堅持等候下去。

**死結** 打不開的繩結。

**死傷** 死亡和受傷。

**死滅** 死了，滅亡了。

**死罪** ①法律上指應判死刑的罪。②謙稱自己犯錯。

**死義** 因為了守節義而死。

**死節** 因為守節而死。同「殉節」。

**死敵** 永遠不能言歸於好的敵人。

**死戰** 拚命戰鬥。

**死錢** ①原有的不能增息獲利的錢。②定時收入的固定數額的錢。

**死難** 遇難而死。

**死黨** ①能盡力互助的同黨。②相互之間感情很好，時常往來的夥伴。

**死路（兒）** ①不能通行的路。②比喻使人趨於毀滅。如「每天吸毒，簡直是死路（兒）一條」。

**死亡率** 指一地在某年度內，死亡人數對總人口數的比率。

**死文字** 在實際生活上已經不通行的文字，像歐洲的希臘文、拉丁文。

**死火山** 多年沒有活動現象的火山。

**死扣兒** 緊密難解開的繩結。

**死老虎** 虎字輕讀。比喻失去威勢的人。

**死法子** 沒有用的方法。

**死勁兒** ①使得出來的最大的力氣。如「三個人死勁兒一拉，才把他拖了出來」。②集中全部注意力。如「同事們都死勁兒看住他」。

**死巷子** 只有一頭可以出入的巷子。

**死套子** 固定不變的方式。

**死挺挺** 僵硬的樣子。

**死規矩** 僵硬不可變通的法則。

**死硬派** 指態度非常強硬的人或集團。

**死對頭** 經常吵鬧不能和解的對手。

**死摳兒** ①心思固執。②盡力研求。③吝嗇。

**死乞白賴** 乞字輕讀。糾纏不停，固執不已。北京話說ㄙˇ˙ㄑㄧ ㄅㄞ ˙ㄌㄧㄝ。

**死亡線上** 隨時面臨死亡危機的地帶。

**死不認帳** 抵死不承認自己的過錯。

**死不瞑目** 人抱恨而心有未甘。

**死中求生** 在絕境中尋求生路。

**死心眼兒** 心思呆板或過分誠實。

**死心塌地** 斷了念頭，不作別的打算。

**死去活來** 形容痛苦之極。

**死生有命** 人的生死命中註定，是無法改變的。

**死皮賴臉** 不顧羞恥的糾纏。

**死灰復燃** 比喻事已平定而又發作。

**死有餘辜** 形容罪惡深重，死都不能抵罪。

**死而後已** 直到死了以後才停止。如「鞠躬盡瘁，死而後已」。

**死而無憾** 死了也沒有任何遺憾。

**死性不改** 形容人的性情和態度頑固不變。

**死拉活拽** 動手強拖。也作「死拉活扯」「死拖活拽」。

**死於非命** 因遭受意外的傷害而喪生，不是自然的死。

**死要面子** 非常愛面子。如「這一個人死要面子，你少惹他」。

**死氣沈沈** 形容沒有活力和朝氣的樣子。如「那一家公司死氣沈沈的，不久一定倒閉」。

**死得其所** 說人死得有價值。如「他立志捨身救國，現在真是死得其所」。所是「所在」，是地點、處所、場合。

**死規矩兒** 矩字輕讀。固定的規則。

**死無對證** 證人死亡，無法查證。

**死裡逃生** 從極危險當中脫身。

**死衚衕兒** 不能通行的小巷子。也作「死胡同兒」。

**死不死活不活** 半生不死，痛苦的活著。

**死馬當活馬治** 病重得沒希望了，姑且救治試一試。也作「死馬當活馬醫」。

**死無葬身之地** 人死了卻沒有可以埋葬屍體的地方。形容下場非常悽慘。

## 四筆

**歿（歾）** 図ㄇㄛˋ死。如「存歿均感」。

**殀** ㄧㄠˇ同「夭」，短命。

## 五筆

**殆** 図ㄉㄞˋ㈠危險。如「病殆」「思而不學則殆」。㈡恐怕是，是「大」「概」兩字的合音字，推測的意思。如「殆不可復」。㈢將近。如「死亡殆盡」。

**殄** 図ㄊㄧㄢˇ㈠盡；滅絕。如「殄滅敵人」。㈡糟蹋，浪費。如「暴殄天物」。

**殄滅** 図消滅。

**殂** 図ㄘㄨˊ死亡。如「帝乃殂落」。

**殂落** 図死亡。

**殃** ㄧㄤ㈠災禍。如「遭殃」。㈡使人受害。如「禍國殃民」「殃及池魚」。

**殃民** 使國民受到禍害。

**殃及池魚** 比喻無端受累或不相干的禍患。出典有：①〈呂氏春秋．必己〉：「宋桓司馬有寶珠，抵罪出亡。王使人問珠之所在，曰投之池中。於是竭池而求之，無得，魚死焉。」②〈藝文類聚．鱗介部．魚〉：宋國池仲魚住在城門附近，城門失火，延燒到他家。一說是城門失火，引池水灌救，水乾，魚死。

## 六筆

**殉** 図ㄒㄩㄣˋ㈠古時逼迫活人陪葬叫殉。如「殉葬」。㈡為了某事而犧牲生命。如「殉國」「殉義」。

**殉名** ㄒㄩㄣˋ ㄇㄧㄥˊ 図為追求名譽而死。

**殉利** ㄒㄩㄣˋ ㄌㄧˋ 図為了追求財利而犧牲生命。也作「殉財」。

**殉身** ㄒㄩㄣˋ ㄕㄣ 図犧牲生命。

**殉國** ㄒㄩㄣˋ ㄍㄨㄛˊ 図為了國家而犧牲生命。

**殉情** ㄒㄩㄣˋ ㄑㄧㄥˊ 為了愛情不能如願而自殺。

**殉教** ㄒㄩㄣˋ ㄐㄧㄠˋ 図為了所信的宗教而犧牲生命。

**殉節** ㄒㄩㄣˋ ㄐㄧㄝˊ 図為了保持節操，不屈辱而死。

**殉義** ㄒㄩㄣˋ ㄧˋ 図為了堅守道義而犧牲生命。

**殉葬** ㄒㄩㄣˋ ㄗㄤˋ 図古時用活人或器物陪著死人同葬。

**殉道** ㄒㄩㄣˋ ㄉㄠˋ 図為了維護正義而死。

**殉職** ㄒㄩㄣˋ ㄓˊ 為了職務而犧牲生命。

**殉難** ㄒㄩㄣˋ ㄋㄢˋ 図在不幸的災難當中犧牲生命。

## 殊

図ㄕㄨ ㈠不同。如「殊途同歸」「言人人殊」。㈡非常，極甚。如「殊念」「殊甚」。㈢拚死。如「殊死戰」。㈣特別的。如「特殊」「殊禮」。

**殊方** ㄕㄨ ㄈㄤ 図也作「殊域」。風俗習慣完全不相同的地區。

**殊功** ㄕㄨ ㄍㄨㄥ 図特殊的功績。

**殊色** ㄕㄨ ㄙㄜˋ 図非常美麗（指女人）。

**殊技** ㄕㄨ ㄐㄧˋ 図①特異的技術。②所習的技術與一般不同。

**殊念** ㄕㄨ ㄋㄧㄢˋ 図非常想念。

**殊甚** ㄕㄨ ㄕㄣˋ 図極甚。

**殊勳** ㄕㄨ ㄒㄩㄣ 図特別的功勳。

**殊榮** ㄕㄨ ㄖㄨㄥˊ 図特殊的光榮。

**殊禮** ㄕㄨ ㄌㄧˇ 図①特殊的禮遇。②不同的禮節。

**殊不知** ㄕㄨ ㄅㄨˋ ㄓ 図①竟然不知（說人家意見時候，加以糾正）。如「只想抽菸可以提神，殊不知抽菸就會致癌」。②居然沒想到（改正自己本來的想法）。如「我還想送些書給他，殊不知他在上個月就出國了」。

**殊死戰** ㄕㄨ ㄙˇ ㄓㄢˋ 図拚死決戰。

**殊途同歸** ㄕㄨ ㄊㄨˊ ㄊㄨㄥˊ ㄍㄨㄟ 図方法不同，而結果一樣。

# 七筆

## 殍

図ㄆㄧㄠˇ 通「莩」。餓死的人。如「野有餓殍」。

# 八筆

## 殖

▲ㄓˊ ㈠孳生。如「繁殖」「生殖」。㈡種植。如「墾殖」。㈢生財興利。如「殖財」「殖貨」。
▲ㄕˋ 骨殖，死人的骨骸。

**殖民** ㄓˊ ㄇㄧㄣˊ 占領他國領土，把本國人民移到占領地去居住或從事開墾。

**殖財** ㄓˊ ㄘㄞˊ 図生財。

**殖貨** ㄓˊ ㄏㄨㄛˋ 図增殖財貨。

**殖民地** ㄓˊ ㄇㄧㄣˊ ㄉㄧˋ 帝國主義者借武裝或經濟力量侵占弱國土地，取得統治權，使本國人在那裡移殖發展。

## 殘

ㄘㄢˊ ㈠毀壞，傷害。如「殘害」「摧殘」「同類相殘」。㈡暴虐。如「殘暴」「不教而殺謂之殘」。㈢不完整的。如「殘破不全」。㈣快要完的，剩餘的。如「殘年」「殘羹剩飯」。

**殘月** ㄘㄢˊ ㄩㄝˋ 將落的月亮。

**殘冬** ㄘㄢˊ ㄉㄨㄥ 冬天快過完的時候。

**殘生** ㄘㄢˊ ㄕㄥ 図①傷害生命。②人生殘餘的歲月。

**殘年** ㄘㄢˊ ㄋㄧㄢˊ ①図老年。如「風燭殘年」。②指一年快過完的時候。

**殘存** ㄘㄢˊ ㄘㄨㄣˊ 剩餘的。

**殘局** ㄘㄢˊ ㄐㄩˊ ①變亂破壞以後的局面。②象棋下到最後的局面。

**殘忍** ㄘㄢˊ ㄖㄣˇ 凶惡狠毒。

**殘席** ㄘㄢˊ ㄒㄧˊ 酒宴餘剩的菜肴。

**殘害** ㄘㄢˊ ㄏㄞˋ 傷害，殺害。

**殘留** ㄘㄢˊ ㄌㄧㄡˊ 留下來的。

**殘疾** ㄘㄢˊ ㄐㄧˊ 殘廢。

**殘破** ㄘㄢˊ ㄆㄛˋ ①図受到摧殘破壞。如「邑縣殘破」。②不完整。

**殘缺** ㄘㄢˊ ㄑㄩㄝ 部分缺少，不完整。

**殘敗** ㄘㄢˊ ㄅㄞˋ 殘缺敗壞。

**殘荷** ㄘㄢˊ ㄏㄜˊ 池中凋零的荷花。

**殘貨** ㄘㄢˊ ㄏㄨㄛˋ ①剩餘的貨物。②殘缺、不完整的貨物。

**殘喘** ㄘㄢˊ ㄔㄨㄢˇ 人快死以前最後的喘息。如「苟延殘喘」。

**殘渣** ㄘㄢˊ ㄓㄚ ①果菜、食物經過處理，剩下的不能用的部分。②比喻殘存的廢人。

**殘陽** ㄘㄢˊ ㄧㄤˊ 図殘照；斜陽。

**殘照** ㄘㄢˊ ㄓㄠˋ 図夕陽。

**殘賊** ㄘㄢˊ ㄗㄜˊ 図殘害。

**殘酷** ㄘㄢˊ ㄎㄨˋ 殘忍狠毒。

**殘障** ㄘㄢˊ ㄓㄤˋ 醫學上指人的肢體器官有缺陷，功能障礙，或是心智的機能衰弱，統稱殘障。

**殘廢** ㄘㄢˊ ㄈㄟˋ 肢體部分損毀，失去作用。

**殘暴** ㄘㄢˊ ㄅㄠˋ 殘忍暴戾。

**殘餘** ㄘㄢˊ ㄩˊ 剩餘。

**殘燈** ㄘㄢˊ ㄉㄥ 將息的燈。

**殘骸** ㄘㄢˊ ㄏㄞˊ 指殘缺不全的屍體。

**殘壘** ㄘㄢˊ ㄌㄟˇ 棒球、壘球運動術語。指在單局中進攻的一方雖然已有球員上壘，最後仍然無功而返，沒有得分。

**殘花敗柳** ㄘㄢˊ ㄏㄨㄚ ㄅㄞˋ ㄌㄧㄡˇ 不再值得欣賞的花朵、垂柳。比喻行為放蕩被人蹂躪遺棄的婦女。

**殘篇斷簡** ㄘㄢˊ ㄆㄧㄢ ㄉㄨㄢˋ ㄐㄧㄢˇ 殘缺的書籍。

**殘羹剩肴** ㄘㄢˊ ㄍㄥ ㄕㄥˋ ㄧㄠˊ 吃剩的菜肴。

## 九筆

**殛** 図ㄐㄧˊ ㈠誅殺。如「殛鯀于羽山」。㈡雷電打死人或打壞東西。如「雷殛」。

## 十筆

**殞** 図ㄩㄣˇ ㈠死亡。如「不自殞滅」。㈡通「隕」，落下來。如「槁葉夕殞」。

**殞沒** ㄩㄣˇ ㄇㄛˋ 図死亡。

**殞滅** ㄩㄣˇ ㄇㄧㄝˋ 図滅絕。

**殞落** ㄩㄣˇ ㄌㄨㄛˋ 原意是天上的星星掉下來。比喻受敬重的人去世。如「巨星殞落」。

## 十一筆

**殣** 図ㄐㄧㄣˊ ㈠餓死。如「道無殣者」。㈡埋葬，通「墐」。〈魏書〉有「路見壞冢露棺，駐輦殣之」。又讀ㄐㄧㄣˋ。

**殤** 図ㄕㄤ ㈠未成年就死了叫「殤」。㈡為國死難。如「國殤」。

## 十二筆

**殫** 図ㄉㄢ 盡量的用。如「殫力」「殫思極慮」。

**殫力** ㄉㄢ ㄌㄧˋ 図竭力。

**殫心** ㄉㄢ ㄒㄧㄣ 図盡心。

**殫思極慮** ㄉㄢ ㄙ ㄐㄧˊ ㄌㄩˋ 図用盡全部精神和心思。

**殪** 図ㄧˋ ㈠死。如「擊人盡殪」。㈡殺死。如「殪敵無算」。

## 十三筆

**殮** ㄌㄧㄢˋ 把死人放進棺材裡。如「裝殮」「大殮」。

**殭** ㄐㄧㄤ 動物死而尸體不腐朽的。如「殭尸」「殭蠶」。

**殭尸** ㄐㄧㄤ ㄕ 傳說人死後，尸變成怪物，能出來害人，叫做殭尸。

**殭蠶** ㄐㄧㄤ ㄘㄢˊ 沒吐絲就死了的蠶，可以作藥。

## 十四筆

**殯（殡）** ㄅㄧㄣˋ ㈠把裝著死人的棺材抬到厝棺的地方或是下葬的墓地叫殯。如「出殯」。㈡図埋沒。孔稚圭文有「道帙長殯」。

**殯葬** ㄅㄧㄣˋ ㄗㄤˋ 出殯以及下葬。

**殯殮** ㄅㄧㄣˋ ㄌㄧㄢˋ 裝殮以及出殯。

**殯儀館** ㄅㄧㄣˋ ㄧˊ ㄍㄨㄢˇ 專門經營祭奠、殯殮和埋葬死人業務的場所。

## 十七筆

**殲** ㄐㄧㄢ 殺盡。如「殲滅」。

**殲滅** ㄐㄧㄢ ㄇㄧㄝˋ 殺盡，滅絕。

# 殳部

**殳** ㄕㄨ ㈠古兵器名，長一丈二尺，沒有刃兒。㈡姓。

## 五筆

**段** ㄉㄨㄢˋ ㈠事物、時間的一節，分截。如「分成三段」「講了一段話」「還要一段時間」。㈡做事的方法、層次。如「手段」。㈢姓。

**段落** ㄉㄨㄢˋ ㄌㄨㄛˋ ①文章或言語一個停頓處，叫「一個段落」。②暫時的停頓（大都指事情）。如「這一件事現在可以告一段落」。

## 六筆

**殷** ▲ㄧㄣ ㈠富足。如「殷商」「殷實」。㈡図盛大，深，厚。如「殷憂」「情意甚殷」。㈢周到，盡心意。如「殷勤」。㈣朝代名，我國古代商湯趕走夏桀以後建立的王朝（西元前 1765—西元前 1122），後來滅於周。㈤姓。▲ㄧㄢ 赤黑色。如「殷紅」。

**殷切** ㄧㄣ ㄑㄧㄝˋ 形容非常關切盼望的樣子。如「殷切期望」。

**殷紅** ㄧㄢ ㄏㄨㄥˊ 暗紅色，紅中帶黑的顏色。

**殷殷** ㄧㄣ ㄧㄣ 文①盛大的樣子。②殷勤的樣子。③憂慮的樣子。同「慇慇」。

**殷商** ㄧㄣ ㄕㄤ ①商朝從盤庚遷都到殷墟以後的稱呼。②富有的商人。

**殷富** ㄧㄣ ㄈㄨˋ 殷實富足。

**殷勤** ㄧㄣ ㄑㄧㄣˊ 同「慇懃」，待人懇切。

**殷實** ㄧㄣ ㄕˊ 盈滿，富足。

**殷墟** ㄧㄣ ㄒㄩ 殷商朝代的國都，在今河南省安陽縣小屯村及其周圍附近。

**殷憂** ㄧㄣ ㄧㄡ 文深憂。

**殷鑑** ㄧㄣ ㄐㄧㄢˋ 文借前事來做鑑戒。

## 七筆

**殺（杀）** ▲ㄕㄚ ㈠用刀弄死動物。如「殺雞殺鴨」「殺人償命」。㈡殲滅。如「殺漢奸」「上馬殺賊」。㈢軍隊在進攻時候到達某一個地方。如「李愬殺進蔡州城」。㈣敗壞。如「殺風景」。㈤用藥除蟲。如「殺蟲劑」。㈥皮膚受到藥物的刺激，有微微刺痛的感覺。如「抹了這種藥殺得好痛啊」。㈦消，減。如「殺價」。㈧死，含有「極甚」的意思，並不是真死。如「笑殺人哪」「恨殺人哪」。㈨同「煞」，緊綁的意思。如「把腰帶用力殺緊」。

▲文ㄕㄞˋ ㈠衰敗。如「豐殺」（胖瘦）「隆殺」（盛衰）。㈡減低。如「威勢稍殺」。㈢迅疾。如「東風莫殺吹」。

**殺生** ㄕㄚ ㄕㄥ 宰殺動物。

**殺伐** ㄕㄚ ㄈㄚˊ 戰爭的事。

**殺戒** ㄕㄚ ㄐㄧㄝˋ 佛家禁止殺生的戒律，是十戒之一。

**殺青** ㄕㄚ ㄑㄧㄥ 古人用青竹板撰著書稿，修改完畢以後，削去竹皮，寫在竹素上，免被蟲蛀，叫作「殺青」，也作「汗青」「汗簡」。後來著作品完成或電影拍好，都用「殺青」做「完竣」的意思。

**殺害** ㄕㄚ ㄏㄞˋ 殺死，害死。對人類或動物的殘暴行為。

**殺氣** ㄕㄚ ㄑㄧˋ ①陰森肅殺之氣。②殺伐之氣。如「殺氣騰騰」。

**殺疼** ㄕㄚ ㄊㄥˊ 疼字輕讀。皮膚受到刺激，而有刺痛的感覺。

**殺球** ㄕㄚ ㄑㄧㄡˊ 指排球、網球、桌球等運動中扣殺球的動作。

**殺菌** ㄕㄚ ㄐㄩㄣ 殺死細菌。

**殺傷** ㄕㄚ ㄕㄤ 用利器傷害人或動物。

**殺價** ㄕㄚ ㄐㄧㄚˋ 買主利用賣主急於售貨的機會，要賣主大幅減低售價。

**殺戮** ㄕㄚ ㄌㄨˋ 大量地殺人。如「南京淪陷，數十萬人慘遭日本兵殺戮」。

**殺機** ㄕㄚ ㄐㄧ 殺害的心。

**殺人罪** ㄕㄚ ㄖㄣˊ ㄗㄨㄟˋ 法律上指因為斷絕別人的生命而成立的罪。

**殺威風** ㄕㄚ ㄨㄟ ㄈㄥ 減損他人的驕傲神氣。

**殺風景** ㄕㄚ ㄈㄥ ㄐㄧㄥˇ 俗而傷雅，使人敗興。〈雜纂〉說「花間喝道，看花淚下，苔上鋪席，砍卻垂楊，花下晒裩，游春重載，石筍繫馬，月下把火，果園種菜，背山起樓，妓筵說俗事，花架下養雞鴨」等都是殺風景的事。

**殺菌劑** ㄕㄚ ㄐㄩㄣ ㄐㄧˋ 殺滅黴菌以防病毒傳染的藥品。也叫消毒劑。像昇汞水、石碳酸等。

**殺傷力** 殺害人眾、破壞事物的威力。

**殺蟲劑** 殺死害蟲的藥品。

**殺一儆百** 図處罰一人，以警戒大眾。

**殺人放火** 強盜搶劫的殘虐行為。

**殺人越貨** 把人殺了，並搶走其財物。指強盜的行為。越，同「掠」，奪取。

**殺人償命** 為被殺死的人抵償性命。

**殺身成仁** 為正義或是崇高的理想而犧牲生命。

**殺氣騰騰** 凶惡的氣勢很旺盛。

**殺敵致果** 從軍勇敢，並立戰功。

**殺雞取卵** 比喻貪圖眼前微小的好處而損害了長久的利益。

**殺雞儆猴** 比喻懲罰一個人，以警戒其他的人。

**殺人不見血** 形容用陰險的手段害人，人受害了還不能馬上察覺出害他的人是誰。

**殺人不眨眼** 形容人非常狠毒殘忍。

**殺雞焉用牛刀** 比喻處理小事，不須用大才。

## 八筆

# 殼(殻、壳)

ㄑㄩㄝˋ 物體外部堅硬的表皮。又讀ㄎㄜˊ。語音ㄑㄧㄠˋ。

**殼斗** 植物所結圓囊形，中間包著果實的硬殼。

**殼兒** 又讀ㄑㄧㄠˋㄦ。

**殼菜** 同淡菜或貽貝。海產軟體動物，長約六公分，肉味鮮美。

# 殽

図ㄧㄠˊ ㈠同「淆」，錯雜。㈡通「肴」，菜餚。

## 九筆

# 殿

ㄉㄧㄢˋ ㈠皇宮裡的大房屋。如「宮殿」。㈡供奉神佛的大屋子。如「大雄寶殿」。㈢軍隊行進時擔任後方警衛的部分；比賽時列名最後的或入選的最末一名也叫殿。如「殿後」「殿軍」。

**殿下** 舊時對太子或親王的敬稱。

**殿屎** 図愁苦呻吟的意思。

**殿後** 行軍時走在最後面。

**殿軍** ①行軍的後隊。②比賽錄取的最後一名。

**殿最** 図考課的等差，上者叫最，下者叫殿。

# 毀

ㄏㄨㄟˇ ㈠破壞，傷害。如「毀壞公物」「身體膚髮，受之父母，不敢毀傷」。㈡誹謗。如「毀謗」「毀譽參半」。㈢図悲哀。如「哀毀逾恆」。

**毀害** 破壞。

**毀容** 毀壞面貌容顏。

**毀棄** ①破壞丟棄。②法律名詞。指故意使事物喪失效用。

**毀傷** 毀壞損害。

**毀損** 毀傷損耗。

**毀滅** 毀壞滅跡。

**毀謗** 說人的壞話。

**毀壞** 破壞。

**毀譽** 毀謗與稱讚。

**毀家紓難** 図捐出自己的家產來舒緩國難。

## 十一筆

**毆(殴)** ▲ㄡ擊、打。如「鬥毆」「毆打」。又讀ㄡˇ。▲ㄑㄩ古「驅」字。

**毆打** 相打。

**毅** ㄧˋ意志堅強而有果斷力。如「剛毅」。

**毅力** 志氣堅決不可搖奪的定力。

**毅然** 態度堅決的。

**毅然決然** 形容下定決心的樣子。

## 毋部

**毋** 図ㄨˊ ㈠表示不可以。如「毋忘在莒」「臨財毋苟得」。㈡通「無」。如「不自由，毋寧死」。㈢毋乃，表示疑惑不決。㈣姓。

**毋乃** 図疑問詞，同無乃。豈非；豈不是。如「毋乃不可乎」。

**毋任** 図非常的；十分的；大到多到負擔不了的。如「毋任感激」。

**毋庸** 図公文常用，有命令口吻。也作「無庸」。不用；不必；無須。如「毋庸再議」。

**毋寧** 図同「無寧」。寧可，不如。常接「與其」連用。如「與其緘默而生，毋寧長鳴而死」。

**毌** ㄍㄨㄢˋ ㈠通「貫」。㈡毌丘，複姓。

**母** ㄇㄨˇ ㈠生我的人，男的稱父，女的稱母。母就是母親，媽。㈡對女性尊長的尊稱。如「祖母」「伯母」「姑母」。㈢由它出來的叫母。如「母校」「母金」「失敗為成功之母」。㈣雌性的禽獸。如「母貓」「母雞」。㈤可以寄託在它上面，由它那裡出發或產生動力的。如「航空母艦」「工作母機」。㈥兩個部分合組的一套東西，常是一凸一凹，一部分嵌入另一部分的。如「子母扣兒」「螺絲母兒」。㈦姓。

**母子** ①母與子。②本金及利息。

**母本** ①接受花粉而結實或用壓條法繁殖的植株。也作「母株」。②用來翻譯或改編的原著。

**母系** 社會學上說，凡是嗣續的計算，財產或職位的繼承，都以母方為標準或優先的，這種社會系統稱為母系。

**母姓** 母親的姓氏。

**母性** 母親愛護子女的本性。

**母法** ①與子法相對。作為法源依據的法律。②憲法，國家的根本大法。

**母金** 存款或放款的本金，本錢。

**母音** 元音，或稱韻母。就是發音時在口腔中不受阻塞的音，如ㄚ、ㄛ、ㄜ、ㄝ等。

**母校** 從那裡畢業的學校。

**母國** 僑居國外的人，稱自己的國家為「母國」。

**母教** 母親給子女的教育。

**母愛** ㄇㄨˇ ㄞˋ 母親對子女無窮盡、無休止的愛。

**母舅** ㄇㄨˇ ㄐㄧㄡˋ 稱呼母親的兄弟。

**母語** ㄇㄨˇ ㄩˇ ①指人從小最先接觸而習用的語言。②有些語言中作為共同來源的語言。

**母線** ㄇㄨˇ ㄒㄧㄢˋ ①在配電裝置中用來匯集和分配電流的導線。②數學名詞。任一線運動可形成某種形體，則此線為該形體的母線。

**母機** ㄇㄨˇ ㄐㄧ 工作母機的略稱。

**母親** ㄇㄨˇ ㄑㄧㄣ 親字輕讀。媽，娘。

**母錢** ㄇㄨˇ ㄑㄧㄢˊ 本錢。

**母題** ㄇㄨˇ ㄊㄧˊ 小說、戲劇或敘事詩與情節發展有關的元素；或指小說、戲劇裡的傳統場景、技巧或情節。因作品範疇不同而有差異。

**母艦** ㄇㄨˇ ㄐㄧㄢˋ 專門負責後勤支援的主要軍艦。①航空母艦，艦上甲板可供軍機起降。②登陸母艦，艦上可載運戰車及人員，登陸敵陣。

**母黨** ㄇㄨˇ ㄉㄤˇ 図母親的家族。

**母權** ㄇㄨˇ ㄑㄩㄢˊ 母系制度下母性所擁有的生產支配權與親權。原始社會母權極為發達。

**母體** ㄇㄨˇ ㄊㄧˇ 母身。孕育幼兒的身體或雌性動物的身體。

**母公司** ㄇㄨˇ ㄍㄨㄥ ㄙ 指取得別家公司營運控制權的總公司，通常須有一半以上普通股的股權。受控制的公司稱子公司。

**母老虎** ㄇㄨˇ ㄌㄠˇ ㄏㄨˇ 比喻凶悍的婦女。

**母姊會** ㄇㄨˇ ㄗˇ ㄏㄨㄟˋ 由學校舉辦，邀請學童的母親或姐姐到學校座談有關教育方面經驗交流的會議。

**母親節** ㄇㄨˇ ㄑㄧㄣ ㄐㄧㄝˊ 每年五月的第二個星期日為母親節，是為天下所有母親祝福的節日。

**母難日** ㄇㄨˇ ㄋㄢˋ ㄖˋ 自己由母親體內出生時，母親極為痛苦，所以稱自己的生日為母難日。

## 二筆

**每** ㄇㄟˇ ㈠常常，往往。如「世間的事情，每不如人意」。㈡各。如「每人一件」「每天三餐」。㈢凡是。如「每逢佳節倍思親」。㈣元明小說家用作「們」字。如「你每」「他每」。

**每每** ㄇㄟˇ ㄇㄟˇ 常常。

**每常** ㄇㄟˇ ㄔㄤˊ 平常，往常。

**每逢** ㄇㄟˇ ㄈㄥˊ 每次遇到。

**每下愈況** ㄇㄟˇ ㄒㄧㄚˋ ㄩˋ ㄎㄨㄤˋ 愈來愈壞的意思。現在常有人作「每況愈下」。語出〈莊子．知北遊〉。

## 三筆

**毐** ㄞˇ 図㈠品行不端的男人。㈡嫪（ㄌㄠˋ）毐，戰國時秦國人名。

## 四筆

**毒** ㄉㄨˊ ㈠能傷害人體的東西。如「毒品」「毒蛇」。㈡對人的思想品質有害的。如「不要看有毒的書刊」。㈢害死。如「這藥是毒老鼠的」。㈣凶狠，厲害。如「手段好毒」「這話說得太毒」。㈤図恨。〈後漢書〉有「令人憤毒」。

**毒化** ㄉㄨˊ ㄏㄨㄚˋ 以凶惡的思想或手段使人身心遭受到嚴重傷害的過程。

**毒手** ㄉㄨˊ ㄕㄡˇ　凶狠的手段。如「下毒手」。

**毒刑** ㄉㄨˊ ㄒㄧㄥˊ　凶狠殘酷的刑罰。

**毒死** ㄉㄨˊ ㄙˇ　毒殺，中毒死亡。

**毒刺** ㄉㄨˊ ㄘˋ　昆蟲和蜜蜂等尾端的針刺，在螫人畜時，能注射毒液。

**毒性** ㄉㄨˊ ㄒㄧㄥˋ　毒物中所含毒素的成分。如「海洛因的毒性比大麻強」。

**毒物** ㄉㄨˊ ㄨˋ　有毒的東西。

**毒計** ㄉㄨˊ ㄐㄧˋ　惡毒的計謀。

**毒害** ㄉㄨˊ ㄏㄞˋ　①會害人的有毒的東西。如「年輕人必須拒絕毒害」。②有毒的東西使人受害。如「消除毒害身體的毒物」。

**毒氣** ㄉㄨˊ ㄑㄧˋ　化學作戰兵器之一，是含有毒質的氣體，有糜爛性毒氣、窒息性毒氣、催淚性毒氣等。也叫「毒瓦斯」。

**毒素** ㄉㄨˊ ㄙㄨˋ　①有毒的物質，如毒蛇的腺體、蓖麻種子的毒素。②比喻言論、作品中能腐蝕人心的成分。如「封建毒素」。

**毒蛇** ㄉㄨˊ ㄕㄜˊ　有毒的蛇，頭呈稜形，牙腺含有毒液，毒性十分強烈。生活於叢林裡，以捕食昆蟲和小動物為生。蝮蛇、響尾蛇以及青竹絲、龜殼花等都是。牠們的毒液可供醫藥用途。

**毒腺** ㄉㄨˊ ㄒㄧㄢˋ　動物體內能向外分泌毒液的腺體。

**毒蛾** ㄉㄨˊ ㄜˊ　昆蟲綱，鱗翅目，毒蛾科。蛾體粗壯多毛，觸角呈羽毛狀。一般都在夜間活動。幼蟲有毒毛，俗稱毒毛蟲，人的皮膚接觸後，會引起紅腫和痛癢等現象。

**毒辣** ㄉㄨˊ ㄌㄚˋ　殘酷，狠毒。

**毒餌** ㄉㄨˊ ㄦˇ　具有毒性的誘餌，是用來誘殺老鼠、蟑螂、螻蛄等的。

**毒瘤** ㄉㄨˊ ㄌㄧㄡˊ　身體上長的惡性腫瘤。

**毒質** ㄉㄨˊ ㄓˊ　有毒的物質。也說「毒素」。

**毒劑** ㄉㄨˊ ㄐㄧˋ　①含有毒性的藥物。②舊稱毒氣或毒瓦斯。戰爭中用來殺傷人和牲畜的化學物質。

**毒蕈** ㄉㄨˊ ㄒㄩㄣˋ　有毒的蕈菇類植物。

**毒藥** ㄉㄨˊ ㄧㄠˋ　有毒的藥品。

**毒霧** ㄉㄨˊ ㄨˋ　有毒的霧。是一種空氣汙染，常指汽機車、工廠排出的廢氣，經光合作用之後形成有毒的氣體。

**毒氣戰** ㄉㄨˊ ㄑㄧˋ ㄓㄢˋ　以毒氣作為武器在戰場上殺人。因手段太過殘忍，所以遭到國際公法的禁用。

**毒著兒** ㄉㄨˊ ㄓㄠ ㄦ　也作「毒招兒」。陰毒的計謀或手段。

## 八筆

**毓** ㄩˋ　同「育」。如「鍾靈毓秀」。

# 比部

**比** ▲ㄅㄧˇ ㈠較量。如「比較」「無與倫比」。㈡摹擬，作譬喻。如「比喻」「打個比方」。㈢數學上稱同類的兩個數相除叫「比」。▲ㄅㄧˋ ㈠靠近，接連的。如「櫛比鱗次」「天涯若比鄰」。㈡結黨。如「朋比」。㈢每每，常常。如「比比皆是」。㈣最近，近來。如「比來」「比年」。㈤等到。如「比及」。㈥科舉時代稱有全國考試的年頭兒，叫「大比之年」。比又讀ㄅㄧˇ。▲ㄆㄧˊ 臯比，就是虎皮。

**比方** ㄅㄧˇ ㄈㄤ 方字輕讀。譬喻。

**比及** ㄅㄧˋ ㄐㄧˊ 図時間副詞，是說「等到」。

**比比** ㄅㄧˋ ㄅㄧˋ 每每，常常。如「比比皆是」。

**比丘** ㄅㄧˇ ㄑㄧㄡ 佛家語，梵文bhiksu的音譯，指和尚。本義指乞者，佛教則作為受具足戒者的僧徒的通稱。

**比年** ㄅㄧˋ ㄋㄧㄢˊ 図①近年。②每年。

**比如** ㄅㄧˇ ㄖㄨˊ 譬如。

**比並** ㄅㄧˇ ㄅㄧㄥˋ 比擬。

**比來** ㄅㄧˋ ㄌㄞˊ 図近來。

**比例** ㄅㄧˇ ㄌㄧˋ 前兩數相除等於後兩數相除。如6:3＝8:4。比例有正比例、反比例、單比例、複比例等。

**比肩** ㄅㄧˋ ㄐㄧㄢ 肩膀挨著肩膀。

**比武** ㄅㄧˇ ㄨˇ 比賽武藝。

**比附** ㄅㄧˇ ㄈㄨˋ ①用近似的東西相比較。②互相依倚。

**比美** ㄅㄧˇ ㄇㄟˇ 同「媲美」。比較之下相差不多。

**比重** ㄅㄧˇ ㄓㄨㄥˋ 物理學上稱物質的密度跟攝氏四度的純水的密度相比較，叫「比重」。

**比值** ㄅㄧˇ ㄓˊ 數學名詞。指甲數和乙數相比之後所得的值。又稱比率。和除法中的商數相同。

**比高** ㄅㄧˇ ㄍㄠ ①測量名詞。甲乙兩點高度的差。②比比看誰高。如「你們倆去比高」。

**比率** ㄅㄧˇ ㄌㄩˋ ①比例。②同「比值」。指除法中的商數。

**比喻** ㄅㄧˇ ㄩˋ 比方，譬喻。

**比畫** ㄅㄧˇ ㄏㄨㄚˋ 畫字輕讀。①用手勢摹擬動作。②動武。如「兩個人說著說著，就比畫起來了」。

**比照** ㄅㄧˇ ㄓㄠˋ 比較對照。

**比較** ㄅㄧˇ ㄐㄧㄠˋ 較量高下、輕重、長短、距離、好壞、快慢等。也讀ㄅㄧˇ ㄐㄧㄠˇ。

**比對** ㄅㄧˇ ㄉㄨㄟˋ 比較核對。如「經過比對，這些字不是他寫的。」

**比價** ㄅㄧˇ ㄐㄧㄚˋ 價格上作比較。

**比鄰** ㄅㄧˋ ㄌㄧㄣˊ 附近的鄰居。如「天涯若比鄰」。

**比興** ㄅㄧˇ ㄒㄧㄥˋ 中國古代詩歌寫作的方法。比是譬喻，興是寄託。通常指藉由景物或事件抒發心中的情懷。

**比擬** ㄅㄧˇ ㄋㄧˇ 拿這個來比那個。

**比賽** ㄅㄧˇ ㄙㄞˋ 比較優劣。

**比翼** ㄅㄧˇ ㄧˋ ①鳥兒翅膀挨著翅膀飛。如「寧與黃鵠比翼」。②比喻夫婦感情非常好。如「在天願作比翼鳥」。

**比丘尼** ㄅㄧˇ ㄑㄧㄡ ㄋㄧˊ 尼姑。

**比目魚** ㄅㄧˇ ㄇㄨˋ ㄩˊ 魚名，又叫板魚。硬骨魚綱、蝶形目魚類的總稱。體扁平而闊。兩眼生在身體的同一邊。

**比例尺** ㄅㄧˇ ㄌㄧˋ ㄔˇ 畫圖器械之一，刻有度數，可以畫放大或縮小的圖。

**比翼鳥** ㄅㄧˇ ㄧˋ ㄋㄧㄠˇ 鳥名，就是鶼鶼鳥。傳說這類鳥彼此的翅膀如果不互相挨著，就不能飛。

**比肩繼踵** ㄅㄧˋ ㄐㄧㄢ ㄐㄧˋ ㄓㄨㄥˇ 図形容人多擁擠的樣子。

**比上不足比下有餘** ㄅㄧˇ ㄕㄤˋ ㄅㄨˋ ㄗㄨˊ ㄅㄧˇ ㄒㄧㄚˋ ㄧㄡˇ ㄩˊ 不如上面的，卻比下面的好（泛指才學、地位、財富、家世等）。

## 五筆

**毖** 図ㄅㄧˋ ㈠謹慎。如「懲前毖後」（拿以前的失敗作教訓，以後要更加小心謹慎）。㈡辛勞。㈢泉水流動的樣子。

**毗（毘）** 図ㄆㄧˊ 見「毗連」。

**毗連** ㄆㄧˊ ㄌㄧㄢˊ 図土地相連接。

## 十三筆

**毚** 図ㄔㄢˊ ㈠「毚兔」是說狡猾的兔子。㈡「毚欲」是貪心，欲望多。

# 毛部

**毛** ㄇㄠˊ ㈠動植物表皮上所生的細柔的絲狀變形物。如「羊毛」「毛髮」。㈡図植物。多指穀物。如「不毛之地」。㈢粗糙的貨色。如「毛貨」「毛坯子」。㈣動作輕浮不穩重。如「毛手毛腳」。㈤因為發霉而生白色的細絲。如「年糕發毛了」。㈥粗略估計。如「毛利」「毛五十斤」。㈦形容小。如「毛孩子」「毛丫頭」。㈧驚慌失措的樣子。如「嚇（ㄒㄧㄚˋ）毛了」「心裡發毛」。㈨一塊錢的十分之一，俗叫「毛」。如「兩塊七毛錢」。㈩図瑣碎。如「毛舉細故」。⑾姓。

**毛子** ㄇㄠˊ ˙ㄗ 図①清代末葉，山東、河北一帶對外國人的鄙稱。後來稱基督徒與辦洋務的人為「二毛子」，稱洋人為「老毛子」（含貶義）。②舊時北方指土匪。

**毛巾** ㄇㄠˊ ㄐㄧㄣ 棉紗織成的大手巾，是洗臉用的。

**毛孔** ㄇㄠˊ ㄎㄨㄥˇ 皮膚上毛髮的孔。也叫「汗孔」。

**毛毛** ㄇㄠˊ ˙ㄇㄠ 図第二毛字輕讀。指嬰兒。

**毛布** ㄇㄠˊ ㄅㄨˋ 用較粗的棉紗織成的布。

**毛皮** ㄇㄠˊ ㄆㄧˊ 帶毛的獸皮。

**毛竹** ㄇㄠˊ ㄓㄨˊ 粗大的竹子。高兩三丈，節距較短，竹莖堅韌，可以做建材、造器物。

**毛衣** ㄇㄠˊ ㄧ 用毛線織成的衣服。

**毛利** ㄇㄠˊ ㄌㄧˋ 營業盈餘只減去成本的數字，還沒減去各種費用的，叫「毛利」。

**毛豆** ㄇㄠˊ ㄉㄡˋ 嫩黃豆，莢上生有細毛。作菜吃的。

**毛刺** ㄇㄠˊ ㄘˋ 金屬、泥塑的東西上在製作過程中發生的不光滑、不平整，會扎手的部分。

**毛刷** ㄇㄠˊ ㄕㄨㄚ 用鬃毛製成的刷子。

**毛咕** ㄇㄠˊ ˙ㄍㄨ 図咕字輕讀。心中疑懼而驚慌的樣子。

**毛重** ㄇㄠˊ ㄓㄨㄥˋ 連包裝物一共的重量。

**毛料** ㄇㄠˊ ㄌㄧㄠˋ 毛織品的衣料。

**毛病** ㄇㄠˊ ˙ㄅㄧㄥ 病字輕讀。①事情的害處，弊端。②物品上的缺點，瑕疵。③疾病也可叫「毛病」。

**毛紡** ㄇㄠˊ ㄈㄤˇ 以羊毛或人造纖維紡紗。

**毛茛** ㄇㄠˊ ㄍㄣˋ 多年生草本植物。夏天開黃色的小花，莖葉都有細毛。生於低溼的地方，是有毒植物。

**毛茸** ㄇㄠˊ ㄖㄨㄥˊ 叢聚的短毛，往往在植物的葉子上密生。莖幹表面也有。

**毛貨** ㄇㄠˊ ㄏㄨㄛˋ 還沒有加工精製的貨物。

**毛筆** ㄇㄠˊ ㄅㄧˇ 用獸毛製成的筆。

**毛筍** ㄇㄠˊ ㄙㄨㄣˇ 毛竹的筍。味美，可供食用。

**毛腰** ㄇㄠˊ ㄧㄠ (方)彎腰。如「他一毛腰，撿起地上的一張白紙」。

**毛賊** ㄇㄠˊ ㄗㄟˊ 小賊。

**毛詩** ㄇㄠˊ ㄕ 〈詩經〉今本是漢代毛亨所傳的，所以叫「毛詩」。

**毛窩** ㄇㄠˊ ㄨㄛ (方)北方人指冬天穿的棉鞋。

**毛裝** ㄇㄠˊ ㄓㄨㄤ 書刊的邊緣沒有切齊的裝訂。

**毛樣** ㄇㄠˊ ㄧㄤˋ 印刷書報，初次排檢好還沒經過拼版、校對的初樣。

**毛線** ㄇㄠˊ ㄒㄧㄢˋ 羊毛紡成的線。

**毛豬** ㄇㄠˊ ㄓㄨ 供屠宰的食用豬隻。

**毛髮** ㄇㄠˊ ㄈㄚˇ 人體上的毛和頭髮。

**毛穎** ㄇㄠˊ ㄧㄥˇ (文)毛筆的別稱。源自唐代韓愈〈毛穎傳〉。

**毛糙** ㄇㄠˊ ㄘㄠ 粗糙，不細緻。常指工作成果。

**毛藍** ㄇㄠˊ ㄌㄢˊ 比深藍稍淺的顏色。

**毛蟲** ㄇㄠˊ ㄔㄨㄥˊ ①蛾類的幼蟲，環節的疣狀突起上，簇生長短毛，樣子很醜惡。也叫毛毛蟲。②古人管獸類叫毛蟲。

**毛蟹** ㄇㄠˊ ㄒㄧㄝˋ 也作「毛蟳」，蟹的一種。顏色微紅，左右螯大小相等，背甲上有細毛。棲息在河旁洞隙中。秋冬之交為生殖期。可供食用，但是必須注意寄生蟲害的問題。

**毛躁** ㄇㄠˊ ㄗㄠˋ 急躁；粗率。如「他很毛躁，動不動就罵人」。

**毛囊** ㄇㄠˊ ㄋㄤˊ 指哺乳類動物皮膚內包圍著毛髮根部的囊狀結構。

**毛桃(兒)** ㄇㄠˊ ㄊㄠˊ (ㄦ) ①小桃。②桃樹在接枝以前所結的桃子。

**毛錐(子)** ㄇㄠˊ ㄓㄨㄟ (ㄗ˙) 毛筆的別稱。

**毛錢(兒)** ㄇㄠˊ ㄑㄧㄢˊ (ㄦ) 單位從一毛(角)到五毛的輔幣。

**毛驢(兒)** ㄇㄠˊ ㄌㄩˊ (ㄦ) 小驢。

**毛丫頭** ㄇㄠˊ ㄧㄚ ㄊㄡˊ 小女孩兒。

**毛巾被** ㄇㄠˊ ㄐㄧㄣ ㄅㄟˋ 質地和毛巾相同，幅面較大的毯子。

**毛公鼎** ㄇㄠˊ ㄍㄨㄥ ㄉㄧㄥˇ 西周晚期的青銅器。清道光末年在陝西省岐山出土。是現存銘文最長的青銅器。收藏於臺北故宮博物院。

**毛毛蟲** ㄇㄠˊ ㄇㄠˊ ㄔㄨㄥˊ 同「毛蟲」①。

**毛地黃** ㄇㄠˊ ㄉㄧˋ ㄏㄨㄤˊ 也稱作洋地黃。玄參科多年生草本植物。整株都被有短毛。葉互生，呈卵狀披針形。初夏開花，花冠呈鐘狀，紫紅色。原產於西歐。可供觀賞和藥用。

**毛坯子** ㄇㄠˊ ㄆㄧ ㄗ˙ ①指未經加工的土坯，是半成品。②剛鑄好或鍛好的機器零件，還必須加工修磨。

**毛孩子** ㄇㄠˊ ㄏㄞˊ ㄗ˙ 小孩兒。

**毛玻璃** ㄇㄠˊ ㄅㄛ ㄌㄧ˙ 璃字輕讀。指表面經過金剛砂磨過或氫氟酸浸過，一面粗一面光的玻璃。用作房屋門窗，使光線柔和。

**毛茸茸** ㄇㄠˊ ㄖㄨㄥˊ ㄖㄨㄥˊ 形容多毛的樣子。如「毛茸茸的小雞兒，好可愛」。

**毛細管** ㄇㄠˊ ㄒㄧˋ ㄍㄨㄢˇ ①物理實驗用的孔徑極細的管子，也稱「微管」「毛管」。②血管末端細管，能吸收血液使遍布各組織。也稱「微血管」。

**毛瑟槍** ㄇㄠˊ ㄙㄜˋ ㄑㄧㄤ 德國人毛瑟（Mawser）在西元 1863 年發明的，子彈可射及四千公尺之遠。

**毛線針** ㄇㄠˊ ㄒㄧㄢˋ ㄓㄣ 織毛衣所用的針，金屬製或竹製。

**毛織物** ㄇㄠˊ ㄓ ㄨˋ 用獸毛織成的呢絨等物。也作「毛織品」。

**毛邊紙**（ㄇㄠˊ ㄅㄧㄢ ㄓˇ） 紙名，寫字用，竹紙類。

**毛囊炎**（ㄇㄠˊ ㄋㄤˊ ㄧㄢˊ） 毛囊受病原體感染而在毛髮周圍生成的小膿包。

**毛手毛腳**（ㄇㄠˊ ㄕㄡˇ ㄇㄠˊ ㄐㄧㄠˇ） ①動作輕浮。②做事粗率慌張。

**毛毛雨兒**（ㄇㄠˊ ˙ㄇㄠ ㄩˇ ㄦ） 第二個毛字輕讀。非常細小的雨絲。

**毛毛躁躁**（ㄇㄠˊ ˙ㄇㄠ ㄗㄠˋ ㄗㄠˋ） 第二個毛字輕讀。形容人做事急躁粗率的樣子。

**毛骨悚然**（ㄇㄠˊ ㄍㄨˇ ㄙㄨㄥˇ ㄖㄢˊ） 図驚懼的樣子。

**毛細現象**（ㄇㄠˊ ㄒㄧˋ ㄒㄧㄢˋ ㄒㄧㄤˋ） 也稱「毛細管現象」。將細管放入水溶液中，管內溶液沿細管上升，管子愈細，上升得愈高，甚至高於水面。

**毛遂自荐**（ㄇㄠˊ ㄙㄨㄟˋ ㄗˋ ㄐㄧㄢˋ） 指懷才自荐。原是戰國時代趙國平原君門客毛遂的故事。

**毛舉細故**（ㄇㄠˊ ㄐㄩˇ ㄒㄧˋ ㄍㄨˋ） 図只列舉瑣碎的小事，遺漏了重要的部分。

## 六筆

**毧**（ㄖㄨㄥˊ） 鳥類的細毛，如鴨毧、鵝毧。常寫成「絨」。

## 七筆

**毫**（ㄏㄠˊ） ㈠細長尖銳的毛。如「明察秋毫」。㈡人身上的寒毛兒。如「毫髮」。㈢指毛筆。如「狼毫」「揮毫」。㈣一點兒，些許。如「毫無道理」「毫不相干」。㈤度名，衡名，是「釐」的十分之一。㈥秤或戥子桿兒上的提繩，分頭毫、二毫、三毫等。

**毫毛**（ㄏㄠˊ ㄇㄠˊ） 人身全體所生的細毛。

**毫末**（ㄏㄠˊ ㄇㄛˋ） 秋毫之末，形容極纖細。

**毫光**（ㄏㄠˊ ㄍㄨㄤ） 光芒四射，有如毫毛。

**毫無**（ㄏㄠˊ ㄨˊ） 一點兒都沒有。

**毫髮**（ㄏㄠˊ ㄈㄚˇ） 比喻極少。

**毫釐**（ㄏㄠˊ ㄌㄧˊ） 極細微的數。

**毫髮不爽**（ㄏㄠˊ ㄈㄚˇ ㄅㄨˋ ㄕㄨㄤˇ） 絲毫不差。

**毬**（ㄑㄧㄡˊ） 圓形成團的東西叫毬。從前用皮革做外殼，中間塞羽毛，用腳踢，是一種遊戲性的運動，等於現在的足球。

**毬果**（ㄑㄧㄡˊ ㄍㄨㄛˇ） 松柏科植物，由木質鱗片構成的果實，略像毬形。

**毬毬蛋蛋**（ㄑㄧㄡˊ ˙ㄑㄧㄡ ㄉㄢˋ ㄉㄢˋ） 第二個毬字輕讀。猥瑣的樣子。如「一屋子人七長八短，毬毬蛋蛋的」。

## 八筆

**毯**（ㄊㄢˇ） 用來鋪在床上、桌上、地上或當作被子用的棉、毛織物。如「地毯」「蓋上一層毛毯」。

**毯子**（ㄊㄢˇ ˙ㄗ） 毯。

**毳**（ㄘㄨㄟˋ） 図㈠鳥獸身上的細毛。㈡通「脆」。

**毳幕**（ㄘㄨㄟˋ ㄇㄨˋ） 図氈帳。漢代李陵答蘇武書有「韋韝毳幕」。

## 九筆

**毽**（ㄐㄧㄢˋ） 毽子，用皮或布裹著銅錢，錢孔上插羽毛或紙穗兒，用腳踢，使它一上一下而不落地。是一種帶有運動意味的民俗遊戲。

**毽球**（ㄐㄧㄢˋ ㄑㄧㄡˊ） 臺灣新興的民俗運動項目，用毽子當作球，類似排球運動。是臺北市萬華國中創始的。

**毹（毺）** ㄕㄨ「氍毹」。又讀ㄩˊ。

## 十一筆

**氂（氂、氂）** ㄌㄧˊ ㈠犛牛的尾，也泛指毛很長的獸尾。㈡同「犛」，見「犛牛」。㈢通「釐」，長度名，十毫為一氂。㈣毛織品，通「罽」。又讀ㄇㄠˊ。

**毿** [文]ㄙㄢ ㈠毛長的樣子。如「毿毿下垂」。㈡細長的樣子。如「綠岸毿毿楊柳垂」。

## 十二筆

**氅** ㄔㄤˇ ㈠用鳥毛編成的外衣。如「鶴氅」。㈡外套。如「大氅」。

**氄** ㄖㄨㄥˇ ㈠細密的毛。㈡纖細柔軟，如「頭髮發氄」。

## 十三筆

**氈（毡、氊）** ㄓㄢ 把粗羊毛壓成片，像厚呢子。可以做墊子、褥子，也可做氈帽、氈鞋，工業上的用處也很多。

**氈子** ㄓㄢ ㄗ˙ 成條的氈。

**氈條** ㄓㄢ ㄊㄧㄠˊ 整片的粗毛氈，鋪在地板上或墊在炕上的。

**氈帽** ㄓㄢ ㄇㄠˋ 氈製的帽子。平常叫做「呢帽」。

**氈毯** ㄓㄢ ㄊㄢˇ 氈和毯的合稱。

## 十八筆

**氍** ㄑㄩˊ 見「氍毹」。

**氍毹** ㄑㄩˊ ㄕㄨ 毛織地毯之類。以前常用來鋪在戲臺上，所以用「氍毹」或「紅氍毹」代表舞臺。毹又讀ㄩˊ。

## 二十二筆

**氎** [文]ㄉㄧㄝˊ 細毛布。

# 氏部

**氏** ▲ㄕˋ ㈠姓的分系。中國古代是母系社會，所以稱「姓」。有了父系社會制度，為了辨別子孫的支派，才稱「氏」。參看「姓氏」。㈡古代國名、朝代名加氏字。如「軒轅氏」「神農氏」。㈢舊時婦人稱「氏」。如「張王氏」「陳林氏」。㈣古時世襲的專官，常用「氏」做名。如「太史氏」「職方氏」。後來稱專家或有聲望的人也叫「氏」。如〈馬氏文通〉。㈤稱學說或思想的創始人。如「老氏」（老子—李聃）「釋氏」（釋迦牟尼）。

▲ㄓ ㈠月氏，漢代西域國名。㈡閼（ㄧㄢ）氏，古代匈奴單于的妻。

**氏族** ㄕˋ ㄗㄨˊ ①人類社會最原始的血緣集團；由許多同血統的男女老幼合組而成，普通以母系為中心；常崇拜一種動植物為區別氏族血統的標誌，這種標誌叫做圖騰。②姓氏宗族的分系；分開來說叫做氏，合起來說叫做族。

## 一筆

**民** ㄇㄧㄣˊ ㈠組成國家的三要素之一。如「人民」「民為邦本」。㈡出於民間的。如「民歌」「民謠」。㈢有關民眾的。如「民政」「民防」。

**民力** ㄇㄧㄣˊ ㄌㄧˋ 泛指人民的各種力量，包括人力、財力、物力等。

**民工** ㄇㄧㄣˊ ㄍㄨㄥ 參加勞動工作的民間勞工。對兵工說的。

**民心** ㄇㄧㄣˊ ㄒㄧㄣ 人民共同的心意。

**民主** ㄇㄧㄣˊ ㄓㄨˇ 國家的主權屬於全國人民的政治制度。國民到達一定年齡，不問性別、種族、宗教、職業，都可以參加政治活動。

**民生** ㄇㄧㄣˊ ㄕㄥ 人民的生計。

**民用** ㄇㄧㄣˊ ㄩㄥˋ ①人民所用的，有別於「軍用」。如「民用航空」。②人民的財物。

**民有** ㄇㄧㄣˊ ㄧㄡˇ 指國家的主權是全體人民所共有。是三民主義的主要精神之一。如「民有、民治、民享」。

**民防** ㄇㄧㄣˊ ㄈㄤˊ 政府動員民眾的力量，協助地方的巡察工作，維持社會治安，檢肅匪盜。

**民事** ㄇㄧㄣˊ ㄕˋ 法律上關於人民私有權利的事，如婚姻、親屬、財產等。對刑事而言。

**民享** ㄇㄧㄣˊ ㄒㄧㄤˇ 民主國家的福利，由全體人民共同享受。也是三民主義的主要精神。

**民命** ㄇㄧㄣˊ ㄇㄧㄥˋ [文]人民的生命。

**民房** ㄇㄧㄣˊ ㄈㄤˊ 百姓居住的房屋。

**民法** ㄇㄧㄣˊ ㄈㄚˇ 規定人民和法人的權利和義務的法律。

**民治** ㄇㄧㄣˊ ㄓˋ 民主政治的國家，由人民選出賢能的官員來辦理政事。也是三民主義的主要精神。

**民俗** ㄇㄧㄣˊ ㄙㄨˊ 久已流傳民間的文學、藝術、音樂、習俗等，包括生活方式、宗教信仰、神話、傳說、歌謠、諺語以及慶弔習慣等。

**民怨** ㄇㄧㄣˊ ㄩㄢˋ [文]民眾的抱怨。如「官吏無能，民怨沸騰」。

**民政** ㄇㄧㄣˊ ㄓㄥˋ 有關人民的政事。

**民食** ㄇㄧㄣˊ ㄕˊ 人民的糧食。

**民氣** ㄇㄧㄣˊ ㄑㄧˋ 國民的願望以及所表現的氣勢。

**民航** ㄇㄧㄣˊ ㄏㄤˊ 民用航空的簡稱。指民間使用的航空運輸事業。

**民國** ㄇㄧㄣˊ ㄍㄨㄛˊ ①中華民國的簡稱。②泛稱實施民主制度的國家。

**民情** ㄇㄧㄣˊ ㄑㄧㄥˊ ①一般社會人士的心情心意。②社會風氣。

**民族** ㄇㄧㄣˊ ㄗㄨˊ 因為血統、生活、語言、風俗習慣大多數相同，居住在同一地域，有文化的涵養，歷史的傳承，這種種因素構成的人群混合體，叫做民族。

**民眾** ㄇㄧㄣˊ ㄓㄨㄥˋ 眾多的國民，指一般老百姓。

**民船** ㄇㄧㄣˊ ㄔㄨㄢˊ 民間私人所有的船舶。

**民智** ㄇㄧㄣˊ ㄓˋ 國民的知識。

**民間** ㄇㄧㄣˊ ㄐㄧㄢ 屬於一般人民的，非官方的。

**民意** ㄇㄧㄣˊ ㄧˋ 多數國民對公共事務的公意。也稱公論、輿情。

**民歌** ㄇㄧㄣˊ ㄍㄜ 民間歌謠。

**民憤** ㄇㄧㄣˊ ㄈㄣˋ 人民的憤怒。

**民窯** ㄇㄧㄣˊ ㄧㄠˊ 民間私人經營的窯業。

**民瘼** ㄇㄧㄣˊ ㄇㄛˋ [文]同「民隱」。人民的疾苦。

**民選** ㄇㄧㄣˊ ㄒㄩㄢˇ 由國民直接或間接選舉的，叫「民選」。

**民營** ㄇㄧㄣˊ ㄧㄥˊ 由國民出資本興辦經營的事業，是對「公營」（國家或政府營辦）說的。也作「民辦」。

**民謠** 民間相沿的歌謠。

**民隱** 因人民難以申訴的痛苦。

**民權** 人民參與政治管理國家的權利，包括選舉、罷免、創制、複決四權。

**民變** 舊時指人民反抗統治者的運動。

**民主化** 指國家的主權逐漸轉由人民掌管的變化過程。

**民俗學** 以民間的文學、藝術、音樂、習俗為研究對象的科學。

**民航機** 屬於民間的客貨運輸飛機。

**民族性** 一個民族或國家所具有的共同性格，是由文化、歷史、信仰等因素形成的。

**民族學** 以科學的態度搜求分析並研究民間文化遺產，進而研究民族文化的原始形態、特性、結構、功能、變遷、意識等的學科。

**民不聊生** 人民不能安居樂業的過生活。

**民主政體** 國家的政治體制完全符合民主制度。是對專制、獨裁政體說的。

**民生主義** 孫中山先生所創三民主義的一種主義，以平均地權、節制資本的方法，消除貧富階級，求人民經濟地位的平等為目的。

**民用航空** 民間使用的航空運輸事業。

**民事訴訟** 國民在私權的範圍以內所提的訴訟。

**民怨沸騰** 形容人民對貪官汙吏的怨恨與憤怒到了極高點。

**民胞物與** 因視人民如同胞兄弟，視動物是同類，是「博愛」的意思。語出宋人張載〈西銘〉中的「民吾同胞，物吾與也」句。

**民脂民膏** 人民用血汗辛苦換來的財富。

**民族主義** 三民主義的一種主義。要點是中華民族獨立自主，國內各民族一律平等，同時扶助世界上弱小民族，使能自由平等。

**民族自決** 各民族有按自己的願望處理自身事務的權利，是一九一九年美國威爾森總統在巴黎和會提出的。

**民族形式** 在文藝形式上保持民族特色。

**民族英雄** 對民族的生存發展有貢獻的偉人。

**民族舞蹈** 具有特定的民族特徵的舞蹈藝術。地方或民族色彩可以從音樂、服裝、舞技等方面表現。

**民族融合** 一個民族在一定的歷史條件之下，融合另一個民族，或同化於另一個民族的現象。原因與語言文字、風俗習慣有關。

**民間文學** 指流行在民間的口說的文學，像神話、故事、傳說、歌謠等。

**民間故事** 流傳於民間，為大家耳熟能詳、口耳相傳的傳說、故事。

**民間藝術** 流行於民間的各種通俗藝術。如剪紙、大鼓、地方戲、彈詞等。

**民意代表** 代表人民參與政事和反映意願的人。如鄉鎮市民代表、省縣市議員、立法委員等。

**民意測驗** 由非官方的團體機構向民眾調查對於某些問題的態度和意見的一種測驗。採用訪問、問卷等方式，經統計、分析之後作成結論。

**民意機關** ㄇㄧㄣˊ ㄧˋ ㄐㄧ ㄍㄨㄢ 代表民意的團體組織。如立法院、國民大會、省縣市議會、鄉鎮市民代表會等。

**民權主義** ㄇㄧㄣˊ ㄑㄩㄢˊ ㄓㄨˇ ㄧˋ 三民主義的一種主義。要點是權能分開，國民有選舉、罷免、創制、複決四權，可以監督政府；政府有行政、立法、司法、考試、監察五種治權，可以用來替國民做事。

**氐** ▲図ㄉㄧˇ ㈠本。〈詩經・小雅〉有「尹氏大師，維周之氐」。㈡「大氐」，同「大抵」。

▲ㄉㄧ ㈠種族名，住在甘肅武都、酒泉一帶，在漢代是西南夷之一。㈡二十八星宿之一，叫「氐宿」。㈢図同「低」。〈漢書〉有「氐賤減平」。

**氐宿** ㄉㄧ ㄒㄧㄡˋ 星名，二十八宿（ㄒㄧㄡˋ）之一。

## 四筆

**氓（甿）** ▲ㄇㄤˊ 同「流氓」的「氓」。流氓就是不務正業的遊民和無賴漢。

▲図ㄇㄥˊ 古文裡與「民」字通用。

# 气部

**气** ㄑㄧˋ 「氣」的本字。

## 二筆

**氘** ㄉㄠ 氫的同位素之一，就是「重氫」，符號是 $H_2$ 或 D。它的氧化物叫「重水」，是造原子能的材料。

**氖** ㄋㄞˇ 化學元素，符號是Ne，是無色無臭的氣體。把它放在真空管裡，通過電流，會顯出橙色。是製造霓虹燈的原料。從前譯作「氝」。

## 三筆

**氙** ㄒㄧㄢ 化學元素，符號是Xe，是無色無臭的氣體。把它放在真空管裡，電流通過，會顯出淡藍色，是造霓虹燈的材料。舊譯作「氠」。

**氚** ㄔㄨㄢ 元素氫的同位素之一，就是「放射性氫」，化學符號是T，但它的核子含有兩個中子和一個質子。

## 四筆

**氛** ㄈㄣ ㈠氣。如「妖氛」。㈡「氣氛」，指氣象、情景。

**氛圍** ㄈㄣ ㄨㄟˊ 指周圍的氣氛和情調。如「在快樂的氛圍中送走了舊的年」。

**氝** ㄋㄟˋ 「氖」的舊譯名。

## 五筆

**氟** ㄈㄨˊ 化學元素，符號是F，淡黃綠色氣體，有特別氣味，容易跟別的物質化合。

**氡** ㄉㄨㄥ 一種有放射性的化學原素，符號是Rn，是鐳蛻變而成的，礦泉、溫泉裡有它存在，有醫療價值。

**氠** ㄕㄣ 「氙」的舊譯名。

## 六筆

**氦** ㄏㄞˋ 一種化學元素，符號是He，是無色無臭很輕的氣體，不跟別的元素化合，可以代替氫氣灌到氣球裡。

**氣** ㄑㄧˋ ㈠物體三態（固體、液體、氣體）之一，是不固定而能自由流散的物體。如「空氣」、「水蒸氣」。

㈡動物呼吸。如「氣息」「上氣不接下氣」。㈢自然界晴陰、寒暖的現象。如「氣候」「秋高氣爽」。㈣人所表現的精神狀態。如「氣色很好」「氣壯山河」。㈤事物的狀態。如「氣象萬千」「氣勢浩大」。㈥發怒。如「生氣」「活活氣死」。㈦一陣叫一氣。如「胡鬧一氣」「亂寫一氣」。㈧一派也叫一氣。如「他們幾個人是一氣」。㈨欺壓。如「受氣」。㈩中醫所說的病象或病名。如「腳氣」「溼氣」。⑪〔文〕人的精神，是對軀體說的。如「氣，體之充也」。⑫〔文〕不是實質的現象，宋儒講的「心、性、理、氣」，清朝古文學家講的「神、理、氣、味」的氣。⑬運命。如「氣數」「氣運」。

**氣力**（ㄑㄧˋ ㄌㄧˋ） 體力。

**氣化**（ㄑㄧˋ ㄏㄨㄚˋ） 液體受熱或壓力，化成氣體的現象。

**氣孔**（ㄑㄧˋ ㄎㄨㄥˇ） ①植物體發散水蒸氣的口。②昆蟲的呼吸機關。

**氣功**（ㄑㄧˋ ㄍㄨㄥ） 一種自我身心養生鍛鍊的方法。源於古代道教的吐納導引法。基本上有靜功和動功兩種。

**氣宇**（ㄑㄧˋ ㄩˇ） 〔文〕氣概。

**氣死**（ㄑㄧˋ ㄙˇ） ①因生氣而致死。②生氣得很厲害的樣子。

**氣色**（ㄑㄧˋ ㄙㄜˋ） 人的態度神氣。

**氣使**（ㄑㄧˋ ㄕˇ） 〔文〕以口鼻出氣作聲來指使別人。形容人的驕橫無禮。常作「頤指氣使」。

**氣味**（ㄑㄧˋ ㄨㄟˋ） ①芳香或惡臭的氣。②脾氣和志趣。如「氣味相投」（志同道合）。

**氣忿**（ㄑㄧˋ ㄈㄣˋ） 發怒。也作「氣憤」。

**氣性**（ㄑㄧˋ ˙ㄒㄧㄥ） 性字輕讀。脾氣。

**氣氛**（ㄑㄧˋ ㄈㄣ） ①雲氣之類。②環境給人某種感覺的精神表現或景象。如「兩人越談越高興，屋子裡充滿和諧的氣氛」。

**氣泡**（ㄑㄧˋ ㄆㄠˋ） 含有空氣的水泡。

**氣門**（ㄑㄧˋ ㄇㄣˊ） ①也稱「氣孔」。節肢動物呼吸器官與外界相通的孔。如昆蟲的氣門在身體的兩側，呈袋狀或管狀。②輪胎充氣的活門，由金屬圈和氣門心構成。空氣壓入以後不容易逸出。③某些機器上的裝置，供氣體迸出之用。

**氣度**（ㄑㄧˋ ㄉㄨˋ） 氣概。

**氣急**（ㄑㄧˋ ㄐㄧˊ） 氣忿急躁，以致呼吸短促，由情緒緊張而起。如「氣急敗壞」。

**氣派**（ㄑㄧˋ ˙ㄆㄞ） 派字輕讀。氣概。

**氣流**（ㄑㄧˋ ㄌㄧㄡˊ） ①物理學說空氣的對流作用，就是風。空氣會冷縮熱脹；縮，壓力大；脹，壓力小。兩處空氣壓力不同，就會發生壓力移動，形成氣流。②語音學上說發音不顫動聲帶的叫氣流，也說送氣，國音的ㄆ、ㄊ、ㄎ都要送氣。

**氣胞**（ㄑㄧˋ ㄅㄠ） 肺臟氣管枝端的囊。

**氣候**（ㄑㄧˋ ㄏㄡˋ） ①一個地區的氣壓、溫度、溼度、風、霜、雨、露等，每年按照固定的秩序反覆出現的綜合現象，受到緯度、地形與位置、太陽輻射、氣流、海流等因素的影響。②指人或事的風格、格局、氣勢。如「這一個人還不能成氣候」。

**氣息**（ㄑㄧˋ ㄒㄧˊ） ①鼻孔呼吸的氣流。②泛指所表現的意味。

**氣根** ㄑㄧˋ ㄍㄣ 由植物的莖部生長出來，在空氣中發育的根。如榕樹枝幹下垂的根。

**氣胸** ㄑㄧˋ ㄒㄩㄥ 空氣積聚在胸腔內，常會對肺造成壓迫，而使人產生激烈的胸痛、呼吸困難、休克等症狀。

**氣圈** ㄑㄧˋ ㄑㄩㄢ 圍繞地球的大氣層，高約六十公里，越往上越稀薄。也稱氣層。

**氣旋** ㄑㄧˋ ㄒㄩㄢˊ 空氣旋渦，中心是低氣壓，風由四周吹向中心。在北半球呈逆時鐘方向，在南半球則相反。氣旋常大到直徑數百公里。

**氣焊** ㄑㄧˋ ㄏㄢˋ 俗稱焊把子。利用氣體吹管的火焰使兩金屬連接熔合的焊接法。

**氣球** ㄑㄧˋ ㄑㄧㄡˊ 用氫或氦灌入球囊，使它升空。大的可以坐人，是交通或軍事上的工具；小的是小孩玩具或慶典、聚會時，用以增加熱鬧的氣氛。

**氣眼** ㄑㄧˋ ㄧㄢˇ 通空氣的孔，房壁、球鞋幫子或帽頂等，多半都有。

**氣喘** ㄑㄧˋ ㄔㄨㄢˇ 呼吸急促。

**氣惱** ㄑㄧˋ ㄋㄠˇ 氣忿。

**氣虛** ㄑㄧˋ ㄒㄩ 中醫說人身體虛弱，臉色蒼白，呼吸短促，四肢無力，盜汗等症狀。

**氣焰** ㄑㄧˋ ㄧㄢˋ 人的威勢。

**氣短** ㄑㄧˋ ㄉㄨㄢˇ ①失望。②氣力不足，呼吸短促。③沮喪。如「英雄氣短」。

**氣窗** ㄑㄧˋ ㄔㄨㄤ 屋子通氣流的氣眼，做成窗戶似的。

**氣結** ㄑㄧˋ ㄐㄧㄝˊ [文]鬱悶。

**氣絕** ㄑㄧˋ ㄐㄩㄝˊ 死。

**氣腔** ㄑㄧˋ ㄑㄧㄤ 氣孔內部的空室。

**氣象** ㄑㄧˋ ㄒㄧㄤˋ ①自然景色、狀況。范仲淹〈岳陽樓記〉：「朝暉夕陰，氣象萬千。」②指大氣變化的現象。如「氣象預報」。

**氣量** ㄑㄧˋ ㄌㄧㄤˋ ①人的才識、品格的高低。②容納不同意見的度量。③容忍、謙讓的限度。

**氣勢** ㄑㄧˋ ㄕˋ 氣概與聲勢，形勢。如「太魯閣氣勢雄偉」。

**氣概** ㄑㄧˋ ㄍㄞˋ 人的態度與舉動。

**氣溫** ㄑㄧˋ ㄨㄣ 空氣的溫度。

**氣節** ㄑㄧˋ ㄐㄧㄝˊ 人的志氣跟節操。

**氣運** ㄑㄧˋ ㄩㄣˋ 氣數。

**氣態** ㄑㄧˋ ㄊㄞˋ 物體三態之一，以氣體狀態存在的形態。

**氣槍** ㄑㄧˋ ㄑㄧㄤ 靠擠壓空氣的作用來衝激發射子彈的槍。

**氣管** ㄑㄧˋ ㄍㄨㄢˇ 空氣經過鼻、咽喉到達肺部的通道。

**氣憤** ㄑㄧˋ ㄈㄣˋ 因生氣而憤恨。如「李先生要不到債，心中氣憤異常」。

**氣數** ㄑㄧˋ ㄕㄨˋ 命運。

**氣質** ▲ㄑㄧˋ ㄓˊ ①人天生的情態。如「變化氣質」。②詩文的內容。〈宋書・謝靈運傳論〉：「子建以氣質為體。」③心理學上說人的心理特質之一。指情緒的穩定性，動作的敏捷性以及行為的衝動性等性格特質。

▲ㄑㄧˋ ˙ㄓ 指人的脾氣。如「他從小就沒有好氣質」。

**氣餒** ㄑㄧˋ ㄋㄟˇ 受到挫折或失敗而失去勇氣。如「這一次失敗不要緊，只要不氣餒，下次再來。」

**氣壓** ㄑㄧˋ ㄧㄚ 空氣的壓力，在海面上大約等於七十六公克水銀柱的重量

（每平方公分約受一〇三三・二九六公分的壓力）為一氣壓。

**氣鍋** 一種砂鍋，鍋底中央有管，鍋上有蓋。食物放在管旁的鍋內，整個鍋放在大鍋裡蒸，熱氣由管中進入砂鍋，蒸熟食物，湯汁得以保留。

**氣韻** 文章的風骨，書畫的意境。

**氣囊** ①鳥類所有的膜囊，在胸部腹部之間，能使空氣出入來升降全身的重量。②裝輕氣的囊。

**氣體** 氣(一)。

**氣筒(子)** 強力壓注空氣入皮球或車輪皮帶裡，使其中空氣密度增高的工具。也叫「打氣筒」。

**氣包子** 因喜歡生氣的人。

**氣吁吁** 形容大聲喘氣的樣子。

**氣沖沖** 形容憤怒的樣子。

**氣呼呼** 形容非常生氣的樣子。如「只見張先生氣呼呼地進來」。

**氣昂昂** 形容人精神氣度不凡的樣子。如「雄赳赳，氣昂昂」。

**氣門心** 汽機車輪胎或橡皮圈上充氣用的裝置，由活門和橡皮管組成，空氣壓入就不易逸出。

**氣咻咻** 形容氣忿而呼吸急促的樣子。

**氣哼哼** 發怒的樣子。

**氣象局** 觀測、研究並預報氣象變化的機關。隸屬於交通部。舊名氣象所。也稱氣象臺。

**氣象站** 氣象局分派在各地收集氣象狀況，並作匯報，以供研究、預報的分支機構。

**氣墊船** 也稱騰空船。利用空氣的支承力使船體全部或部分升離水面可作高速航行的船。有噴氣式的和螺旋槳的。

**氣管支** 人體氣管分出的小氣管。

**氣壓計** 測量空氣壓力以預知風雨的儀器。也叫「風雨表」。

**氣不忿兒** 因不字輕讀。看見不平的事，心中氣忿。

**氣壯山河** 形容氣勢雄偉，比山河還要壯闊。

**氣沖牛斗** 盛怒的樣子。牛、斗都是天空上的星名。

**氣急敗壞** 形容慌張忙亂，上氣不接下氣的樣子。

**氣象萬千** 形容自然景色時有變化，十分壯麗的樣子。

**氣象衛星** 專門作為氣象觀測用的人造衛星。攜帶攝影機，可在地球上空拍攝氣團、雲層的變化。

**氣勢洶洶** 形容人大怒時候所表現的凶狠的樣子。

**氣管異物** 堵塞在呼吸道上的外來異物，如瓜子、花生、錢幣等。多發生在小兒身上。發生時呼吸困難，甚至窒息。要趕快送醫。

**氣衝霄漢** 因形容大無畏的精神、氣概。

**氣體燃料** 燃燒後能產生熱量的氣態可燃性物質。如煤氣、沼氣。

**氣狀汙染物** 指對環境會造成汙染的氣體，如工廠、汽機車等所排放的廢氣。

## 氨

ㄢ 無機化合物，就是阿摩尼亞。分子式是$NH_3$，無色，有烈臭，可以製硝酸、炸藥和肥料等。

**氨水** ㄢ ㄕㄨㄟˇ 氨的水溶液，就是「阿摩尼亞」（ammonia）。

**氨基酸** ㄢ ㄐㄧ ㄙㄨㄢ 指含有氨基的有機酸，是組成蛋白質的基本單位。

**氤** ㄧㄣ 氤氳，形容煙雲瀰漫的樣子。

**氧** ㄧㄤˇ 一種重要的化學元素，符號是O，是無色無臭的氣體，能幫助燃燒。是動植物生存所必需的，也叫「養氣」。

**氧化** ㄧㄤˇ ㄏㄨㄚˋ 化學上講物質受氧氣化合而變成其他物質。鐵生鏽就是氧化的結果。

## 七筆

**氪** ㄎㄜˋ 化學元素，符號Kr，是無色無臭的氣體，不跟其他元素化合，通過電流，會顯現黃綠色。

**氫** ㄑㄧㄥ 化學元素，符號H，是最輕的氣體，所以又叫「輕氣」。無色，無臭，無毒。氫與氧可以化合成水（$H_2O$）。

**氫彈** ㄑㄧㄥ ㄉㄢˋ hydrogen bomb（簡寫作 h-bomb）的意譯。是利用氫原子熔合產生強烈爆炸力而製成的大炸彈。威力比原子彈大得多。

**氫氧焰** ㄑㄧㄥ ㄧㄤˇ ㄧㄢˋ 氫氧混合所燃起的火焰，火力很強，能融化白金。

**氫氧化鈉** ㄑㄧㄥ ㄧㄤˇ ㄏㄨㄚˋ ㄋㄚˋ （NaOH）也叫苛性鈉，可以製肥皂、洋紙等。

**氫氧化鈣** ㄑㄧㄥ ㄧㄤˇ ㄏㄨㄚˋ ㄍㄞˋ 供阿摩尼亞、氫氧化鉀、氫氧化鈉、漂白粉、氯酸鉀等製造之用，就是熟石灰或消石灰。

**氫氧化鉀** ㄑㄧㄥ ㄧㄤˇ ㄏㄨㄚˋ ㄐㄧㄚˇ 一名苛性鉀，是白色結晶固體，可以製肥皂及各種鉀的化合物。

**氫氧化銨** ㄑㄧㄥ ㄧㄤˇ ㄏㄨㄚˋ ㄢ 阿摩尼亞在水裡，就生出氫氧化銨，是製銨鹽的原料，又供試藥、醫藥等用。

## 八筆

**氮** ㄉㄢˋ 化學元素，符號N，是無色無臭的氣體，占空氣成分五分之四。通常也叫「淡氣」。

**氭** ㄉㄨㄥ 「氡」的舊譯名。

**氯** ㄌㄩˋ 化學元素，符號Cl，是有惡臭的黃綠色氣體，因此也叫「綠氣」。有強烈的毒性，能傷害人的氣管。可以和其他元素化合而成氯化物，作漂白粉和殺菌劑。又讀ㄌㄨˋ。

**氯水** ㄌㄩˋ ㄕㄨㄟˇ 氯的水溶液。濃的氯水是黃綠色，有氯脫出，發生氯的臭氣。

**氯化物** ㄌㄩˋ ㄏㄨㄚˋ ㄨˋ 氯和其他元素化合成的物質，如「氯化汞」「氯化鈉」等。

**氰** ㄑㄧㄥˊ 含碳和氮的氣體，有杏仁味，性劇毒，是用硫酸銅和氰化鉀的濃溶液製成的。在火上燃燒能發出青色火焰，所以通稱「青氣」。

**氬** ㄧㄚˋ 化學元素，符號Ar或A，是不和別的元素化合的無色無臭的氣體。

## 十筆

**氳** ㄩㄣ 「氤氳」，看「氤」字。

## 水部

**水** ㄕㄨㄟˇ ㈠二氫一氧化合的透明無臭液體，遇熱成氣，遇冷結冰。如「水分」「飲水」。㈡江、河、湖、海的總稱，與「陸」相對。如「水路」「水旱碼頭」「江水東流」。㈢太陽系行星之一，見「水星」。㈣銀的成色。如「貼水」。㈤貨物的等級。如「頭水貨」。㈥汁液。如「湯水」「洗臉水」。㈦姓。

**水刀** ㄕㄨㄟˇ ㄉㄠ 用高速高壓的水流來切割各種材料的一種新科技。可以降低噪音及汙染。

**水力** ㄕㄨㄟˇ ㄌㄧˋ ①水流的力量。②船運的費用。

**水土** ㄕㄨㄟˇ ㄊㄨˇ ①同「水陸」①。②指各地的寒暖燥溼。人初次到別的地方，常覺得身體不舒適，叫做「不服水土」。

**水井** ㄕㄨㄟˇ ㄐㄧㄥˇ 為開採地下水而挖鑿的井。

**水分** ㄕㄨㄟˇ ㄈㄣˋ ①水的成分。②溼氣。

**水手** ㄕㄨㄟˇ ㄕㄡˇ ①船夫。②輪船船員的一種職稱，擔任操舵、拉繩、帶纜、裝卸貨物等工作的人員。

**水文** ㄕㄨㄟˇ ㄨㄣˊ ①水面的細波紋。②水利工程學名詞，指河川水位漲落的記錄與痕跡，研究水文可以知道怎樣興修水利。

**水月** ㄕㄨㄟˇ ㄩㄝˋ 水中的月：①水面上的月影。②比喻不實在的東西。如「鏡花水月總成空」。③明淨如水的月亮。

**水火** ㄕㄨㄟˇ ㄏㄨㄛˇ ①水與火，生活上所不可少的兩件東西。②比喻不能並存。如「水火不相容」。③図比喻災難。〈孟子〉書上有「民以為將拯己於水火之中也」。④図烹調飲食。〈周禮〉有「以給水火之資」。

**水牛** ㄕㄨㄟˇ ㄋㄧㄡˊ 哺乳類偶蹄目牛科草食動物，中國南方及印度所產，身體比黃牛大，額短，角粗長，力大耐勞。平常喜歡泡在水裡。

**水仙** ㄕㄨㄟˇ ㄒㄧㄢ 多年生草本，葉細長，有並行脈，叢生，花白色，地下莖成塊狀，冬末開白花，叫水仙花，可供觀賞。

**水平** ㄕㄨㄟˇ ㄆㄧㄥˊ ①以水面為高低的標準，叫做水平。②借用作「水準」，表示深淺高低的程度。

**水母** ㄕㄨㄟˇ ㄇㄨˇ 又名海蜇。看「蜇」字。

**水田** ㄕㄨㄟˇ ㄊㄧㄢˊ 田裡有水，用來種水稻的田。

**水光** ㄕㄨㄟˇ ㄍㄨㄤ 水所照映的光色。

**水印** ㄕㄨㄟˇ ㄧㄣˋ ①一種經過光透射才顯現在紙張上的花紋。由溼紙頁經造紙機上焊有凹凸花紋的水印輥或壓榨輥等印壓而成。②指印在紙上或文件、衣料上，以防假冒的無色記號。③我國傳統木刻繪畫作品，用水性顏料印製，稱為水印木刻。④舊時商店的正式印章。⑤留在衣物上的水痕。口語說「水印兒」。如「上禮拜下雨走路回家，褲子上的水印兒還在」。

**水色** ㄕㄨㄟˇ ㄙㄜˋ ①海洋或湖泊、水庫、池塘中水所呈現的顏色。②水面上的景色。

**水位** ㄕㄨㄟˇ ㄨㄟˋ ①河川、湖泊、水庫和海洋的水，在某一時間的水面高度，叫做水位。②地下水和地面的距離。

**水兵** ㄕㄨㄟˇ ㄅㄧㄥ 海軍艦艇上士兵的統稱。

**水利** ㄕㄨㄟˇ ㄌㄧˋ 指疏濬水道、修築隄防等事情，以得到灌溉便利，消除水災的禍患。

**水災** ㄕㄨㄟˇ ㄗㄞ 指河水氾濫，沖毀田地房屋，人民所受的災害。也作「水患」。

**水系** ㄕㄨㄟˇ ㄒㄧˋ 也叫河系。流域內各種水路系統的總稱。

**水車** ㄕㄨㄟˇ ㄔㄜ ①引水工具的一種，用腳踩動的舊式抽水機械。②利用水力抽水灌田的農具。③城市裡送水的或灑水的車。

**水乳** ㄕㄨㄟˇ ㄖㄨˇ 水和乳汁最容易混合，所以比喻和合無間，通常說兩人意見很投合，叫「水乳交融」。

**水怪** ㄕㄨㄟˇ ㄍㄨㄞˋ 想像中的水中怪物。各地傳說的水怪長相各不相同。

**水性** ㄕㄨㄟˇ ㄒㄧㄥˋ ①水的性質。如「了解水性的人才可以下水救人」。②性情浮動不定。如「水性楊花」。

**水果** ㄕㄨㄟˇ ㄍㄨㄛˇ 鮮果，含有漿液的果實。如香蕉、西瓜、橘子、鳳梨等。

**水波** ㄕㄨㄟˇ ㄅㄛ 水面的波紋。如「水波不興」。

**水沫** ㄕㄨㄟˇ ㄇㄛˋ 水上的泡沫。

**水泥** ㄕㄨㄟˇ ㄋㄧˊ （cement）也叫士敏土、水門汀或洋灰。是把苛性石灰與黏土相混合，用水澄洗，燒成塊狀，再用機器碾成粉末。使用時加細沙拌水，乾燥以後堅硬如石。

**水注** ㄕㄨㄟˇ ㄓㄨˋ 文具，往硯臺上注水的有嘴小容器。無嘴的盛水盂叫水丞。

**水肥** ㄕㄨㄟˇ ㄈㄟˊ 作為肥料用的糞便、尿水。

**水肺** ㄕㄨㄟˇ ㄈㄟˋ 海參類動物的呼吸器官。

**水門** ㄕㄨㄟˇ ㄇㄣˊ 又名水閘。用來控制水流，調節水量的設施。

**水亭** ㄕㄨㄟˇ ㄊㄧㄥˊ 建在水面中心，供人賞玩的亭子。

**水亮** ㄕㄨㄟˇ ㄌㄧㄤˋ 亮字輕讀。①食物鮮美多汁而好吃。②是說人長得漂亮，容光煥發。

**水客** ㄕㄨㄟˇ ㄎㄜˋ ①走水路的旅客。②舊時商店、貨行等派往外埠採購貨物的商人。

**水星** ㄕㄨㄟˇ ㄒㄧㄥ 英文mercury，是太陽系九大行星中距日最近、體積最小的星球。公轉週期與自轉週期相同，約為八十八天。

**水泵** ㄕㄨㄟˇ ㄅㄥˋ 抽水的唧筒。

**水流** ㄕㄨㄟˇ ㄌㄧㄡˊ 水的流動。

**水泉** ㄕㄨㄟˇ ㄑㄩㄢˊ 泉源。

**水紅** ㄕㄨㄟˇ ㄏㄨㄥˊ 粉紅。

**水軍** ㄕㄨㄟˇ ㄐㄩㄣ 舊時指在水上活動的軍隊。

**水庫** ㄕㄨㄟˇ ㄎㄨˋ 人工開鑿，具有儲蓄和調節水量功能的蓄水區域。

**水酒** ㄕㄨㄟˇ ㄐㄧㄡˇ 薄酒，是勸酒或送酒給人的謙稱。

**水畔** ㄕㄨㄟˇ ㄆㄢˋ 水邊。

**水粉** ㄕㄨㄟˇ ㄈㄣˇ ①豆製的粉條，用來做菜，常常泡在水裡。②婦女裝飾用的粉。

**水荒** ㄕㄨㄟˇ ㄏㄨㄤ 嚴重缺水的現象。如「久旱不雨，水荒嚴重」。

**水草** ㄕㄨㄟˇ ㄘㄠˇ ①有河流和植物的地方。如「逐水草而居」。②水裡的雜草。

**水蚤** ㄕㄨㄟˇ ㄗㄠˇ 動物名。屬甲殼綱枝角目。體很小，透明，有甲殼，呈橢圓形。頭部有一個單眼，兩對觸角，尖端分歧成樹枝狀。腳五對，呈葉狀，用來划水游泳，兼營呼吸作用。群居在池沼水溝中。可作金魚的飼料。日本名為微塵子。

**水袖** ㄕㄨㄟˇ ㄒㄧㄡˋ 傳統戲劇服飾中袖端所綴的一尺長的白綢，因甩動時的形狀像水的波紋一樣而得名。有助於戲曲表演時情境的呈現。

**水國** ㄕㄨㄟˇ ㄍㄨㄛˊ 河川、湖泊遍布的國家。

**水域** ㄕㄨㄟˇ ㄩˋ 水流遍布的區域。

**水患** ㄕㄨㄟˇ ㄏㄨㄢˋ 洪水淹沒房舍、田地等的禍患。

**水族** ㄕㄨㄟˇ ㄗㄨˊ 生活在水裡的動物。

**水球** ㄕㄨㄟˇ ㄑㄧㄡˊ （Water Polo）水上球類團體運動之一。比賽在游泳池進行，規則與足球運動大同小異，為水上四大運動項目之一。比賽時雙方球員每隊七人，在水中游泳傳球，把球擲入對方球門中得分，得分多的勝利。水球是英國人發明的，一八七七年定名為水球，一九〇〇年列為奧運項目。

**水產** ㄕㄨㄟˇ ㄔㄢˇ 河海的產物，例如鱗介之類。水產物的採捕、製造、養殖等，叫水產業，職業學校有這種科目。

**水蛇** ㄕㄨㄟˇ ㄕㄜˊ 生活於田野、池沼、河溝等地水中的蛇類的統稱。

**水貨** ㄕㄨㄟˇ ㄏㄨㄛˋ 本為經由水路進口的貨物，今指未申報關稅的走私貨物，或旅客攜帶進口而流入市場的貨品。

**水陸** ㄕㄨㄟˇ ㄌㄨˋ ①水路以及陸路。②図水陸所產的食物。〈晉書〉有「庖膳窮水陸之珍」。

**水鳥** ㄕㄨㄟˇ ㄋㄧㄠˇ 棲息在江河湖沼近旁的鳥類。

**水鹿** ㄕㄨㄟˇ ㄌㄨˋ 也稱黑鹿。哺乳綱，偶蹄目，鹿科。體長約兩公尺，尾毛蓬鬆。雄鹿有角，分三叉。體呈暗褐色，胸灰褐色，腹部土黃色。生活在森林中，群居。主要分布於我國臺灣、海南島和西南各地。鹿茸為貴重藥材。皮可製革。是重要的保育動物之一。

**水晶** ㄕㄨㄟˇ ㄐㄧㄥ 石英之一，無色，光澤像玻璃，可製眼鏡、印章、透光鏡等。

**水牌** ㄕㄨㄟˇ ㄆㄞˊ 商店臨時記帳的小黑板之類的牌子，多漆白色。

**水筆** ㄕㄨㄟˇ ㄅㄧˇ 硬質毛筆。

**水蛭** ㄕㄨㄟˇ ㄓˋ 生在池溝裡，身體扁長，色黃褐，尾端腹面有吸盤，能吸食人畜的血。也叫「馬蟥」。

**水鄉** ㄕㄨㄟˇ ㄒㄧㄤ 靠近水的地域。

**水飯** ㄕㄨㄟˇ ㄈㄢˋ 米飯加水再煮，不去湯的。如「菉豆水飯」。

**水勢** ㄕㄨㄟˇ ㄕˋ 水流的強弱力量。

**水塔** ㄕㄨㄟˇ ㄊㄚˇ 給水工程貯水的高塔。

**水楊** ㄕㄨㄟˇ ㄧㄤˊ 植物名。楊柳科，是自生水邊的落葉喬木。葉長橢圓形，有鋸齒而稍厚。初春開花。花小，單性，雌雄異株，雄花蕾上有密生的絹絲狀白毛。

**水溝** ㄕㄨㄟˇ ㄍㄡ 通流水的溝渠。

**水準** ㄕㄨㄟˇ ㄓㄨㄣˇ ①水平。②標準程度。如「文化水準」「教育水準」。

**水源** ㄕㄨㄟˇ ㄩㄢˊ 河流的起源。

**水煙** ㄕㄨㄟˇ ㄧㄢ 煙草的一種，菸草經高壓後切成極細的絲。吸時把水灌入水煙袋裡，讓煙從水裡通過。

**水碓** ㄕㄨㄟˇ ㄉㄨㄟˋ 利用水力舂米的裝置。

**水禽** ㄕㄨㄟˇ ㄑㄧㄣˊ 水鳥。

**水經** ㄕㄨㄟˇ ㄐㄧㄥ 我國第一部記載河道水系的專門著作，東漢、三國時人著。共一百三十七篇，每篇記一河系。北魏酈道元作注，名〈水經注〉。

**水腫** ㄕㄨㄟˇ ㄓㄨㄥˇ 病名。浮腫。皮下組織有過多液體積聚而形成的局部或全身腫脹的症狀。

**水葬** ㄕㄨㄟˇ ㄗㄤˋ 把死尸或骨灰扔進水裡，隨它漂流，或被魚吃去。

**水解** ㄕㄨㄟˇ ㄐㄧㄝˇ 化合物和水反應所產生的分解作用。如澱粉經過水解可產生葡萄糖。

**水路** ㄕㄨㄟˇ ㄌㄨˋ 河上航路。

**水道** ㄕㄨㄟˇ ㄉㄠˋ ①河流。②溝渠。③自來水管。

**水遁** ㄕㄨㄟˇ ㄉㄨㄣˋ 藉由水道脫逃。

**水運** ㄕㄨㄟˇ ㄩㄣˋ 經過河道或海洋運送貨物。

**水閘** ㄕㄨㄟˇ ㄓㄚˊ 也作水門。設在河海旁邊，按需要開關，調節水勢，防備水患的閘門。

**水電** ㄕㄨㄟˇ ㄉㄧㄢˋ 用水和用電方面的事務。如「新居接好水電，可以搬進去了」。

**水雷** ㄕㄨㄟˇ ㄌㄟˊ 在鐵殼裡裝炸藥，漂浮在水裡，用來封鎖海道，襲擊敵船的爆破性軍用炸彈。

**水槍** ㄕㄨㄟˇ ㄑㄧㄤ ①將高壓水流轉變為高速水射出的機械，用來採礦或救火。②小孩子玩的像槍一樣的玩具。

**水榭** ㄕㄨㄟˇ ㄒㄧㄝˋ 建築在水上的樓臺。

**水滴** ㄕㄨㄟˇ ㄉㄧ ①貯水供研墨的器具。同「水注」。②向下落的水點。

**水管** ㄕㄨㄟˇ ㄍㄨㄢˇ ①通過水流的管子。②軟體動物特有的器官，像烏賊的漏斗管，蟶的排泄孔。

**水銀** ㄕㄨㄟˇ ㄧㄣˊ 化學元素汞Hg的俗名。

**水閣** ㄕㄨㄟˇ ㄍㄜˊ 水邊的樓閣。

**水蝕** ㄕㄨㄟˇ ㄕˊ 土石被流水磨蝕漸漸崩壞而造成山谷的現象。

**水稻** ㄕㄨㄟˇ ㄉㄠˋ 栽培稻的基本類型。適宜於水田種植。與旱稻相對而言。

**水箱** ㄕㄨㄟˇ ㄒㄧㄤ ①裝水的箱子。②內燃機所用冷卻水的容器。

**水綠** ㄕㄨㄟˇ ㄌㄩˋ 淡淡的綠色。

**水槽** ㄕㄨㄟˇ ㄘㄠˊ 方形或長方形的盛水器，家庭用具。

**水線** ㄕㄨㄟˇ ㄒㄧㄢˋ 船浮於水面時，船體的溼水部分與露出部分的交界線。

**水膠** ㄕㄨㄟˇ ㄐㄧㄠ 用獸皮熬製的膠。也叫「黃明膠」。

**水質** ㄕㄨㄟˇ ㄓˊ 水的品質。

**水戰** ㄕㄨㄟˇ ㄓㄢˋ 水上的戰爭。

**水蝨** ㄕㄨㄟˇ ㄕ 水裡的小蟲，大兩三分，身體狹長，腳很多，能跳躍。

**水澤** ㄕㄨㄟˇ ㄗㄜˊ 多湖泊沼澤的地域。

**水燈** ㄕㄨㄟˇ ㄉㄥ 民俗，中元節盂蘭盆會放河燈，叫做放水燈。

**水瓢** ㄕㄨㄟˇ ㄆㄧㄠˊ 把乾葫蘆剖成兩半，家裡盛水用的。

**水磨** ▲ㄕㄨㄟˇ ㄇㄛˊ 一種精細雕刻。▲ㄕㄨㄟˇ ㄇㄛˋ 鄉村裡用水力推動的磨（ㄇㄛˋ）。

**水錶** ㄕㄨㄟˇ ㄅㄧㄠˇ ①機械名詞，汽鍋上測驗水面的器具。②計算自來水用量的裝置。

**水險** ㄕㄨㄟˇ ㄒㄧㄢˇ 水上保險的簡稱。為水面上的可動產與其相關利益或責任所投保的險。

**水頭** ㄕㄨㄟˇ ㄊㄡˊ ①舊時指碼頭。②浪頭。

**水鴨** ㄕㄨㄟˇ ㄧㄚ 鳧。

**水龍** ㄕㄨㄟˇ ㄌㄨㄥˊ 救火用的大唧筒的俗稱。

**水壓** ㄕㄨㄟˇ ㄧㄚ 水的壓力。指水的體積沿著與固體接觸面法線方向所產生的作用力（不含水面上的大氣壓力）。

**水櫃** ㄕㄨㄟˇ ㄍㄨㄟˋ ①舊時指商店的櫃臺。②蓄水的器具。如「機車水櫃」。

**水瀉** ㄕㄨㄟˇ ㄒㄧㄝˋ 瀉肚。

**水禮** ㄕㄨㄟˇ ㄌㄧˇ 指水果、糕餅之類的禮物。

**水雞** ㄕㄨㄟˇ ㄐㄧ ①蛙的俗稱。②秧雞的別名。

**水霤** ㄕㄨㄟˇ ㄌㄡˋ 裝在屋簷下面，接瓦面流下的雨水的筒狀物。

**水獺** ㄕㄨㄟˇ ㄊㄚˋ 獸名，身長兩三尺，在河邊穴居，捕食魚類，皮毛柔細而貴重。

**水簾** 是說水從山崖上垂直流下，像是下垂的簾子。

**水蠆** 蜻蜓的幼蟲。

**水藻** 水草名，生長在水裡的藻類植物。

**水鏽** ①水浸漬過氧化的痕跡。②器皿盛水日積月累的痕跡。

**水權** 水資源管理和使用的權利。

**水壩** 擋水的建築物，有鋼筋混凝土壩和土石壩兩種。有蓄水、防洪、灌溉、發電等功能。

**水鑽** 金剛石的俗稱。

**水池（子）** 積水池。

**水坑（兒）** 積水的窪地，像水池子。

**水面（兒）** 水的表面。

**水痘（兒）** 傳染病之一，小孩患者很多，起初發赤色小疹，兩三天變成水泡，結痂以後才好。

**水中月** 見「水月」②。

**水引擎** 也稱水力機，以水力代蒸氣的發動機。

**水平角** 測量學上說角的兩邊在水表面上的。

**水平面** 同靜水表面平行的平面。也作地平面、水準面。

**水平舵** 飛機上控制飛機升降的舵。

**水平儀** 用來檢查儀器裝置工作表面上水平或垂直度等的測量工具。

**水平線** 在水平面上的直線。

**水成岩** 岩石的破片碎屑等積沉水底，經過物理作用或化學作用積結而成的岩體。

**水汙染** 未經處理的廢水或廢棄物，直接或間接排入河川，對水資源造成破壞性的現象。

**水汪汪** 形容水盈滿的樣子。多用來形容人眼睛的顧盼流動，洋溢神采。

**水果餐** 由各類水果組成的餐點。

**水泥石** 黏土質石灰石，可以製造水泥。

**水門汀** 圖 cement 的音譯，水泥。也指混凝土。

**水舀子** 取水的勺子。

**水耕法** 不用土壤的一種耕種方法。把植物生長所需的養分，在水中溶解，倒入器皿中，在其中培植。

**水彩畫** 西洋畫法之一，用水溶化顏料作畫。發源於十五世紀左右，十八世紀在英國發展為獨立的繪畫。

**水族館** 設有大規模水池、水箱，養育各種水產動物，供人研究、觀賞的地方。

**水蛇腰** 形容人的腰圍很細。

**水晶體** 眼球的一部分，在玻璃體跟虹膜之間，前接瞳孔緣，後在玻璃體凹內，是兩個凸面的透明體，對於光線的折射力很強。

**水筆仔** 又稱水筆樹、茄藤樹。屬紅樹科小喬木或灌木。葉對生。果實成熟後尚未脫離母株，種子便萌芽，故稱胎生，但實際上與動物的胎生不同。根基可截獲淺水中的漂浮物，然後使腐敗物質形成新的陸地。生長於熱帶和亞熱帶沿岸的海水中或河口含有鹽分的水中。

**水楊酸** 化學名詞，又名柳酸。可作防腐劑、皮膚角質溶解藥與製阿斯匹靈等藥的原料。

**水煙袋** 吸水煙的煙袋，銅做的，下面有裝水的筒，筒端有管裝煙，另有長管，是吸煙的口。

**水準圖** 以海水表面做標準來表示地面高低的圖。

**水準器** 測驗平面是否水平的器具。

**水電行** 販賣或裝修有關水電用品的商店。按規模分等級。

**水窩兒** 道路上雨天積水的小窪地。

**水管系** 棘皮動物特有的運動器官。

**水精鹽** 自然結成的鹽。

**水蒸氣** 水受熱變成的氣體。

**水蜜桃** 桃的一種，液汁很多，香甜好吃。

**水銀燈** 利用水銀蒸氣的電燈。燈是玻璃管，和霓虹燈、螢光燈相同，光是青白色的，拍攝電影常用，優點在光線穩定而不刺激。

**水餃兒** ①帶湯的餃子。②用水煮的餃子，和蒸餃不同。

**水輪機** 渦輪機的一種。利用水流推動輪葉，產生動力，是水力發電機的重要裝置。也可用來碾米、磨粉或做其他工作。

**水墨畫** 國畫裡說用淡墨作成的畫。

**水壓機** 壓榨物體的器械。也作「壓水櫃」。

**水龍頭** 自來水管上的開關。

**水曜日** 七曜的第四天，星期三。

**水力發電** 用水流衝激的力量推動水輪機發生電力。

**水上保險** 簡稱水險。船上運貨，向保險公司投保水險，發生意外遭受損失時，保險公司負賠償的責任。

**水上飛機** 能在水面上起飛降落的飛機。

**水土不服** 中醫說人不適應別地的自然環境和生活飲食習慣所引起的身體異常現象。

**水土保持** 防止山區、丘陵地水土流失，保持土地效益的工作。

**水中撈月** 比喻事物的虛無縹緲。撈也讀ㄌㄠ。

**水天一色** 水連天，天連水，分不出界線來。形容水面浩淼無際的樣子。

**水木清華** 指園林、池沼的美景。

**水火無情** 是說水火造成的災害非常可怕。

**水光雲影** 水面上倒映的自然景色。

**水米不進** 指人不能飲食，差不多要死了。

**水利工程** 研究控制與利用天然的水，而應用在人生的工程，像灌溉農田、供給飲水、治河、築隄等。

**水旱碼頭** 通河海航運兼通火車、汽車的商埠。

**水乳交融** 水與乳很容易融合。比喻感情非常融洽，和好無間。

**水來土掩** 比喻設法抵擋，不必害怕敵人的來到。

**水到渠成** 比喻事情條件完備了，自然成功，不須強求。

**水性楊花** 像水性的流動，像楊花的飄蕩。多指女人浪漫不守婦道。

**水泄不通**（ㄕㄨㄟˇ ㄒㄧㄝˋ ㄅㄨˋ ㄊㄨㄥ）①形容防備極嚴密。②形容人群擁擠。

**水深火熱**（ㄕㄨㄟˇ ㄕㄣ ㄏㄨㄛˇ ㄖㄜˋ）比喻民生困苦。

**水陸道場**（ㄕㄨㄟˇ ㄌㄨˋ ㄉㄠˋ ㄔㄤˇ）也作水陸道齋。佛教遍施飲食，超度水陸一切鬼魂的法會。

**水鄉澤國**（ㄕㄨㄟˇ ㄒㄧㄤ ㄗㄜˊ ㄍㄨㄛˊ）①比喻多水的地區。如「江南本是水鄉澤國」。②比喻被水淹沒。如「排水溝不通，一陣大雨過後，低窪地區頓成水鄉澤國」。

**水落石出**（ㄕㄨㄟˇ ㄌㄨㄛˋ ㄕˊ ㄔㄨ）比喻事情終於弄明白了。

**水滴石穿**（ㄕㄨㄟˇ ㄉㄧ ㄕˊ ㄔㄨㄢ）滴水可以穿石。比喻集合微細的力量，時間久了也可以成就大事。

**水漲船高**（ㄕㄨㄟˇ ㄓㄤˇ ㄔㄨㄢˊ ㄍㄠ）比喻兩件有關的事物，甲物增長，乙物也跟著增高。

**水磨工夫**（ㄕㄨㄟˇ ㄇㄛˊ ㄍㄨㄥ ˙ㄈㄨ）細密的工夫。

**水至清無魚**（ㄕㄨㄟˇ ㄓˋ ㄑㄧㄥ ㄨˊ ㄩˊ）水太清了，魚就無法生存。比喻人太過苛察，就無法容人，別人也不願為他效力。

**水溫差發電**（ㄕㄨㄟˇ ㄨㄣ ㄔㄚ ㄈㄚ ㄉㄧㄢˋ）利用熱帶海洋表面水溫與深處水溫的差別，使阿摩尼亞等冷媒做氣化和液化的循環，推動渦輪機發電。

**水銀溫度計**（ㄕㄨㄟˇ ㄧㄣˊ ㄨㄣ ㄉㄨˋ ㄐㄧˋ）一名水銀寒暑表。利用水銀的漲縮，表示溫度高低的儀器。

**水池式反應器**（ㄕㄨㄟˇ ㄔˊ ㄕˋ ㄈㄢˇ ㄧㄥˋ ㄑㄧˋ）以濃縮鈾為燃料，輕水為緩和劑及冷卻劑的研究用低動力反應器。可製造同位素。臺灣清華大學已撤除的反應器就是。

## 一筆

**永**（ㄩㄥˇ）㈠久遠。如「永垂不朽」「永留人間」。㈡〔文〕長，長久。如「永年」「永夜」。

**永久**（ㄩㄥˇ ㄐㄧㄡˇ）長久。

**永世**（ㄩㄥˇ ㄕˋ）歷世久遠。

**永生**（ㄩㄥˇ ㄕㄥ）宗教家說人身體雖死，而靈魂不滅，叫做永生。

**永年**（ㄩㄥˇ ㄋㄧㄢˊ）①〔文〕長壽。②河北省縣名。

**永別**（ㄩㄥˇ ㄅㄧㄝˊ）永遠的離別。指死亡。

**永劫**（ㄩㄥˇ ㄐㄧㄝˊ）佛教說永久的時間。

**永夜**（ㄩㄥˇ ㄧㄝˋ）〔文〕長夜。

**永恆**（ㄩㄥˇ ㄏㄥˊ）永久，永遠超越時間而沒有變化。

**永眠**（ㄩㄥˇ ㄇㄧㄢˊ）永遠的安眠。指死亡。

**永晝**（ㄩㄥˇ ㄓㄡˋ）〔文〕長晝。

**永訣**（ㄩㄥˇ ㄐㄩㄝˊ）〔文〕死別，今生不再見面。

**永嘆**（ㄩㄥˇ ㄊㄢˋ）〔文〕長嘆。

**永遠**（ㄩㄥˇ ㄩㄢˇ）永久。

**永久齒**（ㄩㄥˇ ㄐㄧㄡˇ ㄔˇ）哺乳類動物在繼乳齒後所生出的第二套牙齒。人類通常有三十二顆。包括八顆門齒，四顆犬齒，八顆前臼齒，十二顆後臼齒。

**永久硬水**（ㄩㄥˇ ㄐㄧㄡˇ ㄧㄥˋ ㄕㄨㄟˇ）化學名詞。指含有鈣或鎂成分的氯化物或硫酸鹽的水，因無法只用加熱法將它沉澱除去，所以稱永久硬水。

**永久磁鐵**（ㄩㄥˇ ㄐㄧㄡˇ ㄘˊ ㄊㄧㄝˇ）因受強力的磁化作用，而能永久保持磁性的磁鐵。

**永不錄用**（ㄩㄥˇ ㄅㄨˋ ㄌㄨˋ ㄩㄥˋ）公務員因犯重大過錯被革職，永遠不再錄用。

**永世不滅**（ㄩㄥˇ ㄕˋ ㄅㄨˋ ㄇㄧㄝˋ）永遠不會磨滅。如「孔子有教無類的精神，永世不滅」。

**永字八法** ㄩㄥˇ ㄗˋ ㄅㄚ ㄈㄚˇ 以「永」字八種筆法為例，來闡述正楷點畫的一種方法。就是側（點）、勒（橫畫）、努（直畫）、趯（鉤）、策（斜畫向上）、掠（撇）、啄（右邊的短撇）、磔（捺）。

**永垂不朽** ㄩㄥˇ ㄔㄨㄟˊ ㄅㄨˋ ㄒㄧㄡˇ 永遠流傳下去，不會磨滅。

**永久中立國** ㄩㄥˇ ㄐㄧㄡˇ ㄓㄨㄥ ㄌㄧˋ ㄍㄨㄛˊ 根據條約或單方面所發表的宣言，在獲得國際承認之後，不論平時或戰時永遠遵守中立政策，除防禦外，不與他國戰爭，也不與他國締結可能涉入戰爭的條約。

## 二筆

# 氾

ㄈㄢˋ 河水漲起來，從河裡漾出。如「洪水氾濫」「黃氾（黃河氾濫）」。

**氾氾** ㄈㄢˋ ㄈㄢˋ 図浮游不定的樣子。

**氾濫** ㄈㄢˋ ㄌㄢˋ 水過滿而向外溢出。也作「汎濫」。

# 汀

ㄊㄧㄥ 水邊的平地。如「沙汀」。

**汀線** ㄊㄧㄥ ㄒㄧㄢˋ 又名灘線。海岸因海水的進退所形成的海陸交界線。

# 氽

ㄊㄨㄣˇ ㈠東西浮在水上。㈡人在水上漂浮。

# 求

ㄑㄧㄡˊ ㈠尋找。如「尋求」「求得答案」。㈡懇託，乞助。如「請求」「求人幫忙」。㈢需要。如「需求」「供過於求」。㈣図責備。如「苛求」「君子求諸己」。㈤図貪心。如「不忮不求」。

**求乞** ㄑㄧㄡˊ ㄑㄧˇ 乞討。

**求子** ㄑㄧㄡˊ ㄗˇ 向神佛祈求，希望生子。

**求生** ㄑㄧㄡˊ ㄕㄥ 謀求活路，設法活下去。

**求全** ㄑㄧㄡˊ ㄑㄩㄢˊ ①「求全之毀」，有意求好，結果得到毀謗的話。②「委曲求全」，勉強遷就求其完好。③「苟容求全」，求性命的保全。

**求刑** ㄑㄧㄡˊ ㄒㄧㄥˊ 要求處以刑罰，是檢察官向法官提出的。

**求成** ㄑㄧㄡˊ ㄔㄥˊ ①希求成功。②図求和。

**求助** ㄑㄧㄡˊ ㄓㄨˋ 請求幫助。

**求告** ㄑㄧㄡˊ ㄍㄠˋ 央求。如「四處求告都不能如願」。

**求見** ㄑㄧㄡˊ ㄐㄧㄢˋ 請求見面談話。

**求和** ㄑㄧㄡˊ ㄏㄜˊ 祈求和平。通常由處於情況較差的戰爭中的國家向對方提出。

**求知** ㄑㄧㄡˊ ㄓ 追求知識。如「他的求知精神很可佩服」。

**求雨** ㄑㄧㄡˊ ㄩˇ 指迷信的人在旱天求神降雨禱告遊行等活動。

**求借** ㄑㄧㄡˊ ㄐㄧㄝˋ 請人出借（財物）。

**求神** ㄑㄧㄡˊ ㄕㄣˊ 乞求神佛賜福，保佑平安或恢復健康。

**求偶** ㄑㄧㄡˊ ㄡˇ 尋求配偶。

**求婚** ㄑㄧㄡˊ ㄏㄨㄣ 請求異性的人和自己結婚。

**求得** ㄑㄧㄡˊ ㄉㄜˊ 要求能得到。

**求情** ㄑㄧㄡˊ ㄑㄧㄥˊ 替人家說情。

**求教** ㄑㄧㄡˊ ㄐㄧㄠˋ 請人指教。

**求援** ㄑㄧㄡˊ ㄩㄢˊ 請求援助。

**求解** ㄑㄧㄡˊ ㄐㄧㄝˇ ①図求人解除禍難。②求數學題的解析。

**求實** ㄑㄧㄡˊ ㄕˊ 講求實際。

**求學** 研求學問。

**求戰** 要求出戰。

**求親** 同「求婚」。

**求償** 要求賠償。

**求證** 尋求證據或求得證實。

**求籤** 在神佛前抽籤，以卜吉凶。

**求饒** 要求饒恕。

**求心力** 見「向心力」。

**求知欲** 追求知識的欲望。如「他有極其旺盛的求知欲」。

**求之不得** ①心中想要而卻得不到。②唯恐求不到。形容極想得到。

**求仁得仁** 是〈論語〉書上的話，現在用作恰好如願的意思。

**求田問舍** 笑人專治家產，沒有遠大志向。

**求全之毀** [文]追求完美無缺而遭受到詆毀。

**求同存異** 找出共同點，保留不同點。

**求過於供** 需要的多過於生產的。

**求榮反辱** 原想追求榮譽，不料反而遭受恥辱。

**求賢若渴** [文]形容急著尋找有才能的人。

**求人不如求己** 凡事請人幫忙就沒有自己做的可靠。

**求生不得求死不能** 形容生活得非常痛苦的樣子。

**汁** ㄓ 物品所含的液質。如「墨汁」「肉汁」。

**汁水兒** 水字輕讀。水分（ㄈㄣˋ）。也說汁兒。

**汆** ㄘㄨㄢ 一種烹飪法，把菜肴投入沸水中略煮一下盛起。如「汆湯」「汆丸子」。

**汆湯** 把菜肴在湯中略煮一下，連湯盛起。

**汆丸子** 把做好的肉丸子投入沸水中煮熟盛起。

## 三筆

**汎** ㄈㄢˋ ㈠[文]在水上浮，通「泛」。如「汎舟」。㈡[文]廣博。如「汎愛眾」。㈢通「氾」。「氾濫」也作「汎濫」。㈣加在名詞（特別是地名）前面，表示全面、普遍的意思，是英文Pan的譯音。如「汎亞」就是指全亞洲；又如「汎太平洋」「汎美」「汎理論（Panlogism）」「汎神論（Pantheism）」「汎心論（Panpsychism）」等。

**汎汎** [文]順流沒有受到阻礙的樣子。

**汎愛** [文]博愛。

**汎稱** 總稱。

**汎論** 全體概括的說明。

**汞** ㄍㄨㄥˇ 金屬元素之一，符號Hg，也叫水銀。色白如錫，在常溫是液體，有毒。在醫藥及工業上有用處。又讀ㄏㄨㄥˋ。

**汗** ▲ㄏㄢˋ ㈠動物從毛孔排出體外的液體。如「流汗」「汗流浹背」。㈡[文]使出汗。如「汗顏」。㈢[文]廣大。如「漫汗」。㈣[文]違反。如「反汗」。▲ㄏㄢˊ 古時突厥的君長叫「可汗」（ㄎㄜˋ ㄏㄢˊ）。

**汗水**（ㄏㄢˋ ㄕㄨㄟˇ） 汗液。皮膚上所分泌的液體，是血液裡面的廢料。

**汗衣**（ㄏㄢˋ ㄧ） 穿在身上能吸汗的內衣。

**汗衫**（ㄏㄢˋ ㄕㄢ） 貼身的短衣。

**汗青**（ㄏㄢˋ ㄑㄧㄥ） 史書，歷史。古時在竹簡上寫史書，先把竹板裡的水分烤乾，水分滲出像人出汗一樣，所以叫「汗青」。

**汗疹**（ㄏㄢˋ ㄓㄣˇ） 人身上因為出汗過多，空氣不通，在皮膚上生的小疹。

**汗馬**（ㄏㄢˋ ㄇㄚˇ） 図比喻戰功。如「汗馬功勞」。

**汗斑**（ㄏㄢˋ ㄅㄢ） 也作「汗瘢」。皮膚上發生淡黃或棕黑色的斑點，是因為皮膚色素增多或日光的刺激而起的。

**汗腺**（ㄏㄢˋ ㄒㄧㄢˋ） 皮膚附屬腺之一。分布於全身各處的排泄汗液的細管狀結構。

**汗漫**（ㄏㄢˋ ㄇㄢˋ） 図廣泛，不著邊際。如「大水汗漫之言」。

**汗顏**（ㄏㄢˋ ㄧㄢˊ） 図臉上出汗，心裡覺得羞慚。

**汗鹼**（ㄏㄢˋ ㄐㄧㄢˇ） 衣服被汗滲透，乾了以後出現的白斑紋。

**汗津津**（ㄏㄢˋ ㄐㄧㄣ ㄐㄧㄣ） 形容微微出汗的樣子。

**汗珠子**（ㄏㄢˋ ㄓㄨ ˙ㄗ） 汗水從汗腺排出，呈圓滴形的。

**汗腥氣**（ㄏㄢˋ ㄒㄧㄥ ˙ㄑㄧ） 汗臭，汗水的臭味。

**汗褟兒**（ㄏㄢˋ ㄊㄚ ㄦ） 北方說舊式布製的汗衫。

**汗牛充棟**（ㄏㄢˋ ㄋㄧㄡˊ ㄔㄨㄥ ㄉㄨㄥˋ） 図比喻書籍之多（用車拉，牛要出汗；滿擺在屋裡，要頂著棟梁）。

**汗流浹背**（ㄏㄢˋ ㄌㄧㄡˊ ㄐㄧㄚˊ ㄅㄟˋ） 工作很勞累，汗流得很多，溼透了背上的衣服。

**江**（ㄐㄧㄤ） ㈠大河的通稱。如「珠江」「黑龍江」。㈡古時專稱長江。如「江右」「江左」。㈢姓。

**江山**（ㄐㄧㄤ ㄕㄢ） 國家的代稱。

**江心**（ㄐㄧㄤ ㄒㄧㄣ） 江水的中流，對江邊說的。

**江水**（ㄐㄧㄤ ㄕㄨㄟˇ） 指長江的水。

**江北**（ㄐㄧㄤ ㄅㄟˇ） 指長江北岸的江蘇省轄境。

**江右**（ㄐㄧㄤ ㄧㄡˋ） 指長江下游以西的地區。後來稱江西省為江右。是對江左說的。

**江左**（ㄐㄧㄤ ㄗㄨㄛˇ） 古人由中原地區向南看，東邊是左，西邊是右。江左指長江下游以東的地區，就是在江蘇省南部。

**江米**（ㄐㄧㄤ ㄇㄧˇ） 糯米。

**江岸**（ㄐㄧㄤ ㄢˋ） 江河的岸邊。

**江東**（ㄐㄧㄤ ㄉㄨㄥ） 秦漢以後，習慣上稱蕪湖與南京間長江以南的地區為江東。

**江南**（ㄐㄧㄤ ㄋㄢˊ） 長江以南的總稱。

**江珧**（ㄐㄧㄤ ㄧㄠˊ） 蚌屬，它的肉柱晒乾，可以做食品。也叫「干貝」「乾貝」「江珧柱」。

**江豚**（ㄐㄧㄤ ㄊㄨㄣˊ） 也稱江豬。哺乳綱，鯨目，體形像魚，長約一公尺多，全身灰黑色。頭短，無喙狀突，額部微凸，眼小。尾扁平，無背鰭。齒短小，呈鏟形。棲息於溫熱帶的港灣中。多非群居。以食水中小動物為生。從印度西岸到日本南面都有分布。肉可食，皮可製革。

**江湖** ▲ㄐㄧㄤ ㄏㄨˊ ①図隱居不肯做官。如「范蠡乘扁（ㄆㄢ）舟浮於江湖」。②在社會上闖，沒有固定事業。如「浪跡江湖」。③下層社會。如「江湖道義」。▲ㄐㄧㄤ ˙ㄏㄨ ①社會經驗豐富，不容易受騙。如「老江湖」。②虛誕不實。如「江湖郎中」「這個人太江湖了，別信他的話」。

**江道** ㄐㄧㄤ ㄉㄠˋ 江路，江水的通道。

**江輪** ㄐㄧㄤ ㄌㄨㄣˊ 在長江航行的大船。

**江邊** ㄐㄧㄤ ㄅㄧㄢ 江畔，江河的邊緣。

**江米酒** ㄐㄧㄤ ㄇㄧˇ ㄐㄧㄡˇ 糯米酒。

**江山易改** ㄐㄧㄤ ㄕㄢ ㄧˋ ㄍㄞˇ 山川、朝代容易改變。重點在後面接的「本性難移」。襯出人的性情難以變更。

**江東獨步** ㄐㄧㄤ ㄉㄨㄥ ㄉㄨˊ ㄅㄨˋ 晉朝人王坦之年輕時很有才名，江東一帶沒人能比得上，所以時人便稱他為「江東獨步」。

**江河日下** ㄐㄧㄤ ㄏㄜˊ ㄖˋ ㄒㄧㄚˋ 比喻日漸衰敗。

**江洋大盜** ㄐㄧㄤ ㄧㄤˊ ㄉㄚˋ ㄉㄠˋ 專門在江河海洋上搶劫來往船隻的大盜。

**江郎才盡** ㄐㄧㄤ ㄌㄤˊ ㄘㄞˊ ㄐㄧㄣˋ 南朝梁代江淹，年輕時文章寫得很好，世稱江郎。晚年詩文無佳句，時人說他才盡了。比喻文人才思衰退。

**江湖郎中** ㄐㄧㄤ ㄏㄨˊ ㄌㄤˊ ㄓㄨㄥ 對說話虛誕不實者的稱呼。本是用來稱闖蕩江湖賣藥的人。

## 汐

ㄒㄧˋ 夜裡起的海潮。早潮叫做「潮」，晚潮叫做「汐」。

## 汛

ㄒㄩㄣˋ ㈠江、河的水在一定的季節忽然大起來，叫「汛」。如秋天的「秋汛」，春天桃花開的時候的「桃花汛」。㈡是「訊」的假借，清朝時候武職駐防的地方叫「汛地」，意思是詰訊往來行人的處所。㈢是「信」的假借，如「潮汛」就是「潮信」。㈣比喻指女人的月經。㈤指一定的時季。參看「漁汛」條。㈥図就是「灑」。「汛掃」就是說「灑掃」。

**汛掃** ㄒㄩㄣˋ ㄙㄠˇ 図灑掃。

**汛期** ㄒㄩㄣˋ ㄑㄧˊ 也稱洪水期。江河中因為下雨下雪而引起水位定期上漲的時期。

## 池

ㄔˊ ㈠存水的窪地。如「水池」「游泳池」。㈡舊時的護城河。如「城池」。㈢低窪的地方。如「舞池」。㈣由「池」能夠蓄水引伸作「蓄聚」的意思。如「電池」「硯池」。㈤姓。

**池子** ㄔˊ ˙ㄗ ①劇場的正廳。②也叫「池堂」，是指裡面設有寬大浴池的澡堂，與「盆堂」（有浴盆的澡堂）不同。③水池。④舞池。

**池沼** ㄔˊ ㄓㄠˇ 挖地蓄水的地方，圓的叫池，曲的叫沼。

**池座** ㄔˊ ㄗㄨㄛˋ 劇院、電影院正廳舞臺前面幾排坐位。

**池堰** ㄔˊ ㄧㄢˋ 池塘中擋水的土壩。

**池塘** ㄔˊ ㄊㄤˊ 水池。也作「池堂」。

**池榭** ㄔˊ ㄒㄧㄝˋ 池上的臺榭。

**池鹽** ㄔˊ ㄧㄢˊ 鹽池出產的食鹽。以山西省解池、甘肅省花馬池最有名。其他如蒙古、西藏、青海、新疆等處也有出產。

**池中物** ㄔˊ ㄓㄨㄥ ㄨˋ 図比喻隱居時的大人物。

**池魚之殃** ㄔˊ ㄩˊ ㄓ ㄧㄤ 「城門失火，殃及池魚」。比喻不相干的人受了牽累。參看「殃及池魚」條。

## 汊

ㄔㄚˋ 水的支流。

**汊港** ㄔㄚˋ ㄍㄤˇ 支流上的小漁港。

## 汕

ㄕㄢˋ 竹子編的捕魚的工具。

## 汝

ㄖㄨˇ ㈠図你。如「汝曹」。㈡水名，在河南。㈢姓。

**汝曹** ㄖㄨˇ ㄘㄠˊ 図你們。

**氾** ㄙˋ ㈠図支流的水又回到原來的河流。㈡水名，在河南省，流入黃河。

**汙（汚、污）** ㄨ ㈠髒。如「汙穢」「溝裡淨是汙水」。㈡沾上髒東西。如「汙染」。㈢品格上的不潔。如「貪官汙吏」。㈣毀謗，誣賴人家。如「汙衊」。㈤図停積的水。如「汙池」。㈥奸淫。如「姦汙」。㈦失去原有的光澤。如「鏡子受潮，汙了，得擦一擦」。

**汙水** ㄨ ㄕㄨㄟˇ 含有害物質的不清潔的水。

**汙吏** ㄨ ㄌㄧˋ 貪汙的官吏。

**汙池** ㄨ ㄔˊ 図蓄水的池子。

**汙垢** ㄨ ㄍㄡˋ 不清潔。

**汙染** ㄨ ㄖㄢˇ ①弄髒。②泛指一切對自然環境如空氣、水、土壤造成破壞、髒亂的現象。③妨害人的心理健康。如黃色的平面或電子媒體使人陷於委靡，不正常。

**汙毒** ㄨ ㄉㄨˊ 図傷害。

**汙辱** ㄨ ㄖㄨˇ 辱也讀ㄖㄨˇ。①侮辱人。②姦淫。

**汙濁** ㄨ ㄓㄨㄛˊ 汙穢混濁，不清潔。

**汙點** ㄨ ㄉㄧㄢˇ ①事物的缺點。②不易洗刷的嚴重過失。

**汙穢** ㄨ ㄏㄨㄟˋ 不清潔。

**汙衊** ㄨ ㄇㄧㄝˋ 毀傷名譽。

**汙染源** ㄨ ㄖㄢˇ ㄩㄢˊ 通常指向環境排放有害物質或對環境產生有害影響的來源。如汽機車排放的一氧化碳、二氧化氮、二氧化硫，工業廢水、畜牧廢水以及農藥等。

## 四筆

**汴** ㄅㄧㄢˋ ㈠古水名，在今河南省。㈡河南開封的別稱，北宋時叫「汴京」。

**沛** ㄆㄟˋ ㈠旺盛的樣子。如「精力充沛」「沛然大雨」。㈡江蘇省縣名。㈢見「顛沛」。

**沛然** ㄆㄟˋ ㄖㄢˊ 図盛大的樣子。

**沒** ▲ㄇㄛˋ ㈠沉到水裡；水漫過。如「沒頂」「沉沒」。㈡隱藏。如「隱沒」「出沒」。㈢消滅，壓抑。如「泯沒」「埋沒」。㈣扣下財物。如「沒收」「吞沒公物」。㈤図盡，完。如「沒齒不忘」「新穀既沒」。㈥図同「歿」，去世的意思。▲ㄇㄟˊ ㈠無。如「沒有」「沒看見」。㈡不。如「沒完」「沒出息」。㈢未。如「沒看到他來」「他還沒說呢」。㈣同「死」。如「他沒了有多久啦」。

**沒世** ㄇㄛˋ ㄕˋ 図①終身，永久。如「窮年沒世，未嘗一日或忘」。②死亡。如「君子疾沒世而名不稱焉」。

**沒用** ㄇㄟˊ ㄩㄥˋ 無用：①沒有用處。②沒有本事。

**沒收** ㄇㄛˋ ㄕㄡ 人犯法，私有物被充公。也作「沒入」。

**沒有** ㄇㄟˊ ㄧㄡˇ ①無。如「哪裡都沒有人」。②未。如「他還沒有表示」。

**沒完** ㄇㄟˊ ㄨㄢˊ ①不停。如「他們倆一天到晚吵個沒完」。②爭鬥。如「我跟他沒完」。

**沒沒** ㄇㄛˋ ㄇㄛˋ 図①沉溺不知自拔。②埋沒。如「沒沒無聞」。

**沒事** ㄇㄟˊ ㄕˋ ①沒有事情。②沒有職業。③安然無恙。

**沒頂** ㄇㄛˋ ㄉㄧㄥˇ 被水淹死。

**沒落** ㄇㄛˋ ㄌㄨㄛˋ ①陷落。②衰亡或落伍的意思。

**沒趣** ㄇㄟˊ ㄑㄩˋ 無趣，不知趣。如「自討沒趣」。

**沒齒** ㄇㄛˋ ㄔˇ 図終身，永遠。如「沒齒不忘」。也作「沒世」。

**沒臉** ㄇㄟˊ ㄌㄧㄢˇ 丟臉，沒面子。

**沒轍** ㄇㄟˊ ㄓㄜˊ 沒有辦法可以施展。

**沒藥** ㄇㄛˋ ㄧㄠˋ 中藥名。沒藥樹的樹皮滲出來的樹脂和油膠在空氣中變成紅棕色的堅硬圓塊。性平，味苦，有活血散瘀、消腫止痛的功效。

**沒下梢** ㄇㄟˊ ㄒㄧㄚˋ ㄕㄠ 比喻事情沒有好的結果。

**沒什麼** ㄇㄟˊ ㄕㄜˊ ˙ㄇㄜ ①無關緊要。②不難，不壞。

**沒主意** ㄇㄟˊ ㄓㄨˇ ㄧˋ 沒有主見（北京說ㄇㄟˊ ㄓㄨˊ ˙ㄧ）。

**沒出息** ㄇㄟˊ ㄔㄨ ㄒㄧˊ 息字輕讀。①不上進。②不務正業。

**沒字碑** ㄇㄟˊ ㄗˋ ㄅㄟ 比喻裝模作樣但是不識字的人。

**沒志氣** ㄇㄟˊ ㄓˋ ㄑㄧˋ 氣字輕讀。不知振作上進。

**沒良心** ㄇㄟˊ ㄌㄧㄤˊ ㄒㄧㄣ 心字輕讀。忘恩負義。

**沒奈何** ㄇㄟˊ ㄋㄞˋ ㄏㄜˊ 沒有辦法，無可如何。讀音ㄇㄛˋ ㄋㄞˋ ㄏㄜˊ。

**沒法兒** ㄇㄟˊ ㄈㄚˇ ㄦ 也說「沒法（ㄈㄚˊ）子」。沒辦法好想。

**沒門兒** ㄇㄟˊ ㄇㄣˊ ㄦ 沒有方法、門路。

**沒記性** ㄇㄟˊ ㄐㄧˋ ㄒㄧㄥˋ 記憶力不好，常常忘東西。

**沒骨畫** ㄇㄛˋ ㄍㄨˇ ㄏㄨㄚˋ 中國繪畫技法的一種，不用墨線勾勒，直接以色彩描繪物象的畫法。

**沒骨頭** ㄇㄟˊ ㄍㄨˇ ˙ㄊㄡ 沒骨氣；不敢擔負責任。

**沒救兒** ㄇㄟˊ ㄐㄧㄡˋ ㄦ 沒辦法挽救。

**沒造化** ㄇㄟˊ ㄗㄠˋ ㄏㄨㄚˋ 化字輕讀。運氣不好。

**沒詞兒** ㄇㄟˊ ㄘˊ ㄦ 沒有可以說的話。

**沒跑兒** ㄇㄟˊ ㄆㄠˇ ㄦ 図跑不了，是說必定得到或必可成功。

**沒意思** ㄇㄟˊ ㄧˋ ㄙ 思字輕讀。①無聊。②沒有趣味。

**沒落兒** ㄇㄟˊ ㄌㄠˋ ㄦ 図也說「沒落子」。窮極無著落。

**沒說的** ㄇㄟˊ ㄕㄨㄛ ˙ㄉㄜ ①無可指摘。讚譽的話。如「他這一篇文章，真是沒說的」。②沒有妥協的餘地。如「這價錢已經沒說的了」。③沒有問題了，不必再說。如「咱們倆之間，這一點兒小事是沒說的」。

**沒頭腦** ㄇㄟˊ ㄊㄡˊ ㄋㄠˇ ①紊亂沒有條理。②不知事體。

**沒譜兒** ㄇㄟˊ ㄆㄨˇ ㄦ 無標準。

**沒關係** ㄇㄟˊ ㄍㄨㄢ ㄒㄧˋ 係字輕讀。①沒有牽連。如「這事跟我沒關係」。②免顧慮，不要緊。如「這一點點小事，沒關係」。

**沒事人（兒）** ㄇㄟˊ ㄕˋ ㄖㄣˊ（ㄦ） 局外的人。

**沒指望（兒）** ㄇㄟˊ ㄓˇ ㄨㄤˋ（ㄦ） 望字輕讀。沒有希望。

**沒大沒小** ㄇㄟˊ ㄉㄚˋ ㄇㄟˊ ㄒㄧㄠˇ 是說不分輩分大小長幼，胡鬧，沒規矩。

**沒完沒了** ㄇㄟˊ ㄨㄢˊ ㄇㄟˊ ㄌㄧㄠˇ 持續不斷，毫無間歇。如「這孩子真會吵，從早上到現在，沒完沒了」。

**沒沒無聞** ㄇㄛˋ ㄇㄛˋ ㄨˊ ㄨㄣˊ 図沒有聲名，不為人所知。

**沒病沒災** ㄇㄟˊ ㄅㄧㄥˋ ㄇㄟˊ ㄗㄞ 形容生活平安順適，沒有發生事故。

**沒精打彩** ㄇㄟˊ ㄐㄧㄥ ㄉㄚˇ ㄘㄞˇ 沒有精神，提不起興致的樣子。也作「無精打采」。

**沒頭（兒）沒腦（兒）** 無來由，沒頭緒。

**汨** ㄇㄧˋ 水名，與羅水會合以後叫汨羅江，在湖南省湘陰縣北。戰國時楚大夫屈原就是投汨羅江而死的。

**沔** ㄇㄧㄢˇ ㈠図水流充滿的樣子。如「沔彼流水，朝宗于海」。㈡水名，在陝西，是漢水的上游。

**沐** ㄇㄨˋ ㈠洗髮。如「沐浴」。㈡図蒙受。如「沐其恩賜」。㈢図休假。如「休沐」。㈣姓。

**沐恩** 図受人恩惠。

**沐浴** ①洗髮洗澡。②図蒙受恩惠。如「沐浴膏澤」。

**沐雨櫛風** 図雨水洗頭，風梳頭。比喻在風雨裡奔走的辛苦。

**沐猴而冠** 雖然穿衣戴帽，也有人的樣子，卻不是真人。是罵人的話。（沐猴即獼猴，性情暴躁，喜歡拭面如沐，故又名沐猴。）

**汾** ㄈㄣˊ 水名，在山西省。

**汾水** 源出山西省寧武縣西南，是黃河第二支流，在河津入黃河。

**沌** ㄉㄨㄣˋ 見「混沌」。

**沓** ㄊㄚˋ 図㈠重複。如「雜沓」「紛至沓來」。㈡做事不爽利。如「拖沓」。㈢見「沓沓」。

**沓沓** 図①弛緩懶散的樣子。②話多。③快走。

**沓雜** 紛雜。

**汰** ㄊㄞˋ ㈠過分。如「奢汰」「汰侈」。㈡除去沒用的部分。如「淘汰」。

**汰舊換新** 淘汰舊的，換成新的。

**汰弱留強** 淘汰弱的，保留強的。

**汩** ▲図ㄍㄨˇ ㈠沉浸、埋沒。如「汩沒」。㈡精神上的沉溺。如「汩之以所思」。㈢見「汩汩」。㈣亂。如「汩陳其五行」。

▲図ㄩˋ 迅疾的樣子。〈離騷〉有「汩余若將不及兮」。

**汩沒** 図①沉滅。②水波聲。

**汩汩** 図①波浪聲。②比喻文思勃發。③演進不已，不安定。

**沆** 図ㄏㄤˋ ㈠水廣大的樣子叫「沆漭」。㈡見「沆瀣」。

**沆瀣** 図結露水的冷空氣。

**沆瀣一氣** 図說人們彼此的利害相同（含貶義）。

**沍** ㄏㄨˋ 図見「沍寒」。

**沍寒** 図沍，凍結。寒，寒氣。天氣嚴寒，積凍不開，形容天氣極為寒冷。

**汲** ㄐㄧˊ ㈠図從井裡取水。如「汲水」。㈡図從取水引伸作提拔人才。如「汲引」。㈢図見「汲汲」。㈣姓。

**汲引** 図提拔人才。

**汲汲** 図不停的樣子，常指忙碌。

**汲水機** 由井裡抽水的機器。

**汲汲營營** 図形容非常急於追求的樣子。

**決（决）** ㄐㄩㄝˊ ㈠図疏通河水。如「決汝漢，排淮泗」。㈡河隄崩壞。如「潰決」「黃河決口」。㈢拿定主意，堅持不變。如「下決心」「猶疑不決」。㈣一定。如「決不後悔」「決無此理」。㈤判斷，作最後的確定表示。如「表決」「判決」。㈥進行分判勝負的競爭。

如「決賽」「決一死戰」。(七)殺死已審結的罪犯。如「處決」「槍決」。(八)通「訣」。

**決口** ㄐㄩㄝˊ ㄎㄡˇ 沿河的隄防被大水沖壞。

**決心** ㄐㄩㄝˊ ㄒㄧㄣ 斷定事機，一定要這樣做的心意。

**決死** ㄐㄩㄝˊ ㄙˇ 以死相拼。

**決定** ㄐㄩㄝˊ ㄉㄧㄥˋ ①一定不移。②斷定。③無須經過言詞辯論的裁判。

**決計** ㄐㄩㄝˊ ㄐㄧˋ ①同「決定」。②必定。

**決鬥** ㄐㄩㄝˊ ㄉㄡˋ ①用武力決定勝負或生死。②舊時在歐洲甚為風行的一種習俗，雙方約定時間地點與規則，請人公證，用刀劍或手槍進行決鬥，來解決相持不下的爭端。

**決勝** ㄐㄩㄝˊ ㄕㄥˋ ①所定計畫，能操必勝。②決定勝負。

**決然** ㄐㄩㄝˊ ㄖㄢˊ 〔文〕意志堅定的樣子。如「毅然決然」。

**決策** ㄐㄩㄝˊ ㄘㄜˋ 決定做什麼或怎麼做的計畫。

**決絕** ㄐㄩㄝˊ ㄐㄩㄝˊ ①堅決斷絕。②永別。

**決裂** ㄐㄩㄝˊ ㄌㄧㄝˋ 破裂，常指感情或事態。

**決意** ㄐㄩㄝˊ ㄧˋ 決心。

**決疑** ㄐㄩㄝˊ ㄧˊ 解決疑惑。

**決算** ㄐㄩㄝˊ ㄙㄨㄢˋ 政府在會計年度終了以後，持該年度實際發生的財政收支，作為報表，送請審核，叫做決算，是對預算說的。

**決戰** ㄐㄩㄝˊ ㄓㄢˋ 雙方求決定勝負的戰鬥。

**決選** ㄐㄩㄝˊ ㄒㄩㄢˇ ①選舉結果，當選人不能產生時，再就最後的競選人選一人當選，叫決選。②選拔優秀作品，常須經過幾個階段的審查，最後階段就是決選。

**決賽** ㄐㄩㄝˊ ㄙㄞˋ 競賽的最後一段，比賽的勝負，名位的確定，都在決賽之後出現。

**決斷** ㄐㄩㄝˊ ㄉㄨㄢˋ 斷定，判斷。

**決議** ㄐㄩㄝˊ ㄧˋ 會議時討論議案，經過多數人決定的。

**決定性** ㄐㄩㄝˊ ㄉㄧㄥˋ ㄒㄧㄥˋ 對於產生結果具有關鍵作用的決定。

**決勝負** ㄐㄩㄝˊ ㄕㄥˋ ㄈㄨˋ 比高下，決定誰輸誰贏。

**決雌雄** ㄐㄩㄝˊ ㄘ ㄒㄩㄥˊ 分勝負。

**決一死戰** ㄐㄩㄝˊ ㄧ ㄙˇ ㄓㄢˋ 使出所有的力量和敵人作決定生死的戰爭。

**決戰英雄** ㄐㄩㄝˊ ㄓㄢˋ ㄧㄥ ㄒㄩㄥˊ 在戰場上作生死決戰時，對勝利發生關鍵作用的人物。

## 沏

▲ㄑㄧ 水沖。見「沏茶」。

▲〔方〕ㄑㄩ (一)用水把燃燒物澆滅。如「把香火兒沏了」。(二)見「沏油」。

**沏油** ㄑㄩ ㄧㄡˊ 把花椒放在油裡加熱，然後倒在菜肴上，叫沏油。

**沏茶** ㄑㄧ ㄔㄚˊ 用開水沖茶。

## 汽

ㄑㄧˋ 尋常的液態或固態物質，在成為氣態而存在時，一概稱汽或水蒸氣。

**汽力** ㄑㄧˋ ㄌㄧˋ 由蒸汽所生的推動力量。

**汽化** ㄑㄧˋ ㄏㄨㄚˋ 同「氣化」。液體變成氣體的現象。

**汽車** ㄑㄧˋ ㄔㄜ 四輪以上的內燃機動力的車，通常用揮發性的油料跟空氣混合，使著火爆發來產生原動力。

**汽油** ㄑㄧˋ ㄧㄡˊ 汽車用作原動力的揮發油，是由蒸餾石油所得的低級碳化氫混合體。

**汽表** ㄑㄧˋ ㄅㄧㄠˇ 汽鍋上測驗蒸汽壓力的儀表。

**汽缸** ㄑㄧˋ ㄍㄤ 往復式蒸汽機內藉以傳送動力的主要部分。圓筒形的缸體裡有活塞，靠蒸汽的力量往返運動，經過曲軸變成旋轉運動，傳送動力。

**汽笛** ㄑㄧˋ ㄉㄧˊ 汽船、火車等所裝的發聲器。

**汽船** ㄑㄧˋ ㄔㄨㄢˊ 用蒸汽機為動力的船。

**汽艇** ㄑㄧˋ ㄊㄧㄥˇ 也稱摩托艇。以內燃機為動力的小船。

**汽機** ㄑㄧˋ ㄐㄧ 用熱力發生水蒸氣作原動力的機械。

**汽燈** ㄑㄧˋ ㄉㄥ 一種以汽油為燃料的照明用具。點燃以後，本身的熱能使煤油化為蒸汽，噴在紗罩上，發出極亮的白色光。以前大型夜間集會常用汽燈來照明。

**汽鍋** ㄑㄧˋ ㄍㄨㄛ 汽機的一部分，是燒水使發生蒸氣的大鍋。

**汽鎚** ㄑㄧˋ ㄔㄨㄟˊ 一種動力驅動的大鎚。汽力將鎚舉到一定的高度放下，把樁打入地下。是建築業常用的機具。

**汽水(兒)** ㄑㄧˋ ㄕㄨㄟˇ (ㄦ) 夏天飲料，碳酸水加香料和糖製成，能止渴助消化。

**汽輾(子)** ㄑㄧˋ ㄋㄧㄢˇ (˙ㄗ) 〔方〕也作汽碾子。用汽機的力量推動碾形物來軋平路面。簡稱「輾子」，也叫「壓路機」。

**汽輪機** ㄑㄧˋ ㄌㄨㄣˊ ㄐㄧ 也稱蒸汽渦輪機，是將蒸汽化為動力的原動機。

**汽車公害** ㄑㄧˋ ㄔㄜ ㄍㄨㄥ ㄏㄞˋ 汽車所排放的廢氣或發出的噪音超過公共標準的限度，使人不安，生活的舒適和心理的健康都受到影響。

**汽車旅館** ㄑㄧˋ ㄔㄜ ㄌㄩˇ ㄍㄨㄢˇ 駕車旅行人中途投宿的旅館。

**汽電共生** ㄑㄧˋ ㄉㄧㄢˋ ㄍㄨㄥˋ ㄕㄥ 以煤炭、燃油、廢棄物等做燃料，同時產生熱能和電能，以應需用，節約能源。這種整套裝置稱為「汽電共生系統」。可分兩種：一種是先發電，再利用發電後的餘熱來做工；一種是先產生熱能來做工，再利用排出的熱能來發電。

**沁** ㄑㄧㄣˋ ㈠水名，在山西。㈡〔文〕滲入。如「沁人心脾」。

**沁人心脾** ㄑㄧㄣˋ ㄖㄣˊ ㄒㄧㄣ ㄆㄧˊ 形容吸入芳香之氣，或喝了可口的飲料，而令人有舒適的感覺。也形容優美的詩文或音樂極為動人。

**汧** ㄑㄧㄢ ㈠水名，在陝西省。㈡〔文〕隄防潰壞，水流出的池澤。

**沚** ㄓˇ 水（江河湖泊）裡邊小塊的陸地。

**沉** ㄔㄣˊ ㈠沒在水裡，和「浮」相反。如「石沉大海」「載浮載沉」。㈡泛指下陷。如「基地下沉」。㈢分量重，責任重。如「這個擔子好沉」。㈣由重引伸作「挪不動」。如「這人屁股真沉，一坐就是半天」。㈤謹慎，不粗率。如「沉著」「沉毅」。㈥遲疑。如「沉吟」。㈦過分嗜愛。如「沉迷」「沉溺」。㈧深切。如「沉思」「沉痛」。㈨停頓，延緩。如「這事沉一沉再辦」。㈩重壓的感覺。如「天氣陰沉」。(十一)靜寂。如「沉靜」「沉寂」。(十二)表示程度深。如「沉睡」「沉醉」。(十三)見「沉沉」。(十四)作色發怒。如「沉下臉來」。(十五)抑制。如「沉住氣」。(十六)〔方〕小睡。如「沉了個盹兒」。

**沉沒** ㄔㄣˊ ㄇㄛˋ ①整個兒浸入水裡。②〔文〕埋沒不能出頭。

**沉沉** ㄔㄣˊ ㄔㄣˊ ①睡眠或醉酒的程度很深的樣子。如「沉沉地睡」。②深重的樣子。如「暮氣沉沉」。③〔文〕房屋深邃的樣子。

**沉吟** ㄔㄣˊ ㄧㄣˊ ①遲疑不決。②深思。

**沉勇** ㄔㄣˊ ㄩㄥˇ 図深沉而勇敢。

**沉厚** ㄔㄣˊ ㄏㄡˋ 深沉而厚重。

**沉思** ㄔㄣˊ ㄙ 深思。

**沉重** ㄔㄣˊ ㄓㄨㄥˋ ①沉靜莊重。②物體重量很大。③病很重。

**沉香** ㄔㄣˊ ㄒㄧㄤ 瑞香科植物，是名貴的香料。木材質堅，色黑，在水裡會沉下去。木脂呈黑色，有香味（可作線香），所以名叫「沉香」。

**沉冤** ㄔㄣˊ ㄩㄢ 很難洗刷的冤屈。

**沉浮** ㄔㄣˊ ㄈㄨˊ 図比喻人事的盛衰消長。如「宦海沉浮，不堪回首」。

**沉浸** ㄔㄣˊ ㄐㄧㄣˋ 浸在水裡。也比喻生活在某種情境或思維活動之中。如「結婚以後，他們沉浸在快樂與甜蜜之中」。

**沉痾** ㄔㄣˊ ㄜ 図拖了很久的重病。

**沉迷** ㄔㄣˊ ㄇㄧˊ 迷醉於所喜歡的事，受害都不覺悟。

**沉寂** ㄔㄣˊ ㄐㄧˋ ①靜寂。②沒有音信。③図韜光養晦。

**沉淪** ㄔㄣˊ ㄌㄨㄣˊ ①沉沒。②比喻墮落。

**沉船** ㄔㄣˊ ㄔㄨㄢˊ 沉沒的船。

**沉陷** ㄔㄣˊ ㄒㄧㄢˋ 沉沒，陷落。

**沉湎** ㄔㄣˊ ㄇㄧㄢˇ 図迷上某種事物，不能自覺。本意是有了酒癮，每天非喝不可。

**沉痛** ㄔㄣˊ ㄊㄨㄥˋ ①通悲傷。②文詞痛切。

**沉悶** ㄔㄣˊ ㄇㄣˋ ①不豁爽，指精神或天氣。②滯塞。如「近來局勢很沉悶」。

**沉溺** ㄔㄣˊ ㄋㄧˋ ①深入水裡。②積習太深。

**沉著** ㄔㄣˊ ㄓㄨㄛˊ 不浮躁，指人的性情、舉止。

**沉痼** ㄔㄣˊ ㄍㄨˋ 図積久難治的疾病。也作「沉痾」。

**沉落** ㄔㄣˊ ㄌㄨㄛˋ 沉沒墜落。如「大星沉落」。

**沉雷** ㄔㄣˊ ㄌㄟˊ 低沉的雷聲。

**沉滯** ㄔㄣˊ ㄓˋ ①凝積不散。②積悶。

**沉睡** ㄔㄣˊ ㄕㄨㄟˋ 鼾睡。睡得很熟的樣子。

**沉毅** ㄔㄣˊ ㄧˋ 図深沉而勇決。

**沉箱** ㄔㄣˊ ㄒㄧㄤ 建造海隄的箱形設備。施工時先將它沉入海底，然後拋石並灌入混凝土以填實，作為建築物的基礎。

**沉醉** ㄔㄣˊ ㄗㄨㄟˋ ①喝酒大醉。②陶然於某種事物或意境。

**沉澱** ㄔㄣˊ ㄉㄧㄢˋ 液體中不溶解的物質，往下面沉積。

**沉靜** ㄔㄣˊ ㄐㄧㄥˋ 沉默安靜。

**沉默** ㄔㄣˊ ㄇㄛˋ 深沉不多話。

**沉穩** ㄔㄣˊ ㄨㄣˇ 沉著穩重。如「舉止沉穩」。

**沉鬱** ㄔㄣˊ ㄩˋ 図深沉蘊積。

**沉住氣** ㄔㄣˊ ㄓㄨˋ ㄑㄧˋ 沉著而不生氣。

**沉積物** ㄔㄣˊ ㄐㄧ ㄨˋ 沉積在陸地或水底的礦物質或有機物質。

**沉水植物** ㄔㄣˊ ㄕㄨㄟˇ ㄓˊ ㄨˋ 指生命週期都在水底下度過的植物類別，與挺水植物的荷花或浮水植物的大水萍不同。

**沉甸甸的** ㄔㄣˊ ㄉㄧㄢ ㄉㄧㄢ ˙ㄉㄜ 分量很重的樣子。

**沉魚落雁** ㄔㄣˊ ㄩˊ ㄌㄨㄛˋ ㄧㄢˋ 語出〈莊子〉，今人用來形容女子的美貌。

## 沖（冲）

ㄔㄨㄥ ㈠用水洗。如「沖洗」「把壺底沖乾淨」。

㈡用開水澆。如「沖茶」「開水沖服」。㈢被大水衝破或捲走。如「沖破隄防」。㈣直向上飛。如「一飛沖天」。㈤發怒的樣子。如「怒氣沖沖」。㈥衝突。如「沖犯」。㈦吉凶運氣的破解。如「沖喜」。㈧〔文〕幼小。如「沖幼」。㈨〔文〕空虛。如「大盈如沖」「謙沖」。㈩〔文〕和平。如「沖和」。

**沖天** ㄔㄨㄥ ㄊㄧㄢ 直上天空。

**沖幼** ㄔㄨㄥ ㄧㄡˋ 〔文〕幼小。

**沖犯** ㄔㄨㄥ ㄈㄢˋ 牴觸而冒犯。

**沖床** ㄔㄨㄥ ㄔㄨㄤˊ 壓力較小，沖程較短，主要用於板料沖壓的壓力機。

**沖沖** ㄔㄨㄥ ㄔㄨㄥ ①〔文〕鑿冰聲。②生氣的樣子。如「怒沖沖」。

**沖刷** ㄔㄨㄥ ㄕㄨㄚ ①洗除附著的髒物。②受到水流或波浪的沖擊，河渠或海岸等土壤產生剝蝕的現象。

**沖和** ㄔㄨㄥ ㄏㄜˊ 〔文〕性情和平。

**沖服** ㄔㄨㄥ ㄈㄨˊ 服藥的方法，用開水或藥水把藥化開吃下去。

**沖洗** ㄔㄨㄥ ㄒㄧˇ ①用水沖去髒物。②將曝光的膠捲兒顯影、定影。如「沖洗照片」。

**沖退** ㄔㄨㄥ ㄊㄨㄟˋ 〔文〕謙讓。

**沖帳** ㄔㄨㄥ ㄓㄤˋ 收支帳目互相抵銷，或應支付的兩戶款項互相抵銷。

**沖淡** ㄔㄨㄥ ㄉㄢˋ ①〔文〕也作「沖澹」，謙虛淡泊的意思。②降低濃度。

**沖涼** ㄔㄨㄥ ㄌㄧㄤˊ 用水沖洗，使身體感覺涼快。

**沖喜** ㄔㄨㄥ ㄒㄧˇ 舊時一種帶有迷信色彩的習俗，在即將發生凶事之前，趕辦喜事，藉此破除不祥，叫沖喜。如家有男子已訂婚而病重，即時迎娶成禮，以求病癒。

**沖虛** ㄔㄨㄥ ㄒㄩ 〔文〕①沖淡空虛，無所拘牽。②凌空。

**沖模** ㄔㄨㄥ ㄇㄨˊ 沖壓用的模具。

**沖銷** ㄔㄨㄥ ㄒㄧㄠ 對會計方面已作的某一分錄，另作一項分錄，來改正前一項需要調整的分錄。

**沖霄** ㄔㄨㄥ ㄒㄧㄠ 一直飛上雲霄。

**沖積** ㄔㄨㄥ ㄐㄧ 高地的水向下流時，帶走砂礫、泥土，在河谷或河口的窪地上沉積而成土壤。黃河、長江、尼羅河都有這種現象。

**沖天炮** ㄔㄨㄥ ㄊㄧㄢ ㄆㄠˋ 鞭炮的一種。點燃引線之後，可以飛升天空，然後爆炸。沖也作「衝」。

**沖積層** ㄔㄨㄥ ㄐㄧ ㄘㄥˊ 地質學名詞。河流把上游的砂礫、黏土、泥炭等沖下來，沿岸堆集而成的地層。

**沖壓機** ㄔㄨㄥ ㄧㄚ ㄐㄧ 用來測試電器或絕緣材料承受電壓性能的設備。

## 沙 ㄕㄚ

㈠很細的石粒。如「泥沙」「飛沙走石」。㈡水邊缺乏黏質的土地。如「沙灘」「沙田」。㈢聲音嘶啞。如「沙啞」。㈣瓜果過分成熟，原質鬆散而呈微粒。如「沙瓤兒西瓜」。㈤細碎而呈顆粒的東西。如「豆沙」「沙金」。㈥物體表面粗糙呈細粒狀的。如「這個桌子漆噴得不好，面兒上發沙」。㈦用泥沙做成的東西。如「沙鍋」「沙紙」。㈧〔文〕揀選。如「沙汰」。㈨姓。

**沙土** ㄕㄚ ㄊㄨˇ 沙與黏土的混合物，沙質較多。

**沙子** ㄕㄚ ㄗ˙ 極碎極小的石粒。

**沙丘** ㄕㄚ ㄑㄧㄡ 沙漠、河岸、海濱等地因風造成的砂礫丘陵。

**沙田** ㄕㄚ ㄊㄧㄢˊ 江海旁邊細沙淤積的田地。

**沙汰** ㄕㄚ ㄊㄞˋ 因揀選，淘汰。〈北齊書〉有「又沙汰尚書郎，妙選人地以充之」。

**沙拉** ㄕㄚ ㄌㄚ 圖英文 salad 的音譯，是涼拌的意思。

**沙門** ㄕㄚ ㄇㄣˊ 指已依佛教戒律出家修道的人，原是梵文 srmana 的音譯，現在已較少用。

**沙陀** ㄕㄚ ㄊㄨㄛˊ ①中國歷史上的部落名，是西突厥的處月部。又名沙陀突厥。五代後唐、後晉和後漢，都是沙陀人建立的，後來逐漸漢化。②複姓。

**沙洲** ㄕㄚ ㄓㄡ 河道中間由泥沙淤積成的陸地。

**沙茶** ㄕㄚ ㄔㄚˊ 一種調味品，有辛辣的味道。

**沙參** ㄕㄚ ㄕㄣ 桔梗科，多年生草本植物，有白色乳汁。根粗大，長胡蘿蔔形。莖直立，不分枝。葉呈卵形。秋天開藍色的花。多生於山野草叢中。產於我國華東和中南各地。根可作藥材，稱為南沙參，有養陰清肺、養胃生津等功效。

**沙啞** ㄕㄚ ㄧㄚˇ 聲音嘶啞。

**沙梨** ㄕㄚ ㄌㄧˊ 薔薇科，落葉喬木。葉呈卵形，葉緣有刺芒狀鋸齒。傘形總狀花序，花呈白色。果實呈圓錐形。萼片常脫落。性喜溫溼。多用移枝繁殖。適應力強，分布很廣，以我國長江流域以南地區栽培較多。果肉脆而多汁，可供食用。

**沙眼** ㄕㄚ ㄧㄢˇ 傳染性眼病，眼皮內發炎，有粒狀物像沙一樣。也寫作砂眼。

**沙粒** ㄕㄚ ㄌㄧˋ 細碎的顆粒。

**沙袋** ㄕㄚ ㄉㄞˋ 也作「沙包」。拿口袋裝沙縫好，是練拳或戰時堆疊作防禦工事用的。

**沙場** ㄕㄚ ㄔㄤˇ 平沙曠野，普通用來稱戰場。

**沙棱** ㄕㄚ ㄌㄥˊ 棱字輕讀。食物鬆脆不細膩。

**沙發** ㄕㄚ ㄈㄚ 圖英文 sofa 的音譯，是西式坐椅的一種。靠背寬厚，矮腳，裝有彈簧。

**沙漠** ㄕㄚ ㄇㄛˋ 浮沙造成的大荒地，雨量極少，草木不生。也作「沙幕」「沙磧」。

**沙漏** ㄕㄚ ㄌㄡˋ ①古人計時的器具。②濾水器。

**沙暴** ㄕㄚ ㄅㄠˋ 又稱「塵暴」。風挾帶著大量塵沙或乾土，從三十公尺以下的低空經過，而使空氣混濁、天色昏暗的現象。

**沙盤** ㄕㄚ ㄆㄢˊ 地理教學的教具。用大木盤盛沙土，再設種種模型，隨時放置，可以幫助學生對山河地形的想像與了解。

**沙嘴** ㄕㄚ ㄗㄨㄟˇ 向海突出的一種低平狹隘的海岸堆積地貌。

**沙磧** ㄕㄚ ㄑㄧˋ 沙漠。

**沙糖** ㄕㄚ ㄊㄤˊ 用蔗糖精製成顆粒狀而質地較鬆的糖。

**沙龍** ㄕㄚ ㄌㄨㄥˊ 圖法語 salon（客廳）的音譯，現在專指文化集會，也指出售飲料給知識分子討論文學或時事的公開場所。

**沙彌** ㄕㄚ ㄇㄧˊ 初出家的人（就是小和尚）的稱呼。

**沙鍋** ㄕㄚ ㄍㄨㄛ 炊具，用泥沙燒成的鍋。

**沙雞** ㄕㄚ ㄐㄧ 鳥綱，沙雞科。外形似鴿，喙短而微曲。翅尖長，飛得很快。常棲息於亞洲、非洲的沙漠和草原地帶。主食種子。為不定性的冬候鳥。肉可食，尾羽可供裝飾用。

**沙礫**（ㄕㄚ ㄌㄧˋ） 細碎的沙石。

**沙囊**（ㄕㄚ ㄋㄤˊ） ①沙袋，裡面裝沙石，作為防禦工事。②鳥類消化器官，在前胃與小腸之間。

**沙灘**（ㄕㄚ ㄊㄢ） 水旁的沙地。

**沙鷗**（ㄕㄚ ㄡ） 鷗形目鷗科水鳥，棲息在沙洲上。

**沙果（兒）**（ㄕㄚ ㄍㄨㄛˇ ㄦ） 林檎，像蘋果而小。

**沙丁魚**（ㄕㄚ ㄉㄧㄥ ㄩˊ） 英文 sardine 的音譯，就是鰮魚，產在太平洋的一種小魚，可以製罐頭食品。

**沙肝兒**（ㄕㄚ ㄍㄢ ㄦ） 牛、羊、豬的脾臟。

**沙其馬**（ㄕㄚ ㄑㄧˊ ㄇㄚˇ） 圖一種北方點心。細麵條油炸以後，攙合蜜和奶油，然後切塊食用。

**沙拉油**（ㄕㄚ ㄌㄚ ㄧㄡˊ） （salad oil）原意專指做沙拉調味料時所需的植物油，在臺灣則泛指由植物種子（大部分是黃豆）提煉成的食用油。

**沙瓤兒**（ㄕㄚ ㄖㄤˊ ㄦ） 西瓜中心部鬆散的部分。

**沙文主義**（ㄕㄚ ㄨㄣˊ ㄓㄨˇ ㄧˋ） 資產階級侵略性的民族主義。十八世紀末產生於法國，因法國士兵沙文（Nicolas Chauvin）狂熱擁護拿破侖一世的侵略擴張政策，主張用暴力建立法蘭西帝國而得名。

**沙克疫苗**（ㄕㄚ ㄎㄜˋ ㄧˋ ㄇㄧㄠˊ） 美國人沙克（Salk Vaccine）發明的小兒痲痺預防疫苗，用殺死的病毒製成，分三次接種，有效免疫期三年。

**沙門氏菌**（ㄕㄚ ㄇㄣˊ ㄕˋ ㄐㄩㄣˋ） （Salmonella）一種病原菌，屬於腸桿菌科。人吃了含菌的食物，會引起食物中毒。

**沙漠之舟**（ㄕㄚ ㄇㄛˋ ㄓ ㄓㄡ） 駱駝的別稱。在沙漠裡行走需要靠牠載運。

**沙賓疫苗**（ㄕㄚ ㄅㄧㄣ ㄧˋ ㄇㄧㄠˊ） 一種用來預防小兒痲痺症的口服疫苗。由美國病毒學家沙賓（Albert Bruce Sabin）所發明。是將活的小兒痲痺病毒減弱而製成的疫苗。對於小兒痲痺病毒的三種亞型有預防效果。

**沙盤作業**（ㄕㄚ ㄆㄢˊ ㄗㄨㄛˋ ㄧㄝˋ） 依據模型來作推演的習作。

# 沈

▲ㄕㄣˇ ㈠古國名，在今河南省汝南縣東南。㈡姓。

▲〔文〕ㄔㄣˊ 「沈沈」，深邃的樣子。〈史記・陳涉世家〉有「夥頤！涉之為王，沈沈者」。

# 汭

ㄖㄨㄟˋ ㈠水名，一在江西省，一在甘肅省。㈡〔文〕河水彎曲的地方。

# 沂

ㄧˊ 水名，在山東省。

# 沃

ㄨㄛˋ ㈠〔文〕土地肥美，生產力大。如「肥沃」。㈡〔文〕澆，灌。「如湯沃雪」是「很快可以把他解決」的意思。㈢〔方〕把雞蛋去殼，放在滾水裡煮熟，叫「沃」。這樣煮的雞蛋叫「沃果兒」，也叫「沃雞子兒」。㈣姓。又讀ㄨˋ。

**沃土**（ㄨㄛˋ ㄊㄨˇ） 〔文〕肥沃的土地。

**沃田**（ㄨㄛˋ ㄊㄧㄢˊ） 肥沃的田地。

**沃野**（ㄨㄛˋ ㄧㄝˇ） 〔文〕肥美的田野。

**沃雪**（ㄨㄛˋ ㄒㄩㄝˇ） 〔文〕以熱湯澆雪。比喻事物很容易就被消滅。

**沃壤**（ㄨㄛˋ ㄖㄤˇ） 〔文〕肥土。

**沃灌**（ㄨㄛˋ ㄍㄨㄢˋ） 〔文〕澆灌。

# 汶

ㄨㄣˋ 汶水，汶河，在山東省。

# 汪

ㄨㄤ ㈠深廣的樣子。如「汪洋大海」。㈡水在地上不乾。如「地上汪著水」。㈢液體聚在一個地方。

如「含著一汪子眼淚」。㈣見「汪汪」。㈤姓。

**汪汪** ㄨㄤ ㄨㄤ ①含淚的樣子。②狗叫聲。③〔文〕深廣的樣子。如「汪汪若千頃陂」。④眼睛明亮的樣子。如「水汪汪的眼睛」。

**汪洋** ㄨㄤ ㄧㄤˊ ①水勢浩大。②文章氣勢盛大。③人氣度寬宏。④比喻仁恩廣被。

**沅** ㄩㄢˊ 水名，在湖南省。

## 五筆

**波** ㄅㄛ ㈠水受震動而生的起伏現象。如「波浪」「波濤洶湧」。㈡比喻事情的進行方式像波浪一樣。如「波動」「一波未平，一波又起」。㈢物理學把由彈性體振動所產生的現象叫「波」。如「音波」「光波」「電波」。㈣影響。如「波及」。㈤奔跑。如「奔波」。㈥形容目光。如「秋波」。㈦書法上稱「捺」。〈通雅〉：「凡言波，會所謂捺。」意思就是「折筆」。

又讀ㄆㄛ。

**波及** ㄅㄛ ㄐㄧˊ 影響到，受牽累。

**波折** ㄅㄛ ㄓㄜˊ 事情的曲折或變動。

**波長** ㄅㄛ ㄔㄤˊ 無線電用語，就是電波的前後距離。

**波段** ㄅㄛ ㄉㄨㄢˋ 也稱頻帶。無線電廣播電波波長的分段，分長波、中波、短波、微波等。

**波浪** ㄅㄛ ㄌㄤˋ 水波和浪潮的總稱。

**波紋** ㄅㄛ ㄨㄣˊ ①水紋。②像水波似的紋。

**波動** ㄅㄛ ㄉㄨㄥˋ ①曲線式的變動。如「物價波動」。②水波起伏、動盪。蔡邕〈彈指賦〉：「風飄波動，若飛若浮。」③物理學上指「一系列粒子形成波形的運動」。像是一根弦受到振動，就會形成波動。④心理學上指「注意作用的起伏狀態」。

**波稜** ㄅㄛ ㄌㄥˊ 菜名，也作菠稜菜、菠菜。

**波蕩** ㄅㄛ ㄉㄤˋ 〔文〕比喻社會不安寧。也作「波盪」。

**波濤** ㄅㄛ ㄊㄠ 波浪。

**波羅** ㄅㄛ ㄌㄨㄛˊ 熱帶水果，臺灣叫「鳳梨」。

**波瀾** ㄅㄛ ㄌㄢˊ ①同「波浪」。②比喻文勢的起伏或變動。

**波形板** ㄅㄛ ㄒㄧㄥˊ ㄅㄢˇ 一種做建築材料用的表面有波形起伏凹凸的塑膠薄板。

**波羅蜜** ㄅㄛ ㄌㄨㄛˊ ㄇㄧˋ ①水果名。果實呈橢圓形，可以吃。木材可供建築。原產印度。②梵文pāramitā的音譯。波羅蜜多的略稱。佛教裡圓滿無缺，度人到彼岸的意思。

**波稜蓋（兒）** ㄅㄛ ㄌㄥˊ ㄍㄞˋ ㄦ 〔方〕北京話，指「膝蓋」。

**波詭雲譎** ㄅㄛ ㄍㄨㄟˇ ㄩㄣˊ ㄐㄩㄝˊ 〔文〕波瀾起伏，浮雲變幻。①比喻世事變化莫測。②形容文章的變化非常巧妙。

**波濤洶湧** ㄅㄛ ㄊㄠ ㄒㄩㄥ ㄩㄥˇ ①形容海浪起伏很大。②比喻情勢十分危急。③比喻文章的浩瀚壯闊。

**波瀾壯闊** ㄅㄛ ㄌㄢˊ ㄓㄨㄤˋ ㄎㄨㄛˋ 比喻氣勢、風氣、潮流十分壯大。

**波瀾起伏** ㄅㄛ ㄌㄢˊ ㄑㄧˇ ㄈㄨˊ 波浪此起彼落。比喻事情的變化莫測。

**泊** ㄅㄛˊ ㈠船靠岸。如「泊岸」「停泊」。㈡湖沼。如「湖泊」「梁山泊」。㈢棲止。如「漂泊」。㈣安適而少欲望。如「澹泊」。

又讀ㄆㄛˋ。

**泊車** ㄅㄛˊ ㄔㄜ 把車子停好。泊是英語park的音譯。

**泊岸** ㄅㄛˊ ㄢˋ 把船停靠在岸邊。

**泵** ㄅㄥˋ 幫浦（pump）抽水機，也叫唧筒。譯名「邦浦」。

**泡** ▲ㄆㄠˋ ㈠在水面上浮著的，包有空氣的球狀物，大的叫泡，小的叫沫。如「氣泡」「水泡」。㈡表皮受燙傷或內部鼓膿而起的圓凸狀。如「燎漿泡」「走得腳底起泡」。㈢用水沖浸。如「泡茶」「把髒衣服泡在盆裡」。㈣像氣泡一樣很快消失。如「泡影」。
▲ㄆㄠ ㈠質地鬆散。如「鬆泡」「這蘋果泡泡的，不好吃」。㈡尿，一次或一灘叫「一泡」。如「撒一泡尿」「地上有一泡尿」。

**泡沫** ㄆㄠˋ ㄇㄛˋ 見「泡」（ㄆㄠˋ）㈠。

**泡茶** ㄆㄠˋ ㄔㄚˊ 用滾開的水沖茶。也作「沏茶」。

**泡貨** ㄆㄠ ㄏㄨㄛˋ 因體積大，重量輕的東西。

**泡湯** ㄆㄠˋ ㄊㄤ 事情沒有結果；多指託付別人的事情得不到結果，或因他人失信而受損。如「湊了一筆錢借給他做生意，結果泡湯了，一毛錢也收不回來」。

**泡菜** ㄆㄠˋ ㄘㄞˋ 用鹽、大蒜、辣椒、糖、酒等加上涼開水，再把大白菜、白蘿蔔等放在一起浸泡，做成泡菜，用來佐餐。各地做法並不相同。韓國泡菜樣式更多。

**泡飯** ㄆㄠˋ ㄈㄢˋ ①指加水重新煮的飯。②用熱開水沖泡食用的飯。

**泡影** ㄆㄠˋ ㄧㄥˇ 比喻事情很容易幻滅。

**泡麵** ㄆㄠˋ ㄇㄧㄢˋ 一種速食麵，用熱開水沖泡就可以吃的麵。

**泡沫車** ㄆㄠˋ ㄇㄛˋ ㄔㄜ 為消除石油、瓦斯等引起的火災而使用的車輛，裝有化學泡沫滅火劑，用噴槍滅火。

**泡泡糖** ㄆㄠ ㄆㄠ ㄊㄤˊ 第二個泡字輕讀。一種口香糖，嚼過以後可以用舌頭頂薄吹出氣泡來。

**泡蘑菇** ㄆㄠˋ ㄇㄛˊ ㄍㄨ 菇字輕讀。故意糾纏，拖延時間。如「你快走吧，少泡蘑菇」。

**泡沫橡膠** ㄆㄠˋ ㄇㄛˋ ㄒㄧㄤˋ ㄐㄧㄠ 膠乳經發泡劑起泡後凝固而成的多孔質海綿橡膠。是寢具、家具等的膠墊材料。

**泮（頖）** 図ㄆㄢˋ ㈠融化。如「冰泮之先春」。㈡舊時縣學叫泮，科舉時代童子入學為生員叫「入泮」。

**沫** ㄇㄛˋ ㈠水面的小泡。㈡口水。如「唾沫」。㈢図已，停止。〈楚辭〉有「身服義而未沫」。

**沫子** ㄇㄛˋ ˙ㄗ 水面上的小泡兒。

**沬** 図ㄇㄟˋ 天曚曚亮兒。

**泌** ▲ㄇㄧˋ 水分從細孔排出來。如「分泌」「泌尿」。
▲ㄅㄧˋ ㈠是ㄇㄧˋ的又讀。㈡水名，在河南省。「泌陽」，是河南省縣名。

**泌尿科** ㄇㄧˋ ㄋㄧㄠˋ ㄎㄜ 研究或診治有關泌尿系統病症的醫學分類。

**泌尿器** ㄇㄧˋ ㄋㄧㄠˋ ㄑㄧˋ 分泌尿液的器官，如腎臟、膀胱、泌尿管等。

**泯** 図ㄇㄧㄣˇ 消除淨盡。如「良心未泯」。

**泯沒** ㄇㄧㄣˇ ㄇㄛˋ 図形跡消滅。

**泯滅** ㄇㄧㄣˇ ㄇㄧㄝˋ 図滅絕。

**法** ▲ㄈㄚˇ ㈠制度。如「憲法」。㈡有一定規則可以遵行的。如「法律」「民法」。㈢有一定的技巧值得模仿的。如「書法」「文法」。㈣程式。如「方法」「如何做法」。㈤尊稱人家的書畫作品。如「法書」「法繪」。㈥佛教稱一切事理叫法。如「佛法」「現身說法」。㈦尊稱佛家。如「法師」。㈧方術。如「道士作法」。㈨仿效。如「效法」「法古今完人」。㈩姓。

▲ㄈㄚˊ見「法子」。

▲ㄈㄚ見「沒法兒」。

▲ㄈㄚˋ國名—法蘭西。又讀ㄈㄚˇ。

**法人** ㄈㄚˇ ㄖㄣˊ 法律上說「非自然人」，是法律規定的權利義務的主體，分「公法人」「私法人」。

**法力** ㄈㄚˇ ㄌㄧˋ 佛法或道法的力量。

**法子** ㄈㄚˊ ㄗ˙ 方法。法子的法原是上聲字，在「子」字前變陽平。

**法令** ㄈㄚˇ ㄌㄧㄥˋ 法律與命令的合稱。凡是立法機關制定並經公布的法規，通稱法或法律；行政機關制定公布的法規，通稱令或命令。

**法名** ㄈㄚˇ ㄇㄧㄥˊ 出家為僧時另起的名字。也作「法號」。

**法式** ㄈㄚˇ ㄕˋ ①方法。②標準。

**法旨** ㄈㄚˇ ㄓˇ 佛家語，指佛法的旨意。

**法衣** ㄈㄚˇ ㄧ ①和尚穿的袈裟。②法官出庭時穿的袍服。

**法系** ㄈㄚˇ ㄒㄧˋ 因不同社會的發展所產生的不同的法律系統。主要有英美法系和大陸法系。

**法事** ㄈㄚˇ ㄕˋ 佛事。佛教所舉行的各種儀式。

**法典** ㄈㄚˇ ㄉㄧㄢˇ 聚集同一種性質的規則，成為一部繁重的律書，叫做「法典」。

**法制** ㄈㄚˇ ㄓˋ 泛指國家的法律和制度。

**法定** ㄈㄚˇ ㄉㄧㄥˋ 法律上已有明文規定的。

**法官** ㄈㄚˇ ㄍㄨㄢ 有廣義、狹義兩種。廣義的法官，包括推事與檢察官；推事隸屬於司法院，檢察官隸屬於行政院，工作各不相同。狹義的不包括檢察官。

**法帖** ㄈㄚˇ ㄊㄧㄝˋ 供人臨摹的名人書法搨印本。

**法治** ㄈㄚˇ ㄓˋ 依循法律而施行的政治制度。如「法治國家」「法治社會」。

**法物** ㄈㄚˇ ㄨˋ 也作法器。①佛家使用的法器。②舊時指皇室祭祀所用的器物。

**法門** ㄈㄚˇ ㄇㄣˊ ①初步修行的人所必經的途徑。②通稱治學或做事的途徑。如「不二法門」。

**法則** ㄈㄚˇ ㄗㄜˊ ①規律。②可以做標準的法式。

**法度** ㄈㄚˇ ㄉㄨˋ ①法令、制度等一定的程式。②標準的量制。③方法。

**法律** ㄈㄚˇ ㄌㄩˋ 由國家立法機關制定，政府執行，國民遵守，形之於文字的行為準則。

**法政** ㄈㄚˇ ㄓㄥˋ 舊時法律政治的合稱。如「法政學堂」。

**法相** ㄈㄚˇ ㄒㄧㄤˋ ①佛家語，指一切事物的內在本體和外在形象。②日本內閣法務省大臣（法務部部長）的略稱。

**法紀** ㄈㄚˇ ㄐㄧˋ 國家的法律，社會的紀律，合稱法紀。

**法郎** ㄈㄚˋ ㄌㄤˊ 〔音〕法國、瑞士等國的本位貨幣。法又讀ㄈㄚˇ。

**法家** ㄈㄚˇ ㄐㄧㄚ ①古時九流之一，以尚法明刑為主，最初出現在戰國時代，最著名的有李悝（ㄎㄨㄟ）、商鞅、韓非等。②〔文〕同「方家」，指有名的大家。

**法師** ㄈㄚˇ ㄕ 尊稱有道行的和尚或道士。

**法庭** ㄈㄚˇ ㄊㄧㄥˊ 法院裡審判民刑訴訟案件的場所。

**法書** ㄈㄚˇ ㄕㄨ 尊稱別人的書法。

**法案**（ㄈㄚˇ ㄢˋ） 指法律案。法案的提出，必須經過立法程序。

**法院**（ㄈㄚˇ ㄩㄢˋ） 行使司法權的國家機關，處理民刑案件。分地方、高等、最高三級。法院裡審理案件的場所叫法庭。

**法國**（ㄈㄚˇ ㄍㄨㄛˊ） 歐洲西部國家法蘭西共和國的簡稱，首都巴黎。面積約五十五萬平方公里，人口五千多萬，信奉天主教，以法蘭西語為國語。法又讀ㄈㄚˊ。

**法理**（ㄈㄚˇ ㄌㄧˇ） 法律的基本精神與學理。

**法眼**（ㄈㄚˇ ㄧㄢˇ） ①佛經所稱的五眼之一。與慧眼同為可以洞見事物真相的眼。②泛指洞察事物的敏銳的眼力。如「這種騙術難逃您的法眼」。③高超的審美能力。如「這一件作品不能上您的法眼」。

**法統**（ㄈㄚˇ ㄊㄨㄥˇ） 統治權力的法律根源。民主國家的法統來自國民的同意。

**法術**（ㄈㄚˇ ㄕㄨˋ） ①法家的學術，如刑名之類。②變化多端的方法。如道教佛教能用符籙驅鬼、除病等。

**法規**（ㄈㄚˇ ㄍㄨㄟ） 法律與命令的總稱。

**法場**（ㄈㄚˇ ㄔㄤˇ） ①宣揚佛法的道場。②執行死刑的場所。

**法會**（ㄈㄚˇ ㄏㄨㄟˋ） 和尚宣講佛法或舉辦宗教儀式的集會。

**法源**（ㄈㄚˇ ㄩㄢˊ） 構成某項法規的本源。

**法幣**（ㄈㄚˇ ㄅㄧˋ） 法律賦予全國通用的貨幣。

**法網**（ㄈㄚˇ ㄨㄤˇ） 法律的嚴密，像羅網一般，犯罪的人無法脫逃。

**法語** ▲ㄈㄚˋ ㄩˇ 法蘭西話。▲[文]ㄈㄚˇ ㄩˇ 正告。〈論語〉有「法語之言能無從乎」。

**法學**（ㄈㄚˇ ㄒㄩㄝˊ） 以法律為主要研究對象的學科。

**法辦**（ㄈㄚˇ ㄅㄢˋ） 依法律規定予以懲罰。

**法螺**（ㄈㄚˇ ㄌㄨㄛˊ） ①用螺殼做成可以出聲的器具。從前行軍用作軍號。②「吹法螺」，笑人說大話。

**法醫**（ㄈㄚˇ ㄧ） 隸屬於法院的專業醫務人員，專為協助偵查因為意外、傷害、殺害的命案或其他有關法律所需，以供審理參證。

**法寶**（ㄈㄚˇ ㄅㄠˇ） ①佛家以法、佛、僧為三寶。②和尚所傳授的衣鉢、錫杖等。③身邊應用物品叫「隨身法寶」。

**法警**（ㄈㄚˇ ㄐㄧㄥˇ） 法院設置的司法警察。

**法權**（ㄈㄚˇ ㄑㄩㄢˊ） 政府對其國民得適用其法律行使統治的權力。

**法碼（兒）**（ㄈㄚˇ ㄇㄚˇ（ㄦ）） 碼字輕讀。天平上所用的重量標準的碼子。也作「砝碼」。

**法文系**（ㄈㄚˇ ㄨㄣˊ ㄒㄧˋ） 以法國文學作為主要研究對象的科系。法又讀ㄈㄚˊ。

**法西斯**（ㄈㄚˇ ㄒㄧ ㄙ） [音]（fascist）原意是指象徵古羅馬帝國官吏權力的束棒。後來成為右派激進獨裁主義的代稱詞。二次大戰前意大利墨索里尼當政時，便是法西斯主義鼎盛的時期。

**法務部**（ㄈㄚˇ ㄨˋ ㄅㄨˋ） 我國負責國家法律行政事務的政府部會，隸屬於行政院。以前稱司法行政部。

**法國號**（ㄈㄚˇ ㄍㄨㄛˊ ㄏㄠˋ） 一種銅製的管樂器，有三個半八度管的音域，音色柔和而高揚，附有按鍵，可作半音演奏。

**法學院**（ㄈㄚˇ ㄒㄩㄝˊ ㄩㄢˋ） 大學裡由各種研究法學領域的科系構成的學院。

**法蘭絨**（ㄈㄚˇ ㄌㄢˊ ㄖㄨㄥˊ） 西洋所產的一種柔薄的毛織品。

**法人團體**（ㄈㄚˇ ㄖㄣˊ ㄊㄨㄢˊ ㄊㄧˇ） 非自然人，而依法享有行使權利和承擔義務的組織。

**法外施仁** ㄈㄚˇ ㄨㄞˋ ㄕ ㄖㄣˊ 按照法律條文的規定量刑，但是因罪犯有可憫之處，特別酌情減輕，以示寬宥。

**法定人數** ㄈㄚˇ ㄉㄧㄥˋ ㄖㄣˊ ㄕㄨˋ 會議時動議、表決、通過議案所必要的最少人數。

**法定代理人** ㄈㄚˇ ㄉㄧㄥˋ ㄉㄞˋ ㄌㄧˇ ㄖㄣˊ 根據法律規定而產生代理權的代理人。通常指未成年人的父母。

**法定傳染病** ㄈㄚˇ ㄉㄧㄥˋ ㄔㄨㄢˊ ㄖㄢˇ ㄅㄧㄥˋ 政府有關官署根據國內環境需要，經立法程序規定必須嚴密防治的傳染病。我國的規定是霍亂、鼠疫、天花、傷寒、猩紅熱、狂犬病、回歸熱、白喉等。

**法無三日嚴** ㄈㄚˇ ㄨˊ ㄙㄢ ㄖˋ ㄧㄢˊ 指剛開始執法時很嚴格，不久便鬆懈了。

**法律之前人人平等** ㄈㄚˇ ㄌㄩˋ ㄓ ㄑㄧㄢˊ ㄖㄣˊ ㄖㄣˊ ㄆㄧㄥˊ ㄉㄥˇ 每個人都要受到法律的約束與保障。不論是什麼身分都一樣。

## 沸

▲ㄈㄟˋ ㈠液體加熱，到了沸點會起泡，上下翻滾，叫沸。如「沸騰」「揚湯止沸」。㈡文形容人聲嘈雜。如「鼎沸」。▲文ㄈㄨˊ。見「沸沸」。

**沸水** ㄈㄟˋ ㄕㄨㄟˇ 煮開的水。也作「沸湯」。

**沸沸** ㄈㄨˊ ㄈㄨˊ 文騰湧的樣子。見〈山海經〉。

**沸熱** ㄈㄟˋ ㄖㄜˋ ①液體達到沸點的熱度，形容滾燙的樣子。如「南方吹來沸熱的風」。②形容高度的熱情。如「沸熱的心情」。

**沸點** ㄈㄟˋ ㄉㄧㄢˇ 液體加熱而達到沸騰的溫度。水的沸點在標準大氣壓之下是攝氏一百度。水已翻滾起泡。

**沸騰** ㄈㄟˋ ㄊㄥˊ ①液體加熱到沸點時，內部發生蒸氣上沖的現象。②形容人聲嘈雜。如「物議沸騰」。③文水湧出的樣子。

**沸沸揚揚** ㄈㄟˋ ㄈㄟˋ ㄧㄤˊ ㄧㄤˊ 文形容議論紛紛，人多嘴雜，就像是沸騰的水面上氣泡翻滾一樣。〈山海經〉作沸沸（ㄈㄨˊ ㄈㄨˊ）湯湯（ㄕㄤ ㄕㄤ）。

## 泛

ㄈㄢˋ ㈠文浮在水面。如「泛舟」。㈡不切實。如「浮泛」「空泛」。㈢不專指一事。如「泛論」。㈣廣大的。如「廣泛」。㈤通「汎」。如「泛亞」。

**泛宅** ㄈㄢˋ ㄓㄞˊ 文以船為家，生活都在水上。如福建閩江下游的蜑（ㄉㄢˋ）人（當地俗稱「曲蹄子」）。

**泛舟** ㄈㄢˋ ㄓㄡ 文坐船浮遊水上。

**泛泛** ㄈㄢˋ ㄈㄢˋ 普通的，淺薄的。如「泛泛之交」。

**泛論** ㄈㄢˋ ㄌㄨㄣˋ 概括的議論。

## 泰

ㄊㄞˋ ㈠〈易經〉卦名，乾下坤上，表示順適如意。如「否（ㄆㄧˇ）極泰來」。㈡舒適，安樂。如「身體康泰」「國泰民安」。㈢安定，鎮靜。如「處之泰然」。㈣奢侈。如「奢泰」。㈤文通暢。如「天地交泰」。㈥同「太」。如「泰山」「泰半」「泰過」。㈦極。如「泰古」「泰西」（從前指歐美國家）。㈧泰國（亞洲國名，原名暹羅）的簡稱。㈨姓。

**泰山** ㄊㄞˋ ㄕㄢ ①我國五嶽之一，在山東省西部，習稱東嶽，又稱岱宗、岱嶽。主峰在泰安縣東北，海拔高一千五百二十四公尺。②岳父的別稱。原因有二：❶泰山有個丈人峰，丈人是岳父的意思。❷傳說唐玄宗封禪泰山，百官都升一級，張說任封禪使，他的女婿鄭鎰，卻由九品升高到五品，當時有「泰山之力也」的話。（見〈酉陽雜俎〉）。

**泰斗** ㄊㄞˋ ㄉㄡˇ 「泰山北斗」的簡省詞，比喻人的學術高超為眾所景仰。

**泰水** ㄊㄞˋ ㄕㄨㄟˇ 岳父既稱泰山，遂謔稱岳母為泰水。

**泰西** ㄊㄞˋ ㄒㄧ 明、清時稱西方的歐美各國。

**泰國** ㄊㄞˋ ㄍㄨㄛˊ 亞洲東南部的王國，舊稱暹羅。首都曼谷。土地約五十一萬平方公里，人口約五千萬，百分之九十信奉佛教。出口以稻米、錫、玉米、橡膠為大宗。

**泰然** ㄊㄞˋ ㄖㄢˊ 安適自得的樣子。

**泰雅族** ㄊㄞˋ ㄧㄚˇ ㄗㄨˊ 臺灣原住民的一族，分布在臺北縣烏來、南投縣埔里到花蓮縣西北的廣大山地。人口約八萬多人。營農業生活，或兼事漁獵。原信仰泛靈，近來漸多信耶穌教。

**泰山其頹** ㄊㄞˋ ㄕㄢ ㄑㄧˊ ㄊㄨㄟˊ 図比喻所敬重所仰望的賢人逝世。

**泰山梁木** ㄊㄞˋ ㄕㄢ ㄌㄧㄤˊ ㄇㄨˋ 図本是孔子的自喻，後來用作推崇賢者的詞。〈禮記〉有「孔子……歌曰：泰山其頹乎，梁木其壞乎，哲人其萎乎。」

**泰山壓卵** ㄊㄞˋ ㄕㄢ ㄧㄚ ㄌㄨㄢˇ 比喻以最強大的力量壓迫最弱的對手。

**泰山鴻毛** ㄊㄞˋ ㄕㄢ ㄏㄨㄥˊ ㄇㄠˊ 比喻輕重相差很多。用於比喻生命。如「死有重於泰山，有輕於鴻毛」。

## 沺

ㄊㄧㄢˊ 図見「沺沺」。

**沺沺** ㄊㄧㄢˊ ㄊㄧㄢˊ 図水廣大無邊的樣子。

## 沱

ㄊㄨㄛˊ ㈠水名，長江的支流，在四川省。又見「滹」字。㈡見「滂沱」。㈢図掉眼淚。如「出涕沱若」。

## 泥

▲ㄋㄧˊ ㈠土水和（ㄏㄨㄛˋ）在一起。如「爛泥」「泥塑木雕」。㈡搗碎調勻的泥狀物。如「棗泥」「肉泥」。㈢弄髒或已經髒了。如「這衣服泥了」。㈣蟲名。生活在水裡，離開水就會醉，引伸為醉。如「泥洒」。㈤塗刷，裝飾。如「泥金」。㈥形容根基鬆軟。如「泥腳」。

▲図ㄋㄧˋ 執著不知變通。如「拘泥」「泥古」。

▲図ㄋㄧˇ 泥泥：㈠露濃的樣子。〈詩經〉有「零露泥泥」。㈡柔潤的樣子。〈詩經〉有「維葉泥泥」。

**泥丸** ㄋㄧˊ ㄨㄢˊ ①泥土做的彈丸。②道教所說的上丹田，在兩眉之間，指腦。後來稱人頭部為泥丸宮。

**泥土** ㄋㄧˊ ㄊㄨˇ 泥巴與沙土。

**泥巴** ㄋㄧˊ ㄅㄚ 既溼又黏的泥土。

**泥古** ㄋㄧˋ ㄍㄨˇ 図固執古時舊法，不知革新。

**泥沙** ㄋㄧˊ ㄕㄚ 泥巴與沙土。比喻：①沈淪在下。②輕賤不足寶惜的東西。

**泥坯** ㄋㄧˊ ㄆㄧ 已做好還沒入窯煅燒的陶器。也作「泥胎兒」。

**泥沼** ㄋㄧˊ ㄓㄠˇ ①爛泥很深的水坑。②同泥淖（ㄋㄠˋ）。比喻難脫出的困境。如「敵軍進退兩難，有如陷於泥沼之中」。

**泥金** ㄋㄧˊ ㄐㄧㄣ 用金箔碎屑貼在東西上做裝飾，或用在書畫上。

**泥胎** ㄋㄧˊ ㄊㄞ 泥塑的神像。

**泥塘** ㄋㄧˊ ㄊㄤˊ 泥濘的窪地。

**泥腳** ㄋㄧˊ ㄐㄧㄠˇ ①泥質的基址。比喻根基不固，容易推倒。②比喻處事遭遇困難，不容易擺脫。

**泥潦** ㄋㄧˊ ㄌㄠˇ 泥水聚集的地方。

**泥漿** ㄋㄧˊ ㄐㄧㄤ 泥土含水分很多，已呈液狀。

**泥濘** ㄋㄧˊ ㄋㄧㄥˋ 雨後地上水已與泥土混合，行走不便。

**泥鰍**(ㄋㄧˊ ㄑㄧㄡ) 鰍字輕讀，也作「鰌」。生活在泥巴裡的一種魚，比鱔小。

**泥人(兒)**(ㄋㄧˊ ㄖㄣˊ(ㄦ)) ①泥製的人像。②渾身沾滿泥土的人。如「他學捏陶，弄得像個泥人(兒)」。

**泥水匠**(ㄋㄧˊ ㄕㄨㄟˇ ㄐㄧㄤˋ) 造房屋的瓦匠。也叫「泥瓦匠」。

**泥火山**(ㄋㄧˊ ㄏㄨㄛˇ ㄕㄢ) 挾帶著水、泥、砂和岩屑的地下天然氣體，在壓力作用下不斷噴出地面所堆成的泥丘。多在溫泉或火山地帶，高只幾公尺。

**泥娃娃**(ㄋㄧˊ ㄨㄚˊ ㄨㄚ) 第二個娃字輕讀。小孩兒的玩具，是泥塑的人形。

**泥菩薩**(ㄋㄧˊ ㄆㄨˊ ㄙㄚˋ) 泥土塑成的菩薩像。一般常用「泥菩薩過江」來比喻自身難保。

**泥牛入海**(ㄋㄧˊ ㄋㄧㄡˊ ㄖㄨˋ ㄏㄞˇ) 被海水溶解，化成泥巴，比喻一去不返。

**泥多佛大**(ㄋㄧˊ ㄉㄨㄛ ㄈㄛˊ ㄉㄚˋ) 泥土多，所塑的佛像也就大。比喻附益的愈多或根基深厚，則成就便愈大。

**泥沙齊下**(ㄋㄧˊ ㄕㄚ ㄑㄧˊ ㄒㄧㄚˋ) 泥與沙隨浪同來。比喻美惡相雜，難以區分。

**泥足巨人**(ㄋㄧˊ ㄗㄨˊ ㄐㄩˋ ㄖㄣˊ) 也作泥塑巨人。比喻外表強大而實際虛弱的龐然大物。

**泥船渡河**(ㄋㄧˊ ㄔㄨㄢˊ ㄉㄨˋ ㄏㄜˊ) 同「泥菩薩過江」。比喻自身難保。

**泥塑木雕**(ㄋㄧˊ ㄙㄨˋ ㄇㄨˋ ㄉㄧㄠ) 也作「木雕泥塑」。形容呆笨不活動。

**泥菩薩過江**(ㄋㄧˊ ㄆㄨˊ ㄙㄚˋ ㄍㄨㄛˋ ㄐㄧㄤ) 自己就有危險，沒工夫助人。

**泐** (文)ㄌㄜˋ ㈠石頭紋理的裂痕。㈡雕刻，引伸為書寫。「手書」作「手泐」(書信用語)。

**沴** (文)ㄌㄧˋ 古人說不正常、對人身體有礙的時氣。如「災沴」(時疫)。

**沴氣**(ㄌㄧˋ ㄑㄧˋ) (文)惡氣。

**泠** ㄌㄧㄥˊ ㈠(文)聲音清澈。㈡(文)清涼。如「清泠」。㈢姓。

**泠泠**(ㄌㄧㄥˊ ㄌㄧㄥˊ) (文)①聲音清澈，水細細流的聲音。如「音泠泠以盈耳」。②聲音洋溢。如「地泠泠動」。③形容微風的清涼。〈楚辭〉有「下泠泠而來風」。

**泔** ㄍㄢ 泔水，是淘米水，或洗食物用剩的渾水。

**沽** ㄍㄨ ㈠賣。如「寄沽」「待價而沽」。㈡買。如「沽酒」「沽名釣譽」。㈢水名，一在山東，一在河北。

**沽名釣譽**(ㄍㄨ ㄇㄧㄥˊ ㄉㄧㄠˋ ㄩˋ) 有意使人讚揚，並非真心做善事。

**況(况)** ㄎㄨㄤˋ ㈠情形。如「近況」「戰況」。㈡(文)比喻。如「以古況今」。㈢表示進一層意思的口氣。如「哥哥力氣大都拿不動，何況小妹」。㈣(文)訪問。如「不遠千里，來況齊國」。

**況且**(ㄎㄨㄤˋ ㄑㄧㄝˇ) 連詞，表示更進一層的口氣。如「路途遙遠，況且沒有車子，怎能去呢」。

**況味**(ㄎㄨㄤˋ ㄨㄟˋ) (文)境況和情味。如「身處冷衙門，況味不好」。

**河** ㄏㄜˊ ㈠流水的通稱。如「內河」「運河」。㈡生長、生活在河川裡的。如「河馬」「河蚌」。㈢黃河的簡稱。如「河套」「河東」。㈣宇宙星群。如「銀河」。㈤(文)見「河漢」。

**河口**(ㄏㄜˊ ㄎㄡˇ) 河流注入海洋、湖泊或支流注入主流的出口處。

**河山**(ㄏㄜˊ ㄕㄢ) 國土。如「還我河山」。也作「山河」。

**河川**(ㄏㄜˊ ㄔㄨㄢ) 大小河流的通稱。

**河工**(ㄏㄜˊ ㄍㄨㄥ) 修治河道的工程。

**河曲**（ㄏㄜˊ ㄑㄩ） 〔文〕河流轉彎的地方。

**河床**（ㄏㄜˊ ㄔㄨㄤˊ） 河底的土地。

**河谷**（ㄏㄜˊ ㄍㄨˇ） 河川兩岸之間低於地平面的部分。

**河流**（ㄏㄜˊ ㄌㄧㄡˊ） 地面水與地下水匯合流動的通道，寬大水多的叫河、江，狹小水少的叫溪。

**河套**（ㄏㄜˊ ㄊㄠˋ） 黃河流經賀蘭山、狼山、大青山時形成一大曲道所包圍的地區。套內渠道交錯，從不氾濫，土地肥沃。所以有「黃河百害，惟富一套」的諺語。

**河畔**（ㄏㄜˊ ㄆㄢˋ） 河邊。

**河蚌**（ㄏㄜˊ ㄅㄤˋ） 河湖泥底所出產的蚌，長約三寸。

**河馬**（ㄏㄜˊ ㄇㄚˇ） 獸名，產在非洲南部，軀體肥大，長一丈多，皮很厚，白天潛在水裡，夜間出來尋食。

**河豚**（ㄏㄜˊ ㄊㄨㄣˊ） 魚名，嘴小腹大，沒有鱗，背淡藍色，腹白色，味美，卵巢及肝臟都有劇毒。

**河魚**（ㄏㄜˊ ㄩˊ） 腹瀉的代詞。〈左傳〉有「河魚腹疾」。

**河港**（ㄏㄜˊ ㄍㄤˇ） 位於江河沿岸的港口。

**河隄**（ㄏㄜˊ ㄉㄧ） 為了防水患所築的隄岸。隄也讀ㄊㄧˊ。

**河溝**（ㄏㄜˊ ㄍㄡ） 小水溝。

**河源**（ㄏㄜˊ ㄩㄢˊ） 黃河發源的地方，在青海省巴顏喀喇山東麓。

**河道**（ㄏㄜˊ ㄉㄠˋ） 河水流通的道路。

**河漢**（ㄏㄜˊ ㄏㄢˋ） 〔文〕①天河。②比喻空言不實。〈莊子〉有「其言猶河漢而無極也」。又作忽視的意思。如「慎勿河漢斯言」。

**河濱**（ㄏㄜˊ ㄅㄧㄣ） 河邊。

**河蟹**（ㄏㄜˊ ㄒㄧㄝˋ） 也稱毛蟹。甲殼綱，方蟹科。頭胸甲方圓形，呈褐綠色。螯足強大，密生絨毛；步足長而扁平。穴居於江河的泥岸內，秋冬之交則遷移到淺海中交配繁殖。是我國主要的經濟蟹類。

**河邊**（ㄏㄜˊ ㄅㄧㄢ） 河流的岸邊。

**河灘**（ㄏㄜˊ ㄊㄢ） 河邊的泥沙地。

**河邊(兒)**（ㄏㄜˊ ㄅㄧㄢ ㄦ） 河畔。

**河沿兒**（ㄏㄜˊ ㄧㄢˊ ㄦ） 河邊，河岸。

**河東獅吼**（ㄏㄜˊ ㄉㄨㄥ ㄕ ㄏㄡˇ） 蘇東坡譏笑友人陳慥（字季常，號龍丘居士）的太太善妒的詩。原文：「龍丘居士亦可憐，談空說有夜不眠，忽聞河東獅子吼，拄杖落手心茫然。」河東是柳姓人士的郡望（指郡中有大族姓柳），陳慥之妻姓柳。獅子吼在佛經裡比喻威嚴，陳慥喜歡談佛，所以有這種譏刺。

**河南梆子**（ㄏㄜˊ ㄋㄢˊ ㄅㄤ ˙ㄗ） 河南地方戲曲之一，流行於河南、陝西、山西。也叫「豫劇」。

**河清海晏**（ㄏㄜˊ ㄑㄧㄥ ㄏㄞˇ ㄧㄢˋ） 〔文〕比喻太平盛世的景象。

**河清難俟**（ㄏㄜˊ ㄑㄧㄥ ㄋㄢˊ ㄙˋ） 〔文〕黃河河水帶有大量泥沙，色黃而濁，舊時偶見清澈，便以為是天下太平的祥瑞之兆。但是何時得見，難以等待。古詩有「俟河之清，人壽幾何」之嘆。

## 泓

ㄏㄨㄥˊ ㈠水名，在河南。㈡形容水深廣。㈢水清的樣子。如「一泓清水」。

## 泲

ㄐㄧˇ ㈠〔文〕清純的酒。㈡水名：①就是濟水，在山東省。②在河北省。

## 沮

▲ㄐㄩ ㈠水名，一在陝西，一在湖北，一在山東。㈡姓。

▲図ㄐㄩˇ ㈠「沮格」就是阻止。㈡「沮壞」「沮敗」，就是敗壞的意思。㈢見「沮喪」。
▲図ㄐㄩˋ 低溼的地方叫「沮洳」。

**沮洳** ㄐㄩˋ ㄖㄨˋ 図低溼；泥濘。

**沮格** ㄐㄩˇ ㄍㄜˊ 図阻止。如「水勢洶湧，難以沮格」。

**沮敗** ㄐㄩˇ ㄅㄞˋ 図沮喪；敗壞。常指戰爭失利。

**沮喪** ㄐㄩˇ ㄙㄤˋ 図失意頹喪。

**沮遏** ㄐㄩˇ ㄜˋ 図阻止壓制。

**洞** ㄐㄩㄥˇ ㈠水又深又廣的樣子。㈡通「迥」。

**泣** ㄑㄧˋ 只掉眼淚而不出聲的哭。如「悲泣」「泣不成聲」。

**泣血** ㄑㄧˋ ㄒㄧㄝˇ 図極悲慟。是子女居父母親喪的詞。如「泣血稽顙」。

**泣訴** ㄑㄧˋ ㄙㄨˋ 哭泣傾訴。

**泣鬼神** ㄑㄧˋ ㄍㄨㄟˇ ㄕㄣˊ 図說人家所作的文章或事情悲壯感人。

**泣不成聲** ㄑㄧˋ ㄅㄨˋ ㄔㄥˊ ㄕㄥ 哭到哭不出聲。形容十分悲傷。

**泅** ㄑㄧㄡˊ 泅水，就是游水。也指潛水到了河底。

**泉** ㄑㄩㄢˊ ㈠水源。如「山泉」「溫泉」。㈡地下、陰間的意思。如「黃泉」「九泉」。㈢古時把錢幣叫泉，叫布。

**泉下** ㄑㄩㄢˊ ㄒㄧㄚˋ 黃泉之下，是說人死後的世界。如「泉下有知」。也作「泉壤」。

**泉石** ㄑㄩㄢˊ ㄕˊ 図指山水勝景。

**泉眼** ㄑㄩㄢˊ ㄧㄢˇ 眼字輕讀。流出泉水的窟窿。

**泉源** ㄑㄩㄢˊ ㄩㄢˊ 水的發源。

**泉石膏肓** ㄑㄩㄢˊ ㄕˊ ㄍㄠ ㄏㄨㄤ 說喜歡遊山玩水成癖的人。和「煙霞痼疾」同義。

**泄（洩）** ▲ㄒㄧㄝˋ ㈠漏水，水向下急流。如「泄水」「水泄不通」。㈡透露祕密。如「泄底」「泄漏軍機」。㈢見「泄氣」。㈣図發散。如「泄憤」「泄恨」。
▲図ㄧˋ 見「泄泄」。

**泄底** ㄒㄧㄝˋ ㄉㄧˇ 把祕密隱情宣揚出來。

**泄泄** ㄧˋ ㄧˋ 図①舒緩的樣子。②眾多的樣子。③鬆懈不振作的樣子。

**泄恨** ㄒㄧㄝˋ ㄏㄣˋ 図把憤恨發散出來。

**泄氣** ㄒㄧㄝˋ ㄑㄧˋ 也作洩氣。①不能保持固有的精力。如「慢慢來，別泄氣」。②笑人薄弱或惡劣。如「這麼輕的東西都拿不動，太泄氣了」。

**泄密** ㄒㄧㄝˋ ㄇㄧˋ 泄漏祕密。

**泄漏** ㄒㄧㄝˋ ㄌㄡˋ 漏露祕密。

**泄憤** ㄒㄧㄝˋ ㄈㄣˋ 図發泄怨恨。

**泄露** ㄒㄧㄝˋ ㄌㄨˋ 透露隱祕。

**泄洪區** ㄒㄧㄝˋ ㄏㄨㄥˊ ㄑㄩ 河邊留待洪水淹沒的地區，禁止建築。

**泄洪道** ㄒㄧㄝˋ ㄏㄨㄥˊ ㄉㄠˋ 人工建造或改造的排放洪水的河道。

**泫** 図ㄒㄩㄢˋ 流淚的樣子。如「泫然涕下」。

**治** ▲ㄓˋ ㈠管理。如「治國」「治家」。㈡辦理。如「治裝」「治喪」。㈢整理，改進。如「治本」「治標」。㈣修整水道。如「治河」「治水」。㈤懲罰，處分。如「處治」「治罪」。㈥醫病。如「治病」「卒告不治」。㈦研究。如「治學」。㈧指國家社會安定。如「治世」「長治久安」。㈨稱省縣政府的所在地。如「縣治」。

▲図ㄔˊ動詞管理、統治之義的讀音。如〈大學〉有「欲治其國者，先齊其家」。

**治水** ㄓˋ ㄕㄨㄟˇ 疏理水道，使它通暢。

**治世** ㄓˋ ㄕˋ 図政治清明，人民安樂的太平盛世。

**治平** ㄓˋ ㄆㄧㄥˊ ①治國平天下。②國家安定。

**治本** ㄓˋ ㄅㄣˇ 從根本上治理。

**治安** ㄓˋ ㄢ 國家社會的安定秩序。

**治軍** ㄓˋ ㄐㄩㄣ 做將軍的人治理軍務。也作「治兵」。

**治家** ㄓˋ ㄐㄧㄚ 治理家事。

**治病** ㄓˋ ㄅㄧㄥˋ 醫病。

**治國** ㄓˋ ㄍㄨㄛˊ 治理國事。

**治理** ㄓˋ ㄌㄧˇ 辦理。

**治產** ㄓˋ ㄔㄢˇ ①經營產業。〈史記〉說范蠡「浮海出齊……父子治產」。②購置財產。

**治喪** ㄓˋ ㄙㄤ 辦理喪事。如「治喪委員會」。

**治罪** ㄓˋ ㄗㄨㄟˋ 對犯法的人判定應得之罪。

**治裝** ㄓˋ ㄓㄨㄤ 整理行裝。

**治標** ㄓˋ ㄅㄧㄠ 對治本說的。指不是從根本上而只是枝節標末方面的治理。

**治學** ㄓˋ ㄒㄩㄝˊ 研究學問。

**治療** ㄓˋ ㄌㄧㄠˊ 醫治疾病。

**治權** ㄓˋ ㄑㄩㄢˊ 政府治理國家的權力，我國是行政、立法、司法、考試、監察等五權。

**治外法權** ㄓˋ ㄨㄞˋ ㄈㄚˇ ㄑㄩㄢˊ 一國依據雙邊條約或國際法，在他國領土之內行使管轄權，如外交人員、軍隊在他國境內不受當地法律管轄，即是治外法權。

**治絲益棼** ㄓˋ ㄙ ㄧˋ ㄈㄣˊ 図想整理絲縷，愈理愈亂。比喻辦事不得法。

## 沼

ㄓㄠˇ 形狀彎曲的水池。

**沼氣** ㄓㄠˇ ㄑㄧˋ 也稱坑氣，是煤礦自然發生的氣（池底腐敗植物也有），主成分是甲烷，和空氣混合，遇火會爆炸燃燒，可以好好地引導作為燃料。

**沼澤地帶** ㄓㄠˇ ㄗㄜˊ ㄉㄧˋ ㄉㄞˋ 湖泊很多，水草茂密，交通不便的泥濘地區。

## 沾

ㄓㄢ ㈠浸溼。如「沾襟」「汗出沾背」。㈡親近，稍微接觸。如「沾手」「幾天來水米不沾脣」。㈢染上。如「沾染」。㈣借著旁人的關係而得到。如「沾光」「沾便宜」。㈤靠近。如「他說的話全不沾邊兒」。

**沾手** ㄓㄢ ㄕㄡˇ ①用手接觸。②參與其事。如「這件事不必你沾手」。

**沾光** ㄓㄢ ㄍㄨㄤ 靠別人的力量得到好處。

**沾汙** ㄓㄢ ㄨ 弄髒。

**沾衣** ㄓㄢ ㄧ 沾溼衣服。

**沾染** ㄓㄢ ㄖㄢˇ ①接觸有害的東西而被附著。②受外來的影響而使氣質變壞。如「沾染了壞習氣」。

**沾脣** ㄓㄢ ㄔㄨㄣˊ 潤溼嘴脣，就是吃喝。

**沾溼** ㄓㄢ ㄕ 被水分浸溼。

**沾襟** ㄓㄢ ㄐㄧㄣ 図沾溼衣襟。常是形容哭泣。如「泣下沾襟」。

**沾便宜** ㄓㄢ ㄆㄧㄢˊ ˙ㄧ 宜字輕讀。沾得利益。

**沾邊兒** ㄓㄢ ㄅㄧㄢ ㄦ ①接近事實或事物的樣子。如「你這話還算沾邊兒」。②稍稍有些接觸。如「他昨天才到，這些工作還沒沾邊兒」。

**沾沾自喜** ㄓㄢ ㄓㄢ ㄗˋ ㄒㄧˇ 自己有了一點小成就而表示得意的樣子。

**沾親帶故** ㄓㄢ ㄑㄧㄣ ㄉㄞˋ ㄍㄨˋ 有些親友的關係。

**注** ㄓㄨˋ ㈠灌入。如「注射」「大雨如注」。㈡集中在一點上。如「注目」「注意」。㈢解釋文辭。如「注解」「加個小注兒」，注字也作「註」。㈣賭博時所下的財物叫「注」。如「孤注一擲」。㈤一件。如「一注買賣」。㈥相信宿命論的人所說的定數。如「注定」。㈦記載，記述。如「起居注」（皇帝生活言行的記述）。㈧見「水注」。

**注心** ㄓㄨˋ ㄒㄧㄣ 專心。

**注目** ㄓㄨˋ ㄇㄨˋ 視線集中在一點上。也作「注視」。

**注兒** ㄓㄨˋ ㄦ 注解的文字。也作「小注兒」。

**注定** ㄓㄨˋ ㄉㄧㄥˋ 相信命運的人認為人事成敗都是定數。如「前生注定」。

**注重** ㄓㄨˋ ㄓㄨㄥˋ 特別看重的。

**注射** ㄓㄨˋ ㄕㄜˋ ①西醫治療法之一，用附有針尖的玻璃小管，把藥水注入病人體內。②利用空氣壓力把水或東西激射出去，也叫「注射」。

**注疏** ㄓㄨˋ ㄕㄨ 解釋意義的文字叫注，申說傳注的文字叫疏。

**注視** ㄓㄨˋ ㄕˋ 注意看。

**注意** ㄓㄨˋ ㄧˋ 把意識作用貫注在一件事物上。

**注腳** ㄓㄨˋ ㄐㄧㄠˇ 加在文句下面的註解。

**注解** ㄓㄨˋ ㄐㄧㄝˇ 解釋書中的意義。也作「注釋」。

**注釋** ㄓㄨˋ ㄕˋ 解釋；說明。

**注音符號** ㄓㄨˋ ㄧㄣ ㄈㄨˊ ㄏㄠˋ 標注國字字音的符號，民國七年教育部公布的。原名注音字母，民國十九年改稱注音符號。全部有四十個，現在使用的只三十七個。其中聲符二十四個：ㄅㄆㄇㄈㄪㄉㄊㄋㄌㄍㄎㄫㄏㄐㄑㄬㄒㄓㄔㄕㄖㄗㄘㄙ（ㄪㄫㄬ三個注方音用），韻符十六個：ㄧㄨㄩㄚㄛㄜㄝㄞㄟㄠㄡㄢㄣㄤㄥㄦ。

**注入式教學法** ㄓㄨˋ ㄖㄨˋ ㄕˋ ㄐㄧㄠˋ ㄒㄩㄝˊ ㄈㄚˇ 和啟發式教學法相對。也被譏稱作填鴨式教學法。注入式是以教師的教學計畫為主，傳授知識學問給學生接受及學習。

**沭** ㄕㄨˋ 沭河，在江蘇省。

**泗** ㄙˋ ㈠図鼻涕。如「涕泗滂沱」。㈡水名，在山東省。

**油** ㄧㄡˊ ㈠動植物的脂肪質經過製煉或壓榨而成的液體。如「牛油」「花生油」。㈡礦物提煉的液體。如「煤油」「柴油」。㈢用油塗抹。如「剛油的大門」。㈣沾染油垢。如「這衣服都油了」。㈤浮滑，狡猾。如「油腔滑調」「這個人太油了」。

**油子** ㄧㄡˊ ㄗˇ ①同「油條」②。②像油一樣黏稠的東西。如「膏藥油子」「煙袋油子」。

**油井** ㄧㄡˊ ㄐㄧㄥˇ 使用機械鑽透岩盤，開採地下原油的人造井。中東、美國西部與阿拉斯加，油井很多。臺灣苗栗山裡也有，數量很少。

**油水** ㄧㄡˊ ㄕㄨㄟˇ ①指飯菜裡的脂肪。②比喻可以有利於自己的利益（多數指不正當的）。

**油布** ㄧㄡˊ ㄅㄨˋ 舊時在布上塗桐油，可以蔽雨防水。

**油田** ㄧㄡˊ ㄊㄧㄢˊ 地下蘊藏大量石油的地域。

**油光** ㄧㄡˊ ㄍㄨㄤ 油類表層的光澤。

**油印** ㄧㄡˊ ㄧㄣˋ 鋼版印刷術之一。在刻寫蠟紙或打字蠟紙上書寫或打字之後，將蠟紙在油印機上攤平夾緊，用滾筒蘸油墨進行印刷。油印機分手搖、電動兩種。在三十年代到七十年代，複印機發明之前，使用相當普遍。

**油灰** ㄧㄡˊ ㄏㄨㄟ 以桐油拌石灰，用來塗補容器的縫隙。

**油性** ㄧㄡˊ ㄒㄧㄥˋ 含油的成分。如「黃豆的油性比紅豆大」。

**油泥** ㄧㄡˊ ㄋㄧˊ 含有油汙的泥垢。

**油油** ㄧㄡˊ ㄧㄡˊ 草木有光澤。如「綠油油的」。

**油花** ㄧㄡˊ ㄏㄨㄚ 浮在湯水上的油滴。

**油門** ㄧㄡˊ ㄇㄣˊ 內燃機上供給燃油的裝置，用腳控制。

**油垢** ㄧㄡˊ ㄍㄡˋ 油煙所產生的汙垢。

**油桐** ㄧㄡˊ ㄊㄨㄥˊ 落葉喬木，葉卵形，花白色而有黃紅斑紋。種子可榨油，叫桐油。木材輕軟，可製家具。

**油氣** ㄧㄡˊ ㄑㄧˋ 油田伴隨石油而生的天然氣。

**油料** ㄧㄡˊ ㄌㄧㄠˋ 有關食油、燃料的統稱。如「部隊的油料有待補給」。

**油紙** ㄧㄡˊ ㄓˇ 塗上乾性油的一種加工紙。紙質堅韌，耐折，防水性佳。可供製紙傘或各種防水性包裝的材料。

**油脂** ㄧㄡˊ ㄓ 化學名詞。有機酸與甘油結合而成，以液態或固態存在。一般作油與脂肪的合稱。

**油茶** ㄧㄡˊ ㄔㄚˊ 山茶科，常綠灌木或小喬木。樹皮呈淡褐灰色，平滑不裂。葉革質，呈橢圓形，有鋸齒。秋天開白色的花。蒴果有毛。產於我國中部。為重要木本油料作物。種子可以榨油。

**油彩** ㄧㄡˊ ㄘㄞˇ 舞臺演員化妝用的油性顏料。

**油條** ㄧㄡˊ ㄊㄧㄠˊ ①也叫「油炸果（兒）」，是一種油炸的發酵麵食。②比喻富有社會經驗、精明而狡猾的人。也叫「老油條」「老油子」。

**油桶** ㄧㄡˊ ㄊㄨㄥˇ 裝油的桶。

**油然** ㄧㄡˊ ㄖㄢˊ 〔文〕充盛的樣子。如「天油然作雲」。

**油畫** ㄧㄡˊ ㄏㄨㄚˋ 西洋畫法之一，用油與顏料摻和，畫在布或木板上。

**油菜** ㄧㄡˊ ㄘㄞˋ 蕓薹。種子可以榨油。

**油飯** ㄧㄡˊ ㄈㄢˋ 用糯米和作料蒸熟而成的飯。在閩南、臺灣，常在新生兒作滿月時以油飯餽送親友。

**油滑** ㄧㄡˊ ㄏㄨㄚˊ 虛浮狡猾。

**油煙** ㄧㄡˊ ㄧㄢ 含碳顆粒的焦油沒有完全燃燒，因而凝聚的黑色物質。

**油漆** ㄧㄡˊ ㄑㄧ 用鉛白、鋅華或其他礦物顏料加入亞麻仁油製成，塗在木材或鐵器上，使它美觀耐久。

**油漬** ㄧㄡˊ ㄗˋ 沾到油留下的汙點。

**油餅** ㄧㄡˊ ㄅㄧㄥˇ 含氮較多的植物性有機質肥料。是黃豆、花生榨油後剩下的殘渣。一般壓成餅狀。

**油層** ㄧㄡˊ ㄘㄥˊ 地底下儲藏天然油氣的岩層。

**油箱** ㄧㄡˊ ㄒㄧㄤ 飛機、汽車上裝燃料油的裝置。

**油綠** ㄧㄡˊ ㄌㄩˋ 濃綠加墨而成的顏色。

**油輪** ㄧㄡˊ ㄌㄨㄣˊ 載運原油的海輪。

**油嘴** ㄧㄡˊ ㄗㄨㄟˇ 形容狡猾善辯的口才。

**油墨** ㄧㄡˊ ㄇㄛˋ 印刷所用的墨，黏性很高。

**油燈** ㄧㄡˊ ㄉㄥ 用花生油、菜油等作燃料的小燈。

**油膩** ㄧㄡˊ ㄋㄧˋ 油質過多的食品。

**油類** ㄧㄡˊ ㄌㄟˋ 日常生活所需的各式油料的統稱。

**油礦** ㄧㄡˊ ㄎㄨㄤˋ 蘊藏石油的地下礦床。

**油亮（兒）** ㄧㄡˊ ㄌㄧㄤˋ ㄦ 形容光亮。

**油毛氈** ㄧㄡˊ ㄇㄠˊ ㄓㄢ 把瀝青塗在毛氈上製成的一種能防水的建築材料，多數鋪在屋瓦下邊。

**油汙染** ㄧㄡˊ ㄨ ㄖㄢˇ 指油類外漏對自然環境所造成的汙染。

**油豆腐** ㄧㄡˊ ㄉㄡˋ ㄈㄨˇ 一種食品，把豆腐切塊在油鍋裡炸熟，加調味料吃的。

**油頁岩** ㄧㄡˊ ㄧㄝˋ ㄧㄢˊ也叫油母頁岩。一種含有可燃性有機質的黏土岩或泥灰岩。

**油紙傘** ㄧㄡˊ ㄓˇ ㄙㄢˇ 用油紙製成的傘。臺灣高雄縣美濃鎮做的很有名。

**油煙子** ㄧㄡˊ ㄧㄢ ㄗˇ 炒菜或油燈所生的煙，容易熏汙房間。

**油漆匠** ㄧㄡˊ ㄑㄧ ㄐㄧㄤˋ 以油漆器物為業的工人。

**油腔滑調** ㄧㄡˊ ㄑㄧㄤ ㄏㄨㄚˊ ㄉㄧㄠˋ ①沒有真實學問做基礎的浮滑文章。②指人的言語態度浮滑輕佻。

**油頭粉面** ㄧㄡˊ ㄊㄡˊ ㄈㄣˇ ㄇㄧㄢˋ 頭面塗油抹粉：①女人濃妝重抹。②形容輕佻而喜好修飾的男人。

**油頭滑腦** ㄧㄡˊ ㄊㄡˊ ㄏㄨㄚˊ ㄋㄠˇ 為人狡詐輕浮。

# 沿（㳂）

▲ㄧㄢˊ ㈠靠近。如「沿海」「沿岸」。㈡順著。如「沿街叫賣」「沿著山邊兒走」。㈢因襲，相傳。如「沿襲」「相沿成習」。㈣邊際。如「床沿兒」。㈤縫合衣鞋的邊緣。如「沿邊兒」。㈥發展或變化的過程。如「沿革」。

▲ㄧㄢˋ 河岸叫「河沿兒」。

**沿用** ㄧㄢˊ ㄩㄥˋ 照舊使用。

**沿例** ㄧㄢˊ ㄌㄧˋ 遵照舊例去做。

**沿兒** ㄧㄢˊ ㄦ 邊緣。

**沿岸** ㄧㄢˊ ㄢˋ 順著岸邊。

**沿革** ㄧㄢˊ ㄍㄜˊ 事物的發展變遷。如「政治制度沿革」。

**沿海** ㄧㄢˊ ㄏㄞˇ 靠在海岸線上的；通常指範圍比較大的。如「沿海的城市」。

**沿途** ㄧㄢˊ ㄊㄨˊ 沿路，一路上。

**沿習** ㄧㄢˊ ㄒㄧˊ 遵循本來的作法、習慣來辦。

**沿路** ㄧㄢˊ ㄌㄨˋ 沿途，一路上。

**沿線** ㄧㄢˊ ㄒㄧㄢˋ 循著路線。如「鐵路沿線」。

**沿襲** ㄧㄢˊ ㄒㄧˊ 照著舊法。

**沿邊兒** ㄧㄢˋ ㄅㄧㄢ ㄦ 在衣衫或褲子的邊緣縫上一條窄邊。

# 泱

ㄧㄤ ㈠深廣。如「泱泱大國」。㈡雲氣起的樣子。

# 泳

ㄩㄥˇ 在水裡浮沉、行動。如「游泳」。

**泳衣** ㄩㄥˇ ㄧ 專門為下水游泳時穿的衣服。

**泳裝** ㄩㄥˇ ㄓㄨㄤ 泳衣。常指表演時穿著的。如「泳裝表演」。

**泳褲** ㄩㄥˇ ㄎㄨˋ 游泳時穿的褲子。

**泳賽** ㄩㄥˇ ㄙㄞˋ 游泳比賽。

## 六筆

# 派

ㄆㄞˋ ㈠分支的水流。如「支派」。㈡人、事或學術的分支系統。如「學派」「派別」。㈢集團，組織，如「黨派」「無黨無派」。四思想，作風。如「正派」「新派」。五分配。如「攤派」「上月剛派了我二百元」。六差遣，任用。如「派你去辦」「派他當科長」。七斥責。如「派他的不是」。八(pie)西洋式麵餅音譯。如「蘋果派」。

**派司**(ㄆㄞˋ ㄙ) 圖英語 pass 的音譯，通過，及格、傳遞的意思。也借指通行的證照。

**派別**(ㄆㄞˋ ㄅㄧㄝˊ) 黨派的分別。

**派系**(ㄆㄞˋ ㄒㄧˋ) 黨派之中又分出的小派別。

**派對**(ㄆㄞˋ ㄉㄨㄟˋ) 圖英語 party 的音譯，指政治、社會、遊戲等的聚會。通常用指非正式舞會。

**派遣**(ㄆㄞˋ ㄑㄧㄢˇ) 派(六)。

**派頭(兒)**(ㄆㄞˋ ㄊㄡˊ ㄦ) 言語舉動的氣派。如「派頭(兒)十足」。

**派不是**(ㄆㄞˋ ㄅㄨˋ ㄕˋ) 指責別人的過錯。

**派出所**(ㄆㄞˋ ㄔㄨ ㄙㄨㄛˇ) 警察分支機構之一，隸屬於分局。辦理一特定區域內的有關任務。

# 洺

ㄇㄧㄥˊ 水名，源出山西。

# 洑

▲図ㄈㄨˊ「洄洑」，水盤旋的樣子。

▲ㄈㄨˋ「洑水」，游泳。

# 洞

▲ㄉㄨㄥˋ 一穴，窟窿。如「山洞」「褲管上有個洞」。二深祕。如「洞房」。三図透徹，明白。如「洞燭其奸」「洞若觀火」。

▲ㄊㄨㄥˊ 洪洞，山西省縣名。

**洞子**(ㄉㄨㄥˋ ㄗ˙) 洞穴。

**洞天**(ㄉㄨㄥˋ ㄊㄧㄢ) 洞中別有天地。道教稱神仙所住的洞府。

**洞穴**(ㄉㄨㄥˋ ㄒㄩㄝˊ) 可以藏東西或人的山洞或地洞。

**洞見**(ㄉㄨㄥˋ ㄐㄧㄢˋ) 図很清楚地見到。

**洞兒**(ㄉㄨㄥˋ ㄦ) 洞(一)。

**洞府**(ㄉㄨㄥˋ ㄈㄨˇ) 古人說是神仙住的地方。

**洞房**(ㄉㄨㄥˋ ㄈㄤˊ) ①深祕的房間。②新婚夫婦的新房。

**洞悉**(ㄉㄨㄥˋ ㄒㄧ) 図知道得十分清楚。

**洞窟**(ㄉㄨㄥˋ ㄎㄨ) 人類可以進出的空洞，通常是自然形成。有火山地帶的熔岩洞、海浪侵蝕而成的海蝕洞等。

**洞察**(ㄉㄨㄥˋ ㄔㄚˊ) 觀察得很清楚。如「洞察下情」。

**洞徹**(ㄉㄨㄥˋ ㄔㄜˋ) 図明白透徹。

**洞曉**(ㄉㄨㄥˋ ㄒㄧㄠˇ) 図透徹地了解。

**洞簫**(ㄉㄨㄥˋ ㄒㄧㄠ) 用竹管作的管樂器，從頂端直吹。有六個孔，五個在前，一個在後。音色幽遠動人。

**洞鑒**(ㄉㄨㄥˋ ㄐㄧㄢˋ) 図明鑒，看得明白，常是恭維的話。

**洞天福地**(ㄉㄨㄥˋ ㄊㄧㄢ ㄈㄨˊ ㄉㄧˋ) 名山勝境，神仙所住的地方。

**洞穴藝術**(ㄉㄨㄥˋ ㄒㄩㄝˊ ㄧˋ ㄕㄨˋ) 在法國南部和西班牙北部所發現的舊石器時代晚期的洞穴壁畫。主題大多是當時的人狩獵的情形。

**洞若觀火**(ㄉㄨㄥˋ ㄖㄨㄛˋ ㄍㄨㄢ ㄏㄨㄛˇ) 図觀察事物，如同在夜裡看火一樣的清楚。

**洞燭其奸**(ㄉㄨㄥˋ ㄓㄨˊ ㄑㄧˊ ㄐㄧㄢ) 図明確地看出他的陰謀奸險。

# 洮

▲ㄊㄠ 一水名。洮河，在甘肅省。二「洮汰」，洗滌的意思，就是「淘汰」。

▲ㄧㄠˊ 湖名，五湖之一，在江蘇宜興。

**洌** ㄌㄧㄝˋ ㈠水清潔的樣子。如「清洌」。㈡[文]酒清。如「泉香而酒洌」。

**流** ㄌㄧㄡˊ ㈠水的行動。如「流水不腐」。㈡液體的行動。如「流動」「血流如注」。㈢往來不定。如「流落他鄉」「流民」。㈣傳播。如「流傳」「流芳百世」。㈤江河的路線。如「長江流域」「淡水河支流」。㈥派別。如「流別」「三教九流」。㈦等級，品類。如「下流話」「第一流人物」。㈧圓轉活動。如「流動」「木牛流馬」。㈨沒有節制，因而趨向壞的方面。如「流於盜匪」。㈩不知來處的。如「流彈」。⑪很快就通過的。如「流光」「流星」。⑫像潮水流動的。如「人流」「思想主流」。⑬自然界若干移動的現象。如「暖流」「寒流」。⑭電流的簡稱。如「交流」「直流」。⑮古時把犯人送到遠處限制居住。如「流放」。

**流亡** ㄌㄧㄡˊ ㄨㄤˊ 逃亡在外，無家可歸。如「流亡海外」。

**流水** ㄌㄧㄡˊ ㄕㄨㄟˇ ①流動的水。②比喻迅速或連接。如「車如流水馬如龍」。③流水帳簿的簡稱。

**流失** ㄌㄧㄡˊ ㄕ ①流水、風力帶走土壤。如「土石流失」。②有用的東西散失。如「千年國寶，流失海外」。③比喻人才離去。如「人才流失」。

**流民** ㄌㄧㄡˊ ㄇㄧㄣˊ 因災難而流亡在外的人。

**流光** ㄌㄧㄡˊ ㄍㄨㄤ ①光陰迅速。②流動的亮光，指水面上的月光。

**流刑** ㄌㄧㄡˊ ㄒㄧㄥˊ 中國古代將犯人遣送到邊遠地方服勞役的刑罰。俗稱充軍。

**流年** ㄌㄧㄡˊ ㄋㄧㄢˊ ①歲月如流。②算命的人說一年之間所走的運。

**流血** ㄌㄧㄡˊ ㄒㄧㄝˇ ①皮肉破了，血流出來。②戰爭殺戮事件。

**流行** ㄌㄧㄡˊ ㄒㄧㄥˊ ①盛行於一時。②像水流由近到遠。

**流別** ㄌㄧㄡˊ ㄅㄧㄝˊ ①文章的派別。②學術思想的源流與派別。

**流利** ㄌㄧㄡˊ ㄌㄧˋ 生動活潑而不凝滯。如「文章、口才都很流利」。

**流沙** ㄌㄧㄡˊ ㄕㄚ ①沙漠的古稱。②沙裡含有水分容易流動的。流沙常給建築工程帶來困難，人畜也常被流沙淹沒。

**流言** ㄌㄧㄡˊ ㄧㄢˊ 無根據的傳言。

**流明** ㄌㄧㄡˊ ㄇㄧㄥˊ [音]英文 lumen 的音譯。光流通量的單位。一流明等於一國際燭光在距離一公分、面積一平方公分平面上的光通量。

**流氓** ㄌㄧㄡˊ ㄇㄤˊ 遊蕩無業，在地方上欺壓良民的人。

**流放** ㄌㄧㄡˊ ㄈㄤˋ 放逐有罪的人。

**流俗** ㄌㄧㄡˊ ㄙㄨˊ 通行一時的社會風氣。

**流星** ▲ㄌㄧㄡˊ ㄒㄧㄥ ①隕石墜入地球大氣層內與空氣摩擦而發光，像一顆流動的星，叫做流星。②比喻迅速。▲ㄌㄧㄡˊ・ㄒㄧㄥ 古代兵器，是用繩兩端各繫鐵鎚，擊敵自衛，也叫「流星鎚」。

**流毒** ㄌㄧㄡˊ ㄉㄨˊ 傳留的毒素。

**流派** ㄌㄧㄡˊ ㄆㄞˋ 指學術、文藝方面的派別。

**流盼** ㄌㄧㄡˊ ㄆㄢˋ [文]眼睛轉動的樣子。

**流風** ㄌㄧㄡˊ ㄈㄥ [文]先前流傳下來的美善風氣。如「流風所及，民心丕變」。

**流氣** ㄌㄧㄡˊ ㄑㄧˋ ①輕浮的氣質。如「他這個人流氣得很」。②流氓的習氣。

**流浪** ㄌㄧㄡˊ ㄌㄤˋ 漂泊遊蕩。

**流動** ㄌㄧㄡˊ ㄉㄨㄥˋ ①液體或氣體移動。②事物不固定在一個位子上。如「流動攤販」。

**流域** ㄌㄧㄡˊ ㄩˋ 江河水流經過的區域。

**流寇** ㄌㄧㄡˊ ㄎㄡˋ 流竄各地，出沒不定的盜匪。

**流徙** ㄌㄧㄡˊ ㄒㄧˇ 四處流動，生活不安定。

**流淚** ㄌㄧㄡˊ ㄌㄟˋ 掉眼淚。傷心的樣子。

**流產** ㄌㄧㄡˊ ㄔㄢˇ ①胎兒不到成熟就脫離母體。也叫「小產」。②比喻計畫中途作罷。

**流通** ㄌㄧㄡˊ ㄊㄨㄥ 通行無阻。如「貨幣在市場流通」。

**流連** ㄌㄧㄡˊ ㄌㄧㄢˊ 遊樂盤桓忘了回去或不忍離去。

**流逝** ㄌㄧㄡˊ ㄕˋ 図流失消逝。如「時光流逝，日月不居」。

**流速** ㄌㄧㄡˊ ㄙㄨˋ 單位時間內流體運動的距離，一般的浮標測量，計算單位是常流每秒一公尺，〇．五公尺為緩流，一．五公尺為急流，兩公尺為奔流，三公尺以上為暴流。

**流寓** ㄌㄧㄡˊ ㄩˋ 図寄居他鄉。

**流散** ㄌㄧㄡˊ ㄙㄢˋ 流落分散。如「許多文物流散在海外」。

**流量** ㄌㄧㄡˊ ㄌㄧㄤˋ 單位時間內通過渠道某一橫切面的流體量（水流）。

**流傳** ㄌㄧㄡˊ ㄔㄨㄢˊ 傳播。

**流會** ㄌㄧㄡˊ ㄏㄨㄟˋ 開不成原定要舉行的會議。

**流當** ㄌㄧㄡˊ ㄉㄤˋ 也作「留當」。把東西送進當鋪，過了約定期日沒贖回去。

**流落** ㄌㄧㄡˊ ㄌㄨㄛˋ 困留在他鄉。

**流弊** ㄌㄧㄡˊ ㄅㄧˋ 相沿而成的弊端。

**流暢** ㄌㄧㄡˊ ㄔㄤˋ 流利，通暢。指文字通順，交通順暢。

**流彈** ㄌㄧㄡˊ ㄉㄢˋ ①亂飛的槍彈。如「被流彈打傷」。②比喻謠言。如「正派的人也受不了流彈的攻擊」。

**流標** ㄌㄧㄡˊ ㄅㄧㄠ 預定的招標因為到場的人數不足或其他原因，更改時間或作罷論。

**流質** ㄌㄧㄡˊ ㄓˋ 液體。

**流輩** ㄌㄧㄡˊ ㄅㄟˋ 図同輩的人。

**流螢** ㄌㄧㄡˊ ㄧㄥˊ 在黑夜裡流動的螢火蟲或螢光。

**流蕩** ㄌㄧㄡˊ ㄉㄤˋ ①閒逛不務正業。②流浪；漂泊。

**流竄** ㄌㄧㄡˊ ㄘㄨㄢˋ 到處奔逃。指盜匪。

**流轉** ㄌㄧㄡˊ ㄓㄨㄢˇ ①流動而不固定。如「歲月流轉」。②活潑的樣子。如「流轉的眼神」。③資金流通周轉。流暢圓渾。指詩文、樂曲。

**流離** ㄌㄧㄡˊ ㄌㄧˊ 家人分散，流浪各處。如「流離失所」。

**流麗** ㄌㄧㄡˊ ㄌㄧˋ 活動圓美。

**流蘇** ㄌㄧㄡˊ ㄙㄨ 帳幕、旌旗邊緣下垂的穗狀飾物。

**流鶯** ㄌㄧㄡˊ ㄧㄥ 私娼。

**流變** ㄌㄧㄡˊ ㄅㄧㄢˋ 指事物的源流經過時地而變遷。如「文學之流變」。

**流覽** ㄌㄧㄡˊ ㄌㄢˇ 同「瀏覽」。全部（到處）都看看。

**流露** ㄌㄧㄡˊ ㄌㄨˋ 心情、意志從內部顯出來。

**流體** ㄌㄧㄡˊ ㄊㄧˇ 流動的物體，是液體及氣體的總稱。

**流口水** ㄌㄧㄡˊ ㄎㄡˇ ㄕㄨㄟˇ ①唾液從口中流出。②比喻心中想要而不能取得。

**流水席** ㄌㄧㄡˊ ㄕㄨㄟˇ ㄒㄧˊ 指客人隨到隨入座，並且隨即上菜，不限定桌數、人數的宴客方式。通常見於民間的大拜拜。

**流水帳** ㄌㄧㄡˊ ㄕㄨㄟˇ ㄓㄤˋ 登記每日收支的帳簿，簡稱「流水」。

**流行病** ㄌㄧㄡˊ ㄒㄧㄥˊ ㄅㄧㄥˋ 流傳一時的傳染病；也引伸作不良的風氣。

**流行歌** ㄌㄧㄡˊ ㄒㄧㄥˊ ㄍㄜ 在特定時期裡，普遍受到社會喜愛的歌曲。

**流星雨** ㄌㄧㄡˊ ㄒㄧㄥ ㄩˇ 沿著同一軌道運行的流星群和地球相遇，進入地球的大氣層，發生摩擦發光時，數量多，就像下雨一般的景象。

**流星群** ㄌㄧㄡˊ ㄒㄧㄥ ㄑㄩㄣˊ 每年定期以天球某點為放射點，以放射狀出現的一群流星。其命名根據放射點所屬的星座。

**流速計** ㄌㄧㄡˊ ㄙㄨˋ ㄐㄧˋ 測量流水速度的儀器。

**流線型** ㄌㄧㄡˊ ㄒㄧㄢˋ ㄒㄧㄥˊ 指運動體的外形呈梭狀，可以減少空氣阻力，增加運動速度。交通工具像汽車、飛機等，都採這種型式。

**流芳百世** ㄌㄧㄡˊ ㄈㄤ ㄅㄞˇ ㄕˋ 美名留傳到後代。也作「流芳千古」。

**流動人口** ㄌㄧㄡˊ ㄉㄨㄥˋ ㄖㄣˊ ㄎㄡˇ 指居無定所的人口。

**流行性感冒** ㄌㄧㄡˊ ㄒㄧㄥˊ ㄒㄧㄥˋ ㄍㄢˇ ㄇㄠˋ 簡稱感冒。由濾過性病毒所引起的呼吸道傳染病，很容易造成大流行。發病時有高燒、頭痛、全身痠痛等症狀。嚴重的可能會併發肺炎，導致死亡。

**流水不腐，戶樞不蠹** ㄌㄧㄡˊ ㄕㄨㄟˇ ㄅㄨˋ ㄈㄨˇ ㄏㄨˋ ㄕㄨ ㄅㄨˋ ㄉㄨˋ 図比喻經常運動的東西不容易受外物的侵蝕，可以歷久不壞。語出宋人張君房的〈雲笈七籤〉。

## 洛

ㄌㄨㄛˋ 水名，在陝西省。

**洛神花** ㄌㄨㄛˋ ㄕㄣˊ ㄏㄨㄚ 錦葵科植物洛神葵的花。莖紅紫色，花萼及花苞可泡茶或做果汁。

**洛陽花** ㄌㄨㄛˋ ㄧㄤˊ ㄏㄨㄚ 牡丹的別名。

**洛陽紙貴** ㄌㄨㄛˋ ㄧㄤˊ ㄓˇ ㄍㄨㄟˋ 晉左思構思十年寫成〈三都賦〉，時人搶著傳寫，洛陽的紙價因而昂貴。現在用來比喻著作的風行一時。

## 洸

図 ㄍㄨㄤ ㈠水湧起時所映射的亮光，叫「浮洸」。㈡勇武果毅的樣子。〈詩經〉有「武夫洸洸」句。

## 活

ㄏㄨㄛˊ ㈠生存。如「人活在世上」「不論死活」。㈡有生命的。如「活人」「活魚鮮蝦」。㈢生動的。如「靈活」「活潑」。㈣不固定的。如「活期」「活頁文選」。㈤逼真的。如「神氣活現」「活像」。㈥工作或工作成績。如「找點兒活兒做做」。㈦罪有應得。如「活該受罪」。㈧図救活。如「濟世活人」「活人無數」。

**活人** ㄏㄨㄛˊ ㄖㄣˊ ①活生生的人。②図把人救活。如「神醫濟世，活人無算」。

**活力** ㄏㄨㄛˊ ㄌㄧˋ 旺盛而活潑的生命力。如「他年紀不小，可是活力很大」。

**活口** ㄏㄨㄛˊ ㄎㄡˇ ①司法用語，命案當中沒死的關係人，可以為案情作證的。②図俘虜。也作「生口」。

**活化** ㄏㄨㄛˊ ㄏㄨㄚˋ 通過某種過程，使原子或分子的能量增加。像是把木炭放在密閉的器具中加熱，變成吸附能力比較大的活性炭。

**活水** ㄏㄨㄛˊ ㄕㄨㄟˇ 有源頭能流動的水。

**活字** ㄏㄨㄛˊ ㄗˋ 可以組合成版的印刷用單字。

**活血** ㄏㄨㄛˊ ㄒㄧㄝˇ 設法刺激血液循環，使血流順暢，增進代謝功能。

**活佛** ㄏㄨㄛˊ ㄈㄛˊ 西藏、蒙古人尊稱大喇嘛為活佛。

**活命** ㄏㄨㄛˊ ㄇㄧㄥˋ ①生命。②維持生命。如「他靠擺攤子活命」。③図救活生命。如「他於我有活命之恩」。

**活版** ㄏㄨㄛˊ ㄅㄢˇ 用金屬或木質的單個活字組合而成的印刷版。

**活門** ㄏㄨㄛˊ ㄇㄣˊ 凡是裝在唧筒、機器內外通道的活動蓋，能調節或控制氣體或液體的出入、流量、流向或壓力的裝置，都叫活門。

**活活** ㄏㄨㄛˊ ㄏㄨㄛˊ ①在有生命狀態的情形之下。如「活活氣死」。②簡直是，表示全是或差不多是。如「他說這話，活活是神經病」。

**活計** ㄏㄨㄛˊ ㄐㄧˋ ①生計；謀生的方法。②特別指女紅或手藝。

**活頁** ㄏㄨㄛˊ ㄧㄝˋ 篇頁可以隨意拆開或穿起的書籍、簿冊。也作活葉。

**活埋** ㄏㄨㄛˊ ㄇㄞˊ 把人活活地埋入地裡，使他窒息而死。

**活捉** ㄏㄨㄛˊ ㄓㄨㄛ 活活捉住。

**活氣** ㄏㄨㄛˊ ㄑㄧˋ 活潑，有生氣。

**活動** ㄏㄨㄛˊ ㄉㄨㄥˋ 動字輕讀。①靈活，活潑。②運動。如「每天早上要出去活動活動」。③為了職業或別的事奔走。如「為了競選，他每天出去活動」。④原有的態度改變。如「他的口氣有點兒活動，不那麼堅決反對了」。⑤搖晃，不穩固。如「這張椅子活動了，不能坐」。⑥貿易旺盛。如「近來股票市場很活動」。

**活現** ㄏㄨㄛˊ ㄒㄧㄢˋ ①畫得很像。如「這一幅仕女畫，美人憑欄幽思的神氣都活現出來了」。②笑人丟臉。如「這個人本來不壞，怎會落到這種地步，簡直是活現哪」。

**活魚** ㄏㄨㄛˊ ㄩˊ 活著的魚。多指魚店、餐館養在水裡待售的。

**活絡** ㄏㄨㄛˊ ㄌㄨㄛˋ ①靈活，不呆板。如「他的眼神很活絡」。②熱烈。如「他的話很活絡，心裡就不知道了」。

**活結** ㄏㄨㄛˊ ㄐㄧㄝˊ 可以鬆開的繩結。

**活著** ㄏㄨㄛˊ ㄓㄜ˙ 生活著；生存。

**活塞** ㄏㄨㄛˊ ㄙㄞ 汽缸或唧筒裡可以往返運動推壓的盤狀或筒狀機件，是發動機裡把壓力變成機械能不可少的裝置。

**活罪** ㄏㄨㄛˊ ㄗㄨㄟˋ 活著遭受的苦痛。

**活該** ㄏㄨㄛˊ ㄍㄞ 應該，含有憤恨或不憐惜的意思。如「他活該倒楣」。

**活話** ㄏㄨㄛˊ ㄏㄨㄚˋ 游動不確定的話。如「你得說些活話，不能把話說死了」。

**活像** ㄏㄨㄛˊ ㄒㄧㄤˋ 酷似；十分相似。

**活潑** ㄏㄨㄛˊ ㄆㄛ 生動活躍。如「天真活潑」。

**活瓣** ㄏㄨㄛˊ ㄅㄢˋ 瓣膜。

**活寶** ㄏㄨㄛˊ ㄅㄠˇ 謔稱言行滑稽逗趣的人；帶有貶義。

**活躍** ㄏㄨㄛˊ ㄩㄝˋ 行動或進展，積極而有力。

**活體** ㄏㄨㄛˊ ㄊㄧˇ 指有生命現象的生物個體。如「拿青蛙作活體解剖」。

**活路（兒）** ㄏㄨㄛˊ ㄌㄨˋ（ㄦ） ①可以通行的道路。②生活的路。

**活化石** ㄏㄨㄛˊ ㄏㄨㄚˋ ㄕˊ 曾繁盛於某一地質時期，種類多，分布廣，並有大量化石的生物類別，在某一時期後幾乎絕跡，殘存於現代個別地區的這類生物稱為活化石。如公孫樹（銀杏）、大貓熊等。

**活火山** ㄏㄨㄛˊ ㄏㄨㄛˇ ㄕㄢ 現在還噴氣冒煙的火山。

**活地獄** ㄏㄨㄛˊ ㄉㄧˋ ㄩˋ 比喻暗無天日的悲慘境界。

**活見鬼** ㄏㄨㄛˊ ㄐㄧㄢˋ ㄍㄨㄟˇ 比喻奇怪、不尋常的事。如「皮夾明明在桌上，一轉眼沒了，真是活見鬼」。

**活受罪** ㄏㄨㄛˊ ㄕㄡˋ ㄗㄨㄟˋ 求死不得，活著要受痛苦。

**活性碳** ㄏㄨㄛˊ ㄒㄧㄥˋ ㄊㄢˋ 多孔而面積很大的碳。主要用於吸附氣體、脫色和回收溶劑等，也是防毒面具中的材料。

**活菩薩** ㄏㄨㄛˊ ㄆㄨˊ ㄙㄚˋ 比喻救苦救難、有求必應的人。

**活生生的** ㄏㄨㄛˊ ㄕㄥ ㄕㄥ ˙ㄉㄜ ①出現在實際生活中，或發生在眼前。如「故事的人物是活生生的」。②活活的。如「殘暴的統治階層把人民的前途活生生的斷送了」。

**活色生香** ㄏㄨㄛˊ ㄙㄜˋ ㄕㄥ ㄒㄧㄤ ①形容花朵鮮豔清香。②形容描述的文辭生動逼真。

**活期存款** ㄏㄨㄛˊ ㄑㄧ ㄘㄨㄣˊ ㄎㄨㄢˇ 隨時可以支取的存款。

**活靈活現** ㄏㄨㄛˊ ㄌㄧㄥˊ ㄏㄨㄛˊ ㄒㄧㄢˋ 形容敘述或模仿情態生動逼真。

**洄** 図ㄏㄨㄟˊ ㈠洄洑，是水盤旋迴轉的樣子。㈡洄溯，是逆流向上。

**洄旋** ㄏㄨㄟˊ ㄒㄩㄢˊ 図形容水流迴轉盤旋的樣子。

**洄游** ㄏㄨㄟˊ ㄧㄡˊ 某些水生動物因生活環境的影響，或生理習性的需求，形成定期定向的規律性移動。如鮭魚的洄游。

**洹** ㄏㄨㄢˊ 水名，在河南省。又讀ㄩㄢˊ。

**洪** ㄏㄨㄥˊ ㈠大。如「洪福齊天」。㈡大水。如「山洪」「泄洪區」。㈢姓。

**洪大** ㄏㄨㄥˊ ㄉㄚˋ 大，響亮。如「洪大的回聲」。

**洪水** ㄏㄨㄥˊ ㄕㄨㄟˇ 氾濫成災的大水。

**洪門** ㄏㄨㄥˊ ㄇㄣˊ 又稱洪幫或紅幫。清代民間祕密結社之一。原來是天地會對內的名稱，以反清復明為宗旨。

**洪亮** ㄏㄨㄥˊ ㄌㄧㄤˋ 聲音大而響亮。也作「宏亮」。

**洪流** ㄏㄨㄥˊ ㄌㄧㄡˊ 大水。

**洪峰** ㄏㄨㄥˊ ㄈㄥ 也稱洪水峰。每次洪水期，水位或流量在過程線上的最高點。最高水位點稱洪峰水位，最大流量點稱洪峰流量。

**洪荒** ㄏㄨㄥˊ ㄏㄨㄤ 太古時代。

**洪量** ㄏㄨㄥˊ ㄌㄧㄤˋ 度量大，酒量大。

**洪福** ㄏㄨㄥˊ ㄈㄨˊ 大福。

**洪濤** ㄏㄨㄥˊ ㄊㄠ 図巨大的波浪。

**洪鐘** ㄏㄨㄥˊ ㄓㄨㄥ ①巨鐘。②比喻聲音洪大。如「聲如洪鐘」。

**洪水猛獸** ㄏㄨㄥˊ ㄕㄨㄟˇ ㄇㄥˇ ㄕㄡˋ 比喻又大又厲害的禍患。

**洪福齊天** ㄏㄨㄥˊ ㄈㄨˊ ㄑㄧˊ ㄊㄧㄢ 形容福氣很大，與天齊平。

**洎** 図ㄐㄧˋ ㈠到。如「自古洎今」。㈡等到，待及。如「洎乎近世」。

**洊** 図ㄐㄧㄢˋ 再，屢次。如「洪水洊至」。

**津** ㄐㄧㄣ ㈠図河口過渡的地方。如「津渡」「問津」（打聽渡口的所在）。㈡口水。如「津液」「止渴生津」。㈢汗。如「遍體生津」。㈣天津市的簡稱。如「津浦鐵路」。㈤交通要道。如「津要」。㈥見「津津」。

**津津** ㄐㄧㄣ ㄐㄧㄣ ①言談有味的樣子。如「津津有味」。②図水溢出的樣子。

**津要** ㄐㄧㄣ ㄧㄠˋ 図①衝要的地方。②比喻地位重要的人。

**津梁** ㄐㄧㄣ ㄌㄧㄤˊ 図①渡口和橋梁。②比喻接引。

**津液** ㄐㄧㄣ ㄧㄝˋ ①中醫學名詞，津和液的合稱，指人體中的液體（包括血液、精液、汗液、唾液、淚液等）。②滲出的液體。

**津渡** ㄐㄧㄣ ㄉㄨˋ 図過渡的地方。

**津貼**（ㄐㄧㄣ ㄊㄧㄝ） ①用財物補助人的不足。②俸給項目的一種。如「每月本俸多少錢，生活津貼多少錢」。

## 洚

囡ㄐㄧㄤˋ水流不走河道，意思是氾濫成災。洚水就是洪水。又讀ㄏㄨㄥˊ。

## 洗

▲ㄒㄧˇ ㈠用水去髒。如「洗澡」「洗衣服」。㈡盛水洗東西的用具。如「筆洗子」。㈢洗刷；除去。如「洗冤」「湔洗」。㈣沖洗。如「洗相」。㈤重新整理。如「洗牌」。㈥基督教的宗教儀式。如「受洗」「洗禮」。

▲ㄒㄧㄢˇ姓。又作「冼」。

**洗三**（ㄒㄧˇ ㄙㄢ） 舊時風俗，嬰兒出生後第三天洗澡，稱洗三。

**洗心**（ㄒㄧˇ ㄒㄧㄣ） 洗滌心胸，屏絕惡念，像改過自新。也作「洗心革面」。

**洗手**（ㄒㄧˇ ㄕㄡˇ） ①洗去手上的汙穢。②壞人改過自新，改行向善。如「金盆洗手」。

**洗耳**（ㄒㄧˇ ㄦˇ） 專心聆聽，表示尊敬的意思。如「洗耳恭聽」。

**洗劫**（ㄒㄧˇ ㄐㄧㄝˊ） 全部搶走，像大水沖刷一樣。

**洗刷**（ㄒㄧˇ ㄕㄨㄚ） ①把髒的洗乾淨。②洗雪冤屈。也說「洗冤」。

**洗雪**（ㄒㄧˇ ㄒㄩㄝˇ） 伸雪冤抑或恥辱。

**洗腦**（ㄒㄧˇ ㄋㄠˇ） 灌輸某種特定的思想，使接受某種價值觀或從事某類活動。

**洗塵**（ㄒㄧˇ ㄔㄣˊ） 設宴歡迎遠來的人。

**洗滌**（ㄒㄧˇ ㄉㄧˊ） 用水洗去骯髒。也說「洗濯」。

**洗練**（ㄒㄧˇ ㄌㄧㄢˋ） 指語言文字很簡要、周到而不囉唆。如「這一篇文章的文字洗練，令人讀起來很舒服」。

**洗澡**（ㄒㄧˇ ㄗㄠˇ） 用水洗身子。

**洗濯**（ㄒㄧˇ ㄓㄨㄛˊ） 洗去汙垢。

**洗盪**（ㄒㄧˇ ㄉㄤˋ） 囡洗去髒的、壞的。

**洗禮**（ㄒㄧˇ ㄌㄧˇ） 基督教入教的儀式，牧師用幾滴清水洗受洗人的頭。

**洗手間**（ㄒㄧˇ ㄕㄡˇ ㄐㄧㄢ） 廁所或衛生間。

**洗衣粉**（ㄒㄧˇ ㄧ ㄈㄣˇ） 粉狀的洗濯用的清潔劑。

**洗衣機**（ㄒㄧˇ ㄧ ㄐㄧ） 洗濯衣服用的機器。

**洗碗機**（ㄒㄧˇ ㄨㄢˇ ㄐㄧ） 清洗碗盤的家用電器設備。

**洗滌劑**（ㄒㄧˇ ㄉㄧˊ ㄐㄧˋ） 具有去汙能力的油劑或混合物，可以洗去皮膚、纖維或金屬上的油汙。

**洗髮精**（ㄒㄧˇ ㄈㄚˇ ㄐㄧㄥ） 專供洗髮用的清潔劑。主要成分是從石油中提煉出的DBN。

**洗濯槽**（ㄒㄧˇ ㄓㄨㄛˊ ㄘㄠˊ） 洗淨東西的水槽。

**洗心革面**（ㄒㄧˇ ㄒㄧㄣ ㄍㄜˊ ㄇㄧㄢˋ） 囡改過自新。改去過去的錯誤，重新做好人。比喻徹底悔改。

**洗耳恭聽**（ㄒㄧˇ ㄦˇ ㄍㄨㄥ ㄊㄧㄥ） 形容誠心領教。

## 洒

▲囡ㄒㄧˇ ㈠洗滌。「洒濯」就是洗濯。㈡由洗滌引伸為洗刷恥辱。〈孟子．梁惠王．上〉有「願比死者一洒之」。㈢訝異的樣子。〈莊子．庚桑楚〉有「吾洒然異之」。㈣姓。

▲囡ㄒㄧㄢˇ嚴肅恭謹的樣子。〈禮記．玉藻〉有「君子之飲酒也，受一爵而色洒如也」。

▲ㄙㄚˇ ㈠通「灑」。㈡見「洒家」。

▲囡ㄘㄨㄟˇ高峻的樣子。〈詩．邶風．新臺〉有「新臺有洒」。

**洒如**（ㄒㄧㄢˇ ㄖㄨˊ） 崇敬的樣子。也作「洒然」。

**洒家**（ㄙㄚˇ ㄐㄧㄚ） 我。宋元時候自稱的詞。〈水滸傳〉裡可以看到。

**洒掃** ㄙㄚˇ ㄙㄠˇ 洒水和掃地。洒同灑。

**洽** ㄒㄧㄚˋ ㈠和諧。如「感情融洽」。㈡接頭商量。如「接洽一件事」。㈢図浸潤。如「內洽五臟」。㈣図周偏，多。如「博學洽聞」。又讀ㄑㄧㄚˋ。

**洽商** ㄒㄧㄚˋ ㄕㄤ 商量。

**洽聞** ㄒㄧㄚˋ ㄨㄣˊ 図見識廣闊。

**洨** ㄒㄧㄠˊ ㈠水名，在河北省。㈡古縣名，在今安徽省。

**洫（淢）** ㄒㄩˋ 図小水渠。如「溝洫」（田間的小水道）「城洫」（護城河）。

**洵** 図ㄒㄩㄣˊ 真是。如「洵屬虛言」。

**洵美** ㄒㄩㄣˊ ㄇㄟˇ 図實在很美。

**洶（汹）** ㄒㄩㄥ ㈠「洶洶」是形容大水流動的聲勢；也形容人的氣勢很厲害；又形容人聲嘈雜吵鬧。㈡「洶涌」是水勢很大的樣子。也作「洶湧」。

**洶動** ㄒㄩㄥ ㄉㄨㄥˋ 図不安靖。如「天下洶動」。

**洶湧** ㄒㄩㄥ ㄩㄥˇ ①波浪向上翻滾。如「波濤洶湧」。②比喻許多人聚在一起向前走。如「人潮洶湧」。

**洲** ㄓㄡ ㈠江河海裡邊的沙地。如「沙洲」「關關雎鳩，在河之洲」。㈡地球上大塊陸地的區域名稱。如「亞洲」「美洲」。

**洲渚** ㄓㄡ ㄓㄨˇ 也說「洲嶼」。江河中間可以居住的地方。小的叫渚。

**洲際飛彈** ㄓㄡ ㄐㄧˋ ㄈㄟ ㄉㄢˋ 由電腦操控引導，射程在八千公里以上的飛彈，能由一個洲攻擊另一個洲的目標。

**洲際競賽** ㄓㄡ ㄐㄧˋ ㄐㄧㄥˋ ㄙㄞˋ 洲與洲之間的各項競賽。

**洙** ㄓㄨ 水名，泗水的支流，在山東省。

**洳** ㄖㄨˋ ㈠水名，在河北省。㈡図「沮洳」，低溼。

**泚** 図ㄘˇ ㈠濡染。如「泚筆」。㈡水清澈的樣子。

**泚筆** ㄘˇ ㄅㄧˇ 図用筆蘸墨。

**洏** 図ㄦˊ 漣洏，流涕的樣子。

**洱** ㄦˇ 洱海，就是昆明湖，在雲南省。

**洟** 図ㄧˊ 鼻涕。

**洋** ㄧㄤˊ ㈠地球上最廣大的水域。如「太平洋」「大西洋」。㈡廣大的，盛大的。如「一片汪洋」「洋洋大觀」。㈢外國的。如「洋人」「洋貨」。㈣從前把銀圓叫「洋」（從「洋錢」省略的）。如「一百塊大洋」「現洋」。

**洋人** ㄧㄤˊ ㄖㄣˊ 從前稱外國人。

**洋文** ㄧㄤˊ ㄨㄣˊ 泛稱外國語文。

**洋火** ㄧㄤˊ ㄏㄨㄛˇ 火柴的俗稱。

**洋灰** ㄧㄤˊ ㄏㄨㄟ 水泥。

**洋行** ㄧㄤˊ ㄏㄤˊ ①舊稱外國人在我國境內開設的商店。②賣外國貨的商店。

**洋妞** ㄧㄤˊ ㄋㄧㄡ 外國的女孩子。

**洋芋** ㄧㄤˊ ㄩˋ 馬鈴薯的俗稱。茄科，多年生草本，屬蔬菜類植物，地下塊莖可作糧食。性喜冷涼高燥的氣候，對土壤的適應力很強。原產於南美洲安第斯山區。我國各地均有栽培。

**洋車** ㄧㄤˊ ㄔㄜ 「東洋車」的略語。單人拉單人乘坐的人力車。

**洋服** ㄧㄤˊ ㄈㄨˊ 外國樣式的服裝。一般稱西裝。

**洋流** ㄧㄤˊ ㄌㄧㄡˊ 海洋裡朝一定方向流動的潮。也稱海流。

**洋洋** ㄧㄤˊ ㄧㄤˊ ①水勢廣大的樣子。②舒暢得意的樣子。如「洋洋得意」。③眾多的樣子。如「洋洋大觀」。

**洋紅** ㄧㄤˊ ㄏㄨㄥˊ 西洋輸入的紅色染料。

**洋面** ㄧㄤˊ ㄇㄧㄢˋ 海洋的表面。

**洋氣** ㄧㄤˊ ㄑㄧˋ 西洋人的氣派（含貶義）。

**洋財** ㄧㄤˊ ㄘㄞˊ 原意是向外國人做生意賺的錢。泛指意外的錢財。如「發洋財」。

**洋務** ㄧㄤˊ ㄨˋ 清朝末年說外國的或模仿外國的事務。

**洋傘** ㄧㄤˊ ㄙㄢˇ 在金屬骨架上張布製成的傘，原是西洋傳入。

**洋場** ㄧㄤˊ ㄔㄤˇ 繁華奢靡的地方。如「東京現在是『十里洋場』啦」。也讀ㄧㄤˊ ㄔㄤˊ。

**洋琴** ㄧㄤˊ ㄑㄧㄣˊ ①木製的共鳴箱上繫有二十一條鋼絲，用小竹槌敲擊發聲。也作「揚琴」。②鋼琴也叫洋琴。

**洋菇** ㄧㄤˊ ㄍㄨ 擔子菌類植物。廣受喜愛的食用菇。傘純白或微黃色，乾性，適合有機肥多的土壤。臺灣栽培很普遍，出口量很大。

**洋菜** ㄧㄤˊ ㄘㄞˋ 用石花菜、龍鬚菜等藻類植物製成的細條，可供食用。實驗室裡用作藻、真菌、細菌的培養基。

**洋裁** ㄧㄤˊ ㄘㄞˊ 西洋剪裁衣服的方式。今泛指縫紉或裁衣技術。

**洋溢** ㄧㄤˊ ㄧˋ 盛大而廣博。如「熱情洋溢」。

**洋裝** ㄧㄤˊ ㄓㄨㄤ 指西式服裝。

**洋盤** ㄧㄤˊ ㄆㄢˊ 〔方〕上海方言。指城市裡缺少知識、經驗的人（含貶義）。

**洋蔥** ㄧㄤˊ ㄘㄨㄥ 多年生草本，莖高一兩尺，地下的鱗莖可以吃。又叫「玉蔥」。

**洋錢** ㄧㄤˊ ㄑㄧㄢˊ 銀圓的俗稱。最初由西洋流入中國，因而得名。

**洋蟲** ㄧㄤˊ ㄔㄨㄥˊ 昆蟲名，也稱紅蟲、九龍蟲。有人拿中藥材的茯苓屑、紅花等餵它，然後把它當補品吃。

**洋鐵** ㄧㄤˊ ㄊㄧㄝˇ 馬口鐵。

**洋女婿** ㄧㄤˊ ㄋㄩˇ ㄒㄩˋ 女兒嫁給外國人，對女婿的稱呼。

**洋白菜** ㄧㄤˊ ㄅㄞˊ ㄘㄞˋ 結球甘藍的俗稱。又名「高麗菜」（訛音「玻璃菜」）。

**洋芋片** ㄧㄤˊ ㄩˋ ㄆㄧㄢˋ 洋芋切成薄片，泡水去除澱粉後，用高溫烤熟的零食。

**洋娃娃** ㄧㄤˊ ㄨㄚˊ ㄨㄚˊ 第二個娃字輕讀。用布、塑膠、橡膠或賽璐珞做的兒童玩具，形狀像幼兒。

**洋派兒** ㄧㄤˊ ㄆㄞˋ ㄦ 西洋式的作風與態度。

**洋涇浜** ㄧㄤˊ ㄐㄧㄥ ㄅㄤ 舊時東南亞、上海使用的拼湊英語，是把單字用當地語法拼湊而成。如 one piece house（一所房子）。

**洋鬼子** ㄧㄤˊ ㄍㄨㄟˇ ㄗ˙ 對外國人的不禮貌的稱呼。

**洋媳婦** ㄧㄤˊ ㄒㄧˊ ㄈㄨˋ 兒子娶了外國女人，對媳婦的稱呼。

**洋洋灑灑** ㄧㄤˊ ㄧㄤˊ ㄙㄚˇ ㄙㄚˇ 形容多。如「他洋洋灑灑地寫了一篇十萬字的大文章」。

## 洿

〔文〕ㄨ ㈠把房子園林剷平，並且挖地成水池。如「洿其宮而瀦焉」。㈡通「汙」。如「洿池」「洿染」。㈢由地勢低窪比喻品格低下。如「洿行（ㄒㄧㄥˋ）」。

**洿行** ㄨ ㄒㄧㄥˋ 〔文〕汙穢的行為。

## 洧

ㄨㄟˇ 水名，在河南省。

## 七筆

**浡** 図ㄅㄛˊ 興起。如「則苗浡然興之矣」。

**浜** ▲ㄅㄤ 不通河的小水道。▲ㄅㄧㄣ「濱」的俗字。

**浦** ㄆㄨˇ ㈠水邊。如「淮浦」。㈡大河流的小汊口。㈢姓。

**浼（浼）** 図ㄇㄟˇ ㈠染汙。轉變為「侮辱」的意思。如「焉能浼我」。㈡有事託別人幫忙。如「以此相浼」。

**浮** ㄈㄨˊ ㈠漂在水面上，與「沉」正相反。如「浮萍」「漂浮」。㈡図泛舟。如「乘桴浮於海」。㈢空泛不實在。如「浮華」「浮名」。㈣在表面上的。如「浮皮」「浮土」。㈤不沉著。如「心浮氣躁」「性情浮躁」。㈥暫時的。如「浮支」「浮簽兒」。㈦超出。如「人浮於事」。㈧流動的樣子。如「浮動」。㈨罰人喝酒叫「浮」。如「浮一大白（ㄅㄛˊ）」。㈩見「浮屠」。又讀ㄈㄡˊ。

**浮力** ㄈㄨˊ ㄌㄧˋ 力學上說物體在液體或氣體當中所受向上擠壓與向下擠壓之差的作用力。

**浮土** ㄈㄨˊ ㄊㄨˇ 地表上鬆散的土。

**浮子** ㄈㄨˊ ㄗˇ 釣魚時，釣線上所繫的浮在水面的輕物體。

**浮水** ㄈㄨˊ ㄕㄨㄟˇ ①浮在水面。②泅水。

**浮生** ㄈㄨˊ ㄕㄥ 図形容人生悲歡離合，虛浮無定。如「浮生若夢」。

**浮石** ㄈㄨˊ ㄕˊ 也稱浮岩。一種矽質的酸性溶岩，多孔，比重很小，能浮在水面上。

**浮名** ㄈㄨˊ ㄇㄧㄥˊ 虛名。如「最無根蒂是浮名」。

**浮沉** ㄈㄨˊ ㄔㄣˊ 隨著社會風氣走。也作「沉浮」。

**浮言** ㄈㄨˊ ㄧㄢˊ 図沒有根據的話。

**浮泛** ㄈㄨˊ ㄈㄢˋ ①不切實。②図坐船在水面上旅行。

**浮屍** ㄈㄨˊ ㄕ 漂浮在水面上的屍體。

**浮動** ㄈㄨˊ ㄉㄨㄥˋ ①心意動蕩不安。如「人心浮動」。②図飄散。如「暗香浮動月黃昏」。

**浮屠** ㄈㄨˊ ㄊㄨˊ 佛家語。①梵文 Buddha 的音譯。也作「浮圖」「佛陀」，就是佛。②指佛塔。

**浮淺** ㄈㄨˊ ㄑㄧㄢˇ 同膚淺。淺薄，見識很低。如「這篇文章內容很浮淺」。

**浮現** ㄈㄨˊ ㄒㄧㄢˋ ①事情逐漸顯現。如「他受賄的事一一浮現」。②以往的事再一次顯現。如「往事又在腦海中浮現」。

**浮游** ㄈㄨˊ ㄧㄡˊ 図①漫游。②游手好閒，不務正業。

**浮筒** ㄈㄨˊ ㄊㄨㄥˇ 港灣裡漂浮在水面上的密閉式金屬筒。下面用鐵錨固定在水底，用來繫船或作航路的標示。

**浮萍** ㄈㄨˊ ㄆㄧㄥˊ 浮萍科浮水小草本。根一條，長三四公分。葉倒卵形，對稱。常漂浮水上成大群落。

**浮華** ㄈㄨˊ ㄏㄨㄚˊ 外表華麗而內容不實在。

**浮費** ㄈㄨˊ ㄈㄟˋ 浪費。

**浮雲** ㄈㄨˊ ㄩㄣˊ ①流動的薄雲。②比喻不值得掛意的事物。如「不義而富且貴，於我如浮雲」。③図暗喻小人。李白詩有「總為浮雲能蔽日」。

**浮腫** ㄈㄨˊ ㄓㄨㄥˇ 醫學名詞。見「水腫」。

**浮誇** ㄈㄨˊ ㄎㄨㄚ 虛浮誇大不實在。

**浮塵** ㄈㄨˊ ㄔㄣˊ ▲在空中飛揚的塵土。

**浮標** ㄈㄨˊ ㄅㄧㄠ 港灣或附近海面漂浮在水面上做為行船指示的標識。

**浮橋** ㄈㄨˊ ㄑㄧㄠˊ 用船隻或浮筒在水面上搭的臨時便橋。

**浮薄** ㄈㄨˊ ㄅㄛˊ 不誠實而又輕薄。

**浮辭** ㄈㄨˊ ㄘˊ 図辭也作詞。浮泛不切實的話。

**浮躁** ㄈㄨˊ ㄗㄠˋ 輕浮好動，缺乏耐性。

**浮豔** ㄈㄨˊ ㄧㄢˋ 浮華。虛華不實。（常指文章）。

**浮簽（兒）** ㄈㄨˊ ㄑㄧㄢ（ㄦ） 附著而可以揭下的紙簽。

**浮世繪** ㄈㄨˊ ㄕˋ ㄏㄨㄟˋ 日本畫派之一，是德州幕府時代興起的民間繪畫，題材以當代生活、習俗為主。具有日本風格，曾傳入法國，造成影響。

**浮塵子** ㄈㄨˊ ㄔㄣˊ ㄗˇ 稻的害蟲，形狀像蟬而小，體呈黃綠色。

**浮光掠影** ㄈㄨˊ ㄍㄨㄤ ㄌㄩㄝˋ ㄧㄥˇ ①比喻世事轉眼成空，如水上的反光。②比喻空洞無物的言論或文章。

**浮家泛宅** ㄈㄨˊ ㄐㄧㄚ ㄈㄢˋ ㄓㄞˊ 指人以船為家，過水上生活。如蜑戶人家。

**浮雲朝露** ㄈㄨˊ ㄩㄣˊ ㄓㄠ ㄌㄨˋ 比喻人生的短促。

**浮游生物** ㄈㄨˊ ㄧㄡˊ ㄕㄥ ㄨˋ 體形細小，缺乏或只有微弱的游動能力，隨著水流移動的水生生物；有動物，也有植物。也作「漫游生物」。

**涕** ㄊㄧˋ ㈠眼淚。㈡鼻涕。

**涕泣** ㄊㄧˋ ㄑㄧˋ 流淚哭泣。

**涕泗** ㄊㄧˋ ㄙˋ 図眼淚與鼻涕。

**涕零** ㄊㄧˋ ㄌㄧㄥˊ 図流眼流。如「感激涕零」。

**涂** ㄊㄨˊ ㈠古水名，就是滁河。㈡姓。㈢通「塗」。

**涅（湼）** ㄋㄧㄝˋ ㈠図染成黑色。如「涅齒」「在涅貴不緇」。㈡見「涅槃」。

**涅面** ㄋㄧㄝˋ ㄇㄧㄢˋ 図在臉上刺字然後塗上墨，是古代的「黥刑」。

**涅槃** ㄋㄧㄝˋ ㄆㄢˊ 佛家說菩薩的本性是不生不滅的；肉身的死，反使本性入於不生不滅之門，梵語音譯就叫「涅槃」。義譯作「圓寂」。

**涅齒** ㄋㄧㄝˋ ㄔˇ 図未開化民族染黑牙齒的習俗。

**涅而不緇** ㄋㄧㄝˋ ㄦˊ ㄅㄨˋ ㄗ 図處在汙穢的環境中能不受汙染。比喻高尚的品格。（染成黑色叫做緇）。

**浪** ▲ㄌㄤˋ ㈠江水海水受震盪激起的大波瀾。如「白浪滔天」「浪濤洶湧」。㈡像波浪的起伏。如「聲浪」「稻浪」。㈢放縱不拘。如「浪子」「浪蕩」。㈣作不必要的濫用。如「浪費」。㈤見「孟浪」。㈥淫蕩。北方罵淫蕩的女人叫「浪蹄子」。㈦見「浪漫」。㈧妄。如「浪得虛名」。▲図ㄌㄤˊ ㈠「浪浪」，水流的聲音。㈡見「滄浪」。

**浪人** ㄌㄤˋ ㄖㄣˊ 沒有一定職業，行蹤不定的人。

**浪子** ㄌㄤˋ ㄗˇ 遊蕩的子弟；也是遊蕩無職業的人的通稱。

**浪木** ㄌㄤˋ ㄇㄨˋ 也稱浪橋，一種體育用具。一根長木兩端懸在架子上，人在上面搖，使它搖擺不定然後順勢做各種動作，藉以鍛鍊身體和勇氣。

**浪花** ㄌㄤˋ ㄏㄨㄚ 波浪相衝擊所生的泡沫。

**浪船** ㄌㄤˋ ㄔㄨㄢˊ 兒童體育活動器械的一種，形狀像船，人坐在上面可以一來一往的搖動。

**浪費** ㄌㄤˋ ㄈㄟˋ 不必要的耗費。

**浪跡** ㄌㄤˋ ㄐㄧ 行蹤不定，到處漫游。如「浪跡天涯」。

**浪遊** ㄌㄤˋ ㄧㄡˊ 漫遊。

**浪漫** ㄌㄤˋ ㄇㄢˋ ①放肆，生活不檢點。②羅曼蒂克（romantic）的另一種翻譯。意思是想像力豐富，行為豪放。

**浪潮** ㄌㄤˋ ㄔㄠˊ ①海浪。②像波浪一樣的社會運動。如「各地掀起要求民主改革的浪潮」。

**浪蕩** ㄌㄤˋ ㄉㄤˋ 放縱遊蕩，沒有一定職業及住所。

**浪頭** ㄌㄤˋ ·ㄊㄡ ①高高湧起的波濤。②比喻時代潮流。如「他很注意趕浪頭」。

**浪得虛名** ㄌㄤˋ ㄉㄜˊ ㄒㄩ ㄇㄧㄥˊ 無端得來的名譽。

**浪漫主義** ㄌㄤˋ ㄇㄢˋ ㄓㄨˇ ㄧˋ 文學藝術上基本創作方法之一，與古典主義相對。其特徵為：富有主觀色彩，善於抒發對理想世界的熱烈追求，常用熱情奔放的語言，瑰麗的想像和誇張的手法來塑造形象。

## 浬

ㄌㄧˇ（sea mile）計算海路長度的單位名。口語說「海里」。一浬等於一千八百五十三・二公尺。

## 浰

図ㄌㄧˋ 很快的水流。

## 浭

ㄍㄥ 水名，在河北省。

## 海

ㄏㄞˇ ㈠地球上比洋小的水域，有「外海」「內海」（四面或三面有陸地）兩種。如「大海」「漂洋過海」。㈡大的湖或人工湖。如「青海」「北京的中南海」。㈢許多人或東西聚集在一處。如「人山人海」「文海」。㈣寬大的盛東西的器具。如「海碗」「墨海」（深的硯臺）。㈤形容廣闊。如「學海無涯」「苦海無邊」。㈥形容廣大，漫無範圍。如「誇下海口」「海量」。㈦形容普遍。如「貼海報」。㈧與海洋有關的。如「海軍」「海員」。㈨我國稱國內叫「海內」，國外叫「海外」。㈩姓。

**海上** ㄏㄞˇ ㄕㄤˋ 海中。

**海口** ㄏㄞˇ ㄎㄡˇ ①內河出海的地方。②誇大的話。③市名，在海南省。

**海女** ㄏㄞˇ ㄋㄩˇ 日本、韓國濟州島潛入海中採集魚、貝、海藻的女性。

**海內** ㄏㄞˇ ㄋㄟˋ 古代中國認為中國的四周為大海所圍繞，因此稱中國為海內。〈戰國策・秦策〉有「威蓋海內」的話。

**海牛** ㄏㄞˇ ㄋㄧㄡˊ 哺乳綱，海牛目，海牛科。體形略像海豚，棲息於淺海中，以食海藻為生。分布於熱帶海洋。

**海外** ㄏㄞˇ ㄨㄞˋ 指外國。參看「海內」條。

**海床** ㄏㄞˇ ㄔㄨㄤˊ 海底。地形和陸地一樣，有山脈和臺地、溝谷等，及很深的沉積層。可分大陸棚架邊緣、深海盆地、中洋脊等三部分。

**海防** ㄏㄞˇ ㄈㄤˊ 在沿海地帶和領海採取的軍事防衛措施。

**海角** ㄏㄞˇ ㄐㄧㄠˇ ①突出在海裡的狹長形土地。②極遠之地。也稱「海岬」。如「天涯海角」。

**海里** ㄏㄞˇ ㄌㄧˇ 計算海路長度單位的口語詞，一海里合 6,080 英尺，等於 1,853.2 公尺。

**海事** ㄏㄞˇ ㄕˋ 有關船舶航海的事項。

**海味** ㄏㄞˇ ㄨㄟˋ 海產的食品。

**海岸** ㄏㄞˇ ㄢˋ 陸地和海交界的地方。

**海底** ㄏㄞˇ ㄉㄧˇ 海洋的底部。

**海拔** ㄏㄞˇ ㄅㄚˊ 從海水平面算起的垂直高度。

**海波** ㄏㄞˇ ㄅㄛ ①海面上的波浪。②[音]化學名詞。也叫大蘇打。英語縮寫是hypo。

**海法** ㄏㄞˇ ㄈㄚˇ 關於海事特別法規的總稱，包括國內海法、國際海法。

**海狗** ㄏㄞˇ ㄍㄡˇ 一名「膃肭」。哺乳類的鰭腳類，棲息海中，毛紫褐色，柔軟，可製褥毯。性溫馴，可訓練牠表演許多動作。

**海星** ㄏㄞˇ ㄒㄧㄥ 棘皮動物的總稱，像海盤車等。

**海派** ㄏㄞˇ ㄆㄞˋ ①說人用錢闊綽，對人豪爽，但是存有目的。②京劇流派之一，以上海的表演風格為代表。

**海流** ㄏㄞˇ ㄌㄧㄡˊ 海洋上循著一定的方向流動的海水，是風力、地轉偏向力等因素造成，對人類生活有若干影響：南北極來的寒流帶來寒冷，赤道來的暖流帶來炎熱。

**海洋** ㄏㄞˇ ㄧㄤˊ 地球上陸地之外含有鹽分的廣大水域，面積約三億六千一百萬平方公里，是陸地的二．四二倍。約占地球表面百分之七十。

**海苔** ㄏㄞˇ ㄊㄞˊ 乾海藻，可供食用。

**海軍** ㄏㄞˇ ㄐㄩㄣ 為國家防衛海域的軍隊及艦艇。

**海面** ㄏㄞˇ ㄇㄧㄢˋ 海洋的表面。

**海員** ㄏㄞˇ ㄩㄢˊ 航行大海的商船船員。

**海島** ㄏㄞˇ ㄉㄠˇ 島嶼。

**海峽** ㄏㄞˇ ㄒㄧㄚˊ 狹長而兩端與大海相連的水道。

**海豹** ㄏㄞˇ ㄅㄠˋ 一種海獸。哺乳綱鰭腳目。體長一公尺七到兩公尺。頭像狗，體圓柱形。毛黑色而有豹紋。四肢都呈鰭狀，有蹼，能潛水，可營兩棲生活。受過訓練的能表演。

**海馬** ㄏㄞˇ ㄇㄚˇ 屬脊椎動物亞門硬骨魚綱條鰭亞綱。無尾鰭，尾部能捲纏他物。體軀側扁稍粗短，背鰭介於軀幹與尾之間。吻為管狀，吻端有口。雄者腹部和尾部有孵卵囊。生活於海中。

**海參** ㄏㄞˇ ㄕㄣ 棘皮動物，長五六寸，形圓長，體柔軟，晒乾可作食品。

**海域** ㄏㄞˇ ㄩˋ 指海洋上固定的區域，包含海面上下。

**海帶** ㄏㄞˇ ㄉㄞˋ 海藻的一種，狹長像帶子，可以食用。學名「昆布」。

**海涵** ㄏㄞˇ ㄏㄢˊ 說人度量大，請人原諒的話。

**海產** ㄏㄞˇ ㄔㄢˇ 水產，指海裡的出產。

**海豚** ㄏㄞˇ ㄊㄨㄣˊ 哺乳綱，鯨目，海豚科。體呈紡錘形，約兩公尺長，有背鰭。背呈藍灰色，腹面白色。常群游於海面上，以食海裡的小動物為生。分布於各海洋中。海豚智商極高，可以訓練牠來表演。

**海報** ㄏㄞˇ ㄅㄠˋ 電影院、劇場或機構、團體為宣傳節目內容或其他廣告的招貼。

**海棠** ㄏㄞˇ ㄊㄤˊ 薔薇科，落葉喬木，高丈餘。葉呈橢圓形，有鋸齒。春天開淡紅色的花。果近球形。產於我國，久經栽培，供觀賞用。

**海港** ㄏㄞˇ ㄍㄤˇ 沿海港口的通稱。一般是利用港灣、岬角等自然屏障或築堤構成港區，供船舶停靠。

**海盜** ㄏㄞˇ ㄉㄠˋ 駕駛船隻，在公海上搶劫財物的盜匪。

**海菜** ㄏㄞˇ ㄘㄞˋ 泛指生長在海水裡可供食用的植物，如海苔、海帶等。

**海象** ㄏㄞˇ ㄒㄧㄤˋ 脊椎動物哺乳綱，食肉目。是鰭足類中最大的海獸，約有五公尺長。兩根犬牙向下突出，約兩尺長，所以叫海象。群居北極圈海中，以食海中軟體動物為生。

**海量** ㄏㄞˇ ㄌㄧㄤˋ ①說人度量大。②說人酒量大。

**海損** ㄏㄞˇ ㄙㄨㄣˇ 海上保險的用語。船舶或貨物在海洋中遭受損失。

**海溝** ㄏㄞˇ ㄍㄡ 深度超過六千公尺的海底狹長形凹地。分布於大洋地殼邊緣，緊依島嶼或大陸沿岸山脈的外側，如菲律賓海溝、波多黎各海溝等。

**海碗** ㄏㄞˇ ㄨㄢˇ 大碗。

**海禁** ㄏㄞˇ ㄐㄧㄣˋ ①關於航海的各種禁令。②禁止人民出國及外人入國。

**海葵** ㄏㄞˇ ㄎㄨㄟˊ 動物名，屬腔腸動物珊瑚蟲類，體質柔軟，無骨骼，呈圓筒狀，下面有吸盤，上面有口，口緣環生觸手，觸手伸張宛如菊花。多生活於海濱岩礁上。常用觸手獵取水中食物。兼有有性和無性生殖。

**海葬** ㄏㄞˇ ㄗㄤˋ 把人的屍體或骨灰拋入海裡的葬禮。

**海蜇** ㄏㄞˇ ㄓㄜˊ 腔腸動物，形狀像張開的傘，平滑而軟，薄皮可作食品。也叫「水母」。

**海運** ㄏㄞˇ ㄩㄣˋ 海上運輸。是對陸運、空運說的。

**海圖** ㄏㄞˇ ㄊㄨˊ 航海所用的圖，用數字表示海水的深淺，載明岩礁位置等。

**海綿** ㄏㄞˇ ㄇㄧㄢˊ 海底動物，是多數小蟲的集合體，下端黏附在石上，面上有許多吸水小孔，用途很廣。

**海潮** ㄏㄞˇ ㄔㄠˊ 海洋潮汐的通稱。指海水定時漲落的現象。

**海線** ㄏㄞˇ ㄒㄧㄢˋ 沿著海岸線的鐵路或公路。是對山線說的。

**海輪** ㄏㄞˇ ㄌㄨㄣˊ 往來於海上的輪船。

**海嘯** ㄏㄞˇ ㄒㄧㄠˋ 海底地震或海底火山爆裂，海水急遽上湧的現象。

**海戰** ㄏㄞˇ ㄓㄢˋ 敵對雙方的海上武力在海上進行的戰爭或衝突。

**海燕** ㄏㄞˇ ㄧㄢˋ 小型海鳥、海燕科。因牠產於熱帶，須渡海飛來而得名。

**海錯** ㄏㄞˇ ㄘㄨㄛˋ 海裡的產物眾多，因而稱海錯。與山珍連用。

**海龜** ㄏㄞˇ ㄍㄨㄟ 也稱綠蠵龜。爬行綱，海龜科。約一公尺長，背呈暗綠色，有黃斑，腹部呈黃色。以食葉藻為生。產於我國東南沿海和南太平洋、印度洋。是保育類動物。

**海濱** ㄏㄞˇ ㄅㄧㄣ 近海的地方。

**海螺** ㄏㄞˇ ㄌㄨㄛˊ ①海中的螺類動物的統稱。②比喻「說大話」。如「大吹海螺」。

**海膽** ㄏㄞˇ ㄉㄢˇ 棘皮動物，體半球形，紫黑色，殼面硬棘叢生。生活在海底的岩礁間。

**海鮮** ㄏㄞˇ ㄒㄧㄢ 海產中可供食用的魚、蝦、貝類。

**海關** ㄏㄞˇ ㄍㄨㄢ 征收沿海進出口貨稅的機關。

**海難** ㄏㄞˇ ㄋㄢˋ 航海時因遭遇到自然災害或意外事故所造成的危難，像火災、撞船、觸礁、沉船等。

**海藻** ㄏㄞˇ ㄗㄠˇ 海中隱花植物的總稱，分紅、褐、綠三種，像紫菜、昆布、石蓴等。

**海權** ㄏㄞˇ ㄑㄩㄢˊ 一個國家以其軍事力量控制其周邊的海岸線與海洋的權力。

**海灘** ㄏㄞˇ ㄊㄢ 海邊近水的沙地。

**海鷗** ㄏㄞˇ ㄡ 鳥綱，鷗科，游禽類鳥名。背部呈蒼灰色，腹部呈白色，飛翔於海面上，以捕魚為生。廣布於我國沿海一帶，為冬候鳥。我國習慣上常把許多種類的海鳥都稱作海鷗。

**海鹽** ㄏㄞˇ ㄧㄢˊ 用海水晒得的食鹽。

**海灣** 深入陸地的海，我國的渤海就是。

**海王星** 太陽系九大行星之一，直徑約三萬四千五百英里，離太陽約二十七億九千三百英里，繞日一周約六萬零一百八十天，自轉一周約七小時五十分，有一個衛星。

**海半球** 地理學名詞。地球表面，南半球多水而少陸地，所以稱海半球或水半球。

**海百合** 動物名。也稱五角百合、雞足，屬棘皮動物。體中央有口，周圍有五對腕，各分歧成許多小枝。體下有五角形節狀長柄。生活在海底。整個形狀就像百合開花一樣，因而得名。種類很多，大多有柄，也有無柄的。

**海岸線** 海水和陸地相交接的界線。

**海泡石** 礦物名。成分是含水的矽酸鎂。普通為黏土狀塊，光澤黯淡，有很多顏色，觸感光滑，質地很輕，比重很輕，能浮在水面上，因而得名。可作吸菸的煙斗、煙管和裝飾雕刻的材料；工業上用做乾燥劑、去色劑等。

**海洛因** 也作海洛英，是烈性毒品，吸食上癮後，毒害超過鴉片。俗稱白麵兒。

**海埔地** ①定期被潮水淹沒的泥地或沼澤。②潮汐搬運泥沙造成的潮間帶。

**海潮音** 海潮漲落的聲音。佛家用來比喻觀音菩薩說法的音聲。

**海綿體** 男性陰莖內分枝的靜脈，構成極緻密而立體的網狀組織，性亢奮時會充血使陰莖勃起。

**海螵蛸** 烏賊的骨骼，呈紡錘形，色白，中醫用作制酸的藥。

**海龍王** 我國傳說的海神，是由龍變化而成。東、南、西、北各有一龍王。

**海灘裝** 從事海灘活動時所穿的便服。

**海不揚波** [文]比喻天下太平。

**海水浴場** 指可供夏天時從事各項水上活動的沿岸淺水海域。

**海市蜃樓** ①一種自然界的奇異光學現象，遠方看不見的物體，因為光線的屈折，而出現在目前。②比喻虛幻的景象或事情。

**海底撈月** 比喻徒勞無功，白費力氣。也作「水中撈月」。

**海底撈針** 比喻辦不到的事。

**海底電纜** 敷設在海底的通訊線，用以接通電話、電信。又名海底通訊。

**海底隧道** 指在海底所築的隧道。大的如英倫海峽的隧道，小的如高雄市的過港隧道。

**海屋添籌** [文]本義是長壽。後來用作向人祝壽之詞。

**海枯石爛** 比喻永久，表示永不改變。

**海洋生物** 生活於海洋中的各類生物的統稱。

**海洋自由** 十七世紀荷蘭人格勞秀斯（Grotius）首創的說法。主張公海是屬世界各國所公有的，不論平時或戰時都不受任何國家單獨支配。

**海洋汙染** 人類把各種汙染物排入海洋中，造成了海洋資源生態被破壞的現象。

**海洋氣候** 接近海的地方，空氣多溼而溫暖，寒暑的差別不大，叫作海洋氣候。

**海晏河清**（ㄏㄞˇ ㄧㄢˋ ㄏㄜˊ ㄑㄧㄥ）　海水無波，黃河清澈。比喻天下太平的盛世。

**海綿蛋糕**（ㄏㄞˇ ㄇㄧㄢˊ ㄉㄢˋ ㄍㄠ）　將蛋清打成泡沫，加入糖、麵粉、香料，放在烤箱裡烤熟。較有彈性，像海綿。

**海誓山盟**（ㄏㄞˇ ㄕˋ ㄕㄢ ㄇㄥˊ）　形容盟誓極堅固。

**海錯山珍**（ㄏㄞˇ ㄘㄨㄛˋ ㄕㄢ ㄓㄣ）　泛指海陸上的各種美味佳肴。也作「山珍海錯」。

**海闊天空**（ㄏㄞˇ ㄎㄨㄛˋ ㄊㄧㄢ ㄎㄨㄥ）　比喻漫無邊際。

**海灘排球**（ㄏㄞˇ ㄊㄢ ㄆㄞˊ ㄑㄧㄡˊ）　指在沙灘上所進行的排球運動。有二人制、四人制等不同組合。規則與一般排球運動相似。

**海內存知己**（ㄏㄞˇ ㄋㄟˋ ㄘㄨㄣˊ ㄓ ㄐㄧˇ）　四海之內雖廣，而尚有情意相投的知心人存在。

**海埔新生地**（ㄏㄞˇ ㄆㄨˇ ㄒㄧㄣ ㄕㄥ ㄉㄧˋ）　將海埔地壓平，用來建造公園、工廠或作其他用途。

**海軍陸戰隊**（ㄏㄞˇ ㄐㄩㄣ ㄌㄨˋ ㄓㄢˋ ㄉㄨㄟˋ）　海軍中以登陸作戰為任務的兩棲部隊，平時擔任海防和基地的防禦任務。

**海水不可斗量**（ㄏㄞˇ ㄕㄨㄟˇ ㄅㄨˋ ㄎㄜˇ ㄉㄡˇ ㄌㄧㄤˊ）　大海的水無數量，無法用斗來測量。比喻偉大的事物不可小看。

## 浩

図ㄏㄠˋ　㈠大。如「浩劫」、「浩然正氣」。㈡多。如「食指浩繁」、「浩如煙海」。

**浩大**（ㄏㄠˋ ㄉㄚˋ）　廣大的樣子。

**浩劫**（ㄏㄠˋ ㄐㄧㄝˊ）　図大災難。

**浩氣**（ㄏㄠˋ ㄑㄧˋ）　図正大的氣概。

**浩淼**（ㄏㄠˋ ㄇㄧㄠˇ）　図形容水面遼闊。

**浩然**（ㄏㄠˋ ㄖㄢˊ）　図盛大的樣子。

**浩嘆**（ㄏㄠˋ ㄊㄢˋ）　図深深的嘆息。

**浩蕩**（ㄏㄠˋ ㄉㄤˋ）　図廣大的樣子。

**浩繁**（ㄏㄠˋ ㄈㄢˊ）　図大而多。

**浩瀚**（ㄏㄠˋ ㄏㄢˋ）　図廣大眾多的樣子。

**浩如煙海**（ㄏㄠˋ ㄖㄨˊ ㄧㄢ ㄏㄞˇ）　図像海洋那樣廣大。形容文獻、資料等非常豐富。

**浩浩湯湯**（ㄏㄠˋ ㄏㄠˋ ㄕㄤ ㄕㄤ）　図水流很盛大的樣子。

**浩浩蕩蕩**（ㄏㄠˋ ㄏㄠˋ ㄉㄤˋ ㄉㄤˋ）　水勢盛大或陣容壯盛的樣子。

**浩然之氣**（ㄏㄠˋ ㄖㄢˊ ㄓ ㄑㄧˋ）　図天地間至大至剛的正氣。

## 浣

ㄏㄨㄢˇ　㈠図洗。如「浣衣」、「浣紗」。㈡古時政府機關每十天休息一天，供公務員「休沐」（休息、洗澡），所以每月分成上浣、中浣、下浣，等於上旬、中旬、下旬。㈢姓。又讀ㄨㄢˇ。

**浣滌**（ㄏㄨㄢˇ ㄉㄧˊ）　図洗滌。

**浣熊**（ㄏㄨㄢˇ ㄒㄩㄥˊ）　哺乳綱，食肉目，浣熊科動物。形似貉，但是尾部有黑色環紋。約有七十公分長，體呈灰黑色。棲息在樹上，屬夜行性動物。以捕食軟體動物和植物為生。食前常會把食物放在水裡洗濯，因而得名。分布於中、北美洲。又讀ㄨㄢˇ ㄒㄩㄥˊ。

## 浹

ㄐㄧㄚˊ　㈠図溼透。如「汗流浹背」。「淪肌浹髓」（形容深刻）。㈡輪流一周。天干由甲日起到癸日止，共十日，叫做「浹日」；地支由子日起到亥日止，共十二天，叫做「浹辰」。

**浹洽**（ㄐㄧㄚˊ ㄒㄧㄚˋ）　図周全適當。

**浹背**（ㄐㄧㄚˊ ㄅㄟˋ）　図汗流滿背。

**浸** ㄐㄧㄣˋ ㈠泡在液體裡。如「浸泡」「浸漬」。㈡〔文〕逐漸。如「浸漸」「浸染」。又讀ㄐㄧㄣ。

**浸泡** ㄐㄧㄣˋ ㄆㄠˋ ①泡在水裡。如「用白酒浸泡人參」。②比喻處在其中，受到感染。如「人浸泡在社會這個大熔爐裡，受到各種感染」。

**浸染** ㄐㄧㄣˋ ㄖㄢˇ 逐漸感染。

**浸淫** ㄐㄧㄣˋ ㄧㄣˊ 〔文〕①逐漸。形容分量慢慢增加。如「有毒廢水排入農田，浸淫日久，終至廢耕」。②大雨淹沒。如「久雨不停，自山下至河川間，浸淫十里」。

**浸透** ㄐㄧㄣˋ ㄊㄡˋ 泡在液體裡的東西全部溼透。

**浸漸** ㄐㄧㄣˋ ㄐㄧㄢˋ 〔文〕逐漸的。

**浸漬** ㄐㄧㄣˋ ㄗˋ 受水滲透。

**浸種** ㄐㄧㄣˋ ㄓㄨㄥˇ 處理種子的方法之一。播種前先把種子浸在水裡，使它吸收足夠的水分，以利於迅速發芽。

**浸潤** ㄐㄧㄣˋ ㄖㄨㄣˋ ①〔文〕逐漸而進，如水的浸潤。比喻讒言漸進。②物質分子之間或粒子之間的空隙可以吸收水分，細胞壁之間有許多細微的空間，水分可以進入，都可以說是浸潤。

**涇** ㄐㄧㄥ 水名，源出甘肅，在陝西就和渭水會合。

**涇渭** ㄐㄧㄥ ㄨㄟˋ 涇水混濁（夏季多雨時），渭水清澈，兩條河在陝西高陵會合。所以把「清濁不分」叫「不分涇渭」。

**涓** ㄐㄩㄢ ㈠小水流。如「涓涓細流」。㈡形容細小，些微。如「涓滴歸公」「涓埃」。㈢〔文〕選擇。如「涓吉」（看個好日子）。

**涓吉** ㄐㄩㄢ ㄐㄧˊ 〔文〕選擇好日子。

**涓埃** ㄐㄩㄢ ㄞ 〔文〕比喻微末。

**涓涓** ㄐㄩㄢ ㄐㄩㄢ 小水流的樣子。

**涓滴** ㄐㄩㄢ ㄉㄧ 水量極小。比喻微小。

**浚** ㄐㄩㄣˋ ㈠通「濬」㈠。㈡〔文〕取出，剝削。如「浚我以生」。見〈左傳・襄公二十四年〉。

**浠** ㄒㄧ 水名，在湖北省。

**消** ㄒㄧㄠ ㈠滅了。如「消毒」「消除」。㈡溶化，散失。如「煙消雲散」「冰消瓦解」。㈢財物的使用或耗費。如「消費」「消耗」。㈣需要。如「不消說」「只消一天就能完工」。㈤排遣。如「消遣」「以消永夜」。㈥使病象退除。如「消炎」「消腫」。

**消亡** ㄒㄧㄠ ㄨㄤˊ 消失，滅亡。

**消化** ㄒㄧㄠ ㄏㄨㄚˋ ①食物在消化器官裡經過物理和化學作用，成為容易吸收利用的物質的過程。②比喻對知識的吸收、理解。

**消失** ㄒㄧㄠ ㄕ 指事物散失了，不存在了。如「館中文物被敵軍掠奪，莠民竊取，消失殆盡」。

**消沉** ㄒㄧㄠ ㄔㄣˊ 情緒低落。如「意志消沉」。

**消災** ㄒㄧㄠ ㄗㄞ 免除禍患。

**消防** ㄒㄧㄠ ㄈㄤˊ 救火及防火。

**消受** ㄒㄧㄠ ㄕㄡˋ ①忍受。如「這寒天的風狂雪暴，教人如何消受」。②享受。如「您給的東西太好了，我不敢消受」。

**消夜** ㄒㄧㄠ ㄧㄝˋ 夜間吃的點心。也作「宵夜」。

**消泯** ㄒㄧㄠ ㄇㄧㄣˇ 〔文〕消滅。

**消炎** ㄒㄧㄠ ㄧㄢˊ 消除身體發炎的症狀。如「打一針盤尼西林消炎」。

**消長** ㄒㄧㄠ ㄓㄤˇ 事物的盛與衰。由有而漸無叫消，由小而漸大叫長。

**消弭** ㄒㄧㄠ ㄇㄧˇ 図消滅止息。

**消毒** ㄒㄧㄠ ㄉㄨˊ 使用日光、物理、化學方法殺滅黴菌，預防病菌感染。

**消食** ㄒㄧㄠ ㄕˊ 消化食物。

**消息** ㄒㄧㄠ ㄒㄧ˙ 息字輕讀。音信，新聞。

**消夏** ㄒㄧㄠ ㄒㄧㄚˋ 避暑。也作「消暑」。

**消耗** ㄒㄧㄠ ㄏㄠˋ 物品或體力因為使用而漸漸減少。

**消退** ㄒㄧㄠ ㄊㄨㄟˋ 消除止息。如「太陽下山，熱氣漸漸消退」。

**消除** ㄒㄧㄠ ㄔㄨˊ 除去，使不存在。如「消除隔閡和懷疑」。

**消停** ㄒㄧㄠ ㄊㄧㄥ˙ 停字輕讀。①安靖。②安閒。

**消逝** ㄒㄧㄠ ㄕˋ 消亡；消失不見。如「天色轉晴，夕陽的一抹餘暉消逝了」。

**消散** ㄒㄧㄠ ㄙㄢˋ （煙霧、氣味、熱力、氣氛）消失。如「過了三天，霧氣才消散」

**消極** ㄒㄧㄠ ㄐㄧˊ 不積極，一種退守逃避現實的態度。

**消渴** ㄒㄧㄠ ㄎㄜˇ 中醫指糖尿病。

**消減** ㄒㄧㄠ ㄐㄧㄢˇ 減少。

**消費** ㄒㄧㄠ ㄈㄟˋ ①財物的使用及消耗。②人類為滿足欲望而使用消耗財貨叫消費，和生產常常互為因果。

**消閒** ㄒㄧㄠ ㄒㄧㄢˊ 消磨閒暇。

**消滅** ㄒㄧㄠ ㄇㄧㄝˋ ①漸漸散失。②將它除滅。

**消腫** ㄒㄧㄠ ㄓㄨㄥˇ 消除身體腫脹的症狀。

**消解** ㄒㄧㄠ ㄐㄧㄝˇ 消釋。如「心中的怒氣，到今天還沒消解」。

**消瘦** ㄒㄧㄠ ㄕㄡˋ 身體瘦。

**消遣** ㄒㄧㄠ ㄑㄧㄢˇ ①排解愁悶。②遊戲。如「近來作什麼消遣」。③玩弄。

**消磨** ㄒㄧㄠ ㄇㄛˊ 漸漸消耗。如「消磨時間」。

**消釋** ㄒㄧㄠ ㄕˋ ①融化。如「春陽到來，冬冰消釋」。②指心中的情緒感覺消除、散去。如「這些說明使他的疑慮和鬱悶，全部消釋」。

**消化液** ㄒㄧㄠ ㄏㄨㄚˋ ㄧㄝˋ 消化食物的液體，像唾液、胃液、膽汁等。

**消化酶** ㄒㄧㄠ ㄏㄨㄚˋ ㄇㄟˊ 有消化食物能力的酶。高等動物的消化酶由消化腺分泌。

**消化器** ㄒㄧㄠ ㄏㄨㄚˋ ㄑㄧˋ 口腔、咽喉、食道、胃、腸等消化食物的器官。

**消化劑** ㄒㄧㄠ ㄏㄨㄚˋ ㄐㄧˋ 幫助胃腸消化作用的藥劑。如健胃劑等。

**消火栓** ㄒㄧㄠ ㄏㄨㄛˇ ㄕㄨㄢ 裝設在馬路邊或建築物內的滅火裝置。除去裝在自來水鐵管的栓，另裝橡皮管在它的口上，水可以由管口冒出來，用來滅火。

**消防車** ㄒㄧㄠ ㄈㄤˊ ㄔㄜ 救火車。

**消防隊** ㄒㄧㄠ ㄈㄤˊ ㄉㄨㄟˋ 救火隊。

**消炎藥** ㄒㄧㄠ ㄧㄢˊ ㄧㄠˋ 能夠消除身體發炎症狀的藥物。一般是抗菌性或抑制性藥物。

**消毒藥** ㄒㄧㄠ ㄉㄨˊ ㄧㄠˋ 具有殺菌力量的藥品。

**消耗品** ㄒㄧㄠ ㄏㄠˋ ㄆㄧㄣˇ 一用就會磨損不能再用，或數量會漸漸減少的物品。

**消費者** ㄒㄧㄠ ㄈㄟˋ ㄓㄜˇ 購買消費商品的人，服務業的顧客。

**消費品** ㄒㄧㄠ ㄈㄟˋ ㄆㄧㄣˇ 指專供消費使用的各種物品。

**消費稅** ㄒㄧㄠ ㄈㄟˋ ㄕㄨㄟˋ 指消費者購買物品時所附帶負擔的稅。分直接消費稅、間接消費稅兩種。

**消化系統** ㄒㄧㄠ ㄏㄨㄚˋ ㄒㄧˋ ㄊㄨㄥˇ 人或動物體內由口腔、食道、胃、十二指腸、小腸、大腸、直腸到肛門整個管道，旁及消化腺（唾液、胃腺、腸腺、肝臟、膽汁、胰臟等）合稱消化系統。

**消費物價** ㄒㄧㄠ ㄈㄟˋ ㄨˋ ㄐㄧㄚˋ 各類消費物品的價格。對躉售物價說的。

**消費合作社** ㄒㄧㄠ ㄈㄟˋ ㄏㄜˊ ㄗㄨㄛˋ ㄕㄜˋ 消費者合資組成的社團，直接由原產地或躉售商人購貨分售社員，避免中間剝削。

## 浙

ㄓㄜˋ ㈠江名，在浙江省。㈡浙江省的略稱。

## 浞（淛）

ㄓㄨㄛˊ 寒浞，古人名，夏朝有窮國君后羿的部下。

## 涉

ㄕㄜˋ ㈠蹚水走。如「涉水」「跋涉」。㈡經歷。如「涉世未深」「涉險」。㈢牽連。如「牽涉」「干涉」。㈣図進入。如「涉秋」「涉足」。㈤河南省縣名。㈥姓。

**涉入** ㄕㄜˋ ㄖㄨˋ 牽扯進去。

**涉及** ㄕㄜˋ ㄐㄧˊ 牽涉到。

**涉水** ㄕㄜˋ ㄕㄨㄟˇ 過河；渡水；從水中走過去。

**涉世** ㄕㄜˋ ㄕˋ 図經歷世事。如「他很年輕，涉世不深」。

**涉外** ㄕㄜˋ ㄨㄞˋ 涉及外國人的事件。如「他主管涉外事務」。

**涉足** ㄕㄜˋ ㄗㄨˊ 図進入。如「涉足其間」。

**涉訟** ㄕㄜˋ ㄙㄨㄥˋ 図牽連到訴訟案件。

**涉嫌** ㄕㄜˋ ㄒㄧㄢˊ 有犯罪的嫌疑。

**涉想** ㄕㄜˋ ㄒㄧㄤˇ 想到。

**涉禽** ㄕㄜˋ ㄑㄧㄣˊ 鳥的一類，嘴、頸、腳和趾都長，適合在淺水中行走，捕食魚蝦、貝類和水生昆蟲等。如鷺、鶴、鸛、鷸等。

**涉險** ㄕㄜˋ ㄒㄧㄢˇ 冒險，歷險。

**涉獵** ㄕㄜˋ ㄌㄧㄝˋ 図涉水獵獸。比喻博學而不專精。

**涉覽** ㄕㄜˋ ㄌㄢˇ 図隨意讀書，並不精細研究。

## 涔

図ㄘㄣˊ 見「涔涔」。

**涔涔** ㄘㄣˊ ㄘㄣˊ 図①雨水多。如「涔涔塞雨繁」。②困頓。如「病涔涔」。③淚水下滴的樣子。如「淚涔涔」。

## 涘

図ㄙˋ 水邊叫涘。如「在河之涘」。

## 涑

ㄙㄨˋ 水名，源出山西絳縣，西南流入黃河。

## 浥

図ㄧˋ 浥浥，溼潤的樣子。

## 浯

ㄨˊ ①江名，一在福建省，一在山東省。②福建省金門島的舊稱。

## 浴

ㄩˋ ㈠洗澡。如「沐浴」「浴池」。㈡図潔治。如「澡身浴德」。

**浴巾** ㄩˋ ㄐㄧㄣ 洗澡用的大毛巾。

**浴池** ㄩˋ ㄔˊ 為沐浴所設的水池。

**浴血** ㄩˋ ㄒㄧㄝˇ 図受傷時出血多。常用在為抵抗侵略而作戰。

**浴衣** ㄩˋ ㄧ 專供洗澡前後穿的衣服。

**浴佛** ㄩˋ ㄈㄛˊ 灌佛。佛教徒在舊曆四月八日佛誕當天用各種香湯來淋佛像。

**浴室** ㄩˋ ㄕˋ 洗澡用的房間。

**浴盆** ㄩˋ ㄆㄣˊ 澡盆。

**浴缸** ㄩˋ ㄍㄤ 洗澡用的大缸。

**浴場** ㄩˋ ㄔㄤˇ 露天游泳場所。

**浴德** ㄩˋ ㄉㄜˊ 文修養品德，除去行為上的汙點。〈禮記〉有「儒有澡身而浴德」。

## 八筆

**淼** ㄇㄧㄠˇ 文水大的樣子。如「煙波浩淼」。

**淼淼** ㄇㄧㄠˇ ㄇㄧㄠˇ 文水大的樣子。

**淝** ㄈㄟˊ 水名，在安徽省。

**涪** ㄈㄨˊ 涪江，在四川省。

**淡** ㄉㄢˋ ㈠顏色、味道不濃。如「淡掃蛾眉」「清茶淡飯」。㈡稀薄。如「人情很淡」「雲淡風清」。㈢不熱心。如「淡然」「淡淡地說了兩句應酬話」。㈣不旺盛。如「生意很淡」「淡月」。

**淡入** ㄉㄢˋ ㄖㄨˋ 一個畫面由黑暗漸漸轉明到完全清晰的過程，表示劇情的開始，與淡出相對。

**淡化** ㄉㄢˋ ㄏㄨㄚˋ ①使問題、情節逐漸淡薄，不再受重視。如「多年下來，這些問題都已淡化」。②化學名詞，也稱稀釋。加溶劑於溶液裡，使溶液的濃度稀薄。

**淡月** ㄉㄢˋ ㄩㄝˋ 小月，生意冷清的月分。對旺月而言。

**淡水** ㄉㄢˋ ㄕㄨㄟˇ ①含鹽分極少的水。常指可以飲用的水。②地名。臺灣北部淡水河口的城鎮，原名滬尾。清代時是臺灣重要的通商港口。

**淡出** ㄉㄢˋ ㄔㄨ ①電影中表示時空轉換的方法之一。指一個畫面從完全清晰而逐漸模糊到完全隱沒的過程，用來表示一個段落的結束。②比喻逐漸退出。如「他年紀大了，從政治圈中淡出，過著退隱的生活」。

**淡忘** ㄉㄢˋ ㄨㄤˋ 逐漸忘記了。

**淡季** ㄉㄢˋ ㄐㄧˋ 交易清淡的季節。

**淡泊** ㄉㄢˋ ㄅㄛˊ 恬靜寡欲。

**淡氣** ㄉㄢˋ ㄑㄧˋ 氮。

**淡彩** ㄉㄢˋ ㄘㄞˇ 素描畫加淡淡的水彩。

**淡淡** ㄉㄢˋ ㄉㄢˋ ①文水流平滿的樣子。②見「淡」㈠㈢。

**淡然** ㄉㄢˋ ㄖㄢˊ 文不特別關懷注意。如「淡然處之」。

**淡菜** ㄉㄢˋ ㄘㄞˋ 蚌屬，又稱貽貝。生長在淺海岩石上，形狀略呈三角形的雙殼貝類。晒乾不加鹽，味鮮美。金門、馬祖一帶產量較豐。

**淡飯** ㄉㄢˋ ㄈㄢˋ 不精美的飯食。

**淡漠** ㄉㄢˋ ㄇㄛˋ 冷靜，不熱心。

**淡薄** ㄉㄢˋ ㄅㄛˊ 不濃厚。

**淡巴菰** ㄉㄢˋ ㄅㄚ ㄍㄨ 外西班牙語 tabaco 的音譯，菸草。明代時由呂宋島傳入我國。

**淡水魚** ㄉㄢˋ ㄕㄨㄟˇ ㄩˊ 生活在淡水裡的魚。

**淡水湖** ㄉㄢˋ ㄕㄨㄟˇ ㄏㄨˊ 水中含鹽分極小的湖泊。在我國像洞庭湖、鄱陽湖、太湖等。

**淡水養殖** ㄉㄢˋ ㄕㄨㄟˇ ㄧㄤˇ ㄓˊ 利用江河、湖泊、水庫、池沼飼養魚類等水生經濟動物的生產活動。

**淡妝濃抹** ㄉㄢˋ ㄓㄨㄤ ㄋㄨㄥˊ ㄇㄛˇ ①婦女的妝扮濃淡不同。②形容西湖的景色。蘇軾詩：「若把西湖比西子，淡妝濃抹總相宜」。

**淡掃蛾眉** ㄉㄢˋ ㄙㄠˇ ㄜˊ ㄇㄟˊ 形容女人輕輕畫眉，化妝淡雅。

**淀** ㄉㄧㄢˋ 淺的河流及湖泊之類的水域。

**淘** ㄊㄠˊ ㈠洗。如「淘米」。㈡除去壞的，留下好的。如「淘汰」。㈢挖深，去壅。如「淘井」「水溝不通了，把它淘一淘」。㈣見「淘氣」。

**淘井** ㄊㄠˊ ㄐㄧㄥˇ 取去井裡阻塞水源的濁泥。

**淘米** ㄊㄠˊ ㄇㄧˇ 洗米。

**淘汰** ㄊㄠˊ ㄊㄞˋ 除去劣的，留下好的。

**淘金** ㄊㄠˊ ㄐㄧㄣ ①採取沙金的人，用水淘去沙質，採取細粒的金。②比喻想發財。如「他到美國淘金去了」。

**淘洗** ㄊㄠˊ ㄒㄧˇ ①在河川中分離沙粒取得金屬的方法。②用水洗使消化汙泥的鹼度降低以便脫水處理。

**淘氣** ㄊㄠˊ ㄑㄧˋ ①孩子頑皮不聽話。②為事勞神。如「算了，不要跟他淘氣了」。

**淘神** ㄊㄠˊ ㄕㄣˊ ①兒童淘氣，使長輩費神。②勞神。

**淘汰賽** ㄊㄠˊ ㄊㄞˋ ㄙㄞˋ 運動競賽方式的一種。失敗者被淘汰，勝利者升級繼續比賽，到最後冠軍產生為止。

**淌** ㄊㄤˇ 流。如「淌眼淚」。

**添** ㄊㄧㄢ ㈠增加。如「添補」「添置儀器設備」。㈡生育。如「添丁」「添了一個小孩兒」。

**添丁** ㄊㄧㄢ ㄉㄧㄥ 生兒子。

**添改** ㄊㄧㄢ ㄍㄞˇ 增改。

**添設** ㄊㄧㄢ ㄕㄜˋ 增設。

**添補** ㄊㄧㄢ ㄅㄨˇ 補字輕讀。增加補充。

**添置** ㄊㄧㄢ ㄓˋ 在原有的以外再購置。

**添箱** ㄊㄧㄢ ㄒㄧㄤ 親友家嫁女兒，送他東西來充實嫁妝叫「添箱」。

**添枝加葉** ㄊㄧㄢ ㄓ ㄐㄧㄚ ㄧㄝˋ 比喻敘述或轉述時，故意增加一些枝節，以求誇張或達到某種目的。如「他說話喜歡添枝加葉」。也說「添油加醋」。

**淖** ㄋㄠˋ ㈠爛汙泥。如「陷入泥淖」。㈡「淖爾」，蒙古話的湖泊。如「庫庫淖爾」（青海）。

**淖濘** ㄋㄠˋ ㄋㄧㄥˋ 泥濘。

**淶** ㄌㄞˊ 水名，在河北省。

**淚（泪）** ㄌㄟˋ 從眼球旁邊兒的腺體分泌出來的液體，叫「眼淚」。

**淚水** ㄌㄟˋ ㄕㄨㄟˇ 眼淚。

**淚珠** ㄌㄟˋ ㄓㄨ 一滴一滴的眼淚。

**淚痕** ㄌㄟˋ ㄏㄣˊ 流淚的痕跡。

**淚液** ㄌㄟˋ ㄧˋ 淚腺分泌的液體，有溼潤眼球表面，免除乾燥的傷害，並能沖去異物、抑制微生物的生長等功能。淚液因悲傷、興奮或異物侵入眼睛而大量分泌，流出眼瞼時叫做眼淚、淚水。

**淚眼** ㄌㄟˋ ㄧㄢˇ 含著淚水的眼睛。

**淚腺** ㄌㄟˋ ㄒㄧㄢˋ 解剖學名詞。管狀泡性腺體，位於眼瞼內層，能分泌淚液，以溼潤眼球表面，維持正常視力。

**淚管** ㄌㄟˋ ㄍㄨㄢˇ 解剖學名詞。淚點通過淚囊的細管。

**淚人兒** ㄌㄟˋ ㄖㄣˊ ㄦ 形容痛哭的人。

**淚涔涔** ㄌㄟˋ ㄘㄣˊ ㄘㄣˊ 淚水很多的樣子。如「淚涔涔如雨下」。

**淚汪汪（兒）** ㄌㄟˋ ㄨㄤ ㄨㄤ ㄦ 眼淚滿了眼眶。

**淚如泉湧** ㄌㄟˋ ㄖㄨˊ ㄑㄩㄢˊ ㄩㄥˇ 淚水像泉水湧出，形容人傷心。如「說到傷心處，他淚如泉湧」。

**淋** ▲ㄌㄧㄣˊ ㈠水向下澆灑。如「淋浴」。㈡見「淋漓」。㈢一種性病，又名「白濁」，患者尿道紅腫潰爛。▲ㄌㄧㄣˋ ㈠濾過。如「過淋」。㈡淋病的「淋」又讀。▲ㄌㄩㄣˊ 被雨水澆著的又讀。如「全身都淋溼了」。

**淋浴** ㄌㄧㄣˊ ㄩˋ 把水噴澆在身上的洗澡方式。

**淋病** ㄌㄧㄣˊ ㄅㄧㄥˋ 慢性尿道炎。受病原菌感染而得。又名白濁。

**淋漓** ㄌㄧㄣˊ ㄌㄧˊ ①溼透的樣子。②痛快、暢達的樣子。

**淋巴腺** ㄌㄧㄣˊ ㄅㄚ ㄒㄧㄢˋ 散布在淋巴管裡的核形小體。在人體內有三種主要作用：①生成淋巴細胞。②消滅或截留侵入體內的病原菌。③阻擋各種異物，例如肺臟吸入炭末，到了肺門就被淋巴腺截留。

**淋漓盡致** ㄌㄧㄣˊ ㄌㄧˊ ㄐㄧㄣˋ ㄓˋ 暢達詳盡，情態逼真。

**涼（凉）** ▲ㄌㄧㄤˊ ㈠微寒。如「秋涼」「涼風」。㈡取涼用的東西。如「涼棚」「涼傘」。㈢感冒叫「著涼」「受涼」。㈣淒清的樣子。如「淒涼」。㈤失望。如「心裡涼了半截兒」。㈥図薄，不善。如「號多涼德」。㈦東晉時代的國名，有「前涼」「後涼」（在甘肅省）。㈧姓。▲ㄌㄧㄤˋ 把熱的東西放在通風的地方使熱度減低。如「把水涼（ㄌㄧㄤˋ）涼（ㄌㄧㄤˋ）了再喝」。

**涼臺** ㄌㄧㄤˊ ㄊㄞˊ 可供乘涼的陽臺。

**涼快** ㄌㄧㄤˊ ㄎㄨㄞˋ 快字可輕讀。清涼愉快。

**涼拌** ㄌㄧㄤˊ ㄅㄢˋ 不經加熱炒煮，只將菜肴加調味料拌和的冷食。

**涼亭** ㄌㄧㄤˊ ㄊㄧㄥˊ 供人乘涼用的亭子。

**涼風** ㄌㄧㄤˊ ㄈㄥ 微寒的風。

**涼爽** ㄌㄧㄤˊ ㄕㄨㄤˇ 涼快。

**涼棚** ㄌㄧㄤˊ ㄆㄥˊ 擋太陽取涼的棚子。

**涼椅** ㄌㄧㄤˊ ㄧˇ 乘涼用的椅子。用竹、藤做成，常放在廊下、院中。

**涼德** ㄌㄧㄤˊ ㄉㄜˊ 図薄德。

**涼鞋** ㄌㄧㄤˊ ㄒㄧㄝˊ 夏天穿的透氣休閒鞋。

**涼藥** ㄌㄧㄤˊ ㄧㄠˋ 涼性的中藥材。

**涼麵** ㄌㄧㄤˊ ㄇㄧㄢˋ 涼拌的麵食。麵條煮熟撈起，加作料、調味品吃的。

**涼水（兒）** ㄌㄧㄤˊ ㄕㄨㄟˇ ㄦ ①冷水。②冷飲。

**涼席（兒）** ㄌㄧㄤˊ ㄒㄧˊ ㄦ 夏天所用的草席。

**涼氣（兒）** ㄌㄧㄤˊ ㄑㄧˋ ㄦ 冷氣、寒氣。

**涼菜（兒）** ㄌㄧㄤˊ ㄘㄞˋ ㄦ 冷食的菜肴。

**涼粉兒** ㄌㄧㄤˊ ㄈㄣˇ ㄦ 用綠豆粉做成的爽口食品。

**涼颼颼（的）** ㄌㄧㄤˊ ㄙㄡ ㄙㄡ ˙ㄉㄜ 有點兒冷的樣子。

**涼血動物** ㄌㄧㄤˊ ㄒㄩㄝˋ ㄉㄨㄥˋ ㄨˋ ①冷血動物，像龜、蛇等。②比喻沒有同情心的人。

**涤** ㄌㄨˋ ㈠図水清的樣子。㈡溼，通「漉」。如「溼涤涤」。㈢姓。

**淩** ㄌㄧㄥˊ ㈠水名，在安徽省。㈡淩淩，水清澈的樣子。㈢通凌，超越。㈣姓。

**淪** ㄌㄨㄣˊ ㈠水的小波紋。㈡沉沒。如「沉淪」。㈢喪失，滅亡。如「淪亡」。㈣沒落。如「淪為乞丐」。

**淪入** ㄌㄨㄣˊ ㄖㄨˋ 淪落到……。

**淪亡** ㄌㄨㄣˊ ㄨㄤˊ 滅亡。

**淪陷** ㄌㄨㄣˊ ㄒㄧㄢˋ 陷落。指土地被敵對的人所占領。

**淪喪** ㄌㄨㄣˊ ㄙㄤˋ [文]淪落喪亡。

**淪落** ㄌㄨㄣˊ ㄌㄨㄛˋ 流落無歸宿。

**淪肌浹髓** ㄌㄨㄣˊ ㄐㄧ ㄐㄧㄚˊ ㄙㄨㄟˇ [文]比喻感受的深刻。

# 淦

ㄍㄢˋ ㈠[文]水入船中叫淦。㈡水名，在江西省。㈢姓。

# 混

▲ㄏㄨㄣˋ ㈠雜亂。㈡攙和在一起。如「混合」「相混」。㈢苟且過日子。如「胡混」「一天混過一天」。▲ㄏㄨㄣˊ ㈠通「渾」，是水不清的樣子。如「混水」。㈡由不清引伸為胡塗。如「這個人好混，是個胡塗蛋」。▲ㄏㄨㄣˇ「ㄏㄨㄣˋ」㈠㈡的又讀。▲[文]ㄍㄨㄣˇ 混混，水流的樣子。

**混一** ㄏㄨㄣˋ ㄧ [文]統一。

**混入** ㄏㄨㄣˋ ㄖㄨˋ 混雜進去。

**混子** ㄏㄨㄣˋ ㄗ˙ [方]指混雜在某一種社會的人。如「學混子」（職業學生）。

**混元** ㄏㄨㄣˋ ㄩㄢˊ [文]天地初開闢。

**混水** ㄏㄨㄣˋ ㄕㄨㄟˇ ①濁水。②比喻不正當的事。③比喻紊亂的局面。如「混水摸魚」。

**混充** ㄏㄨㄣˋ ㄔㄨㄥ 蒙混充當，冒充。如「以馬鈴薯染色混充何首烏」。

**混同** ㄏㄨㄣˋ ㄊㄨㄥˊ ①[文]統一，合而為一。②法律名詞，因為繼承或其他原因而將債權、債務歸於同一人時，稱為混同。有這種事實，債的關係便告消失。

**混合** ㄏㄨㄣˋ ㄏㄜˊ ①把不同的攙和在一起。如「男女混合編班」。②兩種或多種物質雜合一處，不相互發生化學反應。

**混作** ㄏㄨㄣˋ ㄗㄨㄛˋ 作物種植制度之一。在同一塊土地上，按一定比例同時播種幾種作物。

**混沌** ㄏㄨㄣˋ ㄉㄨㄣˋ [文]①太古時代世界開闢以前的狀態。②形容人胡塗無知的樣子。

**混事** ㄏㄨㄣˋ ㄕˋ 以得到衣食為目的去做工作、就業。也說「混飯吃」。有貶義，有時是自謙用的。

**混紡** ㄏㄨㄣˋ ㄈㄤˇ 天然纖維和合成纖維混合織成衣料，可增加衣服的耐用與穿著的舒服。價格也較天然纖維低廉。

**混帳** ㄏㄨㄣˋ ㄓㄤˋ 罵人無理無恥。

**混淆** ㄏㄨㄣˋ ㄧㄠˊ 分辨不清。

**混蛋** ㄏㄨㄣˋ ㄉㄢˋ 罵人胡塗。現在常常說「混球」（兒）。

**混亂** ㄏㄨㄣˋ ㄌㄨㄢˋ ①混雜。②缺乏條理，沒有秩序。如「公權力不彰，社會混亂」。

**混跡** ㄏㄨㄣˋ ㄐㄧ [文]混身其中。也作「溷跡」。

**混戰** ㄏㄨㄣˋ ㄓㄢˋ 打仗或鬥毆時，雙方人眾亂打一氣。

**混濁** ㄏㄨㄣˋ ㄓㄨㄛˊ 不潔淨，不清澈。

**混雜** ㄏㄨㄣˋ ㄗㄚˊ ①不純一，沒有條理。②攙和。

**混合法** ㄏㄨㄣˋ ㄏㄜˊ ㄈㄚˇ 又名「均中比例」。是把價值和分量不等的同類貨物，混合比較的方法。

**混合物** ㄏㄨㄣˋ ㄏㄜˊ ㄨˋ 不起化學作用，也沒有成分比例的兩種或兩種以上相攙和的物質。

**混血兒** ㄏㄨㄣˋ ㄒㄧㄝˇ ㄦˊ 不同膚色、種族的男女所生的子女。

**混混兒** ㄏㄨㄣˋ ㄏㄨㄣ˙ ㄦ [方]第二個混字輕讀。指「流氓」。

**混凝土** ㄏㄨㄣˋ ㄋㄧㄥˊ ㄊㄨˇ 水泥、細砂和石子，按一定比例相混合，加水以後能凝結牢固，是建築工程常用的材料。

**混水摸魚** ㄏㄨㄣˋ ㄕㄨㄟˇ ㄇㄛ ㄩˊ 比喻趁混亂的時機撈一把。

**混世魔王** ㄏㄨㄣˋ ㄕˋ ㄇㄛˊ ㄨㄤˊ 比喻擾亂世界、社會，給人帶來災難或煩惱的人。也比喻到處胡作非為的豪門子弟。

**混合人種** ㄏㄨㄣˋ ㄏㄜˊ ㄖㄣˊ ㄓㄨㄥˇ 一般指移民的後裔，和土著、移民都有差異。

**混合列車** ㄏㄨㄣˋ ㄏㄜˊ ㄌㄧㄝˋ ㄔㄜ 一半載貨一半載客的列車。

**混合雙打** ㄏㄨㄣˋ ㄏㄜˊ ㄕㄨㄤ ㄉㄚˇ 球類運動競賽的一種方式。以男女各一人為一組，接續輪流回擊對方來球。通常見於桌球、羽球和網球等球類運動。

**混為一談** ㄏㄨㄣˋ ㄨㄟˊ ㄧ ㄊㄢˊ 把不同的事合在一起說。如「這是兩件不相干的事，不能混為一談」。

**混合式游泳** ㄏㄨㄣˋ ㄏㄜˊ ㄕˋ ㄧㄡˊ ㄩㄥˇ 游泳競賽的一種項目。運動員按蝶式、仰式、蛙式、自由式的順序，每一種游全程的四分之一，到終點為止，以游泳時間最短的為第一。

**混凝土攪拌機** ㄏㄨㄣˋ ㄋㄧㄥˊ ㄊㄨˇ ㄐㄧㄠˇ ㄅㄢˋ ㄐㄧ 在圓筒內（或旋轉軸）的葉片均勻攪拌水泥、沙、細石的機器。圓筒附著在卡車上，以便取得動力，並能迅速運輸。

**涸** ▲図ㄏㄜˊ水乾了。如「乾涸」。▲ㄏㄠˋ見「涸乾」。

**涸乾** ㄏㄠˋ ㄍㄢ 水分耗完了。也引伸作「用完」。

**涸轍鮒魚** ㄏㄜˊ ㄔㄜˋ ㄈㄨˋ ㄩˊ 図也作「涸轍之魚」。〈莊子．外物〉所說的寓言。說鯽魚掉在路上乾的車轍裡等待援救。比喻處於困境中的人。也可拆開用，作「涸轍」「涸鮒」。

**涵** ㄏㄢˊ ㈠図水澤多。如「涵澤」。㈡包容。如「包涵」「海涵」，都是請人原諒的話。㈢修養。如「涵養」。㈣図見「涵泳」。

**涵化** ㄏㄢˊ ㄏㄨㄚˋ 一種文化變遷。兩個或多個原來各自獨立的不同文化，由於接觸而互相影響的過程。

**涵泳** ㄏㄢˊ ㄩㄥˇ 図①同「游泳」。②品味；深入體會。

**涵洞** ㄏㄢˊ ㄉㄨㄥˋ ①鐵路、公路下面通水的建築。②通水的陰溝。

**涵容** ㄏㄢˊ ㄖㄨㄥˊ 図包涵，寬容。如「冒瀆之處，尚請涵容」。

**涵義** ㄏㄢˊ ㄧˋ 涵蘊的意義。

**涵碧** ㄏㄢˊ ㄅㄧˋ 図碧綠深沉的水色。

**涵管** ㄏㄢˊ ㄍㄨㄢˇ 鐵道、公路與溝渠相交的地方，使水流通過的管道。用磚石砌造，或用混凝土建造，或埋入金屬或塑膠管。

**涵蓄** ㄏㄢˊ ㄒㄩˋ 意義包涵在裡面。

**涵養** ㄏㄢˊ ㄧㄤˇ ①能控制情緒的修養。②図化育；滋潤養育。③蓄積保持。如「涵養水源」。

**淮** ㄏㄨㄞˊ 河名，源出河南省，經安徽省到江蘇省入海。

**淮北** ㄏㄨㄞˊ ㄅㄟˇ 淮河以北一帶的地方。

**淮南** ㄏㄨㄞˊ ㄋㄢˊ 淮河以南一帶的地方。

**淨（淨、浄）** ㄐㄧㄥˋ ㈠清潔。如「潔淨」「窗明几淨」。㈡使它清潔。如洗臉洗手叫「淨面」「淨手」。㈢空無剩餘。如「飯要吃淨」「材料用淨」。㈣純粹的，實質的。如「淨利」「純淨」。㈤只是。如「淨說不做」「剩下的淨是骨頭」。㈥全是，都是。如「一屋子淨是書」。㈦國劇（京劇）扮演花臉的角色，叫淨。

**淨土** ㄐㄧㄥˋ ㄊㄨˇ 佛教指西方樂土。

**淨化** ㄐㄧㄥˋ ㄏㄨㄚˋ 去除汙穢或雜質，使乾淨。如「淨化心靈」。

**淨心** ㄐㄧㄥˋ ㄒㄧㄣ 佛家語。指眾生本來就有的清淨的心靈。

**淨手** ㄐㄧㄥˋ ㄕㄡˇ 舊時指大小便。章回小說常用。

**淨水** ㄐㄧㄥˋ ㄕㄨㄟˇ 原水經過處理，合於飲用水質標準的水。這器具叫淨水器。

**淨利** ㄐㄧㄥˋ ㄌㄧˋ 凡是企業每期減去各項成本、費用以及損失之後的餘額，如果是正數，就叫淨利或純利。

**淨重** ㄐㄧㄥˋ ㄓㄨㄥˋ 物品除去包裝或容器後的實際重量。

**淨面** ㄐㄧㄥˋ ㄇㄧㄢˋ 洗臉。舊小說裡常用。

**淨值** ㄐㄧㄥˋ ㄓˊ 企業資產總額減除負債總額後的餘額。

**淨盡** ㄐㄧㄥˋ ㄐㄧㄣˋ 一點兒都不剩。

**淨角兒** ㄐㄧㄥˋ ㄐㄩㄝˊ ㄦ 傳統戲曲角色之一，俗稱花臉。扮演性格或相貌特異的人物，如張飛、李逵等。

## 淒

ㄑㄧ (一)寒冷。如「淒風苦雨」。(二)通「悽」。

**淒切** ㄑㄧ ㄑㄧㄝˋ 淒涼悲傷。

**淒其** ㄑㄧ ㄑㄧˊ 〔文〕天氣寒冷。「其」字是詞尾，〈詩經．邶風〉有「絺兮綌兮，淒其以風」。

**淒迷** ㄑㄧ ㄇㄧˊ ①模糊，迷惘。形容景色、心情。②比喻迷濛難分辨的樣子。如「近日股市淒迷，不敢大量買入」。

**淒涼** ㄑㄧ ㄌㄧㄤˊ 身世悲苦寂寞。

**淒婉** ㄑㄧ ㄨㄢˇ 形容聲音悲哀而婉轉。

**淒淒** ㄑㄧ ㄑㄧ 〔文〕①寒涼的樣子。如「風雨淒淒」。②悲傷，哀痛。如「其聲淒淒不忍卒聞」。

**淒清** ㄑㄧ ㄑㄧㄥ 寒涼清寂的樣子。如「獨居老人的生活情景相當淒清」。

**淒愴** ㄑㄧ ㄔㄨㄤˋ 〔文〕淒慘，悲傷。

**淒楚** ㄑㄧ ㄔㄨˇ ①極度悲傷。②淒慘。

**淒厲** ㄑㄧ ㄌㄧˋ 〔文〕寒風號叫的聲音。比喻悲涼慘澹。如「淒厲的風聲，使人更加縮緊身子」。

**淒風苦雨** ㄑㄧ ㄈㄥ ㄎㄨˇ ㄩˇ ①風雨寒冷。②引伸作人生的愁苦。

**淒淒涼涼** ㄑㄧ ㄑㄧ ㄌㄧㄤˊ ㄌㄧㄤˊ 淒涼的加重的語氣。

**淒淒慘慘** ㄑㄧ ㄑㄧ ㄘㄢˇ ㄘㄢˇ 同「悽慘」。

## 淇

ㄑㄧˊ 水名，在河南省。

## 淺

▲ㄑㄧㄢˇ (一)水不深。如「淺海」「淺灘」。(二)從上到下，或從裡到外的距離近。如「土很淺」「院子很淺」。(三)時間不長。如「年代淺」「交淺言深」。(四)簡明容易了解。如「淺顯」「由淺入深」。(五)程度低。如「淺陋」「閱歷淺」。(六)顏色淡。如「淺紅」「淺灰」。(七)微微的。如「淺笑」。(八)自謙的話。如「淺見」「淺聞」。(九)見「淺子」。▲〔文〕ㄐㄧㄢ 見「淺淺」。

**淺子** ㄑㄧㄢˇ ㄗ˙ 圓形而周緣低矮的篾器，盛東西用，不能容水。用竹子、柳條等編成。

**淺灰** ㄑㄧㄢˇ ㄏㄨㄟ 淡灰色。

**淺見** ㄑㄧㄢˇ ㄐㄧㄢˋ 自謙的話，淺薄的見解。也說「淺聞」。

**淺易** ㄑㄧㄢˇ ㄧˋ 淺近。

**淺明** ㄑㄧㄢˇ ㄇㄧㄥˊ 淺近明白。

**淺近** ㄑㄧㄢˇ ㄐㄧㄣˋ 不深奧。

**淺紅** ㄑㄧㄢˇ ㄏㄨㄥˊ 淡紅色。

**淺陋** ㄑㄧㄢˇ ㄌㄡˋ 粗淺鄙陋。

**淺海** ㄑㄧㄢˇ ㄏㄞˇ 水深在兩百公尺以內的海域。

**淺笑** ㄑㄧㄢˇ ㄒㄧㄠˋ 微笑。

**淺淺** ㄐㄧㄢ ㄐㄧㄢ 〔文〕水流很快的聲音。如「但聞黃河流水聲淺淺」。也作「濺濺」。

**淺綠** ㄑㄧㄢˇ ㄌㄩˋ 淡綠色。

**淺說** ㄑㄧㄢˇ ㄕㄨㄛ 淺顯的說明。通常是針對程度較低或沒受過專業訓練的讀者所作的說明文字。也有用作書名的。如「文字學淺說」。

**淺聞** ㄑㄧㄢˇ ㄨㄣˊ 〔文〕指知識狹隘。如「淺聞如我，怎敢在您面前賣三字經」。

**淺學** ㄑㄧㄢˇ ㄒㄩㄝˊ 學問淺薄。

**淺薄** ㄑㄧㄢˇ ㄅㄛˊ ①知識淺。②學力不深。

**淺鮮** ㄑㄧㄢˇ ㄒㄧㄢˇ 〔文〕輕微。

**淺藍** ㄑㄧㄢˇ ㄌㄢˊ 淡藍色。

**淺露** ㄑㄧㄢˇ ㄌㄨˋ 措詞不委婉，不含蓄。

**淺灘** ㄑㄧㄢˇ ㄊㄢ 河流、湖泊、海邊水淺可見底的部分。

**淺顯** ㄑㄧㄢˇ ㄒㄧㄢˇ 淺明。

**淺斟低唱** ㄑㄧㄢˇ ㄓㄣ ㄉㄧ ㄔㄤˋ 慢慢地斟酒，聽人低聲吟唱。比喻閒適的生活。

**清** ㄑㄧㄥ ㈠潔淨，和「濁」相反。如「清潔」「河水清澈」。㈡涼爽。如「清涼」「天朗氣清」。㈢單純。如「清唱」「清一色是中國人」。㈣靜寂。如「清靜」「冷清清」。㈤明晰，不亂。如「清楚」「清晰」。㈥淨盡。如「債還清了」。㈦品格高尚。如「清白」「清高」。㈧公正廉明。如「清官」。㈨了結。如「清帳」。㈩詳細的。如「清查」「清丈」。⑪整理。如「清理」。⑫秀美的樣子。如「清麗」「眉清目秀」。⑬朝代名，滿族愛新覺羅氏所建立的，中國最後一個封建王朝（西元1644－1911）。

**清介** ㄑㄧㄥ ㄐㄧㄝˋ 〔文〕指人清高耿直。

**清丈** ㄑㄧㄥ ㄓㄤˋ 對土地作詳細的丈量。

**清心** ㄑㄧㄥ ㄒㄧㄣ 使心境平靜沒有雜念。

**清欠** ㄑㄧㄥ ㄑㄧㄢˋ 還清借款。

**清水** ㄑㄧㄥ ㄕㄨㄟˇ ①乾淨的水。②鎮名，在台中縣。

**清冊** ㄑㄧㄥ ㄘㄜˋ 明細的帳冊。

**清平** ㄑㄧㄥ ㄆㄧㄥˊ ①純潔而和平。②太平安靜。

**清白** ㄑㄧㄥ ㄅㄞˊ 白也讀ㄅㄛˊ。①人品純潔。②不做汙賤的職業。如「身家清白」。

**清冷** ㄑㄧㄥ ㄌㄥˇ 冷落。

**清妙** ㄑㄧㄥ ㄇㄧㄠˋ 〔文〕誇獎人的品格清雅高潔。如「二人皆一時清妙，眾共仰望」。

**清狂** ㄑㄧㄥ ㄎㄨㄤˊ ①指白癡。②指人高傲不羈。

**清和** ㄑㄧㄥ ㄏㄜˊ ①形容國事清靜和平。②形容人的性情和平。③天氣清明和平。

**清夜** ㄑㄧㄥ ㄧㄝˋ 幽靜的深夜。

**清奇** ㄑㄧㄥ ㄑㄧˊ 清新不同於凡俗（指人或作品）。

**清泠** ㄑㄧㄥ ㄌㄧㄥˊ 同「清涼」。

**清官** ㄑㄧㄥ ㄍㄨㄢ 廉明正直的官吏。

**清明** ㄑㄧㄥ ㄇㄧㄥˊ ①節氣名，以陽曆四月五日為準。②太平。③神志光明。

**清油** ㄑㄧㄥ ㄧㄡˊ 清淨不混濁的油。指茶油、菜油、素油。

**清玩** ㄑㄧㄥ ㄨㄢˊ ①指金石、書畫、古器、盆景等可供賞玩的雅致的東西。②賞玩。

**清秀** ㄑㄧㄥ ㄒㄧㄡˋ 清爽秀美。

**清亮** ㄑㄧㄥ ㄌㄧㄤˋ （聲音）清脆響亮。

**清客** ㄑㄧㄥ ㄎㄜˋ ①舊時在富貴人家幫閒的門客。②梅的別名。

**清幽** ㄑㄧㄥ ㄧㄡ 清靜幽雅。

**清查** ㄑㄧㄥ ㄔㄚˊ 徹底檢查。

**清洌** ㄑㄧㄥ ㄌㄧㄝˋ 水清涼的樣子。也作「清冽」。

**清流** ㄑㄧㄥ ㄌㄧㄡˊ ①清澈的水流。②從前指名士。③福建省縣名。

**清泉** ㄑㄧㄥ ㄑㄩㄢˊ 清洌的泉水。

**清洗** ㄑㄧㄥ ㄒㄧˇ ①洗乾淨。如「餐具要經常清洗」。②清除。

**清苦** ㄑㄧㄥ ㄎㄨˇ 生活窮困。

**清音** ㄑㄧㄥ ㄧㄣ ①清脆的聲音。②語音學名詞，輔音的一類，不帶音，聲帶不振動，純粹由氣流受阻所發生的。與「濁音」不同。

**清風** ㄑㄧㄥ ㄈㄥ ①清涼的風。②做官清廉而沒有餘財。如「兩袖清風」。③通用風速表的第五級風，風速每小時三十到三十九公里（每秒八到一〇・七公尺）；陸地上有葉的小樹擺動，池面起微波（參看「風速」條）。

**清香** ㄑㄧㄥ ㄒㄧㄤ 氣味清雅芬芳。

**清修** ㄑㄧㄥ ㄒㄧㄡ 佛教居士選擇清靜的環境修行。

**清倉** ㄑㄧㄥ ㄘㄤ 清理倉儲。今多用來指大拍賣。

**清朗** ㄑㄧㄥ ㄌㄤˇ 朗字輕讀。清淨而明朗。

**清真** ㄑㄧㄥ ㄓㄣ ①純潔質樸。如「王右軍以清真之身，溷落風塵」。②伊斯蘭教的別稱，其禮拜寺稱清真寺。

**清脆** ㄑㄧㄥ ㄘㄨㄟˋ 聲音響亮。

**清茶** ㄑㄧㄥ ㄔㄚˊ ①綠茶。②除了茶水，沒有別的食物。

**清除** ㄑㄧㄥ ㄔㄨˊ ①打掃整理。②完全掃除。

**清高** ㄑㄧㄥ ㄍㄠ 人品清雅高潔。

**清唱** ㄑㄧㄥ ㄔㄤˋ 不穿戲裝、不走臺步的唱戲。

**清掃** ㄑㄧㄥ ㄙㄠˇ 清潔打掃。

**清晨** ㄑㄧㄥ ㄔㄣˊ 天亮時候。也說「清早兒」。

**清望** ㄑㄧㄥ ㄨㄤˋ [文]有清高的聲望。指沒做過官，品德高的人。

**清淡** ㄑㄧㄥ ㄉㄢˋ ①不濃厚。②冷靜。

**清涼** ㄑㄧㄥ ㄌㄧㄤˊ 涼爽。

**清淨** ㄑㄧㄥ ㄐㄧㄥˋ ①沒有紛擾。②佛教說遠離罪惡，心境沒煩惱。③不干擾，安靜的地方。

**清爽** ㄑㄧㄥ ㄕㄨㄤˇ 清靜爽快。

**清帳** ㄑㄧㄥ ㄓㄤˋ 結清帳目。

**清理** ㄑㄧㄥ ㄌㄧˇ 徹底的整理或處理。

**清規** ㄑㄧㄥ ㄍㄨㄟ ①美好的規範。②佛教的規約。

**清貧** ㄑㄧㄥ ㄆㄧㄣˊ 雖然窮苦，但是人品高潔。

**清通** ㄑㄧㄥ ㄊㄨㄥ （文句）清爽通暢。

**清野** ㄑㄧㄥ ㄧㄝˇ 戰時把糧食物資全部運走，使敵人無可掠奪。

**清湯** ㄑㄧㄥ ㄊㄤ 沒有菜肴的湯。

**清寒** ㄑㄧㄥ ㄏㄢˊ　家世清白，貧苦。

**清減** ㄑㄧㄥ ㄐㄧㄢˇ　〔文〕同「清瘦」。

**清晰** ㄑㄧㄥ ㄒㄧ　清楚明白。

**清湛** ㄑㄧㄥ ㄓㄢˋ　〔文〕形容水十分清澈。

**清虛** ㄑㄧㄥ ㄒㄩ　①清高而淡泊，道家修養盼能達到的一種境界。②道家用作月亮的代稱。

**清華** ㄑㄧㄥ ㄏㄨㄚˊ　①（文詞）清美華麗。②景物宜人。如「水木清華」。

**清裁** ㄑㄧㄥ ㄘㄞˊ　〔文〕①嚴正的裁斷。②書信中尊稱對方意見。如「謹陳數事，千祈清裁」。

**清越** ㄑㄧㄥ ㄩㄝˋ　〔文〕①（聲音）清脆悠揚。②容貌神采清秀出眾。③文章辭采高超。

**清閒** ㄑㄧㄥ ㄒㄧㄢˊ　閒暇無事。也作「輕閒」。

**清雅** ㄑㄧㄥ ㄧㄚˇ　清秀文雅。

**清剿** ㄑㄧㄥ ㄐㄧㄠˇ　徹底圍剿。如「保安團隊下鄉清剿土匪」。

**清廉** ㄑㄧㄥ ㄌㄧㄢˊ　做官清正不貪汙。

**清新** ㄑㄧㄥ ㄒㄧㄣ　清潔新鮮。指空氣、版面、文辭等。

**清楚** ㄑㄧㄥ ㄔㄨˇ　明白。

**清道** ㄑㄧㄥ ㄉㄠˋ　①清掃道路，使它整潔。②使路人迴避。

**清歌** ㄑㄧㄥ ㄍㄜ　①不用樂器伴奏的獨唱。如「清歌一曲」。②清亮的歌聲。如「清歌妙舞」。

**清福** ㄑㄧㄥ ㄈㄨˊ　清閒的福分。

**清澈** ㄑㄧㄥ ㄔㄜˋ　水清見底。

**清瘦** ㄑㄧㄥ ㄕㄡˋ　身體消瘦。

**清蒸** ㄑㄧㄥ ㄓㄥ　烹調法之一。見「蒸」。

**清算** ㄑㄧㄥ ㄙㄨㄢˋ　徹底的計算。包括：①公司解散時，依法處分它的財產。②泛稱一切事結束時所作的最後的總評。

**清樂** ㄑㄧㄥ ㄩㄝˋ　和尚誦經時，配合樂器高聲唱出。

**清潔** ㄑㄧㄥ ㄐㄧㄝˊ　潔淨。

**清稿** ㄑㄧㄥ ㄍㄠˇ　已完成並且謄清的稿件。

**清談** ㄑㄧㄥ ㄊㄢˊ　①專作空泛不切實際的談論。②敬稱他人的言論。

**清醇** ㄑㄧㄥ ㄔㄨㄣˊ　指酒類的氣味清雅醇厚。

**清操** ㄑㄧㄥ ㄘㄠ　〔文〕清白的志行。

**清濁** ㄑㄧㄥ ㄓㄨㄛˊ　①清澈及混濁。②音韻學清音及濁音的合稱。

**清燉** ㄑㄧㄥ ㄉㄨㄣˋ　一種烹飪法。肉類不加醬油，只用水慢火燉熟。如「清燉魚」。加醬油調味的叫「紅燒」。

**清醒** ㄑㄧㄥ ㄒㄧㄥˇ　神志不迷惑。

**清靜** ㄑㄧㄥ ㄐㄧㄥˋ　不混雜，不吵鬧。

**清償** ㄑㄧㄥ ㄔㄤˊ　償還債務。

**清聲** ㄑㄧㄥ ㄕㄥ　凡氣息發出成聲時，不顫動聲帶的。像注音符號ㄅ、ㄆ、ㄈ、ㄉ、ㄊ等的本音。又名清音。

**清還** ㄑㄧㄥ ㄏㄨㄢˊ　清償，把債務還清。

**清點** ㄑㄧㄥ ㄉㄧㄢˇ　清查點算。

**清麗** ㄑㄧㄥ ㄌㄧˋ　清雅美麗。

**清議** ㄑㄧㄥ ㄧˋ　名士所發的言論。

**清黨** ㄑㄧㄥ ㄉㄤˇ　把黨內不良分子清除出去。

**清聽** ㄑㄧㄥ ㄊㄧㄥ　〔文〕請人聽從採納的敬辭。

**清癯** ㄑㄧㄥ ㄑㄩˊ　〔文〕指人清瘦。

**清早（兒）** 天亮不久的時候。

**清單（兒）** 詳細登記有關項目的單子。

**清一色** 比喻事物的純一不雜。

**清水貨** 純淨不雜的貨物。

**清君側** 図清除君主身邊的佞臣壞人。舊時常作「奪權」「政變」的口號。

**清凌凌** 形容水清澈而有波紋。

**清真寺** 回教（伊斯蘭教）的寺院。

**清教徒** 基督教新教徒中的一派。十六世紀中葉起源於英國。他們要求清除舊制陋規，提倡勤儉清淨。

**清涼劑** 解熱的藥。

**清道夫** 舊時稱打掃街道的人。現在叫清潔隊員。

**清潔劑** 泛指可以清潔汙穢的洗滌用劑。

**清心寡欲** 心地清淨少有分外的欲望。

**清平世界** 沒有戰亂的太平盛世。

**清茶淡飯** 粗茶淡飯。比喻簡單樸素的生活。

**清清白白** ①品行清明廉潔，沒有汙點。如「一生清清白白，不怕人說閒話」。②清楚，明白。如「他的話說得清清白白，哪兒會聽不懂」。

**清清楚楚** 很清楚。

**清湯掛麵** ①沒有菜肴的湯麵。比喻簡單的飲食。②一種髮型的謔稱。頭髮齊耳剪平，不紮辮子，不加飾物，像沒有菜肴的湯麵。

**清官難斷家務事** 俗語。家庭糾紛每每是瑣碎而複雜，外人難以斷言誰對誰錯。

## 淅

ㄒㄧ ㈠泔水。㈡形容颼風、下雨或下雪的聲音。如「淅瀝」。㈢水名，在河南省。

**淅颯** 形容風吹細微聲。

**淅瀝** ①形容颼風、下雨、下雪的聲音。②形容樹葉飄落的聲音。

## 涎

ㄒㄧㄢˊ ㈠口水。如「垂涎」（也作羨慕得到的意思）。㈡見「涎皮賴臉」。

**涎皮賴臉** 沒有羞恥，惹人厭的無賴行為。

## 渚

ㄓㄨˇ 小洲。如「江有渚」。

## 涿

ㄓㄨㄛ 涿縣，在河北省。

## 淳（湻）

ㄔㄨㄣˊ ㈠樸實，厚道。如「淳樸」「風俗淳厚」。㈡淳于，複姓。

**淳厚** 樸實不浮薄。

**淳風** 図淳厚的風俗。

**淳樸** 敦厚樸實。也作「淳質」。

## 深

ㄕㄣ ㈠從高到下，從外到裡，凡是距離大都叫「深」，與「淺」相反。如「深淵」「河水很深」。㈡時間長久。如「年深日久」。㈢整段時間已經快過完的時候。如「深秋」「夜深人靜」。㈣表示程度高。如「深交」「深信不疑」。㈤精微，複雜，曲折，不容易了解。如「深奧」「他講得太深」。㈥顏色重。如「深藍」。㈦遠。如「深山」「意境深遠」。㈧見「深淺」。㈨見「深沉」。

**深入** ①通過外部，到最裡面去。②透徹，深刻。如「深入了解」。

**深山** ㄕㄣ ㄕㄢ 深遠而少有人跡的山裡頭。

**深切** ㄕㄣ ㄑㄧㄝˋ 深摯而切實。

**深化** ㄕㄣ ㄏㄨㄚˋ ①向深處發展。如「改革工作不斷深化」。②使向深處發展。如「深化政治改革」。

**深心** ㄕㄣ ㄒㄧㄣ 深遠的思慮。

**深妙** ㄕㄣ ㄇㄧㄠˋ 精深微妙。

**深沉** ▲ㄕㄣ ㄔㄣˊ ①不浮淺，不顯露。②程度深。如「夜色深沉」。③聲音低沉。如「他深沉的聲音在空氣中消失了」。▲ㄕㄣ·ㄔㄣ ①嚴重。②嚴重性。

**深究** ㄕㄣ ㄐㄧㄡ 深入地徹底追究。

**深刻** ㄕㄣ ㄎㄜˋ ①深入到事情或問題的中心。②含意深遠，不容易忘。如「印象深刻」。

**深夜** ㄕㄣ ㄧㄝˋ 夜很深了。

**深知** ㄕㄣ ㄓ 十分了解。

**深長** ㄕㄣ ㄔㄤˊ 意義精深。

**深信** ㄕㄣ ㄒㄧㄣˋ 十分相信。

**深厚** ㄕㄣ ㄏㄡˋ 程度深。

**深度** ㄕㄣ ㄉㄨˋ ①深淺的程度。如「測量海水的深度」。②工作、學識方面的程度。如「各人對這件事了解的深度很難一致」。③程度很深。如「深度近視」。

**深思** ㄕㄣ ㄙ 深入的思考。

**深省** ㄕㄣ ㄒㄧㄥˇ 深切的省悟。

**深秋** ㄕㄣ ㄑㄧㄡ 秋天快過完的時候。同「晚秋」。

**深致** ㄕㄣ ㄓˋ 図深遠的意思或情調。

**深重** ㄕㄣ ㄓㄨㄥˋ 沉重，很嚴重，常指災情、罪過、苦悶、危機。如「罪孽深重」。

**深海** ㄕㄣ ㄏㄞˇ 深度在兩百公尺以上的海域。

**深情** ㄕㄣ ㄑㄧㄥˊ 深厚的情愛。

**深望** ㄕㄣ ㄨㄤˋ 深切的盼望。

**深淺** ㄕㄣ ㄑㄧㄢˇ ①深度。如「試試這口井的深淺」。②處世或說話的分寸。如「這樣不知深淺的胡來是不行的」。

**深淵** ㄕㄣ ㄩㄢ ①很深的水流。②比喻危險的地方。如「如臨深淵」。

**深通** ㄕㄣ ㄊㄨㄥ 精通。如「深通保險業務」。

**深造** ㄕㄣ ㄗㄠˋ 更進一步的研究進修。

**深惡** ㄕㄣ ㄨˋ 図十分厭惡。如「深惡痛絕」。

**深湛** ㄕㄣ ㄓㄢˋ 図精深。如「學識深湛」。

**深奧** ㄕㄣ ㄠˋ 不容易了解、說明。指書、文的道理、含義精深奧妙。

**深微** ㄕㄣ ㄨㄟˊ 図深奧精微。

**深意** ㄕㄣ ㄧˋ 深遠的意思。

**深遠** ㄕㄣ ㄩㄢˇ 深微遠大。

**深閨** ㄕㄣ ㄍㄨㄟ 幽深的閨房。指婦女所居住的內室。

**深廣** ㄕㄣ ㄍㄨㄤˇ 程度深，範圍廣。如「愛滋病的發現，對醫藥界的影響極為深廣」。

**深摯** ㄕㄣ ㄓˋ 深切而真誠。如「友誼深摯」。

**深談** ㄕㄣ ㄊㄢˊ 深切的談話。

**深趣** ㄕㄣ ㄑㄩˋ 図濃厚的興趣。

**深藍** ㄕㄣ ㄌㄢˊ 濃厚的藍色。

**深邃** ㄕㄣ ㄙㄨㄟˋ 図深遠。

**深交**（兒）ㄕㄣ ㄐㄧㄠ（ㄦ） 深密的友誼。

**深成岩** ㄕㄣ ㄔㄥˊ ㄧㄢˊ 形成於地殼較深位置的火成岩，組織是全晶質的。

**深呼吸** ㄕㄣ ㄏㄨ ㄒㄧ 衛生運動的一種方法，引長呼吸，使空氣進出肺部比平常多。

**深入淺出** ㄕㄣ ㄖㄨˋ ㄑㄧㄢˇ ㄔㄨ 用淺明的語言文字表達寓意深遠的文義。

**深仇大恨** ㄕㄣ ㄔㄡˊ ㄉㄚˋ ㄏㄣˋ 極為深重的仇恨。

**深文周內** ㄕㄣ ㄨㄣˊ ㄓㄡ ㄋㄚˋ 図苛細嚴密地援用法律條文，陷人於罪。

**深水炸彈** ㄕㄣ ㄕㄨㄟˇ ㄓㄚˋ ㄉㄢˋ 一種薄殼圓柱體的武器，能在水中預定的深度爆炸，是攻擊潛水艇的主要武器。

**深更半夜** ㄕㄣ ㄍㄥ ㄅㄢˋ ㄧㄝˋ 深夜。

**深居簡出** ㄕㄣ ㄐㄩ ㄐㄧㄢˇ ㄔㄨ 住處很深密，平日少出門。

**深根固柢** ㄕㄣ ㄍㄣ ㄍㄨˋ ㄉㄧˇ 比喻基礎穩固不易動搖。也作「根深蒂固」。

**深耕易耨** ㄕㄣ ㄍㄥ ㄧˋ ㄋㄡˋ 指農夫勤於耕種、除草。

**深院大宅** ㄕㄣ ㄩㄢˋ ㄉㄚˋ ㄓㄞˊ 指富貴人家的庭院寬闊，房間眾多而壯麗。

**深淵薄冰** ㄕㄣ ㄩㄢ ㄅㄛˊ ㄅㄧㄥ 図「如臨深淵，如履薄冰」的節縮語。比喻處境十分危險。

**深閉固拒** ㄕㄣ ㄅㄧˋ ㄍㄨˋ ㄐㄩˋ 図嚴緊關閉，堅決抵抗。

**深惡痛絕** ㄕㄣ ㄨˋ ㄊㄨㄥˋ ㄐㄩㄝˊ 形容極為痛恨、厭惡。

**深溝高壘** ㄕㄣ ㄍㄡ ㄍㄠ ㄌㄟˇ 図防禦堅固。溝也作「塹」。

**深謀遠慮** ㄕㄣ ㄇㄡˊ ㄩㄢˇ ㄌㄩˋ 計畫周密，顧到久遠。

**深藏若虛** ㄕㄣ ㄘㄤˊ ㄖㄨㄛˋ ㄒㄩ 比喻有真才實學的人不露鋒芒。

**淑** ㄕㄨˊ 善，美；大都指女人的品德。如「賢淑」「淑女」。

**淑女** ㄕㄨˊ ㄋㄩˇ 品德高的女子。

**淑景** ㄕㄨˊ ㄐㄧㄥˇ 図美景。

**淑德** ㄕㄨˊ ㄉㄜˊ 図婦女的美德。

**淑範** ㄕㄨˊ ㄈㄢˋ 図善良的模範。

**淑世主義** ㄕㄨˊ ㄕˋ ㄓㄨˇ ㄧˋ 也稱「改善觀」。人間雖非至善，也不到極惡的境地，世人可以共同努力去改善。

**涮** ㄕㄨㄢˋ ㈠沖洗。如「洗洗涮涮」。㈡烹飪法之一，把薄肉片放在沸滾的湯鍋裡燙熟就吃。如「吃涮鍋子」「涮羊肉」。㈢㓜謊話騙人。如「我被人家涮了」。

**涮鍋子** ㄕㄨㄢˋ ㄍㄨㄛ ˙ㄗ 把肉片在沸湯鍋裡燙熟，蘸佐料或調味品吃。

**淄** ㄗ ㈠黑色。如「化白于泥淄」。㈡水名，在山東省。

**淬** ㄘㄨㄟˋ ㈠打造刀劍，把它燒紅以後浸入水中，可以更加堅利，叫「淬」。㈡見「淬礪」。

**淬礪** ㄘㄨㄟˋ ㄌㄧˋ 從打造刀劍的淬與磨，引伸為人進修的磨鍊。

**淙** ㄘㄨㄥˊ 見「淙淙」。

**淙淙** ㄘㄨㄥˊ ㄘㄨㄥˊ ①水流。②流水聲。③金石聲。

**淞** ㄙㄨㄥ 水名，在江蘇省，就是吳淞江。

**涯** ㄧㄚˊ ㈠水的邊際叫「涯」。㈡邊遠的地方。如「天涯海角」。㈢図窮盡。如「吾生也有涯」。

**涯際** ㄧㄚˊ ㄐㄧˋ 図邊際，盡端。際也作涘。

**液** ㄧㄝˋ 就是流質。如「液體」「血液」「液汁」。讀音ㄧˋ。

**液化** ㄧㄝˋ ㄏㄨㄚˋ 降低溫度或升高溫度，使物質由氣態變為液態的現象。

**液汁** ㄧㄝˋ ㄓ 液態的汁液。

**液晶** ㄧㄝˋ ㄐㄧㄥ 液態的晶體。既有液體的流動性與表面張力，也有晶體的性質。在電子工業可做顯示材料，也可用在醫療方面。

**液態** ㄧㄝˋ ㄊㄞˋ 液體狀態，具有流動性，形狀不一定，而有一定的體積，是存在的三種物態之一。

**液壓** ㄧㄝˋ ㄧㄚ 液態的壓力。

**液體** ㄧㄝˋ ㄊㄧˇ 物體三態之一。水是最顯明的液體，形狀隨著容器而改變，有一定的體積，可以流動。

**液體燃料** ㄧㄝˋ ㄊㄧˇ ㄖㄢˊ ㄌㄧㄠˋ 用來產生熱量或動力的液態可燃性物質。如汽油、柴油、液化瓦斯。

## 淆

図ㄧㄠˊ 混亂。如「混淆」「淆亂」。

**淆亂** ㄧㄠˊ ㄌㄨㄢˋ 図雜亂。

## 淹

ㄧㄢ ㈠水漫過。如「大水淹沒公路」「房子被水淹了」。㈡液體沾在皮膚上，人覺得不舒服。如「胳肢窩被汗淹得發疼」。㈢図久留，停滯。如「淹留」「淹年累月」。㈣図深通。如「學識淹博」「淹貫群書」。上列㈠又讀ㄧㄢˋ。

**淹水** ㄧㄢ ㄕㄨㄟˇ 淹沒在水中。

**淹沒** ㄧㄢ ㄇㄛˋ 水遮沒過。

**淹留** ㄧㄢ ㄌㄧㄡˊ 図久留。

**淹通** ㄧㄢ ㄊㄨㄥ 図學問深博而通達。也作「淹貫」。

**淹博** ㄧㄢ ㄅㄛˊ 図淵博。

**淹雅** ㄧㄢ ㄧㄚˇ 図稱人的學識淵深雅正。

**淹年累月** ㄧㄢ ㄋㄧㄢˊ ㄌㄟˇ ㄩㄝˋ 図經年累月；歷時很久。

## 淫

ㄧㄣˊ ㈠過分。如「淫威」。㈡迷惑。如「浸淫其中」「富貴不能淫」。㈢不正當的性關係，或對性的態度不對。如「姦淫」「荒淫無道」。

**淫巧** ㄧㄣˊ ㄑㄧㄠˇ 図過分的巧技。

**淫佚** ㄧㄣˊ ㄧˋ 図行為放蕩而不加拘束。佚也作逸。

**淫雨** ㄧㄣˊ ㄩˇ 時間太長、數量太多的雨。或作「霪雨」。

**淫威** ㄧㄣˊ ㄨㄟ 図指濫用權力，威刑過度。

**淫亂** ㄧㄣˊ ㄌㄨㄢˋ 指男女違背道德、風俗的性行為。

**淫蕩** ㄧㄣˊ ㄉㄤˋ 淫亂放蕩。

**淫褻** ㄧㄣˊ ㄒㄧㄝˋ 図淫亂猥褻。

**淫穢** ㄧㄣˊ ㄏㄨㄟˋ 図淫亂汙穢。

**淫辭** ㄧㄣˊ ㄘˊ 図指放蕩不合正道的言詞。

**淫靡** ㄧㄣˊ ㄇㄧˇ 図奢靡。

## 淤

ㄩ ㈠沉澱在水裡的泥土。如「淤泥」。㈡停滯，阻塞。如「淤塞」。

**淤血** ㄩ ㄒㄧㄝˇ 停滯不流動的血。

**淤泥** ㄩ ㄋㄧˊ ①沖積的泥土。②水底的臭泥。

**淤塞** ㄩ ㄙㄜˋ 水道被沉積的泥沙堵塞。

**淤滯** ㄩ ㄓˋ ①水道上泥沙沉積不通暢。②中醫說人的經絡、血脈阻塞。

**淤積** ㄩ ㄐㄧ 泥沙壅塞。

## 淵（渊）

ㄩㄢ ㈠深水。如「深淵」「魚躍於淵」。㈡深。如「學問淵博」。㈢姓。

**淵海** ㄩㄢ ㄏㄞˇ 図比喻深廣。

**淵博** ㄩㄢ ㄅㄛˊ 見聞多，知識豐富。

**淵源**(ㄩㄢ ㄩㄢˊ) 本原。

**淵默**(ㄩㄢ ㄇㄛˋ) 図深沉；靜默寡言。

**淵藪**(ㄩㄢ ㄙㄡˇ) 図指人或物聚集的地方。

**淵渟嶽峙**(ㄩㄢ ㄊㄧㄥˊ ㄩㄝˋ ㄓˋ) 図比喻人品高潔，像高山深水一樣。

## 九筆

**渤** ㄅㄛˊ 渤海，是我國山東半島和遼東半島中間的內海。

**湃** ㄆㄞˋ 見「澎湃」。

**湓** ㄆㄣˊ 水名，在江西省。

**湄** 図ㄇㄟˊ 水岸。如「在水之湄」。

**渼** 図ㄇㄟˇ 水波紋。

**渺** ㄇㄧㄠˇ ㈠微小。如「渺小」「微渺」。㈡図大水的樣子，叫「渺沔」。

**渺小**(ㄇㄧㄠˇ ㄒㄧㄠˇ) 微小。

**渺茫**(ㄇㄧㄠˇ ㄇㄤˊ) 遼闊不易看見的樣子。

**渺渺**(ㄇㄧㄠˇ ㄇㄧㄠˇ) 図微遠的樣子。

**湎** 図ㄇㄧㄢˇ 人沉迷於酒。如「沉湎」。

**湣** ▲図ㄇㄧㄣˇ 通「閔」。春秋時代的魯閔公也作「魯湣公」。▲ㄇㄧㄣˊ「湣湣」是汙濁混亂的意思。〈楚辭〉有「處湣湣之濁世兮」。

**渡** ㄉㄨˋ ㈠從此岸到彼岸。如「渡海」「渡江」。㈡坐船過河的地方。如「渡口」「風陵渡」。

**渡口**(ㄉㄨˋ ㄎㄡˇ) 渡河的碼頭。也作「渡頭」。

**渡船**(ㄉㄨˋ ㄔㄨㄢˊ) 過渡的船。

**渡輪**(ㄉㄨˋ ㄌㄨㄣˊ) 載人橫過河港的大船。

**渡頭**(ㄉㄨˋ ㄊㄡˊ) 過河的地點。

**湯** ▲ㄊㄤ ㈠燒過的熱水。如「蘭湯」（又熱又香的洗澡水）「赴湯蹈火」。㈡溫泉。如「湯泉」。㈢帶大量汁水的菜。如「六菜一湯」「菠菜豆腐湯」。㈣中藥成方的名稱。如「二陳湯」「白虎湯」。㈤酒的代稱。如「黃湯」。㈥商朝的開國君主，叫成湯。㈦姓。▲図ㄕㄤ 見「湯湯」。

**湯水**(ㄊㄤ ㄕㄨㄟˇ) 熱的菜湯。

**湯火**(ㄊㄤ ㄏㄨㄛˇ) 図熱湯烈火，指能致人死傷的事物。

**湯池**(ㄊㄤ ㄔˊ) 図比喻城池防守堅固，不易被攻破。

**湯泉**(ㄊㄤ ㄑㄩㄢˊ) 溫泉。

**湯匙**(ㄊㄤ ㄔˊ) 舀湯喝的食具。也說調羹、羹匙。

**湯湯**(ㄕㄤ ㄕㄤ) 図水流很盛大的樣子。如「浩浩湯湯」。

**湯圓**(ㄊㄤ ㄩㄢˊ) ①就是湯糰。②糯米粉做的食品，沒有餡兒，大小像櫻桃，在湯裡加糖吃。

**湯頭**(ㄊㄤ ㄊㄡˊ) 中藥多數是湯劑，所以稱藥方為湯頭。學中醫時要背誦湯頭歌訣。

**湯糰**(ㄊㄤ ㄊㄨㄢˊ) 食品，也稱元宵。用糯米粉做成的，有糖餡、肉餡等多種，連湯吃的。

**湯麵**(ㄊㄤ ㄇㄧㄢˋ) 用湯煮的麵條。

**湯藥**(ㄊㄤ ㄧㄠˋ) 中醫把藥煎成湯而飲服，所以叫湯藥。又作「湯劑」。

**湯婆子**(ㄊㄤ ㄆㄛˊ ˙ㄗ) 用銅或錫做成的扁水瓶，裝熱水在冬天取暖。

**湯餅筵**(ㄊㄤ ㄅㄧㄥˇ ㄧㄢˊ) 也作湯餅會。小孩兒生下三天，請客人來吃湯餅，取長壽之意。北京叫「洗三」。

**湯武革命** ㄊㄤ ㄨˇ ㄍㄜˊ ㄇㄧㄥˋ 西元前十六世紀商湯推翻暴君夏桀，西元前十一世紀周武王推翻暴君商紂，歷史上稱為湯武革命。

**湯湯水水** ㄊㄤ ㄊㄤ ㄕㄨㄟˇ ㄕㄨㄟˇ 指那些都是帶湯的菜肴。

**湯裡來水裡去** ㄊㄤ ㄌㄧˇ ㄌㄞˊ ㄕㄨㄟˇ ㄌㄧˇ ㄑㄩˋ 比喻銀錢到手，隨即揮霍而盡。

## 湉

図ㄊㄧㄢˊ「湉湉」是水流平靜的樣子。

## 渟

図ㄊㄧㄥˊ水積聚不流動。「渟渟」是水波平靜的樣子。

## 湍

ㄊㄨㄢ 水流很急。如「湍急」「湍流」。

**湍急** ㄊㄨㄢ ㄐㄧˊ 水流很急。

**湍流** ㄊㄨㄢ ㄌㄧㄡˊ 急流。

## 湳

ㄋㄢˊ ㈠水名。㈡水滴，地名，在臺灣中部。

## 港

ㄍㄤˇ ㈠大江河旁出的小河流。如「曲港」。㈡海灣深曲可以停船的口岸。如「商港」「軍港」。㈢香港的簡稱。如「港澳」。

**港口** ㄍㄤˇ ㄎㄡˇ 口岸。

**港都** ㄍㄤˇ ㄉㄨ ①位於港口附近的都市。②臺灣高雄市的別稱。③香港的略稱。

**港警** ㄍㄤˇ ㄐㄧㄥˇ 負責海港安全的警察。

**港灣** ㄍㄤˇ ㄨㄢ 港口，海灣。

**港務局** ㄍㄤˇ ㄨˋ ㄐㄩˊ 管理港口船隻進出以及管理貨運的機關。

## 溉

ㄍㄞˋ ㈠澆灌。如「灌溉」「引水溉田」。㈡図洗滌。如「濯溉」。

## 溈（潙）

▲ㄍㄨㄟ 水名，在山西省，流入黃河。▲ㄨㄟˊ 水名，在湖南省寧鄉縣，流入湘水。

## 渴

▲ㄎㄜˇ ㈠口乾想喝水。如「口渴」「望梅止渴」。㈡很迫切地。如「渴望國家強盛」。▲図ㄐㄧㄝˊ水乾了。▲ㄏㄜˋ 楚越方言說水反流處叫渴。柳宗元有〈袁家渴記〉。

**渴求** ㄎㄜˇ ㄑㄧㄡˊ 殷切期求。

**渴念** ㄎㄜˇ ㄋㄧㄢˋ 十分想念。

**渴盼** ㄎㄜˇ ㄆㄢˋ 殷切盼望。

**渴望** ㄎㄜˇ ㄨㄤˋ 熱望；非常希望。

**渴筆** ㄎㄜˇ ㄅㄧˇ 作中國書畫時筆上蘸墨少，落筆處有枯糙不勻的現象，叫渴筆。

**渴想** ㄎㄜˇ ㄒㄧㄤˇ 急著想要。

**渴慕** ㄎㄜˇ ㄇㄨˋ 十分思慕或羨慕。

**渴驥奔泉** ㄎㄜˇ ㄐㄧˋ ㄅㄣ ㄑㄩㄢˊ 図口渴的駿馬奔向水泉。比喻氣勢奔放矯健。指書法筆勢矯健飛騰。

## 湖

ㄏㄨˊ ㈠匯集大水的地方。如「洞庭湖」「鄱陽湖」。㈡浙江湖州的簡稱。如「湖筆」。

**湖山** ㄏㄨˊ ㄕㄢ 湖水與山。指風景好的地方。如「此處有湖山美景，歇息一下吧」。

**湖光** ㄏㄨˊ ㄍㄨㄤ 湖面上的光影。如「湖光山色，美景如畫」。

**湖色** ㄏㄨˊ ㄙㄜˋ ①淡綠色。②湖面的景色。

**湖泊** ㄏㄨˊ ㄅㄛˊ 湖水匯集的地方。

**湖面** ㄏㄨˊ ㄇㄧㄢˋ 湖水的表面。

**湖筆** ㄏㄨˊ ㄅㄧˇ 浙江湖州出產的毛筆。

**湖心亭** ㄏㄨˊ ㄒㄧㄣ ㄊㄧㄥˊ 建在湖水當中的亭子。

**渙** ㄏㄨㄢˋ ㈠離散。如「軍心渙散」。㈡図渙渙，水勢盛大的樣子。

**渙然** ㄏㄨㄢˋ ㄖㄢˊ 図水流消散的樣子。比喻分離的樣子。如「君臣渙然」。

**渙散** ㄏㄨㄢˋ ㄙㄢˋ 散漫不集中，不團結。如「精神渙散」。

**渾** ▲ㄏㄨㄣˊ ㈠水濁。如「渾水」。㈡全，滿。如「渾身發冷」。㈢図完全。如「渾然忘我」。㈣図幾乎，直要。如杜甫詩「白頭搔更短，渾欲不勝簪」。㈤見「渾家」。㈥姓。▲ㄏㄨㄣˋ錯雜。同「混淆」的「混」。▲ㄍㄨㄣˇ「渾渾」同「滾滾」，是水流暢盛的樣子。

**渾天** ㄏㄨㄣˊ ㄊㄧㄢ 中國古人對於宇宙天體的一種觀念，認為天的形體狀如蛋殼，地像蛋殼裡的蛋黃，都是圓的，所以叫渾天。渾字也讀ㄏㄨㄣˋ。

**渾沌** ㄏㄨㄣˊ ㄉㄨㄣˋ 図①同「混沌」。②比喻自然。如「渾沌無端」。③比喻無知。如「渾沌未闢」。

**渾身** ㄏㄨㄣˊ ㄕㄣ 全身。

**渾花** ㄏㄨㄣˊ ㄏㄨㄚ 指擲骰子時六個全都是同一種彩點。

**渾厚** ㄏㄨㄣˊ ㄏㄡˋ 質樸厚重；形容人品或詩文、書畫的筆力、風格。

**渾家** ㄏㄨㄣˊ ㄐㄧㄚ 舊小說裡稱妻，是粗俗人的語詞。

**渾然** ㄏㄨㄣˊ ㄖㄢˊ 図①分不開的。如「渾然天成」。②全然。如「渾然不覺」。

**渾圓** ㄏㄨㄣˊ ㄩㄢˊ 球形。如「渾圓的中秋月」。

**渾噩** ㄏㄨㄣˊ ㄜˋ 図「渾渾噩噩」的略語。是樸直沒有機詐；也作無知的意思。

**渾樸** ㄏㄨㄣˊ ㄆㄨˊ 渾厚樸實（指人品）。

**渾濁** ㄏㄨㄣˊ ㄓㄨㄛˊ 水不清。

**渾鐵** ㄏㄨㄣˊ ㄊㄧㄝˇ 生鐵。

**渾天儀** ㄏㄨㄣˊ ㄊㄧㄢ ㄧˊ 古時觀察天體運行的儀器，最早是東漢張衡所製。現存的是明朝正統年間製造。可以測量日月、恆星在天球上的位置。

**渾水摸魚** ㄏㄨㄣˊ ㄕㄨㄟˇ ㄇㄛ ㄩˊ 利用混亂的時局，趁機謀取個人的利益。

**渾身發冷** ㄏㄨㄣˊ ㄕㄣ ㄈㄚ ㄌㄥˇ 全身發冷。

**渾金璞玉** ㄏㄨㄣˊ ㄐㄧㄣ ㄆㄨˊ ㄩˋ 還沒鍛鍊的金，還沒雕琢的玉。比喻天生的美質，人品真純質樸。

**湟** ㄏㄨㄤˊ ㈠水名，由青海流入甘肅。㈡図低溼的地方。

**湫** ▲図ㄐㄧㄡ積水的小池。▲ㄐㄧㄠˇ湫隘，低溼狹小。

**湔** ㄐㄧㄢ ㈠図洗濯，洗刷。如「湔雪」。㈡湔江，水名，在四川省。

**湔雪** ㄐㄧㄢ ㄒㄩㄝˇ 図洗雪冤枉。

**減（減）** ㄐㄧㄢˇ ㈠全體當中去掉若干。如「減價」「減低成本」。㈡算術名詞，從大數裡去掉一個小的數目叫減，代號是「－」。如9－6＝3。㈢降低程度。如「雙方友誼有增無減」「您最近身體似乎清減了很多」。

**減少** ㄐㄧㄢˇ ㄕㄠˇ 使數量變少。如「減少食物配額」。

**減刑** ㄐㄧㄢˇ ㄒㄧㄥˊ 把判決的刑罰減免一部分。

**減色** ㄐㄧㄢˇ ㄙㄜˋ 光彩減弱。比喻事物的外觀、表演的精采或人的聲譽不如從前或遜於其他。同「遜色」。

**減免** ㄐㄧㄢˇ ㄇㄧㄢˇ 減去或免除若干。指賦稅或刑罰說的。

**減低** ㄐㄧㄢˇ ㄉㄧ 減少；使變低。如「減低負擔」。

**減法** ㄐㄧㄢˇ ㄈㄚˇ 數學名詞。求兩數之差的方法。如A-B=C，A是被減數，B是減數，C就是差數。差數加減數的和，應該和被減數相同。

**減弱** ㄐㄧㄢˇ ㄖㄨㄛˋ 使力量、氣勢降低。如「風勢逐漸減弱」。

**減退** ㄐㄧㄢˇ ㄊㄨㄟˋ 原有程度下降。如「視力減退很多」。

**減產** ㄐㄧㄢˇ ㄔㄢˇ 減少產品數量。

**減速** ㄐㄧㄢˇ ㄙㄨˋ 減低行動速度。如「踩下煞車，使車行減速」。

**減損** ㄐㄧㄢˇ ㄙㄨㄣˇ 減少；損耗。如「勇者暮年，壯志未嘗減損」。

**減號** ㄐㄧㄢˇ ㄏㄠˋ 表示減數的符號——「－」。

**減輕** ㄐㄧㄢˇ ㄑㄧㄥ ①重量或分量減少。②程度降低。

**減價** ㄐㄧㄢˇ ㄐㄧㄚˋ 降低原來的定價。

**減數** ㄐㄧㄢˇ ㄕㄨˋ 減法要從被減數之中減去的數。參看「減法」條。

**減縮** ㄐㄧㄢˇ ㄙㄨㄛ 使縮短，使縮小，減少。如「減縮守備範圍」。

**減筆字** ㄐㄧㄢˇ ㄅㄧˇ ㄗˋ 簡體字之一。把原來筆畫多的字減少若干筆，如「醫」字作「医」，「務」字作「务」。大陸稱「簡化字」。

**渠** ㄑㄩˊ ㈠人工挖掘的水道。如「溝渠」「水到渠成」。㈡文他。「渠等」就是「他們」。㈢文大。見「渠魁」。

**渠魁** ㄑㄩˊ ㄎㄨㄟˊ 文匪寇的大頭目。也作渠帥。

**渫（渫）** 文ㄒㄧㄝˋ ㈠除去。㈡散開，分散各處。

**湘** ㄒㄧㄤ ㈠湘江，水名，在湖南省。㈡湖南省的簡稱。

**湘江** ㄒㄧㄤ ㄐㄧㄤ 水名。在湖南省。

**湘繡** ㄒㄧㄤ ㄒㄧㄡˋ 湖南省出產的刺繡，是我國著名的手工藝品之一。

**湑** 文ㄒㄩˇ ㈠濾過的酒。㈡形容水清。㈢茂盛。

**渲** ㄒㄩㄢˋ ㈠把水墨淋在紙上塗勻的作畫方法。㈡見「渲染」。

**渲染** ㄒㄩㄢˋ ㄖㄢˇ ①用顏料染成各種彩色。②過度的描寫，是誇大的意思。

**渣** ▲ㄓㄚ 物品提去液汁以後剩下的乾質。如「油渣」「渣滓」。▲ㄓㄚˇ 同「砟」，是塊狀物。「砟子」（煤塊）也可寫作「渣子」。

**渣子** ▲ㄓㄚ ·ㄗ 渣滓。▲ㄓㄚˇ ·ㄗ 一種火力很強，無煙又易燃的煤（多半是山西所產）。

**渣兒** ▲ㄓㄚ ㄦ 東西的碎屑。如「滿地都是餅乾渣兒」。▲ㄓㄚˇ ㄦ ①方破損的痕跡。如「這蘋果有渣兒啦」。②方蒂芥，不愉快之處。如「我跟你又沒渣兒的，你何必找我的麻煩」。

**渣滓** ㄓㄚ ㄗˇ 物品提去精華，所剩餘的廢物。也作「渣子」。

**湛** ▲ㄓㄢˋ ㈠文深厚。如「精湛」「工夫湛深」。㈡文清爽。如「神志湛然」。㈢姓。▲文ㄉㄢ 同「耽」，逸樂的樣子。▲ㄔㄣˊ 同「沉」。

**湛深** ㄓㄢˋ ㄕㄣ 文精深；深邃。

**湛然** ㄓㄢˋ ㄖㄢˊ 文安靜的樣子。如「其心湛然，有如古井」。

**湛盧** ㄓㄢˋ ㄌㄨˊ 古代寶劍名，傳說是春秋時歐冶子所鑄造的。

**湛藍** ㄓㄢˋ ㄌㄢˊ 深邃而清澄的藍色。

**湜** 文ㄕˊ 湜湜，水清見底。

**滋** ㄗ ㈠生長，生出來。如「滋生」「滋芽兒」。㈡繁殖，增多。如「滋蔓」「繁滋」。㈢液體噴出。如「滋出水來」。㈣惹起，發生。如「滋事」。㈤潤澤，不乾枯。如「滋潤」。㈥補身體。如「滋補」「滋養品」。㈦見「滋味」。㈧水名，源出山西省。

**滋生** ㄗ ㄕㄥ ①繁殖。②惹出。如「滋生事端」。

**滋事** ㄗ ㄕˋ 鬧事，惹禍。

**滋長** ㄗ ㄓㄤˇ 增長。

**滋補** ㄗ ㄅㄨˇ 有滋養料，可以增進身體健康。

**滋潤** ▲ㄗ ㄖㄨㄣˋ 使不乾枯的意思。▲ㄗ ˙ㄖㄨㄣ 不乾枯。

**滋蔓** ㄗ ㄇㄢˋ 繁殖蔓延。

**滋養** ㄗ 一ㄤˇ 滋補保養。

**滋擾** ㄗ ㄖㄠˇ 因生事擾亂。

**滋味(兒)** ㄗ ㄨㄟˋ(ㄦ) ㄦ化時味字輕讀。①食物的味道。②趣味。如「這故事越聽越有滋味」。③比喻感覺。如「少年不識愁滋味」。

**滋芽兒** ㄗ 一ㄚˊ ㄦ 發芽。

**滋養品** ㄗ 一ㄤˇ ㄆㄧㄣˇ 有滋養料，有益身體的食品。

## 測

**測** ㄘㄜˋ ㈠料量，推想。如「變化莫測」「天有不測風雲」。㈡見「測量」。㈢見「測驗」。

**測字** ㄘㄜˋ ㄗˋ 利用文字筆畫的變化，揣摩委託人的心理，來「預卜吉凶」。又作「拆字」。

**測定** ㄘㄜˋ ㄉㄧㄥˋ 用機械或儀器測量決定。如「測定水中所含化學成分」。

**測度** ㄘㄜˋ ㄉㄨㄛˊ 料想猜度。

**測候** ㄘㄜˋ ㄏㄡˋ 觀測氣候，預告天氣狀況。

**測量** ㄘㄜˋ ㄌㄧㄤˊ ①根據算理，用儀器來量算地面的高低、遠近、深淺、寬狹。②測定空間、時間、溫度、速度等功能的有關數值。

**測試** ㄘㄜˋ ㄕˋ 測量試驗。①考查受測人的知識、能力、性向。如「經過測試合格」。②測量試驗機械、儀器、電器等的性能。如「測試通過，準確性可靠」。

**測繪** ㄘㄜˋ ㄏㄨㄟˋ 測量地勢，繪成圖表。

**測驗** ㄘㄜˋ 一ㄢˋ 根據客觀標準考驗人的智力、知識、技能或學習成就，叫作測驗。測驗的形式有文字測驗與非文字測驗；內容包括智力測驗、成就測驗、性向測驗與人格測驗等。

**測候所** ㄘㄜˋ ㄏㄡˋ ㄙㄨㄛˇ 氣象局設在各地觀測天文氣象的機構。也叫做「測候站」。

**測謊器** ㄘㄜˋ ㄏㄨㄤˇ ㄑㄧˋ 根據情緒變化導引生理反應的原理而設計的一種儀器，可探察受測人所說的話是否謊言。

## 湊(湊)

**湊(湊)** ㄘㄡˋ ㈠聚攏。如「湊數」「湊在一起」。㈡挨近。如「湊上去」「往前湊一步」。㈢見「湊手」。㈣見「湊合」。

**湊手** ㄘㄡˋ ㄕㄡˇ 手頭方便(常指金錢方面)。如「他要借的錢，我一時不湊手，過兩天再給他送去」。

**湊巧** ㄘㄡˋ ㄑㄧㄠˇ 偶然巧合。

**湊合** ㄘㄡˋ ㄏㄜˊ 合字輕讀。①聚集在一處。②將就。如「這機器還可以，你就湊合著用吧」。

**湊集** ㄘㄡˋ ㄐㄧˊ 聚集。

**湊數** ㄘㄡˋ ㄕㄨˋ ①湊成一筆數目。②自謙沒有大用處，只能湊湊數目。

**湊趣** ㄘㄡˋ ㄑㄩˋ ①迎合別人的興趣，故意讓他高興。如「姊妹們湊趣兒，老太太高興得很哪」。②逗笑。如「我們幾個兄弟，閒空時候就在一塊兒湊趣兒」。

**湊攏** ㄘㄡˋ ㄌㄨㄥˇ 湊合聚攏，靠近同一目標。

**湊分子** ㄘㄡˋ ㄈㄣˋ ㄗ˙ 合資送禮。

**湊搭子** ㄘㄡˋ ㄉㄚ ㄗ˙ 臨時湊合牌局。

**湊熱鬧兒** ㄘㄡˋ ㄖㄜˋ ㄋㄠˋ ㄦ 鬧字輕讀。參加熱鬧的事情。

# 游（游）

ㄧㄡˊ ㈠在水裡行動。如「游泳」「游魚可數」。㈡流動的，不固定的。如「游資」「游牧民族」。㈢江河的段落。如「上游」「下游」。㈣図玩物以適情。如「游於藝」。㈤通「遊」。㈥姓。

**游子** ㄧㄡˊ ㄗˇ ①離鄉在外的人。②參看「離子」，是化學名詞。

**游弋** ㄧㄡˊ ㄧˋ （軍艦等）巡邏。

**游手** ㄧㄡˊ ㄕㄡˇ 游也作「遊」。閒著沒事可做。

**游水** ㄧㄡˊ ㄕㄨㄟˇ ①游泳。②活的，能在水裡游的。如「游水活魚」。

**游民** ㄧㄡˊ ㄇㄧㄣˊ 游蕩不務正業的人。

**游兵** ㄧㄡˊ ㄅㄧㄥ ①図無一定任務，保持機動的士兵。②脫離部隊，沒有歸屬的士兵。同「散兵游勇」。

**游泳** ㄧㄡˊ ㄩㄥˇ ①在水面上叫游，在水面下叫泳。②図指水中動物。〈文選・顏延之・曲水詩序〉「游泳之所攢萃」。③現代水上運動項目之一。依照運動時肢體動作與姿勢的不同，分為蛙式、仰式、蝶式、自由式等四種，再按能力分長短距離、個人、團體等。

**游牧** ㄧㄡˊ ㄇㄨˋ 居無定所，看哪裡有水草就到哪裡畜牧的生活方式。

**游俠** ㄧㄡˊ ㄒㄧㄚˊ 好交遊，重義氣，樂於助人的人或行為。〈史記〉有〈游俠列傳〉。

**游逛** ㄧㄡˊ ㄍㄨㄤˋ 到處遊玩閒逛。

**游移** ㄧㄡˊ ㄧˊ 主意不定。

**游絲** ㄧㄡˊ ㄙ ①飄在空中的蛛絲。②機械錶中的彈簧。

**游禽** ㄧㄡˊ ㄑㄧㄣˊ 會游泳的鳥類，如鴛鴦、鴨、鵝、鷺、雁、鷸、鴴、鷗、鸕鶿等。

**游艇** ㄧㄡˊ ㄊㄧㄥˇ 載人在水域中玩覽的船。

**游資** ㄧㄡˊ ㄗ 一時沒有固定用處，時常用於各種投資事業的資金。

**游幕** ㄧㄡˊ ㄇㄨˋ 舊時稱出外去做主官的幕賓。

**游說** ㄧㄡˊ ㄕㄨㄟˋ ①憑藉口才與政治主張，說服國家領袖或高官任用自己。也作「遊說」。②利益團體達到目的的手段之一。勸說立法機關制訂有利於自己（或廢除不利於自己）的法規。

**游擊** ㄧㄡˊ ㄐㄧ ①看情況許可，對敵軍作局部或零星的襲擊。也作「打游擊」「游擊戰」。這種部隊稱游擊隊。②詭稱不確定的進餐時間、地點。如「吃飯不在伙食團，到處打游擊」。

**游藝** ㄧㄡˊ ㄧˋ 指遊戲技藝之類的事。

**游離** ㄧㄡˊ ㄌㄧˊ ①分離無所依倚而存在。②理化名詞。使原子或分子的電子克服所受的束縛而離開原子或分子，這種現象叫游離。

**游泳池** ㄧㄡˊ ㄩㄥˇ ㄔˊ 人工建造的供人游泳的水池子。

**游擊區** ㄧㄡˊ ㄐㄧ ㄑㄩ 在戰爭中，游擊隊經常活動，但是不能完全控制的地區。

**游擊隊** ㄧㄡˊ ㄐㄧ ㄉㄨㄟˋ 專以游動性突襲打擊敵人的軍隊。

**游藝會** ㄧㄡˊ ㄧˋ ㄏㄨㄟˋ 表演遊戲跟技藝的集會。

**游目騁懷** ㄧㄡˊ ㄇㄨˋ ㄔㄥˇ ㄏㄨㄞˊ 文隨意觀覽，開暢胸懷。

**游牧民族** ㄧㄡˊ ㄇㄨˋ ㄇㄧㄣˊ ㄗㄨˊ 居無定所，隨著水草而從事畜牧活動的民族。

**游魚出聽** ㄧㄡˊ ㄩˊ ㄔㄨ ㄊㄧㄥ 文形容琴音的美妙，連水中的魚都浮出水面來聆聽。

## 湮

文ㄧㄣ ㈠埋沒。如「湮沒」「湮滅證據」。㈡堵塞。如「河道湮塞（ㄙㄜˋ）」。又讀ㄧㄢ。

**湮沒** ㄧㄣ ㄇㄛˋ 文埋沒。

**湮塞** ㄧㄣ ㄙㄜˋ 文阻塞。如「河道湮塞」。

**湮滅** ㄧㄣ ㄇㄧㄝˋ 文埋沒，消滅。同「堙滅」。

## 渦

▲ㄨㄛ ㈠旋轉的水流。見「漩」。㈡凹下的部分。如「酒渦兒」。▲ㄍㄨㄛ 水名，在安徽省。

**渦流** ㄨㄛ ㄌㄧㄡˊ ①也作「有旋流」。指流體繞著瞬時軸線作旋轉的運動。②旋轉的水流。如「旋渦」。③氣流流向相反方向的現象。④實心的導體或鐵心在交流電磁場中由於電磁感應而生的電流。它能消耗電能，使導體發熱。

**渦輪** ㄨㄛ ㄌㄨㄣˊ （turbine）輪機的俗名。這是一種機械，主要部分的成組的旋渦形葉片、瓣或斗，靠反動力或(和)衝擊力使機械轉動，把流動的液體或氣體的「動能」變成「機械能」。有水輪機、燃氣輪機跟蒸氣輪機等。

## 渥

文ㄨㄛˋ ㈠濃厚，深厚。如「優渥」。㈡浸潤；層層塗抹。如「渥丹」。

**渥丹** ㄨㄛˋ ㄉㄢ 文用濃厚的紅色層層塗染。

## 渨

ㄨㄟ 文水彎曲處。〈說文通訓定聲〉：「山曲曰隈，水曲曰渨。」

## 渭

ㄨㄟˋ 河名，在陝西省內。參看「涇」字。

## 渝

ㄩˊ 文㈠改變。如「此志不渝」。㈡四川重慶的別稱。

## 湲

文ㄩㄢˊ 潺湲，水流的樣子。

## 湧（涌）

ㄩㄥˇ ㈠水向上冒。如「湧泉」「淚如泉湧」。㈡像水湧出似的。如「風起雲湧」「一大群人湧了過來」。

**湧出** ㄩㄥˇ ㄔㄨ 水向上冒出。

**湧流** ㄩㄥˇ ㄌㄧㄡˊ 水向上噴流而出。

**湧泉** ㄩㄥˇ ㄑㄩㄢˊ 也作「涌泉」。從下向上冒出的水泉。福州鼓山有湧泉寺。

**湧現** ㄩㄥˇ ㄒㄧㄢˋ 大量出現。

# 十筆

## 滂

文ㄆㄤ 見「滂沱」。

**滂沱** ㄆㄤ ㄊㄨㄛˊ 文①大雨的樣子。如「滂沱大雨」。②眼淚多的樣子。如「涕泗滂沱」。

**滂湃** ㄆㄤ ㄆㄞˋ 文同「澎湃」。形容水勢盛大的樣子。

**滂沱大雨** ㄆㄤ ㄊㄨㄛˊ ㄉㄚˋ ㄩˇ 文雨點很大，下得很急的雨。

## 溥

ㄆㄨˇ ㈠普遍。如「溥天之下」。㈡文大。如「獲利甚溥」。㈢姓。㈣宣統皇帝愛新覺羅溥儀家族也簡稱溥姓。

## 滅

ㄇㄧㄝˋ ㈠火息了。如「滅燈」「滅火器」。㈡文沉沒。如「滅頂」。㈢盡，除絕。如「消滅」「滅蠅」。㈣破壞。如「毀滅」。

**滅亡** ㄇㄧㄝˋ ㄨㄤˊ 淪亡；消滅。

**滅口** ㄇㄧㄝˋ ㄎㄡˇ 殺死證人，免得泄漏祕密。

**滅心** ㄇㄧㄝˋ ㄒㄧㄣ 沒良心。

**滅火** ㄇㄧㄝˋ ㄏㄨㄛˇ 把火弄熄了。

**滅失** ㄇㄧㄝˋ ㄕ ①滅亡；消失。②法律用語。標的物不再存在，或占有人對它失去控制的狀態。

**滅門** ㄇㄧㄝˋ ㄇㄣˊ 一家人全被殺死。

**滅度** ㄇㄧㄝˋ ㄉㄨˋ 佛家語。梵語涅槃、泥洹的意譯。就是解脫肉體死亡。

**滅族** ㄇㄧㄝˋ ㄗㄨˊ 把本人和家屬都殺了。古刑有滅三族（父母、兄弟、妻子）和滅九族（由本人起算，上為父、祖、曾祖、高祖，下為子、孫、曾孫、玄孫）的。

**滅頂** ㄇㄧㄝˋ ㄉㄧㄥˇ 図水沒過了頭頂，就是淹死。

**滅絕** ㄇㄧㄝˋ ㄐㄩㄝˊ 盡，除絕。

**滅裂** ㄇㄧㄝˋ ㄌㄧㄝˋ 図①草率，輕忽地做事。②破壞絕滅。

**滅跡** ㄇㄧㄝˋ ㄐㄧ 除去一切痕跡。童子軍常在拔營時候消滅露營的痕跡。

**滅種** ㄇㄧㄝˋ ㄓㄨㄥˇ 種族滅亡。如「亡國滅種」。

**滅親** ㄇㄧㄝˋ ㄑㄧㄣ ①斷絕親族關係。②殺害親屬，犧牲小我以成全大義。

**滅火器** ㄇㄧㄝˋ ㄏㄨㄛˇ ㄑㄧˋ 防火的器具，裝重碳酸鈉溶液，上部小瓶裝硫酸，救火時把它倒過來就會發生冷卻和隔氧的作用來滅火。滅火器有水滅火器、酸鹼滅火器、強化液滅火器等種類。

**滅此朝食** ㄇㄧㄝˋ ㄘˇ ㄓㄠ ㄕˊ 図等滅亡了敵人再吃早飯。是〈左傳〉裡的話。

## 溟

図ㄇㄧㄥˊ (一)「溟溟」「溟濛」，都是下小雨。(二)古人稱海。如「北溟有魚」。

**溟濛雨** ㄇㄧㄥˊ ㄇㄥˊ ㄩˇ 霏霏而下，造成視界矇矓的細雨。

## 滏

ㄈㄨˇ，水名。滏陽河，在河北省。

## 滇（滇）

ㄉㄧㄢ 又讀ㄊㄧㄢˊ。雲南省的簡稱。

## 滔

ㄊㄠ (一)見「滔天」。(二)見「滔滔」。

**滔天** ㄊㄠ ㄊㄧㄢ 漫天，形容極大。如「白浪滔天」「罪惡滔天」。

**滔滔** ㄊㄠ ㄊㄠ ①形容水流盛大。如「江水滔滔」。②形容說話連續不停。如「滔滔不絕」。③図形容混亂。如「滔滔者天下皆是也」。

## 溏

ㄊㄤˊ (一)水池。(二)汁液流動不凝結。如「溏心兒」。

**溏便** ㄊㄤˊ ㄅㄧㄢˋ 拉稀屎。

**溏心兒蛋** ㄊㄤˊ ㄒㄧㄣ ㄦ ㄉㄢˋ 經過水煮，蛋黃仍不凝固的蛋。

## 滕

ㄊㄥˊ (一)姓。(二)古國名，在現在山東省滕縣。

## 溺

▲ㄋㄧˋ (一)沒入水裡。如「溺死」「沉溺」。(二)図過分喜好寵愛。如「溺於酒色」「溺愛」。(三)見「溺職」。

▲ㄋㄧㄠˋ (一)同「尿」。(二)解小便。

**溺死** ㄋㄧˋ ㄙˇ 淹死。也作「溺斃」。

**溺尿** ㄋㄧㄠˋ ㄙㄨㄟ 排泄小便。尿也讀ㄋㄧㄠˋ。

**溺愛** ㄋㄧˋ ㄞˋ 長輩對晚輩過分寵愛。

**溺器** ㄋㄧㄠˋ ㄑㄧˋ 盛尿的器具。

**溺職** ㄋㄧˋ ㄓˊ 図不盡職。

## 溧

ㄌㄧˋ 溧水，在江蘇省。

## 溜

▲ㄌㄧㄡ (一)滑行。如「溜冰」「順著斜坡溜下來」。(二)不告而別。如「他一個人溜到哪兒去」「一看情形不對，趕快溜之大吉」。(三)烹飪法的一種，要勾芡的。如「醋溜丸子」「醋溜魚」。(四)光滑的樣子。如「滑

溜溜」。㈤下墜。如「價錢直往下溜」。㈥很快地看一下。如「溜了他一眼」。㈦斜下。如「溜肩膀兒」。㈧見「溜達」。

▲ㄌㄧㄡˋ㈠簷下滴水的地方。如「簷溜」。㈡迅速的水流。如「河的大溜」。㈢行列。如「這一溜兒有三棟房子」。㈣一道。如「一溜煙兒」。

**溜冰** ㄌㄧㄡ ㄅㄧㄥ 穿冰鞋在冰上滑行，現在是一種室內運動。參看「滑冰」條。

**溜兒** ㄌㄧㄡ ㄦ 行列。參看溜（ㄌㄧㄡˋ）㈢。

**溜溜** ▲ㄌㄧㄡ ㄌㄧㄡ ①図水流聲或水流的樣子。如「清波溜溜入新渠」。②形容狡猾的眼光。如「光溜溜一雙賊眼」。③裝飾音。如「跑馬溜溜的山上」。

▲ㄌㄧㄡˋ·ㄌㄧㄡ 逛逛，走走。

**溜達** ㄌㄧㄡ ㄉㄚˊ 達字輕讀。也作「遛達」。溜字又讀ㄌㄧㄡˋ：①散步。②閒遊。

**溜光（兒）** ㄌㄧㄡ ㄍㄨㄤ ㄦ 很光滑。

**溜冰鞋** ㄌㄧㄡ ㄅㄧㄥ ㄒㄧㄝˊ 穿在腳上，可以在冰上或地面滑行的鞋。在冰上穿的叫冰鞋或冰刀；在地面穿的叫輪鞋（帶輪子，有橫列、直列兩式）。

**溜之大吉** ㄌㄧㄡ ㄓ ㄉㄚˋ ㄐㄧˊ 偷偷地逃得不知去向。帶有滑稽或諷刺的意味。

**溜之乎也** ㄌㄧㄡ ㄓ ㄏㄨ ㄧㄝˇ 乘人不覺而逃走。帶有滑稽或諷刺的意味。

**溜門子的** ㄌㄧㄡ ㄇㄣˊ ·ㄗ ·ㄉㄜ 乘人不備，到人家裡偷東西的賊。

## 溝

ㄍㄡ ㈠田間的水道。如「溝洫」。㈡通水道。如「陰溝」「排水溝」。㈢平面上凹下去的長條痕跡。如「車輪在路上軋了一道溝」。㈣通達，交流。如「溝通」。

**溝子** ㄍㄡ ㄗˇ 小水溝。

**溝洫** ㄍㄡ ㄒㄩˋ 田間水道。

**溝渠** ㄍㄡ ㄑㄩˊ 灌溉或排水用的水道。

**溝通** ㄍㄡ ㄊㄨㄥ ①原指挖通溝壁使兩條溝渠的水可以相通，後來泛指「彼此的意見可以通達」。②指發送的一方把訊息傳送到接收的一方，希望對方完全了解原來的意思。也作「傳播」。在英文是cammunication。

**溝壑** ㄍㄡ ㄏㄜˋ 図泛指溝、坑、低凹的地方。

**溝沿（兒）** ㄍㄡ ㄧㄢˊ ㄦ 溝渠的邊岸。

**溝耗子** ㄍㄡ ㄏㄠˋ ㄗ 生活在水溝裡的老鼠。

## 溘

図ㄎㄜˋ忽然。如「溘然長逝」（人忽然死了）。

**溘逝** ㄎㄜˋ ㄕˋ 図忽然死去。也作溘謝。

**溘然** ㄎㄜˋ ㄖㄢˊ 図忽然，突然。常用於說人死亡。如「溘然長逝」。

## 滑

▲ㄏㄨㄚˊ㈠不凝滯。如「滑利」「光滑」。㈡巧詐，虛浮不實在。如「油滑」「滑頭」。㈢溜著走。如「滑行」「滑雪」。㈣姓。

▲ㄍㄨˇ見「滑稽」。

**滑水** ㄏㄨㄚˊ ㄕㄨㄟˇ 水上運動的一種。用快艇拖繩拉著運動員在水面上向前滑行。有一些花樣。

**滑石** ㄏㄨㄚˊ ㄕˊ 礦石的一種，淡綠或白色，塗在東西上，可以減少摩擦。

**滑冰** ㄏㄨㄚˊ ㄅㄧㄥ ①腳穿帶四個輪子的特製鞋在光滑堅硬的水泥地上滑。②現在冰上運動項目，包括冰上競速、冰球、冰舞、花式滑冰四種，都是冬季奧運的項目。其中冰球又稱冰上曲棍球。滑冰運動各項目都在室內冰場舉行。

**滑行** ㄏㄨㄚˊ ㄒㄧㄥˊ 交通工具如汽車、機車、腳踏車、火車、飛機在移動的過程中，不再藉助原有推進的動力，僅靠本身的慣性或利用坡度繼續向前行進的運動狀態。

**滑利** ㄏㄨㄚˊ ㄌㄧˋ　利字輕讀。光滑。

**滑車** ㄏㄨㄚˊ ㄔㄜ　用木頭或金屬做成邊緣有溝的圓輪，當中穿軸，使圓輪能轉動，裝在高架上穿上繩索，可以弔起重物；或是裝在拉門下面，便於推動。

**滑奏** ㄏㄨㄚˊ ㄗㄡˋ　音樂演奏由一個音滑向另一個音。彈鋼琴時手指滑過鍵盤，演奏快速的樂句；演奏管樂時，由一音滑向另一音吹奏。

**滑草** ㄏㄨㄚˊ ㄘㄠˇ　坐在滑板上從山坡上沿著草地上向下滑行的活動。

**滑動** ㄏㄨㄚˊ ㄉㄨㄥˋ　滑行運動。

**滑梯** ㄏㄨㄚˊ ㄊㄧ　兒童遊戲器具之一，人可以從梯子上去，從平臺上順著斜板滑下來。

**滑蛋** ㄏㄨㄚˊ ㄉㄢˋ　蛋的烹調法之一。蛋打開在鍋裡煎熟，和其他菜肴一起燴。如「滑蛋牛肉」「滑蛋蝦仁」。

**滑雪** ㄏㄨㄚˊ ㄒㄩㄝˇ　冬季雪地運動。一般在腳上繫著滑雪鞋（雪板），手持雪杖，由高坡上向下滑行。比賽分為兩種：①北歐式，包括越野滑雪、跳躍滑雪與混合滑雪（上述兩種都有）三種。②阿爾卑斯式滑雪，包括滑降、曲道、大曲道。

**滑翔** ㄏㄨㄚˊ ㄒㄧㄤˊ　在正常衝角與無動力的情況下，航空器藉空氣氣流的升降而飛動，叫「滑翔」。參看「滑翔機」。

**滑鼠** ㄏㄨㄚˊ ㄕㄨˇ　電腦周邊設備之一，用來輔助鍵盤的操作工具。可分機械式、光學式及半機械半光學式滑鼠三種。普遍使用的都有滾珠，可滑動。因形似老鼠，所以稱為滑鼠。

**滑潤** ㄏㄨㄚˊ ㄖㄨㄣˋ　光滑而有潤澤。

**滑輪** ㄏㄨㄚˊ ㄌㄨㄣˊ　物理學中的一種省力機械。是裝在架子上周邊有槽的輪子。單一的滑輪因裝置不同，有定滑輪、動滑輪等。

**滑稽**　▲ㄏㄨㄚˊ ㄐㄧ　形容能夠誘使聽者發笑的語言、動作或神態、衣著等。如「他今天的行為舉止很滑稽」。▲ㄍㄨˇ ㄐㄧ 図①古時說人能言善辯。〈史記．樗里子甘茂傳〉：「樗里子滑稽多智，秦人號曰智囊。」②形容人能隨時浮沉。〈楚辭．卜居〉：「將突梯滑稽，如脂如韋，以潔楹乎？」

**滑頭** ㄏㄨㄚˊ ㄊㄡˊ　狡猾的人。

**滑壘** ㄏㄨㄚˊ ㄌㄟˇ　棒、壘球比賽術語，指跑者在跑壘時採用滑行的動作以求安全到達下一個壘。

**滑溜（兒）** ㄏㄨㄚˊ ㄌㄧㄡ（ㄦ）　溜字輕讀。光滑。

**滑雪板** ㄏㄨㄚˊ ㄒㄩㄝˇ ㄅㄢˇ　從事滑雪活動時所用的一種長條形薄板，前端上翹。

**滑翔機** ㄏㄨㄚˊ ㄒㄧㄤˊ ㄐㄧ　沒有動力裝置，完全利用氣流的升降，在空中翱翔的航空器。

**滑翔翼** ㄏㄨㄚˊ ㄒㄧㄤˊ ㄧˋ　形式和飛機類似，不過本身並沒有動力裝置，須靠氣流的升降才能飛行於空中，並且也只能利用橡皮牽引或者汽車、飛機等的拖拉才能飛起。

**滑溜溜** ㄏㄨㄚˊ ㄌㄧㄡ ㄌㄧㄡ　形容非常光滑的樣子。

**滑潤劑** ㄏㄨㄚˊ ㄖㄨㄣˋ ㄐㄧˋ　點在機械上，使機械容易轉動、減少摩擦的油劑。略作滑劑。

**滑頭滑腦** ㄏㄨㄚˊ ㄊㄡˊ ㄏㄨㄚˊ ㄋㄠˇ　形容人狡猾不老實。

**滑鐵盧之役** ㄏㄨㄚˊ ㄊㄧㄝˇ ㄌㄨˊ ㄓ ㄧˋ　一八一五年，英國將軍威靈頓率領歐洲聯軍，在比利時布魯塞爾南方一小村滑鐵盧（waterloo）打敗不可一世的拿破崙，並將他放逐到聖赫勒拿島的戰爭。

**溷** 図ㄏㄨㄣˋ ㈠髒。如「溷濁」。㈡同「混」，雜亂。㈢通「圂」，廁所。㈣豬圈。

**溷濁** ㄏㄨㄣˋ ㄓㄨㄛˊ 図骯髒汙穢。

**溪** ㄒㄧ 山裡流出的水流。如「大甲溪」「濁水溪」。又讀ㄑㄧ。

**溪澗** ㄒㄧ ㄐㄧㄢˋ 山谷間的小溪流。

**溴** ㄒㄧㄡˋ 非金屬化學元素，符號是Br。是赤赭色液體，有劇毒，可作染料及氧化劑。

**溴水** ㄒㄧㄡˋ ㄕㄨㄟˇ 含溴元素的水溶液，可以用作消毒劑。

**溴酸** ㄒㄧㄡˋ ㄙㄨㄢ 溴的含氧酸。化學式 $HBrO_3$。僅存在溶液中，是氧化能力很強的強酸，一般用作氧化劑、消毒劑等。

**滎** ㄒㄧㄥˊ 滎陽，河南省縣名。又讀ㄧㄥˊ。

**溱** ㄓㄣ ㈠水名，在河南省。㈡図「溱溱」：①盛多的樣子。②一直出汗的樣子。

**準（凖）** ㄓㄨㄣˇ ㈠量平正的器具。〈漢書〉說是「繩直生準，準者所以揆平取正也」。㈡依據的法則。如「準繩」「標準」。㈢正確。如「這個鐘走得準」「準確」。㈣程度。如「水準」。㈤一定。如「我準來」「他說話沒準兒」。㈥預備。如「準備」。㈦人的鼻子。如「隆準」「準頭」。㈧類似。如「準女婿」。㈨見「準星」。

**準用** ㄓㄨㄣˇ ㄩㄥˋ 根據法律對於某種事項的規定，以類推作用而應用於其他類似事件。

**準成** ㄓㄨㄣˇ ㄔㄥˊ 成字輕讀。一定可以。

**準兒** ㄓㄨㄣˇ ㄦ 確定。如「沒準兒」（不一定）。

**準的** ㄓㄨㄣˇ ㄉㄧˋ 目標，標準。

**準保** ㄓㄨㄣˇ ㄅㄠˇ 同「管保」。可以保證。如「我有把握，今天他準保不會來」。

**準則** ㄓㄨㄣˇ ㄗㄜˊ 以此為準的法則。

**準星** ㄓㄨㄣˇ ㄒㄧㄥ 槍砲上用來瞄準目標射擊的星尖。

**準時** ㄓㄨㄣˇ ㄕˊ 確守時間。

**準備** ㄓㄨㄣˇ ㄅㄟˋ 預備。

**準話** ㄓㄨㄣˇ ㄏㄨㄚˋ 可靠的話。

**準確** ㄓㄨㄣˇ ㄑㄩㄝˋ 絲毫不錯。

**準頭** ▲ㄓㄨㄣˇ ㄊㄡˊ 鼻子的下半部隆起的部分。▲ㄓㄨㄣˇ ˙ㄊㄡ 標準。

**準繩** ㄓㄨㄣˇ ㄕㄥˊ ①測量平面是否平正的器具和測量垂直線用的掛繩。②法式或標準。

**準夫人** ㄓㄨㄣˇ ㄈㄨ ㄖㄣˊ 即將成為他人妻子的人。

**準決賽** ㄓㄨㄣˇ ㄐㄩㄝˊ ㄙㄞˋ 從最後四個名額打成最後兩個名額的比賽。

**溼（濕）** ㄕ ㈠沾潤水分，與「乾」相反。如「溼毛巾」「潮溼」。㈡沾上水。如「手弄溼了」「衣服淋溼了」。㈢中醫所說的病名。如「風溼」「溼氣」。

**溼地** ㄕ ㄉㄧˋ 潮溼的地。

**溼季** ㄕ ㄐㄧˋ 雨水多的季節。

**溼度** ㄕ ㄉㄨˋ 空氣中水蒸氣的量，與同一溫度當中飽和的蒸氣量相比所得的成分。

**溼氣** ㄕ ㄑㄧˋ ①含有水分的空氣。如「這山邊的小屋，溼氣很重」。②中醫病名，如溼疹等病。

**溼疹** ㄕ ㄓㄣˇ 皮膚病。先發紅斑，接著起水泡，會化膿。

**溼潤** ㄕ ㄖㄨㄣˋ 潮溼；蘸水使它滑潤。如「棉花蘸水，溼潤病人的嘴脣」。

**溼度表** ㄕ ㄉㄨˋ ㄅㄧㄠˇ 測量空氣中溼度的器械。

**溼淥淥** ㄕ ㄌㄨˋ ㄌㄨˋ 溼的樣子。也作「溼漉漉」。

**溼答答** ㄕ ㄉㄚ ㄉㄚ 溼極了。

**滁** ㄔㄨˊ 水名，縣名，都在安徽省。

**溽** 図ㄖㄨˋ 見「溽暑」。

**溽暑** ㄖㄨˋ ㄕㄨˇ 図潮溼而悶熱的夏季氣候。

**溶** ㄖㄨㄥˊ ㈠物質在水裡分化。如「溶解」「溶化」。㈡見「溶溶」。

**溶化** ㄖㄨㄥˊ ㄏㄨㄚˋ 也作「溶解」。見溶㈠。

**溶血** ㄖㄨㄥˊ ㄒㄩㄝˋ 紅血球受到破壞，使血紅素從細胞內逸出的現象。

**溶液** ㄖㄨㄥˊ ㄧㄝˋ 化學上講溶有他物的液體。

**溶媒** ㄖㄨㄥˊ ㄇㄟˊ 化學上講能使他物溶解的液體，像水、酒精等。也稱「溶劑」。

**溶菌** ㄖㄨㄥˊ ㄐㄩㄣ 經由免疫的動物體產生的抗體，在有適當的補體時，可與該細菌結合，並溶解細菌，可用以鑑定細菌種類。

**溶溶** ㄖㄨㄥˊ ㄖㄨㄥˊ 水多的樣子。

**溶解** ㄖㄨㄥˊ ㄐㄧㄝˇ 固體擴散在液體中，完全溶化不見痕跡的。

**溶質** ㄖㄨㄥˊ ㄓˋ 溶解在液體裡的物質。

**溶劑** ㄖㄨㄥˊ ㄐㄧˋ 化學名詞，能溶解其他物質的液體。又稱「溶媒」。

**溶體** ㄖㄨㄥˊ ㄊㄧˇ 化學上講廣義的溶液，氣體、液體、固體都可以作溶劑。

**溶解度** ㄖㄨㄥˊ ㄐㄧㄝˇ ㄉㄨˋ 化學上講在一定量的液體中，能溶解若干物質的限度。

**溶解熱** ㄖㄨㄥˊ ㄐㄧㄝˇ ㄖㄜˋ 物質溶解時所釋出或吸收的熱量。

**滓** ㄗˇ 水底的沉澱物；取出水分後的糟粕。如「渣滓」。

**滄** ㄘㄤ ㈠図滄涼，是寒冷的樣子。㈡通「蒼」，暗綠色。如「滄海」。㈢河北省縣名。

**滄洲** ㄘㄤ ㄓㄡ 水濱，常比喻隱居者的住處。

**滄桑** ㄘㄤ ㄙㄤ 「滄海桑田」的省略語。

**滄浪** ㄘㄤ ㄌㄤˊ 図水青色。

**滄海** ㄘㄤ ㄏㄞˇ 大海。滄指海水的顏色。

**滄溟** ㄘㄤ ㄇㄧㄥˊ 図①海水瀰漫的樣子。杜甫詩有「鯨力破滄溟」。②大海。

**滄海一粟** ㄘㄤ ㄏㄞˇ ㄧˋ ㄙㄨˋ 比喻人在宇宙間地位的微渺。蘇軾〈前赤壁賦〉有「寄蜉蝣於天地，渺滄海之一粟」。

**滄海桑田** ㄘㄤ ㄏㄞˇ ㄙㄤ ㄊㄧㄢˊ 比喻世事無常，變化很大。

**滄海遺珠** ㄘㄤ ㄏㄞˇ ㄧˊ ㄓㄨ 比喻埋沒人才。

**溲** 図ㄙㄡ ㈠小便。如「有癃者一日數十溲」。㈡微賤之物。如「牛溲馬勃」。

**溯（泝、遡）** ㄙㄨˋ ㈠逆水行舟。如「溯江而上」。㈡探究本源。如「上溯河源」「法律不溯既往」。

**溯源** ㄙㄨˋ ㄩㄢˊ 探究本源。

**溢** ㄧˋ ㈠水滿出來。如「溢出」。㈡流到外面去。如「利權外溢」。

㈢図過度的。如「溢美」。

**溢美** ㄧˋ ㄇㄟˇ 図過分的讚美。也作「溢譽」。

**溢洪道** ㄧˋ ㄏㄨㄥˊ ㄉㄠˋ 設置在擋水建築物本身或附近河岸的泄洪設施。

# 溫（温）

ㄨㄣ ㈠冷熱適中。如「溫帶」「溫水」。㈡使涼的液體有熱氣。如「把酒溫一溫」。㈢柔和。如「溫和」「溫柔」。㈣復習。如「溫習功課」「溫故而知新」。㈤指文章、劇本不精采。如「這篇稿子寫得好溫」。㈥譏笑別人做事不爽利。如「這個人溫得很」。㈦河南省縣名。㈧姓。

**溫文** ㄨㄣ ㄨㄣˊ 溫和文雅。

**溫存** ㄨㄣ ㄘㄨㄣˊ ①殷勤撫慰。②性格溫柔。也作「溫暾」。

**溫吞** ㄨㄣ ㄊㄨㄣ ①指人的性情或言行、文辭不乾脆。②半冷半熱的水，叫溫吞水。

**溫良** ㄨㄣ ㄌㄧㄤˊ 図溫和善良。

**溫和** ㄨㄣ ㄏㄜˊ ①不冷不熱。如「氣候溫和」。②指人的性情或態度溫良和平。

**溫居** ㄨㄣ ㄐㄩ 送禮祝賀人遷居新屋。

**溫床** ㄨㄣ ㄔㄨㄤˊ ①在溫熱的苗床上，堆積馬糞、木葉、塵土而使化合生熱。②比喻培養的場所。如「賭場是不良行為的溫床」。

**溫厚** ㄨㄣ ㄏㄡˋ 溫和寬厚。

**溫室** ㄨㄣ ㄕˋ 用人工使溫度增高，用來培養植物發育的一種特殊設計的房屋。通常是屋頂與四周都用透明的建材，以便透光、防寒。室內溫度可看需要調高或調低。

**溫度** ㄨㄣ ㄉㄨˋ 冷熱的程度。

**溫柔** ㄨㄣ ㄖㄡˊ 溫和柔順。

**溫泉** ㄨㄣ ㄑㄩㄢˊ 天然溫暖的泉水。也作「湯泉」。

**溫清** ㄨㄣ ㄐㄧㄥˋ 図冬溫夏清。冬天使父母床席溫暖，夏天使父母涼爽舒適。

**溫差** ㄨㄣ ㄔㄚ 氣溫間的差距。通常指一天之中最高最低氣溫的差。

**溫書** ㄨㄣ ㄕㄨ 溫習讀過的書。

**溫帶** ㄨㄣ ㄉㄞˋ 地理學名詞。介於回歸線和極圈之間的地區。在北半球的叫北溫帶，在南半球的叫南溫帶。

**溫情** ㄨㄣ ㄑㄧㄥˊ 溫和的感情、態度。如「得到他溫情接待」。

**溫習** ㄨㄣ ㄒㄧˊ 復習以前學過的功課。

**溫雅** ㄨㄣ ㄧㄚˇ 溫和高雅。

**溫順** ㄨㄣ ㄕㄨㄣˋ 溫和順從。

**溫暖** ㄨㄣ ㄋㄨㄢˇ ①氣候暖和。②使感到溫暖。

**溫煦** ㄨㄣ ㄒㄩˋ 図溫暖和煦。

**溫飽** ㄨㄣ ㄅㄠˇ 衣食豐足。

**溫馴** ㄨㄣ ㄒㄩㄣˊ 溫順聽話。如「我家有一隻溫馴的北京狗」。

**溫潤** ㄨㄣ ㄖㄨㄣˋ 溫和柔潤。①指人的性情。如「性情溫潤」。②指氣候。如「氣候溫潤」。③指質地細膩而且有光澤。如「這塊玉珮相當溫潤」。

**溫覺** ㄨㄣ ㄐㄩㄝˊ 生理學名詞。皮膚接觸物體時能分辨冷熱的感覺。

**溫馨** ㄨㄣ ㄒㄧㄣ 溫和芳香；溫暖。如「溫馨的情誼」。

**溫度計** ㄨㄣ ㄉㄨˋ ㄐㄧˋ 測量溫度的儀器，也叫寒暑表。

**溫柔鄉** ㄨㄣ ㄖㄡˊ ㄒㄧㄤ 美色迷人的地方。通常指美人的閨房。

**溫文儒雅** ㄨㄣ ㄨㄣˊ ㄖㄨˊ ㄧㄚˇ 形容人文質彬彬，待人溫和恭敬的樣子。

**溫血動物** ㄨㄣ ㄒㄩㄝˋ ㄉㄨㄥˋ ㄨˋ 指體內血液維持恆溫狀態的動物，如哺乳類和鳥類。

**溫室效應**（ㄨㄣ ㄕˋ ㄒㄧㄠˋ ㄧㄥˋ） 指在密閉空間裡由於缺乏與外界作熱量的交流而產生的保溫效應。地球大氣中的二氧化碳含量過多，便會阻礙熱量交流，使地球溫度升高，造成溫室效應。

**溫故知新**（ㄨㄣ ㄍㄨˋ ㄓ ㄒㄧㄣ） 把已經學過的知識再加復習，而獲得新的見解。

## 滃

図ㄨㄥˇ ㈠水流的聲勢很大的樣子。㈡滃鬱，雲氣湧起的樣子。

## 源

ㄩㄢˊ ㈠水流的出處。如「河源」「發源」。㈡一切事物所由來。如「來源」「根源」。㈢見「源源」。

**源本**（ㄩㄢˊ ㄅㄣˇ） ①水流所出的地方。②比喻事物的來源、根本。③本來，原先。如「這事情源本是應該這樣處理的」。

**源由**（ㄩㄢˊ ㄧㄡˊ） 事情發生的原因。同「原由」。

**源委**（ㄩㄢˊ ㄨㄟˇ） 起因及經過的情形。

**源流**（ㄩㄢˊ ㄌㄧㄡˊ） 開始及經過。

**源泉**（ㄩㄢˊ ㄑㄩㄢˊ） ①水源。②比喻事物發生的源頭。

**源源**（ㄩㄢˊ ㄩㄢˊ） 連續不斷的樣子。

**源頭**（ㄩㄢˊ ㄊㄡˊ） 水發源的地方。

**源源本本**（ㄩㄢˊ ㄩㄢˊ ㄅㄣˇ ㄅㄣˇ） 從頭到尾，比喻全部事實。

**源源而來**（ㄩㄢˊ ㄩㄢˊ ㄦˊ ㄌㄞˊ） 形容事物連續不斷而來的樣子。

**源遠流長**（ㄩㄢˊ ㄩㄢˇ ㄌㄧㄡˊ ㄔㄤˊ） 源頭深遠而流傳長久。如「光輝的中華文化源遠流長」。

# 十一筆

## 漂

▲ㄆㄧㄠ ㈠在水上浮動。如「漂浮」「漂流」。㈡図搖動。如「眾呴漂山」。▲ㄆㄧㄠˇ用藥水浸洗布料，使它潔白。如「漂白」。▲ㄆㄧㄠˋ ㈠見「漂亮」。㈡見「漂帳」。㈢見「漂了」。

**漂了**（ㄆㄧㄠˋ ˙ㄌㄜ） 図事情不成功了，機會失去了。

**漂布**（ㄆㄧㄠˇ ㄅㄨˋ） ①已經漂洗過的布。②把布放在漂白液裡去漂。

**漂白**（ㄆㄧㄠˇ ㄅㄞˊ） ①用化學氧化或還原的方法，去除物質上的色素，變白，這種方法或過程就叫漂白。②比喻行為經過改變，壞人或壞事變成好人或好事的過程。

**漂兒**（ㄆㄧㄠ ㄦ） 釣魚用的浮子。

**漂泊**（ㄆㄧㄠ ㄅㄛˊ） 居無定所，像在水上漂浮。也作「漂流」「漂蕩」。

**漂亮**（ㄆㄧㄠˋ ˙ㄌㄧㄤ） 亮字輕讀。明淨爽利的意思。凡是相貌俊秀，裝飾入時，性情機巧，做事明敏，言談鋒利，都叫漂亮。

**漂流**（ㄆㄧㄠ ㄌㄧㄡˊ） ①在水面上浮游。②比喻人無固定居所，四處流浪。也作「飄流」。

**漂洋**（ㄆㄧㄠ ㄧㄤˊ） 渡過海洋。

**漂浮**（ㄆㄧㄠ ㄈㄨˊ） 浮游在水面上。

**漂移**（ㄆㄧㄠ ㄧˊ） 漂流移動。

**漂鳥**（ㄆㄧㄠ ㄋㄧㄠˇ） 留鳥的一種，常為了覓食而遷移棲居地。

**漂萍**（ㄆㄧㄠ ㄆㄧㄥˊ） 浮萍。

**漂帳**（ㄆㄧㄠˋ ㄓㄤˋ） 図不還的債。

**漂白粉**（ㄆㄧㄠˇ ㄅㄞˊ ㄈㄣˇ） 氯氣和石灰化合的白色粉末，有使布紙變白的能力。

**漠** ㄇㄛˋ ㈠北方流沙。如「大漠」「沙漠」。㈡不關心或不相關的樣子。如「漠不關心」「漠不相關」。

**漠然** ㄇㄛˋ ㄖㄢˊ 漠㈡。

**漠視** ㄇㄛˋ ㄕˋ 輕視。

**漠漠** ㄇㄛˋ ㄇㄛˋ ①煙霧密布的樣子。如「清晨，湖面上布滿漠漠的霧氣」。②廣大而靜寂的樣子。如「登上城樓向西望去，好一片漠漠的原野」。

**漠不關心** ㄇㄛˋ ㄅㄨˋ ㄍㄨㄢ ㄒㄧㄣ 一點兒也不去注意。

**滿** ㄇㄢˇ ㈠充盈的樣子。如「酒滿杯」「水滿了」。㈡「滿意」的簡詞，認為很好。如「自滿」「人人不滿」。㈢普遍。如「滿地是水」。㈣十分，全。如「滿不在乎」「滿心喜悅」。㈤很。如「滿以為你會來」「滿像樣子」。㈥時日已過完。如「滿假」「任期屆滿」。㈦和睦周全。如「圓滿」「完滿」。㈧我國東北的民族名。清朝就是滿族入關之後建立的，所以又稱「滿清」。㈨姓。

**滿心** ㄇㄢˇ ㄒㄧㄣ 心裡充滿某種情緒。如「滿心喜悅」。也作「滿懷」。

**滿月** ㄇㄢˇ ㄩㄝˋ ①陰曆每月十五夜的月亮。②嬰兒出生滿一個月。

**滿目** ㄇㄢˇ ㄇㄨˋ 視線全部。如「琳瑯滿目」。也作「滿眼」。

**滿地** ㄇㄢˇ ㄉㄧˋ 遍地。

**滿好** ㄇㄢˇ ㄏㄠˇ 很好。

**滿多** ㄇㄢˇ ㄉㄨㄛ 很多。

**滿耳** ㄇㄢˇ ㄦˇ 充滿在耳朵裡。如「風聲滿耳」。

**滿孝** ㄇㄢˇ ㄒㄧㄠˋ 孝服期滿了。也作「滿服」。

**滿志** ㄇㄢˇ ㄓˋ 因志氣盈滿。如「躊躇滿志」。

**滿足** ㄇㄢˇ ㄗㄨˊ ①完滿充足。②達到願望，無所貪求。

**滿門** ㄇㄢˇ ㄇㄣˊ 全家。如「滿門抄斬」。

**滿洲** ㄇㄢˇ ㄓㄡ ①我國東北的舊稱。②清朝滿族人的自稱。

**滿面** ㄇㄢˇ ㄇㄧㄢˋ 表現在臉上。如「滿面春風」。

**滿座** ㄇㄢˇ ㄗㄨㄛˋ ①指電影院、戲園子、餐廳等處所所有的位子都坐滿了。②指在座所有的人。如「滿座重聞皆掩泣」。

**滿族** ㄇㄢˇ ㄗㄨˊ 我國少數民族之一，也稱通古斯族，分布在黑龍江、吉林、遼寧、河北、內蒙古等地。

**滿清** ㄇㄢˇ ㄑㄧㄥ 清朝。因為清朝是滿族人建立的，所以稱為滿清。

**滿貫** ㄇㄢˇ ㄍㄨㄢˋ ①橋牌術語。叫牌到六階，稱小滿貫；七階稱大滿貫。②打麻將稱和牌計數的極限。③網球比賽用語。通常稱在公開賽中獲得全勝為大滿貫。

**滿期** ㄇㄢˇ ㄑㄧ 日期屆滿。

**滿腔** ㄇㄢˇ ㄑㄧㄤ 充滿胸中。如「滿腔熱血」。

**滿意** ㄇㄢˇ ㄧˋ 願望達到，沒有缺憾。

**滿腹** ㄇㄢˇ ㄈㄨˋ 一肚子。如「滿腹牢騷」。

**滿載** ㄇㄢˇ ㄗㄞˋ 裝得滿滿的。如「滿載而歸」。

**滿潮** ㄇㄢˇ ㄔㄠˊ 潮滿；潮漲。指潮水漲滿。

**滿嘴** ㄇㄢˇ ㄗㄨㄟˇ 滿口。①充滿口腔。如「吃墨魚吃得滿嘴黑乎乎的」。②充滿於言辭之中。如「他一說話，滿嘴都是髒字兒」。

**滿擬** ㄇㄢˇ ㄋㄧˇ 本來打算要……。

**滿壘** ㄇㄢˇ ㄌㄟˇ 棒、壘球運動比賽術語之一，場上的一、二、三壘都有跑者。

**滿額** ㄇㄢˇ ㄜˊ 定額已滿。

**滿懷** ㄇㄢˇ ㄏㄨㄞˊ ①心中充滿著。如「滿懷歡欣」。②指整個前胸。如「他們兩人撞了個滿懷」。

**滿處（兒）** ㄇㄢˇ ㄔㄨˋ ㄦ 到處。

**滿山紅** ㄇㄢˇ ㄕㄢ ㄏㄨㄥˊ 一種杜鵑花。落葉小灌木，葉卵形，常三片輪生，春天先開花，後長葉子。

**滿天星** ㄇㄢˇ ㄊㄧㄢ ㄒㄧㄥ ①植物名，茜草科，小灌木，一年生草本。莖高三四尺，葉小，橢圓而尖。春末葉腋開白花。分布於我國南部及印度、越南。生於水邊、田埂的雜草中。可植庭園中以供觀賞。②植物名，石南科，落葉灌木。高七八尺，葉集生，呈橢圓形。春天開小白花。秋末則變紅色。

**滿世界** ㄇㄢˇ ㄕˋ ㄐㄧㄝˋ ①全世界。②每個角落，到處。

**滿以為** ㄇㄢˇ ㄧˇ ㄨㄟˊ 很肯定的認為。

**滿打算** ㄇㄢˇ ㄉㄚˇ ㄙㄨㄢˋ 計畫得很周全。如「對這件事我滿打算這樣做」。

**滿肚子** ㄇㄢˇ ㄉㄨˋ ㄗ˙ 滿腹，一肚子。

**滿招損** ㄇㄢˇ ㄓㄠ ㄙㄨㄣˇ 驕傲自滿的人必然招致失敗。〈尚書〉和〈三字經〉的句子，後面一句是「謙受益」。

**滿堂彩** ㄇㄢˇ ㄊㄤˊ ㄘㄞˇ 舊時指伶人、歌女一出場就得到全場熱烈的喝采。如「她在場上一亮相兒，只唱了一句倒板，就得了個滿堂彩」。

**滿口胡柴** ㄇㄢˇ ㄎㄡˇ ㄏㄨˊ ㄔㄞˊ 胡說八道。胡柴就是胡扯，元明曲中常見。

**滿不在乎** ㄇㄢˇ ㄅㄨˋ ㄗㄞˋ ㄏㄨ˙ 不、乎二字輕讀。完全不以為意。

**滿天星斗** ㄇㄢˇ ㄊㄧㄢ ㄒㄧㄥ ㄉㄡˇ 整個天空布滿星星。形容晴朗的夜空。

**滿目瘡痍** ㄇㄢˇ ㄇㄨˋ ㄔㄨㄤ ㄧˊ 到處所見都是受災苦的情形。

**滿有意思** ㄇㄢˇ ㄧㄡˇ ㄧˋ ㄙ˙ 非常有趣。

**滿坑滿谷** ㄇㄢˇ ㄎㄥ ㄇㄢˇ ㄍㄨˇ 比喻多，很豐足。

**滿城風雨** ㄇㄢˇ ㄔㄥˊ ㄈㄥ ㄩˇ 普遍傳聞，眾人喧鬧的樣子。

**滿面春風** ㄇㄢˇ ㄇㄧㄢˋ ㄔㄨㄣ ㄈㄥ 臉上充滿快樂的喜氣。

**滿腹牢騷** ㄇㄢˇ ㄈㄨˋ ㄌㄠˊ ㄙㄠ 牢騷很多。

**滿腹經綸** ㄇㄢˇ ㄈㄨˋ ㄐㄧㄥ ㄌㄨㄣˊ 才識豐富。

**滿載而歸** ㄇㄢˇ ㄗㄞˋ ㄦˊ ㄍㄨㄟ 行囊中裝滿東西。形容收穫十分豐富。

**滿漢全席** ㄇㄢˇ ㄏㄢˋ ㄑㄩㄢˊ ㄒㄧˊ 原為清代宮中喜慶的盛宴。後稱山珍海味無不具備的酒席。

**漫** ▲ㄇㄢˋ ㈠水太滿，流出來了。如「水漫金山寺」。㈡遍布。如「漫山遍野」「彌漫」。㈢放任不加拘束的樣子。如「散漫」「漫無秩序」。㈣見「漫畫」。㈤同「莫」「休」或表示浮泛的意思。如「漫說是我，你也不行啊」「姑漫應之」。㈥因木石上鐫刻的文字受風雨侵襲而損毀不可辨認，叫「漫漶」。▲ㄇㄢ ㈠形容大。如「漫天」。㈡見「漫漫」。

**漫天** ㄇㄢˋ ㄊㄧㄢ ①極大的。如「漫天討價」。②蔽天。如「漫天星斗」。

**漫兒** ㄇㄢˋ ㄦ 金屬錢幣沒有文字的那一面。

**漫長** ㄇㄢˋ ㄔㄤˊ 長得看不到盡頭。如「漫長的歲月」。

**漫筆** ㄇㄢˋ ㄅㄧˇ 文章隨手寫，沒有一定的主題，而用作題目。如「窗前漫筆」。

**漫遊** ㄇㄢˋ ㄧㄡˊ 漫無目標的隨意遊覽。同「浪遊」。

**漫畫** ㄇㄢˋ ㄏㄨㄚˋ 具有強烈的諷刺或幽默含意的繪筆。漫畫家用誇張、比喻、象徵、寓意種種手法，詼諧幽默的畫面，表達某種意念，或對現實社會作相當程度的諷刺。

**漫漫** ▲ㄇㄢˊ ㄇㄢˊ長遠的樣子；無涯際的樣子。如「長夜漫漫」。▲ㄇㄢˋ ㄇㄢˋ不拘束的飛揚。如「漫漫黃沙」。

**漫漶**（ㄇㄢˋ ㄏㄨㄢˋ） 㘝也作曼漶。碑文、圖書等因年代久遠，受到風沙、水漬的損害而模糊難辨。

**漫說**（ㄇㄢˋ ㄕㄨㄛ） 不必說，不用說，別說。如「這種音樂漫說國內不容易聽到，全世界也很少有」。也作「慢說」「慢道」「漫道」。

**漫罵**（ㄇㄢˋ ㄇㄚˋ） 亂罵。也作「謾罵」「嫚罵」。

**漫談**（ㄇㄢˋ ㄊㄢˊ） 不拘形式的隨意談話。

**漫山遍野**（ㄇㄢˋ ㄕㄢ ㄅㄧㄢˋ ㄧㄝˇ） 形容很多，到處都是。

**漫不經心**（ㄇㄢˋ ㄅㄨˋ ㄐㄧㄥ ㄒㄧㄣ） 浮泛不留意。

**漫天討價**（ㄇㄢˋ ㄊㄧㄢ ㄊㄠˇ ㄐㄧㄚˋ） 討的價錢極高，出於情理之外。

**漫無秩序**（ㄇㄢˋ ㄨˊ ㄓˋ ㄒㄩˋ） 散漫而沒有秩序。

**漫游生物**（ㄇㄢˋ ㄧㄡˊ ㄕㄥ ㄨˋ） 生活在河海中，活動範圍比較大的動物，如烏賊、鰻鱺、鯨魚等。

**漫無邊際**（ㄇㄢˋ ㄨˊ ㄅㄧㄢ ㄐㄧˋ） ①形容廣大無邊的樣子。如「那是一大片漫無邊際的草原」。②形容人的說話、作文沒有中心點，而且囉唆，不能自休。

## 滴

滴 ㄉㄧ ㈠水點。如「雨滴」「水滴」。㈡水點往下掉。如「滴眼藥」「雨水順著屋簷往下滴」。㈢表示聲音的詞。如「滴答」。㈣見「滴滴」。㈤見「滴溜」。

**滴水** ▲ㄉㄧ ㄕㄨㄟˇ水點往下掉。▲ㄉㄧ ˙ㄕㄨㄟ屋簷瓦。

**滴答**（ㄉㄧ ㄉㄚ） ①表示鐘擺擺動的聲音。②點滴而下。也作「滴噠」。

**滴溜**（ㄉㄧ ㄌㄧㄡ） 滾圓的樣子。

**滴滴**（ㄉㄧ ㄉㄧ） ①水點連續下滴。②形容詞的詞尾。如「嬌滴滴」。

**滴管**（ㄉㄧ ㄍㄨㄢˇ） 化學用具，管的一頭尖細，另一頭附有橡皮套，每次只放出一滴水。

**滴蟲**（ㄉㄧ ㄔㄨㄥˊ） 傳染病蟲的名稱。主要的有腸道滴蟲和陰道滴蟲兩種，分別會引起腸道滴蟲病和滴蟲性陰道炎等兩種傳染病。

**滴瀝**（ㄉㄧ ㄌㄧˋ） 水下滴的聲音。

**滴眼藥**（ㄉㄧ ㄧㄢˇ ㄧㄠˋ） 把眼藥水滴入眼眶裡。也說點眼藥。

**滴溜溜**（ㄉㄧ ㄌㄧㄡ ㄌㄧㄡ） ①墜落的聲音。②流動的樣子。

**滴滴涕**（ㄉㄧ ㄉㄧ ㄊㄧˋ） D.D.T. 舊時一種殺蟲的化學藥劑。

**滴水穿石**（ㄉㄧ ㄕㄨㄟˇ ㄔㄨㄢ ㄕˊ） 滴水力量很小，但是不斷地滴下來，日子久了，一樣可以穿通石頭。比喻有恆必成。

**滴里嘟嚕**（ㄉㄧ ˙ㄌㄧ ㄉㄨ ㄌㄨ） ①形容攜帶的東西多而且瑣碎、累贅。如「他腰帶上繫了些滴里嘟嚕的東西」。②說話太快，使人聽不清。如「滴里嘟嚕地說了一大串，誰都沒聽清楚」。也作「嘀里嘟嚕」。

**滴滴答答**（ㄉㄧ ㄉㄧ ㄉㄚ ㄉㄚ） 表聲的詞。像水聲、馬蹄聲等。

**滴里答拉的**（ㄉㄧ ˙ㄌㄧ ㄉㄚ ㄌㄚ ˙ㄉㄜ） 紛紛下垂的樣子。

## 滌

滌 㘝ㄉㄧˊ ㈠洗，灑。如「洗滌」「滌腸」。㈡掃。〈詩經〉有「十月滌場」。

**滌蕩**（ㄉㄧˊ ㄉㄤˋ） 㘝也作「滌盪」，洗去汙穢。

**漯** ▲ㄊㄚˋ 古水名，在今山東省。▲ㄌㄨㄛˋ 漯河，在河南省。▲ㄌㄟˊ 水名，源出山西省雁門關。

**漏** ㄌㄡˋ ㈠水從縫隙裡流出來。如「屋頂漏水」。㈡透露出去。如「走漏消息」。㈢遺落，脫落。如「漏抄兩頁書」「漏作三道題」。㈣古時有一種計時器叫漏，因此把「漏」作夜晚的時間的意思講。如「更殘漏盡」「漏夜」。㈤逃避。如「漏稅」「漏卮」。㈥破綻的地方，見「漏子」。

**漏勺** ㄌㄡˋ ㄕㄠˊ 廚房用具，鋼鐵製的滿布小孔的勺子。

**漏子** ㄌㄡˋ ㄗ˙ ①漏斗。②事情破綻之處。

**漏孔** ㄌㄡˋ ㄎㄨㄥˇ 物品的孔隙。

**漏水** ㄌㄡˋ ㄕㄨㄟˇ 水從隙縫中滲流出來。

**漏斗** ㄌㄡˋ ㄉㄡˇ 用來過濾、分離和灌注液體的器具。常用於實驗室中，有各式形狀種類。用玻璃、金屬、塑膠料製成。

**漏卮** ㄌㄡˋ ㄓ ①滲漏的酒器。②図比喻利權外溢。

**漏失** ㄌㄡˋ ㄕ ①漏亡；遺失。②棒、壘球比賽術語。lost的音譯。同「漏接」。

**漏光** ㄌㄡˋ ㄍㄨㄤ 液體從容器之中全都漏掉了。

**漏夜** ㄌㄡˋ 一ㄝˋ ①深夜。②整夜。

**漏雨** ㄌㄡˋ ㄩˇ 雨水從孔隙中滲進來。

**漏洞** ㄌㄡˋ ㄉㄨㄥˋ ①破洞。②指言語事情的破綻。

**漏風** ㄌㄡˋ ㄈㄥ ①氣流從縫隙裡漏出來。②泄漏祕密。③門牙脫落，說話時候控制不住氣流。

**漏接** ㄌㄡˋ ㄐ一ㄝ 應當接到而沒有接到，常用在棒、壘球比賽中。

**漏壺** ㄌㄡˋ ㄏㄨˊ 古時用水計時的器具。

**漏稅** ㄌㄡˋ ㄕㄨㄟˋ 逃避應繳的稅款。

**漏電** ㄌㄡˋ ㄉ一ㄢˋ 導電體絕緣不好，造成電流外泄。

**漏網** ㄌㄡˋ ㄨㄤˇ ①魚從網裡脫逃。②犯人逃脫法律制裁。

**漏風聲** ㄌㄡˋ ㄈㄥ ㄕㄥ 聲字輕讀。泄露消息。

**漏網之魚** ㄌㄡˋ ㄨㄤˇ ㄓ ㄩˊ 比喻脫身倖免的人。

**漓** 図ㄌ一ˊ ㈠滲透了。如「淋漓」。㈡薄。如「風俗澆漓」。

**漓漓拉拉** ㄌ一ˊ ㄌ一ˊ ㄌㄚ ㄌㄚ 第二漓字輕讀。①匆忙胡亂塗抹的樣子。如「只見他搽了一頭粉，抹了一嘴胭脂，還漓漓拉拉的塗了一頭茶油」。②形容做事拖拖拉拉，丟三落四的樣子。如「做事要小心，不能這樣漓漓拉拉」。

**漦** 図ㄌ一ˊ ㈠順流而下。㈡古人說是龍的口水。

**漻** 図ㄌ一ㄠˊ ㈠水深而且清澈。㈡通「寥」，寂靜。

**漣** ㄌ一ㄢˊ ㈠風吹水面所成的波紋。如「漣漪」。㈡図哭泣流淚的樣子。如「涕泣漣漣」。

**漣漣** ㄌ一ㄢˊ ㄌ一ㄢˊ 図形容流淚不止的樣子。如「涕淚漣漣」。

**漣漪** ㄌ一ㄢˊ 一 水上的小波紋。

**滷** ㄌㄨˇ ㈠鹹水。如「滷湖」。㈡稠濃的湯汁。如「打滷麵」。㈢用鹹汁調治食品。如「滷鴨」「滷豆腐乾」。

**滷汁** ㄌㄨˇ ㄓ 一種勾了芡的濃湯，通常用來澆在麵條上。口語也說滷子。

**滷肉** ㄌㄨˇ ㄖㄡˋ 用醬油燒煮的豬、牛肉。

**滷蛋** ㄌㄨˇ ㄉㄢˋ 在滷鍋裡煮熟的蛋。

**滷湖** ㄌㄨˇ ㄏㄨˊ　鹹水湖的一種，湖水含碳酸、蘇打、鹽分等。

**滷菜** ㄌㄨˇ ㄘㄞˋ　用鹹汁調治的食品。

**滷麵** ㄌㄨˇ ㄇㄧㄢˋ　用滷汁澆拌的稠湯麵。

**漉** ㄌㄨˋ　㈠形容溼淋淋的樣子。如「溼漉漉地沒地方放」。㈡〔文〕水慢慢滲下。如「滲漉」。

**滾（滾）** ㄍㄨㄣˇ　㈠滾滾，水流翻騰的樣子。㈡轉動。如「在地上滾」「滾鐵環」。㈢水沸。如「滾水」。㈣很，極。如「滾燙」「滾圓」。㈤輾轉。如「滾存」「利上滾利」。㈥罵人，趕人走的話。如「滾出去」「滾開」。

**滾刀** ㄍㄨㄣˇ ㄉㄠ　金屬切割工具之一。裝置在滾齒輪上有齒形的刀具。

**滾子** ㄍㄨㄣˇ ㄗ˙　圓柱形的器具，是軋東西用的。

**滾水** ㄍㄨㄣˇ ㄕㄨㄟˇ　開水。

**滾存** ㄍㄨㄣˇ ㄘㄨㄣˊ　把上一期結存的利息，都滾入下一期的新帳。

**滾利** ㄍㄨㄣˇ ㄌㄧˋ　按複利法生利息。

**滾兒** ㄍㄨㄣˇ ㄦ˙　翻轉。如「在地上打滾兒」。

**滾珠** ㄍㄨㄣˇ ㄓㄨ　軸承裡面的鋼珠。

**滾動** ㄍㄨㄣˇ ㄉㄨㄥˋ　轉動。

**滾蛋** ㄍㄨㄣˇ ㄉㄢˋ　罵人的話：①叫人走開。②說人已經走了。

**滾湯** ㄍㄨㄣˇ ㄊㄤ　開水。

**滾筒** ㄍㄨㄣˇ ㄊㄨㄥˇ　機器上可以旋轉壓碾的機件。

**滾開** ㄍㄨㄣˇ ㄎㄞ　開字輕讀。叱責人家叫他走開的話。

**滾滾** ㄍㄨㄣˇ ㄍㄨㄣˇ　①大水奔流的樣子。如「滾滾長江東逝水」。②不停地過來。如「財源滾滾」。③迅速翻騰的樣子。如「黃塵滾滾，遮天蔽日」。

**滾算** ㄍㄨㄣˇ ㄙㄨㄢˋ　按照複利計算。

**滾熱** ㄍㄨㄣˇ ㄖㄜˋ　非常熱，多指食物方面或人體發燒說的。

**滾輪** ㄍㄨㄣˇ ㄌㄨㄣˊ　一種運動器械，若干鐵棍連接兩個大小的鐵環裡手腳齊用，使鐵環滾動。

**滾翻** ㄍㄨㄣˇ ㄈㄢ　體操運動的項目。身體向前、向後、向側翻轉。如「前滾翻」「後滾翻」。

**滾圓（兒）** ㄍㄨㄣˇ ㄩㄢˊ ㄦ˙　十分的圓。

**滾燙（的）** ㄍㄨㄣˇ ㄊㄤˋ ㄉㄜ˙　很燙。

**滾地球** ㄍㄨㄣˇ ㄉㄧˋ ㄑㄧㄡˊ　棒、壘球比賽用語。指打擊員所擊出去的球是先落在地面上，然後再向前繼續彈跳滾動，而非高飛球或平飛球。

**滾鐵環** ㄍㄨㄣˇ ㄊㄧㄝˇ ㄏㄨㄢˊ　一種童玩。將鐵箍立起，向前推，使它在地上向前滾動，然後用一枝帶凹形槽的粗鉛絲在後面驅動。

**滾瓜爛熟** ㄍㄨㄣˇ ㄍㄨㄚ ㄌㄢˋ ㄕㄡˊ　讀文讀得很熟。

**溓** 〔文〕ㄎㄤ　空虛。

**漷** ㄎㄨㄛˋ　水名，一在山東省，一在河北省。

**漢** ㄏㄢˋ　㈠中華民族的主要構成分子。如「漢族」「漢語」。㈡水名，從陝西發源，經過湖北流入長江。㈢男子的通稱。如「大漢」「好漢要當兵」。㈣女人指丈夫或情人。如「嫁漢」「偷漢子」。㈤指銀河。如「天漢」「銀漢」。㈥朝代名。①劉邦所建。後被王莽篡竊，史稱西漢或前漢（西元前二〇六—西元八）。劉秀恢復漢室，後被曹丕所滅，史稱東漢或後漢（西元二五—二二〇）。②三國時劉備所建的蜀漢（西元二二一二六三）。③五代時劉知遠所建的後漢（西元九四七—九五〇）。㈦姓。

**漢人** ㄏㄢˋ ㄖㄣˊ ①漢朝人。②泛指漢族人或中國人。③元朝統一中國之後，稱契丹、女真、高麗等族人為漢人。

**漢子** ㄏㄢˋ ㄗ˙ ①男子的通稱。②俗稱人家的丈夫。

**漢化** ㄏㄢˋ ㄏㄨㄚˋ 其他民族在生活上模仿漢人的現象。

**漢文** ㄏㄢˋ ㄨㄣˊ 中國的主要文字。

**漢奸** ㄏㄢˋ ㄐㄧㄢ 指我國人民通謀敵國，危害國家的罪人。

**漢字** ㄏㄢˋ ㄗˋ 漢字是外國人稱中國字。現行漢字是從甲骨文、金文、篆文、隸書演變而來的，形體越來越簡單；一字一音，絕大多數是形聲字。中國地廣人眾，兩千多年來靠漢字維繫國家的統一。漢字不僅中國本土使用，鄰邦如日本、朝鮮、越南，也用了一千多年。

**漢姓** ㄏㄢˋ ㄒㄧㄥˋ 漢族人的姓氏。

**漢族** ㄏㄢˋ ㄗㄨˊ 我國最大的民族。由中國境內的華夏民族與其他少數民族長期混合而成的。主要分布於黃河、長江、珠江流域一帶，人口約十二億。

**漢朝** ㄏㄢˋ ㄔㄠˊ 朝代名。（西元前二〇六—西元二二〇）劉邦所建，都長安。到西元八年被王莽所篡，這一段稱西漢（前漢）。西元二十五年，劉秀滅王莽，都洛陽，到西元二二〇年被曹丕所篡，這一段稱東漢（後漢）。

**漢詩** ㄏㄢˋ ㄕ ①漢朝人所寫的詩體。②外國人稱中國舊詩。

**漢語** ㄏㄢˋ ㄩˇ 漢族的語言。我國通行最廣，使用最普遍的語言，也是世界上最發達、最豐富的語言。現代漢語以北平音系為標準音。在臺灣稱為國語，在中國大陸稱普通話。漢語除了廣大的官話區域之外，有吳語、湘語、贛語、粵語、客語、閩北語、閩南語等方言。

**漢學** ㄏㄢˋ ㄒㄩㄝˊ 外國學術界人士稱呼中國的學術，包括思想、文化、歷史、文學、語言等方面。

## 滹

ㄏㄨ 滹沱，水名，在河北省。

## 滸

▲ㄏㄨˇ 靠近水邊的地方。▲ㄒㄩˇ ㈠図滸滸，伐木的聲音。㈡滸墅，地名，在江蘇省吳縣西北。

## 滬（沪）

ㄏㄨˋ 滬瀆，吳淞江的下游，在上海市，所以也作上海市的簡稱。如「京滬鐵路」。

## 漶

図ㄏㄨㄢˋ 漫漶。見「漫」㈥。

## 滐

ㄐㄧˋ ㈠水邊叫「涯滐」。㈡海水低陷處叫「落滐」。

## 漸

▲ㄐㄧㄢˋ 慢慢地。如「漸入佳境」「循序漸進」。▲図ㄐㄧㄢ ㈠流入。如「東方文化西漸」。㈡浸溼。如「浸漸」。

**漸次** ㄐㄧㄢˋ ㄘˋ 逐漸。

**漸明** ㄐㄧㄢˋ ㄇㄧㄥˊ 逐漸變得明亮。

**漸染** ㄐㄧㄢ ㄖㄢˇ 図慢慢感染的意思。

**漸悟** ㄐㄧㄢˋ ㄨˋ 佛教用語，與頓悟相對。指須經過長時間的修習才能真正悟明佛理。

**漸進** ㄐㄧㄢˋ ㄐㄧㄣˋ 慢慢的前進或發展。

**漸暗** ㄐㄧㄢˋ ㄢˋ 逐步變得昏暗。

**漸漸** ㄐㄧㄢˋ ㄐㄧㄢˋ 慢慢兒的，逐步的。

**漸漬** ㄐㄧㄢ ㄗˋ 図浸染。

**漸入佳境** ㄐㄧㄢˋ ㄖㄨˋ ㄐㄧㄚ ㄐㄧㄥˋ 比喻環境逐步好轉或趣味漸濃。

**漿**（ㄐㄧㄤ）㈠泛稱液體的東西。如「豆漿」「血漿」。㈡衣服洗淨後用粉汁或米湯浸過，乾後可以平挺，不容易髒。如「漿洗」「漿衣服」。㈢塗牆用的石灰或黃土汁。如「泥漿」「灰漿」。

**漿果**（ㄐㄧㄤ ㄍㄨㄛˇ）含有漿質而顆數多的果實，像葡萄就是。

**漿洗**（ㄐㄧㄤ ㄒㄧˇ）衣服洗淨後用米湯浸過，乾了就變得硬挺。

**漆** ▲ㄑㄧ ㈠樹名，它的樹脂（生漆）可以塗抹器物，用來防水。如「油漆」「調和漆」。㈡用塑膠粉末調水，叫「塑膠漆」，塗在內牆，髒了可以洗。㈢用漆塗刷。如「漆大門」「漆成白色」。㈣姓。▲ㄑㄩˋ見「漆黑」。

**漆布**（ㄑㄧ ㄅㄨˋ）一種塗過漆的布。

**漆皮**（ㄑㄧ ㄆㄧˊ）①塗漆的皮。②一種表面發亮的化學皮革，專用來做皮鞋。

**漆匠**（ㄑㄧ ㄐㄧㄤˋ）刷油漆的工人。

**漆畫**（ㄑㄧ ㄏㄨㄚˋ）用漆所作的畫。

**漆黑**（ㄑㄩˋ ㄏㄟ）①非常的黑。如「漆黑的頭髮」。②非常的暗。如「院子裡漆黑，他不敢出去」。

**漆器**（ㄑㄧ ㄑㄧˋ）手工做的器物。用布做胎子，把漆一層層塗上去，可以刻出各種花紋。以福州出產的最有名。

**漆樹**（ㄑㄧ ㄕㄨˋ）落葉喬木，高三四丈，葉羽狀，花黃色，果實扁平形，樹脂就是生漆。

**漆毒疹**（ㄑㄧ ㄉㄨˊ ㄓㄣˇ）皮膚上沾漆受到刺激而起的一種赤疹。

**漆身吞炭**（ㄑㄧ ㄕㄣ ㄊㄨㄣ ㄊㄢˋ）〔文〕戰國時代趙襄子殺知（ㄓˋ）伯，知伯的門客豫讓漆身成癩，吞炭而啞，改變形體，目的要為主報仇。

**漵** 〔文〕ㄒㄩˋ ㈠水邊。㈡水名，在湖南省。

**漩**（ㄒㄩㄢˊ）水流旋轉形成中間低窪的地方。如「漩渦」。又讀ㄒㄩㄢˋ。

**漩兒**（ㄒㄩㄢˊ ㄦ）漩渦①。

**漩渦**（ㄒㄩㄢˊ ㄨㄛ）①見「漩」。②比喻被牽入糾紛事件的關係中。如「捲入漩渦」。

**滯**（ㄓˋ）㈠水凝積不流動。如「停滯」。㈡前行途中停留。如「滯留」。㈢不消化，叫「滯胃」。㈣貨物銷路不好。如「滯銷」。

**滯留**（ㄓˋ ㄌㄧㄡˊ）停留不進。

**滯銷**（ㄓˋ ㄒㄧㄠ）貨物賣不出去。

**滯礙**（ㄓˋ ㄞˋ）〔文〕也作「窒礙」。①阻礙。如「與其談話，要自胸中無滯礙」。②有了障礙或受到阻礙。如「此事滯礙難行，姑且緩議」。

**滯留鋒**（ㄓˋ ㄌㄧㄡˊ ㄈㄥ）氣象學上說鋒面本身靜止，兩側氣團互不影響，各自保留原來的地位。

**滯納金**（ㄓˋ ㄋㄚˋ ㄐㄧㄣ）對逾期繳稅的納稅義務人所加收的一種款項。

**漳**（ㄓㄤ）㈠水名，源出山西，經過河南、河北流入衛河。㈡江名，發源於福建平和，向東南入海。㈢舊州府名，漳州在福建東南，首縣叫龍溪，出產緞子很有名，叫「漳緞」。

**漲** ▲ㄓㄤˋ ㈠物體擴張。如「漲大」「冷縮熱漲」。㈡增加。如「情緒高漲」。㈢彌漫。如「煙塵漲天」。▲ㄓㄤˇ升高。如「行情看漲」。

**漲大**（ㄓㄤˋ ㄉㄚˋ）體積增大。

**漲天**（ㄓㄤˋ ㄊㄧㄢ）〔文〕彌漫整個天空。如「兩軍交火，煙塵漲天」。

**漲落**（ㄓㄤˇ ㄌㄨㄛˋ）①水量的增減。②物價的高低（也作「漲跌」）。

**漲價** ㄓㄤˇ ㄐㄧㄚˋ 物價增高。

**漲潮** ㄓㄤˇ ㄔㄠˊ 受月球和太陽引力影響，海水由低潮到高潮水位上升的過程。

## 澈

ㄔㄜˋ ㈠水靜而清。如「清澈」。㈡通「徹」。了悟。如「洞澈」「大澈大悟」。

**澈底** ㄔㄜˋ ㄉㄧˇ 水清見底。

**澈查** ㄔㄜˋ ㄔㄚˊ 查究到底。也作「徹查」。

**澈悟** ㄔㄜˋ ㄨˋ 明白透悟。也作「徹悟」。

## 滻

ㄔㄢˇ 水名，在陝西省。

## 滲

ㄕㄣˋ ㈠液體從細孔裡慢慢透過。如「水滲到土裡去了」。㈡逐漸侵入別的組織或陣營。如「奸細滲入」「防止敵人滲透」。

**滲入** ㄕㄣˋ ㄖㄨˋ ①液體從細縫中滲透進來。②比喻逐漸鑽進組織或陣營。

**滲水** ㄕㄣˋ ㄕㄨㄟˇ 漏水。水從細縫裡逐漸滲入。

**滲出** ㄕㄣˋ ㄔㄨ 水由地下慢慢透出地面上來。

**滲透** ㄕㄣˋ ㄊㄡˋ ①兩種氣體或液體，彼此通過多孔的物質而逐漸混合的作用。②逐漸穿進別人的組織或陣營。

**滲漏** ㄕㄣˋ ㄌㄡˋ ①水往下漏。②侵蝕，漏失。③比喻走漏，耗損。

## 漱

ㄕㄨˋ 嘴裡含水沖盪。如「漱口」。讀音ㄙㄡˋ。㈠洗手漱口。如「盥漱」。㈡〔文〕沖刷。如「懸泉瀑布，飛漱其間」。

**漱口** ㄕㄨˋ ㄎㄡˇ 用水洗盪口腔。

**漱石枕流** ㄕㄨˋ ㄕˊ ㄓㄣˇ ㄌㄧㄡˊ 〔文〕用溪石磨牙齒，用流水洗耳朵。指不想出仕的讀書人的隱居生活。又作「枕流漱石」。語出〈晉書〉。

## 漬

ㄗˋ ㈠在汁液裡浸泡。如「浸漬」「鹽漬」。㈡沾染。如「油漬」「水漬貨」。

## 漕

ㄘㄠˊ 從前由水路從南方運輸糧食到平津去，叫「漕運」，所運輸的食米叫「漕米」。又讀ㄗㄠˋ。

## 漼

〔文〕ㄘㄨㄟˇ ㈠深。〈詩經〉有「有漼者淵」。㈡摧毀。如「名節漼以隳落」。

## 漚

▲ㄡ 水泡。如「浮漚」。▲ㄡˋ ㈠在水裡久浸。如「衣服漚得都臭了」。㈡老是溼著。如「汗漚得很難受」。

## 漪

ㄧ 錦紋似的水波。如「漣漪」。

## 演

ㄧㄢˇ ㈠表現技藝供觀賞。如「演戲」「演奏」。㈡根據事理引伸發揮。如「演說」「演義」。㈢練習。如「演習」「演算」。㈣見「演繹」。㈤見「天演」。

**演化** ㄧㄢˇ ㄏㄨㄚˋ ①推演變化。②生物學名詞，生物體和環境時常都有變動，生物體的內部構造和外形，通過繁殖而有遺傳上的變異。有些發生變異的生物個體，能適應改變以後的新環境，也就能繼續生存延續。演化的觀念和理論，還應用在歷史學和文化人類學等社會學科方面。

**演出** ㄧㄢˇ ㄔㄨ 對公眾表演，指舞臺劇、舞蹈、戲曲、雜耍等項表演。

**演示** ㄧㄢˇ ㄕˋ 示範性的表演。如「演示教學」。

**演技** ㄧㄢˇ ㄐㄧˋ 演員表達角色的手法和能力。

**演奏** ㄧㄢˇ ㄗㄡˋ 在公共場所表演樂器獨奏或合奏。

**演員** ㄧㄢˇ ㄩㄢˊ 在戲劇、影視、戲曲中擔任表演角色的人。

**演唱** ㄧㄢˇ ㄔㄤˋ 歌唱表演。

**演習**（ㄧㄢˇ ㄒㄧˊ） 照想像情況擬定計畫試著做，使能熟習並改正缺點。

**演進**（ㄧㄢˇ ㄐㄧㄣˋ） 隨時代而進化。

**演義**（ㄧㄢˇ ㄧˋ） 引據史實加入傳聞而編成的小說。如〈三國演義〉。

**演算**（ㄧㄢˇ ㄙㄨㄢˋ） 按一定的公式、原理練習數學題。

**演說**（ㄧㄢˇ ㄕㄨㄛ） ①對大眾陳述意見。②図推演其說。

**演戲**（ㄧㄢˇ ㄒㄧˋ） 照著腳本演出戲劇。也作「演劇」。

**演講**（ㄧㄢˇ ㄐㄧㄤˇ） 同「演說」①。也作「講演」。

**演繹**（ㄧㄢˇ ㄧˋ） 論理學上講由普通原理推斷特殊事實的方法，與「歸納」相對。

**演變**（ㄧㄢˇ ㄅㄧㄢˋ） 經過相當時間的發展與變化。

**演化論**（ㄧㄢˇ ㄏㄨㄚˋ ㄌㄨㄣˋ） 就是達爾文的「進化論」。指地球上現有的生物，是由先前存在的種類，經過長時間演變而來的。

## 漾

ㄧㄤˋ ㈠水搖動的樣子，心情動盪的樣子。如「蕩漾」。㈡滿出來。如「來晚的人都從園裡往外漾」。㈢吐出來。如「漾酸水」「小孩兒漾奶」。

**漾奶**（ㄧㄤˋ ㄋㄞˇ） 嬰兒吸奶不順，把奶吐出來。

**漾漾**（ㄧㄤˋ ㄧㄤˋ） 搖動的樣子。

## 潁

ㄧㄥˇ 水名，潁河源出河南省，經過皖北流入淮河。

## 漁

ㄩˊ ㈠捕魚。如「漁翁得利」「漁業公司」。㈡図侵奪。如「從中漁利」。

**漁人**（ㄩˊ ㄖㄣˊ） 捕魚的人。也作「漁夫」。

**漁戶**（ㄩˊ ㄏㄨˋ） 以捕魚為生的人家。也作「漁民」。

**漁火**（ㄩˊ ㄏㄨㄛˇ） 漁船上的燈火。

**漁父**（ㄩˊ ㄈㄨˇ） 図捕魚的老人。也作「漁翁」。

**漁民**（ㄩˊ ㄇㄧㄣˊ） 以打魚為業的人。

**漁汛**（ㄩˊ ㄒㄩㄣˋ） 指沿海漁民每年捕魚的時季。大概從清明到大暑稱為春夏汛，立秋到重陽是秋汛，重陽到年末是冬汛。

**漁色**（ㄩˊ ㄙㄜˋ） 図貪戀女色。

**漁利**（ㄩˊ ㄌㄧˋ） 図運用欺詐的手段取得利益。

**漁船**（ㄩˊ ㄔㄨㄢˊ） 捕魚船。

**漁場**（ㄩˊ ㄔㄤˇ） 魚類產量豐富的海域。

**漁期**（ㄩˊ ㄑㄧˊ） 也稱漁汛。某地區魚群因洄游、索餌、產卵等而高度聚集，適合捕撈的時期。

**漁港**（ㄩˊ ㄍㄤˇ） 專為便利漁業活動所建造的港口。

**漁會**（ㄩˊ ㄏㄨㄟˋ） 由從事漁業活動的人與團體所成立的組織。

**漁業**（ㄩˊ ㄧㄝˋ） 經營捕魚以及採取或養殖水產的事業。

**漁奪**（ㄩˊ ㄉㄨㄛˊ） 図①指官吏貪取民間財物。②暴力搶奪。

**漁歌**（ㄩˊ ㄍㄜ） 漁民所唱的歌曲。書面語也作「漁唱」。

**漁網**（ㄩˊ ㄨㄤˇ） 撈捕魚蝦的網具。

**漁撈**（ㄩˊ ㄌㄠ） 魚類在海洋中的活動範圍很廣，捕魚需要各種專門知識與設備，因此水產學校設有漁撈科目，供學生研習。

**漁獲**（ㄩˊ ㄏㄨㄛˋ） 漁業方面的收穫。

**漁獵**（ㄩˊ ㄌㄧㄝˋ） 捕魚，獵獸。

**漁人得利**（ㄩˊ ㄖㄣˊ ㄉㄜˊ ㄌㄧˋ） 比喻雙方相爭，第三者卻因之不勞而獲。也作「漁翁得利」。參看「鷸蚌相爭」。

**漁業公司** ㄩˊ ㄧㄝˋ ㄍㄨㄥ ㄙ 從事水生動植物的撈捕、養殖事業的公司組織。

## 十二筆

**潑** ㄆㄛ ㈠用力把裝在寬淺容器裡的水灑出去。如「潑出一盆水」「把水潑在門前的土路上」。㈡凶悍蠻橫。如「潑辣」「潑婦罵街」。㈢機靈生動的樣子。如「活潑」。

**潑天** ㄆㄛ ㄊㄧㄢ 很、極的意思。如「潑天富貴」「潑天大禍」。

**潑皮** ㄆㄛ ㄆㄧˊ 流氓、無賴。常見於舊小說。也作「潑才」。

**潑剌** ㄆㄛ ㄌㄚˋ 図魚跳起的聲音。

**潑婦** ㄆㄛ ㄈㄨˋ 凶悍不講理的婦女。

**潑辣** ㄆㄛ ㄌㄚˋ 辣字輕讀。凶悍，勇猛。

**潑墨** ㄆㄛ ㄇㄛˋ 中國水墨畫的一種技法。傳說唐朝王洽常在醉後作墨畫。後來指把大片的墨或彩色灑在紙或絹上，畫出形象，像墨潑出一樣的畫法。如「這一幅張大千的潑墨山水，價值連城」。

**潑冷水** ㄆㄛ ㄌㄥˇ ㄕㄨㄟˇ 比喻掃人的興致。如「上午的聚會，大家都很高興，只有他一個人潑冷水」。

**潑水難收** ㄆㄛ ㄕㄨㄟˇ ㄋㄢˊ ㄕㄡ 比喻過去的感情難再挽回，就像潑出去的水一樣，收不回來。

**潘** ㄆㄢ ㈠図淘過米的水，古人用以洗頭。〈左傳・哀公十四年〉有「遺之潘沐」的話。注：「潘，米汁，可以沐頭」。㈡姓。

**澎** ▲ㄆㄥˊ澎湖，群島名，在臺灣福建兩地海峽之間。▲ㄆㄥ水聲。見「澎湃」。

**澎湃** ㄆㄥ ㄆㄞˋ 波浪相衝激的聲音。也形容情緒高漲的意思。如「怒潮澎湃」。

**潭** ㄊㄢˊ ㈠深水池。如「日月潭」。㈡図深。如「潭思」。㈢從前對別人住宅或家庭的敬稱。如「潭府」。

**潭府** ㄊㄢˊ ㄈㄨˇ 図尊稱別人的住宅。舊時常用在書信或柬帖上。也作「潭第」。

**潭思** ㄊㄢˊ ㄙ 図深思，沉思。

**潭腿** ㄊㄢˊ ㄊㄨㄟˇ 拳術名。本作「彈腿」，以踢法和腳的運作訓練為主的拳法。屬北派少林拳術。

**潼** ㄊㄨㄥˊ ㈠梓潼，四川的水名及縣名。㈡陝西的關名。

**澇** ㄌㄠˋ 雨水多，傷害了農作物。如「旱澇不收」「防澇」。

**潦** ▲ㄌㄠˋ 通「澇」。▲図ㄌㄠˇ ㈠雨大的樣子。如「水潦降」。㈡路上的積水。▲ㄌㄧㄠˊ見「潦倒」「潦草」。

**潦倒** ▲ㄌㄧㄠˊ ㄉㄠˇ 頹廢不得志的樣子。▲ㄌㄠˇ ·ㄉㄠ 落魄。

**潦草** ㄌㄧㄠˊ ㄘㄠˇ 草率，隨便。

**潦潦草草** ㄌㄧㄠˊ ㄌㄧㄠˊ ㄘㄠˇ ㄘㄠˇ 第二個潦字輕讀。潦草。

**潾** 図ㄌㄧㄣˊ水清的樣子。

**澉** ㄍㄢˇ 澉浦，地名，在浙江省。

**潰** ㄎㄨㄟˋ ㈠隄岸被水沖開。如「潰決」。㈡散亂，垮臺。如「潰不成軍」「經濟崩潰」。㈢瘡爛了。如「潰爛」「胃潰瘍」。又讀ㄏㄨㄟˋ。

**潰決** ㄎㄨㄟˋ ㄐㄩㄝˊ 大水衝破隄岸。

**潰敗** ㄎㄨㄟˋ ㄅㄞˋ 軍隊打了敗仗。

**潰散** ㄎㄨㄟˋ ㄙㄢˋ 軍隊戰敗而向四方逃散。也作「潰逃」。

**潰亂** ㄎㄨㄟˋ ㄌㄨㄢˋ 軍隊打敗仗之後，隊形凌亂。

**潰滅** ㄎㄨㄟˋ ㄇㄧㄝˋ 打敗仗之後，從此消失了。

**潰圍** ㄎㄨㄟˋ ㄨㄟˊ 突破包圍。

**潰瘍** ㄎㄨㄟˋ ㄧㄤˊ ①中醫指癰已潰爛。②西醫說人體內消化道、內臟或肌肉等組織，因為破損而有傷口或空洞；常見於胃壁或十二指腸、大小腸黏膜。

**潰爛** ㄎㄨㄟˋ ㄌㄢˋ ①西醫說人的皮肉或胃腸道等，因為機械性的摩擦或化學物質的腐蝕、細菌侵害，以致部分組織壞死、脫落的現象。②形容事物的潰敗腐爛。

# 澔

ㄏㄠˋ ㈠〔文〕澔旰、澔澔，光彩映耀的樣子。㈡同「浩」。

# 潢

ㄏㄨㄤˊ ㈠〔文〕積水的池塘。㈡從前指皇宮中的水池，所以「天潢」指皇族、帝王宗族。另見「潢池」。㈢裝裱字畫，室內裝飾。如「裝潢」。

**潢池** ㄏㄨㄤˊ ㄔˊ 〔文〕天潢。原是星名，轉義為宮中的水池。「弄兵潢池」，指起兵造反。

# 澒

〔文〕ㄏㄨㄥˋ ㈠水銀。㈡水很多的樣子。如「澒湧」「澒洞」。㈢見「澒濛」。

**澒洞** ㄏㄨㄥˋ ㄉㄨㄥˋ 〔文〕相聯繫無邊際的樣子。也作「洪洞」。

**澒湧** ㄏㄨㄥˋ ㄩㄥˇ 〔文〕水流洶湧。

**澒濛** ㄏㄨㄥˋ ㄇㄥˊ 〔文〕宇宙形成之前混沌未開的狀態。也作「鴻蒙」。

# 潔

ㄐㄧㄝˊ ㈠乾淨。如「清潔」「潔白」。㈡〔文〕修治。如「潔身自好」。

**潔白** ㄐㄧㄝˊ ㄅㄞˊ 乾淨，清白。

**潔身** ㄐㄧㄝˊ ㄕㄣ 修養品德，不做不合理的事。也說「潔己」。

**潔治** ㄐㄧㄝˊ ㄓˋ 〔文〕已準備完善。柬帖用語，請人吃飯時用的。如「潔治菲觴，敬候光臨」。

**潔淨** ㄐㄧㄝˊ ㄐㄧㄥˋ 乾淨。

**潔操** ㄐㄧㄝˊ ㄘㄠ 〔文〕清白的操守。

**潔樽** ㄐㄧㄝˊ ㄗㄨㄣ 〔文〕整理好酒杯，預備請客，是請帖上的用語。

**潔癖** ㄐㄧㄝˊ ㄆㄧˇ 過度注重清潔的癖好。

**潔身自愛** ㄐㄧㄝˊ ㄕㄣ ㄗˋ ㄞˋ 保持自身的清白，不同流合汙。

# 澆

ㄐㄧㄠ ㈠把液體往下潑灑。如「澆花」「把火澆滅」。㈡把金屬鎔液倒入模型。如「澆鑄」。㈢〔文〕薄。如「澆薄」。

**澆花** ㄐㄧㄠ ㄏㄨㄚ 把水灑在花草上面。

**澆愁** ㄐㄧㄠ ㄔㄡˊ 飲酒消愁。

**澆漓** ㄐㄧㄠ ㄌㄧˊ 〔文〕指社會風氣浮薄敗壞。

**澆築** ㄐㄧㄠ ㄓㄨˊ 土木工程學名詞。把混凝土等材料灌注到模子裡製成預定的形體。

**澆頭** ㄐㄧㄠ ㄊㄡˊ 〔方〕頭字輕讀。北方口語指加在盛在碗裡的麵條兒或米飯上的菜。

**澆薄** ㄐㄧㄠ ㄅㄛˊ 〔文〕輕薄不純厚。常指人情風俗。也作「澆漓」。

**澆灌** ㄐㄧㄠ ㄍㄨㄢˋ ①同「澆築」。②澆上水，灌溉。

**澆鑄** ㄐㄧㄠ ㄓㄨˋ 鑄造方式之一。先做好模子，再倒進金屬液，冷卻以後再加修整。

# 澗

ㄐㄧㄢˋ 兩山間的流水。如「溪澗」。

# 潛

ㄑㄧㄢˊ ㈠入水；在水下面活動。如「潛水」「鳥飛魚潛」。㈡深藏不露。如「潛伏」「潛意識」。㈢〔文〕

心靜而專。如「潛心」。㈣図祕密，不聲張。如「潛行」「潛逃」。

**潛入** ㄑㄧㄢˊ ㄖㄨˋ 暗中侵入。

**潛力** ㄑㄧㄢˊ ㄌㄧˋ 潛藏的力量。

**潛心** ㄑㄧㄢˊ ㄒㄧㄣ 図靜下心來，專心。

**潛水** ㄑㄧㄢˊ ㄕㄨㄟˇ 潛入水中。

**潛伏** ㄑㄧㄢˊ ㄈㄨˊ 隱藏。

**潛在** ㄑㄧㄢˊ ㄗㄞˋ 隱藏在事物、團體內部，不容易發現的。如「潛在危機」。

**潛行** ㄑㄧㄢˊ ㄒㄧㄥˊ 図祕密進行。

**潛泳** ㄑㄧㄢˊ ㄩㄥˇ 游泳姿勢的一種，指身體不露出水面的游泳。

**潛流** ㄑㄧㄢˊ ㄌㄧㄡˊ ①潛伏地底的水流。②比喻埋藏在心中的感情。如「對她的思念是我心中的潛流」。

**潛師** ㄑㄧㄢˊ ㄕ 図祕密發兵。

**潛能** ㄑㄧㄢˊ ㄋㄥˊ 某種性質、狀態或能力，平常隱藏在內，有機會或時機適當，就會發揮出來。

**潛逃** ㄑㄧㄢˊ ㄊㄠˊ 図祕密逃走。

**潛藏** ㄑㄧㄢˊ ㄘㄤˊ 潛伏藏匿。如「盜匪潛藏深山林谷中」。

**潛水衣** ㄑㄧㄢˊ ㄕㄨㄟˇ ㄧ 橡皮製的衣服，供人在水底工作之用。

**潛水員** ㄑㄧㄢˊ ㄕㄨㄟˇ ㄩㄢˊ 潛入水中工作的人。通常屬於水下工程、打撈之類的公司。

**潛水艇** ㄑㄧㄢˊ ㄕㄨㄟˇ ㄊㄧㄥˇ 一種能潛行水中伺機發射魚雷攻擊敵方船艦的軍艦。近年潛水艇已有改以核能為動力，潛伏水中可達幾個星期，並有發射洲際飛彈的能力。又叫潛水艦。

**潛伏期** ㄑㄧㄢˊ ㄈㄨˊ ㄑㄧˊ 指病原體侵入人體到發病前的時間。

**潛望鏡** ㄑㄧㄢˊ ㄨㄤˋ ㄐㄧㄥˋ 兩重接合的望遠鏡，潛水艇在水下用來觀測敵情。

**潛勢力** ㄑㄧㄢˊ ㄕˋ ㄌㄧˋ 隱伏的勢力。

**潛意識** ㄑㄧㄢˊ ㄧˋ ㄕˋ 也叫「下意識」。心理學名詞，是平時潛伏在心意作用之中的不明顯表現的覺識作用。像屋裡一件東西的位置，不記得本來放在哪裡，只知道被人移動過，就是下意識的作用。

**潛移默化** ㄑㄧㄢˊ ㄧˊ ㄇㄛˋ ㄏㄨㄚˋ 在無形之中感化人的品行。

## 潟

図ㄒㄧˋ 鹽分高不適宜耕作的土地。

**潟湖** ㄒㄧˋ ㄏㄨˊ 地理學上指在海灣附近，由於泥沙堆積河口，攔截海水而形成封閉式的水泊。

## 潝

図ㄒㄧˋ ㈠水流的聲音。㈡潝潝，眾口附和的樣子。

## 潯

ㄒㄩㄣˊ ㈠図江潯，水邊。㈡水名，在廣西。㈢潯陽，江西省九江縣的古名。

## 潮

ㄔㄠˊ ㈠海水受日月引力的影響，在一定時間發生漲落的現象。如「潮汐」「漲潮」。㈡溼潤。如「潮氣」「天陰返潮」。㈢像潮水起伏洶湧。如「風潮」「思潮」。㈣見「潮流」。㈤廣東潮州的簡稱。如「潮汕」（潮州、汕頭）。

**潮水** ㄔㄠˊ ㄕㄨㄟˇ 潮㈠。

**潮汐** ㄔㄠˊ ㄒㄧ 海水定時上漲，白天來的叫潮，夜晚來的叫汐。

**潮汛** ㄔㄠˊ ㄒㄩㄣˋ 指潮水來時的一定時刻。也作「潮候」「潮信」。

**潮信** ㄔㄠˊ ㄒㄧㄣˋ 潮水來時的一定時刻。

**潮流** ㄔㄠˊ ㄌㄧㄡˊ ①海水的漲落。②政治發展和社會風氣的傾向。

**潮紅** ㄔㄠˊ ㄏㄨㄥˊ 指人臉上泛起紅色。因為某種原因而呈現，不久自然消退，所以名潮紅。

**潮音** ㄔㄠˊ ㄧㄣ ①海潮的聲音。②佛家語。「海潮音」的略語，指僧眾的誦經聲。

**潮差** ㄔㄠˊ ㄔㄚ 指潮水漲落的過程中，滿潮、乾潮之間水位的差距。潮差每天不同，是受月球盈虧時引力的影響。

**潮氣** ㄔㄠˊ ㄑㄧˋ 潮溼的氣。

**潮溼** ㄔㄠˊ ㄕ 溼潤水氣多。

**潮解** ㄔㄠˊ ㄐㄧㄝˇ 固體化易溶性物質逐漸吸收空氣中的水分，而形成飽和或近於飽和溶液狀態的現象。

**潮熱** ㄔㄠˊ ㄖㄜˋ 病人每天在固定的時間發燒、出汗，準確有如潮水。

**潮乎乎的** ㄔㄠˊ ㄏㄨ ㄏㄨ ˙ㄉㄜ 稍微潮溼的樣子。如「梅雨季節，屋子裡的東西都是潮乎乎的」。

**潺** ㄔㄢˊ 潺潺，水流動的聲音。

**澄** ㄔㄥˊ ㈠水靜止而清澈。如「澄澈」（也常用在別的地方，見「澄空」「澄明」）。㈡使水沉澱而清。如「澄清」（也常用在別的地方，見「澄心」）。語音ㄉㄥˋ 使液體裡的雜質沉澱。如「澄沙」「把這盆水澄一澄」。

**澄心** ㄔㄥˊ ㄒㄧㄣ 使心地清淨。

**澄沙** ㄉㄥˋ ㄕㄚ 豆沙。綠豆或紅豆煮爛，使它沉澱，澄去上面的水，所以叫「澄沙」。

**澄明** ㄔㄥˊ ㄇㄧㄥˊ 形容月光或水面清澈明亮的樣子。

**澄空** ㄔㄥˊ ㄎㄨㄥ 明淨的天空。

**澄清** ㄔㄥˊ ㄑㄧㄥ ①使水裡的雜質沉澱，變成清水。語音ㄉㄥˋ ㄑㄧㄥ（ㄦ）。②〔文〕平定禍亂，恢復國家的秩序。③把社會一般人的誤會解釋清楚。④湖名，在臺灣南部高雄地區。

**澄湛** ㄔㄥˊ ㄓㄢˋ 〔文〕形容水清澈見底的樣子。

**澄澈** ㄔㄥˊ ㄔㄜˋ 清澈。

**澄瑩** ㄔㄥˊ ㄧㄥˊ 〔文〕清澈明淨。形容水，也比喻人的節操。

**澂** ㄔㄥˊ 同「澄」。

**潸** 〔文〕ㄕㄢ 形容流淚。如「潸潸」。

**潸然** ㄕㄢ ㄖㄢˊ 〔文〕流淚的樣子。如「潸然涕下」。

**潸潸** ㄕㄢ ㄕㄢ 流淚不止的樣子。

**澍** 〔文〕ㄕㄨˋ ㈠來得正是時候的雨水，叫「嘉澍」。㈡雨水滋潤植物，叫「澍濡」。

**潤** ㄖㄨㄣˋ ㈠不乾枯。如「滋潤」「臉色紅潤」。㈡細膩，有光彩。如「光潤」「珠圓玉潤」。㈢修飾得有了光采。如「潤色」「潤飾」。㈣利益。如「分潤」「利潤」。㈤加進油或水使它不乾燥。如「潤喉」「潤潤嗓子」。

**潤色** ㄖㄨㄣˋ ㄙㄜˋ 修飾文句，使它顯得出色。也作「潤飾」。

**潤身** ㄖㄨㄣˋ ㄕㄣ 〔文〕修養其身，顯出光澤。〈禮記・大學篇〉有「富潤屋，德潤身」。

**潤格** ㄖㄨㄣˋ ㄍㄜˊ 代人作書畫所訂的酬金價目。也作「潤例」。

**潤筆** ㄖㄨㄣˋ ㄅㄧˇ 請人作書畫文字所給的酬謝金。

**潤滑** ㄖㄨㄣˋ ㄏㄨㄚˊ ①人的皮膚光潤。②在物體上加油脂，使它減少摩擦，便於運動。

**潤資** ㄖㄨㄣˋ ㄗ 潤筆的費用。請人作書畫時給的酬謝金。

**潤飾** ㄖㄨㄣˋ ㄕˋ 潤色修飾，多指修改文章。

**潤澤** ㄖㄨㄣˋ ㄗㄜˊ ①溼潤。②使不乾枯。

**潤滑油** ㄖㄨㄣˋ ㄏㄨㄚˊ ㄧㄡˊ 在軸承或容易發生摩擦的機械部分塗抹或滴入，使機械靈活容易轉動的油劑。

**澌** 図 ㄙ ㈠盡，消滅。如「澌滅」。㈡形容聲音。如「風雨澌澌」。

**澌滅** ㄙ ㄇㄧㄝˋ 図消滅淨盡。

**澌澌** ㄙ ㄙ 図狀聲詞。形容颳風、下雨、下雪的聲音。

## 十三筆

**澠** ▲ㄇㄧㄣˇ ㈠河名，從河南澠池縣西北廣陽山發源。㈡澠池，縣名，在河南省。▲ㄕㄥˊ 古水名，源出在山東臨淄縣西北。已淤塞。

**澹** ▲ㄉㄢˋ ㈠心情恬靜。如「澹泊自安」。㈡辛苦的樣子。如「慘澹」。▲ㄊㄢˊ 澹臺，複姓。

**澹泊** ㄉㄢˋ ㄅㄛˊ 同「淡泊」。不求名利。

**澹然** ㄉㄢˋ ㄖㄢˊ 図恬靜的樣子。

**澱** ㄉㄧㄢˋ 渣滓。如「沉澱」。

**澱粉** ㄉㄧㄢˋ ㄈㄣˇ 多醣類之一，以葡萄糖為單體聚合而成的高分子混合物。是存在於植物裡的一種生活素，是人類食品的主要成分。但是人體不能直接吸收澱粉，必須先轉變為糊精、麥芽糖等可溶性澱粉，然後變成葡萄糖，才能吸收。

**濃** ㄋㄨㄥˊ ㈠淡薄的反面。如「濃厚」「濃妝豔抹」。㈡露水盛的樣子。李白詩有「春風拂檻露華濃」。

**濃妝** ㄋㄨㄥˊ ㄓㄨㄤ 指女子的裝飾豔麗。

**濃厚** ㄋㄨㄥˊ ㄏㄡˋ 淡薄的相反。

**濃度** ㄋㄨㄥˊ ㄉㄨˋ 化學名詞。表示單位體積溶液中所含溶質的質量。

**濃郁** ㄋㄨㄥˊ ㄩˋ 形容香氣很濃的樣子。

**濃茶** ㄋㄨㄥˊ ㄔㄚˊ 很濃的茶湯。

**濃密** ㄋㄨㄥˊ ㄇㄧˋ 稠密。指樹葉、雜草、煙霧或人的鬚髮等。

**濃淡** ㄋㄨㄥˊ ㄉㄢˋ 顏色的濃與淡。也泛指事物深淺、厚薄等相對的狀態。

**濃湯** ㄋㄨㄥˊ ㄊㄤ 西式餐食中呈濃稠狀的湯汁。

**濃睡** ㄋㄨㄥˊ ㄕㄨㄟˋ 熟睡。

**濃綠** ㄋㄨㄥˊ ㄌㄩˋ 深綠色。

**濃濃** ㄋㄨㄥˊ ㄋㄨㄥˊ ①形容深厚的樣子。②形容露多的樣子。

**濃縮** ㄋㄨㄥˊ ㄙㄨㄛ ①用蒸發或冷卻、減壓的方法使溶液的水分減少，濃度提高。②泛指用方法使物體非必需的部分減少，必需的部分所占比例增高。③精簡文章或影片，保存精華的部分。

**濃縮鈾** ㄋㄨㄥˊ ㄙㄨㄛ ㄧㄡˋ 利用人工的方法，以同位素效應，使鈾235的含有率提高。這一種鈾就是濃縮鈾，含有率在百分之一以上。

**濃妝豔抹** ㄋㄨㄥˊ ㄓㄨㄤ ㄧㄢˋ ㄇㄛˇ 婦人盛妝，打扮得很豔麗的樣子。

**濃眉大眼** ㄋㄨㄥˊ ㄇㄟˊ ㄉㄚˋ ㄧㄢˇ 粗黑的眉毛，大眼睛。人的長相粗豪的樣子。

**澧** ㄌㄧˇ ㈠通「醴」。㈡湖南省縣名以及水名。

**濂** ㄌㄧㄢˊ 濂溪，水名，一在湖南省，一在江西省九江縣南。

**潞** ㄌㄨˋ 水名，就是白河，在河北省。

**澮** ㄎㄨㄞˋ ㈠図田間的水溝，叫「溝澮」。㈡水名，在山西省。

**澴** 図ㄏㄨㄢˊ 波浪回旋的樣子。

**澣** 〔文〕ㄏㄨㄢˋ同「浣」。又讀ㄨㄢˇ。

**激** ㄐㄧ ㊀水勢受到壓力噴濺起來。如「激起浪花」「波濤相激」。㊁急迫不緩和。如「激流」「激厲」「言論過激」。㊂感動奮發。如「激昂慷慨」。㊃挑動，使人心情發生變化。如「拿話激他」「勸將不如激將」。㊄強烈地變動。如「激戰」「憤激」。㊅身體突然受到雨或冷水的刺激。如「他激了雨就病了」。

**激切** ㄐㄧ ㄑㄧㄝˋ 言語過於直爽急切。

**激化** ㄐㄧ ㄏㄨㄚˋ 使事勢、局面變得激烈、急切。如「雙方保持冷靜，避免情緒激化」。

**激光** ㄐㄧ ㄍㄨㄤ 雷射的又名。參看雷射。

**激刺** ㄐㄧ ㄘˋ 外界的打擊。

**激昂** ㄐㄧ ㄤˊ 情緒激動高昂。

**激怒** ㄐㄧ ㄋㄨˋ 受刺激而發怒。

**激流** ㄐㄧ ㄌㄧㄡˊ 湍急的水流。

**激烈** ㄐㄧ ㄌㄧㄝˋ 情緒極端興奮激動或意見極端尖銳的樣子。

**激素** ㄐㄧ ㄙㄨˋ 人類和高等動物體內內分泌腺分泌的物質，包括甲狀腺素、腎上腺素、胰島素等。從前稱「荷爾蒙」。激素由血液直接送到全身，對代謝、生長、發育、繁殖等，有極其重要的調節作用。參看「內分泌」「荷爾蒙」等條。

**激動** ㄐㄧ ㄉㄨㄥˋ 激發①。

**激情** ㄐㄧ ㄑㄧㄥˊ 激烈高昂的情緒狀態。

**激揚** ㄐㄧ ㄧㄤˊ ①感動奮發。如「言辭慷慨，聞者莫不激揚」。②激動高亢。如「其聲激揚，令人興奮」。

**激發** ㄐㄧ ㄈㄚ ①刺激使奮發。如「激發國人的愛國熱潮」。②物理學名詞，使分子、原子等的能量由低變高的狀態。

**激筒** ㄐㄧ ㄊㄨㄥˇ 筒字輕讀。消防上用來噴水的工具。

**激越** ㄐㄧ ㄩㄝˋ 〔文〕情緒、聲音高亢強烈。

**激進** ㄐㄧ ㄐㄧㄣˋ 指思想、情緒和行為上呈現激烈亢奮的狀態，急於進行或完成某事。

**激厲** ㄐㄧ ㄌㄧˋ ①刺激他讓他振作。②言行率直。同「激切」。

**激增** ㄐㄧ ㄗㄥ 快速增加。

**激憤** ㄐㄧ ㄈㄣˋ 〔文〕因不平而憤怒。如「群情激憤」。

**激論** ㄐㄧ ㄌㄨㄣˋ 激烈的議論。

**激賞** ㄐㄧ ㄕㄤˇ 十分嘆賞。

**激戰** ㄐㄧ ㄓㄢˋ 激烈的戰爭。

**激勵** ㄐㄧ ㄌㄧˋ 勸勉。

**激盪** ㄐㄧ ㄉㄤˋ 激烈的振動。

**激變** ㄐㄧ ㄅㄧㄢˋ 猛烈而突然的變化。

**激將法** ㄐㄧ ㄐㄧㄤˋ ㄈㄚˇ 用相反的話激動對方，使他有所感觸，因而奮起。

**激昂慷慨** ㄐㄧ ㄤˊ ㄎㄤˇ ㄎㄞˇ 形容意氣昂揚奮發的樣子。

**激濁揚清** ㄐㄧ ㄓㄨㄛˊ ㄧㄤˊ ㄑㄧㄥ 比喻除惡揚善。

**濁** ㄓㄨㄛˊ ㊀水不清。如「混濁」「汙濁」㊁〔文〕混亂。如「濁世」。㊂〔文〕沉迷。如「舉世皆濁我獨清」。㊃胡塗。「濁人」是胡塗人。㊄見「濁音」。

**濁水** ㄓㄨㄛˊ ㄕㄨㄟˇ ①不清潔的水。②溪流名，臺灣最大的河流，發源於合歡山南側，向西流入臺灣海峽。

**濁世** ㄓㄨㄛˊ ㄕˋ 図亂世。

**濁音** ㄓㄨㄛˊ ㄧㄣ 發音時聲帶顫動的音。如ㄇ、ㄌ、ㄖ等。也叫「濁聲」。

**濁流** ㄓㄨㄛˊ ㄌㄧㄡˊ 渾濁的水流。對清流而言。比喻品格卑下的人。

**濁富** ㄓㄨㄛˊ ㄈㄨˋ 図不義而富。對清貧而言。

## 澶

ㄔㄢˊ ㈠水靜的樣子。㈡「澶淵」，古湖名，在河南省。

## 澨

ㄕˋ 図水邊。「山陬海澨」是指邊遠的地方。

## 澤

ㄗㄜˊ ㈠水流會合的地方。如「深山大澤」「沼澤」。㈡恩德。如「恩澤」「澤及枯骨」。㈢滋潤有光彩。如「潤澤」「光澤」。㈣遺留下來的痕跡。如「這幅字是先人的手澤」。㈤図遺留下來的影響。如「君子之澤，五代而斬」。㈥図通「襗」，就是裡面穿的汗衣。〈詩經・無衣〉有「與子同澤」的句子。

**澤及** ㄗㄜˊ ㄐㄧˊ （恩惠）達到某人某物的意思。

**澤國** ㄗㄜˊ ㄍㄨㄛˊ ①多水的地區。②一時淹水的地區。

**澤鹵** ㄗㄜˊ ㄌㄨˇ 含鹽分很高，不能耕種的土地。

**澤潤** ㄗㄜˊ ㄖㄨㄣˋ 光潤。

**澤瀉** ㄗㄜˊ ㄒㄧㄝˋ 澤瀉科，多年生沼生草本植物。根狀莖，葉呈橢圓形，夏天開白花。瘦果側扁。生長在沼澤地帶，主要分布於我國境內各地。莖和葉可作肥料，根狀莖可當藥材，味甘，有利尿的功效。

**澤及枯骨** ㄗㄜˊ ㄐㄧˊ ㄎㄨ ㄍㄨˇ 図施恩德於已死的人。比喻恩澤宏遠。

## 澡

ㄗㄠˇ ㈠洗澡，就是沐浴。㈡図修治。如「澡身浴德」。

**澡盆** ㄗㄠˇ ㄆㄣˊ 洗澡用的大水盆。

**澡堂** ㄗㄠˇ ㄊㄤˊ 設在城鎮裡供人洗澡的房舍。

**澡身浴德** ㄗㄠˇ ㄕㄣ ㄩˋ ㄉㄜˊ 図比喻砥礪志行，修養品格，使身心純潔清白。

## 濇

ㄙㄜˋ ㈠通「澀」。㈡中醫管脈息枯滯叫「濇脈」。

## 澳

ㄠˋ ㈠海船可以停靠的天然港灣。如「三都澳」（在福建）「膠澳」（膠州灣，在山東）。㈡澳大利亞的簡稱。如「白澳政策」。㈢澳門的簡稱。如「港澳」（香港和澳門）。

**澳大利亞** ㄠˋ ㄉㄚˋ ㄌㄧˋ ㄧㄚˇ 國名，是太平洋南部澳洲大陸和附近島嶼組合的國家。面積七百六十八平方公里，人口約一千五百萬，首都名坎培拉。

## 澦

ㄩˋ 地名，在四川，見「灩」。

# 十四筆

## 濱（浜）

ㄅㄧㄣ ㈠水邊。如「河濱」「海濱」。㈡臨近，靠近。如「濱海地區」。

## 濞

ㄆㄧˋ ㈠「漾濞」，雲南省縣名。㈡図「澎濞」，水突然到來的聲音。

## 濮

ㄆㄨˊ ㈠縣名，在山東省。㈡姓。

## 濛

ㄇㄥˊ ㈠下小雨的樣子。如「細雨濛濛」。㈡図濛澒，同「澒濛」。

## 濤（涛）

ㄊㄠ ㈠大波浪。如「浪濤」「驚濤駭浪」。㈡風吹松樹的聲音。如「松濤」。又讀ㄊㄠ。

## 濘

▲ㄋㄧㄥˋ 路上有水，有爛泥。如「道路泥濘」。
▲ㄋㄥˋ 見「濘泥」。

**濘泥** ㄋㄥˋ ㄋㄧˊ 呈稀糊狀的爛泥。

**濘滯** ㄋㄧㄥˋ ㄓˋ 図泥水淤積，走路困難。

**濫** ㄌㄢˋ ㈠水漫起來。如「氾濫成災」。㈡過度，失當。如「濫用私人」「寧缺勿濫」。㈢浮泛不新鮮的言詞。如「陳腔濫調」。

**濫用** ㄌㄢˋ ㄩㄥˋ 過度使用。

**濫交** ㄌㄢˋ ㄐㄧㄠ 隨便亂交朋友。

**濫竽** ㄌㄢˋ ㄩˊ 比喻沒有工作能力的人，靠著那個職位混日子。原作「濫竽充數」。竽是古代笙類樂器。

**濫惡** ㄌㄢˋ ㄜˋ 器具非常粗劣。

**濫觴** ㄌㄢˋ ㄕㄤ 図本來指江河的發源，水流很小，只能浮起酒盅，用來比喻事物的開始。

**濫好人** ㄌㄢˋ ㄏㄠˇ ㄖㄣˊ 沒有原則，不分善惡，一味對人好的人。

**濫套子** ㄌㄢˋ ㄊㄠˋ ㄗ˙ 指文學中浮泛俗氣的套語或格式。

**濫調兒** ㄌㄢˋ ㄉㄧㄠˋ ㄦ 浮泛俗氣的議論。

**濫竽充數** ㄌㄢˋ ㄩˊ ㄔㄨㄥ ㄕㄨˋ 比喻沒有才幹的人混在好手中間，充數而已。語出〈韓非子〉。（竽、笙是古代八音匏製的樂器。）

**濠** ㄏㄠˊ ㈠護城河。㈡通「壕」。戰場上為掩蔽而挖的溝。㈢水名、舊州名，都在安徽省。

**濟(济)** ▲ㄐㄧˋ ㈠図過河，渡河。如「及其半濟而擊之」「同舟共濟」。㈡図過渡的渡口。如「濟有深涉」。㈢救助。如「濟弱扶傾」「周濟」。㈣図成，成功。如「無濟於事」「必有忍，其乃有濟」。㈤図增加。如〈左傳・桓十一年〉「盍請濟師于王」。▲ㄐㄧˇ ㈠水名，發源於河南省，東經山東省流入渤海。㈡地名。如「濟南」「濟源」。㈢見「濟濟」。

**濟世** ㄐㄧˋ ㄕˋ 救濟世人。

**濟私** ㄐㄧˋ ㄙ 幫助私人。如「假公濟私」。

**濟事** ㄐㄧˋ ㄕˋ 能成事，對事情有幫助。多用作否定。如「這種事他是不濟事的」。

**濟急** ㄐㄧˋ ㄐㄧˊ 救人的急難。

**濟美** ㄐㄧˋ ㄇㄟˇ 図承繼前人美好的事業。

**濟貧** ㄐㄧˋ ㄆㄧㄣˊ 救助窮人。

**濟惡** ㄐㄧˋ ㄜˋ 幫人作惡。

**濟濟** ㄐㄧˇ ㄐㄧˇ 形容人多，陣容盛大。如「人才濟濟」「濟濟多士」。

**濟弱扶傾** ㄐㄧˋ ㄖㄨㄛˋ ㄈㄨˊ ㄑㄧㄥ 救助弱小遭難的人。

**濬** ㄐㄩㄣˋ ㈠通「浚」㈠。疏通水道。如「濬河」「清濬」。㈡図深。如「水流急濬」。㈢河南省縣名。

**濴** 図ㄒㄧㄥˊ 水波回旋的樣子。又讀ㄧㄥˊ。

**濯** ㄓㄨㄛˊ ㈠洗滌。如「洗濯」「濯足萬里流」。㈡図見「濯濯」。

**濯濯** ㄓㄨㄛˊ ㄓㄨㄛˊ 図①禿頭的樣子。如「童山濯濯」。②肥而光澤的樣子。如「麀鹿濯濯」。

**濡** 図ㄖㄨˊ ㈠泡，浸，染。如「濡染」「耳濡目染」。㈡「濡滯」是停留的意思。

**濡化** ㄖㄨˊ ㄏㄨㄚˋ ①図濡染而使同化。②心理學名詞。指個體學習適應生活環境周圍文化的過程。

**濡染** ㄖㄨˊ ㄖㄢˇ ①漬染。②滋潤。

**濡筆** ㄖㄨˊ ㄅㄧˇ 図筆蘸墨汁使它滋潤。

**澀(澁、濇)** ㄙㄜˋ ㈠不滑。如「粗澀」「鍊條發澀」。㈡微苦而有些發木的滋味。

如「這種李子好澀喲」。㈢文字難讀。如「艱澀」「晦澀」（意義不明難以了解）。

**澀滯** ㄙㄜˋ ㄓˋ 不順暢。

**濰** ㄨㄟˊ ㈠濰水，在山東省。㈡濰坊市，在山東省。

## 十五筆

**瀑** ▲ㄆㄨˋ見「瀑布」。▲図ㄅㄠˋ疾雨。

**瀑布** ㄆㄨˋ ㄅㄨˋ 山上的水連續急流而下，像下垂的布。也簡稱瀑。如「飛瀑」「陽明瀑」。

**瀆（瀆）** ㄉㄨˊ ㈠水溝。如「溝瀆」。㈡古代稱長江、黃河、淮河、濟水叫四瀆。㈢輕慢，不敬。如「褻瀆」。㈣對人的客氣話，表示自己太麻煩，惹人討厭，叫「干瀆」。㈤見「瀆職」。

**瀆職** ㄉㄨˊ ㄓˊ ①有虧職守。②公務員違背職務上的尊嚴、信守、義務，而成立的罪，法律上叫「瀆職」。

**瀏** ㄌㄧㄡˊ ㈠水清的樣子。㈡水名，在湖南的叫「瀏陽」（也是縣名），在江蘇的叫做「瀏河」。㈢「瀏亮」就是清亮的意思。㈣見「瀏覽」。

**瀏覽** ㄌㄧㄡˊ ㄌㄢˇ 同「流覽」，是隨意翻閱。

**濼** ▲ㄌㄨㄛˋ ㈠水名，在山東省。㈡濼口鎮，在山東。▲ㄅㄛˊ同「泊」，是湖澤的意思。又讀ㄆㄛ。

**濾** ㄌㄩˋ 使液體通過紙、布或沙層，去掉雜質，留下清水。如「沙濾水」「過濾」。

**濾紙** ㄌㄩˋ ㄓˇ 特製的紙，是濾清各種溶液的化學用具。

**濾頭** ㄌㄩˋ ㄊㄡˊ 紙煙頭上所加裝的一段阻截煙毒的製品，通常也叫「濾嘴」。

**濾器** ㄌㄩˋ ㄑㄧˋ 分離溶液與未溶物質的器具。

**濾色鏡** ㄌㄩˋ ㄙㄜˋ ㄐㄧㄥˋ 具有有色玻璃或染色膠片的透明濾光器材，可用來作為過濾紫外線的護目鏡，也可用在攝影機，改變影像的色調。

**濾波器** ㄌㄩˋ ㄅㄛ ㄑㄧˋ 一種隔離電波信號的網路器具。可以用來過濾不同頻率的電磁波。

**濾過性病毒** ㄌㄩˋ ㄍㄨㄛˋ ㄒㄧㄥˋ ㄅㄧㄥˋ ㄉㄨˊ 細菌細胞受外界物理、化學與生物因素的作用，分裂成無細胞構造而具有生活能力，且能通過細菌濾器的病毒。

**濺** ▲ㄐㄧㄢˋ水花或水點向上飛起。如「水花四濺」「下雨天出門，濺了一身泥」。▲図ㄐㄧㄢ見「濺濺」。

**濺濺** ㄐㄧㄢ ㄐㄧㄢ 図流水聲。〈木蘭辭〉有「但聞黃河流水聲濺濺」。

**瀉** ㄒㄧㄝˋ ㈠水向下流。如「傾瀉」「一瀉千里」。㈡拉肚子。如「瀉肚子」「上吐下瀉」。

**瀉藥** ㄒㄧㄝˋ ㄧㄠˋ 通大便的藥。

**瀉肚（子）** ㄒㄧㄝˋ ㄉㄨˋ ˙ㄗ 拉肚子，腹瀉。常是腸胃發炎的緣故。

**瀦** 図ㄓㄨ水停聚之處。如「瀦為大澤」。

**瀍** ㄔㄢˊ水名，在河南省。

**瀋（渖）** ㄕㄣˇ ㈠図汁水。如「墨瀋未乾」「汗出如瀋」。㈡瀋陽的簡稱。

**瀅** 図ㄧㄥˊ水澄清。

**瀇** 図ㄨㄤˇ水深廣的樣子。

## 十六筆

**瀕** ㄅㄧㄣ (一)水邊。通「濱」。(二)文迫切。如「瀕危」。又讀ㄆㄧㄣˊ。

**瀕危** ㄅㄧㄣ ㄨㄟˊ 文人臨死，迫近危險。

**瀨** ㄌㄞˋ (一)水勢湍急的地方。(二)淺水在沙上流。

**瀝（沥）** ㄌㄧˋ (一)滴下。如「滴瀝」「瀝血」。(二)水慢慢往下滴。如「洗好的菜放在淺子裡，把水瀝乾」。(三)文液體的餘滴，叫「餘瀝」。

**瀝血** ㄌㄧˋ ㄒㄧㄝˇ 文古人立誓，常常以滴血表示誠心，叫「瀝血」。

**瀝青** ㄌㄧˋ ㄑㄧㄥ 黑色油狀或固體的礦物，熔化以後可以做防水防腐的塗料，和砂石混合可以鋪路。也叫「柏油」。

**瀝膽** ㄌㄧˋ ㄉㄢˇ 文竭誠。

**瀝瀝拉拉** ㄌㄧˋ ㄌㄧˋ ㄌㄚ ㄌㄚ 汁液拖帶的樣子。如「夾了一筷子菜，瀝瀝拉拉弄了一桌子湯」。

**瀘** ㄌㄨˊ 水名，縣名，都在四川省西南。瀘定，西康省縣名。瀘溪：①縣名，湖南、江西都有。②水名，在江西省。

**瀧** ▲ㄌㄨㄥˊ (一)急流的水，文言裡有「奔瀧」「驚瀧」等詞。(二)瀧瀧，水連續向下灌的聲音。▲ㄕㄨㄤ (一)水名，源出湖南，流入廣東。(二)瀧岡，地名，在江西永豐縣南邊。

**瀚** 文ㄏㄢˋ 廣大的樣子。如「浩瀚」「瀚海」（古時稱蒙古大沙漠）。

**瀣** 文ㄒㄧㄝˋ 見「沆瀣」。

**瀟（潇）** ㄒㄧㄠ (一)水名，在湖南省。(二)見「瀟瀟」。(三)見「瀟灑」。

**瀟瀟** ㄒㄧㄠ ㄒㄧㄠ 風狂雨驟的樣子。

**瀟灑** ㄒㄧㄠ ㄙㄚˇ 形容人品格高尚，行為灑脫。

**瀠** ㄧㄥˊ 水流迴旋叫「瀠洄」。

**瀛** 文ㄧㄥˊ 瀛海，就是大海。

**瀛洲** ㄧㄥˊ ㄓㄡ ①舊時傳說中的仙山。②借指日本。也稱「東瀛」。

**瀛海** ㄧㄥˊ ㄏㄞˇ 文大海。

**瀛寰** ㄧㄥˊ ㄏㄨㄢˊ 文地球上水陸的總稱。

## 十七筆

**瀰（㳽）** ㄇㄧˊ (一)水又深又滿。如「河水瀰瀰」。(二)見「瀰漫」。

**瀰漫** ㄇㄧˊ ㄇㄢˋ ①水滿。②同「彌漫」，是充滿、徧布的意思。如「戰雲瀰漫」「煙霧瀰漫」。

**瀾** ▲ㄌㄢˊ 大波浪。如「波瀾」。▲文ㄌㄢˋ 見「瀾漫」。

**瀾漫** ㄌㄢˋ ㄇㄢˋ 文①雜亂的樣子。〈淮南子〉有「道瀾漫而不修」。②歡情洋溢。嵇康〈琴賦〉有「留連瀾漫」。

**瀲** 文ㄌㄧㄢˋ (一)水邊。(二)瀲灩：①水勢很大。②水波流動的樣子。如「水光瀲灩」。

**瀺** 文ㄔㄢˊ 水流聲。

**瀹** 文ㄩㄝˋ (一)煮。烹茶叫「瀹茗」。(二)疏通河流。如「疏九河，瀹濟漯（ㄊㄚˋ）」。又讀ㄧㄠˋ。

## 十八筆

**灃** ㄈㄥ 水名，在陝西省。

**灌** ㄍㄨㄢˋ (一)澆沃。如「灌溉」「引水灌田」。(二)注入，倒進去。如「灌了一壺水要去澆花」「小孩兒不肯吃藥，只好硬灌」。㈢用機器裝進去。如「別說話，我們要灌唱片了」「把水泥漿灌進牆裡去」。㈣見「灌漿兒」。㈤見「灌木」。㈥四川省縣名。㈦姓。

**灌木** ㄍㄨㄢˋ ㄇㄨˋ 叢生而枝幹低矮的樹，像薔薇、石榴等。

**灌注** ㄍㄨㄢˋ ㄓㄨˋ 注入。如「全神灌注」。

**灌音** ㄍㄨㄢˋ ㄧㄣ 將音樂演奏、歌唱或演講錄製成留聲片或錄音帶，這樣的工作叫灌音。

**灌頂** ㄍㄨㄢˋ ㄉㄧㄥˇ 佛教密宗的一種儀式。指凡要入門或繼承阿闍梨位者，須先經過師父以水灑頭頂。

**灌溉** ㄍㄨㄢˋ ㄍㄞˋ 引水澆田。

**灌園** ㄍㄨㄢˋ ㄩㄢˊ 図灌溉田園，多指寄情於田畝，不願出仕。

**灌腸** ▲ㄍㄨㄢˋ ㄔㄤˊ 由肛門注入滑潤劑通大便。▲ㄍㄨㄢˋ ·ㄔㄤ 一種空豬腸裝碎肉和（ㄏㄨㄛˋ）麵粉作（ㄗㄨㄛˋ）料，再加油炸或煎煮的食品。

**灌漿** ㄍㄨㄢˋ ㄐㄧㄤ 建築時把水泥漿灌入牆裡或地基，使它凝固，叫「灌漿」。

**灌輸** ㄍㄨㄢˋ ㄕㄨ 注入。

**灌米湯** ㄍㄨㄢˋ ㄇㄧˇ ㄊㄤ 也作「灌迷湯」。比喻假意或過分恭維別人。如「酒家小姐一灌米湯，他就暈陶陶啦」。

**灌漿兒** ㄍㄨㄢˋ ㄐㄧㄤ ㄦ 牛痘生膿凸起叫「灌漿兒」。

**灄** ㄕㄜˋ 水名，在湖北省。

## 十九筆

**灕** ㄌㄧˊ 灕水，又叫灕江或桂江，發源於廣西興安縣陽海山，同湘水合流，流入洞庭湖。

**灘（滩）** ㄊㄢ ㈠水邊的沙土地。如「沙灘」「海灘」。㈡水淺流急而多石的河床。如「黃牛灘」「卻放輕舟下急灘」。

**灘頭陣地** ㄊㄢ ㄊㄡˊ ㄓㄣˋ ㄉㄧˋ 作戰時渡過水流，在對岸敵人地區登陸，憑藉地形據守，等待援軍的陣地。

**灑（洒）** ㄙㄚˇ ㈠把水散布在地上。如「你灑水，我掃地」「灑掃庭院」。㈡容器傾倒，裡面盛的東西散落了。如「好好地端著，別把湯灑了」「盤子掉了下來，花生灑了一地」。㈢見「灑脫」。

**灑水** ㄙㄚˇ ㄕㄨㄟˇ 把水灑在地面上。

**灑掃** ㄙㄚˇ ㄙㄠˇ 掃地以前先灑水，使塵土不會揚起。引伸作打掃的意思。

**灑淚** ㄙㄚˇ ㄌㄟˋ 掉眼淚。同「揮淚」。

**灑脫** ㄙㄚˇ ㄊㄨㄛ 脫字輕讀。態度自然大方。

**灑水車** ㄙㄚˇ ㄕㄨㄟˇ ㄔㄜ 在市區街上灑水，防止塵土飛揚的一種公用車輛。

## 二十一筆

**灞** ㄅㄚˋ 水名，發源於陝西省藍田縣。

**灝** 図ㄏㄠˋ 水勢遠大。

## 二十二筆

**灣（湾）** ㄨㄢ ㈠水流彎曲的地方。如「水灣」「河灣」。㈡海岸深曲可以停泊海船的。如「海灣」「廣州灣」。㈢通「彎」。如「蛾眉猶自灣灣」。

**灣流** ㄨㄢ ㄌㄧㄡˊ 指墨西哥灣暖流。

**灣區** ㄨㄢ ㄑㄩ 海岸向陸地凹入的地區。

## 二十三筆

**灤**（滦） ㄌㄨㄢˊ 河名，在河北省。

## 二十四筆

**灨** ㄍㄢˋ ㈠灨江，在江西省。㈡江西省的別稱。

## 二十八筆

**灩**（滟） ㄧㄢˋ 灩澦堆，在四川省奉節縣東南五里的瞿塘峽口，俗稱燕窩石。

# 火部

**火** ㄏㄨㄛˇ ㈠物體燃燒所生的光和熱。如「火把」「星星之火」。㈡指火災。如「一場大火」「火險」。㈢指烹飪所用的熱力。如「火候」「文火」。㈣火柴或引火的東西。如「借個火兒」。㈤爐子。如「屋裡生了兩個火」。㈥「火藥」的簡詞，指軍用武器或戰爭等事項。如「軍火」「開火」。㈦形容赤紅色。如「火紅」。㈧形容旺盛。如「火熾」。㈨形容緊急。如「火急」「火速」。㈩怒氣。如「一肚子火」。(十一)動怒。如「一句話把他弄火兒了」。(十二)焚燒。如「火其書」。(十三)中醫說的一種病因。如「上火」「敗火」。(十四)古時兵制單位十人為「火」，後來引伸稱人的群是「一火」，舊小說戲曲裡常見這樣用法，同「伙」「夥」。如「一火人」「火併（同伙相吞併）」。(十五)姓。

**火力** ㄏㄨㄛˇ ㄌㄧˋ ①以燃料燃燒而使蒸汽機發生的動力，對「水力」「核子動力」說的。如「火力發電」。②指燃燒的熱度。如「火力不夠，菜炒不好」。③戰場軍火發射的威力。如「敵軍的火力很強，我們的火力更猛」。④指體力、精力。如「這個小夥子火力很壯」。

**火口** ㄏㄨㄛˇ ㄎㄡˇ 火山的噴火口。

**火山** ㄏㄨㄛˇ ㄕㄢ 因為地球表層壓力降低，地層深處高溫的岩漿、岩塊、水蒸氣等從地縫中噴出。在火口附近堆積，形成截頂圓錐體的，叫做火山；噴出的如果是氣體，會形成火口凹地。

**火化** ㄏㄨㄛˇ ㄏㄨㄚˋ 火葬。

**火夫** ㄏㄨㄛˇ ㄈㄨ 也作「伙夫」「火伕」。負責燒火煮飯的工人。

**火主** ㄏㄨㄛˇ ㄓㄨˇ 失火時起火的那一家。

**火印** ㄏㄨㄛˇ ㄧㄣˋ 把燒熱的鐵器或鐵質圖章，烙在物體上留下的標記。

**火石** ㄏㄨㄛˇ ㄕˊ 取火用的石頭。本名「燧石」。

**火光** ㄏㄨㄛˇ ㄍㄨㄤ 火的亮光。

**火舌** ㄏㄨㄛˇ ㄕㄜˊ 火燃燒時向上冒的火焰。

**火坑** ㄏㄨㄛˇ ㄎㄥ ①比喻極苦的境地。②女子淪落為娼叫「落火坑」。

**火把** ㄏㄨㄛˇ ㄅㄚˇ 用竹篾編成長條，或在棍棒上綁布條蘸上油點火照人夜行的。

**火攻** ㄏㄨㄛˇ ㄍㄨㄥ 戰時用火攻擊敵人。

**火災** ㄏㄨㄛˇ ㄗㄞ 因失火而形成的災害。

**火車** ㄏㄨㄛˇ ㄔㄜ 用蒸氣力、電力等發動，在鐵道上行駛的車。

**火併** ㄏㄨㄛˇ ㄅㄧㄥˋ 同夥決裂之後，互相吞併。

**火兒** ㄏㄨㄛˇ ㄦ 參看火字注解㈣㈩(十一)。

**火性** ㄏㄨㄛˇ ㄒㄧㄥˋ 容易發怒的暴躁性格。

**火油** ㄏㄨㄛˇ ㄧㄡˊ 石油，又叫「煤油」。

**火花** ㄏㄨㄛˇ ㄏㄨㄚ ①異性電氣相吸時所發出的火光。②飛濺的火星子。

**火急** ㄏㄨㄛˇ ㄐㄧˊ 非常緊急。

**火星** ㄏㄨㄛˇ ㄒㄧㄥ ①英文 mars，是太陽系九大行星中近日的第四個，小於地球，自轉週期為二十四小時三十七分強，公轉週期約六百八十七日，有兩個衛星。②小火點，同「火花」。也作「火星兒」「火星子」。

**火柱** ㄏㄨㄛˇ ㄓㄨˋ 柱狀的火焰。

**火炮** ㄏㄨㄛˇ ㄆㄠˋ 使用火藥發射炮彈的武器。也作「火砲」。

**火炭** ㄏㄨㄛˇ ㄊㄢˋ ①燃燒著的木炭。②㘝閩南、臺灣稱木炭為「火炭」。

**火炬** ㄏㄨㄛˇ ㄐㄩˋ 同「火把」。用在比較正式的場合。如「區運會的聖火隊員，每人舉著一支火炬，越過縣界」。

**火盆** ㄏㄨㄛˇ ㄆㄣˊ ①焚燒神紙的盆子。②取暖用的炭盆，有的也叫「炭火盆」。

**火紅** ㄏㄨㄛˇ ㄏㄨㄥˊ 像火一般的紅。如「火紅的夕陽緩緩下山」。

**火柴** ㄏㄨㄛˇ ㄔㄞˊ 用細木條蘸燐硫等化合物製成，用來摩擦取火的東西。

**火海** ㄏㄨㄛˇ ㄏㄞˇ 比喻大火。如「塑膠工廠失火，廠區一片火海」。

**火酒** ㄏㄨㄛˇ ㄐㄧㄡˇ 酒精。

**火氣** ㄏㄨㄛˇ ㄑㄧˋ 怒氣。

**火神** ㄏㄨㄛˇ ㄕㄣˊ 古書上說管火的神，名字叫祝融。

**火剪** ㄏㄨㄛˇ ㄐㄧㄢˇ ①生火時夾煤炭、柴火的用具，形狀像剪刀而特別長。也叫「火鉗」。②燙髮用具。

**火圈** ㄏㄨㄛˇ ㄑㄩㄢ ①地球內部極熱的部分，能將一切物體熔解。②鐵片圍成圓圈，四周紮草，澆油點火，叫「火圈」。表演用的。

**火眼** ㄏㄨㄛˇ ㄧㄢˇ 中醫稱體內肝火引起的眼睛紅腫疼痛，西醫稱急性結膜炎。

**火速** ㄏㄨㄛˇ ㄙㄨˋ 就是「火急」。如「汝父病危，火速還鄉探視」。

**火傘** ㄏㄨㄛˇ ㄙㄢˇ 比喻夏天炎陽的熾熱。如「火傘高張」。

**火場** ㄏㄨㄛˇ ㄔㄤˇ 失火的地方。

**火棒** ㄏㄨㄛˇ ㄅㄤˋ 表演用的器材。在短棒末端裹上布，蘸酒精，點火後拿在黑暗中揮舞，火光呈各種曲線，相當好看。

**火焰** ㄏㄨㄛˇ ㄧㄢˋ 燃火所發的火舌火光。

**火硝** ㄏㄨㄛˇ ㄒㄧㄠ 一名硝石，針形的塊末，可以製玻璃、火藥等。

**火勢** ㄏㄨㄛˇ ㄕˋ 火燃燒的情形。如「油料工廠失火，火勢迅速擴大」。

**火葬** ㄏㄨㄛˇ ㄗㄤˋ 用火焚燒屍體成灰。

**火鉗** ㄏㄨㄛˇ ㄑㄧㄢˊ 在火爐裡夾炭用的鐵鉗子。

**火漆** ㄏㄨㄛˇ ㄑㄧ 用石蠟、松香和顏料做成的粘性膠質，可以作封瓶口、信件等物之用。

**火種** ▲ㄏㄨㄛˇ ㄓㄨㄥˇ 引火的東西。▲ㄏㄨㄛˇ ㄓㄨㄥˋ 焚燒田野間的草木，用草木的灰作肥料，幫助耕種。也叫「火耕」。

**火綿** ㄏㄨㄛˇ ㄇㄧㄢˊ 把植物纖維浸在強硝酸和強硫酸的溶液中製成的黃色固體，可用以製作炸藥、阿羅定溶液、清漆和瓷漆等。

**火網** ㄏㄨㄛˇ ㄨㄤˇ 軍隊戰鬥時，從各種不同位置射擊，不同的射線交錯，好像是一張網，所以叫「火網」。

**火腿** ㄏㄨㄛˇ ㄊㄨㄟˇ 一種醃漬的乾豬腿食品。

**火齊** ㄏㄨㄛˇ ㄐㄧˋ ①火候。②中醫指清火的藥劑。③玫瑰珠石。

**火暴** ㄏㄨㄛˇ ㄅㄠˋ 也作「火爆」。①暴躁，急躁。如「脾氣火暴」。②熱烈而難控制的樣子。如「場面火暴」。

**火熱** ㄏㄨㄛˇ ㄖㄜˋ ①像火一般熱。②形容兩人（特別是異性）的感情很好。如「他們倆近來打得火熱」。

**火箭** ㄏㄨㄛˇ ㄐㄧㄢˋ ①箭頭敷松香等引火物，射敵使敵陣燃燒的古兵器。②用火藥力量推進發射的箭，現在一般介紹太空科學發展史的書，幾乎都提到古代火箭是中國人發明的，在十三世紀使用火箭為作戰武器，後來流傳到歐洲。③現代火箭（rocket）是指自動推進的發射器具。第二次世界大戰期間，德國人首先使用著名的復仇型V-2型火箭，隔海攻擊英倫三島。工程界常把較小型的火箭武器叫做「火箭」，像反戰車火箭（或稱火箭筒或火箭）；帶彈頭導向自動發射器叫「導彈」。在太空飛行器中，都裝有「助升火箭」「反向火箭」等。

**火線** ㄏㄨㄛˇ ㄒㄧㄢˋ ①戰線。②通陽電的電線。

**火輪** ㄏㄨㄛˇ ㄌㄨㄣˊ 舊時指輪船。也作「火輪船」。

**火器** ㄏㄨㄛˇ ㄑㄧˋ 槍砲等的總稱。

**火燙** ㄏㄨㄛˇ ㄊㄤˋ ①非常熱，滾燙。如「弟弟發燒了，身上火燙」。②舊時用燒熱的火剪燙髮。

**火熾** ㄏㄨㄛˇ ㄔˋ 熾字輕讀。①形容極熱烈。②形容事情熾盛。

**火燒** ▲ㄏㄨㄛˇ ㄕㄠ ①用火來燃燒，焚毀。②好像火那樣發燒發熱。▲历ㄏㄨㄛˇ ·ㄕㄠ 一種烤製的硬麵餅食品，面上沒有芝麻。

**火磚** ㄏㄨㄛˇ ㄓㄨㄢ 用矽酸鋁和細砂燒成的磚，遇火不熔，也叫做「耐火磚」。

**火險** ㄏㄨㄛˇ ㄒㄧㄢˇ 房屋器具估價後，常年向保險公司繳納保險費，遇有火災，由公司賠償損失，叫保火險，簡稱火險。

**火頭** ㄏㄨㄛˇ ㄊㄡˊ ①古代差役的俗稱。②管炊事的人。③同「火主」。

**火燭** ㄏㄨㄛˇ ㄓㄨˊ 指容易引火的東西。如「小心火燭」。

**火雞** ㄏㄨㄛˇ ㄐㄧ ①就是吐綬雞，上喙根有肉冠，能伸縮，時時變色；體比雞高大，尾散開像扇子。可飼養作家禽。②鴕鳥的古稱。③食火雞的別名。

**火藥** ㄏㄨㄛˇ ㄧㄠˋ 引火爆炸的藥物。有無煙火藥和黑色火藥兩種。

**火警** ㄏㄨㄛˇ ㄐㄧㄥˇ 發生火災的警報。

**火籠** ㄏㄨㄛˇ ㄌㄨㄥˊ 舊時冬日取暖的竹籠，中間有瓦盆，放熾炭，攏在身邊，用以避寒。

**火罐** ㄏㄨㄛˇ ㄍㄨㄢˋ 中醫拔罐用的小罐子。

**火伴（兒）** ㄏㄨㄛˇ ㄅㄢˋ ㄦ 同伴。也就是「伙伴（兒）」。也作「夥伴（兒）」。

**火苗（兒）** ㄏㄨㄛˇ ㄇㄧㄠˊ ㄦ 火焰。

**火候（兒）** ㄏㄨㄛˇ ㄏㄡˋ ㄦ ①煮東西所經過的時刻。②比喻學力的修養。

**火鍋（兒）** ㄏㄨㄛˇ ㄍㄨㄛ ㄦ 也說成「火鍋子」。①一種鍋與爐合為一體的烹飪具，中間有通氣管，能使爐火旺盛，鍋蓋上也有洞。②用火爐食具進食的一種烹飪法：把肉切成薄片，青菜、豆腐、粉絲切碎，在鍋水滾開時候放入燙熟吃的。如「今天好冷，晚上咱們吃火鍋吧」。③籃球比賽常用語，「吃火鍋」的略語，球員跳起投籃時，被對方球員從上面擋住或打下球來，叫「蓋火鍋」「火鍋蓋帽」。

**火爐（子）** 燒炭取暖或烹飪用的炊具。

**火山島** 由海底火山的噴出物堆積形成的島嶼。日本伊豆半島東西的大島、八丈島、三宅島都是。

**火成岩** 地球內部熾熱的岩漿，衝破地殼，凝結而成的岩石。

**火車站** 停靠火車的地方。

**火車頭** ①曳引列車車箱前行的機關車，從前是以蒸汽為動力的，現在已改用電力。②比喻能起領導作用或帶頭做事的人。

**火星塞** 內燃機上裝有電極能放電花燃燒油氣推動活塞的裝置。

**火筷子** 通火使熾烈或夾取爐中煤炭的鐵質用具。也叫「火鉗」「火剪」。

**火辣辣** ①形容酷熱。如「火辣辣的陽光」。②熱烈激動急切的情緒（包括興奮、著急、羞愧、急躁）。如「心中火辣辣的，急著想探個究竟」。③形容被火燒或被鞭打的疼痛感覺。

**火箭炮** 軍事武器。利用火箭的後坐力把炮彈射出去，攻毀坦克車。有多管式、滑軌式等種。

**火箭筒** 軍事武器。發射火箭炮的筒子。是一種單人使用的輕型武器。無後坐力，能在近距離摧毀裝甲和防禦工事。

**火頭上** 正在發怒的時候。也作「氣頭上」。

**火頭軍** ①軍隊中煮飯的火夫。②詼稱廚師。

**火曜日** 星期二。

**火力發電** 在鍋爐內燃燒煤、油或可燃性氣體，使水變成蒸汽推動渦輪機發電的方法。臺灣的八斗子、大林、臺中、林口等廠都是。

**火上加油** 比喻使人更加生氣或使事態更加嚴重。

**火山活動** 地球內部熔融的岩漿從地殼裂縫噴出地面的活動。

**火中取栗** 比喻受人利用，自己卻一無所得。本是法國寓言，說猴兒叫貓去取在火爐子裡烤著的栗子。取出來之後，栗子被猴兒吃光了，貓爪子上的毛卻燒了。

**火炬接力** 指運動會開幕前的聖火傳遞。

**火紙媒兒** 引火用的火紙捻兒。像吸管。抽水煙的人必用。

**火眼金睛** 形容面目猙惡可怕。

**火箭飛機** 利用火箭式噴射引擎的飛機，具備自帶燃料和氧化劑的裝置，可以在超高空作超音速飛行。

**火燒眉毛** 毛字輕讀。比喻非常急迫。

**火樹銀花** 形容節日夜晚燈火繁鬧的景象。

**火焰噴射器** 軍事武器。能噴射燃燒著的油，用來殺傷敵人、焚毀敵人的設備。簡稱「噴火器」。

## 二筆

**灯** ㄉㄥ 「燈」的俗字。

**灰（灰）** ㄏㄨㄟ ㈠燒東西剩下的粉末。如「爐灰」「炭灰」。㈡「石灰」的簡稱。如「抹白灰」「灰牆」。㈢淺黑色。如「灰色的雲」「銀灰」。㈣塵土。如「風吹得滿處都是灰」。㈤消極，志氣消沉。如「心灰意懶」。

**灰土** ㄏㄨㄟ ㄊㄨˇ 塵土。

**灰分** ㄏㄨㄟ ㄈㄣˋ 有機體燃燒以後留下呈灰狀的物質，如鉀、鎂、矽等。

**灰心** ㄏㄨㄟ ㄒㄧㄣ 事情沒有做成而覺得洩氣；受到挫折以後感到失望，不高興。

**灰白** ㄏㄨㄟ ㄅㄞˊ 淺灰色。

**灰色** ㄏㄨㄟ ㄙㄜˋ ①淺黑色。②比喻態度不明顯。③比喻表現頹廢。語音ㄏㄨㄟ ˙ㄕㄞ。

**灰沙** ㄏㄨㄟ ㄕㄚ 塵沙。

**灰暗** ㄏㄨㄟ ㄢˋ 陰暗，不鮮明。形容景色或是衣物的顏色都可以。

**灰滅** ㄏㄨㄟ ㄇㄧㄝˋ 〔文〕消滅。

**灰塵** ㄏㄨㄟ ㄔㄣˊ 飛揚空中的塵土。

**灰燼** ㄏㄨㄟ ㄐㄧㄣˋ 物體燃燒後，所剩的粉屑。

**灰鶴** ㄏㄨㄟ ㄏㄜˋ 鳥名，又叫「玄鶴」。鶴科。羽毛灰白，頭上有紅斑，嘴黃綠色，頭頂、額、喉、腳部都是黑色。

**灰白質** ㄏㄨㄟ ㄅㄞˊ ㄓˋ 是神經細胞集合而成的物質；脊髓內部和大小腦外部都是由灰白質組成的。

**灰面鷲** ㄏㄨㄟ ㄇㄧㄢˋ ㄐㄧㄡˋ 鷲鷹科鳥名，俗稱「南路鷹」。面部的特徵是灰面白眉，成鳥有黑褐色橫紋。翼狹長。食鼠、大型昆蟲。對人的警戒性低，是臺灣有名的春秋過境鳥，遷移途中常成群作龍捲風似的盤旋。

**灰蒙蒙** ㄏㄨㄟ ㄇㄥˊ ㄇㄥˊ 景色暗淡模糊的樣子。

**灰不溜丟** ㄏㄨㄟ ㄅㄨˋ ㄌㄧㄡ ㄉㄧㄡ 〔方〕不字輕讀。形容不受人喜歡的灰色。

**灰飛煙滅** ㄏㄨㄟ ㄈㄟ ㄧㄢ ㄇㄧㄝˋ 形容戰爭的慘敗。如「談笑間強虜灰飛煙滅」。

**灰頭土臉** ㄏㄨㄟ ㄊㄡˊ ㄊㄨˇ ㄌㄧㄢˇ ①奔波勞累的樣子。②很髒、不加修飾的樣子。③失意，沒面子，自討沒趣的樣子。也作「灰頭土面」。

## 三筆

**灸** ㄐㄧㄡˇ 中醫的一種治病方法，就是把艾子或艾葉燒著，放在貼在皮膚上的生薑片上，用它的熱力來刺激皮膚和血液。和扎針（用特製的針扎穴道脈絡）合稱「針（鍼）灸」。

**灼** 〔文〕ㄓㄨㄛˊ ㈠燒，炙。㈡明顯，明白。如「真知灼見（正確的見解）」。

**灼灼** ㄓㄨㄛˊ ㄓㄨㄛˊ 〔文〕①明亮的樣子。如「目光灼灼」。②形容花的茂盛鮮豔。〈詩經〉有「桃之夭夭，灼灼其華」。

**灼見** ㄓㄨㄛˊ ㄐㄧㄢˋ 〔文〕顯明確切的見解。

**灼傷** ㄓㄨㄛˊ ㄕㄤ 受到烈陽、滾水、火焰、腐蝕性化學物或放射性物質傷害。輕度灼傷只是皮膚泛紅、疼痛；重度灼傷會導致皮膚壞死，後果非常嚴重。又稱「燒燙傷」。

**災（灾）** ㄗㄞ ㈠多數人遭到的禍害。如「天災」「洪水成災」。㈡個人遭遇到的極不幸的事。如「招災惹禍」。

**災民** ㄗㄞ ㄇㄧㄣˊ 遭受災害的人民。

**災後** ㄗㄞ ㄏㄡˋ 災難發生過後。如「災後重建工作必須積極進行」。

**災星** ㄗㄞ ㄒㄧㄥ ①傳說中掌管災患的神。②惡運。如「小心哪，你是災星當頭」。

**災殃** ㄗㄞ ㄧㄤ 災禍。

**災害** ㄗㄞ ㄏㄞˋ 災難禍害。

**災荒** ㄗㄞ ㄏㄨㄤ 水旱荒年。

**災區** ㄗㄞ ㄑㄩ 發生災害的地區。

**災情** ㄗㄞ ㄑㄧㄥˊ 受災的情形。如「這一次颱風過境，本村災情慘重」。

**災異** ㄗㄞ ㄧˋ 図不平凡的特殊災害。

**災禍** ㄗㄞ ㄏㄨㄛˋ 自然的或人為的禍害。

**災難** ㄗㄞ ㄋㄢˋ 地震、颱風、水、火、兵燹等災禍的通稱。也作「災禍」「災患」。

**災變** ㄗㄞ ㄅㄧㄢˋ 災難變故。如「礦坑發生災變，請趕快支援解救」。

**災梨禍棗** ㄗㄞ ㄌㄧˊ ㄏㄨㄛˋ ㄗㄠˇ 古人以梨木、棗木為雕版刻書的上選材料，刊印無價值的書籍就是災梨禍棗。

## 灶

ㄗㄠˋ ㈠廚房裡用磚、土坯或鋼鐵造成的煮飯做菜的設備。㈡借用以指廚房。舊作竈。

**灶君** ㄗㄠˋ ㄐㄩㄣ 也作「灶神」「灶王爺」，舊時供在廚房爐灶上面的神，認為他掌管一家的禍福財運。過舊曆年之前要「祭灶」「送灶神」，開年之後還要接神。

**灶馬** ㄗㄠˋ ㄇㄚˇ 在爐灶縫隙裡生活的一種昆蟲，像蟋蟀而小，色較淡，夜間鳴叫。

# 四筆

## 炕

ㄎㄤˋ ㈠図乾燥。如「炕旱（很乾旱）」。㈡方烤。如「把餅放在爐子旁邊炕一炕」。㈢北方各地用磚或泥坯在屋裡砌成的臺，在上面睡覺；多是下面有空洞，可以燒火取暖，也叫「火炕」。另有用木板做的炕，叫「木炕」（也寫「匟」）。

## 炔

ㄐㄩㄝ 化學名詞，碳氫化合物的一大類。最常見的是「乙炔」，也叫「電石氣」。又音ㄑㄩㄝ。

## 炁

ㄑㄧˋ 同「氣」，是道家喜歡用的字。

## 炘

図ㄒㄧㄣ ㈠「炘炘」是形容火光盛大的樣子。㈡姓。

## 炙

図ㄓˋ ㈠燒，烤。烤熟的肉。如「膾炙人口」（肉絲和烤肉人人都愛吃，比喻被眾人所喜愛的東西）。㈡薰染。如「親炙」。

**炙手可熱** ㄓˋ ㄕㄡˇ ㄎㄜˇ ㄖㄜˋ 比喻勢焰熾盛，用來形容有財有勢的人氣焰逼人。

## 炒

ㄔㄠˇ ㈠把食物放在鍋裡加熱並時常翻動以免燒焦的一種烹飪法。㈡用這種方法烹製的食物。如「炒腰花」。㈢做投機生意。如「炒股票」。

**炒勺** ㄔㄠˇ ㄕㄠˊ 炒菜的勺子。

**炒米** ㄔㄠˇ ㄇㄧˇ 一種食物，就是炒過的米。

**炒菜** ▲ㄔㄠˇ ㄘㄞˋ 用炒的烹飪法來烹製菜肴。▲ㄔㄠˇ ·ㄘㄞ 不是煮成而是炒成的菜肴。

**炒地皮** ㄔㄠˇ ㄉㄧˋ ㄆㄧˊ 利用關係，以低價收購閒置的土地，等地價漲高時出售，獲取暴利。

**炒栗子** ㄔㄠˇ ㄌㄧˋ ㄗˇ ①把栗子放在鍋裡拌乾沙翻炒。②拌乾沙炒熟的栗子，香美可口。

**炒魷魚** ㄔㄠˇ ㄧㄡˊ ㄩˊ 方比喻捲鋪蓋走路，就是被解雇。

## 炊

ㄔㄨㄟ 做飯，用火煮熟食物。如「巧婦難為無米之炊」。

**炊事** ㄔㄨㄟ ㄕˋ 煮飯的事情。

**炊帚** ㄔㄨㄟ ㄓㄡˇ 帚字輕讀。洗刷炊具的帚。舊時用竹篾紮成，現在多用塑膠材料。

**炊具**（ㄔㄨㄟ ㄐㄩˋ）烹飪用的器具，鍋、爐、鍋鏟、漏勺等。

**炊煙**（ㄔㄨㄟ ㄧㄢ）生火燒食物時從廚房煙囪冒出的煙。

**炊沙成飯**（ㄔㄨㄟ ㄕㄚ ㄔㄥˊ ㄈㄢˋ）図比喻人只會妄想，徒勞無功。

**炊金饌玉**（ㄔㄨㄟ ㄐㄧㄣ ㄓㄨㄢˋ ㄩˋ）図駱賓王詩中形容筵席上的菜肴都非常名貴。

**炎** ㄧㄢˊ ㈠火光上昇。㈡図焚燒。㈢天熱。如「炎熱」「炎夏」。㈣得病時發熱、腫痛的一種現象。如「發炎」「肺炎」。

**炎炎**（ㄧㄢˊ ㄧㄢˊ）①很熱的樣子。如「夏日炎炎」。②氣勢很盛的樣子。〈詩經〉有「赫赫炎炎」。

**炎帝**（ㄧㄢˊ ㄉㄧˋ）我國上古史上所說的神農氏，姓姜，作農具，教人耕種。因「以火德王」，所以稱「炎帝」。

**炎夏**（ㄧㄢˊ ㄒㄧㄚˋ）炎熱的夏天。

**炎症**（ㄧㄢˊ ㄓㄥˋ）傷口發炎，出現紅腫、疼痛、發熱和白血球增加的症狀。

**炎涼**（ㄧㄢˊ ㄌㄧㄤˊ）①氣候冷熱無常。②比喻人情的冷暖變化。如「世態炎涼」。

**炎暑**（ㄧㄢˊ ㄕㄨˇ）極熱的夏天。

**炎陽**（ㄧㄢˊ ㄧㄤˊ）指夏天的太陽。

**炎黃**（ㄧㄢˊ ㄏㄨㄤˊ）我國古代帝王炎帝（神農氏）和黃帝（軒轅氏）的合稱，是中華民族的祖先。

**炎熱**（ㄧㄢˊ ㄖㄜˋ）非常的熱。

## 五筆

**炮** ▲ㄅㄠ 一種烹飪法，和炒相似，但是不放油，爐火要更大。如「炮羊肉」。▲ㄆㄠˊ ㈠中藥藥材用焙、烤等加工煉製的方法。如「炮製」「炮煉」。㈡燒。如「炮烙之刑」。▲ㄆㄠˋ ㈠爆竹也叫鞭炮、炮仗，簡稱「炮」。㈡軍用武器，通「礮」「砲」字。

**炮口**（ㄆㄠˋ ㄎㄡˇ）①火炮的射擊口。②借喻言辭攻擊的所出。如「炮口對外」。

**炮手**（ㄆㄠˋ ㄕㄡˇ）火炮部隊中操炮的士兵。

**炮火**（ㄆㄠˋ ㄏㄨㄛˇ）①發射炮彈或炮彈爆炸時產生的火焰。②借喻言辭攻擊時相互詰罵的話。如「兩派議員對罵，議場上頓時炮火連天」。

**炮仗**（ㄆㄠˋ ㄓㄤˋ）仗字輕讀。爆竹。也作「炮竹」「砲仗」。

**炮衣**（ㄆㄠˋ ㄧ）裹套在火炮上面的布套。

**炮灰**（ㄆㄠˋ ㄏㄨㄟ）原先比喻參加非正義的戰爭而死亡的士兵。後來泛指犧牲得無意義的人。

**炮位**（ㄆㄠˋ ㄨㄟˋ）戰鬥或軍事演習時，火炮所在的位置。

**炮兵**（ㄆㄠˋ ㄅㄧㄥ）用火炮等火力武器進行戰鬥任務的兵種。

**炮烙**（ㄆㄠˊ ㄌㄨㄛˋ）本作「炮格」。商朝紂王所用的一種酷刑，叫犯罪的人赤腳走在燒熱的銅柱上，掉入火中就被燒死。

**炮塔**（ㄆㄠˋ ㄊㄚˇ）坦克、軍艦上安裝火炮處的裝甲防護體，能旋轉，可調整炮擊的方向。

**炮艇**（ㄆㄠˋ ㄊㄧㄥˇ）以火炮為主要裝備的小軍艦，在沿海或內河巡邏，可掩護部隊登陸，施放水雷和用深水炸彈攻擊敵人潛水艇。

**炮臺**（ㄆㄠˋ ㄊㄞˊ）用來架設大炮的防禦工車。也叫「炮壘」。

**炮管**（ㄆㄠˋ ㄍㄨㄢˇ）火炮發射炮彈的鋼管。

**炮製**（ㄆㄠˊ ㄓˋ）中藥的加工製作，也說「炮煉」。製藥有一定的方法，不可隨意改變，所以現在對一般事物的照老樣子辦，說是「如法炮製」。

**炮彈** ㄆㄠˋ ㄉㄢˋ 火炮的子彈。也叫「炮子兒」。

**炮擊** ㄆㄠˋ ㄐㄧ 用火炮轟擊。也說「炮轟」。

**炮艦** ㄆㄠˋ ㄐㄧㄢˋ 以火炮為主裝備的輕型軍艦，保護沿海地區和近海交通線，轟擊敵人海岸目標，掩護部隊登陸。

**炮轟** ㄆㄠˋ ㄏㄨㄥ ①同「炮擊」。②公職人員在公共場合出言攻訐對手。如「陳議員今天炮轟邱市長」。

**炮筒子** ㄆㄠˋ ㄊㄨㄥˇ ㄗ˙ 〖口〗比喻心直口快、性情躁急、好發議論的人。

**炮口對外** ㄆㄠˋ ㄎㄡˇ ㄉㄨㄟˋ ㄨㄞˋ ①比喻同心協力，共同抗敵。②見「炮口」②。

**炮艦外交** ㄆㄠˋ ㄐㄧㄢˋ ㄨㄞˋ ㄐㄧㄠ 依靠武力作後盾的外交政策。也叫「炮艦政策」。

## 炳
〖文〗ㄅㄧㄥˇ 明亮，光耀顯著。

## 炰
〖文〗ㄆㄠˊ (一)同「炮（ㄆㄠˊ）」，焙，烤。(二)同「咆」，就是「咆哮」。

## 炱
ㄊㄞˊ 燒柴、煤所生的煙氣凝聚而成的黑灰，就是「鍋煙子」，可以做黑色染料。如「松炱」。

## 炭
ㄊㄢˋ (一)「木炭」的簡稱，是用木材燒製成的燃料。(二)「石炭」的簡稱，就是煤；煤燒製以後又可成為「焦炭」。(三)燒焦了的東西。如「骨炭」「火災之後，東西都燒成了黑炭」。(四)同「碳」。

**炭化** ㄊㄢˋ ㄏㄨㄚˋ 也稱「煤化」。古代的植物深埋在沉積層裡，在一定的壓力、溫度之下逐漸變煤的過程。

**炭坑** ㄊㄢˋ ㄎㄥ 採煤的坑道。

**炭油** ㄊㄢˋ ㄧㄡˊ 煤黑油。

**炭盆** ㄊㄢˋ ㄆㄣˊ 在屋子裡頭燃燒木炭取暖用的盆子。

**炭氣** ㄊㄢˋ ㄑㄧˋ 就是二氧化碳。

**炭烤** ㄊㄢˋ ㄎㄠˇ 也作「炭燒」。用燒紅的木炭烤熟食物。

**炭畫** ㄊㄢˋ ㄏㄨㄚˋ 用炭條繪的圖畫。又叫「木炭畫」。

**炭筆** ㄊㄢˋ ㄅㄧˇ 用細尖的木條或樹枝燒焦而成的繪畫用筆。

**炭碴** ㄊㄢˋ ㄔㄚˊ 煤炭、木炭的碎片。

**炭精** ㄊㄢˋ ㄐㄧㄥ 純粹的炭質，電池中所用的炭板就是炭精。

**炭層** ㄊㄢˋ ㄘㄥˊ 地質學上說，由石炭組成的地層。又叫「石炭層」「煤層」。

**炭質** ㄊㄢˋ ㄓˋ 非金屬原質之一，是無臭、無味的固體；就是「碳」。

**炭精紙** ㄊㄢˋ ㄐㄧㄥ ㄓˇ 複寫紙。

**炭精棒** ㄊㄢˋ ㄐㄧㄥ ㄅㄤˋ 用炭精製成的細棒。多用來做電池等電器中的電極。

**炭簍子** ㄊㄢˋ ㄌㄡˇ ㄗ˙ 〖口〗裝木炭的竹簍。比喻高帽子。

## 炬
ㄐㄩˋ (一)火把。如「火炬」「目光如炬」。〖文〗蠟燭。如「蠟炬」。

## 炯（烱）
〖文〗ㄐㄩㄥˇ (一)明亮。如「目光炯炯」。(二)明顯的。如「以昭炯戒」。

**炯戒** ㄐㄩㄥˇ ㄐㄧㄝˋ 〖文〗明顯的警惕。

## 炫
〖文〗ㄒㄩㄢˋ (一)光亮照人。如「光彩炫目」。(二)誇耀。如「自炫」。

**炫目** ㄒㄩㄢˋ ㄇㄨˋ 〖文〗光彩奪目。

**炫惑** ㄒㄩㄢˋ ㄏㄨㄛˋ 〖文〗誇耀以惑人。

**炫耀** ㄒㄩㄢˋ ㄧㄠˋ 〖文〗①光耀的樣子。②自誇其能，就是「衒耀」。

## 炸
▲ㄓㄚˋ (一)爆裂。如「不好的玻璃杯裝了熱水會炸壞的」。(二)火力

爆發，用炸彈、炸藥等實行爆破。如「敵後工作人員炸了敵軍倉庫」。㈢激怒。因為惱怒而發作。如「他聽見這回事登時就氣炸了」。㈣[方]吵鬧鬨散，一群裡忽然亂動起來。如「鳥兒炸窩」「犯人炸獄」。

▲ㄓㄚˊ 用煮沸的油煎熟食物。

**炸裂** ㄓㄚˋ ㄌㄧㄝˋ 爆裂。

**炸毀** ㄓㄚˋ ㄏㄨㄟˇ 炸裂燒毀。

**炸彈** ㄓㄚˋ ㄉㄢˋ 一種爆炸武器。外殼通常用鋼鐵製成，裡面裝炸藥，觸動引信就會爆氣。可分為穿甲彈、爆破彈、燒夷彈、煙霧彈、毒氣彈、生化彈、閃光彈、宣傳彈等。用火炮射出、飛機投擲或人工投擲的都有。

**炸糕** ㄓㄚˊ ㄍㄠ 用糯米粉製成油煎的一種糕餅。

**炸醬** ㄓㄚˊ ㄐㄧㄤˋ ①用油、肉煎製的醬。炸醬麵就是用炸醬拌麵條來吃。②[方]北方口頭語，借了別人的東西而據為己有，稱為炸醬。如「我的幾本書，竟被他炸醬了」。

**炸藥** ㄓㄚˋ ㄧㄠˋ 火藥的一種，是內熱很高的化合物或混合物製成的。使用黑火藥、硝酸鹽混合物、氯酸鹽混合物、硝化甘油、硝基化合物、苦味酸鹽等材料，製成不同用途的炸藥，用在做煙火、開山、開礦等用途，或者做軍用的槍炮彈的推進劑及爆炸劑。

**炸丸子** ㄓㄚˊ ㄨㄢˊ ㄗ˙ 油炸的肉丸子。

## 炤

▲[文]ㄓㄠˋ 照耀，同「照」。

▲ㄓㄠ 明亮的樣子，同「昭」。

## 炷

ㄓㄨˋ ㈠油燈的燈心。㈡指用來點燃的東西。如線香一枝叫一炷。㈢[文]燒（香）。

**炷香** ㄓㄨˋ ㄒㄧㄤ [文]燒香。

## 為（爲、为）

▲ㄨㄟˊ ㈠作，行。如「所作所為」「為善最樂」。㈡當作，認作。如「四海為家」「指鹿為馬」。㈢是。如「天下為公」「左傳、穀梁、公羊為解釋春秋的三傳」。㈣成，變成。如「化整為零」「變沙漠為良田」。㈤開展事業的能力。如「青年有為」。㈥進取，發展。如「大有可為」。㈦[文]使。〈易經〉有「為我心惻」。㈧[文]表示發問、反問的語助詞，用在語句的末了。如「匈奴未滅，何以家為」。

▲ㄨㄟˋ ㈠提指原因的詞。如「為什麼你不贊成」。㈡給，替。如「為民服務」「為國家爭光」。㈢表示行動的目的所在。如「為正義而戰」。㈣[文]被。如「為人所喜愛」。㈤[文]對，向，與。如「不足為外人道也」「且為諸君言之」。

**為人** ㄨㄟˊ ㄖㄣˊ ①做人的態度。如「他為人很和善」。②與人交好。如「他素日很為人」。

**為力** ㄨㄟˋ ㄌㄧˋ ①盡力幫忙。如「這件事他很替我為力」。②使出力量。如「事到如此，我實在無能為力了」。

**為止** ㄨㄟˊ ㄓˇ 終止，截止，結束。

**為生** ㄨㄟˊ ㄕㄥ 靠著它來過生活的。如「務農為生」。

**為伍** ㄨㄟˊ ㄨˇ [文]同夥，共事，作夥伴。如「羞與為伍」。

**為何** ㄨㄟˋ ㄏㄜˊ 為什麼。問語帶有文言氣氛。如「你為何鬱鬱寡歡」。

**為我** ㄨㄟˋ ㄨㄛˇ 戰國時楊朱提倡的，主張人人為自己，不犧牲自己利益的學說。

**為政** ㄨㄟˊ ㄓㄥˋ ①從事政治事務。②按一定辦法規定辦理事務。

**為首** ㄨㄟˊ ㄕㄡˇ [文]領導的人，頭子。如「這一個團體推李定為首」。

**為時** 從時機或時間上來看。如「為時已晚」。

**為荷** 平行的書信或公文末尾的用語，表示希望與感謝的意思。如「敬請查照見復為荷」。

**為善** 行善，做善事。

**為期** ①時間，期間。如「此次旅遊，為期二十天」。②估計所需的時間。如「新廈完工，為期不遠」。

**為著** 為了。表示行為的目的。如「我出去做事是為著你們有飯吃」。

**為數** 從數量上看。如「為數可觀」。

**為難** ①跟別人作對或刁難。如「故意跟我為難」。②覺得困難，不容易解決。如「這件事使我很為難」「不能讓你為難」。

**為什麼** 詢問客觀事物道理的詞。同「為何」。口氣平緩，不像「幹什麼」有責備的意思。如「他為什麼偷懶」。

**為人作嫁** 図原是從「為他人作嫁衣裳」（唐朝秦韜玉〈貧女〉詩）簡縮而成的詞語。比喻為別人忙碌，為別人辛苦。

**為今之計** 図當前所能用的辦法。

**為利亡身** 為了追求名利而喪失了性命。

**為所欲為** 想怎麼幹就怎麼幹。

**為虎作倀** 図幫助惡人做壞事。傳說倀是受虎指使的鬼。

**為虎傅翼** 図比喻為壞人出力，助長他的威勢。也作「為虎添翼」。

**為非作歹** 做壞事。

**為國捐軀** 為了國家的生存而犧牲自己的生命。

**為淵驅魚** 図比喻暴政虐待人民，逼得百姓只想投奔仁君。語出〈孟子．離婁上〉。

**為富不仁** 有錢人不做善事。

**為善最樂** 做善事是最快樂的。

**為德不卒** 図做善事沒有做到底。也作「為德不終」。

**為山九仞功虧一簣** 図事情快完成了，可是最後一點點不用力量，結果不能成功。常略為「功虧一簣」。

## 六筆

## 烙

ㄌㄠˋ ㈠燙，熨。如「用熨斗把衣服烙平」。㈡做麵食的一種方法，是把餅類放在鐺上或鍋裡烤熟。讀音ㄌㄨㄛˋ。

**烙印** 用燒熱的金屬器具燙印在器物上，以資辨別。

**烙痕** ①受到烙印的痕跡。②烙印的痕跡不容易磨滅消失，因此用來比喻十分深刻的印象。如「這一件大事在我心中留下難以磨滅的烙痕」。

**烙餅** ①烙成的餅。②製餅。

**烙鐵** 図鐵字輕讀。熨斗。

## 烈

ㄌㄧㄝˋ ㈠很強的，很猛的。如「猛烈」「興高采烈」。㈡剛強、嚴正的。如「剛烈」「烈性漢子」。㈢為正義而犧牲性命。如「烈士」「先烈」。㈣図事業，功業。如「功烈」「豐功偉烈」。㈤聲勢盛大而顯著。如「熱烈」「轟轟烈烈」。㈥姓。

**烈士** 為了正義而犧牲生命的人。

**烈女** ㄌㄧㄝˋ ㄋㄩˇ ①剛正有節操的女子。②又作「烈婦」；稱殉夫或殺身來抗拒強暴以保貞操的女子。

**烈日** ㄌㄧㄝˋ ㄖˋ 炎熱的太陽。

**烈火** ㄌㄧㄝˋ ㄏㄨㄛˇ 猛烈的火。如「熊熊烈火」。

**烈性** ㄌㄧㄝˋ ㄒㄧㄥˋ 性情激急剛強。

**烈度** ㄌㄧㄝˋ ㄉㄨˋ 猛烈的程度，指地震。

**烈風** ㄌㄧㄝˋ ㄈㄥ 通用風速表上的第九級風，風速每小時七十六到八十六公里（每秒二一．一至二三．九公尺）；陸地上有小破壞，煙囪、屋瓦、天線等會被吹折或吹飛（參看「風速」條）。

**烈暑** ㄌㄧㄝˋ ㄕㄨˇ (文)大熱天的時候（指陰曆六月間說的）。

**烈焰** ㄌㄧㄝˋ ㄧㄢˋ (文)猛烈的火焰。

**烈士暮年壯心不已** ㄌㄧㄝˋ ㄕˋ ㄇㄨˋ ㄋㄧㄢˊ ㄓㄨㄤˋ ㄒㄧㄣ ㄅㄨˋ ㄧˇ (文)形容有志建功立業的人，雖已年老，但是壯志不減。本是魏朝曹植〈龜雖壽〉詩的句子。

# 烤

ㄎㄠˇ (一)用火烘熟食物。如「烤鴨」「烤肉」。(二)用火烘乾。如「把溼衣裳烤一烤」。(三)向著火取暖。如「烤火」「烤手」。

**烤火** ㄎㄠˇ ㄏㄨㄛˇ 在火邊取暖。

**烤肉** ㄎㄠˇ ㄖㄡˋ ①肉片抹好佐料放在鐵架上，下面燃火，燒熟肉片。②這種方法烹調的肉。如「昨天吃烤肉」。

**烤鴨** ㄎㄠˇ ㄧㄚ ①鴨子羽毛和內臟清除乾淨，整隻鴨子掛在特製的烤箱中，用電熱或炭火烤熟。②用這種方法烹調的鴨。如「那一家的烤鴨好吃」。

**烤雞** ㄎㄠˇ ㄐㄧ ①把處理過的雞插在爐架上或放入烤箱中烤熟。②用這種方法烹調的雞。如「我今天買了兩隻烤雞」。

**烤麵包機** ㄎㄠˇ ㄇㄧㄢˋ ㄅㄠ ㄐㄧ 將鎳鉻線通電加熱來烘烤麵包的家用小電器。

# 烘

ㄏㄨㄥ (一)用火烤乾或藉火取暖。如「烘乾」「烘爐」。(二)從周圍或旁邊渲染，使主體更加顯示出來。如「烘雲托月」「畫山水畫，用淡墨烘出遠山」。(三)「烘烘」，用作形容詞尾，表示強烈的意思。如「亂烘烘」「熱烘烘」。

**烘托** ㄏㄨㄥ ㄊㄨㄛ ①畫家利用顏色濃淡對比等關係，使畫顯明。②引伸指文章先作次要敘述，再引主題，使重點特別顯露出來。

**烘乾** ㄏㄨㄥ ㄍㄢ 用火烤乾。

**烘焙** ㄏㄨㄥ ㄅㄟˋ 用火烤。茶葉、煙葉、糕餅等都需要烘焙。

**烘箱** ㄏㄨㄥ ㄒㄧㄤ 用電熱管加熱去除潮溼的箱形裝置，多用於工業。

**烘乾機** ㄏㄨㄥ ㄍㄢ ㄐㄧ 利用電力或火力烘乾衣物、茶葉、稻穀的機器。

**烘雲托月** ㄏㄨㄥ ㄩㄣˊ ㄊㄨㄛ ㄩㄝˋ (文)渲染雲彩，使月亮更加顯眼。比喻從旁渲染，使主體更為鮮明。

# 烜

(文)ㄒㄩㄢˇ (一)晒乾。如「日以烜之」。(二)聲勢盛大的樣子。如「烜赫」。

**烜赫** ㄒㄩㄢˇ ㄏㄜˋ (文)聲威盛大的樣子。

# 烝

(文)ㄓㄥ (一)火氣上升，通「蒸」。(二)古時冬祭稱「烝」。(三)下淫上，指與母輩通姦。(四)形容眾多。如「天生烝民」。

# 烟

ㄧㄢ (一)物質燃燒時產生灰黑色的氣狀物。即「煙」的簡寫。參看「煙」字。(二)菸草的「菸」的俗寫。(三)同「胭」。「胭脂」也作「烟脂」。

**烟灰** ㄧㄢ ㄏㄨㄟ 吸菸後燒剩的灰末。

**烟缸** ㄧㄢ ㄍㄤ 盛菸蒂，磕菸灰的容器，可以用瓷、塑膠、金屬、玻璃、石頭等製作。也叫「菸灰缸」。

**烟草** 菸草，一年生草名，乾葉可製捲菸或各種菸絲。

**烟袋** 吸食旱菸或水菸的用具；分別叫「旱菸袋」「水菸袋」。

**烟筒** 筒字輕讀。爐灶通烟的管子。就是「烟囪」。

**烟絲** 菸草葉乾製以後切成的細絲，用來製捲菸或裝入烟斗吸食。

**烟槍** ①從前吸鴉片用的長管，多是竹製，在一端裝置烟斗。②俗稱吸菸嗜好很深的人。如「他是個烟槍，成天到晚叼著香菸」。

**烟癮** 很深的，成了癮的吸菸嗜好。

**烟嘴兒** 吸紙菸用的短管兒。

**烟捲兒** 紙菸。

**烟袋嘴（兒）** 烟袋上用口銜的部分，用牛角、玉石或金屬製成。

**烟袋鍋子** 裝置在旱烟袋頂端，用來盛菸葉的金屬製品。也叫「烟袋鍋兒」。

# 烊

ㄧㄤˊ ㈠熔化金屬。㈡「打烊」，本是上海話；就是飯鋪歇火，關上門的意思，也指商店晚上收市。

# 烏

ㄨ ㈠烏鴉。如「月落烏啼霜滿天」。㈡黑色。如「烏雲」「烏黑」。㈢染黑。如「烏髮藥」。㈣図奚，何，安，怎麼，哪。如「又烏足道乎」。㈤図與「嗚」通。如「烏虖」。㈥姓。

**烏木** 常綠亞喬木，屬柿樹科，木材黑色，很堅實，可以製筷子、几、杖等物。

**烏合** 比喻臨時倉卒集合起來，沒有組織的人群。如「烏合之眾」。

**烏有** 図哪兒有。同「子虛」，意思都是「沒有」。

**烏豆** 一種黑色的大豆。

**烏金** ①黑紫色的合金，以銅百分加金一分到十分熔合而成。②墨的別稱。

**烏哺** 図有一種體形較小的烏鴉，叫慈烏，能反哺其母，所以用「烏哺」來比喻兒女奉養父母。

**烏桕** 植物名，也作「烏臼」。落葉亞喬木，屬大戟科。高十公尺，葉卵菱形，夏日開小黃花。種子可以榨油，做肥皂及蠟燭的原料。

**烏梅** 烘乾了的梅子，可做藥或食用。也叫「酸梅」。

**烏虖** 図同「嗚呼」。也作「烏嘑」。

**烏魚** 一種硬骨魚，圓柱形的身體，魚鱗大，頭略為扁平，口小。冬季成群游過臺灣海峽。魚肉可吃，魚卵壓扁晒乾，是名貴的下酒菜。

**烏雲** ①濃灰色的雲。②比喻婦女的黑髮。

**烏賊** 也作「烏鰂」，平常說「墨魚」。是海產軟體動物，體色蒼白，有紫褐斑點，頭部有十隻觸腳，體內有墨囊，可噴出墨色汁液來躲避侵害。

**烏鴉** 鳥名，羽毛黑色有綠光，嘴大而堅，吃昆蟲、穀物等，叫聲單調使人厭煩。俗名叫老鴰（·ㄍㄨㄚ）。

**烏龜** 龜。

**烏黑（兒）** 純黑。

**烏托邦** Utopia。英國小說家湯瑪斯·謨爾在西元一五一六年用拉丁文寫的寓意小說，內容是：假設有一個島叫「烏托邦」，島上的政、教和社會制度，都合理想。所以現在指空想社會以及一切不可能實現的理想計畫，叫「烏托邦」。

**烏拉草** ㄨ ㄌㄚ ㄘㄠˇ 生產在東北吉林省的一種草，冬天放在烏拉（一種氈鞋）裡，可以使腳保持溫暖。

**烏油油** ㄨ ㄧㄡˊ ㄧㄡˊ 形容黑而有光澤。

**烏紗帽** ㄨ ㄕㄚ ㄇㄠˋ ①古代官帽。②借指官職。如「他把好好的一頂烏紗帽甩了」。

**烏骨雞** ㄨ ㄍㄨˇ ㄐㄧ 皮骨都黑的雞。

**烏溜溜** ㄨ ㄌㄧㄡ ㄌㄧㄡ 形容眼睛又黑又靈活。

**烏腳病** ㄨ ㄐㄧㄠˇ ㄅㄧㄥˋ 發生在臺灣南部臺南、嘉義沿海地區的病症，因為飲用含砷過量的地下水，加上營養不良所造成。患者肢體末端血液循環障礙，患處往往潰爛，壞死。近年因為生活改善，病例已少見。

**烏鴉嘴** ㄨ ㄧㄚ ㄗㄨㄟˇ ①指饒舌多嘴的人。②責罵人家講不吉利的話。

**烏龍茶** ㄨ ㄌㄨㄥˊ ㄔㄚˊ 臺灣、福建、廣東等地所產的一種茶。種類很多。

**烏七八糟** ㄨ ㄑㄧ ㄅㄚ ㄗㄠ ①亂七八糟。②同「汙七八糟」。

**烏合之眾** ㄨ ㄏㄜˊ ㄓ ㄓㄨㄥˋ 倉卒集合，沒有經過組織訓練的一群人。

**烏飛兔走** ㄨ ㄈㄟ ㄊㄨˋ ㄗㄡˇ 図比喻時光很快流逝。烏指太陽，古人認為有一隻三腳烏鴉在太陽裡。兔指月亮，古人認為月宮裡有一隻玉兔。把時光流逝說是金烏、玉兔奔跑。

**烏焉成馬** ㄨ ㄧㄢ ㄔㄥˊ ㄇㄚˇ 図比喻相像的字容易發生抄寫錯誤。烏、焉、馬三字形體相近。

**烏鳥私情** ㄨ ㄋㄧㄠˇ ㄙ ㄑㄧㄥˊ 図比喻子女孝養父母的情懷。李密〈陳情表〉中有「烏鳥私情，願乞終養」。

**烏煙瘴氣** ㄨ ㄧㄢ ㄓㄤˋ ㄑㄧˋ 形容事態的昏亂黑暗。如「鬧得烏煙瘴氣」。

## 七筆

**烹** ㄆㄥ ㈠煮。㈡一種做菜的方法，稍微一炒，不讓它太爛。如「醋烹豆芽菜」。㈢図就是「唬」的意思。如「把他烹走了」。

**烹茶** ㄆㄥ ㄔㄚˊ 沏茶。

**烹飪** ㄆㄥ ㄖㄣˋ 烹調的事情。

**烹調** ㄆㄥ ㄊㄧㄠˊ 燒煮食物的事情。

**烹龍炮鳳** ㄆㄥ ㄌㄨㄥˊ ㄆㄠˊ ㄈㄥˋ 比喻烹調的菜肴十分精美珍貴。

**烽** ㄈㄥ 見「烽煙」條。

**烽煙** ㄈㄥ ㄧㄢ 也作「烽火」、「烽燧」。①古代邊界的烽臺遇有敵蹤，白天燒狼糞生煙告警。②図比喻戰亂。

**烺** 図ㄌㄤˇ 明朗。

**烴** ㄐㄧㄥˇ hydrocarbons，化學名詞，是碳氫化合物的簡稱。也作「碳化氫」。

**焌** ㄐㄩㄣˋ 図㈠點火。古時燒龜甲、獸骨，看裂紋以卜吉凶，那一種燒叫焌。㈡火燒。

**烯** ㄒㄧ alkene，有機化合物不飽和的碳化氫的簡稱；有乙烯、丙烯等多種不同分子結構的種類。

**焄** 図ㄒㄩㄣ ㈠火焰往上冒。㈡香臭之氣。

**焉** 図ㄧㄢ ㈠安，何，「哪裡能」的意思。〈詩經〉有「焉得諼草」。㈡代名詞。〈論語〉有「眾好之，必察焉」。㈢助詞，用在句末。如「利莫大焉」「六藝從此缺焉」。㈣詞尾，用在形容詞或副詞的後邊。〈書經〉有「其心休休焉」，〈詩經〉有「惄焉如擣」。㈤連詞，「於是乎」的意思。〈禮記〉有「天子焉始乘舟」。㈥介詞，「於」的意思。〈孟子〉有「人莫大焉無親戚臣君上下」。㈦連詞，「乃」的意思。〈墨子〉有「必知亂之所起，焉能治之」。

**焉如** ㄧㄢ ㄖㄨˊ 〔文〕往哪裡去。焉，表疑問。如，往也。

**焉爾** ㄧㄢ ㄦˇ 〔文〕句末語助詞，同「於是」「如此」。

**焐** ㄨˋ 熱的東西和涼的東西接近，把暖氣傳過去。如「用熱水袋焐一焐手」「把被褥焐熱了」。

**烷** ㄨㄢˊ 有機化學上說飽合鏈的碳氫化合物。

## 八筆

**焙** ㄅㄟˋ 用小火烘，烤。如「焙茶」「在火上焙一點花椒」。

**焙粉** ㄅㄟˋ ㄈㄣˇ 俗稱「發酵粉」，由碳化氫混合酵素而成，是製麵包等發麵用的。

**焚** ▲ㄈㄣˊ 燒。▲〔文〕ㄈㄣˋ 通「僨」。

**焚化** ㄈㄣˊ ㄏㄨㄚˋ ①「用火燒了」的一種比較文雅的說法。如「禮生讀完祭文，將它焚化」。②舊時指火葬。如「當時匆匆殯殮，送去焚化，取了骨灰回來」。

**焚風** ㄈㄣˊ ㄈㄥ 溼暖的氣流越過山脈時，沿山坡下降而形成乾燥炎熱的風，多焚風的地區，容易發生火災。

**焚香** ㄈㄣˊ ㄒㄧㄤ 燒香。

**焚掠** ㄈㄣˊ ㄌㄩㄝˋ 〔文〕放火搶劫。

**焚毀** ㄈㄣˊ ㄏㄨㄟˇ 燒毀。

**焚燒** ㄈㄣˊ ㄕㄠ 「燒」的複合詞，比「燒」文雅。如「焚燒冥鏹，必須小心」。

**焚化爐** ㄈㄣˊ ㄏㄨㄚˋ ㄌㄨˊ 把固體有機廢棄物在特製的「爐」裡用高溫燃燒，化成灰分，減少體積，是處理垃圾的最好方法。

**焚書坑儒** ㄈㄣˊ ㄕㄨ ㄎㄥ ㄖㄨˊ ①秦始皇燒毀書籍、活埋儒生的事情。②比喻不修文教的暴政。

**焚琴煮鶴** ㄈㄣˊ ㄑㄧㄣˊ ㄓㄨˇ ㄏㄜˋ 〔文〕比喻殺風景的事。也作「煮鶴焚琴」。

**焚膏繼晷** ㄈㄣˊ ㄍㄠ ㄐㄧˋ ㄍㄨㄟˇ 〔文〕日夜不停勤奮工作或讀書不倦。

**焧** ㄌㄨㄣˊ 化學成分 $C_6H_6$，一名安息油，舊稱輪質。為無色液體，是煤的蒸餾產物之一，能自燃，有特異臭氣，可用作發動機燃料等。

**焜** 〔文〕ㄎㄨㄣ 明亮的樣子。

**焦** ㄐㄧㄠ ㈠燒得枯黑。如「燒焦了」「焦黑」。㈡食物在火旁烤或炸變得酥脆。如「焦饅頭」「炸得很焦的油條」。㈢著急。如「等得心焦」。㈣東西烤糊了或燒焦了的氣味。如「聞到了一股焦味兒」。㈤「焦炭」也簡稱「焦」或「焦子」。㈥姓。

**焦土** ㄐㄧㄠ ㄊㄨˇ 經過焚燒以後的土地。如「金碧輝煌的歌廳，昨夜被大火焚毀，只剩一片焦土」。

**焦化** ㄐㄧㄠ ㄏㄨㄚˋ 有機物質碳化變焦的過程。

**焦心** ㄐㄧㄠ ㄒㄧㄣ 著急，憂慮。如「這件事他做得很讓人焦心」。

**焦耳** ㄐㄧㄠ ㄦˇ ①（James Prescott Joule 1818-1889）英國物理學家，創立能量不滅的學說。②joule的音譯，計算能量或功的單位。

**焦灼** ㄐㄧㄠ ㄓㄨㄛˊ ①火傷。②心裡著急。

**焦味** ㄐㄧㄠ ㄨㄟˋ 燒焦的氣味。

**焦油** ㄐㄧㄠ ㄧㄡˊ 化學名詞，製造煤氣的副產品，黏稠的黑褐色，有臭味。又叫「柏油」或「黑油」。

**焦灸** ㄐㄧㄠ ㄐㄧㄡˇ 心裡非常焦急，就像火烤一樣。

**焦急** ㄐㄧㄠ ㄐㄧˊ 心裡著急。

**焦炭** ㄐㄧㄠ ㄊㄢˋ 也叫「焦煤」，又簡稱「焦」或「焦子」。煤炭提出煤氣後的炭塊，是煉鋼用的燃料。

**焦面** ㄐㄧㄠ ㄇㄧㄢˋ 光線經過透鏡反射或折射後，聚集形成強度最大的面。

**焦砟** ㄐㄧㄠ ㄓㄚˇ 煤球或煙煤經過燃燒以後凝結的塊狀物。也叫「砟子」。

**焦渴** ㄐㄧㄠ ㄎㄜˇ ①非常渴。②形容心情急切。

**焦距** ㄐㄧㄠ ㄐㄩˋ 物理學上說，由球面鏡或透鏡中心點到焦點的距離。照相時候從鏡頭到目標的距離。

**焦黃** ㄐㄧㄠ ㄏㄨㄤˊ 乾枯發黃。如「面色焦黃」。

**焦黑** ㄐㄧㄠ ㄏㄟ ①東西經火燒以後呈現的黑色。②像上述的黑色。如「他曬得面目焦黑」。

**焦雷** ㄐㄧㄠ ㄌㄟˊ ①又響又脆的雷聲。②比喻受到很大的震撼。如「他的話像一聲焦雷打在我的心頭」。

**焦慮** ㄐㄧㄠ ㄌㄩˋ ①很著急。②想得很深很苦。

**焦躁** ㄐㄧㄠ ㄗㄠˋ 心焦氣躁。

**焦點** ㄐㄧㄠ ㄉㄧㄢˇ ①光線經過透鏡的集合點。②眾人注意力集中的部分。

**焦土政策** ㄐㄧㄠ ㄊㄨˇ ㄓㄥˋ ㄘㄜˋ 戰爭時，撤退的一方把所有的物質、建築物或公路全都燒毀、破壞，不給敵人加以利用的政策。

**焦慮反應** ㄐㄧㄠ ㄌㄩˋ ㄈㄢˇ ㄧㄥˋ 心理學名詞，精神官能症的一種。有心跳急促、呼吸困難、雙手和嘴脣顫抖等症狀。

**焦頭爛額** ㄐㄧㄠ ㄊㄡˊ ㄌㄢˋ ㄜˊ ①形容火傷的形狀。②比喻做事極度困苦辛勞的樣子。

## 焮

ㄒㄧㄣˋ 図㈠燒。㈡火氣。

## 煮

ㄓㄨˇ 把東西放在水裡烹熟。如「把米煮成粥」。

**煮茗** ㄓㄨˇ ㄇㄧㄥˊ 図泡茶。

**煮豆燃萁** ㄓㄨˇ ㄉㄡˋ ㄖㄢˊ ㄑㄧˊ 図魏曹植詩：「煮豆燃豆萁，豆在釜中泣，本是同根生，相煎何太急」。現在用「煮豆燃萁」比喻兄弟不能相容。

**煮鶴焚琴** ㄓㄨˇ ㄏㄜˋ ㄈㄣˊ ㄑㄧㄣˊ 図比喻殺風景的事情。也作「焚琴煮鶴」。

**煮字療飢** ㄓㄨˇ ㄗˋ ㄌㄧㄠˊ ㄐㄧ 図比喻讀書人以寫字賣文謀生。

## 焯

ㄓㄨㄛˊ 図㈠明亮。㈡照耀。㈢同「灼」，燒。

## 然

ㄖㄢˊ ㈠是，對。如「不以為然」「大謬不然」。㈡如此，這樣。如「未必然」「到處皆然」。㈢可是，然而。如「他雖年老，然身軀尚強健」。㈣表示狀態的詞尾。如「仍然」「偶然」「悚然」。㈤図那樣，那般狀態。如「似不相識者然」「如慈母之於子女然」。㈥図卻。〈莊子〉書有「始我以汝為聖人邪，今然君子也」。㈦図「雖然」的意思。董西廂有「然憔悴尚天真」。㈧「燃」的本字。

**然而** ㄖㄢˊ ㄦˊ 轉折連詞：①表示全部相反的意思。②表示局部讓步。

**然否** ㄖㄢˊ ㄈㄡˇ 図就是「是與不是」。如「不知然否」「不加然否」。

**然則** ㄖㄢˊ ㄗㄜˊ 図承接連詞，就是「那麼」的意思。〈孟子〉書有「然則治天下，獨可耕且為與」。

**然後** ㄖㄢˊ ㄏㄡˋ 承接連詞，就是「以後」「這樣以後」的意思。〈禮記〉有「學然後知不足」。

**然諾** ㄖㄢˊ ㄋㄨㄛˋ 図許諾，應許。如「重然諾」「不輕然諾」。

**焠** 図ㄘㄨㄟˋ ㈠燒。㈡與「淬」通。

**焰（燄）** ㄧㄢˋ ㈠火苗。如「火焰」「煙焰迷漫」。㈡氣勢旺盛的情態。如「氣焰萬丈」。又讀ㄧㄢˊ。

**焰口** ㄧㄢˋ ㄎㄡˇ 佛家語。①口吐火焰的餓鬼。②「放焰口」的簡稱。指僧徒夜間誦經，超度亡魂，施食餓鬼。

**焰火** ㄧㄢˋ ㄏㄨㄛˇ ①火苗。同「火焰」。也作「燄火」。②煙火。

**無（无、[illegible]）** ▲ㄨˊ ㈠沒有。如「無中生有」「無病無災」。㈡不。如「無倚無靠」「無記名投票」。㈢図勿，毋，不要。〈孟子〉書有「無曲防，無遏糴」。㈣不論。如「事無大小，都由他決定」「無冬歷夏，都有新鮮水果」。㈤図古文裡的語首助詞。如〈詩經〉有「無念爾祖」。▲ㄇㄛˊ見「南無」。

**無乃** ㄨˊ ㄋㄞˇ 図也作「毋乃」。恐怕，未免。

**無力** ㄨˊ ㄌㄧˋ 沒有力氣。

**無上** ㄨˊ ㄕㄤˋ 最高的。

**無已** ㄨˊ ㄧˇ 図①沒有終止。②不得已。

**無干** ㄨˊ ㄍㄢ 沒有關係。

**無分** ▲ㄨˊ ㄈㄣ 沒有區別。▲ㄨˊ ㄈㄣˋ 沒有緣分。

**無及** ㄨˊ ㄐㄧˊ 図趕不上，來不及。

**無方** ㄨˊ ㄈㄤ ①沒有一定的方向或範圍。②不得法。如「教導無方」。③放縱過度。

**無日** ㄨˊ ㄖˋ 図①不久。②沒有一天。

**無比** ㄨˊ ㄅㄧˇ 沒有別的可以比得上。

**無心** ㄨˊ ㄒㄧㄣ ①不是故意的。如「事出無心」。②沒有心緒。如「無心做事」。③並無此意。如「無心於此」。

**無出** ㄨˊ ㄔㄨ 図①沒有生孩子。②不要出去。

**無由** ㄨˊ ㄧㄡˊ 図①同「無從」。②沒有緣由。

**無任** ㄨˊ ㄖㄣˋ 図不勝（ㄕㄥ），非常的意思。也作「毋任」。

**無名** ㄨˊ ㄇㄧㄥˊ ①沒有名稱。②沒有聲名。③沒有正當的理由，說不出所以然。如「他發了一頓無名火」。④指天地還沒形成以前的狀態。〈老子〉有「無名，天地之始」。⑤姓名不為世人所知的。如「無名小卒」。

**無地** ㄨˊ ㄉㄧˋ 沒有地方可以躲避的意思。如「無地自容」。

**無如** ㄨˊ ㄖㄨˊ 図但是，無奈。如「我本想去，無如時間來不及，就沒有去」。

**無妄** ㄨˊ ㄨㄤˋ ①不虛假。②出乎意料之外的。如「無妄之災」。

**無成** ㄨˊ ㄔㄥˊ 沒有成就。如「一事無成」。

**無有** ㄨˊ ㄧㄡˇ ①不要。禁止的意思。②虛無。③沒有。

**無行** ㄨˊ ㄒㄧㄥˋ 習稱品性惡劣的人。

**無何** ㄨˊ ㄏㄜˊ 図①沒有好久。②沒有什麼。

**無似** ㄨˊ ㄙˋ 図①謙詞。不似賢人，不肖。②沒有可以比擬的。

**無告** ㄨˊ ㄍㄠˋ 沒有地方可以訴苦。

**無妨** ㄨˊ ㄈㄤˊ ①沒有妨礙。②無須顧慮。③不妨，可以。

**無形** ㄨˊ ㄒㄧㄥˊ ①沒有形跡。②自然而然地，沒有特殊跡象的。

**無我** ㄨˊ ㄨㄛˇ 也作「毋我」。忘掉自己，不存成見。

**無私** ㄨˊ ㄙ 光明正直，沒有私心。如「大公無私」。

**無味** ㄨˊ ㄨㄟˋ 沒有滋味，沒有趣味。如「面目可憎，言語無味」。

**無奈** ㄨˊ ㄋㄞˋ ①無可如何。如「出於無奈」。②用在轉折句的前面，表示為了某種原因，原先的意圖不能實踐，有「可惜」的意味。如「週末本想去郊遊，無奈天公不作美，下了一天的滂沱大雨，只好再定日期了」。

**無怪** ㄨˊ ㄍㄨㄞˋ 難怪。表示原因已明，下文所說的情況就不覺得奇怪了。

**無法** ㄨˊ ㄈㄚˇ ①沒有辦法。②不顧法律規範。如「無法無天」。

**無狀** ㄨˊ ㄓㄨㄤˋ 図①無禮。②指罪惡重大，沒辦法完全形容出來。

**無物** ㄨˊ ㄨˋ 一無所有，空的。

**無知** ㄨˊ ㄓ 不明事理。

**無門** ㄨˊ ㄇㄣˊ 沒有門徑。如「投訴無門」。

**無阻** ㄨˊ ㄗㄨˇ 不受阻擋。如「風雨無阻」。

**無非** ㄨˊ ㄈㄟ 不過是，不外是。

**無前** ㄨˊ ㄑㄧㄢˊ 形容人的勇猛、傑出，沒有人比他在前，不是一般人比得上的。

**無垢** ㄨˊ ㄍㄡˋ 図純潔。

**無垠** ㄨˊ ㄧㄣˊ 図遼遠沒有邊際。

**無度** ㄨˊ ㄉㄨˋ 図沒有節制。如「浪費無度」。

**無後** ㄨˊ ㄏㄡˋ 沒有子女後代。如「不孝有三，無後為大」。

**無恆** ㄨˊ ㄏㄥˊ 不能持續長久。〈論語〉有「人而無恆，不可以做巫醫」。

**無故** ㄨˊ ㄍㄨˋ 沒有原因。如「無故缺席」。

**無為** ㄨˊ ㄨㄟˊ 「無為而治」，是〈論語〉上的話；意思是以教育感化人民，不必藉助於刑罰的一種崇高的政治理想。

**無畏** ㄨˊ ㄨㄟˋ 図什麼都不怕。

**無限** ㄨˊ ㄒㄧㄢˋ 沒有限量，無窮盡的。

**無害** ㄨˊ ㄏㄞˋ ①沒有妨害。②沒有惡意。

**無恥** ㄨˊ ㄔˇ 不知羞恥，沒有羞恥心。

**無恙** ㄨˊ ㄧㄤˋ 図沒有病痛，沒有憂慮。

**無效** ㄨˊ ㄒㄧㄠˋ ①沒有效力。②沒有效果。

**無益** ㄨˊ ㄧˋ ①沒有好處。②沒有幫助。如「多說無益」。

**無缺** ㄨˊ ㄑㄩㄝ ①沒有欠缺。如「衣食無缺」。②沒有缺額。

**無能** ㄨˊ ㄋㄥˊ 沒有本事，沒有才幹，沒出息。

**無偶** ㄨˊ ㄡˇ 同「無雙」。

**無常** ㄨˊ ㄔㄤˊ ①時常變動。如「反復無常」。②民間迷信說的一種鬼，分「黑無常」「白無常」。工作是勾攝將死的人的靈魂。

**無庸** ㄨˊ ㄩㄥ 図不用，不必要。如「此事無庸再議」。

**無從** ㄨˊ ㄘㄨㄥˊ 沒有著手的地方。

**無情** ㄨˊ ㄑㄧㄥˊ ①沒有情感。②殘酷。

**無措** ㄨˊ ㄘㄨㄛˋ 図手忙腳亂，不知怎樣才好。如「手足無措」。

**無望** ㄨˊ ㄨㄤˋ ①沒有希望。②図勿望，不要希望。韓昌黎文有「無望其速成」。③図沒有邊界，看不到邊界。〈呂覽〉有「神覆宇宙而無望」。

**無涯** ㄨˊ ㄧㄚˊ 図沒有窮盡。

**無猜** ㄨˊ ㄘㄞ 天真，純潔，沒有猜疑。如「兩小無猜」。

**無ㄨˊ理ㄌㄧˇ** 不講道理。如「無理取鬧」。

**無ㄨˊ異ㄧˋ** 沒有不相同的。

**無ㄨˊ疵ㄘ** [文]沒有過失，沒有毛病。

**無ㄨˊ聊ㄌㄧㄠˊ** ①煩悶，沒有趣味。②沒有意義的語言舉動。

**無ㄨˊ處ㄔㄨˋ** ①到處。李白詩有「春城無處不飛花」。②沒有可以生存的地方。

**無ㄨˊ視ㄕˋ** [文]①沒有看見，漠視。②看不起人，輕視。

**無ㄨˊ幾ㄐㄧˇ** ①很少，不多。②[文]不久，不多時。

**無ㄨˊ著ㄓㄨㄛˊ** 沒有著落。

**無ㄨˊ華ㄏㄨㄚˊ** 沒有修飾，不浮華。如「樸實無華」。

**無ㄨˊ補ㄅㄨˇ** 沒有益處。

**無ㄨˊ辜ㄍㄨ** 沒有罪過的人。

**無ㄨˊ量ㄌㄧㄤˋ** 數目多得不能計算。

**無ㄨˊ間ㄐㄧㄢˋ** [文]①沒有中斷過。如「他每天運動，寒暑無間」。②中間沒有隔閡。如「情好無間」。

**無ㄨˊ須ㄒㄩ** 不必，用不著。如「無須多言」。

**無ㄨˊ傷ㄕㄤ** [文]沒有妨害。

**無ㄨˊ援ㄩㄢˊ** 沒有人伸出援手幫忙。如「孤立無援」。

**無ㄨˊ愧ㄎㄨㄟˋ** 對得住，沒有愧疚。如「問心無愧」。

**無ㄨˊ意ㄧˋ** ①不是故意的。②沒有這種意思，不願意。

**無ㄨˊ損ㄙㄨㄣˇ** ①沒有損失。如「毫髮無損」。②不妨礙。如「無損其令名」。

**無ㄨˊ暇ㄒㄧㄚˊ** 沒有空閒。

**無ㄨˊ極ㄐㄧˊ** 沒有極限，無窮盡。

**無ㄨˊ業ㄧㄝˋ** 沒有職業，沒有工作。如「無業遊民」。

**無ㄨˊ瑕ㄒㄧㄚˊ** [文]完美沒有缺陷。如「白璧無瑕」。

**無ㄨˊ罪ㄗㄨㄟˋ** 沒有罪。

**無ㄨˊ解ㄐㄧㄝˇ** 不能解開或沒有答案的。

**無ㄨˊ道ㄉㄠˋ** ①國政不修明。②君主暴虐無德。

**無ㄨˊ過ㄍㄨㄛˋ** ①沒有過失。②不超過。

**無ㄨˊ寧ㄋㄧㄥˊ** [文]也作「毋寧」。不如。如「不自由，無寧死」。

**無ㄨˊ疑ㄧˊ** 可以斷定，沒有可疑慮的地方。

**無ㄨˊ端ㄉㄨㄢ** 無緣無故。

**無聞** ▲ㄨˊ ㄨㄣˊ 聽不到聲音。▲ㄨˊ ㄨㄣˋ [文]沒有好的聲譽。

**無ㄨˊ誤ㄨˋ** ①沒有錯誤。②不要耽誤。

**無ㄨˊ際ㄐㄧˋ** 遼闊，沒有邊際。如「一望無際」。

**無ㄨˊ慮ㄌㄩˋ** ①沒有憂愁煩惱。②不用設想謀算。

**無ㄨˊ敵ㄉㄧˊ** ①沒有人可以和他相比的。②沒有人能抵抗得住，戰勝得了（ㄌㄧㄠˇ）。

**無ㄨˊ數ㄕㄨˋ** 很多，多極了。

**無ㄨˊ稽ㄐㄧ** 沒有根據的，無可考信的。如「無稽之談」。

**無ㄨˊ窮ㄑㄩㄥˊ** ①不盡。②沒有限度。

**無ㄨˊ論ㄌㄨㄣˋ** ①不論、不管的意思。如「無論如何」。②不追究，不拘束。如「戰地違紀分子格殺無論」。③[文]何論，更不必說的意思。陶潛文有「乃不知有漢，無論魏晉」。

**無遮** ㄨˊ ㄓㄜ　①佛家語。心地寬容廣大，沒有阻隔。②戲稱裸體。

**無餘** ㄨˊ ㄩˊ　沒有剩下。

**無機** ㄨˊ ㄐㄧ　①原指和非生物體有關的或從非生物體來的（化合物），今一般指除碳酸鹽和碳的氧化物外不含碳元素的（化合物）。②沒有心機。

**無緣** ㄨˊ ㄩㄢˊ　①沒有合適的機會，難有遇合的機緣。②是說彼此不合，互相厭惡而無法投契。③無由，無從。

**無謂** ㄨˊ ㄨㄟˋ　沒有意義，沒有道理。

**無賴** ㄨˊ ㄌㄞˋ　①指無業遊民品行不好的人。②指放刁、撒賴的行為。③図潦倒失意，就是「無聊賴」。

**無償** ㄨˊ ㄔㄤˊ　沒有代價，不付給抵償。

**無聲** ㄨˊ ㄕㄥ　沒有聲音，安靜。

**無邊** ㄨˊ ㄅㄧㄢ　廣大無邊際。

**無雙** ㄨˊ ㄕㄨㄤ　獨一無二，最卓越的。

**無題** ㄨˊ ㄊㄧˊ　表示沒有題目可做標題，或是不願標題目。

**無疆** ㄨˊ ㄐㄧㄤ　図無止境，無窮盡。如祝人壽辰的「萬壽無疆」。

**無礙** ㄨˊ ㄞˋ　沒有妨害。

**無關** ㄨˊ ㄍㄨㄢ　沒有連帶的關係。如「此事與我無關」「無關緊要」。

**無類** ㄨˊ ㄌㄟˋ　不分階級，不分類別。如「有教無類」。

**無力感** ㄨˊ ㄌㄧˋ ㄍㄢˇ　由於工作或環境上的挫折，以致沒有力氣再去奮鬥的感覺。

**無主物** ㄨˊ ㄓㄨˇ ㄨˋ　民法上說不屬於任何人所有的物品。

**無名火** ㄨˊ ㄇㄧㄥˊ ㄏㄨㄛˇ　忿怒發火，生氣。也作「無明火」。

**無名氏** ㄨˊ ㄇㄧㄥˊ ㄕˋ　稱隱沒（ㄇㄛˋ）或查不出姓名的人。

**無名指** ㄨˊ ㄇㄧㄥˊ ㄓˇ　大拇指算起第四個手指頭。

**無形中** ㄨˊ ㄒㄧㄥˊ ㄓㄨㄥ　不知不覺的情況下。

**無事忙** ㄨˊ ㄕˋ ㄇㄤˊ　表面上很忙碌，實際上並沒有做出什麼事。

**無奈何** ㄨˊ ㄋㄞˋ ㄏㄜˊ　沒有辦法，無能為力。也作「無可奈何」。

**無底洞** ㄨˊ ㄉㄧˇ ㄉㄨㄥˋ　①比喻一種無止境的耗費，永難填滿。②比喻人的貪得無厭。

**無所謂** ㄨˊ ㄙㄨㄛˇ ㄨㄟˋ　①沒有關係。意思是「怎麼樣都可以」。如「明天去，後天去，無所謂」。②說不上。如「我只是隨便問一聲，無所謂調查」。

**無花果** ㄨˊ ㄏㄨㄚ ㄍㄨㄛˇ　①落葉灌木或小喬木，葉大而粗糙，花隱在葉托裡，單性，果實是肉果，可以吃。②這種植物的果實。

**無是處** ㄨˊ ㄕˋ ㄔㄨˋ　凡事不順心，感覺沒有一種做法是對的。

**無柄葉** ㄨˊ ㄅㄧㄥˇ ㄧㄝˋ　植物的葉不長在葉柄上，而直接長在莖上或極不明顯的柄上，如白菜、蘿蔔等。

**無神論** ㄨˊ ㄕㄣˊ ㄌㄨㄣˋ　哲學名詞。不相信鬼神的存在，反對迷信的學說。

**無根水** ㄨˊ ㄍㄣ ㄕㄨㄟˇ　中醫稱下雨的水。

**無記名** ㄨˊ ㄐㄧˋ ㄇㄧㄥˊ　不記載姓名的。投票選舉有無記名投票法。

**無條件** ㄨˊ ㄊㄧㄠˊ ㄐㄧㄢˋ　放棄提出一切附帶條件的權利；如無條件投降等。

**無異議** ㄨˊ ㄧˋ ㄧˋ　①沒有反對的或意見不同的人。②不反對，不提不同的意見。

**無聊賴** ㄨˊ ㄌㄧㄠˊ ㄌㄞˋ　図潦倒失意。如「百無聊賴」。

**無意中** ㄨˊ ㄧˋ ㄓㄨㄥ　偶然，並非誠心或事先預料到的。

**無意識** ①不知不覺中的精神現象。②不是發自理性的，沒有仔細考慮和明確目的。如「這是一種無意識的盲動」。

**無煙煤** 色深黑，質堅重，有金屬光澤的煤，火力強，不冒煙。

**無盡藏** 無窮無盡的寶藏。

**無價寶** 形容極寶貴的不可計算價值的東西。

**無線電** ①用電磁波而不用電線的一種傳遞方式。可傳遞音信，觀測太空等。②廣播收音機的俗稱。

**無機物** 凡不含碳素的物質，或含碳素的簡單化合物，像二氧化碳、碳酸等，都稱「無機物」。

**無機體** 凡沒有生理機能的物體，都是「無機體」。

**無頭案** 沒有頭緒、很難查究的案件或事件。

**無題詩** 沒有標題的詩。

**無人飛機** 雷達操縱，不用人駕駛的飛機。

**無大無小** 沒有大小的區別。是說能夠打破大小的觀念限制，才能不被外物牽累，得到自由。

**無中生有** ①本無其事，憑空捏造。②在原來所沒有的情況下把新的事物創造產生出來。

**無孔不入** ①無所不達。②譏笑人會鑽營。

**無以復加** 已經達到極點，沒有辦法再增加。

**無冬歷夏** 図一年之中，不論冬夏。

**無出其右** 沒有比他更好的了。我國以右為尊。

**無功而返** 沒有收穫，徒勞無功。

**無功受祿** 沒有功勞卻受報酬。

**無可奈何** 沒有辦法。也作「無可如何」。

**無可厚非** 不可過分的指責。

**無名小卒** 比喻沒有名聲的平庸的人。

**無名英雄** 獻身於偉大事業而不為他人所知的人。

**無名腫毒** 中醫泛指一切沒有名稱的腫痛病症。

**無地自容** 沒有地方可以藏起來。形容十分羞愧。

**無多有少** 不論多少總要有一些的意思。

**無妄之災** 料想不到的災禍。

**無字天書** 比喻別人看不懂的文章。

**無米之炊** 古語有「巧婦難為無米之炊」。比喻缺少必要的條件，再能幹的人也無法成功。

**無私有弊** 處事不善，雖無私心或弊病，但仍受人猜疑。

**無足輕重** 不關緊要，不足論說，不必介意。

**無事生非** 原本無事而有意造成事端。

**無依無靠** 孤苦伶仃，沒有親友可以投靠。

**無奇不有** 形容什麼奇怪的事都有。

**無往不利** 形容做每一件事都很順利。

**無性生殖** 生物學名詞。不經過雌雄兩性的交配，只由一個生物體產生後代的生殖方式。如孢子生殖、出芽生殖、分裂生殖、壓條法、嫁接法等都是。

**無所不至** ①沒有到達不了的地方。②不論什麼事情都做得出來。

**無所不有** 什麼都有，全有。

**無所不為** 什麼事都做得出來。形容大膽妄為，無所顧忌。

**無所不能** 樣樣都會，凡事都能辦到。比喻能力強。

**無所用心** 什麼事情都不關心。

**無所事事** 閒著，什麼事情都不做。

**無所適從** 徬徨沒主見，不知怎樣才好。

**無拘無束** 非常自由。

**無法無天** 任性胡為，橫行而毫無顧忌。

**無的放矢** ①比喻毫無事實根據，胡亂指責別人。②比喻沒有目的的言行。

**無垢真如** 佛家語。沒有被煩惱汙染的佛性。

**無後坐力** 槍炮發射時，會產生向後衝的力量。無後坐力炮設計發射氣體從火炮後面排出，消除或抵消火炮發射時的後坐力。

**無為而治** 同「無為」。

**無籽西瓜** 利用遺傳學的知識所造成的人為種籽，經過栽種以後結的西瓜，個兒比較小，甜分稍差。把普通的二倍子西瓜種籽經過水楊酸處理，成為四倍子種籽。分別種植，開花的時候，使兩種西瓜相交配，成為三倍子西瓜，再取它的種籽種植，就可結出無籽西瓜。用相仿的方法也可以培成無籽葡萄的種籽。

**無計可施** 束手無策，想不出解決的法子。

**無軌電車** 一種不用敷設鐵軌的電車。

**無限公司** 法律名詞。指由兩人以上的股東所組織，對公司的債務負有連帶無限清償的責任。

**無限花序** 植物學名詞。開花順序由花軸下方漸及上方，或由外圍漸及中心，如總狀花序、穗狀花序、繖狀花序等都是。

**無風起浪** 比喻無端生事。

**無家可歸** 形容處境窮困。

**無時無刻** 不管任何時刻，時時刻刻。如「媽媽無時無刻都關心子女」。

**無病呻吟** ①比喻無端的憂戚，妄發牢騷。②比喻沒有內容的感慨文章。

**無能為力** 幫不上忙，不能促進事情發展。

**無偏無黨** 文公正不偏袒。

**無動於衷** 心裡一點也不受到感動。

**無堅不摧** 能夠摧毀任何堅固的東西。形容力量強大。

**無理取鬧** 故意搗亂。

**無產階級** 工人階級，也泛指不占有生產資料的勞動階級。和「資產階級」相對。

**無惡不作** 什麼壞事都敢做，壞事做盡。

**無期徒刑** 終身監禁的徒刑。

**無量壽佛** 「阿彌陀佛」的別名。

**無傷大雅** 雖有一些瑕疵，但是對整體沒有損害。

**無微不至** 非常周到，細微之處都能顧到。

**無愧於心** 心安，沒有愧疚。

**無業游民** 不務正業的人。

**無煙火藥** 以植物的纖維浸溼在濃厚的硝酸而成的，爆發力極大。

**無福消受** 沒有福氣享受富貴或任何好處。

**無話可說** 沒有什麼理由好辯駁的。

**無盡無休** 沒有了結。

**無與倫比** 因沒有別的可以相比。

**無精打采** 精神不振作的樣子。

**無隙可乘** 比喻人的行為嚴謹，處事慎密，沒有弱點可以受人攻擊。

**無影無蹤** 比喻消失，逃亡不見。

**無稽之談** 荒唐、沒有根據的言論。

**無線電報** 利用無線電發收的電報。

**無線電臺** 具備利用無線電波發射廣播節目的場所，如廣播電臺就是。

**無線電話** 不用導線，僅用無線電的音波來通話的裝置。和「有線電話」相對。

**無論如何** 不管怎樣。

**無懈可擊** 找不出可以讓人攻擊或挑剔的弱點。

**無機化學** 化學名詞。研究無機物的化學性質和化學變化。和「有機化學」相對。

**無機肥料** 不含有機物質的肥料，如硫酸銨、石灰等。

**無獨有偶** 指兩項事物的恰巧相同或類似。

**無緣無故** 沒有任何原因。

**無頭公案** 同「無頭案」。

**無頭無尾** ①指事情原委不明。②指言詞或文章不清楚，沒有條理。③指行為或處事胡里胡塗，弄不清來由，又半途中止。

**無頭無腦** 紊亂沒有條理。同「無頭無尾」。

**無濟於事** 對於事情沒有幫助。

**無聲無臭** 比喻人沒有名聲，沒沒無聞。臭是氣味。

**無聲電影** 只有影像，沒有聲音的電影。也叫「默片」。和「有聲電影」相對。

**無霜冰箱** 冷凍庫能自動除霜，不會結霜的冰箱。

**無邊風月** 形容風光美好。

**無邊無礙** 往來自由，毫無拘束。

**無關緊要** 不重要。

**無可無不可** 沒有一定的主張；無關緊要，隨便怎麼樣都可以。如「我對這件事的意見，是無可無不可」。

**無巧不成書** 比喻事情的發生，常有湊巧的機緣。

**無官一身輕** 辭官後，沒有責任牽絆，所以身心自在。

**無政府主義** 哲學名詞。主張廢除政治權威、國家和政府，強調人類互助合作的生活。也有音譯為「安那其主義」。

**無毒不丈夫** 形容做事手段狠毒。

**無風不起浪** 比喻事情發生一定有原因。

**無缺點計畫** 一種管理思想，注意意見交流的品質管制計畫，認為產品生產時，激勵員工的責任心，注意協調合作，可使產品達到百分之百的精美，沒有缺點。

**無脊椎動物** 生物學名詞。體內沒有脊椎骨的動物。包括原生動物、海綿動物、腔腸動物、蠕形動物、軟體動物、節肢動物和棘皮動物。

**無記名投票** 選舉人在選舉票上只圈選出被選舉人，不寫自己姓名的選舉方式。

**無條件投降** 指戰敗國投降，不得要求任何條件，一切必須聽從戰勝國的處置。如第二次世界大戰時，德國、日本先後宣布無條件投降，結束戰爭。

**無障礙設施** 為了方便殘障人士的行走，特別設計的公共設施，如導盲磚、輪椅坡道等。

**無機化合物** 同「無機物」。

**無聲勝有聲** 沒有聲音，卻比有聲音還要美妙。用來描寫一種情境的感受。白居易的〈琵琶行〉有「別有幽愁闇恨生，此時無聲勝有聲」。

**無所不用其極** 形容手段狠毒。

**無線電望遠鏡** 一種觀測天文的望遠鏡，可接收外太空的電磁波訊號。

**無源之水無本之木** 比喻沒有基礎的事物。

## 九筆

**煲** 用緩火煮。粵語。如「牛腩煲」「羊肉煲」等。

**煤** 古代的植物經過地層的變化，被埋在地下，年久就變成了煤。按形成的階段和炭化程度的不同，可分為泥煤、褐煤、煙煤和無煙煤等四種。主要用途是燃料和化工原料。也叫石炭、煤炭。

**煤田** 產煤的礦場。如「大同煤田」。

**煤坑** 採煤時所掘的坑穴，也叫煤窯、礦坑。

**煤油** 也叫石油，蘊藏在地下的茶褐色的液體燃料，不透明，有惡臭。可以加熱分析為揮發油、燈油、重油等，功用很廣。

**煤炭** 就是煤，又叫「石炭」。

**煤毒** 燃煤所生碳酸氣的毒。家庭裡用煤爐要注意空氣流通，否則會中毒致命。

**煤氣** ①燒煤所發的氣。②用大鐵爐煉煤所得的氣，無色，以鐵管分送各處，供做燃料。③開採石油所附帶採得天然可做燃料的氣體，又叫天然氣或天然瓦斯。

**煤碴** 煤燃燒以後剩下的碎屑。

**煤層** 煤藏地下，與泥沙等相間成層，叫作煤層。

**煤窯** 開採煤炭的洞。

**煤礦** 產煤的礦坑。

**煤球(兒)** 煤屑加水跟黃土和成泥狀，搖轉使成圓球，作燃料來用。

**煤氣燈** 用煤氣作燃料的燈。又名「本生燈」。

**煤砟子** 小的煤塊。

**煤焦油** ㄇㄟˊ ㄐㄧㄠ ㄧㄡˊ 又叫「煤黑油」「煤膏」，俗稱「柏油」。為乾餾煙煤時所得的黑色油狀液體，有臭氣，不溶於水，是工業上的重要原料。

**煩** ㄈㄢˊ ㈠同「繁」。㈡又多又亂。如「麻煩」「要言不煩」。㈢勞苦，是請人給自己做事或對人約請，有所要求的客氣話。如「煩您給帶點兒東西」「煩您務必按時出席」。㈣苦悶，不痛快。如「新煩舊愁齊聚在心頭」。㈤因為常常這麼做而使人不愛接受，不能忍耐。如「這些話都聽煩了」。

**煩文** ㄈㄢˊ ㄨㄣˊ ①煩雜的文字。②瑣碎無謂的虛禮。如「他做事情太拘於煩文細節」。也作「繁文縟節」。

**煩冗** ㄈㄢˊ ㄖㄨㄥˇ 図事情煩雜。

**煩言** ㄈㄢˊ ㄧㄢˊ 図①氣憤或不滿的話。如「嘖有煩言」。②煩瑣的話。

**煩苛** ㄈㄢˊ ㄎㄜ 図法令煩瑣苛刻。

**煩細** ㄈㄢˊ ㄒㄧˋ 煩瑣細節。

**煩勞** ㄈㄢˊ ㄌㄠˊ 請託人家的用語。如「煩勞您代寫封信」。

**煩惱** ㄈㄢˊ ㄋㄠˇ 事情不順利而情緒不好。

**煩暑** ㄈㄢˊ ㄕㄨˇ 悶熱。

**煩絮** ㄈㄢˊ ㄒㄩˋ 說話嚕囌不簡潔。也作「絮煩」。

**煩悶** ㄈㄢˊ ㄇㄣˋ 心中鬱悶。「悶」也作「懣」。

**煩亂** ㄈㄢˊ ㄌㄨㄢˋ 思緒煩雜紛亂。

**煩瑣** ㄈㄢˊ ㄙㄨㄛˇ 煩雜瑣碎。

**煩熱** ㄈㄢˊ ㄖㄜˋ 煩悶燥熱。

**煩請** ㄈㄢˊ ㄑㄧㄥˇ 請，對人有所煩勞的意思。

**煩擾** ㄈㄢˊ ㄖㄠˇ 煩瑣攪擾。

**煩雜** ㄈㄢˊ ㄗㄚˊ 頭緒不清。

**煩躁** ㄈㄢˊ ㄗㄠˋ 心裡煩悶焦急。

**煩難** ㄈㄢˊ ㄋㄢˊ 煩雜不容易辦。

**煩囂** ㄈㄢˊ ㄒㄧㄠ 図聲音嘈雜擾人。

**煩惱絲** ㄈㄢˊ ㄋㄠˇ ㄙ 指頭髮。

**煉（炼）** ㄌㄧㄢˋ ㈠用火燒熔物質。如「煉鋼」「煉鐵」。㈡用火熬。如「提煉」「把油煉出來」。㈢中醫炮（ㄆㄠˊ）製藥石，用火熬，叫「煉」。

**煉丹** ㄌㄧㄢˋ ㄉㄢ 也作「鍊丹」「練丹」。指道教徒將朱砂放在爐火中燒煉，製成藥物。

**煉乳** ㄌㄧㄢˋ ㄖㄨˇ 精製濃縮的牛乳。

**煉焦** ㄌㄧㄢˋ ㄐㄧㄠ 把煤炭燒煉成焦炭。

**煉獄** ㄌㄧㄢˋ ㄩˋ 天主教指人死後，靈魂進入天堂之前，因為還有小罪，必須經過煉獄的磨難，鍛鍊靈魂，除去生前的罪惡，靈魂才能進入天堂。

**煉鋼** ㄌㄧㄢˋ ㄍㄤ 鍛鍊生鐵或廢鋼，去掉雜質，或加入一些元素製成鋼的過程。

**煉鐵** ㄌㄧㄢˋ ㄊㄧㄝˇ 用火燒熔鐵礦，去掉雜質，得到鐵的過程。

**煉油廠** ㄌㄧㄢˋ ㄧㄡˊ ㄔㄤˇ 提煉原油成各種油品（如石油、柴油、瀝青）的工廠。

**煉石補天** ㄌㄧㄢˋ ㄕˊ ㄅㄨˇ ㄊㄧㄢ 中國神話傳說中，女媧煉五彩石來補天空。

**煇** ▲図ㄏㄨㄟ 火光，光彩。同「輝」。▲ㄒㄩㄣ 通「熏」。燒，炙。〈史記〉有「去眼煇耳」。

**煥** ㄏㄨㄢˋ 光彩顯露出來的樣子。如「煥然一新」。

**煥然** ㄏㄨㄢˋ ㄖㄢˊ 有光彩的樣子。

**煥發** ㄏㄨㄢˋ ㄈㄚ 光彩外露。如「精神煥發」。

**煥然一新** ㄏㄨㄢˋ ㄖㄢˊ ㄧˋ ㄒㄧㄣ 光彩顯露，面貌全新。

**煌** 図ㄏㄨㄤˊ「煌煌」，形容很光明，很光彩。如「明燭煌煌」「煌煌大文」。

**煎** ㄐㄧㄢ ㈠熬。如「煎藥」。㈡用油炸。如「煎丸子」。

**煎服** ㄐㄧㄢ ㄈㄨˊ 熬藥服用。

**煎炒** ㄐㄧㄢ ㄔㄠˇ 用油炒菜。

**煎熬** ㄐㄧㄢ ㄠˊ ①烹調法的一種。②比喻處境的焦愁痛苦。

**煎餅** ㄐㄧㄢ ㄅㄧㄥˇ 餅字輕讀。北方的一種食品，是用黍麵粉加水調成糊，在鐺上焙成很薄的一張張的圓餅。

**煎藥** ㄐㄧㄢ ㄧㄠˋ 用水熬藥。

**煢** 図ㄑㄩㄥˊ孤獨，沒有依靠。如「煢煢」「煢獨」。

**煢獨** ㄑㄩㄥˊ ㄉㄨˊ 図孤單無依。

**煦** 図ㄒㄩˇ暖和。如「煦日初升」「春光和煦」。

**煦伏** ㄒㄩˇ ㄈㄨˊ 図鳥類孵卵。

**煦嫗** ㄒㄩˇ ㄩˇ 図溫情撫養。〈禮記〉有「煦嫗覆育萬物」。

**煦煦** ㄒㄩˇ ㄒㄩˇ 図①溫和有小恩惠的樣子。元稹文有「臨弟姪妻子，煦煦然」。②和暖。張養浩詩有「煦煦春滿袍」。

**煦仁孑義** ㄒㄩˇ ㄖㄣˊ ㄐㄧㄝˊ ㄧˋ 図指小仁小義。韓愈文有「彼以煦煦為仁，孑孑為義」。

**煊** 図ㄒㄩㄢ溫暖。同「暄」。

**煊赫** ㄒㄩㄢ ㄏㄜˋ 形容聲望很大，聲勢很盛。

**煠** ㄓㄚˊ ㈠用油煎，是「炸」字的本字。見〈通俗編・雜字〉。㈡煮。

**照** ㄓㄠˋ ㈠光線射在東西上。如「太陽光照在窗戶上」「光明普照大地」。㈡利用光線反射原理，使物體的影像顯現在另一件器物上。如「照鏡子」。㈢依著，不改變。如「照樣抄寫」「仿照」。㈣向著，對著。如「照著東邊飛」「照著敵人開槍」。㈤攝影。如「這張像片是新照的」。㈥像片。如「近照」「玉照」。㈦看。如「對照」「照料」。㈧憑證，執照。如「牌照」「車照」。㈨通知。如「知照」「關照」。㈩明白、知道的意思。如「心照不宣」。⑪図太陽光。如「殘照」「夕照」。

**照子** ㄓㄠˋ ㄗ˙ 鏡子。

**照例** ㄓㄠˋ ㄌㄧˋ 依照以前的例子。

**照拂** ㄓㄠˋ ㄈㄨˊ 照應料理。

**照明** ㄓㄠˋ ㄇㄧㄥˊ 用燈光照亮。如「照明設備」。

**照度** ㄓㄠˋ ㄉㄨˋ 物理學名詞。物體單位面積受光多少的量。用來表明物體被照亮的程度。

**照相** ㄓㄠˋ ㄒㄧㄤˋ 攝取人物的影像。也作「照像」。

**照看** ㄓㄠˋ ㄎㄢˋ 照料，看顧。(對人或東西)

**照准** ㄓㄠˋ ㄓㄨㄣˇ 允許。是從前上級給下級公文裡的常用語。

**照射** ㄓㄠˋ ㄕㄜˋ 光線射在物體上。

**照料** ㄓㄠˋ ㄌㄧㄠˋ 照顧料理。

**照常** ㄓㄠˋ ㄔㄤˊ 和原先一樣沒有變動。

**照章** ㄓㄠˋ ㄓㄤ 依照法令規章。

**照會** ㄓㄠˋ ㄏㄨㄟˋ 外交文書的一種。中央政府對各國大使、公使；或各省市行政首長對各國領事所用的。

**照管** ㄓㄠˋ ㄍㄨㄢˇ 照料管理。

**照壁** ㄓㄠˋ ㄅㄧˋ 大門外屏蔽街門的短牆。也叫「照牆」「影壁」。

**照辦** ㄓㄠˋ ㄅㄢˋ 依照所擬的辦法辦理。

**照應** ㄓㄠˋ ㄧㄥ 照顧和幫助。

**照舊** ㄓㄠˋ ㄐㄧㄡˋ 依舊，沒有更改。

**照顧** ▲ㄓㄠˋ ㄍㄨˋ 看顧，關心，幫助。▲ㄓㄠˋ·ㄍㄨ 商店請顧客去購買貨物所用的話。如「請您多來照顧」。

**照耀** ㄓㄠˋ ㄧㄠˋ 照得很光亮。

**照片（兒）** ㄓㄠˋ ㄆㄧㄢˋ（ㄦ） 就是像片。加「ㄦ」時片說ㄆㄧㄚˇㄦ。

**照面（兒）** ㄓㄠˋ ㄇㄧㄢˋ（ㄦ） 會面。

**照樣（兒）** ㄓㄠˋ ㄧㄤˋ（ㄦ） 依照原來的樣式。

**照片簿** ㄓㄠˋ ㄆㄧㄢˋ ㄅㄨˋ 收集、整理照片的冊子。

**照妖鏡** ㄓㄠˋ ㄧㄠ ㄐㄧㄥˋ 舊小說中說的可使妖魔鬼怪顯現原形的寶鏡。

**照明彈** ㄓㄠˋ ㄇㄧㄥˊ ㄉㄢˋ 夜間由飛機投下或用大砲發射，能爆炸發光，照明敵情的一種炸彈。

**照相紙** ㄓㄠˋ ㄒㄧㄤˋ ㄓˇ 洗照片時所用的感光紙。

**照相術** ㄓㄠˋ ㄒㄧㄤˋ ㄕㄨˋ 也叫「攝影術」。利用照相機，拍攝一個特定的目標，製造特殊效果的技術。

**照相機** ㄓㄠˋ ㄒㄧㄤˋ ㄐㄧ 照相的機器。由鏡頭、快門、暗箱、取景裝置等構成。

**照本宣科** ㄓㄠˋ ㄅㄣˇ ㄒㄩㄢ ㄎㄜ 比喻死板的拘守文稿，不懂靈活運用，照原稿宣讀。就是「依樣畫葫蘆」。

**照相製版** ㄓㄠˋ ㄒㄧㄤˋ ㄓˋ ㄅㄢˇ 應用照相術製成印刷版的統稱。

**照貓畫虎** ㄓㄠˋ ㄇㄠ ㄏㄨㄚˋ ㄏㄨˇ 比喻照著差不多的樣子去模仿。

## 煞

▲ㄕㄚˋ ㈠結束，結尾。如「煞尾」「收煞」。㈡極，很。如「煞費苦心」「煞費周章」。㈢凶惡。參看「煞氣」條。㈣閉，死（舊小說裡常用）。如「把這條通路封煞」「叫木匠把這個門釘煞」。㈤同「啥」。如「這是什麼東西，有煞用呢」。▲ㄕㄚ ㈠緊縛。如「把腰帶用力煞一煞」。㈡減除。如「吃蒜煞溼氣」「綠豆湯可以煞暑氣」。㈢語助詞，和「啊」相同（元曲常見）。

**煞住** ㄕㄚ ㄓㄨˋ 止住，收住。

**煞尾** ㄕㄚˋ ㄨㄟˇ 收束。

**煞車** ㄕㄚ ㄔㄜ ①管制住機件，使車停止進行。②把車上載的東西，用繩索加緊地縛住。

**煞氣** ▲ㄕㄚˋ ㄑㄧˋ ①陰森的景象或凶惡的氣象。②凶惡或勇猛的神氣。如「煞氣騰騰」。如「滿臉煞氣」。▲ㄕㄚ ㄑㄧˋ 借他人或事物來宣泄怒氣。

**煞筆** ㄕㄚ ㄅㄧˇ 文字最後的結語。

**煞有介事** ㄕㄚˋ ㄧㄡˇ ㄐㄧㄝˋ ㄕˋ 指裝模作樣，好像真有那麼一回事。

**煞費苦心** ㄕㄚˋ ㄈㄟˋ ㄎㄨˇ ㄒㄧㄣ 費盡心思。

**煞費周章** ㄕㄚˋ ㄈㄟˋ ㄓㄡ ㄓㄤ 很費苦心去進行往返曲折的事。

## 煙

ㄧㄢ ㈠山水之間的水氣。如「飛焰浮煙，載霞載陰」。㈡物質燃燒時產生存有微小顆粒的氣狀物，是「烟」的本字。如「烽煙」「煙霧」。

㈢燃燒時產生氣狀物凝聚成的黑灰。如「松煙」「油煙」。㈣「菸」字的俗寫。如「紙煙」「煙灰」。㈤灰塵。如「煙塵」。㈥鴉片煙的簡稱。如「煙土」「抽大煙」。㈦見「香煙」。

**煙土**（ㄧㄢ ㄊㄨˇ） 未精煉的鴉片。即「生鴉片」。

**煙斗**（ㄧㄢ ㄉㄡˇ） 一種吸菸的用具。①從前吸鴉片的煙槍，一端所裝的陶質球狀的部分叫煙斗。②一般用的煙斗是形狀彎彎的木製吸菸用具，把煙絲填進凹斗裡點燃吸食。

**煙火**（ㄧㄢ ㄏㄨㄛˇ） ①火。②人煙，炊煙。比喻住戶或人家。③烽火。④道家稱熟食為煙火。如「不食人間煙火」。⑤一種用火硝等藥物製成的東西，燃燒時噴射出各色火花。

**煙囪**（ㄧㄢ ㄘㄨㄥ） 爐灶上面排出煙氣的長管。

**煙具**（ㄧㄢ ㄐㄩˋ） 抽香菸、鴉片的用具。

**煙波**（ㄧㄢ ㄅㄛ） 指煙霧蒼茫的水面。崔顥〈黃鶴樓〉詩有「日暮鄉關何處是？煙波江上使人愁」。

**煙花**（ㄧㄢ ㄏㄨㄚ） ①[文]指春天豔麗的景色。李白詩有「煙花三月下揚州」。②形容繁華的景象。③指娼妓。

**煙柱**（ㄧㄢ ㄓㄨˋ） 向上直升的濃煙。

**煙海**（ㄧㄢ ㄏㄞˇ） [文]比喻數量很多。如「浩如煙海」。

**煙鬼**（ㄧㄢ ㄍㄨㄟˇ） 指抽菸上癮很深的人。

**煙煤**（ㄧㄢ ㄇㄟˊ） 即「黑煤」，也叫「瀝青煤」。燃燒時會產生濃黑的煙。可作燃料、製焦炭。

**煙塵**（ㄧㄢ ㄔㄣˊ） ①煙霧和塵土。②[文]比喻動亂和戰爭。③機械和工廠所排放的不完全燃燒物質，是公害的一種。③古時邊疆寇警。如「煙塵侵火井」（杜甫〈西山〉詩）。

**煙幕**（ㄧㄢ ㄇㄨˋ） ①應用化學藥劑所造成的濃厚煙霧，以掩護軍隊的一切行動，遮蔽敵人的偵察。②比喻掩飾真相的言語或行為。

**煙膏**（ㄧㄢ ㄍㄠ） 煙土熬成的膏。

**煙霞**（ㄧㄢ ㄒㄧㄚˊ） ①煙霧霞光。②泛指山水美景。

**煙靄**（ㄧㄢ ㄞˇ） [文]雲氣，煙霧。

**煙幕彈**（ㄧㄢ ㄇㄨˋ ㄉㄢˋ） ①能產生煙幕的炮彈。②比喻掩飾的言詞或行動。

**煙霞癖**（ㄧㄢ ㄒㄧㄚˊ ㄆㄧˇ） ①[文]對山水美景的嗜好。②借指吸鴉片煙的嗜好。

**煙消火滅**（ㄧㄢ ㄒㄧㄠ ㄏㄨㄛˇ ㄇㄧㄝˋ） 比喻消失得無影無蹤。也說「煙消雲散」。

**煙消雲散**（ㄧㄢ ㄒㄧㄠ ㄩㄣˊ ㄙㄢˋ） 形容如雲煙之消散。也作「煙消火滅」。

**煙視媚行**（ㄧㄢ ㄕˋ ㄇㄟˋ ㄒㄧㄥˊ） [文]形容新婚婦女眼睛微睜著看，慢步行走的姿態。

**煙雲過眼**（ㄧㄢ ㄩㄣˊ ㄍㄨㄛˋ ㄧㄢˇ） 也作「過眼雲煙」。比喻事物消逝，如煙飛雲散，不留痕跡。

**煙薰火燎**（ㄧㄢ ㄒㄩㄣ ㄏㄨㄛˇ ㄌㄧㄠˇ） 比喻用威勢恐嚇壓迫。

## 煬
▲[文]ㄧㄤˋ ㈠火勢猛烈。㈡熔化金屬。▲ㄧㄤˊ ㈠同「烊」。㈡[文]謚號用字。去禮遠眾叫「煬」。

## 煨
ㄨㄟ ㈠放在炭火裡慢慢燒熟。如「煨栗子」。㈡一種烹飪法，用微火慢慢煮。如「煨牛肉」。㈢[文]熱灰。如「煨燼」。

## 煒
[文]ㄨㄟˇ 深紅色。

## 煜
[文]ㄩˋ ㈠光明。㈡火焰。㈢盛。

## 十筆

**熘** ㄌㄧㄡ 同「餾」。

**熇** ▲〔文〕ㄏㄨˋ熾熱。▲ㄎㄠˇ燥。▲ㄏㄜˋ熇熇，火盛的樣子。

**熗** ▲ㄑㄧㄤˋ㈠一種做菜的法子，食物放在沸水裡稍煮一下，拿出來用油、醋、醬油涼拌。如「熗芹菜」「熗青蛤」「熗蝦」。㈡同「嗆」，煙熏得鼻子不能出氣。

**熙** 〔文〕ㄒㄧ㈠歡喜，和樂。如「眾人熙熙」。㈡〔文〕光明，興盛。

**熙洽** ㄒㄧ ㄒㄧㄚˋ 〔文〕安樂和洽。

**熙熙** ㄒㄧ ㄒㄧ 〔文〕和樂的樣子。

**熙來攘往** ㄒㄧ ㄌㄞˊ ㄖㄤˇ ㄨㄤˇ 形容來往的人很多。同「熙熙攘攘」。

**熙熙攘攘** ㄒㄧ ㄒㄧ ㄖㄤˇ ㄖㄤˇ 是形容許多人來來往往熱鬧的樣子。「攘攘」也作「壤壤」。

**熄** ㄒㄧˊ㈠火滅。㈡銷亡。〈孟子〉書有「王者之迹熄而詩亡」。

**熄火** ㄒㄧˊ ㄏㄨㄛˇ 使火熄滅，停止燃燒。

**熄滅** ㄒㄧˊ ㄇㄧㄝˋ ①停止燃燒或燈滅了。②銷亡，消失。

**熏** ▲ㄒㄩㄣ㈠用鋸末或木屑的煙火烤食物，使有特別的美味。像熏魚、熏雞等。常寫作「燻」。㈡使氣味傳到東西上。如「用茉莉花熏茶葉」。㈢氣味撲人。如「臭氣熏人」。㈣煙氣撲到東西上。如「爐火熏黑了牆」。㈤火烤。如「熏籠」「熏蒸」。㈥俗語把嚴厲斥責叫熏。如「他熏了我一頓」。㈦〔文〕感動。㈧通「薰」字。㈨通「曛」字。▲ㄒㄩㄣˋ㈠毒氣傷人。如「他被煤氣熏死了」。㈡名聲惡劣。如「他的名聲熏透了」。

**熏天** ㄒㄩㄣ ㄊㄧㄢ ①〔文〕形容氣勢盛大。如「眾口熏天」。②形容氣味強烈。如「臭氣熏天」。

**熏香** ㄒㄩㄣ ㄒㄧㄤ 一種麻醉藥劑，點燃以後可使聞到的人失去知覺。

**熏習** ㄒㄩㄣ ㄒㄧˊ 〔文〕比喻被環境感染。

**熏蒸** ㄒㄩㄣ ㄓㄥ 熱氣升騰。形容悶熱逼人。

**熏籠** ㄒㄩㄣ ㄌㄨㄥˊ 用來熏衣物的竹籠。

**熊** ㄒㄩㄥˊ㈠一種野獸，俗名「狗熊」，長四五尺，四肢很粗，普通的是黑色，也有棕色的；寒帶有白熊，如北極熊。㈡見「熊熊」。㈢姓。

**熊掌** ㄒㄩㄥˊ ㄓㄤˇ 熊的腳掌，又名熊蹯，肉味肥美，在食品中與龍肝、鳳髓、猩脣、豹胎、鯉尾、鴞炙、酥酪蟬並稱「八珍」。

**熊蜂** ㄒㄩㄥˊ ㄈㄥ 最大的一種蜜蜂。

**熊貓** ㄒㄩㄥˊ ㄇㄠ 貓熊的舊名。

**熊膽** ㄒㄩㄥˊ ㄉㄢˇ 熊的膽囊，陰乾之後可以做藥，有退熱、清心之效。

**熊熊** ㄒㄩㄥˊ ㄒㄩㄥˊ 火光旺盛的樣子。如「火焰熊熊」「爐火熊熊」。

**熊羆** ㄒㄩㄥˊ ㄆㄧˊ 〔文〕熊和棕羆，都是猛獸名，用來比喻武士。

**熊心豹子膽** ㄒㄩㄥˊ ㄒㄧㄣ ㄅㄠˋ ㄗˇ ㄉㄢˇ 比喻人很大膽。

**煽** ㄕㄢ㈠用扇子扇（ㄕㄢ）火，使火旺盛。㈡鼓動人家做不好的事。如「煽動」。

**煽動** ㄕㄢ ㄉㄨㄥˋ 用言語或手段鼓動人家去生是非。

**煽惑** ㄕㄢ ㄏㄨㄛˋ 用文字或語言去誘惑別人做某一種事。

**煽誘** ㄕㄢ ㄧㄡˋ 同「煽惑」。

**煽風點火** ㄕㄢ ㄈㄥ ㄉㄧㄢˇ ㄏㄨㄛˇ 比喻煽動別人鬧事。

**熔** ㄖㄨㄥˊ 烈火融化金屬。如「熔化」「熔劑」。按，熔原是鎔的俗字，近來科學界多用熔，取其筆畫較少。

**熔化** ㄖㄨㄥˊ ㄏㄨㄚˋ 固體受熱變成液體。

**熔岩** ㄖㄨㄥˊ ㄧㄢˊ 火山噴出來的高溫岩漿，冷卻後形成的岩石。

**熔接** ㄖㄨㄥˊ ㄐㄧㄝ 又叫「焊接」。用加熱方法，使兩件金屬材料局部熔合連接。

**熔絲** ㄖㄨㄥˊ ㄙ 就是「保險絲」。熔點最低的合金絲，電流超過負荷，就自行熔斷。

**熔解** ㄖㄨㄥˊ ㄐㄧㄝˇ 固體受熱，變成液體。也說「熔化」。

**熔劑** ㄖㄨㄥˊ ㄐㄧˋ 「助熔劑」的略稱。促進金屬或其他礦物熔解的物質。

**熔點** ㄖㄨㄥˊ ㄉㄧㄢˇ 物質由固體熔為液體時所需的一定溫度。也叫「鎔融點」「熔變」。

**熔斷** ㄖㄨㄥˊ ㄉㄨㄢˋ 加熱使金屬片或金屬絲斷開。

**熔爐** ㄖㄨㄥˊ ㄌㄨˊ 熔煉金屬的爐子。

**熔鑄** ㄖㄨㄥˊ ㄓㄨˋ 熔化鑄造。

**熔解熱** ㄖㄨㄥˊ ㄐㄧㄝˇ ㄖㄜˋ 單位質量的物質，由固體完全熔解成同溫度的液體時所需要的熱量。

**熒** 図ㄧㄥˊ ㈠光亮很小的。如「一燈熒熒」。㈡眼光迷亂，疑惑。如「熒惑」「五光十色，使人目熒」。

**熒光** ㄧㄥˊ ㄍㄨㄤ 光線照射物體能擴散而發出另一種顏色的光叫熒光。像日光照煤油，透過的光雖是黃色，而反射的光卻是青色。也叫「螢光」。

**熒惑** ㄧㄥˊ ㄏㄨㄛˋ 図迷亂人心。

**熒幕** ㄧㄥˊ ㄇㄨˋ 也作「螢幕」。「螢光幕」的略稱。電視機上聚集螢光，顯現映像，類似電影銀幕的裝置。

**熒熒** ㄧㄥˊ ㄧㄥˊ 図①形容光彩豔麗。如「明星熒熒」。②光閃動的樣子。③光微弱的樣子。如「燈光熒熒如豆」。

**熒光燈** ㄧㄥˊ ㄍㄨㄤ ㄉㄥ 日光燈。即螢光燈。

**熅** ▲図ㄩㄣ 火很微，沒有火苗。▲ㄩㄣˋ 利用熱力弄平東西，和「熨」相同。「熨斗」也作「熅斗」。

## 十一筆

**熵** ㄉㄧˊ 科學用字 entropy 的譯名。㈠熱力學函數，也稱「熱熵」。物質發生能力的作用減低，熱熵就加大。因為物質可供利用的能量有日趨散失的趨向，因此宇宙間的總「熱熵」不斷逐漸增大。㈡物質內部不穩定的函數。例如金剛石（純碳元素）的原子有嚴緊的結構，極其穩定，它的熵數也極小。㈢信息學（情報科學）用熵來描述信息系統的信實率；具有較高的不可預知率的信息系統，它的熵數較高。

**熟** ㄕㄨˊ ㈠食物經過加熱到能吃的程度。如「熟食」「熟飯」。㈡莊稼、果子等長成了。如「成熟」「熱帶一年三熟」。㈢習慣的，常見的，認識了的。如「熟人」「輕車熟路」。㈣以前經歷過的，留著印象的。如「耳熟能詳」。㈤製煉過的。如「熟鐵」「熟石灰」。㈥常常做，練習會做了。如「熟練」「熟習」。語音ㄕㄡˊ。如「飯煮熟了」「果子長熟了」「聽著耳熟」。

**熟人** ㄕㄡˊ ㄖㄣˊ 不陌生的人，常見面的朋友。

**熟皮** ㄕㄨˊ ㄆㄧˊ 熟也讀ㄕㄡˊ。經過鞣製過的皮革，對「生皮」說的。

**熟地** ▲ㄕㄡˊ ㄉㄧˋ 熟也讀ㄕㄨˊ。常年耕種的土地。

▲ㄕㄨˊ ㄉㄧˋ中藥名。蒸熟的地黃根。

**熟字** ㄕㄡˊ ㄗˋ 已經認識的字，對「生字」而言。

**熟年** ㄕㄨˊ ㄋㄧㄢˊ 図豐年，收成很好的年頭。

**熟油** ㄕㄨˊ ㄧㄡˊ ①胡麻油。②生油再煎煉的。

**熟知** ㄕㄨˊ ㄓ 深知，詳細知道。

**熟客** ㄕㄡˊ ㄎㄜˋ 熟也讀ㄕㄨˊ。熟識的客人，對「生客」而言。

**熟思** ㄕㄨˊ ㄙ 図仔細考慮。

**熟炭** ㄕㄨˊ ㄊㄢˋ 熟也讀ㄕㄡˊ。也叫「熟煤」，對「生炭」說的；就是先燒過、鍛鍊過的煤炭，屬於焦炭之類，燃燒起來沒有汙染空氣的煤煙。

**熟記** ㄕㄨˊ ㄐㄧˋ 努力記誦。

**熟食** ㄕㄨˊ ㄕˊ ①煮熟了再吃。②烹製好了的食品。

**熟紙** ㄕㄨˊ ㄓˇ 已經煮硾的或過礬的宣紙。也叫「熟宣」。

**熟悉** ㄕㄨˊ ㄒㄧ 詳細知道。

**熟習** ㄕㄨˊ ㄒㄧˊ 熟也讀ㄕㄡˊ。熟練。

**熟視** ㄕㄨˊ ㄕˋ 図仔細的看。

**熟菜** ㄕㄡˊ ㄘㄞˋ 煮熟的菜肴。和「生菜」相對。

**熟稔** ㄕㄨˊ ㄖㄣˇ 図熟悉。

**熟路** ㄕㄨˊ ㄌㄨˋ 熟也讀ㄕㄡˊ。常走的路。

**熟睡** ㄕㄨˊ ㄕㄨㄟˋ 酣睡，睡得很沉。

**熟慮** ㄕㄨˊ ㄌㄩˋ 図詳細思考籌畫。

**熟練** ㄕㄨˊ ㄌㄧㄢˋ 練習得很純熟。

**熟諳** ㄕㄨˊ ㄢ 図詳細知道事情內情。

**熟識** ㄕㄨˊ ㄕˋ 熟也讀ㄕㄡˊ。對人不陌生，以前就認識。

**熟鐵** ㄕㄨˊ ㄊㄧㄝˇ 熟也讀ㄕㄡˊ。把生鐵熔化經過鍛鍊的鐵。一名「軟鐵」。

**熟手(兒)** ㄕㄡˊ ㄕㄡˇ ㄦ 熟也讀ㄕㄨˊ。做事熟練的人，對「生手(兒)」說的。

**熟石灰** ㄕㄨˊ ㄕˊ ㄏㄨㄟ 熟也讀ㄕㄡˊ。生石灰加水發熱，變成熟石灰，成分就是氫氧化鈣。

**熟能生巧** ㄕㄨˊ ㄋㄥˊ ㄕㄥ ㄑㄧㄠˇ 熟也讀ㄕㄡˊ。事情熟練，自然能夠巧妙。

**熟視無睹** ㄕㄨˊ ㄕˋ ㄨˊ ㄉㄨˇ 図看得雖仔細，卻像沒有看見過。

## 熱（热）

ㄖㄜˋ ㈠不冷，溫度高。如「天熱」「熱水」。㈡弄熱了。如「把冷粥熱一熱」。㈢暑氣。如「受熱」。㈣誠懇，親切，情緒高漲的。如「熱心」「熱情」「熱愛」。㈤應時，受人歡迎喜愛的。如「貨剛出廠，趁熱兒銷了不少」「這一行現在是熱門兒」。

**熱力** ㄖㄜˋ ㄌㄧˋ ①水受了充分的熱能，急行氣化，發生巨大壓力，能推引物體，叫做熱力。②形容歌舞表演者非常賣力，散發極大的吸引力。如「熱力四射」。

**熱中** ㄖㄜˋ ㄓㄨㄥ 也作「熱衷」。①急切盼望得到某種事物，或某方面的成就。如「熱中名利」。②十分喜愛某種活動。如「他對棒球運動非常熱中」。

**熱切** ㄖㄜˋ ㄑㄧㄝˋ 熱烈懇切。如「我熱切希望他能考上大學」。

**熱心** ㄖㄜˋ ㄒㄧㄣ ①有血性而且富於同情心。②做事不冷淡，對人對事有熱情。

**熱水** ㄖㄜˋ ㄕㄨㄟˇ 溫度高的水。

**熱火** ㄖㄜˋ ㄏㄨㄛˇ ①熱烈，熱鬧。②親熱。同「熱和」③。

**熱血** ㄖㄜˋ ㄒㄩㄝˋ ①情緒熱烈，有血性而熱心的。②對於冷血而言，動物血溫比體外氣溫高的是熱血動物，像人、獸等。又音ㄖㄜˋ ㄒㄧㄝˇ。

**熱孝** ㄖㄜˋ ㄒㄧㄠˋ 指祖父母、父母或丈夫死後百日之內。也指此時所穿的喪服。如「熱孝在身」。

**熱忱** ㄖㄜˋ ㄔㄣˊ 熱情，熱心。

**熱灶** ㄖㄜˋ ㄗㄠˋ 比喻人在當時得勢。

**熱身** ㄖㄜˋ ㄕㄣ ①運動前所做的伸展活動，在避免運動傷害。②指預先為事情所做的準備。

**熱和** ㄖㄜˋ ㄏㄨㄛ˙ ①熱，多指物體的溫度。②和藹可親的態度。③情誼親密。如「他們倆近來很熱和」。

**熱狗** ㄖㄜˋ ㄍㄡˇ 英 hot dog 的譯名。一種美國式的簡便食物，就是夾香腸的長麵包。

**熱度** ㄖㄜˋ ㄉㄨˋ 溫度。

**熱流** ㄖㄜˋ ㄌㄧㄡˊ 激動振奮時的感受。如「一股熱流傳遍全身」。

**熱風** ㄖㄜˋ ㄈㄥ 炎熱的風。

**熱浪** ㄖㄜˋ ㄌㄤˋ 一般指潮溼而悶熱的天氣連續多日，叫做熱浪。

**熱烈** ㄖㄜˋ ㄌㄧㄝˋ 高度情感的表現。如「熱烈歡迎」。

**熱病** ㄖㄜˋ ㄅㄧㄥˋ ①泛指一切體溫增高的病症。②中醫把傷寒症叫熱病。

**熱能** ㄖㄜˋ ㄋㄥˊ 物質燃燒或物體內部分子不規則運動時放出的能量，叫做「熱能」。

**熱衷** ㄖㄜˋ ㄓㄨㄥ 同「熱中」。

**熱帶** ㄖㄜˋ ㄉㄞˋ 地球的表面，赤道南北各二十三度半之間的地帶溫度最高，叫熱帶。

**熱情** ㄖㄜˋ ㄑㄧㄥˊ 熱烈的情感。

**熱淚** ㄖㄜˋ ㄌㄟˋ 情感十分激動而流下的眼淚。如「熱淚盈眶」。

**熱喪** ㄖㄜˋ ㄙㄤ 父母剛死不久的期間，通常指七七（四十九天）之內。如「他還在熱喪期間，這些社交活動的事不便通知他」。

**熱量** ㄖㄜˋ ㄌㄧㄤˋ （calorie）物理學名詞。指物質吸熱或放熱的數量。一克純水升高溫度攝氏一度所需的熱量為一卡（c），這是計算熱量的單位。它的一千倍叫仟卡（Kilocalorie）或大卡（large calorie）。

**熱飲** ㄖㄜˋ ㄧㄣˇ 熱的飲料，如熱茶、熱咖啡等。

**熱愛** ㄖㄜˋ ㄞˋ 熱烈的喜愛。

**熱腸** ㄖㄜˋ ㄔㄤˊ 熱心。

**熱誠** ㄖㄜˋ ㄔㄥˊ 熱心誠懇。

**熱電** ㄖㄜˋ ㄉㄧㄢˋ 兩種金屬線接合成一電路，接合點的電動勢為零，沒有電流；如果加熱在兩接合點之一，使二者的溫度不同，電路中就有了電流發生。這種因熱的作用而生的電，就是由熱能變成的電，叫做熱電。

**熱敷** ㄖㄜˋ ㄈㄨ 用熱的溼毛巾、熱水袋、熱砂等放在身體局部，促進局部血液循環，消除發炎症狀。

**熱潮** ㄖㄜˋ ㄔㄠˊ 形容蓬勃發展的局面。如「掀起生產熱潮」。

**熱線** ㄖㄜˋ ㄒㄧㄢˋ ①紅外線。②國際間各國政府直接通訊的無線電訊。③形容通話率很高的線路。

**熱褲** ㄖㄜˋ ㄎㄨˋ 女性穿的，很短的外褲。

**熱嘴** ㄖㄜˋ ㄗㄨㄟˇ 口頭上的親熱。指甜言蜜語。

**熱戰** ㄖㄜˋ ㄓㄢˋ 就是實際的軍事戰爭，對「冷戰」（指宣傳策略與政治經濟方面的積極敵對）說的。

**熱藥** ㄖㄜˋ ㄧㄠˋ 中醫指具有熱性或溫性、能夠祛寒的藥。

**熱覺** ㄖㄜˋ ㄐㄩㄝˊ 生理學名詞。皮膚對熱刺激所引起的溫度感覺。

**熱戀** ㄖㄜˋ ㄌㄧㄢˋ 熱情的戀愛。

**熱天（兒）** ㄖㄜˋ ㄊㄧㄢ ㄦ ①炎熱的天氣。②夏天的天氣。

**熱門（兒）** ㄖㄜˋ ㄇㄣˊ ㄦ ①大家爭相買賣的貨物。②大家喜歡的事物。如「熱門音樂」。③時尚趨向的對象或眾所注意的事物。如「熱門學科」「熱門新聞」。

**熱鬧（兒）** ㄖㄜˋ ㄋㄠˋ ㄦ 鬧字輕讀。①景象繁盛活躍。如「大街上很熱鬧」。②使景象繁盛熱烈。如「昨天他結婚，大家給他熱鬧熱鬧」。③繁盛熱烈的事。如「一大堆人圍著看熱鬧兒」。

**熱中腸** ㄖㄜˋ ㄓㄨㄥ ㄔㄤˊ 肝腸沸騰。形容內心激動、難過。杜甫〈贈衛八處士〉詩有「訪舊半為鬼，驚呼熱中腸」。

**熱水瓶** ㄖㄜˋ ㄕㄨㄟˇ ㄆㄧㄥˊ 保持水溫的貯水用具。也叫「暖水壺」。

**熱水袋** ㄖㄜˋ ㄕㄨㄟˇ ㄉㄞˋ 裝熱水的橡膠袋，用來熱敷或取暖。

**熱水器** ㄖㄜˋ ㄕㄨㄟˇ ㄑㄧˋ 利用電熱器原理製的燒熱水供洗濯用的家具。

**熱烘烘** ㄖㄜˋ ㄏㄨㄥ ㄏㄨㄥ 形容熱力強烈。

**熱衰竭** ㄖㄜˋ ㄕㄨㄞ ㄐㄧㄝˊ 體內溫度調節機能喪失所引起的病症，和中暑一樣，都是因為體熱不能外散，發生頭痛目眩、想嘔吐、臉色紅而發亮等症狀。

**熱帶魚** ㄖㄜˋ ㄉㄞˋ ㄩˊ 指熱帶所產各種海岸魚、淡水魚。大都形態奇怪，色彩綺麗，是著名的觀賞魚類。

**熱處理** ㄖㄜˋ ㄔㄨˇ ㄌㄧˇ 是金屬工程上的習用語，指金屬製作方面須要先加高熱再加處理的各種技術方法說的。

**熱罨法** ㄖㄜˋ ㄧㄢˇ ㄈㄚˇ 利用熱的溼毛巾或橡皮袋盛熱水，把熱度加在病人患部的治療法。

**熱辣辣** ㄖㄜˋ ㄌㄚˋ ㄌㄚˋ 形容熱得像被火燙著一樣。

**熱騰騰** ㄖㄜˋ ㄊㄥˊ ㄊㄥˊ 形容剛煮熟的食物還冒著熱氣。

**熱呼呼的** ㄖㄜˋ ㄏㄨ ㄏㄨ ˙ㄉㄜ 形容有點兒熱或溫度比較高些。

**熱核反應** ㄖㄜˋ ㄏㄜˊ ㄈㄢˇ ㄧㄥˋ 物理學名詞。在極高溫度下，氫元素的原子核產生極大的熱運動而互相撞擊，聚變成另一種原子核的過程。在這過程中，可以釋放很大的原子核能。

**熱帶雨林** ㄖㄜˋ ㄉㄞˋ ㄩˇ ㄌㄧㄣˊ 地理學名詞。在熱帶終年高溫多雨地區所產生的林帶。

**熱帶氣候** ㄖㄜˋ ㄉㄞˋ ㄑㄧˋ ㄏㄡˋ 地理學名詞。赤道和熱帶區域的典型氣候，終年高溫，日照強烈。

**熱帶氣旋** ㄖㄜˋ ㄉㄞˋ ㄑㄧˋ ㄒㄩㄢˊ 地理學名詞。在熱帶海洋上所形成的低氣壓，如颶風、颱風都是。

**熱帶植物** ㄖㄜˋ ㄉㄞˋ ㄓˊ ㄨˋ 生長在熱帶高溫地區的植物。

**熱帶森林** ㄖㄜˋ ㄉㄞˋ ㄙㄣ ㄌㄧㄣˊ 地理學名詞。熱帶地區生長的森林，分布在南北回歸線之間。

**熱核子武器** ㄖㄜˋ ㄏㄜˊ ㄗˇ ㄨˇ ㄑㄧˋ 就是氫彈之類利用核子熔合而放出高能量，去殺傷、破壞的武器。

**熱鍋上的螞蟻** ㄖㄜˋ ㄍㄨㄛ ㄕㄤˋ ˙ㄉㄜ ㄇㄚˇ ㄧˇ 上字輕讀。形容焦急萬分、坐立不安的樣子。

**熬** ▲ㄠ ㈠乾煎。如「煎熬」「熬油」。㈡用長時間煮。如「熬膠」「熬藥」。㈢勉強忍耐，支撐著過下去。如「熬夜」「從苦日子熬出來了」。▲ㄠ ㈠煮。如「熬魚」「熬白菜」。㈡因懊惱、煩悶而消沉叫熬。如「為一點小事兒熬了好幾天」。

**熬惱** ㄠ ㄋㄠˇ 心中煩悶不快樂。也說「熬心」。

**熬湯** ㄠ ㄊㄤ 煮物做湯。

**熬菜** ㄠ ㄘㄞˋ 烹煮湯汁較多的菜。

**熬煎** ㄠ ㄐㄧㄢ 比喻痛苦極了。

**熬夜(兒)** ㄠ ㄧㄝˋ(ㄦ) 夜間有事不睡覺。

**熠** 図ㄧˋ 光耀,鮮明。如「熠熠生輝」「光彩熠熠」。

**熠熠** ㄧˋ ㄧˋ 図①明亮。②鮮明。

**熨** ▲ㄩㄣˋ 用熨斗燙平。如「把衣服熨一熨」。▲ㄩˋ 「熨貼」,是說妥貼舒適。如「他聽了這些話心裡很熨貼」。

**熨斗** ㄩㄣˋ ㄉㄡˇ 是燙平衣服用的器具;從前是在熨斗裡裝上炭火,現在多用電熨斗或使用蒸氣熱力的熨斗。

## 十二筆

**燜** ㄇㄣˋ 做菜或煮食物的一種法子,用微火慢慢煮,並且蓋嚴了使不透氣。如「燜飯」「燜肉」。又讀ㄇㄣ。

**燔** 図ㄈㄢˊ ㈠焚燒。如「燔詩書以明法令」。㈡烤熟的祭肉,通膰。

**燈(鐙、灯)** ㄉㄥ ㈠能發光用以照明的器具。如「油燈」「電燈」。

**燈下** ㄉㄥ ㄒㄧㄚˋ ①在燈光之下。②泛指夜間。

**燈心** ㄉㄥ ㄒㄧㄣ 也作「燈芯」,又叫「燈草」。就是去皮的燈心草,用在舊日的油燈裡吸油點火,燃燒發光。

**燈火** ㄉㄥ ㄏㄨㄛˇ 泛指燈光。如「燈火通明」。

**燈市** ㄉㄥ ㄕˋ 舊時元宵節前後,市集白天出售各式花燈,夜晚張掛各種彩燈的地方,叫「燈市」。

**燈具** ㄉㄥ ㄐㄩˋ 泛指各種照明用具。

**燈塔** ㄉㄥ ㄊㄚˇ 在海岸、港口或島上所建築的,裝置著強光燈的高塔;經常閃出燈光,做為海上航行的標識。

**燈號** ㄉㄥ ㄏㄠˋ 用燈光明亮閃滅所表示的信號;航行的船艦常用燈號代表語言,互通信息。城市中十字路口的紅綠燈、黃色閃燈等,用以維持交通秩序。

**燈蛾** ㄉㄥ ㄜˊ 喜歡撲燈火的蛾類,像穀蛾、麥蛾等。

**燈臺** ㄉㄥ ㄊㄞˊ ①就是油燈。②燈塔。

**燈謎** ㄉㄥ ㄇㄧˊ 舊時在上元節貼在花燈上供人猜射的謎語。相傳有二十四格,包括捲簾、諧聲、會意、白頭、粉靴、拆字、解鈴、繫鈴等。也叫「文虎」或「燈虎(兒)」。

**燈籠** ㄉㄥ ㄌㄨㄥˊ 籠字輕讀。用紙或紗做的籠,裡邊點著蠟燭,提在手裡照亮兒。

**燈泡(兒)** ㄉㄥ ㄆㄠˋ(ㄦ) 就是電燈泡。也說燈泡子。

**燈花(兒)** ㄉㄥ ㄏㄨㄚ(ㄦ) ①燈心燃燒的時候,燒過的黑色殘餘部分所結成的花形。②燈心燃燒當中,因為有燒過的殘餘部分,引起燈火不穩定的突然爆燃放亮的火花。也叫「燭花」。

**燈虎(兒)** ㄉㄥ ㄏㄨˇ(ㄦ) 燈謎。

**燈罩(兒)** ㄉㄥ ㄓㄠˋ(ㄦ) 罩燈的用具。

**燈節(兒)** ㄉㄥ ㄐㄧㄝˊ(ㄦ) 就是上元節,農曆的正月十五。

**燈頭（兒）** ㄉㄥ ㄊㄡˊ（ㄦ） ①燈火苗兒。②電燈安裝燈泡的底座，俗稱燈頭；又指所裝燈泡的數目。如「這間屋子裡有三個燈頭」。

**燈心草** ㄉㄥ ㄒㄧㄣ ㄘㄠˇ 植物名，燈心草科，多年生草本。種在水田。莖細長，夏天開黃色小花。莖中有白瓤，可以做燈心，並可入藥。

**燈心絨** ㄉㄥ ㄒㄧㄣ ㄖㄨㄥˊ 有凸起的楞條，並具光澤的木棉布料。

**燈籠褲** ㄉㄥ ㄌㄨㄥˊ ㄎㄨˋ 褲管寬鬆、褲腳用鬆緊帶收縮的褲子，形狀像燈籠，所以叫「燈籠褲」。

**燈火管制** ㄉㄥ ㄏㄨㄛˇ ㄍㄨㄢˇ ㄓˋ 防空方法之一。在空襲時，一切發光體都必須加以息滅或掩蔽，使敵機找不出轟炸的目標，叫燈火管制。

**燈紅酒綠** ㄉㄥ ㄏㄨㄥˊ ㄐㄧㄡˇ ㄌㄩˋ 形容尋歡作樂的生活。

**燈蛾撲火** ㄉㄥ ㄜˊ ㄆㄨ ㄏㄨㄛˇ 比喻自取滅亡。

**燉（炖）** ▲ㄉㄨㄣˋ (一)久煮，使食物燜熟。如「燉肉」。(二)器內盛水或汁液等，放在爐上使溫，如燉酒、燉藥。▲ㄉㄨㄣ 地名，燉煌，就是敦煌。

**燙** ㄊㄤˋ (一)極熱。如「開水太燙，晾一晾再喝」。(二)極熱的感覺。如「這碗粥喝著燙嘴」。(三)加熱。如「把酒燙一燙」。(四)皮膚被熱東西所傷。如「燙傷了手」。(五)用熱力改變物體的樣子。如「燙平了衣服」「燙上一行金字」。

**燙手** ㄊㄤˋ ㄕㄡˇ ①東西摸著太熱，不可拿。②指事情難辦，同「棘手」的意思一樣。

**燙金** ㄊㄤˋ ㄐㄧㄣ 用熱力把鉛字或金屬花紋版壓在物體上，印成金色的字樣或花紋痕跡。

**燙酒** ㄊㄤˋ ㄐㄧㄡˇ 把裝著酒的器具放在熱水裡，使酒變熱。

**燙髮** ㄊㄤˋ ㄈㄚˇ 用電熱或其他方法燙頭髮，使頭髮變成彎曲的形狀。

**燙麵** ㄊㄤˋ ㄇㄧㄢˋ 用沸水和麵。如「燙麵餅」「燙麵餃兒」。

**燎** ▲図ㄌㄧㄠˊ (一)放火燒田裡的草。如「星星之火可以燎原」。(二)在地上燒柴照明，叫「庭燎」。(三)燒，烤，烘乾。〈後漢書〉說「光武對灶燎衣」。(四)見「燎漿泡」。▲ㄌㄧㄠˇ 挨近火被燒焦了，多指毛髮。

**燎原** ㄌㄧㄠˊ ㄩㄢˊ 火大難滅。比喻形勢擴大發展。

**燎漿泡** ㄌㄧㄠˊ ㄐㄧㄤ ㄆㄠˋ 皮膚燙傷腫起來的水泡。也叫「燎泡」。

**燐** ㄌㄧㄣˊ (一)非金屬化學元素「磷」，舊時寫作「燐」。(二)「燐火」的簡詞。

**燐火** ㄌㄧㄣˊ ㄏㄨㄛˇ 夜間在野外忽隱忽現的青光，是磷質遇見空氣燃燒發出來的。墳墓區域多磷質，常有燐火，所以俗稱「鬼火」。

**燐光** ㄌㄧㄣˊ ㄍㄨㄤ 帶有硫酸鹽的物質或硫化物晒過太陽以後，能吸收輻射能，移到暗處，會發青色微光，叫燐光。

**熸** 図ㄐㄧㄢ (一)火滅。(二)「熸師」，比喻打敗仗。

**熹** 図ㄒㄧ (一)天亮，微明的陽光。如「晨熹」。(二)明亮。(三)烤，熱。

**熹微** ㄒㄧ ㄨㄟˊ 図天剛亮的樣子。陶潛〈歸去來辭〉文有「恨晨光之熹微」。

**熺** 図ㄒㄧ 明亮，同「熹」字。

**熾** 図ㄔˋ (一)火勢盛大。(二)形容熱烈旺盛。

**熾烈** ㄔˋ ㄌㄧㄝˋ 図火勢旺盛。比喻情勢熱烈。

**熾盛** ㄔˋ ㄕㄥˋ 図繁盛。

**熾熱** ㄔˋ ㄖㄜˋ ①很熱。②非常熱烈。

**燒** ㄕㄠ ㈠用火焚燃。如「燒火」「燃燒」。㈡指烤熟的食品。如「燒餅」「燒鴨子」。㈢一種烹調法，先用油炸，再加湯汁來炒。如「紅燒蘿蔔」「燒茄子」。㈣一種食物製法，先煮熟再用油炸。如「燒羊肉」。㈤泛指烹調。如「燒幾個菜」。㈥煮。如「燒水」「燒飯」。㈦人身體的溫度加高。如「發燒」「燒了一夜」。㈧指人得意而忘形胡為或驟然得意而不知如何是好。如「他發了財就燒起來了」「人家誇他兩句，他就燒得難受」。㈨「燒酒」的簡稱。如「高粱燒」。

**燒化** ㄕㄠ ㄏㄨㄚˋ 燒掉。指焚燒冥鏹或屍首。

**燒心** ㄕㄠ ㄒㄧㄣ 〔方〕煩惱，焦急。

**燒水** ㄕㄠ ㄕㄨㄟˇ 用火把水煮熱。

**燒火** ㄕㄠ ㄏㄨㄛˇ 點火，生火。

**燒灰** ㄕㄠ ㄏㄨㄟ 把東西燒成灰。

**燒杯** ㄕㄠ ㄅㄟ 用薄玻璃製成的杯子，是化學實驗用具，耐高溫，可以盛液體在酒精燈上加熱。

**燒香** ㄕㄠ ㄒㄧㄤ 點香拜神。

**燒酒** ㄕㄠ ㄐㄧㄡˇ 一種烈酒。使用高粱、麥、米、蕃薯等材料，經過蒸餾做成的。市上賣的燒酒，以高粱酒最多。

**燒紙** ㄕㄠ ㄓˇ ①燒給鬼神的冥紙。紙字通常是輕讀。②指燒冥紙拜神或祭祀。

**燒茶** ㄕㄠ ㄔㄚˊ 煮茶。

**燒瓶** ㄕㄠ ㄆㄧㄥˊ 化學實驗用具，頸長腹圓，用耐火玻璃製成，可用來煎煮液體。

**燒飯** ㄕㄠ ㄈㄢˋ 煮飯。

**燒傷** ㄕㄠ ㄕㄤ 由高溫引起的身體傷害。

**燒餅** ㄕㄠ ㄅㄧㄥˇ 餅字可輕讀。用麵粉製成的一種食品，表面附有芝麻。

**燒豬** ㄕㄠ ㄓㄨ ①烹煮豬肉。②把整隻小豬剖腹去內臟烤熟。

**燒賣** ㄕㄠ ㄇㄞˋ 賣字輕讀。一種略像包子的食品，皮較薄，肉餡。也作「燒麥」。

**燒燬** ㄕㄠ ㄏㄨㄟˇ 焚燒毀滅。

**燒鍋** ㄕㄠ ㄍㄨㄛ 北方釀燒酒的鍋。

**燒雞** ㄕㄠ ㄐㄧ ①先炒過雞肉，再加酒煮熟的，叫「燒酒雞」。②把雞烤熟。

**燒刀子** ㄕㄠ ㄉㄠ ˙ㄗ 〔方〕同「燒酒」。

**燒石膏** ㄕㄠ ㄕˊ ㄍㄠ 將普通石膏加熱到百度以上所得的白色粉末，可以造模型、石膏像等。

**燒夷彈** ㄕㄠ ㄧˊ ㄉㄢˋ 炸彈內裝燃燒劑的，爆炸後生出烈火，引起火災。也叫「燃燒彈」。

**燒冷灶** ㄕㄠ ㄌㄥˇ ㄗㄠˋ 比喻對還不發達的人或是還沒有成就的事，預先加以幫助，好在將來沾光，得到好處。

**燊** 〔文〕ㄕㄣ ㈠興盛的樣子。㈡火勢旺盛。

**燃** ㄖㄢˊ ㈠燒。如「燃料」「氧氣能助燃」。㈡引火點著。如「燃燈」「把柴燃著了」。

**燃放** ㄖㄢˊ ㄈㄤˋ 點火引發。如「燃放煙火」。

**燃眉** ㄖㄢˊ ㄇㄟˊ 〔文〕火燒眉毛。比喻事情萬分急迫。非常緊急的狀況，常作「燃眉之急」。

**燃料** ㄖㄢˊ ㄌㄧㄠˋ 可供燃燒的材料，像煤、炭、木柴、煤油、汽油等。

**燃燒**（ㄖㄢˊ ㄕㄠ） 火燒起來，是物體與氧起強烈的化合作用而引起火光與熱的現象。

**燃點**（ㄖㄢˊ ㄉㄧㄢˇ） ①引火點著。②指物質燃燒所需的最低溫度。

**燃燒彈**（ㄖㄢˊ ㄕㄠ ㄉㄢˋ） 又叫「燒夷彈」。彈內裝少量炸藥和多量易燃液體。當彈體發射碰地，易燃液體就會迸出燃燒，噴射四處。常用來焚毀敵人的建築物。

**燁** 〔文〕ㄧㄝˋ 光彩奪目的樣子。如「燁燁」。

**燕** ▲ㄧㄢˋ ㈠鳥名。參看「燕子」條。㈡〔文〕古書裡有時和「讌」「宴」通用。參看「燕居」「燕樂」等條。▲ㄧㄢ ㈠國名：①周武王封他的弟弟召公奭於燕，是北燕，在今河北省大興縣。到春秋、戰國時候漸漸強大起來，為七雄之一。②東晉時候五胡亂華，鮮卑族慕容氏建立的國號是燕的有五次，分別稱為前燕、後燕、西燕、南燕、北燕。㈡河北省的簡稱。㈢「燕京」是北京舊時的別名。㈣姓。

**燕子**（ㄧㄢˋ ˙ㄗ） 子字常輕讀。候鳥，也是一種益鳥，嘴大腳短，尾巴像剪刀，背黑，腹白。春季飛到北方，秋季以後飛回南方，搭窩在人家的房梁，隔年還能認明舊巢。捉小蟲吃。通常叫「小燕兒」。

**燕支**（ㄧㄢ ㄓ） 可做紅色染料的草，可作婦女面部的化妝品，也作「燕脂」「胭脂」「焉支」「烟支」。

**燕尾**（ㄧㄢˋ ㄨㄟˇ） 書法上稱形似燕尾的筆畫。

**燕居**（ㄧㄢˋ ㄐㄩ） 〔文〕閒居，安居。

**燕侶**（ㄧㄢˋ ㄌㄩˇ） 〔文〕燕子喜歡雙棲，所以用「燕侶」比喻夫婦。

**燕麥**（ㄧㄢˋ ㄇㄞˋ） 穀類植物，俗稱油麥。

**燕菜**（ㄧㄢˋ ㄘㄞˋ） 用燕窩作成的菜肴。

**燕爾**（ㄧㄢˋ ㄦˇ） 〔文〕祝賀新婚的話。〈詩經〉「燕爾新婚，琴瑟和好」的略語。也作「宴爾」。

**燕窩**（ㄧㄢˋ ㄨㄛ） 金絲燕把胃裡分泌的黏液吐出來築的巢，是多膠質的珍貴食品。

**燕樂** ▲〔文〕ㄧㄢˋ ㄌㄜˋ 安樂，同「宴樂」。▲ㄧㄢˋ ㄩㄝˋ 宴會或祭祀上饗的時候所奏的音樂。

**燕尾服**（ㄧㄢˋ ㄨㄟˇ ㄈㄨˊ） 西式男子晚禮服的一種。

**燕巢幕上**（ㄧㄢˋ ㄔㄠˊ ㄇㄨˋ ㄕㄤˋ） 〔文〕比喻處境很危險。這個成語是從〈左傳〉「猶燕之巢於幕上」來的。

**燕雀處堂**（ㄧㄢˋ ㄑㄩㄝˋ ㄔㄨˇ ㄊㄤˊ） 〔文〕比喻居安而無遠慮，面臨災禍仍不自知。

**燏** 〔文〕ㄩˋ 火光。

## 十三筆

**燬** ㄏㄨㄟˇ ㈠燒壞。如「焚燬」。㈡〔文〕烈火。㈢〔文〕火勢旺盛的樣子。

**燴（烩）** ㄏㄨㄟˋ 烹飪法之一，菜煮熟並調和濃湯汁（裡面加上甘薯粉、太白粉或綠豆粉）。如「燴豆腐」「雜燴」。

**燮** 〔文〕ㄒㄧㄝˋ 調和。

**燮理**（ㄒㄧㄝˋ ㄌㄧˇ） 〔文〕調理；古時指官吏辦事而言。

**燭（烛）** ㄓㄨˊ ㈠蠟燭。如「小心火燭」「洞房花燭」。㈡指燭光，計算光度的單位。如「六十燭的燈泡」。㈢〔文〕照，看透。如「洞燭其奸」。

**燭光**（ㄓㄨˊ ㄍㄨㄤ） 計算光度的單位，通常以白金到達熔點時，六十分之一平方公分面積的發光強度為一燭光。

**燭花** ㄓㄨˊ ㄏㄨㄚ ①蠟燭燃燒時，燭心結成的穗狀物。②図指蠟燭的火焰。

**燭淚** ㄓㄨˊ ㄌㄟˋ 蠟燭燃燒時，蠟油下滴，好像流淚，所以叫「燭淚」。

**燭照** ㄓㄨˊ ㄓㄠˋ 図燭光照耀。比喻洞見明白。

**燭臺** ㄓㄨˊ ㄊㄞˊ 插蠟燭的器具。

**燭光晚會** ㄓㄨˊ ㄍㄨㄤ ㄨㄢˇ ㄏㄨㄟˋ 用點燃的蠟燭，做為夜間聚會的照明工具，營造溫馨祥和的氣氛，促進情感交流。

**燥** ㄗㄠˋ 乾，水分少。如「天很旱，太燥了」「高粱可以種在高燥的地方」。

**燥熱** ㄗㄠˋ ㄖㄜˋ 又熱又乾燥。

**燦（灿）** ㄘㄢˋ 鮮明美麗，耀眼的樣子。

**燦爛** ㄘㄢˋ ㄌㄢˋ 光彩美麗的樣子。也作「粲爛」。

**燧** ㄙㄨㄟˋ ㈠古時候取火的器具。㈡図火把。如「木燧」「燧石」。㈢古時候為了報告敵情，在邊境點起的煙火。如「烽燧」（烽是夜間點起的火，燧是白天冒起的煙）。

**燧石** ㄙㄨㄟˋ ㄕˊ 取火用的石頭，敲擊能發火。又叫火石。屬於石英類，是製玻璃的原料。

**燧人氏** ㄙㄨㄟˋ ㄖㄣˊ ㄕˋ 中國古代史記載教人取火煮食物的人。

**燠** ▲図 ㄠˋ 很熱。▲図 ㄩˋ 煖。

**燠熱** ㄠˋ ㄖㄜˋ 悶熱。

**營（营）** ㄧㄥˊ ㈠軍隊駐紮的地方。如「安營」「營盤」。㈡陸軍的編制，三連是一營，有五百多人。㈢青年假期活動的組織名稱，像「海上訓練營」「聽濤營」之類的。㈣為了一種目的來籌畫。如「營利」「營救」。㈤經營。如「民營企業」。

**營火** ㄧㄥˊ ㄏㄨㄛˇ 夜間露營，堆木燃燒，圍著火堆做各種活動，叫營火。

**營生** ㄧㄥˊ ㄕㄥ 謀生活。

**營地** ㄧㄥˊ ㄉㄧˋ 軍隊紮營的地方。

**營利** ㄧㄥˊ ㄌㄧˋ ①經營生產事業以謀利益。②增殖貨幣價值的行為。

**營求** ㄧㄥˊ ㄑㄧㄡˊ 謀求。

**營私** ㄧㄥˊ ㄙ 假公濟私。

**營房** ㄧㄥˊ ㄈㄤˊ 部隊住的房子。

**營建** ㄧㄥˊ ㄐㄧㄢˋ 計畫建造，興建。

**營帳** ㄧㄥˊ ㄓㄤˋ 軍隊或到野外過夜時用的帳篷。

**營救** ㄧㄥˊ ㄐㄧㄡˋ 想法子搭救。

**營造** ㄧㄥˊ ㄗㄠˋ 建築房屋橋梁的事。

**營業** ㄧㄥˊ ㄧㄝˋ ①以營利為目的的事業。②從事以營利為目的的活動。③一般指經營商業，做生意。

**營葬** ㄧㄥˊ ㄗㄤˋ 辦理安葬的事情。

**營運** ㄧㄥˊ ㄩㄣˋ 業務的經營，資金的運用等工作。

**營養** ㄧㄥˊ ㄧㄤˇ 生物從環境中取得的養分，用來充當熱能，或作個體的結構。人體所攝取的營養，包括蛋白質、維生素、脂肪、礦物質、碳水化合物、醣類等。

**營營** ㄧㄥˊ ㄧㄥˊ 図①來往盤旋的樣子。如「營營青蠅」。②為謀生計而奔波。蘇軾〈臨江仙〉詞有「長恨此身非我有，何時忘卻營營」。

**營繕** 指土木工程的營造、修理。

**營造尺** 清朝工部所規定的標準尺，也叫「部尺」，俗稱「魯班尺」。一營造尺等於〇・三二公尺。

**營業員** 受雇經營商業的人員。

**營業場所** 公司行號對外經營商業的地方。

**營養不良** 是指身體攝取的營養不夠和過剩情況，都會導致疾病。

**營養午餐** 學校根據學生身體發育所需要的營養來設計調配、供學生在校食用的午餐。

**營養均衡** 注意攝取各種營養，可以維持正常生理機能所需的量，沒有營養過剩或不足的現象。

**營利事業所得稅** 政府對於營業者所徵課營業收入的稅。

## 十四筆

**燾** 図ㄊㄠˊ遮蓋。與「幬」字通。又讀ㄉㄠˋ。

**燼（烬）** 図ㄐㄧㄣˋ燒剩下的東西。如「灰燼」「餘燼」。

**燼餘** 図災禍後所剩下的。比喻遺民或遺孤。

**燹** 図ㄒㄧㄢˇ火，野火。戰爭中受到的焚燒破壞叫「兵燹」。

**燻** ㄒㄩㄣ同「熏」字。

**燻魚（兒）** 泛指熏製的豬頭肉、肝臟和魚類等。

## 十五筆

**爆** ▲ㄅㄠˋ㈠炸裂。如「爆破」。㈡突然發作。如「爆發」。㈢一種烹飪法，在滾水或滾油裡稍微一煮、一炸，就取出來蘸作料吃。如「爆肚（ㄉㄨˇ）兒」。▲図ㄅㄛˋ㈠用火逼乾。㈡燒。

**爆竹** 用紙捲火藥做成的，點燃引線就會炸裂，發出大的響聲，喜慶時燃放。也叫「炮仗」（仗字輕讀）。

**爆炸** 物體體積急遽膨脹，使周圍氣壓發生強烈變化並發出巨大聲響，叫爆炸。由於化學反應和核反應引起急遽燃燒，能量快速散放引起的情形。伴有熱光、壓力、氣體聲音和衝擊波，破壞力很大。

**爆破** 炸破，安置炸藥使物體破毀；是軍事兵工的一種重要工作。又如修築道路、開山鑿石等工程，也常需要爆破工作。

**爆發** ①火藥突然爆炸。②事情突然發作。如「火山爆發」。

**爆裂** 炸開來。

**爆滿** 指觀眾、旅客等超過場地或規定容納的人數。如「全場爆滿」。

**爆肚（兒）** 把牛羊肚兒在沸水裡煮一下就撈起來，蘸作料馬上吃。

**爆米花** 是用米或玉米烤得膨大鬆散，爆裂成花樣形狀，香脆可口。用米做的爆米花，還可以加糖漿粘起來，切成塊狀來吃。

**爆炸波** 爆炸時發生的衝擊波。

**爆發力** 體育運動中瞬間迸發出的力量。如在起跑、起跳、扣球和投擲時使出的力量。

**爍** 図ㄕㄨㄛˋ㈠發光的樣子。如「閃爍」「目光爍爍」。㈡通「鑠」。

字，熔化金屬。如「眾口爍金」（比喻人言可畏）。

**爇** 図ㄖㄨㄛˋ 燃燒。如「石綿入火不爇」。又讀ㄖㄜˋ。

## 十六筆

**爐（炉、鑪）** ㄌㄨˊ ㈠裝上煤炭等用來燒火的都叫爐。如「火爐子」「司爐」（管爐火的人）。㈡姓。

**爐子** ㄌㄨˊ ˙ㄗ 爐㈠。

**爐灰** ㄌㄨˊ ㄏㄨㄟ 燒煤等餘下的灰燼。

**爐條** ㄌㄨˊ ㄊㄧㄠˊ 爐子底部承載煤炭的鐵條。

**爐灶** ㄌㄨˊ ㄗㄠˋ 灶。

**爐門（兒）** ㄌㄨˊ ㄇㄣˊ（ㄦˊ） 火爐的門。

**爐臺（子）** ㄌㄨˊ ㄊㄞˊ（˙ㄗ） 爐灶上部平面可放器物的地方。也叫爐臺兒。

**爐火純青** ㄌㄨˊ ㄏㄨㄛˇ ㄔㄨㄣˊ ㄑㄧㄥ 比喻功力精深。

**爐灰砟兒** ㄌㄨˊ ㄏㄨㄟ ㄓㄚˇ ㄦ 煤經燃燒後凝煉成塊的廢物。

## 十七筆

**爛** ㄌㄢˋ ㈠食物極熟極軟。如「飯燜爛了」「這一個桃兒又爛又甜」。㈡腐敗，壞，破。如「破爛」「腐爛」。㈢極。如「爛熟」。㈣光明的樣子。如「燦爛」。

**爛泥** ㄌㄢˋ ㄋㄧˊ 稀爛的軟泥巴。

**爛然** ㄌㄢˋ ㄖㄢˊ 図光彩明亮的樣子。

**爛漫** ㄌㄢˋ ㄇㄢˋ ①光彩鮮明的樣子。②坦白光明，毫無做作。如「天真爛漫」。③図睡熟了的樣子。④図散亂。

**爛熟** ㄌㄢˋ ㄕㄡˊ ①極熟，熟透了。②比喻精詳。陸游詩有「世態十年看爛熟（ㄕㄨˊ）」。

**爛帳** ㄌㄢˋ ㄓㄤˋ 久久不還的帳。

**爛醉** ㄌㄢˋ ㄗㄨㄟˋ 大醉。如「爛醉如泥」。

**爛好人** ㄌㄢˋ ㄏㄠˇ ㄖㄣˊ 處事沒有原則的「好好先生」。

**爛攤子** ㄌㄢˋ ㄊㄢ ˙ㄗ ①東西散亂沒有秩序。②事情或局面紊亂，難以收拾整頓。

**爝** 図ㄐㄩㄝˊ 「爝火」就是火把。

**爚** 図ㄩㄝˋ ㈠火飛，熱。㈡光明。又讀ㄧㄠˋ。

## 二十五筆

**爨** ㄘㄨㄢˋ ㈠生火做飯。如「分爨」（一家兄弟各自過生活）「同居各爨」。㈡灶。如「爨下」。㈢雲南省境裡的一部分種族，古時叫爨。㈣姓。

# 爪部

**爪** ▲ㄓㄠˇ ㈠手、腳的指甲。如「虎爪」「爪牙」。㈡動物的腳。如「張牙舞爪」「前爪」。

▲ㄓㄨㄚˇ ㈠動物有尖甲的腳，通稱「爪子」「爪兒」。如「雞爪子」「蟲子爪兒」。㈡器具底下短小的支柱，也叫「爪兒」。如「三爪兒鍋」「這個盤子底下有四隻爪兒」。

**爪牙** ㄓㄠˇ ㄧㄚˊ ①鳥獸的腳爪和牙齒，用以自衛示威，文言裡也用來比喻英勇的武臣。②比喻首領手下的黨羽，受指使為頭目辦事的黨徒。

**爪印** ㄓㄠˇ ㄧㄣˋ 文鳥獸在泥沙地上留下的足爪痕跡。指往事的痕跡。也作「爪痕」。

**爪哇** ㄓㄠˇ ㄨㄚ 印尼群島之一。

**爪尖(兒)** ㄓㄠˇ ㄐㄧㄢ(ㄦ) 用做食物的豬蹄。

**爪泥痕** ㄓㄠˇ ㄋㄧˊ ㄏㄣˊ 鳥獸的腳爪在泥上印下的痕跡。

## 四筆

**爬** ㄆㄚˊ (一)肚子向下，手腳著地往前進。如「小孩兒會爬了」「螃蟹橫著爬」。(二)扒著往上去。如「爬山」「向上爬」。(三)用指甲撓、搔。如「爬癢」。

**爬行** ㄆㄚˊ ㄒㄧㄥˊ 爬著行動。

**爬拉** ㄆㄚˊ ㄌㄚ 拉字輕讀。急忙的吃飯。就是「爬飯」。

**爬竿** ㄆㄚˊ ㄍㄢ 把竹竿或金屬竿垂直立著，人利用手腳往上攀爬，手觸頂端橫梁後再滑落地面。

**爬梳** ㄆㄚˊ ㄕㄨ 文爬搔梳櫛，比喻整理紛亂的事務。

**爬蟲** ㄆㄚˊ ㄔㄨㄥˊ 四肢短小，用腹部貼地爬著走動的動物，像龜、蛇、鱷魚等類，都叫爬蟲。

**爬羅** ㄆㄚˊ ㄌㄨㄛˊ 文包括一切。大量搜集。

**爬山虎(兒)** ㄆㄚˊ ㄕㄢ ㄏㄨˇ(ㄦ) 也說作「扒山虎(兒)」。①一種沿著牆蔓生的植物，也叫「爬牆虎」或「扒牆虎」。②一種上山用的兩人抬的小轎子。③壁虎(蜥蜴)也叫爬山虎兒。

**爬行動物** ㄆㄚˊ ㄒㄧㄥˊ ㄉㄨㄥˋ ㄨˋ 四肢短小，腹部貼地爬行的動物。如龜、蛇等。

**爬羅剔抉** ㄆㄚˊ ㄌㄨㄛˊ ㄊㄧ ㄐㄩㄝˊ 文比喻搜羅挑選人才。

**爭(争)** ㄓㄥ (一)努力求取。「競爭」「兵家必爭之地」。(二)吵嘴，辯論。如「爭論」「口舌之爭」。(三)搶著，惟恐落後。如「爭先恐後」「爭著付錢」。(四)文怎麼，如何。如「多情爭似無情」。(五)文差(舊詞曲裡時常用)。如「高低爭幾許」「爭些兒當面錯過」。(六)文通「諍」字，規勸的意思。如「爭友」。

**爭友** ㄓㄥ ㄧㄡˇ 文直言規戒的朋友。也作「諍友」。

**爭光** ㄓㄥ ㄍㄨㄤ 爭取光榮。

**爭先** ㄓㄥ ㄒㄧㄢ 爭著趕到別人前頭。

**爭臣** ㄓㄥ ㄔㄣˊ 文直言諫諍君王的臣子。也作「諍臣」。

**爭吵** ㄓㄥ ㄔㄠˇ 大聲爭辯。

**爭忍** ㄓㄥ ㄖㄣˇ 文怎忍。柳永采蓮令詞「斷腸爭忍回顧」。

**爭取** ㄓㄥ ㄑㄩˇ 力求得到。

**爭風** ㄓㄥ ㄈㄥ 因妒忌而相爭。

**爭氣** ㄓㄥ ㄑㄧˋ ①立志向上，不落人後。如「他是個爭氣的孩子」。②負氣而不肯屈服。如「為國家民族爭氣」「爭氣不爭財」。

**爭鬥** ㄓㄥ ㄉㄡˋ 雙方不讓，互相毆鬥。

**爭執** ㄓㄥ ㄓˊ 各自固執己見，不肯相讓。

**爭得** ㄓㄥ ㄉㄜˊ 文怎得。晏殊〈秋蕊香〉詞有「爭得朱顏依舊」句。

**爭訟** ㄓㄥ ㄙㄨㄥˋ 因事相爭而起訴訟。

**爭逐** ㄓㄥ ㄓㄨˊ 追逐。

**爭勝** ㄓㄥ ㄕㄥˋ 爭雄。也作「爭強」。

**爭雄** ㄓㄥ ㄒㄩㄥˊ 爭取優勝。也作「爭強」。

**爭奪** ㄓㄥ ㄉㄨㄛˊ 相奪不讓。

**爭端** ㄓㄥ ㄉㄨㄢ 引起爭執的事件原因。

**爭論** ㄓㄥ ㄌㄨㄣˋ 爭辯。

**爭鋒** ㄓㄥ ㄈㄥ 図交戰。

**爭嘴** ㄓㄥ ㄗㄨㄟˇ ①為貪吃而爭。②辯論。

**爭戰** ㄓㄥ ㄓㄢˋ 戰爭，打仗。

**爭寵** ㄓㄥ ㄔㄨㄥˇ 爭著得到別人的寵愛。

**爭競** ㄓㄥ ㄐㄧㄥˋ 就是競爭。

**爭議** ㄓㄥ ㄧˋ 爭論。

**爭辯** ㄓㄥ ㄅㄧㄢˋ 各執己見，辯論是非。

**爭霸** ㄓㄥ ㄅㄚˋ 爭取霸權。

**爭權** ㄓㄥ ㄑㄩㄢˊ 爭奪權力。

**爭先恐後** ㄓㄥ ㄒㄧㄢ ㄎㄨㄥˇ ㄏㄡˋ 大家都搶先而不肯落後。

**爭名爭利** ㄓㄥ ㄇㄧㄥˊ ㄓㄥ ㄌㄧˋ 爭取名利。也作「爭名奪利」。

**爭多論少** ㄓㄥ ㄉㄨㄛ ㄌㄨㄣˋ ㄕㄠˇ 交易或談判時的討價還價。

**爭長競短** ㄓㄥ ㄔㄤˊ ㄐㄧㄥˋ ㄉㄨㄢˇ 計較，爭論。也作「爭長論短」。

**爭風吃醋** ㄓㄥ ㄈㄥ ㄔ ㄘㄨˋ 指男女間因嫉妒而起爭執。

**爭權奪利** ㄓㄥ ㄑㄩㄢˊ ㄉㄨㄛˊ ㄌㄧˋ 彼此勾心鬥角，爭奪權勢和利益。

**爭氣不爭財** ㄓㄥ ㄑㄧˋ ㄅㄨˋ ㄓㄥ ㄘㄞˊ 為爭意氣，不惜花費資財。

## 五筆

**爰** 図ㄩㄢˊ ㈠於是。如「獲有心得，爰成此書」。㈡改換。如「爰田」「爰居（移居）」。㈢姓。

## 十三筆

**爵** ▲ㄐㄩㄝˊ ㈠古代盛酒的器具，多是銅器，上面像杯，下面有三條腿兒。㈡君主時代或君主國家的貴族等級，也叫「爵位」。我國古代五等爵是公、侯、伯、子、男。▲図ㄑㄩㄝˋ古書裡同「雀」字。〈孟子〉書有「為叢驅爵者鸇也」。

**爵士** ㄐㄩㄝˊ ㄕˋ （knight）①英國貴族的通稱，用在不是很正式的場合，或是對公爵、侯爵的次子、幼子的禮貌稱呼。②英文jazz的譯音，也說「爵士樂」「爵士音樂」，是美國流行的一種樂曲，由黑人的民謠所改成的。

**爵位** ㄐㄩㄝˊ ㄨㄟˋ 「爵」㈡。

**爵秩** ㄐㄩㄝˊ ㄓˋ 同「爵祿」。

**爵祿** ㄐㄩㄝˊ ㄌㄨˋ 図爵位和俸祿。

**爵弁服** ㄐㄩㄝˊ ㄅㄧㄢˋ ㄈㄨˊ 周朝貴族所戴的禮冠叫「爵弁」，戴爵弁時所配穿的服飾叫「爵弁服」。也作「雀弁服」。

# 父部

**父** ▲ㄈㄨˋ ㈠父親。㈡對長輩男性親屬稱呼裡的用字。如「伯父」「舅父」。㈢對年長老人的尊稱。如「父老」。▲図ㄈㄨˇ ㈠古時對男子美好的稱呼，同「甫」。如稱孔子叫「尼父」。㈡對老年人的通稱。如「田父」「漁父」。

**父子** ㄈㄨˋ ㄗˇ ①父親跟兒子。②図叔與姪，古時也稱為父子。

**父兄**（ㄈㄨˋ ㄒㄩㄥ） ①家長的通稱。②父親和兄長。

**父母**（ㄈㄨˋ ㄇㄨˇ） 父親跟母親。

**父老**（ㄈㄨˋ ㄌㄠˇ） ①尊敬老人的稱呼。②指年老的百姓。③古時擔當地方政治任務的人，相當於現在的鄉鎮村里長。

**父系**（ㄈㄨˋ ㄒㄧˋ） ①在血統上屬於父親方面的。如「父系親屬」。②父子相承的。如「父系家族制度」。

**父執**（ㄈㄨˋ ㄓˊ） 図和父親同一輩的長者。

**父親**（ㄈㄨˋ ㄑㄧㄣ） 爸爸。

**父權**（ㄈㄨˋ ㄑㄩㄢˊ） 父系繼嗣的制度中，父親對家和家中成員有支配權。

**父母官**（ㄈㄨˋ ㄇㄨˇ ㄍㄨㄢ） 古代對縣級地方官的稱呼。

**父親節**（ㄈㄨˋ ㄑㄧㄣ ㄐㄧㄝˊ） 民國三十四年八月八日，在上海的人士，發起「八八」父親節，意在感念父親養育之恩。抗戰勝利以後，遂由政府制定每年八月八日為「父親節」。

**父系社會**（ㄈㄨˋ ㄒㄧˋ ㄕㄜˋ ㄏㄨㄟˋ） 原始社會原為母系社會，後來私有財產制度興起，男子成為私有財產的主人。為了承襲財產，婚姻制度變成男娶女，子女也屬父系的血統，家庭的傳承，全由父方推衍，這就是「父系社會」。

## 四筆

**爸** ㄅㄚˋ 爸爸，就是父親。

## 六筆

**爹** ㄉㄧㄝ ㈠父親。㈡有的舊小說裡把老頭兒也叫「老爹」，是尊敬的稱呼；現在有的地方還有這個稱呼。英文 dady 的譯音。

**爹地**（ㄉㄧㄝ ㄉㄧˋ） 對父親的暱稱。地字輕讀。

**爹娘**（ㄉㄧㄝ ㄋㄧㄤˊ） 父母，爸爸和媽媽。

**爹爹**（ㄉㄧㄝ ㄉㄧㄝ） 第二個爹字輕讀。父親。

## 九筆

**爺** ㄧㄝˊ ㈠古時候稱父親；「爺娘」就是父母。㈡「爺爺」就是祖父。㈢尊敬人的稱呼。如「老爺」「太爺」「少爺」。㈣以往對人客氣而又表示親近的稱呼。如張爺、李大爺。㈤俗對神的稱呼。如「老天爺」「財神爺」。㈥以往婢僕稱呼男主人。〈紅樓夢〉有「一個做爺的還賴我們」。

**爺娘**（ㄧㄝˊ ㄋㄧㄤˊ） 父母。

**爺爺**（ㄧㄝˊ ˙ㄧㄝ） 第二個爺字輕讀。①祖父。②從前稱極敬畏的人。〈宋史〉說北方的金人怕宗澤，「對南人言必曰宗爺爺」。

**爺兒倆**（ㄧㄝˊ ㄦˊ ㄌㄧㄚˇ） 男性長輩與幼輩的合稱，如父親與子女，伯父或叔父與姪兒姪女，祖父與孫男女等。合稱兩個人說爺兒倆，如果合稱更多的人，也說爺兒仨、爺兒五個等。

**爺兒們**（ㄧㄝˊ ㄦˊ ˙ㄇㄣ） 也說「爺們兒」或作「爺們」。①男性長輩、幼輩的合稱。②指男子的。如「爺兒們坐那席，小姐們坐這席」。③指女人的丈夫。如「她的爺兒們很會做生意」。

# 爻部

**爻** ㄧㄠˊ 八卦上的橫線，長的全線（—）是陽爻，斷開的兩段短線（--）是陰爻，每一個卦是用三爻合成的，如「震」卦是由☳合成的。讀音ㄒㄧㄠˊ。

## 七筆

**爽** ㄕㄨㄤˇ ㈠清亮，明朗。如「秋高氣爽」「神清目爽」。㈡舒服，痛快。如「身體不爽」「豪爽」。㈢差少或超出，失誤。如「絲毫不爽」「爽約」。㈣図「爽然」是形容茫然無主見的樣子。如「爽然自失」。

**爽口** ㄕㄨㄤˇ ㄎㄡˇ 適合口味，使人喜歡吃。

**爽利** ㄕㄨㄤˇ ㄌㄧˋ ①辦事敏捷，不拘執。②「索性」的意思。

**爽快** ㄕㄨㄤˇ ㄎㄨㄞˋ ①舒適愉快。②性情率直。③指事情辦得敏捷痛快。

**爽直** ㄕㄨㄤˇ ㄓˊ 直爽（指性情）。

**爽約** ㄕㄨㄤˇ ㄩㄝ 失約。

**爽性** ㄕㄨㄤˇ ㄒㄧㄥˋ 性字輕讀。就是索性的意思。如「這樣拖下去，遲早要得罪他，爽性來個痛快的，跟他絕交算了」。

**爽朗** ㄕㄨㄤˇ ㄌㄤˇ ①清朗。②通達。

**爽氣** ㄕㄨㄤˇ ㄑㄧˋ ①清朗的天氣。②爽快豪邁。

**爽脆** ㄕㄨㄤˇ ㄘㄨㄟˋ ①食物脆嫩爽口。②個性爽直。③敏捷。

**爽然** ㄕㄨㄤˇ ㄖㄢˊ ①失意的樣子。②清朗明快的樣子。

**爽身粉** ㄕㄨㄤˇ ㄕㄣ ㄈㄣˇ 用白粉、薄荷（ㄅㄛˋ·ㄏㄜ）等物做成的細白粉末，用來抹身，求其涼爽。

## 十筆

**爾（尔、尒）** ㄦˇ ㈠用在形容詞或副詞後面，是表示情態的詞尾，跟「地」「然」用法相同。如「偶爾」「率爾」。㈡図你。如「爾等」「爾詐我虞」。㈢図你的。如「爾父」「爾兄」。㈣図這，那，指示形容詞。如「爾時」「爾處」。㈤図這樣，如此。如「不過爾爾」「果爾」。㈥図用在一句末尾的語助詞，表示「罷了」「而已」的意思。〈公羊傳〉有「不崇朝而徧雨乎天下者，唯泰山爾」。㈦図同「乎」，表示疑問的語助詞。〈公羊傳〉有「然則何言爾」。㈧図同「矣」，表示決定的語助詞。〈公羊傳〉有「其國亡矣，徒葬於喪爾」。㈨図語末助詞，放在形容詞後面的，〈論語〉有「鼓瑟希，鏗爾」。作副詞語尾的，〈論語〉有「子路率爾而對」。㈩近，通「邇」。(十一)爾朱，複姓。

**爾來** ㄦˇ ㄌㄞˊ 図同「邇來」，近來。

**爾後** ㄦˇ ㄏㄡˋ 図此後，以後。

**爾時** ㄦˇ ㄕˊ 図那個時候。

**爾曹** ㄦˇ ㄘㄠˊ 図你們。

**爾雅** ㄦˇ ㄧㄚˇ ①形容精緻文雅的意思。如「文章爾雅」「他是個溫文爾雅的人」。②古書名。十三經之一，是我國第一部解釋詞義的訓詁專著。

**爾爾** ㄦˇ ㄦˇ 図如此如此。

**爾詐我虞** ㄦˇ ㄓㄚˋ ㄨㄛˇ ㄩˊ 図彼此欺騙，形容人之間鉤心鬥角。也作「爾虞我詐」。

# 爿部

**爿** ▲ㄑㄧㄤˊ 木材的半邊，左半邊叫爿，右半邊叫片。▲ㄅㄢˋ 江蘇話稱商店一家叫一爿。

## 五筆

**牁** ㄍㄜ ㈠文繫船的木樁。㈡見「牂牁」。

## 六筆

**牂** ㄗㄤ 文母羊。

**牂牁** ㄗㄤ ㄍㄜ 古郡名，在今貴州遵義一帶。

## 十三筆

**牆** ㄑㄧㄤˊ 也作「墻」，房屋城郭周圍的磚石壁。如「城牆」「圍牆」。

**牆壁** ㄑㄧㄤˊ ㄅㄧˋ 牆。

**牆角(兒)** ㄑㄧㄤˊ ㄐㄧㄠˇ(ㄦ) 兩牆相連處轉折的角。也說「牆畸角兒」。

**牆根(兒)** ㄑㄧㄤˊ ㄍㄣ(ㄦ) 牆的基礎部分。也作「牆腳兒」。

**牆頭(兒)** ㄑㄧㄤˊ ㄊㄡˊ(ㄦ) 牆的最上部。

**牆外漢** ㄑㄧㄤˊ ㄨㄞˋ ㄏㄢˋ 局外人。

**牆頭兒草** ㄑㄧㄤˊ ㄊㄡˊ ㄦ ㄘㄠˇ 比喻沒有主見，隨人左右的人。

**牆倒眾人推** ㄑㄧㄤˊ ㄉㄠˇ ㄓㄨㄥˋ ㄖㄣˊ ㄊㄨㄟ 比喻失去權勢的人，受到大家的攻擊。

# 片部

**片(片)** ▲ㄆㄧㄢˋ ㈠整塊木頭切開，左半邊的叫「爿」，右半邊的叫「片」。㈡又薄又平的東西。如「洋鐵片」「肉片」。㈢「少(ㄕㄠˇ)」「半」的意思。如「片刻」「片言折獄」。㈣印有姓名或可寫姓名供通信的卡紙。如「名片」「明信片」。㈤量詞，指範圍、面積或成面的東西。如「眼前一片草地」「一片金光閃爍」。㈥一段、一方也作片。如「片段」「片面」。▲ㄆㄧㄢ 像片兒、唱片兒的「片」讀ㄆㄧㄢ。

**片子** ▲ㄆㄧㄢˋ ˙ㄗ ①名片。②屠宰之後，剖開的豬的半體。▲ㄆㄧㄢ ˙ㄗ 電影片子。

**片片** ㄆㄧㄢˋ ㄆㄧㄢˋ 一片一片的。

**片目** ㄆㄧㄢˋ ㄇㄨˋ 厚紙切的小片，圖書館等用來編寫目錄。

**片尾** ㄆㄧㄢˋ ㄨㄟˇ 影片結束時附帶的一段，列出演出人員、工作人員，感謝贊助的單位等，叫做片尾。

**片言** ㄆㄧㄢˋ ㄧㄢˊ ①單方面的話。和「片面之詞」同。②簡短的幾句話。如「片言隻字」。

**片兒** ▲ㄆㄧㄢˋ ㄦ ①物體扁平而薄的。②名片。▲ㄆㄧㄢ ㄦ 像片兒，唱片兒。

**片刻** ㄆㄧㄢˋ ㄎㄜˋ 一會兒。也作「片時」。

**片岩** ㄆㄧㄢˋ ㄧㄢˊ 片頁狀的岩石。

**片段** ㄆㄧㄢˋ ㄉㄨㄢˋ ①成片成段的。②一鱗半爪。

**片面** ㄆㄧㄢˋ ㄇㄧㄢˋ 單方面的。如「片面之詞」。

**片時** ㄆㄧㄢˋ ㄕˊ 同「片刻」。

**片酬** ㄆㄧㄢˋ ㄔㄡˊ 拍電影得到的酬勞。

**片語** ㄆㄧㄢˋ ㄩˇ 英文phrase的譯詞，相當於中文的「短語」。指兩個以上的字或詞結合而意思不完全，不能成句的。參看「語」㈢。

**片頭** ㄆㄧㄢˋ ㄊㄡˊ ①片段或零頭兒。②電影片子最前頭的一段，說明本片主角、配角、導演等的姓名，叫做片頭。

**片斷** ㄆㄧㄢˋ ㄉㄨㄢˋ 不完整，零碎。

**片尾曲** ㄆㄧㄢˋ ㄨㄟˇ ㄑㄩˇ 影片結束時播放的歌曲。

**片兒湯** ㄆㄧㄢˋ ㄦ ㄊㄤ　一種麵食，用和好了的麵，擀成薄片，撕成小塊，煮熟連湯吃。

**片頭曲** ㄆㄧㄢˋ ㄊㄡˊ ㄑㄩˇ　配合影片片頭播放的歌曲。

**片甲不留** ㄆㄧㄢˋ ㄐㄧㄚˇ ㄅㄨˋ ㄌㄧㄡˊ　形容戰爭慘敗。也說「片甲不存」。

**片瓦無存** ㄆㄧㄢˋ ㄨㄚˇ ㄨˊ ㄘㄨㄣˊ　指房屋全被毀壞。

**片紙隻字** ㄆㄧㄢˋ ㄓˇ ㄓ ㄗˋ　比喻零星的文字。

**片語隻字** ㄆㄧㄢˋ ㄩˇ ㄓ ㄗˋ　簡短的幾句話。

## 四筆

# 版

ㄅㄢˇ　㈠通「板」。㈡經過排字拼組或腐蝕、雕刻，供印刷的東西。如「拼版」「鋅版」「照相版」。㈢印刷的次數。如「初版」「再版」。㈣報紙的頁碼。如「第一版」「第四版」。㈤見「版圖」。

**版心** ㄅㄢˇ ㄒㄧㄣ　書刊每頁排印文字、圖畫的部分，是針對周圍空白部分說的。也叫「頁心」。

**版本** ㄅㄢˇ ㄅㄣˇ　製版印成的書本。也叫「刻本」「印本」。

**版式** ㄅㄢˇ ㄕˋ　指書籍報刊的版面格式。

**版刻** ㄅㄢˇ ㄎㄜˋ　文字或圖畫的木版雕刻。

**版面** ㄅㄢˇ ㄇㄧㄢˋ　①書籍報刊每一頁的整面。②書籍報刊每一頁上文字圖畫的編排形式。

**版畫** ㄅㄢˇ ㄏㄨㄚˋ　包括銅版畫、石版畫、木版畫（木刻）等。是鏤刻而後拓印的藝術品。

**版稅** ㄅㄢˇ ㄕㄨㄟˋ　著作人把著作物委託發行人出版，每次按出版數量，照定價或實價抽取的酬金，叫做版稅。

**版圖** ㄅㄢˇ ㄊㄨˊ　國家的戶籍冊、地圖，後來轉作國家疆域的意思。

**版權** ㄅㄢˇ ㄑㄩㄢˊ　著作者、出版家，根據出版法所特別享有的權利。

**版權頁** ㄅㄢˇ ㄑㄩㄢˊ ㄧㄝˋ　書刊上印有著作人、出版人、發行人、印刷人、版次、印刷日期，並註明新聞局的出版登記字號等的一頁。

## 八筆

# 牌

ㄆㄞˊ　㈠揭示文告的木板。如「公告牌」「指路牌」。㈡門戶上編號或戶長姓名的用具，叫「門牌」「名牌」。㈢商店的字號，叫「招牌」。㈣商標。如「名牌兒的汽車」「雙喜牌香煙」。㈤賭具或玩具。如「紙牌」「撲克牌」。㈥打麻將。如「打牌」「牌品」。㈦神位。如「神主牌」「靈牌」。㈧識別用的標誌。如「狗牌」。㈨古軍器。如「藤牌」「擋箭牌」。

**牌子** ㄆㄞˊ ˙ㄗ　①商標或招牌。②商家的信譽。③一切事物的信譽。④詞曲的調子。如〈滿江紅〉就是詞牌。

**牌坊** ㄆㄞˊ ㄈㄤ　坊字輕讀。為紀念或表彰某些人物，用石板或鐵架搭成的建築物。

**牌品** ㄆㄞˊ ㄆㄧㄣˇ　指人打牌時的品性。

**牌匾** ㄆㄞˊ ㄅㄧㄢˇ　匾額，招牌。

**牌照** ㄆㄞˊ ㄓㄠˋ　政府發給的一種許可憑證。如「使用牌照」「營業牌照」。

**牌價** ㄆㄞˊ ㄐㄧㄚˋ　用牌子公布出來的規定價格。

**牌樓** ㄆㄞˊ ㄌㄡˊ　樓字輕讀。做裝飾或表示慶祝的建築物，用竹、木和彩帛搭造，上面有文字題額，下面可讓車輛通行。

**牌位（兒）** ㄆㄞˊ ㄨㄟˋ ㄦ　①靈牌。②設位致祭所供的木牌。

**牌照稅** ㄆㄞˊ ㄓㄠˋ ㄕㄨㄟˋ　各種車輛的使用人向政府機關繳交的稅捐。以前叫「車捐」。

**牋** ㄐㄧㄢ 同「箋」。

## 九筆

**牒** ㄉㄧㄝˊ ㈠稱古代官方文書。如「通牒」。㈡一種證明文件，證明血統關係的叫做「譜牒」；證明和尚身分的叫做「度牒」。

**牐** ㄓㄚˊ 同「閘」。

## 十一筆

**牕** ㄔㄨㄤ 同「窗」。

**牖** 図 ㄧㄡˇ ㈠窗。如「戶牖」。㈡誘導。如「啟牖民智」。

## 十五筆

**牘** 図 ㄉㄨˊ 文書，信件。如「公牘」「尺牘」。

# 牙部

**牙** ㄧㄚˊ ㈠哺乳動物口腔裡磨碎食物的器官。人的牙也作齒，可以連用作「牙齒」或「齒牙」。㈡跟牙齒有關的事物。如「牙科」「牙刷」。㈢象牙的簡稱。如「牙箸」「牙牌」。㈣從前把買賣的介紹人叫牙，所以有「牙行」「牙儈」的詞。㈤器物的鑲邊或接榫部分形狀像牙齒的。如「花牙兒」「抽屜牙兒」。㈥表示聲音，見「牙牙」。㈦聰明，機伶，不受騙。如「這孩子真牙」。

**牙口** ㄧㄚˊ ㄎㄡˇ ①指老年人牙齒的咀嚼能力。②指牲口的年齡。

**牙牙** ㄧㄚˊ ㄧㄚˊ 形容嬰兒學說話的聲音。

**牙色** ㄧㄚˊ ㄙㄜˋ 近似象牙的淡黃色。

**牙行** ㄧㄚˊ ㄏㄤˊ 舊時提供場所，協助買方和賣方成交，從中取得佣金的商行。

**牙床** ㄧㄚˊ ㄔㄨㄤˊ ①牙齒的根部。②語音學指發音部位在上腭的叫牙床。③用象牙裝飾的床。

**牙垢** ㄧㄚˊ ㄍㄡˋ 牙齒表面黑褐色或黃色的汙垢，常結成小塊狀。

**牙科** ㄧㄚˊ ㄎㄜ 醫療機構專門治療牙病的一科。

**牙音** ㄧㄚˊ ㄧㄣ 就是「舌根音」。

**牙疳** ㄧㄚˊ ㄍㄢ 牙根腫脹化膿的病。

**牙粉** ㄧㄚˊ ㄈㄣˇ 刷牙時清潔牙齒用的粉末兒，主要原料是碳酸鎂、碳酸鈣等。

**牙婆** ㄧㄚˊ ㄆㄛˊ 舊時以介紹人口買賣為業的婦女。又叫「牙嫂」。

**牙祭** ㄧㄚˊ ㄐㄧˋ 吃肉的日期。也就是特別加菜，豐盛的一餐。（參見「打牙祭」條）。

**牙牌** ㄧㄚˊ ㄆㄞˊ 用象牙或骨、角等製成的一種玩具，有三十二張，也叫骨牌，也有人拿它作賭具。

**牙磁** ㄧㄚˊ ㄘˊ 牙齒表面的琺瑯質。

**牙膏** ㄧㄚˊ ㄍㄠ 刷牙用的軟膏狀的清潔劑。

**牙儈** ㄧㄚˊ ㄎㄨㄞˋ 舊時稱呼買賣的介紹人。也叫「牙人」「牙郎」。

**牙慧** ㄧㄚˊ ㄏㄨㄟˋ 図襲用別人的話，叫「拾人牙慧」。

**牙線** ㄧㄚˊ ㄒㄧㄢˋ 清除牙縫中食物殘渣的細線。

**牙質** ㄧㄚˊ ㄓˋ ①以象牙做質料的。②牙齒的主要組成部分，比骨質堅硬細密。

**牙齒** ㄧㄚˊ ㄔˇ 牙㈠。

**牙磣** ㄧㄚˊ ㄔㄣ˙ 磣字輕讀。①吃東西的時候，食物裡有沙子，牙齒有不舒服的感覺。②聽到尖厲的聲音而產生害怕的感覺。

**牙蟲** ㄧㄚˊ ㄔㄨㄥˊ 動物名。節肢動物昆蟲類。又叫「蚷」。體黑有光澤，長寸餘，翅鞘上有小刻點連成的四條直紋。善泅水，捕食小魚或蟲類。

**牙醫** ㄧㄚˊ ㄧ 專治牙病的醫生。

**牙關** ㄧㄚˊ ㄍㄨㄢ 上下牙齒關合之處。

**牙齦** ㄧㄚˊ ㄧㄣˊ 就是「牙床」，齒莖上的牙肉。

**牙刷(子)** ㄧㄚˊ ㄕㄨㄚ ㄗ˙ 刷牙的用具。

**牙籤(兒)** ㄧㄚˊ ㄑㄧㄢ ㄦ 剔牙用的細竹木枝。

**牙印兒** ㄧㄚˊ ㄧㄣˋ ㄦ 咬過以後所留下的齒痕。

**牙周病** ㄧㄚˊ ㄓㄡ ㄅㄧㄥˋ 牙周組織發炎、化膿，牙槽骨疏鬆或萎縮，牙齒鬆動等症狀的慢性病。

**牙白口清** ㄧㄚˊ ㄅㄞˊ ㄎㄡˇ ㄑㄧㄥ 解說得很清楚的意思。

## 八筆

**牚** ▲ㄔㄥˋ 梁上支持大木的小柱。▲ㄔㄥ 同「撐」。

## 牛部

**牛** ㄋㄧㄡˊ (一)反芻類家畜，能幫人耕地、拉車，肉、奶的營養價值很高，角、骨也都有用。(二)我國天文學所說的二十八宿之一，有六顆星，俗名「牽牛星」。(三)姓。

**牛刀** ㄋㄧㄡˊ ㄉㄠ ①宰牛用的刀。②比喻大材。如「牛刀小試」。

**牛子** ㄋㄧㄡˊ ㄗ˙ 強盜對俘虜的稱呼。

**牛毛** ㄋㄧㄡˊ ㄇㄠˊ 比喻多或細。如「多如牛毛」。

**牛奶** ㄋㄧㄡˊ ㄋㄞˇ 也作牛乳，母牛的乳汁，是營養價值很高的食物。

**牛皮** ㄋㄧㄡˊ ㄆㄧˊ ①牛的皮（多指已經鞣製的）。②比喻柔韌或堅韌。如「牛皮糖」「牛皮紙」。

**牛耳** ㄋㄧㄡˊ ㄦˇ 古時候簽訂盟約，由實力最大的國君主盟，抓住牛耳朵割出血來，塗在嘴上。因而把「執牛耳」比喻「居領導地位的人」。

**牛肉** ㄋㄧㄡˊ ㄖㄡˋ 肉牛的肉，可供食用。

**牛衣** ㄋㄧㄡˊ ㄧ 図亂麻織成的衣服，窮人穿的。說家裡窮得沒錢過日子，夫妻淚眼相對，叫「牛衣對泣」。

**牛尾** ㄋㄧㄡˊ ㄨㄟˇ 牛的尾巴。

**牛角** ㄋㄧㄡˊ ㄐㄧㄠˇ 牛的犄角，可以刻圖章，做很多種器物。

**牛車** ㄋㄧㄡˊ ㄔㄜ 用牛拉的車。

**牛性** ㄋㄧㄡˊ ㄒㄧㄥˋ 比喻性情固執。

**牛油** ㄋㄧㄡˊ ㄧㄡˊ 指牛酪，也叫奶油、黃油。

**牛勁** ㄋㄧㄡˊ ㄐㄧㄣˋ 說人性情執拗乖僻。

**牛後** ㄋㄧㄡˊ ㄏㄡˋ 図牛肛門。比喻居大者之後，不如居小者之前。如「寧為雞口，不為牛後」。

**牛虻** ㄋㄧㄡˊ ㄇㄥˊ 節肢動物昆蟲類。體長橢圓形，灰色，觸角黃色，腹部粗肥，黑褐色。雌蟲的產卵器可刺入牛、馬皮膚，吸食血液，並會傳播疾病，為牛、馬的大害。

**牛郎** ㄋㄧㄡˊ ㄌㄤˊ ①牧牛童。②牽牛星。

**牛氣** ㄋㄧㄡˊ ㄑㄧ˙ 氣字輕讀。說人驕傲，目中無人的神氣。

**牛馬** ㄋㄧㄡˊ ㄇㄚˇ ①牛跟馬。②比喻受人奴役，為人做苦工。

**牛宿** ㄋㄧㄡˊ ㄒㄧㄡˋ 星宿名，二十八宿之一，有六顆星。古代稱牛宿為牽牛星，後則以河鼓為牽牛星。

**牛排** ㄋㄧㄡˊ ㄆㄞˊ 以牛的裡脊肉做成的菜肴。

**牛棚** ㄋㄧㄡˊ ㄆㄥˊ 飼養牛的棚子，就是牛舍。

**牛棧** ㄋㄧㄡˊ ㄓㄢˋ 四周圍著木柵欄，飼養牛隻的房屋。同「牛欄」。

**牛痘** ㄋㄧㄡˊ ㄉㄡˋ 從牛體上所取出的痘漿，移種於人體，可以避免天花病。

**牛筋** ㄋㄧㄡˊ ㄐㄧㄣ ①木名。也叫南燭，可用來做弓箭的骨幹。②附在牛肉裡面的柔韌物，可以食用。

**牛蛙** ㄋㄧㄡˊ ㄨㄚ 蛙科動物，是世界最大的蛙類，原產於北美，褐色或暗綠褐色，腹部白色，雜有褐斑，臀部黑色。鳴聲如牛，故稱牛蛙。肉味美，供食用，也作實驗材料。

**牛飲** ㄋㄧㄡˊ ㄧㄣˇ 狂飲。

**牛黃** ㄋㄧㄡˊ ㄏㄨㄤˊ 中藥名。病牛膽汁凝結成粒狀或塊狀的結石，可用來治療驚癇等病，也可作色素染料。

**牛腩** ㄋㄧㄡˊ ㄋㄢˇ 牛肚靠近肋骨處的鬆軟肌肉，可用這種肉做成菜肴。

**牛蒡** ㄋㄧㄡˊ ㄅㄤˋ 二年生草本植物，菊科。地下主根多肉，莖高一公尺多。葉互生而大，呈卵形或心形，背面有白毛。花紫紅色。瘦果灰褐色。根供食用。全株可製藥。原產於歐、亞洲。我國和日本都栽培作菜。

**牛瘟** ㄋㄧㄡˊ ㄨㄣ 反芻動物由濾過性病毒所引起的急性傳染病，又叫「牛疫」。

**牛膝** ㄋㄧㄡˊ ㄒㄧ 莧科植物，多年生草本，莖方形有節，高一公尺。葉橢圓形。開綠色小花。根可以製藥。又名牛莖、對節菜。

**牛醫** ㄋㄧㄡˊ ㄧ 專治牛病的獸醫。

**牛犢** ㄋㄧㄡˊ ㄉㄨˊ 小牛。如「初生牛犢不怕虎」。

**牛蠅** ㄋㄧㄡˊ ㄧㄥˊ 節肢動物昆蟲類，長橢圓形，褐色，身上有黑毛，頭大，胸部有四條深黑色縱紋，腹部分六節，有黑色環帶，翅灰褐色。卵產在牛的皮膚上，孵化為幼蟲後，為害牛的皮膚，引起潰瘍。幼蟲成長後，落地化蛹，不到三星期，化為牛蠅。

**牛欄** ㄋㄧㄡˊ ㄌㄢˊ ①同「牛棧」，養牛的屋子。②江名，在雲南省，注入金沙江。

**牛鞅（子）** ㄋㄧㄡˊ ㄧㄤ （ㄗ˙） 牛拉東西時架在脖子上的器具。

**牛毛雨** ㄋㄧㄡˊ ㄇㄠˊ ㄩˇ 細雨。

**牛仔褲** ㄋㄧㄡˊ ㄗㄞˇ ㄎㄨˋ 早期美國西部的移民常以帳篷布製成工作服，因為大多是牧人的穿著，而當時稱牧人為「牛仔」，所以他們穿的褲子就叫「牛仔褲」。後來改用粗斜紋或厚質料的布裁製，而成為年輕人喜愛的服裝。

**牛皮紙** ㄋㄧㄡˊ ㄆㄧˊ ㄓˇ 一種堅韌的紙，包裹東西或做信封用的。

**牛皮糖** ㄋㄧㄡˊ ㄆㄧˊ ㄊㄤˊ 用澱粉和砂糖製成的糖。又叫「牛脾飴」「牛皮飴」。也比喻對別人黏膩糾纏的人。

**牛皮癬** ㄋㄧㄡˊ ㄆㄧˊ ㄒㄧㄢˇ 一種慢性皮膚炎。症狀是出現紅褐色丘疹和斑塊，以後有銀色的薄鱗片。如將鱗片除去，則見小出血點。

**牛角尖** ㄋㄧㄡˊ ㄐㄧㄠˇ ㄐㄧㄢ 比喻不值得研究或沒辦法解決的問題。

**牛馬走** ㄋㄧㄡˊ ㄇㄚˇ ㄗㄡˇ [文]如牛馬一般供人使喚的僕役，常用作自謙之詞，如司馬遷說自己「太史公，牛馬走」。

**牛脾氣** ㄋㄧㄡˊ ㄆㄧˊ ㄑㄧˋ 氣字輕讀。倔強而執拗的脾氣。

**牛鼻子**(ㄋㄧㄡˊ ㄅㄧˊ ˙ㄗ) 譏笑道士的詞(因為道士頭上的高髻像牛鼻子)。

**牛刀小試**(ㄋㄧㄡˊ ㄉㄠ ㄒㄧㄠˇ ㄕˋ) 比喻有很大的本領，先在小事情上施展一下。

**牛山濯濯**(ㄋㄧㄡˊ ㄕㄢ ㄓㄨㄛˊ ㄓㄨㄛˊ) 図牛山上沒有樹木，多用來戲謔人禿頭。牛山，山名，在山東省。濯濯，形容光禿禿的。

**牛鬼蛇神**(ㄋㄧㄡˊ ㄍㄨㄟˇ ㄕㄜˊ ㄕㄣˊ) 比喻怪誕的人物。

**牛溲馬勃**(ㄋㄧㄡˊ ㄙㄡ ㄇㄚˇ ㄅㄛˊ) 牛溲是車前草，馬勃是一種可以止血的菌類。比喻微賤的東西有時也有用處。

**牛頭馬面**(ㄋㄧㄡˊ ㄊㄡˊ ㄇㄚˇ ㄇㄧㄢˋ) 傳說是地獄中的鬼卒。比喻容貌怪醜。

**牛驥同皁**(ㄋㄧㄡˊ ㄐㄧˋ ㄊㄨㄥˊ ㄗㄠˋ) 図牛和駿馬同槽，比喻賢愚不分。皁即馬槽。

**牛頓三定律**(ㄋㄧㄡˊ ㄉㄨㄣˋ ㄙㄢ ㄉㄧㄥˋ ㄌㄩˋ) 物理學名詞。說明作用於物體上的力和物體運動之間關係的三個基本定律：慣性定律、反作用定律、運動定律。這三個定律都是牛頓提出的。

**牛頭不對馬嘴**(ㄋㄧㄡˊ ㄊㄡˊ ㄅㄨˊ ㄉㄨㄟˋ ㄇㄚˇ ㄗㄨㄟˇ) 比喻答非所問或兩種說法對不上。

## 二筆

**牝** 図ㄆㄧㄣˋ雌性的禽獸。如「牝雞」「牝牛」。

**牝牡驪黃**(ㄆㄧㄣˋ ㄇㄡˇ ㄌㄧˊ ㄏㄨㄤˊ) 図本來指挑選好馬不必拘泥於毛色性別，後用來比喻事物的表面現象。

**牝雞司晨**(ㄆㄧㄣˋ ㄐㄧ ㄙ ㄔㄣˊ) 舊時歧視女人，比喻女人當權。如母雞報曉。

**牟** ㄇㄡˊ ㈠牛叫聲。如「牟然而鳴」。㈡取。如「牟利」。㈢姓。又讀ㄇㄨˋ。

**牟平**(ㄇㄡˊ ㄆㄧㄥˊ) 山東省縣名。

**牟利**(ㄇㄡˊ ㄌㄧˋ) 獲取利益。

## 三筆

**牡** 図ㄇㄨˇ雄性的禽獸。如「雉鳴求其牡」。又讀ㄇㄡˇ。

**牡丹**(ㄇㄡˇ ㄉㄢ) 灌木名，羽狀複葉，春末開花，色有紅白黃綠紫等種，是我國的特產。非常美麗，稱為花王。

**牡蠣**(ㄇㄡˇ ㄌㄧˋ) 也作蠣黃。一種淺海裡的軟體動物，味道鮮美，營養豐富。殼可燒灰。臺灣用人工養殖，有專業的人。閩粵、臺灣把牡蠣叫做「蠔」(或作「蚵」，應讀ㄜˊ)。

**牠** ㄊㄚ 人類之外的第三身代名詞。如「狗不敢過來；牠站在那兒搖尾巴」。又讀ㄊㄜ、ㄊㄨㄛ。

**牢** ㄌㄠˊ ㈠畜養牲畜的獸圈。如「亡羊補牢」。㈡古代祭祀用的牲畜，如「太牢」「少牢」。㈢堅固，妥實。如「牢固」。㈣監獄。如「牢獄」。㈤姓。

**牢固**(ㄌㄠˊ ㄍㄨˋ) 堅固。

**牢房**(ㄌㄠˊ ㄈㄤˊ) 監獄裡監禁犯人的房間。

**牢記**(ㄌㄠˊ ㄐㄧˋ) 切實地記住，不能忘了。

**牢飯**(ㄌㄠˊ ㄈㄢˋ) ①監獄裡供給囚犯吃的飯食。②「吃牢飯」，指因為犯法關在牢裡。

**牢獄**(ㄌㄠˊ ㄩˋ) 監獄。

**牢靠**(ㄌㄠˊ ㄎㄠˋ) 靠字輕讀。安穩固定的意思。

**牢騷**(ㄌㄠˊ ㄙㄠ) 騷字可輕讀。心裡覺得受委屈而不平，把情緒壓抑。

**牢籠**(ㄌㄠˊ ㄌㄨㄥˊ) ①包括。②籠絡管制。③鳥籠。

**牢什子**(ㄌㄠˊ ㄕˊ ˙ㄗ) 討厭的事物。如「你別老弄那些牢什子啦」。也作「勞什子」。

**牢不可破**（ㄌㄠˊ ㄅㄨˋ ㄎㄜˇ ㄆㄛˋ） ①堅固不可能破壞。②比喻固執。

**牣** [文]ㄖㄣˋ ㈠充滿。如「充牣」。㈡通「韌」。如「堅牣」。

## 四筆

**牧** ㄇㄨˋ ㈠放養家畜。如「牧羊」「牧童」。㈡古時稱一州的長官叫牧。㈢[文]治理。如「牧民」。

**牧人**（ㄇㄨˋ ㄖㄣˊ） [文]①官名。周朝的官員，負責飼養六畜，供應祭祀時使用。②放牧的人，唐朝王績〈野望〉詩有「牧人驅犢返，獵馬帶禽歸」。

**牧工**（ㄇㄨˋ ㄍㄨㄥ） 被牧主雇用的工人。

**牧民**（ㄇㄨˋ ㄇㄧㄣˊ） [文]封建時代說地方長官管理民事。〈管子〉有〈牧民篇〉。

**牧地**（ㄇㄨˋ ㄉㄧˋ） 牧畜的地方。也說牧場。

**牧羊**（ㄇㄨˋ ㄧㄤˊ） 飼養羊群。

**牧放**（ㄇㄨˋ ㄈㄤˋ） 同「放牧」，把牲畜趕到牧地讓牠們自由覓食。

**牧師**（ㄇㄨˋ ㄕ） 基督教的傳教士。

**牧畜**（ㄇㄨˋ ㄒㄩˋ） 放飼牲畜。

**牧草**（ㄇㄨˋ ㄘㄠˇ） 野生或人工栽培的可供牲畜牧放時吃的草。

**牧馬**（ㄇㄨˋ ㄇㄚˇ） 放飼馬匹。

**牧區**（ㄇㄨˋ ㄑㄩ） ①某些基督教會中，由牧師管理的教務單位。②英格蘭的基層行政單位，相當於他國的「縣」。

**牧場**（ㄇㄨˋ ㄔㄤˇ） 養育繁殖生畜的場所。

**牧業**（ㄇㄨˋ ㄧㄝˋ） 就是「畜牧業」，飼養牲畜以生產人類必需品的事業。包括雞、鴨、豬、牛等家禽家畜的飼養業和鹿、狐等經濟獸類的馴養業。

**牧童(兒)**（ㄇㄨˋ ㄊㄨㄥˊ（ㄦ）） 牧牛羊的小孩子。

**牧羊犬**（ㄇㄨˋ ㄧㄤˊ ㄑㄩㄢˇ） 經過訓練能幫助主人牧放的羊狗。這種狗能驅趕離隊的羊群歸隊，也會抵抗野獸侵襲羊群。

**物** ㄨˋ ㈠有形體的東西。如「動植物」「天生萬物」。㈡內容，實質。如「言之有物」「空洞無物」。㈢訪求。如「物色」。㈣[文]我以外的人。如「物望」「免遭物議」。

**物力**（ㄨˋ ㄌㄧˋ） 財物滋生的力量。

**物化**（ㄨˋ ㄏㄨㄚˋ） [文]①事物的變化。〈莊子・齊物論〉有「昔者莊周夢為蝴蝶，栩栩然蝴蝶也。……俄然覺，則遽遽然周也，……此之謂物化」。②指死亡。〈莊子・刻意〉有「聖人之生也天行，其死也物化」。

**物主**（ㄨˋ ㄓㄨˇ） 物權所屬的人。

**物外**（ㄨˋ ㄨㄞˋ） [文]世事之外；世外。如「超然物外」。

**物色**（ㄨˋ ㄙㄜˋ） 訪求需要的人。

**物品**（ㄨˋ ㄆㄧㄣˇ） 各種東西。

**物故**（ㄨˋ ㄍㄨˋ） [文]①死亡。〈荀子・君道〉有「人主不能不有遊觀安燕之時，則不得不有疾病物故之變焉」。②變故。③世間的事。南朝宋代顏延之〈五君詠〉有「物故不可論，途窮能無慟」。

**物料**（ㄨˋ ㄌㄧㄠˋ） 物品材料。

**物望**（ㄨˋ ㄨㄤˋ） [文]眾人所仰望的。唐朝司空圖詩有「物望傾心久」句。〈宋史・司馬光傳〉有「……光論其不協物望」的話。

**物欲** 想得到物質享受的欲望。

**物理** ①事物的內在規律。②物理學的簡稱。

**物產** 天然出產和人工製造的物品。

**物資** 可以利用來生產、貿易、使用的物質資料。

**物種** 具有共同特徵的生物組群，是生物分類的基本單位。

**物價** 貨物的價格。

**物質** ①凡是具有質量，在空間占有地位，人可以察覺到它存在的，都是物質。有純物質、化合物、混合物的分別。②哲學上指稱與心靈相對的實體。分「非精神性」與「軀體」。

**物證** 法律名詞。凡是以某一種物體的存在或狀態，作為認定事實的根據，都可算是「物證」。如以殺人者使用的凶刀來證明他殺人，那凶刀就是物證。

**物議** ［文］群眾的批評。如「免遭人物議」。

**物權** 法律名詞。指人對某些物品有支配的權利。在合法範圍內，人對某些物品可以自由使用、收益處分，並且排除別人的干涉。

**物體** 物質的構成體，占有空間地位而有界限的。可分為固體、液體、氣體等三種。

**物件(兒)** 泛指成件的東西。

**物理學** 自然科學中的一門基礎科學，包括聲學、熱學、磁學、光學、原子物理學等。

**物以類聚** 同類的東西常聚在一起。現在多指壞人跟壞人常在一起。

**物阜民康** ［文］物產豐足，人民安樂。

**物美價廉** 東西品質優良，價錢便宜。

**物理療法** 醫學名詞。指利用光、熱、冷、水、電、聲、磁或機械裝置，治療疾病的方法。

**物理變化** 物理學名詞。指物質的形態改變，但是物質的成分不變。如水結成冰、將金屬加壓、加熱等的變化。

**物換星移** ［文］景物改換，星位轉移。比喻時序的變遷。唐朝王勃〈滕王閣〉詩有「閒雲潭影日悠悠，物換星移幾度秋」句。

**物稀為貴** ［文］東西因稀少而更顯得珍貴。

**物傷其類** ［文］因同類遭受傷害，推想到自己而感到悲傷。如「兔死狐悲，物傷其類」。

**物極必反** 事物發展到極端，就會向相反的方面轉化。

**物競天擇** 宇宙萬物自相競爭，只有能夠適應環境的，才能生存，也就是優勝劣敗、適者生存。

**物腐蟲生** ［文］物先腐爛而後生蟲。比喻內部先腐化了，別人才有機可乘。

**物價指數** 經濟學名詞。調查兩個時期間的物價，以一個時期的物價平均數作基準，比較另一個時期物價所得到的比數，就是物價指數，可以反映物價變化的情形。

**物價生活** 重視錢財看輕理想的生活；針對「精神生活」而言。

**物歸原主** 把失物歸還原來的主人。

## 五筆

## 牴

因ㄉㄧˇ 牛羊類動物用犄角相撞。

**牴觸** ㄉㄧˇ ㄔㄨˋ 事物相衝突，發生矛盾。也作「抵觸」。

## 牿

ㄍㄨˇ ①母牛。②割去生殖器的公牛。

## 牮

ㄐㄧㄢˋ ㈠把傾斜的房屋設法拉正。如「打牮」。㈡用土石擋水。

## 牲

ㄕㄥ 牛、羊、豬、馬等，在飼養時叫畜，用來祭神的時候叫牲。如「三牲」「犧牲」。

**牲口** ㄕㄥ ㄎㄡˇ 口字輕讀。牛、馬、驢、騾等牲畜的總稱。也作「牲畜」。

**牲畜** ㄕㄥ ㄔㄨˋ 家畜。

# 六筆

## 特

ㄊㄜˋ ㈠因公牛。㈡獨有。與眾不同的。如「特徵」「特性」。㈢不普通，超出一般的。如「特色」「特大號」。㈣專程，專工。如「特地」「特派」。㈤因但，只是。如「不特」「非特」。

**特出** ㄊㄜˋ ㄔㄨ 超出一般的。

**特刊** ㄊㄜˋ ㄎㄢ 刊物、報紙專為紀念某一節日、事件、人物等而編輯的一期或一版。如「元旦特刊」「國慶特刊」。

**特任** ㄊㄜˋ ㄖㄣˋ 我國文官以「職等」分等級，分為特任、簡任、荐任、委任四級，特任最高，如各部部長。

**特地** ㄊㄜˋ ㄉㄧˋ 專為，故意。

**特此** ㄊㄜˋ ㄘˇ 公文用語。特別在此的意思。如「特此更正」「特此證明」。

**特色** ㄊㄜˋ ㄙㄜˋ 與眾不同之處。

**特別** ㄊㄜˋ ㄅㄧㄝˊ 不同於一般的。

**特技** ㄊㄜˋ ㄐㄧˋ ①武術、馬術、飛機駕駛等方面的特殊技能。②電影用語，指攝製特殊鏡頭的技巧。

**特例** ㄊㄜˋ ㄌㄧˋ 特殊的事例。

**特使** ㄊㄜˋ ㄕˇ 由國家元首派赴國外，短期擔任特殊任務的使節。又叫做「專使」。

**特定** ㄊㄜˋ ㄉㄧㄥˋ 特別指定或劃定的。

**特性** ㄊㄜˋ ㄒㄧㄥˋ 特別的性質。

**特長** ㄊㄜˋ ㄔㄤˊ ①專長的技能。②特有的長處。

**特派** ㄊㄜˋ ㄆㄞˋ 特別派遣。

**特為** ㄊㄜˋ ㄨㄟˋ 特地。

**特約** ㄊㄜˋ ㄩㄝ ①訂有特別契約的。②特別約定。

**特殊** ㄊㄜˋ ㄕㄨ 特別。也作「特異」。

**特務** ㄊㄜˋ ㄨˋ ①在政府擔任調查、保安等祕密工作部門的人員。②軍隊裡擔任特定工作的部隊。

**特赦** ㄊㄜˋ ㄕㄜˋ 已經定罪的犯人，由國家元首下令，特別免予執行。受到特赦的人，原則上不能消除犯罪行為，以後再犯時，以累犯論。特赦令的頒布，常在國家有重大慶典之前。

**特產** ㄊㄜˋ ㄔㄢˇ 某地或某國特有的有名的或大量的產品。如宜蘭的特產有牛舌餅、鴨賞和蜜餞。

**特異** ㄊㄜˋ ㄧˋ 因①特別優異。②特殊。

**特許** ㄊㄜˋ ㄒㄩˇ 特別許可。

**特等** ㄊㄜˋ ㄉㄥˇ 特高的等級，如「特等艙」「特等病房」。

**特勤** ㄊㄜˋ ㄑㄧㄣˊ ①一種可以隨時出動的機構和人員，如「特勤部隊」。②古代突厥、回鶻可汗子弟的官銜。

**特意** 專為。

**特種** 同類事物中特殊的一種。如「特種武器」。

**特製** ①特地製造。②專為某事而造的。

**特價** 特別減低的價目。

**特寫** ①電影術語，是把劇中的一部分情節特別加以擴張，使獨占一個鏡頭，引起觀眾的特別觀感。②報章、雜誌上，以專欄文章敘述某件事物，也稱「特寫」。

**特徵** 事物的特殊徵象。

**特質** ①心理學名詞，指個人的身心特徵。②指事物特有的性質或品質。

**特輯** 為特定主題而編輯的資料、報刊。

**特點** 特別的地方。

**特權** 特殊的權利。例如民意代表在議會的言論有免責權，不受刑事追訴等。

**特支費** 特別支出的費用，如婚喪喜慶的禮金。相對一般支出的費用而言。

**特別市** 國民政府剛成立時，把直屬行政院管轄的市叫做特別市，後來改稱「院轄市」。

**特派員** 專為一件事而被派去主持工作的人。

**特效藥** 對於某種疾病有特殊功效的藥。

**特立獨行** 図不隨俗套的行為。

**特別津貼** 行政學名詞。職員在一般薪俸之外，因為地區生活費用較高，或環境困苦，或工作特別危險，或子女較多，而特別增加的給與。

**特殊教育** 和正常教育不同的一種教育，在協助特殊兒童或青年，如才賦優異或智能不足，或生理及心理上有殘障的學生，了解並克服他們適應上的困難。

**特異功能** 特別的功用或效能。

**特異體質** 一些病人對於一種特定的藥品，有意想不到的反應或特別的感受性，可是又和藥物過敏不同，就說他對這種藥物具有特異體質。

**特惠關係** 商店在一些條件下，給顧客特別折扣的優惠價格，就表示二者之間有「特惠關係」。

**特惠關稅** 一國對特定國家產品的進口，採用較低稅率，表示優惠。也叫「優惠關稅」。

**特種考試** 行政學名詞。為了彌補高考、普考的不足，而適應各機構特別需要所舉辦的選用考試。

**特種營業** 指因為經營和公共秩序、社會習俗或治安有關的行業，如「戲院業」「旅館業」「遊藝場業」「酒家」「舞廳」等，警察應予查察管理。

**特洛伊木馬** 特洛伊戰爭期間，希臘人為進入特洛伊城而造的一座空心木馬，派人將它獻給特洛伊人，稱它可以保衛特洛伊城，特洛伊人相信了，將木馬拖進城中。半夜，藏在木馬中的人打開城門，引進希臘軍隊，占領了特洛伊城。

## 七筆

**牷** 図毛色單一的牛。

**犁（犂）** ㄌㄧˊ ㈠耕開田土的農具。㈡用犁耕田。如「犁田」。㈢図雜色或黑色的顏色。

**犁田** ㄌㄧˊ ㄊㄧㄢˊ 耕田。

**犁庭掃穴** ㄌㄧˊ ㄊㄧㄥˊ ㄙㄠˇ ㄒㄩㄝˋ 把他的庭院犁平了；把他的巢窟掃蕩了。形容把敵人趕盡殺絕。也作「犁庭掃閭」。

**牽** ㄑㄧㄢ ㈠拉，挽著。如「手牽著手」「牽牛回家」。㈡連累，帶累。如「牽連」「牽扯」。㈢把裁好的衣料粗粗地縫個樣子，叫「牽」。㈣拘束。如「牽制」「拘文牽義」。

**牽引** ㄑㄧㄢ ㄧㄣˇ ①拉動。②推荐引用。如「牽引私人」。

**牽牛** ㄑㄧㄢ ㄋㄧㄡˊ ①拉著牛。②花名，就是喇叭花，花冠像漏斗。③星宿名，見「牛宿」。

**牽扯** ㄑㄧㄢ ㄔㄜˇ 互相牽連的關係。

**牽制** ㄑㄧㄢ ㄓˋ ①受到糾纏不能自由。②棒球比賽用語，投手投球給壘手，使在壘上的對方跑者不敢隨便偷壘。

**牽念** ㄑㄧㄢ ㄋㄧㄢˋ 掛念。

**牽涉** ㄑㄧㄢ ㄕㄜˋ ①拖累。②牽連。

**牽挽** ㄑㄧㄢ ㄨㄢˇ 拉著。

**牽動** ㄑㄧㄢ ㄉㄨㄥˋ 因一部分的變動而使其他部分跟著變動。

**牽強** ㄑㄧㄢ ㄑㄧㄤˇ 勉強，理由不充分。

**牽掛** ㄑㄧㄢ ㄍㄨㄚˋ 掛念。

**牽累** ㄑㄧㄢ ㄌㄟˇ 牽涉連累。

**牽連** ㄑㄧㄢ ㄌㄧㄢˊ 互相連帶。

**牽線** ㄑㄧㄢ ㄒㄧㄢˋ ①撮合人家的姻緣，古時候叫做「牽絲」。②比喻為一件事情居中介紹。

**牽引力** ㄑㄧㄢ ㄧㄣˇ ㄌㄧˋ 在平面上克服運動阻力而拉動負荷所產生的力量，也就是受力面和接觸面的摩擦力。如火車頭在鐵路上滑行所產生的力。

**牽強附會** ㄑㄧㄢ ㄑㄧㄤˇ ㄈㄨˋ ㄏㄨㄟˋ 把關係不大的事物勉強比附，扯在一起。

**牽絲傀儡** ㄑㄧㄢ ㄙ ㄎㄨㄟˇ ㄌㄟˇ 用提線牽引的木偶。比喻受人操縱的人。

**牽腸掛肚** ㄑㄧㄢ ㄔㄤˊ ㄍㄨㄚˋ ㄉㄨˋ 十分牽掛。

**牽親引戚** ㄑㄧㄢ ㄑㄧㄣ ㄧㄣˇ ㄑㄧ 比喻攀關係。

**牽一髮而動全身** ㄑㄧㄢ ㄧ ㄈㄚˇ ㄦˊ ㄉㄨㄥˋ ㄑㄩㄢˊ ㄕㄣ 比喻動一個極小的部分可以影響全局。

## 八筆

**犅** ㄍㄤ 図公牛。〈本草綱目〉說：「牛牡者曰牯，曰特，曰犅」。

**犄** ㄐㄧ 見「犄角」。

**犄角** ㄐㄧ ㄐㄧㄠˇ ①角字輕讀。獸角。②角落。如「屋子犄角」「眼犄角兒」。③稜角。如「桌子犄角」。

**犀** ㄒㄧ ㈠犀牛。㈡見「犀利」。

**犀牛** ㄒㄧ ㄋㄧㄡˊ 體大像牛的一種野獸，皮厚沒有毛，角長在鼻子上。印度犀牛只有一隻角，非洲犀牛有兩隻角，角很硬，很名貴，可以作藥。

**犀甲** ㄒㄧ ㄐㄧㄚˇ 古代用犀牛皮所做的戰甲。

**犀利** ㄒㄧ ㄌㄧˋ 堅利尖銳。指武器，也可指言辭、眼光。

**犀角** ㄒㄧ ㄐㄧㄠˇ ①犀牛的角，質地堅硬細緻，可以製成器物，也可作藥。②指隆起的額角骨，相傳是大貴相。

**犀鳥** ㄒㄧ ㄋㄧㄠˇ 鳥名。嘴厚而長，向下彎曲，眼有睫毛，羽毛黑白相間。以昆蟲、小脊椎動物和果實為食物。

## 九筆

**犍** ㄐㄧㄢ ㈠[文]割去生殖器的公牛。㈡犍為，縣名，在四川省。

## 十筆

**犖** ㄌㄨㄛˋ [文]㈠雜色的牛。㈡雜色；文采錯雜。如「駁犖」。㈢「犖确」，山多大石的樣子。㈣見「犖犖」。

**犖犖** ㄌㄨㄛˋ ㄌㄨㄛˋ [文]事理明顯。

**犒** ㄎㄠˋ 把酒食財物等賞給有功的人。如「犒賞」「犒勞」。

**犒師** ㄎㄠˋ ㄕ [文]以酒食、錢財慰勞軍隊。

**犒勞** ㄎㄠˋ ㄌㄠ 勞字輕讀。是說用酒肉慰勞勞苦的部下。

**犒賞** ㄎㄠˋ ㄕㄤˇ 賞賜。

## 十一筆

**犛**（氂、牦）ㄌㄧˊ 見「犛牛」。又讀ㄇㄠˊ。

**犛牛** ㄌㄧˊ ㄋㄧㄡˊ 又讀ㄇㄠˊ ㄋㄧㄡˊ。體大如牛，毛叢密，角長而尖。產於我國青海、西藏一帶。

## 十五筆

**犢** ㄉㄨˊ ㈠小牛。如「初生之犢不怕虎」「犢車」。㈡俗謂小兒。

**犢子** ㄉㄨˊ ㄗˇ ①小牛。②[文]謙稱自己的兒子。

**犢車** ㄉㄨˊ ㄐㄩ [文]牛車。

**犢鼻褌** ㄉㄨˊ ㄅㄧˊ ㄎㄨㄣ [文]只到膝蓋那麼長的短褲。也有說是圍裙，是漢代傭工的衣著，司馬相如就穿過。

## 十六筆

**犧**（牺）ㄒㄧ ㈠古時祭祀用的家畜，毛色單一，肢體完全的。㈡見「犧牲」。

**犧牲** ㄒㄧ ㄕㄥ ①見「犧」㈠。②損己利人或捨身報國的行為叫「犧牲」。

**犧牲品** ㄒㄧ ㄕㄥ ㄆㄧㄣˇ 商店裡低價傾銷的貨品。

**犨**（犫）ㄔㄡ ㈠牛的喘息聲。㈡姓。

# 犬部

**犬** ㄑㄩㄢˇ ㈠狗。如「猛犬」「雞犬不寧」。㈡對別人謙稱自己的兒子，有「小犬」「犬子」的詞。

**犬子** ㄑㄩㄢˇ ㄗˇ ①小狗。②謙稱自己的兒子。③比喻無能的兒子，如「虎父無犬子」。

**犬馬** ㄑㄩㄢˇ ㄇㄚˇ ①狗和馬。②古代臣子對君主的自謙之詞。晉朝李密〈陳情表〉有「臣不勝犬馬怖懼之情」句。

**犬齒** ㄑㄩㄢˇ ㄔˇ 在門牙的兩邊，俗稱虎牙。

**犬儒** ㄑㄩㄢˇ ㄖㄨˊ 原指古希臘抱有玩世不恭思想的一派思想家，後來泛指玩世不恭的人。

**犬于兒** ㄑㄩㄢˇ ㄩˊ ㄦ 反犬旁兒。也作「犬猶兒」。

**犬不夜吠** ㄑㄩㄢˇ ㄅㄨˋ ㄧㄝˋ ㄈㄟˋ 狗在夜裡不叫。比喻政治修明，夜無盜賊。

**犬牙相錯** ㄑㄩㄢˇ ㄧㄚˊ ㄒㄧㄤ ㄘㄨㄛˋ 兩地交界的地方，參差不齊，有如狗牙。

## 二筆

**犯** ㄈㄢˋ ㈠抵觸，違背。如「犯法」「冒犯」。㈡侵害。如「侵犯」「眾怒難犯」。㈢有罪的人叫犯。如「囚犯」「罪犯」。㈣觸發。如「犯毛病」「犯忌諱」。㈤值得，划得來。如「犯不上」「犯不著」。

**犯人** ㄈㄢˋ ㄖㄣˊ 犯罪的人。

**犯上** ㄈㄢˋ ㄕㄤˋ 反抗長輩、長官。

**犯舌** ㄈㄢˋ ㄕㄜˊ [方]多嘴。

**犯忌** ㄈㄢˋ ㄐㄧˋ 違犯禁忌。

**犯誡** ㄈㄢˋ ㄐㄧㄝˋ 佛教說違犯戒條。

**犯事** ㄈㄢˋ ㄕˋ 犯罪；口氣比較輕。

**犯法** ㄈㄢˋ ㄈㄚˇ 違犯法律。

**犯科** ㄈㄢˋ ㄎㄜ 犯法。

**犯案** ㄈㄢˋ ㄢˋ 犯罪；口氣比較重。

**犯病** ㄈㄢˋ ㄅㄧㄥˋ 舊病復發或是舊有的惡習又犯了。

**犯規** ㄈㄢˋ ㄍㄨㄟ 觸犯規則。

**犯愁** ㄈㄢˋ ㄔㄡˊ 發愁。

**犯禁** ㄈㄢˋ ㄐㄧㄣˋ 觸犯禁令。

**犯罪** ㄈㄢˋ ㄗㄨㄟˋ 法律名詞。①實質上侵害一般社會利益的行為；但是並非所有反社會的行為都是犯罪。②在形式上可以根據國家頒布的法條予以處罰的行為，包括違反法律的和必須負責的。

**犯疑** ㄈㄢˋ ㄧˊ 起疑心。也說犯疑心。

**犯潮** ㄈㄢˋ ㄔㄠˊ 發溼。也作泛潮。

**犯難** ▲ㄈㄢˋ ㄋㄢˊ 為難。▲ㄈㄢˋ ㄋㄢˋ 冒險。

**犯不上** ㄈㄢˋ ㄅㄨˋ ㄕㄤˋ 不字輕讀。不值得這樣做的意思。也常說「犯不著」。

**犯毛病** ㄈㄢˋ ㄇㄠˊ ㄅㄧㄥˋ 病字輕讀。指壞習慣。

**犯忌諱** ㄈㄢˋ ㄐㄧˋ ㄏㄨㄟˋ 同「犯忌」。

**犯得著** ㄈㄢˋ ˙ㄉㄜ ㄓㄠˊ 值得這樣做的意思。

**犯節氣** ㄈㄢˋ ㄐㄧㄝˊ ㄑㄧˋ 節氣，指一年的二十四節氣。在某節氣前後犯病，叫做犯節氣。

**犰** ㄑㄧㄡˊ 見下。

**犰狳** ㄑㄧㄡˊ ㄩˊ 獸名，全身披甲，口吻突出，四肢強壯，爪很尖銳，能挖地，吃白蟻、蚯蚓等。

## 三筆

**犴（豻）** ㄢˋ ㈠北方的一種野狗，黑嘴，善於守門。㈡[文]監獄，見「狴」字條。又讀ㄏㄢˊ。

## 四筆

**狄** ㄉㄧˊ ㈠古時我國北方的種族。如「白狄」。㈡姓。

**狄斯尼樂園** ㄉㄧˊ ㄙ ㄋㄧˊ ㄌㄜˋ ㄩㄢˊ Disneyland 的音譯，美國的一所非常有名的豪華遊樂場所。由製片家「華德・狄斯尼」(Walter E. Disney) 提出構想建造，後來又在日本、歐洲各增設一座。

**狃** [文]ㄋㄧㄡˇ 習慣了而不知變通。如「狃於故常」。

**犺** ㄎㄤˋ ㈠[文]健犬。㈡見「狼犺」。

**狂** ㄎㄨㄤˊ ㈠瘋癲，精神不正常。如「發狂」「瘋狂」。㈡誇大。如

「狂人」「口出狂語」。㈢放蕩不拘。如「狂放」「狂士」。㈣自高自大。如「狂妄」。㈤大。如「狂風」「狂瀾」。㈥快速。如「狂奔」。

**狂人** ㄎㄨㄤˊ ㄖㄣˊ ①瘋人。②舉止行動不合常規，像是發瘋的人。

**狂士** ㄎㄨㄤˊ ㄕˋ 図行止不循常規的讀書人。也作「狂生」。

**狂妄** ㄎㄨㄤˊ ㄨㄤˋ 膽大妄為。

**狂吠** ㄎㄨㄤˊ ㄈㄟˋ ①狗叫得很凶。②比喻狂妄的話。

**狂言** ㄎㄨㄤˊ ㄧㄢˊ 狂妄的話。如「口出狂言」。〈莊子・知北遊〉有「夫子無所發予之狂言，而死矣夫」的話。

**狂奔** ㄎㄨㄤˊ ㄅㄣ 跑得很快。

**狂放** ㄎㄨㄤˊ ㄈㄤˋ 任性放蕩。

**狂風** ㄎㄨㄤˊ ㄈㄥ ①大風。②通用風級表的第十級風，風速每小時八十七到一百零一公里（每秒二四・五至二八・四公尺）；陸地上的樹木會被連根拔起，不大堅固的東西會受損（參看「風速條」）。③平常也有把狂風稱為「暴風」的（參看「暴風」條③）。

**狂氣** ㄎㄨㄤˊ ㄑㄧˋ 狂妄的樣子和語氣。

**狂狷** ㄎㄨㄤˊ ㄐㄩㄢˋ 図狂是勇於進取。狷是有所不為。見〈論語・子路〉。

**狂笑** ㄎㄨㄤˊ ㄒㄧㄠˋ 大笑。

**狂草** ㄎㄨㄤˊ ㄘㄠˇ 任意揮灑的草書，是草書一種，以唐代張旭、懷素的作品最具代表性。

**狂喜** ㄎㄨㄤˊ ㄒㄧˇ 極端高興。

**狂話** ㄎㄨㄤˊ ㄏㄨㄚˋ 也作「狂言」，誇大不實的言詞。

**狂態** ㄎㄨㄤˊ ㄊㄞˋ 指狂妄自大、怠慢驕縱的態度。

**狂暴** ㄎㄨㄤˊ ㄅㄠˋ 強烈而凶暴。

**狂熱** ㄎㄨㄤˊ ㄖㄜˋ 對某件事物過分投入，幾近瘋狂的情形。如「宗教狂熱」。

**狂簡** ㄎㄨㄤˊ ㄐㄧㄢˇ 図語出〈論語・公冶長〉，指志大而於事疏略。

**狂瀾** ㄎㄨㄤˊ ㄌㄢˊ ①大波浪。②図「挽狂瀾於既倒」，是說時勢的衰頹，如狂瀾倒下來，要盡力挽回。

**狂飆** ㄎㄨㄤˊ ㄅㄧㄠ 図急驟的暴風。比喻猛烈的潮流或力量。

**狂歡** ㄎㄨㄤˊ ㄏㄨㄢ 極度的快樂，像是瘋狂一般。

**狂犬病** ㄎㄨㄤˊ ㄑㄩㄢˇ ㄅㄧㄥˋ 也作「恐水病」，多由瘋狗咬傷而起，經過十八天到六十天的潛伏期，病徵是聲門痙攣，呼吸急促，毒發而死。

**狂想曲** ㄎㄨㄤˊ ㄒㄧㄤˇ ㄑㄩˇ 自由奔放不拘形式的樂曲。

## 狘

ㄏㄡ 獸名，形狀像狗，能吃人。

## 狀（状）

ㄓㄨㄤˋ ㈠樣子。如「狀態」「奇形怪狀」。㈡情況。如「病狀」。㈢陳述事實的文字。如「行（ㄒㄧㄥˊ）狀」「訴狀」。㈣一種證明書。如「獎狀」「委任狀」。㈤科舉時代殿試得第一的人叫「狀元」。㈥図形容，描述。如「不堪言狀」「狀其聲」。

**狀子** ㄓㄨㄤˋ ˙ㄗ 訴狀。也作「狀詞」。

**狀元** ㄓㄨㄤˋ ㄩㄢˊ 科舉時代殿試的第一名。

**狀況** ㄓㄨㄤˋ ㄎㄨㄤˋ 人與事的情形。

**狀師** ㄓㄨㄤˋ ㄕ 舊時稱代人寫訴狀的人，如現在的律師。

**狀態** ㄓㄨㄤˋ ㄊㄞˋ 形狀或神情。

**狀語** ㄓㄨㄤˋ ㄩˇ 文法名詞。用來表示動作變化的情況、方式、時間、處所或表示狀態的程度。如「她很美」，「很美」就是狀語。

**狀貌**（ㄓㄨㄤˋ ㄇㄠˋ）図形狀與面貌。

**狀頭**（ㄓㄨㄤˋ ㄊㄡˊ）①狀元的別稱。②元代對原告的稱呼。

**狀元紅**（ㄓㄨㄤˋ ㄩㄢˊ ㄏㄨㄥˊ）①我國酒名，舊稱儲存三年的「紹興」酒。②花名，牡丹的一種。③荔枝的別名。

**狀元籌**（ㄓㄨㄤˋ ㄩㄢˊ ㄔㄡˊ）一種賭具。籌碼從一注到六十四注，用六個骰子擲，最大的六十四注，得狀元籌碼。

**狁**（ㄩㄣˇ）見「玁」字注解。

## 五筆

**狉**（ㄆㄧ）見下。

**狉狉**（ㄆㄧ ㄆㄧ）図很多野獸奔走的樣子。

**狒**（ㄈㄟˋ）見下。

**狒狒**（ㄈㄟˋ ㄈㄟˋ）猿類動物，身高三尺左右，面貌像狗又像人，性凶暴，多數產在非洲中部。

**狗**（ㄍㄡˇ）㈠會看家的家畜。㈡罵人受人利用替人奔走。如「走狗」「狗腿子」。㈢拍馬奉承。如「這個人專會狗著他上司」。

**狗才**（ㄍㄡˇ ㄘㄞˊ）罵人不成材。

**狗屁**（ㄍㄡˇ ㄆㄧˋ）罵人說的話沒有價值或荒謬。

**狗屎**（ㄍㄡˇ ㄕˇ）図①狗糞。②罵人行為卑劣，令人厭惡（ㄨˋ）的話。

**狗蚤**（ㄍㄡˇ ㄗㄠˇ）寄生在狗、貓或其他動物身上的跳蚤。

**狗熊**（ㄍㄡˇ ㄒㄩㄥˊ）熊的一種，軀體小。

**狗蝨**（ㄍㄡˇ ㄕ）有吻類昆蟲，樣子像胡麻子，寄生在狗身上吸血。也叫「狗豆子」。

**狗頭**（ㄍㄡˇ ㄊㄡˊ）罵人的詞。

**狗蠅**（ㄍㄡˇ ㄧㄥˊ）蠅字輕讀。寄生在狗身上的蠅，黃色，口吻尖銳。

**狗寶**（ㄍㄡˇ ㄅㄠˇ）中藥名。從癩狗腹中取得，形狀像白石，帶青色。可治噎食和惡性膿瘡。

**狗竇**（ㄍㄡˇ ㄉㄡˋ）狗洞，在牆根兒挖的讓狗出入的小洞。

**狗獾**（ㄍㄡˇ ㄏㄨㄢ）獸名。像小狗，但較胖，嘴尖，腿短，尾短，褐色。皮可以製毛皮大衣。獾又作貛。

**狗吃屎**（ㄍㄡˇ ㄔ ㄕˇ）指身體向前跌倒的姿勢，往往是拿來嘲笑別人跌倒。如「他摔了個狗吃屎」。

**狗尾草**（ㄍㄡˇ ㄨㄟˇ ㄘㄠˇ）一年生草本植物。葉線狀披針形，花穗圓柱狀，像狗尾，因此叫「狗尾草」。莖可製藥，治眼病。又叫「光明草」、「阿羅漢草」。

**狗豆子**（ㄍㄡˇ ㄉㄡˋ ˙ㄗ）狗蝨。如「身上有不少狗豆子」。

**狗腿子**（ㄍㄡˇ ㄊㄨㄟˇ ˙ㄗ）指替惡勢力或敵人奔走的人。

**狗仗人勢**（ㄍㄡˇ ㄓㄤˋ ㄖㄣˊ ㄕˋ）比喻借勢欺負人。

**狗皮膏藥**（ㄍㄡˇ ㄆㄧˊ ㄍㄠ ㄧㄠˋ）把藥膏塗在小塊狗皮上的一種膏藥。以前賣假藥的人常假造這種膏藥騙人，因而用來比喻騙人的貨色。

**狗血噴頭**（ㄍㄡˇ ㄒㄧㄝˇ ㄆㄣ ㄊㄡˊ）形容罵得很凶。

**狗尾續貂**（ㄍㄡˇ ㄨㄟˇ ㄒㄩˋ ㄉㄧㄠ）図①比喻拿不好的東西接在好的東西後面。②謙稱自己為他人的著作寫續文。

**狗急跳牆**（ㄍㄡˇ ㄐㄧˊ ㄊㄧㄠˋ ㄑㄧㄤˊ）比喻走投無路時，不顧一切地蠻幹。

**狗苟蠅營**（ㄍㄡˇ ㄍㄡˇ ㄧㄥˊ ㄧㄥˊ）図罵人鑽營攀附。

**狗咬呂洞賓**（ㄍㄡˇ ㄧㄠˇ ㄌㄩˇ ㄉㄨㄥˋ ㄅㄧㄣ）罵人不識好歹，不知領情。也作「狗咬呂洞賓，不識好人心」。

**狗嘴不長象牙**（ㄍㄡˇ ㄗㄨㄟˇ ㄅㄨˋ ㄓㄤˇ ㄒㄧㄤˋ ㄧㄚˊ）又作「狗嘴吐不出象牙」。罵人胡說八道，講不出什麼好話。

**狐** ㄏㄨˊ ㈠哺乳動物食肉類的野獸，形體像狗，性狡猾多疑，毛皮可以製裘。㈡姓。

**狐仙** ㄏㄨˊ ㄒㄧㄢ 又叫「狐狸精」。傳說狐狸能修鍊成仙，化為人形，具有多種神通。如果冒犯了，必會受害。

**狐步** ㄏㄨˊ ㄅㄨˋ 一種交際舞，起源於美國黑人的民間舞蹈。

**狐狸** ㄏㄨˊ ㄌㄧ˙ 狸字輕讀。①狐的俗稱。②比喻奸詐狡猾的小人。如「豺狼當路，安問狐狸」。

**狐臭** ㄏㄨˊ ㄔㄡˋ 人胳肢窩下面發臭的病。

**狐媚** ㄏㄨˊ ㄇㄟˋ 用諂媚的手段迷惑人。

**狐猴** ㄏㄨˊ ㄏㄡˊ 哺乳動物靈長類，長得像狐，嘴長，耳大，體毛長而柔軟，後肢比前肢長，尾長而多毛，夜行覓食，棲息在熱帶森林。

**狐疑** ㄏㄨˊ ㄧˊ 比喻多疑。

**狐狸精** ㄏㄨˊ ㄌㄧ˙ ㄐㄧㄥ 狸字輕讀。同「狐仙」。多用來指妖冶放蕩的女性。

**狐埋狐搰** ㄏㄨˊ ㄇㄞˊ ㄏㄨˊ ㄏㄨˊ [文]相傳狐性多疑，把東西埋在地下，馬上又挖出來看看。比喻人疑慮過多，不能成事。

**狐狸尾巴** ㄏㄨˊ ㄌㄧ˙ ㄨㄟˇ ㄅㄚ˙ 狸字巴字都輕讀。比喻人的壞主意或壞行為被揭穿（因為狐狸尾巴是藏不住的）。

**狐假虎威** ㄏㄨˊ ㄐㄧㄚˇ ㄏㄨˇ ㄨㄟ 比喻借人家的威風恐嚇別人。見〈戰國策〉。

**狐群狗黨** ㄏㄨˊ ㄑㄩㄣˊ ㄍㄡˇ ㄉㄤˇ 罵人的話，指結交的一些壞人。也作「狐朋狗友」。

**狙** ㄐㄩ ㈠[文]狡猾的猿類。㈡暗中埋伏，等候攻擊。如「狙擊」。

**狙擊** ㄐㄩ ㄐㄧˊ 借有利的地形埋伏，等候攻擊敵人。

**狙擊手** ㄐㄩ ㄐㄧˊ ㄕㄡˇ 暗中埋伏，等候時機殺敵的人。

**狎** [文]ㄒㄧㄚˊ ㈠非常親近。如「狎暱」「狎近」。㈡戲弄。如「戲狎」。㈢待人不莊重，叫「狎侮」。

**狎邪** ㄒㄧㄚˊ ㄒㄧㄝˊ [文]嫖妓或其他不正當行為。

**狎近** ㄒㄧㄚˊ ㄐㄧㄣˋ [文]親密。

**狎暱** ㄒㄧㄚˊ ㄋㄧˋ [文]親暱。也作「狎近」。

**狎翫** ㄒㄧㄚˊ ㄨㄢˋ [文]熟悉其事而輕視。

**狌** ▲ㄕㄥ 鼪鼠，俗稱黃鼠狼。通「鼪」。▲ㄒㄧㄥ 通「猩」。

**狖** ㄧㄡˋ 古書上說的一種長尾猴。

## 六筆

**狠** ㄏㄣˇ ㈠殘忍。如「狠毒」「心好狠」。㈡凶猛地，重重地。如「狠狠地揍他」。㈢同「很」。

**狠心** ㄏㄣˇ ㄒㄧㄣ 心地殘忍。

**狠毒** ㄏㄣˇ ㄉㄨˊ 凶狠毒辣。

**狡** ㄐㄧㄠˇ ㈠奸滑，詭詐。如「狡猾」「狡兔三窟」。㈡[文]美好。如「狡童」。

**狡童** ㄐㄧㄠˇ ㄊㄨㄥˊ [文]容貌美好、行為浮滑、沒有實才的少年。

**狡詐** ㄐㄧㄠˇ ㄓㄚˋ 狡猾奸詐。

**狡猾** ㄐㄧㄠˇ ㄏㄨㄚˊ 詭詐，不誠實。

**狡賴** ㄐㄧㄠˇ ㄌㄞˋ 狡辯抵賴。

**狡黠** ㄐㄧㄠˇ ㄒㄧㄚˊ [文]狡詐。

**狡辯** ㄐㄧㄠˇ ㄅㄧㄢˋ 狡猾地強辯。

**狡兔三窟** ㄐㄧㄠˇ ㄊㄨˋ ㄙㄢ ㄎㄨ 比喻藏身的方法想得很周密。語出〈戰國策・

齊策〉。

**狡兔死走狗烹** ㄐㄧㄠˇ ㄊㄨˋ ㄙˇ ㄗㄡˇ ㄍㄡˇ ㄆㄥ 図狡兔一死，獵狗就沒什麼用處，將被殺死烹煮。比喻目的達到時，就捨棄有功的人。語出〈史記〉。

**狩** 図ㄕㄡˋ ㈠在山野放火燒草木，然後在下風的地方等著捕捉野獸。㈡冬天打獵。㈢泛指打獵。㈣見「巡狩」。

**狩獵** ㄕㄡˋ ㄌㄧㄝˋ 図用獵具或鷹犬捕捉鳥獸。

**狨** ㄖㄨㄥˊ ㈠一種小猴子，全身黃色絨毛，長尾巴，善於爬樹。㈡通「絨」。

## 七筆

**狽** ㄅㄟˋ ㈠狼類的獸，前腿很短。㈡見「狼狽」。

**狴** 図ㄅㄧˋ 狴犴，形狀像虎的野獸。古時獄門用作圖案，因此把「狴犴」作為牢獄的別稱。

**狼** ㄌㄤˊ ㈠一種野獸，樣子像狗，毛灰黃色，性情凶狠狡猾，在北方常成群結隊覓食。㈡比喻貪心狠毒的人。如「狼貪」「狼子野心」。㈢比喻欺騙女色的人。如「色狼」。㈣星名，就是天狼星，西洋人叫 Sirius。

**狼人** ㄌㄤˊ ㄖㄣˊ ①相傳在滿月的夜晚變成狼，吞食動物、人或屍體，白天又變成人形的人。②世上曾發現被狼群養大的人，習性像狼，無法學人類語言。③種族名，在廣西省。

**狼犺** ㄌㄤˊ ㄎㄤˋ 犺字輕讀。①吃東西很猛的樣子。②笨重。也作「狼抗」。

**狼狗** ㄌㄤˊ ㄍㄡˇ 又叫「德國狼犬」，一種體型和狼相似的狗，毛色黑、白或灰。聰明、機警、忠誠，專作警犬、軍犬和導盲犬。

**狼狽** ㄌㄤˊ ㄅㄟˋ ①疲憊困窘進退兩難的樣子。②互相倚靠，聯合作惡。見「狼狽為奸」。

**狼毫** ㄌㄤˊ ㄏㄠˊ 用鼬毛做成的毛筆，屬硬鋒。鼬又名黃鼠狼，故稱狼毫。

**狼貪** ㄌㄤˊ ㄊㄢ 比喻貪得無厭。

**狼煙** ㄌㄤˊ ㄧㄢ 古時駐守邊境的軍隊受到敵人侵襲時，燒狼糞，起烽煙，濃煙直升不散，遠處可以望見去營救。

**狼瘡** ㄌㄤˊ ㄔㄨㄤ 醫學名詞。一種破壞性、侵蝕性和增殖性病變。患者頰部往往出現紅斑，頗似狼臉。發生原因不詳。患者多為年輕女性。

**狼藉** ㄌㄤˊ ㄐㄧˊ 図也作「狼籍」，比喻散亂不整，敗壞不堪。如「杯盤狼藉」。

**狼尾草** ㄌㄤˊ ㄨㄟˇ ㄘㄠˇ 多年生草本植物。葉細長，根紫色，花穗圓筒狀。分布在亞洲和澳洲。

**狼子野心** ㄌㄤˊ ㄗˇ ㄧㄝˇ ㄒㄧㄣ 豺狼之子不可馴服。比喻凶暴的人。

**狼心狗肺** ㄌㄤˊ ㄒㄧㄣ ㄍㄡˇ ㄈㄟˋ 罵人毫無良心人性。

**狼吞虎咽** ㄌㄤˊ ㄊㄨㄣ ㄏㄨˇ ㄧㄢˋ 形容吃東西時猛而急。

**狼奔豕突** ㄌㄤˊ ㄅㄣ ㄕˇ ㄊㄨˊ 狼和豬東奔西跑。比喻成群的壞人橫衝直撞，四處流竄。

**狼狽為奸** ㄌㄤˊ ㄅㄟˋ ㄨㄟˊ ㄐㄧㄢ 狽的前腿特別短而後腿長，走路時常趴在狼身上。狼的前腿長而後腿短。比喻互相勾結做壞事。

**狼嘷(兒)鬼叫** ㄌㄤˊ ㄏㄠˊ ㄦ ㄍㄨㄟˇ ㄐㄧㄠˋ 形容慘厲的哭喊聲。

**狸** ㄌㄧˊ ㈠犬科動物，形狀像狐，毛黑褐色，尾粗而長，四肢短。㈡通「貍」。

**猁** ㄌㄧˋ 見「猞猁」。

**㹁** ㄍㄥˇ ㈠古時「狗」的俗字。㈡狗的一種，就是小型的獵犬；英文是 terrier。

**狷（獧）** 文ㄐㄩㄢˋ ㈠性情急躁。如「狷急」。㈡清介自守，有所不為。如「狷介」。

**狷介** ㄐㄩㄢˋ ㄐㄧㄝˋ 文廉潔自守，不貪財。

**狷急** ㄐㄩㄢˋ ㄐㄧˊ 文性情躁急，不能忍受屈辱。

**狹** ㄒㄧㄚˊ 窄，不寬廣。如「狹小」「狹路相逢」。

**狹小** ㄒㄧㄚˊ ㄒㄧㄠˇ 狹窄。

**狹長** ㄒㄧㄚˊ ㄔㄤˊ 窄而長。

**狹窄** ㄒㄧㄚˊ ㄓㄞˇ 不寬廣。

**狹義** ㄒㄧㄚˊ ㄧˋ 範圍狹小的界說；跟「廣義」相對。

**狹隘** ㄒㄧㄚˊ ㄞˋ 地方不寬敞，氣量不宏大。

**狹心症** ㄒㄧㄚˊ ㄒㄧㄣ ㄓㄥˋ 醫學名詞，就是心絞痛病。

**狹路相逢** ㄒㄧㄚˊ ㄌㄨˋ ㄒㄧㄤ ㄈㄥˊ 比喻仇人相遇。

**狻** ㄙㄨㄢ 見下。

**狻猊** ㄙㄨㄢ ㄋㄧˊ 古人對獅子的別稱。

**狺** 文ㄧㄣˊ 見下。

**狺狺** ㄧㄣˊ ㄧㄣˊ 文犬吠聲。

**狳** ㄩˊ 見「犰狳」。

## 八筆

**猋** 文ㄅㄧㄠ ㈠「暴風」。㈡狗快跑的樣子。

**猛** ㄇㄥˇ ㈠文勇健的狗。㈡勇健的。如「猛將」。㈢凶惡的。如「猛獸」「苛政猛於虎」。㈣劇烈。如「猛火」「往下猛衝」。㈤文嚴厲。如「寬猛相濟」「為政失之猛」。㈥猝急。如「猛省」。㈦突然。如「猛抬頭」「猛然」。

**猛士** ㄇㄥˇ ㄕˋ 文勇猛的人。

**猛火** ㄇㄥˇ ㄏㄨㄛˇ 劇烈的、很大的火。

**猛虎** ㄇㄥˇ ㄏㄨˇ 凶猛的老虎。

**猛省** ㄇㄥˇ ㄒㄧㄥˇ 突然省悟。

**猛烈** ㄇㄥˇ ㄌㄧㄝˋ 猛悍激烈。

**猛將** ㄇㄥˇ ㄐㄧㄤˋ 勇武善戰的武將。

**猛然** ㄇㄥˇ ㄖㄢˊ 突然。

**猛進** ㄇㄥˇ ㄐㄧㄣˋ ①勇進，急進。如「突飛猛進」。②進步很快。

**猛禽** ㄇㄥˇ ㄑㄧㄣˊ 凶猛的鳥類，像鷹、鷲等。

**猛獸** ㄇㄥˇ ㄕㄡˋ 凶猛的獸類，像虎、豹、獅等。

**猛勁（兒）** ㄇㄥˇ ㄐㄧㄣˋ（ㄦ） 集中力氣後，一下子使出來的力氣。如「這箱子不用猛勁兒抬不起來」。

**猛不防** ㄇㄥˇ ㄅㄨˋ ㄈㄤˊ 不字輕讀。突然而來，不及防備。

**猛以濟寬** ㄇㄥˇ ㄧˇ ㄐㄧˋ ㄎㄨㄢ 文用嚴格來補救寬容的缺點。指當政者恩威並施，寬嚴互用。

**猊** ㄋㄧˊ 見「狻猊」。

**猇** 文ㄒㄧㄠ 老虎要吃人的聲音。

**猘** 文ㄓˋ ㈠瘋狗。㈡獸的凶狠叫猛猘。

**猙** ㄓㄥ 見下。

**猙獰** ㄓㄥ ㄋㄧㄥˊ 面貌凶惡。

**猪** ㄓㄨ 同「豬」。

**猖** ㄔㄤ ㈠狂妄，任性胡為。如「猖狂」。㈡見「猖獗」。

**猖狂** ㄔㄤˊ ㄎㄨㄤˊ 狂妄胡為。

**猖獗** ㄔㄤˊ ㄐㄩㄝˊ 鬧得很凶，很難遏止。

# 猞

ㄕㄜˋ 見下。

**猞猁** ㄕㄜˋ ㄌㄧˋ 也作猞猁孫。一種像貍貓的野獸，俗名土豹。大耳朵，長毛，皮可以製皮裘，很珍貴。出產在四川、雲南和烏拉山等地山區。

# 猜

ㄘㄞ ㈠疑心。如「猜忌」「兩小無猜」。㈡揣測。如「猜想」「猜謎」。㈢「猜忍」，是狠毒。

**猜忌** ㄘㄞ ㄐㄧˋ 懷疑別人對自己不利，因而想排斥他。

**猜度** ㄘㄞ ㄉㄨㄛˋ 猜測揣度。

**猜拳** ㄘㄞ ㄑㄩㄢˊ 飲酒時兩人同時伸出手指，互猜兩人所伸手指的數目，猜中的勝，輸的罰喝酒。也叫「划拳」。

**猜測** ㄘㄞ ㄘㄜˋ 推測，憑想像估計。

**猜嫌** ㄘㄞ ㄒㄧㄢˊ 猜忌。

**猜想** ㄘㄞ ㄒㄧㄤˇ 推想。猜測。

**猜疑** ㄘㄞ ㄧˊ 心裡懷疑。

**猜懼** ㄘㄞ ㄐㄩˋ 猜疑恐懼。

**猜謎（兒）** ㄘㄞ ㄇㄧˊ（ㄦ） 就謎面來猜答謎底。又音ㄘㄞ ㄇㄟˋ。

# 猝

図ㄘㄨˋ 急遽。如「猝急」「猝不及防」。

**猝死** ㄘㄨˋ ㄙˇ 突然死亡。常是因為心臟血管方面的疾病引起的。

# 猗

▲図ㄧ 讚美的詞。如「猗歟盛哉」。
▲ㄧˇ 同「旖」。
▲図ㄜˇ 猗儺，柔順的樣子。

# 猓

▲ㄍㄨㄛˇ 長毛猿。
▲ㄌㄨㄛˇ 猓猓，見「倮」。

## 九筆

# 猱

ㄋㄠˊ ㈠一種猴子，也叫狨。參看「狨」㈠。㈡抓，搔，通「撓（ㄋㄠˊ）」。〈西廂記〉有「心癢難猱」。

**猱升** ㄋㄠˊ ㄕㄥ 図像猴子似的爬上（樹、竹竿、杆子）去。

# 猴

ㄏㄡˊ ㈠一種形狀像人，能用後腿走路的動物，頰下有嗉囊，臀部有尾巴。㈡笑人躁急。如「瞧他那猴急的樣子」。㈢開玩笑的話，說小孩子乖巧。如「這孩子多猴啊」。

**猴子** ㄏㄡˊ ㄗ˙ ①猴㈠。②譏笑瘦子。

**猴戲** ㄏㄡˊ ㄒㄧˋ 訓練猴子表演的戲。

**猴猻（兒）** ㄏㄡˊ ㄙㄨㄣ（ㄦ） 猴㈠。

**猴頭菇** ㄏㄡˊ ㄊㄡˊ ㄍㄨ 菌類，一種長在樹上的蕈，形狀像猴子的頭，是珍貴的食品。

**猴（兒）崽子** ㄏㄡˊ（ㄦ）ㄗㄞˇ ㄗ˙ 罵兒童的話。

# 猢

ㄏㄨˊ 見「猢猻」。

**猢猻** ㄏㄨˊ ㄙㄨㄣ 猴類動物的通稱。

**猢猻王** ㄏㄨˊ ㄙㄨㄣ ㄨㄤˊ 舊時對村塾老師的戲稱。

# 猩

ㄒㄧㄥ ㈠見「猩猩」。㈡紅色。如「猩紅」。

**猩紅** ㄒㄧㄥ ㄏㄨㄥˊ 像猩猩血的紅色。

**猩猩（兒）** ㄒㄧㄥ ㄒㄧㄥ（ㄦ） 第二個猩字可輕讀。大猿，毛赤褐色，顏面裸出，身高四五尺，上肢很長，下肢短，凶猛有力。

**猩紅熱** ㄒㄧㄥ ㄏㄨㄥˊ ㄖㄜˋ scarlatina，一種危險的傳染病。患者喉痛、寒顫、發熱、頭痛，一兩天以後，臉上跟全身紅疹密布，小孩患的比較多。

**猶（犹）** ㄧㄡˊ ㈠図像，如同。如「雖死猶生」「猶緣木而求魚」。㈡図還，尚且。如「雖敗猶榮」「困獸猶鬥」。㈢獸名，像猴子，腿短。㈣見「猶豫」。

**猶太** ㄧㄡˊ ㄊㄞˋ ①Jews，種族名，也叫希伯來人，就是以色列民族。②譏笑人吝嗇的詞。

**猶子** ㄧㄡˊ ㄗˇ 図姪子。

**猶如** ㄧㄡˊ ㄖㄨˊ 図如同，好像。

**猶自** ㄧㄡˊ ㄗˋ 図尚自；還（ㄏㄞˊ）。

**猶然** ㄧㄡˊ ㄖㄢˊ 図①仍然；照舊。②笑的樣子。③舒緩的樣子。

**猶疑** ㄧㄡˊ ㄧˊ 図遲疑不決。唐朝杜甫〈夢李白〉詩有「落月滿屋梁，猶疑照顏色」句。

**猶豫** ㄧㄡˊ ㄩˋ 遲疑不決。也作「猶疑」。

**猶太教** ㄧㄡˊ ㄊㄞˋ ㄐㄧㄠˋ 又叫「以色列教」，教徒遵奉摩西十誡，崇拜耶和華，深信未來有救世主出現。

**猶猶豫豫** ㄧㄡˊ ㄧㄡˊ ㄩˋ ㄩˋ 第二個猶字輕讀。遲疑不決的樣子。

**猷** 図ㄧㄡˊ ㈠謀略，計畫。如「鴻猷」「嘉猷」。㈡道理。如〈詩經〉有「秩秩大猷」。

**猥** 図ㄨㄟˇ ㈠鄙陋，下流。如「猥瑣」。㈡多，雜。㈢見「猥褻」。㈣乃，助詞。如「猥自枉屈」。

**猥劣** ㄨㄟˇ ㄌㄧㄝˋ 図卑劣。

**猥詞** ㄨㄟˇ ㄘˊ 下流話；淫穢的詞語。

**猥瑣** ㄨㄟˇ ㄙㄨㄛˇ 図鄙陋煩碎。

**猥褻** ㄨㄟˇ ㄒㄧㄝˋ 図指用言語或行為來促進人類兩性性慾，因而違背善良風俗。

## 十筆

**獁** ㄇㄚˇ 獸名。「猛獁」是一種已經滅絕的長毛象，遺體在西伯利亞發現。

**獃** ㄉㄞ ㈠癡傻。如「獃子」「獃氣」。㈡發傻，胡塗。如「獃頭獃腦」「站在那兒發獃」。㈢板滯，拘泥，不能變通。也作「呆」。又讀ㄞˊ。如「獃板」「獃帳」。見「呆板」「呆帳」。

**獃子** ㄉㄞ ㄗˇ 愚笨癡傻的人。

**獃氣** ㄉㄞ ㄑㄧˋ 傻氣。

**獃頭獃腦** ㄉㄞ ㄊㄡˊ ㄉㄞ ㄋㄠˇ 思想不靈活，舉止遲鈍的樣子。

**猾** ㄏㄨㄚˊ 狡詐。如「狡猾」。

**獉** 図ㄓㄣ 見「獉狉」。

**獉狉** ㄓㄣ ㄆㄧ 図同「榛狉」，是草木叢生，群獸蠢動的樣子。比喻還沒有開化。

**獅（狮）** ㄕ 見「獅子」。

**獅子** ㄕ ㄗˇ 猛獸名，身長七八尺，頭圓大，尾細長，毛黃褐色。雄獅脖子上有長鬣。吼聲洪大，有獸王之稱。

**獅子吼** ㄕ ㄗˇ ㄏㄡˇ ①比喻佛說法時發出大聲，震動世界。②見「河東獅吼」。

**獅子狗** ㄕ ㄗˇ ㄍㄡˇ 犬類，頭尾的毛長而蓬鬆，樣子像獅子。也叫「哈巴狗」。

**獅子會** ㄕ ㄗˇ ㄏㄨㄟˋ 國際獅子會（Lions International）的簡稱，是國際間有力的實業家組織的服務團體。

**獅子頭** ㄕ ㄗˇ ㄊㄡˊ 食品，最大的肉丸子。

**獅子搏兔** ㄕ ㄗˇ ㄅㄛˊ ㄊㄨˋ 比喻對小事情也會全力以赴。

# 猻

ㄙㄨㄣ 見「猢猻」。

# 猿

ㄩㄢˊ 靈長類獸名，比猴子大，形狀像人，能站能坐，腳可當手用，前肢稍長。頰下沒有嗉囊，臀部不長尾巴。

**猿人** ㄩㄢˊ ㄖㄣˊ 原為屬名，由「類人猿」發展而成，保有猿的形態，但已能直立行走，並產生了簡單語言，能製造簡單工具，知道用火。猿人包括「爪哇人」「北京人」。現在二者已歸屬「直立人」了，失去「猿人」屬名的意義。

**猿猴** ㄩㄢˊ ㄏㄡˊ ①猿和猴。②一般對猴子的稱呼。

**猿臂** ㄩㄢˊ ㄅㄧˋ 如猿一般的長臂。

## 十一筆

# 獎

ㄐㄧㄤˇ ㈠〔文〕勸勉。如「以獎善人」。㈡稱讚。如「獎勉」「誇獎」。㈢賞。如「獎賞」「獎金」「褒獎」。㈣〔文〕幫助。如「共獎王室」。

**獎券** ㄐㄧㄤˇ ㄑㄩㄢˋ 一種帶有賭博性質的證券。券上印有號碼，定期開獎。中獎的按等級領取定額的獎金。

**獎杯** ㄐㄧㄤˇ ㄅㄟ 發給優勝者的杯狀獎品，上面大多鍍上金色或銀色。體育運動比賽會使用的最多。

**獎狀** ㄐㄧㄤˇ ㄓㄨㄤˋ 為獎勵受獎人而發給的證書。上面寫明受獎人的優良事跡。

**獎金** ㄐㄧㄤˇ ㄐㄧㄣ 獎賞得獎人的錢。

**獎勉** ㄐㄧㄤˇ ㄇㄧㄢˇ 〔文〕獎勵，勉勵。如「總統特別接見，對他有一番獎勉」。

**獎品** ㄐㄧㄤˇ ㄆㄧㄣˇ 為表揚或勉勵而贈送的東西。

**獎挹** ㄐㄧㄤˇ ㄧˋ 〔文〕推許、汲引的意思。〈唐書・李頻傳〉有「大加獎挹，以女妻（ㄑㄧˋ）之」。

**獎掖** ㄐㄧㄤˇ ㄧˋ 〔文〕獎勵提拔。如「獎掖後進」。

**獎章** ㄐㄧㄤˇ ㄓㄤ 為獎勵而發給的徽章。

**獎許** ㄐㄧㄤˇ ㄒㄩˇ 稱讚。

**獎賞** ㄐㄧㄤˇ ㄕㄤˇ 把物品或金錢獎給有功的人。

**獎勵** ㄐㄧㄤˇ ㄌㄧˋ 獎賞勉勵。

**獎懲** ㄐㄧㄤˇ ㄔㄥˊ 獎勵和懲罰。如「獎懲制度」。

**獎助金** ㄐㄧㄤˇ ㄓㄨˋ ㄐㄧㄣ 獎賞給達到規定標準的人的金錢。如「入學獎助金」。

**獎學金** ㄐㄧㄤˇ ㄒㄩㄝˊ ㄐㄧㄣ 獎助升學所需的一切費用的金錢，包括學雜費、生活費。各學校團體多有獎學金額的設置。

# 獍

ㄐㄧㄥˋ 古書〈述異記〉所說的一種惡獸，形狀像虎豹，但比較小。性殘忍，生下來就會吃了牠父母。因此古人拿牠跟「梟」並稱「梟獍」，來形容不孝父母的人。

# 獐

ㄓㄤ 同「麞」。

# 獕

ㄘㄨㄟ 〔文〕猥獕，形容長得矮小難看。

# 獒

ㄠˊ 大而猛的狗，善於打鬥，能幫助人打獵。

# 獄

ㄩˋ ㈠關犯人的地方。如「監獄」「牢獄」。㈡〔文〕訴訟案件。如「冤獄」「斷獄」。㈢關於監獄的。如「獄吏」。

**獄吏** ㄩˋ ㄌㄧˋ 舊時管理監獄的小官。

**獄卒** ㄩˋ ㄗㄨˊ 舊時稱監獄看守人。

## 十二筆

# 獠

ㄌㄧㄠˊ ㈠凶悍的樣子或凶悍的人。如「獠牙」「撲殺此獠」。㈡〔文〕

夜間打獵。

**獠牙** ㄌㄠˊ ㄧㄚˊ 外露的長牙。

**獗** ㄐㄩㄝˊ 見「猖獗」。

## 十三筆

**獨（独）** ㄉㄨˊ ㈠古代傳說的一種野獸，形狀像猿而大。㈡單獨的，一個。如「獨木橋」「無獨有偶」。㈢老而無子的人叫「獨」。㈣特異的。如「鰥寡孤獨，皆有所養」。「獨出心裁」「特立獨行（ㄒㄧㄥˋ）」。㈤但，只。如「唯獨」「不獨」。㈥專斷。如「獨裁」「獨斷獨行」。

**獨力** ㄉㄨˊ ㄌㄧˋ 一個人的力量。

**獨子** ㄉㄨˊ ㄗˇ 唯一的兒子。

**獨夫** ㄉㄨˊ ㄈㄨ 專制獨裁、貪暴無道的統治者。

**獨占** ㄉㄨˊ ㄓㄢˋ 單獨占有。

**獨白** ㄉㄨˊ ㄅㄞˊ 劇中人自言自語，敘述心境、感想或身世。

**獨立** ㄉㄨˊ ㄌㄧˋ ①有能力自立而無須倚賴他人。②脫離保護者而自立，像殖民地脫離母國，而成立國家。③無依無靠。如「煢煢獨立」。④孤單一個人。如「獨立中宵」。

**獨自** ㄉㄨˊ ㄗˋ 自己一個人。

**獨行** ▲ㄉㄨˊ ㄒㄧㄥˊ ①自己一個人走。②憑自己的意見做事。▲又 ㄉㄨˊ ㄒㄧㄥˋ 志節高尚，不隨俗浮沉。

**獨吞** ㄉㄨˊ ㄊㄨㄣ 利益被一個人所占有。

**獨步** ㄉㄨˊ ㄅㄨˋ 又①一個人走著。②才能特異，沒有人可以相比。如「獨步天下」。

**獨秀** ㄉㄨˊ ㄒㄧㄡˋ 當時最優秀的。如「一枝獨秀」。

**獨身** ㄉㄨˊ ㄕㄣ ①一個人。②不結婚的人。

**獨到** ㄉㄨˊ ㄉㄠˋ 與眾不同（多指好的）。如「這篇文章有獨到之處」。

**獨孤** ㄉㄨˊ ㄍㄨ ①山名。②複姓，出於匈奴。

**獨奏** ㄉㄨˊ ㄗㄡˋ 一個人單獨演奏樂器。

**獨活** ㄉㄨˊ ㄏㄨㄛˊ 多年生草本植物，高約二公尺，羽狀複葉，開白色小花，果實暗紫色，根可入藥。

**獨特** ㄉㄨˊ ㄊㄜˋ 獨有的，特別的。

**獨唱** ㄉㄨˊ ㄔㄤˋ 一個人歌唱，是對「合唱」說的。

**獨創** ㄉㄨˊ ㄔㄨㄤˋ 不模倣別人，自己創造出來的新意或靈感。

**獨善** ㄉㄨˊ ㄕㄢˋ 又只顧自己的修養。如「窮則獨善其身，達則兼善天下」。

**獨裁** ㄉㄨˊ ㄘㄞˊ 政體的一種，國家主權屬於統治者一人，行事不受任何法律拘束。

**獨醒** ㄉㄨˊ ㄒㄧㄥˇ 比喻不同於流俗。屈原〈漁父辭〉有「舉世皆濁我獨清，眾人皆醉我獨醒」。

**獨斷** ㄉㄨˊ ㄉㄨㄢˋ 憑自己的主見斷定事情該怎麼做。如「獨斷獨行」。

**獨體** ㄉㄨˊ ㄊㄧˇ 我國文字的結構可分獨體和合體。獨體指一個字的字形不能分開，大都為象形和指事字，如日、月、本、末等；合體由兩個或兩個以上的獨體字構成一個字，字形可以分開，如江、河、武、信等。

**獨院（兒）** ㄉㄨˊ ㄩㄢˋ（ㄦ） 只有一家住的院落。

**獨木舟** ㄉㄨˊ ㄇㄨˋ ㄓㄡ 用一根樹身子挖成的船。

**獨木橋** 只用一根大木架成的橋。

**獨立國** 有自治能力，內政外交都不受外國干涉的國家。

**獨立語** 語言學名詞。又叫做「分析語」「單節語」。特徵是一字一音，一音一義，名詞可作動詞、形容詞用，如漢語。

**獨角獸** 神話中的一種動物，像馬或小羊，額頭長一根獨角，是一種神祕莫測的象徵。

**獨居石** 礦物名。屬單斜晶系，有的成塊狀或顆粒，性脆，稍微透明或不透明，呈黃、褐、鮮紅或橄欖色，條紋是白色。此種礦含有許多稀有金屬，是金屬釷的重要來源。

**獨眼龍** 稱瞎了一隻眼睛的人。是譏笑的話。

**獨裁者** 具絕對權力、獨斷行事的行政首領。

**獨腳戲** 不用配角，獨自一人演完整齣的戲。比喻一個人獨力做事，沒有幫手。

**獨幕劇** 一幕就演完的短劇，對多幕劇說的。

**獨輪車** 只有一個輪子的車。也叫「羊角車」。

**獨生子（女）** 獨子（女）。

**獨一無二** 沒有相同的；沒有可以相比的。

**獨木難支** 比喻事情非常重大，不是一個人的力量所能支持的。語出王通〈文中子〉。

**獨出心裁** 指想出的辦法與眾不同。又作「別出心裁」。

**獨占資本** 資本主義社會中，壟斷組織用來控制社會生產，操縱和獨占市場。

**獨占鰲頭** 図科舉時代稱呼狀元及第，現在指第一名。

**獨具隻眼** 図識見比一般人高超。

**獨往獨來** 往來自由。比喻無所依傍。

**獨門生意** 意字輕讀。獨自所經營的生意，別家沒有的。門字可ㄦ化。

**獨善其身** 図專心修養自己的德行，不管其他的事。參看「獨善」條。

**獨當一面** 獨力擔當一方面的事務。

**獨樹一幟** 比喻自成一家。

**獨斷獨行** 行事專斷，不考慮別人的意見。

**獨木不成林** 孤立無援，不能成大事。

**獪（狯）** 図ㄎㄨㄞˋ狡猾。

**獬** 図ㄒㄧㄝˋ見「獬豸」。

**獬豸** 也作獬廌。古時傳說的一種像羊的野獸，能明辨是非曲直，見到人打鬥時，會用角觸理曲的人。

**獫** ㄒㄧㄢˇ是「玁」的本字。㈠「獫狁」同「玁狁」，即北方的匈奴。㈡一種長嘴狗。也稱為「玁犬」。

## 十四筆

**獰** ㄋㄧㄥˊ見「猙獰」。

**獰笑** 凶惡的假笑。

**獲（获）** ▲ㄏㄨㄛˋ㈠得到。如「獲得冠軍」「不勞而獲」。㈡打獵或打仗所捕捉到的。如「捕獲」「俘獲」。㈢能夠。如「不獲面辭」。 ▲ㄏㄨㄞˋ獲鹿，河北省縣名。

**獲取** ㄏㄨㄛˋ ㄑㄩˇ 取得；獵取。

**獲知** ㄏㄨㄛˋ ㄓ 獲悉。

**獲致** ㄏㄨㄛˋ ㄓˋ 獲得；得到。

**獲准** ㄏㄨㄛˋ ㄓㄨㄣˇ 得到准許。

**獲悉** ㄏㄨㄛˋ ㄒㄧ 図得到消息知道（某事）。

**獲救** ㄏㄨㄛˋ ㄐㄧㄡˋ 得到挽救。

**獮** 図ㄒㄧㄢˇ ㈠殺。如「已獮其十七八」。㈡秋天打獵叫獮。

## 十五筆

**獵（猎）** ㄌㄧㄝˋ ㈠指捕捉禽獸。如「漁獵」「打獵」。㈡採取，追求。如「獵取」「涉獵」。㈢見「獵獵」。

**獵人** ㄌㄧㄝˋ ㄖㄣˊ 以打獵為業的人。也作「獵戶」。

**獵刀** ㄌㄧㄝˋ ㄉㄠ 打獵時所用的刀。

**獵戶** ㄌㄧㄝˋ ㄏㄨˋ 以打獵為業的人家，也指打獵的人。

**獵取** ㄌㄧㄝˋ ㄑㄩˇ ①通過打獵取得。②奪取；設法取得。如「獵取暴利」。

**獵奇** ㄌㄧㄝˋ ㄑㄧˊ 搜尋奇異的事物。

**獵狗** ㄌㄧㄝˋ ㄍㄡˇ 也叫獵犬，經過人訓練，會幫人捕捉禽獸的狗。

**獵裝** ㄌㄧㄝˋ ㄓㄨㄤ 英國獵人所穿的服裝，雙排鈕釦的燕尾服。

**獵槍** ㄌㄧㄝˋ ㄑㄧㄤ 打獵用的槍。

**獵頭** ㄌㄧㄝˋ ㄊㄡˊ 為了報仇或祭祀，獵取別族人頭的習俗。

**獵獵** ㄌㄧㄝˋ ㄌㄧㄝˋ 図形容風聲跟風吹旌旗的聲音。

**獵豔** ㄌㄧㄝˋ ㄧㄢˋ 図①搜尋華麗的辭藻。②指貪求女色。

**獵戶座** ㄌㄧㄝˋ ㄏㄨˋ ㄗㄨㄛˋ 星座名。位於金牛座東南，跨赤道而居，參宿是主要部分。

**獷** ㄍㄨㄤˇ 形容粗野。如「粗獷」「獷悍」。

**獷悍** ㄍㄨㄤˇ ㄏㄢˋ 粗暴蠻橫。

**獸（兽）** ㄕㄡˋ ㈠四條腿，全身大部分有毛的脊椎動物。如「飛禽走獸」「野獸」。㈡罵人殘忍沒有人性的話。如「獸心」「獸行（ㄒㄧㄥˋ）」。

**獸心** ㄕㄡˋ ㄒㄧㄣ 罵人沒有人性的詞。如「人面獸心」。

**獸王** ㄕㄡˋ ㄨㄤˊ 野獸中的領袖。獅子有「萬獸之王」之稱。

**獸行** ㄕㄡˋ ㄒㄧㄥˋ 罵行為穢亂，沒有倫理觀念的人。

**獸性** ㄕㄡˋ ㄒㄧㄥˋ ①野性。②下等的欲望。

**獸慾** ㄕㄡˋ ㄩˋ 說人性慾衝動時候野蠻猥褻的意念。

**獸環** ㄕㄡˋ ㄏㄨㄢˊ 古時官宦人家大門上刻有獸頭銜著的門環。現在若干中國宮殿式的公共建築也有。

**獸檻** ㄕㄡˋ ㄐㄧㄢˋ 關野獸的柵欄。

**獸醫** ㄕㄡˋ ㄧ 專治家畜家禽疾病的醫生。

**獸媒花** ㄕㄡˋ ㄇㄟˊ ㄏㄨㄚ 植物雄蕊的花粉傳給雌蕊，靠蝙蝠做媒介的，叫「獸媒花」。

## 十六筆

**獺** ㄊㄚˋ 獸名，有水獺、海獺、旱獺三種。獺皮可以做衣裳，很貴重。又讀ㄊㄚˇ。

**獺祭** ㄊㄚˋ ㄐㄧˋ 図比喻堆砌典故的文章。

**獻（献）** ㄒㄧㄢˋ ㈠恭敬地送給。如「獻香」「獻花」。㈡送給公眾。如「捐獻」「貢獻」。㈢表演。如「獻技」。㈣故意顯示。如「獻媚」「獻殷勤」。㈤見「文獻」。㈥河北省縣名。

**獻技** ㄒㄧㄢˋ ㄐㄧˋ 表演技藝。

**獻言** ㄒㄧㄢˋ ㄧㄢˊ 図向上級建議。

**獻身** ㄒㄧㄢˋ ㄕㄣ 貢獻自己給某種對象。如「獻身社會」。

**獻拙** ㄒㄧㄢˋ ㄓㄨㄛˊ 也說「獻醜」。向人表演自己技能的謙辭。

**獻花** ㄒㄧㄢˋ ㄏㄨㄚ 把鮮花獻給貴賓或敬愛的人。

**獻俘** ㄒㄧㄢˋ ㄈㄨˊ 古時戰後凱旋，把俘虜獻給宗廟。

**獻計** ㄒㄧㄢˋ ㄐㄧˋ 把計策貢獻出來。也作「獻策」。

**獻香** ㄒㄧㄢˋ ㄒㄧㄤ 向死者上香的祭拜儀式。

**獻媚** ㄒㄧㄢˋ ㄇㄟˋ 對人表露出媚態，就是「拍馬」。

**獻替** ㄒㄧㄢˋ ㄊㄧˋ 図「獻可替否（ㄈㄡˇ）」的簡語，是貢獻良言，勸止不善的意思。

**獻策** ㄒㄧㄢˋ ㄘㄜˋ 同「獻計」。

**獻詞** ㄒㄧㄢˋ ㄘˊ 祝賀的話或文字。

**獻詩** ㄒㄧㄢˋ ㄕ ①作詩進獻給長官。②朋友間以詩相送。

**獻旗** ㄒㄧㄢˋ ㄑㄧˊ 把錦旗獻給某個集團或個人，表示敬意或謝意。

**獻禮** ㄒㄧㄢˋ ㄌㄧˇ 為了表示慶祝而獻出禮物。

**獻醜** ㄒㄧㄢˋ ㄔㄡˇ ①謙詞，用於向人表演技能或寫作時，表示自己能力很差。②露出醜態。

**獻曝** ㄒㄧㄢˋ ㄆㄨˋ 對人有所貢獻的謙辭，意思是說貢獻的東西並不珍貴。是由〈列子〉所說「野人獻曝」的故事演化而來的。

**獻藝** ㄒㄧㄢˋ ㄧˋ 表演技藝。

**獻寶** ㄒㄧㄢˋ ㄅㄠˇ 進奉珍寶並上陳謀略。

**獻殷勤** ㄒㄧㄢˋ ㄧㄣ ㄑㄧㄣˊ 對人諂媚，表現殷勤的態度。

## 十七筆

**獮** ㄇㄧˊ 見「獮猴」。

**獮猴** ㄇㄧˊ ㄏㄡˊ 一種猴子，又名沐猴、猢猻。紅臉，灰褐色的毛，短尾巴，產在川廣山中。

**獮猴桃** ㄇㄧˊ ㄏㄡˊ ㄊㄠˊ 落葉藤本植物，葉卵圓形或倒卵形。花初開白色，後轉為黃色。漿果球形，密生棕色長毛，可食。枝可供造紙。根、藤、葉可供藥用。

## 十九筆

**玀** ㄌㄨㄛˊ 見「玀玀」。

**玀玀** ㄌㄨㄛˊ ㄌㄨㄛˊ 居住四川、西康地區的少數民族。

## 二十筆

**玁** ㄒㄧㄢˇ 本字是「獫」。㈠「玁狁」是我國周代西北的遊牧民族，到秦漢時叫匈奴。㈡「玁犬」是一種長嘴的狗。

# 玄部

**玄** ㄒㄩㄢˊ ㈠黑中帶有暗紅的顏色。如「玄狐」「玄青」。㈡蒼藍色。如「玄穹」。㈢深奧，微妙。如「玄機」「玄妙」。㈣虛偽不可靠。如「這話真玄」。㈤空洞不實在。如

「玄虛」。㈥指屬於佛家或道家的。如「玄籍」「玄壇」。㈦見「玄孫」。

**玄天** ㄒㄩㄢˊ ㄊㄧㄢ 図①天的泛稱。②指北方的天。③道家所奉的神，如「玄天上帝」。

**玄石** ㄒㄩㄢˊ ㄕˊ 磁石的別名。

**玄妙** ㄒㄩㄢˊ ㄇㄧㄠˋ 道理幽深微妙。

**玄武** ㄒㄩㄢˊ ㄨˇ 我國天文學所說的北方七宿「斗、牛、女、虛、危、室、壁」的總稱。

**玄狐** ㄒㄩㄢˊ ㄏㄨˊ 黑狐，產在我國東北，皮可以製裘，很珍貴。

**玄穹** ㄒㄩㄢˊ ㄑㄩㄥ 図蒼藍色的天。

**玄青** ㄒㄩㄢˊ ㄑㄧㄥ 深黑色。

**玄祕** ㄒㄩㄢˊ ㄇㄧˋ ①玄妙；神祕。②塔名，唐代建成，名玄祕塔。

**玄孫** ㄒㄩㄢˊ ㄙㄨㄣ 曾孫的兒子。

**玄寂** ㄒㄩㄢˊ ㄐㄧˊ 図守住常道而沒有什麼作為。

**玄教** ㄒㄩㄢˊ ㄐㄧㄠˋ 道教的別稱。

**玄理** ㄒㄩㄢˊ ㄌㄧˇ ①奧妙高深的道理。②魏晉玄學所標榜的道理。

**玄鳥** ㄒㄩㄢˊ ㄋㄧㄠˇ 図燕子的別名。

**玄虛** ㄒㄩㄢˊ ㄒㄩ ①空洞而不實在的事。②狡猾的手段。如「故弄玄虛」。

**玄黃** ㄒㄩㄢˊ ㄏㄨㄤˊ 図天地的別稱。如〈千字文〉「天地玄黃」。

**玄想** ㄒㄩㄢˊ ㄒㄧㄤˇ 幻想。

**玄熊** ㄒㄩㄢˊ ㄒㄩㄥˊ 熊的一種，臺灣、海南島等地出產，胸部有白毛，站起來高五六尺，大耳朵，尖下巴，會爬樹，能游水。

**玄遠** ㄒㄩㄢˊ ㄩㄢˇ 図（言論、道理）深遠。

**玄壇** ㄒㄩㄢˊ ㄊㄢˊ 道教祭拜、講經的場所。

**玄學** ㄒㄩㄢˊ ㄒㄩㄝˊ ①舊時稱道家之學。②佛學。③metaphysics，就是形而上學。④哲學上指非科學的唯心論。

**玄機** ㄒㄩㄢˊ ㄐㄧ 道家語，指深奧的內蘊。

**玄關** ㄒㄩㄢˊ ㄍㄨㄢ ①入道的門徑。②唐代住宅的正門。

**玄籍** ㄒㄩㄢˊ ㄐㄧˊ 佛家語，指玄妙的佛學經典。

**玄武岩** ㄒㄩㄢˊ ㄨˇ ㄧㄢˊ 由火山噴出的岩石，黑色，組織緻密堅硬，可以建築房屋。

**玄武湖** ㄒㄩㄢˊ ㄨˇ ㄏㄨˊ 湖名，在南京市北城外，為遊覽勝地。

**玄之又玄** ㄒㄩㄢˊ ㄓ ㄧㄡˋ ㄒㄩㄢˊ 語出〈老子〉第一章。形容非常玄妙，難以理解。

## 四筆

**玅** ㄇㄧㄠˋ 同「妙」。道家用字。

## 六筆

**率** ▲ㄕㄨㄞˋ ㈠統領。如「率領」「率隊遠征」。㈡輕浮不細心。如「草率」「粗率」。㈢坦白，豪爽，不重虛文。如「率真」「坦率」。㈣漂亮，好看。如「他打扮得真率」「字寫得好率」。今或作「帥」。㈤榜樣。如「表率」。㈥図大概，大略。如「大率」「率皆如此」。㈦遵循。如「率性」「率由舊章」。

▲ㄕㄨㄛˋ 同「帥」的讀音。

▲ㄌㄩˋ ㈠一定的準則。如「效率」「速率」。㈡比例中相比的數。如「百分率」。㈢図相似，猶「類」。如「大抵率寓言也」。

**率先** ㄕㄨㄞˋ ㄒㄧㄢ 首先。

**率同** ㄕㄨㄞˋ ㄊㄨㄥˊ 帶領著。

**率更** ㄌㄩˋ ㄍㄥ 古代官名，掌知漏刻之事。

**率性** ㄕㄨㄞˋ ㄒㄧㄥˋ ①本來的性質。②図依循天性的所感而行，不讓違反超越。如「率性之謂道」。

**率直** ㄕㄨㄞˋ ㄓˊ 性情爽直。

**率真** ㄕㄨㄞˋ ㄓㄣ 直率。

**率然** ㄕㄨㄞˋ ㄖㄢˊ 輕率的樣子。

**率領** ㄕㄨㄞˋ ㄌㄧㄥˇ 帶，引導。

**率由舊章** ㄕㄨㄞˋ ㄧㄡˊ ㄐㄧㄡˋ ㄓㄤ 図一切都依循既有的法規事例。

**率爾操觚** ㄕㄨㄞˋ ㄦˇ ㄘㄠ ㄍㄨ 図比喻作文不用心。語出陸機〈文賦〉。

**率獸食人** ㄕㄨㄞˋ ㄕㄡˋ ㄕˊ ㄖㄣˊ 図比喻虐政害民。語出〈孟子〉。

## 玉部

**玉** ㄩˋ ㈠一種漂亮的石頭，半透明，質地潤滑堅硬，有油光。如「白玉」「寶玉」。㈡比喻潔白。如「綺年玉貌」「玉手」。㈢比喻漂亮。如「玉人」「亭亭玉立」。㈣對人的敬稱。如「玉體」「金玉良言」。㈤図見「玉成」。㈥姓。

**玉人** ㄩˋ ㄖㄣˊ ①比喻貌美的人。②玉琢的人形。

**玉女** ㄩˋ ㄋㄩˇ ①仙女。②指觀音菩薩的近侍，也常常作誇獎人家女孩子的話。如「金童玉女」。③指淑女、美女。如「玉女歌星」。

**玉尺** ㄩˋ ㄔˇ 用玉做的尺。比喻衡量才識高下的尺度。

**玉手** ㄩˋ ㄕㄡˇ 雙手潔白如玉。常指女人的。

**玉宇** ㄩˋ ㄩˇ 図①指天上。宋朝蘇軾〈水調歌頭〉有「我欲乘風歸去，又恐瓊樓玉宇，高處不勝寒。」②形容巍峨絢麗的宮殿。

**玉成** ㄩˋ ㄔㄥˊ 図因為喜愛所以願意幫助成全。〈詩經〉有「王欲玉汝，是用大諫」。宋儒演為「貧賤憂戚，庸玉汝於成」。簡作「玉成」。

**玉米** ㄩˋ ㄇㄧˇ 米字輕讀。玉蜀黍的別名。口語說「老玉米」。

**玉衣** ㄩˋ ㄧ ①鑲有珠玉的華服，為顯貴者所穿。②把玉石琢磨成各種形狀的小薄片，角上穿孔，用金線聯綴而成的喪服。又叫金縷玉衣。

**玉兔** ㄩˋ ㄊㄨˋ 指月亮。神話說月中有兔。

**玉帛** ㄩˋ ㄅㄛˊ 図古代國與國間交際時用做禮物的玉器和絲織品。

**玉音** ㄩˋ ㄧㄣ ①對他人音信、言語的尊稱。②形容美好的聲音。

**玉容** ㄩˋ ㄖㄨㄥˊ 指漂亮女人的容貌。

**玉展** ㄩˋ ㄓㄢˇ 信封上敬稱女性受信人拆閱的詞。

**玉趾** ㄩˋ ㄓˇ ①尊稱別人的腳步。②腳趾的美稱。

**玉照** ㄩˋ ㄓㄠˋ 尊稱別人的照片。

**玉碎** ㄩˋ ㄙㄨㄟˋ 図不苟且偷生。如「寧為玉碎，不為瓦全」。

**玉貌** ㄩˋ ㄇㄠˋ 貌美如玉。也作稱讚他人面貌美好的頌詞。

**玉盤** ㄩˋ ㄆㄢˊ ①玉質的盤子。②図舊文學作品裡說月亮。也作「玉輪」「冰輪」。

**玉器** ㄩˋ ㄑㄧˋ 用玉石雕琢成的器物，多指手工藝術品。

**玉樹** ㄩˋ ㄕㄨˋ 図比喻少年的材質或面貌美好。

**玉環**（ㄩˋ ㄏㄨㄢˊ） ①玉的手鐲。②唐朝楊貴妃小字玉環。

**玉簪**（ㄩˋ ㄗㄢ） ①首飾，又名玉搔頭。②花名，色潔白如玉，而含蕊像簪。

**玉璽**（ㄩˋ ㄒㄧˇ） 用美玉所雕刻的天子用的印。

**玉蘭**（ㄩˋ ㄌㄢˊ） 落葉喬木，春初開白花，瓣厚大，花落以後才生倒卵形嫩葉。

**玉體**（ㄩˋ ㄊㄧˇ） ①尊稱別人的身體。②指美女的身體。如「玉體橫陳」。

**玉蜀黍**（ㄩˋ ㄕㄨˇ ㄕㄨˇ） 穀類植物，莖直立，葉有平行脈，花單性，果實有黃白紅各色，密排成行，外有長苞裹著。又名黃米、包穀。

**玉蘭片**（ㄩˋ ㄌㄢˊ ㄆㄧㄢˋ） 筍乾的美稱。

**玉石俱焚**（ㄩˋ ㄕˊ ㄐㄩˋ ㄈㄣˊ） 比喻貴賤善惡同時受害。

**玉米花兒**（ㄩˋ ㄇㄧˇ ㄏㄨㄚ ㄦ） 米字輕讀。把玉米粒放在特製的罐裡加熱，使其爆裂，鬆散如花，是吃著玩兒的零食。

**玉皇大帝**（ㄩˋ ㄏㄨㄤˊ ㄉㄚˋ ㄉㄧˋ） 道教的神祇，認為祂是宇宙的主宰。也叫「元始天尊」。民間稱祂「天公」「天老爺」「老天爺」。

**玉潔冰清**（ㄩˋ ㄐㄧㄝˊ ㄅㄧㄥ ㄑㄧㄥ） 比喻高尚純潔。

**玉潤珠圓**（ㄩˋ ㄖㄨㄣˋ ㄓㄨ ㄩㄢˊ） 同「珠圓玉潤」。

**玉樹臨風**（ㄩˋ ㄕㄨˋ ㄌㄧㄣˊ ㄈㄥ） 比喻人的高潔風采。

**王** ▲ㄨㄤˊ ㈠秦以前中國統治者的稱號。如「周平王」「楚莊王」。㈡秦代以後、民國以前的爵位名，位在公爵之上。如「漢，河間獻王」「明，寧靖王」。㈢泛指同類之中最強的。如「獅子是獸王」「張有亮是班上的棋王」。㈣泛稱「國家的」。如「王法」「王師」。㈤是「帝王」或「王者」的省略語。如「王室」「王宮」。㈥図大的尊稱。如「王父」「王母」。㈦同「忘（ㄨㄤˊ）」。見「王八」。㈧姓。▲図ㄨㄤˋ ㈠據有，君臨天下。如「以德行仁者王」。㈡同「旺」，興盛。

**王八**（ㄨㄤˊ ㄅㄚ） ①「忘（ㄨㄤˊ）八」（忘記孝悌忠信禮義廉恥的第八個字）的俗寫，是罵人「無恥」「不知恥」的話。②鼈的俗稱。③婦人有淫行，俗稱其丈夫為王八（即烏龜）。語音ㄨㄤˊ·ㄅㄚ。

**王子** ▲ㄨㄤˊ ㄗˇ ①國王的兒子。②複姓。▲ㄨㄤˊ·ㄗ 指物類的領袖。如「蜜蜂王子」。

**王公**（ㄨㄤˊ ㄍㄨㄥ） ①天子和諸侯。②王與公爵，泛指達官貴人。

**王水**（ㄨㄤˊ ㄕㄨㄟˇ） 用硝酸一鹽酸三混合而成，有劇烈的化學作用，凡是金、鉑等尋常的酸所不能溶化的東西，這種水可以把它化開。

**王父**（ㄨㄤˊ ㄈㄨˋ） 図祖父。

**王母**（ㄨㄤˊ ㄇㄨˇ） 図祖母。

**王后**（ㄨㄤˊ ㄏㄡˋ） 先秦時，天子的正夫人。

**王考**（ㄨㄤˊ ㄎㄠˇ） 図①稱亡祖父。②稱亡父。

**王府**（ㄨㄤˊ ㄈㄨˇ） 王族所居住的府第。

**王法**（ㄨㄤˊ ㄈㄚˇ） 國法。

**王者**（ㄨㄤˊ ㄓㄜˇ） 指一國或同類中的領袖。

**王侯**（ㄨㄤˊ ㄏㄡˊ） 古代貴族的通稱。

**王冠**（ㄨㄤˊ ㄍㄨㄢ） 國王戴的帽子。

**王室**（ㄨㄤˊ ㄕˋ） ①古代認為國家是君主所專有，所以用王室代表國家。②

王族。

**王宮** ㄨㄤˊ ㄍㄨㄥ 帝王的宮殿。

**王孫** ㄨㄤˊ ㄙㄨㄣ ①貴族子弟。②複姓。

**王師** ㄨㄤˊ ㄕ 天子的軍隊。

**王族** ㄨㄤˊ ㄗㄨˊ 國王的同族。

**王朝** ㄨㄤˊ ㄔㄠˊ ①朝廷。②朝代。③借指專制獨裁的統治機構。

**王牌** ㄨㄤˊ ㄆㄞˊ 橋牌等遊戲中最強的牌。比喻強有力的人物、手段等。

**王業** ㄨㄤˊ ㄧㄝˋ 帝王的事業。

**王爺** ㄨㄤˊ ㄧㄝ˙ 爺字輕讀。尊稱有王爵封號的人。

**王道** ㄨㄤˊ ㄉㄠˋ 王者之道，是中正和平的正道，跟「霸道」用武力壓服者相反。▲ㄨㄤˊ ㄉㄠ˙ 劇烈，厲害。如「這辣瓣兒魚的辣味兒可真王道」。

**王儲** ㄨㄤˊ ㄔㄨˊ 王位的法定繼承人。

**王霸** ㄨㄤˊ ㄅㄚˋ 王業和霸業。

**王八蛋** ㄨㄤˊ ㄅㄚ˙ ㄉㄢˋ 八字輕讀。罵人是「王八（烏龜）的兒子」，有「雜種」的意思。

**王者香** ㄨㄤˊ ㄓㄜˇ ㄒㄧㄤ 蘭花的別稱。

**王八羔子** ㄨㄤˊ ㄅㄚ˙ ㄍㄠ ㄗ˙ 八字輕讀。罵人是「小王八」的話。「羔子」本是「小羊」。

**王公貴族** ㄨㄤˊ ㄍㄨㄥ ㄍㄨㄟˋ ㄗㄨˊ 泛稱地位顯赫而有權勢的豪門世族。

**王婆罵街** ㄨㄤˊ ㄆㄛˊ ㄇㄚˋ ㄐㄧㄝ 比喻毫無目標的漫罵。

## 二筆

**玎** ㄉㄧㄥ 「玎玲」「玎璫」，都是玉石相碰的聲音。

## 三筆

**玕** 図ㄍㄢ 見「琅玕」。

**玖** ㄐㄧㄡˇ ㈠像玉的黑石。㈡「九」的大寫。

**玘** 図ㄑㄧˇ 佩玉。

**玗** ㄩˊ 像玉的石頭。

## 四筆

**玢** ㄅㄧㄣ ㈠玉石。㈡玉石上文采兼美的樣子。

**玫** ㄇㄟˊ 見「玫瑰」。

**玫瑰** ㄇㄟˊ ㄍㄨㄟ˙ 瑰字輕讀。①黑雲母石的別稱。②落葉灌木，像薔薇，枝有刺，花有紅、黃、白各色，香氣很濃。

**玠** ㄐㄧㄝˋ 長一尺二寸的大圭。

**玦** ㄐㄩㄝˊ 半環形的玉珮。

**玨（珏）** ㄐㄩㄝˊ 兩塊玉合成的玉器。

**玡（琊）** ㄧㄝˊ 見「琊㈡」。

**玩** ▲ㄨㄢˊ ㈠遊戲。如「玩耍」「出去玩兒」。㈡耍弄。如「玩兒把戲」「玩弄」。㈢觀賞。如「玩月」「賞玩」。㈣供觀賞、把玩的。如「玩具」「玩意兒」。㈤嘲謔。如「玩笑」。㈥見「玩兒命」。▲図ㄨㄢˋ ㈠戲弄。如「玩人喪德，玩物喪志」。㈡輕忽。如「玩忽」「玩世不恭」。㈢體會。如「玩味」。

**玩月** ㄨㄢˋ ㄩㄝˋ 図賞月。

**玩世** ㄨㄢˋ ㄕˋ 図藐視禮法，不受羈束。

**玩弄** ▲図ㄨㄢˋ ㄌㄨㄥˋ愚弄。▲ㄨㄢˊ ㄋㄨㄥˋ在手上拿著玩兒。

**玩兒**ㄨㄢˊ ㄦ ①遊玩。②擺弄。如「這不是玩兒的東西」。③把調弄事物作娛樂。如「玩兒股票」「玩兒古董」。

**玩具**ㄨㄢˊ ㄐㄩˋ 小孩子遊戲玩弄的東西。

**玩味**ㄨㄢˊ ㄨㄟˋ 體會其中的意義或趣味。也讀ㄨㄢˋ ㄨㄟˋ。

**玩忽**ㄨㄢˊ ㄏㄨ 輕視，不注意，常指對法令而言。也可讀ㄨㄢˋ ㄏㄨ。

**玩法**ㄨㄢˊ ㄈㄚˇ 図輕視法律。

**玩物** ▲図ㄨㄢˋ ㄨˋ ①供人玩賞的東西。〈晏子春秋〉有「君之玩物，衣以文繡」。②沉湎於某種物品或技藝。如「玩物喪志」。▲ㄨㄢˊ ㄨˋ 玩具。

**玩耍**ㄨㄢˊ ㄕㄨㄚˇ 遊戲。

**玩笑**ㄨㄢˊ ㄒㄧㄠˋ 互相戲謔取笑。

**玩偶**ㄨㄢˊ ㄡˇ 人形的玩具。比喻傀儡。

**玩愒**ㄨㄢˊ ㄎㄞˋ 図〈漢書・五行志〉中「玩歲而愒日」的省略語，是偷安歲月而怠廢職務的意思。

**玩賞**ㄨㄢˊ ㄕㄤˇ 觀看，欣賞。

**玩（兒）票**ㄨㄢˊ ㄦ ㄆㄧㄠˋ ①不以演戲為職業而演戲。②比喻沒有報酬的工作。

**玩兒命**ㄨㄢˊ ㄦ ㄇㄧㄥˋ 拼命。

**玩意兒**ㄨㄢˊ ㄧˋ ㄦ ①玩具。②娛樂的事。③東西。如「這是什麼玩意兒」。④輕視人的話。如「他是什麼玩意兒」。

**玩兒完（了）**ㄨㄢˊ ㄦ ㄨㄢˊ ㄌㄜ˙ ①俗稱失敗。②俗稱死亡。

**玩火自焚**ㄨㄢˊ ㄏㄨㄛˇ ㄗˋ ㄈㄣˊ 比喻做壞事的人，最後自食其果。

**玩世不恭**ㄨㄢˊ ㄕˋ ㄅㄨˋ ㄍㄨㄥ 不把現實社會放在眼裡，對任何事都採取不在乎的態度。

**玩物喪志**ㄨㄢˊ ㄨˋ ㄙㄤˋ ㄓˋ 指人只顧玩賞所喜好的東西，因而消磨了志氣。

**玩歲愒日**ㄨㄢˊ ㄙㄨㄟˋ ㄎㄞˋ ㄖˋ 図語見〈漢書〉，指貪圖安逸享受，荒廢時日，也作「玩歲愒時」。

## 玟
ㄨㄣˊ ㈠美石。㈡玉紋。

## 玥
ㄩㄝˋ 神珠。

## 五筆

## 玻
ㄅㄛ 見「玻璃」。

**玻璃**ㄅㄛ ㄌㄧ˙ 璃字輕讀。一種透明物體，是用細砂、石灰石、碳酸鈉、碳酸鉀等混合起來，加高熱融解而成，冷卻以後就可使用。

**玻璃紙**ㄅㄛ ㄌㄧ˙ ㄓˇ 璃字輕讀。一種透明紙，包糖果、書籍等用的。

**玻璃圈**ㄅㄛ ㄌㄧ˙ ㄑㄩㄢ 璃字輕讀。指男同性戀。

**玻璃絲**ㄅㄛ ㄌㄧ˙ ㄙ 璃字輕讀。用玻璃原料製成絲的形狀，編組成圖案花紋，是一種工業美術。

**玻璃磚**ㄅㄛ ㄌㄧ˙ ㄓㄨㄢ 璃字輕讀。①指較厚的玻璃。②用玻璃製成的磚狀建築材料。

**玻璃墊（兒）**ㄅㄛ ㄌㄧ˙ ㄉㄧㄢˋ ㄦ 璃字輕讀。墊桌面用的厚玻璃板。

**玻璃絲襪**ㄅㄛ ㄌㄧ˙ ㄙ ㄨㄚˋ 璃字輕讀。用極細的尼龍絲織成的女長襪。

**玻璃纖維**ㄅㄛ ㄌㄧ˙ ㄒㄧㄢ ㄨㄟˊ 璃字輕讀。化學名詞。將玻璃熔化，高速通過細孔所製成的絲狀物。耐高溫，對一般化學品和溶劑的抵抗力很強。

**玻璃帷幕大廈**ㄅㄛ ㄌㄧ˙ ㄨㄟˊ ㄇㄨˋ ㄉㄚˋ ㄒㄧㄚˋ 璃字輕讀。用強化玻璃作整面外牆的大樓。

**珀** ㄆㄛˋ 見「琥珀」。

**珉（瑉）** ㄇㄧㄣˊ 像玉的一種石頭。

**珐（琺）** ㄈㄚˇ 見「珐瑯」。

**珐瑯** ㄈㄚˇ ㄌㄤˊ ①一種不透明玻璃質的物體，塗在金屬器物表面作裝飾並防鏽蝕，像景泰藍等就是。②牙齒表面的一層硬質，也稱珐瑯質。

**玳（瑇）** ㄉㄞˋ 見「玳瑁」。

**玳瑁** ㄉㄞˋ ㄇㄟˋ 龜類動物，性強暴，肉有劇臭，背甲黃褐色，可以製裝飾品。

**玷** 図ㄉㄧㄢˋ (一)白玉上的汙點。如「白圭之玷」。(二)玉的汙點引伸作過失、汙辱。如「玷汙」「玷辱」。

**玷汙** ㄉㄧㄢˋ ㄨ 図完好的人品有缺陷，有如美玉上有了汙點。

**玷辱** ㄉㄧㄢˋ ㄖㄨˇ 図比喻人受了恥辱，像玉有了瑕疵。

**玲** ㄌㄧㄥˊ (一)玉聲。如「玎玲」。(二)見「玲瓏」。

**玲玎** ㄌㄧㄥˊ ㄉㄧㄥ 玉或石相碰的聲音。

**玲玲** ㄌㄧㄥˊ ㄌㄧㄥˊ 玉聲。

**玲瓏** ㄌㄧㄥˊ ㄌㄨㄥˊ ①玉聲。②空明的樣子。③器物精巧的樣子。④人聰明美好的樣子。

**玲瓏剔透** ㄌㄧㄥˊ ㄌㄨㄥˊ ㄊㄧ ㄊㄡˋ 形容器物細緻，孔穴明晰，結構奇巧。

**珂** ㄎㄜ 像玉的白石。

**珂羅版** ㄎㄜ ㄌㄨㄛˊ ㄅㄢˇ collotype 的音譯，是印刷所用照相版的一種，專供印刷圖畫美術品之用。原理跟石印相同，而底版用的是玻璃，所以畫面紋理精細，效果比較好。

**珈** ㄐㄧㄚ 古時女人的首飾。

**珍（珎）** ㄓㄣ (一)寶貝貴重的東西。如「奇珍異寶」。(二)可寶貴的。如「珍貴」「珍禽」。(三)保重。如「珍重」「珍攝」。(四)看重。如「珍惜」「珍視」。(五)好吃的東西。如「珍羞」「山珍海味」。

**珍本** ㄓㄣ ㄅㄣˇ 可珍貴的古本或善本書籍；多半是手抄的或木刻的。

**珍奇** ㄓㄣ ㄑㄧˊ 珍貴而希奇。

**珍物** ㄓㄣ ㄨˋ 珍貴的物品。

**珍玩** ㄓㄣ ㄨㄢˋ 珍貴的可供玩賞的東西。

**珍品** ㄓㄣ ㄆㄧㄣˇ 珍貴的物品。

**珍重** ㄓㄣ ㄓㄨㄥˋ 保重身體。是離別時說的話。

**珍珠** ㄓㄣ ㄓㄨ 蚌內所結的圓珠，是珍貴的裝飾品，分天然或人工養殖等種類。

**珍祕** ㄓㄣ ㄇㄧˋ 不隨便給人家看的珍貴東西。

**珍惜** ㄓㄣ ㄒㄧ 寶貴愛惜。

**珍異** ㄓㄣ ㄧˋ 貴重而不尋常的東西。

**珍羞** ㄓㄣ ㄒㄧㄡ 図也作「珍饈」，珍奇的食物。

**珍視** ㄓㄣ ㄕˋ 珍惜重視。

**珍貴** ㄓㄣ ㄍㄨㄟˋ 寶貴。

**珍郵** ㄓㄣ ㄧㄡˊ 珍貴的郵票。

**珍愛** ㄓㄣ ㄞˋ 重視愛惜。

**珍禽** ㄓㄣ ㄑㄧㄣˊ 難得見到的或希罕的鳥類。

**珍聞** ㄓㄣ ㄨㄣˊ 新鮮有趣的事情。

**珍藏** ㄓㄣ ㄘㄤˊ ①珍重保藏。②貴重的收藏品。

**珍寶** ㄓㄣ ㄅㄠˇ 珠玉寶石的總稱。

**珍攝** ㄓㄣ ㄕㄜˋ 図注意保養身體。

**珍珠米** ㄓㄣ ㄓㄨ ㄇㄧˇ 玉蜀黍的別稱。

**珍珠貝** ㄓㄣ ㄓㄨ ㄅㄟˋ 又叫「珠母」。就是能產珍珠的貝類。

## 珊

ㄕㄢ 見「珊瑚」。

**珊瑚** ㄕㄢ ㄏㄨˊ 腔腸動物珊瑚蟲在暖海營共同生活，所分泌的石灰質，結成樹枝的樣子。採取上來後經過加工出售，有紅、白、粉紅等色，價格很高。

**珊瑚礁** ㄕㄢ ㄏㄨˊ ㄐㄧㄠ 珊瑚蟲的骨骼積久高凸出海面，堅固如岩石，叫做珊瑚礁。許多珊瑚礁在一起，叫做珊瑚島。

**珊瑚蟲** ㄕㄢ ㄏㄨˊ ㄔㄨㄥˊ 暖海產的腔腸動物。體呈圓筒形，上面有口，若干觸手生在四周，口直通腔腸，雌雄異體，營有性生殖；但以分裂、出芽的無性生殖法成為樹枝狀的群體為多。

**珊篤寧** ㄕㄢ ㄉㄨˇ ㄋㄧㄥˊ santonin 的音譯，藥名。一種殺蛔蟲的特效藥，是無色的粉末，碰到光線就變黃色。也叫「山道寧」或「山道年」。

## 珅

ㄕㄣ 玉的名字。

## 珄

ㄕㄥ 図金色的玉石。

## 六筆

## 班

ㄅㄢ ㈠行列，位次。如「班次」「排班」。㈡分組，組別。如「林班」（管理林場工人的分組）「升學班」。㈢輪流工作、休息。如「輪班」「值班」。㈣到工作崗位跟進退的時間。如「上下班」「到班」。㈤火車、輪船、飛機開行的次序。如「上午有班車去臺中」「班機」。㈥軍隊的基層單位叫「班」。㈦図分給，同「頒」。如「班瑞于群后」。㈧図同「斑」。㈨図回來。如「班師回朝」。㈩姓。

**班子** ㄅㄢ ㄗˇ ①戲班。②妓院的俗稱。

**班白** ㄅㄢ ㄅㄞˊ 図同「斑白」，頭髮半白。

**班次** ㄅㄢ ㄘˋ 分列的次序。

**班車** ㄅㄢ ㄔㄜ 每天按照時間開行，走固定路線的公共車輛。

**班長** ㄅㄢ ㄓㄤˇ ①全班學生互相推選的領袖。②軍隊士官，領導最底基層組織的「班」。

**班師** ㄅㄢ ㄕ 図調回軍隊。

**班級** ㄅㄢ ㄐㄧˊ 學校裡的年級和班的總稱。

**班駁** ㄅㄢ ㄅㄛˊ 図同「斑駁」，雜色。

**班輪** ㄅㄢ ㄌㄨㄣˊ 有固定的航線並按排定的時間開行的輪船。

**班機** ㄅㄢ ㄐㄧ 有一定日期、時間、行程、規定班次的飛機。

**班禪** ㄅㄢ ㄔㄢˊ 西藏後藏的佛教領袖尊號，是大學者的意思。

**班底（兒）** ㄅㄢ ㄉㄧˇ ①戲班裡除了名角以外其他的角色。②成批的能分任各種工作的幹部。

**班門弄斧** ㄅㄢ ㄇㄣˊ ㄋㄨㄥˋ ㄈㄨˇ 在春秋巧匠魯班門前弄大斧。比喻在能人高手面前賣弄本事，是不自量力的意思。

**班荊道故** ㄅㄢ ㄐㄧㄥ ㄉㄠˋ ㄍㄨˋ 図指朋友異地相逢話舊。也作「班荊道舊」。

## 珮

ㄆㄟˋ 古人在衣帶上繫的玉質飾物。

## 琉（瑠）

ㄌㄧㄡˊ 有光的石。

**琉璃** ㄌㄧㄡˊ ㄌㄧˊ ①用含有鋁、鈉的矽酸化合物的扁青石做藥料燒成的透明釉，塗在瓦上，叫「琉璃瓦」。②玻璃。③蜻蜓的俗名叫「老琉璃」。

**珞** ㄌㄨㄛˋ 見「瓔珞」。

**珪** ㄍㄨㄟ ㈠古「圭」字。㈡矽的別名。

**珙** ㄍㄨㄥˇ 大璧。「拱璧」也作「珙璧」。

**珩** ㄏㄥˊ 古人佩掛在身上的玉。在上的叫「珩」，在下的叫「璜」。

**珓** ㄐㄧㄠˋ 「杯珓」，也作「杯筊」，是拜神祭祖時所用的占卜器。用腰形的木頭或竹根，分成兩半，一面半圓，一面平。以落在地上時這一對珓所呈現的情形判斷。

**珣** ㄒㄩㄣˊ 一種玉石。

**珠** ㄓㄨ ㈠沙粒進入蚌殼裡，蚌會分泌「真珠質」把沙包起來，減少刺激。日子越久，裹在沙外的「真珠質」越厚，成為真珠。也作珍珠。可以做裝飾品，也有用來作藥的。㈡泛稱圓顆粒的東西。如「彈珠」、「眼珠」。

**珠子** ㄓㄨ ㄗˇ ①珍珠。②像珍珠般的顆粒。如「汗珠子」。

**珠玉** ㄓㄨ ㄩˋ ①珠跟玉石。②図比喻文詞的華美貴重。

**珠母** ㄓㄨ ㄇㄨˇ 蚌屬，殼近似四角形，外面粗糙，內面真珠層很厚，產的真珠極好。也叫珠貝。

**珠花** ㄓㄨ ㄏㄨㄚ 用珍珠穿綴如花形的首飾。

**珠胎** ㄓㄨ ㄊㄞ 比喻婦人的懷孕。

**珠淚** ㄓㄨ ㄌㄟˋ 淚滴如珠。

**珠算** ㄓㄨ ㄙㄨㄢˋ 用算盤計算的方法。

**珠翠** ㄓㄨ ㄘㄨㄟˋ 珍珠跟翠玉。稱婦女盛裝叫「珠翠滿頭」。

**珠璣** ㄓㄨ ㄐㄧ 図本來指珠玉。稱讚人的詩文很好，說是「滿腹珠璣」。

**珠雞** ㄓㄨ ㄐㄧ 鳥類雉科，體似火雞，但較小，嘴尖硬，尾部下垂，腿短，臉青紫色，身上有青黑色的羽毛，滿布圓形小白點，故稱珠雞。

**珠簾** ㄓㄨ ㄌㄧㄢˊ 穿珠作簾或以珍珠點綴的簾子。

**珠寶** ㄓㄨ ㄅㄠˇ 珍珠寶石一類的飾物。

**珠蘭** ㄓㄨ ㄌㄢˊ 常綠小灌木，花很小，呈顆粒狀，形似珍珠，所以叫珠蘭。也叫金粟蘭。

**珠圓玉潤** ㄓㄨ ㄩㄢˊ ㄩˋ ㄖㄨㄣˋ ①比喻文詞的圓熟。②形容歌聲美妙，像珠那麼圓，像玉那麼滑潤。

**珠聯璧合** ㄓㄨ ㄌㄧㄢˊ ㄅㄧˋ ㄏㄜˊ 比喻好東西聚在一起。常用作婚嫁的頌辭，表示才貌匹配。

**玼** ㄘˇ ㈠玉色鮮明。㈡衣服顏色鮮明的樣子。

**珥** ㄦˇ ㈠用珠玉做的耳環。㈡図插戴。「珥筆」是把筆插在帽側。㈢太陽周圍的光暈。如「日珥」。

**珧** ㄧㄠˊ 蚌的肉柱。見「江珧」。

## 七筆

**珽** ㄊㄧㄥˇ 玉笏，也叫大圭，古時天子朝日所持，長三尺。

**琅** ㄌㄤˊ ㈠見「琅玕」。㈡見「琅琅」。

**琅玕** ㄌㄤˊ ㄍㄢ 図像是玉的石頭。

**琅琅** ㄌㄤˊ ㄌㄤˊ ①金石相擊的聲音。②讀書的聲音。

**琅嬛** ㄌㄤˊ ㄒㄩㄢ 図同「嫏嬛」，神話中天帝藏書的地方。

**理** ㄌㄧˇ ㈠辦事。如「理家」、「辦理」。㈡物質組織有秩序的紋路。如「肌理」。㈢秩序，層次。如「有條理」。㈣道義，規律。如「道理」「合理」。㈤指自然學科。如「物理」「理科」。㈥睬、答話、招呼的行動，表示關心照管的態度。如「置之不理」「不理不睬」「別理他」。㈦弄齊整，弄順了。如「理髮」「整理」。㈧溫習。如「理完了舊課」。㈨図平治。如「理亂」。㈩姓。

**理化** ㄌㄧˇ ㄏㄨㄚˋ ①物理學與化學。②図治理與教化。

**理曲** ㄌㄧˇ ㄑㄩ 同「理虧」。也作「理屈」。

**理事** ▲ㄌㄧˇ ㄕˋ 治事。▲ㄌㄧˇ ˙ㄕ 代表團體執行事務行使權力的人。

**理念** ㄌㄧˇ ㄋㄧㄢˋ 哲學名詞。指理性概念，統稱「理念」。

**理性** ㄌㄧˇ ㄒㄧㄥˋ ①思考的能力。②天賦的良知。

**理科** ㄌㄧˇ ㄎㄜ 數學、物理、化學、生物、礦物、生理、衛生等學科的總稱。

**理家** ㄌㄧˇ ㄐㄧㄚ 處理家務。

**理財** ㄌㄧˇ ㄘㄞˊ 治理財政。

**理智** ㄌㄧˇ ㄓˋ 理性的，能用辨別跟思考來處理事情，而不憑感情衝動。

**理短** ㄌㄧˇ ㄉㄨㄢˇ 覺得自己不合道理。

**理亂** ㄌㄧˇ ㄌㄨㄢˋ 図①太平盛世與亂世。②治理紛亂。

**理想** ㄌㄧˇ ㄒㄧㄤˇ 根據事理來構成設想，推定事情的究竟，或希望它如何如何，叫理想；對事實說的。

**理會** ㄌㄧˇ ㄏㄨㄟˋ ①睬㈡。②覺得。如「說些什麼他都不理會」。③關心，在意。如「父親死了他也不理會」。

**理當** ㄌㄧˇ ㄉㄤ 道理上應當。如「理當面謝」。也說「理應」。

**理睬** ㄌㄧˇ ㄘㄞˇ 對別人的言語行動表示態度，表示意見（多用於否定）。

**理解** ㄌㄧˇ ㄐㄧㄝˇ ①推求事理而求得解釋。②了解，明白事理。

**理路** ㄌㄧˇ ㄌㄨˋ 事情的條理。

**理緒** ㄌㄧˇ ㄒㄩˋ 同「理路」。

**理論** ㄌㄧˇ ㄌㄨㄣˋ ①綜合人類某一部門的經驗跟知識，成為有系統的集中表現，叫理論。②議論，對實驗、實行說的。③據理爭論。

**理賠** ㄌㄧˇ ㄆㄟˊ 保險用語，指賠款的處理。保險人在保險事故發生，以致產生損害後的保險金額給付。

**理髮** ㄌㄧˇ ㄈㄚˇ 修剪頭髮。

**理學** ㄌㄧˇ ㄒㄩㄝˊ ①宋朝學者推想經書原理的工夫。②自然科學的總稱。

**理應** ㄌㄧˇ ㄧㄥ 照理應該。

**理療** ㄌㄧˇ ㄌㄧㄠˊ 物理療法的簡稱。

**理虧** ㄌㄧˇ ㄎㄨㄟ 道理上有虧欠，就是行為違背正理。

**理由(兒)** ㄌㄧˇ ㄧㄡˊ(ㄦ) 道理上的原由。

**理事長** ㄌㄧˇ ˙ㄕ ㄓㄤˇ 事字輕讀。理事會的領袖，由常務理事選出，代表理事會執行事務，行使權力。

**理事會** ㄌㄧˇ ˙ㄕ ㄏㄨㄟˋ 事字輕讀。採取理事制的機構，由理事若干人組成。

**理則學** ㄌㄧˇ ㄗㄜˊ ㄒㄩㄝˊ logic，是研究思想的原理、本質跟方法的學問，古希臘學者亞里斯多德所創。又名「名學」「辨學」「論理學」，或按譯音稱為「邏輯學」。孫中山先生譯為「理則學」。

**理髮店** ㄌㄧˇ ㄈㄚˇ ㄉㄧㄢˋ 供人理髮的店鋪。

**理髮師** ㄌㄧˇ ㄈㄚˇ ㄕ 以替人理髮為職業的人。

**理髮廳** ㄌㄧˇ ㄈㄚˇ ㄊㄧㄥ 供人理髮的地方，規模比「理髮店」大，設備也比較好。

**理療院** ㄌㄧˊ ㄌㄧㄠˊ ㄩㄢˋ 從事物理治療的場所。

**理屈詞窮** ㄌㄧˇ ㄑㄩ ㄘˊ ㄑㄩㄥˊ 理虧，被駁得無話可說。

**理所當然** ㄌㄧˇ ㄙㄨㄛˇ ㄉㄤ ㄖㄢˊ 按事理應當如此。

**理直氣壯** ㄌㄧˇ ㄓˊ ㄑㄧˋ ㄓㄨㄤˋ 理由充足，說話氣勢就壯。

**琀** 図ㄏㄢˊ 大殮時放在死人嘴裡含著的玉。

**珺** ㄐㄩㄣˋ 美玉。

**球** ㄑㄧㄡˊ ㈠圓形的立體物。如「地球」「籃球」。㈡專指地球。如「東半球」「北半球」。㈢図美玉。

**球心** ㄑㄧㄡˊ ㄒㄧㄣ 球內跟任何球面部分的距離都是相等的一點。

**球形** ㄑㄧㄡˊ ㄒㄧㄥˊ 像球的形狀。

**球技** ㄑㄧㄡˊ ㄐㄧˋ 打球的技巧。

**球杆** ㄑㄧㄡˊ ㄍㄢ 體育用具。①打高爾夫球的長杆。②撞球所用的長木杆。

**球拍** ㄑㄧㄡˊ ㄆㄞ 打球的工具，有網球拍、桌球拍等。

**球果** ㄑㄧㄡˊ ㄍㄨㄛˇ ①凡是蕨類和裸子植物，由胞子葉合成的果，稱為「球果」。②指乾燥的複果，由裸子植物的雌性球花發育而成，如松、杉等。又作「毬果」。

**球門** ㄑㄧㄡˊ ㄇㄣˊ 球場中所設的門架，如手球門、足球門。比賽時球射入對方球門就得分。

**球型** ㄑㄧㄡˊ ㄒㄧㄥˊ 球類運動中所用的球，各有不同的式樣，如「橄欖球」的式樣就像橄欖。「桌球」在桌上使用，所以式樣小巧，另成一型。

**球面** ㄑㄧㄡˊ ㄇㄧㄢˋ 包圍球體的曲面。

**球員** ㄑㄧㄡˊ ㄩㄢˊ 組織球隊的成員。

**球徑** ㄑㄧㄡˊ ㄐㄧㄥˋ 穿過球心而以球面為界的直線。

**球根** ㄑㄧㄡˊ ㄍㄣ 植物的根圓圓地像球一樣的，叫做球根。

**球桌** ㄑㄧㄡˊ ㄓㄨㄛ 打桌球用的桌子。

**球迷** ㄑㄧㄡˊ ㄇㄧˊ 對某種球類運動著迷的人。如「棒球迷」「足球迷」。

**球探** ㄑㄧㄡˊ ㄊㄢˋ 在各種球類活動場中出入，發掘技術優良或有潛力的球員，以便設法羅致的人。

**球莖** ㄑㄧㄡˊ ㄐㄧㄥ 植物的地下莖圓圓地像球一樣的，叫做球莖。

**球場** ㄑㄧㄡˊ ㄔㄤˇ 作為球類運動的場所。

**球菌** ㄑㄧㄡˊ ㄐㄩㄣ 細菌的一類，圓球形、卵圓形或腎臟形，種類很多。如雙球菌、鏈球菌、葡萄球菌等。

**球隊** ㄑㄧㄡˊ ㄉㄨㄟˋ 組織球員成隊，好參加比賽。

**球感** ㄑㄧㄡˊ ㄍㄢˇ 從事球類運動時的直覺。

**球會** ㄑㄧㄡˊ ㄏㄨㄟˋ 歐洲職業足球的球隊組織名稱。

**球路** ㄑㄧㄡˊ ㄌㄨˋ 投球或踢球的路數。如「他的球路剛猛」。

**球道** ㄑㄧㄡˊ ㄉㄠˋ 保齡球的球場設備，表面平坦，供擲球之用。球在球道上向前滾動，碰翻對面的球瓶。

**球團** ㄑㄧㄡˊ ㄊㄨㄢˊ 一個球隊的組織，包括負責人、行政管理人員、教練、球員、醫護人員等。

**球監** ㄑㄧㄡˊ ㄐㄧㄢ 球員因嚴重違反運動精神或競賽規則，被處罰禁止一段時間參加比賽。

**球網** ㄑㄧㄡˊ ㄨㄤˇ 指掛在網球、排球、羽毛球球場中間的網。

**球鞋** ㄑㄧㄡˊ ㄒㄧㄝˊ 作球類運動時所穿的鞋。

**球賽** ㄑㄧㄡˊ ㄙㄞˋ 球類比賽。

**球檯** ㄑㄧㄡˊ ㄊㄞˊ 撞球用的檯子。

**球藝** ㄑㄧㄡˊ ㄧˋ 同「球技」，打球的技藝。

**球齡** ㄑㄧㄡˊ ㄌㄧㄥˊ 從事某項球類運動的年數。

**球體** ㄑㄧㄡˊ ㄊㄧˇ 球面所包圍的立體。

**球半徑** ㄑㄧㄡˊ ㄅㄢˋ ㄐㄧㄥˋ 球徑的一半，球心到球面的直線。

**球尖筆** ㄑㄧㄡˊ ㄐㄧㄢ ㄅㄧˇ 俗名叫原子筆。又叫圓珠筆。

**球類運動** ㄑㄧㄡˊ ㄌㄟˋ ㄩㄣˋ ㄉㄨㄥˋ 在場子上用手腳投球擊球所作的體育活動，包括籃球、排球、桌球、棒球、壘球、羽毛球、足球、網球、橄欖球（又稱美式足球）、手球、撞球、高爾夫球、水球、曲棍球、躲避球等。

## 琇

図ㄒㄧㄡˋ 像玉的石頭。

## 現

ㄒㄧㄢˋ ㈠顯露。如「發現」「現出原形」。㈡目前。如「現在」「現狀」「現吃現做」。㈢當時。如「現役」「現任」。㈣當時實有的。如「現款」「現錢買現貨」。㈤現金、現款的簡稱。如「兌現」「貼現」。

**現下** ㄒㄧㄢˋ ㄒㄧㄚˋ 現在，目前。

**現今** ㄒㄧㄢˋ ㄐㄧㄣ 現在。

**現世** ㄒㄧㄢˋ ㄕˋ ①今世。②丟臉，現世報。

**現代** ㄒㄧㄢˋ ㄉㄞˋ 當代，咱們所處的時代。

**現出** ㄒㄧㄢˋ ㄔㄨ 顯露出的意思。

**現任** ㄒㄧㄢˋ ㄖㄣˋ 現在正擔任的。

**現在** ㄒㄧㄢˋ ㄗㄞˋ ①眼前，對過去跟未來說的。②確有事實表現。如「你說他不欺負人，現在就打傷了我」。

**現存** ㄒㄧㄢˋ ㄘㄨㄣˊ 現在留存；現有。如「現存的版本」。

**現行** ㄒㄧㄢˋ ㄒㄧㄥˊ 現在所行使的。

**現形** ㄒㄧㄢˋ ㄒㄧㄥˊ ①顯露原形。②現狀。

**現役** ㄒㄧㄢˋ ㄧˋ 現在還在服役的。

**現身** ㄒㄧㄢˋ ㄕㄣ 佛經的話：①現在的身體。②菩薩化現種種的法身。

**現狀** ㄒㄧㄢˋ ㄓㄨㄤˋ 目前的狀態。

**現金** ㄒㄧㄢˋ ㄐㄧㄣ 現在就有或馬上可以付的錢。也作現款、現洋、現銀、現錢。

**現時** ㄒㄧㄢˋ ㄕˊ 當前；現在。

**現眼** ㄒㄧㄢˋ ㄧㄢˇ 丟臉。如「丟人現眼」。

**現貨** ㄒㄧㄢˋ ㄏㄨㄛˋ 即時可以交付的貨品。

**現場** ㄒㄧㄢˋ ㄔㄤˇ ①指事故發生的地點。如「火災現場」。②正當那個時間和地點。如「現場表演」。

**現期** ㄒㄧㄢˋ ㄑㄧ 當時。

**現款** ㄒㄧㄢˋ ㄎㄨㄢˇ 同「現金」，比較口語的。對支票說的。

**現象** ㄒㄧㄢˋ ㄒㄧㄤˋ ①哲學上說由實體上發生的變化狀態。②通稱事實的發展跟變化。

**現勢** ㄒㄧㄢˋ ㄕˋ 目前的形勢。

**現實** ㄒㄧㄢˋ ㄕˊ ①存在於我們眼前的事實跟狀況。②說人勢利短視，只顧眼前。

**現錢** ㄒㄧㄢˋ ㄑㄧㄢˊ 同「現金」。

**現職** ㄒㄧㄢˋ ㄓˊ 目前所擔任的職務。

**現成（兒）** ㄒㄧㄢˋ ㄔㄥˊ ㄦ 現時已經成就或已經有的。

**現大洋** ㄒㄧㄢˋ ㄉㄚˋ ㄧㄤˊ 舊時指「銀圓」，也叫「現洋」。

**現世報** ㄒㄧㄢˋ ㄕˋ ㄅㄠˋ 現世現報的現象。

**現代化** ㄒㄧㄢˋ ㄉㄞˋ ㄏㄨㄚˋ ①自工業革命後，在政治、社會、學術、文化無不發生巨大的變化，而與傳統者不同，稱為現代化。②傳統社會、經濟和政治制度逐漸演化到現代都市及工業社會的過程。③統稱現代進步的形態，為現代化設備。

**現代舞** ㄒㄧㄢˋ ㄉㄞˋ ㄨˇ 指二十世紀初開始流行於歐美的多種戲劇性較強烈的舞蹈形式，強調舞蹈也能表現生活的真實性和感性。

**現行犯** ㄒㄧㄢˋ ㄒㄧㄥˊ ㄈㄢˋ 法律上指在行為當時或行為快結束的時候，所發覺的犯罪。

**現行法** ㄒㄧㄢˋ ㄒㄧㄥˊ ㄈㄚˇ 法律名詞。現在所施行的法律。

**現身說法** ㄒㄧㄢˋ ㄕㄣ ㄕㄨㄛ ㄈㄚˇ ①佛經說佛力廣大，能顯現種種法身，向人說法。②以自己的經驗作比喻來勸人。

**現做現吃** ㄒㄧㄢˋ ㄗㄨㄛˋ ㄒㄧㄢˋ ㄔ （北京口語習慣上說成ㄒㄩㄢˋ做ㄒㄩㄢˋ吃。）指正在做的食物可以即時供人食用。

**現買現賣** ㄒㄧㄢˋ ㄇㄞˇ ㄒㄧㄢˋ ㄇㄞˋ （北京口語習慣上說成ㄒㄩㄢˋ買ㄒㄩㄢˋ賣。）當時買來，當時就賣出去了。比喻一個人剛學得一點技能，就用出去了。

**現實主義** ㄒㄧㄢˋ ㄕˊ ㄓㄨˇ ㄧˋ 哲學上指以實際的事實跟狀況為基礎來立說行事；跟理想主義相對。

**現代五項運動** ㄒㄧㄢˋ ㄉㄞˋ ㄨˇ ㄒㄧㄤˋ ㄩㄣˋ ㄉㄨㄥˋ 運動競賽項目。包括馬術、擊劍、射擊、三百公尺自由式游泳及四千公尺越野賽跑等五項。

## 八筆

**琲** ㄅㄟˋ 成串的珠子。又讀ㄆㄟˋ。

**琶** ㄆㄚˊ 見「琵琶」。

**琵** ㄆㄧˊ 見下。

**琵琶** ㄆㄧˊ ㄆㄚˊ 四弦的樂器，用桐木做成，下圓上彎。語音ㄆㄧˊ．ㄆㄚ或是ㄆㄧˊ．ㄅㄚ。

**琵琶骨** ㄆㄧˊ ㄆㄚˊ ㄍㄨˇ 也叫鎖骨，在肩下兩旁，跟肩胛骨緊接。

**琵琶別抱** ㄆㄧˊ ㄆㄚˊ ㄅㄧㄝˊ ㄅㄠˋ 比喻婦女再嫁。

**琱** 図ㄉㄧㄠ ㊀磨製石器。㊁同「雕」，刻鏤的意思。㊂在牆壁上畫裝飾畫。同「彫」。

**琳** ㄌㄧㄣˊ ㊀美玉。㊁見「琳琅」。

**琳琅** ㄌㄧㄣˊ ㄌㄤˊ 也作「琳瑯」。①美玉。②比喻優美的人材或珍貴的圖書。

**琳琅滿目** ㄌㄧㄣˊ ㄌㄤˊ ㄇㄢˇ ㄇㄨˋ 形容各種美好的事物很多。

**琯** 図ㄍㄨㄢˇ ㊀同「管」，是簫、笛這類樂器的意思。㊁磨治金玉使它光澤鮮明。

**琨** ㄎㄨㄣ 美玉。

**琥** ㄏㄨˇ 製成虎形的玉器。

**琥珀** ㄏㄨˇ ㄆㄛˋ 黃褐色透明的化石，是古代松柏樹脂變的，通常用來製造飾物。

**琚** ㄐㄩ 古人佩玉的名稱。如「瓊琚」。

**琪** ㄑㄧˊ ㊀玉名。㊁「琪花瑤草」，珍奇的花草。

**琦** ㄑㄧˊ ㊀美玉。㊁図特異不凡。如「瑰意琦行」。

**琴（琹）** ㄑㄧㄣˊ ㊀樂器。中國的有五弦琴、胡琴等；西洋的有鋼琴、提琴等。㊁見「琴瑟」。

**琴弦** ㄑㄧㄣˊ ㄒㄧㄢˊ 琴上的弦線，兩端絞緊，以其粗細的分別及振幅的大小，而發出高低強弱不同的聲音。

**琴師** ㄑㄧㄣˊ ㄕ ①以彈琴為業的樂師。②指造琴的人。③指戲曲樂隊中操琴伴奏的人。

**琴書** ㄑㄧㄣˊ ㄕㄨ ①談論琴藝的書。②指琴和書。晉朝陶潛〈歸去來辭〉有「悅親戚之情話，樂琴書以消憂」。

**琴鳥** ㄑㄧㄣˊ ㄋㄧㄠˇ 鳥類絃琴鳥科。體形似雉，褐色。雄鳥有二十五公分的長尾。因求偶炫耀時，展開的尾羽像古希臘的七弦豎琴而得名。鳴聲悅耳。

**琴瑟** ㄑㄧㄣˊ ㄙㄜˋ ①琴跟瑟兩種樂器。②図比喻夫婦和好，常作「琴瑟和鳴」。

**琴鍵** ㄑㄧㄣˊ ㄐㄧㄢˋ 鋼琴、風琴等樂器的琴面上，按了就能發聲的狹長木條，有黑白兩色，黑色叫黑鍵，白色叫白鍵。

**琴譜** ㄑㄧㄣˊ ㄆㄨˇ 彈琴用的曲譜。

**琴韻** ㄑㄧㄣˊ ㄩㄣˋ 琴音的韻味。

**琴鐘** ㄑㄧㄣˊ ㄓㄨㄥ 一種時鐘，能在固定時間奏出悅耳的琴聲。也叫「音樂鐘」。

**琴棋書畫** ㄑㄧㄣˊ ㄑㄧˊ ㄕㄨ ㄏㄨㄚˋ 指彈琴、下棋、寫字、繪畫。因同屬風雅之事，所以四者合稱。

**琢** ㄓㄨㄛˊ ㈠雕刻玉石。如「玉不琢，不成器」。㈡見「琢磨」。㈢見「雕琢」。

**琢磨** ㄓㄨㄛˊ ㄇㄛˊ 雕琢以後磨光，從詩經「如琢如磨」而來，引伸作再求精細的意思。

**琛** ㄔㄣ 図珍寶。

**琤** ㄔㄥ 図㈠「琤瑽」，古人走路時佩玉相碰的聲音。㈡「琤琤」，奏琴聲，流水聲。

**琮** ㄘㄨㄥˊ 古人所用的瑞玉，八角形，中間有圓孔。

**琰** ㄧㄢˇ 「琰圭」，古時一種上尖下方的玉器。

**琬** ㄨㄢˇ ㈠「琬圭」，古時一種沒有稜角的圭。㈡図「琬琰」是琬圭跟琰圭，比喻美德。如「琬琰為心」。

## 九筆

**瑁** ▲ㄇㄠˋ 古時天子所執的玉器。▲ㄇㄟˋ 見「玳瑁」。

**瑙** ㄋㄠˇ 見「瑪瑙」。

**瑯** ▲ㄌㄤˊ ㈠同「琅」。㈡瑯琊，山名，在山東省。也作「琅玡」。▲ㄌㄢˊ 見「珐瑯」。

**瑬** ㄌㄧㄡˊ 下垂的玉串。古時綴在天子冕前。也作「旒」。

**瑚** ㄏㄨˊ ㈠見「珊瑚」。㈡「瑚璉」，是古時宗廟祭祀時盛黍稷的容器。

**琿** ㄏㄨㄣˊ ㈠一種美玉。㈡琿春，今吉林省東部河名、縣名。

**瑕** ㄒㄧㄚˊ ㈠玉上的斑點。如「白璧微瑕」。㈡見「瑕疵」。

**瑕疵** ㄒㄧㄚˊ ㄘ 比喻缺點。

**瑕不掩瑜** ㄒㄧㄚˊ ㄅㄨˋ ㄧㄢˇ ㄩˊ 比喻缺點掩蓋不了優點，優點多於缺點。

**瑕瑜互見** ㄒㄧㄚˊ ㄩˊ ㄏㄨˋ ㄐㄧㄢˋ 比喻有缺點，也有優點。

**瑄** ㄒㄩㄢ 古時一種六寸大的璧。

**瑊** ㄓㄣ 像玉的石頭。

**瑑** ㄓㄨㄢˋ 圭璧上的雕紋。

**瑞** ㄖㄨㄟˋ ㈠古時用作符信的玉器。㈡吉祥，好預兆。如「祥瑞」。

**瑞草** ㄖㄨㄟˋ ㄘㄠˇ 相傳是一種不常見的草，像靈芝類的，是吉祥的朕兆。

**瑞雪** ㄖㄨㄟˋ ㄒㄩㄝˇ 冬季應時的雪，可以殺死害蟲，使作物豐收。

**瑟** ㄙㄜˋ ㈠中國古樂器名，長八尺多，原有五十根弦，後來改為二十五弦。㈡図見「瑟縮」。㈢見「瑟瑟」。

**瑟瑟** ㄙㄜˋ ㄙㄜˋ 風聲。

**瑟縮** ㄙㄜˋ ㄙㄨㄛ 図蕭條收斂、畏懼退縮的樣子。

**瑛** ㄧㄥ ㈠玉的光彩。㈡透明的玉。

**瑋** ㄨㄟˇ ㈠玉名。㈡図見「瑋寶」。

**瑋寶** ㄨㄟˇ ㄅㄠˇ 図奇異的珍寶。

**瑜** ㄩˊ ㈠美玉。㈡玉的光彩，比喻優點。如「瑕不掩瑜」。㈢見「瑜伽」。

**瑜伽** ㄩˊ ㄑㄧㄝˊ ①佛家說思惟的意思。②「瑜伽術」的簡稱，是一種鍛鍊身體的方法。「瑜伽」是梵語yoga的譯音。也說ㄩˊ ㄐㄧㄚ。

**瑀** ㄩˇ 像玉的美石。

**瑗** ㄩㄢˋ 古代一種有孔的大璧。

## 十筆

**瑪** ㄇㄚˇ 見「瑪瑙」。

**瑪瑙** ㄇㄚˇ ㄋㄠˇ 石英類礦物，與玉髓性質相同。有紅、白、灰各色相間，成平行層，多數是圓形的，可以做飾物。

**瑭** ㄊㄤˊ 玉名。

**瑱** ▲ㄊㄧㄢˋ ㈠古時一種作為符信的玉器。㈡古代塞住死人耳朵的玉器。▲ㄓㄣˋ 通「鎮」，意思是壓。鎮圭也作瑱圭。

**瑰（瓌）** ㄍㄨㄟ ㈠像玉的石頭。㈡図奇偉。如「瑰麗」。㈢見「玫瑰」。

**瑰瑋** ㄍㄨㄟ ㄨㄟˇ 図同「瓌瑋」「瑰偉」，瑰麗奇偉。

**瑰麗** ㄍㄨㄟ ㄌㄧˋ 図景色或顏色非常豔麗。

**瑰寶** ㄍㄨㄟ ㄅㄠˇ 稀世的珍寶。

**瑰意琦行** ㄍㄨㄟ ㄧˋ ㄑㄧˊ ㄒㄧㄥˋ 図獨特的思想和行為。

**瑴** ㄐㄩㄝˊ ㈠玉石。㈡図兩玉相合。

**瑲** 図ㄑㄧㄤ玉石撞擊聲。〈詩經〉有「有瑲蔥珩」。

**瑲瑲** ㄑㄧㄤ ㄑㄧㄤ 図鈴聲。〈詩經〉有「八鸞瑲瑲」。

**瑣（璅）** ㄙㄨㄛˇ ㈠図玉石相碰時的微細聲音。㈡細微，細碎。「瑣碎」「瑣事」。

**瑣事** ㄙㄨㄛˇ ㄕˋ 細小的事。

**瑣屑** ㄙㄨㄛˇ ㄒㄧㄝˋ 煩雜細碎。

**瑣細** ㄙㄨㄛˇ ㄒㄧˋ 煩碎而細小。

**瑣碎** ㄙㄨㄛˇ ㄙㄨㄟˋ ①細小煩多。②口語說小病痛。如「你怎麼這樣瑣碎？又生瘡又咳嗽」。

**瑣瑣** ㄙㄨㄛˇ ㄙㄨㄛˇ 図①形容聲音細碎。②細小的樣子。

**瑤** ㄧㄠˊ ㈠美玉。如「瓊瑤」。㈡図美好。如「瑤華」「瑤臺」。㈢図比喻潔白。如「瑤質」。㈣同「珧」。

**瑤池** ㄧㄠˊ ㄔˊ 神話裡是西王母居住的地方。後來敬稱婦人的死，叫「駕返瑤池」。

**瑤華** ㄧㄠˊ ㄏㄨㄚˊ 図美玉。比喻貴重。

**瑤臺** ㄧㄠˊ ㄊㄞˊ 図①用玉石裝飾得很美的高臺。如「紂為璇室瑤臺」。②仙人所住的地方。如「會向瑤臺月下逢」。

**瑤箋** ㄧㄠˊ ㄐㄧㄢ 図對他人的書信的美稱。

**瑩** 一ㄥˊ ㈠光潔像玉的石。㈡形容光潔，透明。如「晶瑩」。

## 十一筆

**璃（瓈）** ㄌㄧˊ 見「玻璃」「琉璃」。

**璉** ㄌㄧㄢˇ 「瑚璉」，見「瑚」字。

**瑾** ㄐㄧㄣˇ 「瑾瑜」，美玉。又讀ㄐㄧㄣˋ。

**璇** ㄒㄩㄢˊ ㈠精美的玉。㈡図見「璇宮」。㈢見「璇璣」。

**璇宮** ㄒㄩㄢˊ ㄍㄨㄥ 図也作「璇室」或「璇闈」。房間裡的若干設備，有機關可以活動。

**璇璣** ㄒㄩㄢˊ ㄐㄧ 古時測天文的儀器。也作「旋機」或「璿璣」。

**璋** ㄓㄤ ㈠古玉器，形狀像一半的圭。㈡賀人生子，叫「弄璋」。

**璀** ㄘㄨㄟˇ ㈠玉石的光彩。㈡見「璀璨」。

**璀璨** ㄘㄨㄟˇ ㄘㄢˋ 光明燦爛的樣子。

**璁** ㄘㄨㄥ 一種像玉的石頭。

**瑽** ㄘㄨㄥ 佩玉相碰的聲音。

**璈** ㄠˊ 古代樂器名。

## 十二筆

**璞** ㄆㄨˊ ㈠還沒琢磨的玉（玉還被石頭包住）。如「璞玉渾金」。㈡引伸作本來的質地。如「反璞歸真」。

**璞玉渾金** ㄆㄨˊ ㄩˋ ㄏㄨㄣˊ ㄐㄧㄣ 還沒琢磨的玉，還沒鍛鍊的金。比喻本質美好真實，不必裝飾。

**璠** ㄈㄢˊ 春秋時代魯國的寶玉。

**璘** ㄌㄧㄣˊ 図玉的光彩。

**璜** ㄏㄨㄤˊ 図半圓形的佩玉。參看「珩」。

**璣** ㄐㄧ ㈠不圓的珠子。如「珠璣」。㈡見「璇璣」。

**璟** ㄐㄧㄥˇ 図玉的光彩。

## 十三筆

**璧** ㄅㄧˋ ㈠古代對玉的通稱。「白璧」就是「白玉」。㈡平面圓形的玉，中間有孔的叫璧。㈢從藺相如「完璧歸趙」的事發生以後，把「退還原物」叫璧。如「璧還」「璧謝」。㈣形容人的面貌美好。如「璧人」。

**璧人** ㄅㄧˋ ㄖㄣˊ 年輕貌美的人，男女通用。如「一雙璧人」。

**璧合** ㄅㄧˋ ㄏㄜˊ 図比喻完美的匹配。

**璧趙** ㄅㄧˋ ㄓㄠˋ 図把東西送還原來的物主。

**璧謝** ㄅㄧˋ ㄒㄧㄝˋ 図退還原物，並且道謝。

**璧還** ㄅㄧˋ ㄏㄨㄢˊ 図退還別人送的禮物。

**璫** ㄉㄤ ㈠女人在耳垂上穿孔，然後戴上珠飾，古人叫「璫」「耳璫」。㈡玎璫，見「玎」字條。㈢図帝王時代太監的別稱。如「貂璫」。

**璐** ㄌㄨˋ 美玉。

**環（环）** ㄏㄨㄢˊ ㈠玉石琢成的圈子，通常叫「玉環」。㈡圓形中空的東西。如「門環」「鐵環」。㈢圈形的飾物。如「耳環」「指環」。㈣綴物成串，結成圈形。如「花環」。㈤圍繞。如「環島」「環球旅行」。㈥縣名，在甘肅省。

**環列** ㄏㄨㄢˊ ㄌㄧㄝˋ 環繞排列。如「士兵左右環列」。

**環兒** ㄏㄨㄢˊ ㄦ 圓圈形的東西。

**環抱** ㄏㄨㄢˊ ㄅㄠˋ 圍繞（多用於自然景物）。如「群山環抱」。

**環保** ㄏㄨㄢˊ ㄅㄠˇ 「環境保護」的簡稱。

**環流** ㄏㄨㄢˊ ㄌㄧㄡˊ 流體的循環流動，由流體各部分的溫度、密度、濃度不同，或由外力的推動而形成。如「大氣環流」。

**環海** ㄏㄨㄢˊ ㄏㄞˇ 被海洋圍著。如「臺灣四面環海」。

**環堵** ㄏㄨㄢˊ ㄉㄨˇ 図①四面圍繞土牆的狹屋。②四壁。如「環堵蕭然」。

**環球** ㄏㄨㄢˊ ㄑㄧㄡˊ ①全世界。②繞著地球。

**環視** ㄏㄨㄢˊ ㄕˋ 向周圍看。

**環節** ㄏㄨㄢˊ ㄐㄧㄝˊ ①某些低等動物如蚯蚓、蜈蚣等，身體由許多大小差不多的環狀結構互相連結組成。這些結構叫做環節，能伸縮自如。②指相互關聯的許多事物中的一個。

**環靶** ㄏㄨㄢˊ ㄅㄚˇ 當中一個圓點，外面套著許多層層圓圈的靶子。

**環境** ㄏㄨㄢˊ ㄐㄧㄥˋ ①周圍的境界。②人身周圍的事物狀態。如「社會環境」「家庭環境」。

**環蝕** ㄏㄨㄢˊ ㄕˊ 就是「日環蝕」，日蝕的一種。發生時太陽的中心部分黑暗，邊緣仍然明亮，形成光環。

**環繞** ㄏㄨㄢˊ ㄖㄠˋ 四面圍繞。

**環顧** ㄏㄨㄢˊ ㄍㄨˋ 図向四周看。

**環肥燕瘦** ㄏㄨㄢˊ ㄈㄟˊ ㄧㄢˋ ㄕㄡˋ 形容體態雖不同，胖的瘦的都很美麗的女子。環，指楊玉環。燕，指趙飛燕。

**環節動物** ㄏㄨㄢˊ ㄐㄧㄝˊ ㄉㄨㄥˋ ㄨˋ 蠕形動物環蟲類，體形長，由多數同型的體節前後連接而成，如蚯蚓、沙蠶、水蛭。

**環境生態** ㄏㄨㄢˊ ㄐㄧㄥˋ ㄕㄥ ㄊㄞˋ 動植物生存的環境，在氣候、光線、溼度等自然條件和人為因素的作用下，所維持的生存狀態。

**環境汙染** ㄏㄨㄢˊ ㄐㄧㄥˋ ㄨ ㄖㄢˇ 指人類居住的環境，受到有害物質如廢水、廢氣、垃圾、噪音、化學品等汙染，而有害於生物的生長和人類的正常生活。

**環境保護** ㄏㄨㄢˊ ㄐㄧㄥˋ ㄅㄠˇ ㄏㄨˋ 採取行政的、法律的、經濟的和科學技術等多方面措施，合理的利用自然資源，防止環境汙染和破壞，以求維持生態平衡，保障人類社會的發展。

**環境教育** ㄏㄨㄢˊ ㄐㄧㄥˋ ㄐㄧㄠˋ ㄩˋ 研究人類如何維護生存環境的學問。

**環境影響評估** ㄏㄨㄢˊ ㄐㄧㄥˋ ㄧㄥˇ ㄒㄧㄤˇ ㄆㄧㄥˊ ㄍㄨ 事先預測分析某種活動或事件可能引起的環境變化的程度和範圍，並給予合理解釋的推論，提供決策者執行此項計畫的參考。

## 璥

ㄐㄧㄥˇ 玉名。

## 璩

ㄑㄩˊ ㈠像環的玉器。㈡姓。

## 璪

ㄗㄠˇ 古時用采絲穿玉塊，掛在帽上作裝飾。

## 璨

ㄘㄢˋ 図「璀璨」，光明的樣子。

## 璱

ㄙㄜˋ ㈠玉的橫紋像瑟的弦。㈡図玉的色澤鮮潔的樣子。

## 璦

ㄞˋ ㈠美玉。㈡璦琿，黑龍江省舊縣名。今黑河市。

# 十四筆

## 璽

ㄒㄧˇ 印章，秦朝以後專指帝王的印。如「玉璽」「典璽」。

## 璿

ㄒㄩㄢˊ 美玉，是「璇」的本字。

## 璵

ㄩˊ 美玉的泛稱。

## 十五筆

**瓊（琼）** ㄑㄩㄥˊ ㈠美玉，就是瑪瑙。㈡文比喻精美。如「瓊樓」「瓊漿」。㈢瓊州，海南島的古名。

**瓊林** ㄑㄩㄥˊ ㄌㄧㄣˊ ①形容被雪覆蓋的樹枝。②用為書名，比喻此書搜羅豐富。如「玉藻瓊林」「幼學故事瓊林」。

**瓊花** ㄑㄩㄥˊ ㄏㄨㄚ ①一種珍異植物，葉柔平瑩潔，花大瓣厚，色淡黃，不結子而清香。②比喻容貌美好。唐朝李白〈秦女休行〉詩有「西門秦氏女，秀色如瓊花」。

**瓊琚** ㄑㄩㄥˊ ㄐㄩ 文①美好的佩玉。②比喻華美的文章。

**瓊瑤** ㄑㄩㄥˊ ㄧㄠˊ ①美玉。②文比喻酬答的禮物或投贈的詩文。

**瓊筵** ㄑㄩㄥˊ ㄧㄢˊ 文珍美豐盛的筵席。唐朝李白〈春夜宴從弟桃花園序〉有「開瓊筵以坐花」。

**瓊漿** ㄑㄩㄥˊ ㄐㄧㄤ 文美酒。

**瓊麻** ㄑㄩㄥˊ ㄇㄚˊ 植物名。龍舌蘭科，一種幾乎無莖的灌木，葉長一公尺，先端尖銳形成硬刺，花莖直立，勁直，高四至七公尺，花綠色或黃綠色。葉可用來抽取纖維，製成船纜、漁網。

**瓊枝玉葉** ㄑㄩㄥˊ ㄓ ㄩˋ ㄧㄝˋ 比喻皇室的子孫。

**瓊樓玉宇** ㄑㄩㄥˊ ㄌㄡˊ ㄩˋ ㄩˇ 原指月中的宮殿，後來比喻精美的大廈。

**璺** ㄨㄣˋ 玉器、陶瓷破裂而顯現出的痕跡。如「打破沙鍋璺到底」。

## 十六筆

**瓏** ㄌㄨㄥˊ 見「玲瓏」。

## 十七筆

**瓖** ㄒㄧㄤ ㈠飾玉名。㈡通「鑲」，嵌瓖。

**瓔** ㄧㄥ 見「瓔珞」。

**瓔珞** ㄧㄥ ㄌㄨㄛˋ 用珠玉綴成的頸飾。

## 十八筆

**瓘** ㄍㄨㄢˋ 玉名。

## 十九筆

**瓚** ㄗㄢˋ 古時祭祀用的勺子一類的玉器。

# 瓜部

**瓜** ㄍㄨㄚ 葫蘆科蔓生植物，掌狀葉，有捲鬚，花多半是黃色，果實可以吃，種類很多。如「黃瓜」「西瓜」等。

**瓜分** ㄍㄨㄚ ㄈㄣ 分割財物或土地，像切瓜似的。

**瓜代** ㄍㄨㄚ ㄉㄞˋ 文工作期滿換人接替。語出〈左傳·莊公八年〉的「及瓜而代」。意思是「到了陰曆七月間瓜熟再派人跟你們換防」。

**瓜皮** ㄍㄨㄚ ㄆㄧˊ 瓜的外皮。

**瓜字** ㄍㄨㄚ ㄗˋ 文古時的「瓜」字可分為兩個「八」字，所以用來代表十六歲。如「瓜字初分碧玉年」。

**瓜肉** ㄍㄨㄚ ㄖㄡˋ 瓜皮內可食的部分，稱瓜肉。

**瓜葛** ㄍㄨㄚ ㄍㄜˊ ①瓜、葛都是蔓生的植物，比喻世代或親戚輾轉有連屬的關係。②比喻糾紛。

**瓜瓤** ㄍㄨㄚ ㄖㄤˊ ①瓜的瓤。②瓜仁兒。

**瓜子（兒）** ㄍㄨㄚ ㄗˇ（ㄦ） ①瓜的種子。②消閒的食品，大都用一種多子的瓜的種子，加鹽和香料焙製而成。

**瓜仁（兒）** ㄍㄨㄚ ㄖㄣˊ（ㄦ） 瓜子除去硬殼的部分。

**瓜撓（兒）** ㄍㄨㄚ ㄋㄠˊ（ㄦ） 刮去瓜皮的用具。也作「瓜撓子」。

**瓜蔓抄** ㄍㄨㄚ ㄇㄢˋ ㄔㄠ 抄檢犯人的財產，牽涉到許多無辜的人。

**瓜子（兒）臉** ㄍㄨㄚ ㄗˇ（ㄦ） ㄌㄧㄢˇ 面龐稍稍窄長，上圓下尖，像瓜子。常用來形容女子的美。

**瓜皮帽（兒）** ㄍㄨㄚ ㄆㄧˊ ㄇㄠˋ（ㄦ） 舊式小帽，六瓣縫合，頂上有小結，形狀像是半個西瓜皮。

**瓜田李下** ㄍㄨㄚ ㄊㄧㄢˊ ㄌㄧˇ ㄒㄧㄚˋ 古樂府〈君子行〉有「瓜田不納履，李下不正冠」句，是避免嫌疑的意思。

**瓜剖豆分** ㄍㄨㄚ ㄆㄡˇ ㄉㄡˋ ㄈㄣ 也作「豆剖瓜分」，比喻國土被人侵占瓜分。

**瓜瓞緜緜** ㄍㄨㄚ ㄉㄧㄝˊ ㄇㄧㄢˊ ㄇㄧㄢˊ 図原是〈詩經〉的句子，用作祝福新婚夫婦將來子孫繁盛的意思。

**瓜熟蒂落** ㄍㄨㄚ ㄕㄨˊ ㄉㄧˋ ㄌㄨㄛˋ 比喻時間一到，自然成功。

## 五筆

**瓞** 図ㄉㄧㄝˊ 小的瓜。

## 六筆

**瓠** ㄏㄨˋ 蔬類植物，果實黃綠色。有兩頭粗而中間略細的，又名「壺蘆」「葫蘆」；也有上細下圓，像個壺似的。又稱「懸瓠」。俗名「瓠子」。

## 十一筆

**瓢** ㄆㄧㄠˊ 取水或盛東西的器具。

**瓢兒** ㄆㄧㄠˊ ㄦ ①瓢。②開玩笑時所說的人頭，打破了人頭就說「開了瓢兒」。

**瓢蟲** ㄆㄧㄠˊ ㄔㄨㄥˊ 節肢動物瓢蟲科，又叫「紅娘」。頭小，觸角呈短棍棒形，鞘翅大，半圓形，身體呈半圓球形，色彩及斑紋富變化，鮮豔奪目，有強烈臭味。

## 十四筆

**瓣** ㄅㄢˋ ㈠花片。如「花瓣」。㈡瓜果瓤當中瓣形的部分。如「掰一瓣橘子」。

**瓣兒** ㄅㄢˋ ㄦ 瓣。如「花瓣兒」「大家分柚子，一人一瓣兒」。

**瓣香** ㄅㄢˋ ㄒㄧㄤ 「一瓣心香」的略語。禱祝時燒的香，多用來表示欽仰的情意。

**瓣膜** ㄅㄢˋ ㄇㄛˊ 人或某些動物的器官裡面可以開合的膜狀結構。

## 十七筆

**瓤** ㄖㄤˊ ㈠瓜果內部的肉。如「西瓜瓤兒」「黃瓤兒西瓜」。㈡果仁。如「花生瓤兒」「核桃瓤兒」。㈢東西的內部。如「錶瓤兒」（錶內部的機件）「信瓤兒」（函件內部寫字的信紙）。㈣事情的內幕或隱祕的部分。如「他外面的情形好看，可是瓤兒裡的事有誰知道」。

# 瓦部

**瓦** ▲ㄨㄚˇ ㈠用陶土燒成的器物的總稱。如「瓦盆」。㈡用陶土燒成的建築材料。如「磚瓦」「瓦片」。㈢公克（格蘭姆）的舊譯，是由日本傳入的。㈣瓦特（watt）的簡稱。

▲ㄨㄚˋ 把瓦鋪在屋頂上。如「天要下雨了，趕快把瓦（ㄨㄚˇ）瓦（ㄨㄚˋ）好」。

**瓦片** ㄨㄚˇ ㄆㄧㄢˋ ①瓦㈡。②不完整的瓦。

**瓦全** ㄨㄚˇ ㄑㄩㄢˊ 「寧為玉碎，不為瓦全」，意思是寧可轟轟烈烈地死，也不忍辱苟活。

**瓦匠** ㄨㄚˇ ㄐㄧㄤˋ 匠字輕讀。從事磚瓦的鋪設或修繕的工人。

**瓦房** ㄨㄚˇ ㄈㄤˊ 屋頂鋪瓦片的房子。

**瓦特** ㄨㄚˇ ㄊㄜˋ （James Watt 1736—1819）蘇格蘭工程師，蒸汽機的發明人。

**瓦圈** ㄨㄚˇ ㄑㄩㄢ 自行車車輪的鐵圈。

**瓦斯** ㄨㄚˇ ㄙ （gas）①作燃料用的煤氣。瓦斯是日文音譯，我國沿用，一般也叫煤氣。分天然氣、人造氣兩種。②軍事用途的叫「毒瓦斯」，在氣體中加入毒藥，分窒息瓦斯、糜爛瓦斯、催淚瓦斯等，目的在削弱敵軍的戰力。

**瓦當** ㄨㄚˇ ㄉㄤ 中國式建築，在屋頂的覆瓦有筒瓦和板瓦兩種。筒瓦的頭就叫「瓦當」，上面常刻吉祥圖案或文字，作為裝飾。

**瓦解** ㄨㄚˇ ㄐㄧㄝˇ 比喻全部解體或潰散。

**瓦窯** ㄨㄚˇ ㄧㄠˊ ①鍛燒磚瓦的場所。②我國西北等地人民住的窯洞。③比喻婦人生女不生男。因稱生女叫「弄瓦」。

**瓦器** ㄨㄚˇ ㄑㄧˋ 土器已燒過的叫瓦器；精細的叫陶器。

**瓦雞** ㄨㄚˇ ㄐㄧ 陶瓦製成的雞，用來裝飾房屋。比喻徒有形式而不實用的東西。

**瓦獸** ㄨㄚˇ ㄕㄡˋ 廟宇宮殿屋頂上裝飾用的瓦製獸形物。

**瓦礫** ㄨㄚˇ ㄌㄧˋ ①破碎的磚頭瓦片。②比喻低賤的東西，常與「金玉」相對稱。

**瓦塊（兒）** ㄨㄚˇ ㄎㄨㄞˋ ㄦ 瓦片的碎塊。也作「瓦碴（ㄔㄚˊ）兒」。

**瓦斯桶** ㄨㄚˇ ㄙ ㄊㄨㄥˇ 裝瓦斯用的鋼桶。

**瓦斯槍** ㄨㄚˇ ㄙ ㄑㄧㄤ 發射瓦斯毒氣的槍枝，一般沒有殺傷力，只是使人暫時癱瘓、意志喪失；通常為緝凶人員使用。

**瓦楞紙** ㄨㄚˇ ㄌㄥˊ ㄓˇ 一種有瓦楞狀的硬紙板，可供製作包裝紙箱以及室內結構器材之用。

**瓦釜雷鳴** ㄨㄚˇ ㄈㄨˇ ㄌㄟˊ ㄇㄧㄥˊ 比喻小人占據高位，烜赫一時。

## 三筆

**瓩** ㄑㄧㄢ ㄨㄚˇ (kilowatt) 功率單位名，是瓦特的一千倍。也作「千瓦」。

## 五筆

**瓴** ㄌㄧㄥˊ ㈠屋頂上仰著鋪的瓦。也作「瓦溝」。㈡有耳的瓶。

## 六筆

**瓶（缾）** ㄆㄧㄥˊ 口小腹大，可以盛液體的容器。如「花瓶」「酒瓶」。

**瓶裝** ㄆㄧㄥˊ ㄓㄨㄤ 用瓶子裝的。

**瓶缽** ㄆㄧㄥˊ ㄅㄛ 和尚吃飯的用具。

**瓶頸**（ㄆㄧㄥˊ ㄐㄧㄥˇ） ①瓶口下方細長的部分。②泛指容易產生擁塞，足以影響事物通暢的部分。如「交通瓶頸」「工作瓶頸」。

**瓶塞兒**（ㄆㄧㄥˊ ㄙㄞ ㄦ） 塞瓶子口兒用的東西，用軟木、塑膠、玻璃等做成的。

**瓷（甆）** ㄘˊ 細緻的陶器，用瓷土跟石英加水揉合做坯，再下窯鍛燒，最後塗上彩釉，畫上花紋。中國瓷器聞名世界。

**瓷土**（ㄘˊ ㄊㄨˇ） 燒製瓷器的原料，也叫陶土，俗稱白土，由正長石分解而成，質極細，有白、黃、紅等色。

**瓷胎**（ㄘˊ ㄊㄞ） 還沒有鍛燒的瓷器的坯。

**瓷瓶**（ㄘˊ ㄆㄧㄥˊ） 瓷質的瓶子。

**瓷漆**（ㄘˊ ㄑㄧ） 塗料的一種，用樹脂、顏料等製成。塗在器物的表面，可以增加光澤，防止腐朽。

**瓷窯**（ㄘˊ ㄧㄠˊ） 燒瓷器的窯。

**瓷器**（ㄘˊ ㄑㄧˋ） 用瓷土燒成的器具，像碗、杯、瓶等，用途很多。

**瓷磚**（ㄘˊ ㄓㄨㄢ） 極細緻的磚，表面塗釉，像是瓷器。

**瓷娃娃**（ㄘˊ ㄨㄚˊ ㄨㄚˊ） 第二個娃字輕讀。①用瓷土燒製成的玩偶娃娃。②形容女孩子長得甜美可愛。

## 八筆

**瓿** ㄆㄡˇ 古時盛醬醋的小甕。

## 九筆

**甃** 図ㄓㄡˋ ㈠水井下面四周的牆。㈡用磚砌東西。

**甄** ㄓㄣ ㈠図製造陶器。㈡分別審查、鑑別、考查。如「甄選」「甄別考試」。㈢姓。

**甄試**（ㄓㄣ ㄕˋ） 甄別，考試。

**甄用**（ㄓㄣ ㄩㄥˋ） 選拔任用。

**甄別**（ㄓㄣ ㄅㄧㄝˊ） 用考試測驗的方法，辨別人才的優劣，決定去取。

**甄陶**（ㄓㄣ ㄊㄠˊ） 図燒冶陶器。比喻教化人材。

**甄選**（ㄓㄣ ㄒㄩㄢˇ） 審查選定。如「甄選展覽品」。

## 十一筆

**甍** ㄇㄥˊ 図㈠屋頂，屋脊。㈡比喻屋子。如「比屋連甍」。

**甌（瓯）** ㄡ ㈠小盆。形容盆的完好叫「金甌無缺」。㈡深碗，用來喝酒飲茶的。㈢水名，在浙江省溫州北邊。

## 十二筆

**甏** 図ㄅㄥˋ ①小口的缸。②酒甕。

**甑** 図ㄗㄥˋ ㈠古時煮東西用的瓦器。㈡盛菜的瓦器。

## 十三筆

**甕（瓮、罋）** ㄨㄥˋ ㈠陶器，口小腹大，是盛液體的容器。如「酒甕」。㈡姓。

**甕城**（ㄨㄥˋ ㄔㄥˊ） 大城外面的小城圍，用來遮護城門，鞏固城防。

**甕鼻**（ㄨㄥˋ ㄅㄧˊ） 同「齆鼻」。

**甕中捉鱉**（ㄨㄥˋ ㄓㄨㄥ ㄓㄨㄛ ㄅㄧㄝ） 比喻手到擒來，逃不了。

**甕聲甕氣**（ㄨㄥˋ ㄕㄥ ㄨㄥˋ ㄑㄧˋ） 形容聲音粗沉。

# 甘部

**甘**（ㄍㄢ）㈠甜的，美好的，跟「苦」相反。如「味甘好吃」「同甘共苦」。㈡自願，情願。如「自甘墮落」「心甘情願」。㈢悅耳的言辭。如「甘言蜜語」。㈣適時的，使人變憂愁為快樂的。如「甘霖」。㈤姓。

**甘心**（ㄍㄢ ㄒㄧㄣ）①心裡願意，情願。也作「甘願」。②〔文〕快意。如「管召（ㄕㄠˋ）仇也，請受而甘心焉」，是說得到仇人把他殺了好使心裡高興。

**甘休**（ㄍㄢ ㄒㄧㄡ）甘願罷休。

**甘旨**（ㄍㄢ ㄓˇ）〔文〕美味好吃。

**甘汞**（ㄍㄢ ㄍㄨㄥˇ）汞跟氯的化合物，成分是 $Hg_2Cl_2$，可以作瀉藥或利尿的藥。

**甘言**（ㄍㄢ ㄧㄢˊ）〔文〕悅耳動聽的話。

**甘味**（ㄍㄢ ㄨㄟˋ）①〔文〕覺得食物好吃。如「食不甘味」。②甘美的調味品，可從化學品中提出，用來調味。如「人工甘味」。

**甘油**（ㄍㄢ ㄧㄡˊ）化學成分是 $C_3H_5(OH)_3$ 澄明無色或淡黃色的液體，從油質、脂肪或糖漿分解而成，供藥用或工業用。也有音譯成「格立舍林」的。

**甘泉**（ㄍㄢ ㄑㄩㄢˊ）①甜美的泉水。②秦、漢、隋代的宮名。③陝西省北部的縣名。

**甘美**（ㄍㄢ ㄇㄟˇ）食物的滋味好。

**甘苦**（ㄍㄢ ㄎㄨˇ）①比喻處境的順逆。②事情的情況意味，由親身經歷而體會到的。

**甘草**（ㄍㄢ ㄘㄠˇ）多年生草本植物，地下莖和根都可以作藥，味甘。

**甘甜**（ㄍㄢ ㄊㄧㄢˊ）味道甜。

**甘棠**（ㄍㄢ ㄊㄤˊ）①木名，就是「棠梨」。〈詩經〉篇名，「甘棠之愛」，是讚揚官吏的美德。

**甘結**（ㄍㄢ ㄐㄧㄝˊ）從前交給官府的字據，表示願意承擔某種義務或對某事負責。

**甘蔗**（ㄍㄢ ㄓㄜˋ）禾本科植物，莖有節像竹子，實心，含有大量的甜水分，可以製糖，也可以生吃。

**甘霖**（ㄍㄢ ㄌㄧㄣˊ）亢旱多時，人們等待很久的雨。也作「甘雨」。

**甘薯**（ㄍㄢ ㄕㄨˇ）番薯。也作「甘藷」。

**甘藍**（ㄍㄢ ㄌㄢˊ）蔬菜名。多年生草本。又叫「高麗菜」。葉厚，互相重疊，中央部分葉片緊抱成大球。供食用。

**甘願**（ㄍㄢ ㄩㄢˋ）心甘情願。

**甘露**（ㄍㄢ ㄌㄨˋ）甜美的雨露，古代以降甘露為瑞徵。

**甘之如飴**（ㄍㄢ ㄓ ㄖㄨˊ ㄧˊ）比喻雖處困頓，猶能安心順受，不以為苦。

**甘心情願**（ㄍㄢ ㄒㄧㄣ ㄑㄧㄥˊ ㄩㄢˋ）就是「心甘情願」，不被外人影響，出於自願的。

**甘拜下風**（ㄍㄢ ㄅㄞˋ ㄒㄧㄚˋ ㄈㄥ）誠心佩服，自認不如。

## 四筆

**甚** ▲ㄕㄣˋ ㈠很，頗。如「近況甚好」「成績甚佳」。㈡過分，過度。如「欺人太甚」「過甚其詞」。▲ㄕㄜˊ見「甚麼」。又讀ㄕㄣˊ。

**甚好**（ㄕㄣˋ ㄏㄠˇ）很好。

**甚而**（ㄕㄣˋ ㄦˊ）同「甚至」。

**甚至**（ㄕㄣˋ ㄓˋ）也作「甚至於」「甚而」。表示更進一層的詞。如「不止沒見過，甚至沒聽說過」。

**甚佳**（ㄕㄣˋ ㄐㄧㄚ） 很好。

**甚或**（ㄕㄣˋ ㄏㄨㄛˋ） [文]同「甚至」。

**甚麼**（ㄕㄜˊ ·ㄇㄜ） 也作「什麼」。①表示疑問的代名詞，專指事物。如「這是甚麼」「你看了些甚麼」。②指示代名詞，泛指一般的事物。如「說甚麼」「想甚麼」。③疑問形容詞。如「你甚麼時候回來的」「甚麼人去了」。④不定或虛指的形容詞。如「他是不是受了甚麼委屈」。又讀ㄕㄣˊ ·ㄇㄜ。

**甚囂塵上**（ㄕㄣˋ ㄒㄧㄠ ㄔㄣˊ ㄕㄤˋ） [文]盛（ㄕㄥˋ）起而紛亂的意思。

## 六筆

**甜** ㄊㄧㄢˊ ㈠味道像蜜像糖。如「甜水」「甜湯」「甜點心」。㈡比喻舒適。如「睡得很甜」。㈢見「甜頭」。㈣見「甜蜜」。

**甜心**（ㄊㄧㄢˊ ㄒㄧㄣ） 對親密的人的稱呼。

**甜水**（ㄊㄧㄢˊ ㄕㄨㄟˇ） ①指味道不苦的水。如「甜水井」。②水名，在甘肅省。

**甜瓜**（ㄊㄧㄢˊ ㄍㄨㄚ） 一年生草本植物，瓜科，蔓莖有軟毛。夏季開黃花。果實球形或長橢圓形。果肉甘甜，有香味。也叫「香瓜」。

**甜食**（ㄊㄧㄢˊ ㄕˊ） 甜的食品。

**甜湯**（ㄊㄧㄢˊ ㄊㄤ） 甜的帶湯的食物。

**甜菜**（ㄊㄧㄢˊ ㄘㄞˋ） 根可製糖的特種蔬菜。

**甜蜜**（ㄊㄧㄢˊ ㄇㄧˋ） ①味道甜，好吃。②比喻親愛得很。

**甜睡**（ㄊㄧㄢˊ ㄕㄨㄟˋ） 睡得很沉。

**甜頭（兒）**（ㄊㄧㄢˊ ·ㄊㄡ（ㄦ）） ①微甜的味道，泛指好吃的味道。②利益，好處（多指引誘人的）。

**甜玉米**（ㄊㄧㄢˊ ㄩˋ ㄇㄧˇ） 玉米的一種，糖分不轉化為澱粉，味道較甜，籽粒呈金黃色。

**甜麵醬**（ㄊㄧㄢˊ ㄇㄧㄢˋ ㄐㄧㄤˋ） 一種用大豆、麵粉、糖、香料、大蒜和紅辣椒製成的棕紅色濃稠醬汁，味香甜。

**甜言蜜語**（ㄊㄧㄢˊ ㄧㄢˊ ㄇㄧˋ ㄩˇ） 悅耳動聽的話。語出〈紅樓夢．第三回〉。

**甜津津的**（ㄊㄧㄢˊ ㄐㄧㄣ ㄐㄧㄣ ·ㄉㄜ） 形容甜得很。

**甜絲絲的**（ㄊㄧㄢˊ ㄙ ㄙ ·ㄉㄜ） ①形容有甜味。②形容感到幸福愉快。

# 生部

**生** ㄕㄥ ㈠產生。如「生兒子」「生財有道」。㈡發出，出現。如「發生」「日久玩（ㄨㄢˋ）生」。㈢活著，跟「死」相反。如「生存」「人生於世」。㈣滋長。如「生長」「生得很大」。㈤自然長成。如「生得一副魁梧（ㄨˇ）的身材」「生得醜惡」。㈥養。如「十年生聚」。㈦生存，活著的辦法。如「謀生」「生活」。㈧有生活能力的東西。如「生物」「生靈」。㈨生命。如「殺生」「捨生取義」。㈩整個生活階段。如「一生」「生平」。(十一)新創。如「你別生事兒了」「他又生新花樣兒了」。(十二)食物還沒煮熟。如「半生不熟」「生米」。(十三)不熟悉。如「生人」「生字」。(十四)果子蔬菜不熟。如「生花生」「生菜涼拌」。(十五)還沒煉過的物質。如「生鐵」「生藥」。(十六)不熟練。如「生手兒」「生疏」。(十七)動物還不馴順的。如「生馬」。(十八)弟子自稱或老師稱呼弟子。如「學生」。(十九)從前稱讀書人。如「書生」「儒生」。(二十)戲劇的角色。如「老生」「小生」。

(廿一)強，硬要。如「生拉硬拽」。(廿二)極甚，有「深」的意思。如「生怕」「生恐」。(廿三)形容詞尾。如「好生走路」。(廿四)語助詞。如「怎生是好」。

**生人** ㄕㄥ ㄖㄣˊ ①不認識的人。②図活的人，同「生民」。

**生分** ㄕㄥ ㄈㄣˋ 分字輕讀。(感情)疏遠。

**生天** ㄕㄥ ㄊㄧㄢ 佛家語。指死後更生於天界。

**生日** ㄕㄥ ㄖˋ 出生的日子。也作「生辰」。

**生水** ㄕㄥ ㄕㄨㄟˇ 沒煮沸的水。

**生火** ㄕㄥ ㄏㄨㄛˇ 把細柴乾草先點著，再加粗柴或煤、炭，讓它著(ㄓㄠˊ)起合用的火。

**生平** ㄕㄥ ㄆㄧㄥˊ 人從出生到現在或死亡時的一切經歷。也作「平生」。

**生母** ㄕㄥ ㄇㄨˇ 生自己的母親，跟「養母」有區別。

**生民** ㄕㄥ ㄇㄧㄣˊ 図①人民。②生育或教化人民。

**生光** ㄕㄥ ㄍㄨㄤ 日食和月食的過程中，月亮陰影和太陽圓面或地球陰影和月亮圓面第二次內切時的位置關係，也指發生這種位置關係的時刻。

**生地** ㄕㄥ ㄉㄧˋ ①可以保全性命的地方。②還沒有開墾的土地。③中藥名，還沒有加工蒸製的地黃的根。

**生存** ㄕㄥ ㄘㄨㄣˊ 人活在世界上。

**生字** ㄕㄥ ㄗˋ 不認識的字。

**生成** ㄕㄥ ㄔㄥˊ ①生育成長。②生就，長(ㄓㄤˇ)得(˙ㄉㄜ)。

**生死** ㄕㄥ ㄙˇ 生存和死亡。如「生死與共」「同生共死，共患難」。

**生米** ㄕㄥ ㄇㄧˇ 沒有煮過的米。

**生色** ㄕㄥ ㄙㄜˋ 図增加光彩。

**生冷** ㄕㄥ ㄌㄥˇ 食物沒熟或不熱的。

**生利** ㄕㄥ ㄌㄧˋ ①產生利益。也說「生息」。②用本銀生利息。

**生肖** ㄕㄥ ㄒㄧㄠˋ 用十二種動物代表十二地支：子鼠、丑牛、寅虎、卯兔、辰龍、巳蛇、午馬、未羊、申猴、酉雞、戌狗、亥豬，把人出生的年份用所屬的動物作代表，叫做生肖。

**生育** ㄕㄥ ㄩˋ 生產子女。

**生辰** ㄕㄥ ㄔㄣˊ 生日。

**生事** ㄕㄥ ㄕˋ 挑(ㄊㄧㄠˇ)動事端。如「造謠生事」。

**生來** ㄕㄥ ㄌㄞˊ ①有生以來。②天生具有的。

**生命** ㄕㄥ ㄇㄧㄥˋ 性命，生活機能。

**生怕** ㄕㄥ ㄆㄚˋ 生恐；很怕。

**生性** ▲ㄕㄥ ㄒㄧㄥˋ天賦的性質。▲ㄕㄥ ˙ㄒㄧㄥ天性粗野。如「這個人有點兒生性，不容易跟人處(ㄔㄨˇ)得好」。

**生油** ㄕㄥ ㄧㄡˊ ①花生榨的油。②沒熬過的油。

**生物** ㄕㄥ ㄨˋ ①動植物的總稱。②中學學科之一，是研究動植物的。

**生長** ㄕㄥ ㄓㄤˇ 發育成長。

**生前** ㄕㄥ ㄑㄧㄢˊ 人活著的時候，跟「死後」相對。

**生客** ㄕㄥ ㄎㄜˋ 指初見面的客人。

**生活** ㄕㄥ ㄏㄨㄛˊ ①飲食、起居一切日常的境遇。如「他過的生活很好」。②做工叫「作生活」，因為工作是用來謀生的。③維持活命。如「物價高漲，生活不易」。④人類的各種與生活有關的活動，如「家庭生活」「政治生活」「文化生活」。

**生計** ㄕㄥ ㄐㄧˋ ①生活。②謀生的方法。

**生恐** ㄕㄥ ㄎㄨㄥˇ 很怕；唯恐。

**生息** ㄕㄥ ㄒㄧ ①生活，生存。②繁殖（人口）。③同「生利」②。

**生效** ㄕㄥ ㄒㄧㄠˋ 發生效力。

**生根** ㄕㄥ ㄍㄣ 比喻奠定穩固的基礎。如「他在這裡落地生根了」。

**生氣** ㄕㄥ ㄑㄧˋ ①活潑蓬勃的氣象。②發怒。

**生病** ㄕㄥ ㄅㄧㄥˋ 害病。

**生紙** ㄕㄥ ㄓˇ 質地較粗的紙，通常辦喪事用的。和「熟紙」相對。

**生財** ㄕㄥ ㄘㄞˊ ①產生利益。②商店裡的器具。

**生馬** ㄕㄥ ㄇㄚˇ 還不馴順的馬。

**生動** ㄕㄥ ㄉㄨㄥˋ 姿勢靈活。

**生涯** ㄕㄥ ㄧㄚˊ 図①人生所處的環境。②人用來謀生的事業。

**生理** ㄕㄥ ㄌㄧˇ ①生理學的簡稱。生理學是生物學的一部分，是研究生物的器官機能、生活現象的。有人體生理學、動物生理學和植物生理學。②屬於身體組織的，跟「心理」相對。如「吸菸全是心理的需要，跟生理無關」。③図生活；生意；生存的理由或可能。

**生產** ㄕㄥ ㄔㄢˇ ①經濟上所講的，創造效用或增加財產的效用，就是變更自然物的性質、形態或位置，使它適合人類的欲望，叫生產。②直接獲得自然物，或者對自然物或半成品進行加工，增進它們的質量。③生息產業，就是憑勞作掙錢過生活。如「賦閒在家，不事生產」。④生孩子。

**生疏** ㄕㄥ ㄕㄨ ①不熟悉。如「人地兩生疏」。②不熟練。如「技術已經生疏」。③情感漸淡。如「兩人越來越顯得生疏」。

**生就** ㄕㄥ ㄐㄧㄡˋ 生來就有。如「他生就一張能說會道的嘴」。

**生殖** ㄕㄥ ㄓˊ ①產生繁殖。②動植物生長以後，到了一定時期會產生子體，叫做生殖。有「有性生殖」跟「無性生殖」兩種。

**生發** ㄕㄥ ㄈㄚ 滋生；發展。

**生硬** ㄕㄥ ㄧㄥˋ 言辭或舉止不柔和，不流利，不自然。

**生絲** ㄕㄥ ㄙ 用繭繅製成的絲，對熟絲而言。

**生菜** ㄕㄥ ㄘㄞˋ 沒煮的蔬菜。

**生意** ㄕㄥ ㄧˋ ①図生機。如「了無生意」。②商業交易（語音ㄕㄥ ˙ㄧ）。

**生業** ㄕㄥ ㄧㄝˋ 賴以生活的職業。

**生藥** ㄕㄥ ㄧㄠˋ 沒有經過精煉的藥材。

**生路** ㄕㄥ ㄌㄨˋ ①生活的途徑和方法。②生存的餘地。

**生態** ㄕㄥ ㄊㄞˋ 生物的生理特性和生活習性。

**生漆** ㄕㄥ ㄑㄧ 從漆樹上取出的樹脂，尚未加以處理的漆。

**生端** ㄕㄥ ㄉㄨㄢ 惹起是非。如「不得滋事生端」。

**生疑** ㄕㄥ ㄧˊ 產生懷疑。

**生聚** ㄕㄥ ㄐㄩˋ 図繁殖人口，積蓄財物。如「生聚教訓」。

**生僻** ㄕㄥ ㄆㄧˋ 不熟悉的，不常見到的。如「生僻語詞」。

**生趣** ㄕㄥ ㄑㄩˋ 生活的趣味。

**生養** ㄕㄥ ㄧㄤˇ 養字輕讀。生育。

**生擒** ㄕㄥ ㄑㄧㄣˊ 活捉（敵人、盜匪等）。如「生擒逃犯」。

**生機** ㄕㄥ ㄐㄧ 生活的機能。如「一線生機」。

**生澀** ㄕㄥ ㄙㄜˋ 不圓熟，不滑利。

**生還** ㄕㄥ ㄏㄨㄢˊ [文]脫險回來。

**生壙** ㄕㄥ ㄎㄨㄤˋ 人活著時，預先為自己建造的墓穴。

**生鐵** ㄕㄥ ㄊㄧㄝˇ 沒有經過鍛鍊的鐵。

**生變** ㄕㄥ ㄅㄧㄢˋ 發生變故。如「急則生變」。

**生靈** ㄕㄥ ㄌㄧㄥˊ [文]人民。如「生靈塗炭」。

**生手（兒）** ㄕㄥ ㄕㄡˇ ㄦ 剛做事，不熟練的人。

**生角（兒）** ㄕㄥ ㄐㄩㄝˊ ㄦ 生(廿)，通常指戲劇中的老生。

**生事（兒）** ㄕㄥ ㄕˋ ㄦ 製造事端，惹事。如「你別生事（兒）了」。

**生力軍** ㄕㄥ ㄌㄧˋ ㄐㄩㄣ 新加入戰鬥的軍隊。有時比喻中途加入的新力量。

**生石灰** ㄕㄥ ㄕˊ ㄏㄨㄟ ①石灰沒有和水調溶的。②化學所說的氧化鈣。

**生石膏** ㄕㄥ ㄕˊ ㄍㄠ 石膏的別名。

**生育率** ㄕㄥ ㄩˋ ㄌㄩˋ 一個國家或一個地方，每年出生的嬰兒和人口的比率。

**生命力** ㄕㄥ ㄇㄧㄥˋ ㄌㄧˋ 支配控制生命的活動力量。

**生命線** ㄕㄥ ㄇㄧㄥˋ ㄒㄧㄢˋ ①相書上的手紋名稱之一。②義務性的社會服務工作單位，民國五十八年七月一日在臺北成立，利用電話為大家服務。工作重點包括防止自殺、解答疑難問題、排除危機等。

**生物圈** ㄕㄥ ㄨˋ ㄑㄩㄢ ①地球上生物活動的範圍。包括地球大氣圈下層、岩石圈上層和整個水圈。②指地球上一切的生物。

**生物鹼** ㄕㄥ ㄨˋ ㄐㄧㄢˇ 生物體中含碳、氫、氧、氮的有機化合物。大多存在植物中，味苦，有藥性，部分有毒性。如嗎啡、麻醉鹹、咖啡鹼、奎寧。

**生花筆** ㄕㄥ ㄏㄨㄚ ㄅㄧˇ 稱讚別人文章美妙的詞。語出〈開元天寶遺事〉載李白夢筆生花的故事。

**生長線** ㄕㄥ ㄓㄤˇ ㄒㄧㄢˋ 生活在淡水中的軟體動物，貝殼上所出現的高低不平的平行線條。線條的多少，可表示這種動物經歷幾個寒暑，所以叫「生長線」。

**生長點** ㄕㄥ ㄓㄤˇ ㄉㄧㄢˇ 植物的根、莖和葉都有生長點，是由特殊的細胞組成，可不斷分裂，增生新組織。

**生活力** ㄕㄥ ㄏㄨㄛˊ ㄌㄧˋ 指生物體維持生存的能力。

**生活史** ㄕㄥ ㄏㄨㄛˊ ㄕˇ 詳細描述生物的生命歷程的記錄。如「蝴蝶生活史」。

**生活素** ㄕㄥ ㄏㄨㄛˊ ㄙㄨˋ 就是維他命，是營養人體所必需的，種類很多。

**生活圈** ㄕㄥ ㄏㄨㄛˊ ㄑㄩㄢ 指動物每天活動和運動的範圍。

**生活費** ㄕㄥ ㄏㄨㄛˊ ㄈㄟˋ 指人類為維持生存所必需的費用；標準看物價而升降。

**生面孔** ㄕㄥ ㄇㄧㄢˋ ㄎㄨㄥˇ 不認識的人。也叫「生臉（兒）」。

**生產力** ㄕㄥ ㄔㄢˇ ㄌㄧˋ ①工業上指生產部門利用生產資源轉換為產品的能力。②經濟學上指在一定時間內一單位的生產要素（如土地、勞力、資本、企業家）所能生產的產品數額。

**生產者** ㄕㄥ ㄔㄢˇ ㄓㄜˇ ①生產物品的人。②生物圈中能直接利用太陽能合成有機體的生物，如綠色植物。

**生產費** ㄕㄥ ㄔㄢˇ ㄈㄟˋ 貨物生產時所需費用的總數，把原料跟勞力兩項合併計算。

**生魚片** 日本式菜肴，用新鮮的魚的肉切片，蘸著調味品生食。

**生殖器** 動植物靠它營生殖作用的器官，人類中雄性的睪丸、陰莖，雌性的卵巢、子宮，植物的雄蕊、雌蕊等都是。

**生意經** 意字輕讀。做生意的方法或門路。

**生態學** 研究生物相互的關係以及生物跟環境關係的一種學問。

**生化戰爭** 利用生物武器、化學武器進行戰爭的統稱。如散播病菌、使用毒氣來攻擊敵人。

**生生世世** 佛教認為眾生不斷輪迴，「生生世世」指每次生在世上的時候，也就是每一輩子。現在借指一代又一代。

**生存空間** 指生物占有居住的區域。

**生死之交** 可以同生共死的交誼。

**生死肉骨** 因使死人再生，白骨生肉。形容挽救危亡的力量很大，或是受恩很大。〈左傳〉襄公二十二年原作「所謂生死而肉骨也」。

**生死攸關** 關係到人的生存和死亡。

**生死關頭** 情勢迫切，不是生就是死的時機。

**生老病死** 佛教認為生、老、病、死是人生四苦。今泛指生育、養老、醫療、殯葬等事。

**生吞活剝** 形容硬塞進去，或是抄襲別人的文字而不問能不能消化的樣子。

**生育年齡** 女性能夠生育的年齡，從初經到停經這段期間是生育年齡。

**生兒育女** 生產並養育子女。

**生拉硬拽** ①使勁拉拽。②勉強教人聽從自己的意思。

**生物武器** 利用對人體或其他生物有害的物質（如病原體、微生物等），作為戰爭的武器。

**生長激素** 人和動物體內腦下垂體分泌的荷爾蒙，能影響蛋白質的代謝，促進生物的發育成長。

**生活水準** 同「生活程度」。

**生活程度** 也叫「生活水準」。指一國或一個家庭維持生活所需要的費用。

**生財有道** 增加財富很有辦法（含貶義）。

**生殺予奪** 比喻有極大的權威，可以隨意決定人的生死賞罰。

**生涯規畫** 了解自己，對自己的一生作有目的性的計畫，設定階段性目標，然後努力完成，追求自我生命的意義。

**生理節奏** 生物的活動、休息周期。如動物的睡眠周期，植物的生長周期。

**生理鹽水** 含氯化鈉的溶液，因其滲透壓和哺乳動物的血漿相等，當和動物組織相接觸時，不影響細胞的生理狀況。

**生產過剩** 經濟學名詞。生產者所生產的貨物數量，因為市場情況的變化，或估錯市場的需求量，導致貨物過多堆積，賣不出去。

**生殖器官** 用生物體產生生殖細胞以繁殖後代的器官。如植物的花，雌性動物的子宮、卵巢，雄性動物的陰莖、睪丸等。

**生搬硬套** 不顧實際狀況，套用別人的經驗或方法，不懂得變通。

**生態保育** 保護生態環境，並培育其潛能，為人類共同的有限資源做到永續性的合理利用，與生態系長久的穩定平衡。

**生態環境** 生物藉以維持生存的整體狀態。

**生榮死哀** 活著受人崇敬，死後使人哀痛。常用來稱讚受敬重的死者。

**生龍活虎** 比喻活潑勇猛的姿態。

**生離死別** 在生時很難再見的分離，或死亡時的永別。指離別時所帶來的痛苦。

**生靈塗炭** 図形容人民生活困苦不堪，像陷入泥中，掉在火裡。

**生產合作社** 農、林、漁、牧、工、礦各業為謀求產業獨立，避免大資本家壓制，聯合組成的生產機關。

**生米做成熟飯** 同「木已成舟」。比喻事情已經做了，後悔是來不及的。

**生死有命富貴在天** 指人生的一切遭遇變化，上天早就注定好了，不是人力所能改變的。

## 五筆

**甡** 図ㄕㄣ 眾多。〈詩經〉有「甡甡其鹿」。

## 六筆

**產** ㄔㄢˇ ㈠生下來。如「母雞產卵」「婦人產子」。㈡有關女人生育的。如「產房」「助產」。㈢耕作，製作。如「產品精良」。㈣出產的所在。如「高山不產水稻」「國產汽車」。㈤泛稱房地財物。如「不動產」「財產」。㈥見「產生」。

**產生** 出現；在已有的事物之中出現新事物。如「學校裡很平靜，沒什麼特別奇怪的事件產生」。

**產地** 貨物的生產、製造地區。

**產房** 指設在醫院裡供婦人產嬰兒的房間。

**產物** 在一定條件下產生的事物。

**產品** 生產出來的物品。如「農產品」。

**產後** 婦人生孩子以後不久的時期。

**產科** 醫治婦女生育器官的病或矯正其缺陷的專門醫科。也叫「婦科」「婦產科」。

**產值** 在一個時期內產品以貨幣計算的價值總量。

**產假** 職業婦女在分娩前後的休假。

**產婆** 舊時指以助產為職業的婦女。

**產婦** 指產後短期內的婦女。

**產量** 產品的總量。

**產業** ①資財土地的總稱。②農、礦、工、商等經濟事業的總稱。③近代各種生產事業。

**產銷** 生產和銷售。

**產權** 不動產的所有權。

**產卵器** 雌性昆蟲腹部末端的堅銳物，專為產卵用的，蜂、螳螂等都有。

**產褥熱** ㄔㄢˇ ㄖㄨˋ ㄖㄜˋ 醫學名詞。婦女生產後，因為鏈球菌從生殖器官侵入體內而引起體溫超過攝氏三十八度，必須及時治療，否則會死亡。

**產前檢查** ㄔㄢˇ ㄑㄧㄢˊ ㄐㄧㄢˇ ㄔㄚˊ 孕婦在生產前所作的健康檢查。目的在保護孕婦和胎兒的健康，預防懷孕的併發症。

**產後檢查** ㄔㄢˇ ㄏㄡˋ ㄐㄧㄢˇ ㄔㄚˊ 婦人生產後幾天，再去找婦產科醫生所作的健康檢查。

**產業工會** ㄔㄢˇ ㄧㄝˋ ㄍㄨㄥ ㄏㄨㄟˋ 集合同一產業內各種不同職別的工人所組織的工會。

**產業革命** ㄔㄢˇ ㄧㄝˋ ㄍㄜˊ ㄇㄧㄥˋ 十八、十九世紀時，在英國興起，以機械生產代替手工生產的運動。後來慢慢擴展到全世界。也叫「工業革命」。

## 七筆

**甤** 文ㄖㄨㄟˊ 草木的花朵、果實向下垂的樣子。同「蕤」。

**甥** ㄕㄥ ㈠姊妹的兒子。如「外甥」。㈡妻的兄弟姊妹的子女也稱甥。㈢男子對他的姨、舅的自稱。㈣文女婿、外孫，都稱甥。

**甥女** ㄕㄥ ㄋㄩˇ 姊妹的女兒。女子對她的姨、舅的自稱。

**甦** ㄙㄨ 死而復活，是「穌」字的俗寫。也作「蘇」。

**甦醒** ㄙㄨ ㄒㄧㄥˇ 從昏迷中醒了過來。如「命不該絕，又甦醒過來了」。

## 用部

**用** ㄩㄥˋ ㈠任使。如「用新人，行新政」「任用」。㈡按照物的性能，看需要行使。如「用水澆菜」「用電發動機器」「大材小用」。㈢效果，功能。如「功用」「沒有作用」。㈣花費的錢財。如「家用」「零用」。㈤施行。如「感情用事」。㈥服食。如「請用茶」「用飯」。㈦器物。如「器用」。㈧需要。如「你不用去」「他有車送，咱們不用走路」。㈨通「佣」。㈩文因為。如「用是之故」「用此函商」。

**用人** ▲ㄩㄥˋ ㄖㄣˊ ①需要人來辦事。②使用別人。如「他不會用人」。③需求於人。如「誰都會有用人的時候」。▲ㄩㄥˋ·ㄖㄣ 僕役，老媽子。

**用力** ㄩㄥˋ ㄌㄧˋ ①努力。②出力，盡力。如「搬重的東西不用力不行」。

**用心** ㄩㄥˋ ㄒㄧㄣ ①多費心思。②注意。

**用戶** ㄩㄥˋ ㄏㄨˋ 經營公用事業的人稱使用者。如「電話用戶」「電燈用戶」。

**用世** ㄩㄥˋ ㄕˋ 文為世所用，就是在社會上做事。

**用功** ㄩㄥˋ ㄍㄨㄥ 努力學習（常指求學）。

**用印** ㄩㄥˋ ㄧㄣˋ 蓋圖章（用於莊重的場合）。

**用兵** ㄩㄥˋ ㄅㄧㄥ 征戰的事。

**用事** ㄩㄥˋ ㄕˋ ①文當權。②不顧一切，任性行事。如「意氣用事」。

**用具** ㄩㄥˋ ㄐㄩˋ 日常生活、生產等所使用的器具。

**用命** ㄩㄥˋ ㄇㄧㄥˋ 文服從命令；效命。如「將士用命」。

**用武** ㄩㄥˋ ㄨˇ ①用兵。②鬥力，打架。

**用法** ㄩㄥˋ ㄈㄚˇ 使用的方法。

**用勁** ㄩㄥˋ ㄐㄧㄣˋ 用力。

**用品** ㄩㄥˋ ㄆㄧㄣˇ 應用的物品。

**用度**（ㄩㄥˋ ㄉㄨˋ） 支出的費用。也作「用費」「用項」。

**用情**（ㄩㄥˋ ㄑㄧㄥˊ） 付出的感情。如「用情專一」。

**用處**（ㄩㄥˋ ㄔㄨˋ） 處字輕讀。功用。意思同「用途」。

**用途**（ㄩㄥˋ ㄊㄨˊ） 應用或需用的方面。如「紙的用途很廣」。

**用場**（ㄩㄥˋ ㄔㄤˇ） 用途。如「派上用場」。

**用費**（ㄩㄥˋ ㄈㄟˋ） 某一件事上的費用。

**用項**（ㄩㄥˋ ㄒㄧㄤˋ） 費用。

**用飯**（ㄩㄥˋ ㄈㄢˋ） 吃飯。

**用意**（ㄩㄥˋ ㄧˋ） 意向，存心。

**用語**（ㄩㄥˋ ㄩˇ） 術語，通用的語詞。

**用錢** ▲ㄩㄥˋ ㄑㄧㄢˊ 使用金錢。▲ㄩㄥˋ ·ㄑㄧㄢ 佣金。

**用工夫**（ㄩㄥˋ ㄍㄨㄥ ㄈㄨ） 夫字輕讀。練習勤，努力多。

**用電量**（ㄩㄥˋ ㄉㄧㄢˋ ㄌㄧㄤˋ） 指使用電量的多少（度數）。

**用行舍藏**（ㄩㄥˋ ㄒㄧㄥˊ ㄕㄜˇ ㄘㄤˊ） 図語本〈論語・述而〉被任用就出來做官，不被任用就退隱。

**用武之地**（ㄩㄥˋ ㄨˇ ㄓ ㄉㄧˋ） 図比喻施展才能的地方。

**甩** ㄕㄨㄞˇ ㈠拋棄。如「把朋友甩了」。㈡脫下衣服扔了。如「甩下外面的風衣」。㈢掄，擺。如「甩尾巴」。

**甩手**（ㄕㄨㄞˇ ㄕㄡˇ）（兒 ㄦ） ①手向前後擺動。②扔下不管（多指事情、工作）。

**甩臉子**（ㄕㄨㄞˇ ㄌㄧㄢˇ ㄗ˙） 方把不高興的心情，故意表現出來給別人看。

## 一筆

**甪** ㄌㄨˋ ㈠古獸名。㈡甪里，古地名，在今江蘇省吳縣西南。㈢同「角（ㄌㄨˋ）」。

## 二筆

**甫** ㄈㄨˇ ㈠図古時男子的美稱，在名下加「甫」或「父（ㄈㄨˇ）」，表示尊敬。如「尼甫」（仲尼－孔子）。㈡敬問別人名字的詞。如「台甫」。㈢図方才。如「喘息甫定」「行裝甫卸」。

**甬** ㄩㄥˇ ㈠浙江寧波的別稱。如「滬（上海）杭（杭州）甬鐵路」。㈡見「甬道」。

**甬道**（ㄩㄥˇ ㄉㄠˋ） 正房或廳堂前中間的道路。

## 四筆

**甭** ㄅㄥˊ 是「不用」兩字的合音，不用、不必的意思。如「甭客氣」。

## 七筆

**甯**（**甯**） ▲ㄋㄧㄥˋ 姓。▲ㄋㄧㄥˊ 通「寧」。

# 田部

**田** ㄊㄧㄢˊ ㈠可以種植作物的土地。如「稻田」「旱田」。㈡土地的泛稱。如「田園」「田舍」。㈢「田賽」的簡稱，常跟「徑賽」合稱「田徑」。㈣図打獵。〈易經〉有「以田以漁」。㈤図耕作。如「男力田」。㈥姓。

**田七**（ㄊㄧㄢˊ ㄑㄧ） 又叫「三七」。多年生草本植物。主根呈紡錘形，肉質。初夏開淡黃色小花。果紅色。莖、根有散瘀止血、消腫定痛功效，泡酒可滋補強身。是名貴的中藥材。

**田田**（ㄊㄧㄢˊ ㄊㄧㄢˊ）図蓮葉浮水的樣子。一說蓮葉互相連接的樣子。〈樂府詩〉有「江南可採蓮，蓮葉何田田」。

**田地**（ㄊㄧㄢˊ ㄉㄧˋ）①可耕種的地。②立足地。同「地步」。

**田舍**（ㄊㄧㄢˊ ㄕㄜˋ）①田產和屋舍。②鄉村的房屋。

**田契**（ㄊㄧㄢˊ ㄑㄧˋ）買賣田地時所立的契約。

**田埂**（ㄊㄧㄢˊ ㄍㄥˇ）田間的埂子，用以分界和蓄水。

**田家**（ㄊㄧㄢˊ ㄐㄧㄚ）農家。

**田畝**（ㄊㄧㄢˊ ㄇㄨˇ）田地（總稱）。

**田租**（ㄊㄧㄢˊ ㄗㄨ）佃農所繳納的地租。

**田產**（ㄊㄧㄢˊ ㄔㄢˇ）指個人或團體所擁有的田地。

**田莊**（ㄊㄧㄢˊ ㄓㄨㄤ）田地和莊院。

**田野**（ㄊㄧㄢˊ ㄧㄝˇ）田地和原野。

**田黃**（ㄊㄧㄢˊ ㄏㄨㄤˊ）福州產的深黃色半透明的美石，用作印章，極為珍貴。

**田園**（ㄊㄧㄢˊ ㄩㄢˊ）田地園圃。

**田鼠**（ㄊㄧㄢˊ ㄕㄨˇ）野鼠，喜歡吃蔬菜根，有害農作物。

**田賦**（ㄊㄧㄢˊ ㄈㄨˋ）田地的賦稅。

**田螺**（ㄊㄧㄢˊ ㄌㄨㄛˊ）軟體動物，殼螺旋形，產在水田裡，肉可以吃。

**田賽**（ㄊㄧㄢˊ ㄙㄞˋ）體育名詞，包括跳高、跳遠、撐竿跳高、三級跳遠、推鉛球、擲鐵餅、標槍、鏈球等。

**田雞**（ㄊㄧㄢˊ ㄐㄧ）①青蛙。②笑人近視戴眼鏡，是「四眼田雞」的省略語。

**田獵**（ㄊㄧㄢˊ ㄌㄧㄝˋ）図打獵。

**田疇**（ㄊㄧㄢˊ ㄔㄡˊ）田畝的通稱。

**田舍翁**（ㄊㄧㄢˊ ㄕㄜˋ ㄨㄥ）也說田舍公，稱農家的老年人。

**田徑賽**（ㄊㄧㄢˊ ㄐㄧㄥˋ ㄙㄞˋ）體育名詞，是「田賽」跟「徑賽」的合稱。

**田園詩**（ㄊㄧㄢˊ ㄩㄢˊ ㄕ）指以田園為題材，描寫田家生活和田園景色的詩。

**田園文學**（ㄊㄧㄢˊ ㄩㄢˊ ㄨㄣˊ ㄒㄩㄝˊ）以描寫田家生活、田園景色及田莊人物故事為主的文學。

## 甲

▲ㄐㄧㄚˇ ㈠十天干（甲、乙、丙、丁、戊、己、庚、辛、壬、癸）的第一位。㈡高的等第。如「甲等」「甲上」。㈢超出一般之上的。如「桂林山水甲天下」。㈣假定的代名詞。如「某甲」「甲地」。㈤古時軍人穿的護身衣。如「盔甲」。㈥堅固的外殼。如「裝甲車」「甲介動物」。㈦手腳尖端的鈣質片。如「指甲」。㈧民政基層單位的舊名，相當於現在的「鄰」。如「保甲」（里鄰）「甲長」（鄰長）。㈨臺灣地積單位名，一甲有2,934坪，等於0.97公頃。▲ㄐㄧㄚˋ見「甲魚」。

**甲子**（ㄐㄧㄚˇ ㄗˇ）①干支的第一個。②甲為十天干的第一位，子是十二地支的第一位，干支按次序算起，為甲子、乙丑、丙寅，到最後的癸亥正好六十。古人用以紀年、月、日、時。所以以六十為一甲子。③図泛稱時間，歲月。如「山中無甲子」。又讀ㄐㄧㄚˋ ㄗˇ。

**甲兵**（ㄐㄧㄚˇ ㄅㄧㄥ）①穿甲帶戈的武裝兵士。也叫「甲士」。②甲冑和兵器。

**甲板**（ㄐㄧㄚˇ ㄅㄢˇ）軍艦或商船每層的平面鋼板或木板。

**甲冑**（ㄐㄧㄚˇ ㄓㄡˋ）図打仗時穿戴的防禦性裝備。護身的衣服叫「甲」，護頭的盔是「冑」。

**甲苯**（ㄐㄧㄚˇ ㄅㄣˇ）有機化合物，分子式 $C_6H_5CH_3$，無色可燃液體。可從煤氣中提煉，或分餾煤焦油的輕油中獲得。可作香料、染料、糖精、炸藥等。

**甲烷** ㄐㄧㄚˇ ㄨㄢˊ　最簡單的有機化合物，分子式$CH_4$，無色的可燃氣體，常由腐敗植物在水底受黴菌分解產生。沼澤地帶常有這種氣體，所以也叫「沼氣」。

**甲酚** ㄐㄧㄚˇ ㄈㄣˊ　有機化合物，分子式$CH_3C_6H_4OH$，有特殊氣味。廣泛應用於消毒劑和塑料的生產。

**甲魚** ㄐㄧㄚˇ ㄩˊ　鼈的別名。

**甲殼** ㄐㄧㄚˇ ㄎㄜˊ　蝦、蟹等動物身上堅硬的外殼。

**甲等** ㄐㄧㄚˇ ㄉㄥˇ　第一等，最優的等第。

**甲酸** ㄐㄧㄚˇ ㄙㄨㄢ　最簡單的有機酸，分子式HCOOH，無色液體，有臭味，腐蝕性很強。常存在螞蟻、蜜蜂等昆蟲的體內，所以也叫「蟻酸」。可作防腐劑、殺蟲劑、還原劑。

**甲醇** ㄐㄧㄚˇ ㄔㄨㄣˊ　有機化合物，分子式$CH_3OH$，無色液體，有特殊臭氣，有毒。可作燃料、溶劑，並可供製甲醛、染料等。俗稱「木精」。

**甲醛** ㄐㄧㄚˇ ㄑㄩㄢˊ　有機化合物，分子式HCHO，就是「蟻醛」。無色液體，有臭味。可製乙醛、合成樹脂、炸藥、生物標本等。

**甲蟲** ㄐㄧㄚˇ ㄔㄨㄥˊ　有硬翅的昆蟲。如金龜子。

**甲狀腺** ㄐㄧㄚˇ ㄓㄨㄤˋ ㄒㄧㄢˋ　內分泌腺之一，在喉頭前下部，作H字形，它的分泌物有促進新陳代謝的作用。

**甲骨文** ㄐㄧㄚˇ ㄍㄨˇ ㄨㄣˊ　商代人在龜甲獸骨上面所刻的占卜的文字，是我國有實物可證的最早的文字。清朝光緒二十五年（西元一八九九年）在河南安陽出土。

**甲午戰爭** ㄐㄧㄚˇ ㄨˇ ㄓㄢˋ ㄓㄥ　清朝光緒二十年，歲次甲午，朝鮮東學黨作亂，清廷派兵支援鎮壓，日本也同時派兵。平亂後，日軍不肯撤退，乘機襲擊清兵，清兵大敗。日軍再攻陷旅順、大連，並分艦隊南下，攻占澎湖群島，進逼臺灣。清廷只得派李鴻章議和，訂立「馬關條約」。

**甲狀軟骨** ㄐㄧㄚˇ ㄓㄨㄤˋ ㄖㄨㄢˇ ㄍㄨˇ　喉頭軟骨中形狀最大，位置在前的。

**甲殼動物** ㄐㄧㄚˇ ㄎㄜˊ ㄉㄨㄥˋ ㄨˋ　節肢動物的一類。這類動物有堅硬的外殼、分節的身體和有關節的腳。如龍蝦。

**申** ㄕㄣ　㈠十二地支的第九位。㈡從前把一天分成十二個「時」，「申時」是下午三點到五點。㈢陳述，說明。如「申請」「三令五申」。㈣責備。如「申斥」。㈤同「伸」。如「引申」「屈申」。㈥上海的別稱（上海古有春申江，所以拿春申作別名，簡稱「申」）。㈦姓。

**申斥** ㄕㄣ ㄔˋ　①告誡，責備。也作「申飭」。②公務員輕微過失所受的處分。如「他記了大過，我只受申斥一次」。

**申告** ㄕㄣ ㄍㄠˋ　控告。

**申明** ㄕㄣ ㄇㄧㄥˊ　陳述，說明。

**申述** ㄕㄣ ㄕㄨˋ　詳細陳述說明。

**申冤** ㄕㄣ ㄩㄢ　說明冤枉。

**申報** ㄕㄣ ㄅㄠˋ　用書面向政府或機關報告。

**申訴** ㄕㄣ ㄙㄨˋ　受懲罰的人向上級說明冤情。

**申誡** ㄕㄣ ㄐㄧㄝˋ　主管機關用書面或言詞對犯過失的公務員作申飭警誡的處分。

**申說** ㄕㄣ ㄕㄨㄛ　詳細說明。

**申請** ㄕㄣ ㄑㄧㄥˇ　人民向政府或下級向上級的請求事項。

**申謝** ㄕㄣ ㄒㄧㄝˋ　致謝。

**申辯** ㄕㄣ ㄅㄧㄢˋ 申述辯解。

**申復（覆）** ㄕㄣ ㄈㄨˋ（ㄈㄨˋ） 申訴答覆。

**申請書** ㄕㄣ ㄑㄧㄥˇ ㄕㄨ 向上級或有關機關有所請求時的書面申請。

## 由

ㄧㄡˊ ㈠原因。如「原由」「理由」。㈡自，從。如「由臺灣到香港」「由上到下」。㈢聽（ㄊㄧㄥ）任。如「自由」「信不信由你」。㈣所出，出於。如「由衷」。㈤(文)經過。如「觀其所由」「必由之路」。㈥(文)遵循。如「民可使由之」。

**由來** ㄧㄡˊ ㄌㄞˊ ①原因，來歷。②向來。

**由性** ㄧㄡˊ ㄒㄧㄥˋ 行動不受拘束。如「他這個人很由性，是說不聽的」。

**由於** ㄧㄡˊ ㄩˊ 介詞，表示原因或理由。

**由衷** ㄧㄡˊ ㄓㄨㄥ 出於內心。

**由不得** ㄧㄡˊ ㄅㄨˋ ˙ㄉㄜ ①不禁。也作「不由得」。②不能聽（ㄊㄧㄥ）任。如「這件事，由不得你胡鬧」。

### 二筆

## 男

ㄋㄢˊ ㈠雄性的人。如「男子」「男有分（ㄈㄣˋ），女有歸」。㈡兒子。如「他有兩男一女」。㈢兒子寫信給父母時的自稱。㈣古代五等爵（公侯伯子男）的第五等。

**男人** ▲ㄋㄢˊ ㄖㄣˊ 男子。▲ㄋㄢˊ ˙ㄖㄣ 指丈夫，大都由別人稱呼，而且有看不起的意思。如「她那個男人，沒出息」。

**男女** ㄋㄢˊ ㄋㄩˇ ①男性和女性。如「青年男女」。②(口)指兒女。③小說戲曲中，奴僕自稱之辭。

**男子** ㄋㄢˊ ㄗˇ 男性的人。

**男生** ㄋㄢˊ ㄕㄥ 男學生。孩子的話也有把男人說成男生的。

**男系** ㄋㄢˊ ㄒㄧˋ 父子祖孫相承的系統。

**男兒** ㄋㄢˊ ㄦˊ 男子漢。

**男性** ㄋㄢˊ ㄒㄧㄥˋ 男子的通稱。

**男裝** ㄋㄢˊ ㄓㄨㄤ 男子的服裝。

**男嬰** ㄋㄢˊ ㄧㄥ 男性嬰兒。

**男爵** ㄋㄢˊ ㄐㄩㄝˊ ①古代五等爵位的第五等。②歐洲貴族中最低的爵位。

**男聲** ㄋㄢˊ ㄕㄥ 聲樂中的男子聲部，一般分為男高音，男中音，男低音。

**男家（兒）** ㄋㄢˊ ㄐㄧㄚ（ㄦ） 家字輕讀。結婚的兩方稱男方的家。

**男子漢** ㄋㄢˊ ㄗˇ ㄏㄢˋ ①男子。②稱有大丈夫氣概的人。

**男性化** ㄋㄢˊ ㄒㄧㄥˋ ㄏㄨㄚˋ 在外表和行為上，具有男子的特徵。

**男孩子** ㄋㄢˊ ㄏㄞˊ ˙ㄗ 也說「男孩兒」。年紀輕的男性。

**男扮女裝** ㄋㄢˊ ㄅㄢˋ ㄋㄩˇ ㄓㄨㄤ 男子扮成女子的樣子。

**男耕女織** ㄋㄢˊ ㄍㄥ ㄋㄩˇ ㄓ 農業社會男女的分工合作。

**男婚女嫁** ㄋㄢˊ ㄏㄨㄣ ㄋㄩˇ ㄐㄧㄚˋ 男子娶妻，女子嫁人。指正常的行為。

**男盜女娼** ㄋㄢˊ ㄉㄠˋ ㄋㄩˇ ㄔㄤ 罵人行為卑劣，不知羞恥的話。

**男子現代五項運動** ㄋㄢˊ ㄗˇ ㄒㄧㄢˋ ㄉㄞˋ ㄨˇ ㄒㄧㄤˋ ㄩㄣˋ ㄉㄨㄥˋ 從一九一二年第五屆奧運會開始，比賽項目為馬術、擊劍、射擊、三百公尺自由式游泳和四千公尺越野賽跑。

## 甸

ㄉㄧㄢˋ ㈠古時候把郊外的地方叫甸。現在地名還有用「甸」字的。㈡「緬甸」是國名，跟我國雲南省接鄰。

**町** ㄊㄧㄥˇ ㈠田界。㈡日本地區名，工商區稱町。

## 三筆

**畀** 図ㄅㄧˋ ㈠賜給。如「畀予」。㈡仰仗。如「倚畀」。

## 四筆

**畈** 図ㄈㄢˋ 田地叫「田畈」。

**畋** 図ㄊㄧㄢˊ ㈠耕田。㈡打獵。

**界** ㄐㄧㄝˋ ㈠土地連接的邊線。如「地界」「縣界」。㈡限定的範圍。如「以水為界」「界石」。㈢佛經說過去、現在、未來叫「世」，說上下四方叫「界」，合稱「世界」。㈣社會上按職業或性別所作的區分。如「工商界」「婦女界」。㈤図隔開。如「版面界為三欄」。

**界尺** ㄐㄧㄝˋ ㄔˇ 畫直線的用具。

**界石** ㄐㄧㄝˋ ㄕˊ 區域分界處所立的石頭。

**界定** ㄐㄧㄝˋ ㄉㄧㄥˋ 就是「定義」「界說」。限定一個詞的範圍，說明它的意義所在。

**界河** ㄐㄧㄝˋ ㄏㄜˊ 兩國或兩地區分界的河流。

**界限** ㄐㄧㄝˋ ㄒㄧㄢˋ ①不同事物的分界。②盡頭處；限度。

**界面** ㄐㄧㄝˋ ㄇㄧㄢˋ 物體和物體之間的接觸面。

**界碑** ㄐㄧㄝˋ ㄅㄟ 在交界處所立的碑，用做分界的標誌。

**界說** ㄐㄧㄝˋ ㄕㄨㄛ 就是「定義」。

**界樁** ㄐㄧㄝˋ ㄓㄨㄤ 在交界處所立的樁子。

**界線** ㄐㄧㄝˋ ㄒㄧㄢˋ 兩個地區分界的線。

**畎** 図ㄑㄩㄢˇ ㈠田間的小溝。常跟田畝合併作「畎畝」。㈡山谷通水的地方。

**畎畝** ㄑㄩㄢˇ ㄇㄨˇ 図田間；田地。

**畏** ㄨㄟˋ ㈠害怕。如「畏懼」「大無畏精神」。㈡心服。如「敬畏」。㈢図見「畏途」。

**畏友** ㄨㄟˋ ㄧㄡˇ 図自己敬畏的朋友。

**畏忌** ㄨㄟˋ ㄐㄧˋ 忌憚。

**畏怯** ㄨㄟˋ ㄑㄧㄝˋ 膽小害怕。

**畏途** ㄨㄟˋ ㄊㄨˊ 図①危險可怕的道路。②危險困難令人不敢嘗試的事。如「視為畏途」。

**畏罪** ㄨㄟˋ ㄗㄨㄟˋ 図犯了罪害怕受到法律制裁。

**畏葸** ㄨㄟˋ ㄒㄧˇ 図畏懼。如「畏葸不前」。

**畏縮** ㄨㄟˋ ㄙㄨㄛ 因為害怕而退縮。

**畏難** ㄨㄟˋ ㄋㄢˊ 怕困難。

**畏懼** ㄨㄟˋ ㄐㄩˋ 害怕，恐懼。

**畏畏縮縮** ㄨㄟˋ ˙ㄨㄟ ㄙㄨㄛ ㄙㄨㄛ 第二個畏字輕讀。同「畏縮」。

**畏首畏尾** ㄨㄟˋ ㄕㄡˇ ㄨㄟˋ ㄨㄟˇ 図心裡過分害怕，顧忌太多，難成大事。

## 五筆

**畚** ㄅㄣˇ 見「畚箕」。

**畚箕** ㄅㄣˇ ㄐㄧ 用竹木做的盛土用具。

**畔** 図ㄆㄢˋ ㈠田地的界限。㈡旁邊。如「耳畔」「河畔」。㈢同「叛」。「背叛」也作「倍畔」。

**畝（畆、畮）** ㄇㄨˇ ㈠図田壟。如「畎畝」。㈡

計算地積的單位名。標準制一公畝是一百平方公尺，合〇・一五市畝，三十又四分之一坪。

又讀ㄇㄡˇ。

**留（畱、畄）** ㄌㄧㄡˊ ㈠停止在一個地方，時間有長有短。如「留學」「留宿」。㈡阻攔，不放走。如「留他吃飯」「挽留」。㈢存下，保有。如「保留」「留得青山在，不怕沒柴燒」。㈣注意。如「留神」「留心」。㈤收容。如「留用」「收留」。㈥地名，江蘇省沛縣東南有留縣。㈦姓。

**留下** ㄌㄧㄡˊ ㄒㄧㄚˋ 下字輕讀。①留㈠㈡㈢。②遺留，傳留。

**留中** ㄌㄧㄡˊ ㄓㄨㄥ [文]君王把臣子的奏章留在宮裡不批覆。

**留心** ㄌㄧㄡˊ ㄒㄧㄣ 小心，注意。

**留用** ㄌㄧㄡˊ ㄩㄥˋ ①（人員）留下來繼續任用。②（物品）留下來繼續使用。

**留任** ㄌㄧㄡˊ ㄖㄣˋ （官吏）留下來繼續任用。

**留名** ㄌㄧㄡˊ ㄇㄧㄥˊ ①名聲留傳後世。如「人死留名」。②留下簽名。

**留存** ㄌㄧㄡˊ ㄘㄨㄣˊ 保存，存放。

**留守** ㄌㄧㄡˊ ㄕㄡˇ 政府機關或部隊遷移或進退，留一部分人員在原處辦事，叫「留守處」「留守部隊」。

**留步** ㄌㄧㄡˊ ㄅㄨˋ 主人送客，客人謙讓的話。

**留言** ㄌㄧㄡˊ ㄧㄢˊ 離開某地時寫下要說的話。

**留念** ㄌㄧㄡˊ ㄋㄧㄢˋ 留做紀念（多用於臨別餽贈）。

**留洋** ㄌㄧㄡˊ ㄧㄤˊ 舊時指在外國留學。

**留神** ㄌㄧㄡˊ ㄕㄣˊ 小心謹慎。

**留級** ㄌㄧㄡˊ ㄐㄧˊ 學生成績不及格，留在原來年級重讀。

**留宿** ㄌㄧㄡˊ ㄙㄨˋ 留人住宿。

**留情** ㄌㄧㄡˊ ㄑㄧㄥˊ ①情有所注。如「一見留情」。②留情面，有點寬恕的意思。如「手下留情」。

**留連** ㄌㄧㄡˊ ㄌㄧㄢˊ 也作「流連」，盤桓不忍離去的樣子。

**留鳥** ㄌㄧㄡˊ ㄋㄧㄠˇ 終年棲息在一個地方不遷徙的鳥；和「候鳥」相對。

**留寓** ㄌㄧㄡˊ ㄩˋ [文]寄居他鄉。

**留傳** ㄌㄧㄡˊ ㄔㄨㄢˊ 遺留下來傳給後世。

**留意** ㄌㄧㄡˊ ㄧˋ 注意。

**留滯** ㄌㄧㄡˊ ㄓˋ [文]停留。

**留當** ㄌㄧㄡˊ ㄉㄤˋ 也作「流當」。期滿未贖回的典當物。

**留置** ㄌㄧㄡˊ ㄓˋ [文]把人或物留下來放在某處。

**留影** ㄌㄧㄡˊ ㄧㄥˇ 拍照留念。

**留駐** ㄌㄧㄡˊ ㄓㄨˋ 留下來駐紮。

**留學** ㄌㄧㄡˊ ㄒㄩㄝˊ 到外國去求學深造。

**留頭** ㄌㄧㄡˊ ㄊㄡˊ 蓄髮。

**留難** ㄌㄧㄡˊ ㄋㄢˋ 難字可輕讀。用難題要挾、阻止或束縛。

**留戀** ㄌㄧㄡˊ ㄌㄧㄢˋ 有所依戀而捨不得離去。

**留後路** ㄌㄧㄡˊ ㄏㄡˋ ㄌㄨˋ 為了防備事情失敗，預先為自己留下退路。

**留退步** ㄌㄧㄡˊ ㄊㄨㄟˋ ㄅㄨˋ 預先為退步設想。也說「留退身步兒」「留後手兒」。

**留置權** ㄌㄧㄡˊ ㄓˋ ㄑㄩㄢˊ 法律名詞。指債權人占有債務人的動產，具有法定要件時，債務沒有清償之前，得留置債務人的動產。如修理腳踏車，還沒付修理費之前，老闆可留置腳踏車。

**留餘地** ㄌㄧㄡˊ ㄩˊ ㄉㄧˋ 做事或對人預先留迴旋的地步，為將來設想。也作「留地步」。

**留學生** ㄌㄧㄡˊ ㄒㄩㄝˊ ㄕㄥ 到外國去留學的學生。

**留聲機** ㄌㄧㄡˊ ㄕㄥ ㄐㄧ 能使唱片上的聲音放出來的機器。俗稱「話匣子」。

**留一手（兒）** ㄌㄧㄡˊ ㄧˋ ㄕㄡˇ（ㄦ） 保留一些本領或技能，不露出來。

**留後手兒** ㄌㄧㄡˊ ㄏㄡˋ ㄕㄡˇ ㄦ ①留退步。②師父教徒弟，還留下些本事，不肯全亮出來。

**畜** ▲ㄒㄩˋ ㈠飼養禽獸。如「畜牧」。㈡養育。如「畜養」「仰事俯畜」（對上侍奉父母，對下養育妻子）。㈢通「蓄」。▲ㄔㄨˋ ㈠受人類馴養的禽獸。如「牲畜」。㈡見「畜生」。

**畜力** ㄔㄨˋ ㄌㄧˋ 能用來牽引或運輸的牲畜的力量。

**畜生** ㄔㄨˋ ㄕㄥ 生字可輕讀。泛指禽獸（也用做罵人的話）。

**畜牧** ㄒㄩˋ ㄇㄨˋ 飼養禽獸的事。

**畜肥** ㄔㄨˋ ㄈㄟˊ 用做肥料的牲畜糞尿。

**畜疫** ㄔㄨˋ ㄧˋ 家畜的傳染病，如牛瘟、豬瘟。

**畜產** ㄒㄩˋ ㄔㄢˇ 畜牧事業的產物。

**畜養** ㄒㄩˋ ㄧㄤˇ ①禽獸的飼養。②図引伸做養育，培植。

**畜類** ㄔㄨˋ ㄌㄟˋ 類字輕讀。同「畜生」。

**畜牧時代** ㄒㄩˋ ㄇㄨˋ ㄕˊ ㄉㄞˋ 人類依靠畜牧維生的時代。

**畛** 図ㄓㄣˇ ㈠田間分界的路。㈡見「畛域」。

**畛域** ㄓㄣˇ ㄩˋ 図範圍，界限。如「不分畛域」。

## 六筆

**畢** ㄅㄧˋ ㈠終了，完結。如「畢業」「今日事今日畢」。㈡全部，齊全。如「群賢畢至」「鬚眉畢現」。㈢姓。

**畢生** ㄅㄧˋ ㄕㄥ 図一輩子。

**畢命** ㄅㄧˋ ㄇㄧㄥˋ 図死了，常用作貶詞。如「把那個漢奸綁赴刑場，一槍畢命」。

**畢真** ㄅㄧˋ ㄓㄣ 十分真切明顯。

**畢宿** ㄅㄧˋ ㄒㄧㄡˋ 星名，二十八宿之一。

**畢竟** ㄅㄧˋ ㄐㄧㄥˋ 究竟，到底是。

**畢業** ㄅㄧˋ ㄧㄝˋ ①在學校裡讀完一定階段的課程。②籃球比賽常用語「提前畢業」的略語，指球員犯規次數到達最高額，被迫出場。

**畢業式** ㄅㄧˋ ㄧㄝˋ ㄕˋ 學校歡送畢業生的儀式。

**略（畧）** ㄌㄩㄝˋ ㈠計畫。如「建國方略」「戰略」。㈡簡要的。如「大略」「略圖」。㈢稍稍。如「略知一二」「略勝一籌」。㈣省去。如「省略」「略去下文」。㈤把繁雜的資料擇要簡化。如「史略」「生平事略」。㈥治理。如「經略」。㈦攻占，奪取。如「侵略」「攻城略地」。

**略言** ㄌㄩㄝˋ ㄧㄢˊ 簡單地說，概要地說。

**略略** ㄌㄩㄝˋ ㄌㄩㄝˋ 稍微。

**略微** ㄌㄩㄝˋ ㄨㄟˊ 略略，稍微。

**略號** ㄌㄩㄝˋ ㄏㄠˋ 省略號的簡稱。參見「省略號」條。

**略圖** ㄌㄩㄝˋ ㄊㄨˊ 不用儀器測量，只取有關係的地形簡明描繪的地圖。

**略誘** ㄌㄩㄝˋ ㄧㄡˋ 法律名詞。以強暴、脅迫、詐術等不正當手段拐誘被害人的行為。

**略語**（ㄌㄩㄝˋ ㄩˇ） 簡化詞組的詞。如「節育」是「節制生育」的略語。

**略讀**（ㄌㄩㄝˋ ㄉㄨˊ） 大略的讀。和「精讀」相對。

**略識之無**（ㄌㄩㄝˋ ㄕˋ ㄓ ㄨˊ） 指識字不多。

## 畦

ㄒㄧ ㈠田中間的分區。如「田畦」「幾畦蔬菜」（語音ㄑㄧˊ）。㈡[文]田五十畝。

## 異（异）

ㄧˋ ㈠不同。如「大同小異」「沒有異議」。㈡怪，奇。如「奇異」「詫異」。㈢[文]特別的。如「異人」「異稟」。㈣[文]別的，另外的。如「異地」「異日」。㈤[文]分開。如「夫妻離異」「兄弟異爨」。㈥[文]變怪的事，叫「災異」。㈦[文]特別寵愛，叫「寵異」。㈧[文]驚訝，不知原因。〈孟子〉有「王無異於百姓之以王為愛也」。

**異人**（ㄧˋ ㄖㄣˊ） 古書上說的奇特的人或仙人。

**異己**（ㄧˋ ㄐㄧˇ） [文]心志不同，跟自己相違背的人。

**異化**（ㄧˋ ㄏㄨㄚˋ） ①相同或相似的事物，逐漸變得不相同或不相似。②哲學上指把自己的素質或力量轉化為跟自己對立、支配自己的東西。③語音學上指連發幾個相似或相同的音，其中一個變得和其他的音不相似或不相同。

**異心**（ㄧˋ ㄒㄧㄣ） [文]觀點不同，時常懷有離心的人。

**異文**（ㄧˋ ㄨㄣˊ） [文]①同一書的不同版本或不同的書記載同一事物，互異的字句。②異體字和通假字的統稱。

**異方**（ㄧˋ ㄈㄤ） [文]他鄉或外國。

**異日**（ㄧˋ ㄖˋ） [文]①他日，將來。②往日。

**異父**（ㄧˋ ㄈㄨˋ） 同母不同父。

**異母**（ㄧˋ ㄇㄨˇ） ①同父不同母。②指兩個或兩個以上的分數的分母不同。

**異同**（ㄧˋ ㄊㄨㄥˊ） [文]①相同跟不相同。②不一致。

**異地**（ㄧˋ ㄉㄧˋ） [文]他鄉。也作「異鄉」。

**異志**（ㄧˋ ㄓˋ） [文]想離叛的心意。

**異味**（ㄧˋ ㄨㄟˋ） ①特殊的美味。②不同的味道。

**異姓**（ㄧˋ ㄒㄧㄥˋ） 不同姓。

**異性**（ㄧˋ ㄒㄧㄥˋ） ①[文]性情不同。②性別不同。

**異物**（ㄧˋ ㄨˋ） ①珍貴稀奇的物品。②不常見的奇怪事物。③[文]指鬼魂。如「化為異物」。

**異服**（ㄧˋ ㄈㄨˊ） 奇異的服裝。

**異彩**（ㄧˋ ㄘㄞˇ） 奇異的光彩。比喻突出的成就。如「大放異彩」。

**異俗**（ㄧˋ ㄙㄨˊ） 不同的風俗。

**異客**（ㄧˋ ㄎㄜˋ） [文]在異鄉作客的人。

**異香**（ㄧˋ ㄒㄧㄤ） 異乎尋常的香氣。

**異國**（ㄧˋ ㄍㄨㄛˊ） 不同國，外國。也作「異邦」「異域」。

**異域**（ㄧˋ ㄩˋ） [文]外國。同「異國」。

**異常**（ㄧˋ ㄔㄤˊ） 不尋常。

**異教**（ㄧˋ ㄐㄧㄠˋ） ①不是正統的宗教。②不同的宗教間互相排斥的話。如基督教、回教稱其他宗教為異教。

**異族**（ㄧˋ ㄗㄨˊ） ①別的民族或不同的種族。②不同姓的人。〈史記・三王世家〉有「外有同姓大夫，所以正異族也」。

**異詞** ㄘˊ　表示不同意的話。如「並無異詞」。

**異鄉** ㄒㄧㄤ　図他鄉，不是自己的家鄉。

**異稟** ㄅㄧㄥˇ　図天生的稟賦特異，超出尋常。

**異端** ㄉㄨㄢ　図跟正道相背的道理。如「攻乎異端」。

**異聞** ㄨㄣˊ　図①別有所聞。②新聞。

**異趣** ㄑㄩˋ　図不同的志趣。

**異數** ㄕㄨˋ　①等級有差別。②特殊的禮遇。

**異樣** ㄧㄤˋ　①與尋常不同的。②兩樣；不同。

**異類** ㄌㄟˋ　図①指種族政教不同的人。②指禽獸鬼神等。

**異議** ㄧˋ　別有所見的議論。

**異讀** ㄉㄨˊ　指一個字在習慣上具有兩個或幾個不同的讀法。如「熟」字讀ㄕㄡˊ，又讀ㄕㄨˊ。

**異爨** ㄘㄨㄢˋ　図兄弟分家，各自生活。

**異體字** ㄊㄧˇ ㄗˋ　音義相同而寫法不同的字。如「棄」和「弃」。

**異口同聲** ㄎㄡˇ ㄊㄨㄥˊ ㄕㄥ　大家都這樣說。

**異化作用** ㄏㄨㄚˋ ㄗㄨㄛˋ ㄩㄥˋ　生物體在新陳代謝過程中，體內化合物分解，成為較簡單的物質，伴隨能量放出，稱異化作用。

**異母兄弟** ㄇㄨˇ ㄒㄩㄥ ㄉㄧˋ　同父不同母的兄弟。

**異曲同工** ㄑㄩˇ ㄊㄨㄥˊ ㄍㄨㄥ　同「同工異曲」。

**異性相吸** ㄒㄧㄥˋ ㄒㄧㄤ ㄒㄧ　①異性間彼此互相吸引。②不同屬性的電或磁力，具有互相吸引的力量。

**異花傳粉** ㄏㄨㄚ ㄔㄨㄢˊ ㄈㄣˇ　花粉從一朵花的花藥傳到另一朵花的柱頭上，這種傳粉的方式叫異花傳粉。

**異軍突起** ㄐㄩㄣ ㄊㄨˊ ㄑㄧˇ　比喻新生的力量突然興起。

**異國情調** ㄍㄨㄛˊ ㄑㄧㄥˊ ㄉㄧㄠˋ　自己未曾聞見的特殊境界中所得到的情趣。

**異想天開** ㄒㄧㄤˇ ㄊㄧㄢ ㄎㄞ　發生奇特的念頭。

## 七筆

**番** ▲ㄈㄢ ㈠從前指外國或外國來的。如「番邦」「番茄」。㈡更替。如「番代」「輪番」。㈢次數。如「三番五次」「一番心血」。▲ㄆㄢ 番禺，廣東省縣名。▲ㄆㄛ ㈠通鄱。㈡姓。

**番代** ㄈㄢ ㄉㄞˋ　輪流代替。

**番邦** ㄈㄢ ㄅㄤ　舊時指外國。

**番茄** ㄈㄢ ㄑㄧㄝˊ　蔬類，果實圓形，成熟後現出紅色，生吃做菜都可以。又名「西紅柿」。

**番椒** ㄈㄢ ㄐㄧㄠ　辣椒。

**番號** ㄈㄢ ㄏㄠˋ　部隊的編號。

**番薯** ㄈㄢ ㄕㄨˇ　蔬類植物，塊根橢圓形，皮紫，肉紅或白，可以作食物。又作「甘藷」「甘薯」。俗名「地瓜」。

**番石榴** ㄈㄢ ㄕˊ ㄌㄧㄡˊ　常綠小喬木或灌木。葉卵狀，對生。果實球形、橢圓形、卵形或洋梨形，成熟時綠色或黃色，可食。臺灣話又叫「芭樂」「拔仔」。

**番木鱉鹼** ㄈㄢ ㄇㄨˋ ㄅㄧㄝ ㄐㄧㄢˇ　一種生物鹼。又叫「馬錢霜」。白色稜柱狀結晶或粉末狀，味苦，有劇毒。可用來毒老鼠、害蟲、害鳥等，醫學上作為神經、心臟的興奮劑。

**畫(画)** ㄏㄨㄚˋ ㈠設計。如「策畫」「計畫」。㈡繪圖。如「畫雞難於畫鬼」「畫一幅風景」。㈢圖。如「漫畫」「人物畫」。㈣區分。如「畫分」「畫界」。㈤像畫的那麼清楚或整齊。如「風景如畫」「畫一」。㈥簽押。如「畫行(ㄒㄧㄥˊ)」「畫押」。㈦字的筆道兒。如「鐵畫銀鉤」「筆畫清楚」。㈧寫一筆也叫一畫。如「天字是四畫」「如字是女部三畫」。

**畫一** ㄏㄨㄚˋ ㄧ ①整齊。②確定不移。如「畫一不二」。

**畫工** ㄏㄨㄚˋ ㄍㄨㄥ 畫師;以繪畫為職業的人。

**畫尺** ㄏㄨㄚˋ ㄔˇ 畫圖用的尺。

**畫冊** ㄏㄨㄚˋ ㄘㄜˋ ①畫帖,供人臨摹的範本。②裝訂成本子的畫。③有圖像的書。

**畫可** ㄏㄨㄚˋ ㄎㄜˇ 允許,批准。

**畫布** ㄏㄨㄚˋ ㄅㄨˋ 畫油畫所用的布。

**畫皮** ㄏㄨㄚˋ ㄆㄧˊ 比喻用美麗的外表掩飾醜陋的本質。

**畫匠** ㄏㄨㄚˋ ㄐㄧㄤˋ 畫工。常用來批評只知模仿,缺乏創意的畫家。

**畫因** ㄏㄨㄚˋ ㄧㄣ 引起作畫動機的因素。

**畫行** ㄏㄨㄚˋ ㄒㄧㄥˊ 機關首長在發文的稿上寫一「行」字,表示同意。

**畫供** ㄏㄨㄚˋ ㄍㄨㄥˋ 犯人被審問後,在供詞上簽字或印指模。

**畫卷** ㄏㄨㄚˋ ㄐㄩㄢˋ 成卷軸形的畫。

**畫帖** ㄏㄨㄚˋ ㄊㄧㄝˋ 臨摹用的圖畫範本。

**畫押** ㄏㄨㄚˋ ㄧㄚ 在契約上簽名。

**畫板** ㄏㄨㄚˋ ㄅㄢˇ 繪畫時在上面釘畫紙的板子。

**畫法** ㄏㄨㄚˋ ㄈㄚˇ 繪畫的方法。

**畫室** ㄏㄨㄚˋ ㄕˋ ①教人畫畫兒的地方。②畫家畫畫兒工作的地方。

**畫架** ㄏㄨㄚˋ ㄐㄧㄚˋ 油畫或寫生所用繃畫布的木架。

**畫界** ㄏㄨㄚˋ ㄐㄧㄝˋ 畫定邊界。也作劃界。

**畫眉** ㄏㄨㄚˋ ㄇㄟˊ ①女人用眉筆在眉毛上塗染顏色作裝飾。②鳴禽名,語音ㄏㄨㄚˋ ·ㄇㄟ。長一公寸,黃褐色,眼上有白毛像眉,叫聲很好聽。

**畫面** ㄏㄨㄚˋ ㄇㄧㄢˋ ①圖畫表面所呈現的形式,像線條、光、色等的配置。②電影、電視映射在銀幕或螢光幕上的影象。

**畫頁** ㄏㄨㄚˋ ㄧㄝˋ 畫報上印有圖畫或照片的一頁。

**畫家** ㄏㄨㄚˋ ㄐㄧㄚ 專精繪畫,而能表現獨特風格的人。

**畫展** ㄏㄨㄚˋ ㄓㄢˇ 繪畫展覽會的簡稱。

**畫師** ㄏㄨㄚˋ ㄕ ①畫家。②以繪畫為職業的人。

**畫舫** ㄏㄨㄚˋ ㄈㄤˇ 因裝飾華麗的遊艇。

**畫院** ㄏㄨㄚˋ ㄩㄢˋ 宋代翰林院中的圖畫院,簡稱畫院。招攬有名的畫家,每月有薪水,畫出來的作品全進獻給朝廷。

**畫符** ㄏㄨㄚˋ ㄈㄨˊ ①道士做符籙。②比喻寫字潦草。如「鬼畫符」。

**畫報** ㄏㄨㄚˋ ㄅㄠˋ 以圖畫為主的報紙或期刊。

**畫廊** ㄏㄨㄚˋ ㄌㄤˊ 專供畫家陳列展覽作品的地方。有的要收費。

**畫幅** ㄏㄨㄚˋ ㄈㄨˊ 畫的尺寸。

**畫策** ㄏㄨㄚˋ ㄘㄜˋ 出主意;籌謀計策。

**畫軸** ㄏㄨㄚˋ ㄓㄡˊ 裱後帶軸的畫(總稱)。

**畫會** ㄏㄨㄚˋ ㄏㄨㄟˋ 展覽或研究繪畫的集會。

**畫像** ①畫人物的形像。②畫成的肖像。

**畫圖** ①工程或設計的製圖。②同「畫畫兒」。

**畫境** 図圖畫的境界。

**畫稿** 圖畫的底稿或稿本。

**畫壁** 畫有人物、山水等的牆壁。

**畫譜** ①鑑別或評論畫法的書。②同「畫帖」。

**畫(兒)匠** 只能守著舊法沒有創意的畫師。

**畫十字** 天主教徒禱告時的一種儀式，用右手從額頭到胸口，並從左肩到右肩畫個「十」字形。

**畫片兒** 印製的小幅圖畫。

**畫畫兒** 作圖畫。

**畫圖器** 繪圖用的器具，像直規、圓規、三角板、分角器等。

**畫中有詩** 形容畫中的表現富有詩意，意境高。

**畫地自限** 比喻自己拘束自己，不求上進。

**畫地為牢** 古時就地畫一範圍為監牢，使犯人站於其中，以示羞辱。今比喻僅在一定的範圍內活動。

**畫虎類犬** 図比喻模仿得不到家，反而弄得不倫不類。

**畫蛇添足** 比喻做不必要附加的事，徒勞而無功。

**畫棟雕梁** 泛稱華美的房屋。

**畫餅充飢** 比喻給的是空虛的，對事實無益。

**畫影圖形** 古代捉拿嫌犯，畫出他們的面貌，張貼各處，以便捕捉。

**畫龍點睛** 比喻在文章裡下一些切要的語句，使全篇顯得更精采。

**畫虎畫皮難畫骨** 比喻人心很難揣測。

**畬** ㄕㄜ 畬族，我國少數民族之一，散處在福建、浙江南部的山中，廣東東北部和江西南部也有少數，總人數約三十三萬。從事農耕，兼事漁獵，崇奉多神，語言則操類似客家的「畬客語」。

**畲** 図ㄩˊ已經開墾兩年的田。

## 八筆

**當(当)** ▲ㄉㄤ (一)擔任，主持。如「擔當」「當兵」。(二)掌管。如「當權」「當家作主」。(三)承受。如「當不起」「不敢當」。(四)應該。如「當然」「理當」。(五)對著。如「當面說清」「當機立斷」。(六)相稱(ㄔㄣˋ)，相配。如「旗鼓相當」「門當戶對」。(七)在，正值。如「適當其時」「當口兒」。(八)抵抗，阻攔。如「銳不可當」「螳臂當車」。(九)比擬(也可讀去聲)。如「安步以當車」。(十)本，即。如「當地」。(十一)從前。如「當年」「當時」。(十二)見「勾(ㄍㄡ)當」。

▲ㄉㄤˋ (一)以為。如「原來是你，我當是張先生呢」。(二)同「擋」。如「抵當」。

▲ㄉㄤˋ (一)合宜。如「十分適當」「恰當」。(二)抵押。如「開當鋪」「把錶送去當了」。(三)詭騙，圈套。如「你不能上當」。(四)認為，視為。如「當真」「耍錢可不能當正事兒做」。(五)此，本，即。如「當天(

兒）」「當年（兒）」。

**當下** ㄉㄤ ㄒㄧㄚˋ 立刻，這個時候。

**當中** ㄉㄤ ㄓㄨㄥ 中間，裡頭。

**當今** ㄉㄤ ㄐㄧㄣ 現時。

**當午** ㄉㄤ ㄨˇ 図正午。如「鋤禾日當午」。

**當心** ㄉㄤ ㄒㄧㄣ ①謹慎。②留心。③図正中央。唐朝白居易〈琵琶行〉有「曲終收撥當心畫，四弦一聲如裂帛」。

**當戶** ㄉㄤ ㄏㄨˋ ①正對著門戶。②漢時匈奴官名。

**當日** ▲ㄉㄤ ㄖˋ ①以前那個時候。②這一天。

▲ㄉㄤˋ ㄖˋ 這一天。口語也說ㄉㄤˋ ㄊㄧㄚ ㄦ（天）。

**當世** ㄉㄤ ㄕˋ ①今世。②図為世所用。〈左傳〉有「聖人有明德，若不當世，其後必有達人」。

**當代** ㄉㄤ ㄉㄞˋ 現代；目前這個時代。

**當令** ㄉㄤ ㄌㄧㄥˋ 適合時代與季節的需要。

**當年** ▲ㄉㄤ ㄋㄧㄢˊ ①從前。②正值有為之年。

▲ㄉㄤˋ ㄋㄧㄢˊ 本年，這一年。也說ㄉㄤˋ ㄋㄧㄚˊ ㄦ（天）。

**當地** ㄉㄤ ㄉㄧˋ 本地。

**當初** ㄉㄤ ㄔㄨ 從前，起初的時候。

**當即** ㄉㄤ ㄐㄧˊ 立即；馬上就。

**當局** ㄉㄤ ㄐㄩˊ ①身當其事的人。如「當局者迷」。②指負責其事的機構。如「治安當局」。③指機關裡的首長。

**當事** ㄉㄤ ㄕˋ ①身臨這事。②同「當局」①。

**當兒** ㄉㄤ ㄦ 同「當口（兒）」。

**當官** ㄉㄤ ㄍㄨㄢ 擔任政府官吏。

**當空** ㄉㄤ ㄎㄨㄥ 在上空；在天空。如「烈日當空」。

**當前** ㄉㄤ ㄑㄧㄢˊ ①目前；現階段。如「當前的任務」。②在面前。如「大敵當前」。

**當政** ㄉㄤ ㄓㄥˋ 掌握政權。

**當是** ㄉㄤ ㄕˋ 以為是。如「我當是他來了」。

**當面** ㄉㄤ ㄇㄧㄢˋ ①對面。②直接。

**當值** ㄉㄤ ㄓˊ 輪流值班。

**當家** ㄉㄤ ㄐㄧㄚ 管理家務。

**當差** ㄉㄤ ㄔㄞ 在政府機關做事。

**當時** ▲ㄉㄤ ㄕˊ ①昔時，在那個時候。②立時，立刻。

▲ㄉㄤˋ ㄕˊ 就在這個時候。

**當真** ㄉㄤ ㄓㄣ ①真實。②認為是事實。③疑信未定的疑問詞。如「此話當真」。

**當務** ㄉㄤ ㄨˋ 當前應該做的事情。

**當國** ㄉㄤ ㄍㄨㄛˊ 図主持國家大事。

**當眾** ㄉㄤ ㄓㄨㄥˋ 當著大眾；在眾人面前。

**當場** ㄉㄤ ㄔㄤˇ 就在那個地方和那個時候。如「當場被捕」。

**當晚** ㄉㄤ ㄨㄢˇ 當天晚上。也作「當夜」。

**當然** ㄉㄤ ㄖㄢˊ 應當這樣。如「你去，我當然也要去」。

**當街** ㄉㄤ ㄐㄧㄝ 大街上；指衝要的地方。

**當軸** ㄉㄤ ㄓㄡˊ 図指官居要位。如「當軸之士」。也指居要職的高官。

**當量** ㄉㄤ ㄌㄧㄤˋ 科學技術上指與某標準數量相對應的某個數量，如化學當量、熱功當量。

**當當**（ㄉㄤˋ ㄉㄤˋ） 拿東西到當鋪去抵押借錢。

**當腰**（ㄉㄤ ㄧㄠ） 中間（多指長形物體）。如「兩頭細，當腰粗」。

**當路**（ㄉㄤ ㄌㄨˋ） 同「當道」②。

**當道**（ㄉㄤ ㄉㄠˋ） 図①執政權的人。②擋住路。

**當鋪**（ㄉㄤˋ ㄆㄨˋ） 鋪字輕讀。經營收受物品作抵押，而借出現款的店鋪。

**當選**（ㄉㄤ ㄒㄩㄢˇ） 選舉時，得到合乎法定的多數票而選上。

**當頭** ▲ㄉㄤ ㄊㄡˊ ①正對著頭，迎頭。如「當頭一棒」。②眼前，臨到頭上。如「國難當頭」。▲ㄉㄤˋ ·ㄊㄡ 指典當的東西。

**當歸**（ㄉㄤ ㄍㄨㄟ） 多年生草本植物，莖高二、三尺，羽狀複葉，夏秋開白花，果實長橢圓形。根供藥用。

**當關**（ㄉㄤ ㄍㄨㄢ） 図①守門的人。②防守關隘。

**當權**（ㄉㄤ ㄑㄩㄢˊ） 掌握大權。

**當口（兒）**（ㄉㄤ ㄎㄡˇ ㄦ） 口字輕讀。事情發生或進行的時候。

**當天（兒）**（ㄉㄤ ㄊㄧㄢ ㄦ） 當日。

**當票（兒）**（ㄉㄤˋ ㄆㄧㄠˋ ㄦ） ①當鋪發給的一種當物的憑據，可以憑它贖回所押當的東西。

**當不起**（ㄉㄤ ㄅㄨˋ ㄑㄧˇ） 不字輕讀。承受不了。

**當事人**（ㄉㄤ ㄕˋ ㄖㄣˊ） 跟這件事情有直接關係的人，像訴訟的原告、被告，商業交易的買方、賣方。也作「當事者」。

**當家的**（ㄉㄤ ㄐㄧㄚ ·ㄉㄜ） ①主持家務的人。②妻對丈夫的俗稱。③寺院住持的普通稱呼。

**當間兒**（ㄉㄤ ㄐㄧㄢˋ ㄦ） 中間。

**當仁不讓**（ㄉㄤ ㄖㄣˊ ㄅㄨˋ ㄖㄤˋ） 應該做的，就擔當起來，用不著推讓。

**當行出色**（ㄉㄤ ㄏㄤˊ ㄔㄨ ㄙㄜˋ） 做本行的事，成績特別顯著。

**當局者迷**（ㄉㄤ ㄐㄩˊ ㄓㄜˇ ㄇㄧˊ） 指身處其境的人，當會困惑胡塗，很難察覺自己的錯誤。如「當局者迷，旁觀者清」。

**當務之急**（ㄉㄤ ㄨˋ ㄓ ㄐㄧˊ） 當前急切應辦的事。

**當場出彩**（ㄉㄤ ㄔㄤˇ ㄔㄨ ㄘㄞˇ） 比喻當場敗露祕密或顯出醜態。

**當量換位**（ㄉㄤ ㄌㄧㄤˋ ㄏㄨㄢˋ ㄨㄟˋ） 換位的一種，依原命題的量而換賓主。

**當斷不斷**（ㄉㄤ ㄉㄨㄢˋ ㄅㄨˋ ㄉㄨㄢˋ） 指遇事猶豫不決，不能當機立斷。

**當機立斷**（ㄉㄤ ㄐㄧ ㄌㄧˋ ㄉㄨㄢˋ） 處理事務敏捷果斷。

**當頭棒喝**（ㄉㄤ ㄊㄡˊ ㄅㄤˋ ㄏㄜˋ） 比喻給人一種警告，促人醒悟。通常也說「當頭一棒」。

**當面鑼對面鼓**（ㄉㄤ ㄇㄧㄢˋ ㄌㄨㄛˊ ㄉㄨㄟˋ ㄇㄧㄢˋ ㄍㄨˇ） 比喻面對面直接商談或爭論。

**當家三年狗也嫌**（ㄉㄤ ㄐㄧㄚ ㄙㄢ ㄋㄧㄢˊ ㄍㄡˇ ㄧㄝˇ ㄒㄧㄢˊ） 指當家的人容易惹人厭惡。

## 畸

ㄐㄧ ㈠田畝不整齊的。㈡零數，餘數。如「畸零」。㈢不正常的發育。如「畸形」。

**畸人**（ㄐㄧ ㄖㄣˊ） 図①不合時俗的人。②奇怪的人。

**畸形**（ㄐㄧ ㄒㄧㄥˊ） ①醫學名詞。指動物或人類的身體或器官，呈現解剖學上所謂「形態異常」的，為先天的兔脣、歧指、無肛，後天的駝背、彎腿等。②事物的發展違背常理或不合正則。如「社會的畸形發展」。

**畸零**（ㄐㄧ ㄌㄧㄥˊ） ①零餘的數。②孤單的人。

**畸零個碎**（ㄐㄧ ㄌㄧㄥˊ ㄍㄜˋ ㄙㄨㄟˋ） 形容很零散。

## 晼

図ㄨㄢˇ ㈠古時田二十畝或三十畝為一畹。㈡「戚晼」，同「戚里」，從前指帝王外戚居住的地方。引伸為帝王外戚。

## 十筆

**畿** ㄐㄧ 古時國都周圍的地方，叫「京畿」「近畿」。又讀ㄑㄧˊ。

## 十二筆

**疃（畽）** ㄊㄨㄢˇ ㈠〔文〕禽獸所踐踏的地方。㈡河北省一些村莊叫疃。如「賈家疃」。

**疄** 〔文〕ㄌㄧㄣˊ 田壟。

## 十四筆

**疆** ㄐㄧㄤ ㈠邊界。如「邊疆」。㈡限止。如「萬壽無疆」。

**疆土** ㄐㄧㄤ ㄊㄨˇ 國境以內的領土，就是國土。

**疆界** ㄐㄧㄤ ㄐㄧㄝˋ 國家或地域的界限。

**疆埸** ㄐㄧㄤ ㄧˋ 〔文〕①國境。②田畔。

**疆域** ㄐㄧㄤ ㄩˋ 國家領土（著重面積大小）。

**疆場** ㄐㄧㄤ ㄔㄤˊ 〔文〕戰場。

**疇** ㄔㄡˊ ㈠田地。如「田疇」「平疇」。㈡種類，範圍。如「範疇」。㈢〔文〕「疇昔」，是從前。㈣〔文〕「疇庸」，同「酬庸」。㈤〔文〕「疇人」，是曆算家。

## 十七筆

**疊（疉、疂）** ▲ㄉㄧㄝˊ ㈠一層層向上堆。如「疊羅漢」「重疊」。㈡用手摺。如「疊被」「疊衣服」。㈢重複。如「雙聲疊韻」「疊床架屋」。㈣收拾，安排。如「打疊」。㈤國樂再奏一遍。如「陽關三疊」。

▲ㄉㄚˊ 把許多同樣的薄物堆在一起。如「手裡拿著一疊子鈔票」。

**疊句** ㄉㄧㄝˊ ㄐㄩˋ 重疊的句子。

**疊印** ㄉㄧㄝˊ ㄧㄣˋ 把兩個或兩個以上的影像重疊，表示回憶、同時進行或加強的攝影手法。

**疊起** ㄉㄧㄝˊ ㄑㄧˇ 摺起。

**疊席** ㄉㄧㄝˊ ㄒㄧˊ 用稻草編製的厚的草席，在日本式房屋裡鋪放在地板上。也按音日語譯為「塌塌米」。

**疊嶂** ㄉㄧㄝˊ ㄓㄤˋ 〔文〕重疊的山峰。

**疊韻** ㄉㄧㄝˊ ㄩㄣˋ ①兩個字的韻腳同是一韻。②賦詩重用前韻。

**疊字詩** ㄉㄧㄝˊ ㄗˋ ㄕ 詩句中有重複出現的字，叫「疊字詩」。如〈詩經〉上有「桃之夭夭，灼灼其華」。

**疊羅漢** ㄉㄧㄝˊ ㄌㄨㄛˊ ㄏㄢˋ 一種遊戲，由許多人層層疊成各種樣式。

**疊床架屋** ㄉㄧㄝˊ ㄔㄨㄤˊ ㄐㄧㄚˋ ㄨ 床上疊床，屋上架屋。比喻重複累贅。

# 疋部

**疋** ㄆㄧˇ ㈠布一段叫一疋。也作「匹（ㄆㄧˇ）」。（長度並不統一，有三十碼、四十碼的，也有短到十幾碼，長到六十碼的。）㈡泛稱織物。如「布疋」「疋頭」。

**疋頭** ㄆㄧˇ ㄊㄡˊ 布或綢緞布料。

## 六筆

**疏** ▲ㄕㄨ ㈠稀少，不周密。如「天網恢恢，疏而不漏」「疏疏落落幾戶人家」。㈡不親近；不熟悉。如「疏遠」「生疏」。㈢忽視，不注意。如「疏忽」「疏於防範」。㈣開，通。如「疏導」「疏通」。㈤分散。如「疏財」。㈥図空虛，不實在。如「空疏」「才疏學淺」。㈦図粗食。如「飯疏食」。
又讀ㄙㄨ。
▲ㄕㄨˋ ㈠注解古文辭句。如「十三經注疏」。㈡從前臣子給皇帝的報告書叫「奏疏」。

**疏失** ㄕㄨ ㄕ 疏忽失誤。

**疏狂** ㄕㄨ ㄎㄨㄤˊ 図狂放不羈的樣子。

**疏忽** ㄕㄨ ㄏㄨ 不周密以致發生錯誤。

**疏放** ㄕㄨ ㄈㄤˋ 図①任性而為，不拘束。②指文章不受一般規格約束。如「詞氣疏放」。

**疏食** ㄕㄨ ㄕˊ 図①粗糙的食物。〈論語・述而〉有「飯疏食飲水，曲肱而枕之，樂亦在其中矣」。②蔬菜和穀物。〈淮南子・主術〉有「秋畜疏食」。

**疏理** ㄕㄨ ㄌㄧˇ 図疏通整理。

**疏略** ㄕㄨ ㄌㄩㄝˋ 図疏漏粗略；簡略。

**疏通** ㄕㄨ ㄊㄨㄥ ①疏導水流。②調解雙方的爭執。

**疏散** ㄕㄨ ㄙㄢˋ ①疏落。如「疏散的村落」。②把原來密集的人或東西散開；分散。如「疏散人口」。

**疏落** ㄕㄨ ㄌㄨㄛˋ 稀疏零落。

**疏漏** ㄕㄨ ㄌㄡˋ 疏忽遺漏。

**疏遠** ㄕㄨ ㄩㄢˇ 由親近變成不親近。

**疏緩** ㄕㄨ ㄏㄨㄢˇ 図①懶散遲鈍。②寬大鬆弛。

**疏導** ㄕㄨ ㄉㄠˇ ①開通壅塞的河道。②排解眾人的憤怒。

**疏濬** ㄕㄨ ㄐㄩㄣˋ 疏導。也作「疏浚」。

**疏鬆** ㄕㄨ ㄙㄨㄥ ①（土壤等）鬆散。②使鬆散。

**疏懶** ㄕㄨ ㄌㄢˇ 不慣拘束。也作「疏嬾」。

**疏離** ㄕㄨ ㄌㄧˊ 疏遠；隔離。

**疏不間親** ㄕㄨ ㄅㄨˋ ㄐㄧㄢˋ ㄑㄧㄣ 關係疏遠的人，不能干預挑撥關係親密的人。

**疏財仗義** ㄕㄨ ㄘㄞˊ ㄓㄤˋ ㄧˋ 重義氣，拿出錢財幫助人。

**疏疏落落** ㄕㄨ ㄕㄨ ㄌㄨㄛˋ ㄌㄨㄛˋ 稀疏零落的樣子。

## 七筆

**踈** ㄕㄨ ㈠同「疏」。㈡姓。
又讀ㄙㄨ。

## 九筆

**疑** ㄧˊ ㈠不相信，加以猜測。如「半信半疑」「疑是地上霜」。㈡不能作決定。如「遲疑不決」「這人有竊盜的嫌疑」。㈢不能解決的或不能馬上斷定的。如「疑問」「疑案」。

**疑心** ㄧˊ ㄒㄧㄣ ①懷疑的心。如「令人起疑心」。②猜測。如「我疑心他是個瘋子」。

**疑似** ㄧˊ ㄙˋ 図似是而非，彷彿相像。

**疑兵** ㄧˊ ㄅㄧㄥ 為了虛張聲勢、迷惑敵人而布置的軍隊。

**疑忌** ㄧˊ ㄐㄧˋ 猜忌。

**疑案** 證據不充足，無法判決的案件。

**疑陣** 為了使對方迷惑而布置的陣勢或局面。

**疑問** 懷疑而一時找不出答案的問題。

**疑惑** 惑字輕讀。①不明白之處。②同「疑心」①。

**疑義** 不能立刻就明白的意義。

**疑團** 若干懷疑聚在一起。

**疑慮** 因為不相信而發生憂慮。

**疑難** ▲ㄧˊ ㄋㄢˊ 事理很難明瞭。如「倘有疑難，便請來信」。▲ㄧˊ ㄋㄢˋ 對不明白的事情向人責難。如「真相大白，便無可疑難」。

**疑懼** 疑慮恐懼。

**疑竇** 引起人懷疑的漏洞。如「滋生疑竇」。

**疑心病** 因為多疑而危慮不安，就是精神過敏。

**疑問句** 表示詢問、反問或猜測的句子。句末用疑問號「?」表示。

**疑問號（兒）** 新式標點符號之一，表示疑問語氣的文句，符號是「?」。

**疑事無功** 做事多疑，就難有所成就。

**疑神疑鬼** 懷疑這個，懷疑那個。

**疑難雜症** 泛指難以診斷治療的病症。

**疑人勿使使人勿疑** 指要用一個人，就應該信任他。也作「疑則勿用，用則勿疑」。

## 疒部

### 二筆

**疔** ㄉㄧㄥ 一種毒瘡，中醫說疔子。是皮膚受到感染因而潰爛很難治好的一種炎症。形狀像豌豆，常發生在表皮下面的毛囊汗腺等處。患處有腫脹的硬塊。患者會發冷發熱。

### 三筆

**疙** ㄍㄜ 見「疙瘩」。

**疙瘩** 瘩字輕讀。①皮膚上腫起的圓形小塊。②一切圓形的東西，像土疙瘩、冰疙瘩。

**疙疙瘩瘩** 第二個疙字輕讀。不平滑，不順利。也說「疙裡疙瘩」。

**疘** ㄍㄤ 肛門下漏的病，叫做「脫疘」。

**疚** ㄐㄧㄡˋ (一)久病。(二)心裡的痛苦。如「內疚」「深感愧疚」。

**疝** ㄕㄢˋ 見「疝氣」。

**疝氣** 病名。臍部發腫，有時還下延到腎囊。俗稱「小腸疝氣」。

### 四筆

**疤** ㄅㄚ 創傷或皮膚病好了以後留下來的痕跡。叫「疤痕」「疤痢」。

**疤痕** 疤。如「他右眼角下有個疤痕」。

**疥** ㄐㄧㄝˋ 見「疥瘡」。

**疥瘡** 奇癢的皮膚病，由病原體「疥癬蟲」傳染。

**疥癬蟲** ㄐㄧㄝˋ ㄒㄩㄢˇ ㄔㄨㄥˊ 寄生蟲，體很小，橢圓扁平，身上有毛。有四對腳，腳上有吸盤。寄生在人的皮膚下，引起疥瘡。

**疷** 図ㄓ 病，生病。〈詩經〉有「之子之遠，俾我疷兮」。

**疫** ㄧˋ 流行的急性傳染病的總稱。如「時疫」「瘟疫」。

**疫苗** ㄧˋ ㄇㄧㄠˊ 預防傳染病的接種（ㄓㄨㄥˋ）劑。

**疫區** ㄧˋ ㄑㄩ 急性傳染病流行的地區。

**疫癘** ㄧˋ ㄌㄧˋ 図傳染病。

**疣（肬）** ㄧㄡˊ 皮膚上生的不痛不癢的肉瘤。

**疣贅** ㄧㄡˊ ㄓㄨㄟˋ 比喻多餘無用的東西。也作「贅疣」。

## 五筆

**病** ㄅㄧㄥˋ ㈠身體受到病菌侵襲或因為臟器障害而發生的不舒適的情形。如「病從口入」「生病有礙健康」。㈡弊，壞處。如「弊病」「毛病」。㈢缺陷。如「語病」「幼稚病」。㈣図損害。如「禍國病民」。㈤図憂患。如「君子病無能焉」。

**病人** ㄅㄧㄥˋ ㄖㄣˊ 生病的人；受治療的人。

**病夫** ㄅㄧㄥˋ ㄈㄨ 多病的人。

**病史** ㄅㄧㄥˋ ㄕˇ 患者歷次所患疾病及診療的情況。

**病危** ㄅㄧㄥˋ ㄨㄟˊ 病勢危險。

**病因** ㄅㄧㄥˋ ㄧㄣ 發生疾病的原因。

**病床** ㄅㄧㄥˋ ㄔㄨㄤˊ 醫院、療養院裡供住院病人用的床。

**病沒** ㄅㄧㄥˋ ㄇㄛˋ 図病死。也作「病歿」。

**病灶** ㄅㄧㄥˋ ㄗㄠˋ 醫學名詞。有機體上發生病變的部分。

**病例** ㄅㄧㄥˋ ㄌㄧˋ ①統計疾病和病人人數的單位。每一個病人都是一個病例，如同時患兩種病，就列為兩個病例。②指一種疾病的實例。

**病房** ㄅㄧㄥˋ ㄈㄤˊ 醫院裡病人住的房間。

**病況** ㄅㄧㄥˋ ㄎㄨㄤˋ 疾病變化的情況。

**病狀** ㄅㄧㄥˋ ㄓㄨㄤˋ 病象。

**病故** ㄅㄧㄥˋ ㄍㄨˋ 因病死亡。

**病毒** ㄅㄧㄥˋ ㄉㄨˊ ①（植物）最小的生物體，只能由電子顯微鏡觀察到，由核醣核酸或去氧核醣核酸及蛋白質鞘構成，自己沒有生殖能力，只能在活寄生主的細胞內增殖。②（醫學）一種極小的微生物，本身缺少獨立性新陳代謝，只能在宿主細胞內增殖，可引起種種疾病，並為造成癌症及腫瘤的原因之一。③（醫術）為一群構造與組成甚為簡單的微生物，只含一種核酸與蛋白質外殼，會感染人類和動植物。

**病革** ㄅㄧㄥˋ ㄐㄧˊ 図病危。

**病害** ㄅㄧㄥˋ ㄏㄞˋ 由病原體、不適宜的氣候或土壤等因素，引起植物發育不良、枯萎或死亡的情形。

**病家** ㄅㄧㄥˋ ㄐㄧㄚ 指病人和病人家屬（就醫院、醫生方面說）。

**病容** ㄅㄧㄥˋ ㄖㄨㄥˊ 有病的氣色。如「面帶病容」。

**病根** ㄅㄧㄥˋ ㄍㄣ ①疾病的根源。②事情失敗的根由所在。

**病症** ㄅㄧㄥˋ ㄓㄥˋ 疾病的症候。

**病院** ㄅㄧㄥˋ ㄩㄢˋ 醫院。

**病假** ㄅㄧㄥˋ ㄐㄧㄚˋ 因病請假。

**病情** ㄅㄧㄥˋ ㄑㄧㄥˊ 疾病變化的情況。

**病理** ㄅㄧㄥˋ ㄌㄧˇ 疾病發生和發展的過程和原理。

**病逝** ㄅㄧㄥˋ ㄕˋ 〔文〕因病而死亡。

**病媒** ㄅㄧㄥˋ ㄇㄟˊ 傳染疾病的媒介。如老鼠、蟑螂等。

**病痛** ㄅㄧㄥˋ ㄊㄨㄥˋ ①人所患的病。②因病引起的痛苦。

**病菌** ㄅㄧㄥˋ ㄐㄩㄣˋ 使人發病的細菌。

**病象** ㄅㄧㄥˋ ㄒㄧㄤˋ 疾病表現出來的現象，如發燒、嘔吐、咳嗽等。

**病勢** ㄅㄧㄥˋ ㄕˋ 病的輕重。如「服藥後病勢已減輕」。

**病愈** ㄅㄧㄥˋ ㄩˋ 病好了。愈也作「癒」。

**病源** ㄅㄧㄥˋ ㄩㄢˊ 發病的原因。

**病態** ㄅㄧㄥˋ ㄊㄞˋ 心理或生理上不正常的狀態。

**病榻** ㄅㄧㄥˋ ㄊㄚˋ 病人的床鋪。如「久臥病榻」。

**病徵** ㄅㄧㄥˋ ㄓㄥ 疾病的徵象。

**病歷** ㄅㄧㄥˋ ㄌㄧˋ 醫療機構對病人曾患過的疾病記錄。內容包括病人姓名、年齡、性別等一般登記事項，和疾病病名、診療方法、過程及結果。是醫師診斷和治療的依據，醫學研究的資料，也是病人健康情況的檔案。

**病篤** ㄅㄧㄥˋ ㄉㄨˇ 〔文〕病勢沉重。

**病魔** ㄅㄧㄥˋ ㄇㄛˊ 疾病纏身，像是魔鬼來襲。

**病變** ㄅㄧㄥˋ ㄅㄧㄢˋ 「病理變化」的簡稱。指細胞、組織和器官等遭受各種致病因素時，發生局部或全身的變化。

**病原蟲** ㄅㄧㄥˋ ㄩㄢˊ ㄔㄨㄥˊ 寄生在人體內能引起疾病的原生動物。如瘧原蟲等。

**病原體** ㄅㄧㄥˋ ㄩㄢˊ ㄊㄧˇ 能引起疾病的細菌、黴菌、病毒、病原蟲等。

**病歷表** ㄅㄧㄥˋ ㄌㄧˋ ㄅㄧㄠˇ 記載病人病歷的表格。

**病懨懨** ㄅㄧㄥˋ ㄧㄢ ㄧㄢ 第二個懨字輕讀。體弱有病或久病慵懶的樣子。

**病蟲害** ㄅㄧㄥˋ ㄔㄨㄥˊ ㄏㄞˋ 病害和蟲害的合稱。

**病入膏肓** ㄅㄧㄥˋ ㄖㄨˋ ㄍㄠ ㄏㄨㄤ 病勢已深，無法救治。膏肓指人體心臟與橫隔膜之間部位。

**病病歪歪** ㄅㄧㄥˋ ㄅㄧㄥ ㄨㄞ ㄨㄞ 第二個病字輕讀。形容病體衰弱無力的樣子。也作「病病殃殃」「病病恙恙」。

**病從口入** ㄅㄧㄥˋ ㄘㄨㄥˊ ㄎㄡˇ ㄖㄨˋ 指因飲食不慎而致病。

**病理切片** ㄅㄧㄥˋ ㄌㄧˇ ㄑㄧㄝ ㄆㄧㄢˋ 病理標本的一種。將病變的組織，經一連串的標本製作過程處理，在顯微鏡下觀察，供開刀方式、手術範圍大小參考。

**病理變化** ㄅㄧㄥˋ ㄌㄧˇ ㄅㄧㄢˋ ㄏㄨㄚˋ 同「病變」。

**疲** ㄆㄧˊ ㈠勞累，困倦。如「疲乏」「疲於奔命」。㈡商人指物價低落，買賣稀少。如「生仁疲，生油俏」（花生仁的價錢跌了，花生油的價錢倒漲高了）。

**疲乏** ㄆㄧˊ ㄈㄚˊ 困倦。

**疲困** ㄆㄧˊ ㄎㄨㄣˋ ①疲乏。如「疲困不堪」。②使疲乏。

**疲倦** ㄆㄧˊ ㄐㄩㄢˋ 累了，沒有精神了。

**疲軟** ㄆㄧˊ ㄖㄨㄢˇ ①身體怠倦。②不振作，不努力。

**疲勞** ㄆㄧˊ ㄌㄠˊ 疲倦，勞累。

**疲弊** ㄆㄧˊ ㄅㄧˋ 〔文〕困憊。

**疲憊** ㄆㄧˊ ㄅㄟˋ 困倦無力。

**疲癃**（ㄆㄧˊ ㄌㄨㄥˊ） 〔文〕衰老多病。

**疲於奔命**（ㄆㄧˊ ㄩˊ ㄅㄣ ㄇㄧㄥˋ） 形容奔波勞累。

**疲勞轟炸**（ㄆㄧˊ ㄌㄠˊ ㄏㄨㄥ ㄓㄚˋ） 戰時飛機作長時間的間歇轟炸，使敵人精神疲勞。也比喻拖延時間使人疲勞的言談。

**疸** ▲ㄉㄢˇ 黃疸，一種膽汁滲入血液而使皮膚、眼球現出黃色的病。▲˙ㄉㄚ 通「疙瘩」的「瘩」。

**疼** ㄊㄥˊ ㈠發痛。如「頭疼」「手疼」。㈡憐愛，喜愛。如「媽媽疼弟弟」「爸爸疼我」。㈢可惜，捨不得。如「心疼」「肉疼」。

**疼惜**（ㄊㄥˊ ㄒㄧˊ） 疼愛憐惜。

**疼痛**（ㄊㄥˊ ㄊㄨㄥˋ） 痛。

**疼愛**（ㄊㄥˊ ㄞˋ） 憐愛。

**疳** ㄍㄢ 見「疳瘡」。

**疳瘡**（ㄍㄢ ㄔㄨㄤ） 花柳病名，生殖器生毒瘡。

**疳積**（ㄍㄢ ㄐㄧ） 幼兒因為貧血、營養不良引起的腸胃病。

**疾** ㄐㄧˊ ㈠病。如「痢疾」「瘧疾」。㈡〔文〕痛恨。如「疾惡如仇」。㈢〔文〕迅速。如「草枯鷹眼疾」「疾馳而去」。㈣痛苦。如「疾苦」「凡牧民者必知其疾」。

**疾苦**（ㄐㄧˊ ㄎㄨˇ） 民間的痛苦患難，常因為政治不良而起的。

**疾首**（ㄐㄧˊ ㄕㄡˇ） 〔文〕怒恨得很。常作「痛心疾首」。

**疾風**（ㄐㄧˊ ㄈㄥ） ①吹得很快的風。②通用風速表的第七級風，風速每小時五十一到六十一公里（每秒鐘一三．九到一七．一公尺）；陸地上整棵樹搖動，迎風走路感到有阻力（參看「風速」條）。

**疾病**（ㄐㄧˊ ㄅㄧㄥˋ） 病。

**疾患**（ㄐㄧˊ ㄏㄨㄢˋ） 〔文〕疾病。

**疾視**（ㄐㄧˊ ㄕˋ） 〔文〕怒目而視。

**疾雷**（ㄐㄧˊ ㄌㄟˊ） 〔文〕比喻事情發生的迅速。

**疾馳**（ㄐㄧˊ ㄔˊ） 〔文〕（車馬等）飛快地跑。

**疾言厲色**（ㄐㄧˊ ㄧㄢˊ ㄌㄧˋ ㄙㄜˋ） 說話急迫，態度嚴厲。形容發怒。

**疾風迅雷**（ㄐㄧˊ ㄈㄥ ㄒㄩㄣˋ ㄌㄟˊ） 風聲雷聲非常猛烈。

**疾風勁草**（ㄐㄧˊ ㄈㄥ ㄐㄧㄣˋ ㄘㄠˇ） 比喻遇到患難，才知道節操的堅強。

**疾惡如仇**（ㄐㄧˊ ㄜˋ ㄖㄨˊ ㄔㄡˊ） 〔文〕痛恨壞人壞事如同痛恨仇敵一樣。

**痂** 〔文〕ㄐㄧㄚ 傷口或瘡口好了以後，新肌肉上結的乾硬塊，叫「痂」。

**疽** ㄐㄩ 見「癰疽」。

**痀** 〔文〕ㄑㄩ 見下。

**痀僂**（ㄑㄩ ㄌㄡˊ） 〔文〕駝背。也作「佝僂」「僂」也作「瘻（ㄌㄩˇ）」。

**痃** ㄒㄧㄢˊ 「橫痃」，性病的一種，患者腿腹之間的淋巴腺腫脹，甚至潰爛。

**痄** ㄔㄚˋ 見「痄腮」。

**痄腮**（ㄔㄚˋ ㄙㄞ） 「腮」字可輕讀。屬耳下腺腫脹的病。又名流行性腮腺炎。

**疹** ㄓㄣˇ 一種皮膚上起紅色小顆粒的病，有傳染性。如「痲疹」「風疹」。

**疹子**（ㄓㄣˇ ˙ㄗ） 痲疹。

**症** ㄓㄥˋ 生病的現象。如「症候」「對症下藥」。

**症狀**（ㄓㄥˋ ㄓㄨㄤˋ） 生病時的異常狀態。

**症候** ㄓㄥˋ ㄏㄡˋ 疾病的狀態。

**症候群** ㄓㄥˋ ㄏㄡˋ ㄑㄩㄣˊ 因某些有病的器官相互關聯的變化，而同時出現的一系列症狀。

**疴** 図ㄜ 病。如「養疴」「沈疴」。又讀ㄎㄜ。

## 六筆

**痌** 図ㄊㄨㄥ 同「恫」，病苦。見「恫瘝」。

**痢** 図ㄌㄧˋ 同「癘」，傳染病。

**痕** ㄏㄣˊ (一)疤瘢。如「傷痕」「痕跡」。(二)印跡。如「墨痕」「淚痕」。

**痕跡** ㄏㄣˊ ㄐㄧ 跡字輕讀。①事物經過時留下的跡象。②在表面上現出的事實本體。如「你跟他談這兩件事，必須不露痕跡」。

**痕跡器官** ㄏㄣˊ ㄐㄧ ㄑㄧˋ ㄍㄨㄢ 生物學名詞。生物的祖先原有的器官，後來因為功能退化或不用，演化成只留下痕跡的器官。如人體的盲腸。

**痊** 図ㄑㄩㄢˊ 病好了。如「痊愈」。

**痊可** ㄑㄩㄢˊ ㄎㄜˇ 図痊愈。

**痊愈** ㄑㄩㄢˊ ㄩˋ 図病好了。也作「痊癒」。

**痒** ▲図ㄒㄧㄤˊ 心中憂懑的病。▲ㄧㄤˇ「癢」的簡寫。

**痔** ㄓˋ 見「痔瘡」。

**痔瘡** ㄓˋ ㄔㄨㄤ 瘡字輕讀。肛門腫瘤的病。

**痔瘻** ㄓˋ ㄌㄡˋ 是痔瘡破爛而久不封口的病。又指痔瘡經久不好，在肛門周圍生孔漏出膿液的病。也作「痔漏」或「痔瘺」。又叫「瘺瘡」。

**疵** 図ㄘ 毛病，缺點，過失。如「吹毛求疵」「瑕疵」。又讀ㄘ。

**疵瑕** ㄘ ㄒㄧㄚˊ 図過失，缺點。也作「瑕疵」。

**痍** 図ㄧˊ 創傷，比喻民間的痛苦。如「滿目瘡痍」。

**痏** ㄨㄟˇ (一)図就是疤痕。(二)中醫扎針一次叫一痏。見〈靈樞經〉。(三)図毆傷。

## 七筆

**痞** ㄆㄧˇ (一)病名，慢性脾臟腫大。(二)比喻惡人。如「地痞流氓」。

**痞塊** ㄆㄧˇ ㄎㄨㄞˋ 中醫指腹腔內可以摸得到的硬塊。

**痘** ㄉㄡˋ 痘瘡，發生在全身，像豆子大小的膿疱，俗稱「天花」，是危險的傳染病。

**痘苗** ㄉㄡˋ ㄇㄧㄠˊ 種痘所用。由牛體痘瘡的膿汁製成，接種在人身上，可以預防天花傳染。

**痘疹** ㄉㄡˋ ㄓㄣˇ 就是「天花」。

**痘瘢** ㄉㄡˋ ㄅㄢ 天花癒後留下的麻點，俗稱痘瘢。

**痛** ㄊㄨㄥˋ (一)疼，身上感到苦楚。如「肚子痛」「痛苦」。(二)傷心。如「悲痛」「沉痛」。(三)徹底地，下定決心地。如「痛改前非」。(四)憐惜。如「痛惜」「拿他一毛錢他都心痛」。(五)非常的，極端的。如「痛恨」「痛快」。(六)儘量的，用力的。如「痛飲」「痛打」。(七)憐愛。如「痛愛」。(八)図恨。〈國語．楚語〉有「使神無有怨痛於楚國」。

**痛切** ㄊㄨㄥˋ ㄑㄧㄝˋ 沉痛迫切。

**痛心** ㄊㄨㄥˋ ㄒㄧㄣ 痛恨傷心。

**痛打** ㄊㄨㄥˋ ㄉㄚˇ 盡力地打。

**痛快** ㄊㄨㄥˋ ㄎㄨㄞˋ 快字輕讀。①心裡非常暢快。②事情做得很爽快，不拖泥帶水。

**痛恨** ㄊㄨㄥˋ ㄏㄣˋ 怨恨到極點。

**痛苦** ㄊㄨㄥˋ ㄎㄨˇ 身體或精神上感到不快活。

**痛風** ㄊㄨㄥˋ ㄈㄥ 由蛋白質新陳代謝障礙引起的疾病。症狀是手指、腳趾、膝、肘等處的關節疼痛、腫脹，發生變形。

**痛哭** ㄊㄨㄥˋ ㄎㄨ 大聲哭。

**痛宰** ㄊㄨㄥˋ ㄗㄞˇ 球賽結束時，勝方分數遠超過敗方，就說是痛宰。

**痛惜** ㄊㄨㄥˋ ㄒㄧ 哀痛而惋惜。

**痛處** ㄊㄨㄥˋ ㄔㄨˋ 感到痛苦的地方。

**痛惡** ㄊㄨㄥˋ ㄨˋ 恨到極點。

**痛飲** ㄊㄨㄥˋ ㄧㄣˇ 痛痛快快的喝酒。

**痛愛** ㄊㄨㄥˋ ㄞˋ 同「疼愛」。

**痛楚** ㄊㄨㄥˋ ㄔㄨˇ 悲痛；苦楚。

**痛腳** ㄊㄨㄥˋ ㄐㄧㄠˇ 疼痛的腳。比喻短處或把柄。

**痛罵** ㄊㄨㄥˋ ㄇㄚˋ 狠狠地罵。

**痛擊** ㄊㄨㄥˋ ㄐㄧ 狠狠地打擊。如「迎頭痛擊」。

**痛點** ㄊㄨㄥˋ ㄉㄧㄢˇ ①痛覺接受器的位置，分布全身。②同「痛處」。

**痛癢** ㄊㄨㄥˋ ㄧㄤˇ ①比喻緊要的事。如「無關痛癢」。②比喻疾苦。如「民生痛癢」。

**痛覺** ㄊㄨㄥˋ ㄐㄩㄝˊ 身體組織因受破壞或受強烈的刺激所產生的感覺。

**痛心疾首** ㄊㄨㄥˋ ㄒㄧㄣ ㄐㄧˊ ㄕㄡˇ 痛恨厭惡極了。

**痛改前非** ㄊㄨㄥˋ ㄍㄞˇ ㄑㄧㄢˊ ㄈㄟ 徹底改正從前所犯的錯誤。

**痛定思痛** ㄊㄨㄥˋ ㄉㄧㄥˋ ㄙ ㄊㄨㄥˋ 事後追想以前的痛苦；是反省警惕的意思。

**痛哭流涕** ㄊㄨㄥˋ ㄎㄨ ㄌㄧㄡˊ ㄊㄧˋ 非常悲痛、忿恨而流淚。

**痛痛快快** ㄊㄨㄥˋ ㄊㄨㄥˋ ㄎㄨㄞˋ ㄎㄨㄞˋ 第二個痛字和第二個快字都輕讀。很痛快的樣子。

**痛飲黃龍** ㄊㄨㄥˋ ㄧㄣˇ ㄏㄨㄤˊ ㄌㄨㄥˊ 語本〈宋史．岳飛傳〉。攻陷敵人巢穴後，痛痛快快地飲酒慶賀勝利。黃龍府是金人的都城。

**痛癢相關** ㄊㄨㄥˋ ㄧㄤˇ ㄒㄧㄤ ㄍㄨㄢ ①彼此有共同的利害而相互關切。②親愛的人彼此關心。

## 痢

ㄌㄧˋ ㈠病名，通常叫「痢疾」或「下痢」。㈡「瘌痢」是頭上長的禿瘡。

**痢疾** ㄌㄧˋ ㄐㄧˊ 疾字輕讀。一種細菌性的傳染病。患者大便次數很多，但不通暢，排出的是黏液、膿汁或混雜血液。有白痢、赤痢兩種。

## 痙

図ㄐㄧㄥ 見「痙攣」。

**痙攣** ㄐㄧㄥˋ ㄌㄨㄢˊ 図筋肉牽掣，舉動不靈的一種神經性病症。

## 痣

ㄓˋ 皮膚上所生的小圓點，有紅色的，有黑色的。

## 痧

ㄕㄚ 中醫病名。有許多種。通常說的「絞腸痧」是指霍亂。

**痧子** ㄕㄚ ㄗ˙ 中醫病名，西醫叫痲疹。

## 痤

ㄘㄨㄛˊ 見「痤瘡」。

**痤瘡** ㄘㄨㄛˊ ㄔㄨㄤ 就是「青春痘」。

## 痠

ㄙㄨㄢ 身上肌肉過度疲勞或因病引起的麻痛無力的感覺。如「走得腿好痠」「腰痠背痛」。

**痠軟** ㄙㄨㄢ ㄖㄨㄢˇ 身體酸痛而疲軟。

**痠痛** ㄙㄨㄢ ㄊㄨㄥˋ 痠。也作「痠疼」。

**痦** ㄨˋ 見「痦子」。

**痦子** ㄨˋ ˙ㄗ 隆起的黑痣。

## 八筆

**痺（痹）** ㄅㄧˋ 肢體失去感覺，不能隨意活動，是一種神經性的病。如「手腳痲痺」。

**痲** ㄇㄚˊ ㈠病名，見「痲痺」等。㈡同「痳」，臉上有天花瘢痕，叫「痲子」，常作「麻子」。

**痲疹** ㄇㄚˊ ㄓㄣˇ 一種急性傳染病，惡寒發熱，四五天後，全身生小紅點。俗稱「痧子」。

**痲痺** ㄇㄚˊ ㄅㄧˋ 肢體癱瘓、肌肉麻木的病。

**痲瘋** ㄇㄚˊ ㄈㄥ 病名，俗叫「癩」。由痲瘋桿狀菌侵入皮膚的黏膜跟末梢神經而發。熱帶或亞熱帶比較多。患者毛髮脫落，關節結核，皮膚發生斑紋或結節。很難治好。

**痱（疿）** ㄈㄟˋ 見「痱子」。

**痱子** ㄈㄟˋ ˙ㄗ 人在夏天因為汗水老漚著，皮膚上起的小顆粒。

**痶** ▲ㄉㄧㄢˇ 見「痶腳（兒）」。▲又ㄊㄧㄢˇ「痶瘓」是病了的樣子。

**痶腳（兒）** ㄉㄧㄢˇ ㄐㄧㄠˇ ㄦ 腳有毛病的人，走路時一腳作點地的樣子。也作「點腳（兒）」。

**痰** ㄊㄢˊ 肺裡或氣管裡所積的黏液，是喉管內面的黏膜所分泌的。

**痰氣** ㄊㄢˊ ˙ㄑㄧ 氣字輕讀。①中醫所說的瘋狂病。②西醫說因為氣喘痰多而氣逆的病。

**痰喘** ㄊㄢˊ ㄔㄨㄢˇ 中醫說的氣管積痰、呼吸不暢的病。

**痰盂（兒）** ㄊㄢˊ ㄩˊ ㄦ 供人吐痰用的器皿。也叫痰盆、痰桶。

**痰迷心竅** ㄊㄢˊ ㄇㄧˊ ㄒㄧㄣ ㄑㄧㄠˋ 中醫指痰阻塞氣管，導致呼吸有痰聲，意識不清。

**痳** ㄌㄧㄣˊ 淋病，也作「淋」。又讀ㄌㄧㄣˋ。

**痼** 又ㄍㄨˋ 久病。如「痼疾」。

**痼疾** ㄍㄨˋ ㄐㄧˊ 治了很久治不好的病。

**瘃** 又ㄓㄨˊ 手腳的凍結。

**瘁** 又ㄘㄨㄟˋ 疾病，過度的勞苦。如「勞瘁」「鞠躬盡瘁」。

**痾** 又ㄜ 同「疴」，疾病。如「沉痾」。

**瘂** ㄧㄚˇ 「啞」的古字。

**痿** ㄨㄟˇ 肌肉麻痺不能動的一種病。

**痿疾** ㄨㄟˇ ㄐㄧˊ 男性生殖器不能挺舉的病。又叫「陽痿」。

**瘀** ㄩ 血液不能暢通的病。常作「瘀血」。

**瘀血** ㄩ ㄒㄩㄝˋ 也作「淤血」。病症，血液凝聚不流通。

**瘀膿** ㄩ ㄋㄨㄥˊ 口語說ㄩ ㄋㄨㄥˊ。傷口發炎，聚積膿漿。

## 九筆

**瘐** 又ㄩˇ 見「瘐死」。

**瘐死** ㄩˇ ㄙˇ 又因為飢寒、疾病、受刑而死在監獄裡。

**瘋** ㄈㄥ ㈠癲狂，是嚴重的精神病。如「發瘋」「瘋子」。㈡中醫所說的「頭風」。㈢一時的精神亢進現象，也叫「瘋」。如「人來瘋」（小孩子在家裡有客人的時候，特別愛開）。

**瘋子** ㄈㄥ ˙ㄗ 患精神病的人。

**瘋狂** ㄈㄥ ㄎㄨㄤˊ ①精神癲狂。②蠻橫。

**瘋狗** ㄈㄥ ㄍㄡˇ ①感染一種特別毒菌而成瘋癲的狗。②罵人喜歡無緣無故欺負招惹別人，像是瘋狗。

**瘋話** ㄈㄥ ㄏㄨㄚˋ 譏笑別人語無倫次，像瘋人一樣亂說話。

**瘋癲** ㄈㄥ ㄉㄧㄢ 神經錯亂，言語行動失常的病。

**瘋人院** ㄈㄥ ㄖㄣˊ ㄩㄢˋ 收容並醫治瘋人的醫院。

**瘋犬病** ㄈㄥ ㄑㄩㄢˇ ㄅㄧㄥˋ 見「狂犬病」。

**瘋瘋癲癲** ㄈㄥ ㄈㄥ ㄉㄧㄢ ㄉㄧㄢ 第二個瘋字輕讀。①形容發瘋的樣子。②譏笑人行動不正常的詞。

## 瘧

▲ㄋㄩㄝˋ malaria，病名，也叫寒熱病，是每天或隔天按時發冷發熱的病，由瘧蚊傳染的。

▲ㄧㄠˋ見「瘧子」。

**瘧子** ㄧㄠˋ ˙ㄗ 瘧疾俗稱「發瘧子」。也說「打擺子」。

**瘧疾** ㄋㄩㄝˋ ㄐㄧˊ 瘧的一般說法。

**瘧蚊** ㄋㄩㄝˋ ㄨㄣˊ 單細胞動物，具有原生質和細胞核，寄生在人的紅血球裡，能引起瘧疾。

**瘧原蟲** ㄋㄩㄝˋ ㄩㄢˊ ㄔㄨㄥˊ 單細胞動物，具有原生質和細胞核，寄生在人的紅血球裡，能引起瘧疾。

## 瘌

▲ㄌㄚˋ見「瘌痢」。

▲˙ㄌㄚ「疤瘌」，就是「疤」。

**瘌痢** ㄌㄚˋ ㄌㄧˋ 頭上生瘡，頭髮脫落的一種病。也作「鬎鬁」。

**瘌痢頭** ㄌㄚˋ ㄌㄧˋ ㄊㄡˊ 長瘌痢的頭。也指長瘌痢的人。

## 瘊

ㄏㄡˊ 皮膚上所生的病態小疙瘩，叫「瘊子」。大的叫「疣」。

## 瘓

ㄏㄨㄢˋ 四肢痲木不能活動的病。如「癱瘓」。

## 瘈

図ㄐㄧˋ 瘋狂。「瘈犬」就是「瘋狗」。

## 瘕

▲図ㄐㄧㄚˇ 舊時所說肚子裡有積塊的病。

▲図ㄒㄧㄚˊ 同「瑕」。瘕疵就是瑕疵。

## 瘇

図ㄓㄨㄥˇ 腳腫了。

## 瘖

図ㄧㄣ 嗓子啞，不能出聲。文言作「瘖瘂」。

**瘖默** ㄧㄣ ㄇㄛˋ 図沉默，不說話。

## 瘍

ㄧㄤˊ 潰爛跟皮膚病的總稱。如「胃潰瘍」「腫瘍」。

# 十筆

## 瘢

ㄅㄢ 瘡痕。就是「疤瘢」。

**瘢痕** ㄅㄢ ㄏㄣˊ 瘡痕。

## 瘩（瘩）

˙ㄉㄚ 見「疙瘩」。

## 瘤

ㄌㄧㄡˊ ㈠皮膚上或身體的內部長出的肉塊，因為刺激或微生物寄生而引起。如「肉瘤」「腸上長瘤子」。㈡中醫把癌腫叫「瘤」。如「毒瘤」。㈢樹幹隆起的部分，叫「樹瘤」。

**瘤子** ㄌㄧㄡˊ ˙ㄗ 瘤。

**瘤胃** ㄌㄧㄡˊ ㄨㄟˋ 反芻類動物的胃分四囊，最前端的最大的一個囊叫瘤胃。

## 瘝

図ㄍㄨㄢ 病苦。如「恫瘝在抱」。

## 瘠

図ㄐㄧˊ ㈠瘦弱。如「肥瘠」。㈡土地不肥沃，叫「瘠土」。

**瘠土** ㄐㄧˊ ㄊㄨˇ 「瘠」㈡。

**瘠田** ㄐㄧˊ ㄊㄧㄢˊ 不肥沃的田地。

**瘠地** ㄐㄧˊ ㄉㄧˋ 瘠土。

**瘦** ㄕㄡˋ ㈠身體不豐滿，跟「胖」「肥」相反。如「瘦小」「骨瘦如柴」。㈡指精赤不帶脂肪的肉。如「他愛吃瘦的」。㈢窄小，通常指身體穿衣服的感覺，或用眼睛看一看所下的判斷。如「這條褲子褲管太瘦，不好穿」「袖子太肥，拿去改瘦點兒」。㈣図土地瘠薄，不肥沃。㈤書法筆畫細。如「鍾（繇）書體瘦」「瘦金體」。㈥図凡是不豐滿的都可以用「瘦」來形容，如山瘦、石瘦等。如蘇軾文有「元輕白俗，郊寒島瘦」。指元稹、白居易、孟郊、賈島的詩風。寒與瘦是評論詩。

**瘦子** ㄕㄡˋ ㄗ˙ 肌肉不豐滿的人。

**瘦小** ㄕㄡˋ ㄒㄧㄠˇ 形容身材瘦，個兒小。

**瘦長** ㄕㄡˋ ㄔㄤˊ 指身材瘦而細長。

**瘦削** ㄕㄡˋ ㄒㄩㄝˋ 身體消瘦，肌肉減削。

**瘦弱** ㄕㄡˋ ㄖㄨㄛˋ 身體瘦，軟弱無力。

**瘦瘠** ㄕㄡˋ ㄐㄧˊ ①瘦弱。②（土地）不肥沃。

**瘦猴（兒）** ㄕㄡˋ ㄏㄡˊ ㄦ 對瘦子的謔稱。

**瘦金體** ㄕㄡˋ ㄐㄧㄣ ㄊㄧˇ 宋徽宗的字體，筆勢瘦硬挺拔。

**瘦巴巴的** ㄕㄡˋ ㄅㄚ ㄅㄚ ㄉㄜ˙ 形容身材很瘦。

**瘥** ▲図ㄔㄞˋ 病好了。如「病瘥」。▲ㄘㄨㄛˊ 病。

**瘡** ㄔㄨㄤ ㈠皮肉腫爛潰瘍的病，總稱「瘡」。如「頭上長瘡」「凍瘡」。㈡外傷。如「金瘡」「刀瘡」「棒瘡」。

**瘡口** ㄔㄨㄤ ㄎㄡˇ 傷口。

**瘡疤** ㄔㄨㄤ ㄅㄚ ①皮膚上生過瘡留下的疤痕。②痛苦的往事。如「揭人瘡疤」。

**瘡痂** ㄔㄨㄤ ㄐㄧㄚ 瘡口表面所結的痂。

**瘡痍** ㄔㄨㄤ ㄧˊ 図①皮膚受了傷裂開。②比喻戰亂之後民生凋敝。如「瘡痍滿目」。也作「創（ㄔㄨㄤ）痍」。

**瘙** ㄙㄠ 見下。

**瘙疹** ㄙㄠ ㄓㄣˇ 中醫說的一種小孩子的皮膚病，像是輕微的出疹子，皮膚上現出小顆粒。

**瘙癢** ㄙㄠ ㄧㄤˇ 皮膚發癢。如「瘙癢難忍」。

**瘞** 図ㄧˋ 埋藏，埋葬。明朝王守仁有一篇埋葬路死者的祭文，題目是〈瘞旅文〉。

**瘟** ㄨㄣ 一時流行於人畜的急性傳染病。如「瘟疫」「牛瘟」。

**瘟神** ㄨㄣ ㄕㄣˊ 傳說中能散播瘟疫的惡神。比喻作惡多端、面目可憎的人。

**瘟疫** ㄨㄣ ㄧˋ 急性傳染病的總稱。

## 十一筆

**瘼** 図ㄇㄛˋ 生病，痛苦。如「民瘼」。

**瘻** ▲ㄌㄡˋ ㈠病名，頸部腫大，又名「鼠瘻」，就是淋巴腺結核。㈡（瘺）「痔瘻」，就是痔瘡。▲図ㄌㄩˇ 痀瘻，同「痀僂」，就是駝背。

**瘰** ㄌㄨㄛˇ 見下。

**瘰癧** ㄌㄨㄛˇ ㄌㄧˋ 脖子的淋巴腺結核的病，中醫叫「瘰癧」。小的叫瘰，大的叫癧。

**瘸** ㄑㄩㄝˊ 腿有毛病不能走。如「他一拐一拐地，像是腿瘸」。

**瘸子** ㄑㄩㄝˊ ㄗ˙ 腿瘸的人。

**瘵** 図ㄓㄞˋ ㈠病。㈡肺癆。

**瘴** ㄓㄤˋ 山林裡溼熱蒸發的氣，能使人生病。通稱「瘴氣」。

**瘴癘** ㄓㄤˋ ㄌㄧˋ 因為地氣過於潮溼而起的病，內病叫「瘴」，外病叫「癘」。

**瘳** 図ㄔㄡ 病好了。

## 十二筆

**癍** ㄅㄢ 皮膚上生斑點的病，如「白癍」「雀癍」。

**癈** ㄈㄟˋ 同「廢」，指人肢體殘缺，機能障礙。

**癉** ▲ㄉㄢ「火癉」，毒菌侵入皮膚紅腫的病，就是「丹毒」。▲図ㄉㄢˋ 憎恨。如「彰善癉惡」。

**癆** ㄌㄠˊ 結核菌傳染病，生在肺部的叫肺癆，生在腸的叫腸癆。

**癆病腔子** ㄌㄠˊ ㄅㄧㄥˋ ㄑㄧㄤ ˙ㄗ 害肺病或身體瘦弱的人。

**療** ㄌㄧㄠˊ ㈠治病。如「治療」「療養」。㈡図救治。「療飢」就是解除飢餓。又讀ㄌㄧㄠˋ。

**療治** ㄌㄧㄠˊ ㄓˋ 治病。

**療效** ㄌㄧㄠˊ ㄒㄧㄠˋ 藥物或醫療方法治療疾病的效果。

**療飢** ㄌㄧㄠˊ ㄐㄧ 図吃食物解除飢餓。

**療貧** ㄌㄧㄠˊ ㄆㄧㄣˊ 図救治貧窮。

**療養** ㄌㄧㄠˊ ㄧㄤˇ 醫治疾病，調養身體。

**療養院** ㄌㄧㄠˊ ㄧㄤˇ ㄩㄢˋ 醫療慢性疾病的醫院。

**癃** 図ㄌㄨㄥˊ ㈠年老彎腰駝背的樣子。㈡小便不通的病。

**癇** ㄒㄧㄢˊ 見「癲癇」。

**癌** ㄧㄢˊ ㈠醫學名詞（cancer），組織或器官所生的惡性腫瘤。病因雖不十分明白，但是致癌的重要因子，包括有毒氣體、放射線等短光波的不當照射、病毒感染、人工色素、抗生素物質等。㈡有害的事物。如「空氣汙染是都市之癌」。又讀ㄞˊ。

**癌症** ㄧㄢˊ ㄓㄥˋ 惡性腫瘤。也叫「癌腫」。

## 十三筆

**癖** ㄆㄧˇ 嗜好。如「潔癖」「嗜酒成癖」。

**癖好** ㄆㄧˇ ㄏㄠˋ 特別的喜好或嗜好。

**癖性** ㄆㄧˇ ㄒㄧㄥˋ 個人所特有的一種或幾種特別的癖好、習性。

**癜** ㄉㄧㄢˋ 皮膚現出白色或紫色斑點的病，西醫叫「癜風」（pityriasis versicolor）。又名汗癬、花斑疹；俗稱紫癜瘋、白癜瘋。

**癗** 図ㄌㄟˇ 皮膚小腫。

**癘** ▲図ㄌㄧˋ ㈠惡瘡。「疥癘」就是「疥瘡」。㈡傳染病叫「疫癘」。▲図ㄌㄞˋ 通「癩」，惡瘡。

**癤** ㄐㄧㄝ「癤子」，皮膚上的小瘡；木材的疤痕。又讀ㄐㄧㄝˊ。

**癒（瘉）** 図ㄩˋ 病治好了。也作「愈」。

**癒合** ㄩˋ ㄏㄜˊ 傷口長好。

## 十四筆

**癡（痴）** ㄔ ㈠說人不聰明。如「白癡」「癡呆」。㈡發瘋。如「發癡」。㈢沉迷於某種事物而不知回頭。如「情癡」「書癡」。㈣傻傻的，無意識的。如「癡癡地等」。

又讀ㄔ。

**癡心** ㄔ ㄒㄧㄣ ①同「癡情」。②同「癡想」。

**癡呆** ㄔ ㄉㄞ 也作「癡獃」。說人思想行動都不活潑。

**癡狂** ㄔ ㄎㄨㄤˊ ①神智不清而發狂。②無知放蕩的樣子。

**癡肥** ㄔ ㄈㄟˊ 図指人肥胖而不用心思。

**癡長** ㄔ ㄓㄤˇ 年長者對年較輕者稱年歲時的謙詞。如「我癡長您幾歲」。

**癡笑** ㄔ ㄒㄧㄠˋ 無意識的傻笑。

**癡情** ㄔ ㄑㄧㄥˊ 為愛情所迷，戀戀不捨。也作「癡心」。

**癡想** ㄔ ㄒㄧㄤˇ 不能實現的空想。也作「癡心」。

**癡心漢** ㄔ ㄒㄧㄣ ㄏㄢˋ 癡迷於愛情的男子。也叫「癡男」。

**癡呆症** ㄔ ㄉㄞ ㄓㄥˋ 醫學名詞。先天性甲狀腺功能過低，兒童身心、智能發展遲滯的現象。

**癡人說夢** ㄔ ㄖㄣˊ ㄕㄨㄛ ㄇㄥˋ 形容說些不合實際的荒唐話。

**癡心妄想** ㄔ ㄒㄧㄣ ㄨㄤˋ ㄒㄧㄤˇ 癡呆的心思，荒謬的想法。指一心想著一些不可能實現的事情。

**癟** ㄅㄧㄝˇ ㈠凹下去，不飽滿。如「乾癟」「肚子餓癟了」。㈡縮小。如「皮球漏氣，越來越癟」。㈢臨時應付不了緊急發生的事而著急。如「出門沒帶錢，你可受了癟了」。

**癟三** ㄅㄧㄝ ㄙㄢ 上海一帶稱窮極無聊的流氓。

**癟嘴子** ㄅㄧㄝ ㄗㄨㄟˇ ㄗ˙ 沒有牙齒的人。

## 十五筆

**癥** 図ㄓㄥ ㈠肚子裡臟脹結塊的病。㈡見「癥結」。

**癥結** ㄓㄥ ㄐㄧㄝˊ 原指人肚子裡臟脹結塊的病，後用來比喻：①病根的所在。②事理疑難的所在。

**癢（[illegible]、痒）** ㄧㄤˇ 皮膚上受了刺激，忍不住要抓才舒服的一種感覺。

**癢癢** ㄧㄤˇ ㄧㄤ˙ 第二個癢字輕讀。癢。

**癢癢肉兒** ㄧㄤˇ ㄧㄤ˙ ㄖㄡˋ ㄦ 第二個癢字輕讀。人體最怕癢的部分。

## 十六筆

**癩** ㄌㄞˋ ㈠一種惡性傳染病，就是痲瘋。㈡因為長癬或疥瘡而致毛髮脫落，通常說「癩痢」或「瘌痢」。㈢外表像是長過癩。如「癩狗」「癩瓜」「癩蝦蟆」。㈣「劣」字的轉音。如「這個人真不癩」。

**癩子** ㄌㄞˋ ㄗ˙ 生癩病的人。

**癩瓜（子）** ㄌㄞˋ ㄍㄨㄚ ㄗ˙ 瓜字輕讀。苦瓜。

**癩皮狗** ㄌㄞˋ ㄆㄧˊ ㄍㄡˇ 長癬或疥瘡的狗。也叫「癩狗」。

**癩蝦蟆** ㄌㄞˋ ㄏㄚˊ ㄇㄚ˙ 蟾蜍。

**癩蝦蟆想吃天鵝肉** ㄌㄞˋ ㄏㄚˊ ㄇㄚ˙ ㄒㄧㄤˇ ㄔ ㄊㄧㄢ ㄜˊ ㄖㄡˋ 比喻不自量力的妄想。

## 十七筆

**癧（[illegible]）** ㄌㄧˋ 見「瘰癧」。

**癬** ㄒㄧㄢˇ 皮膚病，能傳染，患處常發癢，生白色的鱗狀皮。如「白癬」「頭癬」。語音ㄒㄩㄢˇ。

**癬疥** ㄒㄧㄢˇ ㄐㄧㄝˋ ①皮膚病。②図比喻小的事故、毛病，沒關係的。

**癮** ㄧㄣˇ 一種嗜好，久了成習慣的。如「菸癮」「酒癮」。

**癮君子**（ㄧㄣˇ ㄐㄩㄣ ㄗˇ） 原指隱居的人，後借以嘲諷吸菸成癮的人（隱、癮諧音）。

**癮頭兒**（ㄧㄣˇ ㄊㄡˊ ㄦ） 迷戀於一件事物，因而時時想親近那件事物的心意的力量。

**癭** ㄧㄥˇ ㈠長在脖子上的囊狀瘤。㈡図樹木上所生的贅瘤。如「長歌敲柳癭」。

## 十八筆

**癯** 図ㄑㄩˊ 瘦。如「清癯」。

**癰** ㄩㄥ ㈠中醫說的惡性膿瘡，由化膿菌侵入皮下毛囊和皮脂腺而發生的，生在淺處的叫癰，深處的叫疽。發生部位多在頸、背、臀部等處。㈡図比喻隱藏的禍根。如「養癰貽（遺）患」。

**癰疽**（ㄩㄥ ㄐㄩ） 見「癰」㈠。

## 十九筆

**癲** ㄉㄧㄢ ㈠神經錯亂，言行不正常。如「癲狂」「瘋瘋癲癲的」。㈡見「癲癇」。

**癲狂**（ㄉㄧㄢ ㄎㄨㄤˊ） 瘋了；精神錯亂，言行失常。

**癲癇**（ㄉㄧㄢ ㄒㄧㄢˊ） 一種不容易治好的神經系統的病，多數由遺傳或酒精中毒得來，患者發病時，失去知覺，吐白沫，手腳痙攣。

**癱**（瘫） ㄊㄢ 中醫病名，肢體痲痺不能行動的病症。如「癱瘓」「癱下去就起不來了」。

**癱子**（ㄊㄢ ㄗˇ） 患癱瘓的人。

**癱軟**（ㄊㄢ ㄖㄨㄢˇ） （肢體）綿軟，難以動彈。

**癱瘓**（ㄊㄢ ㄏㄨㄢˋ） ①肢體痲痺，半身不遂，不能活動的病。常是腦溢血的結果。②比喻工商業或其他社會組織活動的力量衰落，失去機能。

## 二十五筆

**癵**（⿸疒䜌） 図ㄌㄩㄢˊ 身體因為病而彎曲。也作「攣」。

# 癶部

**癶** ㄅㄛ ㈠國字部首之一。㈡兩腳向外撇。如「卡癶」。

## 四筆

**癸** ㄍㄨㄟˇ ㈠天干的末位。㈡排列次序用的字，表示第十。

## 七筆

**登** ㄉㄥ ㈠上，從下往上走。如「登車」「一步登天」。㈡記在上面，記載。如「登報」「登記」。㈢図成熟。如「五穀豐登」。㈣図收受別人的物品叫登，是敬詞。如「拜登厚賜」。㈤即刻。如「登時」。㈥選拔，擢用。如「登庸」。㈦狀聲字，通「噔」字。

**登山**（ㄉㄥ ㄕㄢ） 上山，爬山。

**登天**（ㄉㄥ ㄊㄧㄢ） ①升天。②指登上帝位。③比喻非常困難。

**登月**（ㄉㄥ ㄩㄝˋ） 登上月球。

**登臺**（ㄉㄥ ㄊㄞˊ） ①走上講臺或舞臺。②比喻走上政治舞臺。

**登用**（ㄉㄥ ㄩㄥˋ） 進用人才。

**登門**（ㄉㄥ ㄇㄣˊ） 到對方住處。如「登門拜訪」。

**登科** ㄉㄥ ㄎㄜ 科舉時代應考人被錄取。

**登時** ㄉㄥ ㄕˊ 立刻。如「登時就做」。

**登記** ㄉㄥ ㄐㄧˋ 把身分、權利申請事項，或其他事項登載在文件上。

**登高** ㄉㄥ ㄍㄠ ①上高處。如「登高自卑」。②重陽（陰曆九月初九日）上山。

**登基** ㄉㄥ ㄐㄧ 帝王即位。又作「登極」。

**登庸** ㄉㄥ ㄩㄥ 図舉用人才。

**登第** ㄉㄥ ㄉㄧˋ 科舉考試要評列等第，因此稱應考錄取的叫登第。

**登陸** ㄉㄥ ㄌㄨˋ ①從船上下來，踏上陸地。②從海上向陸地進攻，攻占陸面。③泛指實際到達，像太空航行到達月球稱為「登陸月球」。

**登報** ㄉㄥ ㄅㄠˋ 把事實或意見在報紙上發表。

**登場** ▲ㄉㄥ ㄔㄤˊ（穀物）收割後運到場（ㄔㄤˊ）上。▲ㄉㄥ ㄔㄤˇ（劇中人）出現在舞臺上。

**登程** ㄉㄥ ㄔㄥˊ 啟行。

**登極** ㄉㄥ ㄐㄧˊ 登基。

**登載** ㄉㄥ ㄗㄞˇ （新聞、文章等）在報刊上印出來。也作「刊載」。

**登錄** ㄉㄥ ㄌㄨˋ 登記。

**登龍** ㄉㄥ ㄌㄨㄥˊ 「登龍門」的簡語，就是使自己身價增高。如「他這個人登龍有術，很快就成了顯貴人物」。

**登臨** ㄉㄥ ㄌㄧㄣˊ 図登高臨遠；遊覽地勢較高的名勝古跡，常用「登臨」表示到達的意思。

**登革熱** ㄉㄥ ㄍㄜˊ ㄖㄜˋ 急性傳染病，病原體是一種病毒，由白線斑蚊或埃及斑蚊傳染入人體。症狀是頭、背和關節疼痛，發高燒，熱退後皮膚出現紅疹。也叫做「斷骨熱」。

**登徒子** ㄉㄥ ㄊㄨˊ ㄗˇ 図好女色的人。典出宋玉〈登徒子好色賦〉。

**登陸艇** ㄉㄥ ㄌㄨˋ ㄊㄧㄥˇ 一種有裝甲設備，駕駛臺在船尾的平底船。它的特殊效能，是可以行駛淺灘，裝卸貨物或運送登陸部隊。

**登機門** ㄉㄥ ㄐㄧ ㄇㄣˊ 供旅客上下飛機的門。

**登山涉水** ㄉㄥ ㄕㄢ ㄕㄜˋ ㄕㄨㄟˇ 也作「爬山涉水」。比喻旅途艱辛。

**登山運動** ㄉㄥ ㄕㄢ ㄩㄣˋ ㄉㄨㄥˋ 一種體育活動，攀登高山。登山運動能鍛鍊人的毅力和勇敢精神。

**登山鐵路** ㄉㄥ ㄕㄢ ㄊㄧㄝˇ ㄌㄨˋ 攀登陡坡山地的鐵路。

**登月小艇** ㄉㄥ ㄩㄝˋ ㄒㄧㄠˇ ㄊㄧㄥˇ 載人的太空艙，本身具有動力系統，可脫離太空船登上月球，再由月球上發射，和太空船會合，重返地球。

**登高一呼** ㄉㄥ ㄍㄠ ㄧ ㄏㄨ 倡導，發出號召。

**登高自卑** ㄉㄥ ㄍㄠ ㄗˋ ㄅㄟ 図登上高處必從低處開始。比喻做事按順序進行。

**登堂入室** ㄉㄥ ㄊㄤˊ ㄖㄨˋ ㄕˋ 比喻學問造就很深。

**登峰造極** ㄉㄥ ㄈㄥ ㄗㄠˋ ㄐㄧˊ 比喻達到最高程度，指學問造詣說的。

## 發（発、发）

ㄈㄚ ㈠植物生長出來。如「發芽」。㈡產生，發生。如「發電」「發光」「這個音怎麼發」。㈢顯露出來。如「樹葉發黃」「味兒發酸」。㈣感覺。如「渾身發癢」。㈤放射出去。如「發箭」「槍砲齊發」。㈥送出，放出。如「發信」「發電報」「發錢」「批發」。㈦起程。如「出發」「朝發夕至」。㈧開始，引起。如「發動」「發起」。㈨開展，旺盛。如「發財」「發展」。㈩開花。如「桃花怒發」。(十一)槍砲子彈一顆叫一發。(十二)「發酵」的簡詞。如「麵發了」。(十三)發出來，指病徵由體內向外顯現，同「過敏」，是中醫的話。如「吃魚蝦會發」。(十四)量詞，箭一放，鎗砲的子彈一顆，都叫一發。

**發凡** ㄈㄚ ㄈㄢˊ 因摘舉書中大意。又入門一類的書也叫發凡。

**發引** ㄈㄚ ㄧㄣˇ 出殯時抬出靈柩（引，指拉柩車的大索，就是紼）。

**發文** ㄈㄚ ㄨㄣˊ 發出公文。

**發毛** ㄈㄚ ㄇㄠˊ ①疑懼。②驚慌。

**發木** ㄈㄚ ㄇㄨˋ ①同「發麻」。②表現不靈活的樣子。

**發水** ㄈㄚ ㄕㄨㄟˇ 大水暴發，鬧水災。

**發火** ㄈㄚ ㄏㄨㄛˇ ①起火。②動怒。

**發付** ㄈㄚ ㄈㄨˋ 打發，安置，遣使。

**發令** ㄈㄚ ㄌㄧㄥˋ 發出命令或口令。

**發出** ㄈㄚ ㄔㄨ ①發生（聲音、疑問等）。②發表，發布（命令、指示）。③送出（稿件、信件等）。

**發包** ㄈㄚ ㄅㄠ 把工程發出交給包商建造。

**發刊** ㄈㄚ ㄎㄢ ①稿件付印。②報刊初次發行。如「發刊詞」。

**發布** ㄈㄚ ㄅㄨˋ 宣布。

**發市** ㄈㄚ ㄕˋ 指商店每一天的第一次成交。

**發生** ㄈㄚ ㄕㄥ ①新有了某種事件或情形叫做發生；像「發生事件」「發生問題」。②卵子受精後經過幾次變化而生長為動物，叫做發生。③興盛；北京語音也說ㄈㄚ・ㄕㄥ。

**發白** ㄈㄚ ㄅㄞˊ ①顯出了光亮。如「天亮時，東方發白」。②指顏色變成蒼白。如「臉色發白」。

**發光** ㄈㄚ ㄍㄨㄤ 放射出光來。

**發回** ㄈㄚ ㄏㄨㄟˊ 文件交還回去。

**發汗** ㄈㄚ ㄏㄢˋ ①出汗。②使身上出汗。如「發汗藥」。

**發行** ▲ㄈㄚ ㄏㄤˊ 批發的行莊，批發店。
▲ㄈㄚ ㄒㄧㄥˊ 發布通行。像發行貨幣，發行報刊書冊等。

**發作** ㄈㄚ ㄗㄨㄛˋ ①發動。②動怒。

**發兵** ㄈㄚ ㄅㄧㄥ 派出軍隊作戰。

**發冷** ㄈㄚ ㄌㄥˇ 身體覺得寒冷。

**發抖** ㄈㄚ ㄉㄡˇ 身體因為寒冷或恐懼顫抖；又說「打戰（兒）」。

**發抒** ㄈㄚ ㄕㄨ 把心裡的情感、意見表達出來。

**發狂** ㄈㄚ ㄎㄨㄤˊ ①神經系統有病而失去常態。②因一時的某種情緒刺激或特別興奮，表現出失常的行動，像大笑或亂打亂鬧等。

**發育** ㄈㄚ ㄩˋ ①生物的滋生長大。②人自初生到成年，身體逐漸壯實，叫發育。

**發見** ㄈㄚ ㄒㄧㄢˋ 找出前人所沒見過的事物或道理。也作「發現」。

**發言** ㄈㄚ ㄧㄢˊ ①開口說話。②發表意見。

**發身** ㄈㄚ ㄕㄣ 男女到了春情發動的時期，身體內部外部都起些變化，叫做發身。

**發函** ㄈㄚ ㄏㄢˊ 發出函件。也作「發信」。

**發怵** ㄈㄚ ㄔㄨˋ 膽怯，畏縮。

**發放** ㄈㄚ ㄈㄤˋ ①發落。②把拖捨或救濟的物資分給大家。

**發明** ㄈㄚ ㄇㄧㄥˊ ①㊀啟發，開拓。如「發明耳目，寧體便人」。②㊀闡發，創造新意。如「引傳文以解經，轉相發明，由是章句義理備焉」〈漢書・劉向傳〉。③憑自己的智能，創造出前人所無的器物或人所不知的義理。如「愛迪生發明電燈」。

**發昏** ㄈㄚ ㄏㄨㄣ 昏迷。

**發泄** ㄈㄚ ㄒㄧㄝˋ 放散出來。也作「發洩」。

**發炎** ㄈㄚ ㄧㄢˊ 肌膚或傷口被病菌侵襲或其他感染，導致紅腫、生膿。

**發芽** ㄈㄚ ㄧㄚˊ 植物長出芽來。

**發表** ㄈㄚ ㄅㄧㄠˇ 公開宣布出來。

**發亮** ㄈㄚ ㄌㄧㄤˋ 發出亮光。如「東方發亮」。

**發信** ㄈㄚ ㄒㄧㄣˋ 同「發函」。

**發威** ㄈㄚ ㄨㄟ 動怒；作出使別人害怕的表情。

**發怒** ㄈㄚ ㄋㄨˋ 生氣，動怒。

**發急** ㄈㄚ ㄐㄧˊ 心情著急，急起來了。

**發狠** ㄈㄚ ㄏㄣˇ ①努力。如「發狠讀書」。②下了決心。如「他發狠戒賭」。③硬著心腸。如「他發狠做了這件不忍心的事」。

**發皇** ㄈㄚ ㄏㄨㄤˊ ㊀①盛大。②使開豁。

**發胖** ㄈㄚ ㄆㄤˋ 身體變胖。也叫「發福」。

**發音** ㄈㄚ ㄧㄣ ①透過發音器官發出聲音。②泛指發出語音或樂音。如「英語發音正確」。

**發射** ㄈㄚ ㄕㄜˋ 利用動力或機械，把箭、子彈或火箭等射出。

**發展** ㄈㄚ ㄓㄢˇ ①開展，進步。②事物由生長而至壯大的變化過程。

**發病** ㄈㄚ ㄅㄧㄥˋ ①犯病，舊病復發。②害病，得了病。

**發祥** ㄈㄚ ㄒㄧㄤˊ ㊀①出現吉祥的徵兆。②興起；發生。

**發笑** ㄈㄚ ㄒㄧㄠˋ ①笑。②可笑。

**發財** ㄈㄚ ㄘㄞˊ 得的錢很多，成了富人。

**發起** ㄈㄚ ㄑㄧˇ 創辦一件事情，首先提議或發動。

**發軔** ㄈㄚ ㄖㄣˋ ㊀指事情的開始或開始行動。

**發跡** ㄈㄚ ㄐㄧ 得志，興起。也作「發迹」。

**發送** ㄈㄚ ㄙㄨㄥˋ 送字輕讀。指關於殯葬的一切事情。

**發配** ㄈㄚ ㄆㄟˋ 把犯罪的人押送到邊遠地方服勞役。

**發動** ㄈㄚ ㄉㄨㄥˋ ①開始動作。②促成動作。

**發售** ㄈㄚ ㄕㄡˋ 出售。

**發問** ㄈㄚ ㄨㄣˋ ①問。②把有疑問的事提出來請人解答。

**發情** ㄈㄚ ㄑㄧㄥˊ 雌性的高等動物卵子成熟前後，生理上要求交配的現象。

**發排** ㄈㄚ ㄆㄞˊ 將稿件交給排字工人去排印。

**發掘** ㄈㄚ ㄐㄩㄝˊ 開掘，大規模地挖掘。

**發條** ㄈㄚ ㄊㄧㄠˊ 鐘錶裡面捲成螺旋形的彈性鋼條，利用它的彈力來推動機器的齒輪旋轉；有些小的用具或兒童玩具也裝上發條來產生動力。

**發球** ㄈㄚ ㄑㄧㄡˊ 球賽時，一方把球發出，使比賽開始或繼續。

**發現** ㄈㄚ ㄒㄧㄢˋ ①同「發見（ㄒㄧㄢˋ）」。②明顯表露出來。

**發票** ㄈㄚ ㄆㄧㄠˋ 商店賣出貨物之後，開給顧客的售價單據。

**發貨** ㄈㄚ ㄏㄨㄛˋ 送出貨物。

**發麻** ㄈㄚ ㄇㄚˊ 感覺麻木。

**發喪** ㄈㄚ ㄙㄤ ①喪家宣告某人死訊。②辦理喪事。

**發報** ㄈㄚ ㄅㄠˋ ①把消息、情報等用無線電裝置發給接收者。②指把報紙分送給訂戶的工作。也叫「派報」。

**發悶** ▲ㄈㄚ ㄇㄣ 氣壓低或空氣不流通。如「今天天氣發悶」「屋裡人多，有點發悶」。▲ㄈㄚ ㄇㄣˋ 愁悶，心情不開朗，不快樂。

**發愣** ㄈㄚ ㄌㄥˋ 暫時的發獃，動作和表情一下子變得死板板，不活潑。也作「發怔（ㄌㄥˋ）」。

**發揮** ㄈㄚ ㄏㄨㄟ ①把意思暢快地發表出來。②把力量儘量用出來。

**發揚** ㄈㄚ ㄧㄤˊ ①宣揚。②進一步地開展擴大。

**發散** ㄈㄚ ㄙㄢˋ ①光學形容從一個實物光點或一個虛像光點向外展開的光線。②中醫用藥清除病人內部的熱，叫發散。

**發痧** ㄈㄚ ㄕㄚ 中醫把霍亂叫發痧，也叫「絞腸痧」。

**發慌** ㄈㄚ ㄏㄨㄤ 心情不安定，著急或驚慌的意思。

**發愁** ㄈㄚ ㄔㄡˊ 憂愁。

**發暈** ㄈㄚ ㄩㄣ 頭暈，腦子裡有旋轉、昏迷的感覺。

**發源** ㄈㄚ ㄩㄢˊ ①江河的起源。②比喻事物的開始。

**發落** ㄈㄚ ㄌㄨㄛˋ 處置、處理和處分。如「從輕發落」。

**發話** ㄈㄚ ㄏㄨㄚˋ ①給予口頭指示。②氣沖沖地說出話。

**發達** ㄈㄚ ㄉㄚˊ 興盛，開展和進步。

**發電** ㄈㄚ ㄉㄧㄢˋ ①發生電流、電力。②拍發電報。

**發榜** ㄈㄚ ㄅㄤˇ 考試後公布被錄取的名單。也作「放榜」。

**發獃** ㄈㄚ ㄉㄞ 心裡在想什麼而出神，成了獃相。也作「發呆」。

**發瘋** ㄈㄚ ㄈㄥ 因精神病而失去常態。

**發福** ㄈㄚ ㄈㄨˊ 客套話指稱發胖。（多用於中年以上的人）。

**發端** ㄈㄚ ㄉㄨㄢ 事情開始。

**發誓** ㄈㄚ ㄕˋ 宣誓，立誓，表示誠實不欺的意願。

**發酵** ㄈㄚ ㄒㄧㄠˋ ①加酵母在麵裡，使麵發鬆。②含沙糖類的流質，因為化學作用而發生黴菌，起沫變酸，叫做發酵。酵又讀ㄐㄧㄠˋ。

**發酸** ㄈㄚ ㄙㄨㄢ ①發生酸味。②身體感覺疲憊無力。

**發憤** ㄈㄚ ㄈㄣˋ 下決心要努力求學或工作。

**發標** ㄈㄚ ㄅㄧㄠ 發威風；發脾氣。

**發熱** ㄈㄚ ㄖㄜˋ ①物體溫度增加。②就是發燒，人的體溫超過了正常溫度。

**發稿** ㄈㄚ ㄍㄠˇ 發出稿件，提供編排。

**發賣** ㄈㄚ ㄇㄞˋ 出售。

**發霉** ㄈㄚ ㄇㄟˊ 有機質滋生霉菌而變質。

**發噱** ㄈㄚ ㄐㄩㄝˊ 發笑。

**發氄** ㄈㄚ ㄖㄨㄥˇ 長出纖細柔軟的細毛。

**發燒** ㄈㄚ ㄕㄠ ①熱度增高，超過平常溫度，多指身體而說的。人體體溫超過攝氏三十七度半以上就是發燒。也叫「發熱」。②諷刺人因為日子過得好而有過分的行為。如「他又發燒了，到處亂花錢」。

**發糕** ㄈㄚ ㄍㄠ 用米粉或麵粉發酵加糖做成的糕點。「糕」也寫作「粿」。

**發聲** 發出聲音。

**發還** 歸還，交還，送回去。

**發黏** 物體現出溼黏的狀態。

**發難** 図①首先用兵起事。②發問質難。

**發願** 立下心願，發出志願來。

**發麵** ①把麵粉發酵。②發酵的麵粉。

**發覺** ①密謀或罪跡被人揭破。②發見。

**發露** 顯露。

**發飆** ①吹起暴風。②大怒。

**發顫** 也作「發戰」。①因身體受冷或心中恐懼而顫抖。②神經失常而引起顫抖。

**發疹（子）** 傳染病的一種，皮膚發生小粒，像痲疹、風疹等。

**發令員** 徑賽、游泳比賽開始時，執行發令的人。

**發令槍** 徑賽、游泳比賽開始時，用來發出聲音信號的器械，形狀像手槍。

**發刊詞** 報章雜誌等初次發行時，說明發行緣起的文章。

**發光體** 本身能發光的物體。就是「光源」。

**發汗劑** 能使皮膚的水分分泌量增加的各種藥物的總稱。

**發行網** 指報紙、書籍、雜誌的銷售管道多而交錯，好像形成一張網。

**發言人** 代表某機關、團體對外發布新聞，說明政策背景，並且跟新聞界聯繫的人員。

**發言權** 會議中發表意見或言論的權利。

**發威風** 顯示威風。

**發洋財** 發大財。

**發財車** 小型貨車的俗稱。

**發起人** 首先建議創辦一件事情的人。

**發射臺** ①無線電信、廣播、電視等發送電波的設備。②火箭、飛彈等發射基地的設備。

**發動機** 發出原動力的機器。

**發情期** 雌性的高等動物發情的時期。參看「發情」。

**發球機** 自動發球，供球員練習擊球技巧的機器。如網球、棒球、桌球都有發球機。

**發祥地** ①古時帝王生長的地方。②事業或運動發源的地方。

**發報房** 裝設無線電發報裝置，發射電報的地方。

**發報機** 送發電報的機器。

**發脾氣** 氣字輕讀。發怒。

**發源地** ①江河起源的地方。②事物起源的地方。

**發話器** 電話機等用來發話的部分。

**發電廠** 有機器設備可以發出電力，供人使用的工廠。

**發電機** 發生電力的動力機。

**發瘧子** 染患瘧疾。

**發語詞** 文言文裡的一種虛詞，用在句首，本身沒有意義。如夫、維、蓋。

**發酒瘋（兒）** 喝酒過多，醉後作出瘋瘋癲癲的姿態。

**發人深省** ㄈㄚ ㄖㄣˊ ㄕㄣ ㄒㄧㄥˇ 啟發人深思，使人反省。

**發奸擿伏** ㄈㄚ ㄐㄧㄢ ㄊㄧ ㄈㄨˊ 把藏匿著的壞人壞事揭發出來。「奸」也作「姦」。

**發音器官** ㄈㄚ ㄧㄣ ㄑㄧˋ ㄍㄨㄢ ①人類的發音器官包括喉頭、聲帶、口腔和鼻腔。②脊椎動物和許多高等無脊椎動物能發出聲音的器官，如聲帶、共鳴器等。

**發揚踔厲** ㄈㄚ ㄧㄤˊ ㄓㄨㄛˊ ㄌㄧˋ 指精神奮發，意氣昂揚。

**發揚蹈厲** ㄈㄚ ㄧㄤˊ ㄉㄠˋ ㄌㄧˋ 同「發揚踔厲」。

**發號施令** ㄈㄚ ㄏㄠˋ ㄕ ㄌㄧㄥˋ ①宣布政令。②指揮。

**發蹤指示** ㄈㄚ ㄗㄨㄥ ㄓˇ ㄕˋ 獵人放出獵狗追捕野獸。比喻指揮、調度。

**發聵振聾** ㄈㄚ ㄎㄨㄟˋ ㄓㄣˋ ㄌㄨㄥˊ 図比喻用語言文字使胡塗的人清醒過來。

**發展中國家** ㄈㄚ ㄓㄢˇ ㄓㄨㄥ ㄍㄨㄛˊ ㄐㄧㄚ 國家分類的稱呼。按照國家經濟發展的程度，把世界上的國家分為「已發展國家」「發展中國家」「未發展國家」。其中已脫離農業經濟，但尚未完全現代化的國家，叫「發展中國家」。也叫「開發中國家」。

## 白部

**白** ㄅㄞˊ ㈠素淨，像雪、牛奶這類的顏色。如「白布」「白紙」「手洗得好白」。㈡光明。如「東方發白」「月白風清」。㈢日間。如「白天」「白晝」。㈣淺顯的。如「白話文」。㈤空無所有。如「白手成家」「交白卷」。㈥無緣無故。如「平白無故」。㈦徒然。如「白跑一趟」「白為他傷心」。㈧不付代價的。如「白吃」「白看戲」。㈨錯誤。如「寫了白字」「念了白字」。㈩戲劇裡的對話。如「道白」「對白」。(十一)表明，敘述。如「告白」。(十二)白話的簡稱。如「文白對譯」。(十三)姓。如「白居易」。(十四)坦率。如「坦白」。(十五)顯露出了，明白了。如「真相大白」。(十六)清正的。如「黑白分明」。讀音ㄅㄛˊ ㈠図酒杯。如「浮一大白」。㈡ㄅㄞˊ㈠㈡㈤㈩(十四)(十五)(十六)文言文裡也可讀ㄅㄛˊ。

**白丁** ㄅㄞˊ ㄉㄧㄥ 指一般平民。白也讀ㄅㄛˊ。如「往來無白丁」。

**白刃** ㄅㄛˊ ㄖㄣˋ 図利刃。

**白土** ㄅㄞˊ ㄊㄨˇ ①瓷土的俗稱。②鴉片的別名。

**白水** ㄅㄞˊ ㄕㄨㄟˇ ①不攙其他雜質的水。②陝西省縣名。白也讀ㄅㄛˊ。

**白天** ㄅㄞˊ ㄊㄧㄢ 天字輕讀。日出之後日落之前的一段時間。

**白手** ㄅㄞˊ ㄕㄡˇ 空手。如「白手起家」。

**白文** ㄅㄞˊ ㄨㄣˊ 書裡不加注解的正文。

**白日** ㄅㄞˊ ㄖˋ 白天。白也讀ㄅㄛˊ。

**白朮** ㄅㄞˊ ㄓㄨˊ 多年生草本植物，屬菊科，葉橢圓形，有細鋸齒，秋天開紫紅色的花，根莖可供食用、驅蚊及藥用。

**白玉** ㄅㄞˊ ㄩˋ ①白色的玉。②四川省縣名。

**白吃** ㄅㄞˊ ㄔ 吃完東西不付錢也不記帳。

**白忙** ㄅㄞˊ ㄇㄤˊ 徒勞無功；忙了也沒用。

**白灰** ㄅㄞˊ ㄏㄨㄟ 石灰。

**白米** ㄅㄞˊ ㄇㄧˇ 去了糠皮的稻米。

**白肉** ㄅㄞˊ ㄖㄡˋ 不加作料的熟豬肉。

**白芍** ㄅㄞˊ ㄕㄠˊ 白芍藥的根，中醫入藥，有養血、止痛等作用。

**白卷** ㄅㄞˊ ㄐㄩㄢˋ 沒有作答的考卷。

**白芷** ㄅㄞˊ ㄓˇ 多年生草本植物，屬繖形科，羽狀複葉，有鋸齒，夏季開白花，果實圓扁形，根供藥用。

**白虎** ㄅㄞˊ ㄏㄨˇ ①中國神話或星相家所說的凶神。②星名，屬西方七宿。③指右方。

**白金** ㄅㄞˊ ㄐㄧㄣ ①化學金屬元素之一，也叫「鉑」。②図銀的別名。白也讀ㄅㄛˊ。

**白砂** ㄅㄞˊ ㄕㄚ 製造玻璃的主要原料，就是「矽砂」。

**白食** ㄅㄞˊ ㄕˊ 不出錢就得到的食物。如「吃白食」。

**白首** ㄅㄛˊ ㄕㄡˇ 図人老髮白，是「老人」「老年」的別稱。

**白宮** ㄅㄞˊ ㄍㄨㄥ 美國的總統府和總統官邸，在華盛頓，因為整棟大樓都是白色的，所以叫「白宮」。

**白酒** ㄅㄞˊ ㄐㄧㄡˇ 高粱酒。也常說「白乾兒」。

**白骨** ㄅㄞˊ ㄍㄨˇ 死人的骨頭。白也讀ㄅㄛˊ。

**白堊** ㄅㄞˊ ㄜˋ 非晶質的石灰岩，可以製石灰跟瓷器，又可做粉筆，粉刷牆壁。俗稱白墡。

**白帶** ㄅㄞˊ ㄉㄞˋ 婦科病的一種，患者由陰道流出白色的濃液。

**白晝** ㄅㄛˊ ㄓㄡˋ 白天。白也讀ㄅㄞˊ。

**白淨** ㄅㄞˊ ㄐㄧㄥˋ 淨字輕讀。(皮膚)白而潔淨。

**白眼** ㄅㄛˊ ㄧㄢˇ 翻白眼看人，是輕慢的態度。白也讀ㄅㄞˊ。

**白喉** ㄅㄞˊ ㄏㄡˊ 喉嚨起灰白色薄膜，是一種很危險的傳染病。

**白描** ㄅㄛˊ ㄇㄧㄠˊ 中國畫法的一種，用單純的線條細筆描出。也叫「鉤勒」，不著色。白也讀ㄅㄞˊ。

**白皙** ㄅㄞˊ ㄒㄧ ①臉色白。②形容皮膚白。白也讀ㄅㄛˊ。

**白煮** ㄅㄞˊ ㄓㄨˇ 食物只加水煮熟，不加作料。

**白痢** ㄅㄞˊ ㄌㄧˋ 糞便帶有白色黏液的一種病症。

**白菜** ㄅㄞˊ ㄘㄞˋ 菜名，葉闊大，色淡綠帶黃。品種很多，是普通蔬菜。

**白費** ㄅㄞˊ ㄈㄟˋ 徒然耗費。如「白費唇舌」。

**白飯** ㄅㄞˊ ㄈㄢˋ ①白米飯。②指沒有菜肴，光吃米飯。

**白搭** ㄅㄞˊ ㄉㄚ 沒有用；不起作用；白費力氣。

**白煤** ㄅㄞˊ ㄇㄟˊ 無煙煤。

**白藥** ㄅㄞˊ ㄧㄠˋ 中藥成藥，白色粉末。能治創傷、刀傷和出血疾患。雲南出產的最著名。

**白旗** ㄅㄞˊ ㄑㄧˊ ①白色的旗子。②戰爭中表示投降或敵對雙方派人互相聯絡時所用的旗子。

**白熊** ㄅㄞˊ ㄒㄩㄥˊ 猛獸名，產在北冰洋，毛色純白。

**白種** ㄅㄞˊ ㄓㄨㄥˇ ①世界三大人種之一，體質特徵是膚色較淡，頭髮柔軟，鼻子較高。分布在歐洲、美洲、亞洲西部和南部。②也叫高加索人種。

**白說** ㄅㄞˊ ㄕㄨㄛ 空費口舌，說了也沒用。

**白銅** ㄅㄞˊ ㄊㄨㄥˊ 銅、鋅和鎳等三種金屬的合金，顏色像銀。

**白銀** ㄅㄞˊ ㄧㄣˊ 指銀圓、銀塊等。

**白墨** ㄅㄞˊ ㄇㄛˋ 粉筆的別名。

**白墡** ㄅㄞˊ ㄕㄢˋ 就是「白堊」。

**白熱** ㄅㄞˊ ㄖㄜˋ ①在攝氏一千五百度以上的高溫度時，火焰熾熱而發白光，叫做白熱。②人的情緒或一種運動進行達到最緊張的狀態，也稱白熱。如

「白熱化」。

**白醋** ㄅㄞˊ ㄘㄨˋ 淡顏色的醋。

**白髮** ㄅㄞˊ ㄈㄚˇ 由黑轉白的頭髮。白也讀ㄅㄛˊ。

**白糖** ㄅㄞˊ ㄊㄤˊ 白沙糖。

**白頭** ㄅㄞˊ ㄊㄡˊ 頭髮白。白也讀ㄅㄛˊ。

**白薯** ㄅㄞˊ ㄕㄨˇ 番薯的一種。

**白癡** ㄅㄞˊ ㄔ 意識模糊，舉止遲鈍的一種精神病。多半由遺傳、精神缺陷或小時候害腦膜炎而得的。

**白礬** ㄅㄞˊ ㄈㄢˊ 明礬。

**白饒** ㄅㄞˊ ㄖㄠˊ 買了東西，另外又要了些而不另加錢。

**白蘭** ㄅㄞˊ ㄌㄢˊ ①落葉喬木，蘭花的一種。②古代西羌族的部落。

**白蠟** ㄅㄞˊ ㄌㄚˋ ①白色的蠟燭。②蠟蟲所分泌的黏液，是製蠟燭的原料。

**白鐵** ㄅㄞˊ ㄊㄧㄝˇ 鍍鋅的薄鐵片，可以防鏽蝕。

**白露** ㄅㄞˊ ㄌㄨˋ 節氣名，在陽曆九月八日前後。白也讀ㄅㄛˊ。

**白鶴** ㄅㄞˊ ㄏㄜˋ 鶴的一種，羽毛白色，翅膀大，能高飛，頭頂紅色。頸和腿很長。古人以為仙人騎鶴，隱士也養鶴，所以又叫「仙鶴」，把牠當作吉祥長壽的鳥。

**白癬** ㄅㄞˊ ㄒㄩㄢˇ 生在幼兒頭部的皮膚病，由黴菌傳染，能使人頭髮脫落。

**白鑞** ㄅㄞˊ ㄌㄚˋ 錫與鉛的合金，可以接合金屬。

**白鱓** ㄅㄞˊ ㄕㄢˋ 鰻的別名。也作「白鱔」。

**白鷺** ㄅㄞˊ ㄌㄨˋ 鷺的一種，長一尺四五寸，純白，嘴跟腳黑色，腳趾暗黃，夏天時頭頂生純白色長毛。

**白子(兒)** ㄅㄞˊ ㄗˇ(ㄦ) 圍棋子白色的叫白子(兒)，黑色的叫黑子(兒)。

**白字(兒)** ㄅㄞˊ ㄗˋ(ㄦ) 誤寫了音同而義不同的字。

**白果(兒)** ㄅㄞˊ ㄍㄨㄛˇ(ㄦ) ①銀杏的果實。②雞蛋的別名。

**白話(兒)** ㄅㄞˊ ㄏㄨㄚˋ(ㄦ) 口語，口頭所說的話；對文言說的。

**白醭(兒)** ㄅㄞˊ ㄆㄨˊ(ㄦ) 醋、醬油等表面長出白色的霉。

**白刃戰** ㄅㄛˊ ㄖㄣˋ ㄓㄢˋ 敵對兩軍在近距離用刺刀、槍托等進行的格鬥。又叫「肉搏戰」。

**白內障** ㄅㄞˊ ㄋㄟˋ ㄓㄤˋ 眼球中間的水晶體混濁不透明，瞳孔成了白色的病。

**白木耳** ㄅㄞˊ ㄇㄨˋ ㄦˇ 白色的木耳，又名銀耳，中醫說是一種滋補品。

**白白地** ㄅㄞˊ ㄅㄞˊ ˙ㄉㄜ 徒然，白費。口語也說「白搭」。

**白皮書** ㄅㄞˊ ㄆㄧˊ ㄕㄨ 某些國家的政府、議會等公開發表的有關政治、外交、財政等重大問題的文件。封面是白色的，叫「白皮書」。

**白血病** ㄅㄞˊ ㄒㄩㄝˇ ㄅㄧㄥˋ 白血球增多的病，就是「血癌」。

**白血球** ㄅㄞˊ ㄒㄩㄝˇ ㄑㄧㄡˊ 血液成分的一種，是無色細胞。比紅血球大而少，形狀像變形蟲，游走於血液中，且能出入血管壁進入各組織內，吞食外來的有害身體的細菌等微粒。

**白沙糖** ㄅㄞˊ ㄕㄚ ㄊㄤˊ 甘蔗汁製成褐色沙糖，再壓榨，去了糖蜜，就成白沙糖。簡稱白糖。

**白沫子** ㄅㄞˊ ㄇㄛˋ ˙ㄗ ①白色的水沫。②暴病或受傷時嘴裡吐出含泡沫的口水。

**白花花** ㄅㄞˊ ㄏㄨㄚ ㄏㄨㄚ 白得耀眼。如「白花花的銀子」。

**白晃晃** ㄅㄞˊ ㄏㄨㄤˇ ㄏㄨㄤˇ 白而亮。如「白晃晃的照明彈」。

**白茫茫** ㄅㄞˊ ㄇㄤˊ ㄇㄤˊ 形容一望無邊際的白（用於雲、霧、雪、大水等）。

**白堊質** ㄅㄞˊ ㄜˋ ㄓˋ 齒根外部表面的部分。白也讀ㄅㄛˊ。

**白眼珠** ㄅㄞˊ ㄧㄢˇ ㄓㄨ 眼球上白色的部分。

**白報紙** ㄅㄞˊ ㄅㄠˋ ㄓˇ 印報紙用的白紙。有捲筒形的，有切好呈方形的。

**白斑病** ㄅㄞˊ ㄅㄢ ㄅㄧㄥˋ 一種皮膚病，由於皮膚色素喪失，使得局部皮膚變白。

**白開水** ㄅㄞˊ ㄎㄞ ㄕㄨㄟˇ 不攙茶、糖等的開水。也叫「白水」。

**白乾兒** ㄅㄞˊ ㄍㄢ ㄦ 也作白干兒，就是純粹的高粱酒；又作高粱酒的通稱。

**白雲母** ㄅㄞˊ ㄩㄣˊ ㄇㄨˇ 雲母的一種，薄板狀，有珠光跟絹光，也有無色、灰色、薄青色、黃色等。

**白矮星** ㄅㄞˊ ㄞˇ ㄒㄧㄥ 發白光而光度小的一種恆星，一般體積小而密度大，如天狼星的伴星。

**白話文** ㄅㄞˊ ㄏㄨㄚˋ ㄨㄣˊ 依照現代語言組成文句的文章。又叫語體文。

**白話詩** ㄅㄞˊ ㄏㄨㄚˋ ㄕ 打破舊詩格律，用白話寫成的詩。又叫「新詩」。

**白鉛礦** ㄅㄞˊ ㄑㄧㄢ ㄎㄨㄤˋ 就是成塊粒的碳酸鉛，質地很脆，用來製鉛。精製成的白鉛，可以做油漆料、陶瓷器的釉藥跟裝飾品的白粉。

**白熱化** ㄅㄞˊ ㄖㄜˋ ㄏㄨㄚˋ （事態、感情等）發展到最緊張的階段。

**白皚皚** ㄅㄞˊ ㄞˊ ㄞˊ 形容潔白的樣子。

**白嘴兒** ㄅㄞˊ ㄗㄨㄟˇ ㄦ 〔方〕指光吃菜而不吃飯，或光吃飯而不吃菜。如「這孩子就喜歡白嘴兒吃飯」。

**白熾燈** ㄅㄞˊ ㄔˋ ㄉㄥ 用炭精絲或鎢絲封入真空的玻璃泡中，電流通過燈絲，燈絲發出亮光，是現代最常用的一種電燈。

**白螞蟻** ㄅㄞˊ ㄇㄚˇ ㄧˇ 一種昆蟲，就是白蟻，能蛀房屋棟柱，為害很大。

**白頭翁** ㄅㄞˊ ㄊㄡˊ ㄨㄥ ①鳥類，鶇科。頭和頸部黑色，後頭部有一大塊白斑，因此得名。喉和腹部白色，體背欖褐色，是野外常見的鳥。②多年生草本植物，全株密生白毛，花紫紅色，果實成熟時也有白毛，像老人的頭髮，因此得名。

**白濛濛** ㄅㄞˊ ㄇㄥˊ ㄇㄥˊ 形容細雨綿綿，一片白色朦朧的樣子。

**白癜風** ㄅㄞˊ ㄉㄧㄢˋ ㄈㄥ 一種皮膚病。參看「癜」字。

**白麵兒** ㄅㄞˊ ㄇㄧㄢˋ ㄦ 毒品，海洛因的俗稱。也叫「白貨」。

**白蘭地** ㄅㄛˊ ㄌㄢˊ ㄉㄧˋ brandy 的音譯。酒名，普通由葡萄製成，含酒精百分之四十到五十。

**白蠟樹** ㄅㄞˊ ㄌㄚˋ ㄕㄨˋ 落葉喬木。因為可放養白蠟蟲，收集白蠟蟲分泌的白蠟而得名。

**白蠟蟲** ㄅㄞˊ ㄌㄚˋ ㄔㄨㄥˊ 昆蟲，成群棲息在白蠟樹或女貞樹上。雄蟲能分泌白蠟。

**白山黑水** ㄅㄞˊ ㄕㄢ ㄏㄟ ㄕㄨㄟˇ ①指長白山和黑龍江。②泛指中國東北地區。

**白手成家** ㄅㄞˊ ㄕㄡˇ ㄔㄥˊ ㄐㄧㄚ 無所憑藉而興起家業或事業。也作「白手興家」。

**白衣大士** ㄅㄞˊ ㄧ ㄉㄚˋ ㄕˋ 觀世音菩薩的別稱。

**白馬非馬** ㄅㄞˊ ㄇㄚˇ ㄈㄟ ㄇㄚˇ 戰國時代名家公孫龍的主張。旨在辨正名實，主張馬為全稱，白馬有白的一種屬性，只是馬的一部分，所以白馬不等於馬，部分不等於全部。

**白馬素車** ㄅㄛˊ ㄇㄚˇ ㄙㄨˋ ㄐㄩ 古時候喪禮用的車馬。

**白眼珠兒** ㄅㄞˊ ㄧㄢˇ ㄓㄨ ㄦ 鞏膜，又稱眼白。

**白雲蒼狗** ㄅㄛˊ ㄩㄣˊ ㄘㄤ ㄍㄡˇ 〔文〕比喻事物變化不定。

**白領階級**（ㄅㄞˊ ㄌㄧㄥˇ ㄐㄧㄝ ㄐㄧˊ） 社會學名詞。通稱不是體力勞動工作的人，因常穿白領襯衫，所以叫「白領階級」；是相對藍領階級的體力勞動工人來說的。

**白駒過隙**（ㄅㄛˊ ㄐㄩ ㄍㄨㄛˋ ㄒㄧˋ） 文白駒指日影。比喻光陰迅速。白字也讀ㄅㄞˊ。

**白璧微瑕**（ㄅㄛˊ ㄅㄧˋ ㄨㄟ ㄒㄧㄚˊ） 正人君子的小過錯。白也讀ㄅㄞˊ。

## 一筆

**百** ㄅㄞˇ ㈠數目名，十個十。大寫作「佰」。㈡眾多。如「百科全書」「能治百病」。讀音ㄅㄛˊ，文言詞用的。

**百工**（ㄅㄛˊ ㄍㄨㄥ） 文①各種技藝。②各種工匠。③各種官吏。

**百日**（ㄅㄞˇ ㄖˋ） ①一百天。多用來指相當長的時間。②喪禮習俗，人死後滿一百天，喪家延請僧道誦經或行齋供。③比喻死亡。

**百代**（ㄅㄛˊ ㄉㄞˋ） 永遠。百也讀ㄅㄞˇ。

**百合**（ㄅㄞˇ ㄏㄜˊ） 合字輕讀。多年生草，地下的鱗莖可以吃。開白花的最好。

**百年**（ㄅㄛˊ ㄋㄧㄢˊ） ①指很長的時間。如「百年大計」。②指人的一生。如祝福人家新婚用「百年好合」，婉稱死亡為「百年之後」。百也讀ㄅㄞˇ。

**百足**（ㄅㄛˊ ㄗㄨˊ） 毒蟲，就是「蜈蚣」。

**百姓**（ㄅㄞˇ ㄒㄧㄥˋ） 國民的通稱。常作「老百姓」。百也讀ㄅㄛˊ。

**百官**（ㄅㄛˊ ㄍㄨㄢ） 泛指各級官吏。如「文武百官」。百也讀ㄅㄞˇ。

**百果**（ㄅㄞˇ ㄍㄨㄛˇ） 各種果實。百也讀ㄅㄛˊ。

**百花**（ㄅㄛˊ ㄏㄨㄚ） 各種花。百也可讀ㄅㄞˇ。

**百拜**（ㄅㄛˊ ㄅㄞˋ） 文古禮，現在書簡中沿用為敬詞。就是鞠躬又鞠躬的意思。

**百家**（ㄅㄞˇ ㄐㄧㄚ） 指學術上各種專家。百也讀ㄅㄛˊ。

**百般**（ㄅㄞˇ ㄅㄢ） 各種方法。如「百般勸解」。百也讀ㄅㄛˊ。

**百草**（ㄅㄞˇ ㄘㄠˇ） 各種草類。

**百貨**（ㄅㄞˇ ㄏㄨㄛˋ） 各式各樣的貨物。

**百歲**（ㄅㄛˊ ㄙㄨㄟˋ） ①一百年。②古人以人生不過百歲，因以百歲比喻死亡。③舊時嬰兒出生後滿一百天，叫做「過百歲」，是祝福長壽的意思。百也讀ㄅㄞˇ。

**百葉**（ㄅㄞˇ ㄧㄝˋ） ①牛羊等反芻動物的胃，做食品時叫「百葉」。②花重瓣或物相重疊的，也叫「百葉」。百也讀ㄅㄛˊ。

**百穀**（ㄅㄛˊ ㄍㄨˇ） 穀類的總稱。百也讀ㄅㄞˇ。

**百靈** ▲ㄅㄞˇ ㄌㄧㄥˊ鳥名，羽毛蒼白有斑，頸上有黑羽，鳴聲好聽，可養著玩兒。▲文ㄅㄛˊ ㄌㄧㄥˊ各種神。

**百分比**（ㄅㄞˇ ㄈㄣ ㄅㄧˇ） 數學名詞。又叫「百分率」「百分點」。甲數和乙數相比，求乙數為甲數百分之幾的比值叫百分比。求乙數為甲數百分之幾的方法叫百分法。

**百分制**（ㄅㄞˇ ㄈㄣ ㄓˋ） 學校評定學生成績的一種記分方法。以一百分為最高成績，六十分為及格。

**百分數**（ㄅㄞˇ ㄈㄣ ㄕㄨˋ） 百分之幾，符號是%。

**百日咳**（ㄅㄞˇ ㄖˋ ㄎㄜˊ） 小孩兒容易得的一種咳嗽病，大約一百天左右才能治好。

**百年身**（ㄅㄛˊ ㄋㄧㄢˊ ㄕㄣ） 人生一世。百也讀ㄅㄞˇ。

**百年後**（ㄅㄛˊ ㄋㄧㄢˊ ㄏㄡˋ） 死後。百也讀ㄅㄞˇ。

**百步蛇** 一種毒蛇，頭大，呈犁頭狀，體背面灰白色，體側分布黑色的三角紋，腹部白色，密列黑斑。牙有劇毒。或叫「五步蛇」，形容其毒性發作的快速。

**百里侯** 舊時稱治理一縣的長官。百也讀ㄅㄞˊ。

**百事通** 譏笑懂得多卻又不精的人。也叫「萬事通」。

**百度表** 測量溫度的儀器，就是攝氏寒暑表，冰點到沸點之間分為一百度。

**百衲本** 因集合若干善本而刻印的叢書。

**百衲衣** 和尚穿的衣服，用不同顏色的布綴成。

**百家姓** 北宋時浙江人編的一本雜書，拿姓氏編成韻文，以便誦讀。

**百斯篤** pest的音譯，就是鼠疫。也叫黑死病。百也讀ㄅㄞˊ。

**百葉窗** 用許多橫木板或塑膠片做成的門窗，既能通風，又能遮日光。百也讀ㄅㄛˊ。

**百壽圖** 摹寫壽字古今各體一百個成一幅圖，祝人壽辰用的。百也讀ㄅㄛˊ。

**百褶裙** 多褶的裙子。百也讀ㄅㄛˊ。

**百鍊鋼** 比喻久經鍛鍊，非常堅強。晉朝劉琨〈重贈盧諶〉詩有「何意百鍊鋼，化為繞指柔」。

**百子千孫** 舊時祝賀人家子孫眾多之辭。

**百中無一** 形容很少。如「被他看上的，百中無一」。

**百中選一** 指從許許多多的事物中選出極少數。也作「百裡挑一」。

**百分之百** 全部；十足。

**百孔千瘡** ①毛病很多。②困苦狼狽。百也讀ㄅㄛˊ。

**百尺竿頭** 形容雖已到極高處，仍須更進一步才能成功。百也讀ㄅㄛˊ。

**百日維新** 清光緒二十四年（西元一八九八）六月十一日，德宗下詔變法圖強，在康有為、梁啟超策動下，積極推行新政。但受到慈禧太后和舊黨的反對排擠，至九月二十一日變法失敗止，共一百零三天，所以叫「百日維新」。那年是戊戌年，又叫「戊戌變法」。

**百年大計** 指關係到長遠利益的重要計畫或措施。

**百年樹人** 比喻培養人材是長期而艱鉅的工作。常與「十年樹木」連用。

**百米賽跑** 徑賽運動項目的一種，是一百公尺短距離賽跑。

**百折不撓** 不因為挫折而退縮，堅持到底的意思。也作「百折不回」。百也讀ㄅㄛˊ。

**百步穿楊** 形容射擊非常準確。百也讀ㄅㄛˊ。

**百依百順** 也作「百依百隨」。凡事都能順從的意思。百也讀ㄅㄛˊ。

**百念皆灰** 也作「萬念俱灰」。經種種打擊，以致心灰意冷。

**百科全書** 包羅各種知識，分門別類，按順序排列，用簡明的文字說明，以便參考的各科辭典一類的書。

**百科辭典** 辭典的一種。詞目和百科全書類似，但只作概括簡短的解釋。

**百計千方**（ㄅㄞˇ ㄐㄧˋ ㄑㄧㄢ ㄈㄤ） 各種方法。也作「千方百計」。百也讀ㄅㄛˊ。

**百密一疏**（ㄅㄞˇ ㄇㄧˋ ㄧ ㄕㄨ） 行事謹慎細密，但因偶然一次的疏忽，造成錯誤。

**百貨公司**（ㄅㄞˇ ㄏㄨㄛˋ ㄍㄨㄥ ㄙ） 也叫百貨商店。總集各種貨品，任人選購的大型商店。

**百無一失**（ㄅㄞˇ ㄨˊ ㄧ ㄕ） 形容很有把握，不會出差錯。又作「萬無一失」。

**百無一長**（ㄅㄞˇ ㄨˊ ㄧ ㄔㄤˊ） 毫無可取的意思。

**百無聊賴**（ㄅㄞˇ ㄨˊ ㄌㄧㄠˊ ㄌㄞˋ） 精神上無所寄託，感到什麼都沒意思。

**百無禁忌**（ㄅㄞˇ ㄨˊ ㄐㄧㄣˋ ㄐㄧˋ） 什麼都不忌諱。

**百發百中**（ㄅㄞˇ ㄈㄚ ㄅㄞˇ ㄓㄨㄥˋ） ①形容射箭、放槍、開炮時每次都命中目標。②比喻料事如神。百也讀ㄅㄛˊ。

**百感俱集**（ㄅㄞˇ ㄍㄢˇ ㄐㄩˋ ㄐㄧˊ） 也作「百感交集」。各種不同的感觸交織在一起。

**百業凋零**（ㄅㄞˇ ㄧㄝˋ ㄉㄧㄠ ㄌㄧㄥˊ） 各種行業不景氣（多指工商業）。

**百廢俱舉**（ㄅㄞˇ ㄈㄟˋ ㄐㄩˋ ㄐㄩˇ） 做事振作有能力，把許多荒廢的事都興辦了。百也讀ㄅㄛˊ。

**百戰百勝**（ㄅㄞˇ ㄓㄢˋ ㄅㄞˇ ㄕㄥˋ） 形容每次都打勝仗。百也讀ㄅㄛˊ。

**百鍊成鋼**（ㄅㄞˇ ㄌㄧㄢˋ ㄔㄥˊ ㄍㄤ） 比喻經過長期的多次鍛鍊，成為堅強的人。

**百獸之王**（ㄅㄞˇ ㄕㄡˋ ㄓ ㄨㄤˊ） 指獅子。

**百聞不如一見**（ㄅㄞˇ ㄨㄣˊ ㄅㄨˋ ㄖㄨˊ ㄧ ㄐㄧㄢˋ） 耳朵聽到的不如眼睛看到的可靠。百也讀ㄅㄛˊ。

**百無一用是書生**（ㄅㄞˇ ㄨˊ ㄧ ㄩㄥˋ ㄕˋ ㄕㄨ ㄕㄥ） 泛指文人志大才疏（多用為自謙自嘲之辭）。

**百鍊剛化繞指柔**（ㄅㄞˇ ㄌㄧㄢˋ ㄍㄤ ㄏㄨㄚˋ ㄖㄠˋ ㄓˇ ㄖㄡˊ） 比喻性情剛強的人，變成非常柔順。語本晉朝劉琨〈重贈盧諶〉詩。

**百足之蟲死而不僵**（ㄅㄞˇ ㄗㄨˊ ㄓ ㄔㄨㄥˊ ㄙˇ ㄦˊ ㄅㄨˋ ㄐㄧㄤ） 比喻有財有勢的人或集團，根基深厚，雖遭失敗，但其勢力和影響依然存在。

## 二筆

**皃** ㄇㄠˋ 古「貌」字。

**皀** 〔文〕ㄒㄧㄤ ㈠古「香」字。㈡五穀的香氣。

**皂（皁）** ㄗㄠˋ ㈠舊時稱操低賤職業的人。如「皂隸」。㈡黑色。如「不分皂白」。㈢〔文〕馬槽。㈣肥皂。如「香皂」「藥皂」。

**皂化**（ㄗㄠˋ ㄏㄨㄚˋ） 脂肪和鹼發生作用而變成肥皂和甘油。也指酯和鹼作用而變成酸和醇。

**皂白**（ㄗㄠˋ ㄅㄞˊ） 黑色。比喻是非。如「皂白不分」。

**皂莢**（ㄗㄠˋ ㄐㄧㄚˊ） 也叫皂角，落葉喬木，多刺，羽狀複葉，夏天開小黃花，結實成莢，長扁如刀，煎汁用來洗衣服，容易去油汙。

**皂隸**（ㄗㄠˋ ㄌㄧˋ） 見「皂」㈠。

## 三筆

**的** ▲ㄉㄧˋ ㈠箭靶的中心。如「鵠（ㄍㄨˇ）的」「眾矢之的」。㈡心裡想達到的境地。如「目的」「標的」。㈢〔文〕明顯昭彰的樣子。如「的然可見」。

▲ㄉㄧˊ 確實的。如「的確」「的當」。

▲語音·ㄉㄜ ㈠表示所屬的介詞。如「我的新衣」「妹妹的書」。㈡形容

詞尾。如「聰明的」「重重的箱子」。㈢代名詞。如「開車的（人）」「賣豆腐的（人）」。㈣副詞詞尾，或用「地（ㄉㄜ˙）」。如「好好的看著」「高高的飛」。㈤表決定的語助詞。如「走路要小心的」「不能偷懶，偷懶是不能成功的」。讀音ㄉㄧˋ。

**的的** ㄉㄧˋ ㄉㄧˋ 〔文〕昭著（ㄓㄨˋ）的樣子。宋之問詩有「明月的的寒潭中」。

**的是** ㄉㄧˋ ㄕˋ 確實是這樣的。

**的當** ㄉㄧˋ ㄉㄤˋ ①正確，確當。②妥貼。

**的確** ㄉㄧˊ ㄑㄩㄝˋ 確實。

**的論** ㄉㄧˋ ㄌㄨㄣˋ 言論精到，切中問題重點。

## 四筆

**皈** ㄍㄨㄟ 見「皈依」。

**皈依** ㄍㄨㄟ ㄧ 佛教說的身心歸向。

**皇** ㄏㄨㄤˊ ㈠大。如「堂皇」。㈡稱國家的君主。如「英皇」「秦始皇」。㈢尊稱已死的長輩或祖宗。如「皇考」「皇妣」。㈣見「皇皇」。㈤〔文〕通「遑」。㈥皇甫，複姓。

**皇上** ㄏㄨㄤˊ ㄕㄤˋ 上字可輕讀。舊時臣子對皇帝的稱呼。

**皇天** ㄏㄨㄤˊ ㄊㄧㄢ 上天。

**皇后** ㄏㄨㄤˊ ㄏㄡˋ 皇帝的正妻。

**皇考** ㄏㄨㄤˊ ㄎㄠˇ ①尊稱亡父。②曾祖。

**皇位** ㄏㄨㄤˊ ㄨㄟˋ 皇帝的位子。

**皇妣** ㄏㄨㄤˊ ㄅㄧˇ 尊稱已去世的母親。

**皇城** ㄏㄨㄤˊ ㄔㄥˊ ①皇宮四周的城。②指北京清朝皇宮的舊城。

**皇室** ㄏㄨㄤˊ ㄕˋ 皇帝的家族。

**皇帝** ㄏㄨㄤˊ ㄉㄧˋ 秦朝以後天子的稱號。

**皇皇** ㄏㄨㄤˊ ㄏㄨㄤˊ ①美盛顯明的樣子。如「皇皇巨著」。②〔文〕心不定的樣子。通「惶惶」。如「皇皇不可終日」。

**皇宮** ㄏㄨㄤˊ ㄍㄨㄥ 皇帝居住的地方。

**皇家** ㄏㄨㄤˊ ㄐㄧㄚ 皇室。

**皇族** ㄏㄨㄤˊ ㄗㄨˊ 皇帝的家族。

**皇朝** ㄏㄨㄤˊ ㄔㄠˊ 朝代或朝廷。

**皇儲** ㄏㄨㄤˊ ㄔㄨˊ 皇太子。

**皇權** ㄏㄨㄤˊ ㄑㄩㄢˊ 皇帝的權力。

**皇太子** ㄏㄨㄤˊ ㄊㄞˋ ㄗˇ 皇帝的兒子中已經確定繼承皇位的。

**皇太后** ㄏㄨㄤˊ ㄊㄞˋ ㄏㄡˋ 皇帝的母親。也簡稱太后。

**皇天后土** ㄏㄨㄤˊ ㄊㄧㄢ ㄏㄡˋ ㄊㄨˇ 指天地神祇。

**皇親國戚** ㄏㄨㄤˊ ㄑㄧㄣ ㄍㄨㄛˊ ㄑㄧ 泛指帝王的親戚。

**皆** 〔文〕ㄐㄧㄝ 全，都，統括的詞。如「皆大歡喜」「盡人皆知」。

## 五筆

**臯（皐、皋）** 〔文〕ㄍㄠ ㈠水澤。深水的地方叫「九臯」。㈡水岸叫「江臯」。㈢姓。

**臯比** ㄍㄠ ㄆㄧˊ 〔文〕①虎皮。②比喻「講座」；宋朝大儒張載曾經坐在虎皮上講授易經，後世就說位居講席的人是「坐擁臯比」。

## 六筆

**皎** 〔形〕ㄐㄧㄠˇ潔淨光明的樣子。如「皎潔」「明月何皎皎」。

**皎皎** ㄐㄧㄠˇ ㄐㄧㄠˇ ①潔白。如「皎皎白駒」。②光亮。如「皎皎閑夜」。

**皎潔** ㄐㄧㄠˇ ㄐㄧㄝˊ 光明潔白。

## 七筆

**皓** 〔形〕ㄏㄠˋ ㈠光明的樣子。如「皓月當空」。㈡髮白年老的樣子。如「皓首窮經」。㈢見「皓皓」。

**皓月** ㄏㄠˋ ㄩㄝˋ 明月。

**皓首** ㄏㄠˋ ㄕㄡˇ 〔形〕頭髮白了。指年老。

**皓皓** ㄏㄠˋ ㄏㄠˋ 〔形〕①潔白的樣子。②光明磊落的樣子。

**皓齒** ㄏㄠˋ ㄔˇ 〔形〕潔白的牙齒。

**皖** ㄨㄢˇ 安徽省的別名。又讀ㄏㄨㄢˇ。

## 八筆

**晳** 〔形〕ㄒㄧ ㈠白色。如「白晳的皮膚」。㈡明辨，也作「明晳」。

## 十筆

**皞（皥、皡）** 〔形〕ㄏㄠˋ光明潔白的樣子。「皞天」就是光明的天。

**皜** 〔形〕ㄏㄠˋ 皜皜，是潔白光明的樣子。

**皚** ㄞˊ 形容潔白的樣子。如「白皚皚」「皚如嶺上雪」。

**皚皚** ㄞˊ ㄞˊ 潔白的樣子。

## 十二筆

**皤** ㄆㄛˊ ㈠形容白。如「白髮皤皤」。㈡〔形〕肚子大的樣子。〈左傳〉有「皤其腹」。

## 十三筆

**皦** 〔形〕ㄐㄧㄠˇ ㈠「皦然」，形容潔白。㈡「皦日」，是說明亮的太陽。

## 十七筆

**皭** 〔形〕ㄐㄧㄠˋ 白，潔。「皭然泥而不滓者也」，是「能保持自己的清白，不被環境汙染」。

# 皮部

**皮** ㄆㄧˊ ㈠動植物體包住內部的外層。如「獸皮」「樹皮」。㈡皮革做成的東西。如「皮包」「皮帶」。㈢事物的表面。如「皮相」「地皮」。㈣小孩子頑劣不聽話。如「頑皮」「這個小男孩兒好皮」。㈤燒烤煎炸的東西放久了，變軟不鬆脆了，叫「皮」。如「炸花生的瓶子要蓋緊，不然花生皮了就不好吃」。㈥薄片的物質。如「鐵皮」「豆腐皮兒」。㈦見「皮毛」。㈧姓。

**皮子** ㄆㄧˊ ˙ㄗ ①表皮。如「書皮子」。②皮革的統稱。

**皮尺** ㄆㄧˊ ㄔˇ 用漆布、塑膠等做的卷尺。

**皮包** ㄆㄧˊ ㄅㄠ 軟皮做的手提包。

**皮匠** ㄆㄧˊ ˙ㄐㄧㄤ 匠字輕讀。製皮革或修製皮鞋的工匠。

**皮衣** ㄆㄧˊ ㄧ 用毛皮或皮革製成的衣服。

**皮夾** ㄆㄧˊ ㄐㄧㄚˊ 用軟皮做成的扁平小袋，可隨身攜帶，裝錢或零碎東西。也作「皮夾兒」「皮夾子」。

**皮兒** ㄆㄧˊ ㄦ ①表皮，封面。②麵粉擀的準備包餃子、包子、餅用的薄片（「皮兒」跟「皮」不同）。

**皮相** ㄆㄧˊ ㄒㄧㄤˋ 只看外觀。

**皮面** ㄆㄧˊ ㄇㄧㄢˋ ①表皮。②顏面。如「人總要顧及皮面」。

**皮革** ㄆㄧˊ ㄍㄜˊ 把獸皮去了毛製成的熟皮。

**皮疹** ㄆㄧˊ ㄓㄣˇ 皮膚上出現的成片小疙瘩。

**皮脂** ㄆㄧˊ ㄓ 由人體皮脂腺分泌而出的油汗。

**皮帶** ㄆㄧˊ ㄉㄞˋ 皮製的帶子。

**皮球** ㄆㄧˊ ㄑㄧㄡˊ 遊戲的器具，用皮革或橡皮製成的球。

**皮蛋** ㄆㄧˊ ㄉㄢˋ 用石灰、黏土、食鹽、穀殼（粗糠）醃成的雞鴨蛋。俗稱「松花」。

**皮貨** ㄆㄧˊ ㄏㄨㄛˋ 毛皮貨物的總稱。

**皮黃** ㄆㄧˊ ㄏㄨㄤˊ 北京戲劇的曲調，源出於「西皮」「二黃」二種曲調。

**皮層** ㄆㄧˊ ㄘㄥˊ ①人或生物體組織表面的一層。②大腦皮層的簡稱。

**皮箱** ㄆㄧˊ ㄒㄧㄤ 用皮革或塑料製成的箱子。

**皮膚** ㄆㄧˊ ㄈㄨ 膚字輕讀。全身外部的皮膜，有表皮、真皮、內皮三層。有神經主管感覺，能調整體溫，並有排汗與保護等功能。

**皮質** ㄆㄧˊ ㄓˋ ①某些內臟器官的表層組織。②大腦皮層的簡稱。

**皮鞋** ㄆㄧˊ ㄒㄧㄝˊ 用皮革做的鞋。

**皮雕** ㄆㄧˊ ㄉㄧㄠ 在皮革上雕刻。

**皮囊** ㄆㄧˊ ㄋㄤˊ ①用皮革做的袋子。②比喻人的身體（貶義）。如「臭皮囊」。

**皮毛** ㄆㄧˊ ㄇㄠˊ （**兒** ㄦ） 毛字輕讀。只有外表，不夠深入。

**皮包骨** ㄆㄧˊ ㄅㄠ ㄍㄨˇ 形容很瘦。

**皮夾子** ㄆㄧˊ ㄐㄧㄚˊ ㄗ˙ 軟皮做的小錢袋。

**皮脂腺** ㄆㄧˊ ㄓ ㄒㄧㄢˋ 人或動物體上分泌油脂的腺，在真皮中，很小。皮脂腺的分泌物，能潤澤皮膚和毛髮。

**皮影戲** ㄆㄧˊ ㄧㄥˇ ㄒㄧˋ 用獸皮或紙板裁剪成人物形狀，以線牽動，表演時用燈光把人物剪影映在幕上，藝人在幕後操縱，配合演唱、說白和音樂來敘述故事。也叫「影戲」「燈影戲」。

**皮膚病** ㄆㄧˊ ㄈㄨ ㄅㄧㄥˋ 皮膚以及毛髮、指甲等的疾病。

**皮膚癌** ㄆㄧˊ ㄈㄨ ㄧㄢˊ 發生在皮膚上的癌症。癌又讀ㄞˊ。

**皮下注射** ㄆㄧˊ ㄒㄧㄚˋ ㄓㄨˋ ㄕㄜˋ 用注射器把藥水注入肌肉。

**皮下組織** ㄆㄧˊ ㄒㄧㄚˋ ㄗㄨˇ ㄓ 皮膚下面的結締組織，含脂肪較多，質地疏鬆，其中有血管、淋巴管、神經等。

**皮開肉綻** ㄆㄧˊ ㄎㄞ ㄖㄡˋ ㄓㄢˋ 是形容受刑被打得體膚破爛。

**皮裡春秋** ㄆㄧˊ ㄌㄧˇ ㄔㄨㄣ ㄑㄧㄡ 嘴裡不說好壞，而內心自有批評。也作「皮裡陽秋」。

**皮笑肉不笑** ㄆㄧˊ ㄒㄧㄠˋ ㄖㄡˋ ㄅㄨˋ ㄒㄧㄠˋ 指人表面偽裝贊同或親善，而內心陰險。

**皮之不存毛將焉附** ㄆㄧˊ ㄓ ㄅㄨˋ ㄘㄨㄣˊ ㄇㄠˊ ㄐㄧㄤ ㄧㄢ ㄈㄨˋ 比喻事物沒有基礎，就不能存在。

## 五筆

# 皰（皰）

ㄆㄠˋ 臉上的酒刺、粉刺。如「面皰」。

**皰疹** ㄆㄠˋ ㄓㄣˇ 臉上生的小粒，由皮脂不潔或分泌過多引起。俗稱「粉刺」。

## 七筆

**皴** ㄘㄨㄣ ㈠國畫畫法之一，見「皴法」。㈡人的皮膚缺乏油質，冬天受寒風侵襲或冰水浸泡以後常會裂開，叫「皴」。如「凍得臉都皴了」。㈢皮膚因多時不洗，脫落的表皮和積聚的油垢也叫「皴」。如「後背、脖子上，一擦就有好多皴」。

**皴法** ㄘㄨㄣ ㄈㄚˇ 中國畫表現物體陰陽向背的方法，用細筆堆疊描畫而成。有大斧劈皴、小斧劈皴、雲頭皴、雨點皴、披麻皴、折帶皴、荷葉皴、筋皴等。

## 九筆

**皸** ㄐㄩㄣ 皮膚因寒冷或乾燥而破裂。常作「皸裂」。也作「龜（ㄐㄩㄣ）裂」。

## 十筆

**皺（皱）** ㄓㄡˋ ㈠面部的紋。如「老人臉上的皺紋很多很深」。㈡物件的摺痕。如「別把衣服弄皺了」。㈢攢（ㄘㄨㄢˊ）眉。如「眉頭一皺」。

**皺眉** ㄓㄡˋ ㄇㄟˊ 雙眉攢在一起，表示憂愁或不高興的樣子。

**皺胃** ㄓㄡˋ ㄨㄟˋ 反芻類動物的第四胃，皺紋很多。

**皺摺** ㄓㄡˋ ㄓㄜˊ 摺疊的紋。

**皺紋（兒）** ㄓㄡˋ ㄨㄣˊ（ㄦ） 摺紋。

**皺皺巴巴** ㄓㄡˋ ㄓㄡˋ ㄅㄚ ㄅㄚ 第二個皺字輕讀。不舒展，不平整的樣子。

## 十一筆

**皶（皻）** ㄓㄚ 面部或鼻子上凸起的紅色小瘡，一般叫「酒皶鼻」，再轉成「酒糟鼻子」。

# 皿部

**皿** ㄇㄧㄣˇ 容器。如「器皿」。又讀ㄇㄧㄥˇ。

## 三筆

**盂** ㄩˊ 古人用以盛液體或飲食物的容器；現在移作別用，如「水盂」「痰盂」。

**盂蘭盆會** ㄩˊ ㄌㄢˊ ㄆㄣˊ ㄏㄨㄟˋ 盂蘭盆，梵文 ullam-bana 的音譯。佛教徒在每年陰曆七月十五日，為超度祖先所舉行的法會，並誦經施食孤魂野鬼。

## 四筆

**盃** ㄅㄟ 同「杯」。

**盆** ㄆㄣˊ ㈠一種寬口斂底的容器。用來製作的材料很多，陶土、瓷土、木頭、金屬都有。如「花盆」「洗臉盆」。㈡量詞。如「一盆花」「幾盆水」。

**盆子** ㄆㄣˊ ˙ㄗ 盆㈠。

**盆地** ㄆㄣˊ ㄉㄧˋ 地文學名詞，四周是山而當中低平的地方。臺北就是。

**盆花** ㄆㄣˊ ㄏㄨㄚ 栽種在花盆裡的花。

**盆栽** ㄆㄣˊ ㄗㄞ ①栽種在花盆裡。②指盆裡栽種的花木。

**盆湯** ㄆㄣˊ ㄊㄤ 澡堂中設有澡盆的部分。也叫「盆堂」。

**盆腔** ㄆㄣˊ ㄑㄧㄤ 骨盆內部的空腔。膀胱、尿道都在盆腔裡。女性的子宮、卵巢等器官也在盆腔內。

**盆景(兒)** ㄆㄣˊ ㄐㄧㄥˇ (ㄦ) 在花盆裡種花草樹木，布置山石，作為陳設，叫做盆景。

**盅** ㄓㄨㄥ 小杯子。如「酒盅」「茶盅」。

**盅兒** ㄓㄨㄥ ㄦ 小杯子。

**盈** ㄧㄥˊ ㈠充滿。如「笑聲盈耳」「惡貫滿盈」。㈡通「贏」。如「盈餘」「盈利」。㈢形容女人的體態活潑柔美。如「輕盈可愛」「款步盈盈」。

**盈耳** ㄧㄥˊ ㄦˇ 充滿耳朵，耳朵所聽到的都是。

**盈利** ㄧㄥˊ ㄌㄧˋ 也作「贏利」。賺錢。

**盈盈** ㄧㄥˊ ㄧㄥˊ ①形容清澈的樣子。②笑容滿面的樣子。如「喜盈盈」。③「盈」㈢。

**盈貫** ㄧㄥˊ ㄍㄨㄢˋ 〔文〕①把弓拉滿。〈莊子・田子方〉有「引之盈貫」。②形容人的品行壞到極點；如同說「惡貫滿盈」。

**盈滿** ㄧㄥˊ ㄇㄢˇ 充滿。

**盈餘** ㄧㄥˊ ㄩˊ 營業所得收入中除去開支後所剩餘的款額。

**盈虧** ㄧㄥˊ ㄎㄨㄟ ①指月圓和月缺。②指企業的賺錢和賠本。如「自負盈虧」。

## 五筆

**盉** ㄏㄜˊ 古代的調味器，青銅器。

**盍(盇)** 〔文〕ㄏㄜˊ 何不，為什麼不。如「盍各言爾志」「盍興乎來」。

**盍不** ㄏㄜˊ ㄅㄨˋ 〔文〕為什麼不。

**盍興乎來** ㄏㄜˊ ㄒㄧㄥ ㄏㄨ ㄌㄞˊ 〔文〕為什麼不共同來做一做。

**盎** ㄤˋ ㈠古人用的一種盆子。㈡〔文〕盛大的樣子。如「興趣盎然」。

**盎斯** ㄤˋ ㄙ ounce 的音譯，也作「溫司」「英兩」。①英美衡名，分兩種：金衡合二磅的十二分之一，常衡合一磅的十六分之一。②英美液量，英制合二・八四公勺，美制合二・三六六公勺。

**盎然** ㄤˋ ㄖㄢˊ 〔文〕盛大的樣子。

**盎格魯撒克遜** ㄤˋ ㄍㄜˊ ㄌㄨˇ ㄙㄚˋ ㄎㄜˋ ㄒㄩㄣˋ (Anglo-Saxons) 種族名，條頓族的一支，早期分布在北歐日德蘭半島、丹麥各島、德國西北部沿海。西元五世紀中葉移居大不列顛群島，為現在英國人的祖先。

**益** ㄧˋ ㈠增進。如「增益」「延年益壽」。㈡有好處。如「益蟲」「開卷有益」。㈢更加。如「精益求精」「多多益善」。㈣〔文〕富饒。〈呂氏春秋〉有「其家必日益」。又讀 ㄧˊ，見「益處」。

**益友** ㄧˋ ㄧㄡˇ 對自己為人處世有益的朋友。〈論語・季氏〉有「益者三友……友直，友諒，友多聞」。

**益處** ㄧˋ ㄔㄨˋ 好處。語音 ㄧˊ・ㄔㄨ。

**益鳥** ㄧˋ ㄋㄧㄠˇ 啄食害蟲有益農事的鳥，像燕、雲雀、杜鵑等。

**益智** ㄧˋ ㄓˋ ①增加智慧。②草名。

**益發** ㄧˋ ㄈㄚ 〔文〕越發，更加。

**益蟲** ㄧˋ ㄔㄨㄥˊ 捕食害蟲有益於人類或農業的蟲類，像蜂、蝶、蜻蜓等。

**益母草** ㄧˋ ㄇㄨˇ ㄘㄠˇ 二年生草本植物，莖方形，葉對生，花淡紫紅色。莖、葉和籽都可入藥，有活血、調經等作用。種子叫「茺蔚子」，有利尿作用。

**益智班** ㄧˋ ㄓˋ ㄅㄢ 國民小學中針對可教性智能不足學生（智商七十至五十之間）所設立的特殊班級。

**益智圖** ㄧˋ ㄓˋ ㄊㄨˊ 七巧板之類的可以拼出種種圖形的教育玩具。

## 六筆

**盔** ㄎㄨㄟ 預防頭部受傷所戴的帽子，用鋼或塑膠製成。如「鋼盔」「盔甲」。

**盔甲** ㄎㄨㄟ ㄐㄧㄚˇ 古時武士用鐵片的戰帽和鐵葉製的戰袍，可以保護頭部和身體。

**盒** ㄏㄜˊ ㈠有底有蓋可以相合的盛物器具。如「墨盒」「鞋盒」。㈡用盒裝的東西，一件叫一盒。如「一盒糖」。

**盒子** ㄏㄜˊ ˙ㄗ ①盒㈠。②北京麵食之一，中間有餡兒，上下兩片麵，從周圍壓緊，烙熟吃的。

**盒裝** ㄏㄜˊ ㄓㄨㄤ 用盒子包裝的。

**盒子砲** ㄏㄜˊ ˙ㄗ ㄆㄠˋ 一種手槍，外面有木盒，射擊時可以把木盒裝在槍後作為槍托。

**盛** ▲ㄕㄥˋ ㈠熱鬧的，規模大的。如「盛會」「盛況空前」。㈡深厚的。如「盛情」「盛意」。㈢興旺，暢茂。如「梅花盛開」「生意興盛」。㈣豐富的，華麗的。如「盛宴」「盛裝」。㈤姓。▲ㄔㄥˊ ㈠用容器裝東西。如「盛飯」「鍋裡的菜先盛起來」。㈡容納。如「箱子太小，盛不了這麼多東西」。㈢〔文〕「粢盛」，古代裝在食器裡祭祀的黍稷。

**盛大** ㄕㄥˋ ㄉㄚˋ 形容規模很大，或聲勢很雄壯。

**盛世** ㄕㄥˋ ㄕˋ 太平時代。

**盛冬** ㄕㄥˋ ㄉㄨㄥ 〔文〕冬季中最冷的一段時間，約在陰曆十二月。

**盛名** ㄕㄥˋ ㄇㄧㄥˊ 很大的名望。如「盛名所累」。

**盛年** ㄕㄥˋ ㄋㄧㄢˊ 〔文〕壯年。

**盛行** ㄕㄥˋ ㄒㄧㄥˊ 流行很廣。

**盛事** ㄕㄥˋ ㄕˋ 美事。

**盛典** ㄕㄥˋ ㄉㄧㄢˇ 隆重的典禮。

**盛服** ㄕㄥˋ ㄈㄨˊ 〔文〕盛裝。又讀ㄔㄥˊ ㄈㄨˊ。

**盛況** ㄕㄥˋ ㄎㄨㄤˋ 盛大熱烈的狀況。

**盛怒** ㄕㄥˋ ㄋㄨˋ 〔文〕大怒。

**盛夏** ㄕㄥˋ ㄒㄧㄚˋ 〔文〕夏天最熱的時候。

**盛氣** ㄕㄥˋ ㄑㄧˋ ①蓄怒待發的樣子。②咄咄逼人的氣勢。通常形容驕傲自滿、不尊重人的樣子，說是「盛氣凌人」。

**盛衰** ㄕㄥˋ ㄕㄨㄞ 興盛和衰落。

**盛情** ㄕㄥˋ ㄑㄧㄥˊ 隆厚的情意。也作「盛意」。

**盛產** ㄕㄥˋ ㄔㄢˇ 產量很多。如「中國東北盛產大豆」。

**盛暑** ㄕㄥˋ ㄕㄨˇ 大熱天。

**盛開** ㄕㄥˋ ㄎㄞ 花開得茂盛。如「百花盛開」。

**盛意** ㄕㄥˋ ㄧˋ 盛情。

**盛會** ㄕㄥˋ ㄏㄨㄟˋ 盛大的聚會。

**盛裝** ㄕㄥˋ ㄓㄨㄤ 華麗的裝束。多指在隆重或正式場合的穿著。

**盛筵** ㄕㄥˋ ㄧㄢˊ 豐盛的筵席。

**盛德** ㄕㄥˋ ㄉㄜˊ ①崇高的品德。如「君子盛德」。②深厚的恩德。如「若得扶持，深感盛德」。

**盛舉** ㄕㄥˋ ㄐㄩˇ 偉大事業的舉辦。

**盛贊** ㄕㄥˋ ㄗㄢˋ 極力稱讚。

**盛譽** ㄕㄥˋ ㄩˋ ①很大的榮譽。②極力稱讚。

**盛氣凌人** ㄕㄥˋ ㄑㄧˋ ㄌㄧㄥˊ ㄖㄣˊ 形容傲慢自大，氣勢逼人的樣子。

## 七筆

**盜** ㄉㄠˋ ㈠偷竊。如「竊盜」「非奸即盜」。㈡搶奪財貨的壞人。如「盜賊」「強盜」。㈢図用非法的方式取得。如「盜國」「欺世盜名」。㈣見「盜汗」。

**盜用** ㄉㄠˋ ㄩㄥˋ 非法使用公家或別人的名義、財物等。如「盜用公款」。

**盜名** ㄉㄠˋ ㄇㄧㄥˊ 竊取名譽。如「欺世盜名」。

**盜汗** ㄉㄠˋ ㄏㄢˋ 在睡覺的時候出冷汗，是一種病象。

**盜劫** ㄉㄠˋ ㄐㄧㄝˊ 偷竊搶奪。

**盜拷** ㄉㄠˋ ㄎㄠˇ 未經所有人同意，私自拷貝錄音帶、錄影帶或碟片等。

**盜匪** ㄉㄠˋ ㄈㄟˇ 搶劫財物的匪徒，和「盜賊」意義相近，但更殘暴凶狠，而且常是多人一起行動。

**盜案** ㄉㄠˋ ㄢˋ 搶劫的案件。

**盜賊** ㄉㄠˋ ㄗㄟˊ 劫掠財物的人是盜，竊取財物的人是賊；普通稱群盜可叫盜賊或叫盜匪。

**盜墓** ㄉㄠˋ ㄇㄨˋ 掘墓竊取殉葬的東西。

**盜領** ㄉㄠˋ ㄌㄧㄥˇ 指冒領別人的存款。

**盜賣** ㄉㄠˋ ㄇㄞˋ 偷偷出賣別人或公家的東西。

**盜壘** ㄉㄠˋ ㄌㄟˇ 棒球術語。跑壘員趁機跑向次壘。如「盜壘成功」。

**盜騙** ㄉㄠˋ ㄆㄧㄢˋ 盜竊騙取。

**盜竊** ㄉㄠˋ ㄑㄧㄝˋ 用不正當的手段暗中取得。

**盜憎主人** ㄉㄠˋ ㄗㄥ ㄓㄨˇ ㄖㄣˊ 図盜賊憎恨物主。比喻邪惡的人憎恨正直的人。

## 八筆

**盟** ㄇㄥˊ ㈠人與人之間，團體與團體之間的結合，還有為結合而訂的約文。如「盟兄弟」「盟約」。

**盟友** ㄇㄥˊ ㄧㄡˇ 互相結盟的人或國家。

**盟主** ㄇㄥˊ ㄓㄨˇ 同盟的人或團體之間的領袖。

**盟邦** ㄇㄥˊ ㄅㄤ 締結同盟條約的國家。也叫「盟國」。

**盟約** ㄇㄥˊ ㄩㄝ 同盟的誓約或條約。

**盟國** ㄇㄥˊ ㄍㄨㄛˊ 同「盟邦」。

**盟會** ㄇㄥˊ ㄏㄨㄟˋ 結盟集會。

**盟誓** ㄇㄥˊ ㄕˋ 図盟約。

**盟兄弟** ㄇㄥˊ ㄒㄩㄥ ㄉㄧˋ 異姓結盟的兄弟。俗稱「把兄弟」。

**盝** 図ㄌㄨˋ ㈠滲漏，濾水，通「淥」。㈡盛東西用的小盒子。

**盞** ㄓㄢˇ ㈠小杯子。如「酒盞」「把盞言歡」。㈡計算燈的量詞。如「門口一盞路燈」。㈢見「冰盞兒」。

## 九筆

**監** ▲ㄐㄧㄢ ㈠在旁邊察看。如「監視」「監工」。㈡牢獄。如「收監」「監獄」。

▲ㄐㄧㄢˋ ㈠古時官署名。如「欽天監」（掌天文曆法）「國子監」（管大學生的教育）。㈡古時宦官。如「內監」「太監」。㈢姓。

**監工** ㄐㄧㄢ ㄍㄨㄥ ①督察工人做工。②工頭。

**監犯** ㄐㄧㄢ ㄈㄢˋ 監獄裡的犯人。

**監守** ㄐㄧㄢ ㄕㄡˇ 看管。

**監印** ㄐㄧㄢ ㄧㄣˋ 管機關印信的人。

**監考** ㄐㄧㄢ ㄎㄠˇ 監督考試。也作「監試」。

**監牢** ㄐㄧㄢ ㄌㄠˊ 監獄。

**監事** ㄐㄧㄢ ㄕˋ 民眾團體選出來的負責監督業務及財產的人。

**監修** ㄐㄧㄢ ㄒㄧㄡ 官方監督編修文書的編輯人員。

**監理** ㄐㄧㄢ ㄌㄧˇ 監視管理。

**監票** ㄐㄧㄢ ㄆㄧㄠˋ 監視選票的收發及開票的工作。

**監場** ㄐㄧㄢ ㄔㄤˇ ①監視考場。②在考場內負責巡察的人。

**監測** ㄐㄧㄢ ㄘㄜˋ 監視和檢測。

**監視** ㄐㄧㄢ ㄕˋ 看守。

**監督** ㄐㄧㄢ ㄉㄨ ①監視督促。②負責監視督促的長官。

**監禁** ㄐㄧㄢ ㄐㄧㄣˋ 關在牢獄裡。

**監試** ㄐㄧㄢ ㄕˋ 監考。

**監察** ㄐㄧㄢ ㄔㄚˊ 監督考察。

**監獄** ㄐㄧㄢ ㄩˋ 囚禁已經判刑的犯人的場所。

**監管** ㄐㄧㄢ ㄍㄨㄢˇ 監視管理犯人。

**監製** ㄐㄧㄢ ㄓˋ 監督製作。如電影製片的監製。

**監護** ㄐㄧㄢ ㄏㄨˋ 對兒童的監督和保護。在家庭的叫監護人。

**監聽** ㄐㄧㄢ ㄊㄧㄥ 利用特種設備監督別人的談話或發出的無線電信號等。

**監理所** ㄐㄧㄢ ㄌㄧˇ ㄙㄨㄛˇ 負責汽機車各種證件發放、管理、登記事項的行政機關。

**監察人** ㄐㄧㄢ ㄔㄚˊ ㄖㄣˊ 公司法中稱股份有限公司裡負有監察董事執行業務及會計審核等事項的人。

**監察院** ㄐㄧㄢ ㄔㄚˊ ㄩㄢˋ 我國中央政府五院之一，為全國最高監察機關，對全國公務人員行使同意、彈劾、糾舉及糾正等權。類似我國古代的監察御史。

**監護人** ㄐㄧㄢ ㄏㄨˋ ㄖㄣˊ 法律名詞。對未成年人或禁治產人的身體、財產及其他一切合法權益，依法進行監督和保護的人。

**監守自盜** ㄐㄧㄢ ㄕㄡˇ ㄗˋ ㄉㄠˋ 盜竊自己所主管保護的公物。

**監察委員** ㄐㄧㄢ ㄔㄚˊ ㄨㄟˇ ㄩㄢˊ 監察院設監察委員，負有對有違法、瀆職、失職等過失的公務人員進行彈劾、糾舉、糾正等職能。但其作為須經監察院院會通過。

## 盡（尽）

ㄐㄧㄣˋ ㈠完畢。如「取之不盡」「冬盡春來」。㈡竭；全用出來。如「盡心盡力」「盡忠報國」。㈢極端的。如「盡頭」「盡善盡美」。㈣全，都。如「應有盡有」。㈤完備。如「詳盡」。㈥「自盡」就是自殺。

**盡力** ㄐㄧㄣˋ ㄌㄧˋ 竭力。

**盡心** ㄐㄧㄣˋ ㄒㄧㄣ 用盡心力。

**盡孝** ㄐㄧㄣˋ ㄒㄧㄠˋ 對父母盡孝道。

**盡言** ㄐㄧㄣˋ ㄧㄢˊ 図①直說。②全說出來。

**盡忠** 為國家盡心力，甚至犧牲生命。

**盡情** ①把想做想說的，毫不保留地做了說了。②盡量報答他人的好意。

**盡責** 盡力負起責任。

**盡意** ①暢述意見。如「言不盡意」。②同「盡情」。

**盡瘁** 図盡心竭力。如「鞠躬盡瘁」。

**盡興** 盡量使興趣得到滿足。

**盡頭** 終點。

**盡職** 做好本職工作。

**盡歡** 竭盡歡樂。唐朝李白〈將進酒〉詩有「人生得意須盡歡」。

**盡量(兒)** 竭盡所有力量。

**盡人事** 自己該怎麼做就盡力去做。

**盡本分** 分字輕讀。盡應盡的義務。

**盡義務** ①同「盡本分」。②做事不受酬報。

**盡人皆知** 人人都知道。

**盡心竭力** 用盡心力。

**盡其在我** 竭盡自己的心力去做，而不計較其他。

**盡忠報國** 竭盡心力，不惜犧牲一切去報效國家。宋高宗送「精忠」旗給岳飛，因此後來作「精忠報國」。

**盡善盡美** 非常完美。

**盡態極妍** 図指形相極其美麗（多指容貌、姿態、妝飾等）。

**盡人事以聽天命** 竭盡人的力量去做，是否成功，則完全任憑上天安排。

**盡信書不如無書** 指讀書不可盲從，不可拘泥書本所記載的。應當靈活運用。

## 十筆

**盤** ㄆㄢˊ ㈠盛東西的用具，淺底，外緣是圓的或方的。如「瓷盤」「茶盤」。㈡形狀像盤或有盤的功用的東西。如「羅盤」「棋盤」。㈢圓圈形的，而有「周而復始」的作用的東西。如「方向盤」「輪盤賭」。㈣迴旋屈曲的樣子。如「盤旋」「盤膝而坐」。㈤查究，稽核。如「盤查」「盤貨」。㈥市場買賣始畢的價格。如「開盤」「收盤」。㈦商店或生財貨物讓給別人。如「他的鋪子已經盤給我了」。㈧搬動，移運。如「螞蟻正在盤窩」「往外盤東西」。㈨全面的，全部的。如「和盤托出」「全盤計畫」。㈩估量，打算。如「盤算」。⑪見「盤纏」。⑫貴州省縣名。⑬見「盤槓子」。⑭量詞。如「一盤好菜」「打了一盤球」。⑮図留連不進。如「盤桓」。⑯図同「磐」。

**盤子** ①盤㈠。②指盛菜用的，大的是盤子，小的叫「碟子」。

**盤川** 図路費。

**盤古** 我國神話中開天闢地的人物。

**盤石** 同「磐石」，厚而大的石頭。

**盤存** 公司清點檢查現存物料的數量和情況。

**盤坐** 盤著腿坐著。

**盤究** 盤問追究。

**盤店** ㄆㄢˊ ㄉㄧㄢˋ 把商店的貨物器具全部轉讓給別人。

**盤陀** ㄆㄢˊ ㄊㄨㄛˊ 図①石頭不平的樣子。②曲折迴旋。如「盤陀路」。③指馬鞍。

**盤查** ㄆㄢˊ ㄔㄚˊ 清查。

**盤食** ㄆㄢˊ ㄕˊ 盤中的食物。

**盤香** ㄆㄢˊ ㄒㄧㄤ 繞成螺旋形的線香（或蚊香）。

**盤剝** ㄆㄢˊ ㄅㄛ 指借貸銀錢，盤算剝削。

**盤庫** ㄆㄢˊ ㄎㄨˋ 查點庫存。

**盤桓** ㄆㄢˊ ㄏㄨㄢˊ 図留連不進。

**盤問** ㄆㄢˊ ㄨㄣˋ 詳細查問。也作「盤詰」。

**盤帳** ㄆㄢˊ ㄓㄤˋ 清查核對帳目。

**盤梯** ㄆㄢˊ ㄊㄧ 中間豎一根立柱，柱旁安裝扇形梯階，盤旋而上的樓梯。

**盤旋** ㄆㄢˊ ㄒㄩㄢˊ ①環繞著飛來飛去。②旋轉。

**盤球** ㄆㄢˊ ㄑㄧㄡˊ 足球術語。用腳帶球，閃躲對方搶奪，突破對方的防守。

**盤貨** ㄆㄢˊ ㄏㄨㄛˋ 商店清點和檢查實存貨物。

**盤結** ㄆㄢˊ ㄐㄧㄝˊ 図迴繞連結。

**盤費** ㄆㄢˊ ㄈㄟˋ 路費。

**盤詰** ㄆㄢˊ ㄐㄧㄝˊ 仔細追問（可疑的人）。

**盤窩** ㄆㄢˊ ㄨㄛ 螞蟻的窩迴旋屈曲，所以叫「盤窩」。

**盤算** ㄆㄢˊ ㄙㄨㄢˋ 算字輕讀。估計，籌畫。

**盤樂** ㄆㄢˊ ㄌㄜˋ 盡情享樂。也作「般樂」。

**盤膝** ㄆㄢˊ ㄒㄧ 同「盤腿（兒）」。

**盤踞** ㄆㄢˊ ㄐㄩˋ 図也作「盤據」，盤結據守。

**盤據** ㄆㄢˊ ㄐㄩˋ 占據固守。如「盤據要津」。也作「盤踞」。

**盤錯** ㄆㄢˊ ㄘㄨㄛˋ ①盤旋交錯。②用木紋的複雜來比喻事情的繁難。也常作「盤根錯節」。

**盤龍** ㄆㄢˊ ㄌㄨㄥˊ ①盤旋狀的龍。②生長在白堊紀的一種恐龍。

**盤點** ㄆㄢˊ ㄉㄧㄢˇ 清點（存貨）。

**盤繞** ㄆㄢˊ ㄖㄠˋ 環繞在別的物體上。

**盤鵰** ㄆㄢˊ ㄉㄧㄠ ①在空中盤旋的鵰。②指刻繪成盤旋狀的鵰鳥圖形。

**盤纏** ㄆㄢˊ ㄔㄢˊ 纏字輕讀。指旅費。也作「盤川」「盤費」。

**盤腿（兒）** ㄆㄢˊ ㄊㄨㄟˇ（ㄦ） 坐下時兩腿盤在一起。

**盤槓子** ㄆㄢˊ ㄍㄤˋ ㄗˇ 在木槓或鐵槓上盤懸運動，是一種鍛鍊體力的方法。

**盤尼西林** ㄆㄢˊ ㄋㄧˊ ㄒㄧ ㄌㄧㄣˊ （Penicillin）一種抗菌特效藥，是英國人弗來明（A. Fleming, 1881-1929）發明的。是從青黴菌中提製的藥物，所以又叫「青黴素」。對治療肺炎、梅毒、淋病都很有效。

**盤根錯節** ㄆㄢˊ ㄍㄣ ㄘㄨㄛˋ ㄐㄧㄝˊ 比喻事情繁難複雜，不易處理。也作「盤錯」。

**盤馬彎弓** ㄆㄢˊ ㄇㄚˇ ㄨㄢ ㄍㄨㄥ 比喻先做出驚人的姿勢，如旋轉馬身、拉彎弓弦，準備發射，卻不立刻行動。

## 十一筆

**盧** ㄌㄨˊ ㈠図黑色。如「彤弓盧矢」。㈡図用骰子賭博說是「呼盧喝雉」（盧跟雉都是古時候骰子的花色名）。㈢姓。

**盧比** ㄌㄨˊ ㄅㄧˇ 印度國家的貨幣名。

**盧布** ㄌㄨˊ ㄅㄨˋ 俄羅斯國家的貨幣名。

**盧溝橋** ㄌㄨˊ ㄍㄡ ㄑㄧㄠˊ 橋名。在北京廣安門西南，跨永定河。建於金大定二十九年（一一八九），成於金章宗明昌三年（一一九二）。橋兩側有石欄，欄上共有精刻石獅約五百個，生動雄偉。民國二十六年七月七日，日本侵略我國，我守軍吉星文團長率將士在此抵抗，揭開八年抗戰的序幕。

**盬** ㄍㄨˇ「沙盬子」，煮東西的器具，沙土燒製，比鍋深。

**盥** ㄍㄨㄢˋ ㈠洗手。如「盥洗」。㈡古人洗手的器具。

**盥洗** ㄍㄨㄢˋ ㄒㄧˇ 洗手洗臉。如「盥洗室」。

**盥漱** ㄍㄨㄢˋ ㄕㄡˋ 洗臉漱口。

**盦** 図 ㄢ ㈠器皿的蓋子。㈡古人用來盛食物的器具。㈢同「庵」。

## 十二筆

**盪** ▲ㄉㄤˋ ㈠洗滌。如「盪口」「盪滌」。㈡動搖，移行。如「盪秋千」「盪舟」。㈢図衝殺，抵禦。如「率騎出盪」。▲ㄊㄤˋ同「趟」。

**盪口** ㄉㄤˋ ㄎㄡˇ 漱口。

**盪舟** ㄉㄤˋ ㄓㄡ 划船。

**盪滌** ㄉㄤˋ ㄉㄧˊ 図洗滌。也作抽象的意義。如「盪滌妖氛」。

**盪盪** ㄉㄤˋ ㄉㄤˋ 空曠。如「空盪盪」。

**盩** ㄓㄡ 盩厔（ㄓˋ），是陝西省縣名。

## 十三筆

**盬** 図 ㄍㄨˇ ㈠鹽池。㈡不堅固。〈漢書〉有「器用盬」。㈢閒暇。〈詩經〉有「王事靡盬」。㈣吸著吃。〈左傳〉有「晉侯夢楚子伏己而盬其腦」。

# 目部

**目** ㄇㄨˋ ㈠眼睛。如「有目共睹」「眉清目秀」。㈡図看，注視。㈢細的分條，分項。如「項目」「細目」。㈣彙集起來開列的各種名字。如「書目」「上演劇目」。㈤姓。

**目力** ㄇㄨˋ ㄌㄧˋ 眼睛看的能力。

**目下** ㄇㄨˋ ㄒㄧㄚˋ 現今，眼前。

**目今** ㄇㄨˋ ㄐㄧㄣ 現今。

**目光** ㄇㄨˋ ㄍㄨㄤ ①眼睛的光。如「目光炯炯」。②見識。如「目光如炬」。

**目次** ㄇㄨˋ ㄘˋ ①節目次序。②書籍的目錄。

**目色** ㄇㄨˋ ㄙㄜˋ ①視力。②眼色。

**目見** ㄇㄨˋ ㄐㄧㄢˋ 親眼看到。

**目的** ㄇㄨˋ ㄉㄧˋ ①要達到的境地。②同「主旨」。

**目前** ㄇㄨˋ ㄑㄧㄢˊ ①眼睛前面，指很近的意思。②現今。

**目指** ㄇㄨˋ ㄓˇ 用眼神示意。

**目眩** ㄇㄨˋ ㄒㄩㄢˋ 図眼花。

**目送** ㄇㄨˋ ㄙㄨㄥˋ 眼光隨著目的物轉移，就是一直注意盯著看。

**目睹** ㄇㄨˋ ㄉㄨˇ 図親眼所見。如「這是大家目睹的事實」。

**目語** ㄇㄨˋ ㄩˇ 用眼睛傳達意思。

**目標** ㄇㄨˋ ㄅㄧㄠ ①凡可作為目力的標準或目力能注視的地方，都叫目標。②工作或計畫所認定要達到的標的。

**目覩** 同「目睹」。

**目擊** 図親眼看到。

**目錄** ①書籍正文前面把全書的章節篇次提列出來，叫做目錄。②編列物品類別、名稱、數量的文件，也叫目錄。

**目鏡** 顯微鏡、望遠鏡等光學儀器和用具上對著眼睛一端所裝的透鏡。

**目的地** 預定所要到達的地方。

**目的物** 目標所在的東西。

**目的論** 哲學名詞。認為世界上所有的事物，都是按照一定目的安排的理論。如「貓被創造出來，是為了吃老鼠。老鼠被創造出來，是為了給貓吃」。

**目錄學** 整理各種圖書，概括其內容和學術源流，確定類別，編製目錄的學問。

**目不交睫** 不合眼，不睡覺。形容工作的緊張勤勞。

**目不見睫** 眼睛看不見自己的睫毛。比喻沒有自知之明。

**目不邪視** 兩眼正視而不往旁邊看。指人的舉止端莊拘謹。

**目不暇給** 因為東西太多，都來不及看，看不過來了。

**目不窺園** 図無暇欣賞園中美景。指專心研究學問。

**目不轉睛** 眼珠動也不動。形容凝神注視。

**目不識丁** 一個字都不認識。

**目中無人** 自高自大，瞧不起人。

**目光如豆** 比喻見識很淺很小。

**目光如炬** 比喻見識遠大。

**目使頤令** 図支使人的時候不說話，只閃閃眼睛或稍微動一下腮上的肉來表示。形容極其顯露權勢。也作「頤指氣使」（參看「目指氣使」）。

**目空一切** 瞧不起一切事物。形容驕傲狂妄的神情。

**目指氣使** 図不說話，只閃動眼睛作指示，出一下氣來支使人。形容有權勢的人對待屬下極其驕傲顯威風的樣子。（參看「目使頤令」）。

**目迷五色** 形容顏色又雜又多，因而看不清楚。也比喻事物錯綜複雜，分辨不清。

**目送手揮** ①形容送別時依依不捨。②形容手眼並用，得心應手。③比喻做事兩面兼顧。④比喻語義雙關。也作「手揮目送」。

**目無全牛** 形容技藝純熟精湛，不必看全隻牛，就能操刀割牛。語出〈莊子〉。

**目無法紀** 不把法律和紀律看在眼裡。形容驕狂妄為。

**目無餘子** 図眼裡沒有別人。指看不起人，驕傲自大。同「目中無人」。

**目瞪口呆** 瞪著眼睛說不出話來。形容受驚或受窘的樣子。

## 二筆

**盯** 把眼光集中，注視對方（也可以寫作「釘」）。如「兩眼盯著他」「盯住目標，努力邁進」。

**盯梢** 暗地裡跟著人，偵察他的行動。

## 三筆

**盲** ㄇㄤˊ ㈠瞎了眼睛，看不見東西。如「盲人」「夜盲症」。㈡對某種事物沒有認識的能力。例如不識字的人叫「文盲」，不能分辨顏色是「色盲」。㈢指「盲人」說。如「盲啞學校」。㈣指「文盲」說。如「掃盲工作」。㈤比喻無主張、無目的、無計畫。如「盲從」「盲動」。

**盲目** ㄇㄤˊ ㄇㄨˋ ①瞎子。②認識不清，沒有一定的見解和目標。如「他這種做法簡直是盲目的」。

**盲字** ㄇㄤˊ ㄗˋ 專供盲人摸觸使用的拼音文字。

**盲流** ㄇㄤˊ ㄌㄧㄡˊ ①盲目流入到某地。如「盲流人口」。②指盲目流入的人。

**盲動** ㄇㄤˊ ㄉㄨㄥˋ 不仔細考慮，沒有明確的目的就行動。

**盲從** ㄇㄤˊ ㄘㄨㄥˊ 說人不能辨別是非，沒有主見，只知附和聽從他人。

**盲棋** ㄇㄤˊ ㄑㄧˊ 眼睛不看棋盤而下的棋，多為象棋。下盲棋的人用話說出每一步棋的下法。

**盲幹** ㄇㄤˊ ㄍㄢˋ 不考慮實際情況或不清楚目的，就一味地去做。

**盲腸** ㄇㄤˊ ㄔㄤˊ 人體內已退化的「痕跡器官」。生在大腸的上段，上接迴腸，下連結腸，形狀像肉囊。

**盲點** ㄇㄤˊ ㄉㄧㄢˇ ①眼球後部視網膜上的一點，這一點沒有感光細胞，不能引起視覺。又叫「盲斑」。②指注意不到的地方。

**盲腸炎** ㄇㄤˊ ㄔㄤˊ ㄧㄢˊ 也叫「闌尾炎」。盲腸受刺激或被細菌侵入而發炎的急症。患者突然發生急遽腹痛、發燒、嘔吐、白血球增加等現象。

**盲人摸象** ㄇㄤˊ ㄖㄣˊ ㄇㄛ ㄒㄧㄤˋ ①（佛學）比喻眾生不明佛性，好像盲人摸象，不能看見全體。②比喻僅知一部分，而不知全體。或比喻對事物僅了解片面，而固執己見，妄加判斷。也作「瞎子摸象」。

**盲人瞎馬** ㄇㄤˊ ㄖㄣˊ ㄒㄧㄚ ㄇㄚˇ 比喻極其危險。（是從〈世說新語〉「盲人騎瞎馬，夜半臨深池」的話而來的；瞎子騎著瞎馬，當然非常危險。）

**盲啞教育** ㄇㄤˊ ㄧㄚˇ ㄐㄧㄠˋ ㄩˋ 以盲生和聾啞學生為施教對象的特殊教育。

**盲啞學校** ㄇㄤˊ ㄧㄚˇ ㄒㄩㄝˊ ㄒㄧㄠˋ 為教育盲啞學生所專設的學校。後改為分別設立，分為「啟明學校」與「啟聰學校」。

**盱** ㄒㄩ ㈠文睜開眼睛看。如「盱衡世局」。㈡文憂愁。㈢盱眙（ㄧˊ），縣名，在安徽省。㈣盱江，在江西省。

**直（直）** ㄓˊ ㈠不歪，不彎。如「這棵樹長得直」「筆直」「直線」。㈡縱的，豎的。如「直行書寫」「橫寬二尺，直長三尺」。㈢不轉折，沒有阻礙和耽擱。如「直達車」「直通」。㈣行為或性格坦白，爽快。如「心直口快」「直性子」「嘴直」。㈤使直起來。如「直直腰兒」「枉尺直尋（比喻小屈而大伸）」。㈥正確，有理。如「正直」「是非曲直」「理直氣壯」。㈦文尊敬，認為他正直。如「鄰里皆不直其人」。㈧呆板，僵硬。如「眼睛發直」「兩腿都凍直了」。㈨不住地，連續不斷地，老是。如「直哭」「看著他直笑」。㈩竟，居然。如「他的脾氣直像小孩一樣」。(十一)文不過，僅僅地。〈孟子〉書有「直不百步耳」。(十二)文與「值」字通。(十三)國字的一種筆畫，就是一豎筆「丨」。(十四)姓。

**直升** ㄓˊ ㄕㄥ 不經考試，直接升等或升學。

**直立**（ㄓˊ ㄌㄧˋ）①垂直地立著。②立身正直。

**直行**（ㄓˊ ㄒㄧㄥˊ）正直行事。

**直系**（ㄓˊ ㄒㄧˋ）①法律名詞。親屬有直系、旁系的分別，祖孫父子為直系，兄弟叔侄為旁系。②民國初年北洋軍閥派系之一，以馮國璋、曹琨、吳佩孚等人為首，因為大多為河北省人，河北舊稱「直隸」，因以「直系」稱這一派軍閥。

**直角**（ㄓˊ ㄐㄧㄠˇ）兩直線或兩平面垂直相交所成的角。直角是九十度。

**直言**（ㄓˊ ㄧㄢˊ）図①照直說，不隱瞞。如「直言無隱」。②正直無私的話。

**直走**（ㄓˊ ㄗㄡˇ）就是直行。

**直到**（ㄓˊ ㄉㄠˋ）一直到達某地、某時或某種情況。如「從這兒直到海邊，都是平地」「他直到天黑還沒來」。

**直奔**（ㄓˊ ㄅㄣ）直接跑來，沒有停頓。

**直前**（ㄓˊ ㄑㄧㄢˊ）図一直前進。如「勇往直前」。

**直流**（ㄓˊ ㄌㄧㄡˊ）物理學名詞。同「直流電」。

**直音**（ㄓˊ ㄧㄣ）我國舊時的一種注音方法，就是用一個比較容易認識的字來注跟它同音的字，如「怙」音「戶」。

**直飛**（ㄓˊ ㄈㄟ）指飛機不經過中途站，直接抵達目的地的飛行。

**直徑**（ㄓˊ ㄐㄧㄥˋ）①通過圓心到兩邊圓周為止的直線。②図直路。

**直書**（ㄓˊ ㄕㄨ）図乾乾脆脆地寫下去。如「秉筆直書」。

**直根**（ㄓˊ ㄍㄣ）比較發達的粗而長的主根。一般雙子葉植物如棉花，白菜都有直根。

**直接**（ㄓˊ ㄐㄧㄝ）事情的進行由雙方親自接觸，不由別的人轉洽，稱為直接。如「我直接去跟他說，不必間接托人告訴他」。

**直捷**（ㄓˊ ㄐㄧㄝˊ）簡單快速。

**直爽**（ㄓˊ ㄕㄨㄤˇ）正直爽快。

**直率**（ㄓˊ ㄕㄨㄞˋ）性情直爽不虛偽。

**直視**（ㄓˊ ㄕˋ）図注視。

**直溜**（ㄓˊ ㄌㄧㄡ）溜字輕讀。直的樣子。

**直達**（ㄓˊ ㄉㄚˊ）直接到達。如「直達車」。

**直腸**（ㄓˊ ㄔㄤˊ）大腸最下段的部分，叫直腸。

**直話**（ㄓˊ ㄏㄨㄚˋ）照直說出來的話，坦率無隱的話。如「直話直說」。

**直道**（ㄓˊ ㄉㄠˋ）図正義。

**直播**（ㄓˊ ㄅㄛ）①不經過育苗，直接把種子撒到田地裡。②指廣播電臺、電視臺不經過錄音、錄影，現場播出節目。

**直線**（ㄓˊ ㄒㄧㄢˋ）線的方向始終不變的叫直線。對曲線、折線說的。

**直轄**（ㄓˊ ㄒㄧㄚˊ）直接管轄。

**直隸**（ㄓˊ ㄌㄧˋ）①直接屬於。②河北省的舊名。

**直譯**（ㄓˊ ㄧˋ）按照原文的字句結構，不改其語脈風格的翻譯方法；是對「意譯」說的。

**直覺**（ㄓˊ ㄐㄩㄝˊ）由感官作用所獲得外物的表面印象和當時的直接感覺，來認識事物的性質和意義，叫做直覺。舊時作「直觀」。

**直屬**（ㄓˊ ㄕㄨˇ）直接管轄或隸屬。

**直觀**（ㄓˊ ㄍㄨㄢ）①哲學名詞。由心靈直接體驗對象之作用，即知識能力直接到達對象之內所成立的知識。②教育上說由感官作用而直接獲得外物的知識。

**直性（兒）**（ㄓˊ ㄒㄧㄥˋ（ㄦ））是說人的性情率直。也說「直性子」。

**直升機** 可以直升、直降，不需要機場跑道的飛機。又作「直昇機」。

**直立莖** 植物直立向上生長，既不匍匐，也不纏繞攀緣的莖。如松、杉、甘蔗的莖。

**直系親** 有直接血緣關係的親屬。同「直系」①。

**直流電** 電流的大小和方向一直不變的，叫直流電，簡稱「直流」；跟「交流電」相對。普通從電池發出的電是直流電。

**直挺挺** 僵直的樣子。

**直接稅** 由納稅者直接繳納給政府的稅，如所得稅、遺產稅、營業稅等。

**直腸子** 真性子；性情爽直的人。

**直瞪瞪** 也作「直勾勾」。指眼神板滯，急怒、驚恐、癡傻的樣子。

**直轄市** 由中央政府直接管轄的大城市，和「省」同級。如臺北市、北京市等。又叫「院轄市」。

**直心眼（兒）** 指人的心地直爽。

**直脾氣（兒）** 氣字輕讀。直性（兒）。

**直言不諱** 率直說出來，毫不隱諱。

**直眉瞪眼** 眉字輕讀。①急怒的樣子。②呆癡的樣子。

**直接民權** 孫中山先生所創，主張選舉、罷免、創制、複決等四權都由人民直接行使。

**直接選舉** 由選舉區內的全體公民投票選出候選人，叫直接選舉；和「間接選舉」相對。

**直道而行** 図依正義行事。

**直截了當** 簡單爽快。

**直流發電機** 發生直流電的電機裝置。

## 四筆

**盼** ㈠希望。如「盼望」「朝巴夜盼」「盼你們這次出國表演，一切順利」。㈡図看。如「左顧右盼」。㈢図是說眼睛黑白分明。〈詩經〉有「美目盼兮」句。

**盼望** 想望，希望。

**盼頭（兒）** 說「有盼頭」「沒盼頭」，意思就是「有希望」「沒希望」。也簡說成「盼兒」。如「這件事看樣子是沒盼兒了」。

**眉** ㈠眉毛。如「濃眉大眼」。㈡細長彎曲像眉的。如「眉月」。㈢書頁上頭的空白部分。如「眉批」「頂眉」。㈣図指旁邊、邊側。〈漢書〉上有「居井之眉」。㈤姓。

**眉心** 兩眉之間。如「眉心不展」。

**眉月** 新月，形狀彎曲如眉。

**眉毛** 毛字輕讀。就是眉，是生長在眼睛上部的毛。

**眉目** ①事情的次序或頭緒。如「這事情眉目不清」「有點眉目了」。②図比喻很近，跟「眉睫」的意思相同。③指眉毛跟眼睛，又指面貌說。如「這孩子眉目清秀」。

**眉宇** 図①眉端。②是「人的面貌」的意思。

**眉批** 寫在書眉上（書頁的上端）的解釋和批評的文字。

**眉急** 図像火燒到眉毛上的急迫，是「燃眉之急」的省略。比喻情勢緊迫、急切。如「事已眉急，不宜猶豫」。

**眉梢**（ㄇㄟˊ ㄕㄠ）　眉毛的末端。如「喜上眉梢」。

**眉棱**（ㄇㄟˊ ㄌㄥˊ）　生長眉毛的稍稍鼓出的部位。

**眉筆**（ㄇㄟˊ ㄅㄧˇ）　婦女修飾畫眉用的筆。

**眉睫**（ㄇㄟˊ ㄐㄧㄝˊ）　図眉毛跟睫毛都離眼睛很近，用來比喻迫近。如「此事迫及眉睫」。

**眉壽**（ㄇㄟˊ ㄕㄡˋ）　図年老的人眉毛往往很長，所以稱人年老高壽叫「眉壽」。

**眉頭（子）**（ㄇㄟˊ ㄊㄡˊ ㄗ˙）　左右眉毛的當中。

**眉棱骨**（ㄇㄟˊ ㄌㄥˊ ㄍㄨˇ）　生長眉毛處的骨頭。

**眉來眼去**（ㄇㄟˊ ㄌㄞˊ ㄧㄢˇ ㄑㄩˋ）　指男女間以眉目傳情。

**眉飛色舞**（ㄇㄟˊ ㄈㄟ ㄙㄜˋ ㄨˇ）　形容歡喜得意的神氣。

**眉清目秀**（ㄇㄟˊ ㄑㄧㄥ ㄇㄨˋ ㄒㄧㄡˋ）　形容面貌好看。

**眉眼高低**（ㄇㄟˊ ㄧㄢˇ ㄍㄠ ㄉㄧ）　臉上的表情。也作「眉高眼低」。

**眉開眼笑**（ㄇㄟˊ ㄎㄞ ㄧㄢˇ ㄒㄧㄠˋ）　愉快的神情。

**眊**　図ㄇㄠˋ　㈠眼睛不明亮。㈡同「耄」。

**眊眊**（ㄇㄠˋ ㄇㄠˋ）　図①眼睛昏花，神智不清。②思考勞神。

**眇**　ㄇㄧㄠˇ　㈠図偏盲，一隻眼睛有毛病。㈡微小的樣子。如「眇小」「眇乎其小」。

**眇小**（ㄇㄧㄠˇ ㄒㄧㄠˇ）　細小。①指人的身材瘦小、矮小。如「形貌眇小」。②指東西。如「這麼眇小的東西，能做什麼呢」。

**眇眇**（ㄇㄧㄠˇ ㄇㄧㄠˇ）　図①微小的樣子。②高遠的樣子。

**眄**　図ㄇㄧㄢˇ　斜著眼看。如「按劍相眄」。

**眈**　図ㄉㄢ　「眈眈」是注意看著，兩眼向下注視著的樣子。如「虎視眈眈」。

**盹**　ㄉㄨㄣˇ　短時間的睡眠。如「打盹兒」。讀音ㄉㄨㄣˋ。

**盹兒**（ㄉㄨㄣˇ ㄦ）　閉目小睡。如「打了個盹兒」。

**盾**　ㄉㄨㄣˋ　㈠古時打仗護身用的藤牌。也有用金屬片或皮革做的。㈡見「矛盾」。㈢盾形的裝飾品、紀念品、獎品，像金盾、銀盾等。又讀ㄕㄨㄣˇ。

**盾形**（ㄉㄨㄣˋ ㄒㄧㄥˊ）　像盾牌的形狀。

**盾牌**（ㄉㄨㄣˋ ㄆㄞˊ）　盾㈠。

**看**　▲ㄎㄢˋ　㈠瞧，用眼睛觀察。如「看報」「你看他走了沒有」。㈡對人物事情的認識、了解。如「我看他不行」「你看這辦法怎麼樣」。㈢拜訪、探問、慰問。如「看朋友」「看病人」。㈣照應，愛護。如「看顧」「照看」。㈤診治。如「看病」「這位大夫把我看好了」。㈥考察，考驗。如「他工作不努力，暫時留用查看」。㈦語助詞，姑且試試的意思。如「用這個辦法先試試看」「先吃一劑藥看」。㈧預料。如「這樣子的營業還能看長嗎」「這樣子做，工作是難以看好的」。㈨留神。如「別跑，看跌著」「輕一點放，看碰破了」。

▲ㄎㄢ　㈠図視（讀音）。㈡守著，保護著。如「看門」「小孩兒得看著」。㈢負責使用、管理。如「一個人看兩臺紡紗機」。㈣監管罪犯。如「把竊犯看起來」「看押」。㈤図「看看」，同「堪堪」，是「差不多將要」的意思，唐朝詩詞裡常用。劉禹錫詩有「看看瓜時欲到，故侯也好

歸來」。

**看上** ㄎㄢˋ ㄕㄤˋ 上字輕讀。看中。

**看中** ㄎㄢˋ ㄓㄨㄥˋ 看見以後非常合意，選擇好了合意的人或東西。也說「看上」「看中了」。

**看臺** ㄎㄢˋ ㄊㄞˊ 建築在場地旁邊或周圍，供觀眾看比賽或表演的臺。

**看好** ▲ㄎㄢˋ ㄏㄠˇ 預料有發展的前途。▲ㄎㄢ ㄏㄠˇ ①仔細保護。②注意監管。

**看守** ㄎㄢ ㄕㄡˇ ①守護。②監視。③拘留。

**看見** ㄎㄢˋ ㄐㄧㄢˋ 見字輕讀。看到；看得見。

**看官** ㄎㄢˋ ㄍㄨㄢ 舊小說中對讀者的稱呼。

**看承** ㄎㄢˋ ㄔㄥˊ 図①看顧照料。如「凡事多仗他看承」。②看作，看待。

**看押** ㄎㄢ ㄧㄚ 臨時拘禁。如「看押嫌犯」。

**看板** ㄎㄢˋ ㄅㄢˇ 廣告招牌。

**看門** ㄎㄢ ㄇㄣˊ 看（ㄎㄢ）守門戶。

**看俏** ㄎㄢˋ ㄑㄧㄠˋ 預料貨品暢銷，價格上漲。參見「看漲」。

**看待** ㄎㄢˋ ㄉㄞˋ 待遇。

**看看** ㄎㄢˋ ㄎㄢ 第二字輕讀。①過目。如「看看報」。②檢查一下。如「你仔細看看，毛病出在哪兒」。③玩玩，遊覽。如「去日月潭看看」。

**看相** ㄎㄢˋ ㄒㄧㄤˋ 觀察相貌以斷定命運吉凶的方術。

**看穿** ㄎㄢˋ ㄔㄨㄢ 看透，看破。

**看重** ㄎㄢˋ ㄓㄨㄥˋ 重視，認為重要。

**看家** ㄎㄢ ㄐㄧㄚ ①看守門戶。②俗稱一個人最擅長的事叫「看家本領」。

**看病** ㄎㄢˋ ㄅㄧㄥˋ ①（醫生）給人治病。②找醫生治病。

**看破** ㄎㄢˋ ㄆㄛˋ 看透，識透。如「看破了他的詭計」。

**看望** ㄎㄢˋ ㄨㄤˋ 望字輕讀。訪問。

**看透** ㄎㄢˋ ㄊㄡˋ 看穿了。

**看漲** ㄎㄢˋ ㄓㄤˇ 根據市場情況，估計價格有上漲的趨勢。如「棉花價格看漲」。

**看管** ㄎㄢ ㄍㄨㄢˇ 監守。

**看輕** ㄎㄢˋ ㄑㄧㄥ 輕視，看不起。

**看齊** ㄎㄢˋ ㄑㄧˊ ①體操口令之一，同行列的人，各向右鄰注視比齊，使隊形整齊。如「向右看齊」。②以某種事物為榜樣，學著做去。

**看護** ㄎㄢˋ ㄏㄨˋ ①看顧病人。②護士的別稱。

**看顧** ㄎㄢˋ ㄍㄨˋ 照應。

**看一看** ㄎㄢˋ ㄧ ㄎㄢˋ 第三字輕讀。同「看看」。

**看不上** ㄎㄢˋ ㄅㄨˋ ㄕㄤˋ 不字輕讀。同「看不起」。

**看不起** ㄎㄢˋ ㄅㄨˋ ㄑㄧˇ 不字輕讀。輕視。也說「瞧不起」。

**看不過** ㄎㄢˋ ㄅㄨˋ ㄍㄨㄛˋ 不字輕讀。對一般事情或別人的舉動不以為然。如「他那種態度，我真有點兒看不過」。

**看守所** ㄎㄢ ㄕㄡˇ ㄙㄨㄛˇ 臨時的拘留所。

**看家狗** ㄎㄢ ㄐㄧㄚ ㄍㄡˇ 看守門戶的狗。比喻有權勢人家的管家一類的人。

**看財奴** ㄎㄢ ㄘㄞˊ ㄋㄨˊ 罵有錢而吝嗇的人。同「守財奴」。

**看得上** ㄎㄢˋ ㄉㄜ˙ ㄕㄤˋ 合意，喜歡。

**看著辦** ㄎㄢˋ ㄓㄜ˙ ㄅㄢˋ 也說「瞧著辦」。①按照情形的需要斟酌辦理。如「這件事你就看著辦吧」。常用在商量、囑咐、委託的話裡。②用作恐嚇警告人的語詞，用急促的語氣來說，是警告對方一定要照著說話者的意思或完全顧到說話者的利益才行，否則會發生嚴重的不幸後果。如「你如果不聽我的話，咱們就看著辦吧」。

**看頭兒** ㄎㄢˋ ㄊㄡˊ ㄦ 值得看的，有可看的。如「這齣戲很有看頭兒」。

**看守內閣** ㄎㄢ ㄕㄡˇ ㄋㄟˋ ㄍㄜˊ 國會通過對內閣不信任案後，在新內閣組成以前，繼續留任處理日常工作的原內閣，或是另外組成的臨時內閣。

**看風使舵** ㄎㄢˋ ㄈㄥ ㄕˇ ㄉㄨㄛˋ 比喻隨機應變，看情形做事。也說「看風使帆」。

**看家本領** ㄎㄢ ㄐㄧㄚ ㄅㄣˇ ㄌㄧㄥˇ 看家②。

**看不見的手** ㄎㄢˋ ㄅㄨˋ ㄐㄧㄢˋ ˙ㄉㄜ ㄕㄡˇ 不字輕讀。比喻在幕後操縱的人。

**盻** 図ㄒㄧˋ ㈠瞪著，眼睛帶著怨恨的樣子看人。㈡勤苦不休息的樣子。

**相** ▲ㄒㄧㄤ ㈠雙方都進行的，就是互相，交互。如「相親相愛」「守望相助」。㈡由交互的意義演變為對人的詞，動作由一方面進行。如「實不相瞞」（就是對你不欺瞞）「別相信他的話」「我有事相煩」。㈢比較一下，合併著說兩面比較的結果。如「相等」「旗鼓相當」「言行相符」。㈣看。如「相一相地方的大小」。㈤姓。

▲ㄒㄧㄤˋ ㈠形狀，模樣；跟「像」字通。如「照相」「真相」。㈡察看。如「人不可貌相」「相機行事」。㈢幫助。如「相夫教子」「吉人天相」。㈣我國古代最高級的官，就是官吏的首長。如「宰相」。㈤媒人介紹男女雙方為婚姻而初次見面。如「相親」。㈥姓。

**相士** ㄒㄧㄤˋ ㄕˋ ①觀察容貌以鑑別人才。②以看相為職業的人。

**相干** ㄒㄧㄤ ㄍㄢ 相關，有關聯。

**相互** ㄒㄧㄤ ㄏㄨˋ 互相，雙方交互的作用。

**相公** ▲ㄒㄧㄤˋ ㄍㄨㄥ 宰相的尊稱。▲ㄒㄧㄤˋ ˙ㄍㄨㄥ ①舊時妻子對丈夫的敬稱。②舊時稱成年男子。

**相反** ㄒㄧㄤ ㄈㄢˇ 互相違反。

**相去** ㄒㄧㄤ ㄑㄩˋ 相差；相距。

**相失** ㄒㄧㄤ ㄕ 失散不見。唐朝李白〈登峨嵋山〉詩有「煙容如在顏，塵累忽相失」。

**相左** ㄒㄧㄤ ㄗㄨㄛˇ 図①彼此意見不同。②不相遇。

**相生** ㄒㄧㄤ ㄕㄥ 互相生成。指五行運行的互生關係。如「木生火、火生土、土生金、金生水、水生木」。

**相交** ㄒㄧㄤ ㄐㄧㄠ ①交叉。②交朋友。

**相仿** ㄒㄧㄤ ㄈㄤˇ 大致相同。

**相同** ㄒㄧㄤ ㄊㄨㄥˊ 一樣。

**相向** ㄒㄧㄤ ㄒㄧㄤˋ 面對面。

**相因** ㄒㄧㄤ ㄧㄣ 図①相當。②相依。

**相好** ㄒㄧㄤ ㄏㄠˇ ①彼此親密，心意相投。②指親密的朋友或情人，稱為「相好的」。

**相如** ㄒㄧㄤ ㄖㄨˊ 相同；相似。

**相安** ㄒㄧㄤ ㄢ 彼此沒有衝突、爭執，平安相處。如「相安無事」。

**相成** ㄒㄧㄤ ㄔㄥˊ 互相成全，配合。如「相輔相成」。

**相似** ㄒㄧㄤ ㄙˋ 大致相同。

**相形** ㄒㄧㄤ ㄒㄧㄥˊ 互相比較。如「相形失色」。

**相忘** ㄒㄧㄤ ㄨㄤˋ 互相遺忘。〈莊子・大宗師〉有「魚相忘乎江湖，人相忘乎道術」。

**相投** ㄒㄧㄤ ㄊㄡˊ 彼此合得來。如「情意相投」。

**相依** ㄒㄧㄤ ㄧ 互相依靠。如「脣齒相依」。

**相宜** ㄒㄧㄤ ㄧˊ 適宜。

**相沿** ㄒㄧㄤ ㄧㄢˊ 依著舊的一套傳下來；沿襲。如「相沿成俗」。

**相知** ㄒㄧㄤ ㄓ 彼此情誼親厚，互相了解。

**相近** ㄒㄧㄤ ㄐㄧㄣˋ ①差不多。②距離不遠。

**相信** ㄒㄧㄤ ㄒㄧㄣˋ ①可信而無疑惑。②表示自己的看法。如「這件事我相信可以做成功」。

**相剋** ㄒㄧㄤ ㄎㄜˋ 互相剋制。指五行運行的互剋關係。如「木剋土、土剋水、水剋火、火剋金、金剋木」。

**相思** ㄒㄧㄤ ㄙ 互相思慕；一般對男女之間單方面的思慕稱為「單相思」；因思慕而傷神生病稱為「相思病」。

**相映** ㄒㄧㄤ ㄧㄥˋ 互相照映。如「相映成趣」。

**相持** ㄒㄧㄤ ㄔˊ 彼此爭執不肯讓步。

**相約** ㄒㄧㄤ ㄩㄝ ①互相約定。②把一個分數的分子和分母用相同的除數去約，就叫「相約」。

**相面** ㄒㄧㄤˋ ㄇㄧㄢˋ 就人的面貌或身體上的特徵來判斷人的心術、命運或吉凶，也是一種江湖術士的行業。這種行業常簡稱為「相」，也叫「看相」。如「醫、卜、星、相」。

**相書** ㄒㄧㄤˋ ㄕㄨ 談論看相、相面的書。

**相能** ㄒㄧㄤ ㄋㄥˊ 図互相親愛和好（多用於否定）。如「雙方不相能」。

**相配** ㄒㄧㄤ ㄆㄟˋ 彼此適合。

**相偕** ㄒㄧㄤ ㄒㄧㄝˊ 図同在一起。偕也讀ㄐㄧㄝ。

**相商** ㄒㄧㄤ ㄕㄤ 互相商量；商議。如「有要事相商」。

**相得** ㄒㄧㄤ ㄉㄜˊ 合得來，彼此合意。

**相殺** ㄒㄧㄤ ㄕㄚ ①互相剋制。②互相殺害。

**相符** ㄒㄧㄤ ㄈㄨˊ 互相符合。

**相處** ㄒㄧㄤ ㄔㄨˇ 彼此在一起生活或工作之間的互相對待。

**相術** ㄒㄧㄤˋ ㄕㄨˋ 看相、相面的方法，也叫「相法」。

**相率** ㄒㄧㄤ ㄕㄨㄞˋ 一個接連著一個。如「相率離去」。

**相逢** ㄒㄧㄤ ㄈㄥˊ 彼此遇見（多指偶然的）。

**相通** ㄒㄧㄤ ㄊㄨㄥ 事物之間彼此聯貫溝通。

**相連** ㄒㄧㄤ ㄌㄧㄢˊ 互相連接。

**相等** ㄒㄧㄤ ㄉㄥˇ （數目、分量、程度等）彼此一樣。

**相距** ㄒㄧㄤ ㄐㄩˋ 相互間的距離。

**相間** ㄒㄧㄤ ㄐㄧㄢˋ （事物和事物）一個隔著一個。

**相傳** ㄒㄧㄤ ㄔㄨㄢˊ ①輾轉傳說或傳交下來。如「相傳此地曾有仙人居住」「這是他家世代相傳的寶物」。②傳授。如「這個祕訣是師徒相傳的」。

**相會** ㄒㄧㄤ ㄏㄨㄟˋ 會面。

**相煩** ㄒㄧㄤ ㄈㄢˊ 就是說以事相託。

**相當** ㄒㄧㄤ ㄉㄤ ①等於。②雙方差不多。③適當的意思。

**相與** ㄒㄧㄤ ㄩˇ 図①交好或相好的人。②人與人的相處。③同在一起。如「相與登山」「相與大笑」。

**相違** ㄒㄧㄤ ㄨㄟˊ [文]①互相背異。②彼此分離。

**相隔** ㄒㄧㄤ ㄍㄜˊ 相互間的距離。

**相像** ㄒㄧㄤ ㄒㄧㄤˋ 互有共同點，很像。

**相對** ㄒㄧㄤ ㄉㄨㄟˋ ①和「絕對」相反，意思是有條件的，隨著條件的變化而起變化的。②互相對應。

**相稱** ㄒㄧㄤ ㄔㄥˋ 雙方相等相似或大致相當，可以配得起來。

**相貌** ㄒㄧㄤˋ ㄇㄠˋ 容貌，面貌。

**相憐** ㄒㄧㄤ ㄌㄧㄢˊ 互相憐惜。

**相撲** ㄒㄧㄤ ㄆㄨ ①角力運動，就是摔跤。②現在在日本流行的，傳自中國的角力運動。

**相罵** ㄒㄧㄤ ㄇㄚˋ 互相爭吵辱罵。

**相鄰** ㄒㄧㄤ ㄌㄧㄣˊ 互相鄰接。

**相機** ㄒㄧㄤˋ ㄐㄧ ①[文]審度機宜，看實際情形的意思。如「相機行事」。②照相機的簡稱。

**相親** ▲ㄒㄧㄤ ㄑㄧㄣ 彼此親密。如「相親相愛」。▲ㄒㄧㄤˋ ㄑㄧㄣ 舊俗男女議婚，先約定日期，彼此見一面，叫做「相親」。

**相應** ▲ㄒㄧㄤ ㄧㄥ [文]應該，是舊式公文的用語。如「相應函達」。▲ㄒㄧㄤ ㄧㄥˋ ①互相呼應。如「首尾相應」。②相配合，相適應。如「發達工業，也必須同時相應地發達農業」。

**相識** ㄒㄧㄤ ㄕˋ ①彼此認識。②相識的人。

**相覷** ㄒㄧㄤ ㄑㄩˋ [文]互相對看。如「面面相覷」。

**相關** ㄒㄧㄤ ㄍㄨㄢ 彼此有關係。

**相勸** ㄒㄧㄤ ㄑㄩㄢˋ 勸告，勸解。

**相繼** ㄒㄧㄤ ㄐㄧˋ 彼此連接。

**相片（兒）** ㄒㄧㄤˋ ㄆㄧㄢˋ（ㄦ） 照片。也作「像片（兒）」。

**相聲（兒）** ㄒㄧㄤˋ ㄕㄥ（ㄦ） 曲藝的一種，用說笑話、滑稽問答、說唱等引起觀眾發笑。

**相女婿** ㄒㄧㄤˋ ㄋㄩˇ ㄒㄩˋ 女方家長選女婿時，觀察準女婿的言行。

**相思子** ㄒㄧㄤ ㄙ ㄗˇ 豆科蔓生植物種子，生在豆莢裡，大如豌豆，色鮮紅，供裝飾或作藥用。也叫「紅豆」。

**相思樹** ㄒㄧㄤ ㄙ ㄕㄨˋ 樹名，木質堅硬，可做拼花地板、器具材料或鐵路的枕木，也可以燒製成上等木炭。

**相對論** ㄒㄧㄤ ㄉㄨㄟˋ ㄌㄨㄣˋ ①哲學名詞。德國哲學家愛因斯坦所創，謂宇宙間一切之動，都是相對的，而無絕對之動。②物理學名詞。特殊相對論是基於相對性原理而推演出來的物理理論，廣義相對論中則再加上等效原理。前者用於慣性系中的觀察者，後者用於具有加速度的觀察者。基本出發點是對物理上的速度加以檢討，並注意到光速並非無限大。

**相夫教子** ㄒㄧㄤˋ ㄈㄨ ㄐㄧㄠˋ ㄗˇ 幫助丈夫發展事業，教育子女長大成人。

**相生相剋** ㄒㄧㄤ ㄕㄥ ㄒㄧㄤ ㄎㄜˋ 互相幫助，互相剋制。

**相形見絀** ㄒㄧㄤ ㄒㄧㄥˊ ㄐㄧㄢˋ ㄔㄨˋ [文]兩相比較而自覺不如，比不上。

**相忍為國** ㄒㄧㄤ ㄖㄣˇ ㄨㄟˋ ㄍㄨㄛˊ 為了國家利益而相互容忍。

**相依為命** ㄒㄧㄤ ㄧ ㄨㄟˊ ㄇㄧㄥˋ 彼此依賴過活而沒有旁的託靠。如「母子相依為命」。

**相知恨晚** ㄒㄧㄤ ㄓ ㄏㄣˋ ㄨㄢˇ 感情融洽的朋友，悔恨認識得太晚。又作「相見恨晚」。

**相得益彰** ㄒㄧㄤ ㄉㄜˊ ㄧˋ ㄓㄤ ①兩相配襯，更顯出美好。②湊在一起，功效更顯著。

**相提並論** ㄒㄧㄤ ㄊㄧˊ ㄅㄧㄥˋ ㄌㄨㄣˋ 用同一意見或方法來討論幾種人物或事件。

**相敬如賓** ㄒㄧㄤ ㄐㄧㄥˋ ㄖㄨˊ ㄅㄧㄣ 形容夫婦之間的互相敬愛。

**相煎太急** ㄒㄧㄤ ㄐㄧㄢ ㄊㄞˋ ㄐㄧˊ 指兄弟或地位相等、關係密切的人不和睦，相逼得很厲害。

**相對真理** ㄒㄧㄤ ㄉㄨㄟˋ ㄓㄣ ㄌㄧˇ 哲學名詞。在一定發展過程中，人們對於各個發展階段上具體過程的正確認識，它是對客觀世界近的、不完全的反映。

**相對價值** ㄒㄧㄤ ㄉㄨㄟˋ ㄐㄧㄚˋ ㄓˊ 經由比較所得到的價值，往往因為和自己的理想、觀念不同，而有不一樣的價值；是對「絕對價值」說的。

**相對溼度** ㄒㄧㄤ ㄉㄨㄟˋ ㄕ ㄉㄨˋ 空氣中所含水蒸氣的量，和同溫度、同體積下空氣所含水蒸氣飽和量的比。

**相輔相成** ㄒㄧㄤ ㄈㄨˇ ㄒㄧㄤ ㄔㄥˊ 互相幫助、配合，以完成某種事物。

**相濡以沫** ㄒㄧㄤ ㄖㄨˊ ㄧˇ ㄇㄛˋ 図濡是潤溼，沫是唾液。比喻處在困境中，互相救助。

**相驚伯有** ㄒㄧㄤ ㄐㄧㄥ ㄅㄛˊ ㄧㄡˇ 図語本〈左傳・昭公七年〉。指無緣無故自相驚擾。伯有是春秋時鄭國大夫，死後成厲鬼，常驚擾國人。

**相罵無好言** ㄒㄧㄤ ㄇㄚˋ ㄨˊ ㄏㄠˇ ㄧㄢˊ 是說吵架時，往往口不擇言，出口傷人。

## 省

▲ㄕㄥˇ ㈠縣級以上的地方行政區域。像臺灣省、福建省。㈡古代朝廷官署名，像中書省等。㈢簡化，減少。如「省時」「省事」。㈣節約。如「儉省」「省吃儉用」。㈤免。如「做事情要計畫周詳，省得以後發生麻煩」。

▲ㄒㄧㄥˇ ㈠檢查自己的思想行為。如「反省」「內省」。㈡看望長輩親屬問安。如「省親」「晨昏定省」。㈢知道。如「不省人事」。㈣明白，領悟。如「省悟」「省事」。㈤図記憶。如「記省」「往事重省」。㈥図考校。〈禮記〉上有「日省月試」。

**省力** ㄕㄥˇ ㄌㄧˋ 節省力量；不費力氣。

**省下** ㄕㄥˇ ㄒㄧㄚˋ 節省下來。

**省分** ㄕㄥˇ ㄈㄣˋ 分字輕讀。省㈠。

**省心** ㄕㄥˇ ㄒㄧㄣ 不必勞神。

**省形** ㄕㄥˇ ㄒㄧㄥˊ 省略形聲字義符的部分筆畫。

**省事** ▲ㄕㄥˇ ㄕˋ ①減少辦事的手續。②不煩難。▲図ㄒㄧㄥˇ ㄕˋ 明解人意，善於權變。

**省長** ㄕㄥˇ ㄓㄤˇ 行政區域一省的最高行政長官。

**省卻** ㄕㄥˇ ㄑㄩㄝˋ ①節省。如「機器生產省卻了很多勞力跟時間」。②免除。如「省卻麻煩」。

**省城** ㄕㄥˇ ㄔㄥˊ 図省會。

**省垣** ㄕㄥˇ ㄩㄢˊ 図省城。

**省思** ㄒㄧㄥˇ ㄙ 反省思考。

**省庫** ㄕㄥˇ ㄎㄨˋ 指「省屬行庫」，省政府所管轄的金融機構。對中央的國庫而言。

**省悟** ㄒㄧㄥˇ ㄨˋ 明白，覺悟。

**省時** ㄕㄥˇ ㄕˊ 不費時間。

**省問** ㄒㄧㄥˇ ㄨㄣˋ 探望問候。

**省得** ▲ㄕㄥˇ ˙ㄉㄜ 免得。▲ㄒㄧㄥˇ ˙ㄉㄜ 懂得。

**省略** ㄕㄥˇ ㄌㄩㄝˋ 把可以減去的部分刪去。

**省視** ㄒㄧㄥˇ ㄕˋ 審察，探看。

**省會**（ㄕㄥˇ ㄏㄨㄟˋ） 省政府所在地。也叫做「省治」。

**省道**（ㄕㄥˇ ㄉㄠˋ） 省和省之間或是一省級交通單位所管轄的公路。

**省運**（ㄕㄥˇ ㄩㄣˋ） 「全省運動大會」的簡稱。

**省墓**（ㄒㄧㄥˇ ㄇㄨˋ） 祭掃祖先的墳墓。

**省察**（ㄒㄧㄥˇ ㄔㄚˊ） ①審察。②自己反省。

**省儉**（ㄕㄥˇ ㄐㄧㄢˇ） 不浪費。

**省親**（ㄒㄧㄥˇ ㄑㄧㄣ） 回家探望父母長輩。

**省錢**（ㄕㄥˇ ㄑㄧㄢˊ） 減少錢財的消耗量。

**省聲**（ㄕㄥˇ ㄕㄥ） 省略形聲字聲符的部分筆畫。〈說文〉有「瑩，从玉，熒省聲」。

**省政府**（ㄕㄥˇ ㄓㄥˋ ㄈㄨˇ） 一省的最高行政機關。

**省略句**（ㄕㄥˇ ㄌㄩㄝˋ ㄐㄩˋ） 在文章或對話中，省去不必明說就能了解的部分。如「現在幾點鐘?」「現在九點鐘」，省略句可說成「九點」。

**省略號**（ㄕㄥˇ ㄌㄩㄝˋ ㄏㄠˋ） 標點符號的一種。也叫「刪節號」，就是「……」，表示文中省略的部分，或斷斷續續的話語。

**省運會**（ㄕㄥˇ ㄩㄣˋ ㄏㄨㄟˋ） 就是「全省運動會」的簡稱。

**省轄市**（ㄕㄥˇ ㄒㄧㄚˊ ㄕˋ） 由省政府直接管轄的城市。如「臺南市」。

**省議員**（ㄕㄥˇ ㄧˋ ㄩㄢˊ） 由全省各縣市選出的省議會議員。

**省議會**（ㄕㄥˇ ㄧˋ ㄏㄨㄟˋ） 代表一省民意的議事機關。

**省吃儉用**（ㄕㄥˇ ㄔ ㄐㄧㄢˇ ㄩㄥˋ） 形容生活非常節儉，不浪費。

**省油的燈**（ㄕㄥˇ ㄧㄡˊ ㄉㄜ˙ ㄉㄥ） ①比喻安分守己的人。如「他老是賭錢鬧事，不是個省油的燈」。②比喻和善容易相處的人。

## 五筆

**眛**（ㄇㄟˋ） 図眼睛看不清楚。

**眠**（ㄇㄧㄢˊ） ㈠睡。如「不眠不休」。㈡動物的一種生理現象，就是經過一個較長時間（幾天或幾十天）的靜止不動、不吃。如「蠶眠」「野獸冬眠」。㈢図指草木偃伏。㈣図指橫放著的東西。如「眠琴」。

**眠思夢想**（ㄇㄧㄢˊ ㄙ ㄇㄥˋ ㄒㄧㄤˇ） 睡夢不忘。比喻非常想念。

**眠雲**（ㄇㄧㄢˊ ㄩㄣˊ） 図山居。

**眩**（ㄒㄩㄢˋ） ㈠図迷惑。如「勿為甘言所眩」。㈡眼暈，眼花。如「頭暈目眩」。

**眩惑**（ㄒㄩㄢˋ ㄏㄨㄛˋ） 図迷亂；迷惑。

**眩暈**（ㄒㄩㄢˋ ㄩㄣˋ） 一時知覺昏迷的病症。

**眨**（ㄓㄚˇ） 眼睛一睜一閉。如「眼睛連眨都不眨」「變魔術的說：眼睛一眨，老母雞變鴨」。

**眨巴**（ㄓㄚˇ ㄅㄚ˙） 指眼睛一睜一閉的情況。如「他一緊張，眼睛就直眨巴」。也說「眨眼」或「眨巴眼兒」。如「他朝著我眨巴眼兒，要我別答應這件事」。

**眨眼**（ㄓㄚˇ ㄧㄢˇ） ①眼睛一開一閉。②比喻很短的時刻。如「一眨眼他就不見了」。

**真（眞）**（ㄓㄣ） ㈠不虛假。如「千真萬確」「真人真事」。㈡清楚，不失原來的樣子。如「看不真」「聽得很真」。㈢原來的樣子。如「傳真電信」「寫真（畫像、照相）」。㈣人的本性。如「天真」「真誠」「率真」。㈤的確，實在。如「真好」「你說得真對」。㈥指國字的楷體字。如「真書」「真草隸篆」。(七)図指官位的實授。如「真除」。(八)姓。

**真人** ㄓㄣ ㄖㄣˊ ①道教所說修行得道的人，多用做稱號。如「太乙真人」。②佛家對阿羅漢或佛的稱呼。③考古學家發現的「克羅馬農人」，我國周口店發現的「山頂洞人」也是。因體型和現代人相似，智能也很發達，所以叫「真人」，可能是現代人直接祖先。

**真切** ㄓㄣ ㄑㄧㄝˋ 真確而切實。

**真心** ㄓㄣ ㄒㄧㄣ 真實的心意。

**真主** ㄓㄣ ㄓㄨˇ ①真命天子。②回教徒對信奉的「阿拉神」的尊稱。

**真正** ㄓㄣ ㄓㄥˋ 確實不假。

**真皮** ㄓㄣ ㄆㄧˊ ①在表皮和皮下組織之間，內有神經末梢和血管，受了傷會出血。②真的皮革，不是化學原料仿製品。

**真行** ㄓㄣ ㄒㄧㄥˊ ①書體名稱，行書兼楷書的，叫「真行」。②誇獎一個人能幹。

**真言** ㄓㄣ ㄧㄢˊ ①梵語「陀羅尼」的意譯，就是咒語。②真實不虛假的話。

**真事** ㄓㄣ ㄕˋ 確實發生過的事。

**真味** ㄓㄣ ㄨㄟˋ 天然的味道，實在的味道。

**真性** ㄓㄣ ㄒㄧㄥˋ 自然的性質。

**真果** ㄓㄣ ㄍㄨㄛˇ 植物學名詞。由雌蕊的子房發育而成的果實。如桃、李。

**真空** ㄓㄣ ㄎㄨㄥ ①佛教說超出所有色相意識的真實境界。②物理學名詞，指理論上沒有任何物體的空間。③比喻一切事物不銜接的狀態，如經濟斷絕的時期，或因守軍撤退，當地守備空虛的狀態。

**真是** ㄓㄣ ㄕˋ 實在是（表示不滿意的情緒）。如「你們真是的，連這點小事也計較」。

**真相** ㄓㄣ ㄒㄧㄤˋ 佛家指「本相」「實相」。真實的面目，也指實在的內容和經過。

**真宰** ㄓㄣ ㄗㄞˇ 指天；因為天是萬物的主宰，所以叫真宰。

**真書** ㄓㄣ ㄕㄨ 楷書，正體字。也稱真字。

**真珠** ㄓㄣ ㄓㄨ 就是珍珠。

**真跡** ㄓㄣ ㄐㄧ 指名人字畫或古代書畫確是真實的手筆，不是假託偽造的。也作真蹟。

**真除** ㄓㄣ ㄔㄨˊ 図真(七)。

**真偽** ㄓㄣ ㄨㄟˋ 真實和虛假。

**真情** ㄓㄣ ㄑㄧㄥˊ ①實際情形，真的情節。②真實的感情。

**真理** ㄓㄣ ㄌㄧˇ 真實的道理。

**真率** ㄓㄣ ㄕㄨㄞˋ 爽直不拘。

**真菌** ㄓㄣ ㄐㄩㄣˋ 一種較高等的微生物。無葉綠素，有完整的細胞核，主要靠菌絲體分解吸收現成的營養物質。通常寄生在其他物體上。有些真菌能使動植物致病。如酵母菌、蘑菇等。

**真傳** ㄓㄣ ㄔㄨㄢˊ 真實的傳授，指學問或技藝方面正宗傳統的奧祕。如「他得到了師傅的真傳」。

**真話** ㄓㄣ ㄏㄨㄚˋ 真實的話。

**真誠** ㄓㄣ ㄔㄥˊ 真實誠懇，沒有一點虛假。

**真實** ㄓㄣ ㄕˊ 不虛偽。常分開來嵌進字或詞，造成新的詞。例如「真心實意」「真憑實據」「真贓實犯」「真情實況」。

**真箇** ㄓㄣ ㄍㄜˋ 加強語氣的修飾詞。說「真箇如何」意思就是「真的、實在如何如何」。韓愈的詩有「老夫真箇是兒童」。「箇」也作「個」「个」。

**真摯** ㄓㄣ ㄓˋ 真誠懇切，出自內心的。

**真數** ㄓㄣ ㄕㄨˋ 數學上別於「對數」而言；如「2」的對數為0.30103，「2」就是真數。

**真確** ㄓㄣ ㄑㄩㄝˋ 真實，的確。

**真諦** ㄓㄣ ㄉㄧˋ 真實的意義。

**真分數** ㄓㄣ ㄈㄣ ㄕㄨˋ 分子比分母小的分數，如$\frac{4}{7}$、$\frac{2}{3}$。

**真平等** ㄓㄣ ㄆㄧㄥˊ ㄉㄥˇ 各人根據天賦的聰明才智，自己努力造就，人人在政治上的立足點都是平等的；和「假平等」相對。

**真空管** ㄓㄣ ㄎㄨㄥ ㄍㄨㄢˇ 把玻璃管裡的空氣抽出到極低量，封入電極，供無線電檢波和整流用的器件；是無線電收音機、電視機的主要零件。也稱「電子管」。

**真面目** ㄓㄣ ㄇㄧㄢˋ ㄇㄨˋ 本來的形態。

**真珠質** ㄓㄣ ㄓㄨ ㄓˋ 真珠貝內的真珠層所分泌的東西，會形成真珠。

**真善美** ㄓㄣ ㄕㄢˋ ㄇㄟˇ 代表完美無缺的一種崇高境界。這三者密切相關，而且是人生的最高目標。

**真才實學** ㄓㄣ ㄘㄞˊ ㄕˊ ㄒㄩㄝˊ 真實的才能學問。

**真心真意** ㄓㄣ ㄒㄧㄣ ㄓㄣ ㄧˋ 真實的心意。

**真知灼見** ㄓㄣ ㄓ ㄓㄨㄛˊ ㄐㄧㄢˋ 高明而正確的見解。

**真憑實據** ㄓㄣ ㄆㄧㄥˊ ㄕˊ ㄐㄩˋ 真實可靠的憑據。

**真人不露相** ㄓㄣ ㄖㄣˊ ㄅㄨˋ ㄌㄡˋ ㄒㄧㄤˋ 不在別人面前顯露真面目。

**真金不怕火煉** ㄓㄣ ㄐㄧㄣ ㄅㄨˋ ㄆㄚˋ ㄏㄨㄛˇ ㄌㄧㄢˋ ①比喻有真才實學的人，不怕各種的考驗。②比喻立身行事正直，不怕別人說壞話。

## 眙

▲[文] ㄔˋ 集中眼光，盯著看。〈史記〉有「目眙不禁」。▲ㄧˊ 盱（ㄒㄩ）眙，山名，又是縣名，在安徽省。

## 眚

[文] ㄕㄥˇ ㈠眼睛生障膜的病。㈡弊病。㈢過失。㈣災禍，災難。

## 眣

▲[文] ㄕㄣˇ ㈠用眼睛開合的動作向人示意。㈡看。▲ㄕㄨㄣˋ 同「瞬」。轉動眼睛向人示意。

# 六筆

## 眽

▲[文] ㄇㄛˋ ㈠注視。如「眽眽」。㈡邪視。▲ㄇㄧˋ 輕視，欺謾。

**眽眽** ㄇㄛˋ ㄇㄛˋ [文]凝睛注視的樣子。如「含情眽眽」。也有人寫成「脈脈」。

## 眸

ㄇㄡˊ 瞳人（人或作仁），即黑眼珠。如「明眸皓齒」。

**眸子** ㄇㄡˊ ㄗˇ 本指瞳人；泛指眼睛。

## 眯

ㄇㄧˇ 灰土進了眼睛，使眼睛睜不開或看不清楚東西。如「沙土眯了眼睛」。

## 眺

[文] ㄊㄧㄠˋ 向遠處望去。如「憑高遠眺」。

**眺望** ㄊㄧㄠˋ ㄨㄤˋ [文]遠望。

## 眶

ㄎㄨㄤ 眼眶，就是眼窩的周圍。如「熱淚滿眶」。

## 眷

ㄐㄩㄢˋ ㈠[文]關心照顧。如「承蒙殊眷（受特別的照顧）」。㈡愛慕。如「眷戀」。㈢親屬。如「家眷」「攜眷」。

**眷口** ㄐㄩㄢˋ ㄎㄡˇ [文]家眷；家口。

**眷念** ㄐㄩㄢˋ ㄋㄧㄢˋ 想念，顧念。

**眷注** ㄐㄩㄢˋ ㄓㄨˋ [文]垂念關注。

**眷眷** ㄐㄩㄢˋ ㄐㄩㄢˋ 文心裡常常想念。

**眷愛** ㄐㄩㄢˋ ㄞˋ 文眷念憐愛。

**眷懷** ㄐㄩㄢˋ ㄏㄨㄞˊ 文懷念。

**眷屬** ㄐㄩㄢˋ ㄕㄨˇ 家屬。

**眷顧** ㄐㄩㄢˋ ㄍㄨˋ 文愛慕，顧念。

**眷戀** ㄐㄩㄢˋ ㄌㄧㄢˋ 十分思慕、愛戀的意思。

## 眴

▲文 ㄒㄩㄢˋ 眼睛昏花。揚雄的〈劇秦美新〉說他自己「常有顛眴病」。▲文 ㄕㄨㄣˋ ㈠轉動眼睛示意。〈史記·項羽紀〉有「須臾，(項)梁眴(項)籍曰：可行。」

## 眹

ㄓㄣˋ 文㈠黑眼珠，瞳人。㈡預兆，與「朕」通。

## 眾(衆、衆、众、乑)

ㄓㄨㄥˋ ㈠許多。如「眾寡不敵」「眾人」。㈡多數人。如「群眾」「大眾」。㈢佛教把人數說成眾，「僧九人」說「九眾」。

**眾人** ㄓㄨㄥˋ ㄖㄣˊ 許多人。

**眾生** ㄓㄨㄥˋ ㄕㄥ 佛經說一切有生命的動植物。

**眾多** ㄓㄨㄥˋ ㄉㄨㄛ 很多。

**眾望** ㄓㄨㄥˋ ㄨㄤˋ ①在眾人之間的聲望。如「眾望所歸」。②眾人所仰望的。如「不負眾望」。

**眾寡** ㄓㄨㄥˋ ㄍㄨㄚˇ 多跟少，多或少。如「眾寡懸殊」。

**眾數** ㄓㄨㄥˋ ㄕㄨˋ 統計學名詞。在一些數目中，出現次數最多的數。

**眾香國** ㄓㄨㄥˋ ㄒㄧㄤ ㄍㄨㄛˊ ①佛學記載的國名，國內的樓閣庭院都很芳香，香氣四溢，是佛教所說的西方極樂世界。②指許多美女聚集的地方。

**眾議員** ㄓㄨㄥˋ ㄧˋ ㄩㄢˊ 眾議院的議員。

**眾議院** ㄓㄨㄥˋ ㄧˋ ㄩㄢˋ 國家議會採兩院制時，分參議院和眾議院。其中眾議院代表全國人民，議員由人民直接選舉出來。各國名稱不大相同，或稱「下議院」或「代議院」。

**眾口一詞** ㄓㄨㄥˋ ㄎㄡˇ ㄧ ㄘˊ 大家不約而同地說出一樣的話。

**眾口難調** ㄓㄨㄥˋ ㄎㄡˇ ㄋㄢˊ ㄊㄧㄠˊ 指人多意見多，做事很難使每一個人都滿意。

**眾口鑠金** ㄓㄨㄥˋ ㄎㄡˇ ㄕㄨㄛˋ ㄐㄧㄣ 文謠言太多，足夠顛倒是非。

**眾目昭彰** ㄓㄨㄥˋ ㄇㄨˋ ㄓㄠ ㄓㄤ 文多數人都看得見。

**眾目睽睽** ㄓㄨㄥˋ ㄇㄨˋ ㄎㄨㄟˊ ㄎㄨㄟˊ 文大家睜著眼睛注視。指在大家的注視下，壞人做壞事無法隱藏。

**眾矢之的** ㄓㄨㄥˋ ㄕˇ ㄓ ㄉㄧˋ 比喻大家攻擊的對象。

**眾妙之門** ㄓㄨㄥˋ ㄇㄧㄠˋ ㄓ ㄇㄣˊ 蘊藏變化萬物道理的根本所在。

**眾志成城** ㄓㄨㄥˋ ㄓˋ ㄔㄥˊ ㄔㄥˊ 大家合力做事，必可成大事。

**眾所周知** ㄓㄨㄥˋ ㄙㄨㄛˇ ㄓㄡ ㄓ 大家全都知道。

**眾叛親離** ㄓㄨㄥˋ ㄆㄢˋ ㄑㄧㄣ ㄌㄧˊ 眾人反叛，親信背離。形容十分孤立。

**眾怒難犯** ㄓㄨㄥˋ ㄋㄨˋ ㄋㄢˊ ㄈㄢˋ 群眾的憤怒，一個人是很難擋得住的。

**眾星捧月** ㄓㄨㄥˋ ㄒㄧㄥ ㄆㄥˇ ㄩㄝˋ 比喻許多東西圍繞著一個中心，或許多人簇擁著一個所敬愛的人。也作「眾星拱月」。

**眾望所歸** ㄓㄨㄥˋ ㄨㄤˋ ㄙㄨㄛˇ ㄍㄨㄟ 深得大家的愛戴和景仰，人心所依附的人。也作「眾望所依」。

**眾寡不敵** ㄓㄨㄥˋ ㄍㄨㄚˇ ㄅㄨˋ ㄉㄧˊ 指兩方的力量相差很多，不能互相抗衡。

**眾說紛紜** ㄓㄨㄥˋ ㄕㄨㄛ ㄈㄣ ㄩㄣˊ 每一個人的說法都不同。

**眾擎易舉** ㄓㄨㄥˋ ㄑㄧㄥˊ ㄧˋ ㄐㄩˇ 文比喻大家同心協力，就容易把事情做成功。

**眵** ㄔ 眼分泌汁液凝結成的東西。俗稱「眵目糊（ㄔ·ㄇㄨ ㄏㄨ）」或「眼屎」。

**眥（眦）** 因ㄗˋ 眼眶子。如「目眥盡裂（形容大怒的樣子）」。

**眭** ㄙㄨㄟ 姓。

**眼** ㄧㄢˇ ㈠視覺器官，眼睛。㈡引伸指看東西的能力。如「眼拙」「眼尖」。㈢孔穴，窟窿。如「針眼」「砲眼」「鑽一個眼兒」。㈣孔穴的單位詞。如「一眼井」。㈤看一下叫「一眼」。如「我一眼就把毛病看出來了」。㈥下圍棋稱四周已經擺滿了棋子，當中留下來空位的地方叫「眼」。㈦關節，要點。如「字眼」「腰眼」「節骨眼兒」。㈧音樂的節拍。如「一板三眼」。

**眼力** ㄧㄢˇ ㄌㄧˋ ①視力。②辨別物品好壞真假的鑑識力。

**眼下** ㄧㄢˇ ㄒㄧㄚˋ 就是「目下」「當下」的意思。

**眼白** ㄧㄢˇ ㄅㄞˊ 眼睛裡的鞏膜，就是眼球上白色的部分。

**眼目** ㄧㄢˇ ㄇㄨˋ ①眼睛。②替人暗中探查情況並通風報信的人。

**眼尖** ㄧㄢˇ ㄐㄧㄢ 眼光敏銳。

**眼色** ㄧㄢˇ ㄙㄜˋ 色字可輕讀。用眼睛示意的動作。

**眼岔** ㄧㄢˇ ㄔㄚˋ 視覺錯亂。

**眼見** ㄧㄢˇ ㄐㄧㄢˋ ①親眼看見。②顯然可知的。

**眼角** ㄧㄢˇ ㄐㄧㄠˇ 上下眼瞼的接合處。

**眼兒** ㄧㄢˇ ㄦ ①眼睛。②孔，洞。

**眼底** ㄧㄢˇ ㄉㄧˇ 眼睛跟前；眼裡。

**眼拙** ㄧㄢˇ ㄓㄨㄛ 目力不強；多在認不出對方的時候用作謙詞。

**眼波** ㄧㄢˇ ㄅㄛ 目光；指目光射流好似水波。

**眼花** ㄧㄢˇ ㄏㄨㄚ 視力模糊不清楚。

**眼前** ㄧㄢˇ ㄑㄧㄢˊ ①現在。②面前。

**眼屎** ㄧㄢˇ ㄕˇ 眼眵。

**眼界** ㄧㄢˇ ㄐㄧㄝˋ ①眼力所及的範圍。②見識。

**眼看** ㄧㄢˇ ㄎㄢˋ ①馬上，即將。如「還不快走，眼看就要遲到了」。②無可奈何地看著。如「眼看火越燒越大，恐怕滅不了」。

**眼科** ㄧㄢˇ ㄎㄜ 專門治療眼部疾病的醫學跟醫科。

**眼紅** ㄧㄢˇ ㄏㄨㄥˊ ①眼睛生病，發紅。②眼熱、眼饞的意思。如「人家發達，我們不必眼紅，只要加緊努力就行了」。③激怒的樣子。如「仇人見面，分（ㄈㄣˋ）外眼紅」。

**眼淚** ㄧㄢˇ ㄌㄟˋ 淚，眼睛流出的淚水。

**眼球** ㄧㄢˇ ㄑㄧㄡˊ 就是眼球兒。是視覺器官，在眼窩裡，形狀像球，由三層膜性囊，三種透明體跟視神經等組織而成。

**眼眵** ㄧㄢˇ ㄔ 眼瞼分泌出來的黃色液體。也叫「眼屎」「眵目糊」。

**眼袋** ㄧㄢˇ ㄉㄞˋ 下眼皮。

**眼暈** ㄧㄢˇ ㄩㄣˋ 眼花。

**眼睛** ㄧㄢˇ ㄐㄧㄥ 睛字輕讀。動物身上觀察外物的視覺器官。

**眼罩** ㄧㄢˇ ㄓㄠˋ ①蒙眼的布罩，用來遮風沙或擋光。②指用手平放在額上遮住陽光的姿勢。

**眼跳** ㄧㄢˇ ㄊㄧㄠˋ 眼皮顫動，世俗迷信多以為是災禍傷財等的徵兆。

**眼福** ㄧㄢˇ ㄈㄨˊ 有機會看到好看新奇的東西就說「有眼福」。如「他這次旅行真是眼福不淺」。

**眼熟** ㄧㄢˇ ㄕㄨˊ 好像曾經看見過。

**眼熱** ㄧㄢˇ ㄖㄜˋ 嫉妒、羨慕的意思。如「人家領錢，他就眼熱」。也說「眼兒熱」、「眼饞」。

**眼線** ㄧㄢˇ ㄒㄧㄢˋ 捕捉盜賊時供給消息或引導的人。

**眼壓** ㄧㄢˇ ㄧㄚ 眼球內部液體對周圍組織的壓力。

**眼瞼** ㄧㄢˇ ㄐㄧㄢˇ 就是眼皮，眼球前面的軟皮，閉上眼的時候遮護眼球。

**眼簾** ㄧㄢˇ ㄌㄧㄢˊ 是眼球中層的圓形膜，有伸縮力，使瞳孔擴大或縮小，以調節光線。又叫「虹彩膜」。（跟眼皮、眼瞼不同，不可誤用。）

**眼鏡** ㄧㄢˇ ㄐㄧㄥˋ 用玻璃片或水晶片製成，戴在眼睛前矯正眼力或遮阻強烈光線、風沙的透鏡。

**眼饞** ㄧㄢˇ ㄔㄢˊ 看到自己喜愛的事物，非常想要得到。

**眼皮（兒）** ㄧㄢˇ ㄆㄧˊ（ㄦ） 眼睛外部可以開合的軟皮，就是眼瞼。

**眼光（兒）** ㄧㄢˇ ㄍㄨㄤ（ㄦ） ①眼力，辨識力。②眼神。如「他的眼光（兒）發散」。③比喻意志或旨趣。如「這樣的東西恐怕不對他的眼光（兒）」。

**眼泡（兒）** ㄧㄢˇ ㄆㄠ（ㄦ） 上眼皮。如「眼泡（兒）哭得又紅又腫」。

**眼珠（兒）** ㄧㄢˇ ㄓㄨ（ㄦ） 眼球。也常說「眼珠子」。

**眼圈（子）** ㄧㄢˇ ㄑㄩㄢ（ㄗ） 眼眶。也常說「眼圈兒」。

**眼眶（子）** ㄧㄢˇ ㄎㄨㄤˋ（ㄗ） 眼窩的四周。

**眼窩（兒）** ㄧㄢˇ ㄨㄛ（ㄦ） 眼球所在的凹陷部分。也叫「眼窩子」。

**眼中釘** ㄧㄢˇ ㄓㄨㄥ ㄉㄧㄥ 形容所嫉惡的人。

**眼巴巴** ㄧㄢˇ ㄅㄚ ㄅㄚ 殷切盼望的樣子。

**眼角膜** ㄧㄢˇ ㄐㄧㄠˇ ㄇㄛˊ 眼球膜性囊最外層的部分，在眼球前方中央，透明的圓凸形，光線由眼角膜射入眼底，產生視覺。

**眼明人** ㄧㄢˇ ㄇㄧㄥˊ ㄖㄣˊ 指有視覺的人；是對盲人說的。

**眼看著** ㄧㄢˇ ㄎㄢˋ ㄓㄜ˙ 顯然的意思；並且形容時間很快，有立時、立即的涵義。如「眼看著他要失敗」。在舊小說裡也作「眼見得」，〈水滸傳〉有「眼見得又不濟事了」。

**眼神兒** ▲ㄧㄢˇ ㄕㄣˊ ㄦ 眼睛的神態。▲ㄧㄢˇ ˙ㄕㄣ ㄦ 眼睛看東西的能力。

**眼睫毛** ㄧㄢˇ ㄐㄧㄝˊ ㄇㄠˊ 睫字輕讀。長在眼皮邊上的毛。

**眼睜睜** ㄧㄢˇ ㄓㄥ ㄓㄥ ①注視的樣子。元曲有「眼睜睜難辨東西」的句子。②當面公然，眼看著而無可奈何的樣子。如「眼睜睜地讓他拿走了」。

**眼鏡蛇** ㄧㄢˇ ㄐㄧㄥˋ ㄕㄜˊ 一種毒蛇，長四、五尺，頭部有像眼鏡的斑紋，牙有溝，能注射毒液；發怒的時候，頸部膨大，昂首直立。多產於印度、泰國、埃及等地。

**眼中無人** ㄧㄢˇ ㄓㄨㄥ ㄨˊ ㄖㄣˊ 形容驕傲自大，看不起人。也作「目中無人」。

**眼皮子淺** ㄧㄢˇ ㄆㄧˊ ㄗ˙ ㄑㄧㄢˇ 見識淺小，嫌貧愛富。也可以說成「眼皮子薄（ㄅㄠˊ）」。

**眼皮兒雜** ㄧㄢˇ ㄆㄧˊ ㄦ ㄗㄚˊ 說人的交際很廣。如「他的朋友太多，眼皮兒雜」。

**眼明手快** ㄧㄢˇ ㄇㄧㄥˊ ㄕㄡˇ ㄎㄨㄞˋ 眼光銳利，辦事靈敏。

**眼花撩亂** ㄧㄢˇ ㄏㄨㄚ ㄌㄧㄠˊ ㄌㄨㄢˋ 看到紛繁複雜的東西而感到迷亂。

**眼高手低** ㄧㄢˇ ㄍㄠ ㄕㄡˇ ㄉㄧ 只會苛求他人，到他自己動手做時卻不高明。

**眼畸角兒** ㄧㄢˇ ㄐㄧ ㄐㄧㄠˇ ㄦ 眼眶的左右兩端。

**眼不見為淨** ㄧㄢˇ ㄅㄨˋ ㄐㄧㄢˋ ㄨㄟˊ ㄐㄧㄥˋ 凡事只要看不到，心裡就覺得清淨不煩。也作「眼不見，心不煩」。

**眼觀鼻鼻觀心** ㄧㄢˇ ㄍㄨㄢ ㄅㄧˊ ㄅㄧˊ ㄍㄨㄢ ㄒㄧㄣ ①修道時，凝神端坐的樣子。②羞愧窘迫的樣子。

## 七筆

# 睇

〔文〕ㄉㄧˋ (一)稍微看看。(二)斜著眼看。

# 睏

ㄎㄨㄣˋ (一)疲倦想要睡。如「睏乏」「晚上趕寫文章，到了深夜，實在有點兒睏」。(二)有些地方把睡叫「睏」，睡覺說「睏覺」。

**睏乏** ㄎㄨㄣˋ ㄈㄚˊ 疲倦。

# 睊

〔文〕ㄐㄩㄢˋ 看。「睊睊」是注意看，斜著眼看，表示忿恨的樣子。

# 睎

〔文〕ㄒㄧ (一)看，斜著眼看。(二)羨慕。

## 八筆

# 睥

〔文〕ㄅㄧˋ「睥睨」，就是斜著眼睛看，表示看不起或不服氣。

# 睦

ㄇㄨˋ (一)和順，親愛，彼此感情好。如「和睦」「兄弟不睦」。(二)姓。

**睦誼** ㄇㄨˋ ㄧˋ 〔文〕親睦之誼；多指邦交說的。

**睦鄰** ㄇㄨˋ ㄌㄧㄣˊ 跟鄰居和睦相處。也指邦交方面的親善友好。

# 督

ㄉㄨ (一)催。如「督著學生快走」。(二)察看，管理。如「監督」。(三)〔文〕大將。(四)官名用字。如「督學」「督察」「總督」。(五)〔文〕責備。如「督責」「督其過」。(六)〔文〕「總督」的簡稱。(七)姓。

**督工** ㄉㄨ ㄍㄨㄥ 監督工程。

**督促** ㄉㄨ ㄘㄨˋ 監督和催促。

**督師** ㄉㄨ ㄕ 統率軍隊作戰。

**督理** ㄉㄨ ㄌㄧˇ 監督辦理。

**督率** ㄉㄨ ㄕㄨㄞˋ 〔文〕監督和率領。

**督責** ㄉㄨ ㄗㄜˊ 〔文〕①督察責備。②督促別人努力。如「督責甚切」。

**督飭** ㄉㄨ ㄔˋ 〔文〕監督指揮。

**督察** ㄉㄨ ㄔㄚˊ ①監察。②以監察為職務的官職名稱。

**督學** ㄉㄨ ㄒㄩㄝˊ 督察學校教學情形的官方行政人員。

**督戰** ㄉㄨ ㄓㄢˋ 督率作戰。

**督辦** ㄉㄨ ㄅㄢˋ ①監督辦理。②舊時監督辦理軍情的官名。

# 睹（覩）

ㄉㄨˇ 看見。如「有目共睹」「目睹」。

# 睨

〔文〕ㄋㄧˋ 斜著眼睛看。參看「睥」字。

# 睞

ㄌㄞˋ (一)看。如「明眸善睞」「青睞（重視的意思）」。(二)瞳子不正。

# 睩

〔文〕ㄌㄨˋ 看的樣子。

# 睪（睾）

ㄍㄠ (一)睪丸，生理學名詞，雄性動物生殖器官的一部分，也叫「精囊」。高等動物的睪丸只有一對；人類的藏在陰囊裡面，左右各一，卵形。有兩種作用，一是生成精蟲，一是產生內分泌物，使男子有男人的體態跟精神。(二)同「皋」「皞」。

**睫** ㄐㄧㄝˊ 通常說「睫毛」或「眼睫毛」，就是上下眼皮邊上的細毛。

**睫狀體** ㄐㄧㄝˊ ㄓㄨㄤˋ ㄊㄧˇ 眼球中的輪狀，包著水晶體赤道部，負責調節水晶體的曲率半徑，內面上皮組織有產生眼房水的功能。也叫「毛樣體」。

**睛** ㄐㄧㄥ 眼珠。如「目不轉睛」「畫龍點睛」。

**睠** [文]ㄐㄩㄢˋ ㈠回頭看。㈡關心。同「眷」㈠。

**睜** ㄓㄥ 張開眼睛。如「睜眼一看」「眼睛半睜半閉」。

**睜眼瞎子** ㄓㄥ ㄧㄢˇ ㄒㄧㄚ ˙ㄗ 比喻不識字的人；文盲。

**睒** [文]ㄕㄢˇ ㈠光。㈡「睒睒」是光亮閃爍的樣子。

**睬** ㄘㄞˇ ㈠注視。㈡過問，理會。如「不理不睬」「揚揚不睬」。

**睢** ㄙㄨㄟ ㈠[文]瞪眼。如「恣睢（任著性子發脾氣）」「萬眾睢睢（大家瞪著眼看）」。㈡河名，源出河南省。㈢睢陽，河南省縣名。㈣姓。

**睟** [文]ㄙㄨㄟˋ 臉色光潤。〈孟子〉書有「睟然見於面」。

**睚** [文]ㄧㄞˊ 眼角，眼睛的周邊。

**睚眥** ㄧㄞˊ ㄗˋ [文]眥也作眦。發怒瞪眼。如「睚眥之仇（因為細故結成的仇）」。

## 九筆

**瞀** [文]ㄇㄠˋ 瞀亂：昏亂，胡塗。又讀ㄇㄡˋ。

**瞄** ㄇㄧㄠˊ 特別注意地把眼力放到某一點上。

**瞄準** ㄇㄠˊ ㄓㄨㄣˇ 用眼睛注視目標，使發射、投射的動作準確，叫做「瞄準」。

**睽** [文]ㄎㄨㄟˊ ㈠跟「暌」字通；指人和人的別離。㈡「睽睽」是瞪著眼睛看的樣子。如「眾目睽睽」。

**睺** [文]ㄏㄡˊ ㈠眼睛半盲。㈡眼睛深陷。

**瞅（偢、矁）** ㄔㄡˇ 看，瞧。如「瞅見」「瞅了一眼」。

**睡** ㄕㄨㄟˋ ㈠閉目入眠。如「睡著」。㈡閉攏。如「睡蓮」。

**睡衣** ㄕㄨㄟˋ ㄧ 專供睡覺時候所穿的衣服。

**睡相** ㄕㄨㄟˋ ㄒㄧㄤˋ 睡覺時的姿態。

**睡眠** ㄕㄨㄟˋ ㄇㄧㄢˊ 名詞，就是睡覺。如「睡眠不足」。

**睡袍** ㄕㄨㄟˋ ㄆㄠˊ 專供睡覺時穿的寬鬆的長袍。

**睡袋** ㄕㄨㄟˋ ㄉㄞˋ 袋狀的被子。

**睡著** ㄕㄨㄟˋ ㄓㄠˊ 入睡。

**睡鄉** ㄕㄨㄟˋ ㄒㄧㄤ [文]就是「夢境」，人睡著了說是「進入睡鄉」。

**睡獅** ㄕㄨㄟˋ ㄕ 比喻不振作的大國。

**睡夢** ㄕㄨㄟˋ ㄇㄥˋ 指睡覺的時候；也就是「睡夢裡」或「睡夢中」。

**睡蓮** ㄕㄨㄟˋ ㄌㄧㄢˊ 多年生草本植物，長在水中，葉卵形，花紅色或白色，很美。傍晚時花就閉合，所以叫「睡蓮」。

**睡醒** ㄕㄨㄟˋ ㄒㄧㄥˇ 睡夠了，不再睡了；清醒過來。

**睡覺** ▲ㄕㄨㄟˋ ㄐㄧㄠˋ 入眠。▲[文]ㄕㄨㄟˋ ㄐㄩㄝˊ 醒了。白居易〈長恨歌〉「雲髻半偏新睡覺」。

**睡魔** ㄕㄨㄟˋ ㄇㄛˊ 比喻強烈的睡意。人在疲乏時，有時會昏昏欲睡，好像受到魔力的控制，所以叫睡魔。

**睡眠病** ㄕㄨㄟˋ ㄇㄧㄢˊ ㄅㄧㄥˋ 病名。在非洲地區，由原蟲引起的流行病。會造成淋巴結腫大、發燒，嚴重的會導致病人嗜睡、昏睡，最後死亡。

睡遊病 精神病的一種。患者常在睡夢之中起來亂走，並作些動作。也叫「夢遊」或「夢遊症」。

# 睿

図ㄖㄨㄟˋ聰明，通達，有智慧，有眼光。

睿知 図「知」同「智」。特殊明智通達的意思。

## 十筆

# 瞇

ㄇㄧ眼睛微微合上。如「眼睛瞇成一條縫兒」。

瞇縫 縫字輕讀。①把眼睛瞇起來。如「他瞇縫著眼說話」「我瞇縫一下休息休息」。②眼睛睜不大，上下眼皮距離很近的人，叫「瞇縫眼(兒)」。

# 瞑

▲図ㄇㄧㄥˊ眼睛閉上。

▲ㄇㄧㄢˋ憒亂的樣子。〈孟子〉書有「若藥不瞑眩，厥疾不瘳」。

又讀ㄇㄧㄥˋ。

瞑目 ①図合上眼睛。如「瞑目靜思」。②比喻人死的時候無所懸念。如「活著的時候毫無遺憾，死了也能瞑目」「死不瞑目」。

瞑瞑 図目力衰弱的樣子。

# 瞌

ㄎㄜ「瞌睡」就是坐著打盹兒。

# 瞎

ㄒㄧㄚ㈠眼睛壞了看不見東西。如「眼瞎了」。㈡胡來，亂來，無意識，無意義。如「瞎說」「瞎鬧」。㈢沒有得到預期的效果。如「天太旱，下了種兒都瞎了」「買東西不合用，錢花瞎了」。㈣亂了，壞了，浪費，糟蹋了。如「這件事攪瞎了」「毛線不纏成球兒就弄瞎了」。

瞎子 盲人，眼睛看不見東西的人。

瞎忙 無成績無收穫，只是白忙。

瞎抓 比喻做事沒有頭緒。

瞎扯 沒有根據隨意亂說。

瞎眼 喪失視覺能力。比喻辨別事物的能力差。如「怪我瞎了眼，和這種人做朋友」。

瞎話 謊話。

瞎說 亂說。

瞎鬧 亂鬧，無理取鬧。

瞎攪 胡攪，亂攪，做事沒有條理，沒有方法。

瞎謅 說胡亂編造的話。

瞎起鬨 胡亂搗蛋，引起吵鬧。

瞎說八道 胡說，亂說。

# 瞋

図ㄔㄣ發怒的時候用眼睛瞪人。

瞋目 図張大眼睛生氣的樣子。如「瞋目而視」。

## 十一筆

# 瞥

ㄆㄧㄝ用眼睛掃視一下，大略地看一下。

瞥見 偶然看見。

瞥眼 図轉眼間。如「瞥眼三年已過」。

# 瞟

ㄆㄧㄠˇ斜著眼睛很快地一看。如「瞟了他一眼」。

# 瞞

ㄇㄢˊ隱藏實情不使人知道。如「隱瞞」「實不相瞞」。

瞞哄 隱瞞哄騙。

瞞上欺下 瞞哄上級，欺壓下屬。

瞞天過海 用欺騙的手段，暗中行動。

**瞞心昧己** 味著良心做自己不願意做的事。

**瞞上不瞞下** 共同隱瞞消息，不讓上位的人知道。

**瞢** 因ㄇㄥˊ ㈠「昏瞢」，視線模糊。㈡不光明的樣子。如「日月瞢瞢」。

**瞜** ㄌㄡˊ 見「瞘」字。

**瞘** ㄎㄡ 眼睛深陷眼眶裡邊，通常是害病或疲倦過度的現象。也說「瞘瞜（˙ㄌㄡ）」。如「一夜沒睡，眼睛都瞘瞜了」。

**瞠** 因ㄔㄥ 瞪著眼看。

**瞠乎後矣** 因比喻落後趕不上。

**瞠目結舌** 因張大了眼睛，說不出話。形容受窘或嚇呆了的樣子。

## 十二筆

**瞪** ㄉㄥˋ ㈠睜大眼睛。如「目瞪口呆」「眼睛瞪得大大的」。㈡惡意地看人，常是表示憤恨。如「瞪他一眼」。㈢睜大了眼睛盯著。如「瞪著眼睛仔細看看」。

**瞪眼** 睜大了眼睛直著看，帶有憤恨、發怒或絕望、無可奈何的樣子。

**瞳** ㄊㄨㄥˊ ㈠眼珠。㈡黑眼珠當中可以隨著外界光線強弱而收縮或擴大的通孔，也就是「瞳孔」。文言作「瞳子」，普通說是「瞳人」或「瞳人兒」。

**瞭** ▲ㄌㄧㄠˇ 清楚，明白。如「明瞭」「瞭如指掌」。▲ㄌㄧㄠˋ 在高處往遠處看。如「瞭望」。

**瞭亮** 心裡把事情看得清楚明白。如「他心裡是很瞭亮的。對這件事一點也不發愁」。

**瞭望** 登高遠望。

**瞭望臺** 供瞭望用的高臺。

**瞭如指掌** 形容對情況非常清楚。

**瞵** 因ㄌㄧㄣˊ 盯著，瞪著眼睛注意地看。如「虎視鷹瞵」。

**瞶** 因ㄍㄨㄟˋ ㈠眼睛裡沒有瞳人。㈡很仔細地看。又讀ㄎㄨㄟˋ。

**瞰（矙）** 因ㄎㄢˋ ㈠察看。㈡俯視，從高處往下看。如「俯瞰」「鳥瞰（比方作一番概括的觀察）」。

**瞧（睄）** ㄑㄧㄠˊ ㈠因偷看。㈡看。如「瞧病」「瞧熱鬧」。㈢訪問。如「我是來瞧朋友的」。

**瞧不起** 不字輕讀。看不起。

**瞧得起** 看得起。

**瞬** 因ㄕㄨㄣˋ 一眨眼，眼球一轉動。如「轉瞬已成過去」「目不暇瞬（注意力專注在一處，緊張之至）」。

**瞬息** 口語說「瞬息之間」。比喻時間極短。如「國際局勢瞬息萬變」。

**瞬間** 也說「一瞬間」或「轉瞬之間」。形容時間的短促。如「機器製作，瞬間完成」。

## 十三筆

**瞽** 因ㄍㄨˇ 瞎。如「瞽目（眼瞎了）」「瞽者（瞎子）」。

**瞼** ㄐㄧㄢˇ 「眼瞼」就是眼皮（眼睛上下的軟皮，閉上眼遮蔽在眼球前面）。

**瞿** ▲ㄑㄩˊ ㈠姓。㈡瞿塘峽（也作瞿唐峽）是長江三峽之一，在四川省。又讀ㄑㄩˊ。

▲図ㄐㄩˋ「瞿然」，以驚訝的眼光來看的樣子。如「瞿然而喜」。

**瞻** ㄓㄢ ㈠看。如「有礙觀瞻」。㈡向上或向前看。如「瞻前顧後」「馬首是瞻」。

**瞻仰** ㄓㄢ ㄧㄤˇ ①自下向上看。②觀看別人事物的敬詞。

**瞻念** ㄓㄢ ㄋㄧㄢˋ 瞻望並思考。

**瞻望** ㄓㄢ ㄨㄤˋ 抬頭向前遠望。

**瞻禮** ㄓㄢ ㄌㄧˇ ①図瞻仰禮拜神佛。②天主教稱星期日為「主日」，其餘六天為「瞻禮二」到「瞻禮七」。

**瞻前顧後** ㄓㄢ ㄑㄧㄢˊ ㄍㄨˋ ㄏㄡˋ 前後方向都看到。比喻周密地考慮。

## 十四筆

**矇** ▲ㄇㄥˊ ㈠図有黑眼珠而看不見，瞎。㈡與「蒙」字通。「蒙混」也作「矇混」。

▲ㄇㄥ ㈠說假話，做出假行動或用假東西來詐騙。如「說瞎話矇人」。㈡徼幸。如「他的射擊哪能打得這麼準？這一槍全是矇的」。㈢見「矇矇亮（兒）」。

**矇住** ▲ㄇㄥ ㄓㄨˋ ①用詐騙方法使人一時相信。如「我這麼一說，真把他矇住了」。②一時胡塗。如「一時倒矇住了」。▲ㄇㄥˊ ㄓㄨˋ 覆蓋；遮掩。

**矇事** ㄇㄥ ㄕˋ 作假騙人。

**矇騙** ㄇㄥ ㄆㄧㄢˋ 欺騙，詐騙。

**矇矇** ㄇㄥˊ ㄇㄥˊ 図心裡胡塗，不明白。班固〈幽通賦〉有「心矇矇猶未察」。也作「蒙蒙」。

**矇矓** ㄇㄥˊ ㄌㄨㄥˊ ①疲倦想睡的時候，眼睛半張半合的樣子。②光線昏暗，看起來模糊不清的樣子。

**矇矇亮（兒）** ㄇㄥ ㄇㄥ ㄌㄧㄤˋ ㄦ 第二個矇字輕讀。黎明，天剛亮，可是光線還有些昏暗的時候。

**矇著鍋兒** ㄇㄥ ㄓㄜ ㄍㄨㄛ ㄦ 沒見到真相就姑且先做。如「你別矇著鍋兒說話呀」。

## 十五筆

**矍** 図ㄐㄩㄝˊ ㈠吃驚瞪著眼向左右看的樣子。如「矍然失色」。㈡見「矍鑠」。

**矍鑠** ㄐㄩㄝˊ ㄕㄨㄛˋ 図形容人年老而身體強健，精神好。

## 十六筆

**矓** ㄌㄨㄥˊ 見「矇矓」。

## 十九筆

**矗** ㄔㄨˋ 直立，高起。

**矗立** ㄔㄨˋ ㄌㄧˋ 高聳直立。如「大廈矗立」。

## 二十一筆

**矚（瞩）** ㄓㄨˇ 注意地看。如「高瞻遠矚」「眾所矚目」。

**矚目** ㄓㄨˇ ㄇㄨˋ 図注目。如「舉世矚目」。

**矚望** ㄓㄨˇ ㄨㄤˋ ①図期望；期待。也作「屬望」。②注視。

## 矛部

**矛** ㄇㄠˊ 古代的一種武器，長柄上頭有帶刃的鐵尖，能刺人。也叫「矛子」。

**矛盾** ㄇㄠˊ ㄉㄨㄣˋ ①言論或行為自相抵觸。（《韓非子．難勢》說：有人賣矛和盾，他誇他的盾說：「我的盾最堅固，什麼東西都刺不穿。」接著他又誇他的矛說：「我的矛最鋒利，什麼東西都刺得穿。」有人問他：「用你的矛刺你的盾，結果是怎樣呢？」他無話可答。）②兩種勢力衝突互相排斥，也叫矛盾。

**矛盾律** ㄇㄠˊ ㄉㄨㄣˋ ㄌㄩˋ 形式邏輯的基本規律之一，要求在同一思維過程中，對同一對象不能作出互相抵觸的判斷。也就是不能同時肯定，又同時否定同一事物。

### 四筆

**矜** ▲ㄐㄧㄣ ㈠図憐惜。㈡図自大，驕傲。如「驕矜」。㈢慎重。如「矜持」。㈣尊敬。如「矜式」。㈤矛的柄。▲図ㄍㄨㄢ 同「鰥」字。

**矜大** ㄐㄧㄣ ㄉㄚˋ 図驕傲自大。

**矜式** ㄐㄧㄣ ㄕˋ 図尊重效法。

**矜持** ㄐㄧㄣ ㄔˊ 自尊。

**矜重** ㄐㄧㄣ ㄓㄨㄥˋ 図莊重。

**矜誇** ㄐㄧㄣ ㄎㄨㄚ 図驕傲，誇大。

**矜寡** ㄍㄨㄢ ㄍㄨㄚˇ 図同「鰥寡」，失去妻子或丈夫的人。

### 七筆

**矞** 図ㄩˋ 「矞皇」：①旺盛的樣子。②優美的樣子。

**矟** ㄕㄠˋ 古代的一種兵器，同「槊」。

## 矢部

**矢** ㄕˇ ㈠箭。如「弓矢」「無的放矢」。㈡同「誓」。如「矢志不移」。㈢図糞便，同「屎」。如「遺矢」。

**矢口** ㄕˇ ㄎㄡˇ 一口咬定。如「矢口否認」。

**矢石** ㄕˇ ㄕˊ 箭和石頭，是古時守城的武器。

**矢志** ㄕˇ ㄓˋ 發誓立志。如「矢志不渝」。

**矢車菊** ㄕˇ ㄔㄜ ㄐㄩˊ 植物名。菊科。一年生或隔年生草本。莖高三四尺，葉細長如披針形，花色繁多，有粉紅、藍、紫、白等色。供觀賞用。

### 二筆

**矣** 図ㄧˇ ㈠助詞，表示完成或過去。如「十年於茲矣」「由來久矣」。㈡表示決定或將要。如「吾必謂之學矣」。㈢通「哉」。如「甚矣！汝之不慧」。㈣通「耳」，表決定的語末助詞。㈤表吩咐、囑咐的助詞。如「先生休矣」。㈥在轉折句裡表示停頓。如「盡美矣，未盡善也」。

### 三筆

**知** ▲ㄓ ㈠曉得。如「毫無所知」「知無不言」。㈡知識。如「無知」「求知」。㈢識別。如「知人善任」。㈣使知道。如「通知」「知會」。㈤對人能了解，有交情。如「知交」「相知」。㈥主管。如「知事」「知縣」。㈦見「知了」。

▲ㄓˋ 同「智」。

**知了** ㄓ ㄌㄧㄠˇ 蟬。口語也說ㄐㄧˋ ㄌㄧㄠˇ ㄦ。

**知人** ㄓ ㄖㄣˊ 有眼光，能體察人的品行或才能。如「他有知人之明」。

**知己** ㄓ ㄐㄧˇ ①十分了解自己的好友。②自己曉得自己的優點和缺點。

**知心** ㄓ ㄒㄧㄣ 知己的朋友。

**知止** ㄓ ㄓˇ 図知道應該適可而止。

**知母** ㄓ ㄇㄨˇ 多年生草本植物。根莖橫生，被黃色毛，葉細長，夏季開白色小花，蒴果長橢圓形。供觀賞及藥用。

**知交** ㄓ ㄐㄧㄠ 知己的朋友。

**知名** ㄓ ㄇㄧㄥˊ 有聲名，大家都曉得他的名字。

**知足** ㄓ ㄗㄨˊ 心裡知道滿足，安於現狀。

**知事** ㄓ ㄕˋ ①図懂事。②舊時稱縣長叫「縣知事」。

**知命** ㄓ ㄇㄧㄥˋ 図①安於天命，不作分外的要求。②古人稱五十歲（〈論語〉有「五十而知天命」）。

**知性** ㄓ ㄒㄧㄥˋ 對事物思考判斷的領悟能力。

**知客** ㄓ ㄎㄜˋ ①負責招待賓客的人。②在寺院裡負責招待賓客的僧人。也叫「知賓」。

**知音** ㄓ ㄧㄣ ①図對於音律有研究的人。②知己的朋友。

**知恥** ㄓ ㄔˇ 有羞惡（ㄨˋ）之心。

**知能** ㄓˋ ㄋㄥˊ ①智慧和能力。②泛指知性方面的精神活動，如觀察、想像、判斷和思考等。

**知情** ㄓ ㄑㄧㄥˊ 知道事件的情節。

**知悉** ㄓ ㄒㄧ ①知道，了解。②舊時書信中，長輩對晚輩的提稱語。如「○○吾兒知悉」。

**知單** ㄓ ㄉㄢ 舊時請客的通知單。單上列出客人名字，派人去通知，被請的人能到，就在自己名字下寫「知」字，表示已經知道；如果不能到，就寫「謝」字，表示婉謝。

**知會** ㄓ ㄏㄨㄟˋ 會字輕讀。口頭通知。

**知照** ㄓ ㄓㄠˋ ①通知。②舊時公文用語，用於下行文，是「讓你知道」的意思。

**知道** ㄓ ㄉㄠˋ 道字輕讀。曉得，明瞭。

**知過** ㄓ ㄍㄨㄛˋ 自己知道所犯的過失。

**知遇** ㄓ ㄩˋ 図受他人賞識，得到特別優厚的待遇。

**知趣** ㄓ ㄑㄩˋ 不討人嫌。

**知曉** ㄓ ㄒㄧㄠˇ 知道，曉得。

**知謀** ㄓˋ ㄇㄡˊ 同「智謀」，智慧和謀略。

**知識** ㄓ ㄕˋ ①図知道並且認識的人。孔融〈論盛孝章書〉「海內知識，凋落殆盡」。②一般人對事物的認識。如「人有知識，才知是非黑白」。③哲學名詞，是有理由的認知與其成果。與信念、意思相對。④佛家語，意思是朋友，朋友能導人入善，叫善知識，反之叫惡知識。

**知覺** ㄓ ㄐㄩㄝˊ 感覺與再現觀念結合以認識外界事物的作用。

**知心話** ㄓ ㄒㄧㄣ ㄏㄨㄚˋ 親切體貼的話。

**知人之明** ㄓ ㄖㄣˊ ㄓ ㄇㄧㄥˊ 能認識人的品行和才能的眼力。

**知人善任** 了解人並且善於使用人才。

**知人論世** 鑑別人物的優劣，議論世事的得失。

**知己知彼** 明瞭對方，又明瞭自己，對彼我雙方情形都有充分的了解，多指軍事方面的事情而言。也作「知彼知己」。

**知行合一** 明朝王守仁（陽明）所創的一種學說，主張即知即行，認為知而不行就是不知。

**知足不辱** 能懂得滿足，不貪求，才不會受到恥辱。

**知法犯法** 知道法律而故意犯法。

**知恥知病** 檢討自己的過失與缺點，以求改過奮發，努力圖強。

**知書達禮** 形容人有學識，有教養，懂得應對進退。也作「知書識禮」「知書知禮」。

**知疼著熱** 對人非常關心體貼（多用於夫婦之間）。

**知識分子** 受過相當教育而知識豐富的人。

**知識階級** 指知識分子。

**知難而退** 知道事情難做而退縮，或知道不能勉強而放棄。

**知難行易** 孫中山先生所著〈孫文學說〉，證明「行之非艱而知之維艱」的道理，鼓勵人努力實踐，對心理建設有很大的啟發作用。

**知識爆發時代** 指二十世紀，因為科學技術快速的發展，使得知識急遽的生長和累積。

**知人知面不知心** 形容不容易真正了解別人的心中想法。

**知無不言言無不盡** 把自己知道的，毫無保留地說出來。

## 四筆

**矧** 図ㄕㄣˇ ㊀況且。〈書經〉有「矧茲有苗」。㊁也。〈書經〉有「矧惟不孝不友」。㊂牙根，通「齗」。〈禮記〉有「笑不至矧」。

## 五筆

**矩** ㄐㄩˇ ㊀畫方形的器具，是一種曲尺。㊁法則。如「規矩」。

**矩尺** 木工所用的曲尺。

**矩形** 長方形。

**矩步** 図走路端正，合乎法度。表示行動一絲不苟。如「行必矩步」。

**矩矱** 図法度。也作「榘矱」。

## 七筆

**短** ㄉㄨㄢˇ ㊀「長」的對稱。如「冬天晝短夜長」「短襪子」。㊁不夠，差。如「這一套書短了一本」「算來算去還短了一百元」。㊂少；欠缺。如「不短吃，不短穿」「短不了請你幫忙」。㊃拖欠。如「我還短著他五百元哪」「錢不夠，今天不用給了，先短著吧」。㊄缺點。如「說長道短」「揭人的短」。㊅図說人家的缺點。〈史記〉有「上官大夫短屈原於頃襄王」。

**短工** 臨時的雇工，和「長工」相對。

**短少** ㄉㄨㄢˇ ㄕㄠˇ 不足，不夠。

**短文** ㄉㄨㄢˇ ㄨㄣˊ 篇幅較短的文章。

**短欠** ㄉㄨㄢˇ ㄑㄧㄢˋ 欠缺，不夠。如「虧損短欠」。

**短句** ㄉㄨㄢˇ ㄐㄩˋ 字數較少的文句。

**短打** ㄉㄨㄢˇ ㄉㄚˇ ①拳術的一種。中國拳術分南北派，南派拳法架式緊小，敵人不易乘虛而入，所以叫短打。②戲劇用語。短衣打扮，就是「短裝」。③棒球、壘球術語。打擊者用球棒輕觸來球，使球在內野緩慢滾動，以幫助自己或隊友進壘。

**短兵** ㄉㄨㄢˇ ㄅㄧㄥ 刀劍等比較短的兵器。

**短局** ㄉㄨㄢˇ ㄐㄩˊ 時間不久的局面。

**短折** ㄉㄨㄢˇ ㄓㄜˊ 図夭折，短命。

**短見** ㄉㄨㄢˇ ㄐㄧㄢˋ ①淺見。②自殺。如「自尋短見」。

**短命** ㄉㄨㄢˇ ㄇㄧㄥˋ 壽命短，不長壽。

**短波** ㄉㄨㄢˇ ㄅㄛ 無線電波的波長在五十公尺以下的，叫做短波。

**短長** ㄉㄨㄢˇ ㄔㄤˊ ①図指時間久暫。〈左傳・文公十三年〉「命在養民，死之短長，時也」。②図長度的長短。〈管子・明法解〉「以尺寸量短長」。③意外災害，同「三長兩短」。〈兒女英雄傳・八〉「萬一我有個短長，母親無人養贍」。④図是非，善惡。〈後漢書・馬武傳〉「面折同列，言其短長」。⑤図高矮。蘇軾詩有「短長肥瘦各有態，玉環飛燕誰敢憎」。⑥優劣。如「一較短長」。

**短促** ㄉㄨㄢˇ ㄘㄨˋ 時期急迫。

**短拳** ㄉㄨㄢˇ ㄑㄩㄢˊ 同「短打」①。

**短氣** ㄉㄨㄢˇ ㄑㄧˋ 志氣沮喪，不能自振。

**短缺** ㄉㄨㄢˇ ㄑㄩㄝ (物資)缺乏，不足。

**短淺** ㄉㄨㄢˇ ㄑㄧㄢˇ 見識狹窄而膚淺。

**短球** ㄉㄨㄢˇ ㄑㄧㄡˊ 羽球比賽中，發球過網，落在對方發球線前面的球。

**短笛** ㄉㄨㄢˇ ㄉㄧˊ 管樂器，構造與長笛相同，比長笛短。

**短處** ㄉㄨㄢˇ ㄔㄨˋ 處字輕讀。缺點。

**短途** ㄉㄨㄢˇ ㄊㄨˊ 路程近的，短距離的。

**短期** ㄉㄨㄢˇ ㄑㄧˊ 時間不長。

**短視** ㄉㄨㄢˇ ㄕˋ ①就是近視，是說目力看不清遠處。②比喻沒有遠見。

**短程** ㄉㄨㄢˇ ㄔㄥˊ 同「短途」。

**短評** ㄉㄨㄢˇ ㄆㄧㄥˊ (報刊上)簡短的評論。

**短跑** ㄉㄨㄢˇ ㄆㄠˇ 短距離賽跑。

**短路** ㄉㄨㄢˇ ㄌㄨˋ ①非正路，多指劫盜說的。②同「尋短」、「短見②」。③物理學名詞，電路兩點之間有不正常的低電阻接合，會產生高熱的電流，破壞元件。這種現象叫短路。

**短壽** ㄉㄨㄢˇ ㄕㄡˋ 壽命不長。

**短槍** ㄉㄨㄢˇ ㄑㄧㄤ 指槍筒短的火器，如各種手槍。

**短語** ㄉㄨㄢˇ ㄩˇ 有兩個或兩個以上的詞的組合而不能成句的詞組。

**短劇** ㄉㄨㄢˇ ㄐㄩˋ 獨幕劇或簡短的戲劇。

**短暫** ㄉㄨㄢˇ ㄓㄢˋ 時間很短。

**短調** ㄉㄨㄢˇ ㄉㄧㄠˋ ①唐朝人稱詩歌七字一句的，叫「長調」，五字一句的，叫做「短調」。②詞調中的小令，叫「短調」。清朝人毛先舒以九十一字以上者為「長調」。

**短髮** 頭髮因為禿落而變少。現在稱剪短的頭髮。

**短篇** 文字不多的文學作品。如「短篇小說」。

**短錢** 金錢不足。

**短襖** 有裡子的短上衣。

**短工（兒）** 暫時雇用的工人。

**短打（兒）** 短裝。

**短不了** 不字輕讀。①不可少的意思。如「人一天都短不了水」。②少不了的意思。如「我短不了請你幫個忙」。

**短長書** 〈戰國策〉的別稱。

**短音程** 比長音程少半音的音程。如「短二度」。

**短音階** 西洋音樂中的七聲音階。又叫「小音階」。

**短歌行** 樂府相和歌辭平調曲名。因為音節短促，聲音纖細，所以叫「短歌行」。

**短撅撅** 形容短的樣子。

**短小精悍** 稱身體矮小而精力充沛的人。

**短兵相接** ①雙方用刀劍等兵器，近距離的肉搏戰。②比喻雙方爭執得激烈緊張。

**短篇小說** 對「長篇小說」說的。指比較簡短的小說，人物不多，結構緊湊。

**短日照植物** 完成光照階段後，需要一定時間的黑暗才能開花的植物。每天縮短日照時間，延長黑暗時間可促使它提早開花。如玉米、菊花、大豆等。

## 矬
ㄘㄨㄛˊ 矮，身材短小。如「你比他矬半尺」「小矬個兒」。

**矬子** 身體短小的人。

### 八筆

## 矮
ㄞˇ ㈠和「高」相反，指身材、物體、等級說的。如「兩個人一高一矮」「一段矮牆」「在學校比他矮一班」（低一年級）。㈡矮下去。如「一矮身躲過去了」。

**矮子** 身體短小的人。

**矮小** 又矮又小。如「身材矮小」。

**矮星** 光度小、體積小、密度大的恆星。通常呈紅色或黃色。如天狼星的伴星。

**矮冬瓜** 譏笑長得矮小的人，稱他為「矮冬瓜」。

**矮趴趴的** 很低的。如「矮趴趴的房子」。

**矮墩墩的** 又矮又胖。

### 十二筆

## 矯（矫）
ㄐㄧㄠˇ ㈠把彎的弄成直的，把錯的改成對的。如「矯正錯誤」「痛矯前非」。㈡図假稱，假託。如「矯飾外貌」「矯詔」「矯命」。㈢勇健。如「矯健」。㈣図舉。如「矯首而望」。㈤図勇武、強健，特別有精神的樣子。如「矯矯不群」。

**矯正** 改正。

**矯健** 強壯有力。如「矯健的步伐」。

**矯情** ▲図ㄐㄧㄠˇㄑㄧㄥˊ故意違反常情，表示特殊、高超。▲ㄐㄧㄠ·ㄑㄧㄥ說人強（ㄑㄧㄤˇ）詞奪理。北京口語說ㄐㄧㄠ·ㄑㄧㄥ。也指小孩子擰（ㄋㄧㄥˋ）性、愛哭。

**矯捷** ㄐㄧㄠˇ ㄐㄧㄝˊ 矯健而敏捷。如「身形矯捷」。

**矯飾** ㄐㄧㄠˇ ㄕˋ 図偽裝假託以求掩飾。

**矯枉過正** ㄐㄧㄠˇ ㄨㄤˇ ㄍㄨㄛˋ ㄓㄥˋ 糾正得過度，不能適中。

**矯情鎮定** ㄐㄧㄠˇ ㄑㄧㄥˊ ㄓㄣˋ ㄉㄧㄥˋ 故作安閒，表示鎮靜，讓人無法猜測。

**矯揉造作** ㄐㄧㄠˇ ㄖㄡˊ ㄗㄠˋ ㄗㄨㄛˋ 裝腔作勢，故意做作，舉動不自然。

**繒** ㄗㄥ ㈠古人繫著生絲線用來射鳥的箭。㈡短箭。

## 十四筆

**矱** 図ㄏㄨㄛˋ 法度，標準。

# 石部

**石** ▲ㄕˊ ㈠石頭，是構成地殼的物質，由礦物集結而成，常是堅硬的塊狀物，地質學統稱岩石。如「大理石」「青石」。㈡図碑碣的統稱。如「功績勒乎金石」。㈢図指「藥石」。〈左傳〉有「美疢不如惡石」。㈣古時打仗用的投擲殺敵的石塊。如「躬冒矢石」。㈤図古樂八音之一。見「八音」。㈥姓。

▲ㄉㄢˋ 容量名，十斗為一石。

**石工** ㄕˊ ㄍㄨㄥ ①開採石料或用石料製作器物的工作。②製作石器或開採石料的工人。

**石化** ㄕˊ ㄏㄨㄚˋ ①古代生物的遺體在被掩埋的情況下，有機質受無機鹽所置換而硬化，變成了化石，叫「石化」。②「石油化學」的簡稱。如「石化工業」「石化產品」。

**石文** ㄕˊ ㄨㄣˊ 古人刻在碑碣磚瓦上的文字。

**石方** ㄕˊ ㄈㄤ 石料用「石方」計算體積，一立方公尺的石料叫做一個「石方」。石料開採、堆砌、雕製或運輸的工程，通常用「石方」來計算。

**石火** ㄕˊ ㄏㄨㄛˇ 敲擊石頭所發生的火花。比喻產生跟消失的迅速。原作「電光石火」。

**石印** ㄕˊ ㄧㄣˋ 石版印刷。

**石田** ㄕˊ ㄊㄧㄢˊ 不能耕作的田。比喻無用的東西。

**石匠** ㄕˊ ㄐㄧㄤˋ 石工②。

**石灰** ㄕˊ ㄏㄨㄟ ①生石灰（氧化鈣），用石灰石燒鍛而成，是白色塊狀物，用來製造各種鈣化物。②熟石灰（氫氧化鈣），由生石灰加水化合而成，是白色粉末，可以供建築、消毒之用或製漂白粉。

**石竹** ㄕˊ ㄓㄨˊ 一種可供觀賞的多年生草本植物，有對生的長條形的葉子，開紅色、白色、淡紫色或雜色的花。

**石佛** ㄕˊ ㄈㄛˊ 用石頭雕製的佛像。

**石作** ▲ㄕˊ ㄗㄨㄛˋ 指石工作坊。
▲ㄕˊ ㄗㄨㄛ 石匠活兒。

**石坊** ㄕˊ ㄈㄤ 用石頭建成的牌坊。

**石坑** ㄕˊ ㄎㄥ 採石的礦坑。

**石材** ㄕˊ ㄘㄞˊ 供建築、雕刻或製造器物用的石質材料。也就是「石料」。

**石刻** ㄕˊ ㄎㄜˋ 刻有文字的石碑。

**石油** ㄕˊ ㄧㄡˊ 地下氫跟碳的化合物，是液體礦物。從地上向下鑽孔成油井來開採，取得原油。經過蒸餾，加料混合，可製成很多種不同的油料，供很多種用途。其中最大的用途是做交通工具的燃料。

**石板** ㄕˊ ㄅㄢˇ ①石片。如「石板路」。②清末民初小學生習字用的工具，黑石做成，輕巧，便於攜帶。

**石版** ㄕˊ ㄅㄢˇ ①石塊磨成的印刷版，用這種方法印刷叫「石印」。②把大石塊鋸成片狀，供建築、鋪路之用。

**石青** ㄕˊ ㄑㄧㄥ 藍銅礦，是一種繪畫的顏料名稱。顏色青翠，經久不變。

**石柱** ㄕˊ ㄓㄨˋ ①石料做成的柱子。②石灰岩洞中的石筍和鐘乳石所形成的像柱子形的物體。

**石炭** ㄕˊ ㄊㄢˋ 就是煤，是古代的植物埋在地下碳化而成的。可以作燃料，也可以作塑膠原料。

**石英** ㄕˊ ㄧㄥ 天然的矽酸化合物，堅硬而透明，結晶是六稜體，可以做裝飾品。水晶、瑪瑙等都是。

**石料** ㄕˊ ㄌㄧㄠˋ 供建築工程、雕刻或製作器物等方面用的石質材料；分天然石料（如大理石、花岡石等）和人造石料（如人造大理石、水磨石等）。也叫「石材」。

**石脈** ㄕˊ ㄇㄞˋ 岩石的紋理脈絡。

**石舫** ㄕˊ ㄈㄤˇ 園林中用石頭建成的船形建築物。

**石埭** ㄕˊ ㄉㄞˋ 用石頭築成的隄。

**石畫** ㄕˊ ㄏㄨㄚˋ 在牆壁或器物上用細碎的彩色瓷磚拼圖粘貼的彩色圖案、字樣或藝術構形。也叫「馬賽克畫」。

**石筆** ㄕˊ ㄅㄧˇ 舊文具之一，用滑石製成的筆，用來在石板上畫圖、寫字。

**石筍** ㄕˊ ㄙㄨㄣˇ ①成長條狀的岩石。②方解石類，由石灰洞頂的水，滴到地面，自下而上漸漸結成的筍狀物。參看「石鐘乳」。

**石階** ㄕˊ ㄐㄧㄝ 用石頭鋪成的臺階。

**石碑** ㄕˊ ㄅㄟ 用石頭做的碑。

**石碓** ㄕˊ ㄉㄨㄟˋ 石製的碓（舊時的舂米用具）。

**石窟** ㄕˊ ㄎㄨ ①古時候就山崖開鑿成的寺廟或佛龕洞室，如我國的敦煌石窟、雲岡石窟和龍門石窟。②山間自然形成的洞穴。

**石經** ㄕˊ ㄐㄧㄥ ①我國古代把儒家經典刻在石頭上，作為字句和字體的標準依據。稱為「石經」。東漢、三國魏、唐朝、五代蜀、北宋和清朝都曾刻有石經。現在保存完整的只有唐朝的「開成石經」和清朝的石經。②指佛教寺廟裡刻在石頭上的佛經。

**石像** ㄕˊ ㄒㄧㄤˋ 用石頭雕刻的人像或獸像。

**石榴** ㄕˊ ㄌㄧㄡˊ 榴字可輕讀。落葉灌木，葉長橢圓形，夏初開花，結球狀果，紅色有黑斑，子多漿，可以吃，根皮可製驅蟲藥。又名「安石榴」。

**石膏** ㄕˊ ㄍㄠ 把含水的硫酸鈣加熱，呈白色粉末，可以塑像，是製造水泥、顏料的原料。

**石綿** ㄕˊ ㄇㄧㄢˊ 又名「石絨」。有細長纖維，可以彎曲，不怕火，常用來做防火器材。石綿纖維有毒，進入人體能致癌症。也寫作「石棉」。

**石墨** ㄕˊ ㄇㄛˋ 黑鉛。

**石壁** ㄕˊ ㄅㄧˋ 山崖高聳的石頭，像一堵牆壁的，通稱石壁。

**石蕊** ㄕˊ ㄖㄨㄟˇ ①生長在寒冷地帶的地衣類植物。屬於低等植物，灰白色或淡黃色，有很多分枝，可以用來製石蕊試紙或石蕊溶液。②用石蕊製成的一種藍色無定形的、能溶於水的粉末，在分析化學上用做指示劑。

**石雕** ㄕˊ ㄉㄧㄠ ①在石頭上雕刻形象、花紋的藝術。②用石頭雕成的藝術作品。

**石頭** 石㈠。

**石獸** 石頭雕成的獸類，如石獅、石象、石馬。

**石蠟** 有機化合物，從重油中蒸餾而成，是白色固體，可以製蠟燭、軟膏、化妝品、打光劑及防水劑等。

**石龕** 在山崖石壁上開鑿的供佛像的小閣子。

**石鹼** 指肥皂。

**石鹽** 指天然鹽井、鹽池所產的鹽。

**石刁柏** 多年生草本植物，通常叫蘆筍。小枝細長，嫩莖可以做蔬菜。葉退化；開黃綠色花；雌雄異株；結紅色漿果，種子黑色。

**石尤風** 元朝故事書〈瑯嬛記〉說的故事：石姓女子跟尤姓男子結婚之後，丈夫要出遠門經商，妻子不願丈夫去，丈夫不聽。後來妻子因為思念丈夫生了病，臨死發誓，死後要變成大風，為天下所有的妻子阻止她們的丈夫出門遠行。後來的詩文裡把逆風（頂頭風）稱作「石尤風」，或略作「石尤」。

**石灰水** 溶石灰在水裡所得的無色透明的液體。

**石灰岩** 由介族或珊瑚的遺殼沉積海裡而成的岩石，成分多是碳酸鈣，可做石灰、水泥的原料。又名石灰石，簡稱灰石。

**石灰質** 指稱所含成分主要是碳酸鈣的物質。人和各種動物的骨骼裡都含有大量的石灰質。

**石決明** 貝類，殼扁而橢圓，中央略高，背面有呼吸孔九個以上，殼面粗糙，蒼紫或褐色，裡面有淡紅色的真珠層，肉可食。殼可製鈕扣。臺灣通常叫「九孔」。

**石油氣** 開採石油或在煉油加工時產生的氣體，主要成分為碳氫化合物和氫氣。可作燃料或化學工業原料。

**石花菜** 海藻的一種，植物體扁平，紫紅色，分枝很多，排列成羽狀。是提製瓊脂（也叫石花膠，通稱洋粉或洋菜）的主要原料。

**石炭紀** 地質學名詞，指稱古生代的第五個「紀」。這一紀長約七千五百萬年，氣候溫暖溼潤，植物高大茂密，出現了羊齒植物和松柏；動物出現了兩棲類；岩石多是石灰岩、頁岩、砂岩。後來植物被埋藏在地下，碳化變質成了煤層。這時期形成的地層叫石炭紀。

**石首魚** 黃花魚，又名黃魚，頭上有石頭般的小骨兩三塊，所以叫石首魚。

**石斛蘭** 又名石斛、金釵石斛、千年竹。生在高山岩石上或附生在樹幹上的多年生草本植物。莖長三四寸，多節。葉如釵。夏天開白花，花瓣的頂端淺紫色。經久耐旱，遇水即活，可作觀賞植物，莖、葉、花都可作藥材。

**石敢當** 我國自唐宋以來，民間習慣在家門口或街巷路口立一個小石碑，上面刻著「石敢當」三個字，認為這樣能鎮壓邪惡，避除不祥。古書記載說「石」是姓，「敢當」是虛構的名字，意思是無所畏懼，所當無敵。有的刻「泰山石敢當」五個字，藉泰山的盛名來加強鎮嚇的聲勢。

**石斑魚** 一種上好的食用海洋魚類，形狀像鱸魚，有不同的花紋體色。大的石斑魚有長達兩公尺多，重兩百公斤以上的。小的石斑魚盛產於加勒比海。可以養殖。

**石童子** 明代江蘇嘉定一個十二三歲的小學徒，為了抵抗倭奴，挽救全城人的生命財產而犧牲了自己的生命。當地人在城上立石像來紀念他。因為不知他的姓名，就叫他「石童子」。

**石菖蒲** 多年生草本植物。硬的根莖橫生在地下。有長條形的葉子，開小而密集的花，結卵圓形的蒴果。供觀賞，可作藥材。

**石獅子** 用石頭雕成的獅子，小的可作玩具或擺設兒，大的放在大門口兩旁、橋端、道路或墓道兩旁，以壯觀瞻。也叫「石獅」或「石頭獅子」。

**石鼓文** 指古代在石鼓上所刻的籀文（大篆）字體，也指用這種籀文刻出的銘文四言詩。石鼓是戰國時秦國留存下來的文物，形狀略像鼓，共有十個，唐朝初年在今陝西發現。石鼓所刻文字在出土時已有殘損，宋朝人記載還可看清四百八十五字。清乾隆時曾摹仿製成新石鼓十個，所以現在有新舊兩套石鼓存世。

**石榴石** 具有相似的晶體結構和化學成分的一種常見的矽酸鹽礦物，有無色的、黑色的、紅色的和綠色的。自古埃及人就開始把石榴石當作寶石。石榴石的硬度高，可製磨料，也是製造激光器的重要原料之一。

**石榴裙** 紅色的裙。「拜倒石榴裙下」是形容對女子的傾心迷戀。

**石碳酸** 有機化合物，無色針狀結晶，從煤焦油中取出，可以消毒、殺菌。

**石膏像** 用石膏塑造的人物形象，是一種藝術品。

**石鐘乳** 泉水含碳酸石灰，從巖穴洞裡滴下，石灰質凝積下垂。也叫鐘乳石。

**石化工業** 石油化學工業的簡稱。使用煉製石油所得的副產品為原料的化學工業。產品如人造纖維、人造橡膠、油漆、染料、藥品、肥料、溶劑、塑膠等。

**石沉大海** 石頭沉到大海裡。比喻很久沒有消息了。

**石室金匱** 図用石頭建築的房屋，用金屬製作的櫃子。指朝廷收藏圖書文獻的處所。

**石英鐘錶** 利用電池和石英晶體的振盪代替鐘的擺或錶的游絲的計時儀器，大型的叫石英鐘，小型的叫石英表。

**石破天驚** 形容震撼人的力量極大，能震破石頭，驚天動地。原句出於唐代詩人李賀〈箜篌引〉「石破天驚逗秋雨」，指箜篌的聲音激越。後來用以形容文章議論的出奇驚人。

**石器時代** 人類使用石器作為生活工具的時代，有舊新兩期，歷史家稱為史前時期。

**石蕊試紙** 把濾紙在石蕊溶液中浸過之後就成了石蕊試紙，有紅色和藍色兩種。藍色的遇酸變成紅色，紅色的遇鹼變成藍色；因此可以用石蕊試紙來測試出酸性或鹼性。

**石頭子兒** 光圓沒有稜角的小石子。也說「石子兒」。

**石油輸出國組織** 西元一九六〇年由世界各主要生產石油國家組成的國際組織，成員國家有阿爾及利亞、尼瓜多、加彭、印尼、伊朗、伊拉克、科威特、利比亞、奈及利亞、卡達爾、沙烏地阿拉伯、阿拉伯聯合大公國和委內瑞拉等十三國。該組織設有理事會，在維也納設有祕書處。

## 三筆

**矻** 図ㄎㄨˋ見「矻矻」。
又讀ㄨˋ。

**矻矻** ㄎㄨˋㄎㄨˋ 図勤勉不息的樣子。如「孜孜矻矻」。

**矼** ▲ㄐㄧㄤ石橋。
▲ㄑㄧㄤ誠實的樣子。如「德厚信矼」。

**矽** ㄒㄧˋ舊名硅素，非金屬元素之一，化學符號是Si，褐色粉末或針狀板片狀結晶體，是製玻璃的重要材料。

**矽岩** ㄒㄧˋㄧㄢˊ 石英岩的別稱。

**矽鋼** ㄒㄧˋㄍㄤ 含矽量高於百分之零點四的合金鋼，叫矽鋼。導磁性能良好，是電器製造中極重要的材料。

**矽藻** ㄒㄧˋㄗㄠˇ 藻類植物。一個大的浮游生物類群，約有一萬六千種之多，細胞中含有很多矽酸，分布在世界上的各種水域，是許多動物直接或間接的食物。古代的矽藻遺存沉積在水底，形成了矽藻土層和石油。

**矽酸** ㄒㄧˋㄙㄨㄢ （acids of silicon）化學名詞，主要有「正矽酸」「偏矽酸」（在氯化矽裡加水可以取得）（是難溶的白色膠狀物）兩種。各種矽酸在自然界裡成鋁鹽、鈣鹽、鉀鹽、鎂鹽等，構成地殼。

**矽板岩** ㄒㄧˋㄅㄢˇㄧㄢˊ 形狀像矽岩而質地緻密，色黑，可做圍棋子，最好的能做試金石。

**矽酸鈉** ㄒㄧˋㄙㄨㄢㄋㄚˋ 是矽酸與鈉化合成的一種矽酸鹽，它的水溶液通稱「水玻璃」。無色，透明，可作黏合劑和防腐處理、防火材料等用途，也用於造紙、紡織工業上。

**矽酸鹽** ㄒㄧˋㄙㄨㄢㄧㄢˊ 矽酸與各種金屬元素如鋁、鐵、鈣、鎂、鉀、鈉等化合成的鹽類，是構成地殼的主要成分。岩石的主要成分一般也是矽酸鹽。科學上對行星探測的結果，查明水星、金星和火星的表面上也有矽酸鹽類。矽酸鹽大都不溶於水，可以用來製造玻璃、搪瓷、陶器、瓷器、耐火材料和其他陶瓷材料。一般也叫硅酸鹽。

**矽藻土** ㄒㄧˋㄗㄠˇㄊㄨˇ 由矽藻的矽質殼組成的淺色、多孔、易碎的沉積岩，相當硬化的稱為矽藻岩。在工業上主要用途用於過濾淨化材料，用作各種工業產品的填充劑或增量劑，並且是一種比石綿或氧化鎂更有效的隔熱材料。世界上有許多地方有廣大的矽藻土礦床。

## 四筆

**砒** ㄆㄧ「砒霜」也簡稱「砒」，又名「信石」，是砷的化合物，是灰色的結晶體，毒性很大，吃了會喪命。

**砍** ㄎㄢˇ ㈠用刀斧劈。如「華盛頓砍櫻桃樹」。㈡拋，擲。如「拿磚頭砍人」。

**砍刀** ㄎㄢˇㄉㄠ 砍柴用的刀，有木柄。刀身較長，刀背較厚，也叫「砍柴刀」。

**砍伐** ㄎㄢˇㄈㄚˊ 用鋸、斧等把樹木的枝幹鋸下來或砍倒。

**砍大山** ㄎㄢˇㄉㄚˋㄕㄢ 历是近年來中國大陸報刊常見、人們常說的一個詞，意思是漫無邊際地隨意閒談。

**砉** 図ㄏㄨㄛˋ砉然，皮骨相離的聲音。

**砌** ▲ㄑㄧˋ ㈠用泥灰黏合堆疊磚石。如「砌牆」。㈡階沿。如「雕欄玉砌」。㈢堆疊。如「做文章切忌堆砌」。

▲ㄑㄧㄝˋ見「切末」。

**砂** ㄕㄚ 細而碎的石粒。同「沙」。

**砂土** ㄕㄚ ㄊㄨˇ 同「沙土」。

**砂布** ㄕㄚ ㄅㄨˋ 布上塗了膠水黏上金剛砂，用來磨光器物。

**砂岩** ㄕㄚ ㄧㄢˊ 水中砂石所結成，有層狀，常含化石，顏色多暗褐，主要成分是石英、雲母、輝石等。

**砂金** ㄕㄚ ㄐㄧㄣ 混在河床沙石中的金礦物的細粒。

**砂型** ㄕㄚ ㄒㄧㄥˊ 鑄造金屬器件，用潮溼的型砂製成的模型。製法是把鑄件的模型用一定的方法埋進砂子裡，然後取出，模型就在砂中留下相同的空隙。

**砂浴** ㄕㄚ ㄩˋ 通常也寫作「沙浴」。①一種海灘健身活動和「沐浴」方式，用砂掩蓋身體，受陽光照射。②雞、火雞或鳥雀，在鬆散的砂土上撲動翅膀，使砂土抖進羽毛，藉以除去羽毛或皮膚上的寄生蟲，動物學上這種動作叫砂浴。

**砂紙** ㄕㄚ ㄓˇ 在厚紙上塗膠粘上金剛砂，可以磨光器物。

**砂眼** ㄕㄚ ㄧㄢˇ ①鑄造器物表面或內部有了小孔，其中容納了空氣或雜質，稱為「砂眼」，是由於砂型不良或翻砂工作不精而形成的缺陷。②慢性的眼睛傳染病。病原體在結膜上形成灰白色顆粒，逐漸變成瘢痕，刺激角膜，使它發生潰瘍。

**砂質** ㄕㄚ ㄓˋ 岩石含有砂分或由砂質構成，像砂質片麻岩、砂質石灰岩。

**砂輪** ㄕㄚ ㄌㄨㄣˊ 用特殊製造方法製成的磨刀（使鋒利）或磨零件（使平滑成形）的工具，常是輪狀，便於旋轉使用。

**砂糖** ㄕㄚ ㄊㄤˊ 同「沙糖」。

**砂雕** ㄕㄚ ㄉㄧㄠ 在海灘上堆沙而成某種物像的遊戲。潮水一來便毀了，因此不能長久。

**砂礦** ㄕㄚ ㄎㄨㄤˋ 指一切砂粒狀的礦物。

**砂礫** ㄕㄚ ㄌㄧˋ 碎石塊。

**砂鐵** ㄕㄚ ㄊㄧㄝˇ 砂狀的磁鐵礦，是製鋼鐵的原料。

**砂囊** ㄕㄚ ㄋㄤˊ 鳥類的胃，消化力很強。

**砂礁** ㄕㄚ ㄐㄧㄠ 地文學名詞，泥砂積成的暗礁，在海岸低平處或河海交會的靜穩處。

**砂金石** ㄕㄚ ㄐㄧㄣ ㄕˊ 石英的一種，含雲母跟赤鐵礦鱗片。

**砂濾器** ㄕㄚ ㄌㄩˋ ㄑㄧˋ 用砂做隔層濾水，使水清潔的器具。

**砂裡淘金** ㄕㄚ ㄌㄧˇ ㄊㄠˊ ㄐㄧㄣ 同「沙裡淘金」。比喻事情不容易做到，費力多而成效少。

**砨** ㄜˋ 一種放射性元素，化學符號是 At 又譯稱砹（ㄞ）或砹（ㄞˋ）。

**砑** ㄧㄚˋ 用石磨碾軋，使器物光滑。

**砑光** ㄧㄚˋ ㄍㄨㄤ 用力碾軋使之光滑。造紙或織布都必須經過砑光。有砑光機。

**研（研）** ▲ㄧㄢˊ ㈠細磨。如「研墨」「研成細末兒」。㈡仔細探求事物的道理及變化。如「研究」「研討」。

▲ㄧㄢˋ同「硯」。

**研求** ㄧㄢˊ ㄑㄧㄡˊ 研究探求。

**研究** ㄧㄢˊ ㄐㄧㄡ ①用分析歸納的方法，探討事物的道理。②商量。如「這件事你跟他研究研究就行了」。

**研討** ㄧㄢˊ ㄊㄠˇ 研究討論。

**研習** ㄧㄢˊ ㄒㄧˊ 研究學習。

**研製** ㄧㄢˊ ㄓˋ 研究製造。

**研墨** ㄧㄢˊ ㄇㄛˋ 用毛筆蘸墨寫字之前，首先要手握墨錠在注水的硯臺上旋轉研磨，使墨質漸溶入水，形成濃淡適用的墨汁，叫做研墨。

**研磨** ㄧㄢˊ ㄇㄛˊ ①用磨料（如細砂等）摩擦器物使之光潔平滑。②用工具把大粒大塊的東西研成粉末。

**研擬** ㄧㄢˊ ㄋㄧˇ 文稿或計畫的研究和草擬。

**研究生** ㄧㄢˊ ㄐㄧㄡˋ ㄕㄥ 在大學研究所碩士班或博士班求學的學生。

**研究所** ㄧㄢˊ ㄐㄧㄡˋ ㄙㄨㄛˇ 大學畢業取得學士學位之後進一步求學深造的高級教育機構。各學科的研究所有的單獨設立，有的附屬於大學，招收研究生在一定年限內完成研究論文，授予碩士或博士學位。

**研究班** ㄧㄢˊ ㄐㄧㄡˋ ㄅㄢ 為某種特定事項而設立的培育人才的短期班級，招納人員在班上從事學習研究。

**研究員** ㄧㄢˊ ㄐㄧㄡˋ ㄩㄢˊ 在研究機構裡從事專門研究工作的人員。

**研究院** ㄧㄢˊ ㄐㄧㄡˋ ㄩㄢˋ 高級學術研究的機構，在其下再分門別類設立不同學科的研究所。

## 五筆

**砭** 図ㄅㄧㄢ ㈠石針。㈡古人用石針刺肌膚，是一種治病的方法。引伸為勸人改過遷善。如「痛下針砭」。

**砭灸** ㄅㄧㄢ ㄐㄧㄡˇ 古時候治病的方法，用石針刺叫砭，用艾火熏燒叫灸。

**破** ㄆㄛˋ ㈠碎了，爛了。如「破鞋」「衣服撕破」。㈡毀壞。如「破釜沉舟」「家破人亡」。㈢分開。如「勢如破竹」「乘風破浪」。㈣消耗。如「破費」「破鈔」。㈤把敵人打散、打敗或攻占敵軍據點。如「破敵」「破城」。㈥解析文義。如「破題」「破解」。㈦揭穿。如「一語道破」「破案」。㈧消除。如「破除」。㈨變通以往的規定。如「破格任用」「破例」。㈩形容事物的微小、低賤、無聊。如「這個破事情真沒意思」「那種破官兒有誰瞧得起」。㈪見「破音字」「破體字」。㈫図凋殘。杜甫詩有「二月已破三月來」。

**破口** ㄆㄛˋ ㄎㄡˇ 口出惡言。如「破口大罵」。

**破土** ㄆㄛˋ ㄊㄨˇ ①挖土以造墳墓。②春天土地解凍後翻鬆泥土，開始耕種。③建築物開工時動土奠基。（謹慎的人士忌用「破土」，以免和建陰宅墳墓相同。）

**破竹** ㄆㄛˋ ㄓㄨˊ 劈開竹節。比喻事情容易辦成功。

**破戒** ㄆㄛˋ ㄐㄧㄝˋ ①和尚或尼姑違背戒律。②違背規約。如「他昨晚破戒，又抽菸了」。

**破身** ㄆㄛˋ ㄕㄣ 俗指女子（或男子）初次與異性發生性交關係。

**破例** ㄆㄛˋ ㄌㄧˋ 不依照常例。

**破空** ㄆㄛˋ ㄎㄨㄥ 從空中下來。

**破門** ㄆㄛˋ ㄇㄣˊ ①破舊的門扇。②強力把門打開。如「破門而入」。③指足球比賽把球攻進對方球門。④某些宗教把驅逐教徒的決定稱為「破門」。

**破相** ㄆㄛˋ ㄒㄧㄤˋ 指臉部由於受傷或其他原因而失去原來的相貌。

**破約** ㄆㄛˋ ㄩㄝ 不履行契約。

**破家** ㄆㄛˋ ㄐㄧㄚ ①破落殘餘的家庭。如「破家值萬貫」。②敗毀家業。如

「破家救災」。

**破格**（ㄆㄛˋ ㄍㄜˊ） 變更成規。

**破案**（ㄆㄛˋ ㄢˋ） 把犯罪事實查清楚，人犯也捉到了。

**破財**（ㄆㄛˋ ㄘㄞˊ） 損失錢財。如「破財消災」。

**破除**（ㄆㄛˋ ㄔㄨˊ） 除去或消除的意思。如「破除情面」「破除迷信」。

**破敗**（ㄆㄛˋ ㄅㄞˋ） 同「破壞」。

**破產**（ㄆㄛˋ ㄔㄢˇ） ①債務人的財產不夠還債，法院可以按債務人或債權人的申請，裁定並宣告債務人破產，把其所有財產按債額比例攤還債權人。②家產完全消散。

**破裂**（ㄆㄛˋ ㄌㄧㄝˋ） ①雙方發生爭執，原有的融洽消失，不能和好如初。②完好的東西破損碎裂了。

**破費**（ㄆㄛˋ ㄈㄟˋ） 費字輕讀。對別人為自己花錢的客套話。如「您別破費啦」。也說「破鈔」。

**破鈔**（ㄆㄛˋ ㄔㄠ） 破費，花了錢。如「跟他上街，害他破鈔」。

**破損**（ㄆㄛˋ ㄙㄨㄣˇ） 破壞。

**破滅**（ㄆㄛˋ ㄇㄧㄝˋ） 幻想或希望落空；消失。

**破碎**（ㄆㄛˋ ㄙㄨㄟˋ） 破壞以後散碎不全。

**破解**（ㄆㄛˋ ㄐㄧㄝˇ） 詳細說明。也作「破說」。

**破綻**（ㄆㄛˋ ㄓㄢˋ） 綻字輕讀。①破裂的痕跡。②事情或言語露出毛病。

**破敵**（ㄆㄛˋ ㄉㄧˊ） 打敗敵人。

**破鞋**（ㄆㄛˋ ㄒㄧㄝˊ） ①破舊的鞋。②指濫交異性、生活不檢點的女人。

**破曉**（ㄆㄛˋ ㄒㄧㄠˇ） 天剛剛亮。

**破獲**（ㄆㄛˋ ㄏㄨㄛˋ） 偵破犯罪事實，抓到犯罪的人。

**破膽**（ㄆㄛˋ ㄉㄢˇ） 形容非常害怕。

**破臉**（ㄆㄛˋ ㄌㄧㄢˇ） 不顧情面，當面爭吵。也說「抓破臉ㄦ」。

**破題**（ㄆㄛˋ ㄊㄧˊ） 寫作文章時剖析題義；唐宋人詩詞跟明清八股文的起首都叫「破題」。

**破壞**（ㄆㄛˋ ㄏㄨㄞˋ） 毀害，敗壞。

**破爛**（ㄆㄛˋ ㄌㄢˋ） ①因時間久或使用久而殘破。如「破爛的家具」。②指破爛或廢棄的東西。如「檢破爛兒」（拾荒）。

**破天荒**（ㄆㄛˋ ㄊㄧㄢ ㄏㄨㄤ） 從來沒有過的。

**破冰船**（ㄆㄛˋ ㄅㄧㄥ ㄔㄨㄢˊ） 一種特製的在寒帶水域破除冰封開闢航路的船，有尖硬的船頭和善於衝撞的船身，利用衝撞擠壓力擊破水面的堅冰。

**破折號**（ㄆㄛˋ ㄓㄜˊ ㄏㄠˋ） 標點符號的一種，符號是——。用在意思忽然轉折的短句和不相聯貫的插句，或作注解用的短句等的前後，效用和夾注號相似。

**破音字**（ㄆㄛˋ ㄧㄣ ㄗˋ） 有兩個以上的讀音，意思也不相同的字叫破音字。如「行」字，「銀行」讀ㄧㄣˊ ㄏㄤˊ，「品行」讀ㄆㄧㄣˇ ㄒㄧㄥˋ。

**破傷風**（ㄆㄛˋ ㄕㄤ ㄈㄥ） 病名，由破傷風病菌侵入傷口而起，慢慢蔓延全身，是危險的病症。

**破落戶**（ㄆㄛˋ ㄌㄨㄛˋ ㄏㄨˋ） 指先前有錢有勢而後來敗落的家族或家庭。

**破謎兒**（ㄆㄛˋ ㄇㄧˊ ㄦ） ①猜謎語。②出謎語給人猜。

**破題兒**（ㄆㄛˋ ㄊㄧˊ ㄦ） 事情的第一次。常作「破題兒第一遭」。

**破爛兒**（ㄆㄛˋ ㄌㄢˋ ㄦ） 又破又爛的東西。

**破體字**（ㄆㄛˋ ㄊㄧˇ ㄗˋ） 不合正體的俗字。也作「破體書」。

**破瓜之年**（ㄆㄛˋ ㄍㄨㄚ ㄓ ㄋㄧㄢˊ） ①指女子十六歲（「瓜」字拆作兩個

「八」字，二八一十六）。②指男子六十四歲（從八八六十四取義）。

**破涕為笑** ㄆㄛˋ ㄊㄧˋ ㄨㄟˊ ㄒㄧㄠˋ　轉憂為喜。

**破釜沉舟** ㄆㄛˋ ㄈㄨˇ ㄔㄣˊ ㄓㄡ　秦朝末年項羽帶兵渡江北上，砸破了鍋，過江以後鑿沉了船，表示不再退回。現在用作下定決心幹到底的意思。

**破鏡重圓** ㄆㄛˋ ㄐㄧㄥˋ ㄔㄨㄥˊ ㄩㄢˊ　夫妻決裂或失散以後重新聚合。典出孟棨〈本事詩〉，是陳朝太子舍人徐德言與其妻樂昌公主分離復合的故事。

**砲（礮）** ㄆㄠˋ　兵器，古時用機件拋射石塊攻擊敵人，所以作礮，簡作砲。現在改用鋼鐵造炮，用火藥燃燒壓迫空氣發射炮彈，因此改作炮字。參看「炮」字條。

**砲手** ㄆㄠˋ ㄕㄡˇ　發砲的人。

**砲仗** ㄆㄠˋ ㄓㄤˋ　仗字輕讀。爆竹。也作「砲竹」。

**砰** ㄆㄥ　表聲字。見「砰砰」。

**砰砰** ㄆㄥ ㄆㄥ　①鼓聲。②敲門聲。③槍聲。

**砝** ㄈㄚˊ　見「砝碼」。

**砝碼（兒）** ㄈㄚˊ ㄇㄚˇ（ㄦ）　放在天平的一邊，稱物重量的標準器。也作「法碼（兒）」。

**砥** ㄉㄧˇ　㈠図磨刀石。㈡見「砥柱」。㈢見「砥礪」。又讀ㄓˇ。

**砥柱** ㄉㄧˇ ㄓㄨˋ　①山名，在黃河的中流。②比喻獨立不撓，能鎮定一方。如「中流砥柱」。

**砥礪** ㄉㄧˇ ㄌㄧˋ　原都是磨刀石，引申為磨鍊。如「砥礪品行」。

**砥柱中流** ㄉㄧˇ ㄓㄨˋ ㄓㄨㄥ ㄌㄧㄡˊ　同「中流砥柱」。

**砣** ㄊㄨㄛˊ　㈠「秤砣」就是秤錘。也寫作「鉈」。㈡「鼉磯島」也寫作「砣磯島」，在山東省蓬萊縣北的渤海裡。

**砢** ▲図ㄌㄨㄛˇ　㈠石頭多。㈡磊砢，高聳的樣子。也形容人的才情奇特。▲ㄎㄜ「砢磣（·ㄔㄣ）」，形容人醜陋，寒磣。

**砟** ▲ㄓㄚˇ　塊狀物。如「煤砟子」「爐灰砟兒」。▲図ㄓㄚ　碑石。

**砧（碪）** 図ㄓㄣ　㈠洗衣時用來輕搥衣服的石塊。㈡同「椹」。「砧板」就是切菜板。

**砧石** ㄓㄣ ㄕˊ　搥擣衣物用的平滑的石頭，又叫「搥布石」「搥衣石」。

**砧板** ㄓㄣ ㄅㄢˇ　切菜用的板子，用木料或塑料做的。

**砧骨** ㄓㄣ ㄍㄨˇ　人體聽骨之一，形狀像鐵砧，外端連接錘骨，內端連接鐙骨。

**砫** ▲ㄓㄨˇ　図古代宗廟藏神主的石室。▲ㄓㄨˋ　石砫，縣名，在四川省涪陵縣東。

**砷** ㄕㄣ　一種化學元素，符號是As，通常也叫做「砒」，是灰色的固體，有劇毒。

**砸** ㄗㄚˊ　㈠撞擊使破。如「茶杯砸碎了」。㈡壞，失敗。如「事情辦砸了」「歌唱砸了」。㈢壓。如「牆倒了，砸壞了好多東西」。㈣敲，打，搗。如「把蒜瓣兒砸爛」。

**砸了** ㄗㄚˊ ·ㄌㄜ　①打破了。②失敗了。

**砸鍋** ㄗㄚˊ ㄍㄨㄛ　比喻辦事失敗。

**砸飯碗** ㄗㄚˊ ㄈㄢˋ ㄨㄢˇ　俗語把「失業」說是「砸飯碗」。

## 六筆

**硐** ㄉㄨㄥˋ 山洞，通「峒」。地名，臺灣省宜蘭縣有猴硐。

**硇** ㄋㄠˊ 見「硇砂」。

**硇砂** ㄋㄠˊ ㄕㄚ 就是氯化銨，白色結晶的礦物，是工業用的原料。

**硫** ㄌㄧㄡˊ 非金屬元素之一，黃色固體，容易燃燒，是製造火藥，火柴和硫酸的重要原料，也可製藥品。化學符號是S，普通叫它「硫黃」。也作「硫磺」。

**硫化** ㄌㄧㄡˊ ㄏㄨㄚˋ 指改變天然橡膠成為合成橡膠（硫化橡膠）物理性質的化學過程。

**硫酸** ㄌㄧㄡˊ ㄙㄨㄢ 化學成分是 $H_2SO_4$，性質劇烈，容易跟別的物質化合，工業上用途很廣。

**硫磺** ㄌㄧㄡˊ ㄏㄨㄤˊ 硫的通稱。也作「硫黃」。

**硫化鎘** ㄌㄧㄡˊ ㄏㄨㄚˋ ㄍㄜˊ 無機化合物，分子式 $CdS$，是鎘的硫化物，一種亮黃色晶體或粉黃色固體，在自然界以硫鎘礦的形式存在，是油漆、繪畫顏料、印刷油墨、皂類、紡織品和紙張等所用黃色顏料的主要來源。

**硫化氫** ㄌㄧㄡˊ ㄏㄨㄚˋ ㄑㄧㄥ 無機化合物，分子式 $H_2S$，無色極毒的氣體，有特殊的臭蛋味，常存在於火山口的蒸氣和許多礦泉水裡。硫化氫在空氣中燃燒，發出淡藍色火焰；在化學實驗室裡廣泛用作分析試劑，在工業上用作印染材料。

**硫酸鈉** ㄌㄧㄡˊ ㄙㄨㄢ ㄋㄚˋ 無機化合物，分子式 $Na_2SO_4$，白色結晶固體或粉末，用在製造牛皮紙、紙板、洗滌劑和玻璃工業等方面。含十個分子結晶水的硫酸鈉通稱「芒硝」。也作「硭硝」「芒消」，是化學工業、玻璃工業和造紙工業的原料。

**硫酸鈣** ㄌㄧㄡˊ ㄙㄨㄢ ㄍㄞˋ 無機化合物，常見的是含兩個分子水的合成物，分子式 $CaSO_4.2H_2O$，俗稱石膏，也叫生石膏，是白色或無色的粉末或透明結晶體，有時候稍帶灰、紅、黃、藍或棕色。可作建築、裝飾、塑造方面的材料。醫藥上用作外科繃紮材料。中醫用作解熱藥。石膏焙熱去水，成了熟石膏（也叫「硬石膏」），可作塗料粉、石膏像或石膏模型的材料。

**硫酸鉀** ㄌㄧㄡˊ ㄙㄨㄢ ㄐㄧㄚˇ 無機化合物，分子式 $K_2SO_4$，無色或白色水溶性固體，有苦鹹味。用在肥料、橡膠等工業方面。醫藥上用作緩瀉劑。

**硫酸鉛** ㄌㄧㄡˊ ㄙㄨㄢ ㄑㄧㄢ 無機化合物，硫酸的鉛鹽，分子式是 $PbSO_4$，白色晶體，不容易溶解於水，在塑膠工業和油漆工業上都有用處。

**硫酸銅** ㄌㄧㄡˊ ㄙㄨㄢ ㄊㄨㄥˊ 無機化合物，分子式 $CuSO_4$，形成大塊亮藍色的晶體，在農業上用作殺蟲劑、殺菌劑、飼料添加劑和土壤添加劑。在化學工業、紡織物染色工業上有用處，又可充作醫學消毒劑、滅菌劑、收斂劑和某些類型中毒的催吐解毒劑。

**硫酸銨** ㄌㄧㄡˊ ㄙㄨㄢ ㄢ 無機化合物，分子式 $(NH_4)_2SO_4$，不含雜質是無色的透明結晶體，主要用作肥料，富含作物所需的氮素。從前俗稱「肥田粉」。

**硫酸鋇** ㄌㄧㄡˊ ㄙㄨㄢ ㄅㄟˋ 無機化合物，是不溶性的無機鹽，分子式 $BaSO_4$，在自然界以重晶石形式大量存在。可作白色顏料、造紙工業的增重劑。醫藥上也有不少用處。

**硫酸鋁** ㄌㄧㄡˊ ㄙㄨㄢ ㄌㄩˇ 無機化合物。工業硫酸鋁是一種含水鹽，純的水合硫酸鋁是晶態固體，分子式 $Al_2(SO_4)_3$，廣泛應用在造紙工業，是紙張表面填料的黏結劑。

**硫酸鋅** ㄌㄧㄡˊ ㄙㄨㄢ ㄒㄧㄣ 無機化合物，含水分子結晶的硫酸鋅是 $ZnSO_4$

無色稜柱形晶體，易溶於水，在製造人造絲、肥料、橡膠和油漆工業等方面有用處，並可噴灑作植物防病害與木材防腐的藥劑。

**硫酸鎂** ㄌㄧㄡˊ ㄙㄨㄢ ㄇㄟˇ 無機化合物，分子式 $MgSO_4$，水合硫酸鎂以晶體礦物形式存在於自然界，在水泥、化肥、紡織與皮革等工業上有用處。人工合成硫酸鎂商品就是瀉鹽，醫藥上用作瀉藥。

**硫酸鎘** ㄌㄧㄡˊ ㄙㄨㄢ ㄍㄜˊ 無機化合物，分子式 $CdSO_4$，通常是含水化合物，無水硫酸鎘是無色的結晶固體，在製造電池和油漆等工業上有用處。

**硫磺泉** ㄌㄧㄡˊ ㄏㄨㄤˊ ㄑㄩㄢˊ 泉水含有硫化氫的天然溫泉。用這種泉水洗澡，對皮膚病有治療功效。

**硫化物礦物** ㄌㄧㄡˊ ㄏㄨㄚˋ ㄨˋ ㄎㄨㄤˋ ㄨˋ 一組對人類有很大價值的重要化合物，是許多常見的賤金屬和貴金屬的來源，是鉛、鋅、銅、鎳、銀、銻和鉍的礦石礦物，也是許多稀有金屬鎘、銦、錸和硒的來源。大部分硫化物礦物結構簡單，晶體有很高的對稱性，具有金屬光澤與導電性。

**硫酸鹽礦物** ㄌㄧㄡˊ ㄙㄨㄢ ㄧㄢˊ ㄎㄨㄤˋ ㄨˋ 天然的硫酸鹽礦物，據記載約有兩百種之多，但是很多是罕見或局部出現的。在蒸發沉積礦床裡常見的硫酸鹽礦物種類繁多，很多是由一種以上的金屬的鹽類組成的，例如雜鹵石，就是鉀、鈣、鎂的硫酸鹽結合而成的。

## 硌

ㄍㄜˋ 身體被凸起不平的東西壓擠而致破損或痛苦。如「鞋裡有一顆小石子兒，硌得腳好疼」「褥子沒有鋪平，背脊硌得慌」。

**硌登** ㄍㄜˋ ㄉㄥ 登字輕讀。①單腳跳著走。②坐在椅子上用腳尖著（ㄓㄠˊ）地，使腿晃動。如「好好坐著，別硌登啦」。

## 硅

ㄍㄨㄟ 元素「矽」的另一譯名。又叫「硅素」。

**硅藻** ㄍㄨㄟ ㄗㄠˇ 就是「矽藻」。

## 硒

ㄒㄧ 一種非金屬元素，是淡紅色的薄片，加熱就變青灰色，容易傳電，化學符號是 Se。

## 硎（硎）

図ㄒㄧㄥˊ 磨刀石。「新發於硎」，是比方人做事敏捷，像剛磨過的刀。

## 砦

ㄓㄞˋ 同「寨」。

## 硃

ㄓㄨ 見「硃砂」。

**硃批** ㄓㄨ ㄆㄧ 用硃筆寫的批語。

**硃砂** ㄓㄨ ㄕㄚ 水銀及硫黃的天然化合物，可以製顏料，古人用來寫字、治病。也作「朱砂」。

**硃筆** ㄓㄨ ㄅㄧˇ 蘸硃墨書寫的毛筆，用來在重要公文上寫批語、校勘古書、批改文卷等。

**硃墨** ㄓㄨ ㄇㄛˋ ①紅黑兩色。②指用硃砂製成的墨。

## 砹

ㄞˋ 放射性元素「砨」（ㄜˋ）的又名，化學符號 At。

# 七筆

## 硠

図ㄌㄤˊ 「硠磅」，石頭相碰擊的聲音。

## 硜（硜）

図ㄎㄥ 石頭撞擊聲。〈史記〉有「石聲硜」。

**硜硜** ㄎㄥ ㄎㄥ 図小石塊堅硬的樣子。比喻識見淺陋而固執。

## 确

ㄑㄩㄝˋ ㈠図同「埆」。「犖确」，山多大石的樣子。㈡通「確」。

## 硤

ㄒㄧㄚˊ 「硤石」，地名：河南、安徽、浙江都有。

## 硝

ㄒㄧㄠ ㈠礦物，結晶色白而透明，可以製火藥跟玻璃。㈡用硝塗製皮革叫硝。如「這張皮還沒硝呢」。

**硝化** ㄒㄧㄠ ㄏㄨㄚˋ 硝酸或硝酸和硫酸的混合液跟某種有機化合物作用而形成含有硝基（—$NO_2$）的化合物。這種作用叫做硝化。這類含硝基的硝化物總稱「硝基化合物」。

**硝石** ㄒㄧㄠ ㄕˊ 化學名詞，就是「硝酸鉀」，它的化學成分是$KNO_3$。可造火藥、玻璃、藥品等。

**硝煙** ㄒㄧㄠ ㄧㄢ 炸藥爆炸後產生的煙霧。如「戰場上硝煙處處」。

**硝酸** ㄒㄧㄠ ㄙㄨㄢ 化學名詞，又名硝鏹水，成分是$HNO_3$；無色液體，能腐蝕木質跟金屬，可做金屬的溶媒。

**硝鹽** ㄒㄧㄠ ㄧㄢˊ 從含鹽分較多的土中熬製出來的食鹽。

**硝酸鈉** ㄒㄧㄠ ㄙㄨㄢ ㄋㄚˋ 化學名詞，又名智利硝石，成分是$NaNO_3$。是可溶化的無色晶體，可造硝酸、硝石或肥料。

**硝酸鉀** ㄒㄧㄠ ㄙㄨㄢ ㄐㄧㄚˇ 見「硝石」。

**硝酸銨** ㄒㄧㄠ ㄙㄨㄢ ㄢ 一種無機化合物，成分是$NH_4NO_3$，是易溶於水的無色結晶體，是化學肥料最普通的含氮素的肥料，也用來製各種炸藥的成分。固體的硝酸銨的運輸和貯存受有關法令規定的嚴格限制，避免爆炸災害或使災害減低。

**硝酸銀** ㄒㄧㄠ ㄙㄨㄢ ㄧㄣˊ 是一種無機化合物，成分是$AgNO_3$，是腐蝕性的化學試劑，也是重要的防腐劑和分析試劑，在醫藥和工業上有很多用途。

**硝鏹水** ㄒㄧㄠ ㄑㄧㄤ ㄕㄨㄟˇ 硝酸的俗稱。

**硝化甘油** ㄒㄧㄠ ㄏㄨㄚˋ ㄍㄢ ㄧㄡˊ 一種有機化合物，成分是$C_3H_5(NO_3)_3$。純硝化甘油是無色油狀液體，有甜而酸的味道，稍有毒性。硝化甘油有強烈的爆炸性，是各類型黃色炸藥的主要成分，也用作血管擴張藥劑，製成供心臟冠狀動脈病痛救急的舌下含藥。

**硝化纖維** ㄒㄧㄠ ㄏㄨㄚˋ ㄒㄧㄢ ㄨㄟˊ 硝酸纖維化合物的俗稱。硝化纖維能製成黑色火藥、炸藥，也曾經是製造照相膠片的材料（現在已改用更適用的材料）。

## 硨

ㄔㄜ 硨磲，最大的文蛤，殼很厚，可以做裝飾品。

## 硤

ㄞ 元素「砈」（ㄜˋ）的又譯名。

## 硯

ㄧㄢˋ ㈠「文房四寶」之一，是磨墨的用具。㈡囡稱同學。如「硯兄」「硯友」。

**硯友** ㄧㄢˋ ㄧㄡˇ 囡同學。對年紀較大的也可稱「硯兄」。

**硯田** ㄧㄢˋ ㄊㄧㄢˊ 囡以硯為田。比喻靠文字寫作為生。

**硯池** ㄧㄢˋ ㄔˊ 硯臺當中低窪的部分。

**硯臺** ㄧㄢˋ ㄊㄞˊ 臺字輕讀。硯㈠。

## 硬

ㄧㄥˋ ㈠跟「軟」相對，質地堅固不容易破碎，僵化而不活動。如「硬木」「硬化」。㈡性情倔強，不隨便屈服。如「硬漢」「措詞強硬」。㈢不顧一切，不管實際情形。如「硬幹」「嘴硬」。㈣狠心。如「心腸很硬」。㈤扎實，內容或陣容很好。如「硬手」「戲碼兒硬」。㈥健壯。如「硬朗」。㈦不流行，不自然。如「生硬」。㈧不能改變的。如「硬性規定」。㈨勉強，不得已的。如「硬把他拉來」「硬著頭皮做下去」。

**硬化** ㄧㄥˋ ㄏㄨㄚˋ ①由柔軟轉變成剛強。②物體失去活力而僵化。

**硬木** ㄧㄥˋ ㄇㄨˋ 堅硬的木材，像紫檀等。

**硬水** ㄧㄥˋ ㄕㄨㄟˇ 天然水含有多量礦物質的，不能溶解肥皂的。

**硬仗** ㄧㄥˋ ㄓㄤˋ 正面硬拼的戰鬥。如「打硬仗」。

**硬玉** ㄧㄥˋ ㄩˋ　礦物，成分是$NaAl(Si_2O_6)$。也叫翡翠。

**硬性** ㄧㄥˋ ㄒㄧㄥˋ　①物質難以刻鏤的性質。金剛石是硬性最高的。②不變動的。

**硬度** ㄧㄥˋ ㄉㄨˋ　也作「堅度」，是表面抗力的強度。

**硬拼** ㄧㄥˋ ㄆㄧㄣ　不管不顧，一味蠻幹。指說有勇無謀；也可用作褒詞，鼓勵勇往直前。

**硬是** ㄧㄥˋ ㄕˋ　①實在是，真的是。②就是（無論如何也是……）。如「他硬是不聽勸告，非這麼做不成」。

**硬挺** ㄧㄥˋ ㄊㄧㄥˇ　面對事態不採取適當措施，只憑現狀得過且過。如「有病要去治，硬挺著怎麼好得了」。

**硬朗** ㄧㄥˋ ㄌㄤ˙　朗字輕讀。身體健康；大都指老人。

**硬氣** ㄧㄥˋ ㄑㄧ˙　氣字輕讀。有骨氣。

**硬脂** ㄧㄥˋ ㄓ　化學名詞，硬脂酸跟甘油結合的油脂，是製造肥皂的原料。

**硬塊** ㄧㄥˋ ㄎㄨㄞˋ　堅硬的塊狀物。常指稱身體各部位生長的不正常的病變腫瘤。

**硬幹** ㄧㄥˋ ㄍㄢˋ　做事不怕任何困難。

**硬話** ㄧㄥˋ ㄏㄨㄚˋ　強硬的話。如「硬話壓人」。

**硬漢** ㄧㄥˋ ㄏㄢˋ　能吃苦耐勞、不肯屈辱的男人。

**硬幣** ㄧㄥˋ ㄅㄧˋ　用金屬鑄成的貨幣，跟紙幣相對。

**硬撐** ㄧㄥˋ ㄔㄥ　勉強用力支撐。

**硬鋁** ㄧㄥˋ ㄌㄩˇ　鋁做主要成分的合金，堅硬而輕，用途很廣。

**硬嘴** ㄧㄥˋ ㄗㄨㄟˇ　對一種說辭無論如何都堅持不改。如「有了證據，你還能硬嘴不承認」。

**硬顎** ㄧㄥˋ ㄜˋ　顎的前部，是由骨和肌肉構成的。

**硬體** ㄧㄥˋ ㄊㄧˇ　與「軟體」相對，也叫「硬設備」「硬件」：①指一切具體可用的種種建構整體或零件，尤其指稱電子計算機（電腦）的可供使用操作的整體或零件結構體。②用以廣泛指稱各方面供應的具體設備與特殊建設（而不涉及管理支配使用的方法、程式等軟體方面）。

**硬手（兒）** ㄧㄥˋ ㄕㄡˇ ㄦ　能手。

**硬口蓋** ㄧㄥˋ ㄎㄡˇ ㄍㄞˋ　口腔內上方靠前的部位。

**硬邦邦** ㄧㄥˋ ㄅㄤ ㄅㄤ　也作「硬繃繃」。堅硬的樣子。

**硬脂酸** ㄧㄥˋ ㄓ ㄙㄨㄢ　有機化合物，成分是$C_{18}H_{36}O_2$，在自然界存在於動物脂肪和植物油裡，商品硬脂酸是白色柔軟小片，用於製造蠟燭、肥皂、甘油、化妝品、潤滑劑和藥品。

**硬骨頭** ㄧㄥˋ ㄍㄨˇ ㄊㄡ˙　比喻堅強不屈的人。如「無論如何威逼利誘，都動不了這一個硬骨頭。」

**硬橡皮** ㄧㄥˋ ㄒㄧㄤˋ ㄆㄧˊ　含多量硫黃的橡皮。又名硫黃橡皮或硬膠。性質堅脆，放在熱水裡變成柔韌。不傳電，電機上常用作絕緣體。

**硬碰硬（兒）** ㄧㄥˋ ㄆㄥˋ ㄧㄥˋ ㄦ　用強力對付強力。

**硬著頭皮** ㄧㄥˋ ㄓㄜ˙ ㄊㄡˊ ㄆㄧˊ　勉強去做。

## 八筆

**碑** ㄅㄟ　豎立的石塊，表面刻上文字，是為紀念或紀事用的。如「石碑」「紀念碑」。

**碑文** ㄅㄟ ㄨㄣˊ　石碑上的文詞。

**碑刻** ㄅㄟ ㄎㄜˋ　刻在石碑上的文字或圖畫。

**碑帖** ㄅㄟ ㄊㄧㄝˋ 把石碑上的文字搨印下來，成為字帖，供人作書法臨摹之用。也叫「法帖」「碑刻」。

**碑林** ㄅㄟ ㄌㄧㄣˊ 石碑林立的地方。有時特指某處的碑林，如馳名的陝西省西安市碑林。

**碑版** ㄅㄟ ㄅㄢˇ 刻有文字的石碑。

**碑亭** ㄅㄟ ㄊㄧㄥˊ 為保護碑碣而建築的亭子。

**碑記** ㄅㄟ ㄐㄧˋ 石碑上的記事。

**碑陰** ㄅㄟ ㄧㄣ 石碑的背面。

**碑陽** ㄅㄟ ㄧㄤˊ 石碑的正面，跟「碑陰」相對。

**碑碣** ㄅㄟ ㄐㄧㄝˊ 刻有文字的石塊，方頭的叫碑，圓頭的叫碣。

**碑誌** ㄅㄟ ㄓˋ 文體名，碑文跟墓誌。

**碑銘** ㄅㄟ ㄇㄧㄥˊ 碑文。

**碑額** ㄅㄟ ㄜˊ 碑的上端。

**碚** ㄅㄟˋ 地名，北碚，在重慶市。又讀ㄆㄟˊ。

**硼** ▲[文]ㄆㄥ 硼砰，水聲。▲ㄆㄥˊ 一種非金屬化學元素，符號是B，褐色粉末或結晶，可以消毒防腐。

**硼砂** ㄆㄥˊ ㄕㄚ 化學名詞。硼酸的水溶液，用碳酸鈉中和，就產生硼砂，白色斜方柱形的結晶，也有天然生成的。可以作防腐劑。

**硼酸** ㄆㄥˊ ㄙㄨㄢ 化學名詞，成分是$H_3BO_3$。白色結晶形的粉末，防腐消毒力很強，所以用作製繃帶材料跟擦洗傷口、漱口等的藥。

**碰（踫）** ㄆㄥˋ ㈠相遇。如「我在巷口碰到他」。㈡撞。如「一個跟頭摔下去，腦門兒碰到門檻兒上」。㈢試探。如「碰運氣」「碰碰看」。

**碰見** ㄆㄥˋ ㄐㄧㄢˋ 見字輕讀。相遇，見著面了。

**碰杯** ㄆㄥˋ ㄅㄟ 在一起飲酒，彼此舉杯相碰，表示祝賀及歡暢。

**碰碰** ㄆㄥˋ ㄆㄥˋ 同「試試」。如「碰碰機會」「碰碰運氣」。

**碰撞** ㄆㄥˋ ㄓㄨㄤˋ ①器物相碰，發生撞擊。如「車輛太多，爭先恐後，發生碰撞」。②比喻頂撞、冒犯。如「他年紀大了，事情跟他慢慢說，別碰撞他」。

**碰壁** ㄆㄥˋ ㄅㄧˋ 求人而被人拒絕。

**碰頭** ㄆㄥˋ ㄊㄡˊ 會面、見面。如「自從離開這家工作單位之後，他就很少跟大家碰頭了」。

**碰巧（兒）** ㄆㄥˋ ㄑㄧㄠˇ 湊巧，剛好。

**碰釘子** ㄆㄥˋ ㄉㄧㄥ ˙ㄗ ①求人而被人拒絕。②辦事受到阻礙。

**碰運氣** ㄆㄥˋ ㄩㄣˋ ˙ㄑㄧ 氣字輕讀。①所辦的事情能不能成功不知道，做做看。②先存著徼幸的心理。③徼幸。

**碰鼻子** ㄆㄥˋ ㄅㄧˊ ˙ㄗ [方]比喻人多而地方狹窄，擁擠不堪。如「會場太小，聽講演的人盡碰鼻子」。

**碰一鼻子灰** ㄆㄥˋ ㄧˊ ㄅㄧˊ ˙ㄗ ㄏㄨㄟ 碰釘子，商洽事情遭到拒絕或斥責，覺得失望沒趣。

**碉** ㄉㄧㄠ 見「碉堡」。

**碉堡** ㄉㄧㄠ ㄅㄠˇ 防敵戰守兩用的堡壘。

**碘** ㄉㄧㄢˇ 一種化學元素，符號是I，存在海水或鹽泉中，黑色結晶體，可以供醫藥、照相或製造顏料等用。

**碘酒** ㄉㄧㄢˇ ㄐㄧㄡˇ 把碘溶在酒精裡溶化而成，是外用消炎治腫、殺滅黴菌的主要藥品。

**碘化鈉** ㄉㄧㄢˇ ㄏㄨㄚˋ ㄋㄚˋ 無機化合物，分子式NaI，是白色的結晶鹽。摻入碘化鈉的食鹽（每十萬份氯化鈉摻進一份碘化鈉），是食物中含碘不足的地區（如阿爾卑斯山區和北美五大湖區）碘的主要來源，以避免人體缺碘而引起的甲狀腺腫大和黏液性水腫。

**碘化鉀** ㄉㄧㄢˇ ㄏㄨㄚˋ ㄐㄧㄚˇ 無機化合物，分子式KI，是有輕微潮解性的白色或無色味苦的結晶鹽。加入精鹽或動物飼料裡可預防缺碘，用於治療甲狀腺腫、真菌感染等疾病。碘化鉀溶於酒精可用以消毒。

**碘化銀** ㄉㄧㄢˇ ㄏㄨㄚˋ ㄧㄣˊ 無機化合物，分式AgI，一種緻密的幾乎不溶於水的淺黃色結晶體，一曝光就分解為銀和碘，因此可用於製造照相膠片和印相紙的感光層。碘化銀能促進水蒸氣凝結成水滴，可從飛機上撒在雲層裡，或者從地面煙霧發生器裡發出，來進行人工降雨。

**碘化氫** ㄉㄧㄢˇ ㄏㄨㄚˋ ㄑㄧㄥ 無機化合物，分子式HI，溶解於水就是氫碘酸，是一種強酸，有醫藥上的用途。

**碇** ㄉㄧㄥˋ 繫船的石墩或鐵錨。

**碇泊** ㄉㄧㄥˋ ㄅㄛˊ 停泊。

**碓** ㄉㄨㄟˋ 用腳踩起然後再放下的石製的舂米具。如「碓房」。也有利用水力推動的。

**碓房** ㄉㄨㄟˋ ㄈㄤˊ 用碓舂米的作坊。

**碐** 図ㄌㄥˊ「碐磳」，形容石頭。唐詩有「浮雲不隔石碐磳」。又讀ㄌㄧㄥˊ。

**碌** ㄌㄨˋ ㈠事情煩忙。如「忙碌」「勞碌」。㈡見「碌碌」。㈢見「碌碡」。

**碌碌** ㄌㄨˋ ㄌㄨˋ 平凡不出色。

**碌碡** ㄌㄨˋ ㄉㄨˊ 農具，用圓柱形石塊做成，用人力拉動，可以碾穀類或碾平場地。口語說ㄌㄧㄡˋ·ㄓㄡ。也作「陸軸」。

**碁** ▲ㄐㄧ 根柢，同「基」。▲ㄑㄧˊ 同「棋」，圍棋。

**碏** 図ㄑㄩㄝˋ 雜色的石頭。

**碎** ㄙㄨㄟˋ ㈠破裂。如「杯子摔碎了」「粉碎」。㈡不完整的。如「碎布」「事情很瑣碎」。㈢絮叨，嘮叨。如「碎嘴子」「閒言碎語」。㈣図文字纖細。王通的〈中說〉有「謝莊、王融，古之纖人也，其文碎」。

**碎布** ㄙㄨㄟˋ ㄅㄨˋ ①零星不成匹件的布，是對整匹整綑的布說的。②剪裁縫紉所餘剩細碎無用的小布條、布塊。

**碎屑** ㄙㄨㄟˋ ㄒㄧㄝˋ 東西破碎之後的粉屑、屑末與細碎的小塊。

**碎步兒** ㄙㄨㄟˋ ㄅㄨˋ ㄦ 邁步不大而行動比較快的走法。

**碎嘴子** ㄙㄨㄟˋ ㄗㄨㄟˇ ·ㄗ 話多，絮煩不停。

**碎屍萬段** ㄙㄨㄟˋ ㄕ ㄨㄢˋ ㄉㄨㄢˋ 詛咒人凶死的話。如「這種人傷天害理，殘暴而無人性，應該把他碎屍萬段」。

**碗（盌、椀）** ㄨㄢˇ 裝食品用的瓷器，盛飯菜湯水。如「飯碗」「一碗水」。

## 九筆

**碧** ㄅㄧˋ ㈠青綠色。如「碧空」「碧血丹心」。㈡美麗的青石。如「碧玉」。㈢姓。

**碧玉** ㄅㄧˋ ㄩˋ ①石英一類的礦物，質地緻密而不透明，呈褐黃、暗綠等色，可以作裝飾品。②稱貧寒人家的女子。如「小家碧玉」。

**碧血** ㄅㄧˋ ㄒㄧㄝˋ 図形容人為國家壯烈犧牲。如「碧血丹心」。

**碧空** ㄅㄧˋ ㄎㄨㄥ 青天。

**碧草** ㄅㄧˋ ㄘㄠˇ 青綠色的草。如「碧草如茵」。

**碧雲** ㄅㄧˋ ㄩㄣˊ 淺藍天空中的雲。

**碧落** ㄅㄧˋ ㄌㄨㄛˋ 図古人講的東方最高的天。白居易詩有「上窮碧落下黃泉」。

**碧綠** ㄅㄧˋ ㄌㄩˋ 青綠色，用以形容田野與植物的顏色。

**碧藍** ㄅㄧˋ ㄌㄢˊ 深藍色，青藍色；常用來形容海洋或天空的顏色。

**碧眼兒** ㄅㄧˋ ㄧㄢˇ ㄦˊ 図稱瞳仁藍色的人，指西方人。羅家倫〈玉門出塞〉詩裡有「莫讓碧眼兒射西域盤鵰」。

**碧螺春** ㄅㄧˋ ㄌㄨㄛˊ ㄔㄨㄣ 一種綠茶。色澤翠綠，製成後蜷曲像螺絲；原產於太湖洞庭山。也寫作「碧蘿春」。

**碧血丹心** ㄅㄧˋ ㄒㄩㄝˋ ㄉㄢ ㄒㄧㄣ 図為國盡忠犧牲而懷抱赤誠忠心。

**碧血黃花** ㄅㄧˋ ㄒㄩㄝˋ ㄏㄨㄤˊ ㄏㄨㄚ 專指懷念黃花崗七十二位革命烈士奮鬥犧牲的事蹟而表示思慕崇敬的詞語。（黃花崗在廣州市東郊白雲山麓，清宣統三年三月二十九日，反清革命志士受孫中山先生領導，武裝攻襲廣州的清朝兩廣總督府，因失敗而死難的七十二人合葬在黃花崗，後來建立紀念墓園供人憑弔。）

## 碭

ㄉㄤˋ 碭山縣，在江蘇省。

## 碲

ㄉㄧˋ 一種非金屬化學元素，符號是Te，常由重金屬化合物裡產生，供製陶瓷、玻璃等。

## 碟

ㄉㄧㄝˊ ㈠淺淺的小盤兒。如「醋碟」。㈡帶有磁性的薄片，見「磁碟」。㈢量詞，計算碟裝物的容量。如「一碟花生，兩碟水果」。

**碟影片** ㄉㄧㄝˊ ㄧㄥˇ ㄆㄧㄢˋ ①利用磁感應製成的電影片磁碟，可以經由電視螢幕播映觀賞。②指稱以影片磁碟播映出的影片。

**碟大碗小** ㄉㄧㄝˊ ㄉㄚˋ ㄨㄢˇ ㄒㄧㄠˇ 比喻人多嘴雜，容易發生紛爭。〈紅樓夢・八三〉有「誰家沒個碟大碗小，磕著碰著的呢」。

## 碡

ㄉㄨˊ 見「碌碡」。

## 碫

ㄉㄨㄢˋ 図磨刀石。

## 碳

ㄊㄢˋ 非金屬化學元素，符號C。有機物裡含量最多，冶鐵煉鋼都需要碳。碳跟它的化合物，在工業、醫藥各方面用途很廣。

**碳化** ㄊㄢˋ ㄏㄨㄚˋ 化學名詞。木材或動物體中的有機化合物所含的氫氣減少，而含碳的成分增加。這種變化叫碳化。

**碳素** ㄊㄢˋ ㄙㄨˋ 指碳元素。有三種同素異形體，就是金剛石、石墨和非結晶碳。

**碳酸** ㄊㄢˋ ㄙㄨㄢ 一種假定存在於二氧化碳水溶液裡有極弱的酸性的無機化合物，分子式$H_2CO_3$，極不穩定，而實際上並沒有純化合物碳酸。不穩定的碳酸可以用來製造化學藥品。

**碳化矽** ㄊㄢˋ ㄏㄨㄚˋ ㄒㄧ 矽與碳的晶型化合物，由純石英砂與焦炭混合在電爐裡加熱製成，化學式SiC，質地非常硬，透明而帶綠色的色澤。商品名叫「金剛砂」，也叫「鋼砂」。在工業上用作研磨材料，又可製造成耐高溫磚和其他耐火材料。碳化矽在冷態是優良的電絕緣體，溫度升高電導性增強，所以是半導體類，用途很多。

**碳化鈣** ㄊㄢˋ ㄏㄨㄚˋ ㄍㄞˋ 又名「電石」或者「乙炔化鈣」，是在電爐裡把生石灰（CaO）和焦炭（C）加熱燒製成的灰黑色固體，化學成分是$CaC_2$，在水中分解產生可燃的乙炔氣，也就是燃燒供照明、焊接、切割金屬之用的「電石氣」。碳化鈣又可作肥料工業和化學工業需用的原料。

**碳化鎢**（ㄊㄢˋ ㄏㄨㄚˋ ㄨ）　碳的重要無機化合物，是一種緻密的類似金屬的物質，呈現淺灰帶藍的顏色，在冶金工業上可用以提高金屬鑄造的硬度，並製造硬質合金。

**碳酸水**（ㄊㄢˋ ㄙㄨㄢ ㄕㄨㄟˇ）　汽水飲料的別名，也就是加壓使二氧化碳溶於水裡供作飲料的汽水。

**碳酸鈉**（ㄊㄢˋ ㄙㄨㄢ ㄋㄚˋ）　無機化合物，分子式 $Na_2CO_3$，是白色或透明的鹼性鹽，一般又稱「蘇打」「蘇打灰」或「洗濯鹼」，廣泛分布於自然界，許多礦泉水也有碳酸鈉。工業上用於製造玻璃、清潔劑、照相用顯影劑等。

**碳酸鉛**（ㄊㄢˋ ㄙㄨㄢ ㄑㄧㄢ）　無機化合物，分子式 $PbCO_3$，於自然界中以白鉛鍍形式存在。鹼式碳酸鉛又叫「鉛白」，是重要的白色顏料，在製造油漆時大量需用。

**碳酸鈣**（ㄊㄢˋ ㄙㄨㄢ ㄍㄞˋ）　無機化合物，分子式 $CaCO_3$，是蘊藏豐富的方解石和霰石的主要成分，也是石灰石、大理石、白堊、蚌殼和珊瑚的主要成分。白色固體，不溶於水，可用作陶瓷、紙等產品的填料，又可供作醫藥工業與食品加工業所需的材料。

**碳酸鉀**（ㄊㄢˋ ㄙㄨㄢ ㄐㄧㄚˇ）　無機化合物，分子式 $K_2CO_3$，白色易潮解（吸水）的固體，用於製造玻璃、紡織印染、金屬清洗和電鍍。

**碳酸鋇**（ㄊㄢˋ ㄙㄨㄢ ㄅㄟˋ）　無機化合物，分子式 $BaCO_3$，也就是叫「碳鋇礦」的碳酸鹽礦物，用以在化學工業上製取其他鋇化合物。

**碳酸鋰**（ㄊㄢˋ ㄙㄨㄢ ㄌㄧˇ）　無機化合物，分子式 $Li_2CO_3$，在醫藥上用作治療躁鬱性精神病等藥物。

**碳酸泉**（ㄊㄢˋ ㄙㄨㄢ ㄑㄩㄢˊ）　泉水富含二氧化碳的溫泉，通常是靠近火山而溫泉裡有碳酸噴氣孔的緣故。

**碳酸鎂**（ㄊㄢˋ ㄙㄨㄢ ㄇㄟˇ）　無機化合物，分子式 $MgCO_3$，也就是「菱鎂礦」，白色固體，是製取金屬鎂的重要資源，在工業上用作鍋爐和管道的保溫材料，也是食品、醫藥、化妝品、橡膠、油墨和玻璃等的添加劑。

**碳酸氣**（ㄊㄢˋ ㄙㄨㄢ ㄑㄧˋ）　就是二氧化碳，可以溶於水而製成「碳酸」。

**碳水化合物**（ㄊㄢˋ ㄕㄨㄟˇ ㄏㄨㄚˋ ㄏㄜˊ ㄨˋ）　就是醣。

**碳氫化合物**（ㄊㄢˋ ㄑㄧㄥ ㄏㄨㄚˋ ㄏㄜˊ ㄨˋ）　統稱含有碳和氫原子的有機化合物，例如最簡單的碳氫化合物是甲烷（分子式 $CH_4$）。碳氫化合物在化學名詞上又叫「烴」（ㄑㄧㄥ）。

**碳酸噴氣孔**（ㄊㄢˋ ㄙㄨㄢ ㄆㄣ ㄑㄧˋ ㄎㄨㄥˇ）　出現在火山附近地區，也叫火山噴氣孔，噴出氣體的溫度大大低於沸點而高於其周圍的空氣，一般富含二氧化碳或含甲烷和其他碳氫化合物，噴出的氣體可能飄降在附近凹地或谷地使鳥獸窒息，居民致命。

**碳酸鹽礦物**（ㄊㄢˋ ㄙㄨㄢ ㄧㄢˊ ㄎㄨㄤˋ ㄨˋ）　碳酸鹽礦物是地殼分布最廣泛礦物之一，已知的碳酸鹽礦物約八十種，最常見的是方解石、白雲石和文石（霰石）。

# 碣　碱　碴

**碣**　ㄐㄧㄝˊ　圓頭的石碑。如「墓碣」。

**碱**　ㄐㄧㄢˇ　同「鹼」。

**碴**　ㄔㄚˊ　(一)見「碴兒」。(二)動詞，用瓷器或玻璃碎片傷人。如「玻璃碴兒把手碴破了」。

**碴兒**（ㄔㄚˊ ㄦ）　①碎片。如「玻璃碴兒」「碗碴兒」。②雙方面都不愉快的事。如「我跟他有碴兒」。③事端。如「他今天來找碴兒」。④鬍髮沒剃乾淨的殘餘部分或初生的短毛髮。如「鬍子碴兒」。⑤勢頭。如「那個碴兒來的真凶」。

**碩** 因ㄕˊ大。如「碩大無朋」「碩果僅存」。語音ㄕㄨㄛˋ。

**碩士** ㄕˊ ㄕˋ 大學畢業得學士學位之後，再進入研究院或研究所，繼續研究兩年以上，論文通過，由大學授給的學位。比博士低，比學士高。通常說ㄕㄨㄛˋ ㄕˋ。

**碩果** ㄕˊ ㄍㄨㄛˇ 図巨大的果實。比喻很難得的事物或人才。

**碩彥** ㄕˊ ㄧㄢˋ 図才學很優異的人。如「張君為碩彥名流，願為社會效力」。

**碩德** ㄕˊ ㄉㄜˊ 図稱人德高望重。如「錢先生碩德名儒，廣受敬重」。

**碩儒** ㄕˊ ㄖㄨˊ 図學問淵博的大學者。

**碩大無朋** ㄕˊ ㄉㄚˋ ㄨˊ ㄆㄥˊ 因形容大到無可比擬。

**碩果僅存** ㄕˊ ㄍㄨㄛˇ ㄐㄧㄣˇ ㄘㄨㄣˊ 因比喻歷經淬礪淘汰而存留下來的極少數可貴的人或物。

**碩學鴻儒** ㄕˊ ㄒㄩㄝˊ ㄏㄨㄥˊ ㄖㄨˊ 図學術淵博的大學者。

**磁** ㄘˊ (一) magnetism，能吸引鐵、鎳、鈷等的特性，或作「磁性」。(二)同「瓷」。(三)河北省縣名。

**磁力** ㄘˊ ㄌㄧˋ 物理學名詞，magnetic force，就是磁所發生的吸引力量。

**磁化** ㄘˊ ㄏㄨㄚˋ 物理學把沒有磁性的物體顯現磁性的過程叫「磁化」。例如把鐵放在強烈的磁場裡，使它成為磁化鐵。

**磁心** ㄘˊ ㄒㄧㄣ 也稱「磁芯」或「磁心存儲器」。是電子計算機（電腦）硬體的主要部分之一，是用硬磁材料製成的小型環狀結構體，這環狀結構體能夠從正反兩個方向磁化，因此可以代表二進制數字編碼的「0」和「1」的資訊處理條件，進行計算機（電腦）的輸入存儲要求。

**磁石** ㄘˊ ㄕˊ 帶有磁力的礦石，也作「磁鐵」，俗稱「吸鐵石」。有棒磁石、磁針、馬蹄形磁石、電磁石等。

**磁性** ㄘˊ ㄒㄧㄥˋ ①物理學名詞，磁石能吸鐵的特性。②形容人的聲音富有吸引人的力量。如「這個歌星的聲音磁性很大」。

**磁泡** ㄘˊ ㄆㄠˋ 也叫「磁泡存儲器」或「磁泡輔助存儲器」，是電子計算機（電腦）的一種存儲設備。磁泡比磁帶、磁碟或磁鼓的效率高，而且經濟。磁泡是用合成石榴石晶片製作的很小的圓柱體器件，把資訊數據存儲在內，通過控制使磁泡出現或消失，以「有泡」或「無泡」代表運算基礎二進制數碼系統「0」或「1」兩個數字。

**磁能** ㄘˊ ㄋㄥˊ 磁體的磁場所表現的能量；就是磁力的能量。如磁體有吸引鐵的力量，就是因為發生「磁能」而表現了吸引力。

**磁針** ㄘˊ ㄓㄣ 物理學名詞，製成針形的磁石，兩端常指向南北，可以用作指南針。

**磁帶** ㄘˊ ㄉㄞˋ 是用表面塗了氧化鐵粉末或其他磁性材料的塑膠帶製成，用在錄音機或錄影機裡記錄聲頻或視頻信號，使聲頻或視頻信號放送再現；也用來存儲電子計算機（電腦）的資訊數據。磁帶上的信號可以立即重放，也容易消磁，可以重複多次使用，因此磁帶是一種使用最廣泛的磁記錄材料。但是後來計算機資訊數據處理系統，要求以極高的速度檢索存儲的資訊和程序，磁帶開始被磁碟、磁鼓乃至磁泡所代替。

**磁場** ㄘˊ ㄔㄤˇ 物理學名詞，磁石周圍磁力所到的地方。

**磁軸** ㄘˊ ㄓㄡˊ 指稱接連磁體的兩極所成的直線，也叫「磁軸線」。

**磁極** ㄘˊ ㄐㄧˊ ①指磁體的兩端，是磁體磁性的最強部分。磁針或條形磁鐵，因為磁極的作用而自動呈現南北取向，指向北方的磁極叫磁北極，指向南方的磁極叫磁南極。②地球的南北磁極。

**磁鼓** ㄘˊ ㄍㄨˇ 電子計算機（電腦）的輔助存儲器，使用原理大致與磁帶或磁碟相似。磁鼓是金屬圓柱體形狀，資訊數據以磁點狀存儲在磁鼓圓柱外表環形槽紋裡。磁鼓上有一至兩百道槽紋，以每分鐘三千轉的轉速旋轉，磁頭把資訊數據記錄在磁鼓上，或從磁鼓上「讀出」記錄的數據，快速存取檢索的速度高於磁碟存儲器，但是存儲容量較小。

**磁實** ㄘˊ ㄕˊ 實字輕讀。堅固。如「這孩子的肉好磁實」。

**磁碟** ㄘˊ ㄉㄧㄝˊ 也稱「磁盤」。磁碟是扁平的圓碟金屬或塑膠材料製成，兩面塗有氧化鐵。磁碟受驅動裝置轉動，磁頭把聲頻、視頻或資訊數據等輸入，訊號沿著磁碟表面的螺旋槽紋，以磁紋狀或磁點狀記錄在磁碟上。在重現輸入信號的時候，磁頭可自動精確地放在磁碟表面的任何位置上，以選擇所需重放的部分，不必按先後順序去找。因之檢索時間大為縮短，適於用作高速計算機（電腦）的輔助存儲器。磁碟錄影機於是取代了磁帶錄影機，可以快速找出並重放需要的鏡頭。

**磁暴** ㄘˊ ㄅㄠˋ 氣象學上說「磁的風暴」，是由太陽耀斑異常活躍影響的地球物理現象。磁暴的發生，是太陽耀斑發出大量的帶電粒子到達地球或經過地球附近，引起地球高層大氣擾動，影響到地磁場的方向，磁力突然間不規則變動，往往使短波無線電通訊受到干擾和消滅。

**磁器** ㄘˊ ㄑㄧˋ 同「瓷器」。

**磁頭** ㄘˊ ㄊㄡˊ 錄音機或錄影機裡的重要元件。不同的磁頭能把聲音或影像的訊號印在磁帶上，重放聲音和影像，或是消去原來的聲音和影像，另錄別的聲音和影像。

**磁鐵** ㄘˊ ㄊㄧㄝˇ 物理學名詞，俗叫做吸鐵石。有吸引鐵、鎳與鈷等的性質。分自然、人造兩種。

**磁體** ㄘˊ ㄊㄧˇ 指有磁性（能吸引鐵、鎳等金屬）的物體。例如磁鐵礦（磁石）、磁化的鋼、有電流通過的導體都是磁體，地球、太陽以及各種天體也都是磁體。

**磁效應** ㄘˊ ㄒㄧㄠˋ ㄧㄥˋ 電流通過導體所產生的跟磁鐵作用相同（實際上已是一種磁體）的現象，稱作「磁效應」。

**磁控管** ㄘˊ ㄎㄨㄥˋ ㄍㄨㄢˇ 電子儀器的一種構件，能產生極高頻和極高功率的脈衝（短脈衝群），是雷達系統和微波爐的重要功率源。

**磁鐵礦** ㄘˊ ㄊㄧㄝˇ ㄎㄨㄤˋ 主要鐵礦石的一種，也就是磁石，成分是$Fe_3O_4$（四氧化三鐵），礦石是黑色到淺褐色、中等硬度的金屬八面體或團塊形狀。磁鐵礦經常有明顯的南北磁極，我國在西元前五百年就已應用來製成指南針。

**碞** ㄧㄢˊ 同「巖」。

## 十筆

**磅** ▲ㄅㄤˋ ㈠英美制重量單位 pound 的音譯。常衡一磅合 0.4536 公斤，14.5152 市兩。金屬衡一磅合 0.3732 公斤，11.9436 市兩。㈡把東西放在磅秤上稱重量，叫「過磅」，簡稱「磅」。又讀ㄅㄥˋ。如「今天我磅了一下，比上個月重了半公斤」。

▲図ㄆㄤ見「磅礴」。

**磅秤**（ㄅㄤˋ ㄔㄥˋ） 以磅為計算重量單位的秤。利用槓桿原理或借彈簧的力量造成。

**磅礴**（ㄆㄤˊ ㄅㄛˊ） 図①廣大。②充塞。

**磐** ㄆㄢˊ 大石頭。如「磐石」。

**磐石**（ㄆㄢˊ ㄕˊ） ①縣名，在吉林省。②比喻極穩定。如「安如磐石」。

**碼** ㄇㄚˇ ㈠記數的字。如「數碼」「明碼實價」。㈡英國長度名yard的通稱，每碼三英尺，合0.9144公尺弱。㈢（code）記數的簡單符號。①用作意思交換的符號。②電子計算機中代表數據或指示的符號系統。㈣見「砝碼」。㈤見「碼子」。

**碼子**（ㄇㄚˇ ˙ㄗ） ①計數的號碼。②銀行的現款。也說「碼兒」。

**碼頭**（ㄇㄚˇ ㄊㄡˊ） ①大船停靠的地方。②商埠。如「水陸碼頭」。

**碾** ㄋㄧㄢˇ ㈠軋東西的器具。如「碾子」。㈡用碾子軋壓。

**碾子**（ㄋㄧㄢˇ ˙ㄗ） 壓磨穀類的石滾子。見「汽碾子」。

**碾船**（ㄋㄧㄢˇ ㄔㄨㄢˊ） 中藥鋪碾藥的金屬器具。也叫「藥碾子」。

**碾米廠**（ㄋㄧㄢˇ ㄇㄧˇ ㄔㄤˇ） 有機器設備把稻穀碾製成白米的工廠。

**磊** ㄌㄟˇ ㈠図一層層的很多石頭的樣子。如「山石磊磊」。㈡見「磊落」。㈢図見「磊塊」。

**磊塊**（ㄌㄟˇ ㄎㄨㄞˋ） 図比喻人胸中不平的鬱氣。又作「壘塊」。

**磊落**（ㄌㄟˇ ㄌㄨㄛˋ） ①心地光明。也作「磊磊落落」。②図容儀俊偉的樣子。如「風神磊落」。

**磕** ㄎㄜ ㈠図石頭相擊的聲音。㈡碰撞。如「把腿磕破了」。㈢見「磕頭」。㈣形容多。如「磕頭碰腦的，到處都是」。㈤不平順的樣子。如「磕磕吧吧」「磕磕絆絆」。

**磕牙**（ㄎㄜ ㄧㄚˊ） ①閒談。②互相談笑戲謔來作消閒，叫「閒磕牙」。

**磕頭**（ㄎㄜ ㄊㄡˊ） 叩頭。

**磕膝蓋**（ㄎㄜ ㄒㄧ ㄍㄞˋ） 㫃膝蓋。（第三字「蓋」常「ㄦ化」，說「磕膝ㄍㄚˋㄦ」。）

**磕頭蟲（兒）**（ㄎㄜ ㄊㄡˊ ㄔㄨㄥˊ ㄦ） ①叩頭蟲，也叫做跳米蟲，是鞘翅類昆蟲。②對禮貌過分周到，時時鞠躬哈腰的人的謔稱。

**磕著碰著**（ㄎㄜ ˙ㄓㄜ ㄆㄥˋ ˙ㄓㄜ） 指說對器物或小孩兒受到磕撞碰擊。如「這些瓷器很珍貴，搬家時候要注意裝箱，避免磕著碰著」。

**磕磕吧吧**（ㄎㄜ ㄎㄜ ㄅㄚ ㄅㄚ） 說話不順，口吃（ㄐㄧˊ）的樣子。

**磕磕絆絆**（ㄎㄜ ㄎㄜ ㄅㄢˋ ㄅㄢˋ） 道路不平，行走費力的樣子。

**磕磕撞撞**（ㄎㄜ ㄎㄜ ㄓㄨㄤˋ ㄓㄨㄤˋ） 形容走路不穩（因為體力不濟、酒醉或匆忙所致）的樣子。

**磕頭碰腦**（ㄎㄜ ㄊㄡˊ ㄆㄥˋ ㄋㄠˇ） ①形容人多或東西多，相擠相碰不方便的情形。如「商場大減價，買東西的磕頭碰腦地只是人擠人。」②比喻人與人之間所發生的紛爭或小彆扭。如「同事們各有一套，各顯本事，難免有些磕頭碰腦的事，沒什麼要緊」。

**確（确、碻）** ㄑㄩㄝˋ ㈠堅定。如「確認」「確定不移」。㈡真實。如「確實」「正確」。㈢確山，縣名，在河南省。

**確切**（ㄑㄩㄝˋ ㄑㄧㄝˋ） 確實恰當。

**確乎**（ㄑㄩㄝˋ ㄏㄨ） 實在。

**確立**ㄑㄩㄝˋ ㄌㄧˋ　穩固地建立起來或創立起來。指建立制度、學說或創立規模、法則等。

**確守**ㄑㄩㄝˋ ㄕㄡˇ　①實實在在的遵守。如「確守諾言」。②盡力守住。如「確守陣地」。

**確定**ㄑㄩㄝˋ ㄉㄧㄥˋ　確實決定。

**確知**ㄑㄩㄝˋ ㄓ　確實知道。

**確保**ㄑㄩㄝˋ ㄅㄠˇ　確實保持或保證。如「注意駕駛，確保行車安全」。

**確信**ㄑㄩㄝˋ ㄒㄧㄣˋ　①確實相信。②確實的消息。

**確耗**ㄑㄩㄝˋ ㄏㄠˋ　図確實的消息。

**確實**ㄑㄩㄝˋ ㄕˊ　實實在在的，真實的。

**確認**ㄑㄩㄝˋ ㄖㄣˋ　法定機關承認，可以發生特定權利的效果的。

**確論**ㄑㄩㄝˋ ㄌㄨㄣˋ　図確切恰當的言論。

**確據**ㄑㄩㄝˋ ㄐㄩˋ　明顯真實的證據。

**確證**ㄑㄩㄝˋ ㄓㄥˋ　確實的證據。

**確鑿**ㄑㄩㄝˋ ㄗㄨㄛˋ　真實。如「證據確鑿」。

**磔**　図ㄓㄜˊ　㈠古代分裂罪犯肢體的酷刑。㈡書法向右下斜的一筆，也說「捺」。

**磋**　ㄘㄨㄛ　㈠琢磨骨角玉石讓它光滑。㈡再三商量。如「磋商」。㈢研究。如「切（ㄑㄧㄝ）磋」。

**磋商**ㄘㄨㄛ ㄕㄤ　互相再三地商議。

**磋磨**ㄘㄨㄛ ㄇㄛˊ　切磋琢磨。

**磒**　ㄩㄣˇ　由高處落下。同「隕」。

## 十一筆

**磨**　▲ㄇㄛˊ　㈠磨擦使它光滑或銳利。如「磨光」「磨刀」。㈡研碎。如「磨細」「磨藥粉」。㈢練習，研究。如「磨練」「琢磨」。㈣波折，阻障。如「好事多磨」「折磨」。㈤糾纏不休的樣子。如「這個人可真會磨」「跟他磨了半天，他才答應了這件事」。㈥滅。如「磨滅」。㈦拖時間。如「磨蹭」「磨工夫」。㈧細膩，細緻。如「水磨工夫」。▲ㄇㄛˋ　㈠是上下兩片石塊，當中有軸，推動上面的一塊，用來碾碎穀物的器具。如「石磨」。㈡用石磨碾碎東西。如「磨麵」「磨豆腐」。㈢掉轉（多指車輛）。如「巷子太窄，沒法子磨車」。

**磨牙**ㄇㄛˊ ㄧㄚˊ　說人話多，喜歡爭辯。也作「摩牙」。

**磨光**ㄇㄛˊ ㄍㄨㄤ　①用機器磨料把粗糙的表面磨成平順光滑。②銷除淨盡。常用於抽象名詞前。如「年老體衰，壯志磨光了」。

**磨坊**ㄇㄛˋ ㄈㄤˊ　北方稱磨製麵粉的作坊。

**磨床**ㄇㄛˊ ㄔㄨㄤˊ　磨製工件表面使平滑或改變形狀的機床，機床有高速旋轉用以磨製的砂輪設備。

**磨折**ㄇㄛˊ ㄓㄜˊ　図阻礙，困難。也作「磨難（ㄋㄢˋ）」。

**磨具**ㄇㄛˊ ㄐㄩˋ　用碾碎之後的磨料（如細碎的金剛石等）製成砂輪、砂帶和拋光輪之類的磨製工具，統稱「磨具」。

**磨房**ㄇㄛˋ ㄈㄤˊ　設有石磨的屋子。

**磨料**ㄇㄛˊ ㄌㄧㄠˋ　具有銳利、堅硬的條件，用在磨削（磨平、磨光）工作上，是工業上製造精密產品所必須使用的材料。金剛石、天然剛玉、剛砂、石榴石、石英石、燧石、浮石和矽藻土等是天然磨料，碳化矽（俗稱金剛砂）和氧化鋁（俗稱剛玉）等是人造磨料。

**磨粉** ㄇㄛˊ ㄈㄣˇ ①把糧食磨碎成粉。②把礦石、藥物等磨成粉狀。

**磨耗** ㄇㄛˊ ㄏㄠˋ 銷磨，損耗。

**磨勘** ㄇㄛˊ ㄎㄢ 〔文〕①從前官吏的考績。②覆核試卷。

**磨損** ㄇㄛˊ ㄙㄨㄣˇ 器物或機件由於長久使用或臨時意外形成因表面摩擦而發生的破壞損耗。

**磨滅** ㄇㄛˊ ㄇㄧㄝˋ 消滅。

**磨煩** ㄇㄛˊ ㄈㄢˊ 煩字輕讀。糾纏。

**磨盤** ㄇㄛˋ ㄆㄢˊ 石磨。

**磨鍊** ㄇㄛˊ ㄌㄧㄢˋ 也作「磨練」，是「歷練」「體驗」的意思。

**磨蹭** ㄇㄛˊ ㄘㄥ 蹭字輕讀。做事緩慢拖時間。也說「磨功夫」。

**磨難** ㄇㄛˊ ㄋㄢˋ 在不如意的境況下所受的困苦折磨。如「儘管受到種種磨難，他的決心和毅力並不動搖」。

**磨礪** ㄇㄛˊ ㄌㄧˋ 〔文〕使粗鈍的成了銳利，意思就是磨鍊、鍛鍊。如「經過一番刻苦磨礪，他已能脫胎換骨，益發堅強」。

**磨刀石** ㄇㄛˊ ㄉㄠ ㄕˊ 用來磨刀、磨剪，使鋒刃銳利的石頭。

**磨工夫** ㄇㄛˊ ㄍㄨㄥ ㄈㄨ ①耗費時間。如「跟笨人講道理真是磨工夫」。②拖延時間。如「這件事說做就做，不能一直磨工夫」。

**磨豆腐** ㄇㄛˋ ㄉㄡˋ ㄈㄨˇ 腐字輕讀。①用石磨（ㄇㄛˋ）磨碎豆子來做豆腐。②翻來覆去說個沒完。

**磨洋工** ㄇㄛˊ ㄧㄤˊ ㄍㄨㄥ 〔方〕指特別拖延時間，不積極工作。也指說工作懶散不起勁。如「像這樣磨洋工，一定不能達到預期的成效」。

**磨沙玻璃** ㄇㄛˊ ㄕㄚ ㄅㄛ ㄌㄧˊ 用磨料磨過或用化學劑浸蝕過的表面粗糙，半透明的玻璃，也叫「毛玻璃」。沙也作「砂」。

**磨杵成針** ㄇㄛˊ ㄔㄨˇ ㄔㄥˊ ㄓㄣ 比喻只要努力做去，不管怎樣困難的事都可以成功。傳說是李白年輕時棄學而去，路邊逢老嫗在溪邊磨鐵杵，受到感動，再回去發憤讀書。見〈蜀中名勝記〉。俗諺「若要功夫深，鐵杵磨成針」，從此而來。

**磨穿鐵硯** ㄇㄛˊ ㄔㄨㄢ ㄊㄧㄝˇ ㄧㄢˋ ①比喻意志堅定不移。見〈新五代史·桑維翰傳〉。②比喻人痛下決心，努力學習，總會成功。

**磨礪以須** ㄇㄛˊ ㄌㄧˋ ㄧˇ ㄒㄩ 〔文〕同「摩厲以須」，預備銳利的兵器以待用。

## 磠

ㄌㄨˇ 見磠砂。

**磠砂** ㄌㄨˇ ㄕㄚ 就是硇砂，也作「鹵砂」，是氯化銨 $NH_4Cl$ 的礦物，在醫藥跟工業方面有用。

## 磡

ㄎㄢˋ ㈠巖崖下面。㈡山巖。如「紅磡」「槐花磡」。㈢堤岸。如「磡頭」。

## 磧

ㄑㄧˋ ㈠淺水中露出的沙堆。㈡沙漠也作「沙磧」。

## 磬

ㄑㄧㄥˋ ㈠古代用玉石做成的矩形樂器。㈡銅鐵做的缽狀物，是佛教徒或僧尼禮佛的時候敲打的樂器。㈢〔文〕通「罄」，意思是「盡」。

**磬折** ㄑㄧㄥˋ ㄓㄜˊ 〔文〕身體彎曲。表示對人恭敬。

## 磚（甎、塼）

ㄓㄨㄢ 用黏土或水泥燒成的長方形建築材料。如「紅磚」。

**磚石** ㄓㄨㄢ ㄕˊ 統稱築牆建屋所需用的磚與石之類的材料。

**磚瓦** ㄓㄨㄢ ㄨㄚˇ 建築用的兩種材料。砌牆用磚，蓋屋用瓦。

**磚坯** ㄓㄨㄢ ㄆㄧ 還沒燒製的磚的毛坯。

**磚房** ㄓㄨㄢ ㄈㄤˊ 指用磚砌牆的房屋，與土房、木板房相對稱。

**磚茶** ㄓㄨㄢ ㄔㄚˊ 壓緊成塊狀的茶團，在我國邊疆地區有些地方習慣喝磚茶飲料。也作「茶磚」。

**磚堆** ㄓㄨㄢ ㄉㄨㄟ 散亂堆積的磚塊。

**磚造** ㄓㄨㄢ ㄗㄠˋ 房屋、牆壁或城垣等建築物是用磚砌造的。

**磚窯** ㄓㄨㄢ ㄧㄠˊ 燒製磚塊的工場。

**磚頭** ㄓㄨㄢ ㄊㄡˊ 磚或碎磚。

**磣** ㄔㄣˇ ㈠図「磣黷」，混亂的樣子。㈡食物當中有沙子，嚼起來不舒適。如「牙磣(·ㄔㄣ)」。㈢醜惡，難看。如「寒磣(·ㄔㄣ)」。

## 十二筆

**磴** ㄉㄥˋ ㈠山岩上的石級。如「磴道」。㈡台階兒一級叫「一磴兒」。

**磴道** ㄉㄥˋ ㄉㄠˋ 山上的石頭路。

**磷** ▲ㄌㄧㄣˊ從前作「燐」。非金屬化學元素，符號P。有黃磷、赤磷兩種。可以造火藥，做肥料、藥品。▲図ㄌㄧㄣˊ薄，如「磨而不磷」。

**磷火** ㄌㄧㄣˊ ㄏㄨㄛˇ 就是「燐火」。

**磷光** ㄌㄧㄣˊ ㄍㄨㄤ 受到輻射(如日光照射)而發光的物質，在激發輻射消除之後仍然持續發光的現象。有些礦物、岩石與某些元素的硫化物都能發出磷光。

**磷肥** ㄌㄧㄣˊ ㄈㄟˊ 在農業上使用的含磷質的化學肥料。磷肥能使植物的籽粒飽滿，提早成熟。現代的化學肥料含有作物所需的三大元素氮、磷、鉀之中的一種或多種，常用的磷肥有骨粉、過磷酸鈣、磷酸鹽岩礦粉等。

**磷脂** ㄌㄧㄣˊ ㄓ 統稱動物或植物的細胞裡含有磷和氮的油脂，有營養價值，在食品、化妝品等工業用途很廣。

**磷酸** ㄌㄧㄣˊ ㄙㄨㄢ 無機化合物名詞，成分是$H_3PO_4$。純磷酸是透明的結晶固體，在製糖工業、紡織工業、食料工業和醫藥工業方面用處很廣。

**磷蝦** ㄌㄧㄣˊ ㄒㄧㄚ 一般指南極磷蝦。已知的磷蝦有八十多種，生存於遠洋，多數在蝦體下側有發光體，在夜間可見。南極磷蝦長約五公分，在南冰洋產量多，營養豐富，生態學家認為是人類潛在的食物來源。

**磷光體** ㄌㄧㄣˊ ㄍㄨㄤ ㄊㄧˇ 經紫外線或電子束照射會發光的固態物質。現代科學上已經能用合成法製成極多種的磷光體，每種都有表現特徵的發光色彩以及激發照射停止後持續發光的時間。日光燈就是利用磷光體的工業產品。

**磷灰石** ㄌㄧㄣˊ ㄏㄨㄟ ㄕˊ 礦石，成堆或結核的有各種顏色的玻璃狀晶體，主要成分是磷酸鈣，並含有氯和氟。磷灰石分布地區很廣，是世界上磷元素的主要來源，也是製造磷肥的主要原料。

**磷酸鈣** ㄌㄧㄣˊ ㄙㄨㄢ ㄍㄞˋ 無機化合物，成分是$Ca_3(PO_4)_2$，是人體骨骼的重要成分，也是磷灰石的主要成分，是製磷、磷肥、玻璃等的原料。

**磷酸銨** ㄌㄧㄣˊ ㄙㄨㄢ ㄢ 無機化合物，粉末、晶體或顆粒狀，含有氮和磷，是農業用的複合肥料。

**磷酸鹽岩** ㄌㄧㄣˊ ㄙㄨㄢ ㄧㄢˊ ㄧㄢˊ 也稱「磷塊岩」，是磷酸鹽高度密集的一種岩石。磷酸鹽岩往往混有骨骼物質和磷酸鹽質貝殼，礦床很厚，是大部分磷肥生產原料的主要來源。

**磺** ㄏㄨㄤˊ見「硫磺」。

**磺胺** ㄏㄨㄤˊ ㄢ 磺胺類藥物的母體有機化合物，是重要的抗菌藥物，對鏈球菌、葡萄球菌、沙門氏菌和球蟲等引起的感染有療效。毒性較低的磺胺衍生物發現後，本藥只用於獸醫。磺胺也叫「氨苯磺胺」。

**磺酸** ㄏㄨㄤˊ ㄙㄨㄢ 化學上對含硫有機酸的總稱，在有機硫化物之中占非常重要的地位。磺酸鹽及其衍生物是製造洗滌劑、水溶性染料、磺胺類藥物等工業用原料。

**磯** ㄐㄧ 江河裡露出水面的石灘。如「采石磯」（在安徽當塗）「燕子磯」（在南京）。

**礁** ㄐㄧㄠ ㈠在海平面之下忽隱忽現的岩石。如「珊瑚礁」「暗礁」。㈡比喻做事時遇到的障礙。如「這一件事昨天觸礁了」。

**礁石** ㄐㄧㄠ ㄕˊ ①河流或海洋裡在水面下離水面很近的岩石，往往形成航路上的阻礙。②政治上比喻事勢表面看不見的困難或障礙。

**磽** 図ㄑㄧㄠ土地生產力很微小，不適宜耕種，作「磽薄」「磽瘠」。

**磽确** ㄑㄧㄠ ㄑㄩㄝˋ 図磽薄，指土地堅硬不肥沃，不能種作。

**磽薄** ㄑㄧㄠ ㄅㄛˊ 図土地貧瘠，不適宜耕作。

**礄** ㄑㄧㄠˊ礄口市，地名，在湖南省。

**磲** ㄑㄩˊ硨磲，蛤類名。

**磳** 図ㄗㄥ見「碐磳」。

## 十三筆

**礌（礧）** ㄌㄟˋ ㈠把石頭從高往下推，擋住敵軍的攻勢，叫「礌石」。㈡同「磊」。

**礉** ▲図ㄏㄜˋ刻薄。〈史記．韓非傳〉有「韓子慘礉少恩」。▲ㄑㄧㄠ同「磽」。

**礎** ㄔㄨˇ ㈠図柱下的石墩子。如「礎石」。㈡比喻事情的初步成就或根本。如「基礎」。

**礎石** ㄔㄨˇ ㄕˊ 墊在建築物柱子或牆壁下面的石頭。也就是基石、基礎。

**礎潤而雨** ㄔㄨˇ ㄖㄨㄣˋ ㄦˊ ㄩˇ 図柱下的礎石一溼潤（空氣裡的溼度增大）就要下雨了，比喻事情的發生必先有預兆。

## 十四筆

**礙（碍）** ㄞˋ ㈠阻攔，阻止。如「礙事」「障礙」。㈡妨害。如「無礙」「有礙觀瞻」。

**礙口** ㄞˋ ㄎㄡˇ 不便說。

**礙手** ㄞˋ ㄕㄡˇ 不順手。

**礙事** ㄞˋ ㄕˋ ①有危險。如「他的病礙事不礙事」。②有妨礙。如「把這張桌子搬開，擱在這兒礙事」。

**礙眼** ㄞˋ ㄧㄢˇ ①看著不順眼。②嫌他在這兒有妨礙，對自己不便。

**礙難** ㄞˋ ㄋㄢˊ ①難辦到。②為難。

**礙手礙腳** ㄞˋ ㄕㄡˇ ㄞˋ ㄐㄧㄠˇ 占據地位，使人不便。

**礙於面子** ㄞˋ ㄩˊ ㄇㄧㄢˋ ㄗ˙ 拘於情面，怕傷害到彼此情面。如「這種事你別礙於面子不敢說」。

## 十五筆

**礬（矾）** ㄈㄢˊ 結晶礦物，有明礬、鉀明礬石等，能夠結合染料，澄清汙水。

**礬土** ㄈㄢˊ ㄊㄨˇ 就是氧化鋁（$Al_2O_3$），土壤的主要成分，能幫助植物生長。

**礬石** ㄈㄢˊ ㄕˊ 六角晶體礦物，成脈狀或塊狀，可以燒製明礬。

# 礪

図ㄌㄧˋ ㈠粗的磨刀石。㈡磨利。如「礪行」。

**礪行** ㄌㄧˋ ㄒㄧㄥˋ 図磨鍊出好的德行。常用在四字詞「砥節礪行」或「砥礪品行」裡。

# 礫

図ㄌㄧˋ 小石頭。如「瓦礫」。

**礫土** ㄌㄧˋ ㄊㄨˇ 指稱有很多礫石不適於耕作的土地；也指從這種土地裡所掘取的土砂。

**礫石** ㄌㄧˋ ㄕˊ 図小石頭。

# 礦（鑛）

ㄎㄨㄤˋ ㈠藏在地層下面的有用的自然物質。如「煤礦」「鐵礦」。㈡採掘礦物的場所。如「礦床」「礦坑」。又讀ㄍㄨㄥˇ。

**礦山** ㄎㄨㄤˋ ㄕㄢ 開採礦物的場所（包括礦井區和露天採礦場）。

**礦工** ㄎㄨㄤˋ ㄍㄨㄥ 採礦的工人。

**礦井** ㄎㄨㄤˋ ㄐㄧㄥˇ 就是「礦坑」；泛指為了採礦而挖掘到地下礦床的坑道和地下巷道。

**礦石** ㄎㄨㄤˋ ㄕˊ 含有金屬的石塊，可以從中間採取金屬的單體或化合物的。

**礦坑** ㄎㄨㄤˋ ㄎㄥ 人工挖掘的採礦的山洞。

**礦床** ㄎㄨㄤˋ ㄔㄨㄤˊ 自然積聚在地面或地下的礦物。也作「礦藏」。

**礦物** ㄎㄨㄤˋ ㄨˋ ①無機物質的總稱。②構造岩石的成分，有金屬跟非金屬兩種。

**礦毒** ㄎㄨㄤˋ ㄉㄨˊ 採掘或製煉礦物，有時會發生有害於人畜植物的瓦斯、水分、礦滓等，叫「礦毒」。

**礦泉** ㄎㄨㄤˋ ㄑㄩㄢˊ ①含有大量礦物質的泉水；一般分溫泉或冷泉兩類。②礦泉的水，也叫「礦泉水」。

**礦砂** ㄎㄨㄤˋ ㄕㄚ 開採出來的含有礦物成分的砂石或砂土。

**礦苗** ㄎㄨㄤˋ ㄇㄧㄠˊ 顯露地面或接近地面容易探勘的礦質。平常也作「露頭」。

**礦脈** ㄎㄨㄤˋ ㄇㄛˋ 後成的礦物，填積在岩石大裂縫中而成脈絡狀的。

**礦區** ㄎㄨㄤˋ ㄑㄩ 採礦的地區。

**礦產** ㄎㄨㄤˋ ㄔㄢˇ 開礦所得的礦物。

**礦場** ㄎㄨㄤˋ ㄔㄤˇ 採礦工作的場所。

**礦業** ㄎㄨㄤˋ ㄧㄝˋ 採掘地下礦產的事業。

**礦層** ㄎㄨㄤˋ ㄘㄥˊ 含有豐富礦物的層狀地層。

**礦燈** ㄎㄨㄤˋ ㄉㄥ 統稱在礦坑、礦井裡使用的各種照明用具。

**礦藏** ㄎㄨㄤˋ ㄘㄤˊ 統指地下埋藏存有的各種礦物。如「這一帶荒山裡有不少礦藏可以開採」。

**礦警** ㄎㄨㄤˋ ㄐㄧㄥˇ 在礦區裡維持治安的警察。

**礦物油** ㄎㄨㄤˋ ㄨˋ ㄧㄡˊ 統稱分餾石油或乾餾頁岩等礦物而得的油品，可細分為汽油、煤油、柴油、潤滑油等。

**礦物學** ㄎㄨㄤˋ ㄨˋ ㄒㄩㄝˊ 研究有關礦物知識的學科。範圍包括礦物的物理性質、化學成分、晶體內部結構以及自然界的產狀和分布，並根據形成的條件研究其成因。

**礦泉水** ㄎㄨㄤˋ ㄑㄩㄢˊ ㄕㄨㄟˇ 通常指山澗的水或地下的泉水，含礦物質，較少汙染。

# 磧

図ㄓˋ 支柱下面的石頭，就是「礎」㈠。

# 礤

ㄘㄚˇ 見「礤床兒」。

**礤床兒** ㄘㄚˇ ㄔㄨㄤˊ ㄦ˙ 把蔬果刮刨成絲狀的廚房用具。

## 十六筆

**礱** ㄌㄨㄥˊ ㈠有齒痕的用來磨穀去殼的石質器具。㈡用礱磨去穀皮，叫「礱穀」。

## 十七筆

**礴** ㄅㄛˊ 見「磅礴」。

# 示部

**示** ㄕˋ ㈠表明。如「示威」「示意」。㈡告訴，使知道。如「指示」「暗示」。㈢給人看。如「示範」「不甘示弱」。㈣尊稱人家的信件。如「來示已收到」「敬請示知」。

**示好** ㄕˋ ㄏㄠˇ 図表示好感。

**示例** ㄕˋ ㄌㄧˋ 做出或舉出可作為標準的例子。如：球隊教練要多作示例指導，讓隊員徹底了解。

**示知** ㄕˋ ㄓ 図謙詞，意思是告訴我，讓我知道。如「是否同意，請早日示知」。

**示威** ㄕˋ ㄨㄟ 表現威力給人看。

**示弱** ㄕˋ ㄖㄨㄛˋ 表露自己的弱點。

**示眾** ㄕˋ ㄓㄨㄥˋ 公開給大眾看。含有警告的意義。

**示愛** ㄕˋ ㄞˋ 向對方表示愛慕的意思。

**示意** ㄕˋ ㄧˋ 表示一種意思。

**示範** ㄕˋ ㄈㄢˋ 作模範給別人仿效。

**示覆** ㄕˋ ㄈㄨˋ 書信中請對方答覆的用語。如「請即示覆」。

**示警** ㄕˋ ㄐㄧㄥˇ 図用有效的辦法，例如動作、音響或某種信號使人注意到危險或緊急的事態。如「擊掌示警」。

**示意圖** ㄕˋ ㄧˋ ㄊㄨˊ 表示出事情的內容情況或變化、步驟等的略圖。如遊行路線示意圖、會場布置示意圖。

## 二筆

**礽** ㄖㄥˊ 図㈠幸福、福份的意思。㈡同「仍」。礽孫是第七代孫。

## 三筆

**祁** ㄑㄧˊ ㈠図盛，大。如「祁寒」。㈡山名，在甘肅、湖南、安徽都有。㈢姓。

**祁寒** ㄑㄧˊ ㄏㄢˊ 図十分寒冷。

**社** ㄕㄜˋ ㈠土地神，或祭土地神的地方。如「社神」「社稷」。㈡有組織的團體。如「合作社」「集會結社」。㈢見「社會」。

**社工** ㄕㄜˋ ㄍㄨㄥ 「社會工作」的簡語。

**社友** ㄕㄜˋ ㄧㄡˇ 以「社」為名稱的團體、機構的成員之間的互相稱呼。

**社交** ㄕㄜˋ ㄐㄧㄠ 社會上的交際應（ㄧㄥˋ）酬。

**社址** ㄕㄜˋ ㄓˇ 稱作「社」的團體、機構（如「報社」「出版社」「旅行社」）的地址。

**社長** ㄕㄜˋ ㄓㄤˇ ①以「社」為名稱的團體、機構的主持人、負責人。②一般會社的首長、代表人。

**社員** ㄕㄜˋ ㄩㄢˊ 指參加以「社」為名稱的團體組織的成員。如「消費合作社社員」。

**社神** ㄕㄜˋ ㄕㄣˊ 土地神。

**社區** ㄕㄜˋ ㄑㄩ ①泛指社會區域，人群定居的某一區域。②在行政上的區畫，指定條件合適的地區範圍作為重點示範目標，這個地區範圍稱作「社區」。

**社評** ①就是「社論」，指報社或雜誌社在自己的報紙或雜誌上以「本社」名義發表的評論。②指具有「社論」性質的簡短評論。

**社會** ①多數人彼此有相互關係的集合體，叫做社會。通常泛指人群。②小學科目之一，包括歷史、地理、公民常識等。

**社鼠** 土地廟裡的老鼠，比喻利用環境掩護作惡的壞人。

**社團** 集合許多人，為一定的永久性目的而組成的團體。這團體有固定的名稱和組織，財產屬於社團。

**社稷** ①土地神和穀神。②因國家的代稱。如「執干戈以衛社稷」。

**社論** 報紙、雜誌刊載的，以報社雜誌社自己的看法立場，評論時事的議論文字。

**社戲** 舊時農村社會迎神賽會等活動之中在廟前或空地上搭臺演出的戲。

**社會學** 研究人與人之間的社會關係或人與群體交往、影響的原因和結果，這種學科叫做社會學，是屬於人類行為科學的一個分支學科。

**社會工作** ①泛指處理社會事務的工作，尤指對慈善、公益、除害、救災、移風易俗與各種關於社會民生具體建設事項的倡導推行。②特指「社會福利事業」的工作而言。

**社會心理** 整個社會的共同心理，常常因為語言文字或風俗習慣而有不同。

**社會主義** 社會主義學說是由於反對英國產業（工業）革命之後混亂的社會經濟關係而形成的歐洲一些著作家的思想，主要是指摘資本主義生產方式所造成的不公正不平等以及不受控制的自由競爭。「社會主義」這個名詞最早在西元一八三〇年前後出現，到了十九世紀最後三分之一的時間匯成為馬克思主義運動，強調生產方式是歷史的決定因素，並自稱這種學說是科學的社會主義。後來馬克思的信徒，往往援引其著作的內容來支持完全相反的政治觀點，而且有不少非馬克思主義的社會主義派別，使歐洲的社會主義運動陷於無可挽回的分裂，各式各樣的政權，從極權主義的一黨專制國家到軍事獨裁制度，都宣布自己是實行社會主義。這時西歐的社會主義者正在放棄馬克思觀點而轉向福利國家制度，以擴大社會保險和其他社會福利措施等同於社會主義，但「福利國家之後將是什麼？」以及社會主義究竟如何發展，卻難以預言。

**社會地位** 指個人在社會制度中所處的地位以及隨之而來的權利和義務；先天的地位由性別、年齡、家庭關係和出生如何來決定，後天的地位可能和所受教育、職業、婚姻狀況有關。對社會地位通俗的說法是指威望、榮譽的高下程度，有時候泛指財富和權勢而言。

**社會制度** 社會的政治、經濟、文化傳統等制度的總稱。

**社會科學** 研究種種社會現象與社會問題的科學，凡不屬於自然科學的學科都可歸作社會科學；也稱作「人文科學」。

**社會風氣** 泛指社會上普遍流行的生活型態、行為準則與是非觀念而言。

**社會教育** 對社會上失學的人或想學習某一技能的人所實施的教育，又稱成人教育，與學校教育相對稱。政府在各地設立圖書館、體育場、文化中心、社會教育館，舉辦各種研習班、訓練班，目的都是推行社會教育。

**社會現象** ㄕㄜˋ ㄏㄨㄟˋ ㄒㄧㄢˋ ㄒㄧㄤˋ 指由社會關係表現的各種事實，像經濟、政治、風俗等。

**社會運動** ㄕㄜˋ ㄏㄨㄟˋ ㄩㄣˋ ㄉㄨㄥˋ 指任何一種由社會群體來發動、主張、提倡並進行某些舉動的事情，如政治改革運動、宗教運動等；社會思想家推崇某種概念、政治上的革命工作也都屬於社會運動性質。

**社會福利** ㄕㄜˋ ㄏㄨㄟˋ ㄈㄨˊ ㄌㄧˋ ①社會人群生活方面的福祉與利益。②指「社會福利事業」而言，包括社會公益服務與救濟工作，既是社會事業又是福利事業，其範圍與要求至今沒有普遍一致的說法。

**社鼠城狐** ㄕㄜˋ ㄕㄨˇ ㄔㄥˊ ㄏㄨˊ 図比喻仗勢作惡的人。社鼠是指藏在土地廟（社）裡的老鼠，城狐是指生在城牆洞穴裡的狐狸。也作「城狐社鼠」。

**社會教育館** ㄕㄜˋ ㄏㄨㄟˋ ㄐㄧㄠˋ ㄩˋ ㄍㄨㄢˇ 主持社會教育事業的機構，經常利用館地舉辦社教活動，如專題演講、討論、展覽、歌舞或戲劇表演等。

**祀（禩）** ㄙˋ 祭。如「祭祀」「祀祖」。

## 四筆

**祈** ㄑㄧˊ ㈠向神求福。如「祈福」「祈禱」。㈡請求。如「祈求」「敬祈光臨」。

**祈年** ㄑㄧˊ ㄋㄧㄢˊ 図向天神祈求風調雨順、年成豐收。

**祈求** ㄑㄧˊ ㄑㄧㄡˊ 請求。

**祈念** ㄑㄧˊ ㄋㄧㄢˋ 佛教徒的祈禱。

**祈望** ㄑㄧˊ ㄨㄤˋ 盼望，深切希望。

**祈請** ㄑㄧˊ ㄑㄧㄥˇ 請求。

**祈禱** ㄑㄧˊ ㄉㄠˇ 基督教、天主教、回教教徒最重要的行事，含有對神的請求、告訴、讚美、感謝等意。

**祈禳** ㄑㄧˊ ㄖㄤˊ 図向鬼神祭祀，祈禱解除災難或免除疫癘，驅除邪惡。

**祈使句** ㄑㄧˊ ㄕˇ ㄐㄩˋ 一般表示命令、請求、禁止或勸阻的句子屬於祈使句。例如「站起來。」（命令）「讓我看看吧！」（請求）「別去！」（禁止）「可千萬不能這麼做呀！」（勸阻）句末用句號或感嘆號。祈使句用下降語調，表示請求或勸阻的句子一般使用語氣詞。

**祇** ▲図ㄑㄧˊ ㈠土地神；也泛稱神。㈡大，如「神祇」「天神地祇」。〈易經〉有「無祇悔」。㈢平安。▲図ㄓˇ 恰，正好，簡直是。〈左傳〉有「祇見疏也」。〈史記〉有「祇取辱耳」「祇益禍耳」。▲ㄓˇ 僅僅；但。同「只」。

**祆** ㄒㄧㄢ 見「祆教」。

**祆教** ㄒㄧㄢ ㄐㄧㄠˋ 拜火教。源出波斯，南北朝時候傳入中國。唐朝會昌年間，與佛教同時被禁止，以後只有極少數信徒，逐漸消失。

**祉** 図ㄓˇ 幸福。如「社會之福祉」「台祉」。

**祅** ㄧㄠ 通「妖」。

## 五筆

**祕（秘）** ▲ㄇㄧˋ ㈠不能讓人知道的。如「隱祕」「祕密」。㈡難得一見的珍藏。如「祕籍」。㈢見「神祕」。

▲ㄅㄧˋ　㈠ㄇㄧˋ的又讀。㈡祕魯讀ㄅㄧˋ ㄌㄨˇ。

**祕文** ㄇㄧˋ ㄨㄣˊ ①図視為機密而不公開宣布的文件。②図珍藏罕見的文字。

**祕方** ㄇㄧˋ ㄈㄤ 不公開的藥方。

**祕史** ㄇㄧˋ ㄕˇ ①図在政治上祕而不宣的歷史記載。②指關於私人生活的隱祕事項（常偏重於道德方面）。

**祕本** ㄇㄧˋ ㄅㄣˇ 珍藏的罕見難得的圖書版本。

**祕辛** ㄇㄧˋ ㄒㄧㄣ 図①記載祕文的書籍。②通常也用作泛指隱蔽而罕為人知的事情。

**祕書** ㄇㄧˋ ㄕㄨ ①祕藏的書籍，原來指皇宮裡的。②讖緯圖籙等隱密的書。③政府的機密文書。④職官名，管理機要典籍、文件或起草文書的職官，現在公私機構有祕書長、祕書。⑤公司行號幫助主管處理文書，安排交際，接撥電話的職員。

**祕笈** ㄇㄧˋ ㄐㄧˊ 図祕密收藏的書籍。

**祕密** ㄇㄧˋ ㄇㄧˋ 不使人知道的事。

**祕訣** ㄇㄧˋ ㄐㄩㄝˊ 獨得的有效處理方法。

**祕藏** ㄇㄧˋ ㄘㄤˊ ①不讓人知道，祕密收藏起來。如「這些話一直祕藏在心裡，不對任何人說」。②指私祕的收藏品。如「這些難得的絕版書是他心愛的祕藏」。

**祕籍** ㄇㄧˋ ㄐㄧˊ 難得一見的書籍。

**祕而不宣** ㄇㄧˋ ㄦˊ ㄅㄨˋ ㄒㄩㄢ 保守祕密，不公開宣布。

**祕密結社** ㄇㄧˋ ㄇㄧˋ ㄐㄧㄝˊ ㄕㄜˋ 祕密組織團體。例如我國憲法規定人民有「祕密結社的自由」。

## 祓
図ㄈㄨˊ古人相信祭神可求福消災，叫「祓除不祥」。

## 祔
図ㄈㄨˋ㈠祭名，新死者與祖先合享的祭祀。㈡合葬。子孫葬入祖墳，叫祔葬。

## 祜
図ㄏㄨˋ幸福。〈詩經〉有「受天之祜」。

## 祛
図ㄑㄩ驅逐，除去。如「祛疑」「祛痰劑」。

**祛災** ㄑㄩ ㄗㄞ 図消除災害。

**祛除** ㄑㄩ ㄔㄨˊ 図除去，指對疾病、災害、邪惡與不祥事物的驅逐、排除。

**祛疑** ㄑㄩ ㄧˊ 図消除別人的疑心。

**祛痰劑** ㄑㄩ ㄊㄢˊ ㄐㄧˋ 使痰容易排出的藥劑。

## 祇
図ㄓ　恭敬的。如「祇請大安」「祇候光臨」。

**祇仰** ㄓ ㄧㄤˇ 図敬仰。

**祇奉** ㄓ ㄈㄥˋ 図敬奉。

**祇承** ㄓ ㄔㄥˊ 図（敬語）恭敬地承受。如「祇承關懷，無任感激」。

**祇候** ㄓ ㄏㄡˋ 図（書信上用的敬語）恭敬地問候。如「祇候大安」。

## 祝
ㄓㄨˋ㈠祈禱。如「祝福」。㈡對人對事稱說美好的願望。如「祝壽」「祝你健康」。㈢在廟裡管香火廟產的人叫「廟祝」。㈣図削斷。剃去頭髮叫「祝髮」。㈤「祝融」，火神。㈥姓。

**祝文** ㄓㄨˋ ㄨㄣˊ 祝詞，是祝賀或禱神的文辭。

**祝捷** ㄓㄨˋ ㄐㄧㄝˊ 慶祝勝利，祝賀得勝。

**祝詞** ㄓㄨˋ ㄘˊ 表達祝賀的言詞、文詞。

**祝賀** ㄓㄨˋ ㄏㄜˋ 慶賀。

**祝頌** ㄓㄨˋ ㄙㄨㄥˋ 對人表達好的願望與評價，祝賀與頌揚。

**祝嘏** ㄓㄨˋ ㄍㄨˇ 図原是為大人物祝壽，現在已成賀人壽辰的通稱。

**祝壽** ㄓㄨˋ ㄕㄡˋ 賀人生日。

**祝福** ㄓㄨˋ ㄈㄨˊ 求神賜福。

**祝髮** ㄓㄨˋ ㄈㄚˇ 図剃去頭髮（出家為僧尼）。

**祝融** ㄓㄨˋ ㄖㄨㄥˊ ①傳說中的遠古時代使用火的部落領袖。見〈路史〉。②火神的名字。

**神** ㄕㄣˊ ㈠宗教裡指天地跟萬物的主宰者。如「土地神」「天神」。㈡迷信的人所說的各種神仙。如「火神」「財神」。㈢玄妙不可思議。如「神祕」「神出鬼沒」。㈣不平凡的，特別高超的。如「神童」「神品」。㈤精力。如「精氣神兒」。㈥心力，注意力。如「費神」「聚精會神」。㈦特別尊嚴的。如「神聖」。㈧見「神經」。㈨姓。

**神力** ㄕㄣˊ ㄌㄧˋ 神奇的力量。

**神女** ㄕㄣˊ ㄋㄩˇ ①図女神。②妓女的雅稱。

**神化** ㄕㄣˊ ㄏㄨㄚˋ ①過分渲染誇大推崇而脫離實際，使人或事物變得有了一層高超出奇的偽裝。如「不能把事情說得那麼神化玄妙」。②把所崇拜的歷史人物尊奉為神或半神。

**神木** ㄕㄣˊ ㄇㄨˋ ①指稱山林間主幹特別粗大、樹齡特別長久的大樹。②陝西省縣名。

**神父** ㄕㄣˊ ㄈㄨˋ 天主教司鐸的別稱。司鐸的職責是照應教友的精神福祉，在精神上像教友的父親，所以稱神父。

**神主** ㄕㄣˊ ㄓㄨˇ 死人的靈牌。也作「木主」「神位」。

**神仙** ㄕㄣˊ ㄒㄧㄢ ①道家說得道的人能變化莫測的。②神。③形容人神采清逸脫俗，或因優游清閒而生的感覺。前者見〈後漢書·郭太傳〉，後者如「有書真富貴，無事似神仙」。

**神交** ㄕㄣˊ ㄐㄧㄠ 彼此仰慕卻沒見過面的交誼。

**神州** ㄕㄣˊ ㄓㄡ 我國古稱赤縣神州，以後簡稱我國為「神州」。

**神色** ㄕㄣˊ ㄙㄜˋ 臉色態度。

**神似** ㄕㄣˊ ㄙˋ 很像，非常相似。如「模仿人的表情不難，模仿得神似卻不容易」。

**神位** ㄕㄣˊ ㄨㄟˋ 為了祭祀、供奉用的神的牌位。如「祠堂裡有祖先神位」。

**神妙** ㄕㄣˊ ㄇㄧㄠˋ 微妙變化不定的意思。

**神巫** ㄕㄣˊ ㄨ 指巫師巫婆之類的人。

**神志** ㄕㄣˊ ㄓˋ 精神意識。

**神奇** ㄕㄣˊ ㄑㄧˊ 神妙奇特。

**神往** ㄕㄣˊ ㄨㄤˇ 心神懷念向往。如「故事裡的美好境界，描寫得使人神往」。

**神怪** ㄕㄣˊ ㄍㄨㄞˋ 奇異不容易了解或荒謬無稽的事物。

**神明** ㄕㄣˊ ㄇㄧㄥˊ ①指天地的神，同「神祇」。②図像神那樣聰明，形容人無所不知，無所不能。〈淮南子·兵略篇〉「神明者，先勝者也」。③図人的精神，同「神志」。如「神明開朗」。

**神武** ㄕㄣˊ ㄨˇ 聰明威武。

**神物** ㄕㄣˊ ㄨˋ ①神仙。②奇異罕見的物品。

**神社** ㄕㄣˊ ㄕㄜˋ ①古代指土地神的祭壇。見〈墨子·明鬼·下〉。②日本神道教的廟。

**神采** ㄕㄣˊ ㄘㄞˇ 從外表看到人的神情與光彩。如「選手們個個神采煥發」。

**神勇** ㄕㄣˊ ㄩㄥˇ 勇猛超越常人。

**神品** ㄕㄣˊ ㄆㄧㄣˇ 指製作技巧已經出神入化的中國書畫。

**神威** ㄕㄣˊ ㄨㄟ 神奇偉大的威力、威勢。如「他每次出戰，都能大展神威，克敵制勝」。

**神思** ㄕㄣˊ ㄙ ①聚精會神。②心思。

**神祇** ㄕㄣˊ ㄑㄧˊ 神的通稱。

**神座** ㄕㄣˊ ㄗㄨㄛˋ 比較規模寬大排場的神位。

**神悟** ㄕㄣˊ ㄨˋ 図（誇示）神奇敏捷的理解曉悟。

**神效** ㄕㄣˊ ㄒㄧㄠˋ 比喻非常有功效。

**神氣** ▲ㄕㄣˊ ㄑㄧˋ 精神。▲ㄕㄣˊ·ㄑㄧ ①面容的表情。②得意。如「今天比賽他得第一，難怪他神氣」。

**神祕** ㄕㄣˊ ㄇㄧˋ 不可思議。

**神情** ㄕㄣˊ ㄑㄧㄥˊ 顯露出來的臉色、態度。

**神術** ㄕㄣˊ ㄕㄨˋ 奇妙的技術。

**神通** ㄕㄣˊ ㄊㄨㄥ 本領，手段。

**神速** ㄕㄣˊ ㄙㄨˋ 非常迅速。

**神智** ㄕㄣˊ ㄓˋ ①精神智慧。②意識。

**神童** ㄕㄣˊ ㄊㄨㄥˊ 智商特別高的孩子。

**神傷** ㄕㄣˊ ㄕㄤ 精神受到刺激而痛苦頹喪。如「遭逢巨變，令人神傷」。

**神經** ㄕㄣˊ ㄐㄧㄥ ①神經纖維（nervous fiber）的簡稱。是人體主管知覺、運動的器官，也能聯絡各部器官相互的關係，有調和統一各種作用的能力，分布全身。②罵人神志不清的話。是「神經病」的簡語。

**神聖** ㄕㄣˊ ㄕㄥˋ ①古代說人非常聰明，精通萬理而妙用無窮。〈莊子．天道〉「夫巧知（ㄓˋ）神聖之人，吾自以為脫焉」。②帝王的尊稱。③指神靈。④至高無上不可侵犯輕視的意思。

**神話** ㄕㄣˊ ㄏㄨㄚˋ ①文學上說各國或各民族源自初民信仰而流傳至今的故事；這些故事往往以涉及超自然的情節來解釋某些自然的現象。如中國的「女媧補天」「夸父逐日」「后羿射日」「嫦娥奔月」等。②指像鬼神一樣荒誕不可信的言論或說法。

**神道** ▲ㄕㄣˊ ㄉㄠˋ 有關神鬼的事。▲ㄕㄣˊ·ㄉㄠ 精神很好的意思。如「孩子鬧了老半天，可真神道」。

**神遊** ㄕㄣˊ ㄧㄡˊ 図指精神或感覺上的、想像中的實地遊歷，往往是閱讀欣賞有關詩文之後得到的體會。

**神馳** ㄕㄣˊ ㄔˊ 図思念深切，心意嚮（ㄒㄧㄤˋ）往。

**神像** ㄕㄣˊ ㄒㄧㄤˋ ①死去的人的遺像。②神佛的畫像、塑像。

**神態** ㄕㄣˊ ㄊㄞˋ 神情儀態。如「神態從容」。

**神算** ㄕㄣˊ ㄙㄨㄢˋ 高明的計算。

**神魂** ㄕㄣˊ ㄏㄨㄣˊ 精神狀態。

**神器** ㄕㄣˊ ㄑㄧˋ ①神奇玄妙的器物。②図比喻帝位或政權。

**神壇** ㄕㄣˊ ㄊㄢˊ 安置著神位、神座的祭壇。

**神學** ㄕㄣˊ ㄒㄩㄝˊ 研究基督教教理的學科。

**神醫** ㄕㄣˊ ㄧ 稱醫術精妙的醫生。

**神韻** ㄕㄣˊ ㄩㄣˋ 風神氣韻。

**神麴** ㄕㄣˊ ㄑㄩˊ 中藥名，用小麥、赤小豆、杏仁等研末，和入青蒿、葈耳等汁，製成磚塊的形狀，可以作藥。

**神權** ㄕㄣˊ ㄑㄩㄢˊ 是說由神所賦予而絕對不可侵犯的權力；專制時代的帝王常這樣說。

**神龕** ㄕㄣˊ ㄎㄢ 供奉神的龕閣，龕閣裡安置神位牌或神像。

**神靈** ①神鬼。②図跟普通人不同。

**神鷹** ①猛禽類，產在南美山中，體長五六尺，兩翼展開有一丈四五尺。②比喻空軍。

**神主牌** 安放在死者神位的靈牌，寫著死者姓名來供奉祭祀。

**神風隊** 日本在第二次世界大戰使用自殺飛機攻擊同盟國海軍，這種機群號稱「神風隊」。

**神經病** ①神經受傷或發育不全，功能失常的病。②通常也指人言行失去常態的病症，與「精神病」混稱。③罵人思想舉動乖張的話。

**神經原** 又作「神經元」，也叫「神經細胞」。是構成脊椎動物與部分無脊椎動物的神經系統的基本細胞，能傳遞神經衝動。典型的神經細胞原由一個帶核的細胞體和兩根或兩根以上的長纖維（也就是細胞體上伸出的突起），成束的來自多數神經原的纖維由結締組織包繞形成神經。大型脊椎動物的某些神經原可長到幾千公分。感覺神經原把衝動從身體各部位的感受器（如眼或耳）傳遞到神經中樞；運動神經原把神經中樞傳遞到身體各部位的效感器（如肌肉）。

**神經痛** 隨神經徑路而發生劇痛的病症。

**神經質** 指人的神經過敏、情緒容易激動以及膽怯、多疑之類的性質。

**神道碑** 古時候設立在墓道前面記載死者事蹟的石碑，起始於漢代。

**神槍手** 槍擊非常迅捷準確的人。

**神學院** 基督教培養傳教士的學院。天主教的神學院在中文譯作「修道院」。在西方國家有些神學院設在普通大學裡，有的是獨立學院。

**神人共憤** 図死者（神）生者（人）一起憤怒不滿，形容對事態有極強烈的反對、抗拒。

**神工鬼斧** 比喻技藝精良，一般人力做不到的。也作「鬼斧神工」。

**神不守舍** 精神渙散不寧（「舍」指軀體）。如「突然的變局使人神不守舍，工作效率低落」。

**神乎其技** 讚嘆一種技能、技術的神奇奧妙的用語。如「現代電腦能夠自動學習與改正錯誤，與人下棋能贏，真是神乎其技」。

**神乎其神** 驚訝與讚嘆事態的極其玄妙不可理解。如「這麼嚴重的問題他居然輕易地就解決了，真是神乎其神」。

**神出鬼沒** 變化多端，不可揣測臆度（ㄉㄨㄛˋ）。

**神來之筆** 文藝家把握無意中捕捉的靈感，創造出超水準的作品，一般人會認為是神幫助他寫出來的。

**神差鬼使** 比喻某種行為的發生，好像是鬼神在暗中指使的樣子。

**神清氣爽** 形容神智清明、氣概爽朗的感覺。如「來了一場雷雨，悶熱全消，使人神清氣爽，格外舒暢」。也作「神清目爽」。

**神荼鬱壘** 中國門神名，左邊門上的是「神荼」，右邊門上的是「鬱壘」。

**神通廣大** 手段法術非常高妙。

**神經末梢** 指神經原的末端，能感受外來刺激（傳遞給神經中樞）並承受神經中樞的衝動（傳遞到各有關組織）。

**神經系統** 人類或高等動物體內由神經原組成的系統，包括中樞神經和末梢（周邊）神經。它有統一體內各種器官的運作，調節身體活動，並能隨機適應外在環境的功能。

**神經衰弱** 神經機能異常興奮或容易疲勞的病症。

**神經過敏** 比平常人多疑多懼的病。

**神經錯亂** 通常指說神經病或精神病的發作情況。

**神經戰術** 在軍事上利用宣傳、空襲等方法，使敵方軍民發生恐怖、疲勞種種心理上的變態現象，因而癱瘓，叫「神經戰術」。

**神經纖維** 神經原的細胞體上伸出的突起，這突起形成了長長的纖維狀，就是神經纖維；它的作用就是傳遞衝動：把衝動從神經原傳遞到中樞神經，或把衝動從神經中樞傳遞到身體各部位的神經原，衝動的傳遞過程是極迅速而且精確的。

**神道設教** 用禍福因果為論說，勸戒世人從善。〈易經〉有「聖人以神道設教」。

**神魂顛倒** 神志迷亂，失去常態。

**神機妙算** 形容人的機智高妙，謀略深遠周到，對事有先見之明，且能適應事態，隨機應變。

**神不知鬼不覺** 事情非常隱祕，別人完全不知道。

**神龍見首不見尾** 俗語，成語。用神龍的活潑，比喻人的行徑詭祕，使人無從完全理解；也比喻事態複雜而多變化，令人神駭目眩，看不清全部真相。

## 祖

ㄗㄨˇ ㈠爸爸媽媽的父親。如「祖父」「外祖」。㈡先代長輩的通稱。如「先祖父」「始祖」。㈢創始的人，在後世受人尊崇的。如「佛祖」（釋迦牟尼）「鼻祖」。㈣図沿襲，仿效。〈史記〉有「秦王必祖張儀之故智」。㈤図在人家出遠門兒之前，請他吃飯，給他送行，叫「祖餞」「祖道」。㈥姓。

**祖上** 祖先。

**祖父** 爸爸的父親。

**祖母** 爸爸的母親。

**祖先** 祖宗。

**祖考** 已故的祖父。

**祖宗** 口語稱已經去世的先代長輩。

**祖述** 図效法和遵循前人先輩的行為或學說。〈禮記・中庸〉有「仲尼祖述堯舜，憲章文武（周文王、武王）」。

**祖孫** 泛指祖父母和孫子女。

**祖師** ①創立宗派的人。②舊時工商行業稱他們這種行業的創始者。

**祖國** ①祖籍所在的國家。②僑居外國的人，稱祖籍國為「祖國」。

**祖帳** 図古代送人遠行在野外路旁搭帷帳，設酒筵餞別。詩文裡說「設祖帳」（見「祖」㈤）。

**祖產** 祖宗傳下的產業。

**祖傳** 歷代祖宗相傳下來的。

**祖業** 祖先留下的產業。

**祖道** 図古時候為遠行的人設宴祭祀路神，並飲宴送行。

**祖墳** 祖先的墳墓。

**祖廟** ㄗㄨˇ ㄇㄧㄠˋ 供奉祖先牌位的祠堂。

**祖德** ㄗㄨˇ ㄉㄜˊ 図祖先的美好德行，觀念上是後代子孫賴以蔭庇受惠並且加以仰慕傳承的。

**祖餞** ㄗㄨˇ ㄐㄧㄢˋ 図也作「祖道」。請要出遠門兒的人吃飯，給他送行。

**祖籍** ㄗㄨˇ ㄐㄧˊ 原籍，指歷代家居的地方。

**祖母綠** ㄗㄨˇ ㄇㄨˇ ㄌㄩˋ 鮮綠色的變種綠柱石，是非常名貴的寶石。現在南美祕魯、歐洲奧地利與挪威、美國北卡羅萊納州都是祖母綠產地。祖母綠所以有異常珍貴的顏色大概是由於含有少量鉻的緣故。人工合成的祖母綠在紫外光照射下會發出深紅色螢光，天然的寶石不會。名稱取自阿拉伯文或波斯文 zumurrud 的譯音。

**祖師爺** ㄗㄨˇ ㄕ ㄧㄝˊ 民間一般人對祖師（尊稱本行業的創始者）的稱呼。（多加個「爺」字說起來更顯得有親切尊崇之感。）

**祖師禪** ㄗㄨˇ ㄕ ㄔㄢˊ 佛教名詞。指禪宗第六代祖師慧能所開創的「頓悟禪」。祖師主張「不立文字，教外別傳」。祖師與祖師之間，以心印心，才能傳承。

**祖先崇拜** ㄗㄨˇ ㄒㄧㄢ ㄔㄨㄥˊ ㄅㄞˋ 指稱對自己祖先奉為神靈的崇拜。祖先崇拜在人類社會史上有很多記載。中國和日本的祖先崇拜是典型的，實際上是表示尊敬祖先。中國敬祖源於遠古並注重於家系綿延；孔子講究孝道；家族之間的團結以宗祠供奉共同祖先而加強。

**祖沖之周率** ㄗㄨˇ ㄔㄨㄥ ㄓ ㄓㄡ ㄌㄩˋ 我國南北朝時期的科學家祖沖之（西元四二九－五〇〇）計算出圓周率 $\pi$ 的數值在三・一四一五九二六和三・一四一五九二七之間（準確度達到小數點後六位），並提出圓周約率是 22/7（≈3.14），密率是 355/113（≈3.1415926），這就是特殊有名的「祖沖之周率」，得出密率值比歐洲早了一千多年。（密率 355/113 在西元一五七三年才由德國奧圖算出）。祖沖之，字文遠，范陽（今河北省淶源縣）人，有數學著作，並通天文，曾精修曆法。

**祚** 図ㄗㄨㄛˋ ㈠福氣。〈左傳〉有「天祚明德」。㈡古時指皇帝位。〈史記〉有「卒踐帝祚」。跟「阼」通。

**祠** ㄘˊ ㈠供奉祖先神位的家廟。如「宗祠」「祠堂」。㈡供奉鬼神或有功德的人的廟。如「土地祠」「忠烈祠」。㈢図春祭叫祠。〈漢書〉有「祠黃帝、老子」。

**祠堂** ㄘˊ ㄊㄤˊ 供奉祖先或先賢、烈士的廟。

**祟** ㄙㄨㄟˋ ㈠迷信的人說鬼怪害人的事，也指鬼怪說。㈡比喻暗中破壞。如「從中作祟」。㈢做事不光明。如「鬼鬼祟祟」。

**祘** ㄙㄨㄢˋ ㈠計算數目。㈡「算」的簡寫。

**祐** ㄧㄡˋ 迷信的人求神明扶助。如「庇祐」「默祐」。

**祐助** ㄧㄡˋ ㄓㄨˋ 保祐和扶助。常指上天和神靈的輔助。

## 六筆

**票** ㄆㄧㄠˋ ㈠憑證，證券。如「鈔票」「支票」。㈡宗叫一票。如「今天這一票生意做不成了」。㈢匪徒稱被綁的人。如「綁票（兒）」。㈣図見「票騎」。

**票子** ㄆㄧㄠˋ ˙ㄗ 紙幣。

**票亭** ㄆㄧㄠˋ ㄊㄧㄥˊ 專設作售票（門票、車票之類）處所的亭子。

**票面** ㄆㄧㄠˋ ㄇㄧㄢˋ 有價證券上所標示的錢數。

**票根** ㄆㄧㄠˋ ㄍㄣ 各種票據的存根。

**票匭** ㄆㄧㄠˋ ㄍㄨㄟˇ 投票的箱子或櫃子。

**票源** ㄆㄧㄠˋ ㄩㄢˊ 指選舉時可能投贊成票的人。

**票價** ㄆㄧㄠˋ ㄐㄧㄚˋ 憑證用的有價證券印的銀錢數目或定的價格。

**票數** ㄆㄧㄠˋ ㄕㄨˋ ①票（各種票證）的多少計數。如說車票數、戲票數等。②指選舉票的票數，如選舉開始發出的選票票數，票箱取出的票數，統計得票多寡的票數等。

**票據** ㄆㄧㄠˋ ㄐㄩˋ 匯票、支票、本票等證券的總稱。

**票選** ㄆㄧㄠˋ ㄒㄩㄢˇ 用投票的方式選舉。（與舉手選舉、按鈕選舉、起立選舉等方式相對稱。）

**票額** ㄆㄧㄠˋ ㄜˊ 有價證券票面上所標明的金額。

**票騎** ㄆㄧㄠˋ ㄐㄧˋ 〔文〕同「驃騎」，漢朝時候高級將軍的名號。

**票友兒** ㄆㄧㄠˋ ㄧㄡˇ ㄦ 業餘的戲劇演員。

**票房兒** ㄆㄧㄠˋ ㄈㄤˊ ㄦ ①售票處。②票友排練國劇的處所。

**票據法** ㄆㄧㄠˋ ㄐㄩˋ ㄈㄚˇ 政府制定的有關票據的諸種事項的法律。

**票房價值** ㄆㄧㄠˋ ㄈㄤˊ ㄐㄧㄚˋ ㄓˊ 電影戲劇演出時的成績。

**票據交換所** ㄆㄧㄠˋ ㄐㄩˋ ㄐㄧㄠ ㄏㄨㄢˋ ㄙㄨㄛˇ 一般指稱銀行票據交易所，是簡化和便利支票、匯票及中短期庫券的交換並結算票據上貸借關係的金融機構。

## 祧

ㄊㄧㄠ ㈠古代祭拜遠祖的廟叫「宗祧」。㈡繼承先代的人。有「承祧」「兼祧」（一個人繼承上代的兩房先人）。

## 祫

〔文〕ㄒㄧㄚˊ 古時在太廟合祭遠祖，有「三歲一祫」的禮法。

## 祥

ㄒㄧㄤˊ ㈠福，善。如「吉祥」「祥瑞」。㈡吉凶的預兆。如「不祥之兆」。㈢古喪祭名，父母之喪滿兩年叫「小祥」，滿三年叫「大祥」。

**祥雲** ㄒㄧㄤˊ ㄩㄣˊ 有祥瑞之氣的雲彩。大都在描寫「仙」「佛」時候用的。

**祥瑞** ㄒㄧㄤˊ ㄖㄨㄟˋ 吉利的徵象。

**祥麟威鳳** ㄒㄧㄤˊ ㄌㄧㄣˊ ㄨㄟ ㄈㄥˋ 〔文〕「祥麟」指麒麟，「威鳳」指鳳凰。古代傳說麟鳳都是代表吉祥，若非太平盛世就難得一見，所以詩文裡用「祥麟威鳳」指說盛世，也用來比喻非常難得的人才。

## 祭

▲ㄐㄧˋ 拜鬼神，或對死去的人表示哀悼或致敬的儀式。如「祭祀」「公祭」。▲ㄓㄞˋ 姓。

**祭文** ㄐㄧˋ ㄨㄣˊ 祭祀時向死去的人宣讀的文詞。

**祭司** ㄐㄧˋ ㄙ 〔外〕宗教（基督教以外的）祭典稱主持或監管祭祀者。

**祭灶** ㄐㄧˋ ㄗㄠˋ 民俗以臘月二十三（四）日為灶神上天的日子，這一天祭灶，希望灶神在天上替住戶說好話。灶也寫作竈。

**祭祀** ㄐㄧˋ ㄙˋ 敬拜死去的祖先或鬼神。

**祭品** ㄐㄧˋ ㄆㄧㄣˇ 祭祀神明供（ㄍㄨㄥ）奉祖先所用的物品。

**祭酒** ㄐㄧˋ ㄐㄧㄡˇ 〔文〕①古代餐宴時候斟酒祭神的長者。後來也泛稱年長的人或地位尊貴的人。②古時的學官有「祭酒」的官位。漢代「博士祭酒」，是居首位的博士。西晉改設「國子祭酒」，隋唐以後稱「國子監祭酒」，是國子監的主管官，到清末才廢止。

**祭神** ㄐㄧˋ ㄕㄣˊ 泛指對天神、百神致祭。〈論語〉有「祭神如神在」。

**祭祖** ㄐㄧˋ ㄗㄨˇ 對祖先的神靈致祭。

**祭掃** ㄐㄧˋ ㄙㄠˇ 掃墓。

**祭奠** ㄐㄧˋ ㄉㄧㄢˋ 拜鬼神或死人時候，獻上祭品的禮儀。

**祭壇** ㄐㄧˋ ㄊㄢˊ 祭臺，用以設置神位、陳列祭器祭品等。

**祭禮** ㄐㄧˋ ㄌㄧˇ ①祭祀、祭奠的儀式。②為祭祀或祭奠所用的禮品。

## 七筆

**祲** 図ㄐㄧㄣ 古人說的「陰陽二氣相侵」，形成象徵不祥的「妖氣」。

## 八筆

**祿** ㄌㄨˋ ㈠福，善。如「受祿于天」。㈡古時稱官吏的俸給。如「俸祿」。㈢図人死說「不祿」。㈣図火災說「回祿之災」。㈤姓。

**祿位** ㄌㄨˋ ㄨㄟˋ 図俸祿和官職。

**祿命** ㄌㄨˋ ㄇㄧㄥˋ 図古時指稱人的祿食命運。祿，指盛衰興廢；命，指富貴貧賤。

**祿蠹** ㄌㄨˋ ㄉㄨˋ 図一味追求升官發財的人。

**祼** 図ㄍㄨㄢˋ ㈠祭神時把酒灑在地上。㈡古時賓主酌酒獻酬。

**禁** ▲ㄐㄧㄣˋ ㈠避諱，忌諱。如「百無禁忌」。㈡制止。如「禁止」「禁倒垃圾」。㈢拘押。如「監禁」「關禁閉」。㈣法律或習慣所不許的行為。如「犯禁」「入國問禁」。㈤從前把皇宮叫「宮禁」，保護皇帝的軍隊叫「禁衛軍」。㈥図見「禁臠」。▲ㄐㄧㄣ ㈠力量擔當得起。如「禁得起風吹日晒」「弱不禁風」。㈡耐得住。如「衣服禁穿」「糖很禁吃」。

**禁止** ㄐㄧㄣˋ ㄓˇ 制止。

**禁令** ㄐㄧㄣˋ ㄌㄧㄥˋ 禁止某種行為的法令。

**禁用** ▲ㄐㄧㄣˋ ㄩㄥˋ 不准用。▲ㄐㄧㄣ ㄩㄥˋ 耐用。

**禁吃** ㄐㄧㄣ ㄔ 耐吃，可以吃很久。

**禁地** ㄐㄧㄣˋ ㄉㄧˋ 一般人不准隨便出入的地方。

**禁忌** ㄐㄧㄣˋ ㄐㄧˋ 有關人倫與生活之中傳統上不可違犯的準則。如表親不可結婚，回教徒不可吃豬肉等。

**禁見** ㄐㄧㄣˋ ㄐㄧㄢˋ 為了防止串供或發生影響審訊的事，對收押的犯人禁止接見任何人探監。

**禁足** ㄐㄧㄣˋ ㄗㄨˊ 對犯小過失者的一種使其悔過的懲罰，規定在某一時段限制其活動範圍，例如軍中假日禁足不許離開營區之類。

**禁例** ㄐㄧㄣˋ ㄌㄧˋ 禁止的條例。

**禁制** ㄐㄧㄣˋ ㄓˋ 禁止。

**禁受** ㄐㄧㄣ ㄕㄡˋ 承受，忍受。如「禁受了許多艱難困苦」。

**禁押** ㄐㄧㄣˋ ㄧㄚ 拘禁。

**禁物** ㄐㄧㄣˋ ㄨˋ 違禁品。

**禁阻** ㄐㄧㄣˋ ㄗㄨˇ 禁止，阻止，不許，不准。

**禁城** ㄐㄧㄣˋ ㄔㄥˊ 帝王宮殿所在的內城。

**禁律** ㄐㄧㄣˋ ㄌㄩˋ 對某種事情或行為予以禁止的法律或規定。

**禁軍** ㄐㄧㄣˋ ㄐㄩㄣ 「禁衛軍」的簡稱。

**禁食** ㄐㄧㄣˋ ㄕˊ 不准進飲食，一般在醫療取血檢驗之前或內臟手術之後，要求禁食。

**禁書** ㄐㄧㄣˋ ㄕㄨ　禁止刊行、閱讀和收藏的書。

**禁煙** ㄐㄧㄣˋ ㄧㄢ　①禁止吸食鴉片。②禁止吸香菸。

**禁區** ㄐㄧㄣˋ ㄑㄩ　禁地的區域，不准人隨便出入的地區。

**禁屠** ㄐㄧㄣˋ ㄊㄨˊ　禁止宰殺牲畜（ㄔㄨˋ）。

**禁條** ㄐㄧㄣˋ ㄊㄧㄠˊ　禁例。

**禁欲** ㄐㄧㄣˋ ㄩˋ　抑制性慾，或抑制某些享受的欲望；往往是宗教方面所講究的。

**禁閉** ㄐㄧㄣˋ ㄅㄧˋ　一種處罰，使犯過的人關在禁閉室內反省。也說「關禁閉」。

**禁絕** ㄐㄧㄣˋ ㄐㄩㄝˊ　徹底禁止。

**禁運** ㄐㄧㄣˋ ㄩㄣˋ　（國際間）禁止向某國輸出或輸入某些商品或物資。

**禁衛** ㄐㄧㄣˋ ㄨㄟˋ　①古時指保衛京城或宮廷，現在也指保衛重要地點、地區。如「禁衛森嚴」。②指「禁衛軍」。

**禁錮** ㄐㄧㄣˋ ㄍㄨˋ　図禁止，封閉，不許受禁錮者出任公務員。

**禁藥** ㄐㄧㄣˋ ㄧㄠˋ　禁止使用的藥物。

**禁臠** ㄐㄧㄣˋ ㄌㄨㄢˊ　図原意是「除了天子以外，別人不能吃的肉」，引伸為「他人不得染指的人或物」。又引伸作珍貴的禮物。

**禁不住** ㄐㄧㄣ ㄅㄨˋ ㄓㄨˋ　不字輕讀。承受不住，忍受不住。如「禁不住三句好話一說，他就完全原諒對方的冒犯」。

**禁不起** ㄐㄧㄣ ㄅㄨˋ ㄑㄧˇ　不字輕讀。受不了（ㄌㄧㄠˇ）。

**禁治產** ㄐㄧㄣˋ ㄓˋ ㄔㄢˇ　法律上對於心神喪失者禁止其經營財產。受這種判定的人稱為「禁治產人」。

**禁得住** ㄐㄧㄣ ㄉㄜˊ ㄓㄨˋ　承受得住。

**禁得起** ㄐㄧㄣ ㄉㄜˊ ㄑㄧˇ　承受得了（ㄌㄧㄠˇ）。如「禁得起嚴格的磨鍊與考驗」。

**禁煙節** ㄐㄧㄣˋ ㄧㄢ ㄐㄧㄝˊ　為禁止吸食鴉片之類有害健康的毒品而訂定的節日，以加強宣傳倡導，實施禁止。我國規定每年六月三日是禁煙節。

**禁衛軍** ㄐㄧㄣˋ ㄨㄟˋ ㄐㄩㄣ　舊時皇帝的衛兵。也叫「羽林軍」。簡稱「禁軍」。

**祺**　図ㄑㄧˊ　㈠吉祥。㈡安泰。寫信時常有「敬頌文祺」「順候時祺」的用語。

## 九筆

**禖**　ㄇㄟˊ　古時祭神求子，以及求子所祭的神都叫「禖」。

**福**　ㄈㄨˊ　㈠生活快樂，身體健康，長命而子孫都發達，這些能使人心滿意足的事都叫福。如「幸福」「福祿壽考」。㈡好的。如「福地」「福音」。㈢幸運的。如「福將」。㈣祭祀用的酒肉，叫「福物」「福酒」。㈤從前婦女行禮，把兩手放在腰部合拳敬拜，叫「萬福」，簡單說成了「福了一福」。㈥福建省的簡稱（福建產的橘子叫「福橘」，桂圓叫「福圓」）。㈦図庇佑輔助。如「天道福善禍淫」。㈧姓。

**福分** ㄈㄨˊ ㄈㄣ　分字輕讀。相信宿命論者所說的人生命中註定應得的享用。

**福地** ㄈㄨˊ ㄉㄧˋ　安樂的地方。

**福利** ㄈㄨˊ ㄌㄧˋ　①幸福和利益。②公私機構替本機構所有員工個人謀求的利益。

**福星** ㄈㄨˊ ㄒㄧㄥ　①從前指為民造福的官吏；現在指說會給人幸福吉祥的星宿。祝頌常用的話有「一路福星（祝人旅途平安）」。②古人稱木星為歲星，說木星所在的地方有福，所以又叫「福星」。

**福相** ㄈㄨˊ ㄒㄧㄤˋ 有福氣的相貌。

**福音** ㄈㄨˊ ㄧㄣ ①好消息或有益處的言論。②基督徒把新約聖經叫「福音」。

**福氣** ㄈㄨˊ ㄑㄧˋ 氣字輕讀。①福分。②有福。

**福澤** ㄈㄨˊ ㄗㄜˊ 図福氣。

**福利社** ㄈㄨˊ ㄌㄧˋ ㄕㄜˋ 廉價供應本機關員工日常用品的單位。

**福如東海** ㄈㄨˊ ㄖㄨˊ ㄉㄨㄥ ㄏㄞˇ 通俗的祝頌用語，意思是祝人福氣像東海那麼浩大廣闊。常常跟「壽比南山」合在一起作祝壽用語。

**福至心靈** ㄈㄨˊ ㄓˋ ㄒㄧㄣ ㄌㄧㄥˊ 幸福到來時，心思就靈敏起來。

**福無雙至** ㄈㄨˊ ㄨˊ ㄕㄨㄤ ㄓˋ 指說幸運的事情罕見而寶貴。俗諺常常跟「禍不單行」連在一起說，來使人警惕，好好安排自己的生活。

**福壽康寧** ㄈㄨˊ ㄕㄡˋ ㄎㄤ ㄋㄧㄥˊ 祝頌人幸福長壽健康安寧的成語。〈尚書・洪範〉：「五福：一曰壽，二曰富，三曰康寧，四曰攸好德，五曰考終命。」

## 禍

ㄏㄨㄛˋ ㈠災害殃咎的總稱。如「禍患」「惹禍」。㈡為害，損害。如「禍國殃民」「這個孩子隨手損毀東西，真是個禍害」。

**禍水** ㄏㄨㄛˋ ㄕㄨㄟˇ 古時原指皇帝身邊很得寵卻敗壞國家的女性。西漢成帝的妃子趙飛燕，有個妹妹合德很美，很受寵愛。有人告訴成帝，「此禍水也，滅火必矣」。五行家說漢「以火德王」，趙合德受寵，必使漢朝滅亡，如水滅火。後來泛稱害人的東西為禍水。

**禍心** ㄏㄨㄛˋ ㄒㄧㄣ 幹壞事作禍亂的念頭。如「這些歹徒不務正業，包藏禍心」。

**禍事** ㄏㄨㄛˋ ㄕˋ ①會引起不良後果的、肇禍的事情。②泛指災禍、禍亂。

**禍殃** ㄏㄨㄛˋ ㄧㄤ 災禍，禍害。

**禍胎** ㄏㄨㄛˋ ㄊㄞ 禍害的苗頭和根源。

**禍首** ㄏㄨㄛˋ ㄕㄡˇ 釀成禍患，引起災害的主要人物。

**禍害** ▲ㄏㄨㄛˋ ㄏㄞˋ 災害。▲ㄏㄨㄛˋ ㄏㄞ 加害或損毀。如「這孩子就喜歡禍害花兒」。

**禍根** ㄏㄨㄛˋ ㄍㄣ 禍患的根源。

**禍祟** ㄏㄨㄛˋ ㄙㄨㄟˋ 指邪惡鬼祟帶來不正當的災禍。

**禍患** ㄏㄨㄛˋ ㄏㄨㄢˋ 災害。

**禍亂** ㄏㄨㄛˋ ㄌㄨㄢˋ 泛指災禍、變亂。

**禍不單行** ㄏㄨㄛˋ ㄅㄨˋ ㄉㄢ ㄒㄧㄥˊ 指禍事往往連續不斷的發生；也含有提醒人注意防範的意思。

**禍起蕭牆** ㄏㄨㄛˋ ㄑㄧˇ ㄒㄧㄠ ㄑㄧㄤˊ 禍患起於內部或紛亂起於家庭。〈論語・季氏〉「吾恐季氏之憂，不在顓臾，而在蕭牆之內也」。

**禍國殃民** ㄏㄨㄛˋ ㄍㄨㄛˊ ㄧㄤ ㄇㄧㄣˊ 指政治上的壞人壞事，使國家受害，人民遭殃。

**禍從口出** ㄏㄨㄛˋ ㄘㄨㄥˊ ㄎㄡˇ ㄔㄨ 言語不慎足以惹禍。常常跟「病從口入」搭配在一起說，是警惕的話。

**禍棗災梨** ㄏㄨㄛˋ ㄗㄠˇ ㄗㄞ ㄌㄧˊ 古時刻書版用棗木梨木雕製（因為木質堅硬），所以稱濫刻無用的書是「禍棗災梨」。也作「災梨禍棗」。

**禍福同門** ㄏㄨㄛˋ ㄈㄨˊ ㄊㄨㄥˊ ㄇㄣˊ 意思同「禍福無門」。

**禍福相倚** ㄏㄨㄛˋ ㄈㄨˊ ㄒㄧㄤ ㄧˇ 意思同「禍福倚伏」。

**禍福倚伏** ㄏㄨㄛˋ ㄈㄨˊ ㄧˇ ㄈㄨˊ 図成語。指說禍福相因，往往福因禍生，而禍藏於福；比喻好事、壞事互相依存，處世須善為適應。〈老子〉書與〈史記・賈誼傳〉都有「禍兮福所倚，福兮禍所伏」的話。

**禍福無門** ㄏㄨㄛˋ ㄈㄨˊ ㄨˊ ㄇㄣˊ [文]比喻是禍是福並非命定的，人要好好把握自己的行為，謹慎小心，謀福，免禍。〈左傳〉有「禍福無門，唯人自召」。

**禎** ㄓㄣ 吉祥。如「禎祥」。又讀ㄓㄥ。

**禎祥** ㄓㄣ ㄒㄧㄤˊ 吉兆。

**禊** [文]ㄒㄧˋ 古人在春秋兩季，到水邊去「祓除不祥」的一種祭禮。

**禕** [文]ㄧ 美好。珍貴。

**禋** [文]ㄧㄣ 心意誠敬的祭祀，叫「潔禋」。

## 十筆

**禛** [文]ㄓㄣ 誠心能受福佑的意思。

**禡** [文]ㄇㄚˋ 古時出兵，到了一個地方必須祭當地的神，叫「禡」。

**禡牙** ㄇㄚˋ ㄧㄚˊ 古時候出兵所行的祭旗禮。（牙指軍前大旗，「牙旗」。）

**禚** ㄓㄨㄛˊ (一)古地名，在山東省長清縣境。(二)姓。

## 十一筆

**禦** ㄩˋ (一)抵抗。如「防禦工事」「禦寒」。(二)[文]敵人。如「不畏強禦」。

**禦侮** ㄩˋ ㄨˇ [文]抵抗外來的侵略跟侮辱。

**禦寒** ㄩˋ ㄏㄢˊ 抵擋寒冷。如「這件毛衣太薄，不能禦寒」。

**禦敵** ㄩˋ ㄉㄧˊ [文]抵抗敵人。

## 十二筆

**禧** ㄒㄧ 福，吉祥。如「恭賀新禧」。又讀ㄒㄧˇ。

**禪** ▲ㄔㄢˊ (一)佛經說「思慮澄靜」的意思，所以和尚打坐叫「坐禪」。(二)泛稱有關佛教的事。如「禪師」「禪院」。▲[文]ㄕㄢˋ (一)清除場地，作為祭祀的場所。如「封禪」。(二)古時帝王傳位給賢者。如「禪位」「禪讓」。

**禪七** ㄔㄢˊ ㄑㄧ 佛教界有的提倡一連七天的禪定修行，稱為「禪七」。

**禪心** ㄔㄢˊ ㄒㄧㄣ 佛教用語，稱清靜寂定的心境。

**禪寺** ㄔㄢˊ ㄙˋ 僧院。也作「禪院」「禪林」。

**禪位** ㄕㄢˋ ㄨㄟˋ 帝王禪讓，把帝位讓給別人。

**禪杖** ㄔㄢˊ ㄓㄤˋ 和尚所拿的杖。

**禪定** ㄔㄢˊ ㄉㄧㄥˋ 「安靜而止息雜慮」的意思，是佛教修行方法之一；以為靜坐斂心，專注一境，達到身心「輕安」和「觀照明淨」的狀態，就成了禪定。

**禪宗** ㄔㄢˊ ㄗㄨㄥ 佛教宗派名。印度高僧菩提達摩於南朝梁武帝時來中國，在嵩山少林寺面壁九年，傳〈楞伽經〉給慧可（二祖），開創禪宗。到了唐朝，第五代祖師弘忍的兩個弟子神秀、慧能分別在大江南北傳教，確定漸悟與頓悟，才使禪宗大興。

**禪林** ㄔㄢˊ ㄌㄧㄣˊ 佛教寺院（因為寺院常是建造在深山叢林的地方）。

**禪房** ㄔㄢˊ ㄈㄤˊ 和尚住的地方。

**禪門** ㄔㄢˊ ㄇㄣˊ 佛教用語。指說禪宗的教門，也就是指禪宗修行的寺廟。

**禪師** ㄔㄢˊ ㄕ 和尚的尊稱。

**禪學** ㄔㄢˊ ㄒㄩㄝˊ 佛教名詞「禪觀之學」的簡語，是魏晉時期與「般若（ㄅㄛ ㄖㄜˇ）學」並行的佛學兩大派別之一。最初主張默坐專念，講究「心專一境」的禪學流行於北方，與南方偏重般若理論之學相對立；隋朝時候天台宗與三論宗提倡「定慧雙修」才把兩派統一了。

**禪機** ㄔㄢˊ ㄐㄧ 佛教名詞。禪宗認為悟道者授徒的一言一行都含「機要祕訣」，予人啟示，令其觸機生解。也有人把「悟入禪定的關竅」叫禪機。

**禪讓** ㄕㄢˋ ㄖㄤˋ 古時天子把帝位讓給別人，像堯讓給舜，舜讓給禹。也作「禪位」。

## 十三筆

**禮（礼）** ㄌㄧˇ ㈠程序莊肅的一種儀式。如「禮儀」「典禮」。㈡規規矩矩的態度。如「禮節」「禮貌」。㈢表示敬意。如「禮賢下士」「敬禮」。㈣表示敬意的贈品。如「送禮」「禮物」。㈤周禮、儀禮、禮記這三部書叫「三禮」。

**禮生** ㄌㄧˇ ㄕㄥ 舉行祭典時候贊禮的司儀。

**禮成** ㄌㄧˇ ㄔㄥˊ 儀式結束，禮畢。

**禮兒** ㄌㄧˇ ㄦ ①禮貌。②禮物。如「送了禮兒去」。

**禮券** ㄌㄧˇ ㄑㄩㄢˋ 商店發行的送禮用的證券，可以向發行的商店換取商品。

**禮制** ㄌㄧˇ ㄓˋ 國家規定的禮法。

**禮服** ㄌㄧˇ ㄈㄨˊ 在典禮時穿的衣服。

**禮法** ㄌㄧˇ ㄈㄚˇ 禮儀和法度。

**禮治** ㄌㄧˇ ㄓˋ 是先秦儒家的政治思想，主張用禮制維護名位，不得僭越，對人民也要「齊之以禮」，使國家安寧，民生安樂。

**禮物** ㄌㄧˇ ㄨˋ 餽贈的物品。也作「禮品」。

**禮花** ㄌㄧˇ ㄏㄨㄚ 舉行慶禮時候放的煙火（放花），通稱「禮花」。

**禮金** ㄌㄧˇ ㄐㄧㄣ 致送現金，用錢作禮物，稱作「禮金」。

**禮俗** ㄌㄧˇ ㄙㄨˊ 泛指結婚、喪祭、節日喜慶等一般社會交往的禮節習俗。

**禮品** ㄌㄧˇ ㄆㄧㄣˇ 泛指各種禮物。

**禮拜** ㄌㄧˇ ㄅㄞˋ ①回教徒、基督徒把向神行敬拜禮叫「禮拜」。回教有禮拜寺，基督教有禮拜堂。②基督徒在星期日要去教堂頌讚上帝，因此把星期日叫「禮拜日」「禮拜天」。一個星期也就叫一個「禮拜」。

**禮砲** ㄌㄧˇ ㄆㄠˋ 國家有大典，或是迎送外國貴賓時，表示敬禮所放的砲。

**禮記** ㄌㄧˇ ㄐㄧˋ 我國儒家的經典之一。現在流傳下來的是西漢人戴聖編定的，共四十九篇，是先秦舊籍選集成的，有東漢鄭玄的「注」與唐代孔穎達的「正義」，是研究古代社會與文物制度的參考書。（也稱「小戴禮記」以與戴德所編的「大戴禮記」相區別。）

**禮堂** ㄌㄧˇ ㄊㄤˊ 舉行典禮的廳堂。

**禮教** ㄌㄧˇ ㄐㄧㄠˋ ①我國古代帝王所制定的禮法條規和道德標準，用以鞏固統治安定社稷。②指說「禮」的教育。〈禮記・經解篇〉有「恭儉莊敬，禮教也。」

**禮畢** ㄌㄧˇ ㄅㄧˋ 舉行典禮完畢，由主持人或司儀宣告。

**禮盒** ㄌㄧˇ ㄏㄜˊ 裝在盒子裡配置好的各種應時禮品，是為圖顧客方便的商品。

**禮部** ㄌㄧˇ ㄅㄨˋ 古時的官署名稱。南北朝的北周時候開始設立，隋朝唐朝列為六部之一，主掌禮儀、祭祀、貢舉等政事。清末廢部，改設典禮院。

**禮單** ㄌㄧˇ ㄉㄢ ①載明禮節的單子。②寫明禮物的名目跟件數的單子。

**禮帽**（ㄌㄧˇ ㄇㄠˋ） 舉行典禮時所戴的帽子。

**禮聘**（ㄌㄧˇ ㄆㄧㄣˋ） 用合乎禮節而敬重的方式（例如專程拜訪或給予重金、高位等）聘請。

**禮節**（ㄌㄧˇ ㄐㄧㄝˊ） 禮制的儀式。口語常說「禮數（兒）」。

**禮遇**（ㄌㄧˇ ㄩˋ） 尊敬有禮的待遇。如「他受到相當的禮遇，所以工作很勤快」。

**禮貌**（ㄌㄧˇ ㄇㄠˋ） 表示恭敬的儀容。

**禮儀**（ㄌㄧˇ ㄧˊ） 表示敬禮的儀式。

**禮數**（ㄌㄧˇ ㄕㄨˋ） ①一般泛指禮節、禮貌。②指古代按名位而分的禮儀等級。

**禮器**（ㄌㄧˇ ㄑㄧˋ） ①泛指古代貴族在祭祀、喪葬、朝聘、征伐、宴饗和婚冠等禮儀中使用的器皿，如青銅器的鼎、簋、觚、豆、鐘、鎛等。②古書裡特指祭器（祭祀所使用的器皿）。

**禮贊**（ㄌㄧˇ ㄗㄢˋ） ①以尊敬的心意加以贊揚。②佛教說禮拜「佛、法、僧」三寶，頌揚經文，是「禮贊」。

**禮讓**（ㄌㄧˇ ㄖㄤˋ） 表示禮貌的謙讓。如「行車相禮讓，一路定平安」。

**禮拜寺**（ㄌㄧˇ ㄅㄞˋ ㄙˋ） 回教寺院。

**禮拜堂**（ㄌㄧˇ ㄅㄞˋ ㄊㄤˊ） 基督徒崇拜上帝的教堂。

**禮路兒**（ㄌㄧˇ ㄌㄨˋ ㄦ） 路字輕讀。禮貌。

**禮尚往來**（ㄌㄧˇ ㄕㄤˋ ㄨㄤˇ ㄌㄞˊ） 在禮節上彼此講究有來有往，不是單向權利義務。

**禮賢下士**（ㄌㄧˇ ㄒㄧㄢˊ ㄒㄧㄚˋ ㄕˋ） 図指國君（或大臣）卑屈己身而以尊敬重視的態度對待賢者，延攬群士。

**禮多人不怪**（ㄌㄧˇ ㄉㄨㄛ ㄖㄣˊ ㄅㄨˋ ㄍㄨㄞˋ） 俗語，如有人自以為禮節過分而內心不安的時候用這俗語來寬解他；也具有延伸的含意，就是處世寧謙讓好禮，不可倨傲失禮，對人多禮並非過失。

## 十四筆

# 禰

▲ㄋㄧˇ 図父廟。〈公羊傳〉注「生稱父，死稱考，入廟稱禰」。

▲ㄇㄧˊ 姓。

# 禱（祷）

ㄉㄠˇ ㈠向神祝告。如「祈禱」「禱告」。㈡請求。書信裡常用的詞。如「為禱」「是所至禱」。

**禱告**（ㄉㄠˇ ㄍㄠˋ） 向神靈求福。

## 十七筆

# 禳

ㄖㄤˊ 古人為了解除瘟疫疾病而舉行的祭祀。如「祈禳」「禳解」。

**禳解**（ㄖㄤˊ ㄐㄧㄝˇ） 祈禱求神消災。

# 内部

# 内

▲図ㄖㄡˊ 同「蹂」。

▲ㄑㄧㄡˊ 厹本字，古時的兵器，三稜矛。

## 四筆

# 禺

ㄩˊ ㈠山名，在浙江武康縣。㈡「番（ㄆㄢ）禺」，廣州舊名。

# 禹

ㄩˇ ㈠夏朝開國帝王的名字。㈡姓。

**禹域**（ㄩˇ ㄩˋ） 図古稱中國。

## 七筆

# 禼

ㄒㄧㄝˋ 俗作「卨」。㈠蟲名。㈡商湯的始祖，也作「契（ㄒㄧㄝˋ）」。

# 八筆

**禽** ㄑㄧㄣˊ ㈠鳥類的總稱。如「家禽」「飛禽走獸」。㈡[文]通「擒」。㈢姓。

**禽獸** ㄑㄧㄣˊ ㄕㄡˋ ①鳥類的總稱。②指沒有人性或行為不合倫常的人；是罵人的詞。

**萬(万)** ㄨㄢˋ ㈠數名，千的十倍。如「九千元加一千元是一萬元」。㈡比喻事物多。如「萬國」「雙手萬能」。㈢極，非常的。如「排除萬難」。㈣絕對。如「萬不可這樣」「萬無一失」。㈤吩咐的話，常作「千萬」。如「路上千萬自己小心」。㈥見「萬一」。㈦萬縣，在四川省。㈧姓。

**萬一** ㄨㄢˋ ㄧ ①萬分之一。②或者的意思。如「萬一他不來」。③意外發生的事。如「以防萬一」。

**萬丈** ㄨㄢˋ ㄓㄤˋ 一萬丈，比喻非常長。

**萬千** ㄨㄢˋ ㄑㄧㄢ 形容很多。〈岳陽樓記〉有「朝（ㄓㄠ）暉夕陰，氣象萬千」。

**萬代** ㄨㄢˋ ㄉㄞˋ 比喻非常多的世代。

**萬分** ㄨㄢˋ ㄈㄣ 非常。如「感激萬分」。

**萬方** ㄨㄢˋ ㄈㄤ ①各方。②儀容美好。

**萬古** ㄨㄢˋ ㄍㄨˇ 永遠，長久。

**萬全** ㄨㄢˋ ㄑㄩㄢˊ ①萬無一失。②比喻很安全。

**萬字** ㄨㄢˋ ㄗˋ ①「萬」這個字。②一萬字，比喻字很多。

**萬安** ㄨㄢˋ ㄢ ①[文]安全。如「萬安之計」。②請人放心的話。〈紅樓夢〉有「眾人道·您萬安，沒有的事」。

**萬年** ㄨㄢˋ ㄋㄧㄢˊ 一萬年，比喻年歲長久。

**萬有** ㄨㄢˋ ㄧㄡˇ ①統稱世上所有物類。②各種各樣的都有。如「萬有文庫」。

**萬死** ㄨㄢˋ ㄙˇ 比喻非常危險。

**萬劫** ㄨㄢˋ ㄐㄧㄝˊ 佛家語稱世界一成一毀為一劫，萬劫即萬世。

**萬邦** ㄨㄢˋ ㄅㄤ 數目非常多的邦國。

**萬里** ㄨㄢˋ ㄌㄧˇ 一萬里，比喻里程遙遠。

**萬事** ㄨㄢˋ ㄕˋ 各種事。

**萬卷** ㄨㄢˋ ㄐㄩㄢˋ 比喻書籍眾多。如「讀書破萬卷，下筆如有神」。

**萬姓** ㄨㄢˋ ㄒㄧㄥˋ [文]人民。

**萬幸** ㄨㄢˋ ㄒㄧㄥˋ 極僥幸。

**萬狀** ㄨㄢˋ ㄓㄨㄤˋ [文]形容形態變化很多。如「狡猾萬狀」。

**萬物** ㄨㄢˋ ㄨˋ 世間的一切物類。

**萬乘** ㄨㄢˋ ㄕㄥˋ 一萬輛兵車。從前天子為萬乘之國的帝王，所以稱帝王為「萬乘之尊」。

**萬能** ㄨㄢˋ ㄋㄥˊ 樣樣都會。

**萬般** ㄨㄢˋ ㄅㄢ ①各種。②極其，非常的意思。如「萬般無奈」。

**萬國** ㄨㄢˋ ㄍㄨㄛˊ 世界各國。

**萬眾** ㄨㄢˋ ㄓㄨㄥˋ 一萬個人，比喻人很多。

**萬貫** ㄨㄢˋ ㄍㄨㄢˋ 一萬貫，比喻錢很多。

**萬幾** ㄨㄢˋ ㄐㄧ 各種事物隱微不現的部分。原來用以告誡人君應當凡事一有徵象就要注意，後來借以指帝王每天要處理的許多事務。今亦作「萬機」。

**萬惡** ㄨㄢˋ ㄜˋ 各種各樣的壞事。如「萬惡淫為首」。

**萬象** ㄨㄢˋ ㄒㄧㄤˋ 各種的事物形象。

**萬鈞** 三十斤為一鈞，萬鈞比喻其重無比。

**萬歲** ①慶祝的詞，祝福壽命永長的意思。②封建時代臣民對皇帝尊稱「萬歲爺」。

**萬萬** ①形容極多。如「千千萬萬」。②絕對。如「萬萬不能如此」。

**萬壽** 祝頌高壽的詞。

**萬福** ①多福。②舊時婦女行斂衽拜手禮時多稱萬福，所以後人也把斂衽之禮稱為萬福。

**萬端** ①萬種。②各種方法。

**萬緒** 同萬端。即各種端緒。

**萬難** 極困難，很困難。如「排除萬難」。

**萬籟** 自然界萬物的各種聲音。

**萬人敵** 舊書裡形容武藝臂力超過眾人的將才。如「學萬人敵」。

**萬年青** 多年生的常綠草，葉厚大，花淡綠，不容易凋萎。

**萬年曆** 預先推算未來若干年的曆書。

**萬言書** 舊時臣民對君王陳述意見的書。

**萬事通** 譏笑懂得多而不精的人。

**萬花筒** ①一種兒童玩的光學玩具，用三塊狹長的玻璃片，砌成正三角柱體，外面圍硬紙筒，中間放些彩色碎紙，一頭兒用毛玻璃封好，一頭兒開孔，把筒轉動，從這個孔向裡看去，顏色跟形態變化無窮。②比喻人生境遇多變幻。

**萬聖節** 西洋的節日，在陽曆十一月一日，兒童戴面具，在附近巷內向鄰居討糖果吃。

**萬壽菊** 一種菊花，是一年生草本，莖長三、四尺，羽狀複葉，夏開黃花，略帶紅色。

**萬人空巷** 大家爭著從巷中跑出來觀看，情況至為熱烈。

**萬夫不當** 萬人不能抵禦，比喻非常勇猛。

**萬方多難** 各方都有災難。

**萬水千山** 比喻山水很多，路途遙遠而艱險。

**萬世師表** 千秋萬代所有老師的典範。指孔子。

**萬古長青** 永遠保持青翠，不會凋謝。

**萬有引力** 萬物互相吸引的力量。

**萬死一生** 比喻生命極端的危險。

**萬劫不復** [文]永難恢復。

**萬里同風** 天下一統。

**萬里長城** ①西起甘肅的嘉峪關，東到山海關的古長城，共五千四百四十里。②比喻堪為眾人所倚靠，託予重任的人。

**萬念俱灰** 所有的想法都打消，比喻不懷任何希望。

**萬物之靈** 所有生物中最具靈性的，就是指人類。

**萬苦千辛** 比喻非常辛苦。

**萬家生佛** 比喻恩德極大，受眾人崇拜的人。

**萬家燈火** 形容市鎮的夜景。

**萬馬齊喑** 比喻大家都沉默不敢發表自己的意見。

**萬國公法** 國際公法。

**萬國音標** 由萬國語音學會所製定的一套記音符號，共有三十七個字母，可以記錄世界各國的語音。也叫「國際音標」。

**萬眾一心**（ㄨㄢˋ ㄓㄨㄥˋ ㄧ ㄒㄧㄣ）很多人，卻能同心一致。

**萬貫家財**（ㄨㄢˋ ㄍㄨㄢˋ ㄐㄧㄚ ㄘㄞˊ）形容家財很多，有一萬貫。

**萬頃琉璃**（ㄨㄢˋ ㄑㄧㄥˇ ㄌㄧㄡˊ ㄌㄧˊ）形容廣大的水波蕩漾。

**萬無一失**（ㄨㄢˋ ㄨˊ ㄧ ㄕ）預先計畫周詳，管保不會發生差錯。

**萬紫千紅**（ㄨㄢˋ ㄗˇ ㄑㄧㄢ ㄏㄨㄥˊ）形容春天群花盛開的美景。

**萬象更新**（ㄨㄢˋ ㄒㄧㄤˋ ㄍㄥ ㄒㄧㄣ）萬物都更換了新面貌。

**萬壽無疆**（ㄨㄢˋ ㄕㄡˋ ㄨˊ ㄐㄧㄤ）比喻長壽。

**萬頭攢動**（ㄨㄢˋ ㄊㄡˊ ㄘㄨㄢˊ ㄉㄨㄥˋ）大家爭著觀看。

**萬籟俱寂**（ㄨㄢˋ ㄌㄞˋ ㄐㄩˋ ㄐㄧˊ）自然界所有的聲音都靜下來了。

**萬變不離其宗**（ㄨㄢˋ ㄅㄧㄢˋ ㄅㄨˋ ㄌㄧˊ ㄑㄧˊ ㄗㄨㄥ）怎麼變都不離開本旨。

## 禾部

# 禾

ㄏㄜˊ ㈠帶梗兒的穀物。如「田禾」「禾苗」。㈡指稻子。如「嘉禾」。（㈠㈡都只見於文字，口語不說。）

**禾苗**（ㄏㄜˊ ㄇㄧㄠˊ）秧苗。

**禾菽**（ㄏㄜˊ ㄕㄨˊ）稻類跟豆類作物。

**禾槀**（ㄏㄜˊ ㄍㄠˇ）槀也作稿。稻禾的莖。

**禾本科**（ㄏㄜˊ ㄅㄣˇ ㄎㄜ）單子葉植物的一科，是種子植物的大科之一，絕大多數是草本；莖通常中空而有節；葉狹長；花沒有花被，通常是兩性；果實通常是穎果。許多重要經濟植物如稻、小麥、大麥、玉米、高粱、粟、甘蔗和竹類都是禾本科植物，分別供作糧食、製糖和工業原料之用。

**禾木旁兒**（ㄏㄜˊ ㄇㄨˋ ㄆㄤˊ ㄦ）「禾」字作左方偏旁，叫「禾木旁兒」。

## 二筆

# 禿

ㄊㄨ ㈠頭上沒有頭髮。如「禿子」。㈡羽毛落盡，或東西沒有尖鋒的。如「禿尾巴雞」「禿筆」。㈢比喻事理不周全。如「這件事還禿著頭兒呢」。㈣光溜溜的。如「禿山」「光禿禿的」。

**禿子**（ㄊㄨ ˙ㄗ）沒有頭髮的人。

**禿山**（ㄊㄨ ㄕㄢ）不生樹木的山。

**禿頂**（ㄊㄨ ㄉㄧㄥˇ）指說頭髮大量脫落變禿的情形。如「他身體健康，可是四十歲不到就開始禿頂了」。

**禿筆**（ㄊㄨ ㄅㄧˇ）脫了毛，不好用的筆，也是文人自謙的話。

**禿瘡**（ㄊㄨ ㄔㄨㄤ）指稱頭上長的黃癬、黃水瘡，不容易治好，嚴重的就成了「瘌痢頭」。

**禿髮**（ㄊㄨ ㄈㄚˇ）①頭髮脫落。②〈晉書〉記載鮮卑族有複姓「禿髮」。

**禿頭**（ㄊㄨ ㄊㄡˊ）①沒有頭髮的人。②說事物沒有上下文或頭尾的。

**禿鶖**（ㄊㄨ ㄑㄧㄡ）①一種大型猛禽，全身棕黑色，後頸部分裸禿，嘴大而有尖鉤，嗜食鳥獸屍體；終年棲息我國西部山地，偶見於沿海地區，也叫座山雕。②〈詩經．小雅．白華〉篇「有鶖在梁」，古書記載那鶖就是禿鶖，是頭頂無毛的水鳥，食魚，又名「扶老」。③嘲笑無髮者為禿鶖（〈資治通鑑〉記載南朝齊東昏侯嘲笑大中大夫羊闡語）。

**禿驢**（ㄊㄨ ㄌㄩˊ）嘲罵與指稱僧人（僧人因剃度而禿頭）。又作「禿奴」「禿廝」。

**禿髮症** ㄊㄨ ㄈㄚˇ ㄓㄥˋ 病名，由病菌寄生而起，日久頭髮或全身的毛完全脫落。

**秀** ㄒㄧㄡˋ ㈠美麗。如「秀外慧中」「山明水秀」。㈡聰明，文雅，靈巧。如「秀雅」「秀氣」。㈢特別優異的。如「優秀」「優秀人才」「一時之秀」。㈣稻麥吐（ㄊㄨˇ）穗開花。如「麥秀」「穀秀」。㈤舊時稱呼世族的子弟。〈柳南隨筆〉「明初閭里稱呼有二等，一曰秀，一曰郎」。參看「不郎不秀」。㈥英語 show 的音譯，意思是「表演」「演出」。如「作秀」。

**秀才** ㄒㄧㄡˋ ㄘㄞˊ ▲ㄒㄧㄡˋ ㄘㄞˊ 〔古〕古書指說才能優秀，如「有秀異之材可為士者」。到漢朝開始是一項舉士的科目。▲ㄒㄧㄡˋ ˙ㄘㄞ ①明清兩代指稱入縣學的生員。②泛指讀過書的人。如說「秀才不出門，能知天下事」。

**秀美** ㄒㄧㄡˋ ㄇㄟˇ 優美。

**秀氣** ㄒㄧㄡˋ ㄑㄧˋ 氣字輕讀。①文雅而不粗俗。②靈巧輕便。

**秀場** ㄒㄧㄡˋ ㄔㄤˇ 俗指演藝者賣藝演出（作秀）的場所。（秀是英語 show 的音譯，意思是「演出」。）

**秀雅** ㄒㄧㄡˋ ㄧㄚˇ 秀麗雅致。

**秀麗** ㄒㄧㄡˋ ㄌㄧˋ 清秀美麗。

**秀才人情** ㄒㄧㄡˋ ㄘㄞˊ ㄖㄣˊ ㄑㄧㄥˊ 指稱交際餽贈禮品之價值微薄，或逕以書寫詩文頌詞作禮物者。（因秀才往往貧窮，無法送貴重禮品，俗語所謂「秀才人情紙半張」就是這意思。）

**秀外慧中** ㄒㄧㄡˋ ㄨㄞˋ ㄏㄨㄟˋ ㄓㄨㄥ 容貌美麗，心思靈敏。

**秀色可餐** ㄒㄧㄡˋ ㄙㄜˋ ㄎㄜˇ ㄘㄢ 形容女子姿色非常秀美。陸機詩有「秀色若可餐」。

**私** ㄙ ㈠屬於個人的。如「私事」「私生活」。㈡利己的，跟「公」相反。如「自私」「大公無私」。㈢屬於少數人的。如「私立學校」「公私兼顧」。㈣特別親近的。如「私交」「私人」。㈤祕密的，偷偷地。如「私酒」「私通」。㈥人的生殖器。如「私處」。

**私了** ㄙ ㄌㄧㄠˇ 指不經過或撤回司法訴訟而私下和解爭端。也作「私和」。

**私人** ㄙ ㄖㄣˊ ①個人，自己，與公家相對。如「私人所有」。②親戚故舊。如「任用私人」。

**私下** ㄙ ㄒㄧㄚˋ 暗中。

**私己** ㄙ ㄐㄧˇ ①往日大家庭裡，個人私自積蓄的錢財。②指官吏的私囊，貪汙的錢財就入了「私己」。③〔方〕意思就是個人、私下，早期白話作品裡有人這麼用。

**私仇** ㄙ ㄔㄡˊ 私人因利害關係而與別人結下的仇怨。

**私心** ㄙ ㄒㄧㄣ 利己的心。

**私用** ㄙ ㄩㄥˋ ①自用。②違法使用。如「私用公款」。

**私立** ㄙ ㄌㄧˋ 私人或私法人設立的事業，對「公立」說的。

**私交** ㄙ ㄐㄧㄠ 個人間的交誼。

**私刑** ㄙ ㄒㄧㄥˊ 不依法律規定或賦與的權利，私自加以刑罰。

**私地** ㄙ ㄉㄧˋ 私有土地，由私人依法取得產權的土地。跟公地相對稱。

**私宅** ㄙ ㄓㄞˊ 個人的住宅。

**私有** ㄙ ㄧㄡˇ 私人所有的。

**私自** ㄙ ㄗˋ ①自己。②暗地裡。如「私自傳授」。

**私行** ㄙ ㄒㄧㄥˊ ①不照公事辦理。②偷偷摸摸的，私自做去。

**私利** ㄙ ㄌㄧˋ 個人的利益。

**私見** ㄙ ㄐㄧㄢˋ ①個人的見解。②自私的成見。

**私事** ㄙ ㄕˋ ①個人的事。②隱祕不願公開的事。

**私奔** ㄙ ㄅㄣ 男或女未經其家長同意，私自離家跑去和所愛的人成婚。

**私房** ㄙ ㄈㄤˊ ①指個人的私室。②以往大家庭中個人私密的事物。如「私房錢」「私房菜」。

**私法** ㄙ ㄈㄚˇ 人民相互間權利義務的法律屬於私法，如民法就是私法。與「公法」相對。

**私邸** ㄙ ㄉㄧˇ 高級官員私人所置的私人住宅。（有別於「官邸」）

**私信** ㄙ ㄒㄧㄣˋ 個人之間往來的信件。

**私家** ㄙ ㄐㄧㄚ ①屬於私人所有或經管的。如「私家車」。②指私人自己的家。如「這私家的家務事何須別人多嘴」。

**私酒** ㄙ ㄐㄧㄡˇ 私人釀造或由外國進口沒有納稅的酒。

**私益** ㄙ ㄧˋ 個人的利益。

**私衷** ㄙ ㄓㄨㄥ (文)內心的真情。如「當言不言，有違私衷」。

**私鬥** ㄙ ㄉㄡˋ 私人之間因事爭鬥。

**私情** ㄙ ㄑㄧㄥˊ ①個人的關係、情面或交誼。如「不徇私情」。②未婚男女的愛情。如「兒女私情」。

**私欲** ㄙ ㄩˋ 私人一己的利欲。如「為了滿足私欲而不顧公益，這種人是社會的害蟲」。

**私淑** ㄙ ㄕㄨˊ (文)未能身受其教但是宗仰其人並尊之為師，稱「私淑」，自稱「私淑弟子」。〈孟子．離婁〉：「予未得為孔子徒也，予私淑諸人也。」

**私產** ㄙ ㄔㄢˇ 私人所有的財產。

**私處** ㄙ ㄔㄨˋ 指男女的陰部。

**私訪** ㄙ ㄈㄤˇ 私下裡訪查。（舊小說常有官員為探求民隱而微服私訪的事。）

**私貨** ㄙ ㄏㄨㄛˋ 不經關卡納稅，私自入口或出口的貨品。

**私通** ㄙ ㄊㄨㄥ ①祕密勾結。如「私通外國」。②非正式夫妻的性關係。

**私章** ㄙ ㄓㄤ 私人所用的印章。

**私意** ㄙ ㄧˋ 個人的意見，非公眾商討研究同表贊同的意見。

**私塾** ㄙ ㄕㄨˊ 從前私人所設的教室。

**私蓄** ㄙ ㄒㄩˋ (文)個人積蓄的財物。如「太太過世，丈夫才發現她的私蓄甚多」。

**私語** ㄙ ㄩˇ ①小聲談話，不讓第三人聽見。②私下透消息。

**私德** ㄙ ㄉㄜˊ 關於個人的道德。跟公共道德相對。

**私憤** ㄙ ㄈㄣˋ 個人的不滿與憤恨。

**私憾** ㄙ ㄏㄢˋ (文)私人間的怨恨。

**私諡** ㄙ ㄕˋ (文)周朝制度，人死立諡來代替本名，下大夫以下不得向天子請頒諡名，由死者親族門生故吏為之立諡，叫做「私諡」。

**私營** ㄙ ㄧㄥˊ 私人經營。如「私營農場」。

**私藏** ㄙ ㄘㄤˊ ①祕密儲藏。②私人收藏。

**私囊** ㄙ ㄋㄤˊ 私人的錢袋。（常是跟公款相對稱。如「中飽私囊」。）

**私權** ㄙ ㄑㄩㄢˊ 個人在私法上應享的權利，像身分證、財產權等。

**私文書**（ㄙ ㄨㄣˊ ㄕㄨ） 無關公務的私人文件，如私人文稿、契約、書信等。

**私生子**（ㄙ ㄕㄥ ㄗˇ） 非正式夫婦所生的子女。

**私生活**（ㄙ ㄕㄥ ㄏㄨㄛˊ） 個人生活，主要指日常生活的習性、嗜好與品德方面。如「他的私生活，咱們不必管」。

**私名號**（ㄙ ㄇㄧㄥˊ ㄏㄠˋ） 標點符號的一種，直行文字在人名、地名或民族、國家、機關團體等專有名詞的左邊，加一直線條（橫行文字加在字行底下）。

**私底下**（ㄙ ㄉㄧˇ ㄒㄧㄚˋ） 下字輕讀。不讓人知道的祕密行為。

**私房錢**（ㄙ ㄈㄤˊ ㄑㄧㄢˊ） 夫或妻私自擁有，不列入家庭經濟預算的錢。

**私有財產**（ㄙ ㄧㄡˇ ㄘㄞˊ ㄔㄢˇ） 私產。

**私法關係**（ㄙ ㄈㄚˇ ㄍㄨㄢ ㄒㄧˋ） 根據私法規定的法律上的關係。

**私相授受**（ㄙ ㄒㄧㄤ ㄕㄡˋ ㄕㄡˋ） 財物或權位不合法不合理地私自贈與和接受。

## 三筆

**秉**（ㄅㄧㄥˇ） ㈠在手裡握著。如「秉燭夜遊」「秉筆直書」。㈡図執掌。如「秉政」。㈢按照。如「秉公處理」。㈣量名。十公石就是一公秉。㈤通「稟」。如「秉性」「秉賦」。

**秉公**（ㄅㄧㄥˇ ㄍㄨㄥ） 凡事抱持公正無私之心。

**秉性**（ㄅㄧㄥˇ ㄒㄧㄥˋ） 見「稟性」。

**秉持**（ㄅㄧㄥˇ ㄔˊ） 把握，遵守住。如「秉持公平原則解決問題」。

**秉政**（ㄅㄧㄥˇ ㄓㄥˋ） 図執掌行政權力。

**秉鈞**（ㄅㄧㄥˇ ㄐㄩㄣ） 図執掌國政，掌握政權。

**秉燭夜遊**（ㄅㄧㄥˇ ㄓㄨˊ ㄧㄝˋ ㄧㄡˊ） 図拿著燭火（或是打著燈籠）在夜間去遊覽；意思是白晝時光很短，需要再利用夜晚時間，來「及時行樂」。〈古詩十九首〉有「晝短苦夜長，何不秉燭遊」。

**秈（籼）**（ㄒㄧㄢ） 早熟而沒有黏性的稻。如「秈米」。

**秈米**（ㄒㄧㄢ ㄇㄧˇ） 秈稻的米。

## 四筆

**秕（粃）**（ㄅㄧˇ） ㈠粟結實而裡面是空的，叫秕。如「秕子」「糠秕」。㈡図不好的。有名無實的。如「秕政」。

**秕政**（ㄅㄧˇ ㄓㄥˋ） 図不良的政治。

**秒**（ㄇㄧㄠˇ） ㈠禾芒。㈡圓周計算法，六十秒為一分，六十分為一度。㈢計時的單位，六十秒為一分，六十分為一小時。㈣見「秒忽」。

**秒忽**（ㄇㄧㄠˇ ㄏㄨ） 図形容數目非常細微。禾芒叫秒，細蛛絲叫忽。

**秒針**（ㄇㄧㄠˇ ㄓㄣ） 鐘表上計時的針。

**科**（ㄎㄜ） ㈠事物的分門別類。如「薔薇科」「文科」。㈡機關裡分別辦事的單位。如「事務科」「兵役科」。㈢從隋唐到清朝末年，政府選取人才的方法。如「開科取士」「登科」（榜上有名字）。㈣國劇裡的動作。如「插科打諢」。㈤図定罪。如「科罪」「科以重刑」。㈥図等差。〈論語〉有「為力不同科」。

**科斗**（ㄎㄜ ㄉㄡˇ） 蛙的幼蟲，通常寫作「蝌蚪」。

**科甲**（ㄎㄜ ㄐㄧㄚˇ） 漢唐兩代取士，分甲乙等科，所以後來把科舉叫科甲。

**科白**（ㄎㄜ ㄅㄞˊ） 總指戲曲角色所表演的動作和言語道白。（分別來說，動作是「科」，言語是「白」；這「科白」的說法開始於元朝人的雜劇。）

**科目** 學術或其他事項的分類。

**科任** 國民小學教師只擔任某一科目的，是對「級任」說的。

**科刑** 図法庭按法律判定了罪刑。

**科名** 図指起自隋代終於清末科舉的名目，也就是科舉考中之後取得的功名，例如進士、舉人等。

**科技** 科學、技術的合稱。

**科長** 行政部門單位—「科」的主管，下有若干科員、技士、辦事員與技工等。

**科則** 指征收賦稅所規定的條款、細則。

**科員** 是行政部門單位—「科」裡面部分承辦業務（如撰擬文稿等）的專職人員的職稱，各科科員人數看業務的繁簡而定。

**科第** 古時科舉制度考選，分科錄取，每科按成績排列等第，統稱「科第」。

**科場** 古時科舉考試的場所。

**科罪** 図定罪。

**科學** （science）在一定的對象範圍之內，根據實驗與推理，尋求統一確實的客觀規律和真理，就是科學。廣義的科學是，凡是有組織、有系統的知識就是科學，包括社會科學與自然科學；狹義的專指自然科學。

**科諢** 在通俗戲劇裡，演員故意表演滑稽動作和逗趣的道白。也常說是「插科打諢」。

**科舉** 我國從隋唐到清末考選文武官吏後備人員的制度：唐代考選科目多到五十幾個，所以叫「科舉」，其後宋朝考帖括，明清考八股文，都沿用「科舉」的名稱。

**科班（兒）** ①招收兒童學戲的戲班。唱戲的人凡是從小在戲班裡學的，叫「科班（兒）出身」。②比喻居高位的人是從基層小職位逐步升遷的。

**科斗文** 我國古代（周代以前）的篆書用細竹枝蘸漆寫在竹簡上，字的筆畫頭粗尾細像蝌蚪，所以叫「蝌蚪文」，也稱「科斗字」。

**科學家** 研究科學而著有成績的專家。

**科學方法** 籠統地說，合於科學道理的方法就可以說是科學方法。具體地說，一般指稱科學方法，大致包含四層步驟：第一步是觀察（適時的、恆久的、細微的），第二步是歸納（同類的、異類的、系統的），第三步是分析（定性的、定量的、變化的），第四步是實驗（從假設到過程到證明）；這是從而獲得知識判明因果的基本方法，又通稱「科學歸納方法」。科學方法與科學理論、科學哲學有密不可分的關聯牽涉。

**科學哲學** 隨著自然科學本身專業化和專門化，「科學哲學」已成了一門公認的獨立學科。當代的科學哲學正如倫理學、邏輯學、認識論等哲學的其他分枝一樣，是一門分析和探討的學科。它的研究範圍包括：①科學方法的檢討，②科學名相的分析，③科學知識成立可能性的檢討，④科學形上假設的探求，⑤科學宇宙觀的成立及批判，⑥科學與價值的關係，⑦科學在文化上地位的檢討。

**科學教育** ①廣義的：合乎科學要求的教育制度與教育政策，包含教學科目、教學材料與教學方法等方面。②狹義的：為培養學生有科學的知能，以認識自然，控制自然，進而利用自然而進行的教育活動。

**科學理論** ㄎㄜ ㄒㄩㄝˊ ㄌㄧˇ ㄌㄨㄣˋ 經由想像力，設計用科學的合乎理性的方式，來解釋觀察到的或者是假定的一些事物規律的經驗定律體系，就是科學理論；因之必須仔細觀察或實驗，報告其中所發現的規律性，系統地說明道理，以完成科學理論；科學理論的範圍很廣大，可以具有抽象的邏輯，容許種種可能的解釋，並可以預言尚未發現的定律，成為努力理解自然規律的工具。

**科學管理** ㄎㄜ ㄒㄩㄝˊ ㄍㄨㄢˇ ㄌㄧˇ 根據科學原理與方法而實施的管理（行政管理、企業管理等）。

**科頭跣足** ㄎㄜ ㄊㄡˊ ㄒㄧㄢˇ ㄗㄨˊ 〔文〕頭髮散亂不戴帽子，光著腳丫子走路。

## 秋（秌）

ㄑㄧㄡ ㈠一年四季當中的第三季，通常指陰曆七、八、九月。因此陰曆八月十五日叫「中秋節」。但正確說法應從「立秋」節氣起的三個月才是秋季。㈡稻麥成熟。如「麥秋」。㈢當作一年的意思。如「千秋萬世」「一日不見，如隔三秋兮」。㈣〔文〕時候，有急迫緊張的意味。如「〔文〕多事之秋」「危急存亡之秋」。㈤姓。

**秋千** ㄑㄧㄡ ㄑㄧㄢ 同「鞦韆」。

**秋天** ㄑㄧㄡ ㄊㄧㄢ 秋㈠。也作「秋季」。

**秋分** ㄑㄧㄡ ㄈㄣ 二十四節氣之一，在陽曆九月二十三日或二十四日，這一天晝夜長短相等。

**秋月** ㄑㄧㄡ ㄩㄝˋ 〔文〕①秋天的月亮。②比喻秋季美好的時光。白居易〈琵琶行〉：「今年歡笑復明年，秋月春風等閒度。」

**秋水** ㄑㄧㄡ ㄕㄨㄟˇ ①秋天江湖的水。②〔文〕見「秋波」。

**秋令** ㄑㄧㄡ ㄌㄧㄥˋ ①指秋季說。②指秋天的氣候。如「冬行秋令」（雖然是冬天了，可是不冷，像是秋天）。

**秋收** ㄑㄧㄡ ㄕㄡ 秋季農作物的收穫。

**秋汛** ㄑㄧㄡ ㄒㄩㄣˋ 在立秋節氣之後到霜降節氣期間，由於季節性的暴雨使河川水位急遽上漲的現象。

**秋色** ㄑㄧㄡ ㄙㄜˋ 秋天的風景。

**秋波** ㄑㄧㄡ ㄅㄛ ①形容女子的眼神。②送秋波，是指用眼睛示意，討好人的意思。

**秋季** ㄑㄧㄡ ㄐㄧˋ 一年裡的第三季，在夏季之後，冬季之前；從前習俗指陰曆的七月、八月、九月，正確應指立秋到立冬的三個月期間（相當陽曆的八月初到十一月初這三個月）。

**秋雨** ㄑㄧㄡ ㄩˇ 秋天的雨；在詩文裡常用以襯托淒涼寂苦的情景。

**秋思** ㄑㄧㄡ ㄙ 〔文〕指秋天寂寞淒涼的情緒。

**秋風** ㄑㄧㄡ ㄈㄥ ①秋天的風。②見「打秋風」。

**秋娘** ㄑㄧㄡ ㄋㄧㄤˊ 〔文〕①唐代的美女、歌妓、女伶很多用「秋娘」作名字，如白居易〈琵琶行〉有「妝成每被秋娘妒」。②唐朝金陵女子姓杜，名秋，原是李錡妾，善歌。後籍沒入宮得寵，最後賜歸故鄉而窮老無依，杜牧有杜秋娘詩序。後人詩文用「秋娘」泛指年老色衰的婦女。

**秋扇** ㄑㄧㄡ ㄕㄢˋ 秋涼以後扇子沒用了。比喻：①過時無用的事物。②年老失寵的女人。

**秋毫** ㄑㄧㄡ ㄏㄠˊ 鳥獸在秋天生的絨毛，極細小，不注意就看不到。因此用來比喻細小的事物。如「明察秋毫」。

**秋涼** ㄑㄧㄡ ㄌㄧㄤˊ 秋天的涼爽。如「暑夏一過，秋涼別有一番風光」。

**秋景** ㄑㄧㄡ ㄐㄧㄥˇ ①秋天的景色。②指秋天的農業收成。如「今年風調雨順，秋景比往年好」。

**秋意** ㄑㄧㄡ ㄧˋ 図比喻猶如秋天的蕭條淒涼的意境。

**秋節** ㄑㄧㄡ ㄐㄧㄝˊ 中秋節。

**秋興** ㄑㄧㄡ ㄒㄧㄥˋ 図因秋天的景色而感懷；常用作詩題、文題。〈文選〉有晉潘岳的〈秋興賦〉，唐杜甫有著名的〈秋興〉詩八首。

**秋聲** ㄑㄧㄡ ㄕㄥ 泛指秋天的風聲、落葉聲和蟲鳥聲，詩文裡常用以表示悲愁蕭索的意味。

**秋闈** ㄑㄧㄡ ㄨㄟˊ 図我國科舉時代，各省每三年在省會舉行的鄉試（中式的是「舉人」）是在秋天（陰曆八月）舉行，所以叫「秋闈」（闈，考場）。又稱「秋試」。

**秋霜** ㄑㄧㄡ ㄕㄨㄤ ①秋季的霜。②図比喻態度嚴肅。如「喜如春陽，怒如秋霜」。③図喻指白髮。李白詩有「不知明鏡裡，何處得秋霜」。

**秋蟬** ㄑㄧㄡ ㄔㄢˊ ①蟬的一種，比夏天的蟬小，體黑褐色，有斑點，翅透明，雄蟬有發聲器，夏末秋初鳴叫；也叫「寒蟬」。②指天冷時候叫聲低微無力的蟬聲，詩文裡常用以觸發到淒切悲涼的情緒。

**秋蟲（兒）** ㄑㄧㄡ ㄔㄨㄥˊ ㄦ 秋夜鳴的蟲，像蟋蟀等。

**秋刀魚** ㄑㄧㄡ ㄉㄠ ㄩˊ 又名「竹刀魚」。冷水性魚類，冬末春初在日本海南部產卵，夏初向北移動，是西北太平洋重要的魚類之一。體長約三十公分，側扁，背部黑色，腹部白色，吻尖，下頷稍突出，背鰭和臀鰭在身體後半部，後方有小鰭，尾鰭分叉。我國黃海也有。臺灣魚市場常可看到。

**秋老虎** ㄑㄧㄡ ㄌㄠˇ ㄏㄨˇ 比喻秋天天氣仍然炎熱。

**秋海棠** ㄑㄧㄡ ㄏㄞˇ ㄊㄤˊ ①多年生的草本植物，有球形的地下莖，斜卵形葉子，稍帶紫紅色的葉背、葉柄，淡紅色的花，供觀賞。②指稱秋海棠的花。

**秋水伊人** ㄑㄧㄡ ㄕㄨㄟˇ ㄧ ㄖㄣˊ 指說對所思戀的人的深深懷念。「秋水」比喻眼睛、眼神，「伊人」指所思戀者。

**秋風過耳** ㄑㄧㄡ ㄈㄥ ㄍㄨㄛˋ ㄦˇ 比喻漠不關心的樣子。

**秋高氣爽** ㄑㄧㄡ ㄍㄠ ㄑㄧˋ ㄕㄨㄤˇ 形容秋季的天空明淨，不冷不熱，涼爽宜人。

**秋毫無犯** ㄑㄧㄡ ㄏㄠˊ ㄨˊ ㄈㄢˋ 図是說對民間沒有一星半點兒的侵犯，用來形容行軍紀律的嚴明。

**秋風掃落葉** ㄑㄧㄡ ㄈㄥ ㄙㄠˇ ㄌㄨㄛˋ ㄧㄝˋ ①比喻強大的勢力摧襲衰敗的事物。如說「大軍所向，秋風掃落葉般獲得了全盤勝利」。②比喻解決、收拾得迅速、徹底。如「他餓極了，一盤炒飯三扒兩扒就像秋風掃落葉似的吃光了」。③比喻落葉剛掃過，不久又落地，難得完全清淨。

## 种

ㄔㄨㄥˊ ㈠姓。㈡「種」字的簡寫。

## 五筆

## 秤

▲ㄆㄧㄥˊ 見「天平」。

▲ㄔㄥˋ ㈠用來衡量物體輕重的工具。如「磅秤」「秤坨」。㈡引喻作在心中權衡輕重，判斷是非。諸葛亮〈寓言〉有「我心如秤，不能為人作輕重」。

**秤坨** ㄔㄥˋ ㄊㄨㄛˊ 也叫秤錘。桿秤跟戥秤所用的「權」，用金屬做的，在秤桿上移動，可以衡量輕重。坨也作鉈。

**秤星（兒）** ㄔㄥˋ ㄒㄧㄥ ㄦ 秤桿上所刻的花星，按距離的遠近，計算輕重。

**秤桿**ㄔㄥˋ ㄍㄢˇ（**兒**ㄦ） 秤的橫桿。

**秤鉤**ㄔㄥˋ ㄍㄡ（**兒**ㄦ） 也叫「秤鉤子」。桿秤一頭兒下垂的鐵鉤，用來懸掛所稱（ㄔㄥ）的物品。

## 秣

ㄇㄛˋ ㈠餵馬的飼料。如「糧秣」。㈡図餵馬。如「秣馬厲兵」。

**秣馬厲兵**ㄇㄛˋ ㄇㄚˇ ㄌㄧˋ ㄅㄧㄥ 図把馬餵飽了，把兵器磨利了，準備作戰。

## 秬

ㄐㄩˋ 黑色的黍子，可以做酒。所造的酒叫秬鬯。

## 秦

ㄑㄧㄣˊ ㈠朝代名，東周末年，嬴政併吞六國，統一天下，自稱「始皇帝」。經過十五年滅亡（西元前221-206）。㈡周代國名，周孝王封伯益的後代在甘肅天水，國號秦。戰國時代是七雄之一，到嬴政併吞六國。㈢東晉苻洪建立，史稱前秦。㈣東晉姚萇建立，史稱後秦。㈤東晉鮮卑族乞伏國仁所建，史稱西秦。㈥陝西省的別稱。㈦姓。

**秦椒**ㄑㄧㄣˊ ㄐㄧㄠ ①常指一種細長的辣椒。②李時珍〈本草綱目〉說秦椒是花椒。

**秦腔**ㄑㄧㄣˊ ㄑㄧㄤ ①由陝西、甘肅一帶的民歌發展而成的一種梆子腔，是流行在西北各省區的地方戲曲之一。②「北方梆子」戲的統稱。

**秦越**ㄑㄧㄣˊ ㄩㄝˋ 図比喻兩方關係疏遠（春秋時秦越兩國一在西北，一在東南，相距遙遠）。

**秦篆**ㄑㄧㄣˊ ㄓㄨㄢˋ 小篆。（秦朝李斯等人取大篆稍加整理簡化而成。）

**秦始皇**ㄑㄧㄣˊ ㄕˇ ㄏㄨㄤˊ 姓嬴名政（西元前二五九至前二一〇），戰國時秦國的國君，秦王朝的建立者。他是秦莊襄王的兒子，先後滅六國，於西元前二二一年統一中國，自稱始皇帝，廢封建，置三十六郡，統一法制、文字，築長城，建馳道，焚書坑儒，嚴刑苛法。

**秦庭之哭**ㄑㄧㄣˊ ㄊㄧㄥˊ ㄓ ㄎㄨ 図原指向別國請求救兵，後來用以泛指哀求別人相助。〈左傳〉記載吳國大軍攻陷了楚國都城，楚大夫申包胥到秦求救兵，倚立在庭院裡日夜號哭，七天不進飲食，秦哀公受感動而出師救楚。也作「哭秦庭」。

**秦晉之好**ㄑㄧㄣˊ ㄐㄧㄣˋ ㄓ ㄏㄠˇ 図春秋時代秦晉兩國的國君好幾代結成婚姻，因此後來指一般結婚說婚姻兩方是「秦晉之好」或說「結為秦晉」。

**秦樓楚館**ㄑㄧㄣˊ ㄌㄡˊ ㄔㄨˇ ㄍㄨㄢˇ 図指歌舞妓院等場所。

**秦鏡高懸**ㄑㄧㄣˊ ㄐㄧㄥˋ ㄍㄠ ㄒㄩㄢˊ 図古時傳說秦宮有方形大鏡，能照見人的臟腑，知道人是邪是正，因此後人稱頌斷獄精明而無枉無縱，說是「秦鏡高懸」，也作「明鏡高懸」。

## 秩

ㄓˋ ㈠次序，條理。如「秩序」。㈡古時稱公務人員的品級，叫「秩」「爵秩」。㈢十年算一秩。如「八秩大慶」（八十歲壽辰）。

**秩序**ㄓˋ ㄒㄩˋ 次序，條理。

## 秫

ㄕㄨˊ 有黏性的米穀，可以釀酒。如「秫米」。高粱稈叫「秫稭」。

## 秭

ㄗˇ ㈠數目名，萬萬為億，十億為兆，萬億為秭。㈡秭歸，湖北省縣名。

## 租

ㄗㄨ ㈠田賦。如「租稅」「田租」。㈡東西給人暫用，收取代價。如「房屋出租」「租了一棟房子」。㈢東西給人暫用的代價。如「房租」「收租」。

**租戶**ㄗㄨ ㄏㄨˋ 向人租借房地的人。

**租用**ㄗㄨ ㄩㄥˋ 土地、房屋或器物的租借使用。

**租金**ㄗㄨ ㄐㄧㄣ 承租人對出租人就租賃物所付的酬金。

**租界** ㄗㄨ ㄐㄧㄝˋ 舊時一國的通商口岸，畫定界限，租給外國人作居留的區域。

**租約** ㄗㄨ ㄩㄝ 確立租賃關係、載明租賃條件的契約。如「房屋租約」。

**租借** ㄗㄨ ㄐㄧㄝˋ 國際關係名稱。甲國以有條件或無條件，持其領土的某一部分或某等物資，交給乙國，作有限期的租借。二次大戰期間美國的租借法案，曾助盟國戰勝納粹。

**租稅** ㄗㄨ ㄕㄨㄟˋ 國民繳納給政府的各種稅金的總稱。

**租賃** ㄗㄨ ㄌㄧㄣˋ 租給他方使用。

## 秧

ㄧㄤ (一)禾苗。如「稻秧」「插秧」。(二)可以移植的植物幼苗。如「樹秧」「菜秧子」。(三)某些植物的莖。如「地瓜秧」。(四)初生的動物。如「豬秧」「魚秧子」。(五)栽培，畜養。如「秧了幾棵花」「秧一盆魚」。(六)見「念秧」。

**秧子** ㄧㄤ ˙ㄗ ①秧苗。②受騙的不知世事的富家子弟。

**秧田** ㄧㄤ ㄊㄧㄢˊ 種秧的水田。

**秧針** ㄧㄤ ㄓㄣ 初生的稻針。

**秧歌** ㄧㄤ ˙ㄍㄜ 歌字輕讀。北方農村的踏歌，扮了人物，踩著高蹺唱的。

**秧雞** ㄧㄤ ㄐㄧ 一種形狀略像雞的鳥，有許多品種，都屬於沼澤鳥類，大小及形狀互有差異，大致是短尾，翼羽黑褐色，繁殖地區廣泛，生活在沼澤或水田附近的草地裡，幾乎在夜間出沒，會游泳。

# 六筆

## 移

ㄧˊ (一)搬動。如「遷移」「移民」。(二)改變。如「立志不移」「移風易俗」。(三)平行公文的來往叫「移文」。(四)図不多久。如「移時」。

**移山** ㄧˊ ㄕㄢ 比喻有志竟成。是「愚公移山」的省略語。

**移文** ㄧˊ ㄨㄣˊ ①図古時一種文體名，常用於曉喻或責備（和用於聲討征伐的文體「檄文」合稱「檄移」）。如南齊孔稚珪有〈北山移文〉。②從前公文的一種，用於不相統屬的各官署之間。

**移民** ㄧˊ ㄇㄧㄣˊ ①古時指將災區人民移到富庶地區。②指人口在不同地區之間移動，就是由原住地到目的地的遷移行動。移民是人口政策的一部分，許多國家訂有移民法，鼓勵或限制本國或他國人口的移入、移出。

**移用** ㄧˊ ㄩㄥˋ 把原是用於某一方的經費、人力、器物、物資等改用在另外方面。

**移交** ㄧˊ ㄐㄧㄠ 離職人員把職務上的事物，交給接手的人。

**移防** ㄧˊ ㄈㄤˊ 軍隊移換駐防地點。如「在這兒駐防的部隊移防到別處去了」。

**移居** ㄧˊ ㄐㄩ 遷居。

**移時** ㄧˊ ㄕˊ 図一會兒，沒有多久的時間。

**移動** ㄧˊ ㄉㄨㄥˋ 把位置改變，從原來的位置改到另外的位置。如「天上的雲移動得很快」。

**移徙** ㄧˊ ㄒㄧˇ 図泛指遷移、移居。

**移情** ㄧˊ ㄑㄧㄥˊ 改變情意。如「他的女朋友移情別戀，使他深受刺激」。

**移植** ㄧˊ ㄓˊ ①把植物的幼苗或秧苗拔起或連土掘起移種在田地裡。②把一部分身體組織或器官替代補換到自體或別的部分或別的身體上去；現代醫學進步到移植的情形越來越廣泛，如角膜、皮膚、血管，甚至腎、心、肝、肺等器官都可以用移植的手術使病患得救。③比喻以此移補彼。如「把這種好觀念好作風移植過來，在我們這兒茁壯發展」。

**移轉** ㄧˊ ㄓㄨㄢˇ ①從這裡轉到那裡。②從甲轉到乙。

**移山倒海** ㄧˊ ㄕㄢ ㄉㄠˇ ㄏㄞˇ 移動山岳，倒填大海，形容驚人的力量所引起的變動。舊小說裡常用以描寫神奇法術等，現在對進行偉大的地面工程也可以這麼形容。

**移孝作忠** ㄧˊ ㄒㄧㄠˋ ㄗㄨㄛˋ ㄓㄨㄥ 拿孝順父母的心來對國家效忠。

**移花接木** ㄧˊ ㄏㄨㄚ ㄐㄧㄝ ㄇㄨˋ ①栽植花木。②比喻暗中用圓滑的以假換真，以甲換乙的手段來處理事務。

**移風易俗** ㄧˊ ㄈㄥ ㄧˋ ㄙㄨˊ 改良社會風俗。

**移情作用** ㄧˊ ㄑㄧㄥˊ ㄗㄨㄛˋ ㄩㄥˋ 心理學名詞。因為周遭環境或觀賞對象所引起的一種感情轉移的心理。移情作用所移入的感情是純粹觀賞的自我的感情，最明顯的實例或許是演員或歌手覺得自己已化身成了所扮演的角色，觀眾也由移情作用覺得自己已置身於他在觀賞或沉思的藝術品之中。（英文 empathy，也譯作「神入」或「精神內注」。）

**移樽就教** ㄧˊ ㄗㄨㄣ ㄐㄧㄡˋ ㄐㄧㄠˋ 飲宴時移到別人酒席上喝酒。比喻特別遷就別人，親自去找他討教。

## 七筆

**稃（粰、秿）** ㄈㄨ 米麥的糠皮。又讀ㄈㄨˊ。

**稊** ㄊㄧˊ ㈠草名，形狀像稗，實中有細米，可吃。㈡[文]樹木重新生出的新葉。如「枯楊生稊」。

**稂** ㄌㄤˊ ㈠稻麥田裡的雜草。如「稂莠」。㈡低劣。如「不稂不秀」（不低不高）。

**稂莠** ㄌㄤˊ ㄧㄡˇ 有害秧苗的雜草。

**稈（秆）** ㄍㄢˇ 穀類植物的莖。如「麥稈」「高粱稈兒」。

**稀** ㄒㄧ ㈠疏，不密。如「稀疏」「月明星稀」。㈡少有。如「稀少」「人生七十古來稀」。㈢跟稠相反，是薄而不凝。如「稀飯」「稀薄」。㈣形容爛到極點。如「稀爛」。㈤見「稀鬆」。

**稀少** ㄒㄧ ㄕㄠˇ 不多。

**稀罕** ㄒㄧ ㄏㄢˇ 罕字輕讀。①形容不常見的。如「這是本地的土產，不是稀罕的東西」。②[口]加上ㄦ化詞尾成「稀罕兒」，用作名詞，指少見、難得的事物。如「看稀罕兒」「聽稀罕兒」。③對新奇稀少的事物發生喜愛。如「這個，我不稀罕」。

**稀奇** ㄒㄧ ㄑㄧˊ 同「希奇」。

**稀客** ㄒㄧ ㄎㄜˋ 很難得來一次的客人。

**稀疏** ㄒㄧ ㄕㄨ 不稠密。

**稀飯** ㄒㄧ ㄈㄢˋ 對乾飯說的，指粥類。

**稀薄** ㄒㄧ ㄅㄛˊ 不稠；不濃厚。

**稀鬆** ㄒㄧ ㄙㄨㄥ ①不起勁。②無關緊要。

**稀釋** ㄒㄧ ㄕˋ 就是「淡化」，把溶液的濃度變成稀薄。

**稀爛** ㄒㄧ ㄌㄢˋ 形容爛到極點。

**稀土元素** ㄒㄧ ㄊㄨˇ ㄩㄢˊ ㄙㄨˋ 有十七種金屬元素的化學性質近似，在自然界常混雜在一起，曾被認為十分稀有，叫做稀土元素或稀土金屬。元素是：鈧、釔、鑭、鈰、鐠、釹、鉅、釤、銪、釓、鋱、鏑、鈥、鉺、銩、鐿和鑥。其實稀土元素以低濃度廣泛分布在整個地殼之中，以較高濃度存在於多數礦物之內，並不稀少。

**稀有元素** ㄒㄧ ㄧㄡˇ ㄩㄢˊ ㄙㄨˋ 指在自然界含量稀少或分布稀散的元素，以及過去很少人研究過的元素；如鍅、鉬、鎢、鈾、釩、鈦等。通常也稱「稀有金屬」。（參看「稀有氣體」與「稀有金屬」。）

**稀有金屬** ㄒㄧ ㄧㄡˇ ㄐㄧㄣ ㄕㄨˇ 地殼礦藏含量稀少或分散的金屬，如鋰、鈹、銣、鈦、釩、鉬、鈮等。

**稀有氣體** ㄒㄧ ㄧㄡˇ ㄑㄧˋ ㄊㄧˇ 指稱六種化學元素：氦、氖、氬、氪、氙和氡，在通常條件下是無色、無臭、無味的不可燃氣體。其中氦是宇宙之中除氫之外最豐富的元素。

**稀稀拉拉** ㄒㄧ ㄒㄧ ㄌㄚ ㄌㄚ 形容稀疏零星，不密集。如「這場暴風把滿樹的果子吹得稀稀拉拉的，沒留下多少了。」

## 程

ㄔㄥˊ ㈠道路的段落。如「路程」「里程碑」。㈡事情進行的步驟、順序。如「程序」「議程」。㈢法式。如「程式」「規程」。㈣一段時間。如「日程」「這一程子我沒空兒」。㈤階段，地步。如「程度」。㈥姓。

**程式** ㄔㄥˊ ㄕˋ ①規定的格式。②（Program）電腦用語，指交給電腦，要它一步一步執行的邏輯指令。程式通常是按照電腦語言設計的。

**程序** ㄔㄥˊ ㄒㄩˋ ①工作執行方法的先後次序。②指計畫、組織、用人、指導、控制的次序。

**程度** ㄔㄥˊ ㄉㄨˋ 道德、知識、能力、技巧、事物等高低的階段。

**程限** ㄔㄥˊ ㄒㄧㄢˋ 規定的程式和限度。

**程儀** ㄔㄥˊ ㄧˊ 送給出門旅行的人的財物。也稱程敬。

**程序控制** ㄔㄥˊ ㄒㄩˋ ㄎㄨㄥˋ ㄓˋ 屬於工業自動化的重要項目，是按照預先規定安排的程序，對生產過程作嚴格細密的自動控制的方式，是現代工業廣泛注重實施的。

**程序教學** ㄔㄥˊ ㄒㄩˋ ㄐㄧㄠˋ ㄒㄩㄝˊ 就是「編序教學」，參看「編序教學法」。

**程序發言** ㄔㄥˊ ㄒㄩˋ ㄈㄚ ㄧㄢˊ 在議事進行當中特別對程序問題提出意見的發言。

## 稍

ㄕㄠ 略微。如「稍等一下兒」「稍有幾文」。又讀ㄕㄠˋ。

**稍事** ㄕㄠ ㄕˋ 図副詞，下接動詞，是說暫時、短期如此。如「稍事休息」「稍事整頓」。

**稍許** ㄕㄠ ㄒㄩˇ 稍微。程度不深或數量不多。

**稍稍** ㄕㄠ ㄕㄠ ①略微。②漸漸。

**稍微** ㄕㄠ ㄨㄟ 略微，多作副詞，表示動作或形狀變化的輕而少。

**稍安勿躁** ㄕㄠ ㄢ ㄨˋ ㄗㄠˋ 図告訴人「不要吵鬧」的話。如「現在這一件事要緊，你們稍安勿躁」。古時代作「少安毋躁」或「少安無躁」。

**稍縱即逝** ㄕㄠ ㄗㄨㄥˋ ㄐㄧˊ ㄕˋ 図稍微疏忽大意一點兒就消失不見了。比喻時光、機會或一時的巧思靈感很容易失去。如「局勢瞬息萬變，良機稍縱即逝」。

## 稅

ㄕㄨㄟˋ ㈠政府向人民征收所得的一部分，作為國家的經費。如「所得稅」「營業稅」。㈡図租賃。如「稅屋」。㈢図「稅駕」，是解去車繩，休息的意思。㈣姓。

**稅收** ㄕㄨㄟˋ ㄕㄡ 各級政府課征稅賦的收入。

**稅制** ㄕㄨㄟˋ ㄓˋ 政府課征賦稅的制度。

**稅法** 關於租稅的法律。

**稅則** 租稅的征收標準。

**稅契** 買賣田地、房子所立的契，呈送官廳納稅，由官廳發給印證。

**稅捐** 人民向政府繳交的各種賦稅。

**稅務** 向人民課征稅賦的業務。如「稅務工作」。

**稅率** 納稅的標準。

**稅單** 政府向人民收稅所發給的憑證。

**稅款** 稅金。

**稅駕** 図指「解駕」，是說休息、停歇的意思。

**稅額** 納稅的總數。

**稅捐稽徵處** 縣市政府設置負責徵收稅捐的機關。

## 八筆

**稗** ㄅㄞˋ ㈠粟類，葉子像稻，結實像黍，微苦，平時用作飼料。㈡小說之類的記載。如「稗官」「稗史」。

**稗子** 稗結的子兒。

**稗史** 記載瑣事的野史、小說之類。也作「稗說」。

**稗官** 小官；又沿稱小說家。

**稗官野史** 民間或私人對當代史事或人物的記載。稗官是古代小官，負責收集民間小說、故事，就是後來所說的「小說家」。野史，不是正史。

**稟(禀)** ▲ㄅㄥˇ ㈠受命。如「稟承」。㈡舊時代對尊長的報告。子對父稱「稟告」，下屬對上級用「稟白」。㈢見「稟賦」「稟性」。又讀ㄅㄧㄣˇ。▲図ㄌㄧㄣˇ通「廩」。

**稟白** 下對上所作的報告。也作「稟報」。

**稟受** 図對天賦、遺傳或恩賜的承受、領受。如「稟受了聰慧的天賦」。

**稟命** 図①所受的天命、命運。②承受命令。

**稟性** 天性。

**稟承** 稟受長上的命令。

**稟明** 図指下對上的說明、報告清楚。如「稟明父母」。

**稟報** 向上級或長輩報告事情。

**稟賦** 人天生的資質、性格和體魄。

**稜** ㄌㄥˊ ㈠物體的兩邊面的接角。如「稜角」「見稜見角」。㈡図威嚴的樣子。如「稜稜」。

**稜子** 見稜㈠。也說「稜兒」。

**稜角** 見稜㈠。

**稜稜** 図①形容冬天嚴寒的樣子。鮑照〈蕪城賦〉有「稜稜霜氣」。②威嚴的樣子。〈唐書〉有「為人嚴偉，稜稜有風望」。

**稜錐** 一種多面體，也叫「角錐」。稜錐的一個面（底面）是多邊形，其餘各面（側面）是有公共頂點的三角形。頂點與底面間的距離是稜錐的「高」，稜錐的體積等於三分之一的底面積乘高。

**稜鏡** 透明材料（如玻璃、水晶）作成的多面體（一般的截面是三角形的「三稜鏡」），廣泛應用在光學儀器裡，如潛望鏡或雙目望遠鏡等。

**稜柱體**（ㄌㄥˊ ㄓㄨˋ ㄊㄧˇ） 一種多面體，也叫「角柱」或「稜柱」。稜柱體有兩個面相互平行，其餘每相鄰兩面的公共邊也相互平行；相互平行的兩個面叫「底面」，兩底面之間的距離是稜柱體的「高」。稜柱體的體積等於底面積乘高。

**稜稜睜睜**（ㄌㄥˊ ㄌㄥˊ ㄓㄥ ㄓㄥ） ①寒冷的樣子。②鹵莽的樣子。

**稞** ㄎㄜ 見「青稞」。

**稘** ▲図ㄐㄧ 週年，是「期」「朞」（讀ㄐㄧ）的本字。▲ㄑㄧˊ 通「其」，豆莖。

**稚（稺、穉）** ㄓˋ ㈠幼小。如「童稚」「幼稚園」。㈡像小孩子一樣的。如「想法幼稚」「稚氣未除」。

**稚子**（ㄓˋ ㄗˇ） 図幼童。

**稚拙**（ㄓˋ ㄓㄨㄛˊ） 図不工整，像是孩子做的。指美術作品說的。

**稚氣**（ㄓˋ ㄑㄧˋ） 図孩子氣。

**稚嫩**（ㄓˋ ㄋㄣˋ） 嫩弱。

**稠** ㄔㄡˊ ㈠多。如「稠人廣眾」「人煙稠密」。㈡濃，密，跟「稀」相反。如「粥煮得太稠」。

**稠密**（ㄔㄡˊ ㄇㄧˋ） 多而密。

**稠糊（兒）**（ㄔㄡˊ ㄏㄨˊ（ㄦ）） 糊字輕讀。汁水非常濃的樣子。如「這杯牛奶沏得很稠糊（兒）」。

**稠人廣眾**（ㄔㄡˊ ㄖㄣˊ ㄍㄨㄤˇ ㄓㄨㄥˋ） 人數眾多。

**稔** 図ㄖㄣˇ ㈠稻麥等農作物成熟了。如「歲稔」「豐稔」。㈡熟悉。如「稔知」「素稔」。㈢図古時一年收成一次，所以一年也作「一稔」。

**稔知**（ㄖㄣˇ ㄓ） 図熟知；知道的很多。

## 九筆

**稨（藊、萹）** ㄅㄧㄢˇ 扁豆。

**稭** ㄐㄧㄝ 去了外皮和穗的禾稈。如「麻稭稈兒」。

**種（种、秐）** ▲ㄓㄨㄥˇ ㈠植物的籽粒。如「種子」「穀種」。㈡生物的延續。如「傳種」「絕種」。㈢人類的族類。如「黃種」「白種」。㈣図部落裡同族的人，叫「種落」「種人」。㈤事物的類別，樣式。如「種類」「各種東西全有」。㈥姓。▲ㄓㄨㄥˋ ㈠把籽粒或秧苗的根埋在土地裡。如「種花」「種菜」。㈡把疫苗引入人體用來抗疫。如「種牛痘」「接種卡介苗」。㈢図散布。如「種德」。

**種人**（ㄓㄨㄥˇ ㄖㄣˊ） 図同種族的人。

**種子**（ㄓㄨㄥˇ ㄗˇ） 植物雌蕊受精以後，子房裡的胚珠成熟，就是種子。可以在地上發芽，生根伸入地下，長成大的植物。

**種牛**（ㄓㄨㄥˇ ㄋㄧㄡˊ） 繁殖用的牛隻。

**種切**（ㄓㄨㄥˇ ㄑㄧㄝˋ） 図一切等等。舊書信裡常用，如「藉悉種切」。

**種玉**（ㄓㄨㄥˋ ㄩˋ） 図①指說孝行，也指兩家通婚是「種玉之緣」。（〈搜神記〉故事：楊伯雍住在父母葬地的終南山上，種石得玉，遂聘得好女為妻。）②指道家仙境的景色。（唐、元詩句有「開雲種玉嫌山淺」。）

**種田**（ㄓㄨㄥˋ ㄊㄧㄢˊ） 種植作物。北方說「種地」。

**種因**（ㄓㄨㄥˇ ㄧㄣ） 図預伏某事的因在事情發生以前。如「鴉片戰爭的失敗，種因於滿清政府的腐敗無能」。

**種地** ㄓㄨㄥˋ ㄉㄧˋ　種田，從事農田耕耘工作。如說「工商業發達之後，種地的人口比率越來越低了」。

**種別** ㄓㄨㄥˇ ㄅㄧㄝˊ　種類的分別。

**種兒** ㄓㄨㄥˇ ㄦ　種（ㄓㄨㄥˇ）㈠，口語也說「種子」。

**種姓** ㄓㄨㄥˇ ㄒㄧㄥˋ　一種世襲的社會等級，是我國古代文獻對梵文 Varna（瓦爾納）的意譯，指說印度的四大種姓：婆羅門（僧侶和學者）、剎帝利（武士和貴族）、吠舍（手工業者和商人）和首陀（農民和僕役）。種姓之間界限森嚴，不能通婚、交往；後來在種姓之外又出現大批最受歧視壓迫的「賤民」。也稱「種性制度」。

**種花** ㄓㄨㄥˋ ㄏㄨㄚ　①栽植花草。「花」字可儿化。②〔方〕種棉花（「花」專指「棉花」說）。

**種苗** ㄓㄨㄥˇ ㄇㄧㄠˊ　植物培育播種之後生長出來的幼苗；常指苗圃或秧田裡的種苗。

**種畜** ㄓㄨㄥˇ ㄔㄨˋ　專門為配種用而飼養的畜牲（公畜或母畜）。

**種族** ㄓㄨㄥˇ ㄗㄨˊ　現在世界上的人類同屬「智人（Homo sapiens）」，但是受環境、遺傳或文化傳承等因素的影響，衍生為若干遺傳差異的人種。

**種魚** ㄓㄨㄥˇ ㄩˊ　指發育成熟有繁殖能力的雄魚或雌魚。也叫「親魚」。

**種植** ㄓㄨㄥˋ ㄓˊ　把種子或秧苗的根部埋在土地裡。

**種痘** ㄓㄨㄥˋ ㄉㄡˋ　把牛痘漿種在人身上，預防天花。

**種落** ㄓㄨㄥˇ ㄌㄨㄛˋ　〔文〕一個民族聚居的地方。

**種種** ㄓㄨㄥˇ ㄓㄨㄥˇ　各種。

**種德** ㄓㄨㄥˋ ㄉㄜˊ　〔文〕散布德行。

**種類** ㄓㄨㄥˇ ㄌㄟˋ　類別。

**種瓜得瓜** ㄓㄨㄥˋ ㄍㄨㄚ ㄉㄜˊ ㄍㄨㄚ　佛經的話。種的是瓜，收成的當然是瓜。比喻造什麼因就得什麼果。也作「種麥得麥」（〈呂氏春秋〉的話）；也可下接「種豆得豆」。

**種族平等** ㄓㄨㄥˇ ㄗㄨˊ ㄆㄧㄥˊ ㄉㄥˇ　主張世界人類各個種族之間不應存在偏見與歧視，應互相處於完全平等的地位，這就是「種族平等」的觀念。西元一九四二年，美國成立一個各種族間的志願聯合組織，名稱是「種族平等會議」，從事用直接行動計畫來改善種族關係並結束種族歧視政策；總部設在紐約。

**種族主義** ㄓㄨㄥˇ ㄗㄨˊ ㄓㄨˇ ㄧˋ　由於認為一些種族天生就比其他種族優越的荒謬理論而產生的思想、主義，其表現形式包括種族偏見、種族歧視、種族隔離等。種族主義主張優等種族負有統治劣等種族的使命；二十世紀三十年代席捲德國的排猶太運動，發生了四十年代殘酷大屠殺，就是種族主義在人類歷史上所犯的滔天大罪。

**種族歧視** ㄓㄨㄥˇ ㄗㄨˊ ㄑㄧˊ ㄕˋ　因人類不同種族之間的偏見而發生不平等待遇的歧視現象。一般特別指說白種人對有色人種的敵視和迫害的歧視行為。

**種族偏見** ㄓㄨㄥˇ ㄗㄨˊ ㄆㄧㄢ ㄐㄧㄢˋ　人類各民族因為膚色、生活習慣、文化背景和經濟能力等差異而互相發生主觀上的偏見，就是「種族偏見」；因之導發出種族歧視與種族隔離現象，而且有極大危害的「種族主義」思想也因而發生。

**種族隔離** ㄓㄨㄥˇ ㄗㄨˊ ㄍㄜˊ ㄌㄧˊ　根據種族情況把人限制在一定的居住區、機構（學校、教室）和社會設施（公園、運動場、休息室）範圍之內，使各個種族互相隔離，就是「種族隔離」。歷史上的征服者對被征服的民族歧視，世界存在多民族的地方，都曾有過種族隔離的現象。現在中非和東非的多民族社會仍有種族隔離問題；南非尤其嚴重，因為種族隔離是官方政策。

**種姓等級制度** ㄓㄨㄥˇ ㄒㄧㄥˋ ㄉㄥˇ ㄐㄧˊ ㄓˋ ㄉㄨˋ 參看「種姓」。也就是「種姓制度」。

# 稱（称）

▲ㄔㄣˋ ㈠合意。如「稱心」。㈡富有。如「稱錢」。

▲ㄔㄥ ㈠用秤量輕重。如「稱稱看，有多重」。㈡述說。如「人人稱說」「此地據稱有礦產」。㈢人的名字，東西的名目。如「別稱」「通稱」「臺灣省簡稱臺省」。㈣叫，叫做。如「稱呼」「稱兄道弟」。㈤自居。如「稱霸一方」「袁世凱稱帝」。㈥讚譽。如「稱讚」「稱頌」。㈦図舉事。如「稱兵作亂」「稱觴」。㈧姓。

▲ㄔㄥˋ ㈠衡量輕重的工具。同「秤」。㈡適合，配置適當。如「稱職」「稱身」「十分相稱」。

**稱引** ㄔㄥ ㄧㄣˇ 図引證言語或事例。

**稱心** ㄔㄣˋ ㄒㄧㄣ 適合願望。如「稱心如意」。

**稱兵** ㄔㄥ ㄅㄧㄥ 図起兵。

**稱快** ㄔㄥ ㄎㄨㄞˋ 說是感覺到痛快。

**稱身** ㄔㄥˋ ㄕㄣ 衣服長短合身。

**稱呼** ㄔㄥ ㄏㄨ ①對人口頭上的稱謂。②問人姓名時的敬詞。如「您怎麼稱呼」。

**稱便** ㄔㄥ ㄅㄧㄢˋ 說是感覺到便利。

**稱述** ㄔㄥ ㄕㄨˋ 図述說，稱道。有褒揚的意味。

**稱病** ㄔㄥ ㄅㄧㄥˋ 藉口有病。

**稱許** ㄔㄥ ㄒㄩˇ 贊許。如「大家都稱許他的聰明能幹」。

**稱貸** ㄔㄥ ㄉㄞˋ 図舉債，告貸，向人借錢。

**稱雄** ㄔㄥ ㄒㄩㄥˊ 勢力最強大，無可匹敵。如「獨霸一方，稱雄一時」。

**稱意** ㄔㄣˋ ㄧˋ 滿意，合意。又讀ㄔㄥˋ ㄧˋ。

**稱號** ㄔㄥ ㄏㄠˋ 名目。

**稱道** ㄔㄥ ㄉㄠˋ ①陳述，述說。如「簡單稱道要點」。②宣揚，稱讚。如「無足稱道」。

**稱頌** ㄔㄥ ㄙㄨㄥˋ 讚美頌揚。頌也作誦。

**稱慶** ㄔㄥ ㄑㄧㄥˋ 図道賀。

**稱謂** ㄔㄥ ㄨㄟˋ 對人或物所加的名稱。

**稱錢** ㄔㄣˋ ㄑㄧㄢˊ 富有。如「他現在稱錢了，氣派不同了」。

**稱謝** ㄔㄥ ㄒㄧㄝˋ 道謝。

**稱職** ㄔㄥˋ ㄓˊ 才能足夠勝任所擔負的職務。

**稱觴** ㄔㄥ ㄕㄤ 図舉起酒杯，表示慶賀的意思。

**稱願** ㄔㄣˋ ㄩㄢˋ 稱心如願，滿足了心願。如「事態演變得這麼圓滿，完全使他高興稱願」。

**稱譽** ㄔㄥ ㄩˋ 稱讚，讚美。如「他的認真與努力受到同儕的稱譽」。

**稱霸** ㄔㄥ ㄅㄚˋ 憑武力壓倒他人，在地方上居領導的地位。

**稱讚** ㄔㄥ ㄗㄢˋ 讚美。也作「稱許」「稱揚」「稱道」。

**稱心如意** ㄔㄣˋ ㄒㄧㄣ ㄖㄨˊ ㄧˋ 心滿意足。如「人生一輩子難得幾件稱心如意的事情」。

**稱兄道弟** ㄔㄥ ㄒㄩㄥ ㄉㄠˋ ㄉㄧˋ 彼此以兄弟相稱，表現關係很親密。

**稱孤道寡** ㄔㄥ ㄍㄨ ㄉㄠˋ ㄍㄨㄚˇ 比喻人目空一切，以高位自居（「孤」和「寡人」都是古代君主的自稱）。

**稱體裁衣** ㄔㄥˋ ㄊㄧˇ ㄘㄞˊ ㄧ 比喻事情做得剛好合適。

## 十筆

**稻** ㄉㄠˋ 禾本科穀類植物，一年生草本，大都種在水田裡，所以也叫水稻。種子可碾成米。有秈稻、粳稻、糯稻等種。臺灣最常見的稻有「在來」「蓬萊」兩種。

**稻子** ㄉㄠˋ ˙ㄗ 水田裡種的稻穀，口語說稻子。

**稻田** ㄉㄠˋ ㄊㄧㄢˊ 種植稻子的水田。

**稻米** ㄉㄠˋ ㄇㄧˇ 稻的複音詞，米的通稱。稻米是國人的主食，至少在七千年前就已經廣泛種植。從黏性看，稻米可以分為粳稻、糯稻、秈稻三種。臺灣的蓬萊米屬於粳稻，在來米屬於秈稻。

**稻孫** ㄉㄠˋ ㄙㄨㄣ 稻子收割之後，地裡（遇雨水）暫時長出來的穗苗。

**稻秧** ㄉㄠˋ ㄧㄤ 稻子的秧苗。水稻的幼苗。

**稻草** ㄉㄠˋ ㄘㄠˇ 稻莖晒乾了的。

**稻穀** ㄉㄠˋ ㄍㄨˇ 還沒脫去外殼的稻粒。

**稻蝗** ㄉㄠˋ ㄏㄨㄤˊ 一種為害農作物的黃綠色昆蟲，體長三到四公分，一般每年生一代。屬昆蟲綱，直翅目，蝗科。

**稻穅** ㄉㄠˋ ㄎㄤ 稻穀經過礱碾過後脫下的粗穀。也叫「礱穅」。

**稻穗** ㄉㄠˋ ㄙㄨㄟˋ 稻子開花之後結的稻粒。

**稻粱謀** ㄉㄠˋ ㄌㄧㄤˊ ㄇㄡˊ 図原指鳥禽覓食。如唐杜甫〈登慈恩寺塔詩〉：「君看隨陽雁，各有稻粱謀。」後來用以比喻人謀求衣食。如清龔自珍〈詠史詩〉：「避席畏聞文字獄，著書都為稻粱謀。」

**稻熱病** ㄉㄠˋ ㄖㄜˋ ㄅㄧㄥˋ 稻株沾染上了病菌而發生的病害，受病部位發生褐色梭形病斑，然後全株焦枯或成了白穗，是水稻主要病害之一。也叫「稻瘟病」。

**稾（藁）** ㄍㄠˇ ㈠同「稿」。㈡稾城，河北省縣名。㈢見「稾葬」。

**稾葬** ㄍㄠˇ ㄗㄤˋ 図草草埋葬。

**稿** ㄍㄠˇ ㈠同「稾」，是稻草的稈兒。如「稿薦」（稻草編的席子）。㈡文章，繪畫的草底。如「文稿」「畫稿」。㈢文章。如「投稿」「稿件」。㈣商量，討價還價，叫「稿價兒」。

**稿子** ㄍㄠˇ ˙ㄗ 也作「稿兒」。①文章、繪畫的草底。②心裡的計畫。如「做什麼事都得在肚子裡有個稿子」。

**稿本** ㄍㄠˇ ㄅㄣˇ ①著作文字的草底。②臨摹繪畫的範本。

**稿件** ㄍㄠˇ ㄐㄧㄢˋ 草稿或文件。

**稿約** ㄍㄠˇ ㄩㄝ 報紙、雜誌的編輯部門向投稿人說明的徵稿、寫稿有關的事項，叫做「稿約」，登在報章雜誌上供投稿與選稿的依據。

**稿紙** ㄍㄠˇ ㄓˇ 寫文稿用的紙，一般印著行線或格子。

**稿費** ㄍㄠˇ ㄈㄟˋ 報紙雜誌刊出的文章、繪畫的金錢報酬。

**稿酬** ㄍㄠˇ ㄔㄡˊ 出版者對採用的文稿作品所給付的報酬。也說是「稿費」。

**稿底（兒）** ㄍㄠˇ ㄉㄧˇ ㄦ 文字的草底。

**穀** ㄍㄨˇ ㈠可以作食糧的草本植物。如「稻穀」。把稻、麥、黍、稷、菽合稱「五穀」。㈡囡善，吉祥。如「穀旦」。㈢見「穀道」。

**穀子** ㄍㄨˇ ˙ㄗ ①農作物的一種，俗稱小米，就是粟。②即稻粒。

**穀旦** ㄍㄨˇ ㄉㄢˋ 囡好日子。

**穀物** ㄍㄨˇ ㄨˋ 統稱可供食用的穀類作物所結的子實。

**穀雨** ㄍㄨˇ ㄩˇ 節氣名，在陽曆四月二十或二十一日。

**穀倉** ㄍㄨˇ ㄘㄤ ①貯藏穀物米糧的倉房。②指盛產穀物的農業地區。如「高屏地區是臺灣寶島的穀倉」。

**穀道** ㄍㄨˇ ㄉㄠˋ 肛門。

**穀種** ㄍㄨˇ ㄓㄨㄥˇ 穀類的種籽。在收成之後選留下來，下次播種前培育秧苗。

**穀賤傷農** ㄍㄨˇ ㄐㄧㄢˋ ㄕㄤ ㄋㄨㄥˊ 穀類糧食豐收時候，糧商壓抑糧價，農民因賣糧收入減少而遭受損害。

**穀類植物** ㄍㄨˇ ㄌㄟˋ ㄓˊ ㄨˋ 各種穀類植物的統稱。也稱「穀類作物」—「糧食作物」。（古書說的九穀是黍、稷、秫、稻、麻、大豆、小豆、大麥、小麥。六穀是指黍、稷、麥、粱、菰、稻；五穀是指稻、麥、稷、黍、菽。）

# 稽

▲ㄐㄧ ㈠查考，核計。如「稽古」「稽核」。㈡囡停留，遲緩。如「稽延」「稽遲」。㈢囡計較。如「反脣相稽」。▲囡ㄑㄧˇ 見「稽首」「稽顙」等條。

**稽古** ㄐㄧ ㄍㄨˇ 考古。

**稽考** ㄐㄧ ㄎㄠˇ 查考，考核。如「時間過得太久了，此事已無從稽考」。

**稽延** ㄐㄧ ㄧㄢˊ 囡耽擱，停留。

**稽查** ㄐㄧ ㄔㄚˊ ①考察。也作「稽察」。②機關裡負責查考工作情形、成果或進度的人員。

**稽首** ㄑㄧˇ ㄕㄡˇ 囡叩頭。

**稽核** ㄐㄧ ㄏㄜˊ ①考查核算。也作「稽覈」。②機關裡負責考查核算的工作人員，地位比「稽查」高。

**稽留** ㄐㄧ ㄌㄧㄡˊ 囡停留，久留。

**稽遲** ㄐㄧ ㄔˊ 囡久留不進行。

**稽顙** ㄑㄧˇ ㄙㄤˇ 囡喪事時孝家回拜賓客的禮，雙膝跪下，把頭額觸地。

# 稷（穄）

ㄐㄧˋ ㈠沒有黏性的黍子、高粱等。㈡古人認為稷是百穀之長，所以農官穀神都叫「稷」。百穀跟土地是立國要素，所以把「社（土地）稷（穀類）」作為國家的代稱。

# 稼

ㄐㄧㄚˋ ㈠農人耕種。如「耕稼」「稼穡」。㈡稻麥等作物。如「莊稼」。

**稼穡** ㄐㄧㄚˋ ㄙㄜˋ 囡種穀和收割，泛指一般農事。

# 稹

囡ㄓㄣˇ ㈠植物叢生，在〈說文〉說「苞」，〈爾雅〉說「苞，稹也」。㈡同「縝」，緻，密。

## 十一筆

# 穈

ㄇㄟˊ 同「穈」。

# 穆

ㄇㄨˋ ㈠囡溫和的樣子。如「穆如清風」「雍雍穆穆」。㈡莊敬的樣子。如「肅穆」。㈢囡靜默的樣子。如「穆然」。㈣古時宗廟裡神位的排列次序，左邊是「昭」，右邊是「穆」。㈤姓。

**穆穆** ㄇㄨˋ ㄇㄨˋ 囡①莊敬，威儀多。〈曲禮〉有「天子穆穆」。②美。〈詩經．大雅〉有「穆穆文王」。

**穆斯林** ㄇㄨˋ ㄙ ㄌㄧㄣˊ 例阿拉伯文 muslim 音譯，意思是伊斯蘭教（回教）信徒。

**積** ㄐㄧ ㈠堆聚。如「積聚」「堆積」。㈡集結，蓄存。如「積蓄」「積少成多」。㈢時間長久。如「積年累月」「積重難返」。㈣算術乘法的得數。㈤停食不消化。如「食積」「疳積」。

**積分** ㄐㄧ ㄈㄣ ①累積的得分，指學生成績或比賽時所得的分數。②數學名詞，常跟微分合稱「微積分」。

**積木** ㄐㄧ ㄇㄨˋ 兒童的玩具，由一個個的木塊，可以拼成許多形狀的東西。

**積欠** ㄐㄧ ㄑㄧㄢˋ 累積下來的虧欠或歷次所欠的債款。如「積欠款項悉數清結」。

**積水** ㄐㄧ ㄕㄨㄟˇ 地面存留不流動的水。（低窪地區或下水道阻塞地區常發生積水現象。）

**積存** ㄐㄧ ㄘㄨㄣˊ 積聚儲存。如「他經營得法，積存了不少財富」。

**積年** ㄐㄧ ㄋㄧㄢˊ 〔文〕很多年。如「積年累月」。

**積怨** ㄐㄧ ㄩㄢˋ 積久的仇恨。

**積累** ㄐㄧ ㄌㄟˇ 指事物的逐漸積聚。如「積累經驗以打破困境」。

**積習** ㄐㄧ ㄒㄧˊ 積久而成的習慣。往往指壞的方面。如「積習難改」。

**積雪** ㄐㄧ ㄒㄩㄝˇ 許久不融化的雪。

**積勞** ㄐㄧ ㄌㄠˊ 勞累過度。常作「積勞成疾」。

**積極** ㄐㄧ ㄐㄧˊ 指人能勇往直前，向上發展，不灰心，不喪志，與「消極」相對。

**積雲** ㄐㄧ ㄩㄣˊ 輪廓分明的白色孤立雲塊，天文學上屬於「直展雲族」，分淡積雲和濃積雲兩類：積雲由水滴構成，對流旺盛時候可發展成「積雨雲」，消散破裂時候常成了「碎積雲」。

**積弊** ㄐㄧ ㄅㄧˋ 相沿已久的弊端。

**積漸** ㄐㄧ ㄐㄧㄢˋ 逐漸。

**積聚** ㄐㄧ ㄐㄩˋ ①逐漸積存、聚斂；也指積存的所得。②中醫所說的一種病症，是肚子裡結塊：病塊固定不移的叫做「積」，是五臟的病；病塊聚散無常的叫做「聚」，是六腑的病。

**積蓄** ㄐㄧ ㄒㄩˋ 儲蓄。

**積德** ㄐㄧ ㄉㄜˊ 口語說人「經常做好事」。文言作「積善」。

**積數** ㄐㄧ ㄕㄨˋ 算術兩數相乘的得數。

**積學** ㄐㄧ ㄒㄩㄝˊ 〔文〕飽學，學識豐富。如「積學之士」。

**積壓** ㄐㄧ ㄧㄚ 擱置而沒有處理，也指長期地積存。如「積壓案件太多」。

**積攢** ㄐㄧ ㄗㄢˇ 攢字輕讀。積蓄。

**積雨雲** ㄐㄧ ㄩˇ ㄩㄣˊ 一種特別濃厚，頂部已有絲縷狀冰晶結構的濃而陰暗的雲塊。積雨雲往往是濃積雲發展而成，出現時常伴有雷電、陣雨和陣風；如發展猛烈也會有冰雹或龍捲風出現。也叫「雷雨雲」。

**積少成多** ㄐㄧ ㄕㄠˇ ㄔㄥˊ ㄉㄨㄛ 由少逐漸積累而成多，從貧乏到豐富。

**積年累月** ㄐㄧ ㄋㄧㄢˊ ㄌㄟˇ ㄩㄝˋ 時間長久。

**積重難返** ㄐㄧ ㄓㄨㄥˋ ㄋㄢˊ ㄈㄢˇ 積習太深，不容易改變。

**積勞成疾** ㄐㄧ ㄌㄠˊ ㄔㄥˊ ㄐㄧˊ 因過度勞累而得病。用來形容人忠誠負責於工作，犧牲奉獻。

**積善餘慶** ㄐㄧ ㄕㄢˋ ㄩˊ ㄑㄧㄥˋ 〔文〕積善：多作了善事。餘慶：指遺澤加惠後代。是勸勉人多行善事或祝頌人受到祖先的蔭澤。

**積毀銷骨**（ㄐㄧ ㄏㄨㄟˇ ㄒㄧㄠ ㄍㄨˇ）〔文〕毀謗一多，就使受謗者無法繼續生存。如「眾口鑠金，積毀銷骨」。

**積穀防飢**（ㄐㄧ ㄍㄨˇ ㄈㄤˊ ㄐㄧ）貯存糧食以防備飢荒。是說明事先應有妥善準備。俗諺常說「養兒防老，積穀防飢」。

**積薪厝火**（ㄐㄧ ㄒㄧㄣ ㄘㄨㄛˋ ㄏㄨㄛˇ）〔文〕把火放進柴堆裡，比喻形勢危急可怕。也作「厝火積薪」。

**穌** ㄙㄨ 死而復生。同「甦」「蘇」。

**穎（頴）** ㄧㄥˇ ㈠〔文〕禾的尖端。如「嘉禾重穎」。㈡〔文〕毛筆尖。「毛穎」指毛筆，「穎端」就是毛筆頭。㈢〔文〕錐子尖。如「脫穎而出」。㈣〔文〕聰明。如「聰穎」「穎悟」。㈤新式的。如「新穎」。

**穎秀**（ㄧㄥˇ ㄒㄧㄡˋ）〔文〕聰敏優秀。

**穎悟**（ㄧㄥˇ ㄨˋ）〔文〕聰明過人。

**穎異**（ㄧㄥˇ ㄧˋ）〔文〕①新穎奇異。②指特別聰明，聰明過人。

**穎端**（ㄧㄥˇ ㄉㄨㄢ）〔文〕筆尖。比喻筆下所寫的文章字畫。如說：「穎端尤宜謹慎，毋涉輕薄放肆」。

**穎慧**（ㄧㄥˇ ㄏㄨㄟˋ）〔文〕很聰明。常用以形容青少年的聰明。

## 十二筆

**穗** ㄙㄨㄟˋ ㈠稻麥穀類成熟時長出一串串的實。如「稻子吐穗兒」。㈡植物的小花或果實集結成串的。如「雞冠花穗兒」。㈢東西的裝飾像穗的。如「帳簷上的穗兒搖動著」（文言把穗兒叫「流蘇」）。㈣廣州市的別名。

**穗兒**（ㄙㄨㄟˋ ㄦ）禾本科植物莖頂端的「穗」跟絲線、布條等紮成的裝飾用的「穗」，加ㄦ化詞尾，在口語裡表示是輕鬆、活潑、自然而順當的說法。如「稻子長穗ㄦ了」「帽子頂上有個大大的帽穗ㄦ」。

**穗狀花序**（ㄙㄨㄟˋ ㄓㄨㄤˋ ㄏㄨㄚ ㄒㄩˋ）植物學名詞。無限花序的一種，花序的花軸特長，不分枝，花的數目多，沒有花梗，直接著生在花軸上。如車前、馬鞭草等的花序就是。

## 十三筆

**穠** 〔文〕ㄋㄨㄥˊ 花木很繁盛的樣子。如「夭桃穠李」。

**穠豔**（ㄋㄨㄥˊ ㄧㄢˋ）〔文〕①美豔。②指鮮豔的花朵。唐李白〈清平調〉詩：「一枝穠豔露凝香。」

**穠纖**（ㄋㄨㄥˊ ㄒㄧㄢ）〔文〕繁密跟細小。

**穡** 〔文〕ㄙㄜˋ 收割穀物。如「稼穡」。

**穢** 〔文〕ㄏㄨㄟˋ ㈠田裡的雜草。㈡骯髒的。如「汙穢」。㈢醜惡的行為，叫「穢行」「穢事」。又讀ㄨㄟˋ。

**穢土**（ㄏㄨㄟˋ ㄊㄨˇ）〔文〕①髒土，垃圾。②佛教稱人世是「穢土」，猶指稱「濁世」，乃對「淨土」（極樂世界）而言。

**穢行**（ㄏㄨㄟˋ ㄒㄧㄥˋ）〔文〕指鄙賤、不正經的品行（多指淫亂、醜惡方面）。

**穢事**（ㄏㄨㄟˋ ㄕˋ）〔文〕卑邪醜惡的事情（多指淫亂的事情）。

**穢亂**（ㄏㄨㄟˋ ㄌㄨㄢˋ）〔文〕淫亂。

**穢跡**（ㄏㄨㄟˋ ㄐㄧ）〔文〕醜惡的事跡。

**穢聞**（ㄏㄨㄟˋ ㄨㄣˊ）〔文〕醜惡的名聲（多指淫亂的名聲）。如「穢聞遠揚」。

**穢德** ㄏㄨㄟˋ ㄉㄜˊ 文穢行，不正當的、邪惡的人格品質。〈書經．泰誓〉：「無辜籲天，穢德彰聞。」

**穢囊** ㄏㄨㄟˋ ㄋㄤˊ 文佛教說人的肉體是「穢囊」，猶如稱人身是「臭皮囊」。

## 十四筆

**穫** ㄏㄨㄛˋ 收割穀物。如「收穫」。

**穧** ㄐㄧˋ 文剛收割下還放在田裡沒有收束的農作物。

**穩（稳）** ㄨㄣˇ ㈠妥當，安定。如「穩當」「平穩」。㈡沉著不輕浮。如「穩健」「穩紮穩打」。㈢準。如「十拿九穩」。

**穩住** ㄨㄣˇ ㄓㄨˋ 控制住，使不很安定的事態、局面完全穩定下來。如：「別怕風浪，先把船穩住，再慢慢划過去。」

**穩妥** ㄨㄣˇ ㄊㄨㄛˇ 穩當，妥善，沒問題。可以拆開作疊詞說「穩穩妥妥」。

**穩步** ㄨㄣˇ ㄅㄨˋ 穩定的腳步。比喻不慌不亂地往前進行。如「把握住原則，穩步把事情圓滿完成」。

**穩固** ㄨㄣˇ ㄍㄨˋ 安穩牢固。

**穩定** ㄨㄣˇ ㄉㄧㄥˋ ①沒變動，穩固而安定。（作形容詞用）如「物價穩定」。②平抑，控制住。（作動詞用）如「穩定物價」。③指物質不容易受外物影響而改變性質。如「這種東西的性質穩定，不會氧化」。

**穩帖** ㄨㄣˇ ㄊㄧㄝ 穩妥。可以拆開作疊詞說「穩穩帖帖」。也作「穩貼」。

**穩便** ㄨㄣˇ ㄅㄧㄢˋ 文①穩妥，便利。②舊時的客套語，就是請便、自便。

**穩重** ㄨㄣˇ ㄓㄨㄥˋ 安穩厚重，做事謹慎。

**穩健** ㄨㄣˇ ㄐㄧㄢˋ 穩當謹慎。

**穩婆** ㄨㄣˇ ㄆㄛˊ ①舊日為產婦接生的「收生婆」。②舊時的女仵作。

**穩當** ㄨㄣˇ ㄉㄤˋ 當字輕讀。安穩妥當。也說「穩妥」。

**穩如泰山** ㄨㄣˇ ㄖㄨˊ ㄊㄞˋ ㄕㄢ 形容非常穩定。（像泰山那樣牢靠不可動搖。）也作「安如泰山」。

**穩紮穩打** ㄨㄣˇ ㄓㄚ ㄨㄣˇ ㄉㄚˇ 形容做事小心謹慎的樣子。

**穩穩當當（兒）** ㄨㄣˇ ㄨㄣˇ ㄉㄤ ㄉㄤ ㄦ ①當字輕讀。穩當的樣子。②準，一定。

## 十七筆

**穰** ▲文ㄖㄤˊ ㈠穀類植物的莖。㈡豐收，如「大穰」。▲ㄖㄤˇ ㈠紛亂。元曲有「不由咱心緒穰」。㈡盛，多。〈漢書〉有「長安中浩穰」。

# 穴部

**穴** ▲ㄒㄩㄝˊ ㈠文岩洞，地洞。如「穴居野處」。㈡洞，窩巢。如「巢穴」「虎穴」。㈢墓地。如「死則同穴」。㈣文側面。如「穴出」。▲ㄒㄩㄝˋ 人體經脈要害的地方。如「穴道」「點穴」「太陽穴」。

**穴出** ㄒㄩㄝˊ ㄔㄨ 文從側面出來。

**穴居** ㄒㄩㄝˊ ㄐㄩ 文〈易經〉說「上古穴居而野處（ㄔㄨˇ）」，指原始人沒有房屋居住，挖掘山洞作為住處。也作「穴處」。

**穴道** ㄒㄩㄝˊ ㄉㄠˋ 人體神經末梢密集或比較粗的神經纖維經過的部位，又稱穴位。分經穴、經外奇穴、阿是穴三種。穴道可通過經絡的聯繫，對身體內部器官的生理或病理產生一定的反應，也可接受針灸、艾灸、推拿等方法，調整體內機能，達到治病的效果。

**穴寶蓋兒** ㄒㄩㄝˋ ㄅㄠˇ ㄍㄞˋ ㄦ　穴字作部首，俗稱「穴寶蓋兒」。

## 一筆

**穵** ▲図ㄧㄚˋ空虛，空洞。▲ㄨㄚ同「挖」。

## 二筆

**究** ㄐㄧㄡˋ ㈠細心推求。如「研究」「追根究底」。㈡到底。如「究竟」。㈢查問。如「追究」。㈣審問。如「送警究辦」「嚴究」。又讀ㄐㄧㄡ。

**究治** ㄐㄧㄡˋ ㄓˋ　図探求犯罪原委而加以懲治。

**究問** ㄐㄧㄡˋ ㄨㄣˋ　推究訊問。

**究理** ㄐㄧㄡˋ ㄌㄧˇ　図推求道理。如「揆情究理」。

**究竟** ㄐㄧㄡˋ ㄐㄧㄥˋ　①推求到極點。②到底。如「究竟如何」。

**究詰** ㄐㄧㄡˋ ㄐㄧㄝˊ　図深入追問，責問究竟是怎麼一回事。如「究詰前因後果」。

**究辦** ㄐㄧㄡˋ ㄅㄢˋ　審問處罰。

## 三筆

**空** ▲ㄎㄨㄥ ㈠天上。如「天空」「晴空萬里」。㈡天跟地的中間。如「半空中」「空際」。㈢虛，沒東西。如「空虛」「空無所有」。㈣不切實的。如「說空話」「空洞無物」。㈤白白的，枉費。如「空跑一趟」「空歡喜一場」。㈥指佛教。如「遁入空門」。▲ㄎㄨㄥˋ㈠間（ㄐㄧㄢˋ）隙。如「留個空兒」「防備敵人鑽空子」。㈡閒暇。如「空閒」「今天沒空兒」。㈢留下待用。如「空白」「空出一塊地」。㈣窮乏負債。如「虧空」。㈤倒懸或傾斜。如「空著頭，好難受」「洗好了豆兒先把水空出來」。

**空口** ㄎㄨㄥ ㄎㄡˇ　副詞，指只是口說或附和卻沒有實際辦法或積極行動。如「他不過空口說說而已」。

**空大** ㄎㄨㄥ ㄉㄚˋ　「空中大學」的簡縮詞。

**空中** ㄎㄨㄥ ㄓㄨㄥ　天空。

**空幻** ㄎㄨㄥ ㄏㄨㄢˋ　虛幻。

**空手** ㄎㄨㄥ ㄕㄡˇ　①手裡不帶東西。②無所得的樣子。

**空乏** ㄎㄨㄥ ㄈㄚˊ　窮困匱乏。

**空白** ㄎㄨㄥˋ ㄅㄞˊ　紙上沒有文字的部分。

**空地** ㄎㄨㄥˋ ㄉㄧˋ　沒有利用的土地。

**空竹** ㄎㄨㄥ ㄓㄨˊ　一種玩具，就是「空鐘」，俗名「扯鈴」，也叫「空箏」。

**空投** ㄎㄨㄥ ㄊㄡˊ　把物資繫在降落傘下，從飛行的運輸機上投到目標區的地面。一般指投下救災物品或戰地軍事補給品而言。

**空言** ㄎㄨㄥ ㄧㄢˊ　空話，空談。如「空言無益」。

**空谷** ㄎㄨㄥ ㄍㄨˇ　指深谷，山谷裡幽深之處。

**空防** ㄎㄨㄥ ㄈㄤˊ　指領空的軍事防衛，是國家空軍的任務。如「空防部隊」。

**空兒** ㄎㄨㄥˋ ㄦ　①閒的時候。②機會。如「要跟他說這種話，得另找個空兒」。

**空官** ㄎㄨㄥ ㄍㄨㄢ　「空軍軍官學校」的簡縮詞。

**空明** ㄎㄨㄥ ㄇㄧㄥˊ 図通明透徹，詩文裡常用以形容湖水、天色等方面。

**空房** ㄎㄨㄥ ㄈㄤˊ 閒著沒利用的房子。

**空泛** ㄎㄨㄥ ㄈㄢˋ 空洞不切實。

**空空** ㄎㄨㄥ ㄎㄨㄥ ①図虛心誠懇。〈論語・子罕〉：「有鄙夫問於我，空空如也。」②佛家語。色空，法也空，意思是一切物質現象生滅無常，沒有永恆，是空；人的精神思維活動，抽象事物只能寄託假設，也是空。而生命所接觸的無非色法與心法，所以說「空空」。③見「空空的」。

**空門** ㄎㄨㄥ ㄇㄣˊ 就是佛門。佛教是空相法門，所以說空門。「遁入空門」等於說「出家去了」。

**空前** ㄎㄨㄥ ㄑㄧㄢˊ 以前所沒有的。如「工商業的發達使社會經濟空前繁榮」。

**空城** ㄎㄨㄥ ㄔㄥˊ ①因為戰亂、瘟疫等原因，居民全部遷徙離去的城區。②指說沒有防守兵力的城市。〈三國演義〉有諸葛亮用空城計詐退敵軍的故事。

**空巷** ㄎㄨㄥ ㄒㄧㄤˋ 図街巷、里弄都沒人了，意思是大家都參與某種事項或趕著看熱鬧去了。一般常用有「萬人空巷」成語。

**空洞** ㄎㄨㄥ ㄉㄨㄥˋ ①作文、說話沒內容。②廣闊而無所有。

**空相** ㄎㄨㄥ ㄒㄧㄤˋ 図佛教認為世間一切都是虛空無常的表象，所以說是「空相」。

**空軍** ㄎㄨㄥ ㄐㄩㄣ 防備敵人從天空侵襲，保衛國家領空的部隊。有的服空中勤務，像駕駛軍機作戰的；也有的在地面服勤，像高射砲部隊或作機械修護等工作的：統稱空軍。

**空降** ㄎㄨㄥ ㄐㄧㄤˋ 作戰或消防、搶險時候，利用降落傘從飛機上降落到戰地或消防、搶險地點，這是「傘降」；如條件許可，使用飛機直接降落著地，這是「機降」。（空軍有傘兵和空降部隊，作空降訓練。）

**空氣** ㄎㄨㄥ ㄑㄧˋ ①（Air）地球周圍大體的構成物，包括氮、氧、氬、二氧化碳、氖，極少量的氦、氫、甲烷等，以及百分之零到四的水氣。②訊息。如「他放出空氣來，說他不參加競選了」。

**空缺** ㄎㄨㄥ ㄑㄩㄝ 工作人員的缺額，指任何空出的職位。有了空缺說「出缺」，把空缺補足是「補缺」。

**空耗** ㄎㄨㄥ ㄏㄠˋ 白白耗費。如「好好地控制工程質量，不能空耗人力、時間」。

**空域** ㄎㄨㄥ ㄩˋ ①「空間區域」的簡詞，是根據飛行訓練、飛行航線、作戰任務等各種需要而劃定的空間範圍，通常以顯著的地標作標誌，或以導航臺為基準。②指法律上的「領空區域」。聯合國大會一九六六年通過、一九六七年生效的「外層空間條約」規定：各國政府空域不包括外層空間（外層空間是自由的，國家不得占有）；但是並沒有規定空域高度的上限和外層空間的下限。

**空疏** ㄎㄨㄥ ㄕㄨ 図空洞而粗略，指學問、文章、議論與意見等方面而言。如「空疏之言無補實際」。

**空敞** ㄎㄨㄥ ㄔㄤˇ 空曠寬敞。如「難得有這麼一片空敞的地方」。

**空著** ▲ㄎㄨㄥ・ㄓㄜ 指土地、房屋、坐位或容器等沒被使用而騰出了。如「前排有幾個位子空著哪」。▲ㄎㄨㄥ・ㄓㄜ 形容不充實，沒內容或完全空虛。如「應該帶點禮物，不能空著手去」。

**空虛** ㄎㄨㄥ ㄒㄩ 一無所有。

**空間** ㄎㄨㄥ ㄒㄧㄢˊ 閒暇。

**空間** ㄎㄨㄥ ㄐㄧㄢ 凡是有質點可以存在的地方，都是空間。

**空勤** ㄎㄨㄥ ㄑㄧㄣˊ 指「空中勤務」，與「地勤（地面勤務）」相對，是空軍或航空部門指說在空中執行的各種工作。

**空想** ㄎㄨㄥ ㄒㄧㄤˇ 不切實際的想像、幻想。

**空暇** ㄎㄨㄥ ㄒㄧㄚˊ 閒暇，空閒無事。如「最近事情太忙，沒有空暇」。

**空當** ㄎㄨㄥ ㄉㄤˋ 空隙，位置排列中的空隙或時間日程裡的空暇。如「第五排還有空當，你們去插隊吧」。也說「空當子（子字輕讀）」「空當ㄦ」。

**空腹** ㄎㄨㄥ ㄈㄨˋ 沒吃東西，肚子裡空空的。一般在病理檢驗抽血之前的時段要保持空腹禁食。

**空腸** ㄎㄨㄥ ㄔㄤˊ 小腸的一段，上面接十二指腸，下面連迴腸。

**空話** ㄎㄨㄥ ㄏㄨㄚˋ ①不切實際的談話。②內容不充實的言論。

**空運** ㄎㄨㄥ ㄩㄣˋ 在空中由飛機運輸。

**空談** ㄎㄨㄥ ㄊㄢˊ ①不切實際的話。②只說不做。

**空際** ㄎㄨㄥ ㄐㄧˋ 〔文〕天空，空中。如「雲層彌漫空際，遠山若隱若現」。

**空隙** ㄎㄨㄥ ㄒㄧˋ 空當，空閒的狹窄地位或短暫的空閒時間。如「利用工作的空隙打電話告訴他」。

**空論** ㄎㄨㄥ ㄌㄨㄣˋ 不顧客觀事實而發的空泛論調。

**空戰** ㄎㄨㄥ ㄓㄢˋ 雙方的軍機在空中盤旋交戰。

**空頭** ㄎㄨㄥ ㄊㄡˊ ①在證券市場或期貨市場預料後市會跌價，現在趕快賣出，通稱「空頭」，與「多頭」相對。②虛名無實，不實在的虛諾或假意。如「空頭人情（無實惠的表面敷衍）」。

**空檔** ▲ㄎㄨㄥ ㄉㄤˇ 汽車或其他機器的變速齒輪所在的一個位置，在這個位置上，從動齒輪與主動齒輪不相連接。▲ㄎㄨㄥˋ ㄉㄤˋ 指事情告一段落所空出來的時間。

**空濛** ㄎㄨㄥ ㄇㄥˊ 〔文〕形容一片迷茫，看不清楚。如「空濛如薄霧」。

**空闊** ㄎㄨㄥ ㄎㄨㄛˋ 地方寬大。

**空轉** ㄎㄨㄥ ㄓㄨㄢˋ ①指稱火車的機車或汽車，轉動輪在軌道或路面上滑轉而不前進的現象（是由於摩擦力太小或車輪轉速急遽增加而形成）。②指說機器在沒有負載時候的運轉。

**空額** ㄎㄨㄥ ㄜˊ 缺額。

**空曠** ㄎㄨㄥ ㄎㄨㄤˋ 地方寬闊。

**空難** ㄎㄨㄥ ㄋㄢˋ 航空飛行因種種原因所發生的災難，如墮毀或爆炸等；空難會引起飛機損毀與人員的死傷。

**空鐘** ㄎㄨㄥ ㄓㄨㄥ 鐘字輕讀。玩具，用竹木做的，兩頭有兩個圓盤，中間有橫軸，用繩紐搭抖轉，會嗡嗡作響。又名「空竹」「空箏」。

**空權** ㄎㄨㄥ ㄑㄩㄢˊ 指國家對它的領土與領海上空所行使的主權。原則上領土屬於哪國政府，其上空也就屬於哪國政府，但是空域不及於外層空間（外太空）。參看「空域」②。

**空襲** ㄎㄨㄥ ㄒㄧˊ 使用飛機或各種越空飛彈從空中襲擊敵方。

**空靈** ㄎㄨㄥ ㄌㄧㄥˊ 〔文〕玲瓏剔透的樣子。

**空心（兒）** ▲ㄎㄨㄥ ㄒㄧㄣ（ㄦ） 內部是空虛的。▲ㄎㄨㄥˋ ㄒㄧㄣ（ㄦ） 空肚兒。

**空身（兒）** ㄎㄨㄥ ㄕㄣ（ㄦ） 空手不帶東西。

**空心菜** ㄎㄨㄥ ㄒㄧㄣ ㄘㄞˋ 蔬菜之一種。

**空心磚** ㄎㄨㄥ ㄒㄧㄣ ㄓㄨㄢ 中心留出空槽的磚，用在建築物上有較好隔音和保暖的作用，而且減輕了建築物的重量，節省了製磚所用的材料。

**空手道** ㄎㄨㄥ ㄕㄡˇ ㄉㄠˋ　中國少林拳改良的拳術，以凝聚意志、拋棄雜念，使心、眼、手、腳協和一致，注重容忍、堅忍的道德修為。

**空包彈** ㄎㄨㄥ ㄅㄠ ㄉㄢˋ　除去了爆炸火藥的砲彈，一般是在演習時使用，只射擊而無爆炸破壞力。

**空肚兒** ㄎㄨㄥ ㄉㄨˋ ㄦ　也作「空肚」，是胃裡沒有食物。

**空空的** ㄎㄨㄥ ㄎㄨㄥ ˙ㄉㄜ　形容什麼也沒有；特別是指這環境裡看不到人畜，也沒有令人注意的器物。

**空城計** ㄎㄨㄥ ㄔㄥˊ ㄐㄧˋ　①小說〈三國演義〉的一段故事，已是國劇的一齣戲的戲名。（三國蜀將馬謖失守街亭，魏將司馬懿率兵直逼西城，諸葛亮在無兵力抗敵的窘境之中，沉著鎮定，坐在城樓上，焚香彈琴，使司馬懿驚疑而退兵。）②比喻類似空城計故事的事態。如「趕快吃飯吧，肚子唱空城計了」。

**空架子** ㄎㄨㄥ ㄐㄧㄚˋ ˙ㄗ　只有外表，沒有內容。

**空格兒** ㄎㄨㄥ ㄍㄜˊ ㄦ　留待填寫的表格。

**空蕩蕩** ㄎㄨㄥ ㄉㄤˋ ㄉㄤˋ　形容空空的情形，且有些許冷清、蕭條之感。如「放假期間校園裡空蕩蕩的看不到人影」。也作「空空蕩蕩」。

**空歡喜** ㄎㄨㄥ ㄏㄨㄢ ㄒㄧˇ　喜字輕讀。白白高興歡喜了一陣，形容好消息原是誤傳誤信，或幻想美夢覺醒破滅的心情。

**空口無憑** ㄎㄨㄥ ㄎㄡˇ ㄨˊ ㄆㄧㄥˊ　只是口說而沒有可信的憑據。以往民間契約常在末尾寫上「空口無憑，立此為據」。

**空中大學** ㄎㄨㄥ ㄓㄨㄥ ㄉㄚˋ ㄒㄩㄝˊ　藉電視傳播授課的大學教育，取得入學資格的學生經過選課、學期測驗及格，修滿學分畢業，可取得學位。簡稱「空大」。

**空中小姐** ㄎㄨㄥ ㄓㄨㄥ ㄒㄧㄠˇ ㄐㄧㄝˇ　指在客機飛航途中服務的女性人員。

**空中少爺** ㄎㄨㄥ ㄓㄨㄥ ㄕㄠˋ ˙ㄧㄝ　指在客機飛航途中服務的男性青年人員。

**空中加油** ㄎㄨㄥ ㄓㄨㄥ ㄐㄧㄚ ㄧㄡˊ　在空中飛行時由裝載油料的加油機對需要加油的受油機輸加油料；受油機飛到加油機的後下方，嚴格與加油機保持規定的間隔距離和高度差，受油嘴與加油管接通加油。

**空中樓閣** ㄎㄨㄥ ㄓㄨㄥ ㄌㄡˊ ㄍㄜˊ　比喻：①幻想。②虛構的言行。

**空穴來風** ㄎㄨㄥ ㄒㄩㄝˊ ㄌㄞˊ ㄈㄥ　比喻有了缺點，引起外界不實在的傳聞。

**空谷足音** ㄎㄨㄥ ㄍㄨˇ ㄗㄨˊ ㄧㄣ　比喻難得的人物或言論。

**空空如也** ㄎㄨㄥ ㄎㄨㄥ ㄖㄨˊ ㄧㄝˇ　形容空虛一無所有。如「我腦子裡空空如也，怎麼寫得出這麼深奧的道理」。（語出〈論語·子罕〉）

**空空洞洞** ㄎㄨㄥ ㄎㄨㄥ ㄉㄨㄥˋ ㄉㄨㄥˋ　空洞的樣子。

**空前絕後** ㄎㄨㄥ ㄑㄧㄢˊ ㄐㄩㄝˊ ㄏㄡˋ　獨一無二，超越古今的意思。

**空降部隊** ㄎㄨㄥ ㄐㄧㄤˋ ㄅㄨˋ ㄉㄨㄟˋ　①空投或傘兵部隊。②比喻本機構主管出缺，不由本單位屬員調升，而由其他機關或單位的人員調來擔任。

**空氣汙染** ㄎㄨㄥ ㄑㄧˋ ㄨ ㄖㄢˇ　指說環境空氣受汙染而危害人的健康，汙染原因主要有垃圾積聚腐化的臭氣，人畜排泄物清除不當所發生的惡臭，炊事燃料的煙氣，最嚴重的是工業生產與機動交通工具所排出的廢氣等。空氣汙染是人口密集與現代工業發達、社會繁榮所產生的後果。

**空氣調節** ㄎㄨㄥ ㄑㄧˋ ㄊㄧㄠˊ ㄐㄧㄝˊ　指調節空氣溫度，也指稱這種裝置（通常說「冷氣」「冷氣機」或「空調」）。

**空無所有** ㄎㄨㄥ ㄨˊ ㄙㄨㄛˇ ㄧㄡˇ 空空的什麼也沒有。常比喻事物的空虛不實。如「這些議論所主張的，嚴格地說簡直是空無所有，無足可取」。

**空間藝術** ㄎㄨㄥ ㄐㄧㄢ ㄧˋ ㄕㄨˋ 根據空間的感覺而成立的藝術，包括平面的繪畫，立體的雕塑，中空的建築，以及視覺與觸覺並用的工藝美術、浮雕等；與音樂、詩歌等時間藝術相對。

**空頭支票** ㄎㄨㄥ ㄊㄡˊ ㄓ ㄆㄧㄠˋ 不能夠兌現的支票。也比喻不實在的空話。

**空口說白話** ㄎㄨㄥ ㄎㄡˇ ㄕㄨㄛ ㄅㄞˊ ㄏㄨㄚˋ 形容徒託空言，只說不做，或者只是瞎扯而毫無憑據。

**穹** 図ㄑㄩㄥ ㈠天空。如「穹蒼」。㈡中間高起，周緣下垂的。如「穹廬」（蒙古包）。㈢幽深的山谷叫「穹谷」。㈣「穹窿」，高大而中間隆起的圓形。又讀ㄑㄩㄥˊ。

**穹谷** ㄑㄩㄥ ㄍㄨˇ 図幽深的山谷。同「空谷」。

**穹蒼** ㄑㄩㄥ ㄘㄤ 図蒼天。也作「蒼穹」。

**穹廬** ㄑㄩㄥ ㄌㄨˊ 図蒙古人的氈帳。俗稱「蒙古包」。

**穹壤** ㄑㄩㄥ ㄖㄤˇ 図天地（穹指天，壤指地）。如「穹壤之間（世間）」。

**穸** 図ㄒㄧˋ 見「窀穸」。

## 四筆

**突** ㄊㄨˊ ㈠忽然。如「突變」「突然來了」。㈡觸犯。如「衝突」。㈢衝破。如「突圍」「突破紀錄」。㈣高起。如「突兀」「突出」。㈤煙囪。如「曲（ㄑㄩ）突徙薪」。㈥見「突突」。

**突兀** ㄊㄨˊ ㄨˋ 図①高聳的樣子。②突然。如「事出突兀」。

**突出** ㄊㄨˊ ㄔㄨ ①形容凸出來的。如「顴骨突出」。②形容比起一般明顯有所表現或超越的。如「成績突出」。③（「出」是補語，可說突得出、突不出）意思是「衝出」。如「這支軍隊被圍三天，終於突出包圍」。

**突突** ㄊㄨˊ ㄊㄨˊ 害怕或緊張時候心跳加快。

**突破** ㄊㄨˊ ㄆㄛˋ ①衝破，打破，有新的進展。如「突破紀錄」。②一般指對知識、觀念、意識境界、理論和方法等方面能脫離舊範疇而開創新途徑。③軍事上特指在敵軍防禦陣地上打開缺口的行動，目的是突入敵方加以分隔包圍。

**突起** ㄊㄨˊ ㄑㄧˇ ①突然興起。如「狂風突起」。②高聳。如「峰巒突起」。③生物體表面生長的腫瘤之類的東西。

**突梯** ㄊㄨˊ ㄊㄧ 図形容態度圓滑的樣子。一般跟「滑（ㄍㄨˇ）稽」連用作「突梯滑稽」（見〈楚辭〉）。

**突圍** ㄊㄨˊ ㄨㄟˊ 突破包圍，從受包圍的情況中衝脫出來。如「突圍而出」。

**突然** ㄊㄨˊ ㄖㄢˊ 表示情況發生得急促而且出人意料。如「天氣突然熱起來了」。

**突擊** ㄊㄨˊ ㄐㄧ 出其不意地攻擊敵人，是一種機動戰術。也作「突襲」。

**突變** ㄊㄨˊ ㄅㄧㄢˋ ①突然發生的變化。如「氣候突變」。②生物遺傳學上指稱遺傳物質的變化，分作「染色體畸變」和「基因突變」兩大類。③哲學上用的名詞，就是「質變」；從一種（舊）質向另一種（新）質的「突變」。

**突然間** ㄊㄨˊ ㄖㄢˊ ㄐㄧㄢ 同「突然」，更加強調情況發生的那一刻，常用在句子主語前面或後面。如「突然間他想了一個好主意」。

**突擊隊** ㄊㄨˊ ㄐㄧ ㄉㄨㄟˋ ①擔任突擊任務的軍事部隊。②比喻在工作上臨時調派擔任支援行動或加強工作成果的一些人員。

**突如其來** ㄊㄨˊ ㄖㄨˊ ㄑㄧˊ ㄌㄞˊ 忽然間來的。

**突飛猛進** ㄊㄨˊ ㄈㄟ ㄇㄥˇ ㄐㄧㄣˋ 比喻（事業、學問等）進步得很快。

**穽** ㄐㄧㄥˇ 「陷阱」的「阱」也寫作「穽」。

**窀** 図ㄓㄨㄣ見「窀穸」。

**窀穸** ㄓㄨㄣ ㄒㄧˋ 図墓穴。

**穿** ㄔㄨㄢ ㈠鑿通。如「穿壁引光」「穿井」。㈡貫通孔穴。如「穿針」「穿鞋帶子」。㈢泛指通過。如「穿過馬路」「由小巷子穿過去」。㈣著衣著鞋。如「穿上衣服」「穿鞋襪」。㈤破了壞了，有個洞兒。如「鞋底穿了」。㈥明，透。如「說穿了他的心事」「看穿」。㈦図見「穿鑿」。㈧見「穿梭」。

**穿孔** ㄔㄨㄢ ㄎㄨㄥˇ ①開礦、開鑿隧道、建築工程施工或金屬、機具等工業在堅硬物體（如岩石、金屬版塊等）打鑿孔洞的工作（一般用鑽孔機來穿孔）。②醫學上特指胃壁或腸壁上受破壞而形成了孔洞（須要外科手術治療）。如「胃穿孔」。

**穿耳** ㄔㄨㄢ ㄦˇ 舊時女孩子在耳垂上穿孔，好戴耳環。

**穿孝** ㄔㄨㄢ ㄒㄧㄠˋ 穿喪服。

**穿刺** ㄔㄨㄢ ㄘˋ 醫學診斷或治療，用特製的針，刺入抽取液體或鉤取小塊體內組織，叫做「穿刺」。

**穿針** ㄔㄨㄢ ㄓㄣ ①就是「紉針」，使線的一頭通過針鼻兒（穿過針孔），是用針作手工縫紉的初步工作。②把針（帶著線）穿過在衣物上所用的布料來縫紉或編織。如「穿針引線」（比喻從中聯繫、拉攏）」。

**穿梭** ㄔㄨㄢ ㄙㄨㄛ 比喻來去不停，像織布的梭。

**穿插** ㄔㄨㄢ ㄔㄚ ①把不同的情節插入，使錯綜變化，交織貫穿，增加作品的趣味或繁複的意義。②聯繫，從中說合。

**穿越** ㄔㄨㄢ ㄩㄝˋ 通過。

**穿楊** ㄔㄨㄢ ㄧㄤˊ 図比喻善射。「楊」指窄細的楊柳樹葉，能射中且射穿（貫穿），顯示他射技高超。如「能雙手操槍，彈無虛發，有穿楊之譽」。通常也說「百步穿楊」。

**穿窬** ㄔㄨㄢ ㄩˊ 図穿壁翻牆，指偷竊行為。也作「穿踰」。

**穿鼻** ㄔㄨㄢ ㄅㄧˊ 牛鼻用繩穿著，受人牽引。比喻受人牽制，做事不能自主。

**穿戴** ㄔㄨㄢ ㄉㄞˋ ①指穿的、戴的（衣帽、首飾之類）。如「生活富裕，穿戴不缺」。②穿衣和佩戴首飾等。如「參加宴會要穿戴得體」。

**穿鑿** ㄔㄨㄢ ㄗㄠˋ 図常作「穿鑿附會」。是把義理不通的任意牽合，以為可通。

**穿堂（兒）** ㄔㄨㄢ ㄊㄤˊ ㄦ 供人穿行的廳房。

**穿山甲** ㄔㄨㄢ ㄕㄢ ㄐㄧㄚˇ 就是「鯪鯉」。是一種小獸，全身有角質鱗片，鑽地成洞，愛吃螞蟻。

**穿衣鏡** ㄔㄨㄢ ㄧ ㄐㄧㄥˋ 安置在臥室裡的可以照見全身的大鏡子。

**穿堂風** ㄔㄨㄢ ㄊㄤˊ ㄈㄥ 房屋前後左右都有門窗的，風可以從不同方向經屋裡吹過，叫做「穿堂風」，也叫「過堂風」。

**穿梭機** ㄔㄨㄢ ㄙㄨㄛ ㄐㄧ 能航行於太空與地球之間的「太空梭」（space shuttle）。（美國研製的，可重複使用的載人的飛行器，第一架哥倫比亞號於一九八一年四月十二日進入繞地球軌道。）又譯「航天飛機」。

**穿越道** ㄔㄨㄢ ㄩㄝˋ ㄉㄠˋ 城市裡交叉路口供行人穿走過去的步道。

**穿針引線** ㄔㄨㄢ ㄓㄣ ㄧㄣˇ ㄒㄧㄢˋ 也作「牽針引線」；比喻拉攏、從中撮合，促成其事。如「這件事都是他穿針引線的」。

**穿梭外交** ㄔㄨㄢ ㄙㄨㄛ ㄨㄞˋ ㄐㄧㄠ 指兩國外交官員來往頻繁的外交情勢。（比喻外交官員的來往像織布機上的梭子一樣不停地來回活動。）

**穿壁引光** ㄔㄨㄢ ㄅㄧˋ ㄧㄣˇ ㄍㄨㄤ 漢朝匡衡家貧好學，鑿開牆壁利用鄰居燈光來讀書。後來用來比喻苦學。

## 五筆

**窆** 図ㄅㄧㄢˇ 把棺木埋葬在墓穴裡。

**窄** ㄓㄞˇ ㈠狹隘。如「窄路」「狹窄」。㈡心眼兒小，度量淺。如「量窄」「心眼兒窄」。㈢困難。如「收入太少，日子過得很窄」。讀音ㄗㄜˊ。

**窄鼈鼈** ㄓㄞˇ ㄅㄧㄝ ㄅㄧㄝ 地方狹窄的樣子。

**窅** 図ㄧㄠˇ「窅冥」，深遠的樣子。

**窈** 図ㄧㄠˇ ㈠形容深遠、幽暗。〈淮南子・覽冥〉篇有「深微窈冥」。〈史記・項羽本紀〉有「窈冥書晦」。㈡見「窈窕」。

**窈冥** ㄧㄠˇ ㄇㄧㄥˊ 図①天色昏暗。②深遠，奧妙。

**窈窈** ㄧㄠˇ ㄧㄠˇ 図①深遠，奧祕。②幽暗。

**窈窕** ㄧㄠˇ ㄊㄧㄠˇ 図①幽靜的樣子。〈詩經〉有「窈窕淑女，君子好逑」。②妖冶的樣子。〈後漢書〉有「窈窕作態」。③深遠的樣子。郭璞〈江賦〉有「幽岫窈窕」。

## 六筆

**窕** 図ㄊㄧㄠˇ ㈠閒靜。〈詩經小記〉說是「窕，心之閒也」。㈡美好的樣子。㈢見「窈窕」。

**窒** 図ㄓˋ 阻塞。如「窒礙」「窒息」。

**窒息** ㄓˋ ㄒㄧˊ ①呼吸道受阻，氣體不能進入肺部，人無法呼吸。②形容受困或是沒有生機。

**窒礙** ㄓˋ ㄞˋ 図障礙。

## 七筆

**窖** ㄐㄧㄠˋ ㈠儲藏東西的地下室、地洞。如「地窖子」。㈡把東西藏在地下室、地洞裡。如「窖冰」「窖果子」。

**窖穴** ㄐㄧㄠˋ ㄒㄩㄝˊ 作地窖用的坑井或洞穴。

**窖藏** ㄐㄧㄠˋ ㄘㄤˊ 把東西（一般是農產品，為了保持新鮮）儲藏在地窖裡。

**窘** ㄐㄩㄥˇ ㈠窮迫，窮困。如「困窘」「生活很窘」。㈡難（ㄋㄢˋ）住。如「受窘」「這就把他窘住了」。又讀ㄐㄩㄣˇ。

**窘住** ㄐㄩㄥˇ ㄓㄨˋ 住字輕讀。①受窘。如「一時窘住了，不知該怎麼辦才好」。②使人受窘。如「你這麼一表白可窘住他了」。

**窘況** ㄐㄩㄥˇ ㄎㄨㄤˋ 發生困難但一時無法解脫的境況。

**窘急** ㄐㄩㄥˇ ㄐㄧˊ 迫切困難。

**窘迫** ㄐㄩㄥˇ ㄆㄛˋ 窮困急迫。

**窘蹙** ㄐㄩㄥˇ ㄘㄨˋ 形勢迫蹙。

**窗（牕、牎、窓、窻）** ㄔㄨㄤ ㈠屋

子裡用來透光通氣的牆洞。如「玻璃窗」「天窗」。㈡指讀書的地方。如「同窗」「窗友」。

**窗口** ㄔㄨㄤ ㄎㄡˇ ①指窗戶近前的地方，常說成帶儿化韻的「窗口儿」。②在牆上開的洞口，有的有隔板可以開關，或是在玻璃隔板上切割開的洞口，這類洞口供人問訊、購票、掛號或購買物品等之用，通稱「窗口」。如「領藥請到五號窗口」。③比喻足以展示內情的地方。如「臉上的氣色和眼神精神是健康情況的窗口」。

**窗友** ㄔㄨㄤ ㄧㄡˇ 就是「同窗」，同學。

**窗戶** ㄔㄨㄤ ㄏㄨˋ 戶字輕讀。窗㈠。

**窗簾** ㄔㄨㄤ ㄌㄧㄢˊ 掛在窗上遮光並且阻擋外人視線的布。舊時叫「窗幔」「窗帷」。

**窗花** ㄔㄨㄤ ㄏㄨㄚ 用薄紙（一般是紅色紙）剪成的各種富於民間情趣的花式、圖案，偶爾還有少許的字，通常是一種手工剪紙藝術品，貼在窗紙或窗玻璃上的裝飾品。

**窗扇** ㄔㄨㄤ ㄕㄢˋ 窗戶上像門扇樣可以打開或關閉的裝置，有單扇或雙扇的。

**窗紗** ㄔㄨㄤ ㄕㄚ 為了防止蚊蠅、昆蟲等飛入，在窗戶上安裝的細孔紗網（這種紗網，從前使用棉線製成的「冷布」，現在是用塑膠細絲或細銅絲編織）。安裝窗紗的窗子通稱「紗窗」。

**窗扉** ㄔㄨㄤ ㄈㄟ 指窗扇（一般用於文藝作品）。如「狂野的思緒激蕩，心底的窗扉關不住了」。

**窗牖** ㄔㄨㄤ ㄧㄡˇ 〔文〕窗戶，窗子。

**窗櫺** ㄔㄨㄤ ㄌㄧㄥˊ 用木條交錯製成的窗格子。

**窗檯（兒）** ㄔㄨㄤ ㄊㄞˊ ㄦ 窗戶下面用磚砌或用木造的短牆，用來頂住窗框的。

**窗格子** ㄔㄨㄤ ㄍㄜˊ ㄗ˙ 窗櫺；窗子上區分隔開的格子（一般是用木條或金屬桿、條鑲隔成的）。

**窗明几淨** ㄔㄨㄤ ㄇㄧㄥˊ ㄐㄧ ㄐㄧㄥˋ 形容屋子裡十分清潔，毫不髒亂的成語。（「明」指明亮，「淨」指潔淨。）

## 八筆

**窠** 〔文〕ㄎㄜ 動物棲息的洞穴。如「虎窠」。

**窠臼** ㄎㄜ ㄐㄧㄡˋ 〔文〕現成的格式，老套。

**窟** ㄎㄨ ㈠洞穴叫「窟窿」。如「狡兔三窟」。㈡地洞。如「窟居」。㈢壞人聚集的地方。如「匪窟」「賭窟」。

**窟穴** ㄎㄨ ㄒㄩㄝˋ 孔穴。

**窟居** ㄎㄨ ㄐㄩ 以洞穴為住所。

**窟窿（兒）** ㄎㄨ ㄌㄨㄥ˙ ㄦ 窿字輕讀。①洞穴。②指虧空、債務。借債叫「掏窟窿（兒）」。

**窟窿眼兒** ㄎㄨ ㄌㄨㄥ ㄧㄢˇ ㄦ 窿字輕讀。小孔，小洞，小窟窿。如「用錐子在厚紙板上扎個窟窿眼兒」。

**窣** 〔文〕ㄙㄨˋ ㈠見「窣窣」。㈡見「窸窣」。

**窣窣** ㄙㄨˋ ㄙㄨˋ 〔文〕描寫聲音的詞：①風聲。如「陰風窣窣吹紙錢」。②細碎聲。如「靜聽窣窣蟹行沙」。

## 九筆

**窨** ▲ㄧㄣˋ ㈠「地窨子」，就是地下室，地窨子。㈡久藏叫「窨」。▲ㄒㄩㄣˋ 把茉莉花放在茶葉裡，增加茶葉的香氣，叫做「窨」「雙窨」（福建、臺灣叫「香片」）。

**窪（窊）** ㄨㄚ ㈠深凹進去。如「眼眶子窪進去」。㈡

指低陷的地方。如「窪地」「水窪兒」。

**窪地** ㄨㄚ ㄉㄧˋ 低陷的地方。

**窩** ㄨㄛ (一)禽獸跟昆蟲住的地方。如「豬窩」「雞窩」「螞蟻窩」。(二)人的住處，有笑謔的意味。如「挪窩兒」—（搬動住處）。(三)藏匿犯人贓物的地方。如「窩藏」「窩家」。(四)壞人住的地方。如「賊窩」「土匪窩」。(五)窪陷的地方。如「水窩兒」「胳肢窩」。(六)把直的東西弄彎。如「把鐵絲窩個圈圈兒」。(七)動物一胎叫一窩。如「生下一窩小貓兒」。(八)挫折。如「這次戰爭，敵人是窩了回去的」。(九)見「窩心」。(十)見「窩囊」。

**窩子** ㄨㄛ ㄗ˙ ①團體聚居的地方。如「井窩子」「賊窩子」。②凹陷處。如「溺（ㄋㄧㄠˋ）尿（ㄙㄨㄟ）窩子」。

**窩心** ㄨㄛ ㄒㄧㄣ ①受了侮辱或誣害而無法表白。②上海、蘇州一帶把心裡快樂舒暢叫「窩心」。

**窩家** ㄨㄛ ㄐㄧㄚ 窩藏贓物或犯人的人家兒。又稱窩主。

**窩棚** ㄨㄛ ㄆㄥ˙ 棚字輕讀。臨時在露天用草蓆搭起來供人睡眠的棚。

**窩藏** ㄨㄛ ㄘㄤˊ 藏匿犯人、贓物。

**窩囊** ㄨㄛ ㄋㄤ˙ 囊字輕讀。罵人飯桶無能的話。

**窩窩頭** ㄨㄛ ㄨㄛ˙ ㄊㄡˊ 第二個窩字輕讀。北方一種用高粱、玉米等粗糧蒸製的食品。

**窩囊廢** ㄨㄛ ㄋㄤ˙ ㄈㄟˋ 囊字輕讀。笑人懦弱無能。

**窩兒裡反** ㄨㄛ ㄦ ㄌㄧˇ ㄈㄢˇ 同一團體當中的分子自相攻擊。

**窩裡窩囊** ㄨㄛ ㄌㄧ˙ ㄨㄛ ㄋㄤ˙ 裡囊兩字輕讀。窩囊的樣子。北京語音「囊」又讀ㄋㄤ。

**窬** 図 ㄩˊ 在牆上挖的窟窿。如「穿窬之小盜」。

## 十筆

**窮（穷）** ㄑㄩㄥˊ (一)家境貧寒，生活困苦。如「窮人」「貧窮」。(二)環境不好，沒法子發展。如「窮途末路」「山窮水盡」。(三)說完，用盡。如「趣味無窮」「理屈詞窮」。(四)図詳細推求到極點。如「文窮而後工」「窮理盡性」。(五)図邊遠偏僻。如「窮鄉僻壤」。

**窮人** ㄑㄩㄥˊ ㄖㄣˊ 家境貧寒生活困苦的人。

**窮乏** ㄑㄩㄥˊ ㄈㄚˊ 貧寒無所有。

**窮冬** ㄑㄩㄥˊ ㄉㄨㄥ 図極冷的冬天。

**窮民** ㄑㄩㄥˊ ㄇㄧㄣˊ ①貧窮的人。②図鰥寡孤獨的人。

**窮忙** ㄑㄩㄥˊ ㄇㄤˊ 謙稱為了生活而奔走忙碌。

**窮困** ㄑㄩㄥˊ ㄎㄨㄣˋ 窮苦而困難。如「生活窮困」。

**窮究** ㄑㄩㄥˊ ㄐㄧㄡ 図追尋學問或事理的根源。也讀ㄑㄩㄥˊ ㄐㄧㄡˋ。

**窮巷** ㄑㄩㄥˊ ㄒㄧㄤˋ 図偏僻冷靜的小地方。

**窮相** ㄑㄩㄥˊ ㄒㄧㄤˋ 貧賤的形貌。

**窮苦** ㄑㄩㄥˊ ㄎㄨˇ 貧窮困苦。也作「窮困」。

**窮鬼** ㄑㄩㄥˊ ㄍㄨㄟˇ ①指斥或嘲笑窮人的詞。如「他把家當輸了個一乾二淨，現在成了窮鬼」。②傳說中使人窮困的鬼。唐韓愈〈送窮文〉：「三揖窮鬼而告之曰：聞君行有日矣。」

**窮理** ㄑㄩㄥˊ ㄌㄧˇ 図深究事物精微深奧的道理。

**窮途** ㄑㄩㄥˊ ㄊㄨˊ ①困難的境遇。②沒有路了。

**窮極** ㄑㄩㄥˊ ㄐㄧˊ ①極盡限度。如「窮極奢麗」。②窮乏至極。如「窮極了」。

**窮盡** ㄑㄩㄥˊ ㄐㄧㄣˋ 完全沒有了。

**窮酸** ㄑㄩㄥˊ ㄙㄨㄢ 舊時譏笑貧寒文人的話。也作「窮措大」。

**窮小子** ㄑㄩㄥˊ ㄒㄧㄠˇ ˙ㄗ 譏笑嘲罵的詞。猶如說「窮鬼」「窮光蛋」。

**窮光蛋** ㄑㄩㄥˊ ㄍㄨㄤ ㄉㄢˋ 譏笑窮無所有的人。

**窮骨頭** ㄑㄩㄥˊ ㄍㄨˇ ˙ㄊㄡ 指斥嘲笑的詞，同「窮鬼」「窮小子」。

**窮措大** ㄑㄩㄥˊ ㄘㄨㄛˋ ㄉㄚˋ 指窮困的讀書人（含輕藐的意思）。舊小說常用。

**窮開心** ㄑㄩㄥˊ ㄎㄞ ㄒㄧㄣ 苦中作樂。

**窮山惡水** ㄑㄩㄥˊ ㄕㄢ ㄜˋ ㄕㄨㄟˇ 形容自然環境惡劣（導致民生窮困）的地方。

**窮不失義** ㄑㄩㄥˊ ㄅㄨˋ ㄕ ㄧˋ 図雖不得志，卻也不違背道義。一般也引伸作雖然窮困也不能喪失人格、背棄正義。

**窮凶極惡** ㄑㄩㄥˊ ㄒㄩㄥ ㄐㄧˊ ㄜˋ 凶惡至極。

**窮年累月** ㄑㄩㄥˊ ㄋㄧㄢˊ ㄌㄟˇ ㄩㄝˋ 指一月又一月，一年又一年，繼續不斷的長久期間。如「窮年累月孜孜不倦地勤奮鑽研」。

**窮而後工** ㄑㄩㄥˊ ㄦˊ ㄏㄡˋ ㄍㄨㄥ 図指文人處在困難的情況下，才能寫出工巧的詩文，意思是說困難的境遇能磨鍊出精緻的文筆。

**窮兵黷武** ㄑㄩㄥˊ ㄅㄧㄥ ㄉㄨˊ ㄨˇ 一國或其領導人濫用武力，好戰不倦。也作窮兵極武。

**窮形盡相** ㄑㄩㄥˊ ㄒㄧㄥˊ ㄐㄧㄣˋ ㄒㄧㄤˋ 図刻畫摹擬得細緻逼真。現在也用來比喻事情的黑暗內情完全暴露，或指人的醜態顯現無遺。

**窮原竟委** ㄑㄩㄥˊ ㄩㄢˊ ㄐㄧㄥˋ ㄨㄟˇ 図深入探究事情的原委始末。（「原」同「源」。「委」指水的下游。）

**窮家富路** ㄑㄩㄥˊ ㄐㄧㄚ ㄈㄨˋ ㄌㄨˋ 在家應當節儉，但是出外就應該多準備費用。

**窮奢極欲** ㄑㄩㄥˊ ㄕㄜ ㄐㄧˊ ㄩˋ 図極度奢侈與享樂，不知節制。如「歷代帝王凡是窮奢極欲的都沒有好下場」。也作「窮奢極侈」。

**窮寇莫追** ㄑㄩㄥˊ ㄎㄡˋ ㄇㄛˋ ㄓㄨㄟ ①不可追擊潰敗的盜匪，免得引起對方拼死反擊。也作「窮寇勿追」。②比喻不可逼人太甚。

**窮理盡性** ㄑㄩㄥˊ ㄌㄧˇ ㄐㄧㄣˋ ㄒㄧㄥˋ 図深究事物的義理和人的本性（窮、盡都用作動詞）。也就是深切探討事物與人性各方面的道理。

**窮途末路** ㄑㄩㄥˊ ㄊㄨˊ ㄇㄛˋ ㄌㄨˋ 處在窮困的絕境。

**窮鳥入懷** ㄑㄩㄥˊ ㄋㄧㄠˇ ㄖㄨˋ ㄏㄨㄞˊ 図無處棲息的鳥投入人的懷抱，用來比喻人處境困窘，不得已投靠別人。

**窮鄉僻壤** ㄑㄩㄥˊ ㄒㄧㄤ ㄆㄧˋ ㄖㄤˇ 図偏僻荒遠的地方。

**窮極無聊** ㄑㄩㄥˊ ㄐㄧˊ ㄨˊ ㄌㄧㄠˊ 形容極端窮困而至於精神無所依託；一般常作厭惡斥責的用語。如「這個人好像神經失常，專門喜歡做窮極無聊的事」。

**窮源溯流** ㄑㄩㄥˊ ㄩㄢˊ ㄙㄨˋ ㄌㄧㄡˊ 図徹底追究根源要逆著水流往上游去尋找；比喻要根據事由的線索去查考事態的發展實情與根本情況。

**窮猿投林** ㄑㄩㄥˊ ㄩㄢˊ ㄊㄡˊ ㄌㄧㄣˊ 図（在獵人緊追之下）窮急無路的猿猴，見到樹林（馬上毫不猶豫）就投奔進去。比喻人處困境而急覓棲身解救之所。

**窮鼠囓貍** ㄑㄩㄥˊ ㄕㄨˇ ㄋㄧㄝˋ ㄌㄧˊ 沒路可逃或餓極了的老鼠也會咬貓（貓古時稱貍）。比喻被迫過甚而拼命反抗，同「困獸猶鬥」。

**窮嫌富不要** ㄑㄩㄥˊ ㄒㄧㄢˊ ㄈㄨˋ ㄅㄨˋ ㄧㄠˋ 從前社會上形容婚嫁選偶的不容易所流傳的俗語，或者嫌對方家境貧窮，或者嫌對方富有卻不得其愛，總是難得恰好合適。跟「高不成，低不就」語意相似。一般用以比喻就業、婚姻或種種事態進行協議的曲折麻煩。

**窮則變，變則通** ㄑㄩㄥˊ ㄗㄜˊ ㄅㄧㄢˋ，ㄅㄧㄢˋ ㄗㄜˊ ㄊㄨㄥ 文指事態須靈活適應，到了絕盡窮極的地步就要改從其他角度去著手，以求通達無阻。

**窯（窰、窑）** ㄧㄠˊ ㈠燒製陶器的工場。如「磚窯」「瓦窯」。㈡指燒成的陶瓷器。如「這是五代柴窯的製品」。㈢開採煤石的洞。如「煤窯」。㈣陝北、豫西一帶在土坡上挖洞住人，叫「窯洞」。㈤見「窯子」。

**窯子** ㄧㄠˊ ˙ㄗ 妓院。

**窯變** ㄧㄠˊ ㄅㄧㄢˋ ①瓷器在窯裡燒製時，釉面突然起化學變化。原因是土坯上塗的油漿相互滲透，造成釉面不可預知的變化，或是顏色，或是線條。②也指窯變的瓷器。

**窳** 文 ㄩˇ ㈠東西粗糙不堅緻。如「窳劣」「良窳不分」。㈡「惰窳」是懶惰。

**窳劣** ㄩˇ ㄌㄧㄝˋ 文粗陋惡劣。如「室中器物盡窳劣」。

**窳敗** ㄩˇ ㄅㄞˋ 文敗壞。

## 十一筆

**窵** ㄉㄧㄠˋ 見「窵遠」。

**窵遠** ㄉㄧㄠˋ ㄩㄢˇ 離得很遠。

**窺** 文 ㄎㄨㄟ 偷看。如「窺伺」「窺探」。

**窺伺** ㄎㄨㄟ ㄙˋ 文在旁邊偷看，等待機會下手。

**窺見** ㄎㄨㄟ ㄐㄧㄢˋ 文看到，體會到。（是稍微表示比較謙虛細心的說法。）如「從他這番說辭，我們可以窺見他用心良苦」。

**窺探** ㄎㄨㄟ ㄊㄢˋ 文隱身偷看。

**窺測** ㄎㄨㄟ ㄘㄜˋ 文窺探測度。

**窺豹一斑** ㄎㄨㄟ ㄅㄠˋ ㄧ ㄅㄢ 文比喻只看到事物的一小部分。同「管中窺豹」。

**窶** 文 ㄐㄩˋ 貧窮。如「窶人之子」。

**窸** 文 ㄒㄧ 見「窸窣」。

**窸窣** ㄒㄧ ㄙㄨˋ 文形容細碎而又斷斷續續的聲音。

## 十二筆

**窿** ㄌㄨㄥˊ 見「窟窿」和「穹窿」。

## 十三筆

**竅** ㄑㄧㄠˋ ㈠孔穴。如「耳、目、口、鼻合稱七竅」。㈡要點。如「竅門」「一竅不通」。

**竅門** ㄑㄧㄠˋ ㄇㄣˊ 事情的緊要關節。

**竄** ㄘㄨㄢˋ ㈠逃走，亂跑。如「抱頭鼠竄」「東奔西竄」。㈡形容敵軍或成群的盜匪的行動，也叫「流竄」「竄擾」。㈢文放逐。〈書經〉上有「竄三苗於三危」。㈣文文字方面的修改更換，叫「竄改」「修竄」。

**竄定** ㄘㄨㄢˋ ㄉㄧㄥˋ 文（對於文字的）改正完成，修改定稿。

**竄逃** ㄘㄨㄢˋ ㄊㄠˊ 急急忙忙地逃走。

**竄點** ㄘㄨㄢˋ ㄉㄧㄢˇ 文（對文字的）刪改塗抹。

## 十五筆

**竇** ㄉㄡˋ ㈠孔穴。如「狗竇」（狗洞）「疑竇」（可疑的漏洞）。

(二)開端。如「情竇初開」。(三)姓。

## 十八筆

**竊（窃）** ㄑㄧㄝˋ (一)偷盜。如「竊盜」「竊案」。(二)小偷。如「慣竊」「竊犯」。(三)文私下的，私自。如「竊思」「竊念」。(四)文暗地裡。如「竊笑」。

**竊犯** ㄑㄧㄝˋ ㄈㄢˋ 被捉到送請法辦的小偷。

**竊占** ㄑㄧㄝˋ ㄓㄢˋ 文竊據。

**竊位** ㄑㄧㄝˋ ㄨㄟˋ 文①指從政者不勤於職責。②指竊奪政治地位。

**竊取** ㄑㄧㄝˋ ㄑㄩˇ ①偷竊，偷得。如「竊取他人之物」。②泛指以不光明的手段獲致。如「竊取名位」。

**竊案** ㄑㄧㄝˋ ㄢˋ 竊盜案件。

**竊笑** ㄑㄧㄝˋ ㄒㄧㄠˋ 文暗中譏笑。

**竊盜** ㄑㄧㄝˋ ㄉㄠˋ 偷竊，用非法的手段偷偷把別人的財物據為己有。

**竊賊** ㄑㄧㄝˋ ㄗㄟˊ 小偷。

**竊奪** ㄑㄧㄝˋ ㄉㄨㄛˊ 文非法奪取，一般指政治上以叛逆或不當手段奪取政治的利益、名位。

**竊據** ㄑㄧㄝˋ ㄐㄩˋ 文叛逆者占據土地。

**竊聽** ㄑㄧㄝˋ ㄊㄧㄥ ①暗中偷聽。②特指利用電器或種種電子設備偷聽別人的談話。

**竊盜罪** ㄑㄧㄝˋ ㄉㄠˋ ㄗㄨㄟˋ 法律上對意圖為自己或第三人之所有，而竊取他人之物所構成的罪。

**竊聽器** ㄑㄧㄝˋ ㄊㄧㄥ ㄑㄧˋ 指裝設在某一場所的竊聽設備（用以偷聽在這一場所的人的談話）。

**竊鉤竊國** ㄑㄧㄝˋ ㄍㄡ ㄑㄧㄝˋ ㄍㄨㄛˊ 文比喻是非賞罰，因為受賞罰者的名位而有所不同。源出〈莊子〉書的「竊鉤者誅，竊國者為諸侯」。

**竊竊私語** ㄑㄧㄝˋ ㄑㄧㄝˋ ㄙ ㄩˇ 「竊竊」，形容聲音低；「私語」，私下議論。指私下裡小聲議論（是容易引人猜疑指責的）。也作「竊竊私議」。

## 立部

**立** ㄌㄧˋ (一)挺直身體站著。如「立正」「直立不動」。(二)直豎起來。如「把旗杆立在大操場上」。(三)建樹。如「立功」「立業」。(四)設置。如「私立學校」「設立」。(五)締結。如「訂立條約」「雙方立個合同」。(六)即時，馬上。如「立即」「立刻」。(七)制定。如「立法」「立章程」。(八)決定。如「立志」「立意」。(九)堅定不動搖。如「三十而立」。(十)抽象的「站」。如「立身方正不阿（ㄜ）」「獨立自主」。(十一)見「立手立腳」。(十二)見「立體」「立方」等。

**立人** ㄌㄧˋ ㄖㄣˊ ①指一個人的立身。〈易經・說卦〉有「立人之道，曰仁與義」。②樹人，使別人能自立。〈論語・雍也〉有「夫仁者，己欲立而立人，己欲達而達人」。③人鼻下「人中」的部位也叫「立人」。④「人」字作偏旁，寫成「亻」，叫「立人」「立人旁」，一般常說成帶ㄦ化韻的「立人ㄦ」。

**立戶** ㄌㄧˋ ㄏㄨˋ ①在居住的地方單獨成一戶，申報戶口。②在銀行開始存款，建立一個戶頭。

**立方** ㄌㄧˋ ㄈㄤ ①正方的立體。凡是長、寬、高都是一尺，叫一立方尺。②某數的自乘再乘，叫某數的立方。如3的立方是27，用數學符號記寫是

$3^3=27$。

**立冬** ㄌㄧˋ ㄉㄨㄥ 節氣名，在陽曆十一月七日或八日。

**立功** ㄌㄧˋ ㄍㄨㄥ 建立功績。

**立本** ㄌㄧˋ ㄅㄣˇ 樹立根本。也指建立事物的基礎。如「教育是國家立本的事業」。

**立正** ㄌㄧˋ ㄓㄥˋ 軍事動作的一種姿勢，兩腳跟相併，挺胸，正立。

**立名** ㄌㄧˋ ㄇㄧㄥˊ 樹立名譽。

**立地** ㄌㄧˋ ㄉㄧˋ 即時。如「放下屠刀，立地成佛」。

**立即** ㄌㄧˋ ㄐㄧˊ 當時，馬上，立刻；指行動或情況就在這時開始。如「聽到這好消息，立即高興得跳了起來」。

**立志** ㄌㄧˋ ㄓˋ 立定志願。

**立言** ㄌㄧˋ ㄧㄢˊ 樹立精要可傳的言論，給一般人做為人處世的參考。

**立足** ㄌㄧˋ ㄗㄨˊ ①能夠生存而站穩腳跟。如「人必須有一技之長，才能夠立足於社會」。②處身，立場所在。如「立足天地間」。

**立身** ㄌㄧˋ ㄕㄣ 生活在社會上。

**立刻** ㄌㄧˋ ㄎㄜˋ 即時，馬上。也作「立時」「立即」。

**立命** ㄌㄧˋ ㄇㄧㄥˋ 図指修身以順從天命。是儒家最基本的生活觀念。如「安身立命」。

**立定** ㄌㄧˋ ㄉㄧㄥˋ 停步並立正（是軍事或體操的口令，命令正在向前走的隊伍或個人停步）。

**立法** ㄌㄧˋ ㄈㄚˇ 制定法律。分廣義狹義兩種。廣義是立法機關制訂法律；狹義是行政機關發布法律、命令。

**立信** ㄌㄧˋ ㄒㄧㄣˋ 図樹立信用。如「立信於人，是很重要的事」。

**立品** ㄌㄧˋ ㄆㄧㄣˇ 修養自己的品行。

**立契** ㄌㄧˋ ㄑㄧˋ 訂立契約。

**立姿** ㄌㄧˋ ㄗ 站立的姿態、姿勢。如「立姿照片」。

**立威** ㄌㄧˋ ㄨㄟ 図樹立威望。如「裁減冗員，隨時考查工作成果，是新任主管立威的要項」。

**立春** ㄌㄧˋ ㄔㄨㄣ 節氣名，陽曆二月四日或五日。

**立秋** ㄌㄧˋ ㄑㄧㄡ 節氣名，陽曆八月八日或九日。

**立約** ㄌㄧˋ ㄩㄝ 訂立契約或公約。如「這項房屋買賣，雙方已經立約」。

**立候** ㄌㄧˋ ㄏㄡˋ 站著等候。意思是正等待著。如「立候回信」。也說「立等」「立待」。

**立夏** ㄌㄧˋ ㄒㄧㄚˋ 節氣名，陽曆五月六日或七日。

**立案** ㄌㄧˋ ㄢˋ 在政府機關註冊登記。

**立異** ㄌㄧˋ ㄧˋ 図抱持不同的意見或態度。

**立雪** ㄌㄧˋ ㄒㄩㄝˇ 図「程門立雪」的簡語。宋朝大學者程頤的學生游酢、楊時初次拜見程頤，程頤正在打盹，兩人在門外等候很久，不覺之間雪已下了三尺深。後來用作對老師尊敬跟鑽研學問虔誠的詞語。

**立場** ㄌㄧˋ ㄔㄤˇ 觀察、批評或研究某問題的一定方法基礎與思想中心。也作「立腳點」。

**立軸** ㄌㄧˋ ㄓㄡˊ 指上下直立的、裝裱的尺寸比中堂窄小的長幅字畫。

**立傳** ㄌㄧˋ ㄓㄨㄢˋ 作傳，撰寫傳記。

**立嗣** ㄌㄧˋ ㄙˋ 立下繼承自己的宗嗣。

**立意** ㄌㄧˋ ㄧˋ 決定意向。

**立業** ㄌㄧˋ ㄧㄝˋ ①置產業。②創立事業。

**立碑** 樹立石碑。碑上所刻文字一般是為了傳揚名譽、表彰功德、紀念忠孝節烈的優異事蹟等，或在山川名勝地點題撰詩文刻碑，留傳後世。

**立腳** ①站著。如「立腳不穩」。②依據。如「立腳點」，同「立場」。

**立誓** 發誓。

**立德** 建立道德規範，讓人仿行。

**立談** 面對面站著談一談，指很短促的時間。

**立論** 對事態、問題、爭議提出看法，表示意見。

**立櫃** 高的木櫃，有若干抽屜。是一種家庭用具，藏放衣物用的。

**立體** 有長寬厚的物體，對平面說的。如錐體、正方體等。

**立人兒** 「人」字做偏旁寫成「亻」，像站起來，所以叫「立人兒」。

**立方根** 某數的三次方（自乘再乘的立方）根。如八的立方根是二，二十七的立方根是三。

**立方體** 物體六面圍成立方形的。見「立方①」。

**立可白** 用以塗去（藉白色塗料遮蓋住）紙上字跡的工業製造的液體商品，通稱「修正液」；「立可白」是一種品牌名稱，成了修正液的俗名。

**立法院** 中華民國的中央政府主管制定或修訂法律的機關。與行政、司法、考試、監察等四院構成國家的統治機構。除了院會之外，院內分設許多委員會，由立法委員自行參加，定期開會，有關政府主管必須列席備詢或證明。

**立法權** 制定或修訂法律的權力。是國家統治權的一種。中華民國憲法規定立法權歸屬立法院。

**立枯病** 棉花、亞麻、蓖麻等植物的一種病害，由真菌引起，初期從幼苗根部腐敗變成褐色，逐漸倒伏枯萎而全株枯死。

**立憲國** 實行立憲政體的國家。

**立體圖** 對物體形狀利用透視（在平面上表現立體空間）原理所畫出的圖形。

**立體聲** 一種音響設備，配合寬銀幕電影景物活動的情形，複雜的配音從設在四周不同方位角度的擴音器，播出不同的聲響，形成逼真的聲響空間變化，使人恍如置身於實況處境當中。也稱作「身歷聲」。

**立杆見影** 效果立刻看得見。杆也作竿。

**立地成佛** 佛家認為人人都有佛性，惡人如果能轉念做善事就可以成佛，有「放下屠刀，立地成佛」的話。

**立身處世** 在社會上待人、接物、處事的表現。

**立法委員** 簡稱「立委」。中華民國憲法規定：由人民依法選舉出來，在立法院出席議事，實施制定或修訂法律的公職人員。

**立法機關** 制定法律的機關。

**立眉立眼** 人凶橫發怒、豎眉瞪眼的樣子。

**立談之間** 站著說話的時間。形容時間極短。

**立錐之地** 錐尖是很微小的，用來比喻地方極小。

**立體音響** ①具有深度（距離）、方向和真感覺的聲音。②令人有身臨其境的聲音。③主要是指由機械複製出聲音的器具，像立體音響唱片，立體音響擴大器，立體無線電收音機等。

**立體幾何** ㄌㄧˋ ㄊㄧˇ ㄐㄧˇ ㄏㄜˊ　研究空間圖形（就是立體圖形）的幾何學，是初等幾何學的一部分。

**立體電影** ㄌㄧˋ ㄊㄧˇ ㄉㄧㄢˋ ㄧㄥˇ　所映現的畫面使觀眾看起來有立體感覺的電影。

**立手立腳兒** ㄌㄧˋ ㄕㄡˇ ㄌㄧˋ ㄐㄧㄠˇ ㄦ　小孩兒可以自己走路，不用人抱了。

## 四筆

**竑** ㄏㄨㄥˊ　㈠廣大。㈡量度。〈周禮・輪人〉有「竑其輻廣」。

## 五筆

**竝** ㄅㄧㄥˋ　「並」的本體字。

**站** ㄓㄢˋ　㈠立著。如「站崗」「站得腿痠」。㈡中途休息的所在。如「車站」「過站就停」。㈢保持。如「這房子蓋得好，站個百八十年沒問題」。㈣機關團體在各地設立的小單位。如「工作站」「服務站」。

**站台** ㄓㄢˋ ㄊㄞˊ　也作「站臺」「月臺」。①火車站裡供旅客上下車的地方。②友好參加選舉，在政見發表會上，站在臺上助他聲勢，發表言論助他選戰勝利。

**站立** ㄓㄢˋ ㄌㄧˋ　立，久立。

**站住** ㄓㄢˋ ㄓㄨˋ　住字輕讀。①停止進行。②叫人止步的話。③穩定。如「幸虧政府盡量供應，米價才站住，不會漲了」。

**站長** ㄓㄢˋ ㄓㄤˇ　主管一個車站或工作站事務的人。

**站崗** ㄓㄢˋ ㄍㄤˇ　軍警在崗上守衛，執行職務。

**站隊** ㄓㄢˋ ㄉㄨㄟˋ　①站在一起，排成整齊的行列。②同「排隊」，依照次序排列成行。

**站不住** ㄓㄢˋ ㄅㄨˋ ㄓㄨˋ　不字輕讀。①不穩定。②難持久。

**站·住腳** ㄓㄢˋ ·ㄓㄨ ㄐㄧㄠˇ　「站」字下面可以插入輕讀的「得」或「不」字。①把腳步或正在處理的工作停下來，不繼續進行。如「這事兒啊，如今站住腳了」。②指落（ㄌㄠˋ）腳、落籍。如「他從澎湖來，現在在這兒站住腳了」。③指立場、主張或理由的確定。如「經過許多人發言認同，他提出的主張總算站住腳了」。

**站務員** ㄓㄢˋ ㄨˋ ㄩㄢˊ　在車站辦理有關事務的人員。

**站不住腳（兒）** ㄓㄢˋ ㄅㄨˋ ㄓㄨˋ ㄐㄧㄠˇ ㄦ　持論不正確，難讓人接受。如「他說的那些道理，根本站不住腳（兒）」。

## 七筆

**童** ㄊㄨㄥˊ　㈠未成年的人。如「學童」「花童」。㈡図知識不成熟，有如小孩子。如「童騃」。㈢老年人臉色紅潤，不像有那麼老。如「童顏」。㈣図還沒長犄角的牛羊叫「童」。〈易經〉有「童牛之牿」。〈詩經〉有「彼童（指無角的羊）而角」。㈤図山上沒草木。因此引伸作「人禿頂，不長頭髮」。如「童山濯濯」。㈥図見「童童」。㈦「頭童齒豁」。㈦同「僮」。如「書童」。㈧姓。

**童女** ㄊㄨㄥˊ ㄋㄩˇ　①仍在童年的女子；常跟童男並稱。②特指處女。

**童子** ㄊㄨㄥˊ ㄗˇ　未成年的孩子。

**童山** ㄊㄨㄥˊ ㄕㄢ　図①不生草木的山。②形容人禿頂。

**童工** ㄊㄨㄥˊ ㄍㄨㄥ　年紀在十四歲以下的工人。

**童心** ㄊㄨㄥˊ ㄒㄧㄣ 孩子氣。

**童年** ㄊㄨㄥˊ ㄋㄧㄢˊ 幼年時期。

**童便** ㄊㄨㄥˊ ㄅㄧㄢˋ 小男孩的尿。舊時有人當作藥用。

**童星** ㄊㄨㄥˊ ㄒㄧㄥ 未成年的電影演員。如「謝琳琳小時候是個童星」。

**童貞** ㄊㄨㄥˊ ㄓㄣ 指處女或處女的貞操。

**童真** ㄊㄨㄥˊ ㄓㄣ 童稚天真。如「孩子們個個滿臉童真可愛的模樣」。

**童童** ㄊㄨㄥˊ ㄊㄨㄥˊ 文①樹蔭下垂的樣子。②樹沒有枝葉的樣子。

**童話** ㄊㄨㄥˊ ㄏㄨㄚˋ 適合兒童心理的故事或小說等。

**童僕** ㄊㄨㄥˊ ㄆㄨˊ 文僕役。也作「僮僕」。

**童聲** ㄊㄨㄥˊ ㄕㄥ 童年的嗓音。也說「童音」。

**童謠** ㄊㄨㄥˊ ㄧㄠˊ 兒童的歌謠。

**童騃** ㄊㄨㄥˊ ㄞˊ ①年幼無知。②癡笨不明事理。

**童顏** ㄊㄨㄥˊ ㄧㄢˊ 文年老而皮膚潤澤，有兒童一般的面色。

**童子軍** ㄊㄨㄥˊ ㄗˇ ㄐㄩㄣ Boy Scout 的意譯。是成人領導少年組成的類似軍事化團體，透過野外生活來陶冶品格，培養技能。

**童男女** ㄊㄨㄥˊ ㄋㄢˊ ㄋㄩˇ 未婚嫁的青年男女。

**童養媳** ㄊㄨㄥˊ ㄧㄤˇ ㄒㄧˊ 舊時家庭領養未成年的女孩子，預備將來做兒媳婦的。

**童言無忌** ㄊㄨㄥˊ ㄧㄢˊ ㄨˊ ㄐㄧˋ 對孩子們的話不須要顧忌。(習俗上有些場合講究說話的「忌諱」，為了解脫孩子們無知犯忌的麻煩，就用「童言無忌」的話表示寬恕不計較。)

**童叟無欺** ㄊㄨㄥˊ ㄙㄡˇ ㄨˊ ㄑㄧ 以往商店表示實價交易、毫無詐騙(無論幼童或老人都誠信以待)；現在一般用作表揚商譽的用語。

**童顏鶴髮** ㄊㄨㄥˊ ㄧㄢˊ ㄏㄜˋ ㄈㄚˇ 臉色紅潤，少有皺紋，頭髮白了；形容老年人氣色好，身體健康。也作「鶴髮童顏」。

## 竣

文ㄐㄩㄣˋ 事情辦完了。如「竣工」「竣事」。

**竣工** ㄐㄩㄣˋ ㄍㄨㄥ 文工作完畢。

**竣事** ㄐㄩㄣˋ ㄕˋ 文事情做完。

## 竦

文ㄙㄨㄥˇ ㈠恭敬的樣子。如「竦然起敬」。㈡同「悚」。

## 八筆

## 竫

文ㄐㄧㄥˋ ㈠杜撰，如「竫言」，偽造的話。㈡通「靜」。

## 九筆

## 端

ㄉㄨㄢ ㈠方正。如「端正」「行為不端」。㈡嚴肅莊重。如「端莊」「端坐」。㈢事情的起頭。如「發端」「開端」。㈣原因。如「無端」。㈤東西的一頭、一邊、一方面。如「筆端」「橫木的兩端」。㈥事件。如「爭端」「事端」。㈦用手捧著東西。如「端茶」「端碗」。㈧見「端的」。㈨「端木」，複姓。

**端午** ㄉㄨㄢ ㄨˇ 陰曆五月初五叫端午。又叫「端陽」「端五」「端節」。

**端正** ㄉㄨㄢ ㄓㄥˋ ①不歪斜，不亂來。②使它方正。如「端正儀容」。

**端居** ㄉㄨㄢ ㄐㄩ 文平居。就是平日的生活。

**端的** ㄉㄨㄢ ㄉㄧˋ 果然，真的；舊小說裡常用。

**端相** ㄉㄨㄢ ㄒㄧㄤˋ 文審視，細看。如「仔細思量，內外端相」。

**端倪** ㄉㄨㄢ ㄋㄧˊ 文事情的頭緒跟邊際。

**端莊** ㄉㄨㄢ ㄓㄨㄤ 端正莊重。舊小說裡常用。

**端硯** ㄉㄨㄢ ㄧㄢˋ 用廣東省高要縣端溪所產的石塊製成的硯台。

**端肅** ㄉㄨㄢ ㄙㄨˋ ①形容儀態端莊嚴肅。②以往寫信給尊長，在信末頌禱言詞之前用上「端肅奉書」「端肅奉復」或只用「端肅」兩字，表示恭敬。

**端詳** ㄉㄨㄢ ㄒㄧㄤˊ 注意看，詳細審察。舊小說裡常用。

**端線** ㄉㄨㄢ ㄒㄧㄢˋ 網球、籃球球場或桌球球桌兩端的界線。

**端架子** ㄉㄨㄢ ㄐㄧㄚˋ ˙ㄗ 自己抬高身分，對人驕傲。

**端端正正** ㄉㄨㄢ ㄉㄨㄢ ㄓㄥˋ ㄓㄥˋ 極端正的樣子。

## 竭

ㄐㄧㄝˊ 盡。如「竭力」「筋疲力竭」。

**竭力** ㄐㄧㄝˊ ㄌㄧˋ 盡所有的力量。

**竭誠** ㄐㄧㄝˊ ㄔㄥˊ 十分誠懇的。

**竭盡** ㄐㄧㄝˊ ㄐㄧㄣˋ 図用盡。如「竭盡棉薄」。

**竭澤而漁** ㄐㄧㄝˊ ㄗㄜˊ ㄦˊ ㄩˊ 図比喻盤剝榨取得點滴不留。

## 十五筆

## 競（竞）

ㄐㄧㄥˋ ㈠比賽，爭逐。如「競賽」「劇烈競爭」。㈡図強。〈左傳〉有「心則不競，何憚於病」。

**競技** ㄐㄧㄥˋ ㄐㄧˋ 比賽技術。

**競走** ㄐㄧㄥˋ ㄗㄡˇ 田徑運動項目之一，用走路的方式比快慢。競賽員兩腳交互前進時，不可同時離地（前腳著地後，後腳才可以離地），腳著地時膝部關節不能彎曲，違者算違規。

**競爭** ㄐㄧㄥˋ ㄓㄥ 互相爭勝。

**競逐** ㄐㄧㄥˋ ㄓㄨˊ 図競爭追逐。如「東漢末年，天下混亂，群雄競逐」。

**競渡** ㄐㄧㄥˋ ㄉㄨˋ 図端午節的划船比賽。

**競選** ㄐㄧㄥˋ ㄒㄩㄢˇ 候選人在選舉活動中，參加選舉競爭。

**競賽** ㄐㄧㄥˋ ㄙㄞˋ 互相比賽，爭取勝利。如「國語文競賽」。

**競賽員** ㄐㄧㄥˋ ㄙㄞˋ ㄩㄢˊ 參加競賽的人。

# 竹部

## 竹

ㄓㄨˊ ㈠多年生植物，莖直有節，中空質硬，可以做建築材料，也可以做器具。㈡八音之一，是簫管類的樂器及樂音。如「絲竹並奏」。㈢姓。

**竹工** ㄓㄨˊ ㄍㄨㄥ 用竹子做成各種用具或玩具。學校工藝教學也讓學生做。

**竹布** ㄓㄨˊ ㄅㄨˋ ①一種織法細密的棉布，淡藍色或白色，常用作夏季衣料。②古時候用「竹練麻」所織的布，產在南方，另稱作蕉布、竹疏布、竹子布，很名貴，也是一種貢品。

**竹刻** ㄓㄨˊ ㄎㄜˋ 在竹製器物上雕刻字、畫、圖案的藝術與工藝品。另有用老竹根雕成人物鳥獸作陳設品的，也叫「竹刻」，或稱「竹根雕」。

**竹帛** ㄓㄨˊ ㄅㄛˊ 図指書籍。古代在竹木上刻字，後來在帛上書寫，所以合稱「竹帛」。

**竹枕** ㄓㄨˊ ㄓㄣˇ 用竹筒和竹篾製成的枕頭。夏天作睡枕，清涼無汗。

**竹竿** ㄓㄨˊ ㄍㄢ 鋸下竹幹來做用具時的名字。

**竹孫** ㄓㄨˊ ㄙㄨㄣ 竹子側生長的根末端新生的竹子。也叫「孫竹」。

**竹席** ㄓㄨˊ ㄒㄧˊ 用竹篾編製的涼席、棚席。

**竹紙** ㄓㄨˊ ㄓˇ 用嫩竹做原料製成的紙。

**竹馬** ㄓㄨˊ ㄇㄚˇ 小孩子遊戲把竹竿當馬，叫「竹馬」。

**竹笠** ㄓㄨˊ ㄌㄧˋ 用竹條和竹篾編成的斗笠，是農民漁民在外工作防日晒雨打的日用必需品。

**竹報** ㄓㄨˊ ㄅㄠˋ [文]報平安的家書。原作「竹報平安」。

**竹椅** ㄓㄨˊ ㄧˇ 竹材製成的坐椅。

**竹筍** ㄓㄨˊ ㄙㄨㄣˇ 竹子的嫩芽，可以吃。

**竹黃** ㄓㄨˊ ㄏㄨㄤˊ ①也作竹簧、翻簧，一種工藝品。將竹筒去青、煮、晒乾、壓平，白面向外，膠粘或嵌鑲在木胎上，經過磨光，再刻上字畫。製成品以果盒、墨盒、文具盒等為主。②又名天竹黃、竹膏。竹筒內部凝結物，中醫說可治癲癇病。

**竹箸** ㄓㄨˊ ㄓㄨˋ 竹製的筷子。

**竹實** ㄓㄨˊ ㄕˊ 箬竹等所結的實，形狀像小麥，磨成粉可以吃，也叫「竹米」。

**竹器** ㄓㄨˊ ㄑㄧˋ 用竹子編製的器具。

**竹篾** ㄓㄨˊ ㄇㄧㄝˋ 劈成長條的竹皮，可以編織竹器。

**竹輿** ㄓㄨˊ ㄩˊ 山轎，用竹枝構製，窄短而便於山路乘用。

**竹簡** ㄓㄨˊ ㄐㄧㄢˇ 東漢蔡倫發明紙以前，古人拿竹子削片，用尖刀在上面刻字，或用竹木枝蘸漆寫字，叫「竹簡」。北方也有拿木條寫字的，寧夏居延地方就有木簡出土。

**竹蟶** ㄓㄨˊ ㄔㄥ 蟶子的一種，外殼長方形，質脆薄，像兩枚破竹片，所以叫「竹蟶」，在淺海泥沙裡打洞穴而居，我國與日本沿海都有，肉味鮮美。

**竹雞** ㄓㄨˊ ㄐㄧ ①雉鳥名，形狀比鷓鴣小；上體橄欖褐色；胸部棕色，兩側有黑褐色斑點；生在我國長江以南各處山地，常在竹林裡，喜好啼叫，肉可供食用。②草名，〈本草綱目〉書裡稱作「鴨跖草」。

**竹藝** ㄓㄨˊ ㄧˋ 泛指關於竹器的製作、編成、雕刻等方面的技藝。

**竹枝詞** ㄓㄨˊ ㄓ ㄘˊ 詞牌名。舊時一種專詠民間瑣事的七言絕句；本是唐朝詩人劉禹錫依照巴蜀民歌製作的詩體，後來很盛行。

**竹根雕** ㄓㄨˊ ㄍㄣ ㄉㄧㄠ 竹刻的一種。利用乾燥的竹子根部雕刻的藝術品。

**竹葉青** ㄓㄨˊ ㄧㄝˋ ㄑㄧㄥ ①一種綠色毒蛇，眼下沿腹部兩側到尾端有黃白色條紋，尾端紅褐色。生活在溫帶、熱帶的山野。②以汾酒為原酒加藥材泡製的略帶黃綠色的酒。③紹興酒的一種。

**竹字頭兒** ㄓㄨˊ ㄗˋ ㄊㄡˊ ㄦ 竹字在字的上部時寫成「⺮」，普通稱「竹字頭兒」。

**竹苞松茂** ㄓㄨˊ ㄅㄠ ㄙㄨㄥ ㄇㄠˋ [文]根基穩固，枝葉繁茂。(〈詩經・小雅・斯干〉：「如竹苞矣，如松茂矣。」相傳是建造宮室唱的詩。後來用以比喻家族興旺；也常用作祝長壽或新屋落成的頌詞。)

**竹報平安** ㄓㄨˊ ㄅㄠˋ ㄆㄧㄥˊ ㄢ [文]舊時指報告諸事平安的家信，也說「竹報」。

**竹頭木屑** ㄓㄨˊ ㄊㄡˊ ㄇㄨˋ ㄒㄧㄝˋ 比喻細微但是有用的東西。東晉大將軍陶侃鎮守荊州時，督造船隻，把用賸的竹頭木屑都保存起來，以備後用。

## 二筆

**竻** 図ㄌㄜˋ ㈠竹根。㈡有刺而堅緻的竹。

**竺** ㄓㄨˊ ㈠「天竺」，印度的古名。㈡姓。

## 三筆

**竿** ㄍㄢ ㈠竹幹。如「竹竿」。㈡通「杆」。如「桅竿」。

**竿子** ㄍㄢ ㄗ˙ 截取竹子的主幹而成的竹竿。

**竿頭進步** ㄍㄢ ㄊㄡˊ ㄐㄧㄣˋ ㄅㄨˋ 比喻更要努力上進一步，一般用作鼓勵、砥礪的用語。（佛家偈語以「百尺竿頭」比喻修行最高境界，須再進步才能成正果。「竿頭進步」從這意思借用而來。）也作「百尺竿頭更進一步」。

**竽** ㄩˊ 古樂器，笙類，有三十六簧，長四尺二寸。

## 四筆

**笆** ㄅㄚ ㈠有刺的竹籬。如「竹籬笆」。㈡見「笆斗」。

**笆斗** ㄅㄚ ㄉㄡˇ 用柳條編成，盛糧食的器具。

**笏** ㄏㄨˋ 古代上起天子下至卿士所執的手板，用於朝會時記事備忘。用象牙或竹板製成，依照身分而有定制。又名笏板。

**笄（筓）** ㄐㄧ ㈠古時把頭髮捲起盤在頭上，再用簪子橫穿過去，使頭髮不容易亂。這根簪子就叫笄。㈡図古時女子十五歲算成年，要把頭髮梳成大人的樣子，叫「及笄之年」「笄年」。

**笈** 図ㄐㄧˊ 竹製可背負的書箱子。如「負笈」是求學的意思。如「負笈東瀛」（到日本去留學）。

**笑（笶、咲）** ㄒㄧㄠˋ ㈠快樂時候的面部表情。如「微笑」「哈哈大笑」。㈡譏嘲。如「嬉笑怒罵」「五十步笑一百步」。㈢面部並無表情，只是心裡的高興或譏嘲。如「心裡直笑」。

**笑柄** ㄒㄧㄠˋ ㄅㄧㄥˇ 可以用來取笑的資料。

**笑容** ㄒㄧㄠˋ ㄖㄨㄥˊ 表現愉快和高興的神情。如「滿面笑容」。

**笑氣** ㄒㄧㄠˋ ㄑㄧˋ 無機化合物，一種氧化物，無色氣體，有令人愉快和微甜的氣味；人吸入先表現輕微歇斯底里，有時狂笑，然後喪失疼痛感覺，可用作短時間外科手術麻醉劑，長時間吸入能致死。分子式$N_2O$，又叫「氧化亞氮」或「一氧化二氮」，最常用的製取方法是使硝酸銨（$NH_4NO_3$）分解而得。

**笑納** ㄒㄧㄠˋ ㄋㄚˋ 送人財物時候希望人收受的話。有時候也作「哂（ㄕㄣˇ）納」。

**笑紋** ㄒㄧㄠˋ ㄨㄣˊ 笑的時候在臉上顯出的紋路。如「笑紋遮掩了他的衰老」。

**笑話** ㄒㄧㄠˋ ㄏㄨㄚ˙ 話字輕讀。①能引人發笑的話或事情。②輕視人的意思。如「這樣不好，人家會笑話你」。

**笑語** ㄒㄧㄠˋ ㄩˇ 図指談笑，或談笑聲。如「笑語竟日，暢敘別情」。

**笑談** ㄒㄧㄠˋ ㄊㄢˊ ①笑話①。②邊笑邊說。

**笑罵** ㄒㄧㄠˋ ㄇㄚˋ 譏笑辱罵。

**笑謔** ㄒㄧㄠˋ ㄋㄩㄝˋ 図不莊重的嬉笑戲謔。

**笑靨** ㄒㄧㄠˋ ㄧㄝˋ 図笑時臉上所起的微渦，常指美人的笑容。

**笑臉（兒）** ㄒㄧㄠˋ ㄌㄧㄢˇ ㄦ 臉上顯露著笑容。也作「笑容（兒）」。

**笑吟吟** ㄒㄧㄠˋ ㄧㄣˊ ㄧㄣˊ 図意思同「笑微微」「笑瞇瞇」，形容微笑的樣子。

**笑呵呵** ㄒㄧㄠˋ ㄏㄜ ㄏㄜ 同「笑哈哈」，形容大笑的樣子。

**笑哈哈** ㄒㄧㄠˋ ㄏㄚ ㄏㄚ 大笑的樣子。如「他笑哈哈的樣子像個彌勒佛」。

**笑咧咧** ㄒㄧㄠˋ ㄌㄧㄝ ㄌㄧㄝ 同「笑微微」「笑吟吟」，形容微笑的樣子（嘴角向外邊伸展出去）。

**笑眯眯** ㄒㄧㄠˋ ㄇㄧ ㄇㄧ 形容微笑時眼睛稍微閉合的樣子。

**笑微微** ㄒㄧㄠˋ ㄨㄟ ㄨㄟ 形容微笑。如「對人總是笑微微的，沒板起臉過」。

**笑話兒** ㄒㄧㄠˋ ㄏㄨㄚˋ ㄦ 話字輕讀。①引人發笑的話。②北方把故事神話等說是「笑話兒」。

**笑面虎（兒）** ㄒㄧㄠˋ ㄇㄧㄢˋ ㄏㄨˇ（ㄦ） 比喻貌善心惡的人。

**笑嘻嘻（的）** ㄒㄧㄠˋ ㄒㄧ ㄒㄧ（ㄉㄜ˙） 微笑的樣子。也常說「笑瞇嘻兒的」。

**笑口常開** ㄒㄧㄠˋ ㄎㄡˇ ㄔㄤˊ ㄎㄞ 形容人的心情保持愉快，時時歡笑，無憂無慮。

**笑不可抑** ㄒㄧㄠˋ ㄅㄨˋ ㄎㄜˇ ㄧˋ 大笑不止。

**笑容滿面** ㄒㄧㄠˋ ㄖㄨㄥˊ ㄇㄢˇ ㄇㄧㄢˋ 形容滿臉顯露著歡喜的神情。

**笑掉大牙** ㄒㄧㄠˋ ㄉㄧㄠˋ ㄉㄚˋ ㄧㄚˊ 形容令人可笑得很。

**笑逐顏開** ㄒㄧㄠˋ ㄓㄨˊ ㄧㄢˊ ㄎㄞ 形容心裡歡樂，眉開眼笑的樣子。

**笑裡藏刀** ㄒㄧㄠˋ ㄌㄧˇ ㄘㄤˊ ㄉㄠ 比喻外貌和善而內心陰險。

**笊** ㄓㄠˋ 見「笊籬」。

**笊籬** ㄓㄠˋ ㄌㄧ˙ 籬字輕讀。用在水裡撈東西出來的器具，形狀好像蜘蛛網，用竹篾、柳條或金屬線編織成的。

## 五筆

**笨** ㄅㄣˋ ㈠不靈巧。如「笨重」「笨手笨腳」。㈡不聰明。如「笨拙」「愚笨」。

**笨伯** ㄅㄣˋ ㄅㄛˊ ①身體肥碩、行動不便的人。晉朝人史疇就是，見〈晉書‧羊曼傳〉。②愚鈍的人。

**笨拙** ㄅㄣˋ ㄓㄨㄛˊ 不伶俐。

**笨重** ㄅㄣˋ ㄓㄨㄥˋ 粗重不靈活。

**笨蛋** ㄅㄣˋ ㄉㄢˋ 罵人的話，意思是「蠢東西」「笨蟲」「傻瓜」。

**笨貨** ㄅㄣˋ ㄏㄨㄛˋ 罵人不靈巧的語詞。也說「笨蟲」。

**笨驢** ㄅㄣˋ ㄌㄩˊ 罵人愚蠢拙笨，同「笨蟲」。

**笨手笨腳** ㄅㄣˋ ㄕㄡˇ ㄅㄣˋ ㄐㄧㄠˇ 動作不靈活。

**笨鳥先飛** ㄅㄣˋ ㄋㄧㄠˇ ㄒㄧㄢ ㄈㄟ 比喻辦事能力差，恐怕落後的人，比別人提早開始著手；通常用作自謙的辭。

**笸** ㄆㄛˇ 見「笸籮」。

**笸籮** ㄆㄛˇ ㄌㄨㄛ˙ 籮字輕讀。用柳條兒編成的盛東西用的器具。

**筤** ㄇㄧㄣˇ 筤子，就是頭梳。也叫「抿子」「梳子」「攏子」。

**范** ㄈㄢˋ 竹子做的模型器。古人常用作法式、規模的意思，通「範」。

**符** ㄈㄨˊ ㈠古人在竹片上寫字或在木片、金玉片上刻字，然後分成兩半，兩人各取一半，作為信物。如「虎符」「符節」。㈡記號。如「符號」「音符」。㈢術士所寫的咒語。如「符咒」「符籙」。㈣合，相合。如「符合」「言行相符」。㈤姓。

**符水** ㄈㄨˊ ㄕㄨㄟˇ 指道家用來治病的所謂「神水」，是把符籙先燒成灰而後溶在水裡，讓人喝下去「治病」。

**符合** ㄈㄨˊ ㄏㄜˊ 相合。

**符尾** ㄈㄨˊ ㄨㄟˇ 樂譜上音符的黑白橢圓形點上的直線跟小旗，表示節拍。

**符命** ㄈㄨˊ ㄇㄧㄥˋ ①我國古代認為上天賜給帝王以祥瑞的事物，作為帝王受命治天下的憑證，就是所謂「符命」。②指稱一種文體，是敘述祥瑞徵兆，為帝王歌功頌德的文章。〈昭明文選〉有「符命」類文章三篇。

**符咒** ㄈㄨˊ ㄓㄡˋ 道家驅除鬼神的符籙和咒語。

**符節** ㄈㄨˊ ㄐㄧㄝˊ 符㈠。

**符頭** ㄈㄨˊ ㄊㄡˊ 樂譜上表示音符的黑色或白色的橢圓形符號。表示音階。

**符籙** ㄈㄨˊ ㄌㄨˋ 道家役使鬼神的一種神祕文字。原為道家傳述道術的祕文。

**符號(兒)** ㄈㄨˊ ㄏㄠˋ (ㄦ) 記號。

**符號邏輯** ㄈㄨˊ ㄏㄠˋ ㄌㄨㄛˊ ㄐㄧˊ 就是「數理邏輯」，本來通稱「現代邏輯」。它是一種先驗的而非經驗的學理，與純數學最相似，是用數學方法嚴格闡釋系統內部推理、計算等邏輯問題，並且發展各系統的後設理論。

# 笪

ㄉㄚˊ ㈠粗的竹席。㈡姓。

# 笛

ㄉㄧˊ ㈠樂器，中有七孔，橫著吹。㈡哨子也叫笛。如「警察吹笛子」，體育老師也吹笛子」。㈢輪船、火車的發聲器。如「汽笛」。

**笛膜** ㄉㄧˊ ㄇㄛˊ 貼在橫笛子左端第二個孔上的薄膜兒（是從蘆葦或竹子的莖腔裡取來的）。

# 第(苐)

ㄉㄧˋ ㈠指次序。如「等第」「第三名」。㈡図住宅。如「宅第」「門第」。㈢図從前科舉時代應試及格叫「及第」，不及格叫「不第」；現在還有用「落第」的。㈣図但，只是，只要。如「第靜觀其變」。㈤「第五」，複姓。

**第宅** ㄉㄧˋ ㄓㄞˊ 図大的住宅。也作「宅第」。

**第三者** ㄉㄧˋ ㄙㄢ ㄓㄜˇ ①法律上指當事者雙方以外的人或團體。②置身事外而從中排解雙方紛爭的人。③特指插足於他人愛情之間，形成感情糾紛，或破壞他人夫妻感情的人。

**第六感** ㄉㄧˋ ㄌㄧㄡˋ ㄍㄢˇ 指人的一種假定的奇妙的感覺能力，這種感覺能力不是「先知」「預感」或「幻念」，而是不受通常「五感」或正常感覺之中任何指引而得以覺察到事實並調適行動的一種特殊感覺能力。

**第一人稱** ㄉㄧˋ ㄧ ㄖㄣˊ ㄔㄥ 語法用詞，指說話的人。第一人稱的代名詞有我、咱、我們、咱們。「第一人稱」也稱「第一身」。

**第一印象** ㄉㄧˋ ㄧ ㄧㄣˋ ㄒㄧㄤˋ ①專指人對人第一次相見時候的觀感、印象，這印象強烈、深刻，是日後雙方之間相處是否良好的基礎。②指對環境事物的第一次面臨所見的印象，是攝影、寫生、繪畫與遊記撰述者所留意把握的新鮮對象材料。

**第一把手** ㄉㄧˋ ㄧ ㄅㄚˇ ㄕㄡˇ ①指（在某方面）最優秀、最能幹的人，就是「頂尖兒的」「拔尖兒的」。②指最高層居於首位的政治人物或事業上的領導人。

**第二人稱** ㄉㄧˋ ㄦˋ ㄖㄣˊ ㄔㄥ 語法用詞，指聽話的人。第二人稱的代名詞有你、您、你們。「第二人稱」也稱「第二身」。

**第二性徵** ㄉㄧˋ ㄦˋ ㄒㄧㄥˋ ㄓㄥ 也稱「副性徵」，是指人或動物生長成熟後表現出的性別特徵。如女子乳部發達，音調高；男子生鬚，喉結突出，音調低。又如雄雞冠高尾長善鳴，羽毛鮮豔，雌雞沒有這些特點。

**第三人稱** ㄉㄧˋ ㄙㄢ ㄖㄣˊ ㄔㄥ 語法用詞，指說話者和聽話者之外的第三者。第三人稱的代名詞有他、怹、她、它、他們、她們、它們等。「第三人稱」也稱「第三身」。

**第三勢力** ㄉㄧˋ ㄙㄢ ㄕˋ ㄌㄧˋ 指第二次世界大戰以後，不屬於美蘇兩大集團之外的中立或「不結盟」國家的組織。

**第五縱隊** ㄉㄧˋ ㄨˇ ㄗㄨㄥˋ ㄉㄨㄟˋ 泛指內部潛藏的敵方的組織；也就是有組織的潛入敵後刺探軍情並作己方內應的人員。（西元一九三六到三九年西班牙內戰時期，進攻首都馬德里的一位將領首先使用這個語詞。他有四個縱隊武力，把潛伏在馬德里市內進行破壞活動的組織稱作「第五縱隊」。）

**第一手材料** ㄉㄧˋ ㄧ ㄕㄡˇ ㄘㄞˊ ㄌㄧㄠˋ 指所撰述表達的乃是創始發現、直接查考獲得而不是間接轉述引用的材料。如「關於這一個案子，他有第一手材料」。

**第一級產業** ㄉㄧˋ ㄧ ㄐㄧˊ ㄔㄢˇ ㄧㄝˋ 也稱「初級產業」，包括農、林、漁業，採礦、採石業；也就是可分作：①創始工業的可以增產的原料生產，②採掘工業的易耗原料生產。不發達國家和發展之中的國家，第一級產業在經濟上占支配地位。

**第二級產業** ㄉㄧˋ ㄦˋ ㄐㄧˊ ㄔㄢˇ ㄧㄝˋ 也稱「中級產業」，又稱「製造業」，包括第一級產業的加工業、發電機工業、發電業、建築業；可概分為輕工業與重工業，需要大量投資、複雜的工業組織、熟練的勞動力。

**第三級產業** ㄉㄧˋ ㄙㄢ ㄐㄧˊ ㄔㄢˇ ㄧㄝˋ 又稱「服務業」，指國民經濟足以提供服務、取得無形收益，具有創造財富而不生產有形貨物的產業部門；包括銀行、金融、保險、投資不動產等業務；批發、零售、轉售貿易；運輸、資訊和通信服務；自由職業、顧問設計、法律和個人服務；旅遊、旅館、飯店和娛樂業；維修服務業；教育和教學；保健、社會福利、行政管理、警務、安全、保衛等服務。

**第三人責任險** ㄉㄧˋ ㄙㄢ ㄖㄣˊ ㄗㄜˊ ㄖㄣˋ ㄒㄧㄢˇ 是「責任保險」的一種，主要在使用汽車方面，由汽車使用人（第一人）向保險公司（第二人）繳納保險費，如因意外致使第三人（車輛、車內的人或行人）受到傷損，保險公司要向受害的當事人支付補償費。第三人責任險分「強制」「任意」兩種。

**第一次世界大戰** ㄉㄧˋ ㄧ ㄘˋ ㄕˋ ㄐㄧㄝˋ ㄉㄚˋ ㄓㄢˋ 從民國三年到七年（西元一九一四到一九一八）的第一次世界許多國家參戰的戰爭，因為歐洲國家爭奪霸權而引起；參戰的「同盟國」方面是德國、奧匈帝國、土耳其、保加利亞等國，另一方面的「協約國」是英、法、俄、美、日本、塞爾維亞、義大利、羅馬尼亞、希臘等國，中國最後加入。結果同盟國失敗。

**第二次世界大戰** ㄉㄧˋ ㄦˋ ㄘˋ ㄕˋ ㄐㄧㄝˋ ㄉㄚˋ ㄓㄢˋ 從民國二十八年到三十四年（西元一九三九到一九四五）的第二次世界許多國家參戰的戰爭，是由於法西斯國家德國、義大利和日本所發動，三國並締結協定為「軸心國」；反抗法西斯軸心國者有中華民國、美國、英國、法國、蘇聯等國為「聯盟國」；軸心國最後失敗投降。

**笤** ㄊㄧㄠˊ 見「笤帚」。

**笤帚** ㄊㄧㄠˊ ㄓㄡ˙ 帚字輕讀。竹掃把。

**笠** ㄌㄧˋ 竹篾跟竹葉做成的帽子，可以擋雨遮陽。也叫「斗笠」。

**笳** ㄐㄧㄚ ①樂器，古代胡人捲蘆葉製作成的。也叫「胡笳」。②後來也用竹管製成，蒙上樺樹樹皮，兩頭加角飾，有三孔。又名笳管、觱栗、篳篥。

**笞** 図 ㄔ ㈠用竹板子打人。如「鞭笞」「笞刑」。㈡舊刑具，用竹片製成，俗稱「小板子」。

**笞刑** ㄔ ㄒㄧㄥˊ 古時五刑之一，用小荊杖或竹片所做的小板子打犯人的背部或臀部。有教訓、懲戒效果。

**笞掠** ㄔ ㄌㄩㄝˋ 図拷打。如「人犯雖受笞掠而堅不吐實」。也作「笞搒（ㄅㄥˋ）」。

**笞責** ㄔ ㄗㄜˊ 図用竹板子打的一種責罰。

**笞箠** ㄔ ㄔㄨㄟˊ 図用竹板打犯人。

**笘** ㄕㄢ 「竹笘」，從前學生寫字用的大竹板，塗上白堊，寫完可以擦掉再寫。

**笙** ㄕㄥ 古代管樂器名，有十三根長短不同的竹管，每根竹管都有一個簧，用嘴吹的。現在有十七、十九、二十四、三十六簧等不同。

**笙歌** ㄕㄥ ㄍㄜ 図奏樂歡唱。如「夜夜笙歌」。

**笫** 図 ㄗˇ 床席。〈左傳〉有「床笫之言不踰閾」，指夫妻之事。

**笮** ㄗㄜˊ ㈠屋頂承瓦的竹蓆。㈡図「壓笮」，是窄迫的意思。㈢図姓。

**笥** ㄙˋ 古時用竹或葦作成，用來盛飯或放衣物的方形器具。另見「腹笥」。

## 六筆

**筆（笔）** ㄅㄧˇ ㈠寫字用具。如「鉛筆」「毛筆」。㈡蘸了墨或塗料寫一下畫一下叫一筆。如「這一筆寫得太好了」。㈢図書寫，記述。如「筆之於書」「筆者」。㈣指文章裡所描寫或議論的一段、一句。如「伏筆」「驚人之筆」。㈤直直的。如「筆直」「西裝筆挺」。㈥一宗，一件。如「這一筆帳還沒清」。

**筆力** ㄅㄧˇ ㄌㄧˋ ①寫字時用的力量。②文章的氣勢。

**筆下** ㄅㄧˇ ㄒㄧㄚˋ 筆底下所寫的，引伸泛指撰寫內容的措辭用意，以及詩文的表現。如「筆下千軍萬馬，風雲萬狀」。

**筆友** ㄅㄧˇ ㄧㄡˇ 互相通信而認識和交往的朋友。

**筆心** ㄅㄧˇ ㄒㄧㄣ ①鉛筆的筆桿裡面所裝的石墨粉製成的細圓條。②原子筆尖上所裝設的小圓珠。如「這枝原子筆的筆心不夠細，寫出的筆畫太粗」。

**筆仗** ㄅㄧˇ ㄓㄤˋ 筆戰，為討論問題而各執己見，寫文章爭論。

**筆伐** ㄅㄧˇ ㄈㄚˊ 図用文字對某人或事務加以抨擊、討伐。常說「口誅筆伐」。

**筆名** ㄅㄧˇ ㄇㄧㄥˊ 作者寫作時候所用的化名。

**筆尖** ㄅㄧˇ ㄐㄧㄢ 指筆的下筆寫字的尖端部分，尤其指毛筆和鉛筆的尖端。

**筆供** ㄅㄧˇ ㄍㄨㄥˋ 筆寫的供詞。

**筆法** ㄅㄧˇ ㄈㄚˇ 運筆的方法，就是書法或畫法。

**筆直** ㄅㄧˇ ㄓˊ 直直的。

**筆者** ㄅㄧˇ ㄓㄜˇ 文章的作者自稱。

**筆削** ㄅㄧˇ ㄒㄩㄝ 図指修改文字，也常用作請人修改文章的敬語。（古代沒有紙，書寫在竹簡木札上，寫錯了要先用刀削刮後才改寫。）

**筆架** ㄅㄧˇ ㄐㄧㄚˋ 擱筆用具。

**筆致** ㄅㄧˇ ㄓˋ 書畫文章所表現的致趣、風格。

**筆套** ㄅㄧˇ ㄊㄠˋ ①筆帽。②裝筆用的囊套。

**筆挺** ㄅㄧˇ ㄊㄧㄥˇ 平順挺直的樣子。

**筆耕** ㄅㄧˇ ㄍㄥ 図靠寫字或寫文章掙錢過活。

**筆記** ㄅㄧˇ ㄐㄧˋ ①隨筆記錄的文字。②記錄。也作「筆錄」。

**筆陣** ㄅㄧˇ ㄓㄣˋ 図①指寫字運筆如行軍列陣。②比喻詩文雄健有力如軍陣逼人。

**筆畫** ㄅㄧˇ ㄏㄨㄚˋ 寫字的橫直撇捺等叫筆畫。

**筆答** ㄅㄧˇ ㄉㄚˊ ①用書面回答問題。②寫成的書面答案。

**筆筒** ㄅㄧˇ ㄊㄨㄥˇ 擱筆的筒形用具。

**筆順** ㄅㄧˇ ㄕㄨㄣˋ 按國字的結構，寫的時候講究一定的筆畫順序，叫「筆順」。例如「天」字筆順是橫、橫、撇、捺。

**筆勢** ㄅㄧˇ ㄕˋ ①書畫運筆所表現的氣勢。②指詩文意境表達的緩急強弱。

**筆意** ㄅㄧˇ ㄧˋ ①指書法繪畫的意態、風格。②指詩文的意境、工力。

**筆試** ㄅㄧˇ ㄕˋ 考試時在考卷上出題，用文字作答，是對「口試」說的。

**筆資** ㄅㄧˇ ㄗ 同「潤筆」。指寫字、繪畫，或作成詩文所得的報酬。

**筆路** ㄅㄧˇ ㄌㄨˋ ①寫字、繪畫的風格，詩文的特色。②寫作的思路。如「這位作家筆路寬闊靈活，作品無拘無束」。

**筆跡** ㄅㄧˇ ㄐㄧ 書法，字跡。

**筆鉛** ㄅㄧˇ ㄑㄧㄢ 鉛筆筆心的石墨細條。

**筆端** ㄅㄧˇ ㄉㄨㄢ 図泛指字畫詩文方面的表現。如「濃情洋溢於筆端」。

**筆算** ㄅㄧˇ ㄙㄨㄢˋ 用筆來計算。是對「珠算」「心算」說的。

**筆誤** ㄅㄧˇ ㄨˋ 無意中寫錯了字。

**筆調** ㄅㄧˇ ㄉㄧㄠˋ 文章的風格。

**筆談** ㄅㄧˇ ㄊㄢˊ 面對面用筆寫字，代替談話。原因有的是啞巴，或國籍不同只通文字不能會話，或是恐怕有人聽見等才用寫字代替說話。

**筆鋒** ㄅㄧˇ ㄈㄥ ①精到銳利的字畫詩文的精神。②毛筆的尖端，有軟鋒之別。

**筆墨** ㄅㄧˇ ㄇㄛˋ ①筆跟墨。②文章或文字。如「這個字解釋起來，很費筆墨呢」。

**筆戰** ㄅㄧˇ ㄓㄢˋ 彼此寫文章辯論，如同戰爭。

**筆錄** ㄅㄧˇ ㄌㄨˋ ①用書寫文字記錄下來。②指說記錄下來的文字。

**筆譯** ㄅㄧˇ ㄧˋ 用文字翻譯寫出。（與「口譯」不同。）

**筆觸** ㄅㄧˇ ㄔㄨˋ 泛指筆墨所及之處，就是字畫詩文所表現的意境與情致。如「他的作品筆觸生動感人」。

**筆尖（兒）** ㄅㄧˇ ㄐㄧㄢ（ㄦ） 筆的尖頭，寫字的部分。

**筆洗（子）** ㄅㄧˇ ㄒㄧˇ（ㄗ） 圓形的瓷器，其中擱水，寫完字用來洗毛筆之類的筆尖。

**筆桿（兒）** ㄅㄧˇ ㄍㄢˇ（ㄦ） 筆的柄桿。比喻文人的筆。如「耍筆桿（兒）」。

**筆管（兒）** ㄅㄧˇ ㄍㄨㄢˇ（ㄦ） 毛筆的筆桿。

**筆帽兒** ㄅㄧˇ ㄇㄠˋ ㄦ 筆套。

**筆頭兒** ㄅㄧˇ ㄊㄡˊ ㄦ ①筆尖兒。②比喻字畫詩文的製作、撰寫。如說「筆頭兒不錯」。

**筆走龍蛇** ㄅㄧˇ ㄗㄡˇ ㄌㄨㄥˊ ㄕㄜˊ 図指書法的筆勢靈活（像龍、蛇般的蜿蜒生動）。

**筆底生花** ㄅㄧˇ ㄉㄧˇ ㄕㄥ ㄏㄨㄚ 〈開元天寶遺事〉說李白年輕時夢見所用的筆

頭上生花，後人用以稱讚文章寫得美妙。也作「筆頭生花」「妙筆生花」。

**筆墨官司** ㄅㄧˇ ㄇㄛˋ ㄍㄨㄢ ㄙ 指書面上互相指責爭論。

**筆畫檢字法** ㄅㄧˇ ㄏㄨㄚˋ ㄐㄧㄢˇ ㄗˋ ㄈㄚˇ ①按照每個字的筆畫結構情形定出條件規則，排列出部類次序，據以檢查的檢字法。②按照筆畫多寡來排列部類次序的檢字法。

## 筏

ㄈㄚˊ 渡河或在水上短暫航行的木排或竹排，叫「筏子（˙ㄗ）」。黃河河套附近還有用羊皮做的皮筏。

## 答（荅、荅）

▲ㄉㄚˊ ㈠應對。如「對答」「一問一答」。㈡還禮。如「答禮」「答聘」。▲ㄉㄚ ㈠見「答應」。㈡形容聲音的字。如「時鐘滴答滴答地響」「水滴滴答答地滴下來」。㈢見「答答」。

**答卷** ㄉㄚˊ ㄐㄩㄢˋ ①解答試卷。如「考生們靜靜地伏案答卷」。②已解答的試卷。如「這些答卷還沒有評定分數哪」。

**答拜** ㄉㄚˊ ㄅㄞˋ ①回答別人的禮拜。②回拜，回訪。

**答案** ㄉㄚˊ ㄢˋ 問題的解答。

**答訕** ㄉㄚˊ ㄕㄢˋ 為了與人接近或改變尷尬氣氛而勉強找話來說。

**答理** ㄉㄚ ㄌㄧˇ 理字輕讀。跟人講話或打招呼。

**答問** ㄉㄚˊ ㄨㄣˋ 答覆問題。

**答答** ㄉㄚ ㄉㄚ ①竹聲。②害羞的樣子。如「羞答答的」「羞人答答的」。③同「答理」。

**答腔** ㄉㄚ ㄑㄧㄤ 接著別人的話來表示自己的看法，或是回答別人的疑問。也作「搭腔」。

**答詞** ㄉㄚˊ ㄘˊ ①表示謝意的致詞。②回答的言辭。

**答聘** ㄉㄚˊ ㄆㄧㄣˋ 本國官員在他國同級官員來訪後，也去訪問其國。

**答話** ㄉㄚˊ ㄏㄨㄚˋ 回答他人的話。也作「答腔」。

**答對** ㄉㄚˊ ㄉㄨㄟˋ ①特指回答問題，一般用於否定式。如「無法答對」「問他，他不答對」。②肯定答案正確，如「他答對了」或「答得對」。

**答數** ㄉㄚˊ ㄕㄨˋ 演算求得的數。也作「得數」。

**答應** ㄉㄚ ㄧㄥ˙ 應字常輕讀。①應聲回答。②允許。

**答謝** ㄉㄚˊ ㄒㄧㄝˋ 受人幫助向人表示謝意。

**答禮** ㄉㄚˊ ㄌㄧˇ 同「還禮」。向先行禮的對方行禮。

**答覆** ㄉㄚˊ ㄈㄨˋ 就來意所作的回答。

**答辯** ㄉㄚˊ ㄅㄧㄢˋ 答覆申辯。

**答碴兒** ㄉㄚˊ ㄔㄚˊ ㄦ ①接著別人的話發言。②同「答理」。

**答非所問** ㄉㄚˊ ㄈㄟ ㄙㄨㄛˇ ㄨㄣˋ 答案和問題不符合。

## 等（䓁）

ㄉㄥˇ ㈠品級，次第。如「等第」「甲等」。㈡相同。如「相等」「等分」。㈢待，候。如「等候」「等待」。㈣不止一種，一時說不出或說不完，用「等」或「等等」表示。如「媽媽今天買的東西好多，有魚、肉、肥皂、刷子等等」「桌上有筆、紙、算盤等用具」。㈤儕輩。如「爾等（你們）」「渠等（他們）」。

**等子** ㄉㄥˇ ˙ㄗ 見「戥子」。

**等分** ▲ㄉㄥˇ ㄈㄣˋ 把一物分成若干份，每份分量多少相同。▲ㄉㄥˇ ㄈㄣ 平均分配。

**等比** ㄉㄥˇ ㄅㄧˇ ①數學上說比的前項後項相等的叫做「等比」，這種比的值等於一。②指數學上數列和級數的一種名稱，「等比數列」和「等比級數」都是由第二項起任何一項與其前一項的比恆等。等比數列的一般形式是 $a,ar,ar^2,ar^3$……。等比級數的一般形式是 $a+ar+ar^2+ar^3$……，也叫幾何級數。（數列和級數另有等差數列和等差級數。）

**等同** ㄉㄥˇ ㄊㄨㄥˊ 相等、相同、一樣。如「等同的情況」。

**等式** ㄉㄥˇ ㄕˋ 當中用等號（＝）表示的算式或代數式，等號兩邊的部分實質相等、相同。如 8-3=5；假設 x=a,y=b，則 x+y=a+b。

**等次** ㄉㄥˇ ㄘˋ 等級的高低。如「同一廠牌的商品，質量不同的，分作不同的等次，定出不同的售價」。

**等身** ㄉㄥˇ ㄕㄣ 図數量之多跟他們身高相等。如「著作等身」。

**等於** ㄉㄥˇ ㄩˊ 相等，相同。如「費了半天勁，效果等於零」。

**等則** ㄉㄥˇ ㄗㄜˊ 臺灣供農業使用的土地和沒有規定地價的非都市土地，依法課征田賦，按各種地目（使用種類）的土地單位面積全年收益高低，區分田賦稅率的等級，稱作「等則」。如水田與旱田最高到最低分作二十六等則，雜糧種地分九十二等則等。

**等差** ▲ㄉㄥˇ ㄔㄚ ①等級按次序一級級降低或升高。②指數學上數列和級數的一種名稱，「等差數列」和「等差級數」都是由第二項起任何一項與其前一項的差數恆等。等差數列的一般形式是 a,a+d,a+2d,a+3d……。等差級數的一般形式是 a+(a+d)+(a+2d)+(a+3d)……，也叫算術級數。（數列和級數另有等比數列和等比級數。）

▲ㄉㄥˇ ㄘ 図指說不是平等相同的，而是分別等級次序，有不同層次的。如「孟子認為愛有等差，不贊成墨子所主張的兼愛」。也作「等衰（ㄘㄨㄟ）」。

**等級** ㄉㄥˇ ㄐㄧˊ 階級，次第。

**等高** ㄉㄥˇ ㄍㄠ 相同的高度、高低，指地勢、地位、價值、身材、年齡、聲望等方面而言。

**等第** ㄉㄥˇ ㄉㄧˋ 図泛指人事上的名次等級。

**等速** ㄉㄥˇ ㄙㄨˋ ①指不同的運動體運動的速度相同。②指同一運動體保持速度均勻不變的運動，就是每一單位時間內的運動速度一致。

**等等** ㄉㄥˇ ㄉㄥˇ 列舉時刪略的詞。如「有肉、蛋、青菜等等」。

**等閒** ㄉㄥˇ ㄒㄧㄢˊ ①不留意。如「莫等閒白了少年頭」。②尋常，容易對付的。如「來人非等閒之輩」。

**等號** ㄉㄥˇ ㄏㄠˋ 數學上表示相等的符號，「＝」。

**等價** ㄉㄥˇ ㄐㄧㄚˋ 價值相等。如「這一件大衣和昨天賣的那一件是等價出售的」。

**等值線** ㄉㄥˇ ㄓˊ ㄒㄧㄢˋ 對地圖上所表示的某一方面數值，把其中數值相同的各點連接起來畫出的封閉線。如「氣溫等值線」（也叫等溫線）「氣壓等值線」（也叫等壓線）等。

**等高線** ㄉㄥˇ ㄍㄠ ㄒㄧㄢˋ 地形圖上表示地勢高低的封閉線，是把標高相同的點連成的線。

**等等兒** ㄉㄥˇ ㄉㄥˇ ㄦ 第二個等字輕讀。稍微等一下兒。如「請你等等兒」。

**等因奉此** ㄉㄥˇ ㄧㄣ ㄈㄥˋ ㄘˇ 這是舊式公文裡的慣常用語，後來用以指說例行公事和不關痛癢的官樣文章。（舊式的一件公文，首先敘述案件的來由，然後用「等因」結束所引的來文；「奉此」是據上文引起下文的用語。「等因」和「奉此」成了公文常語。

用語，常常連用在一起。）

**等而下之** ㄉㄥˇ ㄦˊ ㄒㄧㄚˋ ㄓ　由這一等次再往下推。如「只有他的工作成績還可以，其他的人就等而下之了」。

**等量齊觀** ㄉㄥˇ ㄌㄧㄤˋ ㄑㄧˊ ㄍㄨㄢ　〔文〕一律同等看待，不詳細區別。

**等腰三角形** ㄉㄥˇ ㄧㄠ ㄙㄢ ㄐㄧㄠˇ ㄒㄧㄥˊ　三個邊之中有兩邊長度相等的三角形。

**等邊三角形** ㄉㄥˇ ㄅㄧㄢ ㄙㄢ ㄐㄧㄠˇ ㄒㄧㄥˊ　三邊長度相等的三角形。

## 筒

▲ㄊㄨㄥˇ ㈠竹管。如「郵筒」（古代寄信用的竹筒）。㈡粗大而中空的圓管。

▲ㄊㄨㄥˇ 管狀物。如「筆筒」「煙筒」「郵筒」（現在設在路旁的寄信筒）「袖筒兒」「槍筒」。

**筒狀花** ㄊㄨㄥˇ ㄓㄨㄤˋ ㄏㄨㄚ　花瓣連接形成小筒狀的花，如向日葵花盤中央的花。也叫管狀花。

## 筐

ㄎㄨㄤ 古時稱盛物的方形竹器，現在通稱竹子或柳條等所編的盛物器。如「土筐」「籮筐」。

## 筊

ㄐㄧㄠˇ ㈠南方用竹皮編的索，平時用來拉動木船，逆水行走。㈡同「珓」。

## 筋

ㄐㄧㄣ ㈠肌肉裡面的柔韌物。如「筋肉」「隨意筋」。㈡俗稱連著骨頭的韌帶。如「牛蹄筋」「傷了筋骨」。㈢靜脈管的俗稱。如「青筋暴起」。㈣肌肉所發生的力量。如「筋疲力竭」。㈤見「筋豆」。

**筋斗** ㄐㄧㄣ ㄉㄡˇ　把頭著地用力讓身體倒翻過去。也作「觔斗」，口語說「跟頭」。

**筋豆** ㄐㄧㄣ ㄉㄡˋ　豆字輕讀。是說食物有韌性，耐嚼。

**筋脈** ㄐㄧㄣ ㄇㄛˋ　中醫稱血管、肌腱、韌帶等。也讀ㄐㄧㄣ ㄇㄞˋ。

**筋肉** ㄐㄧㄣ ㄖㄡˋ　指高等動物外皮以內，附在骨頭上的紅色柔韌物。現在常作「肌肉」。

**筋骨** ㄐㄧㄣ ㄍㄨˇ　骨幹。

**筋絡** ㄐㄧㄣ ㄌㄨㄛˋ　跟骨節相連的筋肉。

**筋節** ㄐㄧㄣ ㄐㄧㄝˊ　〔文〕文章的轉折相接續的部分。

**筋疲力竭** ㄐㄧㄣ ㄆㄧˊ ㄌㄧˋ ㄐㄧㄝˊ　力量都使完了，累得不得了。或寫「精疲力竭」。

## 筌

〔文〕ㄑㄩㄢˊ 舊時捕魚類的竹器。如「得魚忘筌」，比喻人在成功之後卻忘本了。

## 筇

ㄑㄩㄥˊ 一種竹名，可以做枴杖，文言稱竹杖為筇。

## 筑

ㄓㄨˊ 古樂器，形狀像琴，共有五弦、十三弦、二十一弦等數種。

## 策（筴、筞）

ㄘㄜˋ ㈠古人用竹簡記事，把竹簡一片一片串起來，叫「策」，所以有「簡策」「史策」的詞。㈡古時皇帝的任命或封爵。如「策陰氏為貴妃」。㈢計畫，謀略。如「策畫」「政策」。（古時稱謀士為策士）。㈣舊時一種談論政事的論文叫「策」，蘇軾有「安萬民六策」，科舉時代也考過「策論」。㈤〔文〕古人用的一種馬鞭子。如「僕執策立于馬前」。㈥用馬鞭子驅馬，叫「策馬」。㈦見「驅策」。㈧見「策應」。

**策士** ㄘㄜˋ ㄕˋ　①古時在政治上提供謀略的人。②泛指長於計謀的人。

**策反** ㄘㄜˋ ㄈㄢˇ　用種種方法鼓動敵方的人倒戈投向我方。

**策杖** ㄘㄜˋ ㄓㄤˋ　〔文〕扶著枴杖。

**策勉** ㄘㄜˋ ㄇㄧㄢˇ　〔文〕策勵，督責和鼓勵（使努力上進求好）。

**策書** ㄘㄜˋ ㄕㄨ　〔文〕①簡策書牘，是古來受人重視的紀事垂遠的重要事物。②古時皇命的一種，多用於封土、授爵、任免三公。

**策馬** ㄘㄜˋ ㄇㄚˇ 図用馬鞭趕馬。

**策動** ㄘㄜˋ ㄉㄨㄥˋ 發動，推動。

**策問** ㄘㄜˋ ㄨㄣˋ 図也稱「策對」「策試」。從漢朝以來的一種選人取士的方法：把政事、經義等設定的問題寫出來，使士人逐條對答。

**策略** ㄘㄜˋ ㄌㄩㄝˋ 計畫。

**策畫** ㄘㄜˋ ㄏㄨㄚˋ 籌措，計畫。

**策勳** ㄘㄜˋ ㄒㄩㄣ 図古時為了標榜鼓勵，把建功立勳的事項記載在簡策上，叫策勳，也就是「記功」。

**策勵** ㄘㄜˋ ㄌㄧˋ 督責勉勵。

**策應** ㄘㄜˋ ㄧㄥˋ ①跟友軍呼應聯絡、截斷或牽制，以擊破敵軍。②互相呼應支援。

**策源地** ㄘㄜˋ ㄩㄢˊ ㄉㄧˋ 發源地，根據地。

**筍（笋）** ㄙㄨㄣˇ ㈠竹從根部長出的嫩芽，可以做菜吃。㈡通「榫」。㈢「簨簴」也作「筍簴」。

**筍乾** ㄙㄨㄣˇ ㄍㄢ 食品之一，把竹筍煮熟，壓扁晒乾。

**筍絲** ㄙㄨㄣˇ ㄙ 筍切成的絲條，做菜用的材料。

**筍簴** ㄙㄨㄣˇ ㄐㄩˋ 同「簨簴」。古時懸掛鐘磬的木架。

**筍頭卯眼** ㄙㄨㄣˇ ㄊㄡˊ ㄇㄠˇ ㄧㄢˇ 「筍」通「榫」。泛稱竹、木、石器或組件上利用凹凸方式連結處的凹凸部分。凸出的叫筍頭，凹下的叫卯眼。

## 七筆

**筢** ㄆㄚˊ 農家取草的竹器，有許多條齒兒。也叫「筢子」。

**筳** ㄊㄧㄥˊ ㈠紡紗的器具，也叫「錠」。㈡小竹枝。

**筩** ▲ㄊㄨㄥˇ 斷竹。▲ㄊㄨㄥˊ 同「筒」，又讀。

**箄** ㄍㄢˇ 鎮箄，地名，在湖南鳳凰縣，是由箄子溪起名的。

**筦** ㄍㄨㄢˇ ㈠同「管」㈠㈡㈣(十三)。㈡姓。

**筷** ㄎㄨㄞˋ 筷子，吃飯時夾菜的食具。

**節（節、节）** ㄐㄧㄝˊ ㈠植物枝幹連接的部分。如「松節」「節上生枝」。㈡動物骨骼相連接，因而可以彎曲的部分。如「關節」「骨頭節兒」。㈢文章的段落。如「馬可福音第二章第五節」「這一節文字多餘」。㈣事情的情形。如「情節」「做人不拘小節」。㈤指人的品行，操守。如「節操」「晚節不保」。㈥禮儀。如「禮節」。㈦音樂的拍子。如「節奏」「三個小節」。㈧約束，限制。如「節制資本」「節育」。㈨減省。如「節儉」「縮衣節食」。㈩時令。如「節氣」。(十一)每年在固定的日子舉行祭祀、宴會叫節。如「清明節」「端午節」。(十二)紀念日。如「兒童節」「青年節」。(十三)古時外交人員所執的信物，叫「節」。(十四)代表國家駐在外國辦事的外交人員。如「使節」。(十五)図恰到好處，叫「中（ㄓㄨㄥˋ）節」。

**節日** ㄐㄧㄝˊ ㄖˋ 節(十一)(十二)。

**節本** ㄐㄧㄝˊ ㄅㄣˇ 書籍經過刪節（去蕪存菁）的版本。

**節用** ㄐㄧㄝˊ ㄩㄥˋ 節省費用。

**節目** ㄐㄧㄝˊ ㄇㄨˋ ①事情的項目。②戲劇歌唱或比賽等表演程序的安排。如「做節目」「節目表」。主持上述工作的單位或人員，叫做「節目部」—

「節目主持人」。③上述表演的單位。如「今天有三個節目都很好」。

**節育** ㄐㄧㄝˊ ㄩˋ 節制生育子女。又名叫「家庭計畫」。

**節兒** ㄐㄧㄝˊ ㄦ 見節(一)(二)(三)(十)。

**節制** ㄐㄧㄝˊ ㄓˋ ①指揮管轄。如「所有部隊全歸他節制」。②嚴整有規律。如「飲食起居有節制」。③限制不使過度。如「節制資本」。

**節拍** ㄐㄧㄝˊ ㄆㄞ 音樂節奏的拍子，也就是衡量節奏的單位；各樂曲所定的節拍時間長短不同。

**節奏** ㄐㄧㄝˊ ㄗㄡˋ 樂調的緩急高低。也作「節拍」。

**節度** ㄐㄧㄝˊ ㄉㄨˋ 図①指節令度數。〈史記・天官書〉有「分陰陽，建四時，均五行，移節度」。②指規則，分寸。③部署，節制調度。

**節流** ㄐㄧㄝˊ ㄌㄧㄡˊ 減少支出。

**節省** ㄐㄧㄝˊ ㄕㄥˇ 在費用支出方面節制減少，在衣食用品方面降低耗費量。

**節約** ㄐㄧㄝˊ ㄩㄝ 節儉，不浪費。

**節食** ㄐㄧㄝˊ ㄕˊ ①減省食物的耗費。②為了怕胖而少吃含澱粉質的食物。

**節氣** ㄐㄧㄝˊ ㄑㄧˋ 也作「節序」。時節跟氣候。一年分二十四個節氣：立春，雨水，驚蟄，春分，清明，穀雨，立夏，小滿，芒種，夏至，小暑，大暑，立秋，處暑，白露，秋分，寒露，霜降，立冬，小雪，大雪，冬至，小寒，大寒。

**節烈** ㄐㄧㄝˊ ㄌㄧㄝˋ 舊日指婦女在丈夫死後的守節殉節。

**節略** ㄐㄧㄝˊ ㄌㄩㄝˋ 綱要。

**節敬** ㄐㄧㄝˊ ㄐㄧㄥˋ 逢年過節的時候送給人家的財物禮品。

**節概** ㄐㄧㄝˊ ㄍㄞˋ 図志節氣概。

**節義** ㄐㄧㄝˊ ㄧˋ 節操義行（ㄒㄧㄥˋ）。

**節儉** ㄐㄧㄝˊ ㄐㄧㄢˇ 使用財物有限度，而且用得恰到好處。也說「節約」「節省」「節用」。

**節慾** ㄐㄧㄝˊ ㄩˋ 節制男女兩性的慾念。

**節餘** ㄐㄧㄝˊ ㄩˊ ①節省下來積餘的錢。②政府部門經費預算到年度終了還沒有用完的部分。

**節操** ㄐㄧㄝˊ ㄘㄠ 堅定的志操。

**節錄** ㄐㄧㄝˊ ㄌㄨˋ 摘錄大要。

**節禮** ㄐㄧㄝˊ ㄌㄧˇ 在一年當中按春節、端午、中秋互相餽贈的禮物。

**節令(兒)** ㄐㄧㄝˊ ㄌㄧㄥˋ (ㄦ) ①節氣。②節(十)。

**節上生枝** ㄐㄧㄝˊ ㄕㄤˋ ㄕㄥ ㄓ 事情正在處理，還沒解決，又在這件事上發生別的事端。也作「節外生枝」。

**節衣縮食** ㄐㄧㄝˊ ㄧ ㄙㄨㄛ ㄕˊ 省吃省穿。泛指節省。應作「縮衣節食」。

**節制資本** ㄐㄧㄝˊ ㄓˋ ㄗ ㄅㄣˇ 三民主義民生主義的兩大綱要（平均地權、節制資本）之一，主張原則上要發達國家資本，節制私人資本，以免私人資本集中，操縱國民生計。

**節肢動物** ㄐㄧㄝˊ ㄓ ㄉㄨㄥˋ ㄨˋ 也叫「節足動物」。無脊椎動物的一門，也是動物界種類最多的一門，身體由多數環節合成，有腿數對或數十對，卵生。如蜈蚣、蜘蛛、蜂、蝶、蝦、蟹都是。

**節奏樂器** ㄐㄧㄝˊ ㄗㄡˋ ㄩㄝˋ ㄑㄧˋ 樂器名。只能表現強弱與長短聲的樂器。如大鼓、三角鐵、響板等無音高樂器；和定音鼓、鐵琴、木琴等有音高樂器。

**節哀順變** ㄐㄧㄝˊ ㄞ ㄕㄨㄣˋ ㄅㄧㄢˋ 抑制哀悼和順應變故。①是安慰喪家的話。

**節骨眼兒** ㄐㄧㄝˊ ㄍㄨˇ ㄧㄢˇ ㄦ 指說事態發展的關鍵時段，至為緊要的時刻。是通俗的話。如「說書的說到了一個節骨眼兒上，一拍驚堂木，停了下來」。

**筧** 〔文〕ㄐㄧㄢˇ ㈠導水用的粗而長的竹管。㈡筧橋，地名，在浙江杭州東北，有重要空軍基地。

**筥** ㄐㄩˇ ㈠圓形的盛物的竹器。㈡姓。

**筱（篠）** ㄒㄧㄠˇ ㈠小竹子。㈡通「小」。

**筮** ㄕˋ 古時用蓍草占卜吉凶的方法，〈說文〉有「筮，易卦用蓍也」。

**筲（箾）** ㄕㄠ ㈠古時一種竹編的容器，可以用來淘米，容納一斗二升。㈡〔文〕形容量小。〈論語〉有「斗筲之人，何足算也」。㈢北方管挑水的水桶叫「水筲」，一桶水叫「一筲水」。

**筭** ㄙㄨㄢˋ ㈠古代用以計算的竹籌，長六寸。㈡同「算」。①數量。②計數。㈢謀畫。

**筠** ㄩㄣˊ ㈠竹子外層的青皮。㈡〔文〕竹。如「松筠」（松跟竹）。

## 八筆

**箔** ▲ㄅㄛˊ ㈠蘆葦或稻麥桿編成的大而密的簾子，可以鋪在屋頂或床上，或作門簾、窗簾用。㈡細竹篾編的養蠶器具，叫「蠶箔」。㈢利用金屬的展性把它打成薄片。如「錫箔」。㈣塗上金銀色的冥紙。如「冥箔」。

▲ㄅㄠˊ ㈠用葦編的大而密的簾子，叫「葦箔」。㈡ㄅㄛˊ的語音。

**箅** ㄅㄧˋ 平面有空隙的竹器，放在鍋裡墊鍋底以便蒸或熱東西之用。俗叫「箅子」。

**箄（簰）** ㄆㄞˊ 竹木做的大筏子。

**箇** ㄍㄜˋ 「個」「个」的本體字。只有雲南省以產錫聞名的箇舊縣，不可寫「個舊」或「个舊」。

**箇中** ㄍㄜˋ ㄓㄨㄥ 〔文〕其中。如「箇中人」（指同類或同一範圍的人）。

**箇中人** ㄍㄜˋ ㄓㄨㄥ ㄖㄣˊ 〔文〕此中人，局中人。

**箍** ㄍㄨ ㈠用竹篾或金屬條束緊物體。如「木桶散（ㄙㄢˇ）了，叫人把它箍好」。㈡束緊物體的竹篾或金屬圈。如「鐵箍」。

**管（筦）** ㄍㄨㄢˇ ㈠管狀樂器的總名。中國管樂器用竹子做成，有六個孔。如「簫管」「管樂（ㄩㄝˋ）①」。㈡由樂器引伸作樂音。如「舉酒欲飲無管絃」。㈢中空的圓柱形的東西。如「血管」「自來水管」。㈣主持，辦理。如「管理」「管帳」。㈤負責，供給。如「管吃」「管住」。㈥顧慮。如「不管人家的死活」「好壞不管，全買下來」。㈦拘束，加以教導。如「管束」「管教」。㈧儘量。如「儘管」。㈨關係，干涉。如「去不去，管我什麼事」。㈩準，保證。如「管保成功」「包管你滿意」。(十一)北京話說「把」「將」。如「我管祖父叫爺爺」。(十二)〔文〕筆。如「握管」。(十三)〔文〕鑰匙。如「管鑰」。(十四)〔文〕自謙狹小。如「管見」。(十五)筆的量詞。如「一管筆」。(十六)姓。

**管子** ▲ㄍㄨㄢˇ ㄗˇ ①管仲，春秋時期齊國的政治家、思想家，名夷吾，仲是他的字。相齊桓公，使桓公成為春秋五霸之首。②戰國時代後期各家論文集，假託齊管仲撰；其中牧民、形勢、權修、七法等篇是管仲遺言或其思想的記錄。

▲ㄍㄨㄢˇ ˙ㄗ 中空圓柱形的東西。如「引水的橡皮管子」。

**管用** ㄍㄨㄢˇ ㄩㄥˋ 有用、有效，方法可靠。

**管束** ㄍㄨㄢˇ ㄕㄨˋ 管理約束。

**管見** ㄍㄨㄢˇ ㄐㄧㄢˋ 図自謙見識狹少。同「管窺」。

**管事** ㄍㄨㄢˇ ㄕˋ ①管理事務。②同「管用」。常說成「管事兒」。③從前指稱受僱管理家事或管理庶務的人。

**管兒** ㄍㄨㄢˇ ㄦ 管㊂。變音為ㄍㄨㄚˇ ㄦ。也說「管子（·ㄗ）」。

**管制** ㄍㄨㄢˇ ㄓˋ 管理和控制；尤其是指說政治軍事等方面必須嚴格遵守的事，要在法令上規定予以管制。

**管弦** ㄍㄨㄢˇ ㄒㄧㄢˊ ①管樂器跟弦樂器的合稱。②見「管」㈡。

**管保** ㄍㄨㄢˇ ㄅㄠˇ 保證。

**管待** ㄍㄨㄢˇ ㄉㄞˋ 照顧接待。元曲跟舊小說裡常見。

**管家** ▲ㄍㄨㄢˇ ㄐㄧㄚ 管理家務。▲ㄍㄨㄢˇ ·ㄐㄧㄚ 管理家務的人，舊時也泛稱僕人。

**管帳** ㄍㄨㄢˇ ㄓㄤˋ ①管理財務收支與出納帳目。②從前私宅或商店雇用的管理財務收支出納帳目的人，也稱「帳房」。

**管教** ▲ㄍㄨㄢˇ ㄐㄧㄠˋ 保證。如「我這樣作管教你滿意」。▲ㄍㄨㄢˇ ·ㄐㄧㄠ 約束教導。

**管理** ㄍㄨㄢˇ ㄌㄧˇ ①負責事務的處置。如「他在機關裡管理文書工作」。②對學生的指導防護。

**管換** ㄍㄨㄢˇ ㄏㄨㄢˋ 就是包換。商人用語，貨物賣出以後發現有缺點，可以更換。

**管飯** ㄍㄨㄢˇ ㄈㄢˋ 供給飯食。

**管道** ㄍㄨㄢˇ ㄉㄠˋ ①輸送或排放流體或氣體的各種管子。②指人事上交際聯繫的途徑、門路。如「這一件事的交涉，我沒有什麼管道」。

**管飽** ㄍㄨㄢˇ ㄅㄠˇ 是餐館招攬顧客的用語，意思是付出固定的餐費可以儘量吃，直到吃飽為止。

**管樂** ㄍㄨㄢˇ ㄩㄝˋ ①利用空氣柱振動的樂器，像笙、簫、喇叭等。②図管仲與樂毅這兩個中國歷史上的名人的合稱。〈三國志〉說諸葛亮「自比管樂」。

**管線** ㄍㄨㄢˇ ㄒㄧㄢˋ 統指輸送水電、瓦斯等所用的管道和電纜、電線等。

**管窺** ㄍㄨㄢˇ ㄎㄨㄟ 図從管子裡看東西，比喻所見的範圍狹小，不夠全面。如「管窺之見，無足可取」。

**管鮑** ㄍㄨㄢˇ ㄅㄠˋ 春秋時管仲跟鮑叔牙，兩人交情很好，所以用「管鮑」來比喻友誼深厚。

**管轄** ㄍㄨㄢˇ ㄒㄧㄚˊ 管理統轄。

**管籥** ㄍㄨㄢˇ ㄩㄝˋ 図①笙簫。②也作「管鑰」，就是鑰匙。

**管不了** ㄍㄨㄢˇ ㄅㄨˋ ㄌㄧㄠˇ 不字輕讀。管不住。

**管弦樂** ㄍㄨㄢˇ ㄒㄧㄢˊ ㄩㄝˋ 一種混合演奏的音樂，包括管樂器、弦樂器和打擊樂器配合起來一起演奏。

**管風琴** ㄍㄨㄢˇ ㄈㄥ ㄑㄧㄣˊ 鍵盤樂器，用若干組發音色不同的音管組成，由風箱壓迫空氣通過音管而發出聲音。

**管家婆** ㄍㄨㄢˇ ㄐㄧㄚ ㄆㄛˊ 本來指管理家務的老婦人，引伸作愛管閒雜各事的人。

**管教權** ㄍㄨㄢˇ ㄐㄧㄠˋ ㄑㄩㄢˊ 指父母、教師對子女、學生約束教導的權力。

**管理師** ㄍㄨㄢˇ ㄌㄧˇ ㄕ 在機構中負責管理監督某項工作的進行、運作，使能順暢的人員。如「他在食品工廠擔任管理師，管理原料的輸送」。

**管閒事** ㄍㄨㄢˇ ㄒㄧㄢˊ ㄕˋ 參與（ㄘㄢ ㄩˋ）不關自己的事。

**管樂器** ㄍㄨㄢˇ ㄩㄝˋ ㄑㄧˋ 統指經由音管中空氣振動而發音的樂器，包括簧管樂器、氣鳴樂器之類，如笛、簫、笙、號角、喇叭、觱篥、嗩吶、管風琴等都是。

**管中窺豹** ㄍㄨㄢˇ ㄓㄨㄥ ㄎㄨㄟ ㄅㄠˋ 說人所見不廣。從管孔看豹，只能看到豹身上的一處斑紋，不能看到全部。也作「窺豹一斑」。

**管吃管住** ㄍㄨㄢˇ ㄔ ㄍㄨㄢˇ ㄓㄨˋ 負責食宿，表示保證生活沒問題。

**管理科學** ㄍㄨㄢˇ ㄌㄧˇ ㄎㄜ ㄒㄩㄝˊ 分廣義狹義兩種。前者指與管理一個機構有關的所有系統性的知識，包括數量性知識與行為性知識（包括管理原則、正式組織、人際關係、行為科學與企業機能系統等）。後者指數量性的管理知識，包括科學管理、決策理論、系統分析、電子資料處理、資訊系統，以及會計、統計等知識。

**管窺蠡測** ㄍㄨㄢˇ ㄎㄨㄟ ㄌㄧˊ ㄘㄜˋ [文]〈漢書〉有「以管窺天，以蠡測海」，比喻所見的狹小，所知者有限。

## 箜

ㄎㄨㄥ 見「箜篌」。

**箜篌** ㄎㄨㄥ ㄏㄡˊ 國樂器名，像瑟而較小，有二十三條弦（〈史記〉說是二十五條弦），用木製的「撥」彈的。

## 箕

ㄐㄧ ㈠簸（ㄅㄛˇ）去米糠的圓形竹器，直徑三尺，邊有矮沿。如「簸箕」。㈡收集垃圾灰土的家具。如「畚箕」。文言有「箕帚」。㈢見「箕斗」。㈣[文]指人的動作姿勢像簸箕。如「箕坐」「箕踞」。㈤見「箕宿」。㈥姓。

**箕斗** ㄐㄧ ㄉㄡˇ 人手指上的紋，螺形的叫斗，不成螺形的叫箕。

**箕坐** ㄐㄧ ㄗㄨㄛˋ [文]同「箕踞」。

**箕帚** ㄐㄧ ㄓㄡˇ [文]也作「箕箒」。畚箕跟掃帚，掃除垃圾的用具。

**箕宿** ㄐㄧ ㄒㄧㄡˋ 二十八宿之一，是「蒼龍七宿」的末宿，有四顆星，都屬於「人馬座」。

**箕踞** ㄐㄧ ㄐㄩˋ [文]張開兩腿而坐，形狀像箕，是傲慢的態度。

**箕裘** ㄐㄧ ㄑㄧㄡˊ [文]製作畚箕，補綴皮裘的事，借以比喻父親的技藝或事業。「克紹箕裘」，是說兒子能繼承父親的事業。

**箕斂** ㄐㄧ ㄌㄧㄢˇ [文]以箕收取民眾賦稅。見「頭會箕斂」。也作「箕賦」。

## 箘

[文]ㄐㄩㄣˋ ㈠箘簬，竹名。㈡箘桂，植物名，就是肉桂。

## 箑

[文]ㄕㄚˋ 扇子。又讀ㄐㄧㄝˊ。

## 箋（牋）

ㄐㄧㄢ ㈠幅小而精美的信紙，叫「箋」。㈡泛稱信件。有「來箋」「華箋」（都是稱呼對方的來信，「華箋」更顯得客氣）。㈢[文]古書的注釋。如「箋注」。㈣[文]古文體名，奏記一類的，叫「箋奏」。

**箋注** ㄐㄧㄢ ㄓㄨˋ [文]注解古書。

## 箐

ㄐㄧㄥ 雲南、貴州一帶把大竹林子叫「箐」。

## 箝（拑、鉗）

ㄑㄧㄢˊ ㈠鐵製的工具，如「箝子（用來夾起釘子或轉動牢固的物體的）」「火箝（夾炭進出炭爐的）」。㈡夾住。如「把煤炭箝出來」「箝制」。㈢[文]見「箝口」。

**箝口** ㄑㄧㄢˊ ㄎㄡˇ [文]①脅迫人使他不敢說話。②人自己緘默不肯發言。

**箝制** ㄑㄧㄢˊ ㄓˋ [文]拿威勢壓制人。如「箝制輿論」。

## 箚（劄）

ㄓㄚˊ ㈠書信。㈡舊時政府機關上級對下級的一種公文書。

**箚記** ㄓㄚˊ ㄐㄧˋ 讀書有心得，摘錄要點。這種筆記叫箚記。

**箏** ㄓㄥ ㈠樂器，形狀像瑟，古時十二根弦，現在改為十六根弦。如「古箏」。㈡見「風箏」。

**箸（筯）** ㄓㄨˋ ㈠吃飯時夾菜用的器具。就是筷子。㈡同「著作」的「著」。

**算（祘、筭）** ㄙㄨㄢˋ ㈠核計數目。如「算術」「能寫會算」。㈡計算，謀畫。如「打算」「算無遺策」。㈢推測。如「算命」。㈣當作，認為。如「這事還不能算完」「算我的就好了」。㈤承認。如「說話要算數兒」。㈥作罷，完結。如「算了算了，別吵啦」。㈦倒，還（ㄏㄞˊ）。如「吃的虧算是不大」。㈧〔文〕「算部」就是壽命。簡稱「算」，如「添算一紀」。

**算了** ㄙㄨㄢˋ ˙ㄌㄜ 表示作罷、了結，不必再計較的意思。

**算式** ㄙㄨㄢˋ ㄕˋ 數學裡用數字跟符號聯成相等的式子，作演算用的。

**算卦** ㄙㄨㄢˋ ㄍㄨㄚˋ 算命的人根據卦象來推斷人的命運吉凶。

**算命** ㄙㄨㄢˋ ㄇㄧㄥˋ 命相家、算命者用人出生時的年月日時，按干支排列，推算人的命運，預測人「未來的吉凶福禍」，叫「算命」。

**算法** ㄙㄨㄢˋ ㄈㄚˇ 計算方法。

**算計** ㄙㄨㄢˋ ㄐㄧˋ 「計」字輕讀。①考慮，計畫。如「這事還得算計算計」。②計算，約計。如「算計著差不了許多」。③暗中謀害人。如「整天在算計人」。

**算是** ㄙㄨㄢˋ ㄕˋ 副詞，一般也可以說成「總算」或「總算是」。①表示不大滿意地勉強肯定。如「事情算是辦了，您就多包涵點兒了。」②表示慶幸與安慰。如「如今算是度過了難關，你我喘口氣吧」。

**算珠** ㄙㄨㄢˋ ㄓㄨ 穿在算盤豎桿上可以撥動的珠子。也叫算盤子兒（ㄗˇ ㄦ）。

**算帳** ㄙㄨㄢˋ ㄓㄤˋ ①計算帳目。②比喻糾紛的處理，有報復的意思。如「先辦正事，回頭再跟他算帳」。

**算術** ㄙㄨㄢˋ ㄕㄨˋ 數學的分科，專用數字來論「數」的性質跟關係的。

**算盤** ㄙㄨㄢˋ ˙ㄆㄢ ①中國固有的計數的工具。周圍有框，中間每七個算珠一行，上二下五，用橫條隔開。現在也有五個算珠一行，上一下四的。②計畫。如「他打了這個如意算盤，一步一步進行」。

**算學** ㄙㄨㄢˋ ㄒㄩㄝˊ 研究數理而用方法計算的科學，有算術、代數、幾何、三角、微積分等，也作「數學」。

**算題** ㄙㄨㄢˋ ㄊㄧˊ 關於算術的練習題。

**算數（兒）** ㄙㄨㄢˋ ㄕㄨˋ（ㄦ） 確認。如「你剛說的話算數（兒）不算」。

**算來算去** ㄙㄨㄢˋ ㄌㄞˊ ㄙㄨㄢˋ ㄑㄩˋ 反覆計算或是研究。

**算無遺策** ㄙㄨㄢˋ ㄨˊ ㄧˊ ㄘㄜˋ 計畫周密。〈文選〉有「算無遺策，畫無失理」。

**算盤子兒** ㄙㄨㄢˋ ˙ㄆㄢ ㄗˇ ㄦ 算珠，穿在算盤豎桿上可以撥動的珠子。

**筵** ㄧㄢˊ ㈠竹席。古人把它鋪在地上坐著。因此當坐位講。如「講筵」。㈡酒席。如「筵席」「喜筵」。

**筵席** ㄧㄢˊ ㄒㄧˊ ①宴會；整桌的酒席。②〔文〕藉坐的東西。〈禮記〉有「鋪筵席」。

**筵席捐** ㄧㄢˊ ㄒㄧˊ ㄐㄩㄢ 政府以前規定的一種捐稅，加一成征收。

## 九筆

**篇** ㄆㄧㄢ ㈠頭尾完整的文字叫「篇」。如「這是一篇議論文」「今天作文課，規定每人寫短文三篇」。㈡整本書裡分開段落的部分。如「孟子七篇」。㈢紙一頁叫一篇。如「篇幅有限」「你這一篇小楷寫得好極了」。

**篇什**（ㄆㄧㄢ ㄕˊ） 文〈詩經〉中雅頌每十篇為一什，後來因此稱詩卷叫「篇什」。

**篇目**（ㄆㄧㄢ ㄇㄨˋ） 篇章的標題。

**篇頁**（ㄆㄧㄢ ㄧㄝˋ） 指書本裡的篇和頁（若干篇、若干頁）。

**篇章**（ㄆㄧㄢ ㄓㄤ） ①〈詩經〉每篇分為若干章，以後就稱詩文為篇章。②泛指書籍。

**篇幅**（ㄆㄧㄢ ㄈㄨˊ） 文字的長短。指紙張上容納文字的限度。如「報紙篇幅」。

**範** ㄈㄢˋ (一)一定的法式、模型。如「模範生」「範本」。(二)界限。如「範圍」「範疇」。

**範文**（ㄈㄢˋ ㄨㄣˊ） 作為學習範例的文章。學校國語、國文課本裡所選的作品就是。

**範本**（ㄈㄢˋ ㄅㄣˇ） 可做模範的字畫本子。

**範例**（ㄈㄢˋ ㄌㄧˋ） ①可以舉作學習示範用的例子，多半指詩文作品說的。②古今事例值得學習仿效的。

**範金**（ㄈㄢˋ ㄐㄧㄣ） 文用模型鑄造金屬器物，也就是現在鑄工翻砂，用砂型鑄成金屬器物。

**範圍**（ㄈㄢˋ ㄨㄟˊ） 四周圍的界限。文言有作動詞用的。

**範疇**（ㄈㄢˋ ㄔㄡˊ） 人類認識外物來形成概念時的根本思惟形式。

**篌** ㄏㄡˊ 樂器名，見「箜篌」。

**篁** ㄏㄨㄤˊ (一)竹子的通稱。如「簷下修篁十二竿」。(二)竹林。如「幽篁」。

**箭** ㄐㄧㄢˋ (一)搭在弓上射出去的古兵器，文言叫「矢」。如「箭靶子」「弓箭」。(二)比喻速度像箭射出去一樣快。如「光陰似箭」。(三)「如箭在弦」是說箭馬上就要射出去了，比喻事態的緊急。(四)「箭竹」，一種短小的竹，幹可以做箭桿。

**箭竹**（ㄐㄧㄢˋ ㄓㄨˊ） 竹子的一種，高約三公尺，幹可做箭桿。也稱「竹箭」。中國西南地區也有，嫩的枝葉是熊貓愛吃的食物。

**箭步**（ㄐㄧㄢˋ ㄅㄨˋ） 向前猛躍一步。如「一個箭步趕上前去」。

**箭樓**（ㄐㄧㄢˋ ㄌㄡˊ） 古時候城樓四周開了若干洞窗，為的是向外發箭禦敵，城樓裡駐守兵卒弓箭手，所以城樓也稱作「箭樓」。

**箭豬**（ㄐㄧㄢˋ ㄓㄨ） 就是「豪豬」，也叫「刺豬」。身上密生長刺，穴居在山腳或山坡，吃植物，夜間盜食農作物。分布在我國長江以南各地，印度和非洲東部也有。

**箭鏃**（ㄐㄧㄢˋ ㄗㄨˊ） 箭頭上裝的尖銳或有倒（ㄉㄠˋ）鉤的金屬物。

**箭靶（子）**（ㄐㄧㄢˋ ㄅㄚˇ ˙ㄗ） 練習射箭時用的標的（ㄉㄧˋ）。

**箭垛子**（ㄐㄧㄢˋ ㄉㄨㄛˇ ˙ㄗ） ①箭靶子。②指女牆。

**箭頭子**（ㄐㄧㄢˋ ㄊㄡˊ ˙ㄗ） ①比喻進行很快。如「騎著自行車，箭頭子似的去了」。②指示牌上的↑形。

**箭在弦上**（ㄐㄧㄢˋ ㄗㄞˋ ㄒㄧㄢˊ ㄕㄤˋ） 比喻迫於情勢不得不然。一般也用來形容情勢的急迫，到了不能挽救和改變的地步。如「這一件事有如箭在弦上，不得不發」。

**篋** 文ㄑㄧㄝˋ 收藏東西的小箱子。如「翻箱倒篋」。

**筅** ㄒㄧㄢˇ 「筅帚」，一般叫「炊帚」，是刷鍋的刷子，用竹篾或植物的根做的。現在已改用化學纖維製作。

**箱** ㄒㄧㄤ (一)收藏衣物的器具。如「皮箱」「樟木箱子」。(二)火車、汽車容納乘客或貨物的部分。如「車箱」。㊂量詞。如「一箱書」「貨物裝箱」。㊃量詞。商品的包裝單位，但是數量並不一致；紙包的乾麵條三十包叫一箱，飲料二十四瓶叫一箱。

**箱子** ㄒㄧㄤ ˙ㄗ 裝東西用的方形或長方形容器，有蓋可以開合。設有提梁可以手提；有的裝上輪子可以推動。因製作材料不同，有木箱、布箱、皮箱、鐵箱和紙板箱、塑料箱等。

**箱籠** ㄒㄧㄤ ㄌㄨㄥˊ 一切收藏衣物的藤器、竹器、皮器的總稱。

**箱底（兒）** ㄒㄧㄤ ㄉㄧˇ（ㄦ） ①箱子的底面。②箱子內部的底層部位。③指說存放著的，平常不動用的財富。如「那一筆錢是他的箱底兒，輕易不肯動用」。

**箱形車** ㄒㄧㄤ ㄒㄧㄥˊ ㄔㄜ 汽車的一種。形狀像方形的箱子，載客的設備坐位較多，也有專為載貨用的。

# 箴
[文]ㄓㄣ ㊀規戒。如「箴諫」。㊁文體名。漢朝揚雄有〈九牧箴〉，晉朝張華有〈女史箴〉。

**箴言** ㄓㄣ ㄧㄢˊ [文]規戒的言詞。

**箴規** ㄓㄣ ㄍㄨㄟ [文]規戒。

**箴諫** ㄓㄣ ㄐㄧㄢˋ [文]規諫。

# 篆
ㄓㄨㄢˋ ㊀書寫字體名，見「篆書」。㊁[文]尊稱別人的名字，如「台篆」「雅篆」。㊂[文]印信。如「接篆」。

**篆刻** ㄓㄨㄢˋ ㄎㄜˋ 雕刻篆文印章。

**篆書** ㄓㄨㄢˋ ㄕㄨ 書寫字體之一，相傳大篆是周宣王時太史籀所作，小篆是秦朝李斯所作。也作「篆字」「篆文」。

# 箠
[文]ㄔㄨㄟˊ ㊀馬鞭子。㊁見「箠楚」。

**箠楚** ㄔㄨㄟˊ ㄔㄨˇ [文]鞭打。

# 箾
[文]ㄕㄨㄛ ㊀用竹竿打人。㊁古代一種舞竿。

# 箬（篛）
ㄖㄨㄛˋ ㊀筍擇。㊁箬竹，一種矮竹，高三四尺，葉子大，可做竹笠或包粽子用。

**箬笠** ㄖㄨㄛˋ ㄌㄧˋ [文]用箬竹的葉子或竹篾製成的斗笠，可以遮雨或遮陽。如「青箬笠，綠蓑衣」。

## 十筆

# 篦
ㄅㄧˋ 篦子，細竹篾或塑膠原料做的，梳去頭皮的用具。

# 篚
ㄈㄟˇ 古時收藏衣物的圓形竹器；也是圓形的筐。但是禮器用的篚是長方形的，〈三禮圖〉說是長三尺，廣一尺，深六寸，腳三寸高。

# 篤
[文]ㄉㄨˇ ㊀忠厚，誠實，意志純一。如「誠篤」「篤厚」。㊁全心全意的。如「篤學」「篤信」。㊂病重。如「病篤」。

**篤行** ▲1 ㄉㄨˇ ㄒㄧㄥˊ 切實去做。〈禮記・中庸〉「博學之，審問之，慎思之，明辨之，篤行之」。▲2 ㄉㄨˇ ㄒㄧㄥˋ 品行純厚。〈史記・樗里子・甘茂傳贊〉有「甘羅……雖非篤行之君子，然亦戰國之策士也」。

**篤志** ㄉㄨˇ ㄓˋ [文]意志堅定不變。

**篤信** ㄉㄨˇ ㄒㄧㄣˋ [文]深信，堅信。

**篤厚** ㄉㄨˇ ㄏㄡˋ [文]忠實厚道。

**篤實** ㄉㄨˇ ㄕˊ ①指人品忠厚老實。如「篤實誠信」。②指事物實在，無虛假。如「他的話句句篤實無欺」。

**篤學** ㄉㄨˇ ㄒㄩㄝˊ [文]專心好學。

# 篥
ㄌㄧˋ 見「觱篥」。

**篙** ㄍㄠ 撐船用的長竿子。如「拿篙把船撐開」。

**篝** ㄍㄡ 竹籠。用竹籠把燈光遮住，叫「篝燈」。

**篝火** ㄍㄡ ㄏㄨㄛˇ 原指用竹籠遮罩起來的火，現在借以指稱在空曠地方或野外把木柴堆架起來燃燒的火堆。如「營火會上燃起了篝火」。

**篝火狐鳴** ㄍㄡ ㄏㄨㄛˇ ㄏㄨˊ ㄇㄧㄥˊ 図指造謠惑眾，或指密謀策畫起事。語見〈史記·陳涉世家〉。

**築** ㄓㄨˊ ㈠建造。如「築路」「建築」。㈡図把鬆土舂實。如「版築」。㈢用鋤刺人。如「豬八戒用釘耙築了過去」。㈣図房子的雅稱。如「留月小築」。

**築堤** ㄓㄨˊ ㄊㄧˊ 修治堤防，以免河水氾濫成災。

**築路** ㄓㄨˊ ㄌㄨˋ 修路；開築道路。

**築壩** ㄓㄨˊ ㄅㄚˋ 建造攔河集水的水壩。

**築室道謀** ㄓㄨˊ ㄕˋ ㄉㄠˋ ㄇㄡˊ 図比喻人多意見雜，很難有確定的意見。從〈詩經〉「如彼築室於道謀」來的。

**篪（竾）** ㄔˊ 樂器名，像笛，橫吹，有八孔。

**篘** ㄔㄡ ㈠漉酒的用具。㈡動詞，漉酒。元曲有「店小二云有有，有新篘的美酒」。

**篩（筛）** ㄕㄞ ㈠有密孔的竹器，可以漏下細的，留下粗的，叫「篩子」，用來剔去碎米。㈡用篩子過濾東西，像篩米、篩煤等。㈢敲鑼叫「篩鑼」。㈣見「篩酒」。

**篩洗** ㄕㄞ ㄒㄧˇ 篩選並清洗。如「煤粉篩洗」。

**篩酒** ㄕㄞ ㄐㄧㄡˇ 把酒放在壺裡，擱在火上熱。

**篩骨** ㄕㄞ ㄍㄨˇ 頭蓋骨之一，是顱腔與鼻腔之間的分界骨，在顱腔底的前部，鼻腔的頂部，形如蜂窠，連接於鼻骨、淚骨，嵌在左右兩眼窩（眼眶）之間。

**篩選** ㄕㄞ ㄒㄩㄢˇ ①用篩子選種子、選礦砂，分別篩出種粒與礦砂的大小粗細。②泛說用淘汰的方法挑選，去劣存精，選出最好的人材或物品。

**篩檢** ㄕㄞ ㄐㄧㄢˇ 篩選檢查。如「產品出廠，要先篩檢分級」。

**篩糠** ㄕㄞ ㄎㄤ 図俗語指全身發抖（因為驚恐或受凍，或是病態）。因為發起抖來就像碾過的米在篩子裡震動的樣子。如「沒想到那晚上突然發冷，在路上一個勁兒篩糠」。

**篩鑼** ㄕㄞ ㄌㄨㄛˊ 図①把敲鑼說成篩鑼。如「篩鑼打鼓」。②比喻宣揚。如「你可別又滿處篩鑼去」。

**篡** ㄘㄨㄢˋ ㈠図奪取。如「篡竊」。㈡舊時朝廷大臣奪取天子的地位叫「篡」。如「王莽篡漢」。

**篡竊** ㄘㄨㄢˋ ㄑㄧㄝˋ 図用非法的手段奪取。

**篔** ㄩㄣˊ 「篔簹」，一種粗大的竹。

## 十一畫

**篳** ㄅㄧˋ ㈠竹籬。㈡泛稱竹子或荊條編的器物。如「篳門」。通「蓽」。㈢「篳篥」，中國古代雅樂樂器，就是「觱篥」。

**篷** ㄆㄥˊ ㈠用竹片、葦蓆或織物做成遮陽擋雨的東西。如「車篷」「布篷」。㈡船帆。如「風來了，扯篷吧」。㈢図比喻小船。皮日休詩有「一篷衝雪返華陽」句。

**篷車** ㄆㄥˊ ㄔㄜ 有篷的車。

**篷拆** ㄆㄥˊ ㄔㄞ 形容跳交際舞的樂聲。如「篷篷拆拆」。引伸做跳舞的意思。如「他天天上舞廳去篷拆」。

**篾** ㄇㄧㄝˋ ㊀把竹子、蘆葦劈成細而長的薄片。如「竹篾」。㊁篾片，小說裡指會拍馬，善於媚人，從中沾些小便宜的人。

**篼** ㄉㄡ 竹做的爬山的轎子。

**簍（篓）** ㄌㄡˇ 用竹子編的，盛東西用的器具。如「字紙簍子（兒）」。

**簏** ㄌㄨˋ 圓形高沿兒的竹箱子。

**簆（筘）** ㄎㄡˋ 紡織機上打入緯紗的工具叫「簆子」。

**簋** ㄍㄨㄟˇ 古代祭祀或讌享時盛黍稷的器具，方的圓的都有，起初是陶土做的，出土的都是銅做的。

**篲** 図ㄏㄨㄟˋ 竹帚。

**篠** 図ㄒㄧㄠˇ 竹器。〈論語〉有「丈人以杖荷篠」。

**簉** 図ㄗㄠˋ 副的，附屬的。如「簉室（妾，姨太太）」。

**簀** 図ㄗㄜˊ 竹席，草蓆，竹床。

**簇** ㄘㄨˋ ㊀叢聚，成團的，成堆的。如「花團錦簇」「一簇人馬」。㊁很新的。如「簇新」。㊂同「鏃」。如「箭簇」。

**簇擁** ㄘㄨˋ ㄩㄥ 眾人護衛著、緊緊圍著。如「這位新聞人物一露面，大批記者馬上簇擁在他身旁，問個不停」。

**簌** ㄙㄨˋ 見「簌簌」。

**簌簌** ㄙㄨˋ ㄙㄨˋ ①細碎的聲音。如「風一吹，樹林裡就簌簌地響起來」。②紛紛落下的樣子。如「淚珠簌簌地掉了下來」。

**簃** ㄧˊ 閣樓旁邊的小屋。

## 十二筆

**簞** 図ㄉㄢ 古時盛飯的竹器。如「簞食瓢飲」。

**簞食壺漿** ㄉㄢ ㄙˋ ㄏㄨˊ ㄐㄧㄤ 図人民踴躍勞軍的熱情。〈孟子〉書有「簞食壺漿，以迎王師」。

**簞食瓢飲** ㄉㄢ ㄙˋ ㄆㄧㄠˊ ㄧㄣˇ 図〈論語〉說安貧樂道的樣子。

**簦** ㄉㄥ 古時有柄的笠，像現在的傘。

**簟** 図ㄉㄧㄢˋ 竹蓆。

**簣** 図ㄎㄨㄟˋ 盛土的竹器。〈論語〉有「譬如為山，未成一簣」。

**簧** ㄏㄨㄤˊ ㊀樂器裡振動發聲的薄銅片。如「簧樂器」。㊁器物裡能夠發生彈力的機件。如「彈簧」「鎖簧」。㊂図見「簧鼓」。

**簧鼓** ㄏㄨㄤˊ ㄍㄨˇ 図花言巧語蠱惑別人。〈莊子〉書上有「使天下簧鼓」。所以對於花言巧語的人，說他有「如簧之舌」。

**簧樂器** ㄏㄨㄤˊ ㄩㄝˋ ㄑㄧˋ 吹奏的樂器裡有薄銅片能振動發聲，像口琴、風琴一類。

**簡（简）** ㄐㄧㄢˇ ㊀古時候沒有紙，用來寫字的竹板，叫「竹簡」。㊁古人把寫好字的竹簡一片片的串起來，叫「策」。但是常作「簡策」，意思是書。參看「簡策」。㊂指書信。如「書簡」「簡札」。㊃図選擇，分別。〈書經〉有「慎簡乃僚」（謹慎選擇你的部屬）。如「簡拔」。㊄單純的，淺顯的，容易懂的。如「簡單」「簡明」。㊅怠慢，輕忽。如「簡慢」。㊆省略。如「簡略」「簡化字」。㊇公務員的等級名。如「簡任官」。㊈姓。

**簡介** ㄐㄧㄢˇ ㄐㄧㄝˋ 簡要的介紹；一般是單頁印刷品或專冊，或報刊專欄，對人物、地方以及各種情況的說明、敘述。如「圖書出版品簡介」。

**簡化** ㄐㄧㄢˇ ㄏㄨㄚˋ 把繁雜的化為簡約。如「簡化手續」。

**簡冊** ㄐㄧㄢˇ ㄘㄜˋ 図也作「簡策」。①古代把竹簡編連成的書冊。②泛指書籍。

**簡札** ㄐㄧㄢˇ ㄓㄚˊ 書信。也作「簡牘」。「簡」也作「柬」。

**簡任** ㄐㄧㄢˇ ㄖㄣˋ 高等文職官員，在特任之下，薦任之上。

**簡字** ㄐㄧㄢˇ ㄗˋ 又叫簡化字、簡筆字、簡體字，是簡寫的字體。如「个(個)」「灵(靈)」。

**簡弛** ㄐㄧㄢˇ ㄕˇ 図簡慢廢弛，也指對於政事的惰怠放蕩。

**簡孚** ㄐㄧㄢˇ ㄈㄨˊ 図簡核其罪情而判明信實(古書說對罪犯先簡孚而後處刑)。

**簡帖** ㄐㄧㄢˇ ㄊㄧㄝˇ 指稱書信。如「他寄來了簡帖」。

**簡忽** ㄐㄧㄢˇ ㄏㄨ 図簡慢忽略，輕藐。如「事態嚴重，不宜簡忽」。

**簡拔** ㄐㄧㄢˇ ㄅㄚˊ 図選拔，挑選，拔擢。

**簡明** ㄐㄧㄢˇ ㄇㄧㄥˊ 簡要明白。

**簡易** ㄐㄧㄢˇ ㄧˋ 簡單容易。

**簡板** ㄐㄧㄢˇ ㄅㄢˇ 用兩片一尺多長的木板或竹板製成的打擊樂器，是唱道情或戲曲時候打節拍用的。

**簡直** ㄐㄧㄢˇ ㄓˊ ①簡單直捷。②擴大誇張言語行動的程度或結果，有「可以說是」的意思。如「這種行為簡直不是人類所有的」。

**簡便** ㄐㄧㄢˇ ㄅㄧㄢˋ 簡單便利。

**簡則** ㄐㄧㄢˇ ㄗㄜˊ 簡要的規則。

**簡勁** ㄐㄧㄢˇ ㄐㄧㄥˋ 簡練有力。

**簡括** ㄐㄧㄢˇ ㄍㄨㄚ 簡單而概括。如「報告寫得很簡括」。

**簡約** ㄐㄧㄢˇ ㄩㄝ 省略，不繁瑣。

**簡要** ㄐㄧㄢˇ ㄧㄠˋ 簡單扼要。

**簡陋** ㄐㄧㄢˇ ㄌㄡˋ 簡略鄙陋，不完備，勉強湊合的表現。

**簡略** ㄐㄧㄢˇ ㄌㄩㄝˋ 大略的，不詳細的。

**簡素** ㄐㄧㄢˇ ㄙㄨˋ 図①簡約樸素。②指竹簡與絹帛，是在紙發明以前古代用來寫字的東西，所以合稱「簡素」。

**簡訊** ㄐㄧㄢˇ ㄒㄩㄣˋ 簡短的資訊、消息。

**簡捷** ㄐㄧㄢˇ ㄐㄧㄝˊ 簡便迅捷，直截了當。

**簡章** ㄐㄧㄢˇ ㄓㄤ 簡要的章程。

**簡單** ㄐㄧㄢˇ ㄉㄢ 淺易的，不複雜的。

**簡率** ㄐㄧㄢˇ ㄕㄨㄞˋ 図①簡略粗率。如「記載簡率無憑」。②單純率真。如「其人簡率足式」。

**簡報** ㄐㄧㄢˇ ㄅㄠˋ ①內容簡要的述說、報告。如「部長等一下要作簡報」。②簡單的報導。如「新聞簡報」。

**簡短** ㄐㄧㄢˇ ㄉㄨㄢˇ 指文章、言辭內容簡要，不冗長。如「他致詞簡短有力」。

**簡策** ㄐㄧㄢˇ ㄘㄜˋ 古代書寫文字的竹版，後來轉稱書籍。又因為古書所記，常跟歷史有關，所以「簡策」也作「歷史」講。又作「簡冊」。

**簡雅** ㄐㄧㄢˇ ㄧㄚˇ 簡樸雅致。如「文筆簡雅美妙」。

**簡慢** ㄐㄧㄢˇ ㄇㄢˋ 怠慢。是對客人「招待不周」的謙詞。

**簡稱** ㄐㄧㄢˇ ㄔㄥ 比較簡單的稱謂。如「環保」是「環境保護」的簡稱。

**簡寫** ㄐㄧㄢˇ ㄒㄧㄝˇ ①指寫字簡省某些筆畫書寫。如「他的簡寫字誰也不認得」。②寫通俗用的簡筆字、簡體字。③指一般慣用的簡筆字、簡體字。如「体字是體字的簡寫」。

**簡潔** ㄐㄧㄢˇ ㄐㄧㄝˊ 簡要潔淨，常指語言文字。

**簡編** ㄐㄧㄢˇ ㄅㄧㄢ ①図泛指書籍。（古人或寫在竹簡木簡上，或寫在絲帛與紙上，編次成書。）②內容比較簡略的著作，常用在書名上，如「百科全書簡編」。③指一種著作經過整理的內容比較簡略的版本。也作「簡本」。

**簡練** ㄐㄧㄢˇ ㄌㄧㄢˋ ①図選擇以後加以練習揣摩。②簡單精要。如「文字簡練」。

**簡樸** ㄐㄧㄢˇ ㄆㄨˇ 簡單樸素（指言行表現與行事排場方面）。如「生活簡樸」。

**簡歷** ㄐㄧㄢˇ ㄌㄧˋ 簡要的履歷，開列出來供作人事參考用的。

**簡擢** ㄐㄧㄢˇ ㄓㄨㄛˊ 図挑選拔擢。

**簡縮** ㄐㄧㄢˇ ㄙㄨㄛ 指一種處理事情的要求：在規模上避免繁重而予以精簡，在質量上革除寬疏而予以緊縮。如「簡縮業務」。

**簡牘** ㄐㄧㄢˇ ㄉㄨˊ 図①簡冊。②書信。

**簡譜** ㄐㄧㄢˇ ㄆㄨˇ 樂譜用阿拉伯數字，附加符號表示音符的，叫簡譜；跟「五線譜」相對稱。

**簡分數** ㄐㄧㄢˇ ㄈㄣ ㄕㄨˋ 分子和分母都是整數的分數，如1／3，7／20。

**簡化字** ㄐㄧㄢˇ ㄏㄨㄚˋ ㄗˋ 也叫「簡體字」。多是從古體、章草來的，都是為了書寫省事。如「無」作「无」，「為」作「为」等。

**簡易壽險** ㄐㄧㄢˇ ㄧˋ ㄕㄡˋ ㄒㄧㄢˇ 簡易人壽保險的簡稱。保險事業中承保方式的一種，以簡單的方式辦理。

**簫（簫）** ㄒㄧㄠ 樂器名，古時稱多管密排的叫簫，現在專稱單管的。如「洞簫」「單簧簫」。

**簫管** ㄒㄧㄠ ㄍㄨㄢˇ ①現在通行的單管簫。②指簫跟管。

**簪** ㄗㄢ ㈠古人綰髮的器具，質料有玉、金屬等。如「白頭搔更短，渾欲不勝（ㄕㄥ）簪（ㄗㄣ）」。㈡插上，戴上。如「簪花」。又讀ㄗㄣ。

**簪子** ㄗㄢ ㄗˇ 婦女首飾的一種。

**簪花** ㄗㄢ ㄏㄨㄚ ①在帽上插花。②戴花。

**簪笏** ㄗㄢ ㄏㄨˋ 図執笏簪筆，比喻做官。

**簪纓** ㄗㄢ ㄧㄥ 図指做大官的人。（簪和纓是古時候顯貴者帽子上的裝飾品。）

**簨** 図ㄙㄨㄣˇ 古時掛鐘磬的架子，叫「簨虡」。也作「筍虡」。架上的橫木叫簨，直柱叫虡。

## 十三筆

**簿** ▲ㄅㄨˋ ㈠記事或記帳的本子。如「日記簿」「作文簿」。㈡図受審問。如「對簿公堂」。▲ㄅㄛˊ 同「箔」㈠，養蠶用的器具。

**簿子** ㄅㄨˋ ㄗˇ 本子。

**簿本** ㄅㄨˋ ㄅㄣˇ 學校方面指學生使用的週記簿、筆記本、作文簿、習字簿、練習簿等總稱。

**簿記** ㄅㄨˋ ㄐㄧˋ ①營業所用的帳冊。②記帳的方法。

**簸** ▲ㄅㄛˇ ㈠用箕使米起落，去掉米糠。㈡搖動。如「簸動」。㈢見「簸弄」。▲ㄅㄛˋ 簸（ㄅㄛˋ）米的器具。如「簸箕」。

**簸弄** ㄅㄛˇ ㄋㄨㄥˋ 播弄。

**簸動** ㄅㄛˇ ㄉㄨㄥˋ 搖動。如「路不好，坐在汽車裡面簸動得很厲害」。

**簸揚** ㄅㄛˇ ㄧㄤˊ 把米簸去糠粃。

**簸箕** ㄅㄛˋ ㄐㄧ 箕字輕讀。①簸米的器具。②掃地時盛塵土的用具（北京的語音說成ㄅㄛˋ·ㄑㄧ）。

**簸盪** ㄅㄛˇ ㄉㄤˋ 船在波浪中搖動。

**簹** ㄉㄤ 見「篔簹」。

**簾** ㄌㄧㄢˊ 掛在門窗上遮蔽太陽光的東西。多數是用細竹篾的材料，現在有用塑膠做的。

**簵** [文]ㄌㄨˋ 一種可以作箭的竹子。

**簽** ㄑㄧㄢ ㈠題寫名字或代表姓名的符號。如「簽名」「簽押」。㈡通「籤」，是寫有文字的小紙條。如「簽條」「標簽」。

**簽名** ㄑㄧㄢ ㄇㄧㄥˊ 署寫自己的名字。也作「簽字」。

**簽字** ㄑㄧㄢ ㄗˋ 在文件上簽名（表示完全同意並承擔文件規定事項的責任）。

**簽收** ㄑㄧㄢ ㄕㄡ 收件者在送件單或簿冊上簽名，表示確已收到。

**簽兒** ㄑㄧㄢ ㄦ 紙條黏在書皮上或信封上；也有夾在書裡作起訖記號的，就是「書籤」。

**簽到** ㄑㄧㄢ ㄉㄠˋ 簽自己的名字在出席簿上。

**簽注** ㄑㄧㄢ ㄓㄨˋ 也作「簽註」。在文書上注明自己的意見供作參考，或供上級採擇決定。

**簽約** ㄑㄧㄢ ㄩㄝ 在合約上簽名蓋章。

**簽訂** ㄑㄧㄢ ㄉㄧㄥˋ 簽字訂立契約、合約、協定及條約等。如「雙方簽訂的合約開始執行」。

**簽退** ㄑㄧㄢ ㄊㄨㄟˋ 在簽退簿上簽名，或取出簽退卡送入機器打卡，以表明是在這時候下班的。與「簽到」相對稱。

**簽章** ㄑㄧㄢ ㄓㄤ 簽名蓋章。

**簽發** ㄑㄧㄢ ㄈㄚ （公文、證件的）簽名（加章）發出。

**簽署** ㄑㄧㄢ ㄕㄨˋ 指稱在重要文件上簽字（簽署的時候往往會舉行儀式）。

**簽證** ㄑㄧㄢ ㄓㄥˋ ①政府主管機關在本國或外國人所持護照或其他旅行證件上簽註蓋印，表示准許出入國境。②指已辦過簽證的護照或其他旅行證件。

**簽呈（兒）** ㄑㄧㄢ ㄔㄥˊ（ㄦ） 公務機關屬下給長官的書面報告。

**簽名章** ㄑㄧㄢ ㄇㄧㄥˊ ㄓㄤ 完全仿照簽名的筆跡刻製的圖章。通常是機關團體首長使用的。

**簽名筆** ㄑㄧㄢ ㄇㄧㄥˊ ㄅㄧˇ 一種便於簽名使用的筆。筆型較大，裝的墨水較多，筆尖較粗。

**籀** ㄓㄡˋ ㈠[文]「諷籀」，讀書。㈡中國文字的古代體式，相傳是周太史籀所撰，所以叫「籀文」，就是「大篆」。

**簷（檐）** ㄧㄢˊ ㈠房頂斜下部分的下端。如「屋簷」「前簷兒」。㈡向下覆蓋的東西的邊緣。如「帽簷兒」。

**簷牙** ㄧㄢˊ ㄧㄚˊ 中國式房子屋簷邊上翹起像牙的部分。

**簷馬** ㄧㄢˊ ㄇㄚˇ 掛在屋簷下面的風鈴。也叫「鐵馬」。

**簷溜** ㄧㄢˊ ㄌㄧㄡˋ 順著屋簷往下流的雨水、雪水。

**簷溝** ㄧㄢˊ ㄍㄡ 設在屋簷下面的槽溝樣的承接雨水橫向流往兩端的設備。（雨水從兩端接水管流到地面。）

## 十四筆

**籃** ㄌㄢˊ ㈠用藤竹或金屬纖維等編織，用來盛東西的器具。如「菜籃」「花籃」。㈡籃球運動供投球的圓框兒。如「攻籃」「籃下切入」。㈢籃球的簡稱。如「籃排球」「籃壇」。

**籃子** ㄌㄢˊ ㄗˇ 籃㈠。

**籃球** ㄌㄢˊ ㄑㄧㄡˊ ①(basket-ball)球類運動之一。球場長二十六公尺，寬十四公尺，中間有分界線，兩頭立球籃。比賽時球員分兩隊，雙方奪球，攻入對方籃內。②籃球運動所用的球，從前用皮做外緣，現在都用尼龍製品。

**籃壇** ㄌㄢˊ ㄊㄢˊ 籃球運動這方面的。如「籃壇健將」。

**籍** ㄐㄧˊ ㈠書的總稱。如「書籍」「古籍」。㈡戶口冊子。如「戶籍」。㈢生長或久居的地方叫「籍貫」，簡稱「籍」。如「本籍」「祖籍」。㈣[文]登記在本子上。如「籍沒（ㄇㄛˋ）」。㈤[文]見「籍籍」。㈥姓。

**籍沒** ㄐㄧˊ ㄇㄛˋ [文]把人的財產登記，全部沒收。

**籍貫** ㄐㄧˊ ㄍㄨㄢˋ 生長或寄居已滿法定年限，准予入籍的省縣市。

**籍籍** ㄐㄧˊ ㄐㄧˊ [文]紛亂喧吵的樣子。如「人言籍籍」。

**籌（筹）** ㄔㄡˊ ㈠計數的工具。如「籌碼」。㈡料量計畫。如「籌備」「籌畫」。㈢舊小說裡計算人的單位詞。〈水滸傳〉裡有「六籌好漢正在後堂飲酒」。

**籌建** ㄔㄡˊ ㄐㄧㄢˋ 計畫興建、建立。一般指工程建設方面的。如「新橋的籌建完全由本公司承辦」。

**籌商** ㄔㄡˊ ㄕㄤ 籌畫，商議。也作「籌議」。

**籌措** ㄔㄡˊ ㄘㄨㄛˋ 籌畫措置，常指錢的方面。如「籌措款項」，也可以簡作「籌款」「籌錢」。

**籌備** ㄔㄡˊ ㄅㄟˋ 料量預備。

**籌畫** ㄔㄡˊ ㄏㄨㄚˋ 計畫、安排要做的事。如「他們合資成立的公司，由張先生負責籌畫」。

**籌集** ㄔㄡˊ ㄐㄧˊ 籌措聚集，一般指費用、資金等方面說。如「籌集一大筆款項作慈善基金之用」。

**籌算** ㄔㄡˊ ㄙㄨㄢˋ 計算。

**籌謀** ㄔㄡˊ ㄇㄡˊ 定計畫，想辦法。如「他們會開一次會來籌謀這一件事」。

**籌辦** ㄔㄡˊ ㄅㄢˋ 計畫辦理，常常指一種事業或機構的初創。

**籌碼（兒）** ㄔㄡˊ ㄇㄚˇ（ㄦ） ①商場上代替現款的票據。②賭博時代表錢幣的碼子。

## 十五筆

**籐** ㄊㄥˊ 同「藤」。

## 十六筆

**籜** ㄊㄨㄛˋ 竹皮，筍殼。

**籟** ㄌㄞˋ ㈠[文]古代簫也叫「籟」，吹簫叫「鳴籟」。㈡空虛所發出的聲音。如「天籟」（大自然的聲音）「萬籟俱寂」。

**籙** [文]ㄌㄨˋ ㈠「圖籙」，就是簿子。㈡道士的符咒，叫「符籙」。

**籠** ▲ㄌㄨㄥˊ ㈠凡是用竹子編的可以盛東西或蓋東西的器具，都可叫「籠」。如「鳥籠」「蒸籠」。㈡包括。如「籠統」。㈢遮蓋，罩住。如「籠罩」。㈣從前拘禁犯人的竹木檻，叫「囚籠」。▲ㄌㄨㄥˇ從前把淺的竹器叫箱，深的有蓋的叫籠。

**籠屜** ㄌㄨㄥˊ ㄊㄧˋ 蒸籠。

**籠統** ㄌㄨㄥˇ ㄊㄨㄥˇ 包括一切，不加分析。

**籠絡** ㄌㄨㄥˇ ㄌㄨㄛˋ 用權術駕馭別人。籠也讀ㄌㄨㄥˊ。

**籠罩** ㄌㄨㄥˇ ㄓㄠˋ 覆蓋。籠也讀ㄌㄨㄥˊ。

**籠頭** ㄌㄨㄥˊ ˙ㄊㄡ 牲畜的嘴套。

**籛** ㄐㄧㄢ 姓。相傳商時的彭祖，姓籛，名鏗。

## 十七筆

**籤（籖）** ㄑㄧㄢ ㈠作標誌用的紙片兒。如「書籤」。㈡卜卦用的細長竹條。如「在佛前抽了個上上籤」。㈢抓鬮用的紙片兒。如「抽籤」「他中了籤，就要入營當兵去」。㈣細長的條狀物。如「牙籤」。

**籤筒** ㄑㄧㄢ ㄊㄨㄥˇ 寺廟裡供人拜神問吉凶，存放神籤的木製或竹製的筒子，叫「籤筒」；抽籤的人雙手握抱籤筒而上下搖動，震出的第一根就是「神意所給的指示」。

**籤詩** ㄑㄧㄢ ㄕ 在寺廟拜神問吉凶抽籤所得的詩句（或刻寫在竹片神籤上，或按照神籤編號另印詩句紙條），按照詩意附會人事吉凶。

**籥** ㄩㄝˋ ㈠古樂器。有的比笛短，三孔；有的比笛長，六孔或七孔。㈡同「鑰」。

## 十八筆

**籪** ㄉㄨㄢˋ 放在水裡捉捕魚蟹的竹柵。

## 十九筆

**籩** ㄅㄧㄢ 見「籩豆」。

**籩豆** ㄅㄧㄢ ㄉㄡˋ 古時祭祀時用來盛食品的竹器叫「籩」，高腳的木器叫「豆」。

**籬（篱）** ㄌㄧˊ ㈠用竹或樹枝編成圍牆，分隔內外的。如「籬笆」「藩籬」。㈡見「笊籬」。

**籮（箩）** ㄌㄨㄛˊ ㈠底方上圓的竹器。從前用來淘米的。㈡通「羅」。是一種細篩子。㈢商品十二打（ㄉㄚˊ）叫一籮。如「三籮橡皮」「兩籮鉛筆」。

**籮筐** ㄌㄨㄛˊ ㄎㄨㄤ 裝納雜物的，用竹子或植物細枝條編製的大筐子，形狀或方或圓或多角形，有蓋，可提，可用擔子挑，一般在農村用來收存農作物產品。

## 二十六筆

**籲** ㄩˋ 呼喚，請求。如「呼籲」。

# 米部

**米** ㄇㄧˇ ㈠穀類或若干植物去了殼的種籽。如「稻米」「花生米」。㈡借指食物。如「他病得很重，水米不進」。㈢米突(meter, or metre)的簡譯。就是「公尺」。如「百米賽跑」「跑萬米」。㈣姓。

**米色** ㄇㄧˇ ㄙㄜˋ 一種淺黃色。

**米突** ㄇㄧˇ ㄊㄨˊ 例就是「公尺」，標準制（公制）長度的基本單位。一公尺約等於自赤道到南極或北極的子午圈距離的四千萬分之一，簡稱「米」，又稱「米達」「邁當」。（米突是從法語 metre 譯作英語 meter 再音譯作中文的。）

**米酒** ㄇㄧˇ ㄐㄧㄡˇ 用糯米、黃米等釀造的酒。

**米粉** ㄇㄧˇ ㄈㄣˇ ①用稻米磨成的粉末。②米磨成細末，加水做成細麵條，煮湯或炒熟吃的。

**米湯** ㄇㄧˇ ㄊㄤ 湯字輕讀。①米煮的湯。②奉承拍馬的話。說話奉承別人叫「灌米湯」。

**米象** ㄇㄧˇ ㄒㄧㄤˋ 在糧食裡生長的一種害蟲。成蟲體紅褐色，頭上前方突伸出像是大象的鼻子，成蟲與幼蟲都吃稻穀、麥粒等糧食。也稱「穀象」。

**米飯** ㄇㄧˇ ㄈㄢˋ 用稻米做成的飯，是我國生產稻米各地人民的主要食品。北方多用小米、高粱煮飯。

**米黃** ㄇㄧˇ ㄏㄨㄤˊ 淺黃色（像穀殼的顏色）。也稱「米色」。

**米糠** ㄇㄧˇ ㄎㄤ 從糙米碾出的米皮層，營養價值高。因為粗糙不好吃，大多數改用作飼料或肥料。

**米糧** ㄇㄧˇ ㄌㄧㄤˊ 泛指食糧、糧食。

**米麵** ㄇㄧˇ ㄇㄧㄢˋ 統指供餐食的白米和麵粉。

**米粒（兒）** ㄇㄧˇ ㄌㄧˋ（ㄦ） 一顆顆的米。

**米老鼠** ㄇㄧˇ ㄌㄠˇ ㄕㄨˇ 例（英語 Mickey Mouse）美國卡通電影製作人華特・狄斯尼所作的卡通片角色之一，造形為觀眾所喜愛，並且成了一種商標。又譯作「米凱鼠」。

**米粉肉** ㄇㄧˇ ㄈㄣˇ ㄖㄡˋ 把肉塊兒加上米粉或麵包屑蒸熟吃，叫做「米粉肉」，也叫「粉蒸肉」。

**米蛀蟲** ㄇㄧˇ ㄓㄨˋ ㄔㄨㄥˊ ①蛀米的蟲。②指囤積居奇，不管多數人死活的米商。

**米達尺** ㄇㄧˇ ㄉㄚˊ ㄔˇ 例公制的尺，尺上的刻度是按照公分（厘米）公厘（毫米）的標準制（公制）長度刻出的，也叫「米突尺」「米尺」。

**米珠薪桂** ㄇㄧˇ ㄓㄨ ㄒㄧㄣ ㄍㄨㄟˋ 米像珍珠，柴像肉桂，比喻物價昂貴。

## 三筆

**籽** ㄗˇ 植物的種子。

## 四筆

**粑** ㄅㄚ 見「糌粑」。

**粉** ㄈㄣˇ ㈠本義是米粒磨成的細粉。後來凡是磨成細末的東西都叫粉。如「麵粉」「藥粉」。㈡化妝品呈細末狀的。如「脂粉」「擦粉」。㈢白色的。如「粉牆」「粉面」。㈣塗抹，裝飾。如「粉刷」「粉飾」。㈤破壞，擊敗。如「粉碎」。㈥使破碎。如「粉身碎骨」。㈦淺紅。如「粉紅」。

**粉末** ㄈㄣˇ ㄇㄛˋ 細末。

**粉皮** ㄈㄣˇ ㄆㄧˊ ①綠豆粉所製，可以做菜。②去毛的羊皮。

**粉肝** ㄈㄣˇ ㄍㄢ 豬的肝臟柔嫩的部分。

**粉刷** ㄈㄣˇ ㄕㄨㄚ 用塗料塗刷牆壁。

**粉刺** ㄈㄣˇ ㄘˋ 面部所起的小皰，就是「面皰」。

**粉金** ㄈㄣˇ ㄐㄧㄣ 金粉。調了膠水可以作字畫，也叫「金油」。

**粉紅** ㄈㄣˇ ㄏㄨㄥˊ 淺紅。

**粉彩** ㄈㄣˇ ㄘㄞˇ ①指塗面的白粉與畫臉的油彩，戲劇角色所用的化妝用品。②泛指繪畫用的色彩顏料。

**粉牌** ㄈㄣˇ ㄆㄞˊ 指白色的水牌（用白色油漆塗在木板上，以臨時寫記事項備忘，所寫墨跡可隨時抹除改寫）。

**粉筆** ㄈㄣˇ ㄅㄧˇ 用熟石膏或白堊做的筆，可以在黑板上寫字。

**粉絲** ㄈㄣˇ ㄙ 用綠豆等的澱粉製成的細線狀的食品（一般作菜肴材料）。較粗或寬條的叫「粉條（兒）」。

**粉碎** ㄈㄣˇ ㄙㄨㄟˋ ①像粉末那樣碎。②擊破，打敗。如「粉碎敵人的陰謀」。

**粉腸** ㄈㄣˇ ㄔㄤˊ ①一種用粉絲與豬腸烹煮成羹湯的食品。②用團粉加作料、油脂等灌進腸衣煮熟的食品，可煎或炒，或加入菜肴燉食。

**粉飾** ㄈㄣˇ ㄕˋ ①表面的裝飾打扮。②只作表面裝飾，不顧實際。如「粉飾太平」。

**粉蒸** ㄈㄣˇ ㄓㄥ 一種烹飪方法，把切成塊狀或片狀的肉類攙和團粉與作料，在蒸籠或蒸鍋內蒸熟，如粉蒸肉、粉蒸排骨等。

**粉蝶** ㄈㄣˇ ㄉㄧㄝˊ 蝶類，有頭、胸、腹三部。翅上有白色細鱗。

**粉墨** ㄈㄣˇ ㄇㄛˋ 用粉擦臉，用墨畫眉，比喻演戲化裝。如「粉墨登場」。也譏笑偽政權成立。

**粉牆** ㄈㄣˇ ㄑㄧㄤˊ 刷白灰的牆。

**粉黛** ㄈㄣˇ ㄉㄞˋ ①泛指婦女用的化妝品，白粉和青黑色顏料。②稱婦女、美女。白居易〈長恨歌〉有「六宮粉黛無顏色」。

**粉條(兒)** ㄈㄣˇ ㄊㄧㄠˊ ㄦ 綠豆粉所做的一種食品，也叫「乾粉」。

**粉彩畫** ㄈㄣˇ ㄘㄞˇ ㄏㄨㄚˋ 一種西洋繪畫，色料用膠製成乾粉，因此色彩比油畫、水彩畫安定。也稱「膠彩畫」。

**粉撲兒** ㄈㄣˇ ㄆㄨ ㄦ 化妝時，撲粉用的軟團。

**粉白黛綠** ㄈㄣˇ ㄅㄞˊ ㄉㄞˋ ㄌㄩˋ 「白」也讀ㄅㄛˊ。指說搽臉的白粉，黛是畫眉用的青黑色顏料。也作「粉白黛黑」。

**粉妝玉琢** ㄈㄣˇ ㄓㄨㄤ ㄩˋ ㄓㄨㄛˊ ①形容雪景，也作「粉妝銀砌」。②形容白淨可愛的模樣，多指女童。③形容美麗的婦女皮膚白皙。

**粉身碎骨** ㄈㄣˇ ㄕㄣ ㄙㄨㄟˋ ㄍㄨˇ 比喻不惜犧牲生命。也作「粉骨碎身」。

**粉飾太平** ㄈㄣˇ ㄕˋ ㄊㄞˋ ㄆㄧㄥˊ 對不好的實際情形在表面上加以遮掩隱飾，偽裝太平景象；一般用於指說政治上的問題與情況。

## 五筆

**粕** ㄆㄛˋ ㈠壓榨糧食，像豆、麥、花生等剩下的渣滓。如「大豆粕(豆餅)」。㈡見「糟粕」。

**粘** ▲ㄋㄧㄢˊ 見「黏」。

▲ㄓㄢ ㈠用黏質塗料把兩個物體貼合在一起。如「粘貼」「把紙條粘好」。㈡姓。

**粘貼** ㄓㄢ ㄊㄧㄝ 粘上去，貼上去。

**粘著** ㄋㄧㄢˊ ˙ㄓㄜ 比喻纏著不放。

**粒** ㄌㄧˋ ㈠一顆一顆的。如「誰知盤中飧，粒粒皆辛苦」。㈡細碎的小塊兒。如「豆粒兒」「米粒兒」。㈢一顆叫一粒。如「珍珠一粒」。

**粒子** ▲ㄌㄧˋ ㄗˇ 也稱「基本粒子」，就是構成物體的比原子核更簡單的物質，有電子、正電子、質子、中子、光子、介子、超子、變子、反粒子等。粒子都有一定的質量，只是物質結構的一個環節，並非不可再分的。

▲ㄌㄧˋ ˙ㄗ 指小顆粒的東西。如「不小心撒了一地的米粒子」。

**粒兒** ㄌㄧˋ ㄦ 顆粒。

**粗(觕、麤)** ㄘㄨ ㈠圓徑大的。如「大樹比竹子粗」。㈡東西不精緻。如「粗糙」「粗茶淡飯」。㈢事情簡單但是費體力的。如「粗工」「粗活」。㈣不文雅的。如「說粗話」「動作粗野」。㈤不周密。如「粗心」「粗人總是心浮氣躁」。㈥聲音重濁。如「粗聲粗氣」。㈦稍微。如「粗具規模」「粗通文字」。

**粗人**（ㄘㄨ ㄖㄣˊ） ①氣力大而缺乏禮貌的人。②不細心的人。

**粗工**（ㄘㄨ ㄍㄨㄥ） ①做粗重工作的人。②簡單而不細緻的工作。③同「粗活」①。

**粗心**（ㄘㄨ ㄒㄧㄣ） 心思不細密，不謹慎。

**粗布**（ㄘㄨ ㄅㄨˋ） 質地粗糙的棉布。

**粗劣**（ㄘㄨ ㄌㄧㄝˋ） 不精美，不細巧。

**粗米**（ㄘㄨ ㄇㄧˇ） 沒去掉外皮的粗糙的米。

**粗壯**（ㄘㄨ ㄓㄨㄤˋ） ①形容身材健壯。如「那個粗壯的漢子」。②形容物體粗而不易損毀。如「粗壯的木棍」。③形容聲音洪大。如「突然一陣粗壯的吼聲」。

**粗俗**（ㄘㄨ ㄙㄨˊ） 不文雅的，不希奇的。

**粗活**（ㄘㄨ ㄏㄨㄛˊ） ①笨重費力的工作。②同「粗工」②。

**粗重**（ㄘㄨ ㄓㄨㄥˋ） 笨重而價值不高的家具，像桌、椅、床等，對細軟說的。

**粗淺**（ㄘㄨ ㄑㄧㄢˇ） 不深奧，容易懂。如「這道理粗淺，人人能了解」。

**粗率**（ㄘㄨ ㄕㄨㄞˋ） ①簡陋。②粗心。

**粗略**（ㄘㄨ ㄌㄩㄝˋ） 大略，不精確。如「這只是粗略的估算」。

**粗笨**（ㄘㄨ ㄅㄣˋ） 不靈巧。

**粗細**（ㄘㄨ ㄒㄧˋ） ①指粗大和細小。如「像拇指粗細的繩索」。②指粗糙或精細的程度。如「產品工料的粗細有差別，價錢自然就不同了」。

**粗通**（ㄘㄨ ㄊㄨㄥ） 知道一點兒。如「粗通文墨」。

**粗野**（ㄘㄨ ㄧㄝˇ） 不文雅。

**粗疏**（ㄘㄨ ㄕㄨ） 說人心性疏略，不注意小事。

**粗話**（ㄘㄨ ㄏㄨㄚˋ） ①粗俗的言語。②髒話。

**粗實**（ㄘㄨ ㄕˊ） 實字輕讀。粗大而堅固。常指家具。

**粗豪**（ㄘㄨ ㄏㄠˊ） 說人舉止豪爽，不拘細節。

**粗暴**（ㄘㄨ ㄅㄠˋ） 性情鹵莽暴躁。

**粗魯**（ㄘㄨ ㄌㄨˇ） 說人舉止粗暴而天資愚笨。

**粗糙**（ㄘㄨ ㄘㄠ） 表面不光滑，質地不精細。

**粗獷**（ㄘㄨ ㄍㄨㄤˇ） ①粗野，不文雅。②形容豪放、不管不顧的樣子。

**粗糧**（ㄘㄨ ㄌㄧㄤˊ） 跟細糧（一般指白米、麵粉）相對稱，如玉米、高粱、豆類等。

**粗糲**（ㄘㄨ ㄌㄧˋ） 質地不細緻。

**粗鹽**（ㄘㄨ ㄧㄢˊ） 沒有經過加工精製的鹽，含有雜質，一般用在工業方面。

**粗製品**（ㄘㄨ ㄓˋ ㄆㄧㄣˇ） 加工不多或製造粗劣的商品。

**粗線條**（ㄘㄨ ㄒㄧㄢˋ ㄊㄧㄠˊ） ①指圖面上用墨較濃、畫得粗寬的線條，也指粗略而非細心勾畫出的圖線。②比喻人的性格態度和舉止動作不謹飾認真，表現得率直粗魯。③指言語、文章的表達不夠細緻。④形容辦事方法粗疏，欠缺精審的安排預備。

**粗心大意**（ㄘㄨ ㄒㄧㄣ ㄉㄚˋ ㄧˋ） ①不細心，不用心注意。②形容做事不認真，思考不周密。

**粗枝大葉**（ㄘㄨ ㄓ ㄉㄚˋ ㄧㄝˋ） ①疏略，不細密的。②大體的輪廓。常指敘事、作畫。

**粗眉大眼**（ㄘㄨ ㄇㄟˊ ㄉㄚˋ ㄧㄢˇ） 形容粗豪的人的面容。

**粗茶淡飯**（ㄘㄨ ㄔㄚˊ ㄉㄢˋ ㄈㄢˋ） 不精美的飲食。

**粗製濫造** ㄘㄨ ㄓˋ ㄌㄢˋ ㄗㄠˋ 指草率粗疏而不講究精細的工作方式。

## 六筆

**粞** 図ㄒㄧ 碎米。

**粥** ㄓㄡ 稀飯。如「早上喝粥」「小米兒粥」。

讀音ㄓㄨˋ，多用在文言。

**粥粥** ㄓㄨˋ ㄓㄨˋ 図①柔弱的樣子。〈禮記〉有「粥粥若無能也」。②雞相呼的聲音。韓愈詩有「群飛群啄，群雌粥粥」。

**粥少僧多** ㄓㄡ ㄕㄠˇ ㄙㄥ ㄉㄨㄛ 比喻物品供不應求，數量不夠分配。也作「僧多粥少」。

**粧** ㄓㄨㄤ 同「妝」。

**粢** 図ㄗ ㈠古時供祭祀用的穀。也叫「粢盛（ㄔㄥˊ）」。㈡六穀（稻、麥、粱、菽、黍、稷）總稱叫「六粢」。

**粟** ㄙㄨˋ ㈠穀類，一般叫「小米兒」。㈡從前泛稱糧食。如「重農貴粟」。㈢図舊時作「俸祿」的代稱。〈史記〉有「義不食周粟」。㈣図雞皮疙瘩叫「粟」。蘇軾有「凍合玉樓寒起粟」。㈤姓。

**粟飯** ㄙㄨˋ ㄈㄢˋ 粗糙的飯。

## 七筆

**粱（粱）** ㄌㄧㄤˊ ㈠小米兒。是北方一般百姓的重要食糧。如「膏粱」「粱肉」。㈡図指精緻的食物。㈢見「高粱」。

**粱肉** ㄌㄧㄤˊ ㄖㄡˋ 図精美的膳食。

**粳（稉、秔）** ㄍㄥ 稻米成熟比較晚而且米煮熟不黏的，叫「粳米」「粳稻」。語音ㄐㄧㄥ。

**粲** 図ㄘㄢˋ ㈠鮮明的樣子。如「粲然」。㈡「白粲」「黃粲」，古代稱精米。

**粲然** ㄘㄢˋ ㄖㄢˊ 図①鮮明的樣子。②笑的樣子。〈穀粱傳〉有「粲然皆笑」。

**粵** ㄩㄝˋ 廣東廣西古時叫「百粵」，所以稱兩粵；也有的專稱廣東省叫粵。如「粵漢鐵路」。

**粵劇** ㄩㄝˋ ㄐㄩˋ 一種廣東地方戲曲，用廣州話演唱，流行在說粵語的地區。

**粵犬吠雪** ㄩㄝˋ ㄑㄩㄢˇ ㄈㄟˋ ㄒㄩㄝˇ 廣東極少下雪，如果偶爾下雪，狗看了會驚叫。比喻少見多怪。

## 八筆

**粺** 図ㄅㄞˋ 古人把精細的白米叫做「粺」。清初段玉裁說「粺者，糲米一斛，舂為九斗也」。

**粼** ㄌㄧㄣˊ 見「粼粼」。

**粼粼** ㄌㄧㄣˊ ㄌㄧㄣˊ 清澈的樣子。如「粼粼的河水」。

**粿** ㄍㄨㄛˇ ㈠米。㈡米製的食品。

**精** ㄐㄧㄥ ㈠舂去糠皮的米叫「精米」。㈡經過提煉品質純粹的。如「酒精」。㈢雄性動物睪丸裡的生殖質。如「精液」「精子」。㈣粗糙的反面。如「精緻」「精巧」。㈤細做的。如「精細」「精密」。㈥專一。如「專精」。㈦擅長。如「精通」「精治內科」。㈧赤裸的。如「赤身露體，精著來，光著去」。㈨心神。如「精神」。㈩聰明，思想周密。如「精明」「他這人好精」。(十一)舊時迷信所說的妖怪。如「妖精」「狐狸精」。⑪極，甚，非常。如「下雨不打傘，淋得精溼精溼的」。

**精一** ㄐㄧㄥ ㄧ 文精粹專一。

**精力** ㄐㄧㄥ ㄌㄧˋ 精神與力量。

**精子** ㄐㄧㄥ ㄗˇ 生物學名詞，也作「精蟲」。雄性動物睪丸裡產生的生殖質，跟雌性動物卵巢裡的卵子結合，就會產生下一代。

**精心** ㄐㄧㄥ ㄒㄧㄣ 很注意的；很費工夫的。如「這本書是他精心寫作的」。

**精巧** ㄐㄧㄥ ㄑㄧㄠˇ 精細巧妙。

**精光** ㄐㄧㄥ ㄍㄨㄤ ①文精神充足的光彩。②沒剩下一點兒。如「把家產敗個精光」。

**精米** ㄐㄧㄥ ㄇㄧˇ 稻穀碾出來的白米。

**精兵** ㄐㄧㄥ ㄅㄧㄥ 精練的部隊。

**精壯** ㄐㄧㄥ ㄓㄨㄤˋ ①身體強壯。②指稱青年壯丁。如「精壯都到工廠做工去了」。

**精妙** ㄐㄧㄥ ㄇㄧㄠˋ 精巧。

**精良** ㄐㄧㄥ ㄌㄧㄤˊ 十分完美。

**精到** ㄐㄧㄥ ㄉㄠˋ 指處理事務或表達思想的精密周到。如「道理沒說精到，怎麼讓人信服」。

**精怪** ㄐㄧㄥ ㄍㄨㄞˋ 故事傳說或小說裡虛構的妖精、妖怪，古人相信它們是歷久年代的鳥獸木石之類變成的。

**精明** ㄐㄧㄥ ㄇㄧㄥˊ 明字常輕讀。思慮精細而明白。

**精舍** ㄐㄧㄥ ㄕㄜˋ ①雅致的小房子。②小佛廟。

**精采** ㄐㄧㄥ ㄘㄞˇ 事物表現出色之處。

**精品** ㄐㄧㄥ ㄆㄧㄣˇ ①精製、精選的物品。②特指精心傑作的文學作品或藝術創作。

**精美** ㄐㄧㄥ ㄇㄟˇ 精緻美好。

**精研** ㄐㄧㄥ ㄧㄢˊ 精細研究。

**精英** ㄐㄧㄥ ㄧㄥ 精萃，精華，出類拔萃的人、物。

**精純** ㄐㄧㄥ ㄔㄨㄣˊ ①質地精煉純粹而沒有雜質。如「精純的化學原料」。②表現得精深粹美。如「手法精純」。

**精密** ㄐㄧㄥ ㄇㄧˋ 精確細密，與「粗疏」相對。如「儀器是否精密，關係研究工作的成敗」。

**精悍** ㄐㄧㄥ ㄏㄢˋ 精銳強悍。

**精氣** ㄐㄧㄥ ㄑㄧˋ ①中醫說人體裡面的精華。②人的精神氣力。

**精神** ▲ㄐㄧㄥ ㄕㄣˊ ①文古人說天地萬物的靈氣。〈禮記・聘義〉「精神見於山川，地也」。②文人的心志。〈莊子・列禦寇〉「歸精神乎無始」。③文氣力。方岳〈梅花十絕〉「有梅無雪不精神」。④心理學名詞，指一切心意歷程，常與物質或肉體相對。⑤哲學名詞，與物質或肉體相對。指：*1.*非物質的存在，*2.*心靈或意志與智能，*3.*靈魂。⑥指思想或主義。如「民族精神」。
▲ㄐㄧㄥ・ㄕㄣ 指人的生活動力。如「他年紀雖然大，但是還很有精神」「打起精神，努力吧」。

**精密** ㄐㄧㄥ ㄇㄧˋ 細密。

**精深** ㄐㄧㄥ ㄕㄣ 精密深遠。如「他的學術博大精深」。

**精巢** ㄐㄧㄥ ㄔㄠˊ 睪丸，是男性生殖器的主要部分。

**精敏** ㄐㄧㄥ ㄇㄧㄣˇ 精細而敏捷。

**精液** ㄐㄧㄥ ㄧㄝˋ 男性生殖器所產生的液體，含有許多精子。

**精細** ㄐㄧㄥ ㄒㄧˋ ①精緻細密。②小心而有計謀。

**精通** ㄐㄧㄥ ㄊㄨㄥ 對一種學問、語言或事情有深刻的研究。

**精湛** ㄐㄧㄥ ㄓㄢˋ 㕜精深。如「他學識精湛，道德高尚，為眾人所欽服」。

**精華** ㄐㄧㄥ ㄏㄨㄚˊ 精粹的部分。

**精進** ㄐㄧㄥ ㄐㄧㄣˋ ①專精求進。②佛經說的勇猛地修善去惡的意思。

**精幹** ㄐㄧㄥ ㄍㄢˋ 精明幹練。如「他年輕精幹，極受上司賞識」。

**精微** ㄐㄧㄥ ㄨㄟˊ 精深微妙。

**精準** ㄐㄧㄥ ㄓㄨㄣˇ 事情做得非常精到確實。一般用來形容工作合乎要求，完成預定的目標，也形容運動競賽（如投球、接球、擊球等）活動的熟練完美或政治舉措的完善無瑕疵。

**精煉** ㄐㄧㄥ ㄌㄧㄢˋ ①工業上提煉精製而除去雜質。②同「精練」。

**精義** ㄐㄧㄥ ㄧˋ 至理。

**精裝** ㄐㄧㄥ ㄓㄨㄤ 指書籍封面精美的裝訂形式。一般是用硬紙板或貼上布料的厚紙作封面，封面上用燙金的字體，看起來特別華麗貴重。與「平裝」相對。

**精誠** ㄐㄧㄥ ㄔㄥˊ 心意誠懇，真心實意的。

**精粹** ㄐㄧㄥ ㄘㄨㄟˋ 精細純粹，最好的部分。

**精製** ㄐㄧㄥ ㄓˋ ①經過精密功夫與程度而製成。②對工業精製品再加工製造。

**精審** ㄐㄧㄥ ㄕㄣˇ 㕜泛指辨別、判斷、規畫、意見提出、文字表達等方面細心抉擇取捨，精確而不疏忽。

**精確** ㄐㄧㄥ ㄑㄩㄝˋ 細密準確。

**精練** ㄐㄧㄥ ㄌㄧㄢˋ ①泛指文章或言辭的簡潔精要。②才藝、學識方面的精通熟練。③形容精強幹練。④也作「精煉」，指稱黃金，因黃金百煉而不耗。

**精銳** ㄐㄧㄥ ㄖㄨㄟˋ 精練勇敢的兵士。

**精緻** ㄐㄧㄥ ㄓˋ ①細心周密。②優美的。如「這個象牙球刻得真精緻」。

**精簡** ㄐㄧㄥ ㄐㄧㄢˇ ①為減縮開支或提高工作效率，使業務機構或工作程序簡化，裁併不必要的機構，裁減工作人員。②指文章內容精粹扼要。

**精蘊** ㄐㄧㄥ ㄩㄣˋ 㕜指所含的精深奧祕的內容。如「努力研究，獲其精蘊」。

**精闢** ㄐㄧㄥ ㄆㄧˋ 立論詳密而有獨到之處。

**精囊** ㄐㄧㄥ ㄋㄤˊ 生理學名詞。雄性動物儲藏精液的器官，是兩個扁平而長的小囊，排列在輸精管的中間。

**精讀** ㄐㄧㄥ ㄉㄨˊ 仔細閱讀，也就是「熟讀」。與「略讀」相對稱。

**精髓** ㄐㄧㄥ ㄙㄨㄟˇ 精華。

**精鹽** ㄐㄧㄥ ㄧㄢˊ 精製的鹽。

**精靈** ㄐㄧㄥ ㄌㄧㄥˊ ①神鬼的泛稱。②聰明頑皮的人。口語也說成ㄐㄧㄥ ˙ㄌㄧㄥ。

**精神病** ㄐㄧㄥ ㄕㄣˊ ㄅㄧㄥˋ 指人因為心理、生理或環境的重大刺激，引起精神與行為的失常，包括心理變態、混亂，失去平衡、理性，甚至發生瘋狂的現象。

**精密度** ㄐㄧㄥ ㄇㄧˋ ㄉㄨˋ 指工業出產的器物、零件，在尺寸規格要求上所達到的準確程度，也就是產品容許誤差的大小；容許誤差大的精密度低，容許誤差小的精密度高。簡稱「精度」。

**精製品** ㄐㄧㄥ ㄓˋ ㄆㄧㄣˇ 就原料或粗製品加細工製造的商品。

**精打細算** ㄐㄧㄥ ㄉㄚˇ ㄒㄧˋ ㄙㄨㄢˋ 仔細地計算，是對事業經營、工程安排、預算收支等方面說的。

**精忠報國** ㄐㄧㄥ ㄓㄨㄥ ㄅㄠˋ ㄍㄨㄛˊ 盡心竭力地報效國家。

**精明強幹** ㄐㄧㄥ ㄇㄧㄥˊ ㄑㄧㄤˊ ㄍㄢˋ 精明而能辦事。

**精金良玉** ㄐㄧㄥ ㄐㄧㄣ ㄌㄧㄤˊ ㄩˋ 比喻人品純潔，性情溫和（精金表示純粹，良玉比喻溫潤。）

**精氣神兒** ㄐㄧㄥ ㄑㄧˋ ㄕㄣˊ ㄦ 人在舉止言談之間所表現的精神跟體力。

**精疲力竭** ㄐㄧㄥ ㄆㄧˊ ㄌㄧˋ ㄐㄧㄝˊ 同「筋疲力竭」，形容極其疲勞。

**精益求精** ㄐㄧㄥ ㄧˋ ㄑㄧㄡˊ ㄐㄧㄥ 力求進步。

**精神分裂** ㄐㄧㄥ ㄕㄣˊ ㄈㄣ ㄌㄧㄝˋ 精神病的一種。患者發生幻覺和妄想，以思想、感情和行為的互相不協調和不能適應環境為主要病態表現。也叫「精神分裂症」。

**精神文明** ㄐㄧㄥ ㄕㄣˊ ㄨㄣˊ ㄇㄧㄥˊ 指人生環境裡有關精神方面的各種文明事項，是種族傳統和歷史傳統在人倫、道德、思想觀念、學術和技藝等的綜合體。

**精神生活** ㄐㄧㄥ ㄕㄣˊ ㄕㄥ ㄏㄨㄛˊ 與「物質生活」相對稱，指生活當中可以陶冶心情的一切心靈活動，例如情緒、思維、嗜好、運動、社會交際等的表現。

**精神抖擻** ㄐㄧㄥ ㄕㄣˊ ㄉㄡˇ ㄙㄡˇ 精力充沛，神氣活潑。

**精神食糧** ㄐㄧㄥ ㄕㄣˊ ㄕˊ ㄌㄧㄤˊ 指書籍、報刊和各種資訊傳播，能給人以求知方面的滿足，以免除精神上的空虛飢餓。

**精神衰弱** ㄐㄧㄥ ㄕㄣˊ ㄕㄨㄞ ㄖㄨㄛˋ 精神病的一種，患者在精神反應方面不正常，缺乏信心、有不安全感、不能自我控制等。

**精神勞動** ㄐㄧㄥ ㄕㄣˊ ㄌㄠˊ ㄉㄨㄥˋ 運用腦力為主的勞動，像教師、作家等的勞動，就是這種方式的。

**精神堡壘** ㄐㄧㄥ ㄕㄣˊ ㄅㄠˇ ㄌㄟˇ 指稱一個足以表示精神上得到肯定支持與鼓舞激勵甚至信賴崇敬的對象，好似堡壘般的有加強精神守衛和鞏固精神陣線的作用。一般以一個社會活動中心的地點或場所為選定的標的（ㄉㄧˋ）。

**精神飽滿** ㄐㄧㄥ ㄕㄣˊ ㄅㄠˇ ㄇㄢˇ 精神很充沛。

**精神醫學** ㄐㄧㄥ ㄕㄣˊ ㄧ ㄒㄩㄝˊ 旨在研究及處理引致各種行為障礙的疾病的專科醫學。擴大的精神醫學還包括「精神外科」（用腦外科方法來治療精神疾病的醫科）和「精神藥理學科」（製造和研究藥物用以矯正行為治療精神障礙的科學）在內。

**精誠團結** ㄐㄧㄥ ㄔㄥˊ ㄊㄨㄢˊ ㄐㄧㄝˊ 很誠懇地團結在一起。

**精衛填海** ㄐㄧㄥ ㄨㄟˋ ㄊㄧㄢˊ ㄏㄞˇ 比喻有深仇大恨，立志必報；也用以稱譽人堅韌不拔的毅力。「精衛」也叫「冤禽」，是古代神話故事裡的小鳥。〈山海經〉說炎帝的小女兒名叫「女娃」，遊東海溺死，靈魂變成小鳥精衛，住在北方的發鳩山上，每天銜西山的木石想把東海填平。

**精雕細琢** ㄐㄧㄥ ㄉㄧㄠ ㄒㄧˋ ㄓㄨㄛˊ 精心細緻地雕琢。又比喻做事特別細心努力。也作「精雕細刻」或「精雕細鏤」。

**精誠所至金石為開** ㄐㄧㄥ ㄔㄥˊ ㄙㄨㄛˇ ㄓˋ ㄐㄧㄣ ㄕˊ ㄨㄟˊ ㄎㄞ 図勉勵人真實誠懇地去努力工作，必能得到成就。「精誠」指至誠、真心誠意。至誠所到達的地步，即使堅如金石（指問題、障礙等）也能打開（解決）。

## 粽（糉）
ㄗㄨㄥˋ 粽子，用竹葉裹糯米跟作（ㄗㄨㄛˋ）料，煮熟吃的。一般人常在端午節做粽子吃。又讀ㄓㄨㄥˋ。

## 粹
ㄘㄨㄟˋ 專純不雜。如「純粹」「精粹」。

## 九筆

**糊** ▲ㄏㄨˊ ㈠把米、麥或薯類的粉加水，調（ㄊㄧㄠˊ）成的漿。㈡貼，黏。如「把紙糊在窗子上」。㈢不清晰。如「模糊」。㈣燒焦。如「火小點兒吧，餅快煎糊了」。▲ㄏㄨˋ ㈠濃稠的汁水。如「麵糊」、「秦椒糊」。㈡見「糊弄」。▲ㄏㄨ（是ㄏㄨˊ的變音）用黏稠的東西把縫子、窟窿封上、堵上。如「用泥把牆上的窟窿糊上」、「膿血糊住了瘡口」。

**糊弄** ㄏㄨˋ ㄋㄨㄥ˙ 弄字輕讀。①草草了事，敷衍的樣子。〈兒女英雄傳〉有「文章呢，倒糊弄著作上了」。②矇混，欺瞞。如「你別想糊弄人」。

**糊塗** ㄏㄨˊ ㄊㄨ˙ ①不聰明，不明事理。②指事情混亂不清。如「一筆糊塗帳」。

**糊塗蟲** ㄏㄨˊ ㄊㄨ˙ ㄔㄨㄥˊ 罵人糊塗不明事理。

**糊裡糊塗** ㄏㄨˊ ㄌㄧ˙ ㄏㄨˊ ㄊㄨˊ ①不明事理。如「他為人糊裡糊塗，不肯用心去做事」。②頭腦昏昏沉沉，神智昏迷。如「一路上打瞌睡，下了車糊裡糊塗地到了哪兒也不知道」。

**糈** 図ㄒㄩˇ「糧糈」，就是糧食。

**糅** ㄖㄡˇ 混合。如「文白雜糅」。又讀ㄋㄧㄡˇ。

**糅合** ㄖㄡˇ ㄏㄜˊ 攙合。

**糌** ㄗㄢ 見「糌粑」。

**糌粑** ㄗㄢ ㄅㄚ 西藏的主要食品，炒熟的青稞磨成粗麵粉，用茶跟酥油拌起來吃。

**糍** ㄘˊ 見「糍粑」。

**糍粑** ㄘˊ ㄅㄚ 把熟糯米攪和（ㄏㄨㄛˋ）舂打成泥團的樣子，揉成餅狀。陰乾之後可以久藏，蒸煮油炸（ㄓㄚˊ）著吃都行。臺灣的做法是捏成餅狀以後包餡兒（花生粉或豆泥）或是在外面蘸花生粉吃的。糍也作「餈」。

## 十筆

**糒** 図ㄅㄟˋ 行軍用的乾糧，叫「糒糗」。

**糖** ㄊㄤˊ ㈠用麥、甘蔗、甜菜製成，味道很甜。有麥芽糖、紅糖、白糖（也叫砂糖）、冰糖之分。㈡見「糖果」。

**糖衣** ㄊㄤˊ ㄧ 藥片外面所包的糖質皮兒，使苦藥容易嚥下。也叫「糖皮」。

**糖果** ㄊㄤˊ ㄍㄨㄛˇ 糖製的顆粒或小塊，也常簡稱「糖」。

**糖精** ㄊㄤˊ ㄐㄧㄥ 有強烈甜味道的白色粉末。從煤焦油煉出，多吃有害。

**糖蜜** ㄊㄤˊ ㄇㄧˋ ①一種製糖的附帶產品，是含有糖、蛋白質和色素的黏稠物體，可作食品。②用砂糖加水熬成的濃稠的「糖漿」。

**糖漿** ㄊㄤˊ ㄐㄧㄤ 可以加入藥中的糖汁。

**糖霜** ㄊㄤˊ ㄕㄨㄤ 像霜那樣潔白而細碎的白糖，就是「冰糖」。

**糖瓜（兒）** ㄊㄤˊ ㄍㄨㄚ ㄦ 麥芽糖做成瓜形的關東糖，舊俗用作祭灶日的供品。

**糖尿病** ㄊㄤˊ ㄋㄧㄠˋ ㄅㄧㄥˋ 人體內胰島素分泌不足，引起體內碳水化合物的代謝作用失常。症狀有：多飲，多吃，多尿，身體消瘦，古人叫它「消渴症」。

**糖蘿蔔** ㄊㄤˊ ㄌㄨㄛˊ ㄅㄛ˙ 可以製糖的一種蘿蔔，就是甜菜。

**糕（餻）** ㄍㄠ 用米麵粉蒸製而成的食品。如「蛋糕」

「蘿蔔糕」。

**糕點** ㄍㄠ ㄉㄧㄢˇ 糕類點心的泛稱。也作「糕餅」。

# 糗

[文]ㄑㄧㄡˇ ㈠乾糧。如「精糗」。㈡尷尬，面子上不好看。

## 十一筆

# 糞

ㄈㄣˋ ㈠動物吃了食物消化以後，渣滓從大腸推到肛門，排洩出來，叫「糞」。如「糞便」。口語說「屎」。㈡[文]「糞田」就是施肥。㈢[文]「糞除」就是掃除。

**糞土** ㄈㄣˋ ㄊㄨˇ ①髒土。②[文]不堪造就的。如「糞土之牆不可圬也」。③沒有價值，不值得羨慕的。如「視黃金如糞土」。

**糞門** ㄈㄣˋ ㄇㄣˊ 肛門。

**糞便** ㄈㄣˋ ㄅㄧㄢˋ 屎、尿。

**糞箕** ㄈㄣˋ ㄐㄧ 就是「畚箕」。

**糞壤** ㄈㄣˋ ㄖㄤˇ 同「糞土」①。曹丕文有「而此諸子，化為糞壤，可復道哉」。

# 糢

ㄇㄛˊ 「糢糊」的「糢」字，是「模」字的俗寫。

# 糜

▲[文]ㄇㄧˊ ㈠稀飯。如「肉糜」。㈡損耗，浪費。如「糜費」。㈢爛壞。如「糜爛」。㈣姓。

▲ㄇㄟˊ「糜子」，黍類穀物，不黏。

**糜費** ㄇㄧˊ ㄈㄟˋ [文]損耗，過分的浪費。

**糜爛** ㄇㄧˊ ㄌㄢˋ ①[文]爛得像稀飯一樣不可收拾。〈孟子〉說「糜爛其民而戰之」，是說百姓戰死，血肉糜爛。

# 糠（穅）

ㄎㄤ ㈠米皮，穀皮。如「米糠」「麥糠」。㈡蘿蔔失去水分，軟軟的，質地不堅實不緻密，叫「糠蘿蔔」。㈢人因為身體不好或害怕而微微發抖，叫「發糠」。

**糠油** ㄎㄤ ㄧㄡˊ 從米糠裡提煉出來的食用油。

**糠粃** ㄎㄤ ㄅㄧˇ [文]也作「糠秕」。穀類的廢棄不能吃的部分；又比喻廢棄的東西。

# 糨（糡）

ㄐㄧㄤˋ 見「糨糊」。

**糨糊** ㄐㄧㄤˋ ㄏㄨˊ 糊字輕讀。把麵粉加入水而調（ㄊㄧㄠˊ）成半固體的稠漿，有黏性，可粘（ㄓㄢ）東西。也叫「糨子（・ㄗ）」。

# 糟

ㄗㄠ ㈠釀酒釀醋，把酒或醋提了以後剩下的渣滓。如「酒糟」。㈡比喻沒有價值的東西。如「糟粕」。㈢用酒糟醃食品，有「糟魚」「糟豆腐」等。㈣腐朽。如「椅子腿兒糟了」「屋梁糟了」。㈤比喻事情已經敗壞。如「事情糟了」。㈥形容人缺少能力，或是事情做得不好。如「他的小說寫得糟透了」「我的英語糟糕透頂」。㈦[文]見「糟糠」。㈧見「糟蹋」。

**糟心** ㄗㄠ ㄒㄧㄣ ①事情不如意。②同「糟糕」。

**糟改** ㄗㄠ ㄍㄞˇ [方]挖苦，戲弄。

**糟粕** ㄗㄠ ㄆㄛˋ ①酒渣。②比喻廢棄的東西。

**糟踐** ㄗㄠ ㄐㄧㄢˋ 踐字輕讀。糟害，糟蹋，浪費。如「他奢侈浮華，不想工作，把家產全糟踐光了」。

**糟糕** ㄗㄠ ㄍㄠ 糕點受潮發霉腐壞，比喻事情壞到不可收拾。

**糟糠** ㄗㄠ ㄎㄤ [文]①窮人所吃的粗糧。②貧窮時的妻子。〈後漢書〉有「糟糠之妻不下堂」的話。

**糟爛** ㄗㄠ ㄌㄢˋ 朽爛。

**糟蹋** ㄗㄠ ㄊㄚˋ 蹋字輕讀。也說「糟踐」。①不愛惜東西。如「不管什麼都胡亂糟蹋」。②侮辱，嘲罵。如「你怎麼張嘴就糟蹋人」。

**糙** ㄘㄠ ㈠還沒去皮的米，叫「糙米」。㈡不細緻。如「粗糙」。讀音ㄘㄠˋ。

**糙米** ㄘㄠ ㄇㄧˇ 碾得不精的稻米。跟「精米」相對稱。

**糝** ㄙㄢˇ ㈠米粒。「飯米糝」就是「飯米粒兒」。㈡把細末從上向下撒。如「一層輕紗似的金粉，糝上了這草，這樹，這通道，這莊舍」。

## 十二筆

**糧（粮）** ㄌㄧㄤˊ ㈠穀類食物的總稱。如「糧食」「乾糧」。㈡田賦的舊說法。如「田糧」「納糧」。

**糧食** ㄌㄧㄤˊ ㄕˊ 糧㈠。

**糧倉** ㄌㄧㄤˊ ㄘㄤ ①存放糧食的倉庫。②比喻糧食生產經營豐收的地區。如「嘉南平原與高屏地區是臺灣的糧倉」。

**糧秣** ㄌㄧㄤˊ ㄇㄛˋ 泛指軍用食糧等給養品。（從前「糧」指軍用糧食，「秣」指軍中馬匹所需草料、飼料。）

**糧草** ㄌㄧㄤˊ ㄘㄠˇ 軍人和馬所吃的糧米和草料。

**糧票** ㄌㄧㄤˊ ㄆㄧㄠˋ 為了控制糧食，由政府按照戶口等條件發給的准許購買糧食的憑證，居民只能憑糧票購糧。

**糧餉** ㄌㄧㄤˊ ㄒㄧㄤˇ 軍隊發給官兵的口糧和薪給。

**糧食局** ㄌㄧㄤˊ ㄕˊ ㄐㄩˊ 政府主管糧食生產、貯存、收購、調配、銷售、控制等事項的機關。

## 十四筆

**糰** ㄊㄨㄢˊ 用大米粉調水搓成的彈丸形食品。如「湯糰兒」。

**糰子** ㄊㄨㄢˊ ㄗ˙ ①糰。②外面用玉米麵等包裹，裡面有餡兒的食物。

**糯（穤、稬）** ㄋㄨㄛˋ 有黏性的稻米，叫「糯米」，也叫「江米」。

**糯稻** ㄋㄨㄛˋ ㄉㄠˋ 稻種之一。形狀跟粳稻相似，但是富於黏性，可以製作糕、糰，也可釀酒。

## 十五筆

**糲** 図ㄌㄧˋ ㈠糙米。如「布衣糲飯」。㈡粗糙的。如「粗糲」。

**糲飯** ㄌㄧˋ ㄈㄢˋ 図糙米飯。

## 十六筆

**糴（籴）** ㄉㄧˊ 買入穀類，叫「糴米」。

**糵（蘖）** ㄋㄧㄝˋ ㈠釀酒用的麴叫「麴糵」。㈡同「孽」字。說壞話害人，叫「媒糵」。

## 十九筆

**糶（粜）** ㄊㄧㄠˋ 賣出穀類，叫「糶米」。

# 糸部

**糸** ▲図ㄇㄧˋ 細絲。▲ㄙ 「絲」的簡寫。

## 一筆

**系** ㄒㄧˋ ㈠聯屬關係。如「系統」「直系尊親」。㈡図掛念。如「系念」。㈢幾何學上由一個定理直接推出的另一個定理叫「系」，就是「推論」。㈣大學的分科。如「系科」「化學系」。㈤同「繫（ㄒㄧˋ）」㈣。

**系統** ㄒㄧˋ ㄊㄨㄥˇ ①泛指具有共同目的的相互關聯因素（或個體）的組合體。②生理體內若干器官連結成一系，共營一種相同的生理作用。如「呼吸系統」。③有組織，有結構，具有明顯的內部關係的元件結合或命題結合。

**系列** ㄒㄧˋ ㄌㄧㄝˋ 事物或觀念相繼出現而形成一連串的狀態。如「一系列的思想」。

**系族** ㄒㄧˋ ㄗㄨˊ 一姓世代相傳的序列。

**系念** ㄒㄧˋ ㄋㄧㄢˋ 図掛念。

**系譜** ㄒㄧˋ ㄆㄨˇ 關於物種變化系統，表示世系或純種的紀錄。許多國家的政府或私人紀錄協會或育種組織保有犬、馬和牛、豬、羊等的血統紀錄簿冊；人類遺傳學所用的系譜圖可追溯具體形狀、異常的或疾病的遺傳。我國民間各姓的家譜、族譜、宗譜都屬於系譜性質。史書上又稱「系錄」「譜牒」。

**系統化** ㄒㄧˋ ㄊㄨㄥˇ ㄏㄨㄚˋ 將事物或觀念整理成一定系統，叫作「系統化」。

## 二筆

**糾（糺）** ㄐㄧㄡ ㈠督察。如「糾察」。㈡矯正。如「糾正」。㈢牽連，纏繞，或發生爭吵。如「糾纏」「糾紛」。㈣図集合。如「糾合」。㈤檢舉，揭發。如「糾舉」「糾彈」。又讀ㄐㄧㄡˇ。

**糾正** ㄐㄧㄡ ㄓㄥˋ 矯正錯誤。

**糾合** ㄐㄧㄡ ㄏㄜˊ 図集合。

**糾扯** ㄐㄧㄡ ㄔㄜˇ 糾纏。

**糾紛** ㄐㄧㄡ ㄈㄣ 爭吵或牽連不清。

**糾結** ㄐㄧㄡ ㄐㄧㄝˊ 互相連結、纏繞。

**糾集** ㄐㄧㄡ ㄐㄧˊ 集合、聯合（是多用在含有貶義的詞）。如「糾集歹徒滋事」。

**糾葛** ㄐㄧㄡ ㄍㄜˊ 指糾纏不清的事情。

**糾察** ㄐㄧㄡ ㄔㄚˊ 督察：①檢舉別人的過錯。②維持公共秩序。

**糾彈** ㄐㄧㄡ ㄊㄢˊ 公務人員有了過失，加以檢舉，並且按法律的規定加以彈劾。

**糾舉** ㄐㄧㄡ ㄐㄩˇ 檢舉公務員的過失。

**糾謬** ㄐㄧㄡ ㄇㄧㄡˋ 図改正錯誤。

**糾纏** ㄐㄧㄡ ㄔㄢˊ ①互相纏繞。②攪擾不停的樣子。

## 三筆

**紇** ▲ㄏㄜˊ ㈠図粗劣的絲。㈡唐代西北的游牧民族，叫「回紇」（也作「回鶻」），是現在新疆省維吾爾族的祖先。▲ㄍㄜ見「紇縫」。

**紇縫（兒）** ㄍㄜ ㄉㄚ（ㄦ） 縫字輕讀。繩線打成的結。

**紅** ▲ㄏㄨㄥˊ ㈠赤色。如「紅布」「花紅柳綠」。㈡顯達。如「他是當今政府裡的紅人兒」。㈢表演奏樂有了成就。如「紅歌星」「電視紅星」。㈣形容女人得寵。如「府中就數四姨太最紅」。㈤喜慶的事。如「紅白禮數」。㈥表示光榮（常用紅布從肩上斜披下來）。如「披紅」「掛紅」。㈦商業上把純利叫「紅」。如「紅利」「分紅」。

▲図ㄍㄨㄥ通「工」，婦女的針繡工作叫「女紅（ㄍㄨㄥ）」。

**紅土** ㄏㄨㄥˊ ㄊㄨˇ 粗鬆粉狀多孔質的土，含氧化鐵而帶赤色，是由岩石分解而成的。

**紅巾** ㄏㄨㄥˊ ㄐㄧㄣ ①紅色的布巾，用作頭巾、領巾或圍巾。②史書上說古代平民起義軍或盜匪叛亂常用紅巾裹頭。

**紅木** ㄏㄨㄥˊ ㄇㄨˋ 桉樹科喬木，木質堅緻，深紅色，用以製作高級家具。原產於澳洲。

**紅毛** ㄏㄨㄥˊ ㄇㄠˊ 從前指稱西洋人，或稱作「紅毛番」。

**紅包** ㄏㄨㄥˊ ㄅㄠ ①可以裝錢鈔的紅紙袋。②裡面包著錢鈔的紅紙袋。③給工作人員作為額外酬勞的錢鈔（不一定包在紅包裡）。④送給人表謝意的禮物代金或賀儀等。⑤打通關節用的禮金或行賄的錢款。

**紅字** ㄏㄨㄥˊ ㄗˋ ①用紅色寫的或印出的字。②在帳冊上表示借、貸雙方不平衡而出現虧損、負債的款額數字；所以也用「紅字」指稱虧損負債。

**紅色** ㄏㄨㄥˊ ㄙㄜˋ ①紅的顏色。②用作交通警訊標幟表示危險、停止的意思。③在政治上作極端激烈派別的象徵。④民間習俗以紅色物品代表喜慶、吉祥、祝賀的象徵。

**紅利** ㄏㄨㄥˊ ㄌㄧˋ 營業所得，除去各項費用和稅款以外的盈餘，分給股東的。

**紅妝** ㄏㄨㄥˊ ㄓㄨㄤ 図婦女的妝飾，也作婦女的代稱。

**紅汞** ㄏㄨㄥˊ ㄍㄨㄥˇ 藥名，就是「汞溴紅」，也通稱「二百二」或「紅汞」。是有機化合物，分子式 $C_{20}H_8O_6Br_2Na_2Hg$，藍綠色或赤褐色帶螢光的小片或顆粒，水溶液鮮紅色或暗赤色，是常用的皮膚創傷消毒藥。

**紅豆** ㄏㄨㄥˊ ㄉㄡˋ ①「相思子」的別名，古人常用以比喻愛情或相思。產在嶺南，子的大小像豌豆，略扁，色鮮紅。②豆的一種，色暗紅，可以煮湯或做豆餡兒吃。

**紅花** ㄏㄨㄥˊ ㄏㄨㄚ 一年生草本植物。披針形的互生葉，有尖刺，開黃紅色的筒狀花。花可作藥，能活血、通經、止痛。

**紅娘** ㄏㄨㄥˊ ㄋㄧㄤˊ ①流傳很廣的元曲王實甫撰著的〈西廂記〉，故事裡婢女紅娘撮合張生與崔鶯鶯的愛情結合。於是一般把「紅娘」作為助人完成美滿婚姻的人物的代稱。②戲曲名。③昆蟲名，就是「紅娘子」，又名「樗雞」「灰花娥」「灰蟬」，頭部灰色有紅斑，腹部紅色，翅膀細長。乾蟲尸可入中藥，有通經、活血作用。

**紅粉** ㄏㄨㄥˊ ㄈㄣˇ ①化妝用的脂粉。②指稱婦女，如「紅粉知己」。

**紅茶** ㄏㄨㄥˊ ㄔㄚˊ 茶葉經過許多次焙晒，沏出來的茶水顏色紅而比較釅，這種茶葉叫紅茶，對綠茶說的。

**紅眼** ㄏㄨㄥˊ ㄧㄢˇ ①發怒、憤怒起來。②历因羨慕而妒忌。也說是「眼紅」。③染患急性結膜炎，眼白充血發紅，俗稱「紅眼」。

**紅蛋** ㄏㄨㄥˊ ㄉㄢˋ 用顏料染紅的煮熟的雞蛋，民間習俗生孩子的人家用來分送給親友。

**紅袖** ㄏㄨㄥˊ ㄒㄧㄡˋ 図指婦女紅色的衣袖。也代指美女。如「紅袖添香」。

**紅斑** ㄏㄨㄥˊ ㄅㄢ 紅色的斑點，一般指皮膚上所顯出的病態紅斑。

**紅棗** ㄏㄨㄥˊ ㄗㄠˇ ①熟透色紅的鮮果棗兒。②半乾的紅色棗兒，作菜肴等食品材料用，一般認為有益於滋補身體。

**紅牌** ㄏㄨㄥˊ ㄆㄞˊ ①紅色的牌子。②足球競賽時裁判對嚴重犯規的運動員的警示牌，出示紅牌，驅逐出場。

**紅痢**(ㄏㄨㄥˊ ㄌㄧˋ) 見「赤痢」。

**紅暈**(ㄏㄨㄥˊ ㄩㄣˋ) 一團中心濃而四周漸淡的紅色。通常指說人害羞或情緒激動時候臉上出現紅暈。

**紅綃**(ㄏㄨㄥˊ ㄒㄧㄠ) 紅色薄綢，通常用作手帕、頭巾或衣服。

**紅腫**(ㄏㄨㄥˊ ㄓㄨㄥˇ) 皮膚發炎的現象。

**紅葉**(ㄏㄨㄥˊ ㄧㄝˋ) 槭、楓等樹葉，到了秋天一經霜就變成紅色，所以叫「紅葉」。

**紅運**(ㄏㄨㄥˊ ㄩㄣˋ) 人的運氣好，機會、境遇都順利得意。

**紅塵**(ㄏㄨㄥˊ ㄔㄣˊ) 道家所說的人間、凡世。

**紅種**(ㄏㄨㄥˊ ㄓㄨㄥˇ) 指膚色紅褐的種族，一般指中南美各國的印第安人。也稱「褐種」。

**紅銅**(ㄏㄨㄥˊ ㄊㄨㄥˊ) 見「銅」。

**紅樓**(ㄏㄨㄥˊ ㄌㄡˊ) 〔文〕女人的住處。白居易詩有「一到紅樓家，愛之看不足」。

**紅潮**(ㄏㄨㄥˊ ㄔㄠˊ) ①面頰忽然泛紅，在喝酒、氣惱等時候常有這現象。②指女人月經。

**紅潤**(ㄏㄨㄥˊ ㄖㄨㄣˋ) 又細又滋潤的樣子，一般指皮膚說。如「這位老人家面色紅潤，顯得很健康」。

**紅盤**(ㄏㄨㄥˊ ㄆㄢˊ) 商業界指春節過後第一天營業所開出的交易價格。

**紅線**(ㄏㄨㄥˊ ㄒㄧㄢˋ) 舊時認為男女婚姻關係的發生，是命中注定，好像冥冥之中有「月下老人的紅線」牽繫似的。

**紅燐**(ㄏㄨㄥˊ ㄌㄧㄣˊ) 燐的一種，用黃燐所製成，無毒，可以造安全火柴。

**紅燒**(ㄏㄨㄥˊ ㄕㄠ) 一種用油、糖、醬油等作料燜熟的烹飪法，使菜肴成黑紅色。如「紅燒蹄髈」。

**紅糖**(ㄏㄨㄥˊ ㄊㄤˊ) 粗製的沙糖。

**紅幫**(ㄏㄨㄥˊ ㄅㄤ) 清朝社會祕密組織「哥老會」的一派，也稱「洪幫」。

**紅薯**(ㄏㄨㄥˊ ㄕㄨˇ) 就是白薯、甘薯、番薯，有的地方也叫山芋、地瓜、紅苕。這種容易繁殖生長的一年生或多年生草本植物，明末清初傳入我國，普遍在各地種植，塊根是好吃充飢的食物，還可以製糖和酒精。

**紅顏**(ㄏㄨㄥˊ ㄧㄢˊ) 〔文〕①指少年。杜甫的詩有「紅顏白面花映肉」。②指美人。如「衝冠一怒為紅顏」。

**紅人(兒)**(ㄏㄨㄥˊ ㄖㄣˊ ㄦ) 指官場上正在走運得勢的人。

**紅角(兒)**(ㄏㄨㄥˊ ㄐㄩㄝˊ ㄦ) ①稱廣受歡迎的名演員。②比喻在社會上或政治上十分活躍，很受人歡迎的人物。「角」也讀作「ㄐㄧㄠˇ」。

**紅封(兒)**(ㄏㄨㄥˊ ㄈㄥ ㄦ) 可以裝上鈔票，用以表示祝賀之意的紅色紙袋。也說「紅包」。

**紅臉(兒)**(ㄏㄨㄥˊ ㄌㄧㄢˇ ㄦ) ①臉上有害羞的樣子。②臉上有生氣的樣子。

**紅毛丹**(ㄏㄨㄥˊ ㄇㄠˊ ㄉㄢ) 一種喬木，高十公尺到十二公尺，原產於馬來西亞，在產地作為果樹栽培。果實卵狀，小雞蛋大小，鮮紅色，外被長軟刺，味酸可口。

**紅外線**(ㄏㄨㄥˊ ㄨㄞˋ ㄒㄧㄢˋ) 也作熱線，物理學名詞。它是在光線以外的輻射線，人的眼睛看不見。它的折射率比各種單色的光小，用稜鏡分析日光時，熱線折射而排列在光譜中紅色部分以外，所以叫「紅外線」。

**紅白事**(ㄏㄨㄥˊ ㄅㄞˊ ㄕˋ) 喜事及喪事。

**紅血球**(ㄏㄨㄥˊ ㄒㄩㄝˋ ㄑㄧㄡˊ) 也作赤血球，見「血球」。

**紅脣族**（ㄏㄨㄥˊ ㄔㄨㄣˊ ㄗㄨˊ） 泛指十幾歲、二十幾歲的女青年。

**紅領巾**（ㄏㄨㄥˊ ㄌㄧㄥˇ ㄐㄧㄣ） 中國大陸的模範少年兒童，在脖子圍上一條紅領巾。

**紅撲撲**（ㄏㄨㄥˊ ㄆㄨ ㄆㄨ） 也作「紅噴噴」。形容臉色紅。如「孩子們紅撲撲的臉，可愛極了」。

**紅綠燈**（ㄏㄨㄥˊ ㄌㄩˋ ㄉㄥ） 交通指揮燈，紅燈停止，綠燈可以通行，黃色燈作為緩衝，用來管理交通。

**紅樹林**（ㄏㄨㄥˊ ㄕㄨˋ ㄌㄧㄣˊ） 生長在熱帶與亞熱帶海濱或河口軟泥沼地的常綠灌木或小喬木林。有五十五種，分布在赤道兩旁的地區。是適應鹽土和沼澤條件的紅樹型植物。臺灣的紅樹林有水筆仔、紅茄苳、海茄苳、五梨跤、細蕊紅樹和欖李等，都具有呼吸根或支柱根。種子可在果實裡萌芽成小苗（這叫「胎萌習性」，俗稱「水筆仔」）之後，脫離母株下墮插入淤泥，或隨潮水到別處，發育成新株。紅樹林是海岸及河口生物食物鏈的養分來源，並且是魚類、貝類、甲殼類及水鳥等野生動物庇護棲息之所，有很重要的實質經濟價值與生態功能作用。

**紅藥水**（ㄏㄨㄥˊ ㄧㄠˋ ㄕㄨㄟˇ） 汞溴紅水溶液的通稱，是常用的塗抹皮膚創傷的消毒藥水。

**紅寶石**（ㄏㄨㄥˊ ㄅㄠˇ ㄕˊ） 也作「紅玉」，結晶是六角柱形，顏色深紅，透明如玻璃。

**紅蘿蔔**（ㄏㄨㄥˊ ㄌㄨㄛˊ ˙ㄅㄛ） 就是「胡蘿蔔」。

**紅黴素**（ㄏㄨㄥˊ ㄇㄟˊ ㄙㄨˋ） 一種紅色鏈絲菌合成的抗生素，藥品是白色或淡黃色結晶，對葡萄球菌、某些鏈球菌、肺炎球菌的感染有療效。

**紅十字會**（ㄏㄨㄥˊ ㄕˊ ㄗˋ ㄏㄨㄟˋ） 國際志願救濟團體之一，救濟各種災害的受難者，救護戰區傷患軍人和居民。一八六四年日內瓦公約規定其所用的標幟是白底加紅十字。

**紅不稜登**（ㄏㄨㄥˊ ˙ㄅㄨ ㄌㄥ ㄉㄥ） 口語上形容紅顏色，含有卑視、不欣賞的意味。

**紅白喜事**（ㄏㄨㄥˊ ㄅㄞˊ ㄒㄧˇ ㄕˋ） 指婚事、喪事、喜慶、哀弔等事情。

**紅光滿面**（ㄏㄨㄥˊ ㄍㄨㄤ ㄇㄢˇ ㄇㄧㄢˋ） 形容人臉色紅潤，身體健壯。也說「滿面紅光」。

**紅衣主教**（ㄏㄨㄥˊ ㄧ ㄓㄨˇ ㄐㄧㄠˋ） 就是「樞機主教」，是天主教羅馬教廷的主教團的成員，穿紅色禮服，所以也叫「紅衣主教」。

**紅杏出牆**（ㄏㄨㄥˊ ㄒㄧㄥˋ ㄔㄨ ㄑㄧㄤˊ） 俗指已婚婦女有外遇。

**紅男綠女**（ㄏㄨㄥˊ ㄋㄢˊ ㄌㄩˋ ㄋㄩˇ） 指裝飾華麗的男女。

**紅花綠葉**（ㄏㄨㄥˊ ㄏㄨㄚ ㄌㄩˋ ㄧㄝˋ） 紅色的花，綠色葉子，形容陪襯得好看合適。

**紅紅綠綠**（ㄏㄨㄥˊ ㄏㄨㄥˊ ㄌㄩˋ ㄌㄩˋ） 形容各種顏色鮮豔好看。如「紅紅綠綠的童裝」。也說「花花綠綠」。

**紅衰綠減**（ㄏㄨㄥˊ ㄕㄨㄞ ㄌㄩˋ ㄐㄧㄢˇ） 指花葉彫零，秋天的一般景色。

**紅得發紫**（ㄏㄨㄥˊ ˙ㄉㄜ ㄈㄚ ㄗˇ） 指某些人特殊走運得勢。如「許先生是公司裡紅得發紫的人物」。

**紅瘦綠肥**（ㄏㄨㄥˊ ㄕㄡˋ ㄌㄩˋ ㄈㄟˊ） 形容植物的紅花漸謝，綠葉茂盛。語出李清照詞的「綠肥紅瘦」。

**紅牆綠瓦**（ㄏㄨㄥˊ ㄑㄧㄤˊ ㄌㄩˋ ㄨㄚˇ） 塗刷成紅色的外牆，綠色琉璃瓦屋頂；指宮廷或官宦富貴人家宅第的建築。

**紅顏薄命**（ㄏㄨㄥˊ ㄧㄢˊ ㄅㄛˊ ㄇㄧㄥˋ） 嘆息漂亮女人其命運卻不好。

**紅鸞星動**（ㄏㄨㄥˊ ㄌㄨㄢˊ ㄒㄧㄥ ㄉㄨㄥˋ） 通常說婚姻事近。（星相家迷信說天上紅鸞星主掌人間婚姻喜事。）

**紅外線攝影**（ㄏㄨㄥˊ ㄨㄞˋ ㄒㄧㄢˋ ㄕㄜˋ ㄧㄥˇ） 利用紅外線作為光源的一種攝影方法，所用的感光片是用能吸收紅外線波長的菁類染料增感而成。紅外線攝影廣泛應用在醫學診斷、考古研究和司法鑑定等方面。

**紅粉贈佳人** ㄏㄨㄥˊ ㄈㄣˇ ㄗㄥˋ ㄐㄧㄚ ㄖㄣˊ 與「寶劍呈義士」的意義相似，指贈物與受贈者的身分相配，情況洽合。「紅粉」指婦女化妝用的胭脂與白粉。

**紅花還得綠葉陪** ㄏㄨㄥˊ ㄏㄨㄚ ㄏㄞˊ ㄉㄟˇ ㄌㄩˋ ㄧㄝˋ ㄆㄟˊ 指說事情不能單有主體，要有副體陪襯；辦事不宜全仗主角，配角也很重要。

## 紀

ㄐㄧˇ ㈠図古時稱清理絲縷叫紀。㈡記載。如「紀實」「紀錄」。㈢古時候把十二年算是一紀。如「增壽一紀」。現在說一百年是一個「世紀」。㈣規矩，法度。如「紀律」「軍風紀」。㈤年歲。如「年紀」。㈥史書上專記帝王的傳記叫紀。〈史記〉有「高帝本紀」。㈦地質學名詞。地質的時代分三個等級，第二等級叫「紀」(Period)。如古生代有寒武紀、奧陶紀等。㈧姓。又讀 ㄐㄧˋ。

**紀元** ㄐㄧˋ ㄩㄢˊ ①紀事年度的起始。*1.* 我國古時以新皇上就位第二年為紀元。*2.* 現在以民國成立那年為紀元。又稱建元。*3.* 西洋以耶穌誕生那年為紀元。又稱西元或公元。*4.* 日本、韓國各有它的紀元。②開始；新的開始。見「新紀元」。

**紀年** ㄐㄧˋ ㄋㄧㄢˊ 以年代為中心的一種編史方法。

**紀行** ㄐㄧˋ ㄒㄧㄥˊ 図旅行的記載。

**紀事** ㄐㄧˋ ㄕˋ 記載事情、事跡或史實，也指稱記載事情，事跡或史實的文字。

**紀念** ㄐㄧˋ ㄋㄧㄢˋ ①思念不忘。②紀念品。

**紀律** ㄐㄧˋ ㄌㄩˋ ①政令法律。②軍隊的法紀，也泛作「規律」的意思。

**紀要** ㄐㄧˋ ㄧㄠˋ 記錄要點，也指稱記錄要點的文字（這種文字常常以「紀要」作文題）。如「假期活動紀要」。通常也寫成「記要」。

**紀實** ㄐㄧˋ ㄕˊ 記載事實，也指記載事實的文字（這種文字常常以「紀實」作文題）。如「工廠落成紀實」。

**紀綱** ㄐㄧˋ ㄍㄤ 図①法度。〈禮記・樂記〉有：「然後聖人作，為父子君臣，以為紀綱。」②治理。〈國語・晉語〉：「此大夫管仲之所以紀綱齊國……。」③管理；也代指僕人。〈左傳〉有：「秦伯送衛於晉三千人，實紀綱之僕。」

**紀錄** ㄐㄧˋ ㄌㄨˋ 記載。也作「記錄」。

**紀念日** ㄐㄧˋ ㄋㄧㄢˋ ㄖˋ 有大事可以永留紀念的日子。

**紀念冊** ㄐㄧˋ ㄋㄧㄢˋ ㄘㄜˋ 讓人題寫文字留作紀念的小冊子。

**紀念品** ㄐㄧˋ ㄋㄧㄢˋ ㄆㄧㄣˇ 表示紀念的物品。

**紀念章** ㄐㄧˋ ㄋㄧㄢˋ ㄓㄤ 表示紀念某種事件的徽章。

**紀念碑** ㄐㄧˋ ㄋㄧㄢˋ ㄅㄟ 為了紀念重要事項或人物而建立的石碑。

**紀傳體** ㄐㄧˋ ㄓㄨㄢˋ ㄊㄧˇ 我國史書的一種寫法，主要以人物傳記為中心而敘述當時的史實。紀傳體創始於漢朝司馬遷的〈史記〉，對歷代帝王寫作「本紀」，對其他人物寫成「列傳」，因而稱之為「紀傳體」。

**紀錄片** ㄐㄧˋ ㄌㄨˋ ㄆㄧㄢˋ 特別拍攝真實情況和實際事態的影片。

**紀事本末體** ㄐㄧˋ ㄕˋ ㄅㄣˇ ㄇㄛˋ ㄊㄧˇ 我國史書的一種撰寫體裁，以重要事件為敘述綱目，把事件自始至終記載出來，所以稱之為「紀事本末體」。紀事本末體的史書創始於南宋袁樞的〈通鑑紀事本末〉。

**紃** 図ㄒㄩㄣˊ圓形像繩的「帶子」。

**紂** ㄓㄡˋ㈠靷在駕車的馬的腹部的皮帶。㈡商朝最後一個帝王的諡號，文言裡是「殘忍無義」的意思。

**紉** ㄖㄣˋ㈠縫補衣服。如「縫紉」。㈡穿針叫「紉針」。陸游〈離家示妻子〉「婦憂衣裳薄，紉線重敷綿」。㈢図欽佩感服叫「感紉」。

**紉佩** ㄖㄣˋ ㄆㄟˋ 図感激佩服。同「感佩」。

**紈** ㄨㄢˊ㈠輕細的白絹。有一種絹扇子就叫「紈扇」。㈡見「紈袴」。

**紈袴** ㄨㄢˊ ㄎㄨˋ 出身富貴卻不知人生甘苦的富家子弟，叫「紈袴子弟」，也作「紈袴子」。

**紆** 図ㄩ㈠彎曲迴繞。如「雲棧縈紆登劍閣」。㈡心頭鬱結，不暢快。〈楚辭〉有「志紆鬱其難釋」。

**紆曲** ㄩ ㄑㄩ 図曲折。

**紆徐** ㄩ ㄒㄩˊ 図①遲緩從容的樣子。②山川彎曲的樣子。

**紆迴** ㄩ ㄏㄨㄟˊ 曲折回旋，不是徑直通達。常寫作「迂迴」。

**紆朱拖紫** ㄩ ㄓㄨ ㄊㄨㄛ ㄗˇ 図比喻地位顯貴。紆：繫結。朱、紫是繫官印用的紅色與紫色絲帶（印綬）。拖：下垂。顯貴者在服裝上各自佩帶著印綬。

**紆朱懷金** ㄩ ㄓㄨ ㄏㄨㄞˊ ㄐㄧㄣ 図指做了大官，比喻顯貴者。紆：繫結。朱：繫官印的紅色絲帶（印綬）。懷：懷藏，揣著。金：指金印（官印）。

**紆青拖紫** ㄩ ㄑㄧㄥ ㄊㄨㄛ ㄗˇ 図形容聲勢顯赫。紆：繫結；拖：下垂。青、紫：繫官印的青色或紫色綬帶。漢制，公侯紫綬，九卿青綬。參看「紆朱拖紫」。

**紆尊降貴** ㄩ ㄗㄨㄣ ㄐㄧㄤˋ ㄍㄨㄟˋ 図貶抑尊貴的地位，謙卑自處。

**約** ▲ㄩㄝ㈠管束，限制。如「約束」「約法三章」。㈡共同訂立、遵守的條款。如「契約」「條約」。㈢預先說好的事。如「有約在先」「失約」。㈣預先說好。如「預約」「約定」。㈤邀請。如「約他來講演」。㈥儉省。如「節約」「儉約」。㈦図貧窮。〈論語〉有「不可以久處（ㄔㄨˇ）約」。㈧大略，大概。如「大約」「約略」。㈨模糊，不十分清楚的。如「隱約」。▲ㄧㄠ用秤稱東西。如「約約看，有多（ㄉㄨㄛ）重」。也作「邀」。

**約分** ㄩㄝ ㄈㄣ 分數的分母分子，同用一個數去除使它變小，叫「約分」。

**約同** ㄩㄝ ㄊㄨㄥˊ 邀約偕同。

**約束** ㄩㄝ ㄕㄨˋ ①管束。如「小孩子該約束，不要讓他太頑皮」。②受契約限制。

**約見** ㄩㄝ ㄐㄧㄢˋ 預先約定會見的時間與場合。

**約制** ㄩㄝ ㄓˋ 約束。

**約定** ㄩㄝ ㄉㄧㄥˋ 彼此商量同意的決定。如「我們約定中午會面」。

**約法** ㄩㄝ ㄈㄚˇ ①政府制定一種法律，跟民眾相要約。〈史記〉說漢高祖入關，「與父老約法三章」。②國家憲法制訂以前，由議會制定讓政府跟民眾相約共守的根本法。

**約計** ㄩㄝ ㄐㄧˋ 大概計算。

**約略** ㄩㄝ ㄌㄩㄝˋ 大概。

**約莫** ㄩㄝ ㄇㄛˋ 莫字輕讀。估計、大概的意思；也作「約摸」。

**約期** ㄩㄝ ㄑㄧˊ ①約定時間。②約定的日期。

**約集** ㄩㄝ ㄐㄧˊ 也就是「邀集」，約請人聚到一起。如「約集大家見面商量」。

**約會** ㄩㄝ ㄏㄨㄟˋ ①事先約定的聚會。②邀集，約請。

**約數** ㄩㄝ ㄕㄨˋ ①大約的數目。②甲數可以整除乙數，如2、3、4、6可以整除12，甲數就是12的約數，乙數12是2、3、4、6的倍數。

**約談** ㄩㄝ ㄊㄢˊ 預先約定會談。

**約請** ㄩㄝ ㄑㄧㄥˇ 邀請。

**約據** ㄩㄝ ㄐㄩˋ 泛指因處理事務所簽訂的合同、契約等憑據。

**約翰牛** ㄩㄝ ㄏㄢˋ ㄋㄧㄡˊ 例是「英國」或「英國人」的綽號。（是英語 John Bull 的譯詞，「約翰」是 John 的音譯，「牛」是 Bull 的意譯。全詞也譯作「約翰勃爾」。）漫畫家所畫約翰牛，是戴著高頂帽，穿燕尾服，褲管塞在長筒靴內，背心是英國國旗。

**約定俗成** ㄩㄝ ㄉㄧㄥˋ ㄙㄨˊ ㄔㄥˊ 名物法則等成了社會習用或公認的。

**約法三章** ㄩㄝ ㄈㄚˇ ㄙㄢ ㄓㄤ 泛指制定較簡略的法規或訂立簡單的條款。參看「約法」①。

## 四筆

**紕** ▲ㄆㄧ 見「紕漏」「紕繆」等條。▲図 ㄆㄧ 衣服上緄的邊兒。如「縞冠（ㄍㄨㄢ）素紕」。

**紕漏** ㄆㄧ ㄌㄡˋ 疏忽錯誤。

**紕繆** ㄆㄧ ㄇㄧㄡˋ 図錯誤。

**紛** ㄈㄣ ㈠雜亂，混雜。如「紛紛」。㈡爭執。如「排難解紛」。㈢多。如「紛紜」。

**紛冗** ㄈㄣ ㄖㄨㄥˇ 図繁雜煩忙。如「雜事紛冗，連日不得閒暇」。

**紛歧** ㄈㄣ ㄑㄧˊ 混亂不一致。

**紛爭** ㄈㄣ ㄓㄥ 糾紛爭執。

**紛紛** ㄈㄣ ㄈㄣ ①多而且亂的樣子。如「大家紛紛爬起，向外衝出」。②形容雨絲連綿細密的樣子。杜牧〈清明詩〉有「清明時節雨紛紛」。

**紛紜** ㄈㄣ ㄩㄣˊ 図既多又雜。如「聚訟紛紜」。

**紛亂** ㄈㄣ ㄌㄨㄢˋ 雜亂。

**紛雜** ㄈㄣ ㄗㄚˊ 多而且亂。

**紛擾** ㄈㄣ ㄖㄠˇ 混亂的樣子。

**紛至沓來** ㄈㄣ ㄓˋ ㄊㄚˋ ㄌㄞˊ 図絡繹不絕地紛紛而來。

**紛紅駭綠** ㄈㄣ ㄏㄨㄥˊ ㄏㄞˋ ㄌㄩˋ 図形容花葉繁盛飄動的樣子。

**紡** ㄈㄤˇ ㈠一種柔軟而仔密的絲織品，叫「紡綢」。㈡將絲、麻、棉等抽成紗線。如「紡紗」「紡棉花」。

**紡車** ㄈㄤˇ ㄔㄜ 舊式的紡紗器具。

**紡紗** ㄈㄤˇ ㄕㄚ 紡㈡。

**紡綢** ㄈㄤˇ ㄔㄡˊ 一種平紋絲織品，用生絲織成，綢料細軟，適宜做夏季服裝。

**紡織** ㄈㄤˇ ㄓ 紡紗和織布。

**紡錘（兒）** ㄈㄤˇ ㄔㄨㄟˊ ㄦ 兩端細而中部粗的木製或鐵製的紡紗用具。

**紡織品** ㄈㄤˇ ㄓ ㄆㄧㄣˇ 用棉、麻、絲、毛等纖維原料，經過紡織加工之後製成的布帛綢緞等各種工業產品。

**紡織娘** ㄈㄤˇ ㄓ ㄋㄧㄤˊ 一種昆蟲，善於跳躍，身大頭小，在山野草地生長，雄性前翅部位有發音器官，發出像紡車轉動的聲音。

**紡織廠** ㄈㄤˇ ㄓ ㄔㄤˇ 紡紗織布的工廠。

**紡織機** ㄈㄤˇ ㄓ ㄐㄧ 新式的紡棉成紗的機器。

# 納

ㄋㄚˋ ㈠收，進來。如「出納」「交納」。㈡交，獻。如「納稅」「納糧」。㈢接受。如「請你採納我的意見」「薄禮四色，敬請笑納」。㈣交結。如「納交」。㈤享受。如「納涼」「在家納福」。㈥忍住。如「納著性子」「納著氣兒」。㈦縫紉法的一種，像「納鞋底」。

**納入** ㄋㄚˋ ㄖㄨˋ 放進（到某種範圍、情況）去，收進（錢財、物件等）去，歸類到（某種觀念、類別、性質等）裡面去。

**納交** ㄋㄚˋ ㄐㄧㄠ 〔文〕結為朋友。

**納降** ㄋㄚˋ ㄒㄧㄤˊ 接受敵人的投降。

**納涼** ㄋㄚˋ ㄌㄧㄤˊ 乘涼。

**納悶** ㄋㄚˋ ㄇㄣˋ 發悶。

**納款** ㄋㄚˋ ㄎㄨㄢˇ 〔文〕向敵軍輸誠投降。款是誓詞。

**納稅** ㄋㄚˋ ㄕㄨㄟˋ 交納賦稅，是國民的一種義務。

**納賄** ㄋㄚˋ ㄏㄨㄟˋ 〔文〕①受賄。②行賄。

**納福** ㄋㄚˋ ㄈㄨˊ 享福。

**納粹** ㄋㄚˋ ㄘㄨㄟˋ 〔外〕德語 Nazi 的音譯，指從前由希特勒領導組成的國家社會黨的黨員或支持者。德國國社黨的法西斯主義（Fascism），主張工業國家化，反共產主義與反猶太主義，主張德國在世界權力之中的優越性。

**納諫** ㄋㄚˋ ㄐㄧㄢˋ 接受臣屬或晚輩的規勸進諫。

**納寵** ㄋㄚˋ ㄔㄨㄥˇ 〔文〕從前指納妾，討小老婆，也作「納小」。

**納罕（兒）** ㄋㄚˋ ㄏㄢˇ ㄦ 驚異的意思。

**納悶兒** ㄋㄚˋ ㄇㄣˋ ㄦ 心裡懷疑。

# 紐

ㄋㄧㄡˇ ㈠〔文〕器物上面可以提起的部分。如「印紐」。㈡見「紐扣」「紐襻兒」。㈢姓。

**紐扣** ㄋㄧㄡˇ ㄎㄡˋ 衣服上可以扣起的紐結。現在用的紐扣不用布做，「紐」常作「鈕」。

**紐襻（兒）** ㄋㄧㄡˇ ㄆㄢˋ ㄦ 舊式衣服上用布條縫的結跟扣子，用來扣住衣襟的。

# 紘

〔文〕ㄏㄨㄥˊ ㈠從帽子兩邊垂下可以在下巴頦兒位置繫緊的帶子。㈡通「宏」「弘」，廣大的意思。

# 級

ㄐㄧˊ ㈠有形的層次。如「登上石級」「拾（ㄕㄜˋ）級而上」。㈡等次。如「甲級」「高級」。㈢學校的班次。如「三年級」。㈣「首級」的簡稱。

**級任** ㄐㄧˊ ㄖㄣˋ 在國民小學負責一個班級的課程並照顧學生在校生活的教師。對「科任」而言。

**級別** ㄐㄧˊ ㄅㄧㄝˊ ①物料、產品等級的區別。②學校班級的區別。

**級配** ㄐㄧˊ ㄆㄟˋ 指稱建築方面水泥裡砂和石子等按顆粒粗細的分級和搭配，恰當的級配可以得到良好的建築成果，減少建築工程材料的耗費。

**級數** ㄐㄧˊ ㄕㄨˋ 數列的各項的和叫做級數。例如 1+2+4+8+16 …… 就是數列 1,2,4,8,16 …… 的級數。等差數列各項的和是等差級數，等比數列各項的和是等比級數。

**級職** ㄐㄧˊ ㄓˊ 官階與職務。

# 紙（帋）

ㄓˇ ㈠用人工或機器所製造，供書畫、印刷、包裹用的，原料大都是植物的纖維質。紙是我國東漢蔡倫發明的。有了它，人類文化才能蓬勃的發展。㈡量詞。張數。如「房契一紙」。

**紙工** ㄓˇ ㄍㄨㄥ 紙製品的手工藝，也指稱擅長紙製品手工藝的人。

**紙版** ㄓˇ ㄅㄢˇ ①厚硬的紙張。②印刷廠排好版以後，把紙放在版上，壓出鉛字的字形，叫「紙版」，也叫「紙型」。在紙版上倒鉛液作成鉛版，可以放在印刷機上印刷。

**紙型** ㄓˇ ㄒㄧㄥˊ 澆鑄印刷用鉛版的紙製模版，是用特製的紙張覆蓋在活字版或其他原版上壓製成陰文的模版，澆鑄鉛版印刷之用；另也有用塑膠壓製的紙型。

**紙背** ㄓˇ ㄅㄟˋ 紙的反面。如「力透紙背」。

**紙張** ㄓˇ ㄓㄤ 紙的最小單位名，在零售時論張的，所以叫「紙張」。

**紙紮** ㄓˇ ㄗㄚ 用竹子或鐵絲做成骨架，外面糊紙紮製的小型房舍、車輛和種種器物用品。是用來燒給亡魂享用的。

**紙條** ㄓˇ ㄊㄧㄠˊ ①便條。②切割成長條的紙。

**紙牌** ㄓˇ ㄆㄞˊ 紙製的一種賭具。

**紙煙** ㄓˇ ㄧㄢ 煙也作菸。用薄紙把切碎的煙葉捲為筒形的。也說成「捲煙」「煙捲兒」「香煙」。

**紙幣** ㄓˇ ㄅㄧˋ 代替硬幣流通在社會上的信用證券。俗稱「鈔票」。

**紙鳶** ㄓˇ ㄩㄢ 風箏的別稱。

**紙廠** ㄓˇ ㄔㄤˇ 造紙的工廠。

**紙彈** ㄓˇ ㄉㄢˋ 用火炮發射含有心理作戰目的的印刷品到敵方陣地，或是空投到敵軍後方，這些印刷品或傳單都稱紙彈。

**紙漿** ㄓˇ ㄐㄧㄤ 造紙的原料用化學方法處理完成的纖維漿液，用以造紙。

**紙頭** ㄓˇ ㄊㄡˊ [方]紙。

**紙尿布** ㄓˇ ㄋㄧㄠˋ ㄅㄨˋ 用紙做成有吸收水分作用的尿布。用在嬰兒或排泄方面有問題的成人。

**紙捻兒** ㄓˇ ㄋㄧㄢˇ ㄦ 用黃草紙搓成的繩索狀物；抽水煙用的也叫「紙煤兒」。

**紙船兒** ㄓˇ ㄔㄨㄢˊ ㄦ 用紙摺成的船形，放在水裡漂流，是兒童的遊戲。

**紙錢兒** ㄓˇ ㄑㄧㄢˊ ㄦ 把紙剪成或印刷成錢幣狀，祭鬼神時燒化的。

**紙上談兵** ㄓˇ ㄕㄤˋ ㄊㄢˊ ㄅㄧㄥ 文字上不合實際的空談。

**紙短情長** ㄓˇ ㄉㄨㄢˇ ㄑㄧㄥˊ ㄔㄤˊ 一般用在書信末尾，表示懷念的心情無法用簡短的敘寫表達得完。也作「情長紙短」。

**紙貴洛陽** ㄓˇ ㄍㄨㄟˋ ㄌㄨㄛˋ ㄧㄤˊ [文]也作「洛陽紙貴」，是著作風行的意思。

**紙糊老虎** ㄓˇ ㄏㄨˊ ㄌㄠˇ ㄏㄨˇ 比喻只有威勢而沒有實力。也簡稱「紙老虎」。

**紙醉金迷** ㄓˇ ㄗㄨㄟˋ ㄐㄧㄣ ㄇㄧˊ 白亮的窗紙與金器的華美令人迷醉，形容光彩奪目的環境；一般用來比喻驕奢豪華的享樂生活。也作「金迷紙醉」。

**紙包不住火** ㄓˇ ㄅㄠ ㄅㄨˋ ㄓㄨˋ ㄏㄨㄛˇ 不字輕讀。比喻事情一做就無法隱瞞，通常用以勸誡人要審慎思考，不要做壞事。

## 紖

[文]ㄓㄣˋ 拴牛的繩子。又讀ㄧㄣˋ。

## 純

▲ㄔㄨㄣˊ ㈠專一不雜。如「毛色純白」「純潔」。㈡最真誠的。如「純愛」「純孝」。㈢充分的，高度的。如「純熟」。▲[文]ㄓㄨㄣˇ 衣服、鞋帽上的緄邊。

**純一** ㄔㄨㄣˊ ㄧ 單一，不蕪雜。

**純水** ㄔㄨㄣˊ ㄕㄨㄟˇ 純潔的、不含雜質的、沒受到汙染的水。

**純正** ㄔㄨㄣˊ ㄓㄥˋ 純粹而正當。

**純白** ㄔㄨㄣˊ ㄅㄞˊ ①完全白色。②（「白」又讀ㄅㄛˊ）指人心懷坦白。

**純色** ㄔㄨㄣˊ ㄙㄜˋ 單純的顏色，不是雜色。

**純利** ㄔㄨㄣˊ ㄌㄧˋ 商店年終結算，除去所有開支，實際所得的盈餘，叫「純利」。也叫「純益」。

**純孝** ㄔㄨㄣˊ ㄒㄧㄠˋ 篤孝，至誠的孝行。

**純良** ㄔㄨㄣˊ ㄌㄧㄤˊ 指人心地純潔善良。

**純金** ㄔㄨㄣˊ ㄐㄧㄣ 不混雜質的金。

**純厚** ㄔㄨㄣˊ ㄏㄡˋ 同「淳厚」。

**純品** ㄔㄨㄣˊ ㄆㄧㄣˇ 純粹的品質，毫無假冒羼雜的精品。

**純度** ㄔㄨㄣˊ ㄉㄨˋ 物質精純（不含雜質）的程度。含雜質越少的，純度越高。

**純美** ㄔㄨㄣˊ ㄇㄟˇ 純正美好。如「美好的生活是孕育自純美的教育背景」。

**純真** ㄔㄨㄣˊ ㄓㄣ 純潔真摯，毫無虛假欺詐。

**純情** ㄔㄨㄣˊ ㄑㄧㄥˊ 純潔誠摯的感情。

**純淨** ㄔㄨㄣˊ ㄐㄧㄥˋ 純粹而潔淨。

**純然** ㄔㄨㄣˊ ㄖㄢˊ 副詞，指說原由、事理並無複雜因素而係單純如此。如「這純然是個人主觀的看法」。

**純稚** ㄔㄨㄣˊ ㄓˋ 純潔而天真幼稚。

**純嘏** ㄔㄨㄣˊ ㄍㄨˇ （文）大福。常作祝頌用辭。如「錫爾純嘏，子孫其湛」。

**純種** ㄔㄨㄣˊ ㄓㄨㄥˇ 從同一個品種、種族世代傳衍下來的，沒有其他品種、種族的生殖關係混雜其間。與「雜種」相對稱。

**純粹** ㄔㄨㄣˊ ㄘㄨㄟˋ ①純正不雜。也作「醇粹」。②完全。如「那次吵架，純粹是他的錯」。

**純銀** ㄔㄨㄣˊ ㄧㄣˊ 不混雜質的白銀。

**純摯** ㄔㄨㄣˊ ㄓˋ 純潔懇摯。如「友情純摯」。

**純潔** ㄔㄨㄣˊ ㄐㄧㄝˊ 心地真純潔白，沒有一點邪念。

**純熟** ㄔㄨㄣˊ ㄕㄡˊ 非常熟練。常指技藝。

**純樸** ㄔㄨㄣˊ ㄆㄨˊ 非常樸實。

**純篤** ㄔㄨㄣˊ ㄉㄨˇ （文）純樸敦厚。

**純謹** ㄔㄨㄣˊ ㄐㄧㄣˇ （文）純樸謹慎。如「為人純謹」。

**純懿** ㄔㄨㄣˊ ㄧˋ （文）純：大，懿：美。指高尚完美的德行。常作頌贊用辭。

**純小數** ㄔㄨㄣˊ ㄒㄧㄠˇ ㄕㄨˋ 整數部分是零的小數。如零點三二五（0.325）、負零點二六八七（-0.2687）。

**純文學** ㄔㄨㄣˊ ㄨㄣˊ ㄒㄩㄝˊ 指詩歌小說戲劇等，是對雜文學說的。

## 紗

ㄕㄚ ㈠棉花紡成的細縷，撚成線可以織布。如「棉紗」。㈡輕軟細薄的絲織品，像「羽紗」「麻紗」。㈢稀疏得像紗布的類似織物，像「尼龍窗紗」「銅紗」等。

**紗布** ㄕㄚ ㄅㄨˋ 用棉紗織成的稀鬆的布料，主要是消毒以後，用來包紮外傷的。

**紗門** ㄕㄚ ㄇㄣˊ 房門只作成四框，中間鋪釘鐵紗或尼龍紗，便於通風。

**紗帽** ㄕㄚ ㄇㄠˋ 古時做官的人或貴人所戴的帽子。也用來比喻「官職」。

**紗廠** ㄕㄚ ㄔㄤˇ 紡紗線的工廠。

**紗燈** ㄕㄚ ㄉㄥ 燈籠的骨架上糊上薄紗的。

**紗錠** ㄕㄚ ㄉㄧㄥˋ 紡紗的錠錘，紗廠用來計算生產的數量。

**紗櫥** ㄕㄚ ㄔㄨˊ 有紗布、紗網裝置以防止蟲蠅侵入的櫃櫥。

**紗籠** ㄕㄚ ㄌㄨㄥˊ 外（馬來語 Sarong 的音譯）馬來群島、斯里蘭卡和印度居民所穿的長條布製成的裙式長衫，也指稱做這種裙式長衫的長方形的布，通常印有鮮明的彩色。馬來語的原意是護套、女子緊身衣、覆蔽物。另有譯作「沙籠」「莎籠」「薩拉方」的。

**紗窗（兒）** ㄕㄚ ㄔㄨㄤ 窗框上鋪釘尼龍窗紗，便於透氣。

**紗罩（兒）** ㄕㄚ ㄓㄠˋ ①遮蓋食物免得招蒼蠅的罩子。用竹木或粗鐵絲做骨架，鋪上薄紗。②用在煤氣燈或揮發油燈上，用亞麻等纖維編成的網狀罩子。在硝酸釷跟硝酸鈽的濃液裡浸透，取出晾乾，裝在燈上，遇熱會發出強光。

**紗罩燈** ㄕㄚ ㄓㄠˋ ㄉㄥ 利用紗罩②的煤氣燈或揮發油燈，也可叫「汽油燈」「白熱燈」。

# 紓

文ㄕㄨ 緩和，解除。如「紓禍」「紓難（ㄋㄢˋ）」。

**紓困** ㄕㄨ ㄎㄨㄣˋ 文解除困苦。

**紓禍** ㄕㄨ ㄏㄨㄛˋ 文緩和（ㄏㄜˊ）禍患。

**紓難** ㄕㄨ ㄋㄢˋ 文解除危難。

# 紝（絍）

文ㄖㄣˋ ㈠紡織機上的線。㈡紡織。㈢同「紉」㈡。如「紝針尖」。又讀ㄖㄣ。

# 素

ㄙㄨˋ ㈠文白色的生絹。如「縑素」「素絲」。㈡白色的。如「素車白馬」。㈢喪服。如「縞素」「素服」。㈣本來的。如「素性」「素質」。㈤事物的基本性質。如「元素」「因素」。㈥平常，向來。如「平素」「素昧平生」。㈦樸質，不裝飾的。如「素淨」「樸素」。㈧蔬食（不包括蔥、蒜、韭）。如「吃素」「素席」。㈨經常累積起來的。如「研究有素」「訓練有素」。㈩沒錢。如「東西很好，可惜自己手頭兒素」。⑪文見「尸位素餐」。⑫文空虛的。如「素王」。⑬文通「夙」。如「素志」「素願」。

**素子** ㄙㄨˋ ㄗˇ 同「嗉子」「酒嗉子」。一種盛酒的器皿，錫製或瓷器，像瓶子，但底大、頸細長。

**素友** ㄙㄨˋ ㄧㄡˇ 文也作「素交」。①舊友。②情誼純潔的朋友。

**素心** ㄙㄨˋ ㄒㄧㄣ 文①心地純潔。②本心，素願。如「素心所向，不敢或忘」。

**素手** ㄙㄨˋ ㄕㄡˇ ①潔白的手（詩文裡指稱女子的手）。②空手。〈西遊記〉有「貧僧素手進拜，怎麼敢勞賜齋」。

**素日** ㄙㄨˋ ㄖˋ 平日。

**素月** ㄙㄨˋ ㄩㄝˋ 文皎月，光潔的明月。

**素王** ㄙㄨˋ ㄨㄤˊ 文有王者的道德而沒有王者的權位，以往用以稱孔子。〈莊子〉書有「以此處（ㄔㄨˇ）下，玄聖素王之道也」。

**素行** ㄙㄨˋ ㄒㄧㄥˋ 文平時的品行。如「素行不端」。

**素衣** ㄙㄨˋ ㄧ 白色衣服。

**素志** ㄙㄨˋ ㄓˋ 文向來的志願。

**素材** ㄙㄨˋ ㄘㄞˊ 文學或藝術方面由累積經驗而來，可供作品內容依據的材料；把素材運用文學或藝術技巧表達出來，成為文藝作品。

**素足** ㄙㄨˋ ㄗㄨˊ 文潔白的腳（詩文裡指稱女子的腳）。

**素來** ㄙㄨˋ ㄌㄞˊ 原來，一向。

**素性** ㄙㄨˋ ㄒㄧㄥˋ 本性。

**素昔** ㄙㄨˋ ㄒㄧˊ 素來，往常。如「崑曲是他素昔所喜好的」。

**素服** ㄙㄨˋ ㄈㄨˊ 喪服。

**素油** ㄙㄨˋ ㄧㄡˊ 統稱食用的植物油。跟「葷油」相對稱。

**素知** ㄙㄨˋ ㄓ 図①素來知曉。如「素知潮汐有誠信」。②平素相知，可與「素友」「素交」通用。

**素封** ㄙㄨˋ ㄈㄥ 図指沒有官爵封邑而擁有資財的富人。

**素食** ㄙㄨˋ ㄕˊ ①図光吃飯不做事；只拿薪水不工作。也作「素餐」。②指只吃素菜，不吃葷菜。

**素席** ㄙㄨˋ ㄒㄧˊ 全是素菜的酒席。

**素書** ㄙㄨˋ ㄕㄨ 図①指書信（因為古人書信寫在白絹上）。②古兵書名，舊題黃石公撰，宋張商英注，疑係張商英依託之作。

**素酒** ㄙㄨˋ ㄐㄧㄡˇ ①指就著素菜喝酒，不配葷菜。②方指素席說。

**素常** ㄙㄨˋ ㄔㄤˊ 平日，平常。

**素淡** ㄙㄨˋ ㄉㄢˋ ①素淨雅淡。通常指衣著裝飾或居室布置。②指說飲食口味較淡，不喜葷腥濃重的口味。

**素淨** ㄙㄨˋ ㄐㄧㄥˋ 淨字輕讀。①顏色或裝飾不濃豔。②味道清淡不油膩。

**素習** ㄙㄨˋ ㄒㄧˊ ①平素的習慣。如「素習如此，非一朝可變」。②素來學習。如「素習岐黃，乃成名醫」。

**素描** ㄙㄨˋ ㄇㄧㄠˊ ①用單純線條描繪，不加彩色的畫，像墨筆畫、鋼筆畫、炭筆畫等。②文藝作品寫景不十分渲染。

**素絲** ㄙㄨˋ ㄙ 白色的絲或絲織物。

**素菜** ㄙㄨˋ ㄘㄞˋ 沒有肉類，全用蔬菜、麵點，也不用葷油的菜。

**素雅** ㄙㄨˋ ㄧㄚˇ 樸素雅致，指說儀態、風貌、衣著與裝飾布置等方面。

**素裝** ㄙㄨˋ ㄓㄨㄤ ①白色的服裝。②淡雅的衣著裝束。

**素數** ㄙㄨˋ ㄕㄨˋ 就是「質數」。

**素養** ㄙㄨˋ ㄧㄤˇ 平日的修養。

**素質** ㄙㄨˋ ㄓˊ 本質。

**素樸** ㄙㄨˋ ㄆㄨˊ 樸素，簡樸而不加華麗修飾。

**素懷** ㄙㄨˋ ㄏㄨㄞˊ 図素志，素願，素所懷望的。

**素麵** ㄙㄨˋ ㄇㄧㄢˋ 不加雞鴨魚肉的湯麵。

**素願** ㄙㄨˋ ㄩㄢˋ 向來的志願。

**素食店** ㄙㄨˋ ㄕˊ ㄉㄧㄢˋ 賣素食（無葷腥食品）的飲食店。

**素食品** ㄙㄨˋ ㄕˊ ㄆㄧㄣˇ 不涉葷腥的食品。

**素馨花** ㄙㄨˋ ㄒㄧㄣ ㄏㄨㄚ 常綠灌木，也是盆栽植物，簡名「素馨」，又稱「耶悉茗」或「鬢華」，俗名「素心蘭」。花冠長筒狀，白色，有很強的香味；羽狀對生複葉，小葉卵形，畏寒，養在溫室裡，供觀賞。

**素車白馬** ㄙㄨˋ ㄐㄩ ㄅㄞˊ ㄇㄚˇ 図送葬的車馬。常指人死以後的光彩。

**素昧平生** ㄙㄨˋ ㄇㄟˋ ㄆㄧㄥˊ ㄕㄥ 図向來不相認識。

**索** ▲ㄙㄨㄛˇ ㈠粗繩子或粗鐵鍊。如「麻索」「鐵索」。㈡蕭條無趣，寂寞。如「興味索然」。㈢尋找，搜求。如「搜索」「索解」。㈣討取，要。如「函索即寄」「索欠」。㈤図單獨，跟眾人分離的。如「索居」。㈥逕直，是「索性」的省略。如「他索胡鬧起來」。㈦姓。▲ㄙㄨㄛˊ見「索性」。

**索引** ㄙㄨㄛˇ ㄧㄣˇ 將書籍內容要項，摘取排列，標明頁數，便利讀者檢索。也叫「引得」。

**索欠** ㄙㄨㄛˇ ㄑㄧㄢˋ 索取所欠債款。

**索求** ㄙㄨㄛˇ ㄑㄧㄡˊ ①要求，討取。如「如有損失，向肇禍人索求補償」。②尋求、探討。如「努力研究以索求原委」。

**索居** ㄙㄨㄛˇ ㄐㄩ 図離開眾人而獨自居處。如「吾離群而索居」。

**索性** ▲ㄙㄨㄛˇ ㄒㄧㄥˋ 性情耿直。▲ㄙㄨㄛˇ ·ㄒㄧㄥ 直截了當。如「索性把它吃光了」。

**索取** ㄙㄨㄛˇ ㄑㄩˇ 求取，要。

**索然** ㄙㄨㄛˇ ㄖㄢˊ ①寂寞，無趣。如「索然無味。」②図完畢。陸機的賦有「索然已盡」。③図落淚的樣子。〈莊子〉書有「索然出涕」。

**索債** ㄙㄨㄛˇ ㄓㄞˋ 索討債款。

**索解** ㄙㄨㄛˇ ㄐㄧㄝˇ 図尋求解釋。

**索道** ㄙㄨㄛˇ ㄉㄠˋ 用繩索在兩地（多是懸崖、山谷等通達困難的兩地）之間架設的空中運輸通道。

**索寞** ㄙㄨㄛˇ ㄇㄛˋ 図神色頹喪。

**索賠** ㄙㄨㄛˇ ㄆㄟˊ 索取賠償。如「受害人可依法向肇禍人索賠」。

**索橋** ㄙㄨㄛˇ ㄑㄧㄠˊ 兩端之間以鋼架、繩索聯繫作主要承重架構的橋梁。

**索隱** ㄙㄨㄛˇ ㄧㄣˇ 図①尋求事物隱僻深奧的道理。②探求隱蔽的事物真象。

**紋** ㄨㄣˊ ㈠錦繡的花紋。如「錦紋」。㈡東西的皺痕。如「紋路」「指紋」。

**紋理** ㄨㄣˊ ㄌㄧˇ 線條形狀的花紋。如「貝殼上的紋理很美」。

**紋路** ㄨㄣˊ ㄌㄨˋ 指皺痕或花紋。

**紋銀** ㄨㄣˊ ㄧㄣˊ 舊時我國成色最高的銀塊，鑄成馬蹄形，也叫「馬蹄銀」。

**紋絲兒不動** ㄨㄣˊ ㄙ ㄦ ㄅㄨˋ ㄉㄨㄥˋ 一點兒都不移動。也作「文風兒不動」。

**紊** ㄨㄣˋ 雜亂。如「有條不紊」。

**紊亂** ㄨㄣˋ ㄌㄨㄢˋ 雜亂。

**紜** 図ㄩㄣˊ 亂。見「紛紜」。

**紜紜** ㄩㄣˊ ㄩㄣˊ 図形容多而亂。常連用作「紛紛紜紜」。

## 五筆

**絆（靽）** ㄅㄢˋ ㈠勒馬的繩子叫「絆」。㈡腳受到阻礙。如「一跤絆倒在地上」「絆了腳了」。㈢見「羈絆」。

**絆倒** ㄅㄢˋ ㄉㄠˇ 走路時腳部碰到東西，身體失去重心，因而跌倒。

**絆腳** ㄅㄢˋ ㄐㄧㄠˇ 拖累。如「不是因為他絆腳，我早就到國外去了」。

**絆腳石** ㄅㄢˋ ㄐㄧㄠˇ ㄕˊ ①路上的石塊，不小心碰到會跌倒。②比喻使事情失敗的阻障。

**絆手絆腳** ㄅㄢˋ ㄕㄡˇ ㄅㄢˋ ㄐㄧㄠˇ 礙手礙腳。

**紼（綍）** ㄈㄨˊ ㈠大繩子。㈡拖棺材的繩索，送葬叫「執紼」。

**紱** ㄈㄨˊ 「印紱」，繫在印環上的絲繩。

**紿** 図ㄉㄞˋ 欺騙。如「欺紿」。

**紽** ㄊㄨㄛˊ 從前計算成團的絲縷的單位詞，如「今天他給我一紽毛線」。

**統** ㄊㄨㄥˇ ㈠図絲的緒端。㈡事物相繼世代不絕的。如「血統」「傳統」。㈢總攬管理。如「統轄」「統治」。㈣合一。如「統一」「大一統」。㈤共計，全部。如「統共」「統統」。㈥地質學的名詞。地質系統的「岩石系統」分五個等級，第三等級叫「統」(series)。

**統一** ㄊㄨㄥˇ ㄧ ①國家的治權統屬在一個政府之下。②學術思想定於一。〈漢書〉有「學者有所統一」。③不分歧，沒有差別。如「統一價格」。

**統共** ㄊㄨㄥˇ ㄍㄨㄥˋ 總計。

**統制** ㄊㄨㄥˇ ㄓˋ ①全部控制管轄。②對社會經濟事項由國家政府控制管理的政治方式。③從前統掌兵權的武官名，自南宋年代開始；清末陸軍裡的統制相當於今日軍中的師長。

**統治** ㄊㄨㄥˇ ㄓˋ 政府為了維持國家生計和發展，運用治權，來支配領土以及國民的行為。

**統帥** ㄊㄨㄥˇ ㄕㄨㄞˋ ①國家武裝部隊的最高領導人，通常是指國家元首。②同「統率」。

**統括** ㄊㄨㄥˇ ㄍㄨㄚ 包括一切。

**統計** ㄊㄨㄥˇ ㄐㄧˋ ①總括計算。②把同一範圍的事務，分類加以計算，觀察它的演變情形，作比較研究。

**統帶** ㄊㄨㄥˇ ㄉㄞˋ 清朝軍制，巡防營官兼轄二營以上者，稱「統帶」官，也稱「督帶」官；專領一營的武官稱「管帶」。

**統率** ㄊㄨㄥˇ ㄕㄨㄞˋ 統領指揮所屬的部隊。如「統率三軍」。

**統統** ㄊㄨㄥˇ ㄊㄨㄥˇ 全部。

**統稱** ㄊㄨㄥˇ ㄔㄥ 總合起來的名稱、說法。如「動物、植物，統稱生物」。

**統領** ㄊㄨㄥˇ ㄌㄧㄥˇ ①統率，統轄率領。②稱主掌統率權者。③舊時軍官名。

**統鋪** ㄊㄨㄥˇ ㄆㄨˋ 連在一起的床鋪、鋪位。在簡陋的旅舍裡或集體住宿的宿舍裡常有統鋪，或是臨時搭起的統鋪。也說「通鋪」。

**統艙** ㄊㄨㄥˇ ㄘㄤ 客輪上最便宜的旅客寢室。對隔成一間一間的房艙說的。

**統轄** ㄊㄨㄥˇ ㄒㄧㄚˊ 統括管轄一切。

**統籌** ㄊㄨㄥˇ ㄔㄡˊ 統一籌畫，通盤打算。如「這事已經請李經理統籌辦理」。

**統治者** ㄊㄨㄥˇ ㄓˋ ㄓㄜˇ 擁有國家治權，依法管理政府，支配其領土及人民的行為，使政權得以維持及發展的人或集團。

**統計學** ㄊㄨㄥˇ ㄐㄧˋ ㄒㄩㄝˊ 把許多種材料用算式作統計，比較研究它的推移和變化的學術。

**統治階層** ㄊㄨㄥˇ ㄓˋ ㄐㄧㄝ ㄘㄥˊ 指稱統治者所屬的社會階層。

**統計圖表** ㄊㄨㄥˇ ㄐㄧˋ ㄊㄨˊ ㄅㄧㄠˇ 把統計分析的數據用線條圖形或種種繪圖列表的方式所製成的圖表。

## 累

▲ㄌㄟˇ ㈠積聚，增多，加重。如「累積」「日積月累」。㈡負擔。如「家累」。㈢見「拖累」。㈣(文)屢次。如「累次」「累次三番」。

▲ㄌㄟˋ ㈠牽涉。如「連累」。㈡疲勞。如「受累」「勞累」。㈢負債。如「虧累」。㈣請託，央及別人做事的客氣話。如「累你多走一趟」。

▲ㄌㄟˊ ㈠見「累贅」。㈡(文)同「纍」。㈢，綑綁。如「係累」。

**累人** ㄌㄟˋ ㄖㄣˊ 使人勞累。如「抱這孩子真累人」。

**累心** ㄌㄟˋ ㄒㄧㄣ 勞心。

**累犯** ㄌㄟˇ ㄈㄢˋ 指犯罪受過刑以後，再次或連續犯罪的罪犯。

**累次** ㄌㄟˇ ㄘˋ 屢次。

**累年** ㄌㄟˇ ㄋㄧㄢˊ 連年。也說「累歲」。

**累死** ㄌㄟˋ ㄙˇ 形容非常疲勞。

**累卵** ㄌㄟˇ ㄌㄨㄢˇ (文)蛋堆高容易跌破，比喻危險。也作「纍卵」。

**累事**（ㄌㄟˋ ㄕˋ） 勞苦的事。

**累計**（ㄌㄟˇ ㄐㄧˋ） 連以前的數目合併計算，總加起來計算。

**累退**（ㄌㄟˇ ㄊㄨㄟˋ） 依照等級而遞次退減的計算法，與「累進」計算情形相反地逐步退減。

**累累**（ㄌㄟˇ ㄌㄟˇ） ①一次又一次的。②累積的樣子。

**累進**（ㄌㄟˇ ㄐㄧㄣˋ） 依照等級而遞次加多的計算法。以某數為基數，若此數增加，另一相關的數就按等差、等比或其他方式而增加其比值，逐步增加；一般用在稅率計算的規定，按累進稅率課征的稅收叫累進稅。

**累歲**（ㄌㄟˇ ㄙㄨㄟˋ） 連年，連續若干年。

**累積**（ㄌㄟˇ ㄐㄧ） 聚，增多，加重。

**累贅**（ㄌㄟˊ ㄓㄨㄟˋ） 贅字輕讀。也作「累墜」「累堆」。是拖累、麻煩的意思。如「走遠路帶這麼多東西，真是累贅」。

**累進稅**（ㄌㄟˇ ㄐㄧㄣˋ ㄕㄨㄟˋ） 以同一的課稅標準，根據數額的多少，而設各等稅率的徵收方法，分累減稅和累加稅。

**累增字**（ㄌㄟˇ ㄗㄥ ㄗˋ） 一次又一次逐漸增加的字。

**累月經年**（ㄌㄟˇ ㄩㄝˋ ㄐㄧㄥ ㄋㄧㄢˊ） 時間很久了。也作「經年累月」。

**累次三番**（ㄌㄟˇ ㄘˋ ㄙㄢ ㄈㄢ） 一次一次的。如「他這個人經常做這種無聊事，我累次三番勸他，他都不聽」。

**累牘連篇**（ㄌㄟˇ ㄉㄨˊ ㄌㄧㄢˊ ㄆㄧㄢ） 同「連篇累牘」，意思是敘述事情寫的文字太多，篇幅太長。

## 紺

[文]ㄍㄢˋ ㈠織物顏色黑裡透點紅色。㈡佛寺的別稱，叫「紺宇」「紺園」「紺殿」「紺坊」。

## 絅（褧）

[文]ㄐㄩㄥˇ 單的罩袍。〈詩經〉有「衣錦絅衣」。

## 細

ㄒㄧˋ ㈠微小。如「細小」「細雨」。㈡長而不粗。如「細鐵絲」「細高挑兒」。㈢精緻。如「細瓷」「細緻」。㈣心思周密。如「細心」「精打細算」。㈤不重要的，瑣碎的。如「細節」「細事」。㈥見「細作」。

**細小**（ㄒㄧˋ ㄒㄧㄠˇ） 微小。

**細工**（ㄒㄧˋ ㄍㄨㄥ） 精細、細緻的工作。一般指細緻的手工藝工作。

**細心**（ㄒㄧˋ ㄒㄧㄣ） 心思周密。

**細毛**（ㄒㄧˋ ㄇㄠˊ） 指稱縫製寒衣用的水獺皮、狐皮或貂皮等價值高貴的毛皮。

**細火**（ㄒㄧˋ ㄏㄨㄛˇ） 文火，不猛烈的火。

**細巧**（ㄒㄧˋ ㄑㄧㄠˇ） 精細巧妙。

**細布**（ㄒㄧˋ ㄅㄨˋ） 絲縷比較細密平滑的布，與「粗布」（織紋比較粗糙的布）相對稱。

**細民**（ㄒㄧˋ ㄇㄧㄣˊ） [文]小民，老百姓，一般人民。

**細目**（ㄒㄧˋ ㄇㄨˋ） ①小的項目。②詳細的條目。

**細字**（ㄒㄧˋ ㄗˋ） 細小的字跡。

**細行**（ㄒㄧˋ ㄒㄧㄥˊ） [文]小過錯。〈書經〉有「不矜細行，終累大德。」

**細作**（ㄒㄧˋ ㄗㄨㄛˋ） 舊時指軍事偵探。

**細究**（ㄒㄧˋ ㄐㄧㄡˋ） 詳細推究。

**細事**（ㄒㄧˋ ㄕˋ） 瑣碎的小事。

**細雨**（ㄒㄧˋ ㄩˇ） 小雨。

**細則**（ㄒㄧˋ ㄗㄜˊ） 詳細的規則。

**細挑**（ㄒㄧˋ ㄊㄧㄠ） 指身材細長。如「她那細挑的身材，穿起旗袍來，滿好看

「的」。

**細故** ㄒㄧˋ ㄍㄨˋ 不重要的小事。常用來形容引起糾紛的原因。

**細流** ㄒㄧˋ ㄌㄧㄡˊ 図小溪。如「河海不擇細流」。

**細活** ㄒㄧˋ ㄏㄨㄛˊ 精細的工作。也說「細工」。

**細胞** ㄒㄧˋ ㄅㄠ ①生物學名詞。生物體的構造與機能的單位。形狀很多，形體極小，可分為細胞膜、細胞質及細胞核三部分；植物的細胞膜外面還有細胞壁。細胞有運動、營養和繁殖等功能。②比喻某種天分。如「我不會跳高，因為我沒有運動細胞」。

**細弱** ㄒㄧˋ ㄖㄨㄛˋ ①身體瘦小力弱。②指幼小衰弱的人。

**細紗** ㄒㄧˋ ㄕㄚ 由粗紗加工紡織成的紗，供織布或紡線之用。

**細務** ㄒㄧˋ ㄨˋ 図瑣事，無關緊要的事務。

**細密** ㄒㄧˋ ㄇㄧˋ 周密，嚴密。

**細瓷** ㄒㄧˋ ㄘˊ 精緻而薄的瓷器。

**細君** ㄒㄧˋ ㄐㄩㄣ 図①「妻」的別稱。②「妾」以前也稱作「細君」或「細姨」。

**細細** ㄒㄧˋ ㄒㄧˋ ①形容極細。如「細細的麵條兒」。②形容輕微。③形容聲音細小。④形容精細，工細。如「細細的畫了下來」。

**細軟** ㄒㄧˋ ㄖㄨㄢˇ 精細柔軟的衣物。也作「細輭」。

**細部** ㄒㄧˋ ㄅㄨˋ 細微的部分。

**細菌** ㄒㄧˋ ㄐㄩㄣˋ 微生物的一大類，也通稱「微生物」，必須用顯微鏡才能看見。有各種形狀，一般是分裂繁殖。自然界的細菌有的對人類有利，有的能使人類、牲畜發生疾病。

**細微** ㄒㄧˋ ㄨㄟ 微小。

**細碎** ㄒㄧˋ ㄙㄨㄟˋ 細小零碎。如「細碎的廢棄物」「細碎的腳步聲」。

**細節** ㄒㄧˋ ㄐㄧㄝˊ 細小的、瑣碎的、不重要的事或項目。

**細腰** ㄒㄧˋ ㄧㄠ ①纖細的腰身。②図指杵（搗物的棒槌）。③棺材上合縫用的木榫，也作「小要」。④形容兩端粗大而當中細小的器物。如「細腰瓶子」「細腰葫蘆」。

**細嫩** ㄒㄧˋ ㄋㄣˋ 形容人的皮膚光滑。

**細說** ㄒㄧˋ ㄕㄨㄛ ①詳細的說。②図小人的話。〈史記〉有「聽細說，欲誅有功之人」。

**細語** ㄒㄧˋ ㄩˇ 輕聲說話。如「低聲細語」。

**細樂** ㄒㄧˋ ㄩㄝˋ 弦管等樂音，對鑼鼓等聲音粗重的樂音說的。

**細糖** ㄒㄧˋ ㄊㄤˊ 精製的砂糖。

**細緻** ㄒㄧˋ ㄓˋ 細密。

**細膩** ㄒㄧˋ ㄋㄧˋ ①精細周密。②光滑潤澤。

**細點** ㄒㄧˋ ㄉㄧㄢˇ 製作精細的點心、糕點。

**細鹽** ㄒㄧˋ ㄧㄢˊ 經過精製的細粒食鹽，也叫「精鹽」，與「粗鹽」（粗顆粒的工業用鹽）相對稱。

**細末（兒）** ㄒㄧˋ ㄇㄛˋ（ㄦ） 細微的粉末。

**細條（兒）** ▲ㄒㄧˋ ㄊㄧㄠˊ（ㄊㄧㄠˊㄦ） 細長的紙條、枝條等條狀物體或形狀。▲ㄒㄧˋ ·ㄊㄧㄠ 同「細挑」。

**細大不捐** ㄒㄧˋ ㄉㄚˋ ㄅㄨˋ ㄐㄩㄢ 図對事物不拘大小都兼收並蓄。捐，即棄。

**細皮嫩肉** ㄒㄧˋ ㄆㄧˊ ㄋㄣˋ ㄖㄡˋ 形容人長得嬌嫩。

**細枝末節**（ㄒㄧˋ ㄓ ㄇㄛˋ ㄐㄧㄝˊ） 瑣細而無關宏旨的部分。

**細針密縷**（ㄒㄧˋ ㄓㄣ ㄇㄧˋ ㄌㄩˇ） 比喻工作細緻。如「這作品是細針密縷做成的」。

**細高挑兒**（ㄒㄧˋ ㄍㄠ ㄊㄠ ㄦ） 身材細長。

**細水（兒）長流**（ㄒㄧˋ ㄕㄨㄟˇ ㄦ ㄔㄤˊ ㄌㄧㄡˊ） ①比喻節省才能夠長久保持現狀。②比喻力量小但是持之以恆，也能有效。

**紲（緤）** 〔又〕ㄒㄧㄝˋ ㈠拴馬的韁繩。㈡拘禁叫「縲紲」。（縲紲是古時綑綁犯人用的黑繩，轉作拘禁、牢獄的意思。縲也作累。）

**絃** ㄒㄧㄢˊ ㈠同「弦」，是弦樂器的線。㈡古人以琴瑟比喻夫妻，配偶死亡說「斷絃」，再娶說「續絃」。劉孝綽詩：「危絃斷復續，妾心傷此時」。

**絃歌**（ㄒㄧㄢˊ ㄍㄜ） 〔又〕①同「弦歌」。以琴瑟伴奏而歌。②配合琴瑟之樂歌詠誦讀，泛指學習、授業，也指禮樂教化。

**紮（紥）** ▲ㄓㄚ ㈠停留，暫住。如「紮營」。㈡物品一束也作「一紮」。
▲ㄗㄚ 繫（ㄐㄧˋ），結。如「把鞋帶紮緊，腰帶也紮緊」。

**紮營**（ㄓㄚ ㄧㄥˊ） 屯駐軍隊。

**紾** 〔又〕ㄓㄣˇ 轉。〈淮南子〉有「千變萬紾」。

**紵** ㄓㄨˋ 麻的一種，可以織布。紵布又細又白，做夏衣最合適。

**終** ㄓㄨㄥ ㈠整個兒的一段時間。如「終年積雪」「終日不食」。㈡完畢，結局。如「終了」「有始有終」。㈢好人死亡。如「善終」「壽終正寢」。㈣到底。如「終有真相大白的一天」「終於完成了工作」。㈤姓。

**終了**（ㄓㄨㄥ ㄌㄧㄠˇ） 完畢。

**終天**（ㄓㄨㄥ ㄊㄧㄢ） ①整天，終日。如「終天風雨不歇」。②〔又〕終身，用於表示遺恨無窮的意思。如「抱恨終天」。

**終日**（ㄓㄨㄥ ㄖˋ） 整天，從早到晚。

**終止**（ㄓㄨㄥ ㄓˇ） 完結停止。

**終古**（ㄓㄨㄥ ㄍㄨˇ） 〔又〕①永久，永遠。②古昔。

**終生**（ㄓㄨㄥ ㄕㄥ） 一生，一輩子（多就事業說）。如「奮鬥終生」。

**終年**（ㄓㄨㄥ ㄋㄧㄢˊ） 整年。

**終老**（ㄓㄨㄥ ㄌㄠˇ） 〔又〕①年老，到老。②養老。

**終局**（ㄓㄨㄥ ㄐㄩˊ） ①本指棋局結束，引喻為了局。②最後的。如「終局裁判」。

**終究**（ㄓㄨㄥ ㄐㄧㄡˋ） 到底。也作「終久」。

**終身**（ㄓㄨㄥ ㄕㄣ） ①人的一生。也作「終生」。②是「終身大事」的簡詞。如「私定終身」。

**終夜**（ㄓㄨㄥ ㄧㄝˋ） 整夜。

**終始**（ㄓㄨㄥ ㄕˇ） 〔又〕從開始到結局。

**終於**（ㄓㄨㄥ ㄩˊ） ①副詞，表示經過種種變化或等待之後出現的情況。如「連著下了幾天雨，今天終於放晴了」。②終究，畢竟。如「他回來了，這兒終於還是他的故鄉」。

**終宵**（ㄓㄨㄥ ㄒㄧㄠ） 通宵，整夜。如「終宵難眠」。

**終場**（ㄓㄨㄥ ㄔㄤˇ） 事的終結。

**終朝**（ㄓㄨㄥ ㄓㄠ） 〔又〕①整個早晨。②終日，整天。

**終結**（ㄓㄨㄥ ㄐㄧㄝˊ） 結束。

**終極** ㄓㄨㄥ ㄐㄧˊ 最終，最後。如「終極目的是國家統一」。

**終歲** ㄓㄨㄥ ㄙㄨㄟˋ 全年；一年到頭。

**終篇** ㄓㄨㄥ ㄆㄧㄢ [文]寫完或讀完一篇文章。「不能終篇」，常用在表現悲愁的時候。

**終點** ㄓㄨㄥ ㄉㄧㄢˇ ①一段路程結束的地方。如「終點站」。②特指徑賽中終止的地點。

**終歸** ㄓㄨㄥ ㄍㄨㄟ 也作「總歸」，是畢竟、到底的意思。

**終獻** ㄓㄨㄥ ㄒㄧㄢˋ 古代祭祀有「三獻」的禮節，第一次奠爵叫「初獻」，第二次奠爵叫「亞獻」，第三次奠爵叫「終獻」。

**終端機** ㄓㄨㄥ ㄉㄨㄢ ㄐㄧ 就是電子計算機終端機或電腦終端機，也稱「終末機」或「終端設備」；是電腦用戶設備，具有向電腦輸入和接受輸出的能力，控制數據通訊電路的連接和通或斷的能力，也具有有限度的資訊處理能力。一部電腦可以同時連接若干部終端機作資訊輸入輸出和傳送控制操作。

**終身大事** ㄓㄨㄥ ㄕㄣ ㄉㄚˋ ㄕˋ 關係一生的事（多指男女婚嫁）。

**終身教育** ㄓㄨㄥ ㄕㄣ ㄐㄧㄠˋ ㄩˋ 指供人業餘進修及老年學習的教育事業。

**終南捷徑** ㄓㄨㄥ ㄋㄢˊ ㄐㄧㄝˊ ㄐㄧㄥˋ [文]比喻謀求官職或名利的方便途徑；也比喻達到目的的簡捷方法。（〈新唐書〉記載盧藏用曾在京城長安附近的終南山隱居，因而得到很大的名聲，做了大官。）

## 紬

▲ㄔㄡˊ 同「綢」㈠。▲ㄔㄡ 同「抽」。「紬繹」是抽出頭緒來。

## 絀

ㄔㄨˋ ㈠不足，不夠。如「支絀」「相形見絀」。㈡通「黜」。

## 絁

ㄕ 古時一種粗綢子。

## 紹

ㄕㄠˋ ㈠[文]接續。如「紹述」「克紹箕裘」。㈡見「紹介」。㈢浙江紹興的簡稱。如「紹劇」「紹酒」。

**紹介** ㄕㄠˋ ㄐㄧㄝˋ 替人引進牽合。〈國策〉有「請為紹介，而見之於將軍」。現在作「介紹」。

**紹述** ㄕㄠˋ ㄕㄨˋ [文]繼續前人的規矩。

**紹興酒** ㄕㄠˋ ㄒㄧㄥ ㄐㄧㄡˇ 原是浙江紹興出產的一種黃酒，也稱用釀製這種黃酒的方法所釀製的酒。

**紹興戲** ㄕㄠˋ ㄒㄧㄥ ㄒㄧˋ 浙江地方戲曲的一種，原名紹興亂彈，通稱紹興大班，流行於紹興一帶。也叫「紹劇」。

## 紳

ㄕㄣ ㈠古代士大夫束在腰間的大帶子。如「書之於紳」。㈡指地方上有地位的人。如「紳士」「土豪劣紳」。

**紳士** ㄕㄣ ㄕˋ 地方上有地位有身分的人。

## 組

ㄗㄨˇ ㈠古時印章上的絲帶子。㈡組織聯合而成。如「組閣」「組織一個球隊」。㈢機關裡的單位名。如「行政組」「總務組」。㈣學校按學生的資質志趣分畫成的類別。如「自然組」「社會組」。㈤臨時成立的研討或軍警行動單位。如「小組」。㈥東西成套的叫組。

**組件** ㄗㄨˇ ㄐㄧㄢˋ 泛指機器、儀表等的組成部分或零件。

**組合** ㄗㄨˇ ㄏㄜˊ ①組織集合起來。如「把許多零件組合成整部機器」。②組織集合起來的整體。如「整部機器是許多零件的組合」。③在數學裡的一種計算：從m個總數每次取出n個作一組，不計較取出個體的先後次序，只限制每組裡至少含有一個不同的個體，可能取成的組數就是從m裡取出

n個的組合。④日本稱二人以上出錢出力合辦的事業叫組合。

**組成**（ㄗㄨˇ ㄔㄥˊ）（部分、個體）組合成為（整體）。如「十二位球員組成一個籃球隊」。

**組曲**（ㄗㄨˇ ㄑㄩˇ）器樂套曲，通常由同一調但不同性質的若干樂章組成的一組樂曲。在音樂史上，十七和十八世紀是組曲的全盛時期。

**組隊**（ㄗㄨˇ ㄉㄨㄟˋ）若干人組織成一個隊伍。

**組團**（ㄗㄨˇ ㄊㄨㄢˊ）若干人組織成一個團體。

**組閣**（ㄗㄨˇ ㄍㄜˊ）安排人事，組織中央政府。「閣」是「內閣」的簡稱，在中華民國是行政院。

**組織**（ㄗㄨˇ ㄓ）①図織布。〈遼史・食貨志〉有「飭國人樹桑麻，習組織」。②詩文或事物的結構與條理。如「文章的組織不夠緊密」。③生物學名詞，生物體內各細胞依照一定次序集合，發生一定作用的。如「神經組織」。④比喻有目的、有系統、有秩序或因為共同嗜好、興趣而作的結合。如「社會組織」（如果是企業體，還需要有資金、材料、設備、技術等）。⑤地質學把「構造」也叫「組織」。⑥動詞，設立團體或集中才智以及它們的工作過程。如「他們幾個組織了一個詩歌吟唱會」。

**組合學**（ㄗㄨˇ ㄏㄜˊ ㄒㄩㄝˊ）是研究有限或離散的系統裡的選擇、排列和運算的一個數學領域。也稱「組合數學」。

**組織學**（ㄗㄨˇ ㄓ ㄒㄩㄝˊ）研究組織結構的生物學分支科學；組織指一群有某種特定功能的特化細胞，通常排列成層，主要有生殖組織和軀體組織；組織學家研究組織間的差別。

**組織理論**（ㄗㄨˇ ㄓ ㄌㄧˇ ㄌㄨㄣˋ）分析組織行為的理論，特別是分析大型的正規組織如政治機構、工商企業、工會和軍隊的行為（包括組織情形與結構狀態）。

**組織結構**（ㄗㄨˇ ㄓ ㄐㄧㄝˊ ㄍㄡˋ）①指生物體組織結構的情形，研究這方面的科學叫「組織學」。②指大型的正規組織如政治機構、工商企業、工會和軍隊等的組織情形與其結構狀態。研究這方面的科學叫做「組織理論」。

## 六筆

**絰**（ㄉㄧㄝˊ）図麻葛做喪服。紮在頭上的叫首絰，繫在腰部的叫腰絰。參看「墨絰」條。

**絡** ▲ㄌㄨㄛˋ ㈠包羅。如「網絡古今」。㈡維繫。如「籠絡人心」。㈢罩在馬頭上的籠頭，叫「絡頭」。㈣人體的血管和神經細管。如「脈絡」「經絡」。㈤人體骨節和肌肉相連的筋，叫做「筋絡」。㈥果實裡面的網狀纖維，像「絲瓜絡」「橘絡」。㈦沒漚過的麻，叫「絡麻」。㈧図見「絡繹」。㈨姓。

▲ㄌㄠˋ 見「絡子」。

**絡子**（ㄌㄠˋ ˙ㄗ）線編的網子，可以裝東西。

**絡頭**（ㄌㄨㄛˋ ˙ㄊㄡ）馬籠頭，馬的嘴套。

**絡繹**（ㄌㄨㄛˋ ㄧˋ）図繼續不斷的樣子。如「行人絡繹不絕」。

**絖**（纊）図ㄎㄨㄤˋ絲綿絮。

**給** ▲ㄐㄧˇ ㈠供應的意思。如「供（ㄍㄨㄥ）給」「給水設備」。㈡豐足。如「自給自足」「家給戶足」。㈢図見「給與」。㈣図言語敏捷。如「捷給」。

▲ㄍㄟˇ ㈠把東西交給別人。如「給你一本書」「我給他三個橘子」。㈡用一種動作對付別人。如「給他一個教訓」「他讓人給打了」。㈢替，

為。如「我給他找個事兒」「給國家做點事情」。㈣被。如「給人打得頭都破了」「大家都給他騙了」。

**給予** ㄐㄧˇ ㄩˇ 図給（ㄍㄟˇ）。如「給予同情」。也寫作「給與」。

**給水** ㄐㄧˇ ㄕㄨㄟˇ 關於水的供應。

**給付** ㄐㄧˇ ㄈㄨˋ 支付，付給應付的款項。

**給假** ㄐㄧˇ ㄐㄧㄚˋ 給他假期，准他休息。

**給與** ㄐㄧˇ ㄩˇ ①同「給予（ㄐㄧˇ ㄩˇ）」，是「給（ㄍㄟˇ）」的意思。②軍人的薪餉、待遇、報酬。

**給養** ㄐㄧˇ ㄧㄤˇ 供給軍隊人馬的糧草。

**給水工程** ㄐㄧˇ ㄕㄨㄟˇ ㄍㄨㄥ ㄔㄥˊ 指供應自來水的蓄水庫建築、輸水管道（自來水管）的敷設、水塔的設立等有關的工程。

## 絓

図ㄍㄨㄚˋ「絓礙」「絓誤」，都是有所阻礙的意思。

## 絎

ㄏㄤˊ 縫紉法之一，用長線粗粗地縫上叫「絎」。

## 結

▲ㄐㄧㄝˊ ㈠兩根繩子相勾連。如「結網」「結繩記事」。㈡互相聯合。如「結交」「結婚」。㈢凝聚。如「結冰」「結成硬塊」。㈣構成。如「結怨」「結仇」。㈤植物成實。如「樹上結了許多果子」「開花結果」。㈥繩子、帶子或線打成了扣子。如「打了個死結」「領結」。㈦終止，收束。如「結過帳」「結算」。㈧表示保證的文件。如「保結」「切結」。㈨見「結實」。

▲ㄐㄧㄝ ㈠見「結實」。㈡見「結巴」。㈢結（ㄐㄧㄝˊ）㈤的又讀。

**結子** ▲ㄐㄧㄝˊ˙ㄗ 繩線打的扣子。▲ㄐㄧㄝ ㄗˇ 指草木結了果實。也說「結子兒」（ㄐㄧㄝ ㄗㄜˇㄦ）。

**結仇** ㄐㄧㄝˊ ㄔㄡˊ 結成仇怨。

**結巴** ㄐㄧㄝ ㄅㄚ 巴字輕讀。口吃（ㄐㄧˊ），說話不順利，老是重複。

**結句** ㄐㄧㄝˊ ㄐㄩˋ 文章結尾的句子。

**結石** ㄐㄧㄝˊ ㄕˊ 動物體內某些有空腔的器官和導管裡，由於生理或病理現象而形成的固體物質，如膽結石、腎結石、膀胱結石等。

**結交** ㄐㄧㄝˊ ㄐㄧㄠ 交成朋友。

**結冰** ㄐㄧㄝˊ ㄅㄧㄥ 水在冰點以下時所凝成的固體物。

**結合** ㄐㄧㄝˊ ㄏㄜˊ ①社會學及文化人類學名詞，凡是人跟事物之間發生密切聯繫而成的正式、非正式的團體，都叫結合，相當於英文的 group。②指男女雙方成婚。

**結存** ㄐㄧㄝˊ ㄘㄨㄣˊ 結帳以後所存餘的。

**結舌** ㄐㄧㄝˊ ㄕㄜˊ 図因為害怕或理屈而說不出話來。

**結伴** ㄐㄧㄝˊ ㄅㄢˋ 搭伴。

**結局** ㄐㄧㄝˊ ㄐㄩˊ 收場，最後的情形。

**結尾** ㄐㄧㄝˊ ㄨㄟˇ ①事情進行到最後完成階段。如「結尾工程」。②指言辭、文章表達到最後結束的部分。如「講辭結尾非常感人」。

**結束** ㄐㄧㄝˊ ㄕㄨˋ 事情到了最後。

**結果** ㄐㄧㄝˊ ㄍㄨㄛˇ ①植物長了果。②事物的歸宿。③小說裡說把人殺死，說是「一刀把他結果了」。④哲學名詞：⑴與原因相對，在具有因果關係的兩件事之中，如果一件發生促使另一件發生，後者是前者的「結果」。⑵效果。⑶結局。簡稱「果」。

**結社** ㄐㄧㄝˊ ㄕㄜˋ 兩人以上為達到共同目的而組織團體。

**結怨** ㄐㄧㄝˊ ㄩㄢˋ 結了仇怨。

**結拜** ㄐㄧㄝˊ ㄅㄞˋ 結為異姓兄弟或姊妹。小說裡常作「結義」。

**結毒** ㄐㄧㄝˊ ㄉㄨˊ 中醫指人體內部積結的病症，如梅毒之類發布於全身的現象。

**結茅** ㄐㄧㄝˊ ㄇㄠˊ 図編茅草建屋。有時是謙稱自己蓋的是簡陋的房子。

**結核** ㄐㄧㄝˊ ㄏㄜˊ ①「結核病」的簡稱。②可以溶解的礦物凝結在一塊固體核的周圍而形成的球狀物，如鈣質結核、鐵質結核等。

**結案** ㄐㄧㄝˊ ㄢˋ 對案件做出判決或最後處理，使其結束。

**結症** ㄐㄧㄝˊ ㄓㄥ 中醫指牛馬等牲畜的胃腸消化不良以及便祕等病症。

**結草** ㄐㄧㄝˊ ㄘㄠˇ 図感恩圖報，死後報恩的客氣話。常與「銜環」並用。原是春秋時代晉國大將魏顆的故事。魏顆的父親臨死時，吩咐將沒生孩子的妾殉葬。魏顆沒照辦，把她改嫁了。後來打仗時看見一個老人用打成結的草絆倒敵將杜回，使他成為魏顆的俘虜。夜裡魏顆夢見那一個老人告訴他，他父親的妾是他的女兒，他是來報恩的。

**結婚** ㄐㄧㄝˊ ㄏㄨㄣ 男女經過合法手續，正式成為夫婦。

**結帳** ㄐㄧㄝˊ ㄓㄤˋ 清算帳目。

**結紮** ㄐㄧㄝˊ ㄗㄚ 一種控制或杜絕生育的醫事手術方法，把雄性的輸精管或雌性的輸卵管用特製的線紮緊，使其不再通暢。

**結晶** ㄐㄧㄝˊ ㄐㄧㄥ ①礦物天然生成四平面以上的形狀。②心血造成的結果。如「這部小說是他的心血結晶」。

**結集** ㄐㄧㄝˊ ㄐㄧˊ ①佛家相傳：佛祖生時說法，沒有文字著述，後來弟子各述所聞編集成書傳於後世，這種編集佛經的工作叫「結集」。②泛指把單篇文章編成一個集子。如「結集成書」。③調動聚集兵力。如「大軍結集，準備出征」。

**結嫌** ㄐㄧㄝˊ ㄒㄧㄢˊ 彼此發生了嫌隙，有了誤會和抱怨。

**結業** ㄐㄧㄝˊ ㄧㄝˋ 結束了學業；訓練、講習、補習等修業終了，叫作「結業」。

**結盟** ㄐㄧㄝˊ ㄇㄥˊ 結成同盟。

**結義** ㄐㄧㄝˊ ㄧˋ 結拜。

**結腸** ㄐㄧㄝˊ ㄔㄤˊ 大腸的中段，上連盲腸，下連直腸。

**結實** ▲ㄐㄧㄝˊ ㄕˊ 植物結成種子。▲ㄐㄧㄝ ˙ㄕ ①堅固。②強健。

**結構** ㄐㄧㄝˊ ㄍㄡˋ ①建築的事。②文章的組織。

**結算** ㄐㄧㄝˊ ㄙㄨㄢˋ 最後的清理，不一定指帳目。

**結綵** ㄐㄧㄝˊ ㄘㄞˇ 遇到喜慶，把綵綢或彩紙裝飾在門上、庭門或大街上。

**結網** ㄐㄧㄝˊ ㄨㄤˇ ①用細長的材料編結成網狀物。②製造網眼織物的古老方法，把紗、線、繩索交叉，在交叉點套結使形成幾何圖形的網眼。現在用機器編織、針織和鉤編方法生產，產品多種多樣，用途廣泛。

**結語** ㄐㄧㄝˊ ㄩˇ 言辭、文章最後的結束語。

**結緣** ㄐㄧㄝˊ ㄩㄢˊ ①皈依佛道。②彼此交好。

**結膜** ㄐㄧㄝˊ ㄇㄛˊ 從上下眼瞼內面到角膜邊緣的透明薄膜。

**結論** ㄐㄧㄝˊ ㄌㄨㄣˋ ①邏輯學名詞，與「前提」相對。論證中用以表達論結的命題或述句。②數學名詞，先有假設或定理，由演繹或歸納所得的結果，叫結論。③泛指對事物所下的最後論斷。

**結鄰** ㄐㄧㄝˊ ㄌㄧㄣˊ 彼此居住在近鄰，做鄰居。

**結餘** ㄐㄧㄝˊ ㄩˊ 結帳之後沒用完的餘款，也說「結存」。

**結親** ㄐㄧㄝˊ ㄑㄧㄣ ①兩家因婚姻而成為親戚。②結婚。

**結縭** ㄐㄧㄝˊ ㄌㄧˊ ①古代女子出嫁時，母親把佩巾繫在女兒身上，表示到男家後須盡力操持家務。②指說男女成婚。

**結繩** ㄐㄧㄝˊ ㄕㄥˊ 文化史上在還沒有文字時用繩打結的一種記事方法，用不同形狀和數量的繩結，標記不同的事件。〈易經・繫辭下〉：「上古結繩而治，後世聖人易之以書契。」

**結識** ㄐㄧㄝˊ ㄕˋ 〔文〕結交。

**結黨** ㄐㄧㄝˊ ㄉㄤˇ ①為實現具體的政治主張而結合同志組成政黨。②為了某種目的而聯合眾人結合成有形或無形的團體。如「成群結黨，為非作歹」。

**結合韻** ㄐㄧㄝˊ ㄏㄜˊ ㄩㄣˋ 國語注音符號在韻符前面加上介符ㄧ、ㄨ、ㄩ，是結合韻符，有ㄧㄚ、ㄧㄛ、ㄧㄝ、ㄧㄞ、ㄧㄠ、ㄧㄡ、ㄧㄢ、ㄧㄣ、ㄧㄤ、ㄧㄥ、ㄨㄚ、ㄨㄛ、ㄨㄞ、ㄨㄟ、ㄨㄢ、ㄨㄣ、ㄨㄤ、ㄨㄥ、ㄩㄝ、ㄩㄢ、ㄩㄣ、ㄩㄥ，共二十二個。

**結核病** ㄐㄧㄝˊ ㄏㄜˊ ㄅㄧㄥˋ 由於結核桿菌病原體引發的慢性傳染病，人的全身各器官都能發生，通常有肺結核、胃結核和腸結核等。有些畜牲如牛等也能感染。

**結核菌** ㄐㄧㄝˊ ㄏㄜˊ ㄐㄩㄣˋ 寄生在人體內，能使人感染結核病（包括肺病）的病菌。

**結晶體** ㄐㄧㄝˊ ㄐㄧㄥ ㄊㄧˇ 凡是組成的原子、離子或分子按一定的空間次序排列的固體，就是結晶體。「結晶」是形成結晶體的過程。常見的結晶體如食鹽、石英、明礬等。通稱「晶體」，也簡稱「結晶」。

**結梁子** ㄐㄧㄝˊ ㄌㄧㄤˊ ㄗˇ 有黑話意味的俗語，意思是記恨、記仇、結怨。

**結膜炎** ㄐㄧㄝˊ ㄇㄛˊ ㄧㄢˊ 眼睛結膜發炎。症狀是眼睛發紅，腫脹，眼屎增多，有時能引起角膜病變。多由細菌感染，物理或化學刺激引起。

**結親家** ㄐㄧㄝˊ ㄑㄧㄥˋ ㄐㄧㄚ 兩家兒女相婚配的關係而結成親家。

**結球甘藍** ㄐㄧㄝˊ ㄑㄧㄡˊ ㄍㄢ ㄌㄢˊ 二年生草本植物，平滑而大的葉子重疊起來包結成球狀。也稱洋白菜、包心菜、包心白菜、圓白菜、高麗菜。

**結結巴巴** ㄐㄧㄝ ㄐㄧㄝ ㄅㄚ ㄅㄚ 第二個結字輕讀。說話口吃（ㄐㄧˊ）的樣子。

**結締組織** ㄐㄧㄝˊ ㄉㄧˋ ㄗㄨˇ ㄓ 人類或大型動物體內，由細胞和不是細胞結構的活質構成的組織，具有支持、營養、保護以及聯結肢體機能的功能，如骨骼（包括軟骨）、韌帶等。

**結髮夫妻** ㄐㄧㄝˊ ㄈㄚˇ ㄈㄨ ㄑㄧ 指初成年結婚的夫妻；也泛指第一次結婚的夫妻。

**結繩記事** ㄐㄧㄝˊ ㄕㄥˊ ㄐㄧˋ ㄕˋ 我國上古沒有文字，人在繩上打結來記事。〈易經〉有「上古結繩而治」。

**結黨營私** ㄐㄧㄝˊ ㄉㄤˇ ㄧㄥˊ ㄙ 結合成黨派以謀取私利。

## 絜

▲ㄐㄧㄝˊ 是清潔、潔淨的「潔」，經典上都寫「絜」。▲〔文〕ㄒㄧㄝˊ 審度（ㄉㄨㄛˋ）。「絜矩」是審度事理，推此及彼的意思。

## 絞

ㄐㄧㄠˇ ㈠把兩根繩子在一起扭緊。㈡握緊帶水的織物，一手向前擰，一手向後擰，把水擠出來。如「把毛巾絞乾」。㈡形容擰出水來。如「絞腦汁」。㈢古時死刑之一；用繩子把犯人勒死，叫「絞刑」。㈣〔文〕急切。〈左傳〉有「孫叔絞而婉」。

**絞心** ㄐㄧㄠˇ ㄒㄧㄣ ①形容內心很痛苦。如「他不願再牽起絞心的回憶」。②費心思，費腦筋。如「經過幾天的絞心耗神，他總算把這問題弄清楚了。」

**絞刑** ㄐㄧㄠˇ ㄒㄧㄥˊ 古時死刑之一。用繩索勒罪犯的脖子讓他死亡的刑罰。

**絞肉** ㄐㄧㄠˇ ㄖㄡˋ 用絞肉機絞碎的食用肉。

**絞車** ㄐㄧㄠˇ ㄔㄜ ①利用輪軸原理，轉動曲柄，從軸上拉起重物，或作上下輸送的用途，是現代的一種起重裝置，由捲筒和鋼索組構而成，通常用在礦場、建築工地和港口碼頭等處。也叫「捲揚機」。②我國古代兵法書記載，利用輪軸原理製成的一種升降或牽引機械，常用在作戰拉引強勁的弓弩，射敵致勝。

**絞痛** ㄐㄧㄠˇ ㄊㄨㄥˋ ①劇烈的疼痛，多半指內臟。如「他忽然覺得肚子一陣絞痛」。②比喻很深切的疼痛。如「他聽說父親猝逝，心中立刻絞痛萬分」。

**絞盤** ㄐㄧㄠˇ ㄆㄢˊ 也叫「轆轤」，用木料或金屬製成圓柱形，外加肋木若干條，用汽力或槓桿轉動它，可以搬動重物或拉船上水。

**絞臉** ㄐㄧㄠˇ ㄌㄧㄢˇ 舊時婦人的修容術，用一條細線交互扭搭，線一緊一鬆，用來拔掉臉上的寒毛。

**絞肉機** ㄐㄧㄠˇ ㄖㄡˋ ㄐㄧ 裝有螺旋形鋒刃的轉軸刀的機器，用來把食用肉品絞成細小的碎粒。

**絞腦汁** ㄐㄧㄠˇ ㄋㄠˇ ㄓ 盡力思考，用心想。

**絞腸痧** ㄐㄧㄠˇ ㄔㄤˊ ㄕㄚ 中醫指稱腹痛如絞的急性腸胃炎。

## 絳

ㄐㄧㄤˋ (一)図紅色。如「絳脣黛眉」。(二)山西省縣名。

## 絕

ㄐㄩㄝˊ (一)斷了。如「絕望」「絡繹不絕」。(二)隔斷。如「絕緣」「音信隔絕」。(三)盡；完畢。如「氣絕身死」「趕盡殺絕」。(四)沒有後代。如「絕子絕孫」。(五)沒希望，沒出路的境地。如「絕路」「絕處逢生」。(六)極甚。如「風景絕佳」「聰明絕頂」。(七)獨一無二的。如「絕代風華」「精采絕倫」。(八)鐵定的，無論如何不能改變的。如「絕不延期」「他絕不會來」。(九)舊詩體之一，見「絕句」。(十)見「絕對」。(十一)見「絕頂」。(十二)見「絕倒」。(十三)死，亡。如「命不該絕」。

**絕口** ㄐㄩㄝˊ ㄎㄡˇ 図從此不說話。如「絕口不提此事」。

**絕戶** ㄐㄩㄝˊ ㄏㄨˋ ①沒有後代。如「這家人丁不旺盛，慢慢地絕戶了」。②指說沒有後代的人。「他子女早夭，成了絕戶」。

**絕代** ㄐㄩㄝˊ ㄉㄞˋ 図①極遠的時代。②當世無雙的。形容女人漂亮說「絕代風華」。

**絕世** ㄐㄩㄝˊ ㄕˋ ①図絕代。如「絕世珍品」。②棄世，逝世。

**絕句** ㄐㄩㄝˊ ㄐㄩˋ 舊詩體裁之一，每首四句，有五言絕句和七言絕句兩種。

**絕交** ㄐㄩㄝˊ ㄐㄧㄠ 朋友間或國際間斷絕關係。

**絕地** ㄐㄩㄝˊ ㄉㄧˋ ①極險阻的地方。②無路可通的盡頭處。③窮途末路，無以為生。

**絕早** ㄐㄩㄝˊ ㄗㄠˇ 極早。

**絕色** ㄐㄩㄝˊ ㄙㄜˋ 図形容女人漂亮，好像是找不到第二個。

**絕妙** ㄐㄩㄝˊ ㄇㄧㄠˋ 好到極點。

**絕技** ㄐㄩㄝˊ ㄐㄧˋ 別人不容易學會的技藝。

**絕育** ㄐㄩㄝˊ ㄩˋ 使人喪失生育能力。現在一般絕育方法是結紮。參看「結紮」。

**絕佳** ㄐㄩㄝˊ ㄐㄧㄚ 極好。

**絕命** ㄐㄩㄝˊ ㄇㄧㄥˋ 図死亡。

**絕版** ㄐㄩㄝˊ ㄅㄢˇ 書籍的版毀了，不再印行。

**絕俗** ㄐㄩㄝˊ ㄙㄨˊ [文]①超出塵俗之上。②脫離世事。

**絕品** ㄐㄩㄝˊ ㄆㄧㄣˇ 沒有可以相比的最好的物品（多指藝術品）。

**絕後** ㄐㄩㄝˊ ㄏㄡˋ ①同「絕嗣」。②以後難再有的。如「空前絕後」。

**絕食** ㄐㄩㄝˊ ㄕˊ 斷絕飲食。

**絕倫** ㄐㄩㄝˊ ㄌㄨㄣˊ 同類之間沒有可以跟他比的。也作「絕等」。

**絕倒** ㄐㄩㄝˊ ㄉㄠˇ [文]①佩服傾倒。〈晉書〉有「嘆息絕倒」。②形容大笑。如「哄堂絕倒」。③因為哀傷而昏倒。〈隋書〉有「朝夕哀臨……未嘗不絕倒」。

**絕症** ㄐㄩㄝˊ ㄓㄥˋ 現在醫學還無法治好的疾病。

**絕跡** ㄐㄩㄝˊ ㄐㄧ [文]沒影子了，再也找不到了。

**絕望** ㄐㄩㄝˊ ㄨㄤˋ 沒有了希望。

**絕唱** ㄐㄩㄝˊ ㄔㄤˋ 指出類拔萃的絕佳的詩文創作。如「千古絕唱」。

**絕域** ㄐㄩㄝˊ ㄩˋ [文]極其遙遠的地方，多指國外。

**絕粒** ㄐㄩㄝˊ ㄌㄧˋ [文]斷絕飲食。

**絕頂** ㄐㄩㄝˊ ㄉㄧㄥˇ ①山的最高峰。②非常、極甚的意思。如「聰明絕頂」。

**絕筆** ㄐㄩㄝˊ ㄅㄧˇ 人臨死時寫下的遺書。

**絕等** ㄐㄩㄝˊ ㄉㄥˇ 超過一般的，沒有可以比較的。如「他的智慧極高，是絕等的人物」。

**絕嗣** ㄐㄩㄝˊ ㄙˋ 沒有子孫後代。

**絕路** ㄐㄩㄝˊ ㄌㄨˋ 走不通的路，死路。

**絕境** ㄐㄩㄝˊ ㄐㄧㄥˋ ①跟人世斷絕的境地。②同「絕地」③。

**絕塵** ㄐㄩㄝˊ ㄔㄣˊ ①腳不沾塵。形容神速。②荒無人煙。③超絕塵俗。④古代良馬名。

**絕對** ㄐㄩㄝˊ ㄉㄨㄟˋ ①凡是形容兩個相對立的，有比較關係的叫「相對」，沒有比較關係的叫「絕對」。②一定的意思。如「這件事絕對做不到」。③指無法找到可以相對仗的聯語。

**絕種** ㄐㄩㄝˊ ㄓㄨㄥˇ 生物的種類，斷絕滅亡，不再生存。

**絕裾** ㄐㄩㄝˊ ㄐㄩ [文]斷去衣裾，表示去意堅決。

**絕緣** ㄐㄩㄝˊ ㄩㄢˊ 隔斷了，沒希望了。如「連輸兩場以後，金虎隊就跟冠軍寶座絕緣了」。

**絕壁** ㄐㄩㄝˊ ㄅㄧˋ [文]山最高峭的地方。

**絕學** ㄐㄩㄝˊ ㄒㄩㄝˊ 失傳的學術。

**絕糧** ㄐㄩㄝˊ ㄌㄧㄤˊ 糧食吃完了。

**絕藝** ㄐㄩㄝˊ ㄧˋ 卓絕的技藝。

**絕響** ㄐㄩㄝˊ ㄒㄧㄤˇ [文]①指失傳的樂調。②泛指瀕臨滅失不可再見的美好事物。

**絕招（兒）** ㄐㄩㄝˊ ㄓㄠ（ㄦ） ①使人莫測的獨特手段、計策。②絕技。

**絕命書** ㄐㄩㄝˊ ㄇㄧㄥˋ ㄕㄨ 自殺前所寫的遺書。

**絕對值** ㄐㄩㄝˊ ㄉㄨㄟˋ ㄓˊ 不計正號負號的實數，都叫做這個實數的絕對值，例如正五（+5）和負五（-5）的絕對值都是五（5）。在數學上用兩旁加直線的標示法｜5｜來表示。

**絕緣子** ㄐㄩㄝˊ ㄩㄢˊ ㄗˇ 支承或懸掛電導線或電器設備帶電部分的絕緣體，一般用瓷、玻璃等絕緣材料製成，形狀是半圓形、橢圓形、圓柱形或鼓形。俗稱「瓷瓶」。

**絕緣體** ㄐㄩㄝˊ ㄩㄢˊ ㄊㄧˇ 電學上說不能通電的物體，像橡膠、玻璃、乾木等。

**絕子絕孫** ㄐㄩㄝˊ ㄗˇ ㄐㄩㄝˊ ㄙㄨㄣ 咒罵人絕嗣的話。

**絕妙好辭** 極好極美的詩文、辭藻。

**絕處逢生** 在危急絕望之中得到一條生路。

**絕無僅有** ①很難遇到第二次。②很難找到第二個。

**絕對多數** 以絕對值來說是過半數的情況，統稱為絕對多數。

**絕對高度** 以平均海水面作基準所測出的高度。也稱「海拔」或「拔海高度」。

**絕對真理** 指無數相對真理的總和。

**絕對溼度** 單位體積空氣裡水蒸氣的質量，一般以每立方公尺為單位。

**絕對溫度** 物理學上說以攝氏零下273.15度為起點計算的溫度。在這溫度之下，一切氣體分子運動應該完全停止。又稱「凱氏」（Kelvin）溫度，用K表示。

**絕對零度** 絕對溫度的零度，就是攝氏零下273.15度。

**絕對觀念** 是德國哲學家黑格爾的一個重要概念，認為在自然界與人類出現之前，就有一個精神實體叫做「絕對觀念」，是世界萬物的本源。實際上這「絕對觀念」可說是神或上帝的代名詞，也叫做「絕對精神」。

**絮** ㄒㄩˋ ㈠彈過以後鬆鬆的棉花。如「棉絮」。㈡植物種子所附像棉絮的茸毛兒。如「柳絮」「蘆絮」。㈢把棉花鋪平，均勻地塞進布套子裡。如「絮大棉襖」「絮褥子」。㈣形容說話連續，重複不停，教人討厭。如「絮絮不休」「絮煩」。

**絮叨** 形容人說話囉唆。也可加強語氣，說「絮絮叨叨」。

**絮絮** 形容說個不完，不停地說。

**絮聒** 嘮嘮叨叨說個不停。

**絮煩** 煩字輕讀。①說話老是連續重複。也作「絮叨（ㄉㄠ）」。②厭倦。如「這齣戲我聽得都絮煩了」。

**絮語** 言語煩瑣不斷。

**絮叨叨** 也作「絮絮叨叨」「絮絮不休」。是說話重複，連續不停。

**絢** ㄒㄩㄢˋ 「絢爛」，光彩奪目的樣子。

**絢麗** 燦爛美麗。如「文采絢麗」。

**絢爛** 燦爛。如「雲霞絢爛」。

**絨** ㄖㄨㄥˊ ㈠表面有一層柔細短毛的織物。如「呢絨」「花絨布」。㈡刺繡所用的絲縷。如「絨線」。㈢毛線。如「絨繩兒」。㈣動植物的細毛兒。如「絨毛」。

**絨毛** ①質柔似絨的毛，在小腸的內壁，營吸收、分泌兩種作用。②植物表皮細胞變形成為毛茸，柔軟而成小突起狀，中間有原形質的，叫「絨毛突起」。各種花瓣或蓮、芋等的葉子表面都有。

**絨布** 棉紗或羊毛等織成的表面有細毛的布。

**絨線** ①刺繡用的粗絲線。②毛線。

**絨褲** 一種貼身穿的禦寒的褲子，用表面起絨的厚布料縫製或細絨線織成。也稱「衛生褲」。

**絨繩兒** 用羊毛或駱駝毛紡成的毛線，可以編織衣襪等。

**紫** ㄗˇ ㈠藍跟紅混合的顏色。如「紫袍子」。㈡見「紫氣」條。㈢姓。

**紫竹** 竹的一種，莖初長時綠色，後變黑色。葉子披針形，葉背微帶白色，生在小枝末端。花穗綠而略帶紫色。莖堅韌，可作手杖。也叫「黑竹」。

**紫杉** ㄗˇ ㄕㄢ 常綠喬木，樹皮赤褐色，條形互生的葉子，雄花綠褐色，雌花綠色，果實卵形。木材堅硬，可以做精緻的器具與毛筆的筆桿。

**紫花** ㄗˇ ㄏㄨㄚ 花字輕讀。淡赭色。

**紫金** ㄗˇ ㄐㄧㄣ ①最上等的黃金。②一氯化金溶液加上二氯化錫，會變成紫色，叫紫金，用作瓷器或玻璃的著色材料。

**紫紅** ㄗˇ ㄏㄨㄥˊ 深紅而暗的顏色。

**紫氣** ㄗˇ ㄑㄧˋ 舊時指祥瑞之氣。常用以附會帝王、聖賢或寶物出現的先兆。如「紫氣東來」。

**紫荊** ㄗˇ ㄐㄧㄥ 落葉灌木，春天開小紫花兒，沒有花梗，附在根上或枝下。

**紫毫** ㄗˇ ㄏㄠˊ 用深紫色兔毛製成的小楷筆。

**紫菜** ㄗˇ ㄘㄞˋ 淺海所產的紫紅色海藻，形狀扁平，晒乾可以做食品。

**紫雲** ㄗˇ ㄩㄣˊ 指說祥瑞的雲氣。

**紫微** ㄗˇ ㄨㄟˊ ①我國古代天文家所用的星座名稱；又是星的名稱。②指說帝王宮殿。

**紫銅** ㄗˇ ㄊㄨㄥˊ 見「銅」。

**紫薑** ㄗˇ ㄐㄧㄤ 生薑根初生的嫩芽。

**紫薇** ㄗˇ ㄨㄟˊ 通稱「滿堂紅」。①供觀賞的落葉小喬木，莖皮光滑，對生或互生的卵形或橢圓形的葉子，夏天開紫紅色或白色的花，到秋天才謝。又名「百日紅」。②稱這種植物的花。

**紫藤** ㄗˇ ㄊㄥˊ 落葉木本觀賞植物，有纏繞莖，羽狀的複葉，小而長的橢圓形葉子，總狀花序，花紫色，長而大的硬莢果表面有絨毛。通稱「藤蘿」。

**紫蘇** ㄗˇ ㄙㄨ 一年生草本植物，莖方形，葉子紫黑色卵形，花淡紫色。種子可以榨油。嫩葉可吃。葉和種子可入藥，有鎮咳、健胃、利尿等作用。

**紫水晶** ㄗˇ ㄕㄨㄟˇ ㄐㄧㄥ 水晶的一種，含有錳質，所以呈紫色。又稱「紫石英」。

**紫外線** ㄗˇ ㄨㄞˋ ㄒㄧㄢˋ 光線通過分光鏡時，按照次序是紅、橙、黃、綠、藍、靛、紫。這是見得到的光線。在紫色以外看不到的，叫「紫外線」。

**紫河車** ㄗˇ ㄏㄜˊ ㄔㄜ ①胎盤和胞衣的別名，中醫用做藥物。②一種生在田野山石之間的蔓草，也叫「金線重樓」。

**紫禁城** ㄗˇ ㄐㄧㄣˋ ㄔㄥˊ 從前皇宮周圍所建的城牆，因此指說皇帝所在的區域。（現特指北京城裡明清兩代帝王宮殿的城區。）

**紫膛色** ㄗˇ ㄊㄤˊ ㄙㄜˋ 黑而紅的顏色。也作「紫糖色」「紫棠色」。

**紫羅蘭** ㄗˇ ㄌㄨㄛˊ ㄌㄢˊ ①供觀賞的二年生或多年生草本植物，葉子橢圓形或倒披針形，總狀花序，開紫紅、淡紅、淡黃或白色的花，果實細長。②稱這種植物的花朵。

**紫藥水** ㄗˇ ㄧㄠˋ ㄕㄨㄟˇ 「龍膽紫」的通稱，是一種有機染料，綠色有金屬光澤的結晶，溶於水和酒精，溶液是紫色的。醫藥上用做消毒防腐劑，殺菌力強，無刺激性。又叫「甲紫」。

## 絏

ㄒㄧㄝˋ 同「紲」。「縲絏」，見「縲」字注解。

## 絲（糸）

ㄙ ㈠蠶吐的東西，是織綢緞的原料，跟茶、瓷同是我國古代的特產。㈡絲織物的總稱。如「絲絨」「妾不衣（ㄧˋ）絲」。㈢細長像絲的東西。如「雨絲」「鐵絲」。㈣文學作品用來代替「思」字。如「情絲」「愁絲」。㈤小數目名，十絲為一毫，十毫為一薹。㈥形容極細微。如「絲毫不少」「紋絲兒不動」。㈦弦樂器，如琴瑟等總稱「絲」。如「絲弦兒」「絲竹並奏」。㈧見「絲絲入扣」。㈨姓。

**絲子** 纖細物比較粗的。

**絲瓜** 蔬類，莖細長，葉掌狀分裂，夏天開黃花，果實細長，嫩的可以作菜吃。成熟後瓜瓤有網狀的纖維，很強韌，叫做「絲瓜絡兒」，可用來擦洗東西或作藥。

**絲光** ①棉織品經特別的化學加工處理，其表面顯出如絲品一般的亮光。如「絲光布料」。②〔文〕指映日發光的游絲。如「日裡絲光動」。③〔文〕絲的光澤。唐詩有「白袷絲光織魚目」。

**絲竹** 國樂器。琴瑟跟簫管等。也用來總稱中國樂器。

**絲弦** 用絲擰成的弦。

**絲毫** 極微的數量。如「絲毫不錯」。

**絲絨** 一種絲織品，花紋凸起，有短茸毛。

**絲路** 指古代橫貫亞洲通到歐洲的交通道路，自中國西北的河西走廊有好幾條路線經甘肅、新疆越過蔥嶺，向西行到地中海東岸，轉到羅馬各地；約自西元前第二世紀（西漢年間）以後一千多年，大量的中國絲織品經這條路線西運，所以稱為「絲路」，在歷史上促進了歐、亞、非洲各國和中國的交往與文化傳播。也稱「絲綢之路」。

**絲綿** 蠶吐在平面上的絲組成片狀，叫做「絲綿」，可以填絮衣服。

**絲管** 「絲竹弦管」的簡縮詞，泛指樂器與音樂。

**絲網** ①絲織的網，可作服飾品或遮在窗上阻防蚊蠅。②指細密如絲網狀的東西。

**絲線** 用絲紡成的線。

**絲質** 蠶絲的質料，與「棉質」「人造纖維質」等相對稱。

**絲糕** 用小米麵、玉米麵等（俗稱「雜和麵」）加水攪拌發酵之後蒸成的鬆軟食品，北方貧瘠缺糧地區常賴以作主要食品。

**絲蟲** 絲狀寄生蟲，潛藏在人體皮下，長兩尺以上。

**絲襪** 用耐倫（俗稱尼龍）絲織造成的襪子；因為質地輕、薄透光，所以俗稱「玻璃絲襪」。

**絲蘿** 〔文〕比喻婚姻。〈文選・古詩十九首〉有「與君為新婚，兔絲附女蘿」。

**絲弦兒** 流行於河北石家莊一帶的一種地方戲曲，是以弦樂器胡琴做主要配樂來演唱的。

**絲織品** 用絲所織成的衣料，像綢、緞、絹、帛等。也作「絲織物」。

**絲織畫** 用蠶絲或人造絲織造成的藝術圖畫，是裝飾用品。

**絲瓜絡子** 絲瓜成熟後，皮和瓜瓤都成了堅韌的網狀纖維，叫做絲瓜絡子，可以入藥，也可以用來刷洗器物。

**絲竹並奏** 指說弦樂器和管樂器一起合奏。

**絲絲入扣** 比喻緊湊合度。

**絲綢之路** 就是絲路。參看「絲路」條。

## 綑

〔文〕ㄧㄣ ㈠鋪在床上或車上的褥子，通「茵」。㈡「綑縕」，同「氤氳」（見「氤」字註解）。

## 七筆

**綁** ㄅㄤˇ 綑起來。如「把手腳綁住」。

**綁架** ㄅㄤˇ ㄐㄧㄚˋ 用強力把人劫走。

**綁匪** ㄅㄤˇ ㄈㄟˇ 指從事綁票的匪徒。

**綁腿** ㄅㄤˇ ㄊㄨㄟˇ 舊時兵士纏裹小腿的布帶。

**綁票** ㄅㄤˇ ㄆㄧㄠˋ 匪徒捉了人去，要人家拿錢贖回。

**絻（兒）** ▲図ㄇㄧㄢˇ 同「冕」。▲ㄨㄣˋ 古喪禮，脫了帽子，把一寸寬的布條從後脖子向前，到了前額交叉，再向後在髻上繞緊，叫「絻」。

**絛（縧）** ㄊㄠ ㈠用絲編成的扁帶子。㈡見「絛蟲」。

**絛蟲** ㄊㄠ ㄔㄨㄥˊ 動物腸裡扁長形的寄生蟲，分「裂頭」「有鉤」「無鉤」三種，雌雄同體。

**綈** 図ㄊㄧˊ 光澤而厚的絲織物。古人有「綈袍」。

**綎** ㄊㄧㄥ 佩玉上的絲綬。

**綆** 図ㄍㄥˇ 打水的桶上繫的繩子。

**綆短汲深** ㄍㄥˇ ㄉㄨㄢˇ ㄐㄧˊ ㄕㄣ 図用短繩綁住器皿去汲取深井裡的水，比喻才力不能勝任。也用作自謙的話。

**綑** ㄎㄨㄣˇ ㈠図織。㈡同「捆」。

**經** ㄐㄧㄥ ㈠紡織機上的直線叫「經」。㈡世界地圖或地球儀上貫穿南北兩極的直線叫「經」。如「東經」「西經」。㈢舊時有永久存在價值的書叫「經」。如「四書五經」「水經」。參看「經書」條。㈣宗教教義的書。如「聖經」「佛經」「可蘭經」。㈤講各種技藝的書或文章也有叫「經」的。如「茶經」「內經」「馬經」（講賽馬賭博的文章）。㈥常道；指道義法制。〈中庸〉有「凡為天下國家有九經」。㈦策畫，從事。如「經營」「經商」。㈧親自做過。如「經驗」「身經百戰」。㈨保持。如「經久耐用」。㈩持久不變的道理。如「天經地義」「離經叛道」。(十一)人體的脈絡。如「經絡」「經脈」。(十二)指女人的月信。如「月經」「經期」。(十三)通過，過去。如「經香港轉去美國」「經手管錢」。(十四)図治理。如「以經邦國」。(十五)図分畫。如「體國經野」。(十六)図自縊而死，叫「自經」。(十七)姓。

**經久** ㄐㄧㄥ ㄐㄧㄡˇ 經過很長時間。

**經心** ㄐㄧㄥ ㄒㄧㄣ 用心，注意。也作「經意」。

**經手** ㄐㄧㄥ ㄕㄡˇ ①親自辦理。②中間過手。

**經水** ㄐㄧㄥ ㄕㄨㄟˇ 図①發源於山區而流入海的河流。②婦女的月經。

**經由** ㄐㄧㄥ ㄧㄡˊ 經過。

**經年** ㄐㄧㄥ ㄋㄧㄢˊ ①經過一年或若干年。②長久的時間。如「經年累月」。

**經血** ㄐㄧㄥ ㄒㄧㄝˇ 中醫稱月經。

**經典** ㄐㄧㄥ ㄉㄧㄢˇ ①同「經書」。②關於宗教的書。

**經始** ㄐㄧㄥ ㄕˇ 図開始營建；開創。如「中部橫貫公路經始之初，榮民備極勞苦」。

**經度** ㄐㄧㄥ ㄉㄨˋ 按地球赤道圓周，區分為三百六十度，以英國格林威治天文臺為起點（叫做「本初子午線」），在東邊的叫東經，在西邊的叫西經。各從零度起，而相遇於一百八十度上。經度的距離以赤道最大，每度大約六十九又六分之一英里，漸向兩極就距離漸小，最後相集在一點上。

**經紀** ㄐㄧㄥ ㄐㄧˋ 指經手買賣的人，俗稱「牙儈」。

**經師** ㄐㄧㄥ ㄕ ①古時指講授經書的教師。（若與「人師」並稱，經師只注重傳授學識，而人師可以為人師表，作生活、德行的榜樣。）②指稱佛教講經誦經的師父。

**經書** ㄐㄧㄥ ㄕㄨ 十三經的泛稱。十三經就是易經、書經、詩經、三禮（周禮、儀禮、禮記）、春秋三傳（左傳、公羊傳、穀梁傳）、論語、孟子、孝經、爾雅等十三部書的總稱。

**經脈** ㄐㄧㄥ ㄇㄞˋ 中醫指血管。

**經商** ㄐㄧㄥ ㄕㄤ 經營商業。

**經售** ㄐㄧㄥ ㄕㄡˋ 代為發售或負責銷售。也作「經銷」。

**經常** ㄐㄧㄥ ㄔㄤˊ ①副詞，常常，時常，平日總是這樣。如「經常如此」。②形容詞，正常的（對臨時的而言），日常、平常。如「經常業務」。

**經理** ㄐㄧㄥ ㄌㄧˇ ①經營管理。②工商業主持全部事務主管的職稱。③[文]常理，〈荀子〉有「道也者，治之經理也」。

**經略** ㄐㄧㄥ ㄌㄩㄝˋ [文]①治理，籌畫。如「經略之大才」。②舊時鎮守邊疆的官職名稱，唐朝有經略使，宋朝有經略安撫使，明清兩代也曾設經略使官職。③指文章的思考概要。〈文心雕龍〉有「此命篇之經略也」。

**經期** ㄐㄧㄥ ㄑㄧˊ 婦女來月經的期間。

**經費** ㄐㄧㄥ ㄈㄟˋ 經常的辦事費用。

**經絡** ㄐㄧㄥ ㄌㄨㄛˋ 古人統稱靜脈動脈叫經絡。現在生理學指靜脈。

**經傳** ㄐㄧㄥ ㄓㄨㄢˋ 統稱聖賢所著的書。

**經意** ㄐㄧㄥ ㄧˋ 留心，注意。（常用作否定的表達）如「不經意把這件事情給忘了」。

**經過** ㄐㄧㄥ ㄍㄨㄛˋ ①通過。②已經過去。③同「經歷」②。④同「過程」。

**經管** ㄐㄧㄥ ㄍㄨㄢˇ 經手管理。

**經綸** ㄐㄧㄥ ㄌㄨㄣˊ [文]本來指繅絲的事；現在用來比喻規畫政事。如「滿腹經綸」。

**經幢** ㄐㄧㄥ ㄔㄨㄤˊ 佛教的一種最重要的刻石，一般是上有頂蓋，下有臺座的圓形、六角形或八角形的石柱，高三四尺，周遭刻佛名、佛像或佛龕，並刻經咒。

**經線** ㄐㄧㄥ ㄒㄧㄢˋ ①紡織機上的直線。②推算地球經度所假想的虛線；對緯線說的。

**經緯** ㄐㄧㄥ ㄨㄟˇ ①地球的經度和緯度。②直線和橫線。③有條理的計畫。

**經銷** ㄐㄧㄥ ㄒㄧㄠ 經手代理銷售，經售。

**經學** ㄐㄧㄥ ㄒㄩㄝˊ 泛指以儒家經典（如十三經之類的）為研究對象，作詮釋訓詁並發揮其義理的學術。

**經歷** ㄐㄧㄥ ㄌㄧˋ ①閱歷，以往做事的經過。②走過。如「經歷歐美各國」。

**經辦** ㄐㄧㄥ ㄅㄢˋ 經手辦理，負責辦理。如「誰經辦誰負責」。

**經濟** ㄐㄧㄥ ㄐㄧˋ ①[文]經世濟民。如「有經濟之才」。②關於財貨的事。如「經濟恐慌」。③儉約節制。如「事少人多，不合經濟原則」。

**經營** ㄐㄧㄥ ㄧㄥˊ ①建築的事。〈詩經〉有「經之營之」。②籌畫做事的通稱。

**經籍** ㄐㄧㄥ ㄐㄧˊ ①經書。②泛指古代流傳下來的重要圖書。

**經驗** ㄐㄧㄥ ㄧㄢˋ ①親自經歷某事因而有所體驗。如「坐過飛機出過國，怎麼通關我有經驗」。②泛指由實踐得來的知識或技能，或從歷史上得來的結論。③哲學名詞。認識主體的情狀，包括由直觀與知覺直接認取的內容。

**經建會** ㄐㄧㄥ ㄐㄧㄢˋ ㄏㄨㄟˋ 經濟建設委員會的簡稱，隸屬於行政院，是跨部會的經濟建設方面的聯繫、審核機構。

**經紀人** ㄐㄧㄥ ㄐㄧˋ ㄖㄣˊ ①從前商場上的「牙儈」，撮合買賣雙方使完成交易而從中取得佣金的人。②證券市場代理證券發行買賣業務使順暢交易完成的公司（法人）或個人。

**經緯儀** ㄐㄧㄥ ㄨㄟˇ ㄧˊ 測量器械，能測天度經緯、地面高低和三角遠近。

**經濟林** ㄐㄧㄥ ㄐㄧˋ ㄌㄧㄣˊ 以經濟生產為主要目標而經營的各種樹林，如果林、漆樹林或其他供作工業原料的樹林。

**經濟部** ㄐㄧㄥ ㄐㄧˋ ㄅㄨˋ 隸屬行政院的部會之一，主管有關經濟政策與經濟建設事務的行政事項。

**經濟學** ㄐㄧㄥ ㄐㄧˋ ㄒㄩㄝˊ ①研究國民經濟各方面問題的學科的總稱，包括政治經濟學、部門經濟學、會計學、統計學等。②政治經濟學的簡稱。

**經久耐用** ㄐㄧㄥ ㄐㄧㄡˇ ㄋㄞˋ ㄩㄥˋ 指器物經過長久的使用而能保持良好的狀況。也單說「耐用」。

**經史子集** ㄐㄧㄥ ㄕˇ ㄗˇ ㄐㄧˊ 我國古書的分類。經是經典和小學（文字、訓詁、音韻各種），史是史書；子是諸子（思想學說），集是詩文、詞賦、圖贊。

**經年累月** ㄐㄧㄥ ㄋㄧㄢˊ ㄌㄟˇ ㄩㄝˋ 經過很多年月，時間很長。

**經濟成長** ㄐㄧㄥ ㄐㄧˋ ㄔㄥˊ ㄓㄤˇ 一國人民平均產量與所得總值的成長。

**經濟作物** ㄐㄧㄥ ㄐㄧˋ ㄗㄨㄛˋ ㄨˋ 供給工業原料用的各種農業作物，範圍相當廣泛。如菸草、香茅、茶、橡膠等。

**經濟制度** ㄐㄧㄥ ㄐㄧˋ ㄓˋ ㄉㄨˋ 有組織的社會之中經濟活動的各種方法的總稱。不同的經濟制度有不同的解決經濟問題的方法。現代經濟制度間的差別實質上在於三種主要特徵：㈠生產手段公有或私有的程度如何，㈡對生產計畫重視的程度如何，㈢經濟上是公共決策還是私人決策占優勢。

**經濟周期** ㄐㄧㄥ ㄐㄧˋ ㄓㄡ ㄑㄧ 指說經濟活動情形（也就是就業、生產和物價情形這三方面）的波動，上下起落形成一條曲線，從曲線可以看出周期；但是經濟活動各種動態的特徵並不經常像波浪上下起落那麼有規律，因而有人稱之為「經濟波動」。

**經濟指標** ㄐㄧㄥ ㄐㄧˋ ㄓˇ ㄅㄧㄠ 用以測定總的（特別是未來的）經濟活動形勢的統計數字。

**經濟恐慌** ㄐㄧㄥ ㄐㄧˋ ㄎㄨㄥˇ ㄏㄨㄤ 指經濟危機所引起的或是預感危機到來的恐慌情緒。凡是因為生產與消費失去平衡，造成物價大波動，商品價格凍結，企業倒閉，金融信用破產，社會經濟陷於混亂的狀況，就是經濟恐慌。

**經濟海域** ㄐㄧㄥ ㄐㄧˋ ㄏㄞˇ ㄩˋ 以海洋地質情況與海洋漁業發展情形為基礎而劃定的海域。

**經濟衰退** ㄐㄧㄥ ㄐㄧˋ ㄕㄨㄞ ㄊㄨㄟˋ 指經濟周期活動之中較不嚴重的低潮，一般說「不景氣」，特徵是生產和就業的下降，並影響到家庭收支的減少。

**經濟起飛** ㄐㄧㄥ ㄐㄧˋ ㄑㄧˇ ㄈㄟ 用飛機起飛比喻發展中國家起始發展的狀況：傳統社會→起飛前的準備階段→起飛→轉向成熟的經濟→大量消費時代。「起飛」在五個階段的中央，是消除經濟成長的各種障礙而邁向成熟的階段。

**經濟基礎** ㄐㄧㄥ ㄐㄧˋ ㄐㄧ ㄔㄨˇ ①指個人具有財富實力與能供給某種消費要求的能力。如「他的經濟基礎穩固」。②指社會經濟制度而言，也稱「經濟結構」。

**經濟合作與發展組織** ㄐㄧㄥ ㄐㄧˋ ㄏㄜˊ ㄗㄨㄛˋ ㄩˇ ㄈㄚ ㄓㄢˇ ㄗㄨˇ ㄓ 為促進經濟進步和世界貿易而於西元一九六一年成立的國際組織，總部設在巴黎；同許多政府機構和國際貨幣基金組織、關稅及貿易總協定等國際機構保持接觸而成為大量交換經濟資料的場所。英語簡稱是「OECD」。

## 絹

ㄐㄩㄢˋ ㊀厚而疏的生絲織物。㊁手絹兒，就是手帕。

**絹子** ㄐㄩㄢˋ ˙ㄗ 因手絹兒，手帕。

**絹本** ㄐㄩㄢˋ ㄅㄣˇ 字畫寫在絹上或畫在絹上的。

**絹印** ㄐㄩㄢˋ ㄧㄣˋ 印在絹上的藝術字畫。

## 絿

図ㄑㄡˊ 急切。〈詩經〉有「不競不絿」。

## 綌

図ㄒㄧˋ 粗葛布。

## 綃

ㄒㄧㄠ 生絲的織物。唐詩有「一曲紅綃不知數」。

## 絺

図ㄔ ㊀細葛布。㊁姓。

## 綏

図ㄙㄨㄟ ㊀安撫。如「綏靖」「撫綏」。㊁安定，生活平安。書札常有「敬頌台綏」的句子。㊂雙方交戰叫「交綏」。㊃綏遠，舊省名，今屬內蒙古自治區。又讀ㄙㄨㄟ。

**綏靖** ㄙㄨㄟ ㄐㄧㄥˋ 図安撫，平定。

**綏靖政策** ㄙㄨㄟ ㄐㄧㄥˋ ㄓㄥˋ ㄘㄜˋ 指以妥協、姑息的態度對待侵略者，以犧牲別國人民的利益去滿足侵略者而換取暫時的安定、和平的政策。也作「綏靖主義」。

# 八筆

## 綿（緜）

ㄇㄧㄢˊ ㊀精純的絲絮。如「絲綿」。㊁細密。如「綿密」。㊂連續不斷。如「連綿不絕」「春雨綿綿」。㊃図形容力量柔弱。如「綿薄（ㄅㄛˊ）」「綿力」。

**綿力** ㄇㄧㄢˊ ㄌㄧˋ 図柔弱的力量。

**綿子** ㄇㄧㄢˊ ˙ㄗ 因就是絲綿。

**綿亙** ㄇㄧㄢˊ ㄍㄣˋ 図連續不絕。

**綿羊** ㄇㄧㄢˊ ㄧㄤˊ 羊的一種，角比山羊短小，性情溫順，毛長而軟，可以紡毛線，織呢絨，做皮袍子。

**綿延** ㄇㄧㄢˊ ㄧㄢˊ 連續延長。

**綿長** ㄇㄧㄢˊ ㄔㄤˊ 延長不斷。

**綿密** ㄇㄧㄢˊ ㄇㄧˋ 周到細密。

**綿綢** ㄇㄧㄢˊ ㄔㄡˊ 一種表面不很平整光滑的絲織品，是用碎絲作原料織成的。

**綿遠** ㄇㄧㄢˊ ㄩㄢˇ 図長久，久遠。

**綿綿** ㄇㄧㄢˊ ㄇㄧㄢˊ 不停的樣子。如「春雨綿綿」「綿綿遠道」。

**綿聯** ㄇㄧㄢˊ ㄌㄧㄢˊ 図連續不斷，綿延連接。如「繚垣綿聯四百餘里」。

**綿薄** ㄇㄧㄢˊ ㄅㄛˊ 図才力薄弱。

**綿裏針** ㄇㄧㄢˊ ㄌㄧˇ ㄓㄣ ①比喻柔中有剛。②比喻外表柔和而內心尖刻。

## 緋

ㄈㄟ ㊀図紅色的綢子。㊁紅色叫「緋色」。

**緋紅** ㄈㄟ ㄏㄨㄥˊ 鮮紅。

**緋聞** ㄈㄟ ㄨㄣˊ 図有關男女感情方面的傳聞，一般也說「桃色新聞」。

## 綹

ㄌㄧㄡˇ ㊀長條的絲線，十根叫一綸，十綸叫一綹。㊁頭髮鬍鬚一束叫一綹。如「五綹長鬚」。㊂衣服綿軟下垂而起的直皺紋。如「這大褂兒穿起來總是綹著」。㊃「剪綹」，扒手的舊稱。

**綾** ㄌㄧㄥˊ 也叫「綾子」，比緞薄的絲織品。如「綢緞綾羅」。

**綠** ㄌㄩˋ 青黃兩色混合而成的顏色。如「綠洲」「綠油油的一片草地」。讀音ㄌㄨˋ。

**綠化** ㄌㄩˋ ㄏㄨㄚˋ 指種植樹木花草，使環境良好，防止水土流失。如「校園綠化」。

**綠卡** ㄌㄩˋ ㄎㄚˇ 美國移民局發給外國僑民的綠色的永久居留證（P．R）。

**綠地** ㄌㄩˋ ㄉㄧˋ ①栽種了樹木花草的地面。②指市區裡經過綠化的空地，如公園。

**綠豆** ㄌㄩˋ ㄉㄡˋ 豆類植物，綠褐色，可以做食品，或是磨粉做成涼食，也可泡水使發芽做菜吃。也作「菉豆」。

**綠林** ㄌㄨˋ ㄌㄧㄣˊ 泛指聚集山林間的反抗政府、搶劫財物的集團。（原是西漢末年王匡、王鳳等在綠林山裡聚眾起事。綠林位於湖北當陽東北。）

**綠波** ㄌㄩˋ ㄅㄛ 河、湖、池沼水面被微風吹起的波浪。

**綠肥** ㄌㄩˋ ㄈㄟˊ 把新鮮綠色植物的根、莖、葉埋入地裡，腐爛分解成肥料，來改良土質，使後來的農作物容易生長。

**綠洲** ㄌㄩˋ ㄓㄡ 沙漠之中有水源的聚落或耕地。

**綠茶** ㄌㄩˋ ㄔㄚˊ 焙的時間短，沒有經過發酵的茶葉，沏出來的茶呈綠色。

**綠野** ㄌㄨˋ ㄧㄝˇ 〔文〕青綠的曠野。

**綠陰** ㄌㄨˋ ㄧㄣ 〔文〕碧綠的樹陰。

**綠營** ㄌㄨˋ ㄧㄥˊ 兵制，始於明朝。清代規定各省漢人編成的軍隊，用綠旗作標誌，稱「綠營」或「綠營兵」「綠旗兵」。

**綠藻** ㄌㄩˋ ㄗㄠˇ 隱花植物水藻的一種，多數產生在淡水或寒帶的海裡，也有些生在陸地上的像乾苔、石蓴、水綿等。

**綠皮層** ㄌㄩˋ ㄆㄧˊ ㄘㄥˊ 雙子葉植物的莖皮分內外兩層，外層叫「木栓層」，內層叫「綠皮層」。「綠皮層」是含葉綠素的細胞所造成，呈綠色。

**綠衣人** ㄌㄩˋ ㄧ ㄖㄣˊ 通常指稱郵差（因我國郵差穿著綠色制服）。

**綠牡蠣** ㄌㄩˋ ㄇㄡˇ ㄌㄧˋ 近海自然生殖或人工養殖的牡蠣，因受海水金屬化學物質汙染，體色呈現綠色的，稱「綠牡蠣」，不可食用。

**綠豆芽** ㄌㄩˋ ㄉㄡˋ ㄧㄚˊ 綠豆浸水，不見陽光，生長幼芽直根約兩寸，作烹調食品。也作「菉豆芽」或「芽菜」。

**綠豆蠅** ㄌㄩˋ ㄉㄡˋ ㄧㄥˊ 一種綠色的大蒼蠅。

**綠油油** ㄌㄩˋ ㄧㄡˊ ㄧㄡˊ 形容濃綠的樣子。

**綠柱石** ㄌㄩˋ ㄓㄨˋ ㄕˊ 產於花崗岩或雲母岩裡的一種礦石，六稜柱形，有不同的顏色，硬度大，有光澤，主要成分是矽、鋁和鈹，可以用來提煉鈹及其化合物。俗稱綠寶石。

**綠茸茸** ㄌㄩˋ ㄖㄨㄥˊ ㄖㄨㄥˊ ①形容草的綠色。如「綠茸茸的草地」。②形容長得茂密的草。如「路旁地面鋪植著綠茸茸的短草」。

**綠瑩瑩** ㄌㄩˋ ㄧㄥˊ ㄧㄥˊ 形容晶瑩、碧綠的光色。如「綠瑩瑩的禾苗」。

**綠蠵龜** ㄌㄩˋ ㄒㄧ ㄍㄨㄟ 背殼是綠色的海生大龜，壽命很長，能在海洋遠距離游行。雌龜在每年固定季節到海邊沙灘產卵。屬於受保護的稀有動物。臺灣的澎湖、蘇澳等地常可見到。

**綠色植物** ㄌㄩˋ ㄙㄜˋ ㄓˊ ㄨˋ 含有葉綠素的各種植物。

**綠肥紅瘦** ㄌㄨˋ ㄈㄟˊ ㄏㄨㄥˊ ㄕㄡˋ 〔文〕指春深時候紅花稀少而葉子繁茂。語出宋代女詞人李清照的詞。

**綸** ▲図ㄌㄨㄣˊ㈠青絲帶子。㈡長條絲線十根叫一綸。㈢釣竿上的線，叫「釣綸」，垂釣作「垂綸」。㈣把蠶絲合攏叫「綸」，見「經綸」。

▲ㄍㄨㄢ見「綸巾」。

**綸巾** ㄍㄨㄢ ㄐㄧㄣ 青絲條帶做的頭巾，相傳是諸葛亮所創。又名「諸葛巾」。

**綱** ㄍㄤ ㈠網的總繩。㈡比喻文章、言論或事物的主要部分。如「大綱」「綱要」。㈢古時結幫運輸貨物的組織。如「鹽綱」「綱運」「智劫生辰綱」（水滸傳裡的故事）。

**綱目** ㄍㄤ ㄇㄨˋ 事物的大綱跟細目。

**綱紀** ㄍㄤ ㄐㄧˋ ①國家社會的秩序與規律。②治理。〈詩經〉有「綱紀四方」。

**綱要** ㄍㄤ ㄧㄠˋ 綱領與要旨。

**綱常** ㄍㄤ ㄔㄤˊ 我國舊時稱君臣、父子、夫婦為「三綱」；仁、義、禮、智、信為「五常」。

**綱領** ㄍㄤ ㄌㄧㄥˇ 大綱。

**綱舉目張** ㄍㄤ ㄐㄩˇ ㄇㄨˋ ㄓㄤ 図①網的大綱舉起，網上面的細孔自然張開顯露。比喻條理分明。②比喻下從上，小從大。

**綜** ㄗㄨㄥˋ ㈠交錯的樣子。如「錯綜複雜」。㈡合起來。如「綜合」「綜計」。㈢起了皺紋，不平坦。如「衣服壓綜了，不能穿出去」。又讀ㄗㄨㄥ。

**綜合** ㄗㄨㄥˋ ㄏㄜˊ 總合起來。

**綜括** ㄗㄨㄥˋ ㄎㄨㄛˋ 總括起來。也可以讀ㄗㄨㄥ ㄍㄨㄚ。

**綜述** ㄗㄨㄥˋ ㄕㄨˋ 綜合敘述，總起來說明。如「匪徒的種種殘暴行為，可以綜述，難以細說」。

**綜核** ㄗㄨㄥˋ ㄏㄜˊ 也作「綜覈」，合起來考核。

**綜藝** ㄗㄨㄥˋ ㄧˋ 「綜合演藝」的簡縮詞。如「綜藝節目」。

**綜觀** ㄗㄨㄥˋ ㄍㄨㄢ 綜合觀察，總括地觀察。

**綜合體** ㄗㄨㄥˋ ㄏㄜˊ ㄊㄧˇ 把各項實質成分聚合在一起所形成的總體，指觀念、事態、社會結構與政治組織等方面而言。

**綜合大學** ㄗㄨㄥˋ ㄏㄜˊ ㄉㄚˋ ㄒㄩㄝˊ 設有各種科系（包括哲學、人文科學與自然科學）的大學，與單科大學有別。

**綜合利用** ㄗㄨㄥˋ ㄏㄜˊ ㄌㄧˋ ㄩㄥˋ 指對於經濟資源方面作通盤的充分有效的開發利用。

**綜合藝術** ㄗㄨㄥˋ ㄏㄜˊ ㄧˋ ㄕㄨˋ 在形式上占有時間和空間，必須用聽覺和視覺來鑑賞的藝術，像舞蹈、戲劇、電影等。

**綜合所得稅** ㄗㄨㄥˋ ㄏㄜˊ ㄙㄨㄛˇ ㄉㄜˊ ㄕㄨㄟˋ 國民個人在一個年度內的所得總額，依照政府規定，自行申報繳納的一種稅目。

**綵** ㄘㄞˇ 彩色的綢子。如「張燈結綵」「剪綵」。

**綵綢** ㄘㄞˇ ㄔㄡˊ 彩色的絲綢。

**綵牌樓** ㄘㄞˇ ㄆㄞˊ ㄌㄡˊ 樓字輕讀。舉行盛大慶典時候紮的牌樓，從前常用綵綢紮成，現在用的都是木料。

**緄** ㄍㄨㄣˇ ㈠図用線織成的帶子。㈡見「緄邊」。

**緄邊（兒）** ㄍㄨㄣˇ ㄅㄧㄢ（ㄦ） 在衣服的領、袖、襬等部分特別縫上的圓稜形的邊兒。也寫「滾邊（兒）」。

**緊（紧、紧）** ㄐㄧㄣˇ ㈠密，切合，跟「鬆」相反。如「握緊筆桿」「鞋帶繫緊」。㈡嚴，不放鬆。如「管得很緊」「抓得太緊」。㈢情形很嚴重，很急迫。如「緊要」「緊張」。㈣快，不逗留的。如「趕緊」「催得緊」。㈤困窘，不寬裕（常指錢方面）。如「日子過得很緊」「手頭兒太緊」。

**緊自** ㄐㄧㄣˇ ㄗˋ 自字輕讀。老是；總是。如「緊自說就討厭了」。

**緊促** ㄐㄧㄣˇ ㄘㄨˋ 急促。

**緊急** ㄐㄧㄣˇ ㄐㄧˊ 極急迫。

**緊要** ㄐㄧㄣˇ ㄧㄠˋ 重要。

**緊迫** ㄐㄧㄣˇ ㄆㄛˋ 指事態急迫、時間逼近、問題急切、事務急待處理等。如「形勢非常緊迫」。

**緊密** ㄐㄧㄣˇ ㄇㄧˋ 細密。

**緊張** ㄐㄧㄣˇ ㄓㄤ 心理學名詞，人在有所需求、恐懼或壓力之下，會產生興奮的情緒，準備採取行動，以恢復平衡舒適的感覺。這種興奮的狀態就是緊張。

**緊湊** ㄐㄧㄣˇ ㄘㄡˋ 密切連接，沒有縫兒，不鬆散（ㄙㄢˇ），不拖時間。

**緊鄰** ㄐㄧㄣˇ ㄌㄧㄣˊ 家宅緊靠著的鄰居。

**緊縮** ㄐㄧㄣˇ ㄙㄨㄛ 收縮，縮減；一般指財務方面的事情說。如「緊縮支出」。

**緊身衣** ㄐㄧㄣˇ ㄕㄣ ㄧ 泛指為各種用處（保暖、體操運動，束身、醫療）而穿的緊裹著身體的衣服，或全身或半身。

**緊身兒** ㄐㄧㄣˇ ㄕㄣ ㄦ 貼身的內衣。也叫做「緊子（˙ㄗ）」。

**緊箍咒** ㄐㄧㄣˇ ㄍㄨ ㄓㄡˋ 比喻能藉以束縛或控制人的事物（〈西遊記〉裡唐僧一念咒語，就能縮緊孫悟空頭上戴的金箍，讓他頭痛而服從）。

**緊繃繃** ㄐㄧㄣˇ ㄅㄥ ㄅㄥ ①形容綑紮得很緊。如「包裹打得緊繃繃的」。②指表情、情緒、事態的特別緊張，沒有輕鬆從容的跡象。如「工作趕得緊繃繃的，一口氣也不能緩」。

**緊急狀態** ㄐㄧㄣˇ ㄐㄧˊ ㄓㄨㄤˋ ㄊㄞˋ 不比平常的、很緊張急切的情況。通常是指國家或地區面臨災難或戰亂爆發的危險時刻。

**緊要關頭** ㄐㄧㄣˇ ㄧㄠˋ ㄍㄨㄢ ㄊㄡˊ 重要的地步。

**緊張兮兮** ㄐㄧㄣˇ ㄓㄤ ㄒㄧ ㄒㄧ 形容人十分緊張的樣子（含貶義）。如「看他緊張兮兮地連自己住處都忘了」。

**緊鑼密鼓** ㄐㄧㄣˇ ㄌㄨㄛˊ ㄇㄧˋ ㄍㄨˇ 鑼鼓點敲得很密（猶如戲劇即將開演上場一般）。比喻公開活動前的加緊準備。

## 綦

ㄑㄧˊ ㈠文很，非常。如「責任綦重」。㈡文「綦衣」，青黑色的衣服。㈢綦毋（或作「綦母」）、綦連，都是複姓。

## 綺

文ㄑㄧˇ ㈠有斜花紋的絲織物。如「綺羅」。㈡比喻富貴子弟。〈漢書〉有「綺襦紈袴」。㈢美麗，美妙。如「綺麗」「綺思」。㈣形容年紀輕。如「綺年」。㈤綺里，複姓。

**綺戶** ㄑㄧˇ ㄏㄨˋ 文綺窗，有美麗窗格子的窗戶。

**綺年** ㄑㄧˇ ㄋㄧㄢˊ 文年紀輕。形容女人時，常說「綺年玉貌」。

**綺思** ㄑㄧˇ ㄙ 文①美妙的想法。②戀慕異性的情思。

**綺麗** ㄑㄧˇ ㄌㄧˋ 文漂亮，豔麗。

## 綮

▲ㄑㄧˇ 古兵器戟的套子。
▲ㄑㄧㄥˋ 見「肯綮」條。

## 綣

ㄑㄩㄢˇ 見「繾綣」。

## 緒

ㄒㄩˋ ㈠指絲線的頭。如「理緒」「頭緒」。㈡比喻事情的開端。

如「千頭萬緒」「事情就緒」。㈢図開頭的部分。如「緒言」「緒論」。㈣心境，如「心緒」「情緒」。㈤図剩下的，叫「緒餘」。

**緒言** ㄒㄩˋ ㄧㄢˊ 緒論，開端的話。

**緒論** ㄒㄩˋ ㄌㄨㄣˋ 在本書前面概述全書大意的文字；意思同「導言」。也作「緒言」。

**緒餘** ㄒㄩˋ ㄩˊ 図殘餘。也泛指主體以外的零散部分。

**緒戰** ㄒㄩˋ ㄓㄢˋ 開端的戰鬥，主要是以兵力的一部分偵察敵情，並且掩護我軍接近敵人。

**綻** ㄓㄢˋ ㈠衣服脫線。如「褲管兒綻開了」「下襬綻線了」。㈡人的嘴張開或花的開放。如「綻開笑靨」「秋菊初綻」。㈢見「破綻」條。

**綻裂** ㄓㄢˋ ㄌㄧㄝˋ 衣物破裂。

**綴** ㄓㄨㄟˋ ㈠図連結。如「連綴」「綴文」。㈡縫補。如「補補綴綴」。㈢裝飾。如「點綴」。

**綴文** ㄓㄨㄟˋ ㄨㄣˊ 図連綴字句成文章，就是「著述」。

**綢** ㄔㄡˊ ㈠絲織物的通稱。也叫「綢子」。如「綢緞」「府綢」。㈡図緻密。〈詩經〉有「綢直如髮」。㈢見「綢繆」。

**綢緞** ㄔㄡˊ ㄉㄨㄢˋ ①綢和緞。②絲織物的通稱。

**綢繆** ㄔㄡˊ ㄇㄡˊ 図①形容情意纏綿。李陵詩有「與子結綢繆」。②經營，使其牢固。如「未雨綢繆」。

**綽** ▲ㄔㄨㄛˋ ㈠形容寬鬆。如「手頭兒寬綽」「綽綽有餘」。㈡見「綽號」。㈢図見「綽約」。▲ㄔㄠ ㈠抓取。如「綽起一根棍子」。㈡同「焯」。

**綽約** ㄔㄨㄛˋ ㄩㄝ 図形容女人體態柔弱的樣子。白居易〈長恨歌〉有「其中綽約多仙子」。

**綽號(兒)** ㄔㄨㄛˋ ㄏㄠˋ ㄦ 人的本名以外另起的外號。如「魯智深的綽號叫花和尚」。

**綽有餘裕** ㄔㄨㄛˋ ㄧㄡˇ ㄩˊ ㄩˋ 很富裕，用不完，還有剩餘的。

**綽綽有餘** ㄔㄨㄛˋ ㄔㄨㄛˋ ㄧㄡˇ ㄩˊ 很寬裕，還有多餘的。

**綬** ㄕㄡˋ 古人繫印章的絲帶，叫「印綬」「璽綬」。

**緌** ㄖㄨㄟˊ ㈠図緌緌，下垂的樣子。㈡緌纓，帽帶與其紐狀的垂飾。

**緇** 図ㄗ ㈠黑色。如「在涅貴不緇」「緇素」。㈡緇徒、緇門、緇流，都是指和尚。

**緇素** ㄗ ㄙㄨˋ 図①黑與白。緇是黑色的，素是白色的。②和尚與俗眾的合稱。

**緇黃** ㄗ ㄏㄨㄤˊ 図指和尚和道士。和尚常穿黑衣，道士常戴黃冠，因此合而稱緇黃。

**綖** ▲ㄧㄢˊ ㈠冠冕前後下垂的飾物。㈡遷延。同「延」。▲ㄒㄧㄢˋ 同「線」。絲縷。

**維** ㄨㄟˊ ㈠図方形網子四個角兒上的粗繩子，叫維。㈡図由粗繩子引伸作「安定的要素」。如「四維八德」。㈢連結。如「維繫」。㈣保持，保全。如「維持」「維護」。㈤組織生物體的細長的物質。如「纖維」。㈥回族的一個種族「維吾爾」的簡稱。㈦通「惟」。如「思維」。㈧図語助詞。如「進退維谷」。

**維文** ㄨㄟˊ ㄨㄣˊ 維吾爾族所用的文字，是從土耳其文演變來的。

**維持** ㄨㄟˊ ㄔˊ 維護支持的意思。

**維修** ㄨㄟˊ ㄒㄧㄡ 「維護修理」的簡縮詞。如「車輛維修」。

**維新** ㄨㄟˊ ㄒㄧㄣ 改革舊法實行新政。如「明治維新」「百日維新」（指清光緒年間的短暫沒有成功的新政）。

**維繫** ㄨㄟˊ ㄒㄧˋ 維持聯繫。如「維繫人心」。

**維護** ㄨㄟˊ ㄏㄨˋ 維持保護。

**維他命** ㄨㄟˊ ㄊㄚ ㄇㄧㄥˋ vitamin的音譯，也叫維生素、生活素，有A、B、C、D、E、K各種，是食物中最重要的滋養成分。參看「維生素」。

**維生素** ㄨㄟˊ ㄕㄥ ㄙㄨˋ 一般在食物裡可以經過消化而吸收的某些少量的有機化合物，對人和動物生長、發育、健康各方面都有極重要的作用。長期缺乏某種維生素，就會引起生理機能障礙而發生某種疾病。

**維吾爾** ㄨㄟˊ ㄨˊ ㄦˇ 住在新疆的一種回族，也叫「纏頭回」，人口約五百五十萬。古書作「畏吾爾」「畏兀兒」等。

## 綰 ㄨㄢˇ

㈠〔文〕「綰統」，是聯絡貫通的意思。㈡把長的東西盤繞捲起。如「她把頭髮綰起來」。宋詞有「初綰雲鬟」。

**綰轂** ㄨㄢˇ ㄍㄨˇ 〔文〕〈史記・貨殖列傳〉有「唯褒斜綰轂其口」。說扼住要衝的地區，「若車轂之奔湊」。所以說掌握政權的人，叫「綰轂天下」。

## 網（网、䋄） ㄨㄤˇ

㈠用繩、線編的捕鳥捕魚的器具。如「魚網」「拿網子網鳥」。㈡像網一樣的東西。如「鐵絲網」「蜘蛛網」。㈢能拘束人的事或力量。如「天網恢恢」「法網」。㈣組織一種縱橫聯繫的嚴密關係。如「通訊網」「發行網」。㈤見「網羅」。

**網子** ㄨㄤˇ ˙ㄗ 網㈠㈡。

**網目** ㄨㄤˇ ㄇㄨˋ 縱橫線相交而成網形的孔。它的縱橫線叫「網線」。

**網兒** ㄨㄤˇ ㄦ 小網子。

**網架** ㄨㄤˇ ㄐㄧㄚˋ 運動器具。懸掛球網的架子。如「籃球場兩端設立的網架」。

**網柱** ㄨㄤˇ ㄓㄨˋ 球類運動器具。運動場上懸掛中線網用的柱子。排球、網球、桌球等項運動都有網柱。

**網罟** ㄨㄤˇ ㄍㄨˇ 〔文〕用粗線或繩子編成的網，一般指打魚用的網。（網孔較疏的是網，較密的是罟。）

**網球** ㄨㄤˇ ㄑㄧㄡˊ ①一種球類運動。球場長方形，長七十八英尺，寬二十七英尺，中間用高三英尺的疏網隔開。雙方球員在兩邊互相拍球過網，出界或入網算輸。有硬式，有軟式，可雙打，可單打。②網球運動使用的球。分兩層，外層是羊毛或化學纖維毛料製成，內層是橡膠質。內部還要灌滿壓縮氣體。

**網路** ㄨㄤˇ ㄌㄨˋ ①形成蛛網狀的通道。也作「網絡」。②指各相關部門相互聯繫、密切配合的系統組織。如「交通網路」「廣播網路」。③現在常用來指「電腦網路」，就是利用電纜線或電信通訊線路，將各單獨的電腦連接起來，達成資訊傳輸、資料共享等功能。②③也簡稱作「網」。如「交通網」「上網」。

**網膜** ㄨㄤˇ ㄇㄛˊ ①「視網膜」的簡稱。②大腸內表面上覆蓋著的脂肪質的薄膜，有保持腸壁滑潤的作用。

**網羅** ㄨㄤˇ ㄌㄨㄛˊ 捕捉魚鳥的器具，引伸作搜求，羅致。如「網羅人才」。

**網籃** ㄨㄤˇ ㄌㄢˊ 上面有網子可以絡住，免得所裝的東西遺落的提籃。

**網球拍** ㄨㄤˇ ㄑㄧㄡˊ ㄆㄞ 打網球用的球拍。

**網開三面** ㄨㄤˇ ㄎㄞ ㄙㄢ ㄇㄧㄢˋ 比喻寬恕。又有「網開一面」的話，比喻從寬處置。語出〈史記．殷本紀〉。

**網際網路** ㄨㄤˇ ㄐㄧˋ ㄨㄤˇ ㄌㄨˋ 電腦用詞。英文 Internet 的意譯。一種將許多不同的電腦網路連接起來，構成龐大的區域性、全國性或國際性網路環境。如「國際網際網路」。

## 九筆

**編** ㄅㄧㄢ ㈠連結，交叉組織。如「編草席」「編個竹籃子」。㈡順次排列。如「編列」「編組」。㈢書籍。如「巨編」「續編」。㈣纂集。如「編一本書」「編報紙副刊」。㈤捏造。如「編了一套瞎話」。㈥書一冊叫一編。如「人手一編」。

**編戶** ㄅㄧㄢ ㄏㄨˋ 図登入冊籍的民戶。〈漢書〉有「諸將故與帝為編戶民」。也作「編民」「編氓（ㄇㄥˊ）」。

**編列** ㄅㄧㄢ ㄌㄧㄝˋ ①按次序排列。②図同「編戶」，〈文選〉有「非編列之民」。

**編年** ㄅㄧㄢ ㄋㄧㄢˊ 按年的次序記載史事，叫「編年史」。

**編次** ㄅㄧㄢ ㄘˋ 按一定的次序編排。如「編次其事」。

**編貝** ㄅㄧㄢ ㄅㄟˋ 図形容人的牙齒潔白整齊。

**編制** ㄅㄧㄢ ㄓˋ ①排列，組織。②機關團體內部各單位人員和職務的配置。

**編物** ㄅㄧㄢ ㄨˋ 用毛、絲、棉等線編結而成的衣帽等。

**編者** ㄅㄧㄢ ㄓㄜˇ 擔任編輯工作的人員。

**編派** ㄅㄧㄢ ㄆㄞˋ 派字輕讀。編造虛偽的事，借機諷刺他人。

**編訂** ㄅㄧㄢ ㄉㄧㄥˋ 編纂修訂。

**編書** ㄅㄧㄢ ㄕㄨ 編纂書稿。

**編班** ㄅㄧㄢ ㄅㄢ ①把很多人按一定準則編成若干班次。②指學生分別編入教室上課的班次。

**編排** ㄅㄧㄢ ㄆㄞˊ ①依照次序排列。②戲劇的編輯與排演。③報刊書籍的編輯與排版。

**編造** ㄅㄧㄢ ㄗㄠˋ ①編製表冊。②杜撰捏造。

**編著** ㄅㄧㄢ ㄓㄨˋ 編纂著述，運用資料編纂成書。

**編隊** ㄅㄧㄢ ㄉㄨㄟˋ ①分組。②分成幾隊。

**編號** ㄅㄧㄢ ㄏㄠˋ 依照次序排列號數。

**編遣** ㄅㄧㄢ ㄑㄧㄢˇ 把軍隊改編或遣散。

**編寫** ㄅㄧㄢ ㄒㄧㄝˇ ①創作。如「編寫劇本」。②運用資料整理成書或文章。如「編寫業務報告」。

**編審** ㄅㄧㄢ ㄕㄣˇ ①編輯並審定書籍。②負責編輯和審定工作的人。

**編撰** ㄅㄧㄢ ㄓㄨㄢˋ 編寫，撰寫，編纂。如「這一本大書的編撰必須費很多心血」。

**編碼** ㄅㄧㄢ ㄇㄚˇ ①指編成電信傳送的電碼。②指電腦資訊編成系統數碼。③指各種管理（如圖書管理）所需用的編碼工作。

**編導** ㄅㄧㄢ ㄉㄠˇ ①編寫劇本和指導演出。②指編劇和導演的人。

**編磬** ㄅㄧㄢ ㄑㄧㄥˋ 古代打擊樂器。把石製或玉製的磬，一般是十六枚（也有少到十二枚，多到三十二枚的），按不同的大小、厚薄，從低音到高音，懸掛在木架上用木椎敲出樂音。

**編輯** ㄅㄧㄢ ㄐㄧˊ ①搜集資料編成書籍或報章雜誌。②編輯書報雜誌的人。

**編錄** ㄅㄧㄢ ㄌㄨˋ ①摘錄並編輯。②編寫放映節目內容並錄影。③編寫廣播稿件並錄音。

**編織** ㄅㄧㄢ ㄓ 用細長的材料(線、繩、枝條、鐵絲、布條等)交叉編結成平面或其他種種形狀和有用的器物。

**編纂** ㄅㄧㄢ ㄗㄨㄢˇ ①編輯。②職稱,是最高級的編輯人員。

**編譯** ㄅㄧㄢ ㄧˋ 編輯與翻譯。

**編鐘** ㄅㄧㄢ ㄓㄨㄥ 古代的打擊樂器,把若干個按聲律配成組的銅鐘懸掛在木架上,用小木鎚敲打成樂音。

**編年史** ㄅㄧㄢ ㄋㄧㄢˊ ㄕˇ 用編年體撰寫的史書,把史實按年次編列記載。

**編年體** ㄅㄧㄢ ㄋㄧㄢˊ ㄊㄧˇ 按照年代順序編寫的史書,如〈春秋〉〈資治通鑑〉等,是我國傳統史書編撰體裁之一。(與紀傳體、紀事本末體,是我國史書的三種基本體裁。)

**編輯人** ㄅㄧㄢ ㄐㄧˊ ㄖㄣˊ 從事編輯工作者(特指新聞報紙的編輯工作者)。

**編輯局** ㄅㄧㄢ ㄐㄧˊ ㄐㄩˊ 主管政府公報與其他公務書刊編輯任務的政府機構。

**編輯部** ㄅㄧㄢ ㄐㄧˊ ㄅㄨˋ 指報刊或出版事業的編輯部門。

**編序教學法** ㄅㄧㄢ ㄒㄩˋ ㄐㄧㄠˋ ㄒㄩㄝˊ ㄈㄚˇ 把學科內容用編序教材實施教學的方法。編序教材是按照教學內容與意旨由淺顯到精深,根據學習心理與邏輯思考順序,一步步解說推展到精深透徹為止,同時也是很適合自學應用的教材,又宜於電腦輔助教學應用。編序教學法又名「利用題解教科書的自學教學法」。

## 緶

ㄅㄧㄢˋ 長條的編織物。如「草帽緶」。

## 緲

ㄇㄧㄠˇ 見「縹緲」。

## 緬

ㄇㄧㄢˇ ㈠[文]緬邈,遙遠的樣子。㈡[文]思念,遠想。如「緬懷先民」。㈢緬甸(Burma)的簡稱。

**緬想** ㄇㄧㄢˇ ㄒㄧㄤˇ [文]思想,遙想。

**緬邈** ㄇㄧㄢˇ ㄇㄧㄠˇ [文]形容遙遠,悠遠。如「音徽日夜离,緬邈若飛沉」。

**緬懷** ㄇㄧㄢˇ ㄏㄨㄞˊ [文]反覆思念。

## 緡

ㄇㄧㄣˊ ㈠[文]釣竿上的線。㈡舊時串制錢的細繩,所以一串錢(一千個)叫一緡。

## 締

ㄉㄧˋ ㈠[文]結合,結成。如「締約」「締結婚姻」。㈡[文]組織,構成。如「締造民國」。㈢見「取締」。

**締交** ㄉㄧˋ ㄐㄧㄠ ①(朋友)訂交。②締結邦交。

**締約** ㄉㄧˋ ㄩㄝ 訂立條約。

**締造** ㄉㄧˋ ㄗㄠˋ 締㈡。

**締結** ㄉㄧˋ ㄐㄧㄝˊ 訂立。也作「締訂」。

**締盟** ㄉㄧˋ ㄇㄥˊ [文]結盟。如「與我國締盟的有許多國家」。

**締構** ㄉㄧˋ ㄍㄡˋ [文]指營造、建築。

**締約國** ㄉㄧˋ ㄩㄝ ㄍㄨㄛˊ 雙方訂立條約的當事國。

## 緞

ㄉㄨㄢˋ 密厚而有光滑的絲織品。如「錦緞」「緞子」。

## 緹

[文]ㄊㄧˊ ㈠黃紅色的綢子。㈡緹騎(ㄐㄧˋ ㄧ)是從前捉拿押解罪犯的紅衣騎兵。

## 練(练)

ㄌㄧㄢˋ ㈠柔軟潔白的熟絹。如「白練」。㈡[文]把生絹煮熟使其潔白叫「練」。㈢反覆學習,增加經驗。如「練習」「技術不熟,還得(ㄉㄟˇ)練」。㈣精熟。如「熟練」「老練」。㈤姓。

**練功** ㄌㄧㄢˋ ㄍㄨㄥ 練習功夫。(「功夫」泛指各種技能、藝術方面,如唱功、武功等的功力。)

**練句** ㄌㄧㄢˋ ㄐㄩˋ 指說詩文寫作用心琢磨字句。

**練字** ㄌㄧㄢˋ ㄗˋ 練習書法。

**練兵** ㄌㄧㄢˋ ㄅㄧㄥ 訓練軍隊。

**練習** ㄌㄧㄢˋ ㄒㄧˊ 學著做，操練學習。

**練達** ㄌㄧㄢˋ ㄉㄚˊ [文]有閱歷，通世故。

**練把式** ㄌㄧㄢˋ ㄅㄚˇ ㄕˋ 式字輕讀。也作「練把勢」。操練武藝。

**練家子** ㄌㄧㄢˋ ㄐㄧㄚ ㄗˇ [方]指說專門練武藝有特殊造詣的人。

**練習生** ㄌㄧㄢˋ ㄒㄧˊ ㄕㄥ 公司行號對新用人員的一種職稱，意思是學習實際工作者，跟以往通稱的「學徒」相仿。

**緱** ㄍㄡ ㈠[文]纏在劍柄上的繩子。㈡姓。

**緙** ㄎㄜˋ [文]織物的緯線。

**緙絲** ㄎㄜˋ ㄙ 也作「刻絲」。絲織品之一，花紋平勻整齊，像是雕刻成的樣子。

**緩** ㄏㄨㄢˇ ㈠慢，跟「急」相反。如「緩行」「緩不濟急」。㈡寬鬆，跟「緊張」相反。如「緩和」「緩慢」。㈢延遲。如「緩召」「展緩」。㈣恢復，甦醒。如「緩一口氣兒再說」「他昏倒在教室裡，好半天才緩了過來」。

**緩召** ㄏㄨㄢˇ ㄓㄠˋ 常備兵預備役、補充兵後備軍人以及國民兵等的延緩動員召集。

**緩刑** ㄏㄨㄢˇ ㄒㄧㄥˊ 對已經定罪的犯人暫緩執行。目的在補救短期自由刑的缺點，使初犯或犯行輕微的人有改過自新的機會。近代世界各國都採用。

**緩役** ㄏㄨㄢˇ ㄧˋ 緩期服兵役。也作「緩召」。

**緩步** ㄏㄨㄢˇ ㄅㄨˋ 腳步很慢。

**緩和** ㄏㄨㄢˇ ㄏㄜˊ ①避免衝突，和平辦理。②不緊張了，事情漸漸平定了。

**緩急** ㄏㄨㄢˇ ㄐㄧˊ [文]寬舒或急迫，引伸作需要幫助的意思。

**緩期** ㄏㄨㄢˇ ㄑㄧˊ 把預定的時間向後推。

**緩解** ㄏㄨㄢˇ ㄐㄧㄝˇ 使緊張、劇烈的情形得以減輕、緩和。如「交通擁擠的狀況漸漸有了緩解」。

**緩慢** ㄏㄨㄢˇ ㄇㄢˋ 速度很低，不快。

**緩徵** ㄏㄨㄢˇ ㄓㄥ ①發生災荒的地方，暫緩徵收公糧。②兵役法規定，應徵的役男因病、在押或就學，可以延期徵集。俗稱「緩役」。

**緩衝** ㄏㄨㄢˇ ㄔㄨㄥ 雙方發生衝突，第三者在中間調停，把雙方隔開，緩和緊張形勢。

**緩頰** ㄏㄨㄢˇ ㄐㄧㄚˊ [文]代人求情或向人婉言勸解。

**緩口氣** ㄏㄨㄢˇ ㄎㄡˇ ㄑㄧˋ ①在勞累的時候稍作歇息，使氣息暫得平順。②比喻急迫的事態或沉重的壓力得到轉機或解救，暫時鬆弛下來。

**緩降梯** ㄏㄨㄢˇ ㄐㄧㄤˋ ㄊㄧ 一種高樓逃生的工具，火災時供用。樓上的人可以靠這種工具緩緩地溜到地面。

**緩解期** ㄏㄨㄢˇ ㄐㄧㄝˇ ㄑㄧˊ 對新事態的開創與舊事態的改革或改變，不能一蹴而幾，開始要有一段期間緩緩誘導進行，以避免發生窒礙。這段期間叫做緩解期。

**緩不濟急** ㄏㄨㄢˇ ㄅㄨˋ ㄐㄧˋ ㄐㄧˊ 比喻趕不上應用。

**緩兵之計** ㄏㄨㄢˇ ㄅㄧㄥ ㄓ ㄐㄧˋ 比喻暫時設法，使事態和緩的一種方法。

**緩衝地帶** ㄏㄨㄢˇ ㄔㄨㄥ ㄉㄧˋ ㄉㄞˋ 為了緩和兩國或幾國的衝突，而在這些國的中間設立的中立地帶。也叫「非軍事區」。

**緘** ㄐㄧㄢ ㈠[文]閉上嘴，不說話。如「三緘其口」「緘默」。㈡書信。如「緘札」。

**緘口** ㄐㄧㄢ ㄎㄡˇ 文閉口不言。

**緘札** ㄐㄧㄢ ㄓㄚˊ 文書信；信件。

**緘默** ㄐㄧㄢ ㄇㄛˋ 文沉默，不說話。

**緝** ▲ㄑㄧˋ (一)搜捕。如「通緝犯」「緝私」。(二)文把麻劈開，接在一起成線。(三)文縫衣邊。〈儀禮〉有「斬者何，不緝也」。▲ㄑㄧ 縫紉法之一，細密地縫，線跡很小，密接成直行。

**緝私** ㄑㄧˋ ㄙ 搜捕販賣私貨的人。

**緝捕** ㄑㄧˋ ㄅㄨˇ 捉捕犯人。

**緝拿** ㄑㄧˋ ㄋㄚˊ 對罪犯的搜查捉拿。如「法院通令緝拿，罪犯無處可逃」。

**緧** 文ㄑㄧㄡ 套在拉車的牛馬尾下的皮帶。

**線（綫）** ㄒㄧㄢˋ (一)細長條兒的東西。如「毛線」「電線」。(二)像是細線兒的。如「光線」「畫一道虛線」。(三)「面」的界，有位置和長度，沒有厚度和高度、寬度。如「直線」「曲線」。(四)從這邊到那邊所經由的路。如「路線」「航線」。(五)形容非常狹窄微小。如「一線希望」「一線生機」。(六)尋求隱祕事物或人物的門徑。如「眼線」「線索」。(七)指事物的範圍。如「飢餓線上」「死亡線上」。

**線民** ㄒㄧㄢˋ ㄇㄧㄣˊ 協助警方提供線索以緝捕盜賊的人。

**線香** ㄒㄧㄢˋ ㄒㄧㄤ 用香屑製成細長的香，供祭拜之用。

**線索** ㄒㄧㄢˋ ㄙㄨㄛˇ 比喻推究事件的門徑。

**線圈** ㄒㄧㄢˋ ㄑㄩㄢ ①在電機、電器上用途廣泛的、有絕緣外皮的導線所繞成的圈狀或筒狀物件。②在工藝方面凡是用線（絲線、棉線、金屬線）繞成的圈狀物也泛稱線圈。

**線條** ㄒㄧㄢˋ ㄊㄧㄠˊ ①圖畫、繪畫所表現的曲、直、粗、細的墨線或著色的圖線。如「柔和的線條」。②指人體或工藝品的輪廓。如「這一座塑像的線條很美」。③用「粗線條」比喻人的個性或行事、言談的風格粗鹵。如「這位仁兄粗線條的作風常常讓人受不了」。

**線裝** ㄒㄧㄢˋ ㄓㄨㄤ 我國從前一般書籍的一種裝訂方法，裝訂線顯露在書皮外面。

**線路** ㄒㄧㄢˋ ㄌㄨˋ 電線，因為它是電流的通路，所以叫線路。

**線審** ㄒㄧㄢˋ ㄕㄣˇ 網球運動比賽時專管球員打的球是在界內或出界的任務的裁判人員。正式職稱是「司線員」，分「發球司線員」「邊線司線員」「端線司線員」和「中線司線員」等，共九人。

**線桄子** ㄒㄧㄢˋ ㄍㄨㄤˋ ˙ㄗ 纏線的器具，中間有軸，可以旋轉，把線繞在上面。

**線軸兒** ㄒㄧㄢˋ ㄓㄡˊ ㄦ ①纏線的軸形物。②軸形物上纏有線的。

**線頭兒** ㄒㄧㄢˋ ㄊㄡˊ ㄦ ①線縷的端緒。②剩下的短線。③同「線索」。

**線形動物** ㄒㄧㄢˋ ㄒㄧㄥˊ ㄉㄨㄥˋ ㄨˋ 無脊椎動物的一門，體形像線或圓筒，不分環節，兩端略尖，有表皮，體內有消化管，大多數雌雄異體，如蛔蟲、鉤蟲等。也叫「圓形動物」。

**緗** 文ㄒㄧㄤ (一)淺黃色的絲織品。(二)見「縹緗」。

**緻** ㄓˋ 精細。如「精緻」「緻密」。

**緻密** ㄓˋ ㄇㄧˋ 精細緊密。

**緦** ㄙ (一)細麻布。(二)見「緦麻服」。

**緦麻服** ㄙ ㄇㄚˊ ㄈㄨˊ 五服裡最輕的喪服，只穿三個月，用在本宗高祖父母，五服內在小功以下的。也作「緦服」。

**緯** ㄨㄟˇ ㈠織物的橫線。㈡各種東西的橫路或橫線。如「緯線」。㈢古代專談「符籙」「瑞應」的書，對「經書」說的。見「緯讖」。㈣図治理。如「緯世」。

**緯世** ㄨㄟˇ ㄕˋ 図治理天下，與「經世」的意思相同。

**緯度** ㄨㄟˇ ㄉㄨˋ 地球上各地的緯線與赤道相距的度數。因為地球呈扁平橢圓形，所以緯度在赤道比較窄，一度大約是十點六公里，越到兩極越寬。

**緯書** ㄨㄟˇ ㄕㄨ 漢代人假託孔子所作的一類的書，對「經書」而言；書裡以神學迷信，附會人事吉凶禍福，預言治亂興廢，多有怪誕之談，與方士所傳的讖語合稱「讖緯」。緯書裡保存了不少古代神話傳說，也記錄了一些古代天文、曆法、地理等方面的知識。

**緯線** ㄨㄟˇ ㄒㄧㄢˋ 地球上與赤道並行的各圈線，叫做緯線。這是為了便利計算緯度而假設的。

**緯讖** ㄨㄟˇ ㄔㄣˋ 「緯書」和「讖文」的合稱。也說「讖緯」。屬符命的書。

**緣** ㄩㄢˊ ㈠原因。如「無緣無故打架」「緣由」。㈡指人與人之間情意投合的情分。如「有緣分」「人緣兒」。㈢邊兒。如「邊緣」。㈣扒（ㄅㄚ）著東西往上爬。如「攀緣」「緣木求魚」。

**緣分** ㄩㄢˊ ㄈㄣˋ 宿命論認為人與人之間能夠投合，有一種定分（ㄈㄣˋ），叫「緣分」。

**緣由** ㄩㄢˊ ㄧㄡˊ 原因，由來。

**緣例** ㄩㄢˊ ㄌㄧˋ 照著舊的事例去辦。

**緣故** ㄩㄢˊ ㄍㄨˋ 原故。

**緣起** ㄩㄢˊ ㄑㄧˇ ①事的由來。②說明發起原因的文字。

**緣簿** ㄩㄢˊ ㄅㄨˋ 和尚、道士或寺廟向人化緣（求人捐款）的簿冊。

**緣木求魚** ㄩㄢˊ ㄇㄨˋ ㄑㄧㄡˊ ㄩˊ 爬到樹上去捉魚。比喻做事白費氣力，沒有效果。語出〈孟子．梁惠王上〉。

**縍** ▲ㄅㄤ 縫布鞋的邊。▲ㄅㄤˋ 劣絲。

**縛** ㄈㄨˊ ㈠用繩子綁。如「手無縛雞之力」。㈡由綁引伸作不自由。如「太受束縛」。又讀ㄈㄛˊ。

**縛雞之力** ㄈㄨˊ ㄐㄧ ㄓ ㄌㄧˋ 比喻很普通很平常的力氣。常連用指說人體弱無力是「手無縛雞之力」。

## 十筆

**縢** 図ㄊㄥˊ 封閉，封口。「金縢」是用金緘封。

**縞** 図ㄍㄠˇ ㈠白色的生絹。如「強弩之末，不能穿魯縞」。㈡見「縞素」。

**縞素** ㄍㄠˇ ㄙㄨˋ 図白色的；白色喪服。

**縠** 図ㄏㄨˊ 縐紗。

**縑** ㄐㄧㄢ 細絹，古人常用來作書畫。

**縑帛** ㄐㄧㄢ ㄅㄛˊ 質地細薄的絲絹，古代在紙尚未發明以前常用來寫字。

**縑素** ㄐㄧㄢ ㄙㄨˋ 供寫字繪畫用的白絹。

**縉** 図ㄐㄧㄣˋ 赤色的絲織物。

**縣**（県、县） ▲ㄒㄧㄢˋ 在省之下鄉鎮之上的地方行政區域。如「縣政府」。▲図ㄒㄩㄢˊ 同「懸」。

**縣令** ㄒㄧㄢˋ ㄌㄧㄥˋ 舊時稱一縣的行政長官，如同現今的縣長。也稱「知縣」。

**縣志** ㄒㄧㄢˋ ㄓˋ 地方志的一種，記載一縣的歷史、地理、風俗、文物、經濟社會等情況的專書。

**縣城** ㄒㄧㄢˋ ㄔㄥˊ 縣政府所在地的城鎮（從前一般建有城牆）。

**縣治** ㄒㄧㄢˋ ㄓˋ 縣政府所在地的城鎮。

**縣長** ㄒㄧㄢˋ ㄓㄤˇ 一縣的行政首長。古時叫縣知事、縣令、縣官。

**縣界** ㄒㄧㄢˋ ㄐㄧㄝˋ 一縣所管轄區域的分界線。

**縣衙** ㄒㄧㄢˋ ㄧㄚˊ 舊時稱縣政府辦公所在的處所。

**縣分（兒）** ㄒㄧㄢˋ ㄈㄣˋ（ㄦ） 分字輕讀。縣，含有大小、貧富之意。如「敝處是個小縣分兒」。

**縣太爺** ㄒㄧㄢˋ ㄊㄞˋ ㄧㄝˊ 舊時對縣官、縣長的通俗稱呼。

**縣政府** ㄒㄧㄢˋ ㄓㄥˋ ㄈㄨˇ 管理一縣行政的機關，下設民政、財政、教育、建設、衛生等局和一些其他科室。

**縣運會** ㄒㄧㄢˋ ㄩㄣˋ ㄏㄨㄟˋ 以縣的區域為範圍而舉辦的運動會。

**縣轄市** ㄒㄧㄢˋ ㄒㄧㄚˊ ㄕˋ 縣政府管轄的地方行政區域名，辦事的機關叫市公所，首長叫市長。

**縣議會** ㄒㄧㄢˋ ㄧˋ ㄏㄨㄟˋ 召集全縣議員集會的民意機關，由縣內各地所選出的議員集會監督本縣施政事項。

## 縐

▲ㄓㄡˋ ㈠絲織物的一種，軟薄而有花紋。㈡布面扭結有皺紋的紡織物，像「縐紗」、「縐布」等。㈢同「皺」。▲ㄓㄡ 見「文縐縐」。

**縐紗** ㄓㄡˋ ㄕㄚ 絲織物的一種，質地比較疏細，布面有皺紋。

## 縝

図ㄓㄣˇ 細密。如「縝密」。

**縝密** ㄓㄣˇ ㄇㄧˋ 緻密，周密。

## 縋

ㄓㄨㄟˋ 從高處用繩子繫著人或物往下墜。如「縋城」。

**縋城** ㄓㄨㄟˋ ㄔㄥˊ 由城上放下繩索，人抱著它向下順著墜落。

## 縟

図ㄖㄨˋ 禮儀方面繁雜的，囉哩囉唆的。如「繁文縟節」。

**縟節** ㄖㄨˋ ㄐㄧㄝˊ 図也作「縟禮」，是繁雜囉唆的禮節。

## 縗

図ㄘㄨㄟ 喪服，把麻布披在胸前，三年之喪用的。如「縗墨」。

**縗墨** ㄘㄨㄟ ㄇㄛˋ 図用墨染縗絰，是古人居喪從戎的服裝。

## 縊

図ㄧˋ 用繩子勒脖子而死。如「自縊」、「縊死」。

## 縈

図ㄧㄥˊ 旋繞。如「縈紆」。

**縈回** ㄧㄥˊ ㄏㄨㄟˊ 図盤旋往復不已。也作「縈迴」。

**縈紆** ㄧㄥˊ ㄩ 図盤旋彎曲的樣子。白居易詩有「雲棧縈紆登劍閣」。

**縈繞** ㄧㄥˊ ㄖㄠˋ 図盤旋牽繞。

**縈懷** ㄧㄥˊ ㄏㄨㄞˊ 図牽掛、懸念在心上。

## 縕（緼）

▲図ㄩㄣˋ 亂麻。如「縕袍」。▲ㄩㄣ 見「絪縕」。

**縕袍** ㄩㄣˋ ㄆㄠˊ 図裡面鋪亂麻的破舊的袍子。

# 十一筆

## 繃（綳）

▲ㄅㄥ ㈠撐緊或撐緊的東西。如「繃子」、「藤繃子」（藤篾在木框上交叉編織，是一種臥具）。㈡間（ㄐㄧㄢˋ）隔疏鬆的縫綴。如「先把口袋繃在衣服上，等會兒再細細地縫」。㈢詐騙的行為。如「坑繃拐騙」。㈣勉強支持。如「繃場面」。㈤見「繃著價兒」。㈥見「繃帶」。㈦物體猛然彈起。如「彈簧繃飛了」。▲ㄅㄥˇ ㈠忍。如「繃不住就哭了」。㈡拉下來，板著。如「繃著臉兒生氣」。▲ㄅㄥˋ 裂開。如「別吹了，再吹就

要繃啦」。

**繃子** ㄅㄥ ·ㄗ ①刺繡時用來撐緊布料的木料或竹料的框子，方形、圓形都有。②背嬰兒用的寬布帶。

**繃帶** ㄅㄥ ㄉㄞˋ 醫療器材。是紮裹傷口的布條，用柔軟的紗布做的。現在小傷口已改用以紗布加膠布可以隨時貼上的敷料，叫OK繃。

**繃瓷（兒）** ㄅㄥ ㄘˊ（ㄦ） 在素面釉層有不規則璺紋的瓷器。璺紋是由於瓷坯和瓷釉的膨脹系數不同，在燒製的過程中形成的。

**繃場面** ㄅㄥ ㄔㄤˇ ㄇㄧㄢˋ [方]撐場面，充場面。

**繃著價兒** ㄅㄥ ·ㄓㄜ ㄐㄧㄚˋ ㄦ 買賣雙方在價格方面僵持不下。

**繃著臉兒** ㄅㄥ ·ㄓㄜ ㄌㄧㄢˇ ㄦ 面部呆板沒有笑容。

## 縹

ㄆㄧㄠ ㈠青白色的綢子。㈡[文]淡青色，現在叫「月白」。㈢[文]「縹帙」「縹緗」，指書籍。㈣[文]見「縹緲」。

**縹緲** ㄆㄧㄠ ㄇㄧㄠˇ 也作「縹眇」，高遠隱約的樣子。如「山在虛無縹緲間」。

**縹緗** ㄆㄧㄠ ㄒㄧㄤ [文]指稱書卷。（因為「縹」是淡青色；「緗」是淡黃色；古時候書囊或書包常用淡青、淡黃色的絲帛，所以用「縹緗」代指書卷。）又泛指珍貴的書籍。

**縹囊** ㄆㄧㄠ ㄋㄤˊ [文]泛指書囊。（古時常用淡青色的絲帛做書囊。）也作「縹帙」。

## 繆

▲ㄇㄧㄠˋ姓。▲[文]ㄇㄡˊ見「綢繆」。▲ㄇㄧㄡˋ㈠同「謬」，錯誤。㈡[文]假裝。如「繆為恭敬」。▲[文]ㄇㄨˋ㈠「繆然」，深思的樣子。〈孔子家語〉有「孔子有所繆然思焉」。㈡通「穆」。昭繆同昭穆（祖廟裡祖宗牌位按輩分排列，始祖居中，兩側按左昭右穆排。天子七廟，二、四、六代為昭，三、五、七代為穆）。▲[文]ㄌㄧㄠˊ同「繚」，糾纏圍繞。蘇軾〈前赤壁賦〉有「山小相繆，鬱乎蒼蒼」。

## 縵

ㄇㄢˋ ㈠沒有花紋的絲織品，也引伸作樸素的意思。㈡[文]縵縵，廣遠的樣子。

## 繁（緐）

▲ㄈㄢˊ ㈠多，與「簡」相反。如「繁忙」「繁殖」。㈡複雜。如「繁雜」「繁分數」。㈢熱鬧，興盛。如「繁華」「繁榮」。▲ㄆㄛˊ姓。

**繁冗** ㄈㄢˊ ㄖㄨㄥˇ 同「煩冗」。指事務煩雜或文章、言詞囉唆冗長。

**繁文** ㄈㄢˊ ㄨㄣˊ [文]①繁瑣複雜的文辭。②繁瑣的儀節，常連用作「繁文縟節」。

**繁句** ㄈㄢˊ ㄐㄩˋ 有的語法書上指含有兩個或更多的詞結的句子（「詞結」指主語和謂語結合的短語或小句）。如「貧而無怨，難；富而無驕，易」。

**繁多** ㄈㄢˊ ㄉㄨㄛ 很多。

**繁忙** ㄈㄢˊ ㄇㄤˊ 忙得很。如「工作繁忙」。

**繁星** ㄈㄢˊ ㄒㄧㄥ 天空繁密的星星。如「夏夜繁星滿天」。

**繁茂** ㄈㄢˊ ㄇㄠˋ 形容（草木）繁盛茂密。

**繁衍** ㄈㄢˊ ㄧㄢˇ [文]布散眾多的樣子。也作「蕃衍」。

**繁重** ㄈㄢˊ ㄓㄨㄥˋ 繁多而沉重。如「日常工作相當繁重」。

**繁密** ㄈㄢˊ ㄇㄧˋ 多而密。如「花木繁密」。

**繁庶** ㄈㄢˊ ㄕㄨˋ [文]眾多。如「人物繁庶」。

**繁盛** ㄈㄢˊ ㄕㄥˋ 熱鬧，興盛。

**繁富** ㄈㄢˊ ㄈㄨˋ 形①繁多。如「著述繁富」。②繁榮富庶。如「社會繁富安樂」。

**繁殖** ㄈㄢˊ ㄓˊ 不停而大量的生殖。

**繁華** ㄈㄢˊ ㄏㄨㄚˊ ①奢侈而熱鬧。②形形容顏色美麗。阮籍詩有「昔日繁華子，安陵與龍陽」。

**繁碎** ㄈㄢˊ ㄙㄨㄟˋ 多而細碎。如「陣陣繁碎的急雨打在窗上」。

**繁榮** ㄈㄢˊ ㄖㄨㄥˊ ①（經濟或事業）蓬勃發展，昌盛。如「經濟繁榮」。②使繁榮。如「繁榮經濟」。

**繁瑣** ㄈㄢˊ ㄙㄨㄛˇ 繁雜瑣碎（多形容文章或說話）。也作「煩瑣」。

**繁劇** ㄈㄢˊ ㄐㄩˋ 形事情繁重。如「工作繁劇」。

**繁數** ㄈㄢˊ ㄕㄨㄛˋ 形頻繁。如「稅賦繁數」。也作「煩數」。

**繁複** ㄈㄢˊ ㄈㄨˋ 繁多複雜。

**繁縟** ㄈㄢˊ ㄖㄨˋ 形①禮節繁複囉唆而不合實際。②聲音細碎。

**繁蕪** ㄈㄢˊ ㄨˊ 形繁多而蕪雜（指文字說）。

**繁雜** ㄈㄢˊ ㄗㄚˊ 同「煩雜」。

**繁難** ㄈㄢˊ ㄋㄢˊ 同「煩難」。

**繁麗** ㄈㄢˊ ㄌㄧˋ 豐富華麗（一般指辭藻說）。

**繁分數** ㄈㄢˊ ㄈㄣ ㄕㄨˋ 一個分數的分子或分母裡有分數的，叫繁分數。例如：$\frac{\frac{1}{3}}{5}$，$\frac{7}{\frac{3}{8}}$，$\frac{\frac{5}{9}}{\frac{2}{7}}$都是繁分數。

**繁文縟節** ㄈㄢˊ ㄨㄣˊ ㄖㄨˋ ㄐㄧㄝˊ 形囉唆而且不合實際的禮節。

**繁弦急管** ㄈㄢˊ ㄒㄧㄢˊ ㄐㄧˊ ㄍㄨㄢˇ 同「急管繁弦」，形容音樂（管弦樂）節奏急促。也用以比喻事務積極進行的急迫。

## 縫

▲ㄈㄥˊ ㊀用針線做衣服、補衣服，叫縫。如「臨行密密縫」。㊁外科醫生動手術使裂開的傷口合攏，也叫縫。如「他這一跤摔得很重，醫生在他腿上縫了六針」。㊂見「彌縫」。

▲ㄈㄥˋ ㊀衣服的線跡。如「衣縫」。㊁間隙。如「裂縫」「門縫兒」。㊂漏洞。如「盆底有縫兒」「說話漏了縫兒」。

**縫工** ㄈㄥˊ ㄍㄨㄥ ①縫衣匠。②縫衣的工作或代價。如「衣料比縫工還便宜」。

**縫合** ㄈㄥˊ ㄏㄜˊ 醫療用詞，指說外科手術用特製的針和線把傷口縫上。

**縫兒** ㄈㄥˋ ㄦ 縫（ㄈㄥˋ）㊀㊁㊂。

**縫紉** ㄈㄥˊ ㄖㄣˋ 衣服的剪裁、縫製、補綴等工作。

**縫補** ㄈㄥˊ ㄅㄨˇ 泛說整修衣服之類，把綻裂的地方縫合起來，把破壞的地方修補完整。

**縫窮** ㄈㄥˊ ㄑㄩㄥˊ 指說貧苦落後地區給人縫補衣服為業的工作。從事這種工作的人叫「縫窮的」。

**縫合線** ㄈㄥˊ ㄏㄜˊ ㄒㄧㄢˋ ①指說沉積岩剖面上表現出的鋸齒形的折線。②醫療上用來縫合傷口的特製的線。

**縫紉機** ㄈㄥˊ ㄖㄣˋ ㄐㄧ 縫紉衣服的機器。

**縫縫補補** ㄈㄥˊ ㄈㄥˊ ㄅㄨˇ ㄅㄨˇ 泛指縫補工作，也指舊衣服需要加以整理或縫補。

## 縲

形ㄌㄟˊ「縲絏」，黑色的繩子，從前用來捉犯人。引伸為「牢獄」。也作「纍紲」「累紲」。

## 縭（褵）

形ㄌㄧˊ 從前女子出嫁時罩住面部的彩巾。所以管結婚叫「結縭」。

## 縷（縷）

形ㄌㄩˇ ㊀細線。如「一絲半縷」「身無寸縷」。㊁纖細的東西。如「一縷炊煙」。㊂細細的；詳盡的。如「縷述」「條分縷析」。㈣[文]連續不斷。如「離緒縷縷」。

**縷析**(ㄌㄩˇ ㄒㄧ) 細細地分析。

**縷述**(ㄌㄩˇ ㄕㄨˋ) 分別詳細說明。也作「縷陳」。

**縷陳**(ㄌㄩˇ ㄔㄣˊ) [文]縷述，詳細述說。

**縷縷**(ㄌㄩˇ ㄌㄩˇ) [文]①比喻纖細的樣子。②接連不絕，比喻情緒，書信裡說想說的話說不完，常作「不盡縷縷」。

## 績

ㄐㄧ ㈠[文]把麻劈開接成長條。如「績麻」。㈡事業，功業。如「戰績」「成績」「豐功偉績」。

**績效**(ㄐㄧ ㄒㄧㄠˋ) 工作的成績，效果。

**績學**(ㄐㄧ ㄒㄩㄝˊ) [文]治理學問。高深淵博的學者叫「績學之士」。

## 縴

ㄑㄧㄢˋ 拉船前進的粗繩。如「拉縴」。

## 繈(繦)

ㄑㄧㄤˇ ㈠串錢的麻繩兒。㈡同「襁」。

## 縶

[文]ㄓˊ ㈠拘捕，監禁。如「縶囚」。㈡拴住馬腳。如「縶馬」。

## 繇

▲ㄧㄡˊ 通「由」。〈爾雅〉有「繇膝以下為揭(ㄑㄧˋ)，繇膝以上為涉」。

▲ㄧㄠˊ 通「傜」。「繇役」就是「傜役」。

▲[文]ㄓㄡˋ 卦兆的占辭。

## 縿

▲[文]ㄕㄢ 古人指旗子的正幅。

▲[文]ㄒㄧㄠ 生絲，就是縑。

## 縱

▲ㄗㄨㄥˋ ㈠釋放。如「諸葛亮七擒七縱」「縱虎歸山」。㈡放。如「縱火」。㈢放任，讓他想怎麼樣就怎麼樣。如「縱一葦之所如」「縱目遠望」。㈣跳起來。如「縱身一跳」。㈤假使，即使，推想的詞。如「縱使」「縱然」。

▲ㄗㄨㄥ ㈠直線。如「縱貫鐵路」。㈡南北向的線。如「橫者為緯，縱者為經」。

**縱火**(ㄗㄨㄥˋ ㄏㄨㄛˇ) 放火。

**縱令**(ㄗㄨㄥˋ ㄌㄧㄥˋ) ①同「縱使」，表示假設或推想的連接詞。如「縱令海隔山阻，我也要追尋前往」。②指放任做壞事。如「不得縱令屬下瀆職」。

**縱目**(ㄗㄨㄥˋ ㄇㄨˋ) [文]放眼望去。如「縱目遠山，雲霧迷濛」。

**縱步**(ㄗㄨㄥˋ ㄅㄨˋ) ①放開腳步。如「縱步如飛」。②向前一步猛跳。如「一個縱步跳過了田溝」。

**縱言**(ㄗㄨㄥˋ ㄧㄢˊ) [文]無邊際的廣泛談論。

**縱谷**(ㄗㄨㄥ ㄍㄨˇ) 長形的山谷。常是河流的流向與山脈的軸線或地層的走向相平行的。

**縱身**(ㄗㄨㄥˋ ㄕㄣ) 向前或向上急跳。如「縱身一躍而過」。

**縱使**(ㄗㄨㄥˋ ㄕˇ) 也作「縱令」「縱然」，是「即使」「假使」，推想的詞。

**縱性**(ㄗㄨㄥˋ ㄒㄧㄥˋ) 任性，不管不顧地隨意去做。

**縱恣**(ㄗㄨㄥˋ ㄗˋ) [文]放肆，任意胡作非為。

**縱容**(ㄗㄨㄥˋ ㄖㄨㄥˊ) 放任，不加約束。

**縱酒**(ㄗㄨㄥˋ ㄐㄧㄡˇ) 無節制地喝酒，放量喝酒。

**縱情**(ㄗㄨㄥˋ ㄑㄧㄥˊ) ①盡情。如「縱情歌唱」。②恣意縱欲。

**縱深**(ㄗㄨㄥ ㄕㄣ) 指說軍隊作戰地域的縱向深度。

**縱眺**(ㄗㄨㄥˋ ㄊㄧㄠˋ) [文]放眼向遠望去。

**縱脫**(ㄗㄨㄥˋ ㄊㄨㄛ) [文]放蕩不羈。

**縱貫**(ㄗㄨㄥ ㄍㄨㄢˋ) 南北向的直通道路。

**縱然**(ㄗㄨㄥˋ ㄖㄢˊ) ①連接詞，表示假設的讓步，意思同「即使」。如「事情縱然有了周詳的計畫和準備，實際做起來還要小心謹慎」。②表示「雖然」的意思，但是語氣更強烈。如「縱然他說得頭頭是道，還是應該注意查證才能確信無疑」。

**縱盜** ㄗㄨㄥˋ ㄉㄠˋ 図放任盜賊而不緝捕。

**縱逸** ㄗㄨㄥˋ ㄧˋ 図放縱蕩逸。

**縱隊** ㄗㄨㄥ ㄉㄨㄟˋ 縱的隊形。

**縱慾** ㄗㄨㄥˋ ㄩˋ 也作「縱欲」，是追求慾望的滿足，不加限制。

**縱敵** ㄗㄨㄥˋ ㄉㄧˊ 對敵寬容不加防患。

**縱誕** ㄗㄨㄥˋ ㄉㄢˋ 図縱恣而傲誕。

**縱談** ㄗㄨㄥˋ ㄊㄢˊ 無拘束地暢談。如「三五好友縱談天下事」。

**縱養** ㄗㄨㄥˋ ㄧㄤˇ 從小溺愛而不加約束。如「這個縱養慣了的孩子，不受管教」。

**縱橫** ㄗㄨㄥ ㄏㄥˊ ①南北和東西。如「幅員廣大，縱橫千里」。②図恣意橫行。如「筆意縱橫」。③図形容眼淚鼻涕直流。如「涕泗縱橫」。④図比喻外交上的手段。如「縱橫捭闔」。

**縱聲** ㄗㄨㄥˋ ㄕㄥ 無拘束地放聲。如「縱聲大笑」「縱聲高歌」。

**縱覽** ㄗㄨㄥˋ ㄌㄢˇ 図恣意觀覽。

**縱轡** ㄗㄨㄥˋ ㄆㄟˋ 図放鬆（牲口、馬匹）的嚼子和韁繩。如「縱轡急馳」。

**縱觀** ㄗㄨㄥˋ ㄍㄨㄢ 図放眼觀看。

**縱坐標** ㄗㄨㄥ ㄗㄨㄛˋ ㄅㄧㄠ 平面上任何一點到橫坐標軸的距離，叫做這一點的縱坐標。

**縱剖面** ㄗㄨㄥ ㄆㄡˇ ㄇㄧㄢˋ 順著物體軸心線的方向切斷物體之後所呈現出的表面。（如圓柱體的縱剖面是一個長方形。）也叫「縱斷面」或「縱切面」。

**縱橫家** ㄗㄨㄥ ㄏㄥˊ ㄐㄧㄚ 先秦九流之一，以審察時勢遊說動人為主，最出名的有蘇秦、張儀等。

**縱虎歸山** ㄗㄨㄥˋ ㄏㄨˇ ㄍㄨㄟ ㄕㄢ 比喻放走惡人，留下了禍根。

**縱橫捭闔** ㄗㄨㄥ ㄏㄥˊ ㄅㄞˇ ㄏㄜˊ 図指說在政治或外交方面運用手段去進行聯合盟友或分化敵人。（縱橫：指拉攏遊說。捭闔：促使開啟或封閉。）

## 總（総、总）

ㄗㄨㄥˇ ㈠合起來。如「總共」「總和」。㈡概括全部。如「總綱」「總而言之」。㈢主要的，最高的負責人。如「總統」「總工會」。㈣無論如何。如「不管怎麼說，他總不答應」。㈤經常，一直。如「他總不聽話」「你總是遲到」。㈥図見「總總」。㈦図見「總髮」。

**總之** ㄗㄨㄥˇ ㄓ 「總而言之」的略語。

**總目** ㄗㄨㄥˇ ㄇㄨˋ 總目錄。

**總共** ㄗㄨㄥˇ ㄍㄨㄥˋ 表總括的副詞。如「紙和筆墨總共一百十五塊錢」。

**總合** ㄗㄨㄥˇ ㄏㄜˊ 把事或物聚在一起。

**總行** ㄗㄨㄥˇ ㄏㄤˊ 銀行或商行的總機關。

**總角** ㄗㄨㄥˇ ㄐㄧㄝˊ 図指幼年、未成年的時候（古代未成年的人，束髮作兩結，形狀如角）。如「總角之交」（從幼年就相識的朋友）。

**總和** ㄗㄨㄥˇ ㄏㄜˊ 幾個數字加起來的總數。

**總長** ㄗㄨㄥˇ ㄓㄤˇ ①民國初年北洋軍閥時期中央政府各部的最高長官稱「總長」。②軍方參謀總長的略稱。

**總則** ㄗㄨㄥˇ ㄗㄜˊ 意思是「總的原則」，一般是指稱列在規章條例裡最前面部分的概括性的條文。

**總括** ㄗㄨㄥˇ ㄎㄨㄛˋ 包括一切。也讀ㄗㄨㄥˇ ㄍㄨㄚ。

**總計** ㄗㄨㄥˇ ㄐㄧˋ 統括計算。

**總值** ㄗㄨㄥˇ ㄓˊ 總算價值的數額。

**總務** ㄗㄨㄥˇ ㄨˋ 事務的總合部分，機關有總務司、總務科等。

**總帳** ㄗㄨㄥˇ ㄓㄤˋ ①記錄各帳戶的帳簿，性質包括各個事業的一切帳務的總記錄。②以往的一切。如「過幾天再跟他算總帳」。

**總理** ㄗㄨㄥˇ ㄌㄧˇ ①中國國民黨稱呼國父孫中山先生。因為孫先生做過國民黨的總理。②內閣制國家的行政首長「內閣總理」（Premier）的簡稱。也稱「閣揆」「首相」（指君主立憲國）。③主持一切的人。

**總統** ㄗㄨㄥˇ ㄊㄨㄥˇ 共和國的中央政府元首。

**總章** ㄗㄨㄥˇ ㄓㄤ 同「總則」，但是內容範圍較廣較繁。

**總結** ㄗㄨㄥˇ ㄐㄧㄝˊ 歸結起來。

**總裁** ㄗㄨㄥˇ ㄘㄞˊ ①黨的最高負責人。②金融產業機構如銀行的主持人。

**總評** ㄗㄨㄥˇ ㄆㄧㄥˊ 總的評論、評判。如「比賽完畢，請李教授作總評」。

**總匯** ㄗㄨㄥˇ ㄏㄨㄟˋ 總合聚集的所在。如「玩具總匯」。

**總會** ㄗㄨㄥˇ ㄏㄨㄟˋ 全國性團體的名稱。如「童子軍總會」「工業總會」。

**總督** ㄗㄨㄥˇ ㄉㄨ ①總管監督。②官名。明朝初年在用兵時派到地方巡視督察的官員，清朝正式成了區域性的最高長官，一般管轄兩省的軍事和政治，也有管轄三省或一省的。如「兩廣總督」。③帝國主義國家派駐殖民地的最高官員。如「香港總督」。

**總監** ㄗㄨㄥˇ ㄐㄧㄢ ①全面監督，監察。②指稱職掌全面監督、監察任務者。如「軍機總監」。

**總管** ㄗㄨㄥˇ ㄍㄨㄢˇ ①全面管理。如「店裡的事情，由老板的兒子總管」。②從前的富豪人家管理日常大小事務的人。③古代官名，歷代官職性質、地位有很多變化。如「內務府總管」。

**總算** ㄗㄨㄥˇ ㄙㄨㄢˋ ①總合起來計算的意思。如「這生意今年總算起來賺不了五萬塊錢」。②大致，可以說。如「他的功課總算不錯」。③畢竟，到底。如「千辛萬苦，總算是熬出來了，有好日子過了」。

**總綱** ㄗㄨㄥˇ ㄍㄤ 統括全部事項的大綱。

**總論** ㄗㄨㄥˇ ㄌㄨㄣˋ 概括說明全文內容的部分文字。也作「緒論」。

**總髮** ㄗㄨㄥˇ ㄈㄚˇ [文]童年。見「總角」條。

**總總** ㄗㄨㄥˇ ㄗㄨㄥˇ [文]形容多。如「林林總總」。

**總額** ㄗㄨㄥˇ ㄜˊ 總數。如「進出口貿易總額」。

**總攬** ㄗㄨㄥˇ ㄌㄢˇ 全面掌管。如「總攬大權」。

**總體** ㄗㄨㄥˇ ㄊㄧˇ ①屬於整體的、通盤的。如「總體規畫」。②指全般的、通盤的事務。如「要顧全總體，不能只管枝節」。

**總數（兒）** ㄗㄨㄥˇ ㄕㄨˋ（ㄦ） 統括合計的數目。

**總主筆** ㄗㄨㄥˇ ㄓㄨˇ ㄅㄧˇ 報社裡地位最高的主筆，往往主管報社的言論。

**總代理** ㄗㄨㄥˇ ㄉㄞˋ ㄌㄧˇ 在國內代理該外國廠商授權，往國內代理該外國廠商的一切商務經營事項，稱為該外國廠商的總代理。

**總司令** ㄗㄨㄥˇ ㄙ ㄌㄧㄥˋ ①各軍種的最高長官。如「空軍總司令」。②戰時集團軍（集合幾個軍的部隊）的最高指揮官。

**總指揮** ㄗㄨㄥˇ ㄓˇ ㄏㄨㄟ 指揮全軍作戰的高級將官。

**總動員** ㄗㄨㄥˇ ㄉㄨㄥˋ ㄩㄢˊ ①臨近戰爭的時候，把國家的政治、經濟、文化、軍事各方面，由平時狀態進入戰爭狀態，叫做「總動員」。②出動全體人員做同一件事，也說「總動員」。如「明天放假，我們全家總動員來大掃除」。

**總統制** ㄗㄨㄥˇ ㄊㄨㄥˇ ㄓˋ 共和國以總統為元首，執掌國家行政權力，負擔政治責任的政治制度。有別於內閣制。

**總統府** ㄗㄨㄥˇ ㄊㄨㄥˇ ㄈㄨˇ 總統、副總統依照憲法規定處理政務的官署。中華民國總統府設祕書長、參軍長各一人，祕書、參軍、機要、典璽等局處。另外聘有資政、國策顧問、戰略顧問等諮詢人員若干人。

**總經理** ㄗㄨㄥˇ ㄐㄧㄥ ㄌㄧˇ 公司、銀行等的主持業務工作的負責人。

**總經銷** ㄗㄨㄥˇ ㄐㄧㄥ ㄒㄧㄠ 經過授權，在某一地區之內銷售受委託的商品。

**總預算** ㄗㄨㄥˇ ㄩˋ ㄙㄨㄢˋ 分類預算的總和。如「國家總預算」。

**總領事** ㄗㄨㄥˇ ㄌㄧㄥˇ ㄕˋ 外交官「領事」裡的最高級者。參看「領事」。

**總編輯** ㄗㄨㄥˇ ㄅㄧㄢ ㄐㄧˊ 報社、雜誌、書局負責編輯工作部門而總其成的負責人。

**總機關** ㄗㄨㄥˇ ㄐㄧ ㄍㄨㄢ ①各機關匯總的所在。②活動機械的主要處。

**總體戰** ㄗㄨㄥˇ ㄊㄧˇ ㄓㄢˋ 指戰爭不止是軍事方面的，也不限於戰區前方，而應由軍事與政治、經濟、社會、文教各方面呼應，結成一體，軍隊與人民、前方與後方聯合作戰，就是總體戰。又稱「全民戰爭」。

**總而言之** ㄗㄨㄥˇ ㄦˊ ㄧㄢˊ ㄓ 表示推證的承接連詞，重在解釋或證明。

**總狀花序** ㄗㄨㄥˇ ㄓㄨㄤˋ ㄏㄨㄚ ㄒㄩˋ 花序的一種，小花在柄的頂端，花柄生長在軸梗上，聚集起來形成長長叢簇的花序，例如風信子或大多數十字花科植物的花序。

## 繅

ㄙㄠ 把蠶繭煮過抽出絲來，叫「繅絲」。

## 縮

▲ㄙㄨㄛ ㈠不伸開，或是伸開又收回去。如「縮手縮腳」「把頭一縮，鑽進被窩裡去」。㈡收斂。如「緊縮」「縮小範圍」。㈢害怕退避。如「退縮」「畏縮」。▲[文]ㄙㄨˋ ㈠正直有理。如「自反而縮，雖千萬人，吾往矣」。㈡節儉。見「縮衣節食」。㈢縮（ㄙㄨㄛ）㈡㈢的讀音。

**縮小** ㄙㄨㄛ ㄒㄧㄠˇ 由大變小。如「這種東西看似很大，一晒太陽就縮小了」。

**縮尺** ㄙㄨㄛ ㄔˇ 比例尺。

**縮手** ㄙㄨㄛ ㄕㄡˇ ①把手縮回來。②停手，不再下手，不干預其事。

**縮水** ㄙㄨㄛ ㄕㄨㄟˇ ①布料、纖維紡織品之類經過水浸泡之後發生收縮現象。如「這種料子會縮水」。②把布料、纖維紡織品之類浸泡在水裡使它收縮。如「先把衣料縮水再剪裁」。

**縮本** ㄙㄨㄛ ㄅㄣˇ 「縮印本」或「縮寫本」的簡稱。

**縮合** ㄙㄨㄛ ㄏㄜˊ 有機化合物的一種化合作用：相同或不相同的有機化合物，分子化合析出一個或幾個分子的水或其他化合物，並形成新物質，這種化合作用叫「縮合」。例如兩個分子的乙醇析出一個分子的水，縮合成乙醚。

**縮地** ㄙㄨㄛ ㄉㄧˋ [文]化遠為近。〈神仙傳〉說「費長房有神術，能縮地脈，千里宛然在目前」。

**縮減** ㄙㄨㄛ ㄐㄧㄢˇ 緊縮減少。如「避免浪費，縮減開支」。

**縮短** ㄙㄨㄛ ㄉㄨㄢˇ 把原有的長度、距離、時間改變得短少一些。如「縮短工程的期限」。

**縮寫** ㄙㄨㄛ ㄒㄧㄝˇ ①改寫原著作而縮減篇幅（很多著作由原作者或別人縮寫成「縮寫本」）。②使用字母拼寫的文字，為了表達的簡便，利用減省字母的種種方式拼寫出來，叫做「縮寫」。如「TV」是Television的縮寫。

**縮影** ㄙㄨㄛ ㄧㄥˇ 指具體而微的人、事、物。如「這戶人家的起伏盛衰很像一個朝代興亡歷史的縮影」。

**縮編** ㄙㄨㄛ ㄅㄧㄢ ①（部隊、機關等）「縮減編制」的簡縮詞。②把書籍的內容緊縮改編成較小篇幅與較少頁次的版本。

**縮圖器** ㄙㄨㄛ ㄊㄨˊ ㄑㄧˋ 一種可以調整比率按照原圖繪製縮小圖形的繪圖器具。

**縮手縮腳** ㄙㄨㄛ ㄕㄡˇ ㄙㄨㄛ ㄐㄧㄠˇ 天冷時手腳不能舒展的樣子。

**縮衣節食** ㄙㄨㄛ ㄧ ㄐㄧㄝˊ ㄕˊ 図節儉。陸游詩有「縮衣節食勤耕桑」。也作「節食縮衣」。

**縮頭縮腦** ㄙㄨㄛ ㄊㄡˊ ㄙㄨㄛ ㄋㄠˇ 軟弱無能，不敢出面負責。

**繄** 図 ㄧ ㈠不完全的內動詞。義同「是」。〈左傳〉有「民不易物，惟德繄物」。㈡語首助詞，同「唯」。〈左傳〉有「爾有母遺（ㄨㄟˋ），繄我獨無」。

## 十二筆

**繙** ㄈㄢ 「翻譯」也作「繙譯」。

**繚** 図ㄌㄧㄠˊ ㈠彎曲盤旋的樣子。如「繚繞」。㈡縫紉法之一，用針把布邊斜著縫起來，叫「繚貼邊」。㈢同「撩」，亂的樣子。

**繚繞** ㄌㄧㄠˊ ㄖㄠˋ 図迴旋轉彎的樣子。

**繢** 図ㄏㄨㄟˋ ㈠彩色的毛織物。〈漢書・東方朔傳〉有「狗馬被繢罽（ㄐㄧˋ）」。㈡通「繪」。

**繑** ㄑㄧㄠ ㈠縫紉法之一，將布邊捲起密縫，外表看來很整齊。㈡図通「屩」，麻鞋。

**繡（綉）** ㄒㄧㄡˋ 用彩色絲線在綢緞上刺成各種花紋。如「刺繡」「湘繡」。

**繡房** ㄒㄧㄡˋ ㄈㄤˊ 也叫「繡閣」，舊時多半稱未出嫁的女子的臥房。

**繡球** ㄒㄧㄡˋ ㄑㄧㄡˊ ①落葉灌木，葉青色，春天開花，五瓣，百花成朵，圓圓的像球，有白色、淡紅等種。②用絲綢結成的球狀物，叫「繡球」。

**繡畫** ㄒㄧㄡˋ ㄏㄨㄚˋ 在布料或絲織品上繡出的圖畫。

**繡補** ㄒㄧㄡˋ ㄅㄨˇ 用針繡法補衣服或絲襪。

**繡像** ㄒㄧㄡˋ ㄒㄧㄤˋ ①用刺繡法摹繡人像。②舊章回小說的人像畫得很精細，所以也叫「繡像小說」。

**繡閣** ㄒㄧㄡˋ ㄍㄜˊ 舊時指華麗的婦女居室或稱閨女臥室。有時也叫「繡房」。

**繡花（兒）** ㄒㄧㄡˋ ㄏㄨㄚ ㄦ 用絲線在綢緞上刺出彩紋。

**繡花針** ㄒㄧㄡˋ ㄏㄨㄚ ㄓㄣ 婦女繡花用的纖細的針。俗語常用「一根繡花針掉在地上」來形容輕微的聲響。

**繡花鞋** ㄒㄧㄡˋ ㄏㄨㄚ ㄒㄧㄝˊ 繡有花紋的女鞋。

**繡眼兒** ㄒㄧㄡˋ ㄧㄢˇ ㄦ 一種燕雀類的鳥名。體長只有十公分左右，眼眶上有一圈顯明的白毛，所以俗稱繡眼兒。

**繡花（兒）枕頭** ㄒㄧㄡˋ ㄏㄨㄚ ㄦ ㄓㄣˇ ㄊㄡˊ 比喻外表華美卻沒有實在學識才能的人。古時枕頭只是草包。

**織（织）** ㄓ ㈠用絲、麻、棉、草、毛等編製物品。如「織布」「織毛衣」。㈡図形容來來往往的很多。如「行人如織」「雨是最尋常的，密密地斜織著」。

**織女** ㄓ ㄋㄩˇ ①從事紡織工作的婦女。②指織女星，在銀河東方，與銀河西方的牽牛星遙遙相對。

**織物** ㄓ ㄨˋ 泛指紡織成的布料、衣物。

**織素** ㄓ ㄙㄨˋ 織作白色生絹。古詩有「新人工織縑，故人工織素」。

**織畫** ㄓ ㄏㄨㄚˋ 把羅紋箋剪成碎片，組成山水、人物、花鳥等，叫做「織畫」。

**織補** ㄓ ㄅㄨˇ 用紗、線等原料仿照織布的方式補好衣服、絲襪等的破洞。

**織縑** ㄓ ㄐㄧㄢ 織作黃色的絲絹。古詩有「新人工織縑，故人工織素」。

**織錦** ㄓ ㄐㄧㄣˇ ①織作錦緞，也指織作有圖畫或彩色花紋的紡織品。②專指一種絲織品特產，是單色的或織上圖畫或像刺繡似的絲織品，產在杭州等地。③図特指用五色絲把迴文詩織在錦上。也作「織錦迴文」。（前秦時人竇滔，其妻蘇蕙織錦作迴文璇璣圖詩，寄給貶徙流沙的丈夫，詩詞淒惋，正讀、倒讀都可以。）

**織女星** ㄓ ㄋㄩˇ ㄒㄧㄥ 星名，在銀河的東邊。屬天琴座。

**繕** ㄕㄢˋ ㈠図修整，補綴。如「修繕」。〈左傳〉有「繕甲兵」「繕城郭」。㈡抄寫。如「繕寫」。

**繕寫** ㄕㄢˋ ㄒㄧㄝˇ 照著原稿抄寫。

**繞** ㄖㄠˋ ㈠纏。如「圍繞」「繞線」。㈡糾纏不清，教人莫名其妙。如「繞口令兒」「繞脖子」。㈢比喻攪亂。如「故意拿話繞他」。㈣轉圈兒，走迂迴的遠路。如「繞場一周」「繞到後面打他」。

**繞口** ㄖㄠˋ ㄎㄡˇ 繞嘴，形容說著不順口。

**繞梁** ㄖㄠˋ ㄌㄧㄤˊ 図環繞屋梁。一般常用「餘音繞梁」或「繞梁之音」形容歌聲高亢迴旋，經久不息。也比喻歌聲優美，令人長久難忘。

**繞場** ㄖㄠˋ ㄔㄤˇ 在廣場（運動場、操場、劇場等）裡周遭繞行（巡視或向人打招呼）。

**繞線** ㄖㄠˋ ㄒㄧㄢˋ 把散開的線纏繞在線球上。

**繞膝** ㄖㄠˋ ㄒㄧ 環繞著腿膝蓋，也就是說環繞在身旁，一般用來形容兒孫環繞在父祖身旁。

**繞嘴** ㄖㄠˋ ㄗㄨㄟˇ 不順口。

**繞道（兒）** ㄖㄠˋ ㄉㄠˋ ㄦ 為了免麻煩，另找比較遠的路走。

**繞指柔** ㄖㄠˋ ㄓˇ ㄖㄡˊ 図比喻經過陶鎔而柔軟的。晉代劉琨的詩有「何意百鍊鋼，化為繞指柔」。

**繞圈子** ㄖㄠˋ ㄑㄩㄢ ㄗ˙ 也作「繞圈兒」。不直說，多拐彎兒。如「你說話別這樣繞圈子」。

**繞脖子** ㄖㄠˋ ㄅㄛˊ ㄗ˙ 糾纏著不直說。有時等於「繞圈子」。

**繞遠兒** ㄖㄠˋ ㄩㄢˇ ㄦ 走遠路。也比喻做事說話不簡捷。

**繞彎子** ㄖㄠˋ ㄨㄢ ㄗ˙ 比喻說話不直截了當，教人很費思量。北方方言也說「繞脖子」。

**繞彎兒** ㄖㄠˋ ㄨㄢ ㄦ 散步。

**繞口令（兒）** ㄖㄠˋ ㄎㄡˇ ㄌㄧㄥˋ ㄦ ①也說「拗口令」「急口令」。運用雙聲、疊韻和類似的字合成語句，使人一時不容易念得清楚，有矯正口音的功用。②曲折的話。如「我不懂得你這繞口令兒啊」。

**繒** ▲図ㄗㄥ 古時絲織品的總稱。〈史記〉有「為治新繒綺縠衣」。▲ㄗㄥˋ ㈠織布的用具，用線做成，使經線上下分開，好穿過緯線。㈡図通「罾」，捆緊的意思。

**繖** ㄙㄢˇ 「傘」的本字。

**繖房花序** ㄙㄢˇ ㄈㄤˊ ㄏㄨㄚ ㄒㄩˋ 花序的一種，花朵在頂端散開作平面形狀，花梗長在下面的比較長，愈近頂端的愈短。例如山裡紅（山楂）的花序就是如此。也作「傘房花序」。

**繐** ㄏㄨㄟˋ 粗麻布，多用作喪服。柩前的帳幕叫「繐帳」、「穗帷」。孝家的人穿的細疏布做的鞋叫「繐屨」。又讀ㄙㄨㄟˋ。

## 十三筆

**縫** ·ㄉㄚ 用繩線打成的結，叫「紇（ㄍㄜ）縫」。讀音ㄉㄚˊ。

**繪（絵）** ㄏㄨㄟˋ ㈠畫圖。如「繪圖」、「繪畫」。㈡描述。如「繪影繪聲」。

**繪事** ㄏㄨㄟˋ ㄕˋ 〔文〕有關繪畫的事情。

**繪畫** ㄏㄨㄟˋ ㄏㄨㄚˋ 畫出供人欣賞的圖畫。

**繪圖** ㄏㄨㄟˋ ㄊㄨˊ 畫出供人使用的圖，像工程圖、建築圖等。

**繪製** ㄏㄨㄟˋ ㄓˋ 就是畫成、畫出。如「繪製圖表」。

**繪圖儀器** ㄏㄨㄟˋ ㄊㄨˊ ㄧˊ ㄑㄧˋ 畫幾何圖或設計圖用的各種儀器。如直線筆、圓規、兩腳規等。

**繪影繪聲** ㄏㄨㄟˋ ㄧㄥˇ ㄏㄨㄟˋ ㄕㄥ 形容描述逼真，連影像聲音都表現得很清晰。也作「繪聲繪影」。

**繯** ㄏㄨㄢˊ 〔文〕㈠絞刑。古時叫「繯首」。㈡上弔自殺，叫「投繯」。又讀ㄏㄨㄢˋ。

**繫** ▲ㄒㄧˋ ㈠聯絡。如「聯繫」。㈡〔文〕牽掛。如「繫懷」。㈢〔文〕拘禁。如「繫囚」。㈣〔文〕懸掛，掌握。如「紗燈繫於檐間」、「以一身繫天下之安危」。▲ㄐㄧˋ 紮，綁。如「鞋帶鬆了，繫好了再走」。

**繫子** ㄒㄧˋ ㄗ˙ 〔方〕拴在器物上的繩子。如「籮筐繫子」。也說「繫兒」。

**繫囚** ㄒㄧˋ ㄑㄧㄡˊ 〔文〕關在監獄裡的囚犯。

**繫念** ㄒㄧˋ ㄋㄧㄢˋ 〔文〕掛念。如「數年契闊，繫念為勞」。

**繫詞** ㄒㄧˋ ㄘˊ ①語法上指本身沒有實際意義，而在句子裡只表示主語、謂語之間的句法連繫的一類類詞，相當於國語的判斷動詞「是」（另外還包括「為、即、係、像、似、如、等於、屬於、叫做、乃、變、成了」等）。②邏輯上指一個命題的三部分之一，連繫主詞和賓詞來表示肯定（是）或否定（不是）。

**繫懷** ㄒㄧˋ ㄏㄨㄞˊ 〔文〕牽掛，想念。

**繫辭** ㄒㄧˋ ㄘˊ 〈易經〉的篇名，本名繫辭傳，漢代人或稱之為易大傳，據傳說是孔子所作的「十翼」之一，分上下兩篇（上篇又分為十二章），泛論〈易經〉的道理。

**繫風捕影** ㄒㄧˋ ㄈㄥ ㄅㄨˇ ㄧㄥˇ 捕風捉影，憑空造謠的無稽之談。

**繳** ▲ㄐㄧㄠˇ ㈠交納。如「繳費」、「繳納」。㈡把東西還給原主，叫「繳還」。㈢收取，奪得。如「繳械投降」。▲〔文〕ㄓㄨㄛˊ 在箭上拴繩子然後射出。〈孟子〉有「思援弓繳而射之」。

**繳納** ㄐㄧㄠˇ ㄋㄚˋ 交納財物。

**繳械** ㄐㄧㄠˇ ㄒㄧㄝˋ 投降的軍隊交出軍械。

**繳稅** ㄐㄧㄠˇ ㄕㄨㄟˋ 交稅。

**繳費** ㄐㄧㄠˇ ㄈㄟˋ 交費。也作「繳款」。

**繳銷** ㄐㄧㄠˇ ㄒㄧㄠ 繳回注銷。如「領用新牌照時要繳銷舊牌照」。

**繳還** ㄐㄧㄠˇ ㄏㄨㄢˊ ①交付回去。如「向圖書館借閱的書要按限期繳還」。②償還。

**繭（蠒、茧）** ▲ㄐㄧㄢˇ ㈠蠶吐絲做成橢圓形的巢，蠶藏在裡面變成蛹。如「蠶繭」。㈡[文]通「趼」，手足過分摩擦而生的厚皮。如「足重繭而不休息」。▲ㄐㄧㄤˇ 繭（ㄐㄧㄢˇ）㈡的語音，常作「繭子」。

**繭子** ㄐㄧㄢˇ ˙ㄗ ①[方]蠶繭。②同「趼子」，手掌或腳掌上因摩擦而生成的硬皮。

**繭兒** ㄐㄧㄢˇ ㄦ 蠶繭。

**繭綢** ㄐㄧㄢˇ ㄔㄡˊ 用柞蠶絲織成的綢子。

**繩（縄）** ㄕㄥˊ ㈠用棉、麻、草、絲或金屬絲、尼龍絲兩股以上絞成的長條。細的叫繩、繩子；粗的叫索。㈡[文]木匠用以畫直線的工具（見「墨斗」、「墨線」），引伸作規矩、法度。〈書經・說命上〉「惟木從繩則正，后從諫則聖」。如「準繩」、「繩墨」。㈢[文]糾舉別人的過錯。〈書經〉有「繩愆糾繆」。㈣[文]約束。如「繩之以法」。㈤[文]繼承。〈詩經〉有「繩其祖武」。

**繩子** ㄕㄥˊ ˙ㄗ 指稱一般捆綁東西用的繩索。

**繩尺** ㄕㄥˊ ㄔˇ ①[文]指尺度、規則。②指木匠用的墨線和量尺。

**繩正** ㄕㄥˊ ㄓㄥˋ [文]糾正別人的過失。

**繩伎** ㄕㄥˊ ㄐㄧˋ ①指走繩，一種雜技表演。②指稱表演走繩的江湖賣藝的女藝人。

**繩套** ㄕㄥˊ ㄊㄠˋ ①拴牽牲畜的繩索。②用繩索結成的環套。

**繩索** ㄕㄥˊ ㄙㄨㄛˇ 繩子的泛稱。

**繩梯** ㄕㄥˊ ㄊㄧ 用繩索做的梯子，橫向的梯級一般使用木棍或木板。

**繩墨** ㄕㄥˊ ㄇㄛˋ [文]木工取直的工具，用來比喻法度、規矩。

**繩橋** ㄕㄥˊ ㄑㄧㄠˊ 也作「索橋」。用繩索連結成的橋。

**繩戲** ㄕㄥˊ ㄒㄧˋ 雜技中的高空走索。又稱走繩、繩伎。

**繩繩** ㄕㄥˊ ㄕㄥˊ [文]①形容眾多。〈詩經〉有「宜爾子孫繩繩兮」。②形容小心謹慎。〈管子〉有「故君子繩繩乎慎其所先」。

**繩愆糾繆** ㄕㄥˊ ㄑㄧㄢ ㄐㄧㄡ ㄇㄡˋ [文]糾正過失或錯誤。

**繩鋸木斷** ㄕㄥˊ ㄐㄩˋ ㄇㄨˋ ㄉㄨㄢˋ 用繩子不斷往還拉扯摩擦，也可以鋸斷木頭。比喻力量雖小而堅持不斷就能有很大的功效。與「水滴石穿」同義。

**繩趨尺步** ㄕㄥˊ ㄑㄩ ㄔˇ ㄅㄨˋ [文]指人的行動合法度，循規蹈矩。

**繰** ▲[文]ㄗㄠˇ 絲織品。▲ㄙㄠ 同「繅」。

**繹** [文]ㄧˋ ㈠本義是抽絲，引伸作抽出，理出頭緒。如「反復尋繹」。㈡見「絡繹」。㈢見「演繹」。

## 十四筆

**辮** ㄅㄧㄢˋ ㈠把幾股線狀物編成長條叫辮，常說「辮子」「辮兒」。如「毛線編成的辮兒，比單線結實」「小妹紮了兩根小辮兒，大妹梳了一根油亮的大辮子」。㈡舊時對異族的代稱。南北朝時，南朝稱北魏為「辮髮」或「索虜」。

**繽** [文]ㄅㄧㄣ 見「繽紛」。

**繽紛**（ㄅㄧㄣ ㄈㄣ） 図繁盛紛亂的樣子。如「落英繽紛」。

**繼（継）** ㄐㄧˋ ㈠持續，接連。如「前仆後繼」「繼續不斷」。㈡見「繼子」。㈢見「繼室」。㈣図隨後，跟著。如「繼而」。

**繼子**（ㄐㄧˋ ㄗˇ） 通稱從別人家過繼來的兒子。

**繼父**（ㄐㄧˋ ㄈㄨˋ） 子女稱母親改嫁後的新丈夫。

**繼母**（ㄐㄧˋ ㄇㄨˇ） 子女稱父親再娶的新妻子。

**繼任**（ㄐㄧˋ ㄖㄣˋ） 接續擔任。

**繼而**（ㄐㄧˋ ㄦˊ） 図跟著，隨後。〈孟子〉有「繼而有師命」。

**繼志**（ㄐㄧˋ ㄓˋ） 接續前人的志願。

**繼承**（ㄐㄧˋ ㄔㄥˊ） 承繼先人的遺產、事業或未了的志願。

**繼武**（ㄐㄧˋ ㄨˇ） 図①步伐前後相接（「武」指足跡）。②比喻繼續其事。

**繼室**（ㄐㄧˋ ㄕˋ） 也作「繼配」。稱元配（也可寫「原配」）死後續娶的妻子。

**繼配**（ㄐㄧˋ ㄆㄟˋ） 繼室，元配死後續娶的妻子。

**繼嗣**（ㄐㄧˋ ㄙˋ） 図①過繼的兒子。②傳宗接代，嗣續。

**繼續**（ㄐㄧˋ ㄒㄩˋ） 接連。

**繼承人**（ㄐㄧˋ ㄔㄥˊ ㄖㄣˊ） ①依照法律繼承遺產的人。②君主國家經指定或法律認定的繼承王位者，叫王位繼承人。

**繼承權**（ㄐㄧˋ ㄔㄥˊ ㄑㄩㄢˊ） 依法或依特定風俗可以取得死者遺產的權利。

**繼電器**（ㄐㄧˋ ㄉㄧㄢˋ ㄑㄧˋ） 一種電磁裝置，借助一個電路（勵磁電路）的電流變化去對另一個電路（繼電器電路）的電流進行遙控或自動控制。許多繼電器用來作保護裝置的。最早的繼電器是老式的電報繼電器。早期設計的計算機裡，繼電器是重要元件，後來被真空管和晶體管取代。繼電器還用於鐵路應用的信號裝置。目前用得最廣的是電話繼電器。

**繼續犯**（ㄐㄧˋ ㄒㄩˋ ㄈㄢˋ） 法律上指繼續有犯罪行為的罪犯。

**繼往開來**（ㄐㄧˋ ㄨㄤˇ ㄎㄞ ㄌㄞˊ） 繼承過去，啟發將來。如「青年人要有繼往開來的抱負」。

**繼絕存亡**（ㄐㄧˋ ㄐㄩㄝˊ ㄘㄨㄣˊ ㄨㄤˊ） 図也作「存亡繼絕」。使斷絕的世族得以延續，使滅亡的國家能夠復存，是我國古代政治與倫理思想上一項非常高貴的理念。

**繼續教育**（ㄐㄧˋ ㄒㄩˋ ㄐㄧㄠˋ ㄩˋ） 指在一般學校教育完畢之後繼續作進一步學習而接受的諸種教育。

**繾** 図ㄑㄧㄢˇ見「繾綣」。

**繾綣**（ㄑㄧㄢˇ ㄑㄩㄢˇ） 図㈠纏綿，不忍分離。如「情意繾綣」。㈡牢結，不離散。〈左傳・昭二十五年〉有「繾綣從公，無通外內」。

**繻** 図ㄒㄩ ㈠細密的羅絲織物。也作「繻」。㈡古時作符信的絲織物。〈漢書〉有「關吏予軍繻」。又讀ㄖㄨˊ。

**纁** 図ㄒㄩㄣ淺紅色。

**纂** ㄗㄨㄢˇ ㈠搜集資料編成書。如「編纂」「纂修」。㈡婦女的髮髻。如「她頭上綰個纂兒」。也作「𩯭」。

**纂修**（ㄗㄨㄢˇ ㄒㄧㄡ） 図纂集修訂。

## 十五筆

**纆** 図ㄇㄛˋ兩股或三股搓成的繩子。〈易・坎〉釋文有「三股曰徽，兩股曰纆」。〈史記・索隱〉有「纆，三合繩也」。

**纍** ㄌㄟˊ ㈠[文]大索。〈漢書・李陵傳〉有「以劍斫絕纍」。㈡[文]監禁。〈左傳〉上有「兩釋纍囚」。㈢見「纍纍」。㈣纍堆，同「累贅」。

**纍纍** ㄌㄟˊ ㄌㄟˊ [文]①連結成串的樣子。如「結實纍纍」。②衰疲的樣子。〈禮記〉有「喪（ㄙㄤ）容纍纍」。③失意的樣子。〈史記〉有「纍若喪（ㄙㄤˋ）家之犬」。

**纊（絖）** [文]ㄎㄨㄤˋ 絮，絲棉。

**纈** [文]ㄒㄧㄝˊ ㈠用綢子結的綵球。㈡有花紋的絲織物。㈢眼睛花了。庾信詩有「花鬢醉眼纈，龍子細又紅」。

**續（続）** ㄒㄩˋ ㈠接連，斷了停了以後再接連。如「連續不斷」「斷斷續續」。㈡後來加入；快完了的時候再加進去。如「茶壺裡再續些水」。㈢見「手續」。㈣[文]歷史重演。〈史記〉有「此亡秦之續也」。㈤姓。

**續水** ㄒㄩˋ ㄕㄨㄟˇ [方]流水，加水。如「茶壺裡的茶快完了，得續水啦」。

**續火** ㄒㄩˋ ㄏㄨㄛˇ 往火爐裡添加燃料，使火繼續燃燒不滅。

**續杯** ㄒㄩˋ ㄅㄟ 指說向杯裡添加飲料。如「這一家咖啡館可以續杯，不另加價」。

**續版** ㄒㄩˋ ㄅㄢˇ 書籍初版賣完繼續印；包括再版、三版……在內。

**續約** ㄒㄩˋ ㄩㄝ ①條約的一種，主旨在補充正約失去時效或環境變遷。②契約之一，在合約期滿之後再訂新約。

**續航** ㄒㄩˋ ㄏㄤˊ 連續不停地航行。如「這一型的飛機，續航時間比較長」。

**續假** ㄒㄩˋ ㄐㄧㄚˋ 延續假期。

**續娶** ㄒㄩˋ ㄑㄩˇ 就是「續絃」。男人元配死了之後，再娶一位妻子。

**續絃** ㄒㄩˋ ㄒㄧㄢˊ 妻死再娶。也作「續娶」。絃也作弦。

**續貂** ㄒㄩˋ ㄉㄧㄠ [文]①比喻封爵的濫授。〈晉書〉有「貂不足，狗尾續」。②自謙接續別人未完的事業。

**續斷** ㄒㄩˋ ㄉㄨㄢˋ 一種又名「接骨草」的多年生草本植物，葉對生，花白色或紫色，根細長、赤黃色，可入藥治骨折。又名「續骨木」。

**續命湯** ㄒㄩˋ ㄇㄧㄥˋ ㄊㄤ 〈十六國春秋〉說劉裕和盧循兩人的事，指「企圖延長壽命」的藥。是譏笑的詞。如「敵人剝削國民、擴充軍力的措施，只不過是續命湯而已」。

**續航力** ㄒㄩˋ ㄏㄤˊ ㄌㄧˋ 一次裝足燃料能夠航行（輪船的行駛或飛機的飛行）的最大航程。

**纏（纒）** ㄔㄢˊ ㈠繞。如「公務纏身」「拿繃帶纏傷口兒，止住血」。㈡攪擾。如「糾纏不清」「纏個不停」。㈢應付。如「難纏的人物」。㈣見「纏綿」。㈤見「盤纏」。㈥[文]踐歷。〈漢書・王莽傳〉有「歲纏星紀」。

**纏手** ㄔㄢˊ ㄕㄡˇ [方]指事情不好辦或病不好治。如「這事情越拖越纏手」。

**纏回** ㄔㄢˊ ㄏㄨㄟˊ 也叫「纏頭回」，指甘肅、新疆的回族人民。他們在冬天拿布條纏著頭。

**纏足** ㄔㄢˊ ㄗㄨˊ [文]舊時女子裹小腳兒，是一種有違健康的陋習。清朝末年逐漸廢除。民國元年，臨時大總統孫中山先生下令禁絕纏足。

**纏綿** ㄔㄢˊ ㄇㄧㄢˊ 也作「纏緜」。①情意親密分不開。②情節感人，使人久久不忘。如「纏綿悱惻」。③久病不癒。如「纏綿床蓐」。

**纏磨** ㄔㄢˊ ㄇㄛˊ 磨字輕讀。糾纏，攪擾。如「這孩子真會纏磨人」。

**纏繞** ㄔㄢˊ ㄖㄠˋ 條狀物迴旋地束縛在別的物體上。

**纏擾** ㄔㄢˊ ㄖㄠˇ 攪擾不清。

**纏繞莖** ㄔㄢˊ ㄖㄠˋ ㄐㄧㄥ 植物柔軟的莖，纏著別的物體才能往上爬的，像牽牛花的莖就是。

**纏來纏去** ㄔㄢˊ ㄌㄞˊ ㄔㄢˊ ㄑㄩˋ 往返糾纏。

**纏綿悱惻** ㄔㄢˊ ㄇㄧㄢˊ ㄈㄟˇ ㄘㄜˋ 形容故事情節或文詞哀婉動人。

## 十六筆

**纑** 〔文〕ㄌㄨˊ ㈠布條子。㈡潔白的麻或絲。

## 十七筆

**纖（纖）** ㄒㄧㄢ ㈠〔文〕細微。如「纖細」「纖介」。㈡〔文〕小。如「纖巧」。㈢〔文〕形容女人的手柔美。如「纖纖玉手」。㈣見「纖維」。㈤見「纖毛」。

**纖小** ㄒㄧㄢ ㄒㄧㄠˇ 細小，瘦小。如「她那纖小的身材，哪能挑起這一副重擔」。

**纖介** ㄒㄧㄢ ㄐㄧㄝˋ 〔文〕細微。也作「纖芥」。

**纖手** ㄒㄧㄢ ㄕㄡˇ 〔文〕指說女子細嫩柔美的手。

**纖毛** ㄒㄧㄢ ㄇㄠˊ ①動物學說形成皮膜組織細胞的突起，比鞭毛短而細，像草履蟲體面的毛狀物。②下等植物的運動器官。

**纖巧** ㄒㄧㄢ ㄑㄧㄠˇ 〔文〕小巧。

**纖弱** ㄒㄧㄢ ㄖㄨㄛˋ 〔文〕細弱。

**纖毫** ㄒㄧㄢ ㄏㄠˊ 〔文〕極微細。

**纖細** ㄒㄧㄢ ㄒㄧˋ 〔文〕微小。

**纖維** ㄒㄧㄢ ㄨㄟˊ 存在於物體各部，有加強支持作用，形狀細長的物體，包括植物纖維、動物纖維、礦物纖維及人造纖維等許多種。

**纖纖** ㄒㄧㄢ ㄒㄧㄢ 〔文〕①細微。庾信〈徵調曲〉有「纖纖不絕林薄成」的句子。②形容女人的手。古詩有「纖纖出素手」。

**纖毛蟲** ㄒㄧㄢ ㄇㄠˊ ㄔㄨㄥˊ 原生動物，鹹水淡水都有，體上生細毛，可以自由伸縮，像草履蟲等。

**纖維工業** ㄒㄧㄢ ㄨㄟˊ ㄍㄨㄥ ㄧㄝˋ 紡織工業的總稱。

**纖維植物** ㄒㄧㄢ ㄨㄟˊ ㄓˊ ㄨˋ 能從其果實或枝幹取得纖維的植物，如棉花、亞麻、大麻之類。

**纔（才）** ▲ㄘㄞˊ ㈠表示一種決定性的口氣，是說就能達到某種目的或標準。如「努力工作纔能有成績」「品學兼優纔是好學生」。㈡表示時間不久，剛剛的。如「昨天纔來」。㈢表示數量不多，僅僅的。如「他來了纔三天」。▲〔文〕ㄔㄢ 微黑或淺青色的絲帛顏色。

**纓** ㄧㄥ ㈠帽帶。如「帽纓子」。㈡線或繩做的像穗子的裝飾物。如「長槍上紮著紅纓子」。㈢蘿蔔、芥菜的莖和葉子。如「蘿蔔纓子」「芥菜纓兒」。㈣見「請纓」。

**纓帽** ㄧㄥ ㄇㄠˋ 頂上有紅纓子的帽子。清朝官吏戴這種帽子。

**纓絡** ㄧㄥ ㄌㄨㄛˋ 〔文〕①同「瓔珞」，用珠玉綴成的裝飾物。②纏繞，束縛，指世俗的糾纏。

**纓穗** ㄧㄥ ㄙㄨㄟˋ 泛指繫在服裝或器物上的穗狀飾物。穗可儿化。

## 十八筆

**纛** ㄉㄠˋ 古時軍隊的大旗。又讀ㄉㄨˊ。

## 十九筆

**纚** ▲図ㄕˇ ㈠包頭髮的絲帛。㈡成隊人馬行走的樣子。司馬相如〈子虛賦〉有「東按行，騎就隊，纚乎淫淫」。▲図ㄌㄧˊ 連續。「纚連」「纚屬（ㄓㄨˇ）」，都是連綿不絕的樣子。▲ㄙㄚˇ 箕形的魚網。

**纘** 図ㄗㄨㄢˇ 繼續。如「纘先烈之餘緒」。

## 二十一筆

**纜** ㄌㄢˋ ㈠繫船用的粗繩索。如「解纜揚帆」。㈡見「纜車」。㈢見「電纜」。又讀ㄌㄢˇ。

**纜車** ㄌㄢˋ ㄔㄜ 電纜車（cable car）的簡稱。利用電力和纜繩拉著走的車子。有地上的、空中的兩種。又讀ㄌㄢˇ ㄔㄜ。

**纜索** ㄌㄢˋ ㄙㄨㄛˇ 纜也讀ㄌㄢˇ。由棕、麻和鋼絲搓在一起的粗索，船舶、碼頭或弔車用的。也作「纜繩」。

# 缶部

**缶** ㄈㄡˇ ㈠大肚、小口的瓦器。㈡古時候秦國用這種瓦器作敲打的樂器。如「擊缶」「鼓缶而歌」。

## 三筆

**缸** ㄍㄤ ㈠用陶土或瓷土做的器具，用來盛東西，圓形的，口寬，大肚，底小。如「米缸」「酒缸」。㈡用作一般容器或有容器作用的機器名稱。如茶杯也叫「茶缸（子）（兒）」；漱口用的叫「漱口缸」；發動機的主要部分叫「汽缸」。㈢一種陶瓷質料，用沙石黏土等燒製，很堅固；缸瓦、缸磚、缸盆等，都是用這種質料做的。

## 四筆

**缺** ㄑㄩㄝ ㈠少了，不夠。如「這本書缺了一頁」「衣食無缺」。㈡殘破，或像是因為破裂而有空隙。如「殘缺」「大家圍成一圈兒，留出一個缺口」。㈢空。如「這一部分暫缺」「缺席」。㈣指官職的空位。如「出缺」「遇缺即補」。㈤見「缺德」。

**缺人** ㄑㄩㄝ ㄖㄣˊ 人不夠，需要人。如「他那一個單位現在缺人，需要補充」。

**缺少** ㄑㄩㄝ ㄕㄠˇ 不夠，短少。

**缺欠** ▲ㄑㄩㄝ ㄑㄧㄢˋ 短少。▲ㄑㄩㄝ ·ㄑㄧㄢ 缺陷。如「這一個花瓶燒得不好，有了缺欠」。

**缺乏** ㄑㄩㄝ ㄈㄚˊ 短少，欠缺。

**缺失** ㄑㄩㄝ ㄕ ①缺陷。②缺點和過失。如「你必須小心處理，不可有缺失」。

**缺如** ㄑㄩㄝ ㄖㄨˊ 図欠缺。同「闕如」。

**缺刻** ㄑㄩㄝ ㄎㄜˋ 植物學把植物的葉子邊上的缺齒，叫「缺刻」。

**缺頁** ㄑㄩㄝ ㄧㄝˋ 書刊因為裝訂疏忽而短缺一頁或若干頁。

**缺席** ㄑㄩㄝ ㄒㄧˊ 預備了他的席位，他應該到場而不到場，叫做「缺席」。

**缺缺** ㄑㄩㄝ ㄑㄩㄝ 沒興趣。如「這種事情我是興趣缺缺」。

**缺略** ㄑㄩㄝ ㄌㄩㄝˋ 欠缺，不完整。如「這一本書釋文缺略，小學生很難懂」。

**缺脣** ㄑㄩㄝ ㄔㄨㄣˊ 就是「兔脣」，生下來上脣就是缺裂開的。

**缺貨**（ㄑㄩㄝ ㄏㄨㄛˋ）（市場）某種貨品供不應求而無法買到。

**缺陷**（ㄑㄩㄝ ㄒㄧㄢˋ）①不圓滿，不完善的地方。②缺點。

**缺勤**（ㄑㄩㄝ ㄑㄧㄣˊ）在規定工作時間內沒有上班。如「無故缺勤要受罰」。

**缺損**（ㄑㄩㄝ ㄙㄨㄣˇ）①損壞，破損了。②醫學上指人體某部分或某器官有損傷或發育不完全。如「心臟瓣膜缺損」。

**缺漏**（ㄑㄩㄝ ㄌㄡˋ）欠缺而遺漏。如「這篇發言紀錄有些缺漏，應該補足」。

**缺德**（ㄑㄩㄝ ㄉㄜˊ）罵人品德修養不好。也簡說成「缺」。如「這個人真缺」。

**缺課**（ㄑㄩㄝ ㄎㄜˋ）學生或教師沒有按時間到教室上課。如「這一堂課教師請假缺課，另訂時間補課」。

**缺嘴**（ㄑㄩㄝ ㄗㄨㄟˇ）食欲沒有得到滿足。如「這孩子缺嘴，見什麼都吃」。

**缺憾**（ㄑㄩㄝ ㄏㄢˋ）事件有不完美的地方，不能滿意。

**缺點**（ㄑㄩㄝ ㄉㄧㄢˇ）①短處，不完備的地方。②過失，錯誤。

**缺額**（ㄑㄩㄝ ㄜˊ）缺少的數額。

**缺口（兒）**（ㄑㄩㄝ ㄎㄡˇ（ㄦ））①「同缺脣」（說「缺口」，不加ㄦ）。②器物上殘缺的地方。如「這刀刃兒上有個缺口兒」。也說「缺齒兒」。③建築工程或一般圖形圖線，周圍斷開不連接的地方。④空隙，可以通行的部分。如「過去十公尺，中間有個缺口，可以左轉」。

**缺心眼兒**（ㄑㄩㄝ ㄒㄧㄣ ㄧㄢˇ ㄦ）缺少心計、機智。也指說心智發育不健全或低能者。如「這個二愣子從來就缺心眼兒」。

**缺席裁判**（ㄑㄩㄝ ㄒㄧˊ ㄘㄞˊ ㄆㄢˋ）①在司法審判方面，因為受審者無故缺席而由法官根據其他出席受審人的答辯而作成的裁判，叫做缺席裁判。②對不在場者有所裁決而不理會他是否同意。帶有譴意。

## 五筆

**缽（鉢）** ㄅㄛ ㈠盛東西的器具，與碗、盂的樣子相似，通常叫「缽子」。㈡和尚盛飯的用具。如「沿門托缽」。

## 十筆

**罃** ㄧㄥ 長頸的瓶子。

## 十一筆

**罄** [文]ㄑㄧㄥˋ ㈠器物中空。㈡盡，空了，完了。如「罄其所有」「告罄」。

**罄折**（ㄑㄧㄥˋ ㄓㄜˊ）[文]同「磬折」。彎身下去（像磬一樣地彎折）表示謙恭。

**罄竭**（ㄑㄧㄥˋ ㄐㄧㄝˊ）[文]已經用完，用盡。

**罄竹難書**（ㄑㄧㄥˋ ㄓㄨˊ ㄋㄢˊ ㄕㄨ）[文]形容罪狀太多而寫不完。〈通鑑〉記李密數（ㄕㄨˇ）隋煬帝十罪，有「罄南山之竹，書罪無窮」的句子，後來變成了「罄竹難書」的成語。

**罅** [文]ㄒㄧㄚˋ ㈠東西的裂縫。如「石罅」「罅隙」。㈡事情的漏洞、破綻。

**罅漏**（ㄒㄧㄚˋ ㄌㄡˋ）[文]漏洞。

**罅隙**（ㄒㄧㄚˋ ㄒㄧˋ）[文]裂縫。有時作漏洞或可以利用的機會來講。

## 十二筆

**罈（罎）** ㄊㄢˊ ㈠一種口小腹大的陶製容器。㈡量詞，計算用罈盛裝物品的單位。如「三罈酒」。

## 十四筆

**罌（罂）** ㄧㄥ 古時的一種小口大肚的瓶子。

**罌粟** ㄧㄥ ㄙㄨˋ 二年生草本植物，花大而美麗，有紅、紫、白各種顏色；果實未成熟時有白漿，含麻醉性，可供藥用，也是製造鴉片的原料。

## 十五筆

**罍（櫑）** ㄌㄟˊ 古時的一種盛酒的器具，也指酒壺說。

## 十六筆

**罏** ㄌㄨˊ ㈠小口的陶質酒瓶。㈡同「爐」。㈢古代酒肆放酒甕的土臺子。

## 十八筆

**罐** ㄍㄨㄢˋ ㈠盛東西或汲水用的器具（從前多是瓦器），樣子像圓筒，通常叫「罐子」、「罐兒」。如「瓦罐」、「茶葉罐兒」。㈡圓筒形的器具。如「拔火罐兒」（是一種半球體的平底、圓口的陶製的小罐子，是中醫用的器具；用的時候在罐子裡點燃酒精或紙，再立刻把罐子扣在皮膚上，罐裡因為燃燒使空氣減少，罐口巴在身上掉不下來而發生治療作用）。

**罐子** ㄍㄨㄢˋ ˙ㄗ 盛東西的像圓筒的廣口器皿，一般是陶瓷器。也有鐵罐、鋁罐、紙罐、塑膠罐等。

**罐車** ㄍㄨㄢˋ ㄔㄜ 裝運液體物品的貨車（有橫臥的巨型罐子的容器）。通常指裝油、水等的車。

**罐裝** ㄍㄨㄢˋ ㄓㄨㄤ （食品、藥物或其他商品）封裝在鐵罐或鋁罐裡的。

**罐頭** ㄍㄨㄢˋ ˙ㄊㄡ 把食物盛在馬口鐵製的罐裡，抽去空氣密封起來，可經久不壞，叫做「罐頭」。像鳳梨罐頭、火腿罐頭等。泛稱「罐頭食品」。

# 网部

**网** ㄨㄤˇ 古「網」字，也是國字的部首之一，變成了一個字頂上的「罒」或「⺳」的部分。

## 三筆

**罕** ㄏㄢˇ ㈠稀少。如「希罕」、「罕有之物」。㈡姓。

**罕見** ㄏㄢˇ ㄐㄧㄢˋ 少見，不常見。

**罕有** ㄏㄢˇ ㄧㄡˇ 少有的，不常有的。

**罕事** ㄏㄢˇ ㄕˋ 〔文〕少有的事。

**罕聞** ㄏㄢˇ ㄨㄣˊ 〔文〕很少聽到。

**罕覯** ㄏㄢˇ ㄍㄡˋ 〔文〕難得見到。如「內容精闢，辭句華麗，此文誠屬罕覯」。

**罕用字** ㄏㄢˇ ㄩㄥˋ ㄗˋ 極少使用得到的字。

**罔** ㄨㄤˇ 〔文〕㈠無，不。如「置若罔聞」。㈡「誣罔」，就是拿沒有根據的事冤枉人。㈢邪曲，虛無。〈論語·雍也〉有「罔之生也幸而免」。㈣通「惘」。如「罔然」「學而不思則罔」。㈤同「網」。

**罔極** ㄨㄤˇ ㄐㄧˊ 〔文〕無窮。〈詩經〉有「欲報之德，昊天罔極」的句子，是說父母對子女的情像天一樣的無窮，不知道怎樣才能報答得了（ㄌㄧㄠˇ）。

## 四筆

**罘** ㄈㄨˊ ㈠文捕捉兔子用的網。㈡文「罘罳」就是圍屏。㈢「芝罘」是山東省煙臺市的舊名。又讀ㄈㄡˊ。

## 五筆

**罡** ㄍㄤ 道教常用的字。「天罡」就是北斗星，又是凶神的名字。「罡風」就是高空中的風。也作「剛風」。

**罟** 文ㄍㄨˇ 網眼細密的魚網。

**罝** 文ㄐㄩ 古時捉兔子用的網。

## 六筆

**罣** ㄍㄨㄚˋ ㈠牽掛。如「罣念」。㈡文牽連。如「罣誤」。㈢阻礙。如「罣礙」。

**罣誤** ㄍㄨㄚˋ ㄨˋ 文因事牽連而犯了過失，遭受譴責。

**罣礙** ㄍㄨㄚˋ ㄞˋ 阻礙。也作「掛礙」。

## 八筆

**置（寘）** ㄓˋ ㈠放，安放。如「置於案上」「置之不理」。㈡設立，安排。如「設置」「布置」。㈢說出，說定。如「不能置一辭」「難置可否」。㈣買。如「置些家具」「置產」。㈤文廢棄，不加重視。如〈國語〉有「不以小怨置大德」「投閒置散（ㄙㄢˇ）」。㈥文驛站。〈孟子〉有「置郵而傳命」。

**置身** ㄓˋ ㄕㄣ 文處（ㄔㄨˇ）於，存身於。如「置身於危難之境」。

**置信** ㄓˋ ㄒㄧㄣˋ 文相信，一般用在否定的表達。如「不可置信」。

**置酒** ㄓˋ ㄐㄧㄡˇ 文（為了待客）準備酒食。

**置產** ㄓˋ ㄔㄢˇ 買下產業（如房屋、田地）。

**置備** ㄓˋ ㄅㄟˋ 添備，採購所需要的東西。

**置喙** ㄓˋ ㄏㄨㄟˋ 文插嘴（多用在表達否定的語句）。如「不容置喙」。

**置評** ㄓˋ ㄆㄧㄥˊ 文評論（一般用在否定句）。如「不予置評」。

**置意** ㄓˋ ㄧˋ 文注意，留意（常用在否定表達）。如「未加置意」。

**置疑** ㄓˋ ㄧˊ 文發生疑慮，懷疑；一般用在否定句。如「無可置疑」。

**置辦** ㄓˋ ㄅㄢˋ 採買，購買。

**置辭** ㄓˋ ㄘˊ 文措辭（常用作貶義或否定表達）。如「置辭不當」。

**置辯** ㄓˋ ㄅㄧㄢˋ 文辯駁，申辯（通常用作否定表達）。如「不屑置辯」。

**置之不理** ㄓˋ ㄓ ㄅㄨˋ ㄌㄧˇ 不聞不問，不顧不管，聽其自然。

**置之度外** ㄓˋ ㄓ ㄉㄨˋ ㄨㄞˋ 文不把生死、利害、得失等放在心上。

**置身事外** ㄓˋ ㄕㄣ ㄕˋ ㄨㄞˋ 不參與其事，對事情毫無關涉，不予留心置意。如「這一件事你最好置身事外」。

**置若罔聞** ㄓˋ ㄖㄨㄛˋ ㄨㄤˇ ㄨㄣˊ 聽到了像沒聽到一樣，不睬不理。

**罩** ㄓㄠˋ ㈠捕魚的竹籠。㈡遮蓋。如「用紗籠把食物罩起來」「籠罩」。㈢遮蓋的器具。如「燈罩」「紗罩」。㈣指套在外面穿的衣服。如「罩袍兒」。㈤在衣服外面再套上衣服。如「把工作衫罩在衣服外面」。

**罩子** ㄓㄠˋ ˙ㄗ 遮蓋在物品外面的東西。如「燈罩子」。

**罩杯** ㄓㄠˋ ㄅㄟ 婦女用的胸罩，像是一個倒扣的杯子。

**罩衫** ㄓㄠˋ ㄕㄢ 因穿在外層以保持內層衣服整潔的罩衣。

**罩袍**（ㄓㄠˋ ㄆㄠˊ） 也叫「袍罩」，就是穿在袍子外面的大褂。

**罩袖**（ㄓㄠˋ ㄒㄧㄡˋ） 〔文〕套在袖子外面的布罩；坐辦公桌的人常用，避免袖管磨損。也說「袖套」。

**罩得住**（ㄓㄠˋ ˙ㄉㄜ ㄓㄨˋ） 鎮得住，控制得住，能夠施展威勢加以轄制。如「他的能力很強，這些事情他一定罩得住」。

## 署

▲ㄕㄨˇ 官衙，辦公的處所。如「官署」「公署」。▲ㄕㄨˋ ㈠簽，寫。如「署名」「簽署」。㈡「部署」就是布置、安排。如「人事部署」「戰略部署」。㈢〔文〕對官職的暫時擔任或代理。如「署理」「試署」。

**署名**（ㄕㄨˋ ㄇㄧㄥˊ） 簽名。

**署理**（ㄕㄨˋ ㄌㄧˇ） 〔文〕暫行代理官職而非實授官位。

## 罪（辠）

ㄗㄨㄟˋ ㈠犯法的，有過失的。如「罪人」「罪犯」。㈡刑罰。如「判罪」。㈢重大的過失，犯法的事實。如「罪行」「立功贖罪」。㈣痛苦，苦難。如「受罪」「受不了這個罪」。㈤〔文〕責備，歸咎。如「知我罪我」「怪罪」。

**罪人**（ㄗㄨㄟˋ ㄖㄣˊ） ①有罪的人，犯罪的人。②〔文〕歸罪於人。

**罪己**（ㄗㄨㄟˋ ㄐㄧˇ） 〔文〕承認自己有罪過而懺悔自責。（古代帝王為收攬民心，往往下詔自責，昭告天下，稱「罪己詔」。）

**罪犯**（ㄗㄨㄟˋ ㄈㄢˋ） 有犯罪行為的人。

**罪名**（ㄗㄨㄟˋ ㄇㄧㄥˊ） 根據犯罪的事實而判定其犯罪的名義或應受刑罰的名稱。

**罪行**（ㄗㄨㄟˋ ㄒㄧㄥˊ） 罪惡的行為。

**罪狀**（ㄗㄨㄟˋ ㄓㄨㄤˋ） ①犯罪的情況。②犯罪的事實。

**罪惡**（ㄗㄨㄟˋ ㄜˋ） ①犯法的行為。②違反正義的。

**罪嫌**（ㄗㄨㄟˋ ㄒㄧㄢˊ） 有罪責的嫌疑犯。

**罪愆**（ㄗㄨㄟˋ ㄑㄧㄢ） 〔文〕罪過①③。

**罪過**（ㄗㄨㄟˋ ㄍㄨㄛˋ） ①罪惡，過失。②自稱「不敢當」的謙詞。③自己謙稱做事失當（ㄉㄤˋ）。

**罪魁**（ㄗㄨㄟˋ ㄎㄨㄟˊ） 帶頭兒犯罪的人。

**罪證**（ㄗㄨㄟˋ ㄓㄥˋ） 犯罪的證據。如「他因罪證確鑿，判處有期徒刑三年」。

**罪孽**（ㄗㄨㄟˋ ㄋㄧㄝˋ） 過失，罪過。如「罪孽深重」。

**罪惡感**（ㄗㄨㄟˋ ㄜˋ ㄍㄢˇ） 認為自己涉有罪責的心理感覺。如「他因為不小心踩死了一隻蛾子而有罪惡感」。

**罪大惡極**（ㄗㄨㄟˋ ㄉㄚˋ ㄜˋ ㄐㄧˊ） 罪惡嚴重到了極點。

**罪不容誅**（ㄗㄨㄟˋ ㄅㄨˋ ㄖㄨㄥˊ ㄓㄨ） 〔文〕罪大惡極，處死都不能抵償。

**罪有應得**（ㄗㄨㄟˋ ㄧㄡˇ ㄧㄥ ㄉㄜˊ） ①行為和罪名相稱，應該判他這樣的罪。②活該受罪。

**罪重如山**（ㄗㄨㄟˋ ㄓㄨㄥˋ ㄖㄨˊ ㄕㄢ） 形容罪過特殊重大。

**罪魁禍首**（ㄗㄨㄟˋ ㄎㄨㄟˊ ㄏㄨㄛˋ ㄕㄡˇ） 犯罪肇禍的首要分子。

## 罨

ㄧㄢˇ 掩蓋。「冷罨法」和「熱罨法」都是醫療方法，就是用冷水或溫水把布浸潤了蓋住患處。

# 九筆

## 罰（罸）

ㄈㄚˊ ㈠懲治，處分。如「受罰」。㈡古時候把出金錢贖罪稱為「罰」。

**罰金**（ㄈㄚˊ ㄐㄧㄣ） 就是「罰款」。

**罰則** ㄈㄚˊ ㄗㄜˊ 規定懲罰方法的條文。

**罰酒** ㄈㄚˊ ㄐㄧㄡˇ 罰人喝酒。

**罰站** ㄈㄚˊ ㄓㄢˋ 罰人規規矩矩地站著不動。

**罰球** ㄈㄚˊ ㄑㄧㄡˊ 球類運動比賽時候，隊員犯規，判由對方隊員執行可得分數的控球活動（足球射門，籃球投籃）。

**罰款** ㄈㄚˊ ㄎㄨㄢˇ 也叫「罰金」。①對違背規定者所罰的錢。②罰人出錢，也說「罰錢」。

**罰鍰** ㄈㄚˊ ㄏㄨㄢˊ 就是「罰款」，特指違反行政法規所罰的款。

**罳** 図ㄙ ㈠「罳頂」，天花板，見〈埤雅〉。㈡見「罘」㈡。

## 十筆

**罷（罢）** ▲ㄅㄚˋ ㈠停止。如「欲罷不能」。㈡完。如「吃罷飯」「他說罷，就走了」。㈢免除。如「罷免」「罷官」。㈣表示失望忿恨的感嘆詞，常疊用。如「罷！罷！這種壞心的人怎會做出好事來」。㈤「罷了（˙ㄌㄜ）」的簡詞。如「這些無關緊要的事不說也罷」。

▲˙ㄅㄚ 在語句末尾幫助說話口氣的詞，常是表示命令或囑咐、疑問等的口氣；同「吧（˙ㄅㄚ）」。

▲図ㄆㄧˊ 同「疲」。如「罷弊」。

**罷了** ▲ㄅㄚˋ ˙ㄌㄜ 用在語句末尾的助詞，表示語意的制限或讓步的口吻。如「這不過是很小的一點兒事罷了」。

▲ㄅㄚˋ ㄌㄧㄠˇ 罷休。

**罷工** ㄅㄚˋ ㄍㄨㄥ 工人聯合起來一起停止工作。原因有為了要求增加工資、政治的或同情他人的。

**罷手** ㄅㄚˋ ㄕㄡˇ 歇手，對所做的事情不繼續進行。

**罷市** ㄅㄚˋ ㄕˋ 商人聯合起來一起停止營業。

**罷斥** ㄅㄚˋ ㄔˋ 図也作「罷黜」。免除屬下官員的職位。

**罷休** ㄅㄚˋ ㄒㄧㄡ 停止，完結。

**罷免** ㄅㄚˋ ㄇㄧㄢˇ 有罷免權的人依法投票取消他們所選出者的公職。

**罷教** ㄅㄚˋ ㄐㄧㄠˋ 教師為了某種緣故而集體停止教學，以示抗議。

**罷弊** ㄆㄧˊ ㄅㄧˋ 図困乏。也作「罷敝」「疲弊」。

**罷課** ㄅㄚˋ ㄎㄜˋ 學生聯合起來都不上課。

**罷論** ㄅㄚˋ ㄌㄨㄣˋ 取消不談，不再繼續追究、討論。如「作為罷論」。

**罷癃** ㄆㄧˊ ㄌㄨㄥˊ 図①駝背。②衰頹老病。也作「疲癃」。

**罷黜** ㄅㄚˋ ㄔㄨˋ 図免職。人事的革退、免除。

**罷免權** ㄅㄚˋ ㄇㄧㄢˇ ㄑㄩㄢˊ 人民行使政權的一種，就是人民有依法用投票方式使不良官員去職的權利。

**罷教權** ㄅㄚˋ ㄐㄧㄠˋ ㄑㄩㄢˊ 教師參加罷教活動的權利。

**罵** ㄇㄚˋ ㈠用惡毒難聽的言詞侮辱人。如「破口大罵」。㈡申斥。如「他做錯了事，挨了一頓罵」。

**罵名** ㄇㄚˋ ㄇㄧㄥˊ 名聲不好，受人辱罵。如「賣國奸賊留下千古罵名」。

**罵坐** ㄇㄚˋ ㄗㄨㄛˋ 辱罵同時在座的人。「坐」也作「座」。

**罵陣** ㄇㄚˋ ㄓㄣˋ 在陣前對敵方喊罵挑戰。也說「叫陣」。

**罵街** ㄇㄚˋ ㄐㄧㄝ 也說「罵大街」。①沿街破口亂叫亂罵。②亂喊亂罵。

**罵題** ㄇㄚˋ ㄊㄧˊ ①指文章的內容意思與題旨相違背。②指所做的與所說的相違反。③指行為與身分不合。

**罶** ㄌㄧㄡˇ 捕魚的竹簍子。

## 十一筆

**罹** 〔文〕ㄌㄧˊ ㈠憂愁。㈡遭遇到。如「罹難」「罹禍」。

**罹難** ㄌㄧˊ ㄋㄢˋ 〔文〕因為災難而死亡。如「飛機墜毀，罹難者二百多人」。

**罺** 〔文〕ㄔㄠ 小網。

## 十二筆

**罽** 〔文〕ㄐㄧˋ 古人指毛織品縫製的帳幕。也作「罽幕」。

**罾** ▲〔文〕ㄗㄥ 打魚的網子。▲ㄗㄥˋ 捆緊；同「繒(ㄗㄥˋ)」。

## 十四筆

**羅(罗)** ㄌㄨㄛˊ ㈠本是捉鳥的網，也用來廣泛比喻捕取、招致等意思。如「羅致」「搜羅」。㈡〔文〕用網捕鳥。如「門可羅雀(也比喻門前冷清清，很少人來)」。㈢〔文〕擺，陳列。如「珍寶羅於前」。㈣一種細密像篩子的用具，用來使粉末漉下。㈤一種輕軟稀疏的絲織品。如「綾羅綢緞」。㈥數目單位名，是gross的譯音。十二打是一羅，十二羅是一大羅。也作「籮」。㈦〔文〕「羅皁」，同「囉皁」，就是吵鬧(舊小說戲曲裡常見)。㈧姓。

**羅布** ㄌㄨㄛˊ ㄅㄨˋ 〔文〕羅列分布。(可以嵌字說成「星羅棋布」，比喻排列分布的稠密，像天空的星星、棋盤上的棋子。)

**羅列** ㄌㄨㄛˊ ㄌㄧㄝˋ 陳列。

**羅衣** ㄌㄨㄛˊ ㄧ 〔文〕絲羅縫製的輕軟的衣服，在詩文裡常指婦女的衣著。

**羅剎** ㄌㄨㄛˊ ㄔㄚˋ ①〔外〕佛家對惡魔的通稱(是梵語音譯詞)。②清初稱俄羅斯人。

**羅拜** ㄌㄨㄛˊ ㄅㄞˋ 〔文〕眾人環繞向正中間的人敬拜，表示非常敬仰。

**羅致** ㄌㄨㄛˊ ㄓˋ 招致人材。

**羅衫** ㄌㄨㄛˊ ㄕㄢ 絲羅縫製的輕軟衣衫。

**羅扇** ㄌㄨㄛˊ ㄕㄢˋ 圓形框子，用輕羅做扇面，有柄的扇子。

**羅紋** ㄌㄨㄛˊ ㄨㄣˊ ①指手指或足趾上的紋理。也寫作「螺紋」。②〔文〕迴旋的花紋。詩文裡也用以形容布紋、雪花。

**羅衾** ㄌㄨㄛˊ ㄑㄧㄣ 〔文〕絲羅做的被子。

**羅掘** ㄌㄨㄛˊ ㄐㄩㄝˊ 是「羅雀掘鼠」的略詞。唐朝張巡守睢陽，被圍斷糧，命令軍士羅雀掘鼠做糧食，後來用這個語詞比喻用盡方法籌款的意思。

**羅雀** ㄌㄨㄛˊ ㄑㄩㄝˋ 〔文〕張網捕雀。參看「羅掘」「門可羅雀」。

**羅睺** ㄌㄨㄛˊ ㄏㄡˊ 舊時星命家所稱十一曜之一。十一曜中，日、月、五星、炁、孛等九曜同方向而行，羅睺、計都二曜逆向而行，常與日、月、五星相遮掩，因此又稱「蝕神」。

**羅裙** ㄌㄨㄛˊ ㄑㄩㄣˊ 絲羅縫製的輕軟衣裙。

**羅漢** ㄌㄨㄛˊ ㄏㄢˋ 佛家對聖者(修行得道者)的尊稱。羅漢的地位較次於菩薩。

**羅網** ㄌㄨㄛˊ ㄨㄤˇ ①捕捉鳥獸的網。②比喻緝捕、控制的勢力；也常加強比喻說成「天羅地網」。③比喻陷害人的計策。

**羅盤** ㄌㄨㄛˊ ㄆㄢˊ 用磁針指示方向的儀器，刻有度數，類似指南針而更細密；也叫「羅經」。

**羅縷** ㄌㄨㄛˊ ㄌㄩˇ 〔文〕既委婉又詳盡的述說。

**羅織** ㄌㄨㄛˊ ㄓ 〔文〕編造罪名陷害沒有罪的人。

**羅鍋（兒）** 駝背的人。也叫「羅鍋子」。

**羅馬字** 古羅馬的文字，所用字母的形式是現在歐美各國所通用的abcd字母。

**羅曼斯** 〔外〕富於浪漫色彩的愛情故事或驚險傳奇故事。是從英語romance音譯的。又作「羅曼司」「羅曼史」。

**羅漢豆** 〔方〕蠶豆。

**羅漢果** 一種葉子呈卵形，開淡黃花的多年生藤本植物。這種植物的果實也叫羅漢果，近圓形，烘乾後可入藥，能清熱、止咳。

**羅漢松** 常綠喬木，葉子長披針形，雌雄異株，果實卵圓形。

**羅馬數字** 古羅馬人所用計數的字。一作I，五作V，十作X，五十作L，一百作C，五百作D，一千作M。可以重各字，如三作Ⅲ；數多的字右邊放數少的字，表示其和，如Ⅵ是六；數多的字左邊放數少的字，表示其差，如Ⅸ是九；加橫線在字上，表示千倍，如$\bar{V}$是五千。現在時鐘的鐘面上還有用羅馬數字的。

**羅曼蒂克** 〔外〕浪漫的，通常用以比喻戀愛情景。是從英語romantic音譯的。

**羅圈兒揖** 雙手抱拳，旋轉身體，向周圍的人作揖。

**羅圈兒椅** 兩側略呈弧形扶手的椅子。

**羅圈兒腿** 指因為佝僂病以致生長得不直而向外略作弧形彎曲的腿。

## 十七筆

**羇（羈）** 〔文〕ㄐㄧ 離開家在外鄉居住。「羇旅」就是旅客。也作「羈旅」。

## 十九筆

**羈（覊）** ㄐㄧ ㈠〔文〕馬絡頭。㈡拘束。如「羈束」「放蕩不羈」。㈢牽引。如「羈絆」。㈣離家在外鄉寄居。同「羇」。㈤髮髻。

**羈束** 〔文〕約束。

**羈押** 拘留，拘押。

**羈旅** 〔文〕也作「羇旅」，就是離家出外的旅客。

**羈留** 〔文〕拘禁。

**羈絆** 〔文〕牽纏不能脫身。

**羈縻** 〔文〕維繫牽制而不使脫離。如「清朝時代對若干小民族都採行羈縻的政策」。

**羈押權** 依法規定警察與司法部門對嫌犯予以羈押的權限。

# 羊部

**羊** ▲ㄧㄤˊ ㈠反芻類家畜。毛直而短的是山羊，毛長而鬈的是綿羊。㈡姓。▲ㄒㄧㄤˊ 「祥」字古時寫成「羊」。

**羊毛** 綿羊的毛，可用作紡織原料。

**羊水** 孕胎羊膜裡的液體，作用是保護胎兒不受外界的震盪，而且減少胎兒在子宮裡活動對孕婦的刺激。

**羊角** ①〔文〕彎曲而上的旋風。②羊頭上的犄角。

**羊桃** 一ㄤˊ ㄊㄠˊ 也作「楊桃」。①就是落葉藤本植物「獼猴桃」。②常綠灌木「五斂子」的別稱。(臺灣地區通稱「羊桃」的是「五斂子」。)

**羊毫** 一ㄤˊ ㄏㄠˊ 細羊毛做的毛筆。

**羊腸** 一ㄤˊ ㄔㄤˊ 図曲折的小路，叫「羊腸小道」。

**羊齒** 一ㄤˊ ㄔˇ 植物學名詞，多年生隱花植物，羽狀複葉，叢生有毛，子囊生在葉的背面。地下莖可以作藥，治絛蟲。

**羊羹** 一ㄤˊ ㄍㄥ ①古人用羊肉做的羹。②一種淡淡的甜糕點，用紅豆沙、麵粉或米粉加砂糖蒸的。

**羊羔(兒)** 一ㄤˊ ㄍㄠ ㄦ 幼羊。

**羊躑躅** 一ㄤˊ ㄓˊ ㄓㄨˊ 落葉小灌木，葉子長橢圓形或倒披針形，葉背有灰色柔毛；花金黃色冠鐘狀，有強烈香氣；是一種有毒的植物，可做殺蟲劑。俗稱「鬧羊花」或「羊不食草」。

**羊癲風** 一ㄤˊ ㄉㄧㄢ ㄈㄥ 病名，一名「癲癇」，也作「羊癇風」「羊角風」。患者病發時會失神痙攣，口吐白沫，常昏迷幾分鐘才醒。

**羊腸小道** 一ㄤˊ ㄔㄤˊ ㄒㄧㄠˇ ㄉㄠˋ 曲折而極窄的路(多指山路)。

**羊質虎皮** 一ㄤˊ ㄓˊ ㄏㄨˇ ㄆㄧˊ 指虛有其表而無實力。曹丕〈與朝歌令吳質書〉有「以犬羊之質，服虎豹之文」。

**羊齒植物** 一ㄤˊ ㄔˇ ㄓˊ ㄨˋ 多年生草本隱花孢子植物，羽狀小披針形複葉，叢生在陰溼的地方，孢子囊生於葉背。

**羊毛出在羊身上** 一ㄤˊ ㄇㄠˊ ㄔㄨ ㄗㄞˋ 一ㄤˊ ㄕㄣ ㄕㄤˋ 比喻看起來是給人好處，其實本來是出於對方。例如售貨的附贈品，實際是贈品的價值已加在貨價裡。也說「羊毛原出羊身」。

## 二筆

**芈** ▲ㄇㄧㄝ 羊叫的聲音。▲ㄇㄧˇ ㈠芈(ㄇㄧㄝ)的讀音。㈡姓。

**羌(羗、羌)** ㄑㄧㄤ ㈠古時稱甘肅、陝北一帶的游牧民族，分東西兩部，後來移居甘肅東南部和四川北部松潘、茂縣一帶。㈡姓。

## 三筆

**美(美)** ㄇㄟˇ ㈠漂亮，好看。如「年輕貌美」「她今天打扮得好美呀」。㈡好。如「完美」「美味」。㈢內心良善。如「內在美」「美意」。㈣稱讚，誇獎。如「讚美」「對他美言幾句」。㈤好的表現，工作成績好。如「君子成人之美」「美中不足」。㈥自己得意的樣子。如「臭美」「別美了，你的錢全是騙來的」。㈦國名，美利堅合眾國的簡稱。如「中美兩國」。㈧洲名。如「南美洲」「北美洲」。㈨打扮，化妝。如「美化」「美容」。

**美人** ㄇㄟˇ ㄖㄣˊ ①漂亮的女人。如「你才是個大美人兒哪」。②美國人的略稱。③図賢德的人。〈詩經〉有「云誰之思，西方美人」。

**美工** ㄇㄟˇ ㄍㄨㄥ 關於美術方面的工作或工程。

**美女** ㄇㄟˇ ㄋㄩˇ 貌美的婦女。

**美才** ㄇㄟˇ ㄘㄞˊ 図好才能。

**美元** ㄇㄟˇ ㄩㄢˊ 美國本位貨幣。也說「美金」。

**美化** ㄇㄟˇ ㄏㄨㄚˋ 把原先不好的事物加以整頓、裝飾或改善缺陷，使變得美好。如「美化環境」。

**美玉** 美好的玉。

**美好** 好的，漂亮的。

**美名** 好名譽。也作「美譽」。

**美色** [文]指女子的容貌美。也比喻漂亮的女人。

**美妙** 非常美好巧妙。如「歌聲美妙」。

**美育** 指導學生學習欣賞創作與發展美術的教育，是教育上的「五育」(德、智、體、群、美)之一。

**美言** 請人代說好話的意思。如「這件事無論如何請您美言幾句」。

**美味** 好吃或好吃的食品。

**美姿** 美麗的姿色、姿態。

**美容** 面部的化妝。

**美酒** 好酒。

**美眷** 貌美的妻子(「眷」指眷屬、妻子)。如「如花美眷」。

**美術** ①廣義的是可以用視覺聽覺欣賞的藝術，像繪畫、雕刻、建築、音樂、詩歌等都是。②狹義的只指繪畫、雕刻。

**美景** ①好風景。②[文]比喻情況好。

**美感** 美學名詞，對於美的感覺。是意識與情感的範疇，不屬於生理上的快感。

**美意** ①好意。②[文]無憂無慮。〈荀子〉有「美意延年」句。

**美夢** 比喻脫離現實的美妙的幻想。如「祝你美夢成真」。

**美滿** 優美圓滿。

**美稱** 有意讚美的稱呼。如「寶島是臺灣的美稱」。

**美貌** 面貌漂亮。

**美德** 優美的德行。如「儉，美德也」。

**美編** 「美術編輯」的簡稱。與「文字編輯」配合作插圖或版面美術布置的編輯工作。

**美談** 可以鼓勵人的有趣味的談話資料。如「傳為美談」。

**美質** 本質美好。

**美學** 研究藝術品欣賞及創作能力的法則的學科。

**美麗** 漂亮。

**美觀** 外觀漂亮。

**美豔** [文]華美豔麗。如「那個女人打扮得十分美豔」。

**美人計** 用美人為餌，騙人上鉤的詭計。

**美人蕉** 供觀賞的多年生草本植物，長橢圓形互生大葉片，有羽狀葉脈；花紅色或黃色，總狀花序。

**美男子** 體格健壯、面貌漂亮的男子。

**美容院** 供婦女理髮美容的營業場所。

**美容術** ①整形外科手術。②用化妝、保養、運動等促進身體健美的方法。

**美術史** 關於美術發展演變的歷史。

**美術字** 塗寫成有圖案意味求其美觀引人注意喜愛的字體。

**美術品** 屬於美術的作品。

**美術家** 擅長美術，常有作品問世的人。

**美術館** 專門收藏與展覽美術作品並舉辦有關提倡美術的各種活動的館舍，由政府或民間私人設立。

**美髯公** 指鬍子又長又美的人。

**美人遲暮** 貌美的女子到了年老的時候；比喻美好的時光已經過去，事物到了衰退的境地。

**美不勝收** 美好的東西太多，一時接受不完（看不過來）。如「各種新發明產品令人目不暇給，真是美不勝收」。

**美中不足** （事物）雖然很好，但是還有缺陷。

**美式足球** 美國流行的足球運動。使用長一百碼，寬五十三碼的長方形場地，兩端各有十碼長的得分區，場地中分為兩大段，每段各有五碼長的小段十段。使用橄欖形的球。比賽時間分小節，共六十分鐘，半場休息十五分鐘。比賽時雙方各以十一人上陣。裁判先召集兩隊隊長，以丟銅幣方式決定攻守的次序後，守隊隊員在自己的一邊踢球給對方，對方接球後向前跑，到得分區就算得分。

**美味佳肴** 味道鮮美的食品、菜肴。

**美意延年** 指心情舒暢可以延年益壽，一般用作賀壽的祝辭。

**美輪美奐** 形容建築物的高大美觀，一般用在讚美新落成的房舍樓館。也作「輪奐」。語出〈禮記〉。

**羑** ㄧㄡˇ「羑里」，古地名，在河南湯陰。傳說周文王曾被紂王關在那裡。

## 四筆

**羓** ㄅㄚ 醃肉。

**羔** ㄍㄠ 幼羊。

**羔羊** ①小羊。②図〈詩經〉篇名，比喻卿大夫的廉潔。後用來稱讚士大夫。③基督教經典裡比喻受難或殉道的教徒。

**羖** 図ㄍㄨˇ ㈠公羊。㈡山羊。㈢閹過的羊。

## 五筆

**羝** 図ㄉㄧ 公羊。〈漢書・蘇武傳〉有「使（武）牧羝，羝乳乃得歸」（要蘇武養公羊，等公羊生小羊才可以回去）。

**羝羊觸藩** 図比喻進退兩難。（公羊把角觸入籬笆，進退不得。）

**羚** ㄌㄧㄥˊ 見「羚羊」。

**羚羊** 形狀像山羊，角向後彎，背高，毛又密又長。角可以作藥。

**羚羊掛角** 図比喻不落痕跡，無跡可求。（羚羊在夜晚把角掛在樹上，腳不著地，獵者無跡可尋；佛家禪宗語錄常用來比喻不能一定拘泥從言語文字得到明曉，而要去空靈悟解事理。）

**羞** ㄒㄧㄡ ㈠図好吃的食物。如「時羞」（當令好吃的食物）。㈡感到恥辱。如「羞恥」「羞澀」。㈢難為情。如「害羞」「羞答答的」。㈣使人不好意思。如「你別這樣羞人家」。

**羞怯** 害羞膽怯的樣子。

**羞辱** ①恥辱。②欺侮。如「忍受羞辱」。

**羞恥** 羞㈡。

**羞赧** 図害羞臉紅。

**羞惡**（ㄒㄧㄡ ㄨˋ）〔文〕因為自己不好而覺得恥辱，看到別人不好而覺得憎惡（ㄨˋ）。〈孟子〉書有「無羞惡（ㄨˋ）之心，非人也」。

**羞愧**（ㄒㄧㄡ ㄎㄨㄟˋ）又難為情又慚愧。也作「羞慚」。

**羞慚**（ㄒㄧㄡ ㄘㄢˊ）羞愧，害羞而緊張畏縮。

**羞憤**（ㄒㄧㄡ ㄈㄣˋ）羞愧而憤恨。

**羞澀**（ㄒㄧㄡ ㄙㄜˋ）〔文〕①因為慚愧而舉動不爽利。②口袋裡沒錢。從「阮囊羞澀」來的。

**羞癢覺**（ㄒㄧㄡ ㄧㄤˇ ㄐㄩㄝˊ）輕輕一碰皮膚柔軟的部分所發生的癢的感覺。

**羞答答（的）**（ㄒㄧㄡ ㄉㄚ ㄉㄚ（ㄉㄜ˙））難為情的樣子。也作「羞人答答的」。

**羞花閉月**（ㄒㄧㄡ ㄏㄨㄚ ㄅㄧˋ ㄩㄝˋ）〔文〕形容女子相貌美麗（使花和月亮都自愧退縮）。

**羞惱成怒**（ㄒㄧㄡ ㄋㄠˇ ㄔㄥˊ ㄋㄨˋ）因為羞愧而轉成惱怒。也作「惱羞成怒」。

**羞與為伍**（ㄒㄧㄡ ㄩˇ ㄨㄟˊ ㄨˇ）〔文〕把跟某人在一起當做可羞恥的事情。

**羕**（ㄧㄤˋ）㈠長遠。㈡水流長遠。

## 六筆

**善**（ㄕㄢˋ）㈠惡的反面。如「善意」「隱惡揚善」。㈡待人和好。如「友善」「和善」。㈢好的。如「善價」「善始善終」。㈣擅長。如「長袖善舞」「勇敢善戰」。㈤好好的。如「善為說辭」「善待」。㈥愛，容易。如「善忘」。㈦收拾整頓。如「善後」。㈧懦弱。如「善弱」「欺善怕惡」。㈨熟悉。如「這人看著很面善」。

**善人**（ㄕㄢˋ ㄖㄣˊ）①好人，善良的人。②慈悲和善的人。也作「善士」。

**善心**（ㄕㄢˋ ㄒㄧㄣ）善良的心，好心腸。如「善心人士捐款救災」。

**善本**（ㄕㄢˋ ㄅㄣˇ）精印、精鈔而難得的書籍。

**善行**（ㄕㄢˋ ㄒㄧㄥˋ）①美好的品行或行為。②慈善的舉動。如「造橋修路，善行可敬」。

**善忘**（ㄕㄢˋ ㄨㄤˋ）容易忘事。

**善良**（ㄕㄢˋ ㄌㄧㄤˊ）①和善，心地好。如「他心地善良」。②和善的人。如「惡霸欺壓善良」。

**善事**（ㄕㄢˋ ㄕˋ）①好事，慈善的事。如「多做善事必有好報」。②〔文〕善於服侍。如「賢慧的媳婦善事翁姑」。

**善待**（ㄕㄢˋ ㄉㄞˋ）很好的對待或招待。如「客人獲得善待」。

**善後**（ㄕㄢˋ ㄏㄡˋ）事後的收拾整頓。

**善哉**（ㄕㄢˋ ㄗㄞ）讚美的話。〈論語〉有「善哉問」的話。佛經裡也用，意義相同。

**善弱**（ㄕㄢˋ ㄖㄨㄛˋ）善良而懦弱。也作「善懦」。

**善書**（ㄕㄢˋ ㄕㄨ）用因果報應來勸人為善的書。

**善根**（ㄕㄢˋ ㄍㄣ）佛教語。人所以為善的根性。善能生妙果，生餘善，故謂之善根。

**善終**（ㄕㄢˋ ㄓㄨㄥ）①老人在平靜時去世，多半因為心臟痲痺。一般說這種死亡叫善終，因為不是遭遇不幸而死。②〔文〕有好結果。如「慎始者乃能善終」。

**善處**（ㄕㄢˋ ㄔㄨˇ）〔文〕①妥善處理。②善於處理。

**善棍**（ㄕㄢˋ ㄍㄨㄣˋ）假借慈善事業之名而來牟利的人。

**善感**（ㄕㄢˋ ㄍㄢˇ）容易感傷。如「多愁善感」。

**善意**（ㄕㄢˋ ㄧˋ）①好意。②法律名詞，對惡意而言；意思是只知道是當然，不知有其他關係的，叫做善意。

**善價** 文高價。

**善戰** 善於作戰。如「勇敢善戰」。

**善緣** ①和佛門的緣分。②好的緣分。③佛教稱布施為結善緣。

**善舉** 指做慈善的事。

**善類** 文良善的人（多用於否定式）。如「此非善類」。

**善有善報** 做好事會有好的報應。

**善男信女** 信仰佛教的男女。

**善始善終** 始終享受人生最大的快樂：有名氣，有地位。這是司馬遷在〈史記・陳丞相世家贊〉裡讚美陳平的話。

**善門難開** 比喻做了善事以後，就會有很多人來求援，以致無法應付。

**善善惡惡** 褒獎善良，憎恨邪惡。喜歡好人，討厭壞人。

**善罷甘休** 甘心罷休。如「他受了你這樣的侮辱，怎能善罷甘休」。

**羬** ㈠細的羊毛駝毛。㈡毛織品，如「呢羬」。也作「絨」。

**羨** ㈠同「羡」：愛慕，盈餘。㈡姓。

▲㈠引進。㈡墓道。

▲「沙羨」，古地名，在今湖北武昌西南。

## 七筆

**羥** 氫氧基的簡稱，是氫和氧兩種原子合成的一價原子團，化學符號是（—OH）。

**群（羣、宭）** ㈠集合多數的集團。如「人群」「捨己為群」。㈡多數。如「群山」「群島」。㈢文聚攏。如「群集」「群起而攻之」。

**群小** 文一堆小人。

**群山** 連綿不斷的山。

**群化** ①社會化。②使外群同化於己群。

**群育** 在教育上使受教者學習如何與人相處而適應社會群體生活，是「五育」（德、智、體、群、美）之一。

**群居** 文很多人聚居一處。

**群性** 指人類喜好群居的天性。又稱「社會性」。

**群芳** ①各種香而美的花草。②比喻眾多美女。

**群青** 一種鮮麗的藍色顏料。也叫「紺青」。

**群島** 地理名詞，說聚在一起的很多島嶼。

**群情** 群眾的情緒。如「群情激憤」。

**群眾** ①聚合在一處的許多人。②泛指社會上的一般人。如「社會大眾就是群眾」。

**群集** 文許多個體聚在一起。

**群棲** 文一群（鳥雀或魚類生物等）在一起棲息。如「鳥雀群棲於山林」。

**群雄** 亂世時占地稱雄的一些人。如「群雄割據」。

**群落** 指稱在一起生活而且適應其生活條件的動植物的總體。

**群像** 一群人物的形象，一般指稱攝影照片所顯示的情形，或是文學、藝術作品裡所描寫與表現的形象。

**群毆** 文好多人在一起打架。

**群籍**（ㄑㄩㄣˊ ㄐㄧˊ） 図各種書籍。

**群體**（ㄑㄩㄣˊ ㄊㄧˇ） 指在許多生理有聯繫的同種生物個體所組合的整體，如動物裡的海綿、珊瑚和植物裡的某些藻類。

**群英會**（ㄑㄩㄣˊ ㄧㄥ ㄏㄨㄟˋ） 眾多有才幹者的相聚、相會，常用以比喻特殊研討、觀摩、競賽或政治活動的集會。

**群起而攻**（ㄑㄩㄣˊ ㄑㄧˇ ㄦˊ ㄍㄨㄥ） 大家合力攻擊他，排斥他。

**群眾心理**（ㄑㄩㄣˊ ㄓㄨㄥˋ ㄒㄧㄣ ㄌㄧˇ） 一群人相處時候或群體活動之中所表現的心理特殊因素與心理反應。

**群眾路線**（ㄑㄩㄣˊ ㄓㄨㄥˋ ㄌㄨˋ ㄒㄧㄢˋ） 與群眾相處融洽，為群體大眾服務，切合群眾的願望與要求的政治路線。

**群眾運動**（ㄑㄩㄣˊ ㄓㄨㄥˋ ㄩㄣˋ ㄉㄨㄥˋ） 發動群眾參加的政治運動或社會運動。

**群策群力**（ㄑㄩㄣˊ ㄘㄜˋ ㄑㄩㄣˊ ㄌㄧˋ） 集合眾人的智慧和力量。

**群輕折軸**（ㄑㄩㄣˊ ㄑㄧㄥ ㄓㄜˊ ㄓㄡˊ） 図集合許多輕微的東西，也可以重得使車軸折斷。比喻事情雖小也不可忽視。

**群龍無首**（ㄑㄩㄣˊ ㄌㄨㄥˊ ㄨˊ ㄕㄡˇ） 比喻眾人失去領袖。

**群蟻附羶**（ㄑㄩㄣˊ ㄧˇ ㄈㄨˋ ㄕㄢ） 図比喻眾人的趨利。

**群魔亂舞**（ㄑㄩㄣˊ ㄇㄛˊ ㄌㄨㄢˋ ㄨˇ） 比喻一些邪惡的壞人猖狂活動。

## 羨

▲ㄒㄧㄢˋ ㈠因為愛慕而希望得到。如「欣羨」「羨慕」。㈡図盈餘。如「羨餘」。

▲ㄧㄢˊ ㈠引進。㈡墓道。

**羨慕**（ㄒㄧㄢˋ ㄇㄨˋ） 羨㈠。

**羨餘**（ㄒㄧㄢˋ ㄩˊ） 図地方稅收解庫以後的盈餘。

## 義（义）

ㄧˋ ㈠公平合宜的道理，正正當當的行為。如「正義」「義不容辭」。㈡図為大我而犧牲的行為。如「慷慨就義」「從容殉義」。㈢有益公眾的舉動。如「義舉」「義賣」。㈣彼此的感情，固定的情誼。如「情義」「義氣」。㈤意思，解釋。如「音同義異」「字義」。㈥不是親屬而認作親屬。如「義父」「義子」。㈦假的，可是當真的用。如「義肢」「義齒」。㈧見「主義」。㈨義大利國的簡稱。如「德義軍事同盟」。

**義人**（ㄧˋ ㄖㄣˊ） 図指說正直有節操的義士、義俠、義勇之人。

**義士**（ㄧˋ ㄕˋ） ①守正不苟而且能急人之難（ㄋㄢˋ）的人。②明白事理能撥亂反正的人。

**義女**（ㄧˋ ㄋㄩˇ） 乾女兒。

**義子**（ㄧˋ ㄗˇ） 乾兒子。

**義工**（ㄧˋ ㄍㄨㄥ） 自願盡義務而不收報酬的工作。也指稱從事這種工作的人。

**義方**（ㄧˋ ㄈㄤ） 図合乎正義的道理。如「愛子教之以義方」。

**義父**（ㄧˋ ㄈㄨˋ） 不是生父，並且不同一家，只是拜認他作父親的。一般說「乾爹」。不是當面的時候也說「乾老子」。

**義犬**（ㄧˋ ㄑㄩㄢˇ） 能為主人盡忠的狗。

**義兄**（ㄧˋ ㄒㄩㄥ） 乾哥哥。

**義母**（ㄧˋ ㄇㄨˇ） 乾媽，乾娘。

**義田**（ㄧˋ ㄊㄧㄢˊ） 以救濟窮人或舉辦公益事業為目的而購置的田產。

**義行**（ㄧˋ ㄒㄧㄥˋ） 図正義的行為。

**義弟**（ㄧˋ ㄉㄧˋ） 乾弟弟。

**義肢**（ㄧˋ ㄓ） 裝在殘廢者身上的假上肢或假下肢，用橡皮、木頭、塑膠或金屬做的。

**義俠** ㄧˋ ㄒㄧㄚˊ 能主持正義，扶弱抑強的人。

**義勇** ㄧˋ ㄩㄥˇ 具有見義勇為的精神。如「義勇軍」。

**義軍** ㄧˋ ㄐㄩㄣ 図自動起來反抗暴政的民軍。

**義倉** ㄧˋ ㄘㄤ 由私人設立儲糧備荒的糧倉。

**義冢** ㄧˋ ㄓㄨㄥˇ 掩埋無主屍體的公墓。

**義師** ㄧˋ ㄕ 図為維護正義而組織起來的軍隊。也作「義旅」。

**義氣** ㄧˋ ㄑㄧˋ 氣字輕讀。①主持正道的氣概。②私人間不會改變的信義。如「弟兄們的義氣」。

**義務** ㄧˋ ㄨˋ ①泛稱人在社會應盡的天職。②按照契約或法律的規定，必須勉強去做的事叫「義務」；是對「權利」說的。如「當兵納稅，是國民的義務」。③做事不接受報酬。如「他來幫忙，純粹是義務」。

**義理** ㄧˋ ㄌㄧˇ ①道理，倫理。②指內容，思想。③宋代理學家稱理學為義理之學，簡稱義理。

**義莊** ㄧˋ ㄓㄨㄤ 撥出私有田地，收入用來贍養貧苦族人。

**義診** ㄧˋ ㄓㄣˇ 指醫生為了公益救助而義務給人治病。也說是「施診」。

**義項** ㄧˋ ㄒㄧㄤˋ 指說字書（字典、辭典）裡一個字或一個辭條裡解釋音義所分列的項目。有的字或辭條的釋義單純，只有一個義項，有的含義很多，分列為若干義項。

**義旗** ㄧˋ ㄑㄧˊ 図義師的別稱。

**義演** ㄧˋ ㄧㄢˇ 為了公益而舉行的遊藝表演。

**義憤** ㄧˋ ㄈㄣˋ 為正義抱不平。

**義賣** ㄧˋ ㄇㄞˋ 為了公益而賣東西，所得的錢財都捐作公用。

**義齒** ㄧˋ ㄔˇ 假牙。

**義學** ㄧˋ ㄒㄩㄝˊ 從前不收學費的私立學塾。也稱「義塾」。

**義舉** ㄧˋ ㄐㄩˇ 指疏財仗義的行為。

**義髻** ㄧˋ ㄐㄧˋ 假的髮髻，用作婦女頭飾。

**義勇軍** ㄧˋ ㄩㄥˇ ㄐㄩㄣ ①為了正義的目的而自願組成的軍隊。②特指民國二十年九月十八日日本侵佔我東北各省以後，我國各地民間組織的抗日武裝力量，而以初期馬占山將軍率領的義勇軍最為著名。

**義務人** ㄧˋ ㄨˋ ㄖㄣˊ 法律規定必須盡何種義務的人。例如憲法規定人民有納稅、服兵役及受教育的義務，人民對納稅、服兵役及受教育而言，就是義務人。

**義不容辭** ㄧˋ ㄅㄨˋ ㄖㄨㄥˊ ㄘˊ （指說事情）在正義、道義的立場來說，是不應該或不容許推辭拒絕的。

**義正詞嚴** ㄧˋ ㄓㄥˋ ㄘˊ ㄧㄢˊ 理由正當充分，言辭嚴正有力。如「他反駁對方的那一次演說，義正詞嚴，擲地有聲」。

**義形於色** ㄧˋ ㄒㄧㄥˊ ㄩˊ ㄙㄜˋ 把在腦子裡激盪的正義感，表現在臉上。

**義務教育** ㄧˋ ㄨˋ ㄐㄧㄠˋ ㄩˋ 憲法規定人民有受教育的義務，現在兒童足六歲到十五歲要一律接受國民基本教育（免學費），就是義務教育。

**義務勞動** ㄧˋ ㄨˋ ㄌㄠˊ ㄉㄨㄥˋ 自願參加的無報酬的勞動工作。

**義無反顧** ㄧˋ ㄨˊ ㄈㄢˇ ㄍㄨˋ 図在道理上只能勇於承擔而不容退縮。

**義憤填膺** ㄧˋ ㄈㄣˋ ㄊㄧㄢˊ ㄧㄥ 図胸中充滿了義憤不平的氣概。

## 九筆

**羯** ㄐㄧㄝˊ ㈠囨閹過的公羊。㈡古代我國西北種族名，是匈奴的一支，群居山西省東南，東晉時代曾在黃河流域建立後趙（西元 311-351）。

**羯羊** ㄐㄧㄝˊ ㄧㄤˊ 囨經過閹割的公羊。如「他的羊群裡，公羊本來很多，現在只剩兩頭，其餘都是羯羊」。

**羯鼓** ㄐㄧㄝˊ ㄍㄨˇ 樂器名，形狀像漆桶，用兩根棍兒敲的。

**羭** 囨ㄩˊ ㈠黑色的母羊。㈡美，「攘羭」就是「掠人之美」。

## 十筆

**羱** 囨ㄩㄢˊ 野生的羊。

**羲** ㄒㄧ ㈠「伏羲」，我國傳說的古帝王名。也作「伏犧」「包犧」等。㈡姓。

## 十三筆

**羸** 囨ㄌㄟˊ ㈠瘦弱。如「身體羸弱」。㈡疲困。如「請羸師以張之」（假裝軍隊已經疲困來引誘敵人）。

**羸弱** ㄌㄟˊ ㄖㄨㄛˋ 囨瘦弱。

**羸憊** ㄌㄟˊ ㄅㄟˋ 囨疲極。

**羹** ㄍㄥ ㈠用肉、菜做的湯。如「魚羹」。㈡湯匙。

**羹匙** ㄍㄥ ㄔˊ 湯匙。也說「調（ㄊㄧㄠˊ）羹」。

**羹湯** ㄍㄥ ㄊㄤ 加上肉品做成的湯。如「洗手作羹湯」。

**羶（羴、膻）** ㄕㄢ ㈠羊肉的臊味。如「沒吃羊肉先沾一身羶」。㈡囨比喻入侵中原的北方游牧民族。如「遍地腥羶」。

**羶腥** ㄕㄢ ㄒㄧㄥ ①羊羶魚腥的氣味，也用來泛指牛羊肉與魚類食物。②囨借指以牛羊肉為主食的邊疆民族，含貶義。如「如今夷狄入侵，遍地羶腥」。

## 十五筆

**羼** 囨ㄔㄢˋ ㈠群羊雜聚。㈡雜亂，錯亂。㈢爭先竄出。㈣從旁邊插入。

**羼雜** ㄔㄢˋ ㄗㄚˊ 雜亂，錯亂。

# 羽部

**羽（羽）** ㄩˇ ㈠鳥類的硬毛。如「羽毛」「羽扇」。㈡囨鳥類的代稱。「羽族」就是鳥類，「鱗羽」就是魚類和鳥類。㈢囨蟲的翅膀。如「蜉蝣之羽」。㈣古時五音之一。見「五音」。㈤囨古代舞伎手上舉的雉尾做的東西叫「羽」。㈥囨釣魚用的浮標也叫「羽」。〈呂氏春秋〉有「餌有宜適，羽有動靜」。

**羽士** ㄩˇ ㄕˋ 囨道士。

**羽化** ㄩˇ ㄏㄨㄚˋ 囨①蟲蛹裂開，成蟲生出翅膀。②說人得道成仙。

**羽毛** ㄩˇ ㄇㄠˊ ①泛指鳥類的毛。②鳥類的羽和獸類的毛。③比喻人的聲望。如「愛惜羽毛」。

**羽林** ㄩˇ ㄌㄧㄣˊ 古時皇宮衛兵的名稱。也作「御林」。

**羽冠** ㄩˇ ㄍㄨㄢ 鳥類頭頂上豎起的長羽毛，像冠子樣的。孔雀就有羽冠。

**羽扇** ㄩˇ ㄕㄢˋ ①用鳥的硬翎做的扇子。②羽扇綸（ㄍㄨㄢ）巾，形容諸葛亮的瀟脫樣子。

**羽紗** ㄩˇ ㄕㄚ 用棉和毛、絲混紡織成的薄的紡織品，一般用來做衣服的裡子。

**羽族**（ㄩˇ ㄗㄨˊ） 図泛指鳥類。

**羽絨**（ㄩˇ ㄖㄨㄥˊ） 禽類腹部和背部的絨毛，特指加工處理後的鴨、鵝的絨毛。冬季或登高山用的羽絨服裝、羽絨被，特別輕而保暖。

**羽軸**（ㄩˇ ㄓㄡˊ） 鳥翎的梗兒露在皮外的部分，含有白色的髓。

**羽葆**（ㄩˇ ㄅㄠˇ） 図古時用羽毛做裝飾的儀仗、華蓋。

**羽緞**（ㄩˇ ㄉㄨㄢˋ） 光滑像緞子的棉織品，一般用來做外衣或大衣的裡子。也叫羽毛緞。

**羽檄**（ㄩˇ ㄒㄧˊ） 図古時的軍事文書，插上羽毛來表示緊急，必須加速送達。也作「羽書」。

**羽翼**（ㄩˇ ㄧˋ） 図比喻輔佐的人或力量。

**羽毛球**（ㄩˇ ㄇㄠˊ ㄑㄧㄡˊ） ①使用羽毛球的運動，以球拍擊球，比賽規則類似網球。②羽毛球運動使用的球，早先是用羊皮包上軟木，周圍裝上羽毛而成，現在也有用塑膠料製成的。

**羽林軍**（ㄩˇ ㄌㄧㄣˊ ㄐㄩㄣ） 古代皇帝衛軍，又稱「羽林衛」「羽林騎（ㄐㄧˋ）」。

**羽狀脈**（ㄩˇ ㄓㄨㄤˋ ㄇㄞˋ） 植物的像鳥羽形狀的葉脈。如栗子、枇杷等的葉脈。

**羽毛已豐**（ㄩˇ ㄇㄠˊ ㄧˇ ㄈㄥ） 図比喻已經成長壯大。

**羽狀複葉**（ㄩˇ ㄓㄨㄤˋ ㄈㄨˋ ㄧㄝˋ） 植物學名詞，指多數小葉在葉柄兩側排成羽狀的。

**羽扇綸巾**（ㄩˇ ㄕㄢˋ ㄍㄨㄢ ㄐㄧㄣ） 図形容人的風雅閒散：拿著羽毛所製的扇子，佩著絲帶做的頭巾（漢末名士多佩頭巾）。舊小說戲劇描寫三國時候諸葛亮，都以羽扇綸巾為主。

## 三筆

**羿** ㄧˋ 傳說的古時善射的人，是有窮國的國君，所以也稱「后羿」。

## 四筆

**翅（翄）** ㄔˋ ㈠鳥類和昆蟲的翼。如「大鵬展翅」「插翅難飛」。㈡沙魚的鰭是名菜，叫做「魚翅」。㈢図通「啻」。〈孟子．告子下〉有「奚翅食重」。「奚翅」就是「何啻」「豈止」。

**翅子**（ㄔˋ ㄗˇ） ①魚翅。②历翅膀。

**翅果**（ㄔˋ ㄍㄨㄛˇ） 植物果實的一種，果皮的一部分向外伸展像翅膀，可借風力把種子散播到遠處。例如榆錢（榆樹的果實）就是。

**翅膀（兒）**（ㄔˋ ㄅㄤˇ ㄦ） 翅㈠。

**翃（翝）** 図ㄏㄨㄥˊ 蟲飛。

**翀** 図ㄔㄨㄥ 向上直飛。

**翁** ㄨㄥ ㈠鳥頸毛。〈說文〉有「翁，頸毛也」。㈡図父親。如「乃翁」「吾翁即若翁」（我爸爸也是你爸爸）。㈢丈夫的父親，太太的父親。如「翁姑」「翁婿」（老丈人和女婿）。㈣老頭兒。如「老翁」「漁翁」。㈤對人的尊稱。如「某（人的字）翁」。㈥姓。

**翁仲**（ㄨㄥ ㄓㄨㄥˋ） 古代帝王大臣墓前立在墓道兩旁的石人。

**翁姑**（ㄨㄥ ㄍㄨ） 丈夫的父母。

## 五筆

**翎** ㄌㄧㄥˊ ㈠鳥類的硬毛。如「鵝翎屋」。㈡箭羽。

**翎子**（ㄌㄧㄥˊ ˙ㄗ） ①清代官吏帽子上裝飾的表示官職品級的翎毛。②戲曲裡武將帽子上所插的雉尾。

**翎兒**（ㄌㄧㄥˊ ㄦ） 鳥的硬毛。

**翎毛**（ㄌㄧㄥˊ ㄇㄠˊ） ①鳥的硬毛。②中國國畫家畫的鳥獸。

## 習（兒）

ㄒㄧˊ ㈠學過以後時常再溫一溫。如「學而時習之」「溫習」。㈡研究，學著做，向人討教。如「學習」「研習」。㈢做慣了成自然。如「習慣」「習俗」。㈣図常常的。如「習聞」「習見」。㈤見「習習」。㈥図親狎。如「狎習」。㈦姓。

**習用**（ㄒㄧˊ ㄩㄥˋ） 慣用，經常用。與「罕用」相對。如「這不是習用語，是罕用語」。

**習好**（ㄒㄧˊ ㄏㄠˋ） 習慣了的嗜好。如「下棋的習好常耽誤正事」。

**習字**（ㄒㄧˊ ㄗˋ） 練習寫字。

**習作**（ㄒㄧˊ ㄗㄨㄛˋ） ①練習寫作。②練習的作品（指作文或繪畫等）。

**習見**（ㄒㄧˊ ㄐㄧㄢˋ） 図常見的。

**習尚**（ㄒㄧˊ ㄕㄤˋ） 一般人在習慣上所看重或喜歡的。

**習性**（ㄒㄧˊ ㄒㄧㄥˋ） 習慣與性情。

**習非**（ㄒㄧˊ ㄈㄟ） 図慣做壞事。

**習俗**（ㄒㄧˊ ㄙㄨˊ） 習慣風俗。

**習染**（ㄒㄧˊ ㄖㄢˇ） 図惡習慣的感染。

**習氣**（ㄒㄧˊ ㄑㄧˋ） 受社會感染而成的不良習慣。

**習習**（ㄒㄧˊ ㄒㄧˊ） 図①風和緩的樣子。如「涼風習習」。②飛動的樣子。如「習習籠中鳥」。③盛多的樣子。如「冠蓋習習」。

**習慣**（ㄒㄧˊ ㄍㄨㄢˋ） ①經過長時間養成的生活方式，常指地方風俗、社會風尚、道德傳統等。②心理學名詞，指通過練習而得的簡單或複雜的行為，或經過重複施行而形成的固定的自動的行為。

**習題**（ㄒㄧˊ ㄊㄧˊ） 教學上供練習用的題目。

**習得性**（ㄒㄧˊ ㄉㄜˊ ㄒㄧㄥˋ） 生物由後天生活而獲得的心理的或生理的特性，與遺傳性相對。

**習慣性**（ㄒㄧˊ ㄍㄨㄢˋ ㄒㄧㄥˋ） 慣性。

**習慣法**（ㄒㄧˊ ㄍㄨㄢˋ ㄈㄚˇ） 社會風尚禮俗受法律所認許者，雖無法律條文規定，也具有法律效力，通稱習慣法。

**習以為常**（ㄒㄧˊ ㄧˇ ㄨㄟˊ ㄔㄤˊ） 對事情習慣之後覺得是通常如此而不足為奇。如「街上人潮擁擠，遵守秩序處處排隊，習以為常」。

**習非成是**（ㄒㄧˊ ㄈㄟ ㄔㄥˊ ㄕˋ） 沿習既久，不覺得不對。也作「習非勝是」「積非成是」。

**習焉不察**（ㄒㄧˊ ㄧㄢ ㄅㄨˋ ㄔㄚˊ） 図事物經常慣見之後，對其中所存問題（指缺陷、不良情況等）就麻木而察覺不到了。如「以舊的眼光看舊的事物，習焉不察，就永遠不能革新進步了」。

**習與性成**（ㄒㄧˊ ㄩˇ ㄒㄧㄥˋ ㄔㄥˊ） 図習慣久了就會形成了一個人的性格。如「兒童生活環境影響成長發展，往往習與性成，不容忽視」。

**習慣成自然**（ㄒㄧˊ ㄍㄨㄢˋ ㄔㄥˊ ㄗˋ ㄖㄢˊ） 就是「習與性成」的意思。一般長久如此的習慣逐漸受人認同，以為本應如此。

## 翌

ㄧˋ 見「翌日」。

**翌日**（ㄧˋ ㄖˋ） 図明天，第二天。

## 翊

ㄧˋ 図㈠飛的樣子。㈡輔助。如「翊贊」。

**翊贊**（ㄧˋ ㄗㄢˋ） 図幫忙國家元首做事。

# 六筆

**翕** 図ㄒㄧˋ㈠合，收斂。如「翕張」。㈡和協順暢的樣子，叫「翕然」。㈢見「翕如」。

**翕如** ㄒㄧˋ ㄖㄨˊ 図盛大的樣子，變動的樣子；指樂音。〈論語〉有「始作，翕如也」。

**翕張** ㄒㄧˋ ㄓㄤ 図一開一合。

**翔** ㄒㄧㄤˊ㈠轉（ㄓㄨㄢ）著圈兒飛。如「飛翔」「滑翔機」。㈡図從飛引伸高。如「翔貴」。㈢同「詳」。如「翔實」。

**翔羊** ㄒㄧㄤˊ ㄧㄤˊ 図同「相羊」，是徘徊的意思。

**翔泳** ㄒㄧㄤˊ ㄩㄥˇ 図魚類鳥類。也作「飛潛」。

**翔貴** ㄒㄧㄤˊ ㄍㄨㄟˋ 図物價高漲。〈漢書〉有「穀價翔貴」。

**翔集** ㄒㄧㄤˊ ㄐㄧˊ 図①低飛盤旋，落了下來。〈東坡志林〉有「又有桐花雀四五，日翔集其間」。②博觀約取的意思，從〈論語．鄉黨〉篇「翔而後集」來的。

**翔實** ㄒㄧㄤˊ ㄕˊ 詳盡而確實。

## 八筆

**翡** ㄈㄟˊ 見「翡翠」。

**翡翠** ㄈㄟˊ ㄘㄨㄟˋ ①綠色的硬玉，半透明，用作手釧、指環等。②鳥名。與「翠鳥」同類。

**翟** ▲ㄓㄞˊ姓。讀音ㄓㄜˊ。▲ㄉㄧˊ㈠長尾的山雉。㈡墨子的名字。

**翥** 図ㄓㄨˋ飛起來。如「鸞翔鳳翥」（形容書法筆勢如鸞鳳飛舞）。

**翠** ㄘㄨㄟˋ㈠青綠色。如「青山翠谷」「翠綠的衣服」。㈡翡翠的簡稱。如「她的戒指上鑲了一塊翠」。

**翠玉** ㄘㄨㄟˋ ㄩˋ 翡翠①，綠色的玉石。

**翠谷** ㄘㄨㄟˋ ㄍㄨˇ 林木蒼翠的山谷。如「青山翠谷，溪澗有聲」。

**翠袖** ㄘㄨㄟˋ ㄒㄧㄡˋ 翠色的衣袖。

**翠鳥** ㄘㄨㄟˋ ㄋㄧㄠˇ 鳴禽類，尾短嘴長，喜捕食小魚，又名「魚狗」。

**翠華** ㄘㄨㄟˋ ㄏㄨㄚˊ 天子的旗。從前天子用翠鳥的羽毛裝飾旌旗，在出行的時候用。如「翠華搖搖行復止」。

**翠微** ㄘㄨㄟˋ ㄨㄟˊ 図①淺淡青翠的山色。李白詩有「卻顧所來徑，蒼蒼橫翠微」句。②指青山。庾信詩有「遊客值春輝，金鞍上翠微」。

**翠綠** ㄘㄨㄟˋ ㄌㄩˋ 青綠色。

**翠生生** ㄘㄨㄟˋ ㄕㄥ ㄕㄥ 形容植物翠色鮮美。如「翠生生的山野發散著無限生機」。

## 九筆

**翩** 図ㄆㄧㄢ㈠鳥兒飛的樣子。如「眾鳥翩飛」。㈡見「翩翩」。

**翩飛** ㄆㄧㄢ ㄈㄟ 図翩躚飛舞。如「林木間彩蝶翩飛」。

**翩然** ㄆㄧㄢ ㄖㄢˊ 図行動輕快的樣子。

**翩翩** ㄆㄧㄢ ㄆㄧㄢ 図①鳥兒輕巧地飛的樣子。②比喻人的文采風流的樣子。如「風度翩翩」。

**翩躚** ㄆㄧㄢ ㄒㄧㄢ 図輕舉的樣子，飛舞的樣子。也作「翩翾」。

**翬** 図ㄏㄨㄟ㈠飛。㈡有彩色花紋的山雞。

**翬飛式** ㄏㄨㄟ ㄈㄟ ㄕˋ 屋檐向上捲，像鳥舉起翅膀的建築形式。

**翦** ㄐㄧㄢˇ㈠図羽毛初生的樣子。㈡箭桿上的羽毛。㈢通「剪」，做動詞用。

**翫** 囟ㄨㄢˋ ㈠習慣以後不加注意。如「翫忽」（輕視）。㈡通「玩（ㄨㄢˊ）」。

**翫愒** ㄨㄢˋ ㄎㄞˋ 囟以苟安為滿足，不再向前努力。〈左傳〉有「翫歲而愒日」。

## 十筆

**翮** 囟ㄏㄜˊ 鳥的硬毛的梗兒。又讀ㄍㄜˊ。

**翰** ㄏㄢˋ ㈠長而堅硬的鳥毛，古時用來做筆，所以筆墨叫「翰墨」。㈡用筆寫的文件、書信。如「華翰」（尊稱來信）。

**翰林** ㄏㄢˋ ㄌㄧㄣˊ ①唐朝以後皇帝的文學侍從官職，明清兩代從考中的進士中選取。②清朝進士殿試優異選拔「庶吉士」的稱翰林。③指說「文翰之林」，古詩文裡用作意思同「文苑」。

**翰墨** ㄏㄢˋ ㄇㄛˋ ①筆墨。②泛稱文章、書法等。

**翱（翶）** ㄠˊ 見「翱翔」。

**翱翔** ㄠˊ ㄒㄧㄤˊ ①飛的樣子。如「祖國長空任翱翔」。②囟遨遊。〈詩經〉有「齊子翱翔」。

## 十一筆

**翳** ㄧˋ ㈠人的瞳孔上長了白膜，遮住瞳孔，猶今之白內障，如不醫治就成了瞎子。㈡囟遮蔽。如「群蝗翳日」「柳林蔭翳」。㈢囟昏暗。陶潛〈歸去來辭〉有「景翳翳以將入」。又讀ㄧ。

**翼** ㄧˋ ㈠鳥類昆蟲的翅膀。如「鳥之兩翼」「薄如蟬翼」。㈡囟輔助。如「輔翼」。㈢囟保護，養育。如「卵翼」。㈣政治上的派別，激進的叫「左翼」，保守穩健的叫「右翼」。㈤軍隊的左右兩支兵力。如「兩翼夾擊」。㈥見「翼翼」。㈦囟通「翌」。㈧姓。

**翼宿** ㄧˋ ㄒㄧㄡˋ 星宿名，二十八宿之一，屬巨爵座及長蛇座，有二十二顆星。

**翼戴** ㄧˋ ㄉㄞˋ 囟輔助擁戴。

**翼翼** ㄧˋ ㄧˋ 謹慎不魯莽的樣子。如「小心翼翼」。

**翼手目** ㄧˋ ㄕㄡˇ ㄇㄨˋ 哺乳動物的一目，前肢、後肢和尾之間生有飛行薄膜相連，晝伏夜出，吃昆蟲和果實。蝙蝠就屬於翼手目動物。

**翼手龍** ㄧˋ ㄕㄡˇ ㄌㄨㄥˊ 古代侏羅紀和白堊紀所生的爬行動物。前肢和身體兩側之間有一層飛行薄膜，能飛行，頭長，嘴尖，尾短，是恐龍的一種。

## 十二筆

**翹** ▲ㄑㄧㄠˊ ㈠鳥尾巴上的長毛。㈡舉起，向上捲。如「翹首」「翹舌音」。㈢囟比喻人才出眾。如「翹楚」。㈣平直的木板變成彎曲。如「你把這塊好板子晒得都翹了」。▲ㄑㄧㄠˋ 不平；向上突起。如「板子一彎，兩頭就翹起來」「你高我低，我高你低，這是什麼?是翹翹板」。

**翹企** ㄑㄧㄠˊ ㄑㄧˋ 囟盼望非常殷切。也作「翹望」。

**翹首** ㄑㄧㄠˊ ㄕㄡˇ 囟舉頭遠望。

**翹楚** ㄑㄧㄠˊ ㄔㄨˇ 囟特出的人才。

**翹舌音** ㄑㄧㄠˊ ㄕㄜˊ ㄧㄣ 發音學名詞。是把舌頭向上捲起成為阻礙，氣流通過這種阻礙發出的「聲」，叫「翹舌音」「捲舌音」。國音的ㄓㄔㄕㄖ就是。

**翹辮子** ㄑㄧㄠˋ ㄅㄧㄢˋ ㄗ˙ 長江流域的話，把人死了說成「翹辮子」。

**翹翹板** ㄑㄧㄠˋ ㄑㄧㄠˋ ㄅㄢˇ 小學幼稚園的幼童運動器具。厚木板加軸做的。這一頭低，那一頭就高。兩個人分兩頭坐著玩兒的。

**翹足引領** ㄑㄧㄠˊ ㄗㄨˊ ㄧㄣˇ ㄌㄧㄥˇ 〔文〕提起腳跟，伸長脖子，表示盼望等待的急切。形容殷切地盼望。

## 翻（飜）

ㄈㄢ (一)〔文〕飛的樣子。劉楨詩有「飛鳥何翻翻」。(二)改變。如「翻臉不認人」「翻雲覆雨」。(三)把一種語文譯成另一種語文。如「翻譯」「把這本小說翻成英文」。(四)反轉過來。如「陰溝裡翻船」「馬仰人翻」。(五)爬過。如「翻山越嶺」。(六)見「翻印」。

**翻毛** ㄈㄢ ㄇㄠˊ ①一種糕餅的特別烤製法，使外皮酥脆而層層薄薄像向外翻開的毛皮，餅餡兒一般是甜的。②指毛皮衣服的毛面朝外的。如「翻毛女大衣」。

**翻皮** ㄈㄢ ㄆㄧˊ 毛皮衣服的反面朝外的。如「翻皮夾克外套」。

**翻印** ㄈㄢ ㄧㄣˋ 違反著作權，用影印的方法偷印別人的書籍圖畫牟利。

**翻身** ㄈㄢ ㄕㄣ ①反身或轉身。②時來運轉。

**翻車** ㄈㄢ ㄔㄜ ①車輛翻覆。②水車。

**翻供** ㄈㄢ ㄍㄨㄥˋ 犯人否認自己以前所作的供詞。

**翻版** ㄈㄢ ㄅㄢˇ ①同「翻印」。②拿印刷物上的圖片照相製版。

**翻砂** ㄈㄢ ㄕㄚ 把金屬溶液注入溼砂做的模型裡，冷卻以後結成器物。

**翻胃** ㄈㄢ ㄨㄟˋ 吃下東西就覺得胃不舒服想吐。也作「反胃」。

**翻修** ㄈㄢ ㄒㄧㄡ 重新修造。

**翻悔** ㄈㄢ ㄏㄨㄟˇ 對以前所做的事感到後悔而不承認。

**翻案** ㄈㄢ ㄢˋ ①推翻已定的罪案。②推翻前人的定論。

**翻動** ㄈㄢ ㄉㄨㄥˋ ①移動、翻弄東西，變動了原來的樣子或位置。②身體躺臥著的時候翻身或滾動。

**翻然** ㄈㄢ ㄖㄢˊ 〔文〕改變的樣子。如「翻然悔悟」。

**翻越** ㄈㄢ ㄩㄝˋ 翻過，跨過。如「翻越圍牆」。

**翻新** ㄈㄢ ㄒㄧㄣ ①從舊式樣變化出新式樣，一般常說「花樣翻新」。②指衣服、被褥或一般建築物，把舊的拆了，改成新的。

**翻滾** ㄈㄢ ㄍㄨㄣˇ ①上下滾動，一般形容水的沸騰或波浪的起伏。②翻身，躺著轉動身體，打滾兒。

**翻蓋** ㄈㄢ ㄍㄞˋ 重修房屋。

**翻領** ㄈㄢ ㄌㄧㄥˇ 衣領向外翻著的一種縫紉或穿著形式，有「大翻領」「小翻領」兩種。

**翻閱** ㄈㄢ ㄩㄝˋ 查看文件或書籍。

**翻臉** ㄈㄢ ㄌㄧㄢˇ 生氣變臉，表示跟對方決裂。

**翻覆** ㄈㄢ ㄈㄨˋ ①翻了過來。如「撞到大樹，他的車子立刻就翻覆了」。②翻過來轉過去，變化不定。也作「反覆」。

**翻譯** ㄈㄢ ㄧˋ 翻(三)。

**翻騰** ㄈㄢ ㄊㄥ 騰字輕讀。①搗亂。②翻檢亂了原來的順序，又引伸為舊事重提。③輾轉反側睡不著覺。

**翻本（兒）** ㄈㄢ ㄅㄣˇ ㄦ 贏回已經輸了的本錢。

**翻車魚** ㄈㄢ ㄔㄜ ㄩˊ 一種皮厚（可以製革）的海魚，身體卵圓形，背鰭、臀鰭很大，沒有腹鰭，尾鰭退化，通常浮游在海面上。

**翻跟頭** ㄈㄢ ㄍㄣ ·ㄊㄡ ①身體很快地翻轉一圈，然後又直直地站住，是撲跌動作之一。也作「翻觔斗」。②頭手同時著（ㄓㄨㄛˊ）地，屁股翹起，腳一用力，身子翻了過去，變成仰臥。

**翻過兒** ㄈㄢ ㄍㄨㄛˋ ㄦ 上下倒（ㄉㄠˋ）翻。

**翻白眼（兒）** ㄈㄢ ㄅㄞˊ ㄧㄢˇ ㄦ 心裡有為難、失望等痛苦的時候，眼睛的表情。

**翻天覆地** ㄈㄢ ㄊㄧㄢ ㄈㄨˋ ㄉㄧˋ 也作「天翻地覆」。比喻變化劇烈，改變得徹底。

**翻江倒海** ㄈㄢ ㄐㄧㄤ ㄉㄠˇ ㄏㄞˇ 也作「翻江攪海」。比喻力量或聲勢強大，影響範圍廣遠。

**翻來覆去** ㄈㄢ ㄌㄞˊ ㄈㄨˋ ㄑㄩˋ ①輾轉不安。②反復不止。

**翻然悔悟** ㄈㄢ ㄖㄢˊ ㄏㄨㄟˇ ㄨˋ 一下子悔悟過來，完全了解了以往的過失。也作「幡然悔悟」。

**翻雲覆雨** ㄈㄢ ㄩㄣˊ ㄈㄨˋ ㄩˇ 比喻人情反覆無常。杜甫的〈貧交行〉有「翻手作雲覆手雨」。

**翻箱倒篋** ㄈㄢ ㄒㄧㄤ ㄉㄠˇ ㄑㄧㄝˋ 打開箱籠櫥櫃，到處翻查、搜尋。也作「翻箱倒櫃」。

## 十三筆

**翽** 図ㄏㄨㄟˋ 鳥兒拍翅膀的聲音。〈詩經〉有「翽翽其羽」。

**翾** 図ㄒㄩㄢ ㈠低飛。〈說文〉徐注有「翾飛蠕動」。㈡「翾翾」，飛的樣子。㈢通「儇」。

## 十四筆

**翿** 図ㄉㄠˋ 古代樂（ㄩㄝˋ）舞的舞者所舉的用羽毛裝飾的道具。

**耀（燿）** ㄧㄠˋ ㈠光線照射。如「照耀」「陽光很強，太耀眼了」。㈡光榮。如「榮耀」「光耀」。㈢自誇，顯示自己。如「衒耀」「耀武揚威」。又讀ㄩㄝˋ。

**耀眼** ㄧㄠˋ ㄧㄢˇ 光線強烈，使人眼花。

**耀武揚威** ㄧㄠˋ ㄨˇ ㄧㄤˊ ㄨㄟ 比喻得意誇張，向人示威的樣子。

# 老部

**老** ㄌㄠˇ ㈠年紀很大的人。如「元老」「老師」「老公公」。㈡對長輩的尊稱。如「老師」「老伯」。㈢熟人的稱呼，加在姓前，有「詞頭」的作用。如「老黃」「老李」。㈣熟練的，經驗豐富的。如「老練」「老手」。㈤人並不老，習慣上加個老字。如「老媽子」「老道」。㈥祖籍或故鄉。如「老家」。㈦舊的。如「老酒」「老醋」。㈧堅硬的，與「嫩」相反。如「牛肉煮老了，嚼不動」「雞子兒煮老了」。㈨很，極。如「老早就起來了」「老遠地跑來找你」。㈩總是，常常。如「她老愛哭」「王家哥哥老愛開人家的玩笑」。(十一)兄弟姐妹之間的排行。如「老大考上大學」「你是老三吧」。(十二)排行最小的。如「老兒子」「老姨兒」。(十三)經過時間比較長的。如「老主顧」「老沒見了，您好」。(十四)加在普通名詞前面作詞頭用。如「老虎」「老鴉」。(十五)古代道家老子的簡稱。如「老莊」「佛老」。(十六)見「老子」。(十七)退休。如「告老」。(十八)図軍隊銳氣喪失，因而變弱。如「師老無功」「師直為壯，曲為老」。(十九)姓。

**老人** ㄌㄠˇ ㄖㄣˊ ①老年人。②父母的通稱。

**老丈** ㄌㄠˇ ㄓㄤˋ 舊時對不認識的老年人的稱呼；現在稱「老先生」「老伯伯」。

**老大** ㄌㄠˇ ㄉㄚˋ ①年老。如「老大徒傷悲」。②兄弟姐妹之中排行最大的。③幫會的人稱其首領。④很，極。如「這一頭親家她是老大不願意」。

**老子** ㄌㄠˇ ㄗˇ ▲ㄌㄠˇ ㄗˇ ①周代哲學家李聃（名耳，字伯陽），做過政府「守藏室」的主管，是道家的鼻祖。孔子曾去向他問禮。②書名，李聃著，又名「道德經」，闡發無為的思想。道教奉為經典。▲ㄌㄠˇ ·ㄗ ①父親。如「我孩子的老子今天出國」。②誇大自負的自稱，相當於「老夫」。

**老小** ㄌㄠˇ ㄒㄧㄠˇ ①老弱。②家屬。如「一家老小八九口人」。

**老公** ▲ㄌㄠˇ ㄍㄨㄥ ①俗話妻稱夫。如「我老公今年四十了」。②指別人的丈夫。如「這就是她的老公」。▲ㄌㄠˇ ·ㄍㄨㄥ 舊時稱太監。

**老化** ㄌㄠˇ ㄏㄨㄚˋ ①指說人的體力與器官機能因年紀增長而日漸衰老。②指說一般物質（尤其普通的橡膠、塑膠製品）在環境影響（如光、熱、空氣氧化、機械力壓磨作用等）逐漸損毀（如呈現黏、軟、硬或脆）的現象。

**老友** ㄌㄠˇ ㄧㄡˇ 有多年交誼的朋友。

**老夫** ㄌㄠˇ ㄈㄨ 老年人的自稱。

**老天** ㄌㄠˇ ㄊㄧㄢ 俗稱天。也說「老天爺」。

**老少** ㄌㄠˇ ㄕㄠˋ 老年人和少年人。如「一家老少五六口」。

**老牛** ㄌㄠˇ ㄋㄧㄡˊ ①泛指飼養供耕田駕車等勞役用的牛隻。如「這幾家農戶每家都養有老牛」。②比喻負擔家計的男性家長。如「一家五口全憑他這辛勤的老牛的薪給來支撐度日」。

**老兄** ㄌㄠˇ ㄒㄩㄥ 對男性朋友相稱的敬詞。

**老旦** ㄌㄠˇ ㄉㄢˋ 國劇裡扮老婦人腳色的演員。

**老母** ㄌㄠˇ ㄇㄨˇ ①母親。②年老的母親。

**老生** ㄌㄠˇ ㄕㄥ ①年老書生。②國劇裡扮鬚生角色的演員，對小生說的。

**老年** ㄌㄠˇ ㄋㄧㄢˊ 六七十歲以上的年紀。

**老式** ㄌㄠˇ ㄕˋ ①已經不再流行了的陳舊過時的樣式。如「老式家具」。②指觀念、思想、行事安排特別保守不適合一般潮流。如「這老古板各方面都是老式兒的」「老式婚禮」。也作「舊式」。

**老成** ㄌㄠˇ ㄔㄥˊ ①閱歷多而通達世事。②比喻文章的穩練。

**老早** ㄌㄠˇ ㄗㄠˇ 很早以前。

**老朽** ㄌㄠˇ ㄒㄧㄡˇ ①老而無用。②謙詞，老年人自稱。

**老米** ㄌㄠˇ ㄇㄧˇ ①陳米，與「新米」相對。如「新米比老米好吃」。②比喻積蓄（錢財）。如「他失業了可以回家吃老米」。

**老老** ㄌㄠˇ ㄌㄠˇ 第二個老字輕讀。同「姥姥」。

**老伯** ㄌㄠˇ ㄅㄛˊ 敬稱父親的朋友或朋友的父親。

**老兵** ㄌㄠˇ ㄅㄧㄥ ①泛指年紀大的軍人。如「老兵不會死」。②比喻資深的人員。如「他是這家公司的老兵」。

**老弟** ㄌㄠˇ ㄉㄧˋ ①稱呼同輩而年紀比自己小的人。②老師對學生的稱呼。

**老身** ㄌㄠˇ ㄕㄣ 舊時老婦人的自稱，現在國劇裡還用。

**老來** ㄌㄠˇ ㄌㄞˊ 年老之後。如「人怕老來貧」。

**老到** ㄌㄠˇ ㄉㄠˋ 到字輕讀。（做事）老練周到。

**老命** ㄌㄠˇ ㄇㄧㄥˋ ①年老人的生命。②謔稱性命。如「差點兒把我這條老命都送了」。

**老姐** ㄌㄠˇ ㄐㄧㄝˇ ①指兄弟姐妹裡年長的大姐。②敬稱年紀較長的婦女。也稱「大姐」。

**老板** ㄌㄠˇ ㄅㄢˇ ①商店主人。②對商人的敬稱（①②兩條也作「老闆」）。③對著名舊劇演員的尊稱。

**老爸** ㄌㄠˇ ㄅㄚˋ 對父親的通稱或暱稱。

**老虎** ㄌㄠˇ ㄏㄨˇ 虎的通稱。

**老表** ㄌㄠˇ ㄅㄧㄠˇ ①表兄弟。②泛稱江西人。

**老相** ㄌㄠˇ ㄒㄧㄤˋ ①顯出老邁的相貌。如「幾年不見，大家的老相都出來了」。②指說人相貌看起來比實際年齡老。如「他有點兒老相」。

**老哥** ㄌㄠˇ ㄍㄜ 對男性朋友相稱的詞。

**老圃** ㄌㄠˇ ㄆㄨˇ [文]稱老菜農、老園丁。

**老套** ㄌㄠˇ ㄊㄠˋ 陳舊的、沒有改變的那一套，指言語、思想、技術方法、事物形態與配置等。也說「老一套」「老套子」「老套兒」。

**老娘** ㄌㄠˇ ㄋㄧㄤˊ ①老母。②潑辣婦人的自稱，話劇和舊小說戲曲常有。

**老家** ㄌㄠˇ ㄐㄧㄚ 原籍，故里。

**老師** ㄌㄠˇ ㄕ 學生對其教師的尊稱。

**老拳** ㄌㄠˇ ㄑㄩㄢˊ 結實有力的拳頭，用拳頭打人常用「飽以老拳」（狠狠地用拳頭打一頓）。

**老氣** ㄌㄠˇ ㄑㄧˋ ①老練的氣概。②指服飾守舊。如「打扮得很老氣」。③衣料顏色深暗，花紋素淡，也叫「老氣」。

**老酒** ㄌㄠˇ ㄐㄧㄡˇ ①存放多年的紹興酒。②酒的泛稱。如「兩杯老酒下肚，他就胡言亂語了」。

**老爹** ㄌㄠˇ ㄉㄧㄝ ①父親。②尊稱年老的男子。

**老病** ㄌㄠˇ ㄅㄧㄥˋ ①又老又多病。②多年沒治好的病。也引伸作固有的癖好或習慣。

**老翁** ㄌㄠˇ ㄨㄥ [文]年老的男子。

**老耄** ㄌㄠˇ ㄇㄠˋ [文]衰老。

**老衲** ㄌㄠˇ ㄋㄚˋ [文]①老僧（僧服叫「衲衣」）。②老和尚自稱的詞。

**老婆** ㄌㄠˇ ㄆㄛˊ ①老婦。②妻（婆字輕讀）。

**老婦** ㄌㄠˇ ㄈㄨˋ 年老的婦人。

**老巢** ㄌㄠˇ ㄔㄠˊ 鳥的老窩，比喻匪徒盤據的地方。

**老淚** ㄌㄠˇ ㄌㄟˋ 老年人因悲傷而流的淚。

**老莊** ㄌㄠˇ ㄓㄨㄤ ①指說以老子和莊子作代表的道家。②指〈老子〉和〈莊子〉這兩本書。

**老幾** ㄌㄠˇ ㄐㄧˇ 罵人缺乏資格、經驗或能力的話。如「你算老幾」。

**老景** ㄌㄠˇ ㄐㄧㄥˇ 老年的景況。如「老景淒涼」。

**老鄉** ㄌㄠˇ ㄒㄧㄤ ①同鄉。②習慣上隨口稱呼不相識的人。

**老媼** ㄌㄠˇ ㄠˇ [文]年老的婦人。

**老媽** ㄌㄠˇ ㄇㄚ 對母親的通稱或暱稱。

**老爺** ㄌㄠˇ ㄧㄝˊ 爺字輕讀。①舊時對於官紳的敬稱。②從前僕人對主人的敬稱。③妻尊稱夫（做官的）。④外祖父的俗稱。⑤北方人俗稱關羽為「關老爺」。

**老農** ㄌㄠˇ ㄋㄨㄥˊ 年老的農夫。

**老路** ㄌㄠˇ ㄌㄨˋ ①老舊的路，不是新的路。②慣常走的路，並不陌生的路。③比喻依然不改的舊辦法、舊方式。也說「老路子」。

**老道** ㄌㄠˇ ㄉㄠˋ 道士。

**老運** ㄌㄠˇ ㄩㄣˋ 老年的命運。

**老鼠** ㄌㄠˇ ㄕㄨˇ 鼠字輕讀。鼠的通稱。

**老嫗** ㄌㄠˇ ㄩˋ 文老婦人。

**老實** ▲ㄌㄠˇ ㄕˊ 說人的心地誠實。▲ㄌㄠˇ ˙ㄕ ①忠厚。②安靜。如「這孩子真老實，坐了半天動都不動一動」。③懦弱。如「這個人太老實了，遇到生人，話都不敢說」。

**老態** ㄌㄠˇ ㄊㄞˋ ①身體衰老的樣子。②文故態，固有的心理病態。

**老漢** ㄌㄠˇ ㄏㄢˋ ①年老的男人。②年老男人的自稱。

**老綠** ㄌㄠˇ ㄌㄩˋ 深濃的暗綠色。

**老辣** ㄌㄠˇ ㄌㄚˋ (言論、手段)老練而有鋒芒。

**老遠** ㄌㄠˇ ㄩㄢˇ 形容距離遠，不近。如「老遠趕去看他」。若加強說更遠、很遠，用「大老遠」。

**老練** ㄌㄠˇ ㄌㄧㄢˋ 閱歷深，經驗多。

**老調** ㄌㄠˇ ㄉㄧㄠˋ ①舊的曲調，不是新譜的曲調。②比喻沒有新見解的陳舊迂腐的論點和議論。

**老醋** ㄌㄠˇ ㄘㄨˋ 放了多年的味濃的醋。

**老鴇** ㄌㄠˇ ㄅㄠˇ 鴇母。也叫「老鴇子」。

**老鴉** ㄌㄠˇ ㄧㄚ 烏鴉。也說「老鴰」。

**老總** ㄌㄠˇ ㄗㄨㄥˇ ①舊時指一些耀武揚威、不講道理的軍人。②民間對一般士兵(當面或背後)的暱稱。③對總編輯或總經理的暱稱。

**老臉** ㄌㄠˇ ㄌㄧㄢˇ 不害羞。也說成「老臉皮」。

**老邁** ㄌㄠˇ ㄇㄞˋ 文年老衰弱。

**老鴰** ㄌㄠˇ ㄍㄨㄚ 鴰字輕讀。烏鴉。

**老饕** ㄌㄠˇ ㄊㄠ 文貪吃的人。

**老鷹** ㄌㄠˇ ㄧㄥ 鷹的通稱。

**老手(兒)** ㄌㄠˇ ㄕㄡˇ ㄦ 對某種事情富有經驗的人。

**老伴(兒)** ㄌㄠˇ ㄅㄢˋ ㄦ 老年夫妻的互稱。

**老底(兒)** ㄌㄠˇ ㄉㄧˇ ㄦ 方①指說人的舊有的積蓄。如「年輕時候做生意很順手，攢了些老底兒」。②指事情的底細、內情。如「這件事的老底兒誰也不知道」。

**老姨(兒)** ㄌㄠˇ ㄧˊ ㄦ 年紀大的大姨子(姨姐)。

**老牌(兒)** ㄌㄠˇ ㄆㄞˊ ㄦ 行銷多年，向來受人信任的貨品。也說「老牌子」「老招牌」。

**老輩(兒)** ㄌㄠˇ ㄅㄟˋ ㄦ ①行輩高的。②前代。如「人家老輩兒還是做官的哪」。

**老人家** ㄌㄠˇ ㄖㄣˊ ㄐㄧㄚ 人、家兩字輕讀。①稱自己的或別人的父親。如「我的老人家跟您的老人家是好朋友」。②尊稱。如「你老人家」「他老人家」。(北京口語把「你老人家」說成「您」，「他老人家」說成「怹」。)

**老人病** ㄌㄠˇ ㄖㄣˊ ㄅㄧㄥˋ 泛指一般年老的人比較容易患的疾病，如高血壓、心臟病、糖尿病、各種癌症等。

**老人茶** ㄌㄠˇ ㄖㄣˊ ㄔㄚˊ 用小陶壺沏茶，使茶湯濃郁、香味撲鼻的飲茶方式。

**老人學** ㄌㄠˇ ㄖㄣˊ ㄒㄩㄝˊ 研究關於老年人一般情況與問題的學術。

**老丈人** 人字輕讀。岳父。

**老大的** 極，很。如「心裡老大的不願意」。

**老大哥** 對同輩年長的男人的敬稱。

**老大娘** 尊稱年老的婦女（多用於不相識的）。

**老大爺** 尊稱年老的男子（多用於不相識的）。

**老小子** 謔稱年紀大的人，含輕蔑的意味。

**老不修** 不字輕讀。說人年老卻行為輕佻好色。

**老公公** ①小孩子對年老的男子的通常稱呼。②[方]婦女稱丈夫的父親。

**老夫子** ①從前對家館或私塾的教師的稱呼，等於現在通稱「老師」。②清代稱幕賓叫「老夫子」。③稱呼身體孱弱且不願活動的知識分子，有譏諷和輕視的意味。

**老太太** 第二個太字輕讀。①稱呼主人的母親。②對人稱自己的母親或稱對方的母親。③對老婦人的尊稱。

**老太婆** 老婦人。

**老太爺** ①稱主人的父親。②對人稱自己的父親或對方的父親。

**老天爺** ①尊稱天神。②表示驚呼或感嘆的詞。

**老主人** ①舊主人，原先的，原來的主人。②年老的主人。

**老主顧** 顧字輕讀。常到自己店裡來買賣的顧客。

**老世交** 跟上一輩有多年交情的。

**老兄弟** 弟字輕讀。①最小的弟弟。②稱比自己年紀小的朋友，表示親暱。

**老半天** 時間很久。

**老本兒** 固有的本金。

**老玉米** 米字輕讀。玉蜀黍。

**老古董** ①指古董。②譏笑人守舊固執，不知時代潮流。③指很陳舊的器物。

**老交情** 情字輕讀。相交已久的友誼。

**老先生** 生字輕讀。稱呼文雅的老人。

**老好人** 指沒有特殊個性，隨和厚道的人。

**老字號** 號字輕讀。著名的老商店。

**老江湖** 湖字輕讀。社會經驗很豐富的人。

**老百姓** 通稱國民、居民、民眾、人民（通常不包括一般公務人員和軍警人員）。

**老行家** 家字輕讀。對某種事物經驗很豐富的人。

**老妖怪** 罵人的詞，常用來指某人愈來愈標奇立異的情況。

**老妖精** 精字輕讀。罵人的詞，意思同「老怪物」「老妖怪」。

**老豆腐** 腐字輕讀。豆腐腦兒凝固得比較硬的。

**老來少** 年老而有少年心。

**老來俏** 指說年紀大了卻還愛修飾打扮的人，含譏諷意味。

**老兒子** 最小的兒子。

**老姑娘** 娘字輕讀。①年老未嫁的女子。②最小的女兒。

**老朋友** 友字輕讀。多年知交。

**老板娘** 店主的妻。

**老東西** ①罵老人的話。②古舊的物品。

**老東家** ㄌㄠˇ ㄉㄨㄥ ㄐㄧㄚ 家字輕讀。舊東家，原先的東家。

**老法子** ㄌㄠˇ ㄈㄚˇ ˙ㄗ 舊方法。

**老油條** ㄌㄠˇ ㄧㄡˊ ㄊㄧㄠˊ 也說「老油子」，指經驗豐富、處世圓滑的人。

**老狐狸** ㄌㄠˇ ㄏㄨˊ ˙ㄌㄧ 指經驗豐富而處世極其狡猾的人。

**老花眼** ㄌㄠˇ ㄏㄨㄚ ㄧㄢˇ 老人眼睛的水晶體老化，失去彈性，無法看清近距離物體的視力障礙。

**老前輩** ㄌㄠˇ ㄑㄧㄢˊ ㄅㄟˋ 對同業、同行、同事當中資格老、年齡高、經驗豐富的人的尊稱。如「請老前輩不要嫌棄，多加指教」。

**老背少** ㄌㄠˇ ㄅㄟ ㄕㄠˋ 一種民間遊藝表演活動，由單人飾演，上身、頭部裝扮成老翁所背著的少年美女，上肢和下肢是老翁的衣著姿態，胸前拼接假的老翁醜老的上半身，背後拼連著假的美女漂亮衣著的下半身和下肢，乍看就是老翁背著少年美女，再加上表演者的各種滑稽動作，非常逗趣。

**老背晦** ㄌㄠˇ ㄅㄟˋ ˙ㄏㄨㄟ 晦字輕讀。因年老而胡塗。如「這老背晦，連自己的姓名都忘了」。

**老胡塗** ㄌㄠˇ ㄏㄨˊ ˙ㄊㄨ 塗字輕讀。頭腦不清楚的老年人。常用作罵人的語詞。

**老面子** ㄌㄠˇ ㄇㄧㄢˋ ˙ㄗ ①舊情面。②長者的情面。也作「老臉兒」。

**老面皮** ㄌㄠˇ ㄇㄧㄢˋ ㄆㄧˊ 罵人無恥的話。

**老倭瓜** ㄌㄠˇ ㄨㄛ ˙ㄍㄨㄚ 瓜字輕讀。瓜類植物，味甘可食。

**老家子** ㄌㄠˇ ㄐㄧㄚ ˙ㄗ 因麻雀。也說「老家賊」。

**老師傅** ㄌㄠˇ ㄕ ˙ㄈㄨ 傅字輕讀。①稱回教的掌教者。②稱靠技藝為生的老人。

**老琉璃** ㄌㄠˇ ㄌㄧㄡˊ ˙ㄌㄧ 璃字輕讀。蜻蜓的俗稱。

**老祖兒** ㄌㄠˇ ㄗㄨˇ ㄦ 曾祖。

**老婆兒** ㄌㄠˇ ㄆㄛˊ ㄦ 也作「老婆子」。①老婦人。②女用人。

**老婆婆** ㄌㄠˇ ㄆㄛˊ ˙ㄆㄛ 第二個婆字輕讀。老婦人的尊稱。

**老掉牙** ㄌㄠˇ ㄉㄧㄠˋ ㄧㄚˊ 形容事情或言辭已經陳舊過時，毫無新鮮意味。如「這個老掉牙的辦法現在不靈了」。

**老將兒** ㄌㄠˇ ㄐㄧㄤˋ ㄦ 指象棋裡的「將」「帥」。

**老粗兒** ㄌㄠˇ ㄘㄨ ㄦ 粗野或性情鹵莽的人。

**老街坊** ㄌㄠˇ ㄐㄧㄝ ˙ㄈㄤ 坊字輕讀。稱舊鄰人，有親近的意思。

**老媽子** ㄌㄠˇ ㄇㄚ ˙ㄗ 女用人。

**老搭檔** ㄌㄠˇ ㄉㄚ ㄉㄤˋ 指經常合作或多年在一起共事的人。

**老爺子** ㄌㄠˇ ㄧㄝˊ ˙ㄗ ①稱父親。②稱老年的長輩。③尊稱老人。

**老爺爺** ㄌㄠˇ ㄧㄝˊ ˙ㄧㄝ ①曾祖父。②兒童尊稱年紀老的男子。③泛稱年紀很老（八九十歲）的男子。

**老話兒** ㄌㄠˇ ㄏㄨㄚˋ ㄦ ①所談論的舊事。②陳舊的話。如「說來說去都是那幾句聽了不知多少遍的老話兒」。

**老頑固** ㄌㄠˇ ㄨㄢˊ ㄍㄨˋ 思想極守舊，不肯接受新事物的人。

**老鼠會** ㄌㄠˇ ㄕㄨˇ ㄏㄨㄟˋ 指以斂財為目的，運用巧妙而隱藏不實的誘惑條件的契約關係，成立商品推銷或其他謀利活動的愚弄眾人的組織。（吸引參加者漸次增多，猶如老鼠掘洞日益擴大，最後趨於全盤潰敗，創始者得厚利而使後來參加者受騙受害。）

**老壽星** ㄌㄠˇ ㄕㄡˋ ㄒㄧㄥ 星字輕讀。①稱高壽的人。②當面稱呼做壽的人。③老人狀的神像。

**老樣子** ㄌㄠˇ ㄧㄤˋ ˙ㄗ ①舊式。②情形不變。

**老頭子** ㄌㄠˇ ㄊㄡˊ ˙ㄗ ①對老人的不敬的稱呼。②妻稱丈夫（用於年老的）。②

③幫會的人稱其首領。

**老頭兒** ㄌㄠˇ ㄊㄡˊ ㄦ ①年老的男子。②對人稱自己的父親或稱人的父親，是不莊重的稱呼。

**老毛病（兒）** ㄌㄠˇ ㄇㄠˊ ㄅㄧㄥˋ ㄦ 病字輕讀。舊病。

**老虎鉗（子）** ㄌㄠˇ ㄏㄨˇ ㄑㄧㄢˊ ˙ㄗ 有鋼齒，用來夾斷鐵絲或夾緊器物的鉗子。

**老規矩（兒）** ㄌㄠˇ ㄍㄨㄟ ㄐㄩˇ ㄦ 矩字輕讀。舊例。

**老人醫學** ㄌㄠˇ ㄖㄣˊ ㄧ ㄒㄩㄝˊ 研究老年人常患的疾病以及醫治方法的醫學。

**老大不小** ㄌㄠˇ ㄉㄚˋ ㄅㄨˋ ㄒㄧㄠˇ 指人已經長大，達到或接近成年人的年齡。如「這孩子老大不小了，還那樣不懂事」。

**老公母倆** ㄌㄠˇ ㄍㄨㄥ ㄇㄨˇ ㄌㄧㄚˇ 母字輕讀。稱年老的夫妻。

**老牛破車** ㄌㄠˇ ㄋㄧㄡˊ ㄆㄛˋ ㄔㄜ 比喻人做事慢騰騰地，像老牛拉破車一樣。

**老牛舐犢** ㄌㄠˇ ㄋㄧㄡˊ ㄕˋ ㄉㄨˊ 比喻父母溺愛子女。（舐：舔。犢：小牛）

**老生常譚** ㄌㄠˇ ㄕㄥ ㄔㄤˊ ㄊㄢˊ 平凡的議論。也作「老生常談」。

**老奸巨猾** ㄌㄠˇ ㄐㄧㄢ ㄐㄩˋ ㄏㄨㄚˊ 極奸猾的人。

**老成持重** ㄌㄠˇ ㄔㄥˊ ㄔˊ ㄓㄨㄥˋ 指人閱歷豐富，做事穩重可靠。

**老成凋謝** ㄌㄠˇ ㄔㄥˊ ㄉㄧㄠ ㄒㄧㄝˋ 悼輓用辭，意思是痛惜年長有德的人去世了。

**老哥兒們** ㄌㄠˇ ㄍㄜ ㄦ ㄇㄣˊ 老輩弟兄。

**老弱殘兵** ㄌㄠˇ ㄖㄨㄛˋ ㄘㄢˊ ㄅㄧㄥ 譏笑服務能力薄弱的人。

**老氣橫秋** ㄌㄠˇ ㄑㄧˋ ㄏㄥˊ ㄑㄧㄡ ①氣概不凡。②倚老賣老，毫不謙虛的樣子。

**老蚌生珠** ㄌㄠˇ ㄅㄤˋ ㄕㄥ ㄓㄨ 比喻晚年婦女懷孕得子。

**老馬識途** ㄌㄠˇ ㄇㄚˇ ㄕˋ ㄊㄨˊ 有經驗指導別人的謙詞。

**老淚縱橫** ㄌㄠˇ ㄌㄟˋ ㄗㄨㄥˋ ㄏㄥˊ 形容人（尤其是老年人）因為哀痛而淚水湧出。

**老羞成怒** ㄌㄠˇ ㄒㄧㄡ ㄔㄥˊ ㄋㄨˋ 因為羞愧而發怒。也作「惱羞成怒」。

**老當益壯** ㄌㄠˇ ㄉㄤ ㄧˋ ㄓㄨㄤˋ 年紀雖已衰老但是身體卻更強壯。

**老態龍鍾** ㄌㄠˇ ㄊㄞˋ ㄌㄨㄥˊ ㄓㄨㄥ 形容年老體衰，行動不靈便的樣子。

**老調重彈** ㄌㄠˇ ㄉㄧㄠˋ ㄔㄨㄥˊ ㄊㄢˊ 比喻舊話重提，說的還是老一套。也說「舊調重彈」。

**老謀深算** ㄌㄠˇ ㄇㄡˊ ㄕㄣ ㄙㄨㄢˋ 思慮周密，不亂行動。

**老聲老氣** ㄌㄠˇ ㄕㄥ ㄌㄠˇ ㄑㄧˋ 聲音蒼老。

**老驥伏櫪** ㄌㄠˇ ㄐㄧˋ ㄈㄨˊ ㄌㄧˋ 図「老驥伏櫪，志在千里」，比喻年雖老卻有壯志。

**老人痴呆症** ㄌㄠˇ ㄖㄣˊ ㄔ ㄉㄞ ㄓㄥˋ 也叫「老年性痴呆」或「老年性腦病」。是老年期發生的智能明顯缺失及人格改變的精神病，同時發生腦組織萎縮與神經細胞廣泛缺失的現象。患者常有腳步不穩，言語障礙，失去記憶等病象，得病原因不明。

**老老實實的** ㄌㄠˇ ㄌㄠˇ ㄕˊ ㄕˊ ˙ㄉㄜ 第二個老字輕讀。誠實、安分的樣子。

**老死不相往來** ㄌㄠˇ ㄙˇ ㄅㄨˋ ㄒㄧㄤ ㄨㄤˇ ㄌㄞˊ 形容彼此之間一直沒有聯繫往來（是隨意引用〈老子〉書上的話）。

**老鴰窩裡出鳳凰** ㄌㄠˇ ㄍㄨㄚ ㄨㄛ ㄌㄧˇ ㄔㄨ ㄈㄥˋ ㄏㄨㄤˊ 比喻平常人家養育出在某些方面有特殊表現的子女。與臺語裡的「歹竹出好筍」意思相似。

## 考（攷）

ㄎㄠˇ ㈠長壽。如「壽考」。㈡稱已死的父親叫「先考」。㈢測驗。如「考試」「招考」。㈣檢查。如「考查」「考績」。㈤深入研究。如「考古」「考據」。㈥見「考究」。㈦姓。

**考古** ㄎㄠˇ ㄍㄨˇ 實地調查古物遺跡，研究古代留下的器物或文字，來推究古代人類事跡和文化。有些大學設有考古學系或考古人類學系。

**考正** ㄎㄠˇ ㄓㄥˋ 図對於學術文獻資料加以稽考修正。

**考生** ㄎㄠˇ ㄕㄥ 參加考試（入學考試等）的學生。

**考成** ㄎㄠˇ ㄔㄥˊ 考察官吏的政績而予以賞罰。

**考妣** ㄎㄠˇ ㄅㄧˇ 稱已死的父母。

**考求** ㄎㄠˇ ㄑㄧㄡˊ 探索；探求。

**考究** ▲ㄎㄠˇ ㄐㄧㄡˋ考察研究。▲ㄎㄠˇ ˙ㄐㄧㄡ講究，求精美。如「穿得考究」。

**考卷** ㄎㄠˇ ㄐㄩㄢˋ 考試時用的卷子。也叫「試卷」。

**考取** ㄎㄠˇ ㄑㄩˇ 參加某種考試成績達到錄取的標準。

**考政** ㄎㄠˇ ㄓㄥˋ 政府辦理公務人員考試時的一般行政事務。

**考查** ㄎㄠˇ ㄔㄚˊ 仔細查對。

**考訂** ㄎㄠˇ ㄉㄧㄥˋ 考據訂正。

**考核** ㄎㄠˇ ㄏㄜˊ 也作「考覈」。考查審核。

**考校** ㄎㄠˇ ㄐㄧㄠˋ 図考查審核。也作「考較」。

**考區** ㄎㄠˇ ㄑㄩ 舉行考試地區範圍廣大者，常分在若干地區分別設置試場。所分的區域稱為「考區」。如近年大學聯考分許多考區。

**考問** ㄎㄠˇ ㄨㄣˋ 考察詢問。

**考場** ㄎㄠˇ ㄔㄤˇ 也叫「試場」。考試的場所。

**考勤** ㄎㄠˇ ㄑㄧㄣˊ 對所屬工作人員考察其工作勤惰的情形，如是否按時值班出勤，以及是否努力完成任務等。

**考試** ㄎㄠˇ ㄕˋ 出試題測驗考生的程度或成績。

**考察** ㄎㄠˇ ㄔㄚˊ 查考，視察。

**考語** ㄎㄠˇ ㄩˇ 考核者（主管考核的官吏或首長）對考核對象所下的適當評語。也作「考詞」。

**考慮** ㄎㄠˇ ㄌㄩˋ 思量，斟酌。

**考據** ㄎㄠˇ ㄐㄩˋ 也稱「考證」；對古代文物制度的考校辨證，使它確實有據。

**考績** ㄎㄠˇ ㄐㄧ ①考核官吏的政績。②考查工作人員的成績。

**考證** ㄎㄠˇ ㄓㄥˋ 研究文獻或歷史問題時，根據資料來考核、證實和說明。

**考驗** ㄎㄠˇ ㄧㄢˋ 試驗，試鍊。

**考古學** ㄎㄠˇ ㄍㄨˇ ㄒㄩㄝˊ 根據古物或古代遺跡（舊有的或新出土的）來研究古代歷史的一種學問。

**考試院** ㄎㄠˇ ㄕˋ ㄩㄢˋ 中華民國的中央政府五院之一，主掌公務人員考試取才的政務。

**考察團** ㄎㄠˇ ㄔㄚˊ ㄊㄨㄢˊ 集合團體到別處考察各種事業或狀況，叫作「考察團」。

**考選部** ㄎㄠˇ ㄒㄩㄢˇ ㄅㄨˋ 考試院所屬的一個部，主管政府公務人員考試任用的有關事務。

## 四筆

**耄** 図ㄇㄠˋ ㈠年紀很老。〈禮記〉說「八十九十曰耄」。也作七十以上的通稱。㈡亂。〈左傳〉有「諺所謂老將至而耄及之者」。

**耄耄** ㄇㄠˋ ㄇㄠˋ 図年老頭髮白的樣子。

**耄耋**（ㄇㄠˋ ㄉㄧㄝˊ） 図八十九十叫「耄」，七十叫「耋」。

**耆** 図ㄑㄧˊ年紀老。〈禮記〉說六十歲叫「耆」，〈說文〉說七十歲叫「耆」。如「耆老」「耆碩」。

**耆老**（ㄑㄧˊ ㄌㄠˇ） 図老人。也稱「耆舊」。

**耆宿**（ㄑㄧˊ ㄙㄨˋ） 図①指年老有名望的儒師。②佛教稱出家為僧在五十年以上者。③尊稱在社會上有名望的老年人。

**耆碩**（ㄑㄧˊ ㄕˋ） 図稱呼年高而有德望的人。

**者（者）** ㄓㄜˇ ㈠指專門做某種事的人。如「記者」「作者」。㈡詞尾，等於作代名詞的「的」，是「……的人」的簡化。如「弱者」「勝利者」。㈢図指示形容詞，同「這」。「者番」就是「這次」，「者事」就是「這事」。㈣図語助詞，表示停頓。〈孟子〉有「庠者，養也；校者，教也；序者，射也」。

**者番**（ㄓㄜˇ ㄈㄢ） （早期的白話）這一回，這一次。

## 五筆

**耇（耈、耉）** 図ㄍㄡˇ長壽。

## 六筆

**耋（耊）** 図ㄉㄧㄝˊ年老。〈說文〉有「八十曰耋」；〈左傳〉注有「七十曰耋」。

## 而部

**而** ㄦˊ ㈠又，並且，而且。如「物美而價廉」「聰明而活潑」。㈡用來連接兩種動作：①表示承接，有「再」「又」「然後」的意思。如「學而時習之」「思考而判斷」。②表示用前一動作形容後一動作。如「席地而坐」「破門而入」。③與「可是」的用法相似，表示前後相連而又相反的關係。如「不勞而獲」「勞而無功」。㈢表示轉折的連詞。如同「但是」的語氣。如「殘而不廢」「生活困苦而不絕望」。㈣轉換語氣的詞，和「卻」「乃」的用法相似。如「接受了他的施捨，不是感謝，而是愧憤」。㈤表示因果關係，如同「所以」的語氣。如「脣亡而齒寒」「努力奮鬥而獲得勝利」。㈥與「為（ㄨㄟˋ）」字相應，表示前面的話是目的。如「為反對帝國主義而戰」。㈦以。如「從今而後」「除此而外」。㈧図口語的「就」的意思。如「生而眇者」。㈨図口語的「才」的意思。〈大戴記〉有「捫燭而得其形」。㈩図連接副詞與其所修飾的動詞。如「呱呱而泣」「欣然而同意」。(十一)図用在句的中間，與「之」字或白話「的」字用法相似。〈論語〉上有「君子恥其言而過其行」。〈孟子〉有「德之流行，速於置郵而傳命」。(十二)図若，如，表示條件（假設、比較）。如「人而無信」「雖死而生」。(十三)図你。(十四)図你的，同「爾」。如「而父」「而翁」。(十五)見「而今」。(十六)図用在一個詞或一句的末了，表示語氣的助詞。〈論語〉有「已而，已而，今之從政者殆而」。

**而已**（ㄦˊ ㄧˇ） 「罷了」的意思；表示制限或讓步的助詞。

**而今**（ㄦˊ ㄐㄧㄣ） 現在。是「如今」的轉音。

**而且**（ㄦˊ ㄑㄧㄝˇ） 並且；表示平列或進一層的連詞。如「他兒子在中學畢業了，而且女兒也長大了」。

**而立** ㄦˊ ㄌㄧˋ 図〈論語〉上說「三十而立」，是到了三十歲應有所成就；後來就把「而立」作三十歲的代稱。

**而況** ㄦˊ ㄎㄨㄤˋ 図況且，何況；表示進一步的語氣的詞。

**而後** ㄦˊ ㄏㄡˋ ①以後。②然後。

**而立之年** ㄦˊ ㄌㄧˋ ㄓ ㄋㄧㄢˊ 指人在三十歲的年紀。〈論語〉記載孔子自述「三十而立」。

## 三筆

**耐** ㄋㄞˋ ㈠忍受。如「耐勞」。㈡維持得久。如「耐用」。

**耐力** ㄋㄞˋ ㄌㄧˋ 指人的忍耐持久的能力。如「工作要不怕麻煩，有耐力地堅持下去，才會有成績。」

**耐久** ㄋㄞˋ ㄐㄧㄡˇ 能用得很久，支持很久或放置很久的意思。

**耐心** ㄋㄞˋ ㄒㄧㄣ 心裡平靜耐煩，指對事情不急躁，不衝動。

**耐用** ㄋㄞˋ ㄩㄥˋ 物品可以用得很久，不容易損壞。

**耐勞** ㄋㄞˋ ㄌㄠˊ 能忍受勞苦。

**耐寒** ㄋㄞˋ ㄏㄢˊ 能耐受寒冷；多指植物或某類動物的能生存於低溫氣候的情況。

**耐煩** ㄋㄞˋ ㄈㄢˊ ①不怕麻煩。②不急躁。

**耐酸** ㄋㄞˋ ㄙㄨㄢ 能耐受強酸性溶液而不腐蝕。

**耐戰** ㄋㄞˋ ㄓㄢˋ 在戰爭當中持久攻擊或抵抗而不敗。

**耐鹼** ㄋㄞˋ ㄐㄧㄢˇ 能耐受強鹼性溶液而不腐蝕。

**耐性(兒)** ㄋㄞˋ ㄒㄧㄥˋ (ㄦ) 有很能忍受的性格。

**耐不住** ㄋㄞˋ ㄅㄨˋ ㄓㄨˋ 不字輕讀。沒辦法堅持忍耐。

**耐火泥** ㄋㄞˋ ㄏㄨㄛˇ ㄋㄧˊ 不會被火燒壞的陶土，用來做耐火磚或坩堝等。

**耐火紙** ㄋㄞˋ ㄏㄨㄛˇ ㄓˇ 經過化學處理使其能受高溫而不易燃燒的紙張。

**耐火磚** ㄋㄞˋ ㄏㄨㄛˇ ㄓㄨㄢ 用耐火泥製成的磚，常用來砌煙囪、火爐。

**耐得住** ㄋㄞˋ ˙ㄉㄜ ㄓㄨˋ 能堅持忍耐承受。

**耐震壁** ㄋㄞˋ ㄓㄣˋ ㄅㄧˋ 土木工程學名詞。又名「剪力牆」。建造高樓時特別加強牆體，用以抵抗相當程度的地震橫力。

**耐人尋味** ㄋㄞˋ ㄖㄣˊ ㄒㄩㄣˊ ㄨㄟˋ 言辭或事態意味深長，值得加以體會思索或欣賞。

**耐火建材** ㄋㄞˋ ㄏㄨㄛˇ ㄐㄧㄢˋ ㄘㄞˊ 在高溫之中不易燃燒起火的建築材料。

**耐熱合金** ㄋㄞˋ ㄖㄜˋ ㄏㄜˊ ㄐㄧㄣ 指各種能耐高溫而保持其物理性能的合金，如含有鉻、鈷、鎳等元素的合金之類。

**耑** ▲ㄓㄨㄢ 借用作「專」字。▲ㄉㄨㄢ 古「端」字。

**耍** ㄕㄨㄚˇ ㈠遊戲。如「戲耍」「玩耍」。㈡操縱，擺弄。如「耍猴子」「耍傀儡」。㈢弄，施展。如「耍手腕兒」「耍花招」。㈣指武藝的活動。如「耍刀」「耍罈子」。㈤賭博叫「耍錢」。如「偌大的家產，沒幾年就叫他耍光了」。

**耍奸** ㄕㄨㄚˇ ㄐㄧㄢ 図表現出奸滑的態度。

**耍弄** ㄕㄨㄚˇ ㄋㄨㄥˋ 玩弄，欺騙，不正當地施展種種技巧。如「他很會在政治上耍弄手腕」。

**耍笑** ㄕㄨㄚˇ ㄒㄧㄠˋ ①調笑。②遊戲。

**耍錢** ㄕㄨㄚˇ ㄑㄧㄢˊ 賭博。

**耍賴** ㄕㄨㄚˇ ㄌㄞˋ 使出賴皮、不講理的法子。

**耍戲** ㄕㄨㄚˇ ㄒㄧˋ 戲弄，運用詭計施展愚弄詐欺。

**耍詐** ㄕㄨㄚˇ ㄓㄚˋ 耍滑，耍滑頭。

**耍寶** ㄕㄨㄚˇ ㄅㄠˇ 故意做出一些奇怪逗趣的動作，或裝做低能無知的樣子來逗人歡笑，或使氣氛改變。

**耍手段** ㄕㄨㄚˇ ㄕㄡˇ ㄉㄨㄢˋ 用不正當的手段待人處世。也說「耍手腕」。

**耍手藝** ㄕㄨㄚˇ ㄕㄡˇ ㄧˋ 藝字可輕讀。靠技藝謀生。

**耍把戲** ㄕㄨㄚˇ ㄅㄚˇ ㄒㄧˋ ①表演雜技。②比喻施展詭計。

**耍花槍** ㄕㄨㄚˇ ㄏㄨㄚ ㄑㄧㄤ 同「耍花招（兒）」。

**耍無賴** ㄕㄨㄚˇ ㄨˊ ㄌㄞˋ 行為刁猾潑賤。

**耍猴兒** ㄕㄨㄚˇ ㄏㄡˊ ㄦ ①訓練猴子耍把戲。②比喻操縱著使人做種種事情。也說「耍傀儡」。

**耍脾氣** ㄕㄨㄚˇ ㄆㄧˊ ㄑㄧˋ 氣字輕讀。使性子，發怒。

**耍滑頭** ㄕㄨㄚˇ ㄏㄨㄚˊ ㄊㄡˊ 使用詭計或奸詐手段使自己脫卸責任或得到好處。也說「耍滑」、「耍詐」。

**耍頻嘴** ㄕㄨㄚˇ ㄆㄧㄣˊ ㄗㄨㄟˇ 也作「耍貧嘴」。①話太多，說個沒完。②油腔滑調，說話浮滑不實。

**耍花招（兒）** ㄕㄨㄚˇ ㄏㄨㄚ ㄓㄠ ㄦ 也作「耍花著兒」。①賣弄技巧的招數，多指演技藝或作書畫說的。②比喻虛偽不實，施展詭詐的手段。

**耍筆桿（兒）** ㄕㄨㄚˇ ㄅㄧˇ ㄍㄢˇ ㄦ 指使用筆墨撰寫文稿的事，一般含輕視或諷刺（指舞文弄墨）的貶意。

**耍心眼兒** ㄕㄨㄚˇ ㄒㄧㄣ ㄧㄢˇ ㄦ 在事務上或待人方面耍弄小聰明而得到好處。

**耍嘴皮子** ㄕㄨㄚˇ ㄗㄨㄟˇ ㄆㄧˊ ㄗ ①賣弄口才（含貶意）。②說得好聽但光說不做。

## 耒部

# 耒

ㄌㄟˇ ㈠図犁上的木柄。如「耒耜」。㈡水名；耒水，在湖南省。

**耒耜** ㄌㄟˇ ㄙˋ 図①古代一種像犁的農具。②農具的統稱。

## 四筆

# 耙

▲ㄆㄚˊ 通常叫「耙子」，是一種橫木上附有平排尖齒（鐵齒或木齒），加上長柄，用來使地面土塊平整，使地上物聚攏或散開的農具。▲ㄅㄚˋ 同「䎱」。

# 耕（畊）

ㄍㄥ ㈠犁田，用犁鬆土除草。如「耕田」、「春耕」。㈡図用做「謀生」的比喻。像靠寫作生活稱為「筆耕」，靠教書生活稱為「舌耕」。語音ㄐㄧㄥ。

**耕牛** ㄍㄥ ㄋㄧㄡˊ 耕田用的牛。

**耕田** ㄍㄥ ㄊㄧㄢˊ 犁田。

**耕地** ㄍㄥ ㄉㄧˋ ①耕田，犁田。②指農地說的，就是耕種用的田地。

**耕作** ㄍㄥ ㄗㄨㄛˋ 農業耕種的工作。

**耕具** ㄍㄥ ㄐㄩˋ 泛指農業耕種用的各種器具，如耕田翻土用的犁，整地聚散柴草用的耙，割草和收割莊稼用的鐮刀，鬆土除草用的鋤，乃至於耕耘機等。也稱「農具」。

**耕耘** ㄍㄥ ㄩㄣˊ ①耕田與除草。②泛指農田耕作的事情。③比喻付出精神和勞力。如「一分耕耘，一分收穫」。

**耕種** ㄍㄥ ㄓㄨㄥˋ ①耕田與種植。②泛指農業勞作的事情。

**耕織** ㄍㄥ ㄓ 図①耕田與織布。②指一般正常生活的活動而言（以往的農業社會，男耕女織，耕田與織布是最重要的經濟生產事項）。如「勤儉持家，耕織不輟」。

**耕耘機** ㄍㄥ ㄩㄣˊ ㄐㄧ 用在農業上的動力機器，種類與機型很多。大型的耕耘機可供耕地、播種、收割等多項農作使用。中國大陸各地把耕耘機通稱為「拖拉機」。

**耕地重劃** ㄍㄥ ㄉㄧˋ ㄔㄨㄥˊ ㄏㄨㄚˋ 對農地坵塊狹小零亂而有礙耕作利用的地區，所實施的一種重劃田坵的辦法。重劃工作由政府主辦或由農民協議舉辦。重劃之後坵塊整齊、擴大，便於耕作經營，農戶按照重劃前後使用農地面積情形核算地價，互為公平補償。

**耕者有其田** ㄍㄥ ㄓㄜˇ ㄧㄡˇ ㄑㄧˊ ㄊㄧㄢˊ 使實際從事農業經營的農民（耕者）取得所耕農田的所有權，消除原先不良的農地租佃關係，提高農民收益，促進農業生產，形成「耕者有其田」的農田土地制度。（這種制度是國父孫中山先生所著〈三民主義〉民生主義「平均地權」政策的一部分。）

# 耗

ㄏㄠˋ ㈠消費，用去。如「消耗」「耗費」。㈡減損，不豐富。如「虧耗」「年成豐耗不同」。㈢図消息，信息。如「噩耗」「聞耗震驚」。㈣拖延時間，延宕。如「一耗就是半天」「耗工夫」。

**耗子** ㄏㄠˋ ˙ㄗ 北方人把老鼠叫「耗子」。

**耗費** ㄏㄠˋ ㄈㄟˋ 消耗，浪費。

**耗損** ㄏㄠˋ ㄙㄨㄣˇ 耗減，虧損。

**耗竭** ㄏㄠˋ ㄐㄧㄝˊ 消耗完了。如「資源耗竭」。

# 耘

図ㄩㄣˊ ㈠除草。如「耘田」「耕耘」。㈡「耘耘」，形容農事情況繁盛。

**耘田** ㄩㄣˊ ㄊㄧㄢˊ 図下田去除草。

## 五筆

# 耞

ㄐㄧㄚ 「連耞」，是一種打稻穀的農具。

# 耜

図ㄙˋ 一種農具，就是裝在犁上用來掘土的鐵片。

## 七筆

# 耡（粗）

▲ㄔㄨˊ 耕田時翻起泥土。今通作「鋤」。

▲図ㄓㄨˋ 發動人民幫助耕作。

## 九筆

# 耦

図ㄡˇ ㈠古時指兩個人在一塊兒耕地。㈡兩個人。㈢同「偶」，就是雙數。

## 十筆

# 耪

ㄆㄤˇ 在田地上除草培土。如「耪地」「耪過兩遍了」。

# 耨

図ㄋㄡˋ ㈠除草的農具。㈡耡田除草。〈孟子〉書有「深耕易耨」。

## 十一筆

# 耬

ㄌㄡˊ ㈠種田下種的器具，也叫「耬車」，樣子像三腳犁，其中安放「耬斗」，耬斗裡放種籽。耬車往前走，耬斗搖動，把種籽播下去。

## 十五筆

# 䎱

ㄅㄚˋ ㈠一種用牛或馬拉著走的木製帶鐵齒的農具，用來在耕過的田地上弄碎土塊。㈡用䎱弄碎土塊。如「犁過的田地再䎱一遍」。

# 耰

ㄧㄡ ㈠古時的一種農具，就是無齒的耙，用來平地和打土塊。㈡播種之後用「耰」來翻土，把種子蓋上。

# 耳部

**耳** ㄦˇ ㈠人和動物的聽覺器官，就是耳朵。如「耳聞不如目見」「言猶在耳」。㈡[文]聽。如「久耳大名」。㈢指兩旁附著的東西：①器皿如瓶、罐、鍋等兩旁附著像耳朵一樣的部分，是為拿著方便；也叫「耳子」。②房屋位置在兩旁的，叫「耳房」，是當中正房的對稱。簡稱「耳」。如「五間北房三正兩耳」。㈣[文]用在一句的末了來表示語氣的助詞，是「而已」「罷了」的意思。如「前者戲之耳」。㈤[文]表示決定的語助詞，與「矣」字的用法相似。

**耳子** ㄦˇ ˙ㄗ 見耳㈢①。

**耳孔** ㄦˇ ㄎㄨㄥˇ 外耳的一部分，也叫「外聽道」。在儘裡頭有鼓膜，耳孔裡有耳毛，以防塵埃或小蟲的進入。

**耳生** ㄦˇ ㄕㄥ 指不常聽到的。如「這個名字我聽著耳生」。

**耳目** ㄦˇ ㄇㄨˋ ①耳朵和眼睛。②聽的人和看的人。如「這地方耳目眾多，咱們的事情不好談」。（以往稱呼御史為天子的「耳目官」。）③代人刺探消息的人。如「派個耳目去探一探虛實」。④[文]審查。〈晉書〉有「耳目人間，知外患苦」。
②③的語音 ㄦˇ ˙ㄇㄨ。

**耳朵** ㄦˇ ˙ㄉㄨㄛ 朵字輕讀。「耳」㈠，分內耳、中耳、外耳三部分。

**耳沉** ㄦˇ ㄔㄣˊ 聽覺方面有聽不大清楚的毛病。

**耳性** ㄦˇ ˙ㄒㄧㄥ [方]性字輕讀。聽了話的記性，一般指小孩子記住告誡不再犯錯的事。如「這孩子很乖，有耳性」。

**耳房** ㄦˇ ㄈㄤˊ 與正房相連的左右兩旁的屋子。

**耳門** ㄦˇ ㄇㄣˊ 正門兩旁的小門。

**耳垢** ㄦˇ ㄍㄡˋ 耳竅裡面所生的垢屑。也叫「耳屎」「耳塞（˙ㄙㄞ）」「耳蠟」。

**耳屏** ㄦˇ ㄆㄧㄥˊ 外聽道（外耳門）前面所長的突起，由皮膚和軟骨構成，有遮蔽外聽道的作用。

**耳科** ㄦˇ ㄎㄜ 醫療機構中主要治療耳病的一科。

**耳食** ㄦˇ ㄕˊ [文]聽別人這樣說就信以為真。

**耳根** ㄦˇ ㄍㄣ ①佛家所稱的「六根」之一，意思是耳對於「聲境」所發生的「耳識」。②一般泛指耳朵受聽的情況而言，像聽不到閒雜麻煩的事情，就說「耳根清靜」；好聽信別人的就說「耳朵軟」，也說成「耳根軟」。③耳的根部。

**耳殼** ㄦˇ ㄑㄧㄠˋ 也作「耳翼」。耳的外殼。

**耳順** ㄦˇ ㄕㄨㄣˋ ①[文]〈論語〉有「六十而耳順」的話，意思是人到了六十歲，對聽到的話都能有很強的了解判斷。以後就用「耳順」做六十歲的代稱。如「年逾耳順」。②順耳，受聽。如「這戲詞兒我聽著倒還耳順」。

**耳塞** ㄦˇ ㄙㄞ ①在不安靜的環境裡為了安眠用的塞在耳朵裡阻擋聲音的醫療器物，材料是軟橡膠或塑膠製成的海綿質。②游泳用的防止水進入耳內的用品。③指稱小型受話器，塞在耳朵裡，有線連接在收音機或助聽器上。

**耳鼓** ㄦˇ ㄍㄨˇ 就是「耳鼓膜」，也叫「鼓膜」，能感受聲波而振動，是聽覺器官最重要的部分。

**耳福** ㄦˇ ㄈㄨˊ 指說能聽到美好的戲曲、音樂、歌聲，享受種種美妙聲響的福分。如「耳福不淺」。

**耳聞** ㄦˇ ㄨㄣˊ 聽說。如「耳聞不如目見」。

**耳語** ㄦˇ ㄩˇ 湊到對方耳邊，低聲說話。

**耳鳴** ㄦˇ ㄇㄧㄥˊ 一種疾病，症狀是耳朵裡時時聽到像喧鬧或蟲鳴的聲音。

**耳熟** ㄦˇ ㄕㄡˊ 形容常常聽到。如「這個地名，聽著很耳熟」。

**耳熱** ㄦˇ ㄖㄜˋ 図耳部發熱，形容人興奮的狀態。如「酒酣耳熱」。

**耳蝸** ㄦˇ ㄍㄨㄚ 內耳的一部分，在內耳的最前面部位，形狀像蝸牛殼，長著淋巴和聽神經，是聽覺的感受器。

**耳輪** ㄦˇ ㄌㄨㄣˊ ①耳殼周圍的圓厚部分。②図指耳朵。王建詩有「萬事風吹過耳輪」。

**耳環** ㄦˇ ㄏㄨㄢˊ 掛在女子耳朵上的妝飾品。也叫「墜子」「耳墜子」。

**耳聾** ㄦˇ ㄌㄨㄥˊ 聽覺殘缺或失去作用，聽不見聲音。

**耳光（子）** ㄦˇ ㄍㄨㄤ ㄗ˙ 同「耳刮子」。用手打對方腮幫子（耳朵前面）的位置。

**耳垂（兒）** ㄦˇ ㄔㄨㄟˊ ㄦ 耳殼下端所垂的肥柔部分。

**耳挖（兒）** ㄦˇ ㄨㄚ ㄦ 也叫「耳挖子」。①掏耳垢用的小勺兒。②婦人首飾的一種，可用來掏耳垢。

**耳機（子）** ㄦˇ ㄐㄧ ㄗ˙ ①就是「受話機」，是電話機的一部分，也叫「聽筒」。②戴在耳朵上收聽電報或無線電播音的機件。

**耳刀兒** ㄦˇ ㄉㄠ ㄦ 國字的偏旁：①就是「卩」（古節字）形狀，也稱「單耳刀兒」。②就是「阝」形狀（在字的左邊代表「阜」，在字的右邊代表「邑」），也叫「雙耳刀兒」。

**耳朵軟** ㄦˇ ㄉㄨㄛ˙ ㄖㄨㄢˇ 朵字輕讀。容易聽信別人的話。也說「耳根軟」。

**耳刮子** ㄦˇ ㄍㄨㄚ ㄗ˙ ①兩隻耳朵前的面頰。②也說「耳光子」，是用手向面頰打。如「打耳刮子」「一個耳刮子打得他歪歪斜斜」。

**耳旁風** ㄦˇ ㄆㄤˊ ㄈㄥ 風從耳旁吹過就消逝了。比喻聽了便罷，不放在心上，不重視。也說「耳邊風」。

**耳脖子** ㄦˇ ㄅㄛˊ ㄗ˙ 脖頸兒挨著耳朵的部分。

**耳報神** ㄦˇ ㄅㄠˋ ㄕㄣˊ 指稱暗地偵察替人通風報信的人。

**耳墜子** ㄦˇ ㄓㄨㄟˋ ㄗ˙ 耳環。也說「耳墜兒」。

**耳邊風** ㄦˇ ㄅㄧㄢ ㄈㄥ 比喻聽了毫不關心。如「希望你不要把這話當做耳邊風」。

**耳目一新** ㄦˇ ㄇㄨˋ ㄧˋ ㄒㄧㄣ 覺得一切（聽到的看到的）都新鮮（不同往常）。

**耳朵眼兒** ㄦˇ ㄉㄨㄛ˙ ㄧㄢˇ ㄦ 朵字輕讀。①耳孔。②把耳垂刺透了所形成的孔，以往的婦女多是這樣，好戴耳環。

**耳提面命** ㄦˇ ㄊㄧˊ ㄇㄧㄢˋ ㄇㄧㄥˋ 形容叮嚀懇切的教誨。

**耳順之年** ㄦˇ ㄕㄨㄣˋ ㄓ ㄋㄧㄢˊ 図六十歲的年紀。〈論語〉記載孔子的自述：「六十而耳順」。

**耳聞目睹** ㄦˇ ㄨㄣˊ ㄇㄨˋ ㄉㄨˇ 親自聽到的和看到的。比喻真憑實據。

**耳熟能詳** ㄦˇ ㄕㄡˊ ㄋㄥˊ ㄒㄧㄤˊ 因為常聽這麼說，所以熟悉得能詳盡知曉。

**耳濡目染** ㄦˇ ㄖㄨˊ ㄇㄨˋ ㄖㄢˇ 図聽熟了，看慣了，因而深受影響。「濡」也作「擩」。

**耳聰目明** ㄦˇ ㄘㄨㄥ ㄇㄨˋ ㄇㄧㄥˊ ①形容人不受蒙蔽，頭腦清楚。②說人不笨不呆，聰明健康。

**耳聽八方** ㄦˇ ㄊㄧㄥ ㄅㄚ ㄈㄤ 形容人非常機警。

**耳鬢廝磨** ㄦˇ ㄅㄧㄣˋ ㄙ ㄇㄛˊ 比喻兩個人很親密。

**耳聞不如目見**（ㄦˇ ㄨㄣˊ ㄅㄨˋ ㄖㄨˊ ㄇㄨˋ ㄐㄧㄢˋ） 指只是聽說而沒有親眼看到的事情不足以憑信。

## 二筆

**耵** ㄊㄧㄥ 「耵聹」，耳垢。外耳道有「耵聹腺」，能分泌蠟狀物質耳垢，有時會塞著耳道。

**耵聹**（ㄊㄧㄥ ㄋㄧㄥˊ） 就是「耳垢」，通稱「耳屎」。是外耳道裡的皮脂腺（耵聹腺）分泌的蠟狀物質，黃色，有滋潤外耳道細毛與防止昆蟲進入的作用。

## 三筆

**耷** ㄉㄚ 大耳朵。

**耷拉**（ㄉㄚ ㄌㄚ） 拉字輕讀。下垂的樣子。也作「答剌」「搭拉」。

**耶** ▲〔文〕ㄧㄝˊ ㈠同「爺」。「耶孃」就是「爺娘」。㈡表示疑問的語助詞，等於白話的「呢」「嗎」。如「是耶非耶」。▲ㄧㄝ 外國字的音譯。如「耶路撒（ㄙㄚ）冷」「耶穌」。

**耶穌**（ㄧㄝ ㄙㄨ） 基督教的創始人，猶太人，誕生在伯利恆（耶路撒冷南五英里處）。後來用他出生那一年做西曆紀元的開始；但又有人考證他生在西元前八年到四年之間。

## 四筆

**耽（躭）** ▲ㄉㄢ ㈠〔文〕過度的喜好，似乎入了迷。如「耽酒」「耽於聲色」。㈡延遲。如「耽擱」「耽誤」。▲〔文〕ㄔㄣ 快樂。〈中庸〉有「和樂且耽」。

**耽湎**（ㄉㄢ ㄇㄧㄢˇ） 〔文〕過分嗜酒而荒誤正業。

**耽誤**（ㄉㄢ ㄨˋ） 誤字輕讀。因拖延或錯過時機而誤事。

**耽樂**（ㄉㄢ ㄌㄜˋ） 〔文〕過度貪圖快樂。

**耽擱**（ㄉㄢ ㄍㄜ） 擱字輕讀。同「擔擱」，延遲。

**耿** ㄍㄥˇ ㈠正直，有氣節。如「耿介」「耿直」。㈡〔文〕光明，亮。〈長恨歌〉有「耿耿星河欲曙天」。㈢內心不安。如「憂耿」「淒耿」。㈣姓。

**耿介**（ㄍㄥˇ ㄐㄧㄝˋ） 〔文〕①有操守氣節，不苟合於人。②光大。

**耿直**（ㄍㄥˇ ㄓˊ） 正直，忠直。

**耿耿**（ㄍㄥˇ ㄍㄥˇ） ①〔文〕形容光明的樣子。如「銀河耿耿」。②心裡掛念不忘的樣子。如「忠心耿耿」。③〔文〕內心不安的樣子。如「耿耿不寐」。

## 五筆

**聃（耼）** ㄉㄢ ㈠〔文〕耳朵很大而沒有耳輪。㈡我國古代哲學家老子李耳的字（別號），也稱為「老聃」。

**聊** ㄌㄧㄠˊ ㈠姑且。如「聊備一格」「聊表寸心」。㈡依賴，憑藉。如「民不聊生（人民生活沒有著落）」。㈢興趣。如「無聊」（沒有意味，原是「百無聊賴」的簡語）。㈣閒談（是很不莊重的說法）。如「聊聊」。

**聊且**（ㄌㄧㄠˊ ㄑㄧㄝˇ） 〔文〕姑且。如「聊且一觀」。

**聊生**（ㄌㄧㄠˊ ㄕㄥ） 〔文〕有所賴以為生；常用在「民不聊生」（人民生活沒有著落）的語句裡。

**聊聊**（ㄌㄧㄠˊ ㄌㄧㄠˊ） 第二個聊字輕讀。「談談」的意思（是很不莊重的話）。

**聊賴**（ㄌㄧㄠˊ ㄌㄞˋ） 〔文〕憑藉的意思；常用在「百無聊賴」（心裡非常空虛寂寞）

的詞語裡。

**聊天兒**（ㄌㄧㄠˊ ㄊㄧㄢ ㄦ） 隨便閒談。

**聊以卒歲**（ㄌㄧㄠˊ ㄧˇ ㄗㄨˊ ㄙㄨㄟˋ） 〔文〕現在一般用作「勉強度過一年」的意思來形容生活艱難。原是〈左傳・襄公二十一年〉記載所引用佚詩的詩句「優哉游哉，聊以度歲」，意思是「姑且逍遙自在地過日子（度過歲月）」。

**聊備一格**（ㄌㄧㄠˊ ㄅㄟˋ ㄧˊ ㄍㄜˊ） 〔文〕是對事項表示不很滿意或謙虛的話，意思是：姑且提出這樣不算好的來充數。

**聊勝一籌**（ㄌㄧㄠˊ ㄕㄥˋ ㄧ ㄔㄡˊ） 〔文〕較佳，稍好一些。

**聊勝於無**（ㄌㄧㄠˊ ㄕㄥˋ ㄩˊ ㄨˊ） （不過）總比完全沒有（稍微）好一點兒（而已）。

**聊復爾爾**（ㄌㄧㄠˊ ㄈㄨˋ ㄦˇ ㄦˇ） 〔文〕姑且如此。也作「聊復爾耳」。

## 聆

〔文〕ㄌㄧㄥˊ聽。如「聆教」。

**聆教**（ㄌㄧㄥˊ ㄐㄧㄠˋ） 〔文〕接受教導，是客氣的言辭，猶如口語通常說的「領教」。

**聆聽**（ㄌㄧㄥˊ ㄊㄧㄥ） 〔文〕聽。是比較文雅的複合詞。

### 六筆

## 聒

〔文〕ㄍㄨㄚ ㈠聲音嘈雜。如「聒噪」。㈡說話太多使人厭煩。如「聒絮」。

**聒耳**（ㄍㄨㄚ ㄦˇ） 〔文〕聲音雜亂，聽者難受。

**聒絮**（ㄍㄨㄚ ㄒㄩˋ） 〔文〕也作「絮聒」，話太多使人厭煩。

**聒噪**（ㄍㄨㄚ ㄗㄠˋ） 〔文〕吵鬧不休。

**聒聒叫**（ㄍㄨㄚ ㄍㄨㄚ ㄐㄧㄠˋ） 極好。（俗話）表示稱讚。

### 七筆

## 聘

▲ㄆㄧㄣˋ ㈠邀請擔任職務。如「聘書」「聘請」。㈡訂婚。如「下聘」「聘禮」。㈢兩國間為了交好而派遣官員互相訪問，叫「聘問」。▲ㄆㄧㄥ 女兒出嫁，又讀ㄆㄧㄣˋ。如「他家女兒下月出聘」。

**聘用**（ㄆㄧㄣˋ ㄩㄥˋ） 聘請任用。

**聘任**（ㄆㄧㄣˋ ㄖㄣˋ） 延聘擔任職務。

**聘金**（ㄆㄧㄣˋ ㄐㄧㄣ） 舊日風俗訂婚時候男方送給女方的禮金。

**聘書**（ㄆㄧㄣˋ ㄕㄨ） 聘請某人來擔任某職的文書。

**聘問**（ㄆㄧㄣˋ ㄨㄣˋ） 派遣使者代表政府到友邦去作親善訪問。

**聘請**（ㄆㄧㄣˋ ㄑㄧㄥˇ） 邀請擔任職務。

**聘禮**（ㄆㄧㄣˋ ㄌㄧˇ） ①聘請人的時候所送的禮物。②訂婚的禮物。

**聘姑娘**（ㄆㄧㄥ ㄍㄨ ㄋㄧㄤˊ） 娘字輕讀。嫁女兒。

## 聖（圣）

ㄕㄥˋ ㈠至高無上的人格叫聖。如「聖人」「聖賢」。㈡造詣極高的。如「詩聖杜甫」「書畫聖手」。㈢宗教上有關教主的事情。如「聖誕節」「聖經」。㈣有大智慧。如「聖哲」。㈤至尊的稱呼，以往稱皇帝的言詞命令為「聖旨」。

**聖人**（ㄕㄥˋ ㄖㄣˊ） ①有至高無上的人格的人，歷來稱周文王、孔子都是叫「聖人」。②專稱孔子。③以往下屬對皇帝尊稱「聖人」。

**聖手**（ㄕㄥˋ ㄕㄡˇ） 對某種技藝造詣極高的人。〈水滸傳〉有「聖手書生蕭讓」。

**聖水**（ㄕㄥˋ ㄕㄨㄟˇ） ①東正教會和天主教會裡經過祝福而用來為教堂、住宅和禮拜用品祝聖的水，也可供信徒除汙、防病、避邪，也可藉司鐸在主日彌撒之前向會眾灑水之用。②泛指信徒用來降福、驅鬼或治病的水。

**聖火** ㄕㄥˋ ㄏㄨㄛˇ 大規模運動會開幕典禮在運動場上點燃的大型火炬。這火炬是從聖地取火傳送而來，所以叫做聖火，直到運動會閉幕才止熄。（古代希臘人在奧林匹亞神殿前競技，賽前先祭拜天神宙斯，由一群處女用聚光鏡聚集陽光，點燃火炬，再傳送到運動會場。）

**聖母** ㄕㄥˋ ㄇㄨˇ ①從前對皇帝生母的尊稱。②基督教徒稱耶穌的母親瑪利亞為「聖母」。

**聖地** ㄕㄥˋ ㄉㄧˋ ①聖人或教主生死的地方。如基督徒稱耶路撒冷為聖地，回教徒（伊斯蘭教徒）稱麥加為聖地。②泛指有歷史紀念意義的在眾人心目中認為是莊嚴神聖的地方。

**聖旨** ㄕㄥˋ ㄓˇ 帝王時代稱皇帝的命令。現在多用作比喻威權。如「他太太的話簡直像是聖旨似的」。

**聖君** ㄕㄥˋ ㄐㄩㄣ ①尊稱帝王。②尊稱關帝（三國蜀漢武將關羽）。

**聖明** ㄕㄥˋ ㄇㄧㄥˊ 帝王時代稱頌皇帝或臨朝皇后、皇太后的贊詞；在古書上有以聖明代指皇帝的。

**聖果** ㄕㄥˋ ㄍㄨㄛˇ 佛家說修行成佛的境界，是依憑聖者所得，所以叫「聖果」。

**聖哲** ㄕㄥˋ ㄓㄜˊ 図指說超凡的道德才智。也指有超凡的道德才智的人。

**聖教** ㄕㄥˋ ㄐㄧㄠˋ ①儒家指稱孔子的教訓，也總稱禹、湯、文、武、周公、孔子等的教導。②宗教徒各稱其教為聖教。

**聖善** ㄕㄥˋ ㄕㄢˋ 図①至善。②稱頌母親的美言。〈詩經・邶・凱風〉有「母氏聖善，我無令人」的詩句，指聰明賢良是聖善，後來就用以指稱母親。

**聖雄** ㄕㄥˋ ㄒㄩㄥˊ 由英語 mahatma 義譯的詞，原是印度密教對大聖的尊稱。印度民族主義領袖、二十世紀非暴力主義倡導者甘地（一八六九—一九四八）受印度人尊稱為「聖雄」。

**聖經** ㄕㄥˋ ㄐㄧㄥ ①聖人的著作。②基督教的經典（新約和舊約）。

**聖裔** ㄕㄥˋ ㄧˋ 図聖人的後裔。

**聖僧** ㄕㄥˋ ㄙㄥ 佛教指稱已證聖果的高僧。

**聖潔** ㄕㄥˋ ㄐㄧㄝˊ 形容神聖而純潔。

**聖誕** ㄕㄥˋ ㄉㄢˋ ①古時稱皇帝的生日。②稱佛祖誕日。③基督教徒稱耶穌的生日。見「聖誕節」。

**聖賢** ㄕㄥˋ ㄒㄧㄢˊ ①道德修養達到極頂的人，叫做「聖人」；有善行的人叫做「賢人」，通稱「聖賢」。②指人所崇拜的神或佛。〈西廂記〉有「拜了聖賢」的話。

**聖戰** ㄕㄥˋ ㄓㄢˋ 指稱意義特殊重大的戰爭。

**聖餐** ㄕㄥˋ ㄘㄢ 基智教新教的一種崇拜方式，教徒領食少量的餅乾和酒，表示紀念耶穌。（傳說耶穌受難前夕和門徒聚餐，曾把餅乾和酒象徵自己的身體和血液，分給門徒吃。）

**聖跡** ㄕㄥˋ ㄐㄧ 聖人的遺跡。

**聖善夜** ㄕㄥˋ ㄕㄢˋ ㄧㄝˋ 基督教徒指耶誕前夕（十二月二十四日的夜晚）。

**聖誕節** ㄕㄥˋ ㄉㄢˋ ㄐㄧㄝˊ 十二月二十五日是耶穌基督誕生日，通稱這天是基督徒的節日——聖誕節，也是歐美社會的通俗節日。又叫「耶誕節」。

**聖誕樹** ㄕㄥˋ ㄉㄢˋ ㄕㄨˋ 基督徒家庭在耶誕節用的裝飾物，用松樹、樅樹等常綠樹，點綴各種彩飾、小蠟燭、彩色小燈泡、玩具和節日贈送的物品等。

**聖誕老人** ㄕㄥˋ ㄉㄢˋ ㄌㄠˇ ㄖㄣˊ 從前小亞細亞基督教會會長聖尼古拉斯（Saint Nicholas），為人很仁慈，在歐美傳說他死後成了愛護兒童的神，又是船員、旅客、商人等的保護者。後來他的名字被訛傳為聖克勞斯（Santa Claus），就是「聖誕老人」。

## 八筆

**聚** ㄐㄩˋ ㈠會合。很多人湊在一塊兒。如「大家聚在一起談論」「聚餐」。㈡把財物搜集積蓄起來。如「聚集」「聚斂」。㈢図村落。如「聚落」。

**聚合** ㄐㄩˋ ㄏㄜˊ ①集合。②物質由許多小分子接連成巨大分子的作用，叫做「聚合」。這樣接連而成的巨大分子，叫做「聚合物」。

**聚居** ㄐㄩˋ ㄐㄩ 眾人集合住在一個地區。如「其族人聚居於此」。

**聚首** ㄐㄩˋ ㄕㄡˇ 図會面。

**聚眾** ㄐㄩˋ ㄓㄨㄥˋ 聚集眾人。如「聚眾滋事者予以保安處分」。

**聚訟** ㄐㄩˋ ㄙㄨㄥˋ 図許多人爭論，得不到一致的意見。如「對此問題聚訟不已」。

**聚集** ㄐㄩˋ ㄐㄧˊ 聚合，集合。

**聚會** ▲ㄐㄩˋ ㄏㄨㄟˋ 聚合。▲ㄐㄩˋ ·ㄏㄨㄟ 聚合的事。如「我們今天有個聚會」。

**聚落** ㄐㄩˋ ㄌㄨㄛˋ 図人民聚居的地方。

**聚賭** ㄐㄩˋ ㄉㄨˇ 招引很多人在一起賭博。

**聚餐** ㄐㄩˋ ㄘㄢ 聚在一塊兒吃飯聯歡。

**聚斂** ㄐㄩˋ ㄌㄧㄢˋ 図搜括財貨。如「貪官乃聚斂之臣」。

**聚攏** ㄐㄩˋ ㄌㄨㄥˇ 集合在一處。

**聚光燈** ㄐㄩˋ ㄍㄨㄤ ㄉㄥ 用於舞臺或攝影照明的，裝置凸透鏡以調節光線焦點的燈。

**聚光鏡** ㄐㄩˋ ㄍㄨㄤ ㄐㄧㄥˋ 使光線聚成光束的凸透鏡或使平行光線聚集於一點的凹面鏡。

**聚合物** ㄐㄩˋ ㄏㄜˊ ㄨˋ 在化學處理上，由單體結合成高分子化合物，同時析釋出低分子副產物，其結合成的高分子化合物叫聚合物，也叫「縮聚物」。如苯酚和甲醛結合成的高分子化合樹脂，同時產生水。這結合成的樹脂就是聚合物。

**聚齊兒** ㄐㄩˋ ㄑㄧˊ ㄦ 大家會合在一起。

**聚寶盆** ㄐㄩˋ ㄅㄠˇ ㄆㄣˊ 舊小說與民間傳說裡，說是能聚生寶物的盆。現在常用以比喻資源豐富、物產豐盛的地區。

**聚沙成塔** ㄐㄩˋ ㄕㄚ ㄔㄥˊ ㄊㄚˇ 比喻集少而後成多。與「集腋成裘」為同義詞。

**聚蚊成雷** ㄐㄩˋ ㄨㄣˊ ㄔㄥˊ ㄌㄟˊ 図比喻多數小人的攻訐足以惑亂是非，極有害處。〈漢書·中山靖王勝傳〉有「眾喣漂山，聚蚊成雷」。

**聚訟紛紜** ㄐㄩˋ ㄙㄨㄥˋ ㄈㄣ ㄩㄣˊ 図大家討論爭辯的意見不一致，是非難定。

**聚精會神** ㄐㄩˋ ㄐㄧㄥ ㄏㄨㄟˋ ㄕㄣˊ 專心一意的。就是不分心。

**聚繖花序** ㄐㄩˋ ㄙㄢˇ ㄏㄨㄚ ㄒㄩˋ 植物花序的一種，花枝頂端形成平面或凸起形狀，當中的花先開，如石竹、唐菖蒲的花序。

**聞** ▲ㄨㄣˊ ㈠聽到。如「所見所聞」「聞所未聞」。㈡消息。如「新聞」「奇聞」。㈢知識。如「博學多聞」。㈣傳達報呈。如「奉聞」「訃聞」。㈤用鼻子嗅。如「你聞聞，這是什麼味道」「鼻子聞不出來，就得（ㄉㄟˇ）拿舌頭舔」。㈥姓。

▲図ㄨㄣˋ ㈠聲譽。如「令聞」。㈡有好名譽的。如「聞人」。㈢名氣已

被人聽到知道。如「聞達」。

**聞人** ㄨㄣˊ ㄖㄣˊ ▲ㄨㄣˊ ㄖㄣˊ 有名望的人。▲ㄨㄣˋ ㄖㄣˊ 複姓。

**聞名** ㄨㄣˊ ㄇㄧㄥˊ 馳名，有名。如「聞名全國」。

**聞見** ▲図ㄨㄣˊ ㄐㄧㄢˋ 耳朵聽到和眼睛看到的事。▲ㄨㄣˊ ·ㄐㄧㄢ 聞到氣味。如「他聞見一股焦味兒」。

**聞訊** ㄨㄣˊ ㄒㄩㄣˋ 図聽到消息。

**聞問** ㄨㄣˊ ㄨㄣˋ 図通音信。如「未嘗聞問」。

**聞達** ㄨㄣˊ ㄉㄚˊ 図被稱揚薦拔。諸葛亮〈出師表〉有「不求聞達於諸侯」。

**聞一知十** ㄨㄣˊ ㄧ ㄓ ㄕˊ 図形容人的智慧高，領悟力推想力很強。

**聞所未聞** ㄨㄣˊ ㄙㄨㄛˇ ㄨㄟˋ ㄨㄣˊ 聽到了從來沒聽到過的事物。形容事物的希奇罕有。

**聞風而逃** ㄨㄣˊ ㄈㄥ ㄦˊ ㄊㄠˊ 聽到消息就畏懼逃走。形容毫無沉著應付和抗拒的力量。

**聞風喪膽** ㄨㄣˊ ㄈㄥ ㄙㄤˋ ㄉㄢˇ 聽到一點兒風聲就嚇破了膽。形容對事態極端恐懼。

**聞風響應** ㄨㄣˊ ㄈㄥ ㄒㄧㄤˇ ㄧㄥˋ 聽到消息，起來響應。

**聞過則喜** ㄨㄣˊ ㄍㄨㄛˋ ㄗㄜˊ ㄒㄧˇ 図聽到別人對自己過錯的批評指責，就覺得高興。這表示虛心接受指責，勇於改過。

**聞雞起舞** ㄨㄣˊ ㄐㄧ ㄑㄧˇ ㄨˇ 本是晉人祖逖半夜聽到雞叫就起來舞劍的故事。引用作「及時奮起」的意思。

**聞名不如見面** ㄨㄣˊ ㄇㄧㄥˊ ㄅㄨˋ ㄖㄨˊ ㄐㄧㄢˋ ㄇㄧㄢˋ 耳聞不如目睹，眼見才是真實。

## 十一筆

**聯（联、聫、聮）** ㄌㄧㄢˊ ㈠連接，合。如「聯合」「三聯單」。㈡「對聯兒」的簡稱。如「春聯」。㈢對聯上下兩幅各稱為「一聯」；上一幅叫「上聯」，下一幅叫「下聯」。

**聯大** ㄌㄧㄢˊ ㄉㄚˋ ①「聯合國大會」的簡稱。②「聯合大學」的簡稱。（抗日戰爭期間，一些大學遷移到大後方組成「西北聯合大學」與「西南聯合大學」。）

**聯手** ㄌㄧㄢˊ ㄕㄡˇ 共同協力合作。如「這次選舉，甲乙兩黨聯手擊敗了丙黨」。

**聯句** ㄌㄧㄢˊ ㄐㄩˋ 指說作詩時候每人各作一句或幾句，合成一首。

**聯名** ㄌㄧㄢˊ ㄇㄧㄥˊ 由若干人或若干團體共同具名。

**聯合** ㄌㄧㄢˊ ㄏㄜˊ 結合。

**聯考** ㄌㄧㄢˊ ㄎㄠˇ （許多學校）聯合辦理的考試（甄別考試、畢業考試、入學考試等）。

**聯邦** ㄌㄧㄢˊ ㄅㄤ 凡地方團體一方有自主組織權，可以制定根本組織法，同時有參政權選任代表，組織議院，參加中央政府行使立法權者，這一種國家便是聯邦，是對「單一國」說的。

**聯防** ㄌㄧㄢˊ ㄈㄤˊ 聯合協力防守、防衛。如「警民聯防，使宵小無法得逞」。

**聯招** ㄌㄧㄢˊ ㄓㄠ （許多學校）聯合招生。

**聯姻** ㄌㄧㄢˊ ㄧㄣ 男女雙方結成親家。

**聯袂** ㄌㄧㄢˊ ㄇㄟˋ 図形容兩個人或幾個人手牽著手在一起走。袂是袖子。通常作「聯袂而來」，意思是說「同行而來」。

**聯軍** ㄌㄧㄢˊ ㄐㄩㄣ 由幾國或幾個分部隊聯合組成的軍隊。

**聯接** ㄌㄧㄢˊ ㄐㄧㄝ （事務）互相銜接。

**聯貫** ㄌㄧㄢˊ ㄍㄨㄢˋ 聯接成一氣。

**聯絡** ㄌㄧㄢˊ ㄌㄨㄛˋ ①接洽，交接，連合。②銜接之點。如「這兩者之間，缺少聯絡」。

**聯結** ㄌㄧㄢˊ ㄐㄧㄝˊ 把不同的單體聯繫結合在一起。

**聯勤** ㄌㄧㄢˊ ㄑㄧㄣˊ 「聯合後方勤務」的簡稱。

**聯想** ㄌㄧㄢˊ ㄒㄧㄤˇ 心裡學名詞。兩個以上的事物之間如有相關，其中一個出現時，往往會同時意識到另外或其他的事物，叫做聯想。如典禮與國歌，綠衣與郵差。

**聯盟** ㄌㄧㄢˊ ㄇㄥˊ 甲國與乙國締結盟約，共同遵守，叫作聯盟。

**聯運** ㄌㄧㄢˊ ㄩㄣˋ 不同的交通機構（公司或政府主管部門）或分段的交通路線聯繫經營客貨運輸業務。

**聯綴** ㄌㄧㄢˊ ㄓㄨㄟˋ 事物的聯結、綴接在一起。也作「連綴」。

**聯播** ㄌㄧㄢˊ ㄅㄛ （無線電臺或電視臺節目）聯合播出。

**聯綿** ㄌㄧㄢˊ ㄇㄧㄢˊ 同「連綿」，接續不斷。

**聯翩** ㄌㄧㄢˊ ㄆㄧㄢ 図①形容鳥飛的樣子。②形容連續不斷，前後相接。如「佳句聯翩」。

**聯賽** ㄌㄧㄢˊ ㄙㄞˋ （在籃球、排球、足球等運動比賽的）三個以上同等級的球隊之間的比賽。

**聯繫** ㄌㄧㄢˊ ㄒㄧˋ ①把兩種事物連結起來。②接頭，接洽。也作「連系」。

**聯屬** ㄌㄧㄢˊ ㄕㄨˇ 相連不斷。也讀ㄌㄧㄢˊ ㄓㄨˇ。

**聯歡** ㄌㄧㄢˊ ㄏㄨㄢ 眾人在一起歡聚。如「歲末聯歡」「聯歡會」。

**聯合國** ㄌㄧㄢˊ ㄏㄜˊ ㄍㄨㄛˊ 第二次世界大戰後，中、美、英、法、蘇等國所組織的國際和平機構，創立於西元一九四五年十月二十四日，會址設在美國紐約成功湖。

**聯合會** ㄌㄧㄢˊ ㄏㄜˊ ㄏㄨㄟˋ 兩個以上同性質的會社團體結合組成的團體。

**聯結車** ㄌㄧㄢˊ ㄐㄧㄝˊ ㄔㄜ 一種車頭和車身可以分開的大型貨櫃車。

**聯想力** ㄌㄧㄢˊ ㄒㄧㄤˇ ㄌㄧˋ 有一種概念引起其他某種或若干項概念的思想能力。

**聯運會** ㄌㄧㄢˊ ㄩㄣˋ ㄏㄨㄟˋ 「聯合運動會」的簡稱。

**聯綿字** ㄌㄧㄢˊ ㄇㄧㄢˊ ㄗˋ 兩個字合成的同義複詞，也叫「聯綿詞」。可分為三種。①雙聲的，如仿佛、伶俐。②疊韻的，如牽連、裝潢。③非雙聲、疊韻的，如羞惡（ㄨˋ）、潰爛。

**聯合內閣** ㄌㄧㄢˊ ㄏㄜˊ ㄋㄟˋ ㄍㄜˊ 政治上由各黨派協商推舉閣員組成的內閣。

**聯席會議** ㄌㄧㄢˊ ㄒㄧˊ ㄏㄨㄟˋ ㄧˋ 幾個機構或同機構的幾個單位聯合舉行會議。

## 聲（声）

ㄕㄥ ㈠聲音，由音波振動鼓膜刺激聽神經而發生的感覺。如「大聲說話」「留聲機」。㈡指說話、唱歌等。如「聲樂」「不聲不響」。㈢図名譽。如「素有政聲」「聲名卓著」。㈣說出來，表達意思。如「聲述」「聲明」。㈤宣布出來。如「聲東擊西」「聲討」。㈥語音學裡的子音（輔音），在中國聲韻學裡叫做「聲」。如ㄅ和ㄚ併成ㄅㄚ，ㄅ就是聲。ㄅ、ㄆ、ㄇ、ㄈ、ㄉ、ㄊ等就是國語發音聲母。㈦聲調的簡稱。如「上聲」「去聲」「輕聲」。

**聲母** ㄕㄥ ㄇㄨˇ 語音學代表輔音的字母，如「大（ㄉㄚˋ）」字的ㄉ。也稱「聲符」。現在國音用二十一個聲母。

**聲光** ㄕㄥ ㄍㄨㄤ ①人的聲譽和境況。如「他的聲光不如前了」。②電影的發音和亮度。如「這家電影院設備好，聲光俱佳」。

**聲名** ㄕㄥ ㄇㄧㄥˊ 〔文〕名譽。

**聲色** ㄕㄥ ㄙㄜˋ ①指淫靡之音與美色之類荒嬉娛樂的事情。如「徵逐聲色」。②指聲音和臉色。如「不動聲色」、「聲色俱厲」。

**聲言** ㄕㄥ ㄧㄢˊ 〔文〕以語言文字公開表示。

**聲兒** ㄕㄥ ㄦ ①響聲。如「聽，這是什麼聲兒」。②說或唱的聲音。如「他們小聲兒說話」。

**聲明** ㄕㄥ ㄇㄧㄥˊ ①公開表示態度或說明真相。②聲明的文告。如「發表聲明」。

**聲波** ㄕㄥ ㄅㄛ 能引起生理聽覺的振動波，也就是由於聲音而引起介質（氣體、固體或液體）當中傳送的振動波，頻率在二十到兩萬赫茲之間，一般在空氣裡傳播，不能在真空之中傳播。

**聲門** ㄕㄥ ㄇㄣˊ 喉頭兩聲帶之間的通氣孔。

**聲威** ㄕㄥ ㄨㄟ 聲名與威嚴。

**聲律** ㄕㄥ ㄌㄩˋ 文字的聲調與格律，多指詩賦說的，也作詩賦的代稱。

**聲音** ㄕㄥ ㄧㄣ 物理學名詞。物體振動經過媒介質傳播，叫聲波；聲波被聽覺器官接收，叫聲音。聲音可包括音高、音色、音強、音長等四個要素。

**聲息** ㄕㄥ ㄒㄧ ①指消息。如「不通聲息」。②聲音。

**聲氣** ㄕㄥ ㄑㄧˋ ①〈易經〉有「同聲相應，同氣相求」的話，指事物的各從其類。後來一般借「聲氣」來比喻朋友的交誼。說人親密投契是「聲氣相投」。②消息，聲音氣息。如「互通聲氣」。

**聲浪** ㄕㄥ ㄌㄤˋ ①指說話的聲音。如「人多聲浪高」。②音波也叫聲浪，又叫聲波。參看「音波」。

**聲納** ㄕㄥ ㄋㄚˋ 英文 sonar 的譯音（由 sound navigation ranging 縮寫而得）。是在軍艦上測聽潛艇的器械，向水中發射音波，可以從音波測聽出潛艇的方向和位置。

**聲討** ㄕㄥ ㄊㄠˇ 〔文〕是「聲罪致討」的簡詞。聲明其罪狀而加以討伐。如「聲討叛逆」。

**聲帶** ㄕㄥ ㄉㄞˋ ①喉嚨裡的發聲器，是喉頭中間附列的兩條韌帶，繃在喉頭軟骨的兩旁，中留三角形的聲門，使聲帶顫動發聲。②電影片子附於膠片上的發音部分。

**聲張** ㄕㄥ ㄓㄤ 把事情傳揚出去。

**聲望** ㄕㄥ ㄨㄤˋ 指人的名譽好，在地方上受到敬重與仰望。

**聲符** ㄕㄥ ㄈㄨˊ ①標注聲母的符號。國語注音符號有二十一個聲符，從ㄅㄆㄇㄈ到ㄗㄘㄙ。②漢字的形聲字表音的部分。如聆字的令，僧字的曾，障字的章等。

**聲援** ㄕㄥ ㄩㄢˊ 因同情而響應和援助。

**聲腔** ㄕㄥ ㄑㄧㄤ 指各種戲曲所表現的成系統的唱奏腔調，如昆腔、高腔、梆子腔、秦腔、皮黃等。

**聲勢** ㄕㄥ ㄕˋ 聲威和氣勢。如「聲勢壯大」。

**聲稱** ㄕㄥ ㄔㄥ 〔文〕多在公文裡用，指由他自己說的。如「關於本案所生弊端，主管人員聲稱毫不知情」。

**聲聞** ▲ㄕㄥ ㄨㄣˊ 名聲，聲譽。▲ㄕㄥ ㄨㄣˋ 佛教指由誦經聽法而悟道者。

**聲價** ㄕㄥ ㄐㄧㄚˋ 〔文〕名譽和身價。李白〈上韓荊州書〉有「一登龍門，聲價十倍」。

**聲樂** ㄕㄥ ㄩㄝˋ 音樂的一種，是以人歌唱的樂音為主，有獨唱、齊唱、合唱、重唱等；對「器樂」說的。

**聲調** ㄕㄥ ㄉㄧㄠˋ ①指詩文字句裡音韻配置的抑揚頓挫。如「聲調鏗鏘」。②音樂的節奏。如「聲調悠揚」。③國音所分的陰平聲、陽平聲、上聲、去聲、輕聲等讀法，統稱為字音的聲調。④泛稱人的語音或樂器所發的音，又指發聲的高低快慢。通常也說成「聲調兒」。

**聲請** ㄕㄥ ㄑㄧㄥˇ 說明和請求。

**聲譽** ㄕㄥ ㄩˋ 名譽。

**聲韻** ㄕㄥ ㄩㄣˋ 指語言音節的聲母和韻母。

**聲響** ㄕㄥ ㄒㄧㄤˇ 聲音。如「保持安靜，不要發出聲響」。

**聲音(兒)** ㄕㄥ ㄧㄣ (ㄦ) 物體振動所發出的音響。

**聲韻學** ㄕㄥ ㄩㄣˋ ㄒㄩㄝˊ 語言學中研究語音結構與語言演變的學科。也稱「音韻學」。

**聲色俱厲** ㄕㄥ ㄙㄜˋ ㄐㄩˋ ㄌㄧˋ 〔文〕說話的聲調和臉色都很嚴厲。

**聲東擊西** ㄕㄥ ㄉㄨㄥ ㄐㄧˊ ㄒㄧ ①指用兵的權變與出奇制勝。②對這一面虛張聲勢，卻在那一面進行實際行動。

**聲振屋瓦** ㄕㄥ ㄓㄣˋ ㄨ ㄨㄚˇ 比喻聲音的高揚強烈（把屋瓦都振動了）。

**聲淚俱下** ㄕㄥ ㄌㄟˋ ㄐㄩˋ ㄒㄧㄚˋ ①形容極其沉痛的表情。②悲傷感慨之極。

**聲嘶力竭** ㄕㄥ ㄙ ㄌㄧˋ ㄐㄧㄝˊ ①形容大聲呼喊或哭的樣子。②形容用盡了力氣。也作「力竭聲嘶」。

**聲調符號** ㄕㄥ ㄉㄧㄠˋ ㄈㄨˊ ㄏㄠˋ 也簡稱「調號」，是國語注音符號的一部分，用來表示韻符或結合韻符的聲調（陰平聲不標符號，陽平聲標ˊ，上聲標ˇ，去聲標ˋ）。另有表示輕讀的輕聲符號（在音節之前標「˙」號）。

**聰** ㄘㄨㄥ ㈠〔文〕聽覺敏銳。如「耳聰目明」。㈡聽力。如「左耳失聰」。㈢〔文〕明察。

**聰明** ▲ㄘㄨㄥ ㄇㄧㄥˊ ①耳目敏捷。②天資靈敏。▲ㄘㄨㄥ ˙ㄇㄧㄥ 語音。是說人的資質靈敏，理解力高，心思巧。

**聰敏** ㄘㄨㄥ ㄇㄧㄣˇ 聰明而反應敏捷，心思機靈。

**聰慧** ㄘㄨㄥ ㄏㄨㄟˋ 〔文〕聰明，有智慧。

**聰穎** ㄘㄨㄥ ㄧㄥˇ 〔文〕聰明。

**聳** ㄙㄨㄥˇ ㈠〔文〕使人吃驚。如「危言聳聽」。㈡高超，直立。如「聳肩」「高聳」。

**聳肩** ㄙㄨㄥˇ ㄐㄧㄢ 把肩膀稍微向上聳動一下。（一般表示輕蔑、無奈、疑惑、無可如何或其他複雜的心緒。）

**聳動** ㄙㄨㄥˇ ㄉㄨㄥˋ 同「慫動」；是鼓動、勸誘的意思。

**聳懼** ㄙㄨㄥˇ ㄐㄩˋ 〔文〕心裡害怕。也寫「悚懼」。

**聳聽** ㄙㄨㄥˇ ㄊㄧㄥ 〔文〕用新奇的話或新奇的意見使人聽了會吃驚。

**聳人聽聞** ㄙㄨㄥˇ ㄖㄣˊ ㄊㄧㄥ ㄨㄣˊ 用新奇的話使聽眾震驚。

**聱** 〔文〕ㄠˊ 見「聱牙」。

**聱牙** ㄠˊ ㄧㄚˊ 〔文〕形容牙齒不平、不直、不順，通常用文字說的時候較多。形容文章難懂難念，說是「詰屈聱牙」。

## 十二筆

**聶（聂）** ㄋㄧㄝˋ 姓。

**聵** ㄎㄨㄟˋ ㈠耳朵聾。如「聾聵」。㈡不明事理。如「昏聵」。

**職（耺）** ㄓˊ ㈠本分應當做的事。如「職務」「盡職」。㈡事務，所從事的工作。如「兼職」「在職」。㈢官位。如「文職」「簡任職」。㈣職業學校的簡稱。如「商職」「工職」。㈤執掌。如「職掌」。㈥「職員」的簡稱。如「職工」。㈦〔文〕語助詞，是只、但、就是的意思。如「職是之故」「職此而已」。㈧上行公文裡屬員的自稱。

**職工** ㄓˊ ㄍㄨㄥ　職員與工人的合稱。

**職分** ㄓˊ ㄈㄣˋ　職務上應盡的本分。

**職司** ㄓˊ ㄙ　〔文〕①職掌，掌管。如「這件事不在他所職司的範圍之內」。②職務。如「職司所在，不敢失誤」。

**職守** ㄓˊ ㄕㄡˇ　①職掌。②職務。

**職位** ㄓˊ ㄨㄟˋ　①職務上的地位。②機構編制以內的一定員額。如「這個機關共有五十個職位」。

**職別** ㄓˊ ㄅㄧㄝˊ　職務的區別。

**職志** ㄓˊ ㄓˋ　〔文〕志願。如「以興學為職志」。

**職官** ㄓˊ ㄍㄨㄢ　統稱各級官員。

**職員** ㄓˊ ㄩㄢˊ　各種機關或團體裡的辦事人員。

**職能** ㄓˊ ㄋㄥˊ　人、事物、機構應有的作用、功能。如「設立機構，應分別規定其專屬職能」。

**職務** ㄓˊ ㄨˋ　工作中所規定擔任的事情。

**職責** ㄓˊ ㄗㄜˊ　職務與責任。

**職掌** ㄓˊ ㄓㄤˇ　〔文〕職務上掌管的事情。

**職棒** ㄓˊ ㄅㄤˋ　「職業棒球」的簡稱。

**職等** ㄓˊ ㄉㄥˇ　職務等級。

**職業** ㄓˊ ㄧㄝˋ　①個人所從事的作為主要生活來源的工作。②分內應做的事。

**職蜂** ㄓˊ ㄈㄥ　在一窩蜜蜂裡擔任營巢、釀蜜、飼養幼蜂等工作的蜂。也叫「工蜂」。

**職稱** ㄓˊ ㄔㄥ　職務的名稱。

**職銜** ㄓˊ ㄒㄧㄢˊ　職位和頭銜。

**職籃** ㄓˊ ㄌㄢˊ　「職業籃球」的簡稱。

**職權** ㄓˊ ㄑㄩㄢˊ　職務上賦予的權力。

**職業病** ㄓˊ ㄧㄝˋ ㄅㄧㄥˋ　因職業上特殊情況的影響而容易發生的病。像呼吸器官病是紡織工人或理髮業的「職業病」。

**職工福利** ㄓˊ ㄍㄨㄥ ㄈㄨˊ ㄌㄧˋ　對於所屬職員與工人的福利事項。

**職位分類** ㄓˊ ㄨㄟˋ ㄈㄣ ㄌㄟˋ　職務級位的分列種類。

**職前訓練** ㄓˊ ㄑㄧㄢˊ ㄒㄩㄣˋ ㄌㄧㄢˋ　就職之前對所任職務事項作短期熟悉訓練。

**職能治療** ㄓˊ ㄋㄥˊ ㄓˋ ㄌㄧㄠˊ　對人體職能方面的病痛施以治療。

**職業工會** ㄓˊ ㄧㄝˋ ㄍㄨㄥ ㄏㄨㄟˋ　同一種職業的工作人員合組的謀求共同福利的團體。

**職業教育** ㄓˊ ㄧㄝˋ ㄐㄧㄠˋ ㄩˋ　培成學生職業技能、生活知識以及服務社會的道德習慣，使他們能從事職業的教育。在我國屬於普通教育，是中學程度。過去分初高兩級職業學校，現在只辦高級職校。

**職業輔導** ㄓˊ ㄧㄝˋ ㄈㄨˇ ㄉㄠˇ　對失業與新就業者就其職業上之各種問題加以輔助指導。

**職業團體** ㄓˊ ㄧㄝˋ ㄊㄨㄢˊ ㄊㄧˇ　各行各業就其本業員工聯合組成的社會團體，一般稱作「某業公會」。

**職業學校** ㄓˊ ㄧㄝˋ ㄒㄩㄝˊ ㄒㄧㄠˋ　訓練學生學習專業技術以便日後就業的學校。

**職業介紹所** ㄓˊ ㄧㄝˋ ㄐㄧㄝˋ ㄕㄠˋ ㄙㄨㄛˇ　對求才與謀職雙方服務，介紹洽商而求其適才適用的公立或私人設立的介紹所。

**職業訓練所** ㄓˊ ㄧㄝˋ ㄒㄩㄣˋ ㄌㄧㄢˋ ㄙㄨㄛˇ 比職業學校年期短、規模小的訓練機構。

## 十四筆

**聹** ㄋㄧㄥˊ 見「耵聹」。

**聻** 図ㄐㄧㄢˋ 傳說人死後成鬼，鬼死後成聻。〈聊齋誌異〉有「鬼之畏聻，猶人之畏鬼也」。

## 十六筆

**聽（听、聽）** ▲ㄊㄧㄥ ㈠用耳朵接受聲音。㈡服從。如「聽命令」「乖孩子聽話」。㈢等候。如「聽信兒」「聽一聽再做決定」。㈣罐。如「一聽奶粉」「罐頭聽子」，是英文 tin 的譯音，也說成ㄊㄧㄥˇ。㈤図同「廳」。如「聽事」②。▲ㄊㄧㄥˋ ㈠任憑，由著，順著。如「聽其自然」「聽天由命」。㈡図治理。如「聽政」。㈢図裁斷。如「聽訟」。

**聽力** ㄊㄧㄥ ㄌㄧˋ 耳朵辨別聲音的能力。

**聽友** ㄊㄧㄥ ㄧㄡˇ 廣播電臺對聽眾的稱呼，是「聽眾朋友」的縮語。

**聽任** ㄊㄧㄥˋ ㄖㄣˋ 図聽憑。

**聽見** ㄊㄧㄥ ㄐㄧㄢˋ 見字輕讀。聽到。

**聽事** ㄊㄧㄥ ㄕˋ 図①治事。②大廳。也作「廳事」。

**聽取** ㄊㄧㄥ ㄑㄩˇ ①注意聽。②採納。

**聽命** ㄊㄧㄥˋ ㄇㄧㄥˋ ①「聽天由命」的意思。②図服從命令。

**聽官** ㄊㄧㄥ ㄍㄨㄢ 図聽覺器官。

**聽便** ㄊㄧㄥˋ ㄅㄧㄢˋ 任從自便。

**聽信** ㄊㄧㄥ ㄒㄧㄣˋ ①聽到而相信。②等候信息；常常說成「聽信兒」。

**聽政** ㄊㄧㄥ ㄓㄥˋ 處理政務，指說帝王或攝政者上朝聽取臣子的奏報並決定政事。

**聽候** ㄊㄧㄥ ㄏㄡˋ 等候。如「聽候指示」。

**聽差** ㄊㄧㄥ ㄔㄞ 僕役。

**聽骨** ㄊㄧㄥ ㄍㄨˇ 錘骨、砧骨和鐙骨的合稱，位置在中耳裡面，作用是把鼓膜的振動傳給內耳。

**聽從** ㄊㄧㄥ ㄘㄨㄥˊ 照著別人的意見（指示、命令）來做。如「聽從指揮」。

**聽眾** ㄊㄧㄥ ㄓㄨㄥˋ 指聆聽講演、音樂或廣播的（這些或那些）人。

**聽訟** ㄊㄧㄥ ㄙㄨㄥˋ 図審理訟案。

**聽筒** ㄊㄧㄥ ㄊㄨㄥˇ ①耳機（電話機的受話器）。②指稱聽診器。

**聽診** ㄊㄧㄥ ㄓㄣˇ 疾病診察的一種方法，用耳朵或聽診器聽出心臟、肺臟等內臟器官運作的聲音，據以診斷。

**聽話** ㄊㄧㄥ ㄏㄨㄚˋ 順從。

**聽聞** ㄊㄧㄥ ㄨㄣˊ 図聽，聽到，聽到的事情。如「駭人聽聞」。

**聽說** ㄊㄧㄥ ㄕㄨㄛ 聽人所說。如「聽說他最近生病了」。

**聽障** ㄊㄧㄥ ㄓㄤˋ 聽覺方面的疾病障礙。

**聽寫** ㄊㄧㄥ ㄒㄧㄝˇ 由教師朗讀，讓學生寫出來，是一種語文教學練習或測驗的方式。

**聽審** ㄊㄧㄥ ㄕㄣˇ 接受審判。

**聽憑** ㄊㄧㄥˋ ㄆㄧㄥˊ 讓別人願意怎樣就怎樣；任憑。

**聽戲**（ㄊㄧㄥ ㄒㄧˋ） 觀賞國劇以聽唱為主，所以說是「聽戲」。

**聽講**（ㄊㄧㄥ ㄐㄧㄤˇ） 聽講課或聽講演。

**聽覺**（ㄊㄧㄥ ㄐㄩㄝˊ） 生理學名詞。聲波由外耳道進入，振動鼓膜，再進而使內耳耳蝸管裡的淋巴液振動，刺激神經，傳遞訊息到大腦裡的中樞神經而引起的知覺。

**聽不得**（ㄊㄧㄥ ㄅㄨˋ ㄉㄜ˙） 不、得二字輕讀。不可聽，不必聽。如「這些謠言都聽不得」。

**聽神經**（ㄊㄧㄥ ㄕㄣˊ ㄐㄧㄥ） 是主管聽覺與身體平衡的神經，也就是第八對腦神經，從腦橋和延髓之間發出，分布在內耳各處。

**聽診器**（ㄊㄧㄥ ㄓㄣˇ ㄑㄧˋ） 聽診用的器械。也叫聽筒。

**聽濤營**（ㄊㄧㄥ ㄊㄠ ㄧㄥˊ） 海邊露營活動的別稱。

**聽證會**（ㄊㄧㄥ ㄓㄥˋ ㄏㄨㄟˋ） 在政治上為了要了解全盤真象，邀請有關的人出席，述說其個人所知所見所聞的一切事實，以求取證的集會。

**聽天由命**（ㄊㄧㄥ ㄊㄧㄢ ㄧㄡˊ ㄇㄧㄥˋ） 任憑自然，讓情況自然發展下去。

**聽而不聞**（ㄊㄧㄥ ㄦˊ ㄅㄨˋ ㄨㄣˊ） 聽了等於沒聽。形容對某事漠不關心。

**聽其自然**（ㄊㄧㄥ ㄑㄧˊ ㄗˋ ㄖㄢˊ） 不過問，不干涉。

# 聾

ㄌㄨㄥˊ 聽覺殘損，耳朵聽不見或聽不清。

**聾子**（ㄌㄨㄥˊ ㄗ˙） 耳朵聽不見或聽不清的人。

**聾啞學校**（ㄌㄨㄥˊ ㄧㄚˇ ㄒㄩㄝˊ ㄒㄧㄠˋ） 我國特殊教育之一。專收聾子、啞巴、盲人，授以基本知識和生活技能，使其能像正常的人在社會上謀生。一度改名「盲啞學校」。現在盲啞分別設校，名稱是「啟明學校」「啟聰學校」。

# 聿部

# 聿

ㄩˋ ㈠「筆」本字。㈡古書裡在一句的開頭用的虛字。〈詩經〉上有「聿修厥德」的句子，意思是修養他的品行。

## 七筆

# 肆

ㄙˋ ㈠文陳列。〈周禮·秋官〉「協日刑殺，肆之三日」。（選擇干支和合的吉日殺死罪犯，把尸首示眾三天。）㈡文由陳列轉為列售。如「店肆」「市肆」。㈢文放縱，隨便。如「放肆」「昔穆王欲肆其心」〈左傳·昭十二年〉。㈣文盡量。如「肆力」。㈤數目字「四」的大寫。

**肆力**（ㄙˋ ㄌㄧˋ） 盡力。〈三國志〉有「使民得肆力於農畝」。

**肆虐**（ㄙˋ ㄋㄩㄝˋ） 文恣意作禍為害。

**肆意**（ㄙˋ ㄧˋ） 文恣意，任性。

**肆應**（ㄙˋ ㄧㄥˋ） 文有才能，遇到問題都能處理解決。

**肆無忌憚**（ㄙˋ ㄨˊ ㄐㄧˋ ㄉㄢˋ） 文恣意妄為，無所顧忌。

# 肅（肃）

ㄙㄨˋ ㈠莊嚴、認真、安靜的樣子。如「嚴肅」。㈡恭敬的樣子。如「肅然起敬」。㈢文書信裡用來表示敬禮的意思。如「手肅」「端肅」。㈣文迎接。如「肅客入」。㈤文斂縮。〈禮記〉上有「草木皆肅」。

**肅立**（ㄙㄨˋ ㄌㄧˋ） 恭恭敬敬地站著。

**肅殺**（ㄙㄨˋ ㄕㄚ） 文①形容秋天草木枯落的蕭條景象。②形容嚴厲而有摧殘的力量。

**肅清**（ㄙㄨˋ ㄑㄧㄥ） ①削平亂事或敗壞不良的事。如「肅清匪亂」「肅清煙毒」。

②囟冷冷靜靜。如「冬夜肅清」。

**肅然** ㄙㄨˋ ㄖㄢˊ 形容恭敬的樣子。如「肅然起敬」。

**肅穆** ㄙㄨˋ ㄇㄨˋ 囟嚴正和緩。也作「肅睦」。

**肅靜** ㄙㄨˋ ㄐㄧㄥˋ ①寂靜，沒有聲音。②囟平靖，肅清亂事。

## 肄

囟ㄧˋ ㈠學習。㈡勞苦。㈢樹被砍斷後再生的嫩枝條。〈詩經〉有「伐其條肄」。

**肄業** ㄧˋ ㄧㄝˋ 修習學業，讀書，求學。

### 八筆

## 肇

ㄓㄠˋ ㈠引起一件事情的開頭。如「肇禍」「肇事」。㈡囟開始。如「民國肇造」。㈢姓。

**肇事** ㄓㄠˋ ㄕˋ ①引起事故。②闖禍。

**肇造** ㄓㄠˋ ㄗㄠˋ 囟創建，開始建造。也作「肇建」。

**肇禍** ㄓㄠˋ ㄏㄨㄛˋ 闖禍，引起災禍。

**肇端** ㄓㄠˋ ㄉㄨㄢ 囟起頭兒，開始。也作「肇始」。

# 肉部

## 肉

ㄖㄡˋ ㈠動物的身體皮下包著骨頭的柔軟纖維。也作「肌肉」「筋肉」。如「豬肉」「牛肉」。㈡肉體，對精神說的。如「靈肉一致」。㈢瓜果除去皮核，剩下可以吃的部分。如「瓜肉」「果肉」。㈣不脆。如「這西瓜瓤兒太肉」。㈤行動緩慢，性格太慢。如「這人肉脾氣」「做事真肉」。㈥極為疼愛的稱呼。如「兒啊，我的心肝，我的肉啊」。㈦專指豬肉。如「到菜市場買五斤肉去」。㈧囟見「魚肉」。

讀音囟ㄖㄨˋ ㈠肉（ㄖㄡˋ）㈠。㈡作動詞用。如「生死人而肉白骨」。

**肉牛** ㄖㄡˋ ㄋㄧㄡˊ 專門飼養來供人食用的牛。

**肉汁** ㄖㄡˋ ㄓ 用肉類熬製成流質的食品。如「牛肉汁」。

**肉皮** ㄖㄡˋ ㄆㄧˊ 皮膚，多指豬肉的皮。

**肉刑** ㄖㄡˋ ㄒㄧㄥˊ 我國古時對囚犯切斷肢體或割裂肌膚的刑罰，分墨、劓、剕、宮四種。

**肉色** ㄖㄡˋ ㄙㄜˋ 指顏色好像人的皮膚的顏色。

**肉身** ㄖㄡˋ ㄕㄣ 佛家指凡人的肉體。重點在強調它不能長久不壞。

**肉冠** ㄖㄡˋ ㄍㄨㄢ 鳥類頭上露出的紅色肉塊。

**肉柱** ㄖㄡˋ ㄓㄨˋ 介殼類動物短厚而圓的肌肉，能開閉介殼。

**肉食** ㄖㄡˋ ㄕˊ 囟以肉類為主要食物。文言常指政府官員。〈左傳〉有「肉（ㄖㄨˋ）食者鄙」。

**肉桂** ㄖㄡˋ ㄍㄨㄟˋ 常綠喬木，葉黑有光，長橢圓形，夏天開淡黃色小花，皮多脂，可以做藥。

**肉袒** ㄖㄡˋ ㄊㄢˇ 囟脫去上衣，露出脊背，請人責罰，表示歉意。

**肉乾** ㄖㄡˋ ㄍㄢ 豬牛肉條晒乾做成的食品。

**肉眼** ㄖㄡˋ ㄧㄢˇ ①平凡或鄙俗的眼光。如「肉眼不識泰山」。②指眼睛的基本視力，不必藉儀器的幫助。如「斗杓星肉眼可以看到」。

**肉票** ㄖㄡˋ ㄆㄧㄠˋ 被盜匪擄掠，用來勒索贖金的人質。

**肉麻** ㄖㄡˋ ㄇㄚˊ ①對事物難堪的感覺。如「他的話我想起就肉麻」。②說人不自覺難堪。如「他這簡直是肉麻當有趣」。

**肉痛** ㄖㄡˋ ㄊㄨㄥˋ ①肉體疼痛。②同「心疼」，吝嗇，捨不得把財物給人。

**肉粥** ㄖㄡˋ ㄓㄡ 加碎肉熬成的粥。

**肉感** ㄖㄡˋ ㄍㄢˇ 肉體誘惑的感覺（多指女子豐滿的軀體）。

**肉搏** ㄖㄡˋ ㄅㄛˊ 兩方兵士迫近用短兵器或徒手戰鬥。

**肉餅** ㄖㄡˋ ㄅㄧㄥˇ ①用肉作餡兒的餅。②肉醬。如「一隻小羊被山上落石砸成肉餅」。

**肉彈** ㄖㄡˋ ㄉㄢˋ 指身材很好，胸、臀部很豐滿的女明星。

**肉瘤** ㄖㄡˋ ㄌㄧㄡˊ 醫學上說，來自間葉性組織和它的衍生物的惡性腫瘤。

**肉頭** ㄖㄡˋ ㄊㄡˊ 柔軟的樣子。如「這孩子的手真肉頭」。

**肉臊** ㄖㄡˋ ㄙㄠ 把紅蔥頭爆香之後，再放進碎豬肉，並加添醬油、酒等調味料，炒到極熟，不含水分，就是肉臊。味道香濃，配麵、下飯兩相宜。

**肉鴿** ㄖㄡˋ ㄍㄜ 專門飼養來供人食用的鴿子。

**肉雞** ㄖㄡˋ ㄐㄧ 專門飼養來供人食用的雞隻。

**肉鬆** ㄖㄡˋ ㄙㄨㄥ 把肉類焙乾，澆酒醬製成屑狀的食品。

**肉體** ㄖㄡˋ ㄊㄧˇ 人的身體，對精神或靈魂說的。

**肉丁兒** ㄖㄡˋ ㄉㄧㄥ ㄦ 切成小小碎塊的肉。

**肉中刺** ㄖㄡˋ ㄓㄨㄥ ㄘˋ 肉中的刺。同「眼中釘」。比喻令人難以忍受，急著要除去的人或東西。

**肉丸子** ㄖㄡˋ ㄨㄢˊ ㄗ˙ 食品名，把碎肉和（ㄏㄨㄛˋ）粉和作料，揉成丸狀煮熟吃的。

**肉月兒** ㄖㄡˋ ㄩㄝˋ ㄦ 肉字在字的左邊作偏旁，寫成「⺼」，像「月」字。

**肉片兒** ㄖㄡˋ ㄆㄧㄢˋ ㄦ 切成片的肉。

**肉包子** ㄖㄡˋ ㄅㄠ ㄗ˙ 用肉作餡兒的包子。

**肉白骨** ㄖㄡˋ ㄅㄞˊ ㄍㄨˇ 〔文〕比喻重大的恩德，好像令人起死回生一樣。〈左傳·襄二十二年注〉「已死復生，白骨更肉。」

**肉皮兒** ㄖㄡˋ ㄆㄧˊ ㄦ 人的皮膚，膚色。如「這女孩兒的肉皮兒好白」。

**肉頭兒** ㄖㄡˋ ㄊㄡˊ ㄦ 切剩不成塊兒的碎肉。

**肉鬮兒** ㄖㄡˋ ㄐㄧㄡ ㄦ 皮膚上突起的小瘤。

**肉食植物** ㄖㄡˋ ㄕˊ ㄓˊ ㄨˋ 會捕捉動物並消化、吸收為養料的植物類，如豬籠草等。

**肉包子打狗** ㄖㄡˋ ㄅㄠ ㄗ˙ ㄉㄚˇ ㄍㄡˇ 北方歇後語。拿肉包子扔過去打狗，正好被狗吃掉。比喻有去無回。

## 二筆

**肋** ㄌㄜˋ 語音ㄌㄟˋ。見「肋骨」。

**肋骨** ㄌㄜˋ ㄍㄨˇ 也作「脅骨」。胸部弓形扁骨，左右共十二對，前端連接胸骨，後端連接脊柱，最下兩對前端不相連。

**肋膜** ㄌㄜˋ ㄇㄛˊ 沿肋骨裡面，遮蔽肺部的薄膜。

**肋軟骨** ㄌㄜˋ ㄖㄨㄢˇ ㄍㄨˇ 肋骨附著在胸骨的媒介骨，呼吸時會使肋骨便於運動。

**肋膜炎** ㄌㄜˋ ㄇㄛˊ ㄧㄢˊ 病名，胸部內側薄膜充血腫脹發炎。

**肌** ㄐㄧ 皮膚和筋肉的合稱。

**肌肉** ㄐㄧ ㄖㄡˋ 皮膚和皮下的肉。

**肌骨** ㄐㄧ ㄍㄨˇ 〔文〕肌肉和骨骼。

**肌膚** ㄐㄧ ㄈㄨ ①肌肉與皮膚。②「肌膚之親」，形容男女兩人關係很親密。

## 三筆

**肚** ▲ㄉㄨˋ 腹部。如「肚子疼」「瀉肚」。▲ㄉㄨˇ 胃的俗稱。如「羊肚兒」「牛肚」。

**肚子** ▲ㄉㄨˋ·ㄗ 腹部，或指大小腸。▲ㄉㄨˇ·ㄗ 牛羊豬等動物的胃臟。

**肚皮** ㄉㄨˋ ㄆㄧˊ 就是肚子。如「不能教老婆餓著肚皮」。

**肚兜** ㄉㄨˋ ㄉㄡ 從前婦女孩童圍在腹部的圍兜。

**肚量** ㄉㄨˋ ㄌㄧㄤˋ ①容忍他人及事物的胸襟。同「度量」。②飯量。用在說人吃得多。如「他年輕，肚量大」。

**肚臍眼（兒）** ㄉㄨˋ ㄑㄧˊ ㄧㄢˇ ㄦ 人的腹部臍脫落所留的像小坑的痕跡，常簡作「肚臍」。

**肐** ㄍㄜ 見「肐膊」等條。

**肐膊** ㄍㄜ ㄅㄛˊ 膊字輕讀。人的肩膀以下，手部以上，分上下兩節。也作「肐臂」「胳臂」。

**肐膊肘（兒）** ㄍㄜ ㄅㄛˊ ㄓㄡˇ ㄦ 膊字輕讀。上臂和下臂之間向外凸起的關節。

**肐膊向外彎** ㄍㄜ ㄅㄛˊ ㄒㄧㄤˋ ㄨㄞˋ ㄨㄢ 膊字輕讀。包庇、寵愛外人。如「他總是肐膊向外彎，疼別人超過自己的孩子。」

**肝** ㄍㄢ 見「肝臟」。

**肝炎** ㄍㄢ ㄧㄢˊ 肝臟組織發炎。

**肝癌** ㄍㄢ ㄧㄢˊ 病名。肝臟長了惡性腫瘤。癌通讀ㄞˊ。

**肝膽** ㄍㄢ ㄉㄢˇ 図比喻誠懇。〈史記‧淮陰侯傳〉有「披腹心，輸肝膽，效愚計」。

**肝臟** ㄍㄢ ㄗㄤˋ 脊椎動物內臟器官之一，位於橫膈膜右下側。肝的功能包括：貯存過濾血液，分泌膽汁，排出體內各器官造成的廢物，製造肝醣、蛋白質。

**肝火旺** ㄍㄢ ㄏㄨㄛˇ ㄨㄤˋ 指人情緒不正常，容易發怒。

**肝功能** ㄍㄢ ㄍㄨㄥ ㄋㄥˊ 肝臟排泄、貯存、去毒和各種新陳代謝的功能。

**肝蛭蟲** ㄍㄢ ㄓˋ ㄔㄨㄥˊ 又名「肝吸蟲」。寄生在綿羊和牛、馬等肝臟的一種蟲，也能寄生在人體和貓狗的肝臟，長約三四公分，屬於扁長形動物門。它能引起膽管阻塞、黃疸、肝硬化等症狀。

**肝腦塗地** ㄍㄢ ㄋㄠˇ ㄊㄨˊ ㄉㄧˋ 図發誓不惜犧牲生命，為別人盡力。

**肝腸寸斷** ㄍㄢ ㄔㄤˊ ㄘㄨㄣˋ ㄉㄨㄢˋ 比喻悲傷透頂。

**肝膽相照** ㄍㄢ ㄉㄢˇ ㄒㄧㄤ ㄓㄠˋ 図朋友之間誠懇相待。

**肛** ㄍㄤ 見「肛門」。

**肛門** ㄍㄤ ㄇㄣˊ 人體直腸下端排糞的出口。

**肛溫** ㄍㄤ ㄨㄣ 肛門部位的體溫。

**肓** ㄏㄨㄤ 人體心臟下面、橫膈膜上面的部位。中醫說是藥力不能到達的地方。如說「病入膏肓」。

**肖** ㄒㄧㄠˋ ㈠類似。如「唯妙唯肖」。㈡中國大陸用肖字代替「蕭」字。

**肖像** ㄒㄧㄠˋ ㄒㄧㄤˋ ①相片兒。②圖畫或雕刻像那個人的。

**肖像畫** ㄒㄧㄠˋ ㄒㄧㄤˋ ㄏㄨㄚˋ 人像畫。大多數是以頭部為主體的頭像，或是正面或側面的半身像。對於容貌、鬚髮都畫得非常清晰。

**肘** ㄓㄡˇ ㈠人的上臂下臂之間的關節部位。㈡指動物的腿部。如「豬肘子」。

**肘子**（ㄓㄡˇ ˙ㄗ） ①豬腿，指食品。②肘㈠。如「肐膊肘子」。

**肘腋**（ㄓㄡˇ ㄧㄝˋ） 図肘部與腋部，都是最靠近身體的部位。比喻最貼身的地位或最親近的人。參看「變生肘腋」。

**肘窩**（ㄓㄡˇ ㄨㄛ） 肘關節向裡面凹下去的部分。

**肜**（図ㄖㄨㄥˊ） ㈠古代的一種祭祀。㈡図「肜肜」，和樂的樣子。

**育**（ㄩˋ） ㈠生養。如「生兒育女」。㈡養大。如「育嬰」。㈢教養，培養。如「教育」「培育」。

**育才**（ㄩˋ ㄘㄞˊ） 培養人才。

**育苗**（ㄩˋ ㄇㄧㄠˊ） 在苗圃、溫床或溫室裡培育植物的幼苗，以備移到田裡栽種。

**育種**（ㄩˋ ㄓㄨㄥˇ） 用人工方法選擇、培育動植物的新品種。

**育嬰**（ㄩˋ ㄧㄥ） 養育嬰兒。

**育齡**（ㄩˋ ㄌㄧㄥˊ） 適合懷孕、生育的年齡。

## 四筆

**肥**（ㄈㄟˊ） ㈠肌肉豐滿，脂肪多。如「肥胖」「肥豬」。㈡含脂肪質多的肉類食品。如「肥肉」「肥腸」。㈢土地生產力大。如「肥田」「土地肥沃」。㈣培壅耕地的滋養品。如「肥料」「堆肥」。㈤豐裕充足。如「肥滿」。㈥衣服太寬鬆，不合身。如「褲管兒太肥」「腰身得再肥一點兒」。㈦利益（常指不大正當的）。如「分肥」「肥水不落外人田」（不讓利益落在別人的手裡）。㈧姓。

**肥大**（ㄈㄟˊ ㄉㄚˋ） ①病狀，如「心臟肥大」。②東西個兒大或衣服寬鬆不合身。

**肥甘**（ㄈㄟˊ ㄍㄢ） 図美味。

**肥田**（ㄈㄟˊ ㄊㄧㄢˊ） ①土壤肥沃的田。也作「肥地」。②在田裡施肥，增加土壤的養分。

**肥羊**（ㄈㄟˊ ㄧㄤˊ） 肥胖的羊。通常是不良分子用來指勒索、偷盜、欺負的好對象。

**肥肉**（ㄈㄟˊ ㄖㄡˋ） 肉類多脂肪質的。

**肥壯**（ㄈㄟˊ ㄓㄨㄤˋ） 肥大強壯。

**肥沃**（ㄈㄟˊ ㄨㄛˋ） 土地所含滋養料多，生產力大。

**肥皂**（ㄈㄟˊ ㄗㄠˋ） ①皁莢的一種，夏天開白花，結肥短的莢。把它搗碎，加水能出泡沫，用來洗衣服。②用鹼和牛油脂煮成的化學品，去汙力強，可以把髒的衣物洗淨。

**肥美**（ㄈㄟˊ ㄇㄟˇ） 図指土地肥沃。

**肥胖**（ㄈㄟˊ ㄆㄤˋ） 說人的身體胖。

**肥料**（ㄈㄟˊ ㄌㄧㄠˋ） 土地生產力的促進劑。天然的像糞便、豆渣、草灰等。也有用化學製造的燐、氮、鉀等。

**肥缺**（ㄈㄟˊ ㄑㄩㄝ） 待遇優厚或外快多的職位。

**肥腸**（ㄈㄟˊ ㄔㄤˊ） 可以用作食品的豬大腸。

**肥碩**（ㄈㄟˊ ㄕㄨㄛˋ） 肥大。

**肥瘦**（ㄈㄟˊ ㄕㄡˋ） ①肥和瘦。如「我要那塊豬肉，肥瘦還差不多」。②指衣服的寬窄說的。如「穿穿看，肥瘦如何」。

**肥瘠**（ㄈㄟˊ ㄐㄧˊ） 図豐滿和瘦小（指人或土地）。

**肥膩**（ㄈㄟˊ ㄋㄧˋ） 指肥肉脂肪太多。

**肥鮮**（ㄈㄟˊ ㄒㄧㄢ） 肥美新鮮的魚肉類。

**肥皂粉**（ㄈㄟˊ ㄗㄠˋ ㄈㄣˇ） 是一種化學製品，呈細顆粒狀，可以當肥皂洗衣服。也叫「洗衣粉」。

**肥胖症** ㄈㄟˊ ㄆㄤˋ ㄓㄥˋ 人或動物過分肥胖的一種病。一般以人類超過標準體重的百分之二十就算肥胖症。

**肥馬輕裘** ㄈㄟˊ ㄇㄚˇ ㄑㄧㄥ ㄑㄧㄡˊ 肥壯的馬和輕暖的皮衣。形容人生活非常富裕。

**肥水不落外人田** ㄈㄟˊ ㄕㄨㄟˇ ㄅㄨˋ ㄌㄨㄛˋ ㄨㄞˋ ㄖㄣˊ ㄊㄧㄢˊ 肥水要留著自己的田地用，不可以流到別人的田裡。比喻維護自己的利益。

## 肺

▲ㄈㄟˋ ㈠脊椎動物內臟之一，主管呼吸。㈡見「肺腑」。㈢見「狼心狗肺」。▲図ㄆㄟˋ 茂盛的樣子。如「其葉肺肺」。

**肺肝** ㄈㄟˋ ㄍㄢ 肺臟和肝臟，都是人體最重要的器官。

**肺泡** ㄈㄟˋ ㄆㄠˋ 在肺部組織氣囊的四周，形狀像小泡，有呼吸作用。

**肺炎** ㄈㄟˋ ㄧㄢˊ 肺部發炎的病，常突然發生。患者頭痛發熱，乾咳得厲害，痰帶血色或鐵鏽色。容易傳染。

**肺病** ㄈㄟˋ ㄅㄧㄥˋ 也叫「肺結核」，中醫稱「肺癆」。肺病是由結核菌侵入而起，容易從空氣中傳染。

**肺魚** ㄈㄟˋ ㄩˊ 魚的一種，形狀像泥鰍，全身有鱗。在水中用鰓呼吸，乾旱時候就用鰾呼吸。

**肺腑** ㄈㄟˋ ㄈㄨˇ 図①比喻親密，同「心腹」。②衷心。如「肺腑之言」。

**肺脹** ㄈㄟˋ ㄓㄤˋ 病名，由肺內氣泡膨脹而起，得病時呼氣短促，咳嗽。也叫「肺氣腫」。

**肺腸** ㄈㄟˋ ㄔㄤˊ 肺與腸，比喻生理上的慾念，就是「七情六慾」。

**肺葉** ㄈㄟˋ ㄧㄝˋ 肺臟左右分五葉，所以叫「肺葉」。

**肺癆** ㄈㄟˋ ㄌㄠˊ 就是肺結核。

**肺癌** ㄈㄟˋ ㄧㄢˊ 肺部癌腫的病。癌也讀ㄞˊ。

**肺臟** ㄈㄟˋ ㄗㄤˋ 人體內部主要的呼吸器官，在胸腔裡，左右分五葉，上部界鎖骨，下部接橫膈膜，中間包著心臟。

**肺吸蟲** ㄈㄟˋ ㄒㄧ ㄔㄨㄥˊ 就是肺蛭。在人體肺部的寄生蟲，紅褐色，成蟲約有半個黃豆大。

**肺活量** ㄈㄟˋ ㄏㄨㄛˊ ㄌㄧㄤˋ 肺部容納空氣的全量。

**肺氣腫** ㄈㄟˋ ㄑㄧˋ ㄓㄨㄥˇ 肺部因為失去彈性，或肺泡被大量破壞，而出現肺泡擴大、肺組織腫脹或充氣的病態狀況。病人呼吸急促，肺廓變形，偶爾伴有咳嗽。

**肺循環** ㄈㄟˋ ㄒㄩㄣˊ ㄏㄨㄢˊ 攜帶右心室的靜脈血，經過肺臟，將帶氧的血送回左心房的一種血液循環。

**肺結核** ㄈㄟˋ ㄐㄧㄝˊ ㄏㄜˊ 因為結核桿菌侵入肺部而引起的慢性傳染病。

## 肪

ㄈㄤˊ 動物體內厚的肥油層。如「脂肪」。又讀ㄈㄤ。

## 肭

ㄋㄚˋ 見「膃肭」。

## 股

ㄍㄨˇ ㈠図大腿，從胯到膝蓋的部分。如「股栗」。㈡合資經商叫「合股」。見「股分」「股東」等條。㈢機關裡辦事的下級單位。如「文書股」「庶務股」。㈣一縷也作一股。如「一股香味兒」「三股麻線搓成一根繩子」。㈤線香一束叫一股。㈥見「屁股」。

**股子** ㄍㄨˇ ㄗ˙ ①股分。②股㈣。

**股分** ㄍㄨˇ ㄈㄣˋ 合資經營的工商企業機構，一分資金叫一股。也作「股份」。

**股市** ㄍㄨˇ ㄕˋ 買賣股票的市場。

**股本** ㄍㄨˇ ㄅㄣˇ 營業資本的股分。

**股利**(ㄍㄨˇ ㄌㄧˋ) 因為買了某家公司股分，在年終或一定時間內分到的利潤叫做股利。

**股東**(ㄍㄨˇ ㄉㄨㄥ) 在工商企業持有股分的人。

**股肱**(ㄍㄨˇ ㄍㄨㄥ) 図股是大腿，肱是下臂，是人體的重要部分。比喻左右輔助的人。

**股息**(ㄍㄨˇ ㄒㄧ) 股分公司年終結算，按固定比例分給各股的息金。

**股栗**(ㄍㄨˇ ㄌㄧˋ) 図嚇得大腿都發抖。也作「股戰」。

**股骨**(ㄍㄨˇ ㄍㄨˇ) 大腿裡的骨頭。

**股票**(ㄍㄨˇ ㄆㄧㄠˋ) 股分公司股東所持有的股分的票據。

**股關節**(ㄍㄨˇ ㄍㄨㄢ ㄐㄧㄝˊ) 股和軀幹連接的部位。

**股份有限公司**(ㄍㄨˇ ㄈㄣˋ ㄧㄡˇ ㄒㄧㄢˋ ㄍㄨㄥ ㄙ) 由七人以上的股東組成的公司。公司的資本分成若干股，股東就他們所認買的股分對公司負責。

## 肱

ㄍㄨㄥ 臂的第二節，從肘到腕，就是下臂。如「曲（ㄑㄩ）肱而枕（ㄓㄣˋ）」（彎起胳臂當枕頭）。

## 肯（肎、肻）

ㄎㄣˇ ㈠図粘在骨上的肉。㈡願意。如「他肯不肯去」。㈢許可。如「爸爸肯讓大姊去教書了」「首肯」。㈣図見「肯綮」。㈤見「肯定」。又讀ㄎㄥˇ。

**肯定**(ㄎㄣˇ ㄉㄧㄥˋ) 邏輯學名詞，與「否定」相對。①正面的判斷。如「這件衣服肯定是他的」。②不含「不」或「非」的判斷。如「他今天肯定會來」。

**肯綮**(ㄎㄣˇ ㄑㄧㄥˋ) 図骨和肉連結的部分。比喻事理的要點。如「深中（ㄓㄨㄥˋ）肯綮」（簡作「中（ㄓㄨㄥˋ）肯」）。

## 肩

ㄐㄧㄢ ㈠脖子下面兩邊，連著兩臂最上端的部位。如「雙肩」「肩膀」。㈡図獸類，如豬的腿的根部。如「彘肩」（豬的肩肉）。㈢図擔負。如「肩負使命」「身肩重任」。

**肩胛**(ㄐㄧㄢ ㄐㄧㄚˇ) 見「胛」。

**肩負**(ㄐㄧㄢ ㄈㄨˋ) 擔起來，擔著，擔負。如「肩負重任」。

**肩章**(ㄐㄧㄢ ㄓㄤ) 軍警或輪船上的船長、大副等佩戴在制服的兩肩上來表示識別的標誌。

**肩窩**(ㄐㄧㄢ ㄨㄛ) 肩膀上凹下的地方。

**肩膀**(ㄐㄧㄢ ㄅㄤˇ) 胳膊和軀幹相連的部分。

**肩頭**(ㄐㄧㄢ ㄊㄡˊ) 兩肩之上。

**肩輿**(ㄐㄧㄢ ㄩˊ) 図轎子。

**肩摩轂擊**(ㄐㄧㄢ ㄇㄛˊ ㄍㄨˇ ㄐㄧˊ) 行人的肩膀相摩擦，車輪和車輪相碰撞。形容人車很擁擠。

## 肸（肹）

ㄒㄧˋ ㈠聲音響起。㈡見「肸肸」。

**肸肸**(ㄒㄧˋ ㄒㄧˋ) 図勤苦不息的樣子。也作「盻盻」。〈孟子・滕文公・上〉有「使民肸肸然，……不得養其父母」。

## 肢

ㄓ ㈠人的手腳。如「四肢」「肢體」。㈡鳥獸的翅膀和腿。如「前肢」「後肢」。

**肢骨**(ㄓ ㄍㄨˇ) 手腳的骨骼。

**肢障**(ㄓ ㄓㄤˋ) 因生病或其他傷害所造成的肢體殘缺、變形、敗壞等病態。

**肢體**(ㄓ ㄊㄧˇ) 身體。

**肢體衝突**(ㄓ ㄊㄧˇ ㄔㄨㄥ ㄊㄨˊ) 指發生衝突時雙方動手打架或拉扯。

## 肫

ㄓㄨㄣ ㈠図「肫肫」，懇摯的樣子。㈡家禽的胃，同「胗」。

**肫肫**(ㄓㄨㄣ ㄓㄨㄣ) 誠懇的樣子。

**肴（餚）** [文]ㄧㄠˊ 煮熟的魚肉等食物。如「肴饌」「美酒佳肴」。又讀ㄒㄧㄠˊ。

**肴饌** ㄧㄠˊ ㄓㄨㄢˋ [文]下酒飯的菜。

## 五筆

**背** ▲ㄅㄟˋ ㈠胸部的後面，從後腰向上到頸下的部位。如「脊梁背」「背上好癢」。㈡後面。如「腹背受敵」「背面有字」。㈢相反的一方。如「背道而馳」。㈣違反。如「背約」「背叛國家」。㈤不面對。如「背書」「背誦」。㈥反轉。如「背過臉來」。㈦暗中，暗的地方。如「背地裡」「背眼兒」。㈧聽覺不靈。如「他年紀大了，耳朵背了」。㈨用背部對著。如「背水一戰」「背城借一」。㈩迷信的人說運氣不好。如「走背運」。⑪[文]指人死亡。如「慈父見背」。⑫物品的背面的墊托物，叫「背子」。

▲ㄅㄟ 負荷。也寫作「揹」。如「背著書包」「把小孩兒背起來」。

**背包** ㄅㄟ ㄅㄠ 背負東西的用具，用皮革、尼龍或帆布製成。

**背光** ㄅㄟˋ ㄍㄨㄤ ①光線不能直射到。②佛像、神像頭部後面的光圈。

**背信** ㄅㄟˋ ㄒㄧㄣˋ 違背信用。

**背後** ㄅㄟˋ ㄏㄡˋ ①同「背地裡」。如「面前好得不得（ㄉㄜ˙）了（ㄌㄧㄠˇ），背後卻閒話一大堆」。②身體後面。如「他悄悄地走到我背後」。

**背叛** ㄅㄟˋ ㄆㄢˋ 違背，反叛。

**背約** ㄅㄟˋ ㄩㄝ 違背約定。

**背負** ㄅㄟ ㄈㄨˋ 承擔。

**背書** ㄅㄟˋ ㄕㄨ ①背誦書文。②法律名詞，在有價證券的背面簽字或蓋章，表示對票券的兌現或轉讓負責。③比喻替別人所行的事對人說明或保證。

**背脊** ㄅㄟˋ ㄐㄧˇ 背㈠。常常說成「脊梁背」。

**背帶** ㄅㄟ ㄉㄞˋ 搭在肩上、繫住褲子或裙子的帶子。

**背晦** ㄅㄟˋ ㄏㄨㄟˋ 晦字輕讀。腦筋胡塗，做事顛三倒四。

**背棄** ㄅㄟˋ ㄑㄧˋ 違背和拋棄。

**背景** ㄅㄟˋ ㄐㄧㄥˇ ①繪畫中所顯現的主體背後上下左右的環境。②戲劇中角色所處的環境，以舞臺設計或布景表現。③人物或事件的經歷或前因。④標題音樂襯托主題的樂曲。⑤比喻可以倚靠的人物或勢力，同「後臺」。

**背債** ㄅㄟ ㄓㄞˋ 欠債。

**背道** ㄅㄟˋ ㄉㄠˋ ①僻靜的道路。②方向相反。如「背道而馳」。也簡作「背馳」。

**背運** ㄅㄟˋ ㄩㄣˋ 運氣不好。

**背誦** ㄅㄟˋ ㄙㄨㄥˋ 全憑記憶誦讀書中原文。

**背影** ㄅㄟˋ ㄧㄥˇ 從背後看過去的身影。

**背謬** ㄅㄟˋ ㄇㄧㄡˋ 荒謬，不合道理。

**背離** ㄅㄟˋ ㄌㄧˊ ①離開。②違背。

**背鰭** ㄅㄟˋ ㄑㄧˊ 魚類背部的鰭。

**背心（兒）** ㄅㄟˋ ㄒㄧㄣ（ㄦ） 沒有袖子，只能遮住胸背的短衣。

**背面（兒）** ㄅㄟˋ ㄇㄧㄢˋ（ㄦ） 反面。

**背水陣** ㄅㄟˋ ㄕㄨㄟˇ ㄓㄣˋ 戰時背著河水布陣，沒有後路可退，必須抱必死的決心，奮鬥取勝。原是秦末漢初漢將韓信攻趙，背水為陣，大破趙軍的故事。韓信解釋：「陷之死地而後生」。

**背地裡** 暗中。

**背眼兒** 看不到。如「背眼兒的地方」。

**背著手** 雙手放在背後交叉握著。

**背黑鍋** 比喻代人受過。

**背城借一** 背後向著城池與敵人作戰。表示不想後退，要與敵人作最後的死戰。

**背山起樓** 在美麗的山的前面起造大樓。古人認為那是和「花下養雞、對花啜茶、焚琴煮鶴」一樣，是四件「殺風景」的事。

**背井離鄉** 離開家鄉。

**背信忘義** 背棄了信用和道義。

**背暗投明** 背棄了陰暗的、邪惡的一方，投向光明的、正義的一方。

**背道而馳** 比喻兩件事情的方向或目標完全不同。

## 胞

ㄅㄠ ㈠子宮裡包裹在胎兒外邊的薄膜，一般人管它叫「胞衣」「胎衣」。㈡同父母所生的。如「同胞兄弟」「胞叔」。㈢由㈡引伸為同一個國家種族的人。如「全國同胞」「民胞物與」。㈣見「細胞」。

**胞子** 隱花植物子囊中像粉末般的小點，營繁殖作用，同顯花植物的種子。

**胞衣** 胞㈠。

**胞叔** 稱父親的胞弟。

## 胚

ㄆㄟ ㈠図女人懷孕一個月，叫「胚」。㈡植物種子生出的嫩芽，叫「胚芽」。㈢器物才做成輪廓，還沒完成的，叫「胚子」。

**胚子** ①種子。如「壞胚子」「好胚子」。②胚㈢。

**胚芽** 植物種子上長出的嫩芽。

**胚胎** ①初生的動植物體。②比喻事物的起源。

**胚珠** 植物的子房在還沒有長成果實前的色白質軟的小球，叫做胚珠。

**胚芽米** 碾米時不過度地精碾而保留著胚芽的部分，這種米叫做胚芽米。

## 胖

▲ㄆㄤˋ 身體肌肉豐滿，與「肥」意思相同。如「肥胖」「小娃娃好胖啊」。

▲図ㄆㄢˊ 安適的樣子。〈大學〉有「心廣體胖」。

**胖子** 身體肥胖的人。

**胖大海** 一種植物的果實，晒乾後呈黑色，浸水後膨大成海棉狀，可以治咳嗽、喉痛、聲啞。

**胖嘟嘟** 形容肥胖可愛的樣子。

## 胕

図ㄈㄨ ㈠同「膚」。〈國策・楚策〉有「尾湛胕潰」。㈡腳。〈山海經〉說「已胕」就是治腳瘇。

## 胎

ㄊㄞ ㈠在母體裡還沒出生的嬰兒。㈡器物的胚子或骨幹。如「泥胎」「搪瓷胎子」。㈢橡膠做的車帶。如「輪胎」「內外胎」。㈣事物的根源。如「禍胎」。

**胎毛** ①胎髮。②初生的哺乳動物身上的毛。

**胎生** 動物在母體裡發育成形，然後直接出生的，叫「胎生」。

**胎衣** 中醫把胎盤和胎膜統稱為胎衣。也叫胞衣和衣胞。

**胎位** 胎兒在子宮內的位置和姿勢。

**胎兒** ㄊㄞ ㄦˊ 在母體裡還沒出生的嬰兒。▲ㄊㄞ ㄦ ①器物的底托或骨幹。②胎產。如「生孩子嘛，頭胎兒（也叫「頭生兒」）本來麻煩一點兒」。

**胎毒** ㄊㄞ ㄉㄨˊ 胎兒從父母體中傳來的病毒。

**胎氣** ㄊㄞ ㄑㄧ˙ 氣字可輕讀。指婦女在懷孕期間的惡心、嘔吐以及下肢浮腫等現象。

**胎教** ㄊㄞ ㄐㄧㄠˋ 孕婦的思想行動可以使胎兒感受影響的作用。

**胎盤** ㄊㄞ ㄆㄢˊ 胎兒臍帶末端與母體子宮壁相接連的部分，內有許多管道為胎兒供給營養和排除廢物。

**胎髮** ㄊㄞ ㄈㄚˇ 嬰兒剛出生時的頭髮。

**胎生果** ㄊㄞ ㄕㄥ ㄍㄨㄛˇ 一種胎生的果實。

# 胡

ㄏㄨˊ ㈠古時漢人稱北方來的游牧民族。如「胡人」「壯志飢餐胡虜肉」。㈡古時指從西北塞外來的東西，沿用到如今。如「胡椒」「胡琴」。㈢隨意亂來。如「胡說」「胡作非為」。㈣懵懂，不明理，迷亂。如「胡塗」「胡裡胡塗」。㈤將就，隨便。如「胡亂」。㈥〔文〕下巴頰上下垂的肉。〈詩經〉有「狼跋其胡」（老狼的下巴垂著肉塊兒）。㈦〔文〕怎麼。〈詩經〉有「胡為乎泥中」。㈧〔文〕為何。如「田園將蕪胡不歸」。㈨〔文〕長遠的。〈儀禮〉有「永受胡福」。㈩姓。

**胡人** ㄏㄨˊ ㄖㄣˊ 古代稱屬北方民族的人。

**胡瓜** ㄏㄨˊ ㄍㄨㄚ 也叫「黃瓜」「刺瓜」，果實黃綠色。是常見的蔬果。

**胡扯** ㄏㄨˊ ㄔㄜˇ 閒談；瞎說。

**胡豆** ㄏㄨˊ ㄉㄡˋ ①一種觀賞植物，開紅白花。②豌豆、蠶豆、豇豆的別稱。

**胡來** ㄏㄨˊ ㄌㄞˊ 無理取鬧。

**胡床** ㄏㄨˊ ㄔㄨㄤˊ 古時一種臥具，是可以摺疊便於攜帶的繩床。

**胡笳** ㄏㄨˊ ㄐㄧㄚ 古代北方人用蘆葉捲成的樂器。

**胡荽** ㄏㄨˊ ㄙㄨㄟ 就是芫荽。一年生草本植物，羽狀複葉，味香，可做調味香料。

**胡麻** ㄏㄨˊ ㄇㄚˊ 穀類植物，也叫芝麻或油麻。莖方形，葉尖圓，白花，子有黑白兩種，可以榨油，供食用。

**胡椒** ㄏㄨˊ ㄐㄧㄠ 蔓生灌木，果實味辣而香，可以調味或做藥。

**胡亂** ㄏㄨˊ ㄌㄨㄢˋ 將就，隨便。如「胡亂吃些東西填填肚子」。

**胡塗** ㄏㄨˊ ㄊㄨˊ 不明事理。也作「糊塗」。

**胡蜂** ㄏㄨˊ ㄈㄥ 蜂的一種。黑褐色，頭和腹部帶黃色，雌蜂有刺，會螫人。

**胡話** ㄏㄨˊ ㄏㄨㄚˋ 神志不清時說的話。

**胡說** ㄏㄨˊ ㄕㄨㄛ 信口亂說。如「胡說八道」。

**胡鬧** ㄏㄨˊ ㄋㄠˋ 無理取鬧。

**胡謅** ㄏㄨˊ ㄗㄡ 隨意亂說。

**胡嚕** ㄏㄨˊ ㄌㄨ 嚕字輕讀。也作「搰摟」。①用手輕輕撫摩，有安慰的意思。如「寶寶的頭碰疼了，別哭，媽給你胡嚕胡嚕」。②撥，擦的意思。如「他不小心，把桌上的東西胡嚕到地上去了」。

**胡纏** ㄏㄨˊ ㄔㄢˊ 糾纏不清。

**胡攪** ㄏㄨˊ ㄐㄧㄠˇ 也說ㄏㄨˊ ㄐㄧㄠˋ。任意做事而沒有目的或理由。

**胡琴（兒）** ㄏㄨˊ ㄑㄧㄣˊ（ㄦ） 弦樂器名，用蛇皮蒙在竹筒上，竹筒橫面連有竹木桿子，加上兩根絲弦，用竹弓張馬尾夾在兩弦之中，拉弓發聲，是京劇的重要樂器。

**胡同兒** ㄏㄨˊ ㄊㄨㄥˋ ㄦ 北方話說小巷子。也作「衚衕兒」。（作為巷名時，同字輕讀不ㄦ化）。

**胡塗蟲** ㄏㄨˊ ㄊㄨˊ ㄔㄨㄥˊ 戲稱腦筋胡塗的人。

**胡蘿蔔** ㄏㄨˊ ㄌㄨㄛˊ ㄅㄛ 蔔字輕讀。二年生草本植物，根長圓錐形，紅黃色，略帶甜味，可供食用。

**胡天胡地** ㄏㄨˊ ㄊㄧㄢ ㄏㄨˊ ㄉㄧˋ 沒有一定主見，亂作一氣。

**胡吃悶睡** ㄏㄨˊ ㄔ ㄇㄣˋ ㄕㄨㄟˋ 能吃能睡，無憂無慮的樣子。

**胡作非為** ㄏㄨˊ ㄗㄨㄛˋ ㄈㄟ ㄨㄟˊ 不法的行為。

**胡言亂語** ㄏㄨˊ ㄧㄢˊ ㄌㄨㄢˋ ㄩˇ 說些沒道理沒根據的莫名其妙的話。

**胡思亂想** ㄏㄨˊ ㄙ ㄌㄨㄢˋ ㄒㄧㄤˇ 雜亂而無益的思想。

**胡裡胡塗** ㄏㄨˊ ˙ㄌㄧ ㄏㄨˊ ㄊㄨˊ 胡塗。

**胡說八道** ㄏㄨˊ ㄕㄨㄛ ㄅㄚ ㄉㄠˋ 胡說。

**胡攪蠻纏** ㄏㄨˊ ㄐㄧㄠˇ ㄇㄢˊ ㄔㄢˊ 胡亂地攪和，不講理地糾纏。

**胡蘿蔔素** ㄏㄨˊ ㄌㄨㄛˊ ˙ㄅㄛ ㄙㄨˋ 一種黃色色素，由植物所合成，並存在牛奶、肝油、蛋黃中，可以轉變為維生素A。

## 胛
ㄐㄧㄚˇ 肩上連著背的部位，有一根像飯鏟的扁平骨，叫「肩胛」。

## 胠
ㄑㄩ ㈠從旁打開。「胠篋」就是開箱偷東西。㈡腋下。

## 朐
ㄑㄩˊ ㈠図彎曲的肉脯及肉乾。㈡図彎曲。㈢通「軥」。㈣「朐山」，山名，一在江蘇省東海縣（東海舊稱朐縣），一在山東省臨朐縣。

## 胥
ㄒㄩ ㈠古代稱小官，〈周禮〉有「周官八職，七曰胥」。㈡図皆，俱。〈詩經〉有「民胥然矣」。㈢図等待。〈史記〉有「胥後命」。㈣図輔補。〈管子〉有「與人相胥」。㈤姓。

## 胝
図 ㄓ 見「胼胝」。

## 胄
図 ㄓㄡˋ ㈠後代。如「炎黃世胄」。㈡長（ㄓㄤˇ），「胄子（ㄗˇ）」就是長子。「胄」字下方是肉部的「月」字，和下方是「月」的「甲胄」的「胄」字不同。

## 胗
▲ㄓㄣ 鳥類的胃。如「胗肝兒」。▲ㄓㄣˇ 同「疹」。

**胗肝兒** ㄓㄣ ㄍㄢ ㄦ 肝字輕讀。鳥類的胃和肝。

## 胙
図 ㄗㄨㄛˋ 「胙肉」，祭祀用過的肉。

## 胤
図 ㄧㄣˋ 子孫相承續。「胤嗣」就是後嗣。

## 胃
ㄨㄟˋ ㈠脊椎動物消化器官之一，主管貯放並消化食物。見「胃臟」。㈡星名，二十八宿之一，白虎七宿的第三宿，屬白羊座。㈢見「胃納」。㈣見「胃口」。

**胃口** ㄨㄟˋ ㄎㄡˇ 食慾；引伸作興趣。如「這件事太小了，我沒胃口」。

**胃炎** ㄨㄟˋ ㄧㄢˊ 胃黏膜的急性或慢性炎症。

**胃病** ㄨㄟˋ ㄅㄧㄥˋ 胃部的疾病。

**胃納** ㄨㄟˋ ㄋㄚˋ ①中醫說消化吸收的能力。②經濟新聞說買戶的吸收力量。

**胃宿** ㄨㄟˋ ㄒㄧㄡˋ 二十八星宿之一。

**胃液** ㄨㄟˋ ㄧㄝˋ 從胃腺分泌出來的無色透明酸性液體，有消化蛋白質和殺菌的功用。

**胃癌** ㄨㄟˋ ㄧㄢˊ 胃部發生癌細胞。癌又音ㄞˊ。

**胃鏡** ㄨㄟˋ ㄐㄧㄥˋ 從口部伸入胃部，用來檢查胃部疾病的一種內視鏡。

**胃臟** ㄨㄟˋ ㄗㄤˋ 動物體內接受消化食物的器官，形狀像囊，橫臥在橫膈膜下面，上頭連食道，下頭通小腸。胃臟能消化食物，主要是靠胃腺分泌胃液中的胃蛋白酶和酸液。

**胃下垂** ㄨㄟˋ ㄒㄧㄚˋ ㄔㄨㄟˊ 胃在腹腔內下垂的病，由於身體衰弱，固定胃的韌帶鬆弛無力而引起。

**胃穿孔** ㄨㄟˋ ㄔㄨㄢ ㄎㄨㄥˇ 胃部因為潰瘍而導致穿孔的疾病。

**胃潰瘍** ㄨㄟˋ ㄎㄨㄟˋ ㄧㄤˊ 胃黏膜受到破壞後，胃壁被胃酸侵蝕的疾病。

**胃擴張** ㄨㄟˋ ㄎㄨㄛˋ ㄓㄤ 胃部過度擴張的病症。

## 六筆

**胼（腁）** 又ㄆㄧㄢˊ見「胼胝」。

**胼胝** ㄆㄧㄢˊ ㄓ 又手腳過分勞動，皮膚受摩擦而生的厚皮。也叫「繭子」。

**胼手胝足** ㄆㄧㄢˊ ㄕㄡˇ ㄓ ㄗㄨˊ 手掌、腳底生厚趼。形容辛勞。

**脈（衇、脉）** ㄇㄛˋ ㈠血管。如「脈管」「動脈」。㈡見「脈搏」。㈢有系統而相屬的。如「山脈」「一脈相承」。㈣植物葉上的筋絡，叫「脈」，分「平行」「網狀」兩種。㈤見「脈脈」。㈠㈡㈢㈣今語音讀ㄇㄞˋ。

**脈門** ㄇㄛˋ ㄇㄣˊ 腕上脈搏跳動的部位。

**脈息** ㄇㄛˋ ㄒㄧ 脈搏。

**脈案** ㄇㄛˋ ㄢˋ 中醫對病症的斷語，一般寫在處方上。

**脈脈** ㄇㄛˋ ㄇㄛˋ 又同「眽眽」。充滿情愛想說話的樣子。如「脈脈含情」。

**脈動** ㄇㄛˋ ㄉㄨㄥˋ 機器或電流強度等像脈搏那樣地周期性運動或變化。

**脈理** ㄇㄛˋ ㄌㄧˇ ①木頭的紋理。②中醫指「脈搏」。

**脈象** ㄇㄛˋ ㄒㄧㄤˋ 中醫指脈搏所表現的快、慢、強、弱、深、淺等狀況。

**脈絡** ㄇㄛˋ ㄌㄨㄛˋ 相互聯屬而有條理的：①人體的血脈分布。②比喻事理的線索。③比喻文章的組織。

**脈搏** ㄇㄛˋ ㄅㄛˊ 人體動脈的跳動。也作「脈息」。

**脈管** ㄇㄛˋ ㄍㄨㄢˇ 動脈管。

**脈衝** ㄇㄛˋ ㄔㄨㄥ （電機）在非常短的時間內，產生一個變化量的信號，可以是正或負，因而可以用來傳遞資訊。

**胴** ㄉㄨㄥˋ ㈠人體脖子下面除了手腳的軀幹，叫「胴體」。不過較常指女人的軀體。㈡又大腸。

**能** ㄋㄥˊ ㈠才幹。如「才能」「無能」。㈡有才幹的人。如「選賢與能」「能者多勞」。㈢勝任，做得了。如「能夠」「狗能看（ㄎㄢ）門，貓能捉老鼠」。㈣可以。如「可能」「能不能讓我進來」。㈤物理學說發生力量的根源。如「熱能」「光能」。㈥又和睦，相容。如「積不相能」。

**能人** ㄋㄥˊ ㄖㄣˊ 有才能的人。

**能力** ㄋㄥˊ ㄌㄧˋ ①本領。如「他的工作能力很強」。②物理學所說的發生力量的根源，見「能」㈤。③法律上說可以享有某種權利或是會做某種事，負有某種責任的法定資格。如「權利能力」「行為能力」。

**能手** ㄋㄥˊ ㄕㄡˇ 有某種好本領的人。

**能事** ▲又ㄋㄥˊ ㄕˋ 擅長的事務。如「極盡嬉笑怒罵之能事」。▲ㄋㄥˊ ·ㄕ 說具有辦事的能力。

**能耐** ㄋㄥˊ ㄋㄞˋ 耐字輕讀。技能，本領。也作「能為（ㄨㄟˊ）」。

**能夠** ㄋㄥˊ ㄍㄡˋ 夠字可輕讀。能㈢，可以勝任。

**能率** ㄋㄥˊ ㄌㄩˋ 又工作效力的程度。

**能量** ㄋㄥˊ ㄌㄧㄤˋ 物理學指物體所含「作功」的力的大小。

**能幹** ㄋㄥˊ ㄍㄢˋ 辦事能力強。

**能源** ㄋㄥˊ ㄩㄢˊ 發生能力的根源，常指煤、石油、鈾、天然氣以及陽光、水力等。

**能見度** ㄋㄥˊ ㄐㄧㄢˋ ㄉㄨˋ 物體能被正常的目力看到的最大距離。

**能伸能屈** ㄋㄥˊ ㄕㄣ ㄋㄥˊ ㄑㄩ 能彎屈也能伸直。指人在失意的時候能忍耐，在得志的時候能施展抱負。

## 胳

**胳** ㄍㄜ ㈠腋下。如「胳肢窩」。㈡通「肐」。

**胳臂** ㄍㄜ ㄅㄟˋ 臂字輕讀。同「肐膊」。

**胳肢窩** ㄍㄜ ㄓ ㄨㄛ 肢字輕讀。脅下，膀子與胸部連接的部位。

## 胱

**胱** ㄍㄨㄤ 見「膀胱」。

## 胯

**胯** ㄎㄨㄚˋ 兩腿之間。如「韓信受過『胯下之辱』」。

**胯骨** ㄎㄨㄚˋ ㄍㄨˇ 骨字輕讀。髖骨的通稱。在軀幹下面，雙腿之間，尾骨的兩旁。

## 脊

**脊** ㄐㄧˇ ㈠人和動物背部的骨柱。如「脊梁」。㈡指背部。如「脊梁背」。㈢大物體的橫的最高處，兩邊下斜的。如「屋脊」「山脊」。㈣書籍裝訂處的側面，立起成直條的部位，叫「書脊」。又讀ㄐㄧˊ。

**脊柱** ㄐㄧˇ ㄓㄨˋ 脊椎動物軀幹後背，由脊椎骨聯成的骨柱。

**脊背** ㄐㄧˇ ㄅㄟˋ 軀幹的一部分，部位與胸和腹、相對。

**脊索** ㄐㄧˇ ㄙㄨㄛˇ 脊椎動物在胚胎時期，脊柱還沒有形成時的一種細胞組織，形狀像繩索。

**脊梁** ㄐㄧˇ ㄌㄧㄤˊ 脊骨。

**脊鰭** ㄐㄧˇ ㄑㄧˊ 背鰭。

**脊髓** ㄐㄧˇ ㄙㄨㄟˇ 脊柱骨中間的圓條形物，質地軟，色灰白。前部有運動神經，後部有知覺神經，是重要神經所在。

**脊神經** ㄐㄧˇ ㄕㄣˊ ㄐㄧㄥ 連接在脊髓上的神經。

**脊梁背** ㄐㄧˇ ㄌㄧㄤˊ ㄅㄟˋ 梁字輕讀。指人的背部。

**脊椎骨** ㄐㄧˇ ㄓㄨㄟ ㄍㄨˇ 連成脊柱的小骨。

## 脅（脇）

**脅（脇）** ㄒㄧㄝˊ ㈠人體軀幹兩側有肋骨的部分叫「脅」。如「右脅疼痛」。㈡對人用壓力逼迫。如「威脅」「脅人從己」。㈢縮，收斂。如「脅肩諂笑」。

**脅制** ㄒㄧㄝˊ ㄓˋ 用壓力逼迫挾制。

**脅持** ㄒㄧㄝˊ ㄔˊ 挾持；用威力強迫對方服從。

**脅迫** ㄒㄧㄝˊ ㄆㄛˋ 用威力強（ㄑㄧㄤˇ）迫。

**脅從** ㄒㄧㄝˊ ㄘㄨㄥˊ 因人被迫附和（ㄏㄜˋ）壞人做壞事。

**脅肩低眉** ㄒㄧㄝˊ ㄐㄧㄢ ㄉㄧ ㄇㄟˊ 縮著肩，低著頭。形容故意裝出恭敬的樣子。

**脅肩諂笑** ㄒㄧㄝˊ ㄐㄧㄢ ㄔㄢˇ ㄒㄧㄠˋ 縮肩勉強做出笑容，描述對人奉承拍馬屁的樣子。

## 胸（胷）

**胸（胷）** ㄒㄩㄥ ㈠身體前面脖子以下肚子以上的部分。如「挺胸」「胸脯兒」。㈡說人的懷抱氣量。如「胸襟」「心胸」。

**胸口** ㄒㄩㄥ ㄎㄡˇ 胸部的中央。

**胸甲** ㄒㄩㄥ ㄐㄧㄚˇ ①龜鼈類的腹面硬殼。②指盔甲護胸的部分。

**胸肌** ㄒㄩㄥ ㄐㄧ 也作「胸筋」，分為深在性、淺在性兩種。深在性的是肋間肌，能幫助呼氣作用；淺在性的是胸大肌，能牽引肱骨向前上方和內旋。

**胸脊** ㄒㄩㄥ ㄐㄧˇ　鳥類胸骨正中刃兒似的軟骨，翼肌緊附在那裡。

**胸骨** ㄒㄩㄥ ㄍㄨˇ　劍狀的扁平骨，位置在胸部正中，由肋骨連著脊椎骨而成胸腔。

**胸圍** ㄒㄩㄥ ㄨㄟˊ　人胸背周圍的寬度。

**胸椎** ㄒㄩㄥ ㄓㄨㄟ　脊椎骨在頸椎到腰椎之間的，共十二枚。

**胸腔** ㄒㄩㄥ ㄑㄧㄤ　也作「胸廓」，是胸內的部分，有心臟、肺臟。

**胸腺** ㄒㄩㄥ ㄒㄧㄢˋ　內分泌腺。人幼小時候在心臟直上兩肺之間，是很大的扁平腺體。成年以後就消失了。

**胸罩** ㄒㄩㄥ ㄓㄠˋ　婦女穿在胸部的罩杯形短衣。

**胸像** ㄒㄩㄥ ㄒㄧㄤˋ　上半身的人像。

**胸管** ㄒㄩㄥ ㄍㄨㄢˇ　淋巴管最大的部分。也稱「左總淋巴管」。

**胸膛** ㄒㄩㄥ ㄊㄤˊ　胸部。

**胸臆** ㄒㄩㄥ ㄧˋ　図①胸部。②心裡的意想。

**胸懷** ㄒㄩㄥ ㄏㄨㄞˊ　人的意志、抱負、氣度。也作「胸襟」。

**胸襟** ㄒㄩㄥ ㄐㄧㄣ　抱負；氣量。

**胸鰭** ㄒㄩㄥ ㄑㄧˊ　魚鰭分別在胸部左右兩邊的，用來划水前進。

**胸脯(兒)** ㄒㄩㄥ ㄆㄨˊ(ㄦ)　胸部。

**胸肋膜** ㄒㄩㄥ ㄌㄜˋ ㄇㄛˊ　肋膜的一部，在胸腔內面。

**胸中甲兵** ㄒㄩㄥ ㄓㄨㄥ ㄐㄧㄚˇ ㄅㄧㄥ　比喻人有用兵的智謀。

**胸中丘壑** ㄒㄩㄥ ㄓㄨㄥ ㄑㄧㄡ ㄏㄨㄛˋ　比喻學識廣博，胸懷遠大。

**胸式呼吸** ㄒㄩㄥ ㄕˋ ㄏㄨ ㄒㄧ　由肋骨運動而起的呼吸，對腹式呼吸說的。

**胸有成竹** ㄒㄩㄥ ㄧㄡˇ ㄔㄥˊ ㄓㄨˊ　比喻事先已有妥善計畫，臨時不會慌亂。晁補之詩：「與可畫竹時，胸中有成竹」。與可是宋朝畫家文同的別號。

**胸無點墨** ㄒㄩㄥ ㄨˊ ㄉㄧㄢˇ ㄇㄛˋ　比喻沒有一點兒學識。

## 脂

ㄓ　㈠動物體內凝聚成塊的油質。常稱「脂肪」。如「牛油脂」「羊脂」。㈡見「胭脂」。

**脂肪** ㄓ ㄈㄤˊ　動植物體內的油質化合物。形狀上分固體液體兩種；性質上分動物性脂肪植物性脂肪兩種。

**脂粉** ㄓ ㄈㄣˇ　指舊時婦女化妝用的胭脂跟粉。

**脂膏** ㄓ ㄍㄠ　①油脂。②図比喻富厚的地位。〈後漢書〉有「身處（ㄔㄨˇ）脂膏，不能自潤」。③指老百姓的血汗換來的財物。如「民脂民膏」。

**脂酸** ㄓ ㄙㄨㄢ　有機化合物的一大類，狹義的指存在動植物脂肪裡的酸類，廣義的包括蟻酸、醋酸等。

**脂肪酸** ㄓ ㄈㄤˊ ㄙㄨㄢ　存在於脂肪中，由羧基和烷基結合而成的化合物。

**脂粉氣** ㄓ ㄈㄣˇ ㄑㄧˋ　比喻男人而有柔豔的樣子。

## 胾

ㄗˋ　図切成大塊兒的肉。

## 胔

ㄗˋ　図㈠鳥獸的殘骨。㈡腐屍。如「掩骼埋胔」。

## 脆(脃、膬)

ㄘㄨㄟˋ　㈠容易破碎；不堅韌。如「木頭好脆，一劈就碎」。㈡食品酥鬆好吃。如「剛出爐的餅乾，好脆」「這蘋果又脆又香」。㈢音響清越。如「聲音清脆」。㈣懦弱禁不住打擊叫「脆弱」。㈤說話做事，簡捷爽快，不拖泥帶水。如「說話乾脆」「他做事真脆」。㈥図風俗澆薄叫「脆薄」。

**脆快** ㄘㄨㄟˋ ㄎㄨㄞˋ　迅速敏捷。

**脆性** ㄘㄨㄟˋ ㄒㄧㄥˋ　物體容易碎成小塊的性質。

**脆弱** ㄘㄨㄟˋ ㄖㄨㄛˋ ①性格懦弱。②物體不堅固。

# 胺

ㄢ amines 有機化學指氨中的氫原子由烴基代替而成的化合物。也作「亞胺」（imines）。

# 胹

ㄦˊ 図煮，煮熟。〈左傳‧宣二年〉有「宰夫胹熊蹯不熟」。

# 胰

ㄧˊ ㈠見「胰臟」。㈡見「胰子」。

**胰子** ㄧˊ ㄗ˙ 北方管肥皂叫胰子，因為從前有用豬胰臟製成去汙品的。

**胰腺** ㄧˊ ㄒㄧㄢˋ 一種動物的消化腺，有分泌胰液和激素的功能。

**胰臟** ㄧˊ ㄗㄤˋ 人體內消化腺，是一種內分泌腺，在胃下面，形狀像牛舌。能分泌①消化液，自胰管進入十二指腸，幫助消化；②胰島素及昇糖激素，用以影響並調整醣類的代謝。糖尿病是胰島素分泌不足所引起的。

**胰島素** ㄧˊ ㄉㄠˇ ㄙㄨˋ 是一種由胰臟分泌的蛋白質激素，能促進人體對葡萄糖的利用功能，分泌太少會引起糖尿病。

# 胭（臙）

ㄧㄢ 見「胭脂」。

**胭脂** ㄧㄢ ㄓ 脂字可輕讀。①一種紅色的化妝品，也用做國畫的顏料，用花汁做的。②比喻女人。如「北國胭脂」。

**胭脂虎** ㄧㄢ ㄓ ㄏㄨˇ 比喻凶悍的女人。

## 七筆

# 脖

ㄅㄛˊ 頭與軀幹相連接的部分，就是「脖子」。

**脖頸子** ㄅㄛˊ ㄍㄥˇ ㄗ˙ 脖子的後部。也作「脖頸兒」。

# 脬

ㄆㄠ 「尿（ㄙㄨㄟ）脬」，是膀胱的俗稱。

# 脯

▲ㄆㄨˊ 胸部的肉。見「胸脯（兒）」。▲ㄈㄨˇ ㈠肉乾，舊時叫「肉脯」。㈡果肉經過蜜餞再晾乾的。如「桃脯」「杏脯」。

# 脰

図ㄉㄡˋ 脰頸，就是脖子。

# 脫

▲ㄊㄨㄛ ㈠肉離開骨。㈡把穿戴著的衣物拿下來。如「脫帽」「脫鞋」。㈢離開。如「脫手」「脫險」。㈣身體上的毛皮老化而掉落。如「脫髮」「脫皮」。㈤遺落。如「脫漏」「脫誤」。㈥見「虛脫」。㈦見「脫胎換骨」。㈧図推想或然的詞。〈漢書〉有「事既未然，脫可免禍」。㈨図跑了，逃了。如「脫逃」。▲ㄊㄨㄛˋ 逃離、逃開的又讀。

**脫手** ㄊㄨㄛ ㄕㄡˇ ①離手。②貨物賣出。

**脫毛** ㄊㄨㄛ ㄇㄠˊ 鳥獸舊毛脫落長出新毛，叫脫毛。

**脫水** ㄊㄨㄛ ㄕㄨㄟˇ 失去或脫除水分。如：①菜蔬等經過處理，成為脫水食品，嚴密封存，可經久不變質腐壞，一旦加水就恢復原狀。②霍亂病患者受病菌侵害，上吐下瀉，身體發生脫水現象而死亡。

**脫出** ㄊㄨㄛ ㄔㄨ 離開；擺脫。

**脫皮** ㄊㄨㄛ ㄆㄧˊ 表皮脫落。

**脫臼** ㄊㄨㄛ ㄐㄧㄡˋ 骨關節受外力推撞而脫離。

**脫色** ㄊㄨㄛ ㄙㄜˋ ①用化學藥品去掉物質原來的色素。②退色。

**脫肛** ㄊㄨㄛ ㄍㄤ 直腸或乙狀結腸從肛門脫出的病。

**脫兔** ㄊㄨㄛ ㄊㄨˋ 奔逃的兔子。比喻動作迅速。

**脫或** ㄊㄨㄛ ㄏㄨㄛˋ 図假如，倘若。

**脫俗** ㄊㄨㄛ ㄙㄨˊ 不俗氣。

**脫胎** ㄊㄨㄛ ㄊㄞ ①道家修養聖胎，最後由口出生。一般用來形容內在相同，外貌卻完全不同。②漆器的一種製法，在泥或木製的模型上餬上薄綢或夏布，再經塗漆磨光等工作，最後把胎脫去，塗上顏料。③指一事物由另一事物孕育變化而成。

**脫軌** ㄊㄨㄛ ㄍㄨㄟˇ ①車輪脫離軌道。②比喻行為不遵守常規。

**脫班** ㄊㄨㄛ ㄅㄢ 沒有照正常排定的班次進行，通常是延誤班次。

**脫脂** ㄊㄨㄛ ㄓ 用物理或化學方法，把物品裡面所含的脂肪脫除，叫做脫脂。如「脫脂棉」「脫脂奶粉」。

**脫逃** ㄊㄨㄛ ㄊㄠˊ 逃跑。

**脫產** ㄊㄨㄛ ㄔㄢˇ 把財產轉離自己的名下，通常是為了逃避債務，或惡意欺詐別人的金錢。

**脫略** ㄊㄨㄛ ㄌㄩㄝˋ 図放任，不拘束。

**脫圍** ㄊㄨㄛ ㄨㄟˊ 脫離圍困。

**脫帽** ㄊㄨㄛ ㄇㄠˋ ①把帽子脫下來。②敬禮。

**脫期** ㄊㄨㄛ ㄑㄧ 延誤預定的日期，特指期刊延期出版。

**脫節** ㄊㄨㄛ ㄐㄧㄝˊ 不銜接。

**脫落** ㄊㄨㄛ ㄌㄨㄛˋ ①掉了。如「毛髮脫落」。②遺漏。如「字句脫落」。

**脫漏** ㄊㄨㄛ ㄌㄡˋ 遺漏。

**脫稿** ㄊㄨㄛ ㄍㄠˇ （著作或詩文）寫完。如「這本書已經脫稿，即可付印」。

**脫線** ㄊㄨㄛ ㄒㄧㄢˋ 形容一個人舉動不依常軌，常有令人覺得意外的行為。

**脫膠** ㄊㄨㄛ ㄐㄧㄠ 黏膠因為時間久了，失去黏效而脫落。

**脫誤** ㄊㄨㄛ ㄨˋ 文字脫漏差誤。

**脫髮** ㄊㄨㄛ ㄈㄚˇ 頭髮大量脫落的現象。

**脫險** ㄊㄨㄛ ㄒㄧㄢˇ 脫離危險。

**脫離** ㄊㄨㄛ ㄌㄧˊ ①從連接密合的情狀離開。如「脫離夫妻關係」。②逃出。如「脫離險境」。③北京話說「脫開」。

**脫身（兒）** ㄊㄨㄛ ㄕㄣ（ㄦ） 抽身離開。

**脫懶（兒）** ㄊㄨㄛ ㄌㄢˇ（ㄦ） 懶惰。又說ㄊㄨㄛ ㄌㄢˇ（ㄦ）。

**脫毛劑** ㄊㄨㄛ ㄇㄠˊ ㄐㄧˋ 能使毛髮脫落的藥劑。

**脫逃罪** ㄊㄨㄛ ㄊㄠˊ ㄗㄨㄟˋ 被依法逮捕的人，以違法的方法逃脫的一種罪。

**脫粒機** ㄊㄨㄛ ㄌㄧˋ ㄐㄧ 使穀粒脫離禾穗的機器。

**脫口成章** ㄊㄨㄛ ㄎㄡˇ ㄔㄥˊ ㄓㄤ 說人文思敏捷。同「出口成章」。

**脫口而出** ㄊㄨㄛ ㄎㄡˇ ㄦˊ ㄔㄨ 言語隨口而出。比喻才思敏捷或講話欠思考。

**脫胎換骨** ㄊㄨㄛ ㄊㄞ ㄏㄨㄢˋ ㄍㄨˇ 說人改過遷善，像是換了個人。

**脫穎而出** ㄊㄨㄛ ㄧㄥˇ ㄦˊ ㄔㄨ 図比喻有才能的人不會埋沒一生，總會超越他人，顯出才華。也作「穎脫而出」，是戰國時代趙國平原君趙勝門客毛遂的故事。見「毛遂自薦」條。

## 脘

ㄍㄨㄢˇ 中醫說胃的內腔。語音ㄨㄢˇ。

## 脛（踁）

図ㄐㄧㄥˋ 小腿。〈論語〉有「以杖叩其脛」。

**脛骨** ㄐㄧㄥˋ ㄍㄨˇ 小腿內側的長形骨。

## 脧

▲図ㄐㄩㄢ「脧削」，就是「剝（ㄅㄛ）削（ㄒㄩㄝ）」。

▲ㄗㄨㄟ 小男孩兒的生殖器。

## 脩

ㄒㄧㄡ ㈠同「修」。㈡乾肉條。㈢古時初見老師，拿成束的乾肉作禮品，所以稱教師的薪金叫「束脩」。

**脣（唇）** ㄔㄨㄣˊ 嘴的邊緣，在人臉上是膚色較深的部分。平常說「嘴脣發紫」。

**脣化** ㄔㄨㄣˊ ㄏㄨㄚˋ 因為聲母或韻母的關係，使某個音變成圓脣。如中古的「ㄧㄨ」這個音，到了現代的國語讀成「ㄩ」，就是脣化。

**脣舌** ㄔㄨㄣˊ ㄕㄜˊ 図①口才。〈漢書〉有「樓君卿脣舌」。②言詞（語音ㄔㄨㄣˊ ㄕㄜ˙）。如「這樣一來就要大費脣舌了」。〈世說新語〉有「此非脣舌之爭」。

**脣音** ㄔㄨㄣˊ ㄧㄣ 如國語的ㄅ、ㄆ、ㄇ、ㄈ。ㄅㄆㄇ是「雙脣音」，ㄈ是「脣齒音」。

**脣裂** ㄔㄨㄣˊ ㄌㄧㄝˋ 先天性畸形，上脣直著裂開。也叫「兔脣」。

**脣膏** ㄔㄨㄣˊ ㄍㄠ 女人化妝時塗嘴脣的油膏。叫「口紅」。

**脣齒** ㄔㄨㄣˊ ㄔˇ 図比喻利害相關的深切。〈三國志〉有「吳蜀脣齒相依」。

**脣齒聲** ㄔㄨㄣˊ ㄔˇ ㄕㄥ 由下脣和上齒造成阻礙發出的聲，像ㄈ（f）就是。

**脣亡齒寒** ㄔㄨㄣˊ ㄨㄤˊ ㄔˇ ㄏㄢˊ 比喻彼此關係密切，互相依靠。

**脣紅齒白** ㄔㄨㄣˊ ㄏㄨㄥˊ ㄔˇ ㄅㄞˊ 形容人面貌的美麗。

**脣槍舌劍** ㄔㄨㄣˊ ㄑㄧㄤ ㄕㄜˊ ㄐㄧㄢˋ 比喻辯論激烈。

**脣齒相依** ㄔㄨㄣˊ ㄔˇ ㄒㄧㄤ ㄧ 比喻關係密切，互相依靠，像脣和齒互相依存一樣。

**脤** ㄕㄣˋ 図古代帝王祭社稷之神的生肉。

**脞** ㄘㄨㄛˇ 図細碎。如「叢脞」。

## 八筆

**脾** ㄆㄧˊ ㈠見「脾臟」。㈡見「脾氣」。

**脾性** ㄆㄧˊ ㄒㄧㄥˋ 脾氣；習性。

**脾胃** ㄆㄧˊ ㄨㄟˋ ①胃是消化器官，舊說脾有幫助胃消化穀食的作用，所以常合在一起說。如「脾胃不好，不能亂吃東西」。②同「脾氣」。如「脾胃相投」。

**脾氣** ㄆㄧˊ ㄑㄧˋ 氣字輕讀。①人的性格氣質。②說人容易發怒叫「有脾氣」或「脾氣大」。

**脾臟** ㄆㄧˊ ㄗㄤˋ 內臟之一，在胃左側，是製造白血球的器官。

**腓** ㄈㄟˊ 図小腿後面，筋肉突出的部分，俗名「腿肚子」。

**腓骨** ㄈㄟˊ ㄍㄨˇ 下肢外側小腿骨的一部分。

**腓腸肌** ㄈㄟˊ ㄔㄤˊ ㄐㄧ 脛骨後面的一塊肌肉，扁平，在小腿後面形成隆起部分。

**腐** ㄈㄨˇ ㈠朽了，爛了。如「腐朽」「腐爛」。㈡陳舊。如「腐舊」。㈢見「腐敗」。㈣見「腐刑」。

**腐化** ㄈㄨˇ ㄏㄨㄚˋ 生活腐朽或陳舊。

**腐心** ㄈㄨˇ ㄒㄧㄣ 図①形容十分痛恨。②形容非常著急。

**腐生** ㄈㄨˇ ㄕㄥ 迂腐的儒生。

**腐刑** ㄈㄨˇ ㄒㄧㄥˊ 我國古時四種肉體刑罰之一，把男性罪人的生殖器割去。也叫「宮刑」。

**腐朽** ㄈㄨˇ ㄒㄧㄡˇ 朽爛。

**腐乳** ㄈㄨˇ ㄖㄨˇ 用醬或糟醃製的豆腐。也叫豆腐乳、醬豆腐、糟豆腐。

**腐氣** ㄈㄨˇ ㄑㄧˋ 腐敗或腐舊的味道或氣概。

**腐敗** ㄈㄨˇ ㄅㄞˋ ①腐爛敗壞。②精神不振或思想陳腐。

**腐惡** ㄈㄨˇ ㄜˋ 腐朽凶惡。

**腐蝕** ㄈㄨˇ ㄕˊ 鐵、鋼或其他金屬、合金，受到空氣、水或兩者的侵襲而氧化的過程，稱為腐蝕。

**腐儒** ㄈㄨˇ ㄖㄨˊ 迂腐不明事理的讀書人。

**腐舊** ㄈㄨˇ ㄐㄧㄡˋ 陳舊。常指思想。

**腐爛** ㄈㄨˇ ㄌㄢˋ 因腐朽而壞了。

**腐蝕劑** ㄈㄨˇ ㄕˊ ㄐㄧˋ 有腐蝕作用的化學物質，如氫氧化鈉、硝酸。

## 腑

ㄈㄨˇ ㈠中醫說人體內器官屬陰性的為臟，五臟是心、肝、脾、肺、腎；屬陽性的為腑，六腑是膽、胃、大腸、小腸、膀胱、三焦。（三焦是：胃的上口，叫上焦；胃的中脘，叫中焦；膀胱的下口叫下焦）。㈡見「肺腑」。

## 腚

ㄉㄧㄥˋ 北方方言，臀部、屁股的俗名（不雅）。

## 腆

ㄊㄧㄢˇ ㈠突出，凸起。如「大胖子腆著肚子走過來」。㈡見「靦腆」。㈢図豐厚。如「不腆之儀」（些微的禮物）。

## 腔

ㄑㄧㄤ ㈠口胸腹中空的部分。如「口腔」「胸腔」。㈡器物中空的部分。如「鍋臺腔子」。㈢曲調。如「崑腔」「秦腔」。㈣說的話。如「不答腔兒」。㈤鄉音。如「南腔北調」。㈥図宰得的羊，用「腔」計數。如「羊一腔，魚一尾」。

**腔調（兒）** ㄑㄧㄤ ㄉㄧㄠˋ（ㄦ） ①樂曲的聲律。②說話的音調。

**腔腸動物** ㄑㄧㄤ ㄔㄤˊ ㄉㄨㄥˋ ㄨˋ 以體腔兼作腸道的動物，如水母。

## 腊

▲図ㄒㄧˊ 乾肉。

▲ㄌㄚˋ 「臘」字的簡寫。

## 脹

ㄓㄤˋ ㈠飲食過飽時胃部不舒服的感覺。如「吃太飽了，肚子脹得慌」。㈡頭部緊張壓迫的感覺。如「頭昏腦脹」。㈢皮肉浮腫。如「腫脹」「腳脹了，穿不得鞋」。㈣物體遇熱而放大。如「冷縮熱脹」「膨脹」。

## 腎

ㄕㄣˋ ㈠見「腎臟」。㈡見「外腎」。

**腎囊** ㄕㄣˋ ㄋㄤˊ 見「陰囊」。

**腎臟** ㄕㄣˋ ㄗㄤˋ 也作內腎，俗稱腰子，在腰部後面脊椎骨兩旁，左右兩枚對列，呈核桃仁形，紅褐色，是分析血液裡的廢料化成尿液的器官。

**腎上腺** ㄕㄣˋ ㄕㄤˋ ㄒㄧㄢˋ 在左右腎的上方的一種內分泌腺體。

**腎盂炎** ㄕㄣˋ ㄩˊ ㄧㄢˊ 腎盂發炎的病。腎盂是腎臟的一部分，圓錐形的囊狀物，下端通輸尿管。

**腎結石** ㄕㄣˋ ㄐㄧㄝˊ ㄕˊ 腎臟發生結石的病。

**腎結核** ㄕㄣˋ ㄐㄧㄝˊ ㄏㄜˊ 結核桿菌侵入腎臟引起的病。

## 脺

ㄘㄨㄟˋ ①也作「膵」，就是「胰臟」。

## 腌

▲ㄤ 骯髒，見「腌臢」。又讀ㄚ。

▲ㄧㄢ 同「醃」。

**腌臢** ㄤ ㄗㄤ 不清潔。又讀ㄚ ˙ㄗㄚ。

## 腋

図ㄧㄝˋ 胳肢窩。讀音ㄧˋ。

**腋下** ㄧㄝˋ ㄒㄧㄚˋ 上肢和肩膀連接處靠底下的部分。

**腋毛** ㄧㄝˋ ㄇㄠˊ 腋下的毛。

**腋芽** ㄧㄝˋ ㄧㄚˊ 植物在葉子和莖相連的部分長出來的芽。

**腋臭** ㄧㄝˋ ㄔㄡˋ 病名，人體腋下的狐臭。

**腋窩** ㄧㄝˋ ㄨㄛ 腋下的凹處。

## 腕

ㄨㄢˋ 臂的下端與手掌相連的部位。如「懸腕寫大字」「腕力很大」。

**腕力** ㄨㄢˋ ㄌㄧˋ 腕部的力量。

**腕法** ㄨㄢˋ ㄈㄚˇ 執筆寫字時候用腕的方法，有枕腕、提腕、懸腕三種。

**腴** 図ㄩˊ ㈠肥沃，豐美。如「膏腴之地」。㈡指人富厚。〈隋書〉有「處腴膏不潤其質」。㈢說人胖。如「面貌豐腴」。

## 九筆

**腷** ㄅㄧˋ ㈠図「腷臆」，忍住氣不泄出。㈡「腷腷膊膊」，形容雞拍翅膀和冰裂開的聲音。

**腼** ㄇㄧㄢˇ見「腼腆」。

**腼腆** ㄇㄧㄢˇ ㄊㄧㄢˇ 腆字輕讀。害羞，難為情的樣子。

**腹** ㄈㄨˋ ㈠肚子。如「腹部」「腹腔」。㈡同「內」。如「深入腹地」。㈢心裡。如「打個腹稿」「滿腹心事」。㈣見「腹心」。㈤見「腹背」。㈥図懷抱。〈詩經〉有「出入腹我」。

**腹心** ㄈㄨˋ ㄒㄧㄣ 図①比喻極親切的人。也作「心腹」。②比喻誠意。〈左傳〉有「敢布腹心」。

**腹水** ㄈㄨˋ ㄕㄨㄟˇ 腹腔內有液體積聚的症狀。

**腹地** ㄈㄨˋ ㄉㄧˋ 商港貨物進出主要影響範圍的背後區域。也指內陸的城市。

**腹背** ㄈㄨˋ ㄅㄟˋ 図①比喻切近。〈後漢書〉有「自梁冀興盛，腹背相親」。②比喻前後。如「腹背受敵」。

**腹笥** ㄈㄨˋ ㄙˋ 図笥是書箱。腹笥比喻心裡所盛（ㄔㄥˊ）的書，泛指讀過的書和心裡所記誦知曉的文章詞藻典故。如「此人博覽群書，腹笥甚豐」。

**腹痛** ㄈㄨˋ ㄊㄨㄥˋ 肚子痛。

**腹腔** ㄈㄨˋ ㄑㄧㄤ 生理學名詞，腹部裡面的空腔，胃、腸、肝、胰、腎、脾等臟器和生殖器都在裡面。

**腹脹** ㄈㄨˋ ㄓㄤˋ 腹腔積水脹滿的病症。

**腹稿** ㄈㄨˋ ㄍㄠˇ ①在下筆之前對於所寫內容的完整構思。如「想來想去，有了腹稿，很順利地就寫成了這篇文章」。②指對一般事情預先籌思打算的步驟或方案。如「這件事就按著咱們的腹稿一步一步去辦吧」。

**腹膜** ㄈㄨˋ ㄇㄛˊ 腹腔內廣被內臟的平滑薄膜，能分泌滑液，保持內臟的位置，並便利其運動。

**腹誹** ㄈㄨˋ ㄈㄟˇ 心中有誹謗別人的壞話，但是口中沒有說出來。

**腹瀉** ㄈㄨˋ ㄒㄧㄝˋ 拉稀；鬧肚子。

**腹鰭** ㄈㄨˋ ㄑㄧˊ 魚類長在腹部的鰭。

**腹足類** ㄈㄨˋ ㄗㄨˊ ㄌㄟˋ 軟體動物的一類，腹部有肉質的腳，如蝸牛。

**腹股溝** ㄈㄨˋ ㄍㄨˇ ㄍㄡ 腹部和大腿相連的部分。也叫鼠蹊。

**腹膜炎** ㄈㄨˋ ㄇㄛˊ ㄧㄢˊ 因為感冒、盲腸炎、子宮炎等而引起的病，症狀發熱、煩渴、嘔吐、腹部劇痛膨脹等，有急性、慢性兩種。

**腹背受敵** ㄈㄨˋ ㄅㄟˋ ㄕㄡˋ ㄉㄧˊ 前後都有敵人。

**腦（脑）** ㄋㄠˇ ㈠頭蓋腔裡主管知覺、動作的重要器官。分大腦、小腦、中腦、延髓等部分。㈡指人的頭部。如「腦袋」「頭昏腦脹」。㈢見「頭腦」。㈣稱白色的固體或半固體，像腦髓的東西。如「樟腦」「豆腐腦兒」。

**腦力** ㄋㄠˇ ㄌㄧˋ 腦的能力，指思想力、記憶力等。

**腦子** ㄋㄠˇ ˙ㄗ ①腦髓。②記憶力。如「沒腦子」是笑人善忘。

**腦汁** ㄋㄠˇ ㄓ ①腦漿。②指腦筋。如「絞腦汁」。

**腦兒**（ㄋㄠˇ ㄦ） ①牲畜的腦髓。如「豬腦兒燉藥吃」。②像腦髓的東西。如「豆腐腦兒」。

**腦炎**（ㄋㄠˇ ㄧㄢˊ） 急性傳染病，病原體是乙型腦炎病毒。症狀是發高燒、頭痛、嘔吐、抽筋、四肢僵硬。

**腦海**（ㄋㄠˇ ㄏㄞˇ） 腦是主管知覺、思想的，廣泛如海，所以「腦海」就是記憶、知覺、思想的意思。如「腦海裡找不出這種印象」。

**腦袋**（ㄋㄠˇ ㄉㄞˋ） 袋字輕讀。頭。也作「腦袋瓜兒」。

**腦殼**（ㄋㄠˇ ㄎㄜˊ） 腦袋。

**腦筋**（ㄋㄠˇ ㄐㄧㄣ） ①腦神經。②指思想。如「腦筋很新」。

**腦瘤**（ㄋㄠˇ ㄌㄧㄡˊ） 腦部長瘤。

**腦漿（子）**（ㄋㄠˇ ㄐㄧㄤ（ㄗ˙）） 腦髓。

**腦勺子**（ㄋㄠˇ ㄕㄠˊ ㄗ˙） 頭的後部。

**腦充血**（ㄋㄠˇ ㄔㄨㄥ ㄒㄩㄝˋ） 腦部血管血液增多的病症，發病時有臉發紅、眼花、耳鳴、頭痛等症狀。

**腦門子**（ㄋㄠˇ ㄇㄣˊ ㄗ˙） 前額。也說腦門兒。

**腦神經**（ㄋㄠˇ ㄕㄣˊ ㄐㄧㄥ） 由大腦和延髓所發出的神經，共二十對。

**腦貧血**（ㄋㄠˇ ㄆㄧㄣˊ ㄒㄩㄝˋ） 腦血管裡血液不足的病。

**腦溢血**（ㄋㄠˇ ㄧˋ ㄒㄩㄝˋ） 病名，腦髓血管破裂，忽然昏倒，甚或死亡。中醫叫「中風」。

**腦膜炎**（ㄋㄠˇ ㄇㄛˊ ㄧㄢˊ） 腦和脊髓的軟膜發炎，是很劇烈的傳染病。

**腦震盪**（ㄋㄠˇ ㄓㄣˋ ㄉㄤˋ） 腦部受劇烈震動而受損，患者會嘔吐、昏迷，病狀重的會死亡。

**腦力激盪**（ㄋㄠˇ ㄌㄧˋ ㄐㄧ ㄉㄤˋ） 以各種問題或方式促進腦部的思考。

**腦滿腸肥**（ㄋㄠˇ ㄇㄢˇ ㄔㄤˊ ㄈㄟˊ） 形容飽食終日，無所用心的人。

## 腩

（ㄋㄢˇ） ㈠[文]乾肉。㈡牛羊腹部靠近肋骨的肉，質嫩而且帶有少量肥肉，比較好吃。

## 腡

（ㄌㄨㄛˊ） ㈠手指末節皮膚上的螺形紋。也作「螺」或「羅」。如「一腡窮，二腡富」。㈡指手指。如「腡紋」就是手指紋；「腡肌」就是手指（或腳趾）靠近指甲地方的肉。

## 腳（脚）

（ㄐㄧㄠˇ） ㈠足，口語說腳。如「腳心怕癢」「手腳靈活」。㈡器物的基部。如「山腳」「桌腳」。㈢正文下面添注或說明的文字。如「注腳」。㈣見「腳力」。▲ㄐㄩㄝˊ ㈠舊時稱：①曲本、劇本叫腳本。②演員叫「腳色」。如「旦腳兒」「丑腳兒」（腳也作「角」）。㈡腳（ㄐㄧㄠˇ）㈠㈡㈢㈣的讀音。

**腳力**（ㄐㄧㄠˇ ㄌㄧˋ） ①步行的能耐。②運送的工資。也說「腳錢」。

**腳夫**（ㄐㄧㄠˇ ㄈㄨ） 搬運工人。

**腳心**（ㄐㄧㄠˇ ㄒㄧㄣ） 腳掌的中央部分。

**腳爪**（ㄐㄧㄠˇ ㄓㄠˇ） 動物的爪子。

**腳本**（ㄐㄩㄝˊ ㄅㄣˇ） 戲曲的底本。

**腳尖**（ㄐㄧㄠˇ ㄐㄧㄢ） 腳的最前的部分。

**腳色**（ㄐㄩㄝˊ ㄙㄜˋ） 也作角色。①扮演戲劇裡的人物。②比喻才能或適於擔任某種職務的人。

**腳步**（ㄐㄧㄠˇ ㄅㄨˋ） ①行走時所移動的步伐。②前人做過，後人當作規範的。如「踏著先烈的腳步前進」。③立場。如「只要腳步穩，不怕人閒話」。

**腳注**（ㄐㄧㄠˇ ㄓㄨˋ） 書頁下端的附注。

**腳勁**（ㄐㄧㄠˇ ㄐㄧㄣˋ） 兩腿的力氣。

**腳面**（ㄐㄧㄠˇ ㄇㄧㄢˋ） 腳掌的背面。

**腳氣**（ㄐㄧㄠˇ ㄑㄧˋ） 缺乏乙種維生素而引起的兩腳浮腫的病。

**腳掌**（ㄐㄧㄠˇ ㄓㄤˇ） 腳接觸地面的部分。

**腳跟**（ㄐㄧㄠˇ ㄍㄣ） 腳的後部。

**腳錢**（ㄐㄧㄠˇ ㄑㄧㄢˊ） 錢字輕讀。工人運送東西到家時給的賞錢（小費）。

**腳鐐**（ㄐㄧㄠˇ ㄌㄧㄠˋ） 套在犯人腳腕子上使不能快走的刑具。

**腳丫子**（ㄐㄧㄠˇ ㄧㄚ ㄗ˙） 腳的俗稱。又作「腳鴨子」。

**腳印兒**（ㄐㄧㄠˇ ㄧㄣˋ ㄦ） 腳在地上踏過的痕跡。

**腳孤拐**（ㄐㄧㄠˇ ㄍㄨ ㄍㄨㄞ˙） 拐字輕讀。大趾與腳掌相連向外突出的地方。

**腳後跟**（ㄐㄧㄠˇ ㄏㄡˋ ㄍㄣ˙） 跟字輕讀。腳跟。

**腳脖子**（ㄐㄧㄠˇ ㄅㄛˊ ㄗ˙） 踝。

**腳指頭**（ㄐㄧㄠˇ ㄓˇ ㄊㄡ˙） 頭字輕讀。腳趾。

**腳登子**（ㄐㄧㄠˇ ㄉㄥ ㄗ˙） ①太師椅前擱腳的矮凳子。②自行車上踩動鍊盤的部分。

**腳踏車**（ㄐㄧㄠˇ ㄊㄚˋ ㄔㄜ） 自行車。

**腳底板兒**（ㄐㄧㄠˇ ㄉㄧˇ ㄅㄢˇ ㄦ） 腳掌腳心。

**腳踏實地**（ㄐㄧㄠˇ ㄊㄚˋ ㄕˊ ㄉㄧˋ） 做事切實。

**腳踏兩條船**（ㄐㄧㄠˇ ㄊㄚˋ ㄌㄧㄤˇ ㄊㄧㄠˊ ㄔㄨㄢˊ） 比喻跟兩方面討好，投機取巧。

## 腱

ㄐㄧㄢˋ ㈠附著（ㄓㄨㄛˊ）在骨上的肌肉。㈡牛豬羊的小腿肉叫「腱子肉」。

**腱鞘**（ㄐㄧㄢˋ ㄑㄧㄠˋ） 包著長肌腱的管狀纖維組織，手和足部最多，有約束肌腱和減少摩擦的作用。

## 腺

ㄒㄧㄢˋ ㈠指細胞的群體，其分泌並非供給本身的代謝作用。有內分泌、外分泌兩種。內分泌液稱激素（hormone，賀爾蒙），可進入血液中，調節全身的代謝機能。外分泌包括有消化作用的胃液、能排除廢物的汗腺、皮脂腺等。

## 腥

ㄒㄧㄥ ㈠図生肉。〈論語・鄉黨〉有「君賜腥，必熟而薦之」。㈡図汙穢。「腥德」是沒有品德。「腥聞」是聲名很壞。㈢魚、肉的臭味。如「腥氣」。

**腥味**（ㄒㄧㄥ ㄨㄟˋ） 有腥氣的味道。

**腥氣**（ㄒㄧㄥ ㄑㄧ˙） 氣字輕讀。難聞的氣味。也作「腥臭」，口語說「腥味兒」。

**腥臭**（ㄒㄧㄥ ㄔㄡˋ） 又腥又臭。

**腥臊**（ㄒㄧㄥ ㄙㄠ） 又腥又臊的氣味。

**腥羶**（ㄒㄧㄥ ㄕㄢ） ①牛羊肉的臭味。②図借指入侵的北方游牧民族。如「遍地腥羶」。

**腥風血雨**（ㄒㄧㄥ ㄈㄥ ㄒㄧㄝˇ ㄩˇ） 形容殘酷殺戮的慘狀。

## 腫

ㄓㄨㄥˇ ㈠図中醫指癰。〈後漢書〉有「體生瘡腫」。㈡皮肉浮脹。如「食指發炎，腫得比拇指還粗」。

**腫脹**（ㄓㄨㄥˇ ㄓㄤˋ） 因為生病或受傷而產生的皮肉膨脹。

**腫瘍**（ㄓㄨㄥˇ ㄧㄤˊ） 皮膚和皮下組織發炎、化膿，但還沒有潰爛。

**腫瘤**（ㄓㄨㄥˇ ㄌㄧㄡˊ） 因為某些病原的感染而使得細胞增生，所形成的腫大物體。

## 腸

ㄔㄤˊ ㈠人體消化器官的一部分，由小腸和大腸構成。小腸又分十二指腸、空腸和迴腸，能分泌許多酵素，消化食物，吸收養分。大腸分結腸、直腸和盲腸，主管吸收水分，排洩廢物。㈡指心思，性格。如「他的心腸好」「牽腸掛肚」。

**腸子** ㄔㄤˊ ˙ㄗ ①腸。②心地。如「壞腸子（心壞）」。

**腸衣** ㄔㄤˊ ㄧ 洗製潔淨的羊腸。

**腸炎** ㄔㄤˊ ㄧㄢˊ 腸黏膜的炎症。症狀是腹痛、發燒、腹瀉。

**腸胃** ㄔㄤˊ ㄨㄟˋ 腸和胃。如「腸胃不好」。

**腸癌** ㄔㄤˊ ㄧㄞˊ 腸道發生癌細胞的病症。

**腠** 図ㄘㄡˋ 皮膚的紋理，叫「腠理」。

**腮（顋）** ㄙㄞ ㈠人的兩頰的下半部。如「腮幫子」。㈡通「鰓」。

**腮腺** ㄙㄞ ㄒㄧㄢˋ 就是耳下腺，能分泌唾液。

**腮腺炎** ㄙㄞ ㄒㄧㄢˋ ㄧㄢˊ 腮腺發炎。

**腮幫子** ㄙㄞ ㄅㄤ ˙ㄗ 腮㈠。

**腭（齶）** ㄜˋ 分隔口腔和鼻腔的組織。前腭是骨骼和肌肉組織，也叫硬口蓋。後腭是結締組織和肌肉構成，是軟腭，叫軟口蓋。

**腰** ㄧㄠ ㈠胯骨以上肋骨以下的部分。如「彎腰」「雙手扠腰」。㈡細狹的部分。如「蜂腰」。㈢見「腰子」。㈣腰子形的東西。如「腰果」。㈤兩頭較寬中間狹窄像腰部的地勢。如「山腰」。㈥中間的部分。如「使勁一敲，把棍子從中腰敲斷」。㈦與腰部有關的東西。如「腰帶」「腰包」。㈧見「腰斬」。

**腰子** ㄧㄠ ˙ㄗ 腎臟的俗稱。

**腰包** ㄧㄠ ㄅㄠ 隨身帶的錢包，也指人的錢財。如「掏腰包」。

**腰身** ㄧㄠ ㄕㄣ ①衣服中段的尺寸。②腰肢。

**腰果** ㄧㄠ ㄍㄨㄛˇ 常綠喬木，葉倒卵形，互生。花粉紅色。果呈腎形；果仁可以榨油，可以食用。原產於南美洲，近年中國大陸南方也有栽種。

**腰肢** ㄧㄠ ㄓ 軀幹的腰部。

**腰帶** ㄧㄠ ㄉㄞˋ 束腰的帶子。

**腰斬** ㄧㄠ ㄓㄢˇ ①古時一種酷刑，把犯人從腰部斬斷。②指從中間割裂。

**腰袋** ㄧㄠ ㄉㄞˋ 放在腰間的袋子。

**腰部** ㄧㄠ ㄅㄨˋ 人體從胯骨以上肋骨以下的部分。

**腰圍** ㄧㄠ ㄨㄟˊ 腰的周圍尺寸。

**腰椎** ㄧㄠ ㄓㄨㄟ 腰部的椎骨，共有五枚。

**腰鼓** ㄧㄠ ㄍㄨˇ 掛在腰間敲打的鼓，是中國民間遊藝常見的打擊樂器。

**腰際** ㄧㄠ ㄐㄧˋ 図就是腰部、腰間。

**腰花（兒）** ㄧㄠ ㄏㄨㄚ ㄦ 用動物的腎臟細切作花形而烹調的食品。

**腰眼（兒）** ㄧㄠ ㄧㄢˇ ㄦ 腰的後部，從項下大椎骨數（ㄕㄨˇ）到第十九節的部位。

**腰板兒** ㄧㄠ ㄅㄢˇ ㄦ 腰和背的部分。

**腰桿兒** ㄧㄠ ㄍㄢˇ ㄦ 腰部的俗稱。也說「腰桿子」。

## 十筆

**膊** ㄅㄛˊ ㈠身體的上肢，接近肩膀的部分。如「胳膊」。㈡指上身。如「赤膊」。

**膀** ▲ㄅㄤˇ ㈠肩部和肩以下肘以上的上肢。如「肩膀」「膀子痠疼」。㈡見「翅膀」。㈢見「膀臂」。▲ㄆㄤˊ 見「膀胱」。▲ㄅㄤˋ 「弔膀子」，指男女間眉目傳情互相引誘。▲ㄆㄤ ㈠肌肉浮腫。如「眼皮兒哭得膀膀的」。㈡乳房周圍的部分。叫

「奶膀子」。

**膀子** ㄅㄤˇ ㄗ˙ ①肩膀。②上臂。

**膀胱** ㄆㄤˊ ㄍㄨㄤ 俗稱尿（ㄙㄨㄟ）胞，在人體是貯尿的囊，卵圓形，在腹腔下部，底部左右各有一條輸尿管，通到腎臟，另有出口通尿（ㄋㄧㄠˋ）道。

**膀臂** ㄅㄤˇ ㄅㄧˋ 図比喻得力的助手。

**腿（骽）** ㄊㄨㄟˇ ㈠人體的下肢，分大腿、小腿。㈡獸類的四肢，分前腿、後腿。㈢桌椅、櫃子下面的支柱。如「桌腿兒」。㈣火腿的簡稱。如「南腿」。㈤特殊親密的交情。如「他們倆早有一腿了」。㈥一腳也作一腿。如「踢他一腿」。㈦「腿子」「狗腿子」，指走狗、奴才。

**腿肚子** ㄊㄨㄟˇ ㄉㄨˋ ㄗ˙ 小腿後面隆起的部分。

**膂** 図ㄌㄩˇ ㈠脊骨。如「心膂」。㈡見「膂力」。

**膂力** ㄌㄩˇ ㄌㄧˋ 図體力。

**膈** ㄍㄜˊ 膈膜，是筋肉質的膜，介於腹腔和胸腔之間。也叫橫膈膜。

**膏** ▲ㄍㄠ ㈠脂油。如「藥膏」。㈡比喻百姓納的捐稅。如「民脂民膏」。㈢図肥肉。如「膏粱」。㈣図土地肥沃。如「膏腴之地」。㈤果子或藥材煎煉的濃汁。如「梨膏」「枇杷膏」。㈥濃汁一類的東西。如「牙膏」。㈦見「膏肓」。㈧滑潤好吃的食物。如「蟹膏」「膏稻」。㈨図恩澤。如「膏澤」「膏雨」。

▲ㄍㄠˋ 動詞，作滋潤講。如「車軸澀了，該膏油啦」。

**膏火** ㄍㄠ ㄏㄨㄛˇ 図指從前晚上讀書的燈火，因而用作求學費用的代稱。沒有錢不能繼續讀書求學說是「膏火不繼」。

**膏肓** ㄍㄠ ㄏㄨㄤ 人體心臟與膈膜之間的部分，中醫說是藥石無法進入的。所以病勢嚴重無法治療，叫「病入膏肓」。

**膏腴** ㄍㄠ ㄩˊ 図①土地肥美。②肥沃的土地。③比喻高貴。「膏腴之族」是貴族。

**膏粱** ㄍㄠ ㄌㄧㄤˊ 図肥美的食物。

**膏澤** ㄍㄠ ㄗㄜˊ 図①滋潤作物的及時雨。②比喻給予恩惠。如「膏澤下民」。

**膏藥** ㄍㄠ ㄧㄠˋ 中醫用來貼在身上患處的軟膏膠黏藥劑。

**膏壤** ㄍㄠ ㄖㄤˇ 肥沃的土壤。

**膏油（兒）** ㄍㄠˋ ㄧㄡˊ ㄦ 塗油在車軸或機械上，增加滑潤作用。

**膏粱子弟** ㄍㄠ ㄌㄧㄤˊ ㄗˇ ㄉㄧˋ 指富貴人家的子弟，只知飽食，不曉世事。

**膃（腽）** ㄨㄚˋ 見「膃肭」。

**膃肭** ㄨㄚˋ ㄋㄚˋ 海獸，俗叫海狗。

## 十一筆

**膜** ▲ㄇㄛˋ ㈠動物體內組織的薄皮，半透明，是維護內臟器官的穩定，或有其他作用的。如「膈膜」「耳膜」。㈡薄皮一類的東西。如「笛膜」。

▲ㄇㄛˊ ㈠見「膜拜」。㈡膜（ㄇㄛˋ）㈠㈡的又讀。

**膜拜** ㄇㄛˊ ㄅㄞˋ 長跪而拜。

**膚（肤）** ㄈㄨ ㈠身體的表皮。如「皮膚」「肌膚」。㈡浮頭皮。如「膚皮」。㈢不深切，浮淺。如「膚淺」「膚泛」。㈣図大的意思。如〈詩經〉有「以奏膚公」。

**膚皮** ㄈㄨ ㄆㄧ˙ 皮字輕讀。身體上特別是頭部脫落的皮屑。

**膚泛** ㄈㄨ ㄈㄢˋ 浮淺不切合實際。

**膚淺** ㄈㄨ ㄑㄧㄢˇ 淺薄。

**膚橈目逃** ㄈㄨ ㄋㄠˊ ㄇㄨˋ ㄊㄠˊ 語本〈孟子．公孫丑上〉，比喻人膽子小。

**膛** ㄊㄤˊ ㈠胸腔。如「胸膛」「開膛破肚」。㈡物品的中空部分。如「槍膛」「爐膛兒」。

**膠** ㄐㄧㄠ ㈠動物的皮、骨、角熬成的濃汁，有的用來粘東西，有的用做藥品。如「虎骨膠」。㈡樹皮所分泌的黏液。如「桃膠」「杏膠」。㈢橡膠或塑膠的簡稱。如「膠鞋」「膠盔」。㈣有黏性的東西。如「膠水」「強力膠」。㈤粘住，不能動。如「膠附」「膠柱鼓瑟」。㈥堅固。如「膠固」。㈦膠縣，在山東省。㈧姓。

**膠布** ㄐㄧㄠ ㄅㄨˋ ①塗有黏性橡膠的布。②橡皮膏。

**膠皮** ㄐㄧㄠ ㄆㄧˊ 橡皮。

**膠固** ㄐㄧㄠ ㄍㄨˋ 図①鞏固。②固執不通。

**膠附** ㄐㄧㄠ ㄈㄨˋ 像膠一樣粘合在一起。

**膠盔** ㄐㄧㄠ ㄎㄨㄟ 塑膠模製的頭盔，是賽車騎士戴著保護頭部的。

**膠結** ㄐㄧㄠ ㄐㄧㄝˊ 黏結在一起。

**膠著** ㄐㄧㄠ ㄓㄨㄛˊ ①黏著。②比喻相持不下，不能解決。

**膠靴** ㄐㄧㄠ ㄒㄩㄝ 用橡膠做的靴子。

**膠漆** ㄐㄧㄠ ㄑㄧ 図比喻交情之深，如膠似漆。

**膠鞋** ㄐㄧㄠ ㄒㄧㄝˊ 橡膠做底，帆（ㄈㄢ）布做面兒的鞋，步行、運動常穿。

**膠水（兒）** ㄐㄧㄠ ㄕㄨㄟˇ（ㄦ） 含有黏性物質的液體。用於封住信封，黏合木板等，用途很廣。

**膠捲（兒）** ㄐㄧㄠ ㄐㄩㄢˇ（ㄦ） 攝影用的條帶狀軟底片。

**膠片書籍** ㄐㄧㄠ ㄆㄧㄢˋ ㄕㄨ ㄐㄧˊ 把書籍攝影縮製成膠片，讀的時候放映，既輕便又容易攜帶或保存。

**膠柱鼓瑟** ㄐㄧㄠ ㄓㄨˋ ㄍㄨˇ ㄙㄜˋ 図比喻固執不知變通。語出〈史記．廉頗藺相如傳〉。

**膝（厀）** ㄒㄧ ㈠大腿小腿相連處的外部關節。如「膝蓋」「膝行」。㈡見「膝下」。

**膝下** ㄒㄧ ㄒㄧㄚˋ 図子女對父母的敬稱，如同在父母的膝前。

**膝行** ㄒㄧ ㄒㄧㄥˊ 図跪地用膝蓋支撐身體前進。

**膝蓋** ㄒㄧ ㄍㄞˋ 膝。北京話也說「髁膝蓋」。

**膝蓋骨** ㄒㄧ ㄍㄞˋ ㄍㄨˇ 膝蓋部的一塊骨，略呈三角形，尖部向下。

**膣** ㄓˋ 図陰道的舊稱。

## 十二筆

**膨** ㄆㄥˊ 脹滿。

**膨大** ㄆㄥˊ ㄉㄚˋ 體積增大。

**膨脹** ㄆㄥˊ ㄓㄤˋ ①物理學名詞。指物體受熱以後，體積變大，或面積變大，或長度變長。氣體在減壓或加熱時，體積變大，也稱膨脹。②指數量或力量的增大。如「通貨膨脹」「勢力膨脹」。

**膰** ㄈㄢˊ 図古代祭祀用的熟肉。

**膩** ㄋㄧˋ ㈠肥油多的食物。如「太油膩了，吃不下」。㈡厭煩，就像肥油吃多了不想再吃一樣。如「玩兒膩了」。㈢糾纏，教人討厭。如「膩煩」「膩味」。㈣用油灰補縫（ㄈㄥˋ）

隙叫膩，這種油灰叫「膩子」。㈤油垢，髒。如「垢膩」。㈥細緻，光滑。如「細膩」。㈦親密。如「膩友」。

**膩子** ㄋㄧˋ·ㄗ ①指塗補縫隙的油灰等。②消費完畢仍然占住位子不肯離去的客人。

**膩友** ㄋㄧˋ ㄧㄡˇ 図情誼特別親密的異性朋友。

**膩味** ▲図ㄋㄧˋ ㄨㄟˋ 油膩的食品。▲ㄋㄧˋ·ㄨㄟ 討厭。如「這個人我早就膩味他了」。

**膩煩** ㄋㄧˋ ㄈㄢˊ 煩字可輕讀。糾纏不清，令人討厭。

## 膫

ㄌㄧㄠˊ ㈠牛腸上的脂肪。也寫成「膋」。㈡男人或雄性大動物的生殖器。亦可寫作「屪」。

## 膴

▲図ㄏㄨ ㈠去骨的乾肉。㈡大塊的魚。▲ㄨˇ 高官厚祿叫「膴仕」。

## 膳（饍）

ㄕㄢˋ 飯食。如「早膳」「膳廳」。

**膳堂** ㄕㄢˋ ㄊㄤˊ 也叫「膳廳」。一個團體裡眾人吃飯的場所。

**膳宿** ㄕㄢˋ ㄙㄨˋ 飯食與住宿。

**膳費** ㄕㄢˋ ㄈㄟˋ 飯食的費用。

## 膵

ㄘㄨㄟˋ 胰臟。

# 十三筆

## 臂

ㄅㄧˋ ㈠腕部向上到肩胛叫臂，分上下兩段。如「臂膊」「猿臂」。㈡螳螂的前肢叫「螳臂」。㈢図幫忙。如「臂助」。又讀ㄅㄟˋ。如「胳臂」。

**臂助** ㄅㄧˋ ㄓㄨˋ 図幫助的意思。

**臂章** ㄅㄧˋ ㄓㄤ 佩帶在衣袖上臂部分，用來表示身分或職務的標誌。

**臂膊** ㄅㄧˋ ㄅㄛˊ 兩臂。

**臂韝** ㄅㄧˋ ㄍㄡ 古人套在臂上的套袖。

## 膽（胆）

ㄉㄢˇ ㈠動物內臟之一，貼在肝臟右邊，形狀像小囊，能儲藏苦味的膽汁幫助消化、殺菌。㈡從前認為勇氣從膽發出。如「膽大心細」「膽子太小」。㈢器物的內層。如「球膽」「暖壺換膽」（熱水瓶換內部塗水銀的那一層）。

**膽力** ㄉㄢˇ ㄌㄧˋ 勇氣。又作膽氣、膽量。

**膽子** ㄉㄢˇ·ㄗ 就是膽量。

**膽汁** ㄉㄢˇ ㄓ 由肝臟產生的儲存在膽囊中的消化液。

**膽怯** ㄉㄢˇ ㄑㄧㄝˋ 膽子小，害怕。

**膽氣** ㄉㄢˇ ㄑㄧˋ 膽量和氣勢。

**膽瓶** ㄉㄢˇ ㄆㄧㄥˊ 長頸大肚像懸膽的瓶子。

**膽略** ㄉㄢˇ ㄌㄩㄝˋ 膽力和謀略。

**膽寒** ㄉㄢˇ ㄏㄢˊ 驚駭，害怕。也說「膽戰」。

**膽敢** ㄉㄢˇ ㄍㄢˇ 大膽地敢於做某事。

**膽虛** ㄉㄢˇ ㄒㄩ 害怕，心裡不安。

**膽量** ㄉㄢˇ ㄌㄧㄤˋ 量字輕讀。勇氣。也叫「膽子」「膽氣」。

**膽落** ㄉㄢˇ ㄌㄨㄛˋ 同「破膽」。比喻受極大的驚恐。

**膽管** ㄉㄢˇ ㄍㄨㄢˇ 從膽囊輸送膽汁到十二指腸的管道。

**膽識** ㄉㄢˇ ㄕˋ 膽量及見識。

**膽礬** ㄉㄢˇ ㄈㄢˊ 硫酸銅，可以做綠色顏料，也可在製版時用。

**膽囊** ㄉㄢˇ ㄋㄤˊ 膽㈠。

**膽固醇** ㄉㄢˇ ㄍㄨˋ ㄔㄨㄣˊ 是一種固醇類的物質，和血脂含量高低有關，和血管硬化也有關係。

**膽小如鼠**（ㄉㄢˇ ㄒㄧㄠˇ ㄖㄨˊ ㄕㄨˇ） 膽子小得像老鼠。形容非常膽小。

**膽大心細**（ㄉㄢˇ ㄉㄚˋ ㄒㄧㄣ ㄒㄧˋ） 做事勇敢，心思周密。

**膽大包天**（ㄉㄢˇ ㄉㄚˋ ㄅㄠ ㄊㄧㄢ） 形容膽量極大，已無法無天。

**膽戰心驚**（ㄉㄢˇ ㄓㄢˋ ㄒㄧㄣ ㄐㄧㄥ） 形容十分害怕。戰也作顫。

# 臀

ㄊㄨㄣˊ 指人體的大腿後側跟腰部下面的部位，也指高等動物後股的上端到糞門的兩側。

**臀疣**（ㄊㄨㄣˊ ㄧㄡˊ） 猴子屁股上沒有毛的硬皮。

**臀鰭**（ㄊㄨㄣˊ ㄑㄧˊ） 魚尾巴前面下邊的鰭。

# 膿

ㄋㄨㄥˊ (一)人體肌肉遭細菌或黴菌侵入，造成局部傷害後，該處組織壞死，白血球大量集合患部，以消滅病原體，於是患部出現白血球、肌肉壞死組織及病原體混合的汁液，醫學上稱膿。(二)見「膿包」。語音ㄋㄥˊ。

**膿包**（ㄋㄥˊ ㄅㄠ） 譏笑沒本事、無用的人。也說「膿（ㄋㄨㄥˊ）團」。

# 臁

ㄌㄧㄢˊ 小腿骨叫「臁骨」。

# 臉

ㄌㄧㄢˇ (一)面部。如「臉盤兒」「洗臉」。(二)顏面。(三)面部的表情。如「變臉不認人」「笑臉」。(四)指物體前面的部分。如「門臉兒」「鞋臉兒」。

**臉子**（ㄌㄧㄢˇ ˙ㄗ） ①容貌。②不高興的臉色。如「給人臉子看」。

**臉色**（ㄌㄧㄢˇ ㄙㄜˋ） 臉上的表情，可以顯示出身體的健康和情緒的好壞。

**臉面**（ㄌㄧㄢˇ ㄇㄧㄢˋ） 面字輕讀。①面子。②情面。

**臉軟** 心軟不願意拒絕別人的請託。

**臉硬**（ㄌㄧㄢˇ ㄧㄥˋ） 已經決定的事，不為感情所動。

**臉嫩**（ㄌㄧㄢˇ ㄋㄣˋ） 臉皮兒薄。

**臉譜**（ㄌㄧㄢˇ ㄆㄨˇ） 國劇演員用以表現劇中人性格的彩繪，有一定的圖案與象徵，可以分類區別，所以稱臉譜。如關羽的紅臉表示忠勇，張飛的黑臉表示剛猛，曹操的白臉表示奸詐。

**臉皮（兒）**（ㄌㄧㄢˇ ㄆㄧˊ ㄦ） ①面子。②體面。

**臉蛋兒**（ㄌㄧㄢˇ ㄉㄢˋ ㄦ） 臉。常指女人或小孩兒的。

**臉盤兒**（ㄌㄧㄢˇ ㄆㄢˊ ㄦ） 臉的形狀，輪廓。也作「臉龐兒」。

**臉紅脖子粗**（ㄌㄧㄢˇ ㄏㄨㄥˊ ㄅㄛˊ ˙ㄗ ㄘㄨ） 形容急躁生氣的樣子。

# 臌

ㄍㄨˇ 臌脹，是氣脹、水脹的病。

# 膾（脍）

図ㄎㄨㄞˋ 切細的肉絲。〈論語〉有「膾不厭細」。

**膾炙人口**（ㄎㄨㄞˋ ㄓˋ ㄖㄣˊ ㄎㄡˇ） 図切細的肉絲叫膾，燒烤的肉叫炙，都是人所愛吃的，引伸為詩文等作品優美，受到人人讚美的意思。

# 臄

図ㄐㄩㄝˊ 上脣向上翹曲的部分，相書上說是「人中」。見〈說文〉。▲ㄙㄠ 腥臭的氣味叫「腥臊」「臊臭」。

# 臊

▲ㄙㄠˋ (一)羞愧。如「害臊」「沒羞沒臊」。(二)碎肉屑，肉餡。口語說「肉臊」。見「臊子」。

**臊子**（ㄙㄠˋ ˙ㄗ） 肉末或肉丁。

**臊味**（ㄙㄠ ㄨㄟˋ） 腥臊的味道。

**臊氣**（ㄙㄠ ˙ㄑㄧ） 氣字可輕讀。腥臊和尿酸的味道。

# 臆（肊）

図ㄧˋ (一)胸部。如「胸臆之間」「淚下沾臆」。(二)私下的想法。如「臆測」「臆斷」。

**臆度** ㄉㄨㄛˋ 図臆測。

**臆測** ㄘㄜˋ 図主觀的猜想。

**臆說** ㄕㄨㄛ 主觀推測的說法。

**臆造** ㄗㄠˋ 憑主觀的想法編造。

**臆斷** ㄉㄨㄢˋ 図主觀的意見所作的不客觀的判斷。

**膺** 図ㄧㄥ ㈠心胸。如「義憤填膺」。㈡承當，受。如「膺選」。㈢討伐，攻擊。〈詩・魯頌〉有「我狄是膺」。

**膺選** ㄧㄥ ㄒㄩㄢˇ 図當選。

**臃** ㄩㄥˇ 皮肉發炎腫起。語音ㄩㄥ。

**臃腫** ㄩㄥ ㄓㄨㄥˇ ①腫脹。②身體過胖，或是衣服穿得太多，行動不靈。

## 十四筆

**臏（髕）** ㄅㄧㄣˋ ㈠膝蓋骨、脛骨叫「臏骨」。㈡図古時刑罰之一，削去膝蓋骨。

**臍（脐）** ㄑㄧˊ ㈠「肚臍」，哺乳動物腹部中間，有一個凹陷的部位，是出生時候臍帶脫落的痕跡。㈡螃蟹腹部下面能活動的甲殼，有尖形雄蟹，圓形雌蟹之分。宋詩有「九月團臍十月尖」。㈢螺殼底部開口處薄平的圓形殼片也叫臍。㈣図「噬臍」，後悔的意思。

**臍帶** ㄑㄧˊ ㄉㄞˋ ①連接胎兒臍部與胎盤之間的索狀構造，長約五十五公分，內有血管，可輸送養分，排泄廢物。胎兒出生後，接生人員即將其剪斷，留在胎兒身上的一段，約三五天即自行脫落，留下的痕跡就是肚臍眼兒。②比喻某兩項相關事項（常有一大一小的情狀）之間的關係。如「澳洲獨立後，澳洲人很想除去他們與不列顛王國的『臍帶』關係」。

## 十五筆

**臕（膘）** ㄅㄧㄠ 肥肉。如「馬長了臕」。

**臘（腊、臈）** ㄌㄚˋ ㈠古時年終的祭典，在冬至後三天舉行，因而把陰曆十二月叫「臘月」。㈡鹽醃的乾魚肉。如「臘肉」「臘腸」。㈢図和尚的年紀稱臘。

**臘月** ㄌㄚˋ ㄩㄝˋ 陰曆十二月。

**臘肉** ㄌㄚˋ ㄖㄡˋ 鹽醃的乾肉。

**臘味** ㄌㄚˋ ㄨㄟˋ ①臘魚、臘肉的總稱。②臘月所造的酒。

**臘八（兒）** ㄌㄚˋ ㄅㄚ ㄦ 即陰曆十二月初八。這一天很多地方要吃「臘八粥（ㄓㄡ）」。

**臘腸（兒）** ㄌㄚˋ ㄔㄤˊ ㄦ 香腸的別名。

**臘鼓頻催** ㄌㄚˋ ㄍㄨˇ ㄆㄧㄣˊ ㄘㄨㄟ 臘鼓本指古時候在臘八日（歲終祀百神之日）擊鼓驅疫的民俗。後稱一年快結束了，時光過得很快。

## 十六筆

**臚** 図ㄌㄨˊ ㈠陳列。如「臚列」。㈡傳達叫「臚傳」「臚唱」。

**臚列** ㄌㄨˊ ㄌㄧㄝˋ 図陳列。

**臚陳** ㄌㄨˊ ㄔㄣˊ 図一一陳述。

## 十七筆

**臝** ㄌㄨㄛˇ 同「裸」。

## 十八筆

**臟** ㄗㄤˋ 脊椎動物胸腹內部器官的總稱。如「五臟六腑」「心臟」。

**臟腑** ㄗㄤˋ ㄈㄨˇ ①人體的五臟六腑。②囡比喻胸懷。如「明徹臟腑」（看透了心懷）。

**臟器** ㄗㄤˋ ㄑㄧˋ 指胃、腸、肝、脾等內臟器官。

## 十九筆

**臠（脔）** 囡ㄌㄨㄢˊ 切成小塊的肉。「一臠」就是一塊肉。又讀ㄌㄩㄢˊ。

**臢** ㄗㄤ 同「髒」，見「腌臢」。又讀ㄗㄚ。

# 臣部

**臣** ㄔㄣˊ ㈠在君主時代，官吏是君主的臣。如「君臣」「臣下」。㈡囡古書裡記載一個人的自稱為「臣」，是自謙的口氣。㈢認輸，服從。如「臣服」。㈣囡加以統治、統屬。如〈左傳〉裡有「王臣公，公臣大夫」的話。㈤現在仍用「忠臣」「功臣」「奸臣」作褒貶批評的詞。如「他是工業建設的一大功臣」「有中興大臣之風」。

**臣民** ㄔㄣˊ ㄇㄧㄣˊ 君主國家稱所統屬的人民。

**臣服** ㄔㄣˊ ㄈㄨˊ ①以臣下的身分服從人家，替人家做事。②屈服稱臣。

## 二筆

**臥（卧）** ㄨㄛˋ ㈠躺下。如「仰臥」「臥床不起」。㈡休息，睡覺。如「臥室」「臥車」。㈢鳥獸等趴著叫臥。如「貓臥著」「雞臥在草上」。㈣潛伏在內，準備作內應。如「臥底」。

**臥車** ㄨㄛˋ ㄔㄜ 列車上備有臥鋪供旅客睡眠的車箱。

**臥具** ㄨㄛˋ ㄐㄩˋ 睡覺的用具，指被褥等。

**臥底** ㄨㄛˋ ㄉㄧˇ 事先潛伏在準備攻擊的對象的內部，攻擊開始時作內應。

**臥房** ㄨㄛˋ ㄈㄤˊ 臥室。供睡覺用的房間。

**臥室** ㄨㄛˋ ㄕˋ 寢室。也叫「臥房」。

**臥軌** ㄨㄛˋ ㄍㄨㄟˇ 臥在鐵軌上，以圖自殺，或阻止火車的進行。

**臥病** ㄨㄛˋ ㄅㄧㄥˋ 因病臥在床上。

**臥游** ㄨㄛˋ ㄧㄡˊ 囡指沒有到實地，只在家中躺著看內容生動的遊記、圖片或記錄影片等。

**臥榻** ㄨㄛˋ ㄊㄚˋ 囡床。

**臥鋪** ㄨㄛˋ ㄆㄨˋ 火車、輪船上的床鋪。

**臥人兒** ㄨㄛˋ ㄖㄣˊ ㄦˊ 國字用一撇和一橫寫成的一種結構，就是「𠂉」，如「乞」字上半，通稱「臥人兒」。

**臥虎藏龍** ㄨㄛˋ ㄏㄨˇ ㄘㄤˊ ㄌㄨㄥˊ 指深藏不露的各種人才。

**臥薪嘗膽** ㄨㄛˋ ㄒㄧㄣ ㄔㄤˊ ㄉㄢˇ 越王勾踐為報仇雪恥，自己刻苦生活，睡在柴薪上，嘗最苦的膽，並且勉勵國人十年生聚，十年教訓。終於打敗吳王，復興了國家。後世的人便用「臥薪嘗膽」來比喻刻苦鍛鍊自己，準備復仇。

**臥榻之旁豈容他人鼾睡** ㄨㄛˋ ㄊㄚˋ ㄓ ㄆㄤˊ ㄑㄧˇ ㄖㄨㄥˊ ㄊㄚ ㄖㄣˊ ㄏㄢ ㄕㄨㄟˋ 比喻已得利益者的利益不容他人侵佔。

## 八筆

**臧** ㄗㄤ ㈠文美好。如「人謀不臧」。㈡文贊同，認為可以。如「臧否」。㈢文古代對奴隸的稱呼。如「臧獲」。㈣文通「贓」。㈤姓。

**臧否** ㄗㄤ ㄆㄧˇ 文①批評，褒貶。「臧否人物」就是批評人的善惡得失。「臧」是贊同，「否」是反對。②「可否」的意思。

**臧獲** ㄗㄤ ㄏㄨㄛˋ 文古稱奴婢。「獲」指女奴。

## 十一筆

**臨**（临） ▲ㄌㄧㄣˊ ㈠到。如「身臨其境」「親臨指導」。㈡空間距離的接近、靠近。如「臨街」「前臨大江」。㈢時間上的接近，表示在一件事即將發生之前。如「臨走他才想起來」「臨散會他才趕來」。㈣對著。如「面臨現實」。㈤在高處向下看。如「居高臨下」「登臨」。㈥摹仿著寫或畫。如「臨帖」「這幅畫兒臨得很像」。㈦縣名。臨縣，在山西省。

▲文ㄌㄧㄣˋ眾人一起哭。〈左傳〉有「卜臨於大宮」。

**臨文** ㄌㄧㄣˊ ㄨㄣˊ 當要寫文章的時候。

**臨刑** ㄌㄧㄣˊ ㄒㄧㄥˊ 將要被執行死刑的時候。

**臨危** ㄌㄧㄣˊ ㄨㄟˊ ①（人）病重將死。②面臨生命的危險。

**臨死** ㄌㄧㄣˊ ㄙˇ 即將要死的時候。

**臨池** ㄌㄧㄣˊ ㄔˊ 文晉王羲之臨池學書，池水盡黑。後人因而稱練習書法為臨池。

**臨別** ㄌㄧㄣˊ ㄅㄧㄝˊ 將要分別。

**臨床** ㄌㄧㄣˊ ㄔㄨㄤˊ 醫學上稱醫生給病人診斷和治療疾病。如「臨床經驗」。

**臨走** ㄌㄧㄣˊ ㄗㄡˇ 即將要走的時候。

**臨到** ㄌㄧㄣˊ ㄉㄠˋ 到了，等到。如「臨到考試前兩天，他才開始加緊溫習功課」。

**臨帖** ㄌㄧㄣˊ ㄊㄧㄝˋ 摹仿著字帖練習寫字。

**臨幸** ㄌㄧㄣˊ ㄒㄧㄥˋ 指帝王到達某處。

**臨歧** ㄌㄧㄣˊ ㄑㄧˊ 送別送到歧路之處。

**臨近** ㄌㄧㄣˊ ㄐㄧㄣˋ （時間、地區）靠近，接近。

**臨盆** ㄌㄧㄣˊ ㄆㄣˊ 文婦女生產。

**臨風** ㄌㄧㄣˊ ㄈㄥ 文當風，迎風。

**臨時** ㄌㄧㄣˊ ㄕˊ ①事到臨頭的時候，非正常的時間；對平時而言。如「臨時動議」「平日不燒香，臨時抱佛腳」。②暫時，對永久而言。如「臨時會議」「臨時雇員」。③到時候，正當其時。如「臨時再說吧」「這件事臨時再辦也來得及」。

**臨陣** ㄌㄧㄣˊ ㄓㄣˋ 到了戰場，上戰場。如「臨陣脫逃」。

**臨終** ㄌㄧㄣˊ ㄓㄨㄥ 人臨死的時候。

**臨期** ㄌㄧㄣˊ ㄑㄧ 到期。如「事到臨期」。

**臨畫** ㄌㄧㄣˊ ㄏㄨㄚˋ 依據範稿畫畫兒。

**臨街** ㄌㄧㄣˊ ㄐㄧㄝ 對著街道；靠近街道。

**臨摹** ㄌㄧㄣˊ ㄇㄛˊ 照樣摹仿著寫或畫。

**臨頭** ㄌㄧㄣˊ ㄊㄡˊ ①來到。如「大禍臨頭」。②臨近，臨期。如「事到臨頭」。

**臨檢** ㄌㄧㄣˊ ㄐㄧㄢˇ （沒有事先通知）臨時檢查。

**臨難** ㄌㄧㄣˊ ㄋㄢˋ 遭遇患難的時候。

**臨了（兒）** ㄌㄧㄣˊ ㄌㄧㄠˇ 最後，將完結的時候。

**臨界角** ㄌㄧㄣˊ ㄐㄧㄝˋ ㄐㄧㄠˇ 能發生全反射的最小入射角。

**臨界點** ㄌㄧㄣˊ ㄐㄧㄝˋ ㄉㄧㄢˇ 事物的性狀發生明顯變化的一個關鍵位置。

**臨去秋波** ㄌㄧㄣˊ ㄑㄩˋ ㄑㄧㄡ ㄅㄛ 即將離去的時候，回頭再看一眼。

**臨危授命** ㄌㄧㄣˊ ㄨㄟˊ ㄕㄡˋ ㄇㄧㄥˋ 在危亡關頭勇於獻出生命。

**臨陣脫逃** ㄌㄧㄣˊ ㄓㄣˋ ㄊㄨㄛ ㄊㄠˊ 軍人臨作戰時逃跑。也比喻事到臨頭而退縮逃避。

**臨陣磨鎗** ㄌㄧㄣˊ ㄓㄣˋ ㄇㄛˊ ㄑㄧㄤ 同「臨渴掘井」。

**臨深履薄** ㄌㄧㄣˊ ㄕㄣ ㄌㄩˇ ㄅㄛˊ 面臨深淵，踏在薄冰上。比喻極危險。

**臨淵羨魚** ㄌㄧㄣˊ ㄩㄢ ㄒㄧㄢˋ ㄩˊ 比喻只有空想而沒有實際的行動。

**臨渴掘井** ㄌㄧㄣˊ ㄎㄜˇ ㄐㄩㄝˊ ㄐㄧㄥˇ ①比喻事先不準備，需要的時候才想法子。②比喻事情臨時要辦卻來不及了。

**臨機應變** ㄌㄧㄣˊ ㄐㄧ ㄧㄥˋ ㄅㄧㄢˋ 隨著臨時的事態情況的變化而善為應付。

**臨財毋苟得·臨難毋苟免** ㄌㄧㄣˊ ㄘㄞˊ ㄨˊ ㄍㄡˇ ㄉㄜˊ·ㄌㄧㄣˊ ㄋㄢˋ ㄨˊ ㄍㄡˇ ㄇㄧㄢˇ 面對不該屬於自己的錢財時，不要苟且地想據為己有；面臨危險的時候，不要苟且地只想要逃走、避免。

## 自部

**自** ㄗˋ ㈠己身。如「自謀生計」「各人自掃門前雪」。㈡主動的，不是被動的或者受到干涉的。如「自覺」「自願」。㈢必然的，當然的。如「不努力自將失敗」。㈣從，由。如「自東至西」「自民國成立以來」。㈤「親自」的簡詞。㈥「自在」的意思。如「他一個人，無牽無掛，一天到晚無憂無慮，多自啊」。

**自了** ㄗˋ ㄌㄧㄠˇ ①以自己的能力就可以辦得成。②俗稱僅顧自己而不管大局也叫「自了」，對這樣的人叫「自了漢」。

**自力** ㄗˋ ㄌㄧˋ ①一切舉動，出於主動的；對「他力」而言。②自己盡自己的力量。如「自力更生」。

**自大** ㄗˋ ㄉㄚˋ 自我尊大，瞧不起人。

**自己** ▲ㄗˋ ㄐㄧˇ 指本身說。▲ㄗˋ ·ㄐㄧ ①指密切的親友。如「都是自己，何必客氣」。②親密。如「彼此不拘束，顯得很自己」。

**自今** ㄗˋ ㄐㄧㄣ 〔文〕從現在起。

**自分** ㄗˋ ㄈㄣˋ 〔文〕為自己料想。如「他這一去，自分凶多吉少」「自分必死」。

**自反** ㄗˋ ㄈㄢˇ 〔文〕自己反省。

**自主** ㄗˋ ㄓㄨˇ ①自己有主權，不受他人干涉。②有完全主宰自身的能力，不倚靠別人。③控制自己的感情。如「不由自主」。

**自外** ㄗˋ ㄨㄞˋ 有意識地站在某個範圍之外，或者站在對立的方面。

**自白** ㄗˋ ㄅㄛˊ ①〔文〕自我表白。〈史記〉有「嘗患見疑，無以自白」。②法律名詞，犯罪被人發覺之後，向審判官坦白陳述自己犯罪的行為，叫做自白。寫出來的文字，叫做「自白書」。又讀ㄗˋ ㄅㄞˊ。

**自用** ㄗˋ ㄩㄥˋ ①固執自己的意見。如「剛愎自用」。②個人所專用的器物；對「公用」而言。如「自用品」「自用車」。

**自由** ▲ㄗˋ ㄧㄡˊ ①在法律範圍內的活動，不受別人干涉的權利，有身體、居住、言論、集會、結社、信教等自由。②〔文〕率行己意。▲ㄗˋ ·ㄧㄡ 閒適不受拘束的樣子。

**自立** ㄗˋ ㄌㄧˋ　自己維持自己，解決自己的事，不倚靠別人。

**自刎** ㄗˋ ㄨㄣˇ　図割頸部自殺。

**自在** ㄗˋ ㄗㄞˋ　①図任意。〈漢書〉有「大臣舉措恣心自在」的話。②沒有拘束。如「自由自在」。③舒暢，快樂。如「他的生活很富裕，很自在」。▲ㄗˋ·ㄗㄞ　沒有拘束；舒暢，快樂。

**自如** ㄗˋ ㄖㄨˊ　図①不受拘束，一切隨自己的意思。如「進退自如」。②像平常一樣地沒有改變。

**自宅** ㄗˋ ㄓㄞˊ　自己的住宅。

**自此** ㄗˋ ㄘˇ　從此。

**自行** ㄗˋ ㄒㄧㄥˊ　①自己（做）。如「自行辦理」。②自己主動。

**自助** ㄗˋ ㄓㄨˋ　全靠自己的力量，不必他人幫助。

**自序** ㄗˋ ㄒㄩˋ　①著書者在書裡所作的序文，通常是敘述著作的用意以及經過情形等。如〈史記·太史公自序〉。②寫文章自述生平。同「自傳」。

**自我** ㄗˋ ㄨㄛˇ　①指個人自己。如「自我陶醉」。②哲學上指永遠不變的精神的我。

**自決** ㄗˋ ㄐㄩㄝˊ　①自己作決定。如「此事很麻煩，他猶豫不能自決」。②図自殺。白居易〈祭小弟文〉「欲自決以毀滅，又傷孝於歸全」。③指一地區的居民決定自己的政治前途。〈三民主義·民族主義·第四講〉「弱小民族不但不能自決……」。

**自私** ㄗˋ ㄙ　只圖自己的利益。

**自足** ㄗˋ ㄗㄨˊ　①自己夠用。如「自給自足」。②自得，自覺滿意。如「他辦了這件事很顯得自足」。

**自身** ㄗˋ ㄕㄣ　本身，本人。

**自來** ㄗˋ ㄌㄞˊ　從來，原來。如「自來如此」。

**自制** ㄗˋ ㄓˋ　①對自己的欲望、情感、行為加以約束，不使越出常規。②自己制裁自己。

**自卑** ㄗˋ ㄅㄟ　覺得自己比不上別人。這種感覺在心理學上稱為「自卑感」。

**自取** ㄗˋ ㄑㄩˇ　①自行收取。②図由自己所作所為而得到的後果。如「咎由自取」「自取其辱」。

**自命** ㄗˋ ㄇㄧㄥˋ　自己認為。如「自命不凡」。

**自奉** ㄗˋ ㄈㄥˋ　図自己的生活享用。如「自奉甚儉」。

**自居** ㄗˋ ㄐㄩ　自任，自待。如「以專家自居」。

**自拔** ㄗˋ ㄅㄚˊ　主動地從痛苦或罪惡中解脫出來。如「不能自拔」。

**自治** ㄗˋ ㄓˋ　①自己約束自己。②自己處理自己的事務。③實行民主政治，在各地方由選舉產生權力機構，管理地方政治事務。

**自戕** ㄗˋ ㄑㄧㄤˊ　図自己傷害自己的身體。

**自肥** ㄗˋ ㄈㄟˊ　經手財物時用不正當的手段從中取利。

**自便** ㄗˋ ㄅㄧㄢˋ　図隨著各人自己的方便。如「聽（ㄊㄧㄥˊ）其自便」。

**自信** ㄗˋ ㄒㄧㄣˋ　信任自己，對自己所知所能具有信心，對自己所作的判斷沒有懷疑。

**自律** ㄗˋ ㄌㄩˋ　自己約束自己。

**自後** ㄗˋ ㄏㄡˋ　從此以後。

**自恃** ㄗˋ ㄕˋ　過分自信而驕傲自滿。

**自持** ㄗˋ ㄔˊ　図①保持自尊和莊嚴。②克制自己的慾念，不發生越體的行為。

**自是** ㄗˋ ㄕˋ ①自以為是。②從此。③自然是，應該是。杜甫詩有「自是君身有仙骨，世人那得知其故」。

**自省** ㄗˋ ㄒㄧㄥˇ 自己反省。

**自苦** ㄗˋ ㄎㄨˇ ①自尋苦惱。②甘心刻苦。

**自若** ㄗˋ ㄖㄨㄛˋ 図①隨自己意思，不受拘束。如「安閒自若」。②毫不顯得緊張、受拘束，跟平常一樣。如「談笑自若」「神色自若」。

**自負** ㄗˋ ㄈㄨˋ ①自己以為自己了不起。②自己負擔。如「文責自負」。

**自述** ㄗˋ ㄕㄨˋ 自己述說自己的事情。

**自重** ㄗˋ ㄓㄨㄥˋ 尊重自己的人格。

**自首** ㄗˋ ㄕㄡˇ 犯罪的人，在案件發覺以前，自己出來向法院或治安機關去坦白承認。

**自乘** ㄗˋ ㄔㄥˊ 兩個或兩個以上相同的數相乘。

**自修** ㄗˋ ㄒㄧㄡ ①自己溫習功課。也叫「自習」。②沒有老師指導，自己努力學習研究。③図就是修身，自我修業。

**自娛** ㄗˋ ㄩˊ 自尋娛樂。

**自家** ㄗˋ ㄐㄧㄚ 自己，自身，本身。

**自荐** ㄗˋ ㄐㄧㄢˋ 自己推荐自己。如「毛遂自荐」。又寫作「自薦」。

**自動** ㄗˋ ㄉㄨㄥˋ ①出於自己的意思或不藉他力而動作；對被動、他動說的。②機械的運動全靠電力、電腦操作，不需要人力看顧，叫做自動。

**自問** ㄗˋ ㄨㄣˋ 自省，自我檢討的意思。如「我自問於心無愧」。

**自專** ㄗˋ ㄓㄨㄢ 自作主張，獨斷獨行，不採納別人的意見。

**自強** ㄗˋ ㄑㄧㄤˊ 自己努力奮發圖強。

**自得** ㄗˋ ㄉㄜˊ ①自覺得意。如「揚揚自得」。②自己覺得很有樂趣。如「怡然自得」。

**自從** ㄗˋ ㄘㄨㄥˊ 從，由，指事態或時間段落的開始，常跟「起」「以後」等詞配合著用。如「自從二次大戰以後」「自從進入中學起」。

**自救** ㄗˋ ㄐㄧㄡˋ 自己救自己。

**自殺** ㄗˋ ㄕㄚ 自己尋死。

**自理** ㄗˋ ㄌㄧˇ 自己承擔或料理。

**自習** ㄗˋ ㄒㄧˊ ①自己學習。②自己溫習功課。

**自處** ㄗˋ ㄔㄨˇ 図自己對環境事態的應付與處理。如「事態如此演變，我們將何以自處」。

**自許** ㄗˋ ㄒㄩˇ 図自負，自信。

**自訟** ㄗˋ ㄙㄨㄥˋ 図自責。

**自責** ㄗˋ ㄗㄜˊ 自己責備自己。

**自備** ㄗˋ ㄅㄟˋ ①自費置備的；是對公共設備或者公物說的。如「他有自備車，不必擠公共汽車，也不乘公家的交通車，方便多了」。②自行準備的意思。如「這次團體郊遊，來往乘車統籌辦理，野餐由各人自備」。

**自尊** ㄗˋ ㄗㄨㄣ ①自己尊重自己，保持自己的尊嚴。如「一個人先要自尊，才會受別人尊敬」。②図自大。如「自尊自責」。③図自加尊號。

**自欺** ㄗˋ ㄑㄧ 瞞心昧己，做違背良心的事。

**自焚** ㄗˋ ㄈㄣˊ 自己燒死自己，多用於比喻。

**自然** ▲ㄗˋ ㄖㄢˊ ①一切天然生成的東西，像空氣、日光、山河、樹林等；也說「大自然」或「自然界」。②指不是人工造作而是天然渾成的。③固然。如「他唱的自然不好，你也不見得強」。④當然。如「他不肯用功，自然成績不會好」。⑤預測斷定或料將如何如何的意思。如「到時候自然明白」。⑥小學課程科目之一，是「自然科學」的簡稱。⑦哲學名詞，與文化和超自然相對。一般指可以由感官直接或間接覺察到的事物或其集合。

▲ㄗˋ·ㄖㄢ不勉強，不拘束，不板滯。如「他的態度很自然，很大方」。

**自殘** ㄗˋㄘㄢˊ 自己殘害自己。

**自發** ㄗˋㄈㄚ 不受外力支配或牽掣，而由自己發動或自然發展的。

**自給** ㄗˋㄐㄧˇ 自己供給自己所需的。自己夠用。同「自足」①。

**自絕** ㄗˋㄐㄩㄝˊ 図①自行斷絕。如「不顧信義的人，是自絕於社會」。②自取絕滅。〈書經〉有「惟王淫戲用自絕」的話。

**自裁** ㄗˋㄘㄞˊ 図自殺，自盡。

**自訴** ㄗˋㄙㄨˋ 刑事被害人或有告訴權的人，對於直接侵害個人的法益罪，自行向法院提起訴訟。

**自視** ㄗˋㄕˋ 自己認為自己（如何如何）。如「自視甚高」。

**自費** ㄗˋㄈㄟˋ 由自己負擔費用；對公費說的。如「自費留學」。

**自量** ㄗˋㄌㄧㄤˋ 估計自己的能力。如「蚍蜉撼大樹，可笑不自量」。反義詞說成「不自量」「不自量力」或「自不量力」。也讀ㄗˋㄌㄧㄤˊ。

**自傳** ㄗˋㄓㄨㄢˋ 寫成文章或專冊著作來自述生平，這種文章或著作叫做自傳。

**自愛** ㄗˋㄞˋ ①自己愛護自己。②自重。

**自新** ㄗˋㄒㄧㄣ 自己改正錯誤，重新做人。如「改過自新」。

**自當** ㄗˋㄉㄤ 自然應當，是「應當」或「當然」的著重主觀的加強語詞。

**自誇** ㄗˋㄎㄨㄚ 自己誇張，炫耀。

**自詡** ㄗˋㄒㄩˇ 図自誇。

**自滿** ㄗˋㄇㄢˇ 自認滿足，引伸為驕傲、自負的意思。

**自盡** ㄗˋㄐㄧㄣˋ 自殺。

**自稱** ㄗˋㄔㄥ ①關於個人自身的稱呼。如「朕是中國皇帝的自稱」。②自己認定的稱謂或頭銜。如「他自稱為總經理」。③図自己說。如「自稱從未有此主張」。

**自豪** ㄗˋㄏㄠˊ 極其自負、自得。

**自遣** ㄗˋㄑㄧㄢˇ 排遣愁悶，寬慰自己。

**自鳴** ㄗˋㄇㄧㄥˊ ①自己對人表示。如「自鳴清高」「自鳴得意」。②器物自動發出聲響。以往對能發出聲響報時刻的鐘稱為「自鳴鐘」。

**自憐** ㄗˋㄌㄧㄢˊ 自己憐惜自己。

**自慰** ㄗˋㄨㄟˋ 自己安慰自己。如「聊以自慰」。

**自衛** ㄗˋㄨㄟˋ ①用自己的力量保護自己。②法律上對於不法的侵害，因危害迫急不能等待公力的維護，而以私力保衛自己，稱為自衛。

**自學** ㄗˋㄒㄩㄝˊ 自己學習。
物質在空氣中發生氧化作用而

**自燃** ㄗˋㄖㄢˊ 自然燃燒。

**自縊** ㄗˋㄧˋ 図上吊自殺。

**自勵** ㄗˋㄌㄧˋ 自己勉勵自己。

**自謙** ㄗˋㄑㄧㄢ 自己抱謙遜的態度。

**自轉** ㄗˋ ㄓㄨㄢˋ 図自己轉動。〈後漢書．張衡傳〉「參(ㄙㄢ)輪可使自轉，木雕猶能獨飛」。▲ㄗˋ ㄓㄨㄢˇ 天文學名詞，星球繞著自己的軸旋轉，叫自轉。恆星、行星、衛星、彗星都能自轉，但是一般只指太陽系的太陽、眾星與其衛星。它們的自轉周期，太陽赤道部分二十五日，地球是二十三小時五十六分，月球是二十七日七小時四十三分，水星是五十九日，金星是二百四十三日。

**自願** ㄗˋ ㄩㄢˋ 自己願意。

**自覺** ㄗˋ ㄐㄩㄝˊ ①自己知道提高警覺，檢討和覺悟自己的錯誤。②心理學上指能覺察到自己是怎樣的。也稱「自我意識」。

**自贖** ㄗˋ ㄕㄨˊ 自己彌補罪過。如「立功自贖」。

**自己人** ㄗˋ ㄐㄧˇ ㄖㄣˊ 指彼此關係密切的人；自己方面的人。

**自由化** ㄗˋ ㄧㄡˊ ㄏㄨㄚˋ 從不自由改變到自由的過程。

**自由日** ㄗˋ ㄧㄡˊ ㄖˋ 民國四十三年一月二十三日，在韓戰中有一萬四千餘名向聯軍投誠的中共士兵投奔中華民國，達成爭取自由的願望，中韓兩國於是把這一天定為自由日。

**自由刑** ㄗˋ ㄧㄡˊ ㄒㄧㄥˊ 法律上把剝奪或限制犯人自由的刑罰叫做自由刑。

**自由式** ㄗˋ ㄧㄡˊ ㄕˋ ①不受拘束的形式。②指自由泳。

**自由港** ㄗˋ ㄧㄡˊ ㄍㄤˇ ①各國商船可自由出入的港口。②免稅的或進出口貨品稅率相同的口岸。

**自由畫** ㄗˋ ㄧㄡˊ ㄏㄨㄚˋ 沒有指定題材或用具的畫。

**自由詩** ㄗˋ ㄧㄡˊ ㄕ 不拘格律、不限行(ㄏㄤˊ)句長短的詩體。

**自行車** ㄗˋ ㄒㄧㄥˊ ㄔㄜ 就是腳踏車。也叫「自由車」「單車」。

**自作孽** ㄗˋ ㄗㄨㄛˋ ㄋㄧㄝˋ 自己做的罪惡。

**自助餐** ㄗˋ ㄓㄨˋ ㄘㄢ 西方餐飲方式，將菜肴集中一處，由賓客或顧客自取，既簡便也不拘形式。

**自來水** ㄗˋ ㄌㄞˊ ㄕㄨㄟˇ ①一種公用事業，由水廠從水源取水，經過濾淨處理，用水管引水分送各用戶，這樣供用的水叫「自來水」。②是「自來水設備」的簡稱。如「自來水廠」「這新建的房屋還沒裝自來水」。

**自卑感** ㄗˋ ㄅㄟ ㄍㄢˇ 覺得自己比不上別人的心理。

**自治領** ㄗˋ ㄓˋ ㄌㄧㄥˇ 保有議會和自治政府，但總督任免權仍在宗主國的殖民地，也稱做自治殖民地。

**自流井** ㄗˋ ㄌㄧㄡˊ ㄐㄧㄥˇ ①地下蓄水層接近地面，水源充沛，鑿井之後井水由於地面壓力而源源湧出，不必人工汲取的，叫自流井。②四川省自貢市的一個地名；在那兒有四千多口水質含高度鹽分的自流井，井水可煮製食鹽，叫做「井鹽」(參看井鹽、岩鹽、崖鹽、池鹽、海鹽等條)。

**自個兒** ㄗˋ ㄍㄜˋ ㄦ 自己本身。語音ㄗˋ ㄍㄜˇ ㄦ。

**自家人** ㄗˋ ㄐㄧㄚ ㄖㄣˊ 也說「自己人」；指彼此關係很密切的人。

**自耕農** ㄗˋ ㄍㄥ ㄋㄨㄥˊ 靠自己的勞力耕種自己的土地謀生活的農民。

**自動化** ㄗˋ ㄉㄨㄥˋ ㄏㄨㄚˋ 事務處理或工業生產，使用電子計算機(通稱電腦)控制操作程序，大量減少人工，稱為自動化；工業上的自動化是所謂「第二次工業革命」，與蒸汽機發明後的工業革命同樣是工業史上劃時代的進展。

**自敘式** 小說體裁的一種，以自傳的形式表現主人翁的思想、感情、行為。

**自閉症** 缺乏和現實環境接近的能力或興趣，完全生活在自我封閉的幻想世界的一種病症。

**自尊心** 保持自己尊嚴，不容別人歧視、輕蔑與侵犯的心理。

**自然人** 法律上稱尋常的個人；對「法人」說的。在法律上，自然人有權利能力（人格），有享受權利、負擔義務的資格。

**自然物** 自然界的有形物。像動、植、礦物等就是。

**自然界** 宇宙間的生物界與非生物界的總稱。

**自力更生** 用自己的力量創造新的前途。

**自以為是** 自己認為自己是對的。

**自出機杼** 比喻能夠獨出新意。

**自古以來** 從古代到現代。

**自生自滅** 自然生長，自然滅亡。比喻沒有人關心，沒有人照顧。

**自由女神** 由法國委託雕刻家巴托爾迪在一八七四年完成的女神塑像，並在一八八六年贈送給美國，做為慶祝美國獨立一百周年的禮物。

**自由心證** 由法官的心理判斷證據力的強弱，不受任何拘束。

**自由主義** 以個人為目的，視國家為工具，反對國家權力對個人自由的干涉，主張解除社會經濟勢力對個人自由的束縛的一種思想，一種運動。

**自由貿易** 由市場機能決定一切，政府不加以干預的一種貿易形態。

**自由意志** 能自由活動，不受外界制約的意志。

**自由職業** 以自己的才能謀生，沒有一定雇主的職業。如律師、醫生等。

**自由競爭** 不加管制，任由大家去競爭。

**自由戀愛** 男女自己選擇愛情與婚姻的對象。

**自成一家** 不模仿他人，而自出心裁，另成一派。

**自作自受** 自己做的事情，惡果報應到自己身上。

**自作聰明** 自以為很聰明，而自作自是，不採納別人的意見。

**自助旅行** 一種旅行的方式。除了自己不能處理的部分外，其他部分都由自己來做，經費可以節省。

**自告奮勇** 發揮勇敢，自動請求做某項事。

**自吹自擂** 比喻自我吹噓。

**自我作古** 不拘泥於陳舊，而自己開創新的說法或新的制度。

**自我批評** 自己批評自己。

**自我防衛** 自己保衛自己。這是生物的一種本能。

**自我評鑑** 自己為自己做評鑑，分析好壞，評分數高低。

**自我意識** 以自我為中心的一種意識形態。

**自投羅網** 自己闖入危險的境地。

**自來水筆** 把墨水貯存在筆管裡，寫字的時候無須臨時蘸墨水的筆。

**自卑情結**（ㄗˋ ㄅㄟ ㄑㄧㄥˊ ㄐㄧㄝˊ） 一種自己比不上別人的感覺，心理學上稱自卑情結。

**自取其辱**（ㄗˋ ㄑㄩˇ ㄑㄧˊ ㄖㄨˇ） 自己招來侮辱。

**自命不凡**（ㄗˋ ㄇㄧㄥˋ ㄅㄨˋ ㄈㄢˊ） 自以為了不起。

**自始至終**（ㄗˋ ㄕˇ ㄓˋ ㄓㄨㄥ） 從開始到結束。

**自知之明**（ㄗˋ ㄓ ㄓ ㄇㄧㄥˊ） 自己知道自己的條件。通常指缺點。

**自花傳粉**（ㄗˋ ㄏㄨㄚ ㄔㄨㄢˊ ㄈㄣˇ） 植物用自己的花粉塗在自己的花的柱頭上。

**自怨自艾**（ㄗˋ ㄩㄢˋ ㄗˋ ㄧˋ） 自己埋怨自己，悔恨自己的錯處而革除自己的缺點。

**自相矛盾**（ㄗˋ ㄒㄧㄤ ㄇㄠˊ ㄉㄨㄣˋ） 自己的言語行為前後不相符合。

**自相殘殺**（ㄗˋ ㄒㄧㄤ ㄘㄢˊ ㄕㄚ） 自己人互相殺害。

**自食其力**（ㄗˋ ㄕˊ ㄑㄧˊ ㄌㄧˋ） 自己依靠自己的能力，解決自己的生活問題。

**自食其果**（ㄗˋ ㄕˊ ㄑㄧˊ ㄍㄨㄛˇ） 事情的結果報應到自己身上。

**自高自大**（ㄗˋ ㄍㄠ ㄗˋ ㄉㄚˋ） 自命不凡，看不起別人。

**自動自發**（ㄗˋ ㄉㄨㄥˋ ㄗˋ ㄈㄚ） 自己發動行為。

**自動鉛筆**（ㄗˋ ㄉㄨㄥˋ ㄑㄧㄢ ㄅㄧˇ） 不需要削的鉛筆。

**自動電話**（ㄗˋ ㄉㄨㄥˋ ㄉㄧㄢˋ ㄏㄨㄚˋ） 不必呼喚接線的人，只撥轉電話機上的號碼，就能使對方的電話鈴響因而通話的電話。

**自強不息**（ㄗˋ ㄑㄧㄤˊ ㄅㄨˋ ㄒㄧˊ） 自己努力發憤圖強而不停止。

**自強活動**（ㄗˋ ㄑㄧㄤˊ ㄏㄨㄛˊ ㄉㄨㄥˋ） 團體單位辦的郊遊、旅行等活動。這些活動可以促進人們身心健康，使人更強健。

**自欺欺人**（ㄗˋ ㄑㄧ ㄑㄧ ㄖㄣˊ） 自己騙自己，同時也騙了別人。主要用在形容一個人明明知道不對，但仍然不肯承認。

**自然而然**（ㄗˋ ㄖㄢˊ ㄦˊ ㄖㄢˊ） 沒有勉強，而出於預期的趨向。

**自然災害**（ㄗˋ ㄖㄢˊ ㄗㄞ ㄏㄞˋ） 自然現象所造成的災害，如水災、旱災等。

**自然科學**（ㄗˋ ㄖㄢˊ ㄎㄜ ㄒㄩㄝˊ） 研究自然物質和自然現象的科學，像物理學、化學、動物學、植物學、礦物學等。

**自然哲學**（ㄗˋ ㄖㄢˊ ㄓㄜˊ ㄒㄩㄝˊ） 以自然的本體為研究對象的哲學；對精神哲學而言。

**自然現象**（ㄗˋ ㄖㄢˊ ㄒㄧㄢˋ ㄒㄧㄤˋ） 天體運行和動植物生長等自然界所發生的現象的總稱。像物理現象，化學現象；常對社會現象而言。

**自然淘汰**（ㄗˋ ㄖㄢˊ ㄊㄠˊ ㄊㄞˋ） 事物被大自然的因素所消滅、剔除。

**自給自足**（ㄗˋ ㄐㄧˇ ㄗˋ ㄗㄨˊ） 生產和消費維持平衡，可以自謀生存，不必仰賴於人。

**自圓其說**（ㄗˋ ㄩㄢˊ ㄑㄧˊ ㄕㄨㄛ） 使自己的論斷或謊話沒有破綻。

**自慚形穢**（ㄗˋ ㄘㄢˊ ㄒㄧㄥˊ ㄏㄨㄟˋ） 自己慚愧不如別人。

**自暴自棄**（ㄗˋ ㄅㄠˋ ㄗˋ ㄑㄧˋ） 不知自愛，甘於墮落。

**自鄶以下**（ㄗˋ ㄎㄨㄞˋ ㄧˇ ㄒㄧㄚˋ） 注「鄶」也作「檜」。〈左傳〉記載吳季札在魯國觀周樂，對於所歌唱的雅、頌以及各國的詩都一一評論，可是末了的鄶風和曹風實在太差了，就不提了。〈左傳〉原文是「自鄶以下無譏焉」。後來文章裡說到事物越下去越不好而不值得評論的，就用「自鄶以下」這個成語。也簡作「自鄶」。

**自顧不暇**（ㄗˋ ㄍㄨˋ ㄅㄨˋ ㄒㄧㄚˊ） 自己照顧自己還來不及。就是說沒有力量照顧或幫助別人。

**自動售票機** ㄗˋ ㄉㄨㄥˋ ㄕㄡˋ ㄆㄧㄠˋ ㄐㄧ 自動售票的機器。

## 四筆

**臬** ㄋㄧㄝˋ ㈠[文]箭靶子；借用來做為標準、法度的代稱。如「奉為圭臬」（圭是指圭表，古時測日影用的器具）」。㈡以往對按察使的別稱，也稱「臬臺」。

**臭** ▲ㄔㄡˋ ㈠難聞的氣味，「香」的對稱。㈡名譽敗壞，被人討厭的。如「他到哪兒哪兒臭」。㈢感情壞，由親近變疏遠。如「香三臭四」「他們本是好朋友，為一點兒小事就臭了」。㈣形容很激烈，程度很強。如「一頓臭罵」「臭吃臭喝」。㈤壞的，卑劣的，不堪說的。如「臭事」「臭名遠揚」。㈥罵，譏笑。如「臭他一頓」。㈦槍、砲的子彈壞了，不能爆炸。如「這顆子彈臭了」。▲ㄒㄧㄡˋ ㈠氣味。如「無聲無臭」「無色無臭的氣體」。㈡[文]通「嗅」。

**臭事** ㄔㄡˋ ㄕˋ 卑劣的事，不道德的事。

**臭美** ㄔㄡˋ ㄇㄟˇ 譏笑別人自誇。

**臭氧** ㄔㄡˋ ㄧㄤˇ 由氧氣受摩擦或通電而產生，帶有惡臭的 $O_3$。

**臭棋** ㄔㄡˋ ㄑㄧˊ 下棋時拙劣的著（ㄓㄠ）數。

**臭溝** ㄔㄡˋ ㄍㄡ 臭水溝，排汙水的水溝。

**臭罵** ㄔㄡˋ ㄇㄚˋ 痛罵，使人難堪的怒罵。

**臭錢** ㄔㄡˋ ㄑㄧㄢˊ ①譏罵富而不仁者的錢財。如「他仗著有些臭錢就目中無人」。②指太少的、不值得說的代價。如「忙來忙去，不過只為了維持生活的幾個臭錢罷了」。

**臭蟲** ㄔㄡˋ ㄔㄨㄥˊ 蟲字可輕讀。一種咬人的扁平形的小蟲，能吸人的血，注入毒汁，使人皮膚癢腫；體內有臭味，所以叫做「臭蟲」。也叫「床蝨」。

**臭鼬** ㄔㄡˋ ㄧㄡˋ 鼬的俗稱。

**臭皮囊** ㄔㄡˋ ㄆㄧˊ ㄋㄤˊ 指人的軀殼，原是道教經書裡用的詞，因為人體的排泄物都是髒東西，所以稱軀殼叫臭皮囊。

**臭豆腐** ㄔㄡˋ ㄉㄡˋ ㄈㄨˇ 腐字輕讀。用豆腐醃製發酵而成的佐餐食品，聞著有臭味，有人卻很愛吃。

**臭氧層** ㄔㄡˋ ㄧㄤˇ ㄘㄥˊ 平流層中臭氧集中的一層，距離地面約二十到三十公里。太陽射向地球的紫外線，大部分被臭氧層吸收。

**臭烘烘** ㄔㄡˋ ㄏㄨㄥ ㄏㄨㄥ 形容很臭。

**臭吃臭喝** ㄔㄡˋ ㄔ ㄔㄡˋ ㄏㄜ ①無所事事，整天只是吃喝。②吃喝得很猛，樣子也難看。

**臭味相投** ㄔㄡˋ ㄨㄟˋ ㄒㄧㄤ ㄊㄡˊ 指思想、作風、興趣等相同的人很合得來（專指壞的）。

## 十筆

**臲** [文]ㄋㄧㄝˋ 「卼（ㄨˋ）臲」，動搖不安。也作「臲卼」，「杌隉」「阢隉」。

# 至部

**至** ㄓˋ ㈠到。如「從古至今」「第一號至第十號」。㈡極、最，到了頭兒。如「至少」「無微不至」「仁至義盡」。㈢最好的，最親近的。如「至交」「至親」。㈣「至於」的意思。如「成績還不至太差」。㈤節氣名稱用字，有「夏至」和「冬

「至」。

**至人**（ㄓˋ ㄖㄣˊ） 道德修養達到最高境界的人。

**至上**（ㄓˋ ㄕㄤˋ） （地位、權力等）最高。

**至今**（ㄓˋ ㄐㄧㄣ） 直到現在。

**至公**（ㄓˋ ㄍㄨㄥ） [文]非常公平。

**至友**（ㄓˋ ㄧㄡˇ） [文]極親密的朋友。

**至少**（ㄓˋ ㄕㄠˇ） ①最少。②[文]極少，太少。如「此項辦法收效甚大而流弊至少」。

**至心**（ㄓˋ ㄒㄧㄣ） [文]極為懇切的心意。

**至日**（ㄓˋ ㄖˋ） [文]指冬至或夏至那天。

**至交**（ㄓˋ ㄐㄧㄠ） 最好的朋友。

**至多**（ㄓˋ ㄉㄨㄛ） ①最多。②[文]極多，太多。如「惠我至多」。

**至好**（ㄓˋ ㄏㄠˇ） [文]①極好。②至交。

**至如**（ㄓˋ ㄖㄨˊ） [文]同「至於（ㄩˊ）」。轉換話題，談到有關的或附帶的事情的時候，用「至如」來連接語氣。如「至如其他細節，另行集會一併詳細研究」。

**至死**（ㄓˋ ㄙˇ） 一直到死。如「至死不悔」「至死都不屈服」。

**至孝**（ㄓˋ ㄒㄧㄠˋ） [文]非常孝順。

**至言**（ㄓˋ ㄧㄢˊ） [文]正確合理的話。

**至性**（ㄓˋ ㄒㄧㄥˋ） ①就是孝悌的天性。②善良的品行。

**至於** ▲（ㄓˋ ㄩˊ） 就是提起、談到的意思，是轉話題談到有關的或附帶的事情的用詞。如「至於旁的事情，等以後再說吧」。▲（ㄓˋ ·ㄩ） 達到某種程度的意思。如「這一點兒小事也至於著慌嗎」。

**至若**（ㄓˋ ㄖㄨㄛˋ） [文]至如。

**至要**（ㄓˋ ㄧㄠˋ） [文]極重要。

**至情**（ㄓˋ ㄑㄧㄥˊ） 真實的心情或感情。

**至理**（ㄓˋ ㄌㄧˇ） 極正確的道理。

**至竟**（ㄓˋ ㄐㄧㄥˋ） [文]同「畢竟」。杜牧詩有「至竟江山誰是主」。

**至尊**（ㄓˋ ㄗㄨㄣ） 極其尊貴。

**至善**（ㄓˋ ㄕㄢˋ） [文]非常完善，極端地好。如「至善至美」「止於至善」。

**至意**（ㄓˋ ㄧˋ） [文]最深厚的好意。

**至當**（ㄓˋ ㄉㄤˋ） [文]極確當，極恰當。

**至聖**（ㄓˋ ㄕㄥˋ） ①至高無上的聖人。②對孔子的尊稱。如「至聖先師」。

**至誠** ▲[文]（ㄓˋ ㄔㄥˊ） 心地純潔，忠誠之至。如「至誠感人」。▲（ㄓˋ ·ㄔㄥ） 因為心意誠懇而禮貌周到。如「他待人很至誠」。

**至親**（ㄓˋ ㄑㄧㄣ） 關係最近或最交好的親戚。

**至寶**（ㄓˋ ㄅㄠˇ） 最珍貴的寶物。如「如獲至寶」。

**至不濟**（ㄓˋ ㄅㄨˋ ㄐㄧˋ） 最低的程度。如「至不濟也得（ㄉㄟˇ）夠維持生活」「今年的莊稼至不濟也可收到八成」。

**至大至剛**（ㄓˋ ㄉㄚˋ ㄓˋ ㄍㄤ） 最大、最剛強。

**至矣盡矣**（ㄓˋ ㄧˇ ㄐㄧㄣˋ ㄧˇ） [文]達到了極點。

**至高無上**（ㄓˋ ㄍㄠ ㄨˊ ㄕㄤˋ） 最高的，最尊貴的，最重要的。

**至理名言**（ㄓˋ ㄌㄧˇ ㄇㄧㄥˊ ㄧㄢˊ） 極有道理的話。

## 三筆

**致** ㄓˋ ㈠図推展到極點。〈大學〉有「致知在格物」的話。㈡図盡其情。〈論語〉有「人未有自致者也，必也喪親乎」。㈢給，送給。如「致送」「致函某某」。㈣表示。如「致賀」「致敬」。㈤達到，獲得。如「致富」。㈥做到，造成。如「因公致傷」「以致」。㈦引來。如「羅致」「招致災害」。㈧盡，用得徹底。如「致力」。㈨旨趣，意態。如「興致」「情致」。㈩図「致政」「致仕」都是說辭官，「致」有歸還的意思。

**致力** ㄓˋ ㄌㄧˋ 盡力。

**致仕** ㄓˋ ㄕˋ 図從官位上退休。

**致用** ㄓˋ ㄩㄥˋ 図切於實用。

**致死** ㄓˋ ㄙˇ 図以致死亡，因之而死。如「因傷致死」。

**致使** ㄓˋ ㄕˇ 使得。

**致函** ㄓˋ ㄏㄢˊ 致送信函。

**致命** ㄓˋ ㄇㄧㄥˋ 図喪失生命。

**致果** ㄓˋ ㄍㄨㄛˇ 取勝。如「殺敵致果」。

**致知** ㄓˋ ㄓ ①獲得知識。②實踐良知。

**致書** ㄓˋ ㄕㄨ 図寄信。

**致送** ㄓˋ ㄙㄨㄥˋ 送給。

**致富** ㄓˋ ㄈㄨˋ 達到富足的境地，獲得財富。

**致賀** ㄓˋ ㄏㄜˋ 向人道賀，表達賀意。

**致意** ㄓˋ ㄧˋ 表達問候的意思。

**致敬** ㄓˋ ㄐㄧㄥˋ ①向人行敬禮。②表示敬意。

**致謝** ㄓˋ ㄒㄧㄝˋ 向人道謝，表達謝意。

**致辭** ㄓˋ ㄘˊ 在集會的時候對眾人發表祝頌辭以及歡迎、歡送、答謝等言辭。辭也作「詞」。

**致良知** ㄓˋ ㄌㄧㄤˊ ㄓ 明代大儒王陽明的主要哲學思想。把人類分辨善惡的能力充分發揮或實踐。

**致命處** ㄓˋ ㄇㄧㄥˋ ㄔㄨˋ 人身上的要害，身體上被傷害容易致死的地方。

**致命傷** ㄓˋ ㄇㄧㄥˋ ㄕㄤ ①可以致人於死的傷害。②比喻一切使事情敗壞的關鍵。

**致癌物** ㄓˋ ㄧㄢˊ ㄨˋ 能誘發癌症的物質。

## 八筆

**臺（台）** ㄊㄞˊ ㈠高而平的建築物，可以登上去向遠處看。如「樓臺」「亭臺」「瞭望臺」。㈡高出地面的建築，可以在上面表演、講話的。如「講臺」「戲臺」。㈢高起來的座子。如「燈臺」「燭臺」。㈣觀天象或發送電信的地方。如「天文臺」「電臺」。㈤對人的尊稱用詞。如「兄臺」「憲臺」。㈥「臺灣省」的簡稱。㈦姓。

**臺球** ㄊㄞˊ ㄑㄧㄡˊ 也作「檯球」，俗稱「撞球」。在長方形有高起的沿兒的檯上，用球杆打球，有兩紅兩白四個球的，也有多種顏色的球，打落到檯子旁邊的洞袋裡去的。

**臺幣** ㄊㄞˊ ㄅㄧˋ 臺灣光復後，由臺灣銀行發行、通行於臺灣地區的貨幣。

**臺榭** ㄊㄞˊ ㄒㄧㄝˋ 図是「亭臺樓榭」的簡詞，指涼亭樓臺等富麗豪華的建築物。

**臺灣** ㄊㄞˊ ㄨㄢ 中國的一個省，是在福建省東南的一個海島，面積三萬五千七百零九平方公里。

**臺階（兒）** ㄊㄞˊ ㄐㄧㄝ ㄦ 也作「台階（兒）」。①在路上，特別是在廳前或大門口，用磚石砌成的，一層比一層高，好走上走下的建築物。如「高高的臺階（兒）」。②比喻使事情順利轉圜的機會，或是能打破僵局而給人不失體面的方式。如「給他們一個臺階（兒），自然容易和解了」。

**臺柱子** ㄊㄞˊ ㄓㄨˋ ㄗ˙ 同「台柱子」。就是指戲班裡的重要角色，引伸指團體裡的主腦、骨幹。

**臺灣海峽** ㄊㄞˊ ㄨㄢ ㄏㄞˇ ㄒㄧㄚˊ 位於臺灣和福建中間的海峽，最窄的地方只有一〇三公里。

## 十筆

**臻** 図ㄓㄣ 達到。如「漸臻佳境」「臻於完善」。

# 臼部

**臼** ㄐㄧㄡˋ 舂米的器具，像個石頭盆子的樣子。

**臼砲** ㄐㄧㄡˋ ㄆㄠˋ 膛身粗短，彈道彎曲的大砲。

**臼齒** ㄐㄧㄡˋ ㄔˇ 嘴裡最後面的上下幾個大牙齒，叫臼齒。齒面廣平而有凹槽，用以磨嚼食物。

## 二筆

**臾** 図ㄩˊ 「須臾」，就是片刻，一會兒。如「稍待須臾」。

## 三筆

**臿** ㄔㄚ ㈠同「鍤」，就是挖土用的鐵鍬。㈡同「插」。

## 四筆

**舀** ㄧㄠˇ ㈠用瓢、杓取水或其他液體。（語音ㄨㄞˇ，又讀ㄎㄨㄞˇ。）㈡見「舀子」。

**舀子** ㄧㄠˇ ㄗ˙ 取水用的杓子。

**舁** 図ㄩˊ ㈠幾個人一起抬。〈後漢書・魏志鍾繇傳〉有「虎賁舁上殿就坐」。㈡通輿，轎子。

## 五筆

**舂** ㄔㄨㄥ ㈠把穀或糙米放在石臼裡，搗去皮殼。㈡古罪刑之一，服舂米的勞役，多對婦女罪犯科這種罪刑。㈢図突擊。

**舂米** ㄔㄨㄥ ㄇㄧˇ 把穀或糙米放在石臼裡擣掉穀殼成白米。

## 六筆

**舃** 図ㄒㄧˋ ㈠鞋。㈡大的樣子。〈詩經〉有「松桷有舃」。㈢與「瀉」通。

## 七筆

**舅** ㄐㄧㄡˋ ㈠母親的弟兄，通稱「舅舅」或「舅父」，也稱「母舅」。㈡妻的弟兄，通稱「舅子」。㈢古時候是兒媳對公公的稱呼，「翁姑」也作「舅姑」。

**舅子** ㄐㄧㄡˋ ㄗ˙ 妻子的兄弟。如「大舅子」「小舅子」。

**舅公** ㄐㄧㄡˋ ㄍㄨㄥ 祖母的兄弟。

**舅父** ㄐㄧㄡˋ ㄈㄨˋ 母親的弟兄。

**舅母** ㄐㄧㄡˋ ㄇㄨˇ 舅媽，舅父的妻。

**舅姑** ㄐㄧㄡˋ ㄍㄨ 図就是「翁姑」，妻子稱丈夫的父母。

**舅婆** ㄐㄧㄡˋ ㄆㄛˊ 舅公的太太。

**舅媽** ㄐㄧㄡˋ ㄇㄚ 舅舅的太太。

**舅爺** ㄐㄧㄡˋ ㄧㄝˊ 僕人尊稱主人的舅祖、舅父或妻舅。

**舅奶奶** ㄐㄧㄡˋ ㄋㄞˇ ㄋㄞ˙ 就是舅婆。

**舅爺爺** ㄐㄧㄡˋ ㄧㄝˊ ㄧㄝ˙ 就是舅公。

**與（与、㪰）** ▲ㄩˇ ㈠同，和，跟。如「與人方便」。㈡為，替。如「與民同樂」。㈢給，送給，交給。如「贈與」「付與」。㈣図對待，對付，對敵。如「此人易與，不足畏也」。㈤図交好。如「相與甚厚」。㈥図贊助，贊成，贊許。如「急公好義，時人與之」。㈦図等待。如「歲不我與」。㈧図「與其」的簡詞，如「與人刃我，寧自刃」。

▲図ㄩˋ 參加，發生關聯。如「參與其事」「與聞其事」。

▲図ㄩˊ 同「歟」，嘆詞。

**與其** ㄩˇ ㄑㄧˊ 表示比較作用的連詞，常和「不如」「不若」「寧」「寧可」等詞連用，表示審決的意思。〈論語〉有「禮，與其奢也，寧儉」。

**與國** ㄩˇ ㄍㄨㄛˊ 互相友善的友邦。

**與聞** ㄩˋ ㄨㄣˊ 參與並且得知（內情）。如「與聞其事」。

**與人方便** ㄩˇ ㄖㄣˊ ㄈㄤ ㄅㄧㄢˋ 讓別人得到方便。

**與人為善** ㄩˇ ㄖㄣˊ ㄨㄟˊ ㄕㄢˋ 贊助人學好。

**與日俱增** ㄩˇ ㄖˋ ㄐㄩˋ ㄗㄥ 隨著日子的過去而不斷增長。

**與世長辭** ㄩˇ ㄕˋ ㄔㄤˊ ㄘˊ 「去世」的含蓄說法。

**與世無爭** ㄩˇ ㄕˋ ㄨˊ ㄓㄥ 不跟社會上的人發生爭執。

**與民爭利** ㄩˇ ㄇㄧㄣˊ ㄓㄥ ㄌㄧˋ （貪官）和老百姓爭利益。

**與虎謀皮** ㄩˇ ㄏㄨˇ ㄇㄡˊ ㄆㄧˊ 也作與狐謀皮。比喻拿對他有損害的辦法和他商量，也就是利害衝突，無從商量。

**與眾不同** ㄩˇ ㄓㄨㄥˋ ㄅㄨˋ ㄊㄨㄥˊ 跟大家不一樣。

## 九筆

**興（兴、㒷）** ▲ㄒㄧㄥ ㈠發動，舉辦。如「興師動眾」「大興土木」。㈡旺盛。如「興旺」。㈢流行，盛行。如「這是時興的式樣」。㈣准許。如「不興他胡鬧」。㈤或者。如「明天他也興來，也興不來」。㈥図起來。如「夙興夜寐」。

▲ㄒㄧㄥˋ ㈠喜悅的情緒。如「乘興而來」。㈡趣味。如「酒興正濃」。㈢〈詩經〉六義之一，是寄興於物而發的言詞。

**興亡** ㄒㄧㄥ ㄨㄤˊ 興起和滅亡，多指國家說的。

**興工** ㄒㄧㄥ ㄍㄨㄥ 工程開始。

**興兵** ㄒㄧㄥ ㄅㄧㄥ 發兵征討或發動戰爭。

**興味** ㄒㄧㄥˋ ㄨㄟˋ 趣味。

**興旺** ㄒㄧㄥ ㄨㄤˋ 旺字輕讀。①繁盛的樣子。②事業發達。

**興建** ㄒㄧㄥ ㄐㄧㄢˋ 開始建築（多指規模較大的）。

**興革** ㄒㄧㄥ ㄍㄜˊ 図興辦與革除。

**興致** ㄒㄧㄥˋ ㄓˋ ①情趣，情緒。②高興的心情。如「興致勃勃」。

**興修** ㄒㄧㄥ ㄒㄧㄡ 開始修建。

**興師** ㄒㄧㄥ ㄕ 出兵。

**興衰** ㄒㄧㄥ ㄕㄨㄞ 興盛及衰微，多指國家說的。

**興起** ㄒㄧㄥ ㄑㄧˇ ①開始出現並興盛起來。②図因感動而奮起。

**興許** ㄒㄧㄥ ㄒㄩˇ 或者，也許。如「我今天興許不能去了」。

**興復** ㄒㄧㄥ ㄈㄨˋ 復興。

**興替** ㄒㄧㄥ ㄊㄧˋ 図①隆盛及衰廢。②由隆盛而衰敗。

**興盛** ㄒㄧㄥ ㄕㄥˋ 昌隆繁盛。

**興會** ㄒㄧㄥ ㄏㄨㄟˋ 趣味集中的時候。

**興業** ㄒㄧㄥ ㄧㄝˋ 廣西省縣名。

**興隆** ㄒㄧㄥ ㄌㄨㄥˊ 興盛。

**興嘆** ㄒㄧㄥ ㄊㄢˋ 図發出感嘆聲。如「望洋興嘆」。

**興廢** ㄒㄧㄥ ㄈㄟˋ 興起或廢止。

**興趣** ㄒㄧㄥˋ ㄑㄩˋ ①趣味，情趣。〈滄浪詩話〉「詩者，吟詠情性也，盛唐諸人，惟在興趣」。②心理學名詞，指個體對特定事物或活動所有的持久的注意與喜好。

**興學** ㄒㄧㄥ ㄒㄩㄝˊ 創設學校。

**興奮** ㄒㄧㄥ ㄈㄣˋ ①由刺激所引起的比較高亢的情緒狀態，通常在行為上表現迅速、衝動，在體內則有肌肉收縮、腺體分泌的狀況。②指激動、振奮。

**興匆匆** ㄒㄧㄥ ㄘㄨㄥ ㄘㄨㄥ 欣喜而行動敏速的樣子。如「興匆匆的走來」。

**興奮劑** ㄒㄧㄥ ㄈㄣˋ ㄐㄧˋ ①刺激性能促進大腦、心、肺等功能的藥品。②比喻一切能振起精神的事物。

**興頭兒** ㄒㄧㄥˋ ㄊㄡˊ ㄦ 興趣正濃的時候。如「這幾天他正在興頭兒上，你一定攔不住他」。

**興利除弊** ㄒㄧㄥ ㄌㄧˋ ㄔㄨˊ ㄅㄧˋ 興辦有利的事業，除去弊端。

**興高采烈** ㄒㄧㄥˋ ㄍㄠ ㄘㄞˇ ㄌㄧㄝˋ 非常高興。

**興會淋漓** ㄒㄧㄥˋ ㄏㄨㄟˋ ㄌㄧㄣˊ ㄌㄧˊ 興致濃厚。

**興風作浪** ㄒㄧㄥ ㄈㄥ ㄗㄨㄛˋ ㄌㄤˋ 比喻扇動情緒，挑起事端。

**興師動眾** ㄒㄧㄥ ㄕ ㄉㄨㄥˋ ㄓㄨㄥˋ 動用大批人力。

**興盡而返** ㄒㄧㄥˋ ㄐㄧㄣˋ ㄦˊ ㄈㄢˇ 興趣得到滿足才回去。

## 十筆

**舉（擧、夆、挙）** ㄐㄩˇ ㈠把東西高高提著或拿著。如「把旗子舉起來」「舉重」。㈡揚起來，抬起來。如「舉手」「舉頭望明月」。㈢推荐，推選。如「選舉」「推舉」。㈣提出。如「舉一個例」「檢舉」。㈤動作。如「一舉一動」「義舉」。㈥図起。如「舉義」「舉兵」。㈦図升起。如「舉火為炊」。㈧図指全體的，全部的。如「舉家出遊」「舉國歡騰」。㈨図全都，均，皆。如「舉欣欣然有喜色」。㈩図育子叫「舉」，不能生育叫「不舉」。(十一)図鳥飛。張衡〈西京賦〉有「鳥不暇舉」。(十二)見「舉人」。

**舉人** ㄐㄩˇ ㄖㄣˊ ①漢魏時代指由郡國舉荐的人。②唐宋時代指參加進士考試的人。③明清時代稱鄉試中式的人。

**舉凡** ㄐㄩˇ ㄈㄢˊ 図凡是。

**舉手** ㄐㄩˇ ㄕㄡˇ 把手舉起來；通常表示自己要求發言，或在會議討論的時候用舉手（表示贊成或不贊成）來表決。

**舉止** ㄐㄩˇ ㄓˇ 舉動，人的動作。

**舉火** ㄐㄩˇ ㄏㄨㄛˇ 図①升火炊飯。②放火。如「舉火為號」。

**舉世** ㄐㄩˇ ㄕˋ 図全世界，全世界的人。如「舉世聞名」「舉世皆知」。

**舉行** ㄐㄩˇ ㄒㄧㄥˊ 開始實行。

**舉兵** ㄐㄩˇ ㄅㄧㄥ 図出兵。

**舉步** ㄐㄩˇ ㄅㄨˋ 邁步。

**舉事** ㄐㄩˇ ㄕˋ 図起事。

**舉例** ㄐㄩˇ ㄌㄧˋ 提出例子來。如「舉例說明」。

**舉哀** ㄐㄩˇ ㄞ 図①在喪儀中高聲哭泣示哀。②辦喪事。

**舉要** ㄐㄩˇ ㄧㄠˋ 列舉大要（多用做書名）。

**舉重** ㄐㄩˇ ㄓㄨㄥˋ 一種運動項目，選手比賽把槓鈴舉起來，舉得起最重的人優勝。

**舉家** ㄐㄩˇ ㄐㄧㄚ 図全家。

**舉荐** ㄐㄩˇ ㄐㄧㄢˋ 推荐，推介。

**舉動** ㄐㄩˇ ㄉㄨㄥˋ 人的動作或行為。

**舉國** ㄐㄩˇ ㄍㄨㄛˊ 図全國。

**舉措** ㄐㄩˇ ㄘㄨㄛˋ 舉動及措施。

**舉發** ㄐㄩˇ ㄈㄚ 檢舉，把隱祕的事情揭露出來。

**舉隅** ㄐㄩˇ ㄩˊ 舉出一隅。比喻舉一個事例而推知其他。

**舉義** ㄐㄩˇ ㄧˋ 図革命，起義。

**舉辦** ㄐㄩˇ ㄅㄢˋ 舉行（活動）；辦理（事業）。

**舉一反三** ㄐㄩˇ ㄧ ㄈㄢˇ ㄙㄢ 從某方面了解其他方面，就是「觸類旁通」的意思。原是從〈論語〉「舉一隅不以三隅反，則不復也」的話來的。

**舉手投足** ㄐㄩˇ ㄕㄡˇ ㄊㄡˊ ㄗㄨˊ 図舉一舉手，抖一抖腳；泛指人平常行動的細微之處。也可作「一舉手，一投足」。

**舉目無親** ㄐㄩˇ ㄇㄨˋ ㄨˊ ㄑㄧㄣ 指單身在外，不見親屬和親戚。

**舉足輕重** ㄐㄩˇ ㄗㄨˊ ㄑㄧㄥ ㄓㄨㄥˋ 形容地位非常重要；其贊助或反對，趨向如何，關係到整個大局，可以決定正反兩方面的成敗。

**舉案齊眉** ㄐㄩˇ ㄢˋ ㄑㄧˊ ㄇㄟˊ 把端飯菜的托盤舉到眉間的高度。比喻夫婦相敬如賓。語出〈後漢書·逸民傳·梁鴻〉。

**舉棋不定** ㄐㄩˇ ㄑㄧˊ ㄅㄨˋ ㄉㄧㄥˋ 比喻沒有主見，隨時改變計畫。

## 十二筆

**舊（旧）** ㄐㄧㄡˋ ㈠不是新的；原有的或過去的，經過長久時間的。如「舊習慣」「照舊」。㈡東西用久了或經過了長久的時間，變壞或變得難看。如「一雙又舊又破的鞋」。㈢指老朋友或老交情。如「親朋故舊」「舊友」。

**舊友** ㄐㄧㄡˋ ㄧㄡˇ 相交已久的朋友。也說「老朋友」。

**舊日** ㄐㄧㄡˋ ㄖˋ 從前的時候。也說「舊時」。

**舊交** ㄐㄧㄡˋ ㄐㄧㄠ 老朋友。

**舊年** ㄐㄧㄡˋ ㄋㄧㄢˊ ①去年。②舊曆新年。

**舊地** ㄐㄧㄡˋ ㄉㄧˋ 図曾經去過或生活過的地方。如「舊地重遊」。

**舊好** ㄐㄧㄡˋ ㄏㄠˇ 図①指過去的交誼。如「重修舊好」。②指舊交，老朋友。

**舊址** ㄐㄧㄡˋ ㄓˇ 舊的地址。

**舊事** ㄐㄧㄡˋ ㄕˋ 以往的事。

**舊俗** ㄐㄧㄡˋ ㄙㄨˊ 舊的風俗習慣。

**舊制** ㄐㄧㄡˋ ㄓˋ 舊的制度。

**舊居** ㄐㄧㄡˋ ㄐㄩ 從前曾經住過的地方。

**舊物** ㄐㄧㄡˋ ㄨˋ ①先代的遺物，特指典章文物。②指原有的國土。如「光復舊物」。

**舊書** ㄐㄧㄡˋ ㄕㄨ ①陳舊或已破損的書籍。②古籍；對現代編著的書籍說的。

**舊情** ㄐㄧㄡˋ ㄑㄧㄥˊ 図①舊日的情誼。②舊日的情形。

**舊貫** ㄐㄧㄡˋ ㄍㄨㄢˋ 図舊制度。如「仍依舊貫」。

**舊部** ㄐㄧㄡˋ ㄅㄨˋ 図舊日所屬的部下。

**舊都** ㄐㄧㄡˋ ㄉㄨ 図稱以前的首都。

**舊案** ㄐㄧㄡˋ ㄢˋ 歷時較久的案件。

**舊詩** ㄐㄧㄡˋ ㄕ 指用文言和傳統格律寫的詩，包括古體詩和近體詩。

**舊聞** ㄐㄧㄡˋ ㄨㄣˊ 指已經不新鮮的掌故、逸聞、瑣事等。

**舊學** ㄐㄧㄡˋ ㄒㄩㄝˊ 傳統的學術。

**舊曆** ㄐㄧㄡˋ ㄌㄧˋ 就是陰曆；夏曆。

**舊識** ㄐㄧㄡˋ ㄕˋ ①舊時相識。如「舊識故人」。②舊日有交往的人。

**舊歡** ㄐㄧㄡˋ ㄏㄨㄢ 舊時喜歡或相處和樂的人。

**舊觀** ㄐㄧㄡˋ ㄍㄨㄢ 図原來的樣子。如「恢復舊觀」。

**舊底子** ㄐㄧㄡˋ ㄉㄧˇ ·ㄗ 舊時學成或練就，而還沒有丟掉的本領。

**舊曆年** ㄐㄧㄡˋ ㄌㄧˋ ㄋㄧㄢˊ 舊曆的新年。

**舊雨新知** ㄐㄧㄡˋ ㄩˇ ㄒㄧㄣ ㄓ 泛指新舊朋友或顧客。

**舊調重彈** ㄐㄧㄡˋ ㄉㄧㄠˋ ㄔㄨㄥˊ ㄊㄢˊ 重提舊時已經提過的言論或曲調。

**舊石器時代** ㄐㄧㄡˋ ㄕˊ ㄑㄧˋ ㄕˊ ㄉㄞˋ 石器時代的早期，也是人類歷史的最古階段。

**舊瓶裝新酒** ㄐㄧㄡˋ ㄆㄧㄥˊ ㄓㄨㄤ ㄒㄧㄣ ㄐㄧㄡˇ 形式、外觀是舊的，但是實質、內容卻是新的。

## 舌部

**舌** ㄕㄜˊ ㈠舌頭，動物口中管辨別味道並助咀嚼和發音的器官。㈡器具上像舌頭樣的部分。「鈴舌」是鈴鐺裡面的錘；「箕舌」是簸箕前面靠近邊緣的部分；有的自來水筆尖底下有零件叫「筆舌」。㈢指說話的事。如「舌人」「饒舌」。

**舌人** ㄕㄜˊ ㄖㄣˊ 図古時稱譯官；後來用作口頭言辭傳譯者，或指代表發言的人。

**舌尖** ㄕㄜˊ ㄐㄧㄢ 舌的前端。

**舌苔** ㄕㄜˊ ㄊㄞ 也作「舌胎」。舌上的垢膩。

**舌音** ㄕㄜˊ ㄧㄣ 在口腔中以舌為阻而成的音。有舌尖音如ㄉㄊㄋㄌ；舌面音如ㄐㄑㄒ；舌根音如ㄍㄎㄏ。也有捲舌成阻的ㄓㄔㄕㄖ，和舌與齒成阻的ㄗㄘㄙ。

**舌根** ㄕㄜˊ ㄍㄣ ①舌頭近喉的部分，也稱「舌本」。②佛家說六根之一，舌能辨別甘苦，所以稱舌根。

**舌耕** ㄕㄜˊ ㄍㄥ 図靠教書過生活。比喻用舌頭「耕作」。

**舌葉** ㄕㄜˊ ㄧㄝˋ 指舌尖後兩側的部分。

**舌鋒** ㄕㄜˊ ㄈㄥ 形容高明的說話才能。

**舌戰** ㄕㄜˊ ㄓㄢˋ 比喻言辭辯論。

**舌頭** ㄕㄜˊ ·ㄊㄡ 口語把「舌」叫「舌頭」。

**舌門(兒)** ㄕㄜˊ ㄇㄣˊ ㄦ 唧筒抽氣筒內掩蔽孔口的活動阻擋設備。也叫「活門(兒)」。

**舌敝脣焦**（ㄕㄜˊ ㄅㄧˋ ㄔㄨㄣˊ ㄐㄧㄠ）　舌頭破了，嘴脣乾了。形容話說了很多，說得很辛苦。

**舌劍脣槍**（ㄕㄜˊ ㄐㄧㄢˋ ㄔㄨㄣˊ ㄑㄧㄤ）　形容辯論的激烈和言辭的銳利。

**舌燦蓮花**（ㄕㄜˊ ㄘㄢˋ ㄌㄧㄢˊ ㄏㄨㄚ）　比喻人很會說話。

## 二筆

# 舍

▲ㄕㄜˋ㈠房屋。如「宿舍」「旅舍」。㈡飼養家畜、家禽的房屋或棚子。如「牛舍」「豚舍」。㈢指自己的家。如「舍下」「寒舍」。㈣說到自己卑幼的親屬或自己的親戚，前面加用「舍」字。如「舍妹」「舍姪」「舍親」。㈤図暫時居住。如「舍於其家」。㈥宋元時候把闊家子弟簡稱為「舍」，也是對人的尊稱。如「鄭舍」「楊二舍化緣」，元人小說戲曲裡多這樣說（參看「舍人」條）。㈦古時行軍一宿為一「舍」。又稱行軍三十里為一「舍」。如「退避三舍」。

▲図ㄕㄜˇ同「捨」。

**舍人**（ㄕㄜˋ ㄖㄣˊ）　図①古時候宮內近侍的官；歷代有很多稱「舍人」的官名，如「中書舍人」「起居舍人」等。②門客或親近左右的通稱。③宋元時候尊稱闊人子弟；也簡稱為「舍」，如「鄭舍」「王舍」，元人小說或戲曲裡多這樣說。

**舍下**（ㄕㄜˋ ㄒㄧㄚˋ）　同「舍間」，對人謙稱自己的住家。

**舍利**（ㄕㄜˋ ㄌㄧˋ）　也說「舍利子」。①佛的肉身火化之後所結的球狀物。②梵語Sarira，指死人的遺體。

**舍弟**（ㄕㄜˋ ㄉㄧˋ）　對人謙稱自己的弟弟。

**舍妹**（ㄕㄜˋ ㄇㄟˋ）　對人謙稱自己的妹妹。

**舍間**（ㄕㄜˋ ㄐㄧㄢ）　對人謙稱自己的住家。

**舍親**（ㄕㄜˋ ㄑㄧㄣ）　對人謙稱自己的親戚。

**舍生取義**（ㄕㄜˇ ㄕㄥ ㄑㄩˇ ㄧˋ）　表示輕生重義，為了正義真理而不惜犧牲生命。

**舍我其誰**（ㄕㄜˇ ㄨㄛˇ ㄑㄧˊ ㄕㄟˊ）　比喻勇於自我擔當。

## 四筆

# 舐

図ㄕˋ用舌頭舔。

**舐筆**（ㄕˋ ㄅㄧˇ）　舔筆。

**舐犢**（ㄕˋ ㄉㄨˊ）　図比喻人疼愛子女如同老牛用舌舐小牛的情形。常作「舐犢情深」。

## 六筆

# 舒

ㄕㄨ㈠伸開，張開。如「舒卷自如」「舒張」。㈡伸展，寬鬆，從容不迫。如「天暖了，可以舒手舒腳了」「舒適」。㈢図遲緩。如「舒緩」。㈣姓。

**舒心**（ㄕㄨ ㄒㄧㄣ）　適意。如「你有什麼事不舒心，這麼愁眉苦臉的」。

**舒坦**（ㄕㄨ ㄊㄢˇ）　坦字輕讀。舒服。

**舒服**（ㄕㄨ ㄈㄨˊ）　服字輕讀。①身體和精神都很愉快。②受用。如「這話讓人心裡舒服」。

**舒眉**（ㄕㄨ ㄇㄟˊ）　舒展眉頭，表示舒適沒有憂慮的樣子。

**舒展**（ㄕㄨ ㄓㄢˇ）　①放開摺疊的物品。②把皺的展平。③沒有皺紋。④心中暢通。

**舒張**（ㄕㄨ ㄓㄤ）　心臟或血管等的肌肉組織由緊張狀態變為鬆弛狀態。

**舒暢**（ㄕㄨ ㄔㄤˋ）　心情舒服暢快。

**舒緩** ㄕㄨ ㄏㄨㄢˇ ①緩慢。如「動作舒緩」。②緩和。如「語調舒緩」。③坡度小。如「舒緩的斜坡」。

**舒適** ㄕㄨ ㄕˋ 舒服安逸。

**舒懷** ㄕㄨ ㄏㄨㄞˊ 図心中寬暢。

**舒卷自如** ㄕㄨ ㄐㄩㄢˇ ㄗˋ ㄖㄨˊ 舒展和捲縮都很自然，不受阻礙。

**舒筋活血** ㄕㄨ ㄐㄧㄣ ㄏㄨㄛˊ ㄒㄧㄝˇ 筋肉舒適，血脈流通。也作「舒筋和血」。

## 八筆

**舔** ㄊㄧㄢˇ 用舌頭跟東西接觸。如「舔一下嘴唇」。

**舔筆** ㄊㄧㄢˇ ㄅㄧˇ 用舌頭舔毛筆筆尖。

## 九筆

**舖** ▲ㄆㄨ 同「鋪（ㄆㄨ）」。▲ㄆㄨˋ 同「鋪（ㄆㄨˋ）」。

# 舛部

**舛** 図ㄔㄨㄢˇ ㈠差錯。如「舛錯」「訛舛」。㈡違背，不順利。如「時乖命舛」。

**舛誤** ㄔㄨㄢˇ ㄨˋ 図錯誤。

**舛錯** ▲ㄔㄨㄢˇ ㄘㄨㄛˋ ①參差不一。②差誤。▲ㄔㄨㄢˇ·ㄘㄨㄛ 意外的差錯。如「這人很誠實，託他辦這件事不會有什麼舛錯」。

**舛雜** ㄔㄨㄢˇ ㄗㄚˊ 図錯謬雜亂。

**舛辭** ㄔㄨㄢˇ ㄘˊ 修辭學中稱含有嘲弄諷刺意思的反語。

## 六筆

**舜** ㄕㄨㄣˋ 我國古代的一個天子名，朝代是「虞」，所以也稱「虞舜」。

**舜日堯天** ㄕㄨㄣˋ ㄖˋ ㄧㄠˊ ㄊㄧㄢ 堯舜時代。比喻太平盛世。

## 七筆

**舝** 図ㄒㄧㄚˊ ㈠同轄㈠，車軸頭的鐵鍵（舝字原是把「舛」分開寫在字的上下，像是鍵在軸的兩端）。〈詩經．小雅〉有〈車（ㄐㄩ）舝〉篇。㈡星名。〈史記．天官書〉有「北一星曰舝」。

## 八筆

**舞（儛）** ㄨˇ ㈠由身體動作表演各種姿勢，有一定的步伐，多半是配合著音樂的拍節來表演。如「舞蹈」「歌舞」。㈡拿著耍動。如「舞劍」。㈢比方活躍，很活潑地動。如「眉飛色舞」「手舞足蹈」。㈣飛翔。如「龍飛鳳舞」「筆勢飛舞」。㈤弄，作。如「舞弊」「舞文弄法」。㈥激發，興起。如「鼓舞」。

**舞女** ㄨˇ ㄋㄩˇ 在營業的舞廳裡以臨時伴客人跳舞為職業的女子。

**舞曲** ㄨˇ ㄑㄩˇ ①配合跳舞的曲子。②在音樂作曲方面指為舞蹈而作的樂曲。

**舞池** ㄨˇ ㄔˊ 供跳交際舞用的地方，多在舞廳的中央，比休息的地方略低，故稱池。

**舞衣** ㄨˇ ㄧ 跳舞時所穿的衣服。

**舞弄** ▲ㄨˇ ㄋㄨㄥˋ 拿著來耍弄。▲ㄨˇ ㄌㄨㄥˋ ①嘲笑戲弄。②見「舞弄文墨」。

**舞技** ㄨˇ ㄐㄧˋ 舞蹈的技藝。

**舞姿** ㄨˇ ㄗ 舞蹈的姿態。

**舞動** ㄨˇ ㄉㄨㄥˋ 揮舞；搖擺。

**舞會** ㄨˇ ㄏㄨㄟˋ 跳交際舞的集會。

**舞臺** ㄨˇ ㄊㄞˊ 也作「舞台」。①劇場演戲的臺子。②引伸指一般官場、政治界，稱為「政治舞台」；比喻從事政治活動，有如扮演劇中角色。

**舞弊** ㄨˇ ㄅㄧˋ 用欺騙的方式，做違法的事。

**舞劇** ㄨˇ ㄐㄩˋ 主要用舞蹈來表現內容和情節的戲劇。

**舞鞋** ㄨˇ ㄒㄧㄝˊ 舞蹈時所穿的鞋。

**舞蹈** ㄨˇ ㄉㄠˋ ①図形容喜樂之極的表情。〈禮記〉有「故不知手之舞之，足之蹈之」。②図古時朝拜皇帝的一種儀節。③跳舞表演。

**舞廳** ㄨˇ ㄊㄧㄥ ①專供跳舞用的大廳。②營業性的供人跳舞的場所。

**舞蹈社** ㄨˇ ㄉㄠˋ ㄕㄜˋ 研究舞蹈或教人跳舞的社團。

**舞蹈團** ㄨˇ ㄉㄠˋ ㄊㄨㄢˊ 表演舞蹈的團體。

**舞文弄法** ㄨˇ ㄨㄣˊ ㄋㄨㄥˋ ㄈㄚˇ 利用法律條文的漏洞來作弊，破壞法紀。

**舞弄文墨** ㄨˇ ㄋㄨㄥˋ ㄨㄣˊ ㄇㄛˋ ①變弄文書來做壞事。也作「舞文弄墨」。②指愛好文字寫作。

**舞榭歌臺** ㄨˇ ㄒㄧㄝˋ ㄍㄜ ㄊㄞˊ 歌舞的廳堂和樓臺。泛指表演歌舞的場所。

**舞臺藝術** ㄨˇ ㄊㄞˊ ㄧˋ ㄕㄨˋ ①廣義的指關於戲劇的一切藝術。②狹義的指演員演出的藝術。

## 舟部

**舟** 図ㄓㄡ ㈠船。如「盪舟」「逆水行舟」。㈡佩帶。〈詩經〉有「何以舟之，維玉及瑤」。㈢古代承托著盛酒的器具的盤子，叫「舟」。㈣姓。

**舟子** ㄓㄡ ㄗˇ 図船夫。

**舟次** ㄓㄡ ㄘˋ ①船隻停泊。②船上。

**舟車** ㄓㄡ ㄐㄩ 図①船和車。②引伸指水陸交通。如「舟車勞頓」。

**舟師** ㄓㄡ ㄕ 図①古時指水軍（海軍）。②就是舟子，駕船的人。

**舟楫** ㄓㄡ ㄐㄧˊ 図①船隻。②比喻濟世的良臣。本於〈書經〉「若濟巨川，用汝作舟楫」的話而來。

**舟中敵國** ㄓㄡ ㄓㄨㄥ ㄉㄧˊ ㄍㄨㄛˊ 図同船皆成敵人，眾叛親離的意思。

### 二筆

**舠** ㄉㄠ 形狀好像刀的小船。

### 三筆

**舡** 図ㄒㄧㄤ 船。

**舡魚** ㄒㄧㄤ ㄩˊ 一種軟體動物，產在暖海，軀體像圓卵，有八條觸腳，雄舡魚還有石灰質的薄殼。

**舢** ㄕㄢ 「舢板」，是一種小船。也作「三板」或「舢舨」。

### 四筆

**般** ▲ㄅㄢ ㈠樣式。如「這般」「百般」。㈡図通「班」，是回、還的意思。如「班師」也作「般師」。㈢移動。俗作「搬」。㈣通「斑」。㈤「一般」是普通的或大多數的意思。如「一般情況如此」「一般人都這麼說」。

▲図ㄆㄢˊ流連，樂。

▲ㄅㄛ「般若（ㄖㄜˇ）」，是佛經上的用詞，佛家對梵語「智慧」的音譯。

**般若** ㄅㄛ ㄖㄜˇ 圖梵語，智慧的意思。

**般配** ㄅㄢ ㄆㄟˋ 配字可輕讀。也作「班配」。指婚姻上的適當匹（ㄆㄧˇ）配。如「兩家倒還般配」。

**般桓** ㄆㄢˊ ㄏㄨㄢˊ 図同「盤桓」，留連的意思。

**般般** ㄅㄢ ㄅㄢ 図①同「斑斑」，形容有文采的樣子。〈史記〉有「般般之獸」。②種種，樣樣兒。方干詩有「每朝顏色一般般」。

**般遊** ㄆㄢˊ ㄧㄡˊ 図遊樂忘返。

**般樂** ㄆㄢˊ ㄌㄜˋ 図留連遊樂。

**般還** ㄆㄢˊ ㄒㄩㄢˊ 図同「盤旋」，旋轉的意思。

## 舨
ㄅㄢˇ 「舢舨」，就是「舢板」。

## 舫
図ㄈㄤˇ ㈠兩隻船並連在一起。㈡船。「畫舫」是指遊宴乘用的裝飾華麗的船。

## 航
ㄏㄤˊ ㈠行船。如「航海」。㈡飛機在空中飛行也稱為航。如「空中航行」「夜航機」。㈢図船。㈣図兩隻船並連在一起渡水。

**航向** ㄏㄤˊ ㄒㄧㄤˋ 船或飛機所航行的方向。

**航次** ㄏㄤˊ ㄘˋ ①船舶、飛機出航編排的次第。②出航的次數。

**航行** ㄏㄤˊ ㄒㄧㄥˊ 船隻在水上行駛或飛機在空中飛行。

**航空** ㄏㄤˊ ㄎㄨㄥ 飛機在空中飛行。

**航海** ㄏㄤˊ ㄏㄞˇ 船在海上航行。

**航站** ㄏㄤˊ ㄓㄢˋ 就是航空站。

**航務** ㄏㄤˊ ㄨˋ 和航行有關的業務。

**航速** ㄏㄤˊ ㄙㄨˋ 船隻、飛機等航行的速度。

**航程** ㄏㄤˊ ㄔㄥˊ 船或飛機航行的路程。

**航業** ㄏㄤˊ ㄧㄝˋ 以船舶往來航行，運送貨物或旅客的營業。

**航路** ㄏㄤˊ ㄌㄨˋ 船隻航行的路線。

**航道** ㄏㄤˊ ㄉㄠˋ 船隻在江河湖泊等水域中安全行駛的通道。

**航運** ㄏㄤˊ ㄩㄣˋ 船舶運輸或飛機運輸業務的統稱。

**航標** ㄏㄤˊ ㄅㄧㄠ 指示航線安全的標記。

**航線** ㄏㄤˊ ㄒㄧㄢˋ ①飛機航行的路線。②船隻航行的路線。

**航權** ㄏㄤˊ ㄑㄩㄢˊ 可以航行的權利。

**航空信** ㄏㄤˊ ㄎㄨㄥ ㄒㄧㄣˋ 用飛機運送的信件。

**航空站** ㄏㄤˊ ㄎㄨㄥ ㄓㄢˋ 供飛行器起降並裝卸人貨的場所。

**航海節** ㄏㄤˊ ㄏㄞˇ ㄐㄧㄝˊ 民國四十三年，航海界定每年七月十一日，就是明代呈准三寶太監鄭和第一次下南洋的日子，為航海節。

**航海曆** ㄏㄤˊ ㄏㄞˇ ㄌㄧˋ 航海家用以測算航路的表冊。

**航空工程** ㄏㄤˊ ㄎㄨㄥ ㄍㄨㄥ ㄔㄥˊ 和航空有關的工程。

**航空母艦** ㄏㄤˊ ㄎㄨㄥ ㄇㄨˇ ㄐㄧㄢˋ 載運海軍飛機的大型軍艦。艦上甲板可供飛機升降。

**航空郵簡** ㄏㄤˊ ㄎㄨㄥ ㄧㄡˊ ㄐㄧㄢˇ 郵局發售的一種不必裝信封的航空信紙。

**航空警察** ㄏㄤˊ ㄎㄨㄥ ㄐㄧㄥˇ ㄔㄚˊ 專門負責和航空有關的警務的警察。

**航海日誌** ㄏㄤˊ ㄏㄞˇ ㄖˋ ㄓˋ 船舶航行海上所作的和本次航海有關的記錄。

## 五筆

**舶** ㄅㄛˊ 航行海洋的大船。如「船舶」「巨舶」「海舶」。

**舶來品** ㄅㄛˊ ㄌㄞˊ ㄆㄧㄣˇ 泛指從外國輸入的貨物，進口貨。

**舵** ㄉㄨㄛˋ 船、飛機等控制方向的裝置。如「方向舵」「升降舵」。

**舲** 図ㄌㄧㄥˊ 兩邊有窗的小船。

**舸** 図ㄍㄜˇ 大船。

**舺** 図ㄐㄧㄚˇ 小船。

**舷** ㄒㄧㄢˊ 船、飛機等兩側的邊兒。如「左舷」「右舷」。

**舷梯** ㄒㄧㄢˊ ㄊㄧ 上下輪船、飛機等用的梯子。

**舷窗** ㄒㄧㄢˊ ㄔㄨㄤ 船或飛機兩側密封的窗子。

**舳** ㄓㄨˊ 船尾把舵的地方。語音ㄓㄡˊ。

**舳艫** ㄓㄡˊ ㄌㄨˊ 図長方形的大船，古時候泛指各種船。（船尾叫做「舳」，船頭叫做「艫」。）

**船（舩）** ㄔㄨㄢˊ 渡水的交通工具。如「輪船」「帆船」「河裡有隻船」。

**船夫** ㄔㄨㄢˊ ㄈㄨ 船上的水手。

**船戶** ㄔㄨㄢˊ ㄏㄨˋ 以行船為業的人。也稱「船家」。

**船主** ㄔㄨㄢˊ ㄓㄨˇ 船的所有權人。

**船位** ㄔㄨㄢˊ ㄨㄟˋ 某一時刻輪船在海洋上的位置。

**船尾** ㄔㄨㄢˊ ㄨㄟˇ 船的後部。

**船板** ㄔㄨㄢˊ ㄅㄢˇ 甲板，船面上。

**船長** ㄔㄨㄢˊ ㄓㄤˇ 主持全船事務的人。

**船員** ㄔㄨㄢˊ ㄩㄢˊ 除船長以外的一切在船上服務的人員。

**船家** ㄔㄨㄢˊ ㄐㄧㄚ 靠駛船為生的人。

**船隻** ㄔㄨㄢˊ ㄓ 船（總稱）。

**船埠** ㄔㄨㄢˊ ㄅㄨˋ 停船的碼頭。

**船票** ㄔㄨㄢˊ ㄆㄧㄠˋ 旅客坐船的憑證。

**船舶** ㄔㄨㄢˊ ㄅㄛˊ 泛稱各種船隻。如「港內停的船舶很多」。

**船舷** ㄔㄨㄢˊ ㄒㄧㄢˊ 船兩側的邊兒。

**船閘** ㄔㄨㄢˊ ㄓㄚˊ 為了保持船舶停泊處的水位，便利船舶行駛所建的設施。包括閘門、輸水道、閘門開啟機械等。

**船塢** ㄔㄨㄢˊ ㄨˋ 讓船舶暫時停泊以便修理，或是造船廠裡建造船隻的所在，分乾船塢、浮船塢兩種。也作「船隖」。

**船廠** ㄔㄨㄢˊ ㄔㄤˇ 造船的工廠。

**船艙** ㄔㄨㄢˊ ㄘㄤ 船內載乘客、裝貨物的空間。

**船錢** ㄔㄨㄢˊ ㄑㄧㄢˊ 乘船的客人付給的錢。

**船頭** ㄔㄨㄢˊ ㄊㄡˊ 船的前部。

**船籍** ㄔㄨㄢˊ ㄐㄧˊ 船舶所屬的國籍，以曾在該國註冊為準。

**船艦** ㄔㄨㄢˊ ㄐㄧㄢˋ 戰船。

**船體** ㄔㄨㄢˊ ㄊㄧˇ 船的主體。

**船篷（子）** ㄔㄨㄢˊ ㄆㄥˊ（ㄗ˙） ①覆蓋在船上的篷。②帆船的帆。

**船老大** ㄔㄨㄢˊ ㄌㄠˇ ㄉㄚˋ 木船上的主要船夫，也泛指船夫。

**舴** ㄗㄜˊ 「舴艋（ㄇㄥˇ）」是古時的一種狹窄小船，像蚱蜢。

## 七筆

**艇** ㄊㄧㄥˇ ㈠小而窄長的船，也泛指一般不太大的船。如「汽艇」「遊艇」。㈡可以潛到水裡去的船艦，叫「潛水艇」。

**艄** ㄕㄠ 船尾。

**艄公** ㄕㄠ ㄍㄨㄥ 船尾掌舵的人。也泛指撐船的人。

**艉** ㄨㄟˇ 船體的尾部，是造船學的專詞。

## 八筆

**艋** ㄇㄥˇ 「舴艋」是古時一種小船。

**艋舺** ㄇㄥˇ ㄐㄧㄚˇ 臺北市萬華區舊名叫ㄇㄢˋ ㄍㄚˋ，是平埔族語言「獨木舟」的意思。日據以後根據日語發音，改名「萬華」。

## 十筆

**艙** ㄘㄤ 船或飛機裡面的可以容納客貨的部位。如「客艙」「貨艙」「機艙」。

**艙位** ㄘㄤ ㄨㄟˋ 船艙或機艙裡的容量部位，一般指旅客所占的位置而言。

**艘** ㄙㄠ 說船的數目名稱。如「三艘船」。又讀ㄙㄡ。

**艗** [文]ㄧˋ 船隻的別稱。古人在船頭上畫鷁（一種水鳥，很能飛），因此稱船為艗。

## 十二筆

**艟** ㄊㄨㄥˊ 「艨艟（ㄇㄥˊ ㄊㄨㄥˊ）」是古時的戰船。

## 十三筆

**艤** [文]ㄧˇ 停船靠岸。如「艤舟以待」。

## 十四筆

**艨** ㄇㄥˊ 「艨艟」，是古時的戰船，上面蒙著牛皮。也寫作「蒙衝」。

**艦** ㄐㄧㄢˋ 戰船。如「軍艦」「砲艦」。

**艦長** ㄐㄧㄢˋ ㄓㄤˇ 指揮一艘兵艦的海軍軍官。

**艦砲** ㄐㄧㄢˋ ㄆㄠˋ 軍艦上的火砲。

**艦隊** ㄐㄧㄢˋ ㄉㄨㄟˋ 兩艘以上的兵艦編成的隊伍。

**艦塔** ㄐㄧㄢˋ ㄊㄚˇ 兵艦上最高部分供瞭望之用的部位。

**艦艇** ㄐㄧㄢˋ ㄊㄧㄥˇ 泛指海軍船隻。

## 十五筆

**艪**（**艣**） ㄌㄨˇ 同「櫓」，在船邊撥水使船前進的器具。

## 十六筆

**艫** [文]ㄌㄨˊ ㈠船頭。㈡舳艫（ㄓㄨˊ ㄌㄨˊ）是長方形的大船，古時候泛指各種船。

# 艮部

**艮** ▲ㄍㄣˋ ㈠〈易經〉八卦的一卦，卦形是「☶」，含有限制、阻止的意思。㈡[文]時間名，艮時就是午前二時到四時。㈢姓。
▲ㄍㄣˇ ㈠說吃的東西不鬆脆。如「艮蘿蔔」。㈡性子直，不隨和。如

「這個人真艮」。㈢說話沒有曲折。如「他的話太艮」。

**艮蘿蔔** ㄍㄣˊ ㄌㄨㄛˊ ㄅㄛ˙ 堅韌不脆的蘿蔔。

## 一筆

**良** ㄌㄧㄤˊ ㈠好。如「善良」「良師益友」。㈡㊀很。如「用心良苦」「良久」。㈢㊀的確，果然。如「良如所言」「良有以也」。㈣指本能的。如「良知良能」。㈤身家清白。如「良家」。㈥姓。

**良人** ㄌㄧㄤˊ ㄖㄣˊ ㊀①善人，君子。②妻稱夫。〈孟子〉書有「良人者，所仰望而終身也」。③夫稱妻。〈詩經〉有「今夕何夕，是此良人」的詩句。

**良久** ㄌㄧㄤˊ ㄐㄧㄡˇ ㊀很久。

**良友** ㄌㄧㄤˊ ㄧㄡˇ 好的朋友。也說「良朋」。

**良心** ㄌㄧㄤˊ ㄒㄧㄣ ①人類天生善良的心。②辨別是非，取捨善惡的意識作用。

**良方** ㄌㄧㄤˊ ㄈㄤ ㊀①有效的藥方。②好方法。

**良民** ㄌㄧㄤˊ ㄇㄧㄣˊ 安分守己的百姓。

**良田** ㄌㄧㄤˊ ㄊㄧㄢˊ 肥沃的田地。

**良好** ㄌㄧㄤˊ ㄏㄠˇ 令人滿意；好。

**良辰** ㄌㄧㄤˊ ㄔㄣˊ 好日子。如「良辰美景」。

**良夜** ㄌㄧㄤˊ ㄧㄝˋ ㊀①佳宵，幽美的晚上。②深夜。

**良知** ㄌㄧㄤˊ ㄓ ①不待思慮而自然知道的，人類天生的知識。②㊀良友。謝靈運詩有「賞心惟良知」。

**良朋** ㄌㄧㄤˊ ㄆㄥˊ 好的朋友。

**良家** ㄌㄧㄤˊ ㄐㄧㄚ 清白的人家。如「良家婦女」。

**良能** ㄌㄧㄤˊ ㄋㄥˊ 不須要學習而自然能夠的，人類天生的本能。

**良將** ㄌㄧㄤˊ ㄐㄧㄤˋ 優良的將領。

**良晤** ㄌㄧㄤˊ ㄨˋ ㊀愉快的會晤。

**良善** ㄌㄧㄤˊ ㄕㄢˋ ①善良。如「心地良善」。②㊀善良的人。如「欺壓良善」。

**良策** ㄌㄧㄤˊ ㄘㄜˋ ㊀完善的計策。

**良緣** ㄌㄧㄤˊ ㄩㄢˊ 美滿的姻緣。

**良賤** ㄌㄧㄤˊ ㄐㄧㄢˋ ㊀①高等的和下等的。②好的和壞的。

**良機** ㄌㄧㄤˊ ㄐㄧ 好機會。

**良醫** ㄌㄧㄤˊ ㄧ 醫術精良的醫生。

**良家子** ㄌㄧㄤˊ ㄐㄧㄚ ㄗˇ 清白人家的子女。

**良導體** ㄌㄧㄤˊ ㄉㄠˇ ㄊㄧˇ 容易傳熱或傳電的物體。各種金屬都是良導體。

**良辰美景** ㄌㄧㄤˊ ㄔㄣˊ ㄇㄟˇ ㄐㄧㄥˇ 美好的時光和宜人的景色。

**良師益友** ㄌㄧㄤˊ ㄕ ㄧˋ ㄧㄡˇ 好老師和好朋友。

**良莠不齊** ㄌㄧㄤˊ ㄧㄡˇ ㄅㄨˋ ㄑㄧˊ 素質不一，好壞都有。

**良窳不分** ㄌㄧㄤˊ ㄩˇ ㄅㄨˋ ㄈㄣ 好壞不分。

**良藥苦口** ㄌㄧㄤˊ ㄧㄠˋ ㄎㄨˇ ㄎㄡˇ 就是「忠言逆耳」的意思。治病的好藥，味苦難吃。比喻直言勸告的好話往往不中聽。

## 十一筆

**艱（艰）** ㄐㄧㄢ ㈠困難。如「文字艱深」「行之匪艱，知之維艱」（實行是不困難的，要理解卻很困難）。㈡㊀憂。如「丁憂」也作「丁艱」。參看「丁憂」。

**艱危** ㄐㄧㄢ ㄨㄟˊ 艱難和危險。

**艱辛** ㄐㄧㄢ ㄒㄧㄣ 艱難辛苦。

**艱苦** ㄐㄧㄢ ㄎㄨˇ 艱難困苦。

**艱貞** ㄐㄧㄢ ㄓㄣ 指在艱危時堅定不移。如「艱貞不拔」。

**艱深** ㄐㄧㄢ ㄕㄣ 文詞深奧，文意晦澀難懂。

**艱鉅** ㄐㄧㄢ ㄐㄩˋ ①指事務的困難繁重。②図指困難繁重的工作或任務。

**艱險** ㄐㄧㄢ ㄒㄧㄢˇ 困艱和危險。

**艱澀** ㄐㄧㄢ ㄙㄜˋ ①文詞深奧，文意晦澀難懂。②図道路阻梗難行。

**艱難** ㄐㄧㄢ ㄋㄢˊ 不容易，困難。

## 色部

**色** ▲ㄙㄜˋ ㈠顏色，色彩，是光線射在物體上所顯出的現象。如「花色豔麗」。㈡面容，臉上的神情。如「面有愧色」「欣然色喜」。㈢図指「作色」（發怒）。〈左傳〉有「室於怒，市於色」（在家裡生氣，到了街上變了臉色）。㈣指女色。㈤種類。如「各色人等」「貨色齊全」。㈥東西的品質。如「成色」「足色」。㈦指性慾。如「色情」。語音ㄕㄞˇ顏色。如「這種花布掉色」。

**色子** ㄕㄞˇ ㄗˇ 就是骰子。

**色盲** ㄙㄜˋ ㄇㄤˊ 醫學名詞，指患者因為視網膜的錐狀細胞缺少某些成分，不能辨認指定的顏色。患者多數是男性，有遺傳因素。常見的色盲有紅綠色盲，患者不能辨別紅綠兩色。也有全不能區別色彩，只能辨別明暗的，叫「全色盲」。

**色相** ㄙㄜˋ ㄒㄧㄤˋ ①佛家以一切具有形式的外物為色相。②人的聲音相貌；多指女人說的。如「犧牲色相」。

**色差** ㄙㄜˋ ㄔㄚ ①顏色上的差異。②物體透過透鏡所成的像，邊緣往往會帶有顏色，叫做色差。

**色素** ㄙㄜˋ ㄙㄨˋ ①染色用的顏色。②有顏色的化合物，是各種物體顯示顏色的根源。

**色迷** ㄙㄜˋ ㄇㄧˊ 譏稱喜好女色的男人。

**色彩** ㄙㄜˋ ㄘㄞˇ ①物體表面的顏色。②指思想行動偏於某一派別。如「他這種主張的色彩很強烈」。

**色鬼** ㄙㄜˋ ㄍㄨㄟˇ 譏稱貪好女色的男人。

**色情** ㄙㄜˋ ㄑㄧㄥˊ 性慾方面表現出來的情緒。

**色釉** ㄙㄜˋ ㄧㄡˋ 有顏色的釉子。

**色調** ㄙㄜˋ ㄉㄧㄠˋ 顏色明暗濃淡寒暖等的差異。

**色澤** ㄙㄜˋ ㄗㄜˊ 物體表面所表現的顏色和光澤。

**色覺** ㄙㄜˋ ㄐㄩㄝˊ 各種有色光反映到視網膜上所產生的感覺。

**色情狂** ㄙㄜˋ ㄑㄧㄥˊ ㄎㄨㄤˊ 精神上的一種錯亂現象，患者性慾狂熱，不能自制。

**色即是空** ㄙㄜˋ ㄐㄧˊ ㄕˋ ㄎㄨㄥ 所有見得到的有形的萬物都是空的假象。

**色迷迷的** ㄙㄜˋ ㄇㄧˊ ㄇㄧˊ ˙ㄉㄜ 充滿不正派的色情慾念的樣子。

**色彩對比** ㄙㄜˋ ㄘㄞˇ ㄉㄨㄟˋ ㄅㄧˇ 各種顏色的對比。

**色厲內荏** ㄙㄜˋ ㄌㄧˋ ㄋㄟˋ ㄖㄣˇ 図外貌剛強嚴厲而內心懦弱。

**色膽包天** ㄙㄜˋ ㄉㄢˇ ㄅㄠ ㄊㄧㄢ 形容在色慾方面表現出來的膽量極大。

### 五筆

**艴** 図ㄈㄨˊ 生氣而臉色改變的樣子。如「艴然不悅」。

十八筆

**艷**(艳、豔) 一ㄢˋ同「豔」。

## 艸部

**艸** ㄘㄠˇ「草」字的本字。

### 二筆

**艽** ▲図ㄑㄧㄡ荒遠地區。〈詩經〉有「我征徂西，至于艽野」。▲ㄐㄧㄠ秦艽，草名，可以做藥用。

**艾** ▲ㄞˋ㈠多年生草，葉背有白色的毛；可以做藥，也可以做印泥。端午節前割取葉子插在門上，用以辟邪除毒，所以稱端午為艾節。㈡図〈禮記〉說「五十(歲)曰艾」，因為老人髮白如艾。如「耆艾」。㈢図年輕貌美。如「少艾」。㈣図止。如「方興未艾」。㈤見「艾艾」。㈥姓。
▲ㄧˋ㈠図通「刈」。〈穀梁傳〉有「一年不艾而百姓飢」。㈡見「自怨自艾」。

**艾艾** ㄞˋㄞˋ 図口吃，說話不流利。如「期期艾艾」。原是魏朝鄧艾的故事(見〈世說新語〉)。

### 三筆

**芃** 図ㄆㄥˊ「芃芃」，草木茂盛的樣子。

**芒** ㄇㄤˊ㈠多年生草，葉子細長而尖，莖的外皮可以織草鞋，所以草鞋也叫「芒鞋」。㈡草葉的尖端或穀實上的尖毛；稻子有稻芒，麥子有麥芒。㈢刀劍鋒利的部分。如「鋒芒」。㈣四射的光線。如「光芒」。㈤見「芒種」。㈥姓。

**芒刃** ㄇㄤˊㄖㄣˋ 刀的鋒刃。

**芒角** ㄇㄤˊㄐㄧㄠˇ 稜角。

**芒果** ㄇㄤˊㄍㄨㄛˇ 果名，閩廣臺灣等處生產，形狀像鵝卵，皮青肉黃，很好吃。又作檬果，檨果。

**芒硝** ㄇㄤˊㄒㄧㄠ 藥名，也作「芒消」，就是硫酸鈉。

**芒種** ㄇㄤˊㄓㄨㄥˋ 節氣名，在陽曆六月六日或七日。

**芒刺在背** ㄇㄤˊㄘˋㄗㄞˋㄅㄟˋ 比喻因為害怕而坐立不安。

**芉** ㄏㄨˋ藥草名，中醫叫地黃。

**芑** ㄑㄧˇ㈠図長白苗的穀類植物。㈡藥草「地黃」的別名。

**芊** ㄑㄧㄢ㈠図芊芊，草木茂盛的樣子。㈡姓。

**芎** ㄑㄩㄥ芎藭，藥草名。又讀ㄑㄩㄥˊ。語音ㄒㄩㄥ。「川芎」，中藥名，四川出產的芎藭。

**芍** ㄕㄠˊ見「芍藥」。讀音ㄕㄨㄛˋ。

**芍藥** ㄕㄠˊㄧㄠˋ 多年生草，花大而美，有紅、白、紫等色，可供觀賞，根可作藥，中藥叫「白芍」。讀音ㄕㄨㄛˋㄩㄝˋ。

**芄** ㄨㄢˊ芄蘭，蔓生的草，梗裡有白汁，種子上長白毛，可以做棉的代用品。

**芋** ㄩˋ蔬類植物，葉子大，呈心形，地下莖呈圓塊狀，可當雜糧吃。如「山芋」「芋頭(˙ㄊㄡ)」。

### 四筆

**芭** ㄅㄚ見「芭蕉」。

**芭樂** ㄅㄚˊㄌㄜˋ 番石榴的別稱。閩南話叫ㄅㄚˊㄌㄚ，商人因音寫成「芭樂」。

**芭蕉** ㄅㄚ ㄐㄧㄠ 多年生植物，芭蕉科，高八九尺，葉長而大，中肋兩側有平行側脈，花淡黃色，大都種在庭院供觀賞。

**芭籬** ㄅㄚ ㄌㄧˊ 用葦草編織作為障蔽的籬笆。

**芼** 図ㄇㄠˋ 采擇。〈詩經〉有「參差荇菜，左右芼之」。

**芾** ▲図ㄈㄟˋ 樹幹和葉子都很小的樣子。〈詩經・召南〉有「蔽芾甘棠」。▲ㄈㄨˊ 通「韍」。

**芣** ㄈㄡˊ 芣苡，草名，俗稱車前子，可以做藥。

**芬** ㄈㄣ (一)香氣。如「芬芳」「芬菲」。(二)同「紛」。

**芬芬** ㄈㄣ ㄈㄣ ①香。②同「紛紛」。

**芬芳** ㄈㄣ ㄈㄤ 香。

**芬菲** ㄈㄣ ㄈㄟ 図花草芳美。

**芳** ㄈㄤ (一)香。如「芳香」「芳草鮮美」。(二)図指道德或名譽好。如「流芳百世」。(三)對人的敬稱。如「請問芳名」「芳鄰」。

**芳名** ㄈㄤ ㄇㄧㄥˊ ①說女人的名字。②図比喻美名、美德。

**芳辰** ㄈㄤ ㄔㄣˊ 図良辰（常指春天）。

**芳香** ㄈㄤ ㄒㄧㄤ 香（多指花草）。

**芳草** ㄈㄤ ㄘㄠˇ ①春草。古詩有「涉江采芙蓉，蘭澤多芳草」。②図香草。古人常用來比喻賢德的君子。〈離騷〉有「何昔日之芳草兮，今直為此蕭艾也」。③図用來寄託懷念親友或懷鄉的情意。牛希濟詞「記得綠羅裙，處處憐芳草」。

**芳菲** ㄈㄤ ㄈㄟ 図①花草的芳香。②花草。

**芳華** ㄈㄤ ㄏㄨㄚˊ ①指春天。②青春年華。如「芳華虛度」。

**芳鄰** ㄈㄤ ㄌㄧㄣˊ 敬稱別人的鄰居。

**芳澤** ㄈㄤ ㄗㄜˊ 指女人的香澤。

**芙** ㄈㄨˊ 見「芙蓉」。

**芙蓉** ㄈㄨˊ ㄖㄨㄥˊ ①荷花的別名，就是蓮。〈爾雅〉「荷，芙渠」，注「別名芙蓉」。②落葉灌木，幹高有四五尺，葉掌狀，花有紅白黃各色。也叫「木芙蓉」。

**芙蕖** ㄈㄨˊ ㄑㄩˊ 図荷花。

**芙蓉出水** ㄈㄨˊ ㄖㄨㄥˊ ㄔㄨ ㄕㄨㄟˇ 指詩句清新。也比喻美貌的女子。

**花**（苍、雩、蘤） ㄏㄨㄚ (一)植物體的一部分，是顯花植物的生殖器官，生在莖或葉上，果實或種子就長在花上，常說「花兒」。如「玫瑰花兒」。(二)泛稱庭園裡供觀賞的植物。如「花木」「種花」。(三)形狀像花的物體。如「雪花」「爆米花」。(四)棉花，棉的果實或絮。如「花紗布貿易行」。(五)條紋，圖案。如「花紋」「印花布」。(六)雜色的。如「花貓」「頭髮花白」。(七)視線模糊不清。如「眼睛都看花了」「頭昏眼花」。(八)遠視。如「花眼」「花鏡」。(九)天然痘的俗稱，是「天花」的簡詞，常說「花兒」。如「出過花兒」。(十)表示種類繁雜。如「花色繁多」「花樣翻新」。(十一)以往把人名冊叫「花名冊」。(十二)燃放時能冒火的焰火。如「花砲」「放花」。(十三)消耗。如「花費不少」「花了三塊錢」。(十四)虛假的。如「花言巧語」「報了花帳」。(十五)見「花邊」。(十六)指妓女或以色相掙錢的女人。如「花娘」。(十七)像花一樣美的。如「花容玉貌」「花樣年華」。(十八)見「花絮」。㈥見「花押」㈡。㈦姓。

**花子** ㄏㄨㄚ ㄗˇ 要飯的，乞丐。也作「化子」「叫化子」。

**花心** ㄏㄨㄚ ㄒㄧㄣ ①花的內部。②子宮的別稱。③比喻男人喜好女色。

**花木** ㄏㄨㄚ ㄇㄨˋ 花草樹木。

**花片** ㄏㄨㄚ ㄆㄧㄢˋ 飄落的花瓣。

**花卉** ㄏㄨㄚ ㄏㄨㄟˋ ①花草。②國畫中專畫花草的。

**花市** ㄏㄨㄚ ㄕˋ ①賣花木的地方。也說「花兒市」。②囡繁華的市街。如「花市燈如晝」。

**花旦** ㄏㄨㄚ ㄉㄢˋ 國劇（京劇）的一種腳色，專門扮演活潑或輕浮女子，偏重作工與說白。

**花生** ㄏㄨㄚ ㄕㄥ 落花生的簡稱。

**花甲** ㄏㄨㄚ ㄐㄧㄚˇ 滿六十年或六十歲。

**花白** ㄏㄨㄚ ㄅㄞˊ 頭髮或鬍子已經開始慢慢變白（黑白相間）的了。

**花瓜** ㄏㄨㄚ ㄍㄨㄚ ①雜色外皮的瓜，用來形容斑駁的樣子。如「臉上打得花瓜似的」。②也作花胡瓜，指鹽醃的小黃瓜。

**花托** ㄏㄨㄚ ㄊㄨㄛ 花的組成部分之一，是花梗頂端長花的部分。

**花朵** ㄏㄨㄚ ㄉㄨㄛˇ 成朵的花。

**花色** ㄏㄨㄚ ㄙㄜˋ 種類。

**花式** ㄏㄨㄚ ㄕˋ 花色式樣。

**花序** ㄏㄨㄚ ㄒㄩˋ 花在花軸上排列的方式。

**花車** ㄏㄨㄚ ㄔㄜ 用花裝飾的車，用在喜慶節日的遊行。

**花事** ㄏㄨㄚ ㄕˋ 關於種花賞花的種種事情。

**花兒** ㄏㄨㄚ ㄦ ①花㈠。②「天花」的俗稱。

**花呢** ㄏㄨㄚ ㄋㄧˊ 指表面起條、格、點等花紋的一類毛織品。

**花招** ㄏㄨㄚ ㄓㄠ ①好看的招數。②詭譎騙人的手段。

**花芽** ㄏㄨㄚ ㄧㄚˊ 發育後長成花朵的芽。

**花押** ㄏㄨㄚ ㄧㄚ 從前說在文書或契約上簽名。

**花房** ㄏㄨㄚ ㄈㄤˊ 養花草的溫室。

**花信** ㄏㄨㄚ ㄒㄧㄣˋ 囡①花開的消息。②說女人二十四歲了。

**花冠** ㄏㄨㄚ ㄍㄨㄢ ①花瓣的總稱。②指裝飾美麗的帽子。

**花柳** ㄏㄨㄚ ㄌㄧㄡˇ ①花和柳。②指妓院。③形容繁華。

**花柱** ㄏㄨㄚ ㄓㄨˋ 雌蕊的長柄。

**花紅** ㄏㄨㄚ ㄏㄨㄥˊ 紅字可輕讀。①營業所得分配給股東的紅利。②林檎的別名。③從前遇到喜慶的事，在身上插金花披紅帶，稱為花紅；也是對有功的人的一種獎勵。如王士禛〈居易錄〉載張叔夜招安梁山泊榜文有「有拏獲宋江者，賞錢萬萬貫，執雙花紅」。

**花苞** ㄏㄨㄚ ㄅㄠ 花梗下面鱗狀的葉片。簡稱「苞」。

**花苗** ㄏㄨㄚ ㄇㄧㄠˊ 花的幼苗。

**花衫** ㄏㄨㄚ ㄕㄢ ①有花紋的衣服。②戲劇中兼演青衣和花旦的角色。

**花香** ㄏㄨㄚ ㄒㄧㄤ 花的香氣。常用「鳥語花香」來形容郊野大自然的風光。

**花圃** ㄏㄨㄚ ㄆㄨˇ 種花的園子。

**花拳** ㄏㄨㄚ ㄑㄩㄢˊ 指好看而不能用於打鬥的拳術；也比喻華而不實的舉動。參看「花拳繡腿」。

**花消** ㄏㄨㄚ ㄒㄧㄠ　消字輕讀。①所耗費的錢財。②指購置財物所支的佣金。

**花砲** ㄏㄨㄚ ㄆㄠˋ　焰火和砲仗的合稱。

**花粉** ㄏㄨㄚ ㄈㄣˇ　雄蕊的粉囊裡散出的粉末，和雌蕊接觸，便能營生殖作用。

**花紋** ㄏㄨㄚ ㄨㄣˊ　線條或圖紋。

**花茶** ㄏㄨㄚ ㄔㄚˊ　指香片茶葉。有茉莉花瓣。

**花草** ㄏㄨㄚ ㄘㄠˇ　花和草的合稱。

**花被** ㄏㄨㄚ ㄅㄟˋ　花萼和花冠的總稱。

**花酒** ㄏㄨㄚ ㄐㄧㄡˇ　有女侍陪著飲酒作樂叫「吃花酒」。

**花圈** ㄏㄨㄚ ㄑㄩㄢ　①用竹作圓框，紮上稻草，在稻草上插上素色鮮花，哀祭時用的。②集合花朵插編成的大圓圈，豎著放在架子上，祝賀開幕等喜慶事情用的。

**花帳** ㄏㄨㄚ ㄓㄤˋ　以少報多的假帳。

**花梗** ㄏㄨㄚ ㄍㄥˇ　花有小柄附在花軸上的，叫「花梗」。

**花瓶** ㄏㄨㄚ ㄆㄧㄥˊ　①蓄水插花的瓶。②譏稱辦公室裡打扮漂亮而不做實際工作的女職員。③對在整個工作中只扮演陪襯角色的人，特別是女演員。

**花眼** ㄏㄨㄚ ㄧㄢˇ　老花眼的通稱。

**花鳥** ㄏㄨㄚ ㄋㄧㄠˇ　以花、鳥為題材的國畫。

**花插** ㄏㄨㄚ ㄔㄚ　插花用的底座。

**花斑** ㄏㄨㄚ ㄅㄢ　不規則的斑紋。

**花期** ㄏㄨㄚ ㄑㄧ　開花的時節。

**花朝** ㄏㄨㄚ ㄓㄠ　百花的生日，在陰曆二月十二日或十五日。

**花椒** ㄏㄨㄚ ㄐㄧㄠ　落葉灌木，羽狀複葉，開黃綠色小花，實圓而小，可以做香料。

**花稍** ㄏㄨㄚ ㄕㄠ　稍字輕讀。①打扮得很豔麗。②花樣多。③浪漫風流。也作花哨。

**花絮** ㄏㄨㄚ ㄒㄩˋ　原作「花花絮絮」，比喻各種零碎的事。

**花腔** ㄏㄨㄚ ㄑㄧㄤ　①歌曲當中專以歌聲的轉折拖長以求悅耳的地方，叫做花腔。②女高音多半在歌劇的非常高的音域中演唱。參看「花腔女高音」。

**花費** ▲ㄏㄨㄚ ㄈㄟˋ　耗費金錢。也作「花錢」。▲ㄏㄨㄚ ˙ㄈㄟ　所耗費的錢財。

**花軸** ㄏㄨㄚ ㄓㄡˊ　花朵附著的莖。也叫花莖。

**花童** ㄏㄨㄚ ㄊㄨㄥˊ　結婚行禮的時候在新娘子背後隨行牽紗的小孩。

**花萼** ㄏㄨㄚ ㄜˋ　也叫「外花被」。花瓣外部的片狀輪生物，多呈綠色。

**花鼓** ㄏㄨㄚ ㄍㄨˇ　一種由女子扮演的民間雜劇，在唱的時候打小鼓，也叫「花鼓戲」。「鳳陽花鼓」是其中很出名的一種。

**花旗** ㄏㄨㄚ ㄑㄧˊ　也說「星條旗」，是指美國國旗說的。「花旗國」就是美國。「花旗銀行」（The National City Bank Of New York）是一個美國商業銀行的俗稱。

**花槍** ㄏㄨㄚ ㄑㄧㄤ　①舊時兵器，像矛而較短。②花招②。如「耍花槍」。

**花蜜** ㄏㄨㄚ ㄇㄧˋ　花裡分泌的液質。

**花魁** ㄏㄨㄚ ㄎㄨㄟˊ　①指梅花，因為梅花開在各種花之先，所以稱為花魁。②以往也把很出名的妓女稱為花魁。

**花樣** ㄏㄨㄚ ㄧㄤˋ　①各種式樣。②繡花的範本樣張。常作「花樣兒」「花兒樣子」。③花一般的。如「花樣年華」。

**花燈** ㄏㄨㄚ ㄉㄥ　各種形態和裝飾的燈，常指元宵節懸掛供觀賞的燈。

**花壇** 高出地面的花池子。

**花蕊** 花的蕊；一般是生在花的中心，有雌蕊雄蕊的分別，是植物的生殖器官。通俗也叫「花鬚」。

**花頭** 藉故鬧事，叫「出花頭」。

**花雕** 上等的紹興酒。

**花燭** 指新婚。如「洞房花燭夜」。

**花環** 用花編成的圓環。現在一般在車站、機場、碼頭歡迎遠客或送行，常用大的花環套在被迎送者的頭頸上。

**花蕾** 含苞未放的花。口語說「花咕朵（兒）」或「花兒咕朵」（兩個朵字都輕讀）。

**花齋** 不是每天吃素，每月或每十天定幾天吃素，叫「吃花齋」。

**花叢** ①叢集而生的花木。②図邪淫的處所或環境。如「臨老入花叢」。

**花轎** 以往結婚時新娘子所乘坐的轎子。

**花鏡** 矯正老花眼用的眼鏡。

**花邊** ①織成花紋的條帶，鑲在衣服旁邊作裝飾的。②印刷業所用的帶花紋的框線。③參看「花邊新聞」條。

**花（兒）匠** 以種花為專業的人。

**花盆（兒）** 種花的盆子。也叫花盆子。

**花棵（兒）** 小棵的花木。也叫花棵子。

**花園（兒）** 有花木亭榭可供遊樂休息的園子。也說「花園子」。

**花臉（兒）** 國劇（京劇）腳色臉上塗粉墨的，淨叫大花臉，副淨叫二花臉，丑叫小花臉或三花臉兒。

**花瓣（兒）** 花朵上的一片。全部的花瓣總稱「花冠」。

**花籃（兒）** 裝插鮮花的籃兒，常用在慶典上。

**花心兒** 花的心部。

**花生米** 去殼的花生。也叫「花生仁兒」。

**花生油** 用花生榨成的食用油。

**花池子** 同「花壇」。

**花招兒** ①巧妙好看的招數。也作「花著兒」。②比喻詭譎的手段。如「小心這個人，他的花招兒很多」。

**花枝兒** 比喻婦女美貌。

**花柳病** 性病。

**花籽兒** 花的種子。

**花崗岩** 石英、長石、雲母三種結晶所成的岩石。

**花捲兒** 包成螺旋形裡面分層有餡兒的麵食。

**花椰菜** 植物名，也叫花葉牡丹，屬十字花科，甘藍的變種。莖高一二尺，葉狹長，先端尖，全緣。花軸分歧而肥厚，先端生無數白色或淡黃色的小花。花蕾呈球狀，可供食用，柔嫩味美。俗稱花菜。

**花種兒** 花草的種子。

**花咕朵（兒）** 朵字輕讀。花蕾。

**花露水（兒）** 化妝品之一，用香料和酒精蒸餾而成。

**花天酒地** 迷醉在聲色場中的糜爛生活。

**花心大少** 用情不專的有錢人家的大少爺。

**花好月圓** 對別人結婚祝頌美好時光的詞。

**花言巧語** 虛假騙人的甜言蜜語。

**花枝招展** 形容女人裝飾太過美麗。

**花花公子** 指闊綽而只知玩樂的青年男子。

**花花世界** 繁華的地方。

**花花綠綠** 指顏色豔麗。也說「花花綠綠兒的」。

**花前月下** 形容男女戀愛的美好情境。

**花紅柳綠** ①花木繁茂。②比喻顏色鮮豔。

**花容玉貌** 像花朵和美玉一樣漂亮的容貌。形容女子非常美麗的容貌。

**花拳繡腿** 形容女子鬥毆或拳術雖然好看並不實用。

**花朝月夕** 舊曆二月十五叫花朝，八月十五是月夕，用來比喻良辰美景。

**花開富貴** 花朵盛開，可象徵富貴吉祥。

**花團錦簇** 繁華美麗的樣子。

**花樣年華** 形容少女像盛開的花朵一樣的年紀。

**花樣翻新** 獨出心裁，創造新樣式。（好壞兩面都可以用。）

**花邊新聞** 登在報上的較不重要而富有趣味的新聞。

**花無百日紅** 比喻世上的事情沒有永遠美好的。

**花腔女高音** 西洋歌曲女高音的一種唱法，是 coloratura soprano 的譯名。

**芨** ㄐㄧˊ 草名：㈠堇草。㈡白芨，藥草。

**芰** ㄐㄧˋ 四角的菱。

**芥** ㄐㄧㄝˋ ㈠蔬類植物，葉子有缺刻而皺縮，家常吃的，平常叫「芥菜」。地下莖呈圓錐形，北方口語叫「咯噠（ㄍㄜ ˙ㄉㄚ）」。種子小，像粟粒。見「芥末」。㈡又比喻小，見「纖芥」，也作「纖介」。㈢又見「芥蒂」。

**芥子** ①芥菜子。②又比喻極小。

**芥末** 末字輕讀。芥菜子研成細末，味辣色黃，用以調味。

**芥蒂** 又也作「蒂芥」「芥蔕」。①跟人鬧彆扭，存心過不去。②比喻心裡不高興。

**芥菜頭** 芥的球狀根，鹽醃以後就飯吃的。

**芥藍菜** 蔬菜名，葉子上尖下圓，像是萵苣。

**芥子毒氣** 又名芥子氣，芥子瓦斯，是毒性很大的化學兵器。學名叫「二氯乙硫醚」。

**芪** ㄑㄧˊ 黃芪，藥草名。

**芡** ㄑㄧㄢˋ ㈠一年生水草，莖葉有刺，夏天開紫花，果實叫「芡實」，可以吃。㈡見「芡粉」。

**芡粉** ①芡實製成的澱粉，可以做藥用。②凡是可以用溫水調成糊狀的粉，都叫芡粉，像綠豆粉、藕粉等。③加粉使湯汁變濃叫勾芡。

**芹** ㄑㄧㄣˊ ㈠水草名，一般叫水芹，多年生草本植物，羽狀複葉，互生，可供食用。㈡「芹曝」、「芹獻」，比喻微薄。㈢蔬菜名，莖有稜角，中空，長羽狀的複葉，夏天開白花，平常叫「芹菜」。

**芩** ㄑㄧㄣˊ 黃芩，草名，可作藥。

**芯** ▲ㄒㄧㄣ 去皮的燈心草，叫「燈芯」「燈草」。▲ㄒㄧㄣˋ ㈠「蠟芯兒」，蠟燭中心可燃燒的部分。㈡見「芯子」。

**芯子** ㄒㄧㄣˋ ㄗ˙ ①俗稱蛇舌。②煮熟的羊舌，食用時說的。

**芝** ㄓ ㈠菌類，寄生在枯樹上，有青、白、黃、赤等色，古人以為是瑞草。㈡通「芷」。㈢舊函牘稱呼對方的容貌，叫「芝儀」「芝宇」。

**芝麻** ㄓ ㄇㄚ˙ 麻字輕讀。也作芝蔴：①胡麻的俗稱。②胡麻所結的子，可以榨油。

**芝蘭** ㄓ ㄌㄢˊ 芝和蘭都是香草，用來比喻有美好德行的人。

**芝麻大** ㄓ ㄇㄚ˙ ㄉㄚˋ 麻字輕讀。比喻極細微。

**芝麻醬** ㄓ ㄇㄚ˙ ㄐㄧㄤˋ 麻字輕讀。把芝麻炒熟、磨碎製成的醬。

**芝麻綠豆** ㄓ ㄇㄚ˙ ㄌㄩˋ ㄉㄡˋ 比喻細小的事物。

**芐** ㄅㄧㄢˋ 芐基（Benzyl），化學名詞，也叫苯甲基。

**芷** ㄓˇ 白芷，香草名，多年生草本，高四尺多，夏天開小白花，根可以做藥。

**芻** [文]ㄔㄨˊ ㈠牧養牲口。如「芻牧」。㈡飼養牛馬的草料。如「芻秣」。㈢見「芻狗」。㈣見「芻言」。

**芻言** ㄔㄨˊ ㄧㄢˊ [文]「芻蕘之言」的省略，謙稱自己的不足輕重的言論。也作「芻議」。

**芻牧** ㄔㄨˊ ㄇㄨˋ [文]牧飼牲畜。

**芻狗** ㄔㄨˊ ㄍㄡˇ [文]把草紮成狗形，是古人祭祀的東西，用完就扔了。比喻廢棄不用的物品或言論。〈老子〉有「天地不仁，以萬物為芻狗」。

**芻秣** ㄔㄨˊ ㄇㄛˋ [文]養牛馬的草料。

**芻菽** ㄔㄨˊ ㄕㄨˊ [文]草和豆。

**芻蕘** ㄔㄨˊ ㄖㄠˊ [文]①刈草採柴的人。〈孟子〉有「芻蕘者往焉」。②謙稱自己的議論，說是「芻蕘之言」。

**芻糧** ㄔㄨˊ ㄌㄧㄤˊ [文]馬料和糧食。

**芻議** ㄔㄨˊ ㄧˋ 謙稱自己的議論。

**芟** [文]ㄕㄢ 割草。引伸作「除害」。如「芟夷」「芟除」。

**芟夷** ㄕㄢ ㄧˊ [文]刈除或刪除。「夷」的意思是「平」，意指「淨盡」。

**芟除** ㄕㄢ ㄔㄨˊ [文]割除。

**芮** ㄖㄨㄟˋ ㈠[文]「芮芮」，草細小的樣子。㈡芮城，山西省縣名。㈢姓。

**芮氏地震儀** ㄖㄨㄟˋ ㄕˋ ㄉㄧˋ ㄓㄣˋ ㄧˊ 一種測量地震強度的儀器，由芮希特（C.F.Richter）所設計，最大強度是九度。

**芽** ㄧㄚˊ ㈠植物學名詞，植物體根尖、莖頂、枝頂的分生組織，能生出新生的細胞、組織，供根尖、莖頂、枝頂不斷伸長。這種分生組織叫芽。分頂芽、腋芽、鱗芽、裸芽等。㈡事物的起源。如「萌芽」「根芽」。

**芽豆** ㄧㄚˊ ㄉㄡˋ 蠶豆泡水以後長出短芽，這時煮熟吃，叫芽豆。

**芽韭** ㄧㄚˊ ㄐㄧㄡˇ 見「韭黃」。

**芫** ㄩㄢˊ 草名。㈠「芫荏」，落葉灌木，高三四尺，開小紫花，有毒，漁人用來毒魚。㈡見「芫荽」。

**芫荽** ㄩㄢˊ ㄙㄨㄟ 荽字輕讀。也叫香菜，胡荽。一年生草本植物，開白花，實呈球形，嫩葉和莖都有香味，可以生吃。

**芸** ㄩㄣˊ ㈠多年生草本植物，莖、葉、花有特殊香味，可以作藥，放在書裡可以免蠹魚的侵害，古人因此把書籍叫「芸編」。㈡図除草。通「耘」。〈論語〉有「植其杖而芸」。㈢見「芸芸」。

**芸芸** ㄩㄣˊ ㄩㄣˊ 眾多的樣子。如「芸芸眾生」。

**芸香** ㄩㄣˊ ㄒㄧㄤ 多年生草本植物，全草都有香氣，葉子可以驅蟲。

**芸窗** ㄩㄣˊ ㄔㄨㄤ 図書房。

## 五筆

**芭** ㄅㄠ ㈠図蔗草。㈡花朵周圍的葉片；花沒開的時候，它是包著花朵的。如「含芭待放」。㈢通「包」。

**芭苴** ㄅㄠ ㄐㄩ 図①包裹東西送人，有「行賄」的意思。②用來行賄的東西。如「芭苴夜行」。

**苯** ㄅㄣˇ 化學名詞，通常叫安息油，是無色的液體。有特殊氣味，可以做溶媒劑和芳香屬化合物的原料。

**苾** ㄅㄧˋ 図苾芬，就是芳香。

**苤** ㄆㄧㄝˇ 見「苤藍」。讀音ㄆㄧˇ。

**苤藍** ㄆㄧㄝˇ ㄌㄚ˙ 一年生蔓菁類植物，莖部像圓球，是很好吃的菜蔬。

**苹** ㄆㄧㄥˊ ㈠草名，白蒿類，葉子青白色，嫩莖可以吃。㈡同「萍」。㈢同「蘋」。蘋果也作「苹果」。

**茉** ㄇㄛˋ 見「茉莉」。

**茉莉** ㄇㄛˋ ㄌㄧˋ 莉字輕讀。常綠灌木。花白色，很香，可以放進茶葉裡同時熏乾，製成香片茶。

**苺** ㄇㄟˊ 同「莓」。

**茅** ㄇㄠˊ ㈠多年生草，有青白兩色，可以蓋屋頂製繩索。常說「茅草」。㈡見「茅塞」。㈢見「茅房」。㈣姓。

**茅房** ㄇㄠˊ ㄈㄤˊ 廁所。也叫「茅廁」「茅司」。

**茅舍** ㄇㄠˊ ㄕㄜˋ 也作「茅屋」「茅廬」。用茅草蓋屋頂的草屋。

**茅屋** ㄇㄠˊ ㄨ 屋頂用茅草等蓋成的房屋。

**茅草** ㄇㄠˊ ㄘㄠˇ 多年生草本植物，可以用來蓋屋頂。

**茅塞** ㄇㄠˊ ㄙㄜˋ 自謙知識未開的詞。聽了人家有啟發性的話，可以說「使我茅塞頓開」。

**茆** ㄇㄠˊ ㈠蓴菜的別稱。㈡姓。

**茂** ㄇㄠˋ ㈠旺盛的樣子。如「茂林修竹」「枝葉茂密」。㈡事業發達。如「茂業」「財源茂盛」。㈢図作「美」字講。如「茂才」。㈣茂縣，在四川省。又讀ㄇㄡˋ。

**茂才** ㄇㄠˋ ㄘㄞˊ 秀才的別稱。

**茂年** ㄇㄠˋ ㄋㄧㄢˊ 図同「盛年」，年富力壯的時期。

**茂林** ㄇㄠˋ ㄌㄧㄣˊ 茂密的樹林。

**茂密** ㄇㄠˋ ㄇㄧˋ （草木）茂盛而繁密。

**茂異** ㄇㄠˋ ㄧˋ 図指卓越的人才。

**茂盛** ㄇㄠˋ ㄕㄥˋ 興盛，繁盛。

**茂業** ㄇㄠˋ ㄧㄝˋ 興盛的事業。

**茂績** ㄇㄠˋ ㄐㄧ 美好的績效。

**茂林修竹** ㄇㄠˋ ㄌㄧㄣˊ ㄒㄧㄡ ㄓㄨˊ 茂密的樹林和修長的竹子。

**苗** ㄇㄧㄠˊ ㈠初生的種子植物。如「麥苗」「稻苗」。㈡稻麥還沒有吐（ㄊㄨˇ）穗，叫「青苗」。㈢剛孵出的幼魚。如「魚苗」。㈣火焰。如「火苗兒」。㈤露出地面或藏得不深的礦物，叫「礦苗」。㈥事情的頭緒。如「根苗」「苗頭」。㈦図子孫後代。如「苗裔」。㈧我國西南各省的少數民族之一。㈨見「苗條」。㈩姓。

**苗木** ㄇㄧㄠˊ ㄇㄨˋ 培育樹木的幼株。

**苗床** ㄇㄧㄠˊ ㄔㄨㄤˊ 培育作物幼苗的田地。

**苗圃** ㄇㄧㄠˊ ㄆㄨˇ 培育樹木幼株的園地。

**苗族** ㄇㄧㄠˊ ㄗㄨˊ 我國少數民族之一，分布在雲南、貴州、湖南、廣西、四川等地。

**苗條** ㄇㄧㄠˊ ㄊㄧㄠˊ 條字輕讀。身材纖細柔美。

**苗裔** ㄇㄧㄠˊ ㄧˋ 図後代子孫。

**苗頭（兒）** ㄇㄧㄠˊ ㄊㄡˊ（ㄦ） 事情的開端或起因。

**苗而不秀** ㄇㄧㄠˊ ㄦˊ ㄅㄨˋ ㄒㄧㄡˋ 比喻才質雖好而難有成就，常指聰明而不努力的人。

**苜** ㄇㄨˋ 見「苜蓿」。

**苜蓿** ㄇㄨˋ ㄒㄨˋ 豆科，二年生草本，俗名金花菜。莖、葉都可以吃，也可以作飼料或肥料。

**范** ㄈㄢˋ ㈠図鑄器的模子，通「笵」。㈡図模範，榜樣。〈太玄經〉有「鴻文無范」。注「范，法也」。㈢姓。

**苻** ▲ㄈㄨˊ ㈠一年生草本植物，又稱鬼目草，莖像葛，葉子圓形，有毛。㈡姓。
▲図ㄆㄨˊ 見「萑苻」。

**茀** 図ㄈㄨˊ ㈠路上草太多太亂的樣子。㈡治，整理。〈詩經〉有「茀厥豐草」。㈢同「福」。〈詩經〉有「茀祿爾康矣」。

**苔** ▲ㄊㄞˊ 隱花植物，顏色蒼綠，生在陰溼的地方，靠胞子繁殖。地錢、角苔等都屬這類植物。
▲ㄊㄞ 舌苔，舌面的垢膩。

**苔牋** ㄊㄞˊ ㄐㄧㄢ 舊時用水藻類製成的小牋。也稱側理紙。

**苔蘚植物** ㄊㄞˊ ㄒㄧㄢˇ ㄓˊ ㄨˋ 隱花植物的一大類，分苔和蘚兩個綱，種類很多，生長在潮溼的地方，有假根。

**苕** ㄊㄧㄠˊ ㈠木名，又名紫葳，也叫凌霄花。㈡葦花，枝條可以做掃帚。通常叫「苕帚」。

**苕帚** ㄊㄧㄠˊ ㄓㄡˇ 帚字輕讀。葦條紮成的掃帚，用來掃地。

**苶** ㄋㄧㄝˊ 疲倦的樣子。如「精神發苶」。

**苙** ▲図ㄌㄧˋ 飼養牲畜的柵欄。
▲ㄐㄧ 草名，就是「白芷」。

**苓** ㄌㄧㄥˊ ㈠菌類植物，有「茯苓」「豬苓」等，可以作藥。㈡芳草名。㈢図「苓落」，通「零落」。

**苓耳** ㄌㄧㄥˊ ㄦˇ 草名，就是卷耳。一年生草本，莖高約一尺，葉長卵形，開白花，嫩葉可以吃。

**苟** 図ㄍㄡˇ ㈠草名。㈡輕率，隨便。如「不苟言笑」。㈢假使，如果。如「苟非其人」。㈣姑且，暫且。〈左傳・桓五年〉有「苟自救也，社稷無隕多矣」。㈤作連詞用，表示假設關係。〈論語・里仁〉有「苟志於仁矣，無惡也」。㈥姓。

**苟且** ㄍㄡˇ ㄑㄧㄝˇ 図①不合道義的事。②只顧一時的做法。

**苟全** ㄍㄡˇ ㄑㄩㄢˊ 図也說「苟存」。暫時保全。如「苟全性命」。

**苟同** ㄍㄡˇ ㄊㄨㄥˊ 図隨便同意。

**苟合** ㄍㄡˇ ㄏㄜˊ 図①同「苟同」。②指非夫婦的通姦。

**苟安**（ㄍㄡˇ ㄢ） 図苟且偷安。也說「苟活」。

**苟免**（ㄍㄡˇ ㄇㄧㄢˇ） 図只圖眼前免遭禍患。如「臨難（ㄋㄢˋ）毋苟免」。

**苟活**（ㄍㄡˇ ㄏㄨㄛˊ） 苟且圖存活。

**苟容**（ㄍㄡˇ ㄖㄨㄥˊ） 図苟且容身於世。

**苟得**（ㄍㄡˇ ㄉㄜˊ） 図隨便得到。如「臨財毋苟得」。

**苟合取容**（ㄍㄡˇ ㄏㄜˊ ㄑㄩˇ ㄖㄨㄥˊ） 苟且迎合時勢以求容身。

**苟延殘喘**（ㄍㄡˇ ㄧㄢˊ ㄘㄢˊ ㄔㄨㄢˇ） 暫時保存生命。

## 苛

ㄎㄜ ㈠對人的要求細碎煩瑣。如「苛求」「苛責」。㈡待人刻薄。如「苛刻」「待人太苛」。㈢嚴厲暴虐。如「苛政猛於虎」。㈣化學上的腐蝕性叫「苛性」。

**苛求**（ㄎㄜ ㄑㄧㄡˊ） 要求很苛刻。

**苛刻**（ㄎㄜ ㄎㄜˋ） 刻薄嚴厲。

**苛性**（ㄎㄜ ㄒㄧㄥˋ） caustic 化學上說的腐蝕性。苛性鉀就是氫氧化鉀。苛性鈉就是燒鹼（氫氧化鈉）。

**苛法**（ㄎㄜ ㄈㄚˇ） 図煩苛的法律。

**苛待**（ㄎㄜ ㄉㄞˋ） 図刻薄的待遇。

**苛政**（ㄎㄜ ㄓㄥˋ） 図暴虐煩瑣，使國民難於忍受的政令。

**苛細**（ㄎㄜ ㄒㄧˋ） 図苛刻煩瑣。

**苛責**（ㄎㄜ ㄗㄜˊ） 過嚴地責備。

**苛察**（ㄎㄜ ㄔㄚˊ） 図苛刻煩瑣，顯示精明。

**苛擾**（ㄎㄜ ㄖㄠˇ） 嚴酷地煩擾。

**苛雜**（ㄎㄜ ㄗㄚˊ） 苛捐雜稅。

**苛捐雜稅**（ㄎㄜ ㄐㄩㄢ ㄗㄚˊ ㄕㄨㄟˋ） 煩苛紛雜的捐稅。

## 苦

ㄎㄨˇ ㈠五味之一，與「甘」相對。如「良藥苦口」「這種藥好苦」。㈡很難忍耐的感覺。如「痛苦」「苦惱」。㈢窮，沒錢。如「困苦」「生活很苦」。㈣勞累多，收入少。如「做苦工」「苦差事」。㈤盡力。如「苦讀」「埋頭苦幹」。㈥自行限制，鞭策。如「刻苦」「苦心孤詣」。㈦指甲剪得太多，太靠近肉，或縫紉時線頭留得太短，都叫「苦」。㈧患。如「苦熱」「苦旱」。

**苦力**（ㄎㄨˇ ㄌㄧˋ） 英語 coolie 的譯音，起初專指在殖民地的華工，後來也稱礦工、腳夫、車夫等。

**苦口**（ㄎㄨˇ ㄎㄡˇ） ①引起苦的味覺。②不厭其煩地勸說。

**苦土**（ㄎㄨˇ ㄊㄨˇ） 氧化鎂。

**苦工**（ㄎㄨˇ ㄍㄨㄥ） ①辛苦的工作。②做苦工的人。

**苦心**（ㄎㄨˇ ㄒㄧㄣ） 思慮勞苦。

**苦水**（ㄎㄨˇ ㄕㄨㄟˇ） ①井水、泉水含有大量礦物質，味道苦澀，不適合飲用的。②比喻受苦的事實或經過。如說「吐（ㄊㄨˇ）苦水」。

**苦主**（ㄎㄨˇ ㄓㄨˇ） 命案中被害者的家屬。

**苦功**（ㄎㄨˇ ㄍㄨㄥ） 辛苦的功夫。

**苦瓜**（ㄎㄨˇ ㄍㄨㄚ） 瓜的一種，一年生草本植物，莖細長，夏秋開黃花，果實長形，皮上有圓長顆粒，味道微苦，煮熟做菜吃。

**苦竹**（ㄎㄨˇ ㄓㄨˊ） 竹的一種，葉的背面略帶白色，初夏生筍，莖供編製器物，又可用來造紙。

**苦行**（ㄎㄨˇ ㄒㄧㄥˊ） 刻苦地修行。如「苦行僧」。

**苦役**（ㄎㄨˇ ㄧˋ） 辛苦繁重的勞役。

**苦辛** ㄎㄨˇ ㄒㄧㄣ 辛苦；辛勞。

**苦命** ㄎㄨˇ ㄇㄧㄥˋ 不好的命運；注定受苦的命（迷信）。

**苦果** ㄎㄨˇ ㄍㄨㄛˇ 比喻壞的結果。

**苦雨** ㄎㄨˇ ㄩˇ 連綿不停的雨。

**苦衷** ㄎㄨˇ ㄓㄨㄥ 難以對外人說的痛苦。

**苦夏** ㄎㄨˇ ㄒㄧㄚˋ 指人夏天食量減少，身體消瘦。

**苦海** ㄎㄨˇ ㄏㄞˇ 佛家語，人世間的煩惱痛苦，像大海一樣無邊際。

**苦笑** ㄎㄨˇ ㄒㄧㄠˋ 心情不愉快而勉強作出的笑容。

**苦寒** ㄎㄨˇ ㄏㄢˊ 極端寒冷，嚴寒。

**苦悶** ㄎㄨˇ ㄇㄣˋ 苦惱煩悶。

**苦惱** ㄎㄨˇ ㄋㄠˇ 痛苦煩惱。

**苦痛** ㄎㄨˇ ㄊㄨㄥˋ 同「痛苦」。

**苦感** ㄎㄨˇ ㄍㄢˇ 心理學名詞，痛苦的感覺。

**苦楚** ㄎㄨˇ ㄔㄨˇ 図痛苦。

**苦樂** ㄎㄨˇ ㄌㄜˋ 困苦和快樂。

**苦熱** ㄎㄨˇ ㄖㄜˋ 極端炎熱；酷熱。

**苦戰** ㄎㄨˇ ㄓㄢˋ 艱苦地奮戰。

**苦頭** ▲ㄎㄨˇ ㄊㄡˊ 稍苦的味道。▲ㄎㄨˇ ˙ㄊㄡ 苦痛；磨難；不幸。

**苦澀** ㄎㄨˇ ㄙㄜˋ ①又苦又澀的味道。②形容內心痛苦。如「苦澀的表情」。

**苦膽** ㄎㄨˇ ㄉㄢˇ 膽囊的通稱。

**苦櫧** ㄎㄨˇ ㄓㄨ 常綠喬木，葉子橢圓形，果實扁圓形，木質緻密堅韌，是建築及製造工具的好材料。

**苦難** ㄎㄨˇ ㄋㄢˋ 痛苦和災難。

**苦日子** ㄎㄨˇ ㄖˋ ˙ㄗ 艱苦貧困的生活。

**苦肉計** ㄎㄨˇ ㄖㄡˋ ㄐㄧˋ 故意傷害自己，騙取敵方信任，以便借機行事的計謀。

**苦哈哈** ㄎㄨˇ ㄏㄚ ㄏㄚ 貧窮艱苦。

**苦迭打** ㄎㄨˇ ㄉㄧㄝˊ ㄉㄚˇ 法語 Coup d'état 的音譯，政變，突然以武力奪取政權。

**苦差事** ㄎㄨˇ ㄔㄞ ㄕˋ 工作辛苦而報酬少的差事。

**苦口婆心** ㄎㄨˇ ㄎㄡˇ ㄆㄛˊ ㄒㄧㄣ 以仁慈的心腸，善言懇切規勸開導。

**苦不堪言** ㄎㄨˇ ㄅㄨˋ ㄎㄢ ㄧㄢˊ 苦得無法用言語說出來。

**苦中作樂** ㄎㄨˇ ㄓㄨㄥ ㄗㄨㄛˋ ㄌㄜˋ 在困苦的環境，仍舊勉強尋找快樂。

**苦心孤詣** ㄎㄨˇ ㄒㄧㄣ ㄍㄨ ㄧˋ ①專心研究而達到精微的境地。②辛苦經營。

**苦盡甜來** ㄎㄨˇ ㄐㄧㄣˋ ㄊㄧㄢˊ ㄌㄞˊ 困難的境遇已過，從此漸入佳境。也作「苦盡甘來」。

**苴** ▲ㄐㄩ ㈠大麻結的子，也說是能結子的大麻。㈡図包裹。參看「苞苴」。▲図ㄐㄩˋ 古人在鞋裡加的草墊。

**苣** ㄐㄩˋ 見「萵苣」。

**茄** ▲ㄑㄧㄝˊ ㈠茄子，一年生草本植物。開紫花兒，果實呈長圓筒形，稍彎，紫色或白色，是普通的蔬菜。㈡見「番茄」。▲ㄐㄧㄚ 見「雪茄」。

**苧** ㄓㄨˋ 見「苧麻」。

**苧麻** ㄓㄨˋ ㄇㄚˊ 多年生草，簡稱麻，是我國特產。莖高三四尺，葉卵形，花淡黃綠色，皮的纖維堅韌柔滑，可以製夏布或線，根可以做藥。

**茁** ㄓㄨㄛˊ ㈠草初生的樣子。〈詩經〉有「彼茁者葭」。㈡見「茁壯」。

**茁壯** ㄓㄨㄛˊ ㄓㄨㄤˋ ①生長的樣子。②[文]肥壯的樣子。〈孟子〉有「牛羊茁壯長（ㄓㄤˇ）而已矣」。

**茌** ㄔˊ 茌平，縣名，在山東省。

**茺** ㄔㄨㄥ [文]茺蔚，二年生草。又名「益母草」。

**苫** ▲ㄕㄢ ㈠把茅草編成片兒蓋在屋頂上，叫「苫」。㈡用乾草或麥稭編成的墊席，叫「草苫子」。㈢[文]見「苫次」「苫塊」。

▲ㄕㄢˋ 遮蓋起來。如「下雨的時候把這堆東西苫上」「把麥垛苫一苫」。

**苫次** ㄕㄢ ㄘˋ [文]居喪。

**苫塊** ㄕㄢ ㄎㄨㄞˋ [文]古時候居父母喪時用乾草作席，土塊作枕。所以居父母之喪叫做「寢苫枕塊」，簡稱「苫塊」。

**苒** [文]ㄖㄢˇ ㈠見「苒苒」。㈡見「苒荏」。

**苒苒** ㄖㄢˇ ㄖㄢˇ [文]①草木枝條柔嫩的樣子。②煙塵或氣味飄散的樣子。

**苒荏** ㄖㄢˇ ㄖㄣˇ [文]通「荏苒」。

**若** ▲ㄖㄨㄛˋ ㈠相似。如「大智若愚，大姦若忠」。㈡假使，如果。如「假若」「若是」。㈢見「若干」。㈣[文]你。如「若輩」「吾翁即若翁」。㈤[文]及，與，或。〈漢書〉有「民年九十以上為（ㄨㄟˋ）復子若孫」。㈥[文]奈。〈左傳〉有「寇深矣，若之何」。㈦[文]柔順。〈左傳〉有「故民入川澤山林，不逢不若」。㈧[文]如此。〈孟子〉有「以若所為（ㄨㄟˊ），求若所欲，猶緣木而求魚也」。㈨[文]乃，始，纔。〈國語〉有「必有忍也，若能有濟也」。㈩[文]轉接連詞，說完一件再說一件時用。〈孟子〉有「當在薛也，予有戒心。辭曰：聞戒，故為（ㄨㄟˋ）兵餽之。予（ㄩˊ）何為（ㄨㄟˋ）不受？若於齊，則未有處（ㄔㄨˇ）也。無處（ㄔㄨˇ）而餽之，是貨之也」。⑾古文裡用作沒有實際字義的助詞。用於形容詞或副詞後面，表事物的狀態，意同「然」字。〈史記·司馬相如傳〉「於是二子愀然改容，超若自失」。⑿姓。

▲[文]ㄖㄜˇ ㈠「般若」，見「般」。㈡見「蘭若」。

**若干** ㄖㄨㄛˋ ㄍㄢ 大約計算的詞，等於是「多少」。

**若何** ㄖㄨㄛˋ ㄏㄜˊ [文]①如何。②奈何。

**若使** ㄖㄨㄛˋ ㄕˇ [文]同「倘使」「假使」「設使」。

**若非** ㄖㄨㄛˋ ㄈㄟ [文]如果不是。

**若是** ㄖㄨㄛˋ ㄕˋ [文]如果是。

**若翁** ㄖㄨㄛˋ ㄨㄥ [文]你的父親。

**若能** ㄖㄨㄛˋ ㄋㄥˊ 如果能。

**若輩** ㄖㄨㄛˋ ㄅㄟˋ [文]你們。

**若有若無** ㄖㄨㄛˋ ㄧㄡˇ ㄖㄨㄛˋ ㄨˊ 好像有，又好像沒有的樣子。

**若即若離** ㄖㄨㄛˋ ㄐㄧˊ ㄖㄨㄛˋ ㄌㄧˊ 好像接近，又好像不接近。

**若無其事** ㄖㄨㄛˋ ㄨˊ ㄑㄧˊ ㄕˋ 好像沒有那麼回事似的。

**苡（苢）** ㄧˇ 「薏苡」，就是薏米。也作「苡米」。

**英** ㄧㄥ ㈠[文]植物的花或葉子。如「木槿花叫舜英」「落英繽紛」。㈡物質的精粹部分。如「精英」「五金之英」。㈢才能超眾的人。如「英俊」「英雄人物」。㈣英吉利的簡稱。如「英鎊」「英國」。㈤姓。

**英寸**（ㄧㄥ ㄘㄨㄣˋ） 英美制長度單位，一英寸等於一英尺的十二分之一。

**英才**（ㄧㄥ ㄘㄞˊ） 才智出眾的人（多指青年）。

**英尺**（ㄧㄥ ㄔˇ） 英美制的長度單位，一英尺等於〇・三〇四八公尺。

**英名**（ㄧㄥ ㄇㄧㄥˊ） 指英雄人物的名字或名聲。

**英年**（ㄧㄥ ㄋㄧㄢˊ） 図指青年時期。

**英里**（ㄧㄥ ㄌㄧˇ） 英美制的長度單位，一英里等於五二八〇英尺，合一・六〇九三公里。

**英明**（ㄧㄥ ㄇㄧㄥˊ） 卓越而明智。

**英武**（ㄧㄥ ㄨˇ） 図英俊威武。

**英俊**（ㄧㄥ ㄐㄩㄣˋ） ①容貌俊秀又有精神。②才能出眾。

**英勇**（ㄧㄥ ㄩㄥˇ） 讚美別人勇敢的詞。

**英姿**（ㄧㄥ ㄗ） 英俊威武的姿態。

**英倫**（ㄧㄥ ㄌㄨㄣˊ） 指英國。倫是倫敦。

**英氣**（ㄧㄥ ㄑㄧˋ） 英俊、豪邁的氣概。

**英畝**（ㄧㄥ ㄇㄨˇ） 英美制地積單位，一英畝合〇・四〇四六九公頃。

**英爽**（ㄧㄥ ㄕㄨㄤˇ） 豪邁不拘的樣子。

**英發**（ㄧㄥ ㄈㄚ） 図英爽奮發的樣子。蘇軾詞有「遙想公瑾當年，小喬初嫁了（ㄌㄧㄠˇ），雄姿英發」。

**英雄**（ㄧㄥ ㄒㄩㄥˊ） 是說超群出眾的人才。

**英語**（ㄧㄥ ㄩˇ） 英國的語文。

**英魂**（ㄧㄥ ㄏㄨㄣˊ） 英靈②。

**英豪**（ㄧㄥ ㄏㄠˊ） 英雄豪傑。

**英鎊**（ㄧㄥ ㄅㄤˋ） 英國的本位貨幣。

**英靈**（ㄧㄥ ㄌㄧㄥˊ） ①図精華靈秀之氣的結晶品。〈隋書・李德林傳〉有「此河朔之英靈也」。②尊稱死人的靈魂。

**英雄氣短**（ㄧㄥ ㄒㄩㄥˊ ㄑㄧˋ ㄉㄨㄢˇ） 俗話有「兒女情長，英雄氣短」的說法，是說雄心容易因為柔情而沮喪。

**英雄無用武之地**（ㄧㄥ ㄒㄩㄥˊ ㄨˊ ㄩㄥˋ ㄨˇ ㄓ ㄉㄧˋ） 指有本領的人得不到施展的機會。

**苑** ▲図ㄩㄢˋ ㈠有圍牆的園地，古時有「上林苑」「鹿苑」。㈡人物聚集的地方。如「藝苑」「文苑」。▲ㄩㄢˇ 姓。▲図ㄩˋ 積聚抑鬱不舒暢。〈詩經〉有「我心苑結」。

## 六筆

**茫** ㄇㄤˊ ㈠水際廣大的樣子。如「茫茫大海」。㈡引伸作寬廣無邊際。如「人海茫茫」。㈢看不清楚的樣子。如「茫無頭緒」。㈣見「茫昧」「茫然」等條。

**茫昧**（ㄇㄤˊ ㄇㄟˋ） 図暗晦不可知的樣子。

**茫茫**（ㄇㄤˊ ㄇㄤˊ） ①廣大的樣子。②不明白，難捉摸。如「前途茫茫」。③形容霧氣迷濛。如「白茫茫的一片」。

**茫然**（ㄇㄤˊ ㄖㄢˊ） 図全無所知的樣子。

**茫無頭緒**（ㄇㄤˊ ㄨˊ ㄊㄡˊ ㄒㄩˋ） 沒有把握，沒有頭緒。

**茗** ㄇㄧㄥˊ ㈠茶的嫩芽。㈡茶的別稱。如「品茗」。又讀ㄇㄧㄥˇ。

**茗具**（ㄇㄧㄥˊ ㄐㄩˋ） 泡茶、喝茶的用具。

**茷** 図ㄈㄚˊ ㈠草葉多。㈡「茷茷」，嚴整的樣子，也是旌旗飄動的樣子。

**茯** ㄈㄨˊ 見「茯苓」。

**茯苓** ㄈㄨˊ ㄌㄧㄥˊ 菌類，生在松林裡，塊球狀。包著松根寄生的叫茯神。都可作藥。

**荅** ㄉㄚˊ ㈠小豆。㈡通「答」。㈢見「荅臘鼓」。

**荅臘鼓** ㄉㄚˊ ㄌㄚˋ ㄍㄨˇ 一種鼓，又作答臘鼓。

**荑** ▲[文]ㄊㄧˊ ㈠草木初生的嫩芽。㈡形容女人的手柔軟作「柔荑」。㈢通「稊」字。▲ㄧˊ 芟除，割草。如「芟荑雜草」。

**茼** ㄊㄨㄥˊ 見「茼蒿」。

**茼蒿** ㄊㄨㄥˊ ㄏㄠ 一年生草本植物，莖葉嫩的可以吃，是普通的蔬菜。北方叫「蒿子」。

**茘（荔）** ㄌㄧˋ 見「荔枝」。

**荔枝** ㄌㄧˋ ㄓ 常綠喬木，果實外殼密布鱗片狀突起，熟時呈暗紅色，果肉（假種皮）色白多甜汁，可食，也可晒乾備食。產於廣東、福建、臺灣。近年臺灣已有改良品種上市，味美量多。

**茢** ㄌㄧㄝˋ 苕㈡的別名。

**荄** [文]ㄍㄞ ㈠草根。如「根荄」。㈡草木枯乾的莖。

**茛** ㄍㄣˋ 「毛茛」，是一種毒草。

**茴** ㄏㄨㄟˊ 見「茴香」。

**茴香** ㄏㄨㄟˊ ㄒㄧㄤ 多年生草，葉子細長如絲，莖高五六尺，花黃色，子大小像麥子，可以做調味香料。莖葉可食，叫茴香菜。

**荍** ㄑㄧㄠˊ 見「荍麥」。

**荍麥** ㄑㄧㄠˊ ㄇㄞˋ 就是蕎麥。

**荒** ㄏㄨㄤ ㈠還沒開墾的土地。如「荒土」「墾荒」。㈡農作物歉收。如「荒年」「逃荒」。㈢廢棄。如「荒廢」「荒蕪」。㈣言行虛誕不實。如「荒唐」「荒謬」。㈤缺少，不夠用。如「水荒」「屋荒」。㈥空曠人少。如「荒涼」「荒村」。㈦[文]不按時。如「荒雞鳴」。

**荒土** ㄏㄨㄤ ㄊㄨˇ ①[文]極遠的土地。②荒地。

**荒年** ㄏㄨㄤ ㄋㄧㄢˊ 水旱成災，農田沒有收成的年頭兒。

**荒地** ㄏㄨㄤ ㄉㄧˋ 沒有開墾的土地。

**荒村** ㄏㄨㄤ ㄘㄨㄣ 人煙稀少的村落。

**荒唐** ㄏㄨㄤ ㄊㄤˊ 唐字可輕讀。①浮誇不實在。②說話行為不合理。

**荒草** ㄏㄨㄤ ㄘㄠˇ 荒地上野生的草。

**荒涼** ㄏㄨㄤ ㄌㄧㄤˊ 人煙稀少；冷清。

**荒淫** ㄏㄨㄤ ㄧㄣˊ 過分貪愛酒色。

**荒野** ㄏㄨㄤ ㄧㄝˇ 荒涼的野外。

**荒疏** ㄏㄨㄤ ㄕㄨ 因平時缺乏練習而生疏。

**荒歉** ㄏㄨㄤ ㄑㄧㄢˋ 農作物沒有收成或歉收。

**荒漠** ㄏㄨㄤ ㄇㄛˋ ①荒涼而又無邊無際。②荒涼的沙漠或曠野。

**荒僻** ㄏㄨㄤ ㄆㄧˋ 荒涼偏僻。

**荒廢** ㄏㄨㄤ ㄈㄟˋ ①拋棄已久。②做事怠惰不認真。如「荒廢學業」。

**荒蕪** ㄏㄨㄤ ㄨˊ 土地廢棄不用，野草叢生的樣子。

**荒謬** ㄏㄨㄤ ㄇㄧㄡˋ 荒唐錯誤。

**荒雞** ㄏㄨㄤ ㄐㄧ 図夜間不按時打鳴兒的公雞。

**茭** ㄐㄧㄠ 多年生草本植物，也作菰。種在水裡，高五六尺，新芽像筍，嫩脆可口，夏秋開花；結的果實叫「茭米」，可以煮飯。

**茭白** ㄐㄧㄠ ㄅㄞˊ 茭的嫩芽，叫茭白筍。

**茭米** ㄐㄧㄠ ㄇㄧˇ 茭的果實。也作「菰米」。

**荐** ㄐㄧㄢˋ ㈠草蓆，墊在蓆子下面的草。如「草荐」。㈡図牧草。如「麋鹿食荐」。㈢図副詞，頻數，再次。〈左傳・僖十三年〉有「晉荐饑，使乞糴于秦」。㈣借作「薦」。

**荊（荆）** ㄐㄧㄥ ㈠有刺的植物，也叫「楚木」，古人用作刑杖。如「負荊請罪」。㈡荊州，古時九州之一，在現在湖南、湖北兩省，貴州、廣東及河南的一部分。㈢對人稱自己的妻。如「寒荊」「拙荊」。㈣姓。

**荊妻** ㄐㄧㄥ ㄑㄧ 謙稱自己的妻子。

**荊棘** ㄐㄧㄥ ㄐㄧˊ 多刺的灌木。比喻困難的環境。

**荊釵布裙** ㄐㄧㄥ ㄔㄞ ㄅㄨˋ ㄑㄩㄣˊ 形容貧家婦女的裝束。

**茜** ㄑㄧㄢˋ ㈠茜草，多年生蔓草，莖呈方形，中空，葉長卵形，開白花，根可作紅色顏料，也可作藥。㈡紅色。

**荃** 図ㄑㄩㄢˊ ㈠香草。㈡舊式書信裡用作請人鑒察的套詞，有「荃察」「荃照」等。

**荇（莕）** ㄒㄧㄥˋ 荇菜，多年生水草，嫩葉可以吃。

**茍** ㄒㄩㄣˊ ㈠茍草，古代傳說的一種香草。見〈山海經・中山經〉。㈡姓。

**茱** ㄓㄨ 見「茱萸」。

**茱萸** ㄓㄨ ㄩˊ 落葉喬木，有山茱萸、吳茱萸、食茱萸等三種。

**茶** ㄔㄚˊ ㈠常綠灌木，採嫩葉子焙乾，可以作茶葉。如「採茶」「茶園」。㈡用茶葉沏成的飲料。如「喝茶」「茶水招待」。㈢喝茶的用具或與茶葉有關的事。如「茶具」「茶市」。㈣若干飲料也叫茶。如「涼茶」「杏仁茶」。㈤暗咖啡色叫「茶色」。

**茶山** ㄔㄚˊ ㄕㄢ 地名，浙江、江西、湖南、廣東都有。

**茶市** ㄔㄚˊ ㄕˋ 買賣大宗茶葉的市場。

**茶末** ㄔㄚˊ ㄇㄛˋ 茶葉的碎屑。

**茶色** ㄔㄚˊ ㄙㄜˋ 茶褐色。

**茶行** ㄔㄚˊ ㄏㄤˊ 賣茶葉的商行。

**茶具** ㄔㄚˊ ㄐㄩˋ 燒茶或喝茶所用的器具。也叫「茶器」。

**茶房** ㄔㄚˊ ㄈㄤˊ 房字輕讀。舊時稱在旅館、茶館、餐廳等處從事供應茶水等雜務的人。

**茶油** ㄔㄚˊ ㄧㄡˊ 油茶樹子榨出的油，主要成分是油酸的甘油酯，可作食用，也作工業用途或婦人抹髮之用。

**茶社** ㄔㄚˊ ㄕㄜˋ 茶館兒（多用做茶館兒的名稱）。

**茶花** ㄔㄚˊ ㄏㄨㄚ 山茶花。

**茶青** ㄔㄚˊ ㄑㄧㄥ 青黃混合的顏色。

**茶室** ㄔㄚˊ ㄕˋ 供人喝茶的鋪子。

**茶毗** ㄔㄚˊ ㄆㄧˊ 同「茶毗」，佛教徒說火葬。

**茶食** ㄔㄚˊ ㄕˊ 糕餅糖果一類的食品。

**茶座** ㄔㄚˊ ㄗㄨㄛˋ 茶館中供客人喝茶的坐位。

**茶神** ㄔㄚˊ ㄕㄣˊ 唐代的陸羽精於飲茶，又著有茶經，後人稱他為茶神。

**茶梅** ㄔㄚˊ ㄇㄟˊ 常綠喬木，是山茶的別種。

**茶船** ㄔㄚˊ ㄔㄨㄢˊ 墊在茶杯底下的略似船形的茶托。

**茶湯** ㄔㄚˊ ㄊㄤ ①茶和湯。②加糖用開水沖熟的黍麵，叫茶湯。

**茶飯** ㄔㄚˊ ㄈㄢˋ 飲食的代稱。

**茶園** ㄔㄚˊ ㄩㄢˊ ①劇場的舊稱。②種茶的山坡地。

**茶會** ㄔㄚˊ ㄏㄨㄟˋ 簡便的集會，備有茶點招待。

**茶經** ㄔㄚˊ ㄐㄧㄥ 書名，專談和茶有關的事情，是唐代陸羽寫的。

**茶葉** ㄔㄚˊ ㄧㄝˋ 茶的嫩葉，焙乾用來泡茶的。

**茶話** ㄔㄚˊ ㄏㄨㄚˋ 一邊品茶一邊談天。

**茶資** ㄔㄚˊ ㄗ 茶錢。

**茶農** ㄔㄚˊ ㄋㄨㄥˊ 以種植茶樹為職業的農民。

**茶道** ㄔㄚˊ ㄉㄠˋ 日本古典文化之一：①喝茶的哲理。②一種依一定儀式進行的飲茶方式。

**茶團** ㄔㄚˊ ㄊㄨㄢˊ 做成團狀的茶葉。

**茶樓** ㄔㄚˊ ㄌㄡˊ 有樓的茶館（多用做茶館的名稱）。

**茶盤** ㄔㄚˊ ㄆㄢˊ 放茶具的盤子。

**茶質** ㄔㄚˊ ㄓˋ 植物鹼類之一，白色針狀的結晶，有興奮作用。又稱咖啡質。

**茶磚** ㄔㄚˊ ㄓㄨㄢ 製成磚塊狀的茶葉。

**茶糖** ㄔㄚˊ ㄊㄤˊ 摻有茶葉、茶粉、或茶汁的糖果。

**茶錢** ㄔㄚˊ ㄑㄧㄢˊ 錢字輕讀。①喝茶的代價。②小費。

**茶點** ㄔㄚˊ ㄉㄧㄢˇ 茶和點心。

**茶鏽** ㄔㄚˊ ㄒㄧㄡˋ 附著在茶具上的黃褐色的物質；就是茶漬。

**茶几（兒）** ㄔㄚˊ ㄐㄧ ㄦ 一種小桌子，可放茶杯、茶壺或花瓶的。

**茶托（兒）** ㄔㄚˊ ㄊㄨㄛ ㄦ 用來襯托茶杯的小碟子。也說「茶托子」。

**茶底（兒）** ㄔㄚˊ ㄉㄧˇ ㄦ 指茶喝完了以後杯子裡剩下的渣滓。也說「茶底子」。

**茶匙（兒）** ㄔㄚˊ ㄔˊ ㄦ 調弄飲料用的小匙。

**茶館（兒）** ㄔㄚˊ ㄍㄨㄢˇ ㄦ 供人飲茶的鋪子。也叫茶室。

**茶滷（兒）** ㄔㄚˊ ㄌㄨˇ ㄦ 濃釅的茶汁。也說茶滷子。

**茶博士** ㄔㄚˊ ㄅㄛˊ ㄕˋ 茶館的伙計（多見於早期白話）。

**茶話會** ㄔㄚˊ ㄏㄨㄚˋ ㄏㄨㄟˋ 備有茶點的集會。

**茶褐色** ㄔㄚˊ ㄏㄜˊ ㄙㄜˋ 赤色而略帶黑的顏色。也叫「咖啡色」。

**茶葉末（兒）** ㄔㄚˊ ㄧㄝˋ ㄇㄛˋ ㄦ 茶葉的碎屑。也說「茶葉末子」。

**茶餘飯後** ㄔㄚˊ ㄩˊ ㄈㄢˋ ㄏㄡˋ 喝過茶、吃過飯之後，意思是空閒的時候。

## 荏

ㄖㄣˇ ㈠一年生草本植物，又名「荏胡麻」，種子白色，叫「白蘇子」，可以餵鳥，榨油。㈡〔文〕柔弱。如「色厲內荏」。㈢〔文〕見「荏苒」。

**荏苒** ㄖㄣˇ ㄖㄢˇ 〔文〕形容時間的漸漸過去。如「光陰荏苒」。

## 茹

ㄖㄨˊ ㈠〔文〕吃。如「茹毛飲血」「茹素」。㈡〔文〕忍受。如「含辛茹苦」。㈢〔文〕根部相連屬的。如「拔茅連茹」。㈣姓。又讀ㄖㄨˋ。

**茹苦** ㄖㄨˊ ㄎㄨˇ 〔文〕吃苦。

**茹素** ㄖㄨˊ ㄙㄨˋ 〔文〕吃素。

**茹毛飲血**（ㄖㄨˊ ㄇㄠˊ ㄧㄣˇ ㄒㄧㄝˇ） 図上古的人不會用火，只知獵取禽獸生吃。〈禮記〉說是「飲其血，茹其毛」。

**茹苦含辛**（ㄖㄨˊ ㄎㄨˇ ㄏㄢˊ ㄒㄧㄣ） 忍受各種辛苦。

**茸** ▲ㄖㄨㄥˊ ㈠図草初生的樣子。李白詩有「庭草滋新茸」。㈡「鹿茸」的簡稱。㈢松茸，是人工培育的嫩蕈，可製罐頭。㈣香蒲的花叫「蒲茸」，也作「蒲絨」。
▲ㄖㄨㄥˇ ㈠同「氄」。㈡「闒茸」（見「闒」㈢），也作「茸闒」。

**茸毛**（ㄖㄨㄥˊ ㄇㄠˊ） 指人或動物的絨毛。

**茲（兹、玆）** ▲図ㄗ ㈠這，這個。如「念茲在茲」「茲事體大」。㈡這時，現在。如「今茲」「茲定某日開會」。㈢將來，以後。如「以勵來茲」。㈣図同「滋」，是「更加」的意思。如「賦斂茲重」。㈤図那麼。〈左傳・昭二年〉有「若可，師有濟也，君而繼之，茲無敵矣」。
▲ㄘˊ 「龜（ㄑㄧㄡ）茲」，是漢代西域國名，在現在新疆的庫車、沙雅一帶。

**茲事體大**（ㄗ ㄕˋ ㄊㄧˇ ㄉㄚˋ） 事情關係重大。

**茈** ▲ㄗˇ ㈠茈草，可做紫色染料。㈡紫色，通「紫」字。
▲ㄔㄞˊ 見「茈胡」條。

**茈胡**（ㄔㄞˊ ㄏㄨˊ） 同「柴胡」，是一種藥草。

**茈薑**（ㄗˇ ㄐㄧㄤ） 初生的嫩薑，芽呈淡紫色。也作「紫薑」。

**茨** ▲ㄘˊ ㈠図茅草或葦草編的屋頂，〈詩經〉有「如茨如梁」。㈡図蒺藜的古稱。〈詩經〉有「牆有茨」。㈢茨菰，就是「慈姑」。

**草（艸）** ▲ㄘㄠˇ ㈠草本植物的總稱。如「碧草如茵」「乾稻草」。㈡田野的代稱。如「草莽」「草澤」。㈢漢字字體的一種，在西漢時就有。如「草書」「行草」。㈣粗率、不細膩。如「草率」「潦草」。㈤文稿。如「起草」「打草稿」。㈥還沒決定的文件。如「草約」「草案」。㈦雌性家畜。如「草雞」。㈧図輕忽。如「草菅（ㄐㄧㄢ）人命」。

**草人**（ㄘㄠˇ ㄖㄣˊ） ①周代的一種官職。②用草紮成的人。

**草包**（ㄘㄠˇ ㄅㄠ） 譏笑沒有學識能力的人。

**草本**（ㄘㄠˇ ㄅㄣˇ） ①原稿的底本。②見「草本植物」。

**草地**（ㄘㄠˇ ㄉㄧˋ） ①長野草或鋪草皮的地方。②在臺灣也指鄉下。

**草字**（ㄘㄠˇ ㄗˋ） ①草書的字體。②對人謙稱自己的名字。

**草灰**（ㄘㄠˇ ㄏㄨㄟ） ①草本植物燃燒後的灰。②灰黃的顏色。

**草蟲**（ㄘㄠˇ ㄔㄨㄥˊ） 以花草及昆蟲為題材的中國畫。

**草行**（ㄘㄠˇ ㄒㄧㄥˊ） 図在草地裡行走，形容旅途的困難。常作「草行露宿」。

**草具**（ㄘㄠˇ ㄐㄩˋ） 図粗劣的食物。

**草坪**（ㄘㄠˇ ㄆㄧㄥˊ） 平坦的草地。

**草芥**（ㄘㄠˇ ㄐㄧㄝˋ） 図比喻輕賤不值得重視的。

**草昧**（ㄘㄠˇ ㄇㄟˋ） 図指世界開化以前的樣子。

**草約**（ㄘㄠˇ ㄩㄝ） 雙方議定但是還沒簽字的協議文件。

**草原**（ㄘㄠˇ ㄩㄢˊ） 半乾旱地區雜草叢生的大片土地。

**草席**（ㄘㄠˇ ㄒㄧˊ） 用草等編成的席子。

**草書**（ㄘㄠˇ ㄕㄨ） 我國字體之一，不知最初的作者是誰。〈說文・敘〉有「漢興有草書」。當時毛筆已很普遍，文化流通也很頻繁，寫隸書費時太多，於是把字的筆畫連結起來，作了若干簡化，成為草書。草書在晉朝以前的叫章草，晉以後叫今草。近人于右任著有〈標準草書〉。

**草案** ㄘㄠˇ ㄢˋ 還沒正式定案的法律或計畫的稿件。

**草料** ㄘㄠˇ ㄌㄧㄠˋ 餵牲口的食料。

**草紙** ㄘㄠˇ ㄓˇ ①手工製造的粗紙。②舊時的衛生紙。

**草荐** ㄘㄠˇ ㄐㄧㄢˋ 鋪床用的草墊子。

**草草** ㄘㄠˇ ㄘㄠˇ ①粗率，不細膩，不認真。如「草草了事」。②〔文〕憂勞。〈詩經〉有「勞人草草」。

**草堆** ㄘㄠˇ ㄉㄨㄟ 成堆的草。

**草堂** ㄘㄠˇ ㄊㄤˊ 茅廬。也作「草廬」。

**草寇** ㄘㄠˇ ㄎㄡˋ 舊時指在山林出沒的強盜。

**草率** ㄘㄠˇ ㄕㄨㄞˋ 做事不精細，隨隨便便。

**草莓** ㄘㄠˇ ㄇㄟˊ 一種莓果。開白花，果實紅色，酸甜可食。

**草莽** ㄘㄠˇ ㄇㄤˇ ①田野。②〔文〕指民間。〈孟子〉有「在野曰草莽之臣」。③〔文〕指盜賊。如「草莽流寇」。

**草野** ㄘㄠˇ ㄧㄝˇ 〔文〕①鄙陋。②指民間。白居易詩有「退身安草野」。也作「草澤」。

**草魚** ㄘㄠˇ ㄩˊ 魚體筒形，微綠色，生活在淡水中，吃水草。也叫鯇魚。

**草創** ㄘㄠˇ ㄔㄨㄤˋ 事業的初創。

**草棉** ㄘㄠˇ ㄇㄧㄢˊ 一年生草本植物，花一般淡黃色，果實像桃兒，內有白色的纖維，就是棉絮。

**草萊** ㄘㄠˇ ㄌㄞˊ 〔文〕①荒草，野草。②指田野。

**草菇** ㄘㄠˇ ㄍㄨ 菌類，香菇的一種，柄長而冠薄。

**草蛭** ㄘㄠˇ ㄓˋ 吸血蟲的一種，又名山蛭，屬蠕形動物環蟲類，成蟲約七、八公分，生活在深山草澤中，人經過時，會附著在人的腳脛，吸吮血液。

**草圖** ㄘㄠˇ ㄊㄨˊ 初步畫出的機械圖或工程設計圖，不要求十分精確。

**草墊** ㄘㄠˇ ㄉㄧㄢˋ 用稻草等編成的墊子。

**草蓐** ㄘㄠˇ ㄖㄨˋ 草席；草墊子。

**草酸** ㄘㄠˇ ㄙㄨㄢ 有機化合物，無色的結晶體，有毒。可做媒染劑。

**草寫** ㄘㄠˇ ㄒㄧㄝˇ 草體；草書。

**草綠** ㄘㄠˇ ㄌㄩˋ 由花青、藤黃混合而成的顏色。

**草稿** ㄘㄠˇ ㄍㄠˇ 還沒謄清的文稿。也作「草底兒」。

**草蝦** ㄘㄠˇ ㄒㄧㄚ 節肢動物斑節蝦科甲殼動物，色青黑。雜食，容易養殖。從太平洋西南沿岸到印度洋，無論淺海或河口都有。在臺灣，是重要的養殖動物。

**草鞋** ㄘㄠˇ ㄒㄧㄝˊ 用稻草等織成的鞋。

**草澤** ㄘㄠˇ ㄗㄜˊ ①低窪積水野草叢生的地方。②〔文〕草野②。

**草擬** ㄘㄠˇ ㄋㄧˇ 初步的擬定。

**草叢** ㄘㄠˇ ㄘㄨㄥˊ 聚生在一起的很多的草。

**草雞** ㄘㄠˇ ㄐㄧ ①母雞。②比喻人無能或膽怯。

**草簽** ㄘㄠˇ ㄑㄧㄢ 締約國代表在條約草案上臨時簽名。

**草藥** ㄘㄠˇ ㄧㄠˋ 中醫說普通植物做成的藥材。

**草體**（ㄘㄠˇ ㄊㄧˇ） ①草書。②拼音文字的手寫體。

**草驢**（ㄘㄠˇ ㄌㄩˊ） 母驢。

**草帽（兒）**（ㄘㄠˇ ㄇㄠˋ ㄦ） 用麥稈編的帽子。

**草上霜**（ㄘㄠˇ ㄕㄤˋ ㄕㄨㄤ） ①草上的霜。②羊毛皮的一種，底灰黑，毛端白而捲，像是草上著霜。

**草木灰**（ㄘㄠˇ ㄇㄨˋ ㄏㄨㄟ） 草木燒的餘灰，含鉀、燐、鈣等質，是用在農田的好肥料。

**草裙舞**（ㄘㄠˇ ㄑㄩㄣˊ ㄨˇ） 夏威夷的傳統舞蹈，穿著草裙扭臀部跳舞，熱情而浪漫。

**草履蟲**（ㄘㄠˇ ㄌㄩˇ ㄔㄨㄥˊ） 一種原生動物纖毛蟲類。生活在停滯的淡水裡，長得像草鞋，能自體分裂而繁殖。

**草木皆兵**（ㄘㄠˇ ㄇㄨˋ ㄐㄧㄝ ㄅㄧㄥ） 形容心裡疑惑害怕，見到風吹草動，都以為是敵人來了。

**草本植物**（ㄘㄠˇ ㄅㄣˇ ㄓˊ ㄨˋ） 莖是草質的植物。有一年生、二年生、多年生的不同。

**草字頭兒**（ㄘㄠˇ ㄗˋ ㄊㄡˊ ㄦ） 漢字中以「艸」字在上部的，叫草字頭兒，楷書形體變作「艹」。

**草長鶯飛**（ㄘㄠˇ ㄓㄤˇ ㄧㄥ ㄈㄟ） 草生長很美，鶯鳥飛翔，形容暮春三月江南美麗的風光。

**草食動物**（ㄘㄠˇ ㄕˊ ㄉㄨㄥˋ ㄨˋ） 以草類、蔬菜等為食物的動物。

**草菅人命**（ㄘㄠˇ ㄐㄧㄢ ㄖㄣˊ ㄇㄧㄥˋ） 図把殺人看做割草似的。比喻輕視人命。

## 茵

ㄧㄣ ㈠褥席。如「碧草如茵」。㈡見「茵陳」。

**茵陳**（ㄧㄣ ㄔㄣˊ） 多年生藥草名。生在水邊沙地上，葉上有白毛，夏秋開花，莖葉可以作藥。

# 七筆

## 荸

ㄅㄧˊ 見「荸薺」。又讀ㄅㄛˊ。

**荸薺**（ㄅㄧˊ ㄑㄧˊ） 薺字輕讀。多年生草，種在水田裡，因地上莖圓形，肉白，味甜，可以吃。又名「地栗」。

## 莆

▲ㄆㄨˊ ㈠水草名，就是蒲草。㈡莆田，福建省縣名。▲ㄈㄨˇ 蓮莆，一種瑞草。

## 莫

▲ㄇㄛˋ ㈠不可，不要。如「莫等閒」「閒人莫進」。㈡沒有。如「莫不歡欣鼓舞」。㈢姓。▲図ㄇㄨˋ同「暮」。

**莫大**（ㄇㄛˋ ㄉㄚˋ） 沒有比這個更大的。如「莫大的損失」。

**莫不**（ㄇㄛˋ ㄅㄨˋ） ①「都是」的倒說，沒有不。②表疑問的詞，同「莫不是」。

**莫名**（ㄇㄛˋ ㄇㄧㄥˊ） 沒有法子說，有「至極」的意思。如「感戴莫名」。

**莫如**（ㄇㄛˋ ㄖㄨˊ） 不如。

**莫怪**（ㄇㄛˋ ㄍㄨㄞˋ） ①同「難怪」。②請人原諒的詞。如「請莫怪我多嘴」。

**莫非**（ㄇㄛˋ ㄈㄟ） ①沒有不是，就是「都是」。②表示疑問的詞。如「莫非是他搞的鬼」。

**莫若**（ㄇㄛˋ ㄖㄨㄛˋ） 図同「不如」，常用在「與其」之下。如「與其冒險，莫若謹慎」。

**莫逆**（ㄇㄛˋ ㄋㄧˋ） 図沒有違逆的事情，比喻朋友要好。如「你我莫逆之交」。

**莫進**（ㄇㄛˋ ㄐㄧㄣˋ） 不要進入。如「閒人莫進」。

**莫過**（ㄇㄛˋ ㄍㄨㄛˋ） 不能超過。如「樂事莫過於讀書」。

**莫說**（ㄇㄛˋ ㄕㄨㄛ） 不用說，不要說。也作「莫道」。

**莫不是**（ㄇㄛˋ ㄅㄨˋ ㄕˋ） 不字輕讀。疑問詞。同「莫非」②。

**莫等閒**（ㄇㄛˋ ㄉㄥˇ ㄒㄧㄢˊ） 不要隨便，不要不留意。

**莫須有**（ㄇㄛˋ ㄒㄩ ㄧㄡˇ） 不須有確定的證據。宋朝秦檜誣害岳飛，說不出岳飛有罪，只說「莫須有」。因此拿「莫須有」作冤獄的代稱。

**莫可言狀**（ㄇㄛˋ ㄎㄜˇ ㄧㄢˊ ㄓㄨㄤˋ） 無法用言語來形容。

**莫名其妙**（ㄇㄛˋ ㄇㄧㄥˊ ㄑㄧˊ ㄇㄧㄠˋ） ①不知是什麼緣故。如「莫名其妙地挨了罵」。②指深奧或者奇怪得解說不了的事物。③罵人不懂道理，不應該。如「你這個人真是莫名其妙」。

**莫衷一是**（ㄇㄛˋ ㄓㄨㄥ ㄧ ㄕˋ） 大家的意見都不一樣，沒有一個共同的看法。

**莫測高深**（ㄇㄛˋ ㄘㄜˋ ㄍㄠ ㄕㄣ） 無法測知高深到什麼程度。

**莓** ㄇㄟˊ ㈠青苔。㈡草名，一枝三葉，葉面青色，背部淡白，開小白花，夏初結果子，顏色像櫻桃，也叫「草莓」。

**莽** ㄇㄤˇ ㈠常綠灌木，葉長橢圓形，花瓣細長，白色而有毒，古時用作殺鼠藥或毒魚用的。平常叫「莽草」。㈡泛指叢生的草。如「草莽」「莽原」。㈢粗魯，不細心。如「鹵莽」「莽撞」。

**莽林**（ㄇㄤˇ ㄌㄧㄣˊ） 茂密的森林。

**莽原**（ㄇㄤˇ ㄩㄢˊ） 草長得很茂盛的原野。

**莽草**（ㄇㄤˇ ㄘㄠˇ） 常綠灌木，八角茴香科，葉長橢圓形，氣香性毒，可以殺鼠毒魚。又名石桂。

**莽莽**（ㄇㄤˇ ㄇㄤˇ） [文]草木茂盛幽深的樣子。

**莽漢**（ㄇㄤˇ ㄏㄢˋ） 鹵莽的男人。

**莽撞**（ㄇㄤˇ ㄓㄨㄤˋ） 同「鹵莽」。行動粗野，亂衝亂撞。

**莽蕩**（ㄇㄤˇ ㄉㄤˋ） [文]廣大荒蕪的樣子。

**莩** ▲ㄈㄨˊ ㈠草名，也作「苻」，又名鬼目草。㈡蘆莖內層的白膜。又見「葭莩」。▲[文]ㄆㄧㄠˇ同「殍」。

**荳** ㄉㄡˋ 同豆㈠。

**荳蔻**（ㄉㄡˋ ㄎㄡˋ） 見「豆蔻」。

**荻** ㄉㄧˊ 草名，生在水邊，與蘆同類。

**莛** [文]ㄊㄧㄥˊ草莖。

**荼** ▲ㄊㄨˊ ㈠蔬類植物，平常說「苦菜」。㈡開白花的茅，叫「荼」。這種白花一開，就漫山遍野，所以形容興盛熾烈，說「如火如荼」。▲ㄕㄨ「神荼」，中國舊時所說的門神的名字。見「神荼鬱壘」。

**荼毒**（ㄊㄨˊ ㄉㄨˊ） 苦菜和毒蟲，比喻毒害。如「荼毒生靈」。

**荼毗**（ㄊㄨˊ ㄆㄧˊ） 佛教徒說火葬。

**荼蘼**（ㄊㄨˊ ㄇㄧˊ） 落葉亞灌木，又稱「酴醾」。春末開花。所以「開到荼蘼」是說春天的花期已經要完了，最繁盛的時期快過了。

**莨** ▲ㄌㄤˋ多年生草本，莖葉粗硬，可以用來蓋屋頂。也叫「狼尾草」。▲ㄌㄤˋ莨菪（ㄌㄤˋ），多年生草，有毒，可以作鎮痛或治療痙攣的藥劑。▲ㄌㄧㄤˊ薯莨，福建、廣東等地山裡出的草。草根熬汁可以染綢紗，叫薯莨綢或拷綢、拷紗。

**莉** ㄌㄧˋ 見「茉莉」。

**莞** ▲ㄍㄨㄢ ㈠多年生草，種在水田裡，高五六尺，可以織蓆。也叫「水蔥」。㈡姓。▲ㄍㄨㄢˇ東莞，廣東省縣名。▲ㄨㄢ同「豌」。▲[文]ㄨㄢˇ見「莞爾」。

**莞爾** ㄨㄢˇ ㄦˇ 図微笑。〈論語〉有「夫子莞爾而笑」。

**荷** ▲ㄏㄜˊ ㈠多年生草。也叫「蓮」「芙蕖」。地下莖叫藕。結的子叫蓮子。㈡荷蘭王國的簡稱。▲図ㄏㄜˋ ㈠負擔（ㄉㄢ）。如「負荷」「荷擔（ㄉㄢˋ）」。㈡謝人美意。如「感荷」「為荷」。

**荷負** ㄏㄜˋ ㄈㄨˋ 図擔負。

**荷重** ㄏㄜˋ ㄓㄨㄥˋ 擔負重物。

**荷荷** ㄏㄜˋ ㄏㄜˋ 図失意怨怒的聲音。如「徒呼荷荷」。

**荷擔** ㄏㄜˋ ㄉㄢ 図肩挑重物。

**荷包（兒）** ㄏㄜˊ ㄅㄠ（ㄦ） 包字輕讀。隨身帶的小錢包兒。

**荷花（兒）** ㄏㄜˊ ㄏㄨㄚ（ㄦ） 荷㈠。也作「蓮花」。

**荷包蛋** ㄏㄜˊ ㄅㄠ ㄉㄢˋ 包字輕讀。蛋去殼後，在油鍋裡煎熟整個蛋白包住蛋黃，形狀似荷葉包。

**荷葉肉** ㄏㄜˊ ㄧㄝˋ ㄖㄡˋ 把豬肉切成薄片，加米粉，用醬油、料酒等泡透，外面用鮮荷葉包好蒸熟，叫荷葉肉。

**荷爾蒙** ㄏㄜˊ ㄦˇ ㄇㄥˊ 內分泌腺的分泌物，是維持人體發育、生殖、新陳代謝等機能所不能缺少的。參看「激素」。

**莢** ㄐㄧㄚˊ ㈠豆類的果實。如「豆莢」。㈡狹長而沒有隔膜的果實，像皂莢。

**莢果** ㄐㄧㄚˊ ㄍㄨㄛˇ 乾果的一種，由一個心皮構成，成熟時裂成兩片，如豆類的果實。

**莖** ㄐㄧㄥ ㈠植物學名。具有維管束的植物生出葉、花、果實及種子的器官，具有輸送養分及支持的功能。㈡植物的根也叫莖，是地上莖的簡稱。㈢長柱形有如植物地上莖的東西。杜甫〈秋興八首〉之五：「蓬萊宮闕對南山，承露金莖霄漢間」。金莖是銅柱。㈣單位詞，用於計算細長條兒的東西。洪昇〈長生殿．進果〉有「一年靠這幾莖苗，收來半要償官賦」。

**莒** ㄐㄩˇ ㈠草名。〈說文〉有「齊（國人）謂芋為莒」。㈡春秋時國名，在今山東省莒縣。㈢姓。

**莧** ㄒㄧㄢˋ 見「莧菜」。

**莧菜** ㄒㄧㄢˋ ㄘㄞˋ 蔬菜名，一年生草本，葉卵圓形，有青紅兩色，嫩時可以吃。

**莘** ▲ㄕㄣ ㈠図長長的樣子。〈詩經〉有「有莘其尾」。㈡図多。㈢莘縣，在山東省。㈣姓。▲ㄒㄧㄣ 莘草，也作細辛，一種藥草。

**莘莘** ㄕㄣ ㄕㄣ 図眾多的樣子。如「莘莘學子」。

**茝** ▲ㄔㄞˇ 香草，就是蘼蕪，芎藭的幼苗。又名蘄茝。蘼蕪是葉子小像蛇床的，大葉子的叫江蘺。它們結的塊根叫芎藭。芎藭可做藥。四川出產的叫川芎。▲ㄓˇ 同「芷」，也是一種可入藥的草。

**莊（庄）** ㄓㄨㄤ ㈠嚴肅。如「莊嚴」「莊重」。㈡田家的村落。如「村莊」「張家莊」。㈢道路。如「康莊」。㈣某些做大宗批發的店鋪叫莊。如「錢莊」「綢布莊」。㈤賭博輪流作主叫「坐莊」。㈥姓。

**莊子** ㄓㄨㄤ ㄗˇ 戰國時宋國蒙人，名周。和春秋時老子並為道家的大宗師，著有〈莊子〉一書。

**莊重** ㄓㄨㄤ ㄓㄨㄥˋ 端莊鄭重。

**莊家** ㄓㄨㄤ ㄐㄧㄚ˙ 家字輕讀。①指田舍。②某些牌戲或賭博中每一局的主持人。

**莊敬** ㄓㄨㄤ ㄐㄧㄥˋ 莊嚴持重而敬慎奮發。〈禮記・表記〉篇有「莊敬日強」，是說必須莊敬而後能日漸篤實堅強。現在有「莊敬自強」的語詞，意思是以莊敬的態度去謀求自立自強。

**莊稼** ㄓㄨㄤ ㄐㄧㄚ˙ 稼字輕讀。農作物。

**莊嚴** ㄓㄨㄤ ㄧㄢˊ 莊重嚴肅。

**莊稼漢** ㄓㄨㄤ ㄐㄧㄚ˙ ㄏㄢˋ 稼字輕讀。農人。也說「莊稼人」。

## 莎

▲ㄙㄨㄛ 莎草，多年生草，塊根叫香附子，可以作藥。▲ㄕㄚ ㈠莎雞，鳴蟲，也叫紡織娘。㈡譯音用字。如「莎士比亞」。

## 莏

ㄙㄨㄛ 用手摩擦。語音ㄘㄨㄛ。

## 荽

ㄙㄨㄟ 見「芫荽」。

## 莪

ㄜˊ 莪蒿，多年生草，長在田裡，嫩的可以吃。

## 莠

ㄧㄡˇ ㈠狗尾草，像穀禾而妨害稻禾的生長。㈡品行不良。如「莠民」「良莠不分」。又讀ㄧㄡˋ。

**莠民** ㄧㄡˇ ㄇㄧㄣˊ [文]壞人，不良分子。

# 八筆

## 菠

ㄅㄛ 見「菠菜」。又讀ㄅㄛˊ。

**菠菜** ㄅㄛ ㄘㄞˋ 蔬菜，葉子三角形，根紅色，有甜味，含有豐富的鐵質。又名「菠薐菜」。

## 菢

[文]ㄅㄠˋ 鳥兒抱窩孵蛋。

## 菶

[文]ㄅㄥˇ「菶菶」，植物茂盛的樣子。

## 萍

ㄆㄧㄥˊ ㈠水面浮生的小植物，也叫浮萍。葉扁平而小，有鬚根下垂。㈡見「萍蹤」。

**萍寄** ㄆㄧㄥˊ ㄐㄧˋ [文]比喻到處寄居。

**萍蹤** ㄆㄧㄥˊ ㄗㄨㄥ 比喻行蹤不定。

**萍水相逢** ㄆㄧㄥˊ ㄕㄨㄟˇ ㄒㄧㄤ ㄈㄥˊ 比喻素來不相識，偶然相逢。

## 菩

ㄆㄨˊ 見「菩提」。

**菩提** ㄆㄨˊ ㄊㄧˊ 佛家語，梵文 Bodhi 的音譯，意思是覺或正覺、覺、道。就是佛教修行者從自覺、覺人而達到徹悟境界的成果。

**菩薩** ㄆㄨˊ ㄙㄚˋ ①梵文菩提薩埵（Bodhisattva）的略稱，指「能自覺本性又能普度眾生的」，地位只比「佛」低。②泛指「神道」。如「路邊一座小廟，供(ㄍㄨㄥˋ)了幾尊泥菩薩」。

**菩提子** ㄆㄨˊ ㄊㄧˊ ㄗˇ 一年生草，莖高三四尺，葉子像黍葉，開紅白花，果實圓而白，有硬殼，可以做念佛的數珠。

**菩提樹** ㄆㄨˊ ㄊㄧˊ ㄕㄨˋ 常綠亞喬木，高兩丈多，葉子，花隱在花托裡，實圓質堅，可以做念佛用的數珠。

**菩薩心腸** ㄆㄨˊ ㄙㄚˋ ㄒㄧㄣ ㄔㄤˊ 像菩薩一樣慈祥的心腸。

## 萌

[文]ㄇㄥˊ ㈠草木發芽，也比喻事的剛開始。如「萌芽」「萌動」。㈡發生。如「萌生」「故態復萌」。

**萌生** ㄇㄥˊ ㄕㄥ [文]①剛剛發生。②眾多。〈說文〉敘有「飾偽萌生」。

**萌兆** ㄇㄥˊ ㄓㄠˋ [文]動機，預兆。

**萌芽** ㄇㄥˊ ㄧㄚˊ 見「萌」㈠。

**萌動** ㄇㄥˊ ㄉㄨㄥˋ [文]①草木發芽。②開始發動。

**萌發** ㄇㄥˊ ㄈㄚ ▲種子或孢子發芽。

**菲** ▲ㄈㄟ ㈠又見「菲菲」。㈡菲律賓的簡稱。
▲ㄈㄟˇ ㈠又薄，少（ㄕㄠˇ）。如「菲敬」「菲薄」。㈡菜名，像蕪菁，花紫紅色，可以吃。

**菲菲** ㄈㄟ ㄈㄟ 又①芳香。②雜亂的樣子。

**菲敬** ㄈㄟˇ ㄐㄧㄥˋ 送禮的謙詞，表示「一點點的敬意」。

**菲儀** ㄈㄟˇ ㄧˊ 謙詞，微薄的禮物。

**菲薄** ㄈㄟˇ ㄅㄛˊ 又①薄，少。如「待遇菲薄」。②輕視。如「妄自菲薄」。

**菔** ▲ㄈㄨˊ 見「萊菔」。今音。
▲ㄅㄛˊ 同「蔔」。古音。

**萏** 又ㄉㄢˋ 見「菡萏」。

**菪** ㄉㄤˋ 莨菪，草名，有毒，根可作藥。

**萄** ㄊㄠˊ 見「葡萄」。語音・ㄊㄠ。

**菾** ㄊㄧㄢˊ 甜菜，可作製糖的原料。

**菟** ▲ㄊㄨˋ 菟絲，也作兔絲，寄生的蔓草，夏天開淡紅的小花，子可作藥。
▲又ㄊㄨˊ 「於（ㄨ）菟」，古代楚國人說「老虎」。

**萊** ㄌㄞˊ ㈠草名，就是「藜」。㈡又田地荒蕪生了野草，叫「萊蕪」。㈢見「萊菔」。㈣萊陽，山東省縣名。㈤姓。

**萊菔** ㄌㄞˊ ㄈㄨˊ 就是蘿蔔。

**菱** ㄌㄧㄥˊ 一年生草本水草，種在池塘裡，葉三角形，夏天開小白花，秋天結實，可以吃。

**菱形** ㄌㄧㄥˊ ㄒㄧㄥˊ 數學上指四邊相等兩對角相等的平行四邊形。

**菱角** ㄌㄧㄥˊ ㄐㄧㄠˇ 角字輕讀。菱的果實，形狀有三角、四角或兩角等種。

**菉** ㄌㄩˋ ㈠草名，就是藎草。㈡通「綠」。菉豆就是綠豆。讀音ㄌㄨˋ。

**菏** ㄍㄜˊ 菏澤，山東省縣名。

**菇** ㄍㄨ 也作「菰」。菌類。如「蘑菇」「草菇」。

**菰** ㄍㄨ ㈠蔬類植物，種在水田裡，就是「茭白」。㈡通「菇」。

**菰米** ㄍㄨ ㄇㄧˇ 茭白的花結的子兒，可以吃。

**菓** ㄍㄨㄛˇ 「水果」的果字的俗寫。

**菡** 又ㄏㄢˋ 見下。

**菡萏** ㄏㄢˋ ㄉㄢˋ 又荷花的別稱。

**華** ▲ㄏㄨㄚˊ ㈠我國古代稱「華夏」，現在稱「中華」，簡稱「華」。如「華人」「華語」。㈡光彩，漂亮。如「華美」「華麗」。㈢文飾。如「樸實無華」。㈣時光，時間。如「年華」。㈤青春。如「韶華」「華年」。㈥結晶。如「昇華」。㈦事物精采的部分。如「精華」。㈧繁榮、旺盛的樣子。如「繁華」「榮華」。㈨又頭髮白了。如「華髮」。㈩又脂粉。如「鉛華」。
▲ㄏㄨㄚ 同「花」。如「春華秋實」。
▲ㄏㄨㄚˋ 多作地名山名用。㈠華山，在陝西省。㈡華陰，陝西省縣名。㈢姓。

**華人** ㄏㄨㄚˊ ㄖㄣˊ 中國人，是外國人說的。

**華工** ㄏㄨㄚˊ ㄍㄨㄥ 旅居外國的華裔工人。

**華文** ㄏㄨㄚˊ ㄨㄣˊ 外國人說中國的文字。

**華表** ㄏㄨㄚˊ ㄅㄧㄠˇ ①紀念功績的石柱。②大墓前面立的石柱。

**華屋** ㄏㄨㄚˊ ㄨ 又大廈。也作「華廈」。

**華美** ㄏㄨㄚˊ ㄇㄟˇ 光彩美麗。

**華夏** ㄏㄨㄚˊ ㄒㄧㄚˋ 中國的古稱。

**華族** ㄏㄨㄚˊ ㄗㄨˊ ①貴族。②中華民族。

**華章** ㄏㄨㄚˊ ㄓㄤ 〔文〕華美的詩文（多用於稱頌）。

**華貴** ㄏㄨㄚˊ ㄍㄨㄟˋ 華麗高貴。

**華蓋** ㄏㄨㄚˊ ㄍㄞˋ 古代帝王所乘的車子上傘形的遮蓋物。

**華裔** ㄏㄨㄚˊ ㄧˋ 有中華民族血統而取得外國國籍的人。

**華僑** ㄏㄨㄚˊ ㄑㄧㄠˊ 旅居外國的中國人民。

**華語** ㄏㄨㄚˊ ㄩˇ 外國人稱中國言語。

**華誕** ㄏㄨㄚˊ ㄉㄢˋ ①尊稱人家的生日。②〔文〕虛妄不實在。

**華髮** ㄏㄨㄚˊ ㄈㄚˇ 白髮。

**華燈** ㄏㄨㄚˊ ㄉㄥ 燦爛美麗的燈。

**華翰** ㄏㄨㄚˊ ㄏㄢˋ 〔文〕尊稱別人的信函。

**華麗** ㄏㄨㄚˊ ㄌㄧˋ 豪華美觀。

**華爾茲** ㄏㄨㄚˊ ㄦˇ ㄗ 英語 waltz 的音譯，交際舞的一種，四分之三拍，用圓舞曲伴奏。

**華爾街** ㄏㄨㄚˊ ㄦˇ ㄐㄧㄝ 美國紐約的一條街道，因為有很多金融機關在這裡，所以可用來代表美國的金融界。

**華而不實** ㄏㄨㄚˊ ㄦˊ ㄅㄨˋ ㄕˊ 只開花卻不結果實，比喻華麗卻不實在。

**華氏寒暑表** ㄏㄨㄚˊ ㄕˋ ㄏㄢˊ ㄕㄨˇ ㄅㄧㄠˇ 寒暑表的一種，以 32 度為冰點，212 度為沸點。

# 萑

〔文〕ㄏㄨㄢˊ ㈠荻草的別名。㈡見「萑苻」。

**萑苻** ㄏㄨㄢˊ ㄈㄨˊ 〔文〕比喻盜匪聚集的地方（萑苻原是春秋時鄭國的一個沼澤地名，是盜賊出沒藏匿的地區，蘆葦叢密。〈左傳〉有「攻萑苻之盜，盡殺之」）。

# 菅

ㄐㄧㄢ ㈠草名，葉細長而尖，根又硬又短，可以做炊帚。㈡〔文〕「草菅」比喻輕賤，參看「草菅人命」條。

# 菫

ㄐㄧㄣˇ ㈠蔬菜名，莖葉可以吃。也叫「旱芹」。㈡毒草名，又叫「烏頭」。又讀ㄐㄧㄣˋ。

**菫色** ㄐㄧㄣˇ ㄙㄜˋ 淡紫色。

# 菁

ㄐㄧㄥ ㈠〔文〕韭菜花。〈廣雅〉有「韭，其華謂之菁。」。㈡蕪菁，蔬類植物，俗名大頭芥。㈢精粹的部分。如「菁華」。㈣〔文〕草木茂盛的樣子。〈詩經〉有「菁菁者莪」。

**菁菁** ㄐㄧㄥ ㄐㄧㄥ 〔文〕草木茂盛的樣子。

**菁華** ㄐㄧㄥ ㄏㄨㄚˊ 同「精華」。

# 菹（葅）

ㄐㄩ ㈠〔文〕醃菜，有酸鹹味。㈡植物名，巴菹，也作巴苴，就是巴蕉。㈢〔文〕多草的沼澤。〈孟子．滕文公下〉有「驅蛇龍而放之菹」。㈣〔文〕肉醬。〈禮記．少儀〉有「麋鹿為菹」。又古代酷刑，剁人體為醬。〈漢書．刑法志〉有「梟其首，菹其骨肉於市」。

# 菊

ㄐㄩˊ 二年生草本植物，種類很多，花很漂亮，普通在秋天開花，在臺灣卻四季都有。平時作觀賞用，有的也可作涼藥。如「杭菊」。

**菊花** ㄐㄩˊ ㄏㄨㄚ 草本，莖略帶木質，葉有缺刻，花冠周圍為舌狀，中部為管狀，屬於頭狀花序，可供觀賞和藥用。

# 萶

ㄐㄩㄢˇ 「萶耳」，草名。也作「卷（ㄐㄩㄢˇ）耳」。莖高一尺左右，葉長卵形，花白色，子兒像桑葚（ㄖㄣˋ）兒，有刺。

**菌** ㄐㄩㄣˋ ㈠隱花植物之一。由單細胞或多細胞構成，無葉綠素，不行光合作用，多寄生。㈡細菌的簡稱。如「殺菌」「無菌室」。又讀ㄐㄩㄣ。

**菌傘** ㄐㄩㄣˋ ㄙㄢˇ 菌類的上部像傘形的部分。也作菌蓋。

**菌絲** ㄐㄩㄣˋ ㄙ 構成菌體的絲狀細胞。

**菌褶** ㄐㄩㄣˋ ㄓㄜˊ 菌類傘狀體下面，胞子所生的部分。

**菌類** ㄐㄩㄣˋ ㄌㄟˋ 隱花植物的一類，無莖葉等部分，無葉綠素，多半寄生在其他生物上。

**萋** ㄑㄧ ㈠草茂盛的樣子。如「荒草萋萋」。㈡図萋菶，草木眾多繁盛的樣子。

**萋迷** ㄑㄧ ㄇㄧˊ 同「淒迷」，模糊。

**萁** ▲図ㄑㄧˊ 大豆的梗，乾的可作燃料，叫萁稈。曹植詩「煮豆燃豆萁，豆在釜中泣」。㈡野菜，形狀像蕨。

▲ㄐㄧ 草名，像荻草而細，古人用以做箭袋，名叫萁服。

**著** ▲˙ㄓㄜ ㈠助動詞，表示動作正在進行。如「坐著」「兩個人正說著話呢」。㈡助動詞，表示眼前的靜止情況。如「四周鑲著花邊兒」「牆上貼著些標語」。㈢助詞，表示某種情形程度的高。如「他可聰明著呢（聰明得很）」「這石頭沉著呢（沈得很）」。㈣表示命令或囑咐語氣的助詞。如「你慢著」「快著點兒走」「你可要記著」。

▲ㄓㄠ ㈠遭受。如「著涼」「這張紙著水了」。㈡計策，方略。如「三十六著，走為上計」「使出毒著兒來」。㈢發生某種情緒。如「著急」「著慌」。㈣表示意見相合。對，不錯。如「著哇！這樣最好」。㈤叫，讓。〈水滸傳〉有「好意著你烘衣裳向火，便要來吃酒」。

▲ㄓㄠˊ ㈠中（ㄓㄨㄥˋ），碰上，切實承受到。如「兩人撞個正著」「猜著了」。㈡恰好，得當。如「這筆錢真花著了」「這辦法真用著了」。㈢燃燒。如「著火」「風太大啦，燈點不著」。㈣表示得到。如「買著了」「我找著他了」。㈤「睡著」的簡語。如「剛躺下就著了」。㈥ㄓㄨㄛˊ音㈡㈤的又讀。

▲ㄓㄨˋ ㈠顯明，大家都知道，都看得出來。如「著名」「顯著」。㈡寫作。如「著述」「編著」。㈢編寫出來的作品。如「名著」「譯著（翻譯的作品）」。

▲ㄓㄨㄛˊ ㈠穿。如「著制服」「日子好過，吃著不愁」。㈡用，動；把力量放在某一點上。如「大處著眼，小處著手」「不著一字」。㈢図讓，使，是命令的口氣。如「著該科長先行調查」「著即施行」。㈣指事情的歸宿、結果。如「衣食無著」「著落」。㈤接近，連接。如「附著」「不著邊際」。㈥図下棋走子。如「兩人著棋」。

**著力** ㄓㄨㄛˊ ㄌㄧˋ 用力。著也說ㄓㄠˊ。

**著手** ㄓㄨㄛˊ ㄕㄡˇ 下手，開始辦理。

**著水** ㄓㄠ ㄕㄨㄟˇ 沾水。

**著火** ㄓㄠˊ ㄏㄨㄛˇ 燃燒，失火。

**著名** ㄓㄨˋ ㄇㄧㄥˊ 有名，出名。

**著忙** ㄓㄠˊ ㄇㄤˊ 慌忙著急。

**著色** ㄓㄨㄛˊ ㄙㄜˋ 塗上顏色。

**著衣** ㄓㄨㄛˊ ㄧ 穿衣。

**著作** ㄓㄨˋ ㄗㄨㄛˋ ①把自己的思想或感觸寫成詩文。②圖書、雕刻、照片、模型等的製作。

**著者** ㄓㄨˋ ㄓㄜˇ 文章或書籍的作者，著作人。

**著花** ㄓㄨㄛˊ ㄏㄨㄚ 図開花。

**著雨** ㄓㄠˊ ㄩˇ 打了雨，被雨水所淋。又讀ㄓㄨㄛˊ ㄩˇ。

**著急** ㄓㄠˊ ㄐㄧˊ 急躁不安。

**著述** ㄓㄨˋ ㄕㄨˋ 編輯書籍，撰述文章。

**著重** ㄓㄨㄛˊ ㄓㄨㄥˋ 把重點放在某方面。

**著書** ㄓㄨˋ ㄕㄨ 著作成書。

**著迷** ㄓㄠˊ ㄇㄧˊ 迷戀難捨。

**著涼** ㄓㄠˊ ㄌㄧㄤˊ 受涼。

**著眼** ㄓㄨㄛˊ ㄧㄢˇ ①注視。②指著重之點。又讀ㄓㄠˊ ㄧㄢˇ。

**著陸** ㄓㄨㄛˊ ㄌㄨˋ 從天空降落到地面。

**著棋** ㄓㄨㄛˊ ㄑㄧˊ 図下棋。

**著筆** ㄓㄨㄛˊ ㄅㄧˇ 用筆，下筆。

**著想** ㄓㄨㄛˊ ㄒㄧㄤˇ （為某人或某事的利益）考慮。

**著慌** ㄓㄠˊ ㄏㄨㄤ 著忙。

**著意** ㄓㄨㄛˊ ㄧˋ 図①注意。②刻意。

**著落** ㄓㄨㄛˊ ㄌㄨㄛˋ 落字輕讀。事情的歸宿。口語說ㄓㄠˊ ·ㄌㄠ ㄦ。

**著實** ㄓㄨㄛˊ ㄕˊ ①切實。②實在。

**著稱** ㄓㄨˋ ㄔㄥ 著名。

**著錄** ㄓㄨˋ ㄌㄨˋ 記載，記錄。

**著墨** ㄓㄨㄛˊ ㄇㄛˋ 指用文字描述。

**著用（兒）** ㄓㄠˊ ㄩㄥˋ（ㄦ） 中用。

**著先鞭** ㄓㄨㄛˊ ㄒㄧㄢ ㄅㄧㄢ 図比喻搶先一步成功。

**著作權** ㄓㄨˋ ㄗㄨㄛˋ ㄑㄩㄢˊ 著作依法註冊之後，取得專有或重製的權利，別人不能侵犯。

**著手成春** ㄓㄨㄛˊ ㄕㄡˇ ㄔㄥˊ ㄔㄨㄣ 手到病除；一動手就把病治好了。形容醫術高明，也作「著手回春」。

**著作等身** ㄓㄨˋ ㄗㄨㄛˋ ㄉㄥˇ ㄕㄣ 著作極多。

**著書立說** ㄓㄨˋ ㄕㄨ ㄌㄧˋ ㄕㄨㄛ 寫書樹立自己的學說。

**著無庸議** ㄓㄨㄛˊ ㄨˊ ㄩㄥ ㄧˋ 図沒有必要討論。

**菖** ㄔㄤ 菖蒲，多年生草本，生在水邊，葉長像劍，所以也叫「蒲劍」。端午節插在門上，用以辟邪。

**菖蘭** ㄔㄤ ㄌㄢˊ 多年生草本。葉互生，狹長如劍，所以又名劍蘭。球莖可繁殖。花有紅、黃、棕、紫、白等色，甚受喜愛。

**萇** ㄔㄤˊ ㈠植物名。萇楚，也稱羊桃，就是獼猴桃。㈡姓。

**萐** 図ㄕㄚˋ 萐莆（ㄈㄨˇ），一種瑞草。

**菽** 図ㄕㄨˊ 豆類的統稱。

**菽麥** ㄕㄨˊ ㄇㄞˋ ①豆和麥。②図比喻容易分別的東西。笑人笨，不懂事，說「不辨菽麥」。

**菽水承歡** ㄕㄨˊ ㄕㄨㄟˇ ㄔㄥˊ ㄏㄨㄢ 図比喻雖貧寒而能盡孝。菽水指極平常的飲食，承歡指奉養父母使父母歡心。

**菑（菑）** ▲図ㄗ ㈠未開墾的荒地。㈡開墾不到一年的田。㈢割草埋地。〈淮南子·本經訓〉有「菑榛穢，聚埒畝」。㈣姓。▲ㄗㄞ同「災」。

**莿** ㄘˋ 芒刺，草木枝莖上長出的刺。「莿桐」，臺灣省雲林縣鄉名。

**菜** ㄘㄞˋ ㈠蔬類的統稱。如「白菜」「菠菜」。㈡肴饌的總稱。如「炒菜」「到菜場買菜」。㈢[文]營養不良。如「面有菜色」。㈣東西不管用或為人不好。如「這個東西好菜呀」「菜貨」。㈤閩南、臺灣說素食叫「食菜」。

**菜刀** ㄘㄞˋ ㄉㄠ 切菜切肉所用的刀。

**菜心** ㄘㄞˋ ㄒㄧㄣ [文]芥菜等的莖削去皮剩下的可供食用的部分。

**菜市** ㄘㄞˋ ㄕˋ 集中出售蔬菜、魚、肉等的場所。也說「菜市場」。

**菜瓜** ㄘㄞˋ ㄍㄨㄚ 瓜名。有生瓜、越瓜、甜瓜等。臺灣地區把絲瓜也叫菜瓜。

**菜色** ㄘㄞˋ ㄙㄜˋ [文]形容長期飢餓的人的臉色。

**菜豆** ㄘㄞˋ ㄉㄡˋ 蔬類植物，複葉互生，花蝶形，果實長而成莢。也叫雲扁豆。

**菜油** ㄘㄞˋ ㄧㄡˊ 用油菜子所榨的油，可以食用或作燃料。

**菜肴** ㄘㄞˋ ㄧㄠˊ 菜㈡，多指葷的。

**菜花** ㄘㄞˋ ㄏㄨㄚ ①花椰菜的通稱。②油菜的花。

**菜青** ㄘㄞˋ ㄑㄧㄥ 帶灰黑的綠色。

**菜圃** ㄘㄞˋ ㄆㄨˇ 種蔬菜的園子。

**菜牌** ㄘㄞˋ ㄆㄞˊ 標明菜的名目和價錢的牌子。

**菜畦** ㄘㄞˋ ㄑㄧˊ 有土埂圍著的一塊塊排列整齊的種蔬菜的田。

**菜貨** ㄘㄞˋ ㄏㄨㄛˋ 懦弱沒用的人（罵人的話）。

**菜鳥** ㄘㄞˋ ㄋㄧㄠˇ 剛進入一個單位的缺乏專業經驗的新人。

**菜場** ㄘㄞˋ ㄔㄤˊ 菜市。也說「菜市場」。

**菜蔬** ㄘㄞˋ ㄕㄨ ①蔬菜。②家常飯食或宴會所備的各種菜。

**菜鴨** ㄘㄞˋ ㄧㄚ 鴨的一種，體形比較瘦小，專供宰殺食用的。

**菜鴿** ㄘㄞˋ ㄍㄜ 供食用的鴿子。

**菜蟲** ㄘㄞˋ ㄔㄨㄥˊ ①蔬菜的害蟲。②比喻欺負、壓榨菜農的壞蛋。

**菜子（兒）** ㄘㄞˋ ㄗˇ（ㄦ） 蔬菜的種子。

**菜單（兒）** ㄘㄞˋ ㄉㄢ（ㄦ） ①開列買菜的單子。②開列菜樣名稱的單子。也叫「菜單子」。

**菜攤（兒）** ㄘㄞˋ ㄊㄢ（ㄦ） 賣青菜的貨攤。也叫「菜攤子」。

**菜包子** ㄘㄞˋ ㄅㄠ ˙ㄗ ①罵人沒用的辭。②不是肉餡兒的鹹包子。

**菜市場** ㄘㄞˋ ㄕˋ ㄔㄤˊ 菜市；菜場。

**菜墩子** ㄘㄞˋ ㄉㄨㄣ ˙ㄗ 切菜時墊在下面的厚木，用整截樹身子做的。

**菜園子** ㄘㄞˋ ㄩㄢˊ ˙ㄗ 種蔬菜的園子。

**萃** [文]ㄘㄨㄟˋ ㈠草叢生茂盛的樣子。如「薈萃」。㈡「萃集」，是聚集的意思。㈢群，類。如「拔乎其萃」。

**菘** [文]ㄙㄨㄥ 古書上指白菜。

**菴** ㄢ 同「庵」。

**菸** ㄧㄢ 見「菸草」。

**菸草** ㄧㄢ ㄘㄠˇ 一年生草本植物，葉子很大，梗兒也粗。葉子乾燥以後發黃，可以切成菸絲，製造捲菸，也可以作殺蟲劑，用在農田裡。

**菸商** ㄧㄢ ㄕㄤ 經營菸業買賣的商人。

**菸絲** ㄧㄢ ㄙ 菸葉加工後切成的絲。可做成香菸，或直接放在菸斗中吸。

**菸葉** ㄧㄢ ㄧㄝˋ 菸草的葉子。原產於呂宋，明時才輸入中國。

**菸農** ㄧㄢ ㄋㄨㄥˊ 以種菸草為主的農民。

**菸廠** ㄧㄢ ㄔㄤˇ 製造香菸的工廠。

**菸鹼** ㄧㄢ ㄐㄧㄢˇ 尼古丁（nicotine）的化學成分是$C_{10}H_{14}N_2$，存在菸草裡，毒性很大，兩三滴就能致人於死。

## 萎

▲ㄨㄟ ㈠草木枯黃。如「枯萎」「萎謝」。㈡人病叫萎。如「哲人其萎」。㈢衰敗。如「經濟萎縮」。

▲ㄨㄟˇ 萎蕤，同「葳蕤」。

## 萸

ㄩˊ 見「茱萸」。

# 九筆

## 葆

囡ㄅㄠˇ ㈠草木叢生的樣子。如「蓬葆」。㈡蘊藏的意思。〈莊子〉有「葆光」。㈢通「保」。〈管子．正世〉有「窘則民失其所葆」。

## 葩

囡ㄆㄚ ㈠花朵。如「奇葩異卉」。㈡花沒開足，叫「含葩」。㈢比喻美麗。見〈說文〉段注。

## 萹

▲ㄆㄧㄢ 萹竹，蓼科植物，多年生草本，葉狹長而厚，可作藥材。

▲ㄅㄧㄢˇ 同「稨」。

## 葡

ㄆㄨˊ ㈠見「葡萄」。㈡葡萄牙共和國的簡稱。

**葡萄** ㄆㄨˊ ㄊㄠˊ 落葉蔓生木本植物，掌形葉，分裂，開黃花兒，果實淡綠或紫色，甘美可吃，也可以釀酒。語音ㄆㄨˊ·ㄊㄠ。

**葡萄柚** ㄆㄨˊ ㄊㄠˊ ㄧㄡˋ 一種水果。果皮細密，淡綠黃色，果肉多汁，味略酸甜，無香氣。

**葡萄胎** ㄆㄨˊ ㄊㄠˊ ㄊㄞ 萄字輕讀。婦女受孕後胚胎發育異常，在子宮內形成許多葡萄狀水泡。惡性的會侵入子宮，形成絨毛膜細胞癌。

**葡萄酒** ㄆㄨˊ ㄊㄠˊ ㄐㄧㄡˇ 萄字輕讀。用葡萄汁發酵釀成的酒。平常有紅白兩種。

**葡萄糖** ㄆㄨˊ ㄊㄠˊ ㄊㄤˊ 萄字輕讀。用葡萄、櫻桃、無花果等的果實製成的糖，或用小粉和稀硫酸一起加熱而得。可以製酒精，也可做藥。

**葡萄乾（兒）** ㄆㄨˊ ㄊㄠˊ ㄍㄢ ㄦ 萄字輕讀。鮮葡萄晒乾做成的食品。

**葡萄球菌** ㄆㄨˊ ㄊㄠˊ ㄑㄧㄡˊ ㄐㄩㄣˋ 萄字輕讀。革蘭氏陽性球形細菌。有些皮膚可引起化膿性感染症。

## 葑

ㄈㄥ ㈠蔬菜名，就是蕪菁，平常叫「大頭芥」，根可以吃。㈡囡菰，就是茭白筍。是一種草本植物，根容易盤結，加上泥沙淤積日久，所以叫做「葑」。

**葑菲** ㄈㄥ ㄈㄟˇ 兩種菜名，根雖然不好，但是葉子可以吃。比喻人有可取之處。

## 蒂（蔕）

ㄉㄧˋ ㈠花或果實與枝莖相連的部分。㈡囡見「蒂芥」。

**蒂芥** ㄉㄧˋ ㄐㄧㄝˋ 囡也作「芥蒂」，兩人心裡有些不愉快。

## 董

ㄉㄨㄥˇ ㈠囡監督，管事。如「工程之進行，悉由陳君董其事」。㈡督理事務的人。如「董事」「校董」。㈢見「古董」。㈣姓。

**董事** ㄉㄨㄥˇ ㄕˋ ①公司股東選出的督理業務的代表人。②私立學校或法團的共同代表人。

**董事長** ㄉㄨㄥˇ ㄕˋ ㄓㄤˇ 董事會的領導人。

**董事會** ㄉㄨㄥˇ ㄕˋ ㄏㄨㄟˋ 某些公私企業或學校、團體等的領導機構。

## 落

▲ㄌㄨㄛˋ ㈠葉子、花瓣兒從樹上掉下來。如「落葉」「落英繽紛」。㈡下墜。如「飛機降落」「落塵量很大」。㈢衰敗。如「淪落」「家道中落」。㈣脫漏。如「遺落」「脫落」。㈤稀疏。如「冷落」「寥落」。㈥人們聚居的所在。如「部落」「村落」。㈦跟不上。如「落伍」「落後」。㈧新屋建造完成。如「落成」。㈨歸到。如「花落誰家」「特獎落在臺

中」。㈩房子的位置和方向。如「坐落」。(十一)堆疊起來。如「把書都落起來」。(十二)成堆的叫「落」。如「一落書」「一落碗」。(十三)停頓的所在。如「段落」。(十四)永久居留。如「落戶」。(十五)題署（ㄕㄨ）。如「落款」。(十六)[文]寬闊的樣子。如「廓落」。(十七)[文]見「落落」。

▲ㄌㄠˋ ㈠跌價。如「落價」。㈡能飛的鳥、蟲、航空器從高處飛下來停住。如「鳥兒落在樹上」。「直升機落在甲板上」。㈢剩餘。如「除了開銷，這一筆生意還能落個三兩萬元」。㈣得到。如「管閒事，落不是」。㈤見「落子」。

▲ㄌㄜˋ 以上ㄌㄨㄛˋ ㄌㄠˋ兩音的又讀。

▲ㄌㄚˋ ㈠遺漏，遺下。如「抄一課書落了五個字」。㈡遺失。如「我的錢口袋落在你家了」。㈢落後、落伍的意思，在口語裡單用「落」說的。如「幾個人走得都不慢，就是他落在後頭」。

**落子** ㄌㄠˋ ·ㄗ ①指「蓮花落」等曲藝。如「落子館」。②評劇的舊稱。如「唐山落子」。

**落戶** ㄌㄨㄛˋ ㄏㄨˋ 在異鄉定居。

**落日** ㄌㄨㄛˋ ㄖˋ 夕陽。

**落水** ㄌㄨㄛˋ ㄕㄨㄟˇ ①掉在水裡。②比喻參加不良的團體，做壞事。③做新衣之前先把布料在水裡浸過，叫落水。如「落水剪裁」。

**落伍** ㄌㄨㄛˋ ㄨˇ ①思想不能隨著時代前進。②行動緩慢。

**落地** ▲ㄌㄨㄛˋ ㄉㄧˋ ①胎兒脫離母胎，生了下來。②從高處到地上。如「飛機落地」。③由最低的說起。如「漫天要價，落地還錢」。

▲ㄌㄠˋ ㄉㄧˋ 著（ㄓㄨㄛˊ）地。如「腳疼得不能落地」。

**落成** ㄌㄨㄛˋ ㄔㄥˊ 新的建築物完工舉行典禮，叫「落成」。

**落色** ㄌㄠˋ ㄕㄞˇ 褪色。

**落坐** ㄌㄨㄛˋ ㄗㄨㄛˋ 坐下。語音ㄌㄠˋ ㄗㄨㄛˋ。

**落兒** ▲ㄌㄨㄛˋ ㄦ 一疊叫一落。如「一落兒碟子」。

▲ㄌㄠˋ ㄦ 也作落子（ㄌㄠˋ ·ㄗ）。生活上的著落。如「窮得到處沒個落兒」。

**落拓** ㄌㄨㄛˋ ㄊㄨㄛˋ ①性情放浪，不拘小節。②運氣壞，遭遇不好。

**落枕** ㄌㄠˋ ㄓㄣˇ 晚上睡覺時脖子受了風寒，或因睡姿不合適，第二天覺得頭部肌肉疼痛，轉動不便。

**落空** ▲ㄌㄨㄛˋ ㄎㄨㄥ 沒有著落。

▲ㄌㄚˋ ㄎㄨㄥˋ 疏忽沒有顧到。

**落後** ㄌㄨㄛˋ ㄏㄡˋ 跟不上，落在別人的後面。

**落英** ㄌㄨㄛˋ ㄧㄥ [文]落下的花瓣兒。如「落英繽紛」。

**落差** ㄌㄨㄛˋ ㄔㄚ 由於河床高度的變化所產生的水位的差數。

**落座** ㄌㄨㄛˋ ㄗㄨㄛˋ 坐到坐位上（多用於飯館、劇院等公共場所）。

**落荒** ㄌㄨㄛˋ ㄏㄨㄤ 向荒野地方逃走的意思。

**落草** ㄌㄨㄛˋ ㄘㄠˇ 到山林當強盜。

**落得** ㄌㄨㄛˋ ㄉㄜˊ 所得的結果。如「落得到處挨罵」。

**落敗** ㄌㄨㄛˋ ㄅㄞˋ 失敗。

**落淚** ㄌㄨㄛˋ ㄌㄟˋ 掉眼淚。

**落照** ㄌㄨㄛˋ ㄓㄠˋ 落日的光輝。

**落第** ㄌㄨㄛˋ ㄉㄧˋ 考試沒有被錄取。

**落款** ㄌㄨㄛˋ ㄎㄨㄢˇ 在書畫上題寫姓名、年、月或詩句跋語。

**落筆** ㄌㄨㄛˋ ㄅㄧˇ　下筆。

**落葉** ㄌㄨㄛˋ ㄧㄝˋ　飄落的樹葉。

**落腳** ㄌㄨㄛˋ ㄐㄧㄠˇ　指臨時停留或暫住。

**落落** ㄌㄨㄛˋ ㄌㄨㄛˋ　①坦白率真的樣子。如「落落大方」。②因跟別人不相合的樣子。如「落落寡合」。③稀疏零散的樣子。如「零零落落」、「稀稀落落」。

**落話** ㄌㄚˋ ㄏㄨㄚˋ　吩咐不詳細。如「事情沒有辦好，怪我落話」。

**落塵** ㄌㄨㄛˋ ㄔㄣˊ　顆粒較大，不能在空中長時間飄浮的粉塵。也叫「降塵」。

**落寞** ㄌㄨㄛˋ ㄇㄛˋ　①零落斷續。②寂寞。③冷落。

**落實** ㄌㄨㄛˋ ㄕˊ　(計畫、措施、統計數字等)通過周密的研究，達到具體明確、切實可行。

**落榜** ㄌㄨㄛˋ ㄅㄤˇ　考試沒有被錄取，榜上無名。

**落網** ㄌㄨㄛˋ ㄨㄤˇ　指罪犯被抓到。

**落潮** ㄌㄨㄛˋ ㄔㄠˊ　海水在漲潮以後逐漸「退潮」。

**落魄** ㄌㄨㄛˋ ㄊㄨㄛˋ　也作「落泊」。①說人窮困潦倒的樣子。②同「落拓」。

**落髮** ㄌㄨㄛˋ ㄈㄚˇ　剃去頭髮當和尚或尼姑。文言作「祝髮」。

**落選** ㄌㄨㄛˋ ㄒㄩㄢˇ　參加選舉沒有被選上。

**落難** ㄌㄨㄛˋ ㄋㄢˋ　遇到災禍不幸。

**落價(兒)** ㄌㄠˋ ㄐㄧㄚˋ ㄦ　跌價。

**落口實** ㄌㄨㄛˋ ㄎㄡˇ ㄕˊ　讓人有批評的把柄。

**落不是** ㄌㄠˋ ㄅㄨˋ ㄕˋ　是字輕讀。受埋怨，費心做了事情卻被人指摘。

**落水狗** ㄌㄨㄛˋ ㄕㄨㄟˇ ㄍㄡˇ　掉在水裡的狗。比喻失勢的壞人。

**落地窗** ㄌㄨㄛˋ ㄉㄧˋ ㄔㄨㄤ　下端直到地面或樓板的高而長的窗子。

**落花生** ㄌㄨㄛˋ ㄏㄨㄚ ㄕㄥ　豆科植物，又名花生、長生果，閩南、臺灣叫「土豆」，日本人叫「南京豆」。一年生草本。莖由根際分歧橫走，長約一尺半。夏秋間，腋生黃色蝶形花，萼筒基部有一子房，受粉後花落，子房伸長進入土中，果實即在土中成熟。筴內有種子一至三粒，可供食用、榨油。原產於巴西，《滇海虞衡志》說它與棉花、番薯等在宋、元之間傳入廣東，逐漸種植於各地。

**落圈套** ㄌㄨㄛˋ ㄑㄩㄢ ㄊㄠˋ　上當受騙。

**落湯雞** ㄌㄨㄛˋ ㄊㄤ ㄐㄧ　比喻掉落水中或全身被雨水淋溼的人。也指處境為難、情況很尷尬的人。

**落葉樹** ㄌㄨㄛˋ ㄧㄝˋ ㄕㄨˋ　樹葉到冬季盡落，明春再發的樹木。

**落塵量** ㄌㄨㄛˋ ㄔㄣˊ ㄌㄧㄤˋ　空氣中落塵的量。由落塵量可以知道一個城市空氣的品質。

**落褒貶** ㄌㄠˋ ㄅㄠ ㄅㄧㄢˇ　貶字輕讀。惹別人的批評。

**落日條款** ㄌㄨㄛˋ ㄖˋ ㄊㄧㄠˊ ㄎㄨㄢˇ　在有效期間過後就自動喪失效力的條款。

**落地生根** ㄌㄨㄛˋ ㄉㄧˋ ㄕㄥ ㄍㄣ　在一個地方定居下來，並且成家立業，生兒育女。

**落地簽證** ㄌㄨㄛˋ ㄉㄧˋ ㄑㄧㄢ ㄓㄥˋ　外國旅客搭乘飛機到機場後，即由機場負責人員簽署入境證。

**落花流水** ㄌㄨㄛˋ ㄏㄨㄚ ㄌㄧㄡˊ ㄕㄨㄟˇ　比喻衰敗零落。如「把敵人打得落花流水，大敗而歸」。

**落穽下石** ㄌㄨㄛˋ ㄐㄧㄥˇ ㄒㄧㄚˋ ㄕˊ　也作「落井投石」。比喻趁別人危急的時候加以陷害。

**落英繽紛** ㄌㄨㄛˋ ㄧㄥ ㄅㄧㄣ ㄈㄣ　落花布滿了地面。

**落腮鬍子**（ㄌㄨㄛˋ ㄙㄞ ㄏㄨˊ ˙ㄗ） 連著鬢角的鬍子。

**落落大方**（ㄌㄨㄛˋ ㄌㄨㄛˋ ㄉㄚˋ ㄈㄤ） 坦白率真不拘泥（ㄋㄧˋ）。

**落落寡合**（ㄌㄨㄛˋ ㄌㄨㄛˋ ㄍㄨㄚˇ ㄏㄜˊ） 形容跟別人合不來。

**落葉歸根**（ㄌㄨㄛˋ ㄧㄝˋ ㄍㄨㄟ ㄍㄣ） 比喻事物有一定的歸宿（多指客居他鄉的人終究要回到故鄉）。

**葛** ▲ㄍㄜˊ 多年生蔓草，又名野葛、葛藤。莖長十公尺以上，古人把它晒乾編成草鞋，其纖維可供織造夏布，細的叫絺、綌。根肥大，可做藥，也可磨粉食用。▲ㄍㄜˇ 姓。

**葛布**（ㄍㄜˊ ㄅㄨˋ） 用葛莖的纖維織成的布。

**葛粉**（ㄍㄜˊ ㄈㄣˇ） 從葛根取出的澱粉，可以食用或煮糨糊。

**葛藤**（ㄍㄜˊ ㄊㄥˊ） ①葛的別名。②葛的莖。因為它既長又亂，佛家用來比喻人心煩意亂，糾纏不清。見〈碧巖錄・二〉。

**葵** ㄎㄨㄟˊ ㈠草本植物，可做菜，有錦葵、蜀葵、秋葵等多種。㈡花名，就是向日葵。㈢草名，就是地葵。

**葵扇**（ㄎㄨㄟˊ ㄕㄢˋ） 用蒲葵葉子做的扇，俗稱芭蕉扇。蒲葵是棕櫚科木本植物。

**葵傾**（ㄎㄨㄟˊ ㄑㄧㄥ） 図比喻心所嚮往，有如葵的向日。

**葵花子**（ㄎㄨㄟˊ ㄏㄨㄚ ㄗˇ） 向日葵的種子，可以榨油，也可以吃。

**葫** ㄏㄨˊ ㈠蔬菜類，就是大蒜。品種自西域傳入中國，故名。㈡見「葫蘆」。

**葫蘆**（ㄏㄨˊ ㄌㄨˊ） 又作壺蘆、蒲蘆。①一年生蔓草，莖會纏繞，有卷鬚，開白花，果實形狀像大小兩個球堆疊，對剖以後，去掉瓜瓤晒乾，可以做水舀子。②古時候裝水的容器，舊小說常可看到。語音ㄏㄨˊ˙ㄌㄨ。

**葫蘆科**（ㄏㄨˊ ㄌㄨˊ ㄎㄜ） 蘆字輕讀。雙子葉植物中合瓣類的一科，莖有卷鬚，攀爬在其他植物上。葉掌狀分裂，互生。花通常為單性，萼五裂，花冠也是五裂。果實多肉多漿，可供食用。

**葷** ▲ㄏㄨㄣ ㈠肉類食物，如「葷菜」「葷油」。㈡有刺激性的蔬菜，像蔥、蒜、韭菜之類的。㈢言語或小說講到男女淫穢事情的。如「他講的笑話太葷」。▲ㄒㄩㄣ「葷粥（ㄩˋ）」，古種族名，史記有「北逐葷粥」。索隱說是「匈奴別名也」。也作葷允、獯鬻、熏粥、熏鬻、薰育。

**葷油**（ㄏㄨㄣ ㄧㄡˊ） 煉好的豬油。

**葷菜**（ㄏㄨㄣ ㄘㄞˋ） ①肉類食品的通稱。②指蔥、蒜、韭等有氣味的蔬菜。

**葷腥（兒）**（ㄏㄨㄣ ㄒㄧㄥ ㄦ） 稱魚、肉、蔥、蒜等食品。

**葷笑話**（ㄏㄨㄣ ㄒㄧㄠˋ ㄏㄨㄚˋ） 話字輕讀。帶有色情意味的笑話。

**葓** ㄏㄨㄥˊ ㈠空心菜。㈡同「葒」。

**葒** ㄏㄨㄥˊ 葒蓼，一年生草本，蓼類，高五六尺，葉長圓形，有長柄，秋天開穗狀紅花兒，通常作「紅草」。

**葭** ㄐㄧㄚ ㈠初生的蘆葦。㈡同「笳」。㈢図「葭莩」，蘆葦莖裡的薄膜，比喻疏遠的親戚。㈣葭縣，在陝西省。

**萬** ㄩˇ 姓。

**葺** 図ㄑㄧˋ 修補，修蓋。如「修葺」。

**萞** 図ㄒㄧˇ ㈠害怕的樣子。如「畏萞不前」。㈡不高興的樣子。〈大戴禮記〉有「人言善而色萞焉，近於不悅其言」。㈢忠厚老實的樣子。

**萱**（蕿、藼） ㄒㄩㄢ ㈠草名，又名萱草、忘憂草、金針菜。㈡見「萱堂」。㈢姓。

**萱堂** ㄒㄩㄢ ㄊㄤˊ 図比喻母親。〈詩經〉有「焉得萱草，言樹之背」。背，就是北。北堂，母親所住的地方。所以用萱堂比喻母親。

**葚** ㄕㄣˋ 桑的果實。如「桑葚」。語音ㄖㄣˋ。

**葬**（塟） ㄗㄤˋ 掩埋死人。如「埋葬」「葬禮」。

**葬身** ㄗㄤˋ ㄕㄣ 埋葬屍體（多用於比喻）。如「敵機葬身海底」。

**葬送** ㄗㄤˋ ㄙㄨㄥˋ 毀壞埋沒。

**葬禮** ㄗㄤˋ ㄌㄧˇ 殯葬儀式。

**萼**（蕚） ㄜˋ 環列在花的最外面一輪的葉狀薄片，像是退化的小葉。也稱「外花被」。普通呈綠色。

**萼片** ㄜˋ ㄆㄧㄢˋ ▲花萼。

**葉** ㄧㄝˋ ㈠葉子，植物的一部分，通常長在枝莖上，主管呼吸、同化、蒸發等作用。㈡花瓣重複的。如「千葉蓮」「千葉牡丹」。㈢書一頁也作「一葉」。㈣成片的東西。如「百葉窗」。㈤世代，時期。如「清朝中葉」「明朝末葉」。㈥形容輕小。如「一葉扁（ㄆㄧㄢ）舟」。㈦姓。

▲ㄕㄜˋ 古邑名，在現在河南省葉縣。

**葉子** ㄧㄝˋ ˙ㄗ ①葉㈠。②打紙牌，古時候稱「葉子戲」。

**葉片** ㄧㄝˋ ㄆㄧㄢˋ ①葉的組成部分之一，通常是很薄的扁平體。②渦輪機等機器中形狀像葉子的零件。

**葉肉** ㄧㄝˋ ㄖㄡˋ 葉片上除了葉脈以外的基本組織。

**葉序** ㄧㄝˋ ㄒㄩˋ 葉子在莖上排列的形式。

**葉芽** ㄧㄝˋ ㄧㄚˊ 發育後長成新枝條的芽。

**葉柄** ㄧㄝˋ ㄅㄧㄥˇ 植物葉子與枝莖相連的柄條，葉子枯萎時從葉柄的基部斷落。

**葉脈** ㄧㄝˋ ㄇㄞˋ 葉面的脈理，有主脈、支脈、細脈之分。雙子葉植物都是網狀脈，單子葉植物大半是並行脈。

**葉針** ㄧㄝˋ ㄓㄣ 図某些植物的葉子常變成針狀，像仙人掌就是。

**葉腋** ㄧㄝˋ ㄧㄝˋ 葉的基部和莖之間所夾的角。

**葉酸** ㄧㄝˋ ㄙㄨㄢ 就是維生素$B_{11}$，黃色結晶，溶於水，在新鮮的綠葉菜、肝、腎中含量較多。

**葉緣** ㄧㄝˋ ㄩㄢˊ 葉片的邊緣。

**葉鞘** ㄧㄝˋ ㄑㄧㄠˋ 稻、麥、莎草等植物的葉子裹在莖上的部分。

**葉斑病** ㄧㄝˋ ㄅㄢ ㄅㄧㄥˋ 葉片上有黃褐色或黑色斑點的病。

**葉綠素** ㄧㄝˋ ㄌㄩˋ ㄙㄨˋ 植物葉子所含的綠色色素，是含鎂的複雜碳化物，是植物不可缺少的成分。

**葉鏽病** ㄧㄝˋ ㄒㄧㄡˋ ㄅㄧㄥˋ 葉子上出現很多赤褐色的斑點的病。

**葉公好龍** ㄕㄜˋ ㄍㄨㄥ ㄏㄠˋ ㄌㄨㄥˊ 葉公喜歡畫龍。但是看到真的龍卻嚇得大驚失色。比喻一個人喜歡虛浮不實的東西。

**葉落歸根** ㄧㄝˋ ㄌㄨㄛˋ ㄍㄨㄟ ㄍㄣ 同「落葉歸根」。

**葯** ㄧㄠˋ ㈠白芷的葉子。㈡雄蕊頂端藏有花粉的部分。㈢通「藥」字。

讀音ㄩㄝˋ。

**萵** ㄨㄛ 見「萵苣」。

**萵苣** ㄨㄛ ㄐㄩˋ 一年或二年生，蔬菜名，也作「萵筍」。葉子窄長，沒有葉柄，附生在莖上。花黃色，莖和嫩葉可以吃。

**葳** ㄨㄟ 見「葳蕤」。

**葳蕤** ㄨㄟ ㄖㄨㄟˊ ①多年生草，根莖多肉，可以製澱粉，也可作藥。②[文]草木的葉子下垂的樣子。柳宗元〈袁家渴（ㄏㄜˋ）記〉有「搖颺葳蕤」。

**葦** ㄨㄟˇ ㈠一種比較細的蘆草。㈡[文]船。因為船形窄長，像葦草。如「縱（ㄗㄨㄥˋ）一葦之所如」。

**萮** ㄩˊ 俗稱山萮菜，多年生草本，莖高一尺多，地下莖圓柱形，可以作為香料。葉圓心形，春天開小白花兒。

## 十筆

**蓓** ㄅㄟˋ [文]「蓓蕾」，含苞未放的花。

**蒡** ▲ㄆㄤˊ 蒡勃，就是白蒿。▲ㄅㄤˋ 牛蒡，二年生草本，葉子心形，背面有白毛，初夏開紫紅花，瘦果灰褐色。根供食用。根、莖、葉及種子可入藥。中國、日本都栽培作蔬菜。

**蓖** ㄅㄧˋ 見「蓖麻」。

**蓖麻** ㄅㄧˋ ㄇㄚˊ 植物名，一年生草本。種子可榨油，叫蓖麻油或蓖麻子油，可作潤滑劑及農藥。脫水後可用於油漆工業。精製品則可作為瀉藥。

**蒲** ㄆㄨˊ ㈠香蒲，多年生草本，生在水邊，葉細長，可以編蓆子。㈡見「蒲柳」。㈢見「蒲公英」。㈣[文]見「蒲服」就是「匍匐」。㈤姓。

**蒲包** ㄆㄨˊ ㄅㄠ 用香蒲葉編成的裝東西的用具。

**蒲柳** ㄆㄨˊ ㄌㄧㄡˇ 水楊，在樹木裡零落最早，所以用來比喻體質衰弱或身分低微，叫「蒲柳之姿」。

**蒲桃** ㄆㄨˊ ㄊㄠˊ ①植物名，桃金孃科，高約二丈五尺，葉對生，披針形，花大而白，果為漿果，似林檎，可食用。②葡萄。

**蒲草** ㄆㄨˊ ㄘㄠˇ 香蒲的莖和葉。

**蒲葵** ㄆㄨˊ ㄎㄨㄟˊ 常綠喬木，葉掌狀分裂，可以做扇子，俗稱芭蕉扇。

**蒲團** ㄆㄨˊ ㄊㄨㄢˊ 用蒲葉編成的圓形草墊，和尚打坐或跪拜時用的。

**蒲劍** ㄆㄨˊ ㄐㄧㄢˋ 端午節在門前插菖蒲葉，形狀似劍，古人相信可以辟邪。

**蒲節** ㄆㄨˊ ㄐㄧㄝˊ 端午節的別稱。

**蒲扇（兒）** ㄆㄨˊ ㄕㄢˋ（ㄦ） 用香蒲葉或蒲葵做的扇子。

**蒲公英** ㄆㄨˊ ㄍㄨㄥ ㄧㄥ 多年生草，葉由根部叢生，開黃花，花冠有冠毛，頂端有一圈白毛，隨風飛散，苗可製藥。

**蒱** ㄆㄨˊ 見「樗蒱」。

**蒙** ㄇㄥˊ ㈠草名，也叫女蘿、菟絲。㈡遮蓋、覆罩。如「手蒙著眼睛」「蒙頭大睡」。㈢由㈡引伸作瞞騙的意思。如「蒙蔽」「蒙混」。㈣受到。如「蒙受」。㈤由㈣引伸為謙詞。如「承蒙」。㈥[文]幼稚，愚昧不明。如「蒙昧」。㈦[文]小孩子。如「蒙童」。㈧[文]見「蒙蒙」。㈨[文]〈易經〉卦名。㈩蒙古的簡稱。如「內蒙」「外蒙」。

**蒙古** ㄇㄥˇ ㄍㄨˇ 原屬中國領土的一部分，戈壁以南是內蒙古，以北是外蒙古。

**蒙受** ㄇㄥˊ ㄕㄡˋ 受到。如「蒙受恥辱」。

**蒙昧** ㄇㄥˊ ㄇㄟˋ 図愚昧不懂事。

**蒙氣** ㄇㄥˊ ㄑㄧˋ 天文學家把包圍在地球外面的大氣叫蒙氣。

**蒙混** ㄇㄥˊ ㄏㄨㄣˋ 混字輕讀。假冒欺騙。也作矇混。

**蒙童** ㄇㄥˊ ㄊㄨㄥˊ 知識未開的兒童。

**蒙塵** ㄇㄥˊ ㄔㄣˊ 図蒙受風塵（指國君等因戰亂逃亡在外）。如「天子蒙塵」。

**蒙蒙** ㄇㄥˊ ㄇㄥˊ 図①盛大的樣子。②不明的樣子。

**蒙蔽** ㄇㄥˊ ㄅㄧˋ 欺騙，隱瞞事實。

**蒙館** ㄇㄥˊ ㄍㄨㄢˇ 舊時指對兒童進行啟蒙教育的私塾。

**蒙藥** ㄇㄥˊ ㄧㄠˋ 麻醉劑的通稱。

**蒙難** ㄇㄥˊ ㄋㄢˋ 受難。

**蒙太奇** ㄇㄥˊ ㄊㄞˋ ㄑㄧˊ （譯名）原指一種電影視覺暫留的效果，即以一連串短暫的片斷鏡頭迅速閃過，來表達一連串的意象或思想。文學中也常利用意象的疊砌造成同樣效果。

**蒙古包** ㄇㄥˊ ㄍㄨˇ ㄅㄠ 蒙古人所住的帳棚。

**蒙汗藥** ㄇㄥˊ ㄏㄢˋ ㄧㄠˋ 使人吃了昏睡的藥。

**蒗** ㄌㄤˋ 寧蒗，雲南省縣名。

**蒞（莅、涖）** 図ㄌㄧˋ 臨，到。如「蒞臨」。

**蒞止** ㄌㄧˋ ㄓˇ 図來臨；蒞臨。如「嘉賓蒞止」。

**蒞臨** ㄌㄧˋ ㄌㄧㄣˊ 図來到；來臨。

**菻** ㄌㄨㄛˇ 瓜瓠之類的植物。

**蓋（盖、葢）** ▲ㄍㄞˋ ㈠由上向下遮覆。如「蓋好被子」「把鍋蓋上」。㈡容器封口或遮掩的部分。如「茶壺蓋子」「鍋蓋」。㈢人體若干扁平的骨頭。如「天靈蓋（頭蓋骨）」「膝蓋」。㈣建築房屋。如「蓋房子」「蓋了三間草屋」。㈤把圖章印在文件上。如「蓋章」。㈥超過，壓倒。如「英雄蓋世」。㈦吹牛，胡說（臺灣學生常說）。如「你少蓋啦」「他一天到晚都在蓋」。㈧覆蓋物。古人指：①傘。〈孔子家語〉有「孔子將行，雨而無蓋」。②車的頂篷。〈考工記〉有「輪人為蓋」。③現代指人的頭骨最上面的。如「頭蓋骨」「天靈蓋」。④指龜蟹的甲。如「烏龜蓋兒」「螃蟹蓋兒」。㈨由㈧引伸為遮蔽。〈淮南子〉有「日月欲明，而浮雲蓋之」。㈩図發語詞。如「蓋聞聖人遷徙無常」。⑪図疑詞。〈孟子〉有「蓋上世嘗有不葬其親者」。⑫図承接連詞，有「因為」的意思。如「孔子罕稱命，蓋難言之也」。

▲ㄍㄜˇ 姓。

▲図ㄏㄜˊ 同「盍」「曷」。何不。

**蓋子** ㄍㄞˋ ˙ㄗ 也作「蓋兒」。①蓋㈡。②俗稱龜、鼈、螃蟹的背甲。

**蓋世** ㄍㄞˋ ㄕˋ 超過當代。指當代第一，獨一無二。如「英雄蓋世」。

**蓋仙** ㄍㄞˋ ㄒㄧㄢ 很會吹噓的人。

**蓋印** ㄍㄞˋ ㄧㄣˋ 在文件上加蓋印章。也作「蓋章」。

**蓋頭** ㄍㄞˋ ㄊㄡˊ 舊式婚禮新娘蒙在頭上遮住臉的紅綢巾。

**蓋火鍋** ㄍㄞˋ ㄏㄨㄛˇ ㄍㄨㄛ 打籃球時，投球入籃被對手擋住，俗稱蓋火鍋。

**蓋盅兒** ㄍㄞˋ ㄓㄨㄥ ㄦ 有蓋子的茶盅。

**蓋碗兒** ㄍㄞˋ ㄨㄢˇ ㄦ 有蓋子的茶杯茶碗，比蓋盅兒稍大。

**蓋世太保** ㄍㄞˋ ㄕˋ ㄊㄞˋ ㄅㄠˇ 從前德國納粹統治下的祕密警察，是歐洲恐怖力量的象徵。

**蓋棺論定** ㄍㄞˋ ㄍㄨㄢ ㄌㄨㄣˋ ㄉㄧㄥˋ 指人的忠奸、功過、善惡，到死才可斷定。

**蓋革牟勒計數器** ㄍㄞˋ ㄍㄜˊ ㄇㄡˊ ㄌㄜˋ ㄐㄧˋ ㄕㄨˋ ㄑㄧˋ 一種計數器，藉著氣體放電來測定加瑪射線或其他射線的儀器。

**蒯** ㄎㄨㄞˇ ㈠一年生草本，在水邊叢生，莖可以搓繩子或編蓆子。㈡姓。又讀ㄎㄨㄞˋ。

**蒿** ㄏㄠ ㈠多年生草本，分青蒿（香蒿）、白蒿（艾蒿）、茼蒿等種。㈡図見「蒿目」。

**蒿子** ㄏㄠ ㄗ˙ 「茼蒿」的別名。

**蒿目** ㄏㄠ ㄇㄨˋ 図常作「蒿目時艱」，是常因憂慮時局而極目遠望。

**蒺** ㄐㄧˊ 見「蒺藜」。

**蒺藜** ㄐㄧˊ ㄌㄧˊ 藜字常輕讀。生在沙地上的一種草，一年或二年生，莖平臥，羽狀複葉，夏天開小黃花，結的實有刺，可以作藥。

**蒹** ㄐㄧㄢ 還沒有開花的荻草。

**蒟** ㄐㄩˇ ㈠也作蒟醬，多年生蔓草，子兒像桑葚兒，可以吃。㈡蒟蒻，多年生草本，地下莖呈球狀，可作食品、藥品。

**蒨** ㄑㄧㄢˋ ㈠図草茂盛的樣子。㈡図赤紅色。㈢茜草的別名。㈣蒨蒨，鮮明的樣子。

**蓆** ㄒㄧˊ ㈠草席。如「枕蓆」「草蓆」。㈡用地蓆的多寡來計算空間的大小叫蓆。如「這棟屋子，房間是八蓆，客廳是十蓆」（一蓆是三尺寬六尺長）。

**蓆子** ㄒㄧˊ ㄗ˙ 草蓆。

**蓄** ㄒㄩˋ ㈠儲藏。如「儲蓄」「蓄水池」。㈡蘊藏不露。如「含蓄」。㈢培養。如「蓄髮」「養精蓄銳」。㈣存在心裡。如「蓄意」。

**蓄志** ㄒㄩˋ ㄓˋ 蓄藏很久的志願。

**蓄念** ㄒㄩˋ ㄋㄧㄢˋ 蓄藏很久的念頭。

**蓄意** ㄒㄩˋ ㄧˋ 早就有這個意思（多指壞的）。

**蓄髮** ㄒㄩˋ ㄈㄚˇ 把頭髮養長（ㄔㄤˊ）。

**蓄積** ㄒㄩˋ ㄐㄧ 儲蓄。

**蓄謀** ㄒㄩˋ ㄇㄡˊ 早就有這種計謀（指壞的）。

**蓄水池** ㄒㄩˋ ㄕㄨㄟˇ ㄔˊ 儲水的人工池。

**蓄電池** ㄒㄩˋ ㄉㄧㄢˋ ㄔˊ 用電解的方法貯蓄電能的裝置。

**蓄積物** ㄒㄩˋ ㄐㄧ ㄨˋ 由流水留下或因化學作用沉澱而蓄積的礦物岩石。

**蓁** ▲ㄓㄣ ㈠図茂盛的樣子。〈詩經・桃夭〉有「其葉蓁蓁」。㈡図通「榛」，棘叢的意思。▲ㄑㄧㄣˊ 蓁椒就是秦椒。

**蒸** ㄓㄥ ㈠水氣上升。如「蒸發」「雲蒸霞蔚」。㈡在密閉容器裡靠熱氣使食物變熟。如「蒸饅頭」「蒸餃子」。㈢見「蒸蒸日上」。

**蒸汽** ㄓㄥ ㄑㄧˋ 液體遇熱變成的氣體。也作「蒸氣」。

**蒸食** ㄓㄥ ㄕ˙ 食字輕讀。蒸熟了吃的麵食，如饅頭、包子等。

**蒸發** ㄓㄥ ㄈㄚ 物理學名詞。液體在比較高的溫度之中發生的汽化作用，叫做蒸發。

**蒸暑** ㄓㄥ ㄕㄨˇ 図形容夏天的炎熱。

**蒸餾** ㄓㄥ ㄌㄧㄡˊ 把液體放在密閉的器具裡加熱，使它發生蒸汽，冷了又成為液體，用來除去液體中的雜質，使它純淨。

**蒸籠**（ㄓㄥ ㄌㄨㄥˊ）蒸熟食物用的器具。

**蒸餅（兒）**（ㄓㄥ ㄅㄧㄥˇ ㄦ）饅頭類食品的一種。

**蒸汽機**（ㄓㄥ ㄑㄧˋ ㄐㄧ）利用蒸汽的力量推動機件的機器，是蘇格蘭科學家瓦特發明的。

**蒸餃兒**（ㄓㄥ ㄐㄧㄠˇ ㄦ）蒸熟了吃的餃子。

**蒸餾水**（ㄓㄥ ㄌㄧㄡˊ ㄕㄨㄟˇ）經過蒸餾的純淨的水，可作化學實驗或製藥用的。

**蒸蒸日上**（ㄓㄥ ㄓㄥ ㄖˋ ㄕㄤˋ）不斷地向上、進步。

**蒒** ㄕ 海邊沙地上長的草，多年生草本，子兒像大麥，七月裡熟，可以做糧食，因此又叫「自然穀」「禹餘糧」。

**蓍** ㄕ 多年生草本，高兩三尺，葉細長，花像菊，古人用它的莖占卜吉凶。如「蓍龜」。

**蓍龜**（ㄕ ㄍㄨㄟ）古人用蓍草和龜甲來占卜。所以「蓍龜」也可作「占卜」的意思。

**蒔** ㄕˊ ㈠見「蒔蘿」。㈡図種植農作物時先播種培植幼苗，然後移植的方法。栽種花木也說蒔。如「蒔花」。

**蒔蘿**（ㄕˊ ㄌㄨㄛˊ）一種草本植物，莖高兩三尺，羽狀複葉，互生，開小黃花，子兒像黍粒，可以作香料。俗稱小茴香。

**蒴** ㄕㄨㄛˋ 蒴果，植物果實由多子房合成，成熟後裂開，像百合、罌粟等都是。

**蓐** 図ㄖㄨˋ ㈠草蓆，草墊子。引伸作「臥具」。如「夙嬰疾病，常在床蓐」。女人生孩子叫「坐蓐」。

**蒻** ㄖㄨㄛˋ ㈠初生的香蒲，可以織蓆。㈡見「蒟」㈡。

**蓉** ㄖㄨㄥˊ ㈠見「芙蓉」。㈡一種木本花的花名，就是木芙蓉。㈢四川成都的別稱。

**蒼** ▲ㄘㄤ ㈠深藍色。如「蒼天」。㈡深綠色。如「蒼松翠柏」。㈢灰白色。如「白髮蒼蒼」。㈣灰黃色。如「蒼鷹」。㈤顯出老態。如「蒼老」。㈥図指天。如「蒼穹」。㈦図指國民、社會大眾。如「蒼生」。㈧見「蒼茫」。㈨蒼狗，見「白雲蒼狗」；比喻世事的變幻不定。㈩通「滄」字，「滄浪（ㄌㄤˊ）」也作「蒼浪」。
▲図ㄘㄤˇ「莽蒼」，景色不很明顯的郊野。

**蒼天**（ㄘㄤ ㄊㄧㄢ）天，〈詩經〉有「悠悠蒼天」。也作「蒼穹」。

**蒼生**（ㄘㄤ ㄕㄥ）図百姓。

**蒼白**（ㄘㄤ ㄅㄞˊ）白而略微發青；灰白。

**蒼老**（ㄘㄤ ㄌㄠˇ）形容老態的詞，常指聲音、形貌方面。有時也稱字畫用筆老練。

**蒼狗**（ㄘㄤ ㄍㄡˇ）青色的狗。古人認為是不祥之物。

**蒼空**（ㄘㄤ ㄎㄨㄥ）図天空。

**蒼穹**（ㄘㄤ ㄑㄩㄥˊ）図天空。

**蒼勁**（ㄘㄤ ㄐㄧㄥˋ）（樹木、書法等）蒼老挺拔。

**蒼冥**（ㄘㄤ ㄇㄧㄥˊ）図蒼天。

**蒼茫**（ㄘㄤ ㄇㄤˊ）①沒有邊際的樣子。如「海天蒼茫」。②形容迷濛不清楚。如「暮色蒼茫」。

**蒼涼**（ㄘㄤ ㄌㄧㄤˊ）淒涼。

**蒼黃**（ㄘㄤ ㄏㄨㄤˊ）①青色和黃色。②比喻事物的變化。③同「倉皇」。

**蒼翠**（ㄘㄤ ㄘㄨㄟˋ）（草木等）深綠。

**蒼蒼**（ㄘㄤ ㄘㄤ）①灰白色。如「兩鬢蒼蒼」。②蒼茫。如「海山蒼蒼」。

**蒼蠅** ㄘㄤ ㄧㄥˊ ①蠅字輕讀。蠅類昆蟲之一，體色灰黑，長約一公分，爪上有吸盤，可以附著在牆上走。又有許多細毛，常帶著細菌傳播霍亂、傷寒、痢疾等疾病。是人類的大敵。②比喻社會上的小問題或為害不大的人。如「這些御史大人只打蒼蠅，不打老虎」。

**蒼鷺** ㄘㄤ ㄌㄨˋ 鷺的一種。背部蒼灰色，頭部後方兩側有黑色長毛。活動在河、湖水邊，吃小魚、昆蟲。

**蒼鷹** ㄘㄤ ㄧㄥ 鷹。

**蒼蠅紙** ㄘㄤ ˙ㄧㄥ ㄓˇ 蠅字輕讀。誘捕蒼蠅的一種特製的紙，上面塗有黏性藥物。

**蒼山翠谷** ㄘㄤ ㄕㄢ ㄘㄨㄟˋ ㄍㄨˇ 青翠的山和山谷。

**蒼蠅拍子** ㄘㄤ ˙ㄧㄥ ㄆㄞ ˙ㄗ 蠅字輕讀。打蒼蠅的用具。

**蒐** ㄙㄡ ㈠聚集。如「蒐集」「蒐羅」。㈡(文)打獵。〈左傳〉有「春蒐夏苗」。

**蒐集** ㄙㄡ ㄐㄧˊ 搜集。

**蒐羅** ㄙㄡ ㄌㄨㄛˊ 搜羅。

**蓑** ㄙㄨㄛ 蓑衣，棕櫚葉或草做成的，用來擋雨。

**蓑草** ㄙㄨㄛ ㄘㄠˇ (文)莎草科，生在海濱，草本，高一尺多，葉子很長，可以做蓑衣。又名蓑衣草。

**蓑笠** ㄙㄨㄛ ㄌㄧˋ 蓑衣和竹笠。

**蒜** ㄙㄨㄢˋ ㈠多年生草本蔬類，有大蒜、小蒜兩種，葉扁長，地下有鱗莖，都帶辣味，可供食用，也可提煉製藥。㈡蒜之鱗莖。如「蒜瓣兒」。㈢見「裝蒜」。

**蒜苗** ㄙㄨㄢˋ ㄇㄧㄠˊ 也作「蒜薹」，是蒜的花軸，可以做菜吃。

**蒜薹** ㄙㄨㄢˋ ㄊㄞˊ 蒜的花莖，嫩的可以吃。

**蒜泥兒** ㄙㄨㄢˋ ㄋㄧˊ ㄦ 把蒜頭搗爛，可下飯，也可調味。

**蒜頭兒** ㄙㄨㄢˋ ㄊㄡˊ ㄦ ①蒜的鱗莖聚集成球形，所以叫蒜頭兒。②樣子像蒜的鱗莖的。如「蒜頭兒鼻子」。

**蒜瓣兒** ㄙㄨㄢˋ ㄅㄢˋ ㄦ 蒜的鱗莖分裂成瓣，叫蒜瓣兒。

**蓀** (文)ㄙㄨㄣ 香草，也叫「荃」。

**蓊** (文)ㄨㄥˇ 草木茂盛的樣子。「蓊蓊」「蓊勃」「蓊蔚」「蓊鬱」，都是形容草木很茂盛的樣子。

## 十一筆

**蔔** ㄅㄛˊ 見「蘿蔔」。口語說成輕聲「˙ㄅㄛ」。

**蓽(篳)** ㄅㄧˋ ㈠荊竹樹枝之類，可以用來編物的。「蓽門」是荊條編的門，文言裡作「窮苦人家」講。㈡豆類。

**蓽路藍縷** ㄅㄧˋ ㄌㄨˋ ㄌㄢˊ ㄌㄩˇ 駕柴車穿破衣去開闢土地。形容開創事業的艱辛困苦。

**蔽** ㄅㄧˋ ㈠遮蓋，擋住。如「衣不蔽體」「烏雲蔽日」。㈡掩藏。如「掩蔽」「蔽匿」。㈢受阻隔，不通。如「蔽塞」（也作「閉塞」）。㈣欺騙，隱瞞事實。如「蒙蔽」。㈤(文)總括。如「一言以蔽之」。

**蔽天** ㄅㄧˋ ㄊㄧㄢ 遮住天空。

**蔽匿** ㄅㄧˋ ㄋㄧˋ 隱藏。

**蔽野** ㄅㄧˋ ㄧㄝˇ (文)滿地。

**蔽塞** ㄅㄧˋ ㄙㄜˋ 不開通。

**蓬** ㄆㄥˊ ㈠多年生草本，菊科，莖高一尺多，葉子像柳葉，開小白花，秋天乾枯之後受風吹捲，連根拔起，到處飛飄，所以也叫飛蓬、飄蓬。㈡散亂不整齊的樣子。如「蓬頭垢面」。㈢見「蓬勃」。㈣見「蓮蓬」。㈤姓。

**蓬戶**（ㄆㄥˊ ㄏㄨˋ） 㲋用蓬草編成的門戶。比喻窮苦人家所住的簡陋房屋。

**蓬門**（ㄆㄥˊ ㄇㄣˊ） 用蓬草做門，比喻窮人。

**蓬勃**（ㄆㄥˊ ㄅㄛˊ） 興盛的樣子。如「朝氣蓬勃」。

**蓬島**（ㄆㄥˊ ㄉㄠˇ） 就是蓬萊山。

**蓬亂**（ㄆㄥˊ ㄌㄨㄢˋ） （草、頭髮等）鬆散雜亂。

**蓬蓽**（ㄆㄥˊ ㄅㄧˋ） 㲋①蓬，蓬門；蓽，蓽戶；都用來比喻窮苦人家。②「蓬蓽生（增）輝」，謙稱自己的住宅，用在賓客光臨時。

**蓬鬆**（ㄆㄥˊ ㄙㄨㄥ） 散亂的樣子。

**蓬生麻中**（ㄆㄥˊ ㄕㄥ ㄇㄚˊ ㄓㄨㄥ） 蓬生麻中，自然直。比喻人受環境的影響。

**蓬門蓽戶**（ㄆㄥˊ ㄇㄣˊ ㄅㄧˋ ㄏㄨˋ） 用蓬草做門，用樹枝做窗戶。比喻窮苦人家。

**蓬蓬勃勃**（ㄆㄥˊ ㄆㄥˊ ㄅㄛˊ ㄅㄛˊ） 蓬勃地；茂盛的樣子。

**蓬頭垢面**（ㄆㄥˊ ㄊㄡˊ ㄍㄡˋ ㄇㄧㄢˋ） 不梳頭不洗臉。形容人不修飾的樣子。

## 蔴

ㄇㄚˊ 同「麻」。

## 蔓

▲ㄇㄢˋ ㈠細長而能纏繞的植物莖。木本的叫藤，草本的叫蔓。如「蔓草」「蔓生植物」。㈡像蔓草一樣擴展延伸。如「蔓延」「蔓衍」。

ㄨㄢˋ 蔓（ㄇㄢˋ）㈠的語音。如「瓜蔓兒」「牽牛花蔓子」。

▲ㄇㄢˊ 見「蔓菁」。

**蔓兒**（ㄨㄢˋ ㄦ） 蔓（ㄇㄢˋ）㈠。也作「蔓子（ㄨㄢˋ ˙ㄗ）」。

**蔓延**（ㄇㄢˋ ㄧㄢˊ） 向四面八方擴展延伸。

**蔓衍**（ㄇㄢˋ ㄧㄢˇ） 延伸擴大。

**蔓草**（ㄇㄢˋ ㄘㄠˇ） 蔓生的草，像牽牛花、葡萄之類的。

**蔓菁**（ㄇㄢˊ ㄐㄧㄥ） 菁字輕讀。見「蕪菁」。

**蔓生植物**（ㄇㄢˋ ㄕㄥ ㄓˊ ㄨˋ） 植物不能獨立，需要攀附在別的東西上，叫蔓生植物，像牽牛花、常春藤等。

**蔓草寒煙**（ㄇㄢˋ ㄘㄠˇ ㄏㄢˊ ㄧㄢ） 蔓生的野草和寒冷的煙霧。比喻荒涼之地。

## 蔤

㲋ㄇㄧˋ 荷的莖部，在地下藕上的。俗稱藕鞭。

## 蔑（蔑）

㲋ㄇㄧㄝˋ ㈠欺負。如「侮蔑」「汙蔑」。㈡小。如「蔑視」。㈢無，沒有。「蔑以復加」就是「無以復加」。㈣扔掉。如「蔑棄」。㈤「衊」的簡寫。

**蔑棄**（ㄇㄧㄝˋ ㄑㄧˋ） 㲋因為瞧不起而扔掉。

**蔑視**（ㄇㄧㄝˋ ㄕˋ） 㲋輕視。

## 蓧

ㄉㄧㄠˋ 古代人鋤地時除草的農具。〈論語〉有「遇丈人，以杖荷（ㄏㄜˋ）蓧」。

## 蓷

ㄊㄨㄟ 益母草，也叫「充蔚」，可作藥。

## 蔦

ㄋㄧㄠˇ ㈠落葉小灌木，莖寄生在桑楓等樹上。俗稱「桑寄生」。㈡見「蔦蘿」。

**蔦蘿**（ㄋㄧㄠˇ ㄌㄨㄛˊ） ①蔓草，莖細長，夏天開紅花，常種在庭院供觀賞。②㲋比喻親戚互相依附的關係。〈詩經〉有「蔦與女蘿，施于松柏」。

## 蔫

ㄋㄧㄢ ㈠植物缺少水分，因而不直挺，顯得沒有生氣的樣子。如「花兒蔫了」。㈡人精神委靡，消沉，不活潑。如「這孩子這兩天發蔫」。㈢暗中的，不動聲色的。如「他們就蔫蔫兒的溜了」「打開房門，不知道他正蔫不咭兒地埋頭用功」。又讀ㄧㄢ。

**蔫蔫兒的** ㄋㄧㄢ ㄋㄧㄢ ㄦ ˙ㄉㄜ 悄悄地。

**蔫不咭兒的** ㄋㄧㄢ ㄅㄨˋ ㄐㄧ ㄦ ˙ㄉㄜ ①同「蔫蔫兒的」。②有「深沉」的意味。如「這個人就是有點兒蔫不咭兒的毛病」。

**蔞** ㄌㄡˊ 見「蔞蒿」。

**蔞蒿** ㄌㄡˊ ㄏㄠ 多年生草本，菊科，生在水邊，高四五尺，葉互生，羽狀深裂，莖可以吃。

**蓼** ▲ㄌㄧㄠˇ ㈠一年生草本，有水蓼、馬蓼等區別：水蓼生在水邊，開白花；馬蓼開穗狀小紅花，也叫狗尾巴花兒。㈡指玉蜀黍的穗兒。▲図ㄌㄨˋ 見「蓼莪」。

**蓼花** ▲ㄌㄧㄠˇ ˙ㄏㄨㄚ 就是「麻花兒」。▲ㄌㄧㄠˇ ㄏㄨㄚ 蓼開的花。

**蓼莪** ㄌㄨˋ ㄜˊ 図〈詩經〉篇名，描述孝子追念父母的心情。

**蓼蓼** ㄌㄨˋ ㄌㄨˋ 図又高又粗的樣子。〈詩經〉有「蓼蓼者莪」。

**蓮** ㄌㄧㄢˊ ㈠多年生草本，生在淺水裡，葉又圓又大，高出水面，花有紅有白，在花托上結子兒。又名荷。地下莖叫「藕」。㈡佛家認為蓮是「彌陀所居住的淨土」（佛都坐在蓮臺上），所以管「淨土」說「蓮」。

**蓮子** ㄌㄧㄢˊ ㄗˇ 蓮結的果實。

**蓮心** ㄌㄧㄢˊ ㄒㄧㄣ 蓮子中間的心兒，味道是苦的。也說「蓮子心兒」。

**蓮步** ㄌㄧㄢˊ ㄅㄨˋ 古時形容美女走路。〈南史〉有「步步生蓮花」。

**蓮花** ㄌㄧㄢˊ ㄏㄨㄚ ①荷花。②江西省縣名。

**蓮臺** ㄌㄧㄢˊ ㄊㄞˊ 同蓮座，就是佛座。

**蓮蓬** ㄌㄧㄢˊ ㄆㄥˊ 蓬字可輕讀。①蓮子的外苞，像小喇叭形，有二三十個小孔，形狀像蜂房，小孔裡藏著蓮子。②沖浴用具，形狀像蓮蓬，擰開接通自來水以後，從小孔噴水。又說蓮蓬頭。

**蓮藕** ㄌㄧㄢˊ ㄡˇ 蓮的地上莖和地下莖，也特指地下莖，就是藕。

**蓮花落** ㄌㄧㄢˊ ㄏㄨㄚ ㄌㄠˋ 也作蓮花樂。北方民間曲藝之一，舊時多由乞丐臨門演唱乞賞。唱曲之外，有用竹板或擂鼓作為節拍，每一段常以「蓮花落」或「落蓮花」一類的句子做襯腔或尾聲。北方亦有「落子館」專門演唱。

**蓮蓬頭** ㄌㄧㄢˊ ㄆㄥˊ ㄊㄡˊ 蓬字可輕讀。灑水用的噴頭，像蓮蓬，有許多細孔。用於噴壺和淋浴設備等。

**蓘（蔉）** 図ㄍㄨㄣˇ 把鬆土填在植物的根部。

**蔻（蔲）** ㄎㄡˋ ㈠見「豆蔻」。㈡見「蔻丹」。

**蔻丹** ㄎㄡˋ ㄉㄢ 泛稱女人用的各種顏色的指甲油。（是從著名指甲油商標牌號 Cotex 譯音的詞。）

**蔊** ㄏㄢˇ 蔊菜，二年生草本，十字花科，莖葉都有辛辣味，可供食用。也叫「辣米菜」。

**蓳** ㄏㄨㄟˋ 草名，王蓳，又名地膚、地葵、地麥，一年生草本，嫩葉可做菜，子兒可做藥，莖枝老了可以做掃帚，所以也叫「掃帚菜」。

**蔣** ㄐㄧㄤˇ ㈠菰（茭白筍）的別名。㈡南京鍾山的別名。㈢姓。

**蓰** 図ㄒㄧˇ ㈠草名。㈡物數的五倍。〈孟子〉書有「或相倍蓰」。

**蓨** ㄒㄧㄡ 見「蓨酸」。

**蓨酸** ㄒㄧㄡ ㄙㄨㄢ 存在植物體的一種有機酸，無色，有柱狀結晶體，可以做漂（ㄆㄧㄠˇ）白或染色用，又名草酸。

**蔗** ㄓㄜˋ 甘蔗。如「蔗田」「蔗糖」。

**蔗板** ㄓㄜˋ ㄅㄢˇ 用機器把甘蔗渣壓成的板，可以用作建築材料。

**蔗漿** ㄓㄜˋ ㄐㄧㄤ 甘蔗汁。

**蔗糖** ㄓㄜˋ ㄊㄤˊ 蔗汁加熱熬成的糖。粗糖呈暗褐色，精製的糖有沙糖、白糖等。

**蔯** ㄔㄣˊ 蒿類，見「茵蔯」。

**蓴（蒓）** ㄔㄨㄣˊ 蓴菜，多年生睡蓮科水草，夏天開紅紫色的花，葉橢圓形，莖、葉表面都有黏液。嫩葉可以作羹。浙江蕭山的湘湖出產的最好。

**蓴羹鱸膾** ㄔㄨㄣˊ ㄍㄥ ㄌㄨˊ ㄎㄨㄞˋ 蓴菜做的羹湯，鱸魚做的細膾。比喻家鄉的美味。

**蔘（葠、蓡、薓）** ㄕㄣ 同人參（ㄕㄣ）的「參」。

**蔬** ㄕㄨ 可以吃的草或菜，通稱蔬。如「蔬菜」「蔬果」。又讀ㄙㄨ。

**蔬果** ㄕㄨ ㄍㄨㄛˇ 青菜和瓜果。

**蔬食** ㄕㄨ ㄕˊ 【文】①素食。②粗劣的食物。

**蔬菜** ㄕㄨ ㄘㄞˋ 草本植物之中可供人類佐餐食用，無論生食或熟食。葉菜如芥菜、白菜，莖菜如蘆筍，根菜如蘿蔔，果菜如茄子、黃瓜，子菜如豌豆等，都算是蔬菜。

**蔡** ㄘㄞˋ ㈠蔡莽，一種草，見〈說文〉。㈡【文】大龜。㈢我國周代國名，在今河南南部安徽北部一帶。㈣姓。

**蔟** ㄘㄨˋ ㈠同「簇」。㈡見「蠶蔟」。

**蔥（葱）** ㄘㄨㄥ ㈠多年生草本，葉子中空，有辛辣味，是日常吃的蔬類植物，根可作藥。㈡翠綠色。如「蔥翠」。㈢見「蔥蘢」。

**蔥綠** ㄘㄨㄥ ㄌㄩˋ 淺綠而微黃的顏色。

**蔥翠** ㄘㄨㄥ ㄘㄨㄟˋ 青翠的顏色。

**蔥頭** ㄘㄨㄥ ㄊㄡˊ 洋蔥的別稱。

**蔥領** ㄘㄨㄥ ㄌㄧㄥˇ 山名，在新疆省西南疏勒、蒲黎等縣之西，為我國各大山的發脈處。

**蔥蘢** ㄘㄨㄥ ㄌㄨㄥˊ 草木青翠茂盛的樣子。

**蔥白（兒）** ㄘㄨㄥ ㄅㄞˊ（ㄦ） ①蔥靠根處呈白色的部分。②淡綠色。也讀ㄘㄨㄥ ㄅㄛˊ。

**蔥花（兒）** ㄘㄨㄥ ㄏㄨㄚ（ㄦ） 切成細末的蔥，調味用的。

**蔥油雞** ㄘㄨㄥ ㄧㄡˊ ㄐㄧ 把雞煮熟之後，淋上蔥和油等調味料，就是蔥油雞。

**蔥鬱** ㄘㄨㄥ ㄩˋ 青翠茂盛。

**蓯** ㄘㄨㄥ ㈠即肉蓯蓉：深山赤楊根上的寄生植物。高一尺多，像短柱，互生的鱗狀葉，夏天開穗狀花。可作補藥。㈡葑蓯，就是蕪菁。

**蔌** ㄙㄨˋ ㈠【文】菜。〈詩經〉有「其蔌維何，維筍及蒲」。㈡見「蔌蔌」。

**蔌蔌** ㄙㄨˋ ㄙㄨˋ ①【文】鄙陋。〈詩經〉有「蔌蔌方有穀」。②同「簌簌」。③泉水流動的樣子。蘇軾詩有「清泉蔌蔌先流齒」。

**蓿** ㄙㄨˋ 見「苜蓿」。

**蔚** ▲ㄨㄟˋ ㈠「蓊蔚」，草木茂盛。㈡引伸作盛大的樣子。如「蔚為風氣」。㈢【文】文采很盛的樣子。如「文風蔚起」。㈣藍色。如「蔚藍的海水」。

▲ㄩˋ 蔚縣，在今河北省西北。

**蔚然**(ㄨㄟˋ ㄖㄢˊ) 形容茂盛、盛大。

**蔭** ㄧㄣˋ ㈠樹陰。如「濃蔭蔽日」。㈡同「廕」。愛護的意思。如「庇蔭」。

**蔭庇**(ㄧㄣˋ ㄅㄧˋ) 樹蔭的遮蔽。比喻先人對子孫的保祐。

**蔭涼**(ㄧㄣˋ ㄌㄧㄤˊ) 有樹陰遮蔽而涼爽。

**蔭蔽**(ㄧㄣˋ ㄅㄧˋ) 遮蔽。

**蔭翳**(ㄧㄣˋ ㄧˋ) 枝葉茂密。

## 十二筆

**蕃** ▲ㄈㄢˊ ㈠草木茂盛，很多。如「蕃茂」「蕃衍」。㈡通「繁」。如「蕃殖」。㈢図通「藩」㈠。
▲ㄈㄢ ㈠我國古代稱西方遊牧民族。如「吐蕃」「吐魯蕃」。又作文明很低的民族的通稱。㈡通「番」，指外來的。如「蕃椒」「蕃薯」。
▲ㄆㄧˊ 姓。

**蕃茂**(ㄈㄢˊ ㄇㄠˋ) 草木繁茂。

**蕃衍**(ㄈㄢˊ ㄧㄢˇ) 生養很多。

**蕃庶**(ㄈㄢˊ ㄕㄨˋ) 図眾多。

**蕃殖**(ㄈㄢˊ ㄓˊ) 同「繁殖」，生長茂盛。

**蕃薯**(ㄈㄢ ㄕㄨˇ) 見「番薯」。

**蕢** 図ㄈㄣˊ ㈠麻的種子。㈡形容草木結子很大的樣子。〈詩經〉有「桃之夭夭，有蕢其實」。

**蕩** ㄉㄤˋ ㈠湖泊。如「蘆花蕩」「黃天蕩」。㈡図清除。如「蕩滌邪穢」「蕩平寇氛」。㈢往返搖動。如「飄蕩」「蕩船」。㈣震動，動亂。如「板蕩」「蕩漾」。㈤毀壞光了。如「傾家蕩產」「蕩然無存」。㈥指人缺少道德觀念，行為放縱沒有抑制。如「放蕩」「蕩婦」。㈦形容廣大，眾多，連綿不絕。如「浩浩蕩蕩」。㈧見「坦蕩」。

**蕩平**(ㄉㄤˋ ㄆㄧㄥˊ) 肅清寇亂。

**蕩舟**(ㄉㄤˋ ㄓㄡ) 図蕩船。

**蕩婦**(ㄉㄤˋ ㄈㄨˋ) 已經結婚而不貞潔的女人。

**蕩產**(ㄉㄤˋ ㄔㄢˇ) 耗盡家產。如「傾家蕩產」。

**蕩船**(ㄉㄤˋ ㄔㄨㄢˊ) 図划船。

**蕩然**(ㄉㄤˋ ㄖㄢˊ) 全數失去。如「蕩然無存」。

**蕩滌**(ㄉㄤˋ ㄉㄧˊ) 図洗滌（用於抽象事物）。如「蕩滌妖氛」。

**蕩漾**(ㄉㄤˋ ㄧㄤˋ) 水波搖動不定的樣子。也引伸作「思緒的搖動」。

**蕩蕩**(ㄉㄤˋ ㄉㄤˋ) 図①廣大。〈論語〉有「蕩蕩乎民無能名焉」。②平易。〈書經〉有「王道蕩蕩」。

**蕩氣迴腸**(ㄉㄤˋ ㄑㄧˋ ㄏㄨㄟˊ ㄔㄤˊ) 形容文章、樂曲等十分動人。

**蕩蕩悠悠**(ㄉㄤˋ ㄉㄤˋ ㄧㄡ ㄧㄡ) ①搖蕩的樣子。②同「悠悠蕩蕩」。

**蕁** ▲ㄊㄢˊ ㈠草名。㈡火向上燃燒。〈淮南子〉有「火上蕁，水下流」。
▲ㄒㄩㄣˊ 見「蕁麻」。

**蕁麻**(ㄒㄩㄣˊ ㄇㄚˊ) 植物名，多年生草本，又名咬人貓。野生，莖高約一公尺，有刺毛。纖維可供紡織。刺毛能刺痛人，並分泌毒液。

**蕁麻疹**(ㄒㄩㄣˊ ㄇㄚˊ ㄓㄣˇ) 一種皮膚病。皮膚上突然成片出現紅色腫塊，很癢。致病原因很複雜，某些食物、藥品、昆蟲、細菌，或其他過敏原都可以引起。

**蕢** ㄎㄨㄟˋ ㈠紅梗兒的莧菜。㈡古人盛土的草器。〈論語〉有「有荷蕢而過孔氏之門者」。㈢姓。

**蕙** ㄏㄨㄟˋ ㈠多年生香草，葉橢圓形，秋天開紅花，很香，結黑子兒。㈡見「蕙蘭」。㈢文比喻高雅芳潔。如「蘭心蕙質」。

**蕙心** ㄏㄨㄟˋ ㄒㄧㄣ 文芳潔的心。

**蕙蘭** ㄏㄨㄟˋ ㄌㄢˊ 蘭的一種，春季開花，每莖開八九朵，香氣次於蘭。

**蕙心紈質** ㄏㄨㄟˋ ㄒㄧㄣ ㄨㄢˊ ㄓˊ 像蕙草一樣的心地，像熟絹一樣的性質，用來比喻女性心地純潔、性情高雅。

**蕙質蘭心** ㄏㄨㄟˋ ㄓˊ ㄌㄢˊ ㄒㄧㄣ 像蕙草一樣的性質，像蘭花一樣的心地。多用來比喻女性心地純潔、性情高雅。

**蕉** ▲ㄐㄧㄠ ㈠芭蕉的簡稱。㈡甘蕉，也叫香蕉。果實長形，蕉肉香軟。臺灣香蕉在世界上很有名。▲文ㄑㄧㄠˊ「蕉萃」，同「憔悴」。

**蕉布** ㄐㄧㄠ ㄅㄨˋ 用蕉麻的纖維織成的夏布。

**蕉扇** ㄐㄧㄠ ㄕㄢˋ 蕉葉製成的扇。

**蕉農** ㄐㄧㄠ ㄋㄨㄥˊ 以種植香蕉為職業的農人。

**蕑** ㄐㄧㄢ ㈠蘭草。㈡蕑子藤，蔓草名，果實像梨，紅色，可以生吃。

**蕨** ㄐㄩㄝˊ 羊齒科植物，多年生草本，春天發嫩葉，可以吃。地下莖可製澱粉。

**蕨類植物** ㄐㄩㄝˊ ㄌㄟˋ ㄓˊ ㄨˋ 植物的一大類，草本（木本的很少），莖有維管束，葉子較小，用孢子繁殖，如蕨、石松等。

**蕎（荞）** ㄑㄧㄠˊ 見「蕎麥」。

**蕎麥** ㄑㄧㄠˊ ㄇㄞˋ 一年生草本，莖紅色，葉三角形，開小白花，結黑色子兒，磨成粉可以作食品。

**蕖** ㄑㄩˊ 芙蕖，荷花的別名。

**蕭（萧）** ㄒㄧㄠ ㈠草名，就是艾蒿，可以作藥。㈡寂寞、冷落的樣子。如「蕭索」「蕭條」。㈢見「蕭蕭」。㈣見「蕭牆」。㈤蕭縣，在江蘇省。㈥姓。

**蕭索** ㄒㄧㄠ ㄙㄨㄛˇ 文冷落的樣子。

**蕭條** ㄒㄧㄠ ㄊㄧㄠˊ ①寂靜，冷清。②衰敗。如「社會蕭條」。

**蕭疏** ㄒㄧㄠ ㄕㄨ 文冷落；稀稀落落。

**蕭森** ㄒㄧㄠ ㄙㄣ 文草木衰落的樣子。

**蕭瑟** ㄒㄧㄠ ㄙㄜˋ 文蕭條瑟縮（ㄙㄨˋ）。

**蕭颯** ㄒㄧㄠ ㄙㄚˋ 文秋風涼爽。

**蕭牆** ㄒㄧㄠ ㄑㄧㄤˊ 文宮室內的門屏，指宮廷內部，比喻最接近的地方。亂事發生在最接近之處，叫「禍起蕭牆」。見〈論語·季氏〉。

**蕭蕭** ㄒㄧㄠ ㄒㄧㄠ 文①馬鳴聲。如「馬鳴蕭蕭」。②寒風聲。如「風蕭蕭兮易水寒」「無邊落木蕭蕭下」。

**蕭規曹隨** ㄒㄧㄠ ㄍㄨㄟ ㄘㄠˊ ㄙㄨㄟˊ 比喻後任的人遵循前任的人所訂的規章辦事。是西漢蕭何和曹參（ㄘㄢ）的故事。

**薌** 文ㄒㄧㄤ ㈠穀類的香氣。㈡同「香」。

**蕈** ㄒㄩㄣˋ 木生的菌類，種類很多，有些可以吃。如「松蕈」「香蕈」。又讀ㄒㄧㄣˋ。

**蕆** 文ㄔㄢˇ 完畢。如「蕆事」。

**蕆事** ㄔㄢˇ ㄕˋ 文事情辦完。

**蕣** 文ㄕㄨㄣˋ 木槿花。

**蕘** 図ㄖㄠˊ ㈠供燃燒用的草柴。㈡打草採柴的人。〈孟子〉書有「芻蕘者往焉」。

**蕤** 図ㄖㄨㄟˊ 見「葳蕤」。

**蕊（蕋、蘂）** ㄖㄨㄟˇ ㈠還沒有開花的花蕾，就是花兒骨朵兒（ㄍㄨ ˙ㄉㄨㄛ ㄦ）。㈡高等植物的生殖器官，位於花的中央，就是花心。有雌雄兩種，見「雄蕊」「雌蕊」。

**蕊柱** ㄖㄨㄟˇ ㄓㄨˋ 植物學名詞，花柱。

**蕞** 図ㄗㄨㄟˋ 見「蕞爾」。

**蕞爾** ㄗㄨㄟˋ ㄦˇ 形容極小。如「蕞爾小國」。

**蕕** 図ㄧㄡˊ 一年生草本，有臭味，古人常拿它與「薰（香草）」並提。如「薰蕕同器」，比喻好的壞的都在一塊兒。

**蕪** ㄨˊ ㈠農田不除草。如「荒蕪」。㈡雜亂。如「蕪雜」「刪汰繁蕪」。㈢見「蕪菁」。

**蕪菁** ㄨˊ ㄐㄧㄥ 蔬類，俗名大頭芥，可以作菜吃。

**蕪雜** ㄨˊ ㄗㄚˊ 雜亂，常指文詞方面說的。

**蕪穢** ㄨˊ ㄏㄨㄟˋ 形容亂草叢生。如「荒涼蕪穢」。

**蕍** ㄩˊ 藥草名，也叫「澤瀉」。

**蕓** ㄩㄣˊ 蕓薹，就是油菜。嫩菜可以吃，種子可以榨油，也可以食用。

## 十三筆

**薄** ▲ㄅㄛˊ ㈠不厚。如「如履薄冰」「薄紙」。㈡稀，淡；不稠。如「空氣稀薄」「薄酒」。㈢不敦厚。如「薄情」「刻薄」。㈣土地不肥沃。如「薄田」。㈤形容微小。如「薄技」「薄弱」。㈥關係不密切。如「薄親」。㈦図迫近。如「兵薄城下」「薄暮」。㈧図門簾。如「帷薄」。㈨図輕視。如「鄙薄」「而流俗顧薄之」。㈩図聊且。〈詩經〉有「薄澣我衣」。⑪図發語詞。〈詩經〉有「薄伐玁狁」。⑫図林薄，亂草叢生的地方。⑬姓。

語音ㄅㄠˊ，用在㈠㈡㈤。

▲ㄅㄛˋ 見「薄荷」。

**薄田** ㄅㄛˊ ㄊㄧㄢˊ 不肥沃的田。

**薄行** ㄅㄛˊ ㄒㄧㄥˋ 図行為不好。

**薄衣** ㄅㄛˊ ㄧ 図粗糙的衣服。

**薄技** ㄅㄛˊ ㄐㄧˋ 小小的技能。

**薄具** ㄅㄛˊ ㄐㄩˋ 粗備，略微準備了，下帖子請人吃飯喝酒的謙詞。如「薄具菲酌」。

**薄命** ㄅㄛˊ ㄇㄧㄥˋ 苦命。

**薄待** ㄅㄛˊ ㄉㄞˋ 待人不好。

**薄面** ㄅㄛˊ ㄇㄧㄢˋ 對人稱自己的面子。如「看我薄面，你就饒了他吧」。

**薄倖** ㄅㄛˊ ㄒㄧㄥˋ 同「薄情」，是「負心」的意思。

**薄弱** ㄅㄛˊ ㄖㄨㄛˋ 脆弱沒有力氣。

**薄海** ㄅㄛˊ ㄏㄞˇ 図及於四海，指地域的廣大。如「薄海騰歡」。

**薄酒** ㄅㄛˊ ㄐㄧㄡˇ 味淡的酒，常用作待客的謙詞。

**薄情** ㄅㄛˊ ㄑㄧㄥˊ 無情。

**薄產** ㄅㄛˊ ㄔㄢˇ 微少的產業。

**薄荷** ㄅㄛˋ ㄏㄜˊ 荷字輕讀。多年生草本，脣形科，高兩尺左右，葉卵形，略有細毛，有鋸齒，開小脣形花，淡紫色，莖葉有特殊香氣，味涼，可以蒸餾成薄荷油。

**薄葬** ㄅㄛˊ ㄗㄤˋ 儉約的葬儀。

**薄暮** ㄅㄛˊ ㄇㄨˋ 図傍晚。

**薄曉** ㄅㄛˊ ㄒㄧㄠˇ 図天快要亮的時候。

**薄親** ㄅㄛˊ ㄑㄧㄣ 指姻戚關係疏遠的人。

**薄禮** ㄅㄛˊ ㄌㄧˇ 輕微的禮物。

**薄荷油** ㄅㄛˋ ㄏㄜ˙ ㄧㄡˊ 荷字輕讀。用薄荷的枝葉蒸餾成的油，色微黃，味清涼，可作藥用。

**薄荷精** ㄅㄛˋ ㄏㄜ˙ ㄐㄧㄥ 荷字輕讀。用薄荷莖葉蒸餾，製成無色針形的結晶。

**薄鬆鬆** ㄅㄛˊ ㄙㄨㄥ ㄙㄨㄥ 又薄又輕。

**薄情細故** ㄅㄛˊ ㄑㄧㄥˊ ㄒㄧˋ ㄍㄨˋ 細微的事故。

**薜** ▲ㄅㄧˋ 薜荔，常綠灌木，又名「木蓮」。▲ㄅㄛˋ 藥草名，就是當歸。

**薜蘿** ㄅㄧˋ ㄌㄨㄛˊ 図薜荔和女蘿。兩種野生植物，比喻隱居者所穿的衣服。

**薙** ㄊㄧˋ ㈠図除去野草。㈡剃。「薙髮」就是剃髮。

**蕾** 図ㄌㄟˇ 含苞還沒開的花。如「花蕾」「蓓蕾」。

**薐** ㄌㄥˊ 見「菠菜」。

**蕗** ㄌㄨˋ 蕗草，就是甘草，見「急就篇」。

**薅** ㄏㄠ ㈠除去野草。如「拿鋤薅野草」。文言也用，〈詩經〉有「以薅荼蓼（ㄌㄧㄠˇ）」。㈡拔去的意思。如「薅下幾根頭髮」。

**薃** ㄏㄠˋ 莎草。

**薈** 図ㄏㄨㄟˋ ㈠草木茂盛，叫「薈蔚」。㈡聚集。如「人文薈萃」。

**薈萃** ㄏㄨㄟˋ ㄘㄨㄟˋ 図①聚集。②草木茂盛的樣子。

**薨** 図ㄏㄨㄥ ㈠封建時代稱諸侯的死叫「薨」。㈡「薨薨」，蟲群飛的聲音。

**蕻** ▲ㄏㄨㄥˋ ㈠図草木茂盛。㈡図草木的萌芽。㈢見「雪裡蕻」。▲ㄏㄨㄥˇ「雪裡蕻」的「蕻」字的又讀。

**蕺** ㄐㄧˊ 菜名，也叫「魚腥草」，多年生草本，夏天開淡黃花，莖葉有臭氣。

**薊** ㄐㄧˋ ㈠多年生草本，有大小兩種，莖葉都多刺，葉羽狀。大的有四五尺高，開紫紅花，小的高一尺多，開淡紫花。㈡縣名。舊屬河北省，今屬天津市。㈢姓。

**薦** ㄐㄧㄢˋ ㈠獸類所吃的草。㈡草蓆。如「草薦」。㈢推舉，介紹。如「舉薦」「薦賢自代」。㈣公務員銓敘任用官等之一，見「薦任」。㈤図祭死人的禮節，獻酒叫「薦酒」。教育部頒訂的標準字體表以「荐」為標準字。「薦」為異體字。

**薦引** ㄐㄧㄢˋ ㄧㄣˇ 對有才能的人加以舉薦援引。

**薦任** ㄐㄧㄢˋ ㄖㄣˋ 中華民國文官官等之一，在簡任之下，委任之上。今也寫「荐任」。

**薦拔** ㄐㄧㄢˋ ㄅㄚˊ 選出人才。

**薦骨** ㄐㄧㄢˋ ㄍㄨˇ 在脊柱下端，三角形。也叫「薦椎（ㄓㄨㄟ）」。

**薦舉** ㄐㄧㄢˋ ㄐㄩˇ 推薦。

**薦頭** ㄐㄧㄢˋ ㄊㄡ˙ 「頭」字輕讀。舊時稱以介紹傭工為業的人。

**薦醫不薦藥** ㄐㄧㄢˋ ㄧ ㄅㄨˋ ㄐㄧㄢˋ ㄧㄠˋ 推薦醫生，但是不推薦用藥。

**薑** ㄐㄧㄤ 多年生草本，葉對生，地下莖成塊狀。味辣。可做調味品，也可作藥。

**薑末** ㄐㄧㄤ ㄇㄛˋ 搗碎的薑。

**薑花** ㄐㄧㄤ ㄏㄨㄚ ①薑的花。②野薑花的簡稱，多生在山間水澤，色白，有濃厚的香氣。

**薑桂** ㄐㄧㄤ ㄍㄨㄟˋ 生薑和肉桂。比喻生性剛直不屈的人。

**薔** ㄑㄧㄤˊ 見「薔薇」。

**薔薇** ㄑㄧㄤˊ ㄨㄟˊ 落葉灌木，莖枝多刺，羽狀複葉，花五瓣，有紅白黃等色，有香氣。

**蕸** 因ㄒㄧㄚˊ 荷葉。

**薤** ㄒㄧㄝˋ 蔬類，多年生草本，葉似韭，中空，夏天開紫色小花，鱗莖和嫩葉可以作菜。

**薤露** ㄒㄧㄝˋ ㄌㄨˋ 因古時輓歌名，說生命如同薤葉上的露水，容易消逝。

**薪** ㄒㄧㄣ (一)柴草。如「曲突徙薪」。(二)俸給，「薪水」簡稱「薪」。如「月薪」「支薪」。

**薪水** ㄒㄧㄣ ㄕㄨㄟˇ 薪俸。

**薪金** ㄒㄧㄣ ㄐㄧㄣ 薪俸。

**薪炭** ㄒㄧㄣ ㄊㄢˋ 木炭。

**薪俸** ㄒㄧㄣ ㄈㄥˋ 薪水、俸給的合稱。舊時公務員雇員以上的所得叫「俸給」，雇員以下的所得叫「薪水」，非公務員的所得叫「薪金」。現在已經不分。或統稱「工資」。

**薪給** ㄒㄧㄣ ㄐㄧˇ 薪水。

**薪傳** ㄒㄧㄣ ㄔㄨㄢˊ 也作「薪火」「傳薪」，取柴燒完而火傳下的意思，比喻師生授道相傳不絕。也作「薪火相傳」。

**薪資** ㄒㄧㄣ ㄗ 薪水；工資。

**薪桂米珠** ㄒㄧㄣ ㄍㄨㄟˋ ㄇㄧˇ ㄓㄨ 就是米珠薪桂。比喻物價高漲。

**薪盡火傳** ㄒㄧㄣ ㄐㄧㄣˋ ㄏㄨㄛˇ ㄔㄨㄢˊ 前一根柴剛燒完，後面的一根已經燒著，火永遠不息。比喻師生傳授，學問一代一代流傳下去。

**薛** ㄒㄩㄝ (一)因蒿類的草。(二)古國名，在今山東滕縣東南。(三)姓。

**薯** ㄕㄨˇ (一)番薯的簡稱。也作「甘藷」。(二)「薯莨」，見「莨(ㄌㄧㄤˊ)」。(三)見「薯蕷」。

**薯蕷** ㄕㄨˇ ㄩˋ 多年生蔓草，地下莖可以吃。俗名叫山藥。

**薏** ㄧˋ (一)薏苡，一年生草本，實中的仁叫薏米，可做藥或食用。(二)蓮子中心的胚芽。

**薏米** ㄧˋ ㄇㄧˇ 薏苡的實裡的仁兒。

**薏苡** ㄧˋ ㄧˇ 禾本科一年生草本，葉狹長，實橢圓，仁白色，可以煮粥，也可以作藥。

**薏苡明珠** ㄧˋ ㄧˇ ㄇㄧㄥˊ ㄓㄨ 漢代的馬援征討南越回來時，帶了一車的大薏米，預備種來做藥補身子用。結果被政敵誣告說是一車明珠。比喻誣告、謠言。

**薇** ㄨㄟ (一)大巢菜，豆科植物。本為牧草，荒歉時窮人採為食物。見〈本草綱目〉。〈詩．召南．草蟲〉有「陟彼南山，言采其薇」，〈史記〉說「伯夷、叔齊隱於首陽，采薇而食」，指的都是這個。(二)見「薔薇」。又讀ㄨㄟˊ。

**蕷** ㄩˋ 見「薯蕷」。

**薀** ▲ㄨㄣ 水草。「薀藻」就是金魚草。

▲又ㄩㄣˋ同「蘊」，蓄積，富饒。

**蕹** ㄩㄥ 蕹菜，俗稱空心菜，莖軟中空。葉像菠薐。嫩葉嫩莖作菜吃。

## 十四筆

**藐** ㄇㄧㄠˇ ㊀草名，就是茈草。原讀ㄇㄠˋ。㊁又幼弱。如「藐小」。㊂看輕。見「藐視」。㊃又遙遠，同邈。〈楚辭〉有「藐蔓蔓之不可量兮，縹緜緜之不可紆」。㊄又藐姑射（ㄧㄝ），〈莊子〉書上說的有仙女的山。

**藐小** ㄇㄧㄠˇ ㄒㄧㄠˇ 幼小。常作「眇小」。

**藐視** ㄇㄧㄠˇ ㄕˋ 輕視。

**藐藐** ㄇㄧㄠˇ ㄇㄧㄠˇ ①高遠的樣子。②美盛的樣子。③輕忽的樣子。

**薹** ㄊㄞˊ ㊀多年生草本，莖高三四尺，葉狹長，可以做笠。㊁蔬菜割去葉子以後重發的莖。如「菜薹」「蒜薹」。

**藍** ▲ㄌㄢˊ ㊀一年生草本，又名蓼藍，葉可以作染料，叫「靛青」「藍靛」。〈荀子・勸學〉說「青，取之於藍，而青於藍」。「藍」指藍草。㊁深青色。如「藍地白字」「藍墨水」。㊂見「藍本」。㊃見「藍縷」。㊄姓。▲・ㄌㄚ 苤藍，讀ㄆㄧㄝˇ・ㄌㄚ。

**藍本** ㄌㄢˊ ㄅㄣˇ 著作文字所根據的原本。

**藍田** ㄌㄢˊ ㄊㄧㄢˊ ①縣名，在陝西省，自古以產美玉聞名。②關名，在陝西省。

**藍青** ㄌㄢˊ ㄑㄧㄥ ①青綠兩色合成的顏色。②比喻不純粹的。如「藍青官話」。

**藍圖** ㄌㄢˊ ㄊㄨˊ ①用晒藍法製成的圖。②當作「計畫」「步驟」的意思。

**藍橋** ㄌㄢˊ ㄑㄧㄠˊ 橋名，在陝西藍田縣藍溪上，有神仙窟，相傳是唐朝裴航遇到仙女雲英的地方。後世用來比喻男女約會的地方。

**藍靛** ㄌㄢˊ ㄉㄧㄢˋ ①就是靛藍，一種深藍色的有機染料。②深藍色。

**藍縷** ㄌㄢˊ ㄌㄩˇ 又形容衣服破舊。如「衣衫藍縷」。也作「藍褸」「襤褸」。

**藍鯨** ㄌㄢˊ ㄐㄧㄥ 鯨的一種，身體是藍灰色，有白色斑點，身長可達三十多公尺。

**藍田人** ㄌㄢˊ ㄊㄧㄢˊ ㄖㄣˊ 也叫「藍田猿人」，中國猿人的一種。一九六三年在陝西藍田縣發現，距今約六十五萬年至八十萬年。

**藍皮書** ㄌㄢˊ ㄆㄧˊ ㄕㄨ 某些國家的政府、議會等公開發表的重要文件，封面是藍色的，因此叫做藍皮書。由於各國習慣和文件內容不同，也有用別種顏色的，如白皮書、黃皮書、紅皮書。

**藍晶晶** ㄌㄢˊ ㄐㄧㄥ ㄐㄧㄥ 藍而發亮（多用來形容水、寶石等）。

**藍寶石** ㄌㄢˊ ㄅㄠˇ ㄕˊ 青玉，可做高級裝飾品。

**藍田種玉** ㄌㄢˊ ㄊㄧㄢˊ ㄓㄨㄥˋ ㄩˋ ①比喻締結婚姻緣。②比喻使女子懷孕。

**藍青官話** ㄌㄢˊ ㄑㄧㄥ ㄍㄨㄢ ㄏㄨㄚˋ 指夾雜著別處口音的北京話。

**藍領階級** ㄌㄢˊ ㄌㄧㄥˇ ㄐㄧㄝ ㄐㄧˊ 從事體力勞動的人，因為衣服多半是藍色的，所以叫藍領階級。與從事腦力工作者的白領階級相反。

**藉** ▲ㄐㄧㄝˋ ㊀古人說草墊子。㊁又在上面坐臥。如「死亡枕（ㄓㄣˋ）藉」「藉萋萋之纖草」。㊂又見「蘊藉」。㊃假借。如「藉口」「藉故」。㊄依託。如「憑藉」。㊅安慰。如「慰藉」。▲又ㄐㄧˊ ㊀踐踏。〈漢書・灌夫傳〉有「而人皆藉吾弟」。㊁從前天子親耕勸農叫做「藉田」。㈢凌亂。如「狼藉」。㈣雜亂眾多的樣子。如「藉藉」。

**藉口** ㄐㄧㄝˋ ㄎㄡˇ ①借某事作理由。也作「藉詞」。②假造的託辭。

**藉故** ㄐㄧㄝˋ ㄍㄨˋ 借著某種原因。

**藉甚** ㄐㄧˋ ㄕㄣˋ 盛大；卓著。

**藉詞** ㄐㄧㄝˋ ㄘˊ 做為藉口的說詞。

**藉藉** ㄐㄧˊ ㄐㄧˊ 図①雜亂眾多的樣子。如「人言藉藉」。②名氣喧盛的樣子。如「其名藉藉」。

**薺（荠）** ▲ㄐㄧˋ ㈠薺菜，二年生草本，莖高一尺多，開白花，莖葉嫩的可以吃。㈡蒺藜的別名。▲ㄑㄧˊ 見「荸薺」。

**藎** ㄐㄧㄣˋ ㈠一年生草本，莖汁可作黃色染料。㈡図忠愛。「忠臣」可叫「藎臣」。

**藎臣** ㄐㄧㄣˋ ㄔㄣˊ 本指帝王所進用的臣子，後來泛指盡忠的臣子。

**藎草** ㄐㄧㄣˋ ㄘㄠˇ 一年生草本植物，葉子卵狀披針形，莖和葉可做黃色染料。

**薰** ㄒㄩㄣ ㈠多年生草本，又名薰草，有香氣，可以製線香。㈡図和煦。如「薰風」。㈢図香氣。江淹〈別賦〉有「陌上草薰」。㈣火烤。通「熏」。如「雙薰香片」。㈤図燒香。如「薰沐」。㈥像是香薰火烤，使其感染而改變氣質。如「薰陶」「薰染」。㈦図形容氣勢或欲望很大。如「氣燄薰天」。

**薰心** ㄒㄩㄣ ㄒㄧㄣ 図貪婪的意念充滿了心胸。

**薰沐** ㄒㄩㄣ ㄇㄨˋ 図焚香和沐浴，表示敬潔的意思。

**薰染** ㄒㄩㄣ ㄖㄢˇ 薰陶習染。

**薰風** ㄒㄩㄣ ㄈㄥ 図南風，和煦的風。

**薰習** ㄒㄩㄣ ㄒㄧˊ 薰陶沾染。

**薰陶** ㄒㄩㄣ ㄊㄠˊ 比喻養成人材。

**薰製** ㄒㄩㄣ ㄓˋ 用煙火或香花薰食品。

**薰蕕同器** ㄒㄩㄣ ㄧㄡˊ ㄊㄨㄥˊ ㄑㄧˋ 香草和臭草放在一起。比喻善惡好壞同處。

**薷** 図ㄖㄨˊ ㈠木耳。㈡香薷，藥草名，多年生草本，花像穗子，有香氣。

**藏** ▲ㄘㄤˊ ㈠躲起來。如「藏匿」「捉迷藏」。㈡儲存。如「收藏」「藏書」。▲ㄗㄤˋ ㈠西藏的簡稱。如「前藏」「後藏」。㈡西藏民族的簡稱。如「藏胞」「漢、滿、蒙、回、藏、苗」。㈢儲存東西的所在。如「藏府」。㈣佛教道教經典的總稱。如「道藏」「大藏經」。㈤図通「臟」。

**藏奸** ㄘㄤˊ ㄐㄧㄢ 心懷惡意。

**藏私** ㄘㄤˊ ㄙ 不肯盡情表露。

**藏身** ㄘㄤˊ ㄕㄣ 躲藏；安身。

**藏青** ㄗㄤˋ ㄑㄧㄥ 藍中帶黑的顏色。

**藏拙** ㄘㄤˊ ㄓㄨㄛ 掩蓋自己的缺點，不讓人知；不表示自己的意見，免得丟臉。有時用作自謙之辭。韓愈詩有「倚玉難藏拙，吹竽久混真」。

**藏香** ㄗㄤˋ ㄒㄧㄤ 西藏一帶所產的一種線香。

**藏書** ㄘㄤˊ ㄕㄨ ①收藏書籍。②收藏的書籍。

**藏族** ㄗㄤˋ ㄗㄨˊ 我國少數民族之一，分布在西藏和青海、四川、甘肅、雲南。

**藏詞** ㄘㄤˊ ㄘˊ 說話時把熟語的一部分省略，但是聽者都知道說者的意思就是在省略的部分。

**藏嬌** ㄘㄤˊ ㄐㄧㄠ 本指漢武帝要用金屋藏阿嬌的故事。後多用來指偷偷地納妾。

**藏鋒** ㄘㄤˊ ㄈㄥ ①書法筆鋒隱而不露。②比喻才華不外露。

**藏藍** ㄗㄤˋ ㄌㄢˊ 藍中略帶紅的顏色。

**藏貓兒** ㄘㄤˊ ㄇㄠ ㄦ 捉迷藏，躲貓貓。

**藏垢納汙** ㄘㄤˊ ㄍㄡˋ ㄋㄚˋ ㄨ 比喻包容壞人壞事。也說藏汙納垢。

**藏頭露尾** ㄘㄤˊ ㄊㄡˊ ㄌㄨˋ ㄨㄟˇ 形容躲躲閃閃而不能全部遮蓋。也指說話躲躲閃閃，不把真實情況全部講出來。

**藏龍臥虎** ㄘㄤˊ ㄌㄨㄥˊ ㄨㄛˋ ㄏㄨˇ 指深藏不露的各種人才。

**藏藏躲躲** ㄘㄤˊ ㄘㄤˊ ㄉㄨㄛˇ ㄉㄨㄛˇ 躲躲閃閃。

## 薩

ㄙㄚˋ ㈠見「菩薩」。㈡姓。

**薩其馬** ㄙㄚˋ ㄑㄧˊ ㄇㄚˇ 其字輕讀。北京的一種糕點，細麵條炸(ㄓㄚˊ)熟，加蜜和奶油粘合，再切成方塊。也作「薩齊瑪」「沙其馬」。

## 薳

ㄨㄟˇ ㈠中藥草名，就是「遠志」。㈡姓。

## 十五筆

## 藩

図ㄈㄢ ㈠籬笆牆。如「藩籬」。㈡蔽障，保衛。如「屏藩」。㈢古時藩國、藩鎮的簡稱。如「藩屬」。

**藩鎮** ㄈㄢ ㄓㄣˋ 唐朝在邊境設節度使，鎮守土地，抵禦外侮。後來政府權力衰落，藩鎮不聽命令，擾攘六十多年，造成唐朝的滅亡及以後五代的紛亂，稱為「藩鎮之亂」。

**藩屬** ㄈㄢ ㄕㄨˇ 屬地或屬國。

**藩籬** ㄈㄢ ㄌㄧˊ 用柴竹做圍牆。引伸作保護的意思。

## 藤

ㄊㄥˊ ㈠蔓生木本植物，有紫藤、白藤等多種。㈡蔓生植物的卷鬚。如「葡萄藤」「瓜藤」。

**藤子** ㄊㄥˊ ㄗˇ 見藤。白藤的皮和莖，可以編製器物。

**藤條** ㄊㄥˊ ㄊㄧㄠˊ 指整條或一截兒的白藤。

**藤椅** ㄊㄥˊ ㄧˇ 藤製的椅子。

**藤蘿** ㄊㄥˊ ㄌㄨㄛˊ 紫藤、白藤等的通稱。

**藤蔓植物** ㄊㄥˊ ㄇㄢˋ ㄓˊ ㄨˋ 能攀爬的蔓生植物。

## 藟

ㄌㄟˇ ㈠藤葛之類的植物。㈡図纏繞。王績詩有「漁人遞往還，網罟相縈藟」。

## 藜（蔾）

ㄌㄧˊ ㈠一年生草本，莖高五六尺，老莖可以做枴杖。僧志南詩有「杖藜扶我過橋東」。㈡「藜藿」，粗劣的食物。㈢見「蒺藜」。

## 藭

ㄑㄩㄥˊ 見「芎」。

## 藚

ㄒㄩˋ 藥草名，就是「水舄」。

## 藷

▲ㄓㄨ 藷蔗，就是甘蔗。▲ㄕㄨˇ 通「薯」。如「甘藷」。

## 藪

図ㄙㄡˇ ㈠大的湖澤。如「淵藪」。㈡人物聚集的所在。

**藪貓** ㄙㄡˇ ㄇㄠ 形如普通的貓，毛地金色而有暗色斑點，產於非洲，以小獸與鳥類為食。

## 藕

ㄡˇ 蓮的地下莖，肥大有節，中間有空洞，可以吃，也可以製藕粉。

**藕灰** ㄡˇ ㄏㄨㄟ 藕色。

**藕色** ㄡˇ ㄙㄜˋ 淺灰而微紅的顏色。

**藕花** ㄡˇ ㄏㄨㄚ 荷花。

**藕粉** ㄡˇ ㄈㄣˇ 把藕搗碎晒乾，入水浸泡，沉澱部分乾燥以後叫藕粉，可以沖食，容易消化。

**藕絲** ㄡˇ ㄙ 蓮的地下莖和花梗，有螺旋導管的膜壁，破壞就成絲狀。

**藕節（兒）** ㄡˇ ㄐㄧㄝˊ（ㄦ） 也叫「藕節子」。藕的各段相接的部分，有黑色鬚根，可以作藥。

**藕斷絲連** ㄡˇ ㄉㄨㄢˋ ㄙ ㄌㄧㄢˊ 藕節從中折斷，藕絲仍舊相連。比喻表面斷絕關係，實際還有牽連。多用於指男女之間情意還在。

**藝（兿、埶、蓺、艺）** ㄧˋ ㈠才能，技術。如「多才多藝」「手藝」。㈡図種植。如「樹藝五穀」。㈢図極限。如「貪欲無藝」。㈣図唐宋人稱唐高祖、宋太祖叫「藝祖」。

**藝人** ㄧˋ ㄖㄣˊ 以表演技藝為職業的人。

**藝文** ㄧˋ ㄨㄣˊ ①泛指圖書。②文學藝術。

**藝名** ㄧˋ ㄇㄧㄥˊ 不是真姓名，藝人用的別名。

**藝林** ㄧˋ ㄌㄧㄣˊ 藝術作品或藝術界人物會集的地方。

**藝苑** ㄧˋ ㄩㄢˋ 文學藝術薈萃的地方，泛指文學、藝術界。

**藝師** ㄧˋ ㄕ 具有藝術才能的師傅。

**藝徒** ㄧˋ ㄊㄨˊ 工廠裡一邊學習技藝，一邊做事的人。也叫「學徒」。

**藝能** ㄧˋ ㄋㄥˊ 技藝才能。

**藝術** ㄧˋ ㄕㄨˋ ①藝能，技術。〈後漢書〉有「諸子傳記，百家藝術」。②分廣義狹義兩種。廣義的，凡是含有技巧與思慮活動及其製作，跟自然物與科學相對的作品，都叫藝術。狹義的，指含有審美價值的活動或其活動的產物，像詩歌、音樂、繪畫、戲劇、雕塑、攝影、舞蹈等，都叫藝術。

**藝術性** ㄧˋ ㄕㄨˋ ㄒㄧㄥˋ 作品表達藝術的程度。

**藝術品** ㄧˋ ㄕㄨˋ ㄆㄧㄣˇ 合乎藝術條件的各種作品。

**藝術家** ㄧˋ ㄕㄨˋ ㄐㄧㄚ 能創造藝術品的人。

**藝高人膽大** ㄧˋ ㄍㄠ ㄖㄣˊ ㄉㄢˇ ㄉㄚˋ 技藝高超，人就比較大膽。形容人有真本領，勇敢不畏懼。

**藥（葯）** ▲ㄧㄠˋ ㈠可以用來治病的物質。如「藥材」「西藥」。㈡能以少量而發生大效用的物質。如「火藥」「麻藥」。㈢治病，包括心理的和生理的。如「不可救藥」。㈣用毒物殺害。如「藥老鼠」。㈤芍藥花的簡稱。如「紅藥」。▲ㄩㄝˋ ㈠藥字的讀音。㈡姓。

**藥力** ㄧㄠˋ ㄌㄧˋ 藥的功效。

**藥丸** ㄧㄠˋ ㄨㄢˊ 製成圓粒形的藥。

**藥方** ㄧㄠˋ ㄈㄤ 藥單。

**藥水** ㄧㄠˋ ㄕㄨㄟˇ 液態的藥。

**藥王** ㄧㄠˋ ㄨㄤˊ 古史說神農嘗百草，稱為藥王。民間奉唐代孫思邈為藥王。〈法華經〉說有藥王菩薩。

**藥石** ㄧㄠˋ ㄕˊ 図①治病用的藥品和砭石。②比喻規勸的話。

**藥行** ㄧㄠˋ ㄏㄤˊ 作批發生意的藥鋪。

**藥材** ㄧㄠˋ ㄘㄞˊ 材字可輕讀。可以製藥的原料。也作「藥料」。

**藥皂** ㄧㄠˋ ㄗㄠˋ 含有殺菌防腐藥劑的肥皂，供洗濯用的。

**藥言** ㄧㄠˋ ㄧㄢˊ 図比喻含有規勸意味的言辭。

**藥典** ㄧㄠˋ ㄉㄧㄢˇ 國家規定的記載藥物的名稱、性質、成分、用量以及配製方法等的書籍。

**藥味** ㄧㄠˋ ㄨㄟˋ 中醫藥方所開列的各種藥。如「他開的藥味太多」。

**藥性** ㄧㄠˋ ㄒㄧㄥˋ 藥的性質。

**藥房** ㄧㄠˋ ㄈㄤˊ 出售中西藥的商店。現在也稱「藥局」。

**藥物** ㄧㄠˋ ㄨˋ 能防治疾病、病蟲害等的物質。

**藥品** ㄧㄠˋ ㄆㄧㄣˇ 藥物和化學試劑的總稱。

**藥科** ㄧㄠˋ ㄎㄜ 醫藥學校研究製藥、藥性等的學科。

**藥師** ㄧㄠˋ ㄕ ①藥劑師。②藥王。③佛名。④藥工、醫師的古稱。

**藥酒** ㄧㄠˋ ㄐㄧㄡˇ 用藥材配合而成的酒。

**藥粉** ㄧㄠˋ ㄈㄣˇ 粉末狀的藥。也說「藥麵(兒)(子)」。

**藥草** ㄧㄠˋ ㄘㄠˇ 可以入藥的草本植物。

**藥針** ㄧㄠˋ ㄓㄣ 西藥注射用的針劑藥品。

**藥婆** ㄧㄠˋ ㄆㄛˊ 舊時指賣藥兼給人治病的職業婦女。

**藥理** ㄧㄠˋ ㄌㄧˇ 藥物的變化、影響及其治病的原理。

**藥棉** ㄧㄠˋ ㄇㄧㄢˊ 外科用的脫脂棉花。也叫「藥棉花」。

**藥廠** ㄧㄠˋ ㄔㄤˇ 製藥的工廠。

**藥線** ㄧㄠˋ ㄒㄧㄢˋ 引發炸藥的線狀引信。

**藥鋪** ㄧㄠˋ ㄆㄨˋ 出售中藥的店鋪。

**藥劑** ㄧㄠˋ ㄐㄧˋ 根據藥方把多種藥配合成的藥品。

**藥學** ㄧㄠˋ ㄒㄩㄝˊ 研究製藥和配合藥劑的學科。

**藥糖** ㄧㄠˋ ㄊㄤˊ 用藥物熬製的糖。

**藥膳** ㄧㄠˋ ㄕㄢˋ 加上藥材烹調的食物，有治病、補身的效果。

**藥水(兒)** ㄧㄠˋ ㄕㄨㄟˇ (ㄦ) 液狀的藥品。

**藥片(兒)** ㄧㄠˋ ㄆㄧㄢˋ (ㄦ) 片狀的藥品。

**藥渣(子)** ㄧㄠˋ ㄓㄚ (ㄗ˙) 中藥煎過後剩下的殘渣。

**藥膏(兒)** ㄧㄠˋ ㄍㄠ (ㄦ) 也叫「藥膏子」。稠如膏狀的藥品。

**藥引子** ㄧㄠˋ ㄧㄣˇ ㄗ˙ 輔助主藥的副藥。

**藥物學** ㄧㄠˋ ㄨˋ ㄒㄩㄝˊ 醫藥學校研究藥物的分類、效用和處方的專門學問。也作「藥理學」。

**藥碾子** ㄧㄠˋ ㄋㄧㄢˇ ㄗ˙ 研碎中藥用的一種用具。

**藥劑師** ㄧㄠˋ ㄐㄧˋ ㄕ 根據醫師的處方配合藥劑的人。也稱「藥師」。

**藥罐子** ㄧㄠˋ ㄍㄨㄢˋ ㄗ˙ ①熬中藥用的罐子。②比喻經常生病吃藥的人。

**藥用動物** ㄧㄠˋ ㄩㄥˋ ㄉㄨㄥˋ ㄨˋ 可以用來研究病理或治病的動物。

**藥用植物** ㄧㄠˋ ㄩㄥˋ ㄓˊ ㄨˋ 可以用來研究病理或治病的植物。

## 十六筆

**蘋** ▲ㄆㄧㄣˊ 隱花植物，生在淺水裡，四小葉成一個複葉，像田字，所以也叫「田字草」。▲ㄆㄧㄥˊ 見「蘋果」。

**蘋果** ㄆㄧㄥˊ ㄍㄨㄛˇ 落葉亞喬木名，葉橢圓形，春天開淡紅花，果實圓而略扁，香甜而質鬆。

**蘋果派** ㄆㄧㄥˊ ㄍㄨㄛˇ ㄆㄞˋ 用蘋果做餡兒的餅。

**蘋果綠** ㄆㄧㄥˊ ㄍㄨㄛˇ ㄌㄩˋ 像是還沒有熟的蘋果的顏色。

**蘑** ㄇㄛˊ ㈠見「蘑菇」。㈡蘑菇的簡稱。「口蘑」是北方人說張家口方面來的蘑菇。

**蘑菇** ㄇㄛˊ ㄍㄨ˙ 菇字輕讀。①菌類，生在枯樹幹上，蓋小柄大，可以作食品，品種很多。②俗話說「糾纏」「搗亂」或「麻煩」的意思。如「他為了這件事蘑菇個沒完」。

**藾** ㄌㄞˋ 蒿類野菜，就是「苹」。

**蘭** ㄌㄢˊ (一)草名，莖細長，可以編蓆子，也可以做燈芯。(二)姓。

**蘆（芦）** ㄌㄨˊ (一)蘆葦，禾本科宿根草本，莖高一丈左右，中空，可以做簾子或掃（ㄙㄠˋ）帚，蓋屋頂。(二)見「葫蘆」。

**蘆花** ㄌㄨˊ ㄏㄨㄚ 蘆葦的花，可以作藥。

**蘆席** ㄌㄨˊ ㄒㄧˊ 蘆葦所編的草席。

**蘆笙** ㄌㄨˊ ㄕㄥ 我國苗、侗等少數民族的一種吹管樂器，由蘆竹管和一根吹氣管裝在木製的座子上製成。

**蘆筍** ㄌㄨˊ ㄙㄨㄣˇ 石刁柏的嫩莖，可以做菜吃。我國蘆筍罐頭外銷很多。

**蘆絮** ㄌㄨˊ ㄒㄩˋ 蘆葦花軸上密生的白絮。

**蘆葦** ㄌㄨˊ ㄨㄟˇ 多年生草本植物，多生在水邊，莖中空，花紫色。莖可供造紙、編蓆等。

**蘆薈** ㄌㄨˊ ㄏㄨㄟˋ 常綠植物，產在熱帶，葉裡有汁，黑色有光，可以做藥。

**蘢** ㄌㄨㄥˊ (一)草名。也作「馬蓼」。(二)[文]蔥蘢，草木茂盛的樣子。

**蘅** ㄏㄥˊ 杜衡，一種香草，心形的葉子，開紫花，根莖都可做藥。

**藿（[illegible]）** ㄏㄨㄛˋ (一)豆葉。「藜藿之羹」是古代一種粗劣的食物。(二)藿香，草名。

**蘄** ㄑㄧˊ (一)草名，就是「當歸」。(二)通「祈」，求請。(三)蘄春，湖北省縣名。

**藻** ㄗㄠˇ (一)植物學名詞，大約可分三類：①綠藻，純綠色，淡水、海水都有。②褐藻，多生在海中，有根、莖、葉狀的分別，巨型的如海帶，可長五十公尺，其他如黑菜、馬尾藻、裙帶菜等都是。③紅藻，紅色或紫色，黑褐色都有，多生在海中，如髮菜、海藻、石花菜、龍鬚菜等都是。(二)[文]文采。如「辭藻」「藻飾」。(三)見「藻井」。

**藻井** ㄗㄠˇ ㄐㄧㄥˇ 中國宮殿建築塗畫文采的天花板。現在許多大建築都有。

**藻飾** ㄗㄠˇ ㄕˋ [文]修飾。

**蘇（苏）** ㄙㄨ (一)草名，就是紫蘇，一年生草本，莖、葉、實都可作藥。(二)從死亡邊緣活了過來。如「死而復蘇」「蘇醒」。(三)[文]解救，除去疲困。如「以蘇民困」「后來其蘇」。(四)下垂的穗狀物。如「流蘇」。(五)[文]割草作「樵蘇」。(六)蘇州的簡稱。如「上有天堂，下有蘇杭」。(七)姓。

**蘇丹** ㄙㄨ ㄉㄢ ①回族國君的稱呼。②國名，在北非洲。

**蘇打** ㄙㄨ ㄉㄚˊ 也作「蘇達」，是soda的音譯。就是無機化合物碳酸鈉；工業上的用途很廣，也可作藥。

**蘇白** ㄙㄨ ㄅㄞˊ ①蘇州話。②昆曲等劇中用蘇州話說的道白。

**蘇困** ㄙㄨ ㄎㄨㄣˋ 解救困苦。

**蘇軟** ㄙㄨ ㄖㄨㄢˇ 同「酥軟」，沒有力氣。

**蘇醒** ㄙㄨ ㄒㄧㄥˇ 昏迷後醒過來。

**蘇繡** ㄙㄨ ㄒㄧㄡˋ 蘇州地區出產的刺繡品，是中國四大名繡之一。

**蘇鐵** ㄙㄨ ㄊㄧㄝˇ 常綠喬木，有很大的羽狀複葉，花頂生，雌雄異株，種子球形。通稱鐵樹。

**蘇維埃** ㄙㄨ ㄨㄟˊ ㄞ 俄語「工農兵代表會議」的意思，是所謂「無產階級專政」的政權形式。又分地方、中央等級。

**蘇州碼（兒）** ㄙㄨ ㄓㄡ ㄇㄚˇ(ㄦ) 也叫「蘇州碼子」。從前蘇州商人用的數字，通行全國，共十個，從一到十依次寫做〡〢〣〤〥〦〧〨〩十。

**蘇黃米蔡** ㄙㄨ ㄏㄨㄤˊ ㄇㄧˇ ㄘㄞˋ 蘇軾、黃庭堅、米芾、蔡襄四人，為北宋四大名書法家。有人說四大名書法家的蔡本指蔡京，後來因為蔡京人品太壞，所以換上蔡襄。

**藹** ㄞˇ ㈠図樹上果子很多的樣子。㈡草木茂盛。㈢見「藹然」。㈣和氣。如「和藹可親」。

**藹然** ㄞˇ ㄖㄢˊ 図①油潤的樣子。〈管子〉書有「藹然若夏之靜雲」。②和藹的樣子。也作「藹如」。

**藹藹** ㄞˇ ㄞˇ 草木茂盛的樣子。

**蘊（蕰）** 図ㄩㄣˋ ㈠積聚；藏。如「蘊結」「蘊藏」。㈡含蓄不露。如「蘊藉」。㈢事情的內容。如「底蘊」「內蘊」。㈣深奧。如「精蘊」。

**蘊結** ㄩㄣˋ ㄐㄧㄝˊ 図聚結在一塊兒。

**蘊蓄** ㄩㄣˋ ㄒㄩˋ 積蓄在裡面而未表露出來。

**蘊藉** ㄩㄣˋ ㄐㄧㄝˋ 図含蓄而不顯露出來。也作「蘊蓄」。

**蘊藏** ㄩㄣˋ ㄘㄤˊ 図積藏。

**蘊藻** ㄩㄣˋ ㄗㄠˇ ①水草名。②辭藻。

## 十七筆

**蘭（兰）** ㄌㄢˊ ㈠植物學名詞。單子葉，陸生、附生或腐生多年生草本。葉互生，多為草質。世界上的蘭約有兩萬多種，本科可供觀賞或藥用，主要產在熱帶或亞熱帶地區。㈡香草名，就是「蘭草」。㈢図比喻芳潔美好。「蘭薰桂馥」是比喻世德流芳。㈣図比喻子孫。如「蘭桂」。㈤見「蘭譜」。㈥見「擻蘭」。㈦姓。

**蘭花** ㄌㄢˊ ㄏㄨㄚ 蘭㈠的花。

**蘭若** ㄌㄢˊ ㄖㄜˇ 阿蘭若（佛教寺廟）的簡稱。

**蘭桂** ㄌㄢˊ ㄍㄨㄟˋ 図比喻好子孫。

**蘭草** ㄌㄢˊ ㄘㄠˇ 菊科多年生草，生在山地，高三四尺，全株有香氣，秋天開淡紫花，供觀賞，也可作藥。

**蘭蕕** ㄌㄢˊ ㄧㄡˊ 蘭是香草，蕕是臭草。用來比喻良莠、賢愚。

**蘭譜** ㄌㄢˊ ㄆㄨˇ ①結拜為異姓兄弟（義結金蘭）所寫的譜系。②說明養蘭畫蘭的方法的書。

**蘭麝** ㄌㄢˊ ㄕㄜˋ 蘭與麝香，都是香料。

**蘭花指** ㄌㄢˊ ㄏㄨㄚ ㄓˇ 民族舞蹈指法的一種，把大拇指和中指接在一起。

**蘭心蕙性** ㄌㄢˊ ㄒㄧㄣ ㄏㄨㄟˋ ㄒㄧㄥˋ 形容女子高雅芳潔。參看「蕙質蘭心」。

**蘧** ㄑㄩˊ ㈠蘧麥，多年生的草本，就是「燕麥」。㈡図「蘧然」，驚覺的樣子。㈢姓。

**蘚** ㄒㄧㄢˇ 叢生在溼地和枯木岩石上的隱花植物。莖葉細小。見「苔蘚植物」。

## 十九筆

**蘼** ㄇㄧˊ 見「蘼蕪」。

**蘼蕪** ㄇㄧˊ ㄨˊ 多年生草本，高一尺多，羽狀複葉，開白花，有清香。

**蘺** ㄌㄧˊ ㈠江蘺，多年生的草，小葉子的「蘼蕪」。㈡就是白芷。

**蘿（萝）** ㄌㄨㄛˊ ㈠見「藤蘿」。㈡見「蘿蔔」。

**蘿蔔** ㄌㄨㄛˊ ㄅㄛ˙ 蔔字輕讀。古作「萊菔」。日常食用的菜蔬，一年生或二年生草本，莖高一尺左右，葉子羽狀分裂，主根色白多肉，生吃熟食都行。

**蘿蔔乾兒** ㄌㄨㄛˊ ㄅㄛˊ ㄍㄢ ㄦ 蔔字輕讀。蘿蔔用鹽醃製成的佐食品，越久越香。

**虀** 因ㄐㄧ ㈠鹹菜。㈡「虀鹽」是素食。㈢同「齏」。

**蘸** ㄓㄢˋ 接觸一下，沾上一些東西。如「用蔥蘸醬」「筆蘸墨」「蘸著糖吃」。

**蘹** ㄏㄨㄞˊ 茴香。

## 二十一筆

**虆** 因ㄌㄟˊ ㈠一種蔓草。㈡盛土的籠子。

# 虍部

## 二筆

**虎** ㄏㄨˇ ㈠猛獸，形狀像貓，只是不會爬樹。全身黃褐色，有黑色條紋，力大凶殘，食小獸或人類。平常說「老虎」。㈡比喻威猛。如「虎將（ㄐㄧㄤˋ）」「發虎威」。㈢比喻危險的地方。如「虎口餘生」「虎穴」。㈣見「虎虎」。㈤姓。

**虎口** ㄏㄨˇ ㄎㄡˇ ①比喻危險的境地。②大拇指與食指相連的部分。

**虎子** ▲ㄏㄨˇ ㄗˇ ①老虎的幼子。②比喻強健的男子。▲ㄏㄨˇ ˙ㄗ 便器，又稱馬子、馬桶。

**虎牙** ㄏㄨˇ ㄧㄚˊ 說人的犬齒突出。

**虎皮** ㄏㄨˇ ㄆㄧˊ ①剝下死虎的皮晒乾，可以做冬衣的裡子或椅墊。②形容人外表強橫。

**虎穴** ㄏㄨˇ ㄒㄩㄝˋ 比喻危險的地帶。如「龍潭虎穴」。

**虎虎** ㄏㄨˇ ㄏㄨˇ 形容精神充沛的樣子。如「虎虎有生氣」。

**虎威** ㄏㄨˇ ㄨㄟ ①老虎的威風。②比喻武將的勇猛。

**虎將** ㄏㄨˇ ㄐㄧㄤˋ 指勇將。

**虎帳** ㄏㄨˇ ㄓㄤˋ 古時指將軍的營帳。

**虎符** ㄏㄨˇ ㄈㄨˊ 古時軍中作信物的兵符。

**虎賁** ㄏㄨˇ ㄅㄣ 古時指勇士；武士。

**虎嘯** ㄏㄨˇ ㄒㄧㄠˋ 老虎的長嘯。

**虎魄** ㄏㄨˇ ㄆㄛˋ 又作琥珀、虎珀。老代松柏樹脂的化石，可以做裝飾品。

**虎列拉** ㄏㄨˇ ㄌㄧㄝˋ ㄌㄚ cholera 的音譯。病名，就是霍亂。

**虎耳草** ㄏㄨˇ ㄦˇ ㄘㄠˇ 多年生草本植物，高尺餘，葉略呈圓形。莖和葉的汁，中醫用來治中耳炎。

**虎骨酒** ㄏㄨˇ ㄍㄨˇ ㄐㄧㄡˇ 加入虎骨浸泡的藥酒。

**虎骨膠** ㄏㄨˇ ㄍㄨˇ ㄐㄧㄠ 用虎骨熬成的膠，藥用。

**虎入羊群** ㄏㄨˇ ㄖㄨˋ ㄧㄤˊ ㄑㄩㄣˊ 比喻來勢洶洶。

**虎口拔牙** ㄏㄨˇ ㄎㄡˇ ㄅㄚˊ ㄧㄚˊ 比喻做十分危險的事。

**虎口餘生** ㄏㄨˇ ㄎㄡˇ ㄩˊ ㄕㄥ 比喻經過大難，徼幸沒有死。

**虎虎生風** ㄏㄨˇ ㄏㄨˇ ㄕㄥ ㄈㄥ 形容勇猛有勁。

**虎背熊腰** ㄏㄨˇ ㄅㄟˋ ㄒㄩㄥˊ ㄧㄠ 形容人的身體魁梧強壯。

**虎掛佛珠** ㄏㄨˇ ㄍㄨㄚˋ ㄈㄛˊ ㄓㄨ 比喻內心凶惡，但是表面故意裝慈悲。

**虎視眈眈** ㄏㄨˇ ㄕˋ ㄉㄢ ㄉㄢ 形容惡狠狠地盯著，等待機會下手。

**虎踞龍盤** ㄏㄨˇ ㄐㄩˋ ㄌㄨㄥˊ ㄆㄢˊ 形容地勢雄壯險要。也作「龍蟠虎踞」。

**虎頭虎腦** 渾厚雄健的樣子。

**虎頭蛇尾** 比喻有始無終。

**虎毒不食子** 老虎再狠毒也不肯吃自己的幼子。比喻天下無不愛子女的父母。

## 三筆

**虐** ㄋㄩㄝˋ 苛毒，殘暴。如「虐待」「暴虐無道」。

**虐待** ①受到苛毒殘暴的待遇。②用苛暴的態度待人。

**虐政** 図暴虐的政治。

**虐殺** 虐待人而致死。

## 四筆

**虔（虔）** ㄑㄧㄢˊ ㈠恭敬。如「虔誠」。㈡見「虔婆」。㈢図見「虔劉」。㈣姓。

**虔心** 図虔誠的心情。

**虔婆** ①賊婆，罵老婦人的話。②說動聽的話取利的老太婆。開妓院的老鴇，也叫虔婆。

**虔敬** 誠敬。

**虔誠** 恭敬而有誠意。

**虔劉** 劫掠，殺害。〈左傳·成十三年〉有「芟夷我農功，虔劉我邊陲」。注「虔、劉，皆殺也」。

**虓** 図ㄒㄧㄠ ㈠老虎怒吼。㈡「虓將（ㄐㄧㄤˋ）」，勇武的將軍。

## 五筆

**彪** ㄅㄧㄠ ㈠小老虎。㈡老虎身上的斑紋。㈢図見「彪炳」。㈣見「彪形」。

**彪形** 體格又高又壯。如「彪形大漢」。

**彪炳** 図光彩煥發。如「功業彪炳」。

**虖** 図ㄏㄨ同嗚呼的「呼」。如「於（ㄨ）虖」「烏虖」。

**處（處、䖏、処、処）** ㄔㄨˋ▲ ㈠地方，場所。如「住處」「通信處」。㈡部分，點。如「短處」「有益處」。㈢比較不具體的地方，部分。如「勞煩之處，尚請原諒」「不知有何得罪於人之處」。㈣機關團體組織的單位。如「訓導處」「社會處」。▲ㄔㄨˇ ㈠居住。如「穴居野處」。㈡置身，存在。如「處於這個偉大的時代」「設身處地」。㈢共同工作或生活。如「你和王科長怎麼會處不來」「她們婆媳之間處得很好」。㈣應付，辦理。如「處理」「處置」。㈤懲戒。如「懲處」「處罰」。㈥図退隱。如「出處（ㄔㄨˇ）」。㈦見「處女」「處士」。

**處士** 図古時指有學問才能而隱居不出來做官的人。

**處女** 對尚未結婚保持貞操的女子的通稱。

**處子** 図①處女。②處士。

**處分** 分字可輕讀。①措置。如「犯了過錯，請校長來處分」。②因為違法而加以懲戒。

**處方** ①醫生給病人開藥方。②醫生開的藥方。

**處世** 待人接物，應付世情。

**處刑** 法律上說依法對罪人施以相當的刑罰。

**處死** 處以死刑。

**處決**（ㄔㄨˇ ㄐㄩㄝˊ）　①處理決斷。②依法執行死刑。

**處身**（ㄔㄨˇ ㄕㄣ）　置身；安身。

**處事**（ㄔㄨˇ ㄕˋ）　辦事。

**處所**（ㄔㄨˋ ㄙㄨㄛˇ）　地方（˙ㄈㄤ）。

**處於**（ㄔㄨˇ ㄩˊ）　處在。

**處治**（ㄔㄨˇ ㄓˋ）　處分；懲治。

**處理**（ㄔㄨˇ ㄌㄧˇ）　處置辦理，安排。

**處暑**（ㄔㄨˇ ㄕㄨˇ）　節氣名，在陽曆八月二十三日或二十四日。

**處置**（ㄔㄨˇ ㄓˋ）　①把它料理好。②處罰。

**處境**（ㄔㄨˇ ㄐㄧㄥˋ）　所處的境地（多指不利的情況下）。

**處罰**（ㄔㄨˇ ㄈㄚˊ）　依法懲治。

**處斷**（ㄔㄨˇ ㄉㄨㄢˋ）　處理決斷。

**處處（兒）**（ㄔㄨˋ ㄔㄨˋ（ㄦ））　各處，到處。

**處女地**（ㄔㄨˇ ㄋㄩˇ ㄉㄧˋ）　未開墾的土地。

**處女作**（ㄔㄨˇ ㄋㄩˇ ㄗㄨㄛˋ）　初次發表的作品。

**處女航**（ㄔㄨˇ ㄋㄩˇ ㄏㄤˊ）　輪船或飛機在新開的航線上第一次航行。

**處女膜**（ㄔㄨˇ ㄋㄩˇ ㄇㄛˊ）　女子陰道口周圍的一層薄膜。

**處窩子**（ㄔㄨˇ ㄨㄛ ㄗˇ）　①指怕見人，遇事膽怯的人。如「他是個沒見過大世面的處窩子」。

**處之泰然**（ㄔㄨˇ ㄓ ㄊㄞˋ ㄖㄢˊ）　對待某樣的情況，安然自得，毫不在乎。

**處心積慮**（ㄔㄨˇ ㄒㄧㄣ ㄐㄧ ㄌㄩˋ）　存心蓄意已久。

**處變不驚**（ㄔㄨˇ ㄅㄧㄢˋ ㄅㄨˋ ㄐㄧㄥ）　處在變動的局面中能不顯得驚恐。

## 六筆

**虛（虚）**（ㄒㄩ）　㈠空的；與「實」相反。如「虛情假意」「虛榮」。㈡謙退；與「滿」相反。如「虛心求進」「謙虛」。㈢衰弱。如「身體虛弱」。㈣心裡有愧而膽怯。如「作賊心虛」「膽虛」。㈤白白地，徒然地。如「芳華虛度」「形同虛設」。㈥敷衍了事。如「虛應故事」。㈦図指天空。如「太虛」「凌虛」。㈧図孔竅。如「循虛以出入」。㈨図空出職位。如「虛左以待」。㈩図通「墟」。

**虛幻**（ㄒㄩ ㄏㄨㄢˋ）　空幻不實。

**虛心**（ㄒㄩ ㄒㄧㄣ）　謙退容物。

**虛文**（ㄒㄩ ㄨㄣˊ）　①同「具文」。②不切實用的禮節。

**虛火**（ㄒㄩ ㄏㄨㄛˇ）　人體衰弱而發生焦躁或發熱的病象，中醫叫虛火。

**虛妄**（ㄒㄩ ㄨㄤˋ）　沒有事實根據的。

**虛字**（ㄒㄩ ㄗˋ）　①舊日指名詞、代名詞、動詞之外的字。②指介詞、連詞、助詞、嘆詞。

**虛汗**（ㄒㄩ ㄏㄢˋ）　由於身體衰弱或患有某種疾病而引起的不正常的出汗現象。

**虛言**（ㄒㄩ ㄧㄢˊ）　空話。也作「虛話」「虛辭」。

**虛空**（ㄒㄩ ㄎㄨㄥ）　空虛。

**虛度**（ㄒㄩ ㄉㄨˋ）　①無所事事，白白地讓時間過去。②図自稱年長（ㄓㄤˇ）的謙詞。如「虛度八十三」。

**虛胖**（ㄒㄩ ㄆㄤˋ）　人體內脂肪異常增多的現象。

**虛弱**（ㄒㄩ ㄖㄨㄛˋ）　身體衰弱。

**虛浮**（ㄒㄩ ㄈㄨˊ）　不切實。

**虛症** ㄒㄩ ㄓㄥˋ 中醫全身無力、指體質虛弱的人發生盜汗等症狀。

**虛耗** ㄒㄩ ㄏㄠˋ 無意義的耗費。

**虛假** ㄒㄩ ㄐㄧㄚˇ 不真實。

**虛偽** ㄒㄩ ㄨㄟˋ 作假，不真實。

**虛脫** ㄒㄩ ㄊㄨㄛ 人心臟衰弱，體溫下降，脈搏微細的病象。

**虛設** ㄒㄩ ㄕㄜˋ 表面上有設置，但是實際上毫無作用。

**虛造** ㄒㄩ ㄗㄠˋ 憑空捏造。如「向壁虛造」。

**虛報** ㄒㄩ ㄅㄠˋ 不真實的報告（多指以少報多）。

**虛無** ㄒㄩ ㄨˊ 道家講質的本體，說是「有若無，實若虛」，就是「聖人所證明的真理是看不到形象的」。

**虛詐** ㄒㄩ ㄓㄚˋ 虛偽狡詐。

**虛詞** ㄒㄩ ㄘˊ ①指副詞、介詞、連詞、助詞、嘆詞、象聲詞等六類的詞。②不實的文詞。

**虛華** ㄒㄩ ㄏㄨㄚˊ 空而不實；虛飾。

**虛象** ㄒㄩ ㄒㄧㄤˋ 不真實的假象。

**虛想** ㄒㄩ ㄒㄧㄤˇ 空想。

**虛歲** ㄒㄩ ㄙㄨㄟˋ 中國傳統年歲的算法，以出生的陰曆第一年為一歲，其後每越一年加一歲。

**虛誇** ㄒㄩ ㄎㄨㄚ （言談）虛假誇張。

**虛話** ㄒㄩ ㄏㄨㄚˋ 假話；空話。

**虛實** ㄒㄩ ㄕˊ ①空虛和充實。②假的和真的。

**虛構** ㄒㄩ ㄍㄡˋ 憑空構想。

**虛榮** ㄒㄩ ㄖㄨㄥˊ 不實在的榮譽。

**虛數** ㄒㄩ ㄕㄨˋ ①虛假不實在的數字。②數學上稱負數的平方根。

**虛線** ㄒㄩ ㄒㄧㄢˋ 斷斷續續或用點連成的線。

**虛誕** ㄒㄩ ㄉㄢˋ [文]說大話，不實在。

**虛擬** ㄒㄩ ㄋㄧˇ ①不符合或不一定符合事實的；假設的。②虛構。

**虛聲** ㄒㄩ ㄕㄥ ①虛張聲勢。②有名無實。

**虛禮** ㄒㄩ ㄌㄧˇ 表面應酬的禮數。

**虛靡** ㄒㄩ ㄇㄧˇ [文]浪費。也作「虛費」。

**虛懸** ㄒㄩ ㄒㄩㄢˊ 空空地設置在那兒。

**虛驚** ㄒㄩ ㄐㄧㄥ 吃了一驚，但是沒有危險。

**虛名（兒）** ㄒㄩ ㄇㄧㄥˊ（ㄦ） ①只有名義沒有實際享受或權利。②名譽與實際不合。

**虛榮心** ㄒㄩ ㄖㄨㄥˊ ㄒㄧㄣ 不腳踏實地，只羡慕虛榮的心理。

**虛左以待** ㄒㄩ ㄗㄨㄛˇ ㄧˇ ㄉㄞˋ 空（ㄎㄨㄥ）著尊位等待賢人。語本〈史記・魏公子傳〉。

**虛有其表** ㄒㄩ ㄧㄡˇ ㄑㄧˊ ㄅㄧㄠˇ 只有好的外表，實際上空無所有。

**虛位以待** ㄒㄩ ㄨㄟˋ ㄧˇ ㄉㄞˋ 留著位置等候。也說「虛席以待」。

**虛室生白** ㄒㄩ ㄕˋ ㄕㄥ ㄅㄞˊ 心中能虛靜，就可能生出純白。語出〈莊子・人間世〉。

**虛晃一槍** ㄒㄩ ㄏㄨㄤˋ ㄧˋ ㄑㄧㄤ 做假動作使人迷惑。

**虛張聲勢** ㄒㄩ ㄓㄤ ㄕㄥ ㄕˋ 對外誇耀強盛，骨子裡沒有力量。

**虛情假意** ㄒㄩ ㄑㄧㄥˊ ㄐㄧㄚˇ ㄧˋ 所表現的情意全是假的。

**虛無主義** ㄒㄩ ㄨˊ ㄓㄨˇ ㄧˋ ①十九世紀興起於俄國的一種激烈的革命思想，否定一切政治及宗教的權威，主張個人有絕對的自由。②哲學上排斥宇宙一切實有的主義。

**虛無縹緲** 形容空虛渺茫。

**虛虛實實** 真真假假。

**虛與委蛇** [文]對人假意相待，敷衍應酬。

**虛應故事** 敷衍了事的意思。

**虛聲恫喝** 沒有真正實力，故意裝腔作勢來唬人。

**虛懷若谷** 謙虛的胸懷像出谷一樣深廣。形容十分謙虛。

## 七筆

**虜（虏）** ㄌㄨˇ ㈠捉到。如「虜獲」。㈡作戰時生擒敵軍。如「俘虜」。㈢[文]搶奪。如「虜掠」。㈣奴。如「守財虜」。㈤[文]舊時中國對入侵或擾亂邊界的敵人的鄙稱，宋朝人稱金兵元兵叫「韃虜」，明朝人稱滿族為「索虜」。又讀ㄌㄨㄛˇ。

**虜掠** 抓人，搶東西。

**虜獲** 捉到。

**號（号）** ▲ㄏㄠˋ ㈠名稱。如「國號」「別號」。㈡命令。如「號令」「發號施令」。㈢商店。如「商號」「老字號」。㈣商品的大小形式。如「特大號」「要小一號的」。㈤標誌。如「信號」「記號」。㈥軍用小喇叭。如「號角」「號音」。㈦召喚。如「號召」。㈧用數字編定的次序。如「二號國道」「九號水門」。㈨稱謂。如「號為竹林七賢」。㈩樣子，種類，有輕視的意思。如「他就是這一號人」。⑪日。如「六月十號」。▲ㄏㄠˊ ㈠大叫。如「啼飢號寒」「奔走呼號」。㈡哭。如「號哭」「號咷大哭」。

**號子** 記號，標誌。

**號手** 軍隊裡吹號的人。也叫「號兵」。

**號令** ▲ㄏㄠˋㄌㄧㄥˋ傳呼的命令。▲ㄏㄠˋ·ㄌㄧㄥ把犯人行刑示眾。

**號召** 召喚大家來合力完成一種任務。

**號外** 報社在不是出報的時間，因為突發的重大事件而臨時編印的列為編號之外的小型報紙。

**號衣** 舊時兵士、差役等所穿的帶記號的衣服。

**號兵** 軍隊中負責吹號的士兵。

**號角** 古代軍隊中傳達命令的一種管樂器。後世泛指喇叭一類的東西。

**號兒** 號數。

**號咷** 形容大聲哭。也作「嚎咷」。

**號音** 軍用喇叭吹出的樂（ㄩㄝˋ）音，做作息動止的信號用的。

**號哭** 連喊帶叫地大聲哭。

**號單** 獎券開獎後，把中獎號碼印出來供大家閱讀的印刷物。

**號筒** 舊時傳達命令的吹器，筒狀，管細口大。

**號稱** 大略估計，據說如此，還需要證實的。

**號誌** 交通管制信號的一種，管理人車的通行。

**號燈** 軍隊、船艦、燈塔、氣象局等在夜間用來傳達消息或報告情況的燈光。

**號數**（兒） 用號碼表示的編次或登記的數目。

**號碼**（兒） 記數目的字。

**號頭**（兒） 號碼。

**號碼機** 打號碼的機器。

**號寒啼飢** 因為寒冷飢餓而哭叫。

# 虞

ㄩˊ ㈠〔文〕憂慮。如「衣食無虞」「大局堪虞」。㈡〔文〕預料。如「虞犯」「以備不虞（預料不到的）之需」。㈢〔文〕欺騙。如「爾虞我詐」。㈣上古帝號。舜受禪以後，號稱「有虞氏」，所以後來稱他為「虞舜」。㈤姓。

**虞犯** 警務方面指可能犯罪的青少年。

**虞舜** 五帝之一，姚姓，有虞氏，名重華。受堯的禪讓而當天子，國號虞，在位四十八年。

**虞美人** ①楚霸王項羽的寵姬。②一種庭院種植觀賞植物，草本，有羽狀分裂的葉子，初夏開深紅色有四個瓣的花。③詞牌名。④曲牌名。

## 八筆

# 虡

〔文〕ㄐㄩˋ 懸掛鐘、磬的架子兩旁的柱子。

## 九筆

# 虢

ㄍㄨㄛˊ 周朝時國名。西虢在現今陝西寶雞；南虢在現今河南滎陽；北虢在現今山西平陸。

## 十一筆

# 虧（ㄎㄨㄟ）

㈠缺，欠。如「月有盈虧」「功虧一簣」。㈡虛弱。如「身體虧損」。㈢短少，賠本。如「虧欠公款」「做生意虧了好多錢」。㈣負心，對不起人。如「做了虧心事」「虧負他一片好意」。㈤幸而。如「幸虧」「虧他救了你」。㈥與「幸虧」相反，有譏笑、責備的意思。如「虧你還是哥哥，老幫別人欺負自己的弟弟」。

**虧心** 昧良心。

**虧欠** ①把資本賠光還欠人錢，叫虧欠。只賠光本錢不欠債，叫虧折。②短少，不足。

**虧折** 見「虧欠」①。

**虧空** 空字輕讀。收入不夠支出，因此負債，叫虧空。

**虧待** 待人不公平或不盡心。

**虧負** 辜負；使吃虧。

**虧耗** 損耗。

**虧累** 一次又一次地虧空。

**虧損** ①支出超過收入，虧折。②身體因受到摧殘或缺乏營養以致虛弱。

**虧蝕** ①日蝕月蝕。②虧本。

**虧本**（兒） 損失資本。

## 十二筆

# 虩

〔文〕ㄒㄧˋ 虩虩，恐懼的樣子。

# 虫部

**虫** ▲図ㄏㄨㄟˇ小毒蛇，同「虺」字。▲ㄔㄨㄥˊ昆蟲類的簡稱，古時也指動物，通「蟲」字。〈大戴禮記〉有「毛虫之精者曰麟，羽虫之精者曰鳳，介虫之精者曰龜，鱗虫之精者曰龍，倮虫之精者曰聖人」。

## 二筆

**虬（虯）** ㄑㄧㄡˊ ㊀古代傳說中的一種有角的小龍，也說是「虬龍」。㊁形容彎曲盤繞著的樣子。如「虬梅」。

**虬角** ㄑㄧㄡˊ ㄐㄩㄝˊ 就是海馬的牙，可以做成美術裝飾品。

**虬梅** ㄑㄧㄡˊ ㄇㄟˊ 図枝幹彎曲盤繞著的梅花樹。

**虬髯** ㄑㄧㄡˊ ㄖㄢˊ 図蜷曲盤繞著的鬍子。也作「虬須」。

**虱** ㄕ 同「蝨」。

**虱目魚** ㄕ ㄇㄨˋ ㄩˊ 臺灣重要的淡水養殖魚類。硬骨，體修長，背部蒼青，腹部銀白色，鱗片小而圓，口小。

## 三筆

**虻（蝱）** ㄇㄥˊ 昆蟲名，形狀像大蒼蠅，愛吸人畜的血。寄生在牛身上的叫牛虻。

**虼** ㄍㄜˋ 見「虼蚤」。

**虼蚤** ㄍㄜˋ ㄗㄠˇ 蚤字輕讀。跳蚤。

**虺** ▲図ㄏㄨㄟˇ ㊀小毒蛇。〈字彙〉「虺，蛇屬」。㊁虺蜴，蜥蜴。▲図ㄏㄨㄟ 虺隤，同虺頹，衰頹疲憊的病。〈詩經〉有「我馬虺隤」。

**虹** ㄏㄨㄥˊ ㊀白天雨後天空出現的彩色弧形光圈，是太陽光照射著水氣形成的。有時日光受兩次反射，就現出兩道弧形。㊁図比喻長橋。陸龜蒙的詩有「橫截春流架斷虹」。語音ㄍㄤˋ。又讀ㄐㄧㄤˋ。

**虹吸** ㄏㄨㄥˊ ㄒㄧ 液體從比較高的地方通過一條拱起的彎管，先向上再向下流到比較低的地方去，叫虹吸。

**虹彩** ㄏㄨㄥˊ ㄘㄞˇ ①虹的光彩，常出現在雨後晴空的薄雲或高雲上面。②也作虹膜。人類眼球角膜與鞏膜交界處向內生長的環狀構造。它的中央是瞳孔，表面有色素細胞，顏色因人種而異。虹膜肌肉能因光線強弱而收縮放鬆，用來協調瞳孔的放大與縮小。

**虹膜** ㄏㄨㄥˊ ㄇㄛˊ 眼球前部含色素的環形薄膜，由結締組織細胞、肌纖維等組成。

**虹霓** ㄏㄨㄥˊ ㄋㄧˊ 霓也作蜺。霓指虹旁顏色層次相反而顏色較淡的副虹。

**虹吸管** ㄏㄨㄥˊ ㄒㄧ ㄍㄨㄢˇ 把管子彎成弧形放在有液體的容器裡，用力吸出液體，因為壓力，液體能從管子裡自動地源源流出，到完為止。

## 四筆

**蚌** ㄅㄤˋ ㊀軟體動物瓣腮類，殼長橢圓形，有輪紋，肉很鮮，好吃。殼內是真珠色層，有的能產珠。㊁「老蚌生珠」，指女人年紀很大還懷孕。又讀ㄅㄥˋ。

**蚍** 図ㄆㄧˊ 見「蚍蜉」。

**蚍蜉** ㄆㄧˊ ㄈㄨˊ 大螞蟻，長約一公分，細腰，是松樹的害蟲。

**蚍蜉撼樹** ㄆㄧˊ ㄈㄨˊ ㄏㄢˋ ㄕㄨˋ 螞蟻搖樹。譏笑人不自量力。語出韓愈〈調張籍〉詩：「蚍蜉撼大樹，可笑不自量」。

**蚨** ㄈㄨˊ 文水蟲名，形狀像蟬。參看「青蚨」。

**蚨蝶** ㄈㄨˊ ㄉㄧㄝˊ 就是蝴蝶。幼蟲吃作物的葉子、花苞、幼芽。成蟲蛹化，羽化成蝶。

**蚪** ㄉㄡˇ 見「蝌蚪」。

**蚣** ㄍㄨㄥ 見「蜈蚣」。

**蚧** ㄐㄧㄝˋ 見「蛤蚧」。

**蚑** ㄑㄧˊ ㈠一種長腳蜘蛛，就是蠨蛸，身小腳長，又名長蚑。㈡文「蚑行」，走得慢。王褒的賦有「蚑行喘息」。

**蚩** ㄔ ㈠蟲名，古人只說「謂有蟲名蚩也」，不知是什麼蟲。㈡文癡笨。〈後漢書〉有「兒大黠，宗室無蚩者」。㈢文通「媸」，醜的意思。㈣文通「嗤」，意思是笑。㈤蚩尤，遠古人名。

**蚩吻** ㄔ ㄨㄣˇ 就是鴟吻，中國式建築屋脊兩端陶製的裝飾物。

**蚩蚩** ㄔ ㄔ ①敦厚的樣子。②紛擾的樣子。

**蚋** ㄖㄨㄟˋ 也作蜹。一種小蚊子，長一分多，形狀有些像蜂，能吸人畜的血。

**蚤** ㄗㄠˇ ㈠跳蚤，頭小體粗，六條腿，能跳，寄生在人畜（ㄔㄨˋ）身上，吸血，因此成為傳染病的媒介。也作「虼蚤」。㈡文早。〈孟子〉書有「蚤起，施（ㄧˋ）從良人之所之」。㈢文通「爪」，指甲，腳趾。

**蚝** ▲文 ㄘˋ 毛蟲。本字是「蛓」。▲ㄏㄠˊ 同「蠔」。

**蚜** ㄧㄚˊ 見「蚜蟲」。

**蚜蟲** ㄧㄚˊ ㄔㄨㄥˊ 害蟲之一。古時叫竹蝨，口部有吸管，能刺入植物新芽吸取汁液，再從肛門排出甜液餵養幼蟲。螞蟻常跟在牠後面。

**蚘** ▲ㄧㄡˊ「蚩尤」本作「蚩蚘」。▲ㄏㄨㄟˊ 同「蛔」。

**蚓（螾）** ㄧㄣˇ 見「蚯蚓」。

**蚊（蟁）** ㄨㄣˊ 雙翅類昆蟲，平常叫蚊蟲、蚊子。體細長，黑褐色，翅透明，六條長腿。雄蚊吸花汁，雌蚊吸人畜的血，能傳染疾病。在水裡產卵。幼蟲叫孑孓。

**蚊香** ㄨㄣˊ ㄒㄧㄤ 加驅蟲藥（像除蟲菊等）製成的盤香。燃燒時生煙，能毒死蚊子。

**蚊蚋** ㄨㄣˊ ㄖㄨㄟˋ 蚊子。

**蚊帳** ㄨㄣˊ ㄓㄤˋ 用紗羅做成的防蚊子的帳子。

**蚊雷** ㄨㄣˊ ㄌㄟˊ 文形容許多蚊子聲音像響雷。〈漢書〉有「聚蚊成雷」。

**蚊蟲** ㄨㄣˊ ㄔㄨㄥˊ 蚊子。

## 五筆

**蛋** ㄉㄢˋ ㈠鳥類和爬蟲類生的卵。如「母雞下蛋」。㈡形狀像蛋的。㈢同「蜑」。㈣對某一種行為特異的人的俗稱，如「壞蛋」「胡塗蛋」「傻蛋」。㈤俗稱某些特異行為或失敗。如「搗蛋」「完蛋」。

**蛋白** ㄉㄢˋ ㄅㄞˊ ①見「蛋白質」。②鳥卵裡包在蛋黃外面的透明黏液，是未成形的幼鳥的養料。

**蛋青** ㄉㄢˋ ㄑㄧㄥ 像鴨蛋殼的顏色。

**蛋清** ㄉㄢˋ ㄑㄧㄥ 蛋白②。

**蛋殼** ㄉㄢˋ ㄎㄜˊ 卵類外層所包的薄石灰殼。

**蛋黃** ㄉㄢˋ ㄏㄨㄤˊ 鳥卵裡的黃色體，有一個小圓點叫胚盤、胚點，幼鳥從這裡面生長。

**蛋餅**（ㄉㄢˋ ㄅㄧㄥˇ） 把煎蛋和煎餅煎在一起的一種食品。

**蛋糕**（ㄉㄢˋ ㄍㄠ） 把雞蛋和麵粉和勻蒸熟或烤熟的糕點。

**蛋白尿**（ㄉㄢˋ ㄅㄞˊ ㄋㄧㄠˋ） 尿中出現大量蛋白質的現象。

**蛋白質**（ㄉㄢˋ ㄅㄞˊ ㄓˋ） 動物體的主要成分，是碳、氫、氧、硫、氮等各種物質的化合物。是動物維持生命最重要的物質。

**蛉** ㄌㄧㄥˊ ㈠見「蜻蛉」。㈡見「螟蛉」。

**蛄** ㄍㄨ ㈠見「螻蛄」。㈡見「蟪」字。

**蚵** ▲ㄎㄜˋ 見「屎蚵螂」。▲ㄜˊ 牡蠣，閩南語叫「蚵（ㄜˊ）」。

**蚶** ㄏㄢ 蚌類軟體動物，外殼很厚，淡褐色，乾燥以後變白，有突起的直線條。肉鮮美，大都在開水鍋裡燙過就吃。也叫蚶子（·ㄗ）。

**蚯** ㄑㄧㄡ 見「蚯蚓」。

**蚯蚓**（ㄑㄧㄡ ㄧㄣˇ） 環蟲類蠕形動物，體圓細長，環節很多，能挖地成洞，使土壤疏鬆，有益農作。

**蛆** ▲ㄑㄩ 蠅類的幼蟲，在糞坑或腐敗的動物屍體上常可看到。長三四分，白色微黃，有環節。約三四星期，經過蛹變為成蟲。▲ㄐㄩ 蝍蛆，就是蜈蚣。

**蚿** ㄒㄧㄢˊ 「馬蚿」，又叫「馬陸」，是一種像蜈蚣的蟲，比較小，沒有毒。俗名叫香延蟲。

**蚱** ㄓㄚˋ ㈠見「蚱蜢」。㈡蝗蟲俗稱螞蚱（ㄇㄚˋ ·ㄓㄚ）。

**蚱蜢**（ㄓㄚˋ ㄇㄥˇ） 蝗蟲的一種，體長一寸多，頭三角形，是稻麥的害蟲。

**蚱蟬**（ㄓㄚˋ ㄔㄢˊ） 黑色大蟬，體長一寸四分多，翅透明，夏天鳴叫，聲直而長。

**蛀** ㄓㄨˋ ㈠木蠹蟲的通稱。㈡東西被蟲子吃了叫蛀。如「木板上有個蛀洞兒」。㈢見「蛀齒」。

**蛀齒**（ㄓㄨˋ ㄔˇ） 齒質腐蝕的病，就是齲齒。口語說「蟲吃牙」「蛀牙」「蟲蛀牙」。

**蛀蟲**（ㄓㄨˋ ㄔㄨㄥˊ） 泛指能咬壞衣服、木頭、書籍、穀粒等的小蟲。

**蚳** 図 ㄔˊ ㈠螞蟻的卵，古人有用來做食品吃的。㈡姓。

**蛇（虵）** ▲ㄕㄜˊ 爬蟲類動物，身體圓長，沒有四肢，全身有鱗，靠腹部的鱗在地上爬。卵生，也有少數胎生的。牙齒銳利，分有毒、無毒兩種。有毒的頭部呈三角形。種類很多。▲図 ㄧˊ 見「委蛇」。

**蛇行**（ㄕㄜˊ ㄒㄧㄥˊ） 像蛇一樣地在地上匍匐而行，或是彎曲蜿蜒而行。

**蛇豕**（ㄕㄜˊ ㄕˇ） 図比喻貪暴的程度像長蛇大豬，是〈左傳〉的「封豕長蛇」的簡省。

**蛇足**（ㄕㄜˊ ㄗㄨˊ） 図比喻多餘無用。參看「畫蛇添足」。

**蛇蛻**（ㄕㄜˊ ㄊㄨㄟˋ） 蛇脫皮後所留下的筒狀舊蛇皮，可以做藥。

**蛇蠍**（ㄕㄜˊ ㄒㄧㄝ） 図比喻狠毒的人。

**蛇皮癬**（ㄕㄜˊ ㄆㄧˊ ㄒㄧㄢˇ） 像鱗狀的癬。

**蛇吞象**（ㄕㄜˊ ㄊㄨㄣ ㄒㄧㄤˋ） 比喻非常貪心。如「人心不足蛇吞象」。

**蛇紋石**（ㄕㄜˊ ㄨㄣˊ ㄕˊ） 一種石材，含有鎂的矽酸鹽，花紋像蛇紋。

**蛇口蜂針**（ㄕㄜˊ ㄎㄡˇ ㄈㄥ ㄓㄣ） 比喻狠毒的心腸。

**蛇心佛口**（ㄕㄜˊ ㄒㄧㄣ ㄈㄛˊ ㄎㄡˇ） 比喻嘴說得好聽，心中卻懷著壞主意。

**蛇兔聯盟**（ㄕㄜˊ ㄊㄨˋ ㄌㄧㄢˊ ㄇㄥˊ） 強者脅迫弱者聯盟，最後強者會把弱者併吞。

**蛇雀之報** 比喻報恩。

**蛇無頭不行** 比喻失去了頭目的群眾無法行動。

**蚺（蚦）** ▲ㄖㄢˊ 蛇類，沒有毒，長兩三丈，背上黃褐色，有斑紋，腹部白色，肛門兩旁有小突起，是後肢退化的遺跡。▲図ㄊㄧㄢˇ「蚺蛟」，獸類吐舌的樣子。

**蚰** ㄧㄡˊ 見「蚰蜒」。

**蚰蜒** 蜒字輕讀。①俗稱「錢龍」「錢串子」。節足動物，與蜈蚣同類，長一兩寸，黃黑色，腳細長，共十五對，捕食害蟲，有益農作物。②比喻曲折的路。如「蚰蜒小路」。

## 六筆

**蛑** ㄇㄡˊ 見「蝤蛑」。

**蛤** ▲ㄍㄜˊ 見「蛤蜊」。▲ㄏㄚˊ 同「蝦蟆」的「蝦」。

**蛤灰** 用蛤殼燒成的灰，可以塗牆。

**蛤粉** 用文蛤的殼研成的粉末，可以作藥。

**蛤蚌** ▲ㄍㄜˊ ㄅㄤˋ 蛤蜊。▲ㄍㄜˊ ㄅㄥˋ 用做裝飾的貝殼。

**蛤蚧** 一種熱帶爬行動物，又名大壁虎。體長二十五到三十五公分，灰色，雜以紅、乳白斑點或條紋。原產東南亞。有些人養牠當寵物。廣東有拿牠泡酒作強壯藥的。

**蛤蜊** 蜊字輕讀。蟶屬軟體動物，殼圓形，外面黃褐色，肉味鮮美。也作「蛤蠣」。

**蛤蟆** 同「蝦蟆」。

**蛞** ㄎㄨㄛˋ 蛞蝓，一種軟體動物，一般叫「鼻涕蟲」，因為牠那圓柱形的身體柔軟而多黏液，像鼻涕一樣。

**蛔（蚘、痐）** ㄏㄨㄟˊ 蛔蟲，軟體動物，樣子像蚯蚓，無環節。寄生在人畜的腸子裡，能威脅健康。

**蛟** ㄐㄧㄠ ㈠古人相信牠是一種像龍的動物，能發洪水。㈡古人認為大水是蛟龍作怪，因此把發大水叫「發蛟」。

**蛟龍得水** 比喻英雄得志。

**蚰** ▲ㄑㄩˊ 見「蛐蟮」。▲ㄑㄩ 見「蛐蛐兒」。

**蛐蟮** 蟮字輕讀。蚯蚓。

**蛐蛐兒** 第二個蛐字輕讀。蟋蟀。

**蛩** 図ㄑㄩㄥˊ ㈠飛蛩，蝗蟲的別名。㈡蟋蟀的別名叫「吟蛩」。

**蛭** ㄓˋ ㈠一種環節動物，體多扁長，口緣有吸盤，能固著於寄主（人畜）體外，由口內利齒刺入寄主皮下吸血。俗名馬蟥。㈡肝蛭，又名肝吸蟲。一種寄生蟲，常隨生魚片進入人體，使人感染膽管阻塞、黃疸、肝硬化等疾病。

**蛇** 図ㄓㄚˋ 水母，又叫海蜇。

**蛛** ㄓㄨ「蜘蛛」，有時候單說蛛。

**蛛絲** 蜘蛛腹內分泌的細絲。

**蛛蛛** 第二個蛛字輕讀。「蜘蛛」的通稱。

**蛛網** 蜘蛛吐絲結成的網狀物。

**蛛絲馬跡** 比喻事情的線索，像蛛絲、馬蹄印兒，可以找出究竟來的。

**蛓** 図ㄘˋ 毛蟲。

**蛙（鼃）** ㄨㄚ 兩棲的脊椎動物，種類很多，四肢有尖爪，前肢小，有四趾，後肢粗大有力，有五趾，趾間有膜，能潛伏水裡。吃害蟲，有益農作。卵生。幼蟲叫「蝌蚪」。

**蛙人** ㄨㄚˊ ㄖㄣˊ 戴著腳蹼和防水面具並背著氧氣筒的潛水者。

**蛙式** ㄨㄚˊ ㄕˋ 又名蛙泳。游泳的一種樣式，手腳齊動，像青蛙游水。

**蛙鳴蟬噪** ㄨㄚˊ ㄇㄧㄥˊ ㄔㄢˊ ㄗㄠˋ 青蛙鳴，蟬兒叫。

## 七筆

**蜂（蠭）** ㄈㄥ ㈠膜翅類的昆蟲，種類很多。有蜜蜂、土蜂、馬蜂、大黃蜂等。㈡蜜蜂的簡稱。如「蜂房」「蜂蜜」。㈢図像蜂成群的。如「蜂擁」「蜂起」。

**蜂王** ㄈㄥ ㄨㄤˊ 又叫蜂后，是蜜蜂的雌蜂。一窩只有一隻蜂王，專在窩裡產卵，不出窩。

**蜂房** ㄈㄥ ㄈㄤˊ 蜜蜂用分泌的蜂蠟造成的六角形的巢。

**蜂起** ㄈㄥ ㄑㄧˇ 図像蜂群飛起。形容人成群而起。

**蜂巢** ㄈㄥ ㄔㄠˊ 蜂類的窩。

**蜂鳥** ㄈㄥ ㄋㄧㄠˇ 世界上最小的鳥，產於南美洲。羽毛金色微綠，嘴細長成管狀，以吸取花蜜為生。

**蜂腰** ㄈㄥ ㄧㄠ 蜂的腰很細，所以稱人的細腰叫蜂腰。

**蜂蜜** ㄈㄥ ㄇㄧˋ 蜜蜂釀成的蜜。蜂蜜通常包括百分之七十五左右的葡萄糖和果糖，百分之十七十八的水分，以及少量的蔗糖、蛋白質、礦物質、有機酸、酶、芳香物與維生素。

**蜂窩** ㄈㄥ ㄨㄛ ①蜂巢，也作蜂房。通常一個蜂窩裡有專門產卵的蜂后，與蜂后交配的雄蜂，每天工作（包括採蜜、造巢以及餵養幼蜂等）的工蜂。所有的蜂營團體生活。②形容房舍密密匝匝。

**蜂聚** ㄈㄥ ㄐㄩˋ 図像蜂一樣的聚集。形容人數眾多。

**蜂擁** ㄈㄥ ㄩㄥˇ 図像蜂群似的擁擠著（走）。如「蜂擁而來」。

**蜂蠟** ㄈㄥ ㄌㄚˋ 蜂窩裡的蠟質，黃顏色，可製燭或工業用處。

**蜂王漿** ㄈㄥ ㄨㄤˊ ㄐㄧㄤ 由工蜂唾腺分泌的乳漿。蜂卵孵成幼蟲後，工蜂餵以蜂王漿，但後來只有未來的蜂王能繼續吃蜂王漿。蜂王漿是很珍貴的美容、營養品。

**蜂巢胃** ㄈㄥ ㄔㄠˊ ㄨㄟˋ 反芻動物的胃分成四囊，第二囊有無數蜂巢狀的皺紋，叫蜂巢胃。

**蜂鳴器** ㄈㄥ ㄇㄧㄥˊ ㄑㄧˋ 一種能發出類似蜂鳴聲音的電子零件，可做電鈴或聲頻電流發聲器。

**蜉** ㄈㄨˊ 見「蜉蝣」。

**蜉蝣** ㄈㄨˊ ㄧㄡˊ 擬脈翅類昆蟲，長六七分，頭部像蜻蛉而略小，四翅，體細而狹。成蟲在夏秋之間近水而飛，交尾產卵後，幾個小時就死了。

**蜓** ㄊㄧㄥˊ 見「蜻蜓」。

**蜋** ▲ㄌㄤˊ ㈠同「螂」。螳螂，也作「螳蜋」。㈡見「蜋蜩」。▲ㄌㄧㄤˊ 蜣蜋的「蜋」又讀。

**蜋蜩** ㄌㄤˊ ㄊㄧㄠˊ 似蟬，體長七八分，黑色，雜斑紋，棲息山中。

**蜊** ㄌㄧˊ 見「蛤蜊」。

**蝍** ▲図ㄐㄧㄝˊ ㈠「蝍蛉」，就是蜻蜓。㈡「蝍蛆」，就是蜈蚣。▲ㄐㄧ 飛蟲，見〈爾雅〉。

**蛺** ㄐㄧㄚˊ 見「蛺蝶」。

**蛺蝶** ㄐㄧㄚˊ ㄉㄧㄝˊ 鱗翅目昆蟲。體長約兩公分，黃褐色；翅黃紅色，有黑褐色條紋及斑紋。

**蛸** ▲ㄒㄧㄠ 見「螵蛸」。▲ㄕㄠ 見「蠨蛸」。

**蜆** ㄒㄧㄢˇ 軟體動物，像小蛤蜊，生活在淡水裡，肉味鮮美。也叫「扁螺」。

**蜆蝶** ㄒㄧㄢˇ ㄉㄧㄝˊ 小灰蝶。

**蜇** ㄓㄜˊ ㈠「海蜇」，也叫「海蛇」。見「水母」「海蜇」條。㈡〔文〕蟲子螫。

**蜱** ㄔㄜ 蜱螯，蛤類，殼紫色，肉可以吃。

**蜍** ㄔㄨˊ 見「蟾蜍」。

**蜃** ㄕㄣˋ ㈠蛤類的總稱。㈡大蛤蜊。㈢〔文〕見「蜃氣」。

**蜃氣** ㄕㄣˋ ㄑㄧˋ 是海面或沙漠裡所見遠方的倒影，由光線折射而發生的自然現象。古人以為是「水族吐出來的氣」，所以叫「蜃氣」或「蜃市」。也叫「海市蜃樓」。其實它只是自然界中一種奇異的光學現象。後來轉而用以比喻虛幻不實的事。

**蜀** ㄕㄨˇ ㈠蝶、蛾之類的幼蟲叫做「蠋」，從前寫成「蜀」。㈡古國名，在現在四川一帶。①新莽時公孫述自立為蜀王。②蜀漢，三國時代劉備建立的王朝。③後蜀，五代時孟知祥建立的王朝。㈢四川的別稱。

**蜀黍** ㄕㄨˇ ㄕㄨˇ 高粱。參看「稷」。

**蜀錦** ㄕㄨˇ ㄐㄧㄣˇ 四川出產的絲織工藝品，用染色的熟絲織成。

**蜀繡** ㄕㄨˇ ㄒㄧㄡˋ 四川地區出產的刺繡，是中國四大名繡之一。

**蜀犬吠日** ㄕㄨˇ ㄑㄩㄢˇ ㄈㄟˋ ㄖˋ 〔文〕比喻人少見多怪。

**蛻** ㄕㄨㄟˋ ㈠蛇、蟬等在生長期間的脫皮。也用來說一切事的變化。如「蛻化」。㈡蟲類脫下來的皮。又讀ㄊㄨㄟˋ。如「蟬蛻」。

**蛻化** ㄕㄨㄟˋ ㄏㄨㄚˋ ①蟲類脫皮，使體形變大，而且形態與原先不很相像。②比喻人的性質改變，不過多指往不好的方面變。有時也作「死」的諱詞。

**蛻皮** ㄕㄨㄟˋ ㄆㄧˊ 蛇、蟬等動物每隔一段時間會把舊皮脫去，另長新皮，以便利軀體的長大，叫做蛻皮。

**蛻變** ㄕㄨㄟˋ ㄅㄧㄢˋ ①本來指蟬脫皮，後來用以比喻人改變性質。②理化名詞，一個元素的原子核發生變化，變成另一個或許多個元素的現象，叫蛻變。

**蛾（䖸）** ▲ㄜˊ ㈠鱗翅類昆蟲，體肥大，有密毛，口器不及蝶類發達，觸角有羽狀和絲狀的。靜止時兩翅平舉，翅面灰白。夜裡飛出，喜歡接近光亮。種類很多。㈡蛾眉的簡稱。㈢寄生的東西，木耳叫「木蛾」，桑耳叫「桑蛾」。▲〔文〕ㄧˇ 同「蟻」。

**蛾子** ㄜˊ ㄗ˙ 蛾㈠。

**蛾眉** ㄜˊ ㄇㄟˊ ①說美人的眉，細長彎曲像蠶蛾的觸角。②美人的代詞。白居易詩有「黃金不惜買蛾眉」。

**蛾眉月** ㄜˊ ㄇㄟˊ ㄩㄝˋ 新月，月牙兒。

**蜈** ㄨˊ 見「蜈蚣」。

**蜈蚣** ㄨˊ ㄍㄨㄥ 蚣字可輕讀。節足動物，有扁平的環節二十二節，口邊的爪很銳利，捕食害蟲時能注射毒液。

**蛹** ㄩㄥˇ 昆蟲類的幼蟲，稍稍長成，蜷縮起來，不動不食，叫做蛹。有被蛹（吐絲作繭自縛，像蠶蛹）、裸蛹兩種。

## 八筆

**蝂** ㄅㄢˇ見「蝜」。

**蜢** ㄇㄥˇ見「蚱蜢」。

**蜜** ㄇㄧˋ ㊀蜜蜂採花的甘液釀成，可以吃，也可入藥。㊁比喻甘美。如「甜言蜜語」。

**蜜月** ㄇㄧˋ ㄩㄝˋ ①歐美舊俗，新婚夫婦在婚後三十天之內，每天要喝蜜糖水或蜜酒，因此稱蜜月。一般也稱婚後第一個月為蜜月。在這一個月之中，新婚夫婦常出外旅行，稱為度蜜月。②引伸作兩者之間建立關係的初期，彼此很和諧親近，叫蜜月期。

**蜜水** ㄇㄧˋ ㄕㄨㄟˇ 加蜂蜜的水。

**蜜色** ㄇㄧˋ ㄙㄜˋ 像蜂蜜那樣的顏色；淡黃色。

**蜜柑** ㄇㄧˋ ㄍㄢ 柑的一種，像橘樹，花白色，果實黃色，味道甘美。

**蜜棗** ㄇㄧˋ ㄗㄠˇ 蜜餞的棗兒。

**蜜腺** ㄇㄧˋ ㄒㄧㄢˋ 某些植物的花上分泌糖汁的腺。

**蜜餞** ㄇㄧˋ ㄐㄧㄢˋ ①用濃糖漿浸漬果品。②蜜餞的果品。

**蜜蠟** ㄇㄧˋ ㄌㄚˋ 用蜜蜂的巢熬化，浮出像油的，凝固而成。起初是黃蠟，供工業用；精製成白蠟，可製蠟燭。

**蜜蜂（兒）** ㄇㄧˋ ㄈㄥ（ㄦ） 蜂類，群居，分雌蜂、雄蜂、職蜂三種。牠們採花、釀蜜，對植物、人類都有益處。

**蜰** ㄈㄟˊ 臭蟲的古名。

**蜚** ◀ㄈㄟˇ見「蜚蠊」。◀ㄈㄟ同「飛」。如「蜚言蜚語」。

**蜚蠊** ㄈㄟˇ ㄌㄧㄢˊ 蟑螂。

**蜚言蜚語** ㄈㄟ ㄧㄢˊ ㄈㄟ ㄩˇ 隨便說些沒有根據的話，類似謠言。同「蜚短流長」。

**蜚短流長** ㄈㄟ ㄉㄨㄢˇ ㄌㄧㄡˊ ㄔㄤˊ 添枝添葉，指說別人的閒話。

**蝀** ㄉㄨㄥ見「蝃」字。又讀ㄉㄨㄥˋ。

**蜷** 図ㄊㄢˋ「蚺（ㄊㄧㄢ）蜷」是獸類吐舌的樣子。

**蜩** ㄊㄧㄠˊ古書上指蟬。

**蜩螗** ㄊㄧㄠˊ ㄊㄤˊ 蜩是蟬，螗也是蟬。蜩螗形容蟬嘶盈耳。

**蜩螗沸羹** ㄊㄧㄠˊ ㄊㄤˊ ㄈㄟˋ ㄍㄥ 蜩螗的鳴聲，湯沸騰的聲音。比喻非常嘈雜、紛擾，不得安寧。

**蜺** ㄋㄧˊ ㊀同「霓」，虹霓也作「虹蜺」。㊁寒蟬。

**蜽** ㄌㄧㄤˇ見「蝄」字。

**蜾** ㄍㄨㄛˇ見下。

**蜾蠃** ㄍㄨㄛˇ ㄌㄨㄛˇ 蟲名，像細腰蜂，在樹上作窩，能捕捉螟蛉等害蟲，有益農作。

**蜞** ㄑㄧˊ見「蟛蜞」。

**蜣** ㄑㄧㄤ見「蜣螂」。

**蜣螂** ㄑㄧㄤ ㄌㄤˊ 也作蜣蜋（ㄌㄧㄤˊ），黑色甲蟲，背上有硬殼，喜吃人畜的糞便。俗名叫「屎蚵（ㄎㄜ）螂」。也叫糞球金龜子，閩南語叫「牛屎龜」。

**蜻** ㄑㄧㄥ見「蜻蛉」「蜻蜓」。

**蜻蛉** ㄑㄧㄥ ㄌㄧㄥˊ 脈翅類昆蟲，像蜻蜓，不過前翅的前緣稍短，不能飛得太遠。

**蜻蜓** ㄑㄧㄥ ㄊㄧㄥˊ 脈翅類昆蟲，分頭胸腹三部，頭部有複眼一對，口在下方，很發達，適於捕食蚊蠅等害蟲，腹部細長，分好多節，尾上分叉。幼蟲叫水蠆。生活於水邊，以各種小蟲為食，可以算是益蟲。

**蜻蜓點水** ㄑㄧㄥ ㄊㄧㄥˊ ㄉㄧㄢˇ ㄕㄨㄟˇ 蜻蜓飛過水面上，尾部觸水立即飛起。比喻治學或做事膚淺，不深入。

## 蜷

〔文〕ㄑㄩㄢˊ 蟲子彎曲的樣子。如「蜷曲」。

**蜷曲** ㄑㄩㄢˊ ㄑㄩ 〔文〕形容東西彎曲的形狀。也作「蜷縮」。

## 蜥

ㄒㄧ 見「蜥蜴」。

**蜥蜴** ㄒㄧ ㄧˋ 爬蟲類，扁頭，四條腿，像壁虎。也叫四腳蛇。四肢都有鉤爪，爬行很快。尾細長，容易斷，遇到敵人追趕時，常自斷落，能再生。卵生，棲息於田野草叢中，以小昆蟲為食。

## 蜘

ㄓ 見「蜘蛛」。

**蜘蛛** ㄓ ㄓㄨ 節足動物，分頭部、胸部、腹部，有腳四對。肛門前有瘤狀突起的紡績器，能抽絲結網，捕飛蟲吃。世界上有三萬多種蜘蛛，臺灣已知有一百四十六種。

## 蜡

▲ㄓㄚˋ 周代年終祭祀名。也作「䄍」。
▲ㄔㄚˋ 見「八蜡」。
▲ㄌㄚˋ 「蠟」的簡寫。

**蜡祭** ㄓㄚˋ ㄐㄧˋ 〔文〕年終祭名。

## 蝕

ㄕˊ ㈠日食月食叫「蝕」。蝕的情形，按次序分「初虧」、「蝕既」、「蝕甚」、「生光」、「復圓」五個階段。如「月全蝕」、「日環蝕」。㈡侵剝損傷。如「侵蝕」、「剝蝕」。㈢虧本。如「蝕本」、「偷雞不著（ㄓㄠˊ）蝕把米」。

**蝕本** ㄕˊ ㄅㄣˇ 作生意賠本。

**蝕刻** ㄕˊ ㄎㄜˋ 用腐蝕的方法來製造銅版、鋅版等印刷版的方法。

**蝕既** ㄕˊ ㄐㄧˋ 〔文〕日月蝕到了近中心點的時候。也作「食既」。

**蝕甚** ㄕˊ ㄕㄣˋ 〔文〕日月蝕到了過半的時候。也作「食甚」。

**蝕損** ㄕˊ ㄙㄨㄣˇ 虧耗。

**蝕像** ㄕˊ ㄒㄧㄤˋ 在結晶面上為天然水或其他腐蝕劑腐蝕而起的窪陷。

## 蜴

ㄧˋ 見「蜥蜴」。

## 蜒

ㄧㄢˊ ㈠見「蜒蚰」。㈡見「蚰蜒」。㈢見「蜿蜒」。

**蜒蚰** ㄧㄢˊ ㄧㄡˊ 一種有肺的軟體動物，與蝸牛同類異種，體圓筒形，沒有外殼。又名蛞蝓。

## 蜿

〔文〕ㄨㄢ 見「蜿蜒」。又讀ㄨㄢˇ。

**蜿蜒** ㄨㄢ ㄧㄢˊ 〔文〕①蛇類行動的樣子。②屈曲的樣子。

## 蝄

ㄨㄤˇ 蝄蜽，同「魍魎」。

## 蜮

〔文〕ㄩˋ ㈠古代傳說的一種能害人的動物，形狀像鼈，能含沙射人，使人得病。又名短弧、射工。㈡鬼蜮，比喻陰險的人。

# 九筆

## 蝙

ㄅㄧㄢ 見「蝙蝠」。又讀ㄅㄧㄢˇ。

**蝙蝠** ㄅㄧㄢ ㄈㄨˊ 一種會飛的哺乳動物，頭部像老鼠，前後肢連尾部之間有薄膜，能飛。後肢細長有鉤爪，白天倒掛著睡。從黃昏起飛出，捕食飛蟲。有冬眠期。蝙蝠在飛行時發出尖銳的叫聲，從聲波的反響測知前面的障礙物。科學家根據這種道理，發明雷達。

**蝥** ㄇㄠˊ ㈠「蟊」的俗字。㈡斑蝥，鞘翅類昆蟲，形狀像天牛，長六七分，背上硬翅很美，能捕食害蟲。

**蝠** ㄈㄨˊ 見「蝙蝠」。

**蝮** ㄈㄨˋ 毒蛇，長一尺多，頭大，全身灰褐色。俗名叫「土虺蛇」。

**蝜** ㄈㄨˋ 蝜蝂，古人相信是一種性情躁急，能背（ㄅㄟ）東西而放不下來的黑色蟲子。也作「負版」。柳宗元有〈蝜蝂傳〉。

**蝶（蜨）** ㄉㄧㄝˊ 蝴蝶。

**蝶化** ㄉㄧㄝˊ ㄏㄨㄚˋ 〔文〕夢。

**蝶衣** ㄉㄧㄝˊ ㄧ 〔文〕蝴蝶的翅膀。

**蝶泳** ㄉㄧㄝˊ ㄩㄥˇ 游泳的一種姿勢，也是游泳項目之一。與蛙泳相似，但兩臂划水後須提出水面再向前擺去，有點像蝴蝶飛舞而得名。

**蝶粉** ㄉㄧㄝˊ ㄈㄣˇ 蝴蝶翅膀上的小鱗片。

**蝶夢** ㄉㄧㄝˊ ㄇㄥˋ 夢到變成蝴蝶，〈莊子〉書中的典故，一個人夢到變蝴蝶，還是蝴蝶夢到變成人。比喻虛幻不實的人生。

**蝶形花冠** ㄉㄧㄝˊ ㄒㄧㄥˊ ㄏㄨㄚ ㄍㄨㄢ 豆科植物的花五瓣，像蝴蝶。

**蝻** ㄋㄢˇ 蝗蟲的幼蟲剛孵化不能飛的。又讀ㄋㄢˊ。

**蝲** ㄌㄚˋ ㈠蝲蝲蛄，就是「螻蛄」。㈡蝲蛄，像龍蝦的一種淡水軟甲動物，長約六公分，肉可供食用。

**螂** ㄌㄤˊ 見「螞螂」「螳螂」「蜣螂」「蟑螂」等條。

**蝸** ㄍㄨㄚ 見「蝸牛」。又讀ㄨㄛ。

**蝸牛** ㄍㄨㄚ ㄋㄧㄡˊ 有肺的軟體動物，外殼扁圓，頭上有四根觸角，兩根比較長，尖端有眼，腹部兩端伸長成為腳，爬行很慢。雌雄同體，對植物有害。

**蝸角** ㄍㄨㄚ ㄐㄧㄠˇ 蝸牛的觸角。比喻小。

**蝸居** ㄍㄨㄚ ㄐㄩ 〔文〕比喻窄小的住所。

**蝌** ㄎㄜ 見「蝌蚪」。

**蝌蚪** ㄎㄜ ㄉㄡˇ 蛙的幼蟲，黑色，頭圓尾細，住在水裡。本作「科斗」。

**蝌蚪文** ㄎㄜ ㄉㄡˇ ㄨㄣˊ 我國古字體，字形像是蝌蚪。那時是用細樹枝蘸漆在竹簡上寫字。漆很黏，不滑，因而寫出來的字顯得頭大而有尾巴。

**蝴** ㄏㄨˊ 見「蝴蝶」。

**蝴蝶** ㄏㄨˊ ㄉㄧㄝˊ 鱗翅類昆蟲，有四翅，喜歡飛到花上採蜜。種類很多，常見的有粉蝶、黃蝶、鳳蝶等。幼蟲是毛蟲。口語說ㄏㄨˋ ㄊㄧㄝˇ ㄦ。

**蝴蝶結** ㄏㄨˊ ㄉㄧㄝˊ ㄐㄧㄝˊ 形狀像蝴蝶的結子（˙ㄗ）。

**蝴蝶裝** ㄏㄨˊ ㄉㄧㄝˊ ㄓㄨㄤ 古代圖書裝訂法之一，有字的紙面相對摺疊，中縫的背面用膠或糨糊粘連，再以厚紙包裹做封面。展開時，兩邊向外，如蝴蝶的雙翅，故名。

**蝴蝶夢** ㄏㄨˊ ㄉㄧㄝˊ ㄇㄥˋ 同「蝶夢」。

**蝗** ㄏㄨㄤˊ 穀類害蟲，口器闊大，前翅黃褐色，後翅半透明，喜歡結群飛行，傷害禾稼。平常叫「蝗蟲」。

**蝤** ▲ㄑㄧㄡ ㈠見「蝤蠐」。㈡通「蝣」。▲ㄐㄧㄡ見「蝤蛑」。

**蝤蛑** ㄐㄧㄡ ㄇㄡˊ 蟹類，俗名梭子蟹，殼圓似蟹，最後兩足扁長，沒有爪子。

**蝤蠐** ㄑㄧㄡ ㄑㄧˊ 天牛和桑牛的幼蟲，能蛀蝕桑樹，深入幹中。因為牠色白而肥，所以古人用牠比喻婦人的頸部。

**蝦**（虾） ▲ㄒㄧㄚ 甲殼節足類動物，長尾，分頭胸腹三部，有兩對觸鬚，一對長，一對短。生活在水中，在陸地上能跳。種類很多，肉味鮮美。▲ㄏㄚˊ 見「蝦蟆」。

**蝦子**（ㄒㄧㄚ ㄗˇ） 蝦的卵。

**蝦皮**（ㄒㄧㄚ ㄆㄧˊ） 晒乾或蒸熟晒乾的毛蝦。

**蝦米**（ㄒㄧㄚ ㄇㄧˇ） 米字輕讀。①晒乾的去頭去殼的蝦。②小蝦。

**蝦蛄**（ㄒㄧㄚ ㄍㄨ） 節肢動物名，形狀像蝦而比較扁，產在海中，大的長可盈尺，味美可食。

**蝦蟆**（ㄏㄚˊ ㄇㄚˊ） 青蛙、蟾蜍的統稱。也作「蛤蟆」。

**蝦醬**（ㄒㄧㄚ ㄐㄧㄤˋ） 磨碎的小蝦製成的一種醬類食品。

**蝦仁**（ㄒㄧㄚ ㄖㄣˊ）（兒ㄦ） 去殼的蝦肉，還帶水分的。

**蝦兵蟹將**（ㄒㄧㄚ ㄅㄧㄥ ㄒㄧㄝˋ ㄐㄧㄤˋ） 神話小說裡龍王的兵將。比喻敵人的爪牙或不中用的軍隊。

**蝎** ▲ㄒㄧㄝ 「蠍」的俗字。▲ㄏㄜˊ 木頭的蛀蟲。

**蝨**（虱） ㄕ 蝨子，寄生在人畜身上，能吸血，也能傳染疾病。種類很多，有衣蝨、頭蝨、毛蝨、牛蝨、狗蝨等，是按寄生的所在定名的。

**蝨蠅**（ㄕ ㄧㄥˊ） 一名馬蝨蠅，體形扁平，黃褐色，長約兩分半，夏季常附在牛馬身上吸血。

**蝣** ㄧㄡˊ 見「蜉蝣」。

**蝘** ㄧㄢˇ ㈠一種蟬。〈詩經·大雅·蕩〉有「如蜩如螗」。釋文：「螗，蝘也」。㈡蝘蜓，就是壁虎。

**蝟**（猬） ㄨㄟˋ ㈠一種小獸，長一尺多，全身有尖銳的硬毛，遇到敵人而跑不了的時候，毛能豎起，所以俗名叫「刺蝟」。㈡見「蝟集」。

**蝟毛**（ㄨㄟˋ ㄇㄠˊ） 図比喻事情多又紛雜，難處理。

**蝟起**（ㄨㄟˋ ㄑㄧˇ） 図比喻事端紛起。

**蝟集**（ㄨㄟˋ ㄐㄧˊ） 図比喻事情繁多而且叢雜，難以處理。

**蝓** ㄩˊ 「蛞蝓」，見「蛞」字。

## 十筆

**螃** ▲ㄆㄤˊ 見「螃蜞」「螃蟹」。▲ㄅㄤˋ 蝦蟆。見〈集韻〉。

**螃蜞**（ㄆㄤˊ ㄑㄧˊ） 也作「蟛蜞」，一種紅色的小蟹。

**螃蟹**（ㄆㄤˊ ㄒㄧㄝˋ） 蟹字輕讀。甲殼類節肢動物，體圓扁，色青黑，水陸兩棲，橫走很快。

**螞** ▲ㄇㄚˇ 見「螞蟻」「螞蟥」。▲ㄇㄚ 見「螞螂」。▲ㄇㄚˋ 見「螞蚱」。

**螞蚱**（ㄇㄚˋ ㄓㄚˋ） 蚱字輕讀。蝗蟲類，就是「蚱蜢」。

**螞蟥**（ㄇㄚˇ ㄏㄨㄤˊ） 就是「馬蟥」。

**螞螂**（ㄇㄚ ㄌㄤˊ） 螂字輕讀。蜻蜓的俗稱。也叫「老琉璃（ㄌㄠˇ ㄌㄧㄡˊ ·ㄌㄧ）」。

**螞蟻**（ㄇㄚˇ ㄧˇ） 蟻的通稱。

**螟** ㄇㄧㄥˊ 稻的害蟲之一，從葉腋鑽入稻莖，吸食汁液，使稻枯死。

**螟蛉**（ㄇㄧㄥˊ ㄌㄧㄥˊ） ①螟蛉蛾的幼蟲，能食害植物，種類很多。②図古人看到蜾蠃捉螟蛉到窩裡去餵自己的幼蟲，以為是要養螟蛉，因此把收養的義子叫「螟蛉」。

**螟蛾**（ㄇㄧㄥˊ ㄜˊ） 螟蟲的成蟲。

**螟蟲** ㄇㄧㄥˊ ㄔㄨㄥˊ 昆蟲，種類很多，主要侵害農作物及林木、果樹。

**螣** ▲ㄓㄜˊ 吃稻葉的青色害蟲。▲ㄊㄥˊ ㈠螣蛇，中國神話裡說是能飛的神蛇。㈡相術家說人嘴上的縱紋叫「螣」。

**螗** ㄊㄤˊ ㈠螗蜩，蟬類，背青綠色，頭有斑紋，鳴聲清圓。㈡見「蜩螗」。

**螓** ㄑㄧㄣˊ ㈠蟲名，是一種頭闊而方的小蟬。㈡見「螓首」。

**螓首** ㄑㄧㄣˊ ㄕㄡˇ 図比喻美人的額，方廣像螓的頭部。

**螅** ㄒㄧ 水螅，腔腸動物，身體像圓柱，綠色或褐色，一頭有口，口上有幾根細長像線的觸手。產在淡水裡。

**融** ㄖㄨㄥˊ ㈠固體受熱變軟或變為液體。如「融解」「融化」。㈡貨幣流通。如「金融」。㈢和協。如「融洽」「融和」。㈣和樂，和煦。如「融融」。㈤調勻，參（ㄘㄢ）合。如「融會」。㈥祝融，火神的名字。㈦図很明亮的樣子。〈詩經〉有「昭明有融」。㈧融江，在今廣西壯族自治區。㈨姓。

**融化** ㄖㄨㄥˊ ㄏㄨㄚˋ （冰、雪等）變成水。

**融合** ㄖㄨㄥˊ ㄏㄜˊ 幾種不同的事物合成一體。

**融和** ㄖㄨㄥˊ ㄏㄜˊ 和協。

**融洽** ㄖㄨㄥˊ ㄒㄧㄚˋ 彼此間的感情和睦。也讀ㄖㄨㄥˊ ㄑㄧㄚˋ。

**融通** ㄖㄨㄥˊ ㄊㄨㄥ 融合通達。

**融會** ㄖㄨㄥˊ ㄏㄨㄟˋ 融合。

**融解** ㄖㄨㄥˊ ㄐㄧㄝˇ 融化。如「山上的積雪融解了」。

**融資** ㄖㄨㄥˊ ㄗ 銀行與其他金融機關的融通。

**融蝕** ㄖㄨㄥˊ ㄕˊ 土地因為水的化學作用而侵蝕。

**融融** ㄖㄨㄥˊ ㄖㄨㄥˊ 図①和樂的樣子。如「其樂融融」。②和煦的樣子。如「春光融融」。

**融解熱** ㄖㄨㄥˊ ㄐㄧㄝˇ ㄖㄜˋ 也作鎔解熱。固體物質化為液體的潛熱，某物質一公分由固體鎔解成為同溫度的液體所需要的熱量，稱為「融解熱」。

**融解點** ㄖㄨㄥˊ ㄐㄧㄝˇ ㄉㄧㄢˇ 固體受熱而融解所需要的溫度。

**融會貫通** ㄖㄨㄥˊ ㄏㄨㄟˋ ㄍㄨㄢˋ ㄊㄨㄥ 參合各種事理而徹底領悟。

**融融泄泄** ㄖㄨㄥˊ ㄖㄨㄥˊ ㄧˋ ㄧˋ 和樂而輕鬆的樣子。

**螄** ㄙ 見「螺螄」。

**螋** ㄙㄡ 見「蠼螋」。

**螦** ㄙㄨㄛˇ 塵芥蟲，鞘翅類，黑褐色，體形橢圓，能捕食別的蟲子。

**螢** ㄧㄥˊ 鞘翅類昆蟲，生在水邊，長三分多，能飛，夜間腹部發燐光。一般叫「螢火蟲（兒）」。

**螢光** ㄧㄥˊ ㄍㄨㄤ （fluorescence）物理學名詞，某種固體或液體受到光線照射，不作單純的反射，而把光線吸收，發出跟它不同而是本身固有的光，叫「螢光」。日光燈就是靠著燈管內的汞發出的光，照在螢光劑上，使它再發光的。

**螢光板** ㄧㄥˊ ㄍㄨㄤ ㄅㄢˇ 物理學用具。把鉑氰化鋇或硫化鋅等能發光的物質塗在平面板上，叫「螢光板」。

**螢光幕** ㄧㄥˊ ㄍㄨㄤ ㄇㄨˋ 分狹義廣義兩種。狹義的指電視機上的屏幕。廣義則指能顯現電影、電視、雷達或其他影像的玻璃面，都叫「螢光幕」。

**螢窗雪案** ㄧㄥˊ ㄔㄨㄤ ㄒㄩㄝˇ ㄢˋ 指苦讀。螢窗：晉朝車胤家貧無油，夏夜囊螢取書。雪案：雪光映照的几案。晉朝孫康家貧無燭，常映雪讀書。

**螈** ㄩㄢˊ ㈠蠑螈，兩棲動物，形狀像守宮。㈡螈蠶，一年兩收的蠶。

## 十一筆

**螵** ㄆㄧㄠ ㈠見「螵蛸」。㈡海螵蛸，烏賊的骨，質堅而疏鬆。

**螵蛸** ㄆㄧㄠ ㄒㄧㄠ ①螳螂產卵的卵房，黏在桑樹上，可以入藥，叫桑螵蛸。②烏賊的骨，中醫用作制酸的藥，叫海螵蛸。

**蟆** ▲ㄇㄚˊ 形狀像蚊而小的蟲。▲·ㄇㄚ 見「蝦蟆」。

**蟊** ㄇㄠˊ 專吃稻根的蝗蟲。

**蟊賊** ㄇㄠˊ ㄗㄟˊ 図①吃禾根的蟲叫蟊，吃禾節的蟲叫賊。②比喻為害社會的小人、壞蛋。〈後漢書〉注：「蟊賊，以喻姦吏侵漁也。」

**螨** ㄇㄢˇ 蜘蛛綱動物，又稱壁蝨。體長不到一公釐，四對腳。種類很多，能傷害農作物的，有：葉螨、粉螨；能寄生在人或動物體內的，有：疥螨、毛囊螨、肺螨；能傳染疾病的，如：草螨、恙螨。最後一種常在家庭裡的地毯、草墊或牆縫出現。

**蟒** ㄇㄤˇ ㈠大蛇，長兩丈以上，有鱗，沒有毒牙。黃褐色，肚子白色。如「巨蟒」「大蟒蛇」。㈡明清兩代官員的朝服，用金線繡上蟒形，叫「蟒袍」。

**螮（蝃）** 図ㄉㄧˋ 螮蝀，「虹」的別名。

**螳** ㄊㄤˊ 見「螳螂」。

**螳螂** ㄊㄤˊ ㄌㄤˊ 直翅類的昆蟲，俗名叫「刀螂」，體長，綠色。腹部肥大，頭三角形，頸部細長，前腳像鐮刀。捕食害蟲。也作「螗蜋」。

**螳螂捕蟬** ㄊㄤˊ ㄌㄤˊ ㄅㄨˇ ㄔㄢˊ 比喻貪圖眼前利益而不顧後患。〈莊子．山木〉和〈說苑．正諫〉都有這個寓言。

**螳臂當車** ㄊㄤˊ ㄅㄧˋ ㄉㄤ ㄐㄩ 比喻氣勢雄壯而力量薄弱，無濟於事。就是不自量力的意思。語見〈莊子．人間世〉。

**螻（蝼）** ㄌㄡˊ 見「螻蛄」。

**螻蛄** ㄌㄡˊ ㄍㄨ 稻麥的害蟲，黑褐色，體圓，長一寸多，有翅兩對，會飛；腳三對，前肢能挖地。穴居土中，捕食小蟲。

**螻蟈** ㄌㄡˊ ㄍㄨㄛ 図蛙的別名。也說是螻蛄。

**螻蟻** ㄌㄡˊ ㄧˇ 図螻蛄和螞蟻。比喻微小。

**螻蟻貪生** ㄌㄡˊ ㄧˇ ㄊㄢ ㄕㄥ 指生物都有求生存的本能。

**螺** ㄌㄨㄛˊ ㈠軟體動物，身體藏在有旋紋的硬殼裡，河湖海裡都有。肉可以吃。如「螺螄」「海螺」。㈡像螺殼旋紋的東西。如「螺絲釘」「螺旋菌」。㈢見「法螺」。㈣把有色的螺殼磨薄打碎，粘在器物上做裝飾，叫「螺鈿」。㈤指紋的一種，有螺旋形叫螺。如「螺紋」。

**螺青** ㄌㄨㄛˊ ㄑㄧㄥ 近黑的青色。

**螺紋** ㄌㄨㄛˊ ㄨㄣˊ 螺旋形的紋路（多指指紋）。

**螺旋** ㄌㄨㄛˊ ㄒㄩㄢˊ 物理學說在圓柱周圍作成凹凸的稜線，像是旋繞在圓柱上，線間的距離均勻，叫作螺旋，是力學助力器械之一。

**螺絲** ㄌㄨㄛˊ ㄙ 螺絲釘。

**螺鈿** ㄌㄨㄛˊ ㄉㄧㄢˋ 把螺殼磨細磨平，鑲嵌在漆器或木器上的一種工藝。

**螺螄** ㄌㄨㄛˊ ㄙ 螄字輕讀。與田螺同類，長一寸左右，殼黑色而長，產在淡水裡。

**螺髻** ㄌㄨㄛˊ ㄐㄧˋ ①結成螺形的髮髻。②〔文〕形容峰巒的狀態。

**螺黛** ㄌㄨㄛˊ ㄉㄞˋ 〔文〕螺子黛的簡稱，畫眉的墨色。

**螺旋菌** ㄌㄨㄛˊ ㄒㄩㄢˊ ㄐㄩㄣˋ 細菌類中形狀像螺旋的。

**螺旋槳** ㄌㄨㄛˊ ㄒㄩㄢˊ ㄐㄧㄤˇ 飛機、飛艇、汽船等進退的器械，利用螺旋的道理和空氣或水的抗力來推動，使乘具進退。也作「螺旋推進器」。

**螺絲刀** ㄌㄨㄛˊ ㄙ ㄉㄠ 絲字輕讀。裝卸螺絲釘用的手工工具。通常叫「改錐」。

**螺絲釘** ㄌㄨㄛˊ ㄙ ㄉㄧㄥ 絲字輕讀。利用螺旋原理做成，供兩個物體連結牢固的鐵釘。

**螺絲帽** ㄌㄨㄛˊ ㄙ ㄇㄠˋ 絲字輕讀。組成螺栓的配件。中心有圓孔，孔內有螺紋，與螺釘的螺紋相齧合，用來使兩個零件固定在一起。

**螺絲母兒** ㄌㄨㄛˊ ㄙ ㄇㄨˇ ㄦ 絲字輕讀。就是「螺絲帽」。

**螺絲起子** ㄌㄨㄛˊ ㄙ ㄑㄧˇ ㄗ 絲字輕讀。就是螺絲刀。

**蟈** ㄍㄨㄛ 見「蟈蟈兒」。

**蟈蟈兒** ㄍㄨㄛ ㄍㄨㄛ ㄦ 第二個蟈字輕讀。有害的昆蟲，就是「叫哥哥」，古人叫螽斯。綠色，長一寸多。雄蟲前翅有發聲器，能發出聲音。

**螿** 〔文〕ㄐㄧㄤ 見「寒螿」。

**蟋** ㄒㄧ 見「蟋蟀」。

**蟋蟀** ㄒㄧ ㄕㄨㄞˋ 蟲名，黑色。雄蟲翅上有發聲器，喜歡爭鬥。俗名叫「蛐蛐兒」。

**蟋蟀草** ㄒㄧ ㄕㄨㄞˋ ㄘㄠˇ 一年生草本植物，莖葉略像狗尾草。把莖劈成細絲，可以用來逗蟋蟀，所以叫蟋蟀草。

**蟄（蟄）** 〔文〕ㄓˊ ㈠蟲類冬眠或隱藏起來。如「蟄伏」。㈡比喻人躲著不出來或不敢出來。如「蟄居」。㈢見「驚蟄」。語音ㄓㄜˊ。

**蟄伏** ㄓˊ ㄈㄨˊ ①動物冬眠，潛伏起來不吃不動。②借指蟄居。

**蟄居** ㄓˊ ㄐㄩ 〔文〕像動物冬眠一樣長期躲在一個地方，不出頭露面。

**蟄雷** ㄓˊ ㄌㄟˊ 每年春天第一次的雷聲。二十四節氣的「驚蟄」從這而命名。

**螫** ㄓㄜ 專指蜂、蠍用尾針刺人畜。含有毒腺的蛇蟲用毒牙或尾針刺入人畜。讀音ㄕˋ。

**螫舌** ㄕˋ ㄕㄜˊ 蚤類口器的一部分。

**螫毒** ㄓㄜ ㄉㄨˊ 毒蟲螫人畜時尾針分泌的毒液。

**蟅（䗪）** ㄓㄜˋ 土鼈，地鼈。

**螽** ㄓㄨㄥ ㈠蝗類昆蟲的總名。㈡見「螽斯」。

**螽斯** ㄓㄨㄥ ㄙ ①蝗類昆蟲，雄蟲長二寸左右，綠褐色，能發聲。雌蟲體大，尾端有產卵器。②〔文〕比喻子孫多。〈詩經〉有「螽斯衍慶」。

**蟑** ㄓㄤ 見「蟑螂」。

**蟑螂** ㄓㄤ ㄌㄤˊ 也叫「蜚蠊」，是一種很古老的昆蟲，家屋或船舶上都有。家裡的蟑螂呈棕紅色，有臭氣，對人有害。

**螭** ㄔ ㈠像龍而沒有角的中國神話動物。宮殿階柱常雕成這種形狀。㈡通「魑」。

**螭魅** ㄔ ㄇㄟˋ 同「魑魅」。

**蟀** ㄕㄨㄞˋ 見「蟋蟀」。讀音ㄕㄨㄛˋ。

**螬** ㄘㄠˊ 見「蠐螬」。

**螯** ㄠˊ ㈠節肢動物第一對腳的變形，尖端分兩歧，可以像鉗子開合，用來取食，自衛。蟹螯最強。㈡図蟹的代稱，如「持螯把酒」。

## 十二筆

**蟠** ㄆㄢˊ ㈠彎曲的樣子。如「龍蟠虎踞」。㈡見「蟠桃」。

**蟠桃** ㄆㄢˊ ㄊㄠˊ ①傳說中的仙桃。②一種扁圓形的桃兒，中間凹下，味甘美，汁不多。

**蟠踞** ㄆㄢˊ ㄐㄩˋ 同「盤踞」。

**蟠龍** ㄆㄢˊ ㄌㄨㄥˊ ①蟠曲的龍。②迴環的龍形。

**蟛（蟚）** ㄆㄥˊ 見「蟛蜞」。

**蟛蜞** ㄆㄥˊ ㄑㄧˊ 一種小紅蟹，俗稱鸚哥嘴。也作「螃蜞」。

**蟫** 図ㄧㄣˊ 蠹魚的別名。又讀ㄊㄢˊ。

**蟪** ㄏㄨㄟˋ 蟪蛄，蟬類，俗名叫「伏天兒」，長約七分，青紫色，翅有黑白紋。鳴聲咭咭，既低沉又單調。

**蟥** ㄏㄨㄤˊ 見「馬蟥」。

**蟣** 図ㄐㄧˇ 蝨子的卵和幼蟲。

**蟢** ㄒㄧˇ 蟢子，也作「喜子」，長腳蜘蛛。

**蟳** ㄒㄩㄣˊ 一種海蟹，殼青色，又名青蟳。臺灣沿海養殖很多。

**蟬** ㄔㄢˊ ㈠有吻類昆蟲，平常叫「知了兒（ㄐㄧ ˙ㄌㄧㄠ ㄦ）」。黑褐色，頭短身長，吻是針狀的。有兩個突出的複眼，三個單眼。雄蟬有發聲器。蟬卵產在樹枝上而後落在地上，孵化後從幼蟲化蛹到成蟲，期間很長，而成蟲的生命，在夏秋之間只有幾個星期。㈡見「蟬聯」。

**蟬紗** ㄔㄢˊ ㄕㄚ 極薄的紗。

**蟬蛻** ㄔㄢˊ ㄊㄨㄟˋ ①蟬的幼蟲化為成蟲時所脫下的皮，中醫用來做藥。也作「蟬退」。②比喻解脫。〈史記〉有「蟬蛻於濁穢」。

**蟬嘶** ㄔㄢˊ ㄙ 蟬鳴。

**蟬噪** ㄔㄢˊ ㄗㄠˋ 蟬聲喧鬧。

**蟬翼** ㄔㄢˊ ㄧˋ 図比喻極輕極薄。

**蟬聯** ㄔㄢˊ ㄌㄧㄢˊ 連續；再度當選，連任。

**蟬嘶鳥鳴** ㄔㄢˊ ㄙ ㄋㄧㄠˇ ㄇㄧㄥˊ 蟬在叫，鳥在鳴。

**蟲（虫）** ㄔㄨㄥˊ ㈠昆蟲。㈡動物的總名，古代說禽是羽蟲，獸是毛蟲，龜是甲蟲，魚是鱗蟲，人是倮蟲。㈢大蟲，就是老虎。

**蟲子** ㄔㄨㄥˊ ˙ㄗ ①昆蟲的泛稱。②依靠某事得利的人。如「慈善蟲子」。

**蟲牙** ㄔㄨㄥˊ ㄧㄚˊ 齲齒的俗稱。

**蟲災** ㄔㄨㄥˊ ㄗㄞ 因蟲害較大而造成的災害。

**蟲豸** ㄔㄨㄥˊ ㄓˋ ①昆蟲的通稱。有腳的叫蟲，無腳的叫豸。②図輕視罵人的話。〈五代史〉有「爾何蟲豸」。

**蟲兒** ㄔㄨㄥˊ ㄦˊ ①小蟲。②比喻精通某種事的人，同「個中人」。

**蟲害** ㄔㄨㄥˊ ㄏㄞˋ 由某些昆蟲所引起的植物體的破壞或死亡。

**蟲蝕** ㄔㄨㄥˊ ㄕˊ 指器物被蛀蟲咬壞。

**蟲膠** ㄔㄨㄥˊ ㄐㄧㄠ 一種天然樹脂，由紫膠蟲的分泌液凝結在樹枝上經乾燥而形成的。

**蟲癭** ㄔㄨㄥˊ ㄧㄥˇ 昆蟲寄生植物上，使植物不能正常成長。

**蟲白蠟** ㄔㄨㄥˊ ㄅㄞˊ ㄌㄚˋ 由白蠟蟲所分泌的蠟，刮取煉製成塊，就是白蠟，可供工業用。

**蟲眼鏡** ㄔㄨㄥˊ ㄧㄢˇ ㄐㄧㄥˋ 雙凸透鏡，照視蟲類，可以放大數倍，是最簡單的顯微鏡。

**蟲媒花** ㄔㄨㄥˊ ㄇㄟˊ ㄏㄨㄚ 藉昆蟲為媒介，傳送雄蕊花粉到雌蕊上的。這種花有香味和花蜜。

**蟲字旁兒** ㄔㄨㄥˊ ㄗˋ ㄆㄤˊ ㄦ 蟲字作左偏旁的，寫成「虫」，俗稱蟲字旁兒。

**蟲霜水旱** ㄔㄨㄥˊ ㄕㄨㄤ ㄕㄨㄟˇ ㄏㄢˋ 蟲蝕、霜損、水災、旱災等。泛指各種天災。

**蟮** ㄕㄢˋ ㊀同「蟺」。㊁曲蟮，就是蚯蚓。

**蟯** ㄖㄠˊ 蟯蟲，也叫「寸白蟲」，寄生在人的直腸裡。雌蟲常在肛門附近排卵，引起奇癢。

## 十三筆

**蠊** ㄌㄧㄢˊ 見「蜚蠊」。

**蠃** ▲ㄌㄨㄛˇ 見「蜾蠃」。▲ㄌㄨㄛˊ 同「螺」。

**蠍（蝎）** ㄒㄧㄝ 蜘蛛類毒蟲，卵胎生，長兩三寸，青黑色，顎上有觸鬚一對，頭、胸部都很短，腹部分十三節，尾部有毒鉤，能螫人。平常說「蠍子」。

**蠍虎子** ㄒㄧㄝ ㄏㄨˇ ㄗˇ 壁虎。

**蟹（蠏）** ㄒㄧㄝˋ 甲殼類節肢動物，全身有甲殼，有五對腳，第一對變成螯，橫行，走得很快。又讀ㄒㄧㄝˇ。

**蟹行** ㄒㄧㄝˋ ㄒㄧㄥˊ 像螃蟹一樣的行走。

**蟹青** ㄒㄧㄝˋ ㄑㄧㄥ 像螃蟹的殼那樣灰而發青的顏色。

**蟹粉** ㄒㄧㄝˋ ㄈㄣˇ 蟹肉和蟹黃，可以用來做菜或餡兒。

**蟹殼** ㄒㄧㄝˋ ㄎㄜˊ 螃蟹的外殼。

**蟹黃** ㄒㄧㄝˋ ㄏㄨㄤˊ 螃蟹體內的卵巢和消化腺，橘黃色，味鮮美。

**蟹螯** ㄒㄧㄝˋ ㄠˊ 螃蟹的第一對腳。

**蟹臍** ㄒㄧㄝˋ ㄑㄧˊ 螃蟹的腹部。

**蟹行文字** ㄒㄧㄝˋ ㄒㄧㄥˊ ㄨㄣˊ ㄗˋ 指歐美各國由左向右橫寫的文字。

**蠋** ㄓㄨˊ 蛾蝶類的幼蟲，形狀像蠶，是害蟲。

**蠆** ㄔㄞˋ ㊀蠍的一種。㊁水蠆，蜻蜓的幼蟲，生活在水裡。

**蟾** ㄔㄢˊ ㊀蟾蜍的略稱。㊁我國神話故事指月球上的陰影部分為「蟾蜍」，所以用「蟾兔」「蟾桂」「蟾宮」「蟾窟」「蟾輪」「蟾魄」「蟾盤」「蟾闕」代表月，「蟾光」「蟾影」代表月光、月影。㊂由「蟾桂」（蟾蜍與桂樹）聯想，以「蟾枝」作為桂樹的別名。

**蟾兔** ㄔㄢˊ ㄊㄨˋ 月亮的別名。中國神話認為月球上有「蟾蜍」和「玉兔」。

**蟾桂** ㄔㄢˊ ㄍㄨㄟˋ 中國神話說月球上有「吳剛伐桂」，所以連著蟾蜍做「月亮」的代稱。

**蟾蜍** ㄔㄢˊ ㄔㄨˊ ①平常叫「癩蝦蟆」。皮上有疣，會分泌毒液，不能叫，常住在陰溼的地方。②月亮的代稱。

**蟾宮折桂** ㄔㄢˊ ㄍㄨㄥ ㄓㄜˊ ㄍㄨㄟˋ 舊時指科舉應試上榜。

**蟶** ㄔㄥ 蟶子，軟體動物瓣腮類，可用人工在淺海繁殖。長兩寸左右，殼長方形，肉像蠣，色白味美。

**蟶埕** ㄔㄥ ㄔㄥˊ 就是蟶田，閩、粵、臺人於海濱飼養蟶類的田。

**蟶乾** ㄔㄥ ㄍㄢ 曬乾的蟶肉。

**蟺** ㄕㄢˋ ㊀蚯蚓。㊁土蜂。㊂文曲折宛轉的樣子。

**蟻**（蚁、螘） ㄧˇ ㈠膜翅類昆蟲，分頭胸腹三部，長一分到三四分，在陰涼地下做窩群居，分雌蟻、雄蟻、工蟻、兵蟻。雌雄蟻在春暖時生翅膀，出窩在空中飛行，雄蟻在交尾以後死去。雌蟻回巢後，脫翅產卵。工蟻、兵蟻都沒有翅膀，負擔造巢、運輸、育幼（工蟻）、戰鬥（兵蟻）等工作。㈡図比喻眾多。如「蟻聚」「蟻附」。㈢図比喻微小。如「蟻寇」「蟻命」。㈣姓。常作「螘」。

**蟻穴** ㄧˇ ㄒㄩㄝˋ ①螞蟻窩。②図比喻細微而該小心的。如「細微可不慎，隄潰自蟻穴」。

**蟻附** ㄧˇ ㄈㄨˋ 図像螞蟻群集攀附在上面；常指軍士攻城。

**蟻封** ㄧˇ ㄈㄥ 螞蟻做窩時堆在穴口外的土堆。

**蟻聚** ㄧˇ ㄐㄩˋ 図像蟻群的聚集，形容集結的人極多。

**蟻酸** ㄧˇ ㄙㄨㄢ 化學名詞，是一種低級脂肪酸，主要存在蜂蟻等昆蟲體內。學名叫「甲酸」（methane acid）。可用作殺蟲劑、防腐劑等。

**蟻蠶** ㄧˇ ㄘㄢˊ 剛孵化出來的幼蠶，體形細小而色黑，像螞蟻一樣。

**蠅**（蝇） ㄧㄥˊ ㈠雙翅類昆蟲，長三四分，灰黑色，頭上複眼很大，口器呈管狀，腿上有密毛，能帶病菌到食物上，是傳染病的主要媒介之一。㈡比喻小。如「蠅頭」。㈢見「蠅營狗苟」。

**蠅虎** ㄧㄥˊ ㄏㄨˇ 蜘蛛類昆蟲，長三四分，白色或灰色，善跳躍，不會結網，徘徊在牆角兒，捕食蒼蠅或其他小蟲。

**蠅頭** ㄧㄥˊ ㄊㄡˊ 比喻微小。如「蠅頭小楷」「蠅頭微利」。

**蠅營狗苟** ㄧㄥˊ ㄧㄥˊ ㄍㄡˇ ㄍㄡˇ 比喻人貪圖私利，像蒼蠅飛來飛去找食物，像狗不知羞恥，苟且偷生。語見韓愈〈送窮文〉。

## 十四筆

**蠙** ㄅㄧㄣ 蚌的別名。

**蠓** ㄇㄥˇ 見「蠛」條。

**⿰虫寧** ㄋㄧㄥˊ ⿰虫寧蝦，鹹水蝦，大的長五六寸，叫「對蝦」。

**蠔** ㄏㄠˊ 牡蠣的別名。

**蠔白** ㄏㄠˊ ㄅㄞˊ 牡蠣肉，可以生吃的。

**蠔油** ㄏㄠˊ ㄧㄡˊ 提煉牡蠣脂肪所製成，褐色，味道鮮美。

**蠖** ㄏㄨㄛˋ ㈠蛾類的幼蟲，也叫「尺蠖」。㈡「蠖屈」，比喻人不得志，屈身退隱。唐朝盧照鄰詩有「鵬飛俱望昔，蠖屈共悲今」。

**蠘** ㄐㄧㄝˊ 梭子蟹，甲殼兩頭尖，螯有稜齒。

**蠐** ㄑㄧˊ 蠐螬，金龜子的幼蟲。

**蠕**（蝡） ㄖㄨㄢˇ 蟲子微動的樣子。又讀ㄖㄨˊ。

**蠕動** ㄖㄨㄢˇ ㄉㄨㄥˋ 像蟲子柔軟的移動。

**蠕蠕** ㄖㄨㄢˇ ㄖㄨㄢˇ ①古代北方的外族名，就是柔然。②蟲動的樣子。

**蠕形動物** ㄖㄨㄢˇ ㄒㄧㄥˊ ㄉㄨㄥˋ ㄨˋ 動物的一種，體形延長，左右相稱，無骨骼，多用蠕動的方法行動。

**蠑** ㄖㄨㄥˊ 蠑螈，水陸兩棲的動物，形狀像守宮。

## 十五筆

**蠛** ㄇㄧㄝˋ 蠛蠓，蚋類小昆蟲，比蚊子小，頭上有絮毛，雨後成群飛出。

**蠟（蜡、䗶）** ㄌㄚˋ ㈠做燭的原料，從蜂房取出的是蜂蠟，用蠟蟲黏液做成的叫蟲白蠟。㈡蠟燭簡稱。如「洋蠟」「蠟扦兒」。㈢用蠟製成的東西。如「蠟人」「蠟筆」。㈣石油製品之一，可以作潤滑、打光、去汙等用途。如「汽車蠟」「地板打蠟」。㈤指黃色像蠟樣兒的東西。如「蠟梅」「面色如蠟」。㈥淡然無味，像是吃蠟。如「味同嚼蠟」。

**蠟人** ㄌㄚˋ ㄖㄣˊ 用蠟塑製的人像。也作「蠟像」。

**蠟丸** ㄌㄚˋ ㄨㄢˊ 用蠟封起來的丸子，中間藏有文書。

**蠟板** ㄌㄚˋ ㄅㄢˇ 用蠟紙刻寫的油印底板。

**蠟果** ㄌㄚˋ ㄍㄨㄛˇ 一種工藝品，用蠟製成的各種水果。

**蠟油** ㄌㄚˋ ㄧㄡˊ 蠟燭融化了時的名稱。

**蠟染** ㄌㄚˋ ㄖㄢˇ 布匹染色的方法之一，把布匹用絲線紮縛，然後把不要著色的部分用蠟塗上，再用顏料染色，染出來的花色非常活潑生動。

**蠟炬** ㄌㄚˋ ㄐㄩˋ 〔文〕蠟燭。

**蠟書** ㄌㄚˋ ㄕㄨ 古時放在蠟丸裡的祕密書信。

**蠟紙** ㄌㄚˋ ㄓˇ ①塗上厚蠟的紙，透明而可防溼。②油印所用的刻寫的紙，兩面塗蠟。

**蠟梅** ㄌㄚˋ ㄇㄟˊ 落葉灌木，葉卵形，冬天開花，顏色像蠟。蠟梅不是梅類，因為與梅同時開花，香味相近，加上顏色像蠟，所以叫蠟梅。（見范成大〈梅譜〉）

**蠟淚** ㄌㄚˋ ㄌㄟˋ 〔文〕蠟燭點燃時滴下來的像眼淚的熔液。

**蠟筆** ㄌㄚˋ ㄅㄧˇ 在蠟裡加顏色製成的條狀物，可以作畫。

**蠟黃** ㄌㄚˋ ㄏㄨㄤˊ 像蠟一樣的黃色，多用來形容人的身體不好，臉色差。

**蠟臺** ㄌㄚˋ ㄊㄞˊ 插蠟燭的器具，多用銅、錫等金屬製成。也叫蠟燭臺。

**蠟嘴** ㄌㄚˋ ㄗㄨㄟˇ 蠟嘴雀的略稱，屬鳴禽類，像雀而大，茶色的羽毛，嘴淡黃像蠟，腳爪短而尖銳。

**蠟燭** ㄌㄚˋ ㄓㄨˊ 用黃蠟或白蠟製成的燭。

**蠟丸（兒）** ㄌㄚˋ ㄨㄢˊ（ㄦ） 用蠟製成的圓形外殼，中間放東西，可以免潮溼。中藥常用。

**蠟扦（兒）** ㄌㄚˋ ㄑㄧㄢ（ㄦ） 蠟燭臺有尖針可以插蠟燭的。

**蠟芯兒** ㄌㄚˋ ㄒㄧㄣ ㄦ 蠟燭當中的棉線，可以點燃。

**蠟像館** ㄌㄚˋ ㄒㄧㄤˋ ㄍㄨㄢˇ 陳列蠟像的陳列館。

**蠜** 〔文〕ㄈㄢˊ 又名草螽，是螽斯科的昆蟲。

**蠡** ▲ㄌㄧˇ ㈠〔文〕蟲子蛀木頭。段玉裁注〈說文〉說「蠡之言剺也，如刀之剺物」。㈡蠡縣，在河北省。㈢蠡湖，在江蘇無錫東南。▲〔文〕ㄌㄧˊ ㈠瓢瓜做的水舀子。㈡見「蠡測」。

**蠡測** ㄌㄧˊ ㄘㄜˋ 〔文〕〈漢書〉「以蠡測海」的略語，意思是「用水舀子量海水的數量」，比喻憑淺見去揣度深奧。

**蠣** ㄌㄧˋ 見「牡蠣」。

**蠣奴** ㄌㄧˋ ㄋㄨˊ 寄居在牡蠣殼裡的小蟹。

**蠣粉** ㄌㄧˋ ㄈㄣˇ 牡蠣殼燒的灰，用途同石灰。

**蠣黃** ㄌㄧˋ ㄏㄨㄤˊ 醃過的牡蠣肉。

**蠨** ㄒㄧㄠ 「蠨蛸（ㄕㄠ）」是一種腳很長的小蜘蛛，也叫「喜蛛」，口語說「喜子」。

**蠢（惷）** ㄔㄨㄣˇ ㈠蟲子爬動的樣子。㈡像蟲動。如「蠢動」。㈢愚笨。如「愚蠢」—「蠢材」。㈣一般說人太胖叫蠢。如「長（ㄓㄤˇ）得一副蠢樣子」。

**蠢人** ㄔㄨㄣˇ ㄖㄣˊ 笨人。

**蠢材** ㄔㄨㄣˇ ㄘㄞˊ 罵笨人的話。也作「蠢貨」。

**蠢動** ㄔㄨㄣˇ ㄉㄨㄥˋ 指人意圖擾亂而行動。也作「蠢蠢欲動」。

**蠢笨** ㄔㄨㄣˇ ㄅㄣˋ 愚笨，癡肥。

**蠢貨** ㄔㄨㄣˇ ㄏㄨㄛˋ 笨人。

**蠢樣子** ㄔㄨㄣˇ ㄧㄤˋ ㄗ˙ 笨樣子。

**蠢蠢欲動** ㄔㄨㄣˇ ㄔㄨㄣˇ ㄩˋ ㄉㄨㄥˋ 像蟲一樣想要行動。

## 十七筆

**蠱** ㄍㄨˇ ㈠用瓦罐裝蠍子、蜈蚣等各種毒蟲，任由牠們互相殘殺，拿最後剩下的毒蟲作蠱。中國大陸偏僻的山區，不久之前還有。㈡用符咒害人。〈漢書・武帝紀〉有「諸邑公主皆坐蠱死」。㈢見「蠱毒」。㈣見「蠱惑」。

**蠱毒** ㄍㄨˇ ㄉㄨˊ 用毒藥放到食物裡害人，讓人家不知道，叫做蠱毒。〈本草綱目〉說「造蠱者以百蟲置皿中，俾相啖食，取其存者為蠱」。

**蠱媚** ㄍㄨˇ ㄇㄟˋ 儀容妖豔嫵媚。

**蠱惑** ㄍㄨˇ ㄏㄨㄛˋ 誘惑使人心意迷亂。

**蠲** ㄐㄩㄢ ㈠一種多腳而行走緩慢的蟲。㈡図清潔。「蠲體」就是使身體清潔。㈢図免除。如「蠲免」。

**蠲免** ㄐㄩㄢ ㄇㄧㄢˇ 図免除。也作「蠲除」。

**蠲除** ㄐㄩㄢ ㄔㄨˊ 免除。

**蠲減** ㄐㄩㄢ ㄐㄧㄢˇ 図免除一部分，減輕。

## 十八筆

**蠹（蠧、螙）** ㄉㄨˋ ㈠蛀蟲。如「蠹魚」「木蠹」。㈡蛀爛，腐蝕。如「戶樞不蠹」。㈢図「蠹蝕」，侵耗財物。㈣図有害的。如「蠹政」。

**蠹政** ㄉㄨˋ ㄓㄥˋ 図對國民有害的政事。

**蠹魚** ㄉㄨˋ ㄩˊ 能蛀蝕衣服、書籍的小蟲，背部有銀白色細鱗，尾毛有三根。

**蠹蝕** ㄉㄨˋ ㄕˊ 被蠹蟲所咬蝕。

**蠹蟲** ㄉㄨˋ ㄔㄨㄥˊ 專門咬器物的一種蟲子。

**蠷** ㄑㄩˊ 黃色小甲蟲，喜歡吃瓜葉。也叫「守瓜」「金花蟲」。

**蠵** 図ㄒㄧ 大龜。見「蠵龜」。

**蠵龜** ㄒㄧ ㄍㄨㄟ 亦名蠵，一種大龜，有赤蠵龜和綠蠵龜兩種。

**蠶（蚕）** ㄘㄢˊ ㈠鱗翅類昆蟲的幼蟲，全身十三個環節，八對腳（胸部三對，腹部四對，尾部一對）。吃桑葉，經過四眠，脫四次皮以後吐（ㄊㄨˇ）絲作繭，變成蛹，成蟲是蠶蛾。㈡図養蠶。如「夫耕婦蠶」「后妃親蠶」。㈢図逐漸侵蝕。如「蠶食」。

**蠶子** ㄘㄢˊ ㄗˇ 蠶卵。

**蠶山** ㄘㄢˊ ㄕㄢ 俗稱。就是蠶簇，供蠶結繭的用器的

**蠶沙** ㄘㄢˊ ㄕㄚ 蠶糞，可以作肥料。

**蠶豆** ㄘㄢˊ ㄉㄡˋ 豆科植物，葉柔厚，春開蝶形花，結莢，莢裡有豆可吃，豆莢形狀像老蠶，所以叫蠶豆。

**蠶室** ㄘㄢˊ ㄕˋ ①養蠶的房子。②古代執行宮刑的房子。

**蠶食** ㄘㄢˊ ㄕˊ 像蠶吃桑葉一樣。比喻逐步侵佔。

**蠶桑** ㄘㄢˊ ㄙㄤ 養蠶和種桑。

**蠶眠** ㄘㄢˊ ㄇㄧㄢˊ 蠶脫皮時，不食不動，像是入眠。

**蠶紙** ㄘㄢˊ ㄓˇ 供蠶生卵的紙。

**蠶絲** ㄘㄢˊ ㄙ 蠶所吐的絲。

**蠶蛾** ㄘㄢˊ ㄜˊ 蠶的成蟲，有二對翅膀以及三對腳，全身都是白色的鱗毛。

**蠶蛹** ㄘㄢˊ ㄩㄥˇ 蠶長大以後，吐絲做繭，把自己包在裡面，蠶就變成蠶蛹，不久破繭而出，就變成蠶蛾。

**蠶箔** ㄘㄢˊ ㄅㄛˊ 以蘆葦做成的養蠶器。也寫做蠶薄。

**蠶蔟** ㄘㄢˊ ㄘㄨˋ 蔟也作簇。是養蠶用的，用稻草做成，上尖下寬，像山的樣子，蠶在上面做繭。

**蠶蟻** ㄘㄢˊ ㄧˇ 剛孵化的幼蠶，小小黑黑的，像螞蟻。

**蠶繭(兒)** ㄘㄢˊ ㄐㄧㄢˇ (ㄦ) 蠶吐絲作成的繭。

**蠶寶寶** ㄘㄢˊ ㄅㄠˇ ㄅㄠˇ 蠶的幼蟲(暱稱)。

## 十九筆

**蠻(蛮)** ㄇㄢˊ ㈠強橫而不講理，不守法，不守分。如「蠻橫(ㄏㄥˋ)」「野蠻」。㈡強悍，不服理。如「蠻幹」「蠻勁兒」。㈢還沒開化，沒有文明。如「蠻荒」。㈣我國古代稱南方的民族叫「蠻」，也作「蠻子」。〈孟子〉書有「南蠻鴃舌之人」。

**蠻人** ㄇㄢˊ ㄖㄣˊ 野蠻人。古代也曾用來蔑稱南方人。

**蠻子** ㄇㄢˊ ㄗˇ 從前北方人對南方人的蔑稱。

**蠻荒** ㄇㄢˊ ㄏㄨㄤ 還沒開化，沒有文明，居民過茹毛飲血的原始生活的地方。

**蠻幹** ㄇㄢˊ ㄍㄢˋ 不自量力，不聽勸告，硬要照自己的意思做下去。

**蠻貊** ㄇㄢˊ ㄇㄛˋ 南方的外族叫做蠻，東方的外族叫做貊。

**蠻橫** ㄇㄢˊ ㄏㄥˋ 強橫(ㄏㄥˋ)不講理。

**蠻纏** ㄇㄢˊ ㄔㄢˊ 蠻橫地糾纏。

**蠻勁兒** ㄇㄢˊ ㄐㄧㄣˋ ㄦ 強悍不服理的樣兒。

## 二十筆

**蠼** ㄐㄩㄝˊ 蠼螋，直翅類昆蟲，就是蓑衣蟲。生活在潮溼的地方，能捕食蚜蟲，算是益蟲。

## 血部

**血** ㄒㄧㄝˇ ㈠高等動物體內脈管所含的紅色液體，從心臟湧出，循環全身，有分配養分，輸送廢物，營全身新陳代謝的功能。平常叫血液。㈡同一個祖先的。如「血統」「血緣」。㈢思慮，精神。如「心血」。㈣指有豐富感情，能夠見義勇為的。如「熱血青年」「血性」。㈤勞力。如「血汗」「血本無歸」。㈥紅色。如「血紅」「血色」。㈦指女人月經，行經叫「來血」。讀音ㄒㄩㄝˋ。

**血刃** ㄒㄧㄝˇ ㄖㄣˋ 因血染在刃上。指戰爭、殺人。「兵不血刃」是說軍隊不必戰就贏了對方。

**血水** ㄒㄧㄝˇ ㄕㄨㄟˇ ①血液。②合血的水。

**血本** ㄒㄧㄝˇ ㄅㄣˇ 辛苦積聚的資本。

**血汗** ㄒㄧㄝˇ ㄏㄢˋ 比喻工作所用的勞力。

**血汙** ㄒㄧㄝˇ ㄨ 因被血染汙。

**血肉** ㄒㄧㄝˇ ㄖㄡˋ 血液和肌肉。

**血色** ㄒㄧㄝˇ ㄙㄜˋ 口語說ㄒㄧㄝˇ ㄕㄞˇ ㄦ。①紅色。如「血色羅裙翻酒汙」。②皮膚紅潤的色澤。

**血衣** ㄒㄧㄝˇ ㄧ 凶殺犯或被殺的人被血染汙的衣服。

**血尿** ㄒㄧㄝˇ ㄋㄧㄠˋ 尿中帶血，多半是因為腎、膀胱或尿道出血而引起的。

**血性** ㄒㄧㄝˇ ㄒㄧㄥˋ 任俠好義。如「血性男兒」「有血性」。

**血泊** ㄒㄧㄝˇ ㄅㄛˊ 血流滿地。

**血型** ㄒㄧㄝˇ ㄒㄧㄥˊ 人的血清和血球相凝集的狀態。人類血液分四種類型：O型、A型、B型、AB型。由血型原理可以作法醫學上親子關係的鑑定及醫學上輸血手術的實施。

**血盆** ㄒㄧㄝˇ ㄆㄣˊ 形容嘴大。如「血盆似的大嘴」。

**血紅** ㄒㄧㄝˇ ㄏㄨㄥˊ 鮮紅像血的顏色。

**血庫** ㄒㄧㄝˇ ㄎㄨˋ 醫院中儲存血液以備輸血時應用的設備。

**血書** ㄒㄧㄝˇ ㄕㄨ 用自己的血水寫的表示激憤或哀痛的文字。

**血栓** ㄒㄧㄝˇ ㄕㄨㄢ 血液中原有的成分，在血管中或心臟內形成的一個固體凝著狀態的物質，此物質容易塞住血管，稱為血栓。

**血案** ㄒㄧㄝˋ ㄢˋ 凶殺流血的案件。

**血氣** ㄒㄧㄝˇ ㄑㄧˋ ①因有血液和氣息，說的是動物。〈中庸〉有「凡有血氣者，莫不尊親」。②同「血性」。③見「血氣之勇」。

**血海** ㄒㄧㄝˇ ㄏㄞˇ 形容重大。如「血海冤仇」「擔著血海似的干係」。

**血脈** ㄒㄧㄝˇ ㄇㄞˋ ①中醫指人體內的血管或血液循環。②血統。如「血脈相通」。

**血荒** ㄒㄧㄝˇ ㄏㄨㄤ 血庫缺血。

**血崩** ㄒㄧㄝˇ ㄅㄥ 女人子宮出血的病。

**血淚** ㄒㄧㄝˇ ㄌㄟˋ 眼睛裡流完眼淚之後流血。形容極度悲痛。

**血清** ㄒㄧㄝˇ ㄑㄧㄥ 由凝結的血液析出清澄的液體。

**血液** ㄒㄧㄝˇ ㄧㄝˋ 血(一)。由血漿、血球、血小板合成，有腥味和鹹味。

**血球** ㄒㄧㄝˇ ㄑㄧㄡˊ 血液成分之一，有紅白兩種。紅血球形狀像圓盤，是無核細胞，連接三千五百個，還不到一寸長。白血球比較大，有核，表面有突起物很多。以前稱血輪。

**血統** ㄒㄧㄝˇ ㄊㄨㄥˇ 指具有血緣關係的人或動物，偏重生物學與遺傳學方面。

**血袋** ㄒㄧㄝˇ ㄉㄞˋ 醫療用的裝血的袋子。

**血量** ㄒㄧㄝˇ ㄌㄧㄤˋ 人全身血液的總量。

**血債** ㄒㄧㄝˇ ㄓㄞˋ 深仇重怨；常指戰爭殺害引起的仇恨。

**血塊** ㄒㄧㄝˇ ㄎㄨㄞˋ 大量血液乾燥凝成塊狀。

**血暈** ▲ㄒㄧㄝˇ ㄩㄣˋ 婦人產後失血暈昏症。▲ㄒㄧㄝˇ ㄧㄣˋ 傷口沒破但是呈紅暈的樣子。

**血跡** ㄒㄧㄝˇ ㄐㄧ 血水在濺迸滴落的地方留下的痕跡。

**血腥** ㄒㄧㄝˇ ㄒㄧㄥ 血液的腥味，比喻屠殺的殘酷。

**血腸** ㄒㄧㄝˇ ㄔㄤˊ 食品。普通把豬羊血加糯米灌入洗淨的豬羊腸裡，煮熟了切開吃的。

**血管** ㄒㄧㄝˇ ㄍㄨㄢˇ 體內血液通行的脈管。有動脈管、靜脈管、微血管（毛細管）等。

**血漿** 血液裡除去血球及血小板剩餘的水分。

**血緣** 血脈相同，得到同樣遺傳。因為血緣而構成的家族，是人類最早最重要的家族社會形態。

**血輪** ①血球。②比喻中堅人物。如「青年是國家的新血輪」。

**血戰** 劇烈的戰爭。

**血糖** ①血液中所含的葡萄糖和單糖類，合稱血糖。②血液中葡萄糖的簡稱，對含量影響最普通的疾病是糖尿病。

**血親** 有血統關係的親屬，有直系（父子）、旁系（同胞兄弟姊妹）的分別。在法律上還有「擬制血親」，指「非血統關係」的親屬，如養子、養女、養父、養母。

**血壓** 生理學名詞。包括心縮壓（收縮壓）、心舒壓（舒張壓）兩種。心臟收縮把血擠出來，這時候對血管的壓力，叫心縮壓。心臟舒緩時候，所測得的壓力叫心舒壓。血壓受到性別、年齡以及生理、心理的影響而變動。

**血癌** 白血球過多的病（leukemia），是造血組織的一種惡性疾病，通常稱為血癌。癌又讀ㄞˊ。

**血印（兒）** 血的痕跡。

**血人兒** 指人渾身是血。

**血友病** 血液中缺乏凝固因子，出血後血液不容易凝固，傷口不容易癒合。

**血小板** 血液成分之一，形狀像圓板，比紅血球小，有核。在血液離開身體時能分裂，不成個體，使血液凝固。

**血色兒** 紅色。

**血行器** 生理學說行血的器官，像心臟、血管等。

**血淋淋** ①滴血淋漓的樣子。②慘痛的樣子。如「血淋淋的教訓」。

**血循環** 血液在動物血管系統中循環流動。

**血絲兒** 凝成絲狀的血或微血管充血的現象。如「痰裡有血絲兒」「眼球上血絲兒很多」。

**血腥氣** 血肉的腥臊氣味。

**血壓計** 測定血壓的儀器。

**血口噴人** 用惡毒的話誣罵人。

**血肉橫飛** 形容戰爭死傷的慘狀。

**血雨腥風** 形容戰場上的悽慘景況。

**血流漂杵** 図形容戰場上殺人很多。語見〈書經・武成〉。

**血氣之勇** 憑一時意氣而發生的勇氣。

**血氣方剛** 年輕氣盛，容易衝動。

**血海深仇** 形容仇恨極大極深。

**血債血還** 一定要報仇雪恨的激憤的話。

**血濃於水** 對有血緣關係的人比沒有血緣關係的人來得親密。

## 四筆

**衄（衂）** 図ㄋㄩˋ ㈠鼻子出血的病。㈡挫敗。如「敗衄」。又讀ㄋㄧㄡˋ。

## 五筆

**衅**

図ㄒㄧㄣˋ同「釁」(一)。

## 十五筆

**衊**

図ㄇㄧㄝˋ(一)汙濁的血。(二)捏造罪名陷害別人。如「誣衊」。

# 行部

**行**

▲ㄒㄧㄥˊ(一)走。如「步行」「緩緩而行」。(二)指人的動作。如「行為」「行動」。(三)出門到遠處去。如「旅行」「送行」。(四)為出門而準備的。如「行李」「行裝」。(五)發布。如「發行」「行銷世界各國」。(六)做。如「行事」「行禮」。(七)可以。如「這件事這樣做行不行」。(八)誇獎人能幹。如「辦這事,他行,我不行」「你真行」。(九)滿足,達到目的。如「行了行了,別再添飯,吃不下了」。(十)行書的簡稱。如「這字半楷半行,好極了」。(十一)古典詩歌的一種體裁,叫「歌行」。如「兵車行」「麗人行」。(十二)流動。如「行血」。(十三)図出門時穿的衣服。〈史記・曹相國世家〉有「趣(ㄘㄨˋ)治(ㄔˊ)行」。(十四)流通,傳遞,被人所知。如「以字行」「著(ㄓㄨˋ)有詩集行世」。(十五)將要,且。如「行將就木」。(十六)図道路。〈詩經〉有「行有死人」。(十七)酌酒奉客叫「行酒」。(十八)歷經。如「行年七十」(七十歲了)。

▲ㄒㄧㄥˋ表現品德的行為舉止。如「品行」「罪行」。

▲ㄏㄤˊ(一)直排的。如「一目十行」「行間距離三尺」。(二)職業。如「三百六十行」「行行出狀元」。(三)商業貿易機構,店鋪。如「銀行」「商行」「車行」。(四)兄弟姊妹按出生時間排列的次序,叫「排行」。如「你行二,弟弟行四」。(五)年輩。如「行輩」「甚愧丈人行」。(六)軍隊。如「戎行」「行伍出身」。(七)図器物粗糙不好。如「行窳」「行濫」。

▲ㄏㄤˋ(一)図剛強的樣子。如「子路,行行如也」「行行鄙夫志」。(二)「樹行子」,成行的樹木。

**行人** ㄒㄧㄥˊ ㄖㄣˊ 在路上走的人。

**行乞** ㄒㄧㄥˊ ㄑㄧˇ 向人要錢要飯。

**行凶** ㄒㄧㄥˊ ㄒㄩㄥ 做殺害人的事。

**行文** ㄒㄧㄥˊ ㄨㄣˊ ①作文。②官廳文書往來。

**行止** ㄒㄧㄥˊ ㄓˇ ①人的舉動行為。如「行止不檢」。②人的行蹤。如「行止不定」。③事情的辦法。如「等他來時再定行止」。

**行世** ㄒㄧㄥˊ ㄕˋ 流行於世間。

**行令** ㄒㄧㄥˊ ㄌㄧㄥˋ 行酒令。如「猜拳行令」。

**行市** ㄏㄤˊ ㄕˋ 市面上商品的一般價格。

**行伍** ㄏㄤˊ ㄨˇ 軍隊。

**行列** ㄏㄤˊ ㄌㄧㄝˋ 多數人排隊,直的叫行,橫的叫列。

**行刑** ㄒㄧㄥˊ ㄒㄧㄥˊ 執行刑罰,特指死刑。

**行在** ㄒㄧㄥˊ ㄗㄞˋ 帝王出巡時所住的地方。

**行年** ㄒㄧㄥˊ ㄋㄧㄢˊ ①所經歷的年歲。②享年。

**行色** ㄒㄧㄥˊ ㄙㄜˋ 出行時的神色。如「以壯行色」。

**行行** ▲図ㄒㄧㄥˊㄒㄧㄥˊ走。古時有「行行重行行,與君生別離」。▲ㄏㄤˋㄏㄤˋ指人剛強的樣子。〈論語〉有「子路,行行如也」。

**行血** ㄒㄧㄥˊ ㄒㄧㄝˇ 使血液循環加速。行血器就是循環器官。

**行李** ㄒㄧㄥˊ ㄌㄧˇ ①出門時帶的箱籠被包。②[文]行人，使者。〈左傳〉有「行李之往來」。

**行走** ㄒㄧㄥˊ ㄗㄡˇ ①走。②清朝時指在中央政府擔任非專任的差事，叫做行走。

**行車** ㄒㄧㄥˊ ㄔㄜ ①通過車輛。如「此處不准行車」。②駕駛機動車輛。如「行車執照」。

**行事** ㄒㄧㄥˊ ㄕˋ ①行為。②辦事，做事，常指祕密進行的。如「只等天黑，就可以行事」。③指辦理交際酬應的事。如「這位太太真不會行事，人家老遠來了，也不知留人吃頓飯」。

**行使** ㄒㄧㄥˊ ㄕˇ 辦理，使用。

**行刺** ㄒㄧㄥˊ ㄘˋ 暗殺。

**行房** ㄒㄧㄥˊ ㄈㄤˊ 指夫婦性交。

**行狀** ㄒㄧㄥˊ ㄓㄨㄤˋ 記述死者生平行為的文章。也作「行述」。

**行者** ㄒㄧㄥˊ ㄓㄜˇ ①頭陀。②方丈的侍者。③修行佛道的人。

**行政** ㄒㄧㄥˊ ㄓㄥˋ ①管理政務。〈史記〉有「大臣行政，故曰共和」。②國家的政務，在立法、司法以外的，統稱行政。③公務機關業務的推展與管理，包括人員、錢財、事情、物品等四項。

**行星** ㄒㄧㄥˊ ㄒㄧㄥ 依照固定軌道環繞恆星運轉的星球。一般只指太陽系的九大行星：水星、金星、地球、火星、木星、土星、天王星、海王星、冥王星。

**行為** ㄒㄧㄥˊ ㄨㄟˊ ①舉止行動。②法學所說意思表露於外部的。③出自有意的動作。

**行省** ㄒㄧㄥˊ ㄕㄥˇ 我國的行政區域名，管轄若干縣。簡稱省。

**行軍** ㄒㄧㄥˊ ㄐㄩㄣ ①軍隊出動。②用兵。

**行述** ㄒㄧㄥˊ ㄕㄨˋ 行狀。

**行員** ㄏㄤˊ ㄩㄢˊ 銀行職員。

**行家** ㄏㄤˊ ㄐㄧㄚ 家字輕讀。精於其道的內行人。

**行宮** ㄒㄧㄥˊ ㄍㄨㄥ 帝王出行時的臨時住處。

**行徑** ㄒㄧㄥˊ ㄐㄧㄥˋ ①可以通行的小路。②行為；舉動（多指壞的）。

**行旅** ㄒㄧㄥˊ ㄌㄩˇ 在路上往來的旅客。

**行書** ㄒㄧㄥˊ ㄕㄨ 書法的一種，比草書端正，比楷書簡易活潑。

**行酒** ㄒㄧㄥˊ ㄐㄧㄡˇ 酌酒奉客，一次叫一行。司馬光〈訓儉示康〉有「客至，未嘗不置酒，或三行，或五行，多不過七行」。

**行草** ㄒㄧㄥˊ ㄘㄠˇ ①行書和草書。②書法的一種，像行書又像草書。

**行商** ㄒㄧㄥˊ ㄕㄤ 不開店鋪，只帶著貨物到各地出售。也稱上述這類商人。

**行動** ㄒㄧㄥˊ ㄉㄨㄥˋ ①行為，舉動。如「限制他的行動」。②走動。如「年老多病，行動不便」。

**行情** ㄏㄤˊ ㄑㄧㄥˊ 也作「行市」。商品貨物的市價。

**行將** ㄒㄧㄥˊ ㄐㄧㄤ [文]將要。

**行船** ㄒㄧㄥˊ ㄔㄨㄢˊ ①駕駛船隻。②船隻通過。如「湖裡禁止行船」。

**行規** ㄏㄤˊ ㄍㄨㄟ 同業公會所定的各種規程，要求同業共同遵守的。

**行販** ㄒㄧㄥˊ ㄈㄢˋ 沿路賣貨的小商人。

**行貨** ▲ㄒㄧㄥˊ ㄏㄨㄛˋ 行賄。▲ㄏㄤˊ ㄏㄨㄛˋ 加工不精細的器具、服裝等商品。

**行都** ㄒㄧㄥˊ ㄉㄨ 首都之外，另設一個國都，供臨時或危急時使用。

**行善**（ㄒㄧㄥˊ ㄕㄢˋ）做慈善救濟的事。

**行期**（ㄒㄧㄥˊ ㄑㄧˊ）出發的日期。

**行款**（ㄏㄤˊ ㄎㄨㄢˇ）書法的行列款式。

**行程**（ㄒㄧㄥˊ ㄔㄥˊ）路程。

**行距**（ㄏㄤˊ ㄐㄩˋ）行和行之間的距離。

**行進**（ㄒㄧㄥˊ ㄐㄧㄣˋ）軍隊向前推動。

**行間**（ㄏㄤˊ ㄐㄧㄢ）①行伍之間。②行與行之間。③指文句。如「字裡行間」。

**行搶**（ㄒㄧㄥˊ ㄑㄧㄤˇ）進行搶奪。

**行業**（ㄏㄤˊ ㄧㄝˋ）職業。

**行當**（ㄏㄤˊ ˙ㄉㄤ）當字輕讀。行業。

**行義**（ㄒㄧㄥˊ ㄧˋ）施行正義。

**行聘**（ㄒㄧㄥˊ ㄆㄧㄣˋ）婚娶納采的禮節。

**行裝**（ㄒㄧㄥˊ ㄓㄨㄤ）①出門時穿的衣服。②[文]軍服。

**行話**（ㄏㄤˊ ㄏㄨㄚˋ）同業之間專用的詞語。

**行賄**（ㄒㄧㄥˊ ㄏㄨㄟˋ）行使賄賂。

**行道**（ㄒㄧㄥˊ ㄉㄠˋ）①舊時指推行自己的政治主張。②供人車通行的道路。如「行道樹」。

**行樂**（ㄒㄧㄥˊ ㄌㄜˋ）[文]消遣娛樂；遊戲取樂。

**行窳**（ㄏㄤˊ ㄩˇ）[文]器物的製作粗糙，質料不好，容易破碎。

**行篋**（ㄒㄧㄥˊ ㄑㄧㄝˋ）[文]出門時所帶的箱子。

**行誼**（ㄒㄧㄥˊ ㄧˋ）品行道義。

**行輩**（ㄏㄤˊ ㄅㄟˋ）排行輩分。

**行銷**（ㄒㄧㄥˊ ㄒㄧㄠ）銷售。

**行駛**（ㄒㄧㄥˊ ㄕˇ）車船飛機等的行走。

**行憲**（ㄒㄧㄥˊ ㄒㄧㄢˋ）實行憲法。

**行頭**（ㄒㄧㄥˊ ˙ㄊㄡ）演戲所用的衣物，也引伸作衣物的諢稱。

**行營**（ㄒㄧㄥˊ ㄧㄥˊ）①出征時的軍營。②全國最高軍事首長因事勢的需要，在國內重要地點設立機構，督率軍事工作，這種機構叫行營。

**行轅**（ㄒㄧㄥˊ ㄩㄢˊ）大官出行時所住的地方。

**行禮**（ㄒㄧㄥˊ ㄌㄧˇ）①向人致敬，像鞠躬、作（ㄗㄨㄛ）揖等。②進行禮儀的簡語。

**行藏**（ㄒㄧㄥˊ ㄘㄤˊ）[文]行跡，底細，來歷。

**行蹤**（ㄒㄧㄥˊ ㄗㄨㄥ）人出行的蹤跡方向。也作「行踪」。

**行醫**（ㄒㄧㄥˊ ㄧ）醫生執行醫療業務。

**行騙**（ㄒㄧㄥˊ ㄆㄧㄢˋ）做欺騙的事。

**行囊**（ㄒㄧㄥˊ ㄋㄤˊ）旅行時所攜帶的行李財物。

**行竊**（ㄒㄧㄥˊ ㄑㄧㄝˋ）偷盜。

**行體**（ㄒㄧㄥˊ ㄊㄧˇ）就是行書。

**行灶（兒）**（ㄒㄧㄥˊ ㄗㄠˋ ㄦ）可移動的灶。

**行人情**（ㄒㄧㄥˊ ㄖㄣˊ ㄑㄧㄥˊ）慶弔親戚朋友的喜事或喪事。

**行行好**（ㄒㄧㄥˊ ㄒㄧㄥˊ ㄏㄠˇ）做做好事。

**行李包**（ㄒㄧㄥˊ ㄌㄧˇ ㄅㄠ）裝行李的包兒。

**行李袋**（ㄒㄧㄥˊ ㄌㄧˇ ㄉㄞˋ）裝行李用的袋子。

**行李箱**（ㄒㄧㄥˊ ㄌㄧˇ ㄒㄧㄤ）裝行李用的箱子。

**行事曆**（ㄒㄧㄥˊ ㄕˋ ㄌㄧˋ）學校在學期當中什麼時候該做什麼事，預先擬訂的校務曆。

**行政院** 我國中央政府五院之一，是全國最高行政機關。下設內政、外交、國防、教育、財政、經濟、交通、法務等八部，僑務、農業、勞工、經濟建設、文化建設、國家科學、原子能、退除役官兵輔導、青年就業輔導、大陸、研究發展考核、海外技術合作等十二個委員會，新聞、人事行政兩局，衛生、環保兩署，以及祕書、主計兩處等機構。

**行政區** 為行政運作方便而劃分的區域。

**行軍床** 用帆布製成的可以摺疊的簡單床鋪，便於行軍、出外時使用。

**行道樹** 種在道路兩旁的成行的樹。

**行尸走肉** 比喻人的無能無用，活著和死了並沒兩樣。

**行李捲兒** 鋪蓋捲兒。

**行易知難** 行動很容易，但是背後的道理很難知道。孫中山先生所著孫文學說，所創立心理建設的學說，糾正舊思想「知之匪艱，行之維艱」的錯誤，說明能知者必能行，不知者亦能行，有志竟成，勉勵國民努力求知，切實力行。

**行政法院** 掌理全國行政訴訟審判事務的機關，隸屬司法院。

**行政官署** 在行政首長之下，執行某些行政權的機關。

**行政區域** 行政上劃分的區域，像省、縣等。

**行政處分** 行政機關根據行政法規執行的處分，像命令、禁止、許可、駁回等。

**行政責任** 行使國家行政的責任。

**行政部門** 負責執行各種行政權的部門。

**行政訴訟** 因為政府機關違法損害了人民權利而提起的訴訟。

**行為能力** 能依自己的意思執行行為的能力。

**行個方便** 請人施惠，給自己方便。

**行動電話** 可以攜帶，在行動中使用的電話。

**行將就木** 壽命已經不長，快要進棺材了（木：棺材）。

**行雲流水** 比喻心性自然，沒有拘束。

**行遠自邇** 走遠路一定要先從近處走起。

**行百里者半九十** 一百里路走了九十里才算走了一半。比喻做事越接近成功越難。

## 三筆

# 衎

ㄎㄢˋ 〔文〕和樂的樣子。〈詩經・小雅〉有「嘉賓式燕以衎」。

# 衍

ㄧㄢˇ (一)延長，推展。如「蔓衍」「推衍」。(二)〔文〕繁盛，眾多。如「人口蕃衍」。(三)〔文〕平坦叫「平衍」。(四)〔文〕多餘的。如「衍文」。(五)見「敷衍」。

**衍文** 〔文〕古書裡輾轉抄寫訛誤多餘的字句。

**衍生** 因為某些連帶關係而跟著發生。

## 五筆

# 衒

ㄒㄩㄢˋ 誇耀。如「自衒」「衒耀」。

**衒耀** ㄒㄩㄢˋ ㄧㄠˋ 誇耀自己的才能。

**術** ▲ㄕㄨˋ ㈠一切技藝。如「技術」「武術」。㈡方法，策略。如「算術」「戰術」。㈢見「術語」。㈣見「術數」。
▲㈡ㄙㄨㄟˋ 通「遂」，郊外之地。〈禮記〉有「術有序」。

**術士** ㄕㄨˋ ㄕˋ 舊時稱方技之士（像醫生、道士等）叫術士。

**術科** ㄕㄨˋ ㄎㄜ 技術科目。

**術語** ㄕㄨˋ ㄩˇ 學術上所用表示特殊意義的語詞。

**術數** ㄕㄨˋ ㄕㄨˋ ①法制治國的學術。②研究陰陽五行生剋制化之理，來推測人事吉凶的方法。

## 六筆

**衕** ㄊㄨㄥˋ 見「衚衕」。

**衖** ㄌㄨㄥˋ 通「弄」，小巷子。如「中山路八巷四衖二號」。

**衖堂** ㄌㄨㄥˋ ㄊㄤˊ 同「弄堂」。

**街** ㄐㄧㄝ 市鎮上寬廣四通八達的道路。如「街道」「逛街」。

**街上** ㄐㄧㄝ ㄕㄤˋ 上字輕讀。街道上；也引伸作「市鎮上」。

**街市** ㄐㄧㄝ ㄕˋ 商店較多的市區。

**街坊** ㄐㄧㄝ ㄈㄤ 坊字輕讀。鄰舍。

**街門** ㄐㄧㄝ ㄇㄣˊ 住家臨街的大門。

**街面** ㄐㄧㄝ ㄇㄧㄢˋ 市面。

**街頭** ㄐㄧㄝ ㄊㄡˊ 街上。

**街道（兒）** ㄐㄧㄝ ㄉㄠˋ ㄦ 道字輕讀。通街的道路。

**街談巷議** ㄐㄧㄝ ㄊㄢˊ ㄒㄧㄤˋ ㄧˋ 路人互相評論所聽說的事；也引伸指不正確的傳聞。

**街頭巷尾** ㄐㄧㄝ ㄊㄡˊ ㄒㄧㄤˋ ㄨㄟˇ 街巷裡。

## 七筆

**衙** ㄧㄚˊ 從前稱政府官署叫「衙」「衙門」。

**衙內** ㄧㄚˊ ㄋㄟˋ ①唐代稱擔任警衛的官員。②泛指官僚的子第。

**衙役** ㄧㄚˊ ㄧˋ 役字輕讀。舊時稱地方官署的差役。

**衙門** ㄧㄚˊ ㄇㄣˊ 門字輕讀。官廳；官府。

## 九筆

**衚** ㄏㄨˊ 見「衚衕」。

**衚衕（兒）** ㄏㄨˊ ㄊㄨㄥˋ ㄦ 北方話指巷子。也作「胡同兒」。衕字輕讀。

**衝** ▲ㄔㄨㄥ ㈠交通要道。如「要衝」「衝要之處」。㈡向前直走。如「衝向前去」「衝鋒」。㈢直著向上。如「怒髮衝冠」。㈣見「衝突」。㈤見「衝動」。
▲ㄔㄨㄥˋ ㈠向。如「他衝著我傻笑」。㈡充滿、強烈。如「文氣兒很衝」「味道好衝」。㈢勇猛。如「衝勁兒」。㈣因，看顧。如「衝你的面子，少算五塊錢」。㈤打瞌睡。如「靠著椅背衝了一會兒」。

**衝冠** ㄔㄨㄥ ㄍㄨㄢ 見「怒髮衝冠」。

**衝突** ㄔㄨㄥ ㄊㄨˊ ①衝入敵人的陣地發動攻擊。②意見不同，互相牴觸。

**衝要** ㄔㄨㄥ ㄧㄠˋ 緊要的地點、路口、河口等。

**衝剋** ㄔㄨㄥ ㄎㄜˋ 陰陽五行家認為：金木水火土五行相當叫衝，相制叫剋。

**衝動** ㄔㄨㄥ ㄉㄨㄥˋ 不經過思考，沒有理智的突然的情緒或行為。

**衝陷** ㄔㄨㄥ ㄒㄧㄢˋ 突進攻破敵陣。

**衝撞** ㄔㄨㄥ ㄓㄨㄤˋ ①因為衝突而撞擊。②冒犯頂撞。

**衝鋒** ㄔㄨㄥ ㄈㄥ 向敵陣進攻。

**衝激** ㄔㄨㄥ ㄐㄧ 劇烈的衝突。

**衝擊** ㄔㄨㄥ ㄐㄧ 撞擊；打擊。

**衝口而出** ㄔㄨㄥ ㄎㄡˇ ㄦˊ ㄔㄨ 沒有經過思考，就隨便說話。

**衛（衞、卫）** ㄨㄟˋ ㈠保護。如「自衛」「保家衛國」。㈡保護人或機關的人。如「警衛」「侍衛」。㈢從前在邊界附近駐兵防敵的地方。如「屯衛」「天津衛」。㈣周代國名，在今河北省南部、河南省北部一帶。㈤見「衛生」。㈥見「衛星」。㈦図驢的別名。㈧姓。

**衛士** ㄨㄟˋ ㄕˋ 隨時保護大人物生命安全的人。

**衛生** ㄨㄟˋ ㄕㄥ ①保衛身體健康。②研究人類生理的機能，謀求增進人類身體健康的學科，叫衛生學。③一般說清潔合乎衛生之道的。如「衛生牛奶」。

**衛戍** ㄨㄟˋ ㄕㄨˋ 保衛戍守。

**衛兵** ㄨㄟˋ ㄅㄧㄥ 負責保衛安全事宜的士兵。

**衛星** ㄨㄟˋ ㄒㄧㄥ ①環繞行星運轉的星球。目前已知的衛星，地球有一個——月球，火星兩個，木星十三個，土星至少十五個，天王星五個，海王星兩個，冥王星一個。②指人造衛星。如「這個電視臺每天收播經過衛星傳送的商業節目」。

**衛隊** ㄨㄟˋ ㄉㄨㄟˋ 職司警衛的部隊。

**衛道** ㄨㄟˋ ㄉㄠˋ 擁護傳統的道德（多指儒道）。

**衛生丸** ㄨㄟˋ ㄕㄥ ㄨㄢˊ 指樟腦丸。

**衛生衣** ㄨㄟˋ ㄕㄥ ㄧ 用線織附有薄絨的內衣。也叫「棉毛衫」。

**衛生局** ㄨㄟˋ ㄕㄥ ㄐㄩˊ 縣市政府所屬機關之一，掌理醫藥、公共衛生工作。

**衛生所** ㄨㄟˋ ㄕㄥ ㄙㄨㄛˇ 政府推行衛生保健機構中的基層單位，設在每個鄉鎮區和縣轄市。

**衛生紙** ㄨㄟˋ ㄕㄥ ㄓˇ 比較高級的手紙。

**衛生球** ㄨㄟˋ ㄕㄥ ㄑㄧㄡˊ 指樟腦丸。

**衛生處** ㄨㄟˋ ㄕㄥ ㄔㄨˋ 負責全省醫療、衛生等行政業務的機關，隸屬於省政府。

**衛生棉** ㄨㄟˋ ㄕㄥ ㄇㄧㄢˊ 婦女用來吸納月經、維護衛生的棉質護墊。

**衛生隊** ㄨㄟˋ ㄕㄥ ㄉㄨㄟˋ 隨同軍隊前進，擔任治療救護的部隊。

**衛生署** ㄨㄟˋ ㄕㄥ ㄕㄨˇ 負責全國醫療衛生等行政事務的官署，隸屬於行政院。

**衛星國** ㄨㄟˋ ㄒㄧㄥ ㄍㄨㄛˊ 與宗主國維持友好的主從關係的國家。

**衛生大隊** ㄨㄟˋ ㄕㄥ ㄉㄚˋ ㄉㄨㄟˋ 負責城市街巷清潔工作的組織。

**衛生掩埋** ㄨㄟˋ ㄕㄥ ㄧㄢˇ ㄇㄞˊ 不會造成公害的掩埋。

**衛生設備** ㄨㄟˋ ㄕㄥ ㄕㄜˋ ㄅㄟˋ 有關衛生的一切設施。

## 十筆

**衡** ㄏㄥˊ ㈠稱物體重量（ㄌㄧㄤˋ）的工具。如「度量（ㄌㄧㄤˋ）衡」。㈡用秤來稱。如「衡其輕重」。㈢從㈡引伸，作「考慮」「斟酌」的意思。如「衡量利害得失」「盱衡世局」。㈣図屋子。如「衡宇」。㈤図同「橫」。〈孟子〉書有「一人衡行於天下，武王恥之」。㈥山名，五嶽之一，在湖南省。㈦姓。

**衡宇** ㄏㄥˊ ㄩˇ 図屋宇。陶潛〈歸去來辭〉有「乃瞻衡宇，載欣載奔」。

**衡量** ㄏㄥˊ ㄌㄧㄤˊ 考慮，思量，斟酌。

**衡器** ㄏㄥˊ ㄑㄧˋ 稱重量的器具。

## 十八筆

**衢** ㄑㄩˊ ㈠図四通八達的大路。如「通衢大道」。㈡縣名，在今衢州市南，隸屬浙江省。

**衢道** ㄑㄩˊ ㄉㄠˋ 図歧路。

# 衣部

**衣** ▲ㄧ ㈠人身上穿的，蔽體禦寒的東西，多用各種纖維質料做成。如「衣服」「豐衣足食」。㈡包在器物外面的東西。如「砲衣」「弓衣」「糖衣丸藥」。㈢菜蔬或果實外面的部分或外面的一層薄皮。李建勳詩有「移鐺剝芋衣」。㈣裹在胎兒外面的膜叫做「衣胞」，簡稱「衣」。㈤姓。

▲図 ㄧˋ ㈠動詞，穿著（ㄓㄨㄛˊ）。如「衣錦夜行」。㈡給人衣服穿。如「解衣衣（ㄧˋ）人」。

**衣服** ㄧ ㄈㄨˊ 服字輕讀。就是身上穿的各種衣裳、服裝。

**衣物** ㄧ ㄨˋ 指衣服和器物。

**衣冠** ㄧ ㄍㄨㄢ ①衣服和帽子。②図指古時搢紳（士大夫官族）的服飾，借用為搢紳的代稱。

**衣架** ㄧ ㄐㄧㄚˋ 掛衣服的用具，用木材、金屬等製成。

**衣衫** ㄧ ㄕㄢ 單外衣，也泛指衣服。

**衣食** ㄧ ㄕˊ 衣服和食物，泛指基本生活資料。

**衣魚** ㄧ ㄩˊ 一種銀白色、扁長的小蟲，蛀食衣服和書籍。又叫蠹魚、銀魚。

**衣著** ㄧ ㄓㄨㄛˊ 指所穿戴的衣帽等。

**衣鉢** ㄧ ㄅㄛ 図佛教禪宗曾用衣鉢當做師徒傳統的信物，衣指袈裟，鉢是食具。後來引伸泛指一切師傳弟子的意思。如「衣鉢相傳」「承其衣鉢」。

**衣飾** ㄧ ㄕˋ 衣著服飾。

**衣裳** ㄧ ㄔㄤˊ 衣服總稱衣裳（古時候上衣叫衣，下裙叫裳）。語音ㄧ．ㄕㄤ。

**衣箱** ㄧ ㄒㄧㄤ 盛衣服的箱子。

**衣襟** ㄧ ㄐㄧㄣ 上衣、袍子前面的部分。

**衣胞（兒）** ㄧ ㄅㄠ（ㄦ） 說成ㄦ化時胞字輕讀。胎兒外被的膜。

**衣料（子）** ㄧ ㄌㄧㄠˋ（ㄗˇ） 布帛綢緞毛呢等縫製衣服的料子。也說成「衣料兒」。

**衣冠冢** ㄧ ㄍㄨㄢ ㄓㄨㄥˇ 為紀念死者，將死者的衣冠葬成的墳墓。

**衣帽間** ㄧ ㄇㄠˋ ㄐㄧㄢ 暫時存放外衣、帽子的房間。

**衣補兒** ㄧ ㄅㄨˇ ㄦ 「衣」字用做字的偏旁，通稱為衣補兒或「補衣兒」。像襖、袖、袍、褂等字都是有衣補兒的字。

**衣（裳）架（子）** ㄧ（ㄕㄤ）ㄐㄧㄚˋ（ㄗ˙） 也叫衣架子。①掛衣服用的架子。②形容人身材好，穿起衣服來好看，管他叫衣裳架子。③是說人只重衣著（ㄓㄨㄛˊ）修飾，虛有其表。如「他看起來很神氣，不過是個衣裳架子罷了」。

**衣冠禽獸** ㄧ ㄍㄨㄢ ㄑㄧㄣˊ ㄕㄡˋ ①以往罵那些有知識有社會地位卻沒有品行的人。②廣泛指罵行為下流無恥的人，好比穿衣戴帽的禽獸一樣。

**衣食父母** ㄧ ㄕˊ ㄈㄨˋ ㄇㄨˇ 敬稱生活所仰賴的人。

**衣食住行** ㄧ ㄕˊ ㄓㄨˋ ㄒㄧㄥˊ 穿衣、飲食、居住、行路，指生活上的基本需要。

**衣香鬢影** ㄧ ㄒㄧㄤ ㄅㄧㄣˋ ㄧㄥˇ 形容富貴婦女的穿著以及給人的感覺。

**衣錦夜行** ㄧˋ ㄐㄧㄣˇ ㄧㄝˋ ㄒㄧㄥˊ 穿著錦衣在黑夜中行走，比喻富貴而沒有人知道。

**衣錦還鄉** ㄧˋ ㄐㄧㄣˇ ㄏㄨㄢˊ ㄒㄧㄤ 指離家在外富貴之後光榮地回到故鄉；自古以為這是人生得意的事。

## 二筆

**初** ㄔㄨ ㈠開始。如「人之初」。㈡從前，原來。如「和好如初」「當初」。㈢第一次。如「初版」「初稿」。㈣表示最低的等級，是「基本」的意思。如「初級班」「初等」。㈤稱陰曆每月一日到十日，都加上初字，如初一、初二。㈥姓。

**初一** ㄔㄨ ㄧ ①陰曆每月的第一天。以下到「初十」，可以類推。②指初中一年級。以下到「初三」，可以類推。

**初中** ㄔㄨ ㄓㄨㄥ 初級中學的簡稱。現在改稱國民中學。私立學校仍沿用舊稱。

**初冬** ㄔㄨ ㄉㄨㄥ 冬季的第一月，陰曆十月。

**初犯** ㄔㄨ ㄈㄢˋ 第一次犯法。

**初旬** ㄔㄨ ㄒㄩㄣˊ 每月一日到十日。

**初次** ㄔㄨ ㄘˋ 第一次。

**初更** ㄔㄨ ㄍㄥ 舊時指說下午七點到九點。

**初步** ㄔㄨ ㄅㄨˋ ①一件事情的開始。②指領導入門的書。如「英語初步」。

**初版** ㄔㄨ ㄅㄢˇ 書籍印刷的第一版。

**初度** ㄔㄨ ㄉㄨˋ [文]剛生下來的時候，現在用作生日的通稱。

**初春** ㄔㄨ ㄔㄨㄣ 春季的第一月，陰曆正月。

**初秋** ㄔㄨ ㄑㄧㄡ 秋季的第一月，陰曆七月。

**初夏** ㄔㄨ ㄒㄧㄚˋ 夏季的第一月，陰曆四月。

**初眠** ㄔㄨ ㄇㄧㄢˊ 幼蠶經過一段時間，身體不動，不吃桑葉，叫初眠。

**初衷** ㄔㄨ ㄓㄨㄥ [文]原來的心意或願望。如「意志堅強，絕不改變初衷」。

**初婚** ㄔㄨ ㄏㄨㄣ ①第一次結婚，對再婚而言。②剛結婚。

**初速** ㄔㄨ ㄙㄨˋ 物理學上說物體開始運動的時候的速度，對末速而言。

**初雪** ㄔㄨ ㄒㄩㄝˇ 入冬後第一次下的雪。

**初創** ㄔㄨ ㄔㄨㄤˋ ①第一次創立。②草創，創始初期。

**初晴** ㄔㄨ ㄑㄧㄥˊ 雨後剛晴的時候。

**初等** ㄔㄨ ㄉㄥˇ 初級。

**初診** ㄔㄨ ㄓㄣˇ 在某醫院或診所第一次看病，是對複診說的。

**初階** ㄔㄨ ㄐㄧㄝ [文]初步。

**初陽** ㄔㄨ ㄧㄤˊ ①朝陽。②冬至後白晝漸長，古人認為陽氣初動，所以冬至又稱「一陽生」，而冬至到立春這一段時間就叫初陽。

**初試** ㄔㄨ ㄕˋ ①初次嘗試。②分次舉行的第一次考試，對覆試而言。

**初審** ㄔㄨ ㄕㄣˇ ①法院三審中的第一審，指地方法院的審理。②議案的第一次審議。③文稿或資格的第一次審核或審查。

**初稿** ㄔㄨ ㄍㄠˇ 還沒修飾勘定的草稿。

**初學** ㄔㄨ ㄒㄩㄝˊ 剛開始學習。

**初選** ㄔㄨ ㄒㄩㄢˇ ①在間接選舉制度下，由選民先選出選舉人，稱為「初選」；再由選舉人選出應選的人，稱為「複選」。②初步甄選，對複選而言。

**初虧** ㄔㄨ ㄎㄨㄟ 日食或月食的剛開始虧蝕。又叫「初食」。

**初賽** ㄔㄨ ㄙㄞˋ 以淘汰賽決定優勝者的競賽方式中的第一輪比賽，對複賽、決賽而言。

**初獻** ㄔㄨ ㄒㄧㄢˋ 図祀典的第一次獻酒。

**初戀** ㄔㄨ ㄌㄧㄢˋ 第一次戀愛或剛開始戀愛。

**初交（兒）** ㄔㄨ ㄐㄧㄠ ㄦ 朋友剛認識不久。

**初出茅廬** ㄔㄨ ㄔㄨ ㄇㄠˊ ㄌㄨˊ 人第一次到社會上做事，缺乏經驗。

**初生之犢** ㄔㄨ ㄕㄥ ㄓ ㄉㄨˊ 図剛出生的小牛。比喻涉世未深的單純或勇猛的年輕人。如「初生之犢，歷練不深」。

**初來乍到** ㄔㄨ ㄌㄞˊ ㄓㄚˋ ㄉㄠˋ 剛剛來到一個地方不久。

**初級中學** ㄔㄨ ㄐㄧˊ ㄓㄨㄥ ㄒㄩㄝˊ 小學畢業升入的學校，修業期限三年。現在改為國民中學。

**初等教育** ㄔㄨ ㄉㄥˇ ㄐㄧㄠˋ ㄩˋ 指教育制度中最初的教育階段，是對中等教育、高等教育說的。就是小學教育。

## 三筆

**表** ㄅㄧㄠˇ ㈠在外邊露著的。如「外表」「表面」。㈡顯示，把意思或情感顯露出來。如「發表」「表同情」「表一表情」。㈢宣布，說。如「表由」「閒話不表」。㈣記號。如「表記」。㈤模範；榜樣。如「為人師表」「表率」。㈥小的計時機器。如「鐘表」「手表」，通常寫作「錶」。㈦表示度數的儀器。如「水表」「電表」。㈧把事物分格分類排列的一種文件。如「調查表」「圖表」。㈨君主時代的奏章。如「出師表」。㈩外親、姻親叫做「表親」；在稱呼上加上「表」。如「表姊」「姑表兄弟」。

**表土** ㄅㄧㄠˇ ㄊㄨˇ ①地球表面的土壤。②農業上指耕種的熟土層。

**表尺** ㄅㄧㄠˇ ㄔˇ 槍砲上的瞄準器。

**表功** ㄅㄧㄠˇ ㄍㄨㄥ 故意顯示或宣揚自己的功勞。也說「丑表功」。

**表白** ㄅㄧㄠˇ ㄅㄛˊ 表明自己的意見和事情的真相，為自己有關的事情作解釋，來分清是非曲直。白也說ㄅㄞˊ。

**表皮** ㄅㄧㄠˇ ㄆㄧˊ ①人類皮膚的外層。②植物的莖、幹與葉的表面。

**表示** ㄅㄧㄠˇ ㄕˋ 發表，說明，把意思顯露出來。

**表冊** ㄅㄧㄠˇ ㄘㄜˋ 泛稱表格圖冊以及有關的整理成冊的文件。

**表字** ㄅㄧㄠˇ ㄗˋ 別號。

**表伯** ㄅㄧㄠˇ ㄅㄛˊ 父親的表哥。

**表決** ㄅㄧㄠˇ ㄐㄩㄝˊ 會議時決定議案的可否通過。表決的方法，分口頭表決、舉手表決、投票表決等方式。

**表姪** ㄅㄧㄠˇ ㄓˊ 表兄弟的兒子。

**表叔** ㄅㄧㄠˇ ㄕㄨˊ 父親的表弟。

**表明** ㄅㄧㄠˇ ㄇㄧㄥˊ 表示清楚。

**表相** ㄅㄧㄠˇ ㄒㄧㄤˋ 外貌。

**表面** ㄅㄧㄠˇ ㄇㄧㄢˋ 外面。

**表格** ㄅㄧㄠˇ ㄍㄜˊ 畫上格子分類記載文字，以便閱覽或統計的一種格式。

**表記** ㄅㄧㄠˇ ㄐㄧˋ ①記號。②紀念品。

**表情** ㄅㄧㄠˇ ㄑㄧㄥˊ 用臉上肌肉的變化或身體的動作來表達感情。

**表率** ㄅㄧㄠˇ ㄕㄨㄞˋ 模範，榜樣，以身作則。

**表現** ㄅㄧㄠˇ ㄒㄧㄢˋ 顯露。

**表章** ㄅㄧㄠˇ ㄓㄤ ①同「表彰」。②奏章。

**表揚** ㄅㄧㄠˇ ㄧㄤˊ 同「表彰」。加以稱讚傳揚，使人知道。

**表嫂** ㄅㄧㄠˇ ㄙㄠˇ 表哥的太太。

**表裡** ㄅㄧㄠˇ ㄌㄧˇ 外表和裡面。如「表裡如一」「表裡一致」。

**表達** ㄅㄧㄠˇ ㄉㄚˊ 表示意思或情感讓人知道。也作「表露」。

**表彰** ㄅㄧㄠˇ ㄓㄤ 宣揚、稱讚和獎勵。

**表態** ㄅㄧㄠˇ ㄊㄞˋ 表示態度。

**表演** ㄅㄧㄠˇ ㄧㄢˇ ①用動作方法把事情的內容或特點演出，供人學習。②扮演戲劇。③公開表現特殊技術或精巧的技藝。

**表徵** ㄅㄧㄠˇ ㄓㄥ 顯示出來的觀象。

**表親** ㄅㄧㄠˇ ㄑㄧㄣ 中表親戚。就是姑表或姨表的親戚關係。

**表嬸** ㄅㄧㄠˇ ㄕㄣˇ 表叔的太太。

**表識** ㄅㄧㄠˇ ㄓˋ 標記。也作「表誌」。

**表露** ㄅㄧㄠˇ ㄌㄨˋ 流露，顯示。

**表兄弟** ㄅㄧㄠˇ ㄒㄩㄥ ㄉㄧˋ 姑母、姨母、舅父的兒子。年齡比自己大的叫表兄，小的叫表弟。

**表姊妹** ㄅㄧㄠˇ ㄗˇ ㄇㄟˋ 也作「表姐妹」。姑母、舅父、姨母的女兒。年齡比自己大的叫表姐，小的叫表妹。

**表決權** ㄅㄧㄠˇ ㄐㄩㄝˊ ㄑㄩㄢˊ 表決議案的權利。

**表面化** ㄅㄧㄠˇ ㄇㄧㄢˋ ㄏㄨㄚˋ 事情由潛在的情況轉化到顯露的表白的狀態。

**表形文字** ㄅㄧㄠˇ ㄒㄧㄥˊ ㄨㄣˊ ㄗˋ 用字形來表達字義的文字，六書中的象形屬於表形文字。

**表面張力** ㄅㄧㄠˇ ㄇㄧㄢˋ ㄓㄤ ㄌㄧˋ 造成液體表面收縮狀態的力。各種液體的表面張力大小不同。

**表音文字** ㄅㄧㄠˇ ㄧㄣ ㄨㄣˊ ㄗˋ 用字母來表示語音的文字，就是拼音文字。

**表意文字** ㄅㄧㄠˇ ㄧˋ ㄨㄣˊ ㄗˋ 用符號來表示詞或詞素的文字，如古埃及文字，楔形文字等。

**表裡不一** ㄅㄧㄠˇ ㄌㄧˇ ㄅㄨˋ ㄧ 外表和裡面不一致。

**表裡如一** ㄅㄧㄠˇ ㄌㄧˇ ㄖㄨˊ ㄧ 外表和裡面一樣。比喻思想和言行完全一致。

**表壯不如裡壯** ㄅㄧㄠˇ ㄓㄨㄤˋ ㄅㄨˋ ㄖㄨˊ ㄌㄧˇ ㄓㄨㄤˋ 虛假的外表壯大不如實質的壯大。意思是告訴人要務實，不要只做表面功夫。

## 衩

▲ㄔㄚˋ ㈠衣裳兩旁開叉的地方。也叫「衩口」。㈡〔文〕古詩詞裡「衩衣」指開衩的便袍，「衩襪」指開口不加束帶的襪子。

▲ㄔㄚˇ 短褲也叫褲衩兒。

## 衫

ㄕㄢ ㈠單衣，單褂。如「長衫」「短衫」。㈡衣服的通稱，稱「衣」的常可以稱「衫」。如「襯衫」「汗衫」「青衫」。

**衫子** ㄕㄢ ㄗˇ ①古時候婦人的服裝。②國劇腳色名稱，就是青衣，也叫「青衫子」。

## 四筆

**袂** 図ㄇㄟˋ ㈠衣服上的袖子，或指袖口。㈡見「分袂」。

**衲** ㄋㄚˋ ㈠図縫補。如「百衲衣」。㈡図和尚穿的衣服。㈢図僧人的自稱。如「老衲」。㈣同「納」，是一種縫紉的方法，在衣物的平面上縫織密密的針腳，使它結實。如「衲鞋底」。

**衵** 図ㄋㄧˋ 貼身的內衣。

**衿** 図ㄐㄧㄣ ㈠古代衣服的交領，就是當胸交疊的部分。〈詩經・鄭風・子衿〉說的「青青子衿」，指的就是這一個部分。也作「襟」。㈡衣服的結帶。

**衹** ▲図ㄑㄧˊ 衹枝，和尚穿的衣服，像袈裟等。

▲ㄓ 但，正好，簡直是；同「祇」。〈左傳〉有「晉未可滅而殺其君，衹以成惡」。

**衾** 図ㄑㄧㄣ ㈠大的被子。㈡覆蓋屍體用的單被。如「衣衾棺槨」。又讀ㄑㄧㄢ。

**衼** ㄓ 見「衹」。

**衷** ㄓㄨㄥ ㈠中心，內心。如「言不由衷」「苦衷」。㈡誠心，善意。如「衷誠」「衷款」。㈢適當，適中。如斟酌雙方情形，使它適中，叫「折衷」；不能成立確定的見解，可以說「莫衷一是」。㈣図穿在裡面的貼身便衣。㈤姓。

**衷曲** ㄓㄨㄥ ㄑㄩ 図心事。

**衷情** ㄓㄨㄥ ㄑㄧㄥˊ 図心裡的情緒。

**衷款** ㄓㄨㄥ ㄎㄨㄢˇ 忠誠。

**衷腸** ㄓㄨㄥ ㄔㄤˊ 図同「衷曲」。

**衷誠** ㄓㄨㄥ ㄔㄥˊ 忠誠。

**衰** ▲ㄕㄨㄞ ㈠減退，微弱。如「衰敗」「衰弱」。㈡消瘦，老邁。如「衰老」「衰邁」。

▲図ㄘㄨㄟ ㈠「等衰」簡作「衰」，就是等降，按一定的等級遞降的意思。〈左傳〉有「自是以衰」。㈡通「縗」，麻布做的喪服；「斬衰」是最重的喪服，不縫邊，用最粗的麻布做的；「齊（ㄗ）衰」是次於斬衰的喪服，緝邊，用熟麻布縫製；齊衰又有服喪一年、五個月、三個月等不同的差別。㈢「趙衰」，春秋時晉國大夫。

**衰亡** ㄕㄨㄞ ㄨㄤˊ 衰落以至滅亡。

**衰世** ㄕㄨㄞ ㄕˋ 図衰微紛亂的時代。

**衰朽** ㄕㄨㄞ ㄒㄧㄡˇ 図衰弱，衰老。

**衰老** ㄕㄨㄞ ㄌㄠˇ 年老，精力衰弱。

**衰弱** ㄕㄨㄞ ㄖㄨㄛˋ 不強健，不興盛。

**衰退** ㄕㄨㄞ ㄊㄨㄟˋ 逐漸衰弱退化。

**衰敗** ㄕㄨㄞ ㄅㄞˋ 由旺盛而衰落敗壞。

**衰替** ㄕㄨㄞ ㄊㄧˋ 図衰敗。

**衰微** ㄕㄨㄞ ㄨㄟˊ 図不興旺。

**衰損** ㄕㄨㄞ ㄙㄨㄣˇ （身體）衰弱，失去旺盛的生命力。

**衰歇** ㄕㄨㄞ ㄒㄧㄝ 図由衰落而趨於終止。

**衰落** ㄕㄨㄞ ㄌㄨㄛˋ 衰歇沒落。

**衰竭** ㄕㄨㄞ ㄐㄧㄝˊ 由於疾病嚴重而生理機能極度減弱。

**衰颯** ㄕㄨㄞ ㄙㄚˋ 図①衰落。②因失意而消沉。

**衰憊** ㄕㄨㄞ ㄅㄟˋ 図衰弱疲憊。

**衰頹**（ㄕㄨㄞ ㄊㄨㄟˊ） 図①精神衰敗。②衰老。

**衰邁**（ㄕㄨㄞ ㄇㄞˋ） 図老邁無能。

**衰變**（ㄕㄨㄞ ㄅㄧㄢˋ） 放射性元素放射出粒子後變成另一種元素，叫衰變。

**衽（袵）** 図ㄖㄣˋ ㈠衣襟。如「斂衽」。㈡袖子。㈢臥席。如「衽席」。㈣棺材榫頭。㈤把衣襟拉一拉，整理一下。如「衽襟」。㈥睡臥的意思。〈中庸〉有「衽金革」。

**衽席**（ㄖㄣˋ ㄒㄧˊ） 図①臥席。②睡臥的地方。

**袁** ㄩㄢˊ ㈠図長衣。㈡姓。

**袁大頭**（ㄩㄢˊ ㄉㄚˋ ㄊㄡˊ） 民國初年的銀圓，上面鑄有袁世凱的頭像浮雕，俗稱袁大頭。

## 五筆

**被** ▲ㄅㄟˋ ㈠睡覺的時候蓋在身上的東西。如「被褥」「棉被」。㈡図覆蓋。如「被覆」。㈢受。如「被人恥笑」「被大風吹壞」。㈣図達到。如「澤被天下」。㈤被動性的助詞，表示這種動作是別人主動的。如「被選」「被殺」。▲図ㄆㄧ 同「披」。如「被堅執銳」。

**被子**（ㄅㄟˋ ㄗ˙） 睡覺時蓋在身上的東西，一般是被單裡裝著棉被。

**被告**（ㄅㄟˋ ㄍㄠˋ） 被人起訴而成為訴訟當事人，是原告的對稱。

**被臥**（ㄅㄟˋ ㄨㄛˋ） 臥字輕讀。被子、棉被之類的統稱。又作「被窩」。

**被服**（ㄅㄟˋ ㄈㄨˊ） 被子、毯子和服裝（多指軍用的）。如「被服廠」。

**被套**（ㄅㄟˋ ㄊㄠˋ） 裝被絮的外套，是被裡和被面縫合的東西。

**被害**（ㄅㄟˋ ㄏㄞˋ） 受傷害。

**被酒**（ㄅㄟˋ ㄐㄧㄡˇ） 図為酒所醉。

**被動**（ㄅㄟˋ ㄉㄨㄥˋ） 與「主動」「自動」對稱，受外力影響而發生動作。

**被絮**（ㄅㄟˋ ㄒㄩˋ） 裝在被子裡面的棉絮。

**被髮**（ㄆㄧ ㄈㄚˇ） 図同「披髮」。

**被褥**（ㄅㄟˋ ㄖㄨˋ） 被子和褥子。

**被頭**（ㄅㄟˋ ㄊㄡˊ） 縫在被子蓋上身那一頭的布，便於拆洗，保持被裡清潔。

**被覆**（ㄅㄟˋ ㄈㄨˋ） ①遮蓋；蒙。②指遮蓋地面的草木等。

**被單（兒）**（ㄅㄟˋ ㄉㄢ ㄦ） 平常也叫「被單子」。①套在棉被外面的那層布。②熱天用單層布做的被子。

**被筒（兒）**（ㄅㄟˋ ㄊㄨㄥˇ ㄦ） 把被子摺成長筒兒形狀，人可以睡在裡面。

**被加數**（ㄅㄟˋ ㄐㄧㄚ ㄕㄨˋ） 加法中受加的數，也就是加法橫式中加號前面的數。

**被服廠**（ㄅㄟˋ ㄈㄨˊ ㄔㄤˇ） 製造軍用被褥和服裝等物品的工廠。

**被面兒**（ㄅㄟˋ ㄇㄧㄢˋ ㄦ） 睡覺時被子不貼身的一面。

**被乘數**（ㄅㄟˋ ㄔㄥˊ ㄕㄨˋ） 乘法中的實數，也就是乘法橫式中乘號前面的數。

**被害人**（ㄅㄟˋ ㄏㄞˋ ㄖㄣˊ） 法律上說因為他人的不法行為而受損害的人。

**被除數**（ㄅㄟˋ ㄔㄨˊ ㄕㄨˋ） 除法中的實數，也就是除法橫式中除號前面的數。

**被動式**（ㄅㄟˋ ㄉㄨㄥˋ ㄕˋ） （文法）謂動詞用於被動語氣，被動者居動詞前的句式。

**被減數**（ㄅㄟˋ ㄐㄧㄢˇ ㄕㄨˋ） 減法中受減的數，也就是減法橫式中減號前面的數。

**被子植物**（ㄅㄟˋ ㄗˇ ㄓˊ ㄨˋ） 種子包在子房中的植物。

**被保險人**（ㄅㄟˋ ㄅㄠˇ ㄒㄧㄢˇ ㄖㄣˊ） 以財物或生命為保險對象，如果受到傷害，保險公司要負責賠償，這些保險對象的所有人就是被保險人。

**被堅執銳**（ㄆㄧ ㄐㄧㄢ ㄓˊ ㄖㄨㄟˋ） 図身披堅甲，手拿銳利的兵器。

**被褐懷璧**（ㄆㄧ ㄏㄜˊ ㄏㄨㄞˊ ㄅㄧˋ） 穿著粗布衣服而懷著美玉。比喻才德不外露的賢人。

**被選舉權**（ㄅㄟˋ ㄒㄩㄢˇ ㄐㄩˇ ㄑㄩㄢˊ） 合於被選條件的權利。

## 袍

ㄆㄠˊ ㈠一種形式肥大的外衣。如「道袍」。㈡寬長而且有夾裡的外衣，普通叫做「袍子」。如「棉袍」「皮袍」「夾袍」。㈢図指衣服的前襟。〈公羊傳〉有「涕沾袍」。㈣図參看「袍澤」。

**袍澤**（ㄆㄠˊ ㄗㄜˊ） 図稱軍隊裡的同事。如「袍澤之誼」。又作「同袍」。

**袍笏登場**（ㄆㄠˊ ㄏㄨˋ ㄉㄥ ㄔㄤˇ） 本指身穿官服，手執笏板，登臺演戲。比喻官吏登上政治舞臺（含諷刺意）。

## 袜

▲ㄇㄛˋ 就是「袜胸」，也作「抹胸」（兜肚）。以前婦人束肚腹的布。▲ㄨㄚˋ 同「襪」。

## 袤

図ㄇㄠˋ ㈠衣帶以上的衣服。㈡「廣」的對稱：南北距離的長度叫「袤」，東西距離的長度叫「廣」；合稱「廣袤」，是說土地的面積。又讀 ㄇㄡˋ。

## 袋

ㄉㄞˋ ㈠裡外嚴密隔開，留一個開口用來填裝東西的縫製或製造品，就是口袋，袋子。如「米袋」「錢袋」。㈡有容納或盛裝作用的部位或器具，加上「袋」字作名稱。如「腦袋」「煙袋」。㈢量詞。計算袋裝物品的數量，如「一袋米」。

**袋裝**（ㄉㄞˋ ㄓㄨㄤ） 用袋子裝的（貨物）。

**袋鼠**（ㄉㄞˋ ㄕㄨˇ） 產在澳洲的一種哺乳動物，軀體高約四五尺，前肢短小，後肢強大，善跳躍。頭部形狀與體態像鼠。雌鼠的腹部外面長著一個藏納和哺育幼鼠用的皮口袋。

## 袒（襢）

ㄊㄢˇ ㈠裸露，把身體的一部分光著。如「袒胸露懷」。㈡庇護。如「偏袒」「袒護」。

**袒護**（ㄊㄢˇ ㄏㄨˋ） 庇護，偏護。

**袒裼裸裎**（ㄊㄢˇ ㄒㄧ ㄌㄨㄛˇ ㄔㄥˊ） 図「袒裼」是露臂，「裸裎」是露體，統指衣著不莊重，不合禮法。

## 袞（衮）

ㄍㄨㄣˇ 古時候君主穿的禮服。

**袞服**（ㄍㄨㄣˇ ㄈㄨˊ） 從前帝王和公侯的禮服。

**袞袞**（ㄍㄨㄣˇ ㄍㄨㄣˇ） 図①大水流動的樣子。杜甫詩有「不盡長江袞袞來」。也作「滾滾」。②形容接續不斷而繁多的樣子；現在通常說「袞袞諸公」，或「諸公袞袞」，都是指有社會地位和有權勢的一些人。

## 袈

ㄐㄧㄚ 「袈裟（ㄕㄚ）」是和尚所穿的衣服，也叫「法衣」。

## 袪

図ㄑㄩ ㈠袖口。㈡舉袖的樣子。㈢除去。蔡邕〈郭有道碑〉有「童蒙賴焉，用袪其蔽」。

## 袖（褎）

ㄒㄧㄡˋ ㈠衣衫從肩到腕的部分，通常說「袖子」。㈡把東西藏在袖子裡不露出來。如「袖手」。㈢見「領袖」。㈣見「袖珍」。

**袖手**（ㄒㄧㄡˋ ㄕㄡˇ） 把手藏在袖筒裡不露出來，比喻旁觀而不肯參預其事。如「袖手旁觀」「袖手不前」。

**袖珍**（ㄒㄧㄡˋ ㄓㄣ） 形容小型的或小巧的東西。如「袖珍日記」「袖珍艦艇」。

**袖箭**（ㄒㄧㄡˋ ㄐㄧㄢˋ） 藏在袖子裡暗中射人的箭，是古時候的一種武器。

**袖口** ㄒㄧㄡˋ ㄎㄡˇ（兒）ㄦ 袖子的邊緣。

**袖筒**（兒）ㄒㄧㄡˋ ㄊㄨㄥˇ ㄦ 衣服的袖子。

**袖套兒** ㄒㄧㄡˋ ㄊㄠˋ ㄦ 出納會計人員用布做成筒狀的套子，套在袖子外面，用來保護袖子。

**袖珍本**（兒）ㄒㄧㄡˋ ㄓㄣ ㄅㄣˇ ㄦ 小型的書本。

## 六筆

**袹** ㄇㄛˋ 見「袹腹」等條。

**袹腹** ㄇㄛˋ ㄈㄨˋ 古人指肚兜、背心之類的內衣。

**袹額** ㄇㄛˋ ㄜˊ 初守喪的用以束髮的頭巾。

**袱** ㄈㄨˊ「包袱」的「袱」。參看「包袱」條。

**裂** ㄌㄧㄝˋ ㈠破開。如「四分五裂」「手腳凍裂」。㈡分離，破壞。如「決裂」。㈢図剪裁。

**裂片** ㄌㄧㄝˋ ㄆㄧㄢˋ 破裂的碎片。

**裂帛** ㄌㄧㄝˋ ㄅㄛˊ 図撕綢子。形容聲音的清脆好聽。如「四弦一聲如裂帛」。

**裂果** ㄌㄧㄝˋ ㄍㄨㄛˇ 果實成熟時自動裂開，使種子飛散各處的，如豌豆、油菜等。

**裂痕** ㄌㄧㄝˋ ㄏㄣˊ ①器物的裂縫。②比喻感情發生破裂，不和睦。

**裂開** ㄌㄧㄝˋ ㄎㄞ 開字輕讀。①破裂開。②分開。

**裂口**（兒）ㄌㄧㄝˋ ㄎㄡˇ ㄦ 平常也說「裂口子」。①裂縫，綻裂的縫隙。②受凍或受創的傷口。

**裂紋**（兒）ㄌㄧㄝˋ ㄨㄣˊ ㄦ 器物受撞擊或燒烤而發生破裂的紋。

**裂縫**（兒）ㄌㄧㄝˋ ㄈㄥˋ ㄦ 也說「裂縫子」。破綻的縫隙。

**袿** ▲図ㄍㄨㄟ ㈠以前婦人的上服。㈡衣服的後襟。▲ㄍㄨㄚˋ通「褂」。

**裉**（褃）ㄎㄣˋ 衣服的擡肩或腰身。也說「擡裉」。把這一部分縫好，說「煞裉」。參看「擡肩」。

**袷**（裌）▲ㄐㄧㄚˊ兩層的衣服或被褥等。▲図ㄐㄧㄝˊ㈠古時交叉式的衣領。㈡從前朝服上的曲領。

**袺** 図ㄐㄧㄝˊ把衣襟向上提。

**袽** 図ㄖㄨˊ破衣舊絮之類，古人用來堵塞船上的漏洞。

**裁** ㄘㄞˊ ㈠用刀剪等把紙或布割裂或剪開。㈡節制，壓抑。如「制裁」。㈢刪除，削減。如「裁軍」「裁減」。㈣決斷。如「裁決」「獨裁」。㈤計畫，度量。如「裁度」。㈥文章的體式叫「體裁」。㈦図自殺叫「自裁」。㈧図通「纔」，僅僅。

**裁刀** ㄘㄞˊ ㄉㄠ 裁開紙張、布料、木板等所用的刀，都叫裁刀。

**裁衣** ㄘㄞˊ ㄧ 剪裁衣料做衣服。

**裁兵** ㄘㄞˊ ㄅㄧㄥ 削減兵額。

**裁判** ㄘㄞˊ ㄆㄢˋ ①依法裁決判定兩方的爭論。②裁決比賽的勝負。③體育比賽負責裁決比賽勝負或糾紛的人。

**裁汰** ㄘㄞˊ ㄊㄞˋ 刪減。

**裁決** ㄘㄞˊ ㄐㄩㄝˊ 裁奪決定。

**裁併** ㄘㄞˊ ㄅㄧㄥˋ 裁撤而合併，多指公務機關說的。

**裁定** ㄘㄞˊ ㄉㄧㄥˋ 裁決判定。

**裁度** ㄘㄞˊ ㄉㄨㄛˊ 推度而加以裁決。

**裁軍** ㄘㄞˊ ㄐㄩㄣ 減少軍備，包括戰略武器、兵員等。

**裁員** ㄘㄞˊ ㄩㄢˊ 裁汰閒散（ㄙㄢˇ）不必要的人員。

**裁酌** ㄘㄞˊ ㄓㄨㄛˊ 裁決斟酌。

**裁處** ㄘㄞˊ ㄔㄨˇ 考慮決定並加以處理。

**裁減** ㄘㄞˊ ㄐㄧㄢˇ 裁撤減少。如「裁減軍備」。

**裁答** ㄘㄞˊ ㄉㄚˊ 用書信、詩歌等答覆。

**裁奪** ㄘㄞˊ ㄉㄨㄛˊ 審查事情，決定可否。

**裁撤** ㄘㄞˊ ㄔㄜˋ 把已經設立的機關或事物廢止。

**裁製** ㄘㄞˊ ㄓˋ 裁剪並縫製（衣服）。

**裁縫** ▲ㄘㄞˊ ㄈㄥˊ 裁剪縫製衣服。▲ㄘㄞˊ ˙ㄈㄥ 做衣服的工人。

**裁斷** ㄘㄞˊ ㄉㄨㄢˋ 考慮決定。

**裁縫車** ㄘㄞˊ ㄈㄥˊ ㄔㄜ 縫紉機。

# 裀

図ㄧㄣ ㈠貼身穿的衣服。㈡鋪在褥子上的毯子；與「茵」通。

## 七筆

# 補

ㄅㄨˇ ㈠把破洞、破裂的地方修好。如「縫補」「補衣服」「補漏洞」。㈡把缺欠的添足。如「刊物沒有收到，請補寄一份」「不夠的數量要補充」。㈢填上空缺的地方或填入空缺的名次、職位。如「補缺」「候補」「遞補」。㈣事後改正。如「補救」「補過」。㈤對身體健康有所幫助。如「滋補」「補品」。㈥明清官服釘綴在前後心的方形或圖形繡飾，繡的是動物，文官繡鳥，武官繡獸，隨品級不同而圖形各異。平常說是「補服」「補子」。

**補正** ㄅㄨˇ ㄓㄥˋ 補充和改正（文字的疏漏和錯誤）。

**補充** ㄅㄨˇ ㄔㄨㄥ 增補不足的數。

**補白** ㄅㄨˇ ㄅㄞˊ ①寫些零碎的文字來填補版面空白的地方。②書籍、報刊上填補空白的文字。③畫家用在款識（ㄓˋ）上謙稱自己的作品，供人填補空白的牆壁。

**補考** ㄅㄨˇ ㄎㄠˇ 因故未參加考試或考試不及格的人另行考試。

**補血** ㄅㄨˇ ㄒㄧㄝˇ 使紅血球或血色素增加。如「補血藥」。

**補助** ㄅㄨˇ ㄓㄨˋ 財物方面的幫助。

**補足** ㄅㄨˇ ㄗㄨˊ 補充使足數。

**補品** ㄅㄨˇ ㄆㄧㄣˇ ①泛稱營養價值高的食品。②中醫稱對身體有滋養的藥品為「補藥」，也稱為「補品」。

**補益** ㄅㄨˇ ㄧˋ 図①益處。②使產生益處。

**補缺** ㄅㄨˇ ㄑㄩㄝ 填補缺額。

**補假** ㄅㄨˇ ㄐㄧㄚˋ ①應該放假的日期錯過了，再添補放假，叫補假。像國慶日應該放假，但是正好遇上星期日，就在次日補假一天。②因為特殊情形不能事先請假，等到事後再報告說明，也叫補假。

**補救** ㄅㄨˇ ㄐㄧㄡˋ 設法挽救失誤，彌補以前的損失。

**補習** ㄅㄨˇ ㄒㄧˊ ①正規課業以外的學習。②業餘的學習。

**補靪** ㄅㄨˇ ㄉㄧㄥ 靪字輕讀。衣服鞋襪破了加以補綴的地方。也寫作「補釘（˙ㄉㄧㄥ）」。

**補報** ㄅㄨˇ ㄅㄠˋ ①報答恩德。②事後報告或續報。

**補給** ㄅㄨˇ ㄐㄧˇ 軍事方面糧秣被服和軍火裝備的補充供給。

**補貼** ㄅㄨˇ ㄊㄧㄝ 就是「貼補」，對缺欠的方面加以補足。

**補葺** ㄅㄨˇ ㄑㄧˋ 図修理，修補。

**補過** 彌補過失。

**補綴** 縫補衣服鞋襪等。

**補課** 補學或補教所缺的功課。

**補選** 補行選舉。

**補遺** 書籍正文還有遺漏，另外加以說明，列在後面，叫做「補遺」；或將原書遺漏的部分另作專冊，也叫做「補遺」。

**補償** 賠補，補還。

**補還** 償還虧欠。

**補藥** 滋養身體的藥。

**補充兵** 額外的兵，以備補充現役兵員的缺額的。軍隊裡簡稱「充員」。

**補衣兒** 國字的「衣」字部首寫作偏旁的，通常叫「補衣兒」，就是「衤」。也叫「衣字旁」「衣補兒」。

**補助金** 上級政府為了補充下級政府經費不足而提撥的金錢。

**補習班** 為人補習功課的場所。

**補給線** 後方以物資供給前方作戰的需要，所賴以運輸的路線。

**補偏救弊** 補救偏差，糾正弊害。

**補習教育** 為中途輟學或已就業者所實施的教育。

**補償作用** 在某一方面失敗，而在另一方面力求成功，作為彌補的一種作用。

## 裒

[文] ㄆㄡˊ ㈠收聚起來。如「裒輯」。㈡減去。如「裒多益寡」。

**裒輯** [文]編書蒐集材料。

**裒多益寡** [文]減有餘，補不足，使平均適中。

## 裊

ㄋㄧㄠˇ ㈠繚繞的樣子。參看「裊裊」。㈡通「嫋」。

**裊娜** 同「嫋娜」：①身體柔美搖搖擺擺的樣子。②形狀柔美細長。

**裊裊** 也作「嫋嫋」。①繚繞的樣子。如「炊煙裊裊」。②音調悠揚好聽。如「餘音裊裊」。

## 裡（裏）

ㄌㄧˇ ㈠指衣服被褥等不向外露的那一層，也叫「裡子」「裡兒」。如「衣裳裡兒」「被裡」「鞋裡子」。㈡內部。如「表裡如一」。㈢靠後的，在內部的。如「裡層」「裡屋」。㈣指布或紙比較粗糙的一面。㈤指地方。如「這裡」「那裡」。㈥指時間。如「夜裡」「暑假裡」。㈦表示範圍或表示含藏其中。如「家裡」「話裡有話」「笑裡藏刀」。

**裡子** ①衣、帽、鞋等的內層。②國劇裡作配角的。

**裡衣** 內衣，貼身的衣服。

**裡兒** 裡子。

**裡脊** 脊字輕讀。豬羊等體內脊骨兩旁的肉。今常寫「里肌」。

**裡頭** 也說「裡邊」「裡面」。①內部。②指事情的背後。如「這裡頭有文章」。

**裡外裡** 就是說「合計」的意思。如「反正裡外裡是一樣的耗費」「他替你，你再替他，裡外裡是一樣」。

**裡間兒** 幾間屋子相連，離門遠而靠內的是裡間兒。

**裡裡外外** 泛指內外，裡頭和外頭。如「裡裡外外都站滿了人」。

**裡應外合** 內外勾結響應。也說「裡勾外聯」或「裡勾兒外聯」。

**袂** ㄐㄧㄚˊ 同「袷」。就是兩層的衣服或被褥等。如「袂衣」「袂袍」。

**裘** ㄑㄧㄡˊ ㊀皮衣。如「輕裘肥馬」「狐裘」。㊁姓。

**裘葛** ㄑㄧㄡˊ ㄍㄜˊ 図①從冬裘（冬天的皮衣）到夏葛（夏天穿的葛衣），就是指一年之間的時光。②冬裘夏葛，指時間更替，寒暑變遷。

**裙（裠）** ㄑㄩㄣˊ ㊀是圍在腰下的服裝；現在通常是女人穿的服裝。㊁圍在腰下的布。如「圍裙」。㊂鼈甲的邊緣，叫「鼈裙」。

**裙子** ㄑㄩㄣˊ ㄗˇ 裙㊀。

**裙帶** ㄑㄩㄣˊ ㄉㄞˋ ①裙上帶子。②指關係妻室方面，含有譏誚的意思。

**裙釵** ㄑㄩㄣˊ ㄔㄞ 図指婦女（裙和釵都是婦女的衣飾）。

**裙帶關係** ㄑㄩㄣˊ ㄉㄞˋ ㄍㄨㄢ ㄒㄧˋ 有婚姻關係的兩個家庭或兩個人，利益結合，使雙方都有好處。舊時如果男方倚仗女方，則被視為不正常，因為「裙帶關係」常含有譏笑的意思。

**裝** ㄓㄨㄤ ㊀穿著（ㄓㄨㄛˊ）的衣物。如「服裝」「軍裝」。㊁出遠門用的行李。如「行裝」「整裝出發」。㊂修飾。如「裝扮」「裝飾」。㊃把東西貯放進去。如「包裝」「一個箱子裝不下」。㊄盛放的方法。如「盒裝」「瓶裝」。㊅假作。「裝蒜」「裝胡塗」。㊆安上，設備。如「安裝」「裝一盞電燈」。㊇書冊的裝訂形式。如「平裝」「精裝」「線裝」。㊈「化裝」的簡語。如「演員上裝」「卸裝」。

**裝甲** ㄓㄨㄤ ㄐㄧㄚˇ 裝有防彈鋼板的。如「裝甲汽車」。

**裝池** ㄓㄨㄤ ㄔˊ 図裝裱。

**裝扮** ㄓㄨㄤ ㄅㄢˋ 修飾打扮。

**裝束** ㄓㄨㄤ ㄕㄨˋ ①整理行裝。如「裝束完畢」。②衣飾的打扮。如「裝束入時」。

**裝佯** ㄓㄨㄤ ㄧㄤˊ 假裝。

**裝卸** ㄓㄨㄤ ㄒㄧㄝˋ ①貨物的裝載和卸下。②機件的裝配和卸下。

**裝訂** ㄓㄨㄤ ㄉㄧㄥˋ 書籍等把散頁訂成整冊。

**裝修** ㄓㄨㄤ ㄒㄧㄡ 修字輕讀。房屋或商店門面的裝飾整修。

**裝裱** ㄓㄨㄤ ㄅㄧㄠˇ 裱褙書畫並裝上軸子等。

**裝配** ㄓㄨㄤ ㄆㄟˋ 裝置；配備。

**裝假** ㄓㄨㄤ ㄐㄧㄚˇ 作假，不真實。

**裝備** ㄓㄨㄤ ㄅㄟˋ 軍用術語，指應有的配置物品。

**裝幀** ㄓㄨㄤ ㄓㄥ 図圖書出版物的裝潢設計。

**裝腔** ㄓㄨㄤ ㄑㄧㄤ 做作。如「裝腔作勢」。

**裝置** ㄓㄨㄤ ㄓˋ ①安裝配置。②機件。

**裝運** ㄓㄨㄤ ㄩㄣˋ 裝載和轉運。

**裝飾** ㄓㄨㄤ ㄕˋ 修飾外貌。

**裝蒜** ㄓㄨㄤ ㄙㄨㄢˋ 說人故意裝傻、假裝不知或裝腔作勢。

**裝裹** ㄓㄨㄤ ㄍㄨㄛˇ 裝殮死者的衣衾。

**裝傻** ㄓㄨㄤ ㄕㄚˇ 假裝胡塗。也說「裝胡塗」。

**裝潢** ㄓㄨㄤ ㄏㄨㄤˊ ①裝裱字畫。②表面的修飾。如「客廳裡裝潢美麗」。（現在商業廣告上常誤寫作「裝璜」。）

**裝殮** ㄓㄨㄤ ㄌㄧㄢˋ 給死人穿衣入殮。

**裝甲兵** ㄓㄨㄤ ㄐㄧㄚˇ ㄅㄧㄥ 也叫「裝甲部隊」，駕駛裝甲車作戰的部隊。第二次世界大戰期間也叫「機械化部隊」。

**裝甲車** ㄓㄨㄤ ㄐㄧㄚˇ ㄔㄜ ①載重汽車外面加裝鋼板的戰車。②坦克車等軍用戰車的總稱。

**裝門面** ㄓㄨㄤ ㄇㄣˊ ㄇㄧㄢˋ 比喻為了表面好看而加以粉飾點綴。

**裝配廠** ㄓㄨㄤ ㄆㄟˋ ㄔㄤˇ 裝配生產品的工廠。

**裝配線** ㄓㄨㄤ ㄆㄟˋ ㄒㄧㄢˋ 工廠裝配產品的生產線。

**裝幌子** ㄓㄨㄤ ㄏㄨㄤˇ ㄗ˙ 比喻假借某種好聽的名義來掩飾自己。

**裝飾品** ㄓㄨㄤ ㄕˋ ㄆㄧㄣˇ 專為美觀，並非實用的物品。

**裝飾音** ㄓㄨㄤ ㄕˋ ㄧㄣ 樂曲中在某些音上另外加的音，做為裝飾之用的。

**裝樣子** ㄓㄨㄤ ㄧㄤˋ ㄗ˙ 裝模作樣。

**裝神弄鬼** ㄓㄨㄤ ㄕㄣˊ ㄋㄨㄥˋ ㄍㄨㄟˇ 比喻故弄玄虛。

**裝腔作勢** ㄓㄨㄤ ㄑㄧㄤ ㄗㄨㄛˋ ㄕˋ 有意做作的情態。

**裝載容量** ㄓㄨㄤ ㄗㄞˋ ㄖㄨㄥˊ ㄌㄧㄤˋ 車輛或房屋等空間能夠容納的數量。

**裝瘋賣傻** ㄓㄨㄤ ㄈㄥ ㄇㄞˋ ㄕㄚˇ 假裝瘋傻。

**裝模作樣** ㄓㄨㄤ ㄇㄨˊ ㄗㄨㄛˋ ㄧㄤˋ 故意做作，就是「裝腔作勢」。

**裝聾作啞** ㄓㄨㄤ ㄌㄨㄥˊ ㄗㄨㄛˋ ㄧㄚˇ 故意裝作不聞不問，假作不知不曉。

**裎** 図ㄔㄥˊ 光著身子。如「裸裎」。

**裟** ㄕㄚ 「袈裟」，是和尚穿的法衣。

**裋** 図ㄕㄨˋ 僮僕等勞苦工作的人所穿的粗料子的短衣。

**裔** 図ㄧˋ ㈠衣服的邊緣。㈡遠代的子孫。如「後裔」「苗裔」。㈢邊遠的地方。如「四裔」。㈣姓。

**裕** ㄩˋ ㈠多，豐富，充足。如「富裕」「充裕」。㈡寬。如「寬裕」。㈢從容，不急迫。如「時間優裕」。㈣図使豐裕。如「福國裕民」「光前裕後」。

**裕如** ㄩˋ ㄖㄨˊ 図①充足的樣子。如「生活裕如」。②從容的樣子。如「應付裕如」。

## 八筆

**裨** ▲図ㄅㄧˋ ㈠接續。見〈說文〉。㈡補助而得到益處。如「無裨實際」「大有裨益」。▲ㄆㄧˊ ㈠副的，偏的。如「裨將」。㈡小的。「裨海」就是小海。㈢姓。

**裨將** ㄅㄧˋ ㄐㄧㄤˋ 用以副佐的偏將，就是副將。

**裱** ㄅㄧㄠˇ ㈠見「裱褙」。㈡見「裱糊」。

**裱褙** ㄅㄧㄠˇ ㄅㄟˋ 裝潢書畫。有書畫向外的一層叫裱，沒有書畫的一面貼一層素紙的叫褙（也作背）。

**裱糊** ㄅㄧㄠˇ ㄏㄨˊ ①把紙糊在屋裡的牆壁上或柱子上，使屋裡整潔美觀。②用紙糊在物品上，以增加美觀。

**裴** ㄆㄟˊ ㈠姓。㈡図通「徘」，「裴回」同「徘徊」。

**裰** ㄉㄨㄛˊ ㈠縫補破衣。㈡「直裰」，本意是古時候的便服，後來指稱僧袍、道袍。

**裲** ㄌㄧㄤˇ 「裲襠」，古代一種背心，用布加繡，或用鐵片做成（護胸背）。

**裸** ㄌㄨㄛˇ ㈠不穿衣服，光著身子。如「裸體」「赤裸」。㈡外層沒有毛、羽、鱗、甲或其他東西包裹，如「裸芽」「裸子植物」。

**裸花** ㄌㄨㄛˇ ㄏㄨㄚ 沒有花萼和花冠的花，像半夏花等就是。

**裸麥** ㄌㄨㄛˇ ㄇㄞˋ 禾本科，穀類，略似大麥而穗無芒，實的殼容易脫落，供食用。

**裸裎** ㄌㄨㄛˇ ㄔㄥˊ 不穿衣服，露出肉體。

**裸線** ㄌㄨㄛˇ ㄒㄧㄢˋ 外面沒有包絕緣體的電線叫裸線。

**裸體** ㄌㄨㄛˇ ㄊㄧˇ 光著身子。

**褂（袿）** ㄍㄨㄚˋ 罩在外面的衣服，長的叫「長褂兒」「大褂兒」，短的叫「短褂」。男人的有袖子，女人的沒有袖子。清朝時候作禮服穿，短的叫馬褂。

**裹** ㄍㄨㄛˇ ㈠纏上，包住。如「把傷口用繃帶裹好」。㈡包起來的物件。如「大包小裹」「郵寄包裹」。㈢包羅；摻和（ㄏㄨㄛˋ）進去。如「土匪潰逃的時候裹走了幾個村民」「裹脅」。㈣用嘴脣咂。如「小孩裹奶」。㈤図見「裹足」。

**裹足** ㄍㄨㄛˇ ㄗㄨˊ ①停住步子，不往前走。如「裹足不前」。②舊時指女子纏足。

**裹脅** ㄍㄨㄛˇ ㄒㄧㄝˊ 図包圍著逼迫他人聽從。

**裹腳** ▲ㄍㄨㄛˇ ㄐㄧㄠˇ 女子纏足。▲ㄍㄨㄛˇ ˙ㄐㄧㄠ 女子纏足用的布條。也叫「裹腳布」「裹腳條子」。

**裹創** ㄍㄨㄛˇ ㄔㄨㄤ 図包纏受傷的地方。

**裹腿** ㄍㄨㄛˇ ˙ㄊㄨㄟ 腿字輕讀。褲外纏腿的布條，從前軍人所用。也說「綁腿」。

**裾** 図ㄐㄩ 衣服的前後襟。

**裼** 図ㄒㄧˋ ㈠脫去上衣。如「袒裼」。㈡古時在皮裘外面穿的長衣。

**製** ㄓˋ ㈠裁成衣服（這是「製」字原來的意義）。如「裁製衣服」。㈡造作器物。如「製造」「製圖」「釀製美酒」。㈢図作品，詩文著作。如「佳製」。㈣図撰寫。〈南史·褚裕之傳〉「皇太子親製誌銘」。㈤図式樣，法式。〈漢書〉有「服短衣楚製」。

**製作** ㄓˋ ㄗㄨㄛˋ ①製造。②撰寫文章詩詞。

**製版** ㄓˋ ㄅㄢˇ 製作印刷所用的底版。

**製造** ㄓˋ ㄗㄠˋ 造作一切物品。

**製圖** ㄓˋ ㄊㄨˊ 繪製圖形。

**製成品** ㄓˋ ㄔㄥˊ ㄆㄧㄣˇ 已經製造完成的產品。

**製作人** ㄓˋ ㄗㄨㄛˋ ㄖㄣˊ 製作節目的人。

**製作群** ㄓˋ ㄗㄨㄛˋ ㄑㄩㄣˊ 製作節目的團隊。

**製造品** ㄓˋ ㄗㄠˋ ㄆㄧㄣˇ 經過人工或機器製造的物品，對原料品說的。

**裯** 図ㄔㄡˊ ㈠蓋的被子。㈡帳子，同「幬」。

**裳** ㄔㄤˊ 古時候下半身穿的衣服，男女都穿，像是繫在上衣外面的長裙子。現在「衣裳」是衣服的統稱。又讀˙ㄕㄤ。如「衣裳」。

**裳裳** ㄔㄤˊ ㄔㄤˊ 図鮮明的樣子。〈詩經〉有「裳裳者華」。

**褚** ㄔㄨˇ ㈠図囊袋。㈡図把綿裝到衣服裡。㈢姓。

## 九筆

**褙** ㄅㄟˋ ㈠「裱褙」，裝潢書畫。㈡褙子，現代「背心」的古名。

**褒（襃）** ㄅㄠ 誇獎，讚美。如「這篇評論裡有褒有貶」。

**褒揚** ㄅㄠ ㄧㄤˊ 讚美表揚。

**褒詞** ㄅㄠ ㄘˊ 褒獎的文詞。

**褒貶** ▲ㄅㄠ ㄅㄧㄢˇ 褒與貶，毀與譽，一般常指對歷史或現代人物的批評。

▲ㄅㄠ·ㄅㄧㄢ不好的批評。北京人說「褒貶是主顧」，意思是「真正的主顧才會嫌貨不好」。

**褒獎** ㄅㄠ ㄐㄧㄤˇ 讚揚和獎勵。

**褒揚令** ㄅㄠ ㄧㄤˊ ㄌㄧㄥˋ 政府褒揚人民的文件。

**褓（緥）** 図ㄅㄠˇ「襁（ㄑㄧㄤˇ）褓」，是包幼兒的布兜。

**褊** ▲図ㄅㄧㄢˇ ㈠窄小。如「褊狹」。㈡急躁。如「褊急」。▲ㄆㄧㄢˊ「褊褼」，衣裳飄動的樣子。

**褊忌** ㄅㄧㄢˇ ㄐㄧˋ 胸襟狹窄，妒忌他人。

**褊急** ㄅㄧㄢˇ ㄐㄧˊ 図度量小，性情急躁。

**褊狹** ㄅㄧㄢˇ ㄒㄧㄚˊ ①氣量狹窄。②土地狹小。

**褊淺** ㄅㄧㄢˇ ㄑㄧㄢˇ 図心地狹窄，度量小，見識淺。

**褊隘** ㄅㄧㄢˇ ㄞˋ 狹隘。

**複** ㄈㄨˋ ㈠繁雜的，多的，不簡單的；用在一件事物的名稱上，常和「單」字對比。如「複分數」「複比」「複數」。㈡重疊。如「重複」。㈢図有夾裡的衣服（這是「複」字原來的意義）。

**複比** ㄈㄨˋ ㄅㄧˇ 兩個以上之比相乘，合成的比叫做複比。

**複句** ㄈㄨˋ ㄐㄩˋ 句子裡不止一個單純主語述語的，叫複句；有包孕複句、等立複句、主從複句等三種。

**複印** ㄈㄨˋ ㄧㄣˋ 用機器將文件或圖樣印出同樣的副本。複印的機器叫「複印機」。

**複式** ㄈㄨˋ ㄕˋ ①也稱多項式，是二項以上的代數式。②指不是單純的形式。像不同程度的學生的混合編班，叫「複式班」；比較繁複的一種簿記法，分借貸兩方列出分類帳，叫「複式簿記」。

**複利** ㄈㄨˋ ㄌㄧˋ 本金所孳生的利息，到期又轉作本金生利息，這種計算利息的方法叫「複利法」，簡稱複利，俗稱「利上滾利」。

**複姓** ㄈㄨˋ ㄒㄧㄥˋ 不止一個字的姓，像諸葛、司徒、歐陽、上官等。

**複果** ㄈㄨˋ ㄍㄨㄛˇ 由很多花簇集而成的果實，如菠蘿、無花果等的果實。

**複述** ㄈㄨˋ ㄕㄨˋ 再敘述一次。

**複哨** ㄈㄨˋ ㄕㄠˋ 兩個以上的哨兵或哨站同時進行守衛，彼此之間可以相互支援。

**複眼** ㄈㄨˋ ㄧㄢˇ 昆蟲和甲殼動物的眼睛，是由多數小眼睛結合而成的，叫做「複眼」；像蜻蜓的眼睛就是。

**複診** ㄈㄨˋ ㄓㄣˇ 在同一醫院或診所接受的第二次以上的診療。

**複詞** ㄈㄨˋ ㄘˊ 也叫複合詞或合成詞，就是兩個以上的詞素構成的詞。

**複葉** ㄈㄨˋ ㄧㄝˋ 一個葉柄上長出來多數的小葉柄，各小葉柄生長小葉的，叫做複葉；有羽狀複葉、掌狀複葉的區別。

**複道** ㄈㄨˋ ㄉㄠˋ 樓閣中的通道，因為地上也有通道，所以叫做複道。

**複審** ㄈㄨˋ ㄕㄣˇ ①再一次審查。②法院對已審理的案件再進行審理。

**複數** ㄈㄨˋ ㄕㄨˋ ①除1及本數以外，另有其他的數可以除盡的數。也叫「合數」「非素數」「複素數」。②代名詞中表示兩個人以上的，叫複數；像「我們」「他們」都是複數代名詞。

**複壁** ㄈㄨˋ ㄅㄧˋ 図建築物裡預先祕密建造的兩層的牆，兩層牆當中的空間可以藏匿人或財物。通常叫「夾壁」或「假牆」。

**複選** ㄈㄨˋ ㄒㄩㄢˇ 先由選民選出選舉人，再由選舉人選出應選的人員，這種制度叫複選，也叫「間接選舉」。

**複賽** ㄈㄨˋ ㄙㄞˋ 體育競賽中初賽後決賽前進行的比賽。

**複雜** ㄈㄨˋ ㄗㄚˊ 不單純。

**複覈** ㄈㄨˋ ㄏㄜˊ 進一步的稽查、核對。

**複韻** ㄈㄨˋ ㄩㄣˋ 國音裡由兩個單韻合成的韻，像ㄞ、ㄟ、ㄠ、ㄡ。

**複議** ㄈㄨˋ ㄧˋ 對已經決定的事作再一次的討論。

**複分數** ㄈㄨˋ ㄈㄣ ㄕㄨˋ 分數的分數，就是分數相乘的分數，又名「抽分」。

**複印機** ㄈㄨˋ ㄧㄣˋ ㄐㄧ 複印文件或圖樣的機器。

**複名數** ㄈㄨˋ ㄇㄧㄥˊ ㄕㄨˋ 算數中兼用幾種單位的數量名。像七元三角五分，三丈八尺六寸，一時二十分等。

**複合詞** ㄈㄨˋ ㄏㄜˊ ㄘˊ 兩個以上的詞素構成的詞，文法上稱為「複合詞」，舊名「聯綿字」；簡稱「複詞」。也叫「合成詞」。

**複決權** ㄈㄨˋ ㄐㄩㄝˊ ㄑㄩㄢˊ 人民對於議會所通過的法律案或憲法案，有重行投票表決的權，叫複決權。是 國父孫中山先生所主張的人民四權之一。

**複製品** ㄈㄨˋ ㄓˋ ㄆㄧㄣˇ 仿造的物品。

**複寫紙** ㄈㄨˋ ㄒㄧㄝˇ ㄓˇ 一種塗有化學顏料的紙，重疊襯在薄紙下，一次可以寫出好多分同樣字跡，叫複寫紙。

**褌（裩）** ㄎㄨㄣ 古人管褲子叫褌，也作「幝」。

**褐** ㄏㄜˊ ㈠粗布或粗麻做的衣服。㈡比喻貧窮的人。㈢黃黑的顏色。㈣姓。

**褐煤** ㄏㄜˊ ㄇㄟˊ 也叫「木煤」。色黑褐，少光澤，燃燒時會發出臭氣，有濃煙，是劣質煤炭。

**褐藻** ㄏㄜˊ ㄗㄠˇ 藻類植物的一大類，褐色，是海底最主要的藻類。海帶就是供食用的褐藻。

**褘** ▲図ㄏㄨㄟ ㈠古人繫在腹前的一種佩巾，男用的叫褘，女用的叫縭。㈡古時王后的祭服，叫「褘衣」。▲ㄧ 美好，同「禕」。

**褎** ▲ㄒㄧㄡˋ 同褏。▲図ㄧㄡˋ ㈠禾苗生長的樣子。㈡服飾華美的樣子。㈢「褎然」，才能出眾的。

**褕** 図ㄩˊ ㈠「襜褕」是直襟的短衣。㈡美。〈史記〉有「褕衣甘食」。

## 十筆

**褡** ㄉㄚ 見「褡包」「褡連」等條。

**褡包** ㄉㄚ ㄅㄠ 包字輕讀。繫在衣裳外頭的一種腰帶，用寬幅的布褶起來做成的。

**褡連（兒）** ㄉㄚ ㄌㄧㄢˊ （ㄦ） 連字輕讀。一種裝錢的口袋，中間開口，兩頭裝東西。也作「褡褳」。

**褟** ㄊㄚ ㈠貼身穿的短衫叫「汗褟兒」。㈡縫綴衣服的花邊。如「褟邊兒」「褟縧子」。

**褪** ▲ㄊㄨㄣˋ ㈠脫下。如「褪下一隻袖子來」。㈡縮入，藏在裡面。如「褪手」。▲ㄊㄨㄟˋ 顏色脫落。如「褪色」。

**褪手** ㄊㄨㄣˋ ㄕㄡˇ 把手縮藏在袖子裡。

**褪色** ㄊㄨㄟˋ ㄙㄜˋ 顏色脫落或消失。

**褦** ▲図ㄋㄞˋ 見「褦襶」條。▲ㄌㄜ 見「褦襶」條。

**褦襶** ▲ㄋㄞˋ ㄉㄞˋ ①図夏天所戴的涼笠。如「今世褦襶子，觸熱到人家」，見程曉詩。②說人不懂事。▲ㄌㄜ ˙ㄌㄜ ①形容衣服肥大不合身體的樣子。②衣著（ㄓㄨㄛˊ）不整潔的樣子。

**褲（袴、絝）** ㄎㄨˋ 套在腰下與兩條腿的下裳。原先是為了騎馬方便，後來變成常服。不過，「褲褶（ㄒㄧˊ）」（一種騎馬穿的服裝）和「褲腿」（褲管，或從前纏足女人連在褲下，遮住鞋面的桶狀布片），還寫成「褲」。

**褲腰** ㄎㄨˋ ㄧㄠ 褲子上端正當腰部的部分。

**褲襠** ㄎㄨˋ ㄉㄤ 褲子兩邊和褲腿相連的部分。

**褲襪** ㄎㄨˋ ㄨㄚˋ 連著內褲的長襪，是人造纖維織成的。是女人穿的。也有人叫「襪褲」。

**褲腳（兒）** ㄎㄨˋ ㄐㄧㄠˇ ㄦ 褲腿的最下端。平常也叫「褲腳子」。

**褲腿（兒）** ㄎㄨˋ ㄊㄨㄟˇ ㄦ 褲子套住兩腿的部分。

**褲衩兒** ㄎㄨˋ ㄔㄚˇ ㄦ 短褲。

**褯** ㄐㄧㄝˋ 「褯子」是包裹嬰兒下身來接屎尿用的布。也叫「尿（ㄋㄧㄠˋ）布」。

**褰** 〔文〕ㄑㄧㄢ ㈠套褲。㈡揭起。如「褰裳涉水」（見〈淮南子〉）。

**褫** ㄔˇ ㈠〔文〕把人身上穿的衣服剝除。㈡罷黜，革除，不許享有。如「褫職」「褫奪公權」。

**褫奪公權** ㄔˇ ㄉㄨㄛˊ ㄍㄨㄥ ㄑㄩㄢˊ 法律名詞，從（ㄗㄨㄥˋ）刑之一，剝奪犯罪者在公法上本來可以享受的一些權利。包括參選公職人員、擔任公務人員的資格，行使選舉、罷免、創制、複決四種權的權利。

**褥** ㄖㄨˋ 睡臥的時候墊在身體下面的東西；通稱「褥子」。如「被褥」「墊褥」。

**褥套** ㄖㄨˋ ㄊㄠˋ 褥子的外套。

**褥瘡** ㄖㄨˋ ㄔㄨㄤ 長期臥床不能自己移動的病人，骶部和髖部的皮膚和肌肉等組織壞死和潰爛，叫做褥瘡。

## 十一筆

**褳** ㄌㄧㄢˊ 「褡連」也作「褡褳」。見「褡連」條。

**褸** 〔文〕ㄌㄩˇ ㈠衣襟。㈡「襤褸」是說衣服破爛。

**襀** 〔文〕ㄐㄧ 古人衣服上特意做出來的褶兒，像現在的裙褶之類。

**襁（繈）** 〔文〕ㄑㄧㄤˇ 見「襁負」「襁褓」等條。

**襁負** ㄑㄧㄤˇ ㄈㄨˋ 〔文〕用布把小孩兒綑包起來背（ㄅㄟ）著。〈論語〉有「襁負其子而至矣」。

**襁褓** ㄑㄧㄤˇ ㄅㄠˇ 〔文〕包幼兒的布。

**褻** 〔文〕ㄒㄧㄝˋ ㈠不讓人看見的貼身穿的衣服，叫做「褻衣」。㈡汙穢，不清潔的。「褻器」，是指便盆說的。㈢太親近，不莊重。如「狎褻」。㈣輕慢，不敬。如「褻瀆」。㈤常常相見。〈論語〉有「雖褻，必以貌」。

**褻衣** ㄒㄧㄝˋ ㄧ 〔文〕貼身穿的內衣褲。

**褻狎** ㄒㄧㄝˋ ㄒㄧㄚˊ 與人相處舉止輕薄。

**褻玩** ㄒㄧㄝˋ ㄨㄢˊ 〔文〕不莊重地親近而玩弄。

**褻慢** ㄒㄧㄝˋ ㄇㄢˋ 與人相處不莊重。

**褻瀆** ㄒㄧㄝˋ ㄉㄨˊ 〔文〕①輕慢，侮蔑。②謙稱以小事麻煩人家。如「瑣事不敢褻瀆」。

**襄** ㄒㄧㄤ ㈠幫助。如「襄助」「共襄義舉」。㈡〔文〕完成。如「襄事」。㈢〔文〕除去。〈詩經〉有「牆有茨，不可襄也」。㈣姓。

**襄羊** ㄒㄧㄤ ㄧㄤˊ 図徘徊，徜徉，同「相羊」。

**襄助** ㄒㄧㄤ ㄓㄨˋ 幫助。

**襄事** ㄒㄧㄤ ㄕˋ 成事。

**襄理** ㄒㄧㄤ ㄌㄧˇ ①幫助辦理。②營業機構的一種職位名稱，是輔佐經理辦事的人。

**襄辦** ㄒㄧㄤ ㄅㄢˋ 就是襄理的意思。

**褼** 図ㄒㄧㄢ 褊（ㄆㄧㄢ）褼，衣裳飄動的樣子。

**褶** ▲ㄓㄜˊ ㈠裙幅上疊出來的層兒。如「百褶裙」。也通作「摺」。㈡像裙褶樣的。如「褶曲」。▲図ㄒㄧˊ ㈠古時的一種夾衣。㈡「褲褶」是古時候一種騎馬作戰穿的衣服。㈢古「襲」字。

**褶曲** ㄓㄜˊ ㄑㄩ 地質學上把地殼因冷縮致地層成波狀、盆狀、鐘狀等屈曲凹凸狀的稱為褶曲。因褶曲而形成的山脈稱為「褶曲山」或「褶曲山脈」。

## 十二筆

**襆** ㄆㄨˊ ㈠同「幞」，頭巾。㈡図「襆被」就是束裝、打鋪蓋捲的意思。如「襆被而出」。

**襇** ㄐㄧㄢˇ 裙褶。又讀ㄐㄧㄢ。

## 十三筆

**襞** 図ㄅㄧˋ ㈠衣服上的摺疊痕跡或皺紋。㈡摺疊衣服。

**襞褶** ㄅㄧˋ ㄓㄜˊ 図布帛上的摺疊的痕跡。

**襞積** ㄅㄧˋ ㄐㄧ 図摺疊，打摺兒。

**襠** ㄉㄤ ㈠褲子兩條褲腿兒交叉的地方。如「褲襠」。㈡兩腿的中間。如「腿襠」「騎馬蹲襠式」。

**襝（裣）** ㄌㄧㄢˇ 「襝衽」是古時女子的拜手行禮；沿用作女子文言書信末尾表示敬禮的用語。也作「斂衽」。

**襟** ㄐㄧㄣ ㈠同「衿」。㈡姐姐、妹妹的丈夫，互相稱「連襟」，也省稱「襟」。㈢「胸襟」「襟懷」是指人的志氣、意志或氣量。

**襟兄** ㄐㄧㄣ ㄒㄩㄥ 稱妻的姐夫。

**襟弟** ㄐㄧㄣ ㄉㄧˋ 稱妻的妹夫。

**襟抱** ㄐㄧㄣ ㄅㄠˋ 図胸襟；抱負。

**襟帶** ㄐㄧㄣ ㄉㄞˋ ①衣襟和腰帶。②如襟如帶，用來比喻形勢險要。

**襟懷** ㄐㄧㄣ ㄏㄨㄞˊ 図懷抱，志氣。

**襜** 図ㄔㄢ ㈠古時候指衣服的底襟。㈡衣服整齊的樣子。〈論語〉有「衣前後，襜如也」。㈢搖動的樣子。

**襚** 図ㄙㄨㄟˋ ㈠古時候送給死者穿的衣服。㈡古書上有的也用來稱一般作為賀禮的衣物。

**襖（袄）** ㄠˇ ㈠上身穿的短衣，有夾的、棉的、皮的。如「夾襖」「棉襖」「皮襖」。㈡上衣的通稱。如「紅褲綠襖」。

**襖兒** ㄠˇ ㄦ 就是襖。如「小棉襖兒」。

## 十四筆

**襤** 図ㄌㄢˊ ㈠沒有縫邊緣的衣服。㈡見「襤褸」。

**襤褸** ㄌㄢˊ ㄌㄩˇ 図衣服破舊。也作「襤縷」或「藍縷」。

**襦** 図ㄖㄨˊ ㈠短襖。㈡小孩兒的圍嘴兒。㈢與「繻」通，細羅（絲織品)。

## 十五筆

**襮** 図ㄅㄛˊ ㈠衣領。㈡「表襮」就是表明、剖白。

**襬(䙓)** ㄅㄞˇ 上衣、長袍、裙子等最下邊的部分，叫「下襬」或「底襬」。

**襭** 図ㄒㄧㄝˊ 把衣裳的下襬提起來兜東西。

**襪(袜、韈、韤)** ㄨㄚˋ 穿在腳上鞋裡的織物，質料有布、絲、棉、毛線、人造纖維等。如「絲襪」「短襪」。通稱「襪子」。襪子的長筒叫襪靿(兒)，腳穿入的地方叫襪口兒，腳底下的部分叫襪底兒，繫(ㄐㄧˋ)襪的帶子叫襪帶(兒)。

## 十六筆

**襲(袭)** ㄒㄧˊ ㈠依照原有的不改。如「沿襲」「因襲」。㈡以往官爵或貴族名銜的父子相傳，世代接續。如「世襲」「襲爵」。㈢在對方沒有準備的時候突然攻擊。如「襲擊」「偷襲」。㈣図偷，不正當的取得。如「抄襲」「襲奪」。㈤整套的衣服。如「棉衣一襲」。㈥図穿著(ㄓㄨㄛˊ)。如「襲朝服」。㈦図多加一層衣服。〈禮記〉有「寒不敢襲」。㈧図侵害。㈨図受。〈左傳〉有「故襲天祿」。㈩図和，合。〈荀子〉有「齊秦襲」。

**襲用** ㄒㄧˊ ㄩㄥˋ 沿襲地採用。

**襲取** ㄒㄧˊ ㄑㄩˇ ①出其不意地奪取(多用於武裝衝突)。②沿襲地採取。

**襲奪** ㄒㄧˊ ㄉㄨㄛˊ 図乘其不備而奪取。

**襲擊** ㄒㄧˊ ㄐㄧˊ 乘其不備突然加以攻擊。

**襲爵** ㄒㄧˊ ㄐㄩㄝˊ 子孫繼承祖宗的封爵。

**襲人故智** ㄒㄧˊ ㄖㄣˊ ㄍㄨˋ ㄓˋ 襲用別人用過的辦法。

**襯(衬)** ㄔㄣˋ ㈠在裡面再托上一層，墊上一層。如「在這層紙底下再襯上一層紙」。㈡陪伴，用別的東西從旁烘托，使主體顯明。如「青天有白雲襯著，非常美麗」。㈢拿錢幫助人。如「幫襯」。㈣襯裡的縮語。如「這套西服用了最好的進口襯」。

**襯布** ㄔㄣˋ ㄅㄨˋ 縫製衣服時襯在衣領，兩肩或褲腰等部分的布。

**襯字** ㄔㄣˋ ㄗˋ 歌曲等文學作品在規定的字數之外，為了某些目的，另外加的字，字數多少沒有嚴格的規定。

**襯托** ㄔㄣˋ ㄊㄨㄛ ①墊襯。②從旁陪襯烘托，使目標顯明。③用另一事物暗示來顯露本意。

**襯兒** ㄔㄣˋ ㄦ ①襯在衣服裡的布，像領襯兒，袖襯兒。②用來襯墊用的布，像抱小孩兒的時候襯墊在小孩兒身底下的布。

**襯衫** ㄔㄣˋ ㄕㄢ 穿在裡面的西式單上衣。

**襯裙** ㄔㄣˋ ㄑㄩㄣˊ 裡裙。

**襯裡** ㄔㄣˋ ㄌㄧˇ 添襯在衣服裡面的布，有的是為使衣服厚暖，有的是用比較硬挺的材料做襯裡，使衣服保持完美的式樣。

**襯衣(兒)** ㄔㄣˋ ㄧ (ㄦ) 指穿在裡面的單衣。

## 十七筆

**襶** ▲図ㄌㄞˋ 見「褦襶」條。▲·ㄌㄜ 見「褦襶」條。

## 十九筆

**襻** ㄆㄢˋ ㈠衣服上用布做的紐扣的一部分，是個小圈套。也叫「襻兒」或「扣襻兒」。㈡人拉車或拉東西，用布帶或皮帶套在肩上往前拉，這種布帶子或皮帶子也叫「襻」或「襻帶」「襻兒」。

## 襾部

**西** ㄒㄧ ㈠方向名，是東方的對面。早晨面對太陽，背後就是西方。㈡因向西行。〈漢書〉有「鼓行而西」。㈢西洋的簡稱。如「西裝」「西餐」。㈣西班牙國的簡稱。㈤姓。

**西子** ㄒㄧ ㄗˇ 西施，春秋時越國有名的美女。

**西元** ㄒㄧ ㄩㄢˊ 就是歐美通行的紀元，也稱為「西曆」「公曆」「公元」，是從耶穌誕生那年算起的。

**西天** ㄒㄧ ㄊㄧㄢ ①佛教從印度來，故稱印度為「西天」。②佛教徒稱佛地為「西天」，就是極樂世界。也作「西土」。③指西邊的天空。如「西天還有些兒殘霞」。

**西方** ㄒㄧ ㄈㄤ ①跟東方正相對的方向。②西洋。③佛教稱佛國為西方淨土。④複姓。

**西北** ㄒㄧ ㄅㄟˇ 在西、北之間的方向。

**西瓜** ㄒㄧ ㄍㄨㄚ 一年生蔓生果類植物，果實大而圓，皮青色，瓤有紅黃白各色，味甜而多汁。

**西皮** ㄒㄧ ㄆㄧˊ 國劇（京劇）曲調名稱，也叫黃陂調，和黃岡調並稱，是國劇曲調的主體。

**西式** ㄒㄧ ㄕˋ 西洋的式樣。

**西西** ㄒㄧ ㄒㄧ C.C.的譯音，指一立方公分的體積說的，常作液體或氣體容量單位。

**西周** ㄒㄧ ㄓㄡ 朝代名，自西元前一一二二年至西元前七七一年。

**西門** ㄒㄧ ㄇㄣˊ ①城墻西面的門。②複姓。

**西南** ㄒㄧ ㄋㄢˊ 在西、南之間的方向。

**西洋** ㄒㄧ ㄧㄤˊ 指歐、美各國。

**西夏** ㄒㄧ ㄒㄧㄚˋ 舊時國名，西元一〇三八年黨項族所建，地在今寧夏、陝西北部，甘肅西北部，青海東北部和內蒙古西部。西元一二二七年為元朝所滅。

**西席** ㄒㄧ ㄒㄧˊ 舊時對幕友或家中請的教師的稱呼（古時主位在東，賓位在西）。

**西晉** ㄒㄧ ㄐㄧㄣˋ 朝代名，西元二六五年至三一六年。

**西域** ㄒㄧ ㄩˋ 漢朝時指甘肅敦煌以西地區為西域，大部分是現在新疆省的地方。

**西涼** ㄒㄧ ㄌㄧㄤˊ 晉時十六國之一，李暠所建，在今甘肅敦煌一帶。

**西崽** ㄒㄧ ㄗㄞˇ 舊時稱西方僑民雇用的中國男僕。

**西照** ㄒㄧ ㄓㄠˋ ①太陽從西方照射。②夕陽。

**西經** ㄒㄧ ㄐㄧㄥ 本初子午線以西的經度或經線。

**西蜀** ㄒㄧ ㄕㄨˇ 地名，指今四川省。（見〈史記・李斯傳〉）

**西裝** ㄒㄧ ㄓㄨㄤ 西洋式的服裝。也叫「西服」。

**西賓** ㄒㄧ ㄅㄧㄣ 西席。

**西漢** ㄒㄧ ㄏㄢˋ 朝代名，西元前二〇六年至西元八年。

**西德** ㄒㄧ ㄉㄜˊ 德國的西半部，一九四九年和東德分別成為兩個國家，分稱西德、東德。今已合併統一成為一個國家。

**西樂** ㄒㄧ ㄩㄝˋ 西洋的音樂。

**西歐** ㄒㄧ ㄡ ①歐洲西部，靠大西洋地區和附近的島嶼，包括英國、愛爾蘭、荷蘭、比利時、盧森堡、法國、比利時等國。②除了東歐以外的歐洲國家。

**西學** ㄒㄧ ㄒㄩㄝˊ 西方的學術。

**西曆** ㄒㄧ ㄌㄧˋ ①就是「西元」「公元」。②以往我國用陰曆（農曆）記載月日，改用陽曆（國曆）以後，也把陽曆叫「西曆」或「新曆」。

**西餐** ㄒㄧ ㄘㄢ 西式的飯。

**西嶽** ㄒㄧ ㄩㄝˋ 五嶽之一，就是華山（在陝西省）。

**西點** ㄒㄧ ㄉㄧㄢˇ ①西洋式的糕點。②美國軍校的名字。

**西醫** ㄒㄧ ㄧ 西方的醫藥、醫學、醫生（和中醫相對）。

**西魏** ㄒㄧ ㄨㄟˋ 朝代名，西元五三四年至五五六年。

**西藥** ㄒㄧ ㄧㄠˋ 用歐美製藥方法做成的藥品。

**西邊** ㄒㄧ ㄅㄧㄢ 西㈠。

**西半球** ㄒㄧ ㄅㄢˋ ㄑㄧㄡˊ 東方人說地球西邊的半球，包括歐洲、南北美洲在內的地區。

**西施舌** ㄒㄧ ㄕ ㄕㄜˊ 貝類動物的一種，屬軟體動物門，斧足綱，產在海岸沙中，狀似蛤蜊而長，足突出，像是美女西施的舌頭。肉鮮美可食，又名沙蛤。

**西洋畫** ㄒㄧ ㄧㄤˊ ㄏㄨㄚˋ 和中國傳統繪畫相對，以西方技法、觀念所作的畫。

**西洋參** ㄒㄧ ㄧㄤˊ ㄕㄣ 多年生草本植物，與人參同屬，根略呈圓柱形，中醫入藥。原產北美洲等地，故名。

**西洋鏡** ㄒㄧ ㄧㄤˊ ㄐㄧㄥˋ 民國初年流行的一種專供兒童玩賞的小型幻燈機。後來也稱虛幻不實為「西洋鏡」。

**西紅柿** ㄒㄧ ㄏㄨㄥˊ ㄕˋ 就是番茄。

**西裝頭** ㄒㄧ ㄓㄨㄤ ㄊㄡˊ 現代男士的髮式之一，往往是配合西裝而設計的。頭髮剪短，略加吹整或抹油。

**西穀米** ㄒㄧ ㄍㄨˇ ㄇㄧˇ 由西穀椰子樹莖內的白色液質製成的澱粉小粒，可食。

**西子捧心** ㄒㄧ ㄗˇ ㄆㄥˇ ㄒㄧㄣ 西施有心痛的毛病，常常用手捧著心口。別人看了，覺得這種姿態很美，也跟著模做。

## 三筆

**要** ▲ㄧㄠˋ ㈠索取，討取。如「向他要帳」「要飯的」。㈡收取、占有或繼續保留，持有。如「這件衣料我要了」「這本書我還要呢」。㈢願意，想要。如「我要出門」「要成功就不能不努力」。㈣需要。如「我要一枝紅鉛筆」。㈤求。如「他要我替他辦一件事」。㈥應該。如「你要知道，這不是容易的事」「要注意這個問題」。㈦將要。如「要下雨了」「天要黑了」。㈧重要的，受人重視的。如「主要」「要人」。㈨重要部分。如「提要」「摘要」。㈩「要麼」的簡語。表示選擇的意思。如「一件事要（麼）就是不做，要（麼）就是一口氣兒做成功」。⑾若，如果，表示假設的語氣。如「你要說不去可不成」「要不快做，就趕不上了」。⑿図總括。如「以上所述，要為勸人向善之宏旨」「要言之，為人應處處以誠字居心」。

▲ㄧㄠ ㈠懇求。如「要求」。㈡図約，約定。如「要約」「久要不忘平

生之言」。㈢威脅，強迫。如「要挾」「要盟」。㈣図攔阻。如「要擊」「要而殺之」。㈤通「腰」。㈥姓。

**要人**（ㄧㄠˋ ㄖㄣˊ）①重要人物。②有權勢的人。

**要不**（ㄧㄠˋ ㄅㄨˋ）不字輕讀。就是「要不然」的意思。如「我們去打球，要不就去游泳」。「這條路這樣難走，要不我們回去吧」。

**要公**（ㄧㄠˋ ㄍㄨㄥ）緊要的公事。

**要功**（ㄧㄠ ㄍㄨㄥ）同「邀功」。

**要犯**（ㄧㄠˋ ㄈㄢˋ）重要的罪犯。

**要目**（ㄧㄠˋ ㄇㄨˋ）重要的項目。

**要件**（ㄧㄠˋ ㄐㄧㄢˋ）①重要的文件。②法律上指依法必備的條件。

**要地**（ㄧㄠˋ ㄉㄧˋ）①重要的處所。②險要的地點。

**要好**（ㄧㄠˋ ㄏㄠˇ）①情誼很好。②努力求好。

**要旨**（ㄧㄠˋ ㄓˇ）重要的本意。

**要求**（ㄧㄠ ㄑㄧㄡˊ）①請求。②提出條件。

**要命**（ㄧㄠˋ ㄇㄧㄥˋ）①形容情形很厲害，很嚴重，如同「不得了」的意思。②被迫憤急的詞。如「他天天來催，真要命」。

**要是**（ㄧㄠˋ ㄕˋ）是字輕讀。若是，如果是，倘若，倘使。

**要津**（ㄧㄠˋ ㄐㄧㄣ）図①必經的道路。②顯要的地位。如「官居要津」。

**要約**（ㄧㄠ ㄩㄝ）約定。也作「邀約」。

**要員**（ㄧㄠˋ ㄩㄢˊ）重要的成員。

**要害**（ㄧㄠˋ ㄏㄞˋ）①軍事上重要的地點。如「固守要害」。②身體上容易致命的部位。如「命中（ㄓㄨㄥˋ）要害」。

**要挾**（ㄧㄠ ㄒㄧㄝˊ）図強迫別人服從。

**要素**（ㄧㄠˋ ㄙㄨˋ）①構成物體的必要原質。②指事情的必要條件。

**要務**（ㄧㄠˋ ㄨˋ）重要的事務。

**要帳**（ㄧㄠˋ ㄓㄤˋ）追討欠款。

**要強**（ㄧㄠˋ ㄑㄧㄤˊ）奮勉向上。

**要得**（ㄧㄠˋ ㄉㄜˊ）表示肯定，讚許的詞，「很好」的意思。

**要略**（ㄧㄠˋ ㄌㄩㄝˋ）闡述要旨的概說（多用於書名）。

**要港**（ㄧㄠˋ ㄍㄤˇ）重要的港口。

**要項**（ㄧㄠˋ ㄒㄧㄤˋ）要點。指事物的重要部分。

**要飯**（ㄧㄠˋ ㄈㄢˋ）向人乞討飯食或財物。

**要塞**（ㄧㄠˋ ㄙㄞˋ）國防、軍事上險要的地點。

**要盟**（ㄧㄠ ㄇㄥˊ）用強力壓迫對方訂盟。〈左傳〉有「要盟無質」。

**要義**（ㄧㄠˋ ㄧˋ）要旨。

**要路**（ㄧㄠˋ ㄌㄨˋ）同「要津」。

**要道**（ㄧㄠˋ ㄉㄠˋ）①必經的道路。②最切要的道理。

**要隘**（ㄧㄠˋ ㄞˋ）險要的關口。

**要圖**（ㄧㄠˋ ㄊㄨˊ）重要的計畫、方針或步驟。

**要緊**（ㄧㄠˋ ㄐㄧㄣˇ）急切重要。

**要聞**（ㄧㄠˋ ㄨㄣˊ）重要的新聞。

**要領** ▲図ㄧㄠ ㄌㄧㄥˇ「要」與「腰」通。指：①腰和脖子，是身體上的重要部位。〈禮記〉有「是全要領，以從先大夫於九京也」的話，意思是保全身軀免於斬刑。②比喻事情的綱要、主旨或頭緒。▲ㄧㄠˇ ㄌㄧㄥˇ是ㄧㄠ ㄌㄧㄥˇ②現在通行的讀音。如「不得要領」「做事應該把握要領」。

**要衝** ㄧㄠˋ ㄔㄨㄥ 重要的地方。也作「衝要」。

**要擊** ㄧㄠ ㄐㄧ 図「要」同「腰」。在中途攔阻襲擊。

**要臉** ㄧㄠˋ ㄌㄧㄢˇ 自愛而不肯做出丟臉的事。

**要點** ㄧㄠˋ ㄉㄧㄢˇ 言詞、書籍等的重要部分。

**要職** ㄧㄠˋ ㄓˊ 重要的職位。

**要不得** ㄧㄠˋ ㄅㄨˋ ㄉㄜˊ 不字輕讀。①程度很深的意思。如「壞得要不得」「麻煩得要不得」。②惡劣，敗壞而不可保存。如「這些水果爛了，要不得了」。

**要不然** ㄧㄠˋ ㄅㄨˋ ㄖㄢˊ 不字輕讀。就是「如果不如此」「如果不這樣」的意思。如「趕快去吧，要不然就晚了」。

**要面子** ㄧㄠˋ ㄇㄧㄢˋ ㄗ˙ 愛面子。

**要價兒** ㄧㄠˋ ㄐㄧㄚˋ ㄦ 賣東西的人向買東西的人所說的價錢。

**要飯（兒）的** ㄧㄠˋ ㄈㄢˋ ㄦ ㄉㄜ˙ 乞丐。

**要言不煩** ㄧㄠˋ ㄧㄢˊ ㄅㄨˋ ㄈㄢˊ 図話說得簡短而切要。

## 六筆

**覃** ▲図ㄊㄢˊ ㈠長。㈡蔓延到。㈢深廣。㈣姓。▲ㄑㄧㄣˊ 姓；湖南、四川、廣西一帶的讀音。

**覃思** ㄊㄢˊ ㄙ 図深思。

## 十二筆

**覆（覄）** ㄈㄨˋ ㈠反過來，轉變位置或立場。如「反覆無常」「翻來覆去」。㈡翻倒（ㄉㄠˇ）。如「顛覆」「覆車之戒」「覆巢之下，安有完卵」。㈢図翻過來，扣上。如「覆盆」。㈣図倒（ㄉㄠˋ）出來。如「覆水難收」。㈤図遮蓋。如「覆蓋」。㈥回還，通「復」。如「往覆」「答覆」。㈦重，又，再一次。如「覆核」。㈧図隱伏。

**覆亡** ㄈㄨˋ ㄨㄤˊ 滅亡。

**覆手** ㄈㄨˋ ㄕㄡˇ 翻過手掌，比喻事情容易辦。

**覆沒** ㄈㄨˋ ㄇㄛˋ ①船翻了沉下去。②軍隊大敗。如「全軍覆沒」。

**覆命** ㄈㄨˋ ㄇㄧㄥˋ 回覆命令；同「復命」。

**覆盆** ㄈㄨˋ ㄆㄣˊ 図盆子翻過來扣著，比喻裡面黑暗。形容沉冤莫白。也作「覆盆之冤」。

**覆核** ㄈㄨˋ ㄏㄜˊ 再審核。

**覆校** ㄈㄨˋ ㄐㄧㄠˋ 重新校對。

**覆巢** ㄈㄨˋ ㄔㄠˊ 図翻落鳥巢。也說「覆巢之下無完卵」。〈世說新語〉記載：曹操忌孔融才，拘捕孔融並殺他。孔融兩個兒子，大的九歲，小的八歲，說：「豈見覆巢之下復有完卵乎？」果然曹操把兩個孩子一起殺死。

**覆敗** ㄈㄨˋ ㄅㄞˋ 覆亡；失敗。

**覆掌** ㄈㄨˋ ㄓㄤˇ 反掌，比喻成功的容易。

**覆滅** ㄈㄨˋ ㄇㄧㄝˋ （軍隊）被消滅。

**覆試** ㄈㄨˋ ㄕˋ 初試合格後再行考試。

**覆蓋** 遮蓋。

**覆審** 第二次的審查或審判。

**覆選** 就初選出來的人，再作第二次的選擇。

**覆轍** 図車子傾覆的痕跡。比喻前人失敗的老路子。

**覆議** 再審議，重議。

**覆盆子** 多年野生草，長莖臥地上，葉為掌狀複葉，花色白，果實成細粒，紫色，可食，與根葉可供藥用。

**覆水難收** ①比喻對仳離的妻子難於復合。（原本是〈拾遺記〉所載太公望與妻馬氏的故事；後來訛傳為漢朝朱買臣休妻事。國劇有「馬前潑水」一齣戲即演此事。）②比喻以前的過失難於補救。

**覆車之戒** 比喻失敗後的教訓，以已失敗的事例作為警戒。古代本有「前車覆，後車誡」的諺語。意思與「前車之鑑」一樣。

**覆盆之冤** 覆盆：翻過來放著的盆子，裡面陽光照不到。覆盆之冤形容無處申訴的冤枉。

**覆巢之下無完卵** 翻覆的鳥巢之下沒有完好的鳥蛋。比喻國家滅亡，人民也無法生存。參看「覆巢」。

## 十三筆

**覈** ㄏㄜˊ ㊀考查。如「審覈」「覈稿」。㊁通「核」。如「覈對」「覈實」「覈算」。㊂図深刻。〈後漢書〉有「峭覈為方」的話。

**覈實** 同「核實」。

**覈稿** 審核稿件。

## 見部

**見** ▲ㄐㄧㄢˋ ㊀看到。如「目睹眼見」「沒見他來」。㊁辨識，看法。如「淺見」「有成見」。㊂拜會，訪問。如「謁見」「拜見」。㊃接待，會面。如「接見」「見客」。㊄被。如「見笑」「見罪」。㊅用在動詞的前面，表示尊敬對方，或是言詞上的禮貌。如「讓您見笑」「請別見怪」。㊆發現，看出來。如「挖坑見了水」「打得見了血」。㊇漸漸顯出或趨向於某種情勢。如「他的病見好」「日見興旺」。㊈遇到，碰到。如「見風就裂」「新的照相底片不能見光」。㊉見「見習」。▲ㄒㄧㄢˋ ㊀同「現」，顯露，發現的意思。如「發見」「情見乎詞」。㊁図舉薦。〈左傳〉有「齊豹見宗魯於公孟」。㊂図古時候棺材上的裝飾叫「見」。

**見天** 每天。

**見方** 指正方形，縱橫長短相等。如說「一尺見方」，就是指一正方尺的面積。

**見外** 是說對人客氣而冷淡、疏遠，當外人看待。如「您這樣客氣，就有點見外了」。

**見地** 一個人對一個問題所有的見解和主張。

**見好** ①指遇到好的情況（通常是指價錢合適有利）。如「這批貨見好就賣」。②同「看好」，是預見有好的現象或收穫的意思。如「今年風調雨順，年成見好」。③病勢減輕。如「他的病，這幾天見好」。④図指有意使人讚賞或感激。如「尊賢下士，見好於人」。

**見怪** ㄐㄧㄢˋ ㄍㄨㄞˋ 抱怨，責怪。如「不得已才這樣做，請不要見怪」。

**見性** ㄐㄧㄢˋ ㄒㄧㄥˋ 能夠徹底見到自己的本性。

**見知** ㄐㄧㄢˋ ㄓ 被認識，被賞識。

**見長** ㄐㄧㄢˋ ㄔㄤˊ 在某方面顯出來有特長。如「他以音樂見長」。

**見客** ㄐㄧㄢˋ ㄎㄜˋ 出面接待賓客。

**見背** ㄐㄧㄢˋ ㄅㄟˋ 図婉詞，指長輩去世。

**見效** ㄐㄧㄢˋ ㄒㄧㄠˋ 發生效力。

**見笑** ㄐㄧㄢˋ ㄒㄧㄠˋ ①被人譏笑。如「見笑於人」。②恥笑。如「您不要見笑」。

**見鬼** ㄐㄧㄢˋ ㄍㄨㄟˇ 見到鬼。比喻荒誕不經。

**見得** ㄐㄧㄢˋ ˙ㄉㄜ 看得出；能確定（只用於否定式或疑問式）。

**見教** ㄐㄧㄢˋ ㄐㄧㄠˋ ①請別人指教的客氣話。如「請隨時見教」。②請人回信答覆的敬詞，同「見示」「見復」。如「敬請見教」。

**見習** ㄐㄧㄢˋ ㄒㄧˊ 實地練習。

**見報** ㄐㄧㄢˋ ㄅㄠˋ 登載於報紙。

**見罪** ㄐㄧㄢˋ ㄗㄨㄟˋ 図①得罪於別人。②被責怪。

**見解** ㄐㄧㄢˋ ㄐㄧㄝˇ ①對於事理的辨識能力。②看法、認識和了解。

**見聞** ㄐㄧㄢˋ ㄨㄣˊ 眼睛所看到，耳朵所聽到的事。

**見機** ㄐㄧㄢˋ ㄐㄧ ①察看事情的情勢。如「見機而作」。②図是明察於事前的意思；也作「見幾（ㄐㄧ）」。

**見證** ▲ㄐㄧㄢˋ ㄓㄥˋ 顯明的功效。▲ㄐㄧㄢˋ ˙ㄓㄥ 發生案件時候在旁邊目睹的人。也叫「人證」。

**見識** ㄐㄧㄢˋ ㄕˋ 識字輕讀。經驗知識。

**見面**（兒） ㄐㄧㄢˋ ㄇㄧㄢˋ（ㄦ） ①會面。②會合。

**見天**（兒） ㄐㄧㄢˋ ㄊㄧㄢ（ㄦ） 每天。如「這盆花，見天（兒）要澆水」。

**見天日** ㄐㄧㄢˋ ㄊㄧㄢ ㄖˋ 比喻脫離苦難，重見光明。

**見世面** ㄐㄧㄢˋ ㄕˋ ㄇㄧㄢˋ 在外經歷各種事情，熟悉各種情況。

**見高低** ㄐㄧㄢˋ ㄍㄠ ㄉㄧ ①賭輸贏。②用比賽方式來分別優劣。

**見面禮**（兒） ㄐㄧㄢˋ ㄇㄧㄢˋ ㄌㄧˇ（ㄦ） 初次見面時候所贈與的禮物。

**見仁見知** ㄐㄧㄢˋ ㄖㄣˊ ㄐㄧㄢˋ ㄓˋ 通常寫作「見仁見智」。各人的見地不同。語出〈易・繫辭〉：「仁者見之謂之仁，知者見之謂之知」。

**見危授命** ㄐㄧㄢˋ ㄨㄟˊ ㄕㄡˋ ㄇㄧㄥˋ 在危亡關頭勇於獻出生命。

**見利忘義** ㄐㄧㄢˋ ㄌㄧˋ ㄨㄤˋ ㄧˋ 為圖自己的私利而不顧道義。

**見兔放鷹** ㄐㄧㄢˋ ㄊㄨˋ ㄈㄤˋ ㄧㄥ 看到兔子才放出老鷹。比喻時間還來得及。

**見怪不怪** ㄐㄧㄢˋ ㄍㄨㄞˋ ㄅㄨˋ ㄍㄨㄞˋ 遇到奇怪事物而不驚擾。比喻處事鎮定。

**見所未見** ㄐㄧㄢˋ ㄙㄨㄛˇ ㄨㄟˋ ㄐㄧㄢˋ 見到從來沒有看到過的。形容事物十分希罕。

**見風是雨** ㄐㄧㄢˋ ㄈㄥ ㄕˋ ㄩˇ 比喻只看一點跡象，就輕易地信以為真。

**見風轉舵** ㄐㄧㄢˋ ㄈㄥ ㄓㄨㄢˇ ㄉㄨㄛˋ 比喻看勢頭行事或看別人眼色行事。

**見財起意** ㄐㄧㄢˋ ㄘㄞˊ ㄑㄧˇ ㄧˋ 受錢財誘惑而起壞心。

**見異思遷** ㄐㄧㄢˋ ㄧˋ ㄙ ㄑㄧㄢ 見了新樣子就改變原樣子。比喻意志不堅定，沒有一定主見。

**見景生情** ㄐㄧㄢˋ ㄐㄧㄥˇ ㄕㄥ ㄑㄧㄥˊ ①看到眼前的現象而引起了感慨。②就是隨機應變的意思。

**見微知著** ㄐㄧㄢˋ ㄨㄟˊ ㄓ ㄓㄨˋ 見到細微的徵兆，馬上就知道未來的發展。

**見義勇為** ㄐㄧㄢˋ ㄧˋ ㄩㄥˇ ㄨㄟˊ 遇到應該做的合乎正義的事，就奮勇地去做。

**見錢眼開** ㄐㄧㄢˋ ㄑㄧㄢˊ ㄧㄢˇ ㄎㄞ 比喻貪財，唯利是圖。

**見獵心喜** ㄐㄧㄢˋ ㄌㄧㄝˋ ㄒㄧㄣ ㄒㄧˇ 看到了某種事物，激起了舊日的愛好，不由心喜（是個典故：宋朝程顥年輕的時候喜歡打獵，年紀大了，看見別人打獵就覺得高興）。

## 四筆

**覓（覔）** ㄇㄧˋ 找。如「尋覓」「尋親覓友」。

**覓句** ㄇㄧˋ ㄐㄩˋ 〔文〕指詩人苦吟得句。

**覓保** ㄇㄧˋ ㄅㄠˇ 尋找保證人。

**規** ㄍㄨㄟ ㈠條文，法則。如「條規」「校規」。㈡成例。如「陋規」「墨守成規」。㈢畫圓形的器具。如「圓規」「兩腳規」。㈣謀算，打主意。如「規畫」「規避」。㈤矯正，勸勉。如「規勸」「規過勸善」。

**規正** ㄍㄨㄟ ㄓㄥˋ 〔文〕規勸，使改正；匡正。

**規定** ㄍㄨㄟ ㄉㄧㄥˋ ①預先制定規則，做為行為的標準。②預先制定的規則。

**規則** ㄍㄨㄟ ㄗㄜˊ ①法則。②對某事進行、不進行或為何進行的一種硬性定則，通常使用於企業機構。如安全規則、採購規則等。③形容定式的，規律的。如「他的脈搏呈規則的跳動」。

**規律** ㄍㄨㄟ ㄌㄩˋ ①規則。②法則。

**規約** ㄍㄨㄟ ㄩㄝ 許多人互相協議約定共同遵守的規則。

**規格** ㄍㄨㄟ ㄍㄜˊ 產品質量的標準，如一定的大小、輕重、精密度、性能等。

**規矩** ㄍㄨㄟ ㄐㄩˇ ①泛指畫方形圓形的器具（畫圓的器具叫「規」，畫方的器具叫「矩」）。②應該遵守的法則。如「這兒的規矩：辦公時間不可談天兒」。③守規矩，行為端正老實。如「這個人很規矩，做事靠得住」。（②③兩例的「矩」字輕讀。）

**規條** ㄍㄨㄟ ㄊㄧㄠˊ 規定應遵守的條款。

**規章** ㄍㄨㄟ ㄓㄤ 規則章程。

**規復** ㄍㄨㄟ ㄈㄨˋ 〔文〕事態恢復。如「戰亂之後，迅速規復社會常態」。

**規畫** ㄍㄨㄟ ㄏㄨㄚˋ 籌謀策畫，就著事情打主意。

**規程** ㄍㄨㄟ ㄔㄥˊ ①規則。②普通機關團體所訂的法則，往往稱為「規程」。

**規費** ㄍㄨㄟ ㄈㄟˋ 按照規章對於公共團體行為特別補償所應納的錢，有司法規費、行政規費等。地方政府所收的規費，又分若干種目。

**規過** ㄍㄨㄟ ㄍㄨㄛˋ 矯正過錯。

**規模** ㄍㄨㄟ ㄇㄛˊ 模字可輕讀。①一定的制度和程式。②大概的計畫。③格局，局面。如「這一次地震的規模是五點三級，不算小」「上一次地下核子試爆的規模比這一次小」。

**規範** ㄍㄨㄟ ㄈㄢˋ 約定俗成或明文規定的標準。如「語音規範」。

**規諫** ㄍㄨㄟ ㄐㄧㄢˋ 〔文〕忠言勸戒；規勸。

**規避** ㄍㄨㄟ ㄅㄧˋ 設法躲避。

**規勸** ㄍㄨㄟ ㄑㄩㄢˋ 鄭重地勸告，使改正錯誤。

**規行矩步** ㄍㄨㄟ ㄒㄧㄥˊ ㄐㄩˇ ㄅㄨˋ 遵守禮法，行為正當。

**規規矩矩** ㄍㄨㄟ ㄍㄨㄟ ㄐㄩˇ ㄐㄩˇ 第二個規字輕讀。①有禮貌。②做事有次序。③行為正當，守本分。

**規範學科** ㄍㄨㄟ ㄈㄢˋ ㄒㄩㄝˊ ㄎㄜ 指標準學科。普通論理學、倫理學、美學等規範思想、行為、感情的學問。

## 五筆

**覘** 図ㄓㄢ看，探看。

**覘候** ㄓㄢ ㄏㄡˋ 図偵察。

**視（眎、眡）** ㄕˋ ㈠看。如「忽視」「近視」。㈡察看。如「監視」「巡視」。㈢看待。如「視同棄權」「重視」。㈣図比擬。如「以此視彼」。

**視力** ㄕˋ ㄌㄧˋ 在一定的距離之內辨別物體形象、顏色的能力。

**視角** ㄕˋ ㄐㄧㄠˇ 從眼睛或透視鏡頭到物體兩端相連的兩條直線所形成的角度，叫視角。物體越近視角越大。

**視事** ㄕˋ ㄕˋ 図①著手辦理事務。②就職。

**視官** ㄕˋ ㄍㄨㄢ 視覺器官，就是眼睛。

**視界** ㄕˋ ㄐㄧㄝˋ 眼睛所能看到的地方。

**視差** ㄕˋ ㄔㄚ ①天文學名詞。觀測天體的人，因為位置不同而發生的差異。②心理學名詞，人注視同一物體時，雙眼在網膜上所成影像的差異。

**視野** ㄕˋ ㄧㄝˇ 也作「視覺空間」「視域」。①用一隻眼睛凝視空間，所看到的外界範圍。②目光所看得到的範圍。

**視窗** ㄕˋ ㄔㄨㄤ ①供人觀覽的櫥窗。②電腦軟體的名字，由微軟公司所開發。

**視察** ㄕˋ ㄔㄚˊ ①考察工作。②一種工作職位的名稱，擔任事務的巡視考察的工作。

**視障** ㄕˋ ㄓㄤˋ 視覺功能障礙。

**視線** ㄕˋ ㄒㄧㄢˋ 目光的方向，也就是眼睛和所朝著的物體之間連成的直線。

**視學** ㄕˋ ㄒㄩㄝˊ ①古代天子親臨國學行春秋祭奠及養老之禮，稱為視學。②督導教學的官員，現在叫做督學。

**視導** ㄕˋ ㄉㄠˇ ①視察督導。②視察督導的人。

**視覺** ㄕˋ ㄐㄩㄝˊ 生理學名詞。動物對外界的光刺激視網膜而引起的感覺。高等動物的視網膜上的細胞有特殊化學物質，能配合眼球的其他構造，將光的刺激經由視神經傳到神經中樞的視覺區，引起形象、色澤的感覺。

**視聽** ㄕˋ ㄊㄧㄥ ①見聞。如「以廣視聽」。②比喻耳目。如「極視聽之娛」。

**視力表** ㄕˋ ㄌㄧˋ ㄅㄧㄠˇ 測定目力強弱的圖形表。

**視神經** ㄕˋ ㄕㄣˊ ㄐㄧㄥ 專門負責視覺功能的神經，分布在眼球的網膜上。

**視網膜** ㄕˋ ㄨㄤˇ ㄇㄛˊ 眼球三層中的最內一層，用以接受光線的刺激，像照相機內的底片。

**視死如歸** ㄕˋ ㄙˇ ㄖㄨˊ ㄍㄨㄟ 図形容人勇敢不怕死。

**視而不見** ㄕˋ ㄦˊ ㄅㄨˋ ㄐㄧㄢˋ 儘管睜著眼睛看，卻什麼也沒看清楚。指不重視或不注意。

**視若無睹** ㄕˋ ㄖㄨㄛˋ ㄨˊ ㄉㄨˇ 図雖然看了，卻好像沒有看見。形容對眼前的事物漠不關心。

**視覺器官** ㄕˋ ㄐㄩㄝˊ ㄑㄧˋ ㄍㄨㄢ 在頭部前面，眼球為其主要部分，次為動眼肌及眼瞼、淚腺、睫毛等附屬器，稱為視覺器官。

**視聽教育** ㄕˋ ㄊㄧㄥ ㄐㄧㄠˋ ㄩˋ 利用幻燈片、影片、錄音帶以及實物標本和發音器具等來補助教學，這種教學方法統稱視聽教育。

## 七筆

**覡** 図ㄒㄧˊ 舊時替人向鬼神祝禱的男巫。

## 八筆

**覥** ㄊㄧㄢˇ 害羞，不大方的樣子。「腼腆」也寫作「腼覥」。

## 九筆

**親（亲）** ▲ㄑㄧㄣ ㈠對父母的稱呼。如「雙親」「母親」。㈡稱謂上指有親屬直接的血統關係的，與「堂」「表」「從」等對稱。如「親兄弟」。又與「乾」等對稱。如「親娘」。㈢戚屬。如「沾親帶故」「遠親」。㈣婚姻。如「結親」「談親事」。㈤愛，有好感。如「相親相愛」「他們兩個人一見面就很親」。㈥關係很接近，親密。如「親人」「親信」。㈦指父母。如「家貧親老」。㈧図使人相和睦。〈左傳〉有「脩其五教，親其九族」。㈨図革新，通「新」。〈大學〉有「大學之道……在親民……」。㈩接近，沾染。如「他對煙酒一概不親」。(十一)本人的，自己的。如「親眼看見」「親口告訴他」。(十二)接吻，或用面部接觸。如「低下頭去親一親孩子」「親嘴」。

▲ㄑㄧㄥˋ「親家」（家字輕讀），是夫妻雙方的父母之間彼此相互的稱呼。

**親人** ㄑㄧㄣ ㄖㄣˊ ①關係很接近，很親密的人。如「離家在外，同鄉是親人」。②很近的親屬。

**親口** ㄑㄧㄣ ㄎㄡˇ 言語出於本人的嘴。

**親子** ㄑㄧㄣ ㄗˇ 父母和子女。

**親切** ㄑㄧㄣ ㄑㄧㄝˋ ①親密。②懇切。

**親友** ㄑㄧㄣ ㄧㄡˇ 親戚朋友。

**親夫** ㄑㄧㄣ ㄈㄨ 合法的丈夫。

**親手** ㄑㄧㄣ ㄕㄡˇ 用自己的手（做）。

**親王** ㄑㄧㄣ ㄨㄤˊ 皇帝或國王的親屬中封王的人。

**親生** ㄑㄧㄣ ㄕㄥ ①自己生育。②自己生育或生育自己的。

**親任** ㄑㄧㄣ ㄖㄣˋ 能獲得上級信任親近的部屬，同親信。

**親自** ㄑㄧㄣ ㄗˋ 自己（做）。

**親身** ㄑㄧㄣ ㄕㄣ 親自。

**親事** ▲ㄑㄧㄣ ˙ㄕ 婚姻方面的事。▲図ㄑㄧㄣ ㄕˋ 親自辦事。

**親供** ㄑㄧㄣ ㄍㄨㄥˋ 図①法庭上，被告親自承認他所說的話。②親自寫出陳述的事情。

**親征** ㄑㄧㄣ ㄓㄥ 指帝王親自出征。

**親朋** ㄑㄧㄣ ㄆㄥˊ 親指親戚，朋指朋友。

**親炙** ㄑㄧㄣ ㄓˋ 図親自承受到教誨。弟子對業師，屬員對所接近的主管長官，都可以說「承受親炙」。

**親知** ㄑㄧㄣ ㄓ ①親戚和知己。②親身知道。

**親近** ㄑㄧㄣ ㄐㄧㄣˋ 親密而接近。

**親迎** ㄑㄧㄣ ㄧㄥˊ 古婚禮之一，新郎到女家迎新娘回家行婚禮。

**親信** ㄑㄧㄣ ㄒㄧㄣˋ 親近而可信託的人。

**親故** ㄑㄧㄣ ㄍㄨˋ 図親戚故舊。也稱「親舊」。

**親政** ㄑㄧㄣ ㄓㄥˋ 幼年繼位的帝王長大後，親自處理政事。

**親娘** ㄑㄧㄣ ㄋㄧㄤˊ 生母；與「乾娘」「乾媽」不同。

**親家** ㄑㄧㄥˋ ㄐㄧㄚ 家字輕讀。①兩家兒女相婚配的親戚關係。②兒子的岳父母或女兒的公婆。

**親展** ㄑㄧㄣ ㄓㄢˇ ①図會面。②同「親啟」。

**親爹** ㄑㄧㄣ ㄉㄧㄝ 親生父親。

**親密** ㄑㄧㄣ ㄇㄧˋ 親近密切。

**親情** ㄑㄧㄣ ㄑㄧㄥˊ 親族的感情。

**親戚** ㄑㄧㄣ ㄑㄧ˙ 戚字可輕讀。內親和外戚的通稱。也稱「親眷」「親串」。

**親啟** ㄑㄧㄣ ㄑㄧˇ 寫在信封上，表示希望收信人親自拆信的意思。

**親族** ㄑㄧㄣ ㄗㄨˊ 有血統關係而同宗的人。

**親眷** ㄑㄧㄣ ㄐㄩㄢˋ ①親戚。②眷屬。

**親疏** ㄑㄧㄣ ㄕㄨ ①親近和疏遠。②親近的人和關係疏遠的人。

**親眼** ㄑㄧㄣ ㄧㄢˇ 用自己的眼睛（看）。如「我親眼看見他那樣做的」。

**親善** ㄑㄧㄣ ㄕㄢˋ 親近而友善。

**親筆** ㄑㄧㄣ ㄅㄧˇ 親自寫的。

**親等** ㄑㄧㄣ ㄉㄥˇ 表示親屬關係的遠近，稱為親等。如夫妻等於是自己不加等，其後依血緣關係往上一級加一等，往下一級也加一等。

**親貴** ㄑㄧㄣ ㄍㄨㄟˋ 図帝王的近親或親信的人。

**親愛** ㄑㄧㄣ ㄞˋ ①親近，關係密切。②感情融洽。

**親暱** ㄑㄧㄣ ㄋㄧˋ 親熱而密切。也作「親昵」。

**親熱** ㄑㄧㄣ ㄖㄜˋ 親切有熱情。

**親歷** ㄑㄧㄣ ㄌㄧˋ 図親身經歷。

**親隨** ㄑㄧㄣ ㄙㄨㄟˊ 跟隨左右侍候的人。

**親舊** ㄑㄧㄣ ㄐㄧㄡˋ 親戚故舊。

**親屬** ㄑㄧㄣ ㄕㄨˇ 家屬和親戚的總稱。

**親權** ㄑㄧㄣ ㄑㄩㄢˊ 法律上指父母對未成年子女的權利義務。

**親手（兒）** ㄑㄧㄣ ㄕㄡˇ（ㄦ） 親自動手，親自經手。

**親嘴（兒）** ㄑㄧㄣ ㄗㄨㄟˇ（ㄦ） 兩個人的嘴相接觸，表示親愛。也說「接吻」。

**親兄弟** ㄑㄧㄣ ㄒㄩㄥ ㄉㄧˋ 同父母的兄弟。

**親和力** ㄑㄧㄣ ㄏㄜˊ ㄌㄧˋ 讓人樂於親近的特質、能力。

**親家公** ㄑㄧㄥˋ ㄐㄧㄚ˙ ㄍㄨㄥ 家字輕讀。夫妻兩家的父親互稱為親家公。

**親家母** ㄑㄧㄥˋ ㄐㄧㄚ˙ ㄇㄨˇ 家字輕讀。夫妻兩家的母親互稱為親家母。

**親上加親** ㄑㄧㄣ ㄕㄤˋ ㄐㄧㄚ ㄑㄧㄣ 有親戚關係的男女結為夫妻，俗稱親上加親。

**親子關係** ㄑㄧㄣ ㄗˇ ㄍㄨㄢ ㄒㄧˋ 父母和子女的關係。

**親從子稱** ㄑㄧㄣ ㄘㄨㄥˊ ㄗˇ ㄔㄥ 用兒子的名字來稱呼父親的一種制度，一般都稱「某人的爸爸」，不再稱某之名。如「小明的爹」。

**親痛仇快** ㄑㄧㄣ ㄊㄨㄥˋ ㄔㄡˊ ㄎㄨㄞˋ 親人痛心，仇人高興。

**親親熱熱** ㄑㄧㄣ ㄑㄧㄣ ㄖㄜˋ ㄖㄜˋ 形容親熱。

**親兄弟明算帳** ㄑㄧㄣ ㄒㄩㄥ ㄉㄧˋ ㄇㄧㄥˊ ㄙㄨㄢˋ ㄓㄤˋ 親兄弟也要明白地把帳算清楚。比喻公事公辦，不徇私情。

**覦（覦）** 図ㄩˊ 見「覬覦」。

## 十筆

**覯** 図ㄍㄡˋ ㈠遇見，看到。如「實不多覯」。㈡通「遘」「逅」，遭逢。「覯閔」是遭受病痛的侵害。㈢成，通「構」。

**覬** 図ㄐㄧˋ ㈠希圖。如「覬幸（希圖徼幸）」。㈡見「覬覦」。

**覬覦** ㄐㄧˋ ㄩˊ 図抱著非分的野心，希望得到。

## 十一筆

**覲** 図ㄐㄧㄣˋ ㈠古時諸侯每年秋天進見天子叫「覲」。如「朝覲」「入覲」。現在說進見一國的元首。如「覲見」。㈡古書上也用來泛指相會，相見。〈左傳〉有「宣子私覲於子產」。

## 十二筆

**覼（覶）** 図ㄌㄨㄛˊ「覼縷」，把事情從頭到尾詳細地說出。如「非片言所能覼縷」「覼縷詳述於下」。也寫作「羅縷」。

**覵（瞯）** 図ㄐㄧㄢˋ偷看。〈孟子〉有「王使人覵夫子」。

**覷（覰、覻）** 図ㄑㄩˋ看，偷著看。如「覷探」「面面相覷」。

## 十三筆

**覺（觉、覚）** ▲ㄐㄩㄝˊ ㈠知曉，感受到。如「不知不覺走到了」「覺得有點兒不舒服」。㈡知道和辨別外界事物的能力。如「知覺」「視覺」。㈢明悟事理。如「先知先覺」。㈣啟發，告訴。如「先知覺後知」。㈤図睡醒。如「大夢誰先覺」。㈥図發現，被人知道。如「覺察」「發覺」。㈦図比較，較量。通校（ㄐㄧㄠˋ）。〈世說新語・捷悟〉有「我才不及卿，乃覺三十里」。箋疏「引覺作校」。又讀ㄐㄧㄠˇ。

▲ㄐㄧㄠˋ ㈠通常把睡眠叫「睡覺」，也可以用一個「覺」字代表睡覺這件事。如「覺睡得不夠」「睡午覺」。㈡睡眠一次叫「一覺」。如「一覺醒來」。

**覺悟** ㄐㄩㄝˊ ㄨˋ 對過去不清楚的或是有過錯的事，忽然明白過來。

**覺書** ㄐㄩㄝˊ ㄕㄨ 外交文書的一種，詳載某事的始末和所主張的辦法等；就是「備忘錄」。原本是日本名詞。

**覺得** ㄐㄩㄝˊ ˙ㄉㄜ ①感到。如「我覺得他的話靠不住」。②認為。如「我覺得這樣做很好」。

**覺察** ㄐㄩㄝˊ ㄔㄚˊ 發覺。

**覺醒** ㄐㄩㄝˊ ㄒㄧㄥˇ ①從昏迷中清醒過來。②覺悟。③図睡醒。

## 十四筆

**覽（覧、览）** ㄌㄢˇ ㈠觀看。如「一覽無遺」「遊覽」。㈡図接受。〈國策〉有「大王覽其說」。㈢鑒察，多用於書信中。如「台覽」。㈣姓。

**覽勝** ㄌㄢˇ ㄕㄥˋ 図遊覽名勝。

## 十五筆

**覿** 図ㄉㄧˊ ㈠拿禮物作為初次見面禮。㈡會見。

**覿面** ㄉㄧˊ ㄇㄧㄢˋ 図會面，面對面。如「覿面相談」。

## 十八筆

**觀（观）** ▲ㄍㄨㄢ ㈠看。如「坐井觀天」「旁觀」。㈡景象。如「洋洋大觀」「外觀」。㈢意識。如「主觀」「客觀」。㈣對於事物的看法。如「人生觀」「世界觀」。▲ㄍㄨㄢˋ㈠図以前天子、諸侯在宮門外張貼法令、告示的地方。同「闕」。〈禮記・禮運〉有「昔者仲尼……出遊於觀之上」。㈡皇宮裡的臺榭。㈢道士住的地方。如「寺觀」「白雲觀」。

**觀止** ㄍㄨㄢ ㄓˇ 図是說所見的是盡美盡善，無以復加。如「嘆為觀止」。

**觀火** ㄍㄨㄢ ㄏㄨㄛˇ 比喻觀察明白，像看火一樣。

**觀光** ㄍㄨㄢ ㄍㄨㄤ ①図參觀別國的文物制度。如「觀光上國」。②稱遊覽一國或一地區的政教、文物、風景、名勝、古跡等。

**觀色** ㄍㄨㄢ ㄙㄜˋ 觀察表情。

**觀念** ㄍㄨㄢ ㄋㄧㄢˋ 哲學名詞。①人的思想意識。如「生病不上醫院去求神，是不好的舊觀念」。②客觀事物在腦中存留的概括形象（有時指表象）。

**觀星** ㄍㄨㄢ ㄒㄧㄥ 觀察星象。

**觀看** ㄍㄨㄢ ㄎㄢˋ ①看。②觀賞。

**觀風** ㄍㄨㄢ ㄈㄥ 觀察動靜以便暗中相機行事或向同夥告警。

**觀望** ㄍㄨㄢ ㄨㄤˋ ①看情形之後，再作決定。②猶豫不前。

**觀眾** ㄍㄨㄢ ㄓㄨㄥˋ 看表演或比賽的人。

**觀測** ㄍㄨㄢ ㄘㄜˋ ①對事物的觀察和推測。②工程上的觀察測量。

**觀感** ㄍㄨㄢ ㄍㄢˇ 觀察之後所得到的感想。

**觀察** ㄍㄨㄢ ㄔㄚˊ ①對人或事物仔細察看。②哲學名詞，使用感官（不止是眼睛）對事物獲取覺知。③宋代緝捕盜賊的官員。

**觀摩** ㄍㄨㄢ ㄇㄛˊ 觀察別人的好處而揣摩、研究、學習。

**觀賞** ㄍㄨㄢ ㄕㄤˇ 觀看欣賞。

**觀戰** ㄍㄨㄢ ㄓㄢˋ 觀看別人作戰。

**觀禮** ㄍㄨㄢ ㄌㄧˇ 觀看典禮的進行。

**觀點** ㄍㄨㄢ ㄉㄧㄢˇ 以某一個角度或立場作根據，對事物問題的看法。

**觀瞻** ㄍㄨㄢ ㄓㄢ ①觀看。②外觀。如「隨處亂晾衣服，有礙觀瞻」。

**觀世音** ㄍㄨㄢ ㄕˋ ㄧㄣ 菩薩名，佛教徒認為是慈悲的化身，救苦救難之神。

**觀音竹** ㄍㄨㄢ ㄧㄣ ㄓㄨˊ 竹的一種，高兩三公尺，節粗而大，可用來做綠籬，或供觀賞。

**觀測所** ㄍㄨㄢ ㄘㄜˋ ㄙㄨㄛˇ 觀察並測量有關天文、地理、氣象、方向等的機構。

**觀象臺** ㄍㄨㄢ ㄒㄧㄤˋ ㄊㄞˊ 天文臺、氣象臺、地磁臺、地震臺等的統稱。

**觀察家** ㄍㄨㄢ ㄔㄚˊ ㄐㄧㄚ 一般指政治評論家。

**觀察員** ㄍㄨㄢ ㄔㄚˊ ㄩㄢˊ 國家派遣列席國際會議的外交代表，只有發言權，沒有投票權和表決權。

**觀護人** ㄍㄨㄢ ㄏㄨˋ ㄖㄣˊ 少年法庭成員之一，職務是調查、蒐集有關少年管訓事件的資料，執行觀護事項等。

**觀光飯店** ㄍㄨㄢ ㄍㄨㄤ ㄈㄢˋ ㄉㄧㄢˋ 觀光地區供觀光客居住飲食的飯店。

**觀棋不語** ㄍㄨㄢ ㄑㄧˊ ㄅㄨˋ ㄩˇ 看別人下棋時不要講話。

**觀過知仁** ㄍㄨㄢ ㄍㄨㄛˋ ㄓ ㄖㄣˊ 看一個人處理自己過失的情形，就可以知道他仁或不仁。

**觀賞植物** ㄍㄨㄢ ㄕㄤˇ ㄓˊ ㄨˋ 供人觀賞用的植物。

**觀海難為水** ㄍㄨㄢ ㄏㄞˇ ㄋㄢˊ ㄨㄟˊ ㄕㄨㄟˇ 看過大海，對於一般的河水就看不上眼了。

# 角部

**角** ▲ㄐㄧㄠˇ ㈠獸類的犄角。如「鹿角」「牛角」。㈡稜角，兩直線相會處，凸出或凹下曲折的地方。如「三角形」「拐角兒」。㈢指方向。如「東北角上起火了」。㈣輔幣單位之一，十角是一元。

讀音ㄐㄩㄝˊ。㈠競爭。如「角力」「角逐」。㈡古時五音（宮、商、角、徵、羽）之一，是表示音的高低所用的詞。㈢見「角宿」。㈣見「角色」。

▲ㄌㄨˋ別體作「角」。地名用字。如「角直鎮」，在江蘇省吳縣東南；「角里」，古地名，在今江蘇省吳縣西南。

**角力** ㄐㄩㄝˊ ㄌㄧˋ 空手比武。也作「捽跤」、「摜跤」。

**角尺** ㄐㄧㄠˇ ㄔˇ 檢驗或畫線用的工具，兩邊互成直角。曲尺也有叫角尺的。

**角色** ㄐㄩㄝˊ ㄙㄜˋ 也作「腳色」。①擔任的職務。②戲劇演員。③指有特殊才幹、顯露頭角（ㄐㄩㄝˊ）的人。

**角兒** ▲ㄐㄧㄠˇ ㄦ ①稜角，兩根直線相會處，凸出或凹下曲折的地方。如「牆角兒」「桌子角兒」。②指方向。如「飛機是從那個角兒上飛來的」。

▲ㄐㄩㄝˊ ㄦ 角色，戲劇演員。也寫作「腳（ㄐㄩㄝˊ）兒」。

**角度** ㄐㄧㄠˇ ㄉㄨˋ ①數學上說角的大小。②觀察的方向。如「兩人評論一件事情，因為角度不同，所以意見也不一樣」。

**角鬥** ㄐㄩㄝˊ ㄉㄡˋ 博鬥比賽。也作「捽跤」。

**角宿** ㄐㄧㄠˇ ㄒㄧㄡˋ 二十八宿（星宿）之一，東方蒼龍七宿之首。

**角逐** ㄐㄩㄝˊ ㄓㄨˊ 競爭。

**角黍** ㄐㄩㄝˊ ㄕㄨˇ 〔文〕粽子。

**角落** ㄐㄧㄠˇ ㄌㄨㄛˋ 口語說「旮旯兒（ㄍㄚ ㄌㄚˊ ㄦ）」；就是比較隱祕，平常不容易發現的，靠邊靠角的地方；文言說是「隅」。

**角膜** ㄐㄧㄠˇ ㄇㄛˊ 在眼球表面保護眼球的外膜。

**角質** ㄐㄧㄠˇ ㄓˊ 某些動植物體表面的一層組織，質地堅韌，是由殼質、石灰質等構成的，具有保護內部組織的作用。

**角鋼** ㄐㄧㄠˇ ㄍㄤ 一種鑄造曲折成有稜角形狀的鋼條或鋼板，便於接合製成各種用具，或用作一般建築材料。

**角門（兒）** ㄐㄧㄠˇ ㄇㄣˊ ㄦ 正門邊上的側門。

**角樓（兒）** ㄐㄧㄠˇ ㄌㄡˊ ㄦ 城堡上面的譙樓，多半是建築在城堡轉角的地方。也說「角樓子」。

**角觝戲** ㄐㄩㄝˊ ㄉㄧˇ ㄒㄧˋ 兩人各用頭、肩相抵，較量氣力的運動，類似捽跤。古人稱角觝、角觝戲。日本人叫「相撲」（見宋人吳自牧〈夢粱錄〉）。

**角色扮演** ㄐㄩㄝˊ ㄙㄜˋ ㄅㄢˋ ㄧㄢˇ 對各種角色性格、動作的扮演。

## 二筆

**觔** ㄐㄧㄣ ㈠與「筋」通，指筋力。「筋斗」也作「觔斗」。㈡與「斤」通，重量名。

## 四筆

**觖** 〔文〕ㄐㄩㄝˊ ㈠不滿意。「觖望」，是達不到自己的希望而發生怨恨。㈡通「抉」。

## 五筆

**觝** 図ㄉㄧˇ ㈠同「牴」。㈡「角觝戲」的「觝」。

**觝排** ㄉㄧˇ ㄆㄞˊ 図拒絕，抗拒。如「觝排異端」。

**觚** 図ㄍㄨ ㈠古代盛酒的器具。㈡器物的稜角。㈢古時用來寫字的木簡，所以寫文章叫「操觚」。㈣方形。〈史記〉有「破觚為圜（ㄩㄢˊ）」的話，意思是改方直為圓活。

## 六筆

**觥（觵）** 図ㄍㄨㄥ ㈠古時候用兕角做的一種酒杯。㈡盛大。「觥飯」是豐美的飯食。㈢「觥觥」是形容剛直的樣子。

**觥籌交錯** ㄍㄨㄥ ㄔㄡˊ ㄐㄧㄠ ㄘㄨㄛˋ 是形容宴會聚飲的熱鬧情況（觥是酒器，籌是行酒令用的器具）。

**解（觧）** ▲ㄐㄧㄝˇ ㈠把密合的打開，鬆開，與捆繫相反。如「解鈕扣」「解開繩子」。㈡把對立的緊張局面打開。如「勸解」「解圍」。㈢分成幾部分。如「解剖」「分解」。㈣分離，散開。如「溶解」「解體」。㈤分析明白。如「解說」「注解」。㈥講說，剖析的話。如「詳解」。㈦明瞭，曉得。如「了解」「大惑不解」。㈧意識。如「見解」。㈨消除。如「解渴」「解恨」。㈩大便小便也說為「大解」「小解」。

▲ㄐㄧㄝˋ ㈠有人跟隨著負責運送。如「押解罪犯」「起解」。㈡「解元」的「解」，科舉時代鄉試第一名叫「解元」。

▲ㄒㄧㄝˋ ㈠姓。㈡「解縣」，在山西省。㈢「解池」，是山西省解縣與安邑縣之間的鹹水湖，產的鹽叫「解鹽」，很有名。

**解人** ㄐㄧㄝˇ ㄖㄣˊ 図指通達言語或文辭意趣的人。

**解元** ㄐㄧㄝˋ ㄩㄢˊ 科舉時代鄉試第一名叫解元。

**解手** ㄐㄧㄝˇ ㄕㄡˇ ①分手。②排泄大便或小便（一般說「解手兒」）。

**解甲** ㄐㄧㄝˇ ㄐㄧㄚˇ ①脫下鎧甲。②軍人離開軍隊，也指投降。

**解任** ㄐㄧㄝˇ ㄖㄣˋ 図解除職務；卸任。

**解衣** ㄐㄧㄝˇ ㄧ 脫下衣服。

**解決** ㄐㄧㄝˇ ㄐㄩㄝˊ ①事件結束。如「趕快把這件事解決了」。②困難或疑難有了結果。如「解決問題」。③消滅、除去的意思。如「把敵人完全解決」。

**解事** ㄐㄧㄝˇ ㄕˋ 図懂事。

**解官** ▲ㄐㄧㄝˇ ㄍㄨㄢ 図辭官。▲ㄐㄧㄝˋ ㄍㄨㄢ 舊時稱解送犯人的官差。

**解放** ㄐㄧㄝˇ ㄈㄤˋ 解除束縛。

**解析** ㄐㄧㄝˇ ㄒㄧ 分析。

**解恨** ㄐㄧㄝˇ ㄏㄣˋ 消除心頭的怨恨。

**解毒** ㄐㄧㄝˇ ㄉㄨˊ ①中和機體內有危害的物。②中醫指解除上火、發熱等症狀。

**解約** ㄐㄧㄝˇ ㄩㄝ 解除已成立的契約或約定。

**解剖** ㄐㄧㄝˇ ㄆㄡˇ ①剖開生物軀體，檢查其組織或病狀。②分析事理。剖也讀ㄆㄡ。

**解悟** ㄐㄧㄝˇ ㄨˋ 心中覺悟。

**解氣** ㄐㄧㄝˇ ㄑㄧˋ 消除心中的氣憤。

**解紛** ㄐㄧㄝˇ ㄈㄣ [文]排解紛爭的事情。

**解酒** ㄐㄧㄝˇ ㄐㄧㄡˇ 消除酒醉。

**解除** ㄐㄧㄝˇ ㄔㄨˊ ①免除。②除去。③法律上稱解去所成立的關係而恢復原來的狀態。

**解救** ㄐㄧㄝˇ ㄐㄧㄡˋ 使脫離危險或困難。

**解組** ㄐㄧㄝˇ ㄗㄨˇ [文]解下印綬（組：印綬）。指辭去官職。

**解脫** ㄐㄧㄝˇ ㄊㄨㄛ ①解除束縛。②佛家說脫離一切煩惱的束縛，此心從此自在。同「悟道」。③泛指痛苦已經解除，常指死亡。

**解勞** ㄐㄧㄝˇ ㄌㄠˊ 解除疲勞。

**解圍** ㄐㄧㄝˇ ㄨㄟˊ ①解救受敵人包圍的危急。②替人排除困難。

**解惑** ㄐㄧㄝˇ ㄏㄨㄛˋ 解釋疑難。

**解散** ㄐㄧㄝˇ ㄙㄢˋ ①成群的人各自離去。②要群集的軍隊或受軍訓的學生離散的口令。③強制消滅已經結合的團體。

**解渴** ㄐㄧㄝˇ ㄎㄜˇ 止渴。

**解悶** ㄐㄧㄝˇ ㄇㄣˋ ①解除心中的煩惱。②消遣，俗多指賭博方面。也說「解悶兒」。

**解答** ㄐㄧㄝˇ ㄉㄚˊ 對某問題作解釋回答。

**解開** ㄐㄧㄝˇ ㄎㄞ 開字輕讀。脫開。

**解雇** ㄐㄧㄝˇ ㄍㄨˋ 停止雇用。

**解禁** ㄐㄧㄝˇ ㄐㄧㄣˋ 解除禁令。

**解聘** ㄐㄧㄝˇ ㄆㄧㄣˋ 解除聘約。

**解夢** ㄐㄧㄝˇ ㄇㄥˋ 解釋夢的徵兆。

**解說** ㄐㄧㄝˇ ㄕㄨㄛ ①解釋，講解。②比喻勸說。

**解酲** ㄐㄧㄝˇ ㄔㄥˊ [文]解除酒醉狀態。

**解嘲** ㄐㄧㄝˇ ㄔㄠˊ 替自己解釋，以免別人嘲笑。嘲也讀ㄓㄠ。

**解碼** ㄐㄧㄝˇ ㄇㄚˇ 破解密碼。

**解餓** ㄐㄧㄝˇ ㄜˋ 消除餓的感覺。

**解醒** ㄐㄧㄝˇ ㄒㄧㄥˇ 解除昏迷狀態，使之清醒。

**解頤** ㄐㄧㄝˇ ㄧˊ [文]開顏而笑（頤：面頰）。

**解職** ㄐㄧㄝˇ ㄓˊ [文]解除職務。

**解藥** ㄐㄧㄝˇ ㄧㄠˋ 能破解其他藥物的藥效的藥。

**解勸** ㄐㄧㄝˇ ㄑㄩㄢˋ 勸解；安慰。

**解嚴** ㄐㄧㄝˇ ㄧㄢˊ [文]政府取消戒嚴的禁令。

**解釋** ㄐㄧㄝˇ ㄕˋ ①分析說明。②對於文字的注解或解說。

**解囊** ㄐㄧㄝˇ ㄋㄤˊ [文]是說拿出錢來幫助別人或捐助公益。

**解體** ㄐㄧㄝˇ ㄊㄧˇ ①團體的瓦解。②把整體的拆卸成零碎的。

**解饞** ㄐㄧㄝˇ ㄔㄢˊ 吃到想吃的東西，在食慾上得到滿足。

**解纜** ㄐㄧㄝˇ ㄌㄢˇ [文]解開繫船的纜繩。指船從停泊處開行。

**解毒劑** ㄐㄧㄝˇ ㄉㄨˊ ㄐㄧˋ 使中毒的人消除毒害的藥品。

**解語花** ㄐㄧㄝˇ ㄩˇ ㄏㄨㄚ ①比喻善體人意的美女。唐明皇指楊貴妃。②詞牌名。③曲牌名。

**解熱劑** ㄐㄧㄝˇ ㄖㄜˋ ㄐㄧˋ 使病人熱度減退的藥品。

**解衣推食** ㄐㄧㄝˇ ㄧ ㄊㄨㄟ ㄕˊ [文]贈人衣食。指關切別人的生活。

**解析幾何** ㄐㄧㄝˇ ㄒㄧ ㄐㄧˇ ㄏㄜˊ 數學的一個分支，是用代數的方法解決幾何學問題的科學。

**解鈴繫鈴** ㄐㄧㄝˇ ㄌㄧㄥˊ ㄒㄧˋ ㄌㄧㄥˊ 是說從老虎脖子上解鈴，惟有原繫鈴的人才辦得到。比喻解決糾紛困難還要靠製造糾紛困難的人，是誰惹的事就要由誰去了結。常作「解鈴還須繫鈴人」，本是佛門的比喻。

**觜** ▲ㄗ ㈠貓頭鷹頭上兩側的毛角。㈡二十八宿之一。▲ㄗㄨㄟˇ ㈠図通「嘴」。鳥喙。㈡突出像嘴的東西或地形。如「山觜」。

## 七筆

**觩** 図ㄑㄧㄡˊ ㈠犄角向上彎曲的樣子。㈡把弦撐得很緊的樣子。

**觫** 図ㄙㄨˋ 見「觳觫」。

## 八筆

**觭** 図ㄐㄧ 單個的。「觭偶」是指單的和雙的。

## 九筆

**觱** ㄅㄧˋ ㈠「觱篥」是一種樂器，吹著響，像喇叭。也作「觱栗」。㈡図見「觱沸」。

**觱沸** ㄅㄧˋ ㄈㄟˋ 図泉水湧出的樣子。

## 十筆

**觳** 図ㄏㄨˊ ㈠古時的量器。㈡瘠薄。

**觳觫** ㄏㄨˊ ㄙㄨˋ 図害怕發抖的樣子。〈孟子・梁惠王上〉有「……吾不忍其觳觫，若無罪而就死地」。

## 十一筆

**觴** 図ㄕㄤ 酒杯。如「稱觴（舉杯祝賀）」。「濫觴（事物的起源）」。

## 十二筆

**觶** ㄓˋ 古酒器，青銅製成，張口圓腹圈足。

## 十三筆

**觸**（触） ㄔㄨˋ ㈠碰，撞上，接上，遇著。如「接觸」「一觸即發」。㈡獸類用犄角頂東西。㈢冒犯。如「觸怒」。㈣感動。如「感觸」（因為外界的事使內心有所感動）。

**觸手** ㄔㄨˋ ㄕㄡˇ 棘皮動物和腔腸動物的軀幹裡伸出來的感覺器，形狀像長爪，章魚、水母都有。

**觸犯** ㄔㄨˋ ㄈㄢˋ 衝撞。

**觸目** ㄔㄨˋ ㄇㄨˋ 図眼睛所看到的。

**觸角** ㄔㄨˋ ㄐㄧㄠˇ 又叫「觸鬚」。節足動物中的蜈蚣、蝦、螃蟹；軟體動物中的蝸牛、田螺等頭部的感覺器。

**觸怒** ㄔㄨˋ ㄋㄨˋ 惹人生氣。

**觸動** ㄔㄨˋ ㄉㄨㄥˋ ①感動。②接觸到而撞動了。如「一不小心觸動了電路開關，警鈴大響起來」。

**觸眼** ㄔㄨˋ ㄧㄢˇ 惹人注意。

**觸媒** ㄔㄨˋ ㄇㄟˊ 催化劑的舊稱。

**觸發** ㄔㄨˋ ㄈㄚ ①碰動而引發起來，同「觸動」。②同「感動」。

**觸感** ㄔㄨˋ ㄍㄢˇ 接觸的感覺。

**觸電** ㄔㄨˋ ㄉㄧㄢˋ 人或動物和電流相接觸，叫做觸電。觸電人體所受到的傷害，依電流的強弱而異：最輕微的有類似受到小棍棒打擊的感覺；嚴重的會發生灼傷，甚至破壞組織，因而死亡。

**觸網**（ㄔㄨˋ ㄨㄤˇ） ①觸犯法網。②打排球時手碰到球網。

**觸擊**（ㄔㄨˋ ㄐㄧ） ①撞擊。②棒球打擊時用球棒很快地碰球。又叫短打。

**觸礁**（ㄔㄨˋ ㄐㄧㄠ） ①船在海中，撞著了暗礁。②比喻做事受阻。

**觸覺**（ㄔㄨˋ ㄐㄩㄝˊ） 動物與外物相碰而生的感覺，像人的皮膚對冷熱、軟硬、平滑與否等等的感覺。

**觸鬚**（ㄔㄨˋ ㄒㄩ） ①魚類的感覺器官，生在口部附近。②參看「觸角」。

**觸霉頭**（ㄔㄨˋ ㄇㄟˊ ㄊㄡˊ） 又作「觸楣頭」。碰到不愉快的事；倒楣。

**觸覺器**（ㄔㄨˋ ㄐㄩㄝˊ ㄑㄧˋ） 專司感覺的器官，像皮膚、觸手、觸角等都是。

**觸目驚心**（ㄔㄨˋ ㄇㄨˋ ㄐㄧㄥ ㄒㄧㄣ） 看見了外界的情形而引起了內心的驚恐或警戒。也作「怵目驚心」。

**觸景生情**（ㄔㄨˋ ㄐㄧㄥˇ ㄕㄥ ㄑㄧㄥˊ） 看見外界的情形而引起了內心的種種情緒。

**觸類旁通**（ㄔㄨˋ ㄌㄟˋ ㄆㄤˊ ㄊㄨㄥ） 徹底悟知一件事物之後，遇到同類的事物，可以因類推而了解。語出〈易經・繫辭上〉「引而伸之，觸類而長之」及〈乾・文言〉「六爻發揮，旁通情也」。

## 十八筆

**觿** 図ㄒㄧ 古時用獸骨做的解繩結的錐子。

# 言部

**言** ㄧㄢˊ ㈠說的話。如「有言在先」「言多必失」。㈡說。如「難言之隱」「苦不堪言」。㈢一個字。如「七言詩」「共三十萬言」。㈣一句話。如「一言興邦」「一言以蔽之」。㈤図助詞。〈詩經〉有「駕言出遊，以寫我憂」。㈥姓。

**言外**（ㄧㄢˊ ㄨㄞˋ） ①言語沒有表示出來的意思。②暗示。

**言行**（ㄧㄢˊ ㄒㄧㄥˊ） 言語和行為。

**言和**（ㄧㄢˊ ㄏㄜˊ） 講和。

**言重**（ㄧㄢˊ ㄓㄨㄥˋ） 話說得過重。

**言教**（ㄧㄢˊ ㄐㄧㄠˋ） 用講說的方式教育，開導別人。

**言責**（ㄧㄢˊ ㄗㄜˊ） 言論當負的責任。

**言詞**（ㄧㄢˊ ㄘˊ） ①說出來的話。②用語言表達的語彙或語句。也作言辭。

**言路**（ㄧㄢˊ ㄌㄨˋ） 臣民向在上位者進言的管道。

**言語** ▲ㄧㄢˊ ㄩˇ 古人有「直言曰言，論難曰語」的說法，現在不分。①說話。②図語言。〈禮記・王制〉有「五方之民，言語不通，嗜欲不同」。③図擅長議論。〈論語・先進〉有「言語：宰我、子貢」。④図文辭著述。班固〈兩都賦序〉有「故言語侍從之臣，若司馬相如……之屬」。

▲ㄧㄢˊ ˙ㄩ ①報告。如「等我過去言語一聲，你再進去」。②發言。如「你怎麼不言語」（口語裡常變成ㄩㄢˊ ˙ㄦ）。

**言談**（ㄧㄢˊ ㄊㄢˊ） 說話的內容和態度。如「言談舉止」。

**言論**（ㄧㄢˊ ㄌㄨㄣˋ） 表示主張或議論的語言或文字。

**言人人殊**（ㄧㄢˊ ㄖㄣˊ ㄖㄣˊ ㄕㄨ） 每個人所說的都不一樣。

**言不及義**（ㄧㄢˊ ㄅㄨˋ ㄐㄧˊ ㄧˋ） 淨說一些無聊的話，不涉及正經道理。

**言不由衷**（ㄧㄢˊ ㄅㄨˋ ㄧㄡˊ ㄓㄨㄥ） 不是真心話。

**言不盡意** ㄧㄢˊ ㄅㄨˋ ㄐㄧㄣˋ ㄧˋ 沒有把意思全說出來。

**言之成理** ㄧㄢˊ ㄓ ㄔㄥˊ ㄌㄧˇ ①言論能成文理。②說得很有道理。

**言之有物** ㄧㄢˊ ㄓ ㄧㄡˇ ㄨˋ 文章或言論內容充實。

**言之無物** ㄧㄢˊ ㄓ ㄨˊ ㄨˋ 文章或言論內容空洞。

**言之鑿鑿** ㄧㄢˊ ㄓ ㄗㄠˊ ㄗㄠˊ 指持論有根據，而且有事實可以證明。

**言文一致** ㄧㄢˊ ㄨㄣˊ ㄧ ㄓˋ 寫出來的文章和說出來的話一樣平白好懂。

**言出法隨** ㄧㄢˊ ㄔㄨ ㄈㄚˇ ㄙㄨㄟˊ 法令一宣布就嚴格執行。

**言必有信** ㄧㄢˊ ㄅㄧˋ ㄧㄡˇ ㄒㄧㄣˋ 話說出來就一定會遵守。

**言多語失** ㄧㄢˊ ㄉㄨㄛ ㄩˇ ㄕ 話說得太多，就難免有差錯。也作「言多必失」。

**言來語去** ㄧㄢˊ ㄌㄞˊ ㄩˇ ㄑㄩˋ 你一言我一語地彼此應對。

**言為心聲** ㄧㄢˊ ㄨㄟˊ ㄒㄧㄣ ㄕㄥ 言語是思想的反映。

**言近指遠** ㄧㄢˊ ㄐㄧㄣˋ ㄓˇ ㄩㄢˇ 話很淺近，意思卻很深遠。

**言猶在耳** ㄧㄢˊ ㄧㄡˊ ㄗㄞˋ ㄦˇ 話講完不久，彷彿還在耳邊。

**言過其實** ㄧㄢˊ ㄍㄨㄛˋ ㄑㄧˊ ㄕˊ 誇大的話，超過實際。

**言論自由** ㄧㄢˊ ㄌㄨㄣˋ ㄗˋ ㄧㄡˊ 國民說話的自由權利。

**言歸正傳** ㄧㄢˊ ㄍㄨㄟ ㄓㄥˋ ㄓㄨㄢˋ 把話頭轉回到正題上來。舊小說常用的套語，常與「閒話少提」連用。

**言歸於好** ㄧㄢˊ ㄍㄨㄟ ㄩˊ ㄏㄠˇ 誤會消除，重新和好。

**言簡意賅** ㄧㄢˊ ㄐㄧㄢˇ ㄧˋ ㄍㄞ 言語簡練而意思完備。形容說話、寫文章簡明扼要。

**言聽計從** ㄧㄢˊ ㄊㄧㄥ ㄐㄧˋ ㄘㄨㄥˊ 形容對某人非常信任。

## 二筆

**訃** ㄈㄨˋ 報喪。如「訃聞」。

**訃告** ㄈㄨˋ ㄍㄠˋ ①報喪。②報喪的通知。

**訃聞** ㄈㄨˋ ㄨㄣˊ 向親友報喪的通知。

**訂** ㄉㄧㄥˋ ㈠商量，約定。如「訂約」「私訂終身」。㈡預約。如「訂閱」「訂購」。㈢改正。如「訂正」「校訂」。㈣釘（ㄉㄧㄥ）。如「裝訂」。

**訂戶** ㄉㄧㄥˋ ㄏㄨˋ 訂閱報刊等的客戶。

**訂正** ㄉㄧㄥˋ ㄓㄥˋ 校（ㄐㄧㄠˋ）正或改正文字。

**訂立** ㄉㄧㄥˋ ㄌㄧˋ 訂㈠。如「訂立契約」。

**訂交** ㄉㄧㄥˋ ㄐㄧㄠ 図與別人交友。

**訂定** ㄉㄧㄥˋ ㄉㄧㄥˋ 訂立妥當。

**訂約** ㄉㄧㄥˋ ㄩㄝ 訂立契約或條約。

**訂婚** ㄉㄧㄥˋ ㄏㄨㄣ 同「定婚」。

**訂貨** ㄉㄧㄥˋ ㄏㄨㄛˋ 訂購貨物。

**訂報** ㄉㄧㄥˋ ㄅㄠˋ 訂購報紙。

**訂閱** ㄉㄧㄥˋ ㄩㄝˋ 訂購報刊雜誌等。

**訂購** ㄉㄧㄥˋ ㄍㄡˋ 約定購買（貨物）。

**訇** ㄏㄨㄥ ㈠図「訇然」「訇訇」，都是形容聲音很大。㈡回教的掌教人叫「阿訇」。

**計** ㄐㄧˋ ㈠核算。如「計算」「共計」。㈡策略。如「妙計」「緩兵之計」。㈢謀畫，打算。如「計畫」「計較」。㈣爭論。如「為工作順利計」。㈤測量計算度數、數量的儀器。如「溫度計」「雨量計」。㈥姓。

**計分** ㄐㄧˋ ㄈㄣ 計算分數。

**計件** ㄐㄧˋ ㄐㄧㄢˋ 按照件數計算（工資）。

**計值** ㄐㄧˋ ㄓˊ 計算價值。

**計時** ㄐㄧˋ ㄕˊ 計算或記錄時間。

**計略** ㄐㄧˋ ㄌㄩㄝˋ [文]計畫。

**計智** ㄐㄧˋ ㄓˋ 智謀。

**計畫** ㄐㄧˋ ㄏㄨㄚˋ 預定實施的方法。

**計程** ㄐㄧˋ ㄔㄥˊ ①計算里程。②按照里程計算。如「計程車」。

**計量** ㄐㄧˋ ㄌㄧㄤˋ ①把一個暫時未知的量與一個已知的量做比較，如用尺量布。②計算。

**計策** ㄐㄧˋ ㄘㄜˋ ①計畫。②謀略。

**計較** ㄐㄧˋ ㄐㄧㄠˋ 較也讀ㄐㄧㄠˇ。①爭論。如「今天先不跟他計較」。②商量。如「他們在屋裡計較了半天，走出來宣布了一個辦法」。

**計酬** ㄐㄧˋ ㄔㄡˊ 計算報酬。

**計算** ㄐㄧˋ ㄙㄨㄢˋ 算算數目。也作「計量」。

**計謀** ㄐㄧˋ ㄇㄡˊ 謀略。

**計議** ㄐㄧˋ ㄧˋ 商量。如「從長計議」。

**計時器** ㄐㄧˋ ㄕˊ ㄑㄧˋ 計算時間的器具。

**計程車** ㄐㄧˋ ㄔㄥˊ ㄔㄜ 裝有計程表，按行駛路程收取費用的出租汽車。

**計算尺** ㄐㄧˋ ㄙㄨㄢˋ ㄔˇ 依照對數原理製成的計算器，刻有各種數目，便於數學、代數、幾何、三角等的計算。

**計算器** ㄐㄧˋ ㄙㄨㄢˋ ㄑㄧˋ 計算數目的器具，我國最通用的是算盤。最新式的是電子計算機。

**計數器** ㄐㄧˋ ㄕㄨˋ ㄑㄧˋ 能自動記錄數目的儀器，種類很多。

**計上心來** ㄐㄧˋ ㄕㄤˋ ㄒㄧㄣ ㄌㄞˊ （一時）計謀湧上心頭。

**計日程功** ㄐㄧˋ ㄖˋ ㄔㄥˊ ㄍㄨㄥ 可以數著日子計算進度。指在較短期間就可以成功。

**計畫經濟** ㄐㄧˋ ㄏㄨㄚˋ ㄐㄧㄥ ㄐㄧˋ 政府有計畫地發展經濟。

## 三筆

**討** ㄊㄠˇ ㈠征伐有罪的。如「聲討」「東征西討」。㈡尋究。如「研討」「探討」。㈢求乞。如「討飯」「討教」。㈣招惹。如「討厭」「討人嫌」。㈤取，要回。如「討債」。㈥娶。如「討老婆」。

**討乞** ㄊㄠˇ ㄑㄧˇ 向人要錢要飯。

**討巧** ㄊㄠˇ ㄑㄧㄠˇ 做事不費力而占到便宜。

**討平** ㄊㄠˇ ㄆㄧㄥˊ 討伐平定（叛亂）。

**討伐** ㄊㄠˇ ㄈㄚˊ 出兵征伐有罪的。

**討好** ㄊㄠˇ ㄏㄠˇ 迎合別人的意思，求取人家的歡心。

**討取** ㄊㄠˇ ㄑㄩˇ 索取。

**討教** ㄊㄠˇ ㄐㄧㄠˋ 請教。

**討飯** ㄊㄠˇ ㄈㄢˋ 向人家要飯吃。「討飯的」指乞丐。

**討債** ㄊㄠˇ ㄓㄞˋ 討還欠款。

**討嫌** ㄊㄠˇ ㄒㄧㄢˊ 惹人厭煩。也說「討人嫌」。

**討厭** ㄊㄠˇ ㄧㄢˋ 令人厭惡。也作「討嫌」。

**討價** ㄊㄠˇ ㄐㄧㄚˋ 買賣雙方商量價錢。

**討論** ㄊㄠˇ ㄌㄨㄣˋ 互相探討研究，尋求結論。

**討饒** ㄊㄠˇ ㄖㄠˊ 求人原諒。自己有過失，求人家不要責罰。

**討情(兒)** ㄊㄠˇ ㄑㄧㄥˊ ㄦ 為自己或代人求情。

**討生活** ㄊㄠˇ ㄕㄥ ㄏㄨㄛˊ 謀求生活。

**討便宜** ㄊㄠˇ ㄆㄧㄢˊ ㄧ˙ 宜字輕讀。謀求自己的利益或方便。

**討喜歡** ㄊㄠˇ ㄒㄧˇ ㄏㄨㄢ 歡字輕讀。得人的歡喜。

**討債鬼** ㄊㄠˇ ㄓㄞˋ ㄍㄨㄟˇ ①俗稱夭折的兒女。②俗稱糾纏不已，無法對付的人。

**討沒趣(兒)** ㄊㄠˇ ㄇㄟˊ ㄑㄩˋ ㄦ 自己找煩惱。

**討個吉利** ㄊㄠˇ ㄍㄜ˙ ㄐㄧˊ ㄌㄧˋ 乞求得到一個吉祥的兆頭。

**討價還價** ㄊㄠˇ ㄐㄧㄚˋ ㄏㄨㄢˊ ㄐㄧㄚˋ 比喻在進行談判時反覆爭議，或接受工作、任務時講條件。

**託** ㄊㄨㄛ ㈠寄。如「寄託」「託兒所」。㈡委任，信任。如「信託」「可以託六尺之孤」。㈢吩咐，請求。如「請託」「託他辦一件事」。㈣推諉。如「找個託辭拒絕他」「託故不到」。㈤図見「託大」。㈥見「託夢」。

**託大** ㄊㄨㄛ ㄉㄚˋ 図驕傲自大。

**託付** ㄊㄨㄛ ㄈㄨˋ 委任，委託。

**託庇** ㄊㄨㄛ ㄅㄧˋ 託人的庇蔭。

**託身** ㄊㄨㄛ ㄕㄣ 寄託身體。

**託孤** ㄊㄨㄛ ㄍㄨ 図臨死時請人照料自己的事業和子女。

**託故** ㄊㄨㄛ ㄍㄨˋ 借故推託。

**託病** ㄊㄨㄛ ㄅㄧㄥˋ 藉口生病而推辭。

**託運** ㄊㄨㄛ ㄩㄣˋ 委託運送（行李、貨物等）。

**託管** ㄊㄨㄛ ㄍㄨㄢˇ 一個國家或地區由聯合國交給委託國來管理。

**託夢** ㄊㄨㄛ ㄇㄥˋ 舊時傳說鬼神在夢中把事情告訴人。

**託福** ㄊㄨㄛ ㄈㄨˊ 答覆別人問好的謙詞，等於「靠著您的福氣」。

**託辭** ㄊㄨㄛ ㄘˊ 假託的言辭。如「託辭謝絕」。

**託人情** ㄊㄨㄛ ㄖㄣˊ ㄑㄧㄥˊ 請人代為說情。也說「託情」。

**託兒所** ㄊㄨㄛ ㄦˊ ㄙㄨㄛˇ 替人看顧、保育幼兒的機構。也作「托兒所」。

**託之空言** ㄊㄨㄛ ㄓ ㄎㄨㄥ ㄧㄢˊ 只說些空洞而無法實行的言談。

**訌** 図ㄏㄨㄥˋ爭執，紛亂。如「內訌」。

**記** ㄐㄧˋ ㈠不忘。如「記得」「記在心裡」。㈡登載。如「記過」「記帳」。㈢登載事情的書或文章。如「日記」「老殘遊記」。㈣圖章。如「鈐記」「圖記」。㈤同「痣」。㈥標誌，暗號。如「暗記」「裹白巾為記」。

**記分** ㄐㄧˋ ㄈㄣ 記錄工作、比賽、遊戲中得到的分數。

**記功** ㄐㄧˋ ㄍㄨㄥ 是獎勵有功的一種方式。和記過相反。

**記名** ㄐㄧˋ ㄇㄧㄥˊ 登記姓名。

**記住** ㄐㄧˋ ㄓㄨˋ 牢記不忘。

**記事** ㄐㄧˋ ㄕˋ 記載事實。

**記取** ㄐㄧˋ ㄑㄩˇ 想起，記得，記住。

**記念** ㄐㄧˋ ㄋㄧㄢˋ ①想念，不忘記。②同「紀念」。如「這枝筆你留下做記念吧」。

**記性** ㄐㄧˋ ㄒㄧㄥˋ 指人的記憶力。如「他的記性好，那麼多人都能一一叫出名字來」。

**記者** ㄐㄧˋ ㄓㄜˇ 媒體中與新聞部門有關的專業人員，分廣義、狹義兩種。廣義的包括編輯、攝影、播報等新聞從業人員；狹義的只指從事採訪工作的專業外勤人員。

**記恨** ㄐㄧˋ ㄏㄣˋ 把仇恨記在心裡。

**記要** ㄐㄧˋ ㄧㄠˋ 記錄要點的文字。

**記述** ㄐㄧˋ ㄕㄨˋ 用文字敘述；記載。

**記帳** ㄐㄧˋ ㄓㄤˋ ①登記帳目。②買東西暫不付款。同「掛帳」。

**記得** ㄐㄧˋ ㄉㄜˊ 沒忘記。

**記掛** ㄐㄧˋ ㄍㄨㄚˋ 惦念，常常想念。

**記載** ㄐㄧˋ ㄗㄞˇ 記敘，登載。

**記過** ㄐㄧˋ ㄍㄨㄛˋ 政府對公務員，學校對學生，記下並且公布他所犯的過失，表示懲戒。分記小過、記大過。

**記誦** ㄐㄧˋ ㄙㄨㄥˋ 默記和背誦。

**記憶** ㄐㄧˋ ㄧˋ 心理學名詞，指過去的印象重新呈現在意識裡。

**記錄** ㄐㄧˋ ㄌㄨˋ ①把聽到的話或發生的事寫下來。②當場記下來的材料。如「會議記錄」。③當記錄的人。④記載下來的最高成績。如「打破記錄」。②④也作「紀錄」。

**記號(兒)** ㄐㄧˋ ㄏㄠˋ (ㄦ) 號字輕讀。作為標誌的符號。

**記敘文** ㄐㄧˋ ㄒㄩˋ ㄨㄣˊ 記述親身見聞經歷的一種文章體裁。

**記憶力** ㄐㄧˋ ㄧˋ ㄌㄧˋ 記憶的能力。

# 訐

[文]ㄐㄧㄝˊ ㈠揭發，指摘別人的短處。如「攻訐」。㈡見「訐直」。

**訐直** ㄐㄧㄝˊ ㄓˊ [文]為人剛直，能當面指責別人的過失。

# 訖

[文]ㄑㄧˋ 完結，終了。如「查訖(查過了)」「收訖(收過了)」。

# 訏

[文]ㄒㄩ ㈠說大話。〈說文〉有「齊楚謂大言曰訏」。㈡大。〈詩經〉有「訏謨定命」。㈢同「吁」。

# 訊

ㄒㄩㄣˋ ㈠詢問。如「問訊」。㈡法律上說的審問。如「審訊」「訊究」。㈢通消息。如「音訊」「通訊社」。

**訊究** ㄒㄩㄣˋ ㄐㄧㄡˋ 審問追究。

**訊供** ㄒㄩㄣˋ ㄍㄨㄥˋ 審問犯罪人的口供。

**訊息** ㄒㄩㄣˋ ㄒㄧˊ 訊號；信息。

**訊問** ㄒㄩㄣˋ ㄨㄣˋ 法律名詞。指法官根據訴訟法的規定，對訴訟當事人或利害關係人作必要的詢問行為。

# 訓

ㄒㄩㄣˋ ㈠教導。如「教訓」「訓導」。㈡字義的解釋。如「訓詁」。㈢可以供參考作為法則的。如「遺訓」「不足為訓」。

**訓令** ㄒㄩㄣˋ ㄌㄧㄥˋ 舊時機關曉諭下屬或委派人員時所用的公文。

**訓斥** ㄒㄩㄣˋ ㄔˋ 教訓；譴責。

**訓示** ㄒㄩㄣˋ ㄕˋ 長上對屬下的教導、指示。

**訓育** ㄒㄩㄣˋ ㄩˋ 指學校裡的道德教育。

**訓迪** ㄒㄩㄣˋ ㄉㄧˊ [文]教訓啟發。

**訓勉** ㄒㄩㄣˋ ㄇㄧㄢˇ 教導勉勵。

**訓詁** ㄒㄩㄣˋ ㄍㄨˇ 解釋文詞的意義。用淺顯易懂的文字解釋事物，叫訓；用現代的話解釋古代的詞語，或是用一般通行的話解釋方言，叫詁。也作「訓故」。

**訓飭** ㄒㄩㄣˋ ㄔˋ 長上的指示和嚴格的規定。

**訓話** ㄒㄩㄣˋ ㄏㄨㄚˋ 長上對屬下的告誡或演說。

**訓誨** ㄒㄩㄣˋ ㄏㄨㄟˋ 長輩對晚輩的教訓。

**訓誡** ㄒㄩㄣˋ ㄐㄧㄝˋ 教導，勸誡。

**訓練** ㄒㄩㄣˋ ㄌㄧㄢˋ 陶冶品德、傳習技能的一種教育工作。如「公民訓練」「軍事訓練」。

**訓導** ㄒㄩㄣˋ ㄉㄠˇ ①教訓和勸導。②中小學校負責學生行為教育的部門，為「訓導處」。

**訓辭** ㄒㄩㄣˋ ㄘˊ 教訓的話。也作「訓詞」。

**訓練營** ㄒㄩㄣˋ ㄌㄧㄢˋ ㄧㄥˊ 專供訓練的營區。

**訓練有素** ㄒㄩㄣˋ ㄌㄧㄢˋ ㄧㄡˇ ㄙㄨˋ 平時就訓練得很好。

## 訕

ㄕㄢˋ ㈠図說話毀謗別人，叫「訕謗」。㈡図見「訕笑」。㈢見「訕臉」。

**訕笑** ㄕㄢˋ ㄒㄧㄠˋ 図譏笑，諷刺。

**訕臉** ㄕㄢˋ ㄌㄧㄢˇ 說人臉皮厚的樣子。

## 四筆

## 訪

ㄈㄤˇ ㈠図向眾人提問。㈡図求教於他人。如「問禮於老聃，訪樂於萇弘」。㈢尋求。如「尋訪」。㈣探望。如「拜訪」。

**訪友** ㄈㄤˇ ㄧㄡˇ ①探望朋友。②尋找朋友。

**訪古** ㄈㄤˇ ㄍㄨˇ 探尋古跡。

**訪求** ㄈㄤˇ ㄑㄧㄡˊ 詢問尋求。

**訪查** ㄈㄤˇ ㄔㄚˊ 詢問探查。

**訪問** ㄈㄤˇ ㄨㄣˋ 拜訪，詢問。

**訪談** ㄈㄤˇ ㄊㄢˊ 訪問。

**訪問團** ㄈㄤˇ ㄨㄣˋ ㄊㄨㄢˊ 為某些特定目的去訪問某些特定對象的團體。

## 訥

図ㄋㄜˋ 說話不流利。如「木訥」「訥訥不能言」。又讀ㄋㄚˋ。

## 訣

ㄐㄩㄝˊ ㈠方法。如「訣竅兒」「祕訣」。㈡容易讀容易記牢的語句。如「口訣」「歌訣」。㈢図別離。如「訣別」。

**訣別** ㄐㄩㄝˊ ㄅㄧㄝˊ 図辭別，離別。

**訣要** ㄐㄩㄝˊ ㄧㄠˋ 重要的方法。

**訣竅(兒)** ㄐㄩㄝˊ ㄑㄧㄠˋ ㄦ 主要的方法。

## 訢

▲図ㄒㄧㄣ「訢然」「訢訢」，快樂、高興的樣子。▲ㄒㄧ「天地訢合」，是陰陽相得的樣子。

## 許

▲ㄒㄩˇ ㈠答應，認可，同意。如「許吃不許吵」「許可」。㈡給與（ㄐㄧˇ ㄩˇ）。如「以身許國」。㈢許婚的略語。如「許配」「他家的小姐許了人家了」。㈣預先應允。如「許願」「上月許了他一頓飯」。㈤稱讚。如「稱許」「讚許」。㈥期望。如「期許」。㈦大概，或者。如「許是他來了」「或許」。㈧數目的多少。如「幾許」。㈨些微。如「少許」「些許」。㈩很（只用於形容時間長、數量多）。如「許久」「許多」。(十一)図什麼，哪裡。如「不知何許人也」。(十二)図約計數目的詞。如「望之如三十許人也（看起來像三十來歲的人）」。(十三)図聽從，信任。〈孟子〉書有「明足以察秋毫之末，而不見輿薪，則王許之乎」。(十四)周代國名，在現在河南省許昌縣。(十五)姓。▲図ㄏㄨˇ「邪（ㄧㄝˊ）許」「許許」，都是抬重東西的人的叫喊聲，用來提力。

**許久** ㄒㄩˇ ㄐㄧㄡˇ 好久。

**許可** ㄒㄩˇ ㄎㄜˇ 允准，同意。

**許多** ㄒㄩˇ ㄉㄨㄛ 很多。

**許身** ㄒㄩˇ ㄕㄣ 以身許人。

**許配** ㄒㄩˇ ㄆㄟˋ 舊時說女子答應男家的求婚。也說「許婚」。

**許國** ㄒㄩˇ ㄍㄨㄛˊ 為國效命。如「以身許國」。

**許諾** ㄒㄩˇ ㄋㄨㄛˋ 應允。

**許願** ㄒㄩˇ ㄩㄢˋ 迷信的人向鬼神求福，預先說明如何酬報，以後必須實行。

**許可證** ㄒㄩˇ ㄎㄜˇ ㄓㄥˋ 同意可以做某些事的證明文件。

## 詉（詾）

図ㄒㄩㄥ ㈠爭辯；訴訟。「詉詉」，因爭論而起的喧嚷，吵鬧。㈡禍亂；災害。

## 設

ㄕㄜˋ ㈠布置，安排。如「設備」「陳設」。㈡置辦。如「設立」「建設」。㈢籌畫。如「設計」「設法」。㈣假使，如果。如「設使」「設或」。㈤懸擬，想像。如「設身處地」「設想」。㈥著色叫「設色」。㈦図布置完備。〈史記〉有「居處兵衛甚設」。

**設令** ㄕㄜˋ ㄌㄧㄥˋ 図如果。

**設立** ㄕㄜˋ ㄌㄧˋ 建立，開辦。如「設立工廠」「設立學校」。

**設伏** ㄕㄜˋ ㄈㄨˊ 図安排伏兵。

**設如** ㄕㄜˋ ㄖㄨˊ 假設。

**設色** ㄕㄜˋ ㄙㄜˋ 作畫時塗色，著色，稱為設色。

**設局** ㄕㄜˋ ㄐㄩˊ 安排圈套騙人。

**設防** ㄕㄜˋ ㄈㄤˊ 設置防衛的武裝力量。

**設使** ㄕㄜˋ ㄕˇ 假使。也作「設或」「設若」。

**設定** ㄕㄜˋ ㄉㄧㄥˋ 法律名詞，創設特定的法律關係。如「設定地上權」「設定地役權」。

**設或** ㄕㄜˋ ㄏㄨㄛˋ 図如果。

**設法** ㄕㄜˋ ㄈㄚˇ 想法子。

**設施** ㄕㄜˋ ㄕ ①規畫施行。如「教育設施」。②布置。

**設計** ㄕㄜˋ ㄐㄧˋ ①訂定謀略。②籌畫。如「都市建設藍圖由他設計」。③預定教學計畫照著實行，叫「設計教學法」。④藝術方面的構圖。

**設若** ㄕㄜˋ ㄖㄨㄛˋ 如果。

**設備** ㄕㄜˋ ㄅㄟˋ ①建築或器物的設置。如「本校設備完善」。②図設軍備隨時防禦敵人。

**設奠** ㄕㄜˋ ㄉㄧㄢˋ 陳設祭品，追悼死去的人。

**設想** ㄕㄜˋ ㄒㄧㄤˇ ①想像。如「這樣下去，後果不堪設想」。②著想。如「不能只顧自己，還得（ㄉㄟˇ）替別人設想」。

**設置** ㄕㄜˋ ㄓˋ ①設立。如「設置專業課程」。②裝置。如「會場裡設置了擴音器」。

**設論** ㄕㄜˋ ㄌㄨㄣˋ 文體名，假設兩人問答的話，說明某種道理。

**設計師** ㄕㄜˋ ㄐㄧˋ ㄕ 專門設計的人。

**設身處地** ㄕㄜˋ ㄕㄣ ㄔㄨˇ ㄉㄧˋ 假定自己處在別人的地位來設想。

**設計教學法** ㄕㄜˋ ㄐㄧˋ ㄐㄧㄠˋ ㄒㄩㄝˊ ㄈㄚˇ 根據學習的目標和學生遭遇到的問題，擬定學習計畫，並指導學生訂定目標，在學習過程中，完成或解決實際問題的一種教學法，是美國名教育家克伯屈（W.H Kilpartrick）所倡導。

## 訟

ㄙㄨㄥˋ ㈠打官司。請法官評理，叫「訴訟」。㈡図爭辯是非曲直。如「聚訟紛紜」。㈢図同「公」，公正的言論叫「訟言」。㈣図責備。「自訟」就是「自責」。

**訟言** ㄙㄨㄥˋ ㄧㄢˊ 公正的言論。

**訟師** ㄙㄨㄥˋ ㄕ 舊時稱協助人訴訟的人，相當於現在的律師。

**訟案** ㄙㄨㄥˋ ㄢˋ 訴訟案件的略語。

**訟棍** ㄙㄨㄥˋ ㄍㄨㄣˋ 唆使他人打官司，而自己從中圖利的人。

## 訛（譌）

ㄜˊ ㈠図假的。如「訛言」。㈡錯誤的。如「訛舛」「以訛傳訛」。㈢詐騙。如「訛人」「訛詐」。

**訛人** ㄜˊ ㄖㄣˊ 騙人財物。

**訛舛** ㄜˊ ㄔㄨㄢˇ 図錯誤。

**訛言** ㄜˊ ㄧㄢˊ 図假話，謠言。

**訛脫** ㄜˊ ㄊㄨㄛ （文字上的）錯誤和脫漏。

**訛詐** ㄜˊ ㄓㄚˋ 假借某種理由，向人詐取財物或其他利益。也作「訛賴」。

**訛傳** ㄜˊ ㄔㄨㄢˊ 錯誤的傳聞。

**訛誤** ㄜˊ ㄨˋ （文字、記載）錯誤。

**訛謬** ㄜˊ ㄇㄧㄡˋ 錯誤，差錯。

## 訝

ㄧㄚˋ 驚異，覺得奇怪。如「驚訝」「訝異」。

**訝異** ㄧㄚˋ ㄧˋ 覺得奇怪，不明白是什麼道理。

# 五筆

## 詖

図ㄅㄧˋ ㈠偏頗（ㄆㄛ），不公平的話，叫「詖辭」。㈡偏頗邪僻的行為，叫「詖行」。

## 評

ㄆㄧㄥˊ ㈠議論是非高下。如「評論」「評分」。㈡文體名，古代史家評斷人物的著作。〈史記〉的「太史公曰」，〈漢書〉的「贊」，〈後漢書〉的「論」，都是「評」。

**評介** ㄆㄧㄥˊ ㄐㄧㄝˋ 評論介紹。

**評分** ㄆㄧㄥˊ ㄈㄣ 對技藝、工作、表演、學習成果等的成績加以評定，並給予應得的分數。

**評比** ㄆㄧㄥˊ ㄅㄧˇ 通過比較，評定高低。

**評判** ㄆㄧㄥˊ ㄆㄢˋ 批評，判定。

**評定** ㄆㄧㄥˊ ㄉㄧㄥˋ 評論或審核而作決定。

**評書** ㄆㄧㄥˊ ㄕㄨ 曲藝的一種，多講說長篇故事，用摺扇、手帕、醒木等做道具。

**評理** ㄆㄧㄥˊ ㄌㄧˇ 根據道理，評判是非曲直。

**評註** ㄆㄧㄥˊ ㄓㄨˋ 批評和註解。

**評傳** ㄆㄧㄥˊ ㄓㄨㄢˋ 為學者作傳，並且對他的學問思想加以評論，叫做「評傳」。

**評話** ㄆㄧㄥˊ ㄏㄨㄚˋ ①也作「平話」，我國古代民間流行的口頭文學形式，有說有唱。②曲藝的一種，由一個人用當地方言講說，只說不唱。

**評語** ㄆㄧㄥˊ ㄩˇ 評論是非好壞的話。

**評價** ㄆㄧㄥˊ ㄐㄧㄚˋ ①估價。②根據近於真理的條件，對文學藝術作品，判定善惡美醜或合理不合理，叫做「評價」。

**評彈** ㄆㄧㄥˊ ㄊㄢˊ ①曲藝的一種，流行於江蘇、浙江一帶，有說有唱，由評話和彈詞結合而成。②評話和彈詞的合稱。

**評論** ㄆㄧㄥˊ ㄌㄨㄣˋ 批評討論。

**評閱** ㄆㄧㄥˊ ㄩㄝˋ 閱覽並且判定成績。如「評閱試卷」。

**評選** ㄆㄧㄥˊ ㄒㄩㄢˇ 評比並推選。

**評點** ㄆㄧㄥˊ ㄉㄧㄢˇ 批評並圈點（詩文）。

**評斷** ㄆㄧㄥˊ ㄉㄨㄢˋ 評論判斷。

**評議** ㄆㄧㄥˊ ㄧˋ ①評論是非。②批評與建議。

**評騭** ㄆㄧㄥˊ ㄓˋ 図評定。

**評鑑** ㄆㄧㄥˊ ㄐㄧㄢˋ 教育學名詞。對學校的行政措施、教學設備、課程配置、教學效果等項目，作徹底的觀察，鑑定其優劣得失，然後作成建議，以為日後輔導、考核的根據。

**評頭論足** ㄆㄧㄥˊ ㄊㄡˊ ㄌㄨㄣˋ ㄗㄨˊ 原指一般無聊的人隨便談論婦女的容貌，現在泛指對人對事多方挑剔。也作「品頭論足」。

**詆** 図ㄉㄧˇ ㈠罵，責備。如「痛詆其非」。㈡見「詆毀」。

**詆毀** ㄉㄧˇ ㄏㄨㄟˇ 図故意說人家的壞話。

**詈** 図ㄌㄧˋ 罵。如「詬詈不休」「申申而詈」。

**詈罵** ㄌㄧˋ ㄇㄚˋ 用惡言罵。

**詁** 図ㄍㄨˇ ㈠古文的意義。〈爾雅〉「詁，故言也」。㈡用現代語文解釋古代語文，用通行的語文解釋方言。參看「訓詁」。

**訶** 図ㄏㄜ 見「訶責」。

**訶斥** ㄏㄜ ㄔˋ 大聲斥責。

**訶責** ㄏㄜ ㄗㄜˊ 図大聲責備。

**詎** 図ㄐㄩˋ 哪兒；豈。如「詎料」「詎能」。

**詎料** ㄐㄩˋ ㄌㄧㄠˋ 図哪兒想到；怎麼料得到。

**詎能** ㄐㄩˋ ㄋㄥˊ 図哪裡能夠。

**詘** ▲図ㄑㄩ ㈠「詘伸」，同「屈伸」，彎曲伸展。㈡屈服，折服。〈戰國策〉有「詘敵國」。㈢冤屈。〈呂氏春秋〉有「宋王因怒而詘殺之」。▲ㄔㄨˋ 同「黜」。

**訹** 図ㄒㄩˋ 誘迫恫嚇（ㄏㄜˋ）。〈宋史・岳飛傳〉有「以前途糧乏訹飛」。

**詗** 図ㄒㄩㄥˋ 「詗察」，偵察，探消息。

**詐** ▲ㄓㄚˋ ㈠假裝的。如「詐死」。㈡騙取。如「詐財」「欺詐」。▲ㄓㄚˊ 用言語試探。如「他說了些詐我的話」。

**詐死** ㄓㄚˋ ㄙˇ 假裝死去。

**詐降** ㄓㄚˋ ㄒㄧㄤˊ 假裝投降。

**詐財** ㄓㄚˋ ㄘㄞˊ 騙取錢財。

**詐唬** ㄓㄚˋ ㄏㄨˇ 唬字輕讀。欺騙嚇唬。

**詐騙** ㄓㄚˋ ㄆㄧㄢˋ 訛詐騙取。

**詐欺罪** ㄓㄚˋ ㄑㄧ ㄗㄨㄟˋ 法律術語。以詐騙方法取得他人的財物所犯的罪行。

**詔** ㄓㄠˋ ㈠図告訴，教導。〈莊子〉書有「為人父者，必能詔其子」。㈡從前皇帝發的命令，叫「詔書」。㈢古代南方少數民族對國王的稱呼，見〈舊唐書〉。

**詔令** ㄓㄠˋ ㄌㄧㄥˋ ①皇帝的命令。②文體的一種，上告下的文書。

**詔書** ㄓㄠˋ ㄕㄨ 皇帝頒發的文書。

**診** ㄓㄣˇ 醫生看病。如「診斷」「診所」。又讀ㄓㄣ。

**診所** ㄓㄣˇ ㄙㄨㄛˇ 醫生私人開設醫治病人的小型醫院。

**診治** ㄓㄣˇ ㄓˋ 診察病情加以治療。也說「診療」。

**診脈** ㄓㄣˇ ㄇㄞˋ 醫生用手指按在病人腕部的動脈上，診察病情。

**診察** ㄓㄣˇ ㄔㄚˊ 查看病狀。

**診療** ㄓㄣˇ ㄌㄧㄠˊ 診斷和治療。

**診斷** ㄓㄣˇ ㄉㄨㄢˋ ①醫生檢查病情。②檢查斷定，斷定以後再用藥。③引伸作對某種能力的檢查研究。如「國語能力診斷測驗」。

**診斷書** ㄓㄣˇ ㄉㄨㄢˋ ㄕㄨ 醫生診斷病狀，確定病情以後所寫的書面證明。

# 註

ㄓㄨˋ ㈠同「注」，解釋。㈡記載。如「註銷」「註冊」。㈢說明。如「備註」。㈣舊時解釋書中字句的文義，通指傳、章句、述、箋、略解、解詁、集解、集註、集釋等。

**註冊** ㄓㄨˋ ㄘㄜˋ ①登記在簿冊上。②學生在開學時向學校辦理的報到手續。

**註失** ㄓㄨˋ ㄕ 憑據或有價證券遺失，向原發機關聲明取消。也作「掛失」。

**註疏** ㄓㄨˋ ㄕㄨ 同「注疏」。

**註腳** ㄓㄨˋ ㄐㄧㄠˇ 同「注腳」。

**註銷** ㄓㄨˋ ㄒㄧㄠ 取消。

**註解** ㄓㄨˋ ㄐㄧㄝˇ 同「注解」。

**註釋** ㄓㄨˋ ㄕˋ 同「注釋」。

# 詛

ㄗㄨˇ ㈠[文]誓約。如「詛盟」。㈡咒罵。如「詛咒」。

**詛咒** ㄗㄨˇ ㄓㄡˋ 祈禱鬼神加災害給心裡所恨的人。

# 詞

ㄘˊ ㈠語文結構中最基本的單位，能獨立使用，代表一個觀念的文字或語言，不論是單字的或兩字以上合成的。如「名詞」「形容詞」。㈡指有組織的或片段的語言、文字。如「歌詞」「文詞」。㈢一種長短句押韻的文體，叫「詞」；也叫「詩餘」。唐時興起，宋代最盛。㈣同「辭」，訴訟的意思。如「挑詞架訟」。

**詞人** ㄘˊ ㄖㄣˊ 專擅文詞的人。

**詞句** ㄘˊ ㄐㄩˋ 詞和句子；字句。

**詞曲** ㄘˊ ㄑㄩˇ 詞和曲的總稱。

**詞尾** ㄘˊ ㄨㄟˇ 附加在詞後的虛字。如「傻子」「花兒」「木頭」「高高兒的」的「子」「兒」「頭」「的」等都是。

**詞序** ㄘˊ ㄒㄩˋ 詞在詞組或句子中的次序。在漢語裡，詞序是一種重要的語法手段。

**詞典** ㄘˊ ㄉㄧㄢˇ 同「辭典」。搜集詞彙加以注釋編輯成的工具書。

**詞性** ㄘˊ ㄒㄧㄥˋ 文法上指一個詞在句裡所含的性質，決定它所屬的詞類。

**詞法** ㄘˊ ㄈㄚˇ ①填詞的法則。②語法學中研究詞的形態、變化的學問。

**詞根** ㄘˊ ㄍㄣ 詞的主要組成部分，如「老虎」裡的「虎」，「椅子」裡的「椅」。

**詞素** ㄘˊ ㄙㄨˋ 語言裡最簡單而不可再分出另有意義的部分，語言學上把這種成分的單位叫「詞素」（英文morpheme）。詞素和詞素相連，造成複雜的詞和語句。國語的詞有含有一個詞素的，像「人」「手」；有不止一個詞素的，如「枇杷」「蘿蔔」。

**詞章** ㄘˊ ㄓㄤ 詩、詞、文章等的總稱。

**詞組** ㄘˊ ㄗㄨˇ 幾個詞合起來可以組成的一組詞。像「國民」「小學」「環境」「衛生」，都是個別的詞；「國民小學」「環境衛生」，都是個別的詞組。

**詞彙**（ㄘˊ ㄏㄨㄟˋ） 語言學名詞，一種語言裡面所有的詞語的總稱。如「國語詞彙」「方言詞彙」。

**詞源**（ㄘˊ ㄩㄢˊ） ①文詞像水源一樣層出不窮。②書名，宋朝張炎撰，分上下二卷，上卷論五音十二律及宮調管色諸事，下卷論製曲、句法、字面、虛字、意趣諸事。

**詞話**（ㄘˊ ㄏㄨㄚˋ） ①評論詞調源流和作家得失的書，體裁有些像詩話。②小說的一種。如「金瓶梅詞話」。

**詞調**（ㄘˊ ㄉㄧㄠˋ） 填詞的格調。就是「詞牌」。

**詞賦**（ㄘˊ ㄈㄨˋ） 同「辭賦」。

**詞餘**（ㄘˊ ㄩˊ） 曲的別稱。

**詞頭**（ㄘˊ ㄊㄡˊ） 加在詞前的字，像「阿姨」「老王」的「阿」「老」。

**詞窮**（ㄘˊ ㄑㄩㄥˊ） 理由不充分，說不出話來了。

**詞鋒**（ㄘˊ ㄈㄥ） [文]議論文的氣勢，指文中鋒芒銳利的部分。

**詞譜**（ㄘˊ ㄆㄨˇ） 集合填詞的格調，表示詞的程式的書。如〈白香詞譜〉。

**詞韻**（ㄘˊ ㄩㄣˋ） 填詞參考用的韻書。

**詞類**（ㄘˊ ㄌㄟˋ） 文法上，就詞的意義、性質或作用，分為若干類，叫做詞類。中國文法分：名詞、代名詞、動詞、形容詞、副詞、介詞、連詞、助詞、感嘆詞等九類。也有人增列數詞、量詞、象聲詞三類，而為十二類。也有人只分實詞、虛詞兩類。文法家派別多，分類不一致。

**詞藻**（ㄘˊ ㄗㄠˇ） 詩文修飾的成分，也作「辭藻」。

**詞牌（子）**（ㄘˊ ㄆㄞˊ（ㄗ˙）） 舊時填詞的各種名稱。像「水調歌頭」「虞美人」等。

**詞不達意**（ㄘˊ ㄅㄨˋ ㄉㄚˊ ㄧˋ） 文詞不能完全把意思明白地表達出來。

**訴** ㄙㄨˋ ㈠述說。如「訴苦」「告訴」。㈡打官司。如「訴訟」「上訴」。

**訴求**（ㄙㄨˋ ㄑㄧㄡˊ） 請求。

**訴狀**（ㄙㄨˋ ㄓㄨㄤˋ） 訴訟所用的書狀。

**訴苦**（ㄙㄨˋ ㄎㄨˇ） 把自己的困難、苦衷告訴別人。

**訴訟**（ㄙㄨˋ ㄙㄨㄥˋ） 法律名詞。人民或代表國家的檢察官請求司法機關根據司法權進行裁判的行為，叫做訴訟。分民事訴訟、刑事訴訟、行政訴訟三種。

**訴說**（ㄙㄨˋ ㄕㄨㄛ） （帶感情地）陳述。

**訴願**（ㄙㄨˋ ㄩㄢˋ） 人民向政府請求維護其利益，停止不適當或違法的處分。

**詒** ▲[文] ㄧˊ ㈠同「貽」，給。〈左傳〉有「叔向使詒子產書」。㈡留傳（ㄔㄨㄢˊ）。〈詩經〉有「詒厥孫謀」。▲ㄉㄞˋ 造假，欺騙。通「紿」。

**詠（咏）** ㄩㄥˇ ㈠聲音高揚起降的唱。如「歌詠」「吟詠」。㈡用詩詞表達情意。如「詠雪」「詠梅」。

**詠嘆**（ㄩㄥˇ ㄊㄢˋ） 歌詠；吟詠。

**詠讚**（ㄩㄥˇ ㄗㄢˋ） 歌頌讚美。

## 六筆

**該** ㄍㄞ ㈠應當。如「不早了，該上學了」「該當何罪」。㈡作指示代名詞用，等於「那」。如「該員」「該處」。是半書面語，多用於公文。㈢掛欠。如「該帳」「該人錢，要早還（ㄏㄨㄢˊ）」。㈣輪到。如「今天該我值日」「明天該你來做」。㈤

図完備，同「賅」。如「該備」。

**該死** ㄍㄞ ㄙˇ 表示厭惡、憤恨或埋怨的話。

**該備** ㄍㄞ ㄅㄟˋ 図完備。

**該博** ㄍㄞ ㄅㄛˊ 図學識淵博。

**該著** ▲ㄍㄞ ˙ㄓㄜ ①暫時欠著。②輪到。如「這次該著你說了」。▲ㄍㄞ ㄓㄠˊ 命運注定。如「該著的跑不了」。

**該當** ㄍㄞ ㄉㄤ ①應該。②指命運如此。

**該管** ㄍㄞ ㄍㄨㄢˇ 指負責管理的。如「該管機關」。

**該帳** ㄍㄞ ㄓㄤˋ 欠帳。

## 誄

図ㄌㄟˇ (一)文體名，古人記述死者的德行、功業並且表致悼念的文辭。本來是上對下的，後來通行於一般人，成為哀祭文字的一種。(二)鋪敘功德，禱神求福。〈論語・述而〉：「誄曰：『禱爾於上下神祇』。」

## 詬

図ㄍㄡˋ (一)「詬病」是恥辱，汙辱。(二)「詬罵」是辱罵。

## 註

図ㄍㄨㄚˋ (一)錯誤。如「註誤」。(二)欺騙。

**註誤** ㄍㄨㄚˋ ㄨˋ 図被人牽累而受到處分或是損害。也作「罣誤」「絓誤」。

## 詭

ㄍㄨㄟˇ (一)欺詐。如「詭計」「詭詐」。(二)図奇異。如「詭祕」「詭譎」。(三)図違反。如「言行相詭」。

**詭怪** ㄍㄨㄟˇ ㄍㄨㄞˋ 詭異。

**詭計** ㄍㄨㄟˇ ㄐㄧˋ 騙人的計策。

**詭祕** ㄍㄨㄟˇ ㄇㄧˋ 図隱祕而不容易讓人知道。如「行動詭祕」。

**詭異** ㄍㄨㄟˇ ㄧˋ 詭奇怪異。

**詭詐** ㄍㄨㄟˇ ㄓㄚˋ 同「欺詐」。

**詭譎** ㄍㄨㄟˇ ㄐㄩㄝˊ 図①變化無窮的樣子。②不合常情的怪事。

**詭辯** ㄍㄨㄟˇ ㄅㄧㄢˋ 奇怪不合理的辯說。

## 誇

ㄎㄨㄚ (一)說大話，不切實際。如「自誇」「誇下海口」。(二)向別人衒耀自己。如「誇示」「誇耀」。(三)稱讚。如「誇獎」。

**誇口** ㄎㄨㄚ ㄎㄡˇ 自誇，說大話。

**誇大** ㄎㄨㄚ ㄉㄚˋ ①說的話超過實際的情形。②驕傲。

**誇示** ㄎㄨㄚ ㄕˋ 誇耀自己；把自己的榮耀在別人面前顯示。

**誇張** ㄎㄨㄚ ㄓㄤ ①修辭學上的一種辭格，凡是用主觀的想像，故意誇大所形容的事物，來增強所想表達的效果，就叫誇張。如李白〈秋浦歌〉「白髮三千丈，離愁似箇長」就是。②言過其實。〈列子・天瑞〉有「又有人……誇張於世，而不知己者」。

**誇飾** ㄎㄨㄚ ㄕˋ 誇張地描繪。

**誇獎** ㄎㄨㄚ ㄐㄧㄤˇ 讚美。也作「誇讚」。

**誇誕** ㄎㄨㄚ ㄉㄢˋ 図虛誇不實。

**誇耀** ㄎㄨㄚ ㄧㄠˋ 向人過分宣揚自己。

**誇讚** ㄎㄨㄚ ㄗㄢˋ 誇獎。

## 誆

ㄎㄨㄤ 說話不確實；騙人的。如「誆騙」「你別拿假話誆人」。

**誆騙** ㄎㄨㄤ ㄆㄧㄢˋ 欺騙。

## 話

ㄏㄨㄚˋ (一)言語。如「說話」「正經話」。(二)談論。如「話別」「話舊」。

**話本** ㄏㄨㄚˋ ㄅㄣˇ 宋代說書人所依據的底本。

**話別** ㄏㄨㄚˋ ㄅㄧㄝˊ 臨別的談話。

**話兒** ㄏㄨㄚˋ ㄦ˙ ①言語。②東西。〈西遊記〉有「那話兒又來了」。

**話柄** ㄏㄨㄚˋ ㄅㄧㄥˇ 言語行為做了人家談笑的材料。

**話梅** ㄏㄨㄚˋ ㄇㄟˊ 用梅子醃製的一種又乾又鹹的零食。也叫「酸梅」。

**話筒** ㄏㄨㄚˋ ㄊㄨㄥˇ ①電話機等的發話器。②向附近許多人講話用的類似圓錐形的筒。

**話說** ㄏㄨㄚˋ ㄕㄨㄛ 舊小說中所常用的發語詞。如「話說宋太宗年間，有……」。

**話劇** ㄏㄨㄚˋ ㄐㄩˋ 戲劇的一種，不用歌舞，而用人物的對話動作來表現劇情。

**話鋒** ㄏㄨㄚˋ ㄈㄥ 話頭。

**話頭** ㄏㄨㄚˋ ㄊㄡˊ 談話的頭緒。

**話舊** ㄏㄨㄚˋ ㄐㄧㄡˋ 跟久別的朋友敘談往事。

**話題** ㄏㄨㄚˋ ㄊㄧˊ 談話的中心。

**話匣子** ㄏㄨㄚˋ ㄒㄧㄚˊ ㄗ˙ ①留聲機。②譏笑人所說的話太多，說個沒完沒了。

**話務員** ㄏㄨㄚˋ ㄨˋ ㄩㄢˊ 使用交換機分配電話線路的工作人員。

**話不投機** ㄏㄨㄚˋ ㄅㄨˋ ㄊㄡˊ ㄐㄧ 談話時彼此意見不合。

**話裡有話** ㄏㄨㄚˋ ㄌㄧˇ ㄧㄡˇ ㄏㄨㄚˋ 話裡另有隱含不說出來的意思，讓聽話的人去猜。

## 詼

図ㄏㄨㄟ 叫人發笑的言詞。如「詼諧」。

**詼笑** ㄏㄨㄟ ㄒㄧㄠˋ 嘲笑戲弄。

**詼諧** ㄏㄨㄟ ㄒㄧㄝˊ 図談話有趣，使人發笑。

## 詰

図ㄐㄧㄝˊ ㈠責問。如「詰責」。㈡問，盤問。如「反詰」「盤詰」。㈢「詰旦」，第二天早上。㈣「詰屈」，彎曲。㈤見「詰屈聱牙」。

**詰責** ㄐㄧㄝˊ ㄗㄜˊ 図譴責。

**詰問** ㄐㄧㄝˊ ㄨㄣˋ 図盤問，質問。

**詰難** ㄐㄧㄝˊ ㄋㄢˋ 図責難。

**詰屈聱牙** ㄐㄧㄝˊ ㄑㄩ ㄠˊ ㄧㄚˊ 図指文字深奧，音調艱澀，難讀難懂。

## 詮

図ㄑㄩㄢˊ ㈠詳細解釋事理。如「詮釋」「詮說」。㈡事情的真理，叫「真詮」。㈢「詮次」，選擇而類敘。㈣權衡，品評。如「詮論」。

**詮注** ㄑㄩㄢˊ ㄓㄨˋ 注解說明。

**詮說** ㄑㄩㄢˊ ㄕㄨㄛ 図詳細解說。

**詮論** ㄑㄩㄢˊ ㄌㄨㄣˋ 論衡事情的道理。

**詮釋** ㄑㄩㄢˊ ㄕˋ 図細細地說明事理。

## 詳

▲ㄒㄧㄤˊ ㈠周到，完備。如「詳談」「詳盡」。㈡說明。如「內詳」（在信封左下方只寫內詳兩字而不寫發信人姓名地址，表示除了收信人之外，不願旁人知道是誰寫的信）「餘再詳」（寫在信末，表示還有其他的話以後再說）。㈢図古代一種公文，向上級機關請示或呈報用的。▲図ㄧㄤˊ 通「佯」。〈史記〉有「箕子懼，乃詳狂為奴」。

**詳文** ㄒㄧㄤˊ ㄨㄣˊ 舊時官吏呈遞上級的公文。

**詳究** ㄒㄧㄤˊ ㄐㄧㄡ 詳細地追究。

**詳明** ㄒㄧㄤˊ ㄇㄧㄥˊ 詳細明白。

**詳密** ㄒㄧㄤˊ ㄇㄧˋ 詳細沒有遺漏。

**詳情** ㄒㄧㄤˊ ㄑㄧㄥˊ 詳細情形。

**詳敘** ㄒㄧㄤˊ ㄒㄩˋ 詳細地敘述。

**詳略** ㄒㄧㄤˊ ㄌㄩㄝˋ 詳盡與簡略。

**詳細** ㄒㄧㄤˊ ㄒㄧˋ 細字輕讀。周到；完備。

**詳博** ㄒㄧㄤˊ ㄅㄛˊ 廣博詳盡。

**詳察** ㄒㄧㄤˊ ㄔㄚˊ 仔細地檢察。

**詳實** ㄒㄧㄤˊ ㄕˊ 同「翔實」，詳細而確實。

**詳夢** ㄒㄧㄤˊ ㄇㄥˋ 舊時的一種迷信。到寺廟去過夜，就所夢見的來推斷心中想做的事情是否順利可行。

**詳盡** ㄒㄧㄤˊ ㄐㄧㄣˋ 詳細完全。

**詳確** ㄒㄧㄤˊ ㄑㄩㄝˋ 詳細明確。

**詳詳細細** ㄒㄧㄤˊ ㄒㄧㄤˊ ㄒㄧˋ ㄒㄧˋ 詳細的樣子。

**詳徵博引** ㄒㄧㄤˊ ㄓㄥ ㄅㄛˊ ㄧㄣˇ 詳細廣博地徵引。

## 詡

図ㄒㄩˇ 說大話。如「自詡」。

**詡詡** ㄒㄩˇ ㄒㄩˇ 図①和集的樣子。〈易林〉有「魴鱮詡詡」。②誇大的樣子。如「詡詡自得」。③生氣充沛的樣子，同「栩栩」。

## 詢

ㄒㄩㄣˊ ㈠查問。如「詢問」「質詢」「詢于四岳」。

**詢問** ㄒㄩㄣˊ ㄨㄣˋ 查問。

**詢察** ㄒㄩㄣˊ ㄔㄚˊ 查訪。

## 詹

ㄓㄢ ㈠図廢話多。〈莊子・齊物論〉有「小言詹詹」。㈡図占定，擇定。如「謹詹於某年某月某日為小兒某某完婚」。㈢姓。

## 誅

ㄓㄨ ㈠図殺死有罪的人。如「天誅地滅」「伏誅」。㈡責罰。如「口誅筆伐」。㈢図討伐。如「將（ㄐㄧㄤˋ）義兵，行天誅」。㈣図剪除。如「誅除」。

**誅除** ㄓㄨ ㄔㄨˊ 図滅除。也作「誅滅」。

**誅心之論** ㄓㄨ ㄒㄧㄣ ㄓ ㄌㄨㄣˋ 對別人加以責備的時候，不問其事情做得怎麼樣，只提他的用心、動機。也就是只責備對方的心意，不論其行事。

## 詧

図ㄔㄚˊ 審察，明鑒，同「察」，用於公文或書信。如「亮詧」。

## 詫

ㄔㄚˋ ㈠驚異。如「詫異」。㈡図誇張。〈史記〉有「子虛過詫烏有先生」。

**詫異** ㄔㄚˋ ㄧˋ 驚奇。

## 誠

ㄔㄥˊ ㈠真實。如「誠實」「誠樸」。㈡図實在是，的確是。如「誠然」「先生誠信人也」。㈢図連詞，表示假設，有「如果」的意思。如「誠能如此，則國家幸甚」。

**誠心** ㄔㄥˊ ㄒㄧㄣ ①真心。②懇切。③同「成心」，故意的。如「他誠心與我過不去」。

**誠信** ㄔㄥˊ ㄒㄧㄣˋ 誠實守信。

**誠然** ㄔㄥˊ ㄖㄢˊ 図確實如此。也作「信然」。

**誠意** ㄔㄥˊ ㄧˋ 心意誠篤。

**誠實** ㄔㄥˊ ㄕˊ 實實在在，不騙人。

**誠摯** ㄔㄥˊ ㄓˋ 誠懇真摯。

**誠樸** ㄔㄥˊ ㄆㄨˊ 誠懇樸實。

**誠篤** ㄔㄥˊ ㄉㄨˇ 誠實敦厚。

**誠懇** ㄔㄥˊ ㄎㄣˇ 真誠而懇切。

**誠惶誠恐** ㄔㄥˊ ㄏㄨㄤˊ ㄔㄥˊ ㄎㄨㄥˇ 形容人心裡非常惶恐不安。

## 詩

ㄕ ㈠用和諧聲調、優美詞藻寫的，表現感情的一種文體。有舊詩、新詩之分。舊詩文字簡練，合轍押韻，可以歌詠朗誦，又分古體和近體兩種；每一句的字數固定。新詩不全講究押韻，每句字數也不一定。㈡五經中〈詩經〉的簡稱。如「詩、書、易、禮、春秋」。

**詩人**（ㄕ ㄖㄣˊ） 精於寫作詩歌的文人。

**詩友**（ㄕ ㄧㄡˇ） 常常在一起作詩唱和（ㄏㄜˋ）的朋友。

**詩仙**（ㄕ ㄒㄧㄢ） ①詩才飄逸如仙。②稱唐朝詩人李白是詩仙。

**詩史**（ㄕ ㄕˇ） ①描述歷史的詩。②今人稱唐杜甫、宋汪元量、清吳偉業等人的作品。

**詩社**（ㄕ ㄕㄜˋ） 詩人定期聚集吟詠的組織。

**詩品**（ㄕ ㄆㄧㄣˇ） 書名。①南朝梁代鍾嶸撰，三卷，品評詩人一〇三位，論其優劣。②唐朝司空圖撰，一卷。

**詩律**（ㄕ ㄌㄩˋ） 詩的格律。

**詩書**（ㄕ ㄕㄨ） 本指〈詩經〉和〈書經〉。後來也泛指書籍。

**詩酒**（ㄕ ㄐㄧㄡˇ） ①詩和酒。②作詩和飲酒。

**詩集**（ㄕ ㄐㄧˊ） 編輯一個人或許多人的詩而成的書。

**詩意**（ㄕ ㄧˋ） ①可以寫成入詩歌的一種情思。②比喻某種賞心悅目的情調。如「富有詩意」。

**詩經**（ㄕ ㄐㄧㄥ） 我國最早的詩歌總集，全書分為風、小雅、大雅、頌四個部分。今存三百零五篇。

**詩話**（ㄕ ㄏㄨㄚˋ） ①評論詩和詩人的書。②我國早期有詩有話的小說。

**詩歌**（ㄕ ㄍㄜ） 詩及歌曲的總稱。

**詩篇**（ㄕ ㄆㄧㄢ） ①詩（總稱）。②基督教舊約聖經中的一卷。

**詩餘**（ㄕ ㄩˊ） 詞的別名。

**詩壇**（ㄕ ㄊㄢˊ） 詩界。

**詩興**（ㄕ ㄒㄧㄥˋ） 作詩的興致。

**詩謎**（ㄕ ㄇㄧˊ） 用詩句做謎面的謎語。

**詩禮**（ㄕ ㄌㄧˇ） 〈詩經〉和〈禮記〉是儒家必須研習的，所以舊時讀書人常常自誇為「詩禮傳家」。

**詩韻**（ㄕ ㄩㄣˋ） ①詩的韻腳。②作詩用韻所根據的書。

**詩鐘**（ㄕ ㄓㄨㄥ） 文人的一種遊戲，以不相干的兩句或兩個字為題，分別嵌入兩句聯句之中。

**詩中有畫**（ㄕ ㄓㄨㄥ ㄧㄡˇ ㄏㄨㄚˋ） 指詩中描寫的景物有如圖畫。通常稱唐詩人王維「詩中有畫，畫中有詩」。

**詩情畫意**（ㄕ ㄑㄧㄥˊ ㄏㄨㄚˋ ㄧˋ） 富有詩畫的意境。

**詩辭歌賦**（ㄕ ㄘˊ ㄍㄜ ㄈㄨˋ） 四種韻文文體，也用來泛指韻文。也作「詩詞歌賦」。

**試**（ㄕˋ） ㈠考驗，測驗。如「考試」「試題」。㈡在正式工作或使用之前，先非正式的做做看，用用看。如「試用」「試教」。㈢測探，慢慢地，輕輕地。如「試探一下」「試著步兒走一走」。㈣嘗嘗看。如「嘗試」「試新」。㈤懷疑測度（ㄉㄨㄛˋ）的詞。如「試問」「試看」。

**試用**（ㄕˋ ㄩㄥˋ） ①正式使用以前，試驗是否適用。②正式錄用以前，先做做看，做得好再正式任用。

**試吃**（ㄕˋ ㄔ） 嘗試食物的滋味。

**試行**（ㄕˋ ㄒㄧㄥˊ） 正式實行之前，先試著實行一段時間。

**試車**（ㄕˋ ㄔㄜ） ①新裝機器使用之前，先使它運轉，看看有沒有問題，工作是否靈活。②汽車在使用牌照發下以前，必須使用，可以先請領臨時牌照，叫做「試車」。③以實地駕駛來測試車子的性能。

**試卷**（ㄕˋ ㄐㄩㄢˋ） 筆試所用的卷子。

**試看**(ㄕˋ ㄎㄢˋ) 請看，是表示懷疑的意思。如「試看奢靡的人，有不破家的嗎」。

**試穿**(ㄕˋ ㄔㄨㄢ) 買衣服之前先穿穿看是否合身，好看。

**試紙**(ㄕˋ ㄓˇ) 「試驗紙」的簡稱。把石蕊或薑黃等溶液塗在濾紙面上，用來檢查液體、氣體等的酸性或鹼性。

**試院**(ㄕˋ ㄩㄢˋ) 科舉時代的試場。

**試問**(ㄕˋ ㄨㄣˋ) 請問，含有懷疑的意思。如「試問誰能脫離人群，單獨生活」。

**試婚**(ㄕˋ ㄏㄨㄣ) 正式結婚之前，兩個人嘗試著過像結婚一樣的生活。

**試探**(ㄕˋ ㄊㄢ) 探字輕讀。①先試試還沒做的事，看看可不可以做。②探聽對方的意思或反應。

**試教**(ㄕˋ ㄐㄧㄠ) 在正式任教前預先嘗試教學。

**試場**(ㄕˋ ㄔㄤˇ) 同「考場」。

**試新**(ㄕˋ ㄒㄧㄣ) ①試用新置的物品。②嘗試剛出的新米。

**試試**(ㄕˋ ㄕˋ) 第二個試字輕讀。試一試。

**試圖**(ㄕˋ ㄊㄨˊ) 打算。

**試管**(ㄕˋ ㄍㄨㄢˇ) 作化學試驗的玻璃管，可以灌進化學品，在酒精燈上燒，來作實驗。

**試銷**(ㄕˋ ㄒㄧㄠ) 產品在上市之前，嘗試銷售，以了解市場接受的程度。

**試劑**(ㄕˋ ㄐㄧˋ) 做化學實驗用的化學物質。也叫試藥。

**試藥**(ㄕˋ ㄧㄠˋ) 檢查化合物中，有沒有某項物質存在的藥品。參看「試劑」。

**試聽**(ㄕˋ ㄊㄧㄥ) 嘗試聽音樂的效果。

**試驗**(ㄕˋ ㄧㄢˋ) ①出題考試。②察看某種事物的實際，從而明白它的功用。

**試工(兒)**(ㄕˋ ㄍㄨㄥ(ㄦ)) 在正式做工以前，先試試他的工作能力是否合宜。

**試金石**(ㄕˋ ㄐㄧㄣ ㄕˊ) ①一種石英石，黑色，質地很硬，把黃金在上面摩擦，可以辨別金的成分高低或真假。②考驗的意思。如「斷這件案子，正是你是否公正廉潔的試金石」。

**試算表**(ㄕˋ ㄙㄨㄢˋ ㄅㄧㄠˇ) 檢查帳簿記載有無錯誤，借貸兩方是否平衡而作成的計算表。

**試管嬰兒**(ㄕˋ ㄍㄨㄢˇ ㄧㄥ ㄦˊ) 經由試管授精，然後植入母體的子宮成長而分娩的嬰兒。一九七八年在英國首次成功。

## 詵

〔文〕ㄕㄣ ㈠發言，問。㈡「詵詵」，眾多的樣子。

## 訾

▲〔文〕ㄗˇ 毀謗，說人壞話。如「不苟訾議」。

▲ㄗ ㈠〔文〕度量，計量。如「財貨無訾」。㈡姓。

## 詣

〔文〕ㄧˋ ㈠親自到達。如「及郡下，詣太守，說如此」。㈡所到達的程度、地步。如「造詣」。

# 七筆

## 誥

ㄍㄠˋ ㈠古代一種告誡的文體叫誥。如「康誥」「酒誥」。㈡〔文〕上級告訴下級叫誥。

**誥命**(ㄍㄠˋ ㄇㄧㄥˋ) ①天子頒布的命令。誥是告誡臣下的辭；命是命令的話。②以往指受有皇帝所賜封號的婦人。

**誥誡**(ㄍㄠˋ ㄐㄧㄝˋ) 〔文〕告誡。

## 誑

ㄎㄨㄤˊ ㈠欺騙。如「誑騙」。㈡騙人的話。如「誑誕」。

**誑誕**(ㄎㄨㄤˊ ㄉㄢˋ) 胡說八道的話。

**誑語**(ㄎㄨㄤˊ ㄩˇ) 佛家說騙人叫「打誑語」。

**誨** ㄏㄨㄟˋ ㈠教導。如「教誨」「誨人不倦」。㈡図引誘。如「慢藏誨盜」「誨淫誨盜」。㈢図教導人的話。如「朝夕納誨」。又讀ㄏㄨㄟˇ。

**誨人不倦** ㄏㄨㄟˋ ㄖㄣˊ ㄅㄨˋ ㄐㄩㄢˋ 特別耐心教導別人，從不厭倦。

**誨盜誨淫** ㄏㄨㄟˋ ㄉㄠˋ ㄏㄨㄟˋ ㄧㄣˊ 也作「誨淫誨盜」。①值錢的財物不謹慎收藏，容易引起小偷兒的光顧（「慢藏誨盜」就是這個意思）；漂亮的女人隨便拋頭露面，容易引起別人打壞主意。②專門教人做壞事。如「那本雜誌寫的淨是些誨盜誨淫的事」。

**䛟** 図ㄐㄧㄚˊ 通「唊」，亂說話，話多。

**誡** ㄐㄧㄝˋ ㈠通「戒」，警告。如「告誡」。㈡禁令。〈荀子〉有「發誡布令而敵退」。㈢勸人不做壞事的箴言。如「十誡」「女誡」。

**誚** 図ㄑㄧㄠˋ ㈠說話挖苦人家。如「譏誚」。㈡責備。如「誚讓」。

**誚讓** ㄑㄧㄠˋ ㄖㄤˋ 図譴責。

**誌** ㄓˋ ㈠記錄。如「以誌這段因緣」。㈡作標識（ㄓˋ）、記號。如「既出，得其船，便扶向路，處處誌之」。㈢記事文的一種。如「墓誌」「碑誌」。㈣事物的譜牒，像「地誌」「名山誌」。㈤記住。如「永誌不忘」。㈥表示。如「誌喜」「誌哀」。㈦刊物。如「雜誌」。㈧通「痣」。

**誌哀** ㄓˋ ㄞ 表示哀悼。

**誌喜** ㄓˋ ㄒㄧˇ 表示快樂。

**誓** ㄕˋ ㈠自己表示不食言的言辭。如「立誓」「發誓」。㈡図在軍中告誡官兵的話。如「誓師」。㈢図古時國與國之間、人與人之間訂立的契約。如「盟誓」。

**誓死** ㄕˋ ㄙˇ 立下誓願，表示至死不變。

**誓言** ㄕˋ ㄧㄢˊ ①宣誓時所說的話。②發誓。

**誓約** ㄕˋ ㄩㄝ 發誓立約。

**誓師** ㄕˋ ㄕ 出兵作戰以前告誡將士。

**誓願** ㄕˋ ㄩㄢˋ 立誓發願。

**誓不兩立** ㄕˋ ㄅㄨˋ ㄌㄧㄤˇ ㄌㄧˋ 發誓不和敵方同時並存。

**說** ▲ㄕㄨㄛ ㈠用言語表情達意。如「說話」「說笑」。㈡解釋。如「說明」「說得清清楚楚」。㈢主張，立論。如「學說」「著書立說」。㈣評論。如「說長道短」「說人閒話」。㈤責備。如「說了他一頓」。㈥說空話的略語。如「說的多，做的少」「光說不練」。㈦見「說書」。㈧見「說媒」。㈨文體名。如「師說」「立志說」。㈩教導。如「說教」「上說下教」。

▲図ㄕㄨㄟˋ用言語打動別人的心，讓他聽從或採納。如「說客」「游說」。

▲図ㄩㄝˋ同「悅」。

**說白** ㄕㄨㄛ ㄅㄞˊ 插在戲曲歌曲裡的道白（說話）。

**說合** ㄕㄨㄛ ㄏㄜˊ 代人介紹而成其事。如「這門親事，全憑您說合的」。

**說好** ㄕㄨㄛ ㄏㄠˇ 商量好了。

**說帖** ㄕㄨㄛ ㄊㄧㄝ 舊時指陳述意見的書簡。

**說明** ㄕㄨㄛ ㄇㄧㄥˊ ①把事情解釋清楚，以利大眾或對方了解。②引用定律解釋某一現象為何如此發生。③解釋的文字。如「說明書」。

**說法** ㄕㄨㄛ ㄈㄚˇ ①講解的方法。②佛家指講道。如「現身說法」。

**說服** ▲図ㄕㄨㄟˋ ㄈㄨˊ 企圖用言語改變他人的態度、信仰、價值觀、行動等的傳播行為。

▲ㄕㄨㄛ ㄈㄨˊ勸人信從，使人心服。

▲図ㄩㄝˋ ㄈㄨˊ心悅誠服。〈禮記·學記〉有「近者說服而遠者懷之，此大學之道也」。

**說客** ㄕㄨㄟˋ ㄎㄜˋ 也作「說（ㄕㄨㄟˋ）士」。用言語勸誘別人改變主張的人。

**說穿** ㄕㄨㄛ ㄔㄨㄢ 用言語揭開謎團。

**說書** ㄕㄨㄛ ㄕㄨ ①講說歷史故事的民間說唱藝術。在唐代稱「說話」，宋代稱「講史」，元代稱「平話」，現代在北方稱「說書」，在蘇州稱「評話」。②講解書義。

**說破** ㄕㄨㄛ ㄆㄛˋ 把隱祕的意思或事情說出來。

**說笑** ㄕㄨㄛ ㄒㄧㄠˋ ①講可笑的話。②一邊說一邊笑。

**說教** ㄕㄨㄛ ㄐㄧㄠˋ ①宣講教義。②比喻空談理論。

**說理** ㄕㄨㄛ ㄌㄧˇ ①說明理由。②講理，不蠻橫。

**說媒** ㄕㄨㄛ ㄇㄟˊ 替人提親。也作「說親」。

**說項** ㄕㄨㄛ ㄒㄧㄤˋ 図原來是說別人的好話，以後引伸為替人游說、關說或人情上的表示關心，都可以說「說項」。

**說話** ㄕㄨㄛ ㄏㄨㄚˋ ①發言。②國民小學國語科教學項目之一。③宋代的民間說唱藝術之一。參看「說書」。

**說道** ㄕㄨㄛ ㄉㄠ 道字輕讀。說，舊小說常用。

**說夢** ㄕㄨㄛ ㄇㄥˋ 「癡人說夢」的略語，比喻言論荒唐，跟夢中說話一樣。

**說親** ㄕㄨㄛ ㄑㄧㄣ 說媒。

**說謊** ㄕㄨㄛ ㄏㄨㄤˇ 說假話騙人。也說「撒（ㄙㄚ）謊」。

**說辭** ㄕㄨㄛ ㄘˊ 辯解或推託的理由。

**說情（兒）** ㄕㄨㄛ ㄑㄧㄥˊ ㄦ 替人請求原諒或幫忙。

**說大話** ㄕㄨㄛ ㄉㄚˋ ㄏㄨㄚˋ 吹牛。說誇張不實的話。

**說不上** ㄕㄨㄛ ㄅㄨˋ ㄕㄤˋ 不字輕讀。①說不清。②不須要說。

**說不來** ㄕㄨㄛ ㄅㄨˋ ㄌㄞˊ 不字輕讀。①雙方思想不合，談不到一起。②不會說。

**說不得** ㄕㄨㄛ ㄅㄨˋ ㄉㄜˊ 不字輕讀。①不能說；不可以說。②沒什麼話可說。

**說明文** ㄕㄨㄛ ㄇㄧㄥˊ ㄨㄣˊ 說明事理的文章。

**說明書** ㄕㄨㄛ ㄇㄧㄥˊ ㄕㄨ 關於物品的規格、性能、用途和用法以及戲劇、電影情節等的文字說明。

**說破嘴** ㄕㄨㄛ ㄆㄛˋ ㄗㄨㄟˇ 一遍又一遍重複說明。

**說得來** ㄕㄨㄛ ㄉㄜˊ ㄌㄞˊ 雙方思想相近，能談到一塊兒。

**說閒話** ㄕㄨㄛ ㄒㄧㄢˊ ㄏㄨㄚˋ 不負責任的批評人家的話。

**說夢話** ㄕㄨㄛ ㄇㄥˋ ㄏㄨㄚˋ ①同「說夢」。②夢中說無意識的話。

**說滿話** ㄕㄨㄛ ㄇㄢˇ ㄏㄨㄚˋ 把話說得太滿，沒有調整的餘地。

**說瞎話** ㄕㄨㄛ ㄒㄧㄚ ㄏㄨㄚˋ 說謊。

**說相聲（兒）** ㄕㄨㄛ ㄒㄧㄤˋ ㄕㄥ ㄦ 聲字輕讀。一種趣味性對話的表演，見「相聲」。

**說一不二** ㄕㄨㄛ ㄧ ㄅㄨˋ ㄦˋ ①對所要求的事一點兒也不拒絕。如「我跟他說一不二，要什麼給什麼」。②確定不移。也作「說一是一」。

**說不過去** ㄕㄨㄛ ㄅㄨˋ ㄍㄨㄛˋ ㄑㄩˋ 不字輕讀。不合情理；無法交代。

**說白道黑** ㄕㄨㄛ ㄅㄞˊ ㄉㄠˋ ㄏㄟ 沒有事實根據，隨口任意批評。

**說好說歹** ㄕㄨㄛ ㄏㄠˇ ㄕㄨㄛ ㄉㄞˇ 好聽和不好聽的話都說盡了（是勸誘的手段）。

**說來說去** ㄕㄨㄛ ㄌㄞˊ ㄕㄨㄛ ㄑㄩˋ 反覆地說。

**說東道西** 天南地北，無所不談。

**說長說短** 議論別人的是非。

**說風涼話** 站在旁觀地位作不負責的談話。

**說唱文學** 韻文散文兼用，可以連講帶唱的文藝形式。也叫「講唱文學」。

**說唱藝術** 以說話和唱曲為表達形式的藝術。

**說黃道黑** 同「說白道黑」。

**說說笑笑** 又說又笑，有說有笑。

## 認

ㄖㄣˋ ㈠對事物的辨別。如「認清是非曲（ㄑㄩ）直」「認認看，這是不是你的東西」。㈡見「認識」。㈢表示同意、承受。如「認可」「認罪」。㈣雙方本無親屬關係而結成親屬。如「認領」「認他做乾媽」。

**認了** 勉強承受的意思。如「吃多大虧我都認了」。

**認可** ①允許。②法律上對於公私法人的行為，加以許可。

**認生** 怕見沒有見過面的陌生人，常指兒童說的。

**認同** 認可，同意。

**認字** 識字。

**認命** 以為命運該當如此，只好承受。

**認定** 法律上對未證明事實的真相，用推定來判別。

**認知** 本於自由意志而承認。

**認股** 同意購買股份。

**認為** 以為，斷定。

**認真** 實事求是，毫不隨便。

**認帳** 承認所欠的帳。比喻承認自己說過的話或做過的事（多用於否定式）。如「不認帳」。

**認得** 知道或了解某人某事叫「認得」。如「認得這個字」「認得這個人」。

**認罪** 自己承認有罪。

**認罰** 承受責罰。

**認領** ①認為確實而領收。如「認領失物」。②法律上稱某人把非婚生子女認作親生子女而加以收養，叫做「認領」。

**認養** 同意出錢養護。

**認賠** 答應賠償。

**認輸** 承認失敗。

**認錯** ①承認過失。②誤認。如「認錯了人」。

**認購** 應承購買（公債等）。

**認證** 承認事實或文件的真實，而以文件證明。

**認識** ①心理學名詞。說人認知事物的意識作用。②曾經相識。如「這個人我認識」。③同「認得」。（②③兩條可以念ㄖㄣˋ，ㄕˋ）。

**認不是** 是字輕讀。認錯①。

**認賊作父** 比喻把敵人當親人。

## 誦

ㄙㄨㄥˋ ㈠大聲念出來，就是「朗讀」。如「背誦」「誦經」。㈡讚美。如「稱誦」。

**誦讀** 朗讀。

**誦經** ①指佛教徒或僧尼念佛經。②開玩笑的話，說人嘴裡嘮叨不停。

**誒** ㄝˋ 感嘆詞，表示答應，也表示打招呼。如「誒，我知道了」「誒，快來，該吃飯啦」。

**誘** ㄧㄡˋ ㈠教導。如「夫子循循然善誘人」「誘導」。㈡以言語行動打動別人的心，使他上當。如「誘惑」「誘敵深入袋形陣地，加以殲滅」。㈢図美好的樣子。〈淮南子・繆稱訓〉有「善生乎君子，誘然與日月爭光」。

**誘人** ㄧㄡˋ ㄖㄣˊ 吸引人。

**誘因** ㄧㄡˋ ㄧㄣ 導致某種事情發生的原因。

**誘拐** ㄧㄡˋ ㄍㄨㄞˇ 引誘拐騙。

**誘姦** ㄧㄡˋ ㄐㄧㄢ 用引誘的方式使異性和自己發生性行為。

**誘掖** ㄧㄡˋ ㄧㄝˋ 図教導扶助。

**誘惑** ㄧㄡˋ ㄏㄨㄛˋ 想方法引誘人，迷惑他的心智。

**誘餌** ㄧㄡˋ ㄦˇ 捕捉動物時用來引誘牠的食物。

**誘敵** ㄧㄡˋ ㄉㄧˊ 引誘敵軍前進，使他中計。

**誘導** ㄧㄡˋ ㄉㄠˇ ①勸說教導。②物理現象之一，凡是不帶電的物體接近發電體而變為帶電物體，或是無磁性物體遇到磁鐵變成磁性物體，都叫做「誘導」。又稱「感應」。③神經中樞之間發生互相作用的形式之一，分正負兩種。正誘導是一個神經中樞發生抑制作用，其他的神經中樞發生興奮作用。負誘導是一個神經中樞興奮，其他的神經中樞發生抑制作用。也讀ㄧㄡˋ ㄉㄠˋ。

**誘騙** ㄧㄡˋ ㄆㄧㄢˋ 引誘欺騙。

**誣** ㄨˇ ㈠假造事實害人或是侮辱人。如「誣告」「誣賴」。語音ㄨ。㈡図欺騙。如「後生可畏，來者難誣」。

**誣告** ㄨˇ ㄍㄠˋ 法律上稱意圖使他人受刑事或懲戒處分，向該地管轄法院作虛偽的告訴或告發，叫「誣告」。

**誣陷** ㄨˇ ㄒㄧㄢˋ 假造事實，陷害別人。

**誣衊** ㄨˇ ㄇㄧㄝˋ 捏造事實毀壞他的名譽。

**誣賴** ㄨˇ ㄌㄞˋ 假造證據，冤枉別人。

**誤（悮）** ㄨˋ ㈠錯失。如「君何言之誤」「怎可一誤再誤」。㈡因為自己的錯失而使別人或國家受害。如「誤人子弟」「昏庸誤國」。㈢錯過。如「誤時」。㈣耽擱。如「誤事」「耽誤」。

**誤人** ㄨˋ ㄖㄣˊ 害了別人。

**誤判** ㄨˋ ㄆㄢˋ 錯誤的判斷或判決。

**誤事** ㄨˋ ㄕˋ 耽誤事情。

**誤差** ㄨˋ ㄔㄚ 近似值和真值的差。

**誤時** ㄨˋ ㄕˊ 沒有把握住應該利用的時間。

**誤國** ㄨˋ ㄍㄨㄛˊ 貽誤國事。

**誤殺** ㄨˋ ㄕㄚ 錯殺。

**誤傷** ㄨˋ ㄕㄤ 失手殺傷了別人。

**誤會** ㄨˋ ㄏㄨㄟˋ 誤解對方的意思。

**誤解** ㄨˋ ㄐㄧㄝˇ 認識不清楚而產生錯誤的見解。

**誤點** ㄨˋ ㄉㄧㄢˇ 錯過了規定的時間。如「火車誤點」。

**誤謬** ㄨˋ ㄇㄧㄡˋ 錯誤。

**語** ▲ㄩˇ ㈠人說的話。如「國語」「語言」。㈡說。如「不言不語」「子不語：怪、力、亂、神」。㈢兩字以上相結合，而意思不完全，不能成句的，叫「語」「短語」，從前叫「讀（ㄉㄡˋ）」「兼詞」；英語叫phrase，譯作「片語」。㈣代表語言的動作。如「旗語」「手語」。㈤蟲子鳥兒的聲音。如「壁下秋蟲語」「鳥語花香」。㈥專指古人說的話或諺語。如「語曰：『脣亡則齒寒』」。

▲図ㄩˋ 告訴。如〈論語·陽貨〉有「居，吾語女（ㄖㄨˇ）」。

**語文** ㄩˇ ㄨㄣˊ 語言和文字。

**語曰** ㄩˇ ㄩㄝ 俗話說；諺語說。

**語句** ㄩˇ ㄐㄩˋ 泛指成句的話。

**語序** ㄩˇ ㄒㄩˋ 說話時候對句中語詞的排列組合的次序。

**語系** ㄩˇ ㄒㄧˋ 有共同來源的一些語言的總稱，如漢語系、蒙古語系。

**語言** ㄩˇ ㄧㄢˊ ①動物表情達意的聲音。②人類特有的賴以表情達意、溝通思想的工具，由語音、語詞、語法三部分構成，因為地域、時代、人種而有不同。中國最大的語族是漢語，包括標準語與各地方言。語言，一般包括口語與書面語，在與文字並舉時則只指口語。

**語法** ㄩˇ ㄈㄚˇ ①講求語言構造合宜，音調優美的方法。②文法，研究語言組織法則的學問。

**語音** ㄩˇ ㄧㄣ ①說話聲音。②字詞的發音，包括聲、韻、調等三部分。③字在白話裡該念的音，是對「讀音」說的，有的是聲、韻不同，有的是調子不一樣。如「百姓」，讀音是ㄅㄛˊ ㄒㄧㄥˋ，語音是ㄅㄞˇ ㄒㄧㄥˋ。「導演」，ㄉㄠˋ ㄧㄢˇ是讀音，ㄉㄠˇ ㄧㄢˇ是語音。

**語氣** ㄩˇ ㄑㄧˋ 說話的口氣，有決定、商量、疑問、驚嘆、請求、命令等的分別。

**語病** ㄩˇ ㄅㄧㄥˋ 構詞上的毛病（多指有歧音或容易引起誤會的）。

**語族** ㄩˇ ㄗㄨˊ 語言的統系。世界上現有的語言，分：①印歐（雅利安）語族，是印度、希臘、義大利、英、德、俄、西、葡、法等國的語言。②哈姆·西密底（閃含）語族，是希伯來、阿拉伯、古代埃及的語言。③烏拉阿爾泰語族，是土耳其、蒙古、滿洲、韓國、日本等國的語言。④漢藏語族，包括中國、西藏、越南、泰國、緬甸等國的語言。⑤馬來語族，是馬來西亞、菲律賓、印尼、南洋各島嶼的語言。⑥中部非洲（班圖）語族，指非洲各國的語言。⑦德拉維語族，指印度南部和斯里蘭卡的語言。⑧亞美利加語族，指南北美洲印第安人的語言；極北的愛斯基摩語言除外。⑨高加索語族，包括古代的伊拉邁、哈地以及現今高加索人使用的喬治亞方言等。

**語詞** ㄩˇ ㄘˊ ①語言裡表示單一觀念的詞，簡稱詞。②句子裡的述語或謂語也叫語詞。

**語塞** ㄩˇ ㄙㄜˋ 一時說不出話來。

**語彙** ㄩˇ ㄏㄨㄟˋ 見「詞彙」。

**語感** ㄩˇ ㄍㄢˇ 對語言的感覺或語言給人的感覺。

**語意** ㄩˇ ㄧˋ ①話裡所含的意思。②詞㈠語㈢的意義。

**語錄** ㄩˇ ㄌㄨˋ 言論或言談的文字紀錄。如黎清德編的〈朱子語錄〉、富弼寫的〈使北語錄〉等。語錄起源於唐代僧徒直接記錄其師說法的言語，不加修飾。

**語調（兒）** ㄩˇ ㄉㄧㄠˋ（ㄦ） ①指字音的聲調。國語的聲調有陰、陽、上（ㄕㄤˇ）、去四種。②說話聲音的高低、快慢、輕重、長短。

**語助詞** 即「助詞」。

**語言學** 研究語言的本質、起源、變更和意義的科學。分普通語言學與具體語言學，前者研究語言的一般規律，後者探討具體語言存在與發展的規律。具體語言學又分描寫語言學與歷史語言學，前者探討語言在某一時期的狀態，後者研究語言的古今演變。此外，為探討語言實踐問題，特別是與通訊科學技術、機器翻譯有關的方面，又分應用語言學、數理語言學等。中國人對語言學的研究，已有兩千多年歷史，與希臘、印度同樣悠久，是世界最早的。

**語氣詞** 語言中表示驚訝、贊賞、慨嘆、希望等語氣的詞，如哉、也、啊、呢等。

**語體文** 依平常說話的習慣寫成的文章。也叫「白話文」。

**語重心長** 話誠懇深刻而有分量，情意深長。

**語焉不詳** 說了話，但是意思不夠清楚。

**語無倫次** 語句顛三倒四，雜亂無條理。

**語能喪失症** 一種喪失語言能力的病。

## 八筆

**誹** ㄈㄟˇ 說閒話毀壞人家的名譽。如「誹謗」。

**誹謗** 在背後說人閒話，破壞人家的名譽。也作「毀謗」。

**誹謗罪** 以公開傳播損及別人名譽的言論或文字，這種罪行就是誹謗罪。

**誕** 図ㄉㄢˋ ㊀胡亂說話。如「荒誕不經」「誇誕之言」。㊁図行為放蕩怪異。如「怪誕」。㊂出生。如「誕生」「誕育」。㊃出生日子。如「聖誕」「誕辰」。

**誕生** ①人的出生。②第一次出現。如「畢昇的研究，使活字印刷術誕生在十一世紀的中國」。

**誕辰** 生日（多用於所尊敬的人）。

**誕育** 図生育撫養。

**調** ▲ㄉㄧㄠˋ ㊀音樂的聲律。如「C調」「曲調」。㊁更（ㄍㄥ）動。如「調動」「調調位子」。㊂派遣，徵發。如「調遣」「調兵」。㊃安排，處（ㄔㄨˇ）置。如「調度」。㊄能力。如「才調」。㊅察訪，徵問。如「調查」。㊆國音要素之一，與「聲」「韻」同等重要。如「聲調」「調名」「調值」。

▲ㄊㄧㄠˊ ㊀混合。如「調色」「石灰調水」。㊁配合。如「調味」「調和」「調製」。㊂和諧。如「協調」「調和」。㊃幫人家和解。如「調停」「調解」。㊄戲弄。如「調笑」「調弄」。㊅適時，正常。如「風調雨順」「飲食失調」。㊆挑（ㄊㄧㄠˇ）撥，教唆。如「調詞架訟」「調唆」。㊇改變現狀使合理妥當。如「調整」「調劑」。㊈維護健康。如「調攝」「調養」。㊉教育。如「調教」。⑪見「調皮」。

**調人** 調解糾紛的人。

**調子** ①音樂的抑揚高低。②國音聲調的又稱。③圖畫或攝影作品所表現的遠近、濃淡、明暗等。色彩淡的叫「低調子」。

**調勻** 調和均勻。

**調升** 往上或往高調整。

**調用** ㄉㄧㄠˋ ㄩㄥˋ 調配或調遣使用。

**調皮** ㄊㄧㄠˊ ㄆㄧˊ ①頑皮，愛戲弄人。②形容狡猾難應付的人。

**調任** ㄉㄧㄠˋ ㄖㄣˋ 調動職位，擔任另一工作。

**調名** ㄉㄧㄠˋ ㄇㄧㄥˊ 國音調類的名稱，從前有平、上（ㄕㄤˇ）、去、入，現在有陰平、陽平、上聲、去聲四類。閩臺方言有陰平、陽平、上聲、陰去、陽去、陰入、陽入七類。

**調色** ㄊㄧㄠˊ ㄙㄜˋ 混合顏料，調出所需要的顏色。

**調低** ㄊㄧㄠˊ ㄉㄧ 往下或往低調整。

**調兵** ㄉㄧㄠˋ ㄅㄧㄥ 調遣軍隊。

**調弄** ㄊㄧㄠˊ ㄋㄨㄥˋ ①開玩笑。②隨意彈奏弦樂器。

**調車** ㄉㄧㄠˋ ㄔㄜ 調動車輛。

**調防** ㄉㄧㄠˋ ㄈㄤˊ 軍隊調動防地。

**調侃** ㄊㄧㄠˊ ㄎㄢˇ 以文詞婉轉譏諷，或以言語戲謔。

**調卷** ㄉㄧㄠˋ ㄐㄩㄢˋ 調閱案卷。

**調協** ㄊㄧㄠˊ ㄒㄧㄝˊ ①和（ㄏㄜˊ）協。②整理，使不和協的變成和協。

**調味** ㄊㄧㄠˊ ㄨㄟˋ 調（ㄊㄧㄠˊ）配食物的味道。

**調和** ㄊㄧㄠˊ ㄏㄜˊ ①図調味。②和諧。如「民心調和」。③調協不同的意見。

**調治** ㄊㄧㄠˊ ㄓˋ 調養（身體）和治療（疾病）。

**調度** ㄉㄧㄠˋ ㄉㄨˋ 安排處置。

**調查** ㄉㄧㄠˋ ㄔㄚˊ 察訪各方面的情形，徵問各方面的意見。

**調派** ㄉㄧㄠˋ ㄆㄞˋ 調動分派（指人事的安排）。

**調降** ㄊㄧㄠˊ ㄐㄧㄤˋ 降低（售價）。

**調值** ㄉㄧㄠˋ ㄓˊ 國音的聲調，陰平調是高高平平的，陽平調是由低向高揚的，上聲調是先下降然後升高，去聲是由高往低走，這叫「調值」。

**調唆** ㄊㄧㄠˊ ㄙㄨㄛ 唆字輕讀。唆使，教別人做些壞事。也作「挑（ㄊㄧㄠˇ）唆」。

**調息** ㄊㄧㄠˊ ㄒㄧˊ 図靜坐休息，使呼吸恢復正常順暢。

**調笑** ㄊㄧㄠˊ ㄒㄧㄠˋ 開玩笑；嘲笑。

**調配** ▲ㄊㄧㄠˊ ㄆㄟˋ 調和，配合（顏料、藥物等）。▲ㄉㄧㄠˋ ㄆㄟˋ 調動分配。

**調高** ㄊㄧㄠˊ ㄍㄠ 往高調整。

**調停** ㄊㄧㄠˊ ㄊㄧㄥˊ 從中排解糾紛。參看「調解」。

**調動** ㄉㄧㄠˋ ㄉㄨㄥˋ ①移動軍隊。②調換職務或任職處所。

**調情** ㄊㄧㄠˊ ㄑㄧㄥˊ 男女間挑逗、戲謔。

**調教** ㄊㄧㄠˊ ㄐㄧㄠˋ ①調理教導（兒童）。②照料訓練（牲畜）。

**調理** ㄊㄧㄠˊ ㄌㄧˇ 理字可輕讀。①調養病體。②教導訓練。

**調符** ㄉㄧㄠˋ ㄈㄨˊ 調號①。表示聲調的符號。

**調處** ㄊㄧㄠˊ ㄔㄨˇ 調停處置。

**調幅** ㄊㄧㄠˊ ㄈㄨˊ ①amplitude modulation，簡寫作AM，是利用電波傳遞音響等信號時，以音響信號的強弱控制電波波幅的一種方式。②在電氣通信裡利用電氣電路產生一種叫做「載波（carrier wave）」的頻率，然後再利用音響等信號來控制載波頻率，使載波頻率的波幅大小隨音響等信號的強弱發生變化，就是「調幅」。從經過調幅的電波裡把音響等信號再分解出來，就是「反調幅」。調幅後的電波可以用無線電方式傳送，也可以用有線電方式傳送。③調整的幅度。如「這一次調高物價，調幅是百分之十二」。

**調換** ㄉㄧㄠˋ ㄏㄨㄢˋ 同「掉換」「更換」。

**調集** ㄉㄧㄠˋ ㄐㄧˊ 調遣不同處所的人，使集中在一處。如「調集軍隊」。

**調經** ㄊㄧㄠˊ ㄐㄧㄥ 中醫指用藥物調整子宮的機能，使月經正常。

**調號** ㄉㄧㄠˋ ㄏㄠˋ ①表示漢字聲調的符號。也叫「調符」。②樂譜上用來確定主音高度的符號。

**調解** ㄊㄧㄠˊ ㄐㄧㄝˇ ①從中排解，平息紛爭。②法律名詞，法院依照當事人的請求，就爭議的事件進行勸喻，使雙方當事人自行和解，平息爭端，免於訴訟。也作「調停」。

**調節** ㄊㄧㄠˊ ㄐㄧㄝˊ 對事物的調理節制，使不至於過多或過少。

**調製** ㄊㄧㄠˊ ㄓˋ 調配製造。

**調遣** ㄉㄧㄠˋ ㄑㄧㄢˇ 調度，差遣。

**調適** ㄊㄧㄠˊ ㄕˋ 個人對無法接受的新經驗，採改變反應方式或重組認知結構來適應。

**調養** ㄊㄧㄠˊ ㄧㄤˇ 調節飲食起居，必要時服用藥物，使身體恢復健康。

**調劑** ㄊㄧㄠˊ ㄐㄧˋ ①整理調節。②使生活上的苦樂平均。③使人在工作上勞逸均衡。④配藥。

**調整** ㄊㄧㄠˊ ㄓㄥˇ 調理整頓，像變動待遇，改訂價格，人事更動等。

**調謔** ㄊㄧㄠˊ ㄋㄩㄝˋ 調笑戲謔。

**調諧** ㄊㄧㄠˊ ㄒㄧㄝˊ ①和諧。②調節可變電容器或線圈使收音機與無線電波達到諧振。

**調遷** ㄉㄧㄠˋ ㄑㄧㄢ 官吏轉任。

**調頻** ㄊㄧㄠˊ ㄆㄧㄣˊ ①frequence modulation，簡寫作FM。是利用電波傳遞音響等信號時，以音響等信號的頻率來控制電波頻率的一種方式。②在電氣通信方面利用電氣電路產生一種叫做「載波（carrier wave）」的頻率，然後再利用音響等信號控制載波頻率，使載波頻率的多少依照音響等信號的頻率而發生變化，就是「調頻」。經過調頻後的電波可以用無線電或有線電等方式收發。

**調戲** ㄊㄧㄠˊ ㄒㄧˋ 說不禮貌的話或用不規矩的行動戲弄婦女。

**調羹** ㄊㄧㄠˊ ㄍㄥ 湯匙。

**調職** ㄉㄧㄠˋ ㄓˊ 調動職務。

**調類** ㄉㄧㄠˋ ㄌㄟˋ 漢語聲調的類別。

**調攝** ㄊㄧㄠˊ ㄕㄜˋ 同調養。

**調護** ㄊㄧㄠˊ ㄏㄨˋ 調養護理。

**調驗** ㄉㄧㄠˋ ㄧㄢˋ 徵調考驗。

**調門兒** ㄉㄧㄠˋ ㄇㄣˊ ㄦ 唱歌或說話時音調的高低。

**調色板** ㄊㄧㄠˊ ㄙㄜˋ ㄅㄢˇ 油畫家調顏料用的板子。

**調位子** ㄉㄧㄠˋ ㄨㄟˋ ㄗ˙ 換坐位。比喻人事的更動。

**調車場** ㄉㄧㄠˋ ㄔㄜ ㄔㄤˇ 調動車輛的場所。

**調味品** ㄊㄧㄠˊ ㄨㄟˋ ㄆㄧㄣˇ 調和食物滋味的東西，像醬油、醋、糖、味精等。

**調嗓子** ㄉㄧㄠˋ ㄙㄤˇ ㄗ˙ 練習唱曲，提高嗓音。

**調調兒** ㄉㄧㄠˋ ㄉㄧㄠˋ ㄦ 第二個調字輕讀。①排場；架子。②花樣。

**調頭寸** ㄉㄧㄠˋ ㄊㄡˊ ㄘㄨㄣˋ 上海話。用支票作抵押，調取現款，以便周轉。

**調虎離山** ㄉㄧㄠˋ ㄏㄨˇ ㄌㄧˊ ㄕㄢ 設法誘人離開某地，以進行某種目的。

**調詞架訟** ㄊㄧㄠˊ ㄘˊ ㄐㄧㄚˋ ㄙㄨㄥˋ 訟棍教唆或挑（ㄊㄧㄠˇ）撥別人打官司，自己好從中取利。

**調撥車道** 在不同時段調整不同車流方向的車道。

**調嘴弄舌** 說長道短，搬弄是非。

**調嘴學舌** 傳播別人的閒話，說別人的是非。

**談** ㄊㄢˊ ㈠說話。如「談笑風生」「談論」。㈡言論。如「無稽之談」「老生常談」。㈢商量。如「這件事你們先談談，等有個結論我再作決定」。㈣姓。

**談心** ①談心事。②閒談。

**談玄** 談論深奧玄妙的道理。

**談吐** 指說話時的措詞和態度。

**談判** 商量解決問題（通常指比較大而且有條件須要解決的事）。

**談助** 図談話的資料。

**談屑** 図話滔滔不絕，像木屑落下。

**談笑** 說笑；又說又笑。

**談話** ①兩人對話。②所講的話。③詢問。如「今天約他來談話，是要查查這件事的真相」。

**談談** 第二字輕讀。①說說話兒。②同「談判」，只是語氣比較輕鬆。

**談論** 用談話的方式表示對人或事物的看法。

**談鋒** 談話的勁頭兒。

**談叢** 無所不談的說話資料。

**談天(兒)** 閒下隨便說說話兒。

**談天說地** 漫無邊際地閒談。

**談何容易** 說著容易，做起來可不簡單。

**談言微中** 言語委婉而能很清楚地說明事理。

**談空說有** 指談佛法的人各執其一說，互相辯論。後用「談空說有」泛指閒談。

**談虎色變** 一說到某件事就害怕起來。

**談笑自若** 態度自然，說說笑笑，彷彿沒有事發生一樣。

**談笑風生** 形容談話談得高興而有風趣。

**談情說愛** 談愛情。

**諒** ▲ㄌㄧㄤˋ ㈠寬恕。如「諒解」「原諒」。㈡推想的詞。如「諒不見怪」「諒可於今日到達」。㈢誠實守信義。〈論語〉記孔子說的「益友」，是「友直，友諒，友多聞」。㈣図固執。〈論語〉有「君子貞而不諒」。
▲図ㄌㄧㄤˊ「諒闇（ㄢ）」—是皇帝居喪。也作「梁闇」「諒陰（ㄢ）」「亮陰」。

**諒解** 了解實情後原諒或消除意見。

**論** ▲ㄌㄨㄣˋ ㈠議論。㈡謀慮。如「坐而論道」。㈢評量。如「評論」「論量」。㈣辯析。如「辯論」。㈤告訴，陳述。如「論告」。㈥判定。如「論罪」。㈦依據，按照。如「論功行賞」「論輩不論歲」。㈧文體名。如「留侯論」「王命論」。㈨評議人或事的文章或語言。如「社論」「言論」。㈩比作，視同。如「以缺席論」「以棄權論」。
▲ㄌㄨㄣˊ ㈠見〈論語〉。㈡姓。

**論文** ▲ㄌㄨㄣˋ ㄨㄣˊ。議論事物、研究學術的文章。
▲図ㄌㄨㄣˊ ㄨㄣˊ 評量人家的文章。

**論列** 論定事情的是非得失。

**論告** ㄌㄨㄣˋ ㄍㄠˋ 檢察官在公判庭陳述被告事件，要求適用刑罰。

**論事** ㄌㄨㄣˋ ㄕˋ 議論事情。

**論述** ㄌㄨㄣˋ ㄕㄨˋ 敘述和分析。

**論理** ㄌㄨㄣˋ ㄌㄧˇ ①按理來說。②論理學的簡稱。

**論處** ㄌㄨㄣˋ ㄔㄨˇ 判定處分。

**論量** ㄌㄨㄣˋ ㄌㄧㄤˊ 〔文〕計較是非。元好問詩有「書生技癢愛論量」。

**論著** ㄌㄨㄣˋ ㄓㄨˋ 帶有研究性的著作。

**論罪** ㄌㄨㄣˋ ㄗㄨㄟˋ 依法律而定罪刑。

**論說** ㄌㄨㄣˋ ㄕㄨㄛ 文體名，也作「論辨」，是議論、說明的文章。

**論語** ㄌㄨㄣˊ ㄩˇ 書名，是孔子的學生記錄他們師生討論學術和為人處事的基本原則的書。宋朝起和〈大學〉〈中庸〉〈孟子〉並列為「四書」。

**論價** ㄌㄨㄣˋ ㄐㄧㄚˋ 商議價格。

**論敵** ㄌㄨㄣˋ ㄉㄧˊ 政治、學術等方面的爭論的對手。

**論調** ㄌㄨㄣˋ ㄉㄧㄠˋ 討論時所抱持的態度。

**論壇** ㄌㄨㄣˋ ㄊㄢˊ 對公眾發表議論的地方，指報刊、座談會等。

**論戰** ㄌㄨㄣˋ ㄓㄢˋ 在哲學、科學、文學、政治等方面，對某項中心問題，因為意見不同而激起理論上的爭議。

**論據** ㄌㄨㄣˋ ㄐㄩˋ 理論的根據。

**論點** ㄌㄨㄣˋ ㄉㄧㄢˇ 討論對象的中心點。

**論斷** ㄌㄨㄣˋ ㄉㄨㄢˋ 評論並且加以斷定。

**論題** ㄌㄨㄣˋ ㄊㄧˊ 真實性須要證明的命題。

**論證** ㄌㄨㄣˋ ㄓㄥˋ ①論述並證明。②立論的根據。

**論難** ㄌㄨㄣˋ ㄋㄢˋ 針對對方的論點進行辯論。

**論辨** ㄌㄨㄣˋ ㄅㄧㄢˋ 文體的一種，就是論說文。

**論辯** ㄌㄨㄣˋ ㄅㄧㄢˋ 辯論。

**論理學** ㄌㄨㄣˋ ㄌㄧˇ ㄒㄩㄝˊ 研究思想形式規則的學科。從前也稱名學，也有人按英文的 logic 譯成「邏輯學」。孫中山先生主張叫「理則學」。

**論功行賞** ㄌㄨㄣˋ ㄍㄨㄥ ㄒㄧㄥˊ ㄕㄤˇ 按功勞的大小給予獎賞。

**論件計酬** ㄌㄨㄣˋ ㄐㄧㄢˋ ㄐㄧˋ ㄔㄡˊ 按照工作的件數來付給酬勞。

## 課

ㄎㄜˋ ㈠學業。如「功課」「上課」。㈡〔文〕教人讀書。如「閉門課子」「課讀」。㈢抽稅。如「課以重稅」「依法課稅」。㈣稅收叫「課」，「國課」就是國稅，「鹽課」是鹽稅。㈤卜卦叫「卜課」。㈥機關學校的基層單位名稱。如「文書課」「庶務課」。㈦教科書的一篇。如「今天老師講了一課書」。㈧〔文〕按照一定程式試用試驗，然後加以考核。〈晉書〉有「勸課農業」。

**課文** ㄎㄜˋ ㄨㄣˊ 教科書裡的正文（區別於注釋、習題等）。

**課外** ㄎㄜˋ ㄨㄞˋ 正常課程以外。

**課表** ㄎㄜˋ ㄅㄧㄠˇ 學校的課程表。也作「日課表」。

**課堂** ㄎㄜˋ ㄊㄤˊ 教室。

**課程** ㄎㄜˋ ㄔㄥˊ 學校分科教育的目標與預定進度。

**課業** ㄎㄜˋ ㄧㄝˋ 學生每天必須溫習預習和練習的功課。

**課題** ㄎㄜˋ ㄊㄧˊ 正待學習或解決的問題。有時同「任務」。

**課本（兒）** ㄎㄜˋ ㄅㄣˇ（ㄦ） 教科書。

**課外活動** ㄎㄜˋ ㄨㄞˋ ㄏㄨㄛˊ ㄉㄨㄥˋ　正常的課程之外的活動。

**課程標準** ㄎㄜˋ ㄔㄥˊ ㄅㄧㄠ ㄓㄨㄣˇ　主管全國教育行政的教育部，根據國家教育宗旨及學校教育目標，訂定中小學校各種學科的學習活動項目及學習程限，作為教師選擇教材，實施教學的準繩。對教學時數、方法等都有簡要規定。大學則未規定，以便學科有伸縮彈性。

# 諆

図ㄑㄧ騙人的話。

# 請

▲ㄑㄧㄥˇ㈠懇求。如「請假」「請教」。㈡図詢問。〈禮記・曲禮〉有「請業則起，請益則起」。㈢延聘。「請了一位老師」「聘請」。㈣邀約。如「請客」「請吃消夜」。㈤對人的敬語。如「請坐」「請讓路」。㈥問候。如「請安」。㈦拿、端、抱的敬語。如「請了一尊菩薩回家去供著」。▲図ㄐㄧㄥˋ舊時的朝（ㄔㄠˊ）會名，同「覲」。〈周禮〉有「春朝秋覲」，到漢代改為「春朝秋請」。

**請示** ㄑㄧㄥˇ ㄕˋ　向他人請求指示。

**請安** ㄑㄧㄥˇ ㄢ　問候人家的安好。

**請坐** ㄑㄧㄥˇ ㄗㄨㄛˋ　請人坐下的敬詞。

**請求** ㄑㄧㄥˇ ㄑㄧㄡˊ　懇求，乞求。

**請見** ㄑㄧㄥˇ ㄐㄧㄢˋ　求見。

**請命** ㄑㄧㄥˇ ㄇㄧㄥˋ　図①代人請求保全他的生命。如「為國民請命」。②同「請示」。

**請帖** ㄑㄧㄥˇ ㄊㄧㄝˇ　請客用的柬帖。也叫「請柬」。

**請便** ㄑㄧㄥˇ ㄅㄧㄢˋ　請人自便，不必拘禮。

**請客** ㄑㄧㄥˇ ㄎㄜˋ　請客人吃飯。現在引伸的意思很多，花錢請人看電影、遊樂，甚至商店減價，都說請客。

**請柬** ㄑㄧㄥˇ ㄐㄧㄢˇ　図請帖。

**請益** ㄑㄧㄥˇ ㄧˋ　図①請求有所增益。②已經受教再有所請教也叫「請益」。

**請託** ㄑㄧㄥˇ ㄊㄨㄛ　①替人求情。②把私事託付人家。

**請假** ㄑㄧㄥˇ ㄐㄧㄚˋ　請求給假休息或辦理私事。

**請教** ㄑㄧㄥˇ ㄐㄧㄠˋ　請問，請求指教。

**請問** ㄑㄧㄥˇ ㄨㄣˋ　①詢問。②向人提問的敬詞。如「請問您，這個字是什麼意思」。

**請業** ㄑㄧㄥˇ ㄧㄝˋ　向師長請教所學的課業。

**請罪** ㄑㄧㄥˇ ㄗㄨㄟˋ　自認有罪，請求別人原諒。如〈史記〉記廉頗「負荊請罪」。

**請願** ㄑㄧㄥˇ ㄩㄢˋ　國民對政府提出意見或請求。

**請纓** ㄑㄧㄥˇ ㄧㄥ　図自動請求入伍從軍。

**請假本** ㄑㄧㄥˇ ㄐㄧㄚˋ ㄅㄣˇ　記錄請假的本子。

**請假卡** ㄑㄧㄥˇ ㄐㄧㄚˋ ㄎㄚˇ　請假的卡片。

**請假條** ㄑㄧㄥˇ ㄐㄧㄚˋ ㄊㄧㄠˊ　請假用的便條。

**請假單** ㄑㄧㄥˇ ㄐㄧㄚˋ ㄉㄢ　請假用的單子。

**請君入甕** ㄑㄧㄥˇ ㄐㄩㄣ ㄖㄨˋ ㄨㄥˋ　唐代武后時，周興和丘神勣通謀。武后命來俊臣查辦。來俊臣請周興吃飯，問他，如果犯人不肯認罪，要用什麼辦法？周興教他拿個大甕，在周圍生火，燒得燙燙的，把犯人放進去，沒有人不認罪。來俊臣就叫人抬個大甕來，在旁邊起火，對周興說：「請君入甕。」周興連忙認罪。事見〈資治通鑑・唐紀〉。比喻人作法自斃，別人用他的辦法來對付他。

**諍** 図ㄓㄥ用直率的言論糾正別人的過失叫「諍言」；這種朋友叫「諍友」。

**諸** ㄓㄨ ㈠許多。如「諸親好友」「諸如此類」。㈡同「各」。如「諸位先生」「死難諸先烈」。㈢図「之」「於」兩字的合音。如「反求諸己」。㈣図「之」「乎」兩字的合音。如「鬼神之事有諸」。㈤姓。

**諸子** ㄓㄨ ㄗˇ 古代學術家或他們所著的書的總稱。如「諸子百家」。

**諸天** ㄓㄨ ㄊㄧㄢ 佛經中所說的各種天。

**諸父** ㄓㄨ ㄈㄨˋ 對同宗族伯叔輩的通稱。

**諸多** ㄓㄨ ㄉㄨㄛ 図許多，好些個。

**諸如** ㄓㄨ ㄖㄨˊ 例如。

**諸位** ㄓㄨ ㄨㄟˋ 各位。含有敬意。

**諸君** ㄓㄨ ㄐㄩㄣ 同「諸位」，除了敬意以外，還更雅些。

**諸侯** ㄓㄨ ㄏㄡˊ 舊時封建時代的小國國君。

**諸夏** ㄓㄨ ㄒㄧㄚˋ 図古時中國稱夏。封建時代，在天子之下諸侯很多，所以稱中國為諸夏。

**諸葛** ㄓㄨ ㄍㄜˊ 複姓。

**諸如此類** ㄓㄨ ㄖㄨˊ ㄘˇ ㄌㄟˋ 例如這一類。

**諸親好友** ㄓㄨ ㄑㄧㄣ ㄏㄠˇ ㄧㄡˇ 諸多親人和好朋友。

**諑** 図ㄓㄨㄛˊ凡是造謠說人壞話，這種沒根兒的話，叫「諑」「謠諑」。

**諄** 図ㄓㄨㄣ見「諄諄」。

**諄諄** ㄓㄨㄣ ㄓㄨㄣ 図①教學不厭倦的態度。如「感謝老師的諄諄教誨」。②誠懇，苦口婆心的樣子。如「言者諄諄，聽者藐藐」。

**諂（讇）** 図ㄔㄢˇ ㈠巴結人家，討好人家。如「諂媚」「諂諛」。㈡非分的不合理的請求。〈論語．學而〉有「貧而無諂」。

**諂佞** ㄔㄢˇ ㄋㄧㄥˋ 阿諛諂媚。

**諂笑** ㄔㄢˇ ㄒㄧㄠˋ 假裝的笑臉兒，為的是討人家的喜歡。見「脅肩諂笑」。

**諂媚** ㄔㄢˇ ㄇㄟˋ 図逢迎，巴結，拍馬屁。

**諂諛** ㄔㄢˇ ㄩˊ 図順著人家的意思去討好他。

**誰** ㄕㄟˊ ㈠什麼人，是問的口氣。如「誰敲門哪」「誰還沒洗澡哇」。㈡任何人，是表示斷定的口氣。如「這種小事誰都會做」「誰都可以去看」。讀音ㄕㄨㄟˊ，在讀文言文或舊詩詞時用。如「舍我其誰」「誰知盤中飧，粒粒皆辛苦」。

**諗** 図ㄕㄣˇ ㈠同「讅」，深深了解。如「素諗先生專精醫術」。㈡深刻的勸諫。〈左傳〉有「昔辛伯諗周桓公」。㈢告知，通報。〈國語．晉語〉有「果敢者諗之」。

**諏** 図ㄗㄡ ㈠會商。如「諏謀」。㈡詢問。如「諏訪」。㈢選擇。「諏吉」是「揀好日子」。

**諏訪** ㄗㄡ ㄈㄤˇ 図詢問。

**誶** 図ㄙㄨㄟˋ ㈠責罵。〈國語〉有「誶申胥（責罵申包胥）」。㈡詰問。〈莊子〉書有「虞人逐而誶之」。

**誼** ㄧˋ ㈠已有的交情。如「情誼」「友誼」。㈡同「義」。如「誼父」「正其誼而不謀其利」。又讀ㄧˊ。

**誾（訔）** 図ㄧㄣˊ見「誾誾」。

**誾誾**（ㄧㄣˊ ㄧㄣˊ） 図①用和悅的態度規勸人家。〈論語〉有「誾誾如也」。②香氣濃。〈司馬相如賦〉有「芳酷烈之誾誾」。

## 諉

図ㄨㄟˇ ㈠推卸責任或過錯。如「諉過」。㈡藉口推辭。如「推諉」「諉稱家中有事，不克前來」。

**諉過**（ㄨㄟˇ ㄍㄨㄛˋ） 図把過錯推給別人承當。

## 諛

図ㄩˊ 奉承討好。如「諂諛」「阿（ㄜ）諛」。

**諛詞**（ㄩˊ ㄘˊ） 図向人討好、拍馬的言詞。

## 九筆

## 論

▲図ㄆㄧㄢˊ「諞言」，花言巧語。也作「便言」。

▲ㄆㄢˊ對人誇耀自己。

## 謀

ㄇㄡˊ ㈠計議。如「共謀國事」「為人民謀福利」。㈡計策，方法。如「謀略」「足智多謀」。㈢營求。如「謀生」「謀事」。㈣暗中設計。如「謀害」「謀殺」。㈤商量。如「聚室而謀」。㈥図見「謀面」。

**謀士**（ㄇㄡˊ ㄕˋ） 図①參加策畫的人。②有智謀的人。

**謀反**（ㄇㄡˊ ㄈㄢˇ） 圖謀反叛國家或政府。

**謀主**（ㄇㄡˊ ㄓㄨˇ） 出計畫的人。

**謀生**（ㄇㄡˊ ㄕㄥ） 找工作維持生活。

**謀求**（ㄇㄡˊ ㄑㄧㄡˊ） 計畫求取。

**謀事**（ㄇㄡˊ ㄕˋ） ①策畫事情。②找差事。

**謀取**（ㄇㄡˊ ㄑㄩˇ） 設法取得。

**謀和**（ㄇㄡˊ ㄏㄜˊ） 謀求和平。

**謀面**（ㄇㄡˊ ㄇㄧㄢˋ） 図見面。

**謀害**（ㄇㄡˊ ㄏㄞˋ） ①設計害人。②同「謀殺」。

**謀殺**（ㄇㄡˊ ㄕㄚ） ①想法子殺人。②有計畫有步驟的殺害，不是臨時發生的凶殺案件。

**謀略**（ㄇㄡˊ ㄌㄩㄝˋ） 策略。

**謀畫**（ㄇㄡˊ ㄏㄨㄚˋ） 籌畫；想辦法。

**謀篇**（ㄇㄡˊ ㄆㄧㄢ） 図（寫作時）考慮篇章結構。

**謀定後動**（ㄇㄡˊ ㄉㄧㄥˋ ㄏㄡˋ ㄉㄨㄥˋ） 計畫完成後才展開行動。

**謀財害命**（ㄇㄡˊ ㄘㄞˊ ㄏㄞˋ ㄇㄧㄥˋ） 為了搶人錢財而害人生命。

## 諷

ㄈㄥˋ ㈠用含蓄不直顯的方式勸告或譏刺。如「諷刺」「譏諷」。㈡図「諷誦」，背誦。又讀ㄈㄥ。

**諷刺**（ㄈㄥˋ ㄘˋ） 見「諷」㈠。

**諷喻**（ㄈㄥˋ ㄩˋ） 用委婉的話進行勸說。也作「諷諭」。

**諷誦**（ㄈㄥˋ ㄙㄨㄥˋ） 背誦。

**諷諫**（ㄈㄥˋ ㄐㄧㄢˋ） 以婉言隱語相勸諫。

## 諦

図ㄉㄧˋ ㈠詳細地，審慎地。如「諦聽」「諦視」。㈡至理。如「真諦」。

**諦視**（ㄉㄧˋ ㄕˋ） 図仔細觀察。

**諦聽**（ㄉㄧˋ ㄊㄧㄥ） 図集中注意力來聽。

## 諜

ㄉㄧㄝˊ ㈠刺探敵軍的情報。如「諜報」。㈡負責探報敵方社會情形或進行分化滲透的人員。如「間諜」「保密防諜」。㈢通「牒」，簡札。

**諜報**（ㄉㄧㄝˊ ㄅㄠˋ） 刺探敵人軍情，報告己方作為研究判斷或行動的參考。

## 諵

図ㄋㄢˊ「喃諵」，話多的樣子。同「喃」。

**諾** ㄋㄨㄛˋ ㈠答應的話。如「唯唯(ㄨㄟˊ ㄨㄟˊ)諾諾」。古人把「答應」的意思分緩急兩類，緩的稱諾，急的稱唯。〈禮記・曲禮上〉有「父召無諾，先生召無諾，唯而起」。「唯唯諾諾」一語也因此而起。㈡應允。如「許諾」「諾言」。

**諾言** ㄋㄨㄛˋ ㄧㄢˊ 答應人家的話。

**諾諾** ㄋㄨㄛˋ ㄋㄨㄛˋ 図答應的聲音，等於「是，是」。

**諾貝爾獎** ㄋㄨㄛˋ ㄅㄟˋ ㄦˇ ㄐㄧㄤˇ 依照瑞典化學家諾貝爾（Alfred B. Nobel,1833-1896）的遺囑所設立的獎金，每年對國際上在物理、化學、生理、醫學、文學、和平等有巨大貢獻的人頒獎。我國的李政道、楊振寧、丁肇中、李遠哲等人，都曾獲得此獎。

**謔** 図ㄋㄩㄝˋ開玩笑。如「戲謔」「諧謔」。

**謔稱** ㄋㄩㄝˋ ㄔㄥ 開玩笑的稱呼。

**謔而不虐** ㄋㄩㄝˋ ㄦˊ ㄅㄨˋ ㄋㄩㄝˋ 幽默而不傷人。

**諱** 図ㄏㄨㄟˋ㈠因為顧忌而不願意說，不敢做。如「諱疾忌醫」「直言不諱」。㈡隱避。如「諱言」「隱諱」。㈢已去世的直系尊親的名字稱「諱」，在訃聞上常可看到，表示尊敬的意思。

**諱言** ㄏㄨㄟˋ ㄧㄢˊ 図有所忌諱而不肯明白說出。

**諱疾忌醫** ㄏㄨㄟˋ ㄐㄧˊ ㄐㄧˋ ㄧ 自己有病，不肯明白告訴醫生。比喻有過失怕聽別人勸告。

**諱莫如深** ㄏㄨㄟˋ ㄇㄛˋ ㄖㄨˊ ㄕㄣ 図嚴守祕密，不肯告訴人家。

**諢** ㄏㄨㄣˋ㈠開玩笑，逗趣兒的話，叫「插科打諢」。㈡見「諢名」。

**諢名** ㄏㄨㄣˋ ㄇㄧㄥˊ 外號，綽號。

**諫** 図ㄐㄧㄢˋ㈠用正直的言詞勸告長上改正錯誤。如「勸諫」。㈡「諫果」，橄欖的別名，因為它的味道先澀後甘。

**諧** ㄒㄧㄝˊ㈠調協，配合適當。如「諧和」「音調色彩和諧」。㈡說笑。如「詼諧」「諧謔」。㈢図事情成功。如「事已諧矣」。㈣姓。

**諧和** ㄒㄧㄝˊ ㄏㄜˊ 互相協調和合。

**諧音** ㄒㄧㄝˊ ㄧㄣ ①物理學名詞。由弦或氣柱所成的音，其頻率最低者叫基音，頻率是基音的整數倍的音，叫諧音。②字、詞的音相同或相近。

**諧趣** ㄒㄧㄝˊ ㄑㄩˋ ①詼諧的趣味。②和諧有趣。

**諧謔** ㄒㄧㄝˊ ㄋㄩㄝˋ 說玩笑的話。

**諧聲** ㄒㄧㄝˊ ㄕㄥ 見「形聲」。

**諧韻** ㄒㄧㄝˊ ㄩㄣˋ 押韻。

**諧音字** ㄒㄧㄝˊ ㄧㄣ ㄗˋ 以拼音法拼成的字。

**諧音雙關** ㄒㄧㄝˊ ㄧㄣ ㄕㄨㄤ ㄍㄨㄢ 用同音字來表達雙關的意思。如電線杆上綁雞毛——好大的撢子！撢子諧音雙關膽子。整句的意思是：好大的膽子！

**諴** 図ㄒㄧㄢˊ㈠和。〈書經〉有「其不能諴於小民」。㈡「至諴」，就是「至誠」「真誠」。

**諝** 図ㄒㄩ㈠有才智。㈡計謀。

**諠** ㄒㄩㄢ㈠通「諼」㈠㈡。㈡同「喧」。

**諠譁** ㄒㄩㄢ ㄏㄨㄚˊ ①聲音大而雜亂。②喧嚷。

**諼** 図ㄒㄩㄢ㈠忘記。〈詩經〉有「永矢勿諼」。㈡欺詐。〈漢書〉有「虛造詐諼之策」。㈢同「萱」。〈詩經〉有「焉得諼草」。

**諶** 図ㄔㄣˊ(一)誠實可靠。〈書經〉有「天難諶，命靡常」。也作「忱」「愖」。(二)姓。

**諡(謚)** ㄕˋ封建時代帝王諸侯或有文治武功的人死後所加的稱號。普通分美醜兩種；也有做學生的人私自給老師加的。

**諮** ㄗ通「咨」，詢問。如「諮詢」「諮諏」。

**諮商** ㄗ ㄕㄤ 請教商議。

**諮詢** ㄗ ㄒㄩㄣˊ 商量詢問。

**諮諏** ㄗ ㄗㄡ 図詢問，訪求。

**諮議** ㄗ ㄧˋ ①商量。②備供政府諮詢意見的官員的職稱。

**諤** 図ㄜˋ正直的言詞。如「千人之諾諾，不如一士之諤諤」。

**諤諤** ㄜˋ ㄜˋ 図①說正直的話。②正直的樣子。

**諳** 図ㄢ(一)熟悉。如「熟諳」「諳練」。(二)記誦。〈三國志〉有「諳誦無滯」。

**諳練** ㄢ ㄌㄧㄢˋ 図熟練。

**謁** 図ㄧㄝˋ(一)通名進見，有崇敬的意思。如「晉謁」「拜謁」。(二)古人自己寫上姓名籍貫與想談的事情的名刺，相當於現代的名片兒。「投謁」就是「遞上名片兒」。

**謁見** ㄧㄝˋ ㄐㄧㄢˋ 図進見尊長。

**謁陵** ㄧㄝˋ ㄌㄧㄥˊ 瞻仰陵墓。

**諺** ㄧㄢˋ(一)流傳的話。如「古諺」。(二)俗語。如「俗諺」「農諺」。

**諺文** ㄧㄢˋ ㄨㄣˊ 朝鮮國的文字，李氏世宗時所製。

**諺語** ㄧㄢˋ ㄩˇ 民間流傳的固定語句，用簡單通俗的話反映出深刻的道理。

**謂** ㄨㄟˋ(一)図說。如「子謂韶，盡美矣」。(二)図告訴。如「子謂子夏曰：女為君子儒，無為小人儒」。(三)評議。〈論語．八佾〉有「子謂季氏，八佾舞於庭」。(四)稱呼。如「稱謂」「此之謂大丈夫」。(五)「無謂」，無意義。(六)「無所謂」，不要緊，沒關係。

**謂語** ㄨㄟˋ ㄩˇ 句中說明主語性質或狀態的描寫語。

**諭(諭)** ㄩˋ(一)上對下的命令告語。如「訓諭」「手諭」。(二)図明白表示。如「曉諭」。(三)姓。

## 十筆

**謗** ㄅㄤˋ惡意的宣揚別人的過失，或是假造事實，破壞別人的名譽。如「毀謗」「謗議庸何傷」。

**謗言** ㄅㄤˋ ㄧㄢˊ 誹謗人的言語。

**謗議** ㄅㄤˋ ㄧˋ 図誹謗議論。

**謎** ㄇㄧˊ(一)意思不明說，藏在話裡讓人猜。如「謎語」「謎底」。(二)難解釋、難猜測的事理。如「宇宙形成之謎」「這裡面的道理真是一個謎團，猜不透的」。又讀ㄇㄧˋ。語音ㄇㄟˋ，後面常加ㄦ，說成ㄇㄜˋㄦ。

**謎兒** ㄇㄜˋ ㄦ 謎語。

**謎底** ㄇㄧˊ ㄉㄧˇ 謎語的答案。

**謎面** ㄇㄧˊ ㄇㄧㄢˋ 謎語的題目。

**謎團** ㄇㄧˊ ㄊㄨㄢˊ 一件事情或一件東西的道理始終想不透，也無法解釋。

**謎語** ㄇㄧˊ ㄩˇ 用影射事物、文字的詞語或文句，隱藏底蘊，供人猜測的隱語，叫「謎語」，古代叫「廋語」。

平常叫謎語、猜謎，也稱「文虎」「射虎」；謎語貼在燈上讓人猜的，叫「燈謎」。

**謐** 図ㄇㄧˋ安靜。如「寧謐」「安謐如恆」。

**謄** ㄊㄥˊ鈔寫，鈔錄。如「謄本」「謄錄」。

**謄本** ㄊㄥˊ ㄅㄣˇ 正式文件的抄本或複印本。如「戶籍謄本」。

**謄錄** ㄊㄥˊ ㄌㄨˋ 鈔寫。也作「謄寫」。

**謄寫板** ㄊㄥˊ ㄒㄧㄝˇ ㄅㄢˇ 寫蠟紙用的鋼板。

**謊（謊）** ㄏㄨㄤˇ ㈠不實在的話。如「說謊」「謊言」。㈡商人賣貨時為了讓人還價而開的大價錢。如「那家鋪子謊大著呢」。

**謊言** ㄏㄨㄤˇ ㄧㄢˊ 謊話。

**謊話** ㄏㄨㄤˇ ㄏㄨㄚˋ 不真實的、騙人的話。

**謇** 図ㄐㄧㄢˇ ㈠口吃（ㄐㄧˊ），說話困難的樣子。〈北史．李崇傳〉有「因謇而徐言」。㈡貞誠。〈晉書〉有「縱武窮兵，殘忠害謇」。㈢「謇愕」，正直的樣子。愕也作諤。㈣姓。

**講（講）** ㄐㄧㄤˇ ㈠図和解。〈戰國策．周策〉有「今君禁之，而秦未與魏講也」。㈡意義，道理。如「這句話有講兒嗎」。㈢說，帶有分析說明的意思。如「講演」「跟他講明白再做」。㈣解釋義理。如「老師講課」「請個和尚講經」。㈤研究。如「講求」。㈥顧到，注重。如「講面子」「工作要講效率」。㈦商量。如「講價錢」「講和」。㈧較量。如「你是要講文的還是講武的」。㈨見「講究」。

**講求** ㄐㄧㄤˇ ㄑㄧㄡˊ ①研究。②注重；喜好。如「講求外表好看」。

**講究** ▲ㄐㄧㄤˇ ㄐㄧㄡˋ推求事理。▲ㄐㄧㄤˇ ·ㄐㄧㄡ ①求精美。如「他穿衣裳可講究了」。②道理，指應計較或顧慮的。如「難道這裡面還有什麼講究嗎」。

**講兒** ㄐㄧㄤˇ ㄦ ①意義。如「這句書會念，就是不知道講兒」。②道理。如「這是怎麼個講兒」。

**講和** ㄐㄧㄤˇ ㄏㄜˊ 爭執的雙方商量和解的辦法。

**講武** ㄐㄧㄤˇ ㄨˇ 講習武事。

**講明** ㄐㄧㄤˇ ㄇㄧㄥˊ 講明白，講清楚。

**講法** ㄐㄧㄤˇ ㄈㄚˇ ①指措詞。②指意見，見解。

**講述** ㄐㄧㄤˇ ㄕㄨˋ 把事情或道理講出來。

**講師** ㄐㄧㄤˇ ㄕ 大專學校裡比助理教授低一級的教師。

**講座** ㄐㄧㄤˇ ㄗㄨㄛˋ ①大學對於應講授學科所設的教務。②學術上為大眾所設的課程。如「空中講座」。

**講書** ㄐㄧㄤˇ ㄕㄨ 解釋書裡的內容，講課。

**講堂** ㄐㄧㄤˇ ㄊㄤˊ 舊時稱教室。

**講情** ㄐㄧㄤˇ ㄑㄧㄥˊ 替人說情。

**講授** ㄐㄧㄤˇ ㄕㄡˋ 講解傳授。

**講理** ㄐㄧㄤˇ ㄌㄧˇ ①明達道理；與粗暴蠻橫（ㄏㄥˋ）相反。如「這個人蠻不講理」。②評論事理的是非。如「咱們請老師來講理」。

**講習** ㄐㄧㄤˇ ㄒㄧˊ 研究學問，互相授受。

**講評** ㄐㄧㄤˇ ㄆㄧㄥˊ 講述和評論。

**講經** ㄐㄧㄤˇ ㄐㄧㄥ 講解經義。

**講義** ㄐㄧㄤˇ ㄧˋ 為講課而編寫的教材。

**講解** ㄐㄧㄤˇ ㄐㄧㄝˇ　用話解釋。

**講話** ㄐㄧㄤˇ ㄏㄨㄚˋ　談話。

**講道** ㄐㄧㄤˇ ㄉㄠˋ　傳教士宣講教義。

**講臺** ㄐㄧㄤˇ ㄊㄞˊ　講課或演講所站立的臺子。

**講演** ㄐㄧㄤˇ ㄧㄢˇ　對大眾講述學術道理或公共事務。也作「演講」「演說」。

**講價** ㄐㄧㄤˇ ㄐㄧㄚˋ　買賣時彼此討價還價。

**講稿** ㄐㄧㄤˇ ㄍㄠˇ　講演或教課前所寫的底稿。

**講課** ㄐㄧㄤˇ ㄎㄜˋ　講授功課。

**講壇** ㄐㄧㄤˇ ㄊㄢˊ　講課的地方；講臺。

**講學** ㄐㄧㄤˇ ㄒㄩㄝˊ　①師生共同研究學問。②學術性的講解。

**講題** ㄐㄧㄤˇ ㄊㄧˊ　演講的題目。

**講交情** ㄐㄧㄤˇ ㄐㄧㄠ ㄑㄧㄥˊ　情字輕讀。重視友誼。

**講面子** ㄐㄧㄤˇ ㄇㄧㄢˋ ˙ㄗ　顧全情面。

**講效率** ㄐㄧㄤˇ ㄒㄧㄠˋ ㄌㄩˋ　講究做事的成效。

**講信修睦** ㄐㄧㄤˇ ㄒㄧㄣˋ ㄒㄧㄡ ㄇㄨˋ　講究信用，謀求親善。

## 謙

▲ㄑㄧㄢ　虛心，不自大自滿。如「謙和」「謙虛」。▲図ㄑㄧㄝˋ　通「慊」，滿足。

**謙沖** ㄑㄧㄢ ㄔㄨㄥ　図謙虛。

**謙卑** ㄑㄧㄢ ㄅㄟ　謙虛，不自高自大。

**謙和** ㄑㄧㄢ ㄏㄜˊ　謙恭和藹。

**謙恭** ㄑㄧㄢ ㄍㄨㄥ　謙虛而有禮貌。

**謙挹** ㄑㄧㄢ ㄧˋ　図謙卑退讓。〈北史・于謹傳〉有「名位雖重，義存謙挹」。

**謙退** ㄑㄧㄢ ㄊㄨㄟˋ　謙恭退讓。

**謙虛** ㄑㄧㄢ ㄒㄩ　待人虛心謙讓，不自大自滿。

**謙遜** ㄑㄧㄢ ㄒㄩㄣˋ　謙讓。

**謙默** ㄑㄧㄢ ㄇㄛˋ　謙抑靜默。

**謙辭** ㄑㄧㄢ ㄘˊ　①謙虛的話。②謙讓推辭。

**謙讓** ㄑㄧㄢ ㄖㄤˋ　虛心退讓，不敢承受。

**謙謙君子** ㄑㄧㄢ ㄑㄧㄢ ㄐㄩㄣ ㄗˇ　原指謙遜又能嚴格要求自己的人，後來也指故作謙遜而實際虛偽的人。

## 謝

ㄒㄧㄝˋ　㈠對別人給的好處表示感激。如「道謝」「感謝」。㈡用委婉的話推辭。如「敬謝不敏」「謝絕參觀」。㈢自認有過錯因而表示歉意。如「謝罪」。㈣更換。如「新陳代謝」。㈤凋落。如「凋謝」「花兒謝了」。㈥姓。

**謝世** ㄒㄧㄝˋ ㄕˋ　図去世。

**謝孝** ㄒㄧㄝˋ ㄒㄧㄠˋ　孝子答謝來弔唁的親友。

**謝忱** ㄒㄧㄝˋ ㄔㄣˊ　感激的心情。

**謝步** ㄒㄧㄝˋ ㄅㄨˋ　親友來拜訪或慶弔，事後到他家拜謝，叫「謝步」。

**謝帖** ㄒㄧㄝˋ ㄊㄧㄝˇ　受人禮物，向他答謝的回帖。

**謝卻** ㄒㄧㄝˋ ㄑㄩㄝˋ　謝絕。

**謝客** ㄒㄧㄝˋ ㄎㄜˋ　①謝絕賓客。如「閉門謝客」。②向賓客致謝。

**謝恩** ㄒㄧㄝˋ ㄣ　表示感恩。

**謝神** ㄒㄧㄝˋ ㄕㄣˊ　祭祀神靈，並在神前獻演戲劇，叫「謝神」。

**謝票** ㄒㄧㄝˋ ㄆㄧㄠˋ　選舉後，銘謝選民投給他的票。

**謝絕** ㄒㄧㄝˋ ㄐㄩㄝˊ　推辭拒絕。如「謝絕參觀」。

**謝詞** ㄒㄧㄝˋ ㄘˊ 在各種儀式上所說的表示感謝的話。

**謝意** ㄒㄧㄝˋ ㄧˋ 感謝的心意。

**謝罪** ㄒㄧㄝˋ ㄗㄨㄟˋ 自認有過失，請人原諒。

**謝幕** ㄒㄧㄝˋ ㄇㄨˋ 演出閉幕後，觀眾（或聽眾）鼓掌時，演出者站在臺前向觀眾敬禮致謝。

**謝謝** ㄒㄧㄝˋ ㄒㄧㄝ˙ 第二字輕讀。表示感激的話。

**謝禮** ㄒㄧㄝˋ ㄌㄧˇ 用來向人表示謝意的財物。也叫「謝儀」。

**謝師宴** ㄒㄧㄝˋ ㄕ ㄧㄢˋ 學生在行畢業典禮前後，設宴答謝老師教導之恩。

**謝天謝地** ㄒㄧㄝˋ ㄊㄧㄢ ㄒㄧㄝˋ ㄉㄧˋ 非常高興感激的話。

**謏** 図ㄒㄧㄠˇ 小。「謏才」就是小有才能。

**謅** ㄗㄡ 胡說，編造的假話。如「胡謅」。

**謖** 図ㄙㄨˋ ㈠起立。㈡「謖爾」，收斂的樣子。㈢「謖謖」，風聲威厲的樣子。

**謠** ㄧㄠˊ ㈠憑空虛構的話。如「謠言」「造謠」。㈡民間隨口傳唱的歌。如「民謠」。

**謠言** ㄧㄠˊ ㄧㄢ˙ 言字輕讀。假話，不實在的傳聞。

**謠傳** ㄧㄠˊ ㄔㄨㄢˊ 沒有根據的傳說。

**謠諑** ㄧㄠˊ ㄓㄨㄛˊ 図造謠誣蔑的話。

## 十一筆

**謨** 図ㄇㄛˊ 「遠謨」「良謨」，都是謀略，計畫。

**謾** ▲図ㄇㄢˋ ㈠輕視慢待。〈漢書〉有「輕謾宰相」「媠（惰）謾亡（ㄨˊ）狀」。㈡見「謾罵」。▲ㄇㄢˊ 欺誑。如「謾天謾地」。

**謾語** ㄇㄢˋ ㄩˇ 図說謊。

**謾罵** ㄇㄢˋ ㄇㄚˋ 辱罵，亂罵。也作「嫚罵」。

**謾天謾地** ㄇㄢˊ ㄊㄧㄢ ㄇㄢˊ ㄉㄧˋ 欺上騙下。

**謬** ㄇㄧㄡˋ ㈠荒唐錯誤至極。如「荒謬絕倫」。㈡差（ㄔㄚ）失。如「誤謬」「失之毫釐，謬以千里」。㈢図狂人亂說的話。㈣図欺騙。〈史記‧范睢蔡澤傳〉有「謬曰：『何為不可？』」又讀ㄋㄧㄡˋ。

**謬亂** ㄇㄧㄡˋ ㄌㄨㄢˋ 荒謬錯亂。

**謬獎** ㄇㄧㄡˋ ㄐㄧㄤˇ 図過獎。

**謬誤** ㄇㄧㄡˋ ㄨˋ 錯誤。

**謬論** ㄇㄧㄡˋ ㄌㄨㄣˋ 荒唐謬誤的言論。

**謬讚** ㄇㄧㄡˋ ㄗㄢˋ 謙詞，不值得稱讚。

**謼** ㄏㄨ 古「呼」字。

**謹** ㄐㄧㄣˇ ㈠小心。如「謹慎」「門戶要謹嚴」。㈡莊重恭敬的。如「謹以至誠宣誓」「謹稟」。

**謹防** ㄐㄧㄣˇ ㄈㄤˊ 謹慎防範。

**謹記** ㄐㄧㄣˇ ㄐㄧˋ 図牢記。

**謹密** ㄐㄧㄣˇ ㄇㄧˋ 謹慎周密。如「辦事謹密」。

**謹飭** ㄐㄧㄣˇ ㄔˋ 図謹慎。

**謹慎** ㄐㄧㄣˇ ㄕㄣˋ 小心仔細的意思。

**謹稟** ㄐㄧㄣˇ ㄅㄧㄥˇ 向尊長說話寫信的用語。

**謹嚴** ㄐㄧㄣˇ ㄧㄢˊ 謹慎嚴密。

**謹小慎微** ㄐㄧㄣˇ ㄒㄧㄠˇ ㄕㄣˋ ㄨㄟ 對一切瑣細的事情過分小心謹慎。

**謹言慎行**（ㄐㄧㄣˇ ㄧㄢˊ ㄕㄣˋ ㄒㄧㄥˊ） 言語行動小心謹慎。

**謦** 図ㄑㄧㄥˇ咳嗽聲。

**謦欬**（ㄑㄧㄥˇ ㄎㄞˋ） ①輕微的咳嗽聲。②談笑。

**謫（讁）** 図ㄓㄜˊ ㈠譴責。如「眾口交謫」。㈡見「謫居」。

**謫仙**（ㄓㄜˊ ㄒㄧㄢ） 形容人清超脫俗，像是天上的神仙被貶謫到人間。漢東方朔、唐李白、宋蘇軾都曾被稱為謫仙。

**謫居**（ㄓㄜˊ ㄐㄩ） 舊時指政府官吏遭受貶謫之後的住所。古時官吏有了過失，被免去官職回家閒住，或是降職調到邊遠偏僻的小地方，等於放逐，叫「謫居」。

**謷** ▲図ㄠˊ 說人壞話叫「謷醜」。▲ㄠˋ 通「傲」。

**謳（讴）** ㄡ ㈠歌唱。如「謳歌」。㈡歌謠。曹植〈箜篌引〉「京洛出名謳」。

**謳歌**（ㄡ ㄍㄜ） 同聲讚頌功德。

## 十二筆

**譜（諩）** ㄆㄨˇ ㈠記載人物的狀況或生平的簿冊。如「族譜」「年譜」。㈡紀錄一些格式或符號讓人模仿學習的書冊。如「樂譜」「棋譜」。㈢舊時結為異姓兄弟的書面證明叫「蘭譜」。㈣按著歌詞編寫樂曲。如「譜曲」。㈤大致的範圍。如「這件事我心裡還沒譜兒呢」「約七八十人之譜」。㈥擺架子叫「擺譜兒」。

**譜子**（ㄆㄨˇ ˙ㄗ） 見「譜」㈡㈤。

**譜曲**（ㄆㄨˇ ㄑㄩˇ） 就歌詞配曲。

**譜系**（ㄆㄨˇ ㄒㄧˋ） 記載同族歷代統系的簿冊。

**譜兒**（ㄆㄨˇ ㄦ） 大致的標準；把握。

**譜牒**（ㄆㄨˇ ㄉㄧㄝˊ） 記述氏族或宗族世系的書。

**譚** ㄊㄢˊ ㈠同「談」。如「天方夜譚」「老生常譚」。㈡姓。

**譊** 図ㄋㄠˊ 「譊譊」，爭辯不休的聲音。

**譁** ㄏㄨㄚˊ 嘈雜，喧鬧。如「喧譁」。

**譁然**（ㄏㄨㄚˊ ㄖㄢˊ） 図形容許多人聲音嘈雜的叫起來。

**譁變**（ㄏㄨㄚˊ ㄅㄧㄢˋ） 軍隊叛變。

**譁眾取寵**（ㄏㄨㄚˊ ㄓㄨㄥˋ ㄑㄩˇ ㄔㄨㄥˇ） 以新奇的言論博取他人的好感或擁護。

**譏** ㄐㄧ ㈠用隱語諷刺挖苦人家。如「譏笑」「譏刺」。㈡図「譏察」，盤問的意思。

**譏刺**（ㄐㄧ ㄘˋ） 說話諷刺挖苦人家。

**譏笑**（ㄐㄧ ㄒㄧㄠˋ） 取笑別人。

**譏誚**（ㄐㄧ ㄑㄧㄠˋ） 図冷言冷語地譏諷。

**譏諷**（ㄐㄧ ㄈㄥˋ） 用旁敲側擊或尖刻的話指責或嘲笑他人。

**譎** 図ㄐㄩㄝˊ 詭詐，玩弄手段。如「詭譎」「譎而不正」。

**譎詐**（ㄐㄩㄝˊ ㄓㄚˋ） 図奸詐。

**譎諫**（ㄐㄩㄝˊ ㄐㄧㄢˋ） 図委婉地勸諫，不直言，讓聽者自悟。

**譙** ▲ㄑㄧㄠˊ ㈠樓的別稱。「譙樓」，城門上的瞭望樓。㈡姓。▲図ㄑㄧㄠˋ 同「誚」，譴責。

**譆** ㄒㄧ 図㈠喊痛聲。㈡嘆氣聲。〈莊子·養生主〉有「譆！善哉！」

**證（証）** ㄓㄥˋ ㈠用憑據或親見的事實來表明或斷定。如

「證明」「證婚」。㈡表明事理的憑據，有助於推斷事理的物品。如「證據」「物證」。㈢通「症」。

**證人** ㄓㄥˋ ㄖㄣˊ 法律上指在法庭陳述所知事實的人。

**證件** ㄓㄥˋ ㄐㄧㄢˋ 證明身分、經歷等的文件。

**證言** ㄓㄥˋ ㄧㄢˊ 證人在法庭上說的話。

**證券** ㄓㄥˋ ㄑㄩㄢˋ 代表金錢和物品的證書，像股票、公債票等。

**證明** ㄓㄥˋ ㄇㄧㄥˊ ①引證確實。②表明。

**證物** ㄓㄥˋ ㄨˋ 可作證據的物件。

**證候** ㄓㄥˋ ㄏㄡˋ 同「症候」。

**證書** ㄓㄥˋ ㄕㄨ 作為證明具有效力值得保藏的文件。如「畢業證書」。

**證婚** ㄓㄥˋ ㄏㄨㄣ 在行婚禮時，在現場證明婚姻的事實與合法。

**證章** ㄓㄥˋ ㄓㄤ 學校、機關、團體發給本單位人員證明身分的標誌，多用金屬製成，佩在胸前。

**證照** ㄓㄥˋ ㄓㄠˋ 證明的文件及執照。

**證實** ㄓㄥˋ ㄕˊ 證明確實是這樣的。

**證據** ㄓㄥˋ ㄐㄩˋ 證明事實的材料。

**證驗** ㄓㄥˋ ㄧㄢˋ 試驗使得到證實。

**證明書** ㄓㄥˋ ㄇㄧㄥˊ ㄕㄨ 學校、機關、團體發給的證明文件。如「肄業證明書」「在職證明書」。

**證婚人** ㄓㄥˋ ㄏㄨㄣ ㄖㄣˊ 結婚典禮的見證人。

**譔** 図ㄓㄨㄢˋ ㈠稱美。〈禮記〉有「論譔其先祖之美」。㈡通「撰」，著述。

**識（訳）** ▲ㄕˋ ㈠知道，能辨別。如「認識」「只怕不識貨」。㈡見解。如「見識」。㈢普通的一般的道理。如「識見」「常識」。㈣図相知的朋友。如「舊識」。▲ㄓˋ ㈠記憶，通「誌」「志」。〈論語·述而〉有「默而識之」。㈡可以辨認的記號，從前鐘鼎上面的表記。如「款識」。

**識丁** ㄕˋ ㄉㄧㄥ 識字。是「不識一丁」的簡語。

**識字** ㄕˋ ㄗˋ 認識文字。

**識別** ㄕˋ ㄅㄧㄝˊ 能認識辨別。

**識見** ㄕˋ ㄐㄧㄢˋ 見解，見識。

**識者** ㄕˋ ㄓㄜˇ 図有見識的人。

**識相** ㄕˋ ㄒㄧㄤˋ 能夠自己知趣、自量的意思。

**識荊** ㄕˋ ㄐㄧㄥ 図初次見到自己所仰慕的人。荊，原是指唐代任荊州長吏的韓朝宗。李白〈與韓荊州書〉云「生不用封萬戶侯，但願一識韓荊州」。

**識羞** ㄕˋ ㄒㄧㄡ 知道羞恥。

**識貨** ㄕˋ ㄏㄨㄛˋ 有鑑別好壞的能力。

**識趣（兒）** ㄕˋ ㄑㄩˋ（ㄦ） 知趣。

**識別力** ㄕˋ ㄅㄧㄝˊ ㄌㄧˋ 法律上講按「行為人」當時的知識程度、精神發育狀態，足以認知自己的行為，應負法律上的責任的，叫「識別力」。也作「識別能力」。

**識時務** ㄕˋ ㄕˊ ㄨˋ 能了解整個局勢，通權達變。常說成「識時務者為俊傑」。

**識時務者為俊傑** ㄕˋ ㄕˊ ㄨˋ ㄓㄜˇ ㄨㄟˊ ㄐㄩㄣˋ ㄐㄧㄝˊ 能把當世的情況看得清楚的人，才是英雄。

**譖** 図ㄗㄣˋ 在別人面前說第三者的壞話。〈公羊傳〉有「夫人譖公於齊侯」。

**譖言**（ㄗㄣˋ ㄧㄢˊ） 図讒言。

## 十三筆

**譬**（ㄆㄧˋ） ㈠比喻。如「譬如」「譬喻」。㈡図了解，明白。〈後漢書〉有「言之者難戒，聞之者未譬」。

**譬如**（ㄆㄧˋ ㄖㄨˊ） 舉例來比喻。

**譬喻**（ㄆㄧˋ ㄩˋ） 比方。①修辭學的一種辭格。用類似的這一件事來比擬那一件事，叫做譬喻。分「明譬」「暗（隱）譬」「借譬」等。②佛家把釋迦說法的內容與文體分十二部經，其中之一叫〈百喻經〉，以故事或寓言來說明教理。

**警**（ㄐㄧㄥˇ） ㈠戒備。如「警衛」「警惕」。㈡告誡。如「警告」「其言足以警世」。㈢危急的消息。如「警報」「火警」。㈣覺悟。如「警悟」「警覺」。㈤敏捷。如「機警」。㈥見「警句」。㈦警察的簡稱以及與警察有關的。如「刑警」。

**警犬**（ㄐㄧㄥˇ ㄑㄩㄢˇ） 受過訓練，能幫助人尋找失物或奇異的東西，捕捉逃犯，發現敵蹤的狗。

**警世**（ㄐㄧㄥˇ ㄕˋ） 警告世人。

**警句**（ㄐㄧㄥˇ ㄐㄩˋ） 精練有價值的文句。

**警告**（ㄐㄧㄥˇ ㄍㄠˋ） 提醒對方注意的告誡。

**警戒**（ㄐㄧㄥˇ ㄐㄧㄝˋ） ①警告他，使他注意。②軍警在戰爭或暴亂時候派人駐守重要地點，維護防區的安全，交通的暢順，並防止敵人的突擊或不法分子的擾亂，叫「警戒」。

**警官**（ㄐㄧㄥˇ ㄍㄨㄢ） 警察官員。

**警員**（ㄐㄧㄥˇ ㄩㄢˊ） 警察中的基層人員。

**警悟**（ㄐㄧㄥˇ ㄨˋ） ①機敏領會。②警告使覺悟。

**警惕**（ㄐㄧㄥˇ ㄊㄧˋ） 提高警覺，隨時注意。

**警械**（ㄐㄧㄥˇ ㄒㄧㄝˋ） 警察執行任務時使用的器械，如警棍、警繩、手銬等。

**警探**（ㄐㄧㄥˇ ㄊㄢˋ） 警察與偵探。

**警笛**（ㄐㄧㄥˇ ㄉㄧˊ） 警察用的哨子。

**警備**（ㄐㄧㄥˇ ㄅㄟˋ） （軍警）警戒防備。如「警備森嚴」。

**警報**（ㄐㄧㄥˇ ㄅㄠˋ） 對可能或即將來臨的危急事項的預先報告。如「空襲警報」「颱風警報」。

**警棍**（ㄐㄧㄥˇ ㄍㄨㄣˋ） 警察所配帶的特製的棍子。

**警鈴**（ㄐㄧㄥˇ ㄌㄧㄥˊ） 報告火警或盜竊的電鈴或鈴聲。

**警察**（ㄐㄧㄥˇ ㄔㄚˊ） 以維持社會公共安寧為職業的公務員，可分行政警察、刑事警察、交通警察、港務警察、水上警察、鐵路警察、航空警察、保安警察、衛生警察等科。

**警語**（ㄐㄧㄥˇ ㄩˇ） ①警告的語句。②警句。

**警衛**（ㄐㄧㄥˇ ㄨㄟˋ） ①用武裝力量實行警戒、保衛。②執行警衛任務的人。

**警醒**（ㄐㄧㄥˇ ㄒㄧㄥˇ） ①在睡覺時聽到聲音就很容易地醒過來。②使人從迷夢中覺醒過來。

**警覺**（ㄐㄧㄥˇ ㄐㄩㄝˊ） （對危險或情況變化的）敏銳的感覺。如「警覺性」。

**警鐘**（ㄐㄧㄥˇ ㄓㄨㄥ） 報告緊急事件的鐘（多用於比喻）。

**警戒色**（ㄐㄧㄥˇ ㄐㄧㄝˋ ㄙㄜˋ） 昆蟲身上的顯明色彩，用來嚇退別的動物，使牠不敢輕易侵犯。

**警戒線**（ㄐㄧㄥˇ ㄐㄧㄝˋ ㄒㄧㄢˋ） ①軍警布置防禦崗位時畫定界線，不准普通人走進去。②河川或水庫可允許的最高水位標示線。

**警察權** ㄐㄧㄥˇ ㄔㄚˊ ㄑㄩㄢˊ 為維持地方秩序，保衛社會安寧而訂定特別法令，警察有要求國民或強制國民遵守的權力。

**警察學校** ㄐㄧㄥˇ ㄔㄚˊ ㄒㄩㄝˊ ㄒㄧㄠˋ 招收學生授予警察專業訓練的學校。今有警察大學（前身是中央警官學校）。

**警察機關** ㄐㄧㄥˇ ㄔㄚˊ ㄐㄧ ㄍㄨㄢ 負責社會治安的政府機構，由下到上有派出所、分駐所、警察分局、警察局、警務處、警政署。

## 譫

〔文〕ㄓㄢ 人在病中意識不清胡言亂語，稱「譫言」「譫語」。

**譫語** ㄓㄢ ㄩˇ 人在病中神智不清時的胡言亂語。

## 譟

〔文〕ㄗㄠˋ 許多人吵鬧呼喊的聲音。如「鼓譟」「喧譟」。

## 議（议）

ㄧˋ ㈠意見，言論。如「提議」「無異議通過」。㈡討論，商量。如「商議」「同業公議」。㈢評論，談論。如「非議」「街談巷議」。㈣文體之一，是論事的文章。如「奏議」「駁議」。

**議決** ㄧˋ ㄐㄩㄝˊ 經過開會討論決定。

**議事** ㄧˋ ㄕˋ 會議中商討事件。

**議和** ㄧˋ ㄏㄜˊ 交戰國雙方商量恢復和平。

**議長** ㄧˋ ㄓㄤˇ 國民大會及省市縣議會首長，對外代表議會，對內主持會議。

**議員** ㄧˋ ㄩㄢˊ 間接民主制（代議政治）的國家，由公民選出有合法資格的人，代表國民行使政權，這些人在省縣市議會的稱議員，在立法院的稱立法委員，在鄉鎮市的稱代表。

**議席** ㄧˋ ㄒㄧˊ 議會中議員的席位。

**議案** ㄧˋ ㄢˋ 在會議上討論的案件。已通過的叫「議決案」。

**議院** ㄧˋ ㄩㄢˋ 國會，立憲國家的立法機關。分參議院和眾議院。

**議處** ㄧˋ ㄔㄨˇ 審議懲處。

**議程** ㄧˋ ㄔㄥˊ 會議上討論議案的程序。

**議會** ㄧˋ ㄏㄨㄟˋ 由各種選任方法選出的代表組成的會議機關，行使立法權。在中央政府所在地的叫國會（議院、立法院），在省的叫省議會，在院轄市與縣市的叫市（縣）議會，在鄉鎮（市）的叫代表會。

**議價** ㄧˋ ㄐㄧㄚˋ 買賣兩方用商量的方式決定價格。

**議論** ㄧˋ ㄌㄨㄣˋ ①批評討論。②評論的話。

**議親** ㄧˋ ㄑㄧㄣ ①周代對親人減免罪刑的制度。②商議婚事。

**議題** ㄧˋ ㄊㄧˊ 會議討論的題目。

**議定書** ㄧˋ ㄉㄧㄥˋ ㄕㄨ 國際雙方全權委員議事時記載協定事項的文書章約，是正式條約的依據。

**議會制** ㄧˋ ㄏㄨㄟˋ ㄓˋ 由人民選出議員，由議員代表人民執行政權的一種制度。

**議論文** ㄧˋ ㄌㄨㄣˋ ㄨㄣˊ 議論人物或事理的文章。也叫「論說文」。

**議論風生** ㄧˋ ㄌㄨㄣˋ ㄈㄥ ㄕㄥ 形容談論廣泛，生動而又風趣。

## 譯

ㄧˋ ㈠把一種語言文字或文體，用另一種語言文字來說來寫，或變成另一種文體。如「中文英譯」「文言譯成白話」。㈡解釋經義。

**譯文** ㄧˋ ㄨㄣˊ 經過翻譯的文字。

**譯本** ㄧˋ ㄅㄣˇ 把一種文字譯成別種文字的書籍。

**譯名** ㄧˋ ㄇㄧㄥˊ 翻譯來的外國名詞。

**譯者** ㄧˋ ㄓㄜˇ 譯書或翻譯的人。

**譯述** ㄧˋ ㄕㄨˋ 譯文中間加有譯者的意見或知識，並不全按原文翻譯的。

**譯音** ㄧˋ ㄧㄣ 把一種語言的語詞用另一種語言中與其發音相同或近似的語音表示出來，例如 sofa 譯成「沙發」。

**譯員** ㄧˋ ㄩㄢˊ 擔任口頭翻譯的人員。

**譯筆** ㄧˋ ㄅㄧˇ 翻譯的文筆。

**譯著** ㄧˋ ㄓㄨˋ 翻譯而成的著作。

**譯意風** ㄧˋ ㄧˋ ㄈㄥ 英文 earphones 的音譯，是國際會議的一種無線電收聽裝置。有中央翻譯系統，翻譯各種語言。無論發言者用何種語言，參加會議的人只要戴上耳機，打開選擇按鈕，就可聽到他所適合收聽的語言翻譯。

**譯音符號** ㄧˋ ㄧㄣ ㄈㄨˊ ㄏㄠˋ 應用羅馬字母，以一種特定的拼音方式拼我國文字的音。如「生」字拼成 sheng。

## 十四筆

**護（护）** ㄏㄨˋ ㈠保衛。如「衛護」「武裝護航」。㈡救助。如「救護」「看護」。㈢掩蔽。如「袒護」「護短」。㈣贊同，願意聽他的話，而且擁戴他。如「擁護」。

**護士** ㄏㄨˋ ㄕˋ 受醫生的指導，以看護病人為職業的人。

**護肘** ㄏㄨˋ ㄓㄡˇ 保護肘部的用品。

**護坡** ㄏㄨˋ ㄆㄛ 河岸或路旁用水泥、石塊等築成的斜坡、用來防止河流或雨水沖刷。

**護岸** ㄏㄨˋ ㄢˋ 保護海岸、河岸等使不受波浪衝擊的建築，多用石塊或混凝土築成。

**護法** ㄏㄨˋ ㄈㄚˇ ①維護國法。②保護佛法的人，是僧尼對施主的敬稱。

**護航** ㄏㄨˋ ㄏㄤˊ ①護送船隻或飛行器安全到達目的地。②考試時幫人作弊。

**護送** ㄏㄨˋ ㄙㄨㄥˋ 沿路保護送到目的地。

**護理** ㄏㄨˋ ㄌㄧˇ 護士對於病人的看護調理。

**護符** ㄏㄨˋ ㄈㄨˊ 護身符。

**護喪** ㄏㄨˋ ㄙㄤ 主持喪禮的人，由族裡行輩高的人擔任。

**護短** ㄏㄨˋ ㄉㄨㄢˇ 掩蔽自己或別人的短處。

**護照** ㄏㄨˋ ㄓㄠˋ 本國人民到外國去，由政府發給的一種冊頁式的身分證明文件，各駐在國的使領館必須保護他。

**護膝** ㄏㄨˋ ㄒㄧ 保護膝部的用品。

**護壁** ㄏㄨˋ ㄅㄧˋ 室內牆面或柱子外加的保護層，通常用水泥、磨石子、瓷磚、木材等做成。高度約一至二公尺，有保護、美化的作用。

**護心鏡** ㄏㄨˋ ㄒㄧㄣ ㄐㄧㄥˋ 鎧甲上保護胸部的圓形金屬片。

**護身符** ㄏㄨˋ ㄕㄣ ㄈㄨˊ ①一種道教符籙。有人相信它可以保護人不受邪魔侵害。②比喻一種勢力，仗著它就可以橫行霸道，無所不為。

**護城河** ㄏㄨˋ ㄔㄥˊ ㄏㄜˊ 環繞城牆外邊的人工河，古代為防守用。

**護犢子** ㄏㄨˋ ㄉㄨˊ ㄗˇ 偏袒自己的子女。也簡作「護犢」。

**譴** ㄑㄧㄢˇ 責備。人的責備叫「譴責」；天的責備叫「天譴」。

**譸** ㄓㄡ ㈠推測。〈後漢書・虞詡傳〉有「以詡譸之，知其無能為也」。㈡「譸張」，誇大欺人。

**譽（誉）** ㄩˋ ㈠稱讚。如「稱譽」「讚譽」。㈡名聲，美名。如「名譽」「有神童之譽」。
又讀ㄩˊ。

## 十五筆

**讀（読）** ▲ㄉㄨˊ㈠把文字一個一個的往下念。如「朗讀」「默讀」。㈡閱讀。如「讀書」「速讀」。㈢研究，專攻。如「他讀理科，我讀文科」。
▲ㄉㄡˋ讀文章時候，在沒完的句子或文詞下面，可以稍停頓一下的，叫「讀（ㄉㄡˋ）」。如「句讀」。

**讀友** ㄉㄨˊ ㄧㄡˇ 共同讀書的同好、朋友。

**讀本** ㄉㄨˊ ㄅㄣˇ 課本（多指語文課本）。

**讀法** ㄉㄨˊ ㄈㄚˇ ①讀順文句的方法。古人作文不用標點，讀者要猜測作者的意思，找出可以讀通的方法。②字音。「這個字怎麼讀法」就是「這個字讀什麼音」。

**讀物** ㄉㄨˊ ㄨˋ 書籍、雜誌、報紙等叫「讀物」。

**讀者** ㄉㄨˊ ㄓㄜˇ 閱讀書刊文章的人。

**讀若** ㄉㄨˊ ㄖㄨㄛˋ 從前一般字典辭典的用語，也作「讀如」。不是一個詞，後面必須還有一個字，代表那個字的讀音。「讀若方」就是「讀音像讀『方』字」。這是因為古時沒有標音符號，只好借用同音字來注音。

**讀音** ㄉㄨˊ ㄧㄣ ①國字的字音。如「統一讀音，能使國民言語相通，感情融洽」。②國字在文言詞裡的讀法，與口語說的不同。像：臺北市的北（ㄅㄟˇ）字，到了「追奔逐北」，就要讀ㄅㄛˋ。ㄅㄟˇ是語音，ㄅㄛˋ是讀音。

**讀書** ㄉㄨˊ ㄕㄨ ①閱讀書籍。是正經的閱讀課本，不是看閒書。②國民小學國語科的要項之一。由老師教學生怎麼了解文意，欣賞文句。

**讀破** ㄉㄨˊ ㄆㄛˋ ①表示讀過很多遍，把書都翻破了。②改變一個字的原來讀音以表示詞義的轉變。例如「讀」音ㄉㄨˊ，但是「句讀」的「讀」卻音ㄉㄡˋ。

**讀脣** ㄉㄨˊ ㄔㄨㄣˊ 用辨識他人說話時的脣形來了解話語的內容，就是讀脣。

**讀會** ㄉㄨˊ ㄏㄨㄟˋ 議會議事必須經過一讀、二讀、三讀的程序。每次宣讀、審議、表決議案的手續，稱為讀會。

**讀數** ㄉㄨˊ ㄕㄨˋ 儀表、機器上由指針或水銀柱等指出刻度的數目。

**讁** 図ㄐㄧㄢˇ淺。如「不揣讁陋」。

**讁陋** ㄐㄧㄢˇ ㄌㄡˋ 図淺陋，見識少。

**譒** 図ㄕㄢˋ知道，信件裡常用的字。「素譒」就是「素知」，一向知道。

**讆** 図ㄨㄟˋ㈠稱讚壞人。㈡通「偽」。

## 十六筆

**變（变）** ㄅㄧㄢˋ㈠事物的狀態或性質有了更改，與原來的不同。如「變動」「樣子全變了」。㈡經過改換、更動以後，成為另一種樣子或不同的東西。如「變魔術」「蛻變」。㈢突然發生的重大禍亂或事件。如「兵變」「七七事變」。㈣臨機應付的方法。如「通權達變」「機變」。㈤假造。如「變造」。

**變化** ㄅㄧㄢˋ ㄏㄨㄚˋ 事物的性質形態改了樣子，或是從有到無，從無到有。

**變天** ㄅㄧㄢˋ ㄊㄧㄢ ①天氣由晴轉變為陰雨。②政治上換人或換黨執政。

**變幻** ㄅㄧㄢˋ ㄏㄨㄢˋ 變化不可推測。

**變心** ㄅㄧㄢˋ ㄒㄧㄣ 改變心意，常指男女之間的辜情負意。

**變色** ㄅㄧㄢˋ ㄙㄜˋ ①因恐懼或憤怒而面色失常。也作「變顏」。②物的顏色改變。③（形態學）植物的一部分改變其本來的顏色。④（礦油）礦物旋轉的時候，產生色彩變換的現象。

**變局** ㄅㄧㄢˋ ㄐㄩˊ 變動的局勢；非常的局面。

**變形** ㄅㄧㄢˋ ㄒㄧㄥˊ 物理學說物體受了外力影響而發生的體積或形態的改變。像液體氣體的濃縮，木料鐵棒的彎曲等。

**變更** ㄅㄧㄢˋ ㄍㄥ 更改。

**變卦** ㄅㄧㄢˋ ㄍㄨㄚˋ 決定了的事，忽然改變（含貶義）。

**變性** ㄅㄧㄢˋ ㄒㄧㄥˋ ①改變性質。②改變性別。

**變易** ㄅㄧㄢˋ ㄧˋ 図改變。

**變法** ㄅㄧㄢˋ ㄈㄚˇ ①國家改變原有的法律制度。②改變的方法。

**變故** ㄅㄧㄢˋ ㄍㄨˋ 意外發生的事情；災難。

**變相** ㄅㄧㄢˋ ㄒㄧㄤˋ 本質不變，形體上卻不相同了。

**變革** ㄅㄧㄢˋ ㄍㄜˊ 改變，更動。

**變動** ㄅㄧㄢˋ ㄉㄨㄥˋ ①更改。②不尋常的舉動或事故。

**變產** ㄅㄧㄢˋ ㄔㄢˇ 變賣產業。

**變異** ㄅㄧㄢˋ ㄧˋ ①（遺傳）由基因或者環境造成的個體間遺傳性或非遺傳性的差異。②（形態）凡是子體的性質不同於母體而化為別種體格和性格的，稱為變異。

**變通** ㄅㄧㄢˋ ㄊㄨㄥ 為了順應時勢的變遷而作改動，用變以求通。

**變造** ㄅㄧㄢˋ ㄗㄠˋ 以逼真的方法變更他人作成的文書或有價證券的內容。變造與偽造不同。變造須先有真正的文書或有價證券存在；如果本來並不存在或沒有一定的內容，只能說是偽造。

**變速** ㄅㄧㄢˋ ㄙㄨˋ 改變速度；改變齒輪比。

**變換** ㄅㄧㄢˋ ㄏㄨㄢˋ 改換。

**變亂** ㄅㄧㄢˋ ㄌㄨㄢˋ ①時局紛亂。②図變更，紊亂。如「變亂成法」。

**變滅** ㄅㄧㄢˋ ㄇㄧㄝˋ 図變化毀滅。

**變節** ㄅㄧㄢˋ ㄐㄧㄝˊ 図①改變一向的志節。②改過向善。

**變態** ㄅㄧㄢˋ ㄊㄞˋ ①變動的狀態，指形體、表面、言動、態度、神情等有形的變化。②動物在其個體發展過程之中，經過一次或是幾次形體上的變化，叫做「變態」。如蝴蝶必須經過卵、幼蟲、蛹而成蟲等階段。③人在認知、情緒或行為方面與眾不同的表現。如「心理變態」。

**變數** ㄅㄧㄢˋ ㄕㄨˋ ①代數中可以變易的各數。②事情發展中不穩定的因素。

**變調** ㄅㄧㄢˋ ㄉㄧㄠˋ ①字和字連起來說，有時發生字調和單說時不同的現象，稱為變調。②指音樂上的轉調。

**變賣** ㄅㄧㄢˋ ㄇㄞˋ 出售產業或雜物。

**變質** ㄅㄧㄢˋ ㄓˋ 人的思想或事物的本質變得與原來不同（多指向壞的方面轉變）。

**變遷** ㄅㄧㄢˋ ㄑㄧㄢ 事物的沿革。是指舊的一步步變成了新的。

**變臉** ㄅㄧㄢˋ ㄌㄧㄢˇ ①臉上的表情突然改變，表示跟對方生氣決裂的態度。②川劇中一種快速的變換臉譜。

**變樣（兒）** ㄅㄧㄢˋ ㄧㄤˋ（ㄦ） 形狀、樣式發生變化。

**變色龍** ㄅㄧㄢˋ ㄙㄜˋ ㄌㄨㄥˊ 爬蟲名，屬蜥蜴類，長八、九寸，表皮下有多種色素塊，能隨時變成不同的保護色。

**變阻器** 可以調節電阻大小的裝置，接在電路中能調整電流的大小。

**變奏曲** 根據某一主題為藍本，運用各種不同方法陸續變化奏出的樂曲。

**變速器** 改變機床、汽車、拖拉機等機器運轉速度或牽引力的裝置，由許多直徑大小不同的齒輪組成。通常裝在發動機的主動軸和從動軸之間。

**變電所** 改變電壓的場所。為了把發電廠發出來的電輸送到較遠的地方，必須把電壓升高，變為高壓電，到用戶附近再按需要把電壓降低。這種升降電壓的工作靠變電所來完成。變電所的主要設備是開關和變壓器。

**變電器** 利用電磁感應使輸出電壓相對於輸入電壓依一定比值改變的器具。

**變壓器** 將高壓電流變為低壓，或將低壓電流變為高壓的電學器具。

**變色（鉛）筆** 也叫「拷貝筆」。一種鉛筆，遇溼變成紫色。是複寫用的。

**變化氣質** 指改變人的氣質。

**變本加厲** 原意是比原來更加發展。現在指變得比本來更加嚴重。

**變生肘腋** 比喻事變發生在極近的地方。

**變性作用** 指蛋白質或核酸分子經酸、鹼、尿素或軸射作用的影響，引起分子立體結構的破壞，導致生物活性的喪失，這種現象叫做變性作用。

**變速運動** 物體在相等的時間內通過不相等的距離的運動。

**變戲法兒** ①表演魔術。②耍手段。

**讋** 図「讋服」，同「懾服」，因為害怕而屈服。

**讎（讐）** ㄔㄡˊ ㈠同「仇」。如「讎敵」「同讎敵愾」。㈡図應（ㄧㄥˋ）對，對答。〈詩經〉有「無言不讎」。㈢図應（ㄧㄥˋ）驗。〈史記〉有「其方盡多不讎」。㈣図同「儔」。「讎匹（ㄆㄧˇ）」就是氣勢力量相等的人。㈤図見「讎校」。㈥図酬價。〈史記〉有「讎數倍」。

**讎校** 図校對文字。也作「校讎」。

**讌** ㄧㄢˋ 聚在一處喝酒叫「讌飲」。

## 十七筆

**讕** 図ㄌㄢˊ ㈠抵賴。㈡說瞎話騙人。

**讕言** 図①騙人的謊話。②誇大其辭的話。③毀謗人的話。

**讒** 図ㄔㄢˊ 說假話毀謗好人。如「讒言」。

**讒言** 毀謗的話；挑撥離間的話。

**讒間** 図用「讒言」破壞人家彼此的感情。

**讖** 図ㄔㄣˋ 預言，說將來會發生什麼或會變成怎麼怎麼的話，多數與吉凶有關。如「讖語」「一語成讖」。

**讖語** 図起先說的話，趕巧和後來發生的事實相同，這種話叫「讖語」。

**讖緯** 図古時迷信的人所作的占驗術數的書。

**讓**（誏、让）ㄖㄤˋ (一)謙虛，不爭執。如「大家讓他上首座」「禮讓」「讓步」。(二)恭迎。如「把他讓進門來」。(三)有代價的或無代價的把自己的東西給別人。如「廉讓」「出讓」。(四)辭退。如「當仁不讓」(認為該做的就不客氣了)。(五)隨，令。如「別管他，讓他去吧」「堵著門，別讓他進來」。(六)使令。如「我讓他去買東西」「這件事讓我好難受」。(七)向對方稍稍寬容一下。如「讓了他一步棋」「先讓他一手兒，再出拳打他」。(八)躲避。如「讓開，馬來了」。(九)被。如「今天他讓人家揍了一頓」「一壺水讓他碰灑了」。(十)商人對顧客表示客氣，多給點兒東西，或少收點兒錢。如「讓分量」「那就讓下零頭，實收十塊好了」。(十一)図責備。如「責讓」。

**讓先** ㄖㄤˋ ㄒㄧㄢ 讓別人優先。

**讓位** ㄖㄤˋ ㄨㄟˋ ①把自己的坐位讓給老弱婦孺。②把自己的差（ㄔㄞ）事讓給別人。③古時帝王禪讓。

**讓步** ㄖㄤˋ ㄅㄨˋ 把自己所占的地步退讓給人，多數指權利說的。

**讓座** ㄖㄤˋ ㄗㄨㄛˋ 宴會時請賓客入席就坐。

**讓渡** ㄖㄤˋ ㄉㄨˋ 法律上指把財產的所有權轉移給別人，而不管有無報價。

**讓與** ㄖㄤˋ ㄩˇ 法律名詞，把物品、財產權移轉給他人的行為。讓出的人稱讓與人，因讓與而取得的人，稱受讓人。

**讓路** ㄖㄤˋ ㄌㄨˋ 讓出道路給別人先行。

**讓價** ㄖㄤˋ ㄐㄧㄚˋ 對顧客減低貨價，表示優待。

**讓賢** ㄖㄤˋ ㄒㄧㄢˊ 把職位讓給有才能的人。

**讓分量** ㄖㄤˋ ㄈㄣˋ ㄌㄧㄤˋ 量字輕讀。商人把超額的貨物不另算錢，送給顧客。像客人買一斤肉，而秤上的肉有一斤一兩，這一兩肉不算錢，叫「讓分量」。

## 十八筆

**讙** ㄏㄨㄢ (一)図大聲喧譁。〈史記〉有「讙譁失禮」。(二)通「歡」。

**讘** 図ㄓㄜˊ「讘談」，多話的樣子。

## 十九筆

**讚** ㄗㄢˋ 通「贊」，是誇獎、稱美的意思。

**讚美** ㄗㄢˋ ㄇㄟˇ 稱道人家的長處或品德。也作「贊美」。

**讚許** ㄗㄢˋ ㄒㄩˇ 以為好而加以稱讚。

**讚揚** ㄗㄢˋ ㄧㄤˊ 稱讚表揚。

**讚頌** ㄗㄢˋ ㄙㄨㄥˋ 稱讚頌揚。

**讚嘆** ㄗㄢˋ ㄊㄢˋ 稱讚。如「令人讚嘆不已」。

**讚語** ㄗㄢˋ ㄩˇ 稱讚的話語。

**讚譽** ㄗㄢˋ ㄩˋ 稱讚。

**讚美詩** ㄗㄢˋ ㄇㄟˇ ㄕ 基督教徒讚美上帝或頌揚教義的詩歌。

## 二十筆

**讜** 図ㄉㄤˇ「讜論」「讜言」都是正直的言論。

**讞** 図ㄧㄢˋ 公平審判訴訟案件。「定讞」，就是案件判定。

## 二十二筆

**讟** 図ㄉㄨˊ 毀謗怨恨的話。如「民無謗讟」。

## 谷部

**谷** ▲ㄍㄨˇ ㈠兩山間流水的水道或窪地。如「山谷」「谿谷」。㈡深穴。如「深山大谷」。㈢窮困。〈詩經〉有「進退維谷」。㈣「穀」字的俗寫。㈤姓。▲ㄩˋ 「吐（ㄊㄨˇ）谷渾」，古國名，在今青海西邊。

**谷口** ㄍㄨˇ ㄎㄡˇ ①山谷的出入口。②峽谷中的水流出峽谷而散流平原的地方。

**谷地** ㄍㄨˇ ㄉㄧˋ ①山谷地帶。②地面上向一定方向傾斜的低窪地帶。

**谷底** ㄍㄨˇ ㄉㄧˇ ①山谷最低的底層。②比喻「最低點」，如「房價跌到了谷底」。

### 十筆

**豁** ▲図ㄏㄨㄛ ㈠開，開通。如「豁然開朗」。㈡開放，免除。如「豁免」。▲ㄏㄨㄛ ㈠殘缺，裂開。如「豁脣子」。㈡捨棄、犧牲的意思。如「豁著命幹」。▲ㄏㄜˋ 寬敞明亮。如「豁亮」。▲ㄏㄨㄚˊ 見「豁拳」。

**豁口** ㄏㄨㄛ ㄎㄡˇ 器物的裂口，也稱「豁子」。

**豁子** ㄏㄨㄛ ㄗ˙ ①器物破裂的缺口。②見「豁脣子」。

**豁免** ㄏㄨㄛ ㄇㄧㄢˇ 図免除，常指賦稅或醫藥費用。

**豁命** ㄏㄨㄛ ㄇㄧㄥˋ 拚命。

**豁亮** ㄏㄜˋ ㄌㄧㄤ˙ 亮字輕讀。寬敞明亮。如「這個屋子又涼快又豁亮」。

**豁拳** ㄏㄨㄚˊ ㄑㄩㄢˊ 兩人各伸手指互猜數目決勝負的遊戲。通常在飲酒時進行。也作「划拳」。

**豁朗** ㄏㄨㄛ ㄌㄤˇ ①土地、房舍廣闊。②心情開朗。

**豁然** ㄏㄨㄛ ㄖㄢˊ 図開朗的樣子。如「豁然開朗」。

**豁著** ㄏㄨㄛ ㄓㄜ˙ ①拚著。如「我豁著這條老命跟你拼了」。②寧可，寧願。如「我豁著把這筆錢便宜了外人，也不能給他」。

**豁達** ㄏㄨㄛ ㄉㄚˊ 図①開通的樣子。②度量寬宏。

**豁嘴** ㄏㄨㄛ ㄗㄨㄟˇ 人的嘴脣有缺口。醫學上叫兔脣。也說「豁脣子」。

**豁出去** ㄏㄨㄛ ㄔㄨ ㄑㄩˋ 出去二字輕讀。不顧成敗而勇往直前。如「事已至此，我也豁出去了」。

**豁脣子** ㄏㄨㄛ ㄔㄨㄣˊ ㄗ˙ 上脣有缺口的人。醫學上說「兔脣」。一般也說「豁子」。

**谿** ㄒㄧ 同「溪」。又讀ㄑㄧ。

**谿谷** ㄒㄧ ㄍㄨˇ 山間的低地。

**谿壑** ㄒㄧ ㄏㄨㄛˋ 図①山谷溪澗。②比喻人貪婪之心很深。如「貪心深如谿壑」。

**豀** 図ㄒㄧ 爭鬥。見「勃豀」。

## 豆部

**豆** ㄉㄡˋ ㈠五穀之一，果實結成莢，種類很多。如「大豆」「蠶豆」。㈡古時盛食品的器具。質料有木、陶與青銅等種。如「俎豆」「籩豆」。㈢見「豆豆」。

**豆子** ㄉㄡˋ ㄗ˙ 豆結的實，包在豆莢裡面。

**豆沙** ㄉㄡˋ ㄕㄚ 食品，把豆煮熟搗爛加糖製成，可以做餡兒。

**豆豆** ㄉㄡˋ ㄉㄡ˙ 第二字輕讀。①豆子。是幼兒的話。②形容小孩兒瘦小，叫「小豆豆」。

**豆油** ㄉㄡˋ ㄧㄡˊ 用大豆榨出的油，供食用，也可以點燈。

**豆芽** ㄉㄡˋ ㄧㄚˊ 把黃豆或綠豆浸在水裡所長出的芽，可以做菜。也叫「豆芽菜」。

**豆青** ㄉㄡˋ ㄑㄧㄥ 像青豆一樣的顏色。

**豆科** ㄉㄡˋ ㄎㄜ 雙子葉植物的一種，約有一千多種，草本，木本都有。果實是莢果。

**豆娘** ㄉㄡˋ ㄋㄧㄤˊ 昆蟲，形狀像蜻蜓，比蜻蜓小。

**豆莢** ㄉㄡˋ ㄐㄧㄚˊ 豆類的果實。

**豆豉** ㄉㄡˋ ㄔˇ 把黃豆蒸熟，經過發酵，加鹽調拌，裝入密封的甕罈，相當時日之後取出，可做佐料。分鹹、淡兩種。

**豆渣** ㄉㄡˋ ㄓㄚ 做豆腐或豆漿剩下的渣滓，可做肥料或飼料。參看「豆餅」條。

**豆萁** ㄉㄡˋ ㄑㄧˊ 豆的莖。

**豆象** ㄉㄡˋ ㄒㄧㄤˋ 昆蟲的一科，種類很多。幼蟲生活在豆科植物的種子裡，是害蟲。

**豆綠** ㄉㄡˋ ㄌㄩˋ 像青豆那樣的淡綠色。

**豆腐** ㄉㄡˋ ㄈㄨˇ 腐字輕讀。用黃豆磨漿煮熟，再加石膏或鹽滷做成的食品。

**豆蔻** ㄉㄡˋ ㄎㄡˋ ①草本植物，果仁的香氣很強烈，可以做藥。②比喻年輕未嫁的少女。如「豆蔻年華」。

**豆漿** ㄉㄡˋ ㄐㄧㄤ 把黃豆加水磨成汁狀，煮熟吃的。也叫「豆腐漿」「豆奶」。

**豆餅** ㄉㄡˋ ㄅㄧㄥˇ 做豆腐或豆漿剩下來的渣滓，壓成圓形餅狀，可供食用，也可做肥料或家畜的飼料。

**豆醬** ㄉㄡˋ ㄐㄧㄤˋ 用大豆製成的醬。

**豆汁(兒)** ㄉㄡˋ ㄓ ㄦ 用綠豆粉做成的一種飲料，味道酸。

**豆花(兒)** ㄉㄡˋ ㄏㄨㄚ ㄦ 豆腐腦兒。

**豆苗(兒)** ㄉㄡˋ ㄇㄧㄠˊ ㄦ 豌豆的嫩莖嫩葉，可以做菜。

**豆角兒** ㄉㄡˋ ㄐㄧㄠˇ ㄦ 豆莢（多指鮮嫩可以做菜的）。

**豆兒大** ㄉㄡˋ ㄦ ㄉㄚˋ ①比喻微小。如「豆兒大的眼光」。②形容大。如「豆兒大的雨點兒」。

**豆腐乳** ㄉㄡˋ ㄈㄨˇ ㄖㄨˇ 腐字輕讀。用小塊豆腐經過發酵醃製而成。一般用來下飯。

**豆瓣醬** ㄉㄡˋ ㄅㄢˋ ㄐㄧㄤˋ 用黃豆或蠶豆發酵做成的醬。

**豆腐皮(兒)** ㄉㄡˋ ㄈㄨˇ ㄆㄧˊ ㄦ 腐字輕讀。把豆漿煮熟，取出表面冷凝的那一層，乾燥以後像紙張，可供食用。

**豆腐乾(兒)** ㄉㄡˋ ㄈㄨˇ ㄍㄢ ㄦ 腐字輕讀。豆腐加香料以後用布包起來，壓出水分，加熱蒸製而成的食品。

**豆剖瓜分** ㄉㄡˋ ㄆㄡˇ ㄍㄨㄚ ㄈㄣ 比喻疆土的分裂。也作「瓜剖豆分」。

**豆腐腦兒** ㄉㄡˋ ㄈㄨˇ ㄋㄠˇ ㄦ 腐字輕讀。把豆漿加熱，使它結成像腦子似的軟形體，然後加作料食用。

## 三筆

**豈(岂)** ▲ㄑㄧˇ (一)反問的疑問副詞，是難道、怎麼的意思。如「豈敢」「豈有此理」。(二)

姓。▲図ㄎㄞˇ通「愷」「凱」。

**豈止** ㄑㄧˇ ㄓˇ 不止是。如「他豈止能說，而且能唱」。

**豈但** ㄑㄧˇ ㄉㄢˋ 不僅，不但。

**豈弟** ㄎㄞˇ ㄊㄧˋ 図同「愷悌」，和樂的樣子。〈詩經〉有「豈弟君子」。

**豈非** ㄑㄧˇ ㄈㄟ 難道不是。如「你這種做事的方法，豈非越做越糟糕」。

**豈能** ㄑㄧˇ ㄋㄥˊ 怎能，哪能。如「這件事你豈能不管」。

**豈敢** ㄑㄧˇ ㄍㄢˇ 怎麼敢，哪兒敢（多用做客套話）。

**豈不是** ㄑㄧˇ ㄅㄨˋ ㄕˋ 是字輕讀。難道不是。同「豈非」，口語中常用。

**豈有此理** ㄑㄧˇ ㄧㄡˇ ㄘˇ ㄌㄧˇ 哪有這種道理（對不合合情理的事表示氣憤）。

**豇** ㄐㄧㄤ 見「豇豆」。

**豇豆** ㄐㄧㄤ ㄉㄡˋ 豆名，開淡青或紫色花兒，子兒有紅、白、紫各色，莢細長，嫩莢和種子可以做菜吃。閩南語叫「菜豆」。

## 四筆

**豉** ㄔˇ 見「豆豉」。讀音ㄕˋ。

## 六筆

**豊** 図ㄌㄧˇ 古時行禮的器具。形狀像「豆」字。

## 八筆

**豎（竪）** ㄕㄨˋ ㈠直立起來，與「橫」相反。如「把棋杆豎起來」「豎心兒」。㈡建立。如「豎立」。㈢書法的直筆。如「一橫一豎」。㈣図從前管未成年的男用人叫「小豎」。㈤図舊時稱太監叫「內豎」。㈥図舊時對文人的賤稱。如「豎儒」（卑賤淺陋的小儒，意思同「腐儒」）。

**豎井** ㄕㄨˋ ㄐㄧㄥˇ 直接通到地面的礦井，井筒是垂直的，提升礦物的叫主井，通風、排水、輸送人員或材料的叫做輔井。

**豎立** ㄕㄨˋ ㄌㄧˋ ①直立。②建立，同「樹立」。如「孫中山先生在亞洲豎立了民主自由的第一面大纛」。

**豎眼** ㄕㄨˋ ㄧㄢˇ 生氣的樣子。常作「橫眉豎眼」。

**豎笛** ㄕㄨˋ ㄉㄧˊ 一種西洋木管樂器，豎著拿在雙手上吹奏。發聲原理是靠一很薄的單片在吹嘴上振動。此薄片採自藤皮。木管黑色。亦稱「黑管」。

**豎琴** ㄕㄨˋ ㄑㄧㄣˊ 一種大型的西洋撥弦樂器，在直立的三角形架上安著四十六根弦。

**豎心兒** ㄕㄨˋ ㄒㄧㄣ ㄦ 心字作偏旁時，寫成「忄」，叫「豎心兒」。也叫「豎心旁兒」。

**豎心旁** ㄕㄨˋ ㄒㄧㄣ ㄆㄤˊ 豎心兒。

**豎蜻蜓** ㄕㄨˋ ㄑㄧㄥ ㄊㄧㄥˊ 兩手按地，頭朝下，下肢朝上伸直。也說「倒立」。

**豌** ㄨㄢ 見「豌豆」。

**豌豆** ㄨㄢ ㄉㄡˋ 越年蔓生植物，羽狀複葉，夏初開蝶形花，結莢果。嫩莢和種子供食用。嫩的莖葉也可以吃，叫「豌豆苗」「豆苗兒」。

**豌豆象** ㄨㄢ ㄉㄡˋ ㄒㄧㄤˋ 昆蟲名，身體闊而扁平，卵圓形。成蟲黑色，密生絨毛，鞘翅上有橢圓形斑點組成的斜紋，腳紅黃色。是豌豆的害蟲。

**豌豆糕** ㄨㄢ ㄉㄡˋ ㄍㄠ 小兒食品之一。雖然叫豌豆糕，實際是用白芸豆製成豆泥，加進糖餡兒，用模型做成各種魚或蟲的形狀，再塗上顏色。

**豌豆黃兒** ㄨㄢ ㄉㄡˋ ㄏㄨㄤˊ ㄦ 用豌豆粉加糖蒸成的糕，或加紅棗，或加山楂。

## 十一筆

**豐（丰）** ㄈㄥ ㈠図茂盛，暢旺。如「豐草」。㈡厚，滿，多。如「豐滿」「豐富」。㈢農作物的收成好。如「豐年」「豐收」。㈣大。如「豐功偉績」。㈤豐縣，在江蘇省。㈥姓。

**豐年** ㄈㄥ ㄋㄧㄢˊ 農作物豐收的年頭兒。

**豐收** ㄈㄥ ㄕㄡ 農作物的收成好。

**豐沛** ㄈㄥ ㄆㄟˋ 數量多的樣子。常用來形容物產或資源。如「臺灣雨量豐沛」。

**豐足** ㄈㄥ ㄗㄨˊ 富足，充足。

**豐厚** ㄈㄥ ㄏㄡˋ 図盛大的樣子，隆重的樣子。原先用於「厚葬」死人。〈左傳・僖二十四年〉有「有喪拜焉，豐厚可也」。後來也用來形容富贍，是從「席豐履厚」摘下來的。

**豐美** ㄈㄥ ㄇㄟˇ 多而好。如「水草豐美的牧場」。

**豐茂** ㄈㄥ ㄇㄠˋ 豐美茂盛。如「百穀豐茂」。

**豐盈** ㄈㄥ ㄧㄥˊ 図①肌肉豐滿。②富，錢多了。③同「豐收」。

**豐草** ㄈㄥ ㄘㄠˇ 図草長得很茂盛。

**豐盛** ㄈㄥ ㄕㄥˋ 很多；充足而有賸餘。

**豐富** ㄈㄥ ㄈㄨˋ 富裕充足。

**豐登** ㄈㄥ ㄉㄥ 図也作「豐稔」。收成好。常作「五穀豐登」。

**豐腴** ㄈㄥ ㄩˊ 図肥美。

**豐碑** ㄈㄥ ㄅㄟ 図古時候記載死者功德的大石碑。

**豐實** ㄈㄥ ㄕˊ 豐富而充實。如「張先生經商多年，家產豐實」。

**豐滿** ㄈㄥ ㄇㄢˇ ①豐富充足。②肥滿，指人體說的。如「身體豐滿」。

**豐碩** ㄈㄥ ㄕㄨㄛˋ （果實）又多又大。多用來形容抽象事物。如「得到豐碩的成果」。

**豐潤** ㄈㄥ ㄖㄨㄣˋ ①肌肉豐滿，皮膚滋潤。②縣名，在河北省。

**豐贍** ㄈㄥ ㄕㄢˋ 図豐富，多。如「國用豐贍」。

**豐饒** ㄈㄥ ㄖㄠˊ 富饒。如「物產豐饒」。

**豐衣足食** ㄈㄥ ㄧ ㄗㄨˊ ㄕˊ 形容生活富裕。

**豐功偉績** ㄈㄥ ㄍㄨㄥ ㄨㄟˇ ㄐㄧ 偉大的功績。

## 二十一筆

**豔（艳、艷）** ㄧㄢˋ ㈠鮮明，華麗。如「嬌豔動人」「色彩鮮豔」。㈡図羨慕。如「豔羨」。㈢形容女人年輕美麗。如「美豔」「豔若夭（ㄧㄠ）桃」。㈣図有關愛情的。如「豔詩」「豔史」。㈤図形容文詞美妙。〈穀梁傳〉序說〈左傳〉是「左氏豔而富」。

**豔史** ㄧㄢˋ ㄕˇ 關於男女愛情的故事。

**豔曲** ㄧㄢˋ ㄑㄩˇ 文詞豔麗的歌曲。

**豔婦** ㄧㄢˋ ㄈㄨˋ 美豔的女子。

**豔情** ㄧㄢˋ ㄑㄧㄥˊ 指關於男女愛情的。如「豔情小說」。

**豔陽** ㄧㄢˋ ㄧㄤˊ 指春天的明媚風光。

**豔羨** ㄧㄢˋ ㄒㄧㄢˋ 図十分羨慕。

**豔裝** ㄧㄢˋ ㄓㄨㄤ 豔麗的裝束。

**豔詩** ㄧㄢˋ ㄕ 描述男女愛情的詩。

**豔遇** ㄧㄢˋ ㄩˋ 邂逅美女。

**豔歌** ㄧㄢˋ ㄍㄜ ①古樂府豔歌行的省稱。如「一聞苦寒奏，再使豔歌傷」（江淹〈望荊山〉詩）。②描寫男女愛情的歌詞。

**豔麗** ㄧㄢˋ ㄌㄧˋ 鮮豔美麗。

**豔陽天** ㄧㄢˋ ㄧㄤˊ ㄊㄧㄢ 陽光燦爛景色美麗的春天。

## 豕部

**豕** 図ㄕˇ ㈠豬。㈡「亥豕」，形容人讀錯字，「亥」「豕」不分。

**豕突** ㄕˇ ㄊㄨˊ 図野豬喜歡亂跑，或用嘴拱東西，所以用豕突來形容寇賊的奔竄侵擾。

**豕交獸畜** ㄕˇ ㄐㄧㄠ ㄕㄡˋ ㄒㄩˋ 図比喻待人沒有禮貌。〈孟子．盡心上〉：「食而弗愛，豕交之也；愛而不敬，獸畜之也。」

### 四筆

**豝** 図ㄅㄚ ㈠母豬。㈡通「羓」，鹹肉。

**豚** 図ㄊㄨㄣˊ ㈠小豬。㈡見「豚犬」。

**豚犬** ㄊㄨㄣˊ ㄑㄩㄢˇ ①図指小豬與狗，是輕視賤視之詞。〈三國志．吳志．孫權傳〉有「劉景升兒子若豚犬耳」。②図對別人謙稱自己的兒子。也作「犬子」「小犬」「豚兒」。

### 五筆

**象（象）** ㄒㄧㄤˋ ㈠陸地上最大的哺乳動物，長鼻子，大耳朵，小眼睛，吃植物嫩芽和果實，可以養馴幫人做工，牙很值錢。產在非洲、印度、泰國等處。㈡図象牙的簡稱。〈禮記〉有「笏，諸侯以象」。㈢形狀。如「形象」「包羅萬象」。㈣天氣和它的變化。如「天象」「氣象」。㈤通「像」。如「畫象」「圖象」。㈥見「印象」。㈦意念針對的人或事物。如「對象」。㈧見「象徵」。㈨象州縣，在廣西中部。

**象牙** ㄒㄧㄤˋ ㄧㄚˊ 象上顎的兩根門牙，是雕刻或裝飾的珍品。

**象形** ㄒㄧㄤˋ ㄒㄧㄥˊ 我國文字六書之一，如日、月、山、魚等字。

**象限** ㄒㄧㄤˋ ㄒㄧㄢˋ 數學名詞。用兩條互相垂直的線把一個平面分為四分，每一分就是一個象限。

**象棋** ㄒㄧㄤˋ ㄑㄧˊ 中國棋的一種，雙方各有將、士、象、車、馬、砲、卒等十六子。分紅黑兩色，各子弈法都有一定。棋盤以九條直線十條橫線繪成，雙方盤面各有四十五個定點。紅先黑後起弈，以攻死對方的將（ㄐㄧㄤˋ）為勝。雙方都不能達到此目的時，則為和局。

**象徵** ㄒㄧㄤˋ ㄓㄥ 用具體的事物的狀態或性質來表示或代表抽象的意義，這個用作代表的名稱或符號叫做「象徵」。如白色象徵純潔，黑色象徵黑暗，鴿子象徵和平等。

**象牙塔** ㄒㄧㄤˋ ㄧㄚˊ ㄊㄚˇ 比喻詩人脫離現實的理想生活境界。

**象牙質** ㄒㄧㄤˋ ㄧㄚˊ ㄓˋ 像骨的質料，是象牙的主要成分，黃白色，質地柔韌；其他動物的牙齒裡也都有一點兒。

**象鼻蟲** ㄒㄧㄤˋ ㄅㄧˊ ㄔㄨㄥˊ 昆蟲名，頭小而口吻特別長，像象的鼻子，是果樹和穀類的害蟲。

**象形文字** ㄒㄧㄤˋ ㄒㄧㄥˊ ㄨㄣˊ ㄗˋ 模倣物體的形象所造成的文字。

## 六筆

**豢** ㄏㄨㄢˋ ㈠飼養家畜。如「豢養」。㈡受人收買，在人卵翼下做壞事的鄙稱。如「他是帝國主義豢養的走狗」。

## 七筆

**豪** ㄏㄠˊ ㈠指才智或勇武超過一般人的人。如「豪傑」「文豪」。㈡俠義的舉動。如「豪舉」。㈢高興做什麼就做什麼，不考慮拘束或限制。如「豪放」「豪飲」。㈣做人慷慨、痛快。如「豪爽」。㈤大，雄偉。如「豪門」「豪壯」。㈥奢侈，華麗。如「豪華」。㈦強橫的行為或強橫的人。如「巧取豪奪」「土豪劣紳」。㈧見「豪豬」。㈨同「毫」，「毫釐」也作「豪釐」。㈩姓。

**豪壯** ㄏㄠˊ ㄓㄨㄤˋ 雄壯。

**豪放** ㄏㄠˊ ㄈㄤˋ 氣魄大而無所拘束。如「性情豪放」。

**豪門** ㄏㄠˊ ㄇㄣˊ 稱地位高、錢多、勢力大的人家。

**豪雨** ㄏㄠˊ ㄩˇ 大雨。

**豪俠** ㄏㄠˊ ㄒㄧㄚˊ 有義氣而勇敢的人。

**豪氣** ㄏㄠˊ ㄑㄧˋ 豪放的氣概。

**豪強** ㄏㄠˊ ㄑㄧㄤˊ 強橫有勢力的人。

**豪爽** ㄏㄠˊ ㄕㄨㄤˇ 慷慨爽直。

**豪傑** ㄏㄠˊ ㄐㄧㄝˊ 才智出眾的人。

**豪富** ㄏㄠˊ ㄈㄨˋ 有錢有勢。

**豪華** ㄏㄠˊ ㄏㄨㄚˊ 富麗堂皇。

**豪飲** ㄏㄠˊ ㄧㄣˇ 沒有顧忌地大量喝酒。

**豪語** ㄏㄠˊ ㄩˇ 豪邁的話。

**豪興** ㄏㄠˊ ㄒㄧㄥˋ 興致非常高。

**豪豬** ㄏㄠˊ ㄓㄨ 又叫「箭豬」。哺乳動物，頭像兔子，全身長棘毛，尖銳如針。

**豪舉** ㄏㄠˊ ㄐㄩˇ ①闊綽的舉動。②俠義的舉動。

**豪邁** ㄏㄠˊ ㄇㄞˋ 氣魄大，勇往直前。

**豪言壯語** ㄏㄠˊ ㄧㄢˊ ㄓㄨㄤˋ ㄩˇ 氣魄很大的話。

**豨** 図 ㄒㄧ ㈠豬。㈡「豨豨」，豬走路的聲音。

## 八筆

**豬（猪）** ㄓㄨ ㈠脊椎動物哺乳類。頭大，鼻子、嘴都長，肉可供食用，皮可以製皮革，鬃可以做刷子。有野生的，也有已成家畜的。㈡罵人愚笨，只會吃飯不會做事。如「你這笨豬」。㈢罵人髒。如「髒得和豬一樣」。

**豬仔** ㄓㄨ ㄗㄞˇ ①廣州話說小豬。②稱被誘拐到外國做苦工的人。

**豬食** ㄓㄨ ㄕˊ 餵豬的飼料。

**豬圈** ㄓㄨ ㄐㄩㄢˋ ①養豬的地方。②比喻人的住處髒亂。

**豬排** ㄓㄨ ㄆㄞˊ 炸（ㄓㄚˊ）著吃或煎著吃的大片豬肉。

**豬窩** ㄓㄨ ㄨㄛ 豬圈①。

**豬瘟** ㄓㄨ ㄨㄣ 豬的一種急性傳染病，由濾過性病毒引起，症狀是臥著不起，發高燒，流淚，皮膚上有紫紅色斑點，幾天之內就會死亡。

**豬鬃** ㄓㄨ ㄗㄨㄥ 豬頸上較粗長的毛，可以製刷子。

**豬玀** ㄓㄨ ㄌㄨㄛˊ 罵人的話，就是豬奴。

**豬八戒** ㄓㄨ ㄅㄚ ㄐㄧㄝˋ 〈西遊記〉中唐僧的弟子，就是豬悟能。後人用來比喻好吃懶做、貪戀美色的人。

**豬婆龍** ㄓㄨ ㄆㄛˊ ㄌㄨㄥˊ 鼉的通稱。

**豬籠草** ㄓㄨ ㄌㄨㄥˊ ㄘㄠˇ 多年生草本植物，葉子大，尖端有個筒狀的囊，能分泌液體。昆蟲飛進囊中，會淹死在液體裡，化為養料。

## 九筆

**猳** 〔文〕ㄐㄧㄚ 公豬。

**豫** ㄩˋ ㈠〔文〕大象。㈡同「預」。如「豫先」。㈢〔文〕喜悅。如「面有豫色」「不豫」（舊時也作皇帝生病的意思）。㈣〔文〕安逸，嬉戲。如「逸豫可以亡身」。㈤疑慮。如「猶豫」。㈥古九州之一，在現今河南全省與湖北、安徽、山東各省的一部分。㈦河南省的簡稱。「豫劇」就是河南梆子。㈧姓。

**豫先** ㄩˋ ㄒㄧㄢ 同「預先」。

**豫見** ㄩˋ ㄐㄧㄢˋ 〔文〕事先想見。也作「預見」。

## 十筆

**豳** ㄅㄧㄣ 古國名，也作「邠」，在現在陝西省栒邑縣西。

## 十一筆

**貗** 〔文〕ㄌㄡˊ 專供育種的母豬。

**豵** 〔文〕ㄗㄨㄥ 小豬。

# 豸部

**豸** ㄓˋ ㈠蟲子沒有腳的叫「豸」。如「蟲豸」。㈡見「獬豸」。㈢〔文〕「此豸」，這隻豸，是譏諷姿態妖冶的人的話。㈣〔文〕解（ㄐㄧㄝˇ），免除。〈左傳〉有「使郤（ㄒㄧˋ）子逞其志，庶有豸乎」。

## 三筆

**豹** ㄅㄠˋ 貓科哺乳動物，體形像美洲虎，長約兩公尺多，毛黃褐色，背部腹側有黑色斑紋。瞳孔、腳爪以及蹤跳能力都像貓，善於獵食。

**豹變** ㄅㄠˋ ㄅㄧㄢˋ 豹變得皮色斑斕，比喻君子去惡遷善或自貧賤而顯達。

**豹死留皮** ㄅㄠˋ ㄙˇ ㄌㄧㄡˊ ㄆㄧˊ 豹死了會留下一張美麗的皮。比喻人留美名於後世。

**豺** ㄔㄞˊ ㈠與狼同類異種，形狀像狗，大嘴，小耳朵，性情凶暴殘忍。㈡見「豺狼」。

**豺狼** ㄔㄞˊ ㄌㄤˊ 貪心殘暴的野獸。也比喻心狠手辣的惡人。

**豺狼當道** ㄔㄞˊ ㄌㄤˊ ㄉㄤ ㄉㄠˋ 比喻統治階層的人暴虐貪婪，有如豺狼。也作「豺狼當路」「豺狼橫道」。

## 五筆

**貂（鼦）** ㄉㄧㄠ ㈠寒帶地方一種野鼠，形狀像鼬，長約兩尺半，毛色黃黑或帶紫，尖嘴，有黑鬚，四肢短，尾巴有長毛。出產在遼東、北韓一帶。毛皮叫「貂皮」，很值錢。㈡姓。

## 六筆

**貊** ㄇㄛˋ 古代中國東北一帶的種族名。〈論語·衛靈公〉有「言忠信，行篤敬，雖蠻貊之邦行矣」。也作「貉（ㄇㄛˋ）」。

**貉** ▲ㄏㄜˊ 獸名，形狀像狸，尖頭尖鼻，毛皮可以做裘。語音ㄏㄠˊ。
▲ㄇㄛˋ 見「貊」。

**貆** ㄏㄨㄢˊ ㈠動物名，與貉（ㄏㄜˊ）同類，很能爬樹。㈡豪豬。㈢通貛，就是「狗貛」，也叫做貒。

**貅** ㄒㄧㄡ 見「貔貅」。猛獸名。

## 七筆

**貌（皃）** ㄇㄠˋ ㈠面容。如「容貌」「歲月逝於上，體貌衰於下」。㈡形象，外觀。如「外貌」「貌合神離」。

**貌似** ㄇㄠˋ ㄙˋ 図面貌或外表很像。如「貌似忠厚」。

**貌相** ㄇㄠˋ ㄒㄧㄤˋ 只看人的外表。如「人不可以貌相」。

**貌寢** ㄇㄠˋ ㄑㄧㄣˇ 図相貌醜陋，其貌不揚。也作「貌侵」。

**貌合神離** ㄇㄠˋ ㄏㄜˊ ㄕㄣˊ ㄌㄧˊ 図表面上看起來彼此相合，實際上雙方並無誠意合作。

**貍（狸）** ㄌㄧˊ 哺乳動物食肉類，形體像狐而比較小，尖嘴，四肢細短，尾毛長而蓬鬆，常在村外山野地方穴居，夜裡出來尋食，出產在亞洲。俗名叫「野貓」。

**貍奴** ㄌㄧˊ ㄋㄨˊ 図「貓」的別名。

**貍貓** ㄌㄧˊ ㄇㄠ 哺乳動物食肉類，形體比貓大，尾巴長，能彎曲，能爬樹，產在亞洲南部和馬來亞一帶。

## 九筆

**貓（猫）** ㄇㄠ 哺乳動物，頭圓而短，能自由轉動，嘴上有長鬚。掌部有肉墊，爪能伸縮，行動無聲，善於捕食鼠類。日間常沉睡，活動多於夜間，家庭中常飼養，作為寵物。

**貓熊** ㄇㄠ ㄒㄩㄥˊ 中國珍稀動物之一，舊稱熊貓。品種有大貓熊、小貓熊兩種。前者體型大如熊，全身除耳、眼及四肢呈黑色之外，都是白色。後者體型大小如狗，毛色黑褐與深紅間雜，尾色黃白相間。前者分布於四川省西部、西北部及西藏東部一帶，以竹類為食。後者分布於四川、西藏、甘肅、雲南及緬甸、尼泊爾等處高地，以嫩竹、野果、昆蟲、鳥蛋為食。兩種貓熊目前數量極為稀少。

**貓兒眼** ㄇㄠ ㄦ ㄧㄢˇ 也叫「貓眼石」「貓睛石」。寶石的一種，磨成圓塊，形狀如貓眼。有灰、綠、青、褐、黃等色。以金綠色的最為珍貴。

**貓頭鷹** ㄇㄠ ㄊㄡˊ ㄧㄥ 「角鴟」或「鴟鵂」的俗稱。因為牠的頭像貓，所以叫「貓頭鷹」。

## 十筆

**貔** ㄆㄧˊ 古書上說的一種野獸。

**貔虎** ㄆㄧˊ ㄏㄨˇ 貔和虎。比喻勇猛的軍隊。

**貔貅** ㄆㄧˊ ㄒㄧㄡ ①豹類猛獸，樣子像虎，毛灰白色。又稱「白羆」「白狐」。②図比喻勇猛的軍隊或武士。

## 十一筆

**貘（獏）** ㄇㄛˋ ㈠一種像熊的野獸。〈爾雅〉說是「白豹」。㈡產在馬來、爪哇、南美的一種奇（ㄐㄧ）蹄類哺乳動物。

**貙** ㄔㄨ 狼類獸名，有狗那麼大。

## 十八筆

**貛（獾、貆）** ㄏㄨㄢ 貂科動物。體形肥矮，爪粗大，能扒土，以草根、果實、蚯蚓、蝸牛等為食。肛門臭腺發達。有狼貛、狗貛、豬貛、美洲貛等種。〈說文〉說牠是野豬。

## 貝部

**貝** ㄅㄟˋ ㈠軟體動物「腹足」「瓣腮」兩類的叫「貝」。如「貝殼」「珠貝」。㈡古時候用貝殼做貨幣，所以古代貨幣也叫「貝貨」。㈢姓。

**貝母** ㄅㄟˋ ㄇㄨˇ 多年生草本植物，屬百合科，莖高一尺左右，葉狹長，花六瓣，色淡黃稍綠，地下莖白色，可入藥。

**貝勒** ㄅㄟˋ ㄌㄜˋ 勒字輕讀。清朝貴族的世襲封爵，地位在親王、郡王之下，貝子之上。

**貝殼** ㄅㄟˋ ㄎㄜˊ 貝類的硬殼。

**貝葉** ㄅㄟˋ ㄧㄝˋ 貝多羅（Pattra）樹的葉子。古代印度人用它來寫佛經，傳到中國之後，叫做「貝葉經」。

**貝他粒子** ㄅㄟˋ ㄊㄚ ㄌㄧˋ ㄗˇ ①原子在核反應或蛻變中，稱電子或正子為貝他粒子。通常寫做$\beta$粒子。②核子核變化時，由原子核或中子所放出的正或負電荷的電子。

**貝聯珠串** ㄅㄟˋ ㄌㄧㄢˊ ㄓㄨ ㄔㄨㄢˋ 整理排列得非常美麗的樣子。像是整排的貝，整串的珠。

## 二筆

**負（負）** ㄈㄨˋ ㈠失敗。如「勝負」。㈡擔當。如「肩負」「負責」。㈢拖欠。如「負債」。㈣連累。如「負累」。㈤背靠。如「負山面海」。㈥仗恃。如「自負」「負嵎頑抗」。㈦背棄。如「負心」「忘恩負義」。㈧「正」的對稱。如「負數」「負電」。科學上的負號寫作一橫，與減號相同。

**負心** ㄈㄨˋ ㄒㄧㄣ 違背良心忘記人家的恩德。

**負疚** ㄈㄨˋ ㄐㄧㄡˋ 図自覺不安，對不起人。如「有違雅意，深感負疚」。

**負面** ㄈㄨˋ ㄇㄧㄢˋ 反面，不利的一面。如「這樣做會有負面效果」。

**負約** ㄈㄨˋ ㄩㄝ 違背諾言；失約。

**負負** ㄈㄨˋ ㄈㄨˋ 図慚愧得很。〈後漢書〉有「負負，無可言者」。

**負重** ㄈㄨˋ ㄓㄨㄥˋ ①擔負重要的任務。如「忍辱負重」。②背上背著沉重的東西。如「部隊長途負重行軍，真了不起」。

**負氣** ㄈㄨˋ ㄑㄧˋ 賭氣。如「他不聽父兄教訓，負氣出走」。

**負笈** ㄈㄨˋ ㄐㄧˊ 図指出外求學。笈是書箱。

**負荊** ㄈㄨˋ ㄐㄧㄥ 図自願受罰，表示謝罪的意思。如「負荊請罪」。

**負累** ㄈㄨˋ ㄌㄟˋ ①負擔。如「家裡人口多，負累大」。②連累；牽累。

**負荷** ㄈㄨˋ ㄏㄜˋ ①図擔任。②比喻繼承先人的事業。③載重。如「貨物太重，車輛無法負荷」。④忍受負擔。

如「用電過量，發電機無法負荷」。

**負責** ㄈㄨˋ ㄗㄜˊ 擔負責任。

**負嵎** ㄈㄨˋ ㄩˊ 図靠著險要地勢防守。

**負項** ㄈㄨˋ ㄒㄧㄤˋ 數學名詞。代數式某項之前有負號的，叫「負項」。

**負債** ㄈㄨˋ ㄓㄞˋ ①欠人的錢。②會計學名詞。過去的交易或事項，必須在未來以資產或勞務清償的經濟義務，而且其金額已確定或可以合理估計的，稱為負債。

**負傷** ㄈㄨˋ ㄕㄤ 受傷。如「因公負傷」。

**負號** ㄈㄨˋ ㄏㄠˋ 數學名詞。表示負數的符號，形狀與減號同樣是「－」。

**負載** ㄈㄨˋ ㄗㄞˋ ①図負擔。如「責重力微，不克負載」。②動力、機械以及生理組織在單位時間內負擔的工作量。③電機承受電流的最高數限。

**負電** ㄈㄨˋ ㄉㄧㄢˋ 電有兩種。與電子所帶的電相同的，稱為負電，又名陰電。不相同的為正電，也稱陽電。

**負數** ㄈㄨˋ ㄕㄨˋ 數學名詞。「數」的前面有負號的。也作「負量」。

**負擔** ㄈㄨˋ ㄉㄢ ①図背上背著，肩上扛著。如「千里負擔饋糧」。②図所肩負的責任。如「免於罪戾，弛於負擔，君之惠也」。③指身心所受的壓力。如「心理負擔」「納稅負擔」。

**負戴** ㄈㄨˋ ㄉㄞˋ 図背上背著東西，頭上頂著東西。比喻勞役。如「頒白者不負戴於道路」。

**負成長** ㄈㄨˋ ㄔㄥˊ ㄓㄤˇ 經濟學上說成長的數額比某一單位時間內減少。也就是「成長的負數」。

**負重致遠** ㄈㄨˋ ㄓㄨㄥˋ ㄓˋ ㄩㄢˇ 背負著重擔行走遙遠的路。比喻責任重大，努力而有成就的意思。

**負荊請罪** ㄈㄨˋ ㄐㄧㄥ ㄑㄧㄥˇ ㄗㄨㄟˋ 背著鞭杖去請人加罪。語出〈史記・廉頗藺相如傳〉。

**負嵎頑抗** ㄈㄨˋ ㄩˊ ㄨㄢˊ ㄎㄤˋ 図敵軍或盜匪依據地勢險固而奮力抵抗。

**負薪救火** ㄈㄨˋ ㄒㄧㄣ ㄐㄧㄡˋ ㄏㄨㄛˇ 背著柴木去救火。比喻不但沒有除去禍患，反而助長其勢力。

**貞** ㄓㄣ ㈠我國古來的道德，指女子不失身，不改嫁。如「貞女」「貞節牌坊」。㈡意志堅定，受到威迫利誘都始終不變。如「忠貞」「堅貞不二」。㈢卜卦叫「貞卦」。又讀ㄓㄥ。

**貞女** ㄓㄣ ㄋㄩˇ ①図舊時指守節不改嫁的婦女。②天主教稱為奉獻天主而不結婚的女子。

**貞烈** ㄓㄣ ㄌㄧㄝˋ 図剛正有操守，寧死不屈。

**貞淑** ㄓㄣ ㄕㄨˊ 貞潔賢淑，多指女子而言。

**貞節** ㄓㄣ ㄐㄧㄝˊ ①図堅貞的操守。②稱讚女人死了丈夫並不改嫁。

**貞潔** ㄓㄣ ㄐㄧㄝˊ ①操行純正清潔。②形容女子信天主入修院，身體清潔不汙染。

**貞操** ㄓㄣ ㄘㄠ 貞潔的節操。

**貞節牌坊** ㄓㄣ ㄐㄧㄝˊ ㄆㄞˊ ㄈㄤ 坊字輕讀。從前為表揚守節的婦女而建立的石牌坊。

## 三筆

**貢** ㄍㄨㄥˋ ㈠夏朝田賦名稱。〈孟子〉書有「夏后氏五十而貢」。㈡古時下奉上叫貢。如「進貢」「貢品」。㈢見「貢獻」。㈣姓。

**貢生** ㄍㄨㄥˋ ㄕㄥ 明清兩代科舉制度，由府、州、縣學推荐到京師國子監學習的。有副貢、拔貢、優貢、歲貢、恩貢等名稱，統稱貢生。

**貢品** ㄍㄨㄥˋ ㄆㄧㄣˇ 舊時臣民或屬國獻給帝王的物品。

**貢院** ㄍㄨㄥˋ ㄩㄢˋ 從前科舉時代舉行鄉試或會試的場所。

**貢獻** ㄍㄨㄥˋ ㄒㄧㄢˋ 提供自己的財力、勞力、智慧等給別人。

**財** ㄘㄞˊ ㈠錢幣貨物的總稱。如「財產」「理財」。㈡能在經濟方面滿足人類生活欲望的物質或勞務。取得時需要代價的，稱經濟財，不需要付代價的如日光、空氣稱自由財。㈢図資質，才智。〈孟子・盡心上〉有「有成德者，有達財者」。㈣図僅僅。通「纔」「才」。〈漢書・張騫傳〉有「餘財三千人到康居」。

**財力** ㄘㄞˊ ㄌㄧˋ 金錢的數量或可以做成事業的力量。

**財主** ▲ㄘㄞˊ ㄓㄨˇ 錢財的主人。▲ㄘㄞˊ ˙ㄓㄨ 稱呼很有錢的人。

**財帛** ㄘㄞˊ ㄅㄛˊ 金錢和布帛。

**財東** ㄘㄞˊ ㄉㄨㄥ 舊日稱商店或企業的所有人。

**財物** ㄘㄞˊ ㄨˋ 錢財和物資。

**財政** ㄘㄞˊ ㄓㄥˋ 國家對資財的收入與支出的管理活動。

**財神** ㄘㄞˊ ㄕㄣˊ ①俗傳掌管錢財的神。民間在春節要迎財神。家庭或店鋪也有供財神的。傳說財神名趙玄壇，見於諸安仁的〈營口雜記〉。②對管理錢財出入的人的謔稱。

**財迷** ㄘㄞˊ ㄇㄧˊ 愛錢眼開而入迷的人。

**財務** ㄘㄞˊ ㄨˋ 機關、企業、團體、學校有關財產的管理或經營以及現金的出納、保管、計算等事務。

**財產** ㄘㄞˊ ㄔㄢˇ 金錢產業的總稱。

**財貨** ㄘㄞˊ ㄏㄨㄛˋ 錢財；財物。

**財富** ㄘㄞˊ ㄈㄨˋ 滿足人類需要的物資。

**財勢** ㄘㄞˊ ㄕˋ 錢財與權勢。

**財源** ㄘㄞˊ ㄩㄢˊ 錢財的來源，多指公家的。

**財經** ㄘㄞˊ ㄐㄧㄥ 財政和經濟的合稱。

**財運** ㄘㄞˊ ㄩㄣˋ 舊稱得到錢財的運氣。

**財團** ㄘㄞˊ ㄊㄨㄢˊ ①財團法人的簡稱。是法律上講以捐獻私財從事社會事業為目的的團體。常見的財團如基金會、紀念醫院等。②指大資本家關係企業的集團。

**財閥** ㄘㄞˊ ㄈㄚˊ 壟斷金融、支配工商企業的大資本家。

**財賦** ㄘㄞˊ ㄈㄨˋ 図財物和賦稅。

**財禮** ㄘㄞˊ ㄌㄧˇ 同「彩禮」。舊俗訂婚時男家送給女家的財物。

**財寶** ㄘㄞˊ ㄅㄠˇ 錢財和珍寶。

**財權** ㄘㄞˊ ㄑㄩㄢˊ ①財產的所有權。②經濟大權。

**財氣(兒)** ㄘㄞˊ ㄑㄧˋ (ㄦ) 氣字輕讀。俗稱獲得到錢財的運氣。

**財產稅** ㄘㄞˊ ㄔㄢˇ ㄕㄨㄟˋ 按私人財產的數量規定稅率，按期徵收的稅。

**財產權** ㄘㄞˊ ㄔㄢˇ ㄑㄩㄢˊ ①以經濟利益為目標的權利，如物權、債權等，在原則上可以自由處分。②對於有用物品的控制、開發、運用、享用或處置的權利。

**財大氣粗** ㄘㄞˊ ㄉㄚˋ ㄑㄧˋ ㄘㄨ 仗著錢財多而氣勢凌人。

**財政機關** ㄘㄞˊ ㄓㄥˋ ㄐㄧ ㄍㄨㄢ 各級政府中掌理財政事務的機關，如財政部、財政廳、財政局。

## 四筆

**貧** ㄆㄧㄣˊ ㈠家庭經濟情形不好，生活很困難。如「貧民」「貧困」。㈡不足。如「貧血」「貧乏」。㈢繁複可厭。如「貧嘴」。

**貧乏** ①貧窮。②不夠用。如「知識貧乏」。

**貧民** 窮人。

**貧血** 醫學上說人的血液中紅血球數目太少，或是血紅素太低，或是上述兩種都少，這一種現象叫貧血。受傷出血，骨髓（造血機構）發生病變，造血因子不完全，都會引發惡性貧血。

**貧困** 生活困難，貧窮。

**貧苦** 貧困窮苦。

**貧弱** 貧窮衰弱（多指國家、民族）。

**貧氣** 氣字輕讀。①行動態度不大方。②絮叨可厭。

**貧寒** 図貧窮。

**貧道** ①六朝時代和尚自謙的稱呼。②唐代以後道士自謙的稱呼。

**貧嘴** 話多而且說來說去都沒意義，惹人討厭。可省略說「貧」。也可說「耍貧嘴」。

**貧瘠** （土地）不肥沃。

**貧窮** 窮苦。

**貧窶** 図貧窮。

**貧賤** 図舊時指貧苦而且身分低微。

**貧民區** ①都市裡房屋簡陋擁擠、衛生設備不良、居民失業情形普遍的區域。②指破落的、危險的、不衛生的缺少便利標準的建築群或者地區。

**貧骨頭** 頭字輕讀。①貧嘴的人。②吝嗇的人。

**貧賤交** 寒微時候結交的朋友。亦作「貧賤之交」。

**貧病交迫** 又貧窮又患病。

**貧病相連** 指窮人多病。

**貧嘴薄舌** 愛說話，而且言語尖酸刻薄，惹人討厭。

**貧賤不能移** 貧窮低微，並不能改變志氣。

**貧齒類動物** 哺乳類動物的一種，其特徵是身上有鱗甲，沒有牙齒，如鯪鯉、食蟻獸等。

**販** ㄈㄢˋ ㈠成批買進貨物，零星賣出，或從甲地買貨，運到乙地出售，賺取利潤，叫「販」。㈡指零售商。如「報販子」「攤販」。

**販子** 販賣貨物的人。

**販賣** 把東西買進來又賣出去。

**販夫走卒** 經營小本生意或為人跑腿的人。泛指下層社會的百姓。

**貪** ㄊㄢ ㈠愛財，只求多，不知足。如「貪心」「貪多嚼不爛」。㈡凡事不知休止，沒有個夠。如「喝酒貪杯」「貪玩兒」。

**貪心** 只求多要，不知足。

**貪生** 對生命過分的眷戀，也就是怕死。常說「貪生怕死」。

**貪汙** 利用職務上的方便，以不正當的手段收受錢財。

**貪杯** 愛喝酒。

**貪婪** 図也作「貪惏」。貪得無厭。

**貪賄** 貪汙受賄。

**貪圖** ㄊㄢ ㄊㄨˊ 極力希望得到（某種好處）。

**貪嘴** ㄊㄢ ㄗㄨㄟˇ 貪吃。

**貪墨** ㄊㄢ ㄇㄛˋ 図墨是黑色的東西，所以用來形容收受賄賂的不法官員。

**貪贓** ㄊㄢ ㄗㄤ 図指官吏愛錢受賄。

**貪玩兒** ㄊㄢ ㄨㄢˊ ㄦ 過分喜好玩耍。

**貪便宜** ㄊㄢ ㄆㄧㄢˊ ˙ㄧ 宜字輕讀。貪圖便宜。

**貪小失大** ㄊㄢ ㄒㄧㄠˇ ㄕ ㄉㄚˋ 図貪小利而失大利。

**貪天之功** ㄊㄢ ㄊㄧㄢ ㄓ ㄍㄨㄥ 原意是把自然成功的事情據為自己的功勞。後來泛指抹煞別人的力量，把一切功勞歸於自己。

**貪官汙吏** ㄊㄢ ㄍㄨㄢ ㄨ ㄌㄧˋ 指愛錢受賄的官吏。

**貪得無厭** ㄊㄢ ㄉㄜˊ ㄨˊ ㄧㄢˋ 貪心永遠不滿足。

**貪贓枉法** ㄊㄢ ㄗㄤ ㄨㄤˇ ㄈㄚˇ 指官吏貪汙受賄，違法亂紀。

**貪多嚼不爛** ㄊㄢ ㄉㄨㄛ ㄐㄧㄠˊ ㄅㄨˋ ㄌㄢˋ 比喻在工作上或學習上過於貪多，反而達不到預期的效果。

# 貫

ㄍㄨㄢˋ ㈠連接不斷。如「聯貫」「魚貫而入」。㈡穿了，通過了。如「貫穿」「貫通」。㈢專注，深入。如「貫注」。㈣世居的名籍。如「籍貫」。㈤舊時穿制錢的繩子，叫「錢貫」。㈥舊時一千制錢串在一起，叫「一貫錢」。如「家財萬貫」。㈦図事情。〈論語〉有「仍舊貫」。㈧姓。

**貫耳** ㄍㄨㄢˋ ㄦˇ 図穿進耳朵。有「震動耳鼓」的意思。如「如雷貫耳」。

**貫串** ㄍㄨㄢˋ ㄔㄨㄢˋ 連接相通。

**貫注** ㄍㄨㄢˋ ㄓㄨˋ 精神專注。如「全神貫注」。

**貫穿** ㄍㄨㄢˋ ㄔㄨㄢ 穿透，通透。

**貫通** ㄍㄨㄢˋ ㄊㄨㄥ 前後透徹了解。如「融會貫通」。

**貫徹** ㄍㄨㄢˋ ㄔㄜˋ 貫通到底。如「貫徹始終」。

# 貨

ㄏㄨㄛˋ ㈠商品。如「愛用國貨」「二水貨」。㈡錢財。如「通貨」「貨幣」。㈢罵人的話，同「東西」。如「笨貨」「賤貨」。㈣図賄賂。〈孟子〉有「無處（ㄔㄨˇ）而餽之，是貨之也」。㈤出賣。當舞女陪人跳舞叫「貨腰」。

**貨主** ㄏㄨㄛˋ ㄓㄨˇ 貨物的主人。

**貨色** ㄏㄨㄛˋ ㄙㄜˋ ①商品的種類和質料。②同「腳色」。如「他帶來的這個人是什麼貨色」。

**貨車** ㄏㄨㄛˋ ㄔㄜ 載運貨物的車輛。

**貨物** ㄏㄨㄛˋ ㄨˋ 可以買賣的商品。

**貨品** ㄏㄨㄛˋ ㄆㄧㄣˇ 商品。

**貨倉** ㄏㄨㄛˋ ㄘㄤ 儲存貨物的倉庫。

**貨棧** ㄏㄨㄛˋ ㄓㄢˋ 堆積貨物的倉庫。也叫「貨倉」「堆棧」。

**貨款** ㄏㄨㄛˋ ㄎㄨㄢˇ 買賣貨物的款子。

**貨殖** ㄏㄨㄛˋ ㄓˊ 図古代指經營商業和工礦業。

**貨源** ㄏㄨㄛˋ ㄩㄢˊ 貨物的來源。

**貨運** ㄏㄨㄛˋ ㄩㄣˋ 運輸業承運貨物。

**貨幣** ㄏㄨㄛˋ ㄅㄧˋ 錢，交易的媒介物。通常分硬幣、紙幣兩種。

**貨價** ㄏㄨㄛˋ ㄐㄧㄚˋ 貨物的價格。

**貨樣** ㄏㄨㄛˋ ㄧㄤˋ 貨物的樣品。

**貨輪** ㄏㄨㄛˋ ㄌㄨㄣˊ 運輸貨物的輪船。

**貨櫃**（ㄏㄨㄛˋ ㄍㄨㄟˋ） 現代運輸業為了便利貨物裝卸，減少損失，用大櫃裝貨，叫貨櫃。又叫「集裝箱」。

**貨櫃車**（ㄏㄨㄛˋ ㄍㄨㄟˋ ㄔㄜ） 裝載運送貨櫃的大型卡車。

**貨櫃船**（ㄏㄨㄛˋ ㄍㄨㄟˋ ㄔㄨㄢˊ） 運送貨櫃的貨船。通常貨艙內、甲板上都可堆疊貨櫃，利用吊車操作。

**貨郎擔（兒）**（ㄏㄨㄛˋ ㄌㄤˊ ㄉㄢˋ ㄦ） 從前挑擔子沿街賣零星日用品的人。

**貨真價實**（ㄏㄨㄛˋ ㄓㄣ ㄐㄧㄚˋ ㄕˊ） 貨物不是冒牌的，價錢也是實在的。商人常用這樣的話來招攬生意。

**責** ▲ㄗㄜˊ ㈠在分（ㄈㄣˋ）內必須做的。如「盡責」「負責」。㈡詰問。如「責問」。㈢要別人做到。如「責成」「責善」。㈣指摘別人的過錯。如「責備」「斥責」。㈤處罰。如「責罰」。㈥職分。如「職責」。㈦図鞭打。如「杖責」「笞責」。

▲ㄓㄞˋ 古「債」字。

**責付**（ㄗㄜˊ ㄈㄨˋ） 被告有不須要拘押者，交付給可以作觀護人或其他適當的人士，令其負隨時傳喚被告到案之責，稱為責付。

**責打**（ㄗㄜˊ ㄉㄚˇ） 図用鞭子、板子等打人。

**責任**（ㄗㄜˊ ㄖㄣˋ） ①本分應該做的。②行為在道義上受評論，或在法律上受處分的。③法律名詞。對債務履行的擔保。

**責成**（ㄗㄜˊ ㄔㄥˊ） 要求別人家做到的。

**責怪**（ㄗㄜˊ ㄍㄨㄞˋ） 責備；怪罪；埋怨。

**責問**（ㄗㄜˊ ㄨㄣˋ） 用責備的口氣問話。

**責備**（ㄗㄜˊ ㄅㄟˋ） ①図用嚴重的口氣責成勉勵人家必須做到完美。如「春秋之法，常責備於賢者」。②斥責。

**責善**（ㄗㄜˊ ㄕㄢˋ） 図朋友之間相勸勉，以求為善。〈孟子．離婁下〉有「責善，朋友之道也；父子責善，賊恩之大者」。

**責罰**（ㄗㄜˊ ㄈㄚˊ） 處罰。

**責罵**（ㄗㄜˊ ㄇㄚˋ） 用嚴厲的話責備。

**責難** ▲図ㄗㄜˊ ㄋㄢˊ 期望別人做到難能的事。〈孟子〉有「責難於君謂之恭」。▲ㄗㄜˊ ㄋㄢˋ 指摘非難。

**責讓**（ㄗㄜˊ ㄖㄤˋ） 図責問譴讓。

**責任區**（ㄗㄜˊ ㄖㄣˋ ㄑㄩ） 將大區域劃分為若干小區域，派定人員分別負責管理或完成小區域內的事務或工作。這些小區域稱為責任區。

**責任感**（ㄗㄜˊ ㄖㄣˋ ㄍㄢˇ） 自覺地把分內的事做好的心情。也說「責任心」。

**責任內閣**（ㄗㄜˊ ㄖㄣˋ ㄋㄟˋ ㄍㄜˊ） 實行議會政治的國家，內閣閣員對於議會負有政治上的連帶責任，稱為責任內閣。

**責無旁貸**（ㄗㄜˊ ㄨˊ ㄆㄤˊ ㄉㄞˋ） 自己應負的責任，沒有理由推卸。

## 五筆

**賁** ▲ㄅㄧˋ 指盛飾，光彩，是請人來的敬詞。如「賁臨」。▲ㄅㄣ 勇敢而能走得快，所以古人稱勇士為「虎賁」。

**賁臨**（ㄅㄧˋ ㄌㄧㄣˊ） 図光臨。

**貶** ㄅㄧㄢˇ ㈠図降價。如「貶值」「貶損」。㈡図官員降級任用。如「貶謫」。㈢見「褒貶」。

**貶斥**（ㄅㄧㄢˇ ㄔˋ） ①図降低官職。②貶低並排斥。

**貶低**（ㄅㄧㄢˇ ㄉㄧ） 降低。

**貶抑** ㄅㄧㄢˇ ㄧˋ 〔文〕貶低並壓抑。

**貶值** ㄅㄧㄢˇ ㄓˊ 經濟學名詞。貨幣的價值或其購買力降低，稱為貶值。貶值在國內常出現在物價方面，在國外表現在與外國貨幣的兌換率方面。

**貶詞** ㄅㄧㄢˇ ㄘˊ 含有貶義的詞，如「竊國」「匪類」「蠻橫」「冥頑不靈」等。

**貶損** ㄅㄧㄢˇ ㄙㄨㄣˇ 〔文〕貶低。

**貶義** ㄅㄧㄢˇ ㄧˋ 字句裡含有不贊成或醜化的意思。

**貶謫** ㄅㄧㄢˇ ㄓㄜˊ 〔文〕降低官等職位，舊時叫「貶謫」。也作「貶黜」。

**買（买）** ㄇㄞˇ ㈠出錢購物。如「買書」「買紙」。㈡作「賄賂」講。如「買通」。㈢姓。

**買主** ㄇㄞˇ ㄓㄨˇ 貨物或房地產的購買者。又稱買方，買客。

**買帳** ㄇㄞˇ ㄓㄤˋ 賣人情。先給人家方便或好處，使人感激。指討好別人。

**買通** ㄇㄞˇ ㄊㄨㄥ 用賄賂打通關節，來做不合法不光明的事。

**買單** ㄇㄞˇ ㄉㄢ 香港方言，稱在餐館付帳。

**買賣** ▲ㄇㄞˇ ㄇㄞˋ 法律說用金錢的給付達到財產權的轉移行為。▲ㄇㄞˇ·ㄇㄞ ①生意。「今天買賣不好」。②商業，商界。如「他進了買賣道兒，做買賣了」。

**買醉** ㄇㄞˇ ㄗㄨㄟˋ 買酒痛飲。

**買辦** ㄇㄞˇ ㄅㄢˋ 外國人在中國做生意，雇用中國人做交易媒介人；這種中國人叫「買辦」。

**買路錢** ㄇㄞˇ ㄌㄨˋ ㄑㄧㄢˊ ①俗稱出喪時沿途拋擲的金紙銀箔。②舊時盜匪攔劫路人所得的錢。③戲稱車輛經過高速公路收費站時交的通行費。

**買賣人** ㄇㄞˇ ㄇㄞˋ ㄖㄣˊ 賣字輕讀。指商人。

**買官沽爵** ㄇㄞˇ ㄍㄨㄢ ㄍㄨ ㄐㄩㄝˊ 用錢財買官做。

**買空賣空** ㄇㄞˇ ㄎㄨㄥ ㄇㄞˋ ㄎㄨㄥ ①不以實物的交易為目的，預定購買契約，看物價漲落而結算的投機生意。②說空話騙人。

**買櫝還珠** ㄇㄞˇ ㄉㄨˊ ㄏㄨㄢˊ ㄓㄨ 〔文〕〈韓非子〉說鄭國人到楚國買珍珠，只取下裝珍珠的華美的盒子，把珍珠退還。比喻人沒有眼光，取捨失當。也作「得匣還珠」。

**貿** ㄇㄠˋ ㈠買賣。如「貿易」。㈡〔文〕見「貿貿」。

**貿易** ㄇㄠˋ ㄧˋ 買賣。

**貿然** ㄇㄠˋ ㄖㄢˊ 〔文〕輕率的樣子。如「貿然從事」。

**貿貿** ㄇㄠˋ ㄇㄠˋ 〔文〕眼睛不明的樣子。〈禮記〉有「貿貿然來」。

**貿易風** ㄇㄠˋ ㄧˋ ㄈㄥ 赤道地方的空氣受熱上升，造成高氣壓向地球南北兩極吹去。因為地球形狀的影響，吹到南北緯三十度附近，一部分互相壓縮降回地面，與兩極氣流相合，再回赤道，叫「貿易風」。在北半球是東北風，南半球是東南風。

**貿易港** ㄇㄠˋ ㄧˋ ㄍㄤˇ 供貨輪停泊裝卸貨物的港口。

**費** ▲ㄈㄟˋ ㈠財用，款項。如「經費」「電費」。㈡用得過多而不合理叫「費」。如「浪費」「這樣做太費錢啊」。㈢必有的損耗。如「消費」「費用」。㈣沒有用處的。如「費話」。㈤姓。▲ㄅㄧˋ 春秋時地名，在現在山東省費縣西南。

**費力** ㄈㄟˋ ㄌㄧˋ ①耗費精力。如「他的話聽起來很費力」。②事情的難辦。

**費工** ㄈㄟˋ ㄍㄨㄥ 耗費工夫。

**費心** ㄈㄟˋ ㄒㄧㄣ ①用心。②謝人出力幫忙的話。也說「費神」。

**費用** ㄈㄟˋ ㄩㄥˋ 購買東西、辦理事情所需的錢。

**費事** ㄈㄟˋ ㄕˋ 麻煩，煩難。

**費時** ㄈㄟˋ ㄕˊ 耗費時間。

**費神** ㄈㄟˋ ㄕㄣˊ ①耗費精神。②託人或謝人幫忙的客氣話。如「這一篇稿子請費神代為修改一下」。

**費眼** ㄈㄟˋ ㄧㄢˇ 傷耗眼力。如「這本書的字兒太小，看起來太費眼」。

**費解** ㄈㄟˋ ㄐㄧㄝˇ [文]難解釋；難了解。

**費話** ㄈㄟˋ ㄏㄨㄚˋ 沒有用的話。

**費錢** ㄈㄟˋ ㄑㄧㄢˊ 耗費金錢。

**費勁（兒）** ㄈㄟˋ ㄐㄧㄣˋ ①費力。②指事情不容易辦。

**費手腳** ㄈㄟˋ ㄕㄡˇ ㄐㄧㄠˇ 麻煩；費事。

**費脣舌** ㄈㄟˋ ㄔㄨㄣˊ ㄕㄜˊ 不容易說清楚，必須多方解說。

## 貸

ㄉㄞˋ ㈠借出或借入。如「貸款」。㈡商業簿記上指支出。如「貸方」。㈢[文]寬恕。如「嚴究不貸」。

**貸方** ㄉㄞˋ ㄈㄤ 簿記上記支出的那一欄。

**貸借** ㄉㄞˋ ㄐㄧㄝˋ 金錢物品借出或借入。也作「借貸」。

**貸款** ㄉㄞˋ ㄎㄨㄢˇ 借錢。

**貸項** ㄉㄞˋ ㄒㄧㄤˋ 欠人的一切帳項。

## 貼

ㄊㄧㄝ ㈠粘住。如「把這張紙貼在牆上」「粘貼」。㈡補充不足。如「補貼」「津貼」。㈢妥當，舒適。如「妥貼」。㈣切近。如「貼己」「貼身」。

**貼己** ㄊㄧㄝ ㄐㄧˇ 親密；親近。

**貼切** ㄊㄧㄝ ㄑㄧㄝˋ [文]密合妥當。

**貼心** ㄊㄧㄝ ㄒㄧㄣ 十分親密。如「貼心的話」。

**貼水** ㄊㄧㄝ ㄕㄨㄟˇ 長期票券因風險較大，所以一般利率較短期票券為高，其差額部分稱為貼水。

**貼近** ㄊㄧㄝ ㄐㄧㄣˋ 緊緊地靠近。

**貼金** ㄊㄧㄝ ㄐㄧㄣ 自誇，說對自己好聽的話。如「往臉上貼金」。

**貼紙** ㄊㄧㄝ ㄓˇ 粘貼用的紙。

**貼現** ㄊㄧㄝ ㄒㄧㄢˋ 以未到期的票據向銀行兌換現金，由銀行預先扣除買進日至到期日的利息，稱為貼現。

**貼換** ㄊㄧㄝ ㄏㄨㄢˋ 換字輕讀。把舊的器物折價後加一些錢跟商販交換新的。

**貼補** ㄊㄧㄝ ㄅㄨˇ 補字輕讀。補充不足的。

**貼題** ㄊㄧㄝ ㄊㄧˊ 文章的內容切合題目。

**貼邊** ㄊㄧㄝ ㄅㄧㄢ 縫在衣服裡子邊緣的狹幅。

**貼身（兒）** ㄊㄧㄝ ㄕㄣ ①從前稱左右侍候的人。②切近身體的物品。

## 貴

ㄍㄨㄟˋ ㈠地位高。如「貴賓」「貴族」。㈡高尚。如「高貴」「華貴」。㈢價錢高。如「昂貴」「價錢太貴」。㈣受重視。如「珍貴」「物以稀為貴」。㈤對人的敬稱。如「貴姓」「貴處」。㈥難得，有價值。如「春雨貴如油」「人貴自立」。㈦貴州省的簡稱。如「雲貴高原」。㈧貴縣，在廣西東南部。㈨姓。

**貴人** ㄍㄨㄟˋ ㄖㄣˊ ①顯貴的人、要人或當面對人的敬稱。如「您是貴人多忘事」。②算命的指命中要扶助自己的人叫「貴人」。③古代女官名。

**貴妃** ㄍㄨㄟˋ ㄈㄟ 封建時代指地位高的妃子，次於皇后。

**貴姓** ㄍㄨㄟˋ ㄒㄧㄥˋ 問人姓氏的敬詞。

**貴庚** ㄍㄨㄟˋ ㄍㄥ 問人年齡的敬詞。

**貴客** ㄍㄨㄟˋ ㄎㄜˋ ①地位高的賓客。②舊時商人對顧客的敬稱。

**貴重** ㄍㄨㄟˋ ㄓㄨㄥˋ 價值高而被重視。

**貴恙** ㄍㄨㄟˋ ㄧㄤˋ 稱對方的病的敬詞。

**貴族** ㄍㄨㄟˋ ㄗㄨˊ ①舊時帝王的內外親族。功在國家受有封爵的家族或豪門世族。②歐洲人指有特殊權位或世代傳襲權位的家族。

**貴處** ㄍㄨㄟˋ ㄔㄨˋ 問人籍貫的敬詞。也說貴鄉。

**貴幹** ㄍㄨㄟˋ ㄍㄢˋ 問人所做的事的敬詞。如「有何貴幹」。

**貴賓** ㄍㄨㄟˋ ㄅㄧㄣ ①地位崇高的客人。②對一般賓客的尊稱。

**貴賤** ㄍㄨㄟˋ ㄐㄧㄢˋ ①昂貴和便宜。②高貴和低賤。

**貴金屬** ㄍㄨㄟˋ ㄐㄧㄣ ㄕㄨˇ 遇高溫不氧化，遇普通酸類也不腐蝕的金屬，像黃金、白金等。

**貴人多忘事** ㄍㄨㄟˋ ㄖㄣˊ ㄉㄨㄛ ㄨㄤˋ ㄕˋ 富貴的人容易忘記事情，是當面說對方把事情忘了的話。如「這在您哪，是貴人多忘事」。

# 貺

又ㄎㄨㄤˋ ㈠敬稱別人把東西給自己，等於「賜」。如「辱蒙厚貺」。㈡姓。

# 賀

ㄏㄜˋ ㈠慶祝人家的喜事。如「賀禮」「賀喜」。㈡祝頌。如「祝賀」。㈢賀縣，在廣西東部。㈣姓。

**賀年** ㄏㄜˋ ㄋㄧㄢˊ 慶祝新年。

**賀函** ㄏㄜˋ ㄏㄢˊ 表示賀意的函件。

**賀喜** ㄏㄜˋ ㄒㄧˇ 道喜。

**賀詞** ㄏㄜˋ ㄘˊ 在喜慶的儀式上所說的表示祝賀的話。

**賀電** ㄏㄜˋ ㄉㄧㄢˋ 祝賀的電報。

**賀儀** ㄏㄜˋ ㄧˊ 又賀禮。

**賀禮** ㄏㄜˋ ㄌㄧˇ 祝賀時贈送的禮物或禮金。

**賀年片兒** ㄏㄜˋ ㄋㄧㄢˊ ㄆㄧㄢˋ ㄦ 祝人新年快樂的卡片。

**賀客盈門** ㄏㄜˋ ㄎㄜˋ ㄧㄥˊ ㄇㄣˊ 前來祝賀的客人很多。

# 貯

又ㄓㄨˇ ㈠積藏，如「貯藏」「貯水」。㈡儲蓄。如「貯存」「貯蓄」。

**貯水** ㄓㄨˇ ㄕㄨㄟˇ 又預先多存食水，準備應用。

**貯存** ㄓㄨˇ ㄘㄨㄣˊ 又積攢財物備用。

**貯備** ㄓㄨˇ ㄅㄟˋ 積蓄備用。

**貯蓄** ㄓㄨˇ ㄒㄩˋ 又儲蓄金錢。

**貯藏** ㄓㄨˇ ㄘㄤˊ 又收藏。

# 貰

又ㄕˋ ㈠出租或出借器物叫「貰器」。㈡同「賒」。㈢同「赦」。

# 貳

ㄦˋ ㈠「二」字的大寫。㈡又副的。從前的太子，現在的副元首，都可稱「儲貳」。㈢又疑惑。如「任賢勿貳」「信任不貳」。㈣又背離，別異。如「攜貳」。㈤又第二次。如「不貳過」。

**貳心** ㄦˋ ㄒㄧㄣ 又不合作或背叛的異志。

**貳臣** ㄦˋ ㄔㄣˊ 又舊時指在前一朝代做了官，投降後一朝代又做了官。

# 貽

又ㄧˊ ㈠贈送。〈詩經〉有「貽我彤管」。㈡留傳。如「貽笑大方」。

**貽害** ㄧˊ ㄏㄞˋ　留下禍害。如「貽害千年」。

**貽誤** ㄧˊ ㄨˋ　文錯誤遺留下來。如「貽誤終身」。

**貽人口實** ㄧˊ ㄖㄣˊ ㄎㄡˇ ㄕˊ　言行不檢點，被人家抓住把柄，作為攻擊的資料。

**貽誤戎機** ㄧˊ ㄨˋ ㄖㄨㄥˊ ㄐㄧ　耽誤了作戰的時機。

## 六筆

**賃** ㄌㄧㄣˋ　㈠租。如「租賃」「賃了一所房子」。㈡文傭工。受雇替人舂米叫「賃舂」。讀音ㄖㄣˋ。

**賃金** ㄌㄧㄣˋ ㄐㄧㄣ　租金。

**賂**　文ㄌㄨˋ　㈠見「賄賂」。㈡財貨。〈左傳〉有「以王命取賂而還」。

**賅**　文ㄍㄞ　詳備。如「賅備」「言簡意賅」。

**賅備** ㄍㄞ ㄅㄟˋ　文完備。

**賈**　▲文ㄍㄨˇ　㈠做生意的人。如「行商坐賈」。㈡賣出。如「賈其餘勇」。㈢招致。如「賈禍」「賈怨」。▲ㄐㄧㄚˇ姓。▲文ㄐㄧㄚˋ同「價」。

**賈怨** ㄍㄨˇ ㄩㄢˋ　文招來仇怨。

**賈勇** ㄍㄨˇ ㄩㄥˇ　文顯示勇氣有餘。

**賈禍** ㄍㄨˇ ㄏㄨㄛˋ　文招來禍患。

**賄**　文ㄏㄨㄟˋ　㈠財貨。如「貪贓受賄」。㈡送人財物企圖有所請託。如「賄賂」「行賄」。又讀ㄏㄨㄟˇ。

**賄款** ㄏㄨㄟˋ ㄎㄨㄢˇ　賄賂的金錢。

**賄賂** ㄏㄨㄟˋ ㄌㄨˋ　文為了有所請託，達到某種意願而送人財物。

**賄選** ㄏㄨㄟˋ ㄒㄩㄢˇ　文拿錢給人，請人家投票選他。

**資** ㄗ　㈠財貨。如「資源」「資產」。㈡天賦。如「天資」「資質」。㈢費用，錢。「車資」「郵資」。㈣資本家的簡稱。如「資方」「勞資合作」。㈤經歷，身分。如「年資」「資格」。㈥見「資料」。㈦供給，幫助。如「可資參考」「資助」。

**資方** ㄗ ㄈㄤ　指資本家那方面；對勞方說的。

**資本** ㄗ ㄅㄣˇ　①指營業的出資額。②指一切供生產及營利的財產。

**資助** ㄗ ㄓㄨˋ　文拿財物幫助人家。

**資材** ㄗ ㄘㄞˊ　物資和器材。

**資斧** ㄗ ㄈㄨˇ　文資財與器用，今通稱旅費。

**資賦** ㄗ ㄈㄨˋ　天資；天賦。

**資金** ㄗ ㄐㄧㄣ　經營工商業所需的錢。

**資政** ㄗ ㄓㄥˋ　①舊時官名。②總統府所設的顧問之一。員無定額，由總統遴聘勛高望重的人士擔任。資政對國家大計，得向總統提供意見，並備諮詢。

**資格** ㄗ ㄍㄜˊ　①人在社會上的身分。如「候選資格」。②出任公職或教職所憑以銓審的學歷經歷等條件。如「任用資格」。

**資料** ㄗ ㄌㄧㄠˋ　可供參考的材料。

**資訊** ㄗ ㄒㄩㄣˋ　資料，訊息，包括語言、文字、音樂等，單位稱「位元」。

**資財** ㄗ ㄘㄞˊ　資本。

**資送** ㄗ ㄙㄨㄥˋ　①同「資遣」。②出錢援助。如「資送優秀學生升學」。

**資望** ㄗ ㄨㄤˋ 資歷和名望。

**資產** ㄗ ㄔㄢˇ ①財物、田地、房屋的總稱。②企業經由交易或其他原因而獲得經濟資源，可以預期發生效益，而且可用貨幣計量的，也稱資產。如現金、應收帳款、房屋、機器、設備等。

**資源** ㄗ ㄩㄢˊ 可以利用的自然存在的物質，像蘊藏在地下的煤、金屬、石油、天然氣，山上的森林都是。

**資遣** ㄗ ㄑㄧㄢˇ 付給應得的薪資而予以解雇。

**資質** ㄗ ㄓˋ 人的素質，主要指智力。

**資歷** ㄗ ㄌㄧˋ 資格和經歷。

**資本家** ㄗ ㄅㄣˇ ㄐㄧㄚ 擁有大量的生產設備，雇用勞工從事生產事業的人。

**資本財** ㄗ ㄅㄣˇ ㄘㄞˊ 經濟學上稱廠房、機器、原料等由人類製造，用在迂迴生產過程中的工具為資本財。也稱「生產財」「投資財」。

**資料庫** ㄗ ㄌㄧㄠˋ ㄎㄨˋ 儲存資料的場所。

**資料袋** ㄗ ㄌㄧㄠˋ ㄉㄞˋ 裝參考所用文件資料的封袋。

**資優生** ㄗ ㄧㄡ ㄕㄥ 資質、學業都優秀的學生。

**資本主義** ㄗ ㄅㄣˇ ㄓㄨˇ ㄧˋ ①在政治學上，主張私有財產，為追求利潤，在自由競爭市場中，從事生產與運銷的經濟思想。②在經濟學上，指一種具有下列特徵的經濟結構：聚集大量資本，作為最主要的生產手段；生產手段私有；依據生產手段的相對貢獻來分配所有；以競爭為主要的獲利方式。

**資訊科學** ㄗ ㄒㄩㄣˋ ㄎㄜ ㄒㄩㄝˊ 研究資料、訊息的發生、轉換、傳遞的理論與技術，以及資料消息檢索系統的知識。

**資產階級** ㄗ ㄔㄢˇ ㄐㄧㄝ ㄐㄧˊ 在政治上指掌有生產工具和財富的階級。

## 貲

図ㄗ ㈠錢財資產。如「納貲為官」。㈡數量，計數。如「所費不貲」。

## 賊

ㄗㄜˊ ㈠図作亂造反的人。如「蟊賊」「寇賊」。㈡強盜、小偷。如「盜賊」。㈢図傷害。如「戕賊」。㈣図罵人的話。如「亂臣賊子」。語音ㄗㄟˊ ㈠賊（ㄗㄜˊ）㈡㈣。如「捉賊」「鬧賊」「賣國賊」。㈡機詐，狡猾。如「賊性」。㈢鬼祟，不端莊。如「賊頭賊腦」「賊眉鼠眼」。㈣不能察覺，不知哪裡來的，也叫「賊」。如「賊風」。㈤特別明亮。如「賊亮」。

**賊心** ㄗㄟˊ ㄒㄧㄣ 懷有邪惡多疑的心意。如「他賊心不死，又想來偷東西了」。

**賊性** ㄗㄟˊ ㄒㄧㄥˋ ①個性狡詐。②邪惡的性質。如「賊性難改」。

**賊亮** ㄗㄟˊ ㄌㄧㄤˋ 亮度很高，不同尋常。

**賊星** ㄗㄟˊ ㄒㄧㄥ ①彗星，古人認為是妖星。②指為非作歹的人的將來。見「賊星該敗」。

**賊風** ▲ㄗㄟˊ ㄈㄥ 不知從哪個縫隙進來的風。如「這兩天頭疼，怕是賊風吹的」。▲図ㄗㄜˊ ㄈㄥ 害人的風。如「賊風數（ㄕㄨㄛˋ）至」。

**賊害** ㄗㄜˊ ㄏㄞˋ 図殺害。

**賊眼** ㄗㄟˊ ㄧㄢˇ 眼光閃爍，顯露不正派的心意。

**賊船** ㄗㄟˊ ㄔㄨㄢˊ ①強盜的船。②比喻被誘迫參加壞事，說「上了賊船」。

**賊贓** ㄗㄟˊ ㄗㄤ 盜賊偷搶來的財物。

**賊窩子** ㄗㄟˊ ㄨㄛ ㄗ˙ 賊巢。

**賊去關門** ㄗㄟˊ ㄑㄩˋ ㄍㄨㄢ ㄇㄣˊ 比喻出了事故才進行防備。嫌太晚了。

**賊星發旺**（ㄗㄟˊ ㄒㄧㄥ ㄈㄚ ㄨㄤˋ） 譏笑小人得志。

**賊星該敗**（ㄗㄟˊ ㄒㄧㄥ ㄍㄞ ㄅㄞˋ） 做了壞事，失敗是理所當然。

**賊眉鼠眼**（ㄗㄟˊ ㄇㄟˊ ㄕㄨˇ ㄧㄢˇ） 眼神裡流露出鬼祟不端莊的心意。

**賊喊捉賊**（ㄗㄟˊ ㄏㄢˇ ㄓㄨㄛ ㄗㄟˊ） 做賊的人喊捉賊。比喻壞人為了逃脫罪責，故意混淆視聽，轉移目標，指別人為壞人。

**賊頭賊腦**（ㄗㄟˊ ㄊㄡˊ ㄗㄟˊ ㄋㄠˇ） 偷偷摸摸，鬼鬼祟祟。

## 七筆

**賓**（賔、宾） ㄅㄧㄣ ㈠客人。如「賓客」「賓至如歸」。㈡〔文〕「賓從」，是服從的意思。㈢姓。

**賓主**（ㄅㄧㄣ ㄓㄨˇ） 客人和主人。

**賓位**（ㄅㄧㄣ ㄨㄟˋ） ①文法上指文句中賓語所處的位置。②客位。

**賓服**（ㄅㄧㄣ ㄈㄨˊ） 〔文〕古代諸侯入貢覲見天子。引伸為歸順臣服的意思。如「如今四海賓服，天下歸心」。

**賓客**（ㄅㄧㄣ ㄎㄜˋ） 客人。

**賓從**（ㄅㄧㄣ ㄘㄨㄥˊ） 〔文〕也作「賓服」，是服從的意思。

**賓語**（ㄅㄧㄣ ㄩˇ） 文法學上說在句構中承受主語動作的詞語，稱為賓語。有直接、間接兩種。如「我送他禮物」，禮物是直接賓語，他是間接賓語。

**賓館**（ㄅㄧㄣ ㄍㄨㄢˇ） ①公家接待賓客的館舍。②旅館。

**賓禮**（ㄅㄧㄣ ㄌㄧˇ） ①招待賓客的禮節。②國際間的禮節。

**賓鐵**（ㄅㄧㄣ ㄊㄧㄝˇ） 精鐵，就是「鑌鐵」。

**賓至如歸**（ㄅㄧㄣ ㄓˋ ㄖㄨˊ ㄍㄨㄟ） 招待周到親切，使客人有像是回到自己家裡一樣的舒適感覺。

**賕** 〔文〕ㄑㄧㄡˊ 賄賂。如「受賕枉法」。

**賑** 〔文〕ㄓㄣˋ 救濟。如「賑災」「賑濟」。

**賑災**（ㄓㄣˋ ㄗㄞ） 〔文〕救濟災民。

**賑濟**（ㄓㄣˋ ㄐㄧˋ） 〔文〕分發財物救濟受災的人。

**賒** ㄕㄜ ㈠買了人家的東西，暫時不給錢叫賒。如「賒欠」「賒帳」。㈡〔文〕路遠。如「江山蜀道賒」。

**賒欠**（ㄕㄜ ㄑㄧㄢˋ） 買物品時不立刻付錢，而延期付款。

**賒帳**（ㄕㄜ ㄓㄤˋ） 買東西暫時欠錢，記下帳等將來才還清。也說「賒欠」。

## 八筆

**賠** ㄆㄟˊ ㈠償還（ㄏㄨㄢˊ）損失。如「賠償」「賠他一塊玻璃」。㈡做生意虧本。如「賠本生意」「五萬元都賠光了」。㈢通「陪」，認錯，向人道歉。如「賠不是」。

**賠帳**（ㄆㄟˊ ㄓㄤˋ） ①因經手財物時出了差錯而賠償損失。②賠本兒。

**賠累**（ㄆㄟˊ ㄌㄟˇ） 別人虧空款項，自己受到連累。

**賠款**（ㄆㄟˊ ㄎㄨㄢˇ） ①賠償損失的款項。②戰敗國向戰勝國賠償損失和作戰費用的錢。

**賠罪**（ㄆㄟˊ ㄗㄨㄟˋ） 向人認罪道歉。

**賠補**（ㄆㄟˊ ㄅㄨˇ） 賠償彌補。

**賠話**（ㄆㄟˊ ㄏㄨㄚˋ） 表示歉意的話。如「得罪了人，就得跟人賠話」。

**賠墊**（ㄆㄟˊ ㄉㄧㄢˋ） 暫時墊付款項。如「我只是這些，多了可賠墊不起」。

**賠錢**（ㄆㄟˊ ㄑㄧㄢˊ） ①賠本。如「賠錢生意沒有人做」。②損壞遺失別人或集體的東西用錢來賠償。

**賠償** 償還損失。也有寫作「賠還（ㄏㄨㄢˊ）」。

**賠本（兒）** 做生意虧了本錢。

**賠小心** 以謹慎、遷就的態度對人，博得人的好感或使息怒。

**賠不是** 是字輕讀。賠罪。

**賠不起** 不字輕讀。①沒有能力賠償。②沒錢置辦女兒的嫁妝。

**賠錢貨** 舊時說女兒，因為出嫁時要賠嫁妝。

**賠笑臉（兒）** 對人裝出笑臉，希望對方高興或息怒。也作「賠笑」。

**賠了夫人又折兵** 本是〈三國演義〉周瑜設計假稱讓孫權把妹妹嫁給劉備，好扣留劉備討還荊州；不料劉備卻和新娘逃走。周瑜帶兵追趕，又被諸葛亮的伏兵打敗。因此大家譏笑周瑜「賠了夫人又折兵」。後來比喻本想占便宜，反而遭到雙重損失。

**賣（卖）** ㄇㄞˋ ㈠售貨給人。如「賣貨」「賣水果」。㈡衒耀本事。如「賣弄」「賣乖」。㈢害別人來利自己。如「賣國」「賣友求榮」。㈣做事努力。如「賣力」「賣勁」。㈤靠勞力過日子。如「賣胳臂的」。㈥(文)施恩使人感激。如「賣恩」。

**賣力** 做事很努力。也作「賣力氣」。

**賣卜** 靠占卜掙錢。如「賣卜為生」。

**賣友** (文)為自己的私利而損害朋友。如「賣友求榮」。

**賣文** 寫文章賣錢。

**賣方** 指買賣行為的賣的那一方面。

**賣呆** 裝傻。

**賣弄** 誇耀，顯本事。

**賣身** ①自賣其身，為人服役。如「賣身葬父」。②妓女留客住宿，稱為賣身。如「有人賣臉不賣身」。

**賣命** ①為完成某種使命，或為某人所用，或為生活所逼，努力做事。②使出最大的力氣工作。如「別賣命啦，橫豎只有一點點工錢」。

**賣乖** ㈡自鳴乖巧。如「得了便宜賣乖」。

**賣底** (文)泄漏祕密。

**賣俏** 故意裝出嬌媚的姿態來引誘人。如「娼婦倚門賣俏」。

**賣座** 指戲院、飯館等，顧客很上座兒的情況。

**賣恩** (文)給人恩惠，使人感激。

**賣笑** 指娼妓或歌女以姿色、聲音供人取樂。

**賣唱** 在街頭或公共場所歌唱賺錢。

**賣國** 為私利而通敵危害國家利益。

**賣淫** 婦女為賺錢而出賣肉體。

**賣場** 大型百貨公司展示各式各樣的貨品，以較便宜的價格大量出售的場所。

**賣絕** 賣了之後不能再贖回來。也叫「賣斷」。

**賣嘴** 用說話來顯示自己本領高或心腸好。

**賣錢** 出售東西換錢。

**賣藝** 靠表演技藝掙錢過活。

**賣主**(ㄇㄞˋ ㄓㄨˇ)(**兒**) 出賣東西的人。

**賣勁**(ㄇㄞˋ ㄐㄧㄣˋ)(**兒**) 同「賣力」。

**賣價**(ㄇㄞˋ ㄐㄧㄚˋ)(**兒**) 出賣物品的價格。

**賣字號**(ㄇㄞˋ ㄗˋ ㄏㄠˋ) 號字輕讀。指商店誠實不欺。

**賣身契**(ㄇㄞˋ ㄕㄣ ㄑㄧˋ) 出賣自己供人奴役的契約。

**賣本事**(ㄇㄞˋ ㄅㄣˇ ㄕˋ) 事字輕讀。顯露自己的技能。

**賣破綻**(ㄇㄞˋ ㄆㄛˋ ㄓㄢˋ) 故意露出假漏洞，引誘對方上當。

**賣國賊**(ㄇㄞˋ ㄍㄨㄛˊ ㄗㄟˊ) 損害國家利益求取私利的人。

**賣關子**(ㄇㄞˋ ㄍㄨㄢ ㄗˇ) 故作神祕，不肯直說，讓對方猜想。

**賣人情**(ㄇㄞˋ ㄖㄣˊ ㄑㄧㄥˊ)(**兒**) 故意做人情討好別人。

**賣身投靠**(ㄇㄞˋ ㄕㄣ ㄊㄡˊ ㄎㄠˋ) 出賣自己，投靠有財有勢的人。

**賣官鬻爵**(ㄇㄞˋ ㄍㄨㄢ ㄩˋ ㄐㄩㄝˊ) 收受賄賂，給人官職。

**賣胳臂的**(ㄇㄞˋ ㄍㄜ ㄅㄟ˙ ㄉㄜ˙) 做勞力工作維持生活的人。

**賣野人頭**(ㄇㄞˋ ㄧㄝˇ ㄖㄣˊ ㄊㄡˊ) 故意誇張向人衒耀。

# 賦

ㄈㄨˋ ㈠政府向人民收取錢財。如「賦稅」「田賦」。㈡〔文〕軍隊，兵。〈論語・公冶長〉有「千乘之國，可使治(ㄔˊ)其賦也」。㈢〔文〕天資。如「稟賦」。㈣〔文〕分布。文天祥〈正氣歌〉有「雜然賦流形」。㈤〔文〕授予。如「賦予」。㈥〔文〕〈詩經〉六義之一，〈毛詩序〉有「詩有六義：一曰風，二曰賦」，指平鋪直敘的描寫方法。㈦〔文〕諷誦。如「橫槊賦詩」。㈧古文體之一。如「辭賦」「赤壁賦」。

**賦予**(ㄈㄨˋ ㄩˇ) 〔文〕給與。

**賦有**(ㄈㄨˋ ㄧㄡˇ) 天生就有。

**賦役**(ㄈㄨˋ ㄧˋ) 賦稅和徭役。

**賦性**(ㄈㄨˋ ㄒㄧㄥˋ) 〔文〕天性。

**賦稅**(ㄈㄨˋ ㄕㄨㄟˋ) 田賦與捐稅。

**賦閒**(ㄈㄨˋ ㄒㄧㄢˊ) 失業了沒事做，在家待著。從晉朝潘岳寫〈閒居賦〉來的。

**賦詩**(ㄈㄨˋ ㄕ) 〔文〕①鋪陳寫作。唐朝駱賓王詩有「人為四韻，各賦一言」。②諷誦，歌詠。如「橫槊賦詩」。

**賦歸**(ㄈㄨˋ ㄍㄨㄟ) 〔文〕回去，回家。從東晉陶潛寫〈歸去來辭〉而來的。

# 賭(賭)

ㄉㄨˇ(ㄉㄧˇ) ㈠以金錢為標的物的不正常娛樂。如「賭博」「家產都讓他給賭光了」。㈡對一件事的結果，雙方堅執己見，各自預測，看最後事實決定優劣勝負。如「打賭」「賭東道(輸的人請客)」。㈢負氣，意氣用事。如「賭氣」。㈣見「賭咒」。

**賭咒**(ㄉㄨˇ ㄓㄡˋ) 發誓。

**賭城**(ㄉㄨˇ ㄔㄥˊ) 設有許多大賭場的都市。如美國西部的拉斯維加。

**賭徒**(ㄉㄨˇ ㄊㄨˊ) 沉迷於賭博的人。

**賭博**(ㄉㄨˇ ㄅㄛˊ) 凡以金錢財物為標的(ㄉㄧˋ)的遊戲，都是賭博。

**賭棍**(ㄉㄨˇ ㄍㄨㄣˋ) 靠賭博為生的人。

**賭錢**(ㄉㄨˇ ㄑㄧㄢˊ) 賭博。

**賭友**(ㄉㄨˇ ㄧㄡˇ)(**兒**) 常在一起賭博的一些人。

**賭氣**(ㄉㄨˇ ㄑㄧˋ)(**兒**) 意氣用事。

# 賚

〔文〕ㄌㄞˋ 「賜賚」就是賜予。

# 賡

〔文〕ㄍㄥ ㈠「賡續」就是繼續。㈡「賡酬」就是詩文的酬和

（ㄏㄜˋ）。

**賤** ㄐㄧㄢˋ ㈠物價便宜，價值不高。如「賤賣」「穀賤傷農」。㈡指地位低下。如「低賤」「卑賤」。㈢罵人自失身分的話。如「賤貨」「賤骨頭」。㈣図輕視。如「賤視」「人皆賤之」。㈤図自謙的詞。如「賤內」「賤恙」。

**賤人** ㄐㄧㄢˋ ㄖㄣˊ 舊小說、戲曲中辱罵婦女的話。

**賤內** ㄐㄧㄢˋ ㄋㄟˋ 図對別人謙稱自己的妻。

**賤民** ㄐㄧㄢˋ ㄇㄧㄣˊ 舊時指地位卑賤的人。

**賤恙** ㄐㄧㄢˋ ㄧㄤˋ 図謙稱自己的病。

**賤視** ㄐㄧㄢˋ ㄕˋ 図瞧不起。

**賤貨** ㄐㄧㄢˋ ㄏㄨㄛˋ ①不貴重的貨物。②罵人的話，意思同「賤骨頭」。

**賤業** ㄐㄧㄢˋ ㄧㄝˋ 低賤的職業，常指淫業。

**賤賣** ㄐㄧㄢˋ ㄇㄞˋ 廉價出售。

**賤骨頭** ㄐㄧㄢˋ ㄍㄨˇ ˙ㄊㄡ 罵人不尊重自己，走入下流，或不知好歹而服侍強橫的人。

**賢（贒、𧹈、𧶠）** ▲ㄒㄧㄢˊ ㈠能幹有德的人。如「選賢與能」「見賢思齊」。㈡善良。如「賢妻良母」「賢良」。㈢図見「賢勞」。㈣對輩分相同或較低的人的敬稱。如「賢弟」「賢伉儷」。㈤図勝過。如「彼賢於此」。㈥図因為他好而對他好。如「賢賢易色」的第一個「賢」字。▲図ㄒㄧㄢˋ 車轂所穿的大孔，在輻裡一頭比較大的。

**賢人** ㄒㄧㄢˊ ㄖㄣˊ 品德才能都優秀的人。

**賢士** ㄒㄧㄢˊ ㄕˋ 図古人稱志行高尚的人。

**賢弟** ㄒㄧㄢˊ ㄉㄧˋ ①師長對學生的稱呼。②兄對弟的稱呼。

**賢良** ㄒㄧㄢˊ ㄌㄧㄤˊ 図有德行的人。

**賢明** ㄒㄧㄢˊ ㄇㄧㄥˊ 有才德而明理。

**賢契** ㄒㄧㄢˊ ㄑㄧˋ 図對弟子或朋友子侄輩的敬稱（多用於書信）。

**賢能** ㄒㄧㄢˊ ㄋㄥˊ 図有道德有才能的人。

**賢淑** ㄒㄧㄢˊ ㄕㄨˊ 稱婦女德行好又能幹。

**賢勞** ㄒㄧㄢˊ ㄌㄠˊ 図勞苦。稱人努力公事而能盡職。

**賢路** ㄒㄧㄢˊ ㄌㄨˋ 図指賢能被任用的機會。如「廣開賢路」。

**賢達** ㄒㄧㄢˊ ㄉㄚˊ ①同「賢明」。②指社會上明理公平的人。③政治上指不屬任何黨派的聞人，叫「社會賢達」。

**賢德** ㄒㄧㄢˊ ㄉㄜˊ 良善的品行。

**賢惠** ㄒㄧㄢˊ ㄏㄨㄟˋ 指婦女品行良好。

**賢內助** ㄒㄧㄢˊ ㄋㄟˋ ㄓㄨˋ 妻子的美稱。

**賢伉儷** ㄒㄧㄢˊ ㄎㄤˋ ㄌㄧˋ 對輩分相同的夫婦的尊稱。

**賢妻良母** ㄒㄧㄢˊ ㄑㄧ ㄌㄧㄤˊ ㄇㄨˇ 既是賢惠的妻子，又是盡職的母親。

**質（貭）** ▲ㄓˊ ㈠指物類的本體。如「流質」「金質」。㈡天性。如「氣質」「本質」。㈢図樸素，不裝扮；與「華麗」相反。如「質樸」「文質彬彬」。㈣詢問，詰難。如「質問」「質詢」。㈤図正直，厚道。如「質直」。㈥図誠實。如「質言」。㈦図正。「質明」是天亮。▲ㄓˋ 典押。如「人質」。

**質子**（ㄓˋ ㄗˇ） 物理學名詞。poton 的意譯，是原子核裡的主要基本粒子，也就是氫原子的原子核，帶有正電。

**質地**（ㄓˋ ㄉㄧˋ） ①物體的本質。②人的天賦。

**質朴**（ㄓˋ ㄆㄨˊ） 図也作「質樸」，樸實不華麗。

**質言**（ㄓˋ ㄧㄢˊ） 図實說的話。

**質料**（ㄓˋ ㄌㄧㄠˋ） 質地，材料。

**質素**（ㄓˋ ㄙㄨˋ） ①素質。②因素。③樸素。

**質責**（ㄓˋ ㄗㄜˊ） 図拿正義的話責備。

**質問**（ㄓˋ ㄨㄣˋ） 依據事實問明是非。

**質量**（ㄓˋ ㄌㄧㄤˋ） ①物理學名詞，指物體所含實質的分量（ㄈㄣˋ ㄌㄧㄤˋ）。②品質和數量。如「質量並重」。

**質詢**（ㄓˋ ㄒㄩㄣˊ） 図民意代表向政府官員所提有關行政的詢問。

**質疑**（ㄓˋ ㄧˊ） 図說出疑問，請人講明白。

**質點**（ㄓˋ ㄉㄧㄢˇ） 物理學名詞。物體內有質量而無體積，不可再分的部分叫質點；是用來說明物體的運動的。

**質變**（ㄓˋ ㄅㄧㄢˋ） 事物的根本性質的變化。

**質疑問難**（ㄓˋ ㄧˊ ㄨㄣˋ ㄋㄢˋ） 提出疑難問題來討論。

## 賙

ㄓㄡ 見「賙濟」。

**賙濟**（ㄓㄡ ㄐㄧˋ） 救濟。也作「周濟」。

## 賬

ㄓㄤˋ ㈠同「記帳」的「帳」。㈡債務。如「欠賬」「清賬」。

**賬房**（ㄓㄤˋ ㄈㄤˊ） 負責管理財貨出入的人。

## 賞

ㄕㄤˇ ㈠獎勵有功勞的人。如「賞了他一枝鋼筆」「賞罰分明」。㈡讚美。如「讚賞」「嘆賞」。㈢玩（ㄨㄢˋ）味，領會事物的美。如「欣賞」「賞月」。㈣北京人把請對方給予說「賞」。如「您把火柴賞我，我自己點」（用在對方要替自己劃火柴點煙的時候）。㈤自謙的話。如「請您賞光」「您就賞個臉吧」。㈥見「賞識」。㈦歡樂。如「賞心」。㈧姓。

**賞心**（ㄕㄤˇ ㄒㄧㄣ） 図心意歡樂。如「賞心樂事」。

**賞月**（ㄕㄤˇ ㄩㄝˋ） 欣賞月色美景。

**賞光**（ㄕㄤˇ ㄍㄨㄤ） 請人光臨的敬語。

**賞玩**（ㄕㄤˇ ㄨㄢˊ） 欣賞玩味（景物、藝術品等）。

**賞花**（ㄕㄤˇ ㄏㄨㄚ） 觀賞花木。

**賞格**（ㄕㄤˇ ㄍㄜˊ） 請人幫忙找人，找失物，捕捉猛獸所定的報酬條件。

**賞罰**（ㄕㄤˇ ㄈㄚˊ） 獎賞有功的與處罰有過失的。

**賞賜**（ㄕㄤˇ ㄘˋ） ①把財物給有功的人。②長輩把財物給晚輩。

**賞錢** ▲ㄕㄤˇ ㄑㄧㄢˊ 賞給錢財。如「因為他賞錢，工人特別賣力」。▲ㄕㄤˇ ・ㄑㄧㄢ 賞給人的錢。如「這包賞錢是大小姐給的」。

**賞臉**（ㄕㄤˇ ㄌㄧㄢˇ） ①同「賞光」。②請人收下東西的敬語。如「務請賞臉收下」。

**賞識**（ㄕㄤˇ ㄕˋ） 看出優點而能欣賞。

## 賜

ㄙˋ ㈠長輩給晚輩。〈禮記〉有「長者賜，少者賤者不敢辭」。㈡恩惠。〈論語〉有「民到于今受其賜」。㈢謙詞，用來說人家對自己所做的事。如「賜教」「賜示」。㈣姓。語音ㄘˋ。

**賜予**（ㄙˋ ㄩˇ） 図賜給。

**賜示**（ㄙˋ ㄕˋ） 図敬稱別人的來信。如「敬請賜示」。

**賜姓** ㄙˋ ㄒㄧㄥˋ 封建時代皇帝為鼓勵臣子，讓他與皇帝同姓。鄭成功稱「國姓爺」，就是從「賜姓」來的。也作「賜氏」。

**賜教** ㄙˋ ㄐㄧㄠˋ 請人指教的敬詞。也讀ㄘˋ ㄐㄧㄠˋ。

**賜福** ㄙˋ ㄈㄨˊ 賜給幸福。如「天官賜福」。也讀ㄘˋ ㄈㄨˊ。

**賜顧** ㄙˋ ㄍㄨˋ 商人對買主來買貨物的敬詞。如「如蒙賜顧」。也讀ㄘˋ ㄍㄨˋ。

## 九筆

**賵** 図ㄈㄥˋ 古人出車馬幫辦喪事，或以衣衾贈給死者。如「賵奠」。

**賴** ㄌㄞˋ ㈠依靠，憑藉。如「依賴」「仰賴」。㈡不承認自己作的約定。如「賴債」「賴皮」。㈢指人家做壞事。如「誣賴」「他做過賊，所以人家丟了東西就賴他」。㈣不知羞恥，不斷糾纏。如「死皮賴臉」。㈤惡劣的，不好的。如「好死不如賴活著」。㈥見「無賴」。㈦図幸虧。如「賴有此人予以搭救」。㈧図同「癩」，惡瘡。〈史記・刺客傳〉有「漆身為賴」。㈨姓。

**賴皮** ㄌㄞˋ ㄆㄧˊ ①見「賴」㈡。②見「賴」㈣。

**賴床** ㄌㄞˋ ㄔㄨㄤˊ 早上該起床而躺著不起來。

**賴債** ㄌㄞˋ ㄓㄞˋ 負債不承認或拖延不還。也作「賴帳」。

**賴學** ㄌㄞˋ ㄒㄩㄝˊ 逃學。

## 十筆

**賻** 図ㄈㄨˋ 送錢給喪（ㄙㄤ）家幫助喪事。如「賻儀」。

**賻儀** ㄈㄨˋ ㄧˊ 図送給喪家的錢。

**購** ㄍㄡˋ 買。如「購買」「購用」。

**購用** ㄍㄡˋ ㄩㄥˋ 買來用。

**購備** ㄍㄡˋ ㄅㄟˋ 買來擱著準備使用。

**購買** ㄍㄡˋ ㄇㄞˇ 買。

**購置** ㄍㄡˋ ㄓˋ 購買（長期使用的器物）。

**購辦** ㄍㄡˋ ㄅㄢˋ 購買；購置。

**購買力** ㄍㄡˋ ㄇㄞˇ ㄌㄧˋ 經濟學上說，一般人民用以購買商品的經濟力量。社會富裕，購買力就高，反之則低。

**購買婚** ㄍㄡˋ ㄇㄞˇ ㄏㄨㄣ 以金錢購買女子為妻室。是古代社會普遍的婚姻方式。

**購物中心** ㄍㄡˋ ㄨˋ ㄓㄨㄥ ㄒㄧㄣ 供銷各種日用品的建築或商業地帶。

**賺** ▲ㄓㄨㄢˋ ㈠贏得，獲得，與「賠」相反。如「賺錢」。㈡經手人從中取利。如「這個用人不誠實，派他去買東西，他總是要賺的」。▲ㄗㄨㄢˋ 詐騙。如「被他賺了」「賺人眼淚」。

**賺錢** ㄓㄨㄢˋ ㄑㄧㄢˊ 取得財利。

**賸** ㄕㄥˋ 通「剩」。

**賸餘** ㄕㄥˋ ㄩˊ 剩下。

**賸水殘山** ㄕㄥˋ ㄕㄨㄟˇ ㄘㄢˊ ㄕㄢ 指國家領土大部分淪陷後殘餘的部分。也說「殘山賸水」。

**賽** ㄙㄞˋ ㈠比較出優劣勝負。如「比賽」「賽球」。㈡勝過，超越。如「弟兄三人的聰明，一個賽一個」。㈢像。如「蘿蔔賽梨（蘿蔔像梨那麼甜）」「賽西施（像西施那麼美）」。㈣祭神。如「迎神賽會」。㈤見「賽璐珞」。

**賽車** ㄙㄞˋ ㄔㄜ 駕駛汽車、摩托車賽快，是很能刺激人的比賽。

**賽狗** ㄙㄞˋ ㄍㄡˇ 狗賽跑，以先到達預定地點的優勝，是一種賭博性質的遊戲。

**賽真** ㄙㄞˋ ㄓㄣ 像真的一樣。

**賽拳** ㄙㄞˋ ㄑㄩㄢˊ 拳擊比賽，是運動項目之一。

**賽神** ㄙㄞˋ ㄕㄣˊ 祭神；酬謝神明。

**賽馬** ㄙㄞˋ ㄇㄚˇ 比賽哪匹馬跑得快，先到的贏。由觀眾下賭注，是一種賭博。

**賽球** ㄙㄞˋ ㄑㄧㄡˊ 球類運動的比賽。

**賽船** ㄙㄞˋ ㄔㄨㄢˊ 划船比賽看誰快。

**賽跑** ㄙㄞˋ ㄆㄠˇ 徑賽的一種，比賽哪個跑得快。

**賽會** ㄙㄞˋ ㄏㄨㄟˋ 迎神遊行的集會。

**賽璐珞** ㄙㄞˋ ㄌㄨˋ ㄌㄨㄛˋ （celluloid）用樟腦、棉纖維、硫酸、硝酸等製成，可以做用具、玩具。在塑膠發明以後，漸由塑膠取代。

## 十一筆

**贄** ㄓˋ 〔文〕古時初次見面時致送的禮物。如「贄儀」。

**贄見** ㄓˋ ㄐㄧㄢˋ 〔文〕帶著禮物去拜訪初次見面的人。

**贄敬** ㄓˋ ㄐㄧㄥˋ 〔文〕①帶著禮物來見，表示尊敬的意思。②從前學生拜見老師的禮物。

**贄儀** ㄓˋ ㄧˊ 〔文〕古時候初次見面所送的禮物。

**贅** ㄓㄨㄟˋ ㈠追逐，跟隨。如「這孩子總贅著我」。㈡多餘的，囉唆的。如「累贅」「贅言」。㈢男人到女家去成婚，婚後住在女家，甚至從女家的姓，叫「入贅」。㈣〔文〕「贅聚」，聚集。

**贅言** ㄓㄨㄟˋ ㄧㄢˊ 〔文〕多餘無用的言語或文詞。也作「贅詞」。

**贅疣** ㄓㄨㄟˋ ㄧㄡˊ 〔文〕①皮上的肉疙瘩，也作「贅瘤」。②比喻多餘沒用的事物。

**贅述** ㄓㄨㄟˋ ㄕㄨˋ 〔文〕多說的話，也作「贅言」。

**贅婿** ㄓㄨㄟˋ ㄒㄩˋ 到女家結婚，並且居住女家的男子。俗稱「養老女婿」「倒踏門」。

**賾** 〔文〕ㄗㄜˊ 深奧。如「探賾索隱」。

## 十二筆

**贊（賛）** ㄗㄢˋ ㈠幫助。如「贊助」。㈡同「讚」，稱美。如「贊美」。㈢呼唱禮儀進行的秩序，叫「贊禮」。唱的人叫「贊禮生」，現在叫「司儀」。㈣古文體之一，是在傳記後面用簡短文字對人對事作褒貶。分「像贊」「傳（ㄓㄨㄢˋ）贊」等。

**贊同** ㄗㄢˋ ㄊㄨㄥˊ 同意；贊成。

**贊成** ㄗㄢˋ ㄔㄥˊ ①同意（別人的主張或行為）。②〔文〕幫助使完成。

**贊助** ㄗㄢˋ ㄓㄨˋ 幫助；支持。

**贊佩** ㄗㄢˋ ㄆㄟˋ 稱贊佩服。

**贊美** ㄗㄢˋ ㄇㄟˇ 稱贊。也作「贊揚」。

**贊許** ㄗㄢˋ ㄒㄩˇ 以為好而加以稱贊。

**贊嘆** ㄗㄢˋ ㄊㄢˋ 稱贊。

**贊賞** ㄗㄢˋ ㄕㄤˇ 贊美賞識。

**贊禮** ㄗㄢˋ ㄌㄧˇ 舉行典禮時，司儀高唱禮儀的秩序，使人照著行禮。

**贈** ㄗㄥˋ (一)把東西送人，不收代價。如「贈送紀念品」。(二)[文]貢獻意見給人。如「贈言」「贈序」。(三)[文]國家給死去的有功的人及他的尊長的一種榮譽稱號叫「追贈」。少將可以「追贈」中將。

**贈別** ㄗㄥˋ ㄅㄧㄝˊ [文]送別。

**贈序** ㄗㄥˋ ㄒㄩˋ 送別的文章。

**贈言** ㄗㄥˋ ㄧㄢˊ [文]臨別時候對人勸勉的話。

**贈品** ㄗㄥˋ ㄆㄧㄣˇ 贈送的物品。

**贈送** ㄗㄥˋ ㄙㄨㄥˋ 把東西送人。

**贈勛** ㄗㄥˋ ㄒㄩㄣ 政府按照規章對有功於國家社會的人贈予勛章。

**贈答** ㄗㄥˋ ㄉㄚˊ 互相贈送（禮物、詩文）。

**贈詩** ㄗㄥˋ ㄕ 作詩贈送給某人。

**贈與** ㄗㄥˋ ㄩˇ 贈送，無代價的給。

**贈閱** ㄗㄥˋ ㄩㄝˋ 贈送書刊給別人看。

**贈禮** ㄗㄥˋ ㄌㄧˇ 贈送的禮物。

**贇** [文]ㄩㄣ 美好的樣子。

## 十三筆

**贍** [文]ㄕㄢˋ (一)供給生活費用。如「贍養家屬」。(二)足夠。〈孟子〉書有「力不贍也」。(三)「贍富」，就是豐富。〈後漢書〉有「文贍而事詳」。

**贍富** ㄕㄢˋ ㄈㄨˋ [文]豐富。如「學識贍富」。

**贍養** ㄕㄢˋ ㄧㄤˇ [文]供給衣食。

**贍養費** ㄕㄢˋ ㄧㄤˇ ㄈㄟˋ 夫婦因判決離婚，無過失的一方，如因而陷於生活困難，對方應給付維持生活的費用，這種費用就叫贍養費。

**贏** ㄧㄥˊ (一)有餘。如「贏利」「贏餘」。(二)勝。如「輸贏」「比賽結果是我贏了」。(三)見「贏得」。(四)[文]滿出來，通「盈」。見「贏縮」。

**贏利** ㄧㄥˊ ㄌㄧˋ 經營獲利，所得的利潤。

**贏得** ㄧㄥˊ ㄉㄜˊ 換取，博得。如「贏得觀眾的喝采」。

**贏餘** ㄧㄥˊ ㄩˊ 收入相抵以後，還有剩餘，餘下的叫「贏餘」。

**贏縮** ㄧㄥˊ ㄙㄨㄛ [文]有餘與不足。也作「盈縮」。

**贏利事業** ㄧㄥˊ ㄌㄧˋ ㄕˋ ㄧㄝˋ 可獲得利益的事業。也作「營利事業」。

## 十四筆

**贔** [文]ㄅㄧˋ 「贔屭（ㄒㄧˋ）」，龜類動物。舊時石碑下刻的形狀像龜的基石就是。

**贐** [文]ㄐㄧㄣˋ 贈別的財物，叫「贐儀」「餽贐」。

**贓（賍）** ㄗㄤ (一)官吏接受賄賂的叫「贓官」。(二)竊盜所得的財物。如「人贓俱獲」「贓物」。

**贓車** ㄗㄤ ㄔㄜ 偷來的車輛。

**贓官** ㄗㄤ ㄍㄨㄢ 貪汙的官吏。

**贓物** ㄗㄤ ㄨˋ [文]法律上說因為犯罪所得的財物。

**贓款** ㄗㄤ ㄎㄨㄢˇ 由貪汙或盜竊得來的錢財。如「贓款一千元，沒收」。

## 十五筆

**贖（赎）** ㄕㄨˊ (一)拿錢去把抵押品取回來。如「贖身」「贖當（ㄉㄤˋ）」。(二)繳納財物或服勞役來抵銷罪過或免除刑罰。如「將功贖罪」「自贖前愆」。㈢買包好的中藥叫「贖藥」。

**贖回** ㄕㄨˊ ㄏㄨㄟˊ 用錢把抵押的東西取回來。

**贖身** ㄕㄨˊ ㄕㄣ 拿錢去把人的身體或自由換回來。

**贖當** ㄕㄨˊ ㄉㄤˋ 贖回抵押在當鋪裡的東西。

**贖罪** ㄕㄨˊ ㄗㄨㄟˋ ①中國古代犯輕罪的，可用金錢抵免。類似現行法律的「罰鍰」。②指以功勞抵免罪責。如「將功贖罪」。③基督教經典說耶穌被釘死在十字架上，是用他的血為世人贖罪。

**贗（贋）** 図ㄧㄢˋ 偽造的物品。如「贗本」「贗鼎」。

**贗本** ㄧㄢˋ ㄅㄣˇ 図仿製的書畫。

**贗品** ㄧㄢˋ ㄆㄧㄣˇ 図假的、偽造的名貴物品。

**贗鼎** ㄧㄢˋ ㄉㄧㄥˇ 図〈韓非子〉說春秋時魯國造了一個假的「讒鼎」送還齊國。後來說偽造的物品叫「贗鼎」。

## 十七筆

**贛（贑）** ㄍㄢˋ ㈠贛江，在江西省。㈡江西省的別稱。如「浙贛鐵路」。㈢贛水、贛縣，都在江西省。

## 赤部

**赤** ㄔˋ ㈠紅色。如「面紅耳赤」「近朱者赤」。㈡紅色的。如「赤俄（蘇俄）」。㈢空無所有。如「赤貧」「赤手空拳」。㈣裸露身體，不穿衣服。如「赤膊」「赤身露體」。㈤表示忠心，熱愛。如「一片赤誠」「赤心」。㈥純金的別稱，如「足赤」。㈦図誅滅。揚雄〈解嘲〉有「不知一跌將赤吾之族也」。㈧見「赤子」。㈨見「赤字」。

**赤子** ㄔˋ ㄗˇ 初生的嬰兒。

**赤心** ㄔˋ ㄒㄧㄣ 忠心；誠心。也作「赤膽」。

**赤地** ㄔˋ ㄉㄧˋ 図遇到旱災，寸草不生的土地。

**赤字** ㄔˋ ㄗˋ 支出超過收入的額數。在簿記上用紅筆寫，叫做「赤字」。

**赤忱** ㄔˋ ㄔㄣˊ 図也作「赤誠」。①熱忱，忠誠的。如「以赤忱相待」。②極其真摯的心意。如「一片赤忱」。

**赤足** ㄔˋ ㄗㄨˊ 図光著腳。

**赤金** ㄔˋ ㄐㄧㄣ ①帶赤色的黃金。②〈漢書〉上說銅。

**赤帶** ㄔˋ ㄉㄞˋ 婦科病，女人生殖器不斷分泌赤色黏液的病。

**赤莧** ㄔˋ ㄒㄧㄢˋ 紅色的莧菜。

**赤貧** ㄔˋ ㄆㄧㄣˊ 窮得什麼都沒有。

**赤痢** ㄔˋ ㄌㄧˋ 細菌性腸胃傳染病，由飲食物不清潔引起，患者發燒腹痛，大便次數多而排出物帶有黏液、濃汁、血液等。又名「紅痢」。

**赤腳** ㄔˋ ㄐㄧㄠˇ 光著腳丫，不穿鞋襪。也作「赤足」。

**赤誠** ㄔˋ ㄔㄥˊ 至誠的心。

**赤道** ㄔˋ ㄉㄠˋ 環繞地球表面距離南北兩極相等的圓周線，把地球分為南北兩半球，是劃分緯度的基線。

**赤膊** ㄔˋ ㄅㄛˊ 上身裸露不穿衣服。

**赤銅** ㄔˋ ㄊㄨㄥˊ 即紅銅。亦稱紫銅。

**赤小豆** ㄔˋ ㄒㄧㄠˇ ㄉㄡˋ 又名紅豆。比黃豆小，果實是細長的筴，中有赤色的種子，供食用。種類很多。

**赤崁樓** ㄔˋ ㄎㄢˇ ㄌㄡˊ 在臺灣省臺南市，是荷蘭人占據臺灣時所建普羅文蒂亞城的舊地，鄭成功驅逐荷蘭人後曾在此處辦事。

**赤條條** ㄔˋ ㄊㄧㄠˊ ㄊㄧㄠˊ 形容光著身體，一絲不掛。

**赤道儀** ㄔˋ ㄉㄠˋ ㄧˊ 觀測天文赤經赤緯的儀器。

**赤裸裸** ㄔˋ ㄌㄨㄛˇ ㄌㄨㄛˇ ①光著身子。②毫無掩飾的。如「他把心意赤裸裸地說了」。

**赤子之心** ㄔˋ ㄗˇ ㄓ ㄒㄧㄣ 指孟子所說的「仁愛的天性」。

**赤手空拳** ㄔˋ ㄕㄡˇ ㄎㄨㄥ ㄑㄩㄢˊ 形容兩手空空，沒有任何可以憑藉的東西。

**赤地千里** ㄔˋ ㄉㄧˋ ㄑㄧㄢ ㄌㄧˇ 形容大旱時遍地禾苗都枯死，只剩下赤裸裸的土地。

**赤身露體** ㄔˋ ㄕㄣ ㄌㄨˋ ㄊㄧˇ 裸露身體。

**赤縣神州** ㄔˋ ㄒㄧㄢˋ ㄕㄣˊ ㄓㄡ 図戰國時代陰陽學者鄒衍以為天下的陸地被海水區劃為九個「大州」，中國只是其中之一，叫「赤縣神州」。

**赤膽忠心** ㄔˋ ㄉㄢˇ ㄓㄨㄥ ㄒㄧㄣ 形容十分忠誠。

**赤繩繫足** ㄔˋ ㄕㄥˊ ㄒㄧˋ ㄗㄨˊ 図比喻男女姻緣早定。

## 四筆

**赦** ㄕㄜˋ 饒恕罪犯，把刑罰免除。如「赦罪」「大赦」。

**赦免** ㄕㄜˋ ㄇㄧㄢˇ 免除對罪犯的刑罰。

**赧** 図ㄋㄢˇ 因為羞慚而臉紅。「羞赧」「赧顏」都是這種意思。

**赧然** ㄋㄢˇ ㄖㄢˊ 図形容難為情的樣子。如「赧然俯首，供認不諱」。

## 六筆

**赩** 図ㄒㄧˋ 大紅色。

## 七筆

**赫** 図ㄏㄜˋ ㈠火紅的樣子。〈詩經〉有「赫如渥赭」。㈡顯明盛大的樣子。如「顯赫」。㈢生氣發怒。〈詩經〉有「王赫斯怒」。㈣見「赫然」。

**赫奕** ㄏㄜˋ ㄧˋ 図光顯昭明的樣子。如「伊君王之赫奕，實終古之所難」（陸機〈弔魏武帝文〉）。

**赫哲** ㄏㄜˋ ㄓㄜˊ 我國東北少數民族，屬通古斯族系，居住黑龍江省東部，松花江下游。

**赫然** ㄏㄜˋ ㄖㄢˊ 図①發怒的樣子。如「赫然大怒」。②使人驚駭的樣子。如「打開箱子一看，赫然是一大堆珠寶現鈔」。

**赫赫** ㄏㄜˋ ㄏㄜˋ 図明顯盛大的樣子。

## 八筆

**赭** ㄓㄜˇ ㈠紅色，紅褐色。如「淺赭」「赭衣」。㈡燒光。〈史記〉有「伐湘山樹，赭其山」。

**赭石** ㄓㄜˇ ㄕˊ 土狀的赤鐵礦，深紅色，可以製顏料。

## 九筆

**赬（赬、䞓）** 図ㄔㄥ 紅色。如「赬面長髯」。

## 十筆

**赯** ㄊㄤˊ ㈠図紅色。㈡人的臉呈紫色叫「赯」。如「紫赯臉兒」。

# 走部

**走** ㄗㄡˇ ㈠步行。如「走路」「小孩會走了」。㈡奔逃。如「逃走」「棄甲曳兵而走」。㈢往，去。如「走哪兒去」。㈣離開。如「走開」「他老早走了」。㈤移動。如「我的錶走得很準」。㈥泄漏。如「走漏消息」「不小心說話走了嘴」。㈦親友之間彼此常往來。如「他常往丈母娘家走」「兩家走得好親熱」。㈧味道或形態的失去或改變。如「魚冰得太久，都走味兒了」「鞋穿得都走樣兒了」。㈨進行。如「走筆」。㈩專供騎而不做工的馬或騎馬快行叫「走馬」。⑾經由。如「這筆錢不必走帳了」「凡事不走心是做不好的」。⑿下棋行子叫走。如「走錯了一步棋」。⒀図「下走」，自謙的話，等於「我」。

**走水** ㄗㄡˇ ㄕㄨㄟˇ 失火。

**走火** ㄗㄡˇ ㄏㄨㄛˇ ①拿著槍時誤動扳機，發出槍彈，叫「槍走火了」。②練習一種功夫過當，心智受到摧殘。③電線的電流發生「短路」，冒出火花，因此起火。

**走失** ㄗㄡˇ ㄕ 出走不知下落。

**走向** ㄗㄡˇ ㄒㄧㄤˋ ①地質學上說構造面的延伸方向，即構造面與水平面的交線方向。②岩層、山脈、河流、道路的延伸方向。如「這一條路是南北走向的」。

**走私** ㄗㄡˇ ㄙ 私運貨物進口逃避關稅。

**走走** ㄗㄡˇ ㄗㄡˇ 第二個走字輕讀。也說「走一走」。①散步。如「隨便走走」。②來或往。如「到我這裡走走」「到他那裡走走」。

**走卒** ㄗㄡˇ ㄗㄨˊ 図供奔走、服賤役的人。

**走板** ㄗㄡˇ ㄅㄢˇ 唱曲不合板眼。

**走油** ㄗㄡˇ ㄧㄡˊ ①魚肉擱在鍋裡炸。也說「過油」。②含油的東西油性減退。

**走狗** ㄗㄡˇ ㄍㄡˇ ①獵犬。〈史記〉有「狡兔死，走狗烹」。②譏笑供人差遣奔走的人。如「難道你甘心做他的走狗」。

**走風** ㄗㄡˇ ㄈㄥ 泄漏消息，泄露祕密。

**走索** ㄗㄡˇ ㄙㄨㄛˇ 在高空繩子上行走的技藝。

**走馬** ㄗㄡˇ ㄇㄚˇ ①騎著馬跑。②図善於奔馳的馬。

**走動** ㄗㄡˇ ㄉㄨㄥˋ ①親友之間彼此應酬往來。②活動的意思。如「到外面走動走動，別老待在屋子裡」。

**走唱** ㄗㄡˇ ㄔㄤˋ 到酒樓餐廳巡迴賣唱。

**走眼** ㄗㄡˇ ㄧㄢˇ 看錯。如「看走眼了」。

**走船** ㄗㄡˇ ㄔㄨㄢˊ ①図又說「走舸」，古代行駛快捷的戰船。②行船。

**走訪** ㄗㄡˇ ㄈㄤˇ 訪問；拜訪。

**走散** ㄗㄡˇ ㄙㄢˋ ①散去。②同伴失散了。

**走筆** ㄗㄡˇ ㄅㄧˇ 図很快地寫。如「走筆疾書」。

**走廊** ㄗㄡˇ ㄌㄤˊ 屋簷下高出平地的走道，或獨立有頂的走道。

**走勢** ㄗㄡˇ ㄕˋ 發展的趨勢。如「今天股市走勢強勁」。

**走禽** ㄗㄡˇ ㄑㄧㄣˊ 不能飛而腳健善走的鳥，如食火雞和鴕鳥。

**走路** ㄗㄡˇ ㄌㄨˋ （人）在地上走。如「孩子會走路了」。

**走運** ㄗㄡˇ ㄩㄣˋ 運氣好。

**走漏**（ㄗㄡˇ ㄌㄡˋ） ①泄漏。如「走漏了風聲」。②「走私」「漏稅」的略語。

**走嘴**（ㄗㄡˇ ㄗㄨㄟˇ） 說話不小心，無意中泄露祕密。

**走避**（ㄗㄡˇ ㄅㄧˋ） 走開逃避。

**走獸**（ㄗㄡˇ ㄕㄡˋ） 獸類。

**走調（兒）**（ㄗㄡˇ ㄉㄧㄠˋ ㄦ） 唱戲、唱歌、演奏樂器不合調子。如「荒腔走調」。

**走樣（兒）**（ㄗㄡˇ 一ㄤˋ ㄦ） ①和原來的形狀不一樣。②行動越軌。

**走之兒**（ㄗㄡˇ ㄓ ㄦ） 辵字做偏旁時，楷書寫成「辶」，俗稱「走之兒」。

**走內線**（ㄗㄡˇ ㄋㄟˋ ㄒㄧㄢˋ） 巴結或親近有權勢的人的家族，有所企圖。

**走好運**（ㄗㄡˇ ㄏㄠˇ ㄩㄣˋ） 趕上好運氣。

**走江湖**（ㄗㄡˇ ㄐㄧㄤ ㄏㄨˊ） 湖字輕讀。在各地奔走混飯吃的人。

**走肚子**（ㄗㄡˇ ㄉㄨˋ ㄗ） 拉稀，瀉肚。

**走味兒**（ㄗㄡˇ ㄨㄟˋ ㄦ） 食物失去原來的味道。

**走後門**（ㄗㄡˇ ㄏㄡˋ ㄇㄣˊ） 不走正途而採行不正當不合法的方式。如「他有後臺，上大學是走後門的」。

**走馬燈**（ㄗㄡˇ ㄇㄚˇ ㄉㄥ） 燈名，把紙剪成人馬的形狀，貼在燈裡的圓輪上，因為燈光的熱，扇（ㄕㄢ）動空氣，圓輪不斷旋轉，人馬也隨著走動。

**走著瞧**（ㄗㄡˇ ˙ㄓㄜ ㄑㄧㄠˊ） ①靜等事情變化。如「不相信，你走著瞧」。②警告人必須服從，否則將有不幸後果的話。如「好，咱們走著瞧」。

**走道兒**（ㄗㄡˇ ㄉㄠˋ ㄦ） 走路。如「小孩兒剛會走道兒」。

**走霉運**（ㄗㄡˇ ㄇㄟˊ ㄩㄣˋ） 運氣不好。

**走鋼絲**（ㄗㄡˇ ㄍㄤ ㄙ） 演雜技的人在懸於高空的鋼絲上行走。

**走讀生**（ㄗㄡˇ ㄉㄨˊ ㄕㄥ） 按時上下學的通學生，與在學校住宿的學生有別。

**走火入魔**（ㄗㄡˇ ㄏㄨㄛˇ ㄖㄨˋ ㄇㄛˊ） 過分沉溺於某種事情，進行方法又不正確，因而心智受到摧殘。

**走投無路**（ㄗㄡˇ ㄊㄡˊ ㄨˊ ㄌㄨˋ） 境況窘迫，沒地方可以投奔。

**走馬上任**（ㄗㄡˇ ㄇㄚˇ ㄕㄤˋ ㄖㄣˋ） 指官吏就職。

**走馬看花**（ㄗㄡˇ ㄇㄚˇ ㄎㄢˋ ㄏㄨㄚ） 只看看事物外形就過去，沒有仔細欣賞。

## 二筆

**赴** ㄈㄨˋ ㈠去，往。如「單刀赴會」「赴湯蹈火」。㈡〔文〕通「訃」。

**赴宴**（ㄈㄨˋ 一ㄢˋ） 應（一ㄥˋ）邀去參加宴會。

**赴會**（ㄈㄨˋ ㄏㄨㄟˋ） ①到會場參加集會。②到約定的地方與人會晤。

**赴義**（ㄈㄨˋ 一ˋ） 就義，為義而往。

**赴敵**（ㄈㄨˋ ㄉㄧˊ） 〔文〕到前線去，與敵人打仗。

**赴難**（ㄈㄨˋ ㄋㄢˋ） 趕去拯救國家的危難。

**赴湯蹈火**（ㄈㄨˋ ㄊㄤ ㄉㄠˋ ㄏㄨㄛˇ） 比喻為了完成任務，不避艱險。

**赳** 〔文〕ㄐㄧㄡ 勇武的樣子。如「赳赳」。

**赳赳**（ㄐㄧㄡ ㄐㄧㄡ） 〔文〕勇武的樣子。〈詩經〉有「赳赳武夫」。也作「糾糾」。又讀ㄐㄧㄡˇㄐㄧㄡˇ。

## 三筆

**起** ㄑㄧˇ ㈠早晨離床。如「起床」「早睡早起」。㈡情形好轉。如「他的病有了起色」「一病不起」。㈢站立或從坐姿改為立姿。如「起立」「拂袖而起」。㈣指建築。如「起房子」「平地起高樓」。㈤開頭。如「起初」「從今天起」。(六)發生，生出。如「起了疑心」「頭上起了個包」。(七)提取。如「起貨」「起贓」。(八)挖掘。如「把埋藏的東西起出來」。(九)慢慢轉（ㄓㄨㄢˋ）出來。如「起螺絲釘兒」「螺絲起子」。(十)抬高或上升。如「舉起手來」「起伏不定」。(十一)離開原地。如「起程」「起運」。(十二)發動，提倡。如「起義」「發起」。(十三)奮發。如「奮起」。(十四)動作的趨向，放在動詞的後面。如「拿起筷子」「說起這件事來」。(十五)擬定。如「起個外號兒」「起個大綱」。(十六)自從。如「起小兒就很認真」「起這兒剪下去」。(十七)到。如「想起往事」「說起他，我就生氣」。(十八)見「一起」。(十九)〔文〕自動或被動地出來做事或任職。如「東山再起」「起用青年才俊」。(廿)動詞詞尾，見「起來（·ㄑㄧ ·ㄌㄞ）」。

**起子** ㄑㄧˇ ·ㄗ ①發粉，使麵粉發酵的白色粉末。也叫「小蘇打」。②螺絲起子的略稱。

**起工** ㄑㄧˇ ㄍㄨㄥ 開始工作。

**起手** ㄑㄧˇ ㄕㄡˇ 開始動手或下手。

**起火** ㄑㄧˇ ㄏㄨㄛˇ ①發生火災。②發急，發怒。如「起火冒油」。

**起用** ㄑㄧˇ ㄩㄥˋ ①開始任用。②任用已經退休或革職的人員。

**起立** ㄑㄧˇ ㄌㄧˋ 站起來，表示敬意。

**起伏** ㄑㄧˇ ㄈㄨˊ ①〔文〕忽高忽低。②有高的也有低的。

**起先** ㄑㄧˇ ㄒㄧㄢ 最初；開始。

**起因** ㄑㄧˇ ㄧㄣ （事件）發生的原因。

**起色** ㄑㄧˇ ㄙㄜˋ 情形比以前略好。如「他的病有了起色」「景氣有起色」。

**起行** ㄑㄧˇ ㄒㄧㄥˊ 動身。也作「啟行」。

**起兵** ㄑㄧˇ ㄅㄧㄥ 出兵作戰。

**起步** ㄑㄧˇ ㄅㄨˋ 開始走。

**起見** ㄑㄧˇ ㄐㄧㄢˋ 〔文〕著想。如「為了安全起見」。

**起身** ㄑㄧˇ ㄕㄣ ①動身出遠門。②早晨離床。

**起事** ㄑㄧˇ ㄕˋ 〔文〕發動武裝力量做某一件事。

**起來** ▲ㄑㄧˇ ㄌㄞˊ ①早晨起床。②坐起或立起。▲·ㄑㄧ ·ㄌㄞ 用在動詞之後，兩字都輕讀。①開始發生或興起。如「長（ㄓㄤˇ）起來快得很呢」。②有「著（·ㄓㄜ）」字的意思。如「這種菜看著不怎麼樣，吃起來還不錯」。

**起初** ㄑㄧˇ ㄔㄨ 最初；起先。

**起居** ㄑㄧˇ ㄐㄩ 〔文〕①人的日常生活。②向尊長問候請安。

**起床** ㄑㄧˇ ㄔㄨㄤˊ 從床上起來。

**起花** ㄑㄧˇ ㄏㄨㄚ 花字輕讀。焰火的一種，能升高發火花。也叫「沖天砲」。

**起勁** ㄑㄧˇ ㄐㄧㄣˋ ①努力。如「大家做得很起勁」。②高興。如「玩得很起勁」。

**起急** ㄑㄧˇ ㄐㄧˊ 發急，急躁。

**起風** ㄑㄧˇ ㄈㄥ 颳風。

**起飛** ㄑㄧˇ ㄈㄟ ①從地上飛起，指飛機。②lift off的意譯。借飛機飛離地面，進入航道，比喻社會某種事業各方面都已準備齊全，配合妥當，一步步向前進展。如「工業起飛」。

**起首** ㄑㄧˇ ㄕㄡˇ 起先。

**起原** ㄑㄧˇ ㄩㄢˊ 發生的由來。也作「起源」。

**起家** ①建立家業。②從那裡打好了事業基礎叫「起家」。如「張先生是律師起家的」。

**起航** 輪船起錨航行。

**起草** 打草稿。也作「起稿」。

**起訖** 開始和終結。

**起眼** 引人注目（常用於否定）。如「他這樣做就不起眼了」。

**起程** 動身，起行。

**起筆** 書法上指每一筆的開始。

**起訴** 法律名詞。向所屬法院提起訴訟的簡語。民事訴訟由原告對被告，請求法院就其私法上的權利或其他事項予以裁判的行為。在刑事訴訟則由檢察官提起公訴，或由原告提出自訴，請求法院對被告論罪科刑的行為。

**起跑** 賽跑時聽發令鎗聲開步跑。

**起開** 開字輕讀。走開。是趕人離去的話。

**起意** 發生意念，想出計畫。

**起敬** 心裡產生敬意。如「肅然起敬」。

**起義** ①因為著正義而起兵。②唾棄專制暴政的人，率部或單獨棄暗投明。如「義士起義來歸」。

**起落** ①升與降。②起飛與降落。

**起解** 指犯人被押送。

**起跳** 田賽中跳遠、跳高項目中起步跳出。

**起運** （貨物）開始運出。也作「啟運」。

**起疑** 發生懷疑，犯疑心。

**起稿** 打草稿。

**起舞** 歡樂奮發的樣子。

**起誓** 發誓。

**起課** 占課。卜者搖銅錢看正反面，或是掐手指頭算干支，推斷吉凶。

**起膩** 纏磨。如「這個孩子真會纏人，老這麼起膩」。

**起鬨** 搗亂。

**起錨** 輪船弔起鐵錨，準備開航。

**起鍋** 菜炒好了，把炒鍋從火爐上拿起來，叫起鍋。

**起點** 開始的地方或時間。

**起爆** 開始點燃引信或按動電紐以使爆裂物爆炸。

**起霸** 國劇中武將上場作整盔、束甲等姿勢。

**起靈** 起運靈柩（往墓地）。

**起名（兒）** 命名。也作「起名字」。

**起碼（兒）** 最低限度。

**起火點** 發生火災最先起火的地方。

**起居注** 舊官名，掌記錄國君日常動止等事。

**起重船** 能在水上移動，進行起重作業的船。也叫「浮弔」。

**起重機** 能移動東西的機器，上有滑車，下設輪軸，用鐵索繫重物，上下左右搬動。

**起訴書** 檢察官向法院提起訴訟時提出的陳述事實的公文。

**起跑器** 賽跑時專用的裝置。用金屬或木料製成，能調節角度，釘在起跑線後，可牢固地支撐腳掌，以便充分發揮後蹬力量，迅速起跑。

**起跑線** ㄑㄧˇ ㄆㄠˇ ㄒㄧㄢˋ 徑賽中賽跑時，競賽者在開始起步前在一條橫線上，待鎗聲響起時起步。這條線叫起跑線。

**起跑架** ㄑㄧˇ ㄆㄠˇ ㄐㄧㄚˋ 飛機起降或於地面滑行，或停於地面，用以支持整架飛機的裝置。

**起電盤** ㄑㄧˇ ㄉㄧㄢˋ ㄆㄢˊ 利用感應生電現象取得少量靜電的裝置，由一個硬橡膠或火漆等絕緣物質做的圓盤和一個有絕緣柄的金屬圓盤組成。

**起頭兒** ㄑㄧˇ ㄊㄡˊ ㄦ ①開始。②原先。

**起早貪黑** ㄑㄧˇ ㄗㄠˇ ㄊㄢ ㄏㄟ 起得早，睡得晚，早出晚歸。

**起死回生** ㄑㄧˇ ㄙˇ ㄏㄨㄟˊ ㄕㄥ ①救活將死的人。②挽救將失敗的事。

**起承轉合** ㄑㄧˇ ㄔㄥˊ ㄓㄨㄢˇ ㄏㄜˊ 文章結構的層次，分起筆、承接、轉折、結束等四段。

## 五筆

# 趄

▲図 ㄐㄩ 見「趑趄」。

▲ㄑㄧㄝˋ 歪斜的。如「趄坡」。

# 超

ㄔㄠ ㈠跳過。如「超越」「挾泰山以超北海」。㈡高出，多出來。如「入超」「超速」。㈢特出的。如「超人」。㈣見「超然」。㈤救度。如「超度」。㈥図生性灑脫不拘常規。如「超脫」。

**超人** ㄔㄠ ㄖㄣˊ ①才智能力超過一般的人。如「超人的記憶力」「他樣樣比別人強，簡直是個超人」。②十九世紀德國哲學家尼采說的，「最強、最好、行為超出善惡之外、可以為所欲為的人」。他認為這種人是傳統文明的批判者，常人只是他的工具。強調人生最高的目的，就是成為「超人」。

**超凡** ㄔㄠ ㄈㄢˊ 図超出普通之上。

**超出** ㄔㄠ ㄔㄨ 越出（一定的數量或範圍）。如「超出預算」。

**超升** ㄔㄠ ㄕㄥ ①図越等升級。又作「超遷」。②佛教說人的靈魂升上「極樂世界」。

**超生** ㄔㄠ ㄕㄥ ①佛教說人死後靈魂投胎，再來到世界上為人。②比喻寬貸、開脫。如「筆下超生」。

**超次** ㄔㄠ ㄘˋ ①超越等次升遷。②超出限定的次數。

**超車** ㄔㄠ ㄔㄜ 在後面的汽車，加速超過前車。

**超拔** ㄔㄠ ㄅㄚˊ 図高出一切。

**超度** ㄔㄠ ㄉㄨˋ 佛教說救度死者的靈魂脫離苦難。人死後請和尚念經，也叫「超度」。

**超重** ㄔㄠ ㄓㄨㄥˋ 超過限定的重量。

**超倫** ㄔㄠ ㄌㄨㄣˊ 図勝過常人。

**超級** ㄔㄠ ㄐㄧˊ 超越一般的等級。

**超商** ㄔㄠ ㄕㄤ 超級商店的簡稱。

**超脫** ㄔㄠ ㄊㄨㄛ 図生性灑脫，不受世事所拘束。

**超速** ㄔㄠ ㄙㄨˋ 行車速度超過法定的限度。

**超然** ㄔㄠ ㄖㄢˊ 沒有利害關係，因而比較公平客觀。

**超等** ㄔㄠ ㄉㄥˇ 越過一般的等級。

**超絕** ㄔㄠ ㄐㄩㄝˊ 図超過所有的；高出一切的。

**超越** ㄔㄠ ㄩㄝˋ 勝過。

**超距** ㄔㄠ ㄐㄩˋ 図跳躍。古代練習武力的一種活動。

**超逸** ㄔㄠ ㄧˋ 文指人的性情能超出物慾的誘惑。

**超勤** ㄔㄠ ㄑㄧㄣˊ 特別勤快。

**超載** ㄔㄠ ㄗㄞˋ ①交通工具裝物數量超過規定。②發電機需要供應的發電量超過了它應有的負荷量而勉強供應。

**超群** ㄔㄠ ㄑㄩㄣˊ 超過一般。如「武藝超群」。

**超過** ㄔㄠ ㄍㄨㄛˋ 高出別的事物之上。

**超額** ㄔㄠ ㄜˊ 超過定額。

**超齡** ㄔㄠ ㄌㄧㄥˊ ①超過規定的年齡。②機具等超過規定的使用期限。

**超自然** ㄔㄠ ㄗˋ ㄖㄢˊ 超於自然世界以外的另一種存在，而不能以理性說明者。

**超低溫** ㄔㄠ ㄉㄧ ㄨㄣ 比低溫更低的溫度，物理學上指低於攝氏零下263度的液態空氣的溫度。

**超音波** ㄔㄠ ㄧㄣ ㄅㄛ ①物理學上說機械波的頻率高於入耳的可聞上限。②具有超音範圍頻率的電波。

**超音速** ㄔㄠ ㄧㄣ ㄙㄨˋ 飛行物體在空中飛行的速度超過音速。參看「音速」。

**超時空** ㄔㄠ ㄕˊ ㄎㄨㄥ 超越時間與空間的限制。

**超高壓** ㄔㄠ ㄍㄠ ㄧㄚ ①指超過十萬個大氣壓的壓力。②一般指二十二萬伏特以上的電壓。

**超短波** ㄔㄠ ㄉㄨㄢˇ ㄅㄛ 波長一米到十米（三十到三百兆赫）的無線電波，用在廣播、通信、雷達方面。

**超新星** ㄔㄠ ㄒㄧㄣ ㄒㄧㄥ 天文學指超過原來亮度一千萬倍的新星。

**超導體** ㄔㄠ ㄉㄠˇ ㄊㄧˇ 物理學上說，在極低溫下，許多金屬、合金、複合物都會變成沒有電阻的狀態，這時電流通入，不會消耗；如果放入磁場中，則其體內沒有磁場。這種狀態下的物體，稱為超導體。

**超黨派** ㄔㄠ ㄉㄤˇ ㄆㄞˋ 不屬於任何特定黨派。

**超凡入聖** ㄔㄠ ㄈㄢˊ ㄖㄨˋ ㄕㄥˋ 原指修道學佛造詣超出凡俗進入聖境。後來泛指修養或造詣達到登峰造極的境地。

**超級市場** ㄔㄠ ㄐㄧˊ ㄕˋ ㄔㄤˇ 是現代大規模經營的一種商場，出售各種生活用品。由很少的人員管理，顧客自動選取貨品，貨品都有標價，在出口處結帳付款。這種市場先在美國創行，英文稱為supermarket。

**超級商店** ㄔㄠ ㄐㄧˊ ㄕㄤ ㄉㄧㄢˋ 現代新興市場的一種，以出售食品為主，也售日常用的百貨，分類陳列架上，由顧客自己取下，到收銀臺付款，是新型自助式的商店。

**超然物外** ㄔㄠ ㄖㄢˊ ㄨˋ ㄨㄞˋ 文指人的心胸曠達，無所沾滯，外界引誘對他毫無作用。

**超群絕倫** ㄔㄠ ㄑㄩㄣˊ ㄐㄩㄝˊ ㄌㄨㄣˊ 文事物或才能高過一般的等級，無可比並。

**超塵拔俗** ㄔㄠ ㄔㄣˊ ㄅㄚˊ ㄙㄨˊ 形容人的品德超越一般，不同凡俗。

## 趁（趂）

ㄔㄣˋ ㈠順應機會把握時間去做。如「打鐵趁熱」「趁火打劫」。㈡順便搭乘車船也說趁。如「趁車」「趁船」。㈢遂了心願。如「趁心」。

**趁心** ㄔㄣˋ ㄒㄧㄣ 符合心願；心滿意足。也寫作「稱心」。

**趁手** ㄔㄣˋ ㄕㄡˇ ①順手，合適。如「這把刀用起來很趁手」。②順便。如「出去時候趁手把門帶上」。

**趁車** ㄔㄣˋ ㄔㄜ 搭車，乘車，坐車。

**趁便** ㄔㄣˋ ㄅㄧㄢˋ 順便。

**趁船** ㄔㄣˋ ㄔㄨㄢˊ 搭別人的船。

**趁勢** 乘機會。

**趁錢** 有錢。也作「稱錢」。

**趁早（兒）** 提前，趕快，趁著時間還來得及。

**趁熱兒** 把握時機。如「趁熱兒打鐵」。

**趁心如意** 非常合於心意。

**趁火打劫** 趁人危急忙亂搶奪利益。

**趁風揚帆** 看準機會做事。

**趁熱打鐵** 鐵要在燒紅的時候打。比喻趁著好時機或條件做事。

**越** ㄩㄝˋ ㈠通過。如「跨越」「穿越界」。㈡出了範圍。如「越軌」「越俎代庖」。㈢更加。如「越發」「越大越懂事」。㈣図聲音清遠。如「清越」「激越」。㈤図墜，跌（失敗，做錯事）。如「時恐隕越」。㈥図搶劫。如「殺人越貨」。㈦春秋時國名，在今江浙一帶，出過有名的國王叫「句踐」。㈧古族名，秦漢以前已分布於長江中下游以南各地，部落很多，所以稱為「百越」（百粵）。以後部分逐漸與漢人融合，部分與現在的壯、傣、黎族有密切的關係。㈨浙江省的別稱，也單指紹興一帶，「越劇」就是紹興戲。㈩越南，國名，原名安南，十九世紀淪為法國殖民地，二次大戰後獨立後，初分南北，一九七五年四月，北越征服南越，而告統一。(十一)姓。

**越位** 足球運動比賽術語。球員踢球的瞬間，同隊另一球員位於對方半場而且比對方球員與球更接近對方的端線，叫越位。

**越界** 超越界限或邊界。

**越軌** 言行超出常軌。

**越級** 超越等級。如「越級挑戰」。

**越發** 更加。如「她這樣打扮越發好看」。

**越過** ①超出，超過。如「價錢不能越過公定的價格」。②通過。如「向前直走，再越過馬路」。

**越境** 越過邊界。

**越獄** 図犯人從監獄裡逃出來。

**越禮** 違背了應該遵循的禮法。

**越權** 做事超過自己的權限。

**越野車** 用於越野賽的車輛，分自由車與機動車兩類。機動車又分機車與汽車兩種。

**越犬吠雪** 唐代文學家柳宗元所說的寓言，比喻少見多怪。

**越俎代庖** 代替人做出不是自己應當做的事。

**越野賽跑** 徑賽運動之一。採用戶外賽跑方式，場地須有若干處必須爬坡。全程以成人四千公尺，青少年三千公尺為度。

**越職言事** 低級人員談論本職以外的重要事務。

## 六筆

**趑（趦）** 図ㄗ 見「趑趄」。

**趑趄** 図要想前進又不敢走的樣子。

## 七筆

**趕（赶）** ㄍㄢˇ ㈠從後面追上去。如「追趕」「迎頭趕上」。㈡驅逐。如「把敵人趕出國境」「趕走他們」。㈢跟隨在後面催促。如「趕羊」「趕一群鴨子」。㈣急忙地走。如「趕路」「趕著去開會」。㈤等到。如「趕明兒」「趕晚上再給你」。㈥把速度加快。如「趕快」「趕夜工」。㈦恰巧碰上。如「趕上飛機停開，沒能走成功」「修房子偏趕上颳颱風」。

**趕巧** ㄍㄢˇ ㄑㄧㄠˇ 湊巧，正好碰上機會。

**趕忙** ㄍㄢˇ ㄇㄤˊ 連忙，趕快。

**趕羊** ㄍㄢˇ ㄧㄤˊ 一種擲骰子的賭博遊戲。用六顆骰子擲出，除掉三顆相同者不算，以其餘三顆點數的多少來決定勝負。

**趕考** ㄍㄢˇ ㄎㄠˇ 參加科舉考試。如「進京趕考」。也指參加各種考試。

**趕快** ㄍㄢˇ ㄎㄨㄞˋ 提高速度。

**趕走** ㄍㄢˇ ㄗㄡˇ 驅逐。

**趕車** ㄍㄢˇ ㄔㄜ 駕駛獸力拉的車。

**趕到** ▲ㄍㄢˇ ㄉㄠˋ ①連忙去。②趕著來到。▲ㄍㄢˇ ˙ㄉㄠ 等到。如「趕到有困難再用這筆錢」。

**趕場** ㄍㄢˇ ㄔㄤˇ ①演藝人員在短時間內趕往幾個地方登臺獻藝。②泛指人忙碌，周旋於眾多事務之間。

**趕路** ㄍㄢˇ ㄌㄨˋ 加快速度走路。

**趕開** ㄍㄢˇ ㄎㄞ 驅逐離去。

**趕緊** ㄍㄢˇ ㄐㄧㄣˇ 加快速度，趕快。

**趕不上** ㄍㄢˇ ㄅㄨˋ ㄕㄤˋ 不字輕讀。①追不上。如「趕不上這班火車」。②不如。如「我的功課趕不上他」。③碰不到。如「總是趕不上好天氣」。

**趕回來** ▲ㄍㄢˇ ㄏㄨㄟˊ ˙ㄌㄞ 等到回來的時候。如「趕回來再說吧」。▲ㄍㄢˇ ˙ㄏㄨㄟ ˙ㄌㄞ ①急忙回來。②給追回來。如「把他趕回來」。

**趕明兒** ㄍㄢˇ ㄇㄧㄥˊ ㄦ 以後，將來。如「這件事趕明兒再說」。

**趕得上** ㄍㄢˇ ˙ㄉㄜ ㄕㄤˋ 可以追到。如「還趕得上搭車」。

**趕趟兒** ㄍㄢˇ ㄊㄤˋ ㄦ 趕得上。如「不必今天就動身，明天一早兒去也趕趟兒」。

**趕時髦** ㄍㄢˇ ㄕˊ ㄇㄠˊ 追逐流行的時尚。

**趕盡殺絕** ㄍㄢˇ ㄐㄧㄣˋ ㄕㄚ ㄐㄩㄝˊ ㈠比喻惡人的手段太絕，㈡欺人太甚。

**趕鴨子上架** ㄍㄢˇ ㄧㄚ ˙ㄗ ㄕㄤˋ ㄐㄧㄚˋ 比喻迫使人做他不會做或做不到的事。

**趙（赵）** ㄓㄠˋ ㈠図把東西還人。如「奉趙」。㈡古國名：①戰國的趙國，在現在河北南部與山西北部一帶地方。②東晉時劉曜在長安稱帝，史稱前趙。③東晉石勒滅前趙建立後趙。㈢姓。

**趙體字** ㄓㄠˋ ㄊㄧˇ ㄗˋ 元代趙孟頫所寫的字體，圓潤清秀，結構謹嚴。

## 八筆

**趟** ㄊㄤˋ 走一次叫一趟。如「他來過幾趟了」。

**趟馬** ㄊㄤˋ ㄇㄚˇ 戲曲裡表演騎著馬走或跑的一套程式動作。

**趣** ▲ㄑㄩˋ ㈠興味。如「自討沒趣」「興趣」。㈡意思，心志。如「旨趣」「志趣」。▲図ㄘㄨˋ 同「促」，是催促、督促的意思。

**趣事** ㄑㄩˋ ㄕˋ 有趣味的事。

**趣味** ㄑㄩˋ ㄨㄟˋ 興趣。

**趣話** ㄑㄩˋ ㄏㄨㄚˋ 有趣味的笑話。

**趣聞** ㄑㄩˋ ㄨㄣˊ 有趣味的傳聞。

## 十筆

**趨（趋、趍）** ▲ㄑㄩ ㈠傾向。如「趨向」「趨勢」。㈡文趕著上前。如「趨前拜謁」「趨而迎之」。㈢文依附。如「趨炎附勢」。㈣文謀求。如「趨利」「趨吉避凶」。▲文ㄘㄨˋ同「促」，是催促，急促。

**趨向** ㄑㄩ ㄒㄧㄤˋ ①傾向。②志向。

**趨利** ㄑㄩ ㄌㄧˋ 文急於圖利。

**趨奉** ㄑㄩ ㄈㄥˋ 奔走奉承別人。

**趨附** ㄑㄩ ㄈㄨˋ 文討好有權勢的人，拍馬屁。

**趨前** ㄑㄩ ㄑㄧㄢˊ 走向前。

**趨庭** ㄑㄩ ㄊㄧㄥˊ 文比喻子承父教。由〈論語·季氏〉「鯉（孔子的兒子）趨而過庭」而來。

**趨勢** ㄑㄩ ㄕˋ 局勢的傾向。

**趨避** ㄑㄩ ㄅㄧˋ 文快走躲開。如「遙見奔馬，趨避路旁」。

**趨光性** ㄑㄩ ㄍㄨㄤ ㄒㄧㄥˋ 某些昆蟲或魚類常常奔向有光的地方，這種特性叫做趨光性。

**趨之若鶩** ㄑㄩ ㄓ ㄖㄨㄛˋ ㄨˋ 像鴨子一樣成群地跑過去。比喻追逐不是很正當的事物。

**趨吉避凶** ㄑㄩ ㄐㄧˊ ㄅㄧˋ ㄒㄩㄥ 以人力致和祥，避開危險。

**趨炎附勢** ㄑㄩ ㄧㄢˊ ㄈㄨˋ ㄕˋ 文依附有權勢的人。

**趨異演化** ㄑㄩ ㄧˋ ㄧㄢˇ ㄏㄨㄚˋ 生物學名詞。生物因天擇的結果，使同源器官為適應不同的環境，而彼此發生變異，以致功能或形態不一樣了，這種改變叫做趨異演化。例如人的上肢和鳥的翅膀是同源的前肢，但因生活上的需要而演化成形態或功能不同的器官。

## 十二筆

**趫** ㄑㄧㄠˊ ㈠同「踩高蹺」的「蹺」。㈡文「趫捷」，身體敏捷，會爬高，跑得快。

## 十四筆

**趯** ▲文ㄩㄝˋ同「躍」。▲ㄊㄧˋ書法稱筆鋒向上旁出，像「㇀」的叫「趯」。

## 十九筆

**趲** 文ㄗㄢˇ ㈠「趲路」，急忙趕路。㈡「趲馬向前」，催馬前行。

# 足部

**足** ▲ㄗㄨˊ ㈠動物的下肢。一般把踝子骨以下的「腳」也叫「足」。如「節足動物」「手足並用」。㈡器物下面著地的部分。如「鼎有三足」。㈢見「手足」。㈣夠，不缺欠。如「充足」「知足」。㈤多、滿、達到願望。如「富足」「心滿意足」。㈥盡情地，儘量地，極度地。如「足玩兒了一天」「致足樂也」。㈦可以，堪。如「足以自豪」「足供參考」。㈧文值得。如「何足掛齒」「無足觀也」。㈨文「高足」，對人家的學生的敬稱。㈩見「足下」。

▲図ㄐㄩˋ見「足恭」。

**足下** ㄗㄨˊ ㄒㄧㄚˋ 對朋友的敬稱，書信裡常用。

**足月** ㄗㄨˊ ㄩㄝˋ 指胎兒在母體內成長的月分已足。

**足以** ㄗㄨˊ ㄧˇ 表可能的助動詞，表示「十分可以」「滿可以」的意思。如「他的舉動，足以做學生的模範」。

**足色** ㄗㄨˊ ㄙㄜˋ 金銀的成色十足。

**足衣** ㄗㄨˊ ㄧ 図襪子。

**足赤** ㄗㄨˊ ㄔˋ 成色十足的黃金。

**足見** ㄗㄨˊ ㄐㄧㄢˋ 可見。

**足恭** ㄐㄩˋ ㄍㄨㄥ 図過分的謙恭，近於做作。

**足夠** ㄗㄨˊ ㄍㄡˋ ①充足，不缺少。②堪以。

**足球** ㄗㄨˊ ㄑㄧㄡˊ ①一種用腳踢球、用頭頂球的運動。中國古代就有類似的運動，民間、軍中，甚至宮廷裡都有。現代足球運動則由西洋傳入。這種運動在長方形的場地上（長一百到一百一十公尺，寬六十四到七十五公尺）進行，兩端各設球門。比賽時雙方各以隊員十一人上場，把球踢進對方球門，一次算一分，比賽時間終了，得分多的一隊勝利。同分時比踢十二碼球。比賽時間分上下兩半場，各四十五分鐘。②這一種運動所用的球，圓形，外殼用皮革或國際足球總會承認的物質製成。球體圓周為六十八到七十公分，重量不超過四百五十三公克，不小於三百九十六公克。

**足趾** ㄗㄨˊ ㄓˇ 腳指頭。

**足歲** ㄗㄨˊ ㄙㄨㄟˋ 實足的年齡。

**足跡** ㄗㄨˊ ㄐㄧ ①腳所踏的痕跡，就是腳印兒。②行蹤所到的地方。如「足跡遍於天下」。

**足繭** ㄗㄨˊ ㄐㄧㄢˇ 図腳底的厚皮。見「趼」。

**足音跫然** ㄗㄨˊ ㄧㄣ ㄑㄩㄥˊ ㄖㄢˊ 図久處寂寞中，聽到有人來訪的腳步聲，心中很高興。

**足食足兵** ㄗㄨˊ ㄕˊ ㄗㄨˊ ㄅㄧㄥ 図糧食兵備都很充足。

**足智多謀** ㄗㄨˊ ㄓˋ ㄉㄨㄛ ㄇㄡˊ 形容人聰慧多謀略。

**足謀寡斷** ㄗㄨˊ ㄇㄡˊ ㄍㄨㄚˇ ㄉㄨㄢˋ 多計謀而少決斷。

## 二筆

**趴** ㄆㄚ ㈠身體向下伏著。如「趴在地上」。㈡身體向前靠在物體上，與文言的「伏」相同。如「趴在桌上寫字」。㈢見「矮趴趴的」。

**趴下** ㄆㄚ ㄒㄧㄚ˙ 下字輕讀。①身體向下伏著不動。②跌倒了。如「腳一滑，就趴下了」。

## 三筆

**趵** 図ㄅㄠˋ 跳躍。「趵突泉」，在山東濟南，泉水從地下湧出，像是跳躍。

## 四筆

**趺** ㄈㄨ ㈠見「趺坐」。㈡同「跗」。

**趺坐** ㄈㄨ ㄗㄨㄛˋ 図盤腿坐著，像和尚的打坐。

**趿** ▲ㄊㄚ見「趿拉」。▲図ㄙㄚˋ伸出腳去撥取東西。杜甫詩有「欲向何門趿珠履」。

**趿拉** ㄊㄚ ㄌㄚ˙ 拉字輕讀。拖著鞋。如「趿拉著鞋」。

**趼（趼）** 図ㄐㄧㄢˇ 腳底因為過度摩擦而生的厚皮。

**跂** ▲〔文〕ㄑㄧˊ ㊀腳指頭的數目比一般人多，叫「跂」。㊁「跂跂」，蟲子蠕動爬行的樣子。▲ㄑㄧˇ 通「企」，抬起腳後跟，叫「跂踵」。

**跂望** ㄑㄧˇ ㄨㄤˋ 〔文〕形容非常盼望。

**跂踵** ㄑㄧˇ ㄓㄨㄥˇ 〔文〕抬起腳後跟。

**趾** ㄓˇ ㊀腳指頭。如「足趾」「趾骨」。㊁腳。如「圓顱方趾」（人類形體的特點）「趾高氣揚」。㊂〔文〕蹤跡。晉朝皇甫謐的〈高士傳〉有「仰頌逸民，庶追芳趾」。

**趾骨** ㄓˇ ㄍㄨˇ 腳指頭的骨，在蹠骨之前，左右各十四個。

**趾高氣揚** ㄓˇ ㄍㄠ ㄑㄧˋ ㄧㄤˊ 〔文〕得意忘形，態度傲慢，旁若無人的樣子。

## 五筆

**跋** 〔文〕ㄅㄚˊ ㊀見「跋涉」。㊁寫在書籍後面的短文。㊂見「跋扈」。

**跋涉** ㄅㄚˊ ㄕㄜˋ 〔文〕走過山路叫「跋」，從水面過叫「涉」。形容旅途艱苦。

**跋扈** ㄅㄚˊ ㄏㄨˋ 〔文〕形容人的態度傲慢，舉動強橫。

**跋前疐後** ㄅㄚˊ ㄑㄧㄢˊ ㄓˋ ㄏㄡˋ 〔文〕比喻進退兩難。

**跛** ▲ㄅㄛˇ 人的一邊下肢有病或殘廢，走路姿態不正常。如「跛子」「走路一跛一跛的」。▲〔文〕ㄅㄧˋ 偏，不正。〈禮記〉有「立毋跛」。

**跛子** ㄅㄛˇ ㄗ˙ 瘸子，跛腳的人。

**跛腳** ㄅㄛˇ ㄐㄧㄠˇ 因病或其他原因，走起路來身體不平衡的腳。也說跛腿。

**跛躓** ㄅㄛˇ ㄓˋ 〔文〕走路時不小心跌倒。

**跛鱉千里** ㄅㄛˇ ㄅㄧㄝ ㄑㄧㄢ ㄌㄧˇ 跛鱉爬行蹣跚，卻可爬行千里。比喻只要努力向學，雖然資質駑鈍，也能有成就。

**跑** ▲ㄆㄠˇ ㊀大步向前快走。如「賽跑」「他是跑了去的」。㊁賽跑的簡稱。如「跑百米」「短跑」。㊂走。如「他在沙漠裡跑了一百里地才有水喝」「東跑西跑」。㊃逃走。如「逃跑」「來晚了一步，小偷兒跑了」。㊄漏出。如「車胎跑氣」「掉了門牙，說話跑風」。㊅為工作生活奔忙。如「跑新聞」「跑單幫」。▲ㄆㄠˊ 同「刨」，用腳挖地。如杭州有「虎跑泉」。

**跑片** ㄆㄠˇ ㄆㄧㄢˋ 一部電影同時在幾家電影院放映，因為影片只有一部，除了調整各院放映時間，使有先後次序之外，另外雇人，在甲院映完一部分時，把這部分影片送到乙院放映，叫做「跑片」。

**跑步** ㄆㄠˇ ㄅㄨˋ 按照規定姿勢往前跑。

**跑者** ㄆㄠˇ ㄓㄜˇ 壘球或棒球運動比賽中，攻方打擊者安打上壘後，在後一位打擊者安打時，繼續跑壘的跑壘員。

**跑氣** ㄆㄠˇ ㄑㄧˋ 氣體漏出。如「車胎跑氣了」。

**跑馬** ㄆㄠˇ ㄇㄚˇ ①使馬跑。②賽馬。

**跑道** ㄆㄠˇ ㄉㄠˋ ①田徑場上徑賽用的道路。②飛機場上供飛機起飛降落的道路。

**跑鞋** ㄆㄠˇ ㄒㄧㄝˊ 賽跑時所穿的釘鞋。

**跑外的** ㄆㄠˇ ㄨㄞˋ ㄉㄜ˙ 公司行號在外面兜攬生意、送貨、收帳的人員。

**跑江湖** ㄆㄠˇ ㄐㄧㄤ ㄏㄨˊ 浪跡四方謀求生活。

**跑旱船** ㄆㄠˇ ㄏㄢˋ ㄔㄨㄢˊ 也叫「採蓮船」。一種民間舞蹈藝術。扮演女子的人站在用竹片和布紮成的無底船中間，肩部或腰部有繩索繫住紙船。另有一人扮演艄公（船夫），手持木槳作划船狀。兩人隨鼓樂聲合舞同唱。這種遊藝活動常在節慶廟會上出現。

**跑肚子** ㄆㄠˇ ㄉㄨˋ ㄗ˙ 俗稱瀉肚為跑肚子。

**跑野馬** ㄆㄠˇ ㄧㄝˇ ㄇㄚˇ ①行動自由，不愛約束。②比喻題外話說得太多。如「林老師常在課堂上跑野馬」。

**跑單幫** ㄆㄠˇ ㄉㄢ ㄅㄤ 單人帶著外地的貨物往來兜售的一種投機活動生意。

**跑圓場** ㄆㄠˇ ㄩㄢˊ ㄔㄤˇ 戲曲演員圍著舞臺中心快步繞圈子，表示走長途路程。

**跑新聞** ㄆㄠˇ ㄒㄧㄣ ㄨㄣˊ 新聞記者到外面採訪消息。

**跑腿兒** ㄆㄠˇ ㄊㄨㄟˇ ㄦ ①奔走。②替人做事。如「我有點事兒，你替我跑腿兒」。

**跑碼頭** ㄆㄠˇ ㄇㄚˇ ㄊㄡˊ ①舊時指在沿海沿江河的大城市往來做買賣。②從前伶人沒有固定唱戲地點而來往於不同地方演唱。

**跑龍套** ㄆㄠˇ ㄌㄨㄥˊ ㄊㄠˋ 原指在戲曲中扮演隨從或兵卒。比喻在他人手下做無關緊要的事。

**跑警報** ㄆㄠˇ ㄐㄧㄥˇ ㄅㄠˋ 聽到空襲警報迅速躲避。

**跑堂（兒）的** ㄆㄠˇ ㄊㄤˊ ㄦ ㄉㄜ˙ 酒店、飯館裡負責招待客人、端送食物的侍者。

## 跗

図ㄈㄨ 腳背。

**跗骨** ㄈㄨ ㄍㄨˇ 蹠骨和脛骨之間的骨，構成腳跟和腳面的一部分，由七塊小骨組成。

**跗關節** ㄈㄨ ㄍㄨㄢ ㄐㄧㄝˊ 位於脛骨與跗骨間的關節。

## 跌

ㄉㄧㄝ ㈠摔倒。如「跌倒」「跌跤」。㈡降低價格。如「跌價」「米價跌了」。㈢図差失。如「任事十年，無有差跌」。㈣見「跌蕩」。

**跌交** ㄉㄧㄝ ㄐㄧㄠ 摔倒。也作「跌跤」。

**跌足** ㄉㄧㄝ ㄗㄨˊ 図跺腳。

**跌落** ㄉㄧㄝ ㄌㄨㄛˋ 掉下來。

**跌價** ㄉㄧㄝ ㄐㄧㄚˋ 商品價格下降。

**跌蕩** ㄉㄧㄝ ㄉㄤˋ 図也作「跌宕」。①放縱不照規矩。②形容古文音節抑揚頓挫。韓愈的詩有「節奏頗跌蕩」。

**跌跌撞撞** ㄉㄧㄝ ㄉㄧㄝ ㄓㄨㄤˋ ㄓㄨㄤˋ 走路腳步不穩，像要跌倒的樣子。

## 跆

ㄊㄞˊ ㈠図踐踏。如「跆籍」。㈡見「跆拳道」。

**跆籍** ㄊㄞˊ ㄐㄧˊ 図踐踏。「張、楚並興，兵相跆籍，秦遂以亡」（見〈漢書〉）。

**跆拳道** ㄊㄞˊ ㄑㄩㄢˊ ㄉㄠˋ 以我國少林拳為主體的一種徒手技擊。傳入朝鮮之後，於西元一九五五年改名跆拳道，成為該國國技。講求以手、腳、肘快速制伏對方。現在已經成為一種國際性的技擊。

## 跎

図ㄊㄨㄛˊ 見「蹉跎」。

## 跅

図ㄊㄨㄛˋ「跅弛」，放蕩，不檢束自己的樣子。

## 跏

図ㄐㄧㄚ「跏趺」，和尚打坐，就是盤膝坐著。

## 距

ㄐㄩˋ ㈠公雞腳上蹠骨後上方生長的突出體，很堅銳，打鬥時用做武器之一。㈡相隔相離，表示空間或時間的相違或心意的不相同。如「距今六十年」「他們兩人的意見有距離」。㈢図同「拒」。〈孟子〉書有「距楊墨」。

**距角** ㄐㄩˋ ㄐㄧㄠˇ ①數學上說測兩點的距離時，兩視線所成的角。②天文學上說在地球上觀測一個星球和另一個星球的角度。

**距離** ㄐㄩˋ ㄌㄧˊ ①兩者相隔的遠近。②幾何學名詞，分垂直距離、水平距離、斜距離三種。

**跖** 図ㄓˊ ㈠同「蹠」。㈡「盜跖」，古時大強盜的名字。又讀ㄓㄜˊ。

**跚** 図ㄕㄢ 見「蹣跚」。

## 六筆

**跺** ㄉㄨㄛˋ 見「跺腳」。

**跺腳** ㄉㄨㄛˋ ㄐㄧㄠˇ 舉起腳來，用腳掌腳跟用力踏地，是憤怒、著急、興奮等激動情緒的表現。如「氣得他直跺腳」。文言是「頓足」。

**跳** ▲ㄊㄧㄠˋ ㈠腳部用力使身體向上提起。如「跳高」「跳遠」。㈡越過。如「跳了一班，念完四年級就上六年級」。㈢振動。如「心驚肉跳」「心裡撲撲地跳」。㈣見「跳梁」。▲図ㄊㄠˊ 同「逃」。〈史記〉有「漢王跳」。

**跳月** ㄊㄧㄠˋ ㄩㄝˋ 苗族人習俗，春天的天朗月明之夜，未婚男女在月下吹蘆笙，唱歌，和自己所愛的人跳舞，叫做跳月。跳完舞，男女相攜回家，成為夫妻。

**跳水** ㄊㄧㄠˋ ㄕㄨㄟˇ ①水上運動項目之一。池中水深三公尺以上，人由池邊跳臺上以不同的方式躍身入水。入水以前，身體作各種翻滾動作。②跳入水中。

**跳行** ㄊㄧㄠˋ ㄏㄤˊ ①從別行書寫起。同「抬頭」④。②改變職業。

**跳板** ㄊㄧㄠˋ ㄅㄢˇ ①游泳池或跳水池邊跳臺上的長條木板，有彈性，供跳水者使用。②搭在船和岸之間便利乘客上下船的板子。③暫時或過渡期間的棲身之地或工作。如「他拿墨西哥當跳板，不久就會到美國去的」。

**跳班** ㄊㄧㄠˋ ㄅㄢ 對資質優異的學生，准予越過應該就讀的班級，如由高一跳讀高三。也說跳級。

**跳神** ㄊㄧㄠˋ ㄕㄣˊ ①滿州、蒙古、西藏習俗，歲末在廟裡，喇嘛穿上彩色神裝，戴各種奇形面具，執刀跳舞進牲，鳴法器，舞蹈誦經，以驅邪祈福，叫做跳神。②巫師裝出鬼神附身的樣子給人治病，也叫跳神。

**跳蚤** ㄊㄧㄠˋ ㄗㄠˇ 蚤字輕讀。微翅類昆蟲，頭小體肥，呈赤褐色，六條腿，後腿特別長，能跳高。寄生在人畜身上吸血，也能傳播疾病。北方叫「虼蚤」。

**跳馬** ㄊㄧㄠˋ ㄇㄚˇ ①體操運動用具之一。也叫「跳箱」。②體操項目之一，運動員急跑到跳箱前，用手撐住跳箱，做各種跳騰、翻身的動作。

**跳高** ㄊㄧㄠˋ ㄍㄠ 田賽運動項目之一，運動員縱身跳過架高的橫竿，以跳過較高的為優勝。分立定跳高、急行跳高兩種，一般都指後者。

**跳動** ㄊㄧㄠˋ ㄉㄨㄥˋ ①指人活動。②光線閃爍。

**跳梁** ㄊㄧㄠˋ ㄌㄧㄤˊ 図比喻叛亂者跋扈囂張的樣子。如「小醜跳梁」。

**跳票** ㄊㄧㄠˋ ㄆㄧㄠˋ ①銀行支票不能兌現。②比喻原先應允的事不能實現。

**跳傘** ㄊㄧㄠˋ ㄙㄢˇ 利用降落傘，從飛機或跳傘塔上跳落地面。

**跳棋** ㄊㄧㄠˋ ㄑㄧˊ 棋戲的一種，用幾種顏色不同的棋子，由兩人或三人按規則在棋盤上面，以間隔跳越的方式進行。以全部棋子先到目的地的為勝。

**跳臺** ㄊㄧㄠˋ ㄊㄞˊ 游泳池邊供跳水者站立其上的高臺。臺與水面的距離，有五米、七米、十米等。

**跳舞** ㄊㄧㄠˋ ㄨˇ 隨著音樂節奏，用一定步伐跳躍或動作。

**跳踉** ㄊㄧㄠˋ ㄌㄤˊ 図腳亂動的樣子。踉又讀ㄌㄧㄤˊ。

**跳遠** ㄊㄧㄠˋ ㄩㄢˇ 田賽運動項目之一，分立定跳遠、急行跳遠兩種。立定跳遠是站在起跳板上，雙腳同時跳起。急行跳遠是藉助跑增加衝力，在起跳板上單腳起跳，把身體拋到遠方。都以較遠的為勝。急行跳遠在空中的動作，可分屈身、弓身、剪式等三種姿勢。

**跳槽** ㄊㄧㄠˋ ㄘㄠˊ 變換職業或工作單位。比喻人不安於原有的工作，見異而遷。如「他為了多掙些錢，從李先生的店鋪跳槽到這裡來」。

**跳機** ㄊㄧㄠˋ ㄐㄧ ①乘飛機到國外，下機入其國境後即藏匿一處，非法居住。②機器臨時發生故障。

**跳繩** ㄊㄧㄠˋ ㄕㄥˊ ①一種兒童遊戲或健身運動。兩手握住繩子兩端，上下轉圜甩動的跳躍。可單人、雙人或多人。②供作跳繩用的繩索。

**跳躍** ㄊㄧㄠˋ ㄩㄝˋ ①跳動。②形容高興的樣子。

**跳水池** ㄊㄧㄠˋ ㄕㄨㄟˇ ㄔˊ 供跳水運動用的水池，比游泳池深，池邊設有跳臺。

**跳火坑** ㄊㄧㄠˋ ㄏㄨㄛˇ ㄎㄥ ①婦女被迫去做妓女。②被迫從事別人不願做的工作。如「為了挽救危局，我不跳火炕誰跳」。

**跳房子** ㄊㄧㄠˋ ㄈㄤˊ ㄗ˙ 兒童遊戲之一，有運動價值。在地上畫方形框若干個，排列成十字形或方形，跳時有時可用雙腳，有時限用單腳。每一個「房」都跳過的人，可以「占一間房子」，不讓別人經過。占得多的勝利。

**跳傘塔** ㄊㄧㄠˋ ㄙㄢˇ ㄊㄚˇ 練習跳傘的塔形建築物。

**跳腳兒** ㄊㄧㄠˋ ㄐㄧㄠˇ ㄦ˙ 焦急跺腳的樣子。

**跳加官（兒）** ㄊㄧㄠˋ ㄐㄧㄚ ㄍㄨㄢ ㄦ 舊劇開場的序戲。一男演員戴面具，穿紅袍黑靴，手持有吉祥語句的捲軸，在舞臺上高視闊步，繞行三匝。樂音則僅有小鑼。用以祝賀觀眾加官晉爵。

## 路

ㄌㄨˋ ㈠人車行走的道兒。如「公路」「鐵路」。㈡運輸線道。如「陸路」「水路」。㈢方位。如「路北（路的北邊）」「路東」。㈣做事的方法。如「門路」「路子」。㈤為人處世的方向。如「正路」「邪路」。㈥條理。如「思路」「理路」。㈦方面。如「各路英雄」「兩路夾攻」。㈧種類。如「哪一路的貨色」「他們是一路的人」。㈨宋元兩代的行政區域，有如行省。㈩姓。⑪民國初期的軍隊編制。如淞滬戰役時的「十九路軍」，及紅軍改編的「八路軍」。

**路人** ㄌㄨˋ ㄖㄣˊ ①路上的行人。②図不相關的人。如「從此蕭郎是路人」。

**路上** ㄌㄨˋ ㄕㄤ˙ 上字輕讀。①沿路。如「路上風景很美」。②途中。如「路上遇到朋友」。

**路子** ㄌㄨˋ ㄗ˙ ①門徑。②方法。如「找個路子把事情辦好」。

**路劫** ㄌㄨˋ ㄐㄧㄝˊ 図半路上搶劫。

**路況** ㄌㄨˋ ㄎㄨㄤˋ ①道路交通的情況。通常指在道路上行駛的車輛數量，是否擁塞等。②道路的狀況，如有無坑洞、彎道、坡道、坍方等。

**路面** ㄌㄨˋ ㄇㄧㄢˋ 道路的表層，用土、碎石、混凝土或瀝青等鋪成。分若干等級。

**路徑** ㄌㄨˋ ㄐㄧㄥˋ ①經過的道路。②図辦事的方法步驟。如「沒有路徑，休想達到目的」。

**路祭** ㄌㄨˋ ㄐㄧˋ 靈柩出殯時，親友在路旁設祭致奠。

**路途** ㄌㄨˋ ㄊㄨˊ ①道路。如「路途不熟」。②指路程。如「路途遙遠」。

**路程** ㄌㄨˋ ㄔㄥˊ 兩地距離的遠近。

**路費** ㄌㄨˋ ㄈㄟˋ 旅行的費用。

**路隊** ㄌㄨˋ ㄉㄨㄟˋ 學童放學回家，按路線組成隊伍，由老師帶領過馬路，免得路上發生危險。

**路過** ㄌㄨˋ ㄍㄨㄛˋ 路上經過。如「臺北去高雄，路過臺南」。

**路數** ㄌㄨˋ ㄕㄨˋ 路子；方法。如「你看他用的是什麼路數」。

**路標** ㄌㄨˋ ㄅㄧㄠ 道路上的標誌。指示行人、車輛明瞭道路狀況與目的地的距離及彎道、速度限制等。

**路線** ㄌㄨˋ ㄒㄧㄢˋ ①經過的道路。②做事的門路。

**路燈** ㄌㄨˋ ㄉㄥ 設在路旁，夜間照明的燈，是市政設施之一。

**路頭** ㄌㄨˋ ㄊㄡˊ 頭字輕讀。①道路。②門路。

**路檢** ㄌㄨˋ ㄐㄧㄢˇ 在路上對行人或車輛的檢查。

**路警** ㄌㄨˋ ㄐㄧㄥˇ 鐵路或公路警察的簡稱。

**路籤** ㄌㄨˋ ㄑㄧㄢ 火車站上准許列車通行的憑證。列車到站後，如不發給路籤就不能通行。

**路路通** ㄌㄨˋ ㄌㄨˋ ㄊㄨㄥ 每一種事情都略微通曉的人。

**路不拾遺** ㄌㄨˋ ㄅㄨˋ ㄕˊ ㄧˊ 掉在路上的東西沒有人撿起來據為己有。形容安寧康樂的社會。

**路見不平** ㄌㄨˋ ㄐㄧㄢˋ ㄅㄨˋ ㄆㄧㄥˊ 路上看到不公平的事。後面常接「拔刀相助」。

**路遙知馬力** ㄌㄨˋ ㄧㄠˊ ㄓ ㄇㄚˇ ㄌㄧˋ 走遠路才知道馬的耐力強弱。與「日久見人心」義近。

**跟** ㄍㄣ ㈠踵，腳的後部。如「腳後跟兒」。㈡鞋襪後部裹住腳跟的部分。如「高跟鞋」「換過鞋跟」。㈢在後面追隨。如「跟從」「跟蹤」。㈣從，隨侍。如「跟著師傅學了三年手藝」「跟班兒」。㈤連接詞，同「和、與、及」。如「張先生跟李老師都到了」「他跟我是好朋友」。㈥比並，趕。如「他的數學跟不上」「跟不上時代」。㈦見「跟頭」。

**跟兒** ㄍㄣ ㄦ ①腳跟。②鞋後跟兒。

**跟前** ▲ㄍㄣ ㄑㄧㄢˊ 眼前，近旁。▲ㄍㄣ ˙ㄑㄧㄢ 膝下。如「您跟前有幾位少爺」。

**跟著** ㄍㄣ ˙ㄓㄜ ①隨在後頭。②接著。如「他先洗臉，跟著就去吃飯」。

**跟腱** ㄍㄣ ㄐㄧㄢˋ 腓腸肌和比目魚肌終端的共同肌腱，長約十五公分，從小腿中間至跟骨的後側面。

**跟隨** ㄍㄣ ㄙㄨㄟˊ ①跟在人家的後頭。如「他跟隨他父親進城去了」。②隨從的人。也說「跟班兒」。如「他帶著幾個跟隨出門去了」。

**跟頭** ㄍㄣ ˙ㄊㄡ 也作「筋斗」。①身體倒翻。如「翻跟頭」。②遭挫折而失敗。如「咱們栽跟頭啦」。

**跟蹤** ㄍㄣ ㄗㄨㄥ 跟在人家後面，看他走哪兒去。

**跟腳（兒）** ㄍㄣ ㄐㄧㄠˇ ㄦ 鞋的大小鬆緊合適，走起來掉不了，也不會硌腳。

**跟得上** ㄍㄣ ˙ㄉㄜ ㄕㄤˋ ①能追上。②可以比並。如「他的本事跟得上他哥哥」。

**跟班兒** ㄍㄣ ㄅㄢ ㄦ 跟在主人身邊供使喚的人。

**跪** ㄍㄨㄟˋ 兩膝著地直著腰股叫「跪」。如「跪在地上求饒」「跪拜」。

**跪乳** ㄍㄨㄟˋ ㄖㄨˇ 因羔羊吸乳時都跪著。人們用來和「慈烏反哺」同樣比喻子女的孝行。

**跪拜** ㄍㄨㄟˋ ㄅㄞˋ 跪在地上叩頭，是一種敬禮。

**跨** ㄎㄨㄚˋ ㈠越過。如「跨越馬路」「橫跨太平洋」。㈡騎著。如「他跨著一匹大高馬」。㈢用臂彎鉤著提。如「跨著菜籃子上市場」。㈣佩著，在腰上掛著。如「跨刀」。㈤兼，附帶。如「他在別處還跨著一份兒差事」。㈥附在旁邊。如「旁邊又跨著一行小字兒」。㈦接搭在兩段時間或兩個地方之間。如「跨著年度」「土耳其的國土橫跨歐亞兩洲」。㈧偏著坐，叫「跨邊兒坐著」。㈨同「胯」。

**跨刀**ㄎㄨㄚˋ ㄉㄠ ①演藝人員與人配演叫做跨刀。②在腰間掛著刀。

**跨灶**ㄎㄨㄚˋ ㄗㄠˋ 比喻兒子的成就超過父親。出處有以下不同的說法：①〈書言故事〉說：灶上有釜，釜與父音近，跨灶隱言跨父。②馬的前蹄下面的空隙叫做灶門，前蹄踏在地上的痕跡叫做灶。快馬行走時後蹄踏地超過前蹄痕跡，叫做跨灶。

**跨步**ㄎㄨㄚˋ ㄅㄨˋ 向前邁大步走或跑。

**跨海**ㄎㄨㄚˋ ㄏㄞˇ 橫渡過海。如「澎湖縣有一座跨海大橋」。

**跨越**ㄎㄨㄚˋ ㄩㄝˋ ①橫走過去。②超越。

**跨欄**ㄎㄨㄚˋ ㄌㄢˊ 徑賽運動之一，以前叫「跳欄」。選手從擺設好的欄架上跳過，直到終點，以先到的勝利。欄架的數目和高度，因運動員性別與起點至終點的距離而有所不同。一般男子跨欄距離分百一十、二百、四百公尺三種，女子分八十、一百、四百公尺三種。

**跨鶴**ㄎㄨㄚˋ ㄏㄜˋ 飛昇成仙。說人死亡的好聽的話。如「跨鶴西歸」。

**跨年度**ㄎㄨㄚˋ ㄋㄧㄢˊ ㄉㄨˋ 跨越某一個特定年度而跟隨之而來的年度接起來。

**跨胳膊**ㄎㄨㄚˋ ㄍㄜ ㄅㄛˊ 膊字輕讀。兩個人的胳臂互相勾搭著。

**跨部會**ㄎㄨㄚˋ ㄅㄨˋ ㄏㄨㄟˋ 不屬於某一個部或會，而是由幾個有關的部和會共同商榷或處理。

## 跬（蹞）

文ㄎㄨㄟˇ 走路時兩腳各邁一下叫「步」，只是一腳向前邁一下叫「跬」（半步）。〈荀子．勸學篇〉有「不積跬步，無以致千里」。

**跬步**ㄎㄨㄟˇ ㄅㄨˋ 文半步。也引伸做「一步一步走」。

## 跡（迹）

ㄐㄧ ㈠腳印；行蹤。如「足跡」「人跡」。㈡事物的遺痕。如「血跡」「痕跡」。㈢古代事物留下的痕跡。同「蹟」。如「古跡」。㈣文根據蹤跡追尋。〈宋史〉有「開封邏卒夜跡盜，盜脫去」。

## 跤

ㄐㄧㄠ ㈠跌倒。如「跌了一跤」。㈡見「摔跤」。

## 跫

文ㄑㄩㄥˊ「跫然」，走路的腳步聲。

## 跣

文ㄒㄧㄢˇ「跣足」，光著腳。

## 跩

ㄓㄨㄞˇ ㈠走路一搖一擺像鴨子走的樣子。如「他走路一跩一跩的」。㈡得意忘形的樣子。如「這個人有幾個臭錢，就跩起來了」。

**跩兮兮的**ㄓㄨㄞˇ ㄒㄧ ㄒㄧ ˙ㄉㄜ 得意忘形的樣子。

## 跐

▲ㄘˇ 踐踏。〈紅樓夢〉有「跐著那角門的門檻子」。▲ㄘㄞˇ 同「跴」。▲ㄘ 腳踏上而滑倒了。如「跐到水裡去了」。

## 跴

ㄘㄞˇ ㈠用腳踐踏。如「把帽子跴扁了」。㈡用腳登。如「騎腳踏車必須用腳跴」。㈢文見「跴緝」。

**跴緝**ㄘㄞˇ ㄑㄧˋ 查尋緝捕。

**跴蹻**ㄘㄞˇ ㄑㄧㄠ 國劇中的武旦、花旦登著木質假腳，走路作纏足狀。也稱蹻工。

## 七筆

**踉** ▲ㄌㄤˊ 腳亂動的樣子。如「跳踉」。又讀ㄌㄧㄤˊ。▲ㄌㄧㄤˋ見「踉蹌」。

**踉蹌** ㄌㄤˋ ㄑㄧㄤˋ 図也作「踉蹡」。腳步亂，走起來搖搖晃晃的樣子。如「那個醉漢踉蹌地走了」。

**踉踉蹌蹌** ㄌㄤˋ ㄌㄤˋ ㄑㄧㄤˋ ㄑㄧㄤˋ 図「踉蹌」加重語氣的說法。

**跽** 図ㄐㄧˋ 長跪。古人席地而坐，挺起上身來，腿還跪著，用來表示敬意。

**跼** ㄐㄩˊ ㈠「跼促」，通「局促」「侷促」。㈡彎曲，不能舒伸（包括地方小，坐立不安）。如「踡跼」「跼天蹐地」。㈢見「跼蹐」，恐懼的樣子。㈣見「跼躅」。

**跼躅** ㄐㄩˊ ㄓㄨˊ 図走走停停的樣子。

**跼天蹐地** ㄐㄩˊ ㄊㄧㄢ ㄐㄧˊ ㄉㄧˋ 図跼，彎曲身體；蹐，小步走。形容人心中恐慌、畏縮，或無處容身的樣子。也作「蹐地跼天」。常略作「跼蹐」。

**踅** ▲ㄔˊ 用一條腿跳著走。口語說「硌登硌登（ㄍㄜ·ㄉㄥ）」「硌登腿兒」。▲ㄒㄩㄝˊ㈠往來盤旋。如「在門口兒來回踅」。㈡「踅身」，就是轉身，掉頭。

**踊** 図ㄩㄥˇ ㈠跳。〈禮記．喪服四制〉有「跛者不踊」。㈡物價上漲，叫「踊貴」。

## 八筆

**踣** 図ㄅㄛˊ ㈠向前跌倒。如「踣地不起」。㈡尸體僵硬。〈周禮〉有「凡殺人者踣諸市，肆之三日」。㈢引伸為死亡，滅亡。〈國語．魯語〉有「紂踣於京」。〈管子〉有「設用無度，國家踣」。

**踏** ㄊㄚˋ ㈠用腳踩。如「腳踏實地」「踐踏」。㈡實地勘（ㄎㄢˋ）驗。如「踏看」「踏勘（ㄎㄢ）」。㈢步行。如「踏月」「踏雪尋梅」。

**踏月** ㄊㄚˋ ㄩㄝˋ 図在月下散步。

**踏步** ㄊㄚˋ ㄅㄨˋ 身體站直，兩腳交替在原地抬起又著地而不邁步前進，是體操或軍操的一種動作。

**踏青** ㄊㄚˋ ㄑㄧㄥ 清明節前後到郊外散步遊玩（青：青草）。

**踏春** ㄊㄚˋ ㄔㄨㄣ 春天出外郊遊。

**踏勘** ㄊㄚˋ ㄎㄢ 到實地查看。也作「踏看」。

**踏雪** ㄊㄚˋ ㄒㄩㄝˇ 在雪地裡散步，觀賞雪景。如「踏雪尋梅」。

**踏實** ㄊㄚ ㄕˊ 同「塌實」。

**踏歌** ㄊㄚˋ ㄍㄜ 唱歌時候，拿腳踏地打拍子。在唐代宮廷、民間都很流行，李白詩有「李白乘舟將欲行，忽聞岸上踏歌聲」。現在是邊疆民族歌舞的形式。臺灣原住民的歌舞也有類似這樣的。

**踏蹺** ㄊㄚˋ ㄑㄧㄠ 兩腳綁著木棍走路的遊戲。也叫「跴高蹺」。

**踏腳板** ㄊㄚˋ ㄐㄧㄠˇ ㄅㄢˇ 一種長而寬的矮凳，舊時上下炕或床時用以踏腳。也叫踏凳或踏板。

**踢** ㄊㄧ 用腳尖或腳背來彈東西，用力的大小不拘。如「踢毽子」「踢他一腳」。

**踢球** ㄊㄧ ㄑㄧㄡˊ 作足球運動。

**踢毽子** ㄊㄧ ㄐㄧㄢˋ ˙ㄗ 一種能健身能訓練靈巧的遊戲，用腳踢起用翎毛或紙做的毽子，花樣很多。

**踼躂舞** ㄊㄧ ㄊㄚˋ ㄨˇ 英語 tap dance 的意譯，舞者穿特製的舞鞋，在光滑堅硬的地板上隨著音樂節拍表演的舞蹈。

**踝** ㄏㄨㄞˊ見「踝子骨」。讀音ㄏㄨㄚˊ。

**踝子骨** ㄏㄨㄞˊ ㄗ˙ ㄍㄨˊ 內踝和外踝的統稱。

**踖** 文ㄐㄧˊ㈠踐踏。〈禮記・曲禮〉有「毋踖席」。㈡「踖踖」，恭敬的樣子，慚愧的樣子。▲文ㄐㄧˋ脛，小腿，見於〈爾雅・釋蟲〉。

**踦** 文ㄑㄧ㈠跛足。〈尚書大傳〉有「……其跛者，踦也」。㈡偏一邊，邪曲。〈大戴禮記〉有「已過勿發，失言勿踦」。▲文ㄧˇ抵觸。〈莊子・養生主〉有「膝之所踦」。

**踐** ㄐㄧㄢˋ㈠用腳踏地。如「踐踏」。㈡實行。如「實踐」「踐履」。㈢文從前皇帝即位叫「踐祚」。㈣見「蹧」。

**踐言** ㄐㄧㄢˋ ㄧㄢˊ 文實踐諾言。

**踐約** ㄐㄧㄢˋ ㄩㄝ 文履行約定的事。

**踐履** ㄐㄧㄢˋ ㄌㄩˇ 文①實行預定的事。②行為。

**踐諾** ㄐㄧㄢˋ ㄋㄨㄛˋ 文實行答應人家的事。也作「踐言」。

**踘** 文ㄐㄩˊ㈠用腳踢。㈡古代類似足球運動所用的「毬」，外面蒙著皮革，裡面塞滿柔軟有彈性的東西。也作「鞠」。

**踞** 文ㄐㄩˋ㈠坐著時候，雙腳伸開，膝部上彎呈人字形。如「蹲踞」。帶有「傲慢」的意思。如「踞傲」「踞慢」。㈡坐在上面。如「龍蟠虎踞」「箕踞」。

**踞爐炭上** ㄐㄩˋ ㄌㄨˊ ㄊㄢˋ ㄕㄤˋ 蹲在爐火上。比喻處於危險的境地。

**踥** 文ㄑㄧㄝˋ㈠「踥蹀」，走路的樣子。〈楚辭〉有「眾踥蹀而日進兮」。㈡「踥踥」，往來的樣子。

**踡** 文ㄑㄩㄢˊ「踡跼」，局促不能伸展的樣子。

**踔** 文ㄓㄨㄛˊ㈠踐踏。㈡超越。如「踔絕」。㈢見「踔厲風發」。

**踔絕** ㄓㄨㄛˊ ㄐㄩㄝˊ 文才能超出常人。

**踔厲風發** ㄓㄨㄛˊ ㄌㄧˋ ㄈㄥ ㄈㄚ 文文氣奮揚或談論風生的樣子。

**踟** 文ㄔˊ見「踟躕」。

**踟躕** ㄔˊ ㄔㄨˊ ①徘徊不前的樣子。〈詩經〉有「搔首踟躕」。②屋舍相連的樣子。

**踩** ㄘㄞˇ 跴㈠㈡的俗寫。

**踧** 文ㄘㄨˋ㈠「踧爾」，驚訝的樣子。㈡「踧踖」，恭敬的樣子，心情不安的樣子。

## 九筆

**蹁** 文ㄆㄧㄢˊ㈠走路腳不正的樣子。㈡見「蹁躚」。

**蹁躚** ㄆㄧㄢˊ ㄒㄧㄢ 文①兜圈子走路。②舞蹈的樣子。

**踶** 文ㄉㄧˋ踢。〈莊子・馬蹄〉有「怒則分背相踶」。

**蹀** 文ㄉㄧㄝˊ㈠往來頻繁。如「蹀躞」。㈡舞蹈。〈淮南子〉有「足蹀陽阿之舞」。㈢見「蹀蹀」。

**蹀足** ㄉㄧㄝˊ ㄗㄨˊ 文頓足。如「蹀足而嘆」。

**蹀馬** ㄉㄧㄝˊ ㄇㄚˇ 文使馬踏腳起舞的演藝。

**蹀蹀** ㄉㄧㄝˊ ㄉㄧㄝˊ 小步走路的樣子。宋詩有「蹀蹀恐顛墜」。

**蹀躞** ㄉㄧㄝˊ ㄒㄧㄝˋ 文①馬行走的樣子。②小步慢走的樣子。同「徘徊」。

**踱** ㄉㄨㄛˋ ㈠緩步走路。如「踱方步」「一個人慢慢踱去」。㈡忽前忽後，彳亍不進的走。如「他在屋裡踱來踱去，想了又想」。

**蹄（蹏）** ㄊㄧˊ 馬、牛、羊、豬等動物生在趾端的角質物，也指具有這種角質物的腳。

**蹄子** ㄊㄧˊ ㄗ˙ ①蹄。②從前罵女人的話。〈兒女英雄傳〉有「他張口娼婦，閉口蹄子」。

**蹄筋** ㄊㄧˊ ㄐㄧㄣ 牛、羊、豬的四肢中的筋，作為食物時叫做蹄筋。

**蹄髈** ㄊㄧˊ ㄆㄤˇ 作為食物的豬腿的最上部。也叫「肘子」。

**蹄形磁鐵** ㄊㄧˊ ㄒㄧㄥˊ ㄘˊ ㄊㄧㄝˇ 簡稱「蹄形磁」。把永久磁鐵彎成馬蹄鐵的樣子，因為兩極距離近，吸引力會比較強。

**踽** 図ㄐㄩˇ「踽踽」，一個人走路沒有伴兒的樣子。〈詩經〉有「獨行踽踽」。

**踵** 図ㄓㄨㄥˇ ㈠腳後跟。引伸作「鞋跟」。〈莊子〉有「納履而踵決」（穿鞋時鞋跟部分的幫子裂開）。㈡跟著前人的步子走，繼續前人所做的事業。如「踵武」。㈢追。〈漢書〉有「踵軍後數十萬人」。㈣到。如「踵門」「踵謝」。㈤因襲。〈漢書〉有「踵秦而置材官於郡國」。㈥「旋踵」，轉動腳跟，形容時間短。如「不旋踵而凶問至矣」。

**踵府** ㄓㄨㄥˇ ㄈㄨˇ 図親自到府上去。

**踵武** ㄓㄨㄥˇ ㄨˇ 図繼續前人的事業。〈詩品．序〉有「踵武前王」。

**踵門** ㄓㄨㄥˇ ㄇㄣˊ 図親自上門。

**踵接** ㄓㄨㄥˇ ㄐㄧㄝ 図腳趾一個挨著一個。形容人很多的樣子。

**踵謝** ㄓㄨㄥˇ ㄒㄧㄝˋ 図親自登門道謝。

**踵事增華** ㄓㄨㄥˇ ㄕˋ ㄗㄥ ㄏㄨㄚˊ 繼續前人的成就，並加增飾，有所提高。

**蹅** ㄔㄚˇ ㈠腳踩到泥裡。如「一腳蹅在爛泥裡」。㈡加入的意思。如「這件事你不能蹅在裡頭」。

**踹** ▲ㄔㄨㄞˋ ㈠用力踩。如「強盜把門踹開」「一腳踹到他胸脯兒上」。㈡破壞。「這一樁買賣讓人給踹了」。㈢腳踏。元曲有「怎肯踹劉家門徑」。▲図ㄕㄨㄢˋ 躍。〈淮南子〉有「踹足而怒」。

**蹂** 図ㄖㄡˊ 用腳踩，踐踏。如「蹂躪」。也作「用腳來回擦搓」的意思。

**蹂躪** ㄖㄡˊ ㄌㄧㄣˋ 図①踐踏。②摧殘。如「慘遭蹂躪」。

**踰（踰）** 図ㄩˊ 同「逾」。

**踰矩** ㄩˊ ㄐㄩˇ 図超過一般的規矩。

**踰閑** ㄩˊ ㄒㄧㄢˊ 図超越應守的禮法。〈論語．子張〉有「大德不踰閑，小德出入可也」。

**踰牆鑽穴** ㄩˊ ㄑㄧㄤˊ ㄗㄨㄢ ㄒㄩㄝˋ 跳牆，鑽牆洞，指不合禮教的男女來往。也作「踰牆鑽隙」。

**踴** ㄩㄥˇ ㈠跳躍爭先。如「踴躍」。㈡図上騰。「踴貴」也作「踊貴」。

**踴躍** ㄩㄥˇ ㄩㄝˋ ①高興爭先。如「踴躍參加」。②図歡樂。

## 十筆

**蹈** ㄉㄠˋ ㈠腳踏步。如「舞蹈」「手舞足蹈」。㈡照著實行。如「循規蹈矩」。㈢跳下。如「蹈水而死」「赴湯蹈火」。㈣図沿襲不改。如「蹈常襲故」。㈤図踐踏。如「蹈虎尾」。

**蹈海**（ㄉㄠˋ ㄏㄞˇ）(文)跳海。

**蹈虎尾**（ㄉㄠˋ ㄏㄨˇ ㄨㄟˇ）(文)腳蹈老虎尾巴。比喻戰戰兢兢的，害怕得很。

**蹈常襲故**（ㄉㄠˋ ㄔㄤˊ ㄒㄧˊ ㄍㄨˋ）(文)抄襲，墨守成規，不知改進創新。也略作「蹈襲」。

**蹋** ㄊㄚˋ ㈠同「踏」。㈡(文)「蹋鞠」，古代的踢毬。㈢見「糟蹋」。

**蹇** (文)ㄐㄧㄢˇ ㈠跛。「蹇驢」，拐腿的驢。㈡見「蹇滯」。㈢驕傲作「驕蹇」。㈣姓。

**蹇滯**（ㄐㄧㄢˇ ㄓˋ）(文)做事不順利。

**蹌** ▲(文)ㄑㄧㄤ走動的樣子。〈詩經〉有「巧趨蹌兮」。▲ㄑㄧㄤˋ見「踉蹌」。

**蹊** ㄒㄧ ㈠見「蹊蹺」。㈡(文)見「蹊徑」。㈢(文)踐踏。〈左傳〉有「牽牛以蹊人之田」。

**蹊徑**（ㄒㄧ ㄐㄧㄥˋ）(文)小路。也比喻門道，做事的方法。如「自闢蹊徑」。

**蹊蹺**（ㄒㄧ ㄑㄧㄠ）可疑，奇怪。如「這件事情來得有些蹊蹺」。

**蹉** (文)ㄘㄨㄛ ㈠跌倒。「蹉跌」，差誤，錯失。㈡見「蹉跎」。

**蹉跎**（ㄘㄨㄛ ㄊㄨㄛˊ）(文)虛度光陰。如「蹉跎歲月」。

## 十一筆

**蹦** ㄅㄥˋ ㈠跳躍。如「蹦蹦跳跳」。㈡蹦蹦兒戲，北方一種不用大鑼大鼓，歌詞簡單的地方劇藝，像「梆子」。

**蹕** (文)ㄅㄧˋ古時帝王出行，沿途要先清道，叫「出警入蹕」。帝王臨時住了下來，叫「駐蹕」。

**蹩（蹴）** ㄅㄧㄝˊ ㈠(文)跛。「蹩足」就是瘸腿。㈡見「蹩腳」。

**蹩腳**（ㄅㄧㄝˊ ㄐㄧㄠˇ）①品質不良。如「你買的什麼蹩腳貨」。②境況不順。如「這事真蹩腳」。

**蹣** ▲(文)ㄇㄢˊ超過。「蹣山渡水」是爬過去，越過河，長途跋涉的樣子。▲ㄆㄢˊ見「蹣跚」。

**蹣跚**（ㄆㄢˊ ㄕㄢ）(文)走路一瘸一拐的。如「步履蹣跚」。又讀ㄇㄢˊ ㄕㄢ。

**蹢** ▲(文)ㄉㄧˊ蹄子。〈詩經〉有「有豕白蹢」。▲ㄓˊ同「躑」。

**蹚** ㄊㄤ北方方言。㈠蹓到爛泥或在淺水裡行走。如「蹚了一腳泥」「他蹚水玩兒」。㈡踐踏。如「蹚土」「種些朝鮮草全讓牛蹚壞了」。㈢見「蹚渾水」。

**蹚蹚**（ㄊㄤ ㄊㄤ）第二個蹚字輕讀。試一試。

**蹚渾水**（ㄊㄤ ㄏㄨㄣˊ ㄕㄨㄟˇ）原比喻墮落或是作危險的行為。這裡是趁機會自己或跟著人做壞事。

**蹟** ㄐㄧ ㈠同「迹」「跡」，是行蹤，足跡。㈡以往的事物的遺痕。如「古蹟」「遺蹟」。㈢事業。如「功蹟」。

**蹡** ▲(文)ㄑㄧㄤ「蹡蹡」，走動時有禮節的樣子。▲ㄑㄧㄤˋ同「蹌」。

**蹠** ㄓˊ ㈠腳掌。如「蹠骨」。㈡(文)踐踏。〈楚辭〉有「眇不知其所蹠」。

**蹠骨**（ㄓˊ ㄍㄨˇ）在跗骨趾骨之間，左右各五枚，隨動物的種類而有差異。

**蹧** ㄗㄠ「蹧蹋」「蹧踐」，同「糟蹋」「糟踐」。

**蹤（踪）** ㄗㄨㄥ ㈠腳印兒，也指人或物的形影。如「行蹤」「芳蹤」。㈡蒼蠅停落吮吸過，叫「蹤」。如「蒼蠅蹤過的東西，吃了要鬧肚子」。㈢(文)追隨。〈詩品序〉有「謝靈運才高詞盛，富豔難蹤」。

**蹤跡** ㄗㄨㄥ ㄐㄧ ①腳印兒。②図追尋，追隨。〈春渚紀聞〉有「往青州蹤跡之，果有州民麻氏」。

**蹤影** ㄗㄨㄥ ㄧㄥˇ 蹤跡和形影。如「毫無蹤影」。

**蹙** 図ㄘㄨˋ ㈠緊迫。如「時勢日蹙」。㈡攢（ㄘㄨㄢˊ）縮。如「蹙眉」「顰蹙」。

**蹙眉** ㄘㄨˋ ㄇㄟˊ 図皺眉，是憂愁煩惱的樣子。

## 十二筆

**蹼** ㄆㄨˊ 某些兩棲動物、鳥類或爬蟲趾間相連的膜。如「鴨掌上有蹼」。

**蹯** ㄈㄢˊ 獸類的腳掌。如「熊蹯」。

**蹬** ㄉㄥˋ ㈠図見「蹭蹬」。㈡腳踏，跴東西。

**蹬技** ㄉㄥˋ ㄐㄧˋ 我國固有雜技的一種，表演者仰臥在長凳上，雙腿上舉，用腳尖和腳底控制所蹬的物體，使它上下翻滾或急速旋轉。有蹬缸、蹬桶、蹬椅、蹬人等項目。

**蹲** ㄉㄨㄣ ㈠人用膝部作軸，大腿的根部、臀部和上身同時向下，膝部向前面或兩旁邊去，但是並不坐下，叫「蹲」。如「騎馬蹲襠式」「他蹲在地上看螞蟻搬家」。㈡把東西往地上重重一放。如「小心玻璃，別用力蹲」。㈢把容器向下振動。如「把糖罐兒蹲一蹲，舀點兒沙糖來」。㈣停留，不出門。如「天氣這麼好，你蹲在家裡幹麼」。讀音ㄘㄨㄣ。

**蹶** ▲図ㄐㄩㄝˊ ㈠跌倒。如「驚蹶」「形勞而不休則蹶」。㈡挫失。如「一蹶不振」「兵法，百里而趣利者蹶上將」。㈢「蹶然」，受驚而猛起的樣子。
▲ㄐㄩㄝˇ見「蹶子」。

**蹶子** ㄐㄩㄝˇ ˙ㄗ 馬、騾、驢用後腿踢、跳，是北方方言。常說「尥蹶子」。也比作人蠻悍不和氣的樣子。

**蹻** ▲ㄑㄧㄠ 同「蹺」，抬起腿叫「蹻腿」。「跴高蹺」也作「跴高蹻」。
▲図ㄐㄧㄠˇ見「蹻勇」。

**蹻工** ㄑㄧㄠ ㄍㄨㄥ 國劇裡的武旦、花旦登木質假腳作纏足狀，稱為跴蹻。此種技藝叫蹻工。

**蹻勇** ㄐㄧㄠˇ ㄩㄥˇ 図勇武有力。

**蹺** ㄑㄧㄠ ㈠把腳抬起來。如「好好坐著，不許蹺二郎腿」。㈡見「蹊蹺」。

**蹺敧** ㄑㄧㄠ ㄑㄧ 離奇違背常理的事情。也作「蹊蹺」。

**躇** ㄔㄨˊ 見「躊躇」。

**蹭** ㄘㄥˋ ㈠見「蹭蹬」。㈡慢慢走，慢慢做，似乎有故意延緩的意思。如「快點兒，做事不能這樣磨蹭」。㈢輕微地摩擦。如「只蹭破了表皮，沒關係」。

**蹭蹬** ㄘㄥˋ ㄉㄥˋ 図失勢不如意的樣子。杜甫詩有「蹭蹬多拙為」。

**蹴（蹵）** 図ㄘㄨˋ ㈠用腳踢東西。「蹴鞠」是古人所說的「踢毬」。㈡「一蹴即至」是「一下子就能做好」，有「一步登天」的意思。㈢「蹴然」，恭敬的樣子。

## 十三筆

**躄（躃）** 図ㄅㄧˋ 兩條腿都殘廢不能走。〈禮記〉有「瘖聾跛躄」。

**躉**（万足）ㄉㄨㄣˇ 成批的買賣。如「現躉現賣」。

**躉批** ㄉㄨㄣˇ ㄆㄧ 舊稱整批商品發售。同「躉賣」。現在叫「批發」。

**躉賣** ㄉㄨㄣˇ ㄇㄞˋ 整批出售。

**躉售物價指數** ㄉㄨㄣˇ ㄕㄡˋ ㄨˋ ㄐㄧㄚˋ ㄓˇ ㄕㄨˋ 為測度一般物價的變動水準，以商品批發價格來計算的一種數據。

**躂** ㄊㄚˋ ㈠図頓腳。㈡見「踢躂舞」。

**躅**（𨇤）図ㄓㄨˊ見「躑躅」。

**躁** ㄗㄠˋ ㈠性急。如「暴躁」「心浮氣躁」。㈡擾動，不安靜。如「少安勿躁」。

**躁急** ㄗㄠˋ ㄐㄧˊ 心急不能安靜。

**躁進** ㄗㄠˋ ㄐㄧㄣˋ 図急於求進。

## 十四筆

**躋**（隮）図ㄐㄧ 登；上升。如「二次世界大戰之後，中國已躋於五強之列」。

**躋身** ㄐㄧ ㄕㄣ 使自己上升到（某種行列、境域等）；置身。如「躋身國會殿堂」。

**躊**（踌）ㄔㄡˊ 見「躊躇」。

**躊躇** ㄔㄡˊ ㄔㄨˊ 猶豫不決。

**躊躇滿志** ㄔㄡˊ ㄔㄨˊ ㄇㄢˇ ㄓˋ 図得意自滿的樣子。

**躍**（跃）ㄩㄝˋ ㈠跳。如「跳躍」「一躍過竿，打破舊紀錄」。㈡図高興的樣子。如「雀躍三尺」「歡躍之情現於紙上」。㈢見「躍躍」。㈣図激動他。〈孟子〉有「搏而躍之」。又讀ㄧㄠˋ。

**躍馬** ㄩㄝˋ ㄇㄚˇ 図放馬前進。

**躍進** ㄩㄝˋ ㄐㄧㄣˋ ①跳著前進。②比喻極快地前進。如「大躍進」。

**躍躍** ㄩㄝˋ ㄩㄝˋ 図①心情激動，很想做而不能自制的樣子。如「躍躍欲試」。②高興的樣子。如「事成則躍躍以喜」。

**躍然紙上** ㄩㄝˋ ㄖㄢˊ ㄓˇ ㄕㄤˋ 形容文章言詞活潑，內容感情純真充沛，流露於字裡行間。

**躍躍欲試** ㄩㄝˋ ㄩㄝˋ ㄩˋ ㄕˋ 心動技癢，很想嘗試一下。

## 十五筆

**躒**（跞）▲図ㄌㄧˋ 走動。〈大戴禮〉有「騏驥一躒，不能千里」。▲ㄌㄨㄛˋ「逴躒」，超過一切的樣子。

**躐** 図ㄌㄧㄝˋ ㈠跳過。如「躐等」。㈡「凌躐」就是踐踏。

**躐等** ㄌㄧㄝˋ ㄉㄥˇ 図越級跳過去，不按照次序。

**躐進** ㄌㄧㄝˋ ㄐㄧㄣˋ 図越級而進。

**躚**（躚、跹）図ㄒㄧㄢ ㈠「蹁躚」，跳舞美妙的姿態。㈡見「蹁躚」。

**躑**（踯）図ㄓˊ 行走的時候停住腳步。如「躑躅」。

**躑躅** ㄓˊ ㄓㄨˊ 図①徘徊不前的樣子。如「躑躅於街頭」。②植物名，現在叫杜鵑花。古人把杜鵑、山躑躅、羊躑躅這些同類的花，統稱躑躅。

**躓**（踬）図ㄓˋ ㈠絆倒了。如「躓而顛」。㈡「困躓」，環境事情不順利。

**躔** 図ㄔㄢˊ ㈠踐踏的痕跡。㈡見「躔次」。

**躔次** ㄔㄢˊ ㄘˋ 中國古天文學名詞，指日月星辰所踐歷的度次。

**躕** 図ㄔㄨˊ見「踟躕」。

## 十七筆

**躞** 図ㄒㄧㄝˋ見「蹀躞」。

## 十八筆

**躥（蹿）** ㄘㄨㄢ ㈠向上跳。如「貓躥上房頂」。㈡液體向外噴濺。「躥稀」就是「瀉肚」。㈢發怒，動了肝火。如「他聽這話就躥了」。

**躥房越脊** ㄘㄨㄢ ㄈㄤˊ ㄩㄝˋ ㄐㄧˇ 跳上房頂在上面飛快地走（多見於舊小說）。

**躡（蹑）** 図ㄋㄧㄝˋ ㈠腳踩。〈史記〉有「張良、陳平躡漢王足」。㈡腳尖著地輕輕地走。如「躡足」。㈢在後面追。〈三國志〉有「楊欣等追躡於彊川口」。

**躡足** ㄋㄧㄝˋ ㄗㄨˊ 図①輕踩人家的腳，有所示意。②用腳尖著地輕輕地走。

**躡手躡腳** ㄋㄧㄝˋ ㄕㄡˇ ㄋㄧㄝˋ ㄐㄧㄠˇ 輕輕地走。

## 十九筆

**躧** 図ㄒㄧˇ ㈠古人指舞鞋。㈡拖著布鞋，不拉起後跟。如「躧履相迎」。

## 二十筆

**躪** 図ㄌㄧㄣˋ見「蹂躪」。

# 身部

**身** ▲ㄕㄣ ㈠軀體的總稱；有時專指軀幹。如「身體」「身材」。㈡物體的中部或主要部分。如「車身」「樹身」。㈢指人或衣服腰部的大小。如「腰身」。㈣親自。如「以身作則」「身臨其境」。㈤人的品格。如「修身」「立身處世」。㈥人的一生。如「終身」「身後」。㈦人的名分。如「身分」「出身」。㈧女人懷孕叫「身孕」「有了身子」。㈨一套衣服叫「一身」。㈩図「一人」的意思。如「身繫天下之安危」。⑪図一己的才力。〈論語〉有「事君能致其身」。⑫図自稱的詞，等於「我」。〈三國志・蜀志〉有「身是張翼德也」。
▲ㄐㄩㄢ「身毒」，古代對印度的稱呼。

**身上** ㄕㄣ ㄕㄤˋ ①身體。如「身上不舒服」。②隨身攜帶。如「我身上沒帶錢」。

**身子** ㄕㄣ ㄗ˙ ①身體。如「身子單薄，力量不夠」。②身孕。如「她有身子了」。

**身分** ㄕㄣ ㄈㄣˋ 法律名詞：*1.*權利義務主體的資格。*2.*擔任公職的資格。*3.*人與人之間的特定關係，如父親對子女有法定代理人或家長的身分。

**身心** ㄕㄣ ㄒㄧㄣ 指肉體與精神。如「身心健康」。

**身手** ㄕㄣ ㄕㄡˇ 技藝。如「身手不凡」。

**身世** ㄕㄣ ㄕˋ 人生的境遇。

**身孕** ㄕㄣ ㄩㄣˋ 懷孕，懷胎。

**身材** ㄕㄣ ㄘㄞˊ 身體。如「身材高大」。

**身兒** ㄕㄣ ㄦ ①衣服一套叫一身兒。②身體。如「這件衣服很合身兒」。

**身受** ㄕㄣ ㄕㄡˋ 図親自承受。如「感同身受」。

**身法** 動作的技術，指運動方面說的。

**身長** 身體的長度。也作「身高」。

**身後** 指人死後。如「身後蕭條」。

**身故** 図稱人死亡。

**身家** 家庭背景。如「身家清白」。

**身根** ①佛家語，六根之一，能產生身識，辨識堅柔、冷暖等現象。②佛經說男子的生殖器。

**身高** 身體的高度。

**身教** 用自己的行動做榜樣。

**身價** ①指一個人的社會地位。②舊時指人身買賣的價錢。

**身影** 身體的影子，也指某些物體的影子。

**身軀** 身材；身體。

**身邊** ①左右。如「身邊有沒有人幫忙」。②近身體的地方。

**身體** 軀體的總稱。

**身段（兒）** 身體的高矮、肥瘦。

**身量（兒）** 量字常輕讀。身體的長度。

**身子骨** 図體格。

**身分證** 法定證明國民身分的證件，是國民身分證的簡稱。

**身後名** 人死後的名聲。

**身歷聲** 是一種無線電廣播和收音的裝置方式，利用兩隻微音器配上兩個喇叭播音或收音，好像人的兩耳聽聲音來分辨立體音響一樣。（兩耳相距約六英寸，音源傳到兩耳，因為距離不同而有先後之分，由這幾千分之一秒的差別，可使人辨出音源的地位方向。）利用身歷聲裝置的廣播或收音，欣賞音樂演奏，有身歷其境的真實感覺。

**身邊人** 常在身邊環繞的人，如親信、侍妾等。

**身不由主** 自己失去了自主之力，全由他人支使。如「他是受人控制，身不由主」。

**身外之物** 個人身體以外的東西（指財產等，表示無足輕重的意思）。

**身先士卒** 領導的人不畏危險或困難，率先行動，常形容將校在戰場上的勇武精神。

**身冒矢石** 親赴前線同敵人作戰，常指將帥的冒險精神。

**身家清白** 出身清白，本人和家屬甚至長輩都沒有不名譽的事。

**身強力壯** 身體強壯有力。

**身敗名裂** 事業失敗，名譽喪失。

**身無長物** 原指身邊沒有多餘的東西，後來也指身邊沒有值錢的東西。

**身經百戰** 經歷過許多次戰役或重大的困難。如「將士們身經百戰，今天勝利歸來」。

**身臨其境** 親身到了那個境地。如「這山水畫畫得真好，讓人有如身臨其境的感覺」。

**身懷六甲** 図女人懷孕。古有六甲貫胎之說。

**身體力行** 親身體驗，努力實行。

**身正不怕影兒斜** 為人正直，不怕人指責或毀謗。

## 三筆

**躬**（**躳**） ㄍㄨㄥ ㈠身體。如「鞠躬」「政躬康泰」。㈡図親自。如「事必躬親」。㈢彎屈身體。如「躬身為禮」。

**躬行** ㄍㄨㄥ ㄒㄧㄥˊ 図親身實行。

**躬親** ㄍㄨㄥ ㄑㄧㄣ 親自去做。如「事必躬親」。

## 六筆

**躲** ㄉㄨㄛˇ 把身體藏起來。如「躲藏」「躲避」。

**躲閃** ㄉㄨㄛˇ ㄕㄢˇ 躲避。

**躲債** ㄉㄨㄛˇ ㄓㄞˋ 欠債不還，躲避債主。

**躲避** ㄉㄨㄛˇ ㄅㄧˋ 隱藏逃避。

**躲藏** ㄉㄨㄛˇ ㄘㄤˊ 避開，藏起來。

**躲懶**（**兒**） ㄉㄨㄛˇ ㄌㄢˇ（ㄦ） 怠工。故意不去做分（ㄈㄣˋ）內該做的事。

**躲避球** ㄉㄨㄛˇ ㄅㄧˋ ㄑㄧㄡˊ 國民小學球類運動之一。比賽時雙方人數各以二十五人為準（經雙方協議可以增減），分甲乙兩組，在十一公尺寬、二十二公尺長的球場上（外面還要有三公尺寬的生還圈），奪取球（跟排球差不多）來向對方隊裡的隊員投，被投到的人走出場去。比賽時間終了，以雙方所剩隊員人數多寡決定勝負。

**躲躲閃閃** ㄉㄨㄛˇ ㄉㄨㄛˇ ㄕㄢˇ ㄕㄢˇ 畏縮的樣子。

## 八筆

**躺** ㄊㄤˇ 身體平臥。如「一躺就睡著（ㄓㄠˊ）了」。

**躺下** ㄊㄤˇ ㄒㄧㄚˋ 下字輕讀。平身臥下。

**躺椅** ㄊㄤˇ ㄧˇ 可以躺的長椅子。

**躶** 図ㄌㄨㄛˇ 同「裸」。

## 九筆

**⿰身叚** ㄏㄚ 彎腰的意思。如「點頭⿰身叚腰」（「⿰身叚腰」也作「哈腰」）。

## 十一筆

**軀**（**躯**） 図ㄑㄩ 身體。如「堂堂七尺之軀」「為國捐軀」。

**軀殼** ㄑㄩ ㄎㄜˊ 指有形的身體，是對無形的精神說的。

**軀幹** ㄑㄩ ㄍㄢˋ ①人體除了頭部和四肢，從脖子以下到臀部，體內有內臟的部分，叫「軀幹」。②同「軀體」。

**軀體** ㄑㄩ ㄊㄧˇ ①身體。②哲學名詞，與「心靈」相對，指人的「非心靈」的部分。

# 車部

**車** ▲ㄔㄜ ㈠陸地上靠輪子轉動而行走的交通工具。如「汽車」「腳踏車」。㈡借輪軸作助力的器具。如「水車」「風車」。㈢鑽磨器物或零件的機械的底盤。如「車床」。㈣利用機器轉動的力量製造或修改物件，作動詞用。如「車出兩個螺絲帽來」。㈤用車把水從低處引到高處去。如「車水」。㈥用車搬運。如「叫人把這些破爛東西車走」。㈦見「車大砲」。㈧姓。

▲ㄐㄩ是ㄔㄜ的讀音。㈠常用在文言文。〈論語〉有「願車馬衣裘，與朋友共」。㈡象棋棋子之一，只要沒有阻礙，就可以任意橫行直走。

**車子** ㄔㄜ ˙ㄗ 車（常指汽車）。

**車工** ㄔㄜ ㄍㄨㄥ 操作車床的工人。

**車夫** ㄔㄜ ㄈㄨ 拉車或開車的人。

**車水** ㄔㄜ ㄕㄨㄟˇ 用水車引水灌田。

**車皮** ㄔㄜ ㄆㄧˊ 沒有裝貨的鐵路貨車。

**車守** ㄔㄜ ㄕㄡˇ 火車上的警衛。

**車次** ㄔㄜ ㄘˋ 列車的編號或長途汽車行車的次第。

**車行** ㄔㄜ ㄏㄤˊ 以車輛的出售、出租或修理為專業的商店。

**車位** ㄔㄜ ㄨㄟˋ 停放汽車、機車的地方。

**車床** ㄔㄜ ㄔㄨㄤˊ 最常用的金屬切削機床，主要用來做內圓、外圓和螺紋等成型面的加工。工作時工件旋轉，車刀移動著切削。

**車把** ㄔㄜ ㄅㄚˇ 腳踏車上控制方向的弓形柄。

**車身** ㄔㄜ ㄕㄣ 各種車輛用來載人、裝貨的部分。

**車長** ㄔㄜ ㄓㄤˇ 火車列車上綜理行車車務的主管人員。也叫「列車長」。

**車門** ㄔㄜ ㄇㄣˊ ①大門旁專供車輛出入的門。②車上的門。

**車前** ㄔㄜ ㄑㄧㄢˊ 多年生草名，葉從宿根發出，子和葉莖都可做藥。

**車胎** ㄔㄜ ㄊㄞ 輪胎的通稱。

**車班** ㄔㄜ ㄅㄢ 行車的班次。

**車站** ㄔㄜ ㄓㄢˋ 供火車、汽車停靠，上下客貨的固定地點。

**車馬** ㄔㄜ ㄇㄚˇ 在路上行走的車和馬。

**車票** ㄔㄜ ㄆㄧㄠˋ 已交車費可以搭車的憑據。先買車票才可以上車。

**車掌** ㄔㄜ ㄓㄤˇ 早期在公共汽車上負責剪票的服務員。

**車照** ㄔㄜ ㄓㄠˋ 行車的執照。

**車裂** ㄐㄩ ㄌㄧㄝˋ 古代的一種酷刑，用五輛車把人分拉撕裂致死。

**車軸** ㄔㄜ ㄓㄡˊ 穿入車轂轆承受車身重量的圓柱形零件。

**車道** ㄔㄜ ㄉㄠˋ 專供車輛行走的道路（區別於「人行道」）。

**車禍** ㄔㄜ ㄏㄨㄛˋ 行車（多指汽、機車）時發生的傷亡事故。

**車箱** ㄔㄜ ㄒㄧㄤ 火車、汽車等用來載人或裝東西的部分。也作「車廂」。

**車輛** ㄔㄜ ㄌㄧㄤˋ 各種車的總稱。

**車錢** ㄔㄜ ㄑㄧㄢˊ 錢字輕讀。乘車所付的費用。

**車頭** ㄔㄜ ㄊㄡˊ 車的前部。在火車是機車，汽車是駕駛座部分。

**車轍** ㄔㄜ ㄓㄜˊ 車輛走過，車輪壓在道路上凹下去的痕跡。

**車輪（子）** ㄔㄜ ㄌㄨㄣˊ ㄗ˙ 車上的輪子。口語說「車轂轆（ㄔㄜ ㄍㄨ ˙ㄌㄨ）」。

**車大砲** ㄔㄜ ㄉㄚˋ ㄆㄠˋ 吹牛，是方言詞，常見於報紙雜誌。

**車門兒** ㄔㄜ ㄇㄣˊ ㄦ 馬車、汽車、火車兩旁所附的門，可以開關，供人上下。

**車馬費** ㄔㄜ ㄇㄚˇ ㄈㄟˋ 非正式的薪金或津貼。

**車墊子** ㄔㄜ ㄉㄧㄢˋ ㄗ˙ ①車上的坐墊。②腳踏車、機車的駕駛座。

**車輪戰** ㄔㄜ ㄌㄨㄣˊ ㄓㄢˋ 許多人輪流著打一個，使他容易疲勞。

**車篷子** ㄔㄜ ㄆㄥˊ ㄗ˙ 車子的篷，用來遮蔽風日雨雪的。

**車水馬龍** ㄐㄩ ㄕㄨㄟˇ ㄇㄚˇ ㄌㄨㄥˊ 図形容來往的車馬很多，很繁華熱鬧的樣子。

**車載斗量** ㄔㄜ ㄗㄞˋ ㄉㄡˇ ㄌㄧㄤˊ 図比喻數量很多。車也讀ㄐㄩ。

## 一筆

**軋** ▲ㄧㄚˋ ㈠碾壓。如「汽車軋死一條蛇」「壓路機把路軋平了」。㈡見「軋軋」。㈢図排擠。如「傾軋」。▲ㄍㄚˊ（蘇州話）㈠查帳叫「軋帳」。㈡交朋友叫「軋朋友」。

**軋平** ㄧㄚˋ ㄆㄧㄥˊ 用強大的力量把凹凸不平的地方碾平。

**軋軋** ㄧㄚˋ ㄧㄚˋ ①飛機引擎的響聲。②汽車馬達的響聲。

**軋馬路** ㄧㄚˋ ㄇㄚˇ ㄌㄨˋ 因在路上無目的的行走。如「他不是出去辦事，是去軋馬路」。

**軋頭寸** ㄍㄚˊ ㄊㄡˊ ㄘㄨㄣˋ 因上海話說用支票作抵押，向人調現款周轉。

## 二筆

**軌** ㄍㄨㄟˇ ㈠車兩輪之間的距離。如「車同軌」。㈡火車、電車的鐵路。如「鐵軌」「無軌電車」。㈢比喻事物的法則。如「軌範」「步入正軌」。㈣見「軌道」。

**軌度** ㄍㄨㄟˇ ㄉㄨˋ 図法度。

**軌條** ㄍㄨㄟˇ ㄊㄧㄠˊ 設在鐵道上讓火車走的條狀鋼製物。

**軌跡** ㄍㄨㄟˇ ㄐㄧ ①數學上說，某點或某線依據一定條件而運動時，其徑路全體或所生的面，稱為此點或此線的軌跡。②車輪軋過的痕跡。也引伸作途徑。

**軌道** ㄍㄨㄟˇ ㄉㄠˋ ①火車、電車行走的鐵軌。②行星繞日或人造衛星環繞星球的路線。③為人處事的正常路向。

**軌範** ㄍㄨㄟˇ ㄈㄢˋ 図模範格式。

**軌轍** ㄍㄨㄟˇ ㄓㄜˊ 図①車輪軋過的痕跡。②比喻往事。

**軍** ㄐㄩㄣ ㈠受政府指揮，用來保衛國土的武裝部隊或有關設施。如「軍人」「軍用物資」。㈡部隊的編制，在「師」以上的叫「軍」。㈢過去指兵士。如「西城下有個老軍在掃地」。㈣舊時流放罪人到邊遠地區叫「充軍」。㈤図行軍駐紮。〈左傳〉有「軍於瑕以待之」。

**軍人** ㄐㄩㄣ ㄖㄣˊ 有軍籍的官兵的總稱。

**軍刀** ㄐㄩㄣ ㄉㄠ 軍人用的長刀。

**軍力** ㄐㄩㄣ ㄌㄧˋ 軍隊的實力。

**軍士** ㄐㄩㄣ ㄕˋ ①軍官之下，兵之上的士官，分上士、中士、下士三級。②泛稱兵士。

**軍工** ㄐㄩㄣ ㄍㄨㄥ ①軍事工業。②軍事工程。

**軍中** ㄐㄩㄣ ㄓㄨㄥ ①軍隊裡面。②屬於軍人的。

**軍心** ㄐㄩㄣ ㄒㄧㄣ 軍人團結合作，達成任務的心理表現。

**軍火** ㄐㄩㄣ ㄏㄨㄛˇ 坦克、戰艦、軍機、飛彈、槍砲、彈藥等軍用物質器材的總稱。

**軍令** ㄐㄩㄣ ㄌㄧㄥˋ 軍事命令。

**軍功** ㄐㄩㄣ ㄍㄨㄥ 作戰有功。

**軍民** ㄐㄩㄣ ㄇㄧㄣˊ 軍隊和人民。

**軍用** ㄐㄩㄣ ㄩㄥˋ 軍事上使用的。

**軍衣** ㄐㄩㄣ ㄧ 軍人穿的制服。也作「軍服」「軍裝」。

**軍事** ㄐㄩㄣ ㄕˋ 和軍隊或戰爭有關的事情。

**軍制** ㄐㄩㄣ ㄓˋ 軍隊的編制、訓練、管理等各種制度。

**軍官** ㄐㄩㄣ ㄍㄨㄢ 管理軍隊的官長。分尉（ㄨㄟˋ）校（ㄒㄧㄠˋ）將（ㄐㄧㄤˋ）等三級。

**軍帖** ㄐㄩㄣ ㄊㄧㄝˇ 図軍事文告。〈木蘭辭〉有「昨夜見軍帖」。

**軍法** ㄐㄩㄣ ㄈㄚˇ 以現役軍人為適用對象的法律。目的在保持軍事安全，維護軍隊法紀。戰爭或戒嚴時期可以暫時適用於平民。

**軍服** ㄐㄩㄣ ㄈㄨˊ 軍人穿的制服。過去也叫「軍衣」「軍裝」。

**軍長** ㄐㄩㄣ ㄓㄤˇ 指揮軍級武裝部隊的將官。

**軍政** ㄐㄩㄣ ㄓㄥˋ 軍事方面的行政。

**軍紀** ㄐㄩㄣ ㄐㄧˋ 軍人應遵守的紀律。也作「軍風紀」。

**軍容** ㄐㄩㄣ ㄖㄨㄥˊ 整個軍隊的氣象和規律，給人的印象。

**軍師** ㄐㄩㄣ ㄕ ①古時對軍隊裡擔任參謀工作的人的敬稱。②替人出主意想計畫的人。

**軍旅** ㄐㄩㄣ ㄌㄩˇ 図武裝部隊的泛稱，常指生活、生涯方面的。如「投身軍旅，匆匆已二十年」。

**軍書** ㄐㄩㄣ ㄕㄨ 図軍用的文書。

**軍校** ㄐㄩㄣ ㄒㄧㄠˋ 軍事學校的略稱。

**軍訓** ㄐㄩㄣ ㄒㄩㄣˋ 用軍事方式來訓練、管理的一種教育。

**軍務** ㄐㄩㄣ ㄨˋ 軍中的事務。

**軍區** ㄐㄩㄣ ㄑㄩ ①各軍種為便於指揮監督而分別劃定的區域。②「軍事地區」的簡稱。

**軍售** ㄐㄩㄣ ㄕㄡˋ 軍火的出售、轉移。

**軍械** ㄐㄩㄣ ㄒㄧㄝˋ 軍用的器械。也作「軍器」。

**軍備** ㄐㄩㄣ ㄅㄟˋ 軍事上的設施裝備。引伸做國家的軍事力量。

**軍棋** ㄐㄩㄣ ㄑㄧˊ 一種棋藝。有陸軍棋和陸海空軍棋。棋子代表軍階和軍械。兩個人下，以奪得對方的軍旗為作戰目標。

**軍港** ㄐㄩㄣ ㄍㄤˇ 停泊、修護海軍艦艇的港灣。

**軍費** ㄐㄩㄣ ㄈㄟˋ 政府用在軍事方面的經費。

**軍郵** ㄐㄩㄣ ㄧㄡˊ 軍中函件的郵遞業務。

**軍隊** ㄐㄩㄣ ㄉㄨㄟˋ 武裝部隊的泛稱。

**軍階** ㄐㄩㄣ ㄐㄧㄝ 軍人的等級。如軍官分成上將、中將、少將、上校、中校、少校、上尉、中尉、少尉。

**軍號** ㄐㄩㄣ ㄏㄠˋ 軍用的號筒（喇叭）。

**軍團** ㄐㄩㄣ ㄊㄨㄢˊ 用兩個軍以上的兵力，由一個高級將官指揮，在同一地區作戰，叫做「軍團」。也叫「集團軍」。

**軍實** ㄐㄩㄣ ㄕˊ 図軍用的器械糧食。

**軍旗** ㄐㄩㄣ ㄑㄧˊ 分別武裝部隊各單位的標幟。

**軍歌** ㄐㄩㄣ ㄍㄜ 表現軍人威武勇敢的歌曲，常是雄壯有力的。

**軍種** ㄐㄩㄣ ㄓㄨㄥˇ 軍隊的基本類別。一般分為陸軍、海軍、空軍等軍種。

**軍閥** ㄐㄩㄣ ㄈㄚˊ 擁有雄厚勢力，割地自雄，不聽中央政府命令的軍官以及他的集團。

**軍需** ㄐㄩㄣ ㄒㄩ ①軍隊所需要的糧秣彈藥等東西叫「軍需」。②軍職名，管理一個部隊的會計出納工作。

**軍餉** ㄐㄩㄣ ㄒㄧㄤˇ 軍人每月領的生活費，現款部分叫「餉」。

**軍樂** ㄐㄩㄣ ㄩㄝˋ ①表現軍人勇武精神，節奏明快、雄健有力的樂曲。②軍用的鼓號樂器。

**軍操** ㄐㄩㄣ ㄘㄠ 軍人所練的體操。

**軍機** ㄐㄩㄣ ㄐㄧ ①有關軍事機密的事。②軍用飛機的略稱。

**軍徽** ㄐㄩㄣ ㄏㄨㄟ 軍人帽子上的徽章。我國軍徽是用青天白日章。

**軍營** ㄐㄩㄣ ㄧㄥˊ 軍隊駐紮的房舍。

**軍鴿** ㄐㄩㄣ ㄍㄜ 軍用的信鴿。

**軍禮** ㄐㄩㄣ ㄌㄧˇ 軍隊所行的禮節，分注目、立正、舉手、舉刀或舉槍、鳴砲等。

**軍糧** ㄐㄩㄣ ㄌㄧㄤˊ 軍人日常用的主食品。

**軍職** ㄐㄩㄣ ㄓˊ 武職，軍中的職位。

**軍醫** ㄐㄩㄣ ㄧ 附設軍中治療傷病的醫官。

**軍籍** ㄐㄩㄣ ㄐㄧˊ ①軍人的名冊。②有關在營服役軍人的身分、號碼。也稱「兵籍號碼」。

**軍艦** ㄐㄩㄣ ㄐㄧㄢˋ 海軍使用的各種船艦，如航空母艦、主力艦、巡洋艦、驅逐艦、炮艦、潛水艦、巡邏艦、運輸艦、魚雷艦等。

**軍權** ㄐㄩㄣ ㄑㄩㄢˊ 在現代的民主國家，由人民託付國家元首行使。

**軍火庫** ㄐㄩㄣ ㄏㄨㄛˇ ㄎㄨˋ 儲存軍火和軍用物質、器材的庫房。

**軍令狀** ㄐㄩㄣ ㄌㄧㄥˋ ㄓㄨㄤˋ 戲曲和舊小說中所說的在軍中具結保證，稍有違背，願依軍令處罪的文件。

**軍用犬** ㄐㄩㄣ ㄩㄥˋ ㄑㄩㄢˇ 經過訓練的狗，最初由軍事單位飼養管理，擔任巡邏、守衛、傳信等工作。也叫「軍犬」。

**軍事化** ㄐㄩㄣ ㄕˋ ㄏㄨㄚˋ 革除散漫馬虎的壞習氣，建立嚴肅、整齊、守紀、負責、重視組織的生活精神。

**軍政府** ㄐㄩㄣ ㄓㄥˋ ㄈㄨˇ ①因軍事需要而臨時設立的政府。②軍人執政的政府。

**軍政部** ㄐㄩㄣ ㄓㄥˋ ㄅㄨˋ 從前國民政府行政院所屬的一個部，掌理全國軍事行政的事務；行憲之後改為國防部。

**軍風紀** ㄐㄩㄣ ㄈㄥ ㄐㄧˋ 軍人的紀律。

**軍事法庭** ㄐㄩㄣ ㄕˋ ㄈㄚˇ ㄊㄧㄥˊ 負責審理現役軍人犯罪案件的法庭，由軍法官掌理。

**軍事政變** ㄐㄩㄣ ㄕˋ ㄓㄥˋ ㄅㄧㄢˋ 軍人領導推翻政府，奪取執政權的行動，叫軍事政變。大多出現在政局不穩定的國家。

**軍事基地** ㄐㄩㄣ ㄕˋ ㄐㄧ ㄉㄧˋ 軍事使用的根據地。

**軍事演習** ㄐㄩㄣ ㄕˋ ㄧㄢˇ ㄒㄧˊ 軍隊實施的一種對假想敵的真槍實彈的攻擊，不是真正作戰而是一種平時的作戰訓練。

**軍事管制** ㄐㄩㄣ ㄕˋ ㄍㄨㄢˇ ㄓˋ 在戰地和從敵人手中奪回的光復地區，以軍事行動對當地人、事、時、地、物所做的有效管制，以便達到某一特定目的。

**軍事學校** ㄐㄩㄣ ㄕˋ ㄒㄩㄝˊ ㄒㄧㄠˋ 培養軍官或士官的各級學校。

**軍國主義** ㄐㄩㄣ ㄍㄨㄛˊ ㄓㄨˇ ㄧˋ 以軍事領導政治，以武德為立國基礎的一種理論、制度或一種政策。第二次世界大戰結束前的日本，就是軍國主義國家。

**軍事委員會** ㄐㄩㄣ ㄕˋ ㄨㄟˇ ㄩㄢˊ ㄏㄨㄟˋ 原隸屬於行政院掌理全國軍事的委員會，行憲以後撤銷。

## 三筆

**軒** ㄒㄩㄢ ㈠〔名〕古時一種有篷的車。服虔注〈左傳〉說「車有藩曰軒」。㈡〔名〕車的通稱。江淹的〈別賦〉有「朱軒繡軸」。㈢〔名〕對人表示尊敬，用人家的車子來稱呼人家。如「高軒蒞止」。㈣有窗戶的長廊或小房間，叫「明軒」「小軒」。㈤〔名〕見「軒輊」。㈥房間裡的天花板高。如「軒敞」。㈦形容大。如「軒然大波」。

(八)図見「軒昂」。(九)軒轅，複姓。

**軒昂** ㄒㄩㄢ ㄤˊ 図形容人氣度高超的樣子。

**軒朗** ㄒㄩㄢ ㄌㄤˇ 開朗明亮的樣子。

**軒敞** ㄒㄩㄢ ㄔㄤˇ 房間又高又寬敞。

**軒然** ㄒㄩㄢ ㄖㄢˊ 図①「軒然仰笑」，是大笑的樣子。②「軒然大波」，很大的糾紛、論爭。

**軒輊** ㄒㄩㄢ ㄓˋ 図車子前後高低不一：前高後低叫軒，前低後高叫輊。比喻二者高低優劣很難分別，說「不分軒輊」。

**軒轅氏** ㄒㄩㄢ ㄩㄢˊ ㄕˋ 黃帝的號。見「黃帝」。

## 軔

図ㄖㄣˋ (一)搭住車輪不讓旋轉的木條。因此事情開始做叫「發軔」。(二)通「仞」。

## 軏

図ㄩㄝˋ 古代小車承載車箱的直木條前端拴住橫木條的插梢。車沒有軏，直木條與橫木條分離，駕車的牛拉不到車子，車就走不了啦。所以〈論語・為政〉說「大車無輗，小車無軏，其何以行之哉」。

# 四筆

## 軟（輭）

ㄖㄨㄢˇ (一)柔。與「硬」相反。如「柔軟」「軟糖」。(二)形容人懦弱沒有決斷。如「軟弱無能」「欺軟怕硬」。(三)不能堅持。如「心軟」「耳朵軟」。(四)見「疲軟」。(五)事物不豐富，或做事不能受人欣賞。如「這家館子菜軟」「貼的戲碼子軟」。(六)不用強硬的方法，只是溫和地進行。如「軟求」「軟磨兒」。(七)沒氣力了。如「站得腿軟了」「手腳痠軟」。(八)柔和的。如「軟風」「吳儂軟語」。

**軟化** ㄖㄨㄢˇ ㄏㄨㄚˋ ①物體由硬變軟的過程。②形容人堅執的態度漸趨緩和。③用溫柔的方法使人改變態度，不再堅持。

**軟木** ㄖㄨㄢˇ ㄇㄨˋ 櫧木的樹皮。

**軟水** ㄖㄨㄢˇ ㄕㄨㄟˇ 水中所含溶解性物質在一百萬分之一百二十（120ppm）的水，叫軟水。

**軟片** ㄖㄨㄢˇ ㄆㄧㄢˋ 可以隨身攜帶的照相機、攝影機用的底片（film）。也叫「底片」。

**軟玉** ㄖㄨㄢˇ ㄩˋ 礦物，屬角閃石類，成分主要是鐵、鎂或鈣的矽酸鹽，色白或綠，可以作飾物。

**軟求** ㄖㄨㄢˇ ㄑㄧㄡˊ 用溫柔的話懇求。

**軟性** ㄖㄨㄢˇ ㄒㄧㄥˋ 文學或藝術作品所表現的柔美情緒，使人不感到強烈的刺激，而有優婉低迴的趣味的。如「軟性文學」「軟性藝術」。

**軟和** ㄖㄨㄢˇ ㄏㄨㄛˋ 柔軟；柔和。

**軟風** ㄖㄨㄢˇ ㄈㄥ 微風，風速每秒零點三公尺到一公尺半的。

**軟弱** ㄖㄨㄢˇ ㄖㄨㄛˋ ①不強壯。如「身體軟弱」。②不強硬。如「做人太軟弱，受人欺負」。

**軟骨** ㄖㄨㄢˇ ㄍㄨˇ 柔軟而有彈性的骨頭。

**軟梯** ㄖㄨㄢˇ ㄊㄧ 用繩索編成的梯子。

**軟禁** ㄖㄨㄢˇ ㄐㄧㄣˋ 對須要看管的人限制其居住與行動，並且監視他的社會關係。

又名「軟口蓋」。口腔內面上

**軟腭** ㄖㄨㄢˇ ㄜˋ 壁與鼻咽部之間的肌質部分。由肌肉排列成弓形，弓形的開口連通口腔與咽喉，弓形向後延伸則形成一個小圓錐狀突起，名叫懸雍垂。

**軟膏** ㄖㄨㄢˇ ㄍㄠ 西藥用稠油調製成的藥，也叫「油膏」。通常裝在金屬或塑料管內，外用。

**軟語** ㄖㄨㄢˇ ㄩˇ ①図溫柔婉轉的言語。如「美儂軟語」。②柔和的語音。

**軟糖** ㄖㄨㄢˇ ㄊㄤˊ 質軟的糖果。

**軟磨** ㄖㄨㄢˇ ㄇㄛˊ 用溫和的態度糾纏人，使答應自己的請求。如「他不敢硬來，可是他的軟磨工夫很不錯」。也作「軟纏」。

**軟體** ㄖㄨㄢˇ ㄊㄧˇ 經常管理中無形的部分。如機器是有形體的，稱為硬體；管理知識是無形的，稱為軟體。電腦系統中是指由腦的操作控制程式，處理資料的應用程式與數據等。

**軟刀子** ㄖㄨㄢˇ ㄉㄠ ˙ㄗ 比喻使人在不知不覺中受到折磨或腐蝕的手段。

**軟口蓋** ㄖㄨㄢˇ ㄎㄡˇ ㄍㄞˋ 生理學說口蓋的後部。

**軟木塞(兒)** ㄖㄨㄢˇ ㄇㄨˋ ㄙㄞ ㄦ 用木栓櫧（植物，常綠喬木，產在地中海沿岸。）的樹皮製成的瓶塞。

**軟脂酸** ㄖㄨㄢˇ ㄓ ㄙㄨㄢ 也叫「棕櫚酸」「巴勒米清酸」。是一種化合物，白色的針狀結晶，是製造肥皂的材料。存在於動植物油之中。

**軟釘子** ㄖㄨㄢˇ ㄉㄧㄥ ˙ㄗ 態度溫和而不傷人感情的拒絕請求。

**軟腳病** ㄖㄨㄢˇ ㄐㄧㄠˇ ㄅㄧㄥˋ 就是腳氣病。患者因為長期缺乏維生素$B_1$而雙腳浮腫，趾間生水泡滲液，由大小腿部向上延到腰際，嚴重的能致死。

**軟腳蝦** ㄖㄨㄢˇ ㄐㄧㄠˇ ㄒㄧㄚ 比喻人沒有骨氣。如「你雖然是個主管，可是凡事推諉，像是個軟腳蝦」。

**軟綿綿** ㄖㄨㄢˇ ㄇㄧㄢˊ ㄇㄧㄢˊ ①柔軟。如「這孩子的手軟綿綿的，真好」。②無力的樣子。如「吃了那藥之後，渾身軟綿綿的，站都站不起來」。

**軟玉溫香** ㄖㄨㄢˇ ㄩˋ ㄨㄣ ㄒㄧㄤ 形容美人柔滑芳香的身體。

**軟硬不喫** ㄖㄨㄢˇ ㄧㄥˋ ㄅㄨˋ ㄔ 比喻人的性情堅強，無論剛柔的手段都難使他聽從。

**軟硬兼施** ㄖㄨㄢˇ ㄧㄥˋ ㄐㄧㄢ ㄕ 柔順和強硬的手段兩者都使用，以使對方屈服。

**軟體動物** ㄖㄨㄢˇ ㄊㄧˇ ㄉㄨㄥˋ ㄨˋ 體質柔軟無骨骼、關節，體外被以皮膚褶襞而成的外套膜，表面或有介殼，如蚌蛤、烏賊。

**軟性清潔劑** ㄖㄨㄢˇ ㄒㄧㄥˋ ㄑㄧㄥ ㄐㄧㄝˊ ㄐㄧˋ 化學名詞。清潔劑中容易經由微生物作用而分解的，叫做軟性清潔劑。這種清潔劑比較不會造成汙染。

**軛(軶)** 図ㄜˋ 人字形木條，綁在車衡兩端扼住馬頸。

## 五筆

**軻** 図ㄎㄜ ㈠兩木相續的車軸。㈡見「轗軻」。

**軥** ▲ㄑㄩ 馬車前駕馬的零件，形狀像夾子，貼在馬脖子上。

▲ㄍㄡ 軥車，古代夏后氏的兵車。

**軹** 図ㄓˇ 車軸在輻以外的「止推」部分，是包著軸頭的，不是像插銷的。（參看「軸承」。）

**軸** ▲ㄓㄡˊ ㈠從車輪的中心穿過，用來控制車輪的轉動的橫杆，可以使兩個車輪同時進退。如「車軸」。㈡形容旋轉物的中心。如「地軸」「軸心」。㈢機器上裝有輪子的部分。如「輪軸」。㈣形狀像車軸的東西。如「畫軸」。㈤図樞要部分。如「當軸」是說政府的中心人物。㈥量詞，計算有軸的東西，同「件」。如「書畫數軸」。

讀音ㄓㄨˊ。

▲ㄓㄡˋ 國劇表演的最後一齣叫「大軸子」。「大軸子」的前一齣戲，叫「壓軸兒戲」。

**軸子** ㄓㄡˊ ㄗˇ ①安在字畫的下端便於懸掛或捲起的圓桿兒。②弦樂器上繫弦的小圓桿兒，用來調節音的高低。

**軸心** ㄓㄡˊ ㄒㄧㄣ 形容旋轉物的中心點。又讀ㄓㄨˊ ㄒㄧㄣ。

**軸承** ㄓㄡˊ ㄔㄥˊ 支承軸的機件，軸可以在軸承上旋轉。分為滑動軸承、滾動軸承等幾種。

**軸距** ㄓㄡˊ ㄐㄩˋ 汽車前後軸間的距離。

**軸心國** ㄓㄡˊ ㄒㄧㄣ ㄍㄨㄛˊ 一九三六年，德日兩國的黷武政府訂立協定，結為同盟，第二年義大利加入。他們自稱「世界的軸心」，要侵略各國，領導世界，後來全被打敗。

**軫** [文]ㄓㄣˇ (一)車後的橫木。(二)古時車的通稱。〈後漢書〉有「來軫方遒」。(三)見「軫念」。(四)「軫恤」，憐憫、哀痛的意思。

**軫念** ㄓㄣˇ ㄋㄧㄢˋ [文]輾轉思念。

**軫宿** ㄓㄣˇ ㄒㄧㄡˋ 二十八宿之一，南方朱鳥七宿的末一宿，共四顆星，屬烏鴉座的一部分。

**軫悼** ㄓㄣˇ ㄉㄠˋ [文]悲傷哀悼。

**軫懷** ㄓㄣˇ ㄏㄨㄞˊ [文]悲痛地懷念。

**軼** ㄧˋ [文](一)超過。如「軼群」。(二)散失。如「軼事」。

**軼事** ㄧˋ ㄕˋ [文]正史沒有記載的瑣事。

**軼群** ㄧˋ ㄑㄩㄣˊ [文]超出眾人之上。

**軼聞** ㄧˋ ㄨㄣˊ [文]沒有正式記載，從傳聞中所得的事跡。

**軺** [文]ㄧㄠˊ 古時用一匹馬拉的小車，可以做兵車，是一種輕便的車子。

## 六筆

**輅** [文]ㄌㄨˋ 輅車，古時天子乘坐的大車。也作「路」。

**較** ▲ㄐㄧㄠˋ (一)同類的事物相比。如「比較」「較量」。(二)相比以後顯出結果。如「陳同學的成績較好」「施這種肥，收穫較多」。(三)數學上說兩數相減所得的餘數。如「9與3之較為6」。(四)[文]概略的。如「較略」。(五)[文]明顯。如「較然」「彰明較著（ㄓㄨˋ）」。又讀ㄐㄧㄠˇ。▲[文]ㄐㄩㄝˊ互相競爭的意思，同「角（ㄐㄩㄝˊ）」。

**較略** ㄐㄧㄠˋ ㄌㄩㄝˋ [文]大概的，概略的。

**較量** ㄐㄧㄠˋ ㄌㄧㄤˋ 量字可以輕讀。比較高下。

**較然** ㄐㄧㄠˋ ㄖㄢˊ [文]明顯的樣子。如「上有明主，則賢與不肖較然可見」。

**較著** ㄐㄧㄠˋ ㄓㄨˋ [文]明顯。

**輇** [文]ㄑㄩㄢˊ (一)沒有輻條的小車輪。(二)通「銓」。

**輇才** ㄑㄩㄢˊ ㄘㄞˊ [文]①銓量人才。②才能小，見識淺，不堪重任。常用以自謙。

**輊** [文]ㄓˋ 車子前低後高的樣子。參看「軒輊」。

**輈** [文]ㄓㄡ (一)古代馬車車箱前端向前高起，連接衡軛的木條，單獨一根擱在中間的叫輈，兩根擱在兩側的叫轅。(二)「輈張」，驚懼的樣子，或強項、跋扈的樣子。

**軾** [文]ㄕˋ (一)古代車箱前面的橫木。〈左傳〉有「登軾而望之」。古人靠著軾站在車上彎下腰去，是向人表示尊敬的態度。這種「憑軾」的「軾」，古人常寫作「式」。〈禮記．檀弓〉有「夫子式而聽之」。

**載** ▲ㄗㄞˋ (一)交通工具裝運客貨。如「載客二十五人」「車載斗量

（ㄌㄧㄤˊ）」。㈡文承受。如「厚德載福」「發電機的裝載容量」。㈢紀錄。如「記載」「學籍簿載明他是臺北市人」。㈣充滿。如「怨聲載道」。㈤文通「再」。「再拜」也作「載拜」。㈥文表示同時進行兩個動作，猶「且」。如「載欣載奔」「載歌載舞」。㈦文開始。〈孟子〉書有「湯始征，自葛載」。▲ㄗㄞˇ 年。如「一年半載」「三年五載」。

**載明** ㄗㄞˇ ㄇㄧㄥˊ 記載明白。

**載波** ㄗㄞˋ ㄅㄛ 在有線電與無線電技術中，把不直接發射的低音頻信號加在高頻電波中發射出去。這種方法叫載波。

**載客** ㄗㄞˋ ㄎㄜˋ 載運乘客。

**載記** ㄗㄞˇ ㄐㄧˋ 文以往史官敘述列國的事叫做「載記」，從東漢班固開始。

**載貨** ㄗㄞˋ ㄏㄨㄛˋ 運輸貨物。

**載道** ㄗㄞˋ ㄉㄠˋ 文①滿路都是。如「怨聲載道」。②文章論聖賢之道的，叫「載道之文」，也就是所謂「文以載道」。

**載重量** ㄗㄞˋ ㄓㄨㄥˋ ㄌㄧㄤˋ 車輛、輪船、飛機裝載客貨在重量方面的最大限度。

**載舟覆舟** ㄗㄞˋ ㄓㄡ ㄈㄨˋ ㄓㄡ 水能把船載起而航行，也能使船覆沒。比喻同一件事能使人成功，也能使人失敗。本是以水來比喻民心的向背，警告帝王必須隨時注意的話。

**載欣載奔** ㄗㄞˋ ㄒㄧㄣ ㄗㄞˋ ㄅㄣ 既快樂又奔跑。陶潛〈歸去來辭〉有「乃瞻衡宇，載欣載奔」。

**載歌載舞** ㄗㄞˋ ㄍㄜ ㄗㄞˋ ㄨˇ 邊唱邊舞，盡情快樂。

## 七筆

**輔** ㄈㄨˇ ㈠文古時夾住車轂兩旁使車輪穩定的木頭。〈詩經・小雅・正月〉有「無棄爾輔，員于爾輻」。㈡首都附近的地區，過去叫「畿輔」。㈢從旁協助。如「輔助」「輔導」。㈣古時宰相稱為「首輔」。㈤文通「酺」，面頰。㈥姓。

**輔助** ㄈㄨˇ ㄓㄨˋ 幫助。

**輔車** ㄈㄨˇ ㄐㄩ 文輔與車子，比喻互相依存的緊密關係。〈韓非子・十過〉有「夫虞之有虢，如車之有輔；輔依車，車亦依輔」。

**輔音** ㄈㄨˇ ㄧㄣ 語音學說發音時氣流受阻的音叫「輔音」，國音的ㄅ、ㄆ、ㄇ等聲符都是。

**輔弼** ㄈㄨˇ ㄅㄧˋ 文輔助。也作「輔佐」。

**輔幣** ㄈㄨˇ ㄅㄧˋ 輔助本位貨幣作為交換媒介的小額貨幣。本位貨幣是「圓」，輔幣的面額是「角」「分」。但因現今貨幣貶值，我國已不發行「角」「分」輔幣，改用「圓」面額。

**輔導** ㄈㄨˇ ㄉㄠˇ ①扶助指導。②教育學上說一種協助學生增加解決問題能力的工作。方法是勸告、諮商、討論、測驗等。學校裡的輔導工作，分個別輔導和團體輔導。如果按功能區分，有學習輔導、職業輔導、人格或生活輔導等。

**輔翼** ㄈㄨˇ ㄧˋ 文輔佐；輔助。

**輕（轻、軽）** ㄑㄧㄥ ㈠古代車名。如「輕車」。㈡分量少，與「重」相反。如「輕重」。㈢微小。如「輕罪」。㈣不莊重。如「輕佻」「輕浮」。㈤簡便。如「輕易」「輕快」。㈥不重視。如「輕視」「輕敵」。㈦不值錢，低微。如「輕賤」「輕骨頭」。㈧微薄，淡淡的。如「輕風」「輕寒」。㈨不濃烈，不過猛。如「口輕」「罰得很輕」。㈩製造消費品的工業，如造紙、紡織、食品加工等，叫「輕工業」。(十一)隨隨便便的，考慮欠周的。如「輕諾寡信」「輕舉妄動」。(十二)沒有壓力。如「輕鬆」「無債一身輕」。(十三)體型小。如「輕盈」「輕身」。(十四)同「氫」。見「輕氣」。

**輕巧** ㄑㄧㄥ ㄑㄧㄠˇ 輕便靈巧。

**輕生** ㄑㄧㄥ ㄕㄥ 看輕自己的生命。常指人自殺。

**輕石** ㄑㄧㄥ ㄕˊ 浮石。

**輕舟** ㄑㄧㄥ ㄓㄡ 輕快的小船。唐詩有「兩岸猿聲啼不住，輕舟已過萬重山」。

**輕兵** ㄑㄧㄥ ㄅㄧㄥ 〔文〕人數不多，裝備簡單的軍隊。現代也指可以隨身攜帶的輕武器。

**輕利** ㄑㄧㄥ ㄌㄧˋ 〔文〕不重視錢財。

**輕快** ㄑㄧㄥ ㄎㄨㄞˋ ①輕便快捷。②身體輕鬆的感覺。

**輕狂** ㄑㄧㄥ ㄎㄨㄤˊ 輕佻，任性，隨意亂來。

**輕佻** ㄑㄧㄥ ㄊㄧㄠ 言語行動不莊重。

**輕忽** ㄑㄧㄥ ㄏㄨ 不重視；不注意；輕率疏忽。

**輕易** ㄑㄧㄥ ㄧˋ ①簡單容易。②常常，隨時。如「不輕易來」。

**輕肥** ㄑㄧㄥ ㄈㄟˊ 〔文〕輕裘肥馬。比喻顯貴的人或豪奢的生活。杜甫〈秋興〉詩有「五陵衣馬自輕肥」句。

**輕便** ㄑㄧㄥ ㄅㄧㄢˋ ①重量較小，建造較易，或使用方便的。如「輕便鐵路」。②輕鬆；容易。

**輕信** ㄑㄧㄥ ㄒㄧㄣˋ 輕易相信。

**輕型** ㄑㄧㄥ ㄒㄧㄥˊ 比較輕便的一型，如輕型火砲、輕型飛機。

**輕柔** ㄑㄧㄥ ㄖㄡˊ 輕而柔和。如「輕柔的枝條」「聲音輕柔」。

**輕盈** ㄑㄧㄥ ㄧㄥˊ 形容女子身材苗條，動作輕快。

**輕重** ㄑㄧㄥ ㄓㄨㄥˋ ①分量的大小。②指事態的程度；對事理的重要性分不清的叫「不知輕重」。③泛指事物的緩急程度。如「輕重緩急」。

**輕風** ㄑㄧㄥ ㄈㄥ ①指通用風級表的第二級風，風速每小時約五．七公里到十二公里（每秒一．六到三．三公尺）。②泛指輕微的風。

**輕氣** ㄑㄧㄥ ㄑㄧˋ 「氫」的舊時說法。

**輕浮** ㄑㄧㄥ ㄈㄨˊ 言語行動不端莊。如「舉止輕浮」。

**輕率** ㄑㄧㄥ ㄕㄨㄞˋ （說話做事）隨隨便便，沒有經過考慮。

**輕寒** ㄑㄧㄥ ㄏㄢˊ 天氣有點兒冷。

**輕視** ㄑㄧㄥ ㄕˋ 看不起，認為沒什麼。口語也說「輕看」。

**輕微** ㄑㄧㄥ ㄨㄟ 數量少而程度淺的。

**輕罪** ㄑㄧㄥ ㄗㄨㄟˋ 法律上說情節不重大的罪。

**輕裝** ㄑㄧㄥ ㄓㄨㄤ ①輕便的行裝。②裝備輕便的部隊。如「一五七師是輕裝師」。

**輕慢** ㄑㄧㄥ ㄇㄢˋ 〔文〕對人不敬重。

**輕敵** ㄑㄧㄥ ㄉㄧˊ 藐視敵人而不注意對付。

**輕蔑** ㄑㄧㄥ ㄇㄧㄝˋ 〔文〕看不起，藐視。

**輕聲** ㄑㄧㄥ ㄕㄥ ①語音變調之一，輕讀而沒有陰陽上去聲調的分別，如口語的「的」「了」「麼」「呢」等字，複合詞「琵琶」的「琶」，「葡萄」的「萄」等都是輕聲。②壓低聲音。如「輕聲細語」。

**輕薄**（ㄑㄧㄥ ㄅㄛˊ） ①不老實。②不尊重別人。③侮辱女人。

**輕騎**（ㄑㄧㄥ ㄐㄧˋ） 輕裝的騎兵。

**輕鬆**（ㄑㄧㄥ ㄙㄨㄥ） 輕快可以伸展自如。也作「輕爽」。

**輕鯈**（ㄑㄧㄥ ㄔㄡˊ） 図一種小魚。如「輕鯈出水，白鷗矯翼」。

**輕飄**（ㄑㄧㄥ ㄆㄧㄠ） 活潑不滯重。

**輕工業**（ㄑㄧㄥ ㄍㄨㄥ ㄧㄝˋ） 指紡織、火柴、造紙、麵粉、製革等工業，對重工業說的。

**輕武器**（ㄑㄧㄥ ㄨˇ ㄑㄧˋ） 射程較近、便於攜帶的武器。如步槍、衝鋒槍、機關槍等。

**輕金屬**（ㄑㄧㄥ ㄐㄧㄣ ㄕㄨˇ） 比重在五以下的金屬，像鈉、鎂、鉀、鋁、鈣等。

**輕音樂**（ㄑㄧㄥ ㄧㄣ ㄩㄝˋ） 節奏輕快，旋律柔美的樂曲，篇章較短，聽了有輕鬆活潑的感覺；是對歌劇、交響樂說的。

**輕骨頭**（ㄑㄧㄥ ㄍㄨˊ ˙ㄊㄡ） 比喻人卑賤。

**輕脣音**（ㄑㄧㄥ ㄔㄨㄣˊ ㄧㄣ） 語音學上對重脣音而言，指氣流從下脣上齒之間所發出的聲音，如非、夫、奉等字的聲母。

**輕輕（兒）的**（ㄑㄧㄥ ㄑㄧㄥ ㄦ ˙ㄉㄜ） 用力很小。如「輕輕（兒）的放下」。「輕（兒）的說話」「輕輕（兒）的說話」

**輕氣球（兒）**（ㄑㄧㄥ ㄑㄧˋ ㄑㄧㄡˊ ㄦ） 能上升的氣球（兒）。

**輕手輕腳**（ㄑㄧㄥ ㄕㄡˇ ㄑㄧㄥ ㄐㄧㄠˇ） 行動審慎緩慢，儘量使沒有聲音。

**輕而易舉**（ㄑㄧㄥ ㄦˊ ㄧˋ ㄐㄩˇ） 形容事情很容易辦，不費力氣。

**輕言細語**（ㄑㄧㄥ ㄧㄢˊ ㄒㄧˋ ㄩˇ） 形容說話聲音輕柔，語氣溫和。

**輕車熟路**（ㄑㄧㄥ ㄐㄩ ㄕㄨˊ ㄌㄨˋ） 図比喻熟習的事情。

**輕車簡從**（ㄑㄧㄥ ㄐㄩ ㄐㄧㄢˇ ㄗㄨㄥˋ） 出門時不多帶侍從的人。

**輕於鴻毛**（ㄑㄧㄥ ㄩˊ ㄏㄨㄥˊ ㄇㄠˊ） 図形容人命的不值錢。鴻毛指大雁的毛。古諺「死有重於泰山，輕於鴻毛」。

**輕便鐵路**（ㄑㄧㄥ ㄅㄧㄢˋ ㄊㄧㄝˇ ㄌㄨˋ） 軌道比較狹窄的鐵路。

**輕重倒置**（ㄑㄧㄥ ㄓㄨㄥˋ ㄉㄠˋ ㄓˋ） 辦事不講求輕重緩急，重要的和不重要的次序顛倒。

**輕重緩急**（ㄑㄧㄥ ㄓㄨㄥˋ ㄏㄨㄢˇ ㄐㄧˊ） 指事情有主要的和次要的，有急於要辦的和可以暫緩的。

**輕財好義**（ㄑㄧㄥ ㄘㄞˊ ㄏㄠˋ ㄧˋ） 図輕視錢財，喜歡做助人的事。

**輕描淡寫**（ㄑㄧㄥ ㄇㄧㄠˊ ㄉㄢˋ ㄒㄧㄝˇ） 形容說話或文辭不做過多的描述。

**輕歌曼舞**（ㄑㄧㄥ ㄍㄜ ㄇㄢˋ ㄨˇ） 輕鬆愉快的音樂和柔和優美的舞蹈。

**輕嘴薄舌**（ㄑㄧㄥ ㄗㄨㄟˇ ㄅㄛˊ ㄕㄜˊ） 說話輕薄，喜歡奚落別人。

**輕舉妄動**（ㄑㄧㄥ ㄐㄩˇ ㄨㄤˋ ㄉㄨㄥˋ） 行為不謹慎，舉止輕浮。

**輕諾寡信**（ㄑㄧㄥ ㄋㄨㄛˋ ㄍㄨㄚˇ ㄒㄧㄣˋ） 図輕易答應他人而時常不實踐。

**輕薄短小**（ㄑㄧㄥ ㄅㄛˊ ㄉㄨㄢˇ ㄒㄧㄠˇ） 形容現代化的工具，注意到使用者的方便：重量要輕，厚度要薄，長度要短，而且體積要小。

**輕飄飄的**（ㄑㄧㄥ ㄆㄧㄠ ㄆㄧㄠ ˙ㄉㄜ） 感覺輕柔，好像要飄起來的樣子。

**輒（輙）** 図ㄓㄜˊ ㈠常是這樣，總是如此。如「動輒得咎」。㈡專，擅，獨，特。〈晉書〉有「甘受專輒之罪」。

**輓** ㄨㄢˇ ㈠拉車。〈左傳〉有「或推之，或輓之」。㈡哀悼死人的詞。如「輓歌」「輓聯」。㈢図同「晚」。「晚近」也作「輓近」。

**輓額** 悼念死者的匾額。

**輓詩** 悼念死者的詩。

**輓詞** 哀悼死者的文詞。

**輓幛** 哀悼死者的幛子。

**輓歌** 哀悼死者的歌。我國在戰國時就有作品，篇名叫「陽阿（ㄜ）」「薤露」。

**輓聯** 哀悼死者的對聯。

## 八筆

**輩** ㈠図古時一百輛車排成的車隊。㈡世代或地位同等也稱輩。如「先輩」「父執輩」。㈢図群，表示人數多。如「我輩」。㈣図連續的。如「人才輩出」。㈤人的一生稱「一輩子」。

**輩分** 分字輕讀。親族或世交父子長幼的次序。也說「輩數兒」。

**輩出** 図相繼出現。如「人才輩出」。

**輩行** 前後輩的行次。也作「行輩」。

**輗** 図古時大車的車轅和轅頭的橫木接連地方所用的插梢。

**輂** ㈠古代用人力拉的車。㈡秦漢以後稱皇帝專用的車。㈢図乘輂而行。〈左傳〉有「公叔文子老矣，輂而如公」。㈣図運載。「輂金馱帛」是「運金珠綢布」。

**輛** 計算車的量詞。如「三輛汽車」。

**輪** ㈠車子賴以行動的平圓形物，是先民重要的發明。有輻條的稱輪，沒有輻條的稱輇。㈡平圓形，可以旋轉的東西。如「齒輪」「滑輪」。㈢圓形，像車輪的。如「日輪」「月輪」。㈣図形容建築物的壯麗。如「美輪美奐」。㈤輪船的略稱。如「江輪」「海輪」。㈥図地形，南北叫「輪」，東西叫「廣」。㈦循環一周叫「一輪」。㈧放映電影最先放映的電影院叫「首輪」，以下叫「二輪」「三輪」。㈨見「輪廓」。㈩姓。

**輪子** 裝置在車輛或機械上能轉動的圓圈形部件。

**輪休** 輪流休假。如「本會工作人員照規定輪休」。

**輪作** 一塊田地分成幾個區，以輪流栽種不同的農作物，中間有一區休息。這是因為從前肥料少，休養地方的方法。也作「輪種」「輪栽法」。

**輪奐** 図高大華美。是「美輪美奐」的省略。

**輪流** 排定次序，循環替換。

**輪胎** 橡膠製的各種車輪內外車胎。

**輪值** 輪班負責做事。文言作「輪番」。

**輪迴** ①循環不停。②佛教相信，眾生的生死像車輪不停的轉動，生的要死，死的會再生，只是下一輩子不一定跟這一輩子一樣。

**輪唱** 用對位法編製的複音樂之一，主要用在聲樂。十五世紀以來，一直很盛行。

**輪船** ①舊時利用動力推動附著於外舷的大輪在內河航行的航船。②現代使用機器，用以載運客貨航行於河海中的大船。

**輪換** 輪流改換。

**輪替** 輪流替換。

**輪椅**（ㄌㄨㄣˊ ㄧˇ） 裝有輪子的椅子，以供搬運病患或供殘廢者自用。

**輪渡**（ㄌㄨㄣˊ ㄉㄨˋ） 渡過河海的船隻。渡海的輪渡噸位大，可以裝運車輛。

**輪番**（ㄌㄨㄣˊ ㄈㄢ） 輪流替代。如「輪番守衛」。

**輪軸**（ㄌㄨㄣˊ ㄓㄡˊ） 一種助力器械，機器上用的。

**輪廓**（ㄌㄨㄣˊ ㄎㄨㄛˋ） ①繪圖上稱物的周圍線和物像的外形。②比喻事物的大概。

**輪機**（ㄌㄨㄣˊ ㄐㄧ） ①發電廠的渦輪機。②輪船上的動力機。

**輪輻**（ㄌㄨㄣˊ ㄈㄨˊ） 車輪上連接輪框和輪轂的部分。

**輪轉**（ㄌㄨㄣˊ ㄓㄨㄢˇ） 旋轉。同「輪迴」。

**輪班**（ㄌㄨㄣˊ ㄅㄢ）（兒） 把工作人員分成幾個班次，分配好工作時間，各班照規定時間上班工作。

**輪生葉**（ㄌㄨㄣˊ ㄕㄥ ㄧㄝˋ） 植物學名詞，指繞著莖而生，每節至少三片以上的葉子。

**輪機房**（ㄌㄨㄣˊ ㄐㄧ ㄈㄤˊ） 裝置輪轉機的地方。

**輪轉機**（ㄌㄨㄣˊ ㄓㄨㄢˇ ㄐㄧ） 一種高速的印刷機，印報一小時在兩萬份以上，還能套印彩色，自動摺疊、切齊，甚至包紮。

**輪下冤魂**（ㄌㄨㄣˊ ㄒㄧㄚˋ ㄩㄢ ㄏㄨㄣˊ） 被軋死在汽車、機車輪下的人。

**輪繖花序**（ㄌㄨㄣˊ ㄙㄢˇ ㄏㄨㄚ ㄒㄩˋ） 聚繖花序的變形，花無梗，花叢相對而生於莖的各側，像是輪生。

## 輨

図ㄍㄨㄢˇ 包裹車轂外端避免碰壞車轂的金屬護套。也作「錧」。

## 輝

ㄏㄨㄟ ㈠光彩。如「光輝」「輝煌」。㈡輝縣，在河南省。

**輝石**（ㄏㄨㄟ ㄕˊ） 礦物，成分是含鐵、鈣、鎂、錳等的硅酸鹽，為火成岩的主要成分之一。硬玉也是輝石類。

**輝光**（ㄏㄨㄟ ㄍㄨㄤ） 同「光輝」。

**輝映**（ㄏㄨㄟ ㄧㄥˋ） 照耀；映射。如「雲日相輝映」。

**輝煌**（ㄏㄨㄟ ㄏㄨㄤˊ） ①光彩奪目。②顯明的樣子。如「戰果輝煌」。

**輝長岩**（ㄏㄨㄟ ㄔㄤˊ ㄧㄢˊ） 粒狀結晶的火成岩，由斜長石、輝石等組成，深灰色、黑色或淺綠色，供建築用。

**輝綠岩**（ㄏㄨㄟ ㄌㄩˋ ㄧㄢˊ） 深綠色的火成岩，主要成分是普通輝石和斜長石。供建築用。

## 輟

図ㄔㄨㄛˋ ㈠暫停。〈論語．微子〉「耰而不輟」。㈡中斷。如「中輟」「輟學」。㈢捨棄。韓愈〈祭十二郎文〉有「不以一日輟汝而就也」。

**輟耕**（ㄔㄨㄛˋ ㄍㄥ） 休耕。田不能種了，不種了。

**輟學**（ㄔㄨㄛˋ ㄒㄩㄝˊ） 図中途休學。

**輟耕隴上**（ㄔㄨㄛˋ ㄍㄥ ㄌㄨㄥˇ ㄕㄤˋ） 図不耕作了，在高地上休息。〈史記〉寫陳涉傭耕事。比喻人不甘屈依於下，躍躍思動。

## 輜

ㄗ ㈠古時一種車箱後面有帷幔的車，叫「輜車」。㈡見「輜重」。

**輜重**（ㄗ ㄓㄨㄥˋ） 軍事上所用的器械、彈藥、糧草、材料等。

**輜重兵**（ㄗ ㄓㄨㄥˋ ㄅㄧㄥ） 軍中管理軍需品的部隊或人員。

# 九筆

## 輻

ㄈㄨˊ ㈠車軸與輪圈之間的直木，現在改用金屬製成。㈡見「輻湊」。㈢見「輻射」。

**輻射**（ㄈㄨˊ ㄕㄜˋ） ①（radiation）物理學名詞。光、熱與其他粒子不必經由介質，而直接散播的現象，稱為輻射。②由①引伸作從中心點向四面八方伸展出去，像是蜘蛛網那樣的。

**輻湊** ㄈㄨˊ ㄘㄡˋ 〔文〕也作「輻輳」，形容人物很密的聚在一起。

**輻射屋** ㄈㄨˊ ㄕㄜˋ ㄨ 建築房屋的材料鋼筋中曾受輻射。人暴露於輻射照射之下，可能引起器官機能失調。

**輻射能** ㄈㄨˊ ㄕㄜˋ ㄋㄥˊ 經過輻射而散播的能量。輻射能可以是熱、光及微波等形態，以光速進行。

**輻射線** ㄈㄨˊ ㄕㄜˋ ㄒㄧㄢˋ （radiant rays）①物理學名詞。放射性同位素衰變時放出的$\gamma$、$\alpha$及$\beta$等射線，叫輻射線。②由人工造成的X光、微波，也叫輻射線。

**輻射劑量** ㄈㄨˊ ㄕㄜˋ ㄐㄧˋ ㄌㄧㄤˋ 暴露在X射線、伽馬射線或中子束之下，從其中接受輻射能的數量。以倫琴（rontgen）為度量單位。

## 輯

ㄐㄧˊ ㈠把分散或零碎的收攏在一起。如「輯錄」「編輯」。㈡〔文〕和睦。如「輯睦」。㈢〔文〕成功。〈三國志．魏志．武帝紀〉有「若事不輯，則方面何所可據」。

**輯要** ㄐㄧˊ ㄧㄠˋ 輯錄要項。

**輯睦** ㄐㄧˊ ㄇㄨˋ 〔文〕和睦。也作「輯穆」。

**輯錄** ㄐㄧˊ ㄌㄨˋ ①收集，聚合。②集合成冊。

## 輶

〔文〕ㄔㄨㄣˊ ㈠古時載運靈柩的車。㈡古時在泥地裡用的交通工具。

## 輸（輸）

ㄕㄨ ㈠轉運。如「運輸」「輸油管」。㈡〔文〕貢獻。如「踴躍輸將」「輸誠」。㈢失敗。如「比賽結束，他們輸了」。

**輸入** ㄕㄨ ㄖㄨˋ ①貨物從外國運入本國。也稱「進口」。②（input）*1.*供應機器動力。2.將資料供應電腦。

**輸出** ㄕㄨ ㄔㄨ ①本國貨物運到外國去。也稱「出口」。②電腦資料的向外送。

**輸血** ㄕㄨ ㄒㄧㄝˇ 把健康人的血漿，移注到病人體內。

**輸送** ㄕㄨ ㄙㄨㄥˋ 運送，常指官方或軍方的作為。

**輸將** ㄕㄨ ㄐㄧㄤ 〔文〕捐獻財物。如「踴躍輸將」。

**輸誠** ㄕㄨ ㄔㄥˊ 〔文〕表示誠心。

**輸嘴** ㄕㄨ ㄗㄨㄟˇ ①不能實踐說過的事。②認錯。

**輸贏** ㄕㄨ ㄧㄥˊ 勝利或失敗。

**輸油管** ㄕㄨ ㄧㄡˊ ㄍㄨㄢˇ ①從油庫輸送油料到需要油量較多的地區的粗管子。②輸送原油到煉油廠或港口的油管。

**輸卵管** ㄕㄨ ㄌㄨㄢˇ ㄍㄨㄢˇ 女性生殖器的一部分，由卵巢到子宮，是輸送卵子的導管。

**輸尿管** ㄕㄨ ㄋㄧㄠˋ ㄍㄨㄢˇ 由腎臟通入膀胱底部的導管，左右各一，為輸尿之用。

**輸送管** ㄕㄨ ㄙㄨㄥˋ ㄍㄨㄢˇ 運送液體所用的管子，如輸水管、輸油管等。

**輸精管** ㄕㄨ ㄐㄧㄥ ㄍㄨㄢˇ 為雄性動物輸送精液的導管。在男人體內，輸精管上端接副睪丸；下端通到射精管。

## 輮

〔文〕ㄖㄡˊ 車輪的外圈。

## 轃

〔文〕ㄘㄡˋ 見「輻湊」。

# 十筆

## 轂

▲ㄍㄨ 見「轂轆」。
▲ㄍㄨˇ ㈠車輪中心點可以穿軸的圓圈，用木頭或金屬做的，輻條就插在上面。㈡車的代稱。〈漢書〉有「轉轂百數」。㈢「轂擊肩摩」，形容人車很多。㈣「推轂」：①幫人成事。〈史記〉有「推轂高帝就天下」。②舉荐賢才。〈史記〉有「其推轂士及屬丞史」。

**轂轆**（ㄍㄨˇ ㄌㄨˋ）（兒） 轆字輕讀。北方口語說「車輪」。

**轂擊肩摩**（ㄍㄨˇ ㄐㄧ ㄐㄧㄢ ㄇㄛˊ） 比喻地方繁盛，往來人車很多。

## 轄

ㄒㄧㄚˊ ㈠〔文〕車軸頭上的鐵鍵。㈡管理。如「管轄」「院轄市」。

**轄區**（ㄒㄧㄚˊ ㄑㄩ） 某一劃定範圍的地區。如各級政府的行政區，警察負責管理的地區等。

## 輾

▲ㄓㄢˇ 見「輾轉」。▲ㄋㄧㄢˇ 同「碾」。

**輾轉**（ㄓㄢˇ ㄓㄨㄢˇ） 〔文〕①循環反覆，形容睡不著覺。〈詩經〉有「輾轉反側」。②大費周章，很辛苦的。如「為了逃出暴虐統治的國家，他輾轉數月，方才成功」。

## 轅

ㄩㄢˊ ㈠舊時車箱前端與引曳車體有關的直木條，由車箱兩側向前伸，與衡木連結，便於拖拉。㈡舊時指文武高官的公廨。如「轅門」。㈢舊時大官出外巡視時的臨時住處，稱「行轅」。

**轅門**（ㄩㄢˊ ㄇㄣˊ） ①古代天子巡狩或田獵時臨時住所外面，用車輛的轅相向構成的出入口，叫轅門。②舊時官署的外門。③舊時武將的營門。如「轅門射戟」。

## 輿（舉）

〔文〕ㄩˊ ㈠車。如「舍舟就輿」「明足以察秋毫之末，而不見輿薪」。㈡轎子。「肩輿」是「人抬的轎子」。「竹輿」是「竹轎子」。㈢地。如「輿圖」。㈣公眾的。如「輿論」。

**輿地**（ㄩˊ ㄉㄧˋ） 〔文〕土地。也作「地輿」。

**輿情**（ㄩˊ ㄑㄧㄥˊ） 社會大眾的意向。

**輿圖**（ㄩˊ ㄊㄨˊ） 〔文〕①地圖。②疆土。〈元史〉有「輿圖之廣，歷史所無」。

**輿論**（ㄩˊ ㄌㄨㄣˋ） 代表公意的言論。

# 十一筆

## 轆

ㄌㄨˋ ㈠「轆轤」，汲水的用具。㈡〔文〕見「轆轆」。㈢見「轂轆（兒）」。

**轆轆**（ㄌㄨˋ ㄌㄨˋ） 〔文〕車聲。

**轆轤**（ㄌㄨˋ ㄌㄨˊ） ①汲水的器具。②機器上的絞盤。

## 轇

〔文〕ㄐㄧㄡ 見「轇轕」。

**轇轕**（ㄐㄧㄡ ㄍㄜˊ） 〔文〕同「糾葛」。

## 轍

▲〔文〕ㄔㄜˋ 車輪在地上碾過的痕跡。如「轍跡」。▲ㄓㄜˊ ㈠轍（ㄔㄜˋ）的語音。㈡辦法。如「遇到這種情形，他就沒轍了」。㈢皮簧、鼓曲的韻。如「這歌詞作得不合轍兒」。㈣「找轍」，找出說詞來彌補早先的錯失。

**轍兒**（ㄓㄜˊ ㄦ） 皮簧、鼓詞把韻叫「轍兒」。

**轍跡**（ㄔㄜˋ ㄐㄧ） 〔文〕車輪走過的痕跡。

## 轉

▲ㄓㄨㄢˇ ㈠旋動。如「地球繞日是公轉」「車輪轉動」。㈡改換方向。如「轉身」「左右轉」。㈢現狀改變。如「病情轉好」「轉捩點」。㈣遷徙。如「轉移」。㈤運輸。如「轉運」。㈥挽回。如「轉圜」。㈦返回。如「轉去」。㈧間接傳送。如「轉交」「轉播」。㈨周折而不單純簡約。如「轉折」。㈩宛曲的樣子。如「婉轉」。(十一)〔文〕反倒，倒。如「此項工作如不積極進行，日後轉增困難」。(十二)舊時文章作法（起、承、轉、合）的第三部分；近體詩絕句的第三句，律詩的第三聯。(十三)書法上圓轉迴旋的筆法。(十四)姓。▲ㄓㄨㄢˋ ㈠就地繞著圈子動。如「地

球自轉」「一天轉一個大圈兒」。㈡迷失了方向。如「暈頭轉向」。

**轉化** ㄓㄨㄢˇ ㄏㄨㄚˋ ①轉變，改變。②化學上指一種化合物變成立體異構物時，其旋光性發生變化，稱為轉化。③矛盾的雙方經過鬥爭之後，在一定條件之下，各自向與原先相反的方面轉變，稱為轉化。

**轉手** ㄓㄨㄢˇ ㄕㄡˇ ①形容事情的容易。如「一轉手就辦完了，賺了大錢」。②經過別人的手。

**轉文** ㄓㄨㄢˇ ㄨㄣˊ 說話時不用口語，喜歡用文言的字眼兒。口語說ㄓㄨㄞˇ ㄨㄣˊ ㄦ。

**轉世** ㄓㄨㄢˇ ㄕˋ ①也作「轉生」。佛經的話：一個軀體的生命結束，靈魂轉到另一個軀體，再成為另一個生命。②喇嘛教寺院為解決領導人的繼承問題而訂定的制度。活佛死後，經由占卜、降神等辦法的安排，尋找剛好在當時出生的一些嬰兒，從中選擇一個「靈童」，說是「活佛轉世」。

**轉去** ㄓㄨㄢˇ ㄑㄩˋ ①回去。②託人交去。如「信由朋友轉去」。

**轉交** ㄓㄨㄢˇ ㄐㄧㄠ 託人轉送。

**轉任** ㄓㄨㄢˇ ㄖㄣˋ 從某種職業或職位改換為另一種職業或職位。如「他由內政部營建署技正轉任建設廳副廳長」。

**轉向** ▲ㄓㄨㄢˇ ㄒㄧㄤˋ轉變方向。如「颱風已經轉向，咱們這兒沒事了」。▲ㄓㄨㄢˋ ㄒㄧㄤˋ迷失了方向。見「暈頭轉向」。

**轉折** ㄓㄨㄢˇ ㄓㄜˊ 複雜曲折的意思。

**轉系** ㄓㄨㄢˇ ㄒㄧˋ 大學生轉到同校別的院系就讀。

**轉身** ㄓㄨㄢˇ ㄕㄣ 改變面對著的方向。

**轉車** ㄓㄨㄢˇ ㄔㄜ 中途換車。如「由新店出發，到臺北火車站轉車去高雄」。

**轉注** ㄓㄨㄢˇ ㄓㄨˋ 我國文字學所說的六書之一，指意義相似或字形相通、字音相近的字互相轉用，像用「考」解「老」。

**轉型** ㄓㄨㄢˇ ㄒㄧㄥˊ 一種形態轉化成另一種形態。如臺灣從早期的農業社會轉變成現在的工商社會，就是一種轉型。

**轉科** ㄓㄨㄢˇ ㄎㄜ ①病人從醫院的某一科轉到另一科去看病。②學生從某一科轉到另一科去就讀。

**轉述** ㄓㄨㄢˇ ㄕㄨˋ 把別人的話說給另外的人聽。

**轉校** ㄓㄨㄢˇ ㄒㄧㄠˋ 轉學。

**轉病** ㄓㄨㄢˇ ㄅㄧㄥˋ 病症變易。

**轉託** ㄓㄨㄢˇ ㄊㄨㄛ 間（ㄐㄧㄢˋ）接託付。也作「轉囑」。

**轉送** ㄓㄨㄢˇ ㄙㄨㄥˋ ①把別人送給自己的東西送給另一個人。②轉交，把送來的東西再送別處。

**轉側** ㄓㄨㄢˇ ㄘㄜˋ 文翻來覆去睡不著覺的意思。

**轉動** ▲ㄓㄨㄢˇ ㄉㄨㄥˋ轉身活動；身體或物體的某一部分自由活動。▲ㄓㄨㄢˋ ㄉㄨㄥˋ物體以一點為中心或以一直線為軸作圓周運動。如「水力可使磨轉動」。

**轉帳** ㄓㄨㄢˇ ㄓㄤˋ 不收付現金，僅在帳簿上記載收付關係，稱為轉帳。

**轉眼** ㄓㄨㄢˇ ㄧㄢˇ 一眨眼的工夫。形容時間極短。也作「轉瞬」。

**轉移** ㄓㄨㄢˇ ㄧˊ ①移動位置方向。②改變。如「轉移社會不良風氣」。

**轉換** ㄓㄨㄢˇ ㄏㄨㄢˋ 改變，改換。

**轉椅** ㄓㄨㄢˋ ㄧˇ 可以迴旋的椅子。

**轉發** ㄓㄨㄢˇ ㄈㄚ 承上級命令，把文件或物品轉給下屬。

**轉進** ㄓㄨㄢˇ ㄐㄧㄣˋ 部隊打敗仗退卻的委婉說法。

**轉嫁** ①改嫁。②把自己應承受的負擔、損失、罪名等加在別人身上。

**轉業** 改換職業。如「輔導退役軍人轉業」。

**轉義** 文字學上說一個字由原先的意義轉化成另一種意義。

**轉載** 報紙或雜誌刊登已在別的報紙或雜誌上發表過的文章。

**轉達** 託人代為傳達自己的意思。

**轉道** 繞道經過。如「他由臺北轉道香港去越南」。

**轉運** ①運輸貨物。②運氣好轉。

**轉遞** 図轉交。

**轉播** 廣播電臺、電視臺播送其他電臺或電視臺的節目。

**轉蓬** 図秋天蓬草枯乾，隨風飄動。比喻身世飄零。曹植雜詩有「轉蓬離本根，飄飄隨長風」。

**轉調** 樂曲進行中自某一個調轉入另一個調，稱為轉調。

**轉賣** 本要賣給某人，但又改換買主，賣給另一人，稱為轉賣。

**轉圜** 図挽回事件。如「這事請他轉圜，可以成功」。

**轉學** 學生在畢業以前轉到別的學校肄業。

**轉戰** 連續在不同地區作戰。

**轉機** ①情勢轉變。常指由壞變好，像病症脫離危險，無望的事有了希望。②轉搭別的航空班機。如「他在香港轉機去印尼」。

**轉磨** 繞著磨轉。比喻遇到困難無法應付乾著急。

**轉瞬** ①眼睛動了一下。②図比喻時間很短。如「轉瞬間又到中秋佳節」。

**轉贈** 轉送①。如「請把這本書轉贈給趙先生」。

**轉韻** 長篇的詩，每幾句換一個韻。

**轉變** 改變。

**轉讓** 把自己的東西或應享的權利讓給別人。

**轉口稅** 在國際貿易上，對轉口貨物所徵收的稅。

**轉角兒** 街巷等的拐彎處。

**轉念頭** 改變心意。如「他本想說出來，可是一轉念頭，就不說了」。

**轉圈兒** ①就地旋轉。②散步。同「遛彎兒」。

**轉捩點** 図轉變的關鍵。

**轉播站** 無線電廣播、電視播放的中繼站或現場播放設施。

**轉彎兒** ▲ㄓㄨㄢˇ ㄨㄢ ㄦ轉變方向。▲ㄓㄨㄢˋ ㄨㄢ ㄦ旋轉。

**轉危為安** （局勢、病情等）從危急轉為平安。

**轉敗為勝** 從失敗轉變為勝利。

**轉禍為福** 災禍過去，轉為幸福。

**轉運公司** 代人運送貨物、收取手續費的運輸公司。

**轉彎（兒）抹角（兒）** ①隨著路的曲折向前走。②不肯直截了當地說話。

## 十二筆

**轔** 図ㄌㄧㄣˊ ㈠車走動的聲音。如「車轔轔」。㈡見「轔轢」。

**轔轢** 図①車輪碾過。②欺凌。如「為官而轔轢黎民，惡之首也」。

**轎（轿）** ㄐㄧㄠˋ人坐在中間，由夫役在前後抬著走的交通工具，叫「轎子」，文言說「肩輿」。

**轎夫** ㄐㄧㄠˋ ㄈㄨ 抬轎子的人。

**轎車** ㄐㄧㄠˋ ㄔㄜ ①有頂蓬，形狀大略像轎子的車。②供人乘坐的有固定車頂的汽車。

**轎帷** ㄐㄧㄠˋ ㄨㄟˊ 掛在轎子上的帷幕。

**轎槓** ㄐㄧㄠˋ ㄍㄤˋ 抬轎子用的槓子。

## 十三筆

**轗** 図ㄎㄢˇ見「轗軻」。

**轗軻** ㄎㄢˇ ㄎㄜ 図①車走得不順。②同「坎坷」，比喻人做事不順手，境況不好。

**轘** 図ㄏㄨㄢˋ古時用車來分裂罪人身體的一種酷刑。就是「車裂」。

## 十四筆

**轟（軣）** ㄏㄨㄥ ㈠原指許多車輛同時行進所發出的響聲。現在指震耳的聲音，包括打雷、開砲、飛機引擎或許多車同時走，許多人同時發出的大的聲音。如「機聲轟轟」「轟隆轟隆的大砲聲」。㈡用大砲或炸彈加以破壞。如「轟擊」「轟炸」。㈢趕走。如「把他轟出去」。㈣形容聲勢盛大。如「轟轟烈烈」。㈤見「轟動」。

**轟走** ㄏㄨㄥ ㄗㄡˇ 趕開。

**轟炸** ㄏㄨㄥ ㄓㄚˋ 用飛機扔炸彈，把目標加以破壞。

**轟動** ㄏㄨㄥ ㄉㄨㄥˋ 同時感動多數人或引起多數人的注意。如「轟動一時」「轟動全國」。

**轟然** ㄏㄨㄥ ㄖㄢˊ 図大聲。

**轟隆** ㄏㄨㄥ ㄌㄨㄥ 形容巨大的響聲，如雷聲、飛機聲、重炮聲等。

**轟傳** ㄏㄨㄥ ㄔㄨㄢˊ 大眾傳說。

**轟擊** ㄏㄨㄥ ㄐㄧ 開砲攻擊。

**轟炸機** ㄏㄨㄥ ㄓㄚˋ ㄐㄧ 軍事方面用以自空中向地面投擲炸彈的戰機。

**轟轟烈烈** ㄏㄨㄥ ㄏㄨㄥ ㄌㄧㄝˋ ㄌㄧㄝˋ ①做得有聲有色的情形。②比喻事業偉大，氣勢盛大。

## 十五筆

**轡** 図ㄆㄟˋ馬韁。如「按轡徐行」。

**轡頭** ㄆㄟˋ ㄊㄡˊ 控制馬匹行動的韁繩和馬嚼子。〈木蘭辭〉有「南市買轡頭，北市買長鞭」。

**轢（轹）** 図ㄌㄧˋ ㈠「軋轢」，車輪碾過。㈡「陵轢」「刻轢」，都是欺壓迫害的意思。

## 十六筆

**轣** ㄌㄧˋ見「轣轆」。

**轣轆** ㄌㄧˋ ㄌㄨˋ 図①車的軌道。②從井裡汲水的器具。

**轤** 図ㄌㄨˊ見「轆轤」。

# 辛部

**辛** ㄒㄧㄣ ㈠天干的第八位。㈡辣的味道。如「辛味」。㈢勞苦。如「辛苦」「辛勤」。㈣悲傷。如「辛酸」。㈤姓。

**辛味** ㄒㄧㄣ ㄨㄟˋ 刺激的辣味，如薑、蒜、辣椒等的味道。

**辛苦** ㄒㄧㄣ ㄎㄨˇ ①困苦勞累。②慰問的話。如「您辛苦了，歇會兒吧」。③請人代為做事的客氣話。如「辛苦你走一趟」。④図悲痛，酸楚。李密〈陳情表〉有「臣之辛苦，非獨蜀之人士及二州牧伯，所見明知」。

**辛烷** ㄒㄧㄣ ㄨㄢˊ 化學名詞。分子式 $C_8H_{18}$。可溶於乙醇中，常溫時是液態。

**辛勞** ㄒㄧㄣ ㄌㄠˊ 辛苦勞累。

**辛勤** ㄒㄧㄣ ㄑㄧㄣˊ 辛苦勤勞。

**辛辣** ㄒㄧㄣ ㄌㄚˋ ①很刺激的辣味。②手段強烈。如「其人手段辛辣，很可怕」。

**辛酸** ㄒㄧㄣ ㄙㄨㄢ 辣和酸，比喻痛苦悲傷。

**辛亥革命** ㄒㄧㄣ ㄏㄞˋ ㄍㄜˊ ㄇㄧㄥˋ 指辛亥年（宣統三年，西元一九一一年）陽曆十月十日，國民黨人在武昌所發動的革命，亦即革命黨推翻滿清政府建立中華民國的革命行動。

**辛辛苦苦** ㄒㄧㄣ ㄒㄧㄣ ㄎㄨˇ ㄎㄨˇ 形容非常困苦勞累。

## 五筆

**辜** ㄍㄨ ㈠罪。如「無辜」「死有餘辜」。㈡虧欠。見「辜負」。㈢図「辜榷」，壟斷、獨占的意思。㈣姓。

**辜負** ㄍㄨ ㄈㄨˋ 負字可輕讀。有負人家的好意。也作「孤負」。

## 六筆

**辟** ▲ㄅㄧˋ ㈠図法。〈左傳・昭六年〉有「民知有刑辟，則不忌於上」。㈡図刑罰。〈左傳・襄二十五年〉有「先生之命，唯罪所在，各致其辟」。㈢図古人對天子、諸侯的通稱。〈詩經・大雅・蕩〉有「蕩蕩上帝，下民之辟」。㈣図封建時代朝廷的徵召。〈後漢書・鄭玄傳〉有「大將軍何進聞而辟之」。㈤図迴避，通「避」。〈禮記・儒行〉有「內舉不辟親」。㈥驅除。如「辟邪」。㈦図同「璧」。見「辟雍」。㈧姓。
▲図ㄆㄧˋ ㈠開闢。㈡邪僻。〈孟子〉有「放辟邪侈」。㈢搥胸頓足，很難過的樣子，叫「辟踊」。㈣「大辟」，古代稱砍頭的死刑。㈤図「辟纑」，舊時稱緝麻。

**辟召** ㄅㄧˋ ㄓㄠˋ 図東漢時執政者徵召高才重名的人，授以官職。

**辟邪** ㄅㄧˋ ㄒㄧㄝˊ 迷信的人說驅除邪惡汙穢之氣。

**辟易** ㄅㄧˋ ㄧˋ 図驚退。〈史記・項羽本紀〉有「赤泉侯追項王，項王瞋目叱之，赤泉侯人馬俱驚，辟易數里」。

**辟雍** ㄅㄧˋ ㄩㄥ 図古代帝王所設的大學。

## 七筆

**辣（辢）** ㄌㄚˋ ㈠猛烈刺激的辛味，像薑、蒜、辣椒的味道。如「這豆瓣兒醬真辣」。㈡刻毒。如「辣手」「手段毒辣」。

**辣子** ㄌㄚˋ ㄗ˙ ①辣椒。②性情潑辣的人。紅樓夢裡的「鳳姐兒」別人叫她「鳳辣子」。

**辣手** ㄌㄚˋ ㄕㄡˇ ①猛烈或刻毒的手段。②辦事猛烈的人。

**辣椒** ㄌㄚˋ ㄐㄧㄠ 一年生草本茄科植物，又名番椒，辣茄。高約一公尺，葉卵形，互生。花生在葉腋或枝腋。果實長指形或圓形，成熟時呈紅、黃、青等色，味辛辣，作蔬食或調味之用。品種很多。

**辣醬** ㄌㄚˋ ㄐㄧㄤˋ 辣椒做的糊狀物，或青豆、黃豆加辣椒醃製的醬，都是下飯用的。

**辣酥酥（的）** ㄌㄚˋ ㄙㄨ ㄙㄨ ˙ㄉㄜ 稍微有些辣味，不很猛烈。

**辣瓣兒醬** ㄌㄚˋ ㄅㄢˋ ㄦ ㄐㄧㄤˋ 含辣味的豆醬。

## 九筆

# 辦（办）

ㄅㄢˋ ㈠處理。如「辦理」「公事公辦」。㈡懲罰。如「辦罪」「依法究辦」。㈢購買。如「採辦」「置辦行頭」。

**辦公** ㄅㄢˋ ㄍㄨㄥ ①處理公眾的事務。②上班。如「爸爸坐車去辦公」。③服務，工作。如「我在市政府辦公」。

**辦事** ㄅㄢˋ ㄕˋ 處理事務。

**辦法** ㄅㄢˋ ㄈㄚˇ ①處理事務的方法。②法令規章的名稱之一。如「獎勵私人興學辦法」。

**辦案** ㄅㄢˋ ㄢˋ ①辦理案件。②追捕盜賊。

**辦酒** ㄅㄢˋ ㄐㄧㄡˇ 準備酒宴。

**辦理** ㄅㄢˋ ㄌㄧˇ 處理（事務）。

**辦貨** ㄅㄢˋ ㄏㄨㄛˋ 採購貨物。

**辦罪** ㄅㄢˋ ㄗㄨㄟˋ 定罪。

**辦稿** ㄅㄢˋ ㄍㄠˇ 起草文件。

**辦學** ㄅㄢˋ ㄒㄩㄝˊ 創設學校，辦理教育事業。

**辦公室** ㄅㄢˋ ㄍㄨㄥ ㄕˋ 公家或私人機構中工作人員辦理事務的房間。

**辦後事** ㄅㄢˋ ㄏㄡˋ ㄕˋ 料理死者身後的一切事情。

**辦喜事** ㄅㄢˋ ㄒㄧˇ ㄕˋ 籌辦料理喜慶的事情。

# 辨

ㄅㄧㄢˋ ㈠判別，認出來。如「辨別」「分辨」。㈡通「辯論」的「辯」。

**辨正** ㄅㄧㄢˋ ㄓㄥˋ 辨明是非，糾正錯誤。

**辨白** ㄅㄧㄢˋ ㄅㄞˊ 〔文〕①判別明白。②說明冤枉。也作「辯白」。

**辨別** ㄅㄧㄢˋ ㄅㄧㄝˊ 判別，分別出來。

**辨析** ㄅㄧㄢˋ ㄒㄧ 分別得十分精細。

**辨惑** ㄅㄧㄢˋ ㄏㄨㄛˋ 判別混淆難以明白的問題。

**辨音力** ㄅㄧㄢˋ ㄧㄣ ㄌㄧˋ 辨別聲音強弱高低的能力。

**辨證法** ㄅㄧㄢˋ ㄓㄥˋ ㄈㄚˇ 哲學名詞。①希臘哲學家芝諾辨證法：分析某一觀念，使它成為矛盾，來指出它的不可能。②柏拉圖辨證法：研究第一原理的學科。③亞里斯多德辨證法：由受人接納的推測出發而進行的論證。④黑格爾辨證法：在正、反、合的結構下，洞察事理。⑤康德辨證法：以純理的批判解決正反相悖的問題。⑥馬克斯辨證法：結合黑格爾辨證法和唯物主義的基本主張而成。

## 十二筆

# 辭（辞、辤）

ㄘˊ ㈠語言文字，通「詞」。如「文辭」「辭典」。㈡告別。如「辭別」「告辭」。㈢不接受，推讓。如「辭職」「辭謝」。㈣解雇。如「那個人我給辭退了」。㈤躲避。如「不辭辛勞」「萬死不辭」。㈥古代一種有韻的文藝體裁的作品。如「楚辭」。㈦藉口，口實。如「欲加之罪，何患無辭」。㈧〔文〕口供。〈禮記‧大學〉有「無情者不得盡其辭」。㈨〔文〕責備。〈左傳‧昭九年〉有「王使詹桓伯辭於晉」。

**辭世** ㄘˊ ㄕˋ 図指人的死亡。

**辭令** ㄘˊ ㄌㄧㄥˋ 應對的言語。

**辭色** ㄘˊ ㄙㄜˋ 言語及面部的表情。

**辭行** ㄘˊ ㄒㄧㄥˊ 遠行前向親友告別。

**辭別** ㄘˊ ㄅㄧㄝˊ 臨行前告別。

**辭呈** ㄘˊ ㄔㄥˊ 呈給上級的辭職書。

**辭灶** ㄘˊ ㄗㄠˋ 民間習俗，送灶神上天，時間是臘月二十三或二十四日。

**辭典** ㄘˊ ㄉㄧㄢˇ 也作「詞典」。搜集應用的語詞，加以註解，供人檢查的工具書。分普通、專科兩種。

**辭書** ㄘˊ ㄕㄨ 字典、辭典等工具書的統稱。

**辭退** ㄘˊ ㄊㄨㄟˋ ①免去擔任的職位。如「他不努力工作，被人辭退了」。②辭職。如「辭退原來擔任的職務」。

**辭訟** ㄘˊ ㄙㄨㄥˋ 図訴訟，打官司。也作「詞訟」。

**辭章** ㄘˊ ㄓㄤ 韻文和散文的總稱。

**辭費** ㄘˊ ㄈㄟˋ 話多而無用（多用於批評寫作）。

**辭歲** ㄘˊ ㄙㄨㄟˋ 除夕之夜，家人相聚團拜，叫「辭歲」。

**辭賦** ㄘˊ ㄈㄨˋ 古韻文，以抒情為主，講究音調、排比、鋪陳。屈原的〈離騷〉與荀卿的〈賦篇〉開賦的先河。漢初賦體大盛，稱為〈漢賦〉，將屈原等人的作品稱為〈楚辭〉，因此有了「辭賦」的並稱。

**辭謝** ㄘˊ ㄒㄧㄝˋ 很客氣地推辭不接受。

**辭職** ㄘˊ ㄓˊ 辭去所擔任的職務。

**辭藻** ㄘˊ ㄗㄠˇ 詩文中工巧的詞語，常指運用典故和古人詩文中現成的詞語。

**辭讓** ㄘˊ ㄖㄤˋ 客氣的推讓。

**辭靈** ㄘˊ ㄌㄧㄥˊ 出殯前親友向靈柩行禮告別。

**辭不達意** ㄘˊ ㄅㄨˋ ㄉㄚˊ ㄧˋ 言辭不能表示己意。常用來批評不善言辭的人，或指文章寫得不通順。

**辭嚴義正** ㄘˊ ㄧㄢˊ ㄧˋ ㄓㄥˋ 理由正當充分，言辭嚴正有力。

## 十四筆

**辯** ㄅㄧㄢˋ ㈠爭論是非曲直。如「辯論」「狡辯」。㈡能說善道。如「口才辯給（ㄐㄧˇ）」「這個人有辯才」。

**辯士** ㄅㄧㄢˋ ㄕˋ 能說善辯的人。

**辯才** ㄅㄧㄢˋ ㄘㄞˊ 図善於辯論的才能。

**辯給** ㄅㄧㄢˋ ㄐㄧˇ 図有口才，能言善辯。

**辯解** ㄅㄧㄢˋ ㄐㄧㄝˇ 申辯解釋。

**辯誣** ㄅㄧㄢˋ ㄨ 申辯所受的冤屈。

**辯駁** ㄅㄧㄢˋ ㄅㄛˊ 根據理由來指明別人的錯誤。

**辯論** ㄅㄧㄢˋ ㄌㄨㄣˋ 爭論是非。

**辯護** ㄅㄧㄢˋ ㄏㄨˋ ①為了保護自己或當事人的利益，防禦不法或不當的攻擊，在口頭上或文字上所作的辯白。②法律名詞。在法院調查證據或作言詞辯論時，為了被告的利益，檢閱案卷、證物，謄錄或影印筆錄，請求調查證據或傳喚證人，以更有利於被告等諸多論述及行為，稱為辯護。

**辯護人** ㄅㄧㄢˋ ㄏㄨˋ ㄖㄣˊ 法庭所指定或所設置的，受訴訟當事人的委託或法院的命令，幫助當事人進行訴訟，來保護當事人的利益。

**辯才無礙** ㄅㄧㄢˋ ㄘㄞˊ ㄨˊ ㄞˋ 能言善辯。

## 辰部

**辰** ㄔㄣˊ ㈠地支的第五位。㈡上午七點到九點，我國舊時叫「辰時」。㈢見「時辰」。㈣泛指時間。如「吉日良辰」「誕辰」。㈤從前對在天體運行的星體的泛稱。如「日月星辰」。㈥〔文〕光陰。揚雄的〈法言〉有「辰乎辰，曷來之遲而去之速」。吳語說「辰光」。㈦〔文〕從前指運命。如「生不逢辰」。

**辰光** ㄔㄣˊ ㄍㄨㄤ 〔文〕時候。

**辰砂** ㄔㄣˊ ㄕㄚ 就是朱砂。舊時以湖南辰州所產的最有名，因而得名。

**辰時** ㄔㄣˊ ㄕˊ 舊式計時法指上午七點到九點的時間。

### 三筆

**辱** ㄖㄨˋ ㈠恥。如「奇恥大辱」。㈡欺侮，使人蒙羞。如「侮辱」「辱國」。㈢敬詞，用在稱人來自己的地方或有所吩咐，有「承蒙」的意思。如「辱承指教」。口語又讀ㄖㄨˇ。如「辱沒」。

**辱沒** ㄖㄨˋ ㄇㄛˋ 失去面子，有屈辱，玷辱的意思。語音ㄖㄨˇ ㄇㄛ˙。

**辱命** ㄖㄨˋ ㄇㄧㄥˋ 沒有達成使命。

**辱承** ㄖㄨˋ ㄔㄥˊ 〔文〕承蒙。

**辱國** ㄖㄨˋ ㄍㄨㄛˊ 使國家蒙受羞辱。

**辱荷** ㄖㄨˋ ㄏㄜˋ 〔文〕承蒙。

**辱罵** ㄖㄨˋ ㄇㄚˋ 罵人使其受恥辱。

### 六筆

**農（莀、农）** ㄋㄨㄥˊ ㈠耕種作物的事業。如「農產」「務農為生」。㈡種田的人。如「農人」「吾不如老農」。㈢姓。

**農人** ㄋㄨㄥˊ ㄖㄣˊ 務農為業的人。

**農工** ㄋㄨㄥˊ ㄍㄨㄥ ①農業與工業。②農民與工人。③受雇從事農業工作的人。

**農夫** ㄋㄨㄥˊ ㄈㄨ 種田的人。通常也指正在田裡工作的人。

**農戶** ㄋㄨㄥˊ ㄏㄨˋ 從事農業生產的人家。

**農功** ㄋㄨㄥˊ ㄍㄨㄥ 〔文〕農事。

**農奴** ㄋㄨㄥˊ ㄋㄨˊ 歐洲中世紀封建時代從事農業的勞動者，稱為農奴。農奴雖非自由人，卻也不像奴隸的可以買賣，是向領主領得田地而為其耕種，常隨土地而易主，婚姻也受限制，生活享受極低，大部分利益都被領主取去。

**農民** ㄋㄨㄥˊ ㄇㄧㄣˊ 種田人，從職業的分類說的。

**農田** ㄋㄨㄥˊ ㄊㄧㄢˊ 耕種的田地。

**農忙** ㄋㄨㄥˊ ㄇㄤˊ 指農事繁忙（的時節）。

**農作** ㄋㄨㄥˊ ㄗㄨㄛˋ 指耕種的事情。

**農村** ㄋㄨㄥˊ ㄘㄨㄣ 農人聚居的鄉村。

**農事** ㄋㄨㄥˊ ㄕˋ 農業生產中的各項工作。

**農具** ㄋㄨㄥˊ ㄐㄩˋ 耕種的用具。

**農舍** ㄋㄨㄥˊ ㄕㄜˋ 農民住的房屋。

**農科** ㄋㄨㄥˊ ㄎㄜ 專門研究農業的學科。我國現制大學農學院，分農藝、森林、畜牧、獸醫、蠶桑、園藝、植物病蟲害、農業化學、農業經濟、農業推廣、農業教育等學系。另外有農業專科學校、農業職業學校等。從前有農科大學。

**農郊** ㄋㄨㄥˊ ㄐㄧㄠ 田野。

**農家** ㄋㄨㄥˊ ㄐㄧㄚ ①古時九流之一。②農人的家庭。③農村的房屋。

**農桑** ㄋㄨㄥˊ ㄙㄤ 耕田及種桑養蠶。

**農婦** ㄋㄨㄥˊ ㄈㄨˋ 從事農業工作的婦女。

**農場** ㄋㄨㄥˊ ㄔㄤˇ 規模較大而經營方式較新的農作場所。

**農會** ㄋㄨㄥˊ ㄏㄨㄟˋ 由農民組織的團體，以保障共同利益，提高知識技能，促進農業現代化，改善生活，發展農村經濟為目的。

**農業** ㄋㄨㄥˊ ㄧㄝˋ 畜養栽植動植物，生產人類所需物品的事業。

**農隙** ㄋㄨㄥˊ ㄒㄧˋ 図農家閒暇的時候。

**農學** ㄋㄨㄥˊ ㄒㄩㄝˊ 研究農業的科學，包括土壤、園藝、肥料、病害蟲等學科。

**農曆** ㄋㄨㄥˊ ㄌㄧˋ 我國民間用的曆法，包括農村時常參考的二十四節氣，所以稱農曆，或與太陽曆對稱而為陰曆，或與新曆對稱而名舊曆。主要根據月球繞地週期，參酌太陽曆而定。月球繞地週期為二十九日十二小時四十四分，所以大月三十日，小月二十九日。太陽曆一年三百六十五日五小時四十八分四十六秒，以二十九．五日除，得十二月（大月、小月各六，共三百五十四日），約餘十一又四分之一日，因此每三年一個閏月，十九年七個閏月，使與太陽曆平衡。

**農諺** ㄋㄨㄥˊ ㄧㄢˋ 有關農業生產的諺語。包括作物的耕種，氣象的預測等。

**農藥** ㄋㄨㄥˊ ㄧㄠˋ 農人灑在農作物上以殺死害蟲的藥物。合成農藥的化學成分可分為有機磷製劑，如馬拉松、巴拉松。有機氯製劑，如DDT，BHC。有機氟製劑，多用於殺鼠。農藥對人畜都有極高之毒性。

**農作物** ㄋㄨㄥˊ ㄗㄨㄛˋ ㄨˋ 在田園裡栽培的作物，簡稱「作物」，又稱「農產物」。

**農民節** ㄋㄨㄥˊ ㄇㄧㄣˊ ㄐㄧㄝˊ 每年立春節氣日為農民節，民國三十年，行政院核定以三十一年起正式施行。

**農耕隊** ㄋㄨㄥˊ ㄍㄥ ㄉㄨㄟˋ 我國派往國外協助改良農業、耕作田地的團隊。

**農產品** ㄋㄨㄥˊ ㄔㄢˇ ㄆㄧㄣˇ 農業中生產的物品。

**農業國** ㄋㄨㄥˊ ㄧㄝˋ ㄍㄨㄛˊ 以農業生產為主要經濟基礎的國家。

**農學院** ㄋㄨㄥˊ ㄒㄩㄝˊ ㄩㄢˋ 研究農業的改進，改良農學，包括土壤、種子、氣象、肥料、病蟲害等學科的高等學術機構，或屬於大學，或單獨設置。

**農田水利** ㄋㄨㄥˊ ㄊㄧㄢˊ ㄕㄨㄟˇ ㄌㄧˋ 有利於農業生產的灌溉、排水等各種工程。

**農家子弟** ㄋㄨㄥˊ ㄐㄧㄚ ㄗˇ ㄉㄧˋ 從事農耕家庭的年輕後輩。

**農業社會** ㄋㄨㄥˊ ㄧㄝˋ ㄕㄜˋ ㄏㄨㄟˋ 以農業為主的社會，也就是以農業生產為主要生產方式的社會。

**農產品加工** ㄋㄨㄥˊ ㄔㄢˇ ㄆㄧㄣˇ ㄐㄧㄚ ㄍㄨㄥ 收穫之後，對農產品的利用或保存所作的種種處理作業，統稱農產品加工。

**農業委員會** ㄋㄨㄥˊ ㄧㄝˋ ㄨㄟˇ ㄩㄢˊ ㄏㄨㄟˋ 行政院部會之一，民國七十三年成立，由原來的農業發展委員會和經濟部農業局兩機構合併而成，是全國最高的農業行政機構。簡稱農委會。

## 十二筆

**囅** 図 ㄔㄢˇ 笑的樣子。〈莊子〉有「囅然而笑」。

# 辵部

**辵** 〔文〕ㄔㄨㄛˋ 忽走忽停的樣子。

## 三筆

**迄** ㄑㄧˋ ㈠到。如「迄今」。㈡竟。如「迄無成功」。

**迄今** ㄑㄧˋ ㄐㄧㄣ 〔文〕到現在，到今天。

**巡（廵）** ㄒㄩㄣˊ ㈠往來觀察。如「巡察」「巡夜」。㈡見「逡巡」。㈢〔文〕遍。如「酒過三巡」。

**巡弋** ㄒㄩㄣˊ ㄧˋ （軍艦）在海上巡邏。

**巡行** ㄒㄩㄣˊ ㄒㄧㄥˊ 往來視察。

**巡更** ㄒㄩㄣˊ ㄍㄥ 舊時指打更巡夜，泛指夜間巡邏。

**巡夜** ㄒㄩㄣˊ ㄧㄝˋ 在夜間巡邏警戒。

**巡幸** ㄒㄩㄣˊ ㄒㄧㄥˋ 舊時指帝王出巡，到達某地。

**巡查** ㄒㄩㄣˊ ㄔㄚˊ 往來各處查看。

**巡狩** ㄒㄩㄣˊ ㄕㄡˋ 〔文〕從前天子到各地去視察叫「巡狩」。

**巡哨** ㄒㄩㄣˊ ㄕㄠˋ 軍隊巡行，偵察敵情，保護營地安全。

**巡捕** ㄒㄩㄣˊ ㄅㄨˇ 從前稱租界裡的警察叫「巡捕」。

**巡航** ㄒㄩㄣˊ ㄏㄤˊ 巡邏航行。

**巡迴** ㄒㄩㄣˊ ㄏㄨㄟˊ 按一定路線到各處（活動）。如「巡迴表演」。

**巡遊** ㄒㄩㄣˊ ㄧㄡˊ ①漫步；閒逛。②巡行。

**巡視** ㄒㄩㄣˊ ㄕˋ 往來查看。

**巡緝** ㄒㄩㄣˊ ㄑㄧˋ 巡邏緝捕。

**巡禮** ㄒㄩㄣˊ ㄌㄧˇ 原指佛教徒到聖地去參拜頂禮，引伸為參觀考察的意思。

**巡警** ㄒㄩㄣˊ ㄐㄧㄥˇ ①警察。②巡查警備。

**巡邏** ㄒㄩㄣˊ ㄌㄨㄛˊ 巡查警戒。

**巡防艦** ㄒㄩㄣˊ ㄈㄤˊ ㄐㄧㄢˋ 一種海軍艦隻，比驅逐艦小，具有與護航驅逐艦同樣的艦殼，有良好的聲納及攻潛兵器，可以擔任海岸巡邏或商船護航任務。

**巡洋艦** ㄒㄩㄣˊ ㄧㄤˊ ㄐㄧㄢˋ 海軍的大兵艦，噸位的大，速度的快，火力的強，只在主力艦之下，常在海上巡行。

**巡迴賽** ㄒㄩㄣˊ ㄏㄨㄟˊ ㄙㄞˋ 預先排定賽程，按一定路線到各地去比賽。

**巡邏員** ㄒㄩㄣˊ ㄌㄨㄛˊ ㄩㄢˊ 負責在固定區域以內巡迴視察的人員。

**巡邏箱** ㄒㄩㄣˊ ㄌㄨㄛˊ ㄒㄧㄤ 設在住家或鋪戶門外的小箱子，裡面有卡紙，警察每天巡邏，到那裡要取出卡紙簽名。

**巡弋飛彈** ㄒㄩㄣˊ ㄧˋ ㄈㄟ ㄉㄢˋ cruise missile 的意譯。是一種長射程的戰術武器。分空中發射和地面發射兩種。可攜帶核子彈頭，威力很大。

**巡迴審判** ㄒㄩㄣˊ ㄏㄨㄟˊ ㄕㄣˇ ㄆㄢˋ 法官按期周歷各地，審判民刑訴訟。英美等國盛行這種制度。

**巡迴圖書館** ㄒㄩㄣˊ ㄏㄨㄟˊ ㄊㄨˊ ㄕㄨ ㄍㄨㄢˇ 將圖書裝箱，運送到各處供人閱覽。

**迅** ㄒㄩㄣˋ ㈠快。如「迅速」「迅走」。㈡〔文〕敏捷。如「迅捷」。

**迅走** ㄒㄩㄣˋ ㄗㄡˇ 〔文〕很快地走。

**迅流** ㄒㄩㄣˋ ㄌㄧㄡˊ 〔文〕很快的水流。

**迅風** ㄒㄩㄣˋ ㄈㄥ 吹得很急的風。

**迅疾** ㄒㄩㄣˋ ㄐㄧˊ 迅速。如「行動迅疾」。

**迅捷** ㄒㄩㄣˋ ㄐㄧㄝˊ 迅速敏捷。

**迅速** ㄒㄩㄣˋ ㄙㄨˋ 速度高；非常快。

**迅雷** ㄒㄩㄣˋ ㄌㄟˊ 〔文〕突然發的響雷。

**迅雷不及掩耳** ㄒㄩㄣˋ ㄌㄟˊ ㄅㄨˋ ㄐㄧˊ ㄧㄢˇ ㄦˇ 比喻事情突然發生，使人來不及防備。

## 迤（迆）

▲ㄧˇ ㈠〔文〕斜屈著延伸。如「迤邐」。㈡某地「迤東」或「迤北」就是某地的東邊或北邊，是從某地向東或向北延伸的一帶。

▲〔文〕ㄧˊ 見「逶迤」。

**迤邐** ㄧˇ ㄌㄧˇ 〔文〕①斜曲而連接的樣子。唐詩有「珠箔銀屏迤邐開」。②一路走去曲折綿延的樣子。

## 迂

〔文〕ㄩ ㈠說人不通世務，言行不切實。如「迂腐」「迂闊」。㈡彎曲，繞遠路。如「迂迴」。㈢見「迂緩」。

**迂久** ㄩ ㄐㄧㄡˇ 〔文〕很久。

**迂曲** ㄩ ㄑㄩ 〔文〕彎曲。

**迂拙** ㄩ ㄓㄨㄛˊ 迂闊笨拙。

**迂迴** ㄩ ㄏㄨㄟˊ ①〔文〕彎曲迴旋。也作「紆迴」「迂回」。②軍事上說正面的敵軍力量很強，無法打敗，於是採用由側翼或後方擊敵的辦法，叫做迂迴，或作迂迴戰。③凡是不直接或立即訴諸武力，而用政治、經濟、外交、文化等手段，以求破壞敵方的組織，瓦解其力量，達到勝利的目標，也叫迂迴。

**迂滯** ㄩ ㄓˋ 〔文〕笨拙不靈敏。

**迂腐** ㄩ ㄈㄨˇ 〔文〕指一味拘守舊的思想道德，固執不通，不能順應時代潮流，接受新思想的讀書人。

**迂遠** ㄩ ㄩㄢˇ 〔文〕①路又彎又遠。②思想不切合實際。

**迂緩** ㄩ ㄏㄨㄢˇ （行動）遲緩；不直截。

**迂儒** ㄩ ㄖㄨˊ 固執不懂世情的讀書人；腐儒。

**迂闊** ㄩ ㄎㄨㄛˋ 〔文〕思想言行不切實際。

# 四筆

## 返

ㄈㄢˇ ㈠見「返潮」。㈡〔文〕歸還，去又回來（古文作「反」）。如「返其妻孥」「未至而折返」。㈢〔文〕更換。〈呂氏春秋〉有「返瑟而弦」。

**返里** ㄈㄢˇ ㄌㄧˇ 〔文〕回故鄉。

**返航** ㄈㄢˇ ㄏㄤˊ （船、飛機等）駛回或飛回出發的地方。

**返程** ㄈㄢˇ ㄔㄥˊ 歸程；歸途。

**返照** ㄈㄢˇ ㄓㄠˋ 同「反照」，光線反射。如「夕陽返照」。

**返魂** ㄈㄢˇ ㄏㄨㄣˊ 舊時說昏死後再活。也作「還（ㄏㄨㄢˊ）魂」。

**返潮** ㄈㄢˇ ㄔㄠˊ 陰雨天，空氣中溼度很高時，光滑的地面、牆壁和物品上有了潮溼水氣凝聚，叫做「返潮」。容易吸收溼氣的東西現出潮溼的樣子，也叫「返潮」。

**返老還童** ㄈㄢˇ ㄌㄠˇ ㄏㄨㄢˊ ㄊㄨㄥˊ ①老人的身體忽然由衰老變成健壯，似乎回到童年的樣子。②老人身體健康，行動還活潑，有時言行還像小孩兒。

**返祖現象** ㄈㄢˇ ㄗㄨˇ ㄒㄧㄢˋ ㄒㄧㄤˋ 父母生理特質的遺傳，不一定能在子女身上發現，有些可能是隔代遺傳，在孫子、曾孫身上才能見到。也作「返祖遺傳」。

## 迒

〔文〕ㄏㄤˊ ㈠獸類走過留下的痕跡。㈡道路。

## 近

ㄐㄧㄣˋ ㈠時間、地點、血統或關係的距離不遠。如「走近路」「近來」「他們倆是近親」。㈡淺顯易解。如「淺近」。㈢相似。如「近似」「近乎瘋狂」。㈣親密。如「身邊親近的人」「貼近」。㈤靠在一起，有互相影響的意思。如「近朱者赤」。㈥合乎，如「不近情理」。

**近支** ㄐㄧㄣˋ ㄓ 㫗宗族中關係較近的分支。

**近日** ㄐㄧㄣˋ ㄖˋ 最近過去的幾天；近來。

**近世** ㄐㄧㄣˋ ㄕˋ ①同「近古」。②泛指「近代」。

**近乎** ㄐㄧㄣˋ ㄏㄨ 類似，差不多的意思。

**近代** ㄐㄧㄣˋ ㄉㄞˋ 最近百十年來。

**近古** ㄐㄧㄣˋ ㄍㄨˇ 比近代稍古的時代，也作「中古」。外國史大概指哥倫布發現新大陸以後。

**近年** ㄐㄧㄣˋ ㄋㄧㄢˊ 最近這幾年。

**近因** ㄐㄧㄣˋ ㄧㄣ 與結果有直接關係的原因。

**近似** ㄐㄧㄣˋ ㄙˋ 㫗相像，類似。

**近利** ㄐㄧㄣˋ ㄌㄧˋ 眼前的利益。

**近來** ㄐㄧㄣˋ ㄌㄞˊ 離現在不久的時候。

**近東** ㄐㄧㄣˋ ㄉㄨㄥ 歐洲人稱亞洲西部為近東，對亞洲東部稱遠東。現在近東一詞已由「中東」所取代。

**近況** ㄐㄧㄣˋ ㄎㄨㄤˋ 最近的情形。

**近便** ㄐㄧㄣˋ ㄅㄧㄢˋ 路近，容易走到。

**近郊** ㄐㄧㄣˋ ㄐㄧㄠ 城市附近的郊區。

**近海** ㄐㄧㄣˋ ㄏㄞˇ 靠近陸地的海域。

**近情** ㄐㄧㄣˋ ㄑㄧㄥˊ ①切近情理。②同「近況」。

**近理** ㄐㄧㄣˋ ㄌㄧˇ 近乎情理；合乎道理。

**近視** ㄐㄧㄣˋ ㄕˋ ①見「近視眼」。②說人眼光淺短，只顧眼前，不能想得很遠。

**近照** ㄐㄧㄣˋ ㄓㄠˋ 最近拍攝的照片。

**近畿** ㄐㄧㄣˋ ㄐㄧ 首都附近。

**近憂** ㄐㄧㄣˋ ㄧㄡ 短時間裡就可能發生的憂患。

**近鄰** ㄐㄧㄣˋ ㄌㄧㄣˊ挨得很近的鄰居。也作「緊鄰」。

**近親** ㄐㄧㄣˋ ㄑㄧㄣ 血統關係比較近的親戚。

**近視眼** ㄐㄧㄣˋ ㄕˋ ㄧㄢˇ 因為眼球的水晶體過於凸起，或眼球直徑過長，引起較遠距離就看不情楚的眼病，必須靠凹透鏡補救。也作「近視」。

**近體詩** ㄐㄧㄣˋ ㄊㄧˇ ㄕ 唐朝新興的詩體，當時稱「今體詩」，是對古體詩說的。有絕句、律詩、排律的分別。多數是一韻到底，不轉韻。

**近水樓臺** ㄐㄧㄣˋ ㄕㄨㄟˇ ㄌㄡˊ ㄊㄞˊ 比喻因為有相接近的便利，得到優先的機會。傳說范仲淹鎮守錢塘時，屬下都受到他的推荐，唯獨巡檢蘇麟沒有。蘇麟獻詩自荐，詩中有「近水樓臺先得月，向陽花木易為春」的句子。范仲淹於是荐舉他。後來用以比喻常接近長官的人，容易升遷；與女子接觸時間長，易得芳心。

**近在眉睫** ㄐㄧㄣˋ ㄗㄞˋ ㄇㄟˊ ㄐㄧㄝˊ 指非常接近或指事勢到了最後關頭。

**近悅遠來** ㄐㄧㄣˋ ㄩㄝˋ ㄩㄢˇ ㄌㄞˊ 〈論語〉「近者悅，遠者來」的略語。是說國家在政治教化方面能滿足國民的希求，鄰國的國民也會相率而來。

**近鄉情怯** ㄐㄧㄣˋ ㄒㄧㄤ ㄑㄧㄥˊ ㄑㄧㄝˋ 出外時間較長久的人走近故鄉時心情有些不自然。

**近親交配** ㄐㄧㄣˋ ㄑㄧㄣ ㄐㄧㄠ ㄆㄟˋ 遺傳學上說血緣關係相近的個體之間的交配。

**近朱者赤，近墨者黑**（ㄐㄧㄣˋ ㄓㄨ ㄓㄜˇ ㄔˋ，ㄐㄧㄣˋ ㄇㄛˋ ㄓㄜˇ ㄏㄟ） 比喻人的品行受到環境感染而同化。接近好人容易使人變好，接近壞人容易使人變壞。

**迍** [文]ㄓㄨㄣ見「迍邅」。

**迍邅**（ㄓㄨㄣ ㄓㄢ） [文]處境困難或遭受挫敗。迍也作「屯」。

**迓** [文]ㄧㄚˋ迎接。如「迎迓」「親迓」。

**迎（迊）** ▲ㄧㄥˊ㈠接。如「迎接」「迎候」。㈡朝著，向著。如「迎風」「迎頭」。㈢揣摩別人的意思，表示討好。如「迎合」「逢迎」。▲ㄧㄥˋ[文]對方要來而未來，先去接他來，叫「迎」。如「親迎」。

**迎合**（ㄧㄥˊ ㄏㄜˊ） 揣測對方的意向去做事或說話。

**迎妝**（ㄧㄥˊ ㄓㄨㄤ） 舊式婚禮前夕，女家送陪嫁到男家，男家親友在門外迎接，稱為迎妝。

**迎迓**（ㄧㄥˊ ㄧㄚˋ） [文]迎接。

**迎春**（ㄧㄥˊ ㄔㄨㄣ） 花名。木犀科落葉小灌木，花比葉先發，春天最早開花。花有六瓣。

**迎風**（ㄧㄥˊ ㄈㄥ） ①對著風。如「這窗戶迎風，屋裡特別涼快」。②隨風。如「五光十色的旗幟，迎風招展」。

**迎候**（ㄧㄥˊ ㄏㄡˋ） [文]等著迎接。

**迎娶**（ㄧㄥˊ ㄑㄩˇ） 娶妻。

**迎接**（ㄧㄥˊ ㄐㄧㄝ） 到某處去陪同客人等一起來。

**迎擊**（ㄧㄥˊ ㄐㄧˊ） 對著敵人來的方向攻擊。

**迎新**（ㄧㄥˊ ㄒㄧㄣ） 歡迎新到任的同事或新入學的同學。

**迎敵**（ㄧㄥˊ ㄉㄧˊ） 走出據守的地方去跟來攻的敵人廝殺。

**迎親**（ㄧㄥˊ ㄑㄧㄣ） 舊俗結婚時新郎到女家去迎接新娘。

**迎頭**（ㄧㄥˊ ㄊㄡˊ） ①當頭。如「迎頭痛擊」。②正對著人家努力的方向。如「迎頭趕上」。

**迎面（兒）**（ㄧㄥˊ ㄇㄧㄢˋ（ㄦ）） 面對面的，從面前來的。

**迎刃而解**（ㄧㄥˊ ㄖㄣˋ ㄦˊ ㄐㄧㄝˇ） 比喻處理事情或解決問題很順利。

**迎神賽會**（ㄧㄥˊ ㄕㄣˊ ㄙㄞˋ ㄏㄨㄟˋ） 把神像抬到街上去遊行，是民間迷信的習俗。

**迎新送舊**（ㄧㄥˊ ㄒㄧㄣ ㄙㄨㄥˋ ㄐㄧㄡˋ） ①送走舊的，迎來新的。②舊時常指妓女的生活。

**迎頭趕上**（ㄧㄥˊ ㄊㄡˊ ㄍㄢˇ ㄕㄤˋ） 加緊趕上最前面的。

**迕** [文]ㄨˇ㈠違逆。〈漢書〉有「莫敢復迕」。㈡路上相遇。〈後漢書〉有「王甫時出與陳蕃相迕」。

## 五筆

**迫（廹）** ㄆㄛˋ㈠靠近。如「迫近」「迫在眉睫」。㈡急切，危急。如「迫切」「迫不及待」。㈢催促，用威勢加於人。如「逼迫」「壓迫」。㈣受制於某種形勢，不得不這樣做。如「飛機迫降」「迫不得已」。㈤[文]狹隘。如「地勢迫隘」。

**迫切**（ㄆㄛˋ ㄑㄧㄝˋ） 緊急。如「迫切需要」。

**迫令**（ㄆㄛˋ ㄌㄧㄥˋ） 用強（ㄑㄧㄤˇ）迫的方式叫人做事。

**迫近**（ㄆㄛˋ ㄐㄧㄣˋ） 逼近。

**迫促**（ㄆㄛˋ ㄘㄨˋ） ①急迫，急促。②催促。

**迫降** ㄆㄛˋ ㄐㄧㄤˋ 飛機因機件失靈或其他原因被迫降落。

**迫害** ㄆㄛˋ ㄏㄞˋ 逼迫殘害。

**迫擊砲** ㄆㄛˋ ㄐㄧˊ ㄆㄠˋ 用於短距離作戰的曲射砲。攜帶方便，破壞力大。

**迫不及待** ㄆㄛˋ ㄅㄨˋ ㄐㄧˊ ㄉㄞˋ 急得不能再等待了。

**迫不得已** ㄆㄛˋ ㄅㄨˋ ㄉㄜˊ ㄧˇ 不得不；被迫不能不這樣。

**迫在眉睫** ㄆㄛˋ ㄗㄞˋ ㄇㄟˊ ㄐㄧㄝˊ 比喻事情臨近眼前，十分緊迫。

**迫害妄想** ㄆㄛˋ ㄏㄞˋ ㄨㄤˋ ㄒㄧㄤˇ 心理學上說人因為懷疑有人要迫害自己而發生的妄想。

**迨** [文]ㄉㄞˋ ㈠及，等到。〈論語〉有「迨天之未陰雨」。㈡趁著。如「迨其不備而擊之」。

**迪（廸）** [文]ㄉㄧˊ ㈠道路。㈡道德，道理。㈢教化，引導。如「啟迪」。㈣踐履。㈤進。「迪吉」就是「納福」，舊時書信用語。

**迪斯可** ㄉㄧˊ ㄙ ㄎㄜˇ [音]① disco 的音譯，是一種新的流行音樂。② 一種播送流行歌曲供人跳舞的場所。

**迭** ㄉㄧㄝˊ ㈠[文]輪流。如「更迭」。㈡[文]屢。如「迭次」。㈢止。如「叫苦不迭」。

**迭次** ㄉㄧㄝˊ ㄘˋ [文]屢次；一次又一次。

**迭起** ㄉㄧㄝˊ ㄑㄧˇ [文]一次又一次地發生。如「他們兩人爭執不休，風波迭起」。

**迢** [文]ㄊㄧㄠˊ 遠。如「路程迢遙」「千里迢迢」。

**迢迢** ㄊㄧㄠˊ ㄊㄧㄠˊ [文]①遙遠的樣子。如「千里迢迢」。②高峻的樣子。如「高樓一何峻，迢迢峻而安」。

**迦** ㄐㄧㄚ ㈠中古時代翻譯佛經用的字，是梵語 ka 的音譯。如「迦沙」（kasaya 現在改為袈裟）。有時與「伽」字並用，「伽藍」也作「迦藍」。㈡西文的譯音字。如「迦納」「迦南」。

**迥（逈）** [文]ㄐㄩㄥˇ ㈠遠。如「迥遠」。㈡差別很大。如「迥別」「迥異」。

**迥異** ㄐㄩㄥˇ ㄧˋ [文]相差很遠，大不相同。也作「迥別」。

**迥遠** ㄐㄩㄥˇ ㄩㄢˇ [文]極遠。

**迥然不同** ㄐㄩㄥˇ ㄖㄢˊ ㄅㄨˋ ㄊㄨㄥˊ [文]形容截然不相同的樣子。

**述** ㄕㄨˋ ㈠說明。如「敘述」「述說」。㈡遵照前人的方向繼續作去，並不自己創作。如「述而不作」「父作之，子述之」。

**述作** ㄕㄨˋ ㄗㄨㄛˋ [文]記述和著作。

**述評** ㄕㄨˋ ㄆㄧㄥˊ 敘述和評論。

**述說** ㄕㄨˋ ㄕㄨㄛ 說明。

**述語** ㄕㄨˋ ㄩˇ 句子裡對主詞加以敘述的詞，常是動詞或動詞加名詞的短語。如「他睡了」「我吃飯了」，這些句子裡的「睡」「吃飯」都是述語。

**述職** ㄕㄨˋ ㄓˊ （派到外國或外地去擔任重要工作的人員回來）向主官部門陳述工作情況。

**述而不作** ㄕㄨˋ ㄦˊ ㄅㄨˋ ㄗㄨㄛˋ 只論述先哲的理論而不自己創作。原是孔子述說自己的理念。見〈論語·述而〉。

**迮** [文]ㄗㄜˊ ㈠擠迫。〈後漢書·王忠傳〉有「共相壓迮」。㈡倉卒（ㄘㄨˋ）。〈公羊傳〉有「今若是迮而與季子國」。㈢姓。又讀ㄗㄨㄛˋ。

## 六筆

**迸** ㄅㄥˋ 裂開，散開，濺射。如「迸裂」「銀瓶乍破水漿迸」。

**迸裂** ㄅㄥˋ ㄌㄧㄝˋ 分裂。

**逄** ㄆㄤˊ ㈠[文]逄逄，鼓聲。㈡姓。

**迷** ㄇㄧˊ ㈠分不清方向。如「迷路」「迷途羔羊」。㈡心裡模糊不明。如「昏迷」「意亂神迷」。㈢不能辨別。如「撲朔迷離」。㈣醉心沉湎於某一件事，無條件地相信奉行。如「戲迷」「迷信」。㈤媚惑。如「酒色迷人」。㈥[文]彌漫。如「蒼煙迷樹，衰草連天」。

**迷人** ㄇㄧˊ ㄖㄣˊ ①使人陶醉；使人迷戀。如「景色迷人」。②使人迷惑。如「迷人眼目」。

**迷失** ㄇㄧˊ ㄕ 有所失誤。如「迷失方向」。

**迷你** ㄇㄧˊ ㄋㄧˇ 小巧玲瓏的意思，是拉丁文mini的音譯，西元一九六七年以後才忽然流行起來的詞。如「迷你裙」「迷你車」等。

**迷罔** ㄇㄧˊ ㄨㄤˇ [文]心神不清。也作「迷惘」。

**迷信** ㄇㄧˊ ㄒㄧㄣˋ ①超自然與非科學的民間信仰，如相信有鬼魂、扶乩、符咒、巫醫等行為。是原始的巫術社會發展以來，存留於各時代的產物。②不辨是非的盲目信仰。

**迷思** ㄇㄧˊ ㄙ 迷惑不解。

**迷津** ㄇㄧˊ ㄐㄧㄣ [文]意同「迷途」。①迷失道路。②比喻錯誤的方向。

**迷宮** ㄇㄧˊ ㄍㄨㄥ 路途複雜，方向難辨，容易使人迷失方向的地方。

**迷航** ㄇㄧˊ ㄏㄤˊ （輪船、飛機等）迷失航行方向。

**迷茫** ㄇㄧˊ ㄇㄤˊ ①廣闊而看不清楚的樣子。②（神情）迷離恍惚。

**迷彩** ㄇㄧˊ ㄘㄞˇ 軍事偽裝方法之一，用不同的色彩，不規則的圖形繪於建築物、衣物、車輛或器材等表面，使敵方發生錯覺，無法辨識原物的形態。

**迷途** ㄇㄧˊ ㄊㄨˊ ①迷失道路。②錯誤的趨向。

**迷惑** ㄇㄧˊ ㄏㄨㄛˋ ①心神不能自主。②使人迷糊不明。

**迷路** ㄇㄧˊ ㄌㄨˋ 迷失道路。

**迷夢** ㄇㄧˊ ㄇㄥˋ 沉迷不悟的夢想。

**迷漫** ㄇㄧˊ ㄇㄢˋ ①被濃霧所掩，模糊不清。②被某種氣氛籠罩。如「迷漫著一片哀傷」。

**迷糊** ㄇㄧˊ ㄏㄨ 糊字輕讀。模糊不清。

**迷瞪** ㄇㄧˊ ㄉㄥˋ [方]瞪字輕讀。心裡迷惑。

**迷霧** ㄇㄧˊ ㄨˋ ①濃霧。如「在迷霧中迷失方向」。②比喻使人迷失方向的事物。

**迷離** ㄇㄧˊ ㄌㄧˊ [文]模糊得難以辨別的樣子。如「撲朔迷離」。

**迷戀** ㄇㄧˊ ㄌㄧㄢˋ 愛好一個人或一種事物到了入迷難捨的地步。

**迷幻藥** ㄇㄧˊ ㄏㄨㄢˋ ㄧㄠˋ ①能引起幻覺的藥品，統稱迷幻藥。②合成麻醉藥之一，使用微量就有迷幻作用，服用後兩三小時是作用力最強的時刻，可以維持八到十二小時，有陶醉、不安、焦慮等感覺，以致做出越軌的行為。英文的縮寫為LSD。

**迷彩裝** ㄇㄧˊ ㄘㄞˇ ㄓㄨㄤ 軍中士兵為偽裝而穿的一種軍服，布料上是不同的色彩，不同的圖形，使敵人不易辨別為軍裝。

**迷魂湯** ㄇㄧˊ ㄏㄨㄣˊ ㄊㄤ 也作「迷魂藥」。①使人迷失本性的湯藥。②比喻媚惑人的話。

**迷人眼目** ㄇㄧˊ ㄖㄣˊ ㄧㄢˇ ㄇㄨˋ 使人眼目受到迷惑，分辨不清。

**迷走神經** ㄇㄧˊ ㄗㄡˇ ㄕㄣˊ ㄐㄧㄥ 第十對腦神經，由延髓發出，分布在頭、頸、胸、腹等部，有調節內臟、血管、腺體等機能的作用。

**迷迷糊糊** ㄇㄧˊ ㄇㄧˊ ㄏㄨˊ ㄏㄨˊ 第二三四字輕讀。模糊不清的樣子。

**迷迷瞪瞪** ㄇㄧˊ ㄇㄧˊ ㄉㄥˋ ㄉㄥˋ 第二個迷字輕讀。迷瞪的樣子。也作「迷迷登登」。

**迷途知返** ㄇㄧˊ ㄊㄨˊ ㄓ ㄈㄢˇ 比喻發現自己犯有錯誤，而決心改正。

**逃** ㄊㄠˊ 因為害怕而跑開或躲避。如「逃亡」「逃避」。

**逃亡** ㄊㄠˊ ㄨㄤˊ 人為了躲避災禍，跑到別處去。

**逃犯** ㄊㄠˊ ㄈㄢˋ 躲避法律制裁的人犯。

**逃生** ㄊㄠˊ ㄕㄥ 逃出危險的環境以求生存。

**逃兵** ㄊㄠˊ ㄅㄧㄥ ①逃離隊伍的兵。②比喻離開工作的崗位。

**逃走** ㄊㄠˊ ㄗㄡˇ 逃跑。

**逃命** ㄊㄠˊ ㄇㄧㄥˋ 逃出危險的環境以保全生命。

**逃奔** ㄊㄠˊ ㄅㄣ 逃走（到別的地方）。

**逃席** ㄊㄠˊ ㄒㄧˊ 參加宴飲不待終席就離去。

**逃荒** ㄊㄠˊ ㄏㄨㄤ 家鄉受災荒沒有收成，逃到別處去謀生。

**逃匿** ㄊㄠˊ ㄋㄧˋ 図逃走躲藏起來。

**逃脫** ㄊㄠˊ ㄊㄨㄛ 成功的逃開追捕者。

**逃散** ㄊㄠˊ ㄙㄢˋ 逃亡散失。

**逃稅** ㄊㄠˊ ㄕㄨㄟˋ 逃避納稅。

**逃跑** ㄊㄠˊ ㄆㄠˇ 為躲避不利於自己的環境或事物而離開。

**逃逸** ㄊㄠˊ ㄧˋ 図逃跑。

**逃遁** ㄊㄠˊ ㄉㄨㄣˋ 逃跑；逃避。

**逃課** ㄊㄠˊ ㄎㄜˋ 學生該上課而不去上課，也沒有請假。

**逃學** ㄊㄠˊ ㄒㄩㄝˊ 學生離家之後，不到學校上課，在外面閒玩兒。

**逃避** ㄊㄠˊ ㄅㄧˋ 因為害怕或是灰心而躲開。如「逃避兵役」「逃避現實」。

**逃竄** ㄊㄠˊ ㄘㄨㄢˋ 図向別處逃跑。

**逃難** ㄊㄠˊ ㄋㄢˋ 本鄉有人禍天災，待不了，逃到外地去。

**逃生門** ㄊㄠˊ ㄕㄥ ㄇㄣˊ 也稱「安全門」。大型公共場所設置供人在發生危險時逃離現場的門。

**逃之夭夭** ㄊㄠˊ ㄓ ㄧㄠ ㄧㄠ 詼諧的話，逃走的意思，與〈詩經〉「桃之夭夭」諧音而轉用。

**退** ㄊㄨㄟˋ ㈠向前走叫「進」，向後走叫「退」。如「後退」「不進則退」。㈡謙讓。如「謙退」「退讓」。㈢離職。如「退職」「退休」。㈣消除原有的責任義務。如「退保」「退役」。㈤離去。如「退席」「遲到早退」。㈥歸還原物。如「退還」「他多交了五十元，應該退給他」。㈦消除，降低。如「退燒」「退潮」。㈧見「退票」。㈨見「退化」。㈩「蟬蛻」也作「蟬退」。⑾図緩慢、畏縮的意思。〈論語．先進〉篇裡有「求也退」。

**退化** ㄊㄨㄟˋ ㄏㄨㄚˋ 生物學上把個體發生或系統發生過程之中，形態的單純化，形體的縮小，活動力的減退等這些退步性的變化，稱為退化。

**退休** ㄊㄨㄟˋ ㄒㄧㄡ 公教人員或私營機構的職工，因為規定的年齡或服務年限已到或其他原因而退職，稱為退休。

**退伍** ㄊㄨㄟˋ ㄨˇ 服兵役的年限已服滿了，離開軍營，恢復平民的身分。

**退冰** ㄊㄨㄟˋ ㄅㄧㄥ 使冰凍的食物溫度升高，以便於烹飪。如「把冰箱的魚取出來，擱在微波爐裡退冰」。

**退回** ㄊㄨㄟˋ ㄏㄨㄟˊ ①交還。如「無法投遞，退回原處」。②返回原來的地方。如「道路不通，只好退回」。

**退守** ㄊㄨㄟˋ ㄕㄡˇ 軍隊作戰時向後撤退並採取守勢。

**退色** ㄊㄨㄟˋ ㄙㄜˋ 布匹、衣服等的顏色變淡。

**退位** ㄊㄨㄟˋ ㄨㄟˋ 舊時指帝王放棄皇位。

**退兵** ㄊㄨㄟˋ ㄅㄧㄥ 撤退軍隊。

**退志** ㄊㄨㄟˋ ㄓˋ 図引退之志。如「他在病後忽然萌生退志」。

**退步** ㄊㄨㄟˋ ㄅㄨˋ ①進步的反面。如「他的成績退步不少」。②退卻的地步。如「做事總要留個退步」。③讓步。

**退股** ㄊㄨㄟˋ ㄍㄨˇ 公司的股東退出股分。

**退保** ㄊㄨㄟˋ ㄅㄠˇ 聲明卸去保證的責任。

**退卻** ㄊㄨㄟˋ ㄑㄩㄝˋ 後退。

**退思** ㄊㄨㄟˋ ㄙ 事後反省自己的言行。

**退庭** ㄊㄨㄟˋ ㄊㄧㄥˊ 退離法庭。

**退席** ㄊㄨㄟˋ ㄒㄧˊ 退出宴席或會場。

**退婚** ㄊㄨㄟˋ ㄏㄨㄣ 解除婚約。

**退票** ㄊㄨㄟˋ ㄆㄧㄠˋ ①退回不能兌現的票據。②退還車票戲票等。

**退換** ㄊㄨㄟˋ ㄏㄨㄢˋ 退還已買的東西，要求更換別的貨品。

**退稅** ㄊㄨㄟˋ ㄕㄨㄟˋ 已經扣繳的稅款，經稅務機構核定，予以某種額度的退還。

**退路** ㄊㄨㄟˋ ㄌㄨˋ ①退回去的道路。如「切斷敵軍的退路」。②迴旋的餘地。如「留個退路」。

**退潮** ㄊㄨㄟˋ ㄔㄠˊ 海水漲潮以後水位逐漸下降。也說「落潮」。

**退學** ㄊㄨㄟˋ ㄒㄩㄝˊ 學生因故不能繼續學習，中途退出學校。

**退燒** ㄊㄨㄟˋ ㄕㄠ 高於正常的體溫降到正常。

**退親** ㄊㄨㄟˋ ㄑㄧㄣ 退婚。

**退避** ㄊㄨㄟˋ ㄅㄧˋ 退後躲避。

**退還** ㄊㄨㄟˋ ㄏㄨㄢˊ 交還（已經收下來或買下來的東西）。如「原物退還」。

**退縮** ㄊㄨㄟˋ ㄙㄨㄛ 退卻不前。

**退隱** ㄊㄨㄟˋ ㄧㄣˇ 退職隱居。

**退職** ㄊㄨㄟˋ ㄓˊ 辭退或辭去職務。

**退讓** ㄊㄨㄟˋ ㄖㄤˋ 讓步，不跟人爭較。

**退休金** ㄊㄨㄟˋ ㄒㄧㄡ ㄐㄧㄣ 公教機關或私人機構員工退休時，公家或廠商按照規定發給的退休養老費用，叫退休金。

**退避三舍** ㄊㄨㄟˋ ㄅㄧˋ ㄙㄢ ㄕㄜˋ 図本指用兵時退兵九十里（一舍為三十里）；現在常用做退讓不與人爭較的意思。

## 迺（廼）
図ㄋㄞˇ 同「乃」。

## 逆
ㄋㄧˋ ㈠不孝順父母。如「逆子」。㈡違背，違反。如「逆倫」。㈢不順。如「逆水行舟」「忠言逆耳」。㈣叛亂。如「叛逆」「逆賊」。㈤図預先。如「逆料」「逆睹」。㈥図見「逆旅」。㈦図迎接。〈春秋〉有「祭公來，遂逆王后于紀」。

**逆子** ㄋㄧˋ ㄗˇ 不孝順父母的兒子。

**逆水** ㄋㄧˋ ㄕㄨㄟˇ ①河水反流。同「逆流」。②由下游向上游航行或游泳。如「逆水行舟」。

**逆耳** ㄋㄧˋ ㄦˇ 說的話讓人聽了心裡不高興。如「忠言逆耳」。

**逆行** ㄋㄧˋ ㄒㄧㄥˊ ①向相反的方向進行。②図倒流。如「洪水逆行」。③図違背常理的行為。賈誼〈過秦論〉有「天下雖有逆行之臣，必無響應之助矣」。

**逆風** ㄋㄧˋ ㄈㄥ　迎面對著風。

**逆倫** ㄋㄧˋ ㄌㄨㄣˊ　違背人倫的行為。

**逆差** ㄋㄧˋ ㄔㄚ　對外貿易中輸入超過輸出的貿易差額（與「順差」相對）。

**逆旅** ㄋㄧˋ ㄌㄩˇ　〔文〕旅館。如「天地者萬物之逆旅」。

**逆料** ㄋㄧˋ ㄌㄧㄠˋ　〔文〕事先測度（ㄉㄨㄛˊ）。也作「逆計」。

**逆產** ㄋㄧˋ ㄔㄢˇ　①胎兒出生時，腳先下的叫「逆產」。②叛國者的財產。

**逆經** ㄋㄧˋ ㄐㄧㄥ　每次月經前後伴有鼻衄、咳血或嘔血，這種現象叫逆經。也做倒（ㄉㄠˋ）經。

**逆賊** ㄋㄧˋ ㄗㄟˊ　叛逆的人，是罵人的話。

**逆境** ㄋㄧˋ ㄐㄧㄥˋ　不順遂的境遇。

**逆轉** ㄋㄧˋ ㄓㄨㄢˇ　（局勢）惡化。

**逆水行舟** ㄋㄧˋ ㄕㄨㄟˇ ㄒㄧㄥˊ ㄓㄡ　勉勵人努力上進的話：「學如逆水行舟，不進則退」。

**逆向行駛** ㄋㄧˋ ㄒㄧㄤˋ ㄒㄧㄥˊ ㄕˇ　車或船向相反的方向行駛。

**逆來順受** ㄋㄧˋ ㄌㄞˊ ㄕㄨㄣˋ ㄕㄡˋ　指對惡劣的環境或無理的待遇，採取順從、忍受的態度。

**逆取順守** ㄋㄧˋ ㄑㄩˇ ㄕㄨㄣˋ ㄕㄡˇ　指不以正道取得，而以正道守成。

## 适

ㄍㄨㄚ　㈠〔文〕形容迅速。㈡同「適」。又讀ㄎㄨㄛˋ。

## 逅

〔文〕ㄏㄡˋ見「邂逅」。又讀ㄍㄡˋ。

## 迴（廻）

ㄏㄨㄟˊ　㈠去又轉來，有往復循環旋轉的意思。如「輪迴」「迴誦」。㈡曲折。如「迴轉」「迴廊」。

**迴流** ㄏㄨㄟˊ ㄌㄧㄡˊ　逆流，倒流；流出去或流過去的水流了回來。可以說水，也可以說人。如「人口迴流」。

**迴風** ㄏㄨㄟˊ ㄈㄥ　〔文〕旋風。也作「回風」。比喻邪惡。梁啟超〈臺灣雜詩〉有「迴風欲滿旗」。

**迴旋** ㄏㄨㄟˊ ㄒㄩㄢˊ　旋轉。

**迴廊** ㄏㄨㄟˊ ㄌㄤˊ　曲折的走廊。

**迴腸** ㄏㄨㄟˊ ㄔㄤˊ　①小腸的一部分，上接空腸，下接盲腸，形狀彎曲。②〔文〕形容心中焦急，像腸子在轉動。如「迴腸九轉」。

**迴誦** ㄏㄨㄟˊ ㄙㄨㄥˋ　〔文〕循環往復誦讀。

**迴環** ㄏㄨㄟˊ ㄏㄨㄢˊ　往復循環。

**迴避** ㄏㄨㄟˊ ㄅㄧˋ　①躲避。如「是他多心，怕我懷疑他，自己迴避了」。②避嫌。如「陳校長今年有兒子考高中，試務組的工作他就迴避了」。

**迴形夾** ㄏㄨㄟˊ ㄒㄧㄥˊ ㄐㄧㄚ　用金屬絲來回折彎製成用來夾緊紙張等的文具。也叫「迴紋針」。

**迴腸盪氣** ㄏㄨㄟˊ ㄔㄤˊ ㄉㄤˋ ㄑㄧˋ　原來指音樂使人感動之深，後來用以形容詩文作品內容感動人的深刻。

## 追

ㄓㄨㄟ　㈠從後面趕上去或是跟著。如「追趕」「窮寇莫追」。㈡回憶。如「追想」「追念」。㈢重提舊事。如「追究」「追溯」。㈣探尋。如「追尋」「追求真理」。㈤事後補救或補做。如「追加」「來者猶可追」。㈥查問索還。如「追討舊欠」「追贓」。㈦指戀愛求偶的企慕。如「他追張小姐三年了還沒有追到手」。

**追加** ㄓㄨㄟ ㄐㄧㄚ　在原定的數額以外再增加。如「追加預算」。

**追求** ㄓㄨㄟ ㄑㄧㄡˊ　①努力探求。如「追求真理」。②「追」㈦。

**追究** ㄓㄨㄟ ㄐㄧㄡˋ　追問（根由）。

**追念** ㄓㄨㄟ ㄋㄧㄢˋ 回想。也作「追想」。文言也作「追惟」「追懷」。

**追肥** ㄓㄨㄟ ㄈㄟˊ ①在農作物生長期中施肥。②在農作物生長期中所施的肥料。

**追封** ㄓㄨㄟ ㄈㄥ 封建時代官員死後由帝王贈給爵位。

**追查** ㄓㄨㄟ ㄔㄚˊ 根據事故發生的經過調查原因與責任。

**追述** ㄓㄨㄟ ㄕㄨˋ 述說過去的事情。如「追述一件錯綜複雜的事，並不容易」。

**追風** ㄓㄨㄟ ㄈㄥ ①中醫指用藥物把侵入體內的風邪驅除出去。②形容速度極快。如「追風逐電，絕塵滅影」。

**追悔** ㄓㄨㄟ ㄏㄨㄟˇ 後悔，懊悔過去所做的事。如「他做了一件壞事，現在追悔不已」。

**追捕** ㄓㄨㄟ ㄅㄨˇ 追蹤捉捕。

**追薦** ㄓㄨㄟ ㄐㄧㄢˋ 〔文〕佛教徒為死去的人禱告祈福。

**追記** ㄓㄨㄟ ㄐㄧˋ ①在人死後記上（功跡等）。②事後的記載（多用做文章的題目）。

**追問** ㄓㄨㄟ ㄨㄣˋ 追根究底地問。如「做錯了事就該說出來，不要等人追問」。

**追悼** ㄓㄨㄟ ㄉㄠˋ 追想死者以往的事跡，而表示哀悼。也作「追思」。

**追逐** ㄓㄨㄟ ㄓㄨˊ 追趕。

**追尋** ㄓㄨㄟ ㄒㄩㄣˊ ①跟著蹤跡去尋找。如「追尋先行的隊友」。②回憶尋覓舊事。如「追尋舊好，宛若眼前」。

**追想** ㄓㄨㄟ ㄒㄧㄤˇ 回想。如「追想前塵，不勝欷歔悵惘」。

**追溯** ㄓㄨㄟ ㄙㄨˋ 逆流而上，向江河發源處走。比喻探索事物的由來。

**追逼** ㄓㄨㄟ ㄅㄧ ①用強制的方式追問或索取。如「經過再三追逼，他才吐實」。②追趕壓迫。如「我軍乘勝追逼，敵軍潰不成軍」。

**追認** ㄓㄨㄟ ㄖㄣˋ 事後承認。

**追趕** ㄓㄨㄟ ㄍㄢˇ 從後面快速度地追上去。

**追遠** ㄓㄨㄟ ㄩㄢˇ 〔文〕祭祀祖先。〈論語〉有「慎終追遠」。

**追憶** ㄓㄨㄟ ㄧˋ 回憶。如「往事不堪追憶」。

**追隨** ㄓㄨㄟ ㄙㄨㄟˊ 跟從。

**追擊** ㄓㄨㄟ ㄐㄧ 追趕著攻擊。如「追擊敵人」。

**追蹤** ㄓㄨㄟ ㄗㄨㄥ ①〔文〕回想以前的人所做的事。②〔文〕仿效以前的賢人。③探尋要找的人的蹤跡。④繼續探察受探察者的言行或個性的發展。

**追懷** ㄓㄨㄟ ㄏㄨㄞˊ 回憶；追念。如「追懷往日快樂時光，令人感嘆」。

**追贈** ㄓㄨㄟ ㄗㄥˋ 國家對有功的官員將領死後贈給較高職階。

**追贓** ㄓㄨㄟ ㄗㄤ 把偷盜或貪汙受賄所得的財物查問索還。

**追索權** ㄓㄨㄟ ㄙㄨㄛˇ ㄑㄩㄢˊ 票據到期沒有付款或到期沒有兌現，持票人對於前手有償還票面金額（包括利息）的請求權，稱為追索權。

**追悼會** ㄓㄨㄟ ㄉㄠˋ ㄏㄨㄟˋ 悼念死者的集會。

**追亡逐北** ㄓㄨㄟ ㄨㄤˊ ㄓㄨˊ ㄅㄟˇ 〔文〕追擊敗逃的敵軍。也作「追奔逐北」。

**追根究柢** ㄓㄨㄟ ㄍㄣ ㄐㄧㄡˋ ㄉㄧˇ 追問事情的原委。現今也作「追根究底」。

**送** ㄙㄨㄥˋ ㈠贈給。如「他送我一本書」「贈送」。㈡發運，交付。如「送信」「送貨」。㈢對人表示惜別的意思都叫「送」。如「送行」「送別」。㈣陪著離開某地。如「送弟弟回家」「護送病人」。㈤供應。如「送電」「送水」。㈥犧牲了，糟踢掉。如「斷送」「送死」。

**送水** ㄙㄨㄥˋ ㄕㄨㄟˇ 自來水自淨水廠輸送清水到配水設備，供應用戶。

**送死** ㄙㄨㄥˋ ㄙˇ ①自己找死。②図營辦父母喪事（與養生相對）。〈孟子〉有「惟送死可以當大事」。

**送老** ㄙㄨㄥˋ ㄌㄠˇ 子女為父母料理喪事。如「養個兒子送老」。也作「送終」。

**送行** ㄙㄨㄥˋ ㄒㄧㄥˊ ①送人遠行。也作「送別」。②餞別，餞行。文言也作「送餞」。

**送別** ㄙㄨㄥˋ ㄅㄧㄝˊ 送行。

**送灶** ㄙㄨㄥˋ ㄗㄠˋ 舊俗在陰曆十二月二十三日或二十四日祭灶神，送他上天「述職」。

**送命** ㄙㄨㄥˋ ㄇㄧㄥˋ 喪失生命。

**送信** ㄙㄨㄥˋ ㄒㄧㄣˋ ①傳遞消息。口語也說ㄙㄨㄥˋ ㄒㄧㄣˋㄦ。②遞送書信。

**送客** ㄙㄨㄥˋ ㄎㄜˋ ①主人在客人離去的時候所作的禮貌上的表示，像起身親切招呼，陪同到門口或陪走一段路等。②主人示意使客人離去。如「端茶送客」就是端起茶杯勸客人喝茶，或呼令用人添茶，卻顯示不願繼續談話，暗示客人應該告辭。

**送風** ㄙㄨㄥˋ ㄈㄥ 室內裝設的冷氣機不送出冷氣，只送出風。

**送氣** ㄙㄨㄥˋ ㄑㄧˋ 語音學上說發輔音時，有明顯的氣流吐出來，叫做送氣，沒有明顯的氣流出來叫不送氣。國音的ㄆ、ㄊ、ㄎ、ㄑ、ㄔ、ㄘ是送氣；ㄅ、ㄉ、ㄍ、ㄐ、ㄓ、ㄗ是不送氣。

**送終** ㄙㄨㄥˋ ㄓㄨㄥ 長輩親屬臨終時在身旁照料，叫做送終。也指辦理長輩親屬的喪事。

**送貨** ㄙㄨㄥˋ ㄏㄨㄛˋ 把貨物送到買主指定的處所。

**送報** ㄙㄨㄥˋ ㄅㄠˋ 把報紙送給訂戶。

**送達** ㄙㄨㄥˋ ㄉㄚˊ 送到。

**送電** ㄙㄨㄥˋ ㄉㄧㄢˋ 輸送電力供用戶使用。

**送親** ㄙㄨㄥˋ ㄑㄧㄣ 舊俗結婚時女家親屬把新娘送到男家。

**送錢** ㄙㄨㄥˋ ㄑㄧㄢˊ ①送錢財給人。②笑人白費錢財而無所得。如「他淨做這種送錢的事」。

**送殯** ㄙㄨㄥˋ ㄅㄧㄣˋ 出殯時陪送靈柩。也作「送喪（ㄙㄤ）」。

**送禮** ㄙㄨㄥˋ ㄌㄧˇ 把禮物送給人家。

**送人情** ㄙㄨㄥˋ ㄖㄣˊ ㄑㄧㄥˊ 故意對別人表示好感。

**送報生** ㄙㄨㄥˋ ㄅㄠˋ ㄕㄥ 送報的工人。

**送秋波** ㄙㄨㄥˋ ㄑㄧㄡ ㄅㄛ ①用眼神傳遞情意給所喜歡的人。②比喻給人「願意跟你接近」的暗示。

**送往迎來** ㄙㄨㄥˋ ㄨㄤˇ ㄧㄥˊ ㄌㄞˊ 迎接來的，送走去的，比喻人忙著應酬的情形。

**送舊迎新** ㄙㄨㄥˋ ㄐㄧㄡˋ ㄧㄥˊ ㄒㄧㄣ ①送舊年，迎新年。②送舊官，迎新官。

## 迻

図ㄧˊ ㈠同「移」，遷徙。㈡見「迻譯」。

**迻譯** ㄧˊ ㄧˋ 図翻譯，把一種文字譯成另一種文字。

## 七筆

## 逋

図ㄅㄨ ㈠逃亡。如「逋逃」。㈡「逋留」，稽留的意思。㈢「逋欠」「逋負」，都是拖欠賦稅。

**逋逃** ㄅㄨ ㄊㄠˊ 図帶罪逃竄。

## 逢

▲ㄈㄥˊ ㈠遇到。如「遭逢」「逢辰」。㈡図迎合。如「逢迎」「逢君之惡」。㈢図豐大。〈書經・洪範〉有「身其康彊，子孫其逢，

吉」。

▲ㄆㄥˊ ㈠図狀聲字，「逢逢」，是鼓聲。㈡姓。

**逢迎** ㄈㄥˊ ㄧㄥˊ 図①接待。②用行動或言詞討好對方。

**逢人說項** ㄈㄥˊ ㄖㄣˊ ㄕㄨㄛ ㄒㄧㄤˋ 到處讚揚別人的好處，或是替人說情。這是唐代項斯的故事。項斯成名之前，送詩作請楊敬之看。楊敬之愛才，到處誇獎他，並且留下「逢人到處說項斯」的詩句。

**逢凶化吉** ㄈㄥˊ ㄒㄩㄥ ㄏㄨㄚˋ ㄐㄧˊ 雖然遇到凶險，卻能轉化為吉祥。

**逢年過節** ㄈㄥˊ ㄋㄧㄢˊ ㄍㄨㄛˋ ㄐㄧㄝˊ 每到過年過節的時候。

**逢君之惡** ㄈㄥˊ ㄐㄩㄣ ㄓ ㄜˋ 図故意迎合他人作惡的意圖。語出〈孟子〉：「長君之惡其罪小，逢君之惡其罪大」。

**逢場作戲** ㄈㄥˊ ㄔㄤˊ ㄗㄨㄛˋ ㄒㄧˋ 偶然玩樂遊戲，不是經常如此。見蘇軾詩句。

**逗** ㄉㄡˋ ㈠停留。如「逗留」。㈡引弄。如「逗人笑」「逗趣兒」。㈢「句讀」的「讀」字也作「逗」。

**逗弄** ㄉㄡˋ ㄋㄨㄥˋ 弄字輕讀。引動，玩弄。

**逗哏** ㄉㄡˋ ㄍㄣˊ 用滑稽有趣的話引人發笑（多指相聲演員）。

**逗留** ㄉㄡˋ ㄌㄧㄡˊ 行動中輟或徘徊不進。也作「逗遛」。

**逗笑（兒）** ㄉㄡˋ ㄒㄧㄠˋ（ㄦ） 用滑稽有趣的話或動作逗人發笑。也說「逗趣兒」。

**逗點（兒）** ㄉㄡˋ ㄉㄧㄢˇ（ㄦ） 標點符號的一種，用在句子裡語氣未完，但須停頓的地方。也稱「逗號」，符號是「，」。

**逗趣兒** ㄉㄡˋ ㄑㄩˋ ㄦ 說話或行動有趣，使人發笑。如「這個丑角兒很能逗趣兒」。

**透** ㄊㄡˋ ㈠穿過去，通過。如「透過」「陽光透進了簾子」。㈡泄漏。如「透漏」「透出了這件事的祕密」。㈢徹底。如「透徹」「剔透」。㈣足，極度的。如「桃子熟透了」「這些人壞透了」。㈤超出。如「透支」。㈥周遍。〈水滸傳〉有「卻得施恩上下使錢透了，不曾受害」。㈦形容感覺程度深，意思就是「很」。如「身上透乏」「肚子透餓」。

**透支** ㄊㄡˋ ㄓ ①借支的款額超過應得的或所存的數目。②超過限定的或可以承受的程度。如「體力透支」。

**透汗** ㄊㄡˋ ㄏㄢˋ 全身出汗。

**透明** ㄊㄡˋ ㄇㄧㄥˊ ①光線可以完全通過，極為通徹明亮。②能透過光線的。如「水是透明的液體」。③比喻事情完全沒受到遮蔽。如「他們的工作過程確實是透明的」。

**透亮** ▲ㄊㄡˋ ·ㄌㄧㄤ ①光潔晶瑩。如「這塊寶石真透亮」。②透徹。如「我這話說得透亮不透亮」。▲ㄊㄡˋ ㄌㄧㄤˋ（ㄦ） 透光，光線充足。

**透風** ㄊㄡˋ ㄈㄥ ①風可以通過。如「門縫有點兒透風」。②把東西攤開，讓風吹吹。③透露風聲。

**透骨** ㄊㄡˋ ㄍㄨˇ 図形容最深切地入骨，常用來形容心情上的深切思念、憤恨、憂傷等。

**透頂** ㄊㄡˋ ㄉㄧㄥˇ 至極，絕頂。如「聰明透頂」。

**透視** ㄊㄡˋ ㄕˋ ①繪畫或畫圖，先假設是通過透明的平面來察看實物，觀測形象，描繪輪廓，這種法則叫做透視。②引伸指一般對事物內容作明晰深切的觀察。③醫學上利用愛克司光穿透照射作用，使胸腔內部組織的陰影顯示在螢光幕上，由醫生察看判斷有無肺結核病的跡象，稱為「愛克司光透視」，簡稱「透視」。

**透過** ①通過，穿過。②經由。如「這種事透過張先生去說，沒有不成功的」。

**透漏** 泄漏。如「透漏消息」。

**透徹** 通達，通透，十分清楚的意思。

**透鏡** 英文lens的譯名。指一面或兩面是曲面（實用上都是球面）的透明體（通常是琢磨玻璃而成）；可分為凸透鏡（如遠視眼鏡所用）與凹透鏡（如近視眼鏡所用）兩類。

**透露** ①顯露。如「東方透露著晨曦」。②同「透漏」。

**透明度** 礦物透光的程度，按程度分透明、半透明、不透明等。

**透明體** 物理學說光線可以完全通過的物體，像空氣、玻璃等。

**透消息** 泄漏祕密。

**透視圖** 根據透視原理繪製的圖，是建築工程、機械工程等方面用的。

**透心（兒）涼** ①形容很涼。②十分失望。如「他這種表現，真叫人透心（兒）涼」。

## 逖（逷）

図遠。〈書經〉有「逖矣西土之人」。

## 途

㈠道路。如「路途遙遠」。㈡處。如「用途」。

**途次** 図路上，途中。如「前日途次寄上一札，諒已收到」。

**途徑** ①路徑，路線。②比喻學習或辦事的方法。

## 通

㈠暢達，沒有阻障。如「流通」「通暢」。㈡全部，總共。如「通盤籌畫」「通共」。㈢往來交好。如「你我有通家之好」。㈣明白。如「通情達理」。㈤訊息交換。如「通信」「通電話」。㈥貫徹。如「通透」「豁然貫通」。㈦傳達。如「通知」「通告」。㈧共同的。如「通病」「通性」。㈨串在一起。如「勾通」「通敵」。㈩見識很廣。如「通人」「通儒」。(十一)協同。如「通力合作」。(十二)全部。如「通國」「通宵」。(十三)順利。如「亨通」。(十四)給人方便，幫忙。如「通融」。(十五)非夫婦而有性關係。如「通姦」。(十六)流動。如「流通」。(十七)流動的。如「通貨」。(十八)電報一件，打鼓一遍，通電話一次，都叫一通。(十九)翻譯。如「通事」「通譯」。(廿)通縣，在河北省。

**通人** 図讀書很多，能融會貫通，通達事理的人。

**通力** 一齊出力。如「通力合作」。

**通才** ①通達有才的人。②有一般才能的人，對專才說的。如「通才教育」。

**通天** 上通於天。形容極大、極高。如「通天的本領」。

**通心** ①中心穿透。②圓條中空的。如「通心粉」。

**通令** 上級機關對下屬全體的共同命令。

**通史** 自古代到現代聯貫敘述的史書。

**通用** 沒有時地人的限制，可以共同使用的。

**通共** 總共。

**通名** ①說出自己的姓名。②通用的名稱。

**通同** ①共同。②串通勾結。

**通好** 図互相友好往來（多指國與國之間）。如「貴我兩國，累世通好」。

**通行** ①普遍應用。如「通行全國」。②沒有阻礙。如「到處通行」。

**通告** ㄊㄨㄥ ㄍㄠˋ 對於公眾的布告。

**通身** ㄊㄨㄥ ㄕㄣ 全身；渾身。如「通身是汗」。

**通車** ㄊㄨㄥ ㄔㄜ 道路或橋梁沒有阻礙，可以行車。

**通事** ㄊㄨㄥ ㄕˋ 舊時稱翻譯外國語言的人員。

**通例** ㄊㄨㄥ ㄌㄧˋ 普通的慣例，對特例說的。

**通兒** ㄊㄨㄥ ㄦ 一次，一陣。如「打了一通兒鼓」。語音說成ㄊㄨㄥˋㄦ。

**通夜** ㄊㄨㄥ ㄧㄝˋ 図整夜。

**通性** ㄊㄨㄥ ㄒㄧㄥˋ 一般共有的性質。

**通明** ㄊㄨㄥ ㄇㄧㄥˊ 十分明亮。如「燈火通明」。

**通知** ㄊㄨㄥ ㄓ 告知。

**通信** ㄊㄨㄥ ㄒㄧㄣˋ 用書信通消息。

**通俗** ㄊㄨㄥ ㄙㄨˊ 淺近而適合大眾的水準的。如「通俗小說」。

**通姦** ㄊㄨㄥ ㄐㄧㄢ 男女雙方沒有夫婦關係而發生性行為。

**通則** ㄊㄨㄥ ㄗㄜˊ 適合於一般情況的規章或法則。

**通紅** ㄊㄨㄥ ㄏㄨㄥˊ 很紅。如「她羞得滿臉通紅」（口語說成ㄊㄨㄥˋㄏㄨㄥ）。

**通風** ㄊㄨㄥ ㄈㄥ ①空氣能流通。②暗通消息。如「通風報信」。

**通家** ㄊㄨㄥ ㄐㄧㄚ 図①世代相交的家庭。②有姻親關係的家庭。

**通宵** ㄊㄨㄥ ㄒㄧㄠ 整夜。如「通宵達旦」。

**通書** ㄊㄨㄥ ㄕㄨ ①民間通行的曆書。②舊式婚禮男家通知女家迎娶日期的書帖。

**通病** ㄊㄨㄥ ㄅㄧㄥˋ 一般都有的弊病。

**通神** ㄊㄨㄥ ㄕㄣˊ 說人魔力大。如「財可通神」。

**通航** ㄊㄨㄥ ㄏㄤˊ 有船隻或飛機來往。

**通草** ㄊㄨㄥ ㄘㄠˇ 通脫木莖中的髓，可以做藥，也可以製做美術品。

**通財** ㄊㄨㄥ ㄘㄞˊ 互通財物。

**通商** ㄊㄨㄥ ㄕㄤ （國與國之間）進行貿易。

**通婚** ㄊㄨㄥ ㄏㄨㄣ 互通婚姻。如「兩姓通婚，皆大歡喜」。

**通常** ㄊㄨㄥ ㄔㄤˊ 平常，普通。

**通條** ㄊㄨㄥ ㄊㄠˊ 條字輕讀。用來通爐子或槍、炮膛等的鐵條。

**通脫** ㄊㄨㄥ ㄊㄨㄛ 図通達脫俗，不拘小節。如「其人生性通脫，不與官府往來」。

**通貨** ㄊㄨㄥ ㄏㄨㄛˋ 通行的貨幣。如「通貨膨脹」。

**通透** ㄊㄨㄥ ㄊㄡˋ ①了解透徹。指對讀書或認識人情世事的要求。如「讀書貴在通透」。②通徹，洞穿。如「新鑿的井已經通透了」。

**通通** ㄊㄨㄥ ㄊㄨㄥ ①鼓聲。②全部，整個兒。

**通問** ㄊㄨㄥ ㄨㄣˋ 図互相問候。

**通報** ㄊㄨㄥ ㄅㄠˋ 通知，報告。

**通款** ㄊㄨㄥ ㄎㄨㄢˇ ①互通款曲，向對方表白心意。②以本國的情報供給敵人，有降服的意思。

**通郵** ㄊㄨㄥ ㄧㄡˊ （國家地區之間）郵件往來。

**通順** ㄊㄨㄥ ㄕㄨㄣˋ 文理通達順暢。

**通牒** ㄊㄨㄥ ㄉㄧㄝˊ 兩國交換意見或由一國通知對方並求答覆的外交文書。也叫「照會」。

**通經** ㄊㄨㄥ ㄐㄧㄥ ①通曉儒家經典。②中醫指用藥物或針灸使婦女月經通暢。

**通義** ㄊㄨㄥ ㄧˋ 図經常共通的義理。

**通解** ㄊㄨㄥ ㄐㄧㄝˇ 図通曉，理解。如「通解音律」。

**通話** ㄊㄨㄥ ㄏㄨㄚˋ ①通過電話互相交談。如「今天通話十幾分鐘」。②新申請的電話可以使用了。如「新裝的電話昨天已經通話」。

**通路** ㄊㄨㄥ ㄌㄨˋ ①往來的大路。②泛指物體通過的途徑。

**通達** ㄊㄨㄥ ㄉㄚˊ ①通行不受阻礙。②明白（人情事理）。如「通達人情」。

**通道** ㄊㄨㄥ ㄉㄠˋ 通路；往來的大路。

**通過** ㄊㄨㄥ ㄍㄨㄛˋ ①經過，通行。②議案經會議表決。如「會議表決通過」。

**通電** ㄊㄨㄥ ㄉㄧㄢˋ ①同時給許多人或許多機關的電報。②接通電流。

**通徹** ㄊㄨㄥ ㄔㄜˋ 通暢，通達；多指世事。如「通徹世情」。

**通暢** ㄊㄨㄥ ㄔㄤˋ ①運行無阻。如「血液循環通暢」。②（思路、文字）流暢。

**通稱** ㄊㄨㄥ ㄔㄥ 事物的普通名稱。

**通敵** ㄊㄨㄥ ㄉㄧˊ 和敵人私相勾通連繫，是一種叛國行為。

**通盤** ㄊㄨㄥ ㄆㄢˊ 照顧全局的。如「通盤籌畫」。

**通緝** ㄊㄨㄥ ㄑㄧˋ 司法機構通令各地緝捕在逃的人犯。

**通論** ㄊㄨㄥ ㄌㄨㄣˋ ①通達的議論。②某一學科的全面的論述（多用於書名）。如「史學通論」。

**通鋪** ㄊㄨㄥ ㄆㄨˋ 許多人並排共睡的大型床，通常設在平民化的旅店內。

**通儒** ㄊㄨㄥ ㄖㄨˊ 図博學多聞的學者。

**通學** ㄊㄨㄥ ㄒㄩㄝˊ 學生每天到學校上課，不寄宿在校內。

**通曉** ㄊㄨㄥ ㄒㄧㄠˇ 透徹地了解。如「通曉樂理」。

**通融** ㄊㄨㄥ ㄖㄨㄥˊ ①遷就，不固執。②暫時借貸。如「我急需五萬元，請你暫時通融一下」。

**通謀** ㄊㄨㄥ ㄇㄡˊ 雙方協議。

**通竅** ㄊㄨㄥ ㄑㄧㄠˋ 通曉事理。如「他凡事通竅，你不必管他」。

**通關** ㄊㄨㄥ ㄍㄨㄢ ①海關辦理自國外進入國境內港口、機場的貨物或乘客的檢查事務。②用藥疏通關竅。③與在座眾人順次划拳飲酒，叫打通關。

**通寶** ㄊㄨㄥ ㄅㄠˇ 舊時稱通用的錢幣。如「乾隆通寶」。

**通譯** ㄊㄨㄥ ㄧˋ ①翻譯語文。②舊時稱通曉多種語言文字，能作口頭翻譯的人。

**通鑑** ㄊㄨㄥ ㄐㄧㄢˋ 〈資治通鑑〉的簡稱。〈資治通鑑〉是宋朝司馬光等人撰寫的，共二百九十四卷，上起戰國，下止五代，是編年史，內容著重政治、軍事。寄託「善可為法，惡可為戒」的意思。

**通體** ㄊㄨㄥ ㄊㄧˇ ①全身各部位。②整個物體。

**通衢** ㄊㄨㄥ ㄑㄩˊ 図四通八達的大路。

**通靈** ㄊㄨㄥ ㄌㄧㄥˊ 與神鬼相感通。

**通觀** ㄊㄨㄥ ㄍㄨㄢ 總的來看；全面地看。

**通氣** ㄊㄨㄥ ㄑㄧˋ ①使空氣流通。如「通氣孔」。②互通聲氣。

**通心粉** ㄊㄨㄥ ㄒㄧㄣ ㄈㄣˇ 一種中心空的麵條，可以炒，可以煮，可以烤，吃法很多。

**通古斯** ㄊㄨㄥ ㄍㄨˇ ㄙ 圖 Tongus 種族名。其人圓顱闊面，皮膚黃色、毛髮黑直，身材中等，居於西伯利亞及中國東北部，過遊牧生活。秦漢時的東胡，晉時的鮮卑及北魏、遼、金、滿清都是這一族人。

**通行證** ㄊㄨㄥ ㄒㄧㄥˊ ㄓㄥˋ 在戒嚴區域，特別准許通行的證件。

**通行權** ㄊㄨㄥ ㄒㄧㄥˊ ㄑㄩㄢˊ 法律名詞，相鄰權之一，在他人所有土地上通行的權利。

**通知書** ㄊㄨㄥ ㄓ ㄕㄨ 通知的文件。

**通便劑** ㄊㄨㄥ ㄅㄧㄢˋ ㄐㄧˋ 促進大便通暢的藥劑。

**通信處** ㄊㄨㄥ ㄒㄧㄣˋ ㄔㄨˋ 通信的地址。

**通訊社** ㄊㄨㄥ ㄒㄩㄣˋ ㄕㄜˋ 雇用記者採訪各類新聞，供給各報社的新聞機構。

**通訊員** ㄊㄨㄥ ㄒㄩㄣˋ ㄩㄢˊ 新聞機構派往各地採訪新聞的人員。

**通假字** ㄊㄨㄥ ㄐㄧㄚˇ ㄗˋ 可以通用或假借的文字。

**通脫木** ㄊㄨㄥ ㄊㄨㄛ ㄇㄨˋ 常綠灌木，莖的中心有白色紙質的髓，叫通草，中醫入藥，也可以製裝飾品。

**通學生** ㄊㄨㄥ ㄒㄩㄝˊ ㄕㄥ 每天到學校上課，不是寄宿學校的學生。

**通關節** ㄊㄨㄥ ㄍㄨㄢ ㄐㄧㄝˊ 用不當的方法私通官吏的舞弊行為。

**通力合作** ㄊㄨㄥ ㄌㄧˋ ㄏㄜˊ ㄗㄨㄛˋ 大家共同協力辦事。

**通風報信** ㄊㄨㄥ ㄈㄥ ㄅㄠˋ ㄒㄧㄣˋ 暗地裡透露消息給有關的人。如「我能知道這事，全靠他通風報信」。

**通宵達旦** ㄊㄨㄥ ㄒㄧㄠ ㄉㄚˊ ㄉㄢˋ 一夜到天亮。

**通訊衛星** ㄊㄨㄥ ㄒㄩㄣˋ ㄨㄟˋ ㄒㄧㄥ 是 Communications satellite 的意譯，一種實用的人造衛星。內部有電子儀器。每一組配合作業的通信衛星，可在繞行地球的軌道，作無線電信和電視的轉播站，收取地面的電信或電視的電波，同時立刻轉播到世界各地。

**通情達理** ㄊㄨㄥ ㄑㄧㄥˊ ㄉㄚˊ ㄌㄧˇ 指懂得道理，說話做事合情合理。

**通貨膨脹** ㄊㄨㄥ ㄏㄨㄛˋ ㄆㄥˊ ㄓㄤˋ 指一般物價持續上漲，表示貨幣購買力持續下降。與「通貨緊縮」相對。

**通都大邑** ㄊㄨㄥ ㄉㄨ ㄉㄚˋ ㄧˋ 四通八達地大人多的都會。

**通權達變** ㄊㄨㄥ ㄑㄩㄢˊ ㄉㄚˊ ㄅㄧㄢˋ 因遇到非常的變故，能看情形處理而不固執。

## 連

ㄌㄧㄢˊ ㈠接合。如「水連天，天連水」「連接」。㈡接續不斷。如「連選連任」「連綿」。㈢靠近，挨著。如「毗連」。㈣牽累。如「連累」。㈤帶，加進去。如「連本帶利」「連根兒拔起」。㈥軍隊的基層組織，在「營」之下，每三個排叫一連。㈦介詞，和「把」「將」的用法相同。如「連那本書一起帶來」。㈧介詞，用來提前賓語，和「把」「將」的用法大略相同，但是語意不一樣，常用「也」「都」在後面跟它呼應。如「你連那本書也帶來」「連肺都氣炸了」。㈨連詞，表示進一層的意思。如「連最隱祕的地方都查遍了，也沒查出來」。㈩連縣，在廣西省。(十一)姓。

**連天** ㄌㄧㄢˊ ㄊㄧㄢ ①接連幾天。如「連天下雨」。②不停的。如「叫苦連天」。③震天。如「喊殺連天」。④遠望好像與天相接。如「水連天」。

**連手** ㄌㄧㄢˊ ㄕㄡˇ 彼此呼應結合。

**連日** ㄌㄧㄢˊ ㄖˋ 接連幾天。

**連用** ㄌㄧㄢˊ ㄩㄥˋ 連起來使用。

**連亙** ㄌㄧㄢˊ ㄍㄣˋ 連接不斷（多指山脈等）。如「山巒連亙」。

**連任** ㄌㄧㄢˊ ㄖㄣˋ 任期已滿，繼續任職。

**連同** ㄌㄧㄢˊ ㄊㄨㄥˊ 和另外的人、物、事一起。

**連合** ㄌㄧㄢˊ ㄏㄜˊ 兩方面會合起來。也作「聯合」。

**連年** ㄌㄧㄢˊ ㄋㄧㄢˊ 接連好幾年。

**連忙** ㄌㄧㄢˊ ㄇㄤˊ 急忙。

**連作** ㄌㄧㄢˊ ㄗㄨㄛˋ 每年在同一塊土地上栽培同一種作物。

**連坐** ㄌㄧㄢˊ ㄗㄨㄛˋ 因受牽連而被刑罰。

**連夜** ㄌㄧㄢˊ ㄧㄝˋ ①當天夜裡（趕做某事）。如「連夜布置會場」。②連續幾夜。

**連長** ㄌㄧㄢˊ ㄓㄤˇ 武裝部隊一連的長官，在營長之下，排長之上。

**連城** ㄌㄧㄢˊ ㄔㄥˊ ①図比喻物品的貴重。如「價值連城」。②縣名，在福建省。

**連娟** ㄌㄧㄢˊ ㄐㄩㄢ 図①眉毛彎而細的樣子，如「長眉連娟」。②女人身材纖弱的樣子。

**連書** ㄌㄧㄢˊ ㄕㄨ 兩個字以上的複合詞連寫，跟別的詞隔開，叫做「詞類連書」。

**連珠** ㄌㄧㄢˊ ㄓㄨ 連接成串的珠子，比喻連續不斷的聲音等。如「連珠砲」。

**連袂** ㄌㄧㄢˊ ㄇㄟˋ 手拉手一起走。也比喻兩人的動作一致。也作「聯袂」。

**連帶** ㄌㄧㄢˊ ㄉㄞˋ 互相關聯。如「長官要負連帶責任」。

**連接** ㄌㄧㄢˊ ㄐㄧㄝ （事物）互相銜接。

**連理** ㄌㄧㄢˊ ㄌㄧˇ ①兩棵樹長大後合在一起。如「連理枝」。②比喻夫婦相愛。

**連累** ㄌㄧㄢˊ ㄌㄟˋ 累字輕讀。連帶受累，牽連。

**連耞** ㄌㄧㄢˊ ㄐㄧㄚ 脫粒用的農具，由一個長柄和一組平排的竹條或木條構成，用來拍打穀物，使子粒脫落。

**連連** ㄌㄧㄢˊ ㄌㄧㄢˊ 接續不斷。

**連番** ㄌㄧㄢˊ ㄈㄢ 一次又一次接連地。

**連絡** ㄌㄧㄢˊ ㄌㄨㄛˋ 同「聯絡」。

**連結** ㄌㄧㄢˊ ㄐㄧㄝˊ 互相結合。

**連詞** ㄌㄧㄢˊ ㄘˊ 也叫「接續詞」。文法上用來連結幾個詞、語或句子，表示互相聯繫的關係的詞。像「跟」「和（ㄏㄢˋ）」「與（ㄩˇ）」「及」「雖然」「但是」都是。

**連署** ㄌㄧㄢˊ ㄕㄨˋ 幾人簽名，表示共同的意思或共同負責。

**連綴** ㄌㄧㄢˊ ㄓㄨㄟˋ 相連續。

**連篇** ㄌㄧㄢˊ ㄆㄧㄢ 全篇，滿篇。如「別字連篇」。

**連綿** ㄌㄧㄢˊ ㄇㄧㄢˊ （山脈、河流、雨雪等）接連不斷。也作「聯緜」。

**連線** ㄌㄧㄢˊ ㄒㄧㄢˋ 兩線相連，常指通訊線路方面。

**連翩** ㄌㄧㄢˊ ㄆㄧㄢ 也作「聯翩」。①鳥連續快飛。②比喻接續不斷的樣子。如「一撥又一撥的賓客，連翩到來」。

**連踢** ㄌㄧㄢˊ ㄊㄧ 足球術語。球員踢自由球或界外擲球以後，未經他人觸及就再踢球，叫做連踢，是犯規動作。觸犯了要由對方踢間接自由球。

**連營** ㄌㄧㄢˊ ㄧㄥˊ 互相接連的軍營。如「劉備連營七百里，而為陸遜所破」。

**連環** ㄌㄧㄢˊ ㄏㄨㄢˊ 環互相套著，各自能轉動，可是分不開。

**連聲** ㄌㄧㄢˊ ㄕㄥ 一聲緊接著一聲。如「連聲稱讚」。

**連翹** ㄌㄧㄢˊ ㄑㄧㄠˊ 落葉灌木，複葉，春開黃花，果實可入藥。

**連鎖** ㄌㄧㄢˊ ㄙㄨㄛˇ 「連環」的形狀。如甲和乙，乙和丙，丙和甲互相聯繫，叫做「連鎖式的關係」。

**連續** ㄌㄧㄢˊ ㄒㄩˋ 繼續不斷。

**連屬** ▲ㄌㄧㄢˊ ㄕㄨˇ 屬字輕讀。戚友往來的關係。如「他們兩家早就沒有連屬了」。

▲図ㄌㄧㄢˊ ㄓㄨˇ連續不斷。〈漢書・成帝紀〉有「率徒蒙辜死者連屬」。

**連襟(兒)** ㄌㄧㄢˊ ㄐㄧㄣ (ㄦ) 姊姊的丈夫和妹妹的丈夫的親戚關係。

**連衣裙** ㄌㄧㄢˊ ㄧ ㄑㄩㄣˊ 上衣和裙子連在一起成為一件衣服，是一種女裝。

**連珠砲** ㄌㄧㄢˊ ㄓㄨ ㄆㄠˋ ①能連續發射砲彈的砲。②比喻話說個沒完，讓聽者覺得厭煩。

**連記法** ㄌㄧㄢˊ ㄐㄧˋ ㄈㄚˇ 在一頁紙上並列多數事項。

**連接詞** ㄌㄧㄢˊ ㄐㄧㄝ ㄘˊ 就是「連詞」。連接詞、句、節的詞，如：和、與、及、雖然、但是、因為、如果等。

**連腳褲** ㄌㄧㄢˊ ㄐㄧㄠˇ ㄎㄨˋ 嬰兒穿的連襪的褲子。

**連陰天** ㄌㄧㄢˊ ㄧㄣ ㄊㄧㄢ 接連多日陰雨的天氣。

**連環計** ㄌㄧㄢˊ ㄏㄨㄢˊ ㄐㄧˋ 計中有計，環環相扣，互相聯貫。

**連環畫** ㄌㄧㄢˊ ㄏㄨㄢˊ ㄏㄨㄚˋ 按故事的鋪敘畫的連接的畫頁。

**連體嬰** ㄌㄧㄢˊ ㄊㄧˇ ㄧㄥ 一種單卵性雙胞胎，因分裂不完全而造成身體部分相連的現象。依其相連部分，可分為胸部、腹部、臀部、坐骨、頭部相連等多種。

**連本帶利** ㄌㄧㄢˊ ㄅㄣˇ ㄉㄞˋ ㄌㄧˋ 本金與利息一起計算。

**連帶保證** ㄌㄧㄢˊ ㄉㄞˋ ㄅㄠˇ ㄓㄥˋ 指兩人以上共同保證，如果被保證人不履行其債務，保證人中任何一人應負全部責任。

**連帶責任** ㄌㄧㄢˊ ㄉㄞˋ ㄗㄜˊ ㄖㄣˋ 兩人以上連帶擔任所負的義務。

**連篇累牘** ㄌㄧㄢˊ ㄆㄧㄢ ㄌㄟˇ ㄉㄨˊ 指用過長的篇幅敘述。

**連環車禍** ㄌㄧㄢˊ ㄏㄨㄢˊ ㄔㄜ ㄏㄨㄛˋ 幾輛汽車撞在一起的車禍。

**連鎖反應** ㄌㄧㄢˊ ㄙㄨㄛˇ ㄈㄢˇ ㄧㄥˋ 一些相關的事物，其中一個發生變化，其餘的也跟著發生變化。

**連鎖商店** ㄌㄧㄢˊ ㄙㄨㄛˇ ㄕㄤ ㄉㄧㄢˋ 總店之外又在他處設立與總店同性質的商店。

**連續光譜** ㄌㄧㄢˊ ㄒㄩˋ ㄍㄨㄤ ㄆㄨˇ 光譜的一種，包括由紅到紫的各種色光，色光之間沒有明確的界線。熾熱的固體、液體或高壓氣體所發的光都形成這種光譜。

**連鑣並軫** ㄌㄧㄢˊ ㄅㄧㄠ ㄅㄧㄥˋ ㄓㄣˇ 図並駕齊驅。鑣是馬嚼子；軫是車箱。

**連鬢鬍子** ㄌㄧㄢˊ ㄅㄧㄣˋ ㄏㄨˊ ˙ㄗ 落腮鬍子。

**逛** ㄍㄨㄤˋ 出門閒遊。如「逛街」「到處逛逛」。

**逛逛** ㄍㄨㄤˋ ˙ㄍㄨㄤ 第二字輕讀。走一走，隨意遛遛。

**逛街** ㄍㄨㄤˋ ㄐㄧㄝ 到街上走走。

**逛廟** ㄍㄨㄤˋ ㄇㄧㄠˋ 到廟裡遊逛。

**逛蕩** ㄍㄨㄤˋ ㄉㄤˋ 閒逛；遊蕩。如「他啥事也不做，整天在外頭逛蕩」。

**逕(迳)** 図ㄐㄧㄥˋ ㈠通「徑」，小路。㈡直接地。如「有關戶籍問題，請逕向戶政事務所查詢」。

**逕啟者** ㄐㄧㄥˋ ㄑㄧˇ ㄓㄜˇ 舊書信的開頭語，有「現在要直接地跟你說」的意思。

**逑** 図ㄑㄧㄡˊ 匹配；配偶。〈詩經・周南・關雎〉有「窈窕淑女，君子好(ㄏㄠˇ)逑」。「好逑」，就是好配偶，好伴侶。

**逡** 図ㄑㄩㄣ ㈠退讓，後退。〈漢書・公孫弘傳〉有「有功者上，無功者下，則群臣逡」。㈡見「逡巡」。

**逡巡** ㄑㄩㄣ ㄒㄩㄣˊ 図心中有顧慮，走走停停的樣子。

**逍** ㄒㄧㄠ 見「逍遙」。

**逍遙** ㄒㄧㄠ ㄧㄠˊ 自由自在，不受拘束。

**逍遙自在**（ㄒㄧㄠ ㄧㄠˊ ㄗˋ ㄗㄞˋ） 形容人無牽無掛，無拘無束的樣子。

**逍遙法外**（ㄒㄧㄠ ㄧㄠˊ ㄈㄚˇ ㄨㄞˋ） 指犯罪者逃避了應該承受的刑罰。

**這（这）** ▲ㄓㄜˋ ㈠近指的指示代名詞，相當於文言的「此」，與「那（ㄋㄚˋ）」相對。如「這裡」「這個」。㈡即刻，馬上。如「他這就來」。▲ㄓㄟˋ「這一」兩字的合音。如「這個人」「這枝筆」。

**這些**（ㄓㄜˋ ㄒㄧㄝ） 這許多。

**這個** ▲ㄓㄜˋ ·ㄍㄜ 近指指示代名詞：①這，這一個。「買這個買那個」，是「這也買，那也買」。②有些人說話急了，或是一時想不出下面的話，常連著說幾個「這個」「這個」，是口頭語，沒有意義。▲ㄓㄟˋ ·ㄍㄜ 近指指示代名詞「這一個」的合音。

**這般**（ㄓㄜˋ ㄅㄢ） 這樣。

**這廂**（ㄓㄜˋ ㄒㄧㄤ） 這邊，這裡。國劇、舊小說和詞曲中常用的詞。如「小生這廂有禮」。

**這裡**（ㄓㄜˋ ㄌㄧˇ） 這個地方。

**這麼**（ㄓㄜˋ ·ㄇㄜ） 這樣。如「這麼大的聲音」「這麼小的車」。

**這樣（兒）**（ㄓㄜˋ ㄧㄤˋ ㄦ） 也說這樣子。①這個形狀。②這種程度。

**這早晚兒**（ㄓㄜˋ ㄗㄠˇ ㄨㄢˇ ㄦ） 早字輕讀。①這個時候。如「你怎麼這早晚兒才來」。②天色很晚。如「天都這早晚兒了，他還不回來」。

**這山望著那山高**（ㄓㄜˋ ㄕㄢ ㄨㄤˋ ·ㄓㄜ ㄋㄚˋ ㄕㄢ ㄍㄠ） 指人不滿足現狀，總盼望比現在好。

**逐** 〔文〕ㄓㄨˊ ㈠在後面追著。如「逐北（ㄅㄛˊ）」「追逐」。㈡趕走。如「驅逐」「逐客令」。㈢爭奪。如「角（ㄐㄩㄝˊ）逐」「逐鹿中原」。㈣順序漸進。如「逐漸」「逐步」。

**逐一**（ㄓㄨˊ ㄧ） 〔文〕一個一個的。

**逐日**（ㄓㄨˊ ㄖˋ） ①一天一天的。②追趕太陽。〈山海經·海外北經〉說（古代人物）夸父追趕太陽，口渴，喝乾了黃河及渭水的水，後來還是渴死了。他留下的枴杖變成鄧林，能驅熱蔽蔭，造福後人。

**逐北**（ㄓㄨˊ ㄅㄛˊ） 〔文〕追殺打敗仗逃跑的敵兵。

**逐次**（ㄓㄨˊ ㄘˋ） 〔文〕逐漸地；漸次地。

**逐年**（ㄓㄨˊ ㄋㄧㄢˊ） 一年一年地。

**逐步**（ㄓㄨˊ ㄅㄨˋ） 一步一步地。

**逐臭**（ㄓㄨˊ ㄔㄡˋ） 比喻奇怪的嗜好。

**逐條**（ㄓㄨˊ ㄊㄧㄠˊ） 一條一條地。

**逐鹿**（ㄓㄨˊ ㄌㄨˋ） 〔文〕原指獵鹿。後來比喻爭奪政權（見〈漢書·蒯通傳〉「且秦失其鹿，天下共逐之」）。現代常用作爭取優勝的意思。

**逐電**（ㄓㄨˊ ㄉㄧㄢˋ） 〔文〕形容非常迅速。

**逐漸**（ㄓㄨˊ ㄐㄧㄢˋ） 隨著時間或順序漸漸推進。

**逐客令**（ㄓㄨˊ ㄎㄜˋ ㄌㄧㄥˋ） 秦始皇十年（西元前二三七）驅逐列國客卿的命令。現代作主人的，無論善意或惡意，說出或作出趕走客人的話或行為，都叫「下逐客令」。

**逞** ㄔㄥˇ ㈠表現，顯露。如「逞能」「陰謀不得逞」。㈡〔文〕放縱（ㄗㄨㄥˋ）。如「逞其私欲」「逞凶」。

**逞凶**（ㄔㄥˇ ㄒㄩㄥ） 〔文〕行凶殺人或害人。

**逞志**（ㄔㄥˇ ㄓˋ） 図遂了心願，感到快意。如「逞志償願，人之大欲」。

**逞能**（ㄔㄥˇ ㄋㄥˊ） 衒耀自己能幹。

**逞強**（ㄔㄥˇ ㄑㄧㄤˊ） 顯示自己能力強。

**逞性子**（ㄔㄥˇ ㄒㄧㄥˋ ㄗ˙） 放任自己的性子，不加約束。

**逞勢欺人**（ㄔㄥˇ ㄕˋ ㄑㄧ ㄖㄣˊ） 仗勢欺負人。

**逝**（ㄕˋ） 図㈠往，去了。〈論語〉有「逝者如斯夫」。㈡死亡。如「逝世」「長逝」（不用來稱壞人惡人的死）。㈢經過。〈詩經．小雅．何人斯〉有「彼何人斯，其心孔艱，胡逝我梁（為何經過我的橋）」。

**逝水**（ㄕˋ ㄕㄨㄟˇ） 図流逝的水。比喻逝去的時間或事物。

**逝世**（ㄕˋ ㄕˋ） 去世，就是死了。

**造** ▲ㄗㄠˋ ㈠製作。如「天造地設」「人造絲」。㈡建設。如「建設」「造房子」。㈢創製。如「創造」。㈣虛構。如「造謠」「揑造」。㈤成就，培養到一種地步。如「造就」「造詣」。㈥見「造作」。㈦図時代。如「滿清末造」。㈧図指相對的兩方面。如「被告原告是兩造」。㈨図到；去。如「造訪」「造府」。㈩図開始。如「造端」「肇造」。⑪図見「造次」。⑫図研求學問。如「深造」。⑬星相家把人生辰八字的干支叫「造」，男子的叫「乾造」，女子的叫「坤造」。

▲ㄘㄠˋ ㈠造（ㄗㄠˋ）㈤的又讀。㈡図容納。〈禮記〉有「大盤造冰」。

**造化** ▲図ㄗㄠˋ ㄏㄨㄚˋ 指天，創造化育萬物之意。▲ㄗㄠˋ ㄏㄨㄚ˙ 福氣。如「我沒有這麼大造化」。

**造反**（ㄗㄠˋ ㄈㄢˇ） ①叛亂。②俗稱小孩子胡鬧。如「老師不在，你們就造反啦」。

**造句**（ㄗㄠˋ ㄐㄩˋ） 用字詞綴成句子，是練習作文的初步。

**造次**（ㄗㄠˋ ㄘˋ） 図急迫，倉卒。〈論語〉有「造次必於是」。

**造作**（ㄗㄠˋ ㄗㄨㄛˋ） ①作為，製造。②故意做出的不自然的行為。

**造形**（ㄗㄠˋ ㄒㄧㄥˊ） ①物體的自然輪廓與外形。②人工創造的物體的形象。如「這一把壺造形很特殊」。

**造府**（ㄗㄠˋ ㄈㄨˇ） 図登門拜訪的敬詞。如「昨日造府拜謁，未見尊顏」。

**造林**（ㄗㄠˋ ㄌㄧㄣˊ） 在大面積的土地上種植樹苗，培育成為森林。

**造物**（ㄗㄠˋ ㄨˋ） 図指天，創造萬物的。也常作「造物者」。

**造型**（ㄗㄠˋ ㄒㄧㄥˊ） ①創造物體形象。②創造出來的物體形象。③製造澆鑄用的模型。

**造訪**（ㄗㄠˋ ㄈㄤˇ） 図前往拜訪。

**造就**（ㄗㄠˋ ㄐㄧㄡˋ） ①培養人才。如「造就人才」。②成就。語音ㄗㄠˋ ㄐㄧㄡ˙。

**造勢**（ㄗㄠˋ ㄕˋ） 選舉候選人或團體成員為擴大自己的聲勢，邀請名人、政要在公開場合為自己吹噓、揄揚。

**造詣**（ㄗㄠˋ ㄧˋ） 図學業或技藝達到的程度。

**造像**（ㄗㄠˋ ㄒㄧㄤˋ） 用石膏、石頭或金屬雕塑人神的像。也作「塑像」。

**造福**（ㄗㄠˋ ㄈㄨˊ） 給人帶來幸福。如「造福人群」。

**造價**（ㄗㄠˋ ㄐㄧㄚˋ） 製造（建物、機械）所需的費用。

**造影**（ㄗㄠˋ ㄧㄥˇ） 通過口服或注射某些X射線不能透過的藥物，使某些器官在X射線下顯示出來，以便檢查疾病，稱為造影。

**造謠** ㄗㄠˋ ㄧㄠˊ 散布虛假的謊話，搖動人心，甚至造成社會的不安。

**造孽** ㄗㄠˋ ㄋㄧㄝˋ 做了惡事，種下惡因。

**造物主** ㄗㄠˋ ㄨˋ ㄓㄨˇ 基督教徒認為上帝創造萬物，所以稱上帝為造物主。

**造意犯** ㄗㄠˋ ㄧˋ ㄈㄢˋ 法律上指教唆他人犯罪的人。或稱「教唆犯」。

**造幣廠** ㄗㄠˋ ㄅㄧˋ ㄔㄤˇ 鑄造貨幣的場所。

**造山運動** ㄗㄠˋ ㄕㄢ ㄩㄣˋ ㄉㄨㄥˋ 由於地球內部的變化，地殼表面發生褶皺隆起而形成山脈，稱為造山運動。

**造形藝術** ㄗㄠˋ ㄒㄧㄥˊ ㄧˋ ㄕㄨˋ 繪畫、雕刻、建築等的總稱。也稱為「空間藝術」。

**造陸運動** ㄗㄠˋ ㄌㄨˋ ㄩㄣˋ ㄉㄨㄥˋ 由於地球內部的變化，地殼不斷地作極為緩慢的升降運動，使海水退出或侵入陸地，稱為造陸運動。

**速** ㄙㄨˋ ㈠快。如「母病，速歸」「迅速」。㈡見「速度」。㈢図請。如「不速之客」。

**速成** ㄙㄨˋ ㄔㄥˊ ①在短期間內用很快的方法完成。②學問上研習，縮短學習期間，只求大概的，叫速成科。

**速決** ㄙㄨˋ ㄐㄩㄝˊ 迅速決定。如「本案須速決，以免日久生變」。

**速度** ㄙㄨˋ ㄉㄨˋ ①也作「速率」，是物體運動所行的路程和所經過的時間的定率。也簡省作「速」，如「音速」「光速」。②各種過程進行時間的長短。

**速食** ㄙㄨˋ ㄕˊ 以簡單調理方法即可做成的食品，如泡麵。

**速記** ㄙㄨˋ ㄐㄧˋ 用簡略的符號就能很快地記錄別人說的話。在會議、演講時供用。

**速寫** ㄙㄨˋ ㄒㄧㄝˇ 將描繪的對象在短時間內用簡單的線條畫出。

**速食店** ㄙㄨˋ ㄕˊ ㄉㄧㄢˋ 販賣速食食品的商店。

**速率表** ㄙㄨˋ ㄌㄩˋ ㄅㄧㄠˇ 計量車、船、飛機等運動速度的儀器。

**速戰速決** ㄙㄨˋ ㄓㄢˋ ㄙㄨˋ ㄐㄩㄝˊ ①很快的發動戰爭，很快就決定勝負。②比喻事情進行得快，在短期內結束。

**逌** 図ㄧㄡ ㈠氣流緩慢的樣子。㈡「由」的古字。㈢「逌然」，安適的樣子。

## 八筆

**逮** ▲ㄉㄞˋ ㈠追捕。如「逮捕」。㈡図及。如「力有不逮」。

▲ㄉㄞˇ「逮捕」的「逮」單用時候說ㄉㄞˇ，甚至變成ㄉㄟˇ。如「逮住他，別讓他跑了」。

**逮捕** ㄉㄞˋ ㄅㄨˇ 拘禁罪人，強（ㄑㄧㄤˇ）制束縛自由。

**逯** ㄌㄨˋ ㈠図行為拘謹，才能平凡。㈡図隨意往來。〈淮南子〉有「渾然而往，逯然而來」。㈢姓。

**逵** 図ㄎㄨㄟˊ 交叉而又有旁道的大路。

**逭** 図ㄏㄨㄢˋ 逃，避開。如「罪無可逭」。

**進（进）** ㄐㄧㄣˋ ㈠與「退」相反。如「上進」「進步」。㈡走到裡面。如「請進」「非請勿進」。㈢図荐引。如「引進」「進賢」。㈣呈獻。如「進貢」「進呈」。㈤收入。如「進帳」「進項」。㈥行（ㄏㄤˊ）輩。如「先進」「比起來他是後進」。㈦舊式的中國房屋，包括有正房、廂房、院子，一組叫「一進」。㈧見「進化」。

**進口** ㄐㄧㄣˋ ㄎㄡˇ ①外國貨物進入本國。②入口處。

**進士** ㄐㄧㄣˋ ㄕˋ 科舉時代的科目；明清會試中式，殿試後賜進士及第、進士出身、同進士出身，通稱進士。

**進化** ㄐㄧㄣˋ ㄏㄨㄚˋ　指一切動植物為了適應天然環境而逐漸發生的變化進展。

**進止** ㄐㄧㄣˋ ㄓˇ　〔文〕進退。

**進去** ㄐㄧㄣˋ ㄑㄩˋ　①從外面到裡面去。如「我在門口等，你進去看看」。②意思同①，但是用在動詞後面，「了」，「去」字輕讀。如「把桌子搬了進去」「巷子很寬，車子直直的開了進去」。③「進」「去」分開，用在動詞後面，「去」字輕讀。如「我從窗口扔進一紮信去」。（「進」「去」不分開也可以。如「我從窗口扔進去一紮信」。）

**進犯** ㄐㄧㄣˋ ㄈㄢˋ　（敵軍、罪寇）來侵犯。

**進行** ㄐㄧㄣˋ ㄒㄧㄥˊ　①向前走。②推動事情。

**進位** ㄐㄧㄣˋ ㄨㄟˋ　加法中每位數等於基數時向前一位進一。十進位的算法中，個位滿十，在十位中加一，百位滿十，在千位中加一；以此類推。

**進兵** ㄐㄧㄣˋ ㄅㄧㄥ　軍隊向執行戰鬥的目的地行進。

**進呈** ㄐㄧㄣˋ ㄔㄥˊ　〔文〕晚輩對長輩或下級對上級送東西或文件。

**進攻** ㄐㄧㄣˋ ㄍㄨㄥ　向前攻擊。

**進步** ㄐㄧㄣˋ ㄅㄨˋ　①一步步前進。如「成績進步了」。②逐漸好轉。如「他的健康已經有進步」。③急進分子常常自稱「進步分子」。

**進見** ㄐㄧㄣˋ ㄐㄧㄢˋ　地位低的人去見地位高的人。也說「進謁」「晉謁」。

**進言** ㄐㄧㄣˋ ㄧㄢˊ　〔文〕向上級建議。

**進身** ㄐㄧㄣˋ ㄕㄣ　〔文〕求上進。如「進身之階」。

**進來** ㄐㄧㄣˋ ㄌㄞˊ　①從外面到裡面來。如「大門鎖了，我從側門進來」。②意思同①，用在動詞後面，「進」字前面可以加「了」字，「來」輕讀。如「從店門口走進來」「從城門口跑了進來」。③「進」「來」兩字分開，用在動詞後面，「來」輕讀。如「這時候衝進十幾個人來」。

**進取** ㄐㄧㄣˋ ㄑㄩˇ　努力向前；立志有所作為。如「進取心」。

**進度** ㄐㄧㄣˋ ㄉㄨˋ　（工作、工程、會議等）進行的速度。如「工作進度相當緩慢」。

**進軍** ㄐㄧㄣˋ ㄐㄩㄣ　①軍隊向前推進。②比喻向某一目標挺進。如「進軍奧運」。

**進香** ㄐㄧㄣˋ ㄒㄧㄤ　佛教徒、道教徒到聖地或名山的廟宇去燒香朝拜（特指從遠道去的）。

**進修** ㄐㄧㄣˋ ㄒㄧㄡ　進一步研究學習以適應需要。如「帶職進修」。

**進展** ㄐㄧㄣˋ ㄓㄢˇ　（事情）向前發展。如「實驗工作進展很快」。

**進益** ㄐㄧㄣˋ ㄧˋ　〔文〕學識品行的進步。

**進貢** ㄐㄧㄣˋ ㄍㄨㄥˋ　帝王時代說臣下或藩屬送東西給皇帝。

**進退** ㄐㄧㄣˋ ㄊㄨㄟˋ　①向前進和往後退。如「進退失據」。②該進就進，該退就退，形容人的言語舉止恰如其分。如「進退有序」。

**進帳** ㄐㄧㄣˋ ㄓㄤˋ　收入，指款項。

**進貨** ㄐㄧㄣˋ ㄏㄨㄛˋ　商人為準備顧客購買而買進貨物。

**進發** ㄐㄧㄣˋ ㄈㄚ　出發前進。如「我們一行一大早就向玉山進發」。

**進程** ㄐㄧㄣˋ ㄔㄥˊ　事物變化或進行的過程。

**進階** ㄐㄧㄣˋ ㄐㄧㄝ　前進的階梯；上進的途徑。

**進項** ㄐㄧㄣˋ ㄒㄧㄤˋ　收入的款項。

**進逼** ㄐㄧㄣˋ ㄅㄧ　（軍隊）向前逼近。如「不待我軍進逼，敵人早已潰散」。

**進賢** ㄐㄧㄣˋ ㄒㄧㄢˊ 〔文〕進用賢能。如「進賢任能」。

**進駐** ㄐㄧㄣˋ ㄓㄨˋ （軍隊）開進某一地區駐紮下來。

**進學** ㄐㄧㄣˋ ㄒㄩㄝˊ ①科舉時代童生考取生員，進入府、縣學讀書。②學問有了進步。

**進擊** ㄐㄧㄣˋ ㄐㄧˊ （軍隊）進攻；攻擊。

**進口貨** ㄐㄧㄣˋ ㄎㄡˇ ㄏㄨㄛˋ 從外國輸入本國的貨物。

**進口稅** ㄐㄧㄣˋ ㄎㄡˇ ㄕㄨㄟˋ 外國貨物輸入時，本國海關所課的稅。

**進化論** ㄐㄧㄣˋ ㄏㄨㄚˋ ㄌㄨㄣˋ 以物競天擇之理說明生物進化途徑、原因，物種的起源，生存鬥爭的學說，英國達爾文創於一八五八年。也稱「達爾文主義」。

**進行曲** ㄐㄧㄣˋ ㄒㄧㄥˊ ㄑㄩˇ 適於隊伍行進節奏的樂曲。

**進退中繩** ㄐㄧㄣˋ ㄊㄨㄟˋ ㄓㄨㄥˋ ㄕㄥˊ 〔文〕言行舉止都合乎法度。

**進退失據** ㄐㄧㄣˋ ㄊㄨㄟˋ ㄕ ㄐㄩˋ 進既不是，退也不是。比喻站不住腳。也比喻臨事張皇失措。

**進退維谷** ㄐㄧㄣˋ ㄊㄨㄟˋ ㄨㄟˊ ㄍㄨˇ 〔文〕進既不能，退也不好，進退都為難的樣子。

**週** ㄓㄡ 也寫作「周」。㈠一年。如「週年」、「抓週兒」。㈡一個星期。如「下週同一時間再會」。

**週刊** ㄓㄡ ㄎㄢ 每週出版一次的刊物。

**週末** ㄓㄡ ㄇㄛˋ 星期六是一週的最後一天，所以叫「週末」。

**週年** ㄓㄡ ㄋㄧㄢˊ 滿一年。也作「周年」。

**週知** ㄓㄡ ㄓ 〔文〕普遍都知道。如「眾所週知」。

**週報** ㄓㄡ ㄅㄠˋ 週刊（多用做刊物名稱）。

**週期** ㄓㄡ ㄑㄧ ①物理學名詞，等時性振動的物體（如鐘擺或發音體等）一來一往，每一次完全振動的時間，叫「週期」。②天文學名詞，天體回到同一關係的位置或恢復同一現象的時間，行星有公轉週期，自轉週期。

**週而復始** ㄓㄡ ㄦˊ ㄈㄨˋ ㄕˇ 依照次序輪流完畢，再從頭起輪流。

**逴** 〔文〕ㄔㄨㄛ 走遠路。〈漢書〉有「逴行殊遠，而糧不絕」。

**逶** 〔文〕ㄨㄟ 見「逶迤」。

**逶迤** ㄨㄟ ㄧˊ 〔文〕也作「逶迆」、「逶移」、「委蛇（ㄨㄟ ㄧˊ）」。①道路或河道彎曲而綿長的樣子。王粲〈登樓賦〉有「路逶迤而修迥兮」。②委曲自得的樣子。〈後漢書〉有「逶迤退食，足抑苟進之風」。

**逸** ㈠安樂，閒在。如「安逸」、「一勞永逸」。㈡〔文〕行為放縱，不加約束。如「驕奢淫逸」。㈢〔文〕跑了。〈國語〉有「馬逸不能止」。㈣〔文〕逃亡。〈國語〉有「以逸逃於褒」。㈤〔文〕隱居。〈論語〉有「舉逸民」。㈥〔文〕散失。如「逸書」。㈦〔文〕超過尋常。如「逸群」、「逸品」。㈧〔文〕幽雅的。如「逸興」。㈨〔文〕釋放。〈左傳〉有「乃逸楚囚」。

**逸民** ㄧˋ ㄇㄧㄣˊ 〔文〕隱居的人。

**逸事** ㄧˋ ㄕˋ 〔文〕正史沒有記載的瑣事。也作「軼事」。

**逸品** ㄧˋ ㄆㄧㄣˇ 〔文〕是品評的用詞，指藝術的品格不平凡，超過流俗。

**逸書** ㄧˋ ㄕㄨ 古代已經散失的書籍。

**逸群** ㄧˋ ㄑㄩㄣˊ 〔文〕超出一般人。同「超群」，指人的才能、天資、武藝。

**逸樂** ㄧˋ ㄌㄜˋ 安樂。也作「佚樂」、「逸豫」。

**逸興** ㄧˋ ㄒㄧㄥˋ 〔文〕幽雅的意興。王勃〈滕王閣序〉有「逸興遄飛」。

**逸豫** ㄧˋ ㄩˋ 文安樂，怠惰。如「國家之滅亡多因驕荒，而驕荒生於逸豫」。

## 九筆

**逼（偪）** ㄅㄧ ㈠威脅，強迫。如「逼迫」「逼上梁山」。㈡靠近。如「逼真」「逼近」。㈢狹窄。如「地勢逼促」。又讀ㄅㄧˋ。

**逼切** ㄅㄧ ㄑㄧㄝˋ 非常急切。同「迫切」。

**逼供** ㄅㄧ ㄍㄨㄥˋ 強（ㄑㄧㄤˇ）迫認罪。

**逼近** ㄅㄧ ㄐㄧㄣˋ 靠近，接近。

**逼迫** ㄅㄧ ㄆㄛˋ 威脅，強迫。

**逼真** ㄅㄧ ㄓㄣ 很像是真的。

**逼宮** ㄅㄧ ㄍㄨㄥ ①逼迫皇帝退位。②比喻強迫當權者退位。

**逼視** ㄅㄧ ㄕˋ ①走到近處去看。②眼睛瞪著看。

**逼人太甚** ㄅㄧ ㄖㄣˊ ㄊㄞˋ ㄕㄣˋ 壓迫得太厲害，不給人留餘地。

**逼上梁山** ㄅㄧ ㄕㄤˋ ㄌㄧㄤˊ ㄕㄢ 受迫這樣做。梁山指北宋宋江等嘯聚的山東壽張縣的梁山泊。

**遍** ㄅㄧㄢˋ ㈠次數。一次叫一遍。㈡同「徧」。又讀ㄆㄧㄢˋ。

**遍布** ㄅㄧㄢˋ ㄅㄨˋ 分布到所有的地方；散布到每個地方。

**遍地** ㄅㄧㄢˋ ㄉㄧˋ 到處，處處。如「遍地冰雪」。

**遍覽** ㄅㄧㄢˋ ㄌㄢˇ 文全都看了。

**遍體鱗傷** ㄅㄧㄢˋ ㄊㄧˇ ㄌㄧㄣˊ ㄕㄤ 傷痕像魚鱗一樣密。形容受傷很重。

**達（达）** ▲ㄉㄚˊ ㈠通。如「四通八達」「直達車」。㈡顯貴。如「達官貴人」「顯達」。㈢通曉事理。如「達理」。㈣到。如「到達」「抵達」。㈤表現。如「表情達意」「詞不達意」。㈥告訴。如「轉達」「傳達」。㈦興旺。如「發達」。㈧見「達觀」。㈨文習常的。如「達德」。㈩姓。▲文ㄊㄚˋ「挑（ㄊㄠ）達」是輕薄，品行（ㄒㄧㄥˋ）不好的樣子。

**達士** ㄉㄚˊ ㄕˋ 見識高超，不同凡俗的人。也稱達人。

**達旦** ㄉㄚˊ ㄉㄢˋ 直到天亮。如「通宵達旦」。

**達因** ㄉㄚˊ ㄧㄣ dyne 的音譯，是計算力量的絕對單位。作用於一克質量之力，能使這個質量得到每秒鐘一厘米的加速度的，是一個「達因」。

**達成** ㄉㄚˊ ㄔㄥˊ 完成，實現。

**達官** ㄉㄚˊ ㄍㄨㄢ 顯貴的大官。如「達官貴人」。

**達理** ㄉㄚˊ ㄌㄧˇ 明白事理。如「通情達理」。

**達意** ㄉㄚˊ ㄧˋ 表達意思。如「表情達意」。

**達德** ㄉㄚˊ ㄉㄜˊ 文習常的道德。〈中庸〉有「智、仁、勇三者，天下之達德也」。

**達觀** ㄉㄚˊ ㄍㄨㄢ 人對人生的道理有了通透的看法，不會因為環境際遇的好壞或心中的喜怒哀樂，而改變所持的態度。

**達賴喇嘛** ㄉㄚˊ ㄌㄞˋ ㄌㄚˇ ㄇㄚ 西藏黃衣派喇嘛教教主的稱號，也稱活佛，是前藏的政教領袖。達賴是蒙古語，表示德行深廣如海，無所不納。

**達姆達姆彈** ㄉㄚˊ ㄇㄨˇ ㄉㄚˊ ㄇㄨˇ ㄉㄢˋ 俗名叫「開花彈」，是中心鉛質的槍彈，命中時入口小，出口大，使人因潰爛而死。是一七五七年英國人在印度達姆達姆市設廠製造的。

**道** ㄉㄠˋ ㈠図宇宙萬物的根源、法則。朱熹注〈中庸〉，說「道」是「日用事物當行之理」。㈡図仁義禮樂的道理。〈論語・陽貨〉有「君子學道則愛人，小人學道則易使也」。㈢路。如「通衢大道」「街道」。㈣從走路引伸作行動的方向。如「道不同，不相為（ㄨㄟˋ）謀」「志同道合」。㈤義理，正當的事理。如「懂道理」「得道多助」。㈥方法。如「門道」「以其人之道，還（ㄏㄨㄢˊ）治其人之身」。㈦道教的簡稱。㈧道士的簡稱。如「老道」「貧道」。㈨說。如「常言道」「胡說八道」。㈩表示一種心意。如「道謝」「道歉」。(十一)量詞。如「一道菜」。(十二)図引導。〈論語〉有「道之以政」。(十三)図從，由。〈漢書〉有「道太原入定代地」。(十四)清代地方行政區域名，在省以下，縣以上。民國初年廢除。(十五)道縣，在湖南省。

**道人** ㄉㄠˋ ㄖㄣˊ ①信奉道教的人。②仙人。③図泛指有道的人。

**道士** ㄉㄠˋ ㄕˋ 信奉道教而且從事教務、修煉的人。

**道子** ㄉㄠˋ ㄗˇ 東西上面有線條似的痕跡。如「這桌子上的道子是誰畫的」。

**道山** ㄉㄠˋ ㄕㄢ 図傳說中的仙山。因此說人死亡是「魂歸道山」。

**道心** ㄉㄠˋ ㄒㄧㄣ ①發於義理之心，對人心而言。②佛家指菩提心，就是求道之心。

**道乏** ㄉㄠˋ ㄈㄚˊ ①向幫忙做事情的人表謝意。②安慰勞苦的人。

**道白** ㄉㄠˋ ㄅㄞˊ 國劇中的說白。

**道地** ㄉㄠˋ ㄉㄧˋ 真實。如「這是道地的貨色」。北方則說「地道」（道字輕讀）。

**道行** ㄉㄠˋ ㄏㄤˊ 行字輕讀。修道有了功夫叫道行。如「道行高深」。也讀ㄉㄠˋ ㄒㄧㄥˋ。

**道里** ㄉㄠˋ ㄌㄧˇ 図道路的長度。如「不可以道里計」。

**道兒** ㄉㄠˋ ㄦ ①道路。如「走道兒」。②計策。如「著（ㄓㄠˊ）了他的道兒」。

**道具** ㄉㄠˋ ㄐㄩˋ ①舞臺或攝影棚內景所陳設的用具。②佛家稱一切應用物品。

**道姑** ㄉㄠˋ ㄍㄨ 女道士。

**道故** ㄉㄠˋ ㄍㄨˋ 図敘述故舊的感情。

**道家** ㄉㄠˋ ㄐㄧㄚ ①信奉道教的人。②古九流之一，崇尚黃帝、老子、莊周，主張「清靜無為，垂拱而治天下」。

**道根** ㄉㄠˋ ㄍㄣ 大道的根本。

**道破** ㄉㄠˋ ㄆㄛˋ 說破。如「我的祕密教你給道破了」。

**道砟** ㄉㄠˋ ㄓㄚˇ 鋪在鐵路路基上面的石子。

**道情** ㄉㄠˋ ㄑㄧㄥˊ 一種曲藝，是散曲黃冠體的別名，用漁鼓和簡板伴奏，以唱為主，題材是民間故事。內容不是勸人超脫塵凡，就是警告人不可為非作歹。原是道士演唱道教故事的曲子。

**道教** ㄉㄠˋ ㄐㄧㄠˋ 中國本土自行開創發展的一種宗教。戰國、秦、漢時期帶有陰陽家色彩的方士，擷取老子、莊子的思想，融合而成雛形。東漢末年，張陵及其子孫以符籙傳教，以符水治病，吸收群眾，道教才有固定的形態與活動。再經北魏、唐、北宋、金、元的尊崇與推廣，理論大備。到了元代，甚至與儒家相結合，隱含民族意識。道教的修養大抵是齋戒、誦持、服食、沐浴、燒丹、煉汞、醮祀、圖讖、符籙，崇拜自然的神，道士所居的廟稱為「觀（ㄍㄨㄢˋ）」。修煉有成就能保持本性者稱真人。其所禮拜的神，為元始天尊、太上老君等。

**道理** ㄉㄠˋ ㄌㄧˇ ①作人處事的法則。如「這個人不懂道理」。②理由。如「你這樣說很有道理」。③辦法或打算。如「這件事他自然有道理」。

**道統** ㄉㄠˋ ㄊㄨㄥˇ 図傳承聖道的系統。儒家指從堯、舜、禹、湯、周文王、武王、周公到孔子、孟子相傳承的系統。

**道袍** ㄉㄠˋ ㄆㄠˊ 道士穿的袍子。

**道喜** ㄉㄠˋ ㄒㄧˇ 賀喜。也說「道賀」。

**道場** ㄉㄠˋ ㄔㄤˇ ①指僧人或道士做法事的場所。②修道或成道的處所。③佛寺。

**道賀** ㄉㄠˋ ㄏㄜˋ 道喜。

**道義** ㄉㄠˋ ㄧˋ 道德和正義。如「道義之交」。

**道路** ㄉㄠˋ ㄌㄨˋ 通行的路。

**道歉** ㄉㄠˋ ㄑㄧㄢˋ 向人表示「對不起」的意思。

**道貌** ㄉㄠˋ ㄇㄠˋ ①學道的人的容貌。②形容面貌嚴肅，顯出修養很高的樣子。

**道德** ㄉㄠˋ ㄉㄜˊ ①合於道的德行。〈禮記．曲禮〉有「道德仁義，非禮不成」。②〈老子〉書中所說的道與德。認為道是宇宙的原理，是體；德是萬物的表徵，是用。③社會大眾各種行為規範、價值意識與個人品德、觀念的總和。

**道學** ㄉㄠˋ ㄒㄩㄝˊ 宋儒所講的性命義理之學。也稱「理學」。

**道樹** ㄉㄠˋ ㄕㄨˋ ①行道樹（種在道路兩旁的成行的樹）的簡稱。②釋迦牟尼佛於菩提樹下成道，因此佛家稱菩提樹為道樹。

**道謝** ㄉㄠˋ ㄒㄧㄝˋ 用言語表示感謝。

**道藏** ㄉㄠˋ ㄗㄤˋ 道家經典的總稱。匯集道教經典，從六朝開始，經過宋、元、明各代，入藏者凡五千五百冊，明朝有正統、萬曆兩種刻本。

**道觀** ㄉㄠˋ ㄍㄨㄢˋ 道士修道的場所；道士所奉的神廟。也叫「道院」。

**道林紙** ㄉㄠˋ ㄌㄧㄣˊ ㄓˇ 一種表面平滑而有光澤的薄紙，是很好的印書用紙。最早由美國道林（Dowling）公司所製。

**道問學** ㄉㄠˋ ㄨㄣˋ ㄒㄩㄝˊ 重視問與學，就是重視知識方面的研究。

**道德劇** ㄉㄠˋ ㄉㄜˊ ㄐㄩˋ 中世紀西方一種勸善懲惡的詩劇，劇中人物都是抽象觀念的人格化，如善、惡、美德等角色。

**道義之交** ㄉㄠˋ ㄧˋ ㄓ ㄐㄧㄠ 以道義相結合的交情。與以利害相交的交情不同。

**道路以目** ㄉㄠˋ ㄌㄨˋ ㄧˇ ㄇㄨˋ 図道路相遇，以目示意，不敢出言。形容暴虐統治之下人民的生活。

**道貌岸然** ㄉㄠˋ ㄇㄠˋ ㄢˋ ㄖㄢˊ 形容學道的人容貌尊嚴的樣子，現在泛指正經嚴肅的面貌和神態。

**道聽途說** ㄉㄠˋ ㄊㄧㄥ ㄊㄨˊ ㄕㄨㄛ 在路上聽來的傳說，是沒有根據、靠不住的話。途也作塗。

## 遁

図ㄉㄨㄣˋ ㈠逃走，避開。如「逃遁」、「遁辭」。㈡隱去。如「遁跡」、「隱遁」。

**遁走** ㄉㄨㄣˋ ㄗㄡˇ 逃走。

**遁跡** ㄉㄨㄣˋ ㄐㄧ 躲藏隱避，不願人家知道他。

**遁辭** ㄉㄨㄣˋ ㄘˊ 抵擋一時免得辭窮的說辭。對一個問題理屈辭窮或是不肯說真話的時候，為了避免別人追問，另說一些別的話來擋過。那些話就叫遁辭。〈孟子．公孫丑上〉有「遁辭知其所窮」。

## 過（过）

▲ㄍㄨㄛˋ ㈠度，渡。如「過關」「過渡」。㈡超越。如「過分」「走過頭了」。㈢太，甚。如「過獎」「過慮」「並不為過」。㈣差失。如「犯過」「記過」。㈤以往的。如「過去的就算了」。㈥經歷。如「經過這次教訓」「做過許多事」。㈦有某種交情。如「過財」「咱們倆過不著」。㈧一種必經的處理方法。如「過磅」「過濾」。㈨傳染，傳導。如「感冒會過人的」「過電」。㈩次，遍。如「他的錢一天要數好幾過兒」「他向上跳，翻了兩三個過兒」。⑪図訪問。如「過訪」「過從」。⑫死亡的代詞。如「過身」「過世」。⑬變更。如「過戶」「過房」。⑭見「過敏」。▲・ㄍㄨㄛ ㈠表示動作的趨向，與「來」「去」連用。如「轉過身子來」「扭過頭來」。㈡用在動詞後面，表示已經、曾經的意思。如「吃過飯」「洗過澡」。▲ㄍㄨㄛ ㈠見「過福」。㈡姓。

**過午** ㄍㄨㄛˋ ㄨˇ 中午以後。

**過天** ㄍㄨㄛˋ ㄊㄧㄢ 天字輕讀。改日。

**過分** ㄍㄨㄛˋ ㄈㄣˋ 超過了應有的程度。

**過戶** ㄍㄨㄛˋ ㄏㄨˋ 房屋、機動車輛或記名有價證券的買賣或贈與，依照法定手續，要更換物主姓名，確定所有權的轉移。

**過手** ㄍㄨㄛˋ ㄕㄡˇ 經手。

**過火** ㄍㄨㄛˋ ㄏㄨㄛˇ ①超過了適當的狀態。②民間習俗打醮時，抬著神轎走過燒紅攤平的炭火。

**過世** ㄍㄨㄛˋ ㄕˋ ①死去，逝世。②図超越世人。〈莊子〉有「絕俗過世之人」。

**過付** ㄍㄨㄛˋ ㄈㄨˋ 雙方交易，由中間人經手交付錢或貨物。

**過半** ㄍㄨㄛˋ ㄅㄢˋ 超過一半。

**過去** ▲ㄍㄨㄛˋ ㄑㄩˋ 以往，以前。如「過去的事算了」。▲ㄍㄨㄛˋ・ㄑㄩ ①經過。如「他幾時從門口過去」。②已過。如「限期已經過去了」。③由這裡到那裡。如「你過去看看」。④死。如「人都過去了，何必還笑他」。

**過失** ㄍㄨㄛˋ ㄕ 無意中犯的錯誤。

**過目** ㄍㄨㄛˋ ㄇㄨˋ 看一下的意思。如「帳算好了，請你過目」。

**過年** ▲ㄍㄨㄛˋ ㄋㄧㄢˊ ①過除夕。②新年時慶賀作樂。▲ㄍㄨㄛˋ・ㄋㄧㄢ 明年。口語也說ㄍㄨㄛˋ ㄋㄧㄢˊ ㄦ。

**過來** ㄍㄨㄛˋ ㄌㄞˊ 來字輕讀。①由那裡到這裡。②由那種境遇到這種境遇。如「我從苦日子過來的，哪會不知道這些」。③醒了，說「醒過來了」。復活，說「活過來了」。

**過兒** ㄍㄨㄛˋ ㄦ 指次數，一次說「一過兒」。

**過夜** ㄍㄨㄛˋ ㄧㄝˋ ①度過一夜（多指在外面住宿）。②隔夜。

**過往** ㄍㄨㄛˋ ㄨㄤˇ ①來去。②來，交往。

**過房** ㄍㄨㄛˋ ㄈㄤˊ 過繼。

**過門** ㄍㄨㄛˋ ㄇㄣˊ ①女子出嫁。②經過門口。如「過門不入」。

**過客** ㄍㄨㄛˋ ㄎㄜˋ 過路的客人，旅客。

**過度** ㄍㄨㄛˋ ㄉㄨˋ 超越了適當的限度。如「操勞過度」。

**過活** ㄍㄨㄛˋ ㄏㄨㄛˊ 生活度日。

**過甚** ㄍㄨㄛˋ ㄕㄣˋ 過分，過度。如「過甚其詞」。

**過重** ㄍㄨㄛˋ ㄓㄨㄥˋ （行李、郵件等）超過規定的重量。如「我的行李過重，要另加運費」。

**過庭** ㄍㄨㄛˋ ㄊㄧㄥˊ 〔文〕向父親問安，接受父訓。語出〈論語〉孔鯉趨而過庭。

**過時** ㄍㄨㄛˋ ㄕˊ ①陳舊不合時宜的。如「過時的東西不值錢」。②過了時間。如「過時不候」。

**過秤** ㄍㄨㄛˋ ㄔㄥˋ 用秤稱一稱重量。

**過財** ㄍㄨㄛˋ ㄘㄞˊ 就是「通財」。交情很好，有過錢財上的來往。如「這錢你先用好了，你我過財，不必客氣」。

**過問** ㄍㄨㄛˋ ㄨㄣˋ 干預，查問。如「這件事請你不必過問」。

**過堂** ㄍㄨㄛˋ ㄊㄤˊ 從前指到法庭上受審或作證。

**過從** ㄍㄨㄛˋ ㄘㄨㄥˊ 〔文〕來往；交往。如「兩人過從甚密」。

**過敏** ㄍㄨㄛˋ ㄇㄧㄣˇ ①醫學上說人對於環境中的某些物質、藥物、花粉、食物等所產生的不正常免疫反應。②過於敏感。如「他這話沒有惡意，你不必過敏」。

**過望** ㄍㄨㄛˋ ㄨㄤˋ 〔文〕超出希望之外。如「大喜過望」。

**過眼** ㄍㄨㄛˋ ㄧㄢˇ ①過目。②經過眼前。如「過眼雲煙」。

**過訪** ㄍㄨㄛˋ ㄈㄤˇ 〔文〕訪問。

**過剩** ㄍㄨㄛˋ ㄕㄥˋ 供過於求而有剩餘。如「生產過剩」。

**過場** ㄍㄨㄛˋ ㄔㄤˇ ①戲曲中角色上場後，不多停留就穿過舞臺，從另一邊下場。②戲劇中用來貫穿前後情節的簡短表演。

**過期** ㄍㄨㄛˋ ㄑㄧ 超過期限。

**過渡** ㄍㄨㄛˋ ㄉㄨˋ ①搭船過河。②事物由一個階段逐漸發展而轉入另一個階段。如「過渡時期」。

**過程** ㄍㄨㄛˋ ㄔㄥˊ 事情進行或事物發展所經過的程序。

**過量** ㄍㄨㄛˋ ㄌㄧㄤˋ 超過限量。

**過意** ㄍㄨㄛˋ ㄧˋ 過分的盛意。

**過當** ㄍㄨㄛˋ ㄉㄤˋ 〔文〕超過應有的分寸或限度。

**過節** ㄍㄨㄛˋ ㄐㄧㄝˊ ①度過節日。②在節日慶賀作樂。

**過話** ㄍㄨㄛˋ ㄏㄨㄚˋ ①交談。②傳話。

**過電** ㄍㄨㄛˋ ㄉㄧㄢˋ 電流通過。

**過獎** ㄍㄨㄛˋ ㄐㄧㄤˇ 客氣話，過分的稱讚。如「我沒那麼好，你過獎了」。

**過福** ㄍㄨㄛˋ ㄈㄨˊ 指人享受已經夠好而不知足。如「這樣的衣服還嫌不好，你太過福了」。

**過慮** ㄍㄨㄛˋ ㄌㄩˋ 憂慮不必憂慮的事。

**過磅** ㄍㄨㄛˋ ㄅㄤˋ ①用磅秤來稱東西的輕重。也說ㄍㄨㄛˋ ㄅㄥˋ。②乘飛機的旅客用為行李檢查的代詞。如「您要是過磅了，就從這個門兒出去」。

**過帳** ㄍㄨㄛˋ ㄓㄤˋ 商業用語，稱把這一筆帳轉錄在另一筆帳為過帳。

**過激** ㄍㄨㄛˋ ㄐㄧ 過於激烈或急進。如「操之過激，對事有害」。

**過錯** ㄍㄨㄛˋ ㄘㄨㄛˋ 過失；錯誤。

**過頭** ㄍㄨㄛˋ ㄊㄡˊ ①超過限度。如「他睡過頭了」。②過分。

**過謙** ㄍㄨㄛˋ ㄑㄧㄢ 過分謙虛（指推讓）。

**過濾** ㄍㄨㄛˋ ㄌㄩˋ 用過濾器把液體或氣體裡的渣兒或雜質去掉。

**過禮** ㄍㄨㄛˋ ㄌㄧˇ 舊俗，結婚前男家把彩禮送往女家。

**過關** ㄍㄨㄛˋ ㄍㄨㄢ ①度過關隘；又引伸作度過困難的意思。②比喻可以通過規定。如「這些產品做得不錯，檢驗時候一定可以過關」。

**過繼** ㄍㄨㄛˋ ㄐㄧˋ 自己沒有兒子，由兄弟的兒子承祧，做自己的兒子。也說「過房」。

**過譽** ㄍㄨㄛˋ ㄩˋ 過分稱讚（多用作謙辭）。如「我沒做什麼，您的過譽我愧不敢當」。

**過癮** ㄍㄨㄛˋ ㄧㄣˇ ①滿足某種嗜好。如「吃得很過癮」。②有煙癮的人吸菸。

**過後（兒）** ㄍㄨㄛˋ ㄏㄡˋ（ㄦ） 以後。如「過後兒再說吧」。

**過數（兒）** ㄍㄨㄛˋ ㄕㄨˋ（ㄦ） 數（ㄕㄨˇ）過。計算一遍。

**過山風** ㄍㄨㄛˋ ㄕㄢ ㄈㄥ 從山頭吹過的大風。

**過山砲** ㄍㄨㄛˋ ㄕㄢ ㄆㄠˋ 專供山地作戰用的野戰砲。

**過山龍** ㄍㄨㄛˋ ㄕㄢ ㄌㄨㄥˊ 「虹吸管」的別名。

**過不去** ㄍㄨㄛˋ ˙ㄅㄨ ㄑㄩˋ 不字輕讀。①交通斷絕了。如「發水了，過不去了」。②為難（ㄨㄟˊ ㄋㄢˊ）。如「你別誤會，他對你沒什麼過不去」。③不過意。如「這件事我心裡很過不去」。

**過日子** ㄍㄨㄛˋ ㄖˋ ˙ㄗ 度日。也說「過生活」。

**過水麵** ㄍㄨㄛˋ ㄕㄨㄟˇ ㄇㄧㄢˋ 煮熟之後在涼開水中浸過的麵條。

**過半數** ㄍㄨㄛˋ ㄅㄢˋ ㄕㄨˋ 超過全數一半以上的數目。

**過來人** ㄍㄨㄛˋ ㄌㄞˊ ㄖㄣˊ 對於某事有經驗的人。

**過門兒** ㄍㄨㄛˋ ㄇㄣˊ ㄦˊ 樂曲的唱詞中斷，只有曲沒有詞的部分。也叫「過板兒」。

**過動兒** ㄍㄨㄛˋ ㄉㄨㄥˋ ㄦˊ 「患有注意力不足的過動症的兒童」的略稱。主要症狀是注意力不能集中，衝動和過度的活動，在七歲以前就發生。成因目前還沒有定論，許多研究顯示與遺傳、腦部受傷或腦神經介質有關。據估計，臺灣六百萬個兒童中約有二三十萬個過動兒。

**過得去** ㄍㄨㄛˋ ˙ㄉㄜ ㄑㄩˋ ①能通過。如「這一邊比較寬，車子過得去」。②生活上沒有困難。如「日子還過得去」。③可以對付。如「賀禮五百元就過得去了，不必太多」。④自己心安（多用於反問）。如「讓你這麼勞累，我心裡怎麼過得去呀」。

**過敏原** ㄍㄨㄛˋ ㄇㄧㄣˇ ㄩㄢˊ 能使身體產生過敏反應的物質，可分為蛋白質和非蛋白質。

**過渡期** ㄍㄨㄛˋ ㄉㄨˋ ㄑㄧˊ 事物在發展、變化的過程之中，由一個階段或一種狀態逐漸發展變化而進入另一個階段的或另一種狀態。也作「過渡時代」。

**過節兒** ㄍㄨㄛˋ ㄐㄧㄝˊ ㄦˊ ①禮節。②節日過了以後。如「這筆帳只好過節兒再還了」。③嫌隙。如「你跟他有什麼過節兒」。

**過道兒** ㄍㄨㄛˋ ㄉㄠˋ ㄦˊ 房子與房子或牆壁與牆壁之間可以通行的狹路。

**過街樓（兒）** ㄍㄨㄛˋ ㄐㄧㄝ ㄌㄡˊ（ㄦ） 跨越街道，連通對面兩處房屋的特別建築。

**過目不忘** ㄍㄨㄛˋ ㄇㄨˋ ㄅㄨˋ ㄨㄤˋ 形容讀書記憶力特別強。

**過目成誦** ㄍㄨㄛˋ ㄇㄨˋ ㄔㄥˊ ㄙㄨㄥˋ 文看過一遍就能背得出來。形容記憶力很強。

**過江之鯽** ㄍㄨㄛˋ ㄐㄧㄤ ㄓ ㄐㄧˋ 比喻來往的人很多。

**過河卒子** ㄍㄨㄛˋ ㄏㄜˊ ㄗㄨˊ ˙ㄗ 只能進，不能退。比喻甘心為他人打頭陣。

**過甚其詞** ㄍㄨㄛˋ ㄕㄣˋ ㄑㄧˊ ㄘˊ 說的話過分誇張。

**過氧化氫** ㄍㄨㄛˋ ㄧㄤˇ ㄏㄨㄚˋ ㄑㄧㄥ 無機化合物，分子式 $H_2O_2$，淡藍色黏稠液體。用作漂白劑和消毒劑。

**過堂風兒** 穿過門戶的冷風。

**過眼雲煙** 比喻容易消失的事物。如「虛幻的名利不過是過眼雲煙罷了」。

**過猶不及** 図超過程度與沒有達到程度，同是不適當的。

**過街老鼠** 比喻人人痛恨的壞人。

**過路兒的** 經過的人。

**過路財神** 比喻暫時經手不屬於自己所有的大量錢財的人。

**過意不去** 心中有歉意。同「過不去」③。

**過磷酸鈣** 一種化學肥料，成分是硫酸鈣和磷酸二氫鈣，含磷酸百分之十六至二十，是一種灰白色的粉末。

**過河(兒)拆橋** 比喻某人忘恩負義。

**過屠門而大嚼** 屠門，肉鋪。走過肉鋪就想大大吃一頓。比喻心中羨慕卻不能如願，只好用不實際的方法安慰自己。

**遑** 図ㄏㄨㄤˊ㈠急迫不安的樣子。如「栖栖遑遑」。㈡閒暇。〈詩經〉有「莫敢或遑」。

**遑論** 図不必提到。如「此事尚不可提起，遑論其他」。

**遒** ▲図ㄑㄧㄡˊ㈠剛健，強勁(ㄐㄧㄥˋ)。如「遒勁」。㈡盡，完了。〈楚辭〉有「歲忽而遒盡兮」。▲ㄐㄧㄡ木叢。

**遒勁** 図剛健有力的樣子，多用來形容書法、文章的筆意。

**遒健** 図雄健。如「筆勢遒健」。

**遐** 図ㄒㄧㄚˊ㈠長遠。如「遐想」。㈡長久。如「遐齡」。

**遐思** 図①長遠的思念。如「宜永念而遐思」。②超越時空的幻想。如「翩翩的舞姿引人遐思」。

**遐想** 図也說「遐思」。想得很長遠。

**遐邇** 図遠處近處，引伸為「到處」。如「遐邇馳名」。

**遐齡** 図長壽，常用來祝人壽辰。如「松鶴遐齡」。

**遄** 図ㄔㄨㄢˊ㈠往來頻繁而快速。〈易經〉有「以身遄往」。㈡迅速。「遄返」，很快地回來或回去。

**遂** ㄙㄨㄟˋ㈠順暢，如願。如「順遂」「半身不遂」。㈡図成功，長(ㄓㄤˇ)成，培育。如「謀事未遂」「遂而雞豚」。㈢図就，即。如「後遂無問津者」。㈣図終竟。〈史記・高祖本紀〉有「及高祖貴，遂不知老父處」。㈤図因循。〈荀子〉有「小事殆乎遂」。㈥図登進。〈書經〉有「顯忠遂良」。又讀ㄙㄨㄟˊ。

**遂心** 合自己的心意，滿意。如「遂心如意」。

**遂意** 遂心。

**遂願** 滿足願望，如願。

**遏** 図ㄜˋ阻止。如「遏阻」「遏抑」。

**遏止** 阻止。如「當務之急，是遏止物價漲風」。

**遏抑** 壓制。

**遏制** 制止。

**遏阻** 阻止，擋住。

**遏惡揚善** 図不提別人的缺點或過錯，褒揚別人的好處。也作「隱惡揚善」。

**遊（游）** ㄧㄡˊ ㈠走動。如「遊行」「遊街」。㈡閒逛。如「遊逛」「遊覽」。㈢玩耍。如「遊玩」「遊戲」。㈣図到遠地去。如「遊學」「遊子」。㈤図交友，交往的人。如「交遊」「舊遊」。㈥図受教；學習。如「從師遊」。㈦不定的。如「遊絲」「遊食」。㈧図放任而展動。如「遊刃有餘」「遊目騁懷」。㈨図遊說（ㄕㄨㄟˋ）。〈孟子〉有「子好遊乎」。㈩同「游」（游水、游泳的「游」除外）。

**遊子** ㄧㄡˊ ㄗˇ 図離家遠遊的人。

**遊方** ㄧㄡˊ ㄈㄤ 僧道雲遊四方。

**遊仙** ㄧㄡˊ ㄒㄧㄢ 比喻脫離塵俗，遊心於仙境。是一種逃避現實，追求自由快樂世界的理想。

**遊行** ㄧㄡˊ ㄒㄧㄥˊ 成群結隊在街上走，是群眾表示心意的方式。

**遊伴** ㄧㄡˊ ㄅㄢˋ 遊玩的伴侶。如「他想找個遊伴一起出去旅行」。

**遊玩** ㄧㄡˊ ㄨㄢˊ ①遊戲。②遊逛。

**遊客** ㄧㄡˊ ㄎㄜˋ 遊覽的人。如「每到春末，阿里山上遊客很多」。

**遊官** ㄧㄡˊ ㄍㄨㄢ 図指離家在外做官。

**遊星** ㄧㄡˊ ㄒㄧㄥ 行星。

**遊春** ㄧㄡˊ ㄔㄨㄣ 春天到野外遊覽。如「遊春人在畫中行」。

**遊食** ㄧㄡˊ ㄕˊ 図遊蕩沒有正當職業。

**遊記** ㄧㄡˊ ㄐㄧˋ 文體之一，記載遊覽參觀經歷的書或文章。

**遊逛** ㄧㄡˊ ㄍㄨㄤˋ 遊覽；為消遣而閒逛。

**遊廊** ㄧㄡˊ ㄌㄤˊ 連接兩個或幾個獨立建築物的走廊。

**遊絲** ㄧㄡˊ ㄙ 蟲類所吐的絲，在空中飛揚的。

**遊街** ㄧㄡˊ ㄐㄧㄝ ①押著罪犯在街上遊行，以示懲戒。②擁著英雄人物在街上遊行，以示表揚。

**遊園** ㄧㄡˊ ㄩㄢˊ 在公園或其他廣闊場所舉行的集體活動，有各種遊樂活動和義賣攤位。也作「遊園會」。

**遊說** ㄧㄡˊ ㄕㄨㄟˋ 図政客奔走各處，逞口才說動人，使人聽從他的主張。又作「游說」。

**遊魂** ㄧㄡˊ ㄏㄨㄣˊ ①迷信的人說飄蕩無定的鬼魂。②比喻不能久存。如「釜底遊魂」。

**遊樂** ㄧㄡˊ ㄌㄜˋ 嬉遊尋樂。

**遊興** ㄧㄡˊ ㄒㄧㄥˋ 遊逛的興致。

**遊歷** ㄧㄡˊ ㄌㄧˋ 參觀旅行，到各處去考察遊覽，增加見聞。

**遊學** ㄧㄡˊ ㄒㄩㄝˊ 図到遠處或國外求學。

**遊憩** ㄧㄡˊ ㄑㄧˋ 図遊玩，休息。也說「遊息」。

**遊蕩** ㄧㄡˊ ㄉㄤˋ 閒遊放蕩，不務正業。

**遊豫** ㄧㄡˊ ㄩˋ 図出遊，遊樂。曹植〈蟬賦〉有「遊豫乎芳林」。

**遊戲** ㄧㄡˊ ㄒㄧˋ ①娛樂活動，如捉迷藏，猜燈迷等。②玩耍。

**遊蹤** ㄧㄡˊ ㄗㄨㄥ 出遊的行蹤。

**遊獵** ㄧㄡˊ ㄌㄧㄝˋ 出遊打獵。

**遊覽** ㄧㄡˊ ㄌㄢˇ 沿路遊玩參觀。

**遊樂區** ㄧㄡˊ ㄌㄜˋ ㄑㄩ 設有許多遊樂設施，供人遊戲尋樂的場所。

**遊刃有餘** ㄧㄡˊ ㄖㄣˋ ㄧㄡˇ ㄩˊ 比喻技藝熟練，做事不費力。

**遊手好閒** ㄧㄡˊ ㄕㄡˇ ㄏㄠˋ ㄒㄧㄢˊ 貪玩而不做正事。

**遊目騁懷** ㄧㄡˊ ㄇㄨˋ ㄔㄥˇ ㄏㄨㄞˊ 眼睛愛看什麼就看什麼，心裡要想什麼就想什麼。形容沒有拘束的樣子。

**遊牧民族** ㄧㄡˊ ㄇㄨˋ ㄇㄧㄣˊ ㄗㄨˊ 以遊牧為生活方式的民族。他們隨牧地、季節而遷移。這種民族大都獷悍善戰，歷史上農業民族常被他們侵掠或征服。

**遊戲人間** ㄧㄡˊ ㄒㄧˋ ㄖㄣˊ ㄐㄧㄢ ①在世間遊戲，是見到傳說已死的人的話。②以放蕩嬉戲的態度生活在塵世中。指人玩世不恭。

## 違

ㄨㄟˊ ㈠不遵從。不聽話。如「違法」「違犯」。㈡離別。如「久違」。㈢図見「違和」。㈣見「違心」。

**違反** ㄨㄟˊ ㄈㄢˇ 違㈠。

**違心** ㄨㄟˊ ㄒㄧㄣ ①不忠，不誠心，異心。古人盟誓時常說：「若有違心，皇天殛之」。②說的話與本意相反。如「違心之論」。

**違令** ㄨㄟˊ ㄌㄧㄥˋ 違背命令。

**違犯** ㄨㄟˊ ㄈㄢˋ 違背和觸犯（國法等）。

**違抗** ㄨㄟˊ ㄎㄤˋ 違背和抗拒。

**違例** ㄨㄟˊ ㄌㄧˋ ①違反慣例。②體育比賽中指犯規，如籃球比賽中的帶球跑。

**違拗** ㄨㄟˊ ㄠˋ 違背；故意不順從。

**違法** ㄨㄟˊ ㄈㄚˇ 違背法律的規定。

**違和** ㄨㄟˊ ㄏㄜˊ 婉詞，稱別人有病。如「貴體違和」。

**違建** ㄨㄟˊ ㄐㄧㄢˋ 「違章建築」的縮語。

**違約** ㄨㄟˊ ㄩㄝ 違背所立的條約或契約的規定。

**違背** ㄨㄟˊ ㄅㄟˋ 違反；不遵守。

**違理** ㄨㄟˊ ㄌㄧˇ 不合道理。

**違規** ㄨㄟˊ ㄍㄨㄟ 違反規章所定的事項，如車輛在道路上逆向行駛等。也作違章。

**違禁** ㄨㄟˊ ㄐㄧㄣˋ 違反禁令。如「抽鴉片是違禁的事」。

**違誤** ㄨㄟˊ ㄨˋ 違反命令，耽誤公事（多用於公文）。

**違憲** ㄨㄟˊ ㄒㄧㄢˋ 法律名詞，政府或立法機關通過發布的命令或法律，違背憲法的精神者。（可由司法院大法官會議解釋。）

**違礙** ㄨㄟˊ ㄞˋ 違反法令或對習俗有妨礙的。

**違禁品** ㄨㄟˊ ㄐㄧㄣˋ ㄆㄧㄣˇ 違反法律明文規定禁止自由販賣或持有的物品，像毒品、黃色書刊、無照槍械等。

**違章建築** ㄨㄟˊ ㄓㄤ ㄐㄧㄢˋ ㄓㄨˊ 建築法規定的適用地區之內，建築房屋必須依法申請建築執照，才可動工；不按規定申請就擅自興建的，叫違章建築。

## 逾（逾）

図ㄩˊ ㈠過，超越，越過。如「逾限」「逾期」。㈡更加。〈淮南子・主術篇〉有「亂乃逾甚」。

**逾分** ㄩˊ ㄈㄣˋ 図過分。

**逾恆** ㄩˊ ㄏㄥˊ 図超過尋常。

**逾限** ㄩˊ ㄒㄧㄢˋ 超過規定的限期。

**逾常** ㄩˊ ㄔㄤˊ 図超過尋常。

**逾期** ㄩˊ ㄑㄧˊ 超過所規定的期限。也作「逾限」。

**逾越** ㄩˊ ㄩㄝˋ 図超越。

**逾邁** ㄩˊ ㄇㄞˋ 図逝去。〈書經〉有「我心之憂，日月逾邁」，是說時間過去不再回來。

**逾齡** ㄩˊ ㄌㄧㄥˊ 超過規定的年齡。

## 遇

ㄩˋ ㈠碰到。如「他鄉遇故知」「遇難（ㄋㄢˋ）」。㈡機會。如

「機遇」「際遇」。㊂図款待。如「禮遇」「待遇」。㊃図融洽相處（ㄔㄨˇ）。〈孟子〉有「吾之不遇魯侯，天也」。

**遇合** ㄩˋ ㄏㄜˊ ①相遇而彼此投合。②碰到。

**遇見** ㄩˋ ㄐㄧㄢˋ 見字輕讀。碰到。

**遇便** ㄩˋ ㄅㄧㄢˋ 遇到方便的機會。

**遇害** ㄩˋ ㄏㄞˋ 遭人殺害。如「不幸遇害」。

**遇救** ㄩˋ ㄐㄧㄡˋ 在災難中得救脫險。如「他跌落大海中，幸而遇救」。

**遇險** ㄩˋ ㄒㄧㄢˇ （人或船舶等）遭遇危險。

**遇難** ㄩˋ ㄋㄢˋ 遭到災害或危難。如「他在那一次飛機失事事件中遇難」。

**遇人不淑** ㄩˋ ㄖㄣˊ ㄅㄨˋ ㄕㄨˊ 図指婦女嫁了一個不好的丈夫。

**遇事生風** ㄩˋ ㄕˋ ㄕㄥ ㄈㄥ 一有機會就搬弄是非。

**遇缺即補** ㄩˋ ㄑㄩㄝ ㄐㄧˊ ㄅㄨˇ 一有缺額馬上補人。

**運（运）** ㄩㄣˋ ㈠事物移動或旋轉。如「運轉」「運行」。㈡搬送東西。如「運送」「客運」。㈢使用。如「運用」「運筆」。㈣迷信的人所相信的「命中注定」的遭遇。如「運命」「運氣」。㈤見「運動」㈥。㈥「運動會」的簡稱。如「區運」「校運」。

**運用** ㄩㄣˋ ㄩㄥˋ 使用。如「運用金錢做生意」「他能靈活地運用手下少數的幾個人」。

**運行** ㄩㄣˋ ㄒㄧㄥˊ 図物體有規則的循環動作。

**運命** ㄩㄣˋ ㄇㄧㄥˋ 図命運。

**運河** ㄩㄣˋ ㄏㄜˊ ①人工開鑿的河道，可用以聯繫湖泊，發展航運，縮短航程。目前世界著名的運河，有蘇彝士運河、巴拿馬運河。②指我國貫通南北的大運河，從浙江杭州到河北通縣，全長一千八百九十九公里，是世界上最長的運河。

**運思** ㄩㄣˋ ㄙ 運用心思（多指詩文寫作）。

**運氣** ▲ㄩㄣˋ ㄑㄧˋ ①命運與氣數。王充〈論衡〉說：「如非政治，是運氣也」。②集中體內的氣力，準備舒展身手。▲ㄩㄣˋ ˙ㄑㄧ 時運，機運。

**運送** ㄩㄣˋ ㄙㄨㄥˋ 把人或物資運到別處。

**運動** ㄩㄣˋ ㄉㄨㄥˋ ①物體不斷改變位置的現象。②以健身為目的的遊戲競技。③為求達到一種目的而以不正當的方法對人奉承巴結。④在社會群眾中間散播思想，宣傳主張，以求實現一種目的。如「反公害運動」。（以上②③④三項語音也說ㄩㄣˋ ˙ㄉㄨㄥ）。

**運筆** ㄩㄣˋ ㄅㄧˇ 運用筆（寫或畫）；動筆。

**運費** ㄩㄣˋ ㄈㄟˋ 搬運貨物的費用。

**運道** ㄩㄣˋ ㄉㄠˋ ①運糧的通路。②運氣（ㄩㄣˋ ˙ㄑㄧ）。如「好運道」。

**運算** ㄩㄣˋ ㄙㄨㄢˋ 按照數學的法則，求得演算題或算式的結果。

**運銷** ㄩㄣˋ ㄒㄧㄠ 貨品運到別處去銷售。

**運輸** ㄩㄣˋ ㄕㄨ 交通上的轉運輸送。

**運營** ㄩㄣˋ ㄧㄥˊ （車船等的）運行和營業。

**運轉** ㄩㄣˋ ㄓㄨㄢˇ ①力學上說物體繞著一個中心不斷向前進的運動。②運氣轉好，是「時來運轉」的省略語。

**運動員** ㄩㄣˋ ㄉㄨㄥˋ ㄩㄢˊ ①參加體育競賽的選手。②經常從事某項體能活動，並且到達相當水準的人。③從前指參加競選活動的佐理人員，現在改名叫助選員。

**運動場** ㄩㄣˋ ㄉㄨㄥˋ ㄔㄤˇ 體育運動的場所。

**運動會** ㄩㄣˋ ㄉㄨㄥˋ ㄏㄨㄟˋ 許多人參加體育競技的集會。

**運動戰** ㄩㄣˋ ㄉㄨㄥˋ ㄓㄢˋ 軍事術語。大集團部隊在既長且寬的戰場上所從事的要求速戰速決的進攻形式。

**運輸艦** ㄩㄣˋ ㄕㄨ ㄐㄧㄢˋ 裝運兵員、軍用品的船艦。也有以商船充當的。

**運輸業** ㄩㄣˋ ㄕㄨ ㄧㄝˋ 以鐵路、公路、輪船及其他交通工具經營運送客貨業務的商業機構。

**運動定律** ㄩㄣˋ ㄉㄨㄥˋ ㄉㄧㄥˋ ㄌㄩˋ 物理學上說的「牛頓運動三定律」：①物體未受外力影響，則靜者恆靜，動者沿直線作等速運動。②質點的加速乘質量，等於所受外力的和。③作用力與反作用力大小相等，方向相反。

**運動神經** ㄩㄣˋ ㄉㄨㄥˋ ㄕㄣˊ ㄐㄧㄥ 生理學上說將中樞神經的衝動傳到動作器官（如肌肉、腺體）的神經。

**運籌帷幄** ㄩㄣˋ ㄔㄡˊ ㄨㄟˊ ㄨㄛˋ 最早指軍事方面，〈漢書．高帝紀〉有「夫運籌帷幄之中，決勝千里之外，吾不如子房」。現在也用於商業等一般的謀略策畫。

**運動員精神** ㄩㄣˋ ㄉㄨㄥˋ ㄩㄢˊ ㄐㄧㄥ ㄕㄣˊ 在比賽中遵守規律，服從裁判，盡其在我，勝不驕、敗不餒的精神。

## 十筆

**遞（递）** ㄉㄧˋ ㈠照次序換。如「遞補」「更遞」。㈡傳送。如「傳遞」「郵遞」。㈢把手裡拿的東西送過去。如「他遞了一本書給我」。㈣〔文〕遙遠。如「迢遞」。

**遞加** ㄉㄧˋ ㄐㄧㄚ 遞增。

**遞交** ㄉㄧˋ ㄐㄧㄠ 把東西當面交給人家。

**遞送** ㄉㄧˋ ㄙㄨㄥˋ 送（公文、信件等）；投遞。

**遞減** ㄉㄧˋ ㄐㄧㄢˇ 一次比一次減少。

**遞補** ㄉㄧˋ ㄅㄨˇ 順次補充。

**遞進** ㄉㄧˋ ㄐㄧㄣˋ 照次序前進。

**遞解** ㄉㄧˋ ㄐㄧㄝˋ 從前押送人犯到遠處去，一站接一站由當地政府機構派人接替押送工作。

**遞增** ㄉㄧˋ ㄗㄥ 一次比一次增加。

**遞嬗** ㄉㄧˋ ㄕㄢˋ 〔文〕依序更替，演變。如「觀四季之遞嬗，知天時之變易」。

**遞眼色** ㄉㄧˋ ㄧㄢˇ ㄙㄜˋ 色字輕讀。用眼睛示意。

**遢** ㄊㄚˋ ㈠見「邋遢」。㈡〔文〕行走平穩的樣子。

**遝** ㄊㄚˋ 〔文〕「雜遝」，眾多雜亂的樣子。

**遛** ▲ㄌㄧㄡˊ停留的意思。如「逗遛」。▲ㄌㄧㄡˋ見「遛達」。

**遛狗** ㄌㄧㄡˋ ㄍㄡˇ 帶著狗散步。

**遛馬** ㄌㄧㄡˋ ㄇㄚˇ 牽著馬散步，解除馬的疲勞。

**遛鳥** ㄌㄧㄡˋ ㄋㄧㄠˇ 帶著鳥到僻靜的地方遛達，逗鳥鳴叫。

**遛達** ㄌㄧㄡˋ ㄉㄚ˙ 達字輕讀。在近處散散步。也作「溜達」。

**遛早兒** ㄌㄧㄡˋ ㄗㄠˇ ㄦ 〔口〕早晨散步。

**遛彎兒** ㄌㄧㄡˋ ㄨㄢ ㄦ 散步。

**遘** ㄍㄡˋ 〔文〕㈠遭遇。文天祥的〈正氣歌〉有「嗟予（ㄩˊ）遘陽九，隸也實不力」。㈡構成。如「遘禍」「遘難」。

**遘禍** ㄍㄡˋ ㄏㄨㄛˋ 〔文〕遭到災禍。

**遘難** ㄍㄡˋ ㄋㄢˋ 〔文〕遭遇災難。

**遣** ㄑㄧㄢˇ ㈠發送。如「遣送」「遣散」。㈡差使。如「差遣」「派遣」。㈢図「遣戍」是流放或充軍的意思。㈣排解。如「消遣」。

**遣使** ㄑㄧㄢˇ ㄕˇ 図差遣人。如「前借書籍，茲遣使送還，至祈查收」。

**遣返** ㄑㄧㄢˇ ㄈㄢˇ 遣使送回本鄉本國。如「投降的敵兵都已遣返」。

**遣送** ㄑㄧㄢˇ ㄙㄨㄥˋ 準備交通工具把人送回去。如「遣送戰俘」。

**遣悶** ㄑㄧㄢˇ ㄇㄣˋ 図排解煩悶。

**遣散** ㄑㄧㄢˇ ㄙㄢˋ 解散。指機關、團體、公司、行號因自身的因素，將所屬職工解職，並依法發給遣散費。

**遣興** ㄑㄧㄢˇ ㄒㄧㄥˋ 図抒發情懷；解悶。如「遣興之作」。

**遣辭** ㄑㄧㄢˇ ㄘˊ 說話或寫文章時候選擇運用辭語。也作「遣詞」。

**遜（逊）** ㄒㄩㄣˋ ㈠図辭讓。如「遜位」「遜國」。㈡謙恭。如「謙遜」「出言不遜」。㈢次一等的，差一點兒的。如「遜色」「稍遜一籌」。又讀ㄙㄨㄣˋ。音譯的外國人名地名如「約翰遜」「亞馬遜」的「遜」，讀ㄙㄨㄣˋ較近原音。

**遜色** ㄒㄩㄣˋ ㄙㄜˋ 次一點兒的，差一點兒的。如「這種衣料比外國貨並無遜色」。

**遜位** ㄒㄩㄣˋ ㄨㄟˋ 図帝王讓位給同宗族的人叫「遜位」，讓給不同宗的人作「遜國」。

**遜謝** ㄒㄩㄣˋ ㄒㄧㄝˋ 図謙讓不接受。

**遙** 図ㄧㄠˊ ㈠遠。如「遙遠」「迢遙」。㈡見「逍遙」。

**遙控** ㄧㄠˊ ㄎㄨㄥˋ ①使用電磁波對遙遠的工作系統加以控制，使其依遙控者的命令行事。人造衛星、洲際飛彈、電視機開關，都可以使用。②比喻人藉助本地的機構或人員，在遠地主宰本地的工作或活動。

**遙望** ㄧㄠˊ ㄨㄤˋ 往遠處望。如「遙望中原」。

**遙祭** ㄧㄠˊ ㄐㄧˋ 向著遠方祭祀。如「遙祭軒轅黃帝」。

**遙遠** ㄧㄠˊ ㄩㄢˇ 很遠。如「路途遙遠」。

**遙領** ㄧㄠˊ ㄌㄧㄥˇ 擔任職名，不親往任職，是一種間接治理。

**遙控器** ㄧㄠˊ ㄎㄨㄥˋ ㄑㄧˋ 通過有線或無線電路裝備，操控一定距離以外的機器、儀器，使其發動或關閉。遙控器小者可操縱電器、門戶，大者可應用在水電站、飛機、飛彈或自動化等方面。

**遙測技術** ㄧㄠˊ ㄘㄜˋ ㄐㄧˋ ㄕㄨˋ 利用光學、電子等儀器拍攝紫外線、可視光、紅外光、熱線、微波等所造成的遠距離的影像，予以判別的測量技術。

**遙遙無期** ㄧㄠˊ ㄧㄠˊ ㄨˊ ㄑㄧˊ 沒有確定的日期；沒有希望的意思。

**遠（逺、远）** ▲ㄩㄢˇ ㈠與「近」相反，指空間、時間的距離，事物的差別。如「路遠」「久遠」。㈡才智、品德、相貌、技能的距離大。如「兩人一比，我還差得很遠」。㈢延長，長久。如「綿遠」。㈣關係疏，不親密。如「遠房親戚」「疏遠」。㈤深奧。如「深遠」。㈥図指祖先。如「慎終追遠」。

▲図ㄩㄢˋ ㈠避開。如「敬鬼神而遠之」「親賢臣，遠小人」。㈡疏而不近。〈國語〉有「諸侯遠己」。㈢離去。〈論語〉有「不仁者遠矣」。

**遠大** ㄩㄢˇ ㄉㄚˋ 不局限於目前，而能預計到將來或希望無窮。常指人的志向、見解、前程。如「眼光遠大」「前途遠大」。

**遠山**（ㄩㄢˇ ㄕㄢ） 遠處的山巒。如「遠山含笑」。

**遠支**（ㄩㄢˇ ㄓ） 宗族關係較為疏遠的支派。

**遠方**（ㄩㄢˇ ㄈㄤ） 距離較遠的地方。

**遠古**（ㄩㄢˇ ㄍㄨˇ） 遙遠的古代。如「遠古的神話實在不可全信」。

**遠因**（ㄩㄢˇ ㄧㄣ） 不是直接造成結果的原因（區別於「近因」）。

**遠行**（ㄩㄢˇ ㄒㄧㄥˊ） 出遠門。

**遠志**（ㄩㄢˇ ㄓˋ） ①遠大的志向。②多年生草本植物，莖細，葉互生，花綠白色，蒴果卵圓形。根可入藥。

**遠見**（ㄩㄢˇ ㄐㄧㄢˋ） 說人的眼光看得遠，對事能考慮到很久以後。也作「遠識」。

**遠足**（ㄩㄢˇ ㄗㄨˊ） 教育名詞，是以教學為目的的短程徒步郊遊。

**遠征**（ㄩㄢˇ ㄓㄥ） 遠道出征或長途行軍。

**遠東**（ㄩㄢˇ ㄉㄨㄥ） 歐美人稱亞洲東部的地區。

**遠房**（ㄩㄢˇ ㄈㄤˊ） 血統疏遠的（宗族）。

**遠近**（ㄩㄢˇ ㄐㄧㄣˋ） ①距離的長短。②關係的疏或親。如「親戚有遠近」。③時間的距離。

**遠客**（ㄩㄢˇ ㄎㄜˋ） 遠方來的客人。

**遠洋**（ㄩㄢˇ ㄧㄤˊ） 距離大陸較遠的海洋。

**遠限**（ㄩㄢˇ ㄒㄧㄢˋ） 限字輕讀。較長的時限。

**遠祖**（ㄩㄢˇ ㄗㄨˇ） 許多代以前的祖先。

**遠望**（ㄩㄢˇ ㄨㄤˋ） 望向遠方。

**遠略**（ㄩㄢˇ ㄌㄩㄝˋ） [文]①遠大的謀略。②立功於遠方。

**遠眺**（ㄩㄢˇ ㄊㄧㄠˋ） 向遠處看。

**遠景**（ㄩㄢˇ ㄐㄧㄥˇ） ①遠距離的景物。②電視、電影或普通攝影機拍攝的遠畫面。③想像中的未來景象。

**遠程**（ㄩㄢˇ ㄔㄥˊ） ①路程遠的。②遠距離。

**遠道**（ㄩㄢˇ ㄉㄠˋ） ①遠路，遠方。口語也說「遠道兒」。②[文]遠方的人。〈古詩十九首〉有「青青河邊草，綿綿思遠道」。

**遠遊**（ㄩㄢˇ ㄧㄡˊ） ①出遠門。②冠名。如「遠遊冠」（見〈後漢書·輿服志〉）。③履名。曹植〈洛神賦〉有「踐遠遊之文履」。

**遠慮**（ㄩㄢˇ ㄌㄩˋ） 深遠的思慮。

**遠親**（ㄩㄢˇ ㄑㄧㄣ） 關係較疏遠的親戚。如「遠親不如近鄰」。

**遠謀**（ㄩㄢˇ ㄇㄡˊ） [文]遠大的計畫。

**遠颺**（ㄩㄢˇ ㄧㄤˊ） [文]逃到遠地去。

**遠日點**（ㄩㄢˇ ㄖˋ ㄉㄧㄢˇ） 行星或彗星繞太陽公轉的軌道上離太陽最遠的點。

**遠征軍**（ㄩㄢˇ ㄓㄥ ㄐㄩㄣ） 派到遠處去作戰的軍隊。

**遠門兒**（ㄩㄢˇ ㄇㄣˊ ㄦ） 離家很遠的地方。如「我收拾好行李就要出遠門兒了」。

**遠視眼**（ㄩㄢˇ ㄕˋ ㄧㄢˇ） 人的眼球的水晶體扁薄，近處來的光線分散，到不了網膜，所以看遠處很清楚，近處卻影像模糊，必須戴凸透鏡補救。這種病通常是四十歲以上的人才有，所以也叫「老花眼」。

**遠道兒**（ㄩㄢˇ ㄉㄠˋ ㄦ） 遠路，遠方。

**遠交近攻**（ㄩㄢˇ ㄐㄧㄠ ㄐㄧㄣˋ ㄍㄨㄥ） [文]親睦距離遠的國家而攻打鄰近的國家。

**遠走高飛**（ㄩㄢˇ ㄗㄡˇ ㄍㄠ ㄈㄟ） 離開故鄉到遠處去。常指為了避禍或忽然發憤想有所作為的人而說的。

**遠來是客**（ㄩㄢˇ ㄌㄞˊ ㄕˋ ㄎㄜˋ） 遠處來的人就是客人，必須加以善待。

**遠洋漁業**（ㄩㄢˇ ㄧㄤˊ ㄩˊ ㄧㄝˋ） 有冷藏設備的大型漁撈船隊，到深海、大洋去捕魚。出海時間長，作業範圍廣，漁獲量多，是這種漁業的特徵。

**遠期支票**（ㄩㄢˇ ㄑㄧˊ ㄓ ㄆㄧㄠˋ） 指要經過一段較長時間才能兌現的支票。

**遠水不救近火**（ㄩㄢˇ ㄕㄨㄟˇ ㄅㄨˋ ㄐㄧㄡˋ ㄐㄧㄣˋ ㄏㄨㄛˇ） 比喻緩不濟急。

**遠親不如近鄰**（ㄩㄢˇ ㄑㄧㄣ ㄅㄨˋ ㄖㄨˊ ㄐㄧㄣˋ ㄌㄧㄣˊ） 指危急事情發生時，住在遠方的親戚，反不如鄰居可以及時援助。

## 十一筆

**遯** 図ㄉㄨㄣˋ見「遯世」。

**遯世**（ㄉㄨㄣˋ ㄕˋ） 図遠避現世，對人間俗事不表關心的意思。

**遷（迁、遷）** ㄑㄧㄢ ㈠図升高。〈詩經·小雅·伐木〉有「出自幽谷，遷于喬木」。㈡搬移。如「遷徙」「安土重（ㄓㄨㄥˋ）遷」。㈢變更。如「變遷」「見異思遷」。㈣公務員調職。如「升遷」「左遷（降職）」。㈤見「遷就」。㈥見「遷延」。

**遷延**（ㄑㄧㄢ ㄧㄢˊ） ①後退不前。②拖延。如「遷延時日」。

**遷居**（ㄑㄧㄢ ㄐㄩ） 搬家；遷移住所。

**遷怒**（ㄑㄧㄢ ㄋㄨˋ） 図把怒氣往別人身上發泄。

**遷徙**（ㄑㄧㄢ ㄒㄧˇ） 遷移。

**遷移**（ㄑㄧㄢ ㄧˊ） ①離開原來的所在地而另換地點。②心理學上指前一作業的學習對於後一作業學習的影響。

**遷善**（ㄑㄧㄢ ㄕㄢˋ） 図改過向善。

**遷就**（ㄑㄧㄢ ㄐㄧㄡˋ） 委屈自己以求適合環境或別人。

**遷換**（ㄑㄧㄢ ㄏㄨㄢˋ） 換字輕讀。調換。如「這張鈔票你給遷換遷換」。

**遷都**（ㄑㄧㄢ ㄉㄨ） 把國都遷到別處去。

**遷調**（ㄑㄧㄢ ㄉㄧㄠˋ） 公務人員調動職位。

**遷移性**（ㄑㄧㄢ ㄧˊ ㄒㄧㄥˋ） 動物在一定範圍或一定距離內進行遷移的習性。

**遷徙流離**（ㄑㄧㄢ ㄒㄧˇ ㄌㄧㄡˊ ㄌㄧˊ） 遷移分散而流浪各處。如「戰亂的衝擊使他們一家人都遷徙流離」。

**遷移自由**（ㄑㄧㄢ ㄧˊ ㄗˋ ㄧㄡˊ） 在自己國土內遷移到任何地方居住的自由權，是國民的基本權利，也作「遷徙自由」。

**遮** ▲ㄓㄜ ㈠攔住。如「遮住去路」「遮擋」。㈡掩蔽。如「遮掩」「遮蓋」。▲ㄓㄜˊ 沖淡，隱瞞。如「酸能遮鹹」「遮羞」。

**遮風**（ㄓㄜ ㄈㄥ） 擋風。

**遮掩**（ㄓㄜ ㄧㄢˇ） 掩字可輕讀。①遮住。②隱瞞事實。

**遮羞**（ㄓㄜˊ ㄒㄧㄡ） ①遮蔽缺點或羞愧。②送東西或金錢給人來表示歉意。又讀ㄓㄜ ㄒㄧㄡ。

**遮路**（ㄓㄜ ㄌㄨˋ） 攔塞道路。

**遮陽**（ㄓㄜ ㄧㄤˊ） 指帽簷或形狀像帽簷那樣可以遮陽光的東西。

**遮蓋**（ㄓㄜ ㄍㄞˋ） ①擋住，蓋起來。②隱瞞。

**遮擋**（ㄓㄜ ㄉㄤˇ） ①遮攔，掩蔽。如「雨勢很大，找張塑膠布遮擋一下」。②遮擋的東西。如「風大得很，野地上沒有什麼遮擋」。

**遮擊**（ㄓㄜ ㄐㄧˊ） 図在中途加以襲擊。〈漢書〉有「伏兵遮擊」。

**遮瞞**（ㄓㄜˊ ㄇㄢˊ） 隱藏事實。遮又讀ㄓㄜ。

**遮蔽**（ㄓㄜ ㄅㄧˋ） 掩蔽。

**遮羞布** ㄓㄜ ㄒㄧㄡ ㄅㄨˋ ①掩蓋下身的布塊。②借指遮蓋醜事的東西。

**適（适）** ▲ㄕˋ ㈠切合，相當。如「適當」「合適」。㈡正。如「適中」。㈢図舒服。如「舒適」「身體不適」。㈣図剛巧。如「適值」「適逢其會」。㈤図剛才。如「適從何來」。㈥図往，去，到。如「遠適異邦」。〈論語〉有「子適衛」。㈦図女子出嫁叫「適人」。㈧図歸向。〈左傳〉有「民知所適」。▲図ㄉㄧˊ同「嫡」。

**適口** ㄕˋ ㄎㄡˇ 適合口味。

**適中** ㄕˋ ㄓㄨㄥ ①既不會太過，也不會不及。如「冷熱適中」。②位置不偏於哪一面。如「地點適中」。

**適用** ㄕˋ ㄩㄥˋ ①合於應用。如「這東西對你很適用」。②事實與規定相合，當然可以應用的叫「適用」。如「辦理這件事可以適用這條法令」。

**適合** ㄕˋ ㄏㄜˊ 符合（實際情況或客觀要求）。

**適宜** ㄕˋ ㄧˊ 合適；相宜。

**適度** ㄕˋ ㄉㄨˋ （大小、輕重、距離）程度適當。如「適度的運動是必要的」。

**適值** ㄕˋ ㄓˊ 図剛好遇到。

**適時** ㄕˋ ㄕˊ 恰好在某種需要的時間，不早也不晚。如「適時調節供需，米價不會暴起暴落」。

**適從** ㄕˋ ㄘㄨㄥˊ 依歸趨向。如「無所適從」。

**適逢** ㄕˋ ㄈㄥˊ 図恰好碰上。如「適逢水災發生，學校停課」。

**適量** ㄕˋ ㄌㄧㄤˋ 適當的分量。如「飲食、用藥都必須適量」。

**適意** ㄕˋ ㄧˋ 図愉快合意。

**適當** ㄕˋ ㄉㄤˋ 合適；妥當。

**適應** ㄕˋ ㄧㄥˋ ①生物學上說，一般生物體的機能、狀態以及生活習性，對於所處的環境（特別是持續的環境）能發生對應的變化，以生活在其中。②人類為解決生存問題所作的發明動態過程，是人類改變環境以求適合居住。③心理學上說，能適當滿足個人的內在需求，並能有效因應環境、社會文化要求的調整過程與行為。

**適齡** ㄕˋ ㄌㄧㄥˊ 適合某種規定的年齡。如「適齡役男」。

**適纔** ㄕˋ ㄘㄞˊ 方纔；剛纔。

**適然性** ㄕˋ ㄖㄢˊ ㄒㄧㄥˋ 偶然性，與必然性相對。如「此事能否成立，乃適然性問題，並非必然」。

**適應性** ㄕˋ ㄧㄥˋ ㄒㄧㄥˋ 在開放的組織系統中，能對外界環境及內在情況的變化作正確而適當的改變。

**適才適用** ㄕˋ ㄘㄞˊ ㄕˋ ㄩㄥˋ 依工作人員的專長，分配其適當的工作，以求人與事的相互配合。

**適可而止** ㄕˋ ㄎㄜˇ ㄦˊ ㄓˇ 達到適當的程度就停止（指不過分）。如「辦法不可過苛，適可而止最好」。

**適得其反** ㄕˋ ㄉㄜˊ ㄑㄧˊ ㄈㄢˇ 正好得到反面的結果。

**遭** ㄗㄠ ㈠逢，遇到。如「遭遇」「遭殃」。㈡次數。如「第一遭」。㈢周匝。如「繩子多繞幾遭，免得散開了不好收拾」。㈣被，受。如「橫遭拷打」「慘遭淘汰」。㈤人生的際遇。如「遭時不遇」。㈥周圍。如「周遭」。

**遭劫** ㄗㄠ ㄐㄧㄝˊ 図遭遇劫難。如「遭劫在數」。

**遭受** ㄗㄠ ㄕㄡˋ 受到（不幸或失敗）。如「遭受打擊」。

**遭殃** ㄗㄠ ㄧㄤ 遭受禍患。

**遭逢** ㄗㄠ ㄈㄥˊ 図人生的命運變化。也作「遭際」。

**遭遇** ㄗㄠ ㄩˋ ①碰到。如「遭遇敵軍伏擊」。②境遇。

**遭際** ㄗㄠ ㄐㄧˋ ①比喻明君賢臣的遇合。②通稱人生的際遇。

**遭難** ㄗㄠ ㄋㄢˋ 受難；遇難。

**遭時不遇** ㄗㄠ ㄕˊ ㄅㄨˋ ㄩˋ 図遭逢不能伸展抱負的時代。形容時勢的不可為。

**遨** 図ㄠˊ 出遊。

**遨遊** ㄠˊ ㄧㄡˊ 漫遊；遊歷。

## 十二筆

**遼（辽）** ㄌㄧㄠˊ ㈠遠。如「遼遠」。㈡開闊。如「遼闊」。㈢遼河，在今內蒙古自治區及遼寧省。㈣朝代名，東胡族耶律阿保機所建立，有現在蒙古及東北一帶，最盛時兼有河北、山西等省的一部分，前後二百一十年（西元 916-1125），後被金朝所滅。

**遼遠** ㄌㄧㄠˊ ㄩㄢˇ 遙遠。

**遼闊** ㄌㄧㄠˊ ㄎㄨㄛˋ 廣闊。如「國土遼闊」。

**遴** ▲ㄌㄧㄣˊ 見「遴選」。▲ㄌㄧㄣˋ 通「吝」。

**遴選** ㄌㄧㄣˊ ㄒㄩㄢˇ 選拔（人才）。

**選（选）** ㄒㄩㄢˇ ㈠揀，挑。如「選擇」「選拔」。㈡選舉的簡稱。如「大選」「普選」。㈢最好的。如「上選」「一時之選」。㈣取佳作輯錄成冊。如「文選」「詩選」。㈤図時間不久。如「少（ㄕㄠˇ）選」。㈥図「選耎」，柔弱沒有決斷的樣子。也作「選懦」。

**選手** ㄒㄩㄢˇ ㄕㄡˇ 被選參加比賽的人。如「亞運選手」。

**選民** ㄒㄩㄢˇ ㄇㄧㄣˊ 有選舉權的公民。

**選用** ㄒㄩㄢˇ ㄩㄥˋ 選擇使用或運用。

**選任** ㄒㄩㄢˇ ㄖㄣˋ 選拔任用。

**選材** ㄒㄩㄢˇ ㄘㄞˊ ①挑選合適的人才。②選擇適用的材料或素材。

**選秀** ㄒㄩㄢˇ ㄒㄧㄡˋ ①舊時宮廷「選秀女」（選美女入宮侍候）的略語。②現代用作「選拔優秀」的略語。

**選育** ㄒㄩㄢˇ ㄩˋ 選種和育種的統稱。

**選取** ㄒㄩㄢˇ ㄑㄩˇ 挑選取用。

**選拔** ㄒㄩㄢˇ ㄅㄚˊ 從多數人中間選擇優良的人才。

**選派** ㄒㄩㄢˇ ㄆㄞˋ 選擇合式的人員派遣出去做事或深造。

**選科** ㄒㄩㄢˇ ㄎㄜ 由學生自由選習的科目，是對「必修」科目說的。

**選耎** ㄒㄩㄢˇ ㄖㄨㄢˇ 図膽怯懦弱，猶豫不決的樣子。也作「選懦」。

**選修** ㄒㄩㄢˇ ㄒㄧㄡ 大學中選讀課程，稱為選修。與「必修」相對。

**選送** ㄒㄩㄢˇ ㄙㄨㄥˋ 選擇推荐合適的人或物送往某處從事某種活動。如「選送優良學生請予以獎勵」。

**選區** ㄒㄩㄢˇ ㄑㄩ 民主國家選舉議員或地方官，舉行投票時畫分的區域。如「臺北縣分兩個選區」。

**選票** ㄒㄩㄢˇ ㄆㄧㄠˋ 投票選舉所用的特定的票（紙頁）；由選舉人在上面寫上被選舉人的姓名，或是在上面印好了候選人的姓名，由選舉人圈選，然後投入票箱。候選人按照所得選票的多寡決定是否當選。

**選集** ㄒㄩㄢˇ ㄐㄧˊ 選錄一個人或若干人的著作而成的集子。

**選種** ㄒㄩㄢˇ ㄓㄨㄥˇ 選擇動物或植物的優良品種，加以繁殖。

**選調** ㄒㄩㄢˇ ㄉㄧㄠˋ 選拔調動。

**選擇** ㄒㄩㄢˇ ㄗㄜˊ 挑選。如「選擇對象」。

**選舉** ㄒㄩㄢˇ ㄐㄩˇ ①揀取賢才加以任用。②古代選拔人才的方式，觀察被選人的德、才、智，合格的加以任用。③現代西方民主政治用投票的方式，選出代表參與政事。民間團體用票選或舉手的方式，推選董事監事，也稱選舉。

**選錄** ㄒㄩㄢˇ ㄌㄨˋ 選擇收錄（文章）。

**選礦** ㄒㄩㄢˇ ㄎㄨㄤˋ 把採出的礦物中的廢石、雜質和其他礦物分開，取得適於冶煉需要的礦石。

**選體** ㄒㄩㄢˇ ㄊㄧˇ 指仿南朝梁代蕭統所編的〈昭明文選〉選錄的古詩體所作的詩。

**選罷法** ㄒㄩㄢˇ ㄅㄚˋ ㄈㄚˇ 政府為選舉和罷免民選公職人員所頒的法律。

**選舉人** ㄒㄩㄢˇ ㄐㄩˇ ㄖㄣˊ 有選舉權的人。是法定名稱，一般叫「選民」。

**選舉區** ㄒㄩㄢˇ ㄐㄩˇ ㄑㄩ 選區。

**選舉權** ㄒㄩㄢˇ ㄐㄩˇ ㄑㄩㄢˊ 人民四權之一，就是選舉民意代表及行政官員的權利。

**選擇題** ㄒㄩㄢˇ ㄗㄜˊ ㄊㄧˊ 測驗題的一種，試卷上每一道題都有若干答案可以選擇。

**選賢與能** ㄒㄩㄢˇ ㄒㄧㄢˊ ㄩˇ ㄋㄥˊ 選擇賢良且有才能的人而賦予重任。語出〈禮記．禮運篇．大同章〉。

**選舉事務所** ㄒㄩㄢˇ ㄐㄩˇ ㄕˋ ㄨˋ ㄙㄨㄛˇ 政府為了辦理選舉而臨時設立的機構，選舉辦完以後就撤銷。

## 遲（迟）

▲ㄔˊ ㈠行動緩慢。如「遲緩」「事不宜遲」。㈡心智的反應慢。如「遲鈍」。㈢晚。如「遲到」「美人遲暮」。㈣見「遲棲」。㈤姓。▲図ㄓˋ 等待。如「遲明」。

**遲早** ㄔˊ ㄗㄠˇ ①不拘什麼時候。如「遲早有那麼一天」。②早或晚。如「這件事的結束只是遲早的問題」。

**遲延** ㄔˊ ㄧㄢˊ 耽擱；拖延。

**遲到** ㄔˊ ㄉㄠˋ 到得比規定或約定的時間晚。

**遲明** ㄓˋ ㄇㄧㄥˊ 図曚曚亮兒，天要亮而不亮的時候。

**遲鈍** ㄔˊ ㄉㄨㄣˋ 也作「遲頓」，指人反應慢，不靈敏。

**遲滯** ㄔˊ ㄓˋ 図緩慢；不通暢。

**遲疑** ㄔˊ ㄧˊ 拿不定主意；猶豫。

**遲誤** ㄔˊ ㄨˋ 遲延耽誤。

**遲暮** ㄔˊ ㄇㄨˋ 図指年歲老大。屈原〈離騷〉有「恐美人之遲暮」。

**遲緩** ㄔˊ ㄏㄨㄢˇ 緩慢。

**遲遲** ㄔˊ ㄔˊ ①緩慢的樣子。如「窗外日遲遲」。②図從容不迫的樣子。如「無體之禮，威儀遲遲」。③舒緩的樣子。如「春日遲遲」。

## 遶

ㄖㄠˋ ㈠圍起來。如「圍遶」「山圍水遶」。㈡通「繞」。

## 遵

ㄗㄨㄣ ㈠照著吩咐、常理或法令做事。如「遵命」「遵守」。㈡図順著，循。如「遵陸」。㈢図見「遵養時晦」。

**遵守** ㄗㄨㄣ ㄕㄡˇ 依照規定行動，不違背。如「遵守時間」。

**遵命** ㄗㄨㄣ ㄇㄧㄥˋ 敬詞，表示依照對方的吩咐（辦事）。

**遵奉**（ㄗㄨㄣ ㄈㄥˋ）照著命令執行。

**遵海**（ㄗㄨㄣ ㄏㄞˇ）図從海路前進。

**遵從**（ㄗㄨㄣ ㄘㄨㄥˊ）遵照並服從。如「遵從上級命令」。

**遵陸**（ㄗㄨㄣ ㄌㄨˋ）図從陸路前進。

**遵循**（ㄗㄨㄣ ㄒㄩㄣˊ）遵照。

**遵照**（ㄗㄨㄣ ㄓㄠˋ）遵奉，依照。

**遵禮**（ㄗㄨㄣ ㄌㄧˇ）遵照禮節、禮儀。

**遵養時晦**（ㄗㄨㄣ ㄧㄤˇ ㄕˊ ㄏㄨㄟˋ）環境陰暗，做事不順利的情勢之下，暫時退隱休養，等待好時機到了復出。

## 遺

▲ㄧˊ ㈠丟掉。如「遺失」「遺落」。㈡丟掉的東西。如「路不拾遺」。㈢留下，剩餘。如「遺痕」「遺憾」。㈣漏，脫落。如「遺漏」「遺忘」。㈤図古人留下的。如「遺風」「遺跡」。㈥專指死人生前留下的。如「遺囑」「遺產」。㈦不自覺的排泄。如「遺尿」「遺精」。▲図ㄨㄟˋ 餽贈。明人歸有光〈先妣事略〉有「外祖不二日使人問遺」。

**遺才**（ㄧˊ ㄘㄞˊ）図雖有才華而未被發現、任用的人。

**遺少**（ㄧˊ ㄕㄠˋ）戲稱年少而守舊的人。

**遺失**（ㄧˊ ㄕ）丟掉，落（ㄌㄚˋ）了。

**遺民**（ㄧˊ ㄇㄧㄣˊ）從前指改朝換代以後不肯為新朝做事的人。

**遺老**（ㄧˊ ㄌㄠˇ）前代王朝的舊臣。

**遺址**（ㄧˊ ㄓˇ）考古學上指過去人類活動的場所，曾留下遺物或遺跡，可供考古家發掘、研究的地方，包括城鎮、村落、房舍、陵墓等。如周口店遺址。

**遺尿**（ㄧˊ ㄋㄧㄠˋ）病名。小孩子或身體衰弱的人，膀胱括約肌衰弱，在不自覺時或夢中撒尿。

**遺志**（ㄧˊ ㄓˋ）死者生前未能實現的志願。如「實現孫中山先生的遺志」。

**遺忘**（ㄧˊ ㄨㄤˋ）忘記。如「學生生活的種種並未遺忘」。

**遺言**（ㄧˊ ㄧㄢˊ）死者生前遺留下來的話。

**遺孤**（ㄧˊ ㄍㄨ）（某人死後留下來的）孤兒。

**遺念**（ㄧˊ ㄋㄧㄢˋ）死者遺留的紀念物。

**遺物**（ㄧˊ ㄨˋ）①考古學上指過去人類所遺留可供研究的實物，分文化遺物和自然遺物。②死者留下來的東西。

**遺恨**（ㄧˊ ㄏㄣˋ）図①餘恨。②沒達到的願望。

**遺毒**（ㄧˊ ㄉㄨˊ）過去遺留下來的有害的思想、觀念或風氣。

**遺音**（ㄧˊ ㄧㄣ）①餘音。②死者存留在親友記憶中的聲音。

**遺風**（ㄧˊ ㄈㄥ）図也作「餘風」，指前代政治、教育、文學、藝術或個人行為遺留下來的影響。

**遺容**（ㄧˊ ㄖㄨㄥˊ）①人死後的容貌。②遺像。

**遺書** ▲ㄧˊ ㄕㄨ 人臨死時留下的書信。▲図ㄨㄟˋ ㄕㄨ 寄信給人。

**遺珠**（ㄧˊ ㄓㄨ）①図遺失珍珠。②比喻賢能的人未受重用。③比喻精華部分遺漏了。如「選拔辦法不完備，一些水準高的選手都沒有選上，令人有遺珠之憾」。

**遺留**（ㄧˊ ㄌㄧㄡˊ）繼續存在的事物或現象。如「這裡有一些革命志士遺留下來的斑斑血跡」。

**遺臭**（ㄧˊ ㄔㄡˋ）図留傳惡名。如「遺臭萬年」。

**遺缺**（ㄧˊ ㄑㄩㄝ）図公私機構中還沒有補實的空缺。

**遺訓**（ㄧˊ ㄒㄩㄣˋ）死者生前所說的有教育意義的話。

**遺教** ㄧˊ ㄐㄧㄠˋ 死者遺留下來的學說、主張、著作等。

**遺族** ㄧˊ ㄗㄨˊ 死者的家族。

**遺棄** ㄧˊ ㄑㄧˋ ①拋棄。②對自己應該贍養或撫養的親屬拋開不管。

**遺產** ㄧˊ ㄔㄢˇ 人死了留下來的財產。

**遺痕** ㄧˊ ㄏㄣˊ 留下的痕跡。

**遺跡** ㄧˊ ㄐㄧ ⊠前人留下的痕跡。

**遺傳** ㄧˊ ㄔㄨㄢˊ ①前人留傳下來的。〈史記・扁鵲倉公傳〉有「慶有古先道遺傳黃帝扁鵲之脈書」。②生物親子之間有血統關係，後代生物是前代生物的生殖細胞繁殖而構成，因而在性情、容貌、疾病等方面，兩代生物有種種相似的現象，叫「遺傳」。

**遺愛** ㄧˊ ㄞˋ ⊠政治家或地方行政主管生前愛民如子，他的仁愛的美德會長存後世。

**遺落** ㄧˊ ㄌㄨㄛˋ 遺失；丟失。

**遺像** ㄧˊ ㄒㄧㄤˋ 死者生前的像片或畫像。

**遺漏** ㄧˊ ㄌㄡˋ 應該列入或提到的沒有列入或提到。

**遺禍** ㄧˊ ㄏㄨㄛˋ 留下禍患，使人受害。

**遺聞** ㄧˊ ㄨㄣˊ 前人遺留下來的傳聞。

**遺墨** ㄧˊ ㄇㄛˋ 死者生前的筆跡或書畫作品。

**遺憾** ㄧˊ ㄏㄢˋ ①遺恨。②感到不完全滿意。

**遺贈** ㄧˊ ㄗㄥˋ 遺囑中指明把自己的財物贈給指定的人或機構。

**遺孀** ㄧˊ ㄕㄨㄤ 某人死後，他的妻子叫做某人的遺孀。

**遺體** ㄧˊ ㄊㄧˇ ①死者的身體。②⊠自己的身體是父母的「遺體」。

**遺囑** ㄧˊ ㄓㄨˇ 人在生前或臨死時用口頭或書面形式囑咐身後應處理的事情。

**遺產稅** ㄧˊ ㄔㄢˇ ㄕㄨㄟˋ 國家對財產繼承人所課徵的稅。

**遺傳性** ㄧˊ ㄔㄨㄢˊ ㄒㄧㄥˋ 由祖先遺傳下來的性質。

**遺傳學** ㄧˊ ㄔㄨㄢˊ ㄒㄩㄝˊ 研究生物親子間的傳承和變異規律的學科。

**遺腹子** ㄧˊ ㄈㄨˋ ㄗˇ 父親死後才出生的子女。

**遺世獨立** ㄧˊ ㄕˋ ㄉㄨˊ ㄌㄧˋ 棄絕世間俗事，過著與世無爭的遁世生活。語出〈漢書・外戚傳〉。

**遺臭萬年** ㄧˊ ㄔㄡˋ ㄨㄢˋ ㄋㄧㄢˊ 在世時做了壞事，死後惡名流傳，永遠被人唾罵。

**遹** ㄩˋ ⊠㊀遵循。㊁發語詞。〈詩經〉有「遹駿有聲」。

## 十三筆

**避** ㄅㄧˋ ㊀躲開。如「逃避」「避雨」。㊁免除。如「避雷針」「避免」。㊂離去。如「避地」「避席」。語音ㄅㄟˋ。用在「避風」「避雨」等口語詞上。

**避世** ㄅㄧˋ ㄕˋ 脫離現實生活，避免和外界接觸。

**避孕** ㄅㄧˋ ㄩㄣˋ 用藥物或物理方法避免受孕，分永久、暫時兩種。前者用結紮法，使輸精管、輸卵管阻塞不通；後者服用藥物或裝子宮環套（包括樂普），使用保險套等。

**避免** ㄅㄧˋ ㄇㄧㄢˇ 設法不使發生。

**避雨** ㄅㄧˋ ㄩˇ 躲雨。口語也說ㄅㄟˋ ㄩˇ。

**避面** ㄅㄧˋ ㄇㄧㄢˋ 避免（和某人）見面。

**避風**（ㄅㄧˋ ㄈㄥ） ①躲避強風的吹襲。②比喻避開不利的勢頭。也說避風頭（ㄅㄧˋ ㄈㄥ ˙ㄊㄡ）。

**避秦**（ㄅㄧˋ ㄑㄧㄣˊ） 文比喻躲避暴政的迫害。陶潛〈桃花源記〉有「先世避秦時亂」。

**避匿**（ㄅㄧˋ ㄋㄧˋ） 文躲避，隱藏。

**避亂**（ㄅㄧˋ ㄌㄨㄢˋ） 逃避戰亂。

**避嫌**（ㄅㄧˋ ㄒㄧㄢˊ） 避開嫌疑。

**避暑**（ㄅㄧˋ ㄕㄨˇ） ①天氣炎熱時到涼爽的地方去住。②避免中暑。

**避諱**（ㄅㄧˋ ㄏㄨㄟˋ） ①舊時為表示尊敬，在口頭或書寫時不提祖宗或皇帝的名字，或將字故意減筆，使用替字、省字或以□代替，也有在字上加框、加「諱」等。②避免觸犯忌諱。如「在滿臉痘瘢的人面前不說『麻』字，否則會犯他的忌諱」。

**避難**（ㄅㄧˋ ㄋㄢˋ） 躲避災難或迫害。

**避風港**（ㄅㄧˋ ㄈㄥ ㄍㄤˇ） ①專為小型船隻躲避強風襲擊而造的海港。②比喻可以暫避風波的處所。如「他犯了眾怒，急著找個安全的地方做避風港」。

**避雷針**（ㄅㄧˋ ㄌㄟˊ ㄓㄣ） 防止房子觸電的裝置。把銅絲一頭裝在屋頂，另一頭埋在地下，使電電發生時電流入地，不會損壞房屋。

## 邁（迈）

ㄇㄞˋ ㈠抬起腿向前跨。如「邁開腿走」「邁開大步」。㈡老。如「老邁」「年邁」。㈢跨越。如「邁過去」「邁古超今」。

**邁入**（ㄇㄞˋ ㄖㄨˋ） ①走進去。②比喻進入。如「邁入二十一世紀」。

**邁進**（ㄇㄞˋ ㄐㄧㄣˋ） ①大步向前走。②比喻向前猛進。如「大家努力為國家建設事業邁進」。

**邁步**（ㄇㄞˋ ㄅㄨˋ）（兒ㄦ） 舉步。

**邁方步**（ㄇㄞˋ ㄈㄤ ㄅㄨˋ）（兒ㄦ） 行路緩慢，指老人或書生走路說的。

## 還（還、还）

▲ㄏㄨㄢˊ ㈠回來，回去。如「勝利還鄉」「萬里長征人未還」。㈡償付。如「還本」「還債」。㈢回答別人對自己的行動。如「還手」「還以顏色」。㈣再，又。如「幾時還來看我」。㈤仍舊。如「剪不斷，理還亂」。㈥更加。陶潛詩有「親戚共一處，子孫還相保」。（㈣㈤㈥可讀語音ㄏㄞˊ）㈦見「還價」。㈧收復。如「還我河山」。

▲文ㄒㄩㄢˊ 通「旋」，「還踵」就是「旋踵」，轉足之間，形容行動快，時間短。

▲ㄏㄞˊ（語音）㈠副詞，猶、尚的意思。如「時間還早」「他還沒走」。㈡仍舊。如「還是老樣子」「說了幾次，他還沒有聽懂」。㈢更（ㄍㄥˋ）。如「今天比昨天還熱」「他比我還笨」。㈣「繼續」的意思。如「病是好了，還得休息才行」「開完會還要研究」。㈤或者。如「這樣做還是那樣做，他並沒有決定」「是走呢，還是不走呢」。

**還手**（ㄏㄨㄢˊ ㄕㄡˇ） 因挨打或受攻擊而反過來打擊對方。

**還本**（ㄏㄨㄢˊ ㄅㄣˇ） 公債、債券等的償還本金。

**還俗**（ㄏㄨㄢˊ ㄙㄨˊ） 和尚、尼姑或出家的道士恢復普通人的身分。

**還原**（ㄏㄨㄢˊ ㄩㄢˊ） ①恢復原來的樣子。②化學上對還原有兩種解釋：廣義的是指在化學反應中，能使一個原子得到一個或幾個電子的反應，稱為「還原作用」；這種作用與氧化作用相反，但是同時相伴進行。狹義的是指化合物恢復原物或原質的作用。③數學上指算式演算完畢之後，按原演算順序逆向運算，檢查演算有無錯誤，稱為還原。參看「還原法」。

**還席**（ㄏㄨㄢˊ ㄒㄧˊ） 受人邀宴以後，備酒席回請對方。

**還帳**（ㄏㄨㄢˊ ㄓㄤˋ） 償付所欠的貸款。

**還陽**（ㄏㄨㄢˊ ㄧㄤˊ） 舊時說人死了又活過來。也作「還魂」。

**還債**（ㄏㄨㄢˊ ㄓㄞˋ） 清償債務。

**還魂**（ㄏㄨㄢˊ ㄏㄨㄣˊ） 古時人迷信，以為人死後有可能「被閻王放回來」而復活，叫做還魂。也說「回魂」。

**還價**（ㄏㄨㄢˊ ㄐㄧㄚˋ） ①買東西嫌價錢高，說出比較低的價錢問肯不肯賣，叫做還價。也說「討價還價」。②引伸指一般事情方面向對方請求減少限制或放寬條件。如「他辦事死板認真，說一不二，誰也休想跟他還價」。

**還嘴**（ㄏㄨㄢˊ ㄗㄨㄟˇ） 受到別人責難時回嘴頂撞。如「打不還手，罵不還嘴」。

**還擊**（ㄏㄨㄢˊ ㄐㄧ） 受到攻擊後反過來攻擊對方。

**還禮**（ㄏㄨㄢˊ ㄌㄧˇ） ①回答人家的敬禮。②回贈別人禮物。

**還願**（ㄏㄨㄢˊ ㄩㄢˋ） 求神之後，因為如願了，就照當初所許諾的謝神。

**還原法**（ㄏㄨㄢˊ ㄩㄢˊ ㄈㄚˇ） 數學名詞，演算完畢以後，想驗證演算有無錯誤，而用逆算的方法再演算，看看結果跟原來數值是否相同，叫「還原法」。加法的還原用減法，減法的還原用加法，乘法的還原用除法，除法的還原用乘法，開方的還原用自乘法。

## 遽

図ㄐㄩˋ ㈠急忙，倉卒。如「急遽」「言畢遽行」。㈡見「遽遽」。㈢驚恐的樣子。〈世說新語〉有「謝太傅盤桓東山時與孫興公諸人汎海戲，風起浪涌，孫王諸人色並遽」。

**遽然**（ㄐㄩˋ ㄖㄢˊ） 図忽然。也作「遽爾」。

## 邂

図ㄒㄧㄝˋ 見「邂逅」。

**邂逅**（ㄒㄧㄝˋ ㄏㄡˋ） 図無意中相遇。

## 邅

図ㄓㄢ 見「迍邅」。

## 邀

ㄧㄠ ㈠招引。如「邀請」「舉杯邀明月」。㈡叨受。如「邀功」「邀賞」。㈢用秤稱（ㄔㄥ）重量。如「邀斤」「邀邀看，這條魚有多重」。㈣図遮留，阻擋。〈晉書〉有「於半道邀之」。

**邀功**（ㄧㄠ ㄍㄨㄥ） 將別人的功勞當做自己的。

**邀約**（ㄧㄠ ㄩㄝ） 約請，邀請。

**邀集**（ㄧㄠ ㄐㄧˊ） 把較多的人邀請到一起。

**邀請**（ㄧㄠ ㄑㄧㄥˇ） 請人到自己的地方來或到約定的地方去。

**邀請卡**（ㄧㄠ ㄑㄧㄥˇ ㄎㄚˇ） 邀請用的卡片，上面寫明集會見面的事由、日期、時間、地點等。

**邀請函**（ㄧㄠ ㄑㄧㄥˇ ㄏㄢˊ） 邀請參加某項活動的信，上面寫明事由、時間、地點。

**邀請賽**（ㄧㄠ ㄑㄧㄥˇ ㄙㄞˋ） 邀請體育團隊參加的競賽，以互相觀摩或切磋技藝為宗旨。

**邀斤論兩**（ㄧㄠ ㄐㄧㄣ ㄌㄨㄣˋ ㄌㄧㄤˇ） 用秤來稱重量，以斤兩計值。比喻斤斤計較。

# 十四筆

## 邈

図ㄇㄧㄠˇ ㈠遠。「邈不可聞」是「很久很久以前的事了，查不清楚了」。㈡同「藐」，輕視的意思。

## 邃

図ㄙㄨㄟˋ ㈠「邃遠」，是深遠。㈡「深邃」是精深。㈢「邃古」是遠古。也作「遂古」。

## 邇（迩）

図ㄦˇ ㈠近的，與「遐」相反。如「名聞

遐邇」「密邇」。㈡接近。〈書經〉有「惟王不邇聲色」。

**邇來** ㄦˇ ㄌㄞˊ 図近來。

## 十五筆

**邊（边）** ㄅㄧㄢ ㈠四緣，地或物的盡頭。如「旁邊兒」「邊沿」。㈡兩旁。如「河邊」「靠邊兒走」。㈢方位。如「上邊」「前邊」。㈣行政區與行政區之間或國與國之間的交界處。如「邊界」「邊地」。㈤衣裙的緣飾。如「花邊兒」「緄邊兒」。㈥同時做兩種動作。如「邊說邊唱」「邊走邊吃」。㈦幾何學名詞，side，夾成角的直線叫「角之邊」，包圍正多角形的線叫「正多角形之邊」。㈧姓。

**邊卡** ㄅㄧㄢ ㄑㄧㄚˇ 在邊境地方設置的關卡或哨站。

**邊地** ㄅㄧㄢ ㄉㄧˋ 邊遠的地區。

**邊防** ㄅㄧㄢ ㄈㄤˊ 國家邊地的防務。

**邊兒** ㄅㄧㄢ ㄦ ①邊㈠㈡㈢㈤。②邊際②，頭緒。如「說了半天，還摸不著邊兒」。

**邊界** ㄅㄧㄢ ㄐㄧㄝˋ 地區和地區之間的界線（多指國界，有時也指省界、縣界）。

**邊音** ㄅㄧㄢ ㄧㄣ 發音時，舌尖與齒齦或前顎接觸而使口腔中路阻塞，氣流分由舌邊泄出而成的輔音，如國音的ㄌ。也作「邊聲」。

**邊區** ㄅㄧㄢ ㄑㄩ 靠近邊境的地區。

**邊患** ㄅㄧㄢ ㄏㄨㄢˋ 図因邊疆被侵擾而造成的禍患。

**邊幅** ㄅㄧㄢ ㄈㄨˊ 比喻人的儀容、衣著。如「不修邊幅」。

**邊陲** ㄅㄧㄢ ㄔㄨㄟˊ 図邊境。

**邊塞** ㄅㄧㄢ ㄙㄞˋ 邊疆地區的要塞。

**邊隘** ㄅㄧㄢ ㄞˋ 図邊境險要的地方。

**邊境** ㄅㄧㄢ ㄐㄧㄥˋ 靠近邊界的地方。文言也作「邊陲」。

**邊鄙** ㄅㄧㄢ ㄅㄧˇ 図邊遠的地方。

**邊際** ㄅㄧㄢ ㄐㄧˋ ①邊界。②指頭緒。如「說話不著邊際」。

**邊遠** ㄅㄧㄢ ㄩㄢˇ 靠近國界的；遠離中心地區的。如「邊遠地區」。

**邊線** ㄅㄧㄢ ㄒㄧㄢˋ 指籃球、足球、網球場的邊界線。

**邊緣** ㄅㄧㄢ ㄩㄢˊ ①沿邊的部分。如「操場的邊緣種了些樹」。②接近界線的。如「死亡邊緣」。

**邊疆** ㄅㄧㄢ ㄐㄧㄤ 靠近國界的領土。

**邊關** ㄅㄧㄢ ㄍㄨㄢ 邊境上的關口。

**邊打邊談** ㄅㄧㄢ ㄉㄚˇ ㄅㄧㄢ ㄊㄢˊ 一邊打仗一邊談和。

**邊際成本** ㄅㄧㄢ ㄐㄧˋ ㄔㄥˊ ㄅㄣˇ 指任何增加一單位生產因而使總生產成本增加的數額。

**邊緣科學** ㄅㄧㄢ ㄩㄢˊ ㄎㄜ ㄒㄩㄝˊ 以兩種或兩種以上的科學為基礎而發展起來的科學。

**邋** ▲ㄌㄚˊ 見「邋遢」。▲図ㄌㄧㄝˋ「邋邋」，旗幟飄揚的樣子。

**邋遢** ㄌㄚˊ ㄊㄚˋ 遢字輕讀。①不整潔。②做事不仔細的樣子。

**邋裡邋遢** ㄌㄚˊ ㄌㄧˇ ㄌㄚˊ ㄊㄚˋ 不整潔的樣子。

## 十九筆

**邐（逦）** 図ㄌㄧˇ 見「迤邐」。

**邏（逻）** ㄌㄨㄛˊ 巡察。如「巡邏」。

**邏輯** ㄌㄨㄛˊ ㄐㄧˊ logic的音譯，就是「論理學」「理則學」。

**邏輯學** ㄌㄨㄛˊ ㄐㄧˊ ㄒㄩㄝˊ [留]英文logic的音譯，我國原譯為理則學，是研究關於推理、思考的學科。

## 邑部

**邑** ㄧˋ [文]㈠城市，市鎮。如「通都大邑」。㈡縣的別稱。如「邑人」（同縣的人）。㈢見「邑邑」。

**邑邑** ㄧˋ ㄧˋ [文]①憂愁不樂的樣子。②微弱的樣子。

### 三筆

**邙** ㄇㄤˊ 北邙，山名，在河南洛陽東北，古墓很多。

**邗** ㄏㄢˊ ㈠古國名，在江蘇揚州。㈡邗溝，古水名，現在揚州的運河。㈢姓。

**邛** ㄑㄩㄥˊ ㈠[文]勞，病。〈詩經〉有「維王之邛」。㈡邛崍：山名，縣名，都在四川省。㈢姓。

**邛竹** ㄑㄩㄥˊ ㄓㄨˊ 四川邛崍山所產的竹子，高節而中實，可用來做枴杖。

**邕** ㄩㄥ ㈠[文]同「雍」，和樂的樣子。㈡邕寧，廣西的縣名。

### 四筆

**邦** ㄅㄤ ㈠國家。古時諸侯國大的稱邦，小的稱國。如「民為邦本」「邦交」。㈡若干小國合成一個國家，叫聯邦。

**邦土** ㄅㄤ ㄊㄨˇ [文]國土。

**邦本** ㄅㄤ ㄅㄣˇ [文]國家的根本，指人民。

**邦交** ㄅㄤ ㄐㄧㄠ 國與國之間的正式外交關係。如「恢復邦交」。

**邦彥** ㄅㄤ ㄧㄢˋ [文]指國內品學兼優的人士。

**邦家** ㄅㄤ ㄐㄧㄚ [文]國家。如「邦家多難之秋」。

**邦基** ㄅㄤ ㄐㄧ [文]國家的基礎。

**邦畿** ㄅㄤ ㄐㄧ [文]國境。

**邦聯** ㄅㄤ ㄌㄧㄢˊ 由若干保有主權和政府組織的分子國，為保障彼此的安全所組成的聯合政體。如一七七八—一七八七的美國，一八一五—一八四八的瑞士，一八一五—一八六六的德國。邦聯與聯邦不同，邦聯以條約為基礎，而聯邦則以憲法為基礎。

**邠** ㄅㄧㄣ 古國名，在現在陝西省邠縣。

**邡** ㄈㄤ 什邡，縣名，在四川省。

**那** ▲ㄋㄚˋ ㈠遠指的指示代名詞，與「這」相對。如「那裡」「那個」。㈡見「那麼」。

▲ㄋㄟˋ 「那（ㄋㄚˋ）」「一」兩字的合音，是單指一個的遠指指示代名詞。

▲ㄋㄚˇ ㈠表疑問的指示代名詞，等於文言的「何」。也作「哪」。如「你說他來了，在那兒」。㈡表詰問。如「那有這種事，你少胡扯」。也作「哪」。

▲ㄋㄞˇ 「那（ㄋㄚˇ）」「一」兩字的合音，是單指一個的表疑問指示代名詞。如「請問您要找那位」。也作「哪」。

▲ㄋㄟˇ 「那（ㄋㄞˇ）」說快了，「長音」變「短音」，變成ㄋㄟˇ。也作「哪」。

▲ㄋㄜ˙ 「那麼樣」「那麼著」的「那」可讀ㄋㄜ˙。

▲ㄋㄚ 姓。

▲因ㄋㄨㄛˊ㈠如何。〈左傳〉有「棄甲則那」。㈡多。〈詩經〉有「受福不那」。㈢見「刹那」。

▲ㄋㄜˊ「那吒」，佛教護法之神，見〈高僧傳·道宣傳〉。又：〈封神演義〉說他是「托塔天王」李靖的第三子，助姜子牙興周滅紂。

**那些** ▲ㄋㄚˋ ㄒㄧㄝ 那許多。

▲ㄋㄚˇ ㄒㄧㄝ 也作「哪些」，是若干「不知道的」。如「今天有那些人要來」「你到底讀了那些書」。

**那怕** ㄋㄚˇ ㄆㄚˋ 也作「哪怕」。①何必怕。如「你只要努力用功，那怕考不好」。②表示讓步的連詞，「即使」的意思。如「你對我這麼好，那怕上刀山，我也得替你把這件事辦好」。

**那個** ▲ㄋㄚˋ ·ㄍㄜ ①廣泛的指示詞。如「他們倆總是這個那個地說個沒完」。②指示代名詞。如「那個地方」「那個意思」。（如果有單指的意思，如「那個人」，可以念ㄋㄟˋ ·ㄍㄜ ㄖㄣˊ。）

▲ㄋㄚˇ ·ㄍㄜ 疑問的指示代名詞，也作「哪個」。是「哪一個」「何者」的意思，通常可以念ㄋㄞˇ ·ㄍㄜ，轉成ㄋㄟˇ ·ㄍㄜ。

**那時** ㄋㄚˋ ㄕˊ 那個時候。

**那能** ㄋㄚˇ ㄋㄥˊ 怎麼能夠。如「這件東西這麼重，我那能搬得動」。也作「哪能」。

**那堪** ㄋㄚˇ ㄎㄢ 因怎麼受得了。如「平日體弱，那堪病來磨」。

**那就** ㄋㄚˋ ㄐㄧㄡˋ 「那麼就」「如是則」的意思。如「他要是肯改過，那就好了」。

**那裡** ▲ㄋㄚˋ ㄌㄧˇ 彼處。如「那裡的風俗和這裡不同」（也說「那兒（ㄋㄚˋ ㄦ）」）。

▲ㄋㄚˇ ㄌㄧˇ 也作「哪裡」。①什麼地方。如「這種材料那裡去找」。②如何，怎麼。如「我那裡吃得了（ㄌㄧㄠˇ）這麼多」。③謙虛的否定詞。如「您說那裡話，我還差得遠呢」「那裡，那裡，謝謝您的誇獎」。（①②也說「那兒（ㄋㄚˇ ㄦ）」。）

**那麼** ㄋㄚˋ ·ㄇㄜ 北京口語說ㄋㄜˋ ·ㄇㄜ。①表式樣的副詞，那樣子。如「你何必生那麼大的氣呢」。②表承接的連詞。如「他既然不來，那麼我就走了」。

**那樣（兒）** ㄋㄚˋ ㄧㄤˋ ㄦ 也說那樣子。①那個形狀。②那種程度。③那種情形。

**那麼著** ㄋㄚˋ ·ㄇㄜ ·ㄓㄜ ①「那麼」用作表式樣的副詞時，省去動詞，改成「那麼著」。如「你再那麼著，我可要生氣了」。②「那麼」用作表承接的連詞，而語勢比較舒緩時，成了「那麼著」。如「他既然不來了，那麼著，咱們就不必等他了」。

**那麼樣** ㄋㄚˋ ·ㄇㄜ ㄧㄤˋ 那樣。

**那一門子** ㄋㄚˇ ㄧˋ ㄇㄣˊ ·ㄗ 反問詞，含有什麼的意思。如「你說的是那一門子的話」。

**邪** ▲ㄒㄧㄝˊ㈠不正常的思想或行為。如「邪僻」「邪行」。㈡中醫說不正常的氣候使人生病，叫「風邪」。㈢怪異，妖怪。如「邪魔」「邪教」。

▲因ㄧㄝˊ㈠同「耶」，表疑問的語助詞。〈史記〉有「不當若是邪」。㈡「邪呼」「邪許（ㄏㄨˇ）」，許多人做勞力工作時同時發出的呼應聲。㈢同「琊」，琅邪就是「琅琊」，古地名。

**邪心** ㄒㄧㄝˊ ㄒㄧㄣ 邪念。

**邪行** ▲ㄒㄧㄝˊ ㄒㄧㄥˋ 不正當的行為。

▲ㄒㄧㄝˊ ·ㄒㄧㄥ ①厲害。如「天氣冷得邪行」。②古怪。如「這話問得

有點兒邪行」。

**邪佞** ㄒㄧㄝˊ ㄋㄧㄥˋ 文沒有品德，行為不正當的人。

**邪呼** ㄧㄝˊ ㄏㄨ 文眾人呼喝的聲音。

**邪念** ㄒㄧㄝˊ ㄋㄧㄢˋ 不正當的念頭。

**邪法** ㄒㄧㄝˊ ㄈㄚˇ ①邪道。②妖術。也作「邪術」。

**邪氣** ▲ㄒㄧㄝˊ ㄑㄧˋ 邪惡不正的氣。▲ㄒㄧㄝˊ ˙ㄑㄧ 奇異。同「邪行（˙ㄒㄧㄥ）」。

**邪教** ㄒㄧㄝˊ ㄐㄧㄠˋ ①教義不純正的宗教。②富有政治意識對執政者不利的宗教組織，如古羅馬時代的基督教，中國歷代的某些形式的道教，執政者都稱他們為邪教。

**邪術** ㄒㄧㄝˊ ㄕㄨˋ 妖異不正的法術。

**邪許** ㄧㄝˊ ㄏㄨˇ 許多人做勞力工作時，同時發出的呼應聲。

**邪惡** ㄒㄧㄝˊ ㄜˋ ①不正當的、違背常理的事。②做不正當的事的人。

**邪路** ㄒㄧㄝˊ ㄌㄨˋ ①不正常的行為。②不正當的方法。

**邪道** ▲ㄒㄧㄝˊ ㄉㄠˋ 佛經所說的邪僻之道。▲ㄒㄧㄝˊ ˙ㄉㄠ 奇怪，莫名其妙。如「這人來得有點兒邪道，咱們得注意他」。

**邪說** ㄒㄧㄝˊ ㄕㄨㄛ 文偏頗不正的言論。

**邪僻** ㄒㄧㄝˊ ㄆㄧˋ 文不合正道。

**邪魔** ㄒㄧㄝˊ ㄇㄛˊ 舊時人相信的妖魔。

**邪門兒** ㄒㄧㄝˊ ㄇㄣˊ ㄦ 出乎意外或不合常軌的事。如「那麼高掉下來還不死，真有點兒邪門兒」。

**邪惡區** ㄒㄧㄝˊ ㄜˋ ㄑㄩ 都市中聚集娼妓、吸毒者及各類不良分子的地區。

**邪魔外道** ㄒㄧㄝˊ ㄇㄛˊ ㄨㄞˋ ㄉㄠˋ ①佛家指邪惡的魔鬼和佛法之外的異端。②引伸泛指不正派。如「那個人是個邪魔外道的」。

**邢（邢）** ㄒㄧㄥˊ ㈠春秋時國名，在現在河北省邢臺縣境。㈡姓。

**邨** ㄘㄨㄣ 同「村」。

## 五筆

**邶** ㄅㄟˋ 古國名，在今河南省湯陰縣東北。

**邴** ㄅㄧㄥˇ ㈠古地名，在現在山東省費縣。㈡姓。

**邳** ㄆㄟˊ ㈠邳縣，在江蘇省。㈡古地名，在今山東省滕縣南邊。㈢姓。

**邸** 文ㄉㄧˇ ㈠大官要人住的大宅。如「官邸」。㈡「旅邸」是旅館。㈢姓。

**邸報** ㄉㄧˇ ㄅㄠˋ 漢代諸侯王和唐代的藩鎮，都在首都設有官邸，作為入京時的住處。邸中的僚屬傳抄皇帝的詔令和大臣的奏章等，使長官了解朝廷的動向和措施，稱為邸報。

**邰** ㄊㄞˊ ㈠古國名，在今陝西省武功縣境。㈡姓。

**邯** ㄏㄢˊ 邯鄲，縣名，在河北省。

**邱** ㄑㄧㄡ ㈠通「丘」。㈡邱縣，在山東省。㈢姓。本作「丘」，因為避孔子的名諱，改成「邱」。

**邵** ㄕㄠˋ ㈠古地名，在今河南省濟源縣西。㈡姓。

## 六筆

**郎（郎）** ㄌㄤˊ ㈠古人對青年男子的好稱呼。如「顧曲（ㄑㄩ）周郎（指周瑜）」「江郎

（江淹）才盡」。㈡青年人的通稱。如「女郎」「新郎」。㈢舊時妻稱丈夫為「郎」「郎君」。㈣舊時官名，有「侍郎」「員外郎」等。㈤稱人家的兒子。如「令郎」。㈥姓。

**郎中** ㄌㄤˊ ㄓㄨㄥ ①舊時南方人稱醫生叫郎中。②指職業賭徒，騙子。

**郎君** ㄌㄤˊ ㄐㄩㄣ ①男子的美稱。舊時敬稱他人的子弟。②妻稱夫。③稱貴公子。

**郎當** ㄌㄤˊ ㄉㄤ ①衣服太大不合身。②形容人頹唐、落魄的樣子。③同「鋃鐺」。

**郎舅** ㄌㄤˊ ㄐㄧㄡˋ 古時稱姊妹的丈夫叫郎，妻的兄弟為舅，合稱郎舅。

**郎不郎秀不秀** ㄌㄤˊ ㄅㄨˋ ㄌㄤˊ ㄒㄧㄡˋ ㄅㄨˋ ㄒㄧㄡˋ 比喻人不上不下，不倫不類的樣子。

## 郃

ㄍㄜˊ ㈠郃陽，陝西省縣名。㈡姓。

## 邽

ㄍㄨㄟ ㈠古地名。「上邽」在今甘肅省天水縣。「下邽」在今陝西省渭南縣。㈡姓。

## 郊

ㄐㄧㄠ ㈠城市周圍不遠的地區。如「郊區」「我們去郊遊」。㈡古時天子祭天的典禮叫「郊」。

**郊外** ㄐㄧㄠ ㄨㄞˋ 城市外面的地方（對某一城市說）。

**郊區** ㄐㄧㄠ ㄑㄩ 城市周圍的地區。

**郊野** ㄐㄧㄠ ㄧㄝˇ 郊區曠野。

**郊遊** ㄐㄧㄠ ㄧㄡˊ 到郊外遊覽。

## 郄

ㄒㄧˋ ㈠〔文〕同「隙」，是怨恨的意思。㈡姓。

## 郇

ㄒㄩㄣˊ ㈠古國名，在今山西省猗氏縣西南。㈡〔文〕「郇廚」，唐朝郇公韋陟講究美食，所以現在寫信謝人在家宴請說「飽飫郇廚」。㈢姓。

## 郅

ㄓˋ ㈠〔文〕郅隆，昌盛的樣子。㈡通「陟」，登高。㈢極、至。「郅治」是指最完美的政治制度和最良好的行政措施。㈣姓。

## 邾

ㄓㄨ 古國名，在現在山東省鄒縣。

## 郕

ㄔㄥˊ ㈠古國名，在現在山東省寧陽縣境。㈡姓。

## 郁

ㄩˋ ㈠〔文〕有文采的樣子。如「雲霞紛郁」。㈡〔文〕香氣濃厚的樣子。如「郁馥」「沈浸醲郁」。㈢姓。

**郁郁** ㄩˋ ㄩˋ 〔文〕①形容文章盛大。〈論語〉有「郁郁乎文哉」。②形容香氣散射。司馬相如賦有「郁郁菲菲，眾香發越」。

**郁馥** ㄩˋ ㄈㄨˋ 〔文〕香氣濃厚。

# 七筆

## 郛

ㄈㄨˊ 〔文〕郭，外城。

## 郜

ㄍㄠˋ ㈠古國名，在今山東省武城縣東南。㈡姓。

## 郠

ㄍㄥˇ 古地名，春秋時屬莒國，在今山東省沂水縣境。

## 郝

ㄏㄠˇ ㈠古地名，在今陝西省境。㈡姓。讀音ㄏㄜˋ。

## 郟

ㄐㄧㄚˊ ㈠古地名，在今河南省。㈡堂屋的東西兩廂房，前堂的叫「廂」，後堂的叫「郟」。

## 郡

ㄐㄩㄣˋ ㈠舊時地方行政區域名，比現在的縣稍大。秦代以前郡屬於縣，以後縣區縮小，郡比縣大。宋代以後叫府。參看「郡縣制度」。㈡姓。

**郡主** ㄐㄩㄣˋ ㄓㄨˇ 舊時稱親王的女兒為郡主。

**郡縣** ㄐㄩㄣˋ ㄒㄧㄢˋ 舊時地方行政區域名。

**郡縣制度** ㄐㄩㄣˋ ㄒㄧㄢˋ ㄓˋ ㄉㄨˋ 秦代廢封建，設郡，一個郡管若干個縣，行中央集權制，叫郡縣制度。

**郤** ㄒㄧˋ ㈠古地名，在今河南省境。㈡図很狹窄的空間，通「隙」。㈢図仇嫌，怨恨。㈣姓。

**郗** ㄔ ㈠古地名，在今河南省。㈡姓，常與「郄」混。

**郢** ㄧㄥˇ ㈠春秋時的楚國都城，在今湖北省江陵縣。㈡図「郢政」也作「郢正」，是把自己作的詩文請人修改時用的敬詞。

**郢書燕說** ㄧㄥˇ ㄕㄨ ㄧㄢ ㄕㄨㄛ 図比喻穿鑿附會，以訛傳訛。語出〈韓非子・外儲說上〉。郢指楚國，燕指燕國。

## 八筆

**部** ㄅㄨˋ ㈠図統率（ㄕㄨㄞˋ）。如「所部不滿千人」。㈡中央政府院下面的機關名稱。如「外交部」「國防部」。㈢金融企業機構的單位名稱。如「儲蓄部」「經理部」。㈣門類。如「部門」「部首」。㈤由全體分成的，常指位置。如「局部」「外部」。㈥指物體或團體分成的單位。如「六部」「頭胸腹三部」。㈦成套的。如「一部辭典」「一部機器」。㈧図見「部署」。

**部下** ㄅㄨˋ ㄒㄧㄚˋ 受上級指揮監督的人或機構，常指軍隊。

**部分** ▲ㄅㄨˋ・ㄈㄣ 全體中的一部。▲図ㄅㄨˋ ㄈㄣˋ ①軍隊行軍的秩序。〈晉書〉有「時峻（蘇峻）夜行，甚無部分」。②部屬。如「指麾部分，為天子扞城」。

**部位** ㄅㄨˋ ㄨㄟˋ ①一部分的地位。②人體的部分。

**部門** ㄅㄨˋ ㄇㄣˊ 機關、機構組織中同一層級分別辦事的橫面分工單位。如「總經理以下，行政部門、業務部門的主管稱為經理」。

**部首** ㄅㄨˋ ㄕㄡˇ 中國字典歸納分類法之一。偏旁相同的歸在一起，從筆畫少的排到多的，以便檢查，叫做「部首」。如人、口、土、目、行等。

**部將** ㄅㄨˋ ㄐㄧㄤˋ 部下的武官。

**部隊** ㄅㄨˋ ㄉㄨㄟˋ 有番號的軍隊。

**部落** ㄅㄨˋ ㄌㄨㄛˋ 人類學名詞。凡是包含若干地域，以家族、血緣、經濟等共同文化關係而聚居的，稱為部落。有時也指自成一個文化風尚的地區。

**部署** ㄅㄨˋ ㄕㄨˋ 安排；布置（人力、任務）。

**部屬** ㄅㄨˋ ㄕㄨˇ 部下，直接受監督指揮的人。

**都** ▲ㄉㄨ ㈠周代諸侯國設有宗廟式祖先神位的城叫都，沒有的叫邑。㈡一國的中央政府所在地。如「首都」「行都」。㈢地大人多而工商交通發達的城市。如「都市」「大都會」。㈣図漂亮，華美。如「麗都」。㈤図多數。如「大都」。㈥図總共。如「都五十萬言」「都為一冊」。▲ㄉㄡ ㈠皆，俱，通通，統統。如「他們都來了」。㈡還，尚且。如「他都敢去，你不敢去」。㈢說出結果表示程度已深。如「腿都站麻了」「天都快亮了」。

**都市** ㄉㄨ ㄕˋ 地大人多，工商、交通發達的地方，就是城市。也作「都會」。

**都門** ㄉㄨ ㄇㄣˊ 國都的城門，轉化為京都的別稱。

**都城** ㄉㄨ ㄔㄥˊ 國都。

**都會** ㄉㄨ ㄏㄨㄟˋ 都市。

**都市化** ㄉㄨ ㄕˋ ㄏㄨㄚˋ ①（地理）都市的內部結構及其機能不斷發生變化，範圍也時常向外伸展，支配這種都市現象的活動，稱為都市化。②（社會）原來不是都市的地區變成都市的過程，包括人口向都市遷移。

**都市計畫** ㄉㄨ ㄕˋ ㄐㄧˋ ㄏㄨㄚˋ 為適應市民目前與未來的需求，使他們有比目前更好的物質、社會、文化等生活環境，政府運用妥善的資源，所訂特別的計畫，對市區作整體規畫，如土地使用和人口配置，交通運輸，住宅、綠地的設計，公用設施的建設，下水道和環境衛生的規畫等。

## 郯
ㄊㄢˊ ㈠古國名，在現在山東省郯城縣西南。㈡姓。

## 郲
ㄌㄞˊ 古地名，在現在河南省滎陽縣境。

## 郭
ㄍㄨㄛ ㈠城牆外面再築的城牆。也叫「外城」。如「城郭」「附郭」。㈡姓。

## 郪
ㄑㄧ 郪縣，四川省三臺縣的舊名。

## 郴
ㄔㄣ 郴縣，在湖南省。

### 九筆

## 郿
ㄇㄟˊ 郿縣，在陝西省。

## 鄄
ㄐㄩㄢˋ 鄄城，古地名，在今山東省濮縣。

## 鄉（乡）
▲ㄒㄧㄤ ㈠城市外面人煙比較稀疏的地區。如「鄉村」「鄉下」。㈡行政區城的名稱，在縣之下，村之上。如「鄉公所」「鄉民代表會」。㈢稱自己出生的地方或祖籍。如「家鄉」「鄉音」。㈣稱同省縣的人。如「老鄉」「同鄉」。㈤指某一種境界。如「夢鄉」「醉鄉」。

▲図ㄒㄧㄤˋ同「嚮」。

**鄉人** ㄒㄧㄤ ㄖㄣˊ ①住在鄉下的人。②同鄉的人。

**鄉下** ㄒㄧㄤ ㄒㄧㄚˋ 下字輕讀。泛指城市以外耕地比較多，人煙較疏的地方。

**鄉土** ㄒㄧㄤ ㄊㄨˇ ①指本鄉本土。②指各地方的風土人情。

**鄉心** ㄒㄧㄤ ㄒㄧㄣ 図思念故鄉的心情。

**鄉井** ㄒㄧㄤ ㄐㄧㄥˇ 図家鄉。

**鄉民** ㄒㄧㄤ ㄇㄧㄣˊ 住在鄉下的人。

**鄉曲** ㄒㄧㄤ ㄑㄩ 図鄉下偏僻的地方。

**鄉村** ㄒㄧㄤ ㄘㄨㄣ 鄉下有人聚居的村落。

**鄉里** ㄒㄧㄤ ㄌㄧˇ 図①家鄉。②指同鄉的人。

**鄉味** ㄒㄧㄤ ㄨㄟˋ 故鄉的食物。

**鄉長** ㄒㄧㄤ ㄓㄤˇ ①鄉的行政首長。②尊稱同鄉年長的人。

**鄉俗** ㄒㄧㄤ ㄙㄨˊ 鄉里的習俗。

**鄉官** ㄒㄧㄤ ㄍㄨㄢ 舊時指鄉里中做過官的人。也作「鄉紳」。

**鄉思** ㄒㄧㄤ ㄙ 對故鄉的思念。

**鄉音** ㄒㄧㄤ ㄧㄣ 家鄉的口音。

**鄉國** ㄒㄧㄤ ㄍㄨㄛˊ 図家鄉。

**鄉梓** ㄒㄧㄤ ㄗˇ 図故鄉。

**鄉紳** ㄒㄧㄤ ㄕㄣ 鄉間的紳士。

**鄉間** ㄒㄧㄤ ㄐㄧㄢ 鄉村裡。

**鄉愁** ㄒㄧㄤ ㄔㄡˊ 懷念家鄉的憂傷的心情。

**鄉愚** ㄒㄧㄤ ㄩˊ 沒有知識的鄉下人。

**鄉試** ㄒㄧㄤ ㄕˋ 明清兩代，每三年在省城舉行一次的考試，考中的人稱舉人。

**鄉愿** ㄒㄧㄤ ㄩㄢˋ 〔名〕外表忠誠謹慎，實際上欺世盜名的人。

**鄉談** ㄒㄧㄤ ㄊㄢˊ 指家鄉話。

**鄉誼** ㄒㄧㄤ ㄧˋ 〔名〕同鄉的情分。

**鄉導** ㄒㄧㄤˋ ㄉㄠˇ 同「嚮導」。

**鄉親** ㄒㄧㄤ ㄑㄧㄣ ①同鄉的人。②對農村中當地人的稱呼。

**鄉鎮** ㄒㄧㄤ ㄓㄣˋ 鄉與鎮，是縣政府以下的民政機構單位名。

**鄉關** ㄒㄧㄤ ㄍㄨㄢ 〔名〕故鄉。

**鄉黨** ㄒㄧㄤ ㄉㄤˇ 〔名〕鄉里。

**鄉公所** ㄒㄧㄤ ㄍㄨㄥ ㄙㄨㄛˇ 管理一鄉公共事務的民政機構。

**鄉村化** ㄒㄧㄤ ㄘㄨㄣ ㄏㄨㄚˋ 使城市具有鄉村的特質，包括以鄉村純樸的自然文化影響城市文化，以及使城市人口能享受鄉村色彩的生活，減輕生活上的緊張壓迫。

**鄉下人(兒)** ㄒㄧㄤ ㄒㄧㄚˋ ㄖㄣˊ(ㄦ) 下字輕讀。住在鄉村的人。

**鄉下老兒** ㄒㄧㄤ ㄒㄧㄚˋ ㄌㄠˇ ㄦ 下字輕讀。泛稱住在鄉下不常出門，見識不多的人。也說「鄉巴老兒」。

**鄉土文學** ㄒㄧㄤ ㄊㄨˇ ㄨㄣˊ ㄒㄩㄝˊ 富有地方特殊色彩的文學作品，如描寫純樸的鄉土人物、鄉土故事及具有濃厚鄉土風味的文學作品。

**鄉土藝術** ㄒㄧㄤ ㄊㄨˇ ㄧˋ ㄕㄨˋ 描繪田園、農村的風趣，以表現鄉民淳樸、敦厚的性格為主旨的藝術。

**鄉壁虛構** ㄒㄧㄤˋ ㄅㄧˋ ㄒㄩ ㄍㄡˋ 憑空杜撰的意思。「鄉」同「向」「嚮」。

**鄉民代表會** ㄒㄧㄤ ㄇㄧㄣˊ ㄉㄞˋ ㄅㄧㄠˇ ㄏㄨㄟˋ 一鄉的民意機構，由鄉民選出的代表組成，是議論全鄉行政業務、經費預算，督促鄉公所辦事的。

## 鄂

ㄜˋ ㈠舊州名，就是現在湖北武漢。㈡湖北省的別稱。㈢姓。

## 郵(邮)

ㄧㄡˊ ㈠辦理傳送信件的國家專設機構。如「郵局」「軍郵」。㈡有關傳送信件的人員或事物。如「郵差」「郵票」。㈢郵票的簡稱。如「集郵」「珍郵」。㈣古時為傳送公文公物而設置的亭舍。如「郵驛」。㈤姓。

**郵包** ㄧㄡˊ ㄅㄠ 由郵局寄遞的包裹。

**郵件** ㄧㄡˊ ㄐㄧㄢˋ 郵遞的包裹及信件等。

**郵局** ㄧㄡˊ ㄐㄩˊ 國家設置以辦理郵政業務的機構。最高為隸屬交通部的郵政總局，其下按交通、工商及通郵數量，參酌行政區域，設置郵政管理局。郵政管理局管理轄區內各級郵局及所屬支局。

**郵亭** ㄧㄡˊ ㄊㄧㄥˊ ①是業務較少的郵政單位，可說是小型郵局；有時因為適應需要，在大規模集會場所臨時設置，集會完畢就撤除。②古時候傳遞信件者沿途休息的處所。〈漢書〉有「因郵亭書以聞」。

**郵政** ㄧㄡˊ ㄓㄥˋ 為便利公私信件的傳遞，促進文化經濟的繁榮，由國家設置國營的公用事業來辦理，稱為郵政。目前郵政經營的業務，包括信函、郵票、其他函件(新聞紙、書籍、印刷物)、包裹及匯兌、儲金、壽險等，後來改為公司組織。

**郵差** ㄧㄡˊ ㄔㄞ 隸屬於郵局，負責收送信件的人的俗稱。正式名稱是「郵務士」。

**郵展** ㄧㄡˊ ㄓㄢˇ 與郵票、郵柬等有關的展覽。

**郵務** ㄧㄡˊ ㄨˋ 郵政業務。

**郵寄** ㄧㄡˊ ㄐㄧˋ 郵遞。

**郵票**（ㄧㄡˊ ㄆㄧㄠˋ）由郵政機關印製、發售，作為交付郵資的憑據。

**郵筒** ▲ㄧㄡˊ ㄊㄨㄥˇ現在設在路旁供人寄信的筒狀設備。▲ㄧㄡˊ ㄊㄨㄥˊ古代寄信用的竹筒。

**郵費**（ㄧㄡˊ ㄈㄟˋ）郵遞信件或包裹所需的費用。也稱「郵資」。

**郵傳**（ㄧㄡˊ ㄔㄨㄢˊ）図郵遞。

**郵匯**（ㄧㄡˊ ㄏㄨㄟˋ）由郵局匯款。

**郵資**（ㄧㄡˊ ㄗ）郵費。

**郵遞**（ㄧㄡˊ ㄉㄧˋ）由郵局遞送（包裹、信件等）。

**郵輪**（ㄧㄡˊ ㄌㄨㄣˊ）①裝運郵件的輪船。②往來海洋中載客的大型輪船。

**郵箱**（ㄧㄡˊ ㄒㄧㄤ）在郵局裡設立專號的信箱，自己去取信件。又名「信箱」。

**郵戳**（ㄧㄡˊ ㄔㄨㄛ）郵局蓋在郵件上，注銷郵票並標明收發日期、時刻的戳子。

**郵購**（ㄧㄡˊ ㄍㄡˋ）通過郵遞購買。

**郵政局**（ㄧㄡˊ ㄓㄥˋ ㄐㄩˊ）國家所設辦理郵務的機構。在中央政府交通部有郵政總局，在省有郵政管理局。

**郵幣社**（ㄧㄡˊ ㄅㄧˋ ㄕㄜˋ）買賣各種舊郵票和舊錢幣的店鋪。

**郵政儲金**（ㄧㄡˊ ㄓㄥˋ ㄔㄨˊ ㄐㄧㄣ）郵匯局辦理的儲蓄業務。

**郵遞區號**（ㄧㄡˊ ㄉㄧˋ ㄑㄩ ㄏㄠˋ）郵局採用機械揀分信件，為了使工作方便，用號碼代表各個地區，叫「郵遞區號」。中國大陸叫「郵政編碼」。

# 郾

ㄧㄢˇ 郾城，河南省縣名。

# 鄆

ㄩㄣˋ (一)鄆城，山東省縣名。(二)姓。

## 十筆

# 鄗

ㄏㄠˋ 古地名，陝西、河北、山東等省都有。

# 鄒（邹）

ㄗㄡ (一)古國名，今縣名，都在山東省。(二)姓。

# 鄔

ㄨ (一)古地名，河南、山西都有。(二)姓。

# 鄖

ㄩㄣˊ 鄖城，湖北省縣名。

## 十一筆

# 鄙

ㄅㄧˇ (一)図邊遠的地區。如「邊鄙」。(二)輕視。如「鄙視」「鄙夷」。(三)說人家低賤，卑陋。如「卑鄙」「鄙陋」。(四)對人謙稱自己。如「鄙人」「鄙見」。(五)図貪吝。如「鄙吝」。又讀ㄅㄧˋ。

**鄙人**（ㄅㄧˇ ㄖㄣˊ）「我」的自稱，謙詞。

**鄙夫**（ㄅㄧˇ ㄈㄨ）図指人格卑陋的人，小人。崔瑗〈座右銘〉有「行行（ㄏㄤˋ）鄙夫志」。

**鄙夷**（ㄅㄧˇ ㄧˊ）図輕視。

**鄙吝**（ㄅㄧˇ ㄌㄧㄣˋ）図①鄙俗。②過分吝嗇。

**鄙事**（ㄅㄧˇ ㄕˋ）鄙俗瑣屑的事。

**鄙俚**（ㄅㄧˇ ㄌㄧˇ）図粗野；庸俗。

**鄙俗**（ㄅㄧˇ ㄙㄨˊ）粗俗；庸俗。

**鄙陋**（ㄅㄧˇ ㄌㄡˋ）見識淺薄。

**鄙笑**（ㄅㄧˇ ㄒㄧㄠˋ）輕視的譏笑。

**鄙棄**（ㄅㄧˇ ㄑㄧˋ）看不起；厭惡（ㄨˋ）。

**鄙視**（ㄅㄧˇ ㄕˋ）輕視。

**鄙意**（ㄅㄧˇ ㄧˋ）謙詞，稱自己的意見。

**鄙諺** ㄅㄧˇ ㄧㄢˋ 鄉土的諺語。

**鄙薄** ㄅㄧˇ ㄅㄛˊ 図①輕視。②淺陋微薄。

**鄚** ㄇㄛˋ ㈠古地名，在現在的河南省。㈡姓。

**鄜** ㄈㄨ 鄜縣，在陝西省。

**鄠** ㄏㄨˋ 鄠縣，在陝西省。

**鄣** ▲ㄓㄤ 古國名，在今山東省。▲図 ㄓㄤˋ ㈠同「障」。㈡古地名，在今甘肅省。

**鄞** ㄧㄣˊ ㈠縣名，在浙江省。㈡姓。

**鄘** ㄩㄥ 古國名，在今河南省汲縣一帶。又讀ㄩㄥˊ。

## 十二筆

**鄱** ㄆㄛˊ 鄱陽，湖名、縣名，都在江西省。

**鄲** ㄉㄢ 見「邯」字。

**鄧（邓）** ㄉㄥˋ ㈠古國名，在今河南省。㈡今縣名，在河南省。㈢姓。

**鄰（隣、邻）** ㄌㄧㄣˊ ㈠接近。如「鄰近」、「鄰居」。㈡親近的人。如「德不孤，必有鄰」。㈢邊界相連的。如「鄰國」、「鄰縣」。㈣最基層的民政單位名，由若干戶合編而成。㈤同「轔」，車行聲。

**鄰角** ㄌㄧㄣˊ ㄐㄧㄠˇ 數學名詞，平面上兩直線相遇於一點所成的四個角，其中同邊的兩個角彼此互為鄰角。

**鄰里** ㄌㄧㄣˊ ㄌㄧˇ ①同鄉里的。②基層民政組織的鄰或里的合稱。

**鄰居** ㄌㄧㄣˊ ㄐㄩ 住家接近的人或人家。北方話說「街坊（ㄐㄧㄝ・ㄈㄤ）」。

**鄰舍** ㄌㄧㄣˊ ㄕㄜˋ 鄰居，住家接近的人家。

**鄰長** ㄌㄧㄣˊ ㄓㄤˇ 一鄰之長，掌理一鄰的事務。

**鄰接** ㄌㄧㄣˊ ㄐㄧㄝ （地區）接連。

**鄰國** ㄌㄧㄣˊ ㄍㄨㄛˊ 接壤的國家。

**鄰境** ㄌㄧㄣˊ ㄐㄧㄥˋ 図鄰近的地方。

**鄭（郑）** ㄓㄥˋ ㈠春秋時國名，在今河南省新鄭縣一帶。㈡縣名，在河南省。㈢見「鄭重」。㈣姓。

**鄭重** ㄓㄥˋ ㄓㄨㄥˋ 嚴肅認真。如「鄭重其事」。

**鄯** ㄕㄢˋ 鄯善，本西域三十六國之一，在今新疆省，今為縣名。

## 十三筆

**鄶（郐）** ㄎㄨㄞˋ ㈠古國名，在今河南省密縣東北。㈡姓。

**鄴（邺）** ㄧㄝˋ ㈠古縣名，在現在河南省臨漳縣。㈡姓。

**鄴架** ㄧㄝˋ ㄐㄧㄚˋ 図唐代李泌封為鄴侯，家裡藏書很多，後稱人藏書豐富為鄴架。

## 十四筆

**鄹** ㄗㄡ ㈠同「鄒」，古國名。㈡鄹城，在山東省曲阜縣東南，是孔子的故鄉。

## 十五筆

**鄺** ㄎㄨㄤˋ 姓。又讀ㄍㄨㄤˇ。

## 十七筆

**酃** ㄌㄧㄥˊ 縣名，也是湖名，都在湖南省。

## 十八筆

**酆** ㄈㄥ ㈠酆都，縣名，在四川省。㈡姓。

**酆都城** ㄈㄥ ㄉㄨ ㄔㄥˊ 迷信傳說指陰間地府。

## 十九筆

**酈（郦）** ㄌㄧˋ ㈠古地名，在今河南省。㈡姓。

**酇** ㄗㄢˋ ㈠古民政組織。〈周禮・地官〉有「五家為鄰，五鄰為里，四里曰酇」。㈡姓。

# 酉部

**酉** ㄧㄡˇ ㈠図古代裝酒的容器。㈡地支的第十位。㈢每天下午五點到七點，舊時叫「酉時」。

## 二筆

**酊** ▲ㄉㄧㄥˇ見「酩酊」。▲ㄉㄧㄥ tincture 的音譯，也作「丁幾」。溶於酒精的藥都叫「酊」。如「安息香酊」。

**酋** ㄑㄧㄡˊ ㈠図古代酒官之長，見〈禮記・月令〉。㈡盜匪的頭目。如「匪酋」「魔酋」。㈢見「酋長」。

**酋長** ㄑㄧㄡˊ ㄓㄤˇ 原始部落的領袖。

**酋長國** ㄑㄧㄡˊ ㄓㄤˇ ㄍㄨㄛˊ 由部落領袖酋長所統治的國家。

## 三筆

**配** ㄆㄟˋ ㈠兩姓結婚。如「婚配」「配偶」。㈡使牲畜交合。如「配種」。㈢對某種事有資格、身分或能力。如「配得上」「不用功不配做好學生」。㈣分派。如「分配」「配給」。㈤調和。如「配藥」「配色（ㄕㄞˇ）兒」。㈥附加，對主體有陪襯、幫助作用的。如「配角（ㄐㄩㄝˊ）」「配享」。㈦補不足或殘缺。如「配鑰匙」「門上的玻璃破了，該配一塊」。㈧古時候流放罪犯，叫「發配」。〈水滸傳〉有「配軍」。

**配方** ㄆㄟˋ ㄈㄤ ①根據處方配製藥品。②化學製品、冶金產品等的配製方法。

**配合** ㄆㄟˋ ㄏㄜˊ ①把幾樣東西湊合在一起。如「請你就這些零件替我配合一下」。②指某一件事互相聯繫得很好。如「總務部門儘量配合，事情做得很順利」。③分工合作。如「大家配合去做」。

**配色** ㄆㄟˋ ㄙㄜˋ 按照需要調配顏色。

**配享** ㄆㄟˋ ㄒㄧㄤˇ 古代賢人或功臣附祀於孔子廟或帝王廟，稱為配享。

**配房** ㄆㄟˋ ㄈㄤˊ 廂房。

**配軍** ㄆㄟˋ ㄐㄩㄣ 被發配充軍的罪犯。

**配音** ㄆㄟˋ ㄧㄣ ①譯製影片時，用某種語言錄音代替原片上的錄音。②攝製影片時，演員的話音或歌聲用別人的代替。

**配料** ㄆㄟˋ ㄌㄧㄠˋ 生產過程中，把某些原料、成分按一定比例混合在一起。

**配偶** ㄆㄟˋ ㄡˇ ①民法上說男女結婚，須經公開儀式及二人以上之證明。配偶關係從此開始。其中一人死亡或經同意離婚或裁判離婚，即為配偶關係的終結。②夫或妻。如「某人死亡，遺產由其配偶繼承」。

**配售** ㄆㄟˋ ㄕㄡˋ 某些產品，特別是生活必需品，在貨源不足時，按照定量出售，以調劑市場供需。

**配備** ㄆㄟˋ ㄅㄟˋ ①軍隊裝備。②布置。

**配發** ㄆㄟˋ ㄈㄚ 分配發給。

**配給** ㄆㄟˋ ㄐㄧˇ 依照一定的標準公平分配，是物資缺乏時期，防止物價波動或人為浪費的辦法。

**配搭** ㄆㄟˋ ㄉㄚ 陪襯。如「戲裡的角色配搭得很整齊」。

**配殿** ㄆㄟˋ ㄉㄧㄢˋ 正殿左右的旁殿，是奉祀次要神明的所在。

**配置** ㄆㄟˋ ㄓˋ 配備布置。如「配置兵力」。

**配種** ㄆㄟˋ ㄓㄨㄥˇ 使雌雄兩性的牲畜相交配，分天然交配與人工授精兩種。

**配製** ㄆㄟˋ ㄓˋ 調合製造。

**配樂** ㄆㄟˋ ㄩㄝˋ 影劇等演出時，依情節需要配上音樂，以增強藝術效果。

**配戲** ㄆㄟˋ ㄒㄧˋ 戲劇裡，配角兒幫襯主角兒演戲。

**配藥** ㄆㄟˋ ㄧㄠˋ ①按方子調（ㄊㄧㄠˊ）製藥劑。②按方子買藥。

**配件（兒）** ㄆㄟˋ ㄐㄧㄢˋ（ㄦ） 一件東西的附屬品。

**配角（兒）** ㄆㄟˋ ㄐㄩㄝˊ（ㄦ） 戲劇裡配搭的非主要角色。

**配對（兒）** ㄆㄟˋ ㄉㄨㄟˋ（ㄦ） ①配合成雙。②雌雄交尾。

**配不上** ㄆㄟˋ ㄅㄨˋ ㄕㄤˋ 不字輕讀。不配。

**配電盤** ㄆㄟˋ ㄉㄧㄢˋ ㄆㄢˊ （switch board）由電源開關控制開關，電力配線控制配線，和指示燈等組合起來，裝在木板上，用來操作並控制電機的一種設備。

## 酐

ㄍㄢ 化學上總稱兩分子酸縮去一分子水而成的化合物，叫「酸酐」，簡稱「酐」。

## 酒

ㄐㄧㄡˇ ㈠用水果或穀類經過發酵而做成的。大都含有酒精。㈡酒經過蒸餾而得的無色液體，通常叫「酒精」或「火酒」，化學上叫「乙醇」，用途很大，可以作燃料、溶劑、防腐劑等。

**酒力** ㄐㄧㄡˇ ㄌㄧˋ ①酒量。②飲酒後，酒對人的刺激作用。

**酒友** ㄐㄧㄡˇ ㄧㄡˇ 常常相聚一起飲酒的人。

**酒母** ㄐㄧㄡˇ ㄇㄨˇ 做酒的麴。也叫「酒麴」。

**酒吧** ㄐㄧㄡˇ ㄅㄚ 洋酒店；吧是bar的音譯。

**酒刺** ㄐㄧㄡˇ ㄘˋ 痤瘡的俗稱。

**酒保** ㄐㄧㄡˇ ㄅㄠˇ 舊時稱酒店裡賣酒的人或酒樓的侍者。

**酒家** ㄐㄧㄡˇ ㄐㄧㄚ 以前泛稱賣酒食的地方。現在稱那些有女人陪客人喝酒的色情營業場所叫酒家。

**酒席** ㄐㄧㄡˇ ㄒㄧˊ 酒筵。請客或聚餐用的酒和整桌的菜。

**酒徒** ㄐㄧㄡˇ ㄊㄨˊ 嗜酒的人。

**酒鬼** ㄐㄧㄡˇ ㄍㄨㄟˇ 好酒貪杯的人（罵人的話）。

**酒望** ㄐㄧㄡˇ ㄨㄤˋ 古時酒店的幌子，把布塊綴在竿頂，掛在店門前。也叫「酒帘」「酒望子」。

**酒廊** ㄐㄧㄡˇ ㄌㄤˊ 設有買酒者坐著飲酒的高凳和櫃檯的酒店。

**酒菜** ㄐㄧㄡˇ ㄘㄞˋ ①酒和菜。②下酒的菜。

**酒量** ㄐㄧㄡˇ ㄌㄧㄤˋ 一次能喝多少酒的限量。

**酒飯** ㄐㄧㄡˇ ㄈㄢˋ 酒和飯食。

**酒意** ㄐㄧㄡˇ ㄧˋ 將要醉的感覺或神情。

**酒暈** ㄐㄧㄡˇ ㄩㄣˋ 飲酒後臉上現出的紅暈。

**酒會** ㄐㄧㄡˇ ㄏㄨㄟˋ ①相約飲酒的集會。②不很講究形式的宴會，客人不必排席次，坐著、站著，到場離場隨意，可以和別人自由交談。沒有菜肴，只以淡酒（cocktail）、飲料和中西點心待客。

**酒精** ㄐㄧㄡˇ ㄐㄧㄥ 有機化合物，分子式 $C_2H_5OH$，就是乙醇。也叫火酒。

**酒德** ㄐㄧㄡˇ ㄉㄜˊ 飲酒時應有的品德。也作「酒品」。

**酒樓** ㄐㄧㄡˇ ㄌㄡˊ 專賣酒食的大店鋪。

**酒漿** ㄐㄧㄡˇ ㄐㄧㄤ 図酒。

**酒醉** ㄐㄧㄡˇ ㄗㄨㄟˋ 飲酒過量，因而昏睡或任意胡鬧。參看「醉」字。

**酒錢** ㄐㄧㄡˇ ㄑㄧㄢˊ 舊時為人做勞力工作者除應得的工錢之外，雇用者再給些小費，稱為酒錢。

**酒糟** ㄐㄧㄡˇ ㄗㄠ 釀酒或釀醋剩下的渣滓。可以做調味品、飼料等。

**酒麴** ㄐㄧㄡˇ ㄑㄩ 釀酒用的麴。

**酒釀** ㄐㄧㄡˇ ㄋㄧㄤˋ 糯米蒸熟後，加入酒麴，放進密閉的罈子裡發酵而成的食品。也叫「江米酒」。

**酒令（兒）** ㄐㄧㄡˇ ㄌㄧㄥˋ ㄦ 飲酒時的遊戲，以一人為令官，在座的人聽他的號令，不能通過者就罰飲酒。

**酒盅（兒）** ㄐㄧㄡˇ ㄓㄨㄥ ㄦ 小酒杯。

**酒瘋（兒）** ㄐㄧㄡˇ ㄈㄥ ㄦ 藉酒醉胡來，任意行事。也說「撒酒瘋」。

**酒石酸** ㄐㄧㄡˇ ㄕˊ ㄙㄨㄢ 果酸。

**酒窩兒** ㄐㄧㄡˇ ㄨㄛ ㄦ 笑靨。

**酒蟲兒** ㄐㄧㄡˇ ㄔㄨㄥˊ ㄦ 謔稱愛喝酒的人。

**酒齇鼻** ㄐㄧㄡˇ ㄓㄚ ㄅㄧˊ 皮膚病，鼻上發紅暈像瘡。也叫「酒糟鼻子」。

**酒肉朋友** ㄐㄧㄡˇ ㄖㄡˋ ㄆㄥˊ ㄧㄡˇ 友字輕讀。只能共同飲食作樂，不能發揚道義共同患難的朋友。

**酒酣耳熱** ㄐㄧㄡˇ ㄏㄢ ㄦˇ ㄖㄜˋ 形容酒醉時的景象。曹丕〈與吳質書〉有「酒酣耳熱，仰而賦詩」。

**酒囊飯袋** ㄐㄧㄡˇ ㄋㄤˊ ㄈㄢˋ ㄉㄞˋ 只會喝酒吃飯。譏笑無才無能的人。

**酎** ㄓㄡˋ 図㈠經過兩次甚至三次重釀的醇酒。㈡酎金，漢代天子用酒祭祀宗廟時，諸侯必須獻金助祭，叫「酎金」。

**酌** ㄓㄨㄛˊ ㈠把酒從壺裡倒進杯裡。如「酌酒」「自酌自飲」。㈡指喝酒。如「兩人對酌」「請來小酌」。㈢酒。如「清酌」。㈣宴會，聚飲。如「聊備小酌」。㈤商量，考慮。如「商酌」「斟酌」。

**酌定** ㄓㄨㄛˊ ㄉㄧㄥˋ 斟酌情況做出決定。

**酌酒** ㄓㄨㄛˊ ㄐㄧㄡˇ 酌㈠。

**酌量** ㄓㄨㄛˊ ㄌㄧㄤˋ 斟酌，估量。

**酌辦** ㄓㄨㄛˊ ㄅㄢˋ 酌情辦理。

## 四筆

**酚** ㄈㄣ 化學上稱含有羥基連於芳基核的化合物，如苯酚（石炭酸）。也單稱酚。

**酖** ▲図 ㄉㄢ 對酒的嗜好，沉湎。如「酖於酒」。▲ㄓㄣˋ 同「鴆」，毒酒。

**酖毒** ㄓㄣˋ ㄉㄨˊ 図比喻嚴重的毒害。

**酗** 図 ㄒㄩˋ 見「酗酒」。

**酗酒** ㄒㄩˋ ㄐㄧㄡˇ 図①飲酒沒有節制，過了量。②飲酒不加節制引起的一種異常行為：不斷地攝取含酒精的飲料，因而對酒精倚賴成性，影響健康、社會生活。

## 五筆

**酡** 図ㄊㄨㄛˊ喝酒以後臉紅的樣子，叫「酡顏」。

**酤** 図ㄍㄨ㈠賣酒。〈漢書〉有「禁酤」。㈡買酒。〈史記・高祖紀〉有「每酤留飲」。

**酣** 図ㄏㄢ㈠酒喝多了，麻醉渾然的感覺。如「酣醉」。㈡時間長久，覺得暢快。如「酣睡」。㈢見「酣戰」。

**酣夢** ㄏㄢ ㄇㄥˋ 酣暢的睡夢；熟睡。

**酣暢** ㄏㄢ ㄔㄤˋ 暢快（多指飲酒或睡眠）。

**酣歌** ㄏㄢ ㄍㄜ 飲酒樂極而歌。

**酣睡** ㄏㄢ ㄕㄨㄟˋ 図睡得很熟。

**酣醉** ㄏㄢ ㄗㄨㄟˋ 大醉（多用於比喻）。

**酣樂** ㄏㄢ ㄌㄜˋ 図任意做使自己高興的事。

**酣戰** ㄏㄢ ㄓㄢˋ 劇烈戰鬥。如「兩軍酣戰」。

**酢** ▲図ㄗㄨㄛˋ㈠古禮主人向賓客敬酒叫獻，客人向主人回敬叫酢。㈡見「酬酢」。▲ㄘㄨˋ㈠「醋」的古字。㈡酸味。

**酢漿草** ㄘㄨˋ ㄐㄧㄤ ㄘㄠˇ 多年生草本植物，匍匐莖，掌狀複葉，小葉三片，花黃色，蒴果圓柱形。全草入藥。

**酥** ㄙㄨ㈠用煮沸的牛奶羊奶的浮皮做的酪類食物。如「酥油」。㈡食品名，用油和（ㄏㄨㄛˋ）麵製成，吃起來鬆脆可口的，叫「酥」。如「鳳梨酥」「酥油餅」。㈢形容東西的柔膩光潔。「天街小雨潤如酥」「雙頰凝酥髮抹漆」是形容雨水和女人的頭髮。㈣「酴酥」，酒名，就是「屠蘇」。㈤見「酥麻」。㈥見「酥軟」。

**酥油** ㄙㄨ ㄧㄡˊ 牛羊乳熬成的油。

**酥胸** ㄙㄨ ㄒㄩㄥ 指女性酥軟的胸部。

**酥脆** ㄙㄨ ㄘㄨㄟˋ （食物）酥而且脆。

**酥麻** ㄙㄨ ㄇㄚˊ （肢體）酥軟發麻。

**酥軟** ㄙㄨ ㄖㄨㄢˇ （肢體）軟弱無力。

**酥糖** ㄙㄨ ㄊㄤˊ 一種用麵粉、芝麻及糖做成的甜食。

## 六筆

**酩** 図ㄇㄧㄥˇ見「酩酊」。又讀ㄇㄧㄥˊ。

**酩酊** ㄇㄧㄥˇ ㄉㄧㄥˇ 図爛醉如泥的樣子。

**酮** 図ㄊㄨㄥˊ一種有機化合物，重要的一類叫「丙酮」，是無色的液體，比水輕，在工業上用做溶劑。

**酪** ㄌㄠˋ㈠用牛馬羊的奶汁做成的食品。有乳酪、馬酪等。㈡把果子煮成濃汁，像杏仁酪、核桃酪等。讀音ㄌㄨㄛˋ。

**酪農** ㄌㄠˋ ㄋㄨㄥˊ 畜養乳牛製售乳酪的農家。

**酪酸** ㄌㄠˋ ㄙㄨㄢ 化學名詞，也作「乳脂酸」，學名「丁酸」（hutane acid），是一種低級脂肪酸，無色液體，能溶於水，是製香水的原料之一。

**酪漿** ㄌㄠˋ ㄐㄧㄤ 牛羊的乳汁。

**酪乾兒** ㄌㄠˋ ㄍㄢ ㄦ 一種用牛酪炒製的食品。

**酯** ㄓˇ 化學名詞，酸分子與醇分子反應脫去一分子水而生的化合物。酯不會離子化，也不溶於水。

**酬（酧、醻）** ㄔㄡˊ㈠飲酒時主人先自飲，以勸客人飲，叫酬。㈡報答。如「酬勞」「論件計酬」。㈢實現，達到願望。如「壯志未酬」。㈣図見「酬酢」。㈤図見「酬和」。㈥見「應酬」。

**酬和**（ㄔㄡˊ ㄏㄜˋ） 図以詩文會友。

**酬金**（ㄔㄡˊ ㄐㄧㄣ） 作為酬勞的金錢。

**酬唱**（ㄔㄡˊ ㄔㄤˋ） 以詩詞互相酬答唱和。

**酬庸**（ㄔㄡˊ ㄩㄥ） 図給出過力的人的報酬。

**酬勞**（ㄔㄡˊ ㄌㄠˊ） 用財物或言語答謝出力的人。也說「酬庸」。

**酬報**（ㄔㄡˊ ㄅㄠˋ） 報答。也作「酬答」。

**酬答**（ㄔㄡˊ ㄉㄚˊ） ①酬謝。②用言語或詩文應答。

**酬酢**（ㄔㄡˊ ㄗㄨㄛˋ） 図在宴會上主人與客人互相敬酒。

**酬對**（ㄔㄡˊ ㄉㄨㄟˋ） 應對；應答。

**酬應**（ㄔㄡˊ ㄧㄥˋ） 図①交際。②應對。

**酬謝**（ㄔㄡˊ ㄒㄧㄝˋ） 用金錢禮物等表示謝意。

## 七筆

**酺** 図ㄆㄨˊ 許多人聚集喝酒。古時國家有慶典，常由皇帝賜酺。〈漢書〉有「酺五日」。

**酴** 図ㄊㄨˊ ㈠酵母。㈡見「酴醾」。

**酴醾**（ㄊㄨˊ ㄇㄧˊ） ①図麥酒沒有去渣滓的。②花名，就是「荼蘼」。

**酹** 図ㄌㄟˋ 把酒灑在地上祭神。蘇軾詞〈念奴嬌〉（赤壁懷古）有「一樽還（ㄏㄨㄢˊ）酹江月」。

**酷** ㄎㄨˋ ㈠図酒很濃厚，味道很衝（ㄔㄨㄥˋ）。㈡暴虐，狠毒。如「殘酷」」「受了酷刑」。㈢図很，極。如「酷暑」「酷愛」。㈣有風格的，時髦的，常指人的裝束打扮。

**酷刑**（ㄎㄨˋ ㄒㄧㄥˊ） 殘暴的刑罰。

**酷似**（ㄎㄨˋ ㄙˋ） 図非常相似。也作「酷肖」。

**酷虐**（ㄎㄨˋ ㄋㄩㄝˋ） 殘酷狠毒。如「此人是酷虐成性，殺人不眨眼」。

**酷烈**（ㄎㄨˋ ㄌㄧㄝˋ） 図①殘酷；暴烈。②（香氣）很濃。〈史記〉有「芬芳漚鬱，酷烈淑郁」。

**酷寒**（ㄎㄨˋ ㄏㄢˊ） 極端寒冷。

**酷愛**（ㄎㄨˋ ㄞˋ） 図非常喜愛。

**酷暑**（ㄎㄨˋ ㄕㄨˇ） 図極熱的夏天。

**酷熱**（ㄎㄨˋ ㄖㄜˋ） （天氣）極熱。

**酵** ㄒㄧㄠˋ ㈠含糖類的流質，因為化學作用而發生黴菌，起沫，變酸，叫「發酵」。㈡見「醱酵」。㈢見「酵母」。又讀ㄐㄧㄠˋ。

**酵母**（ㄒㄧㄠˋ ㄇㄨˇ） 有催化作用的一種有機化合物，能使有機化合物起化學變化，而自己並不發生變化。也叫「發酵劑」。

**酵素**（ㄒㄧㄠˋ ㄙㄨˋ） 化學名詞，由原形質所形成類似蛋白的有機膠狀物質，對於化學反應是催化作用。像唾液素、胃液素、麥芽素、糖化酵素等。

**酵母菌**（ㄒㄧㄠˋ ㄇㄨˇ ㄐㄩㄣˋ） 單細胞植物，是一種黴菌，能使糖分（ㄈㄣˋ）分離為酒精和碳酸氣。也叫「釀母菌」。

**酲** 図ㄔㄥˊ 飲酒以後身體不舒服或神智不清的樣子。如「宿酲未解」「憂心如酲」。

**酶** ㄇㄟˊ ㈠酵素的別名。㈡生物體內所生的有催化反應速度的蛋白質。

**酶原**（ㄇㄟˊ ㄩㄢˊ） 藥學上指由活細胞產生的有機膠狀物，由蛋白質組成，具有催化力，生命現象中的各種複雜化學反應，都有賴於它的幫助而得以進行。

**酸** ㄙㄨㄢ ㈠醋的味道。如「好醋滴滴酸」「酸梅也有酸味兒」。㈡食物剛要腐壞的味道。如「湯已經酸了，不能喝」。㈢同「痠」。如「腰酸背疼」。㈣悲痛，傷心。如「心酸」「令人酸鼻」。㈤笑人小氣或貧窮。如「窮酸相」「寒酸」。㈥譏笑文人喜歡引用文句，舉止古板。如「酸腐」。㈦化學名詞，見「酸類」。㈧見「酸性」。㈨男女之間因為愛情而起的妒忌。

**酸土** ㄙㄨㄢ ㄊㄨˇ 土壤溶液中的氫離子含量大於氧離子而呈現酸性的，稱為酸土。

**酸心** ㄙㄨㄢ ㄒㄧㄣ ①心裡悲痛。②胃裡發酸。

**酸辛** ㄙㄨㄢ ㄒㄧㄣ 酸和辣，比喻痛苦悲傷。也作「辛酸」。

**酸性** ㄙㄨㄢ ㄒㄧㄥˋ 化學上稱硫酸、硝酸、鹽酸等一切酸類所共有而與鹼性相反的性質。

**酸雨** ㄙㄨㄢ ㄩˇ 指含一定數量酸性物質（如硫酸、硝酸、鹽酸）的雨水，能腐蝕建築物，損害植物，汙染水源。

**酸根** ㄙㄨㄢ ㄍㄣ 在酸分子裡與氫原子相結合的原子或原子團，如硫酸根、硝酸根等。

**酸疼** ㄙㄨㄢ ㄊㄥˊ （身體）又痠又疼。同「痠疼」。又作「痠痛」。

**酸梅** ㄙㄨㄢ ㄇㄟˊ 烏梅的通稱。

**酸軟** ㄙㄨㄢ ㄖㄨㄢˇ 身體痠痛疲乏，沒有力氣。

**酸筍** ㄙㄨㄢ ㄙㄨㄣˇ 產於嶺南的竹筍，其大如臂，用沸湯泡去苦水，投入冷井中浸兩三天取出，味微酸，供食用。

**酸菜** ㄙㄨㄢ ㄘㄞˋ 大白菜或芥菜用開水燙過後，經發酵變酸了的，叫做酸菜。

**酸楚** ㄙㄨㄢ ㄔㄨˇ 辛酸苦楚。

**酸腐** ㄙㄨㄢ ㄈㄨˇ ①（氣味）酸臭難聞。②迂腐。

**酸鼻** ㄙㄨㄢ ㄅㄧˊ 鼻子發酸，形容悲痛。

**酸類** ㄙㄨㄢ ㄌㄟˋ 化學上總稱化合物含有可電離的氫原子的物質。分無機酸（如硫酸、硝酸、鹽酸等）和有機酸（如醋酸、蟻酸、檸檬酸等）。

**酸梅湯** ㄙㄨㄢ ㄇㄟˊ ㄊㄤ 用烏梅浸水加糖製成的咖啡色液體，是夏天喝的飲料。

**酸辣湯** ㄙㄨㄢ ㄌㄚˋ ㄊㄤ 豆腐雞血切細條，加芡粉製成了稠湯，加醋和胡椒粉，味道酸辣。

**酸溜溜（兒）** ㄙㄨㄢ ㄌㄧㄡ ㄌㄧㄡ ㄦ ①形容味道酸。②形容嫉妒的感覺。如「看見李小姐跟別人在一起走，他心裡就酸溜溜兒了」。③微痠的感覺。

**酸甜苦辣** ㄙㄨㄢ ㄊㄧㄢˊ ㄎㄨˇ ㄌㄚˋ 各種味道，比喻人世間的辛苦、快樂、艱困。

## 八筆

**醅** 図ㄆㄟ 沒有過濾的酒。杜甫詩有「尊酒家貧只舊醅」。

**醁** ㄌㄨˋ 「醁醽」，古時一種美酒。也作「醽醁」「綠酃」。

**醊** 図ㄔㄨㄛˋ 把酒潑在地上祭神。

**醇（醕）** ㄔㄨㄣˊ ㈠味道很濃厚的酒。如「醇酒」。㈡図純正不雜。如「醇化」「醇粹」。㈢図謙和厚篤，謹慎莊重的樣子。如「醇朴」「醇厚」。㈣有機化合物含有羥基（—OH）的碳化氫。也叫乙醇。含一個元醇的叫一元醇，兩個以上的叫多元醇。醫藥用的酒精，化學上就叫乙醇。

**醇化** ㄔㄨㄣˊ ㄏㄨㄚˋ ①図純粹厚道的風氣。②哲學上說按照一定的理想或標準，將客觀存在的事物，經過主觀想像的潤飾，使其成為醇美圓滿的境界，叫

「醇化」，也叫「理想化」。

**醇厚** 謹慎厚重。

**醇美** 純粹完美。

**醇酒** 味道純正的酒。

**醇醇** 〔文〕敦厚互相親睦的樣子。〈老子〉有「其政悶悶，其民醇醇」。

**醇篤** 〔文〕純樸篤厚，常指人的性行。如「此人孝謹醇篤，為世所稱」。

**醇類** 含有羥基（—OH）的脂肪族碳氫化合物。

**醇精類** 化學名詞，學名「乙醚」。蒸餾酒精和濃硫酸的混合液在一定溫度下會產生醇精，是有香味的無色液體，容易揮發燃燒，可作溶媒和麻醉劑。又名「以脫」。

**醇酒婦人** 〔文〕飲美酒，玩女人，說人耽於荒淫逸樂。

**醋** ㊀用米、麥、高粱等釀成的酸味液體。如「做酸辣湯要放醋」。㊁一般說嫉妒是有醋意。如「吃醋」「醋意」。㊂用醋浸泡的食物。如「醋大蒜」。㊃害怕。如「他不但管不了我，還有幾分醋我」。

**醋意** 嫉妒的心情（多指在男女關係上）。

**醋溜** 做菜時加醋。如「醋溜魚」。

**醋酸** 化學名詞，學名「乙酸」，是一種低級脂肪酸。用鉑里粉做觸媒，接觸在乙醇空氣的混合物上，乙醇就會氧化成為醋酸。用途很廣，醫藥、化學、紡織各方面都用。

**醋勁（兒）** 嫉妒的情緒。

**醋罈子** 比喻嫉妒心很強的人。

**醋海生波** 形容人妒性大發，吃醋吃得很厲害。

**醉（酔）** ㊀酒進入胃臟時，很快的由胃壁吸收，其餘流入小腸的，也很快被送到肝臟進行分解。在肝還沒有完全發生分解作用的時候，酒精會隨血液到達全身，促使心臟收縮，影響神經系統，尤其是運動神經會受到影響而降低功能。這還只是小醉。大醉時，人會神志不清，胡言亂語，甚至失去理智、知覺，久而久之，造成精神分裂，酒精中毒，肝臟硬化。如「爛醉如泥」「醉醺醺的」。㊁用酒浸泡動植物來做食物。如「醉蝦」「醉棗兒」。㊂〔文〕迷戀或心志專注某事。如「醉心」。㊃見「麻醉」。

**醉心** 〔文〕心志專注迷戀在一件事上。如「醉心第八藝術」。

**醉月** 〔文〕對月飲酒。李白〈春夜宴桃李園序〉有「開瓊筵以坐花，飛羽觴而醉月」。

**醉拳** 中國拳術的一種，步法、拳法看去很像喝醉的人所為。

**醉鬼** 指經常喝醉了酒的人。

**醉眼** 醉後迷糊的眼睛。如「醉眼矇矓」。

**醉鄉** 喝醉以後昏昏沉沉、迷迷糊糊的境界。

**醉意** 醉的感覺或神態。如「沒喝幾杯，他已經有些醉意了」。

**醉態** 酒醉以後神志不清的狀態。

**醉漢** 喝醉了的男人。

**醉蝦** 以高粱酒浸漬的蝦。

**醉雞** 以高粱酒醃過的熟雞。

**醉貓兒** 比喻醉後舉動失常的人。

**醉醺醺** 形容人酒醉的樣子。醺醺指醉者發出的氣息，酒味濃烈。

**醉生夢死** ㄗㄨㄟˋ ㄕㄥ ㄇㄥˋ ㄙˇ 是說人胡裡胡塗的，從生到死，都像是醉酒作夢一般。語出〈濂洛關閩書〉。

**醉翁之意** ㄗㄨㄟˋ ㄨㄥ ㄓ ㄧˋ 別有用心。語出歐陽修〈醉翁亭記〉的「醉翁之意不在酒，在乎山水之間也」。

**醃** ㄧㄢ 用鹽浸漬食物。如「醃肉」、「醃蘿蔔」。

## 九筆

**醍** 図ㄊㄧˊ 見「醍醐」。

**醍醐** ㄊㄧˊ ㄏㄨˊ 図①酥酪上像油脂的凝結物。佛家用來比喻最上乘的正法或妙趣。②比喻人品醇美。〈新唐書・穆寧傳〉有「兄弟皆和粹，世以珍味目之，（穆）贊少俗，然有格，為酪；（穆）質美而多入，為酥；（穆）員為醍醐；（穆）賞為乳腐云」。

**醍醐灌頂** ㄊㄧˊ ㄏㄨˊ ㄍㄨㄢˋ ㄉㄧㄥˇ 図佛家說把最好的智慧給人，使人頭腦清醒，有益心智。

**醐** 図ㄏㄨˊ 見「醍醐」。

**醒** ㄒㄧㄥˇ ㈠睡足以後知覺恢復了。如「睡醒了」「早晨醒來先看報」。㈡睡眠之中受到驚吵而恢復知覺。如「鞭砲聲把他吵醒了」。㈢還沒睡著（ㄓㄠˊ）。如「他躺在床上，可是還醒著」。㈣消除酒精對神經的麻醉。如「醒酒」。㈤由迷惑而覺悟。如「覺醒」「猛醒」。㈥顯明的樣子。如「醒目」。

**醒木** ㄒㄧㄥˇ ㄇㄨˋ 說評書的人為了引起聽眾注意而用來拍桌子的小硬木塊。

**醒目** ㄒㄧㄥˇ ㄇㄨˋ ①顯明能引人注意。如「那個標語寫得很醒目」。②図不愛睡覺叫「醒目」。宋詩有「醒目常不眠」。

**醒悟** ㄒㄧㄥˇ ㄨˋ 由迷惑而明白。

**醒酒** ㄒㄧㄥˇ ㄐㄧㄡˇ 解酒。如「涼果子可以醒酒」。

**醒脾** ㄒㄧㄥˇ ㄆㄧˊ ①消遣解悶。②（拿人）取笑；開心。

**醒覺** ㄒㄧㄥˇ ㄐㄩㄝˊ 覺醒；覺悟。

## 十筆

**醚** ㄇㄧˊ ㈠図醉。㈡有機化合物的一類，由一個氧原子連結兩個烴基而成，多為液體，如乙醚。

**醣** ㄊㄤˊ 生化學名詞，凡是有機化合物可以用 $C_m(H_2O)_n$ 表示的，都叫醣（carbohydrates），從前叫做「碳水化合物」。澱粉和糖類裡的葡萄糖、蔗糖等都是醣。

**醢** 図ㄏㄞˇ ㈠肉醬。㈡把人剁成肉醬的酷刑。

**醛** ㄑㄩㄢˊ 有機化合物，通常叫乙醛（$CH_3$-CHO），是醇類氧化的初產物。

**醡** ㄓㄚˋ 壓酒的器具。

**醜** ㄔㄡˇ ㈠相貌難看，與「美」相對。如「長得很醜」「醜八怪」。㈡羞恥的，下流的。如「家醜」「醜聞」。㈢使人憎惡（ㄨˋ）的。如「醜惡（ㄜˋ）」「醜態」。

**醜化** ㄔㄡˇ ㄏㄨㄚˋ 把本來不醜的人物事弄成醜的或說成醜的，來達到自己的目的。如「無聊的政客故意醜化對手」。

**醜行** ㄔㄡˇ ㄒㄧㄥˋ 図惡劣的品行。

**醜陋** ㄔㄡˇ ㄌㄡˋ （相貌或樣子）難看。

**醜惡** ㄔㄡˇ ㄜˋ ①泛稱事物的外表難看。②図語意很壞。如「文辭醜惡」。

**醜詆** ㄔㄡˇ ㄉㄧˇ 図用很難聽的話罵人。

**醜態**（ㄔㄡˇ ㄊㄞˋ） 指不雅觀令人厭惡的態度。如「小人所為，醜態百出」。

**醜劇**（ㄔㄡˇ ㄐㄩˋ） 帶有戲劇意味的醜惡的事件。

**醜類**（ㄔㄡˇ ㄌㄟˋ） 指惡人；壞人。

**醜名**（ㄔㄡˇ ㄇㄧㄥˊ）（兒ㄦ） 壞的名聲。

**醜丫頭**（ㄔㄡˇ ㄧㄚ ㄊㄡˊ） ①指長得不好看的女孩兒。②對人謙稱自己年幼的女兒。

**醜巴怪**（ㄔㄡˇ ㄅㄚ ㄍㄨㄞˋ） 指長得醜的人。也作「醜八怪」。

**醜態百出**（ㄔㄡˇ ㄊㄞˋ ㄅㄞˇ ㄔㄨ） 図做出種種不雅觀的，有失身分體面的舉動。

**醜媳婦也得見公婆**（ㄔㄡˇ ㄒㄧˊ ㄈㄨˋ ㄧㄝˇ ㄉㄟˇ ㄐㄧㄢˋ ㄍㄨㄥ ㄆㄛˊ） 比喻不能避免的事，必須面對和處理。

**醞**（醖） 図ㄩㄣˋ ㈠釀酒，也指酒。㈡見「醞釀」。

**醞釀**（ㄩㄣˋ ㄋㄧㄤˋ） 図①造酒的發酵過程。②比喻事情正漸漸演變。如「改革運動正在慢慢醞釀」。

## 十一筆

**醪** ㄌㄠˊ 濃濁的酒。古時指含有渣滓的濁酒。

**醨** 図ㄌㄧˊ 薄酒。

**醬** ㄐㄧㄤˋ ㈠用豆、麵等製成的一種調味食品。如「甜麵醬」「豆瓣兒醬」。㈡通稱搗爛如泥的食物。如「肉醬」「果子醬」。㈢用醬醃的食品。如「醬菜」「醬黃瓜」。㈣用豆麥加糖、鹽熬成的調味液，叫「醬油」。

**醬瓜**（ㄐㄧㄤˋ ㄍㄨㄚ） 用醬醃漬的瓜，是一種小菜。

**醬色**（ㄐㄧㄤˋ ㄙㄜˋ） 紫黑像醬的顏色。

**醬坊**（ㄐㄧㄤˋ ㄈㄤ） 醬園。

**醬油**（ㄐㄧㄤˋ ㄧㄡˊ） 用豆、麥和鹽釀製的鹹的液體調味品。

**醬紫**（ㄐㄧㄤˋ ㄗˇ） 暗紫中略帶紅的顏色。

**醬菜**（ㄐㄧㄤˋ ㄘㄞˋ） 用醬醃成的菜蔬。

**醬園**（ㄐㄧㄤˋ ㄩㄢˊ） 製造並出售醬、醬油、醬菜等的作坊、商店。

**醯** 図ㄒㄧ 醋。〈論語〉有「或乞醯焉」。

**醯基**（ㄒㄧ ㄐㄧ） 化學名詞，凡是由某酸根失去與它的化合價同數的氧原子而生出同價的「基」，叫「醯基」。

**醫**（医、毉） ㄧ ㈠治療病痛。如「醫病」。㈡能治病的人。如「醫生」。

**醫士**（ㄧ ㄕˋ） 醫生早期（大約是清末民初）的稱呼。

**醫生**（ㄧ ㄕㄥ） 替人治病的人，也叫「醫師」。北方也叫做「大夫」（ㄉㄞˋ ˙ㄈㄨ）。

**醫官**（ㄧ ㄍㄨㄢ） ①古代掌管醫藥政令的官吏。②現代軍隊中的醫生。

**醫治**（ㄧ ㄓˋ） 疾病的治療。

**醫科**（ㄧ ㄎㄜ） 大學分科之一，就是醫學院的醫學系，以培養醫生為目的。修業期限四年，最多七年，凡是與人體有關的生理學、解剖學、病理學、各專科臨床醫學、藥學都必須修習，還要有一年的實習，才可以畢業。

**醫師**（ㄧ ㄕ） ①古代官名，是眾醫之長。②現代醫生的官方稱呼。

**醫病**（ㄧ ㄅㄧㄥˋ） 治療疾病。

**醫院**（ㄧ ㄩㄢˋ） 治療和護理病人的機構。

**醫術**（ㄧ ㄕㄨˋ） 醫療技術。

**醫道**（ㄧ ㄉㄠˋ） 醫術。

**醫德** ㄉㄜˊ 醫生應具備的職業道德。

**醫學** ㄒㄩㄝˊ 研究疾病的防治，以保持並增進人類健康為目的的科學。可分為基礎醫學、臨床醫學兩大類。前者分解剖學、生理學、生化學、細菌學、病理學、免疫學、衛生學；後者分內科、外科、精神科、婦產科、小兒科、整形外科、皮膚科、眼科、泌尿科、耳鼻喉科、牙科、放射線科、核子醫學、法醫學等。

**醫療** ㄌㄧㄠˊ 疾病的治療。

**醫藥** ㄧㄠˋ 醫療和藥品。

**醫護** ㄏㄨˋ 醫療看護的統稱。如「醫護人員」。

**醫囑** ㄓㄨˇ 図醫生的囑咐。

**醫師節** ㄕ ㄐㄧㄝˊ 民國三十七年（西元一九四八），全國醫師公會為效法國父孫中山先生博愛濟世的精神，呈請政府明定以十一月十二日國父誕辰紀念日為醫師節。

**醫院船** ㄩㄢˋ ㄔㄨㄢˊ 以船為醫院，船中設有病床、藥品及治療器械等，醫護人員常川輪駐，為海軍官兵服務。

**醫務室** ㄨˋ ㄕˋ 在機關、學校等機構中提供醫療的場所，備有藥品、診療器械等。

**醫學院** ㄒㄩㄝˊ ㄩㄢˋ 大學學院之一，教習醫學、藥學，以培養醫生為目的。

**醫療保險** ㄌㄧㄠˊ ㄅㄠˇ ㄒㄧㄢˇ 一種保險制度，以群體集成的財力，分擔個人因不可預料的疾病所引起的經濟上的危機。

## 十二筆

**醭** ㄅㄨˊ 醋或醬油放久了，浮面上生出的白點兒。北京話加ㄦ，說ㄅㄨˊㄦ或ㄆㄨˊㄦ。

**醱** ㄆㄛ ㈠見「醱醅」。㈡見「醱酵」。

**醱酵** ㄆㄛ ㄒㄧㄠˋ 也叫「發酵」。化學名詞，分廣義和狹義：廣義的是有機物受酵素或細菌引起的分解或分子轉換，像乳糖、澱粉變成乳酸的乳酸醱酵；狹義的指糖類受釀母菌的作用，分解為酒精及碳酸氣，叫酒精醱酵。

**醱醅** ㄆㄛ ㄆㄟ 図未濾再釀的酒。

**醮** ㄐㄧㄠˋ ㈠和尚道士設壇替人祈禱作法事。㈡図古婚禮。女人再嫁叫「再醮」。

## 十三筆

**醲** ㄋㄨㄥˊ ㈠図古時候指烈酒。㈡通「濃」。如「醲郁」。

**醲郁** ㄋㄨㄥˊ ㄩˋ 図味道或情意很濃。

**醴** ㄌㄧˇ ㈠図甜酒。㈡図甘美的泉水。㈢醴陵，湖南省縣名。

**醵** ㄐㄩˋ 図大家湊了錢。「醵飲」是湊錢去飲酒。「醵資」是湊錢來辦事。

## 十四筆

**醺** ㄒㄩㄣ 酒醉。如「醉醺醺的」。

## 十七筆

**醾**（醾、醿） 図ㄇㄧˊ 見「酴醾」。

**釀**（酿） ㄋㄧㄤˋ ㈠經過發酵的過程製造出來的。如「釀酒」「豆麥釀造」。㈡酒。如「佳釀」「家釀」。㈢図指事情的逐漸演化形成。如「醞釀」「釀成大禍」。

**釀母** ㄋㄧㄤˋ ㄇㄨˇ 酵母。

**釀成** ㄋㄧㄤˋ ㄔㄥˊ 漸漸演化形成。

**釀酒** ㄋㄧㄤˋ ㄐㄧㄡˇ 製酒。

**釀造** ㄋㄧㄤˋ ㄗㄠˋ 利用醱酵作用來製造食品。

**釀禍** ㄋㄧㄤˋ ㄏㄨㄛˋ 図釀成禍患。

**釀蜜** ㄋㄧㄤˋ ㄇㄧˋ 蜜蜂採花汁釀成蜜。

**醽** 図ㄌㄧㄥˊ「醽醁」，古美酒名。〈抱朴子〉有「寒泉旨於醽醁」。

**釂** 図ㄐㄧㄠˋ把杯子裡的酒喝完。〈禮記〉有「長者舉未釂，少者不敢飲」。

## 十八筆

**釁（舋、衅）** 図ㄒㄧㄣˋ㈠古人鑄好一口鐘，要用牛羊的血塗在鐘的縫隙上行祭，叫「釁鐘」。㈡見「釁隙」。㈢找藉口生事。如「挑（ㄊㄧㄠˇ）釁」。

**釁隙** ㄒㄧㄣˋ ㄒㄧˋ 図意見不合，感情有裂痕。

## 十九筆

**釃** 図ㄙ把造好的酒去糟濾清。又讀ㄒㄧˇ。

## 二十筆

**釅** ㄧㄢˋ㈠酒或醋的味道醇厚。㈡濃茶叫「釅茶」。

# 釆部

**釆** 図ㄅㄧㄢˋ分辨，從獸類的爪痕去辨別。「辨」的本字。

## 一筆

**采** ▲ㄘㄞˇ㈠図同「綵」，有色的帛。㈡摘取（現在常作「採」）。㈢同「彩」。如「采集」「采風錄」（採訪各地風土人情的記錄）。㈣稱讚，叫好兒。如「采聲」「喝采」。㈤指人的風度、神色。如「丰采」「興高采烈」。㈥見「精采」。▲図ㄘㄞˋ見「采地」。

**采地** ㄘㄞˋ ㄉㄧˋ 図封建時代諸侯、王、卿、大夫分封的土地。又稱「采邑」「食邑」。

**采衣** ㄘㄞˇ ㄧ 図也作「彩衣」「綵衣」。有色的衣服。

**采集** ㄘㄞˇ ㄐㄧˊ 搜求各種材料。也作「採集」。

**采聲** ㄘㄞˇ ㄕㄥ 喝采的聲音。

**采采蠅** ㄘㄞˇ ㄘㄞˇ ㄧㄥˊ 一種出現在赤道附近的蠅類，能吸血，是睡蟲病病毒的媒介，有害人畜。

## 五筆

**釉** ㄧㄡˋ 瓷器表面所塗的一種光滑的物質。如「上釉」「彩釉」。

**釉質** ㄧㄡˋ ㄓˊ 齒冠表面的一層堅硬的組織，主要成分是磷酸鈣和碳酸鈣。也叫琺瑯質。

**釉藥** ㄧㄡˋ ㄧㄠˋ 抹在粗瓷表面的藥品，可以填平瓷器表面的細孔，再燒製成發亮的細瓷。

## 十三筆

**釋（释）** ㄕˋ㈠解說。如「注釋」「解釋」。㈡図消除。如「釋疑」「雙方仇怨已經冰釋」。㊂囡赦免，刑期屆滿放出。如「開釋」「假釋」。㊃放下。如「手不釋卷」「如釋重負」。㊄佛教創始人釋迦牟尼的簡稱。㊅有關佛教的。如「釋教」「釋典」。東晉以後，佛教大行，出家人捨棄俗姓，對內自稱「釋子」（釋迦的弟子），對外稱「釋民」，以釋為姓。釋氏因此成為「佛徒」「和尚」「尼姑」的意思。

**釋文** ㄕˋ ㄨㄣˊ ①解釋文字音義，多用於書名。②考訂古文字（甲骨文、金石文等），逐字逐句加以辨認。

**釋言** ㄕˋ ㄧㄢˊ 囡解釋的詞語。

**釋典** ㄕˋ ㄉㄧㄢˇ 佛教的經典。

**釋放** ㄕˋ ㄈㄤˋ ①恢復被拘押者或服刑者的人身自由。②把所含的物質或能量放出來。

**釋俘** ㄕˋ ㄈㄨˊ 「釋放戰俘」的簡語。

**釋教** ㄕˋ ㄐㄧㄠˋ 佛教。

**釋奠** ㄕˋ ㄉㄧㄢˋ 囡置爵於神前而祭。

**釋然** ㄕˋ ㄖㄢˊ 囡疑惑、仇怨都消除了，心境平靜的樣子。

**釋義** ㄕˋ ㄧˋ 解釋詞義或文義。

**釋道** ㄕˋ ㄉㄠˋ 佛家以及道家。

**釋疑** ㄕˋ ㄧˊ 解釋疑難；消除疑慮。

**釋藏** ㄕˋ ㄗㄤˋ 佛教經典的總匯，分經、律、論三藏，包括漢譯佛經和若干有關闡揚佛教的著述。

**釋迦牟尼** ㄕˋ ㄐㄧㄚ ㄇㄡˊ ㄋㄧˊ 佛教創始人，簡稱「釋迦」。生在中印度迦毗羅衛城，是城主淨飯王的兒子，小時候名叫悉達多。二十九歲出家，三十五歲在菩提樹下悟道，創立以明心見性，得無上正覺，普渡眾生為宗旨的佛教。釋迦是種族名，意義是「能仁」；牟尼是「寂默」的意思。他的生卒之年有不同說法：①西元前一〇一六—西元前九四九。②西元前五六五—西元前四八七。③西元前五六三—西元前四八五。

## 里部

**里** ㄌㄧˇ ㈠家鄉。如「鄉里」「榮歸故里」。㈡城市裡的街巷。如「里巷」「光華里」。㈢地方民政基層單位名，古時五家為鄰，五鄰為里；現在在鄰之上，區、鎮之下。里有里長。㈣長度名。等於一千五百市尺。「英里」「公里」「海里」等是譯名。一公里長一千公尺，一英里合一千六百公尺，一海里約一千八百五十二公尺。

**里長** ㄌㄧˇ ㄓㄤˇ 管理一里的民政事務的人，是由里民選舉的。

**里巷** ㄌㄧˇ ㄒㄧㄤˋ 小街小巷。

**里程** ㄌㄧˇ ㄔㄥˊ ①兩地之間距離的里數，也就是路程。②指發展的過程。如「這事著手晚了，離完成還有好些里程」。

**里程碑** ㄌㄧˇ ㄔㄥˊ ㄅㄟ ①公路旁邊立的混凝土碑，碑面刻著里數。②引伸作事情進行到了某一段落的意思。

**里幹事** ㄌㄧˇ ㄍㄢˋ ㄕˋ 在里辦公處辦理本里的事務的公務員。

**里民大會** ㄌㄧˇ ㄇㄧㄣˊ ㄉㄚˋ ㄏㄨㄟˋ 全里各戶戶長或代表定期舉行的聚會，討論本里應興應革的事，聽取政令宣導，促進地方自治工作。

### 二筆

**重**
▲ㄓㄨㄥˋ ㈠物體分量大；與輕相對。如「這塊石頭比那塊木頭重」「個兒大當然重」。㈡物體的分量。如「體重」「這塊肉有五斤多重」。㈢濃厚。如「口味重（喜歡吃鹹一點兒的）」「顏色重」。㈣價格高。如「重賞」「重器」。㈤要緊的。如「庫房重地，非請莫入」「重點」。㈥厲害的，劇烈的。如「重病」「重創」。㈦特別注意、關切。如「重文輕武」「重視」。㈧尊崇愛惜。如「尊重」「君子自重」。㈨不輕率，不馬虎。如「慎重」「持重」。㈩図難（ㄋㄢˋ）。如「安土重遷」「重違其請」。
▲ㄔㄨㄥˊ ㈠複疊。如「重複」「重疊」。㈡相同。如「這兩個字寫重了」「他跟我重名兒」。㈢層。如「飛過萬重山」「困難重重」。㈣再，另。如「重新」「字寫錯了要重寫」。㈤見「重九」。

**重九** ㄔㄨㄥˊ ㄐㄧㄡˇ 指陰曆九月初九日。因為九是陽數，所以也叫「重陽」。

**重力** ㄓㄨㄥˋ ㄌㄧˋ 地球對地面上一切物體的引力。也叫地心吸力。

**重大** ㄓㄨㄥˋ ㄉㄚˋ 大而重要（不指實物）。如「意義重大」。

**重心** ㄓㄨㄥˋ ㄒㄧㄣ 物體全部重量集合的一點。

**重文** ▲ㄓㄨㄥˋ ㄨㄣˊ 注重文事。如「重文輕武」。▲図ㄔㄨㄥˊ ㄨㄣˊ 一再出現的異體字。

**重水** ㄓㄨㄥˋ ㄕㄨㄟˇ heavy water 的意譯。美國人尤累（C. Urey）發現原子量為二的重氫，改變了對水的觀念。從此把重氫和氧合成的水叫「重水」。分子式是 $D_2O$。重水在普通水裡的含量約五千分之一。純粹重水的冰點是攝氏三・八二度，沸點是攝氏一〇一・四二度。

**重出** ㄔㄨㄥˊ ㄔㄨ 重複出現，多指文字、文句。

**重犯** ▲ㄓㄨㄥˋ ㄈㄢˋ 情節重大的罪犯。▲ㄔㄨㄥˊ ㄈㄢˋ 同一種錯誤，犯了又犯。

**重生** ㄔㄨㄥˊ ㄕㄥ ①死而復生。②重新生長。如人的肌體組織或器官的某一部分喪失或受傷以後，重新長出。

**重用** ㄓㄨㄥˋ ㄩㄥˋ 任用某人擔任重要職務。

**重申** ㄔㄨㄥˊ ㄕㄣ 再一次申明。如「政府重申對不法之徒絕不寬貸的政策」。

**重任** ㄓㄨㄥˋ ㄖㄣˋ 重大的責任，重要的任務。

**重印** ㄔㄨㄥˊ ㄧㄣˋ （書籍、刊物）重新印行。

**重合** ㄔㄨㄥˊ ㄏㄜˊ ①分而復合。如「今日夫婦得以重合，至可慶賀」。②兩個或兩個以上的幾何圖形占有同一個空間。③化學上說不同的物質經過化學作用結合成另一種物質，但是具有「可逆反應」，即去除處理因子可恢復原狀的作用。

**重託** ㄓㄨㄥˋ ㄊㄨㄛ 重大的委託。如「他不負重託，如期完成任務」。

**重兵** ㄓㄨㄥˋ ㄅㄧㄥ 力量雄厚的軍隊。

**重利** ㄓㄨㄥˋ ㄌㄧˋ ①沉重的利息負擔。如「我受不了放高利貸的重利盤剝」。②以財利為重。白居易〈琵琶行〉有「商人重利輕別離」。

**重孝** ㄓㄨㄥˋ ㄒㄧㄠˋ 最重的孝服。指父母之喪。

**重來** ㄔㄨㄥˊ ㄌㄞˊ 重新再來。

**重典** ㄓㄨㄥˋ ㄉㄧㄢˇ 図①嚴峻的法令。如「治亂世用重典」。②重要的典籍。

**重沓** ㄔㄨㄥˊ ㄊㄚˋ 図重複繁冗。

**重油** ㄓㄨㄥˋ ㄧㄡˊ ①化學上說由蒸餾石油所得的高級碳化氫混合體。②由熱煤焦油自攝氏二三〇度到二七〇度時餾出的油，也叫重油。

**重金** ㄓㄨㄥˋ ㄐㄧㄣ 巨額的錢財。如「重金禮聘」。

**重型** ㄓㄨㄥˋ ㄒㄧㄥˊ 重量、體型、功能威力比較大的車輛、機器、武器。如「重型卡車」。

**重奏** ㄔㄨㄥˊ ㄗㄡˋ 兩個或兩個以上的人，各自按所擔任的聲部，同時用不同的樂器演奏同一樂曲。按人數可分為二重奏、三重奏、四重奏、五重奏等。

**重洋** ㄔㄨㄥˊ ㄧㄤˊ 一重重的海洋。如「遠渡重洋」。

**重炮** ㄓㄨㄥˋ ㄆㄠˋ 口徑在十公分以上的重型大炮。

**重要** ㄓㄨㄥˋ ㄧㄠˋ 具有重大的意義、作用和影響的。如「重要人物」。

**重負** ㄓㄨㄥˋ ㄈㄨˋ 図沉重的負擔。如「如釋重負」。

**重重** ㄔㄨㄥˊ ㄔㄨㄥˊ 一層一層。

**重音** ㄓㄨㄥˋ ㄧㄣ ①指一個詞、詞組或句子裡重讀的音。②樂曲中強度較大的的音，是構成節奏的主要因素。

**重修** ㄔㄨㄥˊ ㄒㄧㄡ ①再度修理。如「重修孔廟」。②大學生對某一學科從頭再修習一次也叫重修。如「他的微積分不及格，下學期得重修」。

**重病** ㄓㄨㄥˋ ㄅㄧㄥˋ 能嚴重損害身體，使人死亡的大病。

**重症** ㄓㄨㄥˋ ㄓㄥˋ 嚴重的病症。

**重唱** ㄔㄨㄥˊ ㄔㄤˋ 兩個或兩個以上的歌唱者，各按所擔任的聲部唱同一歌曲。有二重唱、三重唱、四重唱等多種。

**重婚** ㄔㄨㄥˊ ㄏㄨㄣ 法律上指已有配偶而又同別的人結婚。

**重寄** ㄓㄨㄥˋ ㄐㄧˋ 図國家重大的託付。

**重率** ㄓㄨㄥˋ ㄌㄩˋ 物理學上說物質輕重的比例。參看「密度」。

**重現** ㄔㄨㄥˊ ㄒㄧㄢˋ 重新出現；再出現。

**重責** ㄓㄨㄥˋ ㄗㄜˊ 図①重任。②嚴厲的責備。

**重趼** ㄔㄨㄥˊ ㄐㄧㄢˇ 図手上或腳上磨的厚趼子。

**重創** ㄓㄨㄥˋ ㄔㄨㄤ 図使受到嚴重的損傷。

**重圍** ㄔㄨㄥˊ ㄨㄟˊ 層層的圍困。

**重視** ㄓㄨㄥˋ ㄕˋ 特別注意，看重。

**重量** ㄓㄨㄥˋ ㄌㄧㄤˋ 物理學上說物體所受重力（地心吸力）的大小，就是那個物體的重量。

**重傷** ▲ㄓㄨㄥˋ ㄕㄤ 嚴重的身體創傷。▲図ㄔㄨㄥˊ ㄕㄤ 再殺傷。〈左傳〉有「君子不重傷，不禽二毛」。

**重圓** ㄔㄨㄥˊ ㄩㄢˊ 重行團圓。如「亂離之後，夫妻重圓」。

**重新** ㄔㄨㄥˊ ㄒㄧㄣ 從頭開始，第二次做。如「痛改前非，重新做人」。

**重罪** ㄓㄨㄥˋ ㄗㄨㄟˋ 重大的罪惡。

**重落** ㄔㄨㄥˊ ㄌㄨㄛˋ 㕣落字輕讀。病剛好轉而又惡化。如「他的病前幾天好一點兒，現在又重落了」。

**重話** ㄓㄨㄥˋ ㄏㄨㄚˋ 分量過重，使人難堪的話。

**重酬** ㄓㄨㄥˋ ㄔㄡˊ 高厚的報酬。

**重演** ㄔㄨㄥˊ ㄧㄢˇ 重新演出。比喻相同的事情再次出現。

**重審** ㄔㄨㄥˊ ㄕㄣˇ 上級法院將案件發回下級法院「重新審理」的略語。

**重複** ㄔㄨㄥˊ ㄈㄨˋ ①一重一重的出現。陸游〈遊山西村詩〉有「山重水複疑無路，柳暗花明又一村」。②重疊。如「這一篇抄過就行了，別再重複」。

**重賞** ㄓㄨㄥˋ ㄕㄤˇ 高價酬賞，賞金很多。

**重霄** ㄔㄨㄥˊ ㄒㄧㄠ 図極高的天空。古人說「天有九重」，而有「九重天」「九重霄」的說法。

**重擔** ㄓㄨㄥˋ ㄉㄢˋ 沉重的擔子。比喻繁重的責任。

**重器** ㄓㄨㄥˋ ㄑㄧˋ 図①代表國家文化歷史的貴重的器物。②比喻能擔當大事的人。

**重壓** ㄓㄨㄥˋ ㄧㄚ 沉重的壓力。

**重辦** ▲ㄓㄨㄥˋ ㄅㄢˋ 嚴厲的處分。▲ㄔㄨㄥˊ ㄅㄢˋ 再度辦理。

**重遷** ㄓㄨㄥˋ ㄑㄧㄢ 図對自己的故鄉有了濃厚的情感，不願隨便遷移。如「安土重遷」。

**重瞳** ㄔㄨㄥˊ ㄊㄨㄥˊ 図眼球上有兩個眸子。古人說舜與項羽都是重瞳。

**重點** ㄓㄨㄥˋ ㄉㄧㄢˇ ①要緊的一點，重心的所在。如「說話要能說出重點」。②物理學名詞，見「槓桿」。③已經有或可以有影響力的地點或部分。如「重點輔導」。

**重鎮** ㄓㄨㄥˋ ㄓㄣˋ 図①重要的軍事地點。②掌握兵權，地位重要。

**重懲** ㄓㄨㄥˋ ㄔㄥˊ 嚴厲懲罰。

**重譯** ㄔㄨㄥˊ ㄧˋ 間接的翻譯，像先由英文譯成日文，再由日文譯成中文。

**重疊** ㄔㄨㄥˊ ㄉㄧㄝˊ 一層一層地相疊。

**重聽** ㄓㄨㄥˋ ㄊㄧㄥ 聽覺遲鈍。

**重讀** ㄓㄨㄥˋ ㄉㄨˊ 把一個詞或一個詞組裡的某個音節或語句裡的某幾個音節讀得重些、強些，叫做重讀。

**重孫（子）** ㄔㄨㄥˊ ㄙㄨㄣ（ㄗˇ） 孫子的兒子。

**重工業** ㄓㄨㄥˋ ㄍㄨㄥ ㄧㄝˋ 指採礦、冶金、電力或機械製造等工業。

**重元素** ㄓㄨㄥˋ ㄩㄢˊ ㄙㄨˋ 原子量較大的元素，如鈾。

**重名兒** ㄔㄨㄥˊ ㄇㄧㄥˊ ㄦ 名字相同。如「他和我重名兒」。

**重武器** ㄓㄨㄥˋ ㄨˇ ㄑㄧˋ 指榴彈砲、加農砲、坦克、飛彈等有重大殺傷破壞力的武器。

**重金屬** ㄓㄨㄥˋ ㄐㄧㄣ ㄕㄨˇ 比重較大的金屬。

**重活兒** ㄓㄨㄥˋ ㄏㄨㄛˊ ㄦ 指費力氣的體力勞動。

**重重的** ▲ㄓㄨㄥˋ ㄓㄨㄥˋ ˙ㄉㄜ 用力，加重的。如「重重兒的打」。▲ㄔㄨㄥˊ ㄔㄨㄥˊ ˙ㄉㄜ 一重一重的。如「進入專制獨裁國家，必須經過重重的關卡」。

**重脣音** ㄓㄨㄥˋ ㄔㄨㄣˊ ㄧㄣ 對輕脣音而言，指閉合兩脣以節制外出的氣流而成，如幫、滂、並、明等音。

**重然諾** ㄓㄨㄥˋ ㄖㄢˊ ㄋㄨㄛˋ 図不輕率允諾他人的託付，既已允諾，則必實踐。

**重陽節** ㄔㄨㄥˊ ㄧㄤˊ ㄐㄧㄝˊ 農曆九月初九為重陽節。簡稱重陽。

**重機槍** ㄓㄨㄥˋ ㄐㄧ ㄑㄧㄤ 火力強大，射程較遠的重型機關槍。

**重頭戲** ㄓㄨㄥˋ ㄊㄡˊ ㄒㄧˋ 指唱工和做工很重的戲。

**重瓣胃** ㄔㄨㄥˊ ㄅㄢˋ ㄨㄟˋ 反芻動物的胃有四個囊，其中第三個囊內有瓣裝襞褶，叫做重瓣胃。

**重孫女（兒）** ㄔㄨㄥˊ ㄙㄨㄣ ㄋㄩˇ（ㄦ） 女字輕讀。孫子的女兒。

**重文輕武** ㄓㄨㄥˋ ㄨㄣˊ ㄑㄧㄥ ㄨˇ 舊時重視文人輕視軍人的錯誤觀念。

**重生父母** ㄔㄨㄥˊ ㄕㄥ ㄈㄨˋ ㄇㄨˇ 指對自己有重大恩情的人；多指救命恩人。

**重見天日** ㄔㄨㄥˊ ㄐㄧㄢˋ ㄊㄧㄢ ㄖˋ 比喻脫離黑暗的環境，重新見到光明。

**重足而立** ㄔㄨㄥˊ ㄗㄨˊ ㄦˊ ㄌㄧˋ 図後腳緊挨著前腳，不敢邁步。形容非常恐懼。

**重於泰山** ㄓㄨㄥˋ ㄩˊ ㄊㄞˋ ㄕㄢ 形容價值很高。

**重規疊矩** ㄔㄨㄥˊ ㄍㄨㄟ ㄉㄧㄝˊ ㄐㄩˇ 図指合乎規矩法度。

**重溫舊夢** ㄔㄨㄥˊ ㄨㄣ ㄐㄧㄡˋ ㄇㄥˋ 比喻再經歷一次過去的光景。

**重量訓練** ㄓㄨㄥˋ ㄌㄧㄤˋ ㄒㄩㄣˋ ㄌㄧㄢˋ 進行某一專項訓練時，為幫助身體某一部分的肌肉達到預期效果，必須用輔助器械給予超量訓練，這是訓練肌肉最有效的辦法。

**重整旗鼓** ㄔㄨㄥˊ ㄓㄥˇ ㄑㄧˊ ㄍㄨˇ 失敗之後，整頓再起。

**重蹈覆轍** ㄔㄨㄥˊ ㄉㄠˋ ㄈㄨˋ ㄔㄜˋ 又走上翻過車的老路。比喻沒有吸取失敗的教訓，重犯過去的錯誤。

**重巖疊嶂** ㄔㄨㄥˊ ㄧㄢˊ ㄉㄧㄝˊ ㄓㄤˋ 重重疊疊的山峰。

## 四筆

**野** ㄧㄝˇ ㈠郊外空曠的地方。如「郊野」「野地裡」。㈡民間，不屬於政府的。如「在野黨」「下野」。㈢界限，區域。如「分野」「視野」。㈣未經過人工馴養或培植的動植物。如「野獸」「野草」。㈤蠻橫不講理。如「野蠻」「撒野」。㈥放肆，不馴服。如「野性未改」「狼子野心」。㈦非常，很。如「風太野了」「天兒冷野了」。㈧未經過合法手續的婚姻關係，叫「野合」。如「野鴛鴦」。㈨図質朴。〈論語〉有「質勝文則野」。

**野人** ㄧㄝˇ ㄖㄣˊ ①未開化的人。如「山裡還有野人」。②罵人蠻橫無禮的話。如「這麼亂來，你是哪兒來的野人」。③図質朴的人。〈論語〉有「先進於禮樂，野人也」。

**野心** ㄧㄝˇ ㄒㄧㄣ ①貪得的心。如「狼子野心」。②不安好心。

**野火** ㄧㄝˇ ㄏㄨㄛˇ 燒野草的火。也引伸為到處生事擾亂的意思。

**野牛** ㄧㄝˇ ㄋㄧㄡˊ 野生的牛。

**野史** ㄧㄝˇ ㄕˇ 私家記載的歷史。也作「稗史」「野乘（ㄕㄥˋ）」。

**野外** ㄧㄝˇ ㄨㄞˋ 城外山野的地方。

**野生** ㄧㄝˇ ㄕㄥ 自然生成的動植物。

**野合** ㄧㄝˇ ㄏㄜˊ 図男女苟合。

**野地** ㄧㄝˇ ㄉㄧˋ 野外的荒地。

**野老** ㄧㄝˇ ㄌㄠˇ 住在鄉野的老人。

**野兔** ㄧㄝˇ ㄊㄨˋ 生活在野外的兔類，身體一般較家兔略大，耳長而大，毛很密，多為茶褐色。

**野味** ㄧㄝˇ ㄨㄟˋ 在山林獵得的禽獸。

**野性** ㄧㄝˇ ㄒㄧㄥˋ ①心情不馴順。②図樂居田野之性。

**野狗** ㄧㄝˇ ㄍㄡˇ 四處流浪沒有人養的狗。

**野馬** ㄧㄝˇ ㄇㄚˇ ①野生的馬。②図游動的薄雲或水蒸氣，遠望過去像奔跑的馬。〈莊子〉有「野馬也，塵埃也」。

**野麥** ㄧㄝˇ ㄇㄞˋ 雀麥。

**野菜** ㄧㄝˇ ㄘㄞˋ 可以做蔬菜的野生植物，如馬齒莧。

**野豬** ㄧㄝˇ ㄓㄨ 野生的豬，性凶猛。

**野戰** ㄧㄝˇ ㄓㄢˋ ①在曠野地方作戰；有別於進攻要塞的戰事。②不按常規的作戰方法。

**野貓** ㄧㄝˇ ㄇㄠ ①狸的別名。②無主的貓。

**野餐** ㄧㄝˇ ㄘㄢ ①帶著食物在郊野吃。如「我們今天中午在陽明山野餐」。②一種便於攜帶的熟食。如「明天你們遠足，每人帶一盒兒野餐」。

**野營** ㄧㄝˇ ㄧㄥˊ 在野外紮營，是軍事或體育訓練的一種項目。

**野雞** ㄧㄝˇ ㄐㄧ ①雉的別名。②比喻沿街拉客的私娼。③比喻不合規章經營的。如「野雞車」。

**野獸**(ㄧㄝˇ ㄕㄡˋ) 家畜以外的獸類。

**野鶴**(ㄧㄝˇ ㄏㄜˋ) 比喻隱士。如「閒雲野鶴」。

**野蠻**(ㄧㄝˇ ㄇㄢˊ) ①還沒有開化。②強橫不講理。

**野花(兒)**(ㄧㄝˇ ㄏㄨㄚ ㄦ) ①長在田野的小花。②比喻娼妓。俗語有「家花不如野花(兒)香」。

**野鴨(子)**(ㄧㄝˇ ㄧㄚ ㄗ˙) 「鳧」的俗稱。

**野百合**(ㄧㄝˇ ㄅㄞˇ ㄏㄜˊ) 一年生草本植物，高一兩尺，葉箭簇形，互生，花紫色，蝶形花冠。供觀賞。

**野牡丹**(ㄧㄝˇ ㄇㄨˇ ㄉㄢ) 產於熱帶的常綠灌木。葉對生，卵形，有毛。夏月在梢頭的葉腋開花，五瓣，色淡紫帶紅。可供觀賞。

**野狐禪**(ㄧㄝˇ ㄏㄨˊ ㄔㄢˊ) 禪宗譏稱外道異端，因為從前有人談禪，錯出一語，以致「五百生隨為野狐身」。

**野孩子**(ㄧㄝˇ ㄏㄞˊ ㄗ˙) 常在街頭遊蕩無人管束的兒童。

**野漢子**(ㄧㄝˇ ㄏㄢˋ ㄗ˙) 譏罵婦人的情夫。

**野鴛鴦**(ㄧㄝˇ ㄩㄢ ㄧㄤ) 非正式的夫妻。

**野獸派**(ㄧㄝˇ ㄕㄡˋ ㄆㄞˋ) 二十世紀初興起的一種現代畫派，用原色和強烈對比，奔放的筆觸，單純的線條，誇張的形態，表達內在的感情和個人的風格，是對學院派的反叛。代表畫家有馬蒂斯、馬加、杜比等人。

**野臺(子)戲**(ㄧㄝˇ ㄊㄞˊ ㄗ˙ ㄒㄧˋ) 在戶外臨時搭臺公演的戲。也叫「露臺戲」。

**野人獻曝**(ㄧㄝˇ ㄖㄣˊ ㄒㄧㄢˋ ㄆㄨˋ) 比喻平凡人所貢獻的平凡事物。也作「野人獻日」。語見〈列子〉。

**野草閒花**(ㄧㄝˇ ㄘㄠˇ ㄒㄧㄢˊ ㄏㄨㄚ) ①野生的花草。②比喻配偶以外所愛戀的女人。也指娼妓。

## 五筆

**量** ▲ㄌㄧㄤˊ (一)計算物體的大小、長短、輕重、多少。如「測量」「丈量」。(二)探測體溫的高低。如「剛才我給他量了，是三十八度」。(三)商議。如「商量」。(四)忖度。如「衡量」「忖量」。
▲ㄌㄧㄤˋ (一)計算物體容積的器具，像升、斗、斛等。(二)容得下的限度。如「容量」「飯量」「酒量」。(三)指人心胸容人的程度。如「氣量」「量小非君子」。(四)數的多少。如「重質不重量」「大量輸出」。(五)物體的重。如「分量」「重量」。(六)估計，審度(ㄉㄨㄛˋ)。如「量入為出」「不自量力」。(七)見「較量」。

**量力**(ㄌㄧㄤˋ ㄌㄧˋ) 看自己有多少能力。如「不自量力」「量力而行」。

**量子**(ㄌㄧㄤˋ ㄗˇ) 物理學名詞 quantum 的意譯。「量」普通是以連續的數(幾何學概念)表示，而相當於有不連續的性質的物理概念的量，則是不連續的數。輻射能有不能分割的最小的量，叫「能量子」。「能量子」成為光進入空間，叫「光量子」。一般都叫「量子」。

**量刑**(ㄌㄧㄤˋ ㄒㄧㄥˊ) 衡量罪犯應受的刑罰。

**量具**(ㄌㄧㄤˊ ㄐㄩˋ) 計量用的器具，如尺、天平、量角器等。

**量杯**(ㄌㄧㄤˊ ㄅㄟ) 量液體體積的器具，形狀像杯。

**量度** ▲ㄌㄧㄤˊ ㄉㄨˋ 測量容量和長度的標準。▲図ㄌㄧㄤˊ ㄉㄨㄛˋ 審察，測定。

**量淺**(ㄌㄧㄤˋ ㄑㄧㄢˇ) ①氣量狹小。也作「量窄」。②酒量小。

**量產** ㄌㄧㄤˋ ㄔㄢˇ 按照計畫大量生產。

**量詞** ㄌㄧㄤˋ ㄘˊ 計算事物、時間、動作等的單位詞，有標準量詞、時量詞、動量詞、準（臨時）量詞等。

**量變** ㄌㄧㄤˋ ㄅㄧㄢˋ 事物在數量上程度上的變化，是漸進的不顯明的。量變常是質變的開端。

**量角規** ㄌㄧㄤˊ ㄐㄧㄠˇ ㄍㄨㄟ 量角度的器具，上面畫有一百八十度的半圓規。

**量販店** ㄌㄧㄤˋ ㄈㄢˋ ㄉㄧㄢˋ 以稍高於批發價零售日用品的商店。是由日語移用的。

**量入為出** ㄌㄧㄤˋ ㄖㄨˋ ㄨㄟˊ ㄔㄨ 按照自己收入的數目以撙節開支。

**量力而行** ㄌㄧㄤˋ ㄌㄧˋ ㄦˊ ㄒㄧㄥˊ 酌量自己的能力去做。也作「量力而為」。

**量子力學** ㄌㄧㄤˋ ㄗˇ ㄌㄧˋ ㄒㄩㄝˊ 適用於原子、原子核或分子般大小的粒子或量子系統的一種學科。若粒子速率遠低於光速，稱（普通）量子力學。如果粒子速率接近光速，則為相對論量子力學。若是系統中有粒子的生滅，則稱量子場論。

**量才授職** ㄌㄧㄤˋ ㄘㄞˊ ㄕㄡˋ ㄓˊ 估量一個人的才能而授以適合他的職務。

**量體裁衣** ㄌㄧㄤˋ ㄊㄧˇ ㄘㄞˊ ㄧ 按照身材剪裁衣服。比喻辦事要符合實際。

**量小非君子** ㄌㄧㄤˋ ㄒㄧㄠˇ ㄈㄟ ㄐㄩㄣ ㄗˇ 氣量小的人就不是君子（常和「無毒不丈夫」連用）。

## 十一筆

**釐（厘）** ▲ㄌㄧˊ ㈠整理，改正。如「釐定」、「敬請釐正」。㈡長度名，一尺的千分之一。㈢地積名，一畝的百分之一。㈣重量名，一兩的千分之一。㈤貨幣名，一圓的千分之一。㈥小數名：①單位數的百分之一。②年利率百分之一叫一釐。③月利率千分之一叫一釐。▲図ㄒㄧ 同「禧」，祝福的意思。如「恭賀年釐」。

**釐正** ㄌㄧˊ ㄓㄥˋ 改正。

**釐定** ㄌㄧˊ ㄉㄧㄥˋ 整理以後定稿。也作「釐訂」。

## 金部

**金** ㄐㄧㄣ ㈠一種貴重金屬元素，化學符號是Au，質較軟，色黃，也叫黃金；可以製貨幣或各種裝飾品。㈡金屬的通稱。如「五金」「合金」。㈢錢。如「現金」「金額」。㈣金黃色。如「金橘」「金瓜」。㈤比喻可貴。如「金言」「金科玉律」。㈥我國古代八音之一：金、石、土、革、絲、木、匏、竹。㈦図刀劍之類的兵器。如「金革」。㈧五行之一。水、火、木、金、土。㈨図銅的別稱。如「金甲」。㈩図比喻堅固難攻。如「金湯」「金城」。(十一)形容有錢。如「金飯碗」「金牛」。(十二)比喻交情深固。如「金石交」「金蘭」。(十三)図金屬樂器的聲音。如「吾聞鼓而已，不聞金矣」。(十四)図良好的。如「金目」。(十五)朝代名。女真族完顏部於西元一一一五年所建，國號金，歷六世，九主，一百二十年，於西元一二三四年被蒙古與宋聯軍滅亡。(十六)見「金曜日」。(十七)金門的簡稱。(十八)姓。

**金口** ㄐㄧㄣ ㄎㄡˇ ①比喻言語的貴重。②對他人言語的敬稱。如「這話由您金口說出，就一定沒問題了」。

**金子** ㄐㄧㄣ ˙ㄗ 黃金。

**金工** ㄐㄧㄣ ㄍㄨㄥ 用金屬做原料製造器具的工作。

**金文** ㄐㄧㄣ ㄨㄣˊ 古代鐘鼎上的文字。也叫「鐘鼎文」。

**金斗** ㄐㄧㄣ ㄉㄡˇ ①〔文〕食具。②〔文〕熨斗。③同「筋斗」。④臺灣、閩南一帶稱骨罈叫「金斗」。

**金句** ㄐㄧㄣ ㄐㄩˋ 珍貴有益人生的語句。

**金玉** ㄐㄧㄣ ㄩˋ ①珍寶的通稱。比喻富貴稱「金玉滿堂」。②比喻貴重。稱有價值的話叫「金玉良言」。

**金瓜** ㄐㄧㄣ ㄍㄨㄚ ①蔬類。又名倭瓜、老倭瓜、南瓜；有的地方叫「北瓜」。②舊日儀仗中的一種兵器。

**金石** ㄐㄧㄣ ㄕˊ 〔文〕①指古代鐘鼎、碑碣等物。②比喻堅貞。如「心如金石」「金石之交」。③指金銀和玉石等貴重財物。④指鐘、磬。如「金石之樂（ㄩㄝˋ）」。⑤指兵器。〈周禮〉有「國有大故而用金石」。

**金言** ㄐㄧㄣ ㄧㄢˊ 〔文〕珍貴而有益的話。

**金身** ㄐㄧㄣ ㄕㄣ 用金箔裝飾的佛像。

**金店** ㄐㄧㄣ ㄉㄧㄢˋ 出售金銀首飾器物的商店。

**金杯** ㄐㄧㄣ ㄅㄟ 比賽優勝者所得的金色獎杯。

**金門** ㄐㄧㄣ ㄇㄣˊ ①福建省縣名，在同安縣東南海中金門島上，東望臺灣，西與廈門相對。以生產高粱酒、鋼質菜刀和貢糖聞名。②用黃金裝飾的門，舊時指天子的門。

**金城** ㄐㄧㄣ ㄔㄥˊ 〔文〕比喻堅固的城防或其他防禦設施。

**金屋** ㄐㄧㄣ ㄨ 〔文〕非常華美的房屋。如「金屋藏嬌」。

**金星** ㄐㄧㄣ ㄒㄧㄥ 太陽系九大行星之一，繞日軌道在水星和地球之間，大小和地球略同，光彩很亮，我國舊時叫它「明星」或「太白星」。金星直徑有一萬兩千兩百三十公里，繞日一周約兩百二十四點七日。表面溫度高達攝氏四百六十五到四百八十五度。人類由一九六一年二月，蘇聯金星一號，到一九七八年的前鋒金星一號、二號，對金星進行過十幾次的探測，對它已有相當的了解。

**金盾** ㄐㄧㄣ ㄉㄨㄣˋ 比賽優勝者所得的金色盾狀獎品。

**金紅** ㄐㄧㄣ ㄏㄨㄥˊ 赤而微黃的顏色。

**金革** ㄐㄧㄣ ㄍㄜˊ 〔文〕甲兵；也引伸作戰爭的意思。

**金風** ㄐㄧㄣ ㄈㄥ 〔文〕指秋風。如「金風送爽」。

**金剛** ㄐㄧㄣ ㄍㄤ ①佛教神名，是佛祖的侍從力士。②比喻堅固不會毀壞。如「金剛不壞之身」。③蠶蛹俗稱「金剛」。

**金庫** ㄐㄧㄣ ㄎㄨˋ 收藏貨幣錢財的庫房。

**金針** ㄐㄧㄣ ㄓㄣ ①針灸術所用穿通穴道的長針。②〔文〕指所傳授的巧妙的祕訣。金朝元好問的詩有「鴛鴦繡出從教看，莫把金針度與人」。③見「金針菜」。

**金馬** ㄐㄧㄣ ㄇㄚˇ ①福建省金門和馬祖的合稱。②金色的馬，或金屬鑄製成作玩具、裝飾品的馬。

**金條** ㄐㄧㄣ ㄊㄧㄠˊ 製成條狀的黃金，每條重十兩或五兩。

**金婚** ㄐㄧㄣ ㄏㄨㄣ 結婚滿五十年紀念，西俗稱為金婚。

**金猊** ㄐㄧㄣ ㄋㄧˊ 香爐的一種，以金屬鑄成狻猊的形狀，香煙可從口中吐出。

**金魚** ㄐㄧㄣ ㄩˊ 一種供觀賞的魚，身體或紅或黑，鱗有金光，是鯽魚的變種。亞洲產的金魚品種很多，大抵以人工交配，使在形態、顏色各方面出現許多不同。

**金創** ㄐㄧㄣ ㄔㄨㄤ 中醫堅指刀槍等金屬器械所造成的傷口。

**金湯** ㄐㄧㄣ ㄊㄤ 〔文〕「金城湯池」的簡語。以金為城，湯（滾燙水）為池（護城河）。比喻城防的牢固。如「固若金湯」。

**金牌** ㄐㄧㄣ ㄆㄞˊ ①古時帝王傳達命令的憑證。②運動比賽得第一名的獎牌。

**金筆** ㄐㄧㄣ ㄅㄧˇ 用黃金的合金做筆頭，銥的合金做筆尖的高級自來水筆。

**金貂** ㄐㄧㄣ ㄉㄧㄠ 古代侍從貴臣，以金貂飾冠，後以稱侍從貴臣。

**金黃** ㄐㄧㄣ ㄏㄨㄤˊ 像黃金一樣的顏色。

**金鈿** ㄐㄧㄣ ㄉㄧㄢˋ 図婦女的首飾。

**金鉦** ㄐㄧㄣ ㄓㄥ ①樂器名，屬鐲鐃之類。②図比喻太陽。

**金鼓** ㄐㄧㄣ ㄍㄨˇ 金鉦和戰鼓。鼓用來讓軍士前進，金鉦用來使軍士停止前進。如「鳴金擂鼓」。

**金榜** ㄐㄧㄣ ㄅㄤˇ 図科舉時代公布及第錄取者的黃榜。如「金榜題名」。

**金箔** ㄐㄧㄣ ㄅㄛˊ 用黃金搥製成極薄的片。

**金腿** ㄐㄧㄣ ㄊㄨㄟˇ 浙江省金華縣所製的火腿，是很出名的食品。

**金甌** ㄐㄧㄣ ㄡ 図比喻國家完整而鞏固的疆土。

**金質** ㄐㄧㄣ ㄓˊ 質料是金子的。

**金輪** ㄐㄧㄣ ㄌㄨㄣˊ 太陽的別稱。

**金融** ㄐㄧㄣ ㄖㄨㄥˊ ①資金的融通。②資金的供給與需求，決定市場利率。其供給與需求往往以銀行、投資公司或信用合作社為中介，吸收社會資金，貸與工商企業運用。這種資金的供需現象也稱金融。

**金錢** ㄐㄧㄣ ㄑㄧㄢˊ 錢財。

**金龜** ㄐㄧㄣ ㄍㄨㄟ ①唐朝職官佩帶龜袋做標識（ㄓˋ），三品以上的官在佩袋上加上金的裝飾，叫做「金龜」，因此用金龜比喻貴官。李商隱詩有「無端嫁得金龜婿，辜負香衾事早朝」，後來用「金龜婿」比喻有錢有勢的丈夫。②漢朝丞相、三公、列侯、將軍的金印有龜紐，簡稱「金龜」。③謔稱家財富裕且出手大方的男子。如「釣金龜」。④見「金龜子」。

**金鎊** ㄐㄧㄣ ㄅㄤˋ 英國、埃及、愛爾蘭等國本位貨幣名稱，簡稱「鎊」。

**金雞** ㄐㄧㄣ ㄐㄧ ①翅膀羽毛金黃色的公雞。②「錦雞」的別名。

**金額** ㄐㄧㄣ ㄜˊ 金錢的數目。

**金礦** ㄐㄧㄣ ㄎㄨㄤˋ 產黃金的礦藏。

**金屬** ㄐㄧㄣ ㄕㄨˇ 有光澤，能延展，容易導電、傳熱的物質，除了汞以外，在常溫都是固體的，稱為金屬，如金、銀、銅、鐵、鋅、鉛、錫等。

**金蘭** ㄐㄧㄣ ㄌㄢˊ 〈易・繫辭上〉有「二人同心，其利斷金；同心之言，其臭（ㄒㄧㄡˋ）如蘭」。比喻朋友的交情深固。以往朋友結拜，稱為「金蘭之交」。

**金葉（子）** ㄐㄧㄣ ㄧㄝˋ（ㄗ˙） 金箔。

**金蓮（兒）** ㄐㄧㄣ ㄌㄧㄢˊ（ㄦ） 舊時說女子的小腳兒。如「三寸金蓮（兒）」。

**金橘（兒）** ㄐㄧㄣ ㄐㄩˊ（ㄦ） 也叫「金柑」，一種常綠灌木的果樹，果實圓形，金黃色，味酸而皮香。

**金鐘（兒）** ㄐㄧㄣ ㄓㄨㄥ（ㄦ） 蟲名，身黑，像蟋蟀，鳴聲像小鐘。又叫「馬鈴子」。

**金不換** ㄐㄧㄣ ㄅㄨˋ ㄏㄨㄢˋ ①形容十分可貴。如「浪子回頭金不換」。②指「墨」而言。③中藥名，多年生草，根葉搗汁敷治傷處，可以消腫止血。本名叫「三七」。

**金本位** ㄐㄧㄣ ㄅㄣˇ ㄨㄟˋ 以黃金作本位貨幣。二十世紀三十年代以後，各國不再使用。

**金石交** 比喻堅固的友誼。

**金石聲** ①鐘磬樂器所發的聲音。②比喻詞章優美。

**金光黨** 社會上以不正當手段詐騙他人財物的一小群歹徒。

**金合歡** 常綠灌木，羽狀複葉，花鮮黃色，味芳香，莢果呈圓筒狀，多產於熱帶地區。

**金字塔** 古代埃及君王的陵墓，用石塊砌成，底四方形，側面作三角形，高常達一百多公尺。西文為pyramids，在中文形似「金」字，所以稱金字塔。建造工程浩大，常耗時數十年，民工十幾萬人，為世界七大奇觀中最古老的。

**金剛石** ①就是鑽石，也叫「金剛鑽」。②一種硬石，是金剛砂（碳化矽）的聚合體，可以用來磨刀。也叫「金剛磨石」。

**金剛砂** ①砂粒小形的石榴石，供琢磨寶石、磨擦玻璃或製砂布、砂紙等之用。②碳化矽也有叫「金剛砂」的。

**金剛經** 佛經名，全名為〈金剛般若波羅蜜經〉，鳩摩羅什譯。金剛經以空慧為體，專說一切法無我的道理，繁簡適中，最便誦讀。

**金晃晃** 像黃金一樣光彩奪目。

**金針菜** 又名黃花菜，簡稱「金針」，是萱草的花瓣，鮮花或晒乾的都可以做菜。

**金馬獎** 中華民國行政院新聞局每年頒給最佳影片、導演、編劇、演員等，作為榮譽表徵的獎座。以金屬製成躍馬的形狀，故名。

**金魚藻** 水生植物，又名松藻。多年生草本，莖長，分枝多。葉輪生，細長，花小，生於葉腋。常置於觀賞魚的魚缸內。

**金絲雀** 一種鳥，屬於鳴禽類，雀科。原產於大西洋少數海島，鳴聲好聽，容易飼養，歐洲人飼養為籠禽，後來繁殖成很多變種。

**金絲猴** 哺乳動物，身體瘦長，毛呈金黃色，鼻孔向上，尾巴很長，背部毛長一尺多，生活於高山樹林中，為我國特產的珍貴動物。

**金飯碗** 比喻不會失掉的職位，可以長期領取高薪。

**金鈴子** 昆蟲名，色淡黃，體似蟋蟀而較小。

**金鼎獎** 每年頒給電視界的優秀節目主持人、主播、演員等，作為榮譽表徵的獎座。金屬製成，外表像寶鼎，故名。

**金像獎** 用金屬做的小雕像作為榮譽表徵的獎品；也特指美國電影藝術科學院每年頒給最優的影片、演員、攝影、導演等的「奧斯卡金像獎」（an Oscar award，簡稱Oscar）。

**金銀花** 就是「忍冬花」。花先白後黃，所以叫金銀花，可以做中藥。

**金融卡** 銀行等金融機構發給其存款戶的卡片，持有者可從發卡機構及其他金融機構所設的提款機取款。

**金錢豹** 一種皮毛有金錢形花紋的豹。

**金龜子** 昆蟲名，俗稱「金蟲」，六足，背有半球狀金綠色甲殼，是農作物根部的害蟲。

**金龜婿** 居高官食厚祿或是財力雄厚的女婿。

**金縷衣** ①漢代皇帝和貴族穿的葬服，是用玉片和金絲、銀絲或銅絲編結而成的。②金線編織的衣服。也稱「金衣」。唐詩有「勸君莫惜金縷衣，勸君惜取少年時」。

**金曜日** 星期五。一週七天，依序是日月火水木金土七曜。

**金鎗魚** 魚身紡錘形，頭尖，鱗細，生活在海洋中，肉供食用。

**金鐘罩** ①拳術的一種。②說大話壓人。

**金黴素** 抗菌素的一種，分子式為$C_{22}H_{23}N_2O_8Cl$，金黃色結晶體，有抑制許多種病痛的作用。

**金鑾殿** ①唐代宮殿名。②泛指天子所居的正殿。

**金剛鑽（兒）** ①金剛石的碎屑，可用作裁割玻璃或在瓷器上鑽孔的工具；大塊的金剛鑽可裝在探礦器具的尖頭上。②就是「金剛石」。

**金銀箔（兒）** 金銀色的冥紙。

**金戈鐵馬** 指戰爭中精壯的部隊。如「想當年金戈鐵馬，氣吞萬里如虎」。

**金玉良言** 珍貴如金如玉的話。

**金玉滿堂** 比喻富貴。

**金石為開** 指意志情感的堅貞使金石裂開。

**金字招牌** ①指商店用金粉塗字的招牌，也指商店資金雄厚，信用卓著。②比喻向人炫耀的名義的稱號。

**金吾不禁** 舊俗，農曆正月十五元宵節，民眾終宵看燈，地方官取消宵禁。金吾：古代禁衛官名。

**金枝玉葉** 舊稱皇帝的家族。

**金城湯池** 形容城池堅固，不易攻取。金，形容堅固；湯，比喻滾燙的熱水，不能靠近。

**金屋藏嬌** 比喻建造華麗的屋子給所寵愛的女子居住。語出〈漢武故事〉：「漢武帝年輕時，帝姑館陶長公主生女名阿嬌。公主問武帝，欲將阿嬌嫁與作妻。武帝說：『若得阿嬌，當以金屋貯之。』帝即位，果如所諾。」

**金盆洗手** 比喻黑道人物改過自新，浪子回頭。

**金科玉律** ①不可更易的法則。②極為重要的法令。

**金剛怒目** 以金剛童子的怒容比喻可怕的面容。

**金烏玉兔** 〔文〕指太陽、月亮。

**金迷紙醉** ①比喻華麗的布置。②指生活奢侈，沉迷在享樂中。

**金針度人** 把某種技術的祕訣，傳授給其他人。

**金琖銀臺** 水仙花的別名。金琖指花朵中心黃色部分，銀臺指花朵邊緣的花瓣。

**金釵十二** 形容姬妾眾多。也作「十二金釵」。

**金童玉女** ①道家指伺候仙人的幼童。②比喻清秀可愛的幼童。

**金匱石室** 〔文〕古代貯藏貴重書契的處所。

**金榜題名** 科舉時代應試中式。現代泛指考上某種大型考試，姓名在榜上出現。

**金碧輝煌** 〔文〕形容建築物裝潢與陳設的華美。

**金漿玉醴** ①美酒。②仙藥。③唾液。

**金甌無缺** 〔文〕比喻國土完整而鞏固。

**金聲玉振** 奏樂時用鐘聲發端，磬聲收尾，原是形容孔子聖德全備。後來用來形容人的聲名遠播。

**金蟬脫殼** ㄐㄧㄣ ㄔㄢˊ ㄊㄨㄛ ㄑㄠˋ 比喻用計逃脫而使對方不能及時發覺。

**金雞納霜** ㄐㄧㄣ ㄐㄧ ㄋㄚˋ ㄕㄨㄤ 一種治瘧疾的特效藥。又名「奎寧丸」。

**金雞獨立** ㄐㄧㄣ ㄐㄧ ㄉㄨˊ ㄌㄧˋ 只用一條腿站立，是武術的一種姿勢。

**金屬元素** ㄐㄧㄣ ㄕㄨˇ ㄩㄢˊ ㄙㄨˋ 凡是具有一定的光澤，能延展、傳熱、導電、熔合等性質，其化合物電離時候是陽電子的，就是金屬元素。除了汞之外，常溫都呈固態。按性質可分鹼金屬、鹼土金屬及稀土金屬等。

**金剛不壞身** ㄐㄧㄣ ㄍㄤ ㄅㄨˋ ㄏㄨㄞˋ ㄕㄣ 指佛身的堅固不會破壞。見〈涅槃經・長壽品〉。

## 一筆

**釓** ㄍㄚ 又作「錷」。一種稀有金屬元素，化學符號是Gd。性質與釤相似，但是它的氧化物及硫化物都帶淡紅色，與銪相同。

**釔** ㄧˇ 一種金屬元素，化學符號是Y，容易燃燒，可以作白熱燈的紗罩。

## 二筆

**釙** ㄆㄛ 一種放射性的金屬元素，化學符號Po，顏色像鎳，放射性比鈾強三百倍。

**釜** ㄈㄨˇ ㈠古時一種有腳的烹飪器具，用途和現在的鍋相同。如「釜底抽薪」。㈡古量名，盛六斗四升。

**釜中魚** ㄈㄨˇ ㄓㄨㄥ ㄩˊ 比喻處於極端危險境地的人。

**釜底抽薪** ㄈㄨˇ ㄉㄧˇ ㄔㄡ ㄒㄧㄣ 比喻從根本上解決。語出〈儒林外史〉。

**釘** ▲ㄉㄧㄥ ㈠釘子，鋼鐵竹木做的，細長有尖頭，可貫穿東西使它們結合牢固。如「鐵釘」「螺絲釘」。㈡用針線來連綴。如「釘鈕扣」。㈢注意地看，注意看守；也作「盯」。如「拿眼釘著他」「庫房有人釘著呢」。㈣通「靪」。「補靪」也可以寫作「補釘」。

▲ㄉㄧㄥˋ 用鐵槌（榔頭）砸釘子，把東西固定住。如「釘（ㄉㄧㄥˋ）釘（ㄉㄧㄥ）子」「把木條釘在牆上」。

**釘子** ㄉㄧㄥ ˙ㄗ ①用來貫穿物體，使物體牢固的細長尖銳的東西。用鋼鐵、竹木等材料做的。②有事向人家請求，被人拒斥，說是「碰釘子」。

**釘耙** ㄉㄧㄥ ㄆㄚˊ 用鐵釘做齒的耙，是碎土、平土的農具。

**釘問** ㄉㄧㄥ ㄨㄣˋ 追問。

**釘帽** ㄉㄧㄥ ㄇㄠˋ 釘的頂端，是承受錘打或旋轉的部分。

**釘鞋** ㄉㄧㄥ ㄒㄧㄝˊ 鞋底有釘子的鞋。有兩種：①做雨鞋用的，踏泥濘不致滑跌；冬天路上有冰雪時穿的。②田徑運動上跑鞋和跳鞋的統稱。

**釘錘** ㄉㄧㄥ ㄔㄨㄟˊ 釘釘子用的小錘。

**釕** ▲ㄌㄧㄠˋ 見「釕銱兒」。▲ㄌㄧㄠˇ 是一種貴金屬元素，化學符號是Ru，常攙雜在鉑礦裡，呈暗灰色，質堅而脆，有使鉑和鈀硬化的效能，對於製作首飾、電接觸器、合金都很有用。

**釕銱兒** ㄌㄧㄠˋ ㄉㄧㄠˋ ㄦ 裝在門窗上用來扣住門窗的金屬扣環或絞紐。也叫「屈戌（兒）」。

**釗** ㄓㄠ ㈠明達的見識。㈡勉力，努力。

**針（鍼）** ㄓㄣ ㈠縫紉或刺繡、編結的工具，用來引線縫住衣料或繡花、織毛衣。如「繡花針」「毛線針」。㈡像針一類的東西。如「大頭針」「別針」。㈢尖銳像針的東西。如「松針」「指南針」。㈣中醫用針刺人的經絡來治病。如「針灸」。㈤西醫注射用的針形細管。如「打針」「針頭」。㈥西醫注射的代詞。如「他今天打了一針，燒才退了些」。

**針灸** ㄓㄣ ㄐㄧㄡˇ 中醫用針刺經絡、用艾燒灸的治病方法。

**針砭** ㄓㄣ ㄅㄧㄢ 古人治病方法之一，是用石針刺皮肉。現在用來比喻規勸別人的過失。

**針眼** ▲ㄓㄣ ㄧㄢˇ 被針所刺的孔。▲ㄓㄣ ·ㄧㄢ 生在眼皮毛睫間的小疙瘩，是眼病的一種；醫學上叫「毛囊炎」。

**針黹** ㄓㄣ ㄓˇ 図也作「針指」。就是用線縫衣；常用作女子縫紉工作的總稱。

**針筒** ㄓㄣ ㄊㄨㄥˇ 西醫注射器裝藥液的部分，用玻璃製成，筒上有以CC為單位的刻度，使人看出裝了多少藥；有推壓器，用來注射藥液。

**針腳** ㄓㄣ ㄐㄧㄠˇ 腳字輕讀。衣服縫線每一針穿過的距離。

**針對** ㄓㄣ ㄉㄨㄟˋ 指正好對著某件事情或某人而言的。如「針對這項問題來討論」。

**針箍** ㄓㄣ ㄍㄨ 縫紉時套在手指上的頂針兒。

**針線** ▲ㄓㄣ ㄒㄧㄢˋ 針和線。▲ㄓㄣ ·ㄒㄧㄢ 刺繡、縫紉等事的總稱。如「替人做針線度日」。

**針鋒** ㄓㄣ ㄈㄥ 図①比喻細微。②尖銳。見「針鋒相對」。

**針劑** ㄓㄣ ㄐㄧˋ 注射用的液體藥劑。

**針頭** ㄓㄣ ㄊㄡˊ 西藥注射器上裝的針形細管，可以刺入肌肉或血管，用來注射藥液。

**針氈** ㄓㄣ ㄓㄢ 插著針的氈子。成語「如坐針氈」，是比喻處境的片刻難安。

**針織** ㄓㄣ ㄓ 用針編織。線襪子、線手套、線圍巾等都是針織品。

**針尖(兒)** ㄓㄣ ㄐㄧㄢ ㄦ 針的尖端：①比喻銳利。如「他的話像針尖兒似地，刺得人難受」。②比喻細微。如「針尖兒大的事何必計較」。

**針形葉** ㄓㄣ ㄒㄧㄥˊ ㄧㄝˋ 植物的葉子細長而末端尖銳像針的，叫「針形葉」。

**針葉樹** ㄓㄣ ㄧㄝˋ ㄕㄨˋ 葉子的形狀像針的樹木，如松、柏、杉（區別於「闊葉樹」）。

**針鼻兒** ㄓㄣ ㄅㄧˊ ㄦ 針上引線的孔。

**針孔現象** ㄓㄣ ㄎㄨㄥˇ ㄒㄧㄢˋ ㄒㄧㄤˋ 用針在厚紙上穿一個小孔，放在燭火前，可以從小孔中看見燭光。通過小孔，生一個像呈現在幕上，稱為針孔現象。

**針刺麻醉** ㄓㄣ ㄘˋ ㄇㄚˊ ㄗㄨㄟˋ 中醫以針刺入人的經絡產生麻醉作用。這種方法在中國大陸已廣泛使用。

**針線活兒** ㄓㄣ ㄒㄧㄢˋ ㄏㄨㄛˊ ㄦ 指縫衣服、刺繡一類的工作。

**針鋒相對** ㄓㄣ ㄈㄥ ㄒㄧㄤ ㄉㄨㄟˋ 針尖對針尖。比喻雙方在策略、論點及行動等方面尖銳對立。

## 三筆

**釩** ㄈㄢˊ 金屬元素，化學符號是V，大半存在鐵礦裡，銀白色，是煉鋼用的材料。

**釣** ㄉㄧㄠˋ ㈠用鉤子把魚鉤上來，叫「釣魚」。㈡図誘取，騙取。如「沽名釣譽」。㈢図釣鉤的簡稱。如「垂釣（把釣鉤垂到水裡去，就是釣魚）」。

**釣名** ㄉㄧㄠˋ ㄇㄧㄥˊ 図作偽以求取名譽。

**釣具** ㄉㄧㄠˋ ㄐㄩˋ 釣魚用具，如釣竿、釣鉤、釣絲、釣車、浮標等。

**釣徒** ㄉㄧㄠˋ ㄊㄨˊ 稱釣魚的人。常指隱士。

**釣船** ㄉㄧㄠˋ ㄔㄨㄢˊ 供人釣魚用的船。

**釣餌** ㄉㄧㄠˋ ㄦˇ ①釣魚用的餌。②比喻誘人入圈套的事物。

**釣蝦** ㄉㄧㄠˋ ㄒㄧㄚ 臺灣城市休閒活動之一。商人設池養蝦供人釣取，按時間付費。

**釣鼇** ㄉㄧㄠˋ ㄠˊ 図釣取大海龜。舊時詩人用來比喻豪邁的舉止或是遠大的抱負。稱做這種事的人為「釣鼇客」。

**釣竿（兒）** ㄉㄧㄠˋ ㄍㄢ（ㄦ） 釣魚或水中其他動物用的竿子。

**釷** ㄊㄨˇ 一種金屬元素，化學符號是Th，是灰白色的粉末，能在低溫下發光，可以做煤氣燈的紗罩。

**釢** ㄋㄞˇ 釹的另一種譯名。

**釹** ㄋㄩˇ 一種稀有的金屬元素，化學符號是Nd。

**釭** 図ㄍㄤ 燈。又讀ㄍㄨㄥ。

**釦** ㄎㄡˋ 扣住衣物的紐子。如「紐釦」「釦子」。通「扣」。

**釦子** ㄎㄡˋ ㄗ˙ 紐釦。也叫「釦兒」。

**釵** ㄔㄞ 從前婦女頭上戴的一種首飾，是兩股的簪子。如「金釵」「荊釵布裙」。

**釵釧** ㄔㄞ ㄔㄨㄢˋ 通稱婦女的飾物。

**釧** ㄔㄨㄢˋ 帶在臂上或腕上的環，就是鐲子，用金銀或玉石做的。如「玉釧」。

**釤** ▲ㄕㄢ 一種金屬元素，化學符號是Sm，灰白色，堅硬像鋼。▲ㄒㄧㄢ ㈠図大鐽、大鋤、大鎌刀之類的農具。㈡姓。

**釶** ㄧㄝˇ 金屬元素「釔」的舊譯名。

## 四筆

**鈑** ㄅㄢˇ 鈑金，敲打金屬板面，使凹凸部分恢復平整。

**鈈** ㄅㄨˋ 「鈽」的另一種譯名，也作「鑄」。

**鈀** ▲ㄆㄚˊ 同「耙」，種田扒土的器具。▲ㄅㄚˇ 一種金屬元素，化學符號是Pd，色白如銀，合金可以製鋼筆尖、錶殼、醫療器械等。

**鈁** ㄈㄤ ㈠古時一種方口的量器。㈡「鍅」的又譯名。

**鈇** 図ㄈㄨ ㈠鍘刀。㈡斧頭。

**鈍** ㄉㄨㄣˋ ㈠銳利的相反。如「這把刀很鈍」。㈡図事物進行不順利。㈢腦筋不靈活，做事不快。如「遲鈍」。

**鈍化** ㄉㄨㄣˋ ㄏㄨㄚˋ 事物由緊張狀態轉入停息或鬆弛的局面，與尖銳化相對。如「雙方都等待補給，戰爭暫時鈍化」。

**鈍角** ㄉㄨㄣˋ ㄐㄧㄠˇ 大於直角（九十度）而小於平角（一百八十度）的角。

**鈍根** ㄉㄨㄣˋ ㄍㄣ 佛教說人對佛經的領悟體會遲鈍不靈。與「利根」相反。

**鈦** ㄊㄞˋ 一種稀有金屬元素，化學符號是Ti，分布在石英和礬土裡。純粹的鈦，顏色灰白，非常堅硬。

**鈉** ㄋㄚˋ 一種金屬元素，化學符號是Na，銀白色，固體，柔軟如蠟，遇見水就發熱，常和其他物質化合，在工業上用處很大，是化學上很重要的還原劑。

**鈕** ㄋㄧㄡˇ ㈠通「紐」。如「鈕扣」。「印紐」的「紐」也寫作「鈕」。㈡電器上手按的開關，或器物上用手按壓可以發生作用的突起物。如「按電鈕」。㈢姓。

**鈕子** ㄋㄧㄡˇ ˙ㄗ 鈕扣。

**鈣** ㄍㄞˋ 金屬元素，化學符號是Ca，白色，有光澤，比鉛硬，有延展性，在溼空氣裡氧化很快。大理石、石灰石、石膏等都是它的化合物。

**鈣化** ㄍㄞˋ ㄏㄨㄚˋ 指機體組織因為鈣鹽或礦物鹽類沉澱而變硬。如兒童的骨骼因為鈣化而成為成人的骨骼；肺結核病灶經過鈣化而痊癒。

**鈧** ㄎㄤˋ 一種稀有金屬元素，化學符號是Sc。又名錆。又讀ㄎㄢ。

**鈥** ㄏㄨㄛˇ 一種稀有的金屬元素，化學符號是Ho。

**鈒** ▲図ㄙㄜˋ 古代戟、鋋一類的兵器。▲ㄐㄧˊ「鍺」的又譯名。

**鈞** ㄐㄩㄣ ㈠古時候重量名，三十斤為一鈞。㈡尊稱上級或長輩的詞。如「鈞座」「鈞安」。㈢図製陶器所用的轉輪。

**鈐** ㄑㄧㄢˊ ㈠印章，蓋印。如「鈐記」「鈐印」。㈡図車轄。㈢図鎖。㈣図矛柄。㈤山名，在江西省。㈥「鉤鈐」是兩顆星的名字，在房宿（二十八宿之一）近旁。㈦烘焙茶葉的用具，叫「茶鈐」。

**鈐印** ㄑㄧㄢˊ ㄧㄣˋ 用印，蓋印。

**鈐記** ㄑㄧㄢˊ ㄐㄧˋ ①一種印章，也叫「鈐章」。②清代副佐官員所用的印信。③現在政府低層機關或中小學校的印章。

**鈐鍵** ㄑㄧㄢˊ ㄐㄧㄢˋ 図關鍵。意思同「鎖鑰」。

**鈔** ㄔㄠ ㈠謄寫；通「抄」。㈡略取；剽竊別人的文章算自己作的；通「抄」。㈢文學作品等經過選錄而成的書。如「文鈔」「經史百家雜鈔」。㈣紙幣，鈔票。如「百圓大鈔」「外鈔」。㈤指錢財。如「讓你破鈔」，意思就是「讓你破費（錢）」。㈣㈤又讀ㄔㄠˋ。

**鈔本** ㄔㄠ ㄅㄣˇ 抄寫的本子。

**鈔票** ㄔㄠ ㄆㄧㄠˋ 紙幣。鈔也讀ㄔㄠˋ。

**釿** ▲図ㄐㄧㄣ 斧子；同「斤」㈠。▲ㄧㄣˊ「釿鍔」，也作「垠咢」，指邊界；又指器物邊上像鋸齒凸凹不平（凹下的地方叫釿，凸起的地方叫鍔）。

## 五筆

**鈸** ㄅㄚˊ 樂器，由兩個周邊扁平中央凸起半球形的圓銅片，相互拍擊發聲。小型的叫鐃。

**鉑** ㄅㄛˊ ㈠一種金屬元素，俗叫白金。化學符號是Pt。展性、延性都很強，不受酸鹼的侵蝕。用處很多，可以做坩堝、砝碼、電極等，也可做裝飾品。㈡通「箔」，指金屬薄片。

**鈚** ㄅㄟˇ 「鉳」的舊譯名。見「鉳」字。

**鉋（鑤）** ㄅㄠˋ ㈠一種木製工具，其中裝著利刃，用以刮平東西。一般刮平木材的鉋子，刮平銅鐵的鋼鉋或鉋床等都是。㈡用鉋子刮或用鉋床等工具削刮。如「把這塊木板鉋薄一些」「把這塊鐵鉋平」。㈢指鉋刮下來的東西。如「一堆鉋花」「一盤鉋冰」。

▲ㄆㄠˊ同「刨」字，挖開。

**鉋冰** ㄅㄠˋ ㄅㄧㄥ 一種冷飲品，從冰塊上鉋刮下來的碎屑，澆上糖汁或水果汁，供食用。

**鉋花** ㄅㄠˋ ㄏㄨㄚ 花字輕讀。①從木材上鉋刮下來的薄片。②以往民間特指榆木鉋刮的薄片，泡水有黏性，用這種水刷頭髮，可使光潔不亂。

**鉍** ㄅㄧˋ 一種金屬元素，也叫「蒼鉛」，化學符號是Bi，可與鉛、錫等製成合金。

**鈽** ㄅㄨˋ 放射性金屬元素，化學符號是Pu，爆炸時會放出原子能，是發生原子能的重要原料。又常譯作「鈈（ㄅㄨˋ）」或「鑥（ㄌㄨˇ）」。

**鉅** ㄆㄛˇ (一)一種放射性金屬元素，化學符號是Pm。可做核子動力蓄電池，用在太空船與人造衛星上。(二)図銅鑼。

**鈹** ▲ㄆㄧ (一)大針。(二)刀劍類的兵器。▲ㄆㄧˊ 一種金屬元素，化學符號是Be，富延展性，可製機械零件所用的合金。舊譯名是「鋍」。

**鉚** ㄇㄠˇ (一)図質地好的金屬，(二)用製就的金屬釘套在金屬器物兩面釘牢，成為永久性接合。見「鉚接」「鉚釘」。(三)集中力氣，把它一次使出來。如「鉚勁兒」。

**鉚釘** ㄇㄠˇ ㄉㄧㄥ 鉚接用的金屬元件，先在等待接合的金屬板鑽孔。鉚釘圓柱形像釘子，一頭有扁圓形的頭，另一頭插入釘孔以後，用鎚敲擊成結頭，能把兩片金屬板接合。

**鉚接** ㄇㄠˇ ㄐㄧㄝ 用鉚釘將兩片金屬板釘牢。

**鉚勁** ㄇㄠˇ ㄐㄧㄣˋ 特別努力的意思。也作「卯勁兒」。

**鉧** 図ㄇㄨˇ「鈷鉧」：(一)熨斗的舊名。(二)水潭名。見柳宗元〈鈷鉧潭記〉。

**鉬** ㄇㄨˋ 一種金屬元素，化學符號是Mo，銀白色，堅硬，鎔度極高，可做合金。

**鈿** ㄉㄧㄢˋ (一)用黃金、珠寶嵌成花狀的婦女飾物。如「花鈿」「珠鈿」。(二)用磨薄的螺殼，在裝飾品或陳設用的器物表面鑲嵌的花紋或圖形，叫做「螺鈿」或「鈿螺」。又讀ㄊㄧㄢˊ。

**鉈** ▲ㄊㄚ 金屬元素，化學符號是Tl，顏色及硬度像鉛。▲ㄊㄨㄛˊ (一)同「砣」。(二)古兵器，一種短矛。

**鉭** ㄊㄢˇ 一種金屬元素，化學符號是Ta，形狀性質與鈮相似，有延展性，可以做電燈泡裡的細絲。又讀ㄉㄢ。

**鈮** ㄋㄧˋ 一種稀有金屬元素，化學符號是Nb，對製鋼很有用，可免腐蝕。（舊譯名是「鈳」，化學符號Cb。）又讀ㄋㄧˊ。

**鈴** ㄌㄧㄥˊ (一)一種用金屬製成的器具，當中是空的，安裝鐵舌或鐵丸，搖動起來撞擊發聲，可做樂器或信號用具。(二)利用電力發出如同搖鈴的聲音，叫「電鈴」，也簡稱鈴。如「門鈴」「電話鈴」。（現在有的電鈴改用蜂鳴器，聲響與鈴聲不同，仍然叫電鈴。）

**鈴鐺** ㄌㄧㄥˊ ㄉㄤ 鐺字輕讀。鈴的通稱。

**鉤（鈎）** ㄍㄡ (一)古代的一種兵器，形狀像劍而彎曲。(二)形狀彎曲的工具，通常叫「鉤兒」「鉤子」。如「魚鉤」「秤鉤」。(三)比喻曲折、拖帶、不直爽的事情或動作。如「話裡帶鉤兒」「辦事情不能拉後鉤兒」。(四)國字楷書的一種末端彎曲的筆法，就是亅、乛、㇂、乚等的形狀。㈤彎曲的。如「鉤爪」「鉤鼻子」。㈥用鉤子搭住或提起。如「把池子裡的雜草鉤出來」。㈦図探求，發現。如「提要鉤玄」。㈧描畫的一種方法。如「鉤勒」「先鉤出一個輪廓」。㈨用針粗縫的一種縫紉法。如「鉤貼邊」。㈩一種編織方法。如「鉤」條毛線圍巾」。

**鉤子** ㄍㄡ ㄗ˙ 形狀彎曲可以懸掛或挽東西的用具。

**鉤爪** ㄍㄡ ㄓㄠˇ 形狀彎曲，可以抓取東西的器具。

**鉤玄** ㄍㄡ ㄒㄩㄢˊ 図探索深意。如「提要鉤玄」。

**鉤勒** ㄍㄡ ㄌㄜˋ 図同「勾勒」，描畫輪廓。

**鉤稽** ㄍㄡ ㄐㄧ 図核算。

**鉤蟲** ㄍㄡ ㄔㄨㄥˊ 寄生蟲，成蟲線形，很小，寄生在人的小腸內。

**鉤心鬥角** ㄍㄡ ㄒㄧㄣ ㄉㄡˋ ㄐㄩㄝˊ 原指宮殿建築結構交錯精緻，現在用來比喻各人用心機，互相排擠。

**鉤玄提要** ㄍㄡ ㄒㄩㄢˊ ㄊㄧˊ ㄧㄠˋ 図探索精義，提出要點。

# 鈷

▲図ㄍㄨˇ「鈷鉧」，熨斗。▲ㄍㄨ 一種金屬元素，化學符號是Co，灰白色，硬度和延性都比鐵高，又有磁性，可以用它和別的金屬製成較硬的合金，醫學上用它的放射性同位素（鈷六十）透射癌症部位，是治療癌症的重要方法。又讀ㄍㄨˇ。

# 鈢

ㄎㄚ 一種放射性元素，化學符號是Cf。又名「鐦」。

# 鈳

ㄎㄜ 見「鈮」。

# 鉀

ㄐㄧㄚˇ ㈠一種金屬元素，化學符號K，銀白色，樣子像蠟；遇水起化學變化，發生氫氧化鉀，所以要泡在不含氧的液體裡保存。㈡図鎧甲。

**鉀肥** ㄐㄧㄚˇ ㄈㄟˊ 含鉀較多的肥料。鉀是農作物需要的物質之一，能促進光合作用以產生醣類和澱粉。

# 鉅

ㄐㄩˋ ㈠図鋼鐵。㈡大，通「巨」。如「鉅款（大宗的款項）」「鉅創深痛」。㈢地名用字。河北省有鉅鹿縣，山東省有鉅野縣。

**鉅子** ㄐㄩˋ ㄗˇ 指事業上有重大成就的人物、有財勢的重要人物，或在學術上有大影響力的人士。

# 鉛

ㄑㄧㄢ ㈠一種金屬元素，化學符號是Pb，青白色，質地較軟，在空氣中容易氧化，可以製造很多種合金和器具。㈡「黑鉛」的簡稱。「黑鉛」就是石墨，是一種純碳質的礦物，研成粉末，攙入黏土，可以製鉛筆心。

**鉛刀** ㄑㄧㄢ ㄉㄠ 図用鉛做成的鈍而不利的刀。比喻才能不足，是自謙或看輕別人的詞。

**鉛丹** ㄑㄧㄢ ㄉㄢ ①古代道家煉成的「紅丹」，化學上叫「四氧化三鉛」。②図鉛粉和丹沙，古人校勘文字用的顏料。也作「丹鉛」。

**鉛印** ㄑㄧㄢ ㄧㄣˋ 用鉛字排版印刷。

**鉛字** ㄑㄧㄢ ㄗˋ 用鉛、錫、銻等合金製成的，是印刷用的活字。字身呈長方柱形。有不同形體的字體和不同大小的字號。報紙改用電腦排版之後，鉛字只在印刷書刊時使用。

**鉛汞** ㄑㄧㄢ ㄍㄨㄥˇ 道家用鉛煉成的紅丹（在化學上是四氧化三鉛），以為服用以後可以長壽。也做「鉛丹」。

**鉛板** ㄑㄧㄢ ㄅㄢˇ ①鉛鐵片。②同「鉛版」。

**鉛版** ㄑㄧㄢ ㄅㄢˇ 印刷工人用鉛字按文稿的需要拼排成整版，打出紙型，放入澆版機注入熔鉛，乾固修整後成為凸面的鉛版，放在印刷機進行印刷。

**鉛粉**（ㄑㄧㄢ ㄈㄣˇ） 就是鹽基性碳酸鉛，顏色純白，可做顏料，加上香料可做化妝品。也叫「鉛白」「鉛華」。

**鉛條**（ㄑㄧㄢ ㄊㄧㄠˊ） ①鉛筆的心。②印刷排版所用的長條形材料。③較粗的鉛鐵絲。

**鉛球**（ㄑㄧㄢ ㄑㄧㄡˊ） 田賽運動器具之一，用鐵、銅或硬度不低於銅的材料製成，球形。以推出的遠近距離，決定勝負。其重量男子用的是七點二五七公斤，女子用的是四公斤。

**鉛筆**（ㄑㄧㄢ ㄅㄧˇ） 黑鉛（石墨粉）和黏土製成的筆。一般是製成細圓條，嵌在木桿當中，削出鉛心來寫字。

**鉛華**（ㄑㄧㄢ ㄏㄨㄚˊ） 同「鉛粉」，是女人搽臉用的化妝品。如「洗淨鉛華」。

**鉛黃**（ㄑㄧㄢ ㄏㄨㄤˊ） ①就是一氧化鉛。②図鉛指鉛粉，黃指雌黃，都是古人用來點勘書籍塗改字跡用的顏料，所以用「鉛黃」比喻文字或校勘的事。

**鉛礦**（ㄑㄧㄢ ㄎㄨㄤˋ） 可以煉鉛的礦石，以方鉛礦為主。

**鉛鐵**（ㄑㄧㄢ ㄊㄧㄝˇ） ①指亞鉛，就是鋅。②鍍鋅的薄鐵板。

**鉛絲（兒）**（ㄑㄧㄢ ㄙ（ㄦ）） 鍍鋅的鐵絲，不易生鏽。

**鉛子兒**（ㄑㄧㄢ ㄗˇ ㄦ） 槍彈的俗稱。

**鉛中毒**（ㄑㄧㄢ ㄓㄨㄥˋ ㄉㄨˊ） 吞入或吸入含鉛的化合物，造成健康障害。無機鉛會引起腹痛、貧血，有機鉛會侵害神經系統。

**鉛玻璃**（ㄑㄧㄢ ㄅㄛ ㄌㄧˊ） 璃字輕讀。以碳酸鉀、石英、氧化鉛等原料製成的玻璃，可做眼鏡、顯微鏡、望遠鏡等。又叫「火石玻璃」「結晶玻璃」。

**鉛筆畫**（ㄑㄧㄢ ㄅㄧˇ ㄏㄨㄚˋ） ①用鉛筆畫的圖。②鉛筆繪畫的畫法。

## 鉗

ㄑㄧㄢˊ ㈠夾起東西的器具。如「火鉗」。㈡夾斷或夾緊東西的工具。如「老虎鉗」。㈢壓制，約束，通「箝」字。如「鉗制」。㈣古時用鐵器鎖脖子的刑法。

**鉗口**（ㄑㄧㄢˊ ㄎㄡˇ） 図同「箝口」：①威脅壓制人，使人不敢說話。②保持緘默，不肯說話。

**鉗子**（ㄑㄧㄢˊ ㄗ˙） 夾起或夾緊東西的工具。也作「箝子」。

**鉗工**（ㄑㄧㄢˊ ㄍㄨㄥ） 將金屬材料固定於夾具（通常是老虎鉗）上，用銼刀、鏨、手鎚等工具以手進行切削的工作。

**鉗制**（ㄑㄧㄢˊ ㄓˋ） 以強力壓制他人，使不能自由行動、發言。如「鉗制輿論」。也作「箝制」。

**鉗噤**（ㄑㄧㄢˊ ㄐㄧㄣˋ） 図閉口不言。

**鉗口結舌**（ㄑㄧㄢˊ ㄎㄡˇ ㄐㄧㄝˊ ㄕㄜˊ） 緘默不說話。表示恐懼威勢不敢出聲。

## 鉉

図ㄒㄩㄢˋ ㈠扛鼎的用具。㈡「鉉司」「鉉台」，古代列鼎而食的高位。

## 鉦

ㄓㄥ 古樂器，形狀像鈴，上面有柄，行軍時敲擊，使兵士肅靜。

**鉦鼓**（ㄓㄥ ㄍㄨˇ） 図古時行軍，要停住就敲鉦，要前進就打鼓，所以「鉦鼓」比喻軍事行動。

## 鉏

▲ㄔㄨˊ ㈠「鋤」的本字。㈡図犁田。㈢図誅滅。㈣姓。

▲ㄒㄩˊ 古國名，在今河南省滑縣東。

▲ㄗㄨˇ「鉏鋙」，同「齟齬」，不能互相配合。

## 銃

ㄔㄨㄥˋ ㈠図斧頭裝柄的部分。㈡指槍械之類的火器。

## 鈰

ㄕˋ 一種金屬元素，化學符號是Ce，有延展性，燃燒時可以發光。

## 鉥

図ㄕㄨˋ ㈠長針。㈡引導。㈢刺。如「劌目鉥心」。

## 鈾

ㄧㄡˋ 一種放射性的金屬元素，化學符號是U，銀白色，質堅硬，在酸裡容易溶化，可做原料發生原子能。陶瓷業者可用做色料、媒染劑，也可用來製造釉玻璃、釉鋼等。

**鈺** 図 ㄩˋ ㈠珍貴。㈡硬金屬。

**鉞** ㄩㄝˋ 大斧，一種古代兵器。

## 六筆

**銖** ㄇㄧˇ 金屬元素「鉞」的又譯名。

**銘** ㄇㄧㄥˊ ㈠図在器物上刻紀念（警惕自己或讚頌他人）的文字。如「銘其功於豐碑」。㈡図永遠記住，不忘掉。如「銘之於心」。㈢文體的一種，記述功德或用以警惕自己。如「墓誌銘」「座右銘」。

**銘心** ㄇㄧㄥˊ ㄒㄧㄣ 図像是刻在心上，永不能忘。如「銘心刻骨」。

**銘文** ㄇㄧㄥˊ ㄨㄣˊ 刻在金石器物上表示永記不忘的文字。

**銘佩** ㄇㄧㄥˊ ㄆㄟˋ 感恩不忘。

**銘刻** ㄇㄧㄥˊ ㄎㄜˋ ①牢記。②在金石上刻文字。

**銘感** ㄇㄧㄥˊ ㄍㄢˇ 図感激不忘。

**銘篆** ㄇㄧㄥˊ ㄓㄨㄢˋ 図是說記憶深刻，感激不忘。如「銘篆於心」。也作「銘刻」。

**銘肌鏤骨** ㄇㄧㄥˊ ㄐㄧ ㄌㄡˋ ㄍㄨˇ 図比喻深深感激，永遠忘不了。也作「銘心刻骨」。

**銱** ㄉㄧㄠˋ「釕銱（兒）」，是釘在門窗上可以把門窗扣住的小五金器物。

**銚** ▲ㄉㄧㄠˋ 高高的像壺一樣的燒水或煮東西的炊具，有一個把兒和一個倒水的口。通常叫「銚子」。▲ㄧㄠˊ ㈠図大鋤。㈡姓。

**銩** ㄉㄧㄡ 一種稀有的金屬元素，化學符號 Tm 或 Tu，形狀像鐿，用途不廣。又名銹（ㄊㄨ）。

**銅** ㄊㄨㄥˊ ㈠一種用處很廣的金屬元素，化學符號是 Cu，紅棕色，有光澤，俗稱「紅銅」或「紫銅」，跟其他金屬做成合金，就成了青色或白色，富於延展性，極易傳熱、導電。㈡用銅為主要成分鑄成的貨幣。如「銅元」「銅錢」。㈢形容有如銅一般的堅固。如「銅筋鐵骨」「銅牆鐵壁」。

**銅山** ㄊㄨㄥˊ ㄕㄢ ①產銅的礦山。②江蘇省縣名。

**銅元** ㄊㄨㄥˊ ㄩㄢˊ 用銅做成的一種圓形輔幣。也作「銅幣」「銅圓」。

**銅印** ㄊㄨㄥˊ ㄧㄣˋ 鋼鑄的印章。

**銅瓦** ㄊㄨㄥˊ ㄨㄚˇ 古時精美建築物上用銅片做的瓦。

**銅匠** ㄊㄨㄥˊ ㄐㄧㄤˋ 図匠字可輕讀。做銅器的工人。

**銅板** ㄊㄨㄥˊ ㄅㄢˇ 銅元的俗稱。

**銅版** ㄊㄨㄥˊ ㄅㄢˇ 銅製印刷版，有照相、雕刻和電鍍三種製法。我國五代時已經會製銅版。

**銅砂** ㄊㄨㄥˊ ㄕㄚ ①即金銅砂，是不純的碳化硅，硬度僅次於金銅石，質脆，工業上用作研磨材料。②泛指各種磨料。

**銅臭** ㄊㄨㄥˊ ㄔㄡˋ 譏諷富人的詞。

**銅紗** ㄊㄨㄥˊ ㄕㄚ 用銅絲做成的紗網。裝在窗框上，可以防蚊蠅飛入。

**銅壺** ㄊㄨㄥˊ ㄏㄨˊ ①古人用來計時的刻漏器。②銅做的壺。

**銅號** ㄊㄨㄥˊ ㄏㄠˋ 軍中用來發號施令或行軍吹奏的銅喇叭。

**銅鈸** ㄊㄨㄥˊ ㄅㄚˊ 就是鐃鈸。

**銅鼓** ㄊㄨㄥˊ ㄍㄨˇ 古代用銅製成的鼓，多蠻夷人所用。

**銅像** ㄊㄨㄥˊ ㄒㄧㄤˋ 用銅鑄的人像，凡是對國家社會有特殊貢獻的人，往往鑄銅像來紀念他。

**銅綠** ㄊㄨㄥˊ ㄌㄩˋ 銅經過氧化，或在含碳氣的溼空氣中，腐蝕變為綠色的碳酸銅，叫做「銅綠」，可做顏料及藥用。使用時須注意，它有毒，不小心吃下去，會發生急性腸胃炎，嘔吐，甚至吐血，便血，呼吸困難，陷於虛脫而死亡。

**銅模** ㄊㄨㄥˊ ㄇㄨˊ 銅製的鑄鉛字用的凹型正紋模子。

**銅盤** ㄊㄨㄥˊ ㄆㄢˊ ①銅做的盤子。②古時也把燭臺叫銅盤。

**銅鏡** ㄊㄨㄥˊ ㄐㄧㄥˋ 古代用銅做成的鏡子。照面的一面磨光發亮，背面鑄花紋或人獸形象。殷商時代就已經出現，到了清朝漸為玻璃鏡取代。

**銅錢** ㄊㄨㄥˊ ㄑㄧㄢˊ ①舊時銅鑄的扁圓形方孔的錢幣。②小額的錢。如「這個東西一個銅錢都不值」。

**銅礦** ㄊㄨㄥˊ ㄎㄨㄤˋ 含有銅質的礦石。

**銅子(兒)** ㄊㄨㄥˊ ㄗˇ ㄦ 銅幣。

**銅合金** ㄊㄨㄥˊ ㄏㄜˊ ㄐㄧㄣ 銅與其他金屬的合金。

**銅筋鐵骨** ㄊㄨㄥˊ ㄐㄧㄣ ㄊㄧㄝˇ ㄍㄨˇ ①比喻十分健壯的身體。②比喻能任重責的人。

**銅駝荊棘** ㄊㄨㄥˊ ㄊㄨㄛˊ ㄐㄧㄥ ㄐㄧˊ 形容戰爭過後，宮殿殘破，一片荒蕪的景象。

**銅器時代** ㄊㄨㄥˊ ㄑㄧˋ ㄕˊ ㄉㄞˋ 人類能夠製造和使用銅器的時代，在石器時代之後，鐵器時代之前。

**銅頭鐵額** ㄊㄨㄥˊ ㄊㄡˊ ㄊㄧㄝˇ ㄜˊ 比喻極其勇敢強悍。

**銅牆鐵壁** ㄊㄨㄥˊ ㄑㄧㄤˊ ㄊㄧㄝˇ ㄅㄧˋ 比喻防守非常嚴密堅固。

**銠** ㄌㄠˇ 一種金屬元素，化學符號是Rh，顏色灰白，質堅硬，化學實驗用的鉑質器具可加入銠來增高硬度。

**鉻** ㄍㄜˋ (一)古時的一種像劍而形狀彎曲的武器。(二)一種金屬元素，化學符號是Cr，色灰黑如鋼，鎔度很高，不易氧化，和鐵的合金叫做「鉻鋼」，韌性和硬度都很大。

**銧** ㄍㄨㄤ 「鐳」的舊譯名。

**銬** ㄎㄠˋ (一)鎖住手腕的刑具，通常叫「手銬」。(二)用手銬束縛。如「把犯人銬起來」。

**鉿** ▲ㄏㄚ 一種金屬元素，化學符號是Hf，存在於含鋯的礦物中，性質也很像鋯。又讀ㄏㄜˊ。▲図ㄐㄧㄚ 器物掉進別的東西裡發出的聲音。

**鉸** ㄐㄧㄠˇ (一)用剪子剪東西。(二)剪刀。(三)工業鑽床的一種切削法。如「鉸兩個孔，鉸到穿透為止」。

**鉸鏈** ㄐㄧㄠˇ ㄌㄧㄢˋ 俗稱「合葉兒」，是裝在器物或門窗上，以便開關的兩張連結的金屬薄片。

**銓** ㄑㄩㄢˊ (一)衡量輕重的器具。(二)図衡量輕重。(三)選擇官吏。如「銓選」。

**銓敘** ㄑㄩㄢˊ ㄒㄩˋ 審查公務員任用資格以及核定官階等級。

**銓衡** ㄑㄩㄢˊ ㄏㄥˊ 図①量輕重的器具。②比喻評量人才。

**銓選** ㄑㄩㄢˊ ㄒㄩㄢˇ 審查資格，授予官職。

**銓敘部** ㄑㄩㄢˊ ㄒㄩˋ ㄅㄨˋ 我國考試院的一個部，主管全國公務人員的資格審查、成績考核、任免、俸給、獎卹與升降等。各機關的人事機構都歸銓敘部管理。

**鋻** 図ㄑㄩㄥ 斧子上裝柄的部分。

**銛** ㄒㄧㄢ ㈠鐵鍬。㈡捕魚的魚叉。㈢[文]鋒利。

**銜** ㄒㄧㄢˊ ㈠[文]馬銜，就是馬嚼子，馬的勒口器具。如「放銜縱馬」。㈡用嘴叼。如「燕子銜泥」。㈢[文]懷，含。如「銜冤」「銜恨」。㈣接連。如「銜接」「前後相銜」。㈤[文]接受，奉。如「銜命」。㈥官階、官職的名稱。如「職銜」「頭銜」。

**銜名** ㄒㄧㄢˊ ㄇㄧㄥˊ [文]官銜及姓名。

**銜尾** ㄒㄧㄢˊ ㄨㄟˇ [文]前後相接。

**銜命** ㄒㄧㄢˊ ㄇㄧㄥˋ [文]奉命。

**銜枚** ㄒㄧㄢˊ ㄇㄟˊ [文]古代行軍，要突襲敵人的時候，命士卒口銜橫枚（形狀像筷子），防止出聲，免被敵人發覺。

**銜恨** ㄒㄧㄢˊ ㄏㄣˋ [文]懷恨，含恨。

**銜哀** ㄒㄧㄢˊ ㄞ [文]含哀，忍著哀傷的情緒。

**銜冤** ㄒㄧㄢˊ ㄩㄢ [文]有冤枉不能伸。

**銜勒** ㄒㄧㄢˊ ㄌㄜˋ [文]馬勒與轡頭，本是駕馭馬的器具，比喻「御民之具」。

**銜接** ㄒㄧㄢˊ ㄐㄧㄝ 相連接。

**銜結** ㄒㄧㄢˊ ㄐㄧㄝˊ [文]報恩。是「結草銜環」的簡詞。參看「銜環」「結草」兩條。

**銜環** ㄒㄧㄢˊ ㄏㄨㄢˊ [文]比喻報恩。傳說漢末楊寶，曾在華陰山救過一隻黃雀，夜見黃衣童子送給他四個白環。後來子孫顯貴。由這個故事形成了「銜環」這個詞。

**銜轡** ㄒㄧㄢˊ ㄆㄟˋ [文]本指控制馬的器具，後來比喻用法律禁制人民做壞事。

**銜鐵片** ㄒㄧㄢˊ ㄊㄧㄝˇ ㄆㄧㄢˋ 某些鐵器裡放在電磁鐵兩極中間的鐵片。電磁鐵的線圈通過時銜接被吸引而移動，因而改變所連接的電路。

**銑** ㄒㄧㄢˇ ㈠[文]一種富有光澤的金屬。㈡初煉的鐵。如「銑鐵」。㈢[文]古代鐘口的兩個角。

**銑刀** ㄒㄧㄢˇ ㄉㄠ 裝在銑床上用來削割金屬的刀。

**銑床** ㄒㄧㄢˇ ㄔㄨㄤˊ 工作範圍最廣的一種工具機。利用旋轉的多鋒刀具（如銑刀）在固定的位置上切削工件，使它適合所需的平面、曲面、齒形等不同的形狀與需要。有臥式、立式兩種。

**銑鐵** ㄒㄧㄢˇ ㄊㄧㄝˇ 就是生鐵。也叫「鑄鐵」。

**鉶** ㄒㄧㄥˊ [文]古時祭祀盛羹湯的器具，兩耳三足，有蓋。也作「鉶鼎」。

**銍** ㄓˋ 古時割稻用的短鐮刀。

**銖** ㄓㄨ ㈠古衡名，是一兩的二十四分之一。漢朝錢幣有「五銖錢」。㈡比喻極輕微的。如「錙銖必較」「銖兩悉稱」。

**銖兩** ㄓㄨ ㄌㄧㄤˇ [文]比喻極細微。「銖兩悉稱」是說極細微的地方也能相配合。

**銖兩悉稱** ㄓㄨ ㄌㄧㄤˇ ㄒㄧ ㄔㄣˋ [文]指雙方半斤八兩，分量相當，難分高下。

**銖積寸累** ㄓㄨ ㄐㄧ ㄘㄨㄣˋ ㄌㄟˇ [文]由極小的數目積聚起來。

**鋮** ㄔㄥˊ 人名用字。明末有阮大鋮。

**銣** ㄖㄨˊ 一種金屬元素，符號Rb，屬於鹼族金屬，與水起爆炸性反應，可製造光電管及真空管中的電極。又讀ㄖㄨˋ。

**銫** ㄙㄜˋ 一種金屬元素，化學符號是Cs，色白質軟，極易氧化，存在於礦泉、海水及植物裡。

**銨** ㄢ 化學上的陽性複根之一，分子式是$NH_4$。也叫「銨根」，性質和鉀相似。舊時叫「錏（ㄧㄚ）」。

**鉺** ㄦˇ 一種金屬元素，化學符號是Er，工業上用途很少。它的氧化物是鮮紅色粉末。

**銥** ㄧ 一種金屬元素，化學符號是Ir，存在於鉑礦裡，白色，有光澤，和鉑的合金可以製鋼筆尖等。又讀ㄧˋ。

**銪** ㄧㄡˇ 一種稀有金屬元素，化學符號是Eu，色淡紅，工業上用途不廣。

**銦** ㄧㄣ 一種金屬元素，化學符號是In，產量很少，銀白色，柔軟有韌性，可以和鉛、鈉等製成合金。

**銀** ㄧㄣˊ ㈠金、銀的「銀」，通常叫「銀子」「白銀」，是一種金屬元素，化學符號是Ag，色白，有光澤，富延展性，是良好導體，用來製貨幣、器皿等。㈡指貨幣說。如「銀根」。㈢白亮的顏色。如「銀幕」「銀耳」。㈣銀製的器物。如「銀杯」「銀牌」。㈤姓。

**銀元** ㄧㄣˊ ㄩㄢˊ 也作「銀圓」。銀質的本位貨幣。我國以前用的銀元重七錢二分，含純銀百分之九十。

**銀光** ㄧㄣˊ ㄍㄨㄤ 白色的光。

**銀匠** ㄧㄣˊ ㄐㄧㄤˋ 指打造婦女首飾、家用銀器的工匠。

**銀灰** ㄧㄣˊ ㄏㄨㄟ 灰白而稍微帶銀光的顏色。

**銀耳** ㄧㄣˊ ㄦˇ 就是「白木耳」，是一種寄生菌類，中醫說它是清涼滋補的食品，產於四川、貴州等地的最有名。

**銀色** ㄧㄣˊ ㄙㄜˋ 白色。

**銀行** ㄧㄣˊ ㄏㄤˊ 辦理存款、放款、匯兌等業務的金融機構。可分商業銀行、儲蓄銀行、特種銀行、信託公司等。

**銀杏** ㄧㄣˊ ㄒㄧㄥˋ 見「公孫樹」條。

**銀角** ㄧㄣˊ ㄐㄧㄠˇ 銀做的一種輔幣。

**銀兩** ㄧㄣˊ ㄌㄧㄤˇ 指白銀、銀子，因為銀的重量是以「兩」為計算單位的。

**銀杯** ㄧㄣˊ ㄅㄟ 銀質杯形的紀念品，常用作贈品或獎品。

**銀河** ㄧㄣˊ ㄏㄜˊ ①夜空所見，無數小星星的集合體，有如一條長河橫亙在天上，因此用「銀河」形容它。杜甫〈江月詩〉有「玉團露清影，銀河沒半輪」。也作「天河」「星河」「銀漢」「雲漢」「天漢」「河漢」「星漢」等。②見「銀河系」。

**銀狐** ㄧㄣˊ ㄏㄨˊ 紅狐的一種，毛的末端白色或會反光，遠看像銀色。

**銀花** ㄧㄣˊ ㄏㄨㄚ ①白色的忍冬花，可以做藥。②[文]比喻燈光的繁多閃爍。如「火樹銀花」。

**銀洋** ㄧㄣˊ ㄧㄤˊ 我國舊時流通的銀本位貨幣，就是銀圓，也作銀元，俗稱大洋、洋錢。最初由外國輸入，前清光緒年間政府設銀圓局自鑄，稱為龍銀。民國之後有袁世凱像的袁大頭，也有帆船形的鐫紋銀洋。都是圓形，重七錢二分。法幣流通以後不再使用。

**銀紅** ㄧㄣˊ ㄏㄨㄥˊ 顏色名，硃砂加粉紅色調和而成。

**銀盾** ㄧㄣˊ ㄉㄨㄣˋ 一種銀製的盾形器物，上面刻字，作獎品或紀念品，便於保存陳列。

**銀根** ㄧㄣˊ ㄍㄣ 指市上周轉的現金，也就是金融方面的貨幣流通狀態。金融周轉不靈叫做「銀根緊」。

**銀桂** ㄧㄣˊ ㄍㄨㄟˋ 白色的桂花。

**銀粉** ㄧㄣˊ ㄈㄣˇ ①淺粉色。②銀色的粉末。

**銀婚** ㄧㄣˊ ㄏㄨㄣ 結婚二十五周年，西俗稱為銀婚。

**銀硃**（ㄧㄣˊ ㄓㄨ） 就是一硫化汞，用硫黃和水銀加熱製成，顏色鮮紅，供繪畫和塗漆之用。

**銀票**（ㄧㄣˊ ㄆㄧㄠˋ） 舊時銀號發行的鈔票，票面是銀兩的叫銀票，是錢幣的叫錢票。

**銀釵**（ㄧㄣˊ ㄔㄞ） 舊時婦女頭上戴的銀質首飾。也叫「兩股笄」。

**銀魚**（ㄧㄣˊ ㄩˊ） 魚名，體細長，微透明，口大，無鱗。

**銀牌**（ㄧㄣˊ ㄆㄞˊ） ①銀製的號牌，舊時作信物用。②銀質的獎牌，上面刻字，作為競賽優勝者獎勵之用。

**銀黃**（ㄧㄣˊ ㄏㄨㄤˊ） 図①銀與金。②銀或金鑄成的印章。

**銀鼠**（ㄧㄣˊ ㄕㄨˇ） 獸名，耳小毛短，色潔白，皮可以製裘。

**銀幕**（ㄧㄣˊ ㄇㄨˋ） 放映電影的布幕；有時候也代稱電影。如「銀幕上演出的故事」「銀幕藝術」。

**銀幣**（ㄧㄣˊ ㄅㄧˋ） 銀質的貨幣。

**銀樓**（ㄧㄣˊ ㄌㄡˊ） 買賣金銀首飾的店鋪。

**銀盤**（ㄧㄣˊ ㄆㄢˊ） ①銀質的盤子。②比喻圓月，在舊詩詞裡常見。

**銀器**（ㄧㄣˊ ㄑㄧˋ） 銀質家用器皿，如杯、盤、碗、箸等。

**銀錠**（ㄧㄣˊ ㄉㄧㄥˋ） ①元寶形的銀塊，舊時作貨幣用。②紙做的錠形物，供祭祀時焚化之用。

**銀錢**（ㄧㄣˊ ㄑㄧㄢˊ） 錢財。

**銀櫃**（ㄧㄣˊ ㄍㄨㄟˋ） 存放錢財和重要物品的極緊密牢固的箱櫃。也叫「保險箱」「金櫃」。

**銀本位**（ㄧㄣˊ ㄅㄣˇ ㄨㄟˋ） 用白銀做本位貨幣的貨幣制度。

**銀行團**（ㄧㄣˊ ㄏㄤˊ ㄊㄨㄢˊ） 各銀行為應付政治、經濟借款與墊款而聯合組織的團體，有本國國內銀行團與外國銀行團兩種。

**銀河系**（ㄧㄣˊ ㄏㄜˊ ㄒㄧˋ） 宇宙中一個大星系，直徑約十萬光年，中心厚度約一萬五千光年，與太陽距離約三萬光年。有兩千億顆以上大小恆星和無數星雲、星團。自轉一周約兩億五千萬年。在夜間晴空看得到的銀河，是銀河系密集部分在天球上的投影。

**銀髮族**（ㄧㄣˊ ㄈㄚˇ ㄗㄨˊ） 現代社會用語，指頭髮灰白的老年人族群。

**銀樣鑞鎗頭**（ㄧㄣˊ ㄧㄤˋ ㄌㄚˋ ㄑㄧㄤ ㄊㄡˊ） 顏色如銀的鑞槍頭。比喻外表好看，實際上不中用。

## 七筆

**鋍** ㄅㄛˊ ㈠鈚的另譯名。㈡鈹的又譯名。

**鋇** ㄅㄟˋ 金屬元素，化學符號Ba，顏色或白或黃，有延展性，容易和氧化合。

**鋪** ▲ㄆㄨ ㈠攤開，展平。如「鋪被褥」「在路上鋪一層沙子」。㈡図偏。〈詩經〉有「淪胥以鋪」。㈢図「鋪首」，大門上用以銜門環的獸形銅器。也簡稱「鋪」。▲ㄆㄨˋ ㈠商店。如「店鋪」「雜貨鋪」。㈡睡眠的床位。如「床鋪」「鋪位」。㈢地名用字。如「十里鋪」。㈠㈡又寫作「舖」。

**鋪子**（ㄆㄨˋ ㄗ˙） 商店。

**鋪戶**（ㄆㄨˋ ㄏㄨˋ） 商店（有別於「住戶」）。也叫「鋪家」。

**鋪位**（ㄆㄨˋ ㄨㄟˋ） 可以臥睡的床位。

**鋪床**（ㄆㄨ ㄔㄨㄤˊ） ①展平並整理床上的被褥。②舊俗，新婚前夕或當日，女家先到婿家鋪設新房，叫做鋪床。

**鋪板**（ㄆㄨˋ ㄅㄢˇ）床鋪上用的木板。

**鋪保**（ㄆㄨˋ ㄅㄠˇ）由商店出具擔保證書，叫做「鋪保」。

**鋪面**（ㄆㄨˋ ㄇㄧㄢˋ）商店的門面。

**鋪張**（ㄆㄨ ㄓㄤ）図①擴大場面。如「鋪張揚厲」。②誇大，奢侈。如「婚禮不必鋪張」。

**鋪排**（ㄆㄨ ㄆㄞˊ）排字輕讀。①布置，安排。②僧侶作佛事時擔任布置壇臺的雜工。

**鋪敘**（ㄆㄨ ㄒㄩˋ）図（文章）詳細地敘述。

**鋪設**（ㄆㄨ ㄕㄜˋ）鋪（鐵軌，管線）；修（鐵路）。

**鋪陳**（ㄆㄨ ㄔㄣˊ）鋪敘。

**鋪蓋**（ㄆㄨ ㄍㄞˋ）蓋字輕讀。睡覺用的被褥的通稱。捆捲起來時，稱為「鋪蓋捲兒」。

**鋪面房**（ㄆㄨˋ ㄇㄧㄢˋ ㄈㄤˊ）臨街有門面，可以開設商店的房屋。

**鋪天蓋地**（ㄆㄨ ㄊㄧㄢ ㄍㄞˋ ㄉㄧˋ）聲勢很大，來勢凶猛，到處都受到影響。如「這一波金融危機鋪天蓋地的湧來，東南亞各國都受到波及」。

**鋪張揚厲**（ㄆㄨ ㄓㄤ ㄧㄤˊ ㄌㄧˋ）図①極力鋪排張揚，表示闊綽。②用文字稱頌功德。

## 鋂

ㄇㄟˊ 一種放射性的金屬元素，化學符號是Am。

## 鋩

ㄇㄤˊ 刀劍最鋒利的部分。「鋒芒」也寫作「鋒鋩」。

## 鋒

ㄈㄥ ㈠兵器的銳利部分。如「刀鋒」「鋒刃」。㈡器物的尖銳部分。如「針鋒」「筆鋒」。㈢隊伍的前列，又指在前領頭的人。如「先鋒」「前鋒」。㈣図銳利的情勢。〈史記・淮陰侯傳〉有「其鋒不可當」。

**鋒刃**（ㄈㄥ ㄖㄣˋ）兵器的銳利部分。

**鋒利**（ㄈㄥ ㄌㄧˋ）図①說兵器銳利。②比喻氣勢很盛。

**鋒芒**（ㄈㄥ ㄇㄤˊ）也作「鋒鋩」。①刀尖。②比喻旺盛的氣勢。指人在言語舉止方面特別使人注意，說是「鋒芒畢露」。③図指細微的事。〈論衡〉有「鋒芒毫髮之爭」。

**鋒面**（ㄈㄥ ㄇㄧㄢˋ）氣象學上指冷暖氣團之間的交界面或轉變帶。

**鋒銳**（ㄈㄥ ㄖㄨㄟˋ）図銳利如鋒刃。

**鋒鍔**（ㄈㄥ ㄜˋ）図刃端與刃旁，用做刀劍的泛稱。

**鋒鏑**（ㄈㄥ ㄉㄧˊ）図刀刃和箭簇，用做兵器的通稱。

**鋒發韻流**（ㄈㄥ ㄈㄚ ㄩㄣˋ ㄌㄧㄡˊ）図比喻文章流暢，音韻優美。

## 鋌

▲ㄉㄧㄥˋ同「錠」，金銀鎔鑄成一定的形式。▲図ㄊㄧㄥˇ走得很快的樣子。見「鋌而走險」。

**鋌而走險**（ㄊㄧㄥˇ ㄦˊ ㄗㄡˇ ㄒㄧㄢˇ）指在無路可走的時候，採取冒險行動。

## 鋱

ㄊㄜˋ 一種稀有的金屬元素，化學符號是Tb，呈黑色或棕色的粉狀，用途不廣。

## 銻

ㄊㄧˋ 一種金屬元素，化學符號是Sb。天然銻出產很少，呈青白色，有金屬光澤。質地硬而脆，與鉛熔合成合金，則能增加鉛的硬度與強度。主要用於製造鉛板、鉛管，鑄造鉛字。

## 鋃

ㄌㄤˊ ㈠図見「鋃鐺」條。㈡鑭的又譯名。㈢図鐘聲。

**鋃鐺**（ㄌㄤˊ ㄉㄤ）舊時刑具名稱，就是鐵鏈。「鋃鐺入獄」是形容犯人帶著刑具坐牢。

**鋰** ㄌㄧˇ 一種金屬元素，化學符號是Li，質地比鉛軟，光亮像銀子，是金屬裡最輕的，遇空氣則表面變為灰色，適於傳熱。

**鋁** ㄌㄩˇ ㈠図同「鑢」，磨修銅鐵。㈡金屬元素，符號是Al。色白而微藍，質輕，為熱與電的良好導體。鋁合金可做家用器皿，也是製造飛機、火箭的重要材料。美國、俄國、中國大陸、臺灣都出產天然鋁。

**鋁門窗** ㄌㄩˇ ㄇㄣˊ ㄔㄨㄤ 門窗的框架用鋁板製成。鋁質地輕，不生鏽，顏色好看，現代建築多數採用。

**鋁箔包** ㄌㄩˇ ㄅㄛˊ ㄅㄠ 用鋁箔做物品的外包裝，常用於飲料。優點是不透光、不透氣，使包在裡面的飲料可以保存較久。

**鋯** ㄍㄠˋ 一種金屬元素，化學符號是Zr，結晶體很堅硬，不易著火。可以做核子反應爐的管子、真空工程的吸氧劑、金屬塗層的脫氧劑、合金與電絲等。

**銾** ㄍㄨㄥˇ 金屬元素「汞」的另一種寫法。

**⿰金克** ㄎㄜˋ 鎝的另一種譯名。也叫做「鍀」。

**鋎** ㄏㄢˇ 一種新的人造放射性元素的暫譯名，由鉲和氮15合成，是美國科學家在西元一九七〇年發現的，命名為hahnium，原子序一〇五。

**銲(焊、釬)** ㄏㄢˋ 用錫或合金接合其他金屬或填補金屬物的缺口。如「把壺底銲上」「銲接」。

**銲接** ㄏㄢˋ ㄐㄧㄝ 把金屬與金屬粘合接連在一起。

**銲條** ㄏㄢˋ ㄊㄧㄠˊ 氣銲或是電銲時，熔化填充在接合處的金屬條。通常和工件的材料相同。

**銲鎗** ㄏㄢˋ ㄑㄧㄤ 氣銲用的帶有活門的工具。前端有噴嘴，形狀像手鎗。

**銲藥** ㄏㄢˋ ㄧㄠˋ 銲接金屬用的一種特製的化合物，加在錫或錫的合金上，可促成銲接作用。

**鋐** 図ㄏㄨㄥˊ ㈠器皿。㈡同「鈜」。

**鋏** ㄐㄧㄚˊ ㈠鉗子。㈡図劍。〈戰國策・齊策〉有「長鋏歸來兮」。㈢図劍的柄。

**鋦** ㄐㄩˊ 一種放射性元素，化學符號是Cm。

**銶** 図ㄑㄧㄡˊ 鑿子一類的工具。

**鋟** 図ㄑㄧㄢ 古代木刻印書版，叫「鋟木」「鋟板」。又讀ㄑㄧㄣˇ。

**銷** ㄒㄧㄠ ㈠把金屬鎔合。〈史記・秦始皇紀〉有「收天下兵（器），聚之咸陽，銷以為鍾鐻」。㈡毀滅，消除。如「銷毀」「與爾同銷萬古愁」。㈢解去。如「銷假」「註銷」。㈣商人售貨。如「暢銷」「促銷」。㈤意志降低，同「消」。如「銷沉」。㈥図排遣，同「消」。如「銷夏」。㈦見「插銷」。

**銷字** ㄒㄧㄠ ㄗˋ 紅白喜慶用的幛子上的辭語和上下款，多用紙剪成，俗稱銷字。

**銷行** ㄒㄧㄠ ㄒㄧㄥˊ 貨物賣到各地去。又作「行銷」。

**銷金** ㄒㄧㄠ ㄐㄧㄣ 図①用金子裝飾物品。②浪費金錢。

**銷差** ㄒㄧㄠ ㄔㄞ 對奉命出差的任務執行完成。

**銷案** ㄒㄧㄠ ㄢˋ 撤銷案件。

**銷假** ㄒㄧㄠ ㄐㄧㄚˋ 請假期滿或中途註銷假期，恢復上班。

**銷售** ㄒㄧㄠ ㄕㄡˋ 出售貨物。

**銷帳** ㄒㄧㄠ ㄓㄤˋ 從帳上勾銷。

**銷歇** ㄒㄧㄠ ㄒㄧㄝ 図休止；消失。如「風雨銷歇」。

**銷毀** ㄒㄧㄠ ㄏㄨㄟˇ 熔化毀掉；燒掉。如「銷毀證據」。

**銷路** ㄒㄧㄠ ㄌㄨˋ 也說「銷場」，指貨物發售的範圍、數量等狀況。

**銷魂** ㄒㄧㄠ ㄏㄨㄣˊ 形容情感達到了極度，好像失魂落魄一樣。如「離別的情緒，使人黯然銷魂」。也作「魂銷」。

**銷贓** ㄒㄧㄠ ㄗㄤ ①銷售贓物。②銷毀贓物。

**銷聲匿跡** ㄒㄧㄠ ㄕㄥ ㄋㄧˋ ㄐㄧ 也作「匿跡銷聲」，隱藏形跡不叫人看見。

## 鋅

ㄒㄧㄣ 一種金屬元素，化學符號是Zn，舊名叫「亞鉛」。顏色青白，鍍在鐵上可免生鏽，工業上用處很多。

**鋅版** ㄒㄧㄣ ㄅㄢˇ 用鋅片製成的印刷版，多數用於印插圖、表格。

**鋅華** ㄒㄧㄣ ㄏㄨㄚˊ ①也叫「鋅氧粉」「鋅白」或「亞鉛華」，就是一氧化鋅，把鋅在空氣中加熱，冷卻以後變成的白色粉末；是重要的白色染料，又可製成皮膚病藥膏。②屬碳酸鹽類，也叫「水鋅礦」，呈白堊狀塊，不透明，能溶於鹽酸。

## 鋕

図ㄓˋ 同「銘」(一)(二)。

## 鋤

ㄔㄨˊ (一)一種用來除草翻土的農具，也叫「鋤頭」。(二)用鋤翻動田地，使土壤鬆軟。如「鋤地」。(三)剷除。如「鋤奸」。

## 銳

ㄖㄨㄟˋ (一)與「鈍」相反，指刀、槍等的快、尖利。如「銳利」「尖銳」。(二)図指鋒利的兵器。如「披堅執銳」。(三)敏捷，快速。如「感覺銳敏」「銳進」。(四)強，有生氣，有力量。如「銳不可當」「銳氣」。(五)精強的力量。如「養精蓄銳」。(六)図謂意志堅決。如「銳意改進」「銳志苦讀」。(七)図瑣細，無關重要。〈左傳〉有「吾以王貫罪，不亦銳乎」。(八)図尖形，上小下大的樣子。如「豐下銳上」。

**銳利** ㄖㄨㄟˋ ㄌㄧˋ 尖銳鋒利。

**銳志** ㄖㄨㄟˋ ㄓˋ 図志向堅決。也作「銳意」。

**銳角** ㄖㄨㄟˋ ㄐㄧㄠˇ 數學名詞，小於直角的角叫銳角。

**銳氣** ㄖㄨㄟˋ ㄑㄧˋ 強有力的勇往直前的氣勢。

**銳敏** ㄖㄨㄟˋ ㄇㄧㄣˇ 銳利敏捷。

**銳眼** ㄖㄨㄟˋ ㄧㄢˇ 図銳利的眼光。如「銳眼識人」。

**銳減** ㄖㄨㄟˋ ㄐㄧㄢˇ 大量而且很快的減少。如「近來工商業景氣轉好，失業人口銳減」。

**銳意** ㄖㄨㄟˋ ㄧˋ 意志堅決，不顧阻力做下去。如「他銳意改革，勇往直前」。

**銳器** ㄖㄨㄟˋ ㄑㄧˋ 尖利的器具。常指刀子。

## 銼

ㄘㄨㄛˋ (一)鋼製的上面有細小尖刺的器具，用來打磨銅、鐵、竹、木等東西使它平滑，通常叫「銼刀」。(二)用銼刀磨東西。如「請你把這塊木板兩頭銼平」。(三)摧折，不順利。同「挫」。

**銼刀** ㄘㄨㄛˋ ㄉㄠ 有細齒的鋼刀，可將物體突起的小部分銼去，使它平滑。

## 鋨

ㄜˊ 一種金屬元素，化學符號是Os，色蒼白，硬度很高，可以製電燈泡的燈絲或鋼筆尖。

## 鋣

ㄧㄝˊ 「鏌鋣」，古寶劍名。

## 鋙

図ㄨˇ 看「鉏」字。

## 鋈

図ㄨˋ (一)白金。(二)古時用銀鍍物叫「鋈」。

**鋊** ▲ㄩˋ 石磨的齒兒用久變滑了，刀鈍了，都叫「鋊」。▲ㄍㄨˇ「鈷」的舊名。

## 八筆

**錛** ㄅㄣ (一)「錛子」，是一種向內砍刺的削平木頭的工具，柄長，頂端有斧刃。(二)用錛子砍削。如「把這個大木頭錛出一個平面來」。

**錛得兒木** ㄅㄣ ㄉㄜ˙ ㄦ ㄇㄨˋ 啄木鳥。口語把「得」讀陰平聲ㄉㄜ。

**錶** ㄅㄧㄠˇ 隨身攜帶的小型計時器。有手錶、懷錶兩種形式；手錶也作「手表」。

**錇** ▲ㄆㄟˊ 鈚的又名。▲図ㄈㄡˇ 同「缶」。

**鍆** ㄇㄣˊ 一種放射性金屬元素，化學符號是Md。

**錳** ㄇㄥˇ 一種金屬元素，化學符號是Mn，灰白色，質硬而脆，很像生鐵；和鐵混合製成的合金叫「錳鋼」，可以做火車的車輪等。二氧化錳可供瓷器或玻璃著色之用。

**錳肥** ㄇㄥˇ ㄈㄟˊ 含有錳化合物的肥料。

**錳鋼** ㄇㄥˇ ㄍㄤ 含錳比較多的鋼。鋼裡加錳，能增加鋼的抗張強度和硬度。

**錳酸鉀** ㄇㄥˇ ㄙㄨㄢ ㄐㄧㄚˇ 二氧化錳與苛性鉀溶合成的液體。

**鍅** ㄈㄚˇ 一種放射性金屬元素，化學符號是Fr。又名「鈁」。

**鍀** ㄉㄜˊ 鎝的另一種譯名；也叫做「銩」。

**錠** ㄉㄧㄥˋ (一)図古代一種盛熱食的有腳的容器。(二)舊時用金銀、藥物做成的塊狀物。如「銀錠」「萬應錠」。(三)紗廠裡繞紗成線縷的機件，叫「錠子」，簡稱「錠」。如「這一家紗廠有五千錠」。(四)量詞。如「銀一錠」「墨五錠」。

**錞** ▲図ㄉㄨㄟˋ 古兵器像矛、戟等柄下的銅套。▲ㄔㄨㄣˊ 古代軍樂裡的大鐘。

**錟** ▲ㄊㄢˊ 古代的一種長矛。▲ㄒㄧㄢ 通「銛」。

**錼** ㄋㄞˋ 一種放射性金屬元素，化學符號是Np。

**錸** ㄌㄞˊ 一種金屬元素，化學符號Re，可做接觸劑。

**錄**（录） ㄌㄨˋ (一)鈔寫。如「鈔錄」「另錄一份」。(二)記載。如「記錄」「照實直錄」。(三)採取。如「錄取」「錄用」。(四)記載事物的冊子或書籍。如「同學錄」「回憶錄」。

**錄用** ㄌㄨˋ ㄩㄥˋ 收錄任用。

**錄事** ㄌㄨˋ ㄕˋ 從前政府機關裡管抄寫、記錄的職員。

**錄供** ㄌㄨˋ ㄍㄨㄥ 記錄供詞。

**錄取** ㄌㄨˋ ㄑㄩˇ 考取，考中（ㄓㄨㄥˋ）了。

**錄音** ㄌㄨˋ ㄧㄣ 把戲曲或其他有保留價值的聲音，用錄音機收錄下來，叫「錄音」。

**錄影** ㄌㄨˋ ㄧㄥˇ 記錄影像。用光學、電磁或電子方式，錄存影像與聲音，以供日後重現。也叫做錄像。這種裝置稱為錄影機或錄像機。

**錄取率** ㄌㄨˋ ㄑㄩˇ ㄌㄩˋ 應考人中被錄取者所占的比率。如一千人應考，錄取一百二十人，錄取率為百分之十二。

**錄音帶** ㄌㄨˋ ㄧㄣ ㄉㄞˋ ①供錄音用的磁帶。②已經錄了音可以在放音機上播放的磁帶。

**錄音機** ㄌㄨˋ ㄧㄣ ㄐㄧ 留存聲音而且可以重現的裝置。先將聲音的振動變成電波的振動，導生磁的變化，而記錄在磁帶上（磁性錄音），或將聲音變成機械的振動，刻在碟形物的成音槽上（機械錄音），然後轉換成聲音播放出來。目前以磁性錄音機最為通用。

**錄影帶** ㄌㄨˋ ㄧㄥˇ ㄉㄞˋ 也叫錄像帶。①一種磁性帶，能記錄影像和聲音，並能予以重現。②已經錄好影的這種磁性帶。

**錄影機** ㄌㄨˋ ㄧㄥˇ ㄐㄧ 也叫錄像機。利用光學、電磁、電子的成理，把影像和聲音錄存，以供日後重現的裝置。目前以用電磁方式錄影的裝置性能最好。錄影機本來有兩種系統：VHS和batamax。前者大，後者小。現在後者已很少見。

# 錴

ㄌㄨˋ 金屬元素「銠」的另一譯名。

# ⿰金軋

ㄍㄚˊ 稀有金屬元素「釓」的另一種譯名。

# 鋼（钢）

▲ㄍㄤ 精煉的鐵。如「百煉成鋼」「不鏽鋼」。

▲ㄍㄤˋ ㈠把家用的刀在皮、布、石上磨，使它快些，叫鋼。如「刀鈍了，得鋼一鋼」。㈡在刀口的部分加些鋼，重新打造，使它鋒利，也叫鋼。如「這把菜刀該鋼了」。

**鋼材** ㄍㄤ ㄘㄞˊ 由鋼錠或鋼軋成的成品，如鋼板、鋼管、型鋼等可用的材料。

**鋼板** ㄍㄤ ㄅㄢˇ 用鋼鑄成的板狀物，用於建築或鋪設橋面、路面。

**鋼版** ㄍㄤ ㄅㄢˇ 一種謄寫蠟紙用的文具，表面粗糙有細點紋，蠟紙放在上面，用鋼筆寫字，使著筆處透出許多小孔，然後用油墨印刷。

**鋼架** ㄍㄤ ㄐㄧㄚˋ 用許多鋼管搭建而成的棚架。

**鋼珠** ㄍㄤ ㄓㄨ 鋼製的圓珠，用於軸承等機械中。

**鋼索** ㄍㄤ ㄙㄨㄛˇ 也叫「鋼絲繩」，是用鋼絲組結成的繩索。

**鋼釘** ㄍㄤ ㄉㄧㄥ 用鋼鑄的釘子，比鐵釘硬，不會彎曲。

**鋼條** ㄍㄤ ㄊㄧㄠˊ ①鋼製的粗條。②鋼筋。

**鋼盔** ㄍㄤ ㄎㄨㄟ 用鋼鐵做的帽子，軍人、武裝警察、消防隊員用來保護頭部。

**鋼琴** ㄍㄤ ㄑㄧㄣˊ 鍵樂器的一種，形狀像風琴。按琴鍵時鍵盤下面的小鎚敲打鋼絲弦發音，音量很大。

**鋼筆** ㄍㄤ ㄅㄧˇ ①金屬筆尖的筆或自來水筆。②在底下襯有鋼版的蠟紙上寫油印文件所用的筆。也叫「鐵筆」。

**鋼管** ㄍㄤ ㄍㄨㄢˇ 做成管狀的鋼材。

**鋼筋** ㄍㄤ ㄐㄧㄣ 鋼骨水泥建築工程做骨架用的鋼條。也叫「鋼骨」。

**鋼絲** ㄍㄤ ㄙ 鋼做的細絲，可以做琴弦、結網、做彈簧，或組成鋼索等。

**鋼種** ㄍㄤ ㄓㄨㄥˇ 指鋁說的，「鋼種鍋」，就是鋁鍋。

**鋼錠** ㄍㄤ ㄉㄧㄥˋ 把熔成液狀的鋼水倒在模型裡，冷凝以後所呈的塊狀物，用來製作鋼材。

**鋼鐵** ㄍㄤ ㄊㄧㄝˇ ①鋼和鐵。②就是指鋼說。

**鋼絲床** ㄍㄤ ㄙ ㄔㄨㄤˊ 就是彈簧床：裡面裝置鋼絲彈簧，使床面保持鬆軟平整的床。

**鋼絲鋸** ㄍㄤ ㄙ ㄐㄩˋ 細鋼絲製成的鋸。形狀像弓，可以在工件上鋸出鏤空的圖紋。

**鋼骨水泥** ㄍㄤ ㄍㄨˇ ㄕㄨㄟˇ ㄋㄧˊ 指建築工程的這一類材料。也說「鋼筋水泥」，就是用鋼條做骨架，外面澆水泥來建築的。也做「鋼筋混凝土」。

**錮** 図ㄍㄨˋ ㈠鑄銅鐵來杜塞孔隙。㈡禁閉，監禁，不許外出。如「禁錮」。㈢堅固。㈣通「痼」，「痼疾」也作「錮疾」。㈤閉塞。如「錮蔽」。

**錮身** ㄍㄨˋ ㄕㄣ 図舊時把枷鎖加在人身上。

**錮蔽** ㄍㄨˋ ㄅㄧˋ 図阻塞，閉塞。如「令天下焚書，錮蔽民智」。

**錧** 図ㄍㄨㄢˇ 同「輨」。

**錁** ㄎㄜˋ 金銀的錠，通常叫「錁子」。

**錹** ㄎㄣˇ 金屬元素「鈧」的另一種譯名。

**𨨏** ㄎㄨ 新的人造放射性元素「鋽」的又一譯名。

**錕** ㄎㄨㄣ 「錕鋙」，古代寶刀或寶劍名。也作「錕鋘」。

**錵** ㄏㄨㄚ 金屬元素「鈥」的另一種譯名。

**錦** ㄐㄧㄣˇ ㈠一種有彩色花紋的絲織品。如「織錦」。㈡形容美麗鮮明。如「春光如錦」。㈢比喻華美。如「錦匣」「錦箋」。㈣比喻花樣繁多。如「什（ㄕˊ）錦」。㈤姓。

**錦匣** ㄐㄧㄣˇ ㄒㄧㄚˊ 外表裝飾美麗，貯存珍貴物品的匣子，以往婦女多用來貯存珍寶首飾。

**錦注** ㄐㄧㄣˇ ㄓㄨˋ 図關注。如「以上所述為弟之近況，知關錦注，特以奉聞」。也作「錦念」。

**錦衾** ㄐㄧㄣˇ ㄑㄧㄣ 錦緞製的衾被。

**錦蛇** ㄐㄧㄣˇ ㄕㄜˊ 一種大蛇，身長常達三公尺以上。無毒。頭部濃欖色，眼部到口角有黑色條紋。攝食時先用身體纏束被掠物致死，然後吞食。常爬樹上取鳥卵。肉可供藥用，皮可製革。

**錦葵** ㄐㄧㄣˇ ㄎㄨㄟˊ 二年生草本，莖高一公尺，葉呈掌狀，夏天開淡紫色花，蒴果扁圓形，可入藥。

**錦旗** ㄐㄧㄣˇ ㄑㄧˊ 錦緞製的色彩華美的旗子，繡著贊頌文字，用作紀念品或獎品。

**錦箋** ㄐㄧㄣˇ ㄐㄧㄢ 色彩華美的信紙。

**錦標** ㄐㄧㄣˇ ㄅㄧㄠ 本指錦製的標，現在泛指競賽得勝的獎品。

**錦緞** ㄐㄧㄣˇ ㄉㄨㄢˋ 也叫「織錦緞」，是宋朝以來江蘇省江寧縣的名產，色彩花紋都極華麗。

**錦雞** ㄐㄧㄣˇ ㄐㄧ 也叫「金雞」。鳥類鶉雞類，形狀像雉。雄的羽毛很美，尾長，雌的羽毛呈黑褐色。

**錦繡** ㄐㄧㄣˇ ㄒㄧㄡˋ ①絲織品的美麗花紋，織成花紋的是錦，刺成五彩的是繡。②比喻華美有文采。如「錦繡河山」「錦繡前程」。

**錦囊** ㄐㄧㄣˇ ㄋㄤˊ ①古代神話傳說西王母用錦製的囊來藏仙書。所以用「錦囊」來指人的珍藏。完美的預謀計畫叫「錦囊妙計」。②唐朝詩人李賀每天想到了好意思好詞句，都馬上寫下來，放進錦製的袋子裡，到晚上拿出來成為詩句的材料。後來稱讚美妙的詩句叫「錦囊佳句」。

**錦標賽** ㄐㄧㄣˇ ㄅㄧㄠ ㄙㄞˋ 以奪得錦標為目的的競賽。

**錦上添花** ㄐㄧㄣˇ ㄕㄤˋ ㄊㄧㄢ ㄏㄨㄚ 比喻美上加美。

**錦心繡口** ㄐㄧㄣˇ ㄒㄧㄣ ㄒㄧㄡˋ ㄎㄡˇ 図比喻人的文思巧妙，詞句優美，是讚美文人的詞。

**錦衣玉食** ㄐㄧㄣˇ ㄧ ㄩˋ ㄕˊ 華麗的衣服，珍貴的食品。形容生活奢侈。

**錦繡山河** ㄐㄧㄣˇ ㄒㄧㄡˋ ㄕㄢ ㄏㄜˊ 形容美麗的國土。

**錦繡前程** ㄐㄧㄣˇ ㄒㄧㄡˋ ㄑㄧㄢˊ ㄔㄥˊ 前程光明似錦。

**鋸** ▲ㄐㄩˋ ㈠薄鋼片製成，邊緣有尖齒，用來斷開木頭或鋼鐵的工具。如「電鋸」「拉鋸」。㈡用鋸把東西斷開。如「鋸樹」「鋸木頭」。㈢放射性元素「鋦」的又譯名。
▲ㄐㄩ 用一種特製的兩腳鉤釘，把破裂的瓷器、陶器綴合起來。如「鋸碗兒」。

**鋸子** ▲ㄐㄩˋ ·ㄗ 鋸開木頭的工具；通常只說一個「鋸」字。▲ㄐㄩ ㄗ 用來綴合破裂瓷器、陶器的特製的兩腳鉤釘。

**鋸末** ㄐㄩˋ ㄇㄛˋ 也叫「鋸末子」。鋸木頭、竹子時掉下來的細末。

**鋸床** ㄐㄩˋ ㄔㄨㄤˊ 鋸金屬材料時用的機床，常見的有弓鋸床和圓鋸床。

**鋸屑** ㄐㄩˋ ㄒㄧㄝˋ 鋸末。

**鋸齒** ㄐㄩˋ ㄔˇ ①也說「鋸齒兒」，就是鋸的邊緣上凸起的尖齒；又凡是邊緣有凸出的尖刺，像鋸緣的形狀，都可說是鋸齒兒。②也叫「鋸牙」，指獸類或海魚的銳利似鋸的牙。③指植物的綠葉邊緣上有小凹凸的地方。

**鋸碗兒** ㄐㄩ ㄨㄢˇ ㄦ 釘補有破裂痕的瓷器，如碗、盤、瓶等。業者沿街搖動響器，招攬生意，求取微利。

**錡** 又ㄑㄧˊ ㈠古人用的鍋一類的器具，無腳的叫釜，有腳的叫錡。㈡姓。

**錢（钱）** ▲ㄑㄧㄢˊ ㈠指金屬貨幣，通常都是圓形的，有的中心有孔。如「銅錢」「五塊錢」。㈡泛指錢財。如「值錢」「有錢有勢」。㈢指費用。如「車錢」「工錢」。㈣形狀像銅錢的。如「榆錢（榆樹的莢）」「錢兒癬」。㈤重量名，十分是一錢，十錢是一兩。㈥姓。
▲又ㄐㄧㄢˇ 古時候的農具，就是「銚（ㄧㄠˊ）」，大鋤頭。

**錢文** ㄑㄧㄢˊ ㄨㄣˊ 硬幣、輔幣面上的文字，標明鑄造年代及等值。

**錢荒** ㄑㄧㄢˊ ㄏㄨㄤ 指民間缺乏通貨流通，也就是金融方面的通貨流通量不足的現象。

**錢財** ㄑㄧㄢˊ ㄘㄞˊ 金錢財富的通稱。

**錢莊** ㄑㄧㄢˊ ㄓㄨㄤ 舊式的金融機構，經營存放款、匯兌等業務，規模比現今的銀行小。

**錢幣** ㄑㄧㄢˊ ㄅㄧˋ 交易的媒介，國家規定、市場認可的貨幣。

**錢穀** ㄑㄧㄢˊ ㄍㄨˇ ①舊時指地方賦稅。②舊時地方官署稱掌理會計、錢糧的幕友為錢穀師爺，略稱錢穀。

**錢櫃** ㄑㄧㄢˊ ㄍㄨㄟˋ 裝錢的櫃子。

**錢糧** ㄑㄧㄢˊ ㄌㄧㄤˊ 糧字可輕讀。從前稱有田地的人向政府交納的賦稅。

**錢兒癬** ㄑㄧㄢˊ ㄦ ㄒㄧㄢˇ 一種真菌病名，由黴菌感染，最常見的症狀是環形紅斑、血疹鱗片的病變。發生在身體各部，有時幾個聚在一起，有痂皮化的水泡和膿包。

**錢票兒** ㄑㄧㄢˊ ㄆㄧㄠˋ ㄦ 紙幣。

**錢滾錢** ㄑㄧㄢˊ ㄍㄨㄣˇ ㄑㄧㄢˊ 用錢去賺錢。就是投資工商企業、房地產等，求取巨額利益。

**錢可通神** ㄑㄧㄢˊ ㄎㄜˇ ㄊㄨㄥ ㄕㄣˊ 形容金錢魔力之大，有了錢什麼都做得到。也說「錢能通神」。

**錢用在刀口上** ㄑㄧㄢˊ ㄩㄥˋ ㄗㄞˋ ㄉㄠ ㄎㄡˇ ㄕㄤˋ 錢必須用在最需要的地方，也就是不隨便用錢。

**錫** ㄒㄧ ㈠一種金屬元素，化學符號Sn，顏色青白，很亮，不生鏽，比鉛硬，但是韌性大，有延展性，可以製合金。㈡又賜與，賞賜。如「錫福」。㈢図僧人所用的錫杖的簡稱。㈣姓。

**錫杖** ㄒㄧˊ ㄓㄤˋ 和尚所用的手杖，也稱「禪杖」，杖上裝有金屬鐶，振動的時候有ㄒㄧˊ ㄒㄧˊ的響聲。

**錫匠** ㄒㄧˊ ㄐㄧㄤˋ 打造錫器的工人。

**錫福** ㄒㄧˊ ㄈㄨˊ 図賜福。

**錫箔** ㄒㄧˊ ㄅㄛˊ ①泛指塗上薄錫的紙，有的用來包裝物品，防止溼氣，像香煙盒就包襯著錫箔。②特指用於喪事或祭祀的時候作冥錢焚燒的錫紙。

**錫器** ㄒㄧˊ ㄑㄧˋ 錫製的器皿。

**錫礦** ㄒㄧˊ ㄎㄨㄤˋ 含錫的礦石。

**錫鑞** ㄒㄧˊ ㄌㄚˋ 鉛錫混合而成的，用做銲接材料。

# 鍺

ㄓㄜ 一種金屬元素，化學符號是Ge，灰色，很脆，可以做藥。

# 錚

図ㄓㄥ ㈠金屬撞擊時發出的聲響。見「錚錚」「錚鏦」等條。㈡同「鉦」。

**錚錚** ㄓㄥ ㄓㄥ 図①同「錚鏦」㈠，是表示金屬器物撞擊時發出的聲響。②用來比喻人剛正不阿的好品德。語見〈後漢書·劉盆子傳〉「卿所謂鐵中錚錚，庸中佼佼者也」。

**錚鏦** ㄓㄥ ㄘㄨㄥ ①國樂器簫管絲弦的樂聲。如「絲竹錚鏦向夜闌」。②金屬碰擊的聲音。如「軍中劍戟錚鏦」。

# 錐

ㄓㄨㄟ ㈠鑽孔用的一頭尖銳的器具，通常叫「錐子」。㈡形狀如錐子的器具。起螺絲釘的工具叫「桿錐」或「改錐」。㈢指一頭尖的東西。如「圓錐體」「毛錐（毛筆）」。㈣指錐尖。「立錐之地」，比喻極小的地方。如「貧無立錐之地」。

**錐股** ㄓㄨㄟ ㄍㄨˇ 図比喻發憤向學（戰國時蘇秦勤苦讀書，每到深夜，一有睡意，就用錐刺股，使自己警醒）。

**錐面** ㄓㄨㄟ ㄇㄧㄢˋ 數學名詞。一線段的一端固定，另一端沿一曲線而運動，則此線段移動所生之面，稱為錐面。

**錐處囊中** ㄓㄨㄟ ㄔㄨˇ ㄋㄤˊ ㄓㄨㄥ 図比喻有才智的人不會長久埋沒不顯。是從〈史記〉「錐之處於囊中，其末立見（ㄒㄧㄢˋ）」的話來的。

# 鋋

図ㄧㄢˊ 古時一種鐵把兒的短矛。又讀ㄔㄢˊ。

# 錙

ㄗ 古時的重量單位，六銖是一錙，四錙是一兩。

**錙銖** ㄗ ㄓㄨ 比喻極其輕微。如「他很小氣，錙銖必較」。

# 錯

ㄘㄨㄛˋ ㈠不對，不正確。如「錯字」「認錯」。㈡壞。如「今年稻子的收成錯不了」「兩人的感情不錯」。㈢交叉，雜亂。如「犬牙相錯」「觥籌交錯」。㈣岔開。如「岔道錯車」「錯過了機會」。㈤図磨刀石。〈詩經〉有「他山之石，可以為錯」。㈥朋友方面的砥礪，琢磨。如「相磋以道，相錯以德」。㈦図古代的鍍金。

▲ㄘㄨˋ 通「措」。㈠放置。〈易經·繫辭上〉有「苟錯諸地而可也」。㈡安頓。〈楚辭·懷沙〉有「萬民之生，各有所錯兮」。㈢施行。〈商君書·錯法〉有「古之明君，錯法而民無邪」。㈣廢棄。〈論語·顏淵〉有「舉直錯諸枉，能使枉者直」。㈤停止。〈史記·張儀列傳〉有「則秦魏之交可錯矣」。

**錯刀** ㄘㄨㄛˋ ㄉㄠ 雕刻用的工具。

**錯字** ㄘㄨㄛˋ ㄗˋ 寫得不正確的字或刻錯、排錯、打錯的字。

**錯角** ㄘㄨㄛˋ ㄐㄧㄠˇ 兩條直線相交，在交點處所成的四個角，互為錯角。

**錯兒** ㄘㄨㄛˋ ㄦ 過失，誤謬，口語裡常用。如「這樣做一點錯兒都沒有」。

**錯怪** ㄘㄨㄛˋ ㄍㄨㄞˋ 因為誤會而錯誤地責備或抱怨人。

**錯金** ㄘㄨㄛˋ ㄐㄧㄣ 一種特種工藝，在器物上用金屬絲鑲嵌成花紋或文字。

**錯處** ㄘㄨㄛˋ ㄔㄨˋ 處字輕讀。過錯。

**錯愕** ㄘㄨㄛˋ ㄜˋ 倉卒驚訝的樣子。如「見到五十年不見的小弟，她大為錯愕」。

**錯亂** ㄘㄨㄛˋ ㄌㄨㄢˋ 錯雜紛亂，沒有秩序。

**錯愛** ㄘㄨㄛˋ ㄞˋ 図受人愛顧的謙詞。如「過蒙錯愛」。

**錯落** ㄘㄨㄛˋ ㄌㄨㄛˋ 図參差不齊，雜亂沒有秩序。如「錯落其間」。

**錯話** ㄘㄨㄛˋ ㄏㄨㄚˋ 不對或不合禮節的話。

**錯過** ㄘㄨㄛˋ ㄍㄨㄛˋ 失去，耽誤。如「錯過機會」。

**錯疑** ㄘㄨㄛˋ ㄧˊ 因誤會而生疑。

**錯綜** ㄘㄨㄛˋ ㄗㄨㄥ 図縱橫交叉。如「錯綜複雜」。

**錯誤** ㄘㄨㄛˋ ㄨˋ 不對，不正確，和真正的不相合。

**錯謬** ㄘㄨㄛˋ ㄇㄧㄡˋ 図錯誤；差錯。

**錯雜** ㄘㄨㄛˋ ㄗㄚˊ 兩種以上的東西夾雜在一起。

**錯覺** ㄘㄨㄛˋ ㄐㄩㄝˊ 心理學上說人在受到外界刺激時，對刺激作錯誤的解釋，以致不能符合真正的事實，稱為錯覺。錯覺可發生於視覺、聽覺或觸覺，但是最常在視覺方面發生。

**錯別字** ㄘㄨㄛˋ ㄅㄧㄝˊ ㄗˋ 錯字和別字。

**錯彩鏤金** ㄘㄨㄛˋ ㄘㄞˇ ㄌㄡˋ ㄐㄧㄣ ①指雕刻彩繪極為精緻。②形容文章辭藻華麗。

## 錒

ㄚˋ 一種放射性金屬元素，化學符號是Ac，由鎂蛻變而來的。

## 錏

ㄧㄚˋ 銨的舊譯名。

# 九筆

## 鎃

ㄆㄞˋ 「鏷」的另一譯名。

## 鎇

ㄇㄟˊ 「鋂」的另一譯名。

## 鎂

ㄇㄟˇ 一種金屬元素，化學符號是Mg，銀白色，遇高熱能燃燒，發出極白亮的光，可做照相閃光或製信號彈之用；又可用來製合金，製造一般器具或飛機。

**鎂光** ㄇㄟˇ ㄍㄨㄤ 使鎂燃燒所發出的白亮閃光。用鎂光攝影的燈泡叫「鎂光燈泡」。

## 錨

ㄇㄠˊ 穩定船身所用的鐵製大鉤子（四鉤或兩鉤）。上端有鐵鏈相連，拋到水底或岸上，使船不能動，叫做「拋錨」或「下錨」。

## 鍪

ㄇㄡˊ 「兜鍪」，古時軍官戴在頭上防刀槍的頭盔。

## 鍗

ㄊㄧ 非金屬元素「碲」的另一譯名。

## 鍍

ㄉㄨˋ 把一種金屬薄薄地附著在別種金屬器物的表面上。如「電鍍」「鍍金」。

**鍍金** ㄉㄨˋ ㄐㄧㄣ ①用薄層的黃金鍍在銀銅等器物上面。②譏稱出國留學。

**鍍鋅** ㄉㄨˋ ㄒㄧㄣ 把鋅用電解方法塗在其他金屬的表面上。

## 鍛（煅）

ㄉㄨㄢˋ ㈠把鐵燒紅了用鎚子打。㈡見「鍛接」。㈢見「鍛鍊」。

**鍛石** ㄉㄨㄢˋ ㄕˊ 石灰的別稱。

**鍛接** ㄉㄨㄢˋ ㄐㄧㄝ 就是「銲接」。

**鍛造** ㄉㄨㄢˋ ㄗㄠˋ 用鎚鎚擊加熱或常溫的金屬，使其形成所需的形狀的工作。

**鍛鍊** ㄉㄨㄢˋ ㄌㄧㄢˋ ①用火煉製金屬。②從困難中磨鍊；又養成身體任勞耐苦的習慣或練習知覺的銳敏，觀念的正確，都叫「鍛鍊」。③図羅織罪名，故意陷人于罪。〈後漢書・韋彪傳〉有「忠孝之人，持心近厚；鍛鍊之吏，持心近薄」。④図推敲文稿的用字，使能工穩。

**鍛鐵** ㄉㄨㄢˋ ㄊㄧㄝˇ 用生鐵精煉而成的含碳量在0.15％以下的鐵。也叫「熟鐵」。

# 鍮

図ㄊㄡ 黃銅（銅、鋅）。也叫「鍮石」或「真鍮」。

# 鍩

ㄋㄨㄛˋ 一種放射性元素，化學符號是No。

# 鑒

図ㄌㄧㄡˊ ㈠質地很好的金子。㈡同「旒」。如「冕鑒」。

# 鍊（錬）

ㄌㄧㄢˋ ㈠用加熱等辦法使物質純淨或堅韌。如「鍊鐵」「鍊鋼」「千錘百鍊」。㈡比喻寫作時對於造句、用詞，儘量求其精美。如「鍊句」「鍊字」。㈢金屬做的連環，與「鏈」字通。如「鐵鍊」。

**鍊子** ㄌㄧㄢˋ ㄗ˙ 鏈子。

**鍊字** ㄌㄧㄢˋ ㄗˋ 對作文用字仔細推敲。

**鍊句** ㄌㄧㄢˋ ㄐㄩˋ 對詞句研究推敲，以求工穩。

# 鍋

ㄍㄨㄛ ㈠烹煮用的器具。如「飯鍋」「沙鍋」。㈡有些器具上圓形的部分，叫「鍋」「鍋兒」「鍋子」。如「煙袋鍋兒」。

**鍋子** ㄍㄨㄛ ㄗ˙ ①就是火鍋，鍋與爐合為一體的烹食器具，也叫「火鍋兒」「火鍋子」。②就是鍋。

**鍋巴** ㄍㄨㄛ ㄅㄚ 煮米飯黏結在鍋底上的那一層，常是微黃或焦黑色。

**鍋盔** ㄍㄨㄛ ㄎㄨㄟ 食物名，也叫「鍋餅」（餅字輕讀）。是把麵調水做成圓片，在鍋裡乾烙成的厚厚的硬餅。

**鍋臺** ㄍㄨㄛ ㄊㄞˊ 爐灶。

**鍋蓋** ㄍㄨㄛ ㄍㄞˋ ①鍋的蓋子。②指形狀像鍋蓋的髮型。

**鍋餅** ㄍㄨㄛ ㄅㄧㄥˇ 餅字輕讀。一種較硬較大的烙餅。

**鍋爐** ㄍㄨㄛ ㄌㄨˊ ①蒸汽機的一部分，上鍋裡盛水，下爐裡燒煤，水沸騰發生蒸氣，用來推動機件。②通常供燒水用的巨型裝置也叫鍋爐。

**鍋貼兒** ㄍㄨㄛ ㄊㄧㄝ ㄦ 在平底鍋上貼著用油煎的餃子。

**鍋煙子** ㄍㄨㄛ ㄧㄢ ㄗ˙ 鍋底的煙子，可做黑色顏料。

# 鍇

図ㄎㄞˇ 精製的鐵。

# 鍰

図ㄏㄨㄢˊ ㈠指金錢說。如「罰鍰」。㈡古衡名，或說是六兩，或說是十二兩。

# 鍠

図ㄏㄨㄤˊ ㈠「鍠鍠」，鐘鼓的聲音。㈡古兵器之一，形狀像鉞。

# 鍵

ㄐㄧㄢˋ ㈠門上的鎖或插管之類。如「關鍵」（也比喻事情的緊要關節）。㈡用手按壓的小紐板，像鋼琴、風琴上的琴鍵，打字機上的字鍵。㈢図鎖簧。㈣図古時放在車軸頭上管住車輪不脫落的小橫棍。㈤姓。

**鍵盤** ㄐㄧㄢˋ ㄆㄢˊ ①鋼琴、風琴上排列琴鍵的部分。②打字機上排列字鍵的部分。

**鍵盤樂器** ㄐㄧㄢˋ ㄆㄢˊ ㄩㄝˋ ㄑㄧˋ 指鋼琴、風琴，因琴上有鍵盤裝置。

# 鍕

ㄐㄩㄣˋ 鍕𨨏，觀音菩薩手中的淨瓶。

# 鍥

図ㄑㄧㄝˋ ㈠用刀刻。〈荀子〉書上有「鍥而不舍（ㄕㄜˇ），金石可鏤」。㈡弄斷。〈左傳〉有「盡借邑人之車，鍥其軸，麻約而歸之」。

# 鍬（鍫）

ㄑㄧㄠ 鐵鍬，挖土剷土的器具。

**鍌** ㄒㄧㄢˊ 同「銑」，古代鐘口的兩個角。

**鍘** ㄓㄚˊ (一)切割，常指用刀切斷。如「鍘草」「一鍘兩斷」。(二)切草用的大刀，通常叫「鍘刀」。(三)古時候一種酷刑，就是腰斬。

**鍾(钟)** ㄓㄨㄥ (一)古代盛酒的器具。現在用「盅」字。(二)古時的容量單位，一鍾容六斛四斗。如「萬鍾之粟」。(三)如「酒鍾」。如「鍾靈毓秀」「情有所鍾」。(四)樂器名，古時「鐘」做「鍾」。(五)姓。

**鍾情** ㄓㄨㄥ ㄑㄧㄥˊ 感情專注(多指愛情)。如「一見鍾情」。

**鍾愛** ㄓㄨㄥ ㄞˋ 特別愛(子女或其他晚輩中的某一人)。

**鍾離** ㄓㄨㄥ ㄌㄧˊ ①古地名，在今安徽省鳳陽縣東北。②複姓。

**鍾靈毓秀** ㄓㄨㄥ ㄌㄧㄥˊ ㄩˋ ㄒㄧㄡˋ 天地靈氣匯聚的地方，產生俊美傑出的人物。

**⿰金持** ㄔˊ 見「鍤」字。

**鍤** ㄔㄚ (一)劃泥土的器具，就是鍬。(二)縫衣用的長針。

**錘** ㄔㄨㄟˊ (一)掛在秤上配合秤桿稱分量的鐵塊，通常說「秤錘」或「秤坨」。(二)古兵器，柄的上端是一個金屬的圓球。(三)擣，打擊，與「鎚」字通用。如「千錘百鍊」。

**錘鍊** ㄔㄨㄟˊ ㄌㄧㄢˋ 鍛鍊。

**鎪** ㄙㄡ 雕刻木頭。如「雕鎪」「鏡框上的花紋是鎪出來的」。

**鍔** 図 ㄜˋ (一)刀劍的刃。(二)見「齗(ㄧㄣˊ)」字。

**鎄** ㄞ 「鑀」的另一譯名。

**鍚** 図 ㄧㄤˊ (一)馬額上能發聲的飾物。(二)盾背的裝飾。

**鍶** ㄙ 一種金屬元素，化學符號是Sr，銀白色結晶，性柔軟像鉛，在高熱中能發出深紅色的火焰。

**鎡** ㄗ 基，古時犁、耙一類的農具。

## 十筆

**鎛** ㄅㄛˊ (一)古時的一種大鏡。(二)古時鋤頭一類的農具。

**鎊** ㄅㄤˋ 英國的本位貨幣(原來是金幣)，原來是一鎊合二十先令，一先令合十二便士，後來改十進制。愛爾蘭、埃及的本位貨幣也叫鎊。

**鎿** ㄋㄚˊ 放射性金屬元素「錼」的又名。

**鎳** ㄋㄧㄝˋ 一種金屬元素，化學符號Ni，銀白色，有光澤，不生鏽，可以製器具或貨幣，也可以製各種合金。

**鎘** ㄍㄜˊ 一種金屬元素，化學符號Cd，顏色青白像鋅，比鋅的延展性大。硫化物可以做黃色顏料；與汞的合金可以填補蛀齒的小孔。▲図 ㄌㄧˋ 同「鬲」，古炊具。

**鎦** ㄌㄧㄡˊ (一)一種金屬元素，化學符號Lu，用途很少。(二)古「劉」字。

**鎦金** ㄌㄡˋ ㄐㄧㄣ 黃金先溶於水銀，用刷子將金汁塗在器物上作裝飾，叫鎦金。

**鎬** ▲図 ㄏㄠˋ (一)鎬鎬，光明的樣子。(二)鎬京，古地名，在現在陝西長安縣西北，是周武王建都的地方。▲ㄍㄠˇ 類似鋤的農具，掘土用的俗稱十字鎬，又名鶴嘴鍬。

**鎧** ㄎㄞˇ 古時戰士身上所披的護身鐵甲。也作「鎧甲」。

**⿰金庫** ㄎㄨ 一種新的人造放射性元素的暫譯名，也譯作「鑪」，是俄國科學家在西元一九六四年發現，由鈽和氖合成，命名為kurchatovium，原子序一〇四。(另有原子序一〇四的新元素是「鐳」。）

**鎵** ㄐㄧㄚ 一種金屬元素，化學符號是Ga，色青白或灰白，質硬而脆，有光澤，可製合金，又可代替水銀製溫度計、鏡子等。舊譯作「鉫」。

**鎗（鎗）** ㄑㄧㄤ ㈠能發射子彈的武器。如「手鎗」「步鎗」。㈡借作「刀槍」的「槍」字用。㈢図金屬的響聲。

**鎴** ㄒㄧ 金屬元素「鍶」的舊譯名。

**鎋** 図ㄒㄧㄚˊ 同「轄」。

**鎮** ㄓㄣˋ ㈠壓，重壓。如「鎮壓」「把妖怪鎮在五指山的腳下」。㈡図安定，安撫。如「鎮國家，撫百姓」。㈢図抑制。如「矯情鎮物」。㈣安靜。如「鎮靜」。㈤壓東西的用具。如「鎮尺」「鎮紙」。㈥重要的地點或人物。如「重鎮」。㈦古代在邊塞設戍，派兵駐守，名鎮，置鎮兵、鎮將。演變為「市鎮」「城鎮」。㈧行政區域單位名稱，在縣之下，人口多，工商業發達的稱鎮。㈨図經常，總是。如「彩雲鎮聚」。㈩終日。如「鎮日」。(十一)把食物放在冰或冷水之中，使溫度降低。如「冰鎮酸梅湯」。(十二)姓。

**鎮心** ㄓㄣˋ ㄒㄧㄣ 使心神寧靜安定。

**鎮日** ㄓㄣˋ ㄖˋ 図整日，一天到晚。

**鎮守** ㄓㄣˋ ㄕㄡˇ 防守管理。

**鎮定** ㄓㄣˋ ㄉㄧㄥˋ 遇到緊急的情況，不慌不亂。如「神色鎮定」。

**鎮物** ㄓㄣˋ ㄨˋ 稱巫術中被禁制或咒詛的東西。

**鎮長** ㄓㄣˋ ㄓㄤˇ 一鎮的行政首長，由民選產生，綜理鎮務。

**鎮星** ㄓㄣˋ ㄒㄧㄥ 我國古代稱土星為鎮星。

**鎮紙** ㄓㄣˋ ㄓˇ 用銅、鐵、木、石等做的壓紙的東西。

**鎮暴** ㄓㄣˋ ㄅㄠˋ 以足夠懾服暴亂群眾的武力，遏阻暴亂不安事件的發生。

**鎮靜** ㄓㄣˋ ㄐㄧㄥˋ 情緒穩定或平靜。

**鎮壓** ㄓㄣˋ ㄧㄚ 派軍警彈壓，使暴亂不致擴大而平息。

**鎮公所** ㄓㄣˋ ㄍㄨㄥ ㄙㄨㄛˇ 縣以下的地方行政單位，設鎮長一人，綜理鎮務；下分設民政、財政、建設、兵役等課，分掌各有關事項。

**鎮定劑** ㄓㄣˋ ㄉㄧㄥˋ ㄐㄧˋ 能抑制大腦皮層，使情緒平靜而不影響到意識的藥物，如溴化鈉、溴化鉀等。

**鎮痛劑** ㄓㄣˋ ㄊㄨㄥˋ ㄐㄧˋ 止痛的藥。

**鎮暴警察** ㄓㄣˋ ㄅㄠˋ ㄐㄧㄥˇ ㄔㄚˊ 負責遏制暴亂不安事件發生的警察。

**鎚** ㄔㄨㄟˊ ㈠也作「錘」，敲擊東西的工具。又叫「榔頭」。如「鐵鎚」。㈡用槌子敲打。如「鎚打」。㈢秤砣。

**鎚子** ㄔㄨㄟˊ ˙ㄗ 敲擊東西的工具。也作「槌子」。

**鎚兒** ㄔㄨㄟˊ ㄦˊ 敲擊東西的工具，指較小的鎚。

**鎚骨** ㄔㄨㄟˊ ㄍㄨˇ 內耳聽骨之一，形狀像鎚子，與鼓膜相連，能傳送聲波給砧骨和鐙骨。

**鎝** ▲図ㄙㄚ ㈠刻鏤。㈡鏟土的工具。▲ㄉㄚˊ 一種放射性金屬元素，化學符號是Tc。

**鎖** ㄙㄨㄛˇ ㈠加在門上或箱子上，使人不能隨便打開的器具。如「銅鎖」「對號鎖」。㈡用鎖關住，如「把大門鎖上」。㈢封閉。如「封鎖」。㈣拘禁，幽閉。如「抱鎖」。

㈤鎖鏈子。如「披枷帶鎖」「鎖鐐」。㈥雙眉蹙緊。如「愁眉深鎖」「鎖著眉頭」。㈦一種縫紉法，用線順著布邊密密縫緊。如「鎖扣子眼兒」「鎖邊」。

**鎖眉** ㄙㄨㄛˇ ㄇㄟˊ 因為憂愁而蹙緊眉頭。

**鎖骨** ㄙㄨㄛˇ ㄍㄨˇ 頸下兩旁與肩胛相聯的扁平骨，左右各一，俗稱琵琶骨。

**鎖國** ㄙㄨㄛˇ ㄍㄨㄛˊ 閉關自守，不與外國往來。

**鎖簧** ㄙㄨㄛˇ ㄏㄨㄤˊ 鎖裡的彈簧。

**鎖邊** ㄙㄨㄛˇ ㄅㄧㄢ 縫紉法的一種，用線順著布邊縫緊。

**鎖鐐** ㄙㄨㄛˇ ㄌㄧㄠˋ 從前的一種刑具，是拴在犯人身上的鎖鏈子。

**鎖鑰** ㄙㄨㄛˇ ㄩㄝˋ 図①鎖和鑰匙。②關鍵所在。如「讀通〈文法入門〉等於掌握了〈文法學〉的鎖鑰」。③指軍事上的重要關口。如「嘉峪關乃通往西域之鎖鑰」。

## 鎰

図ㄧˋ 古代的重量單位，合二十兩或二十四兩。

## 鎢

ㄨ 一種金屬元素，化學符號W，灰色，有光澤，質極硬，可製電燈泡絲；鋼裡加少量的鎢成為鎢鋼，是軍需工業原料。又讀ㄨˋ。

**鎢絲** ㄨ ㄙ 電燈泡中的鎢質細絲，熔點和硬度極高，可增加光力。

**鎢鋼** ㄨ ㄍㄤ 含鎢的合金鋼，硬度特高，耐高溫，適於用做工具鋼。

# 十一筆

## 鏢

ㄅㄧㄠ ㈠古時候一種兵器，樣子像槍頭，向著人投出去，能打傷人。㈡同「鑣」，「保鑣」「鑣局」俗作「保鏢」「鏢局」。

**鏢局** ㄅㄧㄠ ㄐㄩˊ 以往經營保鏢業務的營業所，有保鏢人員與組織，供人雇用或受人委託，保障旅運途中客貨安全。

**鏢客** ㄅㄧㄠ ㄎㄜˋ 鏢局雇用來保護行旅的勇士。也作「鏢師」。

## 鏌

図ㄇㄛˋ「鏌鋣」，也作「莫邪」，是古寶劍名。

## 鏋

ㄇㄢˇ「鋂」的又一譯名。

## 鏝

ㄇㄢˋ ㈠抹牆用的抹子，也叫「鏝刀」。㈡錢幣的背面，通常叫「鏝兒」；正面叫「字兒」。元曲〈燕青博魚〉有「這錢昏，字鏝不好」。㈢「鏝胡」是古時一種沒有利刃的戟。

## 鏑

ㄉㄧˊ ㈠箭頭。㈡一種金屬元素，化學符號Dy，產量很少。可用於製合金。

## 鏜（鼞）

▲ㄊㄤ ㈠擊鼓聲或敲鑼聲。㈡一種國樂器，像小銅盤，用小木板敲打。▲ㄊㄤ 金屬工業的一種工作法，泛指車削外圓、圓孔、圓椎孔等。如機械工具機件有鏜刃、鏜桿、鏜床等，做這種工作的叫「鏜工」。

**鏜鏜** ㄊㄤ ㄊㄤ ①鼓聲。②泛指大的聲音。

**鏜鞳** ㄊㄤ ㄊㄚˋ 図鐘鼓的聲音，或特指擊鼓的聲音。也寫作「鞺鞳」。

## 鏤

▲ㄌㄡˋ ㈠雕刻。如「雕鏤」「屏風上鏤花」。㈡姓。▲ㄌㄩˊ 見「屬鏤」。

**鏤版** ㄌㄡˋ ㄅㄢˇ 刻版。

**鏤空** ㄌㄡˋ ㄎㄨㄥ 雕刻出穿透物體的花紋或文字。如「鏤空的象牙球」。

**鏤骨銘心** ㄌㄡˋ ㄍㄨˇ ㄇㄧㄥˊ ㄒㄧㄣ 図永遠感激不忘。也作「銘心鏤骨」。

## 鏐

図ㄌㄧㄡˊ 成色好的金子。

**鏈** ㄌㄧㄢˋ ㈠許多小環連綴起來的金屬品，通常說「鏈子」「鏈兒」「鏈條」。㈡「鉸鏈」是用兩片鐵葉做成的，裝在門窗或器物上以便開閉的東西。㈢連環性的東西或狀態。如「食物鏈」。

**鏈子** ㄌㄧㄢˋ ˙ㄗ ①用金屬小環連綴製成的像繩子的東西。②自行車、摩托車等的鏈條。

**鏈條** ㄌㄧㄢˋ ㄊㄧㄠˊ ①機械上轉動用的鏈子。②「鏈子」①。

**鏈球** ㄌㄧㄢˋ ㄑㄧㄡˊ ①田賽用具之一，由金屬圓球、鋼絲及握把三部分組成，重量七點二六五公斤到七點二八五公斤，長一點一七五到一點二一五公尺。圓球直徑一〇二到一二〇公釐。②用鏈球比賽擲遠的運動，稱為擲鏈球。

**鏈珠菌** ㄌㄧㄢˋ ㄓㄨ ㄐㄩㄣˋ 革蘭氏陽性球菌之一。可分泌溶血素溶解紅血球，也能分泌其他物質，引起猩紅熱、產褥熱等。

**鏈黴素** ㄌㄧㄢˋ ㄇㄟˊ ㄙㄨˋ 由鏈黴菌製成的殺菌劑，能治傷寒和結核病。

**鏮** ㄎㄤ 金屬元素「鈧」的又譯名。

**鏗** ㄎㄥ ㈠形容金屬物或瓦石撞擊的聲音。如「鏗的一聲」。㈡〔文〕形容鐘聲。㈢形容彈奏琴瑟的聲音。

**鏗鏗** ㄎㄥ ㄎㄥ 〔文〕金石撞擊聲。

**鏗然** ㄎㄥ ㄖㄢˊ 〔文〕聲音響亮有力。如「鏗然有聲」。

**鏗鏘** ㄎㄥ ㄑㄧㄤ 〔文〕①形容金屬的清脆音響。②形容樂器或歌聲響亮好聽。如「鏗鏘悅耳」。

**鏌** ㄏㄢˋ 新的人造放射性元素「銲」的又一譯名。

**鏡** ㄐㄧㄥˋ ㈠鑑照容貌裝束的器具。古人用鑄銅為鏡，現在在玻璃後面塗上汞做成，常說鏡子。㈡透光玻璃之類所做的器具。如「眼鏡」「望遠鏡」。㈢〔文〕是說借別的事情來做參考或警惕。如「鏡戒」「借鏡」。

**鏡子** ㄐㄧㄥˋ ˙ㄗ ①鏡㈠。②指眼鏡說。如「視力不好就去配一副鏡子」。

**鏡心** ㄐㄧㄥˋ ㄒㄧㄣ 球面鏡反射面的中央。

**鏡片** ㄐㄧㄥˋ ㄆㄧㄢˋ 光學儀器或用具上的透鏡。

**鏡戒** ㄐㄧㄥˋ ㄐㄧㄝˋ 〔文〕借別人的事情來警戒自己。〈後漢書〉有「當以前人為鏡戒」。也作「鏡誡」。

**鏡匣** ㄐㄧㄥˋ ㄒㄧㄚˊ 裝梳妝用品的匣子，其中裝有可以支起來的鏡子。

**鏡面** ㄐㄧㄥˋ ㄇㄧㄢˋ 鏡子光滑的表面。

**鏡臺** ㄐㄧㄥˋ ㄊㄞˊ 婦女的梳妝臺。

**鏡箱** ㄐㄧㄥˋ ㄒㄧㄤ 鏡匣。

**鏡頭** ㄐㄧㄥˋ ㄊㄡˊ ①照相機暗箱前的雙凸透鏡。②拍製電影時所攝取的場面、情景。如「這個鏡頭很壯觀」。

**鏡框（兒）** ㄐㄧㄥˋ ㄎㄨㄤˋ ㄦ 可以鑲配玻璃來裝進像片、畫片的木框。也指一般鏡子的框。也說鏡框子。

**鏡花水月** ㄐㄧㄥˋ ㄏㄨㄚ ㄕㄨㄟˇ ㄩㄝˋ 比喻假的、空幻的、不實在的東西（就好像鏡中花，水中月）。比喻人世事物的空幻與無常。

**鏘** 〔文〕ㄑㄧㄤ ㈠玉石撞擊的響聲。㈡「鏘鏘」是形容聲音響亮。如「琴聲鏘鏘」。㈢參看「鏗鏘」。

**鏹（鏹）** ▲〔文〕ㄑㄧㄤˇ ㈠串錢的索。㈡古時指錢幣。「白鏹」是銀的別名。▲ㄑㄧㄤ「鏹水」是硫酸。也是硝酸、鹽酸等鏹酸液的通稱。或作「強水」。

**鏭** ㄒㄧ 化學元素「鉈」的舊譯名。

**鏇** ㄒㄩㄢˋ ㈠溫酒的器具，像帶把兒的小筒；通稱「鏇子」。㈡銅做的器具，樣子像盆，但是底和口一樣大，周圍的邊直上直下。也叫「鏇子」。㈢舊小說裡說用鏇子溫酒。如「把酒鏇熱了喝」。㈣用刀削東西。如「把蘿蔔皮鏇下來」。㈤木工或鐵工利用旋轉的機床把材料製成圓形、圓柱或圓錐形，這種工作叫「鏇工」；這種機床叫「鏇床」。

**鏟** ㄔㄢˇ ㈠剷東西用的鐵器。如「鐵鏟」「飯鏟」。通稱「鏟子」或「鏟兒」。㈡通「剷」，去除。

**鎩** ▲図ㄕㄚ ㈠古代一種兩面刃的小矛。㈡受傷，殘傷。如「鎩羽」。 ▲ㄕㄞˋ 金屬元素「釤」的舊譯。

**鎩羽** ㄕㄚ ㄩˇ 図是說鳥傷了翅膀，羽毛摧落。比喻人失去了意志或受到挫敗。

**鏨** ㄗㄢˋ ㈠雕刻。「鏨花」，是在木頭上或金屬上刻花。㈡雕刻用的小鑿子，通常叫「鏨子」。

**鏨刀** ㄗㄢˋ ㄉㄠ 雕刻金石所用的工具。

**鏃** 図ㄗㄨˊ ㈠箭頭。㈡鋒利。 又讀ㄘㄨˋ。

**鏦** 図ㄘㄨㄥ ㈠矛。㈡用矛戟衝刺。㈢表示金屬器物的響聲。如「鏦鏦錚錚，金鐵皆鳴」「劍戟錚鏦」。

**鏊（⿰金敖）** ㄠˊ 烙餅用的平底鍋。 又讀ㄠˋ。

**鏖** 図ㄠˊ 雙方艱苦激戰，殺傷很多。如「赤壁鏖兵」。

**鏖戰** ㄠˊ ㄓㄢˋ 竭力苦戰。

**鏂** ㄡ 図古時的容量單位，二斗為一鏂。

**鏞** ㄩㄥ 大鐘，古時的一種樂器。 又讀ㄩㄥˊ。

## 十二筆

**鏷** ㄆㄨˊ ㈠図生鐵。㈡一種鋼系的放射性金屬元素，化學符號Pa，能蛻變成銅。

**鐠** ㄆㄨˇ 金屬元素，化學符號Pr，淺黃色，其化合物常現出綠色，可以做陶器的顏料。

**鐨** ㄈㄟˋ 一種放射性元素，化學符號是Fm。

**鐇** ㄈㄢ 「釩」的舊譯名。

**鐙** ▲ㄉㄥˋ 掛在馬鞍兩旁給騎馬的人踏腳用的東西。通常叫「馬鐙」。 ▲図ㄉㄥ 古書裡和「燈」字相通。

**鐙骨** ㄉㄥˋ ㄍㄨˇ 聽骨之一，形狀像馬鐙，外與砧骨連接，裡面一端與內耳相連。聲波振動，由鎚骨經過砧骨到達鐙骨，再傳給內耳的聽神經，產生聽覺。

**鐓** ▲図ㄉㄨㄟˋ 戈矛的柄末端的銅鐏。同「錞」。 ▲ㄉㄨㄣ ㈠用土石、金屬建造的建築物底座。同「墩」字。㈡「公鐓」，是重量單位，一千公斤叫一公鐓，現在一般寫作「公噸」。 又讀ㄉㄨㄣˋ。

**鐊** ▲ㄊㄤˋ 木匠用來磨平木材的一種工具。 ▲ㄊㄤ 「鐊鑼」就是小鑼。

**鐃** ㄋㄠˊ ㈠古軍樂器，像鈴而無舌。㈡銅製的兩片合擊的樂器，大的叫鐃，小的叫鈸。㈢古書上與「撓」字通。

**鐃鈸** ㄋㄠˊ ㄅㄚˊ 泛指鐃與鈸之類的樂器；通常指大型的鈸。

**鐃鼓** ㄖㄠˊ ㄍㄨˇ 鼓的一種，形狀像腰鼓。

**鐃歌** ㄖㄠˊ ㄍㄜ 古時軍樂。

**鐒** ㄌㄠˊ 一種放射性元素，化學符號是Lw。

**鐐** ㄌㄧㄠˊ ㈠用來鎖犯人兩腳的刑具；通常叫「腳鐐」「腳鐐子」。㈡図成色好的銀子。㈢図有孔的鑪。又讀ㄌㄧㄠˋ。

**鐦** ㄎㄞ 放射性元素「鉲」的又譯名。

**鐨** 図ㄏㄥ ㈠鐘聲。㈡古代一種大鐮刀。㈢大聲。

**鐎** ㄐㄧㄠ 図「鐎斗」是古時一種有柄的調飲食的器皿，後來軍中在夜間敲打它來做信號，也叫「刁斗」。

**鐧** ▲ㄐㄧㄢˇ 古時候的兵器，用銅或鐵做的，樣子像鞭，有四稜。也寫做「簡」。▲図ㄐㄧㄢˋ 車軸鐵。

**鐝** ㄐㄩㄝˊ 刨土的器具，也叫「鐝頭」。

**鐍** 図ㄐㄩㄝˊ ㈠有舌的環。㈡「扃鐍」，是箱篋裝鎖的地方。

**鏽（銹）** ㄒㄧㄡˋ ㈠銅、鐵等金屬表面所生的氧化物。如「鐵鏽」「銅鏽」。㈡金屬品被氧化物粘牢。如「門鎖鏽住了」。㈢小麥的一種病害，發生像鐵鏽的小斑點。如「黃鏽病」「黑鏽病」。

**鏽病** ㄒㄧㄡˋ ㄅㄧㄥˋ 由真菌引起的植物病害。

**鏽菌** ㄒㄧㄡˋ ㄐㄩㄣˋ 屬擔子菌類，為純寄生菌，菌絲體可蔓延到寄主莖的葉中，透過細胞間隙，抽出到寄主的組織外面，像是莖葉上生鏽。

**鐘（鈡）** ㄓㄨㄥ ㈠銅做的樂器，敲撞著發聲。如「鐘鼓齊鳴」「教堂的鐘聲響了」。㈡到時間可以發出聲響的計時器。如「鬧鐘」「時鐘」。㈢指時刻、時間。如「早晨六點鐘起床」。「每人發言限兩分鐘」。

**鐘表** ㄓㄨㄥ ㄅㄧㄠˇ 鐘和表的總稱。也寫作「鐘錶」。

**鐘樓** ㄓㄨㄥ ㄌㄡˊ 為掛鐘而建築的樓，使鐘聲遠聞。

**鐘點（兒）** ㄓㄨㄥ ㄉㄧㄢˇ ㄦ ①一小時為一個鐘點。如「他一星期上課六個鐘點」。②某一個特定的時段。如「到鐘點兒了，你該走了吧」。

**鐘擺** ㄓㄨㄥ ㄅㄞˇ 時鐘的擺。

**鐘乳石** ㄓㄨㄥ ㄖㄨˇ ㄕˊ 就是石鐘乳。

**鐘鼎文** ㄓㄨㄥ ㄉㄧㄥˇ ㄨㄣˊ 古代鐘或鼎之類的銅器上所刻的古文字。也叫「金文」。

**鐘點費** ㄓㄨㄥ ㄉㄧㄢˇ ㄈㄟˋ 學校或各級機關按時間計酬的酬給。

**鐘鳴鼎食** ㄓㄨㄥ ㄇㄧㄥˊ ㄉㄧㄥˇ ㄕˊ 敲鐘奏樂，列鼎而食。舊時形容富貴人家生活奢侈豪華。

**鐏** 図ㄗㄨㄣ 戈的柄下端銅製的圓錐形護套。

## 十三筆

**鐺（铛）** ▲ㄉㄤ ㈠「鐺鐺」，表示聲音。如「鐺鐺的鑼聲」。㈡図「鋃鐺」是古時拘繫罪犯用的鐵鎖鏈。如「鋃鐺入獄」。㈢「鈴鐺」就是鈴。▲ㄔㄥ ㈠図古時一種有腳的鍋。如「茶鐺」「藥鐺」。㈡現在通用的一種烹飪器具，淺平無腳，像大鐵盤子，用來烙餅或炒菜。

**鏈** ㄌㄚˊ 金屬元素「鉏」的又譯名。

**鐸** 図ㄉㄨㄛˊ ㈠古樂器，像個大鈴，宣布政事時候，敲它來召集人民。文事用「木鐸」（外框銅製，敲鐸的「舌」是木頭做的），武事用「金鐸」（外框和「舌」都是銅做的）。㈡「木鐸」的簡稱。㈢見「司鐸」。

**鐵（鉄、鐡、銕）** ㄊㄧㄝˇ ㈠一種金屬元素，化學符號是Fe，色黑灰，有光澤，可以製各種實用器具，用途很廣。㈡図鐵製的器物。〈孟子．滕文公上〉有「許子以釜甑爨，以鐵耕乎」。㈢比喻堅強、堅定、剛直。如「鐵漢」「鐵面無私」。㈣黑灰色的。如「鐵青的臉」「鐵灰色的衣服」。㈤決定不變。如「鐵定」「他是鐵不來啦」。㈥姓。

**鐵人** ㄊㄧㄝˇ ㄖㄣˊ ①用鐵打造的人。如「岳飛墳前面跪著兩個鐵人」。②比喻形容體魄特別強健的人。

**鐵尺** ㄊㄧㄝˇ ㄔˇ 用鐵製成尺形的武器。

**鐵水** ㄊㄧㄝˇ ㄕㄨㄟˇ 鐵熔化而成的熾熱液體。

**鐵牛** ㄊㄧㄝˇ ㄋㄧㄡˊ ①農村用以搬運作物的機車、耕耘機。②比喻剛直粗壯的人物，如〈水滸傳〉中稱李逵為鐵牛。

**鐵甲** ㄊㄧㄝˇ ㄐㄧㄚˇ ①用鋼鐵裝成的外殼。如「鐵甲車」。②古時用鐵片綴成的戰袍。也作「鐵衣」。

**鐵皮** ㄊㄧㄝˇ ㄆㄧˊ 壓成薄片的熟鐵，多指馬口鐵或鉛鐵。

**鐵匠** ㄊㄧㄝˇ ㄐㄧㄤˋ 匠字輕讀。製造和修理鐵器的工人。

**鐵灰** ㄊㄧㄝˇ ㄏㄨㄟ 近似黑色的暗灰色。

**鐵衣** ㄊㄧㄝˇ ㄧ 図①古時戰士作戰時穿的鐵甲。②鐵鏽。

**鐵定** ㄊㄧㄝˇ ㄉㄧㄥˋ 確切決定，不會改變。如「本公司鐵定元旦開幕」。

**鐵板** ㄊㄧㄝˇ ㄅㄢˇ ①一種敲打樂器，把兩塊小鐵片抓在手裡，互相敲打，發出響聲。也叫「鐵綽板」。②壓成板形的熟鐵。

**鐵床** ㄊㄧㄝˇ ㄔㄨㄤˊ 鐵製的床。

**鐵門** ㄊㄧㄝˇ ㄇㄣˊ 鐵做的門。

**鐵青** ㄊㄧㄝˇ ㄑㄧㄥ 人因恐懼，盛怒或患病時發青的臉色。

**鐵則** ㄊㄧㄝˇ ㄗㄜˊ 指確定不變的法則。

**鐵泉** ㄊㄧㄝˇ ㄑㄩㄢˊ 含多量碳酸鐵的礦泉。

**鐵砂** ㄊㄧㄝˇ ㄕㄚ ①用鐵製成的小顆粒。②含鐵的礦砂。

**鐵軌** ㄊㄧㄝˇ ㄍㄨㄟˇ 供火車或電車行走的軌道。

**鐵軍** ㄊㄧㄝˇ ㄐㄩㄣ 比喻戰鬥力特別強的軍隊。

**鐵面** ㄊㄧㄝˇ ㄇㄧㄢˋ ①比喻人公正、剛直、不講情面。如「鐵面無私」。②古代作戰時用的鐵製面具。

**鐵案** ㄊㄧㄝˇ ㄢˋ 比喻證據確鑿不可改移的案件。

**鐵索** ㄊㄧㄝˇ ㄙㄨㄛˇ 鋼絲編成的索或粗鐵鏈。

**鐵馬** ㄊㄧㄝˇ ㄇㄚˇ ①図鐵騎（ㄐㄧˋ）。②掛在屋簷下的金屬小片，風一吹動就會發出聲音（現在一般叫「風鈴」）。③腳踏車的別稱。

**鐵骨** ㄊㄧㄝˇ ㄍㄨˇ ①同「鐵筋」「鋼筋」。②形容筋骨健壯，有如鍛鍊過的鋼鐵一般堅強。

**鐵桶** ㄊㄧㄝˇ ㄊㄨㄥˇ ①鐵製的桶。比喻堅固難破。②比喻周密。

**鐵球** ㄊㄧㄝˇ ㄑㄧㄡˊ 含鐵的金屬做成的球形運動器具，比賽時以推出去的遠近來決定勝負。通稱「鉛球」。

**鐵票** ㄊㄧㄝˇ ㄆㄧㄠˋ 參加競選的某候選人最可靠的票源，稱為鐵票。

**鐵窗** ㄊㄧㄝˇ ㄔㄨㄤ ①鐵製的窗欄。②比喻牢獄；如把牢獄生活說是「鐵窗風味」。

**鐵筆** ㄊㄧㄝˇ ㄅㄧˇ ①刻印章用的小刀。②在鋼版上寫蠟紙用的筆。

**鐵絲** ㄊㄧㄝˇ ㄙ 用鐵拉製成的線狀的成品，有不同的粗細。

**鐵腕** ㄊㄧㄝˇ ㄨㄢˋ 形容做事態度堅決，手段嚴厲，對不遵命的人絕不寬貸。如「治理國家實施鐵腕政策」。

**鐵搭** ㄊㄧㄝˇ ㄉㄚ 刨土用的一種農具，有三個至六個略向裡彎的鐵齒。

**鐵路** ㄊㄧㄝˇ ㄌㄨˋ 也叫「鐵道」，就是通行火車的軌道。

**鐵像** ㄊㄧㄝˇ ㄒㄧㄤˋ 用鐵鑄成的像。南宋權相秦檜的「莫須有」害死岳飛。後人在西湖岳墳階下鑄秦檜夫婦、張俊、万俟卨等人鐵像，以受唾罵。

**鐵幕** ㄊㄧㄝˇ ㄇㄨˋ 比喻資訊受到嚴密封鎖的地區。暗示共黨所統治的國家，是一九四六年三月五日英國首相邱吉爾在美國演說時所創。

**鐵漢** ㄊㄧㄝˇ ㄏㄢˋ ①比喻堅強不屈的人。②比喻身體健壯的人。

**鐵餅** ㄊㄧㄝˇ ㄅㄧㄥˇ 田賽運動項目之一。運動員手持鐵餅，以臂為半徑，利用轉身時產生的離心力，將鐵餅向正前上方擲出，以擲得最遠的為優勝。擲鐵餅運動有四個動作：持餅，預備擺振，旋轉，擲出。

**鐵嘴** ㄊㄧㄝˇ ㄗㄨㄟˇ 也說「鐵口」，比喻說話堅定，判斷準確，不會改變。

**鐵橋** ㄊㄧㄝˇ ㄑㄧㄠˊ 用鋼鐵造成的橋，多是通行火車用的。

**鐵樹** ㄊㄧㄝˇ ㄕㄨˋ 蘇鐵科植物名，又名鳳尾蕉、鳳尾松。莖粗圓，葉生於莖頂，硬質，羽狀深裂。花單性，雌雄異株，夏季開花。

**鐵蹄** ㄊㄧㄝˇ ㄊㄧˊ 比喻侵略蹂躪人民的殘暴武裝勢力。

**鐵環** ㄊㄧㄝˇ ㄏㄨㄢˊ 以鐵製成的圓環，是一種兒童遊戲用具。

**鐵錨** ㄊㄧㄝˇ ㄇㄠˊ 就是船艦所用的錨。

**鐵鍬** ㄊㄧㄝˇ ㄑㄧㄠ 鐵製的起土工具。

**鐵錘** ㄊㄧㄝˇ ㄔㄨㄟˊ 鐵製的錘。也作「鐵鎚」。

**鐵櫃** ㄊㄧㄝˇ ㄍㄨㄟˋ ①保險箱。②鐵做的櫃子。

**鐵騎** ㄊㄧㄝˇ ㄐㄧˋ ①披上皮甲的戰馬。也比喻驍勇善戰的騎兵。

**鐵證** ㄊㄧㄝˇ ㄓㄥˋ 確實的證據。

**鐵礦** ㄊㄧㄝˇ ㄎㄨㄤˋ ①開採鐵砂的礦源地。②含有鐵質的礦石。

**鐵鏽** ㄊㄧㄝˇ ㄒㄧㄡˋ 鐵器表面因為氧化所生的暗紅色的混合物。

**鐵了心** ㄊㄧㄝˇ ˙ㄌㄜ ㄒㄧㄣ 意志堅定，決不改變。

**鐵三角** ㄊㄧㄝˇ ㄙㄢ ㄐㄧㄠˇ 三方面力量均衡、基礎穩固的結構。

**鐵公雞** ㄊㄧㄝˇ ㄍㄨㄥ ㄐㄧ 戲稱吝嗇到一毛不拔的人。

**鐵石人** ㄊㄧㄝˇ ㄕˊ ㄖㄣˊ 比喻無情的人或意志堅強的人。

**鐵沙掌** ㄊㄧㄝˇ ㄕㄚ ㄓㄤˇ 國術掌功之一，以摔、拍、切、點、印五種掌法擊打沙袋，使掌力增進，掌股堅強，對陣時多有殺傷力。

**鐵絲網** ㄊㄧㄝˇ ㄙ ㄨㄤˇ ①軍事上用尖刺的鐵絲聯貫成串，作為阻礙物。②用鐵絲編成的像網一樣的用具。

**鐵飯碗** ㄊㄧㄝˇ ㄈㄢˋ ㄨㄢˇ 比喻非常穩固的職位。

**鐵路節** ㄊㄧㄝˇ ㄌㄨˋ ㄐㄧㄝˊ 我國第一條鐵路是前清光緒五年即一八七九年六月九日開工的天津到胥各莊鐵路。民國五十四年政府定六月九日為鐵路節。

**鐵算盤** ㄊㄧㄝˇ ㄙㄨㄢˋ ㄆㄢˊ 說人很能精打細算，有譏諷的意味。

**鐵蒺藜** ㄊㄧㄝˇ ㄐㄧˊ ㄌㄧˊ 藜字輕讀。阻礙敵人來路的阻礙物，用尖刺的鐵絲聯貫成串的。

**鐵線蓮** ㄊㄧㄝˇ ㄒㄧㄢˋ ㄌㄧㄢˊ 毛茛科落葉半常綠藤本。葉有柄，對生，通常是兩回三出複葉，有缺刻。夏天開大白花。可供觀賞，也可作藥用。

**鐵線蕨** ㄊㄧㄝˇ ㄒㄧㄢˋ ㄐㄩㄝˊ 蕨類植物，葉柄細長，呈黑紫色，有光澤，葉片是卵狀三角形，嫩綠色。中醫入藥，有清熱、解毒、利尿、消腫等功用。

**鐵蠶豆** ㄊㄧㄝˇ ㄘㄢˊ ㄉㄡˋ 蠶豆帶皮炒硬叫鐵蠶豆，兒童多喜歡吃。

**鐵中錚錚** ㄊㄧㄝˇ ㄓㄨㄥ ㄓㄥ ㄓㄥ 比喻卓越超群的人，常與「庸中佼佼」連用。

**鐵石心腸** ㄊㄧㄝˇ ㄕˊ ㄒㄧㄣ ㄔㄤˊ 比喻性情剛強，不容易激動或受人左右。

**鐵血主義** ㄊㄧㄝˇ ㄒㄧㄝˇ ㄓㄨˇ ㄧˋ 一八六二年，普魯士首相俾斯麥不顧議會反對，逕行擴軍。他說：「今日之事，惟黑鐵與赤血而已。」後人稱為鐵血主義。

**鐵板快書** ㄊㄧㄝˇ ㄅㄢˇ ㄎㄨㄞˋ ㄕㄨ 中國北方民俗唱曲的一種，說唱的人一面用左手擊半圓形的雙鐵板，右手擊鼓，一面說書。

**鐵杵磨針** ㄊㄧㄝˇ ㄔㄨˇ ㄇㄛˊ ㄓㄣ 比喻人有恆心和耐力，做事一定能成功。是勉勵人耐苦精進的話。常說成「只要功夫深，鐵杵磨成針」。

**鐵案如山** ㄊㄧㄝˇ ㄢˋ ㄖㄨˊ ㄕㄢ 比喻證據確鑿，不能改變，有如山之不能推翻。

**鐵畫銀鉤** ㄊㄧㄝˇ ㄏㄨㄚˋ ㄧㄣˊ ㄍㄡ 図形容書法的遒勁。

**鐵硯磨穿** ㄊㄧㄝˇ ㄧㄢˋ ㄇㄛˊ ㄔㄨㄢ 比喻勤苦力學。

**鐵器時代** ㄊㄧㄝˇ ㄑㄧˋ ㄕˊ ㄉㄞˋ 人類剛知道用鐵器的時代，開始在距現在約三千年的時代。

**鐵樹開花** ㄊㄧㄝˇ ㄕㄨˋ ㄎㄞ ㄏㄨㄚ 鐵樹不容易開花。比喻事難成功。見〈續傳燈錄〉。

**鐺** ▲ㄌㄚˋ 同「鑞」。▲ㄍㄚ 「鉫」的舊譯名。

**鐳** ㄌㄟˊ ㈠古代用金屬做的壺或瓶。㈡一種放射性金屬元素，也叫「鐳錠」，化學符號是Ra。鐳或鐳的化合物有不斷放出光、熱和各種射線的特性，其中有一種射線能破壞癌症的細胞使其皺癟，因此可用於治療癌症。㈢図瓶或壺之類的器具。

**鐮（鎌）** ㄌㄧㄢˊ ㈠農家收割或割草的用具，通常叫「鐮刀」。㈡從前有一種打火的器具，用鐵做的，叫做「火鐮」。

**鐪** ㄌㄨˇ 放射性金屬元素「鑥」的又譯名。

**鐶** ㄏㄨㄢˊ 金屬環子，通「環」。耳鐶、指鐶，就是耳環、指環。

**鐻** 図ㄐㄩˋ ㈠古時一種像鐘的樂器。㈡古時的鐘或磬的架子上的立柱。也作「虡」或「簴」。

**鐫** 図ㄐㄩㄢ ㈠雕刻。如「鐫刻」「永鐫金石」。㈡官吏降級或免職。如「鐫級」「鐫黜」。

**鐲** ㄓㄨㄛˊ ㈠戴在腕上的環形裝飾品，通稱「鐲子」或「手鐲」。㈡図古時軍中的一種樂器，形如小鐘。

**鑀** ㄞˋ 一種放射性金屬元素，化學符號是Es。一九五二年試爆氫彈時發現的，可由核子反應過程中取得。

**鐭** ㄠˋ 金屬元素「鋨」的又譯名。

**鐿** ㄧˋ 金屬元素，化學符號是Yb，白色粉狀物，用途不廣。可製特種合金。

## 十四筆

**鑌** ㄅㄧㄣ 「鑌鐵」，也作「賓鐵」，就是精煉的鐵。

**鑉** ㄍㄞˋ 「鈹」的另譯名。

**鑊** 図ㄏㄨㄛˋ ㈠古代的一種大鐵鍋，形狀像盆，下面沒有腳。有腳的叫鼎。㈡古代一種酷刑，把犯人放進大鍋裡去煮，叫鑊烹。

**鑑（鑑）** ㄐㄧㄢˋ ㈠審察，仔細看。如「鑑賞」「鑑別」。㈡図鏡子。如「波平如鑑」。㈢図照。如「水清可鑑」。㈣指可以做紀念、警戒、教訓的事。如「前車之鑑」「殷鑑」。

**鑑別** ㄐㄧㄢˋ ㄅㄧㄝˊ 審察辨別真假好壞。也作「鑒別」。

**鑑定** ㄐㄧㄢˋ ㄉㄧㄥˋ ①辨別事物的真偽優劣。②在法律上，凡重要疑案，須用特別的知識才能鑑別的，法院可以指定具有專門學識或特別技能的人加以判定，稱為鑑定。

**鑑戒** ㄐㄧㄢˋ ㄐㄧㄝˋ 汲取以往的事實作為教訓。

**鑑賞** ㄐㄧㄢˋ ㄕㄤˇ 對藝術品或工藝製品的辨別欣賞。

**鑑識力** ㄐㄧㄢˋ ㄕˋ ㄌㄧˋ 辨別事物真偽優劣的能力。

**鑑往知來** ㄐㄧㄢˋ ㄨㄤˇ ㄓ ㄌㄞˊ 辨別以前的事物而獲知未來的發展。

**鑒（鑑）** ㄐㄧㄢˋ 同「鑑」。在書信裡常用在開頭，如「大鑒」「台鑒」「鈞鑒」等，是請人看信的意思。

**鑒定** ㄐㄧㄢˋ ㄉㄧㄥˋ 同「鑑定」。

**鑒核** ㄐㄧㄢˋ ㄏㄜˊ 閱覽核定的意思。如「呈請鑒核」。

**鑐** ▲図ㄒㄩ ㈠鎖簧。㈡甲，古代作戰時穿的護身衣。▲ㄖㄨˊ 一種新的人造放射性元素的暫譯名，是美國科學家在西元一九六九年發現，由鉲、碳12、碳13合成，命名為rutherfordium，原子序一〇四。（另有原子序一〇四的新元素是「鑪」。）

**鑄（铸）** ㄓㄨˋ ㈠把金屬鎔化，倒在模子裡使它凝固，做成各種形狀的器物，這種工作方法就叫「鑄」。如「鑄鉛字」「鑄一個元寶」。㈡造成。如「鑄成大錯」。

**鑄工** ㄓㄨˋ ㄍㄨㄥ ①鑄造器物的工作。通稱翻砂。②鑄造器物的技術工人。

**鑄字** ㄓㄨˋ ㄗˋ 鑄造鉛字。

**鑄造** ㄓㄨˋ ㄗㄠˋ ①將金屬加熱熔化後注入各種不同的模型中，冷卻後即產生各種不同的鑄件。②比喻造就人材。

**鑄模** ㄓㄨˋ ㄇㄨˊ 鑄造用的模子。

**鑄錯** ㄓㄨˋ ㄘㄨㄛˋ 図造成重大錯誤。

**鑄鐵** ㄓㄨˋ ㄊㄧㄝˇ 通稱「生鐵」，也叫「銑鐵」，就是由鐵礦砂最初煉出來的鐵。

**鑄幣廠** ㄓㄨˋ ㄅㄧˋ ㄔㄤˇ 鑄造金屬貨幣的工廠。

**鑄山煮海** ㄓㄨˋ ㄕㄢ ㄓㄨˇ ㄏㄞˇ 図開採銅礦鑄成錢幣，煮海水取得食鹽，本是西漢吳王濞的故事，見〈史記〉。用來比喻努力生產，充裕財源。

**鑔** ㄔㄚˇ 一種樂器，就是小型的鈸。如「敲鑼打鑔」。

## 十五筆

**鑣** ㄅㄧㄠ ㈠夾在馬嘴裡的鐵鏈，就是「馬嚼鐵」「馬銜」。又指馬嘴上的環子，也指馬，如比喻志趣不同，各走各路，說「分道揚鑣」。㈡同「鏢」字。

**鑞** ㄌㄚˋ 通常叫「白鑞」或「錫鑞」，也叫「銲藥」，是鉛和錫相合而成的，質軟而鎔點低，用來銲接金屬。

**鑞鎗頭** ㄌㄚˋ ㄑㄧㄤ ㄊㄡˊ 比喻有名無實。

**鑥** ㄌㄨˇ 金屬元素「鎦」的又譯名。

**鑢** 〔文〕ㄌㄩˋ ㈠磋骨、角、銅、鐵的器具，就是挫刀。㈡磨治。

**鑕** 〔文〕ㄓˋ 古刑具，就是砧板類的東西，用斧砍殺的時候把它墊在受刑者的身底下。也作「櫍」「質」。

**鑠（⿰金乐）** 〔文〕ㄕㄨㄛˋ ㈠燃燒金屬使之熔化。㈡消損，毀壞。〈孟子〉有「非由外鑠我也」。㈢同「爍」字。㈣見「鑠鑠」。

**鑠鑠** ㄕㄨㄛˋ ㄕㄨㄛˋ 〔文〕光明的樣子。

**鑠石流金** ㄕㄨㄛˋ ㄕˊ ㄌㄧㄡˊ ㄐㄧㄣ 〔文〕能使石塊熔化，金屬變成液體而流動。形容天氣極熱。

**⿰金歐** ㄡ 「銪」的舊譯名。

**⿰金憂** ㄧㄡ 「銪」的又譯名。

## 十六筆

**鑪** ㄌㄨˊ ㈠同「爐」。㈡通「罏」。

**鑫** ㄒㄧㄣ 興盛，錢財多，是人名及商店字號常用的字。

## 十七筆

**鑭** ㄌㄢˊ 金屬元素，符號是La，顏色像鐵，有延展性，遇空氣即氧化，可製合金、催化劑。

**鑲** ㄒㄧㄤ ㈠把東西嵌進去，或把東西配製在邊緣的地方。如「鑲寶石的指環」「周圍鑲一道花邊兒」。㈡清代滿人兵制統屬，分正黃、正白、正紅、正藍、鑲黃、鑲白、鑲紅、鑲藍等「八旗」，「鑲」是指旗的正色之外鑲上其他顏色的邊。㈢〔文〕「鉤鑲」是古代劍類的兵器。

**鑲牙** ㄒㄧㄤ ㄧㄚˊ 配補脫落了的牙齒。

**鑲嵌** ㄒㄧㄤ ㄑㄧㄢ 把一物體嵌入另一物體內，像鑲嵌鐲子、戒指等。

**鑲邊（兒）** ㄒㄧㄤ ㄅㄧㄢ ㄦ 將一種東西鑲嵌在另一種東西的邊緣。

**鑱** ㄔㄢˊ ㈠〔文〕古時一種刨土掘草根用的鐵器，有長柄。㈡〔文〕指銳利的器具。㈢〔文〕刺鑿，砍斷；通「劖」。

**鑰（鈅）** ㄩㄝˋ ㈠開鎖的器具。語音ㄧㄠˋ，通常說「鑰匙」。㈡〔文〕鎖。

**鑰匙** ㄧㄠˋ ㄕ˙ 開鎖的器具。

**鑰匙兒** ㄧㄠˋ ㄕ˙ ㄦˊ 現代城市家庭的父母都上班，孩子放學回家無人應門，只好給他鑰匙，回家時自己開。這樣的孩子在日語叫鑰匙兒。

## 十八筆

**鑷（⿰金聂）** ㄋㄧㄝˋ ㈠拔除毛髮或夾取細小東西的器具，通常說「鑷子」。㈡用鑷子拔除毛髮或夾取東西。

**鑵** ㄍㄨㄢˋ 汲水的器具。

**鑹** ▲〔文〕ㄘㄨㄢ 古代的一種兵器，就是短矛、小矟。▲〔文〕ㄘㄨㄢ「冰鑹」，往日鑿冰用的工具，像大的鐵錐子。也寫作「冰攛」。

## 十九筆

**鑼（⿰金罗）** ㄌㄨㄛˊ 形狀平圓像銅盤的樂器，邊上穿繩，手提著，用槌敲打發聲。如「敲鑼打鼓」。小的鑼也叫「鑼兒」。

**鑼鼓喧天** ㄌㄨㄛˊ ㄍㄨˇ ㄒㄩㄢ ㄊㄧㄢ 形容演戲或各種表演、遊行等敲鑼打鼓很熱鬧。

**鑾**（銮） ㄌㄨㄢˊ ㈠古時馬脖子底下掛的鈴鐺。㈡図「鑾駕」「鑾儀」「鑾輿」的「鑾」都是指皇帝出行的時候所用的車或轎。也用「鑾」代稱皇帝。㈢「金鑾殿」是唐代的宮殿名，後來沿用稱皇帝所居的正殿。

**鑽**（鉆） ▲ㄗㄨㄢ ㈠穿通，扎透。如「鑽孔」。㈡穿過去，進入。如「鑽山洞」「鑽到水裡」。㈢指運用種種人事關係以求達到目的。如「鑽營」「他會鑽，所以很快就找到門路」。㈣努力研究。如「專鑽書本兒就會變成書獃子」。㈤同「躦」。
▲ㄗㄨㄢˋ 穿孔。如「鑽了一個洞」。
▲ㄗㄨㄢˋ ㈠木工、鐵工所用的穿孔器具，通常叫「鑽子」。如「電鑽」。㈡金剛石。如「鑽石」「鑽戒」。

**鑽子** ㄗㄨㄢˋ ˙ㄗ 鑽孔用的小型尖銳鐵器。

**鑽孔** ▲ㄗㄨㄢ ㄎㄨㄥˇ 穿過或鑽洞過去。▲ㄗㄨㄢˋ ㄎㄨㄥˇ 用尖東西鑽出一個洞。

**鑽石** ㄗㄨㄢˋ ㄕˊ 金剛石。也叫「金剛鑽兒」，光色好的可以做貴重裝飾品，最劣的可用於雕刻或割玻璃。

**鑽床** ㄗㄨㄢˋ ㄔㄨㄤˊ 工具機的一種，用來在工件上打開圓孔。工作時把工件固定在臺上，鑽頭一面旋轉，一面推進鑽孔。

**鑽戒** ㄗㄨㄢˋ ㄐㄧㄝˋ 鑲鑽石的戒指。

**鑽探** ㄗㄨㄢ ㄊㄢˋ 勘察礦源或研究地質，向地下打一個洞來探勘。

**鑽研** ㄗㄨㄢ ㄧㄢˊ 推究原理，竭力研究。

**鑽營** ㄗㄨㄢ ㄧㄥˊ 巴結有權勢的人以謀求私利。也說「鑽謀」「鑽門子」。

**鑽頭** ㄗㄨㄢˋ ㄊㄡˊ 鑽床、鑽探機上用的刃具。鑽床上用來切割金屬的是有螺旋槽的麻花鑽頭；鑽探機上用的有硬合金鑽頭和金剛石鑽頭等。

**鑽狗洞** ㄗㄨㄢ ㄍㄡˇ ㄉㄨㄥˋ ①比喻做不正當的事。②鑽營謀求。

**鑽空子** ㄗㄨㄢ ㄎㄨㄥˋ ˙ㄗ 利用漏洞進行對自己有利的活動。

**鑽門子** ㄗㄨㄢ ㄇㄣˊ ˙ㄗ 鑽求門路，以求進身。

**鑽探機** ㄗㄨㄢ ㄊㄢˋ ㄐㄧ 從地面或海底往下鑽孔以探測是否蘊藏有石油或天然氣的機器。機器包括有動力設備、鑽桿、鑽頭、岩心管、鋼架等。

**鑽天入地** ㄗㄨㄢ ㄊㄧㄢ ㄖㄨˋ ㄉㄧˋ 形容到處尋求或想法子。

**鑽牛犄角** ㄗㄨㄢ ㄋㄧㄡˊ ㄐㄧ ㄐㄧㄠˇ 角字輕讀。比喻思想固執不通。也說「鑽牛角尖（兒）」。

**鑽頭覓縫兒** ㄗㄨㄢ ㄊㄡˊ ㄇㄧˋ ㄈㄥˋ ㄦ 形容人為求門路，極力鑽謀。

## 二十筆

**钂**（鎲） 図ㄊㄤˇ 一種古代兵器，當中是一個尖，兩邊有兩個翅，樣子像半月形。

**钁** 図ㄐㄩㄝˊ 古時一種掘地用的農具，就是大鍬、大鋤之類的。

**鑿**（凿） ㄗㄨㄛˊ ㈠挖削木頭、石頭的器具，平常說「鑿子」（ㄗㄠˊ ˙ㄗ）。㈡把東西打一個洞使它穿通。如「鑿一個窟窿」。㈢図器物上的卯眼。如「枘鑿不入」。㈣明確。如「確鑿不移」。㈤對於說不通的道理，勉強附會解釋，通常說「穿鑿」。也簡用一個「鑿」。〈孟子〉書有「為其鑿也」。語音ㄗㄠˊ，用於ㄗㄨㄛˊ㈡。

**鑿井** ㄗㄠˊ ㄐㄧㄥˇ 為取水而挖井。

**鑿空**（ㄗㄨㄛˋ ㄎㄨㄥ） 図①開通道路。②憑空穿鑿。

**鑿枘**（ㄗㄨㄛˋ ㄖㄨㄟˋ） 図①器物上的卯眼與榫頭。〈考工記〉有「調其鑿枘而合之」。②「方鑿圓枘」的簡語。方卯眼，圓榫頭，比方不能相合，事情的不可能或不相容。也說「枘鑿」「枘鑿不入」。

**鑿鑿**（ㄗㄨㄛˋ ㄗㄨㄛˋ） 図①鮮明的樣子，〈詩經〉有「白石鑿鑿」。②確實的意思。如「言之鑿鑿」。

**鑿岩機**（ㄗㄠˊ ㄧㄢˊ ㄐㄧ） 在岩石中開鑿深孔的風動機具。利用壓縮空氣的動力，使活塞往復運動，把錐子打進岩石中擴大成孔。

**鑿壁偷光**（ㄗㄨㄛˋ ㄅㄧˋ ㄊㄡ ㄍㄨㄤ） 西漢匡衡幼時，勤學夜讀，穿壁引鄰家的燈光照入而讀書。後人用作勤學的典範。

## 二十一筆

**钃**（ㄕㄨˇ） (一)用來挖去植物根株的農具。(二)有機化學上金屬元素的省稱。

# 長部

**長** ▲ㄔㄤˊ (一)兩端的距離。如「這根棍子有三尺長」「縱貫鐵路長四百零四公里」。(二)兩端距離大，「短」的相對。如「路很長」「截長補短」。(三)久遠。如「長久」「萬古長春」。(四)慢慢的，仔細的。如「從長計議」。(五)專精某種技藝。如「專長」「擅長」。(六)優點。如「各有所長」「長處」。(七)図同「常」。如「門雖設而長關」。(八)図大。如「願乘長風破萬里浪」。
▲ㄓㄤˇ (一)年紀大，輩分高。如「長幼」「長輩」。(二)排行（ㄏㄤˊ）最大。如「長子」「長孫」。(三)年齡比別人大。如「我比他長三歲」。(四)主管人，領導人。如「校長」「首長」。(五)發育，滋生。如「生長」「頭上長個包」。(六)生成。如「他長得漂亮」。(七)增加，擴大。如「長進」「長見識」。(八)図進展。如「日有所長」。(九)図成年。如「少時愚蒙，長而頗知上進」。(十)図養育。〈詩經・小雅・蓼莪〉有「拊我畜我，長我育我」。
▲図ㄓㄤˋ 多餘的。如「平生無長物」。

**長人**（ㄔㄤˊ ㄖㄣˊ） 身體特別高的人。

**長久**（ㄔㄤˊ ㄐㄧㄡˇ） ①時間久遠。②図長壽，健康。蘇東坡〈水調歌頭〉有「但願人長久，千里共嬋娟」。

**長上**（ㄓㄤˇ ㄕㄤˋ） 年紀大、輩分高的人。

**長子**（ㄓㄤˇ ㄗˇ） 排行最大的兒子。

**長工**（ㄔㄤˊ ㄍㄨㄥ） 長期雇用的工人。

**長才**（ㄔㄤˊ ㄘㄞˊ） 特殊優越的才能。如「借重他的長才來整頓我的公司」。

**長生**（ㄔㄤˊ ㄕㄥ） 長壽，活的時間很長。

**長存**（ㄔㄤˊ ㄘㄨㄣˊ） 長久存在，不朽。如「七十二烈士的浩氣長存」。

**長年**（ㄔㄤˊ ㄋㄧㄢˊ） ①整年。如「他為了生活，長年在外面跑」。②図長壽。

**長成**（ㄓㄤˇ ㄔㄥˊ） 長大成人。

**長江**（ㄔㄤˊ ㄐㄧㄤ） 水名，源出青海省西南境巴顏喀喇山麓，流經西康、雲南到四川省宜賓縣，會合岷江，水勢較大，才稱長江。幹流所經有西康、雲南、四川、湖北、湖南、江西、安徽及江蘇八省，至上海出吳淞口，注入東海，全長五千七百多公里，是我國第一大川，世界第四大河。

**長老** ㄓㄤˇ ㄌㄠˇ ①年紀大的人。②尊稱年紀大的和尚。③基督教會執事者的稱呼。

**長舌** ㄔㄤˊ ㄕㄜˊ 図愛說話，好搬弄是非的人。如「長舌婦」。

**長行** ㄔㄤˊ ㄒㄧㄥˊ 遠行。

**長局** ㄔㄤˊ ㄐㄩˊ 図指可以作長久打算的事。

**長尾** ㄔㄤˊ ㄨㄟˇ 尾巴很長。「長尾鮫」是一種尾鰭上葉特別長的大鮫魚。「長尾猴」也叫「長尾猿」，是一種白毛、尾巴很長的猿猴。「長尾雞」是一種變種雞，尾羽特別發達，可長（ㄓㄤˇ）到一丈多長。

**長足** ㄔㄤˊ ㄗㄨˊ 快速的，大步向前的。如「一年以來已有長足的進步」。

**長車** ㄔㄤˊ ㄐㄩ 古代兵車的一種，也叫長轂。岳飛〈滿江紅〉詞有「駕長車，踏破賀蘭山缺」。

**長命** ㄔㄤˊ ㄇㄧㄥˋ 長壽。如「長命富貴」。

**長夜** ㄔㄤˊ ㄧㄝˋ 図夜裡的時間感覺過得慢，所以叫長夜。如「長夜漫漫」。

**長官** ㄓㄤˇ ㄍㄨㄢ ①稱上級官員。②官吏的尊稱。

**長庚** ㄔㄤˊ ㄍㄥ 我國古代指傍晚出現於西方天空的金星。

**長征** ㄔㄤˊ ㄓㄥ ①遠行。②長途作戰。

**長房** ㄓㄤˇ ㄈㄤˊ 家族裡長子的一支。

**長波** ㄔㄤˊ ㄅㄛ 波長從三千米到三萬米（頻率十到一百千赫）的無線電波，沿地面傳播時很少受大地和電離層的影響，比較穩定。用於超遠程無線電通訊和導航等方面。

**長河** ㄔㄤˊ ㄏㄜˊ 図銀河，天河。如「長河漸落曉星沉」。也作「長漢」。

**長物** ㄓㄤˋ ㄨˋ 図多餘的東西。如「身無長物」。

**長空** ㄔㄤˊ ㄎㄨㄥ 遼闊的天空。如「一抹夕暉橫過西方的長空」。

**長者** ㄓㄤˇ ㄓㄜˇ 図①年紀大的人。②謹厚的人。

**長青** ㄔㄤˊ ㄑㄧㄥ 図比喻不衰老。如「松柏長青」。

**長亭** ㄔㄤˊ ㄊㄧㄥˊ ①古代設在路邊供行人休憩的亭臺。每十里一個的稱長亭，每五里一個的稱短亭。②舊時親友遠行，每在郊外的長亭餞別，所以常用為送別的代稱。

**長勁** ㄓㄤˇ ㄐㄧㄣˋ 增長力氣。

**長城** ㄔㄤˊ ㄔㄥˊ ①指東起山海關，西止嘉峪關，全長達兩千三百多公里的萬里長城。②図比喻國家的棟梁。〈南史・檀道濟傳〉有「乃壞汝萬里長城」。③図比喻詩文的健將。

**長恨** ㄔㄤˊ ㄏㄣˋ 長久難除的悔恨。

**長挑** ㄔㄤˊ ㄊㄧㄠ 形容人身體削長。如「長挑身材」。

**長相** ㄓㄤˇ ㄒㄧㄤˋ 相貌。如「他們倆長相相似」。

**長紅** ㄔㄤˊ ㄏㄨㄥˊ 股票市場上各種股票價格一路上升，稱為長紅。

**長計** ㄔㄤˊ ㄐㄧˋ 長久的計畫、辦法。如「你這樣做才是長計」。

**長夏** ㄔㄤˊ ㄒㄧㄚˋ 図指農曆六月。

**長孫** ㄓㄤˇ ㄙㄨㄣ ①排行最大的孫子。②複姓。

**長拳** ㄔㄤˊ ㄑㄩㄢˊ 拳術名，有二：①中國拳術的北派，其拳法注重奔馳進退。遐舉遙擊，取勢遠，所以稱長拳。②拳術架式的繼續聯貫長而不斷者，也稱長拳。

**長眠** ㄔㄤˊ ㄇㄧㄢˊ 婉詞，指人死亡。

**長假** ㄔㄤˊ ㄐㄧㄚˋ 辭職叫「請長假」。

**長處** ㄔㄤˊ ㄔㄨˋ 處字輕讀。某方面的特長；優點。

**長笛** ㄔㄤˊ ㄉㄧˊ 一種管樂器，多用金屬製成，上面有孔，孔上有鍵。

**長途** ㄔㄤˊ ㄊㄨˊ ①遠距離的。如「長途跋涉」「長途旅行」。②跟遠處交通的。如「長途電話」「長途汽車」。

**長逝** ㄔㄤˊ ㄕˋ 図一去不返。指死亡。

**長揖** ㄔㄤˊ ㄧ 拱手自上至下向人敬禮。

**長短** ㄔㄤˊ ㄉㄨㄢˇ ①長度。如「長短約有三尺」。②比喻意外變故，指生命危險。如「他只有一個兒子，要是有個長短，教他靠誰養老」。③是非，優劣。如「你少談論別人的長短」。

**長策** ㄔㄤˊ ㄘㄜˋ 長久的計策。

**長跑** ㄔㄤˊ ㄆㄠˇ 體育競賽上指一千公尺以上的長距離賽跑。

**長進** ㄓㄤˇ ㄐㄧㄣˋ 學問操行有進步。

**長跪** ㄔㄤˊ ㄍㄨㄟˋ 直著身子跪在地上。古時是最敬禮。

**長壽** ㄔㄤˊ ㄕㄡˋ 長命。

**長槍** ㄔㄤˊ ㄑㄧㄤ 泛稱槍管長的槍，如步槍、馬槍、卡賓槍等。

**長號** ▲図ㄔㄤˊ ㄏㄠˊ 放聲大哭。▲ㄔㄤˊ ㄏㄠˋ 西洋樂器，伸縮喇叭。

**長嘆** ㄔㄤˊ ㄊㄢˋ 長聲嘆息。

**長遠** ㄔㄤˊ ㄩㄢˇ 時間很長（指未來的時間）。

**長潮** ㄓㄤˇ ㄔㄠˊ 潮水漲起。也作漲潮。

**長篇** ㄔㄤˊ ㄆㄧㄢ 文字繁多的文章。如「長篇大論」「長篇小說」。

**長編** ㄔㄤˊ ㄅㄧㄢ 著述者撰寫成書以前，先把全部或一部分材料搜集編排出來，稱為長編。

**長調** ㄔㄤˊ ㄉㄧㄠˋ ①唐代詩人說七字一句的詩是長調，五字一句的是短調。②詞家有小令、中調、長調的說法。字數比較多的是長調。有人說五十八字以內的是小令，五十九至九十字是中調，九十一字以上是長調。③西洋音樂指大調。

**長輩** ㄓㄤˇ ㄅㄟˋ 輩分高的人。

**長鋏** ㄔㄤˊ ㄐㄧㄚˊ 一種劍，刀身劍鋒長的。

**長嘯** ㄔㄤˊ ㄒㄧㄠˋ 図①大聲呼叫。②撮口發出長聲。

**長憶** ㄔㄤˊ ㄧˋ 図長久不忘或長相憶念。

**長齋** ㄔㄤˊ ㄓㄞ 終年吃素。

**長蟲** ㄔㄤˊ ㄔㄨㄥˊ 蟲字輕讀。蛇的別稱。

**長方（兒）** ㄔㄤˊ ㄈㄤ ㄦ 矩形。

**長衫（兒）** ㄔㄤˊ ㄕㄢ ㄦ 長袍。

**長圓（兒）** ㄔㄤˊ ㄩㄢˊ ㄦ 橢圓形。

**長元音** ㄔㄤˊ ㄩㄢˊ ㄧㄣ 語音學上說元音可發長音和短音，如英文字母a可發長音ei和短音a。發出的長音比普通元音長一倍的稱長元音。

**長方形** ㄔㄤˊ ㄈㄤ ㄒㄧㄥˊ 四個角都是直角，四邊兩長兩短的形。

**長方體** ㄔㄤˊ ㄈㄤ ㄊㄧˇ 幾何學上說直角平行六面體的一種。

**長生果** ㄔㄤˊ ㄕㄥ ㄍㄨㄛˇ 落花生的別名。

**長老會** ㄓㄤˇ ㄌㄠˇ ㄏㄨㄟˋ 基督教新教的一派，盛行於英國及美國，奉法國宗教改革者喀爾文的教義為宗旨；其教會行政採政治上的共和制度。

**長舌婦** 好說話撥弄是非的女人。

**長尾巴** 俗稱小孩子過生日為長尾巴。

**長命鎖** 舊時佩在小孩兒脖子上象徵長命的鎖形飾物。

**長明燈** 供在佛前，日夜不息的燈。

**長青班** 為年長者開設的學習才藝的班級。

**長相兒** 相貌。如「長相兒很難看」。

**長相思** 長久的思念。源出〈古詩十九首〉「客從遠方來，遺我一書札，上言長相思，下言久離別」。後來用作樂府雜曲歌名、詞牌名、曲牌名。

**長音階** 音樂名詞，又稱「陽調」或「大音階」。

**長條兒** 狹長形。

**長蛇陣** ①古時作戰橫列成的陣勢，蜿蜒如長蛇。②比喻排隊的人很多，排得很長。

**長短句** 詞的別名，因詞的句子長短互用。

**長短詩** 長句短句相雜的詩。

**長歌行** 樂府平調曲名。

**長鼻類** 脊椎動物哺乳綱的一目，本有六科，只剩象科，其餘五科已絕種。體形大，大耳朵，柱形腳，厚皮。上頷兩根大齒很長，鼻及上唇延伸為一個長而可彎曲的鼻子。

**長頸鹿** 反芻偶蹄類動物，產在非洲內陸，身長一丈六七尺，形狀像鹿而脖子特別長，從頭到趾高一丈七八尺。頭小，有短角。明朝時代有外國人進貢到中國宮廷，當時稱為「麒麟」。現在日本人還稱長頸鹿為「麒麟」。

**長臂猿** 屬脊椎動物門哺乳綱靈長目狹鼻類。體細長，顏面圓形，口吻突出，有頰嗛，前肢特長。產於東印度、馬來群島等處。

**長天老日** 長晝，白天的漫長時光。〈紅樓夢〉有「長天老日的，在家裡也是睡覺」。也作「長天大日」。〈老殘遊記〉有「這麼長天大日的，老殘，你蹲在家裡作甚」。

**長生不老** 永不衰老。

**長吁短嘆** 嘆息不停。

**長此以往** 總是這個樣子下去，含有後果堪虞的意思。

**長江三峽** 三峽即西陵峽、巫峽、瞿塘峽。位於四川省奉節縣到湖北省江陵縣之間，全長四百零四公里，水力資源極為豐富。①西陵峽，在湖北省宜昌縣西北二十五公里，江水到這裡才漫為平流，所以又名夷陵。②巫峽，在湖北省巴東縣西，與四川省巫山縣接界。③瞿塘峽，在四川省奉節縣東十三里，兩岸峭壁高峙，江水怒激，峽口有灩澦堆矗立江心，形勢險惡，是全蜀江路的門戶。

**長命百歲** 祝福人家孩子長命的話，

**長命富貴** 壽命長而且富貴，是一種頌詞。多刻在金鎖上送給人家的幼兒。

**長林豐草** 因形容山林草野之地。

**長治久安** 指國家社會長期安定太平，民生安樂。

**長長短短** 長短參差不齊的樣子。

**長風破浪** 比喻志向遠大。李白詩有「長風破浪會有時，直掛雲帆濟滄海」。也說「乘風破浪」（出自〈南史．宗慤傳〉「願乘長風破萬里浪」）。

**長袖善舞** ㄔㄤˊ ㄒㄧㄡˋ ㄕㄢˋ ㄨˇ 比喻善於運用錢財和人際關係的人。

**長歌當哭** ㄔㄤˊ ㄍㄜ ㄉㄤˋ ㄎㄨ 以放聲歌唱代替哭泣，多指以詩文抒發胸中的悲憤之情。

**長篇大論** ㄔㄤˊ ㄆㄧㄢ ㄉㄚˋ ㄌㄨㄣˋ 長篇的議論。

**長篇小說** ㄔㄤˊ ㄆㄧㄢ ㄒㄧㄠˇ ㄕㄨㄛ 是小說類型之一，凡是內容豐富，結構閎偉，人物很多，情節複雜，字數由七八萬到幾十上百萬的，都是長篇小說。我國的〈三國演義〉〈水滸傳〉〈紅樓夢〉等，都膾炙人口，評價極高。

**長濱文化** ㄔㄤˊ ㄅㄧㄣ ㄨㄣˊ ㄏㄨㄚˋ 指臺灣省臺東縣長濱鄉八仙廟發現的先陶文化遺址，迄今約一萬五千年到五千年之間。遺址中有大量的石片器、砍器、骨器、角器。

**長驅直入** ㄔㄤˊ ㄑㄩ ㄓˊ ㄖㄨˋ 指長距離不停地快速前進。

**長日照植物** ㄔㄤˊ ㄖˋ ㄓㄠˋ ㄓˊ ㄨˋ 生長期間需要比較長的日照才能開花的植物，如大麥、豌豆等。

**長江三角洲** ㄔㄤˊ ㄐㄧㄤ ㄙㄢ ㄐㄧㄠˇ ㄓㄡ 指鎮江以東，淮河以南，杭州灣以北的地區。位於長江下游，主要是由長江沖積而成，海拔大多在十公尺以下。本區的氣候屬副熱帶季風氣候華中型。又本區為長江、大運河、太湖以及各湖交會地，水道縱橫，湖泊棋布，有「水鄉澤國」之稱。農業發達，又有「魚米之鄉」之稱。面積約五萬平方公里，大約每三十七年，海岸線向外推展一公里。

**長江後浪推前浪** ㄔㄤˊ ㄐㄧㄤ ㄏㄡˋ ㄌㄤˋ ㄊㄨㄟ ㄑㄧㄢˊ ㄌㄤˋ 比喻年輕的一代已代替了年長的一代。人、事、物不斷推陳出新。

## 門部

**門（门）** ㄇㄣˊ ㈠設在房屋進出口可以開合控制交通的東西，古時單扇叫「戶」，雙扇叫「門」。如「門戶要小心」。現代統稱「門」。㈡進出口的地方。如「海門」「國門」。㈢家族。如「一門忠烈」。㈣家庭。如「五福臨門」。㈤指家族的地位。如「門楣」「門當戶對」。㈥形狀及作用都像門的東西。如「水門」「電門」。㈦人體若干器官的部位，大都是重要通路。如「肛門」「幽門」。㈧宗派。如「孔門弟子」「佛門」。㈨種類。如「分門別類」。㈩路數，訣竅。如「門徑」「竅門兒」。(十一)關鍵，要點。如「入門的書」。(十二)指門口兒。如「門市」「門可羅雀」。(十三)計算砲的單位。如「一門大砲」。(十四)[文]守門。〈公羊傳〉有「則無人門焉者」。(十五)[文]攻門。〈左傳〉有「諸侯之士門焉」。(十六)姓。

**門人** ㄇㄣˊ ㄖㄣˊ [文]①弟子，學生。②守門的人。③門下常客。

**門下** ㄇㄣˊ ㄒㄧㄚˋ ①弟子，學生。②門客。

**門子** ▲[文]ㄇㄣˊ ㄗˇ ①古時說卿大夫的嫡子。②門下之人。〈韓非子〉有「群臣為學，門子好辯」。③看門的人。▲ㄇㄣˊ ˙ㄗ ①指門。也說「門兒」。②指人家。如「你是王先生的哪門子親戚」「串門子」。③指種類，方面，是輕蔑的說法。如「這是哪門子規矩」。

**門戶** ㄇㄣˊ ㄏㄨˋ ①指門。如「好好看家，門戶要小心」。②家族的地位。如「門戶相當」。③比喻形勢衝要的地方。如「大沽口是平津的門戶」。④派別。如「門戶之見」。

**門斗** ㄇㄣˊ ㄉㄡˇ ①門楣的上方。②在屋門外設置的小間。③舊日稱學官的僕役。

**門牙** ㄇㄣˊ ㄧㄚˊ 門齒的通稱。

**門市** ㄇㄣˊ ㄕˋ 商店在門面上做零售生意。

**門生** ㄇㄣˊ ㄕㄥ ①漢代人稱親自受業的人為弟子，轉相受業的人為門生。後世便無分別。②科舉時代及第的人稱主考為座師，自稱門生。

**門兒** ㄇㄣˊ ㄦ ①門㈠。如「把門兒開開」。②門㈨。如「這一門兒學問」。③門㈩。如「竅門兒」。

**門客** ㄇㄣˊ ㄎㄜˋ ①門下的食客。②宋人稱家塾教師為門客。

**門閂** ㄇㄣˊ ㄕㄨㄢ 關門用的橫木棍。也有鐵做的。又作「門栓」。

**門限** ㄇㄣˊ ㄒㄧㄢˋ 門下面的橫木。又叫「門檻」。

**門面** ㄇㄣˊ ㄇㄧㄢˋ 面字輕讀。①商店房屋沿街的部分。如「門面很寬敞」。②外觀。如「點綴門面」。

**門風** ㄇㄣˊ ㄈㄥ 指一家或一族世代相傳的道德準則和處世方法。也說「家風」。

**門庭** ㄇㄣˊ ㄊㄧㄥˊ ①指家庭或門第。如「光耀門庭」。②門口和庭院。如「門庭若市」。

**門徒** ㄇㄣˊ ㄊㄨˊ 弟子，徒弟。

**門徑** ㄇㄣˊ ㄐㄧㄥˋ 門路。

**門扇** ㄇㄣˊ ㄕㄢˋ （整扇的）門。

**門框** ㄇㄣˊ ㄎㄨㄤˋ 門扇四周鑲在牆上的框子。

**門神** ㄇㄣˊ ㄕㄣˊ 舊時說的守門的神，左邊是神荼（ㄕㄣˊ ㄕㄨ），右邊是鬱壘（ㄩˋ ㄌㄩˋ）。一說是唐初名將秦叔寶（瓊）與尉遲敬德（恭）。

**門祚** ㄇㄣˊ ㄗㄨㄛˋ 〔文〕家世。

**門票** ㄇㄣˊ ㄆㄧㄠˋ 入場券。

**門第** ㄇㄣˊ ㄉㄧˋ 〔文〕家族世系。如「書香門第」。

**門牌** ㄇㄣˊ ㄆㄞˊ 市鎮街巷釘在門上的房屋編號牌。

**門窗** ㄇㄣˊ ㄔㄨㄤ 門和窗。指屋子裡可供出入和通氣採光的部分。

**門楣** ㄇㄣˊ ㄇㄟˊ ①門框上端的橫木。②指家聲門第。如「光耀門楣」。

**門禁** ㄇㄣˊ ㄐㄧㄣˋ 機關團體的門口的戒備防範。如「門禁森嚴」。

**門診** ㄇㄣˊ ㄓㄣˇ 醫生在醫院或診所裡給不住院的病人看病。

**門路** ㄇㄣˊ ㄌㄨˋ 途徑：①向人請託或謀事。②做事的方法。

**門道** ▲ㄇㄣˊ ㄉㄠˋ 同「門洞兒」。▲ㄇㄣˊ ˙ㄉㄠ 同「門路」。

**門鈴** ㄇㄣˊ ㄌㄧㄥˊ 裝在門上，便於從外面叫門的鈴。從前用繩子拉響的，現在多用電鈴，又分普通門鈴、音樂門鈴等。

**門閥** ㄇㄣˊ ㄈㄚˊ 〔文〕指祖先建立功勳者的家世；名門貴室。

**門齒** ㄇㄣˊ ㄔˇ 位於齒槽中央的牙齒，人的上下頜各有四枚。也叫「門牙」。

**門牆** ㄇㄣˊ ㄑㄧㄤˊ 〔文〕指老師。從師學習叫「託門牆」，是從〈論語〉「夫子之牆數仞」來的。

**門環** ㄇㄣˊ ㄏㄨㄢˊ 釘於兩扇大門上的銅環，多做成虎頭形，供叩門之用。

**門類** ㄇㄣˊ ㄌㄟˋ 分門別類，各種各類。

**門警** ㄇㄣˊ ㄐㄧㄥˇ 守門的警衛。

門口（兒）ㄇㄣˊ ㄎㄡˇ（ㄦ） 房屋或街門的出入口。

門房（兒）ㄇㄣˊ ㄈㄤˊ（ㄦ） ①機關、團體、學校或大戶人家看守門戶的人。②看守大門用的房舍。現在叫「傳達室」。

門洞（兒）ㄇㄣˊ ㄉㄨㄥˋ（ㄦ） 中國式大宅院建築裡有頂子的甬道；旁邊是門房（兒）。

門釘（兒）ㄇㄣˊ ㄉㄧㄥ（ㄦ） 宮殿式建築大門上的大銅釘，裝飾用的。

門樓（兒）ㄇㄣˊ ㄌㄡˊ（ㄦ） 門上的樓。

門聯（兒）ㄇㄣˊ ㄌㄧㄢˊ（ㄦ） 貼在門上的對聯。也叫「門對兒」。

門檻（兒）ㄇㄣˊ ㄎㄢˇ（ㄦ） ①門下所設的橫木。也叫「門限」。②同「門路」。如「這件事他沒門檻兒，辦不了」。③心機，謀算。如「這個人門檻兒很精」。④某一事項的先決條件或合格標準。如「候選人必須有十萬人簽名連署，才算合格；這就是參加選舉的『門檻兒』」。

門縫（兒）ㄇㄣˊ ㄈㄥˋ（ㄦ） 也說門縫子。門的縫隙。

門簾（兒）ㄇㄣˊ ㄌㄧㄢˊ（ㄦ） 也叫門簾子。門上掛的簾子。

門外漢 ㄇㄣˊ ㄨㄞˋ ㄏㄢˋ 外行人。

門面話 ㄇㄣˊ ㄇㄧㄢˋ ㄏㄨㄚˋ 應酬話，表面冠冕堂皇而無補實際的言辭。

門對兒 ㄇㄣˊ ㄉㄨㄟˋ ㄦ 門聯兒。

門臉兒 ㄇㄣˊ ㄌㄧㄢˇ ㄦ ①城門附近的地方。②商店的門面。

門戶之見 ㄇㄣˊ ㄏㄨˋ ㄓ ㄐㄧㄢˋ 由宗派情緒產生的偏見。

門可羅雀 ㄇㄣˊ ㄎㄜˇ ㄌㄨㄛˊ ㄑㄩㄝˋ 形容門前的冷落。

門庭若市 ㄇㄣˊ ㄊㄧㄥˊ ㄖㄨㄛˋ ㄕˋ 比喻上門來的人很多，像是市場一樣。

門當戶對 ㄇㄣˊ ㄉㄤ ㄏㄨˋ ㄉㄨㄟˋ 門第相當，彼此合適；多指男女婚配說的。

門羅主義 ㄇㄣˊ ㄌㄨㄛˊ ㄓㄨˇ ㄧˋ 西元一八二三年美國總統門羅所宣布的對外政策，主張美洲是美洲人的美洲，歐洲與美洲互不干涉對方的事務。目的在排拒歐洲國家在美洲擴展殖民地。

## 一筆

閂 ㄕㄨㄢ ㈠拴門的橫木，叫「門閂」。㈡插上門閂，把門關緊。如「把門閂好」。

## 二筆

閃 ㄕㄢˇ ㈠〔文〕躲在門裡向外偷看。㈡偏著身體避開。如「躲閃」「閃開」。㈢影子一動就不見了。如「剛看見他的影子一閃」。㈣天空中放電時的亮光。如「打閃」「閃電」。㈤亮的樣子。如「閃閃」「閃得眼睛都花了」。㈥光一明一滅的樣子。如「交通燈的黃光一閃一閃的」。㈦動作太猛，扭了筋。如「閃了腰」。㈧見「閃爍」。

閃失 ㄕㄢˇ ㄕ 差錯。如「他們畢竟年輕，經驗不夠，惟恐路上有閃失」。

閃身 ㄕㄢˇ ㄕㄣ 側著身子避開或過去。如「他一看對方掄起棒子，一閃身就避開了」。

閃亮 ㄕㄢˇ ㄌㄧㄤˋ 閃爍。

閃閃 ㄕㄢˇ ㄕㄢˇ ①光線明滅不定的樣子。如「金光閃閃」。②發亮的樣子。如「閃閃發光」。

閃族 ㄕㄢˇ ㄗㄨˊ 高加索人種的一支，膚色較黑。居住在亞洲的阿拉伯、巴勒斯坦及非洲的東北部。包括希伯來人、阿拉伯人、亞述人、腓尼基與巴比倫人，現在特指猶太人。

**閃現** ㄕㄢˇ ㄒㄧㄢˋ 突然出現。如「東方的山頭上，突然有一道紅光閃現」。

**閃開** ㄕㄢˇ ㄎㄞ 開字可輕讀。向旁邊躲開。

**閃電** ㄕㄢˇ ㄉㄧㄢˋ ①天上放電時產生巨大亮光的自然現象。②比喻極迅速。如「閃電攻勢」。

**閃擊** ㄕㄢˇ ㄐㄧˊ 集中兵力，以最迅速的方法，避重就輕，攻擊敵人，以求速戰速決的作戰方式。

**閃避** ㄕㄢˇ ㄅㄧˋ 躲避。如「閃避不及，兩輛車子撞在一起」。

**閃爍** ㄕㄢˇ ㄕㄨㄛˋ 也作「閃鑠」。①亮光閃動不定的樣子。②說話吞吞吐吐的，不肯直截了當說實話。如「閃爍其詞」。

**閃了腰** ㄕㄢˇ ˙ㄌㄜ ㄧㄠ 扭了腰。

**閃電戰** ㄕㄢˇ ㄉㄧㄢˋ ㄓㄢˋ 使用高度機械化部隊，陸空聯合，用最迅速的方法攻擊敵人。

## 三筆

**閉（闭）** ㄅㄧˋ ㈠關上門。如「閉戶家中坐」。㈡停止使用；完畢，結束。如「關閉」「閉幕」。㈢図阻塞不通。如「風氣閉塞」。㈣図棄絕。如「閉心」。㈤図遮斷。如「閉關自守」。㈥姓。

**閉果** ㄅㄧˋ ㄍㄨㄛˇ 乾果成熟後果皮不裂開的，稱為閉果。

**閉氣** ㄅㄧˋ ㄑㄧˋ ①氣透不出。②図臨死斷氣。

**閉塞** ㄅㄧˋ ㄙㄜˋ 図不開通。指人的生活不能隨時代潮流改變。

**閉會** ㄅㄧˋ ㄏㄨㄟˋ 會議結束。

**閉幕** ㄅㄧˋ ㄇㄨˋ 戲劇表演、體育比賽或大規模的會議結束。

**閉關** ㄅㄧˋ ㄍㄨㄢ ①舊時指關上城門。②關閉門戶，不與他人往來。③佛家指修道者自我限定活動範圍，以求激勵勉行。也作「掩關」。

**閉門羹** ㄅㄧˋ ㄇㄣˊ ㄍㄥ 拒絕見客。本是妓女拒客的話。

**閉口無言** ㄅㄧˋ ㄎㄡˇ ㄨˊ ㄧㄢˊ 受人批駁，無話可答，只有閉口。

**閉月羞花** ㄅㄧˋ ㄩㄝˋ ㄒㄧㄡ ㄏㄨㄚ 図形容女子容貌非常美麗。

**閉目塞聽** ㄅㄧˋ ㄇㄨˋ ㄙㄜˋ ㄊㄧㄥ 閉著眼睛，堵住耳朵。形容對外界事物不了解。

**閉門卻掃** ㄅㄧˋ ㄇㄣˊ ㄑㄩㄝˋ ㄙㄠˇ 閉門不出，謝絕訪問，不與外界來往。

**閉門思過** ㄅㄧˋ ㄇㄣˊ ㄙ ㄍㄨㄛˋ 暫時不與外人交往，深自檢討自己的過失。

**閉門造車** ㄅㄧˋ ㄇㄣˊ ㄗㄠˋ ㄔㄜ ①比喻隨便裝造的東西，不合實用。②杜撰，捏造。

**閉路電視** ㄅㄧˋ ㄌㄨˋ ㄉㄧㄢˋ ㄕˋ 図將影像的傳播經由專用的傳遞系統輸送，以供教學、工業、科學、監視等方面之用。

**閉關自守** ㄅㄧˋ ㄍㄨㄢ ㄗˋ ㄕㄡˇ ①不和外國通商往來。②拘限於門戶之見，不與其他派別的人往來。

**閉關鎖國** ㄅㄧˋ ㄍㄨㄢ ㄙㄨㄛˇ ㄍㄨㄛˊ 關閉關口，封鎖國境，不與外人來往。

**閈** 図ㄏㄢˋ ㈠里門。〈左傳〉有「高其閈閎」。㈡圍牆。〈文選〉有「閈庭詭異」。

**閆** ㄧㄢˊ 姓。

## 四筆

**閔** 図ㄇㄧㄣˇ ㈠憂患，指疾病死亡一類的事。李密〈陳情表〉有「幼遭閔凶」。㈡憐傷；通「憫」。〈詩經・周南・汝墳〉序有「婦人能閔其君子」。㈢通「黽」。「閔免」就是

「黽勉」。㈣姓。

**開（开）** ㄎㄞ ㈠啟，張開。與「閉」「關」相對。如「開門」「開窗戶」。㈡通達。如「開通」。㈢教導，啟發。如「開導」。㈣擴展，拓殖。如「開發」「開拓」。㈤綻放。如「開花」。㈥釋放。如「開釋」。㈦免除，解除（對職位說的）。如「開缺」「開除」。㈧擺設，羅列。如「席開三十桌」。㈨創始。如「開國紀念」「開始」。㈩分離。如「離開」。⑪水沸騰。如「開鍋」「開水」。⑫駕駛。如「開車」「開飛機」。⑬挖，鑿。如「開鑿」「開井」。⑭形容高興。如「開心」「開懷」。⑮剖，割破。如「開刀」「開西瓜」。⑯舉行。如「開會」「開談判」。⑰揭曉。如「開獎」「開標」。⑱支付費用。如「開支」「開銷」。⑲發射。如「開炮」「開槍」。⑳順遂，有辦法。如「吃得開」。㉑推動，發軔。如「開展」。㉒明朗軒亮的樣子。如「雲破天開」「開朗」。㉓寫出來，列出來。如「開立收據」「開發票」。㉔逃跑。如「開溜」「開小差」。㉕衣服分叉的部位。如「開衩」「開襠褲」。㉖綻裂。如「開線」「鞋開了口」。㉗黃金的成色，carat 的簡譯。如「十八開金」。㉘整張紙分割的結果。如「三十二開本」「對開的報紙」。㉙寬宥。如「開恩」。㉚明白，清楚。如「話說開了」。㉛吃。如「他把一小鍋的肉全都開了」。㉜開縣，在四川省。㉝見「開方」。㉞姓。

**開刀** ㄎㄞ ㄉㄠ ①殺。②外科醫生用手術刀動手術。③對人採取懲罰的行動。如「你先別拿他開刀」。

**開口** ㄎㄞ ㄎㄡˇ ①張開嘴說話。②把新打好的刀刃磨利。③綻破，有縫隙。如「用力踢球，鞋頭開口了」。

**開山** ㄎㄞ ㄕㄢ ①因採石、築路等目的而把山挖開或炸開。②本是選擇名山建立寺院之意，後來引伸作宗派的創始者。如「開山祖師」。

**開工** ㄎㄞ ㄍㄨㄥ ①開始做每天固定的工作。如「我們是上午八點開工，下午四點收工」。②工程開始進行。

**開化** ▲ㄎㄞ ㄏㄨㄚˋ ①指文化萌生，逐漸文明。如「世上不再有未開化的民族了」。②河水解凍。▲ㄎㄞ ˙ㄏㄨㄚ 心情舒展。

**開弔** ㄎㄞ ㄉㄧㄠˋ 喪家選定日期，供親友弔祭。

**開心** ㄎㄞ ㄒㄧㄣ ①快樂。如「他有的吃就開心」。②取笑。如「別找我開心」。

**開支** ㄎㄞ ㄓ ①支付。如「費用由學校開支」。②支付的費用。如「節省開支」。

**開方** ㄎㄞ ㄈㄤ 數學上求方根的一種算法。求平方根的叫「開平方」；求立方根的叫「開立方」。

**開戶** ㄎㄞ ㄏㄨˋ 在銀行或郵局等處開一存款戶。

**開水** ㄎㄞ ㄕㄨㄟˇ 煮沸的水。

**開仗** ㄎㄞ ㄓㄤˋ 開戰，打仗。

**開外** ㄎㄞ ㄨㄞˋ 超出某一數量；以外。如「五十開外」。

**開市** ㄎㄞ ㄕˋ 商店開始做買賣。

**開打** ㄎㄞ ㄉㄚˇ ①戲曲中演員表演搏鬥。②兩人打起架來。如「這兩人說著說著不知怎麼就開打了」。

**開本** ㄎㄞ ㄅㄣˇ 將整張印書紙裁開為若干等分做標準，來表明書刊本子的大小，叫做開本，如十六開本、三十二開本。

**開正** ㄎㄞ ㄓㄥ 正月初一，農曆春節第一天。

**開交** ㄎㄞ ㄐㄧㄠ 結束；解決（只用於否定）。如「忙得不可開交」。

**開伙** ㄎㄞ ㄏㄨㄛˇ 開辦伙食。如「機關剛成立，還沒有開伙」。

**開列** ㄎㄞ ㄌㄧㄝˋ 一樣一樣寫出來。如「開列名單」。

**開年** ㄎㄞ ㄋㄧㄢˊ ①一年的開始。②明年。

**開行** ㄎㄞ ㄒㄧㄥˊ ①開動車或船使行駛。②舊時指人出遠門。如「他上京去，定下月初開行」。

**開光** ㄎㄞ ㄍㄨㄤ 佛像落成後，擇日開始供奉的典禮。

**開局** ㄎㄞ ㄐㄩˊ ①（賽球或下棋）開始。如「這盤棋還沒開局」。②（賽球或下棋）開始階段的情況。如「開局的時候，他很占優勢，可是不久就被我扳過來了」。

**開戒** ㄎㄞ ㄐㄧㄝˋ 已經戒絕的重新再犯，像戒煙以後再吸。

**開言** ㄎㄞ ㄧㄢˊ 開口說話（多用於戲曲中）。

**開車** ㄎㄞ ㄔㄜ ①駕駛機動車輛。②泛指開動機器。

**開例** ㄎㄞ ㄌㄧˋ 開創新的例子。

**開卷** ㄎㄞ ㄐㄩㄢˋ 〔文〕打開書本；指讀書。如「開卷有益」。

**開始** ㄎㄞ ㄕˇ 起頭。

**開往** ㄎㄞ ㄨㄤˇ 往某地去。如「這列火車是開往臺北的」。

**開拔** ㄎㄞ ㄅㄚˊ （隊伍）離開原駐地或休息處出發。

**開拓** ㄎㄞ ㄊㄨㄛˋ 開闢；推廣。推廣領土叫「開拓領土」；推廣生意叫「開拓市場」。

**開放** ㄎㄞ ㄈㄤˋ ①門戶大開，任人自由出入。②（花）展開。如「百花開放」。

**開明** ㄎㄞ ㄇㄧㄥˊ ①由野蠻進到文明叫開明。②能跟隨時代思想潮流，不頑固守舊。如「他辦事很開明，時時追求新知識，採納新見解，革新改進」。

**開花** ㄎㄞ ㄏㄨㄚ ①花朵開放。②比喻像花朵那樣破裂開。如「他不小心從二樓掉下來，腦袋摔得開花了」。

**開金** ㄎㄞ ㄐㄧㄣ 含黃金的合金（二十四開為純金）。

**開挖** ㄎㄞ ㄨㄚ 利用人力或機械施行挖土的工程。

**開春** ㄎㄞ ㄔㄨㄣ 初春（一般指農曆正月）。如「他的病，開春就會好轉」。

**開胃** ㄎㄞ ㄨㄟˋ 增進食慾。

**開衩** ㄎㄞ ㄔㄚˋ 衣服下部邊緣的開口兒。

**開革** ㄎㄞ ㄍㄜˊ 開除；除名。

**開展** ㄎㄞ ㄓㄢˇ ①推廣。如「開展業務」。②開朗。如「他的思想很開展」。③由小處向大處發展。如「從明天起開展一個星期的社區消毒工作」。

**開庭** ㄎㄞ ㄊㄧㄥˊ 法庭進行審理案件。

**開席** ㄎㄞ ㄒㄧˊ 宴會開始。如「昨晚那一頓喜酒，講話的人多，又有表演，拖延到九點才開席」。

**開恩** ㄎㄞ ㄣ 請人寬恕的話。

**開悟** ㄎㄞ ㄨˋ 〔文〕領悟；醒悟。如「霍然開悟」。

**開朗** ㄎㄞ ㄌㄤˇ ①地方開闊，光線充足。如「豁然開朗」。②（思想、心胸）樂觀、暢快。如「胸懷開朗」。

**開砲** ㄎㄞ ㄆㄠˋ ①打仗時發射砲彈。②向人興師問罪。

**開泰** ㄎㄞ ㄊㄞˋ 〔文〕交好運，祝福的詞。如「三陽開泰」。

**開消** ㄎㄞ ㄒㄧㄠ 消字輕讀。也寫作「開銷」。①同「開支」。②費用。如

「這樣的排場一天要多少開消」。③解雇。如「他工作不認真，昨天我把他開消了」。

**開航** ㄎㄞ ㄏㄤˊ 新開闢的水上、空中航線開始有船隻、飛機航行。如「臺北到東京的新航線明天開航」。

**開缺** ㄎㄞ ㄑㄩㄝ 官吏因故去職或死亡，準備另選人員接充，稱為開缺。

**開荒** ㄎㄞ ㄏㄨㄤ 開墾荒地。

**開除** ㄎㄞ ㄔㄨˊ 革去職名或取消名籍。如「開除學籍」。

**開動** ㄎㄞ ㄉㄨㄥˋ ①開始做一件事。如「公司的新計畫明天就要開動」。②車輛、船隻、飛機開始向前滑行。③團體（如部隊）進餐，有人喊「開動」才可以舉箸。④隊伍向前去。

**開國** ㄎㄞ ㄍㄨㄛˊ 建立國家。

**開堂** ㄎㄞ ㄊㄤˊ 〔方〕四川飯館每天開市叫開堂。

**開基** ㄎㄞ ㄐㄧ 〔文〕創立基業。

**開張** ㄎㄞ ㄓㄤ ①商店開始營業。②商店每天第一筆生意。③〔文〕開展，擴大。諸葛亮〈出師表〉有「誠宜開張聖聽」。

**開帳** ㄎㄞ ㄓㄤˋ ①開列帳目。②吃飯、住旅館的支付帳款。如「你們先去，我來開帳，回來再算」。

**開掘** ㄎㄞ ㄐㄩㄝˊ ①挖掘。如「在海上開掘一口新油井」。②（針對文藝作品）深入探討題材、人物的思想、生活。

**開啟** ㄎㄞ ㄑㄧˇ ①打開。如「開啟水閘，使洪水泄去」。②開創。如「他的那一場演講，開啟了一陣新的研究風氣」。

**開採** ㄎㄞ ㄘㄞˇ 挖掘（礦物）。

**開眼** ㄎㄞ ㄧㄢˇ 初次得到前所未有的新經歷或新見識。如「你這個鄉巴老兒到臺北來，可開眼了吧」。

**開票** ㄎㄞ ㄆㄧㄠˋ ①為選舉或決議而投票之後，計算票數，公布投票結果。②開立支票、發票的簡稱。

**開脫** ㄎㄞ ㄊㄨㄛ 設法解脫罪名。

**開船** ㄎㄞ ㄔㄨㄢˊ ①船隻開行。②駕駛船隻。

**開設** ㄎㄞ ㄕㄜˋ 設立。

**開通** ▲ㄎㄞ ㄊㄨㄥ ①除去障礙物。②啟發。▲ㄎㄞ ˙ㄊㄨㄥ 不頑固，不拘泥。

**開創** ㄎㄞ ㄔㄨㄤˋ 創立。

**開場** ㄎㄞ ㄔㄤˇ 戲劇表演的開始，也比喻事情的開始。

**開發** ▲ㄎㄞ ㄈㄚ ①發掘，建設。如「開發農場」。②〔文〕教導。如「開發幼蒙」。▲ㄎㄞ ˙ㄈㄚ 支付。如「開發車錢」。

**開筆** ㄎㄞ ㄅㄧˇ 學做詩文的人初次試作。

**開腔** ㄎㄞ ㄑㄧㄤ 開口講話。如「你不知道就少開腔」。

**開飯** ㄎㄞ ㄈㄢˋ ①開始吃飯。②指吃飯的時間。

**開會** ㄎㄞ ㄏㄨㄟˋ 許多人集合，討論事情或舉行慶典。

**開業** ㄎㄞ ㄧㄝˋ ①創辦事業。②開始營業。

**開溜** ㄎㄞ ㄌㄧㄡ 逃了，偷偷溜了。

**開禁** ㄎㄞ ㄐㄧㄣˋ 解除禁令。

**開罪** ㄎㄞ ㄗㄨㄟˋ 得罪。

**開解** ㄎㄞ ㄐㄧㄝˇ 開導勸解，使人消除憂愁煩悶。如「經過姨媽的開解，妹妹的憂悶消除了一大半」。

**開路** ㄎㄞ ㄌㄨˋ ①開闢道路。如「逢山開路」。②比喻先驅。如「開路先鋒」。

**開道** ㄎㄞ ㄉㄠˋ ①在前引路。如「鳴鑼開道」。②讓路。

**開槍** ㄎㄞ ㄑㄧㄤ 扳動扳機，發射子彈。

**開演** ㄎㄞ ㄧㄢˇ （戲劇等）開始演出。

**開端** ㄎㄞ ㄉㄨㄢ （事情的）起頭；開頭。

**開綻** ㄎㄞ ㄓㄢˋ 原來縫好的地方裂開。如「褲管兒上有一處開綻」。

**開臺** ㄎㄞ ㄊㄞˊ 戲劇開演。

**開蒙** ㄎㄞ ㄇㄥˊ 〔文〕教導初學的學生。

**開幕** ㄎㄞ ㄇㄨˋ ①戲劇臺前有幕，開演時拉開，叫「開幕」。②事情的開始。如「會議開幕」「這家百貨公司預定明天開幕」。

**開價** ㄎㄞ ㄐㄧㄚˋ 定出價格；要價。

**開徵** ㄎㄞ ㄓㄥ 賦稅開始徵收。如「今年的地價稅改在三月開徵」。

**開播** ㄎㄞ ㄅㄛ ①廣播電臺、電視臺開始正式播出節目。如「臺灣三家無線電視臺，臺視最先開播」。②某一節目開始播送。

**開獎** ㄎㄞ ㄐㄧㄤˇ 獎券按時搖獎，確定得獎號碼。

**開標** ㄎㄞ ㄅㄧㄠ 公布標售或是投標的結果。

**開盤** ㄎㄞ ㄆㄢˊ 證券、金融市場開始營業，報告當天的行情。

**開線** ㄎㄞ ㄒㄧㄢˋ 衣物縫合處因線斷而裂開。

**開膛** ㄎㄞ ㄊㄤˊ 剖開胸腔腹腔，取出內臟。常指宰殺牲畜。

**開課** ㄎㄞ ㄎㄜˋ ①學校開始上課。②指大專院校教師開設某一課程的教學。

**開墾** ㄎㄞ ㄎㄣˇ 開闢荒地。

**開學** ㄎㄞ ㄒㄩㄝˊ 一學期課業開始上課。

**開導** ㄎㄞ ㄉㄠˇ 勸解，教導。

**開戰** ㄎㄞ ㄓㄢˋ 交戰雙方開始發生戰爭的行為。

**開辦** ㄎㄞ ㄅㄢˋ 創辦。

**開臉** ㄎㄞ ㄌㄧㄢˇ 舊時風俗，女子臨出嫁時要除去臉上的汗毛，整飾鬢角，叫做開臉。

**開講** ㄎㄞ ㄐㄧㄤˇ ①開始講演。②開始講課。

**開豁** ㄎㄞ ㄏㄨㄛˋ ①寬闊，朗爽。如「下過雨，烏雲消失，天空就開豁了」。②比喻思想、胸襟開朗。如「他是很開豁的人，不必太在意他」。

**開賽** ㄎㄞ ㄙㄞˋ 比賽開始。

**開鍋** ㄎㄞ ㄍㄨㄛ 鍋裡的水煮沸了。

**開闊** ㄎㄞ ㄎㄨㄛˋ ①規模闊大。②寬敞。如「房子很開闊」。

**開齋** ㄎㄞ ㄓㄞ 吃素的人過完齋期改吃葷菜，說是開齋。也作「開葷」。

**開顏** ㄎㄞ ㄧㄢˊ 〔文〕笑。李白詩有「開顏酌美酒」。

**開懷** ㄎㄞ ㄏㄨㄞˊ ①形容歡暢。如「開懷暢飲」。②婦女解開上衣讓孩子吃奶。

**開邊** ㄎㄞ ㄅㄧㄢ 〔文〕開拓邊疆。

**開關** ㄎㄞ ㄍㄨㄢ ①控制開與關的裝置。如「電燈開關」。②〔文〕打開城關要塞（ㄙㄞˋ）的門。如「開關迎戰」。

**開礦** ㄎㄞ ㄎㄨㄤˋ 開採礦產。

**開議** ㄎㄞ ㄧˋ 開始議決案件。如「立法院第三次院會定本月一日開議」。

**開釋** ㄎㄞ ㄕˋ 釋放。

**開闢** ㄎㄞ ㄆㄧˋ ①打開通路；創立。如「開闢航線」。②拓展。如「開闢海外市場」。

**開鑿** 挖掘（河道、隧道等）。

**開鑼** ①舊戲開演之前，必先敲打一陣鑼鼓，叫做開鑼。②比喻事情的開始。

**開火（兒）** 開戰。

**開頭（兒）** 事情、行動、現象等最初發生。

**開口呼** 語音學上指韻母不是ㄧ、ㄨ、ㄩ，也不由ㄧ、ㄨ、ㄩ起頭的。

**開天窗** ①對患有梅毒以致鼻部潰爛的人的謔稱。②舊時實施新聞檢查，凡已排好版的報紙雜誌，因不能通過檢查而留下空白，戲稱開天窗。

**開快車** ①車輛加速行駛。②趕著辦事。「議會昨天開快車，一百多個議案一天就審查完了」。

**開夜車** 比喻為了趕時間，夜間繼續工作或學習。

**開玩笑** 對人說笑話，含有捉弄的意思。

**開架式** 圖書館書庫中藏書陳列在書架上，供讀者自由取閱。

**開胃菜** 能增加食欲的小菜，在正餐前食用。

**開倒車** 車向後倒開。比喻措施或語論不合潮流。

**開眼界** 增加見識。

**開麥拉** 攝影機，是camera的音譯。

**開場白** ①戲劇開始時的說白。②發刊詞或引言、緒論。

**開飲機** 一種備有開水供人隨時飲用的小電器。

**開竅兒** ①同「開眼」。②體會出意思來了。形容人腦子轉過來了。③俗指男女情竇初開。

**開襠褲** 幼兒穿的襠裡有口的褲子。

**開關場** 電力發電站發生的電力，經場外開關裝置變成高頻或超高頻電壓，再輸送各地變電所降壓，供用戶使用，這種開關裝置名叫開關場。

**開山鼻祖** 佛家稱始建寺院於名山的人，也指首創一宗一派的人。

**開小差兒** 軍隊裡說兵士作戰時乘機逃亡或不假外出。

**開天闢地** ①天地初開。②事的創始。

**開司米龍** 英語Cashmilon的音譯，是一種由有機化合物聚合而成的人造纖維。

**開卷有益** 只要打開書本閱讀，總會有好處的。

**開宗明義** 發言行事提綱挈領的意思。本是〈孝經〉的第一章。

**開物成務** 図開發萬物的功能，建立政治、經濟、社會等各種制度，造福人群。

**開門見山** 比喻說話或寫文章不拐彎抹角，直截了當談本題。

**開門揖盜** 比喻和壞人來往，自取其禍。

**開洋白菜** 一種家常菜，材料是蝦米和白菜。

**開張大吉** 祝賀商店開始營業的詞。

**開雲見日** 由昏暗到光明。

**開源節流** 開發財源和節省用度。

**開誠布公** 公開無私。是「開誠心，布公道」的略語。

**開疆闢土** 開拓疆土。

**開門七件事** ㄎㄞ ㄇㄣˊ ㄑㄧ ㄐㄧㄢˋ ㄕˋ 指柴、米、油、鹽、醬、醋、茶等七種日常生活必需品。

**閌** 図ㄎㄤˋ高大；盛大。

**閎** 図ㄏㄨㄥˊ(一)巷衖的門。(二)寬，大。如「構築閎偉」「言詞閎誕」(說大話)。(三)姓。

**間** ▲ㄐㄧㄢ(一)兩個的當中。如「兩人之間」「居間調解」。(二)房屋的量詞。如「一間房子」。(三)隔間的部分。如「房間」「區間」。(四)指時候。如「日間」「晚間」。(五)指地方。如「田間」「字裡行間」。(六)見「間關」。

▲ㄐㄧㄢˋ(一)空隙。如「間隙」「間不容髮」。(二)隔開。如「間隔」「間斷」。(三)分化。如「離間」「反間」。(四)偷竊打聽情報的人，叫「間諜」。(五)見「間接」。(六)見「間道」。(七)見「間或」。

**間日** ㄐㄧㄢˋ ㄖˋ 図隔一日。

**間色** ㄐㄧㄢˋ ㄙㄜˋ 兩種原色混合而成的顏色。如橙色、灰色、赭色等。

**間或** ㄐㄧㄢˋ ㄏㄨㄛˋ 図偶然；有時候。

**間架** ㄐㄧㄢ ㄐㄧㄚˋ ①指房屋構造的廣狹。②漢字的結構，繪畫和布局，文章的結構。

**間接** ㄐㄧㄢˋ ㄐㄧㄝ 不是直接的，必須透過媒介才能接觸到的。

**間歇** ㄐㄧㄢˋ ㄒㄧㄝ 動作、變化每隔一段時間會停止一會兒。

**間腦** ㄐㄧㄢ ㄋㄠˇ 腦的一部分，在大腦兩半球的中間，由很多形狀不規則的灰質塊和神經纖維構成。間腦包括丘腦和下丘腦。

**間道** ㄐㄧㄢˋ ㄉㄠˋ 図偏僻的、抄近的小路。

**間隔** ㄐㄧㄢˋ ㄍㄜˊ 事物在空間或時間上的距離。

**間隙** ㄐㄧㄢˋ ㄒㄧˋ ①空隙。②可乘的機會。③図隔閡。如「二人之間，其間隙也久矣」。

**間壁** ㄐㄧㄢ ㄅㄧˋ 隔壁。

**間諜** ㄐㄧㄢˋ ㄉㄧㄝˊ 受過訓練，潛入敵國或別的國家竊取情報或製造糾紛，進行顛覆的人。

**間斷** ㄐㄧㄢˋ ㄉㄨㄢˋ 中斷不連續。

**間關** ㄐㄧㄢ ㄍㄨㄢ 図①鳥叫聲。〈琵琶行〉有「間關鶯語花底滑」。②車行聲。③形容道路艱難。如「展轉流徙，間關千里」。④形容文字蹇澀。

**間奏曲** ㄐㄧㄢˋ ㄗㄡˋ ㄑㄩˇ 戲曲或歌劇中在兩幕（場）之間演奏的小型器樂曲。

**間接稅** ㄐㄧㄢˋ ㄐㄧㄝ ㄕㄨㄟˋ 納稅人可以通過經濟行為，將負擔轉嫁給他人。這種稅稱為間接稅。如菸草稅，雖然是製造香菸的廠商繳納，實際上是由吸菸的人負擔。

**間歇泉** ㄐㄧㄢˋ ㄒㄧㄝ ㄑㄩㄢˊ 按週期噴發的溫泉，多分布在火山活動的地區。

**間歇熱** ㄐㄧㄢˋ ㄒㄧㄝ ㄖㄜˋ 醫學上指體溫反反覆覆地上升下降的症狀。

**間不容髮** ㄐㄧㄢˋ ㄅㄨˋ ㄖㄨㄥˊ ㄈㄚˇ 図比喻相距極近。

**間接選舉** ㄐㄧㄢˋ ㄐㄧㄝ ㄒㄩㄢˇ ㄐㄩˇ 由有選舉權的人選出代表，再由代表選舉公職人員的選舉方式。

**閒（闲）** ▲ㄒㄧㄢˊ(一)安靜的樣子。如「閒適」「安閒自在」。(二)空(ㄎㄨㄥˋ)著沒事情做。如「閒暇」「賦閒」。(三)擱在那裡不用。如「機器閒著會生鏽」「投閒置散(ㄙㄢˇ)」。(四)與正事無關的。如「閒談」「閒書」。(五)図私下的，暗中的。〈史記・藺相如傳〉有「臣恐見欺於王而負趙，故令人持璧歸，閒至趙矣」。㈥図參與。〈左傳・莊十年〉有「肉食者謀之，又何閒焉」。

▲ㄐㄧㄢˋ同「間」。

▲見同「間（ㄐㄧㄢˋ）」。

**閒人** ①沒有事做的人。②沒有關係的人。如「閒人莫進」。③被擱置而不能任事的人。如「這件事不能找拿錢不做事的閒人去做」。

**閒心** 閒著沒事的心情。

**閒日** 無事可做的日子。

**閒田** 無人耕種的荒田。

**閒在** 悠閒；清閒。如「您今天怎麼這樣閒在呀」。

**閒扯** 隨便談話，既無主題，也不加限制。如「你少跟他閒扯」。

**閒坐** 沒事時和朋友坐著談談天兒。

**閒步** 図散步。

**閒事** 與自己不相干的事；無關緊要的事。如「好（ㄏㄠˋ）管閒事」。

**閒官** 職務清閒的官員。

**閒居** 家居無事。

**閒時** 閒空（ㄎㄨㄥˋ）。

**閒書** 小說一類的供人消遣的書。

**閒氣** 為了無關緊要的事而生的氣。

**閒聊** 閒談。

**閒章** 非正式的印章，印文多屬別號或格言之類的。

**閒散** ①沒有事可做。如「在家閒散」。②職務不重要。如「派他一個閒散的職位，做得不太起勁兒」。

**閒著** ①不工作。如「他整天閒著沒事兒」。②東西放著不用。如「這些錢在我這兒閒著，你拿去可以救急」。

**閒雅** 文雅（多形容女子）。也作「嫻雅」。

**閒暇** 閒空（ㄎㄨㄥˋ）。

**閒置** 放在那兒不用。

**閒話** ①隨意談話。②背後批評，不滿意的言語。

**閒談** 沒有一定話題的談些無關緊要的話。

**閒適** 図閒靜安適。

**閒錢** 日用以外多餘的錢。

**閒空（兒）** 沒有事的時候。

**閒不住** 不字輕讀。①不能安靜。如「他是閒不住的，總不肯安安靜靜地坐會兒」。②沒有空閒，從不失業。如「他是閒不住的，本事好，別人都要找他」。

**閒屋子** 空著沒有使用的房屋。

**閒差事** 沒有很多工作要做的職務。如「當顧問是閒差事」。

**閒工夫（兒）** 夫字輕讀。空閒的時間。

**閒磕牙（兒）** 沒有主題的閒談。也說「扯閒篇兒」。

**閒言閒語** 別人背後的批評。

**閒言碎語** 沒有意義的閒話。

**閒情逸致** 安閒無事的情趣。

**閒雲野鶴** 比喻悠閒自在，沒有拘束。

**閒雜人等** 不相干的人。

**閑（闲）** ㄒㄧㄢˊ ㈠同「閒」。㈡図熟習。如「閑習」（也作「嫻習」）。㈢図柵欄。「馬閑」就是馬欄。㈣図防範。如「閑邪存誠」。㈤図法度，規律。「踰閑」就是不守禮法。

**閑常** ㄒㄧㄢˊ ㄔㄤˊ 平常，素常。也作「閒常」。

**閑習** ㄒㄧㄢˊ ㄒㄧˊ 図熟習。也作「嫻習」。

**閑業** ㄒㄧㄢˊ ㄧㄝˋ 指正業、正課以外的事情，如彈琴、下棋、繪畫等。

**閑靜** ㄒㄧㄢˊ ㄐㄧㄥˋ 図不躁急，欲望少。

**閑邪存誠** ㄒㄧㄢˊ ㄒㄧㄝˊ ㄘㄨㄣˊ ㄔㄥˊ 図防止邪惡發生，保持真誠心境。語見〈易經・乾・文言〉「閑邪存其誠」。

**閏（闰）** ㄖㄨㄣˋ ㈠曆法上指每過幾年積餘的時間。陰曆是三年一個閏月，五年兩閏。陽曆是四年閏出一天，放在二月裡。㈡見「閏音」。

**閏日** ㄖㄨㄣˋ ㄖˋ 陽曆是以地球繞日為基準，地球公轉一周叫一年。這「一年」實際是三百六十五天五小時四十九分十二秒，所以每四年積餘一天，這一天就叫「閏日」。閏日加在可以用四除盡的年分（如 1992、1996 年）的二月中。但是每四百年要減去三個閏日。

**閏月** ㄖㄨㄣˋ ㄩㄝˋ 陰曆以月球繞地球一周為一個月，小月二十九天，大月三十天，一年十二個月，全年三百五十四日或三百五十五日。每年比回歸曆差十天二十一小時，所以每三年有一個閏月，五年兩閏，十九年七閏。

**閏年** ㄖㄨㄣˋ ㄋㄧㄢˊ 指陽曆有閏日或陰曆有閏月那一年。

**閏音** ㄖㄨㄣˋ ㄧㄣ 各地方言，有些音是標準國音所沒有的。語音學者定出這些音的符號，如閩南語的ㆠㆣㆡㆬㆮ等，叫做「閏音」。這些符號叫閏音符號，簡稱閏符。

## 五筆

**閟** 図ㄅㄧˋ ㈠關門。㈡封閉；不再進行。㈢阻撓。㈣通「祕」：①中醫說大便乾澀。②幽深。

**閘** ㄓㄚˊ ㈠水門。如「水閘」「閘口」。㈡車輛上的煞車裝置。如「手閘」「腳登閘」。㈢可以操縱機械開合的機件。如「閘盒兒」。

**閘口** ㄓㄚˊ ㄎㄡˇ 安置水閘的地方。

**閘板** ㄓㄚˊ ㄅㄢˇ ①水門的門板。②保護窗戶的活動板。

**閘門** ㄓㄚˊ ㄇㄣˊ 水閘或管道上調節流量的門。

**閘盒兒** ㄓㄚˊ ㄏㄜˊ ㄦ 電路中裝有保險絲的小盒兒。

## 六筆

**閩** ㄇㄧㄣˇ ㈠福建省的別稱。㈡國名，五代十國之一，起自西元八九二年，終於九四六年，是王審知所建，經過三世七主，投降南唐。㈢水名，叫閩江，在福建省，經南平流到福州馬尾入海。又讀ㄇㄧㄣˊ。

**閥** ㄈㄚˊ ㈠古時對國家有功的人，把功勞寫了貼在大門上，左邊叫閥，右邊叫閱。㈡指在某方有特殊勢力或影響力的。如「軍閥」「財閥」。㈢機械的活門或閘。

**閥閱** ㄈㄚˊ ㄩㄝˋ 図古代貼在門上的功狀，左邊的稱閥，右邊的稱閱。引伸指巨室世家。

**閣** ▲ㄍㄜˊ ㈠樓房。如「樓閣」、「閣樓」。㈡藏書的房舍。如「藏經閣」、「文淵閣」（庋藏四庫全書，在北京紫禁城裡）。㈢屋子裡堆放雜物的高處。如「束之高閣」。㈣「內閣」的簡稱。如「閣揆」「閣議」。㈤見「閣下」。
▲ㄍㄜ 同「擱」。
▲ㄍㄠˇ 供（ㄍㄨㄥˋ）有神的寺觀（ㄍㄨㄢˋ）的小樓。如「呂祖閣」（供呂洞賓）。

**閣下** ㄍㄜˊ ㄒㄧㄚˋ 對人的敬稱。

**閣子** ㄍㄜˊ ㄗˇ 小房子。

**閣員** ㄍㄜˊ ㄩㄢˊ 內閣制的國家，出席內閣會議討論國事的政務官，叫「閣員」。像我國行政院的政務委員就是。

**閣揆** ㄍㄜˊ ㄎㄨㄟˊ 図內閣總理，相當於我國的行政院長。

**閣閣** ㄍㄜˊ ㄍㄜˊ 図①端正的樣子。②蛙叫聲。

**閣議** ㄍㄜˊ ㄧˋ 內閣會議。

**閤** ▲ㄍㄜˊ ㈠図大門旁邊的單扇小門兒。㈡同「閣」。
▲ㄏㄜˊ 同「闔」。如「閤第光臨」。

**閨** ㄍㄨㄟ ㈠図上圓下方的圭形小門。㈡從前指女人住的房間。如「閨房」。㈢見「閨女」。㈣見「閨秀」。

**閨女** ㄍㄨㄟ ㄋㄩˇ 女字輕讀。①處女。②女兒的別稱。如「我閨女上月回家住了幾天」。

**閨秀** ㄍㄨㄟ ㄒㄧㄡˋ 對賢淑有才德的女子的敬稱。如「大家閨秀」。

**閨房** ㄍㄨㄟ ㄈㄤˊ 內室。

**閨閣** ㄍㄨㄟ ㄍㄜˊ 図①女子的臥室，所以說女人是「閨閣中人」。②宮中的小門。

**閨範** ㄍㄨㄟ ㄈㄢˋ 図閨中的模範，比喻有德行的婦女。

**閡** ㄏㄜˊ 阻隔不能通往。如「隔閡」。

## 七筆

**閬** ㄌㄤˊ ㈠図高大，空曠，明朗。如「閬閬」。㈡閬中，四川省山名、縣名。又讀ㄖㄤˋ。

**閬閬** ㄌㄤˊ ㄌㄤˊ 図高大、空曠、明朗的樣子。〈漢書．揚雄傳〉有「閬閬閬其寥廓兮」。

**閭** 図ㄌㄩˊ ㈠古時的基層民政單位，二十五戶組成一個閭。後來作聚居者的通稱。如「閭里」。㈡宗族。戰國時代楚國屈原做過「三閭大夫」，管昭、屈、景三姓的事。㈢里巷的門。如「老母倚閭」（盼望遊子歸來）。㈣民間。如「閭閻」。㈤姓。

**閭里** ㄌㄩˊ ㄌㄧˇ 図鄉里。

**閭巷** ㄌㄩˊ ㄒㄧㄤˋ 図里巷，泛指鄉里、民間。

**閭閻** ㄌㄩˊ ㄧㄢˊ 図①里巷的門。②比喻民間。〈漢書〉有「閭閻偪於戎狄」。

**閫** 図ㄎㄨㄣˇ ㈠門檻兒。〈史記〉有「閫以內夫人主之，閫以外下官主之」。㈡由門檻兒引伸為內室「閫闈」「閫奧」，是說婦女住的房間和它的深邃。㈢由內室引伸為「婦女的」。如「閫範」。㈣古時指軍事說。「閫寄」是派出將領授以專權「專閫」是主持軍事。

**閫範** ㄎㄨㄣˇ ㄈㄢˋ 図指婦女的德行，足夠做一般女性的模範的。也作「閫德」「閫儀」。

**閱** ㄩㄝˋ ㈠觀，看。如「閱讀」「閱覽」。㈡檢驗。如「檢閱」「閱兵」。㈢經歷。如「閱歷」「閱人多矣」。四見「閱」㈠。

**閱世** ㄩㄝˋ ㄕˋ 文經歷世事。如「待年事稍長，閱世漸深，方知世態炎涼」。

**閱兵** ㄩㄝˋ ㄅㄧㄥ 檢閱軍隊。

**閱卷** ㄩㄝˋ ㄐㄩㄢˋ 評閱試卷。

**閱歷** ㄩㄝˋ ㄌㄧˋ 經驗。如「閱歷很深」。

**閱覽** ㄩㄝˋ ㄌㄢˇ 觀看書報。

**閱讀** ㄩㄝˋ ㄉㄨˊ 閱覽誦讀。

## 八筆

**閽** 文ㄏㄨㄣ ㈠門，常特指宮門。「叩閽」是有極大冤枉的向皇帝訴苦。㈡守門的人叫「閽人」。

**閶** 文ㄔㄤ 「閶闔」，古人傳說的天門。也指皇宮的門，或泛指門。

**闍** ▲ㄕㄜˊ 阿闍梨，梵語，指品學高尚的和尚。▲文ㄉㄨ 城門臺。

**閼** ▲文ㄜˋ 「閼塞（ㄙㄜˋ）」「壅閼」都是壅塞的意思。▲ㄧㄢ 「閼氏（ㄓ）」，漢時稱匈奴單（ㄔㄢˊ）于的妻。▲ㄩˋ 「閼與」，古代邑名，在現在山西省和順縣。

**閹** ㄧㄢ ㈠割去雄性生殖器官。如「閹雞」「閹牛」。口語也說「騸」（閹牛馬等大牲畜）。㈡舊時稱太監叫「閹寺」「閹人」。

**閹割** ㄧㄢ ㄍㄜ ①割掉動物的睪丸或卵巢，使牠不再具有生殖能力。②比喻摘除文章或理論裡的精髓部分，使它失去原來的作用或造成質變。

**閹雞** ㄧㄢ ㄐㄧ 割去生殖器官的雄雞。

**閹割恐懼** ㄧㄢ ㄍㄜ ㄎㄨㄥˇ ㄐㄩˋ 心理分析學上說，三歲到六歲的男孩有戀母情結，對父親有嫉妒與憎恨的情結，潛意識中想「取代父位」，又怕父親閹割自己。這種心理稱為「閹割恐懼」，是心理學者佛洛伊德提出的。

**閻** ㄧㄢˊ ㈠文里中的門，引伸為里巷。㈡姓。

**閻王** ㄧㄢˊ ㄨㄤˊ 也稱「閻羅」「閻王爺」「閻羅王」。①佛教所說地獄的主宰，掌理人間生死、善惡諸事。或作「閻摩」「琰摩」。②比喻公正無私不畏權勢的官吏。〈宋史・包拯傳〉有「京師為之語曰：『關節不到，有閻羅包老』。」③給凶狠的人的綽號。如「嚴老師很凶，班上同學給他起了個綽號叫『閻王』」。

**閿** ㄨㄣˊ 閿鄉，縣名，在河南省。

**閾** 文ㄩˋ ㈠門檻（ㄎㄢˇ）。〈禮記〉有「不履閾」。㈡「界閾」，就是界限。

## 九筆

**闆** ㄅㄢˇ 老闆，店主（「老闆」是南方話，北方話叫「掌櫃的」，臺灣地區又叫「頭家」）。

**闌** ㄌㄢˊ ㈠通「欄」。如「闌干」「憑闌」。㈡文擅自，妄。如「闌入」（隨意擅自進入）。㈢文晚。如「夜闌人靜」。㈣見「闌珊」。㈤見「闌尾」。

**闌入** ㄌㄢˊ ㄖㄨˋ 文隨便進入不應進入的地方。

**闌干** ㄌㄢˊ ㄍㄢ ①同「欄杆」。②文流淚的樣子，涕泗縱橫的樣子。〈長恨歌〉有「玉容寂寞淚闌干」。

**闌尾** ㄌㄢˊ ㄨㄟˇ 人體內上接迴腸下連結腸的大腸部分，是已退化的器官。下端有盲囊，囊底有「蟲樣垂」，長約八九公分，像蚯蚓狀的突起，因此又名蚓突。蚓突狹窄，遇到細菌繁殖，就會發炎，病名是「闌尾炎」，一般說是「盲腸炎」。

**闌珊** ㄌㄢˊ ㄕㄢ　図衰弱，凋散。如「春意闌珊」「意興闌珊」。

**闌尾炎** ㄌㄢˊ ㄨㄟˇ ㄧㄢˊ　醫學名詞，盲腸末端附有的蟲狀突起（叫闌尾），因不潔物進入而發炎。一般稱為盲腸炎。

## 闊（濶）

ㄎㄨㄛˋ ㈠図疏遠。如「契闊」「闊別」。㈡廣大。如「廣闊」「遼闊」。㈢図遠隔。陸機詩有「音聲日夜闊，何用慰吾心」。㈣寬度。如「長五尺，闊一尺」。㈤寬廣的，與「狹」「窄」相對。如「闊葉樹」「闊步」。㈥見「闊氣」。㈦図見「迂闊」。㈧図見「闊達」。

**闊人** ㄎㄨㄛˋ ㄖㄣˊ　錢多而且捨得花的人。

**闊少** ㄎㄨㄛˋ ㄕㄠˇ　稱有錢人家的子弟。

**闊老** ㄎㄨㄛˋ ㄌㄠˇ　稱年紀較大的有錢人。

**闊別** ㄎㄨㄛˋ ㄅㄧㄝˊ　図久別。

**闊步** ㄎㄨㄛˋ ㄅㄨˋ　邁大步。

**闊氣** ㄎㄨㄛˋ ㄑㄧˋ　氣字輕讀。①豪華奢侈。②捨得花錢。

**闊達** ㄎㄨㄛˋ ㄉㄚˊ　図豁達大度，不拘小節。

**闊綽** ㄎㄨㄛˋ ㄔㄨㄛˋ　排場大，生活奢侈。

**闊葉樹** ㄎㄨㄛˋ ㄧㄝˋ ㄕㄨˋ　葉子寬闊的樹木（區別於「針葉樹」），如白楊、楓樹等。

## 闃

図ㄑㄩˋ 寂靜。〈正氣歌〉有「陰房闃鬼火」。

## 闋

図ㄑㄩㄝˋ ㈠事情完了關上門。㈡終止。服完喪叫「服闋」；樂曲奏完叫「樂闋」。㈢宋詞或歌一曲叫「一闋」。

## 闇

▲図ㄢˋ ㈠閉門。如「闇闇讀書」。㈡通「暗」，黑暗，不亮。如「入闇室而不欺」。㈢愚昧，胡塗。如「闇弱」「昏闇」。
▲ㄢ 守喪的屋子，叫「諒闇」，也作「梁闇」「亮陰」「諒陰」。

**闇昧** ㄢˋ ㄇㄟˋ　図愚昧。也作「暗昧」。

**闇弱** ㄢˋ ㄖㄨㄛˋ　図懦弱而不明事理。

**闇淺** ㄢˋ ㄑㄧㄢˇ　図說人愚昧而且見識短淺。

**闇然** ㄢˋ ㄖㄢˊ　図不明顯的樣子。〈中庸〉有「闇然而日章」。

**闇誦** ㄢˋ ㄙㄨㄥˋ　図背誦。

## 闈

ㄨㄟˊ ㈠図舊時指宮中的旁門。㈡図舊時指宮廷裡后妃住的地方。如「宮闈」。㈢図內室；指父母住的房間，引伸作父母的意思。束皙的詩有「眷戀庭闈」。㈣舊時指考試的場所。如「棘闈」。也引伸作考試。如「秋闈」。㈤以往指「試院」，現在指臨考試前辦理命題、印卷的場所。「入闈」是有關命題、印卷的工作人員進入闈場工作。

**闈場** ㄨㄟˊ ㄔㄤˇ　大規模的考試（像高普考、大學或高中聯考）命題與印卷的人員的工作場所，不許旁人進入。

**闈墨** ㄨㄟˊ ㄇㄛˋ　明清兩代鄉試會試，由主試者選刊中式者前幾名的作品，叫做「闈墨」。

# 十筆

## 闒

図ㄊㄚˋ ㈠樓上的單扇小門。㈡鐘鼓聲。㈢「闒茸」是形容人愚劣、猥賤。

**闐** 図ㄊㄧㄢˊ ㈠盛，充滿。如「門人闐其室」。㈡形容聲音喧闐響亮。如「喧闐社鼓」「雷聲闐闐」。

**闓** 図ㄎㄞˇ ㈠開門。〈漢書・匈奴傳〉有「今欲與漢闓大關」。㈡通「愷」「凱」。

**闔** ㄏㄜˊ ㈠図「闔扇」就是門扇。㈡總，合，全部。如「闔第光臨」。㈢閉合。如「開闔」。

**闔府** ㄏㄜˊ ㄈㄨˇ 尊稱別人的全家。也作「闔第」。

**闕** ▲ㄑㄩㄝ ㈠図舊時宮門前兩旁的樓，供瞭望用的。㈡図舊時指皇帝所住的宮殿。如「宮闕」「朝天闕」。㈢姓。▲ㄑㄩㄝ ㈠過錯。如「闕失」「闕漏」。㈡與「缺」通。如「闕文」「闕字」。㈢見「闕疑」。▲図ㄐㄩㄝˊ 通「掘」。〈左傳〉有「若闕地及泉」。

**闕文** ㄑㄩㄝ ㄨㄣˊ 図古書裡脫落的文句。

**闕失** ㄑㄩㄝ ㄕ 図過失。

**闕如** ㄑㄩㄝ ㄖㄨˊ 図欠缺。如「竟告闕如」。（「如」是「然」的音轉，是語助詞。）

**闕字** ㄑㄩㄝ ㄗˋ 図詩文中脫漏的字。

**闕筆** ㄑㄩㄝ ㄅㄧˇ 古人故意少寫筆畫表示避諱。如孔子名丘，闕筆寫成「丘」。

**闕漏** ㄑㄩㄝ ㄌㄡˋ 図事情的缺點與漏洞。

**闕疑** ㄑㄩㄝ ㄧˊ 図有了疑問，暫時擱置，等待解決。

**闖** ▲ㄔㄨㄤˇ ㈠猛衝。如「闖進門來」「橫衝直闖」。㈡歷練。如「闖練」「他闖出膽量來了」。㈢碰到，遇見。如「我在路上闖上了」。▲ㄔㄨㄤˋ ㈠撞。如「他騎車把我闖倒了」。㈡惹起。如「闖禍」（也讀ㄔㄨㄤˇ）。㈢擾亂。如「闖喪」。

**闖將** ㄔㄨㄤˇ ㄐㄧㄤˋ ①指成群結隊橫行霸道的無賴漢。②指勇敢能衝的將領。

**闖禍** ㄔㄨㄤˇ ㄏㄨㄛˋ 讀音ㄔㄨㄤˋ ㄏㄨㄛˋ。惹出禍事。

**闖練** ㄔㄨㄤˇ ㄌㄧㄢˋ 練字輕讀。在實際生活裡鍛鍊。如「他應該多出去闖練闖練」。

**闖蕩** ㄔㄨㄤˇ ㄉㄤˋ 指人離家在外討生活或是接受磨練。如「闖蕩江湖」。

**闖江湖** ㄔㄨㄤˇ ㄐㄧㄤ ㄏㄨˊ 離家在外，四處謀生。也說「闖蕩江湖」，省說「闖蕩」。

**闖空門** ㄔㄨㄤˇ ㄎㄨㄥ ㄇㄣˊ 小偷趁人家中無人時，進去偷竊。

**闖紅燈** ㄔㄨㄤˇ ㄏㄨㄥˊ ㄉㄥ 行人車輛在交叉路口不可橫越的紅燈號誌下闖了過去。按交通法規規定，要受罰鍰處分。

## 十一筆

**關（關、関、关）** ㄍㄨㄢ ㈠頂門的橫木，就是門閂。㈡閉合。與「開」相對。如「關門」「關窗戶」。㈢禁閉，拘留。如「把他關起來」「在監獄裡關著呢」。㈣息。如「關燈」。㈤古時在邊界上或出入要道所設的隘門。如「關塞」「邊關」。㈥進出口貨交稅的地方也叫關。如「海關」「關卡」。㈦樞紐，重要的轉捩點。如「關鍵」「緊急關頭」。㈧牽連。如「休戚相關」「關聯」。㈨軍隊發餉叫「關餉」。㈩顧念。如「關心」「關注」。⑪見「關係」。⑫說情。如「關說」。⑬図見「關關」。⑭姓。

**關刀** ㄍㄨㄢ ㄉㄠ 長柄大刀。傳說是關羽所用，所以叫「關刀」。

**關亡** ㄍㄨㄢ ㄨㄤˊ 召請鬼魂的巫術。

**關口** ㄍㄨㄢ ㄎㄡˇ ①來往必經的要道。②關頭。

**關子** ㄍㄨㄢ ˙ㄗ 小說、戲劇、電影的令人猜疑急待知曉的緊要處，或說話的重要關節，這時若故意停頓或轉換話題，叫「賣關子」。

**關山** ㄍㄨㄢ ㄕㄢ 關塞和山岳。

**關中** ㄍㄨㄢ ㄓㄨㄥ 指陝西渭河流域一帶。因為東有函谷關，南有武關，西有散關，北有蕭關，位於四關之中，所以稱關中。

**關內** ㄍㄨㄢ ㄋㄟˋ 關內之地，如嘉峪關以東，山海關以西一帶地區。反之則稱關外。

**關切** ㄍㄨㄢ ㄑㄧㄝˋ ①關心。②親切。

**關心** ㄍㄨㄢ ㄒㄧㄣ ①掛念。②注意。

**關卡** ㄍㄨㄢ ㄑㄧㄚˇ 檢查或收稅的關口。

**關西** ㄍㄨㄢ ㄒㄧ 指函谷關以西的地區，即今陝西、甘肅兩省。

**關防** ㄍㄨㄢ ㄈㄤˊ ①關隘駐軍的地方。②長方形的機關印信。③防止串通、泄露機密的禁令。

**關於** ㄍㄨㄢ ㄩˊ 介詞，表示某種動作所牽涉的一定範圍。如「關於這件事，我全不知道」。

**關東** ㄍㄨㄢ ㄉㄨㄥ 指山海關以東一帶地區，泛指東北各省。也叫關外。

**關注** ㄍㄨㄢ ㄓㄨˋ 關心重視。

**關門** ㄍㄨㄢ ㄇㄣˊ ①把門關上。②注意防範。如「賊去關門」。③指商業機構倒閉。

**關係** ㄍㄨㄢ ㄒㄧˋ 係字輕讀。①人與人之間或人與物之間的連屬情形。如「他和我有點兒親戚關係」。②連帶的影響。如「每個人的行為，都和社會的盛衰有關係」。③要緊。「沒關係」就是不要緊。

**關書** ㄍㄨㄢ ㄕㄨ 舊時聘請教師或幕僚的文書，就是現在所說的聘書。

**關涉** ㄍㄨㄢ ㄕㄜˋ 牽涉到，關係到。如「這事關涉很廣，辦理時要多注意」。

**關脈** ㄍㄨㄢ ㄇㄞˋ 中醫指手掌後高骨上的動脈，是手脈的一部分，其前為寸，其後為尺，陰陽氣血，由此分界，所以稱為關脈。

**關閉** ㄍㄨㄢ ㄅㄧˋ ①關上門窗。②閉門謝客。③杜塞關口，不與外人往來。

**關稅** ㄍㄨㄢ ㄕㄨㄟˋ 海關徵收的出口、入口的貨物稅。

**關愛** ㄍㄨㄢ ㄞˋ 關懷愛護。

**關照** ㄍㄨㄢ ㄓㄠˋ ①通知。如「關照大家要多小心」。②照應。如「請多多關照」。

**關節** ㄍㄨㄢ ㄐㄧㄝˊ ①〔文〕暗中賄賂請託。如「通關節是行賄罪」。②解剖學上說脊椎動物骨與骨之間的轉動結合。

**關說** ㄍㄨㄢ ㄕㄨㄛ 代為說情請託。

**關隘** ㄍㄨㄢ ㄞˋ 險要的關口。

**關燈** ㄍㄨㄢ ㄉㄥ 關上電燈，息燈。

**關頭** ㄍㄨㄢ ㄊㄡˊ 事情經過的重要部分或時期。

**關聯** ㄍㄨㄢ ㄌㄧㄢˊ 互相牽連。

**關鍵** ㄍㄨㄢ ㄐㄧㄢˋ ①事物的扼要部分。②重要的關頭。

**關懷** ㄍㄨㄢ ㄏㄨㄞˊ 關心。

**關礙** ㄍㄨㄢ ㄞˋ 妨礙，阻障。

**關關** ㄍㄨㄢ ㄍㄨㄢ 〔文〕鳥鳴聲。〈詩經〉有「關關雎鳩」。

**關係人** ㄍㄨㄢ ㄒㄧˋ ㄖㄣˊ 法律上指當事人或其代理人、證人、鑑定人等。

**關係詞** ㄍㄨㄢ ㄒㄧˋ ㄘˊ 在文句中，用來介紹或連接詞句的詞，包括九品詞中的介詞和連詞。

**關節炎** ㄍㄨㄢ ㄐㄧㄝˊ ㄧㄢˊ 醫學上說關節發炎而呈現痛、腫、紅、熱的現象。

**關山萬里** ㄍㄨㄢ ㄕㄢ ㄨㄢˋ ㄌㄧˇ 比喻交通極不方便或路途極為遙遠。

**關係企業** ㄍㄨㄢ ㄒㄧˋ ㄑㄧˇ ㄧㄝˋ 由一個家族或企業體所經營的多元性企業。行業性質可能有不同，相互之間的支援（如金融業吸收社會資金，轉貸給關係企業）與壟斷性很高。

**闚** 図ㄎㄨㄟ同「窺」字。

**闚伺** ㄎㄨㄟ ㄙˋ 図在旁邊偷看，等待機會下手（多含貶義）。

## 十二筆

**闞** ▲ㄎㄢˋ ㈠図偷看。㈡姓。又讀ㄎㄢˇ。▲ㄏㄢˇ ㈠老虎的吼聲，同「闞」。㈡「闞闞」，形容勇猛。

**闠** ㄏㄨㄟˋ 市外的門。

**闡** 図ㄔㄢˇ ㈠說明事理。如「闡述」「闡明」。㈡宣揚。如「闡揚」「闡發」。

**闡究** ㄔㄢˇ ㄐㄧㄡˋ 図研究而加以發揮。

**闡明** ㄔㄢˇ ㄇㄧㄥˊ 図詳細說明。

**闡述** ㄔㄢˇ ㄕㄨˋ 図論述（比較深奧的問題）。

**闡發** ㄔㄢˇ ㄈㄚ 闡述並發揮。

**闡揚** ㄔㄢˇ ㄧㄤˊ 說明並宣傳。

## 十三筆

**闢** ㄆㄧˋ ㈠開拓。如「開天闢地」「開闢荒地」。㈡図斥除，反駁。如「闢謠」「闢除邪說」。

**闢地** ㄆㄧˋ ㄉㄧˋ 開拓土地。如「闢地千里」。

**闢謠** ㄆㄧˋ ㄧㄠˊ 図否認傳言，指出它的不可信之處。

**闥** 図ㄊㄚˋ ㈠皇宮裡的小門。㈡門。如「排闥直入」。

**闤** 図ㄏㄨㄢˊ 街市的牆。「闤闠」是街市的商店。

# 阜部

**阜** 図ㄈㄨˋ ㈠土山。㈡形容大。〈書經〉有「阜成兆民」。㈢形容豐盛，眾多。如「物阜民豐」。

## 三筆

**阡** 図ㄑㄧㄢ ㈠田埂。如「阡陌」。㈡墓道。歐陽修〈瀧岡阡表〉有「始克表於其阡」。

**阡陌** ㄑㄧㄢ ㄇㄛˋ 図田埂；田地裡的小路。東西向的叫阡，南北向的叫陌。又另一說法是南北向的叫阡，東西向的叫陌，見〈風俗通〉。

**阡表** ㄑㄧㄢ ㄅㄧㄠˇ 墓碑。北宋歐陽修文有〈瀧岡阡表〉。

**阢** 図ㄨˋ「阢隉」，同「杌隉」，是危險，不安穩的樣子。

## 四筆

**阪** ㄅㄢˇ 同「坂」。

**阪上走丸** ㄅㄢˇ ㄕㄤˋ ㄗㄡˇ ㄨㄢˊ 図在斜坡上滾彈珠。比喻事情隨著形勢或潮流而迅速發展。

**防**（ㄈㄤˊ）㈠隄，築在河邊、海邊，擋水的建築物。如「隄防」。㈡預先戒備、準備，避免受害。如「防火」「預防」。㈢預先戒備，或防守的工作。如「海防」「冬防」「邊防」。㈣図禁止。〈禮記・檀弓〉有「又敢與知防」。㈤図堵塞。〈國語・周語〉有「防民之口，甚於防川」。㈥姓。

**防己**（ㄈㄤˊ ㄐㄧˇ）落葉藤本植物，葉子闊卵形，開綠色小花，果實黑色。莖可製籃，根可入藥。

**防止**（ㄈㄤˊ ㄓˇ）預先設法制止（壞事發生）。

**防守**（ㄈㄤˊ ㄕㄡˇ）防禦守備。

**防汛**（ㄈㄤˊ ㄒㄩㄣˋ）在河川水位升高之前採取措施，防止氾濫成災。

**防老**（ㄈㄤˊ ㄌㄠˇ）預先為年老時的生活作計畫。

**防災**（ㄈㄤˊ ㄗㄞ）預防災難發生。

**防身**（ㄈㄤˊ ㄕㄣ）保護自己不受他人傷害。如「她每天出門總帶著防身的器物」。

**防治**（ㄈㄤˊ ㄓˋ）預防與治療（疾病、病蟲害等）。

**防空**（ㄈㄤˊ ㄎㄨㄥ）為防備敵人空襲而採取各種措施。

**防毒**（ㄈㄤˊ ㄉㄨˊ）防止毒物對人畜的傷害。

**防洪**（ㄈㄤˊ ㄏㄨㄥˊ）防備洪水成災。

**防疫**（ㄈㄤˊ ㄧˋ）預防傳染病。

**防風**（ㄈㄤˊ ㄈㄥ）①擋住風，預防風害。②多年生草本植物，高二十到八十公分，根土黃色。每年二月、十月採收，可做藥，治感冒、頭痛、發熱、骨節痛等。

**防區**（ㄈㄤˊ ㄑㄩ）防守的區域。

**防備**（ㄈㄤˊ ㄅㄟˋ）戒備。

**防寒**（ㄈㄤˊ ㄏㄢˊ）預防寒害（多指農漁業方面）。

**防閑**（ㄈㄤˊ ㄒㄧㄢˊ）図防備和限制。

**防腐**（ㄈㄤˊ ㄈㄨˇ）使用藥物或日晒、火烤等方法抑制微生物的繁殖，防止有機體腐爛。

**防潮**（ㄈㄤˊ ㄔㄠˊ）①防止潮溼。如「梅雨季節室內要注意防潮」。②防備潮水。如「防潮閘門」。

**防範**（ㄈㄤˊ ㄈㄢˋ）在事前加以預防戒備，使事故不致發生。

**防線**（ㄈㄤˊ ㄒㄧㄢˋ）①戰時軍隊所防守的一帶地方。②指球類運動或政治活動的團體戒備範圍的界線。

**防衛**（ㄈㄤˊ ㄨㄟˋ）防備、保護，預防壞事發生。小事如個人安全，大事如地區的保安、國土的保護，都可說防衛。

**防震**（ㄈㄤˊ ㄓㄣˋ）預防地震造成的災害。

**防禦**（ㄈㄤˊ ㄩˋ）隨時準備加意保衛。

**防護**（ㄈㄤˊ ㄏㄨˋ）防備和保護。

**防水布**（ㄈㄤˊ ㄕㄨㄟˇ ㄅㄨˋ）不透水的布。

**防水紙**（ㄈㄤˊ ㄕㄨㄟˇ ㄓˇ）水分不容易侵入浸溼的紙。

**防火布**（ㄈㄤˊ ㄏㄨㄛˇ ㄅㄨˋ）不容易燃燒的布。

**防火巷**（ㄈㄤˊ ㄏㄨㄛˇ ㄒㄧㄤˋ）兩棟建築物之間預留的空地，以便火災發生時救火車可以駛入。

**防火牆**（ㄈㄤˊ ㄏㄨㄛˇ ㄑㄧㄤˊ）為防止火災蔓延，用不會燃燒的磚築成的牆，叫做防火牆。

**防空洞**（ㄈㄤˊ ㄎㄨㄥ ㄉㄨㄥˋ）空襲時可供人躲避的洞穴或地下防空設備。

**防沙林**（ㄈㄤˊ ㄕㄚ ㄌㄧㄣˊ）為防止流沙侵襲而種植的防護林。

**防風林**（ㄈㄤˊ ㄈㄥ ㄌㄧㄣˊ） 有調節氣候，減少風沙或預防風災的作用，按照計畫栽植或天然生成的林木。

**防臭劑**（ㄈㄤˊ ㄔㄡˋ ㄐㄧˋ） 防止惡臭的藥品，像重錳酸鉀、氯化鉀、石炭酸等。

**防腐劑**（ㄈㄤˊ ㄈㄨˇ ㄐㄧˋ） 消毒殺菌的藥劑，像酒精、石炭酸等。

**防蝕劑**（ㄈㄤˊ ㄕˊ ㄐㄧˋ） 防止器具腐蝕的化學藥劑，如鍍在銅鐵器上的鋅，塗在木器上的油漆等。

**防衛權**（ㄈㄤˊ ㄨㄟˋ ㄑㄩㄢˊ） 法律上說：遇到他人不正當的侵害，而以自己的智力、體力防衛自己的生命財產，稱為防衛權，在法律上不為罪。

**防鏽劑**（ㄈㄤˊ ㄒㄧㄡˋ ㄐㄧˋ） 化學上說能防止金屬表面生鏽的塗料，如鉛丹、氧化鋅、樹脂、瀝青或乾性油等，能隔絕金屬表面與空氣接觸，避免氧化。

**防護團**（ㄈㄤˊ ㄏㄨˋ ㄊㄨㄢˊ） 機關、學校、社團、工廠中，經常同時工作人員超過一百人者，必須成立防護團或聯合防護團，負責本單位防情傳遞、警報發放、防護、消防、救濟及特種武器防護與自衛勤務。

**防風飛彈**（ㄈㄤˊ ㄈㄥ ㄈㄟ ㄉㄢˋ） 一種導引飛彈（勝利女神、蒼鷹等飛彈），由地面發射，可以攻擊從空中來襲的敵機、飛彈等。

**防毒面具**（ㄈㄤˊ ㄉㄨˊ ㄇㄧㄢˋ ㄐㄩˋ） 在礦場或作戰時候使用的防備毒氣傷害的面具。

**防患未然**（ㄈㄤˊ ㄏㄨㄢˋ ㄨㄟˋ ㄖㄢˊ） 図在事故或禍患發生之前，預先作好防備。

**防微杜漸**（ㄈㄤˊ ㄨㄟˊ ㄉㄨˋ ㄐㄧㄢˋ） 図謹慎防止弊病的發生及擴大。

**防意如城**（ㄈㄤˊ ㄧˋ ㄖㄨˊ ㄔㄥˊ） 図防止私慾蠢動的心，要如同防止敵人攻城。這是朱熹說的聖賢克己的功夫。

**防癆疫苗**（ㄈㄤˊ ㄌㄠˊ ㄧˋ ㄇㄧㄠˊ） 參看「卡介苗」。

## 阱（穽）

ㄐㄧㄥˇ 在地面上挖掘深坑，上面做好偽裝，是為了捕捉野獸用的。如「陷阱」。

## 阮

ㄖㄨㄢˇ ㈠古樂器「阮咸」（琵琶之類）的簡稱。㈡姓。

**阮咸**（ㄖㄨㄢˇ ㄒㄧㄢˊ） 三國時魏國人，曠達不拘，為竹林七賢之一。長於音律，所製月琴，後人稱為「阮咸」。

**阮囊羞澀**（ㄖㄨㄢˇ ㄋㄤˊ ㄒㄧㄡ ㄙㄜˋ） 図錢太少或沒有錢。本是東晉人阮孚的故事。〈幼學瓊林〉有「囊內錢空，阮郎羞澀」。後人自稱袋中無錢為阮囊羞澀。

## 阨（阸）

図ㄜˋ ㈠險地。如「阨塞」「險阨」。㈡阻塞，窮困。如「困阨」。

**阨困**（ㄜˋ ㄎㄨㄣˋ） 図阻塞，窮困。

**阨塞**（ㄜˋ ㄙㄞˋ） 図險要的地方。

# 五筆

## 陂

▲図ㄆㄧˊ ㈠山旁坡地。㈡「陂塘」，同「堤塘」，蓄水備用的水塘。㈢池塘的岸壁。〈詩經・澤陂〉有「彼澤之陂」。▲ㄆㄛ 「陂陀」，險阻，不平坦、不順利的樣子。

## 附

ㄈㄨˋ ㈠依傍。如「依附」「附屬」。㈡增益，加多。如「附加」「附錄」。㈢連帶。如「附帶」「附件」。㈣跟從別人的意思。如「附議」「隨聲附和（ㄏㄜˋ）」。㈤図很靠近。如「附耳」。

**附子**（ㄈㄨˋ ㄗˇ） 烏頭科多年生草本植物，高約一公尺，葉互生，花大，深紫色。地下莖有毒。中醫取側根晒乾後用，可治虛脫、心腹冷痛等症。須久煮。

**附小** ㄈㄨˋ ㄒㄧㄠˇ 附屬小學的略稱。如「臺北師院附小」。

**附中** ㄈㄨˋ ㄓㄨㄥ 附屬中學的略稱。如「師大附中」。

**附加** ㄈㄨˋ ㄐㄧㄚ 附帶增加。

**附件** ㄈㄨˋ ㄐㄧㄢˋ 在正件以外附屬的東西或文件。

**附耳** ㄈㄨˋ ㄦˇ [文]湊近耳邊低聲說話，不讓別人聽見。

**附和** ㄈㄨˋ ㄏㄜˋ （言語、行動）追隨別人（多含貶義）。

**附注** ㄈㄨˋ ㄓㄨˋ 在正文後面作補充說明或解釋正文的文字。

**附近** ㄈㄨˋ ㄐㄧㄣˋ ①靠近某地的。如「附近地區」。②附近的地方。如「我就住在附近」。

**附則** ㄈㄨˋ ㄗㄜˊ 附在法律或規則後面的補充性條文。

**附逆** ㄈㄨˋ ㄋㄧˋ 投靠叛逆的人或集團。

**附帶** ㄈㄨˋ ㄉㄞˋ 另外有所補充的；順便。如「附帶說明」。

**附庸** ㄈㄨˋ ㄩㄥ ①我國古時候附屬於大諸侯的小國。②為了保全本國的安全而依賴鄰近大國的勢力，聽人指揮，受人庇護的國家，叫做「附庸國」或「附庸國家」。③假託。如「附庸風雅」。

**附設** ㄈㄨˋ ㄕㄜˋ 附帶設置。如「臺大醫學院附設醫院」。

**附款** ㄈㄨˋ ㄎㄨㄢˇ ①正式條款下面的附屬條文。②[文]輸誠，歸附。〈晉書〉有「苻洪附款江東」。

**附筆** ㄈㄨˋ ㄅㄧˇ 寫信人在信末替他人向受信人問候時所加的話。如「拙內附筆問候」。

**附著** ㄈㄨˋ ㄓㄨㄛˊ 較小的物體黏著在較大的物體上。如「草籽附著在褲管上」「灰土附著在牆上」。

**附會** ㄈㄨˋ ㄏㄨㄟˋ [文]也作「傅會」。①把不相聯屬的事合成一項。②牽強湊合。

**附載** ㄈㄨˋ ㄗㄞˇ 附帶記載。如「他的報告附載三篇當地政府的調查報告」。

**附錄** ㄈㄨˋ ㄌㄨˋ 附帶加入的文件。

**附麗** ㄈㄨˋ ㄌㄧˋ [文]也作「附離」。①同「附著」。②依附，有攀附、巴結權勢的意思。

**附議** ㄈㄨˋ ㄧˋ 贊同並支持他人的提議（多半用在開會的時候）。

**附屬** ㄈㄨˋ ㄕㄨˇ ①某一機構所附設或管轄的（學校、醫院等）。②依附；歸屬。

**附驥** ㄈㄨˋ ㄐㄧˋ [文]「附驥尾」的略語。比喻後進依附先輩而成名，後來用作追隨的意思，帶有謙虛的意味。如「千里江山附驥尾」。

**附著根** ㄈㄨˋ ㄓㄨㄛˊ ㄍㄣ 植物學上把附著他物來保持自體的根，稱為附著根，如長春藤的氣根就是。

**附學習** ㄈㄨˋ ㄒㄩㄝˊ ㄒㄧˊ 在學習過程中所附帶養成的與學習內容有關的理想、情感和興趣等。

**附聲韻** ㄈㄨˋ ㄕㄥ ㄩㄣˋ 國音ㄢ、ㄣ、ㄤ、ㄥ四個韻符，在ㄚ、ㄜ的後面結合鼻音的「聲」（ㄋ、ㄫ）同時發音，叫「附聲韻」。也作「鼻聲隨」「聲隨韻」「附聲元音」「聲隨元音」。

**附屬品** ㄈㄨˋ ㄕㄨˇ ㄆㄧㄣˇ 附屬的物品。

**附屬國** ㄈㄨˋ ㄕㄨˇ ㄍㄨㄛˊ 指生存於另一個強國勢力範圍之內，聽從其指揮，受其庇護的國家。也作「附庸國」。

**附加價值** ㄈㄨˋ ㄐㄧㄚ ㄐㄧㄚˋ ㄓˊ 在經濟學上指原料經過加工變成一種商品所增加的價值。附加價值高，表示技術密集；附加價值低，表示勞力密集。

**附庸風雅** ㄈㄨˋ ㄩㄥ ㄈㄥ ㄧㄚˇ 結交文人雅士或收藏字畫表示自己舉動風雅，

使人認為自己是有「文化水準」的人。

**阽** ▲[文]ㄉㄧㄢˋ接近危險。〈楚辭・離騷〉有「阽余身而危死也」。

▲ㄧㄢˊ危牆。

**阽危** ㄉㄧㄢˋ ㄨㄟˊ [文]危險，到了危險的境地。

**陀** ㄊㄨㄛˊ㈠[文]見「陂（ㄆㄛ）」字。㈡見「陀螺」。㈢見「沙陀」。

**陀螺** ㄊㄨㄛˊ ㄌㄨㄛˊ 木頭做的圓錐形兒童玩具，下端有尖釘，繞上細繩，急甩出去在地上旋轉。用手轉的叫「捻捻轉兒」（ㄋㄧㄢ˙ㄋㄧㄢ ㄓㄨㄢˋㄦ）。

**阻** ㄗㄨˇ㈠隔。如「阻隔」。㈡攔，擋。如「阻止」「阻撓」。㈢[文]艱險難走。如「險阻」。

**阻力** ㄗㄨˇ ㄌㄧˋ ①妨礙物體運動的作用力。②泛指阻礙事物發展或前進的外力。

**阻止** ㄗㄨˇ ㄓˇ 使不能前進；使停止行動。

**阻梗** ㄗㄨˇ ㄍㄥˇ [文]阻塞。如「交通阻梗」。

**阻塞** ㄗㄨˇ ㄙㄜˋ 有障礙而不能通過。如「交通阻塞」。

**阻滯** ㄗㄨˇ ㄓˋ [文]受到阻礙而不能順利進行。如「一個良法美意，因為短視的民意代表阻滯，至今還不能通過」。

**阻遏** ㄗㄨˇ ㄜˋ [文]阻止。

**阻隔** ㄗㄨˇ ㄍㄜˊ 兩地之間不能相通或不易來往。如「山川阻隔」。

**阻障** ㄗㄨˇ ㄓㄤˋ [文]阻礙。

**阻撓** ㄗㄨˇ ㄋㄠˊ [文]阻止不讓進行。

**阻擋** ㄗㄨˇ ㄉㄤˇ 阻止；攔住。也作「阻攩」。

**阻礙** ㄗㄨˇ ㄞˋ 使不能順利通過或發展。如「阻礙交通」。

**阻難** ㄗㄨˇ ㄋㄢˋ 阻撓留難。如「有力者再三阻難」。

**阻攔** ㄗㄨˇ ㄌㄢˊ 阻止。如「她決心要嫁，誰也無法阻攔」。

**阼** [文]ㄗㄨㄛˋ㈠古時主人迎接客人所站的東面的臺階兒，叫「阼階」。㈡古時天子即位叫「踐阼」。

**阿** ▲[文]ㄜ㈠大土山。〈詩經〉有「在彼中阿」。㈡彎曲處。如「山阿」「河水之阿」。㈢倚靠。「阿衡」是古時天子倚仗為治理國事，敦礪品德的大臣。㈣[文]曲從，屈己意而從人。如「阿附」「阿諛」。㈤[文]靠近。如「阿房宮」。㈥古代梵文十二母音的第一個，五十字門之一，是一切音的母源。〈大日經疏〉說它是「眾聲之母」。㈦見「阿膠」。㈧姓。

▲ㄚ㈠加在稱呼上的詞頭。如「阿母」「阿爺」。㈡譯音字。如「阿拉伯」「阿根廷」。

▲ㄚˋ感嘆詞，表驚疑。如「阿！昨天他還好好地，怎麼今天就死了呢」。

▲ㄚˇ 感嘆詞，同「啊」。如「阿呀」。

▲˙ㄚ助詞，同「啊」。如「給他通知阿」。

**阿斗** ㄚˋ ㄉㄡˇ 三國蜀漢後主劉禪，小名阿斗，平庸無能，繼位後雖有諸葛亮的輔佐，最後免不了滅亡。後世因而稱懦弱無能的人為阿斗或扶不起的阿斗。

**阿片** ㄚˋ ㄆㄧㄢˋ 就是鴉片。也作「阿芙蓉」。

**阿姑** ㄚˋ ㄍㄨ ①婦人稱丈夫的母親為阿姑。②閩南人稱姑母為阿姑。

**阿拉** ㄚˋ ㄌㄚ ①[外]伊斯蘭教的上帝，唯一的神，由 Allah 音譯。②[方]上海話自稱我、我們。

**阿爸** ㄚˋ ㄅㄚˋ 父親。

**阿附**（ㄜ ㄈㄨˋ） 図巴結奉承，比（ㄅㄧˋ）附。

**阿訇**（ㄚ ㄏㄨㄥ） 也作「阿吽」。回教徒稱當地的掌教人。

**阿姨**（ㄚ ㄧˊ） ①稱母親的姊妹。②稱妻子的姊妹。③稱庶母。

**阿們**（ㄚ ㄇㄣˊ） amen 的音譯，基督教祈禱完畢時的用語，意思是「心願如此」。

**阿哥**（ㄚ ㄍㄜ） 哥字輕讀。①滿族父母對兒子的稱呼。②清代皇室稱尚未成年的皇子。

**阿家**（ㄚ ㄍㄨ） 阿姑。

**阿婆**（ㄚ ㄆㄛˊ） 老太太。

**阿啾**（ㄚ ㄐㄧㄡ） 打噴嚏的聲音。也作「阿嚏」。

**阿媽** ▲ㄚ ㄇㄚˇ 閩南人稱祖母。▲ㄚˋ ·ㄇㄚ 滿族稱父親。

**阿爺**（ㄚˋ ㄧㄝˊ） 父親。〈木蘭詩〉有「阿爺無大兒，木蘭無長兄」。

**阿膠**（ㄜ ㄐㄧㄠ） 中藥名，是用山東省東阿縣阿井的水，煮黑驢皮或牛皮而成的膠片。

**阿誰**（ㄚ ㄕㄨㄟˊ） 図什麼人，何人。

**阿諛**（ㄜ ㄩˊ） 図向人家討好奉承。

**阿木林**（ㄚ ㄇㄨˋ ㄌㄧㄣˊ） 上海話，譏笑愚笨無知的人。

**阿米巴**（ㄚ ㄇㄧˇ ㄅㄚ） amoeba 的音譯，生物學名詞，指變形蟲。

**阿里山**（ㄚ ㄌㄧˇ ㄕㄢ） 在臺灣省，嘉義、南投兩縣境內，山高兩千二百一十五公尺，是有名的森林區。山上有千年以上的紅檜，俗稱神木（已因枯朽在民國八十七年六月鋸斷放倒）。

**阿拉伯**（ㄚ ㄌㄚ ㄅㄛˊ） 半島名，在亞洲西南部，介於波斯灣與紅海之間。半島上少河流，多沙漠，中部是乾旱地區，沿海土地肥沃。島上居民大多信回教。

**阿房宮**（ㄜ ㄈㄤˊ ㄍㄨㄥ） 秦時宮殿，在今陝西省長安縣西北，規模宏大，後被項羽焚毀。遺址東西長約一公里，南北寬約半公里，還有當時的瓦存留。

**阿修羅**（ㄜ ㄒㄧㄡ ㄌㄨㄛˊ） 圖古印度神話中惡魔名，形貌醜陋，常與帝釋爭戰。梵語是 Asura。略作「修羅」。

**阿堵物**（ㄚ ㄉㄨˇ ㄨˋ） 錢的別稱。略作「阿堵」。

**阿闍梨**（ㄜ ㄕㄜˊ ㄌㄧˊ） 梵語，略稱「闍梨」，也作「闍黎」，意譯是「規範」。

**阿羅漢**（ㄜ ㄌㄨㄛˊ ㄏㄢˋ） 小乘佛教修證的最高果位，梵語 arhan 的音譯。略稱「羅漢」。

**阿司匹林**（ㄚ ㄙ ㄆㄧˇ ㄌㄧㄣˊ） aspirin 的音譯。藥名，白色結晶粉末，是解熱止痛劑。

**阿其所好**（ㄜ ㄑㄧˊ ㄙㄨㄛˇ ㄏㄠˋ） 図袒護其所喜歡的人。

**阿家阿翁**（ㄚ ㄍㄨ ㄚ ㄨㄥ） 婦人稱丈夫的母親和父親。

**阿鼻地獄**（ㄜ ㄅㄧˊ ㄉㄧˋ ㄩˋ） 佛家語，最下層的，痛苦不間斷的地獄。

**阿摩尼亞**（ㄚ ㄇㄛˊ ㄋㄧˊ ㄧㄚˋ） ammonia 的音譯。無色有臭的氣體，分子式是 $NH_3$。在醫藥和工業上的用途很廣。

**阿諛取容**（ㄜ ㄩˊ ㄑㄩˇ ㄖㄨㄥˊ） 図逢迎巴結，以求苟容。

**阿彌陀佛**（ㄜ ㄇㄧˊ ㄊㄨㄛˊ ㄈㄛˊ） 梵語 Amita 的音譯。其意譯有三：①無量壽、無量光、甘露（密教所用）。②無量壽佛、無量光佛、無量清淨佛。③淨土宗以阿彌陀佛為西方樂土的教主，願往生西方樂土的人，念阿彌陀佛，臨終時即有佛出現，導其進入極樂世界。信佛的人口誦佛號，常是表示祈求或感謝之意。

**阿拉伯數碼**（ㄚ ㄌㄚ ㄅㄛˊ ㄕㄨˋ ㄇㄚˇ） 阿拉伯人用來計數的字，就是現在通行世界的數碼：1、2、3、4、5、6、7、8、9、0。

**阿爾法射線**（ㄚ ㄦˇ ㄈㄚˇ ㄕㄜˋ ㄒㄧㄢˋ） 外又名α射線。放射性物質衰變時放射出來的粒子流。也稱甲種射線。

## 六筆

**陌**（ㄇㄛˋ） ㈠図田間的小路。如「阡陌」。㈡見「陌生」等。

**陌生**（ㄇㄛˋ ㄕㄥ） 沒見過的，不認識的，不熟悉的。

**陌路**（ㄇㄛˋ ㄌㄨˋ） 図指路上碰到的不相識的人。如「視同陌路」。

**陋**（ㄌㄡˋ） ㈠不完備。如「簡陋」「因陋就簡」。㈡図長相（ㄓㄤˋ ㄒㄧㄤˋ）不好看。如「醜陋」「其貌寢陋」。㈢図鄙劣，不良。如「陋習」「陋規」。㈣図淺薄少見聞。如「孤陋寡聞」「鄙陋」。㈤図窄小。如「陋室」「陋巷」。㈥図卑賤。如「卑陋」。

**陋見**（ㄌㄡˋ ㄐㄧㄢˋ） 鄙陋的見解。

**陋俗**（ㄌㄡˋ ㄙㄨˊ） 不好的風俗。

**陋室**（ㄌㄡˋ ㄕˋ） 簡陋的房屋。

**陋巷**（ㄌㄡˋ ㄒㄧㄤˋ） ①狹窄的巷子。②狹窄簡陋的住處。

**陋習**（ㄌㄡˋ ㄒㄧˊ） 不好的習氣。

**陋規**（ㄌㄡˋ ㄍㄨㄟ） 不好的慣例。

**陔**（ㄍㄞ） 図㈠層，重（ㄔㄨㄥˊ）。〈漢書〉有「泰一壇三陔」。㈡「九陔」，指天上。

**降** ▲（ㄐㄧㄤˋ）㈠從上落下。如「喜從天降」「降落」。㈡壓低，貶抑。如「降格以求」「降級」。▲（ㄒㄧㄤˊ）㈠服從，屈服。如「投降」「降服」。㈡使用強力制伏對手。如「降得住」「降龍伏虎」。

**降心**（ㄐㄧㄤˋ ㄒㄧㄣ） 図抑制自己的心志，表示謙虛。如「降心相從」。

**降水**（ㄐㄧㄤˋ ㄕㄨㄟˇ） 氣象學上說大氣中降落到地面的任何液體、固體形式的水。常見的降水包括雨水、雪、冰雹、霰等。

**降火**（ㄐㄧㄤˋ ㄏㄨㄛˇ） 中醫認為許多病是因為火氣盛所致，醫療這些病必須服藥降火。

**降生**（ㄐㄧㄤˋ ㄕㄥ） 図出生（多指宗教的創始人或這方面的有名人物）。

**降伏**（ㄒㄧㄤˊ ㄈㄨˊ） 制伏；使馴服。

**降低**（ㄐㄧㄤˋ ㄉㄧ） ①使從高處落到低處。如「飛機降低高度」。②從高階落到低階。如「降低物價」。

**降服** ▲（ㄒㄧㄤˊ ㄈㄨˊ）投降屈服。▲図（ㄐㄧㄤˋ ㄈㄨˊ）指喪服降低一等為降服。出繼的兒子對去世的生父生母，就降一等喪服。

**降表**（ㄒㄧㄤˊ ㄅㄧㄠˇ） 図請求准予投降的文書。

**降附**（ㄒㄧㄤˊ ㄈㄨˋ） 図投降歸附。

**降格**（ㄐㄧㄤˋ ㄍㄜˊ） 降低標準、身分等。如「降格以求」。

**降神**（ㄐㄧㄤˋ ㄕㄣˊ） 神靈降臨。〈詩經．大雅．崧高〉有「維嶽降神，生甫及申」。

**降級**（ㄐㄧㄤˋ ㄐㄧˊ） 從較高的等級或班級降到較低的等級或班級。

**降溫**（ㄐㄧㄤˋ ㄨㄣ） ①降低溫度。②氣溫下降。③熱情降低或事勢的發展已趨緩和。如「搶購的熱潮已經降溫」。

**降順**（ㄒㄧㄤˊ ㄕㄨㄣˋ） 歸降順從。

**降落**（ㄐㄧㄤˋ ㄌㄨㄛˋ） ①由上落下。②低落。

**降旗** ㄐㄧㄤˋ ㄑㄧˊ 把升到旗杆頂端的旗幟降下來。禮儀上每天清晨升旗，太陽下山時降旗。

**降價** ㄐㄧㄤˋ ㄐㄧㄚˋ 降低原來的售價。

**降半旗** ㄐㄧㄤˋ ㄅㄢˋ ㄑㄧˊ 把國旗升到杆頂，再降到離杆頂約佔全杆三分之一的地方，是表示致哀之意。也說「下半旗」。

**降落傘** ㄐㄧㄤˋ ㄌㄨㄛˋ ㄙㄢˇ 人在飛機上從高空跳下降到地面的保護物，形狀像傘，用絲織品或尼龍織物製成，在空中張開之後能減低身體降落的速度。

**降得住** ㄒㄧㄤˊ ㄉㄜˊ ㄓㄨˋ ①能制伏對方。②力量足夠與對方抵抗。

**降龍伏虎** ㄒㄧㄤˊ ㄌㄨㄥˊ ㄈㄨˊ ㄏㄨˇ ①佛家與道家都有降龍伏虎的故事，述說宗教的法力高強。②指能制止殘暴凶狠的人。

## 限

ㄒㄧㄢˋ ㈠界。如「界限」。㈡「門限」「戶限」就是門檻兒。㈢規定的時空或動作範圍。如「限期完工」「限制活動」。㈣窮盡，極。如「無限」。㈤図阻，險阻。如「南臨高山，北有大江之限」。

**限制** ㄒㄧㄢˋ ㄓˋ ①不能超過的一定範圍。②拘束。

**限定** ㄒㄧㄢˋ ㄉㄧㄥˋ 在數量、範圍等方面加以規定。

**限度** ㄒㄧㄢˋ ㄉㄨˋ 一定的範圍、數量、程度。如「最低限度」。

**限界** ㄒㄧㄢˋ ㄐㄧㄝˋ 限定的界線。

**限期** ㄒㄧㄢˋ ㄑㄧˊ ①限定日期，不許超過。②限定的不許超過的日期。

**限量** ㄒㄧㄢˋ ㄌㄧㄤˋ 限定的數量。

**限價** ㄒㄧㄢˋ ㄐㄧㄚˋ 限定價格。

**限額** ㄒㄧㄢˋ ㄜˊ ①數目上作了規定的額度。如「本年新生人數，每班限額三十五人至四十人」。②限定數字。如「菸酒公賣局今年對於菸農，改採限額收購菸葉的新辦法」。

**限時專送** ㄒㄧㄢˋ ㄕˊ ㄓㄨㄢ ㄙㄨㄥˋ 郵政業務中一種快速寄遞郵件的方式。

# 七筆

## 陛

図ㄅㄧˋ ㈠天子殿前的臺階。舊時臣下奉召進見或奉派出京前請訓，都須在「陛」行禮，所以稱「陛見」「陛辭」。㈡見「陛下」。

**陛下** ㄅㄧˋ ㄒㄧㄚˋ 封建時代臣民對皇帝的尊稱。

## 陡（阧）

ㄉㄡˇ ㈠地勢高峭。如「陡峭」「這個山坡兒好陡啊」。㈡突然。如「天氣陡然變了」「陡地想起一件事」。

**陡然** ㄉㄡˇ ㄖㄢˊ 突然，忽然。也作「陡地」。

**陡峭** ㄉㄡˇ ㄑㄧㄠˋ （山勢等）坡度很大，直上直下的。

## 陝

ㄒㄧㄚˊ 「狹」的本字。

## 陘

図ㄒㄧㄥˊ ㈠連綿的山脈中斷的地方。又同「阪」，指「山坡」「斜坡」。㈡「灶陘」，灶的邊緣。

## 陟

図ㄓˋ ㈠升，登高。〈詩經〉有「陟彼南山」。㈡進用。如「黜陟」（斥退或進用）。㈢「陟屺」「陟岵」，〈詩經·魏風·陟岵〉裡說登上「屺」「岵」想念母親、父親。

## 陣

ㄓㄣˋ ㈠軍隊的行列、形勢或雙方交戰的戰場。如「戰陣」「臨陣脫逃」。㈡動物成群或排列成行。如「雁陣」「象陣」。㈢量詞：①交戰一次稱一陣。②事情或自然界的情狀發生的次數。如「肚子一陣一陣的痛」「一陣狂風」「一陣大雨」「陣陣寒香壓麝香」。

**陣亡** ㄓㄣˋ ㄨㄤˊ 在戰場上戰死。

**陣子** ㄓㄣˋ ㄗ˙ 量詞，表示事情或動作經過的段落。如「過一陣子再來」。

**陣地** ㄓㄣˋ ㄉㄧˋ 軍隊為了進行戰鬥而佔據的地方，通常修有工事。

**陣雨** ㄓㄣˋ ㄩˇ 一陣陣下，時間較短的雨。雨勢變化比較大，還常有閃電和雷聲伴隨其間。常在夏季的午後發生。

**陣容** ㄓㄣˋ ㄖㄨㄥˊ ①軍隊的行列或氣勢。如「堂堂的陣容」。②兩者對立時，人力與物力的對比，如球類比賽時，兩隊所顯示的人馬的配置。③集體工作時參加的人選，如「演員陣容堅強」。

**陣陣** ㄓㄣˋ ㄓㄣˋ 一陣一陣地繼續不停。

**陣痛** ㄓㄣˋ ㄊㄨㄥˋ 婦人臨分娩時候一陣一陣的腹痛。

**陣勢** ㄓㄣˋ ㄕˋ ①軍隊作戰的布置。布陣的形勢。②情勢，場面。

**陣腳** ㄓㄣˋ ㄐㄧㄠˇ 原指軍隊布陣的最前方，現在多用於比喻。如「陣腳大亂」。

**陣圖** ㄓㄣˋ ㄊㄨˊ 指示陳列形式的圖。

**陣線** ㄓㄣˋ ㄒㄧㄢˋ ①戰線。②政治上主張相近或利害相關的一些人或一些派別，聯合起來形成的勢力，叫做「陣線」。如「自由陣線」。

**陣營** ㄓㄣˋ ㄧㄥˊ 為了共同利益而聯合組成的長期或短期的團體。

**陣地戰** ㄓㄣˋ ㄉㄧˋ ㄓㄢˋ 軍隊依戰術要求在所部署的位置或所佔的地區上，與敵人接戰。

## 除

ㄔㄨˊ ㈠図臺階。如「庭除」。㈡去掉。如「除惡務盡」。㈢算術裡把一個數分成相同的若干份叫除。如「六除以三等於二」。㈣図實授官職。如「真除」。㈤更易。如「除夕」「爆竹聲中除舊歲」。㈥不計算在內的。如「除了他以外，我誰都歡迎」。㈦見「除非」。㈧図免去。如「除服」「蠲除」。

**除夕** ㄔㄨˊ ㄒㄧ 一年最後一天的夜晚，也泛指一年最後的一天。

**除去** ㄔㄨˊ ㄑㄩˋ 去掉。

**除外** ㄔㄨˊ ㄨㄞˋ 不計算在內。

**除名** ㄔㄨˊ ㄇㄧㄥˊ 把姓名除去，使退出集體。

**除役** ㄔㄨˊ ㄧˋ ①兵役法規定，凡屆滿服役限齡，或傷病殘廢，經核定不堪服役，或失蹤、被俘停役滿三年還沒回來者，此後終身不再服役。②軍用飛機、艦隻服役屆滿規定年限的，可以停止服役。

**除法** ㄔㄨˊ ㄈㄚˇ 算術中把一個數平分成幾個數的方法。

**除服** ㄔㄨˊ ㄈㄨˊ 図守孝期滿，脫去喪服。也說「除喪」。

**除非** ㄔㄨˊ ㄈㄟ ①表示唯一的條件，相當於「只有」。如「若要人不知，除非己莫為」。②表示不計算在內，相當於「除了」。如「這件事情除非他，沒人知道」。

**除卻** ㄔㄨˊ ㄑㄩㄝˋ 図除去。如「除卻巫山不是雲」。

**除根** ㄔㄨˊ ㄍㄣ 從根本上消除。如「斬草除根」。

**除喪** ㄔㄨˊ ㄙㄤ 図除服。

**除號** ㄔㄨˊ ㄏㄠˋ 算術除法的符號，用「÷」表示。

**除罪** ㄔㄨˊ ㄗㄨㄟˋ 免罪。

**除數** ㄔㄨˊ ㄕㄨˋ 也叫法數。如6÷2=3，2是除數，6是被除數，3是商數。

**除權** ㄔㄨˊ ㄑㄩㄢˊ 商業用語。股東已經沒有權利認購公司所發行股票的股份的，稱為除權。

**除草劑** ㄔㄨˊ ㄘㄠˇ ㄐㄧˋ 消滅農田雜草的藥劑。

**除蟲菊** ㄔㄨˊ ㄔㄨㄥˊ ㄐㄩˊ 多年生草本植物，莖細，開白花或紅花。花晒乾後研成的粉末，能毒殺蚊、蠅等害蟲。

**除惡務盡** ㄔㄨˊ ㄜˋ ㄨˋ ㄐㄧㄣˋ 図消除壞人壞事，務必徹底。

**除暴安良** ㄔㄨˊ ㄅㄠˋ ㄢ ㄌㄧㄤˊ 驅除暴徒，安撫善良的人。

**除舊布新** ㄔㄨˊ ㄐㄧㄡˋ ㄅㄨˋ ㄒㄧㄣ 除去舊景觀，換上新氣象。

## 陝

ㄕㄢˇ ㈠陝西省的簡稱。㈡陝縣，在河南省。

## 陞

ㄕㄥ ㈠升高，是「降」的反義詞，同「升」。㈡官秩升級。如「陞官」。

## 院

ㄩㄢˋ ㈠圍牆裡面，房子四周或前後的空地。如「庭院」「後院兒」。㈡場所。如「道院」「書院」。㈢店鋪，公共場所。如「電影院」。㈣高等學府的名稱。如「大學各院系」「文學院」。㈤司法或行政官署。如「法院」「行政院」。㈥行政院等中央政府五院的簡稱。如「院會」「院令」。㈦醫療、衛生機構。如「醫院」「衛生院」。㈧宗教信仰的修道處所。如「修道院」「寺院」。㈨戲曲中稱僕人為「家院」「院公」。

**院士** ㄩㄢˋ ㄕˋ 中央研究院設院士，先由各大學及學術團體等就研究各領域學術有成績的學者推出候選人，再由該院評議員投票選定。

**院子** ㄩㄢˋ ㄗ˙ 房屋前後用牆或柵欄圍起來的空地。

**院本** ㄩㄢˋ ㄅㄣˇ 元雜劇的腳本。金、元時倡伎的住處叫行院，在行院所演唱的劇本叫院本。

**院落** ㄩㄢˋ ㄌㄨㄛˋ 院子。

**院牆** ㄩㄢˋ ㄑㄧㄤˊ 圍著房屋前後的牆。

**院轄市** ㄩㄢˋ ㄒㄧㄚˊ ㄕˋ 直屬於行政院的特別市。凡首都或人口在百萬以上的都市，都可以設院轄市。

# 八筆

## 陪

ㄆㄟˊ ㈠図輔佐，幫助。〈漢書・文帝紀〉有「皆秉德以陪朕」。㈡図輔佐的人，有副貳之職的。如「陪貳」。㈢図從前本國的官員對他國國君自稱為「陪臣」。㈣伴隨。如「陪伴」「陪客」。㈤在某種工作中從旁協助。如「陪審」。㈥烘托主體。如「陪襯」。㈦見「賠小心」。㈧見「陪罪」。

**陪同** ㄆㄟˊ ㄊㄨㄥˊ 陪伴著一同。如「陪同大家去參觀」。

**陪伴** ㄆㄟˊ ㄅㄢˋ 隨同做伴。

**陪侍** ㄆㄟˊ ㄕˋ 隨從伺候。

**陪房** ㄆㄟˊ ㄈㄤˊ 舊時的婢女或女僕。

**陪客** ▲ㄆㄟˊ ㄎㄜˋ 陪伴客人。▲ㄆㄟˊ ㄎㄜ˙ 陪伴客人的人。

**陪笑** ㄆㄟˊ ㄒㄧㄠˋ 笑臉對人。

**陪送** ㄆㄟˊ ㄙㄨㄥˋ 送字輕讀。①結婚時娘家送給新娘（嫁妝）。②嫁妝。

**陪祭** ㄆㄟˊ ㄐㄧˋ 陪同主祭者行祭禮。也指陪同祭祀的人。

**陪都** ㄆㄟˊ ㄉㄨ 在首都以外另設一個首都，如我國抗戰時期定重慶為陪都。

**陪嫁** ㄆㄟˊ ㄐㄧㄚˋ 嫁妝。

**陪罪** ㄆㄟˊ ㄗㄨㄟˋ 得罪了人，向人道歉。也作賠罪。

**陪綁** ㄆㄟˊ ㄅㄤˇ ①舊時處決犯人的時候，把不是死刑的囚犯和應處決的人一同綁到刑場，用作警惕。②引伸為隨同受苦之意。

**陪葬** ㄆㄟˊ ㄗㄤˋ ①殉葬。②古代臣下或妻妾的棺木葬在帝王或丈夫的墓旁。

**陪話** ㄆㄟˊ ㄏㄨㄚˋ 道歉的意思。也作「賠話」。

**陪審** ㄆㄟˊ ㄕㄣˇ 陪審員到法院參加案件審判工作。

**陪禮** ㄆㄟˊ ㄌㄧˇ 道歉。

**陪襯** ㄆㄟˊ ㄔㄣˋ ①附加其他事物使主要的事物更突出；襯托。②陪襯的事物。

**陪小心** ㄆㄟˊ ㄒㄧㄠˇ ㄒㄧㄣ 心字輕讀。對人低聲下氣，使對方不生氣。

**陪不是** ㄆㄟˊ ㄅㄨˊ ㄕˋ 是字輕讀。道歉。也作「賠不是」。

## 陴

【文】ㄆㄧˊ 城上的短牆。

## 陶

▲ㄊㄠˊ ㈠燒窯製作瓦器。〈孟子·告子篇〉有「萬室之國，一人陶」。㈡瓦器。如「陶瓷」「陶器」。㈢教化。如「陶冶」「陶鑄」。㈣快樂。如「樂陶陶」「陶然」。㈤姓。

▲ㄧㄠˊ 皋陶，虞舜時候的賢臣。

**陶土** ㄊㄠˊ ㄊㄨˇ 可以製陶器的土；含有雜質的黏土。

**陶化** ㄊㄠˊ ㄏㄨㄚˋ 【文】陶冶化育。

**陶文** ㄊㄠˊ ㄨㄣˊ 陶器上的文字符號，是中國最原始的文字，出現在山東城子崖、陝西半坡等遺址，是六千年前新石器時代的彩陶文化之一。

**陶匠** ㄊㄠˊ ㄐㄧㄤˋ 製造陶器的工人。

**陶冶** ㄊㄠˊ ㄧㄝˇ 燒製陶器和冶煉金屬，比喻給人的思想、性格以有益的影響。

**陶俑** ㄊㄠˊ ㄩㄥˇ 古代陪葬用的陶製人像（木刻的人像叫偶）。

**陶情** ㄊㄠˊ ㄑㄧㄥˊ 【文】快樂。

**陶瓷** ㄊㄠˊ ㄘˊ 陶器和瓷器的統稱。

**陶范** ㄊㄠˊ ㄈㄢˋ 鑄造青銅器的陶製模子，分內模與外范，刻有花紋或銘文。也作「陶範」。

**陶陶** ㄊㄠˊ ㄊㄠˊ 形容快樂。如「其樂陶陶」。

**陶然** ㄊㄠˊ ㄖㄢˊ 形容舒暢快樂的樣子。

**陶鈞** ㄊㄠˊ ㄐㄩㄣ ①製陶器時所用的轉輪。②比喻造就人才。

**陶管** ㄊㄠˊ ㄍㄨㄢˇ 用黏土製成的管子。內外塗釉，下窯燒成，用做排除廢水的管道。

**陶醉** ㄊㄠˊ ㄗㄨㄟˋ 很滿意地沉浸在某種境界或思想活動中。

**陶器** ㄊㄠˊ ㄑㄧˋ 用黏土燒製的器皿，質地比瓷器粗而鬆軟。

**陶藝** ㄊㄠˊ ㄧˋ 製造陶瓷器皿的技藝。

**陶鑄** ㄊㄠˊ ㄓㄨˋ 【文】①燒製陶器和鑄造金屬器物。②比喻造就人才。

**陶瓷釉** ㄊㄠˊ ㄘˊ ㄧㄡˋ 陶器或瓷器上所塗的玻璃質的薄層，分高溫釉、中溫釉和低溫釉三種。

**陶犬瓦雞** ㄊㄠˊ ㄑㄩㄢˇ ㄨㄚˇ ㄐㄧ 陶製的狗，瓦製的雞。比喻無用的東西。

## 陸（陸）

▲ㄌㄨˋ ㈠高出水面的平地，對海洋或河流湖泊說的。如「陸地」「登陸」。㈡指旱路。如「陸路」「水陸交通方便」。㈢指大塊的土地，對海島說的。如「大陸」。㈣「六」的大寫及讀音。㈤姓。

▲ㄌㄧㄡˋ 「六」的大寫（語音）。

**陸地** ㄌㄨˋ ㄉㄧˋ 地球表面除去海洋、江河、湖泊的部分。

**陸沉** ㄌㄨˋ ㄔㄣˊ 【文】①陸地無水而沉，比喻人隱居不出。②形容人昏昧無知，做事不合時宜。③陸地沉沒。比喻國土淪陷。

**陸軍**（ㄌㄨˋ ㄐㄩㄣ） 國家武裝部隊軍種之一，在陸地上作戰。包括步兵、炮兵、騎兵、工兵、輜重兵等兵種。與海軍、空軍合稱三軍。

**陸梁**（ㄌㄨˋ ㄌㄧㄤˊ） 文①跳躍的樣子，比喻猖狂。②秦代稱今廣東、廣西地區為陸梁地；因嶺南的人大都居處山區，性格強梁。

**陸棲**（ㄌㄨˋ ㄑㄧ） 生長在陸地的動物。

**陸路**（ㄌㄨˋ ㄌㄨˋ） 陸地通行的道路；對水路說的。

**陸運**（ㄌㄨˋ ㄩㄣˋ） 陸地運輸；對水運說的。

**陸稻**（ㄌㄨˋ ㄉㄠˋ） 旱稻，對水稻而言。

**陸橋**（ㄌㄨˋ ㄑㄧㄠˊ） 橫跨於道路上的懸空橋梁，是一種立體交叉設計，目的在分離人車的交通空間，消除人車平面穿越的衝突，以確保人車交通的安全與流暢。

**陸續**（ㄌㄨˋ ㄒㄩˋ） 接連不絕。

**陸離**（ㄌㄨˋ ㄌㄧˊ） 形容色彩繁雜。如「光怪陸離」。

**陸半球**（ㄌㄨˋ ㄅㄢˋ ㄑㄧㄡˊ） 地理學上說，地球表面的陸地是東半球比西半球多，北半球比南半球多。照這樣分地球為東北、西南兩個半球，那麼前者有歐、亞、非、北美、南美五洲，占全球陸地百分之八十一，稱為陸半球。後者只有大洋洲，海洋占百分之九十一，稱為水半球。

**陸戰隊**（ㄌㄨˋ ㄓㄢˋ ㄉㄨㄟˋ） 登陸作戰的海軍部隊。

## 陵

ㄌㄧㄥˊ ㈠高大的土山。如「岡陵」「如岡如陵」。㈡文小土山。如「丘陵地帶」。㈢舊時稱帝王的墳墓。如「明孝陵」。㈣文升高，攀登。通「凌」。如「陵駕」「陵虛」。㈤文欺壓。如「憑陵」、「陵虐」。㈥文漸漸衰微。如「陵夷」。㈦文侵犯，欺負。如「陵轢」「盛氣陵人」。㈧陵尹，複姓。

**陵夷**（ㄌㄧㄥˊ ㄧˊ） 文逐漸趨於衰敗。

**陵替**（ㄌㄧㄥˊ ㄊㄧˋ） 文下陵上替（在下的欺侮其上，在上的替廢其位），大家都頹廢不想振作。形容衰落敗壞的樣子。

**陵園**（ㄌㄧㄥˊ ㄩㄢˊ） 文帝王的陵墓。也作「陵寢」。

**陵墓**（ㄌㄧㄥˊ ㄇㄨˋ） 大的墳墓。如「南京中山陵是孫中山先生的陵墓」。

**陵寢**（ㄌㄧㄥˊ ㄑㄧㄣˇ） 帝王的陵墓寢廟。

**陵轢**（ㄌㄧㄥˊ ㄌㄧˋ） 文侵犯，欺負。

## 陷

▲ㄒㄧㄢˋ ㈠掉進去，沉下去。如「陷到爛泥巴裡去」「淪陷」。㈡攻破。如「衝鋒陷陣」「流寇連陷名城」。㈢缺點，不完美的部分。如「缺陷」。㈣設計害別人。如「陷害」「誣陷」。㈤文沉迷不知覺悟。〈孟子・公孫丑上〉有「淫辭知其所陷」。如「知道錯就得改，不能越陷越深」。㈥見「陷阱」。

▲ㄒㄩㄢˋ 沒入、下沉的意思，而以單字作動詞的語音。如「陷下去了」。

**陷入**（ㄒㄧㄢˋ ㄖㄨˋ） 落在（不利的境地）。

**陷於**（ㄒㄧㄢˋ ㄩˊ） 陷入。如「陷於僵局」。

**陷坑**（ㄒㄧㄢˋ ㄎㄥ） ①陷阱。②低窪的深坑。

**陷沒**（ㄒㄧㄢˋ ㄇㄛˋ） 文①沉沒。②被攻破。

**陷身**（ㄒㄧㄢˋ ㄕㄣ） 身體陷入。如「陷身於牢獄之災」「陷身於萬劫不復之地」。

**陷阱**（ㄒㄧㄢˋ ㄐㄧㄥˇ） 也作「陷穽」。①為了捕捉野獸而掘的深坑。②害人的計謀。

**陷害** ㄒㄧㄢˋ ㄏㄞˋ 設計害人。

**陷陣** ㄒㄧㄢˋ ㄓㄣˋ 衝入敵陣。如「衝鋒陷陣」。

**陷溺** ㄒㄧㄢˋ ㄋㄧˋ 〔文〕①淹沒；沉淪。②沉溺；沉迷。

**陷落** ㄒㄧㄢˋ ㄌㄨㄛˋ ①沉下去。②（領土）被敵人占領。

**陳（陈）** ▲ㄔㄣˊ ㈠排列，擺設。如「陳列」「陳設」。㈡訴說。如「陳述」「面陳一切」。㈢〔文〕施展，貢獻。〈論語・季氏〉有「陳力就列，不能者止」。㈣舊的，年代長的。如「陳年紹酒」「陳跡」。㈤腐朽的，不能用的。如「陳腐」。㈥春秋時國名，在今河南開封到安徽亳縣一帶。㈦朝代名。陳霸先在西元五五七年受禪於梁，在長江粵江兩流域地區，建都在建康（今南京市），傳三世到後主叔寶，西元五八九年降於隋。㈧姓。▲〔文〕ㄓㄣˋ同「陣」，現代文裡不用。

**陳皮** ㄔㄣˊ ㄆㄧˊ 晒乾了的橘子皮或橙子皮，中醫入藥。

**陳列** ㄔㄣˊ ㄌㄧㄝˋ 把物品擺出來供人看。

**陳年** ㄔㄣˊ ㄋㄧㄢˊ 積存多年的。如「陳年老酒」。

**陳米** ㄔㄣˊ ㄇㄧˇ 存放多年的米。

**陳言** ㄔㄣˊ ㄧㄢˊ 〔文〕①陳舊沒有創意的言詞。韓愈文有「惟陳言之務去」。②陳述言詞。〈禮記〉有「陳言而伏」。

**陳述** ㄔㄣˊ ㄕㄨˋ 有條理地說出。

**陳食** ㄔㄣˊ ㄕˊ 胃裡尚未消化的食物。

**陳酒** ㄔㄣˊ ㄐㄧㄡˇ 存放多年的酒。

**陳跡** ㄔㄣˊ ㄐㄧ 以往的事跡。

**陳情** ㄔㄣˊ ㄑㄧㄥˊ 把心裡的苦衷說出來。

**陳紹** ㄔㄣˊ ㄕㄠˋ 「陳年紹興酒」的略稱。

**陳設** ▲ㄔㄣˊ ㄕㄜˋ 布置排列。▲ㄔㄣˊ ˙ㄕㄜ 布置排列的東西。

**陳貨** ㄔㄣˊ ㄏㄨㄛˋ 陳舊的貨物。如「他把店裡的陳貨便宜出售」。

**陳訴** ㄔㄣˊ ㄙㄨˋ 訴說（痛苦或委屈）。

**陳腐** ㄔㄣˊ ㄈㄨˇ 陳舊腐朽。

**陳請** ㄔㄣˊ ㄑㄧㄥˇ 陳述請求。

**陳醋** ㄔㄣˊ ㄘㄨˋ 儲存較久的醋。

**陳舊** ㄔㄣˊ ㄐㄧㄡˋ 舊的，過時的。

**陳事（兒）** ㄔㄣˊ ㄕˋ（ㄦ） 舊事。

**陳皮梅** ㄔㄣˊ ㄆㄧˊ ㄇㄟˊ 果脯的一種。

**陳述句** ㄔㄣˊ ㄕㄨˋ ㄐㄩˋ 一般性的陳述句子（與疑問句、祈使句、感嘆句有別）。如「這是我的書」「那是你的自行車」。句後通常用句點。

**陳情書** ㄔㄣˊ ㄑㄧㄥˊ ㄕㄨ 向上級或有關機關陳情的文書。

**陳力就列** ㄔㄣˊ ㄌㄧˋ ㄐㄧㄡˋ ㄌㄧㄝˋ 〔文〕各人在自己的崗位上展現才能，盡忠職守。

**陳陳相因** ㄔㄣˊ ㄔㄣˊ ㄒㄧㄤ ㄧㄣ 〔文〕舊上加舊。比喻依照舊例辦理，不加改變，或沒有新意義，還是老樣子。語出〈史記・平準書〉「太倉之粟陳陳相因，充溢露積於外，至腐敗不可食」。

**陳詞爛調** ㄔㄣˊ ㄘˊ ㄌㄢˋ ㄉㄧㄠˋ 陳舊不著邊際的話。也作「陳腔爛調」。

**陳橋兵變** ㄔㄣˊ ㄑㄧㄠˊ ㄅㄧㄥ ㄅㄧㄢˋ 陳橋是河南開封縣東北的一個驛站。西元九六〇年，趙匡胤在這裡被軍士們黃袍加身，擁立為帝，成為宋朝的開國皇帝。

**陳穀子爛芝麻** ㄔㄣˊ ㄍㄨˇ ˙ㄗ ㄌㄢˋ ㄓ ㄇㄚˊ 麻字輕讀。瑣碎的老話，既不新鮮又沒什麼意義的。

**陬** 因ㄗㄡ ㈠角落，也作「陬隅」。㈡山腳。如「山陬海澨（指邊遠的地方）」。㈢指聚集居住的小地方，也作「陬落」。㈣農曆正月，也作「陬月」「孟陬」。

**陰（隂、阴）** ▲ㄧㄣ ㈠與「陽」相對。中國古人把相對的事物都用陰陽來配稱。如乾是陽，坤是陰；天是陽，地是陰；日是陽，月是陰；男是陽，女是陰等。㈡與「晴」相對。不出太陽不下雨的天氣，就叫「陰天」。㈢陽光不到的地方。如「背陰」「樹陰」。㈣因山的北邊，水的南邊。如「山陰」「濟陰」。㈤凹下的文字。如「陰文的印章」。㈥民俗相信人死後的事。如「陰間」「陰曹」「陰魂」。㈦因「光陰」的簡稱。如「大禹惜寸陰」。㈧因隱晦，祕密。如「陰私」。㈨險詐，用暗計害人。如「陰謀」「陰毒」。㈩指人的生殖器外部。如「陰部」「會陰」。(十一)姓。▲因ㄧㄣˋ通「蔭」，庇蔭。▲ㄢ「諒（ㄌㄧㄤˊ）陰」，帝王居喪。也作「諒闇」「梁闇」「涼闇」「亮陰」「涼陰」。

**陰戶** ㄧㄣ ㄏㄨˋ 女子生殖器陰道的外部。

**陰文** ㄧㄣ ㄨㄣˊ 印章或器物上所刻或所鑄的凹下的文字。也作「白文」。

**陰毛** ㄧㄣ ㄇㄠˊ 人體陰部的毛。

**陰功** ㄧㄣ ㄍㄨㄥ 陰德。

**陰司** ㄧㄣ ㄙ 陰間。

**陰平** ㄧㄣ ㄆㄧㄥˊ 國語聲調的第一聲，調值是高而平的。

**陰宅** ㄧㄣ ㄓㄞˊ 指墓地（與「陽宅」相對）。

**陰冷** ㄧㄣ ㄌㄥˇ （天氣）陰沉而寒冷。

**陰沉** ㄧㄣ ㄔㄣˊ 天陰的樣子。

**陰私** ㄧㄣ ㄙ 因不願叫人知道的私人祕事。

**陰事** ㄧㄣ ㄕˋ 因祕密的事。

**陰性** ㄧㄣ ㄒㄧㄥˋ ①女性，雌性。②病理檢驗名詞，代號是「－」，表示沒有不良反應。

**陰雨** ㄧㄣ ㄩˇ 天陰又下雨。

**陰柔** ㄧㄣ ㄖㄡˊ 陰沉柔順，與「剛強」相對。

**陰毒** ㄧㄣ ㄉㄨˊ 陰險毒辣。

**陰狠** ㄧㄣ ㄏㄣˇ 陰險狠毒。

**陰風** ㄧㄣ ㄈㄥ ①寒風。②從陰暗處來的風。③俗謂鬼魅出現，有風隨行，稱為陰風。

**陰核** ㄧㄣ ㄏㄜˊ 女性生殖器的一部分。又稱「陰蒂」。

**陰乾** ㄧㄣ ㄍㄢ 東西在沒有陽光的地方晾乾。

**陰曹** ㄧㄣ ㄘㄠˊ 陰間。

**陰涼** ㄧㄣ ㄌㄧㄤˊ 陽光照不到而涼爽的。如「陰涼的地方」。

**陰脣** ㄧㄣ ㄔㄨㄣˊ 女性生殖器的一部分，有大陰脣、小陰脣之分。

**陰莖** ㄧㄣ ㄐㄧㄥ 男子和雄性哺乳動物生殖器長在體外的部分。

**陰部** ㄧㄣ ㄅㄨˋ 外生殖器官（通常指人的）。

**陰陰** ㄧㄣ ㄧㄣ 光線陰暗的樣子。如「這天氣陰陰的」。

**陰惡** ㄧㄣ ㄜˋ 為人陰狠凶殘。如「他是個陰惡的傢伙，你鬥不過他的」。

**陰極** ㄧㄣ ㄐㄧˊ 電池上發生負電的電極。

**陰森** ㄧㄣ ㄙㄣ （地方、氣氛、臉色等）陰沉、可怕。如「陰森的樹林」。

**陰間** ㄧㄣ ㄐㄧㄢ 迷信的人說是人死後靈魂所在的地方。

**陰陽** ▲ㄧㄣ ㄧㄤˊ ①陽與陰，指天地。如「陰陽合而萬物生」。②陽與陰，指男女，雄雌。如「二姓合婚，陰陽相配」。③指電流的正負兩極。④迷信的人指陰間與陽間。如「陰陽異路」。▲ㄧㄣ・ㄧㄤ 替人看風水占候的人叫「陰陽」「陰陽生」。

**陰雲** ㄧㄣ ㄩㄣˊ 天陰時的雲。如「陰雲密布，快下雨了」。

**陰暗** ㄧㄣ ㄢˋ 衰；陰沉。①指天色。如「天陰暗下來了」。②指室內光線。如「房間裡很陰暗」。③指人的心情。如「從陰暗的臉色可以看出他的心情不好」。

**陰溝** ㄧㄣ ㄍㄡ 地下的排水溝。

**陰道** ㄧㄣ ㄉㄠˋ 女性或某些雌性動物生殖器的一部分，管狀。人的陰道在子宮頸的下方，膀胱和直腸的中間。

**陰電** ㄧㄣ ㄉㄧㄢˋ 電的一種，又稱負電，對陽電說的。

**陰壽** ㄧㄣ ㄕㄡˋ ①舊俗為已故長輩逢十周年生日祝壽，叫做陰壽。②迷信的人指死去的人在陰間的壽數。

**陰魂** ㄧㄣ ㄏㄨㄣˊ 人死後的靈魂（迷信，常用做比喻）。如「陰魂不散」。

**陰影** ㄧㄣ ㄧㄥˇ 陰暗的影子。如「樹木的陰影」「肺部有陰影」。

**陰德** ㄧㄣ ㄉㄜˊ 暗中做的好事。

**陰曆** ㄧㄣ ㄌㄧˋ 又稱農曆、舊曆、夏曆。參看太陰曆。

**陰謀** ㄧㄣ ㄇㄡˊ 暗算別人的祕密計謀，詭計。

**陰險** ㄧㄣ ㄒㄧㄢˇ 表面偽裝和善，而內心惡毒。

**陰翳** ㄧㄣ ㄧˋ 図昏暗不明。如「天陰翳欲雨」。

**陰騭** ㄧㄣ ㄓˋ 図①暗藏不露的德行。②在暗中安定。如「惟天陰騭下民」。

**陰譴** ㄧㄣ ㄑㄧㄢˇ 迷信的人認為冥冥中受造物者的責罰。

**陰囊** ㄧㄣ ㄋㄤˊ 雄性動物包藏睪丸的囊狀物。

**陰霾** ㄧㄣ ㄇㄞˊ 霾的通稱。

**陰沉沉** ㄧㄣ ㄔㄣˊ ㄔㄣˊ ①天陰的樣子。如「天空陰沉沉的，像是要下雨了」。②人的臉色陰暗，沒有笑容。

**陰涼兒** ㄧㄣ ㄌㄧㄤˊ ㄦ 日光照射不到的地方。

**陰著兒** ㄧㄣ ㄓㄠ ㄦ 暗算，陰險的手段。

**陰陽人** ㄧㄣ ㄧㄤˊ ㄖㄣˊ 生理上同時具有兩性器官的人，常是一性較為明顯，另一性較不明顯。俗稱「二尾子」。

**陰陽生** ㄧㄣ ㄧㄤˊ ㄕㄥ 舊時指以星相、占卜、相墓、相宅為業的人。

**陰陽家** ㄧㄣ ㄧㄤˊ ㄐㄧㄚ 古時候九流之一，專講陰陽曆律的事情。

**陰騭文** ㄧㄣ ㄓˋ ㄨㄣˊ 勸人為善布施陰德的文章，文章裡說的多為因果報應、災祥的事。

**陰性植物** ㄧㄣ ㄒㄧㄥˋ ㄓˊ ㄨˋ 在陽光不充足的條件下也能生長較好的植物，如秋海棠、黃金葛等。

**陰陰沉沉** ㄧㄣ ㄧㄣ ㄔㄣˊ ㄔㄣˊ 天陰的樣子。

**陰錯陽差** ㄧㄣ ㄘㄨㄛˋ ㄧㄤˊ ㄔㄚ 比喻因偶然因素而造成的差錯。

## 九筆

**隊**（队） ㄉㄨㄟˋ ㈠許多人排列。如「成群結隊」「排好路隊」。㈡一群叫一隊。如「遠地來了一隊人馬」。㈢有組織的兵。如「軍隊」「游擊隊」。㈣有組織的團體。如「籃球隊」「武裝船隊」。

**隊伍**〔ㄉㄨㄟˋ ㄨˇ〕 ①軍隊。②有組織的群眾行列。

**隊長**〔ㄉㄨㄟˋ ㄓㄤˇ〕 一隊的首領。

**隊員**〔ㄉㄨㄟˋ ㄩㄢˊ〕 隊裡的一分子。

**隊醫**〔ㄉㄨㄟˋ ㄧ〕 隨隊的醫生。

## 隄（堤）

ㄊㄧˊ 沿海或沿河防水的建築物。如「隄防」「隄岸」。語音ㄉㄧ。

**隄防**〔ㄊㄧˊ ㄈㄤˊ〕 防水的隄岸。

**隄塘**〔ㄊㄧˊ ㄊㄤˊ〕 建有隄壩的水塘。

## 隉

図ㄋㄧㄝˋ危險，不安。如「阢隉」。

## 隆

ㄌㄨㄥˊ ㈠多，大，豐盛。如「隆情厚誼」「隆重」。㈡興旺。如「生意興隆」「國運昌隆」。㈢図高起來。如「隆準」「隆起」。㈣図使增高起來。〈戰國策〉有「雖隆薛之城到於天，猶之無益也」。㈤尊崇。如「崇隆」。㈥姓。

**隆冬**〔ㄌㄨㄥˊ ㄉㄨㄥ〕 図很冷的冬天。

**隆汙**〔ㄌㄨㄥˊ ㄨ〕 図興盛與腐敗。原指地勢的高或低，後來常用來比喻政治上的興衰。

**隆重**〔ㄌㄨㄥˊ ㄓㄨㄥˋ〕 盛大莊重。如「儀式隆重」。

**隆起**〔ㄌㄨㄥˊ ㄑㄧˇ〕 凸起來。

**隆替**〔ㄌㄨㄥˊ ㄊㄧˋ〕 図興衰。如「國運隆替」。

**隆盛**〔ㄌㄨㄥˊ ㄕㄥˋ〕 昌盛，興盛。如「國勢隆盛」。

**隆隆**〔ㄌㄨㄥˊ ㄌㄨㄥˊ〕 狀聲詞，形容劇烈震動的聲音。如「雷聲隆隆」。

**隆準**〔ㄌㄨㄥˊ ㄓㄨㄣˇ〕 図高鼻梁兒。

## 隍

図ㄏㄨㄤˊ㈠環繞在城牆外的壕溝，有水的叫池，無水的叫隍。㈡「城隍」：①護城濠。②迷信傳說中指主管某個城的神。

## 階（稭）

ㄐㄧㄝ ㈠石級。如「臺階兒」。㈡上進的路徑。如「階梯」。㈢公務人員的等級。如「九等三階」「官階」。㈣見「階級」。㈤進程。如「初階」（初級）「進階」。㈥樂音高低的次序。如「音階」。㈦図事情的來由。如「厲階」。

**階石**〔ㄐㄧㄝ ㄕˊ〕 堂前的石級。

**階段**〔ㄐㄧㄝ ㄉㄨㄢˋ〕 事件發展進程中劃分的段落。

**階級**〔ㄐㄧㄝ ㄐㄧˊ〕 ①高低的等級。如「他是上尉，我是中尉，他的階級比我高」。②指社會地位或經濟地位相同，利害相關的多數人。如「貴族階級」「資產階級」。

**階梯**〔ㄐㄧㄝ ㄊㄧ〕 ①可以一步步上升的臺階或梯子。②上進的路。

**階層**〔ㄐㄧㄝ ㄘㄥˊ〕 ①相同的階級，因地位不相同而分為若干層次。②不同階級，因某種共通性而形成一個集團。

**階下囚**〔ㄐㄧㄝ ㄒㄧㄚˋ ㄑㄧㄡˊ〕 舊時指在公堂臺階下受審的囚犯。現在泛指在押的罪犯。如「昔為座上客，今為階下囚」。

## 陲

図ㄔㄨㄟˊ國境邊界線以內附近的土地。如「邊陲」。

## 隋（陏）

ㄙㄨㄟˊ ㈠朝代名（西元581-618），北周的楊堅封隨公，後來篡周，滅陳，統一中國，把「隨」改成「隋」做國號，前後三十八年，被唐所滅。㈡姓。

**隋珠**〔ㄙㄨㄟˊ ㄓㄨ〕 隋侯的明珠，舊時傳說的寶珠。春秋時代，在今湖北的隋國國君看到一條受傷的蛇，身體斷成兩截，趕快用藥醫治。後來蛇從江裡銜一顆寶珠送給隋侯。也作「隨珠」。

## 隃（隃）

▲ㄕㄨˋ「西隃」，古代大陵名，又稱雁門山，

在今山西代縣西北。

▲ㄩˊ ㈠[文]通「逾」。㈡「喻麋」，古縣名，在今陝西扶風。

▲ㄧㄠˊ 通「遙」。

## 陽（阳）

ㄧㄤˊ ㈠與「陰」相對，通「昜」。中國古人將相對的事物，都用陰陽來配稱：明顯剛強的屬陽，晦暗祕柔的屬陰；春夏屬陽，秋冬屬陰；晝為陽，夜為陰；君子為陽，小人為陰；夫是陽，妻是陰；奇數屬陽，偶數屬陰；外為陽，內為陰。㈡日光多的地方。如「向陽」。㈢[文]山的南邊，水的北邊。如「山陽」「河陽」。㈣刻在器物上凸起的文字。如「我的圖章是篆字陽文」。㈤屬於人間的。如「陽宅」「還陽」。㈥太陽的簡稱。如「夕陽」「陽光」。㈦[文]作假，詐偽，通「佯」。如「陽言」「陽狂」。㈧[文]表面的。如「陽奉陰違」。㈨[文]男子的生殖器。如「陽痿」。㈩[文]見「陽九」。⑪姓。

**陽九** ㄧㄤˊ ㄐㄧㄡˇ [文]災變年景和惡運。文天祥〈正氣歌〉有「嗟予遘陽九」。

**陽文** ㄧㄤˊ ㄨㄣˊ 器物上刻的凸起的文字，在印章上的也稱「朱文」。

**陽平** ㄧㄤˊ ㄆㄧㄥˊ 國語聲調的第二聲，調值是由低而高。

**陽光** ㄧㄤˊ ㄍㄨㄤ 日光。

**陽宅** ㄧㄤˊ ㄓㄞˊ 指住宅（與「陰宅」相對）。

**陽狂** ㄧㄤˊ ㄎㄨㄤˊ [文]同「佯狂」，假裝瘋狂。

**陽言** ㄧㄤˊ ㄧㄢˊ 同「佯言」，詐言。

**陽和** ㄧㄤˊ ㄏㄜˊ [文]暖和。

**陽性** ㄧㄤˊ ㄒㄧㄥˋ 病理檢驗名詞，代號「＋」，是檢驗時顯出不良反應。

**陽春** ㄧㄤˊ ㄔㄨㄣ ①指和暖的春天。②俗稱陰曆十月為「小陽春」。③謔稱出售的貨品只具備最基本的部分。如「陽春麵」「陽春車」。

**陽剛** ㄧㄤˊ ㄍㄤ 剛強（與「陰柔」相對）。

**陽傘** ㄧㄤˊ ㄙㄢˇ 遮日光用的傘。

**陽極** ㄧㄤˊ ㄐㄧˊ 電池上發生正電（陽電）的一端。

**陽痿** ㄧㄤˊ ㄨㄟˇ 男子陰莖不能勃起的病。

**陽間** ㄧㄤˊ ㄐㄧㄢ 人世間（對「陰間」而言）。

**陽溝** ㄧㄤˊ ㄍㄡ 露在地面上的排水溝。

**陽壽** ㄧㄤˊ ㄕㄡˋ 迷信的人指人活在人世間的壽數。

**陽臺** ㄧㄤˊ ㄊㄞˊ 樓房的小平臺，可以乘涼、晒太陽或遠眺。

**陽曆** ㄧㄤˊ ㄌㄧˋ 以地球繞太陽一周為一年而制定的曆法。又名「太陽曆」。參看「太陽曆」。

**陽春車** ㄧㄤˊ ㄔㄨㄣ ㄔㄜ 沒有冷氣、音響等裝置的汽車，俗稱陽春車。

**陽性植物** ㄧㄤˊ ㄒㄧㄥˋ ㄓˊ ㄨˋ 在陽光充足的條件下才能生長得好的植物，如松樹和一般的農作物。

**陽春白雪** ㄧㄤˊ ㄔㄨㄣ ㄅㄞˊ ㄒㄩㄝˇ [文]古代楚國格調很高的歌曲，不是一般人所能唱和的，歌名叫「陽春」「白雪」。後來用在詩文裡泛指或稱揚優美的詩歌。

**陽奉陰違** ㄧㄤˊ ㄈㄥˋ ㄧㄣ ㄨㄟˊ [文]表面裝著奉行而實際卻違背。

**陽關大道** ㄧㄤˊ ㄍㄨㄢ ㄉㄚˋ ㄉㄠˋ 指通暢寬闊的道路。

**陽春全壘打** ㄧㄤˊ ㄔㄨㄣ ㄑㄩㄢˊ ㄌㄟˇ ㄉㄚˇ 棒球比賽中，打擊員擊出全壘打，但是壘上沒有跑壘員，只能得一分，稱為陽春全壘打。

**隈** 図ㄨㄟ山、水等彎曲的地方。如「山隈」「水隈」。

**隅** 図ㄩˊ ㈠角落。如「四隅」。㈡端緒。〈論語〉有「舉一隅而不以三隅反」。㈢邊側的地方。如「海隅」。㈣廉隅，形容人品行端正而有節操。

## 十筆

**隔（隔）** ▲ㄍㄜˊ ㈠阻障。如「分隔」。㈡図疏遠。如「關山遠隔」。㈢窗格，常作「窗隔」。㈣図雙方有阻塞，不能溝通。如「隔閡」。㈤見「隔離」。

▲ㄐㄧㄝ 隔（ㄍㄜˊ）㈠的語音。如「隔著短牆伸過手去」。

▲ㄐㄧㄝˊ 見「隔子」「隔扇」。

▲ㄐㄧㄝˋ 見「隔壁」。

▲ㄍㄜˊ 「隔褙」：在布上塗稀糨子，一層層地裱褙起來，晒乾以後成為硬的厚布片。叫隔褙。是從前民間做鞋幫襯用的材料。又有一種做縫紉內襯材料的硬布板，也叫隔褙。

**隔子** ▲ㄍㄜˊ ·ㄗ 擱置書物的架子。如「書隔子」。▲ㄐㄧㄝ ·ㄗ 門扇上面用木條構成的透亮的部分。

**隔山** ㄍㄜˊ ㄕㄢ 舊時指同父異母的兄弟姐妹之間的關係。如「隔山兄弟」。

**隔日** ㄍㄜˊ ㄖˋ 隔一天。

**隔別** ㄍㄜˊ ㄅㄧㄝˊ 図分開；離別。

**隔夜** ㄍㄜˊ ㄧㄝˋ 經過一夜。語音ㄐㄧㄝ ㄧㄝˋ。

**隔岸** ㄍㄜˊ ㄢˋ 河的對岸。

**隔肢** ㄍㄜˊ ㄓ 肢字輕讀。①在別人身上抓撓，使發癢。②比喻有意使人為難。如「他平日趾高氣揚的，今天也有不得意的事，大家非隔肢隔肢他不可」。

**隔音** ㄍㄜˊ ㄧㄣ 隔絕聲音的傳播。

**隔扇** ㄍㄜˊ ㄕㄢˋ 扇字輕讀。隔斷兩個房間的紙壁或板牆。又讀ㄐㄧㄝˊ ·ㄕㄢ。

**隔宿** ㄍㄜˊ ㄙㄨˋ 隔夜。如「家無隔宿之糧」。

**隔絕** ㄍㄜˊ ㄐㄩㄝˊ 図隔斷。如「音信隔絕」。

**隔閡** ㄍㄜˊ ㄏㄜˊ 彼此情意不通，思想有距離。

**隔熱** ㄍㄜˊ ㄖㄜˋ 隔絕熱的傳播。

**隔膜** ㄍㄜˊ ㄇㄛˊ ①情意不相通，彼此不了解。②不通曉；外行。

**隔壁** ㄍㄜˊ ㄅㄧˋ 左右相毗連的屋子或人家。口語常說ㄐㄧㄝ ㄅㄧˊ ㄦ。

**隔斷** ▲ㄍㄜˊ ㄉㄨㄢˋ 阻礙隔開，不能相通。如「中間築了一道牆，把兩家隔斷了」。▲ㄐㄧㄝ ·ㄉㄨㄢ 房間的屏障板壁。

**隔離** ㄍㄜˊ ㄌㄧˊ ①隔開使不能來往。②一種防疫措施。如「老黃昨天又拉又吐，醫生把他隔離起來，送進專治傳染病的醫院去」。③對行為異常的人的一種防護措施。如「小丁在監獄裡和人打架，還威脅典獄長，被送入單人囚室，與眾人隔離」。

**隔音牆** ㄍㄜˊ ㄧㄣ ㄑㄧㄤˊ 建造在道路兩旁，能吸收汽車引擎聲、輪胎摩擦聲的牆壁。

**隔熱紙** ㄍㄜˊ ㄖㄜˋ ㄓˇ 貼在汽車兩旁及後面的窗玻璃上，用來隔絕熱的傳播的一種帶顏色的塑膠紙。

**隔代遺傳** ㄍㄜˊ ㄉㄞˋ ㄧˊ ㄔㄨㄢˊ 祖先的特性，隔若干代後再現於後嗣的生理上的遺傳。

**隔岸觀火** ㄍㄜˊ ㄢˋ ㄍㄨㄢ ㄏㄨㄛˇ 図比喻事不干己，因而不加關心。坐觀成敗。

**隔靴搔癢** ㄍㄜˊ ㄒㄩㄝ ㄙㄠ ㄧㄤˇ 表達的意思或說的話不切實際。

**隔牆有耳** ㄍㄜˊ ㄑㄧㄤˊ ㄧㄡˇ ㄦˇ 比喻再祕密的事也會有人知道，必須加意保密，以防泄露。

**隔行如隔山** ㄍㄜˊ ㄏㄤˊ ㄖㄨˊ ㄍㄜˊ ㄕㄢ 行業不相同，難以知道其他行業的詳情。

**隘** ▲図 ㄞˋ ㈠險要的地方。如「要隘」「關隘」。㈡狹窄。如「路面狹隘」。▲ㄜˋ 通「阨」。

**隘口** ㄞˋ ㄎㄡˇ 狹隘的山口。

**隘巷** ㄞˋ ㄒㄧㄤˋ 狹隘的巷子。

**隘路** ㄞˋ ㄌㄨˋ 狹窄而險要的通路。

**隗** ㄨㄟˇ ㈠図高。㈡姓。

**隕（陨）** ▲図 ㄩㄣˇ ㈠墜落。如「隕石」。㈡通「殞」。▲ㄩㄣˊ「幅隕」，見「幅員」。

**隕石** ㄩㄣˇ ㄕˊ 含石質較多或全部是石質的隕星。

**隕命** ㄩㄣˇ ㄇㄧㄥˋ 図喪命。也作「殞命」。

**隕星** ㄩㄣˇ ㄒㄧㄥ 大的流星在經過地球大氣層時沒有完全燒毀的部分掉在地面上的，叫做隕星，有純鐵質的、純石質的和鐵質石質混合的。

**隕首** ㄩㄣˇ ㄕㄡˇ 図犧牲生命。

**隕涕** ㄩㄣˇ ㄊㄧˋ 図落淚。

**隕越** ㄩㄣˇ ㄩㄝˋ 図①從高處掉下來。②比喻失敗；失職。如「幸免隕越」。

**隕落** ㄩㄣˇ ㄌㄨㄛˋ 図①（星體或其他在高空運行的物體）從高空掉下來。②比喻人死亡。

## 十一筆

**際（际）** ㄐㄧˋ ㈠図兩面牆相交會的縫兒。㈡図會合。如「剛柔際也」。㈢人與人的交接。如「交際」。㈣図時期，時候。如「急須用人之際」。㈤図旁邊，邊涯。如「涯際」。㈥図當中，裡面。如「胸際」。㈦図到。〈淮南子・原議〉有「高不可際」。㈧図正好趕上那時間。如「風雲際會」。㈨彼此之間，如「國際」「洲際」。

**際會** ㄐㄧˋ ㄏㄨㄟˋ 図遇合，恰好趕上那個時候。如「風雲際會」。

**際遇** ㄐㄧˋ ㄩˋ 図遭遇（多指好的）。

**隙（隟）** 図ㄒㄧˋ ㈠裂縫，洞兒。如「間（ㄐㄧㄢˋ）隙」。㈡空（ㄎㄨㄥˋ）閒的時間。如「農隙」。㈢有了機會。如「乘隙」。㈣閒著的地叫「隙地」。㈤仇恨。如「嫌隙」「與之有隙」。

**隙地** ㄒㄧˋ ㄉㄧˋ 空著的地方；空隙地帶。

**隙罅** ㄒㄧˋ ㄒㄧㄚˋ 図縫隙。

**障** ㄓㄤˋ ㈠阻隔。如「阻障」「障礙」。㈡図壅塞。如「是障其源而欲其水也」。㈢図屏衛。如「保障」。㈣佛家說「煩惱」。如「業障」。㈤同「幛」。

**障蔽** ㄓㄤˋ ㄅㄧˋ 遮蔽，阻擋。

**障礙** ㄓㄤˋ ㄞˋ 擋住道路，使不能順利通過阻礙。如「障礙物」。

**障眼法** ㄓㄤˋ ㄧㄢˇ ㄈㄚˇ 遮蔽或轉移別人的目光使看不清真相的手法。也說「遮眼法」。

**障礙物** ㄓㄤˋ ㄞˋ ㄨˋ 擋住道路，使人沒辦法順利通過的大件東西。

**障礙賽跑** ㄓㄤˋ ㄞˋ ㄙㄞˋ ㄆㄠˇ 在設有欄架、水坑等障礙物的跑道上舉行的賽跑。正式比賽的距離是三千公尺。

## 十二筆

**隣** ㄌㄧㄣˊ 同「鄰」。

## 十三筆

**險** ㄒㄧㄢˇ ㈠高山擋著，路很難走。如「險坡」「險巇」。㈡要隘，難以攻取的所在。如「長江天險」「登高據險」。㈢図邪惡。如「險詐」「陰險」。㈣奇特的，怪異的。如「他下棋喜歡走險招」。㈤幾乎怎麼樣。如「險遭毒手」。㈥不妥當，可能有災難。如「風險」「冒險」。

**險坡** ㄒㄧㄢˇ ㄆㄛ 坡度大，必須小心開車的斜坡（多製成路標，豎在路旁，要駕駛人注意）。

**險易** ㄒㄧㄢˇ ㄧˋ 図①艱難與平易。②太平與亂世。

**險阻** ㄒㄧㄢˇ ㄗㄨˇ 図①（道路）險惡而有阻礙，不易通過。②比喻處世的艱難。

**險要** ㄒㄧㄢˇ ㄧㄠˋ （地勢）險峻而處於要衝。

**險峻** ㄒㄧㄢˇ ㄐㄩㄣˋ （山勢）高而險。

**險症** ㄒㄧㄢˇ ㄓㄥˋ 危險的症候。

**險勝** ㄒㄧㄢˇ ㄕㄥˋ 指體育比賽中以很接近的比數獲勝。

**險惡** ㄒㄧㄢˇ ㄜˋ ①奸險惡毒。如「人心險惡」。②情勢很危險。如「風雲險惡」。

**險詖** ㄒㄧㄢˇ ㄅㄧˋ 図邪惡，不正。〈漢書〉有「放遠（ㄩㄢˋ）佞邪之黨，壞散險詖之聚」。

**險詐** ㄒㄧㄢˇ ㄓㄚˋ 陰險奸詐。

**險象** ㄒㄧㄢˇ ㄒㄧㄤˋ 危險的現象。如「險象環生」。

**險語** ㄒㄧㄢˇ ㄩˇ 図①驚人的言語。②作詩時故意用艱澀難懂的詞語。

**險譎** ㄒㄧㄢˇ ㄐㄩㄝˊ 図邪惡而奸詐。

**險巇** ㄒㄧㄢˇ ㄒㄧ 図形容山路危險；泛指道路艱難。

**險灘** ㄒㄧㄢˇ ㄊㄢ 江河中水淺而礁石多，水流急，行船危險的地方。

**險遭不測** ㄒㄧㄢˇ ㄗㄠ ㄅㄨˋ ㄘㄜˋ 差點兒碰到危險的事。

**隨（隨）** ㄙㄨㄟˊ ㈠在後面跟從。如「隨從」「跟隨」。㈡順應。如「隨意」「隨遇而安」。㈢聽任。如「隨便」。㈣順便。如「隨口」「隨手」。㈤見「隨和」。㈥見「隨時」。㈦見「隨即」。㈧縣名，在湖北省。㈨姓。

**隨心** ㄙㄨㄟˊ ㄒㄧㄣ 隨著自己的意思。如「隨心所欲」。

**隨同** ㄙㄨㄟˊ ㄊㄨㄥˊ 跟著；陪著。如「他將隨同公司董事長出國訪問」。

**隨即** ㄙㄨㄟˊ ㄐㄧˊ 図隨後就；立刻。

**隨身** ㄙㄨㄟˊ ㄕㄣ 帶在身上或跟在身邊。

**隨侍** ㄙㄨㄟˊ ㄕˋ 図跟隨在尊長身邊侍奉。

**隨和** ▲図ㄙㄨㄟˊ ㄏㄜˊ 隨侯所得的寶珠，卞和的璧，兩者都是珍貴的寶物，因此比喻人才德之美。司馬遷〈報任少卿書〉有「雖才懷隨和，行若由夷，終不可以為榮」。▲図ㄙㄨㄟˊ ㄏㄜˋ 隨聲附和（ㄏㄜˋ）。▲ㄙㄨㄟˊ ˙ㄏㄜ 性情溫和，不固執。

**隨俗** ㄙㄨㄟˊ ㄙㄨˊ 隨順習俗（做事）。如「入鄉隨俗」。

**隨後** ㄙㄨㄟˊ ㄏㄡˋ 跟著立刻行動的意思。如「您先走，我隨後就到」。

**隨員** ㄙㄨㄟˊ ㄩㄢˊ 隨同首長外出的工作人員。

**隨時** ㄙㄨㄟˊ ㄕˊ 不論什麼時候。

**隨從** ▲ㄙㄨㄟˊ ㄘㄨㄥˊ 跟隨。▲ㄙㄨㄟˊ ㄗㄨㄥˋ 跟隨的人。

**隨處** ㄙㄨㄟˊ ㄔㄨˋ 不拘什麼地方；到處。

**隨喜** ㄙㄨㄟˊ ㄒㄧˇ ①佛家說見到人做善事，隨之而生歡喜心。②遊玩、參觀廟宇。

**隨筆** ㄙㄨㄟˊ ㄅㄧˇ 一種散文體裁，篇幅較短，表現形式靈活自由，可以抒情、敘事或評論；常用作散文集的書名。

**隨意** ㄙㄨㄟˊ ㄧˋ 任憑自己的意思。

**隨群** ㄙㄨㄟˊ ㄑㄩㄣˊ 舉動跟大家一樣。

**隨緣** ㄙㄨㄟˊ ㄩㄢˊ 隨其機緣，不加勉強。

**隨口(兒)** ㄙㄨㄟˊ ㄎㄡˇ(ㄦ) 不加考慮，順口說出來。

**隨手(兒)** ㄙㄨㄟˊ ㄕㄡˇ(ㄦ) 順手。

**隨地(兒)** ㄙㄨㄟˊ ㄉㄧˋ(ㄦ) 不拘什麼地方。

**隨便(兒)** ㄙㄨㄟˊ ㄅㄧㄢˋ(ㄦ) ①隨意。如「請隨便吃」。②不拘束，不認真。如「我是隨便寫的」。

**隨份子** ㄙㄨㄟˊ ㄈㄣˋ ˙ㄗ ①拿出應分攤的一份錢參加集體送禮。②帶著錢到別人家參加婚喪等活動。

**隨身聽** ㄙㄨㄟˊ ㄕㄣ ㄊㄧㄥ 一種小型收音機，用耳機收聽。使用者可一邊走路一邊收聽。有些隨身聽還帶錄音設備。

**隨風倒** ㄙㄨㄟˊ ㄈㄥ ㄉㄠˇ 比喻任憑外力左右，人家說什麼就聽什麼，自己毫無主見。

**隨意肌** ㄙㄨㄟˊ ㄧˋ ㄐㄧ 生理學名詞，指肌肉的收縮或舒放，可以隨意識主使，像連在骨骼上的肌肉、構成舌的肌肉都是。這種肌肉都是橫紋肌。

**隨心所欲** ㄙㄨㄟˊ ㄒㄧㄣ ㄙㄨㄛˇ ㄩˋ 自己想要怎麼做就怎麼做。

**隨波逐流** ㄙㄨㄟˊ ㄅㄛ ㄓㄨˊ ㄌㄧㄡˊ 比喻自己沒有主見，隨著潮流走。

**隨風轉舵** ㄙㄨㄟˊ ㄈㄥ ㄓㄨㄢˇ ㄉㄨㄛˋ 比喻隨著情勢改變態度(含貶義)。

**隨鄉入俗** ㄙㄨㄟˊ ㄒㄧㄤ ㄖㄨˋ ㄙㄨˊ 到一個地方必須能適應當地的環境及當地的風俗習慣。

**隨傳隨到** ㄙㄨㄟˊ ㄔㄨㄢˊ ㄙㄨㄟˊ ㄉㄠˋ 從法院保外的人如有召喚，必須隨時到法院報到。

**隨遇而安** ㄙㄨㄟˊ ㄩˋ ㄦˊ ㄢ 能安於各種環境。

**隨機取樣** ㄙㄨㄟˊ ㄐㄧ ㄑㄩˇ ㄧㄤˋ 從研究對象中，按或然率原理，抽取其中一部分為樣本，進行研究。

**隨機應變** ㄙㄨㄟˊ ㄐㄧ ㄧㄥˋ ㄅㄧㄢˋ 有機智，能看事情的變化辦事。

**隨隨便便** ㄙㄨㄟˊ ㄙㄨㄟˊ ㄅㄧㄢˋ ㄅㄧㄢˋ 不認真，不拘束。

**隨聲附和** ㄙㄨㄟˊ ㄕㄥ ㄈㄨˋ ㄏㄜˋ 図自己沒有定見，跟著人家說好說壞。

**隧** ㄙㄨㄟˋ ㈠地下道。如「隧道」。㈡地下坑穴，古時帝王葬禮所用。〈左傳〉有「晉侯請隧」。

**隧道** ㄙㄨㄟˋ ㄉㄠˋ 在山中或地下鑿成通路。

**隩** ▲図ㄩˋ ㈠河流彎曲的地方。㈡可以居住的土地。〈書經〉有「四隩既宅」。㈢通「燠」。▲ㄠˋ ㈠同「隩(ㄩˋ)」㈠。㈡隱深。〈莊子〉有「其塗隩矣」。

## 十四筆

**隮** 図ㄐㄧ ㈠通「躋」。㈡虹。〈詩經〉有「朝隮于西」。

**隰** ㄒㄧˊ ㈠図「隰皐」，低溼的地方。㈡図新開墾的田。〈詩經〉有「徂隰徂畛」。㈢縣名，在山西省。㈣姓。

**隱(隐)** ▲ㄧㄣˇ ㈠不明顯。如「隱約」「隱語」。㈡藏匿。如「隱藏」「隱居」。㈢痛苦。如「探求民隱」。㈣憐傷。如「惻隱」。

▲図ㄧㄣˋ憑，倚。〈孟子〉有「隱几而臥」。

**隱士**（ㄧㄣˇ ㄕˋ） 隱居的人。

**隱地**（ㄧㄣˇ ㄉㄧˋ） ①隱瞞沒有向官府呈報的土地。②適於隱居的地方。

**隱忍**（ㄧㄣˇ ㄖㄣˇ） 図忍耐著不動聲色。

**隱沒**（ㄧㄣˇ ㄇㄛˋ） 隱蔽；漸漸看不見。

**隱私**（ㄧㄣˇ ㄙ） 隱祕不讓人知道的事。

**隱居**（ㄧㄣˇ ㄐㄩ） 住在偏僻的地方，不出來做官。

**隱性**（ㄧㄣˇ ㄒㄧㄥˋ） 在遺傳學上，基因的性狀只在同型結合時才能表現的，稱為隱性。

**隱約**（ㄧㄣˇ ㄩㄝ） 図㈠不明顯的樣子。如「林中花木，隱約可見」。㈡意思很深可是言語或文字很簡略。〈史記〉有「夫（ㄈㄨˊ）詩書隱約者，欲遂其志之思也」。

**隱疾**（ㄧㄣˇ ㄐㄧˊ） 不好向別人說的病，如性病之類。

**隱祕**（ㄧㄣˇ ㄇㄧˋ） 隱蔽不外露。

**隱衷**（ㄧㄣˇ ㄓㄨㄥ） 不願告訴人的苦衷。

**隱匿**（ㄧㄣˇ ㄋㄧˋ） 図隱藏；躲起來。

**隱患**（ㄧㄣˇ ㄏㄨㄢˋ） 図潛藏著的禍患。

**隱情**（ㄧㄣˇ ㄑㄧㄥˊ） 不願告訴人的事實或原因。

**隱晦**（ㄧㄣˇ ㄏㄨㄟˋ） （意思）不明顯。

**隱喻**（ㄧㄣˇ ㄩˋ） 比喻的一種。凡具備喻體、喻依，而喻詞由「是」「為」等代替的比喻，稱為隱喻。

**隱痛**（ㄧㄣˇ ㄊㄨㄥˋ） 不願告訴人的痛苦。

**隱逸**（ㄧㄣˇ ㄧˋ） 図遁世隱居。

**隱遁**（ㄧㄣˇ ㄉㄨㄣˋ） 図①隱藏。②遁世隱居。

**隱語**（ㄧㄣˇ ㄩˇ） 不把要說的意思明說出來，而借用別的話來表示，古代稱為隱語，類似後世的謎語。

**隱憂**（ㄧㄣˇ ㄧㄡ） 深藏在心裡的憂愁。

**隱蔽**（ㄧㄣˇ ㄅㄧˋ） 借旁的事物來遮蔽。

**隱瞞**（ㄧㄣˇ ㄇㄢˊ） 把真相掩蓋起來不讓人知道。

**隱諱**（ㄧㄣˇ ㄏㄨㄟˋ） 因為有所避諱而隱瞞不說。如舊時做子女的人不說父母、祖父母的名字。

**隱隱**（ㄧㄣˇ ㄧㄣˇ） ①隱約；不分明。②憂戚的樣子。③車聲。④雷聲。

**隱藏**（ㄧㄣˇ ㄘㄤˊ） 藏起來不讓發現。

**隱形人**（ㄧㄣˇ ㄒㄧㄥˊ ㄖㄣˊ） 隱其身而不為人所見的人。

**隱私權**（ㄧㄣˇ ㄙ ㄑㄩㄢˊ） 指人有權保持自己的祕密，有不允許其照片、事業、成功經驗被人傳播圖利，或造成對本人干擾的不便。

**隱身草**（ㄧㄣˇ ㄕㄣ ㄘㄠˇ） 做為遮掩的東西。

**隱身術**（ㄧㄣˇ ㄕㄣ ㄕㄨˋ） 古代方士所稱能使別人看不到自己的法術。

**隱睪丸**（ㄧㄣˇ ㄍㄠ ㄨㄢˊ） 未能降至陰囊的發育不全的睪丸。

**隱形飛機**（ㄧㄣˇ ㄒㄧㄥˊ ㄈㄟ ㄐㄧ） 一種可使雷達偵測不出的飛機。

**隱形眼鏡**（ㄧㄣˇ ㄒㄧㄥˊ ㄧㄢˇ ㄐㄧㄥˋ） 一種薄而彎曲的玻璃或塑膠殼，可以直接放在眼球的前方，以矯正折光異常。

**隱姓埋名**（ㄧㄣˇ ㄒㄧㄥˋ ㄇㄞˊ ㄇㄧㄥˊ） 改換姓名，不叫人家知道。

**隱花植物**（ㄧㄣˇ ㄏㄨㄚ ㄓˊ ㄨˋ） 不開花結實，靠孢子分裂繁殖的植物，如蘚、苔、菌、藻等都是。又叫無花植物。

**隱惡揚善** ㄧㄣˇ ㄜˋ ㄧㄤˊ ㄕㄢˋ 隱匿別人的過失，宣揚別人的善行。

**隱頭花序** ㄧㄣˇ ㄊㄡˊ ㄏㄨㄚ ㄒㄩˋ 花序的一種，花軸頂部膨大，中心部分向下凹陷成囊狀，花朵長在凹陷部分的裡面，如無花果的花序。

**隱顯墨水** ㄧㄣˇ ㄒㄧㄢˇ ㄇㄛˋ ㄕㄨㄟˇ 俗稱無色墨水，多用化學藥品溶解於水製成，有很多種類。

### 十五筆

**隳** 図ㄏㄨㄟ 毀壞。〈呂氏春秋〉有「隳人之城郭」。

**隳亡** ㄏㄨㄟ ㄨㄤˊ 危亡。

**隳壞** ㄏㄨㄟ ㄏㄨㄞˋ 毀壞。

### 十六筆

**隴** ㄌㄨㄥˇ ㈠田埂，通「壟」。㈡山名，縣名，都在陝西省。㈢甘肅省的簡稱。

## 隶部

**隶** 図ㄉㄞˋ 同「逮」，從後面追上。

### 九筆

**隸（隷）** ㄌㄧˋ ㈠図附著，附屬。如「隸屬」。㈡舊時指低層社會的人。如「奴隸」「隸戶」。㈢舊時特指衙門裡供差役的人。如「隸卒」。㈣漢字字體的一種。如「隸書」。

**隸卒** ㄌㄧˋ ㄗㄨˊ 舊時衙門裡的差役。

**隸書** ㄌㄧˋ ㄕㄨ 又名「八分」「隸字」。傳說在秦朝時候公文書很多，由識字的隸卒代為書寫，從小篆減省而成的字體。也有說是春秋以前已有隸書，到了秦代，程邈覺得它容易書寫，經過修改以後建議當局使用。

**隸屬** ㄌㄧˋ ㄕㄨˇ （區域、機構等）受管轄。

**隸變** ㄌㄧˋ ㄅㄧㄢˋ ①指隸書改變篆書的寫法。②楷書的別稱。

## 隹部

**隹** 図ㄓㄨㄟ 短尾鳥的總稱。

### 二筆

**雀** ▲図ㄑㄩㄝˋ 雀然，心志很高。▲ㄏㄨㄛˋ 鳥飛得很高。▲ㄏㄜˋ「鶴」字的俗寫。

**隻** ㄓ ㈠計算動物的量詞。如「三隻小鳥」「一隻花貓」。㈡稱成雙的東西的單件。如「剛買來的襪子，有一隻是破的」。㈢單獨，一個。如「形單影隻」「片紙隻字」。

**隻字** ㄓ ㄗˋ 図一個字。如「他隻字不留就走了」。

**隻身** ㄓ ㄕㄣ 図單身。

**隻眼** ㄓ ㄧㄢˇ 比喻特殊的見解，獨特的看法。如「獨具隻眼」。

**隼** ㄓㄨㄣˇ ㈠猛禽名，與鷹同科而較小，翼展約三十公分。喙彎曲，腳四趾，都有鉤爪。捕小動物為食，俯衝速度每小時可達兩百五十公里，在鳥類中最快。㈡猛禽的總名。潘岳〈秋興賦〉有「野有歸燕，隰有翔隼」。

### 三筆

**雀** ▲ㄑㄩㄝˋ ㈠小鳥的一種，鳴禽類。也作「麻雀」。體長兩三寸，腳有四趾，褐色的毛有黑色斑點，能跳不能走，平時捕食蟲類，稻麥熟的時候吃稻麥。常在簷下或牆洞做窩，所以也叫「家雀（ㄑㄧㄠˇ）兒」「老雀子」。㈡若干鳥也叫雀。如「孔雀」「金絲雀」。㈢見「雀躍」。㈣見「雀斑」。

語音ㄑㄧㄠˇ。

▲ㄑㄧㄠˇ見「雀子」。

**雀子** ㄑㄧㄠˇ ㄗ˙ 見「雀斑」。

**雀舌** ㄑㄩㄝˋ ㄕㄜˊ ①茶名，用茶的嫩芽製成。②草名，也叫地耳草、斑鳩窩。

**雀兒** ㄑㄧㄠˇ ㄦ 「家雀兒」就是麻雀。「黃雀兒」就是黃雀。

**雀麥** ㄑㄩㄝˋ ㄇㄞˋ 穀類，俗稱野麥。葉細長而尖，子可磨麵，稭可編帽。

**雀斑** ㄑㄩㄝˋ ㄅㄢ 人面頰上發生的細碎黑點，口語說ㄑㄧㄠˇ˙ㄅㄢ，也說「雀子」。

**雀噪** ㄑㄩㄝˋ ㄗㄠˋ 名聲宣揚一時（多含貶義）。如「聲名雀噪一時」。

**雀躍** ㄑㄩㄝˋ ㄩㄝˋ 図比喻高興得跳起來。

**雀鷹** ㄑㄩㄝˋ ㄧㄥ 猛禽的一種，比鷹小，羽毛灰褐色。捕食小鳥。飼養的雌鳥可以幫助打獵。也叫鷂子或鷂鷹。

**雀盲眼** ㄑㄧㄠˇ ㄇㄤˊ ㄧㄢˇ 盲字輕讀。鳥雀天黑以後就看不見，所以人的目力微弱，不在日光下就看不清楚的病，叫「雀盲眼」。

**雀屏中選** ㄑㄩㄝˋ ㄆㄧㄥˊ ㄓㄨㄥˋ ㄒㄩㄢˇ 指被選為女婿。也說「雀屏中目」。原是唐高祖李淵在竇毅家射箭射中屏風上畫的孔雀眼睛而當上了竇家的女婿的典故。

## 四筆

**雇（僱）** ㄍㄨˋ ㈠出錢請人代為做事。如「雇用」「雇個老媽子幫做家事」。㈡受人雇用的人。如「雇傭」「雇員」。㈢租賃。如「雇車」「雇船」。

**雇工** ㄍㄨˋ ㄍㄨㄥ ①雇用工人。②受人雇用代人工作的人。

**雇車** ㄍㄨˋ ㄔㄜ 臨時租用車輛。

**雇員** ㄍㄨˋ ㄩㄢˊ ①官署或機關在編制之外的雇用人員。②公務人員階級最低的。③軍事單位雇用的非軍職人員。

**雇船** ㄍㄨˋ ㄔㄨㄢˊ 租用船隻。

**雇傭** ㄍㄨˋ ㄩㄥ 受人雇用的人。

**集** ㄐㄧˊ ㈠聚合。如「集其大成」「集合」。㈡定期聚合許多人做買賣的場所。如「市集」「趕集」。㈢彙合許多著作而成的書。如「文集」「詩集」。㈣大部頭的書分成數冊的，或從後面接續的。如「上集」「續集」。㈤我國古時圖書分類法的一種。如「經、史、子、集」。㈥図成就。〈書經〉有「大統未集」。㈦図群鳥停息樹上。如「黃鳥于飛，集于灌木」。

**集子** ㄐㄧˊ ㄗ˙ 把若干單篇著作收集在一起編成的書。

**集中** ㄐㄧˊ ㄓㄨㄥ 聚合在一起。如「人口集中」「力量集中」。

**集刊** ㄐㄧˊ ㄎㄢ 學術機構刊行的成套的、定期或不定期出版的論文集。

**集句** ㄐㄧˊ ㄐㄩˋ 摘取前人的詩句而拼成的詩。

**集合** ㄐㄧˊ ㄏㄜˊ ①聚在一起。②數學名詞，有「集體」的意思。如「全部自然數成一集合」。

**集字** ㄐㄧˊ ㄗˋ ①集碑帖中的字以成文。②集別人文章中的字詞以成詩句。

**集居** ㄐㄧˊ ㄐㄩ 集中居住在某一處。如「各地的難民，集居在山下那個村子裡」。

**集注** ㄐㄧˊ ㄓㄨˋ 集合前人關於某書的注釋或加上自己的見解進行注釋。多用做書名。也叫「集解」或「集釋」。

**集訓** ㄐㄧˊ ㄒㄩㄣˋ 集中在一個地方訓練。如「代表隊出發前要集訓」。

**集部** ㄐㄧˊ ㄅㄨˋ 我國古代圖書分類的一大部類，包括各種體裁的文學著作。參看「四部」。

**集結** ㄐㄧˊ ㄐㄧㄝˊ 聚集，特指軍隊或大隊人員集合到一個地方。如「敵軍在對岸高地集結」。

**集郵** ㄐㄧˊ ㄧㄡˊ 收集和保存各種郵票。如「集郵可以致富」。

**集會** ㄐㄧˊ ㄏㄨㄟˋ 許多人聚集開會。

**集資** ㄐㄧˊ ㄗ 聚集資金。如「集資建工廠」。

**集團** ㄐㄧˊ ㄊㄨㄢˊ 集合許多人或個體而成的團體。

**集聚** ㄐㄧˊ ㄐㄩˋ 集合在一起。

**集錄** ㄐㄧˊ ㄌㄨˋ 把資料收集、抄錄在一起或編印成書。

**集錦** ㄐㄧˊ ㄐㄧㄣˇ 編輯在一起的精采的圖片、詩文等（多用做標題）。

**集權** ㄐㄧˊ ㄑㄩㄢˊ 行政權力集中在一處；是對分權說的。如「中央集權」。

**集體** ㄐㄧˊ ㄊㄧˇ 許多人合起來的有組織的整體。如「集體創作」。

**集大成** ㄐㄧˊ ㄉㄚˋ ㄔㄥˊ [文]彙集各種主張而成一種完整的學說。

**集中營** ㄐㄧˊ ㄓㄨㄥ ㄧㄥˊ 把政治犯、戰俘或擄來的非交戰人員集中起來監禁的地方。

**集水區** ㄐㄧˊ ㄕㄨㄟˇ ㄑㄩ 水系獲得水量補給的區域，也就是那個水系的流域。

**集散地** ㄐㄧˊ ㄙㄢˋ ㄉㄧˋ 本地區貨物在此集中外運，外地貨物由此分散到區內各處的地方。

**集電器** ㄐㄧˊ ㄉㄧㄢˋ ㄑㄧˋ 在電子管內收集電子或離子的一種裝置。

**集成電路** ㄐㄧˊ ㄔㄥˊ ㄉㄧㄢˋ ㄌㄨˋ 在同一硅片上同時製作許多晶體管和電阻，並把它們聯成一定的電路，稱為集成電路。這種電路具有體積小、耐震、耐潮、穩定性高的優點。廣泛應用於電子計算機、測量儀器等。

**集思廣益** ㄐㄧˊ ㄙ ㄍㄨㄤˇ ㄧˋ 集合眾人的見解，可以擴大效益。

**集腋成裘** ㄐㄧˊ ㄧㄝˋ ㄔㄥˊ ㄑㄧㄡˊ 比喻積少可以成多，或集合眾力使有用處。

**集會結社** ㄐㄧˊ ㄏㄨㄟˋ ㄐㄧㄝˊ ㄕㄜˋ 組織團體。

**集團結婚** ㄐㄧˊ ㄊㄨㄢˊ ㄐㄧㄝˊ ㄏㄨㄣ 許多對要結婚的男女，集合在一個禮堂內同時舉行婚禮。

**集權主義** ㄐㄧˊ ㄑㄩㄢˊ ㄓㄨˇ ㄧˋ 將國家的政治、經濟、軍事等大權集中於中央的主義。

**集體主義** ㄐㄧˊ ㄊㄧˇ ㄓㄨˇ ㄧˋ 社會學名詞，主張一切政治、經濟制度，採用集體控制的方式。

**集體創作** ㄐㄧˊ ㄊㄧˇ ㄔㄨㄤˋ ㄗㄨㄛˋ 由幾個人合力完成的作品。

## 雄

**雄** ㄒㄩㄥˊ ㈠性別是公的動物或植物，與「雌」相對。如「雄雞」「雄蕊」。㈡指強有力、威武。如「雄赳赳（ㄐㄧㄡ）」「雄壯」。㈢指人勇壯果敢。如「英雄」「一代梟雄」。㈣指遠大的計謀或心志。如「雄心」「雄圖」。㈤指勝利。如「一決雌雄」。㈥指能控制一面的豪強。如「戰國七雄」「雄長」。㈦用強硬的話申斥別人。如「你別淨拿話雄人」。

**雄才** ㄒㄩㄥˊ ㄘㄞˊ 傑出的才智。如「雄才大略」。

**雄心** ㄒㄩㄥˊ ㄒㄧㄣ 遠大的心志。

**雄主** ㄒㄩㄥˊ ㄓㄨˇ 指雄才大略的君主。

**雄壯**（ㄒㄩㄥˊ ㄓㄨㄤˋ） 偉大勇敢。

**雄兵**（ㄒㄩㄥˊ ㄅㄧㄥ） 強有力的軍隊。也說「雄師」。

**雄武**（ㄒㄩㄥˊ ㄨˇ） 威武。

**雄花**（ㄒㄩㄥˊ ㄏㄨㄚ） 只有雄蕊而沒有雌蕊的花。

**雄長**（ㄒㄩㄥˊ ㄓㄤˇ） 図獨霸一時一地的人或團體。

**雄俊**（ㄒㄩㄥˊ ㄐㄩㄣˋ） 也作「雄駿」。①雄壯英俊；才能出眾。②才能出眾的人。

**雄勁**（ㄒㄩㄥˊ ㄐㄧㄥˋ） 雄壯有力。

**雄厚**（ㄒㄩㄥˊ ㄏㄡˋ） （人力、物力）充足。如「資本雄厚」。

**雄姿**（ㄒㄩㄥˊ ㄗ） 威武雄壯的姿態。如「萬人空巷爭睹雄姿」。

**雄風**（ㄒㄩㄥˊ ㄈㄥ） 威風。

**雄飛**（ㄒㄩㄥˊ ㄈㄟ） 図比喻志意飛揚，奮發有為。

**雄峻**（ㄒㄩㄥˊ ㄐㄩㄣˋ） 雄偉峻峭。如「山勢雄峻」。

**雄師**（ㄒㄩㄥˊ ㄕ） 指強有力的軍隊。也作「雄兵」。

**雄健**（ㄒㄩㄥˊ ㄐㄧㄢˋ） 剛強健壯。

**雄偉**（ㄒㄩㄥˊ ㄨㄟˇ） 雄壯偉大。

**雄猜**（ㄒㄩㄥˊ ㄘㄞ） 図有雄心而多猜忌。

**雄渾**（ㄒㄩㄥˊ ㄏㄨㄣˊ） 図雄壯有力，指詩文的氣勢說的。

**雄視**（ㄒㄩㄥˊ ㄕˋ） 豪邁的看著。如「雄視征途，整裝待發」。

**雄黃**（ㄒㄩㄥˊ ㄏㄨㄤˊ） 砒和硫的化合物，黃顏色，可以做藥，做顏料。

**雄蜂**（ㄒㄩㄥˊ ㄈㄥ） 雄性的蜂類。特指雄性的蜜蜂，身體比工蜂大，比母蜂小，沒有毒刺，和母蜂交配後，即被工蜂趕出蜂巢。

**雄圖**（ㄒㄩㄥˊ ㄊㄨˊ） 図偉大的謀略。

**雄豪**（ㄒㄩㄥˊ ㄏㄠˊ） 図①英雄豪傑。②性情豪放爭強。

**雄踞**（ㄒㄩㄥˊ ㄐㄩˋ） 雄壯威武地蹲著或坐著（多用來作比喻）。如「龜山蛇山雄踞江畔」。

**雄蕊**（ㄒㄩㄥˊ ㄖㄨㄟˇ） 花的主要部分之一，一般由花絲和花藥構成。

**雄鎮**（ㄒㄩㄥˊ ㄓㄣˋ） 図形勢險要，兵力足夠控制四方的重要地方。

**雄雞**（ㄒㄩㄥˊ ㄐㄧ） 公雞。

**雄辯**（ㄒㄩㄥˊ ㄅㄧㄢˋ） ①強有力的辯論。如「事實勝於雄辯」。②有說服力。

**雄赳赳**（ㄒㄩㄥˊ ㄐㄧㄡ ㄐㄧㄡ） 形容威武。也作「雄糾糾」。

**雄黃酒**（ㄒㄩㄥˊ ㄏㄨㄤˊ ㄐㄧㄡˇ） 攙有雄黃的燒酒，前人說是在端午節喝，可以解毒。

**雄才大略**（ㄒㄩㄥˊ ㄘㄞˊ ㄉㄚˋ ㄌㄩㄝˋ） 傑出的才智和謀略。

## 雅

▲ㄧㄚˇ ㈠舊時讀書人認為是高尚、不俗氣的。如「文雅」「雅人雅事」。㈡正派的。如「雅樂」「雅言」。㈢寬大。如「雅量」。㈣図對人的敬稱。如「雅正」「雅教」。㈤図素常。如「雅愛」「子所雅言」。㈥図很，非常。如「雅以為美」「雅不欲為」。㈦見「爾雅」。㈧図交情。〈漢書〉有「無一日之雅」。㈨図六詩（賦、比、興、風、雅、頌）之一。㈩図儀態優美的樣子。如「嫺雅」。⑪姓。

▲ㄧㄚ 同「鴉」。

**雅人**（ㄧㄚˇ ㄖㄣˊ） 図高雅不俗氣的人。也作「雅士」。

**雅士**（ㄧㄚˇ ㄕˋ） 高雅的人。多指文人。如「文人雅士」。

**雅正**（ㄧㄚˇ ㄓㄥˋ） ①図文雅正直。②客套話，把自己的詩文書畫等送人，表示請對方指教。

**雅言**（ㄧㄚˇ ㄧㄢˊ） 図①標準語。〈論語．述而〉有「子所雅言：詩、書、執禮，皆雅言也」。②正確的言論。諸葛亮〈出師表〉有「諮諏善道，察納雅言」。

**雅俗** ㄧㄚˇ ㄙㄨˊ 高雅和粗俗。

**雅致** ▲ㄧㄚˇ ㄓˋ 高雅優美的情趣。▲ㄧㄚˇ ˙ㄓ 看去有清秀可愛的感覺，指風景、顏色、裝飾等方面說的。如「這個顏色很雅致」。

**雅氣** ㄧㄚˇ ㄑㄧˋ ①高雅的氣氛或氣度。如「這幅山水充溢著雅氣」。②図正氣。

**雅教** ㄧㄚˇ ㄐㄧㄠˋ 図敬詞，稱對方的指教。

**雅望** ㄧㄚˇ ㄨㄤˋ 図清高的名望。

**雅量** ㄧㄚˇ ㄌㄧㄤˋ ①從容寬大的氣度。②戲稱大的酒量。如「您一向雅量，不妨多喝幾杯」。

**雅集** ㄧㄚˇ ㄐㄧˊ 図風雅的集會。

**雅愛** ㄧㄚˇ ㄞˋ 図素常喜愛。如「雅愛丹青」。

**雅意** ㄧㄚˇ ㄧˋ 図①敬詞，稱對方的意見。②高尚的情意。如「高情雅意」。

**雅號** ㄧㄚˇ ㄏㄠˋ 図尊稱別人的名字。

**雅馴** ㄧㄚˇ ㄒㄩㄣˊ 図（文辭）典雅。

**雅歌** ㄧㄚˇ ㄍㄜ 図①歌唱雅詩。②舊約聖經所收的有關愛情的詩歌。

**雅樂** ㄧㄚˇ ㄩㄝˋ 正樂。古時郊廟朝會所用的樂曲是雅樂。

**雅談** ㄧㄚˇ ㄊㄢˊ 清談。本指流行於魏晉間一種具有辯論形式的聚談，後世泛指一般不切實際的談論。

**雅趣** ㄧㄚˇ ㄑㄩˋ 高雅的意趣。如「雅趣盎然」。

**雅興** ㄧㄚˇ ㄒㄧㄥˋ 高雅的興趣。如「雅興不淺」。

**雅觀** ㄧㄚˇ ㄍㄨㄢ 裝束、舉動文雅（多用於否定式）。如「很不雅觀」。

**雅座（兒）** ㄧㄚˇ ㄗㄨㄛˋ（ㄦ） 飯館、酒店中比較精緻舒適的位置或小房間。

**雅人深致** ㄧㄚˇ ㄖㄣˊ ㄕㄣ ㄓˋ 図指高雅的人士的意致深遠。

**雅俗共賞** ㄧㄚˇ ㄙㄨˊ ㄍㄨㄥˋ ㄕㄤˇ 高雅的人和流俗的人都能欣賞；指合於一般人的欣賞水準，趣味不太高也不太低。

**雁（鴈）** ㄧㄢˋ ㈠游禽類的水鳥，茶褐色，是野生的鵝。飛行時很有秩序。秋分後飛到南方，春分後飛到北方，所以稱為「候鳥」。㈡見「雁行」。

**雁行** ㄧㄢˋ ㄏㄤˊ 也作「雁序」。①鴻雁飛行時整齊的行列。②図借指兄弟。「雁行失序」「雁行折翼」都是指兄弟的死亡。

**雁陣** ㄧㄢˋ ㄓㄣˋ 鴻雁高飛時排成的隊形。

## 五筆

**雊** 図ㄍㄡˋ 雄雉鳴叫。王維〈山中與裴迪秀才書〉有「麥隴朝（ㄓㄠ）雊」。

**雎（鵙）** ㄐㄩ ㈠「雎鳩」是一種水鳥。㈡通「趄」。㈢姓。

**雎鳩** ㄐㄩ ㄐㄧㄡ 水鳥名，俗稱魚鷹。〈詩經・周南・關雎〉有「關關雎鳩，在河之洲」，說牠有固定的配偶，因此用牠比喻君子的婚配。

**雋（隽）** ▲ㄐㄩㄢˋ ㈠図雋永，是有趣而耐人尋味。㈡姓。▲ㄐㄩㄣˋ 同「俊」，指才智超過常人。如「英雋」。

**雋永** ㄐㄩㄢˋ ㄩㄥˇ 図文辭或事物意味深長，引人咀嚼回味。

**雉** ㄓˋ ㈠鶉雞類野禽，俗名「山雞」「野雞」。形狀像雞，雄的羽毛很美，尾羽長兩三尺，可以做裝飾，舊戲演武將的人帽盔上就插雉尾羽。現在有人飼養，作家庭副業。臺灣特產的「帝雉」，是世界有名的珍禽。㈡城牆上的矮牆，叫「雉堞」，也叫「女牆」。㈢古代長度名，長三丈，高一丈叫「雉」。㈣「雉經」，自縊。

**雉鳩** ㄓˋ ㄐㄧㄡ 也叫「斑鳩」。鳩的一種，眼黃色，紅眼圈，頭頂灰色，頸部有黑紅斑點。

**雍** 図ㄩㄥ ㈠「雍和」「雍穆」，都是和睦的樣子。㈡「雍容」形容溫和，大方。㈢古代九州之一。雍州在今陝西北部、甘肅西北大半部到青海額濟納一帶地方。㈣通「擁」。㈤姓。

**雍容** ㄩㄥ ㄖㄨㄥˊ ①溫和，從容不迫的樣子。如「意態雍容」。②形容氣派大方。如「雍容華貴」。

## 六筆

**雒** ㄌㄨㄛˋ ㈠通「洛」。㈡雒南，陝西省縣名。㈢雒容，廣西省縣名。

**雌** ㄘ ㈠母鳥。㈡「雄」的反義詞，生物中能產生卵細胞的，屬雌性。如「雌兔」「雌蕊」。㈢指女人。李白〈雙燕離詩〉有「憔悴一身在，孀雌憶故雄」。口語有「雌兒」一詞，有輕蔑的意思。㈣比喻競爭的勝負。如「一決雌雄」。㈤図柔弱。〈老子·二八〉有「知其雄，守其雌，為天下谿」。㈥挨罵。如「挨雌兒」。㈦露出。通「齜」。如「雌牙露嘴」。㈧図故意掩蓋事實，不守信用。如「信口雌黃」。

又讀 ㄘˊ。

**雌伏** ㄘ ㄈㄨˊ ①図指屈居人下。〈後漢書〉有「大丈夫當雄飛，安能雌伏」。②比喻隱藏起來，無所作為。

**雌兒** ▲ㄘ ㄦ˙。指女子，含有輕褻的意思。

▲ㄘㄜ ㄦ˙。呵斥。如「他老是挨罵，今天又挨了哥哥的雌兒」。

**雌花** ㄘ ㄏㄨㄚ 植物學說只有雌蕊的花。雖然具有雌蕊雄蕊，而雄蕊不能發生功能，這種花還是稱雌花。

**雌雄** ㄘ ㄒㄩㄥˊ ①雌性與雄性。②比喻勝敗或高下。如「一決雌雄」。③成對的人（含貶義）或物品。如「雌雄大盜」「雌雄劍」。

**雌黃** ㄘ ㄏㄨㄤˊ ①一種金屬礦物，與雄黃同類，黃色，可供繪畫或染色。②図「信口雌黃」，說人故意掩沒真相，隨意改變承諾。

**雌蜂** ㄘ ㄈㄥ 雌性的蜂類。特指雌性的蜜蜂，包括蜂王和工蜂。

**雌蕊** ㄘ ㄖㄨㄟˇ 植物生殖器官之一，在花的中心，有柱頭、花柱、子房三部分，分單、複。

**雌老虎** ㄘ ㄌㄠˇ ㄏㄨˇ 俗稱潑辣凶悍的婦女。也說「母老虎」。

**雌牙露嘴** ㄘ ㄧㄚˊ ㄌㄨˋ ㄗㄨㄟˇ 同「齜牙咧（ㄌㄧㄝ）嘴」。

**雌雄同株** ㄘ ㄒㄩㄥˊ ㄊㄨㄥˊ ㄓㄨ 雄花和雌花生在同一植株上，例如玉米。

**雌雄同體** ㄘ ㄒㄩㄥˊ ㄊㄨㄥˊ ㄊㄧˇ 精巢和卵巢生在同一動物體內，例如蚯蚓。

**雌雄異株** ㄘ ㄒㄩㄥˊ ㄧˋ ㄓㄨ 雄花和雌花分別生在兩個植株上，例如大麻、銀杏等。

**雌雄異體** ㄘ ㄒㄩㄥˊ ㄧˋ ㄊㄧˇ 精巢和卵巢分別生在雄性動物和雌性動物體內。高等動物都是雌雄異體的。

## 八筆

**雕** ㄉㄧㄠ ㈠刻鏤。如「雕塑」「浮雕」。㈡同「鵰」。㈢同「凋」。㈣狡猾，奸詐，同「刁」。〈管子·

七法〉有「去奇說，禁雕俗也」。

**雕弓** ㄉㄧㄠ ㄍㄨㄥ 刻有圖案花紋的弓。

**雕刻** ㄉㄧㄠ ㄎㄜˋ 在金屬、象牙、骨頭或其他材料上刻出形象。又讀ㄉㄧㄠ ㄎㄜ。

**雕板** ㄉㄧㄠ ㄅㄢˇ 從隋朝開始，我國就有用木板刻字，作為印書的底版。到唐朝，其法漸行；到了五代，雕板之術大行；宋代則為雕板技術最精的時期，所以我國古代的善本書，以宋代刻的最好最有名。

**雕花** ㄉㄧㄠ ㄏㄨㄚ ①一種工藝，在木器上或房屋的隔扇、窗戶等上面雕刻圖案、花紋。②雕刻成的圖案、花紋。

**雕砌** ㄉㄧㄠ ㄑㄧˋ [文]雕琢堆砌。指寫文章時過分修飾文字，或大量使用華麗而無用的詞語。

**雕琢** ㄉㄧㄠ ㄓㄨㄛˊ [文]也作「彫琢」。①雕刻琢磨。〈孟子・梁惠王下〉有「今有璞玉於此……必使玉人雕琢之」。②修飾文詞。司馬遷〈報任少卿書〉有「欲自雕琢曼辭以自飾」。③陷人於罪。〈資治通鑑・漢紀・靈帝〉有「不宜聽納小吏，雕琢大臣也」。

**雕塑** ㄉㄧㄠ ㄙㄨˋ 雕刻和塑造，是造形藝術的一個部門。

**雕像** ㄉㄧㄠ ㄒㄧㄤˋ 雕刻的人像。如「國父雕像」。

**雕漆** ㄉㄧㄠ ㄑㄧ 在器物上塗上一層層的漆，然後雕刻花紋。

**雕鞍** ㄉㄧㄠ ㄢ 雕飾的馬鞍。

**雕龍** ㄉㄧㄠ ㄌㄨㄥˊ [文]比喻擅長辯論。〈史記・孟軻・荀卿傳〉集解：「騶奭脩衍之文，飾若雕鏤龍文，故曰雕龍。」

**雕梁畫棟** ㄉㄧㄠ ㄌㄧㄤˊ ㄏㄨㄚˋ ㄉㄨㄥˋ 指有彩繪裝飾的很華麗的房屋。

**雕蟲小技** ㄉㄧㄠ ㄔㄨㄥˊ ㄒㄧㄠˇ ㄐㄧˋ 沒有什麼了不起的小技術。指詞賦或其他微末的技能，有如小孩子學習「蟲書」，只是小技巧而已。

## 九筆

# 雖（虽）

ㄙㄨㄟ 連詞，表示推想，有「縱然」「即使」等意思。如「他雖年老，仍極健康」「雖死猶生」。又讀ㄙㄨㄟˊ。

**雖則** ㄙㄨㄟ ㄗㄜˊ [文]雖然。如「過程雖則不同，結果卻是一樣」。

**雖然** ㄙㄨㄟ ㄖㄢˊ ①推想或轉折的連詞，有「縱然」「即使」等意思，下面常接「但是」「仍」。如「他雖然聰明，但是不肯用功」「他年紀雖然很大，仍很健康」。②[文]總結上文另起下文的連詞，常獨用，等於「雖然如此」「儘管如此」的意思。〈禮記〉有「雖然，吾君老矣，子少（ㄕㄠˋ），國家多難」。

**雖說** ㄙㄨㄟ ㄕㄨㄛ 雖是，雖然說是。

## 十筆

# 臒

ㄏㄨㄛˋ 一種可以磨碎做顏料的紅石。「丹臒」是最好的紅顏料。

# 雞（鷄、鸡）

ㄐㄧ 脊椎動物名，原是野禽，現在已成家庭或大量飼養以供食用的家禽。雌雄異型，雄雞的骨骼、肉冠都比雌雞大，毛羽也比較鮮麗。善走，翅已漸退化，無法高飛。雄雞足後有距，天明即啼。

**雞心** ㄐㄧ ㄒㄧㄣ ①雞的心臟。②上圓下尖近似心臟的形狀。③一種雞心形的首飾。

**雞皮** 指老年人的皮膚起皺如雞皮。

**雞肋** 図雞的肋骨，吃著無味，扔了可惜。比喻沒有多大價值、多大意思的事情。（見〈三國志・魏・武帝紀〉注）。

**雞尖** ①雞的尾錐部分，做食物時叫「雞尖」。②落葉喬木，樹皮可提製栲膠，木材供造船、建築用。

**雞盲** 一種由缺乏甲種維生素所引起的眼病，症狀是在夜間光線不足的地方視力很差或完全看不見。也叫「夜盲」。

**雞舍** 飼養雞群的房舍。

**雞冠** 雞頭上高起的肉冠。也叫「雞冠子」。

**雞食** 餵雞的飼料。

**雞胸** 指人胸部突出像雞的胸部，瘦弱的人常有，是一種病態。也叫「雞胸脯（ㄆㄨˊ）兒」。

**雞眼** 眼字輕讀。腳趾上受了不合腳的鞋長久緊壓而起的硬顆粒，常嵌入皮裡。

**雞蛋** 雞生的蛋。北方人也說「雞子兒」「白果兒」。

**雞窩** 雞棲息或孵卵的地方。

**雞瘟** 雞的各種急性傳染病，特指「雞新城疫」。

**雞雜（兒）** 雞的胗、肝、心、腸等作為食物時，叫「雞雜」。

**雞子兒** 北方口語，雞蛋。

**雞尾酒** 用白蘭地、威士忌加果汁、香料、糖等調合的一種冷酒。

**雞冠花** ①一年生草本植物，葉子披針形，穗狀花序，形狀像雞冠。花和種子可以入藥。②這種植物的花。

**雞口牛後** 図〈戰國策・韓策〉有「寧為雞口，無為牛後」，謂雞口雖小還是進食的，牛後雖大卻是出糞的。比喻寧可做小團體的領袖，不願做大團體的不重要的分子。

**雞毛蒜皮** 比喻輕微瑣細的事物。

**雞毛撢子** 雞毛做成的撢子，清除塵土用的。

**雞犬不留** 形容殺戮的殘酷，連雞犬都沒留下。

**雞犬不寧** 形容騷擾得很厲害。

**雞犬升天** 傳說漢朝淮南王劉安修煉成仙，連家裡的雞和狗吃了仙藥也都升了天。後來比喻一個人得勢，和他有關係的人也跟著沾光。

**雞犬相聞** 陶潛〈桃花源記〉有「阡陌交通，雞犬相聞」，比喻鄉村生活，鄰里和睦。

**雞皮疙瘩** 因受冷或驚恐等原因，皮膚上所起的小疙瘩，樣子像失去了毛的雞皮。

**雞皮鶴髮** 図形容老年人皮膚發皺，頭髮變白。

**雞尾酒會** 設雞尾酒招待賓客而形式比較自由輕鬆的一種宴會。

**雞飛狗跳** 形容一時秩序突然大亂。

**雞飛蛋打** 雞飛走了，蛋也打破了。比喻兩頭落空。如「這一來他的店既得關門，太太受不了窮，出走不歸，真是雞飛蛋打」。

**雞新城疫** 雞瘟的一種，是由濾過性病毒引起的急性傳染病。症狀是雞冠變成紫黑色，口流黏水，排黃綠色的稀糞，腿痲痺不能站。多數死亡。

**雞鳴狗盜**（ㄐㄧ ㄇㄧㄥˊ ㄍㄡˇ ㄉㄠˋ）　戰國時代齊國孟嘗君田文的門下食客很多，會學雞鳴狗盜的人，曾經幫忙田文從秦國逃回。後來用來形容微末小技而無大才的人。有時也用作竊盜的通稱。

**雞零狗碎（兒）**（ㄐㄧ ㄌㄧㄥˊ ㄍㄡˇ ㄙㄨㄟˋ ㄦ）　形容事物零零碎碎的樣子。

# 雛

ㄔㄨˊ　㈠剛孵出的幼禽。如「雛雞」「雛燕」。㈡見「雛形」。㈢見「雛兒」。

**雛形**（ㄔㄨˊ ㄒㄧㄥˊ）　①照著實物的模樣而縮小的模型。②事物剛在發展的初步規模。

**雛兒**（ㄔㄨˊ ㄦ）　①指沒有經歷世事的少年。②比喻初做事不老練的人。③少女。〈紅樓夢〉有「不知是那個庵裡的雛兒」。④舊日稱剛做妓女的女人。

**雛菊**（ㄔㄨˊ ㄐㄩˊ）　多年生草本植物，高約十公分，花黃色或紅色，性耐寒，極容易繁殖。也叫「延命菊」。

**雛鳳**（ㄔㄨˊ ㄈㄥˋ）　図比喻好的子弟。唐朝詩人李商隱稱讚韓渥是「雛鳳清於老鳳聲」。

**雛雞**（ㄔㄨˊ ㄐㄧ）　孵出不久的小雞。

# 雙（隻、双）

▲ㄕㄨㄤ　㈠兩隻鳥兒。如「雙宿雙飛」。㈡兩個，成對兒的。如「一雙鞋」「雙手萬能」。㈢偶數的。如「雙數」「十月是雙月」。㈣図匹敵。如「國士無雙」。㈤加倍的。如「雙料」。㈥配偶，成為配偶。如「咱倆配成雙」。▲ㄕㄨㄤˋ見「雙棒兒」。

**雙手**（ㄕㄨㄤ ㄕㄡˇ）　兩手。

**雙方**（ㄕㄨㄤ ㄈㄤ）　相對的兩方面。

**雙日**（ㄕㄨㄤ ㄖˋ）　二日、四日、六日、八日等成偶數的日子。

**雙打**（ㄕㄨㄤ ㄉㄚˇ）　①練習武技時候，兩人對打叫雙打。②桌球、網球、摔跤等運動，雙方各兩人上場比賽叫雙打。

**雙生**（ㄕㄨㄤ ㄕㄥ）　孿生的通稱。

**雙全**（ㄕㄨㄤ ㄑㄩㄢˊ）　①兩方都完全。如「父母雙全」。②図兩相符合。杜甫詩有「名器重雙全」。

**雙名**（ㄕㄨㄤ ㄇㄧㄥˊ）　名字是上下兩字的。如「他姓李，雙名仁德」。

**雙星**（ㄕㄨㄤ ㄒㄧㄥ）　図牽牛星與織女星，比喻夫妻。

**雙軌**（ㄕㄨㄤ ㄍㄨㄟˇ）　①有兩組軌道的複線，可以同時行駛兩列火車的。②學制名稱，像國中畢業可以升入普通高中，也可以升入高級職業學校，這樣的學制叫「雙軌制」。

**雙重**（ㄕㄨㄤ ㄔㄨㄥˊ）　兩層，兩方面（一般用於抽象事物）。如「雙重任務」。

**雙飛**（ㄕㄨㄤ ㄈㄟ）　図雌雄二鳥並飛。比喻夫婦的和好。

**雙殺**（ㄕㄨㄤ ㄕㄚ）　棒球運動術語，在同一時段內，進攻的一方兩人同時出局。也說雙出局。

**雙棲**（ㄕㄨㄤ ㄑㄧ）　指鳥類雌雄一同棲息。比喻夫妻恩愛，形影不離。

**雙鉤**（ㄕㄨㄤ ㄍㄡ）　用線條鉤出筆畫的周邊，構成空心筆畫的字體。閩南話叫「空殼字」。

**雙槓**（ㄕㄨㄤ ㄍㄤˋ）　①體操器械之一，用兩根木槓平行固定在木製或鐵製的架上構成。②競技體操項目之一，運動員在雙槓上做各種動作。

**雙餉**（ㄕㄨㄤ ㄒㄧㄤˇ）　加倍發給的薪餉。也叫「雙薪」。

**雙糖**（ㄕㄨㄤ ㄊㄤˊ）　由兩個單糖分子結合成的糖類，如蔗糖、麥芽糖等。

**雙親**（ㄕㄨㄤ ㄑㄧㄣ）　父母。

**雙聲** ㄕㄨㄤ ㄕㄥ 音韻學名詞，兩個字的聲母相同，叫「雙聲」。如「彷彿」「琵琶」。

**雙簧** ㄕㄨㄤ ㄏㄨㄤˊ 一種雜技，一人表演動作，另一人躲在他背後說說唱唱。

**雙雙** ㄕㄨㄤ ㄕㄨㄤ 成雙成對的。如「兄弟二人雙雙入選」。

**雙鯉** ㄕㄨㄤ ㄌㄧˇ 図書信。古樂府有「客從遠方來，遺（ㄨㄟˋ）我雙鯉魚」。

**雙邊** ㄕㄨㄤ ㄅㄧㄢ 由兩個方面參加的；或指由兩個國家參加的。如「雙邊會談」。

**雙關** ㄕㄨㄤ ㄍㄨㄢ 說話或文字除了表面意義外，含有另一種意義。如「一語雙關」。

**雙料（兒）** ㄕㄨㄤ ㄌㄧㄠˋ ㄦ 用加倍材料製造。

**雙數（兒）** ㄕㄨㄤ ㄕㄨˋ ㄦ 偶數。

**雙響（兒）** ㄕㄨㄤ ㄒㄧㄤˇ ㄦ 爆竹的一種，火藥分裝兩截，點燃下截後發一響，升到空中以後，上截爆炸，又發一響。閩南話也叫「天地炮」。

**雙人房** ㄕㄨㄤ ㄖㄣˊ ㄈㄤˊ 旅館中可以供兩個人住宿的比較大的客房。

**雙人床** ㄕㄨㄤ ㄖㄣˊ ㄔㄨㄤˊ 可以睡兩個人的大床。

**雙十節** ㄕㄨㄤ ㄕˊ ㄐㄧㄝˊ 指我國每年十月十日的國慶日。

**雙子座** ㄕㄨㄤ ㄗˇ ㄗㄨㄛˋ 黃道十二宮的第三個星座。

**雙作稻** ㄕㄨㄤ ㄗㄨㄛˋ ㄉㄠˋ 一年以內可在一塊地上種兩次的稻作。

**雙胞胎** ㄕㄨㄤ ㄅㄠ ㄊㄞ 同一胎內兩個嬰兒；兩人同一胎出生。

**雙峰駝** ㄕㄨㄤ ㄈㄥ ㄊㄨㄛˊ 背上有兩個肉峰的駱駝。

**雙氧水** ㄕㄨㄤ ㄧㄤˇ ㄕㄨㄟˇ 含百分之三的過氧化氫水溶液，無色、味微酸。可以做消毒、防腐劑。外科醫生用來處理外傷傷口。

**雙掛號** ㄕㄨㄤ ㄍㄨㄚˋ ㄏㄠˋ 郵局接受郵件時，把收據交給寄件人，事後又將受件人的收據寄給寄件人的一種掛號郵件。

**雙脣音** ㄕㄨㄤ ㄔㄨㄣˊ ㄧㄣ 雙脣閉攏或接近而發出來的輔音，如國音中的ㄅㄆㄇ。

**雙棒兒** ㄕㄨㄤ ㄅㄤˋ ㄦ 孿生子。

**雙盜壘** ㄕㄨㄤ ㄉㄠˋ ㄌㄟˇ 棒球運動術語，指兩名跑壘員同時盜壘，或一名跑壘員連續盜進兩壘。

**雙簧管** ㄕㄨㄤ ㄏㄨㄤˊ ㄍㄨㄢˇ 一種管樂器，由嘴子、管身和喇叭口三部分構成，嘴子上裝有雙簧片。

**雙手萬能** ㄕㄨㄤ ㄕㄡˇ ㄨㄢˋ ㄋㄥˊ 指人類的一雙手無所不能。

**雙立人兒** ㄕㄨㄤ ㄌㄧˋ ㄖㄣˊ ㄦ 字的偏旁寫成「彳」形的。

**雙重人格** ㄕㄨㄤ ㄔㄨㄥˊ ㄖㄣˊ ㄍㄜˊ 指一個人兼有的兩種互相對立的身分、品質或態度（含貶義）。

**雙重國籍** ㄕㄨㄤ ㄔㄨㄥˊ ㄍㄨㄛˊ ㄐㄧˊ 指一個人同時具有兩個不同國家的國籍。

**雙宿雙飛** ㄕㄨㄤ ㄙㄨˋ ㄕㄨㄤ ㄈㄟ 本是描寫鳥類雌雄相隨，比喻男女的同居。

**雙眼皮兒** ㄕㄨㄤ ㄧㄢˇ ㄆㄧˊ ㄦ 上眼皮有褶紋的。

**雙管齊下** ㄕㄨㄤ ㄍㄨㄢˇ ㄑㄧˊ ㄒㄧㄚˋ 比喻文章的意義雙關或事情的同時並進。

**雙瞳剪水** ㄕㄨㄤ ㄊㄨㄥˊ ㄐㄧㄢˇ ㄕㄨㄟˇ 図形容兩隻眼睛像清澈的水那樣明亮。

**雙雙兩兩** ㄕㄨㄤ ㄕㄨㄤ ㄌㄧㄤˇ ㄌㄧㄤˇ 兩個兩個一夥。如「學生們雙雙兩兩出去散步」。

**雙子葉植物** ㄕㄨㄤ ㄗˇ ㄧㄝˋ ㄓˊ ㄨˋ 種子的胚上有兩片子葉的植物。大多數雙子葉植物葉子有網狀脈，子葉肥大。如大豆、黃瓜、白菜等。

## 雜（杂、襍、什、雑）ㄗㄚˊ

㈠図五色相配合。〈文心雕龍・情采〉有

「五色雜而成黼黻」。㈡許多種類、樣式不同的東西，或身分不同的人物聚集在一起。如「雜貨」「男女混雜」。㈢亂。如「人多嘴雜」「雜亂」。㈣混合，攙進去。如「攙雜」「雜在人群裡」。㈤正項以外的。如「雜支」。㈥瑣碎的東西。如「雜物」。㈦不純粹的。如「雜種」「雜配」。㈧國劇裡不重要的腳（ㄐㄩㄝˊ）色，扮演生、旦、淨、末、丑的。㈨見「雜誌」。㈩見「雜拌兒」。

**雜支**ㄗㄚˊ ㄓ 指正項以外的支出。

**雜文**ㄗㄚˊ ㄨㄣˊ 現代散文的一種，不拘泥於某一種形式，可以議論也可以敘事、抒懷。

**雜史**ㄗㄚˊ ㄕˇ 只記一事始末和一時見聞的，或私家記述有關掌故性質的史書。

**雜交**ㄗㄚˊ ㄐㄧㄠ 不同品種的生物體進行交配或結合。

**雜色**ㄗㄚˊ ㄙㄜˋ ①混雜不純的顏色。②種種不同的顏色。③雜牌。

**雜技**ㄗㄚˊ ㄐㄧˋ 各種技藝表演（如口技、頂碗、走鋼絲、魔術等）的總稱。

**雜居**ㄗㄚˊ ㄐㄩ 指兩個或兩個以上的民族在一個地區居住。

**雜念**ㄗㄚˊ ㄋㄧㄢˋ 不純正的念頭，多指為個人打算的念頭。如「私心雜念」。

**雜沓**ㄗㄚˊ ㄊㄚˋ 雜亂。如：「門外傳來一陣雜沓的腳步聲」。

**雜物**ㄗㄚˊ ㄨˋ 瑣碎或零碎的東西。如「整理雜物」。

**雜俎**ㄗㄚˊ ㄗㄨˇ 指雜記一類的書，因所記內容有如魚肉蔬菜雜陳於俎而得名。如「酉陽雜俎」。

**雜音**ㄗㄚˊ ㄧㄣ ①人和動物的某些器官，或機器裝置、收音機等因發生障礙或受到干擾而發出的不正常的聲音。②不相同的意見。如「這項辦法修訂完成以後，所有的雜音都沒有了」。

**雜家**ㄗㄚˊ ㄐㄧㄚ 古時候的九流之一，他們的學說是雜彙各家，所謂「兼儒墨，合名法」，沒有獨立的體系。

**雜病**ㄗㄚˊ ㄅㄧㄥˋ 中醫指外感以外的內科疾病。也叫雜症。

**雜草**ㄗㄚˊ ㄘㄠˇ 野草（多指農田裡的）。

**雜記**ㄗㄚˊ ㄐㄧˋ ①記載雜事的文體。②〈禮記〉篇名。

**雜務**ㄗㄚˊ ㄨˋ 瑣碎的事務。

**雜處**ㄗㄚˊ ㄔㄨˇ 來自各地的人在一個地區居住。如「五方雜處」。

**雜貨**ㄗㄚˊ ㄏㄨㄛˋ 各種日用的零星貨物。賣這種貨物的鋪子叫「雜貨鋪」。

**雜然**ㄗㄚˊ ㄖㄢˊ 共同地；紛紛地。如「天地有正氣，雜然賦流形」（宋朝文天祥〈正氣歌〉）。

**雜牌**ㄗㄚˊ ㄆㄞˊ 非正規的；非正牌的。如「雜牌貨」。

**雜稅**ㄗㄚˊ ㄕㄨㄟˋ 指在正稅以外徵收的各種各樣的稅。如「苛捐雜稅」。

**雜費**ㄗㄚˊ ㄈㄟˋ 正項以外的零碎費用。

**雜亂**ㄗㄚˊ ㄌㄨㄢˋ 多而亂，沒有秩序，沒有條理。如「雜亂無章」。

**雜感**ㄗㄚˊ ㄍㄢˇ ①零星的感想。②寫零星感想的一種文體。如「他寫的那篇歐遊雜感，文情並茂」。

**雜碎**ㄗㄚˊ ㄙㄨㄟˋ 碎字輕讀。①煩雜而瑣碎。②牛羊的內臟，煮熟後切碎供食用。③罵人的話。

**雜種**ㄗㄚˊ ㄓㄨㄥˇ ①兩種不同種、屬的動物或植物雜交而生成的新品種。雜種具有上一代品種的特徵。②罵人的話。

**雜誌**ㄗㄚˊ ㄓˋ 定期出版物，像週刊、月刊等，叫「雜誌」。

**雜劇**（ㄗㄚˊ ㄐㄩˋ） ①宋代稱滑稽劇為雜劇。②元代以後，北曲也叫雜劇。

**雜糅**（ㄗㄚˊ ㄖㄡˇ） 指不相同的事物、文體混雜在一起。如「文白雜糅」。

**雜質**（ㄗㄚˊ ㄓˋ） 某種物質中所夾雜的不純淨的成分。如「蒸餾水不含雜質」。

**雜錯**（ㄗㄚˊ ㄘㄨㄛˋ） 〔文〕間（ㄐㄧㄢˋ）雜，錯雜。也叫「雜厝」。

**雜燴**（ㄗㄚˊ ㄏㄨㄟˋ） 用各種菜肴燴製的菜。

**雜糧**（ㄗㄚˊ ㄌㄧㄤˊ） 泛指米麥以外的各種穀類。

**雜事（兒）**（ㄗㄚˊ ㄕˋ ㄦ） 瑣碎的事；雜七雜八的事。如「拋開雜事，專心寫作」。

**雜耍（兒）**（ㄗㄚˊ ㄕㄨㄚˇ ㄦ） 北方人說表演幻術、踢毽子、頂缸、說書、唱曲等各種技藝。也作「雜技」。

**雜湊（兒）**（ㄗㄚˊ ㄘㄡˋ ㄦ） 把些不同類的東西湊合在一起。

**雜拌兒**（ㄗㄚˊ ㄅㄢˋ ㄦ） ①各種乾果攙雜在一處，是年節的食品。②北方人吸的葉子煙，由幾種煙葉攙和而成的。

**雜活兒**（ㄗㄚˊ ㄏㄨㄛˊ ㄦ） 零碎的工作。也指各種各樣的費力氣的體力勞動。

**雜食獸**（ㄗㄚˊ ㄕˊ ㄕㄡˋ） 以各種動物植物為食物的獸類。

**雜院兒**（ㄗㄚˊ ㄩㄢˋ ㄦ） 有許多戶人家居住的院子。也說大雜院兒。

**雜牌軍**（ㄗㄚˊ ㄆㄞˊ ㄐㄩㄣ） 沒有按照統一編制組成的非正規的軍隊。

**雜七雜八**（ㄗㄚˊ ㄑㄧ ㄗㄚˊ ㄅㄚ） 形容非常混雜。如「屋裡雜七雜八的，亂得很」。

**雜亂無章**（ㄗㄚˊ ㄌㄨㄢˋ ㄨˊ ㄓㄤ） 雜亂而無條理。

## 雝

▲〔文〕ㄩㄥ ㈠鳥名，也作「鶅」。㈡「雝雝」，鳥鳴聲。㈢通「雍」。▲ㄩㄥˇ 通「壅」。

## 十一筆

## 難（难）

▲ㄋㄢˊ ㈠不容易；不大可能。如「事情難辦」。㈡不能斷定的口氣，而在意思上偏重於不可、不能、不敢。如「難免」「難保」。㈢感覺上是不好的。如「難看」「難聽」。㈣見「難受」。▲ㄋㄢˋ ㈠〔文〕責備。如「責難」。㈡〔文〕作亂。如「發難」。㈢〔文〕亂事。如「國家有難」。㈣災禍。如「災難」。㈤危險。如「臨難毋苟免」。▲〔文〕ㄋㄨㄛˊ ㈠草木茂盛的樣子。〈詩經〉有「其葉有難」。㈡同「儺」。

**難人**（ㄋㄢˊ ㄖㄣˊ） 使人為難。

**難友**（ㄋㄢˋ ㄧㄡˇ） 一同蒙難的人。

**難以**（ㄋㄢˊ ㄧˇ） 不容易，不可能。

**難民**（ㄋㄢˋ ㄇㄧㄣˊ） 在水旱災或戰爭中受災的民眾。

**難字**（ㄋㄢˊ ㄗˋ） 生僻的、一般人不認識的字。

**難色**（ㄋㄢˊ ㄙㄜˋ） 〔文〕臉上有為難的表情。如「面有難色」。

**難事**（ㄋㄢˊ ㄕˋ） 不容易處理解決的事。

**難免**（ㄋㄢˊ ㄇㄧㄢˇ） 不容易避免，不能免。如「你不守校規，難免要受罰」。

**難受**（ㄋㄢˊ ㄕㄡˋ） ①不能忍受。如「這件事教人很難受」。②疼痛，難過。如「牙疼好難受」。③同「難過」。

**難怪**（ㄋㄢˊ ㄍㄨㄞˋ） ①不能怪。如「原來他沒空，難怪他不去」。②不足為奇。

**難於**（ㄋㄢˊ ㄩˊ） 不容易；不容易於。如「這事拖得太久，難於收效」。

**難保**（ㄋㄢˊ ㄅㄠˇ） 不敢斷定；不敢擔保。

**難耐**（ㄋㄢˊ ㄋㄞˋ） 不能忍耐，不可忍受。

**難度**ㄋㄢˊ ㄉㄨˋ　技術或技藝方面困難的程度。如「高難度動作」。

**難看**ㄋㄢˊ ㄎㄢˋ　不好看；不光榮。

**難為**　▲ㄋㄢˊ ˙ㄨㄟ　①責備別人或使人為難。如「他年紀還小，不懂，你別難為他」。②謝人費事或安慰人家受了委屈的話。③同「難得」②。▲ㄋㄢˊ ㄨㄟˊ　沒辦法做。如「巧婦難為無米之炊」。

**難胞**ㄋㄢˋ ㄅㄠ　稱本國的難民（多指在國外受難的同胞）。

**難得**ㄋㄢˊ ㄉㄜˊ　①少有，不容易得到。②有可貴、可幸的意思。如「難得有這樣的好心人」。③可貴、可幸的相反意思，用於諷刺。如「難得你連一點常識都沒有」。

**難產**ㄋㄢˊ ㄔㄢˇ　①孕婦生產困難。②比喻事物不容易實現，不容易完成。

**難處**　▲ㄋㄢˊ ㄔㄨˇ　①不容易辦理。②不容易與人相處。▲ㄋㄢˊ ˙ㄔㄨ　困難。▲ㄋㄢˋ ˙ㄔㄨ　災禍，在災禍之中。如「這一關是過了，可是底下還有難處」。

**難堪**ㄋㄢˊ ㄎㄢ　忍受不了。

**難當**ㄋㄢˊ ㄉㄤ　①不容易擔承。②不容易忍受。

**難道**ㄋㄢˊ ㄉㄠˋ　表示反問的副詞，「莫非」的意思。如「人人都曉得，你難道不知道」。

**難過**ㄋㄢˊ ㄍㄨㄛˋ　①同「難受」，不舒適。②困難。如「他父親死了以後，他家裡的日子很難過」。③傷心。如「你的責任很重，要振作起來，別太難過」。

**難僑**ㄋㄢˋ ㄑㄧㄠˊ　稱在國外遭受迫害的僑胞。

**難說**ㄋㄢˊ ㄕㄨㄛ　①不敢說定。②不便說出來；不容易措詞。

**難熬**ㄋㄢˊ ㄠˊ　難以忍受（疼痛或艱苦生活）。如「飢餓難熬」。

**難題**ㄋㄢˊ ㄊㄧˊ　①不容易作的文題。②不容易處理的事件。又讀ㄋㄢˋ ㄊㄧˊ。

**難關**　▲ㄋㄢˊ ㄍㄨㄢ　不容易度過的時期。如「度過這個難關，問題就解決了」。▲ㄋㄢˋ ㄍㄨㄢ　指災難的時刻。如「遇到這種難關，必須拿出勇氣才行」。

**難纏**ㄋㄢˊ ㄔㄢˊ　說人很不容易應付。

**難聽**ㄋㄢˊ ㄊㄧㄥ　不好聽。

**難為情**ㄋㄢˊ ㄨㄟˊ ㄑㄧㄥˊ　①心裡不安。②不好意思。

**難分難解**ㄋㄢˊ ㄈㄣ ㄋㄢˊ ㄐㄧㄝˇ　①雙方相持不下（多指競爭或爭吵），難以開交。②形容雙方關係很親密，難於分離。也說「難解難分」。

**難兄難弟**　▲図ㄋㄢˊ ㄒㄩㄥ ㄋㄢˊ ㄉㄧˋ　稱讚別人的兄弟才學都好。原是〈世說新語·德行〉說的故事。主人翁是陳元方、陳季方。原句是「元方難為兄，季方難為弟」。▲ㄋㄢˋ ㄒㄩㄥ ㄋㄢˋ ㄉㄧˋ　指共同遭遇患難的朋友。

**難言之隱**ㄋㄢˊ ㄧㄢˊ ㄓ ㄧㄣˇ　難於說出口的藏在內心深處的事情。

**難能可貴**ㄋㄢˊ ㄋㄥˊ ㄎㄜˇ ㄍㄨㄟˋ　稱揚通常不容易見到的善良行為。

## 離（离）

ㄌㄧˊ　㈠分開，分散。如「離別」「離群而索居」。㈡相隔的遠近。如「距離」「這兒離北極很遠」。㈢走出。如「離家出走」「離鄉日久」。㈣図違反。如「離心」「離經叛道」。㈤解除已存的關係。如「離婚」「脫離關係」。㈥奇異不合正理。如「離奇」。㈦図長（ㄔㄤˊ）的樣子。如「離離河畔草」。又，禾穗兒下垂的樣子也叫「離」。〈詩經〉有「彼黍離離」。

(八)〈易經〉卦名之一。(九)〔文〕遭受，通「罹」。如「離騷」。

**離子**（ㄌㄧˊ ㄗˇ） 把酸、鹼、鹽類物質溶在水裡，各有一部分能分解，成為帶有陰陽電荷的小質點，無規則地游行水中。這些小質點叫做「離子」。也作「游子（ㄗˇ）」。

**離心**（ㄌㄧˊ ㄒㄧㄣ） ①心意相違。②離開中心。如「離心力」。

**離合**（ㄌㄧˊ ㄏㄜˊ） 分開和結合；分離和聚合。如「悲歡離合」。

**離別**（ㄌㄧˊ ㄅㄧㄝˊ） 比較長時間與熟悉的人或地方分開。

**離奇**（ㄌㄧˊ ㄑㄧˊ） （情節）不平常；出人意料。如「離奇古怪的事」。

**離披**（ㄌㄧˊ ㄆㄧ） 〔文〕植物的枝條散開的樣子。

**離析**（ㄌㄧˊ ㄒㄧ） 〔文〕分開不可會聚。〈論語〉有「邦分崩離析」。

**離俗**（ㄌㄧˊ ㄙㄨˊ） ①遠離世俗。②不同凡俗。

**離叛**（ㄌㄧˊ ㄆㄢˋ） 叛離；背叛。

**離恨**（ㄌㄧˊ ㄏㄣˋ） 〔文〕離別的憂愁痛苦。

**離宮**（ㄌㄧˊ ㄍㄨㄥ） 帝王在都城以外的宮殿。

**離島**（ㄌㄧˊ ㄉㄠˇ） 指本島以外的島嶼。如「綠島和蘭嶼都是臺灣的離島」。

**離索**（ㄌㄧˊ ㄙㄨㄛˇ） 「離群索居」省略。如「追陪未久還離索，早晚軒車重見尋」（宋朝范仲淹〈送黃灝員外〉詩）。參看「離群索居」。

**離婚**（ㄌㄧˊ ㄏㄨㄣ） 夫婦脫離婚姻關係。也作「離異」。

**離情**（ㄌㄧˊ ㄑㄧㄥˊ） 〔文〕離別的情懷。

**離棄**（ㄌㄧˊ ㄑㄧˋ） 離開，拋棄（人、地、工作）。

**離異**（ㄌㄧˊ ㄧˋ） 〔文〕離婚。

**離散**（ㄌㄧˊ ㄙㄢˋ） 分散不能團聚（多指親屬）。

**離開**（ㄌㄧˊ ㄎㄞ） 開字輕讀。與人、物或地方分開。

**離間**（ㄌㄧˊ ㄐㄧㄢˋ） 從中挑（ㄊㄧㄠˇ）撥，使人不和。

**離愁**（ㄌㄧˊ ㄔㄡˊ） 離別的愁苦。

**離職**（ㄌㄧˊ ㄓˊ） 公私機關的員工因退休、資遣、辭職等事由，脫離其所擔任的職位。

**離題**（ㄌㄧˊ ㄊㄧˊ） 文章或議論的內容離開主題。如「離題太遠」。

**離譜**（ㄌㄧˊ ㄆㄨˇ） 離格兒。

**離騷**（ㄌㄧˊ ㄙㄠ） 〈楚辭〉篇名，戰國時楚國屈原作的長篇韻文。

**離不開**（ㄌㄧˊ ˙ㄅㄨ ㄎㄞ） 不字輕讀。不能離開。也作「離不了（ㄌㄧㄠˇ）」。

**離心力**（ㄌㄧˊ ㄒㄧㄣ ㄌㄧˋ） 物理學名詞，是遠離轉動中心而去的傾向所表現的慣性。也作「遠心力」。

**離合器**（ㄌㄧˊ ㄏㄜˊ ㄑㄧˋ） 汽車以及其他機器上的一種裝置。用離合器連接的兩個軸或兩個零件通過操縱系統可以結合或分開。俗稱「靠背輪」。

**離格兒**（ㄌㄧˊ ㄍㄜˊ ㄦ） （講話或做事）不合公認的準則。

**離得開**（ㄌㄧˊ ˙ㄉㄜ ㄎㄞ） 能夠離開。

**離心離德**（ㄌㄧˊ ㄒㄧㄣ ㄌㄧˊ ㄉㄜˊ） 不一條心，思想不統一，信念也不一致。

**離弦走板**（ㄌㄧˊ ㄒㄧㄢˊ ㄗㄡˇ ㄅㄢˇ） 比喻說話或做事偏離公認的準則。

**離經叛道**（ㄌㄧˊ ㄐㄧㄥ ㄆㄢˋ ㄉㄠˋ） 〔文〕言行違背正道。

**離群索居**（ㄌㄧˊ ㄑㄩㄣˊ ㄙㄨㄛˇ ㄐㄩ） 〔文〕離開朋友獨自居住。

**離鄉背井**（ㄌㄧˊ ㄒㄧㄤ ㄅㄟˋ ㄐㄧㄥˇ） 離開故鄉在外面居住。

## 雨部

**雨** ▲ㄩˇ 空氣中的水蒸氣遇冷而凝結成小水滴，積重而下降的，叫雨。如「下雨」「雨天」。
▲図ㄩˋ ㈠下雨，降雨。如「雨竟日（下了一天雨）」。㈡從天降下。下雪叫「雨雪」，下雹子叫「雨雹」。

**雨天** ㄩˇ ㄊㄧㄢ 下雨的日子。

**雨水** ㄩˇ ㄕㄨㄟˇ ①節氣名，在陽曆二月十九或二十日。②由降雨而來的水。如「雨水調和」。

**雨衣** ㄩˇ ㄧ 防雨用的外衣。

**雨具** ㄩˇ ㄐㄩˋ 防雨的用具，像雨傘、雨衣、雨鞋等。

**雨季** ㄩˇ ㄐㄧˋ 雨水多的季節。

**雨前** ㄩˇ ㄑㄧㄢˊ 茶葉名，在穀雨以前採製，既嫩又香。

**雨傘** ㄩˇ ㄙㄢˇ 可以張合的擋雨的用具。

**雨帽** ㄩˇ ㄇㄠˋ 遮雨的帽子。

**雨棚** ㄩˇ ㄆㄥˊ 遮雨的棚；街上小商店常設，以免使顧客著（ㄓㄠ）雨。

**雨絲** ㄩˇ ㄙ 像一條條細絲般的小雨。如「雨絲風片」。

**雨蛙** ㄩˇ ㄨㄚ 兩棲動物，體長三公分左右，背部綠色，腹部白色。腳趾上有吸盤，可以爬到較高的地方。吃昆蟲。

**雨量** ㄩˇ ㄌㄧㄤˋ 在一定時間內，降落在水平地面上的未經蒸發、滲透或流失的雨水所積的深度，通常用公釐來表示。

**雨雲** ㄩˇ ㄩㄣˊ 暗黑色的密雲。也叫做「亂雲」。

**雨勢** ㄩˇ ㄕˋ 降雨的情勢。如「雨勢漸弱」。

**雨意** ㄩˇ ㄧˋ 要下雨的徵兆。如「陰雲密布，大有雨意」。

**雨靴** ㄩˇ ㄒㄩㄝ 下雨天穿的膠靴。

**雨鞋** ㄩˇ ㄒㄧㄝˊ 下雨天穿的鞋，從前用塗桐油的布料做的，現在用橡膠或塑膠做成，可以防水。

**雨燕** ㄩˇ ㄧㄢˋ ①一種鳴禽，體長約二十公分。頭扁平，嘴大。背部黑褐色，有綠色光澤。腹部褐色，腳淡紅色。尾分叉。捕食昆蟲。②雨中的飛燕。

**雨露** ㄩˇ ㄌㄨˋ 雨和露，比喻恩惠。

**雨點（兒）** ㄩˇ ㄉㄧㄢˇ（ㄦ） 形成雨的小水滴。也說「雨點子」「雨珠兒」。

**雨量計** ㄩˇ ㄌㄧㄤˋ ㄐㄧˋ 觀測雨量的儀器。

**雨字頭兒** ㄩˇ ㄗˋ ㄊㄡˊ ㄦ 「雨」字做為一個字中的上部，一般叫雨字頭兒。

**雨沐風餐** ㄩˇ ㄇㄨˋ ㄈㄥ ㄘㄢ 図比喻生活勞苦不安定。

**雨後春筍** ㄩˇ ㄏㄡˋ ㄔㄨㄣ ㄙㄨㄣˇ 比喻蓬勃生長，大量出現。

**雨後送傘** ㄩˇ ㄏㄡˋ ㄙㄨㄥˋ ㄙㄢˇ 比喻缺乏誠意，等人家度過了困難才表示協助。如「他從不雪中送炭，做的全是雨後送傘」。

**雨過天青** ㄩˇ ㄍㄨㄛˋ ㄊㄧㄢ ㄑㄧㄥ ①夏天下過陣雨以後天空新晴的景色。②像雨後晴空的蔚藍色。〈古窯器考〉說是五代末年後周皇帝柴榮指示窯工，想要的瓷器顏色是「雨過天青雲破處，者般顏色做將來」。③過完黑暗或動亂之後光明平靜的氣象。

**雨順風調** ㄩˇ ㄕㄨㄣˋ ㄈㄥ ㄊㄧㄠˊ 見「風調雨順」。

## 三筆

**雪** ▲ㄒㄩㄝˇ ㈠雨點在空中遇到寒冷，凝結成六角形的白色冰花，落了下來，叫「雪」。如「大雪紛飛」「冰天雪地」。㈡像雪一樣的東西。如「雪糕」「雪花膏」。㈢洗除。如「雪恥」「報仇雪恨」。㈣図白色的。如「雪膚」。

▲ㄒㄩㄝˋ見「雪白」「雪亮」。

**雪人** ㄒㄩㄝˇ ㄖㄣˊ ①用雪堆成的人形。也作「雪人兒」。②二十世紀有很多探險家在歐亞兩洲海拔五千公尺以上終年積雪的高山探險，幾次見到行走很快，類似人猿的龐然怪物，管牠叫「雪人」。

**雪片** ㄒㄩㄝˇ ㄆㄧㄢˋ ①一片片的雪。②比喻很多。如「賀電如雪片而來」。

**雪白** ㄒㄩㄝˇ ㄅㄞˊ 形容極白。

**雪車** ㄒㄩㄝˇ ㄔㄜ 在冰雪上行走的車子，最先是由狗或鹿拉車，現在已經有用機械推動的。

**雪盲** ㄒㄩㄝˇ ㄇㄤˊ 因受雪地上反射的強烈的光長時間刺激眼睛而引起的視力障礙。症狀是眼睛疼痛，怕見光，流淚，嚴重時會失明。

**雪花** ㄒㄩㄝˇ ㄏㄨㄚ 空中飄下的雪，六角形，像花一樣。

**雪青** ㄒㄩㄝˇ ㄑㄧㄥ 淺紫色。

**雪亮** ㄒㄩㄝˇ ㄌㄧㄤˋ 像雪那樣明亮。

**雪恨** ㄒㄩㄝˇ ㄏㄣˋ 洗雪仇恨。如「報仇雪恨」。

**雪茄** ㄒㄩㄝˇ ㄐㄧㄚ 用菸葉捲成的煙。是cigar的音譯。

**雪冤** ㄒㄩㄝˇ ㄩㄢ 洗刷冤屈。

**雪恥** ㄒㄩㄝˇ ㄔˇ 洗掉恥辱。

**雪崩** ㄒㄩㄝˇ ㄅㄥ 大量的雪塊從高山上崩裂下來的現象。

**雪梨** ㄒㄩㄝˇ ㄌㄧˊ ①一種果肉嫩細如雪的梨。②地名，也譯「悉尼」，在澳洲。

**雪球** ㄒㄩㄝˇ ㄑㄧㄡˊ 用雪捏成的球。如「滾雪球，越滾越大」（下雪天的一種遊戲，多用於比喻）。

**雪暴** ㄒㄩㄝˇ ㄅㄠˋ 大量積雪或降雪隨強風飛舞的現象。

**雪蓮** ㄒㄩㄝˇ ㄌㄧㄢˊ 草本植物，葉子長橢圓形，花深紅色，花瓣薄而狹長。花可以入藥，有滋補、調經等作用。

**雪膚** ㄒㄩㄝˇ ㄈㄨ 図皮膚潔白如雪。

**雪橇** ㄒㄩㄝˇ ㄑㄧㄠ 在雪地上行走的一種交通工具。也作「冰橇」。

**雪糕** ㄒㄩㄝˇ ㄍㄠ 夏天吃的又涼又爽口的食物，是冰淇淋的一種。

**雪片糕** ㄒㄩㄝˇ ㄆㄧㄢˋ ㄍㄠ 用米粉蒸熟切成片狀（多沒有完全切斷）的食品。閩南方言也叫牌仔糕。

**雪裡蕻** ㄒㄩㄝˇ ㄌㄧˇ ㄏㄨㄥˋ 像芥菜的蔬菜，味道稍辛辣，醃了以後加肉絲炒了做菜吃。口語常說成ㄒㄩㄝˇ ㄌㄧˇ ㄏㄨㄥ˙。

**雪花（兒）膏** ㄒㄩㄝˇ ㄏㄨㄚ（ㄦ）ㄍㄠ 一種化妝品，就是「面霜」。

**雪上加霜** ㄒㄩㄝˇ ㄕㄤˋ ㄐㄧㄚ ㄕㄨㄤ 比喻禍患接連而來。

**雪中送炭** ㄒㄩㄝˇ ㄓㄨㄥ ㄙㄨㄥˋ ㄊㄢˋ 比喻救人於危急之中。

**雪地冰天** ㄒㄩㄝˇ ㄉㄧˋ ㄅㄧㄥ ㄊㄧㄢ 也作「冰天雪地」。形容到處冰雪的極寒冷的地方。

**雪泥鴻爪** ㄒㄩㄝˇ ㄋㄧˊ ㄏㄨㄥˊ ㄓㄠˇ 図比喻人行蹤不定，偶然相遇。原是宋代文豪蘇軾〈和子由澠池懷舊〉詩「人生到處知何似，應似飛鴻踏雪泥；泥上偶然留指爪，鴻飛那復計東西」。也作「雪泥指爪」。

## 雩

▲ㄩˊ ㈠古時祭神求雨的一種祭典。㈡雩都，江西省縣名。

▲図ㄩˋ 虹。

## 四筆

**雱** 文ㄆㄤˊ 雪下得很多的樣子。

**雰** 文ㄈㄣ (一)霧氣；汙染的空氣。張衡〈西京賦〉有「消雰埃於中宸」。(二)「雰雰」，霜雪很大的樣子。

**雯** 文ㄨㄣˊ 美麗的雲彩。

**雲(云)** ㄩㄣˊ (一)地面的水蒸氣上升，遇冷就凝成細微的水點，在天上飄著，叫「雲」。如「烏雲蔽日」「雲蒸霞蔚」。(二)形容多。如「萬商雲集」「士女如雲」。(三)漂蕩不定。如「雲遊四方」。(四)文像雲一朵一朵的。如「雲髻」。(五)文指天空。如「雲泥（天地）」。(六)雲南省的簡稱。如「雲貴高原」。(七)雲縣，在雲南省。(八)姓。

**雲天** ㄩㄣˊ ㄊㄧㄢ 文比喻很高。如「義薄雲天」。

**雲母** ㄩㄣˊ ㄇㄨˇ 花崗石中的重要成分，薄片可以代替玻璃。

**雲朵** ㄩㄣˊ ㄉㄨㄛˇ 呈片狀的雲。如「天上的雲朵飛得很快」。

**雲杉** ㄩㄣˊ ㄕㄢ 常綠喬木，樹皮灰褐色，葉子針形，略彎曲，球果長橢圓形，褐色。木材白色，質堅而緻密，供建築和製器具用。

**雲豆** ㄩㄣˊ ㄉㄡˋ 菜豆的通稱。

**雲車** ㄩㄣˊ ㄔㄜ ①古代一種很高的戰車。②古代一種繪飾雲彩的車。③傳說神仙以雲為車，叫雲車。

**雲泥** ㄩㄣˊ ㄋㄧˊ 文雲指天，泥指地，比喻地位懸隔。

**雲表** ㄩㄣˊ ㄅㄧㄠˇ 文雲外。如「山峰聳入雲表」。

**雲門** ㄩㄣˊ ㄇㄣˊ ①古代樂舞的一種。②峰名，安徽黃山三十六峰之一。③佛教禪宗的一派。④臺灣一個著名舞團的名稱。

**雲雨** ㄩㄣˊ ㄩˇ ①雲和雨，比喻恩澤。②比喻男女合歡。

**雲英** ㄩㄣˊ ㄧㄥ ①雲母的一種。②唐朝女子名。見羅隱〈偶題〉詩「鍾陵醉別十餘春，重見雲英掌上身；我未成名君未嫁，可能俱是不如人」。後來稱女子未嫁為「雲英女兒身」。

**雲氣** ㄩㄣˊ ㄑㄧˋ 稀薄遊動的雲。

**雲海** ㄩㄣˊ ㄏㄞˇ 從高處往下望時，平鋪在下面的像海一樣的雲。

**雲豹** ㄩㄣˊ ㄅㄠˋ 哺乳動物，四肢較短，尾較長。毛淡黃色，有雲塊狀斑紋，因而得名。毛皮柔軟，花紋很美，可製衣物。也叫貓豹。

**雲彩** ㄩㄣˊ ㄘㄞˇ 口語用的複音詞。彩字輕讀。即稱雲。

**雲梯** ㄩㄣˊ ㄊㄧ ①古代攻城時用的長梯。②現代消防隊用以升高救人救火的可伸縮的長梯。

**雲雀** ㄩㄣˊ ㄑㄩㄝˋ 鳥，羽毛赤褐色，有黑色斑紋，嘴小而尖，翅膀大，飛得高，叫的聲音很好聽。

**雲量** ㄩㄣˊ ㄌㄧㄤˋ 目力所及天空被雲遮蔽的程度，用0至10來表示。碧空無雲，雲量是0；一半被雲遮住，雲量是5；全部被雲遮住，雲量是10。

**雲集** ㄩㄣˊ ㄐㄧˊ 文像雲一樣的聚在一起，形容多。

**雲煙** ㄩㄣˊ ㄧㄢ ①雲霧和煙氣。②文比喻書法筆勢的灑脫。杜甫詩有「揮毫落紙如雲煙」。

**雲遊** ㄩㄣˊ ㄧㄡˊ 比喻漫遊沒有定所。如「雲遊四方」。

**雲漢** ㄩㄣˊ ㄏㄢˋ 文天河。

**雲端** ㄩㄣˊ ㄉㄨㄢ 雲裡。如「高入雲端」。也作「雲際」。

**雲層** ㄩㄣˊ ㄘㄥˊ 成層的雲。如「許多山峰高出雲層」。

**雲霄** ㄩㄣˊ ㄒㄧㄠ ①極高的天空。②縣名，在福建省。

**雲霓** ㄩㄣˊ ㄋㄧˊ ①指雲和副虹。②図下雨的象徵，用來比喻人所渴望的事物。〈孟子〉有「若大旱之望雲霓」。

**雲頭** ㄩㄣˊ ㄊㄡˊ 看起來成團成堆的雲。如「看這雲頭像有雨的樣子」。

**雲髻** ㄩㄣˊ ㄐㄧˋ 図也作「雲鬟」。舊時婦女的髮髻。

**雲翳** ㄩㄣˊ ㄧˋ ①陰暗的雲。②眼球角膜發生病變後遺留下來的疤痕組織，影響視力。

**雲霞** ㄩㄣˊ ㄒㄧㄚˊ 雲彩。

**雲霧** ㄩㄣˊ ㄨˋ 雲與霧，常用來比喻處境的昏暗。如「撥開雲霧，重見天日」。

**雲鬟** ㄩㄣˊ ㄏㄨㄢˊ 形容美女髮曲如烏雲的頭髮。

**雲鬢** ㄩㄣˊ ㄅㄧㄣˋ 婦女的多而美的鬢髮。

**雲頭兒** ㄩㄣˊ ㄊㄡˊ ㄦ 雲狀的圖案花紋。

**雲藊豆** ㄩㄣˊ ㄅㄧㄢˇ ㄉㄡˋ 菜豆的俗稱。

**雲消霧散** ㄩㄣˊ ㄒㄧㄠ ㄨˋ ㄙㄢˋ 比喻事物消失淨盡。也說「煙消雲散」。如「這件事早就雲消霧散了」。

**雲淡風輕** ㄩㄣˊ ㄉㄢˋ ㄈㄥ ㄑㄧㄥ 形容天氣晴朗。如「雲淡風輕近午天」（宋朝程顥的詩句）。

**雲貴高原** ㄩㄣˊ ㄍㄨㄟˋ ㄍㄠ ㄩㄢˊ 指雲南、貴州兩省境內海拔較高、地形起伏較小的一大片平地。

**雲開見日** ㄩㄣˊ ㄎㄞ ㄐㄧㄢˋ ㄖˋ 図雲層消散，重見天日。比喻環境的好轉。

**雲煙過眼** ㄩㄣˊ ㄧㄢ ㄍㄨㄛˋ ㄧㄢˇ 比喻事物很快就消失了。如「榮華富貴有如雲煙過眼，一會兒就消失了」。

**雲蒸霞蔚** ㄩㄣˊ ㄓㄥ ㄒㄧㄚˊ ㄨㄟˋ 図又作「雲興霞蔚」。是雲氣噴湧，霞光燦爛的意思。

**雲霄飛車** ㄩㄣˊ ㄒㄧㄠ ㄈㄟ ㄔㄜ 一種遊樂器材。在一個大圈圈兒上掛著若干小車廂兒。大圈圈兒一轉動，人坐在車廂兒裡忽上忽下，大有飛上雲霄的感覺。

**雲龍風虎** ㄩㄣˊ ㄌㄨㄥˊ ㄈㄥ ㄏㄨˇ 図「雲從龍，風從虎」的略語，是〈易經〉中的話，說氣味相投的人相感應。

**雲翻雨覆** ㄩㄣˊ ㄈㄢ ㄩˇ ㄈㄨˋ 見「翻雲覆雨」。

**雲譎波詭** ㄩㄣˊ ㄐㄩㄝˊ ㄅㄛ ㄍㄨㄟˇ 図比喻事情的變幻莫測。

## 五筆

**雹** ㄅㄠˊ 雨點在空中遇到極冷的空氣，凝結成冰塊，落了下來，叫「雹」。口語說「雹子」。讀音ㄅㄛˊ。

**電（电）** ㄉㄧㄢˋ ㈠物質固有的一種「能」，分正負（也叫陰陽）兩種。靜電的正負相觸，會發生放電作用，爆出光和熱，在天空的是「打閃」（閃電）。通過物體而循環流動的電叫動電或電流，可以用來作為動力，並可利用它來發光發熱。電流也稱「電氣」。㈡「電報」「電信」的簡稱。如「急電」「電碼」「電交」。㈢利用電力運轉機械的器具，多數冠有「電」字。如「電扇」「電鍋」。㈣形容時間短促，行動快捷。如「電光石火」「風馳電掣」。

**電力** ㄉㄧㄢˋ ㄌㄧˋ ①由電流所發生的能。這種電流可以用水力、火力、風力、原子能等推動發電機而產生。②指帶電體有吸引或排斥等相互作用的力量。也叫「靜電力」。

**電子** ㄉㄧㄢˋ ㄗˇ （electron）物質是由原子構成的，而原子是由電子與核子構成的。一個原子裡通常有若干個粒子，繞著核子運行，就像太陽系行星繞日一樣。這些粒子帶有一定的負電量，叫做「電子」。

**電工** ㄉㄧㄢˋ ㄍㄨㄥ ①電工學。②製造、安裝各種電器設備的技術工人。

**電文** ㄉㄧㄢˋ ㄨㄣˊ 電報的文字、內容。

**電木** ㄉㄧㄢˋ ㄇㄨˋ 用石炭酸及蟻醛縮合製成的，質地很硬，含硫磺多，有高度的隔電力，可以製器皿或電工器具的柄。

**電石** ㄉㄧㄢˋ ㄕˊ 不純粹的碳化鈣，灰白色。用水分解會發生有臭無色的氣體，叫「電石氣」，化學名詞叫「乙炔」，成分是$C_2H_2$，可燃燒，生極強的白光，並發生火焰。把電石浸在水中，使發生電石氣點燃作為燈光，這種裝置叫「電石燈」。

**電光** ㄉㄧㄢˋ ㄍㄨㄤ ①電所發出的光。②形容時間短促，行動快捷。

**電池** ㄉㄧㄢˋ ㄔˊ 也稱電瓶。藉化學作用使「化學能」變成發生「電能」的裝置，有乾電池、溼電池等。

**電位** ㄉㄧㄢˋ ㄨㄟˋ 單位正電荷從某一點移到無窮遠時，電場所作的功就是電場中該點的電位。也叫電勢。

**電告** ㄉㄧㄢˋ ㄍㄠˋ 用電報通知或報告。

**電杆** ㄉㄧㄢˋ ㄍㄢ 架設電線用的杆子。也叫「電線杆子」。

**電車** ㄉㄧㄢˋ ㄔㄜ 用電做動力的公共交通工具，電能從架空的電源線供給。電車分無軌和有軌兩種。

**電波** ㄉㄧㄢˋ ㄅㄛ 因為電的振動而產生的向四面八方或固定方向的波動，情形就像在平靜的水中丟下石塊，立刻有輻射的波紋傳導出去一樣。

**電花** ㄉㄧㄢˋ ㄏㄨㄚ 電氣火花；電流通過導體間的空隙，放電時所呈的火星，存在時間極短。

**電表** ㄉㄧㄢˋ ㄅㄧㄠˇ 測度電力耗用量的一種裝置。凡是電力用戶都必須有，而且不能擅自移動。

**電門** ㄉㄧㄢˋ ㄇㄣˊ 電流的開關機件。

**電信** ㄉㄧㄢˋ ㄒㄧㄣˋ 凡是利用電來通信，像有線無線電報電話，都叫電信。經營電信業務的事業機構叫「電信公司」。

**電流** ㄉㄧㄢˋ ㄌㄧㄡˊ 用金屬線連接有電位差的兩個導體，陽電會從電位高的一端流動；陰電也從電位低的一端向電位高的一端流動。這種移動叫「電流」。

**電阻** ㄉㄧㄢˋ ㄗㄨˇ 金屬物質對電流所生的阻力。

**電唁** ㄉㄧㄢˋ ㄧㄢˋ 發電報向喪家弔唁。

**電扇** ㄉㄧㄢˋ ㄕㄢˋ 利用電力轉動風扇生風取涼的電器。也叫「電風扇」。

**電氣** ㄉㄧㄢˋ ㄑㄧˋ 見「電」(一)。

**電料** ㄉㄧㄢˋ ㄌㄧㄠˋ 有關電氣的器材。

**電能** ㄉㄧㄢˋ ㄋㄥˊ 電流或帶電物質的能量。電能可以用導線輸送到遠處，並易於轉換成其他形式的能。

**電訊** ㄉㄧㄢˋ ㄒㄩㄣˋ ①用電話、電報或無線電設備來傳播消息。②無線電的信號。

**電動** ㄉㄧㄢˋ ㄉㄨㄥˋ 用電力使機械運轉的。如「電動機」「電動玩具」。

**電梯** ㄉㄧㄢˋ ㄊㄧ 利用電力的升降機或樓梯。

**電瓶** ㄉㄧㄢˋ ㄆㄧㄥˊ 蓄電池的通稱。

**電荷** ㄉㄧㄢˋ ㄏㄜˊ 物體表面或質點上所存在的正電或負電。

**電報** ㄉㄧㄢˋ ㄅㄠˋ 利用電流的忽通忽斷，向遠地通信的方法，分為有線電報和無線電報兩種。

**電場** ㄉㄧㄢˋ ㄔㄤˇ 由帶電體形成的場，能傳遞帶電體之間的相互作用。

**電椅** ㄉㄧㄢˋ ㄧˇ 裝有電極的椅子式的刑具。

**電視** ㄉㄧㄢˋ ㄕˋ 用無線電或有線電，把變動的人物、景色和聲音，傳播到接收機的螢光幕上，供人收看，叫做「電視」。「電視機」是電視接收機的簡稱。

**電筒** ㄉㄧㄢˋ ㄊㄨㄥˇ 將電池裝在筒裡，頭上附有小燈泡能發光的照明器具。也叫「手電」「電棒」「手電筒」。

**電賀** ㄉㄧㄢˋ ㄏㄜˋ 發電報向對方祝賀。

**電鈕** ㄉㄧㄢˋ ㄋㄧㄡˇ 電器開關或調節等設備中通常用手操作的部分。有按下、扳動和轉動等幾種，多用膠木、塑料等絕緣材料製成。

**電匯** ㄉㄧㄢˋ ㄏㄨㄟˋ 利用電訊通知來匯兌銀錢。

**電極** ㄉㄧㄢˋ ㄐㄧˊ 電源或電器上用來接通電流的地方。電池上，向外輸送電流的一極叫正極，流入電流的一極叫負極。簡稱極。

**電源** ㄉㄧㄢˋ ㄩㄢˊ 指把電能供給電器的裝置，如電池、發電機等。

**電腦** ㄉㄧㄢˋ ㄋㄠˇ 電子計算機的俗名電子腦的簡稱。是一種電子機械，可以用高速度解答數學難題，執行書記工作等；也可以記錄所指示的程式，能作合邏輯的決定，處理各種資料，提供推算的結果。現在用來解決科學、工程、商業等問題，也可以用來製作樂曲、翻譯文字、繪畫、下棋等。

**電解** ㄉㄧㄢˋ ㄐㄧㄝˇ 理化名詞，在用酸、鹼、鹽溶成的電解液裡通電，使液體生熱，作化學的分解，能使物質改變本質，叫「電解」。

**電話** ㄉㄧㄢˋ ㄏㄨㄚˋ 借電流作用向遠距離間互相通話的工具，分有線電話和無線電話兩種。

**電路** ㄉㄧㄢˋ ㄌㄨˋ 電流在電器裝置中的通路，由電源、導線、電器元件連接而成。

**電鈴** ㄉㄧㄢˋ ㄌㄧㄥˊ 利用電力使鈴鐺振動發聲的裝置。

**電磁** ㄉㄧㄢˋ ㄘˊ 物質所表現的電性和磁性，統稱電磁。如電磁感應、電磁波。

**電網** ㄉㄧㄢˋ ㄨㄤˇ 在網形鐵線上通電流，用來防盜或防敵。

**電臺** ㄉㄧㄢˋ ㄊㄞˊ ①無線電臺的通稱。②指廣播電臺。如「電臺記者跑新聞」。

**電熱** ㄉㄧㄢˋ ㄖㄜˋ 利用電能來加熱。

**電碼** ㄉㄧㄢˋ ㄇㄚˇ 通電報所用的代替文字的特別符號。

**電線** ㄉㄧㄢˋ ㄒㄧㄢˋ 用來通電流的金屬線。通常在線外面包有絕緣體；不包絕緣體的線叫「裸線」。

**電銲** ㄉㄧㄢˋ ㄏㄢˋ 利用電能高熱鎔化錫來銲接他種金屬。

**電器** ㄉㄧㄢˋ ㄑㄧˋ 利用電能做動力的工具，叫做電器。

**電機** ㄉㄧㄢˋ ㄐㄧ 一切產生和應用電能的機器，特指發電機和電動機。

**電燈** ㄉㄧㄢˋ ㄉㄥ 利用電流發光的燈，有弧光燈、白熾燈、日光燈等。

**電燙** ㄉㄧㄢˋ ㄊㄤˋ 用電熱燙髮使鬈曲。

**電壓** ㄉㄧㄢˋ ㄧㄚ 見「電位差」。

**電擊** ㄉㄧㄢˋ ㄐㄧˊ 有機體觸電時受到電力打擊，內部組織受到嚴重損害。

**電療** ㄉㄧㄢˋ ㄌㄧㄠˊ ①對於中風、痲痺、虛弱、神經病、心臟病、風溼等病痛的患者，利用電流作全身或身體局部治療，叫做電療。②利用放射線治療疾病，俗稱電療。

**電鍍** ㄉㄧㄢˋ ㄉㄨˋ 用電解的原理，把金屬鍍到別種物體的表面。

**電鍋**（ㄉㄧㄢˋ ㄍㄨㄛ） 把電爐與特製的鍋連在一起，用來煮飯或烹飪的一種鍋。

**電離**（ㄉㄧㄢˋ ㄌㄧˊ） ①液體或氣體的原子或分子由於受到粒子的撞擊、射線的照射等作用，而變成帶有正電荷或負電荷的離子的現象。②電解質在溶液中形成離子的現象。

**電爐**（ㄉㄧㄢˋ ㄌㄨˊ） 通過電流生熱來取暖或烹飪的一種器具。

**電鐘**（ㄉㄧㄢˋ ㄓㄨㄥ） 利用電力運轉的時鐘。現在用的電鐘多採用有旋轉軸的電磁感應裝置。

**電鰻**（ㄉㄧㄢˋ ㄇㄢˊ） 魚，形狀像鰻魚，兩側有發電器官，能發出電波來捕食或保護自己。產在南美洲。

**電纜**（ㄉㄧㄢˋ ㄌㄢˇ） 用金屬線纏在金屬心上，外面裹絕緣物，成為一種強韌不透水的絕緣體，用作地下電線、海底電線等。

**電鑽**（ㄉㄧㄢˋ ㄗㄨㄢˋ） 利用電做動力的鑽孔機。

**電影（兒）**（ㄉㄧㄢˋ ㄧㄥˇ（ㄦ）） 把人物的動作、聲色攝製影片，利用電光映射在銀幕上供人欣賞的活動影戲。

**電子束**（ㄉㄧㄢˋ ㄗˇ ㄕㄨˋ） 由陰極射線產生的束狀電子流。電子顯微鏡和電視機就是利用電子束形成影像的。

**電子琴**（ㄉㄧㄢˋ ㄗˇ ㄑㄧㄣˊ） 鍵盤樂器的一種，採用半導體集成電路，對樂音信號進行放大，通過揚聲器產生音響。

**電子管**（ㄉㄧㄢˋ ㄗˇ ㄍㄨㄢˇ） 無線電技術上的重要器件，重要的作用是整流、檢波、放大和振盪。也叫真空管。

**電子學**（ㄉㄧㄢˋ ㄗˇ ㄒㄩㄝˊ） 以無線電技術為基礎，研究電子或離子的產生、變化和運動規律的科學。也叫「無線電電子學」。

**電工學**（ㄉㄧㄢˋ ㄍㄨㄥ ㄒㄩㄝˊ） 研究電能應用的基礎理論科學。電機、電器以及電在產業部門和生活上的應用原理，都是電工學研究的對象。

**電介質**（ㄉㄧㄢˋ ㄐㄧㄝˋ ㄓˋ） 不導電的物質，如空氣、玻璃、雲母片、膠木等。也叫絕緣體。

**電冰箱**（ㄉㄧㄢˋ ㄅㄧㄥ ㄒㄧㄤ） 設有利用電力的冷氣裝置，是家庭裡貯放食物避免餿臭的家具。常簡稱冰箱。也有人叫「雪櫃」或「冰櫃」。

**電吉他**（ㄉㄧㄢˋ ㄐㄧˊ ㄊㄚ） 一種撥弦樂器，採用半導體集成電路，對樂音信號進行放大，通過揚聲器產生音響。

**電位差**（ㄉㄧㄢˋ ㄨㄟˋ ㄔㄚ） 電位（electric potential）也叫電勢。電如能在甲乙兩點間自由移動，而兩點是同電位，就沒有電流移動；如兩點的電位不同，電流由高電位向低電位進行。這種電場內兩點間電位高低不同的差數，叫電位差，也叫電勢差，簡稱位差或勢差，在工業上叫做「電壓」。電位差或電壓的實用單位是伏特（volt）。

**電扶梯**（ㄉㄧㄢˋ ㄈㄨˊ ㄊㄧ） 電動的扶梯，通常裝在百貨公司、機場候機室等多人出入的場所。

**電信局**（ㄉㄧㄢˋ ㄒㄧㄣˋ ㄐㄩˊ） 「中華電信股份有限公司」的前身。

**電流表**（ㄉㄧㄢˋ ㄌㄧㄡˊ ㄅㄧㄠˇ） 也叫安培表或安培計，是測量電路中電流強度的儀器。

**電容器**（ㄉㄧㄢˋ ㄖㄨㄥˊ ㄑㄧˋ） 能儲存電量的器件，是由兩個接近而又互相絕緣的導體構成的。也叫容電器。

**電氣化**（ㄉㄧㄢˋ ㄑㄧˋ ㄏㄨㄚˋ） 為了提高生產率，減輕體力勞動，把電力廣泛地應用到所有國民經濟的領域裡，特別是用做機器的動力。如「鐵路電氣化」。

**電動機**（ㄉㄧㄢˋ ㄉㄨㄥˋ ㄐㄧ） 用電做原動力的發動機。一般電動機俗稱電動馬達。

**電唱機**（ㄉㄧㄢˋ ㄔㄤˋ ㄐㄧ） 就是電動的留聲機，轉動唱片發出聲音。常和收音機連在一起。

**電梯間**（ㄉㄧㄢˋ ㄊㄧ ㄐㄧㄢ） 高樓的各層供人進出電梯的地方。

**電視臺** ㄉㄧㄢˋ ㄕˋ ㄊㄞˊ 播送電視節目的單位場所。

**電視劇** ㄉㄧㄢˋ ㄕˋ ㄐㄩˋ 為電視臺播映而編寫、錄製的戲劇。如「年長的觀眾多喜歡看電視劇」。

**電傳影** ㄉㄧㄢˋ ㄔㄨㄢˊ ㄧㄥˇ 利用照相及無線電，使相隔很遠的兩方可以晤談，或傳送親筆所寫的文件或相片，叫做電傳影。

**電解質** ㄉㄧㄢˋ ㄐㄧㄝˇ ㄓˊ 在溶液中或在熔融狀態下能形成正副離子，因而能導電的物質，如酸類、鹼類、鹽類。

**電磁波** ㄉㄧㄢˋ ㄘˊ ㄅㄛ 在某種物理條件下，電場及磁場的擾動在空間傳播出的，叫電磁波。

**電磁場** ㄉㄧㄢˋ ㄘˊ ㄔㄤˇ 電場和磁場的統稱。

**電磁鐵** ㄉㄧㄢˋ ㄘˊ ㄊㄧㄝˇ 磁鐵的一種。用線圈繞鐵心而成，線圈通電時鐵心變成磁體，不通電時磁性就消失。

**電影院** ㄉㄧㄢˋ ㄧㄥˇ ㄩㄢˋ 專供放映電影的場所。

**電熱器** ㄉㄧㄢˋ ㄖㄜˋ ㄑㄧˋ 利用電能加熱的器具，如電鍋、電爐、電熨斗等。

**電熨斗** ㄉㄧㄢˋ ㄩㄣˋ ㄉㄡˇ 利用電能發熱的熨斗，俗稱電烙鐵。

**電器行** ㄉㄧㄢˋ ㄑㄧˋ ㄏㄤˊ 出售各種電器的商店。

**電離層** ㄉㄧㄢˋ ㄌㄧˊ ㄘㄥˊ 大氣層的一個層次，位於平流層頂部到距離地面約一千公里的區域。

**電驢子** ㄉㄧㄢˋ ㄌㄩˊ ㄗ˙ 北方人對摩托車的俗稱。廣東叫「電單車」。

**電燈泡（兒）** ㄉㄧㄢˋ ㄉㄥ ㄆㄠˋ ㄦ 白熾電燈所用的真空玻璃球，裡面裝有鎢絲，通電流後能發光。

**電子手錶** ㄉㄧㄢˋ ㄗˇ ㄕㄡˇ ㄅㄧㄠˇ 含有電子線路的手錶，簡稱電子錶。

**電子光學** ㄉㄧㄢˋ ㄗˇ ㄍㄨㄤ ㄒㄩㄝˊ 電子學的一個分科，研究獲得電子束的方法、電子束在電磁場中折射的規律、利用電子束攝取物體影像的方法等。

**電子音樂** ㄉㄧㄢˋ ㄗˇ ㄧㄣ ㄩㄝˋ 指用電子計算機的技術手段編製創作出來的音樂。也指用電子樂器演奏的音樂。

**電化教育** ㄉㄧㄢˋ ㄏㄨㄚˋ ㄐㄧㄠˋ ㄩˋ 利用錄音、廣播、電視、幻燈、電影等使用電的設備而進行的教育。

**電光石火** ㄉㄧㄢˋ ㄍㄨㄤ ㄕˊ ㄏㄨㄛˇ 閃電的光，碰擊石頭發生的火花，都是一眨眼就消失的。所以用來比喻時間短促。

**電掣風馳** ㄉㄧㄢˋ ㄔㄜˋ ㄈㄥ ㄔˊ 像閃電和颳風那樣，形容速度很快。

**電視教學** ㄉㄧㄢˋ ㄕˋ ㄐㄧㄠˋ ㄒㄩㄝˊ 通過電視授課的一種教學方式。

**電源開關** ㄉㄧㄢˋ ㄩㄢˊ ㄎㄞ ㄍㄨㄢ 接通和截斷來自電源的電路的裝置。

**電腦排版** ㄉㄧㄢˋ ㄋㄠˇ ㄆㄞˊ ㄅㄢˇ 文字資料輸入電腦主機後，可按所需要的字體和大小輸出。輸出的底片可供製版。電腦排版作業比活字排版快很多。

**電話會議** ㄉㄧㄢˋ ㄏㄨㄚˋ ㄏㄨㄟˋ ㄧˋ 通過電話舉行的會議。

**電磁感應** ㄉㄧㄢˋ ㄘˊ ㄍㄢˇ ㄧㄥˋ 導體在磁場中作相對運動而產生電流的現象。

**電導飛彈** ㄉㄧㄢˋ ㄉㄠˇ ㄈㄟ ㄉㄢˋ 由無線電來指揮操縱的飛彈。

**電子顯微鏡** ㄉㄧㄢˋ ㄗˇ ㄒㄧㄢˇ ㄨㄟˊ ㄐㄧㄥˋ 顯微鏡利用電子射線在電場或磁場折射現象所作成的，放大的作用超過光學顯微鏡。

**電視發射塔** ㄉㄧㄢˋ ㄕˋ ㄈㄚ ㄕㄜˋ ㄊㄚˇ 就是發射電視廣播的天線，支架結構的形狀像塔。通稱電視塔。

**電子資料處理** ㄉㄧㄢˋ ㄗˇ ㄗ ㄌㄧㄠˋ ㄔㄨˇ ㄌㄧˇ 使用電子計算機處理資料。

**電腦斷層攝影** ㄉㄧㄢˋ ㄋㄠˇ ㄉㄨㄢˋ ㄘㄥˊ ㄕㄜˋ ㄧㄥˇ 利用原有的X光斷層攝影，加上電子計算機的分析，使拍出來的底片更清晰。臨床上用於各種病變的診斷。

## 雷

ㄌㄟˊ ㈠空中帶多量異種電的雲層相接近時，電衝破中間空氣的絕緣而放電，發生強大的聲音及火花。這種聲音叫「雷」，火花是「閃電」。如「打雷」「雷聲隆隆」。㈡能爆炸的火器。如「地雷」「水雷」。㈢比喻盛大，猛烈。如「雷厲風行」「大發雷霆」。㈣巨大的響聲。如「雷鳴」「轟雷」。㈤見「雷同」。㈥姓。

**雷公** ㄌㄟˊ ㄍㄨㄥ 從前人了解不夠，認為一切自然現象都有神操縱主宰，所以把「管打雷的神」叫「雷公」。

**雷同** ㄌㄟˊ ㄊㄨㄥˊ 図雷聲一響，似乎整個大地都同時響應，所以說「雷同」。現在泛指所做的詩文、事物和別人的相同，叫做雷同。

**雷池** ㄌㄟˊ ㄔˊ 水名，在安徽省望江縣南，流入長江，現在叫楊溪河。東晉成帝時，歷陽（今安徽和縣）太守蘇峻作亂。鎮守江州（九江）的溫嶠想起兵勤王，中書令庾亮寫信勸止。信裡有「吾憂西陲，過於歷陽，足下無過雷池一步也」。現在常用作「界限」的意思。如「敵軍不敢越雷池一步」。

**雷汞** ㄌㄟˊ ㄍㄨㄥˇ 由硝酸、水銀、酒精等配合而成，可以製炸藥、雷管。

**雷雨** ㄌㄟˊ ㄩˇ 由積雨雲產生的一種天氣現象，降水伴隨著閃電和雷聲，往往發生在夏天的午後。

**雷音** ㄌㄟˊ ㄧㄣ 佛經說佛說「法」的聲音像雷一樣響亮。

**雷射** ㄌㄟˊ ㄕㄜˋ laser 的音譯，是放射激發光波放大器的簡稱。雷射能做熔化、銲接、引發或誘導某種化學反應的工作，或用來分析物質的質譜，決定極遙遠的物體。例如太空中各天體或飛行器的距離、速度、方位、形態及大小。也可以用在醫療、傳播電信方面。

**雷動** ㄌㄟˊ ㄉㄨㄥˋ （聲音）像打雷一樣。如「掌聲雷動」。

**雷鳥** ㄌㄟˊ ㄋㄧㄠˇ 鳥，形狀像雞，比雞大。羽毛的顏色隨季節而變化，冬季白色，夏季淡黃色或褐色。生活在寒冷的地方。吃種子、樹芽等。

**雷達** ㄌㄟˊ ㄉㄚˊ radar 的音譯，是一種電子裝置系統，利用無線電波測量目標物的方向、距離、速度及高度。通常用來偵察或引導空中或海上的交通工具，或辨認不明的航行器等移動物體，或由移動物體去辨認山峰、暗礁等固定物體。也叫「無線電探測器」。

**雷電** ㄌㄟˊ ㄉㄧㄢˋ 大氣中放電現象的一種。放電時所生火花叫閃電，所發的聲音叫「雷」。

**雷管** ㄌㄟˊ ㄍㄨㄢˇ 裝滿爆炸火藥的黃銅管。

**雷鳴** ㄌㄟˊ ㄇㄧㄥˊ 図①雷聲。②比喻聲音大。

**雷暴** ㄌㄟˊ ㄅㄠˋ 由積雨雲產生的雷電現象，有時伴隨著陣雨或冰雹。

**雷霆** ㄌㄟˊ ㄊㄧㄥˊ 很響的雷聲，比喻聲威或大怒。

**雷震** ㄌㄟˊ ㄓㄣˋ 図雷鳴。

**雷擊** ㄌㄟˊ ㄐㄧˊ 帶電的雲接近地面放電時，常會毀傷屋宇、人畜、樹木，叫雷擊。一般叫「雷劈」。

**雷陣雨** ㄌㄟˊ ㄓㄣˋ ㄩˇ 伴有雷電的陣雨。如「夏天午後有時會有雷陣雨」。

**雷大雨小** ㄌㄟˊ ㄉㄚˋ ㄩˇ ㄒㄧㄠˇ 雷聲大，雨點小。比喻話說得很有氣勢或計畫訂得很大，而實際行動卻很少。

**雷厲風行** ㄌㄟˊ ㄌㄧˋ ㄈㄥ ㄒㄧㄥˊ 図形容辦事嚴格認真。

**雷霆萬鈞** ㄌㄟˊ ㄊㄧㄥˊ ㄨㄢˋ ㄐㄩㄣ 図比喻威力大。

**雷聲(兒)大雨點(兒)小** ㄌㄟˊ ㄕㄥ ㄦ ㄉㄚˋ ㄩˇ ㄉㄧㄢˇ ㄦ ㄒㄧㄠˇ 形容虛張聲勢。

**零** ㄌㄧㄥˊ ㈠図慢慢落下的雨，叫「零雨」，就是微雨。㈡図降下來。如「涕零」。㈢図由降下引伸為衰落、衰微。如「凋零」「零落」。㈣不成整數的。如「零錢」「零件」。㈤數目，阿拉伯數字作「0」。凡是以符號「0」表示，都含有「無」、「起點」、「分界點」、「平衡點」等意義。㈥散亂。如「零亂」。㈦攝氏溫度計上的冰點。如「零下十度」。㈧姓。

**零丁** ㄌㄧㄥˊ ㄉㄧㄥ 図孤單一人無所依靠。也作「伶仃」。如「孤苦零丁」。

**零工** ㄌㄧㄥˊ ㄍㄨㄥ ①指短工。如「打零工」。②做零工的人。

**零用** ㄌㄧㄥˊ ㄩㄥˋ 零碎費用。如「零用錢」。也說「零花」。

**零星** ㄌㄧㄥˊ ㄒㄧㄥ 零碎的；少量的。

**零食** ㄌㄧㄥˊ ㄕˊ 正常三餐以外的零星小吃。也說零吃。如「許多小孩兒就愛吃零食」。

**零時** ㄌㄧㄥˊ ㄕˊ 夜裡十二點鐘。也說「零點」。

**零售** ㄌㄧㄥˊ ㄕㄡˋ 把貨品按單位數量一件件賣出，對批發說的。也說「零賣」。

**零蛋** ㄌㄧㄥˊ ㄉㄢˋ 表示沒有數量。由於阿拉伯數字中的「0」略呈蛋形，所以叫零蛋（含詼諧意）。如「考試得了個零蛋」。

**零散** ㄌㄧㄥˊ ㄙㄢˇ 分散；不集中。如「桌子上零散地放著幾本書」。

**零亂** ㄌㄧㄥˊ ㄌㄨㄢˋ 不整齊。

**零落** ㄌㄧㄥˊ ㄌㄨㄛˋ 図①草木枯落。②比喻人事衰落。③不完整。

**零件（兒）** ㄌㄧㄥˊ ㄐㄧㄢˋ ㄦ ①附屬在機器主體上，損壞時可以隨時換的部分。②附搭的配件。

**零碎（兒）** ㄌㄧㄥˊ ㄙㄨㄟˋ ㄦ ①不成整個。②不整齊的。

**零數（兒）** ㄌㄧㄥˊ ㄕㄨˋ ㄦ 整數以外的尾數。

**零錢（兒）** ㄌㄧㄥˊ ㄑㄧㄢˊ ㄦ ①零用的錢。②工資之外所得的錢。

**零頭（兒）** ㄌㄧㄥˊ ㄊㄡˊ ㄦ ①尾數。②布疋等的殘餘部分。如「零頭兒布」。

**零售商** ㄌㄧㄥˊ ㄕㄡˋ ㄕㄤ 做零售生意的商人。

**零嘴兒** ㄌㄧㄥˊ ㄗㄨㄟˇ ㄦ 零食。

**零七八碎** ㄌㄧㄥˊ ㄑㄧ ㄅㄚ ㄙㄨㄟˋ 零碎而紛亂。如「他把零七八碎的東西整理得井井有條」。

**零存整付** ㄌㄧㄥˊ ㄘㄨㄣˊ ㄓㄥˇ ㄈㄨˋ 零星存款，整筆取款。

**零和競賽** ㄌㄧㄥˊ ㄏㄜˊ ㄐㄧㄥˋ ㄙㄞˋ 競賽理論中的一種特定情況。指競賽各方最後輸贏的總和是零。就是一方的勝利或所獲，等於另一方的失敗或損失。

**零零碎碎** ㄌㄧㄥˊ ㄌㄧㄥˊ ㄙㄨㄟˋ ㄙㄨㄟˋ 零碎不完整。

## 六筆

**需** ㄒㄩ ㈠物質上有所欲求。如「需求」「需要」。㈡費用。如「軍需」。㈢図遲疑。〈左傳〉有「需，事之賊也」（遲疑是最誤事的）。

**需求** ㄒㄩ ㄑㄧㄡˊ 由需要而產生要求。

**需要** ㄒㄩ ㄧㄠˋ ①應該有或必須有。②對事物的欲望或要求。

**需索** ㄒㄩ ㄙㄨㄛˇ 指用不正當的手段要求財物。如「流氓需索保護費」。

**需求量** ㄒㄩ ㄑㄧㄡˊ ㄌㄧㄤˋ 經濟學名詞。指在某一特定價格下，購買者所願意購買的數量。也叫需要量。

## 七筆

**霈** 因ㄆㄟˋ來得恰是時候的雨水，叫「霈霖」「甘霈」。也比喻對人的恩澤。

**霉** ㄇㄟˊ東西受潮因而變色或長出白色的毛狀物；本來作「黴」。如「發霉」「霉爛」。

**霉天** ㄇㄟˊ ㄊㄧㄢ 南方每年陰曆四五月間雨水極多，叫做霉天。也叫「黃梅天」。

**霉雨** ㄇㄟˊ ㄩˇ 梅雨。

**霉氣** ㄇㄟˊ ㄑㄧˋ ①霉爛的氣味。②壞運氣。

**霉運** ㄇㄟˊ ㄩㄣˋ 倒霉的運氣。

**霉爛** ㄇㄟˊ ㄌㄢˋ 發霉而且腐爛。

**霉乾菜** ㄇㄟˊ ㄍㄢ ㄘㄞˋ 芥菜的莖葉加香料鹽漬，封在瓦器裡，等發霉後晒乾而成。

**霆** 因ㄊㄧㄥˊ突然而起的雷聲。也叫「霹靂」。如「雷霆」。

**霄** 因ㄒㄧㄠ㈠天空。如「雲霄」「九霄雲外」。㈡見「霄壤」。

**霄漢** ㄒㄧㄠ ㄏㄢˋ 因雲霄和天河，指天空。如「氣凌霄漢」。

**霄壤** ㄒㄧㄠ ㄖㄤˇ 因天和地。比喻相差極遠。如「霄壤之別」。

**震** ㄓㄣˋ ㈠因打雷。〈詩經．小雅．十月之交〉有「爗爗震電，不寧不令」。㈡因雷擊。〈左傳〉有「震夷伯之廟」。㈢撼動。如「地震」「震盪」。㈣引伸為情緒激動。如「震驚」「震悼」。㈤因動怒。㈥卦名，八卦之一。

**震央** ㄓㄣˋ ㄧㄤ 震源正上方的地面叫震央。地震時震央所受的災害最重。

**震旦** ㄓㄣˋ ㄉㄢˋ 指中國。梵文cina-sthana的音譯。cina（震）指「秦」，sthana（斯坦）為「地」；意思是「秦地」。〈翻譯名義集〉又說：東方屬震，日出為旦，故名「震旦」。

**震耳** ㄓㄣˋ ㄦˇ 因形容聲音極大。如「震耳欲聾」。

**震波** ㄓㄣˋ ㄅㄛ 由於地震而產生的向四方傳播的震動。也叫地震波。

**震怒** ㄓㄣˋ ㄋㄨˋ 非常憤怒；大怒。

**震級** ㄓㄣˋ ㄐㄧˊ 地震震級的簡稱。劃分震源放出的能量大小的等級。地震分為九級，五級以上就會造成破壞。

**震動** ㄓㄣˋ ㄉㄨㄥˋ 也作震撼。①物體受了大力的影響而搖動。②因為重大事件的刺激，使人心搖動。如「人心震動」。

**震區** ㄓㄣˋ ㄑㄩ 發生地震的地區。

**震悼** ㄓㄣˋ ㄉㄠˋ 因驚愕悲悼。

**震慄** ㄓㄣˋ ㄌㄧˋ 因害怕得渾身發抖。

**震源** ㄓㄣˋ ㄩㄢˊ 地球內部發生地震的地方。

**震撼** ㄓㄣˋ ㄏㄢˋ 震動；搖撼。如「這消息曾引起了一陣震撼」。

**震駭** ㄓㄣˋ ㄏㄞˋ 因震驚。也作「震懼」。

**震盪** ㄓㄣˋ ㄉㄤˋ 震動；動盪。指社會、人心的震撼。如「此事發生，各方所受震盪極為重大。」

**震懾** ㄓㄣˋ ㄓㄜˊ 震動使害怕。

**震驚** ㄓㄣˋ ㄐㄧㄥ ①使大吃一驚。如「震驚世界」。②大吃一驚。如「大為震驚」。

**震古鑠今** ㄓㄣˋ ㄍㄨˇ ㄕㄨㄛˋ ㄐㄧㄣ 比喻功業偉大，可以震驚古人，誇耀現代。

**震耳欲聾** ㄓㄣˋ ㄦˇ ㄩˋ ㄌㄨㄥˊ 耳朵都快震聾了。形容聲音很大。

## 八筆

**霏** 因ㄈㄟ見「霏霏」。

**霏霏** ㄈㄟ ㄈㄟ 図①形容紛飛的樣子。1.指雪花。2.指雨絲。②繁盛的樣子。1.指青草。2.指露水。

**霓（蜺）** ㄋㄧˊ ㈠虹的外圈。物理學叫「副虹」。古人常把虹叫「虹霓」。㈡見「霓虹燈」。㈢図雲氣。〈孟子〉書有「若大旱之望雲霓」。㈣図有各種彩色的衣裳叫「霓裳」。

**霓裳** ㄋㄧˊ ㄔㄤˊ ①以霓為裳。②霓裳羽衣曲的省稱。

**霓虹管** ㄋㄧˊ ㄏㄨㄥˊ ㄍㄨㄢˇ 充入氖或氬等氣體的真空玻璃管，多用於做霓虹燈或其他裝飾。

**霓虹燈** ㄋㄧˊ ㄏㄨㄥˊ ㄉㄥ 一種商業廣告燈，用玻璃管裝氖氣或水銀蒸氣等，通電以後能放出各色絢爛奪目的光輝。

**霖** 図ㄌㄧㄣˊ 雨水接連下了許多天不停。對農田有益的叫「甘霖」。

**霖雨** ㄌㄧㄣˊ ㄩˇ 図①連綿不斷的雨。②比喻濟世救民的恩澤。〈書經〉記殷高宗和傳說（ㄩㄝˋ）的交談，有「若歲大旱，用汝作霖雨」的話。

**霍** ㄏㄨㄛˋ ㈠形容很快。「揮霍」，是說錢財散得很快。㈡図見「霍然」。㈢図見「霍霍」。㈣見「霍亂」。㈤霍縣，在山西省。㈥霍山，在安徽省。㈦姓。

**霍然** ㄏㄨㄛˋ ㄖㄢˊ 図也作「霍地」。①形容病好得很快。如「霍然而愈」。②忽然，突然。司馬相如〈大人賦〉有「霍然雲消」。

**霍亂** ㄏㄨㄛˋ ㄌㄨㄢˋ 也叫「虎列拉」（是cholera的音譯）。是一種急性傳染病，俗名「絞腸痧」。人吃了帶霍亂菌的東西，就會染患這種病，上吐下瀉而且肚子絞痛。重的幾小時以後，人就因為脫水而死。預防方法是打預防針，注意飲食。

**霍霍** ㄏㄨㄛˋ ㄏㄨㄛˋ 図①形容磨刀的聲音。〈木蘭辭〉有「磨刀霍霍向豬羊」。②內動。如「電光霍霍」。

**霑** ㄓㄢ ㈠同「沾」，弄溼。㈡図「霑惠」「雨露均霑」的「霑」，都是受到恩惠的意思。

**霎** 図ㄕㄚˋ ㈠「霎霎」，微雨聲。㈡見「霎時」。

**霎時** ㄕㄚˋ ㄕˊ 極短的時間。

## 九筆

**霝** 図ㄌㄧㄥˊ 雨水落下。也指物體向下掉。

**霞** ㄒㄧㄚˊ ㈠太陽升起或落下前後，接近地平線的陽光通過低層大氣，受到塵埃、水氣等分子的折射，散發紅光，叫「霞」。如「晚霞」「彩霞」。㈡像霞一樣光彩美麗。如「霞光」「霞帔」。

**霞光** ㄒㄧㄚˊ ㄍㄨㄤ 指從雲縫裡透過的金色的陽光。

**霞帔** ㄒㄧㄚˊ ㄆㄟˋ 舊時女人披在肩上有亮光的禮服。

**霜** ㄕㄨㄤ ㈠近地面的冷空氣，溫度在冰點以下，凝結成白色微粒，叫霜。舊時認為是露水凝結的。嚴寒的天氣，霜對農作、養殖各業，可能造成傷害。如「下霜」。㈡白色粉末也叫「霜」。如「柿霜」「砒霜」。㈢形容白色。如「一事無成兩鬢霜」。㈣cream的意譯。如「面霜」。㈤図「霜操」，比喻人品高潔。㈥図「霜威」，比喻嚴厲、肅殺。

**霜天** ㄕㄨㄤ ㄊㄧㄢ 図嚴寒的天空。薛道衡詩有「霜天斷雁聲」。

**霜降** ㄕㄨㄤ ㄐㄧㄤˋ 節氣名，在陽曆十月二十三或二十四日。

**霜害** ㄕㄨㄤ ㄏㄞˋ 農業上指由於霜凍造成的災害。如「天氣嚴寒，養殖業必須嚴防霜害」。

**霜雪** ㄕㄨㄤ ㄒㄩㄝˇ 霜和雪。

**霜葉** ㄕㄨㄤ ㄧㄝˋ 遇到霜就會變成紅色或黃色的樹葉。

**霜鬢** ㄕㄨㄤ ㄅㄧㄣˋ 鬢髮像霜那樣的白。

**霙** 図ㄧㄥ ㈠雪花。蘇東坡詩有「晚雨纖纖變玉霙」。㈡雨和雪一齊落下。㈢「霙霙」，形容白雲。

## 十筆

**霤** ㄌㄧㄡˋ ㈠図屋簷上的水往下流。㈡裝在屋簷下接雨水的槽管。

## 十一筆

**霧**（雺） ㄨˋ ㈠靠近地面的水蒸氣，遇冷凝成細微的水滴，漂浮瀰漫地面，濃的時候使人伸手不見五指。霧與靄之差異只在能見度的遠近，在一公里以內的是霧，一公里以上的是靄。霧與霾不同之處，在於霧是溼的，霾不會覺得有溼氣。如「白茫茫的大霧」「風吹霧散」。㈡人造的細微的水滴也叫霧。如「用噴霧器把殺蟲藥噴成一團霧，殺死了好多蚊子」。㈢迷惑恍惚，想不透的道理，也用霧來形容。如「如墮五里霧中」。㈣形容眼睛看不清。杜甫有「老眼花似霧中看」的詩句。

**霧氣** ㄨˋ ˙ㄑㄧ 氣字輕讀。霧㈠。

**霧裡看花** ㄨˋ ㄌㄧˇ ㄎㄢˋ ㄏㄨㄚ ①比喻老眼模糊，看不清楚。也作「霧中看花」。②比喻詩詞的境界不夠深切。〈人間詞話〉有「白石寫景之作，…雖格調高絕，然霧裡看花，終隔一層」。

**霪** 図ㄧㄣˊ 見「霪雨」。

**霪雨** ㄧㄣˊ ㄩˇ 図同「淫雨」。久下仍不停的雨。如「霪雨為災」。

**霨** 図ㄨㄟˋ 雲起的樣子。

## 十二筆

**霰** ㄒㄧㄢˋ 雨點遇到冷空氣凝成的雪珠，常在下雪之前降下。一般為珠狀或圓錐狀，直徑約兩公釐到五公釐，質鬆，落地即碎。

## 十三筆

**霸**（覇） ㄅㄚˋ ㈠仗著財勢作惡的壞人。如「惡霸」。㈡用強力奪取占據。如「霸道」「霸占不還」。㈢我國春秋時代五個強大的諸侯，叫「五霸」。㈣霸縣，在河北省。

**霸王** ㄅㄚˋ ㄨㄤˊ ①指霸與王。有天下的叫王，諸侯中最強大的叫霸。②霸者的尊稱。如「西楚霸王」。

**霸主** ㄅㄚˋ ㄓㄨˇ ①春秋時代勢力最大並取得首領地位的諸侯。②在某一領域或地區稱霸的人或集團。

**霸占** ㄅㄚˋ ㄓㄢˋ 強占。

**霸氣** ㄅㄚˋ ㄑㄧˋ ①劇烈；厲害。②悍勁之氣。

**霸道** ▲ㄅㄚˋ ㄉㄠˋ ①用極權統治人民。②做事蠻橫。▲ㄅㄚˋ ˙ㄉㄠ 劇烈，厲害。如「這酒很霸道」。

**霸業** ㄅㄚˋ ㄧㄝˋ 指稱霸諸侯或維持霸權的事業。

**霸權** ㄅㄚˋ ㄑㄩㄢˊ 在國際關係上以實力操縱或控制的權力。

**霸陵折柳** ㄅㄚˋ ㄌㄧㄥˊ ㄓㄜˊ ㄌㄧㄡˇ 指送別。漢朝、唐朝時在長安送客東行，多在一個名叫霸陵的地方折柳贈別。

**霹** ㄆㄧ 見「霹靂」。

**霹雷** ㄆㄧ ㄌㄟˊ 霹靂。

**霹靂** ㄆㄧ ㄌㄧˋ ①図急雷。②急雷的響聲。

**霹靂火** ㄆㄧ ㄌㄧˋ ㄏㄨㄛˇ 說性子急的人。

**露** ▲ㄌㄨˋ ㈠地面的冷空氣溫度在冰點以上，會在近地面的物體或花草上凝結成小水珠，叫露（溫度在冰點以下的凝結成霜）。如果露已形成而溫度才降到冰點以下，這種露通常叫白露。如「露水」「露點」。㈡顯現出。如「暴露」「顯露」。㈢熬煉植物蒸餾而得的飲料或是酒類。如「玫瑰露」「地骨露」。㈣屋外沒有遮蔽的地方。如「露天」「露宿」。㈤「寒露」「白露」，都是節氣名。㈥泄漏，透口風。如「透露」。㈦見「朝露」。㈧沒有封口的書信。如「露布」。㈨図給人恩澤。〈漢書・鼂錯傳〉有「露覆萬民」。

▲ㄌㄡˋ ㈠顯現，出現。如「露面」「衣服撕破了，露出脊梁來了」。㈡泄出。如「露了馬腳」「從前我說他壞，你們不信，現在他露出狐狸尾巴來了吧」。

**露天** ㄌㄨˋ ㄊㄧㄢ 指在房屋的外頭沒有遮蔽的地方。

**露水** ㄌㄨˋ ㄕㄨㄟˇ 露的水滴。

**露布** ㄌㄨˋ ㄅㄨˋ 図①古時戰勝的報告書。②不封口的書信。

**露白** ㄌㄡˋ ㄅㄞˊ 指在人面前露出自己所帶的財物。如「錢不露白」。

**露底** ㄌㄡˋ ㄉㄧˇ 泄露底細。如「這件事我只和你商量，要小心不能露底」。

**露骨** ▲図ㄌㄨˋ ㄍㄨˇ 骸骨暴露在外。▲ㄌㄡˋ ㄍㄨˇ 說話很坦率，幾乎沒有保留。如「和女朋友說話不能太露骨」。

**露宿** ㄌㄨˋ ㄙㄨˋ 在室外或野外住宿。

**露臺** ㄌㄨˋ ㄊㄞˊ 晒臺。

**露頭** ㄌㄨˋ ㄊㄡˊ ①稱礦苗：礦藏或岩層顯露在地面的部分。②出面的意思，口語裡說「露頭兒」，要說成ㄌㄡˋ ㄊㄡˊ ㄦ。

**露營** ㄌㄨˋ ㄧㄥˊ 軍隊或童子軍在野外安營露宿。

**露臉** ㄌㄡˋ ㄌㄧㄢˇ 比喻榮耀。如「這件事他做得很露臉」。

**露點** ㄌㄨˋ ㄉㄧㄢˇ 空氣中所含水蒸氣，因為溫度高低而有不同；本來不到飽和點的水蒸氣，因為溫度下降，會慢慢到達飽和點。這種使空氣中水蒸氣到達飽和點的溫度，叫「露點」。

**露相（兒）** ㄌㄡˋ ㄒㄧㄤˋ ㄦ 露出來的面目。

**露苗（兒）** ㄌㄡˋ ㄇㄧㄠˊ ㄦ 礦脈顯露到地面上。

**露面（兒）** ㄌㄡˋ ㄇㄧㄢˋ ㄦ 出面。如「這一件事得他親自處理，都拖這麼久了，他怎麼還不露面兒」。

**露珠（兒）** ㄌㄨˋ ㄓㄨ ㄦ 露水凝結像珠子，叫做露珠。

**露一手** ㄌㄡˋ ㄧˋ ㄕㄡˇ 在某一方面或某件事上顯示本領。如「這次運動會他可露了一手」。

**露脊鯨** ㄌㄨˋ ㄐㄧˇ ㄐㄧㄥ 鯨的一種，背部黑色，腹部白色，兩側有雲塊狀斑紋。頭大，眼小，沒有牙齒，上顎有薄片狀的鯨鬚。性凶猛。

**露馬腳** ㄌㄡˋ ㄇㄚˇ ㄐㄧㄠˇ 比喻隱蔽的事實真相泄漏出來。如「說謊早晚總要露出馬腳來」。

**露頭角** ㄌㄨˋ ㄊㄡˊ ㄐㄧㄠˇ 比喻初次顯露才能。如「嶄露頭角」。

**露餡兒** ㄌㄡˋ ㄒㄧㄢˋ ㄦ 包子、餃子的外皮破裂，露出裡面的餡兒來。比喻人的祕密泄漏（含貶義）。

**露天劇場** ㄌㄨˋ ㄊㄧㄢ ㄐㄩˋ ㄔㄤˇ 在露天的地方公演戲劇或電影的劇場。

**露水夫妻** ㄌㄨˋ ㄕㄨㄟˇ ㄈㄨ ㄑㄧ 指暫時結合的非正式的夫妻。

**露尾藏頭** ㄌㄨˋ ㄨㄟˇ ㄘㄤˊ ㄊㄡˊ 見「藏頭露尾」。

**露宿風餐** ㄌㄨˋ ㄙㄨˋ ㄈㄥ ㄘㄢ 形容旅途或野外生活的艱苦。也作「餐風宿露」。

## 十四筆

**霾** ㄇㄞˊ ㈠大氣顯現淺藍或微黃色的混濁現象，能見度不高，原因是大氣中有很多懸浮的微粒的煙塵或鹽粒。不過霾不像霧；霧有溼氣，霾沒有溼氣。㈡大風揚起地上的塵土，再慢慢飄落。〈詩經〉有「終風且霾」，俗話說「落黃沙」。㈢見「陰霾」。

**霽（霁）** 〔文〕ㄐㄧˋ ㈠雨住了，霧散了，雪不下了，都叫「霽」。如「大雪初霽」「秋雨新霽」。㈡比喻怒氣消失。如「天威且霽」。㈢見「霽月」。

**霽月** ㄐㄧˋ ㄩㄝˋ 〔文〕①雨後的明月。②說人胸懷開朗。如「光風霽月」。

## 十六筆

**靆** 〔文〕ㄉㄞˋ 見「靉靆」。

**靂（雳）** ㄌㄧˋ 見「霹靂」。

**靈（霛、灵）** ㄌㄧㄥˊ ㈠〔文〕昔時指跳舞引神的女巫。㈡神。如「神靈」。㈢死者的魂魄。如「靈魂」。㈣對鬼神表敬意的詞。如「靈柩」「靈籤」。㈤靈柩的簡稱。如「移靈」「停靈」。㈥指人的精神狀態。如「性靈」。㈦機敏，不呆滯。如「靈巧」「靈活」。㈧能應驗。如「靈驗」「靈藥」。㈨通曉事理。〈莊子．天地〉有「大愚者，終身不靈」。㈩通人性。如「靈犬」。(十一)快速。如「靈通」。(十二)居首要的地位。如「人是萬物之靈長」。(十三)姓。

**靈几** ㄌㄧㄥˊ ㄐㄧ 棺旁的几。也指死者之前（用於輓聯祭幛的上款）。

**靈丹** ㄌㄧㄥˊ ㄉㄢ 有效驗的丹藥。

**靈右** ㄌㄧㄥˊ ㄧㄡˋ 輓聯落款用語，寫在上款死者名諱和稱謂的下面。如「某某先生靈右」。

**靈巧** ㄌㄧㄥˊ ㄑㄧㄠˇ 不呆笨。

**靈光** ㄌㄧㄥˊ ㄍㄨㄤ ①指神異的光輝。②指畫在神像頭部的光環。③好；效果好。如「他的頭腦笨，做這種事不靈光」。

**靈位** ㄌㄧㄥˊ ㄨㄟˋ 用紙綾做的死人的暫時的牌位。

**靈秀** ㄌㄧㄥˊ ㄒㄧㄡˋ 〔文〕靈秀之氣。如「靈秀所鍾」。

**靈車** ㄌㄧㄥˊ ㄔㄜ 運送靈柩或骨灰盒的車。

**靈性** ㄌㄧㄥˊ ㄒㄧㄥˋ ①天賦的聰明才智。②指動物經人的馴養、訓練而具有的智慧。

**靈床** ㄌㄧㄥˊ ㄔㄨㄤˊ ①停屍的床。②靈座也叫靈床。

**靈芝** ㄌㄧㄥˊ ㄓ 一種真菌，又名瑞草、神芝、紅芝。寄生在竹類或闊葉樹的枝幹，除了南北兩極，普遍分布於世界各地。中國古來認為靈芝是吉祥的植物，可用以裝飾、觀賞、辟邪、醫藥。古書記載，靈芝能治百病，久食強身延壽，為強壯滋補之珍品。臺灣中部種植極多，並已製劑出售。

**靈長** ▲ㄌㄧㄥˊ ㄔㄤˊ 綿延長久。如「賴嗣君英略，晉祚靈長」（見於〈晉書・王敦傳論〉）。▲ㄌㄧㄥˊ ㄓㄤˇ 居首要的地位。

**靈便** ㄌㄧㄥˊ ㄅㄧㄢˋ ①四肢五官靈活，靈敏。如「手腳靈便」。②工具輕巧，使用方便。如「這把鉗子使著真靈便」。

**靈前** ㄌㄧㄥˊ ㄑㄧㄢˊ 靈位之前。

**靈柩** ㄌㄧㄥˊ ㄐㄧㄡˋ 死者已經入殮的棺材。

**靈活** ㄌㄧㄥˊ ㄏㄨㄛˊ 不呆板。

**靈座** ㄌㄧㄥˊ ㄗㄨㄛˋ 図死者設奠的地方。也作「靈坐」。

**靈效** ㄌㄧㄥˊ ㄒㄧㄠˋ 神效；靈驗。如「這藥很靈效，一服病就好了」。

**靈堂** ㄌㄧㄥˊ ㄊㄤˊ 停靈柩、放骨灰或設置遺像供人弔唁的大廳。

**靈敏** ㄌㄧㄥˊ ㄇㄧㄣˇ 反應快；能對極其微弱的刺激迅速反應。

**靈異** ㄌㄧㄥˊ ㄧˋ ①神怪。②神奇，奇異。

**靈符** ㄌㄧㄥˊ ㄈㄨˊ 有神靈的符籙。

**靈透** ㄌㄧㄥˊ ˙ㄊㄡ 聰明。也作「伶透」。

**靈通** ㄌㄧㄥˊ ㄊㄨㄥ （消息）來得快；來源廣。如「消息靈通」。

**靈媒** ㄌㄧㄥˊ ㄇㄟˊ 迷信的人指某些在神靈附身或控制下，能使人世和靈界溝通的有特殊能力的人。

**靈犀** ㄌㄧㄥˊ ㄒㄧ 犀牛角。舊說犀牛角裡有一道白線紋，通達兩端，因此比喻兩人心意相通。李商隱〈無題〉詩有「身無彩鳳雙飛翼，心有靈犀一點通」。也作「通犀」。

**靈童** ㄌㄧㄥˊ ㄊㄨㄥˊ 道家語，指玉童、仙童。

**靈感** ㄌㄧㄥˊ ㄍㄢˇ ①文學、藝術方面所說的「情感的突然湧現」；也根據原文 inspiration 音譯為「煙士披里純」。②宗教家說的「超乎自然作用的一種精神感應」。③不用平常的感覺器官而能使精神互相交通。又稱「遠隔知覺」。④相信神靈的人指「神力的靈驗」。

**靈寢** ㄌㄧㄥˊ ㄑㄧㄣˇ 停放靈柩的地方。

**靈臺** ㄌㄧㄥˊ ㄊㄞˊ ①図心靈。②甘肅省縣名。

**靈魂** ㄌㄧㄥˊ ㄏㄨㄣˊ ①哲學方面說人的精神、心意，對肉體說的。②宗教家認為人的「脫離軀殼也能存在的實體」，是心意的實體，而不是作用。③文學方面指作品所代表的意識和意義。

**靈機** ㄌㄧㄥˊ ㄐㄧ ①活潑的心思。②忽然發生的意念。如「我靈機一動，就那麼做了」。

**靈貓** ㄌㄧㄥˊ ㄇㄠ 哺乳動物，嘴尖，耳朵窄，毛灰黃色，有黑褐色斑紋。肛門下部有分泌腺，能發出香味。

**靈旛** ㄌㄧㄥˊ ㄈㄢ 出殯時孝子所舉的旗子，上面寫著死者的名號。

**靈藥** ㄌㄧㄥˊ ㄧㄠˋ 非常有效驗的藥。舊時指仙藥。

**靈櫬** ㄌㄧㄥˊ ㄔㄣˋ 靈柩。

**靈籤** ㄌㄧㄥˊ ㄑㄧㄢ 指有靈驗的占卜用的細長小竹片兒或小細棍兒。

**靈驗** ㄌㄧㄥˊ ㄧㄢˋ ①奇妙的功效。如「這種藥十分靈驗」。②預言的應驗。

**靈性（兒）** ㄌㄧㄥˊ ㄒㄧㄥˋ ㄦ 天賦的聰明。

**靈牌（兒）** ㄌㄧㄥˊ ㄆㄞˊ ㄦ 靈位或木主。

**靈長目** ㄌㄧㄥˊ ㄓㄤˇ ㄇㄨˋ 哺乳動物的一目，是最高等的哺乳動物。大腦較發達，面部短。四肢都有五趾，便於握物。猴、人猿屬於這一目。

**靈敏度** ㄌㄧㄥˊ ㄇㄧㄣˇ ㄉㄨˋ ①無線電接收機接收信號的能力。②某些儀表的精確程度。

**靄** 図ㄞˇ ㈠大氣中浮游著細微水滴而顯現出的「水氣現象」。平常有如灰色的薄膜罩住地面，使能見度降低，但是不如濃霧的嚴重，其相對溼度往往低於百分之九十五。㈡泛稱較低的雲氣。如「暮靄」。㈢図「靄靄」，雲層密集的樣子。

## 十七筆

**靉** 図ㄞˋ 見「靉靆」。

**靉靆** ㄞˋ ㄉㄞˋ 図①雲層厚。如「朝雲靉靆」。②古人指用透明而薄的礦物綴成的「鏡片」，從腦後繫牢，能使「筆畫倍明」。

## 青部

**青** ▲ㄑㄧㄥ ㈠顏色名：①綠色。如「青山綠水」。②藍色。如「青天白日」。③黑色。如「青衣」。㈡綠色的。如「踏青」。㈢由樹木發生時的顏色比喻人年少的時期。如「青年」「青春」。㈣図竹皮。如「殺青」「汗青」。㈤古九州之一，其地在今山東省北部到遼寧省遼河以東一帶。㈥青海省的簡稱。㈦青島市的簡稱。㈧姓。
▲ㄐㄧㄥ 通「菁」。

**青山** ㄑㄧㄥ ㄕㄢ 綠色的山。

**青天** ㄑㄧㄥ ㄊㄧㄢ ①晴朗無雲的天空。②図舊時說賢明廉潔的官吏是「青天大人」。

**青史** ㄑㄧㄥ ㄕˇ 古人用竹簡記事。竹皮原是青色，所以稱史籍為青史。如「名留青史」。

**青布** ㄑㄧㄥ ㄅㄨˋ 黑色的布。

**青玉** ㄑㄧㄥ ㄩˋ ①藍寶石。②青金石。

**青白** ㄑㄧㄥ ㄅㄞˊ 沒有血色；白而略發青。如「臉色青白」。

**青皮** ㄑㄧㄥ ㄆㄧˊ ①橘子未黃時的皮，晒乾可以入藥。②無賴。如「青皮流氓」（舊小說裡常見）。

**青石** ㄑㄧㄥ ㄕˊ 青色的岩石，可以做建築材料或石碑。

**青年** ㄑㄧㄥ ㄋㄧㄢˊ ①指人十五六歲到三十歲左右的階段。如「青年人」。②指上述年齡的人。如「新青年」。

**青衣** ㄑㄧㄥ ㄧ ①黑色的衣服。如「青衣小帽」。②舊劇中旦角的一種，扮演莊重的中年或青年婦女，因常穿青衫而得名。

**青豆** ㄑㄧㄥ ㄉㄡˋ 子實表皮青色的大豆。

**青果** ㄑㄧㄥ ㄍㄨㄛˇ ①新鮮的水果。②橄欖的別名。

**青盲** ㄑㄧㄥ ㄇㄤˊ ①色盲之一種，患者不能分辨青色。②中醫指青色眼。

**青空** ㄑㄧㄥ ㄎㄨㄥ 蔚藍的天空。

**青花** ㄑㄧㄥ ㄏㄨㄚ ①端溪硯臺的細紋。②瓷器的花色，在白色底子上畫藍色花紋。如「青花瓷」。

**青青** ▲ㄑㄧㄥ ㄑㄧㄥ 形容青綠色很濃厚。如「青青的草地」「池光天影共青青」。▲図ㄐㄧㄥ ㄐㄧㄥ 同「菁菁」。

**青春** ㄑㄧㄥ ㄔㄨㄣ ①指青年時期。如「青春不再」。②図問比自己年輕的人「多少歲」的話。如「青春幾何」。

**青苗** ㄑㄧㄥ ㄇㄧㄠˊ 沒有成熟的莊稼。（多指糧食作物）。

**青苔** ㄑㄧㄥ ㄊㄞˊ 長在陰溼地方的綠色苔蘚植物。

**青衫** ㄑㄧㄥ ㄕㄢ 黑色的衣服。

**青草** ㄑㄧㄥ ㄘㄠˇ 綠色的草（區別於「乾草」）。

**青蚨** ㄑㄧㄥ ㄈㄨˊ ①昆蟲，形狀像蟬，比蟬大。②図比喻金錢。

**青衿** ㄑㄧㄥ ㄐㄧㄣ 図舊時讀書人穿的一種衣服。後來也稱學生為青衿，同時借指年少的人。

**青梅** ㄑㄧㄥ ㄇㄟˊ 青的梅子，可以做蜜餞。

**青瓷** ㄑㄧㄥ ㄘˊ 不繪畫而塗上淡青色的釉的瓷器。

**青眼** ㄑㄧㄥ ㄧㄢˇ 図指人高興時眼睛正著看，黑色的眼珠在中間。比喻對人的喜愛或重視（與「白眼」相對）。

**青魚** ㄑㄧㄥ ㄩˊ 魚名，體狹長，長一兩尺，背部青黑色，鱗闊大，產在淡水裡。

**青棒** ㄑㄧㄥ ㄅㄤˋ 青年棒球的簡稱，球員是高中或高職學生。

**青筋** ㄑㄧㄥ ㄐㄧㄣ 指皮膚下可以看見的靜脈血管。如「他一生氣，青筋就都顯出來了」。

**青紫** ㄑㄧㄥ ㄗˇ ①図指古代高官印綬、服飾的顏色。比喻高官顯爵。②皮膚或黏膜呈現青紫色。也叫發紺。

**青絲** ㄑㄧㄥ ㄙ ①図黑色的頭髮。②把青梅之類切成細絲，點綴在食品上的，叫「青絲」。

**青菜** ㄑㄧㄥ ㄘㄞˋ ①與白菜相近的一種菜，葉子直立，勺形或圓形，綠色。②蔬菜的通稱。

**青蛙** ㄑㄧㄥ ㄨㄚ 兩棲動物，頭部扁而寬，口闊，眼大，皮膚光滑，通常是綠色，趾間有蹼。生活在水中或近水的地方，善跳躍，會游泳。

**青雲** ㄑㄧㄥ ㄩㄣˊ ①指高空。②比喻顯要的地位。如「青雲直上」「平步青雲」。

**青睞** ㄑㄧㄥ ㄌㄞˋ 青眼。

**青稞** ㄑㄧㄥ ㄎㄜ 產在寒地的一種麥類，可以釀酒。四川、西康、新疆、西藏一帶人民拿它做主要的食糧。

**青蔥** ㄑㄧㄥ ㄘㄨㄥ ①青翠的顏色。②蔥。

**青綠** ㄑㄧㄥ ㄌㄩˋ 深綠。如「青綠的松林」。

**青蒜** ㄑㄧㄥ ㄙㄨㄢˋ 嫩的蒜梗和蒜葉，做菜用。

**青翠** ㄑㄧㄥ ㄘㄨㄟˋ 鮮綠。如「雨後，垂柳顯得格外青翠」。

**青銅** ㄑㄧㄥ ㄊㄨㄥˊ ①銅和錫的合金，加上鋅的。②図指鏡子。

**青樓** ㄑㄧㄥ ㄌㄡˊ 妓院的雅稱。杜牧詩有「十年一覺揚州夢，贏得青樓薄倖名」。

**青蝦** ㄑㄧㄥ ㄒㄧㄚ 蝦的一種，身體長約十公分，表面有棕綠色斑紋，生活在河口或海灘近旁。

**青燈** ㄑㄧㄥ ㄉㄥ 図指油燈。油燈的光青熒。

**青龍** ㄑㄧㄥ ㄌㄨㄥˊ ①二十八宿中東方七宿的合稱。也叫蒼龍。②道教所信奉的東方之神。

**青幫** ㄑㄧㄥ ㄅㄤ 幫會的一種，清朝陳園所創，以「反清復明」為宗旨。最初參加的多半是在運河上以運輸糧食為業的人。

**青蠅** ㄑㄧㄥ ㄧㄥˊ ①蠅的一種，長約一公分，金綠色，背有細黑毛。②図〈詩經．小雅〉篇名，比喻進讒的人。

**青礬** ㄑㄧㄥ ㄈㄢˊ 綠礬。

**青黴** ㄑㄧㄥ ㄇㄟˊ 囊子菌類，寄生在飯、餅、糊或果品上，有變化分解的作用，呈綠色。

**青鹽** 池鹽。

**青少棒** 青少年棒球的簡稱，球員是國中學生。參看「棒球」。

**青田石** 一種以葉蠟石為主要成分的石料，產於浙江省青田縣，是製印章的上品。

**青白眼** 青眼和白眼。比喻對人的重視和輕視。參看「青眼」和「白眼」條。

**青石英** 含磁鐵礦的石英岩。

**青光眼** 眼病，症狀是瞳孔放大，角膜水腫，劇烈頭痛，嘔吐，視力減退，甚至完全喪失。也叫綠內障。

**青年期** 自春情發動到成熟的時期，時間的遲早和久暫，各人不同，大約自十二三歲到十七八歲。一般女子比男子早一兩年。

**青年節** 民國三十二年，三民主義青年團在重慶召開第一次全國代表大會，請政府規定每年三月二十九日為青年節。

**青年會** 基督教青年會的簡稱。西元一八四四年由喬治·威廉爵士領導，在倫敦創立。後來擴展為國際性組織，以服務為宗旨。

**青竹絲** 毒蛇名，全身綠色，體長約一尺七寸，毒性很大。也叫「竹葉青」。

**青春痘** 皮膚病，多生在青年人的面部。通常是圓錐形的小紅疙瘩，有的有黑頭。多由於皮脂腺分泌過多、消化不良、便泌等引起。

**青春期** 男女生殖器官發育成熟的時期。通常男子的青春期是十五歲到十六歲；女子的青春期是十三歲到十四歲。

**青海苔** 綠藻類，呈細長形囊狀，顏色鮮綠，可以吃。

**青紗帳** 指我國北方在夏秋之間長得高而密的大面積高粱地、玉米田等。也作「青紗障」。

**青琅玕** 孔雀石。又名「青石珠」。

**青雲志** 図①遠大的志願。②高潔的志願。

**青銅器** 用青銅製成的器具或工具。

**青蓮色** 淺紫色。

**青黴素** 消炎的特效藥，也叫「盤尼西林」。

**青天白日** ①比喻光明，清明。②白天。如「青天白日還怕什麼」。

**青天霹靂** 比喻突然發生的使人震驚而無從預防的重大事件。

**青出於藍** 図比喻學生勝過老師。〈荀子·勸學〉篇有「青出於藍而勝於藍」。

**青衣小帽** 舊時指平民的便服，也指平民。

**青紅皁白** 不同的顏色。比喻辨別分明。如「不問青紅皁白」。

**青面獠牙** 形容面貌很凶惡。

**青梅竹馬** 幼小兒女結伴嬉戲，天真而不避嫌疑。李白詩有「郎騎竹馬來，遶床弄青梅」。

**青雲直上** 比喻仕途得意，升遷得很快。

**青黃不接** 舊穀已經吃完了新穀還沒熟的時候。比喻不能接續，偶然也有缺乏的意思。

**青銅時代** 歷史家用人類所用的器物區分人類進化的一個時代，在銅器時代之後，鐵器時代之前。

**青燈黃卷** ㄑㄧㄥ ㄉㄥ ㄏㄨㄤˊ ㄐㄩㄢˋ 図油燈和書卷。比喻夜以繼日地用功讀書。

## 五筆

**靖** ㄐㄧㄥˋ ㈠平安。如「地方不靖」。㈡図安定，平定，作動詞用。如「綏靖」「靖難」。㈢靖縣，在湖南省。㈣姓。

**靖亂** ㄐㄧㄥˋ ㄌㄨㄢˋ 図平定國家內部重大的亂事。

**靖難** ㄐㄧㄥˋ ㄋㄢˋ 解除危難，使國家的局勢安定。

## 七筆

**靚** ㄐㄧㄥˋ 図古人指女人用化妝品作面部化妝。如「靚妝」。

**靚妝** ㄐㄧㄥˋ ㄓㄨㄤ 図女人在臉上用脂粉化妝。

## 八筆

**靜(静)** ㄐㄧㄥˋ ㈠「動」的反義詞，安定，沒有動作。如「樹欲靜而風不止」。㈡沒有聲音。如「靜謐」「夜深人靜」。㈢心意不動亂。如「靜心」「靜思」。㈣図清掃，清除。如「靜室」。㈤道家修養的名稱。〈雲笈七籤〉有「修煉之士當須入靜」。

**靜心** ㄐㄧㄥˋ ㄒㄧㄣ 図心思不亂動。

**靜止** ㄐㄧㄥˋ ㄓˇ 不動。

**靜水** ㄐㄧㄥˋ ㄕㄨㄟˇ 不流動的水。也稱「止水」。

**靜好** ㄐㄧㄥˋ ㄏㄠˇ 図安樂美好（見〈詩經・鄭風・女曰雞鳴〉）。

**靜坐** ㄐㄧㄥˋ ㄗㄨㄛˋ ①靜靜地坐著。②道家的修煉功夫。

**靜室** ㄐㄧㄥˋ ㄕˋ 図①清除宮室，以保潔淨安全。②清靜的居室。

**靜美** ㄐㄧㄥˋ ㄇㄟˇ 美學名詞。指靜止狀態之美（與「動美」相對）。如自然方面的山石草木之美，藝術方面的詩畫雕刻等都是。（動美，指活動狀態之美。如自然方面的波濤之美，藝術方面的音樂、戲劇等都是。）

**靜風** ㄐㄧㄥˋ ㄈㄥ 通用風級表的零級風，風速每小時不到兩公里（每秒只有〇・一到〇・二公尺）；陸地上平靜，煙直上（參看「風速」條）。

**靜候** ㄐㄧㄥˋ ㄏㄡˋ 安靜地等待。如「靜候佳音」。

**靜息** ㄐㄧㄥˋ ㄒㄧ ①靜止；不動。如「樹上的鳥兒都靜息了」。②安靜休息。如「吃過營養午餐就是靜息時間」。

**靜脈** ㄐㄧㄥˋ ㄇㄞˋ 生理學上指把血液由組織送回心臟的血管，稱為靜脈。靜脈管壁比動脈薄，彈性纖維也比較少，容量比較大，所送血液含氧量比動脈少。

**靜寂** ㄐㄧㄥˋ ㄐㄧˊ 寂靜。如「清晨江面靜寂」。

**靜電** ㄐㄧㄥˋ ㄉㄧㄢˋ 在不流動的靜止狀態之中的電。用貓皮擦玻璃棒就能發生靜電。

**靜態** ㄐㄧㄥˋ ㄊㄞˋ ①靜止狀態。如「靜態電流」。②從靜態來考察研究的。如「靜態分析」。

**靜僻** ㄐㄧㄥˋ ㄆㄧˋ 幽靜偏僻的地方。

**靜養** ㄐㄧㄥˋ ㄧㄤˇ 安心養病，使身體恢復健康。

**靜穆** ㄐㄧㄥˋ ㄇㄨˋ 図安靜莊嚴。

**靜默** ㄐㄧㄥˋ ㄇㄛˋ ①不出聲。②一種表示哀悼或紀念的禮儀。

**靜謐** ㄐㄧㄥˋ ㄇㄧˋ 図安靜。如「靜謐的園林」。

**靜聽** ㄐㄧㄥˋ ㄊㄧㄥ 安靜地傾聽。如「屏息靜聽」。

**靜觀** ㄐㄧㄥˋ ㄍㄨㄢ 冷靜地觀察。如「靜觀默察」。

**靜物畫** ㄐㄧㄥˋ ㄨˋ ㄏㄨㄚˋ 美術方面指對於室內器物的繪畫。

**靜電計** ㄐㄧㄥˋ ㄉㄧㄢˋ ㄐㄧˋ 測量電荷量大小的儀器。

**靜悄悄地** ㄐㄧㄥˋ ㄑㄧㄠ ㄑㄧㄠ ˙ㄉㄜ 沒有一點兒聲音。

**靜脈曲張** ㄐㄧㄥˋ ㄇㄞˋ ㄑㄩ ㄓㄤ 靜脈擴張、伸長或彎曲的症狀。患者下肢靜脈血液回流受阻，小腿發脹，沉重，容易疲勞。

**靜脈注射** ㄐㄧㄥˋ ㄇㄞˋ ㄓㄨˋ ㄕㄜˋ 把藥水注射到靜脈管內。

**靜電感應** ㄐㄧㄥˋ ㄉㄧㄢˋ ㄍㄢˇ ㄧㄥˋ 導體接近帶電體時表面上產生電荷的現象。

# 靛

ㄉㄧㄢˋ ㈠青色染料，用藍草葉子的汁和（ㄏㄨㄛˋ）水及石灰沉澱而成。也叫做藍靛、靛青。又稱藍澱。㈡顏色名，是藍色與紫色當中的中間色。參看「七色」條。

## 非部

# 非

▲ㄈㄟ ㈠文不是。如「是耶？非耶？」（是嗎？不是嗎？）「非賣品」。㈡不。如「這件事非這樣做不能成功」「非去不可」。㈢文無。如「非辜」。㈣不合。如「非分」「非禮」。㈤文責難。如「非難」。㈥文反對。如「非攻」。㈦譏評。如「非議」「非謗」。㈧文過失。如「文過飾非」。㈨文不正。如「非類」。㈩阿非利加洲的簡稱。如「非洲」「北非」。

**非人** ㄈㄟ ㄖㄣˊ 文①指殘廢的人。②指行為不端的人。③佛教指神怪之類。

**非凡** ㄈㄟ ㄈㄢˊ 與眾不同。

**非分** ㄈㄟ ㄈㄣˋ 文不合本分；不是本分應有的。

**非但** ㄈㄟ ㄉㄢˋ 不但。也作「非獨」。

**非命** ㄈㄟ ㄇㄧㄥˋ 橫死。如「死於非命」。

**非法** ㄈㄟ ㄈㄚˇ 不合法，違法。

**非非** ㄈㄟ ㄈㄟ ①想得太玄，離事實太遠。如「想入非非」。②文非議錯誤的人或事。第一個非作動詞。③文並不是不對。如「事有似非而非非，類是而非是者」。

**非計** ㄈㄟ ㄐㄧˋ 文不是好辦法。

**非特** ㄈㄟ ㄊㄜˋ 文連詞，不但。

**非笑** ㄈㄟ ㄒㄧㄠˋ 文嘲笑，譏笑。

**非常** ㄈㄟ ㄔㄤˊ ①特別的，不平常。②文突然來的禍患。漢書有「修武備，備非常」。③文有違常規。

**非得** ㄈㄟ ㄉㄟˇ ①不是。如「這件事非得這麼辦才成嗎」。②必須。如「你非得去」（是「你非得去不可」的省略）。

**非望** ㄈㄟ ㄨㄤˋ 文非分的期望。

**非獨** ㄈㄟ ㄉㄨˊ 文不但。如「蜜蜂能傳花粉，非獨無害，而且有益」。

**非禮** ㄈㄟ ㄌㄧˇ 不合禮節；不禮貌。

**非難** ㄈㄟ ㄋㄢˋ 指摘和責問。

**非類** ㄈㄟ ㄌㄟˋ 文①匪徒。②不同種族的。

**非議** ㄈㄟ ㄧˋ 責備（多用於否定式）。如「無可非議」。

**非正式** ㄈㄟ ㄓㄥˋ ㄕˋ 不是正式的。

**非肥皂** ㄈㄟ ㄈㄟˊ ㄗㄠˋ 把鹼在油脂裡調勻，因為化學作用生出一種混合液，加入食鹽水，使帶肥皂的液體上浮，取出後冷卻凝固，再壓碎成粉狀，叫

「非肥皂」。可以做洗滌劑。

**非金屬**　一般沒有金屬光澤，沒有延展性，具有不易導電、傳熱等性質的物質，如氧、氮、硫、磷、溴等。

**非賣品**　不是出售的東西。

**非同小可**　不是小事。形容事態的重大。

**非常上訴**　法律名詞。刑事判決確定後，發現其審判有違法情形，由最高法院檢察長請求最高法院撤銷違法的原判決，叫做非常上訴。

**非常時期**　在某一段時間內國家社會處於非常狀態，叫做非常時期。政府為帶領國民度過這一段期間，常常實施戒嚴。

**非親非故**　不是親人也不是故舊。

**非驢非馬**　譏笑人所做不倫不類的事。

**非婚生子女**　沒有婚姻關係的男女所生的子女（與「婚生子女」相對）。

## 七筆

# 靠

ㄎㄠˋ　㈠相接近。如「靠近」「左邊靠中山路有書店」。㈡人坐著或站著，把部分體重由別人或物支撐。如「他的頭靠在我的肩上」。㈢倚仗。如「靠著他的拉拔，我才站得起來」。㈣使長形物憑藉他物而立。如「把竹竿靠在牆上」。㈤信賴。如「誠實可靠」。㈥用以支撐的物體或力量。如「靠背」「靠山」。㈦戲曲中古代武將所穿的鎧甲。如「紮靠」「靠把」。

**靠手**　椅子邊上的扶手。

**靠岸**　船向碼頭或岸邊攏近。

**靠枕**　半躺半坐時靠在腰後的枕頭。

**靠近**　接近。

**靠背**　▲ㄎㄠˋ ㄅㄟˋ　椅背。▲ㄎㄠˋ ·ㄅㄟ　舊戲武生所披的鎧甲。也作「靠把」。

**靠旗**　舊劇中紮靠的武將背後插的三角形繡旗，大都是四面。

**靠攏**　①接近。②向某種勢力獻媚投靠。

**靠邊**　①靠近邊緣；靠到旁邊。如「行人靠邊走」。②比喻近乎情理。如「這話說得還靠邊兒」。

**靠山（兒）**　比喻可以依靠的有力量的人或集體。

**靠不住**　不字輕讀。不可靠；不能相信。如「這話靠不住」。

**靠得住**　可靠；可以信任。如「這個消息靠得住嗎」。

**靠山吃山，靠水吃水**　比喻為了某一種目的，充分利用周圍現成的有利條件。

## 十一筆

# 靡

▲図ㄇㄧˊ　㈠順勢而倒。如「披靡」。㈡衰弱，不能振起。如「委靡不振」。㈢奢侈。如「靡麗」。㈣無。如「天難諶，命靡常」「室靡器物」。

▲ㄇㄧˊ　㈠不必要的消費。如「靡費」。㈡「靡爛」，同「糜爛」。

**靡費**　図不必要的消費。

**靡麗**　図奢華，過分裝飾。

**靡靡之音**　図淫蕩的音樂聲。也作「靡靡之聲」「靡靡之樂（ㄩㄝˋ）」。

# 面部

**面（靣）** ㄇㄧㄢˋ ㈠頭顱的前半部，就是臉。如「笑容滿面」「面孔」。㈡當面的，直接的。如「面談」「面交」。㈢物的外表。如「地面」「封面」。㈣事理或物品的一邊。如「光明面」「正面」。㈤方向。如「這一面」「那一面」。㈥方位。如「東面」「西面」。㈦對著。如「面山而居」「達摩面壁」。㈧見。如「一面之交」「素未謀面」。㈨情形，局勢。如「市面」「局面」。㈩見「面子」。㈪幾何學上說「線」移動而成的形跡。如「平面」「面積」。㈫量詞：①用於扁平的物體。如「一面旗」「兩面鏡子」。②人與人相會的次數。如「和他見過一面」。

**面子** ㄇㄧㄢˋ ㄗ˙ ①體面，光榮。如「丟面子的事」。②情面。如「看我面子，饒了他吧」。③事情的表層。如「這一次交涉，他得了面子；咱們得到裡子——實利」。

**面孔** ㄇㄧㄢˋ ㄎㄨㄥˇ 臉。

**面世** ㄇㄧㄢˋ ㄕˋ 図作品、產品與世人見面；問世。如「詩人的兩本新作面世」。

**面斥** ㄇㄧㄢˋ ㄔˋ 當面指斥。如「面斥其過」。

**面生** ㄇㄧㄢˋ ㄕㄥ 不熟識，生面孔。

**面皮** ㄇㄧㄢˋ ㄆㄧˊ 臉皮。

**面目** ㄇㄧㄢˋ ㄇㄨˋ ①面貌①。如「面目可憎」。②面貌②。「不識廬山真面目」。③面子；臉面。如「沒有面目見人」。

**面交** ㄇㄧㄢˋ ㄐㄧㄠ 當面交付。如「這封信請面交校長」。

**面色** ㄇㄧㄢˋ ㄙㄜˋ 臉色。

**面折** ㄇㄧㄢˋ ㄓㄜˊ 図當面斥責他人的過失。

**面具** ㄇㄧㄢˋ ㄐㄩˋ ①假的人臉兒，用皮、紙板或塑膠做的。②戴在面部能起遮擋保護作用的東西。如「防毒面具」。

**面前** ㄇㄧㄢˋ ㄑㄧㄢˊ 面對著的地方。

**面洽** ㄇㄧㄢˋ ㄑㄧㄚˋ 當面接洽。

**面相** ㄇㄧㄢˋ ㄒㄧㄤˋ 相貌；樣子。如「他面相和善，似乎容易接近」。

**面面** ㄇㄧㄢˋ ㄇㄧㄢˋ ①面對面，指兩人相對著。如「面面相覷」。②各方面。如「面面俱到」。

**面首** ㄇㄧㄢˋ ㄕㄡˇ 図舊時指供貴婦人玩弄的美男子。（面：指臉。首：指頭髮。）

**面值** ㄇㄧㄢˋ ㄓˊ 票據等上面標明的金額。

**面容** ㄇㄧㄢˋ ㄖㄨㄥˊ 面貌；容貌。

**面皰** ㄇㄧㄢˋ ㄆㄠˋ 一種面部慢性皮膚病，也叫「粉刺」。

**面紗** ㄇㄧㄢˋ ㄕㄚ 婦女蒙在臉上的紗。

**面商** ㄇㄧㄢˋ ㄕㄤ 當面商量。

**面敘** ㄇㄧㄢˋ ㄒㄩˋ 當面敘談。如「明日請到寒舍面敘」。

**面晤** ㄇㄧㄢˋ ㄨˋ 図會面。

**面部** ㄇㄧㄢˋ ㄅㄨˋ 眉、目、口、鼻等所在的部位。

**面陳** ㄇㄧㄢˋ ㄔㄣˊ 図當面陳述。

**面善** ㄇㄧㄢˋ ㄕㄢˋ ①面熟。如「這人看著面善，像在哪兒見過」。②面容和藹。如「他人面善，容易接近」。

**面會** ㄇㄧㄢˋ ㄏㄨㄟˋ 相見。

**面罩** ㄇㄧㄢˋ ㄓㄠˋ 擋在或戴在面部，起遮蔽或保護作用的器物。

**面試** ㄇㄧㄢˋ ㄕˋ 對應試著進行當面測試。

**面嫩** ㄇㄧㄢˋ ㄋㄣˋ 初出社會做事，羞澀不大方。

**面貌** ㄇㄧㄢˋ ㄇㄠˋ ①臉的形狀；相貌。②比喻事物所呈現的景象、狀態。

**面熟** ㄇㄧㄢˋ ㄕㄡˊ 面貌熟悉（但說不出是誰）。如「這人很面熟」。

**面談** ㄇㄧㄢˋ ㄊㄢˊ 當面商談；當面交談。

**面諛** ㄇㄧㄢˋ ㄩˊ 図當面阿諛。如「面諛，腹非，都是不當的行為」。

**面壁** ㄇㄧㄢˋ ㄅㄧˋ 図臉對著牆。①佛堂坐禪的別名。如「達摩面壁」；比喻造詣高深。②形容不睬不理，不介意。〈晉書・王述傳〉說謝奕痛罵王述：「述無所應，惟面壁而已」。③無所用心。〈南唐近事〉記載常夢錫剛直不阿，在家只是「垂幃痛飲，面壁而已」。④瞎編捏造。如「面壁虛構」。

**面積** ㄇㄧㄢˋ ㄐㄧ 平面或物體表面的大小。

**面臨** ㄇㄧㄢˋ ㄌㄧㄣˊ 面前遇到（問題、形勢等）。如「面臨種種問題都亟待解決」。

**面額** ㄇㄧㄢˋ ㄜˊ 票面的數額。如「各種面額的新臺幣」。

**面議** ㄇㄧㄢˋ ㄧˋ 當面商議。如「價格面議」。

**面龐（兒）** ㄇㄧㄢˋ ㄆㄤˊ（ㄦ） 面貌，面孔。

**面不改色** ㄇㄧㄢˋ ㄅㄨˋ ㄍㄞˇ ㄙㄜˋ 形容臨危從容鎮靜，不畏懼。如「面不改色，從容應付」。

**面目一新** ㄇㄧㄢˋ ㄇㄨˋ ㄧ ㄒㄧㄣ 樣子完全變新（變好）。如「這個公園經過整修，已經面目一新了」。

**面目可憎** ㄇㄧㄢˋ ㄇㄨˋ ㄎㄜˇ ㄗㄥ 說人的容貌教別人覺得討厭。

**面目全非** ㄇㄧㄢˋ ㄇㄨˋ ㄑㄩㄢˊ ㄈㄟ 事物的樣子改變得很厲害。如「颱風過後，校園面目全非」。

**面如土色** ㄇㄧㄢˋ ㄖㄨˊ ㄊㄨˇ ㄙㄜˋ 臉色像土，沒有血色。形容極端恐懼。如「嚇得面如土色」。

**面有難色** ㄇㄧㄢˋ ㄧㄡˇ ㄋㄢˊ ㄙㄜˋ 臉上出現了為難的表情。如「他聽了，面有難色，不知如何是好」。

**面紅耳赤** ㄇㄧㄢˋ ㄏㄨㄥˊ ㄦˇ ㄔˋ ①指羞愧的樣子。②焦急的樣子。③發怒的樣子。

**面面相覷** ㄇㄧㄢˋ ㄇㄧㄢˋ ㄒㄧㄤ ㄑㄩˋ 図你看我，我看你，不知怎麼好。形容眾人驚恐或詫異。

**面面俱到** ㄇㄧㄢˋ ㄇㄧㄢˋ ㄐㄩˋ ㄉㄠˋ 各方面都照顧到，沒有遺漏。如「他對這件事處理得面面俱到」。

**面授機宜** ㄇㄧㄢˋ ㄕㄡˋ ㄐㄧ ㄧˊ 當面授予處理某事的應變方針、辦法。

**面無人色** ㄇㄧㄢˋ ㄨˊ ㄖㄣˊ ㄙㄜˋ 形容人嚇得臉色發白。

**面黃肌瘦** ㄇㄧㄢˋ ㄏㄨㄤˊ ㄐㄧ ㄕㄡˋ 形容人十分瘦削。

## 七筆

**靦** ▲図ㄊㄧㄢˇ 慚愧的樣子。如「靦顏」「有靦面目」。▲ㄇㄧㄢˇ 同「腼」。

**靦覥** ㄇㄧㄢˇ ㄊㄧㄢˇ（覥字輕讀。同「腼腆」。

**靦臉** ㄊㄧㄢˇ ㄌㄧㄢˇ 說人臉皮厚，不知羞恥。

**靦顏** ㄊㄧㄢˇ ㄧㄢˊ 図厚著臉皮。

## 十二筆

**靧** 図ㄏㄨㄟˋ 洗臉。

## 十四筆

**靨** 図ㄧㄝˋ 頰上的小渦，口語說「酒窩兒」。如「笑靨」。

# 革部

**革** ㄍㄜˊ ㈠經過去毛加工的獸皮。如「皮革」、「製革」。㈡改良。如「改革」、「革除惡習」。㈢開除，斥退。如「革職」、「開革」。㈣見「革命」。㈤中國古代「八音」之一，「鼗鼓」是皮革做的。㈥古代軍人穿的甲冑叫「革」。▲図ㄐㄧˊ危急。如「病革」。

**革心** ㄍㄜˊ ㄒㄧㄣ 為了建立向上向善的心志，去掉壞主意。

**革命** ㄍㄜˊ ㄇㄧㄥˋ 從前指順應多數人要求的政權的轉移。如「湯武革命，順天應人」。現在指在政治、經濟或社會等方面的根本改變。

**革退** ㄍㄜˊ ㄊㄨㄟˋ 図黜退；免去官職。

**革除** ㄍㄜˊ ㄔㄨˊ ①鏟除；去掉。②開除；撤職。

**革新** ㄍㄜˊ ㄒㄧㄣ 去掉舊的，改成新的。

**革履** ㄍㄜˊ ㄌㄩˇ 皮鞋。如「西裝革履」。

**革職** ㄍㄜˊ ㄓˊ 撤職。

**革囊** ㄍㄜˊ ㄋㄤˊ 皮製的袋子。

**革命黨** ㄍㄜˊ ㄇㄧㄥˋ ㄉㄤˇ 從事革命工作的政治團體。

**革故鼎新** ㄍㄜˊ ㄍㄨˋ ㄉㄧㄥˇ ㄒㄧㄣ 除掉舊弊，建立新政。

**革面洗心** ㄍㄜˊ ㄇㄧㄢˋ ㄒㄧˇ ㄒㄧㄣ 徹底悔改，重新做人。

## 二筆

**靪** ㄉㄧㄥ ㈠補布鞋底。㈡見「補靪」。

## 四筆

**靶** ㄅㄚˇ 射擊的目標。如「打靶」、「鎗靶子」。

**靶子** ㄅㄚˇ ˙ㄗ 練習射擊或射箭的目標。

**靶場** ㄅㄚˇ ㄔㄤˇ 打靶的場地。

**靸** ▲ㄊㄚ 同「趿」。▲ㄙㄚˇ ㈠図沒有後跟兒的草鞋。㈡從前北方勞動者穿的一種鞋，鞋面上有三尖形。㈢小孩子穿的鞋。

**靳** ㄐㄧㄣˋ ㈠古時一車有四匹馬拉，中間兩匹叫服馬，服馬當胸的皮帶叫靳。㈡図吝嗇。〈後漢書〉有「悔不小靳，可至千萬」。㈢図戲弄羞辱。〈左傳〉有「宋公靳之」。注：「恥而惡之曰靳」。㈣姓。

**靴（鞾）** ㄒㄩㄝ 長筒的鞋。如「皮靴」、「雨靴」。

**靴子** ㄒㄩㄝ ˙ㄗ 靴。

**靴筒兒** ㄒㄩㄝ ㄊㄨㄥˇ ㄦ 靴子上部套住小腿兒的部分。也作「靴筩」。

**靷** ㄧㄣˇ 一頭兒繫在牛馬胸前，一頭兒繫在車軸上，用來牽引的皮帶。

## 五筆

**鞄** ▲図ㄆㄠˊ 鞄工，就是鞋匠。▲ㄅㄠ 軟皮做的小箱子。

**靺** ㄇㄛˋ ㈠図襪子。㈡見「靺鞨」。

**靺鞨** ㄇㄛˋ ㄏㄜˊ 我國古代東北方的民族。唐初曾建立渤海國在今吉林全境、遼寧東部、朝鮮北部和俄羅斯的沿海省。西元九二七年被契丹所滅。

**鞄** ㄉㄚˊ 見「韃」字。

**靿（袎）** ㄧㄠˋ 靴面與靴筒、襪面與襪筒連接的彎曲部分。靴筒、襪筒現在也叫「靴靿兒」「襪靿兒」。

**鞅** 図ㄧㄤ 馬脖子綁的皮帶。又讀ㄧㄤˇ。

## 六筆

**鞏** ㄍㄨㄥˇ ㈠図用皮革捆束東西。㈡堅固。如「基礎鞏固」。也可作動詞。如「鞏固國防」。㈢鞏縣，在河南省。㈣姓。

**鞏固** ㄍㄨㄥˇ ㄍㄨˋ ①堅固；不易動搖。②使堅固、穩固。

**鞏膜** ㄍㄨㄥˇ ㄇㄛˊ 眼球最外層的很細緻又很韌的白色的膜。

**鞋（鞵）** ㄒㄧㄝˊ 穿在腳上，走路時著地的東西，沒有高筒。如「皮鞋」「拖鞋」。

**鞋匠** ㄒㄧㄝˊ ㄐㄧㄤˋ 匠字輕讀。做鞋或修理鞋的工人。

**鞋店** ㄒㄧㄝˊ ㄉㄧㄢˋ 出售鞋類的商店。

**鞋油** ㄒㄧㄝˊ ㄧㄡˊ 擦在皮鞋或其他皮革製品上面使發光澤並起保護作用的蠟狀物。

**鞋跟** ㄒㄧㄝˊ ㄍㄣ 鞋底後端墊高的部分。如「走遠路不可穿鞋跟太高的鞋」。

**鞋底（子）** ㄒㄧㄝˊ ㄉㄧˇ（˙ㄗ） 鞋的著地部分。

**鞋帶（兒）** ㄒㄧㄝˊ ㄉㄞˋ（ㄦ） 穿鞋時用來把鞋繫緊的帶子。

**鞋眼（兒）** ㄒㄧㄝˊ ㄧㄢˇ（ㄦ） 釘在鞋臉上用來穿鞋帶的小圈兒。

**鞋墊（兒）** ㄒㄧㄝˊ ㄉㄧㄢˋ（ㄦ） 墊在鞋底內的東西，可以用布、皮、氈子等製成。

**鞋幫（兒）** ㄒㄧㄝˊ ㄅㄤ（ㄦ） 鞋的鞋底以外的部分，有時指鞋的兩側部分。

**鞋臉（兒）** ㄒㄧㄝˊ ㄌㄧㄢˇ（ㄦ） 鞋幫的上部和前部。

**鞋拔子** ㄒㄧㄝˊ ㄅㄚˊ ˙ㄗ 幫助穿鞋的用具。形狀像匙，放在鞋腳後跟裡面，靠著它的滑溜，腳跟很容易踩進鞋裡去。

**鞋楦子** ㄒㄧㄝˊ ㄒㄩㄢˋ ˙ㄗ 木頭製成腳的模型，用來楦鞋的楦子。也叫鞋楦頭。

**鞍（鞌）** ㄢ 鞍子。如「馬鞍」。

**鞍子** ㄢ ˙ㄗ 放在牲口背上馱運東西或供人乘坐的器具，多用皮革或木頭加棉墊製成。

**鞍馬** ㄢ ㄇㄚˇ ①體操器械的一種，有點兒像馬形。②競技體操項目的一種，運動員在鞍馬上做各種動作。③鞍子和馬。借指騎馬或戰鬥的生活。如「鞍馬勞頓」。

## 七筆

**鞔** ㄇㄢˊ 把皮革撐開貼在周邊的框子上，叫「鞔」。

**鞓** 図ㄊㄧㄥ 皮帶。

**鞘** ㄑㄧㄠˋ 刀劍的套子。如「刀出鞘」。

**鞘翅** ㄑㄧㄠˋ ㄔˋ 叩頭蟲、金龜子等昆蟲的前翅，質地堅硬，靜止時覆蓋在膜質的後翅上，好像鞘一樣，叫做鞘翅。

**鞘翅目** ㄑㄧㄠˋ ㄔˋ ㄇㄨˋ 昆蟲的一目，前翅是鞘翅，後翅是膜質，咀嚼式口器，觸角形狀不一，具有完全變態。種類很多，大概有二十五萬種以上。又名甲蟲類。

**鞘裡藏刀** ㄑㄧㄠˋ ㄌㄧˇ ㄘㄤˊ ㄉㄠ 比喻暗裡懷著害人的壞主意。

## 八筆

**鞚** 図ㄎㄨㄥˋ拴在馬脖子上的控制馬用的皮帶或繩索。

**鞠** ㄐㄩˊ ㈠彎曲。如「鞠躬」。㈡図撫育。如「鞠育」。㈢図幼小的孩子叫「鞠子」。㈣図古人把踢足球叫「蹋鞠」（那時的足球是皮子做的外殼，中間塞滿了毛，所以也叫做「毬」）。㈤図見「鞠躬盡瘁」。㈥姓。

**鞠育** ㄐㄩˊ ㄩˋ 図養育。〈詩經〉有「母兮鞠我，長我育我」。

**鞠躬** ㄐㄩˊ ㄍㄨㄥ 彎腰行禮，是現在通行的禮節。

**鞠躬盡瘁** ㄐㄩˊ ㄍㄨㄥ ㄐㄧㄣˋ ㄘㄨㄟˋ 為了完成任務，盡心盡力，不辭勞苦。諸葛亮〈後出師表〉有「鞠躬盡瘁，死而後已」。

## 九筆

**鞭** ㄅㄧㄢ ㈠古兵器的一種。有「竹節鞭」「鋼鞭」等。㈡趕牲口、打人的器具。如「馬鞭子」「皮鞭子」。㈢用鞭子抽打。如「鞭打」「鞭刑」。㈣見「鞭策」。㈤成串的炮仗。如「鞭炮」「放鞭」。㈥雄性大動物的生殖器。如「牛鞭」「鹿鞭」等。

**鞭子** ㄅㄧㄢ ˙ㄗ 趕牲口、打人的器具。

**鞭尸** ㄅㄧㄢ ㄕ 春秋時伍子胥帶吳國軍隊攻入楚國，掘出楚平王的尸首，打了三百鞭，報了父兄的仇。現在說對已死的人作嚴厲批評叫「鞭尸」。

**鞭打** ㄅㄧㄢ ㄉㄚˇ 用鞭子打。

**鞭刑** ㄅㄧㄢ ㄒㄧㄥˊ 刑罰之一。用鞭子抽打犯人。

**鞭春** ㄅㄧㄢ ㄔㄨㄣ 舊俗在立春這一天鞭打春牛（泥塑的牛），表示迎春。

**鞭炮** ㄅㄧㄢ ㄆㄠˋ ①大小爆竹的統稱。②指成串的小爆竹。

**鞭笞** ㄅㄧㄢ ㄔ 図①鞭打。②驅使。

**鞭策** ㄅㄧㄢ ㄘㄜˋ ①図馬鞭子。②督促，鼓勵。如「敬請時加鞭策為禱」。

**鞭箠** ㄅㄧㄢ ㄔㄨㄟˊ 図鞭打。也作「鞭捶」。

**鞭撻** ㄅㄧㄢ ㄊㄚˋ 図①鞭打。②驅遣。

**鞭毛蟲** ㄅㄧㄢ ㄇㄠˊ ㄔㄨㄥˊ 有一根或幾根鞭毛做運動器官的原生動物，生活在淡水或鹹水中，有的寄生在動物體內。

**鞭長莫及** ㄅㄧㄢ ㄔㄤˊ ㄇㄛˋ ㄐㄧˊ 勢力不能達到，想管卻管不著。

**鞭辟入裡** ㄅㄧㄢ ㄅㄧˋ ㄖㄨˋ ㄌㄧˇ 図也作「鞭辟近裡」。是評論人家的文章很深刻，或努力向學，功夫切實的意思。

**鞪（鞤）** ㄅㄤ 鞋面的兩邊部分。也作「幫」「綁」。

**鞨** 図ㄏㄜˊ ㈠鞋。㈡見「靺鞨」。

**鞬** 図ㄐㄧㄢ 掛在馬鞍旁邊裝箭的器具。

**鞫** 図ㄐㄩˊ ㈠審問犯人，叫做「鞫訊」。㈡窮困。〈詩經〉有「鞫人忮忒」。

**鞦** ㄑㄧㄡ 「鞦韆」，運動場上供人運動遊戲的器具。在ㄇ形的高架上拴兩根繩子，繩子下端繫著板子，人在木板上可站可坐，可以運動，可以休閒。原作「秋千」。

**鞣** ㄖㄡˊ ㈠図熟皮。㈡用鞣料使獸皮變柔軟，製成皮革。如「這塊皮子已經鞣過了」。

**鞣製** ㄖㄡˊ ㄓˋ 把獸皮加工使成為皮革。

**鞣酸** ㄖㄡˊ ㄙㄨㄢ 有機化合物，分子式 $C_{76}H_{52}O_{46}$，淡黃色粉末。工業上用來製墨水和鞣皮革。醫藥上用做收斂劑，治火傷、溼疹、腹瀉等症。也叫單寧或單寧酸。

**鞣劑** ㄖㄡˊ ㄐㄧˋ 鞣製皮革的藥劑。

## 十筆

**鞳** 図ㄊㄚˋ ㈠古兵器。㈡鏜鼓聲。見「鏜鞳」。

**鞲（韝）** ㄍㄡ ㈠図保護胳臂的皮套子。常作「臂鞲」。可以縶住袖子，便利動作。養鷹的人常讓鷹站在鞲上。㈡見「鞲鞴」。㈢図皮囊，上端有細管，用以吹火使火旺盛。

**鞲鞴** ㄍㄡ ㄅㄟˋ 風箱、唧筒、抽氣機筒等裡面的活塞。

**鞴** ㄅㄟˋ ㈠図駕車。杜甫詩有「我曹鞴馬聽晨雞」。㈡見「鞲鞴」。

## 十一筆

**鞹（鞟）** 図ㄎㄨㄛˋ 整張晒乾去毛的獸皮。

## 十三筆

**韃** ㄉㄚˊ ㈠「韃子」，從前漢族人對蒙古人的別稱。㈡「韃靼」：①民族名，本是靺鞨的一部分，唐朝末年才叫「韃靼」，散居在中國西北、蒙古、中亞、俄羅斯東部等地。②元朝亡後，指稱蒙古人。

**韁（繮）** ㄐㄧㄤ 拴馬的繩子。又讀ㄍㄤ。

**韁繩** ㄐㄧㄤ ㄕㄥˊ 拴馬的繩子。

## 十五筆

**韆** ㄑㄧㄢ 見「鞦」字。

## 十七筆

**韉** ㄐㄧㄢ 馬鞍下面的墊褥。〈木蘭辭〉有「西市買鞍韉」。俗稱「馬褥子」。

# 韋部

**韋** ㄨㄟˊ ㈠図通「違」，相背。㈡去毛加工製成的柔軟的獸皮。古人把用這種皮做的帽子叫「韋弁」。㈢姓。

## 三筆

**韌（靭）** ㄖㄣˋ 柔軟堅牢還能伸縮的。如「韌性」、「堅韌」。

**韌皮** ㄖㄣˋ ㄆㄧˊ 樹幹表皮內的一種纖維質，柔軟而堅固。

**韌性** ㄖㄣˋ ㄒㄧㄥˋ 物體受外力作用時，產生變形而不易折斷的性質。

**韌帶** ㄖㄣˋ ㄉㄞˋ 人體骨節相連部分或是介殼動物絞合部分的堅韌而能伸縮的膜。是一種結締組織，可防止運動時關節分離。

## 八筆

**韓** ㄏㄢˊ ㈠戰國七雄之一，最盛時擁有現在陝西東部及河南西北部的土地，後來被秦所滅。㈡今國名，在亞洲東北部朝鮮半島上，由北緯三十八度分為南韓北韓兩國。㈢図井欄。㈣姓。

## 九筆

**韙** ㄨㄟˇ 是，認為是的。常與否定字連用，「不韙」是「不是」、「反對」的意思。〈左傳〉有「犯五不韙，而以伐人」。「大不韙」是「大逆不道」的意思。「冒天下之大不韙」就是「不顧天下人的反對」的意思。

## 十筆

**韜** ㄊㄠ ㈠弓或劍的套子。㈡図打仗的智謀計策、兵法。如「韜略」。㈢図隱藏。如「韜光」。

**韜光** ㄊㄠ ㄍㄨㄤ 図藏匿光彩。比喻有才能而不顯露出來。

**韜略** ㄊㄠ ㄌㄩㄝˋ 図用兵的謀略。是古兵書「六韜」「三略」的合稱。

**韜光養晦** ㄊㄠ ㄍㄨㄤ ㄧㄤˇ ㄏㄨㄟˋ 図掩藏光彩，指有才能的人隱藏不為世用。也簡為「韜晦」。

**韞** 図ㄩㄣˋ ㈠藏。陸機的〈文賦〉有「石韞玉而山暉」。㈡隱藏。「韞匵（ㄉㄨˊ）」是藏才不露。

## 十二筆

**韡** 図ㄨㄟˇ「韡曄」「韡韡」，都是光明的樣子。

# 韭部

**韭（韮）** ㄐㄧㄡˇ 百合科蔥屬，多年生草本，葉扁平細長，夏秋之間開白花，繖狀花序，結蒴果。我國各地都栽培，約高三十公分時割下，作蔬菜。

**韭黃** ㄐㄧㄡˇ ㄏㄨㄤˊ 冬季培育的韭菜，黃嫩而味美。

**韭菜苗** ㄐㄧㄡˇ ㄘㄞˋ ㄇㄧㄠˊ 菜字輕讀。韭菜的花軸，可供食用。

**韭菜花兒** ㄐㄧㄡˇ ㄘㄞˋ ㄏㄨㄚ ㄦ 菜字輕讀。①韭菜的花苞及花朵，可供食用。②鹽漬的韭菜花苞與花朵，是佐餐的食品。

## 七筆

**韰** 図ㄒㄧㄝˋ「韰果」，即果敢。

## 八筆

**韱** 図ㄒㄧㄢ ㈠「韱韱」，細小的樣子。㈡山韭。

# 音部

**音** ▲ㄧㄣ ㈠聲。如「超音速」「音波」。㈡人嘴裡發出的聲兒。如「口音」「嗓音」「字音」。㈢樂器所發或人所唱的好聽的聲兒。如「音樂」「音律」。㈣図指別人所說的話，是敬詞的用法。如「德音」「玉音」。㈤消息，也常指書信說。如「靜待佳音」「回音」。㈥字的音讀。如「音韻」。㈦姓。▲図ㄧㄣˋ通「蔭」。〈左傳〉有「鹿死不擇音」。

**音叉** ㄧㄣ ㄔㄚ 用鋼材製成的發聲儀器，形狀像叉子，用小木槌敲打使發聲。音叉的長短厚薄不同，能發出各種音高的聲音，可以用來調整樂器和幫助歌唱者定出音高。

**音名** ㄧㄣ ㄇㄧㄥˊ ①我國音樂律呂的名稱。②西洋音樂七個基本音律的名稱，就是C、D、E、F、G、A、B。

**音色** ㄧㄣ ㄙㄜˋ 由於波型和泛音的不同所造成的聲音的屬性。每個人的聲音以及各種樂器所發出的聲音的區別，就是因為音色不同造成的。也叫音品。

**音位** ㄧㄣ ㄨㄟˋ 一個語言中能夠區別意義的最簡單的語音單位。

**音系** 指一種語言的語音系統或音位系統。

**音兒** ①（說話的）聲音。②語氣所含有暗示、默契等微妙的意思。如「聽話要聽音兒」。

**音波** 發音體發生振動，周圍的空氣就跟著發生波浪一般的振動，這種空氣的波動接觸到耳膜，使人聽到是聲音，所以叫做音波。也叫「聲波」。

**音長** 聲音的長短。

**音信** 也作「音訊」。①書信。②消息。

**音律** 音樂上的律呂、宮調等。也叫樂律。

**音值** 指人們實際發出或聽見的語音，對音位而言。

**音容** 〔文〕指人的聲音與容貌。白居易〈長恨歌〉有「含情凝睇謝君王，一別音容兩渺茫」。現在常用於指稱死人。如「音容宛在」。

**音耗** 〔文〕音信；消息。

**音素** 語音中最小的單位，例如ㄇㄚˇ是由ㄇ、ㄚ和上聲調這三個音素組成的。

**音訊** 音信。如「杳無音訊」。

**音高** 由於發聲體振動頻率的不同所造成的聲音的屬性，頻率越高，聲音越高。

**音區** 音域中的一部分，一般分為高音區、中音區、低音區三種。

**音問** 〔文〕音信。

**音域** 指某一樂器或人聲（唱歌）所能發出的最低音到最高音之間的範圍。

**音強** 聲音的大小，是由聲波振幅的大小決定的。也叫音勢。

**音符** 音樂譜表上用來表示樂音長短的符號。

**音速** 也叫聲速。聲波傳播的速度。在不同的介質中聲波的速度也不同，在攝氏十五度的空氣中每秒為三百四十公尺。（參看「超音速」條。）

**音程** 兩個樂音之間的音高關係，用度來表示。從C到D是二度，從C到E或從D到F都是三度，從C到G是五度。

**音量** 聲音的強弱。

**音階** 以一定的調式為標準，按音高次序向上或向下排列成的一組音，叫做音階。

**音準** 音樂上指音高的準確程度。

**音義** 文字的讀音與意義。

**音節** 由一個或幾個音素組成的語音單位。

**音標** 語音學上用來記錄語音音素的符號，如國際音標。

**音樂** 用有組織的樂音來表達人的思想感情的一種藝術。最基本的要素是旋律和節奏。分為聲樂和器樂兩大部門。

**音調** 說話、讀書的腔調。如「音調鏗鏘」。

**音質** ①音色。②錄音或廣播上所說的音質，不僅指音色的好壞，也兼指聲音的清晰或逼真的程度。

**音頻** 人的耳朵所能聽見的電磁輻射振動頻率，從二十到兩萬赫芝（一秒鐘振動一次是一赫芝）。參看「赫芝」。

**音韻** 文字的聲紐和韻部。舊說「聲成文謂之音，聲音相和謂之韻」。音韻的說法，在我國開始於齊、梁。研究音韻的學術現在叫「音韻學」或「聲韻學」。

**音譯** ㄧㄣ ㄧˋ　把一種語言的語詞，用另一種語言中與它發音相同或近似的語音表示出來，例如 sofa 譯「沙發」，chocolate 譯「巧克力」。

**音響** ㄧㄣ ㄒㄧㄤˇ　①聲音（多就聲音所產生的效果說）。②播放音樂的電子裝置。

**音讀** ㄧㄣ ㄉㄡˋ　①指漢代經學家對經籍文字的定音。②日文中漢字的一種讀法。

**音變** ㄧㄣ ㄅㄧㄢˋ　一個語音在詞句中受前後音的影響而讀音發生變化，叫做音變。如國語中「很好」的「很」變陽平，「慢慢的」第二個「慢」字變陰平。

**音位學** ㄧㄣ ㄨㄟˋ ㄒㄩㄝˊ　語言學的一個部門，研究不同語言或方言的音位系統。

**音樂季** ㄧㄣ ㄩㄝˋ ㄐㄧˋ　西元十三到十六世紀，法國遊唱詩人每年定期舉行的音樂比賽。現在所說的音樂季，各國各地自行排定，內容各有不同。

**音素文字** ㄧㄣ ㄙㄨˋ ㄨㄣˊ ㄗˋ　一種拼音文字，它的字母表示語言中的音素，如英文、法文。

**音節文字** ㄧㄣ ㄐㄧㄝˊ ㄨㄣˊ ㄗˋ　一種拼音文字，它的字母表示整個音節，例如梵文和日文的假名。

**音序檢字法** ㄧㄣ ㄒㄩˋ ㄐㄧㄢˇ ㄗˋ ㄈㄚˇ　一種按音序排列的檢字法，如中文以注音符號順序排列，英文以英文字母順序排列，日文以假名順序排列。

## 二筆

**竟** ㄐㄧㄥˋ　㈠居然，想不到會這樣的。如「他竟敢在太歲頭上動土」。㈡到底，結果。如「究竟」「有志竟成」。㈢図完結。如「未竟之功」「夜讀已竟」。㈣図窮究其事。如「窮原竟委」。㈤図從頭到尾的。如「竟日不停」。

**竟日** ㄐㄧㄥˋ ㄖˋ　終日。

**竟年** ㄐㄧㄥˋ ㄋㄧㄢˊ　図終年；一年到頭。如「高山積雪，竟年不融」。

**竟成** ㄐㄧㄥˋ ㄔㄥˊ　図終於能成功。如「有志事竟成」。

**竟而** ㄐㄧㄥˋ ㄦˊ　竟然，表示沒想到會如此的副詞。如「這麼年輕有為的人竟而意外喪生」。

**竟自** ㄐㄧㄥˋ ㄗˋ　竟然，居然。如「經過小心研究和謹慎處理，竟自安然度過了業務上的難關」。

**竟夜** ㄐㄧㄥˋ ㄧㄝˋ　図終夜，整夜。如「深切尋思，竟夜不寐」。

**竟能** ㄐㄧㄥˋ ㄋㄥˊ　表示想不到會這樣的副詞。如「誰想得到人類竟能登陸月球」。

**竟然** ㄐㄧㄥˋ ㄖㄢˊ　副詞，表示有點兒出於意料之外。如「以為他一定不會來，誰知他竟然來了」。

**章** ㄓㄤ　㈠成篇的文字。如「章句」「出口成章」。㈡詩歌或文詞的段落。如「樂章」「第四章第二節」。㈢法規，條文。如「法令規章」「約法三章」。㈣條理。如「雜亂無章」「順理成章」。㈤印信。如「私章」「簽名蓋章」。㈥戴在身上的標誌。如「肩章」「徽章」。㈦図表明；明顯，通「彰」。㈧図文采。〈考工記〉有「赤與白謂之章」。㈨図通「嫜」。㈩姓。

**章句** ㄓㄤ ㄐㄩˋ　①古書的章節和句讀（ㄉㄡˋ）。②指對古書章句的分析解釋。如「章句之學」。

**章法** ㄓㄤ ㄈㄚˇ　①文章的組織結構。②比喻辦事的程序和規則。

**章則** ㄓㄤ ㄗㄜˊ 章程規則。

**章草** ㄓㄤ ㄘㄠˇ 草書的一種，筆畫保存一些隸書的筆勢，相傳始於漢元帝時史游作的急就章。

**章魚** ㄓㄤ ㄩˊ 軟體動物，與烏賊同類異種，有八條長腿，捕食魚蝦。

**章程** ▲ㄓㄤ ㄔㄥˊ 分條辦事的規則。▲ㄓㄤ・ㄔㄥ 辦法。如「他連吃飯都沒個章程」。

**章節** ㄓㄤ ㄐㄧㄝˊ 文章的組成部分，通常一本書分為若干章，一章又分為若干節。

**章回小說** ㄓㄤ ㄏㄨㄟˊ ㄒㄧㄠˇ ㄕㄨㄛ 分回敘事的長篇小說，像〈紅樓夢〉〈三國演義〉等是。

## 五筆

**韶** ㄕㄠˊ ㈠相傳古代虞舜所作的樂曲名。㈡(文)美的，好的。如「聰明韶秀」。

**韶光** ㄕㄠˊ ㄍㄨㄤ (文)也作「韶華」。①美麗的春光。②比喻美好的青年時代。③時光，光陰。

**韶秀** ㄕㄠˊ ㄒㄧㄡˋ (文)稱人的面貌秀美。

**韶景** ㄕㄠˊ ㄐㄧㄥˇ (文)美麗的春景。如「春光燦爛，韶景宜人」。

**韶華** ㄕㄠˊ ㄏㄨㄚˊ (文)韶光。如「日月如流，韶華易逝」。

## 十筆

**韻（韵）** ㄩㄣˋ ㈠和諧好聽的聲音。如「唱得有韻味」「琴韻悠揚」。㈡說話的每一個音節收尾部分的聲音，像ㄅㄚ是由ㄅ和ㄚ拼成的，ㄚ就是韻；ㄅ是聲。詩歌講究「押韻」，像「宗」「同」「鋒」「從」都押同韻，念起來順口。㈢文雅、有風致、有情趣的。如「風韻」「韻致」「這張畫兒很有韻味」。

**韻文** ㄩㄣˋ ㄨㄣˊ 句末押韻的文字，像詩、詞、歌、賦之類。

**韻母** ㄩㄣˋ ㄇㄨˇ （也說「元音」或「韻母」）或稱「韻符」，是表示「韻」的符號，注音符號裡有ㄚ、ㄛ、ㄜ、ㄝ等十六個韻母，又有ㄧㄚ、ㄨㄚ、ㄩㄝ等二十二個結合韻母。韻母是對聲母（或稱聲符）說的。聲韻學說韻母可分韻頭、韻腹、韻尾三部分。如「央」字的ㄧㄤ，ㄧ是韻頭，ㄚ是韻腹，後面的鼻音是韻尾。

**韻白** ㄩㄣˋ ㄅㄞˊ ①國劇中指按傳統的念法念出的道白，有的字音和國語略有不同。②舊劇中句子整齊押韻的道白。

**韻目** ㄩㄣˋ ㄇㄨˋ 韻書把同韻的字歸為一部，每韻用一個字標目，按次序排列。如通用的詩韻上平聲分為一東、二冬、三江、四支等，叫做韻目。

**韻事** ㄩㄣˋ ㄕˋ 風雅的事。如「風流韻事」。

**韻味** ㄩㄣˋ ㄨㄟˋ 含蓄的意味。如「這首詩韻味很濃」。

**韻律** ㄩㄣˋ ㄌㄩˋ 指詩詞中的平仄格式和押韻的規則。

**韻致** ㄩㄣˋ ㄓˋ 風度韻味。

**韻書** ㄩㄣˋ ㄕㄨ 依韻分類的字書，如〈廣韻〉〈集韻〉〈中原音韻〉等。

**韻腳** ㄩㄣˋ ㄐㄧㄠˇ 韻文句末押韻的字。

**韻語** ㄩㄣˋ ㄩˇ 押韻的語言，指詩、詞和唱詞、歌訣。

**韻調** ㄩㄣˋ ㄉㄧㄠˋ 音調。

**韻律體操** ㄩㄣˋ ㄌㄩˋ ㄊㄧˇ ㄘㄠ 體操運動項目之一。女運動員在音樂伴奏下做走、跑、跳、轉體、平衡等各種動作。也叫「藝術體操」。

## 十二筆

**響（响）** ㄒㄧㄤˇ ㈠聲音，也說「響兒」。如「沒聽見響兒」「沒有響聲」。㈡發出聲音。如「一聲不響」「鬧鐘直響」。㈢回聲。如「響應」「影響」「應之如響（說反應、回答得快）」。㈣聲音大。如「響亮」「鞭炮放得真響」。㈤能發聲音的。如「響箭」「響尾蛇」。㈥因為有勢力或有信用，說的話容易生反應。如「他到哪兒都叫得響」。

**響板** ㄒㄧㄤˇ ㄅㄢˇ 一種打擊樂器，原是用繩連接兩片貝殼形的木片，套在拇指和食指上演奏。現改用木柄裝置，搖動發聲。

**響亮** ㄒㄧㄤˇ ㄌㄧㄤˋ 亮字可輕讀。①（聲音）宏大。②比喻性情爽快。如「他是個響亮的人」。③說響聲。〈水滸傳〉有「今後早晚祝家莊上但有些響亮……」。

**響度** ㄒㄧㄤˇ ㄉㄨˋ 聽覺上感到的聲音強弱的程度。也叫音量。

**響脆** ㄒㄧㄤˇ ㄘㄨㄟˋ 聲音響亮而清脆。如「響脆的歌聲」。

**響馬** ㄒㄧㄤˇ ㄇㄚˇ 舊時稱在路上搶劫旅客的強盜，因搶劫時先放響箭而得名。

**響動** ㄒㄧㄤˇ ㄉㄨㄥˋ 動作的聲音，動靜。如「屋裡很靜，什麼響動也沒有」。

**響雷** ㄒㄧㄤˇ ㄌㄟˊ ①打雷。如「響雷了，雨快要來了」。②聲音響亮的雷。如「一聲響雷，震耳欲聾」。

**響箭** ㄒㄧㄤˇ ㄐㄧㄢˋ 射出時能發出響聲的箭。

**響器** ㄒㄧㄤˇ ㄑㄧˋ 鐃、鈸、鑼、鼓等打擊樂器的統稱。

**響頭** ㄒㄧㄤˇ ㄊㄡˊ 磕頭磕出聲音來的叫磕響頭。如「叩了一個響頭」。

**響應** ㄒㄧㄤˇ ㄧㄥˋ 回聲相應，比喻用言語行動表示贊同、支持某種號召或倡議。

**響鈴（兒）** ㄒㄧㄤˇ ㄌㄧㄥˊ ㄦ 鈴。

**響聲（兒）** ㄒㄧㄤˇ ㄕㄥ ㄦ 聲字輕讀。聲音。

**響叮噹** ㄒㄧㄤˇ ㄉㄧㄥ ㄉㄤ 叮叮噹噹地響。

**響尾蛇** ㄒㄧㄤˇ ㄨㄟˇ ㄕㄜˊ ①一種毒蛇，尾巴的末端有角質的環，擺動時能發出聲音。②一種空對空飛彈。這種飛彈發射之後，順著敵方的飛行器航線裡所留下的熱力，高速度追蹤上去，加以射擊爆炸。

**響噹噹** ㄒㄧㄤˇ ㄉㄤ ㄉㄤ ①形容敲打的聲音響亮。②比喻出色或有名氣。如「他是個響噹噹的運動健將」。

**響遏行雲** ㄒㄧㄤˇ ㄜˋ ㄒㄧㄥˊ ㄩㄣˊ 聲音傳送得很遠，把天上的雲都遏止住了。形容聲音的高亮與美妙。

**響徹雲霄** ㄒㄧㄤˇ ㄔㄜˋ ㄩㄣˊ ㄒㄧㄠ 響聲直達高空。形容聲音十分響亮。

# 頁部

**頁** ㄧㄝˋ ㈠古文「首」字。㈡書、畫的單張。如「冊頁」「活頁」。㈢書或印刷品的一面叫一頁（正反兩面是兩頁）。㈣成片層的。如「頁岩」。

**頁岩** ㄧㄝˋ ㄧㄢˊ 由一層一層的薄板狀礦物構成的岩石。石油礦源多在頁岩地層。

**頁面** ㄧㄝˋ ㄇㄧㄢˋ 指書頁表面。

**頁碼** ㄧㄝˋ ㄇㄚˇ 書本每一頁上面標明次第的數目字。

## 二筆

**頂** ㄉㄧㄥˇ ㈠頭的最上部。如「頭頂」「禿頂」。㈡指最上部。如「山頂」「樓頂」。㈢最。如「頂好」「頂重要」。㈣放在頭上承載著。如「頭頂著食盒」。㈤頭部與上面的東西接觸。如「他的個子高，站直了就要頂著（ㄓㄠˊ）門框了」。㈥用腦袋撞。如「羊也會頂人」。㈦抵擋，和來勢相抗。如「敵人來了你頂得住嗎」。㈧觸犯。如「頂撞」「頂嘴」。㈨支撐，支持。如「用椅子頂門」「不頂事」。㈩從下面向上推動。如「種子發了芽，把土頂起來」。(十一)相當於，等於。如「一個人頂兩個人用」。(十二)承當，代替，補充。如「夜班由他頂替」「由你頂他的缺」。(十三)計算帽子、帳子、轎子等的單位詞。如「一頂帽子」「一頂帳子」「三頂花轎」。(十四)頂珠的簡稱。(十五)財產的出價承受或標價出讓。如「頂了一處房子」。

**頂子** ㄉㄧㄥˇ ˙ㄗ ①亭子、塔、轎子等頂上的裝飾部分。②頂珠。③房頂。如「挑（ㄊㄧㄠ）頂子」（拆修房頂）。

**頂凶** ㄉㄧㄥˇ ㄒㄩㄥ ①很厲害。②凶手雇人代承他的罪名。如「他花了不少錢找人頂凶」。

**頂用** ㄉㄧㄥˇ ㄩㄥˋ 有用；頂事。如「不頂用的東西再便宜我也不買」。

**頂尖** ㄉㄧㄥˇ ㄐㄧㄢ ①最高最上的部分。如「寶塔的頂尖高聳入雲」。②最上等的。如「頂尖貨色」。

**頂角** ㄉㄧㄥˇ ㄐㄧㄠˇ ①三角形的底邊所對的角。②錐體的底面所對的立體角。

**頂事** ㄉㄧㄥˇ ㄕˋ 能解決問題；有用。如「這一服藥很頂事，吃下去病馬上就見輕了」。

**頂芽** ㄉㄧㄥˇ ㄧㄚˊ 長在植物主莖頂端的芽。

**頂缸** ㄉㄧㄥˇ ㄍㄤ 比喻代人承擔責任。

**頂風** ㄉㄧㄥˇ ㄈㄥ 迎著風。

**頂峰** ㄉㄧㄥˇ ㄈㄥ ①山的最高處。②比喻事物發展過程中的最高點。如「攀登科學的頂峰」。

**頂珠** ㄉㄧㄥˇ ㄓㄨ 清朝官吏裝在帽頂正中的圓珠形飾物。按珠的質料和顏色區別品級。

**頂真** ㄉㄧㄥˇ ㄓㄣ 認真。

**頂骨** ㄉㄧㄥˇ ㄍㄨˇ 頭頂部的骨，略呈扁方形，左右各一塊。

**頂替** ㄉㄧㄥˇ ㄊㄧˋ 頂名代替。如「冒名頂替」。

**頂棚** ㄉㄧㄥˇ ㄆㄥˊ 以往房屋裡面用紙裱糊的承接灰塵的架子，如同現在的天花板，叫頂棚。

**頂罪** ㄉㄧㄥˇ ㄗㄨㄟˋ 代替別人承擔罪責。如「花錢找人頂罪，事機終於敗露」。

**頂端** ㄉㄧㄥˇ ㄉㄨㄢ ①最高最上的部分。②末尾。如「我們走到弔橋的頂端」。

**頂嘴** ㄉㄧㄥˇ ㄗㄨㄟˇ 爭辯（多指對尊長）。

**頂撞** ㄉㄧㄥˇ ㄓㄨㄤˋ 用強硬的話反駁（多指對尊長或上級）。

**頂數** ㄉㄧㄥˇ ㄕㄨˋ ①充數。②有效力；有用（多用於否定式）。如「他們說的都不頂數」。

**頂盤** ㄉㄧㄥˇ ㄆㄢˊ 買下出倒的商店或工廠繼續經營，叫做頂盤。

**頂頭** ㄉㄧㄥˇ ㄊㄡˊ 迎面；迎頭。「頂頭風」。

**頂戴** ㄉㄧㄥˇ ㄉㄞˋ ①〔文〕敬禮。②清朝區別官員等級的帽飾。

**頂點** ㄉㄧㄥˇ ㄉㄧㄢˇ ①三角形頂角的兩條邊的交點或錐體的尖頂。②最高點；極點。如「金字塔從基底到頂點，高一百四十二公尺」。

**頂禮** ㄉㄧㄥˇ ㄌㄧˇ 跪下，雙手伏地，用頭頂著所尊敬的人的腳。佛家指最高的敬禮。

**頂天（兒）** ㄉㄧㄥˇ ㄊㄧㄢ ㄦ 形容極高或達到極限。如「到了這個地步可說是頂天兒了」。

**頂牛（兒）** ㄉㄧㄥˇ ㄋㄧㄡˊ ㄦ 比喻爭持不下或互相衝突。

**頂名（兒）** ㄉㄧㄥˇ ㄇㄧㄥˊ ㄦ ①冒名。②掛某種虛名。

**頂瓜瓜** ㄉㄧㄥˇ ㄍㄨㄚ ㄍㄨㄚ 形容頂好。

**頂門兒** ㄉㄧㄥˇ ㄇㄣˊ ㄦ 頭頂前面的部分。如「頂門兒上的頭髮已經脫光了」。

**頂針兒** ㄉㄧㄥˇ ㄓㄣ ㄦ 針字輕讀。縫紉時套在手指頭上的一種箍子，用來頂著針刺穿硬布層，也預防針扎手的。

**頂梁柱** ㄉㄧㄥˇ ㄌㄧㄤˊ ㄓㄨˋ 比喻能起主要作用的骨幹力量。

**頂天立地** ㄉㄧㄥˇ ㄊㄧㄢ ㄌㄧˋ ㄉㄧˋ 頭頂天，腳立地。形容形象高大，氣概豪邁。

**頂頭上司** ㄉㄧㄥˇ ㄊㄡˊ ㄕㄤˋ ㄙ 司字輕讀。指直接領導自己的人或機構。

**頃** ▲図ㄑㄧㄥ 歪斜；偏側。「傾」的本字。▲ㄑㄧㄥˇ ㈠田地一百畝叫「一頃」。㈡図短時間。如「頃刻」「少頃」。㈢図近來。如「頃聞佳音」「頃接來書」。

**頃刻** ㄑㄧㄥˇ ㄎㄜˋ 極短的時間。

## 三筆

**頇** ㄏㄢ ㈠図頭上沒有毛髮。㈡図戴在頭上的帽子向後歪。㈢參見「顢」字。

**項** ㄒㄧㄤˋ ㈠図脖子的後部。㈡脖子。如「項背」「項練」。㈢事物的條目。如「項目」「事項」。㈣事物的件數。如「十項運動」。㈤種類。如「這一項買賣」。㈥「款項」的簡稱，指錢說。如「存項」「進項」。㈦代數式子裡不用加、減、或、等、不等……這些符號相連結的單式叫「項」。㈧姓。

**項下** ㄒㄧㄤˋ ㄒㄧㄚˋ 指在某一項目之內。如「辦公費項下開支」。

**項目** ㄒㄧㄤˋ ㄇㄨˋ 事物分成的門類。

**項背** ㄒㄧㄤˋ ㄅㄟˋ 図脖子和脊背，比喻前後。「項背相望」是說排著隊走，前後相連不斷。「項背受敵」是說前後受到敵方攻擊。

**項圈** ㄒㄧㄤˋ ㄑㄩㄢ 套在脖子上的環形裝飾品。

**項練（兒）** ㄒㄧㄤˋ ㄌㄧㄢˋ ㄦ 套在脖子上垂到胸前的鏈形首飾。

**項莊舞劍意在沛公** ㄒㄧㄤˋ ㄓㄨㄤ ㄨˇ ㄐㄧㄢˋ ㄧˋ ㄗㄞˋ ㄆㄟˋ ㄍㄨㄥ 沛公：劉邦。〈史記〉記載，劉邦和項羽在鴻門會見，宴席上，范增讓項莊舞劍，想乘機殺死劉邦。後來用「項莊舞劍意在沛公」表示暗中另有所圖。

**須** ㄒㄩ ㈠必得（ㄉㄟˇ），應當。如「仍須努力」「務須注意」。㈡図等待。如「摩厲以須」。㈢「斯須」「須臾」都是片刻、一會兒的意思。㈣舊小說裡常用做「本來」的意思。如「我和你須是親兄弟」「你須身姓劉」。㈤小說裡常用來表示語氣轉折，就是「卻」的意思。如「他須是故意來賺你的」「孫二須不是這般人」。㈥「鬚」字的古體。㈦姓。

**須知** ㄒㄩ ㄓ ①必須知道的，常用做普通知識之類的事項的標題。如「新生入學須知」「旅行須知」。②図應該知道，要知道。〈醒世恆言〉有「須知作善還酬善」。

**須臾** ㄒㄩ ㄩˊ 図片刻，一會兒。

**順** ㄕㄨㄣˋ ㈠向著相同的方向去，和「逆」相對。如「順風」「順流而下」。㈡沿著，靠著。如「順著河邊兒走」「一捆竹竿順著牆邊放著」。㈢服從，不違背。如「順理成章」「順從」。㈣適合，不彆扭。如「這枝筆用著順手」「唱起來順口」。㈤整理。如「順一順頭髮」「不用另寫，把原稿順一順就行了」。㈥弄適了，正過來。如「順過船來」「把小孩子的腿順過來，別讓它窩著」。㈦有條理。如「通順」「文字寫得很順」。㈧就便。如「順手關門」「順路」；又如書信的末尾常用「順頌起居（就便問好）」「順祝安好」等。㈨〔文〕降順。如「歸順」。㈩平安和樂。如「和順」。⑪遵循。如「順守」。

**順心** ㄕㄨㄣˋ ㄒㄧㄣ 合乎心意。如「諸事順心」。

**順水** ㄕㄨㄣˋ ㄕㄨㄟˇ 與水流同一方向行船。

**順民** ㄕㄨㄣˋ ㄇㄧㄣˊ 屈服在異族侵略壓迫之下的人民。

**順次** ㄕㄨㄣˋ ㄘˋ 挨著次序。如「順次排列」。

**順耳** ㄕㄨㄣˋ ㄦˇ 聽著覺得舒服。如「他說的話聽著真順耳」。

**順利** ㄕㄨㄣˋ ㄌㄧˋ 事物的發展或工作的進行中沒有或很少遇到困難。如「工作順利」。

**順序** ㄕㄨㄣˋ ㄒㄩˋ ①次序。②順著次序。

**順受** ㄕㄨㄣˋ ㄕㄡˋ 順其自然地接受，忍受。如「逆來順受」。

**順延** ㄕㄨㄣˋ ㄧㄢˊ 把預定的日期順著次序遲延下去。如「本月五日郊遊，遇雨順延」。

**順服** ㄕㄨㄣˋ ㄈㄨˊ 順從，服從。

**順流** ㄕㄨㄣˋ ㄌㄧㄡˊ 順著水流的方向。如「船順流而下」。

**順風** ㄕㄨㄣˋ ㄈㄥ ①進行的方向與風向相同。如「船順風南下」。②指時運順利。如「祝你一路順風」。

**順差** ㄕㄨㄣˋ ㄔㄚ 對外貿易上輸出超過輸入的貿易差額（和「逆差」相對）。

**順祝** ㄕㄨㄣˋ ㄓㄨˋ 書信結尾問候用語。如「肅此敬謝，順祝新年快樂」。

**順從** ㄕㄨㄣˋ ㄘㄨㄥˊ 依照別人的意思，不違背，不反抗。

**順情** ㄕㄨㄣˋ ㄑㄧㄥˊ 合乎情理；順人情。如「順情順理」。

**順敘** ㄕㄨㄣˋ ㄒㄩˋ 文章、電影等鋪展的手法。按照時間順序，敘述故事的發展過程。參看「倒敘」。

**順眼** ㄕㄨㄣˋ ㄧㄢˇ ①美觀，看得過去。如「模樣兒長得順眼」。②看著舒服。如「他們這樣做法看著不順眼」。

**順訪** ㄕㄨㄣˋ ㄈㄤˇ 順路訪問；順便訪問。

**順勢** ㄕㄨㄣˋ ㄕˋ ①順著情勢，趁勢。②順便；趁便。

**順意** ㄕㄨㄣˋ ㄧˋ 順心；如意。如「他一遇到不順意的事就發火兒」。

**順溜** ㄕㄨㄣˋ ㄌㄧㄡ 溜字輕讀。①有次序；不參差。如「這篇文章寫得很順溜」。②通暢順當；沒有阻攔。如「這幾年日子過得很順溜」。

**順當** ㄕㄨㄣˋ ㄉㄤ 當字輕讀。順適如意。

**順腳** ㄕㄨㄣˋ ㄐㄧㄠˇ 道路沒有曲折阻礙，走著方便。如「這麼走太繞遠兒，走這邊兒才順腳」。

**順道** ㄕㄨㄣˋ ㄉㄠˋ 順路。

**順遂** ㄕㄨㄣˋ ㄙㄨㄟˋ 事情進行順利，合乎心意。

**順頌** ㄕㄨㄣˋ ㄙㄨㄥˋ 書信結尾問候用語。如「順頌大安」。

**順境** ㄕㄨㄣˋ ㄐㄧㄥˋ 順利的境遇。

**順暢** ㄕㄨㄣˋ ㄔㄤˋ 順利通暢，沒有阻礙。如「海陸交通順暢」。

**順適** ㄕㄨㄣˋ ㄕˋ ①順當適意。「順適地過著美滿的生活」。②順應；適應。如「順適時代潮流」。

**順應** ㄕㄨㄣˋ ㄧㄥˋ 順從；適應。

**順口（兒）** ㄕㄨㄣˋ ㄎㄡˇ ㄦ ①適合口味。如「這道菜吃起來順口兒」。②字句念著流暢。如「這首詩很順口」。③隨口輕易地說。如「他竟然把這個祕密順口兒說出來了」。

**順手（兒）** ㄕㄨㄣˋ ㄕㄡˇ ㄦ ①辦事順利。如「事情進行得很順手」。②隨手。如「順手關門」。③合手，不彆扭。如「這把刀使著順手」。

**順便（兒）** ㄕㄨㄣˋ ㄅㄧㄢˋ ㄦ 趁著某事的方便而不是特地去做。如「你放學回家順便替我買一枝毛筆」。

**順路（兒）** ㄕㄨㄣˋ ㄌㄨˋ ㄦ 北京口語也說「順道（兒）」：①同一條路或同一種行程。如「你上學時順路把這本書交給你表哥」。②沒有分岔的路。如「這一條路是順路」。

**順口溜** ㄕㄨㄣˋ ㄎㄡˇ ㄌㄧㄡ 大陸民間流行的一種口頭韻文，句子長短不等，純用口語，念起來很順口。

**順風耳** ㄕㄨㄣˋ ㄈㄥ ㄦˇ ①比喻消息靈通的人。②傳說有神叫「順風耳」，聽覺靈敏，能察覺人間善惡，與「千里眼」都是媽祖手下的大將。

**順嘴兒** ㄕㄨㄣˋ ㄗㄨㄟˇ ㄦ ①隨口發言。如「說順嘴兒了」。②便於發音。如「說著順嘴兒」。

**順手牽羊** ㄕㄨㄣˋ ㄕㄡˇ ㄑㄧㄢ ㄧㄤˊ 比喻乘機拿走別人的東西。

**順水人情** ㄕㄨㄣˋ ㄕㄨㄟˇ ㄖㄣˊ ㄑㄧㄥˊ 不費力的人情；順便給人的好處。如「這是順水人情，他樂得做」。

**順水推舟** ㄕㄨㄣˋ ㄕㄨㄟˇ ㄊㄨㄟ ㄓㄡ 比喻順著某個趨勢或某種方便辦事。

**順杆兒爬** ㄕㄨㄣˋ ㄍㄢ ㄦ ㄆㄚˊ 比喻迎合別人的心意、言語、要求等；隨聲附和。如「他自己沒主意，只是順杆兒爬」。

**順風吹火** ㄕㄨㄣˋ ㄈㄥ ㄔㄨㄟ ㄏㄨㄛˇ 比喻費力不多，事情容易做。

**順風轉舵** ㄕㄨㄣˋ ㄈㄥ ㄓㄨㄢˇ ㄉㄨㄛˋ 比喻順著情勢改變態度。也說「隨風轉舵」。

**順理成章** ㄕㄨㄣˋ ㄌㄧˇ ㄔㄥˊ ㄓㄤ 形容寫文章或做事條理清楚。

**順藤模瓜** ㄕㄨㄣˋ ㄊㄥˊ ㄇㄛ ㄍㄨㄚ 比喻沿著發現的線索追究根底。

## 四筆

**頒** ㄅㄢ ㈠發給，賜給。如「頒獎」。㈡指政府或高級行政主管機關宣布、公布或發下來的。如「部頒課程標準」。㈢通「斑」，見「頒白」。

**頒布** ㄅㄢ ㄅㄨˋ （政府）公布（法令，條例等）。

**頒白** ㄅㄢ ㄅㄛˊ 図（頭髮）花白。同「斑白」。

**頒行** ㄅㄢ ㄒㄧㄥˊ 頒布施行。

**頒發** ㄅㄢ ㄈㄚ ①發布（命令、指示、政策等）。②授與（勳章、獎狀等）。

**頒獎** ㄅㄢ ㄐㄧㄤˇ 頒發獎狀、獎金或獎品。

**頒賜** ㄅㄢ ㄘˋ 図政府首長或有地位的人賞賜。如「頒賜匾額」。

**頓** ▲ㄉㄨㄣˋ ㈠短暫的停止。如「停頓」「念到這裡，他頓了一頓」。㈡図用力觸地面。如「頓首（磕頭）」「頓足（跺腳）」。㈢図受挫折，不得意。如「困頓」「頓躓」。㈣安置，整理。如「整頓」「安頓」。㈤表示次數。如「吃一頓飯」「被他數說一頓」。㈥図忽然，立刻。如「頓然覺悟」「頓時想起來了」。㈦書法名稱之一。見「頓筆」。㈧姓。

▲ㄉㄨˊ「冒（ㄇㄛˋ）頓」是漢朝初年匈奴一個單（ㄔㄢˊ）于的名字。

**頓足** ㄉㄨㄣˋ ㄗㄨˊ 図用腳跺地，也作「頓腳」，口語說「跺腳」，是表現憤怒、悲傷、後悔等感情激動的情形。

**頓首** ㄉㄨㄣˋ ㄕㄡˇ 図頭碰地叫「頓首」，是古時的一種跪拜禮，也就是「磕頭」「叩首」。

**頓悟** ㄉㄨㄣˋ ㄨˋ 図忽然間領悟。

**頓挫** ㄉㄨㄣˋ ㄘㄨㄛˋ 図（語調、音律等）停頓轉折。如「抑揚頓挫」。

**頓時** ㄉㄨㄣˋ ㄕˊ 図立時，立刻。

**頓然** ㄉㄨㄣˋ ㄖㄢˊ 図忽然；突然。

**頓筆** ㄉㄨㄣˋ ㄅㄧˇ ①図停筆。〈晉書〉有「頓筆按氣，不敢多云」。②寫字時在折畫之處，把筆用力重按，叫頓筆。

**頓號** ㄉㄨㄣˋ ㄏㄠˋ 標點符號的一種，就是「、」。用在分別文句中並列的同類詞語的當中。如「空氣、日光、水分，是我們生活三要素」。

## 頏

図ㄏㄤˊ ㈠脖子前部，咽喉部分。㈡鳥向上飛。見「頡頏」。

## 頎

図ㄑㄧˊ 身材高的樣子。如「身頎肩闊」「頎長」。

## 頊

ㄒㄩˋ ㈠図「頊頊」是茫然自失的樣子。㈡「顓頊」是我國古代一個帝王的名字。

## 頌

▲ㄙㄨㄥˋ ㈠稱讚別人的好處。如「頌揚」「歌頌」。㈡一種表達讚美表揚的詩歌或文章。如「中華頌」。㈢詩六義之一，主要是宗廟的樂歌，告於神明的。㈣文體名，專用於讚揚。

▲図ㄖㄨㄥˊ ㈠通「容」。〈漢書〉有「魯徐生善為頌」。㈡通「公」。〈漢書〉有「它郡國吏欲來捕亡人者，頌共禁不與」。㈢寬容。〈漢書〉有「當鞠繫者頌繫之」。「頌繫」，就是寬容而不加桎梏。

**頌揚** ㄙㄨㄥˋ ㄧㄤˊ 歌頌讚揚。

**頌詞** ㄙㄨㄥˋ ㄘˊ 稱讚功德或祝賀幸福的講話或文字。

**頌歌** ㄙㄨㄥˋ ㄍㄜ 用於祝頌的詩歌。

**頌諛** ㄙㄨㄥˋ ㄩˊ 図頌揚奉承。

**頌讚** ㄙㄨㄥˋ ㄗㄢˋ 讚美稱頌。

## 頑

ㄨㄢˊ ㈠図愚蠢沒有靈性。如「頑石」「冥頑不靈」。㈡固執，不容易改變的。如「頑固」「頑強」。㈢小孩子淘氣，調皮。如「頑皮」「頑童」。㈣通「玩」字，嬉戲的意思。

**頑皮** ㄨㄢˊ ㄆㄧˊ 皮字可輕讀。小孩兒過分淘氣，調皮不聽話。

**頑石** ㄨㄢˊ ㄕˊ ①粗劣的石塊。②比喻愚蠢而不善領悟的人。

**頑劣** ㄨㄢˊ ㄌㄧㄝˋ 頑固無知；頑皮不順從。如「秉性頑劣」。

**頑抗** ㄨㄢˊ ㄎㄤˋ 頑強抗拒。如「負隅頑抗」。

**頑固** ㄨㄢˊ ㄍㄨˋ 固字可輕讀。①思想保守，不肯接受新鮮事物。②固執守舊，不知變通。

**頑疾** ㄨㄢˊ ㄐㄧˊ 指難治或久治不愈的疾病。

**頑健** ㄨㄢˊ ㄐㄧㄢˋ 図謙稱自己身體強健。

**頑強** ㄨㄢˊ ㄑㄧㄤˊ 堅強；強硬。

**頑童** ㄨㄢˊ ㄊㄨㄥˊ 頑皮的兒童。

**頑梗** ㄨㄢˊ ㄍㄥˇ 說人頑固不知道變通。

**頑頓** ㄨㄢˊ ㄉㄨㄣˋ 図①愚笨。②指刀器之類的工具不鋒利。

**頑敵** ㄨㄢˊ ㄉㄧˊ 頑強的敵人。

**頑軀** ㄨㄢˊ ㄑㄩ 図謙稱自己的身體。

**頑癬** ㄨㄢˊ ㄒㄩㄢˇ 不容易治好的癬。

**頑石點頭** ㄨㄢˊ ㄕˊ ㄉㄧㄢˇ ㄊㄡˊ 傳說晉朝和尚道生法師對著石頭講經，石頭都點起頭來。後來用「頑石點頭」形容道理講得透徹，使人心服。

**頑廉懦立** ㄨㄢˊ ㄌㄧㄢˊ ㄋㄨㄛˋ ㄌㄧˋ 〈孟子・萬章〉有「頑夫廉懦夫有立志」的縮語，指能使貪婪的人廉潔，使懦弱的人堅強。形容感化的力量很大。

## 預

ㄩˋ ㈠事前，在先。如「預防」「預先」。古書上通作「豫」。㈡図參加到裡邊去。如「參預」「干預」。或作「與（ㄩˋ）」。

**預卜** ㄩˋ ㄅㄨˇ 預先斷定。如「未能預卜」。

**預支** ㄩˋ ㄓ 預先支付或領取。如「預支下個月的薪水」。

**預兆** ㄩˋ ㄓㄠˋ 預先顯露出來的跡象。

**預先** ㄩˋ ㄒㄧㄢ 在事情發生或進行之前。如「預先通知」。

**預付** ㄩˋ ㄈㄨˋ 預先付給（款項）。如「預付租金」。

**預示** ㄩˋ ㄕˋ 預先顯示。如「明顯的月暈，預示明天會變天」。

**預收** ㄩˋ ㄕㄡ 預先收取（款項）。如「預收定金」。

**預行** ㄩˋ ㄒㄧㄥˊ 預先施行。

**預告** ㄩˋ ㄍㄠˋ ①事先通告。②事先的通告（多用於戲劇演出、圖書出版等）。如「新書預告」。

**預見** ㄩˋ ㄐㄧㄢˋ 推理預測未來的發展。

**預言** ㄩˋ ㄧㄢˊ 図事前料到先說出來的話。

**預防** ㄩˋ ㄈㄤˊ 事先防備。

**預知** ㄩˋ ㄓ 預先知道。

**預定** ㄩˋ ㄉㄧㄥˋ 指預先規定或約定。如「預定計畫」、「預定明天中午在校門口見面」。

**預後** ㄩˋ ㄏㄡˋ 對於某種疾病發展過程和最後結果的預測。

**預科** ㄩˋ ㄎㄜ 舊時大學培養新生的機構，附設在大學裡。

**預約** ㄩˋ ㄩㄝ 事先約定（購貨等）。

**預訂** ㄩˋ ㄉㄧㄥˋ 預先訂購。

**預計** ㄩˋ ㄐㄧˋ 預先計算、計畫或推測。

**預展** ㄩˋ ㄓㄢˇ 在展覽會正式開幕前先行展覽。

**預料** ㄩˋ ㄌㄧㄠˋ ①事先推測。②事先的推測。如「果然不出我的預料」。

**預祝** ㄩˋ ㄓㄨˋ 預先祝願。如「預祝成功」。

**預習** ㄩˋ ㄒㄧˊ 學生預先自習將要講授的功課。如「課前預習」。

**預備** ㄩˋ ㄅㄟˋ 事前準備。如「預備功課」。

**預報** ㄩˋ ㄅㄠˋ 預先報告（多用於天文、氣象方面）。如「天氣預報」。

**預測** ㄩˋ ㄘㄜˋ 預先推測或測定。如「結果很難預測」。

**預期** ㄩˋ ㄑㄧˊ 預先期待。如「希望能達到預期的目的」。

**預感** ㄩˋ ㄍㄢˇ ①事先感覺。如「天氣太悶熱，大家都預感到將要下大雨」。②事先的感覺。如「不祥的預感」。

**預想** ㄩˋ ㄒㄧㄤˇ 事前推想；預料。

**預演** ㄩˋ ㄧㄢˇ 在正式演出前的試演。

**預算**（ㄩˋ ㄙㄨㄢˋ）①政府機關、團體、事業單位等對於未來的一定時期內的收入和支出的計畫。②預料，事前測算。如「這原是預算不到的事情」。

**預謀**（ㄩˋ ㄇㄡˊ）事前有所謀畫（特指在做壞事之前的謀畫）。如「這事他早有預謀」。

**預賽**（ㄩˋ ㄙㄞˋ）決賽以前進行的比賽。

**預購**（ㄩˋ ㄍㄡˋ）預先訂購或購買。如「預購一棟公寓」。

**預斷**（ㄩˋ ㄉㄨㄢˋ）預先斷定。如「此事一時尚難預斷」。

**預警**（ㄩˋ ㄐㄧㄥˇ）預先警告。如「預警雷達」。

**預言家**（ㄩˋ ㄧㄢˊ ㄐㄧㄚ）能預知未來事情的人。

**預售屋**（ㄩˋ ㄕㄡˋ ㄨ）尚未蓋好或尚未開工簽約出售的房屋。

**預產期**（ㄩˋ ㄔㄢˇ ㄑㄧˊ）預計的胎兒出生的日期。

**預備金**（ㄩˋ ㄅㄟˋ ㄐㄧㄣ）預算中的一個項目，事先未指定用途，在有特殊需要時依法動支。

**預防注射**（ㄩˋ ㄈㄤˊ ㄓㄨˋ ㄕㄜˋ）把疫苗或抗毒血清注射到人或高等動物體內，使體內產生抗體以預防某種傳染病。

**預備軍官**（ㄩˋ ㄅㄟˋ ㄐㄩㄣ ㄍㄨㄢ）大專院校畢業的男生，接受兩年的軍事教育，期滿退役為預備軍官。

## 五筆

# 頗

▲ㄆㄛ ㈠図歪著頭。㈡図不平正。如「偏頗」。▲ㄆㄛˇ ㈠図略微。〈史記〉有「周以來乃頗可著（ㄓㄨˋ）」。㈡很，相當地。如「頗有不同」「久未接來信，頗以為念」。㈢姓。

**頗為**（ㄆㄛˇ ㄨㄟˊ）副詞，表示程度深。如「頗為感動」「頗為重要」。

# 領

ㄌㄧㄥˇ ㈠指脖子的部分。如「領巾」「引領（伸著脖子）」。㈡上衣圍著脖子的部分，叫「領子」或「領兒」。如「硬領」「高領兒」。㈢事物或文章的重要部分。如「提綱挈領」「綱領」。㈣統率，引帶著。如「領兵」「率領」。㈤統率的人。如「大統領」「將領」。㈥主要的意思。如「要領」。㈦接受，取。如「領獎」「領款」。㈧保有，有主權的。如「占領」「領土」。㈨才能。如「本領」。㈩了解，曉悟。如「領悟」「領略」。(十一)衣服一件叫一領，席子一張也叫一領。

**領口**（ㄌㄧㄥˇ ㄎㄡˇ）①衣服上兩肩之間套住脖子的孔及其邊緣。②領子兩頭相合的地方。

**領土**（ㄌㄧㄥˇ ㄊㄨˇ）在國家主權管轄下的區域，包括陸地、領水、領海和領空。

**領子**（ㄌㄧㄥˇ ˙ㄗ）衣服上圍繞脖子的部分。

**領巾**（ㄌㄧㄥˇ ㄐㄧㄣ）①圍脖子的長巾。②童子軍用的三角巾。

**領水**（ㄌㄧㄥˇ ㄕㄨㄟˇ）①分布在一國領土內的河流、湖泊、運河、港口、海灣等。②領海。

**領主**（ㄌㄧㄥˇ ㄓㄨˇ）封建時代受封在一個區域內掌握權力的人，在經濟上是地主，在政治上是統治者。

**領先**（ㄌㄧㄥˇ ㄒㄧㄢ）①共同前進時走在最前面。②比賽進行中分數超前。如「紅隊暫時領先三分」。

**領地**（ㄌㄧㄥˇ ㄉㄧˋ）①領主所占有的土地。②領土。

**領有**（ㄌㄧㄥˇ ㄧㄡˇ）擁有（人口）或占有（土地）。

**領位**（ㄌㄧㄥˇ ㄨㄟˋ）文法名詞。名詞或代詞用作形容附加語時，其所居次序的地位，叫做領位。如「我的書」裡的「我」。也叫領格或所有格。

**領兵** ㄌㄧㄥˇ ㄅㄧㄥ　率領部隊；帶兵。

**領事** ㄌㄧㄥˇ ㄕˋ　由一個政府派駐外國某一城市或地區的外交官員。

**領兒** ㄌㄧㄥˇ ㄦˊ　衣服的領子。

**領取** ㄌㄧㄥˇ ㄑㄩˇ　拿取發給的東西。如「領取工資」。

**領受** ㄌㄧㄥˇ ㄕㄡˋ　接受（多指接受好意）。如「領受同學們的慰問」。

**領命** ㄌㄧㄥˇ ㄇㄧㄥˋ　接受命令。如「領命前往」。

**領空** ㄌㄧㄥˇ ㄎㄨㄥ　一個國家的陸地、領水和領海上的整個空間，是該國領土的組成部分。

**領洗** ㄌㄧㄥˇ ㄒㄧˇ　基督教的教徒在入教時接受洗禮。

**領悟** ㄌㄧㄥˇ ㄨˋ　領會。

**領海** ㄌㄧㄥˇ ㄏㄞˇ　距離一國海岸線一定寬度的海域，是該國領土的組成部分。

**領班** ㄌㄧㄥˇ ㄅㄢ　工商界某些工作人員之中的領導人。

**領航** ㄌㄧㄥˇ ㄏㄤˊ　①引導船舶或飛機航行。②擔任領航工作的人。也叫領航員。

**領唱** ㄌㄧㄥˇ ㄔㄤˋ　合唱時，由一個人或幾個人帶頭唱。

**領袖** ㄌㄧㄥˇ ㄒㄧㄡˋ　①衣服的領子和袖子。②一個群體裡被大家所擁戴的首領。③對一國元首的尊稱。

**領域** ㄌㄧㄥˇ ㄩˋ　①國家領土的範圍。②引伸指事物權責與活動的一定範圍。

**領情** ㄌㄧㄥˇ ㄑㄧㄥˊ　接受禮物或好意而心懷感激。

**領教** ㄌㄧㄥˇ ㄐㄧㄠˋ　①領受別人的指教；通常用作請人發表意見或在別人表示意見之後的謙詞客套語。②向對方親近、交往的意思。如「他這種怪人誰敢領教」。③接受教導。

**領略** ㄌㄧㄥˇ ㄌㄩㄝˋ　理會到它的意義。

**領章** ㄌㄧㄥˇ ㄓㄤ　領子上面的徽章，是三軍官兵別在制服領子上，區別軍種、兵科與階級用的。

**領單** ㄌㄧㄥˇ ㄉㄢ　也作「領據」。領取財物的單據。

**領款** ㄌㄧㄥˇ ㄎㄨㄢˇ　提領存款。

**領港** ㄌㄧㄥˇ ㄍㄤˇ　①引導船舶進出港口。②擔任領港工作的人員。

**領隊** ㄌㄧㄥˇ ㄉㄨㄟˋ　①帶領隊伍。如「請他領隊」。②帶領隊伍的人。如「他是領隊」。

**領會** ㄌㄧㄥˇ ㄏㄨㄟˋ　領略事物而有所體會。

**領罪** ㄌㄧㄥˇ ㄗㄨㄟˋ　承認自己的罪過。

**領路** ㄌㄧㄥˇ ㄌㄨˋ　帶路。如「在前面領路」。

**領窩** ㄌㄧㄥˇ ㄨㄛ　衣服上連接領子的部分。如「領窩別開得太大」。

**領銜** ㄌㄧㄥˇ ㄒㄧㄢˊ　①在共同署名的文件上署名在最前面。如「由他領銜向政府申請」。②演員中排名第一。如「這部影片是他領銜主演的」。

**領獎** ㄌㄧㄥˇ ㄐㄧㄤˇ　領受獎品或獎金。

**領養** ㄌㄧㄥˇ ㄧㄤˇ　把別人家的孩子領來，當做自己的子女撫養。

**領導** ㄌㄧㄥˇ ㄉㄠˇ　率領並引導朝一定方向前進。如「一行人由大隊長領導，走向山區」。

**領諾** ㄌㄧㄥˇ ㄋㄨㄛˋ　答應；應承。如「他不敢推辭，只得領諾。」

**領屬** ㄌㄧㄥˇ ㄕㄨˇ　指彼此之間一方領有或具有，而另一方隸屬或從屬。如「領屬關係」。

**領讀** ㄌㄧㄥˇ ㄉㄨˊ　集體朗讀時，由一個人帶頭念。

**領帶（兒）** ㄌㄧㄥˇ ㄉㄞˋ（ㄦ）　穿西裝時，繫在襯衫領子上而懸在胸前的帶子。

**領結(兒)** ㄌㄧㄥˇ ㄐㄧㄝˊ (ㄦ) 穿西裝時，繫在襯衫領子前的橫結。

**領頭(兒)** ㄌㄧㄥˇ ㄊㄡˊ (ㄦ) ①發起。②率領。

**領事館** ㄌㄧㄥˇ ㄕˋ ㄍㄨㄢˇ 一國政府駐在他國城市或某地區的領事的辦事機關。

**領帶卡** ㄌㄧㄥˇ ㄉㄞˋ ㄑㄧㄚˇ 卡住領帶的卡子。也叫領帶夾。

**領條兒** ㄌㄧㄥˇ ㄊㄧㄠˊ ㄦ ①縫在領窩上的窄條。②用作領取物品憑證的字條。

**領事裁判權** ㄌㄧㄥˇ ㄕˋ ㄘㄞˊ ㄆㄢˋ ㄑㄩㄢˊ 甲國僑民在乙國境內的民刑事案件，乙國法庭無權審理，而由甲國派駐當地的領事審判，叫做領事裁判權。

## 六筆

**頫** ▲図ㄈㄨˇ同「俯」。
▲図ㄊㄧㄠˋ㈠低頭聽。㈡看。

**頦** ▲図ㄏㄞˊ㈠醜。㈡下巴，指嘴下面到喉頭上面的部位。(讀音)
▲ㄎㄜˊ下巴頦兒，就是下巴，下巴骨。
▲ㄎㄜˊ㈠頦兒，就是下巴。方言裡常說，不必有下巴兩字，如「仰著頦兒往上看」。㈡紅點頦，「歌伶鳥」的一種，雄鳥頸部鮮紅色。

**頡** ▲ㄒㄧㄝˊ㈠図直著脖子。㈡姓。又讀ㄐㄧㄝˊ。
▲図ㄐㄧㄚˊ剋扣減除。〈唐書〉有「盜頡資糧」。

**頡頏** ㄒㄧㄝˊ ㄏㄤˊ 図①鳥向上飛叫「頡」，向下飛叫「頏」。②借用說兩項事物的比較，不相上下。如「他們的技藝相頡頏」。③剛直傲慢的意思。

**顈** 図ㄐㄩㄥˇ小箱子。

**熲** 図ㄐㄩㄥˇ火光。

**潁** ㄧㄥˇ水名，潁河源出河南省，經過皖北流入淮河。

## 七筆

**頻** 図ㄆㄧㄣˊ㈠屢次。如「頻來詢問」「頻煩」。㈡急迫。〈詩經〉有「國步斯頻」。㈢同「顰」。

**頻仍** ㄆㄧㄣˊ ㄖㄥˊ 図連續不斷；屢次(多用於壞的方面)。如「戰亂頻仍」。

**頻年** ㄆㄧㄣˊ ㄋㄧㄢˊ 図連年。如「頻年豐收」。

**頻尿** ㄆㄧㄣˊ ㄋㄧㄠˋ 小便頻頻的病。

**頻率** ㄆㄧㄣˊ ㄌㄩˋ 在單位時間內某種事情發生的次數。

**頻傳** ㄆㄧㄣˊ ㄔㄨㄢˊ 接連不斷地傳來(指好消息)。如「捷報頻傳」。

**頻煩** ㄆㄧㄣˊ ㄈㄢˊ (次數)多。也作「頻繁」。

**頻道** ㄆㄧㄣˊ ㄉㄠˋ 在電視廣播中，高頻影像信號和伴音信號占有一定寬度的頻帶，叫做頻道。

**頻數** ㄆㄧㄣˊ ㄕㄨㄛˋ 図次數多而接連。

**頻頻** ㄆㄧㄣˊ ㄆㄧㄣˊ 図屢次。

**頭(头)** ▲ㄊㄡˊ㈠腦袋。直立的動物在最上面，一般動物在最前面的部分。㈡指頭髮說。如「剃頭」「梳頭」。㈢東西最前或最上的一部分。如「船頭」「針頭」。㈣物體的兩端。如「兩頭兒尖」。㈤首領。如「頭領」「頭目」。㈥事情的開端。如「凡事都是起頭難」「做事不能有頭無尾」。㈦條理，線索。如「頭緒」「頭頭是道」。㈧著落；完結的意思，通常說「頭兒」。如「這個辦了很久的案子，到現在總算有了頭兒了」「他的病什麼時候才是個頭兒呢」。㈨剩下的東西或殘餘的一小部分。如「香煙頭兒」「零頭」。㈩形容最深的程度，極點。如「這個人算是壞到頭兒了」。(十一)第一。如「頭等技術」「頭一個孩子」。(十二)前面的，次序在先的。如「這本書頭半部寫得很好」「頭幾天他來過」。(十三)在一種事情或時間之先。如「頭雞叫我就醒了」「頭過年就要把事情辦完」。(十四)指人的行為表現。如「滑頭」「獃頭獃腦」。(十五)人體的部位。如「眉頭」「肩頭」。(十六)一邊，一方面。如「勸了這頭再勸那頭，好容易雙方才不爭吵了」。(十七)「處」的意思。如「盡頭」。(十八)「一件」「一樁」的意思。如「一頭好親事」。(十九)「一」的代稱。如「頭二十萬銀子」就是二十萬銀子的意思。(廿)在買賣或賭博的過程中索取回扣。如「抽頭」「頭錢」。(廿一)計算牲畜或其他東西的單位詞。如「一頭牛」「兩頭蒜」。

▲·ㄊㄡ ㈠作名詞詞尾用。如「石頭」「木頭」「拳頭」。㈡方位詞詞尾。如「前頭」「後頭」「裡頭」「上頭」。㈢指事物的有趣味或有價值的部分。如「這有什麼說頭兒」「這本小說沒有什麼看頭兒」。

**頭七** ㄊㄡˊ ㄑㄧ 人死後的第一個七天。也叫首七。

**頭口** ㄊㄡˊ ㄎㄡˇ 口字輕讀。牲口。

**頭子** ㄊㄡˊ ㄗˇ ①最好的。②首領（多含貶義）。

**頭寸** ㄊㄡˊ ㄘㄨㄣˋ ①銀行所準備的現款。②商家可周轉的現金。

**頭巾** ㄊㄡˊ ㄐㄧㄣ ①從前男子裹頭的紡織物。②現代婦女裹頭的紡織物，多為正方形。

**頭天** ㄊㄡˊ ㄊㄧㄢ ①第一天。②前一天。

**頭水** ㄊㄡˊ ㄕㄨㄟˇ ①質地最好的（貨物）。如「頭水貨」。②指新器物首次使用。③第一次下水洗的。如「這衣服剛洗了頭水就短了好多」。④與頭髮有關的水質化妝品。

**頭功** ㄊㄡˊ ㄍㄨㄥ 首功；頭等功。如「這次他立了頭功」。

**頭目** ㄊㄡˊ ㄇㄨˋ 舊稱一群人中的領袖。（常指盜匪的領袖）。

**頭皮** ㄊㄡˊ ㄆㄧˊ ①頭頂及其周圍的皮膚。②頭皮表面脫落下來的碎屑。

**頭名** ㄊㄡˊ ㄇㄧㄥˊ 第一名。

**頭地** ㄊㄡˊ ㄉㄧˋ 指人的身分、地位。如「出人頭地」（高人一等）。

**頭尾** ㄊㄡˊ ㄨㄟˇ ①頭部和尾部。②開始和結尾；始終。③頭緒。如「問不出個頭尾來」。

**頭角** ㄊㄡˊ ㄐㄩㄝˊ ①[文]頭緒。②比喻青年的氣概或才華。如「頭角崢嶸」。

**頭兒** ㄊㄡˊ ㄦ ①首領。②指物品的兩端。如「兩頭兒」。③指極點，極端。如「到了頭兒了」。④滋味。如「甜頭兒」「苦頭兒」。

**頭油** ㄊㄡˊ ㄧㄡˊ 抹在頭髮上的油質化妝品。

**頭陀** ㄊㄡˊ ㄊㄨㄛˊ 指行腳和尚（梵語 dhūta）。

**頭面** ㄊㄡˊ ㄇㄧㄢˋ 面字可輕讀。婦女頭上裝飾品的總稱。

**頭風** ㄊㄡˊ ㄈㄥ 中醫指頭痛的病。

**頭套** ㄊㄡˊ ㄊㄠˋ 一種化裝用具，套在演員頭上，使頭型、髮式等符合某種需要。

**頭家** ㄊㄡˊ ㄐㄧㄚ ①指聚賭抽頭的人。②方言指店主；老闆。

**頭陣** ㄊㄡˊ ㄓㄣˋ ①第一次交戰。②一切事情的開端或前段。

**頭骨** ㄊㄡˊ ㄍㄨˇ 構成頭顱的骨頭。

**頭球** ㄊㄡˊ ㄑㄧㄡˊ 足球運動中用頭接的球，或用頭頂球攻球門，或用頭傳球。

**頭盔** ㄊㄡˊ ㄎㄨㄟ 戴在頭上作為護具的硬帽。軍人戴的用鋼鐵製造，叫鋼盔；一般人戴的多用塑膠料製造，叫膠盔。

**頭頂** ㄊㄡˊ ㄉㄧㄥˇ 頭的頂部。

**頭牌** ㄊㄡˊ ㄆㄞˊ 演戲時，演員的名字寫在牌子上掛出來，掛在最前面的牌子叫頭牌。如「掛頭牌」「頭牌小生」。

**頭痛** ㄊㄡˊ ㄊㄨㄥˋ ①醫學上說人的腦部因為內部組織受刺激或傷害而引起的各種痛覺。②指事情不好辦，棘手，苦惱，傷腦筋。如「這真是一件頭痛的事」。

**頭等** ㄊㄡˊ ㄉㄥˇ 第一等；最高的。如「頭等艙」。

**頭腦** ㄊㄡˊ ㄋㄠˇ ①思想。如「頭腦不清楚」。②條理。如「他辦事很有頭腦」。③首領，領導人。也叫「頭腦人物」。

**頭裡** ㄊㄡˊ ㄌㄧˇ ①先前。如「頭裡他說不來，現在倒來了」。②前面。如「他在頭裡走」。

**頭路** ㄊㄡˊ ㄌㄨˋ ①頭緒。②門路。

**頭飾** ㄊㄡˊ ㄕˋ 戴在頭上的裝飾品。如「印第安人拿羽毛作頭飾」。

**頭像** ㄊㄡˊ ㄒㄧㄤˋ 肩部以上的人像。

**頭緒** ㄊㄡˊ ㄒㄩˋ 事物的條理。

**頭銜** ㄊㄡˊ ㄒㄧㄢˊ 職官方面如縣長、省長等，學術方面如教授、講師等，社會上如經理、董事等，都是頭銜。

**頭領** ㄊㄡˊ ㄌㄧㄥˇ 首領（多見於早期白話）。

**頭蝨** ㄊㄡˊ ㄕ 節肢動物門的昆蟲，無翅，體扁平，灰白色，通常寄生在人的頭髮裡，吸血，產卵。流行性斑疹傷寒，多數由頭蝨傳染。

**頭輪** ㄊㄡˊ ㄌㄨㄣˊ 優先放映新片的電影院，稱為頭輪電影院。

**頭髮** ㄊㄡˊ ㄈㄚˇ 髮字輕讀。人的前額以上，兩耳以上和後頸部以上生長的毛。

**頭錢** ㄊㄡˊ ㄑㄧㄢˊ 賭博抽頭所得的錢。

**頭難** ㄊㄡˊ ㄋㄢˊ 起頭時感覺困難。如「凡事總是頭難，做了一陣就容易了」。

**頭籌** ㄊㄡˊ ㄔㄡˊ [文]第一。

**頭癬** ㄊㄡˊ ㄒㄧㄢˇ 頭上的皮膚病，病原體是黴菌，有白癬和黃癬兩種。會傳染。

**頭顱** ㄊㄡˊ ㄌㄨˊ 人的頭。如「拋頭顱，灑熱血」。

**頭年（兒）** ㄊㄡˊ ㄋㄧㄢˊ（ㄦ） ①第一年。②去年或上一年。

**頭號（兒）** ㄊㄡˊ ㄏㄠˋ（ㄦ） ①第一號；最大號。如「頭號字」。②最好的。如「頭號麵粉」。

**頭臉（兒）** ㄊㄡˊ ㄌㄧㄢˇ（ㄦ） ①頭和臉。②指面貌。③指面子；體面。

**頭繩（兒）** ㄊㄡˊ ㄕㄥˊ（ㄦ） 用棉、毛、塑料等製成的細繩子，主要用來紮髮髻或辮子。

**頭生兒** ㄊㄡˊ ㄕㄥ ㄦˊ 生字輕讀。①第一胎生的。②第一胎生下的子女。

**頭字語** ㄊㄡˊ ㄗˋ ㄩˇ 拼音文字縮寫的一種。通常是截取由幾個字組成的專名中各個字的第一個字母。如 Young Men's Christian Association（基督教青年會）縮成 Y.M.C.A。

**頭胸部** ㄊㄡˊ ㄒㄩㄥ ㄅㄨˋ 某些節肢動物（如螃蟹、蝦等）的頭部和胸部緊連在一起，合稱為頭胸部。

**頭箍兒**（ㄊㄡˊ ㄍㄨ ㄦ） 從前滿族婦女結髮的用具。

**頭蓋骨**（ㄊㄡˊ ㄍㄞˋ ㄍㄨˇ） 保藏腦髓的骨，由八枚扁平骨合成。

**頭蓋腔**（ㄊㄡˊ ㄍㄞˋ ㄑㄧㄤ） 保藏腦髓的空腔，是人身三腔之一。

**頭頭兒**（ㄊㄡˊ ㄊㄡ ㄦ） 第二個頭字輕讀。單位或集團為首的人（不是很莊重的稱呼）。

**頭雞叫**（ㄊㄡˊ ㄐㄧ ㄐㄧㄠˋ） 天沒亮前的第一聲雞叫。

**頭半天（兒）**（ㄊㄡˊ ㄅㄢˋ ㄊㄧㄢ ㄦ） 上午。

**頭上腳下**（ㄊㄡˊ ㄕㄤˋ ㄐㄧㄠˇ ㄒㄧㄚˋ） 指人全身的衣著裝飾。

**頭昏腦脹**（ㄊㄡˊ ㄏㄨㄣ ㄋㄠˇ ㄓㄤˋ） 頭腦發昏，發脹。如「工作忙得頭昏腦脹」。

**頭狀花序**（ㄊㄡˊ ㄓㄨㄤˋ ㄏㄨㄚ ㄒㄩˋ） 花序的一種，花軸很短，頂端擴大，呈扁平的盤狀或球形，上面生許多沒有花梗的花。

**頭重腳輕**（ㄊㄡˊ ㄓㄨㄥˋ ㄐㄧㄠˇ ㄑㄧㄥ） 上面重，下面輕。比喻基礎不穩固。如「這樣頭重腳輕的，不可靠」。

**頭童齒豁**（ㄊㄡˊ ㄊㄨㄥˊ ㄔˇ ㄏㄨㄛˋ） 図頭禿齒落。形容人衰老的樣子。

**頭會箕斂**（ㄊㄡˊ ㄏㄨㄟˋ ㄐㄧ ㄌㄧㄢˋ） 図指政府徵收的稅捐過分煩苛。「頭會」是按人口計算。「箕斂」是像用畚箕掃取民財。

**頭暈眼花**（ㄊㄡˊ ㄩㄣ ㄧㄢˇ ㄏㄨㄚ） 頭腦發暈，視線模糊。也形容工作緊張，心神疲勞的情形。

**頭頭是道**（ㄊㄡˊ ㄊㄡˊ ㄕˋ ㄉㄠˋ） 說話或做事很有條理。

**頭痛醫頭，腳痛醫腳**（ㄊㄡˊ ㄊㄨㄥˋ ㄧ ㄊㄡˊ ㄐㄧㄠˇ ㄊㄨㄥˋ ㄧ ㄐㄧㄠˇ） 比喻對問題不作根本上徹底解決，只從枝節上應付。

## 頹（穨、隤）

ㄊㄨㄟˊ ㈠図頭禿。㈡精神衰減。如「衰頹」。㈢精神委靡不振。如「頹喪」「頹唐」。㈣図倒塌。如「頹垣斷壁」「泰山其頹」。

**頹圮**（ㄊㄨㄟˊ ㄆㄧˇ） 図倒塌。「古剎頹圮」。

**頹放**（ㄊㄨㄟˊ ㄈㄤˋ） 図志氣消沉，行為放縱。

**頹垣**（ㄊㄨㄟˊ ㄩㄢˊ） 坍塌了的牆。

**頹風**（ㄊㄨㄟˊ ㄈㄥ） 図日趨敗壞的風氣。如「上下交征利，頹風何時休」。

**頹唐**（ㄊㄨㄟˊ ㄊㄤˊ） 精神委靡。

**頹敗**（ㄊㄨㄟˊ ㄅㄞˋ） 図衰落，腐敗。如「任用邪人，東漢因而頹敗」。

**頹喪**（ㄊㄨㄟˊ ㄙㄤˋ） 情緒低落，精神委靡。

**頹景**（ㄊㄨㄟˊ ㄐㄧㄥˇ） 図破落、衰敗的景象。

**頹然**（ㄊㄨㄟˊ ㄖㄢˊ） 図①柔順的樣子。〈晉書〉有「容貌質素，頹然不足者」。②形容敗興的樣子。

**頹勢**（ㄊㄨㄟˊ ㄕˋ） 衰敗的趨勢。

**頹廢**（ㄊㄨㄟˊ ㄈㄟˋ） ①意志消沉，精神委靡。②指建築物倒壞。

**頹運**（ㄊㄨㄟˊ ㄩㄣˋ） 図衰微的命運。

**頹壞**（ㄊㄨㄟˊ ㄏㄨㄞˋ） 坍塌毀壞。如「房屋頹壞」。

**頹靡**（ㄊㄨㄟˊ ㄇㄧˇ） 図頹喪，不振作。

**頹垣斷壁**（ㄊㄨㄟˊ ㄩㄢˊ ㄉㄨㄢˋ ㄅㄧˋ） 坍塌不全的牆壁。形容房屋遭受破壞以後的淒涼景象。

## 頷

図ㄏㄢˋ ㈠下巴頦的底下部分。如「虎頭燕頷」「白鬚滿頷」。㈡點頭（表示應允）。如「笑而頷之」。

**頷首**（ㄏㄢˋ ㄕㄡˇ） 図點頭。如「頷首微笑」。

**頷聯**（ㄏㄢˋ ㄌㄧㄢˊ） 律詩的第二聯（第三、第四兩句），一般要求對仗。

## 頮

図ㄏㄨㄟˋ 洗臉；通「靧」。

**頰** ㄐㄧㄚˊ ㈠面部兩旁顴骨以下的部分，就是腮幫子。如「面頰」。㈡図「緩頰」就是替人說情，求恕。

**頰嗛** ㄐㄧㄚˊ ㄑㄧㄢˋ 頰囊。

**頰囊** ㄐㄧㄚˊ ㄋㄤˊ 倉鼠等齧齒動物和猿猴的口腔內兩側的囊狀構造，用來暫時貯存食物。

**頰上添毫** ㄐㄧㄚˊ ㄕㄤˋ ㄊㄧㄢ ㄏㄠˊ 畫人像時候在頰上畫些毫毛。比喻文章精心潤色，描寫生動。

**頸** ▲ㄐㄧㄥˇ ㈠脖子，頭和軀幹相連的部分。如「長頸鹿」。㈡瓶口下面的部分。如「瓶頸」「長頸瓶」。▲ㄍㄥˇ「脖頸兒（子）」，脖子的後面部分。

**頸子** ㄐㄧㄥˇ ˙ㄗ 脖子。

**頸椎** ㄐㄧㄥˇ ㄓㄨㄟ 頸部的椎骨，共有七塊。

**頸項** ㄐㄧㄥˇ ㄒㄧㄤˋ 脖子。

**頸聯** ㄐㄧㄥˇ ㄌㄧㄢˊ 律詩的第三聯（第五、第六兩句），一般要求對仗。

**頤** 図ㄧˊ ㈠面頰，俗稱「腮幫子」。開口笑叫「解頤」。㈡指身體的保養。如「頤養」「頤神」。㈢沒有實質意義的助聲詞。〈史記〉有「夥頤，涉之為王沉沉者」。「夥頤」是表示驚讚的聲音。

**頤指** ㄧˊ ㄓˇ 図以面頰表情示意指使人。〈漢書〉有「頤指如意」的話。通常用「頤指氣使」形容有權勢的人對待屬下的神氣。

**頤神** ㄧˊ ㄕㄣˊ 図養神。

**頤養** ㄧˊ ㄧㄤˇ 図保養，休養。

## 八筆

**顆** ▲ㄎㄜ 量詞，多用於顆粒狀的東西。如「一顆花生米」「汗珠子一顆一顆往下掉」。▲図ㄎㄜˇ 土塊。

**顆粒** ㄎㄜ ㄌㄧˋ 小而圓的東西。如「這些珍珠的顆粒大小很整齊」。

**顇** ㄘㄨㄟˋ 見「顦」字。

## 九筆

**題** ㄊㄧˊ ㈠図額。㈡對詩、文章、演講或一件事情所標立的一項名目。如「題目」「標題」。㈢寫在上面。如「題字」「題詩」。㈣評論。如「品題」。㈤和「提」字通用，是「述說」的意思。元曲有「休題事了」。

**題目** ㄊㄧˊ ㄇㄨˋ ①概括詩文或演講內容的詞句。②練習或考試時要求解答的問題。

**題名** ㄊㄧˊ ㄇㄧㄥˊ ①為留紀念而寫上的姓名。②題目的名稱。③題記姓名。唐代舉人及第以後，要參加「曲江會題名席」。張籍詩有「曲江院裡題名處，十九人中最少年」。張莒也有「應塔題名」的故事。因此把題名當做應考錄取的意思。如「金榜題名」。

**題字** ㄊㄧˊ ㄗˋ 為留紀念而寫上的字。如「書上有作者的親筆題字」。

**題旨** ㄊㄧˊ ㄓˇ ①文章題目的意旨。②文藝作品主題的意義。如「題旨深遠」。

**題材** ㄊㄧˊ ㄘㄞˊ 構成文學和藝術作品的材料。

**題花** ㄊㄧˊ ㄏㄨㄚ 報刊、書籍上詩文標題前面或近旁的裝飾性圖畫或圖案。

**題跋** ㄊㄧˊ ㄅㄚˊ 寫在書籍、字畫等前後的文字。「題」指寫在前面的，「跋」指寫在後面的，總稱題跋。內容多為品評、鑒賞、考訂、記事等。

**題解**（ㄊㄧˊ ㄐㄧㄝˇ） ①供學習的書籍中解釋題目含義或作品時代背景等的文字。②彙集成冊的關於數學、物理、化學等問題的詳細解答。

**題詩**（ㄊㄧˊ ㄕ） 作詩並寫在器物上。

**題署**（ㄊㄧˊ ㄕㄨˇ） 在對聯或字畫上題字並署名。

**題壁**（ㄊㄧˊ ㄅㄧˋ） ①在牆壁上寫字或詩文。②寫在壁上的字或詩文。

**題簽**（ㄊㄧˊ ㄑㄧㄢ） 寫書皮上的標簽。

**題辭**（ㄊㄧˊ ㄘˊ） 也作「題詞」。是寫在書籍刊物或繪畫上作為介紹、提示或表示讚揚的簡短文字。

**題款（兒）**（ㄊㄧˊ ㄎㄨㄢˇ ㄦ） 在書、文字、畫上頭寫作者姓名並標出年月日的文字。

**題外話**（ㄊㄧˊ ㄨㄞˋ ㄏㄨㄚˋ） 離開主題或與本題沒有關係的話。

**題名錄**（ㄊㄧˊ ㄇㄧㄥˊ ㄌㄨˋ） 寫上或印上一些姓名、年歲、籍貫、住址等的人名冊。

**顓** 図ㄓㄨㄢ ㈠謹慎的樣子。如「性顓而好古」。㈡愚昧，胡塗。如「顓蒙」。㈢通「專」。㈣「顓頊」是黃帝的孫子。㈤顓孫，複姓。

**額** ㄜˊ ㈠頭的前面，眉毛以上頭髮以下的部分，通常叫「腦門子」或「腦門兒」。如「額角」「額骨」。㈡規定的數目。如「名額」「額外」。㈢牌匾叫「匾額」。㈣碑的頂端叫「碑額」。

又讀ㄜˋ，多用作譯音。

**額手**（ㄜˊ ㄕㄡˇ） 図舉手到前額，表示慶幸。如「額手稱慶」。

**額外**（ㄜˊ ㄨㄞˋ） 超出規定的數量或範圍。如「額外開支」。

**額角**（ㄜˊ ㄐㄧㄠˇ） 額的兩旁。

**額定**（ㄜˊ ㄉㄧㄥˋ） 規定數目的。如「額定人數」。

**額門**（ㄜˊ ㄇㄣˊ） 前額。

**額面**（ㄜˊ ㄇㄧㄢˋ） 票面的金額。也作「面額」。

**額骨**（ㄜˊ ㄍㄨˇ） 頭蓋骨的前頭骨。

**額滿**（ㄜˊ ㄇㄢˇ） 限額已滿（多用於招生或招募人員）。如「報名自即日起，額滿為止」。

**額頭**（ㄜˊ ㄊㄡˊ） 額的通稱。

**額數（兒）**（ㄜˊ ㄕㄨˋ ㄦ） 規定的數目。

**額非爾士峰**（ㄜˊ ㄈㄟ ㄦˇ ㄕˋ ㄈㄥ） 喜馬拉雅山脈中最高的山峰，海拔八千八百多公尺，是世界第一高峰。

**顎（齶）** ㄜˋ 指嘴的上下兩部。嘴裡有兩個下顎骨，在下巴頦的部位；有一個上顎骨，在臉的中央部位。

**顎下腺**（ㄜˋ ㄒㄧㄚˋ ㄒㄧㄢˋ） 唾腺。

**顏** ㄧㄢˊ ㈠色彩。如「顏料」「五顏六色」。㈡臉上的表情，面容。如「和顏悅色」「笑逐顏開」。㈢図臉面（體面、名譽）。如「無顏見人」「靦顏無恥」。㈣姓。

**顏字**（ㄧㄢˊ ㄗˋ） 指唐代顏真卿所寫的楷字體。

**顏色**（ㄧㄢˊ ㄙㄜˋ） ①図面容。〈論語〉有「正顏色，斯近信矣」。②色彩。③厲害的手段。如「給他一點兒顏色看看」。

語音ㄧㄢˊ・ㄕㄞ。

**顏面**（ㄧㄢˊ ㄇㄧㄢˋ） ①臉部。如「顏面神經」。②體面；面子。如「顧全顏面」。

**顏料**（ㄧㄢˊ ㄌㄧㄠˋ） 用來著色的物質，種類很多。

**顏體**（ㄧㄢˊ ㄊㄧˇ） 唐朝顏真卿所寫的字體，參用篆書筆意寫楷書，渾厚挺拔，開闊雄偉。

**顏筋柳骨** ㄧㄢˊ ㄐㄧㄣ ㄌㄧㄡˇ ㄍㄨˇ 顏真卿和柳公權都是唐朝的大書法家，所寫的字筆力遒逕，有顏筋柳骨之稱。

**顏色點染法** ㄧㄢˊ ㄙㄜˋ ㄉㄧㄢˇ ㄖㄢˇ ㄈㄚˇ 唐代滕昌祐所創的國畫花卉畫法之一，不鉤輪廓，只隨意用顏料點染，顯出盎然的生氣。

## 顒

ㄩㄥˊ 〔文〕(一)大。(二)嚴正的樣子。(三)向慕。如「顒望」。(四)「顒顒」，態度溫和的樣子，也是波濤洶湧的樣子。

**顒坐** ㄩㄥˊ ㄗㄨㄛˋ 〔文〕端坐。

**顒望** ㄩㄥˊ ㄨㄤˋ 〔文〕仰望；企望。

## 十筆

## 顛

ㄉㄧㄢ (一)頭頂。如「白髮盈顛」。(二)〔文〕最高的地方，頂端；通「巔」。如「顛峰」「山顛」。(三)〔文〕根本。如「顛末」。(四)跌倒。如「顛仆」「顛躓」。(五)推翻。如「顛覆」「顛撲不破」。(六)倒轉。如「顛倒」。(七)遭受挫折。如「困苦顛連」。(八)搖晃震盪。如「路不好，車顛得厲害」。(九)跳起來快跑。如「連跑帶顛」。(十)通「癲」，「癲狂」也作「顛狂」。

**顛末** ㄉㄧㄢ ㄇㄛˋ 〔文〕從開頭到末尾的經過。如「詳詢顛末」。

**顛危** ㄉㄧㄢ ㄨㄟˊ 〔文〕國家、局面傾覆危殆。如「國勢顛危」。

**顛沛** ㄉㄧㄢ ㄆㄟˋ 〔文〕①跌倒。②遭受困苦、挫折。如「顛沛流離」。

**顛兒** ㄉㄧㄢ ㄦ 跳起來跑；跑。如「他一聲都沒言語，就顛兒了」。

**顛倒** ㄉㄧㄢ ㄉㄠˇ ①上下、前後和原有的或應有的位置相反。②錯亂。如「神魂顛倒」。

**顛峰** ㄉㄧㄢ ㄈㄥ ①最高的，最旺盛的。②最高處。

**顛連** ㄉㄧㄢ ㄌㄧㄢˊ 〔文〕①受挫折，不順利。如「顛連困苦」。②困苦。

**顛覆** ㄉㄧㄢ ㄈㄨˋ ①翻轉倒塌，也用來形容政治權勢的被推翻打倒。②推翻原來的形式。如「顛覆活動」。

**顛簸** ㄉㄧㄢ ㄅㄛˇ 受震動而起伏搖動。如「這條路壞透了，坐在車子裡一個勁兒顛簸」。

**顛躓** ㄉㄧㄢ ㄓˋ 〔文〕①跌跌撞撞地走；跌。②比喻困厄。

**顛三倒四** ㄉㄧㄢ ㄙㄢ ㄉㄠˇ ㄙˋ （說話、做事）錯亂，沒有次序。如「酒喝多了，弄得顛三倒四，胡言亂語」。

**顛倒是非** ㄉㄧㄢ ㄉㄠˇ ㄕˋ ㄈㄟ 把對的說成不對，不對的說成對。

**顛撲不破** ㄉㄧㄢ ㄆㄨ ㄅㄨˋ ㄆㄛˋ 〔文〕比喻理論正確，不能推翻。

**顛顛倒倒** ㄉㄧㄢ ㄉㄧㄢ ㄉㄠˇ ㄉㄠˇ 顛倒的樣子。

## 類（类）

ㄌㄟˋ (一)原意是各種狗都很相像，引伸作事物相似。如「類似」「相類」。(二)種別。如「同類」「非我族類」。(三)同儕。如「出乎其類，拔乎其萃」。(四)似乎，像是。如「形之尨者類有德，聲之宏者類有能」。

**類化** ㄌㄟˋ ㄏㄨㄚˋ ①教育學上指運用類似的經驗解釋新經驗，或運用舊經驗引發新動機，叫類化原則。②把一些共同的觀念合成一個「概括的說法」。

**類比** ㄌㄟˋ ㄅㄧˇ 一種推理方法，根據兩種事物在某些特徵上的相似，做出它們在其他特徵上也可能相似的結論。也叫類似。

**類乎** ㄌㄟˋ ㄏㄨ 乎字輕讀。好像；近於。如「這個故事很離奇，類乎神話」。

**類次** ㄌㄟˋ ㄘˋ 〔文〕分類排列。

**類同** ㄌㄟˋ ㄊㄨㄥˊ 大致相同。如「樣式類同」。

**類似** ㄌㄟˋ ㄙˋ ①大致相似。②部分相等的。

**類別** ㄌㄟˋ ㄅㄧㄝˊ 不同的種類；按種類的不同而做出的區別。

**類型** ㄌㄟˋ ㄒㄧㄥˊ 具有共同特徵的事物所形成的種類。

**類書** ㄌㄟˋ ㄕㄨ 摘錄各種書上有關的材料，依照內容分門別類地編排以備檢查的書籍，如〈太平御覽〉〈古今圖書集成〉。

**類推** ㄌㄟˋ ㄊㄨㄟ 比照某一事物的道理推出跟它同類的其他事物的道理。如「比照類推」。

**類聚** ㄌㄟˋ ㄐㄩˋ 〔文〕同類的事物聚合在一起。

**類緣** ㄌㄟˋ ㄩㄢˊ 動物學上指種類與血緣。

**類人猿** ㄌㄟˋ ㄖㄣˊ ㄩㄢˊ 外貌和舉動都像人的猿類，如黑猩猩、大猩猩等。

**類固醇** ㄌㄟˋ ㄍㄨˋ ㄔㄨㄣˊ 有機化合物的一類，廣泛存在於動植物體內，一般具有重要的生理作用。

**顖** ㄒㄧㄣˋ 同「囟」。「顖門」，也叫「頂門」「顖腦門兒」，是人頭頂上稍靠前額的部分，也就是初生嬰兒頭頂上看得出跳動的部分。又讀ㄒㄧㄥˋ。

**顙** ㄙㄤˇ 〔文〕㈠前額，腦門。如「廣顙（寬腦門）」。㈡「稽（ㄑㄧˇ）顙（叩頭）」的簡詞。

**顗** ㄧˇ 〔文〕㈠莊重嚴謹的樣子。㈡安靜的樣子。

**願** ㄩㄢˋ ㈠樂意，肯。如「自願」「甘心情願」。㈡希望。如「願天下有情人皆成眷屬」「但願如此」。㈢所希望的。如「願望」「心願」。㈣〔文〕羨慕。〈荀子〉有「小人莫不延頸舉踵而願曰」。

**願力** ㄩㄢˋ ㄌㄧˋ 佛教指誓願的力量。也叫「本願力」。

**願心** ㄩㄢˋ ㄒㄧㄣ ①佛教用語。佛願救眾生之心；眾生願成佛之心。②心願。

**願望** ㄩㄢˋ ㄨㄤˋ 希望將來能達到某種目的的想法。

**願意** ㄩㄢˋ ㄧˋ ①認為符合自己的心願而同意（做某事）。②希望（發生某情況）。如「我願意你留在這兒」。

**願聞其詳** ㄩㄢˋ ㄨㄣˊ ㄑㄧˊ ㄒㄧㄤˊ 願意聽聽詳細的情形。

## 十一筆

**顢** ㄇㄢˊ 「顢頇」，形容胡塗，不明事理，或是懶散，做事疏忽，不用心。語音ㄇㄢ。「顢顢頇頇」（ㄇㄢ ㄇㄢ·ㄏㄢ ㄏㄢ）或「顢裡顢頇」（ㄇㄢ·ㄌㄧ ㄇㄢ ㄏㄢ）是顢頇的樣子。

## 十二筆

**顧（顾）** ㄍㄨˋ ㈠回頭看，轉頭看。如「回顧」「左顧右盼」。㈡〔文〕看。如「四顧無人」。㈢關心。如「顧念」「照顧」。㈣注意到，考慮到。如「奮不顧身」「顧此失彼」。㈤〔文〕探訪。如「三顧茅廬」。㈥〔文〕但。如「顧乃」「欲加援手，顧力有不及」。㈦〔文〕乃。如「顧所願耳」。㈧〔文〕反而。如「流俗顧薄之」。㈨〔文〕值得懷念的人。〈後漢書·黨錮傳序〉說郭林宗、羊陟等八人是「八顧」。㈩姓。

**顧及** ㄍㄨˋ ㄐㄧˊ 照顧到；注意到。如「顧不及這些零碎事兒」「無暇顧及」。

**顧主** ㄍㄨˋ ㄓㄨˇ 顧客。

**顧全** ㄍㄨˋ ㄑㄩㄢˊ 顧及，使不受損。如「顧全大體」。

**顧曲** ㄍㄨˋ ㄑㄩˇ 文指欣賞音樂戲曲。

**顧忌** ㄍㄨˋ ㄐㄧˋ 有所顧慮畏忌，不敢盡情說話或行事。

**顧命** ㄍㄨˋ ㄇㄧㄥˋ ①顧惜生命。如「奮不顧命」。②文帝王臨終前的遺詔。

**顧念** ㄍㄨˋ ㄋㄧㄢˋ 惦念；顧及。

**顧客** ㄍㄨˋ ㄎㄜˋ 商店或服務行業稱來買東西的人或服務對象。

**顧恤** ㄍㄨˋ ㄒㄩˋ 文顧念憐憫。

**顧盼** ㄍㄨˋ ㄆㄢˋ 文向兩旁或周圍看來看去。如「左右顧盼」。

**顧眄** ㄍㄨˋ ㄇㄧㄢˇ 文回頭看。

**顧家** ㄍㄨˋ ㄐㄧㄚ 顧念家庭，多指照管家務，贍養家屬等。如「他除了一心為公，又要顧家」。

**顧問** ㄍㄨˋ ㄨㄣˋ 有某方面的專門知識，供個人或機關團體咨詢的人。

**顧惜** ㄍㄨˋ ㄒㄧˊ 顧全愛惜。

**顧望** ㄍㄨˋ ㄨㄤˋ 文環視；觀望（含謙恭或畏忌、躊躇意）。如「不顧望而對，非禮也」。

**顧慮** ㄍㄨˋ ㄌㄩˋ 害怕對自己、對人或對某事不利而不敢照自己本意說話或行動。如「他對此事有所顧慮」。

**顧繡** ㄍㄨˋ ㄒㄧㄡˋ 指沿用明朝嘉靖時進士顧名世家的繡法而製的刺繡，所繡花鳥人物形象逼真。

**顧面子** ㄍㄨˋ ㄇㄧㄢˋ ˙ㄗ ①顧到情面。②顧到自己的聲譽。

**顧小失大** ㄍㄨˋ ㄒㄧㄠˇ ㄕ ㄉㄚˋ 指因貪小利而損失長遠的利益。

**顧名思義** ㄍㄨˋ ㄇㄧㄥˊ ㄙ ㄧˋ 從名稱想到所包含的意義。

**顧此失彼** ㄍㄨˋ ㄘˇ ㄕ ㄅㄧˇ 顧了這個，丟了那個。

**顧盼自雄** ㄍㄨˋ ㄆㄢˋ ㄗˋ ㄒㄩㄥˊ 文左看右看，自以為了不起。形容得意忘形的樣子。

**顧影自憐** ㄍㄨˋ ㄧㄥˇ ㄗˋ ㄌㄧㄢˊ 望著自己的影子，自己憐惜自己。形容孤獨失意的樣子。也指自我欣賞。

## 顥

文ㄏㄠˋ ㈠白而發亮。㈡通「昊」，博大。

## 顦

ㄑㄧㄠˊ 同「憔」。「顦顇」就是「憔悴」。

## 十三筆

## 顫

ㄓㄢˋ 抖動，發抖。如「顫抖」。又讀ㄔㄢˋ。

**顫抖** ㄓㄢˋ ㄉㄡˇ 哆嗦；發抖。

**顫音** ㄓㄢˋ ㄧㄣ 語音學名詞，指舌尖或小舌顫動時發出的輔音。

**顫動** ㄓㄢˋ ㄉㄨㄥˋ 短促而頻繁地振動。

**顫悠** ㄓㄢˋ ㄧㄡ 悠字輕讀。顫動搖晃。又讀作ㄔㄢˋ ㄧㄡ。

**顫筆** ㄓㄢˋ ㄅㄧˇ 書畫家的一種用筆方法，顫動的筆勢。也作「戰筆」。

**顫慄** ㄓㄢˋ ㄌㄧˋ 文顫抖。

**顫聲** ㄓㄢˋ ㄕㄥ 聲浪顫動，斷續不絕。

**顫巍** ㄓㄢˋ ㄨㄟˊ 巍字可輕讀。顫動搖曳的樣子。又讀作ㄔㄢˋ ㄨㄟˊ。

**顫悠悠** ㄓㄢˋ ㄧㄡ ㄧㄡ 形容顫動搖晃的樣子。又讀作ㄔㄢˋ ㄧㄡ ㄧㄡ。

**顫巍巍** ㄓㄢˋ ㄨㄟ ㄨㄟ 顫動搖曳的樣子。也作「顫顫巍巍（ㄔㄢˋ ˙ㄔㄢ ㄨㄟ ㄨㄟ）」。

## 十四筆

## 顯（显）

ㄒㄧㄢˇ ㈠文頭上戴著發亮的飾物。㈡文光明。㈢可以清楚明白看出來。如「顯著（ㄓㄨˋ）」「顯而易見」。㈣表現，表露出來。如「顯露」「顯現」。㈤名聲好，社會或政治地位和聲望好。

如「顯貴」「顯要」。㈥図子孫尊先人之稱。如「顯考」「顯妣」。

**顯目** ㄒㄧㄢˇ ㄇㄨˋ 顯眼。

**顯示** ㄒㄧㄢˇ ㄕˋ 顯明地表現。

**顯考** ㄒㄧㄢˇ ㄎㄠˇ 図①稱已故的父親。②古人稱高祖為顯考。

**顯妣** ㄒㄧㄢˇ ㄅㄧˇ 図稱已故的母親。

**顯形** ㄒㄧㄢˇ ㄒㄧㄥˊ 顯露原形；露出真相（用於人時多含貶義）。

**顯見** ㄒㄧㄢˇ ㄐㄧㄢˋ 可以明顯地看出。

**顯明** ㄒㄧㄢˇ ㄇㄧㄥˊ 清楚明白。

**顯者** ㄒㄧㄢˇ ㄓㄜˇ 図舊稱有錢有勢的人。

**顯亮** ㄒㄧㄢˇ ㄌㄧㄤˋ 明亮；顯眼。如「紀念碑立在最顯亮的地方」。

**顯要** ㄒㄧㄢˇ ㄧㄠˋ 舊時指官職高權柄大，也指官職高權柄大的人。

**顯效** ㄒㄧㄢˇ ㄒㄧㄠˋ ①顯示效果。如「這種農藥顯效快，毒性低」。②明顯的效果。如「未見顯效」。

**顯能** ㄒㄧㄢˇ ㄋㄥˊ 顯示自己的才能。如「在人前顯能」。

**顯得** ㄒㄧㄢˇ ˙ㄉㄜ 表現出（某種情形）。如「顯得年輕」「這樣顯得不好看」。

**顯現** ㄒㄧㄢˇ ㄒㄧㄢˋ 呈現；顯露。

**顯眼** ㄒㄧㄢˇ ㄧㄢˇ 明顯而容易被看到；引人注目。如「放在最顯眼的地方」。

**顯揚** ㄒㄧㄢˇ ㄧㄤˊ ①表彰。②聲譽著稱。

**顯然** ㄒㄧㄢˇ ㄖㄢˊ 容易看出或感覺到；非常明顯。

**顯著** ▲ㄒㄧㄢˇ ㄓㄨˋ 非常明顯。如「目標顯著」。▲ㄒㄧㄢˇ ˙ㄓㄜ 表露出，感覺出。如「沒有電燈，顯著不方便」。

**顯貴** ㄒㄧㄢˇ ㄍㄨㄟˋ 指做大官。也指做大官的人。

**顯達** ㄒㄧㄢˇ ㄉㄚˊ 舊時指在官場上地位高而有名聲。

**顯聖** ㄒㄧㄢˇ ㄕㄥˋ ①神明顯露形貌以示人。②人死後顯靈。

**顯赫** ㄒㄧㄢˇ ㄏㄜˋ 図位高權勢大的人聲名昭著。

**顯影** ㄒㄧㄢˇ ㄧㄥˇ 把曝過光的照相底片或像紙，用藥液處理使顯出影像。顯影工作通常在暗室中進行。

**顯學** ㄒㄧㄢˇ ㄒㄩㄝˊ 図著名的學說、學派。

**顯豁** ㄒㄧㄢˇ ㄏㄨㄛˋ 図顯著明白。如「內容顯豁」。

**顯懷** ㄒㄧㄢˇ ㄏㄨㄞˊ 婦女懷孕從體形上顯現出來。如「她還沒顯懷呢，才兩個月」。

**顯耀** ㄒㄧㄢˇ ㄧㄠˋ ①指聲譽、勢力等著稱。如「顯耀一時」。②顯擺；炫示。

**顯露** ㄒㄧㄢˇ ㄌㄨˋ 明顯，現出，表露。

**顯靈** ㄒㄧㄢˇ ㄌㄧㄥˊ 指神鬼現出形象，發出聲響或使人感到威力。

**顯身手** ㄒㄧㄢˇ ㄕㄣ ㄕㄡˇ 表現出本領來。如「大顯身手」。

**顯微鏡** ㄒㄧㄢˇ ㄨㄟˊ ㄐㄧㄥˋ 觀察微小物體用的光學儀器，主要由一個金屬筒和兩組透鏡構成。常用的顯微鏡可以放大幾百倍到三千倍。

**顯像液** ㄒㄧㄢˇ ㄒㄧㄤˋ ㄧˋ 照相顯影用的化學藥液。也叫顯影液。重要材料有亞硫酸鈉、溴化鉀、碳酸鈉等。

**顯而易見** ㄒㄧㄢˇ ㄦˊ ㄧˋ ㄐㄧㄢˋ 很明顯而容易看出來。

**顯花植物** ㄒㄧㄢˇ ㄏㄨㄚ ㄓˊ ㄨˋ 開花結實靠種子繁殖的植物的統稱，如桃、菊、麥等（區別於「隱花植物」）。

## 顬

図ㄖㄨˊ見「顳」字注。

## 十五筆

**顰** ㄆㄧㄣˊ 図皺眉。如「效顰（比喻學別人學得不像，更顯其醜）」。

**顰蹙** ㄆㄧㄣˊ ㄘㄨˋ 図形容人煩愁憂慮的神情。攢（ㄘㄨㄢˊ）眉叫「顰」，皺鼻梁兒叫「蹙」。

## 十六筆

**顱** ㄌㄨˊ ㈠頭蓋，頭的上部。如「頭顱（頭的通稱）」「顱頂骨」。㈡図頭部。如「圓顱方趾（泛指人類）」。

**顱骨** ㄌㄨˊ ㄍㄨˇ 頭骨（構成頭顱的骨頭）。

**顱腔** ㄌㄨˊ ㄑㄧㄤ 顱內的空腔，頂部略呈半球形，底部高低不平。顱腔有容納和保護腦子的作用。

**顱頂骨** ㄌㄨˊ ㄉㄧㄥˇ ㄍㄨˇ 頭蓋骨的一部分，扁方形，有左右兩對。

## 十八筆

**顴** ㄑㄩㄢˊ 「顴骨」是眼睛下邊兩腮上面突出的顏面骨。如「他顴骨很高」「雙顴有紅暈」。

**顳** ㄋㄧㄝˋ 「顳顬」是頭部的兩側靠近耳朵上方的部位，通稱「耳門骨」。

# 風部

**風（风）** ▲ㄈㄥ ㈠空氣流動的現象。如「風和日麗」。㈡像風那麼快的。如「風行」「風馳電掣」。㈢教化。如「風化」「遺風」。㈣社會習慣。如「風俗」「風氣」。㈤景象。如「風景」「風光」。㈥人的態度、氣概。如「風度」「風韻」。㈦讓風吹。如「風乾」。㈧傳說，流言。如「風傳」「風言風語」。㈨中醫病名。如「風溼」「風疹」。㈩消息。如「走露風聲」「聞風而來」。⑪事物的特色。如「風趣」「風味」。⑫我國古代各地的歌謠。如「國風」。⑬因為教養好而得的家庭名譽。如「門風」「家風」。⑭受風的所在。如「風洞」「上風」。⑮鼓動空氣成風或使空氣流動而使用的器具。如「風扇」「風琴」。⑯男女間情愛之爭。如「爭風吃醋」。⑰図我國詩經六義之一：風、賦、比、興、雅、頌。⑱図威勢，氣勢。〈史記・淮陰侯傳〉有「燕（ㄧㄢ）從風而靡」。⑲同「丰」。如「風采」。⑳見「風頭」。㉑同「瘋」，一種狂症。如「風子」。㉒見「風馬牛」。㉓姓。

▲図ㄈㄥˋ ㈠吹。如「春風（ㄈㄥ）風（ㄈㄥˋ）人」。㈡同「諷」。

**風力** ㄈㄥ ㄌㄧˋ ①風的力量。②図指人的風采骨力。

**風口** ㄈㄥ ㄎㄡˇ 因為沒有遮擋而比兩旁風大的地方。如「身上出汗不要站在風口上」。

**風土** ㄈㄥ ㄊㄨˇ 一個地方特有的自然環境和風俗、習慣的總稱。如「風土人情」。

**風化** ㄈㄥ ㄏㄨㄚˋ ①化學上說結晶體在空氣中失去結晶水而分解的現象。②岩石因長期受風雨侵蝕、空氣氧化和寒暑影響而崩解。③図風俗教化。

**風月** ㄈㄥ ㄩㄝˋ ①風和月，泛指景色。②比喻男女戀愛的事。

**風木** ㄈㄥ ㄇㄨˋ 図比喻父母亡故，兒女不及盡孝奉養。如「風木哀思」。

**風水** ㄈㄥ ㄕㄨㄟˇ 水字輕讀。迷信的人相信房屋或墳地的方向以及環境地脈、水勢、水流等會決定吉凶福禍，叫風水。替人相地觀察風水的是「堪輿師」，一般叫「風水先生」。

**風火** ㄈㄥ ㄏㄨㄛˇ 図①風災和火災。②指戰亂。

**風光** ㄈㄥ ㄍㄨㄤ ①風景，景象。如「南國風光」。②鋪張，熱鬧，體面。

**風向** ㄈㄥ ㄒㄧㄤˋ 風吹來的方向，例如從東方吹來的風叫東風。

**風帆** ㄈㄥ ㄈㄢˊ ①掛在桅杆上的布篷，可以利用風力使船前進。②指帆船。

**風竹** ㄈㄥ ㄓㄨˊ 風中的竹子。

**風衣** ㄈㄥ ㄧ 一種擋風的長外衣。

**風色** ㄈㄥ ㄙㄜˋ ①指風向；泛指形勢、情況。如「看風色」是說等待察看形勢變化如何來決定進退。②図天氣。盧照鄰詩有「今朝好風色」。③図比喻人的臉色、顏色。袁宏〈三國名臣序贊〉有「忠存軌跡，義形風色」。

**風行** ㄈㄥ ㄒㄧㄥˊ 普遍流行；盛行。「風行一時」。

**風伯** ㄈㄥ ㄅㄛˊ 神話中管颳風的神。

**風沙** ㄈㄥ ㄕㄚ 風和被風捲起的沙土。

**風災** ㄈㄥ ㄗㄞ 因暴風、颱風或颶風過境而造成的災害。

**風車** ㄈㄥ ㄔㄜ ①用風力轉動的機器。藉風力旋轉輪翼來引動機器汲水、磨麵等。②用來去糠秕的農具。③借風力吹動紙輪的一種玩具。

**風邪** ㄈㄥ ㄒㄧㄝˊ 中醫稱因溼熱風寒的侵入而生的病叫做風邪。

**風兒** ㄈㄥ ㄦˊ ①風。②略有所聞。如「聽見一點風兒」。

**風味** ㄈㄥ ㄨㄟˋ ①指人的風度及意趣。如「這個人很有風味」。②事物富有情趣，耐人尋味。如「這篇文章別具風味」。③特別的滋味。如「新出的一種醬油，風味特佳」。

**風尚** ㄈㄥ ㄕㄤˋ 在一定時期中社會上普遍流行的風氣和習慣。

**風采** ㄈㄥ ㄘㄞˇ 図①人的儀表舉止（指美好的）；神采。如「風采動人」。②文采。

**風波** ㄈㄥ ㄅㄛ 比喻糾紛或亂子。如「一場風波」。

**風物** ㄈㄥ ㄨˋ 一個地方特有的景物。

**風花** ㄈㄥ ㄏㄨㄚ 図①被風吹落的花。②起風前出現的雲霧。

**風雨** ㄈㄥ ㄩˇ 風和雨，比喻艱難困苦。

**風信** ㄈㄥ ㄒㄧㄣˋ ①風聲，信息。如「他一聽到風信就趕去了」。②図隨著季節變化應時吹來的風。

**風俗** ㄈㄥ ㄙㄨˊ 俗字可輕讀。社會上長期形成的風尚、禮節、習慣等的總和。

**風姿** ㄈㄥ ㄗ 也寫作「丰姿」。風度姿態。如「風姿秀逸」。

**風度** ㄈㄥ ㄉㄨˋ 美好的舉止姿態。形容人風度好，常說「風度翩翩」。

**風洞** ㄈㄥ ㄉㄨㄥˋ 利用人造氣流，測驗空氣在物體周圍流動時所發生的作用，以了解這種物體的空氣動力特性。在地面上進行這種測驗的場所，是一種雲形建築，名字叫風洞。受測驗的物體，大都是重於空氣的飛行物件。

**風流** ㄈㄥ ㄌㄧㄡˊ ①儀表，態度。②品格。如「名士風流」，是具有名士的風格的意思。③不拘守禮法，表現出精神特異，與眾不同。如「風流倜儻」「風流不羈」。④指男女間愛情的事。如「風流案件」。⑤指喜歡和異性接觸。如「他年紀儘管大，還很風流呢」。⑥見「風流雲散」。

**風紀** ㄈㄥ ㄐㄧˋ ①紀律。②軍人的態度儀容。

**風致** ㄈㄥ ㄓˋ 図①美好的容貌和舉止。②風味；風趣。

**風級** ㄈㄥ ㄐㄧˊ 風力的等級。

**風害** ㄈㄥ ㄏㄞˋ 大風所造成的災害。

**風神** ㄈㄥ ㄕㄣˊ 図①人的風采。②書法上的氣勢神韻。③文學、藝術作品的格調、氣勢。

**風扇** ㄈㄥ ㄕㄢˋ ①熱天取涼的舊式用具，用布製成，弔在梁上，用人力拉動生風。②電扇。

**風格** ㄈㄥ ㄍㄜˊ ①氣度；作風。②指作家或藝術家的作品所表現的特有的格調。

**風氣** ㄈㄥ ㄑㄧˋ 社會上一時流行的愛好或習尚。如「社會風氣」。

**風浪** ㄈㄥ ㄌㄤˋ ①水面上的風和波浪。②比喻艱險的遭遇。如「久經風浪」。

**風疹** ㄈㄥ ㄓㄣˇ ①病名，就是「德國痲疹」。因為感染病毒而引起。發病時全身有許多粉紅色的斑疹，偶爾併發中耳炎、支氣管炎等。或有發燒現象，兩三天就消退。②蕁麻疹又名「風疹塊」。

**風骨** ㄈㄥ ㄍㄨˇ 図①堅強不屈的氣概。②（詩文書畫）雄健有力的風格。

**風乾** ㄈㄥ ㄍㄢ 任風吹乾。如「風乾臘肉」。

**風圈** ㄈㄥ ㄑㄩㄢ 日暈或月暈的通稱。

**風情** ㄈㄥ ㄑㄧㄥˊ ①男女戀愛的情懷。②風雅的情懷。③姿容；姿態。如「賣酒的風情好」。

**風涼** ▲ㄈㄥ ㄌㄧㄤˊ ①涼爽。②見「風涼話」。
▲ㄈㄥ ˙ㄌㄧㄤ 在通風的地方乘涼。

**風笛** ㄈㄥ ㄉㄧˊ 一種管樂器，由風囊、吹管和若干簧管組成，流行於歐洲民間。

**風速** ㄈㄥ ㄙㄨˋ 風的速度，通常以「秒公尺」（一秒鐘移動多少公尺）或「公里時」為計算單位。按世界通用的風級表，把風速的大小分成十二級，第一級每小時二到五公里，稱為軟風；依次是輕風、微風、和風、清風、強風、疾風、大風、烈風、狂風、暴風、颶風。一九四六年之後，經過若干修正，增加到十八級。

**風寒** ㄈㄥ ㄏㄢˊ 冷風與寒氣。如「經常用冷水擦身可以抵禦風寒」。

**風帽** ㄈㄥ ㄇㄠˋ ①一種禦寒擋風的帽子。②連在大衣或夾克上用來擋風的帽子。

**風景** ㄈㄥ ㄐㄧㄥˇ 自然界的景象。

**風琴** ㄈㄥ ㄑㄧㄣˊ 一種西洋樂器，長方形，像木櫃，裡面有許多簧管，下有踏板，用兩腳踩，鼓動風箱，使風進入簧管，手按琴上的鍵盤，就能發出樂聲。

**風發** ㄈㄥ ㄈㄚ 図原指像風一樣迅速，今多用來比喻人的精神奮發。如「意氣風發」。

**風華** ㄈㄥ ㄏㄨㄚˊ 図風采和才華。

**風量** ㄈㄥ ㄌㄧㄤˋ 單位時間內空氣的流通量，用於表明鼓風機或通風設備的能力，單位是每秒立方米（公尺）。

**風雅** ㄈㄥ ㄧㄚˇ ①〈詩經〉有國風、大雅、小雅，故稱詩文的事為風雅。②文雅。如「舉止風雅」。

**風雲** ㄈㄥ ㄩㄣˊ 図①〈易經〉有「雲從龍，風從虎，聖人作而萬物覩」，後來就比喻同類相感而機緣湊合的意思。如「風雲際會」「感會風雲」。②比喻能左右時局或卓絕不凡。如「風雲人物」「義烈風雲」。③風和雲的情況、變化。如「天有不測風雲（比喻事情的變化莫測）」「叱咤風雲（描寫英雄人物說他的威力能使風雲變色）」。

**風傳** ㄈㄥ ㄔㄨㄢˊ 〔文〕傳聞。

**風勢** ㄈㄥ ㄕˋ ①風的勢頭。如「晚上風勢越來越大」。②情勢。如「探探風勢再說」。

**風溼** ㄈㄥ ㄕ 中醫說中溼兼傷風叫風溼，西醫叫關節炎。

**風痺** ㄈㄥ ㄅㄧˋ 中醫指風溼性關節炎一類的病。症狀是手腳麻木，筋脈鬆弛。

**風鈴** ㄈㄥ ㄌㄧㄥˊ 佛殿、寶塔等簷下懸掛的鈴，風吹時搖動發出聲音。參看「鐵馬②」。

**風雷** ㄈㄥ ㄌㄟˊ 狂風和暴雷。比喻氣勢浩大而猛烈的衝擊力量。

**風鼓** ㄈㄥ ㄍㄨˇ 一種舊式農具，在一個大木箱的一端裝有風扇。把穀粒倒入木箱後，用手搖動風扇，可以揚去秕子和草屑等雜物。也叫「風車」。

**風塵** ㄈㄥ ㄔㄣˊ 風與塵土。①〔文〕指兵亂。〈通鑑〉肥水之戰有「鮮卑、羌虜，我之仇讎，常思風塵之變」。②〔文〕指世事的擾攘。〈後燕錄〉說慕容垂「遇風塵之會，必有凌霄之志」。③指長途旅行的艱辛；形容行路勞苦說「風塵僕僕」。④說女人淪為娼妓之流，是「落入風塵」。

**風箏** ㄈㄥ ㄓㄥ 箏字輕讀。把紙糊在竹架上，引長線藉風力而飛升的玩具。又名「紙鳶」。

**風聞** ㄈㄥ ㄨㄣˊ 由傳聞而得知（沒有證實）。如「此事早有風聞」。

**風蝕** ㄈㄥ ㄕˊ 地表（如岩石等）被風力逐漸破壞。這種現象在沙漠地區特別顯著。

**風貌** ㄈㄥ ㄇㄠˋ ①風格和面貌。如「民間藝術的風貌」。②風采相貌。③景象。

**風暴** ㄈㄥ ㄅㄠˋ ①颳大風而且同時下大雨的天氣現象。②颱風來襲時急風驟雨的現象。③比喻政治或經濟、文化上一時特別激烈的事態。

**風標** ㄈㄥ ㄅㄧㄠ 〔文〕①同「丰標」，指風度、儀容。〈魏書〉有「風標才器，實足師範」。②標幟；格調。〈南史〉有「文章者，蓄性情之風標」。

**風潮** ㄈㄥ ㄔㄠˊ ①風向及潮汐升落的情況。②比喻一時轟動喧騰的事。如「鬧風潮」。

**風箱** ㄈㄥ ㄒㄧㄤ ▲ㄈㄥ·ㄒㄧㄤ扇動空氣生風的箱子形的器具，裝在火爐旁邊，吹風使爐火旺盛。▲ㄈㄥ ㄒㄧㄤ機械名詞，是鼓風的器具，把氣體由箱內壓入氣櫃，自氣櫃另一端所裝的出口管噴出。

**風範** ㄈㄥ ㄈㄢˋ ①風度，氣派。②可以作典範的風格。

**風趣** ㄈㄥ ㄑㄩˋ ①意味，趣味。如「富有風趣」。②幽默或詼諧的趣味。如「他的話十分風趣」。

**風操** ㄈㄥ ㄘㄠ 〔文〕風範操守。

**風燈** ㄈㄥ ㄉㄥ 一種手提或懸掛的不怕風吹的油燈。也叫風雨燈。

**風磨** ㄈㄥ ㄇㄛˊ 利用風力轉動的磨。

**風險** ㄈㄥ ㄒㄧㄢˇ 可能發生的危險。如「不敢冒風險」。

**風頭** ㄈㄥ ㄊㄡˊ 頭字輕讀。①比喻形勢或情勢。如「看風頭辦事」。②出風頭露面，顯示個人的表現（含貶義）。如「出風頭」。

**風燭** ㄈㄥ ㄓㄨˊ 〔文〕也作「風中燭」。燭火在風地裡容易熄滅，比喻人生的可危。「風燭殘年」是形容年紀老邁的話。

**風聲** ㄈㄥ ㄕㄥ ①風的聲音。②傳播出來的消息。如「走漏風聲」。

**風霜** ㄈㄥ ㄕㄨㄤ 〔文〕①風與霜。②比喻旅途上或生活中所經歷的艱難困苦。如「飽經風霜」。③比喻歲月。沈佺期的詩有「雁塔風霜古，龍池歲月深」。

**風雞**（ㄈㄥ ㄐㄧ）　醃製風乾的雞肉。

**風懷**（ㄈㄥ ㄏㄨㄞˊ）　①指男女愛慕的情懷。如「風懷詩」。②風雅的情懷。如「諧趣天成的風懷」。

**風鏡**（ㄈㄥ ㄐㄧㄥˋ）　擋風沙的眼鏡，玻璃片的四周有棉紗、橡膠或塑料做成的罩子。

**風靡**（ㄈㄥ ㄇㄧˇ）　形容事物非常風行，像風吹倒草木。如「風靡一時」。

**風韻**（ㄈㄥ ㄩㄣˋ）　優美的姿態（多用於女子）。

**風爐**（ㄈㄥ ㄌㄨˊ）　①爐子。②舊時烹茶用具，像古鼎形，以銅或鐵鑄成。

**風騷**（ㄈㄥ ㄙㄠ）　①指〈詩經〉中的〈國風〉和〈楚辭〉裡的〈離騷〉。②泛指詩詞文章。如「江山代有才人出，各領風騷數百年」。③形容婦女的美貌、俊俏。〈紅樓夢〉三回有「身量苗條，體格風騷」。④指人的舉止放蕩，態度輕佻。

**風魔**（ㄈㄥ ㄇㄛˊ）　①形容受迷惑到了神魂顛倒的情形。〈西廂記〉有「風魔了張解元」。②形容激烈地感動。如「卓越的演奏風魔全場」。

**風鑑**（ㄈㄥ ㄐㄧㄢˋ）　文①以人的風貌來品評人。如「虬髯客以風鑑而知李世民為真命天子」。②精於命相的人。

**風癱**（ㄈㄥ ㄊㄢ）　癱瘓的通稱。也作「瘋癱」。

**風向針**（ㄈㄥ ㄒㄧㄤˋ ㄓㄣ）　指示風向的儀器，一般是裝在高杆上的一枝可以隨風轉動的鐵箭，箭頭永遠指著風吹來的方向。也叫風向標。

**風向袋**（ㄈㄥ ㄒㄧㄤˋ ㄉㄞˋ）　指示風向的圓錐形布袋，顏色紅白相間，掛在高杆上，袋口永遠指著風來的方向。多用於機場。

**風雨表**（ㄈㄥ ㄩˇ ㄅㄧㄠˇ）　測量氣壓，預測風雨的儀器，分水銀、空盒兩種。也叫「氣壓計」或「晴雨表」。

**風信子**（ㄈㄥ ㄒㄧㄣˋ ㄗˇ）　多年生草本植物，葉片厚，披針形。鱗莖球形。總狀花序，花有藍、紫、紅、黃、白等幾種顏色。供觀賞。

**風前燭**（ㄈㄥ ㄑㄧㄢˊ ㄓㄨˊ）　風前的燭火，很容易熄滅。比喻人的晚年。

**風馬牛**（ㄈㄥ ㄇㄚˇ ㄋㄧㄡˊ）　牲畜吸引異性叫「風」。馬牛不同類，不同性別，也不會相吸引。「風馬牛」是說事情互不關涉。原句是〈左傳‧僖公四年〉的「風馬牛不相及」。

**風涼話**（ㄈㄥ ㄌㄧㄤˊ ㄏㄨㄚˋ）　①不關痛癢、不負責任的話。②含著輕微譏誚意味的話。

**風媒花**（ㄈㄥ ㄇㄟˊ ㄏㄨㄚ）　借風力傳播花粉的花。這種花沒有明顯的花被，色彩不鮮豔，沒有香味和花蜜，花粉輕而量多。如稻、麥、玉米的花。

**風景區**（ㄈㄥ ㄐㄧㄥˇ ㄑㄩ）　風景優美的地區。

**風景畫**（ㄈㄥ ㄐㄧㄥˇ ㄏㄨㄚˋ）　以風景為題材的畫。

**風絲兒**（ㄈㄥ ㄙ ㄦ）　很小的風。如「天氣太熱，連一點兒風絲兒也沒有」。

**風漬書**（ㄈㄥ ㄗˋ ㄕㄨ）　因遭風雨或受潮而有汙損的書。書店的風漬書，一般以賤價拍賣。

**風刀霜劍**（ㄈㄥ ㄉㄠ ㄕㄨㄤ ㄐㄧㄢˋ）　寒風像刀子，霜像劍，能刺人的肌膚。形容氣候寒冷。也比喻惡劣的環境。

**風力發電**（ㄈㄥ ㄌㄧˋ ㄈㄚ ㄉㄧㄢˋ）　利用風力轉動風車，使風車帶動發電機發電，叫做風力發電。

**風中之燭**（ㄈㄥ ㄓㄨㄥ ㄓ ㄓㄨˊ）　比喻隨時可能死亡的人或隨時可能消滅的事物。

**風月無邊**（ㄈㄥ ㄩㄝˋ ㄨˊ ㄅㄧㄢ）　形容景色無限好。風月，指清風明月。

**風平浪靜** ①海洋上沒有風沒有浪。②比喻已經平靜無事。

**風行草偃** 図指當政的人用道德教化人民。〈論語・顏淵〉有「君子之德風；小人之德草；草上之風必偃」。

**風吹雨打** ①風雨侵害。如「小茅屋經不起風吹雨打」。②比喻外界的打擊、摧殘。

**風吹草動** 比喻輕微的變故。

**風言風語** 沒有根據的傳說。

**風和日麗** 形容天氣晴朗溫和（多用於春天）。如「幾天春假都是風和日麗的好天氣」。

**風花雪月** ①指文學上描寫自然景物的四種對象。②比喻男女風情。

**風虎雲龍** 図「雲從龍，風從虎」的省語，比喻明君賢臣意氣相投。

**風雨同舟** 比喻共同度過困難。

**風雨如晦** 原是〈詩經・雞鳴〉篇的句子：「風雨如晦，雞鳴不已。」比喻在外界騷亂之中保持清醒鎮靜，在緊張的局面下慎用思考，作正當的策畫應付。

**風雨無阻** 不論颳風下雨都照常進行。

**風雨飄搖** 比喻情況不穩定，局面危急。

**風流倜儻** 形容人瀟脫，不受拘束的氣派。

**風流雲散** 比喻本來在一起的人分散到四面八方。

**風流罪過** ①因風雅的事獲致過錯。②風情方面的過失。

**風流韻事** ①風雅的事。②美麗的戀愛故事。③男女私情的風流事件。

**風風火火** ①形容急急忙忙、冒冒失失的樣子。如「他風風火火地闖了進來」。②形容活躍、有衝勁的樣子。

**風風雨雨** ①比喻層見疊出的艱難困苦。②指議論紛紛，風言風語。③比喻情緒忽高忽低。

**風起雲湧** 比喻事物迅速發展，聲勢浩大。

**風動工具** 以壓縮空氣為動力的工具的統稱，如風鎬、風動鑿岩機、千斤頂、風鑽等。

**風捲殘雲** 比喻一下子消滅淨盡，像風吹散殘雲一樣。

**風雲人物** 指言論行動能影響大局的人。如「他是盡人皆知的風雲人物」。

**風雲突變** 比喻局勢突然發生急遽的變化。

**風雲際會** 図適時得到機會。

**風塵僕僕** 形容旅途勞累。風塵，指旅途中風沙飛揚，僕僕是辛苦勞頓的樣子。

**風馳電掣** 像颳風和閃電那樣，速度極快。

**風調雨順** 風雨適時適量。比喻豐年的景象。

**風餐露宿** 図風裡吃飯，露天睡覺。形容旅途或野外生活的辛苦。

**風燭殘年** 風燭，風中之燭。比喻臨近死亡的晚年。

**風聲鶴唳** 聽到風吹的聲音或鶴叫的聲音，都以為是敵人追殺過來了。形容極度驚慌。語出

〈晉書・謝安傳〉。

**風溼性心臟病** ㄈㄥ ㄕ ㄒㄧㄥˋ ㄒㄧㄣ ㄗㄤˋ ㄅㄧㄥˋ 也叫風心病，由風溼病侵犯心肌、心內膜、心包等引起。

**風溼性關節炎** ㄈㄥ ㄕ ㄒㄧㄥˋ ㄍㄨㄢ ㄐㄧㄝˊ ㄧㄢˊ 一種慢性的關節疾病。症狀是關節紅腫痠痛。又叫風溼過敏關節炎。

## 五筆

**颱** ㄊㄞˊ 見「颱風」。

**颱風** ㄊㄞˊ ㄈㄥ 發生在太平洋西部海洋和南海海上的熱帶空氣旋渦，是一種極猛烈的風暴，風力常達十級以上，同時有暴風。

**颱風眼** ㄊㄞˊ ㄈㄥ ㄧㄢˇ 颱風的中心。颱風眼風速較小，沒有暴雨。

**颯** 図ㄙㄚˋ ㈠颯颯，風的聲音。㈡形容秋風涼爽。如「蕭颯」。

## 六筆

**颳** ㄍㄨㄚ （風）吹。如「院子裡的樹被風颳倒了」。

**颳風** ㄍㄨㄚ ㄈㄥ 起風。

## 八筆

**颶** 図ㄐㄩˋ 發生在海上的大風。

**颶風** ㄐㄩˋ ㄈㄥ 發生在大西洋西部和西印度群島一帶海洋上的熱帶空氣旋渦，相當於西太平洋上的颱風。

## 九筆

**颺** 図ㄧㄤˊ ㈠讓風颳跑了。〈漢書・敘傳〉有「風颺電激」。㈡飛了，遠去了，飛也似的跑了。如「遠颺」。㈢通「揚」。〈晉書〉有「簸之颺之」。

## 十筆

**颼** ㄙㄡ ㈠風吹。如「被風颼乾了」。㈡狀聲字。如「只聽得門外颼的一聲，一個彈子飛了進來」。

**颼颼** ㄙㄡ ㄙㄡ ①風聲。②形容風吹。如「涼風颼颼」。③寒冷的感覺。如「冷颼颼的」。

**颻** 図ㄧㄠˊ ㈠由下向上吹的旋風，一般稱扶搖風。㈡飄動的樣子。

## 十一筆

**飄（飃）** ㄆㄧㄠ ㈠隨風晃動。如「飄揚」「飄來飄去」。㈡図迅捷的樣子。如「行動飄忽」。㈢図墜落的樣子。如「飄零」。㈣図旋風。〈爾雅〉有「迴風為飄」。迴風就是旋風。㈤同「漂（ㄆㄧㄠ）」。如「飄泊」。

**飄忽** ㄆㄧㄠ ㄏㄨ ①（風雲等）輕快地移動。②搖擺；浮動。如「飄忽不定」。

**飄拂** ㄆㄧㄠ ㄈㄨˊ 輕輕飄動。如「白雲飄拂」。

**飄泊** ㄆㄧㄠ ㄅㄛˊ 同「漂泊」。

**飄流** ㄆㄧㄠ ㄌㄧㄡˊ ①被風吹著順水而流。②人到處流浪。居無定所。如「飄流異鄉」。也作「漂流」。

**飄洋** ㄆㄧㄠ ㄧㄤˊ 渡過大洋。如「飄洋過海」。也作「漂洋」。

**飄動** ㄆㄧㄠ ㄉㄨㄥˋ （隨著風、波浪等）擺動；飄。如「國旗迎風飄動」。

**飄帶** ㄆㄧㄠ ㄉㄞˋ 旗幟、衣帽等上面做裝飾用的帶子，下端多為劍頭形。

**飄揚** ㄆㄧㄠ ㄧㄤˊ 在空中隨風擺動。

**飄散** ㄆㄧㄠ ㄙㄢˋ （煙霧、氣體等）飄揚散開；飛散。

**飄然** ㄆㄧㄠ ㄖㄢˊ 図①飛揚的樣子。②高遠的樣子。

**飄搖** ㄆㄧㄠ ㄧㄠˊ 在空中隨風搖動。比喻情勢不定。如「風雨飄搖」。

**飄落** ㄆㄧㄠ ㄌㄨㄛˋ 輕飄飄地降落。如「傘兵徐徐飄落，按預定目標安全著陸」。

**飄逸** ㄆㄧㄠ ㄧˋ 図灑脫，自然，與眾不同。如「神采飄逸」。

**飄零** ㄆㄧㄠ ㄌㄧㄥˊ ①（樹葉等）凋謝墜落。如「黃葉飄零」。②比喻遭到不幸，失去依靠。

**飄舞** ㄆㄧㄠ ㄨˇ 隨風舞動。如「東風吹拂，柳條迎風飄舞」。

**飄蓬** ㄆㄧㄠ ㄆㄥˊ 図隨風飄蕩的飛蓬，比喻人漂泊無依。

**飄蕩** ㄆㄧㄠ ㄉㄤˋ 在空中隨風擺動或在水面上隨波浮動。

**飄飄** ㄆㄧㄠ ㄆㄧㄠ ①風吹的樣子。如「旗正飄飄」。②輕快有登天的感覺。如蘇軾〈前赤壁賦〉有「飄飄乎為遺世獨立，羽化而登仙」。

**飄灑** ㄆㄧㄠ ㄙㄚˇ ①飄揚。如「天空不停地飄灑著雪花」。②（姿態）自然；不呆板。如「他寫的字很飄灑」。

**飄飄然** ㄆㄧㄠ ㄆㄧㄠ ㄖㄢˊ 輕飄飄的，好像浮在空中。形容很得意。如「看他飄飄然的，一副得意的樣子」。

**飂** ▲図ㄌㄧㄠˊ「飂戾」是風的聲音。▲ㄌㄧㄡˋ高處的風。

## 十二筆

**飆（飇）** 図ㄅㄧㄠ 飆風，暴風。如「狂飆」「迅雷飆風」。

**飆車** ㄅㄧㄠ ㄔㄜ ①図御風以行的車。②指駕汽機車超速狂飆。

**飆風** ㄅㄧㄠ ㄈㄥ 図猛烈的風；疾風。如「飆風暴雨」。

**飆車族** ㄅㄧㄠ ㄔㄜ ㄗㄨˊ 指喜歡飆車的一群青少年。

# 飛部

**飛（飞）** ㄈㄟ ㈠図鳥。「飛潛」是鳥與魚。㈡有翅膀的動物、昆蟲或航空器騰空往來。如「飛騰」「鳥飛」「飛機起飛」。㈢比喻快。如「飛奔」「飛快」。㈣比喻高。如「飛橋」「飛樓」。㈤物體在空中飄蕩。如「空中飛人」「飛沙走石」。㈥図沒有根據的流言。如「飛短流長」「飛語」（也作「蜚語」）。㈦意外來的。如「飛禍」。㈧發散。如「蓋上瓶子，別讓香味飛了」「樟腦放的日子多了，都飛淨了」。㈨同「緋」。如「飛紅」。㈩圍棋術語，隔一路斜走，像鳥兒斜飛。⑪見「飛揚跋扈」。

**飛刀** ㄈㄟ ㄉㄠ ①図形容運刀如飛。如「飛刀亂斫」。②把刀擲向空中殺人。傳說左道有煉飛刀之術（見舊小說）。

**飛天** ㄈㄟ ㄊㄧㄢ 佛教壁畫或石刻中的空中飛舞的神。

**飛白** ㄈㄟ ㄅㄛˊ 一種特殊的書法，筆畫中露出一絲絲的白地，像用枯筆寫成的樣子。

**飛地** ㄈㄟ ㄉㄧˋ 指位居甲省（市縣）而行政上隸屬乙省（市縣）的土地。也指甲國境內的隸屬乙國的領土。

**飛行** ㄈㄟ ㄒㄧㄥˊ ①像鳥一樣的飛。②（飛機，火箭等）在空中航行。

**飛吻** ㄈㄟ ㄨㄣˇ 西洋禮貌，親吻自己的手，然後把手面向對方揮，代替互相接吻。

**飛快** ㄈㄟ ㄎㄨㄞˋ ①非常迅速。如「漁船飛快地向港外駛去」。②非常鋒利。如「鐮刀磨得飛快」。

**飛災** ㄈㄟ ㄗㄞ 意外的災難。如「無事家中坐，飛災天上來」。

**飛車** ①古代傳說中一種可以乘風飛行的車。②形容開得飛快的車。

**飛昇** ①往上昇；往上飛。②図古時指修煉成仙。如「拔宅飛昇」。

**飛奔** 跑得像飛一樣快。

**飛泉** 從峭壁上的泉口噴出的泉水。如「飛泉漱石，景致如在畫中」。

**飛紅** 緋紅。如「不覺把個粉臉羞得飛紅」。

**飛書** 図①匿名信。②飛快傳遞的書信。

**飛迸** 向四外迸；飛濺。

**飛逝** （時間等）很快地過去或消失。如「時光飛逝」。

**飛速** 非常迅速。

**飛雪** 図①下雪。②在天空飄蕩的雪。

**飛魚** 一種海魚，身體長筒形，胸鰭特別發達，像翅膀，能躍出水面在空中滑翔。

**飛鳥** 飛禽。

**飛揚** 向上飄起。如「塵土飛揚」。

**飛散** ①（煙霧等）在空中飄忽散開。如「一團濃煙在空中飛散著」。②（飛鳥等）向四下散開。如「麻雀聽到槍聲而飛散」。

**飛筆** 很快地寫。如「飛筆疾書」。

**飛絮** 指隨風飛散的柳絮。

**飛翔** 盤旋地飛。

**飛越** 飛著從上空越過。如「飛越大西洋」。

**飛跑** 很快地跑。

**飛禽** 會飛的鳥類，也泛指鳥類。

**飛艇** 飛行器的一種，上邊有大氣囊，盛滿氫氣，囊下面設艇艙，裝置推進器和舵，以便轉變和進退，駕駛人坐在艇艙裡。

**飛蛾** 燈蛾。

**飛賊** 指身手敏捷能登房越牆的賊。

**飛馳** （車馬）很快地跑。如「一輛警車飛馳而過」。

**飛鼠** ①蝙蝠的別名。②鼯鼠的俗稱。

**飛漲** （物價、水勢等）很快地往上漲。

**飛禍** 意外的災禍。

**飛碟** 歐美一度傳說有人看見一種圓碟形的航空器，速度極快，駕駛人不像人類，因此叫它「飛碟」。美國空軍當局後來發表調查報告，稱之為「無法指認的物體」。

**飛舞** ①比喻生動活潑。如「筆勢飛舞」。②舞動。如「歡迎的人群飛舞著旗幟」。③像跳舞似的在空中飛。如「雪花飛舞」。

**飛語** 図沒有根據的話。也作「蜚語」。

**飛彈** ①裝有自動飛行設備的炸彈。②流彈。

**飛蓬** 多年生草本植物，葉子像柳，邊緣有鋸齒。秋天開花。花外圍白色，中心黃色。也叫蓬。

**飛蝗** 成群飛行的蝗蟲。是農作物的害蟲。

**飛輪** ①汽機旁邊裝的大輪，隨著機器轉動，使動力平均，速率一致。②泛指機器上迅速旋轉的輪圈。

**飛機** ㄈㄟ ㄐㄧ　飛行的工具，由機翼、機身、發動機等構成。種類很多。廣泛用於交通運輸、軍事、探礦、測量、農業等方面。

**飛燕** ㄈㄟ ㄧㄢˋ　①飛翔的燕子。②指漢成帝后趙飛燕。

**飛龍** ㄈㄟ ㄌㄨㄥˊ　①図比喻帝王。②指駿馬。③榛雞。

**飛歸** ㄈㄟ ㄍㄨㄟ　珠算中兩位數除法的一種算法，口訣與歸除不同，比歸除簡捷。

**飛瀑** ㄈㄟ ㄆㄨˋ　由高處傾瀉而下的瀑布。如「萬丈飛瀑」。

**飛濺** ㄈㄟ ㄐㄧㄢˋ　（液體）向四方外濺。

**飛轉** ㄈㄟ ㄓㄨㄢˇ　很快地轉動。如「車輪飛轉」。

**飛簷** ㄈㄟ ㄧㄢˊ　我國傳統建築簷部形式，屋簷特別是屋角的簷部向上翹起，形如飛翼。如「飛簷凌空」。

**飛蟻** ㄈㄟ ㄧˇ　有翅膀能飛的螞蟻。

**飛鏢** ㄈㄟ ㄅㄧㄠ　舊式武器，形狀像長矛的頭，投擲出去能擊傷人。

**飛躍** ㄈㄟ ㄩㄝˋ　比喻突飛猛進。如「飛躍發展」。

**飛騰** ㄈㄟ ㄊㄥˊ　急速飛起來；很快地向上升；飛揚。如「煙霧飛騰」。

**飛眼（兒）** ㄈㄟ ㄧㄢˇ（ㄦ）　遞眼色兒，示意傳情。

**飛毛腿** ㄈㄟ ㄇㄠˊ ㄊㄨㄟˇ　指跑得特別快的腿，也指跑得特別快的人。

**飛行員** ㄈㄟ ㄒㄧㄥˊ ㄩㄢˊ　駕駛飛行器飛行的人。

**飛行器** ㄈㄟ ㄒㄧㄥˊ ㄑㄧˋ　能夠在空中飛行的機器或裝置的統稱，包括氣球、飛機、火箭、人造地球衛星、宇宙飛船等。

**飛蚊症** ㄈㄟ ㄨㄣˊ ㄓㄥˋ　一種眼病的病徵，患者感覺在視野中有小黑點隨著眼球的運動而飄浮移動，像蚊蠅飛舞。原因是玻璃體混濁。又名「浮點視」。

**飛將軍** ㄈㄟ ㄐㄧㄤ ㄐㄩㄣ　漢武帝時，名將李廣英勇善戰，人稱為飛將軍。後用來稱英勇善戰的將士。現在也用來稱空軍飛行官。

**飛機場** ㄈㄟ ㄐㄧ ㄔㄤˇ　飛機起飛、降落、停放的場地。也叫機場。

**飛沙走石** ㄈㄟ ㄕㄚ ㄗㄡˇ ㄕˊ　沙土飛揚，石塊滾動。形容風很大。

**飛沫傳染** ㄈㄟ ㄇㄛˋ ㄔㄨㄢˊ ㄖㄢˇ　疾病的一種傳染方式。病原體從患者或帶菌者的呼吸道中，隨著咳嗽、噴嚏或說話時噴出的唾沫星，傳染給健康的人。

**飛揚跋扈** ㄈㄟ ㄧㄤˊ ㄅㄚˊ ㄏㄨˋ　図飛揚：放縱。跋扈：蠻橫。形容橫暴放肆。

**飛短流長** ㄈㄟ ㄉㄨㄢˇ ㄌㄧㄡˊ ㄔㄤˊ　図指無根據的謠言。

**飛黃騰達** ㄈㄟ ㄏㄨㄤˊ ㄊㄥˊ ㄉㄚˊ　說人官場得意。飛黃是龍馬名。語出韓愈詩。

**飛禽走獸** ㄈㄟ ㄑㄧㄣˊ ㄗㄡˇ ㄕㄡˋ　泛指各種鳥類和獸類。如「動物園裡，各種飛禽走獸應有盡有」。

**飛蛾赴火** ㄈㄟ ㄜˊ ㄈㄨˋ ㄏㄨㄛˇ　比喻自尋死路。也作「飛蛾撲火」。

**飛潛動植** ㄈㄟ ㄑㄧㄢˊ ㄉㄨㄥˋ ㄓˊ　飛，天空飛的。潛，水中游的。泛指各種動物和植物。

**飛簷走壁** ㄈㄟ ㄧㄢˊ ㄗㄡˇ ㄅㄧˋ　能在屋簷牆壁上行走自如。形容人的行動敏捷，武術高超。

## 食部

**食** ▲ㄕˊ　㈠一切可供果腹的東西。如「食物」「民以食為天」。㈡吃、喝。如「食不知味」「此物有毒不可食」。㈢図生計。〈論語・衛靈公〉有「君子謀道不謀食」。㈣図古代指俸祿。如「食祿」。㈤図古代有封地的人取租稅以供食用。如「食邑」。㈥日月虧蝕。同「蝕」。如「日食」就是「日蝕」。〈易經〉有「日中則昃，月盈則食」。㈦見「食貨」。

▲図ㄙˋ 給人吃。如「食之以果餌」。

▲ㄧˋ 「食其(ㄐㄧ)」是古人名，漢朝有酈食其、審食其。

**食用** ㄕˊ ㄩㄥˋ ①可以吃的。如「食用油」。②做食物用。

**食米** ㄕˊ ㄇㄧˇ 供食用的大米。

**食言** ㄕˊ ㄧㄢˊ 図失信，說了卻沒有做到。如「決不食言」。從〈左傳〉「食言而肥」來的。

**食邑** ㄕˊ ㄧˋ 図古代卿大夫的封地，收其賦稅而食，所以叫食邑。也叫采邑。

**食具** ㄕˊ ㄐㄩˋ 飲食所用的器具。

**食性** ㄕˊ ㄒㄧㄥˋ ①人對食物的好惡。如「未諳姑食性，先遣小姑嘗」。②動物吃食料的習性，一般分為肉食性、草食性、雜食性三類。

**食油** ㄕˊ ㄧㄡˊ 供食用的油類，如花生油、牛油、豬油以及其他植物油。

**食物** ㄕˊ ㄨˋ 可以充飢的東西。

**食品** ㄕˊ ㄆㄧㄣˇ 商店出售的經過加工製作的食物。如「罐頭食品」。

**食客** ㄕˊ ㄎㄜˋ 古代寄食在貴族或大官家裡，為主人策畫、奔走的人。

**食指** ㄕˊ ㄓˇ ①緊挨著大拇指的手指頭。②図比喻家庭人口。如「食指浩繁」。

**食相** ㄕˊ ㄒㄧㄤˋ 指日食（或月食）時，月球陰影與太陽（或地球陰影與月球）的不同位置關係，也指不同位置發生的時刻。

**食料** ㄕˊ ㄌㄧㄠˋ 可做食物的原料，如糧食、蔬果、魚、肉、蛋品等。

**食堂** ㄕˊ ㄊㄤˊ ①機關團體中供應本單位員工吃飯的地方。②飯館；餐廳。

**食宿** ㄕˊ ㄙㄨˋ 飲食和住宿。如「解決旅途食宿問題」。

**食欲** ㄕˊ ㄩˋ 人進食的要求。如「通過運動可以促進食欲」。也寫做食慾。

**食貨** ㄕˊ ㄏㄨㄛˋ 図古代以「食貨」為國家經濟財政的統稱。

**食頃** ㄕˊ ㄑㄧㄥˇ 図吃一頓飯的工夫。形容時間不長。

**食量** ㄕˊ ㄌㄧㄤˋ 一個人一頓飯能吃的食物的量。也說飯量。

**食道** ㄕˊ ㄉㄠˋ ①食管。②図飲食之道。③図運糧的道路。

**食管** ㄕˊ ㄍㄨㄢˇ 連接咽頭和胃的管狀器官。食物經口腔從咽頭進入食管，食管的蠕動把食物送到胃裡。也叫食道。

**食餌** ㄕˊ ㄦˇ 捕捉魚蝦等時用來引誘的食物。

**食積** ㄕˊ ㄐㄧ 中醫指因吃東西沒有節制而引起的消化不良的病。症狀是胸部、腹部脹滿，吐酸水，便祕或腹瀉。

**食糖** ㄕˊ ㄊㄤˊ 食用的糖，如白糖、紅糖等。

**食療** ㄕˊ ㄌㄧㄠˊ 中醫指用食物對疾病進行治療或調理。也叫食治。

**食糧** ㄕˊ ㄌㄧㄤˊ 人吃的糧食。

**食譜** ㄕˊ ㄆㄨˇ ①介紹菜肴等製作方法的書。②制定的每頓飯菜內容的單子。如「營養午餐食譜」。

**食鹽** ㄕˊ ㄧㄢˊ 無機化合物，成分是氯化鈉。是重要的調味劑和防腐劑。

**食火雞** ㄕˊ ㄏㄨㄛˇ ㄐㄧ 鳥名，與駝鳥同類，身體比較小，產在澳洲，翅膀退化，不能飛，身上長著像毛髮的黑毛，頭頂有肉冠，頸部裸露出紅色皮膚，口腔裡通紅，像吃了火似的，所以叫食火雞。

**食物鏈**（ㄕˊ ㄨˋ ㄌㄧㄢˋ） 生態學上說，乙生物吃甲生物，丙生物吃乙生物，丁生物又吃丙生物……。這一連串的食與被食的關係，叫做食物鏈。

**食蚜蠅**（ㄕˊ ㄧㄚˊ ㄧㄥˊ） 一種喜歡吃蚜蟲的蟲。也叫食蚜虻。

**食道癌**（ㄕˊ ㄉㄠˋ ㄧㄢˊ） 病名，指發生於食道與支氣管交叉點的腫瘤。

**食蟻獸**（ㄕˊ ㄧˇ ㄕㄡˋ） 哺乳動物貧齒類，產在南美洲，身體密生棘毛，沒有牙齒，舌頭細長，能插進蟻巢，捲吃螞蟻。

**食不甘味**（ㄕˊ ㄅㄨˋ ㄍㄢ ㄨㄟˋ） 形容心中有事，吃東西都不知道滋味。

**食古不化**（ㄕˊ ㄍㄨˇ ㄅㄨˋ ㄏㄨㄚˋ） 図指多讀古書而不善於應用。也比喻一味守舊，不知變通。

**食用動物**（ㄕˊ ㄩㄥˋ ㄉㄨㄥˋ ㄨˋ） 指一切可以供人吃的動物。

**食用植物**（ㄕˊ ㄩㄥˋ ㄓˊ ㄨˋ） 指一切可以供人吃的植物。

**食言而肥**（ㄕˊ ㄧㄢˊ ㄦˊ ㄈㄟˊ） 指為了自己占便宜而說話不算數，不守信用。（語本〈左傳・哀公二十五年〉：「是食言多矣，能無肥乎？」）

**食物中毒**（ㄕˊ ㄨˋ ㄓㄨㄥˋ ㄉㄨˊ） 因為吃了含有細菌或毒素的食物而引起的疾病。一般症狀是嘔吐、腹瀉、腹痛、心臟血管機能障礙等。

**食前方丈**（ㄕˊ ㄑㄧㄢˊ ㄈㄤ ㄓㄤˋ） 図吃飯時，面前一丈見方的地方都擺滿了食物。形容生活奢侈。

## 二筆

## 飣

図 ㄉㄧㄥˋ 「餖飣」，見「餖」字。

## 飢

ㄐㄧ ㈠餓。如「飢餓」「飢不擇食」。㈡「饑」字的簡寫。㈢姓。

**飢火**（ㄐㄧ ㄏㄨㄛˇ） 形容肚子餓得像火燒那樣難忍。如「他飢火中燒，忍不住伸手去拿了一個饅頭」。

**飢民**（ㄐㄧ ㄇㄧㄣˊ） 因荒年而沒有食糧吃的人民。

**飢色**（ㄐㄧ ㄙㄜˋ） 因受飢餓而表現出來的營養不良的臉色。如「面有飢色」。

**飢渴**（ㄐㄧ ㄎㄜˇ） 飢餓和口渴。引伸作「想吃喝」，殷切期望的意思。

**飢餓**（ㄐㄧ ㄜˋ） 餓（多用於書面語）。

**飢餓線**（ㄐㄧ ㄜˋ ㄒㄧㄢˋ） 飢餓的境地。如「非洲若干國家的人，每天掙扎在飢餓線上，痛苦不堪」。

**飢不擇食**（ㄐㄧ ㄅㄨˋ ㄗㄜˊ ㄕˊ） 餓的時候不挑選食物，有什麼吃什麼。也比喻為解決急迫需要而不顧一切的情況。

**飢寒交迫**（ㄐㄧ ㄏㄢˊ ㄐㄧㄠ ㄆㄛˋ） 挨餓受凍，貧困極了。

**飢腸轆轆**（ㄐㄧ ㄔㄤˊ ㄌㄨˋ ㄌㄨˋ） 図餓得腸子直響，形容很餓。

## 三筆

## 飥

ㄊㄨㄛ 見「餺」字。

## 飧（飱、湌）

図 ㄙㄨㄣ ㈠晚飯。如「饔飧」。㈡熟食。

## 四筆

## 飯（飰）

ㄈㄢˋ ㈠図吃，進食。〈論語・述而〉有「飯疏食飲水」。㈡蒸煮熟的糧食。〈禮記・曲禮〉有「毋摶飯，毋放飯」。㈢指用米煮熟的餐食。如「米飯」「乾飯」。㈣泛指進餐。如「開飯」

「飯局」。㈤図餵食，飼。如「甯戚飯牛」。（甯戚是春秋時候的人，夜間「飯牛而歌」，齊桓公聽說他賢能，用他做客卿。）㈥図古代把珠玉等貴重的東西塞入死人的口中，稱「飯含（ㄏㄢˋ）」。

**飯局** 指宴會。也指聚餐。如「今天有個飯局，我不回家吃晚飯了」。

**飯店** ①較大而設備好的旅館。如「來來飯店」。②飯館。

**飯食** ①餐飯的通稱。②用餐以米飯為主；對「麵食」說的。

**飯桌** 供吃飯用的桌子。也叫餐桌。

**飯桶** ①裝飯的桶子。②比喻無用的人。

**飯袋** 比喻沒有用的人。如「酒囊飯袋」。

**飯菜** ①飯和菜。②下飯的菜（區別於「酒菜」）。

**飯鋪** 規模較小的飯館。

**飯鍋** ①煮飯的鍋。②比喻職業或生計。

**飯廳** 供吃飯用的比較寬敞的房子。

**飯盒（兒）** ①盛飯、菜的盒子。②攜帶方便的餐盒；現在通稱「便當」。

**飯量（兒）** 量字輕讀。一個人一頓飯能吃的食物的量。

**飯碗（兒）** ①盛飯的碗。②比喻職業。

**飯館（兒）** 出售飯菜供人食用的店鋪。也叫「飯鋪（兒）子」。

**飯鏟兒** 一種用來把飯盛在碗裡的餐具。也叫飯勺。

**飯米粒兒** 飯的顆粒。

**飯來開口** 坐著等吃，不工作。

**飯囊酒袋** 譏諷無能的人，說他只會吃飯喝酒，不會做事。也作「酒囊飯袋」。

## 飩

ㄊㄨㄣˊ 見「餛」字。

## 飭

ㄔˋ 図㈠謹嚴的樣子。「謹飭」就是持身謹慎，行動有分寸。㈡治理，整理。如「整飭」。㈢命令，舊時用於下行公文。如「飭知」「飭令」。㈣告誡。如「申飭」。

**飭令** 舊時指上級命令下級。

**飭回** 指法官讓被傳訊的人回去。

**飭知** 舊時指上級機關把事情通知下級機關。

**飭厲** 図告誡勉勵。

## 飪（餁）

ㄖㄣˋ 「烹飪」，就是做飯菜，烹煮食物。

## 飲

▲ㄧㄣˇ ㈠喝。如「飲酒」「飲水思源」。㈡專指喝酒。如「小飲」「痛飲」。㈢可喝的東西。如「飲料」。㈣図含著，忍著。如「飲恨」「飲泣」。㈤図被，受。如「飲彈身亡」。㈥図箭深入。如「飲羽（連箭羽都射進去，看不見了）」。㈦中醫指湯藥說。如「香蘇飲」。

▲図ㄧㄣˋ ㈠把液體給人、牛、馬喝。如「飲馬」「飲之以酒」。㈡給挨餓的人食物。〈漢書・朱買臣傳〉有「見買臣飢寒，呼飯飲之」。

**飲水** ①喝的和做飯用的水。②喝水。

**飲片** 供製湯劑的中藥（多指經過炮製的）。

**飲泣** 図淚流滿面，流到口裡去。形容悲哀到了極點。

**飲恨** ㄧㄣˇ ㄏㄣˋ 図受屈抱恨，無由申訴。江淹〈恨賦〉有「莫不飲恨而吞聲」。

**飲食** ㄧㄣˇ ㄕˊ 吃喝。如「注意飲食衛生」。

**飲宴** ㄧㄣˇ ㄧㄢˋ 設宴飲酒。也作飲燕。

**飲料** ㄧㄣˇ ㄌㄧㄠˋ 供人解渴飲用的瓶裝、散裝或盒裝的液體。

**飲酒** ㄧㄣˇ ㄐㄧㄡˇ ①喝酒。②飲用的酒。

**飲彈** ㄧㄣˇ ㄉㄢˋ 図身上中了子彈。

**飲譽** ㄧㄣˇ ㄩˋ 享有盛名；受到稱讚。如「作品早已飲譽文壇」。

**飲水器** ㄧㄣˇ ㄕㄨㄟˇ ㄑㄧˋ 供飲水的設備，一般裝有可以取用熱的開水和冰涼的水兩種龍頭。

**飲水思源** ㄧㄣˇ ㄕㄨㄟˇ ㄙ ㄩㄢˊ 図比喻不忘本。喝水的時候，想到水的來源。

**飲食男女** ㄧㄣˇ ㄕˊ ㄋㄢˊ ㄋㄩˇ 指食欲和色欲。

**飲食療法** ㄧㄣˇ ㄕˊ ㄌㄧㄠˊ ㄈㄚˇ 調配病人的飲食以治療某些疾病的方法。如治療胃潰瘍，病人要少量多吃，吃容易消化的食物。

**飲酖止渴** ㄧㄣˇ ㄓㄣˋ ㄓˇ ㄎㄜˇ 図喝下毒酒來解渴。比喻只圖眼前的方便，苟且一時，留下大害。語本〈後漢書・霍諝傳〉。

**飫** 図ㄩˋ ㈠飽。如「飽飫」。㈡滿足，「饜」的意思。〈左傳〉有「是以將賞為之加膳，加膳則飫賜」。㈢形容聽得很多。如「飫聞清訓」。

## 五筆

**飽** ㄅㄠˇ ㈠吃足了，不餓了。如「吃飽了」「酒醉飯飽」。㈡充分地。如「飽學」「飽經世故」。㈢豐富，充滿。如「飽滿」。

**飽足** ㄅㄠˇ ㄗㄨˊ 滿足；飽。如「貪得無厭的人胃口永遠不知飽足」。

**飽和** ㄅㄠˇ ㄏㄜˊ ①在一定溫度和壓力下，溶液所含溶質的量達到最大限度，不能再溶解，叫飽和。②泛指事物達到最高限度。

**飽受** ㄅㄠˇ ㄕㄡˋ 充分受到。如「飽受虐待」。

**飽暖** ㄅㄠˇ ㄋㄨㄢˇ 指衣食豐足。

**飽滿** ㄅㄠˇ ㄇㄢˇ ①豐滿。如「顆粒飽滿」。②充足。如「精神飽滿」。

**飽學** ㄅㄠˇ ㄒㄩㄝˊ 學問廣博。

**飽嗝兒** ㄅㄠˇ ㄍㄜˊ ㄦ 吃飽後打的嗝兒。

**飽以老拳** ㄅㄠˇ ㄧˇ ㄌㄠˇ ㄑㄩㄢˊ 用拳頭狠打。如「他二話不說，就狠狠地對小李飽以老拳」。

**飽食終日** ㄅㄠˇ ㄕˊ ㄓㄨㄥ ㄖˋ 一天到晚吃得飽飽的。比喻無所事事。

**飽經風霜** ㄅㄠˇ ㄐㄧㄥ ㄈㄥ ㄕㄨㄤ 形容經過很多艱苦困難。

**飿** 図ㄉㄨㄛˋ 見「餶」字。

**飾** ㄕˋ ㈠裝扮加工使更美觀。如「粉飾」「修飾」。㈡図打扮。如「濃裝盛飾」。㈢用來裝扮的物品。如「首飾」「衣飾」。㈣扮演。如「他在空城計裡飾諸葛亮」。㈤図遮掩。如「文過飾非」「飾辭」。

**飾物** ㄕˋ ㄨˋ ①器物上的裝飾品，如花邊、流蘇等。②首飾。

**飾非** ㄕˋ ㄈㄟ 図掩蓋過失。

**飾終** ㄕˋ ㄓㄨㄥ 図給死者以尊榮之禮。

**飾辭** ㄕˋ ㄘˊ 図①用假托的事來掩蓋過失。②修飾辭藻使文辭美妙。王充的〈論衡〉有「非苟調文飾辭，為奇偉之觀也」。

**飼** 囡ㄙˋ餵養，多指畜養鳥獸等。如「飼養」「飼雞」。

**飼育** ㄙˋㄩˋ 餵養。

**飼料** ㄙˋㄌㄧㄠˋ 餵家畜或家禽的食物。

**飼草** ㄙˋㄘㄠˇ 餵家畜的草。

**飼養** ㄙˋㄧㄤˇ 餵養（動物）。

**飴** 囡ㄧˊ麥芽糖之類的軟糖、糖稀。如「含飴弄孫（嘴裡含著糖，逗弄孫子；形容老年人的閒逸自娛）」「甘之如飴（像喜歡吃糖一樣；形容對某種事情的愛好，不厭煩）」。

## 六筆

**餅（餅）** ㄅㄧㄥˇ ㈠用麵粉做成烙熟的食品。如「烙餅」「月餅」。㈡扁圓形的東西。如「鐵餅」「豆餅」。

**餅乾** ㄅㄧㄥˇㄍㄢ 麵粉做成片用火烘熟的食品。

**餅鐺** ㄅㄧㄥˇㄔㄥ 烙餅用的平底鍋。

**餂** 囡ㄊㄧㄢˇ鉤取，特指運用言辭來探引出真情。〈孟子〉有「以言餂之」。

**餃** ㄐㄧㄠˇ一種麵粉做皮兒包著餡兒的食品，通常煮著吃，叫「餃子」或「水餃（兒）」；又有蒸餃、燙麵餃等。

**餉** ㄒㄧㄤˇ㈠軍警人員每月的固定薪給。如「薪餉」「發餉」。㈡囡送食物給人；引伸作贈人物品，給人事做。通「饗」。

**餈** 囡ㄘˊ碎米做的餅類食品。

**餌** 囡ㄦˇ㈠麵粉製的糕餅之類的食品。如「餅餌」。㈡泛指各種吃的物品。如「果餌」「藥餌」。㈢釣魚用的魚食；通常叫「魚餌」。如「釣餌」。㈣引誘，特指以利誘人。如「餌以重利」「餌敵」。㈤指安排的引誘人的事物。如「以女色為餌」。㈥吃。〈後漢書〉有「馬援在交趾，常餌薏苡實」。

**養（养）** ▲ㄧㄤˇ㈠照顧生活。如「養家」「供養」。㈡生育。如「養了兩個孩子」「養育」。㈢教育。如「教養」。㈣培育、涵泳。如「修養」「吾善養吾浩然之氣」。㈤飼牲畜、蟲鳥，培育花卉。如「養狗」「養蠶」「養蘭」。㈥治理傷病。如「養傷」「養病」。㈦有益人體生長或保健的。如「養分」「營養」。㈧同「氧」。見「養氣」②。㈨維護。如「養路」。㈩囡取。如「養晦」。(十一)姓。
▲囡ㄧㄤˋ晚輩供養長輩。如「子欲養而親不待」。

**養女** ㄧㄤˇㄋㄩˇ 收養來的女兒。

**養子** ㄧㄤˇㄗˇ ①囡生了男孩子。如「養子不教，父之過」。②收養來的兒子。

**養分** ㄧㄤˇㄈㄣˋ 物其中所含的能供給有機體營養的成分。

**養父** ㄧㄤˇㄈㄨˋ 養子、養女稱男性收養人為養父。

**養母** ㄧㄤˇㄇㄨˇ 養子、養女稱女性收養人為養母。

**養生** ㄧㄤˇㄕㄥ 囡①保養身體。如「養生之道」。②撫養活著的家人。如「養生送死」。

**養奸** ㄧㄤˇㄐㄧㄢ 囡寬容或包庇為非作歹的人（養是養成，助長）。如「姑息養奸」。

**養成**（ㄧㄤˇ ㄔㄥˊ） 培養使成。如「養成良好習慣」。

**養老**（ㄧㄤˇ ㄌㄠˇ） ①奉養老年人。如「養老院」。②年紀老了在家裡休養。如「退休以後在家養老」。

**養兵**（ㄧㄤˇ ㄅㄧㄥ） 畜養兵士，加以訓練。如「養兵千日」。

**養育**（ㄧㄤˇ ㄩˋ） 撫養和教育。

**養性**（ㄧㄤˇ ㄒㄧㄥˋ） 陶冶本性。如「修身養性」。

**養活**（ㄧㄤˇ ㄏㄨㄛˊ） 活字輕讀。①贍養，撫養。②生育。

**養家**（ㄧㄤˇ ㄐㄧㄚ） 供給家庭生活所需。

**養料**（ㄧㄤˇ ㄌㄧㄠˋ） 能供給有機體營養的物質。

**養氣**（ㄧㄤˇ ㄑㄧˋ） ①図儒家說修養的事。孟子說過「我善養吾浩然之氣」。②「氧」的舊譯。

**養病**（ㄧㄤˇ ㄅㄧㄥˋ） 因患病而休養。

**養疴**（ㄧㄤˇ ㄜ） 図養病。

**養神**（ㄧㄤˇ ㄕㄣˊ） 休養精神。

**養殖**（ㄧㄤˇ ㄓˊ） 水產動物的飼養和繁殖。如「發展養殖事業，可以彌補水產資源的不足」。

**養傷**（ㄧㄤˇ ㄕㄤ） 因受傷而休養。

**養媳**（ㄧㄤˇ ㄒㄧˊ） 也叫「童養媳」或「童養媳婦」，就是預定要她日後同自己的兒子成婚，做自己的兒媳，從幼小時候就把她領養來家的女孩子。

**養廉**（ㄧㄤˇ ㄌㄧㄢˊ） 図培養廉潔的操守。如「儉以養廉」。

**養路**（ㄧㄤˇ ㄌㄨˋ） 保養公路或鐵路。

**養蘭**（ㄧㄤˇ ㄌㄢˊ） 培植蘭花。

**養護**（ㄧㄤˇ ㄏㄨˋ） ①指對兒童的養育和看護（使能身心健康與充分發展）。②對於道路、建築、機器等設備隨時加以注意修護的任務。

**養老金**（ㄧㄤˇ ㄌㄠˇ ㄐㄧㄣ） ①公務人員或職工年老退職時所得的退休金。②泛指供老年時候生活休養的費用。

**養老院**（ㄧㄤˇ ㄌㄠˇ ㄩㄢˋ） 由公家或私人團體設立的安養老人的機構。

**養生送死**（ㄧㄤˇ ㄕㄥ ㄙㄨㄥˋ ㄙˇ） 對生前的奉養（ㄧㄤˋ）以及死後的殯葬責任，指事奉父母。

**養虎遺患**（ㄧㄤˇ ㄏㄨˇ ㄧˊ ㄏㄨㄢˋ） 比喻縱容敵人，給自己留下後患。

**養尊處優**（ㄧㄤˇ ㄗㄨㄣ ㄔㄨˇ ㄧㄡ） 図指生活在尊貴、優裕的環境中（含貶義）。

**養精蓄銳**（ㄧㄤˇ ㄐㄧㄥ ㄒㄩˋ ㄖㄨㄟˋ） 養足精神，蓄積銳氣。

**養癰遺患**（ㄧㄤˇ ㄩㄥ ㄧˊ ㄏㄨㄢˋ） 比喻對壞人壞事姑息寬容，就會遺留下禍害。

## 七筆

**餑** ㄅㄛ 「餑餑（·ㄅㄛ）」是一種麵粉做的餅餌之類的食品。

**餔** ▲図ㄅㄨ ㈠古時日落的時候吃飯叫「餔」。㈡吃。如「餔啜（吃和喝）」。▲ㄅㄨˋ在飯桌上替客人夾菜，叫「餔菜」。

**餖** 図ㄉㄡˋ「餖飣」本是指陳設在筵席上做裝飾而不吃的食品，也用來比喻文章裡故意堆砌的詞藻。

**餒** ㄋㄟˇ ㈠図指飢餓。如「凍餒」。㈡不足，喪氣，膽寒。如「勝不驕，敗不餒」「氣餒」。㈢図腐爛，指魚說。如「魚餒肉敗」。

**餕** 図ㄐㄩㄣˋ通常用「餕餘」這個詞。㈠剩下的食物、飯食。㈡是說吃人家所吃剩的食物。

**餐（湌、飡）** ㄘㄢ ㈠吃。如「聚餐」「飽餐一頓」。㈡飯食。如「西餐」「自助餐」。㈢吃一頓飯叫一餐。如「一日三餐」。㈣當「吃」講，而實際不是吃。如「秀色可餐」「餐風宿露」。

**餐巾** ㄘㄢ ㄐㄧㄣ 用餐時放在膝上或胸前的布巾（多用於西餐）。

**餐車** ㄘㄢ ㄔㄜ 火車上專供乘客用餐的車廂。

**餐具** ㄘㄢ ㄐㄩˋ 吃飯的用具，如碗、筷、盤、羹匙等。

**餐室** ㄘㄢ ㄕˋ 專供吃飯用的房間。

**餐館** ㄘㄢ ㄍㄨㄢˇ 出售飯菜供人食用的店鋪。也叫飯館。

**餐廳** ㄘㄢ ㄊㄧㄥ ①供吃飯用的大房間，一般是大旅館、火車站、飛機場等附設的營業性食堂。有時用做大飯館的名稱。②家庭裡吃飯用的廳堂，有別於客廳。

**餐風宿露** ㄘㄢ ㄈㄥ ㄙㄨˋ ㄌㄨˋ 形容旅途或野外生活的艱苦。也作「風餐露宿」。

**餗** 図ㄙㄨˋ 放在鼎裡的食品。

**餓** ㄜˋ ㈠肚子空虛想吃東西。如「餓得慌」。㈡比喻貪得無厭。如「餓鬼」。

**餓鬼** ㄜˋ ㄍㄨㄟˇ ①罵人口饞，或罵人貪得無厭。②譏諷餓極的人。如「簡直像個餓鬼」。③佛家說「經常飢餓沒東西吃的鬼道」，叫「餓鬼道」。

**餓莩** ㄜˋ ㄆㄧㄠˇ 図餓死的人。〈孟子〉有「塗（路上）有餓莩」。

**餓飯** ㄜˋ ㄈㄢˋ 挨餓。

**餓漢** ㄜˋ ㄏㄢˋ 飢餓的人。如「飽漢不知餓漢飢」。

**餓肚子** ㄜˋ ㄉㄨˋ ㄗ˙ 餓飯；挨餓。

**餓虎撲食** ㄜˋ ㄏㄨˇ ㄆㄨ ㄕˊ 形容動作迅速而猛烈。也作「餓虎撲羊」。

**餘** ㄩˊ ㈠図飽足。如「煖衣餘食」。㈡剩下。如「餘下」「行有餘力」。㈢殘留。如「殘餘」「餘孽」。㈣図微末，將盡。如「餘年」「餘事」。㈤零數。如「三十有餘」「二百餘元」。㈥其他，之外。如「業餘」「公餘」。㈦以後。如「茶餘飯後」。㈧沒完，無窮盡。如「死有餘辜」。㈨姓。

**餘力** ㄩˊ ㄌㄧˋ 剩餘的力量；多餘的精力。如「不遺餘力」。

**餘下** ㄩˊ ㄒㄧㄚˋ 剩下。

**餘生** ㄩˊ ㄕㄥ 図①指晚年。②（在大災難後）僥倖保全的生命。如「虎口餘生」。

**餘外** ㄩˊ ㄨㄞˋ 額外；除此之外。

**餘年** ㄩˊ ㄋㄧㄢˊ 図晚年。

**餘地** ㄩˊ ㄉㄧˋ 図①空出來的地方。②指言語或行動中留下的可以回旋的地步。如「做人處世不可以不留餘地」。

**餘利** ㄩˊ ㄌㄧˋ 指工商業所得的利潤。

**餘事** ㄩˊ ㄕˋ 図①指正事之外的小事。②另外的事。如「餘事未了」。

**餘味** ㄩˊ ㄨㄟˋ 留下來的耐人回想的味道。

**餘波** ㄩˊ ㄅㄛ 指事件結束以後留下的影響。如「餘波未平」。

**餘威** ㄩˊ ㄨㄟ 剩餘的威力。如「夕陽的餘威仍在」。

**餘怒** ㄩˊ ㄋㄨˋ 図還沒有完全平息的怒氣。如「餘怒未息」。

**餘思** ㄩˊ ㄙ 図不盡的懷思。

**餘毒** ㄩˊ ㄉㄨˊ 殘留的毒素或禍害。如「肅清封建餘毒」。

**餘音** ㄩˊ ㄧㄣ 指音樂演奏後好像還留在耳邊的聲音。如「餘音繞梁」。

**餘風**（ㄩˊ ㄈㄥ） 図遺留下來的風氣教化及影響。

**餘留**（ㄩˊ ㄌㄧㄡˊ） 剩餘；剩下。如「家裡一場大火過後，什麼都沒有餘留」。

**餘悸**（ㄩˊ ㄐㄧˋ） 図事後還感到的恐懼。如「猶有餘悸」。

**餘剩**（ㄩˊ ㄕㄥˋ） 剩下來的。

**餘款**（ㄩˊ ㄎㄨㄢˇ） 剩餘的錢；盈餘的錢。

**餘閒**（ㄩˊ ㄒㄧㄢˊ） 餘暇。

**餘暉**（ㄩˊ ㄏㄨㄟ） 傍晚的陽光。

**餘暇**（ㄩˊ ㄒㄧㄚˊ） 図空閒的時間。

**餘裕**（ㄩˊ ㄩˋ） 充裕。如「餘裕的時間」「餘裕的精力」。

**餘緒**（ㄩˊ ㄒㄩˋ） 図先人留下的功業。（見〈顏氏家訓·勉學〉）

**餘蓄**（ㄩˊ ㄒㄩˋ） 剩餘的積蓄。

**餘慶**（ㄩˊ ㄑㄧㄥˋ） 図遺留給子孫的德澤。如「積善之家必有餘慶」。

**餘數**（ㄩˊ ㄕㄨˋ） 整數除法中被除數未被除盡的部分，例如27除以6，商數是4，餘數是3。

**餘熱**（ㄩˊ ㄖㄜˋ） 生產過程中剩餘的熱量。如「利用餘熱取暖」。

**餘蔭**（ㄩˊ ㄧㄣˋ） 図指前人的遺澤；遺留的庇蔭。

**餘震**（ㄩˊ ㄓㄣˋ） 大地震後緊跟著發生的大量小地震。較大的餘震也能造成破壞。

**餘興**（ㄩˊ ㄒㄧㄥˋ） ①未盡的興致。②正事辦完以後舉行的娛樂活動。

**餘錢**（ㄩˊ ㄑㄧㄢˊ） 剩餘的錢。如「把手裡的餘錢存入銀行」。

**餘燼**（ㄩˊ ㄐㄧㄣˋ） ①燃燒後剩下的灰和沒燒盡的東西。②指戰敗之後還沒有全消滅的軍力。〈左傳〉有「請收合餘燼，背城借一」。

**餘糧**（ㄩˊ ㄌㄧㄤˊ） 指吃和用以外餘下的糧食。

**餘額**（ㄩˊ ㄜˊ） ①名額中餘下的空額。②帳目上剩餘的金額。

**餘瀝**（ㄩˊ ㄌㄧˋ） 図剩餘的酒。比喻分到的一點小利。

**餘韻**（ㄩˊ ㄩㄣˋ） 図遺留下來的韻致。

**餘孽**（ㄩˊ ㄋㄧㄝˋ） 殘餘的壞人或惡勢力。如「黑道餘孽」。

**餘黨**（ㄩˊ ㄉㄤˇ） 図殘餘的黨羽。

**餘波蕩漾**（ㄩˊ ㄅㄛ ㄉㄤˋ ㄧㄤˋ） 比喻事件結束以後還有一波一波的問題接連發生。

**餘勇可賈**（ㄩˊ ㄩㄥˇ ㄎㄜˇ ㄍㄨˇ） 図還有餘力可以賣。表示還有力氣沒有用完。〈左傳〉有「欲勇者，賈余餘勇」。

**餘音嫋嫋**（ㄩˊ ㄧㄣ ㄋㄧㄠˇ ㄋㄧㄠˇ） 形容歌聲過後，餘音迴蕩繚繞。如「餘音嫋嫋，不絕如縷」（宋朝蘇軾〈赤壁賦〉）。

**餘音繞梁**（ㄩˊ ㄧㄣ ㄖㄠˋ ㄌㄧㄤˊ） 図形容歌聲美妙，給人留下深刻的印象。

## 八筆

**餤** 図ㄉㄢˋ 吃。也作「啖」。

**餜** ㄍㄨㄛˇ 「餜子」「油炸餜」是用麵做的油炸食品，就是現今通稱的「油條」「麻花兒」之類的食品。

**館（舘）** ㄍㄨㄢˇ ㈠房舍，特指供應食宿的地方。如「飯館兒」「旅館」。㈡図指居住或寄居。㈢指機關、團體的地址。如「大使館」「會館」。㈣供展覽、閱覽或其他公共活動的處所。如「圖書館」「博物館」。㈤私塾或授徒教學的地方。如「蒙館」「教（ㄐㄧㄠ）家館」。㈥以技術服務社會的商店。如「理髮館」。㈦戲院。如「戲館」。㈧尊稱別人的住宅叫「公館」。㈨別墅、別業，也叫「別館」。㈩図把館舍給人住，或借住人宅。〈孟子〉有「帝館甥於貳室」。

**館子** ㄍㄨㄢˇ ˙ㄗ 賣酒飯的店鋪。

**館舍** ㄍㄨㄢˇ ㄕㄜˋ ①舊時指旅館。②泛指房屋。

**餛** ㄏㄨㄣˊ「餛飩」，是用麵粉做成薄皮包了肉餡的食品，煮熟了帶湯吃。廣東人叫「雲吞」，四川人叫「抄手」，福建、臺灣人叫「扁食」。「飩」字輕讀。

**餞** ㄐㄧㄢˋ ㈠用酒食送行。如「餞行」「餞別」。㈡果品用糖浸漬後叫「蜜餞」。

**餞行** ㄐㄧㄢˋ ㄒㄧㄥˊ 設酒食送人遠行。也說「餞別」。

**餞別** ㄐㄧㄢˋ ㄅㄧㄝˊ 餞行。

**餡** ㄒㄧㄢˋ 包在包子、餃子、糕餅等食品裡頭的肉、菜或糖料等。通常說「餡兒」「餡子」。如「豆沙餡兒的包子」「拌餡子包餃子吃」。

**餡兒餅** ㄒㄧㄢˋ ㄦ ㄅㄧㄥˇ 帶餡兒的餅，用麵做薄皮，裡面包肉、菜等拌成的餡兒，在鍋上或鏊上烙熟。

**餩** 図ㄜˋ 食物哽住咽喉，一時噎不下而氣不順。「餩餩」是喉管噎住了發出的聲音。

## 九筆

**餮** 図ㄊㄧㄝˋ 參看「饕」字。

**餱** 図ㄏㄡˊ「餱糧」就是乾糧。〈詩經〉有「迺裹餱糧」。

**餬** ㄏㄨˊ ㈠濃稠的粥。㈡図「餬口」是指收入只能勉強維持生活。如「做個小生意暫且餬口」。

**餳** ㄒㄧㄥˊ ㈠図用麥芽製成的糖稀。㈡眼睛半睜半閉，眼色黏滯不靈，打不起精神來的樣子。如「眼睛發餳」。

**餵** ㄨㄟˋ ①拿食物給動物吃；飼養。如「餵牲口」。②把食物送到別人嘴裡。如「給病人餵飯」。

**餵養** ㄨㄟˋ ㄧㄤˇ 給幼兒或動物吃東西，並照顧其生活，使能成長。

## 十筆

**餺（飥）** 図ㄅㄛˊ「餺飥」，用麵粉加水揉，搓成拇指大的片段，在開水鍋裡煮熟吃的麵食。從前也叫「湯餅」。

**餾（熘）** ㄌㄧㄡˋ ㈠把涼了的熟的食物再蒸熱。如「冷饅頭餾一餾再吃吧」。㈡蒸，加熱。把液體加熱使氣化再凝成液體的辦法，叫「蒸餾」；把固體物質密閉加高熱，使其成分分解的辦法，叫「乾餾」。

**餶** 図ㄍㄨˇ「餶飿」，就是餛飩。

**餽** 図ㄎㄨㄟˋ ㈠用酒菜祭鬼神。㈡通「饋」：①把食物給人吃。②贈送。③運送。如「千里餽糧」。

**餽贈** ㄎㄨㄟˋ ㄗㄥˋ 贈送（禮物）。

**餼** 図ㄒㄧˋ ㈠把食物送給人。㈡古時候指活的犧牲，就是準備宰殺供祭祀的牛羊等。如「餼羊」。㈢米糧。〈國語〉有「廩人獻餼」。

**餼羊** ㄒㄧˋ ㄧㄤˊ 図古時諸侯在每月朔日拜廟時作祭祀用的活羊。〈論語・八佾〉有「子貢欲去告朔之餼羊」。

**餿** ㄙㄡ ㈠食物腐敗，有了壞味。如「飯餿了」。㈡東西受潮熱發出的酸臭氣味。如「身上都餿了，快去洗個澡」「地下室太潮溼，有一股子餿味兒」。

**餿水**（ㄙㄡ ㄕㄨㄟˇ）淘米、洗菜、洗刷鍋碗等用過的水（有時也包括殘羹剩飯）。也叫泔水或潲水。

**餿臭**（ㄙㄡ ㄔㄡˋ）腐敗變味。

**餿主意**（ㄙㄡ ㄓㄨˇ ㄧˋ）不高明的辦法。如「這件事辦不成了，都是你出的餿主意」。

**餿點子**（ㄙㄡ ㄉㄧㄢˇ ·ㄗ）餿主意，笨意見。如「你又有什麼餿點子啦」。

**饁** 図ㄧㄝˋ ㈠送飯給在田裡工作的人吃。〈詩經〉有「饁彼南畝」。㈡送給在田裡工作的人吃的飯。

## 十一筆

**饃（饝）** ㄇㄛˊ ㈠饅頭，也叫「饃饃」。㈡一種小的鍋餅。如「牛肉燴饃」。

**饅** ㄇㄢˊ 「饅頭（·ㄊㄡ）」是用麵粉發酵蒸熟隆起成圓形的食品，有的地方也叫「饃」或「饃饃」。

**饉** 図ㄐㄧㄣˇ ㈠蔬菜收成不好。〈爾雅·釋天〉有「穀不熟為饑，蔬不熟為饉，果不熟為荒」。㈡收成不好，荒年。如「饑饉」。

**饈** 図ㄒㄧㄡ 美味的食物。山珍海味叫「珍饈」。

## 十二筆

**饋** 図ㄎㄨㄟˋ ㈠服侍長輩飲食。㈡治備食物。男子還沒結婚說是「中饋猶虛」。「中饋」是指婦人在家主持治備食物的事。㈢同「餽」㈡。

**饑** 図ㄐㄧ ㈠荒年。如「饑荒」。㈡通「飢」。

**饑荒**（ㄐㄧ ㄏㄨㄤ）荒字輕讀。①莊稼收成不好或沒有收成。②指經濟上的困難。如「他家口太多，收入又少，一年到頭鬧饑荒」。③「拉饑荒」是欠債。

**饑飽**（ㄐㄧ ㄅㄠˇ）沒有吃的或吃得多。

**饑溺**（ㄐㄧ ㄋㄧˋ）図比喻人民生活的疾苦。

**饑饉**（ㄐㄧ ㄐㄧㄣˇ）図饑荒①。

**饗** 図ㄒㄧㄤˇ ㈠大宴賓客。如「宴饗」。㈡通「享」，敬神飲食。祭文末了的「尚饗」，就是「請享用」的意思。

**饗宴**（ㄒㄧㄤˇ ㄧㄢˋ）図設宴款待（賓客）。

**饌** 図ㄓㄨㄢˋ ㈠飯食。如「肴饌」「盛饌」。㈡吃喝享用。〈論語·為政〉有「有酒食，先生饌」。

**饒** ㄖㄠˊ ㈠寬恕。如「饒恕」「饒過他這一次」。㈡另外添加而不取代價。如「饒給你這一個」「白饒」。㈢牽累。如「這件事把他饒在裡頭了」「這倒楣的事情把我也饒上了」。㈣儘管。如「饒他這麼認真，還有人說閒話」。㈤図多，豐富。如「物產豐饒」「富饒」。㈥見「饒舌」。㈦姓。

**饒人**（ㄖㄠˊ ㄖㄣˊ）寬恕別人。

**饒舌**（ㄖㄠˊ ㄕㄜˊ）嘮叨；多嘴。

**饒沃**（ㄖㄠˊ ㄨㄛˋ）図（土地）肥沃。

**饒命**（ㄖㄠˊ ㄇㄧㄥˋ）寬赦免死。

**饒恕**（ㄖㄠˊ ㄕㄨˋ）免予責罰。

**饒富**（ㄖㄠˊ ㄈㄨˋ）物產多；財產多。

**饒裕**（ㄖㄠˊ ㄩˋ）図富饒；富裕。

**饒頭**（ㄖㄠˊ ·ㄊㄡ）多給的少量東西（多用於買賣場合）。如「這個小的是個饒頭」。

**饊** ㄙㄢˇ 通常說「饊子」，是用麵做成一束細絲的樣子用油炸成的食品。

## 十三筆

**饕** 図ㄊㄠ 「饕餮」：㊀古人傳說的一種惡獸，鐘鼎等器皿上常常刻著牠的面形花紋。㊁比喻凶惡的人。㊂貪財叫「饕」，貪吃叫「餮」；泛指貪吃的人叫「饕餮」，也叫「老饕」。

**饘** 図ㄓㄢ 濃稠的粥。

**饘粥** ㄓㄢ ㄓㄡ 図就是稀飯。稠的叫「饘」，稀的叫「粥」。

**饔** 図ㄩㄥ ㊀熟食。㊁早飯。

**饔飧** ㄩㄥ ㄙㄨㄣ 図吃熟的東西。早飯叫「饔」，晚飯叫「飧」。「饔飧」，泛指日常的飯食。「饔飧不繼」，形容生活貧困，吃不飽。

## 十四筆

**饜** 図ㄧㄢˋ ㊀吃飽。〈孟子〉有「饜酒肉而後反」。㊁滿足。如「貪得無饜」。

## 十七筆

**饞** ㄔㄢˊ ㊀貪吃。如「嘴饞」「又饞又懶」。㊁貪心，對某一種事物發生貪得的念頭。如「眼饞」「見人得了好處饞得慌」。㊂蔬菜要用多量的油肉烹炒才好吃的也叫「饞」。如「菠菜很饞，油少了不好吃」。

**饞涎** ㄔㄢˊ ㄒㄧㄢˊ 図貪吃的人想吃東西的時候嘴裡會分泌出津液來。「饞涎欲滴」，是看到食物極想吃的樣子。

**饞嘴** ㄔㄢˊ ㄗㄨㄟˇ 貪吃。

# 首部

**首** ㄕㄡˇ ㊀図頭，腦袋。如「昂首」「搔首弄姿」。㊁領頭的。如「首長」。㊂最高的，第一的。如「首席代表」「首次」。㊃図開始，最先的。如「首創」「起首」。㊄図出面告發犯罪事實。如「出首」「自首」。㊅詩歌一篇叫一首。如「唐詩三百首」。

**首七** ㄕㄡˇ ㄑㄧ 人死後第一個七天。也叫頭七。

**首功** ㄕㄡˇ ㄍㄨㄥ ①図以在戰爭中所得敵人首級多少論功。②第一功。

**首丘** ㄕㄡˇ ㄑㄧㄡ 図〈禮記〉有「狐死正丘首，仁也」。〈楚辭〉〈漢書〉〈淮南子〉等書說「狐死首丘」或「狐死必首丘」（狐狸臨死必然把頭朝向牠的丘穴的方向）。後來沿用「歸正首丘」比喻人死後歸葬故鄉。

**首先** ㄕㄡˇ ㄒㄧㄢ 最先。

**首次** ㄕㄡˇ ㄘˋ 第一次，頭一回。

**首位** ㄕㄡˇ ㄨㄟˋ 第一位。如「生產量居全國首位」。

**首告** ㄕㄡˇ ㄍㄠˋ 図出面告發（別人的犯罪行為）。

**首尾** ㄕㄡˇ ㄨㄟˇ ①事情的開始及終了。②前後。如「首尾不能相顧」。

**首事** ㄕㄡˇ ㄕˋ 図①首要的事情。②首先發起某件事情，也指首先發起某件事情的人。

**首府** ㄕㄡˇ ㄈㄨˇ ①舊時稱省會所在地。②附屬國和殖民地的最高政府機關所在地。

**首屆** ㄕㄡˇ ㄐㄧㄝˋ 第一期；第一次。如「首屆畢業生」「首屆運動會」。

**首肯** ㄕㄡˇ ㄎㄣˇ 図點頭表示同意。

**首長** ㄕㄡˇ ㄓㄤˇ 政府各部門中的主管。如「機關首長」。

**首映** ㄕㄡˇ ㄧㄥˋ 電影片首次放映。

**首相** ㄕㄡˇ ㄒㄧㄤˋ 古時宰相不止一人，居首位的為「首相」。現在稱一個國家內閣制政府的首長，也作「內閣總理」，或稱「首揆」。

**首要** ㄕㄡˇ ㄧㄠˋ ①擺在第一位的；最重要的。如「首要任務」。②首腦。如「各部門首要人物，齊聚一堂」。

**首席** ㄕㄡˇ ㄒㄧˊ ①同類官員的領袖，法院檢察處有「首席檢察官」。②最高的席次。

**首座** ㄕㄡˇ ㄗㄨㄛˋ ①図居第一位。②禪堂裡位居上座的和尚。

**首級** ㄕㄡˇ ㄐㄧˊ 図秦朝制度規定軍人在作戰時斬下敵人一個頭就加爵一級，後來把所斬下的人頭叫首級。

**首航** ㄕㄡˇ ㄏㄤˊ 指輪船或飛機首次出航。

**首唱** ㄕㄡˇ ㄔㄤˋ 図①也作「首倡（ㄔㄤˋ）」，是倡始的意思。〈南史〉有「我首唱大義，興復漢室」。②「詩先作成」的意思。白居易詩有「尚書首唱郎中和（ㄏㄜˋ）」。

**首從** ㄕㄡˇ ㄗㄨㄥˋ 図法律上指犯罪的首倡人與附和（ㄏㄜˋ）者。

**首途** ㄕㄡˇ ㄊㄨˊ 図動身；上路。如「二十三日自巴黎首途，搭乘火車前往莫斯科」。

**首都** ㄕㄡˇ ㄉㄨ 國都，中央政府的所在地。

**首創** ㄕㄡˇ ㄔㄨㄤˋ 最先開創。

**首善** ㄕㄡˇ ㄕㄢˋ 図模範。從前說國都所在地是「首善之區」。

**首富** ㄕㄡˇ ㄈㄨˋ 指某個地區中最富有的人家。也作「首戶」。

**首惡** ㄕㄡˇ ㄜˋ 図指作惡犯罪集團的首腦。

**首義** ㄕㄡˇ ㄧˋ 図首先起義。如「辛亥首義」。

**首腦** ㄕㄡˇ ㄋㄠˇ 為首的（人）；領導人。

**首飾** ㄕㄡˇ ㄕˋ 飾字輕讀。本指戴在頭上的裝飾品，今泛指耳環、項鍊、戒指、手鐲等。

**首演** ㄕㄡˇ ㄧㄢˇ 首次演出。

**首領** ㄕㄡˇ ㄌㄧㄥˇ ①図頭和脖子。②指某些集團的領導人。

**首戰** ㄕㄡˇ ㄓㄢˋ 第一場戰鬥。也指比賽過程中雙方首次交手。

**首難** ㄕㄡˇ ㄋㄢˋ 図最先發難（ㄋㄢˋ）。

**首日封** ㄕㄡˇ ㄖˋ ㄈㄥ 郵局發行新郵票的當天，把新郵票貼在特製的信封上，並蓋上郵戳，這種信封叫做首日封。

**首屈一指** ㄕㄡˇ ㄑㄩ ㄧ ㄓˇ 図占第一位，最好的，最高的。如「他家財富，在本市是首屈一指」。

**首席代表** ㄕㄡˇ ㄒㄧˊ ㄉㄞˋ ㄅㄧㄠˇ 代表團成員中職位最高的一人。

**首開紀錄** ㄕㄡˇ ㄎㄞ ㄐㄧˋ ㄌㄨˋ ①開創新的紀錄。②首先得分。如「中華隊首開紀錄，以一比零領先」。

**首當其衝** ㄕㄡˇ ㄉㄤ ㄑㄧˊ ㄔㄨㄥ 比喻最先受到攻擊或遭遇災難。（衝：要衝。）如「撞車時前座乘客首當其衝，受傷較重」。

**首鼠兩端** ㄕㄡˇ ㄕㄨˇ ㄌㄧㄤˇ ㄉㄨㄢ 図在兩者之間猶豫不決或動搖不定。（首鼠：猶豫不決。兩端：兩頭。）

## 二筆

**馗** ㄎㄨㄟˊ 同「逵」。「鍾馗」，神話裡吃小鬼的大鬼的名字。

## 八筆

**馘** 図ㄍㄨㄛˊ 割下耳朵。古代殺敵獻上敵人的左耳為證物，叫馘。如「斬馘甚眾」。

# 香部

**香** ㄒㄧㄤ ㈠氣味芬芳，使人聞著覺得舒暢有好感（與「臭」相對）。如「花香」「香噴噴的」。㈡吃得很舒服，睡得很舒服，都叫香。如「吃得很香」「睡得很香」。㈢比喻受歡迎，受重視。如「這種貨色現在很香」。也說「吃香」。㈣親密，和好。如「他們兩人香得不得了」。㈤用鼻子聞，引伸為親吻的意思。如「張太太香她小兒子的臉」「小弟，來，讓爸爸香一香」。㈥用木屑加香料製成的細條，有的用來拜祭鬼神，有的用來驅除蚊蟲。如「線香」「蚊香」。㈦舊時形容女子的東西。如「香巾」「香東」。又指女子。如「香消玉殞」「憐香惜玉」。㈧図光榮，又好名氣。如「姓名萬古香」。㈨香料，天然有香味的東西。如「檀香木」「沉香」。㈩姓。

**香斗** ㄒㄧㄤ ㄉㄡˇ 焚香的器具，形狀像斗。

**香火** ㄒㄧㄤ ㄏㄨㄛˇ ①祭神拜佛所點燃的香燭。②拜佛的事。如「這廟裡的香火很盛」。③舊時盟誓要燒香拜神，所以有「香火誓」「香火兄弟」等詞。

**香片** ㄒㄧㄤ ㄆㄧㄢˋ 用茉莉花等鮮花熏製的綠茶。也叫花茶。

**香包** ㄒㄧㄤ ㄅㄠ ①図指花苞。②布做的小口袋，裡面裝香料，民俗用作辟邪的東西，在端午節佩帶。

**香灰** ㄒㄧㄤ ㄏㄨㄟ 線香燃燒以後剩下的灰，特指祭祀祖先或神佛燒香剩餘的灰。

**香色** ㄒㄧㄤ ㄙㄜˋ ①芳香和顏色。②茶褐色。

**香杉** ㄒㄧㄤ ㄕㄢ 常綠喬木。葉密生，披針形。花單性，雌雄同株。球果卵圓形。木材可供建築或做電杆。

**香皂** ㄒㄧㄤ ㄗㄠˋ 加香料製成的肥皂。

**香油** ㄒㄧㄤ ㄧㄡˊ ①芝麻油。②泛指一切有香味的油。

**香花** ㄒㄧㄤ ㄏㄨㄚ ①香料和鮮花。②有香味的花。

**香亭** ㄒㄧㄤ ㄊㄧㄥˊ 放置香爐的綵亭，賽會或出殯時用的。

**香客** ㄒㄧㄤ ㄎㄜˋ 朝山進香的人。

**香茅** ㄒㄧㄤ ㄇㄠˊ 多年生草本植物，葉子扁平，長而寬，圓錐花序。莖和葉子可以提取香茅油，用做香水的原料。

**香案** ㄒㄧㄤ ㄢˋ 擺香爐、蠟籤兒（燭臺）的長桌子。

**香粉** ㄒㄧㄤ ㄈㄣˇ 用碳酸鈣、滑石粉、香料等製成的粉末狀化妝品。

**香料** ㄒㄧㄤ ㄌㄧㄠˋ 在常溫下能發出芳香的有機物質，分天然產和人工製造兩大類。

**香臭** ㄒㄧㄤ ㄔㄡˋ 香的與臭的，比喻好壞。如「不知香臭」。

**香茶** ㄒㄧㄤ ㄔㄚˊ ①清香的茶。②指「香片」沏的茶。

**香草** ㄒㄧㄤ ㄘㄠˇ ①薰草，也叫「佩蘭」。②蘭草。③一種冰淇淋的名字，在普通冰淇淋裡加入叫「香草精」的化學原料製成。④図〈楚辭〉裡比喻忠良的人。如「美人香草」。

**香脂** ㄒㄧㄤ ㄓ ①芳香的脂肪。如「冷杉的香脂可以治外傷」。②一種化妝品，用硬脂酸、凡士林、杏仁油等製成。

**香甜** ㄒㄧㄤ ㄊㄧㄢˊ 甜字輕讀。又香又甜。

**香湯** ㄒㄧㄤ ㄊㄤ 調（ㄊㄧㄠˊ）有香料的熱水。佛教密宗有以香湯洗身之法。

**香菇** ㄒㄧㄤ ㄍㄨ 寄生在栗、槲等樹幹上或用人工栽培在楓香、杜英、榾木上的蕈類，菌蓋表面黑褐色，有裂紋，菌柄白色。乾燥的香味很濃。也叫「冬菇」、「香蕈」。

**香菜** ㄒㄧㄤ ㄘㄞˋ 芫荽的通稱。

**香椿** ㄒㄧㄤ ㄔㄨㄣ ①椿樹的一種。②指香椿樹的嫩枝、嫩葉，香味很濃，可以做菜吃。

**香煙** ▲ㄒㄧㄤ ㄧㄢ 用薄紙捲煙絲製成的紙煙。▲ㄒㄧㄤ・ㄧㄢ 祭拜祖先要燃香生煙，所以把子孫祭祖這件事叫「接續香煙」。如「那個人的兒子死了，絕了後，斷了香煙」。

**香資** ㄒㄧㄤ ㄗ 在寺廟裡給和尚尼姑的香錢。

**香精** ㄒㄧㄤ ㄐㄧㄥ 數種香料調和製成的混合香料。有花香型香精、果實型香精等多種。用於製化妝品、食品、煙絲等。

**香蒲** ㄒㄧㄤ ㄆㄨˊ 多年生草本植物，葉子狹長，嫩莖可供食用。可以編蒲包、蒲席、扇子等。民俗在端午節把蒲葉插在門上辟邪，管它叫「蒲劍」。

**香閨** ㄒㄧㄤ ㄍㄨㄟ 図對女人住的屋子的好聽的稱呼。

**香餌** ㄒㄧㄤ ㄦˇ 用來引誘魚類鳥類的食物。也比喻使人受騙的工具。

**香樟** ㄒㄧㄤ ㄓㄤ 有香氣的樟木。

**香醇** ㄒㄧㄤ ㄔㄨㄣˊ 氣味、滋味香而純正。如「香醇的美酒」。也作香純。

**香橙** ㄒㄧㄤ ㄔㄥˊ ①常綠喬木，葉子長卵形，花白色。果實皮厚味香，可以吃。②這種植物的果實。

**香澤** ㄒㄧㄤ ㄗㄜˊ 図①抹頭髮的香油。②香氣。③年輕貌美的女人的代稱。

**香蕉** ㄒㄧㄤ ㄐㄧㄠ ①多年生草本植物，葉子長而大，有長柄，花淡黃色。果實長形，稍彎，味香甜。②這種植物的果實。

**香燭** ㄒㄧㄤ ㄓㄨˊ 香及蠟燭，都是祀神供佛所用的。

**香薷** ㄒㄧㄤ ㄖㄨˊ 一年生或多年生草本植物，莖和葉可以提取芳香油。全草入藥，有解熱、利尿作用。

**香櫞** ㄒㄧㄤ ㄩㄢˊ 也作「香圓」，就是「枸櫞」，俗名「佛手柑」。

**香檳** ㄒㄧㄤ ㄅㄧㄣ 一種帶酸味的葡萄酒，清涼可口，出在法國東北的 Champagne，音譯為香檳。西洋習慣有喜慶時要用香檳酒款待客人。

**香爐** ㄒㄧㄤ ㄌㄨˊ 用以插上已經點著的線香的容器。

**香囊** ㄒㄧㄤ ㄋㄤˊ 裝香料的小布口袋。

**香豔** ㄒㄧㄤ ㄧㄢˋ 形容詞藻豔麗或內容涉及閨閣的詩文，也形容色情小說、電影等。

**香水（兒）** ㄒㄧㄤ ㄕㄨㄟˇ ㄦ 用香料、酒精和蒸餾水等製成的化妝品。

**香瓜（兒）** ㄒㄧㄤ ㄍㄨㄚ ㄦ ①一年生草本植物，莖蔓生，葉子卵形，花黃色。結漿果，有香氣，味甜，供食用。②這種植物的果實。也叫甜瓜。

**香串（兒）** ㄒㄧㄤ ㄔㄨㄢˋ ㄦ 香料製成的珠串。

**香味（兒）** ㄒㄧㄤ ㄨㄟˋ ㄦ 香氣。

**香氣（兒）** ㄒㄧㄤ ㄑㄧˋ ㄦ 芳香的氣味。

**香腸（兒）** ㄒㄧㄤ ㄔㄤˊ ㄦ 用豬的小腸裝碎肉和作料等製成的食品。

**香水梨** ㄒㄧㄤ ㄕㄨㄟˇ ㄌㄧˊ 梨的一個品種，成熟時果皮黃綠色，果肉稍帶澀味。

**香油錢** ㄒㄧㄤ ㄧㄡˊ ㄑㄧㄢˊ 燒香點燈用的錢。泛指僧人化緣來的錢或信徒對寺廟的小額捐獻。

**香花木** ㄒㄧㄤ ㄏㄨㄚ ㄇㄨˋ 常綠喬木，高可達二十五公尺。木材有光澤，是建築及做家具、工藝品等的上等材料。也叫觀光木。

**香附子** ㄒㄧㄤ ㄈㄨˋ ㄗˇ 莎草的塊根，中醫用做健胃和鎮痛、調經的藥物。

**香乾兒** ㄒㄧㄤ ㄍㄢ ㄦ 北方口語說經過熏製的豆腐乾兒。

**香積廚** ㄒㄧㄤ ㄐㄧ ㄔㄨˊ 寺廟裡僧人用的廚房。

**香蕉水** ㄒㄧㄤ ㄐㄧㄠ ㄕㄨㄟˇ 用酯類、酮類、醇類、醚類和芳香族化合物製成的無色透明液體，有香蕉氣味。用於製噴漆和稀釋噴漆。

**香馥馥** ㄒㄧㄤ ㄈㄨˋ ㄈㄨˋ 形容香味濃厚。

**香蠟鋪** ㄒㄧㄤ ㄌㄚˋ ㄆㄨˋ 出售線香、蠟燭、錫箔的商店。也說香燭鋪。

**香噴噴(的)** ㄒㄧㄤ ㄆㄣ ㄆㄣ ˙ㄉㄜ 形容香氣撲鼻。

**香三臭四** ㄒㄧㄤ ㄙㄢ ㄔㄡˋ ㄙˋ 說人與某些人顯得很親近，與另一些人顯得疏遠。

**香火兄弟** ㄒㄧㄤ ㄏㄨㄛˇ ㄒㄩㄥ ㄉㄧˋ 在各種行業中意氣相投的人，在神前立誓結拜為兄弟，稱香火兄弟。

**香消玉殞** ㄒㄧㄤ ㄒㄧㄠ ㄩˋ ㄩㄣˇ 比喻女子死亡（多指年輕的）。

## 九筆

**馥** 〔文〕ㄈㄨˋ 香氣。

**馥郁** ㄈㄨˋ ㄩˋ 〔文〕形容香氣很濃。

## 十一筆

**馨** 〔文〕ㄒㄧㄣ 散布很遠的香氣。引伸為流芳久遠的意思。如「馨香」「垂馨千祀」。又讀ㄒㄧㄥ。

**馨香** ㄒㄧㄣ ㄒㄧㄤ 〔文〕①芳香。②燒香的香味。

# 馬部

**馬** ㄇㄚˇ ㈠奇（ㄐㄧ）蹄類哺乳動物，頭頸長而有鬣，吃草，能跑，力氣大，馴養成家畜，可以載重走遠路，利用作農工動力或供軍用都行，皮可以製革。我國新疆、蒙古都是著名的產馬地區，外國以阿拉伯馬最好。㈡古時投壺遊戲計算投入箭枝的計數。〈禮記〉有「為勝者立馬」。近代用籌計數，所以也叫「籌馬」，現在通常寫作「碼」。㈢姓。

**馬刀** ㄇㄚˇ ㄉㄠ 也叫戰刀，是一種供劈刺用的長刀。刀身微彎，長約一公尺，是騎兵衝鋒時的主要武器。

**馬力** ㄇㄚˇ ㄌㄧˋ ①功率單位，一馬力等於每秒鐘把七十五公斤重的物體提高一公尺所作的功。②馬的腳力。如「路遙知馬力」。

**馬上** ㄇㄚˇ ㄕㄤˋ ①〔文〕指用武。〈漢書〉有「馬上得天下」。②立刻。如「馬上就來」。

**馬勺** ㄇㄚˇ ㄕㄠˊ 盛飯或盛粥用的大勺子。

**馬子** ㄇㄚˇ ˙ㄗ ①也作「碼子」，計數用的籌碼。②馬桶。③年輕男人詭稱可以做女朋友的女孩兒。

**馬匹** ㄇㄚˇ ㄆㄧ 馬按匹計算，所以也用「馬匹」稱馬。

**馬夫** ㄇㄚˇ ㄈㄨ 從前指管馬的人。

**馬弁**（ㄇㄚˇ ㄅㄧㄢˋ） 舊時高級軍官身邊辦雜事的士兵。

**馬甲**（ㄇㄚˇ ㄐㄧㄚˇ） ①戰馬所披的甲。②背心。

**馬克**（ㄇㄚˇ ㄎㄜˋ） 德國的本位貨幣（德文 mark）。

**馬兵**（ㄇㄚˇ ㄅㄧㄥ） 騎馬的兵，通稱騎兵。

**馬屁**（ㄇㄚˇ ㄆㄧˋ） 比喻諂媚奉承的行為言語。如「他是個馬屁精」（指喜好或善於拍馬屁的人）。

**馬尾**（ㄇㄚˇ ㄨㄟˇ） ①馬的尾巴。②草名，像蘆葦，但是比較長。③地名，在福建閩江口。

**馬快**（ㄇㄚˇ ㄎㄨㄞˋ） 舊時稱官廳拘捕犯人的差役。

**馬車**（ㄇㄚˇ ㄔㄜ） 用馬拉的載人的車。

**馬刺**（ㄇㄚˇ ㄘˋ） 馬靴後跟上鑲的釘形金屬物，用來踢坐騎，使快跑。

**馬虎**（ㄇㄚˇ ㄏㄨˇ） 虎字輕讀。草率；敷衍；疏忽；不細心。如「做事應該認真，不可馬虎」。

**馬表**（ㄇㄚˇ ㄅㄧㄠˇ） 也作「馬錶」：①體育運動比賽用的表，通常只有分針和秒針，按動轉鈕，可以隨時使其走或停，能測出十分之一秒的時間。②指形狀較大的懷表。

**馬趴**（ㄇㄚˇ ㄆㄚ） 身體向前跌倒的姿勢。如「摔了個大馬趴」。

**馬面**（ㄇㄚˇ ㄇㄧㄢˋ） ①古代設在女牆上的戰棚。②迷信的人指陰司鬼卒。

**馬乾**（ㄇㄚˇ ㄍㄢ） 舊時指軍隊需用的草料費。

**馬桶**（ㄇㄚˇ ㄊㄨㄥˇ） 大小便用的有蓋的桶。舊式的是木頭做的，新式的瓷質馬桶叫「抽水馬桶」。

**馬球**（ㄇㄚˇ ㄑㄧㄡˊ） ①球類運動項目之一，運動員騎在馬上，用枴棒把球打進對方球門為勝。②馬球運動使用的球，用藤根製成。

**馬術**（ㄇㄚˇ ㄕㄨˋ） 騎馬的技術。

**馬陸**（ㄇㄚˇ ㄌㄨˋ） 節肢動物，身體圓長，由許多環節構成。生活在陰溼的地方，有臭腺。晝伏夜出，吃草根或腐敗的植物。

**馬廄**（ㄇㄚˇ ㄐㄧㄡˋ） 〔文〕飼養馬的棚屋。

**馬掌**（ㄇㄚˇ ㄓㄤˇ） ①馬蹄下面的角質皮。②馬蹄鐵①的通稱。

**馬棚**（ㄇㄚˇ ㄆㄥˊ） 圈（ㄐㄩㄢˋ）馬的棚子。文言作「馬廄」。

**馬童**（ㄇㄚˇ ㄊㄨㄥˊ） 舊劇中扮演馬夫的角色。

**馬隊**（ㄇㄚˇ ㄉㄨㄟˋ） ①成隊的馬，多用於運輸貨物。②騎兵隊伍。

**馬蜂**（ㄇㄚˇ ㄈㄥ） 一種黃色有毒刺的膜翅類昆蟲，比蜜蜂大，毒性也比較強。

**馬腳**（ㄇㄚˇ ㄐㄧㄠˇ） 比喻破綻，漏洞。如「露出馬腳」。

**馬賊**（ㄇㄚˇ ㄗㄟˊ） 舊時稱騎馬行劫的盜匪。

**馬路**（ㄇㄚˇ ㄌㄨˋ） ①城市或近郊的供車馬行走的寬闊平坦的道路。②泛指公路。

**馬達**（ㄇㄚˇ ㄉㄚˊ） 電動機的通稱，是英文 motor 的音譯。

**馬靴**（ㄇㄚˇ ㄒㄩㄝ） 騎馬人穿的長統靴子。也指一般的長統靴子。

**馬槍**（ㄇㄚˇ ㄑㄧㄤ） 騎兵用的一種槍，性能和構造與步槍相似，但較短而輕便，射程較步槍近。

**馬號**（ㄇㄚˇ ㄏㄠˋ） ①騎兵所用的軍號。②舊時驛站養馬的處所。

**馬赫**（ㄇㄚˇ ㄏㄜˋ） 飛機、火箭等在空氣中移動的速度與音速的比。由奧地利物理學家馬赫（Ernst Mach）而得名。

**馬槽**（ㄇㄚˇ ㄘㄠˊ） 餵馬的槽，多用木製。

**馬蝨** ㄇㄚˇ ㄕ　有吻類昆蟲，黃赤色，常寄生在馬的頸部。

**馬齒** ㄇㄚˇ ㄔˇ　①馬出生以後，一年長一顆牙，到了成馬才不長。從馬的牙可以判斷馬的年齡。人自謙年紀老大而事業無成，叫「馬齒徒增」。

**馬燈** ㄇㄚˇ ㄉㄥ　一種手提的能防風雨的煤油燈。

**馬褲** ㄇㄚˇ ㄎㄨˋ　特為騎馬方便而做的一種褲子，膝部以上肥大，以下極瘦，裹著小腿。

**馬蹄** ㄇㄚˇ ㄊㄧˊ　①馬的蹄子。②指荸薺。

**馬戲** ㄇㄚˇ ㄒㄧˋ　①我國古時「百戲」的一種，表演各種驚險的騎馬技術。②現代的馬戲是綜合的娛樂表演，有特殊武藝，走綱索，高架上的驚險表演，訓練野獸表演等。

**馬蟥** ㄇㄚˇ ㄏㄨㄤˊ　蠕形動物環蟲類，棲息在水裡，體長最多兩寸八分，寬約三分，愛吸脊椎動物的血。也叫「馬鼈」「馬蛭」，學名叫「水蛭」。

**馬鞭** ㄇㄚˇ ㄅㄧㄢ　驅使坐騎用的鞭子，泛指趕牲口的鞭子。也叫馬鞭子。

**馬鬃** ㄇㄚˇ ㄗㄨㄥ　馬頸上的長毛。文言叫「鬣」。

**馬蠅** ㄇㄚˇ ㄧㄥˊ　昆蟲，成蟲比一般的蠅大，像蜜蜂，口器退化。卵產在馬、驢等的毛上。動物舔毛時把孵出的幼蟲帶入體內，寄生在動物的胃裡。

**馬醫** ㄇㄚˇ ㄧ　專給馬治病的醫生。

**馬鐙** ㄇㄚˇ ㄉㄥˋ　掛在馬鞍子兩旁供騎馬的人踏腳的東西。

**馬褂（兒）** ㄇㄚˇ ㄍㄨㄚˋ（ㄦ）　男子穿在長袍外面的短褂子。

**馬鞍（子）** ㄇㄚˇ ㄢ（ㄗ˙）　擱在馬背上便於人坐的鞍子。參看「鞍」字。

**馬口鐵** ㄇㄚˇ ㄎㄡˇ ㄊㄧㄝˇ　表面鍍一層鋅的薄鐵板，不易生鏽。也叫鍍鋅鐵。

**馬生角** ㄇㄚˇ ㄕㄥ ㄐㄩㄝˊ　馬本無角，但是生物界常有變異的現象，馬有可能長出角來。①古人以為是不祥的預兆。見〈漢書．五行志〉。②比喻不可能的事。〈史記〉說燕國太子丹在秦國當人質，想回國去。秦王說：「烏頭白，馬生角，乃許耳」。

**馬克數** ㄇㄚˇ ㄎㄜˋ ㄕㄨˋ　測量噴射飛機速度的計算單位，是科學家為紀念奧國科學家爾斯提．馬克而定的。速度與音速相同的是一馬克，等於音速二倍的是二馬克，只有音速一半的是零點五馬克，依此類推（參看「音速」條）。

**馬尾兒** ㄇㄚˇ ㄧˇ ㄦ　①馬尾的硬毛。②女人將長髮束在腦後的一種髮型。

**馬尾松** ㄇㄚˇ ㄨㄟˇ ㄙㄨㄥ　松的一種，針葉叢生像馬尾，長在乾燥暖和的地帶。

**馬尾藻** ㄇㄚˇ ㄨㄟˇ ㄗㄠˇ　一種褐藻，植物體很柔軟，產在近岸的海中。可以做飼料，又可以用來製褐藻膠和綠肥。

**馬虎子** ㄇㄚˇ ㄏㄨˇ ㄗ˙　見「麻胡」①。

**馬前卒** ㄇㄚˇ ㄑㄧㄢˊ ㄗㄨˊ　舊時指在車前頭供奔走使役的人，現在多比喻為別人效力的人（多含貶義）。如「別以為老張是出主意的人，他只不過是馬前卒而已」。

**馬後炮** ㄇㄚˇ ㄏㄡˋ ㄆㄠˋ　笑人事機已經過了才開始舉動。

**馬蜂窩** ㄇㄚˇ ㄈㄥ ㄨㄛ　①馬蜂的窩。②比喻難以對付的人或容易引起麻煩和糾紛的事。如「他這個人不好惹，你少去捅他的馬蜂窩」。

**馬鈴瓜** ㄇㄚˇ ㄌㄧㄥˊ ㄍㄨㄚ　西瓜的一種，比一般西瓜小而稍長。

**馬鈴薯** ㄇㄚˇ ㄌㄧㄥˊ ㄕㄨˇ　多年生草本植物，羽狀複葉，有柄，卵圓形。花白色或藍紫色。地下塊莖肥大，可供食用。又名「洋山芋」「山藥蛋」，也叫「土豆兒」。

**馬齒莧** 一種野生的草，莖稍帶紅色，趴在地面上，嫩莖嫩葉可以吃。

**馬蹄形** ①三面圍成U字形而一面是直線的形狀。②U字形。

**馬蹄袖** 清朝時候男子禮服的袖口，馬蹄形。

**馬蹄鐵** ①釘在馬、驢、騾子的蹄子下的U字形的鐵，作用是使蹄子耐磨。通稱馬掌。②U字形的磁鐵。

**馬賽克** 指鑲嵌建築物牆壁、地板用的馬賽克瓷磚。（馬賽克：英文 mosaic）

**馬糞紙** 一種厚而粗硬的暗黃色的紙。

**馬不停蹄** 比喻一刻也不停留，繼續前進。

**馬仰人翻** 形容被打得慘敗。也比喻亂得一塌胡塗，不可收拾。也說「人仰馬翻」。

**馬到成功** 一下手就成功。

**馬革裹屍** 図指軍人戰死沙場，是〈後漢書・馬援傳〉裡的話。

**馬首是瞻** 比喻跟隨著別人行動。「唯他馬首是瞻」就是跟著他走，聽從他的決定。

**馬馬虎虎** 第二個馬字輕讀。兩個虎字讀陰平。是勉強、將就的意思。

**馬路新聞** 指道聽途說未經證實的消息。

**馬齒徒增** 図謙稱自己虛度年華，沒有成就。

**馬克斯主義** 德國籍猶太人馬克斯所主張的社會主義學說，以唯物史觀、剩餘價值、階級鬥爭、無產階級專政作為理論中心。今天的社會主義、共產主義都是馬克斯主義的支派。

**馬拉松賽跑** 長距離賽跑，全程四十二點一九五公里。馬拉松（marathon）是希臘地名。

## 二筆

**馮** ▲ㄈㄥˊ姓。▲図ㄆㄧㄥˊ通「憑」：㈠依恃。〈左傳〉有「馮恃其眾」。㈡無舟涉水。〈論語〉有「暴虎馮河」。

**馮婦** 人名。〈孟子〉書上說有個晉國人叫馮婦的，善於打虎；後來改了行成了善士，在野外遇到一群人追虎，卻都不敢逼近，他就捋起袖子伸著胳膊下車衝了上去。後稱人改行以後復重操舊業為「重作馮婦」。

**馭** 図ㄩˋ通「御」字：㈠對在下者的管理、支配。〈周禮〉有「以八柄詔王馭群臣，以八統詔王馭萬民」。㈡趕車，控制馬的行動。〈荀子〉有「王良、造父（ㄈㄨˇ）者，善服馭者也」。

## 三筆

**馱** ▲ㄊㄨㄛˊ在背上背（ㄅㄟ）著，多指牲口說的。如「東西太多，雇牲口來馱」「馬馱著貨物」。▲ㄉㄨㄛˋ騾馬等牲口背上馱（ㄊㄨㄛˊ）著的東西。如「騾馱子」「這裡有三個馱子（三件用牲口馱的貨物）」。

**馱子** ①牲口馱（ㄊㄨㄛˊ）著的貨物。如「把馱子卸下來」。②量詞，用於牲口馱著的貨物。如「來了三馱子貨」。

**馱馬** 專門用來馱東西的馬。

**馴** ㄒㄩㄣˊ ㈠牛馬等順從人的指揮；引伸為順從，不倔強，不抵抗。如「溫馴」「馴良」。㈡指文章典雅美好；行為善良。〈史記〉有「其文不雅馴」。㈢〔文〕漸漸地。如「馴至」。又讀ㄒㄩㄣˋ。

**馴化** ㄒㄩㄣˊ ㄏㄨㄚˋ 野生動物經人長期飼養後逐漸改變原來的習性，聽從人的指揮。如野牛、野馬經過馴化，成為家畜。

**馴至** ㄒㄩㄣˊ ㄓˋ 〔文〕逐漸形成。也作「馴致」。〈易經〉有「履霜堅冰，陰始凝也，馴至其道，至堅冰也」。

**馴良** ㄒㄩㄣˊ ㄌㄧㄤˊ 和順而善良。魏明帝樂府有「執志精專，潔行馴良」。

**馴和** ㄒㄩㄣˊ ㄏㄜˊ 和善。

**馴服** ㄒㄩㄣˊ ㄈㄨˊ ①順從。②使順從。如「這匹野馬終於被他馴服了」。

**馴鹿** ㄒㄩㄣˊ ㄌㄨˋ 哺乳動物，毛栗棕色，頭長，耳短，頸長，尾短，雌雄都有角。性溫順，能耐寒。毛皮可做衣物，鹿茸可入藥。

**馴善** ㄒㄩㄣˊ ㄕㄢˋ 馴良。如「馴善的羔羊」。

**馴順** ㄒㄩㄣˊ ㄕㄨㄣˋ 馴服順從。

**馴養** ㄒㄩㄣˊ ㄧㄤˇ 飼養野生動物使逐漸馴服。

**馴擾** ㄒㄩㄣˊ ㄖㄠˇ 〔文〕馴服；順服。

**馳** ㄔˊ ㈠車馬很快地往前進。如「馳騁」。㈡快跑。如「奔馳」。㈢〔文〕心思向往。如「神馳」「馳念」。㈣〔文〕追趕敗退的敵兵。如「齊師敗績，公將馳之」。㈤傳揚。如「馳名」「馳譽」。㈥〔文〕去而不留。〈三國志〉有「年與時馳」。

**馳名** ㄔˊ ㄇㄧㄥˊ 名聲遠揚，名氣大。

**馳念** ㄔˊ ㄋㄧㄢˋ 〔文〕馳思。

**馳思** ㄔˊ ㄙ 〔文〕想念（遠方的人或事物）。如「多年別離，馳思甚殷」。

**馳突** ㄔˊ ㄊㄨˊ 〔文〕快跑猛衝。如「往來馳突，如入無人之境」。

**馳馬** ㄔˊ ㄇㄚˇ 騎著馬飛快地跑。

**馳逐** ㄔˊ ㄓㄨˊ ①〔文〕馳騁追逐。如「地多泥沼，不利馳逐」。②騎馬競賽。

**馳援** ㄔˊ ㄩㄢˊ 馳赴援救。

**馳道** ㄔˊ ㄉㄠˋ 我國秦代供帝王行駛馬車的道路，以咸陽為中心，貫通全國各地。後來多指都城和離宮中供皇帝的車行走的道路。

**馳檄** ㄔˊ ㄒㄧˊ 〔文〕迅速傳送檄文。

**馳騁** ㄔˊ ㄔㄥˇ 〔文〕①騎著馬快跑。②活動，活躍。如「馳騁四方」「馳騁文壇數十年」。

**馳譽** ㄔˊ ㄩˋ 馳名；名氣很大。如「本產品行銷海內外三十多年，馳譽中外」。

**馳驅** ㄔˊ ㄑㄩ 〔文〕（騎馬）快跑。

**馳驟** ㄔˊ ㄗㄡˋ 〔文〕同「馳騁」。

## 四筆

**駁** ㄅㄛˊ ㈠馬的毛色不純；引伸指顏色雜亂或事物繁亂紛雜。如「斑駁」「駁雜」。㈡爭辯，否認。如「他的話不值得一駁」「辯駁」。㈢錯誤。如「駁錯」。㈣裝載貨物。如「駁運」「駁船」。㈤「駁船」的簡稱。如「貨駁」「鐵駁」。

**駁斥** ㄅㄛˊ ㄔˋ 反駁錯誤的言論或意見。

**駁正** ㄅㄛˊ ㄓㄥˋ 批駁並糾正（錯誤的言詞或意見）。

**駁回**（ㄅㄛˊ ㄏㄨㄟˊ） ①不允許（請求）；不採納（建議）。②特指法院對不合訴訟程序或缺乏法定要件的案件，不予受理。

**駁岸**（ㄅㄛˊ ㄢˋ） 保護坡岸或河隄使不坍塌的建築物。

**駁倒**（ㄅㄛˊ ㄉㄠˇ） 成功地否定了對方的言論、意見等。如「一句話就把他駁倒了」。

**駁船**（ㄅㄛˊ ㄔㄨㄢˊ） 用來駁運貨物或旅客的一種船，沒有動力裝置，由拖輪拉著或推著行駛。

**駁運**（ㄅㄛˊ ㄩㄣˋ） 在岸與船，船與船之間用小船來往轉運旅客或貨物。

**駁價**（ㄅㄛˊ ㄐㄧㄚˋ） 還價。如「你說出個數兒來，我決不駁價」。

**駁嘴**（ㄅㄛˊ ㄗㄨㄟˇ） 爭吵；吵嘴。如「兩口子相處得很和睦，從沒駁過嘴」。

**駁錯**（ㄅㄛˊ ㄘㄨㄛˋ） 駁雜。

**駁雜**（ㄅㄛˊ ㄗㄚˊ） 混亂不純。

**駁辭**（ㄅㄛˊ ㄘˊ） ①図雜亂不純正的言詞。②駁正別人意見的話。也作駁詞。

**駁難**（ㄅㄛˊ ㄋㄢˋ） 図反駁責難。如「他們兩人各持己見，互相駁難」。

**駁殼槍**（ㄅㄛˊ ㄎㄜˊ ㄑㄧㄤ） 手槍的一種，外有木盒，射擊時可把木盒移裝在槍後當托柄。能連續射擊，射程比普通手槍遠。也叫盒子槍。

**駃** ▲図ㄐㄩㄝˊ ㈠奔跑。㈡「駃騠」，馬父驢母生的，俗名驢騾。
▲図ㄎㄨㄞˋ 馬跑得快。通「快」。

**馹** ▲図ㄖˋ 舊時驛站傳送文書或載人用的馬或車。〈左傳〉有「楚子乘馹」。
▲ㄧˋ 「驛」字的俗寫體。

## 五筆

**駙** 図ㄈㄨˋ ㈠舊時用多匹馬駕車，除了正駕車（駕轅）的馬之外，其餘拉套的副馬都叫「駙」。㈡見「駙馬」。

**駙馬**（ㄈㄨˋ ㄇㄚˇ） 古官名，漢朝設置駙馬都尉；魏晉以後，皇帝的女婿都授官駙馬都尉，因此沿稱公主的丈夫為駙馬。

**駘** ▲図ㄊㄞˊ ㈠劣馬。㈡疲鈍。
▲ㄉㄞˋ 見「駘蕩」。

**駘背**（ㄊㄞˊ ㄅㄟˋ） 図指年老的人。也作「鮐背」。

**駘蕩**（ㄉㄞˋ ㄉㄤˋ） 図使人舒暢（多用來形容春天的景物）。如「春風駘蕩」。

**駝（駞）** ㄊㄨㄛˊ ㈠駱駝。㈡屬於駱駝的東西。如「駝峰」「駝絨」。㈢指人背部彎曲。如「駝背」「駝子」。㈣使畜牲用背部背東西，通「馱」。如「驢背上駝著兩口袋鹽」。

**駝子**（ㄊㄨㄛˊ ˙ㄗ） 駝背的人。

**駝背**（ㄊㄨㄛˊ ㄅㄟˋ） 人的脊柱向後拱起，多由於年老脊椎變形、坐立姿勢不正或佝僂病、脊椎的關節炎等疾病引起。

**駝峰**（ㄊㄨㄛˊ ㄈㄥˊ） 駱駝背上隆起的肉峰。

**駝鹿**（ㄊㄨㄛˊ ㄌㄨˋ） 哺乳動物，是最大型的鹿，毛黑棕色，頭大而長，頸短，鼻長如駱駝，尾短，四肢細長，雄的有角。肉可以吃，皮可以製革。

**駝絨**（ㄊㄨㄛˊ ㄖㄨㄥˊ） ①駱駝毛。②用駱駝毛織的毛織品。

**駝鈴**（ㄊㄨㄛˊ ㄌㄧㄥˊ） 繫在駱駝頸下的鈴鐺，隨著駱駝的行動而發出響聲。

**駑** 図ㄋㄨˊ ㈠最下等的劣馬。㈡比喻才能低下的人。如「駑下」「駑鈍」。

**駑下** ㄋㄨˊ ㄒㄧㄚˋ 文指才能低下（多用作謙詞）。

**駑馬** ㄋㄨˊ ㄇㄚˇ 文跑不快的馬。

**駑鈍** ㄋㄨˊ ㄉㄨㄣˋ 文愚笨；遲鈍。

**駑駘** ㄋㄨˊ ㄊㄞˊ 文劣馬，比喻庸才。

## 駕

ㄐㄧㄚˋ ㈠用牲口拉（車或農具）。如「駕著牲口耕地」。㈡騎著。如「駕鶴西歸」「騰雲駕霧」。㈢操縱車船或飛機行駛。如「駕駛」「駕機投誠」。㈣管理，指揮。如「駕馭」。㈤車馬及乘具的總稱。如「並駕齊驅」。㈥對別人的敬稱。如「敬請駕臨寒舍」「勞駕」。

**駕車** ㄐㄧㄚˋ ㄔㄜ 駕駛車輛。

**駕凌** ㄐㄧㄚˋ ㄌㄧㄥˊ 文同「凌駕」，超越其上。

**駕雲** ㄐㄧㄚˋ ㄩㄣˊ 神話傳說中指利用法術，乘雲飛行。如〈西遊記〉說孫悟空能駕觔斗雲。

**駕馭** ㄐㄧㄚˋ ㄩˋ 文管束，指使，操縱指揮。

**駕駛** ㄐㄧㄚˋ ㄕˇ 操縱（車、船、飛機、耕耘機等）使行駛。如「駕駛員」。

**駕臨** ㄐㄧㄚˋ ㄌㄧㄣˊ 文敬詞，指對方到來。如「星期日下午請駕臨舍下一敘」。

**駕駛人** ㄐㄧㄚˋ ㄕˇ ㄖㄣˊ 駕駛車、船、飛機的人員。

**駕輕就熟** ㄐㄧㄚˋ ㄑㄧㄥ ㄐㄧㄡˋ ㄕㄨˊ 駕著輕便的車走很熟的路。比喻擔任熟悉的工作。

**駕鶴西歸** ㄐㄧㄚˋ ㄏㄜˋ ㄒㄧ ㄍㄨㄟ 輓幛用語（限用於女性死者）。

## 駒

ㄐㄩ ㈠幼馬，指一歲、兩歲，高五尺以上六尺以下的馬。也指少壯的獸。如「良駒」「驢駒子」。㈡比喻前途遠大的年輕人。如「他是我家的千里駒」。㈢姓。

## 駉

文ㄐㄩㄥ ㈠牧馬的園地。㈡「駉駉」是形容馬肥壯的樣子。〈詩經〉有「駉駉牡馬」。

## 駐

ㄓㄨˋ ㈠馬停住不走。如「駐馬」。㈡泛指停留。如「軍隊駐紮」「駐外使節」。㈢文保持。如「駐顏」。

**駐地** ㄓㄨˋ ㄉㄧˋ 部隊或外勤人員所駐的地方。

**駐守** ㄓㄨˋ ㄕㄡˇ 駐紮防守。如「戰車營駐守在衝要地點」。

**駐足** ㄓㄨˋ ㄗㄨˊ 文停止腳步。如「路人紛紛駐足而觀，道路為之壅塞」。

**駐防** ㄓㄨˋ ㄈㄤˊ 軍隊在重要的地方駐紮防守。

**駐軍** ㄓㄨˋ ㄐㄩㄣ （在某地）駐紮的軍隊。

**駐紮** ㄓㄨˋ ㄓㄚ （軍隊）在某地住下。

**駐節** ㄓㄨˋ ㄐㄧㄝˊ 高級官吏停留外地處理公務。

**駐蹕** ㄓㄨˋ ㄅㄧˋ 文帝王出行時沿途停留暫住。

**駐顏** ㄓㄨˋ ㄧㄢˊ 文使容顏不衰老。如「駐顏有術」。

**駐在國** ㄓㄨˋ ㄗㄞˋ ㄍㄨㄛˊ 外交使節駐在的國家。

## 駛

▲ㄕˇ ㈠快跑，跑得快，本來是指馬，也用來說別的事物。如「流光如駛」「飛駛而去」。㈡操縱車船走動。如「駕駛汽車」「輪船駛入港口」。㈢姓。

## 駔

▲ㄗㄨˇ 駿馬。▲文ㄗㄤˇ ㈠公馬。㈡平凡的馬夫，古稱「駔工」。㈢市儈、市場裡買賣的經紀人。〈呂氏春秋〉有「段干木，晉國之大駔也」。▲ㄘㄤˇ「駔子」，華北一帶稱市儈、牙儈與地痞、流氓為駔子。

## 駟

文ㄙˋ ㈠古時一輛車套上四匹馬拉著的叫「駟」。㈡泛指馬。〈禮記〉有「若駟之過隙」。㈢引伸比喻等級或才能高下的指稱。「上駟」指良馬，又比喻高才；「中駟」

比喻次等的人物；「下駟」是劣馬，又指低劣或卑賤。

**駟不及舌** ㄙˋ ㄅㄨˋ ㄐㄧˊ ㄕㄜˊ 図比喻話說出之後，雖然用四匹馬的車也追不及，收不回來。原是〈論語〉的話，後來說成「一言既出，駟馬難追」。

## 六筆

**駢（駢）** 図ㄆㄧㄢˊ ㈠兩匹馬同時駕一輛車。㈡並列，成對的。如「駢文」「駢肩」。㈢從旁邊生出，多餘的。如「駢拇枝指」。

**駢文** ㄆㄧㄢˊ ㄨㄣˊ 用駢體寫的文章，又稱「駢體文」。

**駢比** ㄆㄧㄢˊ ㄅㄧˋ 図緊挨著。如「屋宇駢比」。

**駢枝** ㄆㄧㄢˊ ㄑㄧˊ 図「駢拇枝指」的略語；比喻多餘而無用的東西。

**駢肩** ㄆㄧㄢˊ ㄐㄧㄢ 図肩挨著肩。形容人很多，很擁擠。

**駢儷** ㄆㄧㄢˊ ㄌㄧˋ 指駢文。

**駢體** ㄆㄧㄢˊ ㄊㄧˇ 一種文體，講究詞句整齊對偶，重視聲韻的和諧及詞藻的華麗。盛行於六朝（區別於「散體」）。

**駢四儷六** ㄆㄧㄢˊ ㄙˋ ㄌㄧˋ ㄌㄧㄡˋ 指駢文，因為駢文多用四個字和六個字的排偶對句。也簡稱「駢體」或「四六」。

**駢拇枝指** ㄆㄧㄢˊ ㄇㄨˇ ㄑㄧˊ ㄓˇ 図比喻多餘而不必要的東西。駢拇是腳的拇指和第二指連成一指，枝指是手的拇指旁多生一指，成了六指。

**駱** ㄌㄨㄛˋ ㈠駱駝。㈡黑鬣的白馬。㈢古時種族名。在今日滇、黔、桂等省地方的叫「甌駱」，在今日越南地方的叫「駱越」。㈣姓。

**駱駝** ㄌㄨㄛˋ ㄊㄨㄛˊ 駝字輕讀。反芻偶蹄類哺乳動物，體高八九尺，性情馴良，力氣很大，能載重在沙漠裡走遠路，所以有「沙漠之舟」的稱號。（北京人口語常說ㄌㄜˋ ·ㄊㄜ）有雙峰、單峰的不同種類。前者產於阿拉伯、非洲、印度等地；後者產於中國、中亞一帶。

**駱駝絨** ㄌㄨㄛˋ ㄊㄨㄛˊ ㄖㄨㄥˊ 呢絨的一種，背面用棉紗織成，正面用毛紗織成一層細密而蓬鬆的毛絨，多用來做衣帽的裡子。

**駭** 図ㄏㄞˋ ㈠原義是馬受了驚嚇，後泛指害怕，吃驚。如「驚駭」「駭異」。㈡擾亂。〈戰國策・宋策〉有「國人大駭」。㈢可驚可怕的。如「驚濤駭浪」。又讀ㄒㄧㄝˋ。

**駭怪** ㄏㄞˋ ㄍㄨㄞˋ 驚訝。

**駭異** ㄏㄞˋ ㄧˋ 図驚訝；詫異。

**駭然** ㄏㄞˋ ㄖㄢˊ 図驚訝的樣子。

**駭人聽聞** ㄏㄞˋ ㄖㄣˊ ㄊㄧㄥ ㄨㄣˊ 使人聽了非常吃驚（多用於聽到社會上發生大的壞事）。

**駪** 図ㄕㄣ 「駪駪」，眾多的樣子。〈詩經〉有「駪駪征夫」。

## 七筆

**駿** 図ㄐㄩㄣˋ ㈠良馬。如「八駿圖」「駑駿不分」。㈡也用來形容狗的壯健。如「十駿犬」。㈢巨大。如「駿業」（稱頌別人的事業的話）。㈣迅速。如「駿發」。㈤傑出，挺拔。如「筆力勁駿」。㈥同「峻」，嚴厲的意思。如「駿命」。

**駿馬** ㄐㄩㄣˋ ㄇㄚˇ 跑得快的馬；良馬。

**駿骨** ㄐㄩㄣˋ ㄍㄨˇ 図駿馬的骨骸。比喻賢才。

**駿發** ㄐㄩㄣˋ ㄈㄚ 文①〈詩經〉有「駿發爾私」，是趕快耕作，開發你們的私田。②通常指迅速發達得到名利。

**駸** 文ㄑㄧㄣ「駸駸」：㈠馬跑得很快的樣子。〈詩經〉有「載驟駸駸」。㈡形容事情過很快。梁簡文帝的詩有「斜日晚駸駸」。

**騂** 文ㄒㄧㄥ ㈠牛馬毛皮的紅色，或稍帶黃的紅色。㈡「騂騂」是形容弓的調和的樣子。〈詩經〉有「騂騂角弓」。也指馬毛的顏色。黃宗羲〈祭馮韓卿文〉有「剖符姑熟，騂騂五馬」。

**騁** 文ㄔㄥˇ ㈠直著向前快跑。如「馳騁」。㈡舒展，放開。如「騁目」「騁懷」。

**騁目** ㄔㄥˇ ㄇㄨˋ 文睜大眼睛向前遠望。

**騁懷** ㄔㄥˇ ㄏㄨㄞˊ 文開懷。

**騃** 文ㄞˊ 傻，笨。如「童騃」「癡騃無知」。

## 八筆

**騑** 文ㄈㄟ 古時四馬駕一車時，中間兩匹叫「服馬」，兩旁兩匹叫「騑馬」。

**騑騑** ㄈㄟ ㄈㄟ 文馬不停地往前走。〈詩經〉有「四牡騑騑」。

**騄** 文ㄌㄨˋ「騄耳」（也作「騄駬」），古代良馬名，周穆王的「八駿」之一。也作「綠耳」。八駿是赤驥、盜驪、白義、踰輪、山子、渠黃、華騮（也作「驊騮」）、騄駬（原作「綠耳」）。

**騍** ㄎㄜˋ「騍馬」就是母馬。

**騏** 文ㄑㄧˊ ㈠青黑色的馬。㈡好馬，駿馬。㈢通「綦」，泛指青黑色。

**騏驎** ㄑㄧˊ ㄌㄧㄣˊ ①古代良馬名。②就是「麒麟」。

**騏驥** ㄑㄧˊ ㄐㄧˋ 文駿馬。

**騎** ▲ㄑㄧˊ ㈠兩腿分開，跨坐在牲口背上。如「騎馬」「騎驢」。㈡兩腿夾持著乘坐。如「騎自行車兒」。㈢跨在兩邊。如「騎牆」「蓋了個騎縫（ㄈㄥˋ）章」。▲文ㄐㄧˋ ㈠馬兵。如「鐵騎」「輕騎」。㈡指馬。如「坐騎」。㈢對軍中一人一馬合稱的單位詞。〈通鑑〉有「良家子至者三萬餘騎」。

**騎士** ㄐㄧˋ ㄕˋ 語音ㄑㄧˊ ㄕˋ ①騎兵。②對騎自行車的人的諢稱。③歐洲中世紀的武士。

**騎手** ㄑㄧˊ ㄕㄡˇ 擅長騎馬的人。

**騎兵** ㄐㄧˋ ㄅㄧㄥ 語音ㄑㄧˊ ㄅㄧㄥ 騎馬作戰的軍隊。

**騎射** ㄑㄧˊ ㄕㄜˋ 騎馬和射箭。古代是重要的運動項目。

**騎樓** ㄑㄧˊ ㄌㄡˊ 樓房向外伸出遮蓋著人行道的部分。騎樓下的人行道叫騎樓底。

**騎牆** ㄑㄧˊ ㄑㄧㄤˊ 比喻立場不明確，站在中間，向兩方面討好。這種人叫「騎牆派」。

**騎縫（兒）** ㄑㄧˊ ㄈㄥˋ（ㄦ）兩張紙的交接處（多指單據和存根連接的地方）。如「在三聯單的騎縫上蓋印」「蓋騎縫章」。

**騎月雨** ㄑㄧˊ ㄩㄝˋ ㄩˇ 從上個月末一直下到下個月的雨。

**騎虎難下** ㄑㄧˊ ㄏㄨˇ ㄋㄢˊ ㄒㄧㄚˋ 比喻做事不能中止，有進退兩難的意思。語本〈新五代史・郭崇韜傳〉「俚語曰：『騎虎者，勢不得下』」。

**騎馬找馬** ㄑㄧˊ ㄇㄚˇ ㄓㄠˇ ㄇㄚˇ 騎著馬去找馬。也說「騎驢覓驢」。①比喻一面占著一個位置，一面去另找更稱心的工作。②比喻某樣東西就在自己身邊，還到處去找這東西。

**騎驢覓驢** ㄑㄧˊ ㄌㄩˊ ㄇㄧˋ ㄌㄩˊ 見「騎馬找馬」。黃庭堅詩有「騎驢覓驢但可笑」。

## 騅
図ㄓㄨㄟ 毛色黑白相雜的馬。

### 九筆

## 騙（𩢸）
ㄆㄧㄢˋ ㈠跳跨上馬背騎馬，也泛指抬腿橫跳。如「騙腿兒」「從板凳上騙過去」。㈡做假欺人。如「矇（ㄇㄥ）騙」「欺騙」。㈢說謊。如「騙人」。

**騙子** ㄆㄧㄢˋ ˙ㄗ 騙取財物的人。也說騙子手。

**騙局** ㄆㄧㄢˋ ㄐㄩˊ 騙人的圈套。

**騙取** ㄆㄧㄢˋ ㄑㄩˇ 用欺騙的手段取得。如「騙取錢財」。

**騙案** ㄆㄧㄢˋ ㄢˋ 關於矇騙欺詐的案件。

**騙馬** ㄆㄧㄢˋ ㄇㄚˇ 側身抬起一條腿上馬。

**騙術** ㄆㄧㄢˋ ㄕㄨˋ 騙人的伎倆。

**騙嘴** ㄆㄧㄢˋ ㄗㄨㄟˇ 騙東西吃。

**騙腿（兒）** ㄆㄧㄢˋ ㄊㄨㄟˇ（ㄦ） 側身抬起一條腿。如「他一騙腿兒跳上自行車就走了」。

## 騠
ㄊㄧˊ 見「駃」字。

## 騧
図ㄍㄨㄚ ㈠古代指黑嘴的黃馬。如「騧驪是驂」（見〈詩經〉）。㈡與「蝸」通。

## 騣（騌）
ㄗㄨㄥ 同「鬃」。

## 騖
図ㄨˋ ㈠奔馳，快跑。〈漢書．司馬相如傳〉有「東西南北，馳騖往來」。㈡放縱地追求。如「好高騖遠」「心無旁騖」。

**騖外** ㄨˋ ㄨㄞˋ 図不守本分，不專心於自己的工作。

### 十筆

## 騰
▲ㄊㄥˊ ㈠奔跑，跳躍。如「奔騰」「騰越」。㈡上升。如「飛騰」「物價騰貴」。㈢讓出來。如「騰出房間給客人住」「騰些時間」。㈣乘，騎著。如「騰雲駕霧」。㈤挪動。如「騰挪」。㈥見「騰騰」。

▲ㄊㄥ「騰地（˙ㄉㄜ）」，猛然的意思。

**騰沸** ㄊㄥˊ ㄈㄟˋ 同「沸騰」。如「熱血騰沸」。

**騰空** ㄊㄥˊ ㄎㄨㄥ 向天空上升。如「氣球騰空而起」。

**騰挪** ㄊㄥˊ ㄋㄨㄛˊ 図①挪動（多指款項或地方）。②向上跳動的樣子。朱自清文有「枝敧斜而騰挪」。

**騰笑** ㄊㄥˊ ㄒㄧㄠˋ 使很多人發笑。如「騰笑中外」。

**騰閃** ㄊㄥˊ ㄕㄢˇ 躲避。如「騰閃不及」。

**騰飛** ㄊㄥˊ ㄈㄟ ①飛騰。如「石壁上的龍刻得騰飛起舞」。②迅速向前發展。如「經濟騰飛」。

**騰貴** ㄊㄥˊ ㄍㄨㄟˋ 物價飛漲。

**騰越** ㄊㄥˊ ㄩㄝˋ 跳躍越過。如「騰越障礙物」。

**騰達** ㄊㄥˊ ㄉㄚˊ 図①上升。②指發跡，職位高升。如「飛黃騰達」。

**騰騰** ㄊㄥˊ ㄊㄥˊ ①盛大發散出的樣子。如「熱氣騰騰」「殺氣騰騰」。②遲緩的樣子。如「慢騰騰」。③図形容睡或醉的樣子。歐陽修詞有「半醉騰騰春睡重」。④図飛的樣子。元曲有

「騰騰的鳥起林梢」。

**騰躍** ㄊㄥˊ ㄩㄝˋ ①跳躍。如「騰躍奔馳」。②図（物價）上漲。如「穀價騰躍」。

**騰歡** ㄊㄥˊ ㄏㄨㄢ 歡騰。如「萬眾騰歡」。

**騰笑國際** ㄊㄥˊ ㄒㄧㄠˋ ㄍㄨㄛˊ ㄐㄧˋ 為世界各國所嘲笑。

**騰雲駕霧** ㄊㄥˊ ㄩㄣˊ ㄐㄧㄚˋ ㄨˋ 傳說中指利用法術駕雲霧飛行。也形容奔馳迅速或頭腦發脹。

**騮（驑、駵）** 図ㄌㄧㄡˊ 參見「驊」字。

**騫** 図ㄑㄧㄢ ㈠高揚起來的樣子。「騫騰」，形容高舉；「騫飛」，形容高飛。㈡通「搴」，是拔取的意思。

**騭（隲）** 図ㄓˋ ㈠公馬。㈡乘馬登高。㈢排定，安排。「陰騭」是說人的吉凶禍福都是由天來暗中安排定的；又通常也把「陰騭」作「陰德」（做了有德惠的事情而不讓人知道）的意思用。㈣論定。如「評騭」。

**騸** ㄕㄢˋ ㈠割掉牛馬的睪丸或卵巢，使不能生殖。騸過的馬叫「騸馬」。㈡嫁接的樹也叫「騸樹」。

**騶** 図ㄗㄡ ㈠古時主持駕馭車馬的小吏。㈡古時前導或後隨的騎士。㈢姓。通「鄒」，戰國鄒衍也作騶衍。

**騷** ㄙㄠ ㈠刷馬，在馬身上摩挲，通「搔」。㈡動盪不安。如「騷動」「騷亂」。㈢打攪了人。如「騷擾」。㈣說女人淫蕩。如「騷娘兒們」。㈤狐臭。通「臊」（ㄙㄠ）。㈥図憂思，憂愁。如「離騷」。㈦図〈離騷〉的簡稱。㈧韻文之一。如「騷體」。㈨見「風騷」。

**騷客** ㄙㄠ ㄎㄜˋ 図詩人。也作「騷人」。

**騷動** ㄙㄠ ㄉㄨㄥˋ ①擾亂，使地方不安寧。②秩序紊亂；動亂。

**騷然** ㄙㄠ ㄖㄢˊ 図形容騷亂。如「四海騷然」。

**騷亂** ㄙㄠ ㄌㄨㄢˋ 混亂不安。

**騷話** ㄙㄠ ㄏㄨㄚˋ 齷齪下流的話。

**騷鬧** ㄙㄠ ㄋㄠˋ 聲音雜亂。如「樓上傳來騷鬧的人聲」。

**騷擾** ㄙㄠ ㄖㄠˇ 使不安寧；擾亂。

**騷體** ㄙㄠ ㄊㄧˇ 古典文學體裁的一種，以模仿屈原的〈離騷〉的形式得名。

**騷人墨客** ㄙㄠ ㄖㄣˊ ㄇㄛˋ ㄎㄜˋ 稱吟詩作畫的風雅文士。

**騷娘兒們** ㄙㄠ ㄋㄧㄤˊ ㄦˊ ㄇㄣ˙ 舉止輕佻的女人（可以用於單數）。

**騵** ㄩㄢˊ ㈠白腹馬。㈡駿馬。

## 十一筆

**驃** ㄆㄧㄠˋ ㈠黃色有白斑的馬。㈡図驍勇。㈢図馬跑得快的樣子。

**驃騎** ㄆㄧㄠˋ ㄐㄧˋ 古代將軍的名號；漢武帝用霍去病為驃騎將軍。

**驀** 図ㄇㄛˋ ㈠忽然。如「驀然」。㈡通「陌」字，「陌生」也作「驀生」。

**驀地** ㄇㄛˋ ㄉㄧˋ 出乎意料地；突然。

**驀然** ㄇㄛˋ ㄖㄢˊ 不經心地；猛然。

**騾（驘）** ㄌㄨㄛˊ 通常叫「騾子」，是公驢和母馬交配而生的雜種牲口，樣子像驢，身體比驢高大，頭和耳朵都長，能負重，走遠路，但是只有一代，不能生育。

**騾車** ㄌㄨㄛˊ ㄔㄜ 用騾拉的車。

**騾馱子** ㄌㄨㄛˊ ㄊㄨㄛˋ ㄗ˙ 馱（ㄊㄨㄛˊ）貨物的騾子。

**驅（駆）** ㄑㄩ ㈠図策馬向前，馬跑。如「驅馳」「驅馬」。㈡図引伸為跑；快跑。如「長驅直入」。㈢趕走，除去。如「驅逐」「驅除」。㈣図逼迫。如「驅使」「驅策」。

**驅走** ㄑㄩ ㄗㄡˇ 趕走。如「驅走蚊蠅」。

**驅車** ㄑㄩ ㄔㄜ 駕駛或乘坐車輛（多指汽車）。如「驅車前往」。

**驅邪** ㄑㄩ ㄒㄧㄝˊ （用符咒等）驅逐所謂邪惡的東西，是一種迷信行為。

**驅使** ㄑㄩ ㄕˇ ①強迫別人按照自己的意志行動。②推動。如「被好奇心所驅使」。

**驅迫** ㄑㄩ ㄆㄛˋ 驅使；逼迫。如「受飢寒驅迫，不得已出此下策」。

**驅除** ㄑㄩ ㄔㄨˊ 趕走；除掉。

**驅逐** ㄑㄩ ㄓㄨˊ 趕走，轟走。如「驅逐出境」。

**驅寒** ㄑㄩ ㄏㄢˊ 驅除寒氣。如「喝點兒熱湯可以驅寒」。

**驅散** ㄑㄩ ㄙㄢˋ ①趕走；使散開。如「驅散圍觀的人」。②消除；排除。如「習習的晚風驅散了一天的悶熱」。

**驅策** ㄑㄩ ㄘㄜˋ 図用鞭子趕；驅使。

**驅馳** ㄑㄩ ㄔˊ 図①策馬疾馳。②效勞；奔走。

**驅趕** ㄑㄩ ㄍㄢˇ ①駕御；趕。如「驅趕馬車」。②趕走。如「驅趕蒼蠅」。

**驅遣** ㄑㄩ ㄑㄧㄢˇ ①驅使①。②趕走。③消除；排除（情緒）。如「驅遣別情」。

**驅離** ㄑㄩ ㄌㄧˊ 驅逐使離開。如「警察把圍觀的人群驅離」。

**驅逐機** ㄑㄩ ㄓㄨˊ ㄐㄧ 軍用戰鬥機的一種，用來攔擊敵機。機身輕巧，速度極高。也叫「攔截機」。

**驅逐艦** ㄑㄩ ㄓㄨˊ ㄐㄧㄢˋ 攻擊敵人潛水艇魚雷艇的兵艦。行動快，轉彎靈活。

**驅蟲劑** ㄑㄩ ㄔㄨㄥˊ ㄐㄧˋ 驅除腸內寄生蟲的藥品。

**驂** 図 ㄘㄢ ㈠古代用三匹馬拉車，兩旁邊的馬叫驂。㈡古代坐在兵車右邊拿著兵器的武士。也叫「車右」。㈢姓。

**驂乘** ㄘㄢ ㄕㄥˋ 図古時乘車陪坐在右邊的人。

**驄** 図 ㄘㄨㄥ 毛色青白相雜的馬。

**驁** 図 ㄠˊ ㈠駿馬。㈡說馬不馴良。㈢形容人的性情高傲倔強（ㄐㄩㄝˋ ㄐㄧㄤˋ）。如「桀驁不馴」。

## 十二筆

**驎** 図 ㄌㄧㄣˊ ㈠馬身上的斑紋。㈡見「騏驎」。

**驊** 図 ㄏㄨㄚˊ 「驊騮」，古代良馬，是周穆王八駿之一。

**驕（憍、骄）** ㄐㄧㄠ ㈠図高六尺以上的馬；野馬。㈡図形容高大壯健的樣子。〈詩經·衛風·碩人〉有「四牡有驕」。㈢自大。如「驕傲」「驕橫」。㈣図馬不馴良。㈤図特別寵愛寶貴的。如「驕子」「驕兒」。㈥図猛然的。如「驕陽」。㈦図輕視。如「驕敵」。

**驕人** ㄐㄧㄠ ㄖㄣˊ 図①得志的小人。②以傲慢的態度對待人。如「稍有成績，便以此驕人」。

**驕子** ㄐㄧㄠ ㄗˇ 受寵愛的兒子，多用於比喻。如「天之驕子」。

**驕色** ㄐㄧㄠ ㄙㄜˋ 心懷驕傲時的臉色。如「面有驕色」。

**驕兵** ㄐㄧㄠ ㄅㄧㄥ ①恃強輕敵的軍隊。如「驕兵必敗」。②不服從指揮的士兵。如「驕兵悍將」。

**驕狂** ㄐㄧㄠ ㄎㄨㄤˊ 驕傲狂妄。如「驕狂自是」。

**驕兒**（ㄐㄧㄠ ㄦˊ） 図寵愛的兒子。杜甫詩有「驕兒不離膝」。

**驕盈**（ㄐㄧㄠ ㄧㄥˊ） 図驕傲自滿。

**驕矜**（ㄐㄧㄠ ㄐㄧㄣ） 図自大；傲慢。如「他為人謙遜和藹，毫無驕矜之態」。

**驕恣**（ㄐㄧㄠ ㄗˋ） 図驕縱。如「驕恣無節」。

**驕氣**（ㄐㄧㄠ ㄑㄧˋ） 氣字可輕讀。驕傲自滿的作風。

**驕陽**（ㄐㄧㄠ ㄧㄤˊ） 図強烈的陽光。如「驕陽似火」。

**驕傲**（ㄐㄧㄠ ㄠˋ） ①自以為了不起，看不起別人。②自豪。

**驕肆**（ㄐㄧㄠ ㄙˋ） 図驕傲放縱。

**驕慢**（ㄐㄧㄠ ㄇㄢˋ） 傲慢。如「態度驕慢」。

**驕敵**（ㄐㄧㄠ ㄉㄧˊ） 図①輕視敵人。②比賽時過於自信，輕視對手。

**驕橫**（ㄐㄧㄠ ㄏㄥˊ） 驕傲專橫。

**驕縱**（ㄐㄧㄠ ㄗㄨㄥˋ） 図驕傲放縱。

**驕蹇**（ㄐㄧㄠ ㄐㄧㄢˇ） 図驕傲。如「驕蹇不遜」。

**驕躁**（ㄐㄧㄠ ㄗㄠˋ） 驕傲浮躁。如「他性情驕躁」。

**驕兵必敗**（ㄐㄧㄠ ㄅㄧㄥ ㄅㄧˋ ㄅㄞˋ） 恃強輕敵的軍隊必定打敗仗。

**驕奢淫佚**（ㄐㄧㄠ ㄕㄜ ㄧㄣˊ ㄧˋ） 傲慢、奢侈、荒淫、放蕩。指富人權貴的糜爛生活。

## 驍

図ㄒㄧㄠ ㈠指戰士的勇猛迅捷。如「驍勇善戰」「驍將」。㈡好馬。

**驍勇**（ㄒㄧㄠ ㄩㄥˇ） 図勇猛。

**驍將**（ㄒㄧㄠ ㄐㄧㄤˋ） 図勇將。

## 驏

ㄔㄢˇ 不加鞍轡的馬。如「騎了一匹光驏兒馬出去了」。讀音ㄓㄢˋ。

# 十三筆

## 驌

図ㄙㄨˋ 驌驦，古時駿馬的名字。

## 驚（惊）

ㄐㄧㄥ ㈠由於突然來的刺激而精神緊張。如「驚喜」「膽戰心驚」。㈡騾馬因害怕而狂跑，不受控制。如「馬驚了，拉著車亂跑」。㈢震動。如「驚天動地」「大驚小怪」。㈣擾亂。如「驚動」「驚擾」。㈤見「驚風」。

**驚人**（ㄐㄧㄥ ㄖㄣˊ） 使人吃驚。如「驚人的消息」。

**驚心**（ㄐㄧㄥ ㄒㄧㄣ） 內心感到吃驚。如「驚心動魄」「觸目驚心」。

**驚叫**（ㄐㄧㄥ ㄐㄧㄠˋ） 吃驚地喊叫。如「他被爆炸聲嚇得驚叫起來」。

**驚呼**（ㄐㄧㄥ ㄏㄨ） 驚叫。如「齊聲驚呼」。

**驚奇**（ㄐㄧㄥ ㄑㄧˊ） 覺得很奇怪。

**驚怖**（ㄐㄧㄥ ㄅㄨˋ） 驚慌害怕；驚恐。

**驚怪**（ㄐㄧㄥ ㄍㄨㄞˋ） 驚訝；驚異。

**驚怯**（ㄐㄧㄥ ㄑㄧㄝˋ） 驚慌膽怯。

**驚悚**（ㄐㄧㄥ ㄙㄨㄥˇ） 図驚恐；驚怖。

**驚服**（ㄐㄧㄥ ㄈㄨˊ） 図驚訝佩服。

**驚風**（ㄐㄧㄥ ㄈㄥ） 急驚風、慢驚風的統稱。是兒科病之一。

**驚倒**（ㄐㄧㄥ ㄉㄠˇ） 形容大驚。

**驚恐**（ㄐㄧㄥ ㄎㄨㄥˇ） 驚慌恐懼。如「驚恐失色」。

**驚動**（ㄐㄧㄥ ㄉㄨㄥˋ） 動字可輕讀。①麻煩人家。②舉動影響旁人，使吃驚或受侵擾。如「大哥正在休息，別驚動他」。

**驚悸**（ㄐㄧㄥ ㄐㄧˋ）〔文〕因為驚怕而心跳的速度加快。

**驚異**（ㄐㄧㄥ ㄧˋ）驚奇詫異。

**驚訝**（ㄐㄧㄥ ㄧㄚˋ）驚異。

**驚厥**（ㄐㄧㄥ ㄐㄩㄝˊ）〔文〕因害怕而暈過去。

**驚喜**（ㄐㄧㄥ ㄒㄧˇ）驚和喜；又驚又喜。如「驚喜交集」。

**驚惶**（ㄐㄧㄥ ㄏㄨㄤˊ）驚慌。如「驚惶失措」。

**驚愕**（ㄐㄧㄥ ㄜˋ）〔文〕因吃驚而發愣。

**驚亂**（ㄐㄧㄥ ㄌㄨㄢˋ）因驚慌而混亂。如「敵軍驚亂，四處逃竄」。

**驚慌**（ㄐㄧㄥ ㄏㄨㄤ）害怕慌張。如「驚慌失措」。

**驚號**（ㄐㄧㄥ ㄏㄠˊ）驚叫。

**驚詫**（ㄐㄧㄥ ㄔㄚˋ）驚訝詫異。如「這是意料中事，我並不感到驚詫」。

**驚雷**（ㄐㄧㄥ ㄌㄟˊ）使人震驚的雷聲，多用於比喻。

**驚嘆**（ㄐㄧㄥ ㄊㄢˋ）驚訝贊嘆。

**驚疑**（ㄐㄧㄥ ㄧˊ）驚訝疑惑。如「這突變的情勢，令人驚疑不已」。

**驚魂**（ㄐㄧㄥ ㄏㄨㄣˊ）失驚的神態。如「驚魂甫定」。

**驚賞**（ㄐㄧㄥ ㄕㄤˇ）驚訝贊賞。如「很多人都驚賞他的偉大成就」。

**驚醒** ▲ㄐㄧㄥ ㄒㄧㄥˇ ①受驚動而醒來。如「突然從夢中驚醒」。②使驚醒。如「別驚醒了小寶寶」。▲ㄐㄧㄥ ·ㄒㄧㄥ 睡眠時容易醒來。如「他睡覺很驚醒，有點兒響動都知道」。同「警醒」。

**驚險**（ㄐㄧㄥ ㄒㄧㄢˇ）場面情景危險，使人驚奇緊張。

**驚駭**（ㄐㄧㄥ ㄏㄞˋ）〔文〕驚慌害怕。

**驚嚇**（ㄐㄧㄥ ㄒㄧㄚˋ）因意外的刺激而害怕。如「孩子受了驚嚇，哭起來了」。

**驚蟄**（ㄐㄧㄥ ㄓˊ）二十四節氣之一，在國曆三月五日或六日。有人寫同音字「京直」。

**驚遽**（ㄐㄧㄥ ㄐㄩˋ）〔文〕因突然的刺激而慌張。如「驚遽而起」。

**驚鴻**（ㄐㄧㄥ ㄏㄨㄥˊ）〔文〕比喻美人的體態。如「驚鴻一瞥」。

**驚擾**（ㄐㄧㄥ ㄖㄠˇ）驚動擾亂。如「自相驚擾」。

**驚覺**（ㄐㄧㄥ ㄐㄩㄝˊ）受刺激而覺醒；驚醒。

**驚顫**（ㄐㄧㄥ ㄓㄢˋ）因驚恐而顫抖。

**驚堂木**（ㄐㄧㄥ ㄊㄤˊ ㄇㄨˋ）舊時官吏審案時用來拍打桌面威嚇受審者的木塊。也叫驚堂或驚堂板。

**驚嘆號**（ㄐㄧㄥ ㄊㄢˋ ㄏㄠˋ）也叫感嘆號，標點符號「！」，表示一個感嘆句完了。

**驚弓之鳥**（ㄐㄧㄥ ㄍㄨㄥ ㄓ ㄋㄧㄠˇ）〔文〕比喻受過驚嚇的人，遇事膽怯。

**驚天動地**（ㄐㄧㄥ ㄊㄧㄢ ㄉㄨㄥˋ ㄉㄧˋ）①形容非常可怕。②形容聲勢極大。

**驚心動魄**（ㄐㄧㄥ ㄒㄧㄣ ㄉㄨㄥˋ ㄆㄛˋ）〔文〕形容事物的緊張、危險。

**驚世駭俗**（ㄐㄧㄥ ㄕˋ ㄏㄞˋ ㄙㄨˊ）〔文〕形容人的言論或行為跟一般的不同，使人覺得特別驚奇。

**驚神泣鬼**（ㄐㄧㄥ ㄕㄣˊ ㄑㄧˋ ㄍㄨㄟˇ）〔文〕形容文章筆力雄健，就連鬼神也為之感動。如「驚神泣鬼，皆言詞賦之雄豪」（〈幼學瓊林．文事〉）。

**驚蛇入草**（ㄐㄧㄥ ㄕㄜˊ ㄖㄨˋ ㄘㄠˇ）比喻矯健迅捷的筆勢（多用於形容草書）。

**驚惶失措**（ㄐㄧㄥ ㄏㄨㄤˊ ㄕ ㄘㄨㄛˋ）由於驚慌，一下子不知怎麼辦好。

**驚濤駭浪**（ㄐㄧㄥ ㄊㄠ ㄏㄞˋ ㄌㄤˋ）使人駭怕的大風浪。比喻險惡的環境或遭遇。

**驚天地而泣鬼神**（ㄐㄧㄥ ㄊㄧㄢ ㄉㄧˋ ㄦˊ ㄑㄧˋ ㄍㄨㄟˇ ㄕㄣˊ）形容某一事件的聲勢或意義極大，連天地和鬼神都受到震撼。

**驛** 図ㄧˋ 舊時設在官道上供公務人員休息、過夜或更換馬匹的處所。也作「驛站」「驛亭」。管理人員叫「驛丞」「驛吏」「驛卒」。

**驛丞** ㄧˋ ㄔㄥˊ 古代管理驛站的官吏。

**驛卒** ㄧˋ ㄗㄨˊ 驛站的差役。

**驛舍** ㄧˋ ㄕㄜˋ 驛站供來往人員住宿的房屋。

**驛站** ㄧˋ ㄓㄢˋ 古代供傳遞政府文書的人中途更換馬匹或休息、住宿的地方。

**驛道** ㄧˋ ㄉㄠˋ 古代傳遞政府文書等的道路，沿途設有驛站。

**驛夫走卒** ㄧˋ ㄈㄨ ㄗㄡˇ ㄗㄨˊ 舊時指驛站差役和一般供使喚的下人。

**驗（騐）** ㄧㄢˋ ㈠檢查。如「檢驗」「驗血」。㈡考查。如「測驗」「考驗」。㈢有功效。如「靈驗」「驗方」。㈣經過嘗試有了心得。如「經驗」。㈤図證明。〈史記〉有「何以為驗」。

**驗尸** ㄧㄢˋ ㄕ （司法人員）檢驗人的尸體，以追究死亡的原因和過程。「尸」也作「屍」。

**驗方** ㄧㄢˋ ㄈㄤ 臨床經驗證明確有療效的現成的藥方。

**驗光** ㄧㄢˋ ㄍㄨㄤ 配戴眼鏡之前，先由專業人員以器械檢查視力以及眼睛的狀況，以便選擇適當的鏡片，調整焦距，配合需要。

**驗收** ㄧㄢˋ ㄕㄡ 按照一定標準進行檢驗並收下或認可。如「通過驗收，才可以使用」。

**驗明** ㄧㄢˋ ㄇㄧㄥˊ 查驗清楚。如「驗明無誤」。

**驗看** ㄧㄢˋ ㄎㄢˋ 察看；檢驗。

**驗核** ㄧㄢˋ ㄏㄜˊ 查驗核對。

**驗算** ㄧㄢˋ ㄙㄨㄢˋ 演算題算好以後再通過逆運算（如減法算題用加法，除法算題用乘法）演算一遍，檢驗以前運算的結果是否正確。

**驗證** ㄧㄢˋ ㄓㄥˋ 加以試驗使得到證實。

## 十四筆

**驟** ㄗㄡˋ ㈠図馬跑得很快。〈詩經〉有「載驟駸駸」。㈡形容快，突然。如「驟雨」「驟然」。㈢「步驟」，指工作進行的次序。

**驟雨** ㄗㄡˋ ㄩˇ 忽然來的暴雨。

**驟然** ㄗㄡˋ ㄖㄢˊ 突然，忽然。

**驟變** ㄗㄡˋ ㄅㄧㄢˋ 図突然的變化。

## 十六筆

**驢（馿）** ㄌㄩˊ 奇蹄目哺乳動物，比馬小，耳朵長，性情溫馴，能負重耐勞。

**驢兒** ㄌㄩˊ ㄦ 北京話不說「驢子」；如果不單說驢，就說驢兒。

**驢臉** ㄌㄩˊ ㄌㄧㄢˇ 指狹長的臉形（含嘲諷意）。如「他長著一副老長的驢臉」。也說「馬臉」。

**驢皮影** ㄌㄩˊ ㄆㄧˊ ㄧㄥˇ 河北灤縣流行的，用驢皮雕成人物的形象，由燈光來映現的皮影戲。也叫「灤州影」。

**驢肝肺** ㄌㄩˊ ㄍㄢ ㄈㄟˋ 比喻極壞的心腸。如「好心當做驢肝肺」。

**驢駒子** ㄌㄩˊ ㄐㄩ ˙ㄗ 小驢。

**驢打滾兒** ㄌㄩˊ ㄉㄚˇ ㄍㄨㄣˇ ㄦ ①一種食品。用黃米麵夾糖做成，蒸熟後，粘黃豆麵。②高利貸的一種。本金和利息到期不還，利息加倍。利上加利，越滾越多，像驢翻身打滾。

**驢年馬月** ㄌㄩˊ ㄋㄧㄢˊ ㄇㄚˇ ㄩㄝˋ 指不可預知的年月。如「像你這樣磨洋工，驢年馬月也打不好地基，造不成房子」。也說「猴年馬月」「牛年馬月」。

**驢脣不對馬嘴** ㄌㄩˊ ㄔㄨㄣˊ ㄅㄨˋ ㄉㄨㄟˋ ㄇㄚˇ ㄗㄨㄟˇ 比喻答非所問或事物的裡外不相合。

**驥** 図ㄐㄧˋ ㈠千里馬，也比喻傑出的人才。㈡「附驥」，尊重別人的自謙用詞，是謙稱自己倚靠別人而成名。也作「附驥尾」。

## 十七筆

**驤** 図ㄒㄧㄤ ㈠後右腳白色的馬（〈爾雅．釋畜〉）。㈡馬奔跑。㈢（頭）仰起；高舉。

**驦** 図ㄕㄨㄤ 見「驌」字。

## 十八筆

**驩** ㄏㄨㄢ ㈠驩州，古地名，在今越南。古書上說帝舜放逐堯臣驩兜於崇山，崇山即驩州。㈡驩兜，堯舜時代的部落酋長，因不服從，被舜放逐。㈢同「歡」。㈣馬名。

## 十九筆

**驪** 図ㄌㄧˊ ㈠純黑的馬。㈡兩馬共拉一輛車子。㈢驪龍（黑龍）的簡稱，見「驪珠」。㈣山名，在陝西省臨潼東南。

**驪珠** ㄌㄧˊ ㄓㄨ 図①古人說驪龍頷下的珠最名貴，用來比喻寫文章能扼要精采叫「探驪得珠」。②龍眼的別名。

**驪歌** ㄌㄧˊ ㄍㄜ 図別離的時候唱的歌。是「驪駒之歌」的省稱。

# 骨部

**骨** ▲ㄍㄨˇ ㈠解剖學名詞，指脊椎動物體的支架。它的功能是，構成動物體的形態，與肌肉共同完成運動的動作，保護內部器官（如顱骨、肋骨）。㈡物品的支架。如「龍骨」「扇骨」。㈢指人的品格或氣概。如「風骨」「傲骨」。㈣図比喻人剛毅正直。如「骨鯁」。㈤指書法的氣勢。如「骨力」「顏筋柳骨」。（顏指顏真卿，柳指柳公權。）㈥図指死人。〈晉書．前趙載記〉有「下無怨骨，上無怨人」。㈦図指死屍。杜甫詩「朱門酒肉臭，路有凍死骨」。▲ㄍㄨ「骨頭」「骨力」「骨碌」等詞的語音。▲ㄍㄨˊ「骨朵兒」的語音。

**骨力** ▲ㄍㄨˇ ㄌㄧˋ 指書法的筆力。▲ㄍㄨ ˙ㄌㄧ ①強健有力。②硬而平整。如「這張紙真骨力」。

**骨子** ㄍㄨˇ ㄗˇ 物體內部起支撐作用的架子。如「扇骨子」「傘骨子」。

**骨化** ㄍㄨˇ ㄏㄨㄚˋ 人或動物體內纖維組織和軟骨逐漸變成骨頭，叫骨化。

**骨立** ㄍㄨˇ ㄌㄧˋ 図形容身體非常瘦弱。如「形銷骨立」。

**骨灰** ㄍㄨˇ ㄏㄨㄟ ①人火葬後骨骼燒成的灰。②動物骨頭燒成的灰，成分以磷酸鈣為主，是製磷和過磷酸鈣的原料，也可以直接做肥料。

**骨肉** ㄍㄨˇ ㄖㄡˋ 比喻血統關係最接近的人，像父母、兒女、兄弟、姊妹等。

**骨血** ㄍㄨˇ ㄒㄧㄝˇ 骨肉（多指子女等後代）。

**骨折** ㄍㄨˇ ㄓㄜˊ 因外傷或骨組織本身的病變，骨頭折斷、變成碎塊或發生裂紋。

**骨刺** ㄍㄨˇ ㄘˋ 骨頭上增生的針狀物，常會引起疼痛或其他神經系統症狀。

**骨炭** ㄍㄨˇ ㄊㄢˋ 把獸骨密閉，加熱，脫脂所得的活性炭，能吸收溶液中的雜質。製糖和甘油等工業上用來使產品純淨和脫色。

**骨架** 骨頭架子，比喻在物體內部支撐的架子。

**骨相** 指人的體格及相貌。如「這個人骨相很特殊」。

**骨盆** 人或脊椎動物骨骼的一部分，由髖骨、骶骨和尾骨組成，形狀像盆，有支撐脊柱和保護膀胱等臟器的作用。

**骨庫** 醫院中用冷藏法或化學方法儲存移植用的骨頭的設備。

**骨格** 就是「骨骼」。

**骨氣** 氣字可輕讀。①剛強不屈的氣概。如「有骨氣的人是不會拍馬屁的」。②書法所表現的雄健的氣勢。如「他寫的字很有骨氣」。

**骨粉** 用動物的骨頭磨成的粉，含磷和鈣，可做飼料或肥料。做肥料用的也叫骨肥。

**骨殖** 尸骨。

**骨牌** 一牌類娛樂用具，每副三十二張，用骨頭、竹子等製成，上面刻著以不同方式排列的從兩個到十二個點子。多用來賭博。

**骨幹** ①長骨的中央部分，兩端與骨骼相連，裡面是空腔。②比喻在總體中起主要作用的人或事物。

**骨碌** 碌字輕讀。滾動。如「一骨碌就爬起來」。

**骨董** ①就是古董。②物落水聲。

**骨節** 骨頭的關節。

**骨膜** 骨頭表面的一層薄膜，質地堅韌，由結締組織構成，含有大量的血管和神經。

**骨膠** 用動物的骨頭熬成的膠狀物質，可以做黏合劑。

**骨質** 構成骨塊的質料，是石灰質、膠質與海綿質。

**骨雕** 指在獸骨上雕刻形象、花紋的藝術，也指用獸骨雕刻的工藝品。

**骨頭** ①就是「骨」，人和脊椎動物身體內部的支架。②「賤骨頭」「懶骨頭」，是譏笑人品行、容貌不好的詞。

**骨骼** 人或動物全身骨頭的總稱，是保持形體的支架。

**骨鯁** 図①魚骨頭。②個性耿直。

**骨髓** 骨頭內部空腔裡的柔軟物質。分紅黃兩色。兒童時期是紅骨髓，有製造紅白血球、血小板的功能。年紀漸大，吸收的脂肪漸多，骨髓變為黃色。

**骨朵兒** 朵字輕讀。還沒有開放的花朵。也叫「花骨朵兒」。

**骨結核** 由結核桿菌侵入骨組織引起的病。症狀是局部疼痛，肌肉收縮，機能障礙，局部變形等。中醫叫骨癆。

**骨碎補** 蕨類植物，羽狀複葉，根莖細長，肉質。多長在樹幹上或岩石上。根莖入藥，治骨折、創傷等。

**骨膜炎** 病症，急性者由跌打等傷病菌侵入骨膜中而起，慢性者由結核性疾病或感冒引起。患者骨質腫大或潰爛。

**骨子裡頭** ①比喻內心或實質上（含貶義）。如「他表面上不動聲色，骨子裡頭卻早有打算」。②比喻私人之間。如「這是他們骨子裡頭的事，你不用管」。

**骨瘦如柴** 形容人身體非常瘦。也作「骨瘦如豺」（豺都是很瘦的）。

**骨頭架子** ㄍㄨˇ ˙ㄊㄡ ㄐㄧㄚˋ ˙ㄗ ①人或高等動物的骨骼。②形容極瘦的人。

## 三筆

**骭** 図ㄍㄢˋ小腿骨，也叫「脛骨」。

**骫（骩）** 図ㄨㄟˇ ㈠骨形彎曲。㈡冤屈。「骫法」就是枉法徇情。

## 四筆

**骱** ㄒㄧㄝˋ骨節之間兩塊骨頭相連接的地方。骨節連接的地方受傷，相連接的地方脫落，叫「脫骱」。

**骰** ㄕㄞˊ「骰子」（也寫「色子」）是一種賭具，用牛骨、象牙或塑膠做成的立體小方塊，六面分刻一、二、三、四、五、六點。讀音ㄊㄡˊ。

**骯** ㄤ「骯髒」，不清潔。

## 五筆

**骶** 図ㄉㄧˇ臀部。「尾骶骨」是臀部的骨，也叫「尾閭骨」或「尾椎骨」。

**骷** ㄎㄨ「骷髏」，乾枯無肉的死人頭骨或全副骨骼。

## 六筆

**骼** ㄍㄜˊ ㈠骨頭。如「骨骼」。㈡図乾了的骨頭。

**骼炭** ㄍㄜˊ ㄊㄢˋ 用煤炭製煤氣所留下來的炭塊。又叫「骸炭」。

**骻** ㄎㄨㄚˋ ㈠図腰骨。㈡兩股之間，同「胯」。

**骸** 図ㄏㄞˊ ㈠人的骨頭。㈡指屍體。如「屍骸」「遺骸」。

**骸骨** ㄏㄞˊ ㄍㄨˇ 人的骨頭（多指尸骨）。

**骴** 図ㄘ ㈠附在骨頭上腐爛的肉。㈡上面還留著爛肉的骨頭。

## 七筆

**骾** 図ㄍㄥˇ ㈠魚骨頭卡在嗓子裡。如「骨骾在喉」。㈡通「鯁」。

## 八筆

**髀** 図ㄅㄧˋ ㈠大腿。㈡大腿骨。

**髀骨** ㄅㄧˋ ㄍㄨˇ 胯骨。

**髀骶** ㄅㄧˋ ㄉㄧˇ 図猴類臀部上長的堅硬的皮，顏色發紅，不長毛。

**髀肉復生** ㄅㄧˋ ㄖㄡˋ ㄈㄨˋ ㄕㄥ 因為長久不騎馬，大腿上的肉又長起來了。形容長期安適，無所作為。劉備在荊州時曾對劉表說過這話。（見〈三國志・蜀志・先主傳〉）

## 九筆

**髁** 図ㄎㄜ ㈠大腿骨。㈡膝蓋骨。

## 十筆

**髂** 図ㄎㄚˋ腰骨。

**髈** ▲ㄆㄤˇ江蘇一帶把大腿叫「髈」；豬腿叫「蹄髈」。▲ㄅㄤˇ同「膀」。

**髆** ㄅㄛˊ肩。「髆骨」就是肩骨。

## 十一筆

**髏** ㄌㄡˊ見「骷」和「髑」。

## 十二筆

**髐** 图ㄒㄧㄠ枯骨灰白無潤澤的樣子。

## 十三筆

**髑** 图ㄉㄨˊ「髑髏」，死人的頭骨；骷髏。

**體（躰、軆、体）** ㄊㄧˇ ㈠人或其他動物的全身。如「身體」「體態」。㈡指四肢或其他部分。如「四體不勤」「五體投地」。㈢图事物、道理的主要部分。〈漢書・賈誼傳〉有「知治亂之體」。㈣图事物的一部分。〈孟子・公孫丑〉有「子游、子張皆有聖人之一體」。㈤指形狀。如「體態」「具體」。㈥規格，制度。如「國體」「政體」。㈦图親近。如「就賢體遠」「體貼」。㈧替別人著想。如「體諒」「體恤」。㈨仔細察究。如「體會」「體認」。㈩名譽，光榮。如「體面」。(十一)系統。如「體系」「全體」。(十二)同等類的。如「一體遵照」「圓錐體」。(十三)數學名詞。如「立體」。(十四)見「體己」。

**體力** ㄊㄧˇ ㄌㄧˋ 人體活動時所能付出的力量。

**體己** ㄊㄧ ㄐㄧˇ 己字輕讀。同「梯己」。①不為別人所知的私人財物。如「他積攢了一些體己」。②極貼近的。如「說體己話」「他是體己人」。

**體式** ㄊㄧˇ ㄕˋ ①文字的式樣。如「拼音字母有手寫體和印刷體兩種體式」。②图體裁。

**體位** ㄊㄧˇ ㄨㄟˋ ①醫學上指身體所保持的姿勢。②身體健康狀況的等級。如「檢查結果他是丁等體位，免服兵役」。

**體形** ㄊㄧˇ ㄒㄧㄥˊ 人或動物身體的形狀。也指機器等的形狀。

**體系** ㄊㄧˇ ㄒㄧˋ 若干有關事物或某些意識互相聯繫而構成的一個整體。如「思想體系」。

**體育** ㄊㄧˇ ㄩˋ 五育之一。以經過組織、選擇的教材，配合適當的環境，由受過專業訓練的教師，施用於適合的對象，促進其身心健全發展，學習運動技能，提高其生活適應力，養成良好的德行。這種動態教育稱為體育。

**體例** ㄊㄧˇ ㄌㄧˋ 著作的編寫格式；文章的組織形式。

**體制** ㄊㄧˇ ㄓˋ ①國家機關或企業、事業單位等的組織制度。如「學校體制」。②文體的格局；體裁。如「五言詩的體制，在漢末就形成了」。

**體味** ㄊㄧˇ ㄨㄟˋ 仔細體會。

**體念** ㄊㄧˇ ㄋㄧㄢˋ 設身處地為別人著想。如「體念他年老無依，給予特別優待」。

**體型** ㄊㄧˇ ㄒㄧㄥˊ 人體的類型（主要指各部分之間的比例）。如「成年人和兒童在體型上有顯著的區別」。

**體恤** ㄊㄧˇ ㄒㄩˋ 設身處地為人著想，給予同情、照顧。

**體要** ㄊㄧˇ ㄧㄠˋ 图①大體與綱要。②切實而簡要。

**體重** ㄊㄧˇ ㄓㄨㄥˋ 身體的重量。

**體格** ㄊㄧˇ ㄍㄜˊ 人體發育的情況和健康的情況。如「體格健全」「檢查體格」。

**體能** ㄊㄧˇ ㄋㄥˊ 人的肢體在體育活動中表現出來的能力。

**體面** ㄊㄧˇ ㄇㄧㄢˋ 面字輕讀。①美觀。「他打扮得很體面」。②光榮，名譽。如「受人稱讚是體面的事」。③面子。如「你拒絕這件事，他覺得不夠體面」。④體統。如「這樣胡作非為還成什麼體面」。

**體高** ㄊㄧˇ ㄍㄠ 身體直立時的高度。也說「身長」。

**體惜** ㄊㄧˇ ㄒㄧ 體諒愛惜；體恤。

**體現** ㄊㄧˇ ㄒㄧㄢˋ 在某一事物、行為上表現出某一種性質或現象。如「教授參加學校的管理工作，體現了『教授治校』的精神」。

**體統** ㄊㄧˇ ㄊㄨㄥˇ ①合於身分的舉動。②禮儀制度。

**體腔** ㄊㄧˇ ㄑㄧㄤ 人和脊椎動物的內臟器官存在的空間，分為胸腔和腹腔兩部分。

**體裁** ㄊㄧˇ ㄘㄞˊ 文學作品的表現形式。

**體詞** ㄊㄧˇ ㄘˊ 語法上名詞、代詞、數詞、量詞的總稱。

**體貼** ㄊㄧˇ ㄊㄧㄝ 細心忖度別人的心情和處境，給予關切、照顧。如「體貼入微」。

**體勢** ㄊㄧˇ ㄕˋ 形狀；形勢。如「草書打破了方塊字的體勢」。

**體會** ㄊㄧˇ ㄏㄨㄟˋ 體驗領會。

**體溫** ㄊㄧˇ ㄨㄣ 動物體內的正常溫度。人類的正常體溫，是攝氏三十七度左右。

**體察** ㄊㄧˇ ㄔㄚˊ 體驗和觀察。

**體態** ㄊㄧˇ ㄊㄞˋ 身體的姿態。如「體態輕盈」。

**體罰** ㄊㄧˇ ㄈㄚˊ 是一種教育方法，用罰站、罰跪、打手心等方式來處罰兒童犯錯行為。

**體認** ㄊㄧˇ ㄖㄣˋ 體會。

**體貌** ㄊㄧˇ ㄇㄠˋ 體態相貌。

**體膚** ㄊㄧˇ ㄈㄨ 図指身體的一切。

**體蝨** ㄊㄧˇ ㄕ 蝨子的一種，繁殖力強。寄生在人的衣物、被褥上，能傳播回歸熱、斑疹、傷寒等疾病。

**體諒** ㄊㄧˇ ㄌㄧㄤˋ 諒字輕讀。設身處地為人著想，給以諒解。

**體質** ㄊㄧˇ ㄓˋ 人體的健康水準和對外界的適應能力。

**體魄** ㄊㄧˇ ㄆㄛˋ 図體格和精力。

**體壇** ㄊㄧˇ ㄊㄢˊ 體育界。

**體操** ㄊㄧˇ ㄘㄠ 體育運動項目，包括徒手體操和機械體操兩大類。

**體積** ㄊㄧˇ ㄐㄧ 物體所占空間的大小。

**體檢** ㄊㄧˇ ㄐㄧㄢˇ 體格檢查的簡稱。

**體驗** ㄊㄧˇ ㄧㄢˋ 親身經驗。

**體育場** ㄊㄧˇ ㄩˋ ㄔㄤˇ 進行體育訓練或比賽用的場地。多設有固定看臺。

**體育館** ㄊㄧˇ ㄩˋ ㄍㄨㄢˇ 室內進行體育訓練或比賽的場所。一般沒有固定看臺。

**體溫計** ㄊㄧˇ ㄨㄣ ㄐㄧˋ 測量人或動物體溫用的溫度計。也叫體溫表。

**體大思精** ㄊㄧˇ ㄉㄚˋ ㄙ ㄐㄧㄥ 図規模宏大，思慮精密。（多形容大部頭著作）

**體育運動** ㄊㄧˇ ㄩˋ ㄩㄣˋ ㄉㄨㄥˋ 鍛鍊身體增強體質的各項活動，包括田徑、球類、游泳、體操、舉重、射擊、自行車、武術、擊劍、滑雪、摔跤等項目。

**體無完膚** ㄊㄧˇ ㄨˊ ㄨㄢˊ ㄈㄨ 全身的皮膚沒有一塊是好的。形容遍體受傷。也比喻論點全部被駁倒或文章被刪改很多。

**體貼入微** ㄊㄧˇ ㄊㄧㄝ ㄖㄨˋ ㄨㄟ 形容對人照顧和關懷非常細心周到。

## 髒

ㄗㄤ 「骯髒」，不乾淨。如「衣服髒了，該換了」。

**髒錢** ㄗㄤ ㄑㄧㄢˊ 貪汙、舞弊、揩油或中飽得來的不名譽的錢財。

**髒字兒** ㄗㄤ ㄗˋ ㄦ 指下流的或罵人的「字眼兒」。

**髒土** ㄗㄤ ㄊㄨˇ 塵土、垃圾等。

**髒病** ㄗㄤ ㄅㄧㄥˋ 性病的俗稱。

**髒亂** ㄗㄤ ㄌㄨㄢˋ 又髒又亂。如「那裡環境髒亂，衛生很差」。

**髒話** ㄗㄤ ㄏㄨㄚˋ 汙穢下流的話。如「說髒話是不好的行為」。

**髒東西** ㄗㄤ ㄉㄨㄥ ㄒㄧ 西字輕讀。不清潔的東西。指貪汙、受賄或盜竊得來的財物。

**髓（髄）** ㄙㄨㄟˇ ㈠見「骨髓」。㈡像髓的東西。如「腦髓」「脊髓」。㈢植物莖的中心部分，由薄壁的細胞組成。

## 十四筆

**髕** ㄅㄧㄣˋ 膝蓋骨，略呈三角形，尖端向下。常說成「髕骨」。

## 十五筆

**髖** ㄎㄨㄢ 「髖骨」，組成骨盆的大骨，左右各一，形狀不規則，是由腸骨、坐骨和恥骨合成的。

# 高部

**高（高）** ㄍㄠ ㈠低的反面。如「高樓」「山高水深」。如「身高六尺」。㈡物體從上到下的長度叫高。平面形從「頂」到「底」的垂直距離也叫高。如「三角形的面積是高乘底的二分之一」。㈢指年紀大。如「高年」「高齡」。㈣指價錢貴。如「高價」。㈤指超過一般的。如「高手」「見識很高」。㈥好，優良。如「高醋」「高材生」。㈦指程度較深或等級在上的。如「理論高深」「高等教育」。㈧聲音大。如「嗓門兒高」「高呼萬歲」。㈨図提高，增高。〈左傳．襄公三十一年〉有「高其閈閎」。㈩図崇敬，尊重。〈呂氏春秋．離俗〉有「愈窮愈榮，雖死，天下愈高之」。⑪図清廉，不隨俗浮沉。如「高士」。⑫図遠大，盛大。如「年輕志氣高」。⑬姓。

**高人** ㄍㄠ ㄖㄣˊ ①高士。②學術、技能、地位高的人。

**高下** ㄍㄠ ㄒㄧㄚˋ （程度）高低；好壞；優劣（用於比較雙方的水準）。如「兩個人的技術不分高下」。

**高士** ㄍㄠ ㄕˋ 図志趣、品行高尚的人（多指隱士）。

**高大** ㄍㄠ ㄉㄚˋ 又高又大。如「高大的建築」「身材高大」。

**高小** ㄍㄠ ㄒㄧㄠˇ 舊時高級小學的簡稱。

**高山** ㄍㄠ ㄕㄢ 海拔較高的山岳。

**高才** ㄍㄠ ㄘㄞˊ 指優異的才能。也指才能優異的人。

**高中** ㄍㄠ ㄓㄨㄥ 高級中學。

**高亢** ㄍㄠ ㄎㄤˋ ①（聲音）高而宏亮。如「高亢的歌聲」。②（地勢）高。③図高傲。

**高升** ㄍㄠ ㄕㄥ 職務由低向高提升。

**高古** ㄍㄠ ㄍㄨˇ （文辭）高雅古樸。

**高年** ㄍㄠ ㄋㄧㄢˊ ①指老年人。②年歲大。③年頭多。如「高年花雕」。

**高名** ㄍㄠ ㄇㄧㄥˊ 盛名。

**高地** ㄍㄠ ㄉㄧˋ 地勢高的地方。軍事上特指地勢較高可以俯視、控制四周的地方。

**高低** ㄍㄠ ㄉㄧ ①優和劣。如「難分高低」。②深淺輕重。如「凡事要先看看高低再作打算」。③「無論如何」的意思。如「他高低不肯」「你高低要去一趟」。④「到底」「總算是」的意思。如「高低他是打敗了」。

**高估** ㄍㄠ ㄍㄨ 估計或評價過高。

**高位** ㄍㄠ ㄨㄟˋ ①図顯貴的職位。②（肢體）靠上的部位。如「高位截肢手術」。

**高妙** ㄍㄠ ㄇㄧㄠˋ ①高明巧妙。如「手藝高妙」。②高深美妙。

**高見** ㄍㄠ ㄐㄧㄢˋ 敬詞，高明的見解。如「有何高見」「不知高見以為如何」。

**高足** ㄍㄠ ㄗㄨˊ 敬詞，稱呼別人的學生。

**高呼** ㄍㄠ ㄏㄨ 大聲呼喊。如「振臂高呼」。

**高尚** ㄍㄠ ㄕㄤˋ ①有意義的，不是低級趣味的。如「高尚娛樂」。②道德水準高。

**高明** ㄍㄠ ㄇㄧㄥˊ （見解、技能）高超。如「見解高明」「手藝高明」。

**高昂** ㄍㄠ ㄤˊ ①昂貴。②（聲音、情緒）向上高起。如「情緒高昂」「歌聲越來越高昂」。

**高枕** ㄍㄠ ㄓㄣˇ 墊高了枕頭（睡覺）。如「高枕無憂」。

**高空** ㄍㄠ ㄎㄨㄥ ①天空的高處。②泛指天空。如「城市裡地皮貴，新蓋房子只好向高空發展」。

**高臥** ㄍㄠ ㄨㄛˋ 図①高枕而臥，安閒無事。②比喻隱居，不擔任官職。

**高門** ㄍㄠ ㄇㄣˊ 高大的門。舊時指顯貴的人家。如「高門大戶」。

**高品** ㄍㄠ ㄆㄧㄣˇ ①指品德高尚。②品級高。如「高品名產」。

**高度** ㄍㄠ ㄉㄨˋ ①由某一點向上到某一點的距離。如「這一個衣櫃的高度比天花板低，正好可以擺進去」。②由空中某一點到地球表面的距離。如「飛機爬升之後改水平航行，高度是一萬英尺」。③程度上的加強。如「寄予高度的關切」。

**高湯** ㄍㄠ ㄊㄤ 煮肉、大骨或雞鴨等的清湯。

**高秋** ㄍㄠ ㄑㄧㄡ 秋高氣爽的時節。如「現在已是高秋的季節，正好去看紅葉」。

**高胡** ㄍㄠ ㄏㄨˊ 高音二胡（國樂樂器），一般用鋼絲弦。

**高音** ㄍㄠ ㄧㄣ ①指高音部譜表第五線（F）以上各音。②指較高的聲部。如「女高音」「男高音」。

**高風** ㄍㄠ ㄈㄥ ①高處吹來的風。②比喻高尚的品格。如「高風亮節」。

**高飛** ㄍㄠ ㄈㄟ ①鳥或飛行器飛得很高。②比喻人跑到很遠的地方去。也指擺脫困境。如「遠走高飛」。

**高原** ㄍㄠ ㄩㄢˊ 海拔較高、地形起伏較小的大片平地。

**高峰** ㄍㄠ ㄈㄥ ①高的山峰。②比喻事物發展的最高點。

**高峻** ㄍㄠ ㄐㄩㄣˋ （山勢、地勢等）高而陡。

**高峭** ㄍㄠ ㄑㄧㄠˋ 高而陡。如「高峭的山岡」。

**高徒** ㄍㄠ ㄊㄨˊ ①水準高的徒弟，泛指有成就的學生。如「名師出高徒」。②敬稱別人的學生。

**高朗** ㄍㄠ ㄌㄤˇ ①（胸懷、風格）高超開朗。如「襟懷高朗」。②聲音高而響亮。如「高朗的笑聲」。

**高根** ㄍㄠ ㄍㄣ 常綠灌木，葉互生，長橢圓形，花黃綠色，果實是核果。葉子可以提製麻醉劑。也叫古柯。

**高祖** ㄍㄠ ㄗㄨˇ ①祖父的祖父。②泛指遠代的祖先。③歷史上稱開國的君主。如「漢高祖」「唐高祖」。

**高級** ㄍㄠ ㄐㄧˊ ①（階級、級別等）達到一定高度的。如「高級軍官」「高級班」。②（質量、水準等）超過一般的。如「高級商品」。

**高能** ㄍㄠ ㄋㄥˊ 很高的能量。如「高能粒子」。

**高軒** ㄍㄠ ㄒㄩㄢ 図①高敞的有窗子的長廊。②尊稱別人的車。如「高軒莅止」。

**高唱** ㄍㄠ ㄔㄤˋ 高聲歌唱或大聲叫喊。如「高唱入雲」。

**高商** ㄍㄠ ㄕㄤ 高級商業職業學校的簡稱。

**高堂** ㄍㄠ ㄊㄤˊ ①高大的廳堂。如「拜高堂」。②図指父母。

**高崖** ㄍㄠ ㄧㄞˊ 高峻的山崖。

**高強** ㄍㄠ ㄑㄧㄤˊ 高超（多指武藝等）。如「槍法高強」。

**高情** ㄍㄠ ㄑㄧㄥˊ 深厚的情意；盛情。如「高情雅意，不敢或忘」。

**高深** ㄍㄠ ㄕㄣ 水準高，程度深（多指學問、技術的造詣）。

**高爽** ㄍㄠ ㄕㄨㄤˇ 高曠清爽。如「地勢高爽」。

**高眼** ㄍㄠ ㄧㄢˇ 眼力高；眼界廣。

**高第** ㄍㄠ ㄉㄧˋ 舊時科舉考試或官吏考績的成績列入優等的，稱為高第。

**高處** ㄍㄠ ㄔㄨˋ 泛指離地面遠的地方。如「高處不勝寒」。

**高速** ㄍㄠ ㄙㄨˋ 速度非常快。

**高喊** ㄍㄠ ㄏㄢˇ 大聲喊叫。如「齊聲高喊」。

**高寒** ㄍㄠ ㄏㄢˊ 地勢高而寒冷。

**高就** ㄍㄠ ㄐㄧㄡˋ 敬詞。①指人離開原來的職位就任較高的職位。如「另有高就」。②稱別人的服務單位。如「你在那兒高就」。

**高揚** ㄍㄠ ㄧㄤˊ 高高升起。如「灰塵高揚」。

**高敞** ㄍㄠ ㄔㄤˇ 高大寬敞。如「屋宇高敞」。

**高等** ㄍㄠ ㄉㄥˇ ①好的，上等的。如「高等的質料」。②程度高的。如「高等教育」。

**高翔** ㄍㄠ ㄒㄧㄤˊ 在高空飛翔。

**高腔** ㄍㄠ ㄑㄧㄤ 一種地方戲曲腔調，清代中葉很盛行。原來叫「弋陽腔」（弋陽是江西省的縣名），簡稱「弋腔」。

**高貴** ㄍㄠ ㄍㄨㄟˋ 高尚尊貴。

**高超** ㄍㄠ ㄔㄠ 好得超過一般水準。如「技藝高超」。

**高雅** ㄍㄠ ㄧㄚˇ 高尚，不粗俗。如「神態舉止，高雅文靜」。

**高雲** ㄍㄠ ㄩㄣˊ 離地面五六公里以上的雲，能透出雲後藍天和太陽的光輝。

**高傲** ㄍㄠ ㄠˋ 驕傲自大的樣子。

**高會** ㄍㄠ ㄏㄨㄟˋ 盛大的宴會。如「日置酒高會」（〈史記・項羽本紀〉）。

**高溫** ㄍㄠ ㄨㄣ 較高的溫度，在不同的情況下所指的具體數值不同，例如在某些技術上指攝氏幾千度以上，在工作場所指攝氏三十二度以上。

**高粱** ㄍㄠ ㄌㄧㄤˊ 粱字可輕讀。①稷的別名，禾本科一年生草本，多產於我國北部，所結的種子可以食用和製酒。②指高粱的種子，碾去外皮的叫「高粱米」。

**高義** ㄍㄠ ㄧˋ 図高尚的義氣，對別人的不幸遭遇能作深切的同情或適切的援助。

**高僧** ㄍㄠ ㄙㄥ 道行高的和尚。

**高壽** ㄍㄠ ㄕㄡˋ ①長壽。②問老人歲數的敬詞。如「老太爺高壽」。

**高慢** ㄍㄠ ㄇㄢˋ 高傲；傲慢。如「這個人性格高慢，難以接近」。

**高歌** ㄍㄠ ㄍㄜ 放聲歌唱。

**高漲** ㄍㄠ ㄓㄤˇ （物價、情緒等）急遽上升或發展。

**高遠** ㄍㄠ ㄩㄢˇ ①高而遠。②指人的志行高潔。

**高閣** ㄍㄠ ㄍㄜˊ ①高大的樓閣。②放置書籍、器物的高架子。如「束之高閣」。

**高價** ㄍㄠ ㄐㄧㄚˋ 高出一般的價格。如「高價收購」。

**高標** ㄍㄠ ㄅㄧㄠ 文①樹木的末梢叫做標。凡高聳的物體，如峰、塔等都稱為高標。②比喻高潔的品行。③比喻高深的造詣。

**高樓** ㄍㄠ ㄌㄡˊ ①樓層多的高大的樓房。如「高樓大廈」。②建在高處的樓閣。

**高潔** ㄍㄠ ㄐㄧㄝˊ 高尚純潔。如「人品高潔」。

**高潮** ㄍㄠ ㄔㄠˊ ①在潮的一個漲落周期內，水面上升的最高潮位。②比喻事物高度發展的階段。③小說、戲劇、電影情節中矛盾發展的頂點。

**高論** ㄍㄠ ㄌㄨㄣˋ 敬詞，見解高明的言論。

**高誼** ㄍㄠ ㄧˋ 文①崇高的情誼。②同「高義」。

**高燒** ㄍㄠ ㄕㄠ 指體溫在攝氏三十九度以上。也叫高熱。

**高興** ㄍㄠ ㄒㄧㄥˋ ①愉快而興奮。②帶著愉快的情緒去做某件事；喜歡。如「我高興打網球，不去游泳了」。

**高頭** ㄍㄠ ㄊㄡˊ ①上面。如「把這些東西放在櫃子高頭」。②上級。如「這是高頭的命令」。

**高髻** ㄍㄠ ㄐㄧˋ 高的髮髻。

**高壓** ㄍㄠ ㄧㄚ ①高度的壓制。如「高壓政策」。②高度的壓力。如「高壓蒸餾」。③高度的電壓。如「高壓電線」。

**高檔** ㄍㄠ ㄉㄤˋ 指質量好、價格較高的（商品）。如「高檔布」。

**高燥** ㄍㄠ ㄗㄠˋ 地勢高而乾燥。

**高聲** ㄍㄠ ㄕㄥ 大聲。

**高聳** ㄍㄠ ㄙㄨㄥˇ 高而直。如「高聳入雲」。

**高舉** ㄍㄠ ㄐㄩˇ 高高地舉起。如「高舉義旗」。

**高薪** ㄍㄠ ㄒㄧㄣ 高額的薪金。

**高邁** ㄍㄠ ㄇㄞˋ ①文年紀大；老邁。②高超；超逸。如「風神高邁」。

**高職** ㄍㄠ ㄓˊ ①高級職業學校的簡稱。②高的職位。

**高額** ㄍㄠ ㄜˊ 數額大。如「高額利潤」。

**高攀** ㄍㄠ ㄆㄢ 指跟社會地位比自己高的人交朋友或結親（多用於客套話）。如「不敢高攀」。

**高蹺** ㄍㄠ ㄑㄧㄠ 蹺字輕讀。民間舞蹈，表演者踩著有踏腳裝置的木棍，邊走邊表演。也指表演高蹺用的木棍。

**高難** ㄍㄠ ㄋㄢˊ （技巧上）難度高。如「她的高低槓有許多高難動作」。

**高麗** ㄍㄠ ㄌㄧˊ 朝鮮歷史上的王朝（西元九一八——一三九二）。我國習慣上多沿用來指稱朝鮮或關於朝鮮的。如「高麗參」。

**高齡** ㄍㄠ ㄌㄧㄥˊ 敬詞，稱老人的年齡（多指六十歲以上）。如「八十高齡」。

**高矗** ㄍㄠ ㄔㄨˋ 又高又直地立著。如「高矗的山嶺擋住了寒風」。

**高手（兒）** ㄍㄠ ㄕㄡˇ（ㄦ） 技能特別高明的人。

**高矮（兒）** ㄍㄠ ㄞˇ（ㄦ） 高矮的程度。

**高調（兒）** ㄍㄠ ㄉㄧㄠˋ ㄦ 很高的調門兒，比喻脫離實際的議論或說了而不去實踐的漂亮話。如「唱高調」。

**高山茶** ㄍㄠ ㄕㄢ ㄔㄚˊ 種在高山上的茶。

**高山族** ㄍㄠ ㄕㄢ ㄗㄨˊ 臺灣山地土著諸族的舊稱。日據時稱「高砂族」，光復初期改稱「高山族」，後來又改「山地同胞」，民國八十四年改稱「原住民」。其體質是直髮、黃皮膚、中窄鼻，身材中等。語言屬於「南島語族」中的「印尼語系福爾摩沙語群」。包括有泰雅、賽夏、布農、鄒、排灣、卑南、魯凱、阿美、邵、雅美等十族，人口約四十萬。除了雅美族人住在蘭嶼，以漁獵為生之外，其他各族以農耕為主，兼營漁獵，有相當人數進入城市，逐漸與漢人同化。

**高才生** ㄍㄠ ㄘㄞˊ ㄕㄥ 指成績優異的學生。也作「高材生」。

**高甲戲** ㄍㄠ ㄐㄧㄚˇ ㄒㄧˋ 一種流行於福建南部和臺灣地區的地方戲。音樂以南曲為主。劇目多為武打戲，演員持戈披甲。也叫戈甲戲。

**高血壓** ㄍㄠ ㄒㄧㄝˇ ㄧㄚ 人的動脈血壓持續地超過一百四十和九十毫米水銀柱時，叫做高血壓。

**高低槓** ㄍㄠ ㄉㄧ ㄍㄤˋ ①女子體操器械的一種，用兩根木槓一高一低平行地裝置在架上構成。②女子競技體操項目的一種，運動員在高低槓上做各種動作。

**高利貸** ㄍㄠ ㄌㄧˋ ㄉㄞˋ 利率定得特別高的貸款。

**高良薑** ㄍㄠ ㄌㄧㄤˊ ㄐㄧㄤ 多年生草本植物，葉子長橢圓形或披針形，花白色。塊根入藥，是健胃劑。

**高枝兒** ㄍㄠ ㄓ ㄦ 比喻地位較高的。「扒高枝兒」就是「高攀」。

**高姿態** ㄍㄠ ㄗ ㄊㄞˋ 指對某一事件所表現的高度關切的態度。

**高度計** ㄍㄠ ㄉㄨˋ ㄐㄧˋ 利用氣壓、雷達等來測量高度的儀表，常用於航空和登山。也叫高度表。

**高挑兒** ㄍㄠ ㄊㄧㄠˇ ㄦ 說人的身材瘦長。如「細高挑兒」「高挑兒身材」。

**高架橋** ㄍㄠ ㄐㄧㄚˋ ㄑㄧㄠˊ 橫跨馬路的架空橋，橋上多半可以行車，使與橋下馬路構成立體交叉路面。

**高個子** ㄍㄠ ㄍㄜˋ ㄗ˙ 身材高的人。也說「高個兒」。

**高射炮** ㄍㄠ ㄕㄜˋ ㄆㄠˋ 地面上或艦艇上防空用的火炮，用於射擊飛機、空降兵和其他空中目標。

**高峰會** ㄍㄠ ㄈㄥ ㄏㄨㄟˋ 國際會議的一種，出席者多為有關國家的元首或高級官員。

**高著兒** ㄍㄠ ㄓㄠ ㄦ 好辦法；好主意。也作「高招兒」。

**高帽子** ㄍㄠ ㄇㄠˋ ㄗ˙ 比喻恭維的話。也說高帽兒。

**高粱米** ㄍㄠ ㄌㄧㄤˊ ㄇㄧˇ 粱字可輕讀。碾去皮的高粱子實。

**高粱酒** ㄍㄠ ㄌㄧㄤˊ ㄐㄧㄡˇ 粱字輕讀。高粱所製的燒酒。

**高潮線** ㄍㄠ ㄔㄠˊ ㄒㄧㄢˋ 漲潮時，潮水所達到的最高界線。

**高緯度** ㄍㄠ ㄨㄟˇ ㄉㄨˋ 地球南北靠近兩極的緯度。

**高壓電** ㄍㄠ ㄧㄚ ㄉㄧㄢˋ 工業上指電壓在三千到一萬一千伏的電源。通常指電壓在二百五十伏以上的電源。

**高壓線** ㄍㄠ ㄧㄚ ㄒㄧㄢˋ 輸送高壓電流的導線。

**高麗紙** ㄍㄠ ㄌㄧˊ ㄓˇ 麗字可輕讀。用桑樹皮製的白色綿紙，質地堅韌，舊時多用來糊窗戶。

**高麗參** ㄍㄠ ㄌㄧˊ ㄕㄣ 麗字可輕讀。朝鮮出產的人參。

**高跟（兒）鞋** 後跟部分特別高的女鞋。

**高人一籌** 比別人高明些。

**高山反應** 因登上空氣稀薄的高原地區而發生的反應。一般人在四千公尺以上有頭痛、頭暈、惡心、呼吸困難、心跳加快等症狀。

**高山流水** 比喻知己、知音或樂曲高妙。也作「流水高山」。

**高山景行** 図稱頌人德行好的用語，是從〈詩經〉「高山仰止，景行行止」的語句變來的詞語。

**高不可攀** 高得沒法兒攀登。多指有權勢的人，難以跟他結交或攀附。

**高文典冊** 図指詔令制誥等。

**高官厚祿** 官職高，薪俸多。

**高抬貴手** 求人饒恕的話。如「請您高抬貴手，饒了我吧」。

**高朋滿座** 高貴的賓客坐滿了席位。形容來賓很多。

**高枕無憂** 墊高了枕頭睡覺，無憂無慮。比喻平安無事，不用擔憂。

**高屋建瓴** 在高屋上面裝置水瓶，以利必要時瓶子裡的水可往下直流。形容居高臨下，有不可阻遏的形勢。

**高架道路** 指架空離開地面的道路。

**高架鐵路** 指架空離開地面的鐵路。

**高風亮節** 指高尚的品格和堅貞的節操。如「高風亮節，舉世同仰」。也說「亮節高風」。

**高氣壓區** 氣壓比周圍高的地區。高氣壓區內一般空氣下沉，大氣下層有空氣流出，天氣多晴朗。

**高級中學** 我國現行學制中實施後一階段的中等教育的學校，畢業生多以升入大學為目的。簡稱高中。

**高高在上** 指高居上位。也形容領導者不深入實際，脫離了群眾。如「一副高高在上的樣子，使人不容易接近」。

**高唱入雲** 図①是說叫得響亮或歌聲響亮。②是說聲調激昂。

**高速公路** 高速度行駛汽車的公路，沒有岔道，沒有紅綠燈號，行駛的車輛必須在規定的速度以上。

**高視闊步** 図①形容人的氣概不凡。②非常驕傲，旁若無人的樣子。

**高等考試** 我國現行公務人員考試的一種，應考資格是大學或專科學校畢業、或普通考試及格滿三年者。簡稱「高考」。

**高等法院** 審理不服地方法院民刑事判決的上訴案件的法院。

**高等教育** 培養具有專門知識或技能的人材的教育。實施高等教育的學校有大學、專科學院等。

**高爾夫球** golf的音譯，用特製的球桿擊球入洞，是一種休閒意味較高的球類運動。比賽時以擊球的總桿數少的為勝利。球場設於野外，最小須有五十英畝，大的有到達三百英畝的。標準球場應有十八洞，洞間距離由一百碼到六百碼不等。現代高爾夫球是十五世紀時蘇格蘭創始的。球是圓形表面有凹凸，重量約一點六英兩，直徑約一點七英寸。

**高樓大廈** ㄍㄠ ㄌㄡˊ ㄉㄚˋ ㄒㄧㄚˋ 泛指高大的樓房。

**高談闊論** ㄍㄠ ㄊㄢˊ ㄎㄨㄛˋ ㄌㄨㄣˋ ①暢快的談論。②指沒有實質的漫無邊際的談論。

**高頭大馬** ㄍㄠ ㄊㄡˊ ㄉㄚˋ ㄇㄚˇ ①高大的馬匹。②指女子身材高大。

**高壘深溝** ㄍㄠ ㄌㄟˇ ㄕㄣ ㄍㄡ 軍營的高的牆壁和戰地挖得很深的壕溝。泛指堅固的防禦工事。

**高瞻遠矚** ㄍㄠ ㄓㄢ ㄩㄢˇ ㄓㄨˇ 形容眼光遠大。如「高瞻遠矚的人，才能完成偉大事業」。

**高麗棒子** ㄍㄠ ㄌㄧˊ ㄅㄤˋ ˙ㄗ 指朝鮮人（含輕蔑意）。

**高射機關槍** ㄍㄠ ㄕㄜˋ ㄐㄧ ㄍㄨㄢ ㄑㄧㄤ 一種裝有特種槍架和瞄準器的機關槍，主要用於射擊低空飛行的敵機。

**高不成低不就** ㄍㄠ ㄅㄨˋ ㄔㄥˊ ㄉㄧ ㄅㄨˋ ㄐㄧㄡˋ 高而合意的，做不了或得不到。做得了或能得到的，又認為低而不合意，不肯做或不肯要。（多用於選擇工作或選擇配偶。）

## 髟部

**髟** 図ㄅㄧㄠ 頭髮長長的，垂下來的樣子。

### 三筆

**髡（髠）** 図ㄎㄨㄣ ㊀古代的一種刑罰，剃光男子的頭髮（古時男子是留長髮的），做為犯罪的標識（ㄓˋ）。㊁引伸指修剪樹枝樹葉，使枝幹看起來光禿禿的。

**髡鉗** ㄎㄨㄣ ㄑㄧㄢˊ 図一種剃光頭髮並以鐵圈束頸的刑罰。

### 四筆

**髦** ㄇㄠˊ ㊀図小孩兒的頭髮前面垂到眉際，叫髦。㊁図馬鬣。㊂図古時稱有才能的人叫「髦士」。㊃図通「旄」。㊄見「時髦」。

**髦齔** ㄇㄠˊ ㄔㄣˋ 図幼小的兒童。髦：古代稱幼兒垂在前額的短頭髮。齔：小孩子換牙。

**髦兒戲** ㄇㄠˊ ㄦˊ ㄒㄧˋ 舊時稱女伶所演的戲。清光緒年間，上海有群仙髦兒戲團。

**髣** ㄈㄤˇ 見「髣髴」。

**髣髴** ㄈㄤˇ ㄈㄨˊ 同「彷彿」。

### 五筆

**髮（发）** ㄈㄚˇ ㊀人類頭上的毛。如「頭髮」「理髮」。㊁與頭髮有關的東西。如「髮蠟」「髮夾」。㊂像頭髮的。如「髮菜」。㊃図結髮（指原配）的簡稱。如「髮妻」。㊄図用頭髮來形容。如「髮指」。㊅一寸的千分之一叫「髮」。十毫為「一髮」。所以形容極為細微叫「毫髮」。又讀ㄈㄚˋ。

**髮卡** ㄈㄚˇ ㄑㄧㄚˇ 髮夾。

**髮夾** ㄈㄚˇ ㄐㄧㄚˊ 婦女用來夾頭髮的夾子，多用金屬、塑料等製成，大小、形狀、種類很多。夾又讀ㄐㄧㄚˊ。

**髮乳** ㄈㄚˇ ㄖㄨˇ 抹在頭髮上使光澤柔軟，易於梳理成型的膏狀化妝品。

**髮妻** ㄈㄚˇ ㄑㄧ 図「結髮夫妻」的簡詞，指原配的妻子。

**髮油** ㄈㄚˇ ㄧㄡˊ 抹在頭髮上使有光澤的油質化妝品，多用礦物油加香料製成。

**髮型** ㄈㄚˇ ㄒㄧㄥˊ 頭髮的式樣。

**髮指** ㄈㄚˇ ㄓˇ 図頭髮豎起來，形容大怒。與「怒髮衝冠」同。

**髮廊** ㄈㄚˇ ㄌㄤˊ 代客理髮、燙髮、設計髮型的營業場所。

**髮菜** ㄈㄚˇ ㄘㄞˋ 一種藻類植物，形態和顏色很像頭髮，可供食用。

**髮箍** ㄈㄚˇ ㄍㄨ 婦女箍頭髮用的半圓環狀物，多用塑料、有機玻璃等製成。

**髮網** ㄈㄚˇ ㄨㄤˇ 婦女用來攏住頭髮的網罩，用絲或尼龍編織。

**髮際** ㄈㄚˇ ㄐㄧˋ 頭上長出頭髮的部位。如「髮際低的人前額小」。

**髮髻** ㄈㄚˇ ㄐㄧˋ 在頭頂或腦後盤成各種形狀的頭髮。

**髮繡** ㄈㄚˇ ㄒㄧㄡˋ 一種刺繡，把頭髮經過脫脂、染色，代替絲線刺繡。

**髮蠟** ㄈㄚˇ ㄌㄚˋ 用礦物油脂加香料做成的男用化妝品，擦頭髮用的。

**髮鬢** ㄈㄚˇ ㄅㄧㄣˋ 鬢髮。

**髮辮（兒）** ㄈㄚˇ ㄅㄧㄢˋ ㄦ 頭髮分股交叉編成的辮子。

**髮蠟條** ㄈㄚˇ ㄌㄚˋ ㄊㄧㄠˊ 與髮蠟差不多的化妝品。髮蠟是半固體，髮蠟條是固體的，不加熱不會熔化。

**髮指眥裂** ㄈㄚˇ ㄓˇ ㄗˋ ㄌㄧㄝˋ 頭髮豎起，眼角裂開，形容極端憤怒。

**髮短心長** ㄈㄚˇ ㄉㄨㄢˇ ㄒㄧㄣ ㄔㄤˊ 形容人年老則智謀深。

**髴** ㄈㄨˊ ㈠見「髣髴」。㈡図女人的首飾。歐陽修詩有「蓬首不加髴」。

**髫** 図ㄊㄧㄠˊ ㈠古代指兒童的下垂的頭髮。如「垂髫」。㈡「髫齡」「髫齔」，都是比喻幼年。

**髫年** ㄊㄧㄠˊ ㄋㄧㄢˊ 図童年。也作「髫齡」。

**髯（髥）** 図ㄖㄢˊ ㈠臉頰上的鬚。㈡指鬍鬚多的人。黃庭堅詩有「李髯家徒四壁立」。

**髯口** ㄖㄢˊ ㄎㄡˇ 國劇演員上場時所掛的配合角色的假鬚，用以表示年齡、性格、身分，還可在表演時美化動作。

## 六筆

**髻** ㄐㄧˋ 把頭髮挽起來束在頭頂上叫髻。如「椎髻」「髽髻」。

**髹（髤）** 図ㄒㄧㄡ ㈠赤色的漆。㈡把漆塗在器物上。

**髭** 図ㄗ ㈠髭鬚，長在嘴唇之上的叫髭，嘴唇之下的叫鬚。㈡毛髮直豎張散。

**髭毛兒** ㄗ ㄇㄠˊ ㄦ 話①指發脾氣。如「他一聽這話就髭毛兒了」。②鬧事。如「小流氓又髭毛兒了」。

## 七筆

**鬁** ㄌㄧˋ 見「鬎鬁」。

**髽** ㄓㄨㄚ ㈠図古時婦女在服喪期中把麻加在頭髮裡挽成髻。〈禮記〉有「魯婦人之髽而弔也」。㈡見「髽髻」。

**髽髻** ㄓㄨㄚ ㄐㄧˋ 把頭髮挽在頭上的一種梳妝形式，以往女童或女僕常梳髽髻。也作「抓髻」「椎髻」。

## 八筆

**鬅** ㄆㄥˊ 頭髮散亂的樣子。如「鬅著頭」。與今「蓬首」同。

**鬅鬆** ㄆㄥˊ ㄙㄨㄥ 頭髮鬆散的樣子。

**鬈** 因ㄑㄩㄢˊ彎曲美好的頭髮，叫「鬈髮」。

**鬃** ㄗㄨㄥ馬、豬等頸上的長毛。如「馬鬃」「豬鬃」。

**鬆** ㄙㄨㄥ㈠指頭髮散亂。如「鬅鬆」。（也作「蓬鬆」）。㈡不緊。如「鞋帶鬆了」「機器上的螺絲釘鬆了」。㈢放開，解開。如「鬆綁」「一鬆手，氣球就飛了」。㈣不煩重，不緊要。如「工作很輕鬆」「這件事稀鬆平常，無關緊要」。㈤物質脆軟不堅密。如「又鬆又脆的餅乾」「土質很鬆」。㈥不嚴格。如「檢查得鬆」「管理得太鬆」。㈦精神懈怠。如「鬆懈」。㈧一種肉食品。如「肉鬆」「魚鬆」。

**鬆口** ㄙㄨㄥ ㄎㄡˇ ①張嘴把咬住的東西放開。②不堅持（主張、意見等）。

**鬆心** ㄙㄨㄥ ㄒㄧㄣ 不操心；使心情鬆快。如「家務有兒媳婦來操持，婆婆就鬆心多了」。

**鬆手** ㄙㄨㄥ ㄕㄡˇ 放手。

**鬆弛** ㄙㄨㄥ ㄔˊ ①不緊張。如「肌肉鬆弛」。②（制度、紀律等）執行得不夠嚴格。如「紀律鬆弛」。

**鬆快** ㄙㄨㄥ ˙ㄎㄨㄞ 快字輕讀。輕鬆爽快；寬暢。

**鬆泛** ㄙㄨㄥ ˙ㄈㄢ 泛字輕讀。舒適；輕鬆。如「睡了一覺，他覺得鬆泛多了」。

**鬆氣** ㄙㄨㄥ ㄑㄧˋ 降低緊張程度，不再用勁。

**鬆動** ㄙㄨㄥ ㄉㄨㄥˋ ①不擁擠。②牙齒、螺絲等不緊；會動。

**鬆爽** ㄙㄨㄥ ㄕㄨㄤˇ 輕鬆爽快。如「他吃了藥，身子才覺得鬆爽了一點」。

**鬆軟** ㄙㄨㄥ ㄖㄨㄢˇ 鬆散且綿軟。如「鬆軟的羊毛」「耕過的土地十分鬆軟」。

**鬆通** ㄙㄨㄥ ㄊㄨㄥ 通字可輕讀。寬鬆；寬敞。如「少來一個人，地方就顯得鬆通多了」。

**鬆散** ㄙㄨㄥ ㄙㄢˇ （事物結構）不緊密；（精神）不集中。

**鬆閒** ㄙㄨㄥ ㄒㄧㄢˊ 沒有事情；閒。如「期考一過，功課就鬆閒多了」。

**鬆綁** ㄙㄨㄥ ㄅㄤˇ ①解開捆綁在人身上的繩索。②比喻放寬了約束限制。

**鬆緊** ㄙㄨㄥ ㄐㄧㄣˇ 鬆或緊的程度。如「這樣可以，鬆緊剛好」。

**鬆緩** ㄙㄨㄥ ㄏㄨㄢˇ 弛緩；緩和。如「緊張的空氣頓時鬆緩下來」。

**鬆嘴** ㄙㄨㄥ ㄗㄨㄟˇ 鬆口。

**鬆懈** ㄙㄨㄥ ㄒㄧㄝˋ ①注意力不集中；做事不抓緊。②人與人之間關係不密切，動作不協調。

**鬆勁（兒）** ㄙㄨㄥ ㄐㄧㄣˋ ㄦ 降低緊張用力的程度。

**鬆緊帶** ㄙㄨㄥ ㄐㄧㄣˇ ㄉㄞˋ 可以伸縮的帶子，用橡膠絲或橡膠條和紗織成。

## 九筆

**鬎** ㄌㄚˋ 見「鬎鬁」。

**鬎鬁** ㄌㄚˋ ㄌㄧˋ 頭上長禿瘡。也作「鬎痢」「鬎痢頭」。

**鬍** ㄏㄨˊ 鬍子，鬍鬚。如「落腮鬍」。

**鬍子** ㄏㄨˊ ˙ㄗ ①嘴周圍和連著鬢角而長的毛。②從前稱東北的土匪叫「鬍匪」，俗稱「紅鬍子」或「鬍子」。③對多鬚的人的諢稱。

**鬍鬚** ㄏㄨˊ ㄒㄩ 鬍子①。

**鬋** 因ㄐㄧㄢˇ㈠女子鬢髮下垂的樣子。㈡修剪鬢髮。又讀ㄐㄧㄢ。

## 十筆

**鬑** 図ㄌㄧㄢˊ ㈠鬢髮長而不下垂的樣子。㈡鬢髮長的樣子。㈢鬑鬑，鬢髮不長（ㄔㄤˊ）的樣子。〈古樂府・陌上桑〉有「鬑鬑頗有鬚」。〈聊齋志異・姊妹易嫁〉有「私以細君髮鬑鬑，慮為顯者笑」。

**鬒** 図ㄓㄣˇ 頭髮多，頭髮黑。〈詩經〉有「鬒髮如雲」。

## 十一筆

**鬘** ㄇㄢˊ ㈠図頭髮美麗的樣子。㈡印度習俗把裝飾用的花環叫「華鬘」，也叫「鬘」。

## 十二筆

**鬝** 図ㄑㄧㄢ 鬢髮脫落。

**鬚** ㄒㄩ ㈠原來指長在下巴上的鬍子，後來泛指鬍鬚。如「鬚眉」「鬚髮皆白」。㈡哺乳動物像老鼠、貓、狗、虎、豹等的觸鬚，節足動物的昆蟲類甲殼類等體上所生的觸角，都叫鬚。㈢植物的芒蕊，如「花鬚」。

**鬚子** ㄒㄩ・ㄗ 動植物體上長的像鬚的東西。如「白薯鬚子」。

**鬚生** ㄒㄩ ㄕㄥ 戲劇中演生角的一種，扮演中年以上的男子，掛髯口，分文武兩門。也叫「老生」。

**鬚眉** ㄒㄩ ㄇㄟˊ 図鬍鬚及眉毛，指男子。稱讚女人凡事不輸給男人，說「不讓鬚眉」。

**鬚根** ㄒㄩ ㄍㄣ 植物根的一種。這種根沒有明顯的主根，只有許多細長像鬍鬚的根。禾本植物如稻麥等的根就是鬚根。

**鬚髮** ㄒㄩ ㄈㄚˇ 鬍子和頭髮。如「鬚髮皆白」。

**鬚鯨** ㄒㄩ ㄐㄧㄥ 鯨的一類，沒有牙齒，有鯨鬚，如長鬚鯨、藍鯨等。

**鬙** 図ㄙㄥ 「鬅鬙」，同「鬅鬆」，頭髮散亂的樣子。

## 十三筆

**鬟** ㄏㄨㄢˊ ㈠図婦女的髮髻。也指把頭髮挽成環狀的形式。如「雲鬟」「雙鬟」。㈡婢女，通稱「丫鬟」。

## 十四筆

**鬢（鬂）** ㄅㄧㄣˋ 耳朵前邊兩頰地方的頭髮。如「兩鬢」「雙鬢」。

**鬢角（兒）** ㄅㄧㄣˋ ㄐㄧㄠˇ（ㄦ） 耳朵前邊生長頭髮的部位，也指生長在那裡的頭髮。也作「鬢腳」。

## 十五筆

**鬣** 図ㄌㄧㄝˋ ㈠「鬣鬣」是頭髮向上指的樣子。〈左傳〉有「使長（ㄔㄤˊ）鬣者相（ㄒㄧㄤˋ）」。㈡鬍子。㈢獸類脖子上的長毛。㈣鳥頭上的毛。㈤魚類鰓旁邊的小鰭。㈥蛇鱗。㈦松針。

**鬣狗** ㄌㄧㄝˋ ㄍㄡˇ 印度、波斯、非洲等地所產的狗。脊和頸有長毛，腰部比肩部低，晝伏夜出。

## 十九筆

**𩰈（𩰈）** ▲ㄗㄨㄢˇ 指女人的髮髻，口語說「𩰈兒（ㄗㄨㄚˇㄦ）」。如「頭上只挽著纂兒」。也作「纂」。▲図ㄗㄢˋ 頭髮有光澤的樣子。

# 鬥部

**鬥(鬦、鬪、鬭)** ㄉㄡˋ 「鬭」的本字。㈠打仗，爭戰。〈論語・季氏〉有「戒之在鬥」。㈡較量。如「鬥力」「鬥智」。㈢兩邊接合起來。如「把子母扣兒鬥上」「對著榫子鬥好」。㈣逗弄，通「逗」。如「鬥弄」。㈤使同類的兩個動物相爭而賭勝負的殘忍遊戲；也指那一種動物。如「鬥牛」「鬥雞」。

**鬥口** ㄉㄡˋ ㄎㄡˇ 爭辯；鬥嘴。

**鬥士** ㄉㄡˋ ㄕˋ ①勇力之士。②泛指勇於抗爭的人。如「自由鬥士」。

**鬥牛** ㄉㄡˋ ㄋㄧㄡˊ ①使牛互相用角觸鬥。②一種人和牛爭鬥的表演，西班牙最盛行。

**鬥巧** ㄉㄡˋ ㄑㄧㄠˇ ①湊巧。如「你來得不鬥巧，他剛出門」。②比賽巧妙。如「爭奇鬥巧」。

**鬥妍** ㄉㄡˋ ㄧㄢˊ 鬥豔。如「群芳鬥妍」。

**鬥弄** ㄉㄡˋ ㄋㄨㄥˋ 弄字輕讀。引逗。

**鬥志** ㄉㄡˋ ㄓˋ 戰鬥的意志。如「鬥志昂揚」。

**鬥法** ㄉㄡˋ ㄈㄚˇ 舊小說說的用法術相鬥。比喻使用計謀，暗中爭鬥。

**鬥爭** ㄉㄡˋ ㄓㄥ ①同「爭鬥」；雙方不讓，互相敵對打鬥。②指敵對勢力之間的攻守抗爭的行為。

**鬥勁** ㄉㄡˋ ㄐㄧㄣˋ 較量力氣。

**鬥氣** ㄉㄡˋ ㄑㄧˋ 為了意氣而相爭。

**鬥草** ㄉㄡˋ ㄘㄠˇ 一種遊戲，用草相結，鉤連拉扯，比賽看誰的草強韌不斷。

**鬥魚** ㄉㄡˋ ㄩˊ 一種生性好鬥的魚，產於泰國、馬來西亞等地。

**鬥毆** ㄉㄡˋ ㄡ 打架。

**鬥雞** ㄉㄡˋ ㄐㄧ 使公雞相鬥的一種遊戲。

**鬥豔** ㄉㄡˋ ㄧㄢˋ 比賽豔麗。如「爭奇鬥豔」。

**鬥眼(兒)** ㄉㄡˋ ㄧㄢˇ(ㄦ) 內斜視的通稱。也叫「鬥雞眼兒」。

**鬥腳(兒)** ㄉㄡˋ ㄐㄧㄠˇ(ㄦ) 指走路時兩腳腳尖向內的腳步。也叫「鬥雞腳」「內八字腳」。

**鬥牛士** ㄉㄡˋ ㄋㄧㄡˊ ㄕˋ 西班牙以鬥牛為特技表演的人，在當地身分地位很高。

**鬥趣兒** ㄉㄡˋ ㄑㄩˋ ㄦ 說話及行動使人覺得有趣。也作「逗趣兒」。

**鬥嘴兒** ㄉㄡˋ ㄗㄨㄟˇ ㄦ ①爭吵。如「你們倆別鬥嘴兒啦」。②耍嘴皮子；互相開玩笑。如「沒事總喜歡鬥嘴兒」。

**鬥蟋蟀** ㄉㄡˋ ㄒㄧ ㄕㄨㄞˋ 使蟋蟀相鬥，比賽勝敗。

**鬥雞眼** ㄉㄡˋ ㄐㄧ ㄧㄢˇ 內斜視的通稱；鬥眼。

**鬥鵪鶉** ㄉㄡˋ ㄢ ㄔㄨㄣˊ 使鵪鶉相鬥，比賽勝負。

**鬥心眼兒** ㄉㄡˋ ㄒㄧㄣ ㄧㄢˇ ㄦ 用心思相鬥（多含貶義）。

**鬥智鬥力** ㄉㄡˋ ㄓˋ ㄉㄡˋ ㄌㄧˋ 比較計謀與比賽武力。也可以把「鬥智」「鬥力」分開個別成詞來用。語見〈史記・項羽本紀〉。

**鬥雞走狗** ㄉㄡˋ ㄐㄧ ㄗㄡˇ ㄍㄡˇ 使雞相鬥，指揮著狗賽跑，是不務正業者的遊戲。

## 五筆

**鬧(闹)** ㄋㄠˋ ㈠喧擾，吵嚷。如「吵鬧」「又哭又鬧」。㈡人多，聲音雜。如「熱鬧」「鬧市」。㈢發作。如「鬧脾氣」「鬧情緒」。㈣指病的發生。如「鬧肚子」「鬧氣喘」。㈤指比較激烈的事態發生。如「鬧事」「鬧風潮」。㈥泛指動作，是「弄」的變音。如「鬧不清楚」「鬧來鬧去一事無成」。㈦戲耍。如「鬧著玩兒」「別儘著鬧了，該溫書去啦」。(八)結果，落得。如「打不成狐狸，鬧一身臊」。(九)使，有加強語氣的意思。如「鬧得大家都不高興」「鬧得他勉強同意了」。(十)開玩笑，起鬨。如「別對他鬧了」。(十一)図盎然，旺盛的樣子。如「紅杏枝頭春意鬧」。

**鬧市** ㄋㄠˋ ㄕˋ 繁華熱鬧的街市。

**鬧事** ㄋㄠˋ ㄕˋ 惹事，激發事故。

**鬧房** ㄋㄠˋ ㄈㄤˊ 同「鬧新房」。

**鬧酒** ㄋㄠˋ ㄐㄧㄡˇ 在筵席上起鬨，勉強別人喝酒。

**鬧病** ㄋㄠˋ ㄅㄧㄥˋ 生病。

**鬧鬼** ㄋㄠˋ ㄍㄨㄟˇ ①鬼怪作祟。②舞弊或陰謀。如「這件事是誰在裡頭鬧鬼呀」。

**鬧場** ㄋㄠˋ ㄔㄤˇ ①指單純用鑼鼓演奏的音樂。②有意搗亂。

**鬧賊** ㄋㄠˋ ㄗㄟˊ 發生盜竊事件。如「昨天晚上他家鬧賊了」。也說「鬧小偷」「遭小偷」。

**鬧劇** ㄋㄠˋ ㄐㄩˋ ①喜劇的一種，情節多為揭示劇中人物行為的矛盾，比一般喜劇更誇張。②比喻滑稽的事情。

**鬧嘴** ㄋㄠˋ ㄗㄨㄟˇ 爭吵；吵嘴。如「你們不要為了一點兒小事就鬧嘴」。

**鬧鬨** ㄋㄠˋ ㄏㄨㄥˋ 鬨字輕讀。喧譁。

**鬧鐘** ㄋㄠˋ ㄓㄨㄥ 能在預定時刻發出鈴聲的鐘。

**鬧騰** ㄋㄠˋ ㄊㄥˊ 騰字輕讀。①吵鬧；擾亂。②說笑鬧著玩兒。

**鬧氣（兒）** ㄋㄠˋ ㄑㄧˋ ㄦ 跟人生氣吵架。

**鬧不清** ㄋㄠˋ ㄅㄨˋ ㄑㄧㄥ 不字輕讀。分別不清或認識不清。

**鬧玄虛** ㄋㄠˋ ㄒㄩㄢˊ ㄒㄩ 玩弄手段迷惑人。

**鬧肚子** ㄋㄠˋ ㄉㄨˋ ㄗ 瀉肚，拉肚子。

**鬧性子** ㄋㄠˋ ㄒㄧㄥˋ ㄗ 鬧彆扭；發脾氣。如「她有時會鬧性子」。

**鬧風潮** ㄋㄠˋ ㄈㄥ ㄔㄠˊ 潮字輕讀。發生群眾糾紛。

**鬧家務** ㄋㄠˋ ㄐㄧㄚ ㄨˋ 務字輕讀。家庭或團體的成員意見不合而發生爭吵。

**鬧笑話** ㄋㄠˋ ㄒㄧㄠˋ ㄏㄨㄚˋ 話字輕讀。因粗心大意或缺乏知識經驗而發生可笑的錯誤。如「凡事小心，別鬧笑話」。

**鬧得慌** ㄋㄠˋ ㄉㄜ ㄏㄨㄤ 慌字輕讀。①吵得很。②病痛不安。如「他心裡鬧得慌」。

**鬧情緒** ㄋㄠˋ ㄑㄧㄥˊ ㄒㄩˋ 因工作、學習等不合意而情緒不安定或表示不滿。

**鬧脾氣** ㄋㄠˋ ㄆㄧˊ ㄑㄧˋ 氣字輕讀。發脾氣；生氣。

**鬧亂子** ㄋㄠˋ ㄌㄨㄢˋ ㄗ 惹禍；惹出麻煩。如「話太多容易鬧亂子」。

**鬧嗓子** ㄋㄠˋ ㄙㄤˇ ㄗ 喉嚨不舒服；嗓子疼。

**鬧意見** ㄋㄠˋ ㄧˋ ㄐㄧㄢˋ 見字輕讀。指意見不合。

**鬧新房** ㄋㄠˋ ㄒㄧㄣ ㄈㄤˊ 新婚之夜，親朋戚友在新房裡與新郎、新娘說笑逗樂。也說鬧房或鬧洞房。

**鬧彆扭** ㄋㄠˋ ㄅㄧㄝˋ ㄋㄧㄡˇ 扭字輕讀。彼此有意見而合不來，或因不滿意對方而故意為難。如「三言兩語不合，就鬧彆扭了」。

**鬧嚷嚷** ㄋㄠˋ ㄖㄤˇ ㄖㄤˇ 形容喧譁。如「窗外鬧嚷嚷的，發生了什麼事情」。

**鬧饑荒** ㄋㄠˋ ㄐㄧ ㄏㄨㄤ 荒字輕讀。①指遭遇荒年。②比喻經濟困難。

**鬧轟轟** ㄋㄠˋ ㄏㄨㄥ ㄏㄨㄥ 形容人聲雜亂。也作「鬧哄哄」。

**鬧著玩兒** ㄋㄠˋ ㄓㄜ ㄨㄢˊ ㄦ ①嬉戲。②隨便開玩笑。如「這可不是鬧著玩兒的」。

六筆

**鬨**（閧） ㄏㄨㄥˋ ㈠許多人在一起吵。如「鬧鬨」「起鬨」。㈡図吵鬧聲。如「鬨堂」。

**鬨堂** ㄏㄨㄥˋ ㄊㄤˊ 同「哄（ㄏㄨㄥ）堂」，形容眾人同時發出笑聲。如「鬨堂大笑」。

八筆

**鬩**（阋） 図ㄒㄧˋ 互相爭訟。〈國語・周語〉有「兄弟讒鬩」。

**鬩牆** ㄒㄧˋ ㄑㄧㄤˊ 図兄弟相爭。〈詩經〉有「兄弟鬩於牆，外禦其侮」。

十二筆

**闞** ▲図ㄏㄢˇ 老虎吼聲。〈詩經〉有「闞如虓虎」。▲ㄎㄢˋ 姓。

十六筆

**鬮**（阄） ㄐㄧㄡ 在小紙條兒上做記號，然後搓成紙團，跟其他沒做記號的紙團混在一起，抽取出來，決定工作或財物的分配。這種紙團叫「鬮」，這種分配的方式叫「抓鬮（兒）」。也作「拈鬮」。

## 鬯部

**鬯** 図ㄔㄤˋ ㈠古時祭祀用的一種香酒。㈡同「暢」。如「草木鬯茂」「春風和鬯」。

十九筆

**鬱**（鬱、欝） 図ㄩˋ ㈠心裡愁悶。如「鬱悶」「鬱鬱寡歡」。㈡凝聚，不舒散。如「鬱積」「鬱結」。㈢樹木繁茂的樣子。如「蔥鬱」。㈣見「鬱鬱」。㈤姓。

**鬱抑** ㄩˋ ㄧˋ 心有忿恨，不能訴說而煩悶。也作「抑鬱」「鬱悒」。

**鬱悶** ㄩˋ ㄇㄣˋ 図煩悶；不舒暢。

**鬱結** ㄩˋ ㄐㄧㄝˊ 図積聚不得發泄。

**鬱熱** ㄩˋ ㄖㄜˋ 悶熱。

**鬱積** ㄩˋ ㄐㄧ 図鬱結。

**鬱鬱** ㄩˋ ㄩˋ 図心中悶悶不歡樂。常說「鬱鬱不樂」。

**鬱金香** ㄩˋ ㄐㄧㄣ ㄒㄧㄤ ①多年生草本植物，葉子闊披針形，有白粉，花通常鮮紅，花心黑紫色，花瓣倒卵形，結蒴果。供觀賞，根和花可做鎮定劑。②一種酒名。

## 鬲部

**鬲** ▲図ㄍㄜˊ ㈠「膠鬲」，商朝時代有名的賢人。㈡通「隔」。〈漢書〉有「鬲閉門戶」。▲ㄌㄧˋ ㈠古時鼎的一種。㈡古時的一種瓦瓶。

九筆

**鬷** 図ㄗㄨㄥ ㈠古時稱釜類的器皿。㈡總。〈詩經〉有「越以鬷邁」（男女一起走）。㈢古時候的姓。

十二筆

**鬻** ▲文ㄩˋ ㈠賣。如「鬻文為生」「賣官鬻爵」。㈡生養。〈禮記〉有「毛者孕鬻」。㈢年幼。〈詩經〉有「鬻子之閔斯」。㈣古時候的姓。

▲ㄓㄨˋ 通「粥」。〈左傳〉有「饘於是，鬻於是」。

## 鬼部

**鬼** ㄍㄨㄟˇ ㈠迷信的人常說人死了以後，靈魂會變成鬼。〈禮記〉有「人死曰鬼」「眾生必死，死必歸土，此之謂鬼」。㈡舊時稱精靈。如「木魅山鬼」。㈢指不良嗜好很深的人，帶有鄙薄的意思。如「酒鬼」「賭鬼」。㈣指某種行為或癖好不好的人。如「小氣鬼」「懶鬼」。㈤作弊，裝假。如「搗鬼」「全是他搞的鬼」。㈥陰險，不光明。如「鬼頭鬼腦」「鬼把戲」。㈦說人靈巧，機敏（多半指年輕人）。如「鬼才」「這孩子真鬼」。㈧說人胡裡胡塗的過日子。如「鬼混」。㈨對小孩子表示憐愛、親暱的稱呼。如「小鬼頭」。㈩形容聲音難聽（個人的感覺）。如「你鬼叫些什麼」「鬼哭神號」。⑪形容字跡難看。如「鬼畫符」。⑫比喻「沒有人」或「誰都不」的意思。如「他的事啊，鬼知道」「你說的話鬼才相信」。⑬見「鬼斧神工」。⑭見「鬼宿」。

**鬼子** ㄍㄨㄟˇ ㄗˇ ①罵人的話。②從前對外國人的鄙稱。如「洋鬼子」「鬼子兵」。

**鬼才** ㄍㄨㄟˇ ㄘㄞˊ ①鬼聰明。②指心機靈巧或智謀迅捷，不是平常人能比得上的。

**鬼火** ㄍㄨㄟˇ ㄏㄨㄛˇ 燐火的俗稱。

**鬼叫** ㄍㄨㄟˇ ㄐㄧㄠˋ 比喻難聽的聲音（有時也用來罵人）。

**鬼目** ㄍㄨㄟˇ ㄇㄨˋ 凌霄花的別稱。

**鬼怪** ㄍㄨㄟˇ ㄍㄨㄞˋ ①鬼與妖怪。如「妖魔鬼怪」。②比喻邪惡的勢力。

**鬼物** ㄍㄨㄟˇ ㄨˋ 鬼。

**鬼門** ㄍㄨㄟˇ ㄇㄣˊ ①神話傳說中的地名，是眾鬼出入的門戶。②鬼門關的省稱。③指汗孔。中醫稱為玄府。

**鬼胎** ㄍㄨㄟˇ ㄊㄞ 比喻不可告人的念頭。如「心懷鬼胎」。

**鬼神** ㄍㄨㄟˇ ㄕㄣˊ 鬼怪和神靈。

**鬼婚** ㄍㄨㄟˇ ㄏㄨㄣ 鬼與鬼或鬼與人結婚。

**鬼宿** ㄍㄨㄟˇ ㄒㄧㄡˋ 二十八宿之一，是南方朱雀七宿的第二宿。

**鬼祟** ㄍㄨㄟˇ ㄙㄨㄟˋ ①文鬼怪作祟。②偷偷摸摸，不光明正大。

**鬼混** ㄍㄨㄟˇ ㄏㄨㄣˋ ①沒有目的胡裡胡塗地生活。②過不正當的生活。

**鬼傘** ㄍㄨㄟˇ ㄙㄢˇ 蕈的一種，有毒，菌蓋下垂，容易裂開呈傘狀。

**鬼筆** ㄍㄨㄟˇ ㄅㄧˇ 一種真菌，生長在潮溼的地方，菌蓋帶紅色，表面有黏液，有臭味，不可食。也叫狗尿苔。

**鬼節** ㄍㄨㄟˇ ㄐㄧㄝˊ 舊俗在清明、中元及舊曆十月初一這三天要祭祖先，所以叫「鬼節」。

**鬼話** ㄍㄨㄟˇ ㄏㄨㄚˋ 謊話；不可相信的話，如「鬼話連篇」「滿嘴的鬼話」。

**鬼蜮** ㄍㄨㄟˇ ㄩˋ 文指暗中害人的壞人。如「鬼蜮伎倆」。

**鬼魂** ㄍㄨㄟˇ ㄏㄨㄣˊ 死人的靈魂。

**鬼魅** ㄍㄨㄟˇ ㄇㄟˋ 文鬼怪。

**鬼頭** ㄍㄨㄟˇ ˙ㄊㄡ ①機靈可愛（多指兒童）。如「這孩子長得怪鬼頭的」。②

指機靈可愛的兒童。如「這個小鬼頭常到這兒來玩兒」。

**鬼黠** 狡猾。

**鬼魔** 魔鬼；鬼怪。

**鬼臉（兒）** ①用厚紙做成的假面具，是一種兒童玩具，多按照戲曲中的臉譜製作。②故意做出來的滑稽的面部表情。如「他說著，就把舌頭一伸，做了個鬼臉兒」。

**鬼主意** ①奸詐陰險的計謀。②巧妙出奇的意見。

**鬼打牆** 指黑夜迷路，老在一定範圍內打圈子。

**鬼把戲** 騙人的把戲。

**鬼門關** 迷信傳說中的陰陽交界的關口。比喻凶險的地方。

**鬼剃頭** 就是「班禿」，局部頭髮突然脫落，經過一定時期，能自然痊愈。

**鬼針草** 一年生草本植物，野生，果實頂上有刺毛，常掛在人的衣服上或動物的身體上，藉以散布、繁殖。

**鬼畫符** ①比喻拙劣的書法。②比喻虛偽的話。

**鬼眨眼** 指眨巴眼（多用於光閃爍不定）。如「黑夜中星星都在鬼眨眼」。

**鬼機靈** 靈字輕讀。非常機靈（多含詼諧意）。

**鬼點子** 壞主意。

**鬼靈精** ①特別機靈。如「這孩子鬼靈精」。②特別機靈的人。

**鬼聰明（兒）** 明字輕讀。頭腦聰明而不用在正當的事務上。

**鬼使神差** ①比喻事情的發展形成並非人力所控制安排的。②形容事情的結果有非常特殊的巧合機緣。

**鬼斧神工** 形容建築、雕刻、塑像等藝術技巧高超。又作「神工鬼斧」。

**鬼風疙瘩** 蕁麻疹的俗名。

**鬼哭神號** ①悲慘恐怖的聲音。②形容哭叫聲；或也作「鬼哭狼號」。

**鬼鬼祟祟** 指行動曖昧而不光明。

**鬼頭鬼腦** 形容行為曖昧。也指狡猾陰險。

## 四筆

**魁** ㈠領頭的人物，首領。如「罪魁禍首」。㈡明代科舉分五經取士，每一經的首選人叫「經魁」；五個經魁合稱「五魁」。後來稱考試或比賽得到第一名叫「奪魁」。㈢図指體態高大，強壯。如「魁梧」。

**魁元** 図在同輩中才華居首位的人。

**魁岸** 図魁梧。

**魁星** ①北斗七星中形成斗形的四顆星。一說指其中離斗柄最遠的一顆。②我國神話中所說的主宰文章興衰的神。

**魁首** 魁元。

**魁偉** 魁梧。

**魁梧** （身體）強壯高大。也作「魁岸」「魁偉」。

**魁實**（ㄎㄨㄟˊ ㄕ˙） 實字輕讀。（身體）魁梧結實。

**魂** ㄏㄨㄣˊ ㈠舊時迷信說人的陽性精氣可以離開身體而存在，人死後則離開形體而上天。如「魂魄」「魂不附體」。㈡「靈魂」的簡稱；也指人或物的精神。如「國魂」。㈢指感覺的意念。如「神魂顛倒」「黯然魂銷」。

**魂車**（ㄏㄨㄣˊ ㄔㄜ） 出殯時鋪設死者衣服的車。

**魂魄**（ㄏㄨㄣˊ ㄆㄛˋ） 舊日的說法，魂魄是附在人體的精神靈氣。俗謂人有「三魂七魄」。

**魂轎**（ㄏㄨㄣˊ ㄐㄧㄠˋ） 出殯時載運靈位的轎子。

**魂靈**（ㄏㄨㄣˊ ㄌㄧㄥˊ） 靈字輕讀。靈魂。

**魂不守舍**（ㄏㄨㄣˊ ㄅㄨˋ ㄕㄡˇ ㄕㄜˋ） 靈魂離開了軀殼。形容精神恍惚。如「他終日昏昏沉沉，魂不守舍」。

**魂不附體**（ㄏㄨㄣˊ ㄅㄨˋ ㄈㄨˋ ㄊㄧˇ） 形容受到極大的震驚，恐懼萬分。

**魂飛魄散**（ㄏㄨㄣˊ ㄈㄟ ㄆㄛˋ ㄙㄢˋ） 形容非常驚恐。

**魂牽夢縈**（ㄏㄨㄣˊ ㄑㄧㄢ ㄇㄥˋ ㄧㄥˊ） 形容極其掛念。

## 五筆

**魃** ㄅㄚˊ 古人說是造成旱災的鬼神。〈詩經〉有「旱魃為虐」。

**魄** ▲ㄆㄛˋ ㈠同「魂」的意思相仿，指人的陰性精氣，附著於人體，人死後則離人體而下歸於地。如「失魂落魄」「氣魄」。㈡「體魄」，指人的身體。㈢指月亮不圓時殘缺黑暗的部分。也叫「月魄」「朏（ㄈㄟˇ）魄」。㈣㊀「粕」，古書上「糟粕」也作「糟魄」。

▲ㄊㄨㄛˋ見「落魄」。

**魄力**（ㄆㄛˋ ㄌㄧˋ） 做事的決心和毅力。

**魅** ㊀ㄇㄟˋ 作祟害人的鬼怪。如「魑魅」。

**魅人**（ㄇㄟˋ ㄖㄣˊ） 使人陶醉；吸引人。

**魅力**（ㄇㄟˋ ㄌㄧˋ） 很能吸引人的力量。如「富有魅力」。

**魅惑**（ㄇㄟˋ ㄏㄨㄛˋ） 誘惑。如「很能魅惑人」。

**魆** ㄒㄩˋ 「黑魆魆」，光線昏暗的樣子。元曲有「魆地裡」，就是暗地裡。

## 七筆

**魈** ㄒㄧㄠ ㈠古時傳說的一種山裡的妖精，夜間出來害人。㈡「山魈」：①古時傳說的一條腿的鬼怪。②狒狒一類的猛獸，樣子很怪，產在非洲西岸。

## 八筆

**魋** ㄊㄨㄟˊ 野獸名，就是赤熊。

**魍** ㊀ㄌㄧㄤˇ 見「魍魎」。

**魏** ▲ㄨㄟˋ ㈠朝代名：①三國時曹丕所建，在現在淮河以北，黃河一帶地方，後來被司馬炎所滅（西元220-265）。②晉朝末年鮮卑族拓跋珪所建，史稱「後魏」或「北魏」，國土在黃河流域一帶（西元386-534）。後來分為東西兩國，東魏被高洋所篡，建立北齊（西元550-577）。宇文覺篡西魏，國號北周（西元557-581）。㈡「戰國七雄」之一，晉大夫魏斯同韓、趙瓜分晉國所建國名，在今河南北部、山西西南部一帶地方，後被秦所滅（西元前403-225）。

㈢図高大的樣子。「魏闕」是高大的宮門。㈣姓。

▲図ㄨㄟˊ同「巍」。

**魏碑** ㄨㄟˋ ㄅㄟ 北朝碑刻的統稱，字體結構嚴整，筆力強勁，後世作為書法的一種典範。

**魏紫姚黃** ㄨㄟˋ ㄗˇ ㄧㄠˊ ㄏㄨㄤˊ 魏紫和姚黃，都是有名的牡丹品種。

**魍** 図ㄨㄤˇ見「魍魎」。

**魍魎** ㄨㄤˇ ㄌㄧㄤˇ 図也作「罔兩」「蝄蜽」。古人傳說的木石精靈鬼怪。常作「魑魅魍魎」。

## 十一筆

**魔** ㄇㄛˊ ㈠神話或傳說中說的一種害人的鬼怪。如「魔鬼」「妖魔鬼怪」。㈡能使人迷惑的一種吸引力。如「魔力」。㈢過度的嗜好成癖或著迷。如「入魔」。㈣奇幻的。如「魔術」。

**魔力** ㄇㄛˊ ㄌㄧˋ ①魔術的力量。②迷惑人的力量。③使人信仰或迷信的非常能力。

**魔手** ㄇㄛˊ ㄕㄡˇ 魔掌。

**魔爪** ㄇㄛˊ ㄓㄠˇ 比喻凶惡的勢力。如「砍斷侵略者的魔爪」。

**魔王** ㄇㄛˊ ㄨㄤˊ ①佛教用語，指專做破壞活動的惡鬼。②比喻非常凶暴的惡人。

**魔君** ㄇㄛˊ ㄐㄩㄣ 比喻非常凶暴的惡人（常出於舊小說）。

**魔杖** ㄇㄛˊ ㄓㄤˋ 魔術師所用的棍棒。

**魔芋** ㄇㄛˊ ㄩˋ 多年生草本植物，掌狀複葉，花紫褐色，地上莖球形，可吃，也可製澱粉。又名蒟蒻。

**魔怪** ㄇㄛˊ ㄍㄨㄞˋ 妖魔鬼怪。

**魔怔** ㄇㄛˊ ㄓㄥ 怔字輕讀。舉動異常，像有精神病一樣。

**魔法** ㄇㄛˊ ㄈㄚˇ 邪法。

**魔界** ㄇㄛˊ ㄐㄧㄝˋ 佛教用語，指惡魔活動的境域。

**魔鬼** ㄇㄛˊ ㄍㄨㄟˇ 宗教或神話傳說中指迷惑人、害人性命的鬼怪，比喻邪惡的勢力。

**魔術** ㄇㄛˊ ㄕㄨˋ 雜技的一種，以迅速敏捷的技巧或特殊裝置，把實在的動作掩蓋起來，使觀眾感覺到物體忽有忽無，變化莫測。也叫幻術或戲法。

**魔掌** ㄇㄛˊ ㄓㄤˇ 比喻凶惡勢力的控制。如「逃出魔掌」。

**魔窟** ㄇㄛˊ ㄎㄨ 魔怪的巢穴。比喻邪惡勢力盤踞的地方。

**魔道** ㄇㄛˊ ㄉㄠˋ ①佛教指惡魔的境界。②魔法。③邪路。

**魔障** ㄇㄛˊ ㄓㄤˋ 佛教用語，惡魔所設的障礙。

**魔影** ㄇㄛˊ ㄧㄥˇ 妖魔鬼怪的影子。比喻潛在的惡勢力。

**魔頭** ㄇㄛˊ ㄊㄡˊ ①惡魔。②有些地方指巫師。

**魑** 図ㄔ見「魑魅」。

**魑魅** ㄔ ㄇㄟˋ 図傳說中指山林裡能害人的妖怪。

## 十四筆

**魘** 図ㄧㄢˇ做惡夢，睡夢中亂說亂動。如「夢魘」。

**魘魅** ㄧㄢˇ ㄇㄟˋ 図舊時迷信，用祈禱鬼神或暗中詛咒來害人的一種巫術。

# 魚部

**魚** ㄩˊ ㈠水生的脊椎動物，大部分有鱗，用鰭游水，用鰓呼吸，體形一般呈紡錘狀。卵生，也有胎生的。冷血。體溫不固定。㈡形狀像魚的東西。如「蠹魚」、「鱷魚」。㈢古書裡同「漁」字。〈易經．繫辭〉有「以佃以魚」。㈣姓。

**魚叉** ㄩˊ ㄔㄚ 一端有尖叉而一端有長柄的捕魚工具。

**魚口** ㄩˊ ㄎㄡˇ 中醫指由軟性下疳等病引起的腹股溝淋巴腺炎，化膿後瘡口像魚的嘴，所以叫魚口。

**魚子** ㄩˊ ㄗˇ 魚卵。

**魚水** ㄩˊ ㄕㄨㄟˇ 因如魚得水，比喻相處得非常愉快。古書裡用來形容君臣相得，也用來比喻夫婦的相愛。後來一般說夫妻和好是「魚水和諧」或「魚水之歡」。

**魚白** ㄩˊ ㄅㄞˊ ①魚的精液。②魚肚白。如「東方一線魚白，黎明已經到來」。

**魚皮** ㄩˊ ㄆㄧˊ 指經過加工的鯊魚皮，可以做菜肴。

**魚汛** ㄩˊ ㄒㄩㄣˋ 某些魚類由於產卵、越冬等原因，在一定時期內成群結隊出現在一定海域，是捕魚的好時期。也作「漁汛」。

**魚池** ㄩˊ ㄔˊ 養魚的池塘。也叫「魚塘」。

**魚肉** ㄩˊ ㄖㄡˋ ①魚和肉。②比喻被暴力欺凌。如「人為刀俎，我為魚肉」「魚肉鄉里」。

**魚肚** ㄩˊ ㄉㄨˋ 食品，用某些魚類的鰾製成。

**魚具** ㄩˊ ㄐㄩˋ 捕魚或釣魚的用具。也作漁具。

**魚刺** ㄩˊ ㄘˋ 魚的細而尖的骨頭。

**魚狗** ㄩˊ ㄍㄡˇ 鳥類的一屬，嘴長而尖，有的種類頭部有冠狀的羽毛。常棲息在湖沼附近的樹上，捕食魚、蝦等。

**魚花** ㄩˊ ㄏㄨㄚ 魚苗的俗稱。

**魚缸** ㄩˊ ㄍㄤ 用來養觀賞魚的器具，用玻璃或缸瓦等製成。

**魚苗** ㄩˊ ㄇㄧㄠˊ 由魚子孵化出來供養殖用的小魚。也叫「魚花」。

**魚粉** ㄩˊ ㄈㄣˇ 魚類或魚類加工後剩下的內臟、頭、尾等經過蒸乾、壓榨、粉碎等工序而成的產品，一般用做飼料。

**魚翅** ㄩˊ ㄔˋ 沙魚（鮫）的鰭經過加工後，其軟骨條叫做魚翅，是珍貴的食品。

**魚情** ㄩˊ ㄑㄧㄥˊ 魚類洄游，成群出現在一定水域的情況。如「偵察魚情」。

**魚眼** ㄩˊ ㄧㄢˇ 古人稱湯未沸為盲湯，初沸為蟹眼，大沸為魚眼。

**魚脣** ㄩˊ ㄔㄨㄣˊ 海味，用鯊魚的脣加工製成。

**魚貫** ㄩˊ ㄍㄨㄢˋ 像游魚一樣一個挨一個接連著（走）。如「魚貫而入」。

**魚雁** ㄩˊ ㄧㄢˋ 因比喻書信。如「魚雁往還」。

**魚塭** ㄩˊ ㄨㄣ 閩南、臺灣地區漁民稱引海水來養魚的魚池為魚塭，簡稱塭。

**魚雷** ㄩˊ ㄌㄟˊ 一種能在水中自行推進、自行控制方向和深度的炸彈。

**魚鼓** ㄩˊ ㄍㄨˇ ①打擊樂器，在長竹筒的一頭蒙上薄皮，用手敲打。是演唱道情的主要伴奏樂器。②指道情，因用魚鼓伴奏而得名。（參看「道情」）

**魚漂** ㄩˊ ㄆㄧㄠ 釣魚時拴在釣絲上的能漂浮的東西，作用是魚漂下沉，就知道魚已上鉤。

**魚網** ㄩˊ ㄨㄤˇ 捕魚用的網。也作漁網。

**魚餌** ㄩˊ ㄦˇ 釣魚用的魚食，蚯蚓、海蟲、番薯塊等都是。

**魚膠** ㄩˊ ㄐㄧㄠ ①用魚鰾或魚鱗、魚骨熬成的半透明的固體，熔化後黏性很強，用作黏合劑。②魚鰾，特指黃魚的鰾。

**魚蝨** ㄩˊ ㄕ 節肢動物，身體扁橢圓形。寄生在鯉魚、金魚等身上。

**魚頭** ㄩˊ ㄊㄡˊ 指某些魚的頭，做菜肴用的。如「沙鍋魚頭」。

**魚龍** ㄩˊ ㄌㄨㄥˊ 古代爬行動物，生存在中生代，外形像魚，四肢呈鰭狀。生活在水中。

**魚簍** ㄩˊ ㄌㄡˇ 盛魚的竹簍。

**魚膾** ㄩˊ ㄎㄨㄞˋ 也作「魚鱠」。魚片做成的菜肴。

**魚鮮** ㄩˊ ㄒㄧㄢ 指魚蝦等水產食物。

**魚鬆** ㄩˊ ㄙㄨㄥ 用魚類的肉加工製成的絨狀或碎末狀的食品。也叫魚肉鬆。

**魚藤** ㄩˊ ㄊㄥˊ 藤本植物，羽狀複葉，花紅色，莢果堅硬，扁平。根可以製殺蟲劑。

**魚爛** ㄩˊ ㄌㄢˋ 図魚爛自內發。比喻由內亂而覆亡。

**魚躍** ㄩˊ ㄩㄝˋ ①魚跳出水面。②比喻人的動作像魚那樣跳躍。

**魚鰭** ㄩˊ ㄑㄧˊ 就是「鰭」。

**魚鰾** ㄩˊ ㄅㄧㄠˋ 魚腹內白色的囊狀器官。鰾的脹縮可以調節身體的浮沉。魚鰾可以製膠。

**魚鱗** ㄩˊ ㄌㄧㄣˊ 魚身上的鱗片。

**魚籪** ㄩˊ ㄉㄨㄢˋ 竹子做成的捕魚器具。

**魚丸(子)** ㄩˊ ㄨㄢˊ (ㄗˇ) 魚肉搗碎，調上蛋清製成的丸狀食物。

**魚竿(兒)** ㄩˊ ㄍㄢ (ㄦ) 釣魚用的細而長的竿子或釣魚竿。

**魚秧(子)** ㄩˊ ㄧㄤ (ㄗˇ) 比魚苗稍大的小魚。

**魚販(子)** ㄩˊ ㄈㄢˋ (ㄗˇ) 賣魚的小商人。

**魚鉤(兒)** ㄩˊ ㄍㄡ (ㄦ) 釣鉤。

**魚鷹(子)** ㄩˊ ㄧㄥ (ㄗˇ) ①鶚的通稱。②鸕鶿的通稱。

**魚子醬** ㄩˊ ㄗˇ ㄐㄧㄤˋ 用鰈、鮫等魚的卵製成的開胃食品。

**魚水情** ㄩˊ ㄕㄨㄟˇ ㄑㄧㄥˊ 形容極其親密的情誼，就像魚和水不能分離一樣。

**魚片兒** ㄩˊ ㄆㄧㄢˋ ㄦ 魚肉切片做成的食品。

**魚市場** ㄩˊ ㄕˋ ㄔㄤˇ 魚類的批發場所。

**魚尾紋** ㄩˊ ㄨㄟˇ ㄨㄣˊ 人的眼角與鬢角之間的像魚尾的皺紋，一般從中年就開始出現。

**魚肚白** ㄩˊ ㄉㄨˋ ㄅㄞˊ 像魚肚子的顏色，白裡略帶青，多指黎明時東方天空的顏色。

**魚肝油** ㄩˊ ㄍㄢ ㄧㄡˊ 用鱈魚的肝臟提煉出來的脂肪，含甲、丁種維生素，有很高的營養價值。

**魚腥草** ㄩˊ ㄒㄧㄥ ㄘㄠˇ 就是蕺菜。

**魚雷艇** ㄩˊ ㄌㄟˊ ㄊㄧㄥˇ 發射魚雷攻擊敵艦的迅速小艇。

**魚鱗癬** ㄩˊ ㄌㄧㄣˊ ㄒㄧㄢˇ 一種表皮角化異常造成的皮膚病，輕的只有小屑出現，重的呈現魚鱗或蛇皮狀。目前還沒有辦法根治。

**魚目混珠** ㄩˊ ㄇㄨˋ ㄏㄨㄣˋ ㄓㄨ 魚目混充珍珠。比喻用假的冒充真的。

**魚米之鄉** ㄩˊ ㄇㄧˇ ㄓ ㄒㄧㄤ 多港灣和稻田的產魚產米的富庶地方。

**魚游釜中** ㄩˊ ㄧㄡˊ ㄈㄨˇ ㄓㄨㄥ 比喻處境危險，不能久活。

**魚龍漫衍**（ㄩˊ ㄌㄨㄥˊ ㄇㄢˋ ㄧㄢˇ） 図稱變幻的魔術。

**魚龍雜處**（ㄩˊ ㄌㄨㄥˊ ㄗㄚˊ ㄔㄨˇ） 比喻不同身分的人，好人和壞人混雜在一起。

**魚爛土崩**（ㄩˊ ㄌㄢˋ ㄊㄨˇ ㄅㄥ） 比喻因為內亂而覆滅。如「百姓一亂，則魚爛土崩莫之匡救」（〈前漢紀・孝惠帝紀〉）。

**魚鱗天兒**（ㄩˊ ㄌㄧㄣˊ ㄊㄧㄢ ㄦ） 是說天上有一片片像魚鱗的浮雲，半陰半晴的天氣。

**魚鹽之利**（ㄩˊ ㄧㄢˊ ㄓ ㄌㄧˋ） 盛產魚蝦、海鹽，自古視為大利。

## 二筆

**魛**（ㄉㄠ） 魛魚就是「刀魚」，也叫「鱭魚」。體狹長扁薄，像尖刀形，背黃褐色，腹銀白色，鱗細。生活在近海，春季游到江河口上產卵。

## 三筆

**魠**（ㄊㄨㄛ） 古人指某些大嘴的魚。〈說文〉有「哆口魚也」。

**魟**（ㄏㄨㄥˊ） 也叫「海鷂魚」。體形扁平，沒有鱗，胸部扁大作斜方形或團狀，尾部狹小，骨骼全部是軟骨，背上有銳棘，腹鰭尾鰭都很小，沒有臀鰭。生活在近海沙底，捕食魚類及甲殼類。

## 四筆

**魴**（ㄈㄤˊ） 魚名，脊鰭有硬刺，身體又扁又寬。通稱「鯿魚」。

**魨**（ㄊㄨㄣˊ） 一種有毒的魚，就是「河豚」。

**魶**（ㄋㄚˋ） ㈠兩棲的鯢魚。〈史記・司馬相如傳〉有「禺禺魼鰨」，〈漢書〉作「禺禺鱋魶」。㈡通「鰨」字，是一種像鼈而無甲、無足、有尾、口在腹下的魚。

**魯**（ㄌㄨˇ） ㈠笨，愚鈍。如「粗魯」「愚魯」。㈡周代國名，在現在山東省西部。㈢山東省的別稱。㈣姓。

**魯直**（ㄌㄨˇ ㄓˊ） 愚拙而直率。

**魯莽**（ㄌㄨˇ ㄇㄤˇ） 粗心，行為冒失。也作鹵莽。

**魯鈍**（ㄌㄨˇ ㄉㄨㄣˋ） 図愚笨，不敏銳。

**魯男子**（ㄌㄨˇ ㄋㄢˊ ㄗˇ） 遇到女色能以禮自持的男性成人。〈詩經・小雅・巷伯・毛亨傳〉裡說的。

**魯班尺**（ㄌㄨˇ ㄅㄢ ㄔˇ） 舊時稱木工所用的曲尺。也作「魯般尺」。

**魯莽滅裂**（ㄌㄨˇ ㄇㄤˇ ㄇㄧㄝˋ ㄌㄧㄝˋ） 図形容人做事草率苟且，不負責任。

**魯魚亥豕**（ㄌㄨˇ ㄩˊ ㄏㄞˋ ㄕˇ） 図指文字傳寫錯誤。（古文魯字與魚字，亥字與豕字，字形接近，會發生寫錯認錯的事。）

**魯殿靈光**（ㄌㄨˇ ㄉㄧㄢˋ ㄌㄧㄥˊ ㄍㄨㄤ） 也作「魯靈光」。①靈光，宮殿名，原是山東曲阜的孔子廟，漢景帝的兒子（封魯恭王）劉餘整修擴建。漢都未央、建章諸殿在西漢末相繼因兵燹而毀壞，而靈光殿巋然獨存。②後來稱類似「碩果僅存」的老人或事物。

**魯班門前耍大斧**（ㄌㄨˇ ㄅㄢ ㄇㄣˊ ㄑㄧㄢˊ ㄕㄨㄚˇ ㄉㄚˋ ㄈㄨˇ） 比喻在比自己高明的人面前賣弄本領。參看「班門弄斧」。

## 五筆

**魷**（ㄧㄡˊ） 「魷魚」，也叫「柔魚」，頭大，有十條觸腳，尾端肉鰭是扁三角形，是烏賊的一類。供食用。

**鮑**（ㄅㄠˋ） ㈠「鮑魚」：①就是鰒魚，味道鮮美。②醃過的鹹魚，有腥味。如「鮑魚之肆」（比喻腥臭惡劣的環境）」。㈡姓。

**鮃** ㄆㄧㄥˊ 比目魚分科之一。鮃科比目魚約兩百種，兩眼都在頭的左側。

**鮒** [文] ㄈㄨˋ ㈠就是鯽魚。㈡蝦蟆。

**鮐** ㄊㄞˊ 「鮐魚」，河豚的別名。

**鮐背** ㄊㄞˊ ㄅㄟˋ [文] 指年老的人（老年人皮膚消瘦，背駝，像鮐魚）。鮐也作台、駘。

**鮀** ㄊㄨㄛˊ ㈠就是鮎魚。㈡同「鯊」㈠。

**鮎** ㄋㄧㄢˊ 「鮎魚」，頭大，嘴寬，有長鬚，尾巴是扁的，身上很滑，沒有鱗。

**鮂** ㄑㄧㄡˊ 就是「鰷魚」。

**魼** [文] ㄑㄩ 比目魚。〈漢書．司馬相如傳〉有「禺禺魼鰨」。也作「鱋」。

**鮓** ㄓㄚˇ 古人把魚貯藏起來作食品叫「鮓」，像現在的醃魚、糟魚之類。

## 六筆

**鮭** ▲ㄍㄨㄟ ㈠鮭魚，是一種海魚，長紡錘形，背部藍灰色，腹部銀白色，肉味很美，秋天游到江河裡產卵。㈡河豚的別名。▲ㄒㄧㄝˊ「鮭菜」，是蘇州人對魚類佳肴的總稱。

**鮆** ㄐㄧˋ 魚名，同「鱭」，就是刀魚。蘇軾詩有「知有江南風物美，桃花流水鮆魚肥」。

**鮚** ㄐㄧㄝˊ 蛤蚌類，長一寸左右，殼內常有小蟹寄居。

**鮫** ㄐㄧㄠ 熱帶海洋裡一種軟骨類的大魚，長一兩丈，性凶猛。平常叫「沙魚」。也寫作「鯊」。鰭叫「魚翅」，是珍貴的食品。皮可以裝飾刀鞘等。

**鮫人** ㄐㄧㄠ ㄖㄣˊ 古代傳說住在南海海底的人，哭泣時掉的眼淚變成珠子。

**鮫帕** ㄐㄧㄠ ㄆㄚˋ 手帕的美稱。如「或玉環金佩，或鮫帕鸞絛，皆由小物而遂終身之願」（〈紅樓夢〉第三十二回）。

**鮫綃** ㄐㄧㄠ ㄒㄧㄠ 傳說中鮫人用生絲織成的綢子。也泛指薄紗。

**鮮** ▲ㄒㄧㄢ ㈠活魚。如「鮮魚」。㈡新殺的魚獸鳥類都叫「鮮」。如「海鮮」「鮮肉」。㈢滋味好的。如「鮮湯」「魚湯很鮮」。㈣新的，不陳的。如「鮮花」「鮮果」。㈤色彩明亮、光豔。如「鮮明」「鮮豔照人」。㈥有趣。如「他這個人好鮮啊」「我告訴你一件很鮮的事」。㈦「朝（ㄔㄠˊ）鮮」，亞洲東北部國名，舊稱高麗，位於黃海與日本海之間。古時本是我國藩屬，甲午戰後獨立，一九一〇年被日本併吞，二次大戰之後獨立，以北緯三十八度線為界，分為南北兩韓。北韓是朝鮮人民共和國，南韓是大韓民國。㈧見「鮮卑」。㈨「鮮于」，姓。▲[文] ㄒㄧㄢˇ 少，不多；同「尟」。如「鮮見」「鮮有」。

**鮮少** ㄒㄧㄢˇ ㄕㄠˇ 不多；少。

**鮮有** ㄒㄧㄢˇ ㄧㄡˇ 少有。

**鮮血** ㄒㄧㄢ ㄒㄧㄝˇ 鮮紅的血。

**鮮妍** ㄒㄧㄢ ㄧㄢˊ 鮮豔。如「色彩鮮妍」。

**鮮見** ㄒㄧㄢˇ ㄐㄧㄢˋ 少見。

**鮮卑** ㄒㄧㄢ ㄅㄟ 我國古代民族，居住在今東北、內蒙古一帶。南北朝時曾建立北魏、北齊、北周。

**鮮味** ㄒㄧㄢ ㄨㄟˋ 美味。

**鮮明** ㄒㄧㄢ ㄇㄧㄥˊ ①（顏色）明亮。②分明而確定，毫不含糊。如「主題鮮明」「鮮明的對比」。

**鮮果** ㄒㄧㄢ ㄍㄨㄛˇ 新鮮的水果。

**鮮亮** ㄒㄧㄢ ㄌㄧㄤˋ 亮字輕讀。鮮明①。

**鮮活** ▲ㄒㄧㄢ ㄏㄨㄛˊ 鮮明生動。如「他把人物描寫得很鮮活」。▲ㄒㄧㄢ ·ㄏㄨㄛ ①（魚、花等）新鮮而有生氣。如「那魚多鮮活呀」。②（顏色）鮮豔。如「這塊料子的顏色很鮮活」。

**鮮紅** ㄒㄧㄢ ㄏㄨㄥˊ 鮮明的紅色。

**鮮美** ㄒㄧㄢ ㄇㄟˇ ①（菜肴、瓜果等）滋味好。②図（花草等）新鮮美麗。

**鮮甜** ㄒㄧㄢ ㄊㄧㄢˊ 新鮮甜美；非常甜。如「鮮甜的哈密瓜」。

**鮮貨** ㄒㄧㄢ ㄏㄨㄛˋ 指新鮮的水果、蔬菜、魚蝦等。

**鮮魚** ㄒㄧㄢ ㄩˊ 新鮮的魚。

**鮮湯** ㄒㄧㄢ ㄊㄤ 鮮美的湯。

**鮮嫩** ㄒㄧㄢ ㄋㄣˋ 新鮮而嫩。如「鮮嫩的藕」。

**鮮綠** ㄒㄧㄢ ㄌㄩˋ 鮮明的綠色。如「好一片鮮綠的秧苗」。

**鮮潤** ㄒㄧㄢ ㄖㄨㄣˋ 新鮮而潤澤。

**鮮麗** ㄒㄧㄢ ㄌㄧˋ 鮮豔美麗。如「鮮麗的羽毛」。

**鮮蘑** ㄒㄧㄢ ㄇㄛˊ 沒有晒乾的新鮮蘑菇。

**鮮豔** ㄒㄧㄢ ㄧㄢˋ 鮮明而美麗。

**鮮花（兒）** ㄒㄧㄢ ㄏㄨㄚ（ㄦ） 新鮮的花朵（有別於「假花」）。

**鮮車怒馬** ㄒㄧㄢ ㄐㄩ ㄋㄨˋ ㄇㄚˇ 図形容服飾豪奢。

## 鮞

ㄦˊ 図㈠小魚，魚苗。㈡魚名，〈呂氏春秋〉有「東海之鮞」，是「魚之美者」。

## 鮧

▲ㄧˊ 「鱁鮧」，見「鱁」字。▲ㄊㄧˊ 同「鮷」。

## 鮪

ㄨㄟˇ 魚名，體呈紡錘形，背黑藍色，腹灰白色，背鰭和臀鰭後面各有七或八個小鰭。生活在熱帶海洋。供食用，鮮食、製罐頭或醃製都可以。

# 七筆

## 鮸

ㄇㄧㄢˇ 魚名，身體長形，側扁，棕褐色，口大而微斜，尾鰭呈楔形。生活在海中。

## 鮷

ㄊㄧˊ 大鮎魚。

## 鯉

ㄌㄧˇ ㈠「鯉魚」，一種淡水魚，身體寬扁，口有短的觸鬚兩對，鱗金黃色，鰭淡紅色，背黑腹黃，肉可以吃。㈡図唐朝人寄信常用尺素（寫信用的白絹）結成鯉魚的形狀。古樂府有「呼童烹鯉魚，中有尺素書」，所以沿稱信札為「鯉」。

**鯉素** ㄌㄧˇ ㄙㄨˋ 図書信。

**鯉庭** ㄌㄧˇ ㄊㄧㄥˊ 図兒子接受父親教導的地方（本〈論語·季氏〉孔子的兒子孔鯉「趨而過庭」的故事）。

## 鯁

ㄍㄥˇ ㈠図魚骨頭卡在嗓子裡。如「骨鯁在喉」。㈡通「耿」，「耿直」也作「鯁直」。

**鯁直** ㄍㄥˇ ㄓˊ 同「耿直」。

## 鯀

ㄍㄨㄣˇ ㈠大魚。㈡古人名，夏朝大禹的父親。

## 鯇

ㄏㄨㄢˋ 「鯇魚」，又叫草魚，就是「鯶魚」。參看「鯶」字。又讀ㄨㄢˇ。

**鯽** ㄐㄧˋ 鯽魚，樣子像鯉魚，脊背高起，青褐色，肚子大，暗白色，頭、嘴都很小；產在江河淡水裡。

**鮿** ㄓㄜˊ 〔文〕(一)婢鮿魚，就是青衣魚。(二)魚乾。〈漢書〉有「鮿鮑千鈞」。

**鯈** ㄔㄡˊ 鯈魚，也叫「白鰷」「鰷魚」或「鮂魚」。參看「鰷」字。又讀ㄧㄡˊ。

**鯊**（魦） ㄕㄚ 魚名，種類很多，身體紡錘形，稍扁，鱗為盾狀，胸、腹鰭大，尾鰭發達。生活在海洋中，性凶猛，行動敏捷。也叫鮫。也寫作沙魚。

## 八筆

**鯛** ㄉㄧㄠ 魚類的一屬，身體側扁，背部稍微凸起，頭大，口小，側線發達。生活在海裡。又叫「銅盆魚」「棘鬣魚」。

**鯢** ㄋㄧˊ (一)「大鯢」，兩棲類動物，體長約一公尺，頭扁平，有四肢而短小，皮膚黏滑，棲於山溪之中。俗稱「娃娃魚」。(二)指雌的鯨魚。古文常用「鯨鯢」比喻惡人或罪人。(三)〔文〕小魚。〈莊子・外物篇〉有「守鯢、鮒」。(四)〔文〕通「齯」，「齯齒」也作「鯢齒」。參看「齯」字。(五)見「鯢鰍」。

**鯢鰍** ㄋㄧˊ ㄑㄧㄡ 鰍字輕讀。就是「泥鰍」。

**鯪** ㄌㄧㄥˊ (一)就是鯉魚。(二)我國南方各省產的一種魚，叫「土鯪魚」，形狀像鯽魚。(三)見「鯪鯉」。

**鯪鯉** ㄌㄧㄥˊ ㄌㄧˇ 是一種小獸，全身有角質的鱗甲，愛吃螞蟻。一般叫「穿山甲」。

**鯤** ㄎㄨㄣ (一)古時傳說的一種極大的魚。(二)〔文〕魚苗的總稱。〈國語・魯語〉有「魚禁鯤、鮞」。

**鯤鵬** ㄎㄨㄣ ㄆㄥˊ 〔文〕泛指極大的魚和鳥。林逋詩有「鯤鵬懶擊三千水」；陸游詩有「時看雲海化鯤鵬」。〈莊子・逍遙遊〉有「北冥有魚，其名為鯤；鯤之大，不知其幾千里也。化而為鳥，其名為鵬；鵬之背，不知其幾千里也。」

**鯨** ㄐㄧㄥ (一)鯨魚，大型的海棲哺乳動物。體長可達三十公尺，體重可達八十公噸。前肢化為鰭，後肢退化。尾鰭分叉，呈水平狀。鼻孔位於頭頂。按有無牙齒分為齒鯨、鬚鯨兩類。鯨皮、鯨肉可供食用，脂肪可製油。(二)豪飲。如「鯨吸」。(三)比喻強者吞併弱者。如「鯨吞」。舊讀ㄑㄧㄥˊ。

**鯨吞** ㄐㄧㄥ ㄊㄨㄣ 像鯨魚一樣的吞食，多用來比喻吞併土地。

**鯨鯊** ㄐㄧㄥ ㄕㄚ 魚，體長可達二十公尺，是現代最大的一種魚。魚皮可製革，肝熬的油供工業上用。

**鯨鬚** ㄐㄧㄥ ㄒㄩ 長鬚鯨口腔中的角質板，多呈三角形，有細縫，形狀像鬍鬚，能從吸入口腔的海水中濾取食物。

**鯜** ㄑㄧㄝˋ 魚名，常是三條魚一同游行，前面一條，後面跟著兩條像婢妾一般。又叫「妾魚」。

**鯖** ▲ㄑㄧㄥ 鯖魚，也叫青魚，背青黑色，腹部銀白色，肉味鮮美。▲〔文〕ㄓㄥ 魚和肉合在一起的菜。

**鮨** ㄒㄧㄢˋ 鮨魚，就是鱤魚。

**鯗**（鮝） ㄒㄧㄤˇ 乾的鹹魚，通常叫「鯗魚」。

**鯧** ㄔㄤ 鯧魚，產在近海，體短而側扁，頭小，鱗細。

**鯔** ㄗ 鯔魚，身體長，前部圓，後部側扁，頭短而扁，吻寬而短，眼大，鱗片圓形，沒有側線。生活在淺海和河口的鹹水、淡水交界處。

**鯫** 図ㄗㄡ ㈠小魚。㈡形容小。

**鯫生** ㄗㄡ ㄕㄥ 図①小人。②謙詞，稱自己。

## 九筆

**鯾** ㄅㄧㄢ「鯾魚」，就是「鯿魚」。

**鯿** ㄅㄧㄢ 鯿魚，身體側扁，頭小而尖，鱗較細。生活在淡水中。

**鰒** ㄈㄨˋ 鰒魚，也叫「鮑魚」或「石決明」，和螺螄同類，是海生軟體動物，長約兩寸，淡黃色，橢圓形，味鮮美。鰒比鮑魚稍小，與「九孔」相似，只是殼上的水孔只有四五個。

**鰈** ▲ㄉㄧㄝˊ ㈠比目魚分支之一。鰈科比目魚有近百種，一般都是兩眼在頭的右側。▲ㄑㄧㄝˋ同「鯜」。

**鰈鶼** ㄉㄧㄝˊ ㄐㄧㄢ 図指比目魚和比翼鳥。比喻夫婦愛情深厚。也作「鶼鰈」。

**鯷** ㄊㄧˊ 同「鮷」，就是大鮎魚。

**鯶** ㄏㄨㄣˋ 又名鯇魚、草魚，體長圓筒形，比鱒魚稍大，肉厚而鬆，樣子像青魚。俗稱鯶子魚。

**鰉** ㄏㄨㄤˊ 見「鱘鰉」。

**鰍（鰌）** ㄑㄧㄡ 一種常把身子鑽在泥裡，只把嘴露出來的魚，通常叫「泥鰍」。身體細長像圓棍，顏色青黑，沒有鱗，尾巴扁形。

**鰕** ▲ㄒㄧㄚ 同「蝦」。▲ㄒㄧㄚˊ 鰕虎，又名斑文魚。

**鰂** ㄗㄜˊ「烏鰂」就是烏賊，也叫「墨魚」。

**鰓** ▲ㄙㄞ 魚類的呼吸器，在頭部的兩側。▲図ㄒㄧˇ 鰓鰓，憂懼的樣子。如「不必鰓鰓過慮」。

## 十筆

**鰋** ㄧㄢˇ 就是鮎魚。

**鰨** ㄊㄚˇ 魚類的一科，體側扁，呈片狀，長橢圓形，像舌頭，有細鱗，頭部短小，兩眼生在身體的右側。左側向下臥在淺海底的泥沙上，捕食小魚。通稱鰨目魚。

**魶** ㄋㄚˋ 魶魚，也作「魶魚」或「納魚」，是一種像鼈而無甲，無足，有尾，口在腹下的魚。

**鰥** ㄍㄨㄢ ㈠図大魚。㈡無妻或喪妻的。如「鰥居」「鰥寡孤獨」。

**鰥夫** ㄍㄨㄢ ㄈㄨ 図無妻或喪妻的人。

**鰥寡孤獨** ㄍㄨㄢ ㄍㄨㄚˇ ㄍㄨ ㄉㄨˊ 図老而無妻叫鰥，老而無夫叫寡，幼而無父叫孤，老而無子叫獨。泛指沒有人供養的人。

**鰜** ㄐㄧㄢ 魚名，身體長卵圓形，一般兩眼都在身體的左側，也有在右側的。主要產在我國南海地區。

**鰭** ㄑㄧˊ 魚類的運動器官，由刺狀的硬骨或軟骨支撐薄膜而成。按其所在的部位，可分為胸鰭、腹鰭、背鰭、臀鰭和尾鰭。

**鰭足目** ㄑㄧˊ ㄗㄨˊ ㄇㄨˋ 哺乳動物的一目，身體長紡錘形，遍體長著短毛，四肢短而寬，呈鰭狀。海象和海豹都屬於鰭足目。

**鰷** ㄐㄧㄝˊ 見「鰷魚」。

**鰷魚** ㄐㄧㄝˊ ㄩˊ 體細長而側扁，成魚最長約三十公分，背蒼黑色，腹白色。卵產於臺灣新店溪河口，幼魚出河在海中生活，第二年春天回到出生地，沿河逆水而上，吃藻類，成長以後回到河口產卵。又叫國姓魚、香魚。日本繁殖很多。

**鰣** ㄕˊ 鰣魚，身體扁長，色白鱗圓，皮下脂肪很多。生活在海裡，六七月間游到江中產卵。肉多細刺，味很鮮美。鰣魚的鱗與皮最好吃，因此烹調前不去鱗。

**鰩** ㄧㄠˊ ㈠文鰩魚，也叫飛魚，胸鰭很大，會飛掠出水面數尺。㈡海鰩魚，就是魟魚。

**鰮（鰛）** ㄨㄣ 就是「沙丁魚」，體長幾寸到一尺多，嘴大，下顎長，樣子像紡錘，鱗粗大，容易剝落，背部青黑色，腹部白色，常是在海裡成群擠著游。肉味很美，多數製成罐頭。

## 十一筆

**鰾** ㄅㄧㄠˋ ㈠某些魚類體內可以漲縮的囊狀物。裡面充滿氮、氧、二氧化碳等混合氣體。收縮時魚下沉，膨脹時魚上升。㈡鰾膠也簡稱「鰾」。參看「鰾膠」。

**鰾膠** ㄅㄧㄠˋ ㄐㄧㄠ 用魚鰾或豬皮等熬製的膠，黏性大，多用來粘木器。

**鰻** ㄇㄢˊ 鰻魚，也叫「鰻鱺」「白鱔」。樣子像鱔魚，皮很厚，有黏液，肉鮮美。雄鰻體長四十至六十公分，雌鰻體長五十至九十公分，平日棲息在淡水裡，秋天入海去產卵。漁人在這時去撈鰻苗。

**鰵** ㄇㄧㄣˇ 鮸的通稱。

**鰵魚肝油** ㄇㄧㄣˇ ㄩˊ ㄍㄢ ㄧㄡˊ 就是醫療滋補用的魚肝油，含豐富的甲丁兩種維生素。實際上是鱈魚的肝臟製成的。

**鰷** ㄊㄧㄠˊ 鰷魚，身體小，呈條狀，側扁，白色。生活在淡水中。

**鰱** ㄌㄧㄢˊ 鰱魚，通常叫「白鰱」，身體扁，頭小，鱗細，青脊背，白肚皮，產在湖沼淡水裡。

**鰳** ㄌㄜˋ 鰳魚，身體側扁，銀白色，頭小，鰓孔大，無側線。生活在海中。

**鰹** ㄐㄧㄢ 大的鱧魚。

**鰹鳥** ㄐㄧㄢ ㄋㄧㄠˇ 鳥，體形像鴨，嘴堅硬，尖端漸細並稍向下彎，尾較長而略呈楔形。多生活在熱帶地區的海島上。

**鰹節** ㄐㄧㄢ ㄐㄧㄝˊ 鰹魚的肉經乾製後硬如木頭，叫做鰹節，也叫柴魚。鉋成薄片煮湯或涼拌，味極鮮美。

**鰼** 図 ㄒㄧˊ ㈠「鰼鰍」，就是泥鰍。㈡鰼水，縣名，在貴州省。

**鱈** ㄒㄩㄝˇ 鱈魚，長三尺餘，口大，鱗細，肉潔白如雪。產在寒冷的深海。肝是製魚肝油的重要原料。通稱大頭魚。

**鱁** ㄓㄨˊ 「鱁鮧」，用魚腸和魚鰾煮熟凝凍的食品，切片蘸薑醋來吃。也叫「魚膏」。

**鱄** ▲ㄓㄨㄢ 是一種魚，產在洞庭湖。▲ㄊㄨㄢˊ 〈山海經〉說的一種像鯽的魚，身上長著鬃毛。據說這種魚一出現，天下就會大旱。

**鰲** ㄠˊ 同「鼇」。

**鱅** ㄩㄥˊ 鱅魚，通常叫胖頭魚，形狀像鰱，頭較大。

## 十二筆

**鱍** 図 ㄅㄛ ㈠魚尾長的樣子。㈡鱍鱍，魚搖尾的樣子。杜甫詩有「魴魚鱍鱍色勝銀」。

**鱗** ㄌㄧㄣˊ ㈠魚類、爬行動物和少數哺乳動物身體表面具有保護作用的薄片狀組織，由角質、骨質等構成。㈡像魚鱗的。如「鱗莖」「遍體鱗傷」。

**鱗介** ㄌㄧㄣˊ ㄐㄧㄝˋ 図水中動物的統稱。

**鱗爪** ㄌㄧㄣˊ ㄓㄠˇ 図鱗和爪。比喻事物的片段。

**鱗比** ㄌㄧㄣˊ ㄅㄧˋ 像魚鱗一樣，一個挨著一個地排列著。形容房舍等密集。如「兩旁商店鱗比的大街」。

**鱗片** ㄌㄧㄣˊ ㄆㄧㄢˋ ①魚鱗。②覆蓋在昆蟲翅膀或軀體上的殼質小片。③覆蓋在芽的外面像魚鱗的薄片。主要作用是保護嫩芽。

**鱗甲** ㄌㄧㄣˊ ㄐㄧㄚˇ 鱗和甲。

**鱗屑** ㄌㄧㄣˊ ㄒㄧㄝˋ 皮膚表層脫落下來的呈鱗狀的碎屑。

**鱗莖** ㄌㄧㄣˊ ㄐㄧㄥ 地下莖的一種，形狀像圓盤，周邊有鱗葉包圍，含有豐富養分。水仙、百合、洋蔥等的地下莖便是。

**鱗集** ㄌㄧㄣˊ ㄐㄧˊ 図聚集在一起。如「屋宇鱗集」。

**鱗傷** ㄌㄧㄣˊ ㄕㄤ 図形容傷痕像魚鱗一樣多。如「遍體鱗傷」。

**鱗鱗** ㄌㄧㄣˊ ㄌㄧㄣˊ ①図形容像魚鱗一樣多。如「強敵鱗鱗，虎視眈眈」。②形容一片一片的雲或閃爍的水波紋。如「鱗鱗的白雲」「湖上金光鱗鱗」。

**鱗翅目** ㄌㄧㄣˊ ㄔˋ ㄇㄨˋ 昆蟲的一目，翅膀和肢體上都有鱗片。枯葉蛾、螟蛾等就屬於這一目。

**鱗次櫛比** ㄌㄧㄣˊ ㄘˋ ㄐㄧㄝˊ ㄅㄧˋ 図排列如魚鱗，接連靠近如梳子齒。形容房屋等排列的緊密。

**鱖** ㄍㄨㄟˋ 鱖魚，俗名「花鯽魚」。體淡黃色，有黑斑點，背鰭有硬刺，肉味鮮美。又讀ㄐㄩㄝˊ。

**鱸** 図ㄒㄩ 同「魼」，就是比目魚。

**鱘（鱏）** ㄒㄩㄣˊ 鱘魚，背部黃灰色，口小而尖，背部和腹部有大片硬鱗。生活在淡水中，有些入海過冬。

**鱔（鱓、鱣）** ㄕㄢˋ 鱔魚，身體像蛇而無鱗，黃褐色，有黑色斑點。生活在水邊泥洞裡。也叫黃鱔。

**鱒** ㄗㄨㄣˋ 鱒魚，有些像河豚，頭較圓，鱗細，身體最長的有兩尺多。夏季上溯到河裡產卵，秋末冬初回到海裡。

## 十三筆

**鱧** ㄌㄧˇ 魚類的一科，身體圓筒形，頭扁，背鰭和臀鰭很長，尾鰭圓形，頭部和軀幹都有鱗片。

**鱧腸** ㄌㄧˇ ㄔㄤˊ 一年生草本植物，全株有白毛，葉子條狀披針形，花白色，瘦果長橢圓形，稍扁。全草可入藥，有涼血、止血、滋補肝腎等作用。也叫墨旱蓮、旱蓮草。

**鱤** ㄍㄢˇ 鱤魚，又叫鰥魚或鮨魚，古書上寫「魠」，是一種體形很大（大約有三四十斤）的魚，生活在江湖中。嘴大，頰像鮎魚，色黃，鱗像鱒魚而稍細。

**鱞** ㄍㄨㄢ ㈠鱞魚，一種像手指粗，長約八寸的魚。產在廣東惠州。㈡同「鰥」。〈楚辭天問〉有「舜閔在家，父何以鱞」。

**鱠** 図ㄎㄨㄞˋ 細切的魚肉，通「膾」字。

**鱟** ㄏㄡˋ 節肢動物，頭胸部的甲殼略呈馬蹄形，腹部的甲殼呈六角形，尾部呈劍狀。生活在海底。肉可以吃。俗稱鱟魚。背殼可做舀水的勺子，俗名鱟勺。

**鱣** ▲ㄓㄢ 就是鱘鰉。▲ㄕㄢˋ 同「鱔」。

## 十四筆

**鱭** 図ㄐㄧˋ 鱭魚，就是刀魚。

**鱮** 図ㄒㄩˋ 就是鰱魚。

**鱨** ㄔㄤˊ 鱨魚，形狀像鮎魚，鰭有刺，肚子和脊背都是黃色的。也叫「黃鱨魚」。

## 十六筆

**鱸** ㄌㄨˊ 鱸魚，產在沿海，身體狹扁，一二尺長，白色，有黑點，頭大鱗細，鰓的前部像鋸齒。肉味鮮美。

**鱷（鰐）** ㄜˋ 鱷魚，爬蟲科動物，體長約三公尺，頭大而扁，嘴大，牙尖，頸短，尾側扁，四肢都短，有蹼，全身覆蓋鱗片與粗硬的表皮。棲於熱帶的沼澤與河川之中。肉可供食用，皮可製鞋、各種提袋或腰帶。近年已有養殖。我國長江有「揚子江鱷」，較小。

**鱷梨** ㄜˋ ㄌㄧˊ 常綠喬木，果實大，肉質，可以吃。乾果肉可以榨油，供工業或醫藥上用。也叫油梨。

**鱷蜥** ㄜˋ ㄒㄧ 爬行動物，身長約一尺多，除頭部外，形狀像鱷魚。棲息在山澗水邊的叢林裡。

**鱷魚流淚** ㄜˋ ㄩˊ ㄌㄧㄡˊ ㄌㄟˋ 西方傳說，鱷魚吞食人畜時，邊吃邊掉眼淚。比喻壞人的假慈悲。

## 十九筆

**鱺** ㄌㄧˊ 「鰻鱺」就是鰻魚，也單稱「鰻」。

## 二十二筆

**鱻** ㄒㄧㄢ 古「鮮」字。

# 鳥部

**鳥** ▲ㄋㄧㄠˇ 脊椎動物的一綱，卵生，嘴內無齒，全身有羽毛，前肢變成翼，後肢能行走。一般的鳥都會飛，也有兩翼退化不能飛的。麻雀、燕、鷹、雞、鴨、鴕鳥等都屬於鳥類。▲ㄉㄧㄠˇ 同「屌」。舊小說（如〈水滸傳〉）寫北方土話常用，指男性生殖器。

**鳥人** ㄋㄧㄠˇ ㄖㄣˊ 罵人的話，多見於舊小說。

**鳥兒** ㄋㄧㄠˇ ㄦˊ 指體形較小的會飛的鳥。

**鳥害** ㄋㄧㄠˇ ㄏㄞˋ 鳥群啄食，對農作物或農產品造成的損害。如麻雀對稻子。

**鳥媒** ㄋㄧㄠˇ ㄇㄟˊ 捕鳥時用來引誘同類鳥的鳥。叫「囮（ㄧㄡ）子」。

**鳥葬** ㄋㄧㄠˇ ㄗㄤˋ 某些民族和某些宗教的信徒處理死人遺體方法，把死屍抬到葬場或曠野，讓鵰、鷹、烏鴉等鳥類吃。也叫天葬。

**鳥道** ㄋㄧㄠˇ ㄉㄠˋ 図只有飛鳥可以通過的道路。比喻極險峻狹窄的山路。

**鳥銃** ㄋㄧㄠˇ ㄔㄨㄥˋ 鳥槍。

**鳥語** ㄋㄧㄠˇ ㄩˇ 図鳥叫的聲音（特指悅耳的）。如「鳥語花香」。

**鳥篆** ㄋㄧㄠˇ ㄓㄨㄢˋ 鳥形的篆書，春秋戰國時代流行於吳、越、楚等國。

**鳥瞰** ㄋㄧㄠˇ ㄎㄢˋ ①從高處向下看。②作大略而全面的觀察。如「世界局勢鳥瞰」。

**鳥槍** ㄋㄧㄠˇ ㄑㄧㄤ 打獵用的槍。

**鳥獸** ㄋㄧㄠˇ ㄕㄡˋ ①泛指一切飛禽走獸。②指非人類，是罵人的話。

**鳥類** ㄋㄧㄠˇ ㄌㄟˋ 脊椎動物，特徵是前肢變成翅膀，全身有羽毛，溫血，卵生。參看「鳥」字注。

**鳥媒花** ㄋㄧㄠˇ ㄇㄟˊ ㄏㄨㄚ 藉鳥類傳布花粉的花，如山茶、弔鐘花、朱槿等。做媒介的鳥，如麻雀、美洲的蜂鳥等。

**鳥糞層** ㄋㄧㄠˇ ㄈㄣˋ ㄘㄥˊ 無人居住的海島上，海鳥成群棲息，年深日久，堆積了一層層的鳥糞，是很好的天然肥料。

**鳥獸散** ㄋㄧㄠˇ ㄕㄡˋ ㄙㄢˋ 図比喻成群的人紛紛散去（含貶義）。

**鳥槍換炮** ㄋㄧㄠˇ ㄑㄧㄤ ㄏㄨㄢˋ ㄆㄠˋ 比喻情況或條件有很大的好轉。

**鳥語花香** ㄋㄧㄠˇ ㄩˇ ㄏㄨㄚ ㄒㄧㄤ 鳥叫得好聽，花開得噴香。形容春天的景象。

**鳥盡弓藏** ㄋㄧㄠˇ ㄐㄧㄣˋ ㄍㄨㄥ ㄘㄤˊ 図〈史記・越王句踐世家〉有「蜚（飛）鳥盡，良弓藏」，意思是鳥沒有了，弓也就藏起來。比喻事情成功以後，把曾經出過大力的人冷落了。

## 二筆

**鳧（鳬）** ㄈㄨˊ ㈠雁鴨科水鳥，俗名水鴨、野鴨子。體長六七十公分，與家鴨相似。繁殖期間以外，都營群集生活。能飛。㈡「鳧水」就是游泳。

**鳭** ㄉㄠ 「鳭鷯」，鳥名，能鑿開葦草的皮，找蟲吃。

**鳩** ㄐㄧㄡ ㈠一種樣子像鴿子的鳥，種類很多，「斑鳩」是通常所見到的一種。㈡図集合。如「鳩集」。

**鳩合** ㄐㄧㄡ ㄏㄜˊ 集合，聯合。又作「糾合」。

**鳩拙** ㄐㄧㄡ ㄓㄨㄛˊ 図自謙愚笨的詞。（據說鳩很笨拙，不會做窩，占鵲的窩住。）

**鳩集** ㄐㄧㄡ ㄐㄧˊ 鳩合。

**鳩工庀材** ㄐㄧㄡ ㄍㄨㄥ ㄆㄧˇ ㄘㄞˊ 図招集工人和準備材料。

**鳩形鵠面** ㄐㄧㄡ ㄒㄧㄥˊ ㄏㄨˊ ㄇㄧㄢˋ 図形容人因長期飢餓而十分枯瘦的樣子。

**鳩居鵲巢** ㄐㄧㄡ ㄐㄩ ㄑㄩㄝˋ ㄔㄠˊ 比喻占據別人的居處或產業。也說「鵲巢鳩占」。語出〈詩經・召南・鵲巢〉的「維鵲有巢，維鳩居之」。

## 三筆

**鳴** ㄇㄧㄥˊ ㈠禽獸或昆蟲的叫喚或發出聲音。如「雞鳴」「驢鳴」「蟬鳴」。㈡泛指一切的發聲。如「雷鳴」「鐘鳴」「汽笛長鳴」。㈢図使發出聲音來，也就是敲擊、打響的意思。「鳴金（敲鑼）」「鳴鼓而攻之」「鳴炮」。㈣表示心意。如「鳴謝」「不平之鳴」。㈤図著稱，有聲望。如「以詩鳴於時」。

**鳴叫** ㄇㄧㄥˊ ㄐㄧㄠˋ （鳥、昆蟲等）發出聲音。如「蟋蟀鳴叫」。

**鳴放** ㄇㄧㄥˊ ㄈㄤˋ 點燃爆竹或發出槍彈及聲音。如「鳴放鞭炮」。

**鳴金** ㄇㄧㄥˊ ㄐㄧㄣ 図敲鑼，古時退兵的號令。如「鳴金收兵」。

**鳴炮** ㄇㄧㄥˊ ㄆㄠˋ ①放鞭炮。②行隆重軍禮或舉行慶典時發射沒有彈頭的大炮若干響以示敬意，叫做「鳴炮」。

**鳴冤** ㄇㄧㄥˊ ㄩㄢ 喊叫冤屈。

**鳴唱** ㄇㄧㄥˊ ㄔㄤˋ （鳥、昆蟲等）叫。如「秋蟬鳴唱」。

**鳴笛** ㄇㄧㄥˊ ㄉㄧˊ 使汽笛、警笛發出聲響。

**鳴禽** ㄇㄧㄥˊ ㄑㄧㄣˊ 鳥的一類，叫聲悅耳，如黃鶯、畫眉、百靈鳥、金絲鳥等。

**鳴管** ㄇㄧㄥˊ ㄍㄨㄢˇ 鳥類的鳴囀器，在氣管的下部。

**鳴蜩** ㄇㄧㄥˊ ㄊㄧㄠˊ 蟬的一種，體長約三公分，會發出尖銳的叫聲。

**鳴謝** ㄇㄧㄥˊ ㄒㄧㄝˋ 表示謝意（多用於公開表示）。如「鳴謝啟事」。

**鳴鏑** ㄇㄧㄥˊ ㄉㄧˊ 古代一種射出時帶聲響的箭。

**鳴不平** ㄇㄧㄥˊ ㄅㄨˋ ㄆㄧㄥˊ 對不公平的事情表示憤慨。如「大家一齊鳴不平」。

**鳴鼓而攻** ㄇㄧㄥˊ ㄍㄨˇ ㄦˊ ㄍㄨㄥ 公開宣布罪狀，加以聲討。

**鳴鑼開道** ㄇㄧㄥˊ ㄌㄨㄛˊ ㄎㄞ ㄉㄠˋ 舊時官吏出行時，前面有人敲鑼要行人讓路。現在比喻為某事物的出現製造輿論。

## 鳳（凤）

ㄈㄥˋ ㈠古代傳說的一種代表祥瑞的鳥，據說是一種很美麗的鳥，是高貴的鳥類的領袖。參看「鳳凰」。㈡姓。

**鳳子** ㄈㄥˋ ㄗˇ 就是鳳蝶。

**鳳仙** ㄈㄥˋ ㄒㄧㄢ 見「鳳仙花」。

**鳳冠** ㄈㄥˋ ㄍㄨㄢ 古代后妃所戴的帽子，帽上有用貴金屬和寶石等做成鳳凰形狀的裝飾。舊時女子出嫁也用做禮帽。

**鳳凰** ㄈㄥˋ ㄏㄨㄤˊ ①古代傳說中的百鳥之王，羽毛美麗，雄的叫鳳，雌的叫「凰」。常用來象徵祥瑞。②湖南省縣名。

**鳳梨** ㄈㄥˋ ㄌㄧˊ ①多年生草本植物，葉子大，邊緣有鋸齒，花紫色，果實密集在一起，外部呈鱗片狀，果肉味甜酸，有濃的香味。②這種植物的果實，也叫菠蘿或菠蘿蜜。

**鳳眼** ㄈㄥˋ ㄧㄢˇ 指小眼角向上的眼睛（多用於女子）。如「鳳眼柳眉」。

**鳳蝶** ㄈㄥˋ ㄉㄧㄝˊ 蝴蝶的一種，翅寬大，有鮮豔的斑紋，後翅有尾狀突起。

**鳳雛** ㄈㄥˋ ㄔㄨˊ 〔文〕初生的小鳳凰。比喻聰明機智能幹的少年。

**鳳仙花** ㄈㄥˋ ㄒㄧㄢ ㄏㄨㄚ ①一年生草本植物，葉子披針形，花有白、紅、粉紅、淡黃色。種子、根、莖都入藥。②這種植物的花。通稱指甲花。

**鳳尾竹** ㄈㄥˋ ㄨㄟˇ ㄓㄨˊ 竹的一種，桿堅硬，高兩三公尺，節粗而大，可用來做綠籬或供觀賞。也叫觀音竹。

**鳳尾松** ㄈㄥˋ ㄨㄟˇ ㄙㄨㄥ 常綠樹，高一丈多，莖有鱗片，葉生在莖頂如棕櫚堅勁，分裂似鳳尾。俗稱鐵樹。

**鳳尾草** ㄈㄥˋ ㄨㄟˇ ㄘㄠˇ 隱花植物，生在陰溼的地方，葉子分裂，像鳳尾。

**鳳尾魚** ㄈㄥˋ ㄨㄟˇ ㄩˊ 魚，身體側扁，長約十二公分，無側線，頭小而尖，尾尖而細。生活在海洋中，春末夏初到河中產卵。

**鳳凰木** ㄈㄥˋ ㄏㄨㄤˊ ㄇㄨˋ 落葉喬木，羽狀複葉，小葉長橢圓形，花大，鮮紅色，結莢果。多栽作庭院樹和行道樹。

**鳳眼蓮** ㄈㄥˋ ㄧㄢˇ ㄌㄧㄢˊ 多年生草本植物，莖短，葉柄中下部膨大似葫蘆，花淡紫色，浮生在池塘的水面，根垂生在水中。可做飼料，通稱水葫蘆。

**鳳毛麟角** ㄈㄥˋ ㄇㄠˊ ㄌㄧㄣˊ ㄐㄩㄝˊ 鳳凰的毛，麒麟的角。比喻珍貴而稀少的人才或事物。

**鳳冠霞帔** ㄈㄥˋ ㄍㄨㄢ ㄒㄧㄚˊ ㄆㄟˋ 錦繡華美的帽子和披肩，是從前貴婦人或新娘子穿戴的。

**鳳凰于飛** ㄈㄥˋ ㄏㄨㄤˊ ㄩˊ ㄈㄟ 〔文〕鳳凰相伴而飛。比喻夫妻和諧相處。多用為婚禮祝詞。語出〈詩經・大雅・卷阿〉。

**鳳陽花鼓** ㄈㄥˋ ㄧㄤˊ ㄏㄨㄚ ㄍㄨˇ 一種民間舞蹈曲調，舞者一邊唱歌，一邊敲著佩在腰間的小花鼓。明朝時起源於安徽鳳陽，後來流行到各地。

**鳳閣龍樓** ㄈㄥˋ ㄍㄜˊ ㄌㄨㄥˊ ㄌㄡˊ 図指帝王居住的地方。

**鳳髓龍肝** ㄈㄥˋ ㄙㄨㄟˇ ㄌㄨㄥˊ ㄍㄢ 図指稀有珍貴的佳餚。

**鳲** ㄕ 「鳲鳩」，古書上指布穀鳥。

**鳶** ㄩㄢ ㈠一種凶猛的鳥，比鷹小，通常叫「鷂鷹」，又叫「鷂子」「老鵰」。㈡「紙鳶」就是風箏。

**鳶色** ㄩㄢ ㄙㄜˋ 茶褐色。

**鳶尾** ㄩㄢ ㄨㄟˇ 多年生草本植物，根莖淡綠色，葉子劍形，花青紫色，蒴果長橢圓形。供觀賞。

**鳶飛魚躍** ㄩㄢ ㄈㄟ ㄩˊ ㄩㄝˋ 原是詩經上的語句，是說一片活躍而自然生動的景象。

## 四筆

**鴇** ㄅㄠˇ ㈠鳥類的一屬，頭小，頸長，背部平，尾巴短，不大會飛，能涉水。㈡指鴇母。如「老鴇」。

**鴇母** ㄅㄠˇ ㄇㄨˇ 舊時指開設妓院的女人。也叫鴇兒、老鴇。

**鳺** ㄈㄨ 子鳺，就是子規，杜鵑鳥。

**鴃（鴂）** ▲ㄐㄩˊ 同「鶪」，就是「伯勞」（一種善鳴而凶猛的小鳥）。▲ㄐㄩㄝˊ ㈠ㄐㄩˊ的又讀。㈡「鶗鴃」，見「鶗」字。㈢「鷤鴃」，見「鷤」字。

**鴃舌** ㄐㄩㄝˊ ㄕㄜˊ 形容語言難懂。語出〈孟子・滕文公上〉。

**鳷** ㄓ 「鳷鵲」，鳴禽類，可訓練學人說話。翼長五六寸，大部分黑色，尾同翼一樣長。

**鴆** ㄓㄣˋ 相傳是一種毒鳥，把它的毛放在酒裡，人喝了會中毒而死。這種酒叫鴆酒，簡稱「鴆」。如「飲鴆止渴」。㈡同「酖（ㄓㄣˋ）」。

**鴆毒** ㄓㄣˋ ㄉㄨˊ 図①毒酒。②毒害。〈後漢書〉有「多所鴆毒」。

**鴆酒** ㄓㄣˋ ㄐㄧㄡˇ 毒酒。也寫「酖酒」。

**鴆媒** ㄓㄣˋ ㄇㄟˊ 比喻讒言害人。〈楚辭〉有「吾令鴆為媒兮，鴆告予以不好」。

**鴉** ㄧㄚ ㈠烏鴉，一種黑色的鳥，也叫「老鴉」「老鴰」。㈡図比喻黑色。如「鴉鬟」「鴉髻」。

**鴉片** ㄧㄚ ㄆㄧㄢˋ 用罌粟果實中的乳狀汁液製成的一種毒品。也叫阿芙蓉，通稱大煙。

**鴉色** ㄧㄚ ㄙㄜˋ 紅青色。

**鴉青** ㄧㄚ ㄑㄧㄥ 黑色之中帶紫綠光的顏色。

**鴉髻** ㄧㄚ ㄐㄧˋ 図指婦女的髮髻，「鴉」是形容顏色黑。

**鴉鬟** ㄧㄚ ㄏㄨㄢˊ 同「丫鬟」，婢女。語音ㄧㄚ・ㄏㄨㄢ。

**鴉鬢** ㄧㄚ ㄅㄧㄣˋ 図指婦女的鬢髮。「鴉」是形容顏色黑。

**鴉嘴鋤** ㄧㄚ ㄗㄨㄟˇ ㄔㄨˊ 一種扁長像鴉嘴的鋤頭。

**鴉巢生鳳** ㄧㄚ ㄔㄠˊ ㄕㄥ ㄈㄥˋ 比喻平庸的人養出優秀的子女。

**鴉雀無聲** ㄧㄚ ㄑㄩㄝˋ ㄨˊ ㄕㄥ 連烏鴉麻雀的聲音也沒有。形容非常安靜。

**鴉默雀靜** ㄧㄚ ㄇㄛˋ ㄑㄩㄝˋ ㄐㄧㄥˋ 形容非常安靜。如「會場上鴉默雀靜，氣氛嚴肅」。

## 五筆

**鴕** ㄊㄨㄛˊ 鴕鳥，現代鳥類中最大的鳥，高可達三公尺，頸長，頭小，嘴扁平，翼短小，不能飛，腿長，腳有力，善走。產在非洲、美洲、澳洲的沙漠地帶。

**鴕鳥政策** ㄊㄨㄛˊ ㄋㄧㄠˇ ㄓㄥˋ ㄘㄜˋ 指不敢正視現實的政策。(據說鴕鳥被追急時，就把頭鑽進沙裡，自以為平安無事。)

**鴒** ㄌㄧㄥˊ 「鶺鴒」，見「鶺」字。

**鴒原** ㄌㄧㄥˊ ㄩㄢˊ 図比喻兄弟。〈詩經．小雅．常棣〉有「脊令在原，兄弟急難」。「脊令」就是「鶺鴒」。也比喻兄弟之情。杜甫詩有「鴒原荒宿草，鳳沼接亨衢」。

**鴣** ㄍㄨ (一)「鷓鴣」，見「鷓」字。(二)「鵓鴣」，見「鵓」字。(三)「鴣鴒」，鴿子的一種，產在臺灣。

**鴝** ㄑㄩˊ 「鴝鵒」(ㄑㄩˊ ㄩˋ)，是一種能摹仿人說話的鳥，全身黑色，頭和背部有些發綠，通常叫「八哥兒」。

**鴞** ㄒㄧㄠ (一)「鴟鴞」：①鸋鴂。②貓頭鷹。(二)通「梟」。

**鴟** ㄔ (一)図鷂鷹。(二)鴟鵂，就是貓頭鷹。(三)比喻凶惡的形象。如「鴟目虎吻」。

**鴟尾** ㄔ ㄨㄟˇ 古代宮殿置於屋脊兩端的裝飾物，陶製，形狀像鴟尾，折而向上，像是張嘴要吞屋脊。又名「鴟吻」「蚩尾」「祠尾」。現在中國式的大房子也有用。

**鴟鵂** ㄔ ㄒㄧㄡ 俗稱貓頭鷹，夜間行動的肉食性鳥類，以捕食蛇、鼠、兔子為生。頭部可作一百八十度轉動，鳴聲淒厲。

**鴨** ㄧㄚ 一種家禽，通常叫做「鴨子」，嘴扁，腿短，趾間有蹼，善游水，不能高飛。鴨肉和鴨蛋是普通的食品。絨毛輕暖，填在被套裡是很好的被褥。

**鴨子** ㄧㄚ ˙ㄗ ①鴨的通稱。②俗語把腳叫「丫子」，也寫成「鴨子」。③通常把「鳧」叫「野鴨子」，是一種水鳥。

**鴨茅** ㄧㄚ ㄇㄠˊ 多年生草本植物，莖直立，葉子扁平，花小，綠色或略帶紫色，種子黃褐色。是優良的牧草。

**鴨苗** ㄧㄚ ㄇㄧㄠˊ 孵出不久的小鴨。

**鴨蛋** ㄧㄚ ㄉㄢˋ ①鴨所產的卵。北方也說「鴨子(ㄗˇ)兒」。②指零分(因為阿拉伯數字0像鴨蛋)，也說「零鴨蛋」。如「得了鴨蛋」「打破鴨蛋」。

**鴨掌** ㄧㄚ ㄓㄤˇ 鴨的爪子，可以吃。

**鴨絨** ㄧㄚ ㄖㄨㄥˊ 加工過的鴨氄毛，有很強的保溫能力。如「鴨絨被」。

**鴨黃** ㄧㄚ ㄏㄨㄤˊ 孵出不久的小鴨，身上有淡黃色的氄毛。

**鴨毛被** ㄧㄚ ㄇㄠˊ ㄅㄟˋ 用鴨毛絮成的被子。

**鴨舌帽** ㄧㄚ ㄕㄜˊ ㄇㄠˋ 帽頂的前部和月牙形的帽簷扣在一起的帽子。

**鴨兒梨** ㄧㄚ ㄦˊ ㄌㄧˊ 梨的品種之一，果實卵圓形，皮薄而光滑，淡黃色，有棕色斑點，味甜，脆而多汁。

**鴨蛋青** ㄧㄚ ㄉㄢˋ ㄑㄧㄥ 極淡的青色。

**鴨蛋圓** ㄧㄚ ㄉㄢˋ ㄩㄢˊ 橢圓。

**鴨跖草** ㄧㄚ ㄓˊ ㄘㄠˇ 草本植物，莖臥地面，葉廣披針形，花藍色，結蒴果。入藥，有清熱、解毒、利尿等作用。

**鴨嘴筆** ㄧㄚ ㄗㄨㄟˇ ㄅㄧˇ 畫細線用的，尖端扁平分歧，像是鴨嘴。

**鴨嘴獸** ㄧㄚ ㄗㄨㄟˇ ㄕㄡˋ 又名鴨獺，是哺乳動物中唯一卵生的，長約五十公分，喙扁長如鴨嘴，全身黑褐色短毛，尾扁闊，四肢短而有力，五趾，有蹼。在水中生殖。幼獸靠母乳哺育。

**鴨行鵝步** ㄧㄚ ㄒㄧㄥˊ ㄜˊ ㄅㄨˋ 形容人走路緩慢搖擺的樣子。也說「鴨步鵝行」。

**鴨蛋臉兒** ㄧㄚ ㄉㄢˋ ㄌㄧㄢˇ ㄦ 是說女子的面龐稍長而豐滿的。

**鴦** ㄧㄤ 見「鴛鴦」。

**鴥（鴪）** ㄩˋ ㈠文飛得很快的樣子。〈詩經・秦風〉有「鴥彼晨風」。㈡鴥隼，猛禽類隼的一種，個兒不大，棲在荒野，飛行迅速，捕食小鳥。

**鴛** ㄩㄢ 見「鴛鴦」。

**鴛鴦** ㄩㄢ ㄧㄤ 鴦字可輕讀。①一種水鳥，比鴨小，羽毛美麗，雌雄雙雙游棲不分離。（有一種說法是：雄的叫「鴛」，雌的叫「鴦」；其實「鴛鴦」是複音節名詞，不分開說。）②世人看到鴛鴦「止則相耦，飛則成雙」，因此用鴛鴦比喻夫婦或情侶的交好，並且省略作「鴛」。如「締訂鴛盟」「鴛夢重溫」。

**鴛鴦蝴蝶派** ㄩㄢ ㄧㄤ ㄏㄨˊ ㄉㄧㄝˊ ㄆㄞˋ 專以才子佳人纏綿香豔故事為小說題材的一個文學流派，盛行於清末民初，大都用文言撰寫。

## 六筆

**鴷** 文ㄌㄧㄝˋ 就是啄木鳥。

**鴿** ㄍㄜ 通常叫「鴿子」，也稱「鵓鴿」，有家鴿、野鴿兩種。家鴿記憶力強，可以訓練成傳遞書信的鴿子。軍中傳遞軍事通信的鴿，叫軍鴿。

**鴿哨** ㄍㄜ ㄕㄠˋ 一種用來裝在鴿子尾部的特製的哨子，鴿子飛翔時能發出響聲。

**鴿賽** ㄍㄜ ㄙㄞˋ 飼養家鴿者聯合舉辦的家鴿飛行速度比賽。

**鴰** ㄍㄨㄚ ㈠「老鴰」，就是烏鴉。㈡「鶬鴰」，就是灰鶴。

**鴻** ㄏㄨㄥˊ ㈠鴻雁。如「鴻毛」。㈡天鵝，也叫做鴻鵠。㈢文大。同「洪」。如「鴻圖」「鴻儒」。㈣文書信。「來鴻」就是來信。㈤文強盛。「鴻殺」就是強弱。㈤姓。㈥文比喻流離失所的人民。如「哀鴻」。

**鴻文** ㄏㄨㄥˊ ㄨㄣˊ 文大文章（敬稱別人所寫的文章）。

**鴻毛** ㄏㄨㄥˊ ㄇㄠˊ 文鴻雁的毛，比喻事物輕微或不足道。如「死有重於泰山，輕於鴻毛」。

**鴻爪** ㄏㄨㄥˊ ㄓㄠˇ 文比喻往事的痕跡。也作「雪泥鴻爪」。蘇軾懷舊詩：「人生到處知何似，應似飛鴻踏雪泥；泥上偶然留指爪，鴻飛那復計東西。」

**鴻博** ㄏㄨㄥˊ ㄅㄛˊ 文學問淵博。如「鴻博之士」。

**鴻雁** ㄏㄨㄥˊ ㄧㄢˋ ①鳥，羽毛紫褐色，腹部白色，嘴扁平，腿短，趾間有蹼。吃植物的種子，也吃魚和蟲。群居在水邊，飛時一般排列成行，是一種冬候鳥。也叫「大雁」。②同「鴻雁」，〈詩經・小雅〉篇名。

**鴻溝** ㄏㄨㄥˊ ㄍㄡ 古代運河，在今河南省。楚漢相爭時是兩軍對峙的臨時分界。比喻明顯的界限。如「判若鴻溝」。

**鴻運** ㄏㄨㄥˊ ㄩㄣˋ 好運氣。如「走鴻運」。也作「紅運」。

**鴻圖** ㄏㄨㄥˊ ㄊㄨˊ 文①遠大的計畫。②廣大的版圖。

**鴻蒙** ㄏㄨㄥˊ ㄇㄥˊ 文古人認為天地開闢之前是一團混沌的元氣，這種自然的元氣叫做鴻蒙。如「鴻蒙初闢」。

**鴻福** ㄏㄨㄥˊ ㄈㄨˊ 大福氣。如「鴻福齊天」。也作「洪福」。

**鴻儒** ㄏㄨㄥˊ ㄖㄨˊ 図淵博的學者。

**鴻鵠** ㄏㄨㄥˊ ㄏㄨˊ 就是天鵝。

**鴻門宴** ㄏㄨㄥˊ ㄇㄣˊ ㄧㄢˋ 西元前二〇六年，劉邦到鴻門（今陝西臨潼東）會見項羽。酒宴中，項羽的謀士準備在酒宴中殺害劉邦，劉邦乘隙逃脫。後用「鴻門宴」比喻加害客人的宴會。

**鴻飛冥冥** ㄏㄨㄥˊ ㄈㄟ ㄇㄧㄥˊ ㄇㄧㄥˊ 鴻雁飛上高遠的天空。比喻脫離禍害。

**鴻篇巨製** ㄏㄨㄥˊ ㄆㄧㄢ ㄐㄩˋ ㄓˋ 指規模宏大的著作。

**鵁** ㄐㄧㄠ 「鵁鶄」，古書上說的一種水鳥，腿長，頭上有紅毛冠，頭頸褐色，身上有白色和綠色的文采。

**鵂** ㄒㄧㄡ ㈠「鴟鵂」，貓頭鷹。㈡「鵂鶹」，一種鳥，身體小而眼睛圓大，有兩個毛角像耳朵。

**鴴** ㄏㄥˊ 又名「千鳥」，一種涉水鳥，體長二十五到四十公分，長長的尖嘴，背面蒼褐色，頸環白色，頭頂有灰黑毛簇。棲息於低溼的沼澤地帶。

**鵃** ㄓㄡ 「鶻鵃」，見「鶻」字。

**鴯** ㄦˊ 「鴯鶓」，一種鳥，形狀像駝鳥，嘴短而尖，羽毛灰色或褐色，翅膀退化，腿長，有三趾，善走。產在澳洲。

**鴳** ㄧㄢˋ 同「鷃」，「鴳雀」同「鷃雀」。參看「鷃」字。

## 七筆

**鵓** ㄅㄛˊ ㈠「鵓鴿」，鴿子的一種。㈡「鵓鴣」，鳥的一種，全身黑褐色，下雨前或剛晴時，常在樹上咕咕地叫。也叫「水鵓鴣」。

**鵜** ㄊㄧˊ ㈠「鵜鶘」，一種水鳥，俗名「淘河」。比鵝大，灰白色羽毛，長嘴，嗉子下面有一個大的喉囊，捕食魚類。㈡「鵜鴂」同「鶗鴂」，就是「杜鵑」。

**鵚** ㄊㄨ 「鵚鶖」，就是「禿鶖」，也單稱「鶖」。

**鵟** ㄎㄨㄤˊ 五色有冠的猛禽，肉食。分布在我國東北地區。

**鵠** ▲ㄏㄨˊ 就是天鵝。▲ㄍㄨˇ 練習射箭的目標，就是箭靶子。如「中（ㄓㄨㄥˋ）鵠」。

**鵠立** ㄏㄨˊ ㄌㄧˋ 図探著脖子靜靜地站著。比喻等候、盼望的殷切。

**鵠的** ㄍㄨˇ ㄉㄧˋ ①箭靶子的中心；練習射擊的目標。②目的。

**鵠候** ㄏㄨˊ ㄏㄡˋ 図探著脖子等候；恭候。

**鵠望** ㄏㄨˊ ㄨㄤˋ 図探著脖子盼望，形容盼望之極。

**鵑** ㄐㄩㄢ 見「杜鵑」。

**鵔** ㄐㄩㄣˋ 図「鵔鸃」，就是錦雞。

**鵝（䳘）** ㄜˊ 家禽，羽毛白色或灰色，額部有橙黃色或黑褐色肉質突起。頸長，嘴扁而闊，足有蹼，能游泳。吃穀物、蔬菜、魚、蝦等。

**鵝毛** ㄜˊ ㄇㄠˊ ①鵝的羽毛。②比喻東西像鵝毛那樣輕微不貴重。如「千里送鵝毛，禮輕情意重」。③形容片片飄落的大雪，說是「鵝毛雪」或「鵝毛大雪」。

**鵝絨** ㄜˊ ㄖㄨㄥˊ 鵝的絨毛，細軟，能保溫。可以絮被褥等。

**鵝黃** ㄜˊ ㄏㄨㄤˊ 淡黃，像小鵝絨毛的顏色。

**鵝口瘡** ㄜˊ ㄎㄡˇ ㄔㄨㄤ 口腔黏膜發生白色或黃色斑點的病；患者多半是嬰兒。

**鵝毛雪** ㄜˊ ㄇㄠˊ ㄒㄩㄝˇ 像鵝毛似的大雪。如「下了一場鵝毛雪」。

**鵝耳櫪** 落葉喬木，樹皮淡綠灰色，葉子橢圓形，花黃綠色。木材紋理緻密，可製器物。

**鵝卵石** 卵石的一種，直徑四十至一百五十公釐左右，是一種天然的建築材料。

**鵝翎扇** 用鵝翎編成的扇子。

**鵝蛋臉** 上部略圓，下部略尖的臉。

**鵝掌風** 中醫指手癬（一種發生在手部的癬）。

**鵝掌楸** 落葉喬木，莖高十七至二十公尺，葉子大，形像鵝掌，花黃綠色，果穗長紡錘形。很稀少，是世界上珍貴樹種之一。

**鵝觀草** 多年生草本植物，莖和葉子帶紫色，有香氣，花紫色或綠色。也作「鵝冠草」。

**鵝行鴨步** 像鵝和鴨子走路。形容動作遲緩。

**鵒** ㄩˋ「鴝鵒」，見「鴝」字。

## 八筆

**鵬** ㄆㄥˊ古書上說的一種最大的鳥，是「鯤」變的。如「鵬之背，不知其幾千里也」（見〈莊子・逍遙遊〉）。

**鵬程** 比喻人前程遠大。如「鵬程萬里」。

**鵬圖** 比喻人的壯志。如「祝君鵬圖萬里」。

**鵬舉** 奮發直上。

**鵩** 図ㄈㄨˊ一種貓頭鷹之類的鳥，在夜裡叫得很難聽。古人認為是不祥之鳥。

**鵾** ㄎㄨㄣ「鵾雞」，古書上指像鶴的一種鳥。

**鵰** ㄉㄧㄠ一種凶猛的大鳥，鉤形嘴，身長三四尺，羽毛深褐色，抓野兔、山羊等動物吃。鵰的翼展有十幾尺，可在空中滑翔盤旋，搜尋獵物，因而有「盤鵰」的稱呼。又名「鷲」。

**鵰悍** 図像鵰那樣的凶悍。

**鶇** ㄉㄨㄥ候鳥的一科，嘴細長而側扁，翅膀長而平，叫的聲音很好聽。繁殖於西伯利亞。

**鶆** ㄌㄞˊ「鶆鳩」，就是「鷞鳩」。

**鶊** ㄍㄥ「鶬鶊」，黃鶯的別名。

**鶄** ㄐㄧㄥ「鵁鶄」，見「鵁」字。

**鵲** ㄑㄩㄝˋ鳥，嘴尖，尾長，身體大部為黑色，肩和腹部白色。傳說聽到鵲叫將有喜事來臨，所以稱為喜鵲。又讀ㄑㄧㄠˇ。

**鵲起** 図①見機而作或乘勢奮起。②比喻名聲興起、傳揚。如「聲譽鵲起」。

**鵲橋** 図相傳織女星七夕（陰曆七月初七夜間）渡銀河與牽牛星相會，群鵲銜接為橋。

**鵲巢鳩占** 図①也作「鳩居鵲巢」。〈詩・召南〉有「維鵲有巢，維鳩居之」。原義是女人出嫁以後，以夫家為家。②侵占別人的居處或產業。鵲很會築巢。鳩笨拙，不會做窩，常占住鵲巢。〈易林・豫之晉〉有「鵲巢柳樹，鳩奪其處」。

**鵮** ㄑㄧㄢ㈠鳥啄食。㈡比喻用話諷刺人。如「我兩句話就鵮得他臉紅了」。

**鶉** ㄔㄨㄣˊ「鵪鶉」，見「鵪」字。

**鶉衣** 図比喻補綴的破衣服。如「鶉衣百結」。

**鶉居** ㄔㄨㄣˊ ㄐㄩ 図比喻居無定所。

**鵪** ㄢ 「鵪鶉」，鳥，頭小，尾短，羽毛赤褐色，不大會飛。也叫鶉。平常住在草叢裡，以穀物或草籽為食。性好鬥。

**鵷** ㄩㄢ 古代傳說的一種瑞鳥，像鳳凰，叫鵷雛，飛行時行列有序。因此用「鵷行（ㄏㄤˊ）」形容官員朝班行列整齊。

## 九筆

**鶓** ㄇㄧㄠˊ 「鴯鶓」，見「鴯」字。

**鶗** ㄊㄧˊ 「鶗鴃」，鳥名，古書上指杜鵑。也作「鵜鴃」。

**鶤** ㄎㄨㄣ ㈠古時一種三尺長的雞。㈡「鶤雞」，鳳凰的別稱。

**鶡** ㄏㄜˊ 古書上說的一種善鬥的鳥。

**鶘** ㄏㄨˊ 「鵜鶘」，見「鵜」字。

**鶪（鵙、䴗）** ㄐㄩˊ 鳥名，也叫「伯勞」「博勞」，是鳴禽類的小鳥，上嘴鉤曲而銳利，背灰褐色，尾長，叫的時候尾羽上下運動。性情凶猛，捕食蟲、魚、小鳥等，秋天會把食物儲藏做冬糧。

**鶖** ㄑㄧㄡ 古書上說的一種水鳥，像鶴而大，頭和頸上都沒有毛，又叫「禿鶖」。

**鶒（鷘、鵡、鵣）** ㄔˋ 「鸂鶒」，見「鸂」字。

**鶿（鷀）** ㄘˊ 「鸕鶿」，見「鸕」字。

**鶚** ㄜˋ 鷙鷹目猛禽，嘴短，下曲，體長約六十公分。背黑褐色，腹面白色。翅膀長。常在海面飛翔，捕食魚類。又名「魚鷹」。

**鶩** ㄨˋ ㈠就是鴨子；常指野鴨說的。㈡図指像鴨子一樣群集。如「趨之若鶩」。又讀ㄈㄨˋ。

## 十筆

**鷈（鷉）** ㄊㄧˊ 「鸊鷈」，見「鸊」字。

**鶹** ㄌㄧㄡˊ 「鵂鶹」，見「鵂」㈡。

**鶻** ▲ㄍㄨˇ ㈠「鶻鵃」，一種像山雀而較小的鳥，尾短，青黑色。喜歡叫。㈡「鶻鳩」，斑鳩。▲ㄏㄨˊ ㈠鷹一類的鳥，也叫「隼」。㈡図「鶻突」同「胡塗」。㈢「回鶻」就是回紇，我國古時西北方的部族名。

**鷇** 図ㄎㄡˋ 初生的小鳥。

**鷇音** ㄎㄡˋ ㄧㄣ 図初生幼雛求食的叫聲。比喻人的話議論紛紛，是非難決。

**鷇食** ㄎㄡˋ ㄕˊ 図幼鳥有母鳥哺育，不必自己覓食。比喻不費力氣而能飽食。

**鶴** ㄏㄜˋ ㈠鳥類的一屬，通常叫仙鶴（ㄏㄠˊ）；頭頂紅，身子白，所以又叫白鶴。嘴頸和兩腿都長，翅膀大，飛得很快，鳴聲高朗。㈡指風箏，放風箏也說「放鶴」。語音ㄏㄠˊ。

**鶴立** ㄏㄜˋ ㄌㄧˋ ①図同「鵠立」。②見「鶴立雞群」。

**鶴俸** ㄏㄜˋ ㄈㄥˋ 図微薄的俸祿。

**鶴唳** ㄏㄜˋ ㄌㄧˋ 図鶴鳴。常連用成「風聲鶴唳」或「風聲鶴唳，草木皆兵」。

**鶴望** ㄏㄜˋ ㄨㄤˋ 図也作「鵠望」，引頸企望。

**鶴壽** ㄏㄜˋ ㄕㄡˋ 図舊時以鶴為長壽的仙禽，所以常以「鶴壽」為祝人長壽之詞。

**鶴髮** ㄏㄜˋ ㄈㄚˇ 文鶴的羽毛多白色，用來比喻老人的白髮。

**鶴鶴** ㄏㄜˋ ㄏㄜˋ 形容潔白。〈孟子．梁惠王〉有「白鳥鶴鶴」。

**鶴望蘭** ㄏㄜˋ ㄨㄤˋ ㄌㄢˊ 多年生草本植物，葉形像芭蕉而小，花瓣天藍色。因花開時高出葉面，像仙鶴昂首遙望而得名。供觀賞。

**鶴膝風** ㄏㄜˋ ㄒㄧ ㄈㄥ 中醫指結核性關節炎。患者膝關節腫大，好像仙鶴的膝部。

**鶴嘴鎬** ㄏㄜˋ ㄗㄨㄟˇ ㄍㄠˇ 挖掘土石用的工具，鎬頭兩頭尖，或一頭尖一頭扁平，中間裝著木把。通稱「洋鎬」。

**鶴立雞群** ㄏㄜˋ ㄌㄧˋ ㄐㄧ ㄑㄩㄣˊ 鶴站在雞群中間高出很多。比喻一個人的儀表或才能在一群人裡頭顯得很突出。

**鶴髮童顏** ㄏㄜˋ ㄈㄚˇ ㄊㄨㄥˊ ㄧㄢˊ 頭髮像白鶴的羽毛，面容紅潤像兒童。形容老年人氣色好。也說「童顏鶴髮」。

**鶴髮雞皮** ㄏㄜˋ ㄈㄚˇ ㄐㄧ ㄆㄧˊ 形容老年人頭髮白，皮膚發皺。也說「雞皮鶴髮」。

**鶺** ㄐㄧˊ 「鶺鴒」是鳴禽類的鳥，形狀像燕，背青灰，腹白頸黑，飛行呈波狀，常飛到水邊，捕食害蟲。

**鶼** ㄐㄧㄢ 「鶼鶼」，比翼鳥。也單說「鶼」。

**鶼鰈** ㄐㄧㄢ ㄉㄧㄝˊ 文比翼鳥和比目魚。比喻夫妻和好。

**騫** 文ㄒㄧㄢ 鳥飛的樣子。

**鶬** ㄘㄤ ㈠「鶬鶊」，也作「倉庚」，就是黃鶯。㈡「鶬鴰」，也作「鶬雞」，體大如鶴，長頸高腳，羽毛灰色，也叫「灰鶴」。

**鷁** ㄧˋ 一種水鳥，像大的白鷺鷥，能高飛，不怕風。古時候船頭上喜歡畫這種鳥，叫做「鷁首」，後來文言文就用「鷁首」做船的代詞。

**鷂** ㄧㄠˋ ㈠一種凶猛的鳥，樣子像鷹而比較小，捕食小鳥，通常也叫「鷂鷹」或「鷂子」。㈡「鷂子」也指風箏（紙鳶），放風箏也說「放鷂子」。

**鷂魚** ㄧㄠˋ ㄩˊ 魚名，又名「魟魚」。

**鷂子翻身（兒）** ㄧㄠˋ ㄗˇ ㄈㄢ ㄕㄣ ㄦ 武術、雜技的一種身段，橫著翻轉身體。

**鷃** ㄧㄢˋ ㈠「鴳」的別名。㈡「鷃雀」，古書上說的一種小鳥。

**鶯** ㄧㄥ 一種小鳥，又叫「黃鶯」「黃鸝」「倉庚」，背部灰黃色，腹部灰白色，尾有黑色羽毛，聲音很好聽。

**鶯遷** ㄧㄥ ㄑㄧㄢ 文賀人升職或遷居的用語。（〈詩經〉有「伐木丁丁，鳥鳴嚶嚶，出自幽谷，遷於喬木」。〈禽經〉有「鶯鳴嚶嚶」。）

**鶯聲燕語** ㄧㄥ ㄕㄥ ㄧㄢˋ ㄩˇ 文也作「鶯啼燕語」。①形容春天的景象。「鶯啼燕語報新年」（皇甫冉的〈春思〉）。②比喻女子說話的聲音。

**鶯鶯燕燕** ㄧㄥ ㄧㄥ ㄧㄢˋ ㄧㄢˋ 黃鶯和燕子。比喻春光明媚，也比喻美女眾多。

## 十一筆

**鷩** ㄅㄧˋ 鳥名，就是「錦雞」。古代帝王饗射時穿的禮服，叫「鷩衣」「鷩冕」。

**鷚** ㄌㄧㄡˋ ㈠古書裡說遲生的小雉。㈡一種叫聲很好聽的小鳥，羽毛茶褐色，爪很長，善於步行，又能高飛。也叫「告天鳥」「雲雀」。通常叫「百靈」。古時候也叫「天鷚」。

**鷙** ㄓˋ ㈠「鷙鳥」，指凶猛的鳥，像鷹、鵰、鸇、鶚之類。㈡図形容人勇猛凶狠。如「鷙悍」「為人深鷙」。

**鷙悍** ㄓˋ ㄏㄢˋ 図凶猛蠻橫。

**鷓** ㄓㄜˋ「鷓鴣」是鳥名，樣子像斑鳩，胸部有白色圓點，頭頂紫紅色，群棲在地上，營巢土穴中，叫聲像是說「行不得也哥哥」，吃昆蟲、蚯蚓等。

**鷓鴣菜** ㄓㄜˋ ㄍㄨ ㄘㄞˋ 紅藻的一種，叢生，扁平呈葉狀，暗紫色，乾燥後變黑色。醫藥上用來驅除蛔蟲。

**鷟** ㄓㄨㄛˊ「鸑鷟」，見「鸑」字。

**鷞** ▲ㄕㄨㄤ 同「鸘」；「鷫鸘」也作「鷫鷞」。▲ㄕㄨㄤˇ「鷞鳩」，就是「爽鳩」，也作「鶆鳩」，是一種猛禽類的鳥，與鷹相似，羽毛有黑條紋和赤褐色及白色的斑。

**鷗**（鴎） ㄡ 水鳥名，頭大嘴曲，翅闊尾短，身上蒼灰色，脖子、肚子是白色。視力敏銳，常飛翔在湖海的上空，捕食魚類。

**鷗波** ㄡ ㄅㄛ 図鷗鳥翱翔水面，用來比喻生活優閒自在。

**鷗盟** ㄡ ㄇㄥˊ 図與鷗鳥為友，比喻隱者生活。

**鷖** 図ㄧ ㈠指鷗鳥。〈詩經〉有「鳧鷖在涇」。㈡指鳳凰。〈離騷〉有「駟玉虬以乘鷖兮」。㈢青黑色。

## 十二筆

**鷯**（䳓） ㄌㄧㄠˊ「鷦鷯」鳥，見「鷦」字。

**鷦** ㄐㄧㄠ ㈠古代傳說的神鳥，「鳳凰」一類的。也作「鷦明」。㈡「鷦鷯」，又名「巧婦鳥」，燕雀目的小鳥，體長約十公分，背、翼都是紅褐色，有細細的黑色橫紋，腹下灰褐色，短尾，常豎起在背上。鳴聲很好聽。常被人飼養當籠鳥。原生活在山地溪谷、樹林之中，以昆蟲為食。

**鷦鷯一枝** ㄐㄧㄠ ㄌㄧㄠˊ ㄧˋ ㄓ 〈莊子．逍遙遊〉說，鷦鷯在深林裡築窩，所棲不過一枝。後用「鷦鷯一枝」勉人知足寡欲。

**鷲** ㄐㄧㄡˋ 就是鵰。

**鷴**（鷳） ㄒㄧㄢˊ 一種像山雞的鳥，通稱「白鷴」。羽毛色白有黑紋，嘴和爪子紅色，尾很長。

**鷥** ㄙ「鷺鷥」，見「鷺」字。

**鷫** ㄙㄨˋ「鷫鸘」，也作「鷫鷞」，是一種水鳥，樣子像雁，頸長，毛色是綠的，皮可以做裘，叫「鷫鸘裘」。

**鷸** 図ㄩˋ 一種水鳥，嘴長，羽毛茶褐色，常在水田或池沼捕食小魚、貝類或昆蟲。口語說「翠鳥」「翡翠」或「魚狗」。

**鷸鴕** ㄩˋ ㄊㄨㄛˊ 鳥，翅膀已經退化，嘴長，全身有灰色細長的絨毛，腿短而粗，跑得很快。是世界上稀有的鳥類。也叫「無翼鳥」。

**鷸蚌相爭** ㄩˋ ㄅㄤˋ ㄒㄧㄤ ㄓㄥ 図比喻雙方爭持不下，結果兩敗俱傷。常下接「漁翁得利」。語見〈戰國策．燕策〉。

## 十三筆

**鸊**（鷿） ㄆㄧˋ「鸊鷉」，潛水性鳥類。長約二十公分，全身黑色。腳生在近尾處，因此走路困難；在水中卻很靈巧，潛水能潛三十秒鐘。捕食魚類。

**鷺** ㄌㄨˋ「鷺鷥」，鷺科水鳥，體長約二十公分，色白。長嘴又直又尖，頸、足都長，便於涉水覓食。群棲於河川、池沼附近的樹林中。在臺灣，是受保護的益鳥。平常叫「白鷺鷥」「白鷺」。

**鷺序** ㄌㄨˋ ㄒㄩˋ 文白鷺在空中常是大的飛在前面，小的跟在後面，次序不亂。因此以往用「鷺序」比喻官員上朝按官階大小所排的班次。

**鸂** ㄒㄧ「鸂鶒」，一種水鳥，像鴛鴦而稍大，羽毛是紫色的。也叫「紫鴛鴦」。

**鸒** ㄒㄩㄝˋ 鳴禽類小鳥，又叫「山鵲」，黑頭灰背，胸前是紅色，叫聲很好聽。

**鸇** ㄓㄢ 一種猛禽，好像鷂鷹，羽毛青黃色。捕食小鳥。

**鸃** 文 ㄧˊ「鵔鸃」，見「鵔」字。

**鷹** ㄧㄥ ㈠鷲鷹科猛禽，平常叫「老鷹」「蒼鷹」。體長四十六到五十七公分，翼長三十六公分。頭扁短，喙鉤曲而銳。羽毛黑褐色，胸腹白色。爪四趾，尖銳。視力很好，能在空中發現小動物，俯衝而下，予以捕殺。築巢於高枝上。㈡文形容勇猛、激進。如「鷹揚」「鷹派」。㈢文比喻人的視力好。如「鷹眼」。㈣文比喻人凶狠。如「鷹瞵鶚視」。

**鷹爪** ㄧㄥ ㄓㄠˇ ①老鷹的爪子。②常綠灌木，葉子長橢圓形或寬披針形，花淡綠色或淡黃色，有濃厚的香味，可提取香精，也可用來熏茶葉。通稱「鷹爪花」。③嫩芽像鷹爪的茶。是著名的芽茶。④比喻做走狗、打手的人。

**鷹犬** ㄧㄥ ㄑㄩㄢˇ 打獵所用的鷹和狗。常比喻受驅使、做爪牙的人。

**鷹架** ㄧㄥ ㄐㄧㄚˋ ①建築高樓房屋等工程所搭的臨時架子，給工人立腳或搬運磚瓦之用。②飼養老鷹的架子，供老鷹站立用的。

**鷹洋** ㄧㄥ ㄧㄤˊ 舊時在我國市面上流通過的墨西哥銀幣，正面有凸起的鷹形。泛指銀圓。

**鷹隼** ㄧㄥ ㄓㄨㄣˇ 文鷹和隼，都捕食小鳥和別種小動物。比喻凶猛或勇猛的人。

**鷹揚** ㄧㄥ ㄧㄤˊ 文鷹的奮揚。比喻威武或大展雄才。（語出〈詩經．大雅．大明〉）

**鷹鼻鷂眼** ㄧㄥ ㄅㄧˊ ㄧㄠˋ ㄧㄢˇ 形容奸詐凶狠的人的相貌。

**鷹瞵鶚視** ㄧㄥ ㄌㄧㄣˊ ㄜˋ ㄕˋ 文也作「虎視鷹瞵」。形容正等待機會進行掠奪的樣子，常用來指敵國或政治強權。

## 十四筆

**鸋** 文ㄋㄧㄥˊ ㈠「鸋鴂」，就是鴟鴞。㈡同「鷦鷯」。

**鸑** ㄩㄝˋ ㈠「鸑鷟」：①一種水鳥，像鴉而比較大。②古時傳說的一種祥瑞的鳥，鳳凰的別名。㈡鸑山，在甘肅省兩當縣東。

## 十六筆

**鸕** ㄌㄨˊ「鸕鷀」，一種水鳥，大略像烏鴉，體長約五十公分，長嘴，能潛水捕魚，也能飛行。俗名「水老鴉」或「魚鷹子」，打魚的人常馴養來捕魚。

## 十七筆

**鸘** ㄕㄨㄤ「鷫鸘」，見「鷫」字。

**鸚** ㄧㄥ「鸚鵡」，鳥，頭部圓，上嘴大，呈勾狀，下嘴短小，羽毛美麗，有白、赤、黃、綠等色。生活在熱帶樹林裡，吃果實。能模仿人說話的聲音。通稱鸚哥。

**鸚哥綠** ㄧㄥ ·ㄍㄜ ㄌㄩˋ 與鸚哥羽毛的顏色相似的綠顏色。

**鸚鵡熱** ㄧㄥ ㄨˇ ㄖㄜˋ 病，由病毒引起，症狀是發冷發熱，喉痛，頭痛，流鼻血，乾咳，惡心嘔吐。一週後身上可能出現小紅疹。傳染媒介多為鳥類。

**鸚鵡螺** ㄧㄥ ㄨˇ ㄌㄨㄛˊ 一種螺螄，軟體動物頭足類，有四鰓，介殼呈螺旋形，可以做酒杯或裝飾品。鸚鵡螺產在印度洋、菲律賓等處海底，能用觸手爬行，殼部向上，也能在海面划行。是最原始的頭足類軟體動物。

**鸚鵡學舌** ㄧㄥ ㄨˇ ㄒㄩㄝˊ ㄕㄜˊ 鸚鵡學人說話。比喻別人怎麼說也跟著怎麼說（含貶義）。如「自己毫無主見，只會鸚鵡學舌」。也作「鸚鵡學語」。

## 十八筆

**鸛** ㄍㄨㄢˋ 一種水鳥，樣子像鶴，頭頂不紅，身上灰白色，嘴長而直，生活在江湖池沼附近的樹上，捕食魚介。也叫「老鸛」或「灰鶴」。歐洲人稱牠為「送子鳥」。

**鸜** ㄑㄩˊ 同「鴝」。「鴝鵒」也作「鸜鵒」。

## 十九筆

**鸞（鵉）** ㄌㄨㄢˊ ㈠古時傳說的一種鳥，和鳳凰同類，羽毛五彩美麗。㈡鈴鐺，通「鑾」字。「鸞刀」，是刀環上面有小鈴鐺的刀。「鸞車」，是車上有鈴鐺的車。

**鸞鳳** ㄌㄨㄢˊ ㄈㄥˋ ①鸞鳥與鳳凰，古人常用來比喻美善賢俊。②比喻夫妻。如「鸞鳳和鳴」。

**鸞膠** ㄌㄨㄢˊ ㄐㄧㄠ 傳說用鳳嘴麟角熬成的膠，叫續弦膠，能續弓弩的斷弦。俗稱男子喪妻再娶為「續弦」或「鸞膠再續」。

**鸞輿** ㄌㄨㄢˊ ㄩˊ 図皇帝的車駕。也作「鑾輿」。

**鸞翔鳳集** ㄌㄨㄢˊ ㄒㄧㄤˊ ㄈㄥˋ ㄐㄧˊ 図比喻人才會聚。

**鸞翔鳳翥** ㄌㄨㄢˊ ㄒㄧㄤˊ ㄈㄥˋ ㄓㄨˋ 図形容書法筆勢如鸞鳳飛舉。

**鸞飄鳳泊** ㄌㄨㄢˊ ㄆㄧㄠ ㄈㄥˋ ㄅㄛˊ 図①形容書法瀟灑。②比喻夫妻離散或才士失意。

**鸝** ㄌㄧˊ 「黃鸝」，就是黃鶯。參看「鶯」字。

# 鹵部

**鹵** ㄌㄨˇ ㈠鹼性大不適宜種植的土地，叫「鹵地」。㈡図通「魯」，是遲鈍、癡笨的意思。㈢図通「擄」。如「鹵獲敵人大炮三百門」。㈣粗率，冒冒失失的。如「鹵莽」。㈤図通「櫓」，大的盾。〈漢書〉有「流血漂鹵」。㈥姓。

**鹵化** ㄌㄨˇ ㄏㄨㄚˋ 指有機化合物分子中引入鹵素原子的反應，包括氟化、氯化、溴化和碘化。

**鹵水** ㄌㄨˇ ㄕㄨㄟˇ ①晒鹽的海水或從鹵地瀝出的可以晒鹽的水。②鹽滷。

**鹵素** ㄌㄨˇ ㄙㄨˋ 氟、氯、溴、碘、砹五種元素的化學性質很相似，組成一族，叫做鹵素。也叫鹵族。

**鹵莽** ㄌㄨˇ ㄇㄤˇ 說話、做事不經過考慮；輕率。也作「魯莽」。

**鹵質** ㄌㄨˇ ㄓˋ 土壤中所含的鹼質。

**鹵簿** ㄌㄨˇ ㄅㄨˋ 古代帝后王公大臣等出外時的儀仗隊。

## 九筆

**鹹** ㄒㄧㄢˊ ㈠像鹽那樣的味道。如「酸甜苦辣鹹」。㈡加上「鹹」字來表示用鹽醃過的食物。如「鹹魚」「鹹肉」。㈢加上「鹹」字來表示帶鹽分的。如「鹹水」「鹹湖」。

**鹹水** ㄒㄧㄢˊ ㄕㄨㄟˇ ①含鹽質的水。②海水。

**鹹肉** ㄒㄧㄢˊ ㄖㄡˋ 用鹽醃過的肉。

**鹹魚** ㄒㄧㄢˊ ㄩˊ 用鹽醃過晒乾的魚。

**鹹湖** ㄒㄧㄢˊ ㄏㄨˊ 水中含鹽分多的湖。

**鹹水魚** ㄒㄧㄢˊ ㄕㄨㄟˇ ㄩˊ 指海產魚類。

**鹹水養殖** ㄒㄧㄢˊ ㄕㄨㄟˇ ㄧㄤˇ ㄓˊ 在鹹水中飼養和繁殖水產動植物。

## 十筆

**鹺** 又 ㄘㄨㄛˊ ㈠鹹。「鹺魚」就是鹹魚。㈡鹽。辦理鹽務叫「鹺務」。

## 十三筆

**鹼（鹻、礆、堿）** ㄐㄧㄢˇ ㈠泥土裡的一種質料，就性質說是「鹵」，提出來就是「鹼」。可以用來洗衣服，去油垢，並可用來製肥皂、玻璃等。又化學上把鹼類也稱為鹼。㈡是說陶器受鹼性侵蝕，采釉剝落。如「好好的一個筆洗，怎麼就鹼了呢」。㈢磚牆砌成之後，表面起的白色斑痕。如「新砌的牆全鹼了」。

**鹼土** ㄐㄧㄢˇ ㄊㄨˇ 含碳酸鈉、重碳酸鈉較多，呈強鹼性反應的土壤。

**鹼地** ㄐㄧㄢˇ ㄉㄧˋ 就是「鹽鹼地」（土壤中含有較多鹽分的土地）。

**鹼性** ㄐㄧㄢˇ ㄒㄧㄥˋ 也叫鹽基性，與酸性相對。凡是化合物的水溶液有氫氧游子存在，味道澀，能使紅色試紙變成藍色的，叫鹼性。

**鹼草** ㄐㄧㄢˇ ㄘㄠˇ 多年生草本植物，根莖長，葉子條形，扁平，能耐寒、耐鹼、耐旱。是優良的牧草。也叫「羊草」。

**鹼蓮** ㄐㄧㄢˇ ㄌㄧㄢˊ 一年生草本植物，莖直立，葉子細條形，果實扁圓，種子黑色。種子榨的油可製肥皂、油漆等。

**鹼類** ㄐㄧㄢˇ ㄌㄟˋ 凡是鹽基容易溶於水的，像氫氧化鈉、氫氧化鉀，都是鹼類。

**鹼金屬** ㄐㄧㄢˇ ㄐㄧㄣ ㄕㄨˇ 鋰、鈉、鉀、鉫、銫、鈁六種金屬元素的統稱。鹼金屬的氫氧化合物是最強的鹼性化合物。

**鹼土金屬** ㄐㄧㄢˇ ㄊㄨˇ ㄐㄧㄣ ㄕㄨˇ 鈹、鎂、鈣、鍶、鋇、鐳六種金屬元素的統稱。鹼土金屬的氧化物都呈鹼性。

**鹽（盐、塩）** ▲ㄧㄢˊ ㈠食品鹹味的原料，分海鹽、池鹽、井鹽，就是氯化鈉，可供食用；工業上也有很多用途。如「食鹽」「工業用鹽」。㈡化學名詞。鹽類化合物的簡稱。㈢姓。▲又 ㄧㄢˋ 用鹽醃食物。〈禮記〉有「屑桂與薑，以灑諸上而鹽之」。

**鹽分** ㄧㄢˊ ㄈㄣˋ 物體內所含的鹽。

**鹽巴** ㄧㄢˊ ㄅㄚ 食鹽的俗稱。

**鹽井** ㄧㄢˊ ㄐㄧㄥˇ 產鹽的井，我國四川、雲南、西康各省都有。

**鹽民** ㄧㄢˊ ㄇㄧㄣˊ 以生產鹽為業的人。

**鹽田** ㄧㄢˊ ㄊㄧㄢˊ 用海水晒鹽時，在海邊挖的一排排的四方形的淺坑。

**鹽池** ㄧㄢˊ ㄔˊ ①生產食鹽的鹹水湖。②縣名，在寧夏省。

**鹽基** ㄧㄢˊ ㄐㄧ 凡化合物含有氫氧根（OH），能和酸發生作用生出鹽與水，溶液能使紅色試紙變成藍色的，都叫鹽基，也叫鹼。

**鹽梟** ㄧㄢˊ ㄒㄧㄠ 舊時指販運私鹽的人。

**鹽場** ㄧㄢˊ ㄔㄤˇ 海灘上用海水製鹽的場所。

**鹽湖** ㄧㄢˊ ㄏㄨˊ 含鹽量高的鹹水湖。

**鹽滷** ㄧㄢˊ ㄌㄨˇ 鹽初熟時，從晒的槽裡瀝下的黑水，味苦，有毒，可以入藥，也可使豆漿凝結成豆腐。

**鹽酸** ㄧㄢˊ ㄙㄨㄢ 氯化氫的水溶液，味酸性烈，工業上用途多。

**鹽霜** ㄧㄢˊ ㄕㄨㄤ 含鹽分的東西乾燥以後表面上呈現的白色細鹽粒。

**鹽類** ㄧㄢˊ ㄌㄟˋ 凡是酸裡的氫根被金屬元素所取代而成的化合物，總稱鹽類；簡稱「鹽」。

**鹽花（兒）** ㄧㄢˊ ㄏㄨㄚ（ㄦ） ①極少量的鹽。如「湯裡再擱點兒鹽花兒」。②鹽霜。

**鹽膚木** ㄧㄢˊ ㄈㄨ ㄇㄨˋ 落葉喬木，羽狀複葉，小葉長卵形，花小，黃白色，結小核果。五倍子蟲就寄生在鹽膚木的葉子上。

**鹽鹼地** ㄧㄢˊ ㄐㄧㄢˇ ㄉㄧˋ 土壤中含有較多鹽分的土地，不利於植物生長。

**鹽生植物** ㄧㄢˊ ㄕㄥ ㄓˊ ㄨˋ 能生長於含鹽量較高的土壤上的植物。

## 鹿部

# 鹿

ㄌㄨˋ ㈠哺乳動物反芻類的一科，種類很多，四肢細長，尾巴短。一般雄獸頭上有角，某些種類雌的也有角，毛多是褐色，有的有花斑。㈡姓。

**鹿角** ㄌㄨˋ ㄐㄧㄠˇ ①鹿的角（特指雄鹿的角），可以入藥。②鹿砦。

**鹿茸** ㄌㄨˋ ㄖㄨㄥˊ 雄鹿的嫩角沒有長成硬骨時，帶茸毛，含血液，叫做鹿茸。是一種貴重的中藥。

**鹿砦** ㄌㄨˋ ㄓㄞˋ 一種軍用的障礙物，把樹木的枝幹交叉放置，用來阻止敵人的步兵或坦克。因形狀像鹿角而得名。也叫鹿角。

**鹿鹿** ㄌㄨˋ ㄌㄨˋ 図①平庸，沒有特殊能力。②忙碌。

**鹿角菜** ㄌㄨˋ ㄐㄧㄠˇ ㄘㄞˋ 藻類植物，褐紫色或綠色，扁平而闊，分枝呈叉狀，像鹿角。生在海濱岩石上。供食用或製糊料。

**鹿蹄草** ㄌㄨˋ ㄊㄧˊ ㄘㄠˇ 多年生草本植物，匍匐根狀莖，葉子近圓形，花白色，蒴果扁球形。全草入藥，有祛風溼、強筋骨等作用。

**鹿死誰手** ㄌㄨˋ ㄙˇ ㄕㄟˊ ㄕㄡˇ ①図古書裡比喻不知道天下（帝位）落在誰手裡。「鹿」比喻天下，常用「逐鹿」比喻爭天下。②現在借用來比喻共同爭奪的東西不知被誰奪得。語見〈晉書・後趙石勒載記・下〉。

## 二筆

# 麂

ㄐㄧˇ 一種像鹿的小獸，比狗大些。公的也有短角，皮很柔軟，可做衣、鞋、手套。

# 麀

図ㄧㄡ ㈠母鹿。㈡指雌性的。〈左傳〉有「忘其國恤，而思其麀牡」。

## 四筆

**麃** ▲図ㄅㄧㄠ㈠耕田。〈詩經・周頌〉有「綿綿其麃」。㈡威武的樣子。〈詩經・鄭風〉有「駟介麃麃」。
▲ㄆㄠˊ同「麅」，一種鹿。

## 五筆

**麅** ㄆㄠˊ通常叫「麅子」，是一種像鹿的獸，身體較小，黃褐色，臀部有白斑點，肉可以吃。古書上也作「麃」，說是形狀像麞，尾巴像牛，有獨角。

**麇** ▲ㄐㄩㄣ就是麞。
▲図ㄑㄩㄣ同「群」。㈠「麇集」「麇至」，都是成群地集攏或來到。㈡束縛。〈左傳〉有「麇之以入」。

**麈** ㄓㄨˇ㈠鹿類動物，又名「駝鹿」，俗名「四不像」。出產在寧古塔烏蘇里江，當地人叫「堪達漢」。形狀像駱駝，脖子下面有囊，頭像鹿，有扁形角；蹄像牛；尾巴像驢，可以做拂塵，所以拂塵也叫「麈尾」。㈡図麈尾的簡稱。如「揮麈」。

## 六筆

**麋** ㄇㄧˊ麋鹿。

**麋鹿** ㄇㄧˊ ㄌㄨˋ 哺乳動物偶蹄類，毛赤褐色，雄麋生有枝的角，角像鹿，性溫順，吃植物，能游泳。產亞洲北方及瑞典、北美洲等地。

## 七筆

**麐** 図ㄌㄧㄣˊ同「麟」。

## 八筆

**麑** 図ㄋㄧˊ㈠小鹿。㈡「狻麑」，同「狻猊」，是獅子的別名。

**麗（丽）** ▲ㄌㄧˋ㈠華美，好看。如「美麗」「風和日麗」。㈡図附著。如「日月麗乎天」「附麗」。㈢姓。
▲図ㄌㄧˊ㈠通「罹」，遭遇。如「魚麗於罶」。㈡通「驪」，「驪山」，也作「麗山」；「驪姬」，也作「麗姬」。㈢「高麗」，也稱「高句（ㄍㄡ）麗」，在朝鮮半島。現在分南北，南稱「大韓民國」，北稱「朝鮮人民共和國」。

**麗人** ㄌㄧˋ ㄖㄣˊ 美人，漂亮的女人。

**麗都** ㄌㄧˋ ㄉㄨ 図華麗。如「衣飾麗都」。

**麗質** ㄌㄧˋ ㄓˋ 図（婦女）美好的品貌。

**麓** 図ㄌㄨˋ山腳。如「山麓」「玉山南麓」。

**麕** ▲ㄐㄩㄣ同「麇」，就是麞。
▲ㄑㄩㄣ「麇」的別體字。如「麇集」也作「麕集」。

**麒** ㄑㄧˊ㈠見「麒麟」。㈡姓。

**麒麟** ㄑㄧˊ ㄌㄧㄣˊ 古代傳說中的一種動物，形狀像鹿，頭上有角，全身有鱗甲，有尾。古人拿牠象徵祥瑞。簡稱麟。

## 九筆

**麛** ㄇㄧˊ㈠幼小的鹿。㈡図通稱幼小的獸。〈禮記〉有「士不取麛卵」。

## 十筆

**麝** ㄕㄜˋ㈠哺乳動物，像鹿而較小，無角，前腿短，後腿長，善跳躍，尾巴短，毛黑褐色或灰褐色。雄麝的犬齒很發達，肚臍和生殖器之間有腺囊，能分泌麝香。通稱香麞子。㈡麝香的簡稱。如「蘭麝之香」。

**麝牛** ㄕㄜˋ ㄋㄧㄡˊ 哺乳動物，形狀像牛，稍小，頭大而闊，四肢較短，頸和尾也都很短，毛長，褐色。皮下有腺體，分泌物有特殊氣味。

**麝香** ㄕㄜˋ ㄒㄧㄤ 雄麝臍部的分泌物所結成的塊狀物，呈黃褐色或暗紅色，香味濃，可以做興奮劑和香料。文言也簡稱「麝」。

**麝鼠** ㄕㄜˋ ㄕㄨˇ 哺乳動物，毛棕黑色，眼小，耳短，尾側扁。生活在沼澤地帶，吃水邊植物，也吃貝類、小魚等。毛皮可做衣服。

## 十一筆

**麞（獐）** ㄓㄤ 哺乳動物，形狀像鹿而較小，身體上面黃褐色，腹部白色，毛較粗，沒有角。皮可以製革。一般叫「麞子」。

**麞頭鼠目** ㄓㄤ ㄊㄡˊ ㄕㄨˇ ㄇㄨˋ 尖頭、小圓眼睛；比喻貧賤或陰險的小人相貌。

## 十二筆

**麟** ㄌㄧㄣˊ 「麒麟」，也單稱「麟」。

**麟角** ㄌㄧㄣˊ ㄐㄧㄠˇ 麒麟的角。比喻珍貴而稀少的人才或事物。

**麟兒** ㄌㄧㄣˊ ㄦˊ 「麒麟兒」的簡詞，形容嬰兒聰穎可貴，常用來稱讚別人的兒子。

**麟經** ㄌㄧㄣˊ ㄐㄧㄥ 孔子作〈春秋〉，絕筆於獲麟，因此後人稱〈春秋〉為「麟經」或「麟史」。

**麟鳳龜龍** ㄌㄧㄣˊ ㄈㄥˋ ㄍㄨㄟ ㄌㄨㄥˊ 古代稱「麟、鳳、龜、龍」為四靈，用來比喻珍貴難得的好人。

## 二十二筆

**麤（麁、麄）** ㄘㄨ 通「粗」。

# 麥部

**麥（麦）** ㄇㄞˋ ㈠一年生或二年生草本植物，子實用來磨麵粉，也可以用來釀酒，有大麥、小麥、黑麥、燕麥等多種。㈡專指小麥。㈢姓。讀音 ㄇㄛˋ。

**麥子** ㄇㄞˋ ㄗˇ 小麥的通稱。

**麥片** ㄇㄞˋ ㄆㄧㄢˋ 食品，用燕麥或大麥粒壓的小片。

**麥冬** ㄇㄞˋ ㄉㄨㄥ 多年生草本植物，葉條形，叢生，初夏開紫色小花，總狀花序。塊根略呈紡錘形，可入藥。也叫麥門冬。

**麥收** ㄇㄞˋ ㄕㄡ 收割麥子。

**麥芒** ㄇㄞˋ ㄇㄤˊ 麥穗上的芒。

**麥角** ㄇㄞˋ ㄐㄧㄠˇ ①麥角菌寄生在禾本科植物的子房內而形成的菌核，形狀略像動物的角，含有毒素，可供藥用。②方言也指麥片。

**麥季** ㄇㄞˋ ㄐㄧˋ 收割麥子的季節。

**麥秋** ㄇㄞˋ ㄑㄧㄡ 收割麥子的時候。收割時間各地不同，一般在夏季。因我國古代稱收成季節為秋收，所以叫麥秋。〈禮記．月令〉有「孟夏……麥秋至」句。

**麥苗** ㄇㄞˋ ㄇㄧㄠˊ 小麥、大麥、黑麥、燕麥等作物的幼苗。

**麥浪** ㄇㄞˋ ㄌㄤˋ 文風吹麥田，麥子起伏像是波浪。歐陽修詩有「野闊風搖麥浪寒」。

**麥粉** ㄇㄞˋ ㄈㄣˇ 小麥的麥粒磨成的粉，就是麵粉。

**麥蛾** ㄇㄞˋ ㄜˊ 昆蟲，成蟲淡黃色，翅窄而尖，後緣有一排長毛。幼蟲乳白色。生活在穀粒內，危害稻、麥等。

**麥稭** ㄇㄞˋ ㄐㄧㄝ 脫粒後的麥稈。

**麥克風** ㄇㄞˋ ㄎㄜˋ ㄈㄥ 英文 microphone 的音譯。從前叫微音器，能使聲音擴大的電器。也叫「播音器」「擴音器」。

**麥芽糖** ㄇㄞˋ ㄧㄚˊ ㄊㄤˊ 糖的一種，甜味不如蔗糖，能分解成單糖。在工業上多從澱粉中製取。供製糖果用，也供藥用。也叫飴糖。

**麥門冬** ㄇㄞˋ ㄇㄣˊ ㄉㄨㄥ 麥冬。

**麥飯豆羹** ㄇㄞˋ ㄈㄢˋ ㄉㄡˋ ㄍㄥ 指農家的粗飯淡菜。

## 四筆

**麩（粰）** ㄈㄨ 通常叫「麩皮」或「麩子」，是小麥磨成麵篩過剩下的麥皮和碎屑。

**麩素** ㄈㄨ ㄙㄨˋ 一種淡黃色不溶性的蛋白質，多量存在於穀粒中，小麥粉約含百分之十。

## 六筆

**麰** 文 ㄇㄡˊ 古代稱大麥。〈孟子・告子上〉有「今夫麰麥，播種而耰之」。

**麯** ㄑㄩ (一)把麥子或大米蒸熟，使發酵後再晒乾，叫做麯；再用麯來釀酒。所以麯也叫「酒母」或「酒麯」。「大麯酒」是一種用大麥釀製的烈酒。(二)姓。

## 八筆

**麴** ㄑㄩˊ (一)同「麯」(一)。(二)姓。

**麴櫱** ㄑㄩ ㄋㄧㄝˋ 麴也作麯。①酒母。②文酒。

## 九筆

**麵（麪）** ㄇㄧㄢˋ (一)小麥或別種糧食磨成的粉。如「麵粉」「小米麵兒」。(二)麵食的通稱。(三)粉末叫「麵兒」。如「研成細麵兒」「藥麵兒」。(四)麵粉做成的細條狀食物。如「麵條兒」「炒麵」。(五)吃在嘴裡有不爽脆的感覺。如「麵甜瓜」「這個西瓜又麵又不甜」。

**麵包** ㄇㄧㄢˋ ㄅㄠ 用麵粉和（ㄏㄨㄛˊ）水發酵之後烘熟的食品。

**麵皮** ㄇㄧㄢˋ ㄆㄧˊ 包包子、餃子等的薄片狀的麵。

**麵杖** ㄇㄧㄢˋ ㄓㄤˋ 擀麵用的木棍兒。常說「擀麵杖兒」。

**麵食** ㄇㄧㄢˋ ㄕˊ 食字輕讀。用麵粉做的食品的通稱。

**麵粉** ㄇㄧㄢˋ ㄈㄣˇ 小麥磨成的粉。

**麵茶** ㄇㄧㄢˋ ㄔㄚˊ 食品，炒熟的麵粉用沸水沖泡而成，再加麻醬、椒鹽或糖，趁熱吃的。

**麵筋** ㄇㄧㄢˋ ㄐㄧㄣ 筋字輕讀。用麵粉加水拌勻，洗去澱粉，剩下的蛋白質凝結成團的，就是麵筋。

**麵團** ㄇㄧㄢˋ ㄊㄨㄢˊ 和（ㄏㄨㄛˊ）好了的成塊的麵。

**麵糊** ㄇㄧㄢˋ ㄏㄨˊ ①麵粉加水調勻而成的糊狀物。②糨糊。

**麵館** ㄇㄧㄢˋ ㄍㄨㄢˇ 出售麵條、餛飩等麵食的店。

**麵條(兒)** ㄇㄧㄢˋ ㄊㄧㄠˊ(ㄦ) 用麵粉揉做成的細條狀的食品。

**麵人兒** ㄇㄧㄢˋ ㄖㄣˊ ㄦ 用染色的糯米麵捏成的人物像。

**麵包車** ㄇㄧㄢˋ ㄅㄠ ㄔㄜ 旅行車的俗稱，因略像長條形的麵包而得名。

**麵包樹** ㄇㄧㄢˋ ㄅㄠ ㄕㄨˋ 常綠喬木，產在亞美兩洲的熱帶地方，高四五丈，果實很大，可以吃。

**麵坯兒** ㄇㄧㄢˋ ㄆㄧ ㄦ 已煮好而未加作料的麵條。

**麵疙瘩** ㄇㄧㄢˋ ㄍㄜ ˙ㄉㄚ 一種麵食，用和好了的麵撕成小塊，煮熟後帶湯吃。

**麵碼兒** ㄇㄧㄢˋ ㄇㄚˇ ㄦ 吃麵條時用來拌著吃的蔬菜等。

## 麻部

**麻(麻)** ㄇㄚˊ ㈠植物名，種類很多，有大麻(不結子的大麻叫枲麻)、苧麻、亞麻、黃麻、胡麻等。有的莖皮可以作紡織的原料，有的種子可以榨油。㈡麻類莖稈的韌皮纖維，經過加工後可以紡織東西。如「麻布」「麻繩兒」。㈢身體的局部失去知覺。如「麻木」「腿壓麻了」。㈣用藥物使人神經麻痺，意識模糊。如「麻醉」「麻藥」。㈤難受的感覺。如「聽了讓人脊梁發麻」「肉麻」。㈥「麻子」，也簡稱「麻」。如「麻臉」。㈦密密叢叢的樣子。如「密密麻麻」。㈧通「痲」，「痲疹」也作「麻疹」。㈨喪服中的絰帶，用粗麻布做，紮在頭部的叫首麻，繫在腰上的叫腰麻。㈩姓。

**麻子** ▲ㄇㄚˊ ˙ㄗ ①害過天花之後臉上留下的瘢痕。②稱臉上有麻子的人。▲ㄇㄚˊ ㄗˇ 麻的種子。也作「麻籽」。

**麻刀** ㄇㄚˊ ㄉㄠ 刀字輕讀。①同石灰和在一起抹牆用的碎麻。②比喻煩擾。也作「麻搗」「麻擣」。如「這件事我倒鬧了一脖子麻刀」。

**麻木** ㄇㄚˊ ㄇㄨˋ ①人體的一部分失去知覺。②譏笑人不靈活。

**麻布** ㄇㄚˊ ㄅㄨˋ 用麻纖織成的布，多用來製口袋。細麻布叫夏布，可以做衣料。

**麻衣** ㄇㄚˊ ㄧ 用麻布做成的衣服，舊俗常用作孝服。

**麻油** ㄇㄚˊ ㄧㄡˊ 芝麻油。

**麻俐** ㄇㄚˊ ˙ㄌㄧ 俐字輕讀。敏捷，辦事爽快。也作「麻利」。

**麻胡** ㄇㄚˊ ㄏㄨˊ ①也作「麻虎子」「馬虎子」，恐嚇小孩兒的詞，意思是可怕的老妖精或猛獸之類。如「別鬧了，大麻胡來了」。②是說面麻多鬚。

**麻疹** ㄇㄚˊ ㄓㄣˇ 即痲疹。一種急性傳染病，病原體是一種病毒。幼兒最易感染，病發時先發高燒，上呼吸道和結膜發炎，兩三天後全身起紅色皮疹。

**麻紡** ㄇㄚˊ ㄈㄤˇ 用麻的纖維紡成紗。

**麻紗** ㄇㄚˊ ㄕㄚ ①用麻的細纖維紡成的紗。②用細棉紗或棉麻混紡織成的布，多用來做夏季的衣服。

**麻索** ㄇㄚˊ ㄙㄨㄛˇ 粗的麻繩。

**麻將** ㄇㄚˊ ㄐㄧㄤˋ 牌類娛樂用具，用竹子、骨頭或塑料製成，上面刻有花紋或字樣，每副共一百四十四張。多用來賭博。

**麻袋** ㄇㄚˊ ㄉㄞˋ 用粗麻布做的大口袋。

**麻雀** ㄇㄚˊ ㄑㄩㄝˋ ①鳥，長三寸多，背毛褐色，有黑褐色斑紋，圓形的頭，圓錐形的嘴。腳上有四趾，能跳不能走。短尾巴。做的窩靠近人的家屋。

吃穀類，也吃昆蟲。北方叫「家雀兒」。②麻將(賭具)。

**麻黃** ㄇㄚˊ ㄏㄨㄤˊ 常綠小灌木，莖細長，叢生，葉子對生，鱗片狀，帶紅紫色，雌雄異株，種子圓形。莖是提製麻黃素的原料。

**麻煩** ㄇㄚˊ ㄈㄢˊ 煩字輕讀。①煩瑣，煩擾，難辦。如「這件事真麻煩」「這人好麻煩」。②請託的話。如「麻煩你替我辦這件事」。

**麻稭** ㄇㄚˊ ㄐㄧㄝ 剝去麻皮的麻稈。

**麻線** ㄇㄚˊ ㄒㄧㄢˋ 麻製的線。

**麻醉** ㄇㄚˊ ㄗㄨㄟˋ ①用藥物使整個有機體或有機體的某一部分暫時失去知覺。②比喻用某種手段使人認識模糊、意志消沉。

**麻臉** ㄇㄚˊ ㄌㄧㄢˇ 有麻子的臉。

**麻醬** ㄇㄚˊ ㄐㄧㄤˋ 把芝麻炒熟、磨碎而製成的醬。通常也叫芝麻醬。

**麻藥** ㄇㄚˊ ㄧㄠˋ 麻醉劑。

**麻蠅** ㄇㄚˊ ㄧㄥˊ 蒼蠅的一種，身體較大，灰色，背上有三條黑紋，腹部有黑白相間的方格花紋。

**麻繩(兒)** ㄇㄚˊ ㄕㄥˊ (ㄦ) 麻製的繩索。

**麻花兒** ▲ㄇㄚˊ ㄏㄨㄚ ㄦ 食品，把兩三股條狀的麵擰在一起，用油炸熟。▲ㄇㄚ ·ㄏㄨㄚ ㄦ 形容衣服因穿久了磨損成要破沒破的樣子。如「這條褲子都麻花兒了」。

**麻稈兒** ㄇㄚˊ ㄍㄢˇ ㄦ 大麻的莖去皮以後，剩下的白色稈兒，可以切斷做瓶塞兒。

**麻黃素** ㄇㄚˊ ㄏㄨㄤˊ ㄙㄨˋ 藥名，有機化合物，是從麻黃中提出來的一種生物鹼，白色結晶。臨床上用來治療哮喘、鼻黏膜炎、蕁麻疹等。

**麻醉劑** ㄇㄚˊ ㄗㄨㄟˋ ㄐㄧˋ 能引起麻醉現象的藥物。

**麻織品** ㄇㄚˊ ㄓ ㄆㄧㄣˇ 用各種麻線織成的物品，如夏布，工業用的亞麻帆布、包裝用的麻袋等。

**麻酥酥(的)** ㄇㄚˊ ㄙㄨ ㄙㄨ (·ㄉㄜ) 形容輕微的麻木。

**麻木不仁** ㄇㄚˊ ㄇㄨˋ ㄅㄨˋ ㄖㄣˊ 肢體麻痺，沒有感覺。比喻對外界的事物反應遲鈍或漠不關心。

**麻麻呼呼** ㄇㄚˊ ㄇㄚˊ ㄏㄨ ㄏㄨ 第二個麻字輕讀。勉強將就的意思。也作「麻糊糊」「馬馬虎虎」。

**麻稭棍兒** ㄇㄚˊ ㄐㄧㄝ ㄍㄨㄣˋ ㄦ 剝掉皮的麻稈。

**麻醉藥品** ㄇㄚˊ ㄗㄨㄟˋ ㄧㄠˋ ㄆㄧㄣˇ 能引起麻醉現象的藥物，包括會上癮的天然產品和化學合成品。

## 三筆

**麼(麼、么)** ▲図 ㄇㄛˊ 細小。如「幺麼小醜」。▲·ㄇㄚ 同「嗎」。如「可不是麼」。▲ㄇㄚˊ「幹麼」，是「做什麼」的意思。如「你要這個幹麼」。▲·ㄇㄜ (一)「什麼」，表示疑問的詞。如「為什麼」。(二)同「嘛」，助詞。如「本來就不是麼」。

## 四筆

**麾** 図 ㄏㄨㄟ (一)古代指揮軍隊用的一種旗子。(二)指揮(軍隊)。如「麾軍前進」。

**麾下** ㄏㄨㄟ ㄒㄧㄚˋ 図①將帥的部下。②對將帥的尊稱。

# 黃部

**黃** ㄏㄨㄤˊ ㈠像絲瓜花或向日葵花的顏色。㈡事情做不成叫黃。如「這一筆生意眼看就要黃了」。㈢諾言不實現也叫黃。如「他答應的事情大概會黃」。㈣「黃色」②的簡詞。如「這個笑話太黃了」。㈤黃縣，在山東省。㈥「黃帝」的簡稱。如「黃老」「炎黃子孫」。㈦姓。

**黃了** ㄏㄨㄤˊ ˙ㄌㄜ ①事情做不成、失敗或消滅。如「這件事做來做去做黃了」。②諾言不兌現。如「他昨天說的，今天全黃了」。

**黃口** ㄏㄨㄤˊ ㄎㄡˇ 図①雛鳥的嘴。②指幼兒。

**黃土** ㄏㄨㄤˊ ㄊㄨˇ 砂粒、黏土和少量方解石的混合物，淺黃或黃褐色，土質肥沃。

**黃牛** ㄏㄨㄤˊ ㄋㄧㄡˊ ①牛的一種，角短，皮毛黃褐色或黑色，也有雜色的，毛短。②指搶購車票、戲票等，然後高價出售的人。③指失約、賴皮或逃避責任。④包攬訴訟案件而牟利的叫「司法黃牛」。

**黃玉** ㄏㄨㄤˊ ㄩˋ 礦物，成分是含氟的硅酸鹽，通常為黃色，間或為淺藍、淺綠、淺灰或白色，有玻璃光澤。透明的黃玉是一種寶石。

**黃瓜** ㄏㄨㄤˊ ˙ㄍㄨㄚ 瓜字輕讀。①一年生草本植物，莖蔓生，有捲鬚，葉子互生，花黃色。果實圓柱形，通常有刺，成熟時黃綠色，是普通蔬菜。②這種植物的果實。

**黃白** ㄏㄨㄤˊ ㄅㄞˊ ①黃色和白色。②黃金和白銀。③指道家所謂煉丹化成金銀的法術。

**黃米** ㄏㄨㄤˊ ㄇㄧˇ 去了殼的黍子的子實，比小米稍大，顏色很黃，煮熟後很黏。

**黃老** ㄏㄨㄤˊ ㄌㄠˇ ①黃帝與老子。②道家以黃、老為祖，因此也謂道家為黃老。

**黃色** ㄏㄨㄤˊ ㄙㄜˋ ①黃的顏色。②象徵腐化墮落，特指色情。如「黃色小說」。

**黃沙** ㄏㄨㄤˊ ㄕㄚ 黃土。

**黃豆** ㄏㄨㄤˊ ㄉㄡˋ 表皮黃色的大豆。

**黃卷** ㄏㄨㄤˊ ㄐㄩㄢˋ 図①指書籍。古時用黃檗染紙以防蠹，所以叫黃卷。②佛道經典的別稱。

**黃昏** ㄏㄨㄤˊ ㄏㄨㄣ 日落以後天快黑的時候。

**黃河** ㄏㄨㄤˊ ㄏㄜˊ 我國第二大河。古代稱「河」，後來因為河水多泥沙而色黃，所以叫黃河。發源於青海巴顏喀喇山，流過甘肅、寧夏、內蒙、山西、陝西、河南、河北、山東等八省區，注入渤海，全長四千四百五十公里，流域面積七十五萬六千多平方公里，是中華文化發源地。

**黃油** ㄏㄨㄤˊ ㄧㄡˊ ①由牛奶提製的淡黃色固體，抹在麵包上吃的。②機器的滑潤油劑。

**黃花** ㄏㄨㄤˊ ㄏㄨㄚ ①金針菜的通稱。②菊花。③「黃花閨女」，指尚未出嫁的大姑娘。

**黃芩** ㄏㄨㄤˊ ㄑㄧㄣˊ 多年生草本植物，葉子披針形，開淡紫色花。根黃色，入藥，有清熱、祛溼等作用。

**黃金** ㄏㄨㄤˊ ㄐㄧㄣ 金子的通稱。

**黃冠** ㄏㄨㄤˊ ㄍㄨㄢ 図①指道士戴的帽子。②指農民戴的帽子。〈禮記〉有「野夫黃冠」。

**黃帝** ㄏㄨㄤˊ ㄉㄧˋ 我國古帝名，姓公孫，生於軒轅之丘，稱軒轅氏。建國於有熊，又稱有熊氏。

**黃泉** ㄏㄨㄤˊ ㄑㄩㄢˊ 喻地下的黃土色泉水，指人死後埋葬於地下。也指陰間。如「命赴黃泉」。

**黃酒** ㄏㄨㄤˊ ㄐㄧㄡˇ ①用糯米、大米、黃米等釀造的酒，色黃，含酒精量較低。②臺灣省菸酒公賣局釀造的一種酒。

**黃疸** ㄏㄨㄤˊ ㄉㄢˇ 病名。也叫「黃病」「黃疸病」或「黃膽病」。患者皮膚眼膜都現出黃色，由血液中膽紅素增高引起的。

**黃教** ㄏㄨㄤˊ ㄐㄧㄠˋ 藏族地區喇嘛教的一派，十四世紀末宗喀巴所創，是喇嘛教中最大的教派。

**黃梅** ㄏㄨㄤˊ ㄇㄟˊ ①已經熟的梅子。②梅子熟的時節，是農曆三四月的時候。這時候常是連日陰雨，叫「黃梅雨」「黃梅天氣」。③湖北省縣名。

**黃袍** ㄏㄨㄤˊ ㄆㄠˊ ①稱和尚職位較高，做佛事時穿黃袍的。②天子之服。③黃鳥的別名。

**黃雀** ㄏㄨㄤˊ ㄑㄩㄝˋ 一種體形較小的雀，身上有黑斑，嘴和腳都帶黃色，叫聲很好聽，可以養在籠裡。也叫「黃雀兒」。

**黃連** ㄏㄨㄤˊ ㄌㄧㄢˊ 多年生草本植物，根莖可以製藥，味道非常苦。四川出產的川連最有名。

**黃魚** ㄏㄨㄤˊ ㄩˊ ①魚類的一屬，身體側扁，尾巴狹窄，頭大。生活在海中。分大黃魚和小黃魚兩種。也叫黃花魚。②舊時指輪船水手或長途汽車司機為撈取外快而私帶的旅客。

**黃鳥** ㄏㄨㄤˊ ㄋㄧㄠˇ ①就是黃鶯。②〈詩經〉篇名。

**黃麻** ㄏㄨㄤˊ ㄇㄚˊ ①一年生草本植物，莖皮纖維供製繩子或麻袋，根和葉子入藥。②這種植物的莖皮纖維。

**黃湯** ㄏㄨㄤˊ ㄊㄤ 指黃酒。也泛指酒（罵人喝酒時說的）。

**黃斑** ㄏㄨㄤˊ ㄅㄢ 眼球視網膜正中央的一部分，略呈圓形，黃色。黃斑正對瞳孔，物體的影像正落在這一點上時，看得最清楚。

**黃牌** ㄏㄨㄤˊ ㄆㄞˊ 黃色的牌子。體育比賽中，運動員、領隊或教練嚴重違犯規則或對裁判員無禮，裁判員可出示黃牌予以警告。

**黃楊** ㄏㄨㄤˊ ㄧㄤˊ 常綠灌木或小喬木，葉子披針形或卵形，花黃色，有臭味。木材淡黃色，木質緻密，可以做雕刻的材料。

**黃粱** ㄏㄨㄤˊ ㄌㄧㄤˊ ①穀名，一種雜糧。②指黃粱蒸製的饅頭之類的食品。

**黃蜂** ㄏㄨㄤˊ ㄈㄥ 蜂類，黃色，比胡蜂大。雌蜂尾部有毒刺。

**黃道** ㄏㄨㄤˊ ㄉㄠˋ 古人認為太陽繞地而行，黃道就是想像中太陽繞地而行的軌道。是吉祥的日子。

**黃禍** ㄏㄨㄤˊ ㄏㄨㄛˋ 歐洲人害怕黃種人強大所作的一種惡意宣傳，以十三世紀蒙古人征服歐洲為藉口，想使白種人仇視黃種人。

**黃種** ㄏㄨㄤˊ ㄓㄨㄥˇ 亞洲人種，皮膚是黃或深褐色，毛髮黑而直，顴骨高起。也說「黃種人」。

**黃銅** ㄏㄨㄤˊ ㄊㄨㄥˊ 銅與鋅的合金，黃色，可以製日用器具。

**黃髮** ㄏㄨㄤˊ ㄈㄚˇ 喻指老人。如「黃髮、垂髫，並怡然自樂」。

**黃曆** ㄏㄨㄤˊ ㄌㄧˋ 曆書的俗稱。也作「皇曆」。

**黃燐** ㄏㄨㄤˊ ㄌㄧㄣˊ 桿狀的固體，是動物的骨灰或燐灰石等製成，容易發火，有毒，是製火柴的原料。

**黃龍** ㄏㄨㄤˊ ㄌㄨㄥˊ 黃龍府，金國的都城，在今吉林省農安縣。宋金交戰時，岳飛曾說要直搗黃龍府。

**黃檗** ㄏㄨㄤˊ ㄅㄛˋ 落葉喬木，羽狀複葉，開黃綠色小花。木材堅硬，可製槍托。莖可製黃色染料。樹皮淡灰色，入藥，有清熱、解毒等作用。

**黃壤** 分布在熱帶、亞熱帶潮溼地區的黃色土壤。

**黃蠟** 蜂蠟的通稱。

**黃鶴** 羽毛黃色的鶴，傳說中的一種仙鳥。

**黃鶯** 黃鸝。

**黃體** 卵巢裡由許多黃色顆粒狀細胞形成的內分泌腺體。

**黃鱔** 魚，身體像蛇，無鱗，黃褐色，有黑色斑點。生活在水邊的泥洞裡。也叫鱔魚。

**黃鸝** 鳥，身體黃色，自眼部至頭後部黑色，嘴淡紅色。叫的聲音很好聽。也叫鶬鶊或黃鶯。

**黃包車** 從前載客用的兩輪人力車。

**黃皮書** 某些國家的政府、議會等公開發表的有關政治、外交、財政等重大問題的文件，封面黃色，所以叫黃皮書。由於各國習慣和文件內容不同，也有用別種顏色的，如藍皮書、白皮書、紅皮書。

**黃河清** 黃河的水渾濁已無數年，至今仍無法變成澄清。古人比喻黃河水如能澄清便是祥瑞的徵兆。後多用來比喻難得實現的事情。

**黃花菜** 金針菜的通稱。

**黃表紙** 祭神用的黃色的紙。

**黃梅季** 春末夏初梅子黃熟的一段時期。這段時期我國長江中下游地區常常連續下雨，空氣潮溼。也叫黃梅天。

**黃梅雨** 黃梅季下的雨。也叫梅雨、霉雨。

**黃連木** 落葉喬木，羽狀複葉，果實球形，紫色，種子可榨油，樹皮和葉子可製栲膠。鮮葉有香味，可提製芳香油。

**黃登登** 形容金黃色。如「稻穗黃登登的」。也作黃澄澄。

**黃粱夢** ①唐朝沈既濟所作小說〈枕中記〉，說是盧生在邯鄲旅店裡店主蒸黃粱時候睡著了，夢中娶妻生子，富貴榮華，一生到老，情節繁多，一覺醒來，黃粱還沒蒸熟。後人取這故事另寫成戲劇或小說很多，如元朝馬致遠的〈黃粱夢〉，明朝湯顯祖的〈邯鄲夢〉，清朝蒲松齡〈聊齋誌異〉裡的〈續黃粱〉等。②由小說故事成為比喻富貴榮華短促的用詞。也作「黃粱一夢」或「一夢黃粱」。

**黃道日** 吉利的日子。也說「黃道吉日」。

**黃鼠狼** 鼬的俗稱。也叫「黃鼬」「臭鼬」。

**黃銅礦** 礦物，成分是硫化鐵銅，多呈塊狀或粒狀，銅黃色，有金屬光澤，是煉銅的主要原料之一。

**黃熱病** 急性傳染病，病原體是一種病毒，症狀是突發高燒，心跳遲緩，嘔吐。多見於南美洲和非洲。

**黃燦燦** 形容顏色金黃鮮豔。

**黃鐵礦** 礦物，成分是二硫化鐵，金黃色，硬度大，有單向導電的特性，是提取硫磺的重要原料。

**黃口小兒** 指嬰兒，多用來譏誚無知的年輕人。（黃口：雛鳥的口。）

**黃石公園** 在美國懷俄明州，占地約九十萬公頃，是世界最大的國家公園。

**黃色炸藥** ①一種烈性炸藥，黃色結晶，成分是三硝基甲苯。②苦味酸的通稱。

**黃卷青燈** ㄏㄨㄤˊ ㄐㄩㄢˋ ㄑㄧㄥ ㄉㄥ 佛經與佛前供設的燈。形容禮佛者的生活或所居的處所。

**黃花閨女** ㄏㄨㄤˊ ㄏㄨㄚ ㄍㄨㄟ ㄋㄩˇ 未婚的少女，特指處女。

**黃金時代** ㄏㄨㄤˊ ㄐㄧㄣ ㄕˊ ㄉㄞˋ ①指政治經濟或文化最繁榮的時期。②指人一生中最寶貴的時期。

**黃雀伺蟬** ㄏㄨㄤˊ ㄑㄩㄝˋ ㄙˋ ㄔㄢˊ 比喻只想得到眼前的利益而不顧後患。參看「螳螂捕蟬」條。

**黃麴黴菌** ㄏㄨㄤˊ ㄑㄩ ㄇㄟˊ ㄐㄩㄣˋ 黴菌的一種，略帶黃色，孢子呈球形。所產生的毒素能使人或動物中毒，並有致癌的可能。

**黃毛（兒）丫頭** ㄏㄨㄤˊ ㄇㄠˊ ㄦ ㄧㄚ ㄊㄡˊ 稱年幼而天真的女孩。

**黃連樹下彈琵琶** ㄏㄨㄤˊ ㄌㄧㄢˊ ㄕㄨˋ ㄒㄧㄚˋ ㄊㄢˊ ㄆㄧˊ ㄆㄚˊ 歇後語，下接「苦中作樂」（因為黃連味苦）。

## 十三筆

**黌** ㄏㄨㄥˊ 〔文〕古時學校叫「黌宮」，校舍叫「黌舍」。

# 黍部

**黍** ㄕㄨˇ ㈠一種穀類植物，穀實叫黍子，輾出的米北方人叫黃米。黃米帶黏性，可以釀酒或磨粉做糕。㈡見「玉蜀黍」。㈢「角黍」，粽子的別稱。

**黍子** ㄕㄨˇ ㄗˇ 黍的穀實。

**黍米** ㄕㄨˇ ㄇㄧˇ 黍所結的果實。

## 三筆

**黎** ㄌㄧˊ ㈠〔文〕古時指大眾說。如「黎民」「群黎」。㈡黑。如「黎明」「黎黑」。㈢我國少數民族之一，住在海南島。㈣姓。

**黎民** ㄌㄧˊ ㄇㄧㄣˊ 〔文〕民眾。也作「黎元」「黎首」「黎庶」。

**黎明** ㄌㄧˊ ㄇㄧㄥˊ 天快亮的時候。

**黎族** ㄌㄧˊ ㄗㄨˊ 我國少數民族之一，分布在海南島中部和北部山區，人口約七十萬。

**黎黑** ㄌㄧˊ ㄏㄜˋ 〔文〕顏色黑。如「面容黎黑」。

**黎錦** ㄌㄧˊ ㄐㄧㄣˇ 黎族人所織的一種錦，上面有人物花鳥等圖案。

## 五筆

**黏** ㄋㄧㄢˊ ㈠凝結像膠，一接觸就會粘（ㄓㄢ）住的性質。如「黏液」「這膠水兒已經不黏了」。㈡說小孩兒纏住人不放。如「這個孩子好會黏」。

**黏土** ㄋㄧㄢˊ ㄊㄨˇ 地殼表面有黏性的土。

**黏合** ㄋㄧㄢˊ ㄏㄜˊ 用黏性的東西使兩個或幾個物體粘在一起。如「黏合劑」。

**黏性** ㄋㄧㄢˊ ㄒㄧㄥˋ 物體結合不容易分離的性質。

**黏附** ㄋㄧㄢˊ ㄈㄨˋ 黏性的東西附著在其他物體上。

**黏度** ㄋㄧㄢˊ ㄉㄨˋ 液體或半流體流動難易的程度。越難流動的物質黏度越大。

**黏涎** ㄋㄧㄢˊ ㄒㄧㄢˊ 涎字輕讀。（說話、動作、表演等）不爽快；冗長而無味。

**黏液** ㄋㄧㄢˊ ㄧㄝˋ 植物和動物體內分泌出來的黏稠液體。

**黏著** ㄋㄧㄢˊ ㄓㄨㄛˊ 用膠質使物體固定起來。如「用強力膠黏著起來」。

**黏膜** ㄋㄢˊ ㄇㄛˊ 口腔、氣管、胃、腸、尿道等器官裡面的一層薄膜，內有血管和神經，能分泌黏液。

**黏合劑** ㄋㄢˊ ㄏㄜˊ ㄐㄧˋ 能使兩個物體互相黏結的物質，如各種膠、賽璐珞的丙酮溶液、水玻璃等。

**黏著力** ㄋㄢˊ ㄓㄨㄛˊ ㄌㄧˋ 見「附著力」。

**黏膠纖維** ㄋㄢˊ ㄐㄧㄠ ㄒㄧㄢ ㄨㄟˊ 用天然纖維素經過處理製成的人造纖維。是製造人造絲、人造棉、人造毛的原料。

**黏糊糊兒的** ㄋㄢˊ ㄏㄨˊ ㄏㄨˊ ㄦ ㄉㄜ˙ 形容有些兒黏的樣子。

**黏叨叨絮叨叨** ㄋㄢˊ ㄉㄠ ㄉㄠ ㄒㄩˋ ㄉㄠ ㄉㄠ 形容人話多，說個不停。

## 十一筆

**黐** ㄔ ㈠木膠，用細葉冬青莖部的內皮搗碎製成。把黐塗在竹竿上，可以粘鳥粘蟬，竿子叫黐竿。㈡麵筋也叫麵黐。又讀ㄌㄧˊ。

# 黑部

**黑** ▲ㄏㄟ ㈠顏色名，像墨汁或生煤那種顏色。如「烏黑的頭髮」「寫大楷弄得一手黑」。㈡光線暗。如「黑夜」「天快黑了」。㈢隱密的，非公開的。如「黑市買賣」「黑話」。㈣私藏。如「他把錢都黑起來了」。㈤失去光彩。如「這人從前很紅，那次栽了個跟頭以後，慢慢的就黑了」。㈥壞的，不正當的。如「黑心」「黑店」。㈦黑龍江省的略稱。㈧姓。讀音ㄏㄜˋ。譯音也讀ㄏㄜˋ。如「慕尼黑」「黑格爾」。▲ㄏㄟˇ 見「黑豆」。

**黑人** ㄏㄟ ㄖㄣˊ ①黑種人。②犯罪不敢公開露面的人。

**黑子** ㄏㄟ ㄗˇ ①黑色的痣。②黑色的圍棋子。③見「太陽黑子」。

**黑心** ㄏㄟ ㄒㄧㄣ ①陰險狠毒的心腸。②（心腸）陰險狠毒。

**黑手** ㄏㄟ ㄕㄡˇ ①比喻暗中進行破壞活動的力量。②指從事機械操作，雙手常有油汙的工人。

**黑市** ㄏㄟ ㄕˋ ①暗中進行的不合法買賣的市場。②比喻非公開的。如「黑市夫人」。

**黑白** ㄏㄟ ㄅㄞˊ ①黑色和白色。②比喻善惡、是非。如「是非黑白，必須分清」。

**黑豆** ㄏㄟˇ ㄉㄡˋ 子實表皮黑色的大豆。

**黑函** ㄏㄟ ㄏㄢˊ 匿名信。如「接到黑函，必要時可報警處理」。

**黑店** ㄏㄟ ㄉㄧㄢˋ 舊時指殺人劫貨的客店。

**黑夜** ㄏㄟ ㄧㄝˋ 夜晚；夜。

**黑板** ㄏㄟ ㄅㄢˇ 可以在上面用粉筆寫字的黑色平板（也有綠色的）。可以隨寫隨擦。

**黑金** ㄏㄟ ㄐㄧㄣ ①黑色金屬，指鐵。②黑指黑道人物，金指財團富豪。

**黑洞** ㄏㄟ ㄉㄨㄥˋ 天文學名詞，恆星演變到最後，殘餘的核心質量還比太陽大三倍以上的時候，它的重力陷縮便無法抑阻，縮小成宇宙中的一個點。有巨大的引力場，物體無法脫離它的引力，連光都會被它引進，成為只進不出的黑洞。

**黑炭** ㄏㄟ ㄊㄢˋ 煙煤的俗名。又叫黑煤或軟煤。

**黑馬** ㄏㄟ ㄇㄚˇ 比喻平時不引人注意而不可小看的人物。如「這次選舉，可能出現黑馬」。

**黑淨** ㄏㄟ ㄐㄧㄥˋ 舊劇腳色中淨行的一種，專演性格粗獷的一類人物。也叫黑頭。

**黑處** ㄏㄟ ㄔㄨˋ 黑暗的地方。

**黑貨** ㄏㄟ ㄏㄨㄛˋ 指漏稅或違禁的貨物。

**黑陶** ㄏㄟ ㄊㄠˊ 新石器時代的一種陶器，表面漆黑光亮。

**黑棗** ㄏㄟ ㄗㄠˇ ①落葉喬木，葉子橢圓形，花暗紅色或綠白色。果實球形或橢圓形，黃色，貯藏後變黑褐色，味甜，可以吃。②這種植物的果實。

**黑暗** ㄏㄟ ㄢˋ ①沒有亮光。②比喻社會腐敗。

**黑話** ㄏㄟ ㄏㄨㄚˋ ①舊小說裡把綠林人物的隱語叫做黑話。②指民間幫會所用的暗語暗號。

**黑路** ㄏㄟ ㄌㄨˋ 黑夜走路。

**黑道** ㄏㄟ ㄉㄠˋ ①夜間沒有光亮的道路。②指盜匪、流氓的行徑。

**黑鉛** ㄏㄟ ㄑㄧㄢ 結晶體的炭，質地稍軟，灰色，有光澤，可以做鉛筆；工業方面還有其他用途。也叫石墨。

**黑槍** ㄏㄟ ㄑㄧㄤ ①非法私藏的槍枝。②乘人不備中射出的槍彈。

**黑幕** ㄏㄟ ㄇㄨˋ 黑暗的內幕。

**黑種** ㄏㄟ ㄓㄨㄥˇ 指主要分布在非洲的黑色人種，皮膚黑色或濃褐色，髮鬈鼻平。

**黑潮** ㄏㄟ ㄔㄠˊ 起自臺灣、琉球間的石垣島，經東海到日本附近的暖流，溫度自攝氏十六度到三十度。因為水呈深藍色，所以叫黑潮。

**黑糖** ㄏㄟ ㄊㄤˊ 紅糖的一種。

**黑頭** ㄏㄟ ㄊㄡˊ 劇曲中花臉的一種，因勾黑臉譜而得名。

**黑錢** ㄏㄟ ㄑㄧㄢˊ 用非法手段得來的錢，因為不敢公開，所以叫黑錢。

**黑幫** ㄏㄟ ㄅㄤ 泛指不良幫派。

**黑鍋** ㄏㄟ ㄍㄨㄛ 比喻不白之冤。如「你做了這樣的事，反倒叫我替你背黑鍋」。

**黑天兒** ㄏㄟ ㄊㄧㄢ ㄦ 天色變黑的時候，指夜晚。

**黑乎乎** ㄏㄟ ㄏㄨ ㄏㄨ ①顏色發黑。②光線昏暗。③形容人或東西多，從遠處看模糊不清。也作「黑忽忽」「黑糊糊」。

**黑白片** ㄏㄟ ㄅㄞˊ ㄆㄧㄢˋ 沒有彩色的影片。

**黑光燈** ㄏㄟ ㄍㄨㄤ ㄉㄥ 用肉眼看不見的紫外線作光源製成的誘蟲燈。

**黑名單** ㄏㄟ ㄇㄧㄥˊ ㄉㄢ 記載應該懲罰、譴責或有嫌疑者的名單。

**黑死病** ㄏㄟ ㄙˇ ㄅㄧㄥˋ 鼠疫的別名。

**黑忽忽** ㄏㄟ ㄏㄨ ㄏㄨ 黑乎乎。

**黑社會** ㄏㄟ ㄕㄜˋ ㄏㄨㄟˋ 指暗中勾結，作姦犯科，從事危害社會秩序等活動的一夥人。

**黑洞洞** ㄏㄟ ㄉㄨㄥˋ ㄉㄨㄥˋ 形容黑暗。如「隧道裡黑洞洞的，什麼也看不到」。

**黑盒子** ㄏㄟ ㄏㄜˊ ㄗ˙ 裝在飛機上的座艙錄音器和飛行資料記錄器的俗稱。

**黑甜鄉** ㄏㄟ ㄊㄧㄢˊ ㄒㄧㄤ 指熟睡。如「已經進入黑甜鄉」。

**黑眼珠** ㄏㄟ ㄧㄢˇ ㄓㄨ 眼球上黑色的部分。這一部分的顏色常因人種而異。

**黑斑病** ㄏㄟ ㄅㄢ ㄅㄧㄥˋ 甘薯的一種病害，由真菌引起。受害的薯塊表面有黑褐色的病斑，內部變成黑綠色。

**黑森森** ㄏㄟ ㄙㄣ ㄙㄣ ①形容黑暗陰森。如「眼前是一座黑森森的古廟」。②

形容黑而濃密。如「滿腮都是黑森森的鬍子」。

**黑猩猩** ㄏㄟ ㄒㄧㄥ ㄒㄧㄥ 第二個猩字輕讀。全身有黑毛的猩猩，能直立，比普通的猩猩大，約有五尺多高。

**黑道兒** ㄏㄟ ㄉㄠˋ ㄦ ①夜間昏暗的路。如「走黑道兒」。②黑色的線狀痕。

**黑漆漆** ㄏㄟ ㄑㄧ ㄑㄧ 很黑很暗。如「黑漆漆的一片」。

**黑魆魆** ㄏㄟ ㄒㄩ ㄒㄩ 形容黑暗。

**黑壓壓** ㄏㄟ ㄧㄚ ㄧㄚ 形容人或東西很多很多。如「黑壓壓的一堆人」。

**黑穗病** ㄏㄟ ㄙㄨㄟˋ ㄅㄧㄥˋ 植物的一種病害，小麥、高粱、玉米等禾本科植物都能感染，受害的部位產生黑色的粉末。也叫黑疸、黑粉病。

**黑黝黝** ㄏㄟ ㄧㄡˇ ㄧㄡˇ ①黑得發亮。如「黑黝黝的頭髮」。②光線昏暗，看不清楚。如「一片黑黝黝的松林」。

**黑體字** ㄏㄟ ㄊㄧˇ ㄗˋ 筆畫特別粗，撇、捺等不尖的字體。

**黑道日（子）** ㄏㄟ ㄉㄠˋ ㄖˋ ㄗˇ 不吉利的日子。

**黑不溜秋** ㄏㄟ ㄅㄨ ㄌㄧㄡ ㄑㄧㄡ 不字輕讀。形容黑得難看。

**黑白花兒** ㄏㄟ ㄅㄞˊ ㄏㄨㄚ ㄦ 黑白相間的花紋。如「黑白花兒的狗」。

**黑白電視** ㄏㄟ ㄅㄞˊ ㄉㄧㄢˋ ㄕˋ 螢光幕上顯示沒有彩色畫面的電視（區別於「彩色電視」）。

**黑更半夜** ㄏㄟ ㄐㄧㄥ ㄅㄢˋ ㄧㄝˋ 指深夜。

**黑咕窿咚** ㄏㄟ ㄍㄨ ㄌㄨㄥ ㄉㄨㄥ 咕字輕讀。形容很黑暗。如「裡面黑咕窿咚的，什麼也瞧不見」。

**黑色星期五** ㄏㄟ ㄙㄜˋ ㄒㄧㄥ ㄑㄧ ㄨˇ 西方迷信，認為月之十三日適逢星期五，是個不祥的日子，稱為黑色星期五。

## 三筆

**墨** ㄇㄛˋ ㈠黑色。如「墨晶」。㈡顏色濃的。如「墨綠」。㈢文房四寶之一，是用毛筆寫字不可缺少的用品。如「墨汁」。㈣我國書法。如「墨寶」。㈤寫字用的物品。如「紅墨水」「白墨」。㈥用黑墨畫的。如「墨竹」。㈦貪贓的。如「墨吏」。㈧固執成規不知變通。如「墨守」。㈨中國古代五刑之一，在罪人的前額刺字染成黑色，叫墨刑。㈩戰國時代學說之一，是墨翟所創，叫「墨家」。(十一)姓。

**墨刑** ㄇㄛˋ ㄒㄧㄥˊ 古代的刑罰，在罪犯前額刺字並塗上墨。

**墨吏** ㄇㄛˋ ㄌㄧˋ 図貪汙的官吏。

**墨守** ㄇㄛˋ ㄕㄡˇ 戰國時墨翟善守城。後來稱善於防守者為墨守。也用來指固執成見，不知變通。

**墨竹** ㄇㄛˋ ㄓㄨˊ 國畫裡單用墨畫的竹子。

**墨客** ㄇㄛˋ ㄎㄜˋ 図指文人。如「騷人墨客」。

**墨家** ㄇㄛˋ ㄐㄧㄚ 墨翟所創的學說，以兼愛、非攻為主。

**墨海** ㄇㄛˋ ㄏㄞˇ 盆狀的大硯臺。

**墨跡** ㄇㄛˋ ㄐㄧ ①墨的痕跡。如「墨跡未乾」。②某人親手寫的字或畫的畫。

**墨魚** ㄇㄛˋ ㄩˊ 烏賊的俗稱。

**墨晶** ㄇㄛˋ ㄐㄧㄥ 水晶的一種，深棕色，略近黑色。

**墨經** ㄇㄛˋ ㄐㄧㄥ 図黑色喪服。也作「墨縗」。

**墨黑** ㄇㄛˋ ㄏㄟ 黑得像墨，其實不是墨。如「快要下大雨啦，看那墨黑的天」。

**墨綠** ㄇㄛˋ ㄌㄩˋ 深綠色。

**墨線** ㄇㄛˋ ㄒㄧㄢˋ ①木工用來打直線的裝在墨斗上的線繩。②用墨線打出來的直線。

**墨鏡** ㄇㄛˋ ㄐㄧㄥˋ 墨晶鏡片的眼鏡。

**墨寶** ㄇㄛˋ ㄅㄠˇ ①優美而可寶貴的字畫。②尊稱別人寫的字或畫的畫。

**墨囊** ㄇㄛˋ ㄋㄤˊ 烏賊類軟體動物體內能分泌黑色汁液的囊狀器官。

**墨斗（子）** ㄇㄛˋ ㄉㄡˇ（ㄗ˙） 木工用來打直線的墨槽。

**墨水（兒）** ㄇㄛˋ ㄕㄨㄟˇ（ㄦ） ①墨汁。②寫鋼筆字用的各種顏色的水。如「藍墨水」「紅墨水」。

**墨汁（兒）** ㄇㄛˋ ㄓ（ㄦ） 用墨加水研成的汁。

**墨盒（兒）** ㄇㄛˋ ㄏㄜˊ（ㄦ） 文具，銅製的方形或圓形的小盒子，內放絲綿，灌上墨汁，供毛筆蘸用。

**墨分五色** ㄇㄛˋ ㄈㄣ ㄨˇ ㄙㄜˋ 國畫技法術語，指墨色在白紙上因所含水分不等，大致可以分為濃、淡、乾、溼、黑或焦、濃、重、淡、清。

**墨守成規** ㄇㄛˋ ㄕㄡˇ ㄔㄥˊ ㄍㄨㄟ 指思想保守，守著老規矩，不肯改變。參看「墨守」條。

**墨絰從軍** ㄇㄛˋ ㄉㄧㄝˊ ㄘㄨㄥˊ ㄐㄩㄣ 図舊時指守孝期間身穿黑色喪服去從軍。

## 四筆

**默** ㄇㄛˋ ㈠寂靜無聲（本義是狗追人時不出一點聲音。見〈說文〉）。如「靜默」「默禱」。㈡暗地裡。如「默許」「默契」。㈢只憑記憶讀出或寫出，叫「默誦」「默寫」。也簡稱「默」。如「這課書，我默不出來」。㈣図昏暗。如「默無所睹」。

**默化** ㄇㄛˋ ㄏㄨㄚˋ 図①道家指點石成金，化凡人為仙人。②於無形中感化。如「潛移默化」。

**默片** ㄇㄛˋ ㄆㄧㄢˋ 早期的無聲影片，對有聲電影說的。

**默坐** ㄇㄛˋ ㄗㄨㄛˋ 默默無言地坐著；靜坐。

**默念** ㄇㄛˋ ㄋㄧㄢˋ ①默讀。如「默念一首古詩」。②默想。如「默念昔日情景」。

**默哀** ㄇㄛˋ ㄞ 為表示沉痛的悼念，低下頭來靜靜地站著。

**默契** ㄇㄛˋ ㄑㄧˋ 情意暗合。

**默書** ㄇㄛˋ ㄕㄨ 默寫讀過的書；默寫課文。

**默記** ㄇㄛˋ ㄐㄧˋ 暗暗記住。如「默記經文」。

**默悼** ㄇㄛˋ ㄉㄠˋ 不出聲地悼念。如「向烈士遺像默悼致哀」。

**默許** ㄇㄛˋ ㄒㄩˇ 心裡暗暗允許，可是不明說。

**默然** ㄇㄛˋ ㄖㄢˊ 図不出聲兒。

**默想** ㄇㄛˋ ㄒㄧㄤˇ 暗暗地想；暗暗思考。如「沉思默想」。

**默察** ㄇㄛˋ ㄔㄚˊ 默默地觀察。如「靜觀默察」。

**默認** ㄇㄛˋ ㄖㄣˋ 心裡承認，但不表示出來。

**默誦** ㄇㄛˋ ㄙㄨㄥˋ ①不出聲地背誦。②默讀。

**默劇** ㄇㄛˋ ㄐㄩˋ 不用對話或歌唱，只用動作和表情來表達劇情的戲劇。

**默寫** ㄇㄛˋ ㄒㄧㄝˇ 全憑記憶把讀過的文字寫出來。如「他會默寫國父遺囑」。

**默默** ㄇㄛˋ ㄇㄛˋ 不說話；不出聲。如「默默無言」。

**默禱** ㄇㄛˋ ㄉㄠˇ 不出聲地祈禱；心中禱告。

**默讀** ㄇㄛˋ ㄉㄨˊ 不出聲地讀書。

**黔** ㄑㄧㄢˊ ㈠図黑色。如「黔首」（秦漢時候說百姓）。㈡貴州的別稱。

**黔驢之技** ㄑㄧㄢˊ ㄌㄩˊ ㄓ ㄐㄧˋ 図也作「黔驢技窮」。比喻人本事有限，卻喜歡衒耀，結果被人看穿，招致禍端。語本柳宗元〈黔之驢〉。

## 五筆

**黛** 図ㄉㄞˋ ㈠青黑色。㈡青黑色的顏料，古時女人用來畫眉。㈢指婦女的眉毛。梁元帝詩有「怨黛舒還斂」。

**黛紫** ㄉㄞˋ ㄗˇ 深紫色。

**黛綠** ㄉㄞˋ ㄌㄩˋ 図墨綠。

**黛藍** ㄉㄞˋ ㄌㄢˊ 深藍色。

**黛綠年華** ㄉㄞˋ ㄌㄩˋ ㄋㄧㄢˊ ㄏㄨㄚˊ 指女人的青春時代。

**點（点、奌）** ㄉㄧㄢˇ ㈠小的痕跡，或凸凹的部分。如「斑點」「麻點」。㈡液體成為一滴一滴的。如「雨點」「點點的淚珠」。㈢書法說筆著紙就提起的一筆叫點。如「這個『成』字右上角該有一點」。㈣句讀的標誌。如「標點」「句點」。㈤向別的東西上面輕碰一下。如「蜻蜓點水」「瞎子拿枴棍兒點著地向前走」。㈥把液體滴進去。如「點眼藥」。㈦指定。如「點菜」「點名」。㈧指示。如「指點」「點醒迷夢」。㈨諷示，暗示。如「拿話點他，他也不明白」。㈩一一檢查。如「點收」「檢點」。(十一)裝飾。如「裝點門面」「點綴」。(十二)點心食品的簡稱。如「茶點」「西點」。(十三)用火接觸，使燃燒。如「點蠟燭」「點燈」。(十四)指所在的地方。如「地點」「終點」。(十五)極限的所在。如「頂點」「沸點」。(十六)指事物的某一部分或某一方面。如「優點」「要點」。(十七)計時的單位。如「上午八點」「差五分九點」。(十八)幾何學上只有位置而沒有長、寬、厚、薄的。如「由點而線，由線而面」。(十九)與「面」相對來說，指特定的或單獨的事物。如「重點指示」「敵人只占據了點而沒有控制到面」。(二十)頭或手向前一動。如「點頭」「他向我這邊指指點點的」。(二十一)指盲人在紙上刺寫「點字」的動作。(二十二)少或小。如「一點兒」「小不點兒」。(二十三)図改寫文字，叫「點定」「點竄」。(二十四)図玷汙、玷辱。司馬遷文有「適足以發笑而自點耳」。

**點子** ㄉㄧㄢˇ ˙ㄗ ①液體的小滴。如「雨點子」。②小的痕跡。如「油點子」。③打擊樂器演奏時的節拍。如「鼓點子」。④主意；辦法。如「想點子」。

**點化** ㄉㄧㄢˇ ㄏㄨㄚˋ ①道家指點石成金，化凡人為仙人。②指點教化，開導領悟。

**點心** ㄉㄧㄢˇ ˙ㄒㄧㄣ 心字輕讀。①糕餅之類的食品。②吃少量的食品解餓。

**點火** ㄉㄧㄢˇ ㄏㄨㄛˇ ①指點著油燈。②比喻挑起是非，製造事端。

**點主** ㄉㄧㄢˇ ㄓㄨˇ 舊時喪禮時，填寫神主上的「主」字，先寫「王」，再請有地位的士紳用硃筆把上端的一點加上，成為「主」字，叫點主。

**點卯** ㄉㄧㄢˇ ㄇㄠˇ 舊時官廳在卯時（早晨五點到七點）查點到班人員，叫做點卯。

**點穴** ㄉㄧㄢˇ ㄒㄩㄝˋ ①拳術家用手指點人的穴道使人受傷。②堪輿家勘定墓穴的所在。

**點名** ㄉㄧㄢˇ ㄇㄧㄥˊ ①查點人員數目時一個一個叫名字。②指名。

**點字** ㄉㄧㄢˇ ㄗˋ 專供盲人使用的拼音文字，字母由不同排列的凸出的點子組成。也叫盲字。

**點收** ㄉㄧㄢˇ ㄕㄡ　一件一件地查點驗收。

**點兵** ㄉㄧㄢˇ ㄅㄧㄥ　古代指召集並檢閱士兵。

**點兒** ㄉㄧㄢˇ ㄦ　①同「一點兒」。如「肚子有點兒餓了，來點兒什麼吃」。②點㈠㈡㈢㈣㈩(十一)。③時運。如「點兒背」（運氣不好）。

**點定** ㄉㄧㄢˇ ㄉㄧㄥˋ　文改正文字，使確定下來。

**點明** ㄉㄧㄢˇ ㄇㄧㄥˊ　指出來使人知道。如「點明學習的目的」。

**點染** ㄉㄧㄢˇ ㄖㄢˇ　繪畫時點綴景物和著色。也比喻修飾文字。

**點穿** ㄉㄧㄢˇ ㄔㄨㄢ　點破了。如「你這一點穿，他的詭計就不能行了」。

**點首** ㄉㄧㄢˇ ㄕㄡˇ　點頭。

**點痣** ㄉㄧㄢˇ ㄓˋ　在痣的上面抹上少許特製的藥物讓痣消失，叫做點痣。

**點破** ㄉㄧㄢˇ ㄆㄛˋ　用一兩句話揭露真相或隱情。

**點勘** ㄉㄧㄢˇ ㄎㄢ　文校對。

**點唱** ㄉㄧㄢˇ ㄔㄤˋ　指定歌曲，讓歌者演唱。

**點將** ㄉㄧㄢˇ ㄐㄧㄤˋ　舊時主帥對將官點名分派任務。比喻指名要某人做某事。

**點焊** ㄉㄧㄢˇ ㄏㄢˋ　一種焊接方法，適用於金屬薄板的焊接。通常把焊接物放在兩電極中間，同時通電和加壓力，利用金屬的電阻生熱來熔接。

**點畫** ㄉㄧㄢˇ ㄏㄨㄚˋ　①指漢字的點、橫、豎、撇等筆畫。②用手指點或比畫。也作點劃。③點綴。

**點菜** ㄉㄧㄢˇ ㄘㄞˋ　上館子時顧客指定要吃的菜，叫點菜。

**點睛** ㄉㄧㄢˇ ㄐㄧㄥ　「畫龍點睛」的略語。參看「畫龍點睛」。

**點補** ㄉㄧㄢˇ ㄅㄨˇ　補字輕讀。吃少量食物解餓。如「這裡有些餅乾，誰餓了可以點補點補」。

**點滴** ㄉㄧㄢˇ ㄉㄧ　①形容零星微小。如「點滴歸公」。②醫生給病人從靜脈注入藥物及維生素液體等，容器高掛，自細管中滴落注射針頭，針插入病人靜脈。這種方法叫「打點滴」。

**點綴** ㄉㄧㄢˇ ㄓㄨㄟˋ　①襯托，裝飾。蘇軾詩「雲散月明誰點綴」。②繪畫時布局著色。如「輕淡點綴而已」。③用些許錢財敷衍一下。如「這件事你可得點綴一下，光說是辦不通的」。

**點播** ㄉㄧㄢˇ ㄅㄛ　①播種的一種方法，每隔一定距離挖一小坑，放入種子。②聽眾選定節目內容請廣播電臺播送。

**點閱** ㄉㄧㄢˇ ㄩㄝˋ　①挨個兒查看。如「點閱古籍」。②圈點閱覽。

**點燈** ㄉㄧㄢˇ ㄉㄥ　把燈點亮。

**點燃** ㄉㄧㄢˇ ㄖㄢˊ　點火使燃燒。如「點燃火把」。

**點醒** ㄉㄧㄢˇ ㄒㄧㄥˇ　提醒。如「經老師一點醒，她立即明白過來了」。

**點頭** ㄉㄧㄢˇ ㄊㄡˊ　頭部微微向下一動，表示允許、贊成、領會或打招呼。

**點戲** ㄉㄧㄢˇ ㄒㄧˋ　指定戲目讓演員演唱。

**點檢** ㄉㄧㄢˇ ㄐㄧㄢˇ　文查核，檢核。

**點竄** ㄉㄧㄢˇ ㄘㄨㄢˋ　文改換（字句）。如「經他一點竄，這篇文章就好多了」。

**點鐘** ㄉㄧㄢˇ ㄓㄨㄥ　小時。如「三點鐘」。

**點驗** ㄉㄧㄢˇ ㄧㄢˋ　一件一件的查對檢驗。

**點腳(兒)** ㄉㄧㄢˇ ㄐㄧㄠˇ ㄦ　瘸子走路，一隻腳作點地的樣子。

**點石成金** ㄉㄧㄢˇ ㄕˊ ㄔㄥˊ ㄐㄧㄣ　比喻修改文章時，稍稍改動原來的文字，就好得很多。

**點頭哈腰** ㄉㄧㄢˇ ㄊㄡˊ ㄏㄚ ㄧㄠ　形容恭順或過分客氣。如「又點頭又哈腰，禮貌過分周到」。

**點鐵成金** ㄉㄧㄢˇ ㄊㄧㄝˇ ㄔㄥˊ ㄐㄧㄣ　神仙故事中說，仙人用手指一點，鐵就變成金子。比喻把不好的文字改好。如「這篇稿子經您一改，真是點鐵成金了」。

**黜** 図ㄔㄨˋ 罷免；革職。如「黜免」「黜陟」。

**黜斥** ㄔㄨˋ ㄔˋ　図舊時指免去官吏的職位或開除學生的學籍。

**黜免** ㄔㄨˋ ㄇㄧㄢˇ　図免職。

**黜退** ㄔㄨˋ ㄊㄨㄟˋ　免除（職務）。

**黜陟** ㄔㄨˋ ㄓˋ　図官職的升降（陟是升）。

**黝** ㄧㄡˇ 黑色。如「黝黑的皮膚」「黑黝黝的」。

## 六筆

**黠** 図ㄒㄧㄚˊ ㈠聰明；靈巧。如「黠慧」。㈡狡猾。如「狡黠」。

**黠慧** ㄒㄧㄚˊ ㄏㄨㄟˋ　図聰敏。也作「黠智」。

**黟** 図ㄧ ㈠黑木。㈡黑的樣子。㈢安徽省縣名。

## 八筆

**黨（党）** ㄉㄤˇ ㈠志同道合的人合組的有組織、有主義的政治團體。如「政黨」「黨部」。㈡稱呼意氣相投常在一起的朋友。如「他們倆是一黨」。㈢図親族；姻戚。如「父黨（父親的親戚）」「母黨」。㈣図幫助，對人親近偏袒。如「黨同伐異」「阿黨」「群而不黨」。㈤古時候五百戶為黨。㈥姓。

**黨人** ㄉㄤˇ ㄖㄣˊ　黨員。

**黨工** ㄉㄤˇ ㄍㄨㄥ　政黨組織中的工作人員。

**黨友** ㄉㄤˇ ㄧㄡˇ　同一黨派成員間的相互稱呼。

**黨羽** ㄉㄤˇ ㄩˇ　黨徒；同夥（用於貶義）。

**黨性** ㄉㄤˇ ㄒㄧㄥˋ　指黨員對所屬政黨的表現。

**黨爭** ㄉㄤˇ ㄓㄥ　黨派或朋黨之間的爭鬥。

**黨派** ㄉㄤˇ ㄆㄞˋ　各政黨或政黨中各派別的統稱。

**黨紀** ㄉㄤˇ ㄐㄧˋ　一個政黨所規定的該黨全體黨員必須遵守的紀律。

**黨軍** ㄉㄤˇ ㄐㄩㄣ　屬於某一政黨的軍隊。

**黨風** ㄉㄤˇ ㄈㄥ　一個政黨的作風。

**黨員** ㄉㄤˇ ㄩㄢˊ　某一政黨的成員。

**黨徒** ㄉㄤˇ ㄊㄨˊ　參加某一集團或派別的人（含貶義）。

**黨校** ㄉㄤˇ ㄒㄧㄠˋ　政黨創辦的學校。

**黨務** ㄉㄤˇ ㄨˋ　政黨內部有關組織、建設、文宣等的事務。

**黨參** ㄉㄤˇ ㄕㄣ　多年生草本植物，花黃綠色。結蒴果，成熟時黃褐色。根入藥，有補中益氣作用。因原產於上黨（今山西省東南部）而得名。

**黨國** ㄉㄤˇ ㄍㄨㄛˊ　黨和國家。

**黨產** ㄉㄤˇ ㄔㄢˇ　屬於政黨所有的產業。

**黨部** ㄉㄤˇ ㄅㄨˋ　政黨辦理黨務的機關，可分為中央黨部、省黨部、縣市黨部、區黨部等級。

**黨章** ㄉㄤˇ ㄓㄤ　一個政黨的章程，一般規定該黨的總綱、組織機構、組織制度、黨員的權利和義務等項。

**黨報** ㄉㄤˇ ㄅㄠˋ　屬於某一政黨的機關報。

**黨棍** ㄉㄤˇ ㄍㄨㄣˋ　指某一政黨在某一地方或單位依仗權勢作惡多端的黨員。

**黨項** ㄉㄤˇ ㄒㄧㄤˋ　古代羌族的一支，北宋時建立西夏政權，地區包括今甘肅、內蒙古的一部分和寧夏。

**黨禁** ㄉㄤˇ ㄐㄧㄣˋ ①禁止黨人出仕及與人交往。②禁止組織新的政黨。

**黨義** ㄉㄤˇ ㄧˋ 某一政黨所信仰的主義。

**黨團** ㄉㄤˇ ㄊㄨㄢˊ ①黨派和團體的簡稱。②指議會中屬於某一政黨的代表。

**黨旗** ㄉㄤˇ ㄑㄧˊ 代表某一政黨的旗幟。

**黨歌** ㄉㄤˇ ㄍㄜ 由政黨正式規定的代表該黨的歌曲。

**黨禍** ㄉㄤˇ ㄏㄨㄛˋ 因黨爭而引起的禍難。

**黨綱** ㄉㄤˇ ㄍㄤ 黨章的總綱，是一個政黨的最基本的政治綱領和組織綱領。

**黨魁** ㄉㄤˇ ㄎㄨㄟˊ 政黨的首領的通稱。

**黨錮** ㄉㄤˇ ㄍㄨˋ 図古代指禁止某一集團、派別及其有關的人擔任官職，並限制其活動。

**黨徽** ㄉㄤˇ ㄏㄨㄟ 表示某個政黨的標誌。

**黨證** ㄉㄤˇ ㄓㄥˋ 政黨發給黨員的憑證。

**黨籍** ㄉㄤˇ ㄐㄧˊ 申請入黨的人被批准後取得的黨員資格。

**黨齡** ㄉㄤˇ ㄌㄧㄥˊ 黨員入黨後經過的年數。

**黨中央** ㄉㄤˇ ㄓㄨㄥ ㄧㄤ 政黨的最高領導機構。

**黨政軍** ㄉㄤˇ ㄓㄥˋ ㄐㄩㄣ 政黨機構、政府機構和軍事單位。如「黨政軍各界」。

**黨同伐異** ㄉㄤˇ ㄊㄨㄥˊ ㄈㄚˊ ㄧˋ 幫助同黨的人，而攻擊異己。

**黨國元老** ㄉㄤˇ ㄍㄨㄛˊ ㄩㄢˊ ㄌㄠˇ 稱黨政各界年輩資望高的人。

**黧** 図ㄌㄧˊ 黑裡帶黃的顏色。如「面目黧黑」。

**黥** 図ㄑㄧㄥˊ 古時在犯人的額上刺字的刑罰。這種犯人叫「黥徒」。

**黥面** ㄑㄧㄥˊ ㄇㄧㄢˋ 図在面或額上刺字。

## 九筆

**黯** ㄢˋ ㈠深黑色。㈡「黯淡」，悲傷、失望或昏暗的樣子。

**黯淡** ㄢˋ ㄉㄢˋ （光、色）昏暗；不光明；不鮮豔。也作「暗淡」。

**黯然** ㄢˋ ㄖㄢˊ ①陰暗的樣子。②心裡不舒服，情緒低落的樣子。如「黯然淚下」。

## 十筆

**黰** 図ㄓㄣˇ 古人說人的頭髮又黑又亮的樣子。

## 十一筆

**黴** ㄇㄟˊ ㈠指「黴菌」。㈡図臉黑。〈淮南子．脩務〉篇說「舜黴黑」（大舜臉黑）。

**黴菌** ㄇㄟˊ ㄐㄩㄣˋ 下等植物。狹義的指藻菌類接合菌的一種，就是寄生在麵包等表面的白黴；廣義的指分裂菌、藻菌、釀母菌等。

**黲** 図ㄘㄢˇ 淺青黑色。食物發霉壞了的顏色也叫「黲」。

## 十四筆

**黶** ㄧㄢˇ 「黶子」，皮膚上的小黑點兒，平常叫「痣」。

## 十五筆

**黷** 図ㄉㄨˊ ㈠通「瀆」，指時常麻煩人家，教人討厭。㈡褻慢，不莊敬。〈書經〉有「黷于祭祀」。㈢見「黷武」。

**黷武** ㄉㄨˊ ㄨˇ 図濫用武力；貪愛打仗。如「窮兵黷武」。

## 黹部

**黹** ㄓˇ 做針線。指刺繡、縫紉等女紅（ㄍㄨㄥ）。常說「針黹」。

### 五筆

**黻** 図ㄈㄨˊ古代禮服上繡的半青半黑的花紋，像兩個「弓」相背立。

### 七筆

**黼** 図ㄈㄨˇ古禮服上刺繡的花紋，半黑半白，像一對斧頭的形狀。

**黼黻** ㄈㄨˇ ㄈㄨˊ 図①衣裳繪繡的花紋。②比喻文章。

## 黽部

**黽（黾）** 図ㄇㄧㄣˇ勉勵。「黽勉」就是勉力或努力的意思。

### 四筆

**黿** ㄩㄢˊ 大鼈，背青黑色，頭有疙瘩。俗稱「癩頭黿」。

### 五筆

**鼂** ▲図ㄓㄠ同「晁（ㄓㄠ）」，古書裡同「朝（ㄓㄠ）」字。〈楚辭〉有「甲之鼂吾以行」。〈漢書〉有「鼂不及夕」。
▲ㄔㄠˊ同「晁（ㄔㄠˊ）」，姓。

### 十一筆

**鼇（鰲）** ㄠˊ 古時候傳說是海裡的大龜。科舉時中了狀元，說是「獨占鼇頭」。

**鼈（鱉）** ㄅㄧㄝ 爬蟲類動物，形狀像龜，俗名「甲魚」「團魚」。

**鼈甲** ㄅㄧㄝ ㄐㄧㄚˇ 鼈的背殼，可入藥。

**鼈裙** ㄅㄧㄝ ㄑㄩㄣˊ 鼈的背甲四周的肉質軟邊，味鮮美。也叫鼈邊。

### 十二筆

**鼉** ㄊㄨㄛˊ 又名鼉龍，俗稱豬婆龍。脊椎動物，爬行綱，鼉科，學名揚子鱷，是揚子江的特產。體長一丈多，脊部、尾部都有角質鱗甲。棲於江河岸邊或湖沼底部。我國古時用鼉的皮做鼓。

**鼉鼓** ㄊㄨㄛˊ ㄍㄨˇ ①古人用鼉的皮做鼓。〈詩經〉有「鼉鼓逢逢」。②図鼉的鳴聲像鼓。也作「鼉更」。

## 鼎部

**鼎** ㄉㄧㄥˇ ㈠三條腿兩個耳子的青銅器。可以做種種用途，如烹飪、煉丹、煮藥、煎茶、焚香等。又相傳是夏禹鑄九鼎作傳國之寶，所以改朝換代說「鼎革」「定鼎」。㈡図重大有力。如「鼎力」「一言九鼎」。㈢「鼎鼎」，盛大。如「鼎鼎大名」。㈣図是說三方面對立。如「鼎立」。㈤図正當，方才。如「鼎盛之年」。㈥〈易經〉卦名，巽下離上，新的意思。㈦閩南、臺灣仍稱炒菜用的鐵鍋叫鼎。

**鼎力** ㄉㄧㄥˇ ㄌㄧˋ 図請託他人出力相助或感謝他人大力幫忙的敬詞。如「敬請鼎力相助」。

**鼎甲** ㄉㄧㄥˇ ㄐㄧㄚˇ ①舊時稱世族中門第最高的為鼎甲。②科舉時代稱殿試名列甲等的前三名（狀元、榜眼、探花）。

**鼎立** ㄉㄧㄥˇ ㄌㄧˋ 三方面的勢力對立（如鼎的三條腿）。如「魏、蜀、吳三國鼎立」。

**鼎助** ㄉㄧㄥˇ ㄓㄨˋ 図敬詞，大力協助。如「感謝鼎助之恩」。

**鼎言** ㄉㄧㄥˇ ㄧㄢˊ 図重要的言詞。

**鼎足** ㄉㄧㄥˇ ㄗㄨˊ 図鼎的腿，比喻三方面對立的形勢。如「鼎足而三」。

**鼎沸** ㄉㄧㄥˇ ㄈㄟˋ 図形容喧鬧、混亂，像水在鍋裡沸騰的樣子。如「人聲鼎沸」。

**鼎峙** ㄉㄧㄥˇ ㄓˋ 図三方面對立。鼎有三足，所以叫鼎峙。

**鼎革** ㄉㄧㄥˇ ㄍㄜˊ 図除舊布新，指改朝換代。

**鼎食** ㄉㄧㄥˇ ㄕˊ 図列鼎而食。古時候諸侯吃飯列五鼎，卿大夫吃飯列三鼎。後來說富貴人家是「鼎食之家」。

**鼎湖** ㄉㄧㄥˇ ㄏㄨˊ 〈史記・封禪書〉說，黃帝鑄鼎於荊山下，鼎成，帝乘龍升天。後人因稱其處曰鼎湖。（荊山在今河南閿鄉縣南）後用鼎湖做帝王死亡的意思。〈圓圓曲〉有「鼎湖當日棄人間」。

**鼎盛** ㄉㄧㄥˇ ㄕㄥˋ 図正當興盛或強壯。如「春秋鼎盛」。

**鼎新** ㄉㄧㄥˇ ㄒㄧㄣ 図革新。如「革故鼎新」。

**鼎鼎** ㄉㄧㄥˇ ㄉㄧㄥˇ 盛大的樣子。如「大名鼎鼎」。

**鼎鼐** ㄉㄧㄥˇ ㄋㄞˋ 図①比喻宰相的職位。②烹飪器具。鼎用以和五味，大鼎為鼐。

**鼎彝** ㄉㄧㄥˇ ㄧˊ 古代祭器，上面多刻著表彰有功人物的文字。如「功銘鼎彝」。

## 二筆

**鼏** ㄇㄧˋ 鼎的蓋子。

**鼐** ㄋㄞˋ 大鼎。

## 三筆

**鼒** ㄗ 口小的鼎。

# 鼓部

**鼓（鼔）** ㄍㄨˇ ㈠用木塊箍成圓桶形，上下兩端蒙上牛羊皮，敲起來有鼕鼕的聲音，是一種打擊樂器。如「大鼓」「鼓號樂隊」。㈡図打鼓。如「填然鼓之」。㈢拍，擊。如「鼓掌」。㈣振動。如「鼓動」「鼓翼」。㈤激動。如「鼓勵」「鼓舞」。㈥図喧譁吵鬧。如「鼓譟」。㈦図彈奏。如「鼓瑟」「鼓琴」。㈧古時夜裡每一更打鼓報時，所以五更也叫「五鼓」。㈨漲起來的樣子。如「鼓鼓囊囊」「看她鼓著腮幫子，一臉不高興」。

**鼓手** ㄍㄨˇ ㄕㄡˇ 手字輕讀。樂隊中打鼓的人。

**鼓舌** ㄍㄨˇ ㄕㄜˊ 図鼓弄脣舌，多指言多或詭辯。

**鼓吹** ▲図ㄍㄨˇ ㄔㄨㄟˋ 一個系列的樂器及奏樂的人。從前帝王、大官在家宴飲或出門時候，都要演奏，有時也由皇帝賜給有功的臣下。▲ㄍㄨˇ ㄔㄨㄟ ①提倡鼓動。如「鼓吹革命」。②贊揚，宣揚。如「他這次辦這個事業，你得替他鼓吹鼓吹」。

**鼓板** ㄍㄨˇ ㄅㄢˇ 打擊樂器，用來打拍子。一般用三塊硬質木板做成，互相打擊，能發出清脆的聲音。也叫拍板。

**鼓盆**（ㄍㄨˇ ㄆㄣˊ）〔文〕敲盆。莊子的妻子死了，他敲著瓦盆唱起歌來。後來用以指喪妻。如「鼓盆之戚」。

**鼓書**（ㄍㄨˇ ㄕㄨ）大鼓（曲藝的一種）。

**鼓浪**（ㄍㄨˇ ㄌㄤˋ）船隻航行時掀起波浪。如「巨輪鼓浪前進」。

**鼓動**（ㄍㄨˇ ㄉㄨㄥˋ）用語言、文字等激發人們的情緒，使行動起來。

**鼓惑**（ㄍㄨˇ ㄏㄨㄛˋ）〔文〕鼓動煽惑。

**鼓掌**（ㄍㄨˇ ㄓㄤˇ）拍手，多表示高興、贊成或歡迎。

**鼓棹**（ㄍㄨˇ ㄓㄠˋ）〔文〕搖動船槳。如「鼓棹前進」。也作「鼓櫂」。

**鼓琴**（ㄍㄨˇ ㄑㄧㄣˊ）〔文〕使琴發出聲音，就是彈琴。

**鼓脹**（ㄍㄨˇ ㄓㄤˋ）中醫指由水、氣、瘀血、寄生蟲等原因引起的腹部膨脹的病。

**鼓搗**（ㄍㄨˇ ㄉㄠ˙）搗字輕讀。①反覆擺弄。②挑撥；設法支使。

**鼓舞**（ㄍㄨˇ ㄨˇ）①興奮；振作。如「歡欣鼓舞」。②使振作起來。如「鼓舞士氣」。

**鼓樓**（ㄍㄨˇ ㄌㄡˊ）舊時城市中設置大鼓的樓，樓內按時敲鼓報告時辰。城中還有鐘樓。

**鼓樂**（ㄍㄨˇ ㄩㄝˋ）敲鼓聲和奏樂聲，泛指我國民族音樂。如「鼓樂喧天」。

**鼓膜**（ㄍㄨˇ ㄇㄛˊ）外耳和中耳之間傳音的薄膜。

**鼓勵**（ㄍㄨˇ ㄌㄧˋ）激發和勉勵。

**鼓翼**（ㄍㄨˇ ㄧˋ）〔文〕振動翅膀向上飛。

**鼓譟**（ㄍㄨˇ ㄗㄠˋ）古代指出戰時擂鼓吶喊，以張聲勢。今泛指喧嚷。也作「鼓噪」。

**鼓鑄**（ㄍㄨˇ ㄓㄨˋ）〔文〕鼓風搧火，冶煉金屬、鑄造錢幣或器物。

**鼓兒詞**（ㄍㄨˇ ㄦˊ ㄘˊ）民間雜曲的一種，配合歌詞故事，敲著小鼓來唱。也叫「鼓子詞」。

**鼓風爐**（ㄍㄨˇ ㄈㄥ ㄌㄨˊ）有鼓風裝置的冶煉爐。多用來煉銅、錫、鎳、鐵等金屬。冶煉爐的鼓風裝置也叫鼓風爐。

**鼓點子**（ㄍㄨˇ ㄉㄧㄢˇ ㄗ˙）①打鼓時的音響節奏。②戲曲中的鼓板的節奏，用來指揮其他樂器。

**鼓舌如簧**（ㄍㄨˇ ㄕㄜˊ ㄖㄨˊ ㄏㄨㄤˊ）〔文〕比喻說得很好聽，能言善辯。常說「鼓其如簧之舌」。

**鼓鼓囊囊**（ㄍㄨˇ ㄍㄨˇ ㄋㄤ ㄋㄤ）第二個鼓字輕讀。形容口袋、包裹等填塞得凸起的樣子。如「背包裝得鼓鼓囊囊的」。

**鼓樂喧天**（ㄍㄨˇ ㄩㄝˋ ㄒㄩㄢ ㄊㄧㄢ）形容奏樂的聲音非常熱鬧。

## 五筆

**鼕** ㄉㄨㄥ 鼓聲。

## 六筆

**鼗（鞀）** ㄊㄠˊ 兩旁有耳的小鼓。

## 八筆

**鼙（鞞）** 〔文〕ㄆㄧˊ 中國古時軍中的戰鼓。漢代是騎在馬上敲的小鼓。也叫「鼙鼓」。

## 十二筆

**鼛** 〔文〕ㄍㄠ 大鼓。

**鼟** ㄊㄥ 「鼟鼟」，鼓聲。

# 鼠部

**鼠** ㄕㄨˇ ㈠通常說「老鼠」或「耗子」，是齧齒類哺乳動物，種類很多，繁殖力極強。一般的家鼠形體小，尾巴長，膽怯，善跑，門齒發達，喜歡啃東西。生活在洞穴裡，夜出覓食，時常損壞衣物，是傳播鼠疫桿菌的主要媒介。㈡用「鼠」來比喻卑鄙、膽怯、逃竄等不好的人或行為。如「鼠輩」「鼠竄」。㈢図「首鼠」，猶豫不決的意思，常作「首鼠兩端」。

**鼠子** ㄕㄨˇ ㄗˇ 鼠輩。

**鼠目** ㄕㄨˇ ㄇㄨˋ 図①說人眼睛小而向外突出。形容人相貌不好。②比喻人的眼光短淺。

**鼠夾** ㄕㄨˇ ㄐㄧㄚˊ 裝上誘餌可以夾住老鼠的器具。

**鼠技** ㄕㄨˇ ㄐㄧˋ 図是說才力小而不適於應用。由〈荀子·勸學篇〉「梧鼠五技而窮」的話演變成的詞語。參看「鼫」字㈡。

**鼠思** ㄕㄨˇ ㄙ 図憂思。〈詩經〉有「鼠思泣血」。

**鼠疫** ㄕㄨˇ ㄧˋ 急性傳染病，病原體是鼠疫桿菌。囓齒類動物如鼠、兔等感染這種病之後，再由跳蚤傳入人體。也叫黑死病。

**鼠害** ㄕㄨˇ ㄏㄞˋ 指鼠類對植物、雜物等的破壞。

**鼠耗** ㄕㄨˇ ㄏㄠˋ 鼠類對糧食等物的耗損。

**鼠窟** ㄕㄨˇ ㄎㄨ 老鼠洞。

**鼠輩** ㄕㄨˇ ㄅㄟˋ 指微不足道的人（罵人的話）。

**鼠膽** ㄕㄨˇ ㄉㄢˇ 形容膽子極小。

**鼠蹊** ㄕㄨˇ ㄒㄧ 大腿和小腹相連的部分。也說「腹股溝」。

**鼠竄** ㄕㄨˇ ㄘㄨㄢˋ 比喻像老鼠那樣的驚慌逃跑。

**鼠竊** ㄕㄨˇ ㄑㄧㄝˋ 小偷兒。

**鼠曲草** ㄕㄨˇ ㄑㄩ ㄘㄠˇ 一年生草本植物，葉互生，有柔軟的白毛，花黃色。莖和葉可入藥，有鎮咳、祛痰等作用。

**鼠目寸光** ㄕㄨˇ ㄇㄨˋ ㄘㄨㄣˋ ㄍㄨㄤ 比喻眼光短，見識淺。

## 四筆

**鼢** ㄈㄣˊ 鼴鼠。

## 五筆

**鼥** ㄅㄚˊ 「鼥鼧」，見「鼧」字。

**鼦** ㄉㄧㄠ 同「貂」，毛皮可做皮衣，很貴重。〈史記·貨殖傳〉有「狐鼦裘千皮」。

**鼧** ㄊㄨㄛˊ 「鼧鼥」，旱獺，又叫「土撥鼠」。形狀像水獺，能掘地作窩。皮毛一般是土黃色，可做裘，很暖。產在我國北方草原、曠野的岩石地帶。

**鼫** ㄕˊ ㈠一種鼠，頭像兔子。㈡據說是一種「五技鼠」，〈荀子·勸學篇〉叫牠「梧鼠」，有「梧鼠五技而窮」的說法。所謂「五技」是「能飛不能上屋，能緣不能窮木，能游不能渡谷，能穴不能掩身，能走不能先人」。後來比喻人技能雖多，但是才力小不適於應用，說是「鼠技」。㈢鼫鼠，常作松鼠或鼴鼠的別名。

**鼪** ㄕㄥ 鼬鼠。

**鼬** ㄧㄡˋ 也叫「鼬鼠」「黃鼬」，就是「黃鼠狼」。體長一尺多，毛黃褐色，專吃小禽的血或鳥蛋。被敵人追得跑不了的時候，肛門腺能分泌惡臭液，嚇阻敵人而脫逃。尾上的毛可以製造毛筆，叫「狼毫筆」。

## 六筆

**鼦** ㄏㄜˊ 鼦類獸，皮可做裘。〈鹽鐵論〉有「燕（ㄧㄢ）鼦代黃」（燕國的鼦，代國的黃馬）。又讀ㄉㄨㄛˋ。

## 七筆

**鼪** ㄊㄧㄥˊ〈爾雅・釋獸篇〉說是身上的毛有紋路像豹的鼠。

**鼯** ㄨˊ 鼯鼠，形狀像松鼠，腹旁從前肢到後肢生著薄膜，能在樹林裡像飛一樣地跳。也叫「飛鼠」。生活在樹洞裡，吃果實和樹芽。

## 九筆

**鼴（鼹）** ㄧㄢˇ 鼴鼠，又名銳鼠、隱鼠，閩南、臺灣叫「錢鼠」，北方叫「地裡排子」。黑色，五寸多長，前肢特別有力，能掘地，白天躲在洞裡，夜裡出來，捕食昆蟲、蚯蚓，也吃植物的根。

## 十筆

**鼷** ㄒㄧ ㈠一種住在倉庫裡身長不到三寸的小老鼠，灰黑色，腹部稍淡。㈡因形容小的孔穴是「鼷穴」。

# 鼻部

**鼻** ㄅㄧˊ ㈠人和高等動物呼吸器官的通氣口；同時因為腔內黏膜布滿嗅神經，也是嗅覺的主要器官，平常叫「鼻子」。從外面看，人的鼻分鼻梁、鼻背、鼻孔、鼻尖、鼻翅兒、鼻根。㈡器物上高起的部分。如「印鼻」（印章上手指捏的部分，也叫印鈕）。㈢器物上有孔的部分。如「針鼻」。㈣因起始；第一個。如「鼻祖」。

**鼻子** ㄅㄧˊ ˙ㄗ 鼻㈠。

**鼻孔** ㄅㄧˊ ㄎㄨㄥˇ 鼻腔與外面相通的孔道。

**鼻水** ㄅㄧˊ ㄕㄨㄟˇ 像水那樣的很稀的鼻涕。

**鼻血** ㄅㄧˊ ㄒㄧㄝˇ 從鼻流出來的血。

**鼻兒** ㄅㄧˊㄦ ①器物上面可穿上其他東西的小孔。如「針鼻兒」。②像哨子的東西。如「火車拉鼻兒，好長的一聲」。

**鼻炎** ㄅㄧˊ ㄧㄢˊ 由感冒或傳染引起的鼻病。患者鼻中黏膜腫脹，鼻塞，鼻涕多。分急性、慢性兩種。也叫鼻加答兒。

**鼻音** ㄅㄧˊ ㄧㄣ 由鼻腔發聲的音，像ㄇ、ㄋ。

**鼻息** ㄅㄧˊ ㄒㄧˊ 從鼻腔出入的氣息。

**鼻涕** ㄅㄧˊ ㄊㄧˋ 鼻腔黏膜所分泌的液體。

**鼻祖** ㄅㄧˊ ㄗㄨˇ 因始祖，比喻創始人。

**鼻衄** ㄅㄧˊ ㄋㄩˋ 鼻子流血的症狀，多由鼻外傷、鼻腔病變等引起。

**鼻腔** ㄅㄧˊ ㄑㄧㄤ 鼻子內部的空腔，分左右兩個，壁上有細毛。上部黏膜中有嗅覺細胞，能分辨氣味。

**鼻準** ㄅㄧˊ ㄓㄨㄣˇ 因鼻尖；鼻梁兒。

**鼻飾** ㄅㄧˊ ㄕˋ 戴在鼻子上的裝飾品。

**鼻飼** ㄅㄧˊ ㄙˋ 病人不能用嘴飲食時，用特製的管子通過鼻腔插入胃內，把流質食物從管子裡灌進去。

**鼻頭** ㄅㄧˊ ㄊㄡˊ 鼻子。

**鼻翼** ㄅㄧˊ ㄧˋ 鼻尖兩旁的部分。通稱「鼻翅兒」。

**鼻竇**（ㄅㄧˊ ㄉㄡˋ） 鼻旁竇的通稱。

**鼻牛（兒）**（ㄅㄧˊ ㄋㄧㄡˊ ㄦ） 乾稠的鼻涕。

**鼻尖（兒）**（ㄅㄧˊ ㄐㄧㄢ ㄦ） 鼻子末端最突出的部分。也叫鼻子尖兒。

**鼻翅（兒）**（ㄅㄧˊ ㄔˋ ㄦ） 鼻翼的通稱。

**鼻梁（兒）**（ㄅㄧˊ ㄌㄧㄤˊ ㄦ） 鼻子隆起的部分。也叫鼻梁子。

**鼻煙（兒）**（ㄅㄧˊ ㄧㄢ ㄦ） 用鼻子吸入的一種粉末狀的煙。煙末裝在鼻煙壺裡。

**鼻咽癌**（ㄅㄧˊ ㄧㄢ ㄧㄢˊ） 鼻腔、咽喉部位發生惡性腫瘤的病，患者大多是男性，病因不明。癌今又讀ㄞˊ。

**鼻旁竇**（ㄅㄧˊ ㄆㄤˊ ㄉㄡˋ） 頭顱內部鼻腔周圍的空腔。通稱鼻竇。

**鼻子眼兒**（ㄅㄧˊ ˙ㄗ ㄧㄢˇ ㄦ） 鼻孔。

**鼻青臉腫**（ㄅㄧˊ ㄑㄧㄥ ㄌㄧㄢˇ ㄓㄨㄥˇ） 鼻子青了，臉也腫了。形容面部被碰傷或打傷的樣子，也比喻遭到重大打擊、挫折的狼狽相。如「被搞得鼻青臉腫」。

## 三筆

**鼾** ㄏㄢ 張著嘴睡著時候口腔發出的聲音。通常說「打鼾」。

**鼾睡**（ㄏㄢ ㄕㄨㄟˋ） 熟睡而打鼾。

**鼾聲**（ㄏㄢ ㄕㄥ） 打鼾的聲音。如「鼾聲如雷」。

## 四筆

**䶊** 図ㄋㄩˋ 同「衄」，鼻子出血。又讀ㄋㄧㄡˋ。

## 五筆

**齁** ㄏㄡ ㈠吃了太鹹或太甜的東西的感覺。如「齁得難受」。㈡同「極」「很」。如「齁苦」「齁鹹」。㈢「齁齁」，鼻子出氣的聲音。

**齁聲**（ㄏㄡ ㄕㄥ） 打呼嚕的聲音；鼾聲。

## 十筆

**齆（⿰邕鼻）** ㄨㄥˋ 鼻子堵塞不通氣。如「說話齆聲齆氣」。

## 十一筆

**齇** ㄓㄚ 鼻子上的紅斑。一般把鼻子長紅斑的叫「酒齇鼻」或「酒精鼻子」。

## 二十二筆

**齉** ㄋㄤˋ 鼻腔不通暢，說話發音不正確，叫「齉鼻子」或「齉鼻兒」。形容這種狀況說「鼻子發齉」。

# 齊部

**齊（斉、齐）** ▲ㄑㄧˊ ㈠原義是稻麥吐穗高度劃一，引伸作平整一致，相等。如「齊步」「一刀切得很齊」。㈡同，並。如「齊唱」「齊心」。㈢完備。如「齊全」「齊備」。㈣図整治。如「齊家」。㈤朝代名。南北朝時候有南齊（蕭道成所建，西元四七九－五〇二）、北齊（高洋所建，西元五五〇－五七七）。㈥周朝分封的國名，在今山東省東部；到了戰國時被田氏所篡，成為七雄之一，後來被秦所滅。㈦指山東省，因為山東是古齊國的地方。㈧姓。

▲図ㄓㄞ「齊戒」，同「齋戒」。

▲図ㄐㄧˋ「火齊」：①指冶金或兵器鍛鍊火燒的程度，口語說「火候」。②稱珠玉之類。

▲ㄗ ㈠衣服的下襬。〈論語〉有「攝齊升堂」。㈡一種喪服。如「齊衰(ㄘㄨㄟ)」。㈢通「粢」。〈禮記〉有「以供齊盛(ㄔㄥˊ)」。

**齊一**(ㄑㄧˊ ㄧ) 整齊一致。如「他們的動作迅速而齊一」。

**齊心**(ㄑㄧˊ ㄒㄧㄣ) 思想認識一致。

**齊全**(ㄑㄧˊ ㄑㄩㄢˊ) 應有盡有(多指物品)。

**齊名**(ㄑㄧˊ ㄇㄧㄥˊ) 図聲名相等。

**齊步**(ㄑㄧˊ ㄅㄨˋ) ①步伐整齊。②形容時間和步驟都一樣。

**齊奏**(ㄑㄧˊ ㄗㄡˋ) 兩個以上的演奏者同時演奏同一曲調。

**齊眉**(ㄑㄧˊ ㄇㄟˊ) 図後漢梁鴻的妻孟光，每次端出飯菜，都把食盤捧到齊了眉心一般高，後來把「齊眉」作為夫妻間互相尊敬的比喻。也作「舉案齊眉」。

**齊家**(ㄑㄧˊ ㄐㄧㄚ) 図整理家庭裡的事，使上下和睦，秩序井然。

**齊衰**(ㄗ ㄘㄨㄟ) 図喪服的一種，比最重的斬衰次一等。

**齊唱**(ㄑㄧˊ ㄔㄤˋ) 兩個以上的歌唱者按同一旋律同時演唱。

**齊盛**(ㄗ ㄔㄥˊ) 図古代盛在祭器中供祭祀的穀類食品。也作「粢盛」。

**齊備**(ㄑㄧˊ ㄅㄟˋ) 齊全(多指物品)。

**齊集**(ㄑㄧˊ ㄐㄧˊ) 聚集在一起。如「齊集一堂」。

**齊齒**(ㄑㄧˊ ㄔˇ) ①図也作「齊年」，就是年齡相同。②「齊齒呼」的簡詞。

**齊整**(ㄑㄧˊ ㄓㄥˇ) 整齊。

**齊聲**(ㄑㄧˊ ㄕㄥ) (許多人)同時發出聲音。

**齊驅**(ㄑㄧˊ ㄑㄩ) 図①驅馬並進。②比喻才力相等。

**齊步走**(ㄑㄧˊ ㄅㄨˋ ㄗㄡˇ) 軍事口令，號令隊伍保持整齊的行列，並以整齊的步代前進。

**齊眉棍**(ㄑㄧˊ ㄇㄟˊ ㄍㄨㄣˋ) 武士所用的堅木棍，豎起來長與眉齊，所以叫齊眉棍。又叫少林棍。

**齊齒呼**(ㄑㄧˊ ㄔˇ ㄏㄨ) 四呼之一，韻母是一或拿一起頭的字音，叫齊齒呼。如「也」「因」「妖」。

**齊人之福**(ㄑㄧˊ ㄖㄣˊ ㄓ ㄈㄨˊ) 語本〈孟子·離婁下〉：「齊人有一妻一妾而處室者……」譏笑男人有配偶，又討小老婆。

**齊大非耦**(ㄑㄧˊ ㄉㄚˋ ㄈㄟ ㄡˇ) 図這是春秋時鄭國太子忽不敢娶齊僖公的女兒所說的一句話，以後成了指婚姻不相稱(ㄔㄣˋ)的成語，比喻不敢仰攀的意思。也作「齊大非偶」。

**齊打夥兒**(ㄑㄧˊ ㄉㄚˇ ㄏㄨㄛˇ ㄦ) 一齊；一起。如「明兒咱們齊打夥兒去放風箏」。

**齊東野語**(ㄑㄧˊ ㄉㄨㄥ ㄧㄝˇ ㄩˇ) 図〈孟子〉書上指齊國東部鄉野人說的話。比喻不足憑信的荒唐說法。

**齊眉穗兒**(ㄑㄧˊ ㄇㄟˊ ㄙㄨㄟˋ ㄦ) 婦女或兒童垂在前額與眉相齊的短髮。

**齊頭並進**(ㄑㄧˊ ㄊㄡˊ ㄅㄧㄥˋ ㄐㄧㄣˋ) 不分先後地一齊前進。如「四路大軍齊頭並進」。

**齊頭兒齊腦兒**(ㄑㄧˊ ㄊㄡˊ ㄦ ㄑㄧˊ ㄋㄠˇ ㄦ) 形容非常整齊。

## 三筆

**齋**(斋) ㄓㄞ ㈠指莊敬守禮，身心安靜。如「齋戒沐浴」。㈡信仰宗教的人所吃的素食。如「和尚吃齋」「花齋」(定期而非每日素食)。㈢図送食物給僧徒。㈣指可以安居靜修的屋子。如「書齋」。

㈤古時指太學學舍。宋史有「外學為四講堂百齋」。㈥商店、飯店有用「齋」做字號的。

**齋公** ㄓㄞ ㄍㄨㄥ ①寺廟裡管理香火的人。②指吃素的人。③對道士的稱呼（見於舊小說）。

**齋月** ㄓㄞ ㄩㄝˋ 回教在封齋期間的一個月，就是回曆的九月。

**齋主** ㄓㄞ ㄓㄨˇ 寺廟和尚把贈送食物的人叫「齋主」。

**齋戒** ㄓㄞ ㄐㄧㄝˋ 図古時在祭祀以前，先要洗澡，換乾淨衣服，不喝酒，不吃葷菜，不近女色，表示虔誠莊敬。

**齋供** ㄓㄞ ㄍㄨㄥˋ 供奉神佛用的食品。

**齋堂** ㄓㄞ ㄊㄤˊ 寺廟中的食堂。

**齋飯** ㄓㄞ ㄈㄢˋ 和尚向人家化來的飯食。

**齋會** ㄓㄞ ㄏㄨㄟˋ 佛教徒的集會。如「佛光山舉行盛大的齋會」。

**齋壇** ㄓㄞ ㄊㄢˊ ①帝王祭祀天地的地方。②法壇。

**齋醮** ㄓㄞ ㄐㄧㄠˋ 僧道設壇向神祈禱。

## 七筆

**齎（賫、賷）** 図ㄐㄧ ㈠送東西給人。如「齎送年禮」。㈡挾抱，心裡一直存著。如「齎恨」「齎志」。

**齎志** ㄐㄧ ㄓˋ 図一向抱持的志願而沒有能夠達到。如「齎志以歿」「齎志而終」。

**齎恨** ㄐㄧ ㄏㄣˋ 図抱恨，心裡有憾恨不平的事。如「齎恨難消」。

**齎盜糧** ㄐㄧ ㄉㄠˋ ㄌㄧㄤˊ 図送糧食給盜匪。比喻幫助做壞事的人或助惡人為惡。語見〈史記・范雎蔡澤傳〉。

## 九筆

**齏（韲）** 図ㄐㄧ ㈠細，碎。如「齏粉」。㈡用來調味的細碎辛辣的食物或菜末。

**齏粉** ㄐㄧ ㄈㄣˇ 図細粉，碎屑。

## 齒部

**齒** ㄔˇ ㈠同「牙」㈠。如「牙齒」「齒牙」。㈡図象牙。〈書・禹貢〉有「齒革羽毛」。㈢排列得像牙齒一樣的東西。如「齒輪」「鋸齒」。㈣図比喻人的年紀。如「您請上坐，您齒尊」。㈤図錄用。見「不齒」。㈥図說起，提起。如「齒及」「掛齒」。㈦図見「齒冷」。

**齒及** ㄔˇ ㄐㄧˊ 図說到，提及。如「何足齒及」。

**齒冷** ㄔˇ ㄌㄥˇ 図恥笑（笑則張口，笑的時間長了，牙齒就會感覺到冷）。如「令人齒冷」。

**齒兒** ㄔˇ ㄦ 物體上齒形的部分。如「梳子齒兒」。

**齒冠** ㄔˇ ㄍㄨㄢ 牙齒的一部分，用來嚼東西，外殼是琺瑯質。

**齒科** ㄔˇ ㄎㄜ 研究醫治牙病的學科。

**齒音** ㄔˇ ㄧㄣ 舊日聲韻學說用舌尖貼近牙齒，迸出氣息所發出的音，ㄓ、ㄔ、ㄕ、ㄖ的叫正齒音，ㄗ、ㄘ、ㄙ的叫齒頭音。

**齒根** ㄔˇ ㄍㄣ 牙齒嵌入齒座裡面的部分。

**齒尊** ㄔˇ ㄗㄨㄣ 図年紀大，是對人的敬語。如「您是齒尊，應當上坐」。

**齒腔** ㄔˇ ㄑㄧㄤ 牙齒當中的空腔，充滿神經、血管、齒髓。

**齒數**（ㄔˇ ㄕㄨˇ） 図說起；提起。如「不足齒數」。（不值得提起）

**齒質**（ㄔˇ ㄓˋ） 構成齒的一種物質，由多數細管所成。

**齒錄**（ㄔˇ ㄌㄨˋ） 図錄用。

**齒鯨**（ㄔˇ ㄐㄧㄥ） 鯨的一類，有鋒利的牙齒，沒有鯨鬚。

**齒齦**（ㄔˇ ㄧㄣˊ） 包住齒頸的黏膜組織，粉紅色，內有血管和神經。也叫牙齦，通稱牙床。

**齒髓**（ㄔˇ ㄙㄨㄟˇ） 上齒腔中的髓質，質地疏鬆柔軟，含有許多小血管和神經。

**齒輪（兒）**（ㄔˇ ㄌㄨㄣˊ（ㄦ）） 有齒的輪狀機件，是機器上最常用、最重要的零件之一。

**齒脣音**（ㄔˇ ㄔㄨㄣˊ ㄧㄣ） 上齒和下脣接觸而發出的輔音，如國音中的ㄈ和英語中的f、v。也叫脣齒音。

**齒齦炎**（ㄔˇ ㄧㄣˊ ㄧㄢˊ） 齒齦黏膜腫起來疼痛的病，是因為口腔病、壞血病或水銀中毒而起的。

## 二筆

**齔** 図ㄔㄣˋ 小孩子換牙（乳齒脫落，長出恆齒）。

## 三筆

**齕** 図ㄏㄜˊ 用牙咬東西。

## 四筆

**齘** 図ㄒㄧㄝˋ ㈠上下牙齒互相摩擦。㈡比喻相接之處，參差，不能密合。

**齗** ㄧㄣˊ ㈠同「齦」。㈡図「齗齗」，爭辯的樣子。

## 五筆

**齙** ㄅㄠ 牙齒生得不整齊，露在嘴脣外面，叫「齙牙」。讀音ㄆㄠˊ。

**齠** 図ㄊㄧㄠˊ 兒童換牙。

**齠年**（ㄊㄧㄠˊ ㄋㄧㄢˊ） 図童年。

**齠齔**（ㄊㄧㄠˊ ㄔㄣˋ） 図①兒童換牙的年歲。②比喻童稚。

**齡** ㄌㄧㄥˊ 年歲。如「年齡」「遐齡（高壽）」。

**齟** 図ㄐㄩˇ 齒不整齊。

**齟齬**（ㄐㄩˇ ㄩˇ） 図①牙齒參差不正。②比喻意見不合，吵嘴。

**齣** ㄔㄨ 一本傳奇中的一個大段落叫一齣。戲曲的一個獨立劇目也叫一齣。

## 六筆

**齧（嚙、囓）** 図ㄋㄧㄝˋ 咬。如「齧臂」「鼠夜出齧物」。

**齧合**（ㄋㄧㄝˋ ㄏㄜˊ） ①原指上下兩排牙齒咬緊。②有如牙齒咬緊。如「那幾個齒輪相互依傍，齧合在一起」。

**齧臂**（ㄋㄧㄝˋ ㄅㄧˋ） 図比喻極誠心的盟誓。男女私訂終身也叫「齧臂之盟」。

**齧齒目**（ㄋㄧㄝˋ ㄔˇ ㄇㄨˋ） 哺乳動物的一目，門齒沒有齒根，沒有犬齒。繁殖力很強，如老鼠。

**齜** ㄗ ㈠張嘴露牙。如「齜著牙笑」。㈡牙齒不正。

**齜牙咧嘴**（ㄗ ㄧㄚˊ ㄌㄧㄝˇ ㄗㄨㄟˇ） ①形容凶狠的樣子。②形容疼痛難忍的樣子。

**齩** ㄧㄠˇ 同「咬」。

**齦** ▲ㄧㄣˊ「齒齦」，牙床。▲ㄎㄣˇ 咬。

## 七筆

**齪（齺）** ㄔㄨㄛˋ 「齷齪」，髒，急促。

**齬** 図ㄩˇ 見「齟齬」。

## 八筆

**齯** 図ㄋㄧˊ 老年人牙齒脫落之後重生的新牙齒。

**齯齒** ㄋㄧˊ ㄔˇ 図高壽。

**齮** 図ㄧˇ 側著咬。

**齮齕** ㄧˇ ㄏㄜˊ 図①毀傷。〈史記〉有「秦復得志於天下，則齮齕用事者墳墓矣」。②指人事上的妒忌排擠。

## 九筆

**齲** 図ㄑㄩˇ 牙齒有病而殘缺。

**齲齒** ㄑㄩˇ ㄔˇ 一般說「蛀牙」。牙齒的琺瑯質損壞，出現破洞，細菌侵入以後，破洞越來越大，連帶齒髓遭受破壞，神經也受損，引起疼痛。

**齵** 図ㄩˊ 牙齒不正。引伸說參差不整的樣子。又讀ㄡ。

**齷** ㄨㄛˋ 見「齷齪」。

**齷齪** ㄨㄛˋ ㄔㄨㄛˋ ①急促狹窄的樣子。②不乾淨。

# 龍部

**龍（龙）** ▲ㄌㄨㄥˊ ㈠古代傳說的一種有鬚、有角、有鱗、有腳的大爬蟲，能在天上飛，地上走，水裡游。也能興雲作雨。㈡古生物學說的一些古代的原始爬蟲。如「恐龍」。㈢我國君主時代拿龍來比喻皇帝。如「真龍天子」「龍顏大悅」。㈣比喻特別有本事的人。如「人中之龍」「藏龍臥虎」。㈤「尼龍」「達克龍」「奧龍」……這些人造化學纖維衣料製品的簡稱。如「現在大家穿的一身上下都是龍」。有些衣料就把商標加上一個龍字作名稱。㈥図高八尺以上的馬叫「龍馬」。㈦看風水的人把山的氣勢叫「龍」。㈧姓。

▲図ㄌㄨㄥˊ 通「壟」。

**龍井** ㄌㄨㄥˊ ㄐㄧㄥˇ 茶名，出在杭州龍井。

**龍文** ㄌㄨㄥˊ ㄨㄣˊ ①龍形的花紋。②古代駿馬名。

**龍王** ㄌㄨㄥˊ ㄨㄤˊ 神話傳說住在水裡統領水族的王，掌管興雲降雨。

**龍穴** ㄌㄨㄥˊ ㄒㄩㄝˋ 堪輿家指山勢氣脈所結，做墓穴可以「使子孫發跡」的地點。

**龍舟** ㄌㄨㄥˊ ㄓㄡ ①裝飾成龍形的船，多在端午節用來舉行划船競賽。也叫「龍船」。②舊時天子所乘的船。

**龍虎** ㄌㄨㄥˊ ㄏㄨˇ ①道教稱水火為龍虎。②形容帝王的氣派。③比喻英雄豪傑。

**龍門** ㄌㄨㄥˊ ㄇㄣˊ ①比喻聲望高的人。②廣東縣名。③山名，陝西、河南、河北和四川等省都有龍門山。

**龍洞** ㄌㄨㄥˊ ㄉㄨㄥˋ 天然的山洞，是石灰岩被含有碳酸氣的水溶解而部分消失後形成的。

**龍洋** ㄌㄨㄥˊ ㄧㄤˊ 清末仿墨西哥鷹洋鑄造的銀幣，背面中央有蟠龍紋。

**龍套** ㄌㄨㄥˊ ㄊㄠˋ ①傳統戲曲中成隊的隨從或兵卒所穿的戲裝，因繡有龍紋而得名。②穿龍套的演員。

**龍宮**（ㄌㄨㄥˊ ㄍㄨㄥ） 神話傳說中龍王的宮殿。

**龍脈**（ㄌㄨㄥˊ ㄇㄞˋ） 堪輿家稱山的氣勢起伏。

**龍馬**（ㄌㄨㄥˊ ㄇㄚˇ） 神話傳說中形狀像馬的龍。也指駿馬。

**龍骨**（ㄌㄨㄥˊ ㄍㄨˇ） ①船底從頭到尾，有一根弧形的主梁貫串，叫做龍骨。②以前傳說是「龍之遺蛻」，可以入藥。後來發現，有些是爬蟲動物的化石，有些是殷商時代遺留下來的龜甲和牛胛骨。

**龍涎**（ㄌㄨㄥˊ ㄒㄧㄢˊ） 香料名，凝結像蠟，產在真甲鯨的內臟。

**龍眼**（ㄌㄨㄥˊ ㄧㄢˇ） 水果名。樹高一兩丈，羽狀複葉，秋天果實成熟，形狀像彈丸，外殼從綠色轉成土黃色。肉白色，半透明，味道香甜可口，核黑色，入土容易發芽茁長。肉還可以取下作乾。也叫「桂圓」「福圓」。

**龍蛇**（ㄌㄨㄥˊ ㄕㄜˊ） ①比喻君子潛藏隱晦。〈漢書．揚雄傳〉有「君子得時則大行，不得時則龍蛇」。②形容書法筆勢曲折優美。如「大篆龍蛇隨筆札」。

**龍袍**（ㄌㄨㄥˊ ㄆㄠˊ） 皇帝的禮服，上面繡著龍形的圖紋。

**龍陽**（ㄌㄨㄥˊ ㄧㄤˊ） 図比喻俊美的男子。如「龍陽之姿」。

**龍腦**（ㄌㄨㄥˊ ㄋㄠˇ） 中醫叫「冰片」。有機化合物，產於龍腦香科的樹幹中，白色半透明結晶，像樟腦，香味濃而不烈。可製香料，又可入藥。

**龍葵**（ㄌㄨㄥˊ ㄎㄨㄟˊ） 一年生草本植物，葉子橢圓形，有柄，花白色。結球形漿果，可入藥。

**龍種**（ㄌㄨㄥˊ ㄓㄨㄥˇ） ①舊時指帝王的子孫。②指駿馬。

**龍蝦**（ㄌㄨㄥˊ ㄒㄧㄚ） 節肢動物，體長一尺左右，第二對觸角能摩擦眼睛下方的骨質的板而發出吱吱的聲音。生活在海底。肉味鮮美。我國南海和東海南部都有出產。

**龍蝨**（ㄌㄨㄥˊ ㄕ） 昆蟲。成蟲身體橢圓形，幼蟲身體細長，都生活在水中。

**龍駒**（ㄌㄨㄥˊ ㄐㄩ） 図駿馬，比喻才華出眾的少年。如「龍駒鳳雛」。

**龍燈**（ㄌㄨㄥˊ ㄉㄥ） 龍形的燈。舊曆新年有鬧龍燈的民間遊藝。

**龍頭** ▲ㄌㄨㄥˊ ㄊㄡˊ ①舊時稱狀元。②江湖幫會稱呼首領。
▲ㄌㄨㄥˊ ．ㄊㄡ 自來水管出水的管制器，也叫「自來水龍頭」。

**龍膽**（ㄌㄨㄥˊ ㄉㄢˇ） 多年生草本植物，葉子對生，卵狀披針形，開筒狀花，紫色。鬚根可製健胃藥。

**龍鍾**（ㄌㄨㄥˊ ㄓㄨㄥ） 図年老體弱，舉動不靈便。如「老態龍鍾」。

**龍顏**（ㄌㄨㄥˊ ㄧㄢˊ） 指眉骨圓起的威儀，用來稱帝王的容顏。

**龍體**（ㄌㄨㄥˊ ㄊㄧˇ） 稱帝王的身體（多見於舊劇、小說）。如「龍體欠安」。

**龍舌草**（ㄌㄨㄥˊ ㄕㄜˊ ㄘㄠˇ） 一年生草本植物，生在池沼水田中。葉子薄而柔軟，卵圓形，花淡紅紫色，果實有翅。也叫水車前。

**龍舌蘭**（ㄌㄨㄥˊ ㄕㄜˊ ㄌㄢˊ） 多年生草本植物，葉子肉質，肥厚，倒披針形，灰綠色，邊緣有鉤刺。花黃綠色，栽培多年後才開花，結實後就枯死。供觀賞。

**龍捲風**（ㄌㄨㄥˊ ㄐㄩㄢˇ ㄈㄥ） 風力極強而範圍不大的旋風，形狀像一個大漏斗，風速常達每秒一百多公尺，破壞力非常大。在陸地，能把大樹連根拔起；在海洋，可把海水吸到空中，形成水柱。

**龍涎香**（ㄌㄨㄥˊ ㄒㄧㄢˊ ㄒㄧㄤ） 一種灰色或黑色的蠟狀芳香物質，是抹香鯨腸道的分泌物，可做香料。

**龍腦樹** 常綠喬木，高可達四十公尺，葉卵形，全緣，花白色，氣味芳香。果實含一粒種子。樹幹可提製龍腦。產於南洋群島與福建、廣東。

**龍落子** ①海中動物，硬骨魚綱，海龍科。中藥稱海馬。頭部與軀幹作垂直轉彎，尾部細長，可捲起附著在別的東西上。西醫說它有強心止痛的功效。分布在東南亞、澳洲、大西洋沿岸。

**龍鳳帖** 舊式結婚證書。

**龍鳳餅** 舊式婚姻過禮時候，男家贈給女家的喜餅喜糕，印有龍鳳花紋。

**龍鬚草** 多年生草本植物，葉條形，花小。莖葉可以做蓑衣、繩索、草鞋等，也可以造紙。

**龍鬚菜** 海藻的一種，生在岩石上，長約一尺多，白色，可食。又名「石衣」「石髮」「麒麟菜」。

**龍生九子** 古代傳說，一龍所生的九條小龍，形狀性格都不相同。用來比喻同胞兄弟各有差異。

**龍行虎步** 形容儀態威武軒昂。

**龍行虎嘯** 形容帝王威武的儀態。

**龍吟虎嘯** 龍虎吼叫。形容聲音響亮雄壯。

**龍肝鳳髓** 比喻非常難得的珍貴食品。

**龍爭虎鬥** 比喻雙方勢均力敵，爭鬥激烈。

**龍飛鳳舞** 形容山勢蜿蜒雄壯。也形容書法筆勢有力，靈活舒展。

**龍馬精神** 比喻健旺的精神。如「他龍馬精神，毫無倦態」。

**龍蛇飛動** 形容書法筆勢活潑有力。也作「龍蛇飛舞」。

**龍蛇混雜** 比喻好人和壞人混在一起。

**龍章鳳姿** 図①形容人的優偉風儀神采非凡。②舊時指人出身高貴。

**龍鳳之姿** 形容人君或貴人的相貌。

**龍鳳呈祥** 指富貴吉祥的兆頭。常用來賀人喜慶。

**龍樓鳳閣** 指宏偉華麗的宮殿。

**龍潭虎穴** 図比喻極險惡的地方。

**龍蟠虎踞** 像龍盤著，像虎蹲著。形容地勢雄壯險要。

**龍騰虎躍** 形容威武雄壯，非常活躍的姿態。如「操場上龍騰虎躍，生氣蓬勃」。

**龍驤虎步** 形容威武雄壯的氣概。

**龍生龍鳳生鳳** 龍生的是龍子，鳳生的是鳳雛。比喻人受遺傳的影響，本質不容易改變。

## 六筆

**龔** ㄍㄨㄥ 姓。

**龕** ㄎㄢ ㈠供奉佛像或神主的小閣子。如「佛龕」「神主龕」。㈡塔；塔基的小室。

## 龜部

**龜（亀）** ▲ㄍㄨㄟ 爬蟲類動物，頭像蛇，小眼睛，大嘴，身體扁圓，腹背部有硬的甲殼，甲殼上有凹紋，四肢有鱗片。頭、腳、尾可以縮進甲殼內。營兩棲生活。性遲緩，壽命長。㈡図龜甲的代稱。〈論語〉有「龜玉毀於櫝中」。㈢罵人的話。唐代樂戶頭戴綠色頭巾，龜的頭暗綠色，所以說戴綠頭巾的是龜。又樂戶的妻女都是歌妓，所以稱開妓院或是讓妻女賣淫的人為龜。

▲図ㄐㄩㄣ同「皸」，手腳的皮膚因為寒凍裂開。如「龜裂」。

▲ㄑㄧㄡ「龜茲（ㄘˊ）」漢代西域國名，在現在新疆庫車縣。

**龜甲** ㄍㄨㄟ ㄐㄧㄚˇ ①龜的甲殼，乾製後可以入藥，中藥叫它「龜版」。②古時候在龜甲（或獸骨）上刻了問卜的文字，然後用火燒烤，看那上面所燒成的裂紋來判斷吉凶，所以把「龜甲」指占卜用的東西；也指龜甲上所刻的古文字，又稱「龜甲文」「甲骨文」或「龜甲獸骨文字」。

**龜兆** ㄍㄨㄟ ㄓㄠˋ 図預兆。

**龜坼** ㄍㄨㄟ ㄔㄜˋ 図田裡的泥土因天旱而乾裂，有如龜甲上的紋。

**龜版** ㄍㄨㄟ ㄅㄢˇ 龜的腹甲，中醫用做藥材。

**龜趺** ㄍㄨㄟ ㄈㄨ 碑的龜形底座。

**龜裂** ㄐㄩㄣ ㄌㄧㄝˋ 人的皮膚、土地因為乾燥而像龜紋一樣裂開。也作「皸裂」。

**龜筮** ㄍㄨㄟ ㄕˋ 図指占卜。

**龜壽** ㄍㄨㄟ ㄕㄡˋ 比喻長壽（龜是長壽的動物）。

**龜頭** ㄍㄨㄟ ㄊㄡˊ 陰莖前端膨大的部分。

**龜縮** ㄍㄨㄟ ㄙㄨㄛ 比喻像烏龜的頭縮在甲殼內一樣藏起來。

**龜齡** ㄍㄨㄟ ㄌㄧㄥˊ 図比喻高齡。

**龜鶴** ㄍㄨㄟ ㄏㄜˋ 図象徵長壽。

**龜鑑** ㄍㄨㄟ ㄐㄧㄢˋ 図龜是龜甲，鑑是鏡子。龜甲可以占卜吉凶，鏡子可以照出美醜；比喻警戒和反省。

**龜鶴遐齡** ㄍㄨㄟ ㄏㄜˋ ㄒㄧㄚˊ ㄌㄧㄥˊ 比喻人的高壽（傳說龜和鶴的壽命都很長）。

**龜甲獸骨文字** ㄍㄨㄟ ㄐㄧㄚˇ ㄕㄡˋ ㄍㄨˇ ㄨㄣˊ ㄗˋ 見「甲骨文」。

## 龠部

**龠** ㄩㄝˋ ㈠古代一種樂器，像笛子而比較短，有三個或六個孔。㈡古代的量器，形狀像爵，容納一千二百黍；也是容量名，比合（ㄍㄜˇ）小。

### 五筆

**龢** 図ㄏㄜˊ ㈠調和。如「飲龢食德」。㈡和睦。（以上通「和」字）㈢姓。

### 九筆

**龥** 図ㄩˋ 古「籲」字。

# ·附錄·

**【附錄一】**

# 注音符號發音表

根據民國三十一年五月重訂表式整理

## (一)聲母

（二十四個）（附註：其中有( )的三個，國音不用。）

從ㄅ行向下順讀到ㄇ，再到ㄈ，接讀ㄉ行、ㄍ行；然後順著粗線迴向右，讀ㄐ、ㄓ、ㄗ三行。看「⬇」

| 發音方法（聲） ＼ 發音（阻）部位 | | 兩唇 | 唇齒 | 舌尖前（舌平） | 舌尖 | 舌尖後（舌翹） | 舌面 | 舌根 |
|---|---|---|---|---|---|---|---|---|
| 塞爆聲 | 不送氣 | ㄅ 伯 b | | | ㄉ 德 d | | | ㄍ 格 g |
| | 送氣 | ㄆ 迫 p | | | ㄊ 特 t | | | ㄎ 客 k |
| 聲塞擦聲 | 不排氣 | | | ㄗ 資 tz [z] | | ㄓ 知 j | ㄐ 基 j(i) | |
| | 送氣 | | | ㄘ 雌 ts | | ㄔ 痴 ch | ㄑ 欺 ch(i) | |
| 鼻聲（帶音） | | ㄇ 墨 m | | | ㄋ 訥 n | | (ㄬ) (尼) gn (蘇音) | (ㄫ) (額) ng (蘇音) |
| 邊聲（帶音） | | | | | ㄌ 肋 l | | | |
| 擦聲 | 不帶音 | | ㄈ 佛 f | ㄙ 思 s | | ㄕ 詩 sh | ㄒ 希 sh(i) | ㄏ 赫 h |
| | 帶音 | | (ㄪ) (物) v (蘇音) | | | ㄖ 日 r | | |

## ㈡韻母（十六個）　㈢結合韻母（二十二個）

從ㄚ行向下順讀到ㄦ，然後順著粗線向左橫讀ㄧ、ㄨ、ㄩ；再接著直行讀結合韻母三行。

| 韻母類別 | 韻目 | 開口呼 | 齊齒呼 | 合口呼 | 撮口呼 |
|---|---|---|---|---|---|
| 單韻母 | 五支 | (帀) (師) y （不用拼音） | 七齊 ㄧ 衣 i (y) | 十模 ㄨ 烏 u (w) | 十一魚 ㄩ 迂 iu |
| | | | 結合韻母 | | |
| 單韻母 | 一麻 | ㄚ 啊 a | ㄧㄚ 鴉 ia | ㄨㄚ 蛙 ua | |
| 單韻母 | 二波 | ㄛ 喔 o | ㄧㄛ 唷 io（只一字） | ㄨㄛ 窩 uo | |
| 單韻母 | 三歌 | ㄜ 婀 e | | | |
| 單韻母 | 四皆 | ㄝ 誒 e(é) | ㄧㄝ 噎 ie | | (ㄩㄝ) 約 iue |
| 複韻母（收「ㄧ」） | 九開 | ㄞ (ㄚㄧ) 哀 ai | ㄧㄞ 崖 iai | ㄨㄞ 歪 uai | |
| 複韻母（收「ㄧ」） | 八微 | ㄟ (ㄝㄧ) 欸 ei | | ㄨㄟ 威 uei | |
| 複韻母（收「ㄨ」） | 十三豪 | ㄠ (ㄚㄨ) 凹 au | ㄧㄠ 妖 iau | | |
| 複韻母（收「ㄨ」） | 十二侯 | ㄡ (ㄛㄨ) 歐 ou | ㄧㄡ 憂 iou | | |
| 聲隨韻母（鼻聲隨） | 十四寒 | ㄢ (ㄚㄋ) 安 an | ㄧㄢ 烟 ian | ㄨㄢ 彎 uan | ㄩㄢ 冤 iuan |
| 聲隨韻母（鼻聲隨） | 十五痕 | ㄣ (ㄜㄋ) 恩 en | ㄧㄣ 因 in | ㄨㄣ 溫 uen | ㄩㄣ 暈 iun |
| 聲隨韻母（鼻聲隨） | 十六唐 | ㄤ (ㄚㄫ) 盎 ang | ㄧㄤ 央 iang | ㄨㄤ 汪 uang | |
| 聲隨韻母（鼻聲隨） | 十七庚 | ㄥ (ㄜㄫ) (哼) eng | ㄧㄥ 英 ing | ㄨㄥ 翁 ueng | ㄩㄥ (十八東) 雍 iong |
| 聲隨韻母（塞聲隨） | | (國音無) | | 十八東 (ㄨㄥ) (翁) -ong | |
| 捲舌韻母 | 六兒 | ㄦ 兒 el | | | |

（附註）㈠凡所註的國字，都要照著國音的陰平聲讀（與國音不合的，有( )）。㈡國字下面所註的西文字母，就是譯音符號（舊名國語羅馬字）的基本形式。㈢韻母右方所注的「一麻」等，就是民國三十年十月十日所公布的中華新韻的韻目。㈣本表練習的時候，直讀之後還要橫讀。㈤有少數字的注音，在聲母加一筆「豎直」。如「ㄇ」「ㄋ」「ㄫ」寫成「ㄇ」「ㄗ」「ㄫ」，是表示「聲母的韻母化」。又只用「ㄑ」母注音，如「啐」字作感歎詞用的「˙ㄑ」音，表示這個音是很短的「ㄑㄧ」音的前半截，沒有韻母。

# 注音符號發音表說明（注音符號是國音字母第一式。國音字母第二式是譯音符號。）

## （一）聲母（也叫聲符，古名聲紐，西方子音，學名輔音。）

發音部位（就是上下受「阻」的部位）：⑴兩唇聲的發音部位是上下兩唇。⑵唇齒聲的部位是上齒下唇。⑶舌尖聲的部位是舌尖對上門牙齦。⑷舌根聲的部位是舌根對上顎後部（軟顎）。⑸舌面聲的部位是舌面對上顎中部（硬顎）。⑹舌尖後（是舌尖向後的意思，即翹舌尖聲）的部位，是舌頭翹起，舌尖對上顎中部（硬顎）。⑺舌尖前（是舌尖靠前的意思，就是平舌尖聲）的部位也是舌尖對上門牙齦（或抵齒背）。

發音方法（就是「聲」氣流出的態勢）：⑴塞爆聲（也單稱塞聲）的發音方法是閉塞而爆發。不送氣是氣不送出口外，送氣是氣被送出口外（塞擦聲同）。⑵塞擦聲的發音法是閉塞而摩擦。國音塞爆聲和塞擦聲都不帶音。不帶音是聲帶不動，也叫「清聲」；帶音是聲帶顫動，也叫「濁聲」。⑶鼻聲的發音法是閉塞後氣從鼻孔流出。⑷擦聲的發音法是不閉塞而摩擦（或者叫「通聲」）。⑸邊聲的發音法是氣從舌頭兩邊擦出（或者叫「分聲」）。

注意：純粹的聲母，除「帶音」的之外，應該都是聽不清楚的。普通讀的時候，因為要使人聽清楚，所以ㄅ等五母下面都拼了韻母「ㄛ」（或者拼ㄜ），ㄉ及ㄍ等八母都拼了韻母「ㄜ」，ㄐ等四母都拼了韻母「ㄧ」，ㄓ及ㄗ等七母都拼了不用的韻母「ㄭ」。

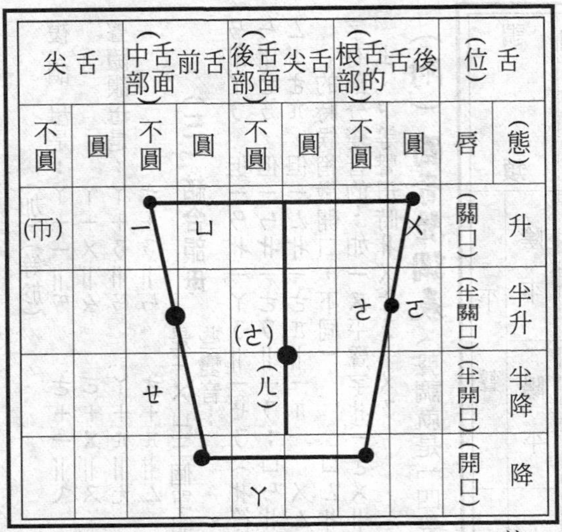

舌（位）
（態）唇
後舌
舌的根部
舌面（後部）
舌尖
舌面（中部）
前舌
舌尖
圓
不圓
升（闔口）
半升（半闔口）
半降（半開口）
降（開口）
ㄨ
ㄛ
ㄜ
（ㄜ）
（ㄦ）
ㄩ
ㄧ
ㄝ
ㄚ
（ㄭ）


## （二）韻母（也叫韻符，除了聲隨韻母之外，西名母音，學名元音。）

⑴單韻母發音單一，始終不變（或名單純韻）：「ㄭ」韻發音只是將翹舌尖和平舌尖的擦聲（ㄕ，ㄙ）減去摩擦。（拼音不用，所以又叫「空韻」。）⑵複韻母發音由兩個單韻母複合而成（或名複合韻）。⑶聲隨韻母發音由單韻母後面附加聲母（或名附聲韻）：鼻聲隨就是由單韻母後面附加鼻聲母（但要純粹的鼻聲，不要再帶下面拼讀的韻母）。⑷捲舌韻母發音是舌央韻母的「ㄜ」加捲舌聲讀法。（「ㄦ」是單韻母受捲舌聲的影響，「ㄭ」是由聲母變化而成，所以二者又可以叫「聲化韻」。）⑸國音只有八個單韻母，是拿舌頭位置的前後、舌態的升降（同時配合口腔的開關）、和嘴唇的圓不圓來分別的，如上圖。

複韻母是：ㄚ＋ㄧ＝ㄞ　ㄜ＋ㄧ＝ㄟ　（加）（等於）
ㄚ＋ㄨ＝ㄠ　ㄛ＋ㄨ＝ㄡ

聲隨韻母是：ㄚ＋ㄋ＝ㄢ　ㄚ＋ㄫ＝ㄤ
ㄜ＋ㄋ＝ㄣ　ㄜ＋ㄫ＝ㄥ

**（三）結合韻母**　是ㄧㄨㄩ三個單韻母（也叫三介母）和別的單韻、複韻、聲隨韻相拼而成。結合韻母有些變音：

ㄢ＝ㄚㄋ，但ㄧㄢ≠ㄧㄚㄋ＝ㄧㄝㄋ（≠符號是「不等於」，下同）

ㄣ＝ㄜㄋ，但ㄧㄣ≠ㄧㄜㄋ＝ㄧㄋ；ㄩㄣ≠ㄩㄜㄋ＝ㄩㄋ

ㄥ＝ㄜㄫ，但ㄧㄥ≠ㄧㄜㄫ＝ㄧㄫ　ㄨㄥ＝ㄨㄜㄫ，但ㄨㄥ（在拼聲母時）≠ㄨㄜㄫ＝ㄨㄫ（這裡的ㄨ發音的時候稍微開口，下同）　ㄩㄥ≠ㄩㄜㄫ≠ㄩㄫ＝ㄧㄨㄫ

字有部分變音的：如ㄧㄡ平聲字≠ㄧㄜㄨ＝ㄧㄨ　ㄨㄟ在拼ㄉ、ㄓ、ㄗ等聲母時≠ㄨㄜㄧ＝ㄨㄧ；ㄨㄣ在拼ㄉ、ㄓ、ㄗ等聲母時≠ㄨㄜㄋ＝ㄨㄋ

## （附）國音聲調表（聲調就是「四聲」，也單稱「調」或「聲」。）

| 調類 | | 調值記在韻母右上角 | 調值（北平標準） | 例字 |
|---|---|---|---|---|
| 平聲 | 陰平 | （ˉ尋常不用） | 55：高平 | 衣媽安高 |
| | 陽平 | ˊ | 35：高升 | 移麻南揚 |
| 仄聲 | 上聲 | ˇ | 214：低降全升 | 椅馬兔起 |
| | 去聲 | ˋ | 51：全降 | 意罵戰落 |
| | （入聲國音沒有） | （・國音不用） | （國音分入陰陽上去） | （一）（十）（百）（六） |
| 輕聲 | | （記在直行拼音的音節頂上或橫行拼音的音節左前方） | 44半高短（在上聲後）<br>33中短（平後）<br>11低短（去後） | （椅）子<br>（孩獅）子<br>（架）子 |

（附註）（一）調值記錄的方法，是按照音的高低升降分作五度來標記；音最高是5，最低是1，用數目字來記，在所記的數目字後面加一個冒號，如55:等。（二）調值所畫的線，是簡單的「音高在時間上的函數圖」，橫標由左往右表示時間幅度，縱標由上往下表示音的高低，靠右邊的長縱線表示五度音高的全部。（三）複合詞裡有變調。例如：上聲字底下連著平聲或去聲字的時候，就變成「前半上」，調號於必要時可變作「〈」；「前半上」也簡稱「半上」，是上聲的同位音，調值是（21:低降，只讀上聲的前半）。

# 【附錄二】化學元素表

說明：

（一）現在已經知道的化學元素，共有一〇五種。其中原子序第九十二種（鈾元素）以上的（從第九十三到第一〇五的十三種元素），統稱為「超鈾元素」。超鈾元素都是人造的元素，也都是放射性的衰蛻的元素。第一〇四和一〇五兩種元素沒有定出化學符號，因為他們還沒有得到科學上的正式公認。

（二）超鈾元素可以用核子衝擊的方法產生它們的同位素。超鈾元素和鎝、鉅、釙、砈、氡、鍅、鐳、錒、鏷等元素的原子量，都是以每種元素的最穩定的同位素的原子量為準，所以在表裡面把這些原子量加上方角括號〔 〕來表示這種特點。

（三）同一種元素有不同的英文名稱，或有不同的化學符號，這個不同的名稱或符號，和它的國字譯名，在表裡面都加上方角括號。第一〇四和一〇五兩種元素的名稱和譯名用字，都是暫定的，所以也加上方角括號。

（四）同一種元素有幾種不同的國字譯名（如「矽」和「硅」是同一種元素），或是同一名稱有不同的讀音（如「氯」讀ㄌㄩˋ，又讀ㄌㄨˋ），在表裡面把舊譯名、另譯名、又讀的音都加上括號（ ），一併列出，供作參考。但是①銫元素（原子序第五十五）舊譯名是「鐦」，後來「鐦」又是鉲元素（原子序第九十八）的另譯名；釙元素的舊譯名是「鏷」，後來把「鏷」改用作原子序第九十一元素的名稱；這兩項舊譯名就不再附列，以避免混亂。②還有其他少數元素，曾有罕見的不同譯名用字；為免煩擾，也省略不列。

| 原子序 | 元素 | 符號 | 原子量 | 英文名稱 |
| --- | --- | --- | --- | --- |
| 1 | 氫 | H | 1.00797 | Hydrogen |
| 2 | 氦 | He | 4.0026 | Helium |
| 3 | 鋰 | Li | 6.939 | Lithium |
| 4 | 鈹〔鋊、鑑〕 | Be〔Gl〕 | 9.0122 | Beryllium [Glucinum] |
| 5 | 硼 | B | 10.811 | Boron |
| 6 | 碳 | C | 12.01115 | Carbon |
| 7 | 氮 | N | 14.0067 | Nitrogen |
| 8 | 氧 | O | 15.9994 | Oxygen |
| 9 | 氟 | F | 18.9984 | Fluorine |
| 10 | 氖（氝） | Ne | 20.183 | Neon |
| 11 | 鈉 | Na | 22.9898 | Sodium [Natrium] |
| 12 | 鎂 | Mg | 24.312 | Magnesium |
| 13 | 鋁 | Al | 26.9815 | Aluminum |
| 14 | 矽（硅） | Si | 28.086 | Silicon |
| 15 | 磷 | P | 30.9738 | Phosphorus |
| 16 | 硫 | S | 32.064 | Sulfur [Sulphur] |
| 17 | 氯（ㄌㄨˋ） | Cl | 35.453 | Chlorine |
| 18 | 氬 | Ar | 39.948 | Argon |
| 19 | 鉀 | K | 39.102 | Potassium [Kalium] |
| 20 | 鈣 | Ca | 40.08 | Calcium |
| 21 | 鈧（鏮、錆） | Sc | 44.956 | Scandium |
| 22 | 鈦 | Ti | 47.90 | Titanium |
| 23 | 釩（鐇） | V | 50.942 | Vanadium |
| 24 | 鉻 | Cr | 51.996 | Chromium |
| 25 | 錳 | Mn | 54.9380 | Manganese |
| 26 | 鐵 | Fe | 55.847 | Iron |
| 27 | 鈷（ㄍㄨˇ） | Co | 58.9332 | Cobalt |
| 28 | 鎳 | Ni | 58.71 | Nickle |
| 29 | 銅 | Cu | 63.54 | Copper |
| 30 | 鋅 | Zn | 65.37 | Zinc |

| | | | | |
|---|---|---|---|---|
| 31 | 鎵ㄐㄧㄚ（鉫ㄐㄧㄚ） | Ga | 69.72 | Gallium |
| 32 | 鍺ㄓㄜˇ（鈒ㄐㄧˊ） | Ge | 72.59 | Germanium |
| 33 | 砷ㄕㄣ（砒ㄆㄧ） | As | 74.9216 | Arsenic |
| 34 | 硒ㄒㄧ | Se | 78.96 | Selenium |
| 35 | 溴ㄒㄧㄡˋ | Br | 79.909 | Bromine |
| 36 | 氪ㄎㄜˋ | Kr | 83.80 | Krypton |
| 37 | 銣ㄖㄨˊ（ㄖㄨˋ） | Rb | 85.47 | Rubidium |
| 38 | 鍶ㄙ（鎴ㄒㄧ） | Sr | 87.62 | Strontium |
| 39 | 釔ㄧˇ（釶ㄧㄝˇ） | Y | 88.905 | Yttrium |
| 40 | 鋯ㄍㄠˋ | Zr | 91.22 | Zirconium |
| 41 | 鈮ㄋㄧˊ（ㄋㄧˋ） | Nb | 92.906 | Niobium |
| | 〔鈳ㄎㄜ〕 | 〔Cb〕 | | [Columbium] |
| 42 | 鉬ㄇㄨˋ | Mo | 95.94 | Molybdenum |
| 43 | 鎝ㄊㄚˋ（鍀ㄉㄜˊ、銃ㄎㄜ） | Tc | [97] | Technetium |
| | 〔鎷ㄇㄚˇ〕 | 〔Ma〕 | | [Masurium] |
| 44 | 釕ㄌㄧㄠˇ | Ru | 101.07 | Ruthenium |

| | | | | |
|---|---|---|---|---|
| 45 | 銠ㄌㄠˇ（錴ㄌㄨˋ） | Rh | 102.205 | Rhodium |
| 46 | 鈀ㄅㄚˇ | Pd | 106.4 | Palladium |
| 47 | 銀ㄧㄣˊ | Ag | 107.870 | Silver |
| 48 | 鎘ㄍㄜˊ | Cd | 112.40 | Cadmium |
| 49 | 銦ㄧㄣ | In | 114.82 | Indium |
| 50 | 錫ㄒㄧ | Sn | 118.69 | Tin |
| 51 | 銻ㄊㄧ | Sb | 121.75 | Antimony |
| 52 | 碲ㄉㄧˋ（鍗ㄉㄧˋ） | Te | 127.60 | Tellurium |
| 53 | 碘ㄉㄧㄢˇ | I | 126.9044 | Iodine |
| 54 | 氙ㄒㄧㄢ（氠ㄕㄣ） | Xe | 131.30 | Xenon |
| 55 | 銫ㄙㄜˋ（鏭ㄒㄧ） | Cs | 132.905 | Cesium [Caesium] |
| 56 | 鋇ㄅㄟˋ | Ba | 137.34 | Barium |
| 57 | 鑭ㄌㄢˊ（鋃ㄌㄤˊ） | La | 138.91 | Lanthanum |
| 58 | 鈰ㄕˋ | Ce | 140.12 | Cerium |
| 59 | 鐠ㄆㄨˇ | Pr | 140.907 | Praseodymium |
| 60 | 釹ㄋㄩˇ（釢ㄋㄞˇ） | Nd | 144.24 | Neodymium |

| | | | | |
|---|---|---|---|---|
| 61 | 鉕ㄆㄛˇ | Pm | [145] | Promethium |
| 62 | 釤ㄕㄢ（鎩ㄕㄚ） | Sm | 150.35 | Samarium |
| 63 | 銪ㄧㄡˇ（鏂ㄡ、[金憂]ㄧㄡ） | Eu | 151.96 | Europium |
| 64 | 釓ㄍㄚˊ（[金軋]ㄍㄚˊ、鎘ㄍㄜˊ） | Gd | 157.25 | Gadolinium |
| 65 | 鋱ㄊㄜˋ | Tb | 158.924 | Terbium |
| 66 | 鏑ㄉㄧ（ㄉㄧˊ） | Dy | 162.50 | Dysprosium |
| 67 | 鈥ㄏㄨㄛˇ（錵ㄏㄨㄚ） | Ho | 164.930 | Holmium |
| 68 | 鉺ㄦˇ | Er | 167.26 | Erbium |
| 69 | 銩ㄉㄡ（銹ㄊㄡ） | Tm | 168.934 | Thulium |
| 70 | 鐿ㄧˋ | Yb | 173.04 | Ytterbium |
| 71 | 鎦ㄌㄡˊ（鑥ㄌㄨˇ） | Lu | 174.97 | Lutetium |
| 72 | 鉿ㄏㄚ（ㄏㄜˊ） | Hf | 178.49 | Hafnium |
| 73 | 鉭ㄊㄢˇ（ㄉㄢˋ）（鐽ㄉㄚˊ） | Ta | 180.948 | Tantalum |
| 74 | 鎢ㄨˋ（ㄨ） | W | 183.85 | Tungsten [Wolfram] |
| 75 | 錸ㄌㄞˊ | Re | 186.2 | Rhenium |
| 76 | 鋨ㄜˊ（鐭ㄠˋ、銤ㄇㄧˇ） | Os | 190.2 | Osmium |

| | | | | |
|---|---|---|---|---|
| 77 | 銥ㄧ（ㄧˇ） | Ir | 192.2 | Iridium |
| 78 | 鉑ㄅㄛˊ | Pt | 195.09 | Platinum |
| 79 | 金ㄐㄧㄣ | Au | 196.967 | Gold |
| 80 | 汞ㄍㄨㄥˇ（銾ㄍㄨㄥˇ） | Hg | 200.59 | Mercury |
| 81 | 鉈ㄊㄚ（鍚ㄊㄚˋ） | Tl | 204.37 | Thallium |
| 82 | 鉛ㄑㄧㄢ | Pb | 207.19 | Lead |
| 83 | 鉍ㄅㄧˋ | Bi | 208.980 | Bismuth |
| 84 | 釙ㄆㄛ（ㄆㄛ） | Po | [210] | Polonium |
| 85 | 砈ㄜˋ（砹ㄞˋ、[石矣]ㄞ） | At | [210] | Astatine |
| 86 | 氡ㄉㄨㄥ | Rn | [222] | Radon |
| | 〔氭ㄉㄨㄥ〕 | 〔Nt〕 | | [Niton] |
| 87 | 鍅ㄈㄚˇ（鈁ㄈㄤ） | Fr | [223] | Francium |
| 88 | 鐳ㄌㄟˊ（銧ㄍㄨㄤ） | Ra | [226] | Radium |
| 89 | 錒ㄚˋ | Ac | [227] | Actinium |
| 90 | 釷ㄊㄨˇ（鋀ㄉㄡˋ） | Th | 232.038 | Thorium |
| 91 | 鏷ㄆㄨˊ（鎃ㄆㄞˋ） | Pa | [231] | Protactinium |

| | | | | |
|---|---|---|---|---|
| 92 | 鈾ㄧㄡˊ | U | 238.03 | Uranium |
| 93 | 錼ㄋㄞˋ（鎿ㄋㄚˊ） | Np | [237] | Neptunium |
| 94 | 鈽ㄅㄨˋ（鈈ㄅㄨˋ、鑥ㄌㄨˇ） | Pu | [244] | Plutonium |
| 95 | 鋂ㄇㄟˊ（鎇ㄇㄟˊ、鏋ㄇㄢˇ） | Am | [243] | Americium |
| 96 | 鋦ㄐㄩˊ（鋸ㄐㄩˋ） | Cm | [247] | Curium |
| 97 | 鉳ㄅㄟˇ（錇ㄆㄟˊ、鋍ㄅㄟˋ） | Bk | [247] | Berkelium |
| 98 | 鉲ㄎㄚˇ（鐦ㄎㄞ） | Cf | [251] | Californium |
| 99 | 鑀ㄞˋ（鎄ㄞ） | Es | [254] | Einsteinium |
| | 〔釾ㄧㄚˊ〕 | 〔An〕 | | |
| 100 | 鐨ㄈㄟˋ | Fm | [257] | Fermium |
| | 〔鉦ㄓㄥ〕 | 〔Ct〕 | | |
| 101 | 鍆ㄇㄣˊ | Md | [258] | Mendelevium |
| 102 | 鍩ㄋㄨㄛˋ（ㄖㄨㄛˋ） | No | [255] | Nobelium |
| 103 | 鐒ㄌㄠˊ | Lw | [255] | Lawrencium |
| 104 | 〔⿰金庫ㄎㄨˋ、⿰金屈ㄎㄨ〕 | | [260] | [Kurchatovium] |
| | 〔鑐ㄖㄨˊ〕 | | [261] | [Rutherfordium] |
| 105 | （⿰金漢ㄏㄢˋ、⿰金罕ㄏㄢˋ） | | [261] | [Hahnium] |

# 【附錄三】計量單位表

## 公制度量衡表

**長度：**

10 公里＝ 10,000 公尺

1 公里＝ 1,000 公尺

1 公引＝ 100 公尺

1 公丈＝ 10 公尺

**公尺**

1 公寸＝ 0.1 公尺

1 公分＝ 0.01 公尺

1 公釐＝ 0.001 公尺

**面積：**

1 平方公里＝ 1,000,000 平方公尺

1 平方公引＝ 10,000 平方公尺

＝ 1 公頃

1 平方公丈＝ 100 平方公尺

＝ 1 公畝

**平方公尺**

1 平方公寸＝ 0.01 平方公尺

1 平方公分＝ 0.000,1 平方公尺

1 平方公釐＝ 0.000,001 平方公尺

**體積：**

1 立方公引＝ 1,000,000 立方公尺

1 立方公丈＝ 1,000 立方公尺

**立方公尺**

1 立方公寸＝ 0.001 立方公尺

1 立方公分＝ 0.000,001 立方公尺

（西西）

1 立方公釐＝ 0.000,000,001 立方公尺

**容量：**

1 公秉＝ 1,000 公升

1 公石＝ 100 公升

1 公斗＝ 10 公升

**公升**

1 公合＝ 0.1 公升

1 公勺＝ 0.01 公升

1 公撮＝ 0.001 公升

**重量：**

1 公噸＝ 1,000 公斤

1 公擔＝ 100 公斤

1 公衡＝ 10 公斤

1 公斤＝ 1,000 公克

1 公兩＝ 100 公克

1 公錢＝ 10 公克

**公克（公分）**

1 公釐＝ 0.1 公克

1 公毫＝ 0.01 公克

1 公絲＝ 0.001 公克

**〔說明〕**

公制度量衡也叫米突制度量衡。米突制的英文是 metric system 。我國現在採用的就是公制度量衡。

公尺是公制度量衡長度基本單位。科學家規定一公尺以真空管裡氪 86 同位素的 1,650,763.73 個橘紅色光波的長度爲標準。

平方公尺是公制度量衡面積的基本單位。一平方公尺就是各邊都是一公尺的正方形的面積。

立方公尺是公制度量衡體積的基本單位。一立方公尺就是各邊都是一公尺的正方形的體積。

公升是公制度量衡容量的基本單位。一公升是規定以一公斤重的在最大密度情況下（溫度攝氏 4 度，海平面高度）蒸餾水的容積爲標準。

公克（也叫重量單位的“公分”）是公制度量衡重量的基本單位。一公克是規定以一立方公分（1 西西）的在最大密度情況下（溫度攝氏 4 度，海平面高度）蒸餾水的重量爲標準。

公制度量衡的各種單位的英文名稱（括號裡是簡寫）如下：

十公里 myriameter(mym.)
公里 kilometer(km.)
公引 hectometer(hm.)
公丈 decameter(dkm.)
公尺 meter(m.)
公寸 decimeter(dm.)
公分 centimeter(cm.)
公釐 millimeter(mm.)
百萬分一公尺 micron($\mu$)
平方 square(sq.)
平方公里 sq. kilometer($km^2$)
平方公引 sq. hectometer($hm^2$)
公頃 hectare(ha.)
平方公丈 sq. decameter($dkm^2$)
公畝 are(a.)
平方公尺 sq. meter($m^2$)
平方公寸 sq. decimeter($dm^2$)
平方公分 sq. centimeter($cm^2$)
平方公釐 sq. millimeter($mm^2$)
立方 cubic(cu.)
立方公引 cu. hectometer($hm^3$)
立方公丈 cu. decameteer($dkm^3$)
立方公尺 cu. meter($m^3$)
又，立方公尺 stere(s.)
立方公寸 cu. decimeter($dm^3$)
立方公分（西西）cu. centimeter ($cm^3$)(c.c.)
立方公釐 cu. millimeter($mm^3$)
公秉 kiloliter(kl.)
公石（ㄉㄢ丶)hectoliter(hl.)
公斗 decaliter(dkl.)
公升 liter(l.)
公合（ㄍㄜˇ)deciliter(dl.)
公勺 centiliter(cl.)
公撮 milliliter(ml.)
公噸 metric ton(M.T.)(M/T)
公擔 quintal(q.)
公衡 myriagram(myg.)
公斤 kilogram(kg.)
公兩 hectogram(hg.)
公錢 decagram(dkg.)
公克 gram(g.)
公釐 decigram(dg.)
公毫 cantigram(cg.)
公絲 milligram(mg.)

# 日常通用度量衡比較表

## 長　　度

| 公　尺 | 市　尺 | 舊　尺 | 日　尺 | 英　尺 | 公　里 | 日　里 | 英　里 |
|---|---|---|---|---|---|---|---|
| 1 | 3.00000 | 3.12500 | 3.30000 | 3.28090 | 0.00100 | 0.00025 | 0.00062 |
| 0.33333 | 1 | 1.04167 | 1.10000 | 1.09363 | 0.00033 | 0.00008 | 0.00021 |
| 0.32000 | 0.96000 | 1 | 1.05600 | 1.04988 | 0.00032 | 0.00008 | 0.00020 |
| 0.30303 | 0.90909 | 0.94697 | 1 | 0.99421 | 0.00030 | 0.00008 | 0.00019 |
| 0.30479 | 0.91438 | 0.95249 | 1.00582 | 1 | 0.00030 | 0.00008 | 0.00019 |
| 1000.00000 | 3000.00000 | 3125.00000 | 3300.00000 | 3280.89917 | 1 | 0.25463 | 0.62138 |
| 3927.27273 | 11781.81820 | 12272.72728 | 12960.00000 | 12884.98580 | 3.92727 | 1 | 2.44034 |
| 1609.31492 | 4827.94477 | 5025.13002 | 5310.73925 | 5280.00000 | 1.60931 | 0.40978 | 1 |

## 地　　積

| 公　頃 | 市　畝 | 舊　畝 | 日坪(註) | 日　畝 | 臺灣甲 | 英　畝 |
|---|---|---|---|---|---|---|
| 1 | 15.00000 | 16.27620 | 3025.00000 | 100.83333 | 1.03102 | 2.47114 |
| 0.06667 | 1 | 1.08508 | 201.66667 | 6.72222 | 0.06873 | 0.16474 |
| 0.06144 | 0.92159 | 1 | 185.85419 | 6.19514 | 0.06335 | 0.15183 |
| 0.00033 | 0.00496 | 0.00538 | 1 | 0.03333 | 0.00034 | 0.00082 |
| 0.00992 | 0.14876 | 0.16142 | 30.00000 | 1 | 0.01022 | 0.02451 |
| 0.96992 | 14.54969 | 15.78657 | 2934.00000 | 97.80000 | 1 | 2.39680 |
| 0.40469 | 6.07031 | 6.58677 | 1224.17896 | 40.80597 | 0.41724 | 1 |

（註）1坪＝3.30578平方公尺或3.954平方碼

## 容　　量

| 公　石 | 日　石 | 公　升 | 日　升 | 日　斗 | 英加侖 | 美加侖 |
|---|---|---|---|---|---|---|
| 1 | 0.55435 | 100.00000 | 55.43524 | 5.54352 | 22.00967 | 26.41705 |
| 1.80391 | 1 | 180.39068 | 100.00000 | 10.00000 | 39.70330 | 47.65389 |
| 0.01000 | 0.00554 | 1 | 0.55435 | 0.05544 | 0.22010 | 0.26417 |
| 0.01804 | 0.01000 | 1.80391 | 1 | 0.10000 | 0.39703 | 0.47654 |
| 0.18039 | 0.10000 | 18.03907 | 10.00000 | 1 | 3.97030 | 4.76539 |
| 0.04543 | 0.02519 | 4.54346 | 2.51868 | 0.25187 | 1 | 1.20094 |
| 0.03785 | 0.02098 | 3.78543 | 2.09846 | 0.20985 | 0.83268 | 1 |

## 重　　量

| 公　斤 | 舊　斤 | 市　斤 | 日　斤 | 日　匁 | 磅 | 英　噸 | 美　噸 |
|---|---|---|---|---|---|---|---|
| 1 | 1.67556 | 2.00000 | 1.66667 | 266.66667 | 2.20462 | 0.00093 | 0.00099 |
| 0.59682 | 1 | 1.19363 | 0.99469 | 159.15000 | 1.31575 | 0.00059 | 0.00066 |
| 0.50000 | 0.83779 | 1 | 0.83333 | 133.33333 | 1.10231 | 0.00049 | 0.00055 |
| 0.60000 | 1.00533 | 1.20000 | 1 | 160.00000 | 1.32277 | 0.00059 | 0.00066 |
| 0.00375 | 0.00628 | 0.00750 | 0.00625 | 1 | 0.00827 | 0.000003 | 0.000004 |
| 0.45359 | 0.76003 | 0.90719 | 0.75599 | 120.95804 | 1 | 0.00045 | 0.00050 |
| 1016.04754 | 1702.45000 | 2032.09510 | 1693.41256 | 270946.01000 | 2240.00000 | 1 | 1.12000 |
| 907.17800 | 1520.03000 | 1814.37000 | 1511.97000 | 241916.00000 | 2000.00000 | 0.89286 | 1 |

# 公制度量衡、英美制度量衡比較表

## 長　度

| | | | |
|---|---|---|---|
| 1公尺 | ＝ 1.093碼 | 1碼 | ＝ 0.9144公尺 |
| | ＝ 3.281英尺（呎） | 1英尺 | ＝ 0.3048公尺 |
| | ＝39.370英寸（吋） | 1英寸 | ＝ 0.0254公尺 |
| 1公里 | ＝ 0.621英里（哩） | 1英里 | ＝ 1.6093公里 |

## 面　積

| | | | |
|---|---|---|---|
| 1平方公尺 | ＝ 1.196平方碼 | 1平方碼 | ＝ 0.836平方公尺 |
| | ＝10.764平方呎 | 1平方呎 | ＝ 0.092平方公尺 |
| 1平方公分 | ＝ 0.155平方吋 | 1平方吋 | ＝ 6.452平方公分 |
| 1平方里 | ＝ 0.386平方哩 | 1平方哩 | ＝ 2.590平方公里 |
| 1公頃 | ＝ 2.471英畝（嗽） | 1英畝 | ＝ 0.405公頃 |

## 體　積

| | | | |
|---|---|---|---|
| 1立方公尺 | ＝ 1.308立方碼 | 1立方碼 | ＝ 0.764立方公尺 |
| | ＝35.314立方呎 | 1立方呎 | ＝ 0.028立方公尺 |
| 1立方公分 | ＝ 0.061立方吋 | 1立方吋 | ＝16.387立方公分 |
| 1立方公尺 | ＝ 0.275 cord（量木材單位） | 1 cord | ＝ 3.624立方公尺 |

## 容　量

| | | | |
|---|---|---|---|
| 1公升 | ＝ 1.056美液夸爾 | 1美液夸爾 | ＝ 0.946公升 |
| | ＝ 0.880英液夸爾 | | |
| | ＝ 0.908乾量夸爾 | 1乾量夸爾 | ＝ 1.111公升 |
| | ＝ 0.264美加侖（𠰖） | 1美加侖 | ＝ 3.785公升 |
| | ＝ 0.220英加侖（𠰖） | 1英加侖 | ＝ 4.543公升 |
| 1公石 | ＝ 2.837美蒲式耳 | 1美蒲式耳 | ＝ 0.352公石 |
| | ＝ 2.75 英蒲式耳 | 1英蒲式耳 | ＝ 0.363公石 |

## 重　量

| | | | |
|---|---|---|---|
| 1公克 | ＝15.432克冷（喱） | 1克冷 | ＝ 0.0648公克 |
| | ＝ 0.032 金衡英兩（唡） | 1金衡英兩 | ＝31.103公克 |
| | ＝ 0.0352常衡英兩（唡） | 1常衡英兩 | ＝28.35公克 |
| 1公斤 | ＝ 2.2046常衡鎊 | 1磅 | ＝ 0.4536公斤 |
| 1公噸 | ＝2,204.62常衡鎊 | 1短噸 | ＝ 0.907公噸 |

# 英美制度量衡表

**長度**

1英寸(吋)inch(in.)＝ 2.54 公分

12吋＝ 1 英尺（呎）foot(ft.)

3呎＝ 1 碼 yard(yd.)

$5\frac{1}{2}$碼＝ 1 桿 rod(rd.) 或 perch(p.),pole(p.)

40桿或$\frac{1}{8}$哩＝ 1 浪 furlong(fur.)

5,280呎＝ 1 法定英里（哩）statute mile(mi.)

3哩＝ 1 里格 league

**（測鏈長度）**

1令link(li.)＝ 7.92 吋

100令＝ 1 鏈 chain(ch.)

10鏈＝ 1 浪

8浪＝ 1 法定哩

**（工程鏈長度）**

1令＝ 1 呎

100令＝ 1 鏈

52.8鏈＝ 1 哩

**（海程長度）**

1拃(ㄓㄚˇ)span＝ 9 吋

8拃＝1噚fathom(fm.)＝ 6 呎

120噚＝ 1 錨鏈 cable's length

(約)10錨鏈＝ 1 海里（浬）nautical mile

1浬＝ 6,080.20 呎（美制）

6,080 呎（英制）

1浬＝ 1,853.248 公尺（美制）

1,853.2 公尺（英制）

3浬＝ 1 水程里格 nautical league

60浬＝ 1 度 degree

**面積**

144平方吋＝1平方呎

9平方呎＝1平方碼

30.25平方碼＝1平方桿

160平方桿＝1英畝 acre(A.)

640英　畝＝1平方哩

**(測鏈單位)**

625平方吋＝1平方桿

16平方桿＝1平方鏈

10平方鏈＝1英畝

640英　畝＝1區段 section(sec.)

36區　段＝1鎮區 township(tp.)

**體積：**

1,728立方吋＝1立方呎

27立方呎＝1立方碼

**容量：**

**(美制液容量)**

1及耳gill(gi.)＝0.1183公升

4及耳＝1品脫 pint(pt.)

2品脫＝1夸爾 quart(qt.)

4夸爾＝1加侖 gallon(gal.)

31.5加侖＝1液體大桶 barrel(bbl.)

42加侖＝1石油大桶 barrel(bbl.)

**(美制乾容量)**

1品脫＝0.5506公升

2品脫＝1夸爾

8夸爾＝1潑克 peck(pk.)

4潑克＝1蒲式耳 bushel(bu.)

＝1乾量大桶＝7,056立方吋＝115.62公升

**(貨運容量)**

1正貨大桶barrel bulk＝5立方呎

8正貨大桶＝1貨運噸容量 shipping ton

(也稱 freight ton)(或稱 measurement ton)

1散裝噸容量displacement ton＝35立方呎

1記錄噸容量register ton＝100立方呎

**重量：**

**（常衡制Avoirdupois Weight）**

1克冷grain(gr.)＝0.0648 公克

$27\frac{11}{32}$克冷＝1 打蘭 dram(dr.)

16打蘭＝1 英兩 ounce(oz.)

16英兩＝1 磅 pound(lb.)

100磅＝1 英擔 hundredweight(cwt.)

2,000磅＝1 短噸 short ton(s.t.)

2,240磅＝1 長噸 long ton(l.t.)

---

**（金衡制Troy Weight）**

3.068克冷＝1 卡拉特（克拉）carat(c.)

24克冷＝1 英錢 pennyweight(dwt.)

20英錢＝1 英兩 ounce(oz.t.)

12英兩＝1 磅 pound(lb.t.)

---

**（藥衡制Apothecaries' Weight）**

20克冷＝1 斯克洛布 scruple(s.ap.)

3斯克洛布＝1 打蘭 dram(dr.ap.)

8打蘭＝1 英兩 ounce(oz.ap.)

12英兩＝1 磅 pound(lb.ap.)

## 圓周和角度單位

1秒 second(″) $=\frac{1}{1,296,000}$ 圓周 circle

60秒 ＝1分 minute(′) $=\frac{1}{21,600}$ 圓周

60分 ＝1度 degree(°) $=\frac{1}{360}$ 圓周

90度 ＝1象限 quadrant（或1直角right angle） $=\frac{1}{4}$ 圓周

4象限 ＝1圓周圍 circumference ＝1 圓周

1° ＝0.017454弧度

57.2958° ＝1弧度 radian(rad.)

360° ＝2π弧度 π(圓周率)(pi) $=\frac{\text{圓周圍長度}}{\text{直徑長度}}=3.1416$

## 總數單位

1 打（ㄉㄚˊ）dozen(doz.) = 12 個體

12打＝1 籮 gross(gr.) = 144 個體

12籮＝1 大籮 great gross = 1,728 個體

## 時間單位

1 微秒 microsecond(μsec.) = .000001 秒

1,000微秒＝1 釐秒 millisecond(msec.) = .001 秒

1,000釐秒＝1 秒 second(sec.)

60秒＝1 分 minute(min.)

60分＝1 小時 hour(hr.)

24小時＝1 日 day(da.)

7日＝1 周 week(wk.)

354日＝1 通常太陰曆年 common lunar year(yr.)

365日＝1 通常太陽曆年 common solar year

366日＝1 閏年 leap year

10年(1 decade)　100年(1 century世紀)　1,000年(1 millennium)

## 太空距離單位

■1天文單位(astronomical unit)約等於93,000,000英里（就是地球和太陽之間的平均距離），用以測量太陽系之中的太空距離。最遠的行星冥王星距太陽約40天文單位。(1天文單位＝149,504,000公里)

■1光年(light-year)約等於6,000,000,000,000英里，用於測量恆星間的太空距離。距離太陽最近的恆星是半人馬星座的「南門二」星，其間的距離是4.3光年。（光的速度每秒約186,282英里，或299,800公里；光年就是光在一年期間所經的距離。）

■1光年約等於63,200天文單位。

## 度量衡略號

粁（公里）　粨（公引）　籵（公丈）　粎（公尺）　粉（公寸）　糎（公分）

粍（公釐）　竰（公秉）　竏（公石）　竍（公斗）　竔（公升）　竡（公合）

竕（公勺）　兝（公撮）　兛（公斤）　兡（公兩）　兞（公錢）　克（公克）

兣（公釐）　兞（公毫）　兙（公絲）　哩（英里）　呎（英尺）　吋（英寸）

噉（英畝）　浬（海里）　唡（英兩）　喱（克冷）　嗧（加侖）

【附錄四】

# 民國以前歷代都邑、年數、傳世、疆域概要表

說明：

(一)黃帝、唐堯、虞舜，遠古時代，情況不甚明確；東周以前年數，史家計算也多有出入。

(二)東周春秋十四國、戰國七雄、五胡十六國、五代時候的十國，都另有附表。

(三)遼、西夏、金，雖非正統，但為期很長，影響很大，所以插列在宋之後、元之前，以顯示史況。

(四)西元年數換算中華民國紀元方法：

西元前年數加一九一一，等於民國紀元前年數。

一九一二減西元後年數，等於民國紀元前年數。

西元後年數，減一九一一，等於民國紀元年數。

| 朝代 | | 建都（今地） | 年數 | 起訖（西元） | 傳世 | 疆域概要 | 疆域大小次序 |
|---|---|---|---|---|---|---|---|
| 黃帝 | | 有熊（河南新鄭） | 約一〇〇 | 前二六九〇—二五九〇 | 史記以黃帝、顓頊、帝嚳、（唐）堯、（虞）舜為「五帝」。堯舜傳賢，史稱「禪讓」。 | 黃帝時期：東至於海。西至崆峒（甘肅平涼）。南至長江。北與葷粥（ㄒㄩㄣ ㄩˋ）為鄰。 | 11 |
| 唐 | | 平陽（山西臨汾） | 約一〇〇 | 前二三三三—二二三四 | | | |
| 虞 | | 蒲阪（山西永濟） | 約五〇 | 前二二三三—二一八四 | | | |
| 夏 | | 陽翟（河南禹縣）<br>安邑（山西安邑）<br>平陽（山西平陽） | 四三二 | 前二一八三—一七五二 | 自大禹王受舜禪讓，傳至桀王，計十七主。（其中曾有寒浞篡位四十年。） | 少康中興時期：約為今河南大部，山西中南部，和陝西、河北、山東的一部分。 | 10 |
| 商 | | 亳（安徽亳縣）<br>殷（河南安陽） | 六四〇 | 前一七五一—一一一一 | 自成湯伐桀滅夏，歷興衰，至帝辛（紂），計二十八主。（遷都殷，兼稱殷商。） | 武丁（高宗）中興時期：約為今河南、河北的大部，山東、山西、陝西和安徽的一部分。 | 9 |
| 周 | 西周 | 鎬（陝西長安西南） | 三四一 | 前一一一一—七七一 | 自武王伐紂，至幽王，計十二主。（其中有共和十四年。） | 宣王時：西起隴東。東至魯、蘇。南抵鄂北。北達冀、遼。 | 8 |
| | 東周 | 洛邑（河南洛陽） | 五一五 | 前七七〇—二五六 | 自平王東遷，至赧王為秦所滅，計二十三主。 | 王室衰微，諸侯爭霸，稱「春秋時代」與「戰國時代」。 | |
| 秦 | | 咸陽（陝西咸陽） | 一五 | 前二二一—二〇六 | 自始皇嬴政統一稱帝，至秦王子嬰覆亡，計三主。 | 始皇帝時期：東至遼東。北至九原。西至臨洮。南至象郡。 | 6 |

| | | | | | | | |
|---|---|---|---|---|---|---|---|
| 漢朝 | 西漢 | 長安（西安市） | 二一四 | 前二〇六—西元八 | 自高祖劉邦於咸陽稱漢王，滅秦，至平帝，計十一君（呂后稱制兩少帝不計）。平帝之後，王莽立孺子嬰攝政三年。 | 武帝時期：東至朝鮮北部。西至新疆。南至日南。北至大漠。 | 4 |
| | 新 | 長安（西安市） | 一五 | 九—二三 | 王莽篡位建「新」，施新政失敗身亡。（新莽亡後，劉玄稱更始皇帝入長安二年。） | 新莽不准四夷稱王，盡降為侯，北方匈奴首先入侵，西域及高句麗相繼叛變。 | |
| | 東漢 | 洛陽（河南洛陽） | 一九六 | 二五—二二〇 | 自光武帝劉秀傳至獻帝劉協禪位（為曹丕所廢），計十三君。 | 東漢章帝以後政治惡化，戚宦衝突不已，禍亂瀕仍，乃至群雄割據，趨於衰亡。 | |
| 三國 | 魏 | 洛陽（河南洛陽） | 四六 | 二二〇—二六五 | 自文帝曹丕篡漢，至元帝曹奐為司馬炎所篡，計五主。 | 據有黃河流域，地廣人多。 | |
| | 蜀 | 成都（四川成都） | 四三 | 二二一—二六三 | 自昭烈帝劉備稱帝，至後主劉禪降於魏，計二主。 | 據有今長江上游，及雲、貴一帶，地狹人少。 | |
| | 吳 | 建業（南京市） | 五九 | 二二二—二八〇 | 自大帝孫權，至烏程侯孫皓為晉所滅，計四君。 | 據有今長江下游，珠江流域一部分和越南地區。 | |
| 晉朝 | 西晉 | 洛陽（河南洛陽） | 五二 | 二六五—三一六 | 自武帝司馬炎篡魏，至愍帝司馬業為前趙所滅，計四主。 | 統一僅三十餘年，先後有八王之亂及五胡亂華之紛擾。 | |
| | 東晉 | 建康（南京市） | 一〇四 | 三一七—四二〇 | 自元帝司馬睿，至恭帝司馬德文為劉裕所篡，計十一主。 | 南遷後北伐無功，權臣之亂迭起，且有五胡十六國之擾。 | |
| 南朝 | 宋 | 建康（南京市） | 六〇 | 四二〇—四七九 | 自武帝劉裕至順帝劉準，為蕭道成所篡，計八主。 | 南北朝對峙，起於南朝宋文帝劉義隆元嘉十六年，北朝北魏太武帝拓跋燾統一北方；終於隋文帝楊堅滅陳。也就是西元四三九至五八九年，先後歷時一五一年。南朝四代，加上以前的吳和東晉，統稱「六朝」。 | |
| | 齊 | 建康（南京市） | 二四 | 四七九—五〇二 | 自高帝蕭道成，至和帝蕭寶融為蕭衍所篡，計七主。 | | |
| | 梁 | 建康（南京市） | 五六 | 五〇二—五五七 | 自武帝蕭衍，至敬帝蕭方智為陳霸先所篡，計四主。 | | |
| | 陳 | 建康（南京市） | 三三 | 五五七—五八九 | 自武帝陳霸先，至後主陳叔寶為隋所滅，計五主。 | | |
| 北 | 北魏 | 盛樂（綏遠境）<br>平城（山西大同）<br>洛陽（河南洛陽） | 一四九 | 三八六—五三四 | 自道武帝拓跋珪，至孝武帝元修西奔關中，計十一主。 | 北魏民族係鮮卑族，拓跋氏原居於西伯利亞，經逐次南遷，東漢末年據有匈奴舊地，三國後期徙居盛樂，漸有今山西北部及察哈爾地區。至晉封為代（大同）公，進為代王，後為前秦所滅。淝水戰後，拓跋珪復國（西元三八六年），改國號為魏，史稱「北魏」，或稱 | |
| | 東魏 | 鄴（河南臨漳） | 一七 | 五三四—五五〇 | 北魏孝武帝西奔後，高歡別立孝靜帝元善見，遷都為東魏，僅一帝一主，為高洋所篡。 | | |
| | 西魏 | 長安（西安市） | 二三 | 五三五—五五七 | 北魏孝武帝依附宇文泰，都長安為西魏。自文帝元寶炬至恭帝元廓，計三主。 | | |

| 朝代 | | 都城 | 年數 | 年代 | 沿革 | 疆域 | |
| --- | --- | --- | --- | --- | --- | --- | --- |
| 朝 | 北齊 | 鄴（河南臨漳） | 二八 | 五五〇－五七七 | 自文宣帝高洋，至幼主高恆為北周所滅，共六主。 | 「後魏」。傳至孝文帝拓跋宏力求華化，融和胡漢，遷洛改姓元氏，故又稱「元魏」。 | |
| | 北周 | 長安（西安市） | 二五 | 五五七－五八一 | 自孝愍帝宇文覺篡西魏。至靜帝宇文闡，計五主。 | | |
| 隋 | | 大興（西安市） | 三八 | 五八一－六一八 | 自文帝楊堅篡北周，至恭帝楊侗為李淵所廢，計四主。 | 隋文帝滅陳，至隋亡，統一中國僅三十九年。又南朝梁末，蕭詧降魏封梁王，西元五五五年稱帝於江陵，史稱「後梁」，又稱「北梁」，據荊州，至莒公蕭琮於西元五八七年為隋所滅，為期三十三年，計三主。 | |
| 唐 | | 長安（西安市） | 二九〇 | 六一八－九〇七 | 自唐高祖李淵，至哀帝（昭宣帝）李柷為朱全忠所害，計二十主。 | 高宗（李治）時期：東至朝鮮南部。西至今俄屬中亞。南至越南中部。北至西伯利亞的貝加爾湖。 | 3 |
| 五代 | 後梁 | 汴梁（河南開封） | 一六 | 九〇七－九二三 | 自太祖朱全忠篡唐，至末帝朱瑱失國，共二主。 | 唐時稱宋齊梁陳隋為五代，是「前五代」。趙宋以後，稱後梁後唐後晉後漢後周為五代，是「後五代」。今通以後五代為五代。五代先後有八姓，十三君，五十三年。後唐三姓：原明宗李嗣源係李克用養子，原名邈佶烈；廢帝李從珂原本姓王。後周二姓：世宗柴榮係郭威內姪。五代立國都在黃河流域，後唐的疆域最大。五代時江南和河東另有十國並立。 | |
| | 後唐 | 洛陽（河南洛陽） | 一四 | 九二三－九三六 | 自莊宗李存勗（李克用子）滅後梁，至廢帝李從珂，計四主。 | | |
| | 後晉 | 汴梁（河南開封） | 一一 | 九三六－九四六 | 自高祖石敬瑭借契丹兵滅後唐，成為傀儡「兒皇帝」，至出帝石重貴為契丹所滅，計二主。 | | |
| | 後漢 | 汴梁（河南開封） | 四 | 九四七－九五〇 | 自高祖劉知遠稱帝，至隱帝劉承祐為郭威所篡，計二主。 | | |
| | 後周 | 汴梁（河南開封） | 一〇 | 九五一－九六〇 | 自太祖郭威篡後漢，至恭帝柴宗訓滅亡，計三主。 | | |
| 宋朝 | 北宋 | 汴梁（河南開封） | 一六七 | 九六〇－一一二七 | 自太祖趙匡胤推翻後周，至欽宗趙桓於靖康二年為金人所執，計九主。 | 太宗（趙光義）時期：北至河北中部的瓦橋關和晉北雁門，與契丹為鄰。西至隴東，與黨項（夏）、吐蕃為鄰。西南至大渡河，與大理國相接。南至交州。 | 7 |
| | 南宋 | 臨安（浙江杭州） | 一五三 | 一一二七－一二七九 | 自高宗趙構南渡，至帝昺（衛王）為元所滅，計九主。 | 南宋受金兵逼侵，先後三次議和，步步屈辱退讓。 | |

| | | | | | | |
|---|---|---|---|---|---|---|
| 遼 | 上京（熱河林西） | 二一〇 | 九一六—一一二五 | 自太祖耶律阿保機（東胡族契丹）稱帝，至天祚帝延禧受宋金夾攻滅亡，計九主。（遼亡後，阿保機九世孫耶律大石走中亞，稱帝建「西遼」，傳三主二后。） | 併有突厥故地，滅渤海國，成為塞外大國。太宗耶律德光得石敬瑭獻燕雲十六州，使中國北方門戶大開。（「西遼」為期七十七年：西元一一二五至一二〇一年。） | |
| 西夏 | 興慶（寧夏銀川） | 一九〇 | 一〇三八—一二二七 | 自景宗趙元昊（鮮卑族）稱帝，國號大夏，至末帝南平王趙晛，為蒙古成吉斯汗西征東返時所俘，計十主。 | 擊敗吐蕃、回紇，取地河西。據有今內蒙古及寧夏、陝西、甘肅之大部分。夏遼勾結，累世為宋朝的邊患。 | |
| 金 | 會寧（松江阿城南）<br>燕京（北平市）<br>汴梁（河南開封） | 一二〇 | 一一一五—一二三四 | 自太祖完顏阿骨打（係女眞族）叛遼稱帝，至哀宗完顏守緒為蒙古聯宋合攻而亡，計九主。曾於南宋初期，為統治所侵佔之中原地區，施行「以漢制漢」策略，先後建立兩傀儡政權：張邦昌(偽楚)，指定金陵為都，為期僅三十三天。劉豫(偽齊)，都大名（後徙開封），為期八年(西元一一三〇至一一三七年)。 | 先世在唐時曾建渤海國，居外興安嶺、黑龍江流域以至長白山一帶。建金滅遼之後，兩次南侵攻宋。北宋末年，金兵陷汴京，擄徽、欽二帝北去，史稱「靖康之難」。南宋時宋金和戰不寧，自西元一一二九至一二八〇年間，歷八十年，重要戰役八次，和議三次。金之據地，有今東北各地，黃河流域及江蘇安徽淮北地區。南宋一再北伐不成，屈辱偷安。 | |
| 元 | 大都（北平市） | 九〇 | 一二七九—一三六八 | 自世祖忽必烈（蒙古族）滅宋，至順帝妥懽帖睦爾北走大漠為明所滅，計十一主。蒙古自成吉斯汗稱帝至忽必烈滅宋，共七十三年（西元一二〇六至一二七九年），其後入主中國九十年，合計為一百六十三年。 | 世祖時期：統有中國本部及蒙古、東北、高麗、吐蕃、安南等地，另有四大汗國。疆域東抵日本海，南連安南，北至西伯利亞，西盡亞洲，西北跨越歐洲，版土廣闊為歷朝之最。（蒙古西征所建四大汗國最後滅亡時在西元一四八〇年。） | 1 |
| 明 | 金陵（南京市）<br>北京（北平市） | 二七七 | 一三六八—一六四四 | 自太祖朱元璋滅元，至思宗朱由檢覆亡，計十六主。南明福王、魯王、唐王、桂王抗清，先後共十七年（西元一六四五至一六六一年）之久，合計明朝為期共二百九十四年。 | 成祖（朱棣）時期（即永樂年間）：疏鑿運河，修築長城；開拓西南，遠征塞北；鄭和多次遠航，促進南洋開發；銳意經營東北，聲譽遠邁前代。疆域東至苦夷（庫頁島），西至哈密，南至交趾，北至大漠。 | 5 |

| | | | | | | |
|---|---|---|---|---|---|---|
| 清 | 北京（北平市） | 二六八 | 一六四四—一九一二 | 自世祖愛新覺羅福臨入關，至末帝溥儀退位，計十主。宣統三年辛亥（西元一九一一）革命軍武昌起義，次年（西元一九一二）元旦中華民國開國。 | 高宗（弘曆）時期（即乾隆年間）：東抵太平洋，西踰葱嶺至帕米爾高原，北至蒙古、西伯利亞，南被南洋，爲亞東第一大國。 | 2 |

# 附表一：春秋十四國簡表

| 國名 | 爵位 | 姓 | 始封 | 與周室關係 | 都城 | 今地 | 滅其國者 |
|---|---|---|---|---|---|---|---|
| 齊 | 侯 | 姜 | 太公望 | 武王勳臣 | 營丘臨淄 | 山東昌樂臨淄 | 田氏所篡 |
| 魯 | 侯 | 姬 | 周公旦 | 武王弟 | 曲阜 | 山東曲阜 | 楚國 |
| 曹 | 伯 | 姬 | 叔振鐸 | 武土弟 | 陶邱 | 山東定陶 | 宋國 |
| 衛 | 侯 | 姬 | 康叔 | 武王弟 | 朝歌 | 河南淇縣 | 秦國 |
| 鄭 | 伯 | 姬 | 桓公友 | 厲王子 | 新鄭 | 河南新鄭 | 韓國 |
| 宋 | 公 | 子 | 微子啓 | 商紂王庶兄 | 商丘 | 河南商丘 | 齊國 |
| 陳 | 侯 | 嬀 | 胡公滿 | 虞舜後裔 | 宛丘 | 河南淮陽 | 楚國 |
| 蔡 | 侯 | 姬 | 蔡叔度 | 武王弟 | 新蔡 | 河南上蔡 | 楚國 |
| 燕 | 伯 | 姬 | 召公奭 | 武王勳臣 | 薊 | 北平 | 秦國 |
| 晉 | 侯 | 姬 | 唐叔虞 | 武王子 | 故絳新絳 | 山西翼城曲沃 | 三家分割 |
| 秦 | 伯 | 嬴 | 非子 | 顓頊後裔 | 雍 | 陝西鳳翔 | 始皇一統 |
| 楚 | 子 | 芈 | 熊繹 | 顓頊後裔 | 丹陽郢 | 湖北秭歸江陵 | 秦國 |
| 吳 | 子 | 姬 | 太伯 | 文王伯父 | 姑蘇 | 江蘇吳縣 | 越國 |

| | | | | | | | |
|---|---|---|---|---|---|---|---|
| 越 | 子 | 姒 | 無余 | 夏少康庶子 | 會稽 | 浙江紹興 | 楚國 |

春秋五霸：一說是齊桓公、宋襄公、晉文公、秦穆公、楚莊王；一說是齊桓公、晉文公、楚莊王、吳王夫差（ㄔㄚ）、越王句（ㄍㄡ）踐。

「春秋」是因孔子據魯史作春秋而得名。春秋時代是東周的前期，共二四二年（自魯隱公元年至魯哀公十四年，也就是周平王四十九年至周敬王三十九年，是西元前七二二至四八一年）。如往上推到東周開始，往下延到接連戰國時代，先後共三六八年（西元前七七〇至四〇三年）。

## 附表二：戰國七雄簡表

| 國名 | 姓氏 | 始封 | 爵位 | 始僭王號者 | 始稱王年次 | 都城 | 今地 | 滅亡時間 | 滅亡次序 |
|---|---|---|---|---|---|---|---|---|---|
| 秦 | 嬴 | 非子 | 伯 | 惠文王 | 西元前三三七年 | 咸陽 | 陝西咸陽 | （始皇二十六年—西元前二二一年統一） | |
| 楚 | 芈 | 熊繹 | 子 | 武王 | 西元前七四〇年 | 郢 壽春 | 湖北江陵 安徽壽縣 | 西元前二二三年 | 4 |
| 燕 | 姬 | 召公奭 | 侯 | 易王 | 西元前三三二年 | 薊 | 河北宛平 北 | 西元前二二二年 | 5 |
| 齊 | 田 | 田和 | 侯 | 威王 | 西元前三七八年 | 臨淄 | 山東臨淄 | 西元前二二一年 | 6 |
| 趙 | 原嬴姓 後氏趙 | 烈侯籍 | 侯 | 武靈王 | 西元前三二五年 | 邯鄲 | 河北邯鄲 | 西元前二二八年 | 2 |
| 韓 | 原姬姓 後氏韓 | 景侯虔 | 侯 | 宣惠王 | 西元前三三二年 | 陽翟 新鄭 | 河南禹縣 河南新鄭 | 西元前二三〇年 | 1 |
| 魏 | 原姬姓 後氏魏 | 文侯斯 | 侯 | 惠王 | 西元前三七〇年 | 安邑 大梁 | 山西安邑 河南開封 | 西元前二二五年 | 3 |

「戰國」是因漢劉向所著戰國策一書而得名。戰國時代是東周的後期，共一八三年（自周威烈王二十三年韓、趙、魏三家分晉起，至秦王政二十六年吞滅六國止；是西元前四〇三至二二一年）。

# 附表三：五胡十六國簡表

十六國

| 國號 | 建國者 | 族種 | 國都 | 盛時疆域約計 | 年數（西元） | 滅其國者 |
|---|---|---|---|---|---|---|
| 前趙（初號漢） | 劉淵 | 匈奴 | 初平陽（山西臨汾縣）遷長安（陝西省城） | 河北山西河南陝西四省各一部分 | 二六年（三〇四—三二九） | 後趙 |
| 後趙 | 石勒 | 羯 | 初襄國（河北邢臺縣）遷鄴（河南臨漳縣） | 中國北部的大半 | 三三年（三一九—三五一） | 冉魏 |
| 前秦 | 苻洪 | 氐 | 長安 | 中國北部全部跟西南部 | 四五年（三五〇—三九四） | 西秦 |
| 後秦 | 姚萇 | 羌 | 長安 | 陝西甘肅河南三省地 | 三四年（三八四—四一七） | 東晉 |
| 西秦 | 乞伏國仁 | 鮮卑 | 苑川（甘肅榆中縣） | 甘肅西南部 | 四七年（三八五—四三一） | 夏 |
| 前燕 | 慕容廆 | 鮮卑 | 初龍城（熱河朝陽縣）遷鄴 | 河北山東山西河南跟遼寧的一部分 | 六四年（三〇七—三七〇） | 前秦 |
| 後燕 | 慕容垂 | 鮮卑 | 中山（河北定縣） | 河北山西二省跟河南山東遼寧的一部分 | 二六年（三八四—四〇九） | 北燕 |
| 南燕 | 慕容德 | 鮮卑 | 廣固（山東益都縣） | 山東跟河南的一部分 | 一三年（三九八—四一〇） | 東晉 |
| 北燕 | 馮跋 | 漢 | 龍城 | 河北東北部遼寧西南部及熱河東南部 | 二八年（四〇九—四三六） | 拓跋魏 |
| 前涼 | 張駿 | 漢 | 姑臧（甘肅武威縣） | 甘肅西北部新疆東部陝西跟蒙古等地 | 五三年（三二四—三七六） | 前秦 |
| 後涼 | 呂光 | 氐 | 姑臧 | 甘肅西北部新疆東部陝西蒙古等地 | 一八年（三八六—四〇三） | 後秦 |
| 南涼 | 禿髮烏孤 | 鮮卑 | 樂都（青海樂都縣） | 甘肅西部 | 一八年（三九七—四一四） | 西秦 |
| 北涼 | 沮渠蒙遜 | 匈奴 | 張掖（甘肅張掖縣） | 甘肅跟陝西的一部分 | 三九年（四〇一—四三九） | 拓跋魏 |
| 西涼 | 李暠 | 漢 | 敦煌（甘肅敦煌縣） | 甘肅極西北部 | 二一年（四〇〇—四二〇） | 北涼 |
| 夏 | 赫連勃勃 | 匈奴 | 統萬（陝西橫山縣） | 陝西北部跟綏遠 | 二五年（四〇七—四三一） | 拓跋魏 |

| 十六國以外 | | | | | | |
|---|---|---|---|---|---|---|
| 成漢（前蜀） | 李雄 | 巴氐 | 成都 | 四川省 | 四四年（三〇四—三四七） | 東晉 |
| 代 | 拓跋猗盧 | 鮮卑 | 盛樂（綏遠和林格爾）遷平城（山西大同） | 山西北部跟熱河察哈爾綏遠一帶 | 六七年（三一〇—三七六） | 前秦 |
| 冉魏 | 冉閔 | 漢 | 鄴 | 前燕全地 | 三年（三五〇—三五二） | 前燕 |
| 西燕 | 慕容泓 | 鮮卑 | 長安後遷長子（山西長子縣） | 晉陝二省的一部分 | 一一年（三八四—三九四） | 後燕 |
| 仇池 | 楊茂搜 | 氐 | | 甘肅東南部 | 二一一年（二九六—五〇六） | 十一傳爲前秦所滅復立又十三傳爲拓跋魏所滅 |
| 蜀 後蜀 | 譙縱 | 漢 | 成都 | 四川省 | 九年（四〇五—四一三） | 晉 |
| 北魏 | 拓跋珪 | 鮮卑 | 平城後遷洛陽 | 統一北方 | 一四九年（三八六—五三四） | 北朝，分裂爲東、西。 |

「五胡十六國」是因北魏崔鴻所著十六國春秋一書而得名，成爲一個時代名稱。這時代自前趙劉淵建國（晉惠帝永興元年）至北魏統一北方（南朝宋文帝元嘉十六年），共一三六年（西元三〇四至四三九年）。

## 附表四：五代時候的十國簡表

| 國名 | 創建者 | 建都 | 據地 | 歷年（西元） | 滅其國者 | 附註 |
|---|---|---|---|---|---|---|
| 吳 | 楊行密 | 廣陵及金陵 | 淮南、江南、江西 | 三六年（九〇二—九三七） | 南唐 | |
| 吳越 | 錢鏐 | 杭州 | 兩浙（浙江） | 七七年（九〇二—九七八） | 宋 | 國祚最長最安定 |
| 前蜀 | 王建 | 成都 | 東西川及陝、甘的一部分 | 二三年（九〇三—九二五） | 後唐 | 國祚最短 |
| 楚 | 馬殷 | 潭州（長沙） | 湖南跟黔桂一部分 | 四五年（九〇七—九五一） | 南唐 | |

| | | | | | | |
|---|---|---|---|---|---|---|
| 閩 | 王審知 | 福州 | 福建 | 三七年（九〇九－九四五） | 南唐 | |
| 南漢 | 劉隱 | 廣州 | 嶺南（兩廣） | 六三年（九〇九－九七一） | 宋 | |
| 荊南 | 高季興 | 江陵 | 荊州（湖北） | 五一年（九一三－九六三） | 宋 | 疆土最小 |
| 後蜀 | 孟知祥 | 成都 | 四川、陝西 | 三二年（九三四－九六五） | 宋 | |
| 南唐 | 徐知誥（即李昇） | 金陵 | 淮南、江西、湖南 福建 | 三九年（九三七－九七五） | 宋 | 疆土最大 |
| 北漢 | 劉崇 | 太原 | 河東（山西） | 二九年（九五一－九七九） | 宋 | 最後滅亡 |

十國與五代並立，除北漢（創建者劉崇是後漢劉知遠之弟，沙陀人）外，其他九國的創建者都是漢人，分布在長江流域及其以南；任何一國的年祚都比五代的任何一代爲長，文物也爲五代所不及。十國的前期六國，原都是唐朝的藩鎭；後期四國（荊南、後蜀、南唐、北漢）是在五代的時期所建。十國以外，當時尚有劉守光所建的燕（河北），李茂貞所建的岐（陝西），都滅於後唐。

【附錄五】

# 標點符號用法簡表

㈠**句號** 。或． 用在敘述句的末尾，表示這句話的意思表達完畢，語氣完結。

例句：①這句話的意思很清楚。

②你這麼一說，我們都明白了。

㈡**問號** ？ 用在疑問句末尾，表示懷疑、發問或反問。但是間接的疑問，沒有問話口氣的，不能用問號。

例句：①這句話的意思你明白了嗎？

②你不是說完全聽懂了嗎？你難道還不明白嗎？

③我是想知道你究竟懂不懂。（不用問號）

④我不懂你的話是什麼意思。（不用問號）

㈢**驚歎號** ！ 表示重大強烈情緒或願望，或是表示加強語氣的命令、斥責、招呼。但是情緒不強烈，願望、命令或招呼的程度比較和緩的，就不用驚歎號。過度或過多使用驚歎號，往往失去了它的效果，也會使讀者厭煩。

例句：①說來說去，原來你還沒聽懂啊！

②但願他能夠了解我這番苦心！

③趕快去！每次都遲到，太不應該了！

④喂！朋友！仔細想想吧！

㈣**分號** ； 表示句子完了，但是意思還不夠，或是語氣還要補足，使底下的句子跟上面的句子合成更完備的一整句話。

例句：①楊柳枯了，有再青的時候；桃花謝了，有再開的時候。

②人人都喜歡熱鬧；他卻喜歡寂寞和冷靜。

③本來，我該招待您；現在，反而是您招待我了。

㈤**冒號** ： 總起下文，或總結上文，表示前後句的意思相等；又用在正式提引句之前，表示後邊是提引的話；也用在書信跟講稿的稱呼之後。

例句：①民生主義有兩大綱目：一是平均地權，一是節制資本。

②品行優良，求學用功，身體強健：這是做一個好學生的必要條件。

③俗語說：一年之計在於春，一日之計在於晨。

④志興學兄：來信收到了。……

㈥**點號（也叫逗點或逗號）**， 用在句子裡面需要停頓的地方，是句子裡的隔斷符號，為的是把意思分開，或者是為了閱讀方便。（參看其他例句裡的逗號。）

㈦**頓號** 、 用在句子裡的接連而並列的同類詞之間，是隔斷力最小的符號。標明數目的節位，或者在表示次序的數目字之後（為的是與下文隔開），也都用頓號。

例句：①銅、錫、鐵、鉛，都是金屬礦物。

②本公司今年度收入共一、一七三、五五八元。

③學習語文必須「六多」：一、多聽，二、多說，三、多讀，四、多寫，五、多記，六、多想。

㈧**引號（提引號）「」或『』** 用在引用語（別人的話、成語、對話的一段語句等等）的開頭和末尾；或者表示引號裡是特別標示出來的詞語。通常也可以代替書名號來標明書名、篇名。

例句：①他一再說：『大家應該牢記「有恆為成功之本」這句話。』

②「沙發」跟「咖啡」一樣，都是「外來語」。

③他寫的「奮鬥三部曲」是一部很好的小說。

㈨**夾註號（括弧）（ ）〔 〕或——** —— 用以表示在上下兩個符號之間的是說明或詮釋部分。

㈩**破折號** —— 用在語氣忽然轉折而不銜接的地方。有時候可以代替夾註號，在下面寫出說明或註釋的話。也可以用來代替引號，在底下敘寫提引的語句。

(十一)**刪節號** …… 表示話沒說完、沒寫完，語氣沒完結；或是表示在這個地方省略或刪去了一部分。

(十二)**專名號（私名號）** ｜ 標在文字的左邊（橫行排印的標在字行下邊），表明這是人名、地名。也用來標明時代（如春秋、戰國）、朝代年號、國家、種族、山川、湖泊、海洋、機關組織、公司行號、學校、特殊工程建築、道路、路線之類的專用名稱。

(十三)**書名號** ﹏ 標在文字左邊（橫行排印的標在字行下邊），表明這是圖書、雜誌、報紙、文件、文章、書裡的篇章、戲劇、歌曲、詞牌之類的標題名稱。現在也有用〈〉或《》來表示的。

(十四)**音界號** ． 用在外國人名音譯成中國文字的姓氏與名字之間，以便讀者容易識別，不發生誤會。

※以上㈨到(十四)各種符號用法簡單，所以不舉例句。

# 分類國語一字多音審訂表

## 一、審訂後改列爲單音字

| 部首 | 國字 | 審定音 |
|---|---|---|
| 一 | 一 | ㄧ |
| | 七 | ㄑㄧ |
| | 丐 | ㄍㄞˋ |
| | 丘 | ㄑㄧㄡ |
| | 丞 | ㄔㄥˊ |
| | 並 | ㄅㄧㄥ |
| 丨 | 丱 | ㄍㄨㄢˋ |
| | 串 | ㄔㄨㄢˋ |
| 丶 | 主 | ㄓㄨˇ |
| 丿 | 么 | ㄧㄠ |
| | 九 | ㄐㄧㄡˇ |
| 乙 | 乞 | ㄑㄧˇ |
| 人 | 介 | ㄐㄧㄝˋ |
| | 他 | ㄊㄚ |
| | 佉 | ㄑㄩ |
| | 但 | ㄉㄢˋ |
| | 佃 | ㄉㄧㄢˋ |
| | 佼 | ㄐㄧㄠˇ |
| | 佹 | ㄍㄨㄟˇ |
| | 侻 | ㄊㄨㄛˋ |
| | 侲 | ㄓㄣ |
| | 俏 | ㄑㄧㄠˋ |
| | 俙 | ㄒㄧ |
| | 俇 | ㄎㄨㄤˇ |
| | 倓 | ㄊㄢˊ |
| | 們 | ㄇㄣˊ |
| | 倩 | ㄑㄧㄢˋ |
| | 值 | ㄓˊ |
| | 倈 | ㄌㄞˊ |
| | 倗 | ㄆㄥˊ |
| | 倜 | ㄊㄧˋ |
| | 倭 | ㄨㄛ |
| | 倉 | ㄘㄤ |
| | 健 | ㄐㄧㄢˋ |
| | 偋 | ㄅㄧㄥˇ |
| | 偽 | ㄨㄟˋ |
| | 僂 | ㄌㄡˊ |
| | 僨 | ㄈㄣˋ |
| | 僚 | ㄌㄧㄠˊ |
| | 僓 | ㄎㄨㄟˇ |
| | 僤 | ㄉㄢˋ |
| | 僬 | ㄐㄧㄠ |
| | 僸 | ㄐㄧㄣˋ |
| | 儆 | ㄐㄧㄥˇ |
| | 僾 | ㄞˋ |
| | 儌 | ㄐㄧㄠˇ |
| | 儓 | ㄊㄞˊ |
| | 儑 | ㄢˋ |
| | 儥 | ㄩˋ |
| | 優 | ㄧㄡ |
| | 儳 | ㄔㄢˊ |
| | 儽 | ㄌㄟˇ |
| 儿 | 允 | ㄩㄣˇ |
| | 兄 | ㄒㄩㄥ |
| 八 | 八 | ㄅㄚ |
| 冫 | 冰 | ㄅㄧㄥ |
| | 冷 | ㄌㄥˇ |
| | 滄 | ㄔㄨㄤˋ |
| 凵 | 凵 | ㄎㄢˇ |
| | 函 | ㄏㄢˊ |
| 刀 | 刺 | ㄘˋ |
| | 剴 | ㄎㄞˇ |
| | 剽 | ㄆㄧㄠˋ |
| | 劊 | ㄎㄨㄞˋ |
| 力 | 務 | ㄨˋ |
| | 募 | ㄇㄨˋ |
| 勹 | 包 | ㄅㄠ |
| 匚 | 匡 | ㄎㄨㄤ |
| | 匪 | ㄈㄟˇ |
| 匸 | 匽 | ㄧㄢˇ |
| 十 | 卓 | ㄓㄨㄛˊ |
| 厂 | 厖 | ㄇㄤˊ |
| | 厜 | ㄔㄨㄟˊ |
| 厶 | 去 | ㄑㄩˋ |
| 又 | 取 | ㄑㄩˇ |
| 口 | 司 | ㄙ |
| | 吾 | ㄨˊ |
| | 吶 | ㄋㄚˋ |
| | 呈 | ㄔㄥˊ |
| | 吟 | ㄧㄣˊ |

| 部首 | | | | | | | | | | | | |
|---|---|---|---|---|---|---|---|---|---|---|---|---|
| 國字 | 味 | 咕 | 咁 | 咖 | 咄 | 呼 | 命 | 咸 | 哇 | 咼 | 咷 | 哅 |
| 審定音 | ㄨㄟˋ | ㄍㄨ | ㄍㄢ | ㄎㄚ | ㄉㄨㄛˋ | ㄏㄨ | ㄇㄧㄥˋ | ㄒㄧㄢˊ | ㄨㄚ | ㄎㄨㄞ | ㄊㄠˊ | ㄒㄩㄥ |

| 部首 | | | | | | | | | | | | |
|---|---|---|---|---|---|---|---|---|---|---|---|---|
| 國字 | 哼 | 唔 | 哨 | 啍 | 唪 | 啄 | 唬 | 唲 | 唸 | 喜 | 喧 | 喑 |
| 審定音 | ㄏㄥ | ㄨˊ | ㄕㄠˋ | ㄊㄨㄣ | ㄈㄥˇ | ㄓㄨㄛˊ | ㄏㄨˇ | ㄦˊ | ㄋㄧㄢˋ | ㄒㄧˇ | ㄒㄩㄢ | ㄧㄣ |

| 部首 | | | | | | | | | | | | |
|---|---|---|---|---|---|---|---|---|---|---|---|---|
| 國字 | 喋 | 喟 | 喤 | 喲 | 喻 | 嗃 | 嗔 | 嘉 | 嗽 | 嘯 | 噎 | 嘳 |
| 審定音 | ㄉㄧㄝˊ | ㄎㄨㄟˋ | ㄏㄨㄤˊ | ㄧㄠ | ㄩˋ | ㄏㄜˋ | ㄔㄣ | ㄐㄧㄚ | ㄙㄡˋ | ㄒㄧㄠˋ | ㄧㄝ | ㄎㄨㄟˋ |

| 部首 | | | | | | | | | 口 | | 土 | |
|---|---|---|---|---|---|---|---|---|---|---|---|---|
| 國字 | 嘸 | 噥 | 噞 | 嚌 | 嚮 | 嚴 | 囂 | 囋 | 囿 | 圉 | 土 | 在 |
| 審定音 | ㄈㄨˇ | ㄋㄨㄥˊ | ㄧㄢˇ | ㄐㄧˋ | ㄒㄧㄤˋ | ㄧㄢˊ | ㄒㄧㄠ | ㄗㄢˋ | ㄧㄡˋ | ㄩˇ | ㄊㄨˇ | ㄗㄞˋ |

| 部首 | | | | | | | | | | | | |
|---|---|---|---|---|---|---|---|---|---|---|---|---|
| 國字 | 圻 | 坷 | 坱 | 坫 | 垝 | 埠 | 報 | 堨 | 填 | 塢 | 墊 | 增 |
| 審定音 | ㄑㄧˊ | ㄎㄜˇ | ㄧㄤˇ | ㄉㄧㄢˋ | ㄍㄨㄟˇ | ㄅㄨˋ | ㄅㄠˋ | ㄜˋ | ㄊㄧㄢˊ | ㄨˋ | ㄉㄧㄢˋ | ㄗㄥ |

| 部首 | | | 夕 | | 大 | | | | | 女 | | |
|---|---|---|---|---|---|---|---|---|---|---|---|---|
| 國字 | 壁 | 壇 | 夜 | 夢 | 太 | 央 | 失 | 奠 | 奰 | 如 | 妁 | 妞 |
| 審定音 | ㄅㄧˋ | ㄊㄢˊ | ㄧㄝˋ | ㄇㄥˋ | ㄊㄞˋ | ㄧㄤ | ㄕ | ㄉㄧㄢˋ | ㄅㄟˋ | ㄖㄨˊ | ㄕㄨㄛˋ | ㄋㄧㄡ |

| 部首 | | | | | | | | | | | | |
|---|---|---|---|---|---|---|---|---|---|---|---|---|
| 國字 | 妣 | 妗 | 姏 | 姆 | 妲 | 姐 | 姼 | 姝 | 姽 | 姺 | 姘 | 姬 |
| 審定音 | ㄅㄧˇ | ㄐㄧㄣˋ | ㄇㄢˊ | ㄇㄨˇ | ㄉㄚˊ | ㄐㄧㄝˇ | ㄔˇ | ㄕㄨ | ㄍㄨㄟˇ | ㄒㄧㄢˇ | ㄆㄧㄣ | ㄐㄧ |

| 部首 | | | | | | | | | | | | |
|---|---|---|---|---|---|---|---|---|---|---|---|---|
| 國字 | 娑 | 娘 | 娓 | 娟 | 娉 | 娭 | 娩 | 媒 | 媕 | 媽 | 嫚 | 嬉 |
| 審定音 | ㄙㄨㄛ | ㄋㄧㄤˊ | ㄨㄟˇ | ㄐㄩㄢ | ㄆㄧㄥ | ㄒㄧ | ㄋㄧˊ | ㄇㄟˊ | ㄢ | ㄇㄚ | ㄇㄢˋ | ㄒㄧ |

| 部首 | 國字 | 審定音 |
| --- | --- | --- |
| | 嫽 | ㄌㄧㄠˊ |
| | 嬭 | ㄋㄞˇ |
| | 孅 | ㄒㄧㄢ |
| | 孌 | ㄌㄨㄢˊ |
| | 孋 | ㄌㄧˊ |
| 子 | 子 | ㄗˇ |
| | 孓 | ㄐㄩㄝˊ |
| | 孟 | ㄇㄥˋ |
| 宀 | 寖 | ㄐㄧㄣˋ |
| | 寘 | ㄓˋ |
| | 寗 | ㄋㄧㄥˊ |
| | 寰 | ㄏㄨㄢˊ |
| 尸 | 屢 | ㄌㄩˇ |
| | 屣 | ㄒㄧˇ |
| | 層 | ㄘㄥˊ |
| | 屧 | ㄒㄧㄝˋ |
| | 屩 | ㄐㄩㄝˊ |
| 山 | 岫 | ㄒㄧㄡˋ |
| | 岝 | ㄗㄨㄛˊ |
| | 岣 | ㄍㄡˇ |
| | 峞 | ㄨㄟˊ |
| | 峻 | ㄐㄩㄣˋ |
| | 崒 | ㄗㄨˊ |
| | 崛 | ㄐㄩㄝˊ |
| | 崋 | ㄏㄨㄚˋ |
| | 崚 | ㄌㄥˊ |
| | 崤 | ㄧㄠˊ |
| | 崽 | ㄗㄞˇ |
| | 嵇 | ㄐㄧ |
| | 嵯 | ㄘㄨㄛˊ |
| | 嵬 | ㄨㄟˊ |
| | 嵽 | ㄉㄧㄝˊ |
| | 嶁 | ㄌㄡˇ |
| | 嶙 | ㄌㄧㄣˊ |
| | 嶠 | ㄐㄧㄠˋ |
| | 嶕 | ㄐㄧㄠ |
| | 嶮 | ㄒㄧㄢˇ |
| | 嶨 | ㄒㄩㄝˊ |
| | 嶼 | ㄩˇ |
| | 巀 | ㄐㄧㄝˊ |
| 巾 | 帔 | ㄆㄟˋ |
| | 帗 | ㄈㄨˊ |
| | 帕 | ㄆㄚˋ |
| | 帨 | ㄕㄨㄟˋ |
| | 幏 | ㄐㄧㄚˋ |
| | 幎 | ㄇㄧˋ |
| | 幟 | ㄓˋ |
| 干 | 年 | ㄋㄧㄢˊ |
| 幺 | 幼 | ㄧㄡˋ |
| 广 | 广 | ㄧㄢˇ |
| | 庌 | ㄧㄚˇ |
| | 庉 | ㄉㄨㄣˋ |
| | 庨 | ㄒㄧㄠ |
| | 庮 | ㄧㄡˇ |
| | 康 | ㄎㄤ |
| | 庱 | ㄔㄥˇ |
| | 庶 | ㄕㄨˋ |
| | 廌 | ㄓˋ |
| | 廋 | ㄙㄡ |
| | 廖 | ㄌㄧㄠˋ |
| | 廎 | ㄑㄧㄥˇ |
| | 廙 | ㄧˋ |
| | 廣 | ㄍㄨㄤˇ |
| | 廡 | ㄨˇ |
| | 廦 | ㄅㄧˋ |
| | 廨 | ㄒㄧㄝˋ |
| | 龐 | ㄆㄤˊ |
| | 廬 | ㄌㄨˊ |
| 廴 | 廷 | ㄊㄧㄥˊ |
| 廾 | 异 | ㄧˋ |
| | 弅 | ㄈㄣˊ |
| | 弇 | ㄧㄢˇ |
| 弋 | 式 | ㄕˋ |
| 弓 | 弔 | ㄉㄧㄠˋ |
| | 引 | ㄧㄣˇ |
| | 弗 | ㄈㄨˊ |
| | 弧 | ㄏㄨˊ |
| | 弮 | ㄑㄩㄢˇ |
| ヨ | 彗 | ㄏㄨㄟˋ |
| | 彙 | ㄏㄨㄟˋ |
| 彡 | 彭 | ㄆㄥˊ |
| | 彯 | ㄆㄧㄠ |
| 彳 | 徘 | ㄆㄞˊ |
| | 御 | ㄩˋ |
| | 復 | ㄈㄨˋ |
| | 徯 | ㄒㄧ |
| 心 | 忍 | ㄖㄣˇ |
| | 忨 | ㄨㄢˊ |
| | 忮 | ㄓˋ |
| | 忤 | ㄨˇ |
| | 忯 | ㄑㄧˊ |
| | 忝 | ㄊㄧㄢˇ |
| | 怲 | ㄅㄧㄥˇ |
| | 怞 | ㄔㄡˊ |
| | 怖 | ㄅㄨˋ |
| | 怛 | ㄉㄚˊ |

| 部首 | | | | | | | | | | | | |
|---|---|---|---|---|---|---|---|---|---|---|---|---|
| 國字 | 怗 | 怍 | 怐 | 怕 | 怮 | 怠 | 怒 | 恃 | 恉 | 恢 | 恀 | 恂 |
| 審定音 | ㄓㄢ | ㄗㄨㄛˋ | ㄍㄡˋ | ㄆㄚˋ | ㄧㄡ | ㄉㄞˋ | ㄋㄨˋ | ㄕˋ | ㄓˇ | ㄏㄨㄟ | ㄔˇ | ㄒㄩㄣˊ |

| 部首 | | | | | | | | | | | | |
|---|---|---|---|---|---|---|---|---|---|---|---|---|
| 國字 | 恝 | 恚 | 恐 | 悌 | 悛 | 悔 | 悗 | 悇 | 悠 | 惇 | 悴 | 惔 |
| 審定音 | ㄐㄧㄚˊ | ㄏㄨㄟˋ | ㄎㄨㄥˇ | ㄊㄧˋ | ㄑㄩㄢ | ㄏㄨㄟˇ | ㄇㄢˇ | ㄊㄨˊ | ㄧㄡ | ㄉㄨㄣ | ㄘㄨㄟˋ | ㄊㄢˊ |

| 部首 | | | | | | | | | | | | |
|---|---|---|---|---|---|---|---|---|---|---|---|---|
| 國字 | 惙 | 悽 | 惆 | 惛 | 惀 | 意 | 惲 | 愓 | 愕 | 惴 | 愯 | 惶 |
| 審定音 | ㄔㄨㄛˋ | ㄑㄧ | ㄔㄡˊ | ㄏㄨㄣ | ㄌㄨㄣˊ | ㄧˋ | ㄩㄣˋ | ㄕㄤ | ㄜˋ | ㄓㄨㄟˋ | ㄗㄨㄥ | ㄏㄨㄤˊ |

| 部首 | | | | | | | | | | | | |
|---|---|---|---|---|---|---|---|---|---|---|---|---|
| 國字 | 愉 | 感 | 愁 | 愈 | 慍 | 愴 | 慓 | 慴 | 憀 | 慺 | 慔 | 慘 |
| 審定音 | ㄩˊ | ㄍㄢˇ | ㄔㄡˊ | ㄩˋ | ㄩㄣˋ | ㄔㄨㄤˋ | ㄆㄧㄠˋ | ㄓㄜˊ | ㄌㄧㄠˊ | ㄌㄡˊ | ㄇㄡˋ | ㄘㄢˇ |

| 部首 | | | | | | | | | | | | |
|---|---|---|---|---|---|---|---|---|---|---|---|---|
| 國字 | 慟 | 慶 | 憃 | 慝 | 憲 | 憐 | 憚 | 憒 | 憮 | 憍 | 憨 | 憖 |
| 審定音 | ㄊㄨㄥˋ | ㄑㄧㄥˋ | ㄔㄨㄥ | ㄊㄜˋ | ㄒㄧㄢˋ | ㄌㄧㄢˊ | ㄉㄢˋ | ㄎㄨㄟˋ | ㄨˇ | ㄐㄧㄠ | ㄏㄢ | ㄧㄣˋ |

| 部首 | | | | | | | | | | | | |
|---|---|---|---|---|---|---|---|---|---|---|---|---|
| 國字 | 憋 | 憊 | 懍 | 憾 | 懆 | 懅 | 懁 | 懈 | 懊 | 憸 | 憼 | 懑 |
| 審定音 | ㄅㄧㄝ | ㄅㄟˋ | ㄌㄧㄣˇ | ㄏㄢˋ | ㄘㄠˇ | ㄐㄩˋ | ㄒㄩㄢ | ㄒㄧㄝˋ | ㄠˋ | ㄒㄧㄢ | ㄐㄧㄥˇ | ㄇㄣˋ |

| 部首 | | | | | | | | | | | 戈 | |
|---|---|---|---|---|---|---|---|---|---|---|---|---|
| 國字 | 懠 | 懦 | 懭 | 懮 | 懰 | 懫 | 懶 | 懽 | 戁 | 戄 | 戊 | 戕 |
| 審定音 | ㄑㄧˊ | ㄋㄨㄛˋ | ㄎㄨㄤˇ | ㄧㄡˇ | ㄌㄧㄡˊ | ㄓˋ | ㄌㄢˇ | ㄏㄨㄢ | ㄋㄢˇ | ㄐㄩㄝˊ | ㄨˋ | ㄑㄧㄤˊ |

| 部首 | | | | | | 戶 | | | | 手 | | |
|---|---|---|---|---|---|---|---|---|---|---|---|---|
| 國字 | 戚 | 戣 | 戡 | 戭 | 戮 | 戽 | 房 | 戾 | 扆 | 扐 | 扞 | 扜 |
| 審定音 | ㄑㄧ | ㄎㄨㄟˊ | ㄎㄢ | ㄧㄣˇ | ㄌㄨˋ | ㄏㄨˋ | ㄈㄤˊ | ㄌㄧˋ | ㄧˇ | ㄌㄜˋ | ㄏㄢˋ | ㄩ |

| 部首 | | | | | | | | | | | | |
|---|---|---|---|---|---|---|---|---|---|---|---|---|
| 國字 | 扡 | 抏 | 扣 | 承 | 扙 | 扭 | 批 | 找 | 扫 | 扱 | 投 | 扮 |
| 審定音 | ㄧˇ | ㄨˋ | ㄎㄡˋ | ㄔㄥˊ | ㄨㄣˋ | ㄋㄧㄡˇ | ㄆㄧ | ㄓㄠˇ | ㄍㄨˇ | ㄒㄧ | ㄊㄡˊ | ㄅㄢˋ |

| 部首 | | | | | | | | | | | | |
|---|---|---|---|---|---|---|---|---|---|---|---|---|
| 國字 | 抗 | 抨 | 抿 | 拒 | 抾 | 抛 | 拔 | 拇 | 抱 | 拖 | 拘 | 挈 |
| 審定音 | ㄧㄠˇ | ㄆㄥ | ㄇㄧㄣˇ | ㄐㄩˋ | ㄑㄧㄝˋ | ㄆㄠ | ㄅㄚˊ | ㄇㄨˇ | ㄅㄠˋ | ㄊㄨㄛ | ㄐㄩ | ㄑㄧㄝˋ |

| 部首 | | | | | | | | | | | | |
|---|---|---|---|---|---|---|---|---|---|---|---|---|
| 國字 | 拲 | 挖 | 挂 | 拮 | 挏 | 指 | 拸 | 挌 | 拴 | 拼 | 捖 | 挲 |
| 審定音 | ㄍㄨㄥˇ | ㄨㄚ | ㄍㄨㄚˋ | ㄐㄧㄝˊ | ㄊㄨㄥˊ | ㄓˇ | ㄔˇ | ㄍㄜˊ | ㄕㄨㄢ | ㄆㄧㄣ | ㄨㄢˊ | ㄙㄨㄛ |

| 部首 | | | | | | | | | | | | |
|---|---|---|---|---|---|---|---|---|---|---|---|---|
| 國字 | 捕 | 捂 | 捐 | 捊 | 挫 | 捘 | 捁 | 挺 | 掔 | 控 | 接 | 捩 |
| 審定音 | ㄅㄨˇ | ㄨˇ | ㄐㄩㄢ | ㄆㄡˊ | ㄘㄨㄛˋ | ㄐㄩㄣˋ | ㄐㄧㄠˇ | ㄊㄧㄥˇ | ㄑㄧㄢ | ㄎㄨㄥˋ | ㄐㄧㄝ | ㄌㄧㄝˋ |

| 部首 | | | | | | | | | | | | |
|---|---|---|---|---|---|---|---|---|---|---|---|---|
| 國字 | 掠 | 掇 | 捷 | 捧 | 掘 | 掫 | 措 | 掩 | 捵 | 掉 | 掏 | 推 |
| 審定音 | ㄌㄩㄝˋ | ㄉㄨㄛˊ | ㄐㄧㄝˊ | ㄆㄥˇ | ㄐㄩㄝˊ | ㄗㄡ | ㄘㄨㄛˋ | ㄧㄢˇ | ㄔㄣ | ㄉㄧㄠˋ | ㄊㄠ | ㄊㄨㄟ |

| 部首 | | | | | | | | | | | | |
|---|---|---|---|---|---|---|---|---|---|---|---|---|
| 國字 | 捭 | 掣 | 揥 | 揮 | 揯 | 揃 | 揉 | 揟 | 揩 | 掾 | 揣 | 援 |
| 審定音 | ㄅㄞˇ | ㄔㄜˋ | ㄊㄧˋ | ㄏㄨㄟ | ㄍㄥˋ | ㄐㄧㄢˇ | ㄖㄡˊ | ㄒㄩ | ㄎㄞ | ㄩㄢˋ | ㄔㄨㄞˇ | ㄩㄢˊ |

| 部首 | | | | | | | | | | | | |
|---|---|---|---|---|---|---|---|---|---|---|---|---|
| 國字 | 揘 | 揄 | 揜 | 揫 | 撝 | 搴 | 搧 | 搉 | 搦 | 搌 | 搏 | 搞 |
| 審定音 | ㄏㄨㄤˊ | ㄩˊ | ㄧㄢˇ | ㄐㄧㄡ | ㄏㄨㄟ | ㄑㄧㄢ | ㄕㄢ | ㄑㄩㄝˋ | ㄋㄨㄛˋ | ㄓㄢˇ | ㄅㄛˊ | ㄍㄜˊ |

| 部首 | | | | | | | | | | | | |
|---|---|---|---|---|---|---|---|---|---|---|---|---|
| 國字 | 搢 | 搚 | 搔 | 搵 | 搖 | 搊 | 搥 | 搜 | 摛 | 摝 | 摴 | 撕 |
| 審定音 | ㄐㄧㄣˋ | ㄌㄚ | ㄙㄠ | ㄨㄣˋ | ㄧㄠˊ | ㄔㄡ | ㄔㄨㄟˊ | ㄙㄡ | ㄔ | ㄌㄨˋ | ㄕㄨ | ㄕㄢˋ |

| | | | | | | | | | | | | |
|---|---|---|---|---|---|---|---|---|---|---|---|---|
| | | | | | | | | | | | | 部首 |
| 擴 | 撰 | 撏 | 撥 | 撤 | 摹 | 摐 | 摧 | 摞 | 摎 | 搣 | 摶 | 國字 |
| ㄍㄨㄤˋ | ㄓㄨㄢˋ | ㄒㄩㄣˊ | ㄅㄛ | ㄔㄜˋ | ㄇㄛˊ | ㄔㄨㄤ | ㄘㄨㄟ | ㄌㄨㄛˋ | ㄐㄧㄡ | ㄕㄜˋ | ㄊㄨㄢˊ | 審定音 |
| | | | | | | | | | | | | 部首 |
| 擲 | 擩 | 擠 | 撿 | 擉 | 據 | 擊 | 擘 | 撟 | 撫 | 播 | 撲 | 國字 |
| ㄓˊ | ㄖㄨˋ | ㄐㄧˇ | ㄐㄧㄢˇ | ㄔㄨˋ | ㄐㄩˋ | ㄐㄧˊ | ㄅㄛˋ | ㄐㄧㄠˇ | ㄈㄨˇ | ㄅㄛˋ | ㄆㄨ | 審定音 |
| 斗 | | | 支 | | | | | | | | | 部首 |
| 斗 | 攸 | 收 | 文 | 儻 | 攠 | 攦 | 攛 | 攕 | 攌 | 擽 | 攄 | 國字 |
| ㄉㄡˇ | ㄧㄡ | ㄕㄡ | ㄆㄨ | ㄊㄤˇ | ㄇㄧˊ | ㄌㄧˊ | ㄘㄨㄢ | ㄒㄧㄢ | ㄏㄢˋ | ㄌㄩㄝˋ | ㄕㄨ | 審定音 |
| | | | 日 | | | | | 方 | | 斤 | | 部首 |
| 易 | 昒 | 昔 | 旬 | 旝 | 旛 | 旖 | 族 | 旎 | 斷 | 斥 | 料 | 國字 |
| ㄧˋ | ㄏㄨ | ㄒㄧˊ | ㄒㄩㄣˊ | ㄎㄨㄞˋ | ㄈㄢ | ㄧˇ | ㄗㄨˊ | ㄋㄧˇ | ㄉㄨㄢˋ | ㄔˋ | ㄌㄧㄠˋ | 審定音 |
| | | | | | | | | | | | | 部首 |
| 晟 | 晅 | 晏 | 昫 | 昢 | 是 | 昵 | 昧 | 春 | 昶 | 昏 | 昕 | 國字 |
| ㄔㄥˊ | ㄒㄩㄢ | ㄧㄢˋ | ㄒㄩˇ | ㄆㄟˋ | ㄕˋ | ㄋㄧˋ | ㄇㄟˋ | ㄔㄨㄣ | ㄔㄤˇ | ㄏㄨㄣ | ㄒㄧㄣ | 審定音 |
| 月 | | 曰 | | | | | | | | | | 部首 |
| 服 | 朁 | 曷 | 曝 | 曜 | 煞 | 曀 | 曈 | 暵 | 晙 | 晛 | 晢 | 國字 |
| ㄈㄨˊ | ㄘㄢˇ | ㄏㄜˊ | ㄆㄨˋ | ㄧㄠˋ | ㄕㄚˋ | ㄧˋ | ㄊㄨㄥˊ | ㄏㄢˋ | ㄐㄩㄣˋ | ㄒㄧㄢˋ | ㄓㄜˊ | 審定音 |
| | | | | | | | | 木 | | | | 部首 |
| 杲 | 枒 | 杬 | 枉 | 杼 | 杭 | 杞 | 杅 | 朱 | 望 | 朓 | 朏 | 國字 |
| ㄍㄠˇ | ㄧㄚˊ | ㄩㄢˊ | ㄨㄤˇ | ㄓㄨˋ | ㄏㄤˊ | ㄑㄧˇ | ㄩˊ | ㄓㄨ | ㄨㄤˋ | ㄊㄧㄠˋ | ㄈㄟˇ | 審定音 |
| | | | | | | | | | | | | 部首 |
| 核 | 栗 | 栽 | 栔 | 柢 | 枷 | 柑 | 柯 | 枰 | 柲 | 柱 | 果 | 國字 |
| ㄏㄜˊ | ㄌㄧˋ | ㄗㄞ | ㄑㄧˋ | ㄉㄧˇ | ㄐㄧㄚ | ㄍㄢ | ㄎㄜ | ㄆㄧㄥˊ | ㄅㄧˋ | ㄓㄨˋ | ㄍㄨㄛˇ | 審定音 |

| 部首 | | | | | | | | | | | | |
|---|---|---|---|---|---|---|---|---|---|---|---|---|
| 國字 | 栻 | 栲 | 栵 | 栫 | 栩 | 桐 | 栘 | 桅 | 栒 | 格 | 桶 | 梫 |
| 審定音 | ㄕˋ | ㄎㄠˇ | ㄌㄧˋ | ㄐㄧㄢˋ | ㄒㄩˇ | ㄊㄨㄥˊ | ㄧˊ | ㄨㄟˊ | ㄒㄩㄣˊ | ㄍㄜˊ | ㄊㄨㄥˇ | ㄑㄧㄣ |

| 部首 | | | | | | | | | | | | |
|---|---|---|---|---|---|---|---|---|---|---|---|---|
| 國字 | 梂 | 梐 | 梵 | 梢 | 桿 | 梩 | 梬 | 梱 | 桴 | 梭 | 梟 | 棸 |
| 審定音 | ㄑㄧㄡˊ | ㄅㄧˋ | ㄈㄢˋ | ㄕㄠ | ㄍㄢˇ | ㄌㄧˊ | ㄧㄥˇ | ㄎㄨㄣˇ | ㄈㄨˊ | ㄙㄨㄛ | ㄒㄧㄠ | ㄗㄡ |

| 部首 | | | | | | | | | | | | |
|---|---|---|---|---|---|---|---|---|---|---|---|---|
| 國字 | 棘 | 椄 | 棬 | 棣 | 椐 | 棷 | 椏 | 棱 | 植 | 棋 | 棧 | 棽 |
| 審定音 | ㄐㄧˊ | ㄐㄧㄝ | ㄑㄩㄢ | ㄉㄧˋ | ㄐㄩ | ㄗㄡ | ㄧㄚ | ㄌㄥˊ | ㄓˊ | ㄑㄧˊ | ㄓㄢˋ | ㄕㄣ |

| 部首 | | | | | | | | | | | | |
|---|---|---|---|---|---|---|---|---|---|---|---|---|
| 國字 | 棼 | 棍 | 棵 | 棌 | 棯 | 棆 | 楎 | 楄 | 楢 | 楗 | 楅 | 楮 |
| 審定音 | ㄈㄣˊ | ㄍㄨㄣˋ | ㄎㄜ | ㄘㄞˇ | ㄖㄣˇ | ㄌㄨㄣˊ | ㄏㄨㄣˊ | ㄆㄧㄢˊ | ㄧㄡˊ | ㄐㄧㄢˋ | ㄅㄧˋ | ㄔㄨˇ |

| 部首 | | | | | | | | | | | | |
|---|---|---|---|---|---|---|---|---|---|---|---|---|
| 國字 | 楷 | 楫 | 椳 | 楨 | 椽 | 楀 | 楩 | 楯 | 榮 | 榱 | 暅 | 槎 |
| 審定音 | ㄎㄞˇ | ㄐㄧˊ | ㄨㄟ | ㄓㄣ | ㄔㄨㄢˊ | ㄩˇ | ㄆㄧㄢˊ | ㄕㄨㄣˇ | ㄖㄨㄥˊ | ㄘㄨㄟ | ㄑㄩㄝˋ | ㄔㄚˊ |

| 部首 | | | | | | | | | | | | |
|---|---|---|---|---|---|---|---|---|---|---|---|---|
| 國字 | 槐 | 槧 | 槷 | 樣 | 樗 | 槥 | 樁 | 樞 | 標 | 槱 | 樠 | 槭 |
| 審定音 | ㄏㄨㄞˊ | ㄑㄧㄢˋ | ㄋㄧㄝˋ | ㄧㄤˋ | ㄕㄨ | ㄏㄨㄟˋ | ㄓㄨㄤ | ㄕㄨ | ㄅㄧㄠ | ㄧㄡˇ | ㄇㄢˊ | ㄘㄨˋ |

| 部首 | | | | | | | | | | | | |
|---|---|---|---|---|---|---|---|---|---|---|---|---|
| 國字 | 槾 | 樊 | 槮 | 橀 | 樴 | 橧 | 橙 | 橚 | 橝 | 橨 | 椁 | 橛 |
| 審定音 | ㄇㄢˊ | ㄈㄢˊ | ㄙㄢˇ | ㄒㄧ | ㄓˊ | ㄗㄥ | ㄔㄥˊ | ㄙㄨˋ | ㄊㄢˊ | ㄈㄣˊ | ㄎㄡ | ㄐㄩㄝˊ |

| 部首 | | | | | | | | | | | | |
|---|---|---|---|---|---|---|---|---|---|---|---|---|
| 國字 | 橑 | 樸 | 橪 | 橋 | 檕 | 橾 | 檇 | 檠 | 櫛 | 檳 | 櫑 | 櫱 |
| 審定音 | ㄌㄠˇ | ㄆㄨˊ | ㄖㄢˇ | ㄑㄧㄠˊ | ㄐㄧˋ | ㄙㄡˇ | ㄗㄨㄟˋ | ㄑㄧㄥˊ | ㄐㄧㄝˊ | ㄅㄧㄣ | ㄌㄟˊ | ㄋㄧㄝˋ |

| | | | | | | | | | | | | |
|---|---|---|---|---|---|---|---|---|---|---|---|---|
| 部首 | | | | 欠 | | | | | | 止 | 歹 | |
| 國字 | 欄 | 欂 | 欘 | 次 | 欨 | 歅 | 歜 | 歉 | 歟 | 武 | 殑 | 殍 |
| 審定音 | ㄌㄢˊ | ㄅㄛˊ | ㄓㄨˊ | ㄘˋ | ㄒㄩ | ㄧㄣ | ㄔㄨㄢˇ | ㄑㄧㄢˋ | ㄩˊ | ㄨˇ | ㄑㄧㄥˊ | ㄆㄧㄠˇ |
| 部首 | | | | 殳 | | | 毋 | 毛 | | 气 | | |
| 國字 | 殙 | 殠 | 殢 | 殽 | 毃 | 毇 | 毋 | 毛 | 毣 | 气 | 氛 | 氣 |
| 審定音 | ㄏㄨㄣ | ㄔㄡˋ | ㄊㄧˋ | ㄧㄠˊ | ㄑㄧㄠ | ㄏㄨㄟˇ | ㄨˊ | ㄇㄠˊ | ㄇㄠˋ | ㄑㄧˋ | ㄈㄣ | ㄑㄧˋ |
| 部首 | 水 | | | | | | | | | | | |
| 國字 | 汀 | 汁 | 氿 | 汃 | 池 | 汏 | 汕 | 汋 | 沉 | 沅 | 沛 | 沖 |
| 審定音 | ㄊㄧㄥ | ㄓ | ㄍㄨㄟˇ | ㄆㄚˋ | ㄔˊ | ㄉㄞˋ | ㄕㄢˋ | ㄓㄨㄛˊ | ㄔㄣˊ | ㄩㄢˊ | ㄆㄟˋ | ㄔㄨㄥ |
| 部首 | | | | | | | | | | | | |
| 國字 | 沙 | 沕 | 沌 | 沓 | 汧 | 泬 | 注 | 泫 | 泙 | 沶 | 泓 | 泔 |
| 審定音 | ㄕㄚ | ㄨˋ | ㄉㄨㄣˋ | ㄊㄚˋ | ㄑㄧㄢ | ㄒㄩㄝˋ | ㄓㄨˋ | ㄒㄩㄢˋ | ㄆㄥ | ㄧˊ | ㄏㄨㄥˊ | ㄍㄢ |
| 部首 | | | | | | | | | | | | |
| 國字 | 泐 | 泧 | 泭 | 泱 | 沾 | 泂 | 泜 | 洨 | 洟 | 洿 | 洵 | 洙 |
| 審定音 | ㄌㄜˋ | ㄩㄝˋ | ㄈㄨˊ | ㄧㄤ | ㄓㄢ | ㄐㄩㄥˇ | ㄔˊ | ㄒㄧㄠˊ | ㄧˊ | ㄨ | ㄒㄩㄣˊ | ㄓㄨ |
| 部首 | | | | | | | | | | | | |
| 國字 | 洳 | 涕 | 涑 | 浹 | 浥 | 涓 | 浩 | 浰 | 浜 | 涂 | 淙 | 涫 |
| 審定音 | ㄖㄨˋ | ㄊㄧˋ | ㄙㄨˋ | ㄐㄧㄚˊ | ㄧˋ | ㄐㄩㄢ | ㄏㄠˋ | ㄌㄧˋ | ㄅㄤ | ㄊㄨˊ | ㄘㄨㄥˊ | ㄍㄨㄢˋ |
| 部首 | | | | | | | | | | | | |
| 國字 | 涳 | 淚 | 淳 | 淤 | 淒 | 淈 | 涷 | 淔 | 涿 | 涸 | 淜 | 淛 |
| 審定音 | ㄎㄨㄥ | ㄌㄟˋ | ㄔㄨㄣˊ | ㄩ | ㄑㄧ | ㄍㄨˇ | ㄉㄨㄥ | ㄔˋ | ㄓㄨㄛˊ | ㄏㄜˊ | ㄆㄧㄥˊ | ㄓㄜˋ |
| 部首 | | | | | | | | | | | | |
| 國字 | 淦 | 涎 | 游 | 湔 | 湀 | 渠 | 湑 | 港 | 湡 | 湩 | 渙 | 渢 |
| 審定音 | ㄍㄢˋ | ㄒㄧㄢˊ | ㄧㄡˊ | ㄐㄧㄢ | ㄍㄨㄟˇ | ㄑㄩˊ | ㄒㄩˇ | ㄍㄤˇ | ㄩˊ | ㄉㄨㄥˋ | ㄏㄨㄢˋ | ㄈㄥˊ |

| | | | | | | | | | | | | |
|---|---|---|---|---|---|---|---|---|---|---|---|---|
| 部首 | | | | | | | | | | | | |
| 國字 | 湓 | 溉 | 溟 | 滈 | 溠 | 溝 | 溘 | 溫 | 溦 | 滍 | 滔 | 溪 |
| 審定音 | ㄆㄣˊ | ㄍㄞˋ | ㄇㄧㄥˊ | ㄏㄠˋ | ㄓㄚˋ | ㄍㄡ | ㄎㄜˋ | ㄨㄣ | ㄨㄟˊ | ㄓˋ | ㄊㄠ | ㄒㄧ |
| 部首 | | | | | | | | | | | | |
| 國字 | 準 | 漷 | 漏 | 漣 | 漕 | 滿 | 漻 | 滲 | 潾 | 潏 | 潚 | 潠 |
| 審定音 | ㄓㄨㄣˇ | ㄎㄨㄛˋ | ㄌㄡˋ | ㄌㄧㄢˊ | ㄘㄠˊ | ㄇㄢˇ | ㄌㄧㄠˊ | ㄕㄣˋ | ㄌㄧㄣˊ | ㄐㄩㄝˊ | ㄒㄧㄠ | ㄒㄩㄣˋ |
| 部首 | | | | | | | | | | | | |
| 國字 | 澆 | 澍 | 澉 | 潭 | 澌 | 潢 | 潛 | 澗 | 潘 | 潒 | 澶 | 濄 |
| 審定音 | ㄐㄧㄠ | ㄕㄨˋ | ㄍㄢˇ | ㄊㄢˊ | ㄙ | ㄏㄨㄤˊ | ㄑㄧㄢˊ | ㄐㄧㄢˋ | ㄆㄢ | ㄉㄤˋ | ㄔㄢˊ | ㄍㄨㄛ |
| 部首 | | | | | | | | | | | | |
| 國字 | 澤 | 澮 | 濜 | 濫 | 濯 | 濛 | 濞 | 瀋 | 瀉 | 瀌 | 瀙 | 瀅 |
| 審定音 | ㄗㄜˊ | ㄎㄨㄞˋ | ㄐㄧㄣˋ | ㄌㄢˋ | ㄓㄨㄛˊ | ㄇㄥˊ | ㄆㄧˋ | ㄕㄣˇ | ㄒㄧㄝˋ | ㄅㄧㄠ | ㄑㄧㄣ | ㄧㄥˊ |
| 部首 | | | | | | | | | 火 | | | |
| 國字 | 瀵 | 瀷 | 瀲 | 瀺 | 灊 | 灉 | 灑 | 灡 | 灸 | 炕 | 炊 | 炘 |
| 審定音 | ㄈㄣˋ | ㄧˋ | ㄌㄧㄢˋ | ㄔㄢˊ | ㄑㄧㄢˊ | ㄩㄥ | ㄙㄚˇ | ㄌㄢˊ | ㄐㄧㄡˇ | ㄎㄤˋ | ㄔㄨㄟ | ㄒㄧㄣ |
| 部首 | | | | | | | | | | | | |
| 國字 | 炙 | 炷 | 烜 | 烘 | 烝 | 烏 | 焌 | 焉 | 焞 | 焜 | 焦 | 焱 |
| 審定音 | ㄓˋ | ㄓㄨˋ | ㄒㄩㄢˇ | ㄏㄨㄥ | ㄓㄥ | ㄨ | ㄐㄩㄣˋ | ㄧㄢ | ㄔㄨㄣˊ | ㄎㄨㄣ | ㄐㄧㄠ | ㄧㄢˋ |
| 部首 | | | | | | | | | | | | |
| 國字 | 煒 | 煙 | 煆 | 煌 | 煎 | 煦 | 煽 | 熉 | 熠 | 熬 | 燐 | 燖 |
| 審定音 | ㄨㄟˇ | ㄧㄢ | ㄒㄧㄚˋ | ㄏㄨㄤˊ | ㄐㄧㄢ | ㄒㄩˇ | ㄕㄢ | ㄩㄣˊ | ㄧˋ | ㄠˊ | ㄌㄧㄣˊ | ㄒㄩㄣˊ |
| 部首 | | | | 爪 | 父 | 片 | | 牛 | | | | 犬 |
| 國字 | 燒 | 燁 | 爁 | 爭 | 爹 | 片 | 牏 | 牽 | 犄 | 犦 | 犧 | 犴 |
| 審定音 | ㄕㄠ | ㄧㄝˋ | ㄌㄢˋ | ㄓㄥ | ㄉㄧㄝ | ㄆㄧㄢˋ | ㄊㄡˊ | ㄑㄧㄢ | ㄐㄧ | ㄅㄠˋ | ㄒㄧ | ㄏㄨㄢ |

| | | | | | | | | | | | | |
|---|---|---|---|---|---|---|---|---|---|---|---|---|
| 部首 | | | | | | | | | | | | |
| 國字 | 狋 | 狔 | 狚 | 狙 | 狊 | 狠 | 狼 | 狴 | 猇 | 猒 | 猶 | 猱 |
| 審定音 | ㄧˊ | ㄋㄧˇ | ㄉㄢˋ | ㄐㄩ | ㄐㄩˋ | ㄏㄣˇ | ㄌㄤˊ | ㄅㄧˋ | ㄒㄧㄠ | ㄧㄢˋ | ㄧㄡˊ | ㄋㄠˊ |
| 部首 | | | | | | | | | | | | |
| 國字 | 猩 | 獂 | 獌 | 獠 | 獦 | 獥 | 獪 | 獷 | 獶 | 獺 | 獻 | 獿 |
| 審定音 | ㄒㄧㄥ | ㄩㄢˊ | ㄇㄢˋ | ㄌㄧㄠˊ | ㄍㄜˊ | ㄐㄧㄠˋ | ㄎㄨㄞˋ | ㄍㄨㄤˇ | ㄋㄠˊ | ㄊㄚˋ | ㄒㄧㄢˋ | ㄋㄠˊ |
| 部首 | 玉 | | | | | | | | | | | |
| 國字 | 玉 | 玎 | 玭 | 玷 | 珥 | 玼 | 琅 | 琄 | 琇 | 琀 | 琮 | 琯 |
| 審定音 | ㄩˋ | ㄉㄧㄥ | ㄆㄧㄣˊ | ㄉㄧㄢˋ | ㄦˇ | ㄘˇ | ㄌㄤˊ | ㄒㄩㄢˋ | ㄒㄧㄡˋ | ㄏㄢˋ | ㄘㄨㄥˊ | ㄍㄨㄢˇ |
| 部首 | | | | | | | | | | | 瓦 | |
| 國字 | 琛 | 瑊 | 瑳 | 瑲 | 瑩 | 璉 | 璁 | 璘 | 璟 | 瓀 | 瓦 | 瓽 |
| 審定音 | ㄔㄣ | ㄓㄣ | ㄘㄨㄛ | ㄑㄧㄤ | ㄧㄥˊ | ㄌㄧㄢˊ | ㄘㄨㄥ | ㄌㄧㄣˊ | ㄐㄧㄥˇ | ㄖㄨㄢˇ | ㄨㄚˇ | ㄉㄤˋ |
| 部首 | | | | | | 生 | 用 | 田 | | | | |
| 國字 | 甀 | 甄 | 甈 | 甌 | 甗 | 生 | 甫 | 甽 | 畇 | 畋 | 畛 | 畿 |
| 審定音 | ㄓㄨㄟˋ | ㄓㄣ | ㄑㄧˋ | ㄡ | ㄧㄢˇ | ㄕㄥ | ㄈㄨˇ | ㄑㄩㄢˇ | ㄩㄣˊ | ㄊㄧㄢˊ | ㄓㄣˇ | ㄐㄧ |
| 部首 | | 疋 | 疒 | | | | | | | | | |
| 國字 | 疆 | 疐 | 疕 | 疝 | 疽 | 痁 | 疼 | 疹 | 痎 | 痡 | 痞 | 痗 |
| 審定音 | ㄐㄧㄤ | ㄓˋ | ㄅㄧˇ | ㄕㄢˋ | ㄐㄩ | ㄉㄧㄢˋ | ㄊㄥˊ | ㄓㄣˇ | ㄐㄧㄝ | ㄆㄨ | ㄆㄧˇ | ㄇㄟˋ |
| 部首 | | | | | | | | | | | | |
| 國字 | 痯 | 瘀 | 痾 | 痶 | 痱 | 痿 | 瘌 | 瘑 | 瘧 | 瘉 | 瘠 | 瘙 |
| 審定音 | ㄍㄨㄢˇ | ㄩ | ㄜ | ㄉㄧㄢˇ | ㄈㄟˋ | ㄨㄟˇ | ㄌㄚˋ | ㄍㄨㄛ | ㄋㄩㄝˋ | ㄩˋ | ㄐㄧˊ | ㄙㄠ |
| 部首 | | | | | | 癶 | | 白 | | | | 皮 |
| 國字 | 癆 | 癤 | 癠 | 癟 | 癩 | 發 | 登 | 皀 | 皇 | 皛 | 皭 | 皯 |
| 審定音 | ㄌㄠˊ | ㄐㄧㄝˊ | ㄐㄧˋ | ㄅㄧㄝˇ | ㄌㄞˋ | ㄈㄚ | ㄉㄥ | ㄒㄧㄤ | ㄏㄨㄤˊ | ㄒㄧㄠˋ | ㄐㄧㄝˋ | ㄍㄢˇ |

| 部首 | | | | | | | | | | 目 | | |
|---|---|---|---|---|---|---|---|---|---|---|---|---|
| 國字 | 皵 | 皶 | 盅 | 盉 | 盓 | 盡 | 盥 | 盲 | 眈 | 眄 | 眴 | 眊 |
| 審定音 | ㄑㄩㄝˋ | ㄓㄢˇ | ㄓㄨㄥ | ㄏㄜˊ | ㄨ | ㄐㄧㄣˋ | ㄍㄨㄢˋ | ㄇㄤˊ | ㄉㄢ | ㄇㄧㄢˇ | ㄒㄩㄢˊ | ㄇㄠˋ |

| 部首 | | | | | | | | | | | | |
|---|---|---|---|---|---|---|---|---|---|---|---|---|
| 國字 | 盹 | 盻 | 眩 | 眒 | 眑 | 眢 | 眶 | 眱 | 眼 | 眲 | 眳 | 眥 |
| 審定音 | ㄉㄨㄣˇ | ㄒㄧˋ | ㄒㄩㄢˋ | ㄕㄣ | ㄧㄠˇ | ㄩㄢ | ㄎㄨㄤ | ㄧˊ | ㄧㄢˇ | ㄋㄜˋ | ㄇㄧㄥˊ | ㄗˋ |

| 部首 | | | | | | | | | | | | |
|---|---|---|---|---|---|---|---|---|---|---|---|---|
| 國字 | 眾 | 睕 | 睚 | 睢 | 睽 | 睼 | 睾 | 瞇 | 瞍 | 瞏 | 瞟 | 瞞 |
| 審定音 | ㄓㄨㄥˋ | ㄨㄢˇ | ㄧㄞˊ | ㄙㄨㄟ | ㄎㄨㄟˊ | ㄊㄧˊ | ㄍㄠ | ㄇㄧ | ㄙㄡˇ | ㄑㄩㄥˊ | ㄆㄧㄠˇ | ㄇㄢˊ |

| 部首 | | | | | | | | | 石 | | | |
|---|---|---|---|---|---|---|---|---|---|---|---|---|
| 國字 | 瞜 | 瞵 | 瞪 | 瞫 | 矉 | 矌 | 矐 | 矕 | 矺 | 砏 | 砉 | 砎 |
| 審定音 | ㄌㄡ | ㄌㄧㄣˊ | ㄉㄥˋ | ㄕㄣˇ | ㄆㄧㄣˊ | ㄎㄨㄤˋ | ㄏㄨㄛˋ | ㄇㄢˇ | ㄊㄨㄛ | ㄅㄧㄣ | ㄏㄨㄛˋ | ㄐㄧㄝˋ |

| 部首 | | | | | | | | | | | | |
|---|---|---|---|---|---|---|---|---|---|---|---|---|
| 國字 | 砠 | 砭 | 砮 | 硠 | 硜 | 硝 | 确 | 硰 | 硩 | 碌 | 碆 | 碪 |
| 審定音 | ㄐㄩ | ㄅㄧㄢ | ㄋㄨˇ | ㄌㄤˊ | ㄎㄥ | ㄒㄧㄠ | ㄑㄩㄝˋ | ㄕㄚ | ㄔㄜˋ | ㄌㄨˋ | ㄅㄛ | ㄓㄣ |

| 部首 | | | | | | | | | | | | |
|---|---|---|---|---|---|---|---|---|---|---|---|---|
| 國字 | 碟 | 碭 | 碨 | 碴 | 磋 | 碾 | 磕 | 磌 | 磈 | 磪 | 磳 | 磴 |
| 審定音 | ㄉㄧㄝˊ | ㄉㄤˋ | ㄨㄟ | ㄐㄧㄚˊ | ㄘㄨㄛ | ㄋㄧㄢˇ | ㄎㄜ | ㄊㄧㄢˊ | ㄎㄨㄟˇ | ㄘㄨㄟ | ㄗㄥ | ㄉㄥˋ |

| 部首 | | | | | | | 示 | | | | | |
|---|---|---|---|---|---|---|---|---|---|---|---|---|
| 國字 | 礄 | 礐 | 礛 | 礜 | 礥 | 礱 | 礿 | 祉 | 祋 | 祈 | 祖 | 神 |
| 審定音 | ㄑㄧㄠˊ | ㄑㄩㄝˋ | ㄐㄧㄢ | ㄩˋ | ㄒㄧㄢˊ | ㄌㄨㄥˊ | ㄩㄝˋ | ㄓˇ | ㄉㄨㄟˋ | ㄑㄧˊ | ㄗㄨˇ | ㄕㄣˊ |

| 部首 | | | | | | | | | | | 禾 | |
|---|---|---|---|---|---|---|---|---|---|---|---|---|
| 國字 | 祒 | 祓 | 祝 | 祪 | 禔 | 禜 | 禬 | 禱 | 禳 | 禴 | 秏 | 秠 |
| 審定音 | ㄊㄧㄠˊ | ㄈㄨˊ | ㄓㄨˋ | ㄍㄨㄟˇ | ㄊㄧˊ | ㄩㄥˋ | ㄍㄨㄟˋ | ㄉㄠˇ | ㄖㄤˊ | ㄩㄝˋ | ㄏㄠˋ | ㄆㄧ |

| | | | | | | | | | | | | |
|---|---|---|---|---|---|---|---|---|---|---|---|---|
| 部首 | | | | | | | | | | 穴 | | |
| 國字 | 秧 | 秸 | 移 | 稃 | 稜 | 稠 | 稰 | 稯 | 稹 | 突 | 窅 | 窊 |
| 審定音 | ㄧㄤ | ㄐㄧㄚˊ | ㄧˊ | ㄈㄨ | ㄌㄥˊ | ㄔㄡˊ | ㄒㄩ | ㄗㄨㄥ | ㄓㄣˇ | ㄧㄠˇ | ㄧㄠˇ | ㄨㄚ |
| 部首 | | | | | | | | | | | 立 | |
| 國字 | 窔 | 窒 | 窘 | 窣 | 窬 | 窷 | 窳 | 竀 | 竁 | 竄 | 立 | 竘 |
| 審定音 | ㄧㄠˇ | ㄓˋ | ㄐㄩㄥˇ | ㄙㄨˋ | ㄩˊ | ㄌㄧㄠˋ | ㄩˇ | ㄔㄥ | ㄘㄨㄟˋ | ㄘㄨㄢˋ | ㄌㄧˋ | ㄑㄩˇ |
| 部首 | | 竹 | | | | | | | | | | |
| 國字 | 竣 | 竺 | 竿 | 笆 | 笅 | 笏 | 笊 | 笢 | 笴 | 笪 | 笘 | 笲 |
| 審定音 | ㄐㄩㄣˋ | ㄓㄨˊ | ㄍㄢ | ㄅㄚ | ㄧㄠˊ | ㄏㄨˋ | ㄓㄠˋ | ㄇㄧㄣˇ | ㄍㄜˇ | ㄉㄚˊ | ㄕㄢ | ㄈㄢˊ |
| 部首 | | | | | | | | | | | | |
| 國字 | 笭 | 筊 | 筍 | 筈 | 筤 | 筩 | 筧 | 箈 | 箔 | 箑 | 算 | 箘 |
| 審定音 | ㄌㄧㄥˊ | ㄐㄧㄠˇ | ㄙㄨㄣˇ | ㄍㄨㄚ | ㄌㄤˊ | ㄊㄨㄥˇ | ㄐㄧㄢˇ | ㄔˊ | ㄅㄛˊ | ㄕㄚˋ | ㄙㄨㄢˋ | ㄐㄩㄣˋ |
| 部首 | | | | | | | | | | | | |
| 國字 | 箸 | 箷 | 篎 | 箯 | 箹 | 箠 | 篝 | 篩 | 篦 | 簇 | 簎 | 簍 |
| 審定音 | ㄓㄨˋ | ㄧˊ | ㄇㄧㄠˇ | ㄅㄧㄢ | ㄩㄝ | ㄔㄨㄟˊ | ㄍㄡ | ㄕㄞ | ㄅㄧˋ | ㄘㄨˋ | ㄘㄜˋ | ㄌㄡˇ |
| 部首 | | | | | | | | | | | | |
| 國字 | 簂 | 簁 | 簜 | 簩 | 簨 | 簠 | 簝 | 簥 | 簼 | 簹 | 籗 | 籍 |
| 審定音 | ㄍㄨㄛˊ | ㄒㄧˇ | ㄉㄤˋ | ㄌㄠˊ | ㄙㄨㄣˇ | ㄈㄨˇ | ㄌㄧㄠˊ | ㄐㄧㄠ | ㄍㄡ | ㄉㄤ | ㄊㄧˋ | ㄐㄧˊ |
| 部首 | 米 | | | | | | | 糸 | | | | |
| 國字 | 籺 | 粗 | 粢 | 糈 | 糜 | 糲 | 糷 | 糸 | 約 | 紃 | 紓 | 紑 |
| 審定音 | ㄏㄜˊ | ㄘㄨ | ㄗ | ㄒㄩˇ | ㄇㄧˊ | ㄌㄧˋ | ㄌㄢˋ | ㄇㄧˋ | ㄩㄝ | ㄒㄩㄣˊ | ㄕㄨ | ㄈㄡˊ |
| 部首 | | | | | | | | | | | | |
| 國字 | 紗 | 紟 | 紛 | 紒 | 統 | 紹 | 紬 | 絁 | 絇 | 絞 | 絣 | 絘 |
| 審定音 | ㄕㄚ | ㄐㄧㄣ | ㄈㄣ | ㄐㄧㄝˋ | ㄊㄨㄥˇ | ㄕㄠˋ | ㄔㄡˊ | ㄕ | ㄑㄩˊ | ㄐㄧㄠˇ | ㄅㄥ | ㄘˋ |

| | | | | | | | | | | | | |
|---|---|---|---|---|---|---|---|---|---|---|---|---|
| 部首 | | | | | | | | | | | | |
| 國字 | 絓 | 絭 | 絮 | 綍 | 綆 | 綃 | 絹 | 綰 | 綟 | 綷 | 綣 | 緂 |
| 審定音 | ㄍㄨㄚˋ | ㄐㄩㄢˋ | ㄒㄩˋ | ㄈㄨˊ | ㄍㄥˇ | ㄒㄧㄠ | ㄐㄩㄢˋ | ㄨㄢˇ | ㄌㄧˋ | ㄘㄨㄟˋ | ㄑㄩㄢˇ | ㄊㄢ |
| 部首 | | | | | | | | | | | | |
| 國字 | 綴 | 緁 | 緀 | 綪 | 緎 | 綢 | 綦 | 締 | 編 | 緍 | 緯 | 緹 |
| 審定音 | ㄓㄨㄟˋ | ㄑㄧ | ㄑㄧ | ㄑㄧㄢˋ | ㄩˋ | ㄔㄡˊ | ㄑㄧˊ | ㄉㄧˋ | ㄅㄧㄢ | ㄇㄧㄣˊ | ㄨㄟˇ | ㄊㄧˊ |
| 部首 | | | | | | | | | | | | |
| 國字 | 緝 | 緱 | 緰 | 縡 | 縞 | 縓 | 縝 | 縴 | 縵 | 縪 | 縸 | 總 |
| 審定音 | ㄑㄧˋ | ㄍㄡ | ㄊㄡˊ | ㄗㄞˋ | ㄍㄠˇ | ㄑㄩㄢˊ | ㄓㄣˇ | ㄑㄧㄢˋ | ㄇㄢˋ | ㄅㄧˋ | ㄇㄡˋ | ㄗㄨㄥˇ |
| 部首 | | | | | | | | | | | | |
| 國字 | 繅 | 繄 | 繌 | 織 | 繒 | 繘 | 繐 | 繞 | 繚 | 繙 | 繩 | 纖 |
| 審定音 | ㄙㄠ | ㄧ | ㄗㄨㄥ | ㄓ | ㄗㄥ | ㄩˋ | ㄙㄨㄟˋ | ㄖㄠˋ | ㄌㄧㄠˊ | ㄈㄢ | ㄕㄥˊ | ㄒㄧㄢ |
| 部首 | | | | 缶 | | 网 | | | | | | |
| 國字 | 纔 | 纗 | 纜 | 缿 | 罋 | 罕 | 罝 | 罜 | 罦 | 罬 | 罨 | 罻 |
| 審定音 | ㄘㄞˊ | ㄒㄧ | ㄌㄢˇ | ㄒㄧㄤˋ | ㄨㄥˋ | ㄏㄢˇ | ㄐㄩ | ㄍㄨㄚˋ | ㄈㄨˊ | ㄓㄨㄛˊ | ㄧㄢˇ | ㄨㄟˋ |
| 部首 | | | 羊 | | | | 羽 | | | | | |
| 國字 | 罺 | 罾 | 羠 | 羬 | 羱 | 羼 | 翁 | 翑 | 翏 | 翜 | 翪 | 翭 |
| 審定音 | ㄔㄠ | ㄗㄥ | ㄧˊ | ㄑㄧㄢˊ | ㄩㄢˊ | ㄔㄢˋ | ㄨㄥ | ㄑㄩˊ | ㄌㄧㄠˊ | ㄕㄚˋ | ㄗㄨㄥ | ㄏㄡˊ |
| 部首 | | | | | 老 | 而 | | 耒 | | | | 耳 |
| 國字 | 翨 | 翰 | 翯 | 翲 | 耆 | 而 | 耐 | 耒 | 耕 | 耗 | 耬 | 耳 |
| 審定音 | ㄕˋ | ㄏㄢˋ | ㄏㄜˋ | ㄆㄧㄠ | ㄑㄧˊ | ㄦˊ | ㄋㄞˋ | ㄌㄟˇ | ㄍㄥ | ㄏㄠˋ | ㄌㄡˊ | ㄦˇ |
| 部首 | | | | | | | | | | | | 聿 |
| 國字 | 耴 | 耵 | 耶 | 耽 | 聃 | 聚 | 聱 | 聳 | 職 | 聶 | 聹 | 肆 |
| 審定音 | ㄖㄜˊ | ㄉㄧㄥ | ㄧㄝˊ | ㄉㄢ | ㄉㄢ | ㄐㄩˋ | ㄠˊ | ㄙㄨㄥˇ | ㄓˊ | ㄋㄧㄝˋ | ㄋㄧㄥˊ | ㄙˋ |

| | | | | | | | | | | | | |
|---|---|---|---|---|---|---|---|---|---|---|---|---|
| 部首 | 肉 | | | | | | | | | | | |
| 國字 | 肛 | 肐 | 肖 | 肫 | 肸 | 肩 | 肱 | 胠 | 胙 | 胺 | 胯 | 胳 |
| 審定音 | ㄍㄤ | ㄍㄜ | ㄒㄧㄠˋ | ㄓㄨㄣ | ㄒㄧˋ | ㄐㄧㄢ | ㄒㄧㄢˊ | ㄑㄩ | ㄗㄨㄛˋ | ㄢ | ㄎㄨㄚˋ | ㄍㄜ |

| | | | | | | | | | | | | |
|---|---|---|---|---|---|---|---|---|---|---|---|---|
| 部首 | | | | | | | | | | | | |
| 國字 | 脝 | 能 | 脛 | 脞 | 脩 | 腔 | 腏 | 腒 | 腓 | 腱 | 腰 | 腧 |
| 審定音 | ㄏㄥˊ | ㄋㄥˊ | ㄐㄧㄥˋ | ㄘㄨㄛˇ | ㄒㄧㄡ | ㄑㄧㄤ | ㄓㄨㄟˋ | ㄐㄩ | ㄈㄟˊ | ㄐㄧㄢˋ | ㄧㄠ | ㄕㄨˋ |

| | | | | | | | | | | | | |
|---|---|---|---|---|---|---|---|---|---|---|---|---|
| 部首 | | | | | | | | | | | | 臣 |
| 國字 | 膊 | 膘 | 膠 | 膛 | 膢 | 膮 | 膨 | 臇 | 臗 | 臛 | 臚 | 臧 |
| 審定音 | ㄅㄛˊ | ㄅㄧㄠ | ㄐㄧㄠ | ㄊㄤˊ | ㄌㄩˊ | ㄒㄧㄠ | ㄆㄥˊ | ㄐㄩㄢˇ | ㄎㄨㄢ | ㄏㄨㄛˋ | ㄌㄨˊ | ㄗㄤ |

| | | | | | | | | | | | | |
|---|---|---|---|---|---|---|---|---|---|---|---|---|
| 部首 | 臼 | | | 舌 | 舛 | 舟 | | | | | | |
| 國字 | 臼 | 舂 | 舋 | 舑 | 舛 | 舡 | 舫 | 舺 | 舴 | 舼 | 艄 | 艀 |
| 審定音 | ㄐㄧㄡˋ | ㄔㄨㄥ | ㄒㄧㄣˋ | ㄊㄢ | ㄔㄨㄢˇ | ㄒㄧㄤ | ㄈㄤˇ | ㄐㄧㄚˇ | ㄗㄜˊ | ㄑㄩㄥˊ | ㄕㄠ | ㄈㄡˊ |

| | | | | | | | | | | | | |
|---|---|---|---|---|---|---|---|---|---|---|---|---|
| 部首 | | | | | 艮 | 色 | | 艸 | | | | |
| 國字 | 艑 | 艒 | 艘 | 艟 | 良 | 艴 | 艵 | 艻 | 芒 | 芋 | 芐 | 芸 |
| 審定音 | ㄅㄧㄢˋ | ㄇㄠˋ | ㄗㄨㄥ | ㄊㄨㄥˊ | ㄌㄧㄤˊ | ㄈㄨˊ | ㄆㄧㄥ | ㄊㄧㄠˊ | ㄇㄤˊ | ㄩˋ | ㄏㄨˋ | ㄩㄣˊ |

| | | | | | | | | | | | | |
|---|---|---|---|---|---|---|---|---|---|---|---|---|
| 部首 | | | | | | | | | | | | |
| 國字 | 芣 | 芞 | 芼 | 芺 | 芚 | 苧 | 苙 | 苾 | 苹 | 茀 | 苦 | 茂 |
| 審定音 | ㄈㄡˊ | ㄑㄧˇ | ㄇㄠˋ | ㄧㄠ | ㄊㄨㄣˊ | ㄓㄨˋ | ㄌㄧˋ | ㄅㄧˋ | ㄆㄧㄥˊ | ㄈㄨˊ | ㄎㄨˇ | ㄇㄠˋ |

| | | | | | | | | | | | | |
|---|---|---|---|---|---|---|---|---|---|---|---|---|
| 部首 | | | | | | | | | | | | |
| 國字 | 苫 | 茵 | 苡 | 苲 | 苻 | 苓 | 茭 | 荄 | 茛 | 荑 | 茥 | 茦 |
| 審定音 | ㄕㄢ | ㄑㄧㄡˊ | ㄧˇ | ㄗㄨㄛˊ | ㄈㄨˊ | ㄌㄧㄥˊ | ㄐㄧㄠ | ㄍㄞ | ㄍㄣˋ | ㄧˊ | ㄍㄨㄟ | ㄘㄜˋ |

| | | | | | | | | | | | | |
|---|---|---|---|---|---|---|---|---|---|---|---|---|
| 部首 | | | | | | | | | | | | |
| 國字 | 荎 | 荂 | 草 | 茷 | 茹 | 莐 | 莌 | 莙 | 莩 | 莉 | 莽 | 菅 |
| 審定音 | ㄔˊ | ㄏㄨㄚ | ㄘㄠˇ | ㄈㄚˊ | ㄖㄨˊ | ㄔㄣˊ | ㄊㄨㄛˋ | ㄐㄩㄣˋ | ㄅㄧˊ | ㄌㄧˋ | ㄇㄤˇ | ㄐㄧㄢ |

| | | | | | | | | | | | | |
|---|---|---|---|---|---|---|---|---|---|---|---|---|
| 部首 | | | | | | | | | | | | |
| 國字 | 荷 | 菹 | 菠 | 菩 | 菸 | 菶 | 菁 | 萁 | 菥 | 菝 | 萌 | 萿 |
| 審定音 | ㄏㄜˊ | ㄐㄩ | ㄅㄛ | ㄆㄨˊ | ㄧㄢ | ㄅㄥˇ | ㄐㄧㄥ | ㄑㄧˊ | ㄒㄧ | ㄅㄚˊ | ㄇㄥˊ | ㄏㄨㄛˊ |

| | | | | | | | | | | | | |
|---|---|---|---|---|---|---|---|---|---|---|---|---|
| 部首 | | | | | | | | | | | | |
| 國字 | 葧 | 葑 | 葚 | 葴 | 萷 | 葭 | 葺 | 葆 | 葯 | 蒲 | 蒙 | 蓂 |
| 審定音 | ㄅㄛˊ | ㄈㄥ | ㄕㄣˋ | ㄓㄣ | ㄒㄧㄠ | ㄐㄧㄚ | ㄑㄧˋ | ㄅㄠˇ | ㄧㄠˋ | ㄆㄨˊ | ㄇㄥˊ | ㄇㄧㄥˊ |

| | | | | | | | | | | | | |
|---|---|---|---|---|---|---|---|---|---|---|---|---|
| 部首 | | | | | | | | | | | | |
| 國字 | 蓑 | 蓄 | 蒚 | 蒔 | 蓌 | 蒼 | 蓐 | 蓊 | 蔀 | 蔟 | 蔜 | 蓴 |
| 審定音 | ㄙㄨㄛ | ㄒㄩˋ | ㄌㄧˋ | ㄕˊ | ㄘㄨㄛˋ | ㄘㄤ | ㄖㄨˋ | ㄨㄥˇ | ㄅㄨˋ | ㄘㄨˋ | ㄠˊ | ㄔㄨㄣˊ |

| | | | | | | | | | | | | |
|---|---|---|---|---|---|---|---|---|---|---|---|---|
| 部首 | | | | | | | | | | | | |
| 國字 | 蔕 | 蔭 | 蓷 | 蓫 | 蔣 | 蔡 | 蔦 | 蔥 | 蓰 | 蓯 | 蕩 | 董 |
| 審定音 | ㄉㄧˋ | ㄧㄣˋ | ㄊㄨㄟ | ㄓㄨˊ | ㄐㄧㄤˇ | ㄘㄞˋ | ㄋㄧㄠˇ | ㄘㄨㄥ | ㄒㄧˇ | ㄘㄨㄥ | ㄉㄤˋ | ㄉㄨㄥˇ |

| | | | | | | | | | | | | |
|---|---|---|---|---|---|---|---|---|---|---|---|---|
| 部首 | | | | | | | | | | | | |
| 國字 | 蕘 | 蕢 | 蕎 | 蕉 | 蕝 | 薌 | 藎 | 薔 | 薝 | 薁 | 藍 | 薳 |
| 審定音 | ㄖㄠˊ | ㄎㄨㄟˋ | ㄑㄧㄠˊ | ㄐㄧㄠ | ㄐㄩㄝˊ | ㄒㄧㄤ | ㄐㄧㄣˋ | ㄑㄧㄤˊ | ㄓㄢ | ㄩˋ | ㄌㄢˊ | ㄨㄟˇ |

| | | | | | | | | | | | | |
|---|---|---|---|---|---|---|---|---|---|---|---|---|
| 部首 | | | | | | | | | | | | |
| 國字 | 薽 | 藄 | 藋 | 藈 | 藇 | 藐 | 薿 | 藩 | 藬 | 藪 | 藣 | 蘢 |
| 審定音 | ㄓㄣ | ㄑㄧˊ | ㄉㄧㄠˋ | ㄎㄨㄟ | ㄒㄩˋ | ㄇㄧㄠˇ | ㄋㄧˇ | ㄈㄢˊ | ㄊㄨㄟˊ | ㄙㄡˇ | ㄅㄟ | ㄌㄨㄥˊ |

| | | | | | | | | | | | | |
|---|---|---|---|---|---|---|---|---|---|---|---|---|
| 部首 | | | | | | | | | | | | |
| 國字 | 藹 | 藿 | 蘄 | 蘉 | 蘇 | 蘊 | 蘘 | 蘳 | 蘼 | 蘱 | 虃 | 虆 |
| 審定音 | ㄞˇ | ㄏㄨㄛˋ | ㄑㄧˊ | ㄇㄤˊ | ㄙㄨ | ㄩㄣˋ | ㄖㄤˊ | ㄏㄨㄚˋ | ㄇㄧˊ | ㄌㄟˋ | ㄐㄧㄢ | ㄌㄟˊ |

| | | | | | | | | | | | | |
|---|---|---|---|---|---|---|---|---|---|---|---|---|
| 部首 | | 虍 | | | 虫 | | | | | | | |
| 國字 | 虋 | 虒 | 虛 | 虪 | 虹 | 蚢 | 蚌 | 蚑 | 蚍 | 蚝 | 蚡 | 蚷 |
| 審定音 | ㄇㄣˊ | ㄙ | ㄒㄩ | ㄕㄨˋ | ㄏㄨㄥˊ | ㄏㄤˊ | ㄅㄤˋ | ㄑㄧˊ | ㄆㄧˊ | ㄏㄠˊ | ㄈㄣˊ | ㄐㄩˋ |

| | | | | | | | | | | | | |
|---|---|---|---|---|---|---|---|---|---|---|---|---|
| | | | | | | | | | | | | 部首 |
| 蜳 | 蝍 | 蜓 | 蜆 | 蛩 | 蛬 | 蛞 | 蛐 | 蛎 | 蚴 | 蚱 | 蛅 | 國字 |
| ㄉㄨㄣ | ㄐㄧˊ | ㄊㄧㄥˊ | ㄒㄧㄢˇ | ㄑㄩㄥˊ | ㄍㄨㄥˇ | ㄎㄨㄛˋ | ㄑㄩ | ㄌㄧˋ | ㄧㄡˇ | ㄓㄚˋ | ㄓㄢ | 審定音 |
| | | | | | | | | | | | | 部首 |
| 蟡 | 蝥 | 蝗 | 蝸 | 蝻 | 蝑 | 蜚 | 蜱 | 蜺 | 蜪 | 蜻 | 蜨 | 國字 |
| ㄍㄨㄟˇ | ㄇㄠˊ | ㄏㄨㄤˊ | ㄍㄨㄚ | ㄋㄢˊ | ㄒㄩ | ㄈㄟˊ | ㄆㄧˊ | ㄋㄧˊ | ㄊㄠˊ | ㄑㄧㄥ | ㄉㄧㄝˊ | 審定音 |
| | | | | | | | | | | | | 部首 |
| 蟦 | 蟣 | 蟜 | 蟬 | 蟫 | 蟒 | 螷 | 螮 | 螵 | 螇 | 螝 | 螃 | 國字 |
| ㄗ | ㄐㄧˇ | ㄐㄧㄠˇ | ㄔㄢˊ | ㄊㄢˊ | ㄇㄤˇ | ㄆㄧˊ | ㄉㄧˋ | ㄆㄧㄠ | ㄒㄧ | ㄏㄨㄟˋ | ㄆㄤˊ | 審定音 |
| | | | | | | | | | | | | 部首 |
| 蠾 | 蠼 | 蠵 | 蠲 | 蠓 | 蠙 | 蠁 | 蟹 | 蠆 | 蟾 | 蠋 | 蠌 | 國字 |
| ㄓㄨˊ | ㄐㄩㄝˊ | ㄒㄧ | ㄐㄩㄢ | ㄇㄥˊ | ㄆㄧㄣˊ | ㄒㄧㄤˋ | ㄒㄧㄝˋ | ㄔㄞˋ | ㄔㄢˊ | ㄓㄨˊ | ㄗㄜˊ | 審定音 |
| | | | | | | | | 衣 | | 行 | 血 | 部首 |
| 袼 | 袾 | 袺 | 袧 | 袢 | 衿 | 衷 | 衩 | 袘 | 衕 | 衍 | 衃 | 國字 |
| ㄌㄨㄛˋ | ㄓㄨ | ㄐㄧㄝˊ | ㄍㄡ | ㄆㄢˋ | ㄐㄧㄣ | ㄓㄨㄥ | ㄔㄚˋ | ㄧˊ | ㄊㄨㄥˊ | ㄧㄢˇ | ㄆㄟ | 審定音 |
| | | | | | | | | | | | | 部首 |
| 褸 | 褫 | 褪 | 褘 | 褚 | 裾 | 裴 | 裎 | 裡 | 裓 | 裒 | 裛 | 國字 |
| ㄌㄩˇ | ㄔˇ | ㄊㄨㄣˋ | ㄏㄨㄟ | ㄔㄨˇ | ㄐㄩ | ㄆㄟˊ | ㄔㄥˊ | ㄌㄧˇ | ㄍㄜˊ | ㄆㄡˊ | ㄧˋ | 審定音 |
| | | 見 | | | 襾 | | | | | | | 部首 |
| 覘 | 視 | 規 | 覂 | 西 | 襾 | 襘 | 襝 | 襜 | 襆 | 襓 | 襂 | 國字 |
| ㄓㄢ | ㄕˋ | ㄍㄨㄟ | ㄈㄥˇ | ㄒㄧ | ㄧㄚˋ | ㄍㄨㄟˋ | ㄌㄧㄢˋ | ㄔㄢ | ㄆㄨˊ | ㄖㄠˊ | ㄕㄢ | 審定音 |
| | | | | 言 | | | | 角 | | | | 部首 |
| 訪 | 訕 | 訐 | 訇 | 訂 | 觿 | 觶 | 觰 | 觖 | 覿 | 覦 | 覜 | 國字 |
| ㄈㄤˇ | ㄕㄢˋ | ㄐㄧㄝˊ | ㄏㄨㄥ | ㄉㄧㄥˋ | ㄒㄧ | ㄓˋ | ㄓㄚ | ㄐㄩㄝˊ | ㄉㄧˊ | ㄩˊ | ㄊㄧㄠˋ | 審定音 |

| 部首 | | | | | | | | | | | | |
|---|---|---|---|---|---|---|---|---|---|---|---|---|
| 國字 | 訰 | 訟 | 証 | 詁 | 詔 | 詛 | 詗 | 詄 | 詅 | 詶 | 詳 | 詿 |
| 審定音 | ㄓㄨㄣˋ | ㄙㄨㄥˋ | ㄓㄥˋ | ㄍㄨˇ | ㄓㄠˋ | ㄗㄨˇ | ㄒㄩㄥˋ | ㄧˋ | ㄌㄧㄥˊ | ㄔㄡˊ | ㄒㄧㄤˊ | ㄍㄨㄚˋ |

| 部首 | | | | | | | | | | | | |
|---|---|---|---|---|---|---|---|---|---|---|---|---|
| 國字 | 詷 | 誃 | 詵 | 詻 | 詬 | 詹 | 誘 | 誆 | 諄 | 誶 | 諴 | 諏 |
| 審定音 | ㄉㄨㄥˋ | ㄔˇ | ㄕㄣ | ㄜˋ | ㄍㄡˋ | ㄓㄢ | ㄧㄡˋ | ㄎㄨㄤˊ | ㄓㄨㄣ | ㄙㄨㄟˋ | ㄒㄧㄢˊ | ㄗㄡ |

| 部首 | | | | | | | | | | | | |
|---|---|---|---|---|---|---|---|---|---|---|---|---|
| 國字 | 諓 | 誹 | 諉 | 諍 | 諸 | 諛 | 諠 | 諦 | 諳 | 諢 | 諺 | 諝 |
| 審定音 | ㄐㄧㄢˋ | ㄈㄟˇ | ㄨㄟˇ | ㄓㄥˋ | ㄓㄨ | ㄩˊ | ㄒㄩㄢ | ㄉㄧˋ | ㄢ | ㄏㄨㄣˋ | ㄧㄢˋ | ㄒㄩˇ |

| 部首 | | | | | | | | | | | | |
|---|---|---|---|---|---|---|---|---|---|---|---|---|
| 國字 | 諰 | 講 | 謅 | 謏 | 謕 | 謍 | 曡 | 謨 | 謦 | 譊 | 譜 | 議 |
| 審定音 | ㄒㄧˇ | ㄐㄧㄤˇ | ㄗㄡ | ㄒㄧㄠˇ | ㄊㄧˊ | ㄧㄥˊ | ㄉㄜˋ | ㄇㄛˊ | ㄑㄧㄥˋ | ㄋㄠˊ | ㄆㄨˇ | ㄧˋ |

| 部首 | | | | | | | 豆 | | 豕 | | | |
|---|---|---|---|---|---|---|---|---|---|---|---|---|
| 國字 | 譟 | 譴 | 譽 | 譞 | 讘 | 讞 | 豆 | 豣 | 豚 | 豨 | 豬 | 豫 |
| 審定音 | ㄗㄠˋ | ㄑㄧㄢˇ | ㄩˋ | ㄒㄩㄢˋ | ㄓㄜˊ | ㄧㄢˋ | ㄉㄡˋ | ㄐㄧㄢ | ㄊㄨㄣˊ | ㄒㄧ | ㄓㄨ | ㄩˋ |

| 部首 | | | 豸 | | | | | 貝 | | | | |
|---|---|---|---|---|---|---|---|---|---|---|---|---|
| 國字 | 貆 | 豳 | 豸 | 貍 | 貓 | 貙 | 貜 | 貞 | 貤 | 貫 | 貪 | 貺 |
| 審定音 | ㄏㄨㄢˊ | ㄅㄧㄣ | ㄓˋ | ㄌㄧˊ | ㄇㄠ | ㄔㄨ | ㄐㄩˋ | ㄓㄣ | ㄧˊ | ㄍㄨㄢˋ | ㄊㄢ | ㄎㄨㄤˋ |

| 部首 | | | | | | | | 赤 | | | 走 | |
|---|---|---|---|---|---|---|---|---|---|---|---|---|
| 國字 | 貰 | 資 | 賑 | 賓 | 賢 | 賚 | 贛 | 赨 | 赩 | 赫 | 走 | 赳 |
| 審定音 | ㄕˋ | ㄗ | ㄓㄣˋ | ㄅㄧㄣ | ㄒㄧㄢˊ | ㄌㄞˋ | ㄍㄢˋ | ㄊㄨㄥˊ | ㄒㄧˋ | ㄏㄜˋ | ㄗㄡˇ | ㄐㄧㄡ |

| 部首 | | | | | | | | | | 足 | | |
|---|---|---|---|---|---|---|---|---|---|---|---|---|
| 國字 | 越 | 趁 | 趑 | 趙 | 趠 | 趡 | 趬 | 趫 | 趲 | 趵 | 趹 | 跐 |
| 審定音 | ㄩㄝˋ | ㄔㄣˋ | ㄗ | ㄓㄠˋ | ㄓㄨㄛˊ | ㄘㄨㄟˇ | ㄑㄧㄠ | ㄑㄧㄠˊ | ㄗㄢˇ | ㄅㄠˋ | ㄐㄩㄝˊ | ㄔˋ |

| | | | | | | | | | | | | |
|---|---|---|---|---|---|---|---|---|---|---|---|---|
| | | | | | | | | | | | | 部首 |
| 跧 | 路 | 跣 | 跪 | 跺 | 跳 | 跩 | 跬 | 跤 | 跗 | 跚 | 跋 | 國字 |
| ㄑㄩㄢˊ | ㄌㄨˋ | ㄒㄧㄢˇ | ㄍㄨㄟˋ | ㄉㄨㄛˋ | ㄊㄧㄠˋ | ㄓㄨㄞˇ | ㄎㄨㄟˇ | ㄐㄧㄠ | ㄈㄨ | ㄕㄢ | ㄅㄚˊ | 審定音 |
| | | | | | | | | | | | | 部首 |
| 蹂 | 蹁 | 踩 | 踔 | 踢 | 踐 | 踖 | 踞 | 踣 | 跼 | 跫 | 跲 | 國字 |
| ㄖㄡˊ | ㄆㄧㄢˊ | ㄘㄞˇ | ㄓㄨㄛˊ | ㄊㄧ | ㄐㄧㄢˋ | ㄐㄧˊ | ㄐㄩˋ | ㄅㄛˊ | ㄐㄩˊ | ㄑㄩㄥˊ | ㄐㄧㄚˊ | 審定音 |
| | | | | | | | | | | | | 部首 |
| 蹼 | 蹬 | 蹴 | 蹙 | 蹊 | 蹍 | 蹇 | 踰 | 踼 | 踶 | 蹀 | 踳 | 國字 |
| ㄆㄨˊ | ㄉㄥˋ | ㄘㄨˋ | ㄘㄨˋ | ㄒㄧ | ㄓㄢˇ | ㄐㄧㄢˇ | ㄩˊ | ㄉㄤˋ | ㄉㄧˋ | ㄉㄧㄝˊ | ㄔㄨㄣˇ | 審定音 |
| | | | | | | | 車 | | | | | 部首 |
| 輁 | 軬 | 軼 | 軷 | 軺 | 軑 | 軏 | 軒 | 躦 | 躋 | 躅 | 躇 | 國字 |
| ㄍㄨㄥˇ | ㄈㄢˋ | ㄧˋ | ㄅㄚˊ | ㄧㄠˊ | ㄉㄞˋ | ㄩㄝˋ | ㄒㄩㄢ | ㄗㄨㄢ | ㄐㄧ | ㄓㄨˊ | ㄔㄨˊ | 審定音 |
| | | | | | | | | | | | | 部首 |
| 轀 | 轄 | 輸 | 輲 | 輶 | 輦 | 輜 | 輛 | 輟 | 輓 | 輕 | 輇 | 國字 |
| ㄨㄣ | ㄒㄧㄚˊ | ㄕㄨ | ㄔㄨㄢˊ | ㄧㄡˊ | ㄋㄧㄢˇ | ㄗ | ㄌㄧㄤˋ | ㄔㄨㄛˋ | ㄨㄢˇ | ㄑㄧㄥ | ㄑㄩㄢˊ | 審定音 |
| 辰 | | 辛 | | | | | | | | | | 部首 |
| 辴 | 辯 | 辨 | 轡 | 轝 | 轛 | 轘 | 轗 | 轙 | 轎 | 轐 | 轇 | 國字 |
| ㄓㄣˇ | ㄅㄧㄢˋ | ㄅㄧㄢˋ | ㄆㄟˋ | ㄩˊ | ㄉㄨㄟˋ | ㄏㄨㄢˊ | ㄎㄢˇ | ㄧˇ | ㄐㄧㄠˋ | ㄅㄨˊ | ㄐㄧㄡ | 審定音 |
| | | | | | | | | | | | 辵 | 部首 |
| | 迵 | 退 | 迫 | 迥 | 迦 | 迣 | 近 | 迕 | 巡 | 迄 | 迂 | 國字 |
| | ㄉㄨㄥˋ | ㄊㄨㄟˋ | ㄆㄛˋ | ㄐㄩㄥˇ | ㄐㄧㄚ | ㄓˋ | ㄐㄧㄣˋ | ㄨˇ | ㄒㄩㄣˊ | ㄑㄧˋ | ㄩ | 審定音 |
| | | | | | | | | | | | | 部首 |
| 遁 | 達 | 道 | 遒 | 逛 | 透 | 造 | 逡 | 逞 | 連 | 通 | 這 | 國字 |
| ㄉㄨㄣˋ | ㄉㄚˊ | ㄉㄠˋ | ㄑㄧㄡˊ | ㄍㄨㄤˋ | ㄊㄡˋ | ㄗㄠˋ | ㄑㄩㄣ | ㄔㄥˇ | ㄌㄧㄢˊ | ㄊㄨㄥ | ㄓㄜˋ | 審定音 |

| | | | | | | | | | | | | |
|---|---|---|---|---|---|---|---|---|---|---|---|---|
| 部首 | | | | | | 邑 | | | | | | |
| 國字 | 遣 | 遞 | 選 | 遶 | 邅 | 邕 | 邙 | 邗 | 邡 | 邢 | 邴 | 邶 |
| 審定音 | ㄑㄧㄢˇ | ㄉㄧˋ | ㄒㄩㄢˇ | ㄖㄠˋ | ㄓㄢ | ㄩㄥ | ㄇㄤˊ | ㄏㄢˊ | ㄈㄤ | ㄒㄧㄥˊ | ㄅㄧㄥˇ | ㄅㄟˋ |

| | | | | | | | | | | | | |
|---|---|---|---|---|---|---|---|---|---|---|---|---|
| 部首 | | | | | | | | | | | | |
| 國字 | 邰 | 郇 | 郙 | 郗 | 郜 | 郛 | 部 | 郪 | 郫 | 郡 | 郾 | 郿 |
| 審定音 | ㄊㄞˊ | ㄒㄩㄣˊ | ㄈㄨˇ | ㄔ | ㄍㄠˋ | ㄈㄨˊ | ㄅㄨˋ | ㄑㄧ | ㄆㄧˊ | ㄐㄩㄣˋ | ㄧㄢˇ | ㄇㄟˊ |

| | | | | | | | | | | | | |
|---|---|---|---|---|---|---|---|---|---|---|---|---|
| 部首 | | | | | | | | | | | | |
| 國字 | 鄀 | 鄅 | 鄇 | 鄘 | 鄐 | 鄑 | 鄣 | 鄜 | 鄟 | 鄢 | 鄞 | 鄤 |
| 審定音 | ㄖㄨㄛˋ | ㄩˇ | ㄏㄡˊ | ㄩㄥ | ㄔㄨˋ | ㄐㄧㄣˋ | ㄓㄤ | ㄈㄨ | ㄓㄨㄢ | ㄧㄢ | ㄧㄣˊ | ㄇㄢˋ |

| | | | | | | | | | | | | |
|---|---|---|---|---|---|---|---|---|---|---|---|---|
| 部首 | | | | | 酉 | | | | | | | |
| 國字 | 鄱 | 鄶 | 酈 | 酇 | 酐 | 酏 | 酘 | 酣 | 醊 | 醃 | 醍 | 醫 |
| 審定音 | ㄆㄛˊ | ㄎㄨㄞˋ | ㄌㄧˋ | ㄗㄢˋ | ㄍㄢ | ㄧˊ | ㄊㄡˊ | ㄏㄢ | ㄔㄨㄛˋ | ㄧㄢ | ㄊㄧˊ | ㄧ |

| | | | | | | | | | | | | |
|---|---|---|---|---|---|---|---|---|---|---|---|---|
| 部首 | | | 金 | | | | | | | | | |
| 國字 | 醱 | 醷 | 釦 | 釧 | 鈚 | 鉛 | 鉞 | 鉥 | 鉀 | 鈾 | 鉋 | 鉤 |
| 審定音 | ㄆㄛˋ | ㄧˋ | ㄎㄡˋ | ㄔㄨㄢˋ | ㄆㄧˊ | ㄑㄧㄢ | ㄩㄝˋ | ㄕㄨˋ | ㄐㄧㄚˇ | ㄧㄡˋ | ㄅㄠˋ | ㄍㄡ |

| | | | | | | | | | | | | |
|---|---|---|---|---|---|---|---|---|---|---|---|---|
| 部首 | | | | | | | | | | | | |
| 國字 | 鉸 | 銖 | 銑 | 銛 | 銎 | 銳 | 鋁 | 鋈 | 錈 | 錡 | 錁 | 錫 |
| 審定音 | ㄐㄧㄠˇ | ㄓㄨ | ㄒㄧㄢˇ | ㄒㄧㄢ | ㄑㄩㄥ | ㄖㄨㄟˋ | ㄌㄩˇ | ㄨˋ | ㄐㄩㄢˋ | ㄑㄧˊ | ㄎㄜˋ | ㄒㄧˊ |

| | | | | | | | | | | | | |
|---|---|---|---|---|---|---|---|---|---|---|---|---|
| 部首 | | | | | | | | | | | | |
| 國字 | 錄 | 錘 | 鍥 | 鍇 | 鎚 | 鎮 | 鏇 | 鏸 | 鏈 | 鏜 | 鏤 | 鏙 |
| 審定音 | ㄌㄨˋ | ㄔㄨㄟˊ | ㄑㄧㄝˋ | ㄎㄞˇ | ㄔㄨㄟˊ | ㄓㄣˋ | ㄒㄩㄢˋ | ㄏㄨㄟˋ | ㄌㄧㄢˋ | ㄊㄤ | ㄌㄡˋ | ㄘㄨㄟ |

| | | | | | | | | | | | | |
|---|---|---|---|---|---|---|---|---|---|---|---|---|
| 部首 | | | | | | | | | | | 門 | |
| 國字 | 鏨 | 鐔 | 鏾 | 鐎 | 鐻 | 鎘 | 鐲 | 鐫 | 鑲 | 鑴 | 閃 | 閍 |
| 審定音 | ㄗㄢˋ | ㄊㄢˊ | ㄒㄧㄢˋ | ㄐㄧㄠ | ㄐㄩˋ | ㄍㄜˊ | ㄓㄨㄛˊ | ㄐㄩㄢ | ㄒㄧㄤ | ㄒㄧ | ㄕㄢˇ | ㄈㄤ |

| | | | | | | | | | | | | |
|---|---|---|---|---|---|---|---|---|---|---|---|---|
| 部首 | | | | | | | | | | | | |
| 國字 | 閘 | 閡 | 閩 | 閫 | 閾 | 閹 | 閶 | 閻 | 闋 | 闉 | 闅 | 闆 |
| 審定音 | ㄓㄚˊ | ㄏㄜˊ | ㄇㄧㄣˇ | ㄎㄨㄣˇ | ㄩˋ | ㄧㄢ | ㄔㄤ | ㄧㄢˊ | ㄑㄩㄝˋ | ㄧㄣ | ㄨㄣˊ | ㄅㄢˇ |
| 部首 | | | | | | | | | | | | |
| 國字 | 闓 | 關 | 闡 | 闠 | 阡 | 阮 | 阱 | 陀 | 附 | 陏 | 陊 | 院 |
| 審定音 | ㄎㄞˇ | ㄍㄨㄢ | ㄔㄢˇ | ㄏㄨㄟˋ | ㄑㄧㄢ | ㄖㄨㄢˇ | ㄐㄧㄥˇ | ㄊㄨㄛˊ | ㄈㄨˋ | ㄉㄨㄛˋ | ㄉㄨㄛˋ | ㄩㄢˋ |
| 部首 | | | | | | | | | | | | 隶 |
| 國字 | 陘 | 陟 | 除 | 隋 | 陾 | 隈 | 隘 | 隗 | 障 | 隧 | 險 | 隸 |
| 審定音 | ㄒㄧㄥˊ | ㄓˋ | ㄔㄨˊ | ㄙㄨㄟˊ | ㄖㄥˊ | ㄨㄟ | ㄞˋ | ㄨㄟˇ | ㄓㄤˋ | ㄙㄨㄟˋ | ㄒㄧㄢˇ | ㄌㄧˋ |
| 部首 | 隹 | | | | | | | | | 雨 | | |
| 國字 | 隹 | 隼 | 雍 | 雎 | 雉 | 雊 | 雛 | 雙 | 離 | 雷 | 零 | 需 |
| 審定音 | ㄓㄨㄟ | ㄓㄨㄣˇ | ㄩㄥ | ㄐㄩ | ㄓˋ | ㄍㄡˋ | ㄔㄨˊ | ㄕㄨㄤ | ㄌㄧˊ | ㄌㄟˊ | ㄌㄧㄥˊ | ㄒㄩ |
| 部首 | | | | | | 非 | 面 | 革 | | | | |
| 國字 | 震 | 霢 | 霹 | 靄 | 靉 | 非 | 靨 | 靪 | 靷 | 靾 | 鞙 | 鞠 |
| 審定音 | ㄓㄣˋ | ㄇㄛˋ | ㄆㄧ | ㄞˇ | ㄞˋ | ㄈㄟ | ㄧㄝˋ | ㄉㄧㄥ | ㄧㄣˇ | ㄧˋ | ㄐㄩㄢˇ | ㄐㄩˊ |
| 部首 | | | | | | | | 韋 | | | | 音 |
| 國字 | 鞣 | 鞮 | 韃 | 韄 | 韎 | 韐 | 韗 | 韝 | 韞 | 韜 | 韣 | 音 |
| 審定音 | ㄖㄡˊ | ㄉㄧ | ㄉㄚˊ | ㄏㄨㄛˋ | ㄇㄟˋ | ㄍㄜˊ | ㄩㄣˋ | ㄍㄡ | ㄩㄣˋ | ㄊㄠ | ㄉㄨˊ | ㄧㄣ |
| 部首 | | 頁 | | | | | | | | | | |
| 國字 | 竟 | 頁 | 頄 | 頏 | 頊 | 頍 | 頎 | 頒 | 頞 | 頵 | 頭 | 頯 |
| 審定音 | ㄐㄧㄥˋ | ㄧㄝˋ | ㄎㄨㄟˊ | ㄏㄤˊ | ㄒㄩˋ | ㄎㄨㄟˇ | ㄑㄧˊ | ㄅㄢ | ㄜˋ | ㄐㄩㄣ | ㄊㄡˊ | ㄎㄨㄟˊ |
| 部首 | | | | | | | | 風 | | | | |
| 國字 | 頷 | 顆 | 額 | 題 | 顜 | 顛 | 顩 | 颯 | 颸 | 颾 | 颻 | 颿 |
| 審定音 | ㄏㄢˋ | ㄎㄜ | ㄜˊ | ㄊㄧˊ | ㄐㄧㄤˇ | ㄉㄧㄢ | ㄑㄧㄢ | ㄙㄚˋ | ㄙ | ㄙㄠ | ㄧㄠˊ | ㄈㄢˊ |

| | | | | | | | | | | | | |
|---|---|---|---|---|---|---|---|---|---|---|---|---|
| 部首 | 食 | | | | | | | | | | | |
| 國字 | 飪 | 飩 | 飯 | 飶 | 飴 | 餃 | 餌 | 餉 | 館 | 餟 | 餚 | 餲 |
| 審定音 | ㄖㄣˋ | ㄉㄨㄣˋ | ㄈㄢˋ | ㄅㄧˋ | ㄧˊ | ㄐㄧㄠˇ | ㄦˇ | ㄒㄧㄤˇ | ㄍㄨㄢˇ | ㄓㄨㄟˋ | ㄧㄠˊ | ㄞˋ |
| 部首 | | | | | | 首 | | 香 | | | 馬 | |
| 國字 | 餾 | 饌 | 饒 | 饎 | 饋 | 首 | 馗 | 馝 | 馣 | 馥 | 駣 | 駺 |
| 審定音 | ㄌㄧㄡˋ | ㄓㄨㄢˋ | ㄖㄠˊ | ㄒㄧ | ㄎㄨㄟˋ | ㄕㄡˇ | ㄎㄨㄟˊ | ㄅㄧˋ | ㄧㄢˇ | ㄈㄨˋ | ㄊㄠˊ | ㄌㄤˊ |
| 部首 | | | | | | | 骨 | | | 髟 | | |
| 國字 | 騷 | 騬 | 騶 | 驅 | 驔 | 驦 | 髁 | 髀 | 髈 | 髦 | 髻 | 鬈 |
| 審定音 | ㄙㄠ | ㄔㄥˊ | ㄗㄡ | ㄑㄩ | ㄉㄧㄢˋ | ㄕㄨㄤ | ㄎㄜ | ㄅㄧˋ | ㄆㄤˇ | ㄇㄠˊ | ㄐㄧˋ | ㄑㄩㄢˊ |
| 部首 | | | | | | | | 門 | 鬲 | 鬼 | | 魚 |
| 國字 | 鬄 | 鬋 | 鬊 | 鬌 | 鬒 | 鬤 | ⿱髟贊 | 鬫 | 鬵 | 魁 | 魆 | 魧 |
| 審定音 | ㄊㄧˋ | ㄐㄧㄢ | ㄕㄨㄣˋ | ㄉㄨㄛˇ | ㄓㄣˇ | ㄖㄤˊ | ㄗㄨㄢˇ | ㄏㄢˇ | ㄒㄧㄣˊ | ㄎㄨㄟˊ | ㄒㄩ | ㄏㄤˊ |
| 部首 | | | | | | | | | | | | |
| 國字 | 鮧 | 鯦 | 鰒 | 鰍 | 鰜 | 鰿 | 鱄 | 鰻 | 鱔 | 鱒 | 鱊 | 鱍 |
| 審定音 | ㄧˊ | ㄐㄧㄡˋ | ㄈㄨˋ | ㄑㄧㄡ | ㄐㄧㄢ | ㄐㄧˊ | ㄓㄨㄢ | ㄇㄢˊ | ㄕㄢˋ | ㄗㄨㄣ | ㄩˋ | ㄅㄛ |
| 部首 | | 鳥 | | | | | | | | | | |
| 國字 | 鱟 | 鳭 | 鳱 | 鴉 | 鴥 | 鴠 | 鴶 | 鴮 | 鴱 | 鵏 | 鶛 | 鶉 |
| 審定音 | ㄏㄡˋ | ㄉㄧㄠ | ㄍㄢ | ㄧㄚ | ㄩˋ | ㄉㄢˋ | ㄐㄧˊ | ㄨ | ㄞˋ | ㄅㄨˋ | ㄐㄧㄝˊ | ㄔㄨㄣˊ |
| 部首 | | | | | | | | | | | | |
| 國字 | 鵽 | 鶂 | 鵯 | 鵜 | 鶤 | 鶗 | 鶡 | 鶴 | 鷎 | 鷖 | 鷕 | 鷒 |
| 審定音 | ㄉㄨㄛˋ | ㄧˋ | ㄅㄟ | ㄊㄧˊ | ㄩㄣˋ | ㄊㄧˊ | ㄏㄜˊ | ㄏㄜˋ | ㄍㄠ | ㄧ | ㄧㄠˇ | ㄊㄨㄢˊ |
| 部首 | | | | | | 鹿 | 麥 | 黍 | | 黑 | | |
| 國字 | 鷚 | 鷯 | 鷮 | 鸋 | 鸍 | 麑 | 麮 | 黏 | 黐 | 黔 | 黨 | 黮 |
| 審定音 | ㄌㄧㄡˋ | ㄌㄧㄠˊ | ㄐㄧㄠ | ㄋㄧㄥˊ | ㄕ | ㄋㄧˊ | ㄑㄩˋ | ㄋㄧㄢˊ | ㄔ | ㄑㄧㄢˊ | ㄉㄤˇ | ㄊㄢˇ |

| 部首 | 鼎 | 鼓 | 鼠 | | 鼻 | | 齊 | 齒 | | | | |
|---|---|---|---|---|---|---|---|---|---|---|---|---|
| 國字 | 鼐 | 鼕 | 鼢 | 鼸 | 鼾 | 齃 | 齋 | 齕 | 齗 | 齞 | 齝 | 齫 |
| 審定音 | ㄋㄞˋ | ㄉㄨㄥ | ㄈㄣˊ | ㄑㄧㄢˇ | ㄏㄢ | ㄏㄜˊ | ㄓㄞ | ㄏㄜˊ | ㄧㄣˊ | ㄧㄢˇ | ㄔ | ㄎㄨㄣˇ |
| 部首 | | | | 龍 | | | | | | | | |
| 國字 | 齰 | 齮 | 齺 | 龍 | 龔 | | | | | | | |
| 審定音 | ㄗㄜˊ | ㄧˇ | ㄗㄡ | ㄌㄨㄥˊ | ㄍㄨㄥ | | | | | | | |
| 部首 | | | | | | | | | | | | |
| 國字 | | | | | | | | | | | | |
| 審定音 | | | | | | | | | | | | |
| 部首 | | | | | | | | | | | | |
| 國字 | | | | | | | | | | | | |
| 審定音 | | | | | | | | | | | | |
| 部首 | | | | | | | | | | | | |
| 國字 | | | | | | | | | | | | |
| 審定音 | | | | | | | | | | | | |
| 部首 | | | | | | | | | | | | |
| 國字 | | | | | | | | | | | | |
| 審定音 | | | | | | | | | | | | |
| 部首 | | | | | | | | | | | | |
| 國字 | | | | | | | | | | | | |
| 審定音 | | | | | | | | | | | | |
| 部首 | | | | | | | | | | | | |
| 國字 | | | | | | | | | | | | |
| 審定音 | | | | | | | | | | | | |

# 二、審訂後併為單音字

| 部首 | 國字 | 原有音 | 審定音 |
| --- | --- | --- | --- |
| 一 | 丁 | ㄉㄧㄥ ㄓㄥ | ㄉㄧㄥ |
|  | 三 | ㄙㄢ ㄙㄢˋ ㄙㄚ | ㄙㄢ |
| 丿 | 乎 | ㄏㄨ ㄏㄨˊ | ㄏㄨ |
| 乙 | 亂 | ㄌㄨㄢˋ ㄌㄢˋ | ㄌㄨㄢˋ |
| 二 | 亙 | ㄍㄣˋ ㄍㄥˋ | ㄍㄣˋ |
|  | 亞 | ㄧㄚˋ ㄧㄚˇ | ㄧㄚˋ |
| 亠 | 京 | ㄐㄧㄥ ㄩㄢˊ | ㄐㄧㄥ |
|  | 亮 | ㄌㄧㄤˋ ㄌㄧㄤˊ | ㄌㄧㄤˋ |
| 人 | 仂 | ㄌㄜˋ ㄌㄧˋ | ㄌㄜˋ |
|  | 仆 | ㄆㄨ ㄈㄨˋ | ㄆㄨ |
|  | 仔 | ㄗˇ ㄗ ㄗㄞˇ | ㄗˇ |
|  | 令 | ㄌㄧㄥˋ ㄌㄧㄥˊ | ㄌㄧㄥˋ |
|  | 休 | ㄒㄧㄡ ㄒㄧㄡˇ | ㄒㄧㄡ |
|  | 佚 | ㄧˋ ㄉㄧㄝˊ | ㄧˋ |
|  | 來 | ㄌㄞˊ ㄌㄞˋ | ㄌㄞˊ |
|  | 使 | ㄕˇ ㄕˋ | ㄕˇ |
|  | 佬 | ㄌㄧㄠˊ ㄌㄠˇ | ㄌㄠˇ |
|  | 佰 | ㄅㄞˇ ㄅㄛˊ ㄇㄛˋ | ㄅㄞˇ |
|  | 俍 | ㄌㄧㄤˊ ㄌㄤˊ | ㄌㄧㄤˊ |
|  | 侵 | ㄑㄧㄣ ㄑㄧㄣˇ | ㄑㄧㄣ |
|  | 俠 | ㄒㄧㄚˊ ㄐㄧㄚˊ | ㄒㄧㄚˊ |
|  | 俊 | ㄐㄩㄣˋ ㄗㄨㄣˋ | ㄐㄩㄣˋ |
|  | 俄 | ㄜˊ ㄜˋ | ㄜˊ |
|  | 倞 | ㄐㄧㄥˋ ㄌㄧㄤˋ | ㄌㄧㄤˋ |
|  | 俱 | ㄐㄩˋ ㄐㄩ | ㄐㄩˋ |
|  | 俾 | ㄅㄧˋ ㄅㄟ | ㄅㄧˋ |
|  | 偕 | ㄐㄧㄝ ㄒㄧㄝˊ | ㄒㄧㄝˊ |
|  | 側 | ㄘㄜˋ ㄗㄜˋ | ㄘㄜˋ |
|  | 偵 | ㄓㄣ ㄓㄥ | ㄓㄣ |
|  | 偺 | ㄗㄢˊ ㄗㄚˊ | ㄗㄢˊ |
|  | 傒 | ㄒㄧ ㄒㄧˋ | ㄒㄧ |
|  | 傖 | ㄘㄤ ㄔㄥˊ | ㄘㄤ |
|  | 傭 | ㄩㄥ ㄩㄥˊ | ㄩㄥ |
|  | 僅 | ㄐㄧㄣˇ ㄐㄧㄣˋ | ㄐㄧㄣˇ |
|  | 僇 | ㄌㄧㄡˋ ㄌㄨˋ | ㄌㄨˋ |
|  | 傾 | ㄑㄧㄥ ㄑㄧㄥˊ ㄎㄥ | ㄑㄧㄥ |
|  | 僎 | ㄓㄨㄢˋ ㄗㄨㄣ | ㄓㄨㄢˋ |
|  | 僝 | ㄔㄢˊ ㄓㄨㄢˋ | ㄔㄢˊ |
|  | 僻 | ㄆㄧˋ ㄅㄟˋ | ㄆㄧˋ |
|  | 價 | ㄐㄧㄚˋ ˙ㄍㄚ | ㄐㄧㄚˋ |

| 部首 |  |  |  |  | 儿 | 入 | 冂 | 冖 | 凵 |  | 刀 |  |
| --- | --- | --- | --- | --- | --- | --- | --- | --- | --- | --- | --- | --- |
| 國字 | 儉 | 儐 | 儗 | 儲 | 先 | 入 | 册 | 冘 | 凹 | 凸 | 刻 | 刷 |
| 原有音 | ㄐㄧㄢˇ<br>ㄐㄧㄢˋ | ㄅㄧㄣ<br>ㄅㄧㄣˋ | ㄋㄧˇ<br>ㄞˋ | ㄔㄨˊ<br>ㄔㄨˇ | ㄒㄧㄢ<br>ㄒㄧㄢˋ<br>ㄒㄧㄢˇ | ㄖㄨˋ<br>ㄖㄨˇ | ㄘㄜˋ<br>ㄔㄞˇ | ㄧㄣˊ<br>ㄧㄡˊ | ㄠ<br>ㄨㄚ<br>ㄧㄠ | ㄊㄨˊ<br>ㄉㄧㄝˊ<br>ㄍㄨˇ | ㄎㄜˋ<br>ㄎㄜ | ㄕㄨㄚ<br>ㄕㄨㄚˋ |
| 審定音 | ㄐㄧㄢˇ | ㄅㄧㄣ | ㄋㄧˇ | ㄔㄨˊ | ㄒㄧㄢ | ㄖㄨˋ | ㄘㄜˋ | ㄧㄣˊ | ㄠ | ㄊㄨˊ | ㄎㄜˋ | ㄕㄨㄚ |

| 部首 |  |  |  |  |  |  |  |  |  | 力 |  |  |
| --- | --- | --- | --- | --- | --- | --- | --- | --- | --- | --- | --- | --- |
| 國字 | 刮 | 剖 | 剗 | 剔 | 剸 | 劈 | 剿 | 劇 | 劙 | 勁 | 勘 | 勷 |
| 原有音 | ㄍㄨㄚ<br>ㄎㄨㄚ | ㄆㄡˇ<br>ㄆㄡ | ㄔㄢˇ<br>ㄔㄢˋ | ㄊㄧ<br>ㄊㄧˋ | ㄊㄨㄢˊ<br>ㄓㄨㄢ | ㄆㄧ<br>ㄆㄧˇ | ㄐㄧㄠˇ<br>ㄔㄠ | ㄐㄩˋ<br>ㄐㄧˋ | ㄌㄧˊ<br>ㄌㄧˇ | ㄐㄧㄥˋ<br>ㄐㄧㄣˋ | ㄎㄢˋ<br>ㄎㄢ | ㄖㄤˊ<br>ㄒㄧㄤ |
| 審定音 | ㄍㄨㄚ | ㄆㄛˇ | ㄔㄢˇ | ㄊㄧ | ㄊㄨㄢˊ | ㄆㄧ | ㄐㄧㄠˇ | ㄐㄩˋ | ㄌㄧˊ | ㄐㄧㄥˋ | ㄎㄢ | ㄖㄤˊ |

| 部首 | 匚 | 卩 | 又 |  |  |  | 口 |  |  |  |  |  |
| --- | --- | --- | --- | --- | --- | --- | --- | --- | --- | --- | --- | --- |
| 國字 | 匱 | 卵 | 叉 | 反 | 叟 | 叢 | 吱 | 呆 | 吹 | 含 | 呺 | 咋 |
| 原有音 | ㄍㄨㄟˋ<br>ㄎㄨㄟˋ | ㄌㄨㄢˇ<br>ㄌㄨㄛˇ<br>ㄌㄢˇ | ㄔㄚ<br>ㄔㄚˋ<br>ㄔㄚˇ | ㄈㄢˇ<br>ㄈㄢ<br>ㄈㄢˋ | ㄙㄡˇ<br>ㄙㄡ | ㄘㄨㄥˊ<br>ㄘㄨㄥ | ㄗ<br>ㄓ | ㄞˊ<br>ㄉㄞ | ㄔㄨㄟ<br>ㄔㄨㄟˋ | ㄏㄢˊ<br>ㄏㄣˊ<br>ㄏㄢˋ | ㄒㄧㄠ<br>ㄏㄠˊ | ㄗㄜˊ<br>ㄓㄚˋ |
| 審定音 | ㄎㄨㄟˋ | ㄌㄨㄢˇ | ㄔㄚ | ㄈㄢˇ | ㄙㄡˇ | ㄘㄨㄥˊ | ㄓ | ㄉㄞ | ㄔㄨㄟ | ㄏㄢˊ | ㄒㄧㄠ | ㄗㄜˊ |

| 部首 |  |  |  |  |  |  |  |  |  |  |  |  |
| --- | --- | --- | --- | --- | --- | --- | --- | --- | --- | --- | --- | --- |
| 國字 | 哏 | 咧 | 咶 | 哿 | 哢 | 哺 | 哮 | 唈 | 唧 | 咖 | 啐 | 啃 |
| 原有音 | ㄍㄣˊ<br>ㄏㄣ | ㄌㄧㄝ<br>ㄌㄧㄝˊ<br>ㄌㄧㄝˇ | ㄏㄨㄞˋ<br>ㄕˋ | ㄍㄜˇ<br>ㄎㄜˇ | ㄌㄨㄥˋ<br>˙ㄋㄡ | ㄅㄨˇ<br>ㄅㄨˋ<br>ㄆㄨˇ | ㄒㄧㄠ<br>ㄒㄧㄠˋ | ㄧˋ<br>ㄜˋ | ㄐㄧˊ<br>ㄐㄧ | ㄎㄚ<br>ㄐㄧㄚ | ㄘㄨㄟˋ<br>˙ㄑ | ㄎㄣˇ<br>ㄎㄣˋ |
| 審定音 | ㄍㄣˊ | ㄌㄧㄝˇ | ㄏㄨㄞˋ | ㄎㄜˇ | ㄌㄨㄥˋ | ㄅㄨˇ | ㄒㄧㄠ | ㄧˋ | ㄐㄧˊ | ㄎㄚ | ㄘㄨㄟˋ | ㄎㄣˇ |

| 部首 | 國字 | 原有音 | 審定音 |
| --- | --- | --- | --- |
| | 啁 | ㄓㄡ<br>ㄓㄠ | ㄓㄡ |
| | 唯 | ㄨㄟˇ<br>ㄨㄟˊ | ㄨㄟˊ |
| | 啻 | ㄔˋ<br>ㄊㄧˊ | ㄔˋ |
| | 喀 | ㄎㄜˋ<br>ㄎㄚˋ<br>ㄎㄚ | ㄎㄚ |
| | 喫 | ㄔ<br>ㄐㄧˊ | ㄔ |
| | 喇 | ㄌㄚˋ<br>ㄌㄚ<br>ㄌㄚˇ<br>ㄌㄚˊ | ㄌㄚˇ |
| | 喳 | ㄔㄚ<br>ㄓㄚ | ㄓㄚ |
| | 喬 | ㄑㄧㄠˊ<br>ㄐㄧㄠ | ㄑㄧㄠˊ |
| | 唾 | ㄊㄨㄛˋ<br>ㄊㄨˋ | ㄊㄨㄛˋ |
| | 嗟 | ㄐㄧㄝ<br>ㄐㄩㄝ | ㄐㄧㄝ |
| | 嗌 | ㄧˋ<br>ㄞˋ | ㄧˋ |
| | 嗄 | ㄕㄚˋ<br>ㄚˊ | ㄕㄚˋ |
| | 嗆 | ㄑㄧㄤ<br>ㄑㄧㄤˋ | ㄑㄧㄤˋ |
| | 嘏 | ㄐㄧㄚˇ<br>ㄍㄨˇ | ㄍㄨˇ |
| | 嗾 | ㄙㄡˇ<br>ㄗㄡˇ | ㄙㄡˇ |
| | 嘎 | ㄍㄚˊ<br>ㄍㄚ | ㄍㄚ |
| | 嘁 | ㄗㄚˊ<br>ㄑㄧ | ㄑㄧ |
| | 嘍 | ㄌㄡˊ<br>˙ㄌㄡ<br>ㄌㄡˇ | ㄌㄡˊ |
| | 嘷 | ㄏㄡ<br>ㄏㄡˋ | ㄏㄡ |
| | 噌 | ㄔㄥ<br>ㄘㄥ<br>ㄘㄥˇ | ㄘㄥ |
| | 噀 | ㄒㄩㄣˋ<br>ㄙㄨㄣˋ | ㄒㄩㄣˋ |
| | 噁 | ㄜˇ<br>ㄨˋ | ㄜˇ |
| | 嘲 | ㄔㄠˊ<br>ㄓㄠ | ㄔㄠˊ |
| | 嘬 | ㄗㄨㄛ<br>ㄔㄨㄞˋ | ㄗㄨㄛ |
| | 嘘 | ㄒㄩ<br>ㄕ | ㄒㄩ |
| | 噫 | ㄧ<br>ㄧˋ | ㄧˋ |
| | 嗝 | ㄍㄜˊ<br>ㄍㄚˊ | ㄍㄜˊ |
| | 噯 | ㄞˋ<br>ㄞˇ | ㄞˋ |
| | 噢 | ㄡˋ<br>ㄩˇ | ㄩˇ |
| | 嚄 | ㄏㄨㄛˋ<br>ㄜˇ | ㄏㄨㄛˋ |
| | 嚷 | ㄖㄤˇ<br>ㄖㄤ | ㄖㄤˇ |
| | 囁 | ㄋㄧㄝˋ<br>ㄓㄜˊ | ㄋㄧㄝˋ |
| 口 | 囮 | ㄧㄡˊ<br>ㄜˊ | ㄧㄡˊ |
| | 圂 | ㄏㄨㄣˋ<br>ㄏㄨㄢˋ | ㄏㄨㄣˋ |
| 土 | 圩 | ㄩˊ<br>ㄨㄟˊ | ㄩˊ |
| | 圳 | ㄐㄩㄣˋ<br>ㄗㄨㄣˋ<br>ㄔㄡˊ | ㄗㄨㄣˋ |
| | 坏 | ㄆㄧ<br>ㄆㄟ<br>ㄆㄟˊ<br>ㄏㄨㄞˋ | ㄆㄟˊ |
| | 圾 | ㄐㄧˊ<br>ㄙㄜˋ | ㄙㄜˋ |
| | 坯 | ㄆㄧ<br>ㄆㄟ | ㄆㄟ |
| | 坳 | ㄠ<br>ㄠˋ | ㄠ |
| | 埔 | ㄅㄨˇ<br>ㄆㄨˇ | ㄆㄨˇ |
| | 堆 | ㄗㄨㄟ<br>ㄉㄨㄟ | ㄉㄨㄟ |
| | 堇 | ㄐㄧㄣˇ<br>ㄐㄧㄣˋ | ㄐㄧㄣˇ |
| | 堤 | ㄊㄧˊ<br>ㄉㄧ | ㄊㄧˊ |
| | 場 | ㄔㄤˇ<br>ㄔㄤˊ | ㄔㄤˇ |
| | 堡 | ㄅㄠˇ<br>ㄆㄨˋ | ㄅㄠˇ |
| | 塈 | ㄐㄧˋ<br>ㄒㄧˋ | ㄐㄧˋ |
| | 墉 | ㄩㄥ<br>ㄩㄥˊ | ㄩㄥ |

| 部首 | 國字 | 原有音 | 審定音 |
| --- | --- | --- | --- |
| | 墐 | ㄐㄧㄣˇ ㄐㄧㄣˋ | ㄐㄧㄣˇ |
| | 墆 | ㄉㄧㄝˊ ㄉㄧˋ | ㄉㄧㄝˊ |
| | 墳 | ㄈㄣˊ ㄈㄣˋ | ㄈㄣˊ |
| | 壅 | ㄩㄥˇ ㄩㄥ | ㄩㄥ |
| | 壎 | ㄒㄩㄣ ㄒㄩㄢ | ㄒㄩㄣ |
| | 壞 | ㄏㄨㄞˋ ㄍㄨㄞˋ | ㄏㄨㄞˋ |
| 夕 | 多 | ㄉㄨㄛ ㄉㄨㄛˊ | ㄉㄨㄛ |
| 大 | 夭 | ㄧㄠˇ ㄧㄠ | ㄧㄠ |
| | 夾 | ㄐㄧㄚˊ ㄐㄧㄚ ㄐㄧㄚˋ | ㄐㄧㄚˊ |
| | 奔 | ㄅㄣ ㄅㄣˋ | ㄅㄣ |
| | 奘 | ㄗㄤˋ ㄓㄨㄤˇ | ㄗㄤˋ |
| | 奲 | ㄔㄜˇ ㄉㄨㄛˇ | ㄔㄜˇ |
| 女 | 妨 | ㄈㄤˊ ㄈㄤ | ㄈㄤˊ |
| | 妊 | ㄖㄣˋ ㄖㄣˊ | ㄖㄣˋ |
| | 妯 | ㄓㄡˊ ㄓㄡˊ | ㄓㄡˊ |
| | 姎 | ㄧㄤ ㄧㄤˇ | ㄧㄤ |
| | 姍 | ㄕㄢ ㄒㄧㄢ | ㄕㄢ |
| | 姡 | ㄍㄨㄛˊ ㄏㄨㄚˊ | ㄏㄨㄛˊ |
| | 娠 | ㄕㄣ ㄓㄣˋ | ㄕㄣ |
| | 娶 | ㄑㄩˇ ㄑㄩˋ | ㄑㄩˇ |
| | 婘 | ㄑㄩㄢˊ ㄐㄩㄢˋ | ㄑㄩㄢˊ |
| | 婢 | ㄅㄧˋ ㄅㄟ | ㄅㄧˋ |
| | 媞 | ㄕˋ ㄊㄧˊ | ㄊㄧˊ |
| | 婼 | ㄔㄨㄛˋ ㄦˊ | ㄖㄨㄛˋ |
| | 媛 | ㄩㄢˋ ㄩㄢˊ | ㄩㄢˊ |
| | 嫇 | ㄇㄧㄥˊ ㄇㄧㄥˊ | ㄇㄧㄥˊ |
| | 嬈 | ㄖㄠˇ ㄖㄠˊ ㄧㄠˊ | ㄖㄠˊ |
| | 嬐 | ㄒㄧㄢ ㄧㄣˇ | ㄧㄢˇ |
| | 嬥 | ㄉㄧㄠˋ ㄊㄧㄠ | ㄊㄧㄠˋ |
| | 孃 | ㄖㄤˊ ㄋㄧㄤˊ | ㄋㄧㄤˊ |
| 子 | 孛 | ㄅㄛˊ ㄅㄟˋ | ㄅㄛˊ |
| | 孚 | ㄈㄨ ㄈㄨˊ | ㄈㄨˊ |
| | 孱 | ㄔㄢˊ ㄘㄢˊ | ㄔㄢˊ |
| | 孳 | ㄗ ㄗˋ | ㄗ |
| | 學 | ㄒㄩㄝˊ ㄒㄧㄠˊ | ㄒㄩㄝˊ |
| | 孺 | ㄖㄨˊ ㄖㄨˋ | ㄖㄨˊ |
| 宀 | 守 | ㄕㄡˇ ㄕㄡˋ | ㄕㄡˇ |
| | 宅 | ㄓㄞˊ ㄓㄜˋ | ㄓㄞˊ |
| | 寫 | ㄒㄧㄝˇ ㄒㄧㄝˋ | ㄒㄧㄝˇ |
| 寸 | 尋 | ㄒㄩㄣˊ ㄒㄩㄝˊ ㄒㄧㄣˊ | ㄒㄩㄣˊ |
| | 導 | ㄉㄠˇ ㄉㄠˋ | ㄉㄠˇ |
| 尢 | 尬 | ㄍㄚˋ ㄐㄧㄝˋ | ㄍㄚˋ |
| | 尷 | ㄍㄢ ㄐㄧㄢ | ㄍㄢ |
| 尸 | 尼 | ㄋㄧˊ ㄋㄧˇ | ㄋㄧˊ |
| | 尿 | ㄋㄧㄠˋ ㄙㄨㄟ | ㄋㄧㄠˋ |
| | 尾 | ㄨㄟˇ ㄧˇ | ㄨㄟˇ |
| | 居 | ㄐㄩ ㄐㄧ | ㄐㄩ |
| | 屈 | ㄑㄩ ㄐㄩㄝˊ | ㄑㄩ |

| 部首 | 國字 | 原有音 | 審定音 |
|---|---|---|---|
|  | 屠 | ㄊㄨˊ ㄔㄨˊ | ㄊㄨˊ |
|  | 履 | ㄌㄩˇ ㄌㄧˇ | ㄌㄩˇ |
| 山 | 岔 | ㄔㄚˋ ㄔㄚˊ | ㄔㄚˋ |
|  | 岡 | ㄍㄤ ㄍㄤˇ | ㄍㄤ |
|  | 岨 | ㄑㄩ ㄗㄨˇ | ㄐㄩ |
|  | 崎 | ㄑㄧ ㄑㄧˊ | ㄑㄧˊ |
|  | 崦 | ㄧㄢ ㄧㄢˇ | ㄧㄢ |
|  | 崢 | ㄓㄥ ㄔㄥˊ | ㄓㄥ |
|  | 嶄 | ㄓㄢˇ ㄔㄢˊ | ㄓㄢˇ |
|  | 嶸 | ㄖㄨㄥˊ ㄏㄨㄥˊ | ㄖㄨㄥˊ |
| 工 | 巫 | ㄨ ㄨˊ | ㄨ |
| 己 | 巽 | ㄒㄩㄣˋ ㄙㄨㄣˋ | ㄒㄩㄣˋ |
| 巾 | 帆 | ㄈㄢˊ ㄈㄢ | ㄈㄢˊ |
|  | 帥 | ㄕㄨㄞˋ ㄕㄨㄛˋ | ㄕㄨㄞˋ |
|  | 幓 | ㄕㄢ ㄑㄧㄠ | ㄕㄣ |
|  | 幪 | ㄇㄥˊ ㄇㄥˇ | ㄇㄥˊ |
| 广 | 庋 | ㄐㄧˇ ㄍㄨㄟˇ | ㄐㄧˇ |
|  | 庫 | ㄎㄨˋ ㄕㄜˋ | ㄎㄨˋ |
|  | 庬 | ㄇㄤˊ ㄇㄥˇ | ㄇㄤˊ |
|  | 庭 | ㄊㄧㄥˊ ㄊㄧㄥˋ | ㄊㄧㄥˊ |
|  | 庸 | ㄩㄥ ㄩㄥˊ | ㄩㄥ |
|  | 庹 | ㄊㄨㄛˇ ㄊㄨㄛˊ | ㄊㄨㄛˇ |
|  | 廁 | ㄘㄜˋ ㄘˋ | ㄘㄜˋ |
|  | 廈 | ㄒㄧㄚˋ ㄕㄚˋ | ㄒㄧㄚˋ |
|  | 廆 | ㄏㄨㄟˋ ㄍㄨㄟ | ㄍㄨㄟ |
|  | 廑 | ㄐㄧㄣˇ ㄐㄧㄣˋ | ㄐㄧㄣˇ |
|  | 廞 | ㄑㄧㄣ ㄧㄣˇ ㄑㄧㄢ | ㄑㄧㄣ |
| 廾 | 弊 | ㄅㄧˋ ㄅㄧㄝˊ | ㄅㄧˋ |
| 弓 | 弛 | ㄕˇ ㄔˊ | ㄔˊ |
|  | 張 | ㄓㄤ ㄓㄤˋ | ㄓㄤ |
|  | 弸 | ㄅㄥ ㄆㄥ | ㄆㄥˊ |
| 彳 | 徊 | ㄏㄨㄞˊ ㄏㄨㄟˊ | ㄏㄨㄞˊ |
|  | 徇 | ㄒㄩㄣˋ ㄒㄩㄣˊ | ㄒㄩㄣˋ |
|  | 徧 | ㄅㄧㄢˋ ㄆㄧㄢˋ | ㄅㄧㄢˋ |
|  | 假 | ㄐㄧㄚˇ ㄒㄧㄚˊ | ㄐㄧㄚˇ |
|  | 微 | ㄨㄟˊ ㄨㄟ | ㄨㄟˊ |
| 心 | 忘 | ㄨㄤˋ ㄨㄤˊ | ㄨㄤˋ |
|  | 忸 | ㄋㄧㄡˇ ㄋㄩˋ | ㄋㄧㄡˇ |
|  | 忳 | ㄊㄨㄣˊ ㄓㄨㄣ | ㄊㄨㄣˊ |
|  | 怯 | ㄑㄩㄝˋ ㄑㄧㄝˋ | ㄑㄩㄝˋ |
|  | 怚 | ㄐㄩˋ ㄘㄨ ㄑㄩ | ㄐㄩˋ |
|  | 怞 | ㄔㄡˊ ㄧㄡˊ | ㄔㄡˊ |
|  | 怏 | ㄧㄤˋ ㄧㄤ | ㄧㄤˋ |
|  | 怢 | ㄊㄨˊ ㄊㄧㄝˇ | ㄊㄨˊ |
|  | 怨 | ㄩㄢˋ ㄩㄢ | ㄩㄢˋ |
|  | 怎 | ㄗㄣˇ ㄗㄜˇ | ㄗㄣˇ |
|  | 恔 | ㄐㄧㄠˇ ㄒㄧㄠˋ | ㄒㄧㄠˋ |
|  | 恆 | ㄏㄥˊ ㄍㄥˋ | ㄏㄥˊ |

| | | | | | | | | | | | | |
|---|---|---|---|---|---|---|---|---|---|---|---|---|
| | | | | | | | | | | | | 部首 |
| 惝 | 惏 | 惓 | 悹 | 悁 | 悝 | 悚 | 悈 | 悢 | 恣 | 恪 | 恌 | 國字 |
| ㄊㄤˇ ㄔㄤˇ | ㄌㄢˊ ㄌㄧㄣˊ | ㄑㄩㄢˊ ㄐㄩㄢˋ | ㄍㄨㄢˋ ㄍㄨㄢ | ㄐㄩㄢˋ ㄐㄩㄢ | ㄎㄨㄟ ㄌㄧˇ | ㄙㄨㄥˇ ㄙㄨㄥˊ | ㄐㄧㄝˋ ㄐㄧˊ | ㄌㄧㄤˋ ㄌㄧㄤˇ | ㄗˋ ㄗ ㄘ | ㄎㄜˋ ㄑㄩㄝˋ | ㄊㄧㄠ ㄧㄠˊ | 原有音 |
| ㄔㄤˇ | ㄌㄢˊ | ㄑㄩㄢˊ | ㄍㄨㄢˇ | ㄐㄩㄢˋ | ㄎㄨㄟ | ㄙㄨㄥˇ | ㄐㄧㄝˋ | ㄌㄧㄤˋ | ㄗˋ | ㄎㄜˋ | ㄊㄧㄠ | 審定音 |
| | | | | | | | | | | | | 部首 |
| 慬 | 慵 | 慷 | 愾 | 慌 | 慨 | 愀 | 愣 | 愒 | 惺 | 愖 | 惢 | 國字 |
| ㄑㄧㄣˊ ㄐㄧㄣˇ | ㄩㄥ ㄩㄥˊ | ㄎㄤ ㄎㄤˇ | ㄒㄧˋ ㄎㄞˋ | ㄏㄨㄤ·ㄏㄨㄤ·ㄏㄥ ㄏㄨㄤˇ | ㄎㄞˇ ㄎㄞˋ | ㄑㄧㄠˇ ㄐㄧㄡˇ | ㄌㄥˋ ㄌㄥ | ㄑㄧˋ ㄎㄞˋ ㄏㄜˋ | ㄒㄧㄥ ㄒㄧㄥˇ | ㄔㄣˊ ㄉㄢ | ㄙㄨㄛˇ ㄖㄨㄟˇ | 原有音 |
| ㄑㄧㄣˊ | ㄩㄥ | ㄎㄤ | ㄎㄞˋ | ㄏㄨㄤ | ㄎㄞˇ | ㄑㄧㄠˇ | ㄌㄥˋ | ㄎㄞˋ | ㄒㄧㄥ | ㄔㄣˊ | ㄙㄨㄛˇ | 審定音 |
| 戈 | | | | | | | | | | | | 部首 |
| 我 | 懿 | 懾 | 懵 | 懞 | 懋 | 憿 | 憭 | 憛 | 憪 | 慹 | 慥 | 國字 |
| ㄨㄛˇ ㄜˇ | ㄧˋ ㄧˊ | ㄓㄜˊ ㄕㄜˋ | ㄇㄥˇ ㄇㄥˊ | ㄇㄥˊ ㄇㄥˇ | ㄇㄠˋ ㄇㄡˋ | ㄐㄧㄠ ㄐㄧ | ㄌㄧㄠˇ ㄌㄧㄠˊ | ㄊㄢˊ ㄧㄢ | ㄒㄧㄢˊ ㄒㄧㄢˋ | ㄓˊ ㄓㄜˊ | ㄗㄠˋ ㄘㄠˋ | 原有音 |
| ㄨㄛˇ | ㄧˋ | ㄓㄜˊ | ㄇㄥˊ | ㄇㄥˊ | ㄇㄠˋ | ㄐㄧㄠˇ | ㄌㄧㄠˊ | ㄊㄢˊ | ㄒㄧㄢˊ | ㄓˊ | ㄗㄠˋ | 審定音 |
| | | | | | | | 手 | 戶 | | | | 部首 |
| 招 | 抴 | 拌 | 拉 | 扳 | 抌 | 扔 | 打 | 扃 | 戧 | 戔 | 或 | 國字 |
| ㄓㄠ ㄑㄧㄠˊ | ㄧˋ ㄧㄝˋ | ㄅㄢˋ ㄆㄢˋ | ㄌㄚ ㄌㄚˊ ㄌㄚˇ | ㄅㄢ ㄆㄢ | ㄉㄢˇ ㄕㄣˋ | ㄖㄥ ㄖㄥˇ | ㄉㄚˇ ㄉㄚˊ | ㄐㄩㄥ ㄐㄩㄥˇ | ㄑㄧㄤ ㄑㄧㄤˋ | ㄘㄢˊ ㄐㄧㄢ | ㄩˋ ㄏㄨㄛˋ | 原有音 |
| ㄓㄠ | ㄧㄝˋ | ㄅㄢˋ | ㄌㄚ | ㄅㄢ | ㄓㄣˇ | ㄖㄥ | ㄉㄚˇ | ㄐㄩㄥ | ㄑㄧㄤˋ | ㄐㄧㄢ | ㄏㄨㄛˋ | 審定音 |

| 部首 | | | | | | | | | | | | |
|---|---|---|---|---|---|---|---|---|---|---|---|---|
| 國字 | 披 | 押 | 拚 | 拍 | 拆 | 拸 | 拽 | 振 | 捍 | 捌 | 挼 | 挨 |
| 原有音 | ㄆㄧ ㄆㄟ | ㄧㄚ ㄧㄚˊ | ㄆㄢˋ ㄆㄢ | ㄆㄞ ㄆㄛˋ | ㄔㄞ ㄔㄜˋ | ㄓㄣˇ ㄒㄧㄢˇ | ㄧㄝˋ ㄓㄨㄞˋ ㄓㄨㄞ | ㄓㄣˋ ㄓㄣ | ㄏㄢˋ ㄍㄢˇ | ㄅㄚ ㄅㄧㄝˊ | ㄖㄨㄛˊ ㄋㄨㄛˊ | ㄞ ㄞˊ |
| 審定音 | ㄆㄧ | ㄧㄚ | ㄆㄢˋ | ㄆㄞ | ㄔㄞ | ㄓㄣˇ | ㄓㄨㄞˋ | ㄓㄣˋ | ㄏㄢˋ | ㄅㄚ | ㄖㄨㄛˊ | ㄞ |

| 部首 | | | | | | | | | | | | |
|---|---|---|---|---|---|---|---|---|---|---|---|---|
| 國字 | 捔 | 捥 | 捽 | 探 | 捲 | 掞 | 掝 | 捼 | 掜 | 揆 | 揳 | 揲 |
| 原有音 | ㄐㄩㄝˊ ㄓㄨㄛˊ | ㄨㄢˋ ㄨㄢˇ | ㄗㄨˊ ㄗㄨㄛˊ | ㄊㄢˋ ㄊㄢ | ㄐㄩㄢˇ ㄑㄩㄢˊ | ㄕㄢˋ ㄧㄢˇ ㄧㄢˋ | ㄏㄨㄛˋ ㄒㄩˋ | ㄋㄨㄛˊ ㄖㄨㄛˊ | ㄋㄧˇ ㄋㄧˋ | ㄎㄨㄟˊ ㄎㄨㄟˇ | ㄒㄧㄝ ㄒㄧㄝˋ ㄐㄧㄚˊ | ㄕㄜˊ ㄉㄧㄝˊ |
| 審定音 | ㄐㄩㄝˊ | ㄨㄢˋ | ㄗㄨˊ | ㄊㄢˋ | ㄐㄩㄢˇ | ㄧㄢˋ | ㄏㄨㄛˋ | ㄖㄨㄛˊ | ㄋㄧˇ | ㄎㄨㄟˊ | ㄒㄧㄝ | ㄕㄜˊ |

| 部首 | | | | | | | | | | | | |
|---|---|---|---|---|---|---|---|---|---|---|---|---|
| 國字 | 撍 | 掔 | 摡 | 搳 | 搞 | 搐 | 搰 | 搭 | 搽 | 搋 | 摩 | 摘 |
| 原有音 | ㄗㄨㄢˋ ㄗㄢˇ | ㄒㄧㄠ ㄕㄨㄛˋ | ㄍㄞˋ ㄒㄧˋ | ㄒㄧㄚˊ ㄏㄨㄚˊ | ㄑㄧㄠ ㄍㄠˇ | ㄔㄨˋ ㄔㄡ | ㄏㄨˊ ㄎㄨ | ㄉㄚ ㄊㄚˋ | ㄔㄚˊ ㄘㄚ | ㄔˇ ㄔㄨㄞ | ㄇㄛˊ ㄇㄚ | ㄓㄞ ㄓㄜˊ |
| 審定音 | ㄗㄨㄢˋ | ㄒㄧㄠ | ㄍㄞˋ | ㄏㄨㄚˊ | ㄍㄠˇ | ㄔㄨˋ | ㄏㄨˊ | ㄉㄚ | ㄔㄚˊ | ㄔㄨㄞ | ㄇㄛˊ | ㄓㄞ |

| 部首 | | | | | | | | | | | | |
|---|---|---|---|---|---|---|---|---|---|---|---|---|
| 國字 | 摺 | 摸 | 撒 | 撞 | 撓 | 撳 | 撅 | 撩 | 撮 | 撬 | 擁 | 操 |
| 原有音 | ㄓㄜˊ ㄓㄜˇ | ㄇㄛ ㄇㄠ | ㄙㄚˋ ㄕㄚ | ㄓㄨㄤˋ ㄔㄨㄤˊ | ㄋㄠˊ ㄋㄠ | ㄑㄧㄢˇ ㄎㄢ | ㄐㄩㄝ ㄍㄨㄟˋ | ㄌㄧㄠˊ ㄌㄧㄠ | ㄘㄨㄛˋ ㄘㄨㄛ | ㄑㄧㄠ ㄑㄧㄠˋ | ㄩㄥˇ ㄩㄥ | ㄘㄠ ㄘㄠˋ |
| 審定音 | ㄓㄜˊ | ㄇㄛ | ㄕㄚ | ㄓㄨㄤˋ | ㄋㄠˊ | ㄍㄢˇ | ㄐㄩㄝ | ㄌㄧㄠˊ | ㄘㄨㄛˋ | ㄑㄧㄠˋ | ㄩㄥˇ | ㄘㄠ |

| 部首 | | | | | | | | | | | | |
|---|---|---|---|---|---|---|---|---|---|---|---|---|
| 國字 | 擄 | 擖 | 擏 | 擇 | 擐 | 擭 | 擷 | 擻 | 擸 | 攏 | 攉 | 攘 |
| 原有音 | ㄌㄨˇ<br>ㄌㄨㄛˇ | ㄐㄧㄚˊ<br>ㄧㄝˋ | ㄑㄧㄥˊ<br>ㄐㄧㄥˇ | ㄗㄜˊ<br>ㄓㄞˊ | ㄏㄨㄢˋ<br>ㄒㄩㄢ | ㄨㄛˋ<br>ㄏㄨㄛˋ | ㄒㄧㄝˊ<br>ㄐㄧㄝˊ | ㄙㄡˇ<br>ㄙㄡˋ | ㄌㄧㄝˋ<br>ㄌㄚˋ | ㄌㄨㄥˇ<br>ㄌㄨㄥˇ | ㄏㄨㄛˋ<br>ㄑㄩㄝˋ | ㄖㄤˊ<br>ㄖㄤˇ |
| 審定音 | ㄌㄨˇ | ㄍㄜˊ | ㄑㄧㄥˊ | ㄗㄜˊ | ㄏㄨㄢˋ | ㄏㄨㄛˋ | ㄐㄧㄝˊ | ㄙㄡˇ | ㄌㄚˋ | ㄌㄨㄥˇ | ㄏㄨㄛˋ | ㄖㄤˊ |

| 部首 | | | 攴 | | | | 文 | 斗 | 斤 | 方 | 日 | |
|---|---|---|---|---|---|---|---|---|---|---|---|---|
| 國字 | 攙 | 攜 | 政 | 敤 | 斂 | 斄 | 斐 | 斡 | 斤 | 旂 | 晥 | 晻 |
| 原有音 | ㄔㄢˊ<br>ㄔㄢ | ㄒㄧ<br>ㄒㄧㄝˊ | ㄓㄥˋ<br>ㄓㄥ | ㄎㄜˇ<br>ㄎㄜˋ | ㄌㄧㄢˋ<br>ㄌㄧㄢˇ | ㄌㄧˊ<br>ㄊㄞˊ | ㄈㄟˇ<br>ㄈㄟ | ㄨㄛˋ<br>ㄍㄨㄢˇ | ㄐㄧㄣ<br>ㄐㄧㄣˋ | ㄧㄡˊ<br>ㄌㄧㄡˊ | ㄨㄢˇ<br>ㄏㄨㄢˇ | ㄢˇ<br>ㄢˋ<br>ㄧㄢˇ |
| 審定音 | ㄔㄢ | ㄒㄧ | ㄓㄥˋ | ㄎㄜˇ | ㄌㄧㄢˋ | ㄊㄞˊ | ㄈㄟˇ | ㄨㄛˋ | ㄐㄧㄣ | ㄧㄡˊ | ㄏㄨㄢˇ | ㄧㄢˇ |

| 部首 | | | | | | | 曰 | 木 | | | | |
|---|---|---|---|---|---|---|---|---|---|---|---|---|
| 國字 | 暋 | 暇 | 暍 | 暝 | 暫 | 曏 | 曳 | 朮 | 朾 | 朹 | 机 | 杆 |
| 原有音 | ㄇㄧㄣˇ<br>ㄏㄨㄣ | ㄒㄧㄚˊ<br>ㄒㄧㄚˋ | ㄏㄜˋ<br>ㄧㄝˋ | ㄇㄧㄥˊ<br>ㄇㄧㄥˋ | ㄓㄢˋ<br>ㄗㄢˋ | ㄕㄤˇ<br>ㄒㄧㄤˋ | ㄧˋ<br>ㄧㄝˋ | ㄕㄨˊ<br>ㄓㄨˊ | ㄔㄥˊ<br>ㄓㄥ | ㄍㄨㄟˇ<br>ㄑㄧㄡˊ | ㄐㄧ<br>ㄐㄧˇ | ㄍㄢˋ<br>ㄍㄢ<br>ㄍㄢˇ |
| 審定音 | ㄇㄧㄣˇ | ㄒㄧㄚˊ | ㄏㄜˋ | ㄇㄧㄥˊ | ㄓㄢˋ | ㄒㄧㄤˋ | ㄧˋ | ㄓㄨˊ | ㄊㄧㄥ | ㄑㄧㄡˊ | ㄐㄧ | ㄍㄢ |

| 部首 | | | | | | | | | | | | |
|---|---|---|---|---|---|---|---|---|---|---|---|---|
| 國字 | 杠 | 杝 | 杕 | 杈 | 杉 | 枓 | 枋 | 杷 | 枘 | 杳 | 柅 | 柄 |
| 原有音 | ㄍㄤ<br>ㄍㄤˋ | ㄌㄧˊ<br>ㄧˊ<br>ㄉㄨㄛˋ | ㄉㄧˋ<br>ㄉㄨㄛˋ | ㄔㄚ<br>ㄔㄚˋ | ㄕㄢ<br>ㄕㄚ | ㄓㄨˇ<br>ㄉㄡˇ | ㄈㄤ<br>ㄅㄧㄥˋ | ㄆㄚˊ<br>ㄅㄚˋ | ㄖㄨㄟˋ<br>ㄋㄚˋ | ㄧㄠˇ<br>ㄇㄧㄠˇ | ㄋㄧˇ<br>ㄔˋ | ㄅㄧㄥˇ<br>ㄅㄧㄥˋ |
| 審定音 | ㄍㄤ | ㄧˊ | ㄉㄧˋ | ㄔㄚ | ㄕㄢ | ㄓㄨˇ | ㄈㄤ | ㄆㄚˊ | ㄖㄨㄟˋ | ㄧㄠˇ | ㄋㄧˇ | ㄅㄧㄥˇ |

| 部首 | 國字 | 原有音 | 審定音 |
|---|---|---|---|
| | 柤 | ㄓㄚ ㄗㄨˇ | ㄓㄚ |
| | 柙 | ㄒㄧㄚˊ ㄧㄚ ㄐㄧㄚˊ | ㄒㄧㄚˊ |
| | 柚 | ㄧㄡˋ ㄓㄡˊ | ㄧㄡˋ |
| | 枳 | ㄓˇ ㄐㄧˇ | ㄓˇ |
| | 柷 | ㄔㄨˋ ㄓㄨˋ | ㄓㄨˋ |
| | 柍 | ㄧㄥ ㄧㄤ | ㄧㄤ |
| | 柵 | ㄓㄚˋ ㄕㄢˋ | ㄓㄚˋ |
| | 枹 | ㄈㄨ ㄈㄨˊ | ㄈㄨˊ |
| | 柏 | ㄅㄛˊ ㄅㄞˇ | ㄅㄛˊ |
| | 桋 | ㄧˊ ㄊㄧˊ | ㄧˊ |
| | 栝 | ㄊㄧㄢˇ ㄍㄨㄚ | ㄍㄨㄚ |
| | 械 | ㄒㄧㄝˋ ㄐㄧㄝˋ | ㄒㄧㄝˋ |

| 部首 | 國字 | 原有音 | 審定音 |
|---|---|---|---|
| | 梧 | ㄨˊ ㄨˋ | ㄨˊ |
| | 梲 | ㄓㄨㄛˊ ㄖㄨㄟˋ | ㄓㄨㄛˊ |
| | 梜 | ㄐㄧㄝˊ ㄐㄧㄚˊ | ㄐㄧㄚˊ |
| | 桯 | ㄊㄧㄥ ㄧㄥˊ | ㄊㄧㄥ |
| | 梏 | ㄍㄨˋ ㄐㄩㄝˊ | ㄍㄨˋ |
| | 條 | ㄊㄧㄠˊ ㄉㄧˊ | ㄊㄧㄠˊ |
| | 楖 | ㄐㄧㄝˊ ㄐㄧˊ | ㄐㄧˊ |
| | 棺 | ㄍㄨㄢ ㄍㄨㄢˋ | ㄍㄨㄢ |
| | 椌 | ㄑㄧㄤ ㄎㄨㄥ | ㄑㄧㄤ |
| | 棓 | ㄅㄤˋ ㄆㄡˇ | ㄆㄡˇ |
| | 椅 | ㄧ ㄧˇ | ㄧˇ |
| | 椎 | ㄓㄨㄟ ㄔㄨㄟˊ | ㄓㄨㄟ |

| 部首 | 國字 | 原有音 | 審定音 |
|---|---|---|---|
| | 椸 | ㄧˊ ㄧˋ | ㄧˊ |
| | 楔 | ㄒㄧㄝˋ ㄒㄧㄝ | ㄒㄧㄝ |
| | 椵 | ㄐㄧㄚˇ ㄐㄧㄚ | ㄐㄧㄚˇ |
| | 椹 | ㄓㄣ ㄕㄣˋ | ㄓㄣ |
| | 楪 | ㄧㄝˋ ㄉㄧㄝˊ | ㄧㄝˋ |
| | 楂 | ㄔㄚˊ ㄓㄚ | ㄓㄚ |
| | 楥 | ㄒㄩㄢˋ ㄩㄢˊ | ㄒㄩㄢˋ |
| | 業 | ㄧㄝˋ ㄋㄧㄝˋ | ㄧㄝˋ |
| | 榖 | ㄍㄨˇ ㄍㄨˋ | ㄍㄨˇ |
| | 榠 | ㄇㄧㄥˊ ㄇㄧㄥˇ | ㄇㄧㄥˊ |
| | 榙 | ㄉㄚˊ ㄏㄜˊ | ㄉㄚˊ |
| | 榿 | ㄑㄧ ㄎㄞˇ | ㄑㄧ |

| 部首 | 國字 | 原有音 | 審定音 |
|---|---|---|---|
| | 槄 | ㄊㄠ ㄊㄠˇ | ㄊㄠ |
| | 槏 | ㄒㄧ ㄒㄧˊ | ㄒㄧˊ |
| | 槌 | ㄔㄨㄟˊ ㄓㄨㄟˋ | ㄔㄨㄟˊ |
| | 模 | ㄇㄛˊ ㄇㄨˊ | ㄇㄛˊ |
| | 樔 | ㄔㄠˊ ㄐㄧㄠˇ | ㄔㄠˊ |
| | 橉 | ㄌㄧㄣˋ ㄌㄧㄣˇ | ㄌㄧㄣˋ |
| | 橈 | ㄋㄠˊ ㄖㄠˊ | ㄋㄠˊ |
| | 樿 | ㄓㄢˇ ㄕㄢˋ | ㄕㄢˋ |
| | 橇 | ㄘㄨㄟˋ ㄑㄧㄠ | ㄑㄧㄠ |
| | 樨 | ㄒㄧ ㄒㄩ | ㄒㄧ |
| | 檥 | ㄧˊ ㄧˇ | ㄧˇ |
| | 檔 | ㄉㄤˇ ㄉㄤˋ | ㄉㄤˇ |

| | | | | | | | | | | | | |
|---|---|---|---|---|---|---|---|---|---|---|---|---|
| 部首 | | | | | | 欠 | | | | | | |
| 國字 | 檡 | 檜 | 櫡 | 櫰 | 櫼 | 欐 | 欬 | 欶 | 欻 | 欽 | 欿 | 歐 |
| 原有音 | ㄕˋ ㄗㄜˊ | ㄎㄨㄞˋ ㄍㄨㄟˋ | ㄓㄨㄛˊ ㄓㄨˋ | ㄏㄨㄞˊ ㄍㄨㄟ | ㄐㄧㄢ ㄒㄧㄢ | ㄌㄧˋ ㄌㄧˇ | ㄎㄞˋ ㄎㄜˊ ㄏㄞ | ㄕㄨㄛˋ ㄙㄨˋ | ㄏㄨ ㄒㄩˋ ㄔㄨㄚ | ㄑㄧㄣ ㄑㄧㄣˋ | ㄊㄢ ㄎㄢˇ | ㄡ ㄡˇ ㄑㄩ |
| 審定音 | ㄓㄜˊ | ㄎㄨㄞˋ | ㄓㄨㄛˊ | ㄏㄨㄞˊ | ㄐㄧㄢ | ㄌㄧˋ | ㄎㄞˋ | ㄕㄨㄛˋ | ㄏㄨ | ㄑㄧㄣ | ㄎㄢˇ | ㄡ |

| | | | | | | | | | | | | |
|---|---|---|---|---|---|---|---|---|---|---|---|---|
| 部首 | | 止 | 歹 | | | | 殳 | | 毛 | | | |
| 國字 | 歕 | 峙 | 歹 | 殗 | 殟 | 殣 | 殼 | 毄 | 毳 | 毻 | 毹 | 氂 |
| 原有音 | ㄆㄣ ㄆㄣˋ | ㄔˊ ㄓˋ | ㄜˋ ㄉㄞˇ | ㄧㄝˋ ㄧㄢ | ㄍㄚˋ ㄨㄣ | ㄐㄧㄣˇ ㄐㄧㄣˋ | ㄎㄜˊ ㄑㄩㄝˋ ㄑㄧㄠˋ | ㄐㄧˊ ㄐㄧˋ | ㄘㄨㄟˋ ㄑㄧㄠ | ㄊㄨㄛˋ ㄊㄨㄟˋ | ㄕㄨ ㄩˊ | ㄌㄧˊ ㄇㄠˊ |
| 審定音 | ㄆㄣ | ㄓˋ | ㄉㄞˇ | ㄧㄝˋ | ㄨㄣ | ㄐㄧㄣˇ | ㄎㄜˊ | ㄐㄧˊ | ㄘㄨㄟˋ | ㄊㄨㄛˋ | ㄩˊ | ㄇㄠˊ |

| | | | | | | | | | | | | |
|---|---|---|---|---|---|---|---|---|---|---|---|---|
| 部首 | 气 | 水 | | | | | | | | | | |
| 國字 | 氯 | 氶 | 氾 | 汙 | 汎 | 汞 | 沆 | 汶 | 決 | 沏 | 沃 | 沂 |
| 原有音 | ㄌㄩˋ ㄌㄨˋ | ㄓㄥˇ ㄔㄥˊ | ㄈㄢˋ ㄈㄢˊ | ㄨ ㄨˋ | ㄈㄢˋ ㄈㄚˊ | ㄍㄨㄥˇ ㄏㄨㄥˋ | ㄏㄤˋ ㄏㄤˊ | ㄨㄣˋ ㄇㄣˊ | ㄐㄩㄝˊ ㄒㄩㄝˋ | ㄑㄧㄝˋ ㄑㄧ ㄑㄩ | ㄨㄛˋ ㄨˋ | ㄧˊ ㄧㄣˊ |
| 審定音 | ㄌㄩˋ | ㄓㄥˇ | ㄈㄢˋ | ㄨ | ㄈㄢˋ | ㄍㄨㄥˇ | ㄏㄤˋ | ㄨㄣˋ | ㄐㄩㄝˊ | ㄑㄧ | ㄨㄛˋ | ㄧˊ |

| | | | | | | | | | | | | |
|---|---|---|---|---|---|---|---|---|---|---|---|---|
| 部首 | | | | | | | | | | | | |
| 國字 | 沸 | 波 | 泊 | 泭 | 沿 | 洹 | 洚 | 洑 | 洀 | 洽 | 浣 | 浪 |
| 原有音 | ㄈㄟˋ ㄈㄨˊ | ㄅㄛ ㄆㄛ | ㄅㄛˊ ㄆㄛˋ | ㄈㄨˊ ㄈㄨ | ㄧㄢˊ ㄧㄢˋ | ㄏㄨㄢˊ ㄩㄢˊ | ㄐㄧㄤˋ ㄏㄨㄥˊ | ㄈㄨˊ ㄈㄨˋ | ㄓㄡ ㄆㄢˊ | ㄑㄧㄚˋ ㄒㄧㄚˊ | ㄏㄨㄢˇ ㄨㄢˇ | ㄌㄤˋ ㄌㄤˊ |
| 審定音 | ㄈㄟˋ | ㄅㄛ | ㄅㄛˊ | ㄈㄨˊ | ㄧㄢˊ | ㄏㄨㄢˊ | ㄐㄧㄤˋ | ㄈㄨˊ | ㄓㄡ | ㄑㄧㄚˋ | ㄨㄢˇ | ㄌㄤˋ |

| 部首 | 國字 | 原有音 | 審定音 |
|---|---|---|---|
| | 浸 | ㄐㄧㄣˋ ㄐㄧㄣ | ㄐㄧㄣˋ |
| | 涍 | ㄒㄧㄠ ㄒㄧㄠˋ | ㄒㄧㄠˋ |
| | 浮 | ㄈㄨˊ ㄈㄡˊ | ㄈㄨˊ |
| | 浜 | ㄅㄤ ㄅㄧㄣ | ㄅㄤ |
| | 涴 | ㄨㄛˋ ㄨㄢˇ | ㄨㄛˋ |
| | 液 | ㄧㄝˋ ㄧˋ | ㄧㄝˋ |
| | 淢 | ㄩˋ ㄒㄩˋ | ㄩˋ |
| | 淋 | ㄌㄧㄣˊ ㄌㄧㄣˋ ㄌㄩㄣˊ | ㄌㄧㄣˊ |
| | 淹 | ㄧㄢ ㄧㄢˋ | ㄧㄢ |
| | 淌 | ㄔㄤˋ ㄊㄤˇ | ㄊㄤˇ |
| | 淖 | ㄋㄠˋ ㄓㄠˋ ㄔㄨㄛˋ | ㄋㄠˋ |
| | 湮 | ㄧㄣ ㄧㄢ | ㄧㄣ |
| | 渣 | ㄓㄚ ㄓㄚˇ | ㄓㄚ |
| | 渱 | ㄏㄨㄥˊ ㄍㄨㄥˋ | ㄏㄨㄥˊ |
| | 澒 | ㄏㄨㄥˋ ㄑㄧㄥˋ | ㄏㄨㄥˋ |
| | 溈 | ㄍㄨㄟ ㄨㄟˊ | ㄍㄨㄟ |
| | 溓 | ㄌㄧㄢˇ ㄋㄧㄢˊ | ㄌㄧㄢˊ |
| | 滇 | ㄉㄧㄢ ㄊㄧㄢˊ | ㄉㄧㄢ |
| | 溲 | ㄙㄡ ㄙㄡˇ | ㄙㄡ |
| | 漩 | ㄒㄩㄢˊ ㄒㄩㄢˋ | ㄒㄩㄢˊ |
| | 漸 | ㄐㄧㄢ ㄐㄧㄢˋ | ㄐㄧㄢˋ |
| | 漱 | ㄙㄡˋ ㄕㄨˋ | ㄕㄨˋ |
| | 漆 | ㄑㄧ ㄑㄩˋ | ㄑㄧ |
| | 漊 | ㄌㄩˇ ㄌㄡˇ | ㄌㄡˊ |
| | 漫 | ㄇㄢˊ ㄇㄢˋ | ㄇㄢˋ |
| | 漼 | ㄘㄨㄟˇ ㄘㄨㄟ | ㄘㄨㄟˇ |
| | 潨 | ㄘㄨㄥˊ ㄙㄨㄥˇ | ㄘㄨㄥˊ |
| | 潦 | ㄌㄠˊ ㄌㄠˋ | ㄌㄠˋ |
| | 潭 | ㄊㄢˊ ㄕㄢˋ | ㄊㄢˊ |
| | 潰 | ㄎㄨㄟˋ ㄏㄨㄟˋ | ㄎㄨㄟˋ |
| | 澭 | ㄩㄥ ㄩㄥˇ | ㄩㄥ |
| | 澣 | ㄏㄨㄢˇ ㄨㄢˇ ㄍㄢˋ | ㄏㄨㄢˇ |
| | 濊 | ㄏㄨㄟˋ ㄨㄟˋ ㄏㄨㄛˋ | ㄏㄨㄟˋ |
| | 澴 | ㄏㄨㄢˊ ㄒㄩㄢˋ | ㄏㄨㄢˊ |
| | 澳 | ㄠˋ ㄩˋ | ㄠˋ |
| | 澩 | ㄒㄩㄝˊ ㄒㄧㄠˋ | ㄒㄩㄝˊ |
| | 濘 | ㄋㄧㄥˋ ㄋㄧㄥˋ | ㄋㄧㄥˋ |
| | 濴 | ㄒㄧㄥˊ ㄧㄥˊ | ㄒㄧㄥˊ |
| | 濡 | ㄖㄨˊ ㄦˊ ㄋㄨㄢˊ | ㄖㄨˊ |
| | 濤 | ㄊㄠˊ ㄊㄠ | ㄊㄠˊ |
| | 瀰 | ㄋㄧˇ ㄇㄧˇ | ㄇㄧˇ |
| | 濭 | ㄎㄞˋ ㄞˋ | ㄞˋ |
| | 濩 | ㄏㄨㄛˋ ㄏㄨˋ | ㄏㄨㄛˋ |
| | 瀁 | ㄧㄤˋ ㄧㄤˇ | ㄧㄤˋ |
| | 瀎 | ㄇㄧㄝˋ ㄇㄛˋ | ㄇㄧㄝˋ |
| | 濼 | ㄌㄨㄛˋ ㄆㄛˊ ㄆㄛˋ | ㄌㄨㄛˋ |
| | 瀕 | ㄅㄧㄣ ㄆㄧㄣˊ | ㄅㄧㄣ |
| | 瀼 | ㄖㄤˋ ㄖㄤˊ | ㄖㄤˊ |

| 部首 | | | 火 | | | | | | | | | |
|---|---|---|---|---|---|---|---|---|---|---|---|---|
| 國字 | 瀰 | 瀴 | 瀹 | 炔 | 炅 | 炎 | 炤 | 烓 | 烋 | 焰 | 焚 | 煇 |
| 原有音 | ㄇㄧˊ ㄇㄧˇ | ㄧㄥˇ ㄇㄧㄥˇ | ㄩㄝˋ ㄧㄠˋ | ㄍㄨㄟˋ ㄑㄩㄝ | ㄐㄩㄥˇ ㄍㄨㄟˋ | ㄧㄢˊ ㄧㄢˋ | ㄓㄠˋ ㄓㄠ | ㄨㄟ ㄐㄩㄥˇ | ㄒㄧㄠ ㄒㄧㄡ | ㄧㄢˋ ㄧㄢˊ | ㄈㄣˊ ㄈㄣˋ | ㄏㄨㄟ ㄒㄩㄣ |
| 審定音 | ㄇㄧˊ | ㄧㄥ | ㄩㄝˋ | ㄐㄩㄝˊ | ㄐㄩㄥˇ | ㄧㄢˊ | ㄓㄠˋ | ㄨㄟ | ㄒㄧㄠ | ㄧㄢˋ | ㄈㄣˊ | ㄏㄨㄟ |

| 部首 | | | | | | | | | | | | |
|---|---|---|---|---|---|---|---|---|---|---|---|---|
| 國字 | 煠 | 煬 | 煖 | 煔 | 熐 | 熇 | 熅 | 熏 | 熯 | 燂 | 燢 | 燎 |
| 原有音 | ㄓㄚˊ ㄧㄝˋ | ㄧㄤˊ ㄧㄤˋ | ㄋㄨㄢˇ ㄒㄩㄢ | ㄕㄢˋ ㄑㄧㄢˊ ㄕㄢ | ㄇㄧㄥˊ ㄇㄧˋ | ㄏㄨˋ ㄏㄜˋ ㄒㄧㄠ ㄎㄠˇ | ㄩㄣˊ ㄩㄣˋ | ㄒㄩㄣ ㄒㄩㄣˋ | ㄏㄢˋ ㄖㄢˇ | ㄑㄧㄢˊ ㄒㄩㄣˊ | ㄏㄨㄤˊ ㄏㄨㄤˋ | ㄌㄧㄠˋ ㄌㄧㄠˇ ㄌㄧㄠˊ |
| 審定音 | ㄓㄚˊ | ㄧㄤˊ | ㄋㄨㄢˇ | ㄕㄢˋ | ㄇㄧㄥˊ | ㄏㄜˋ | ㄩㄣˊ | ㄒㄩㄣ | ㄏㄢˋ | ㄑㄧㄢˊ | ㄏㄨㄤˊ | ㄌㄧㄠˊ |

| 部首 | | | | | | | | | | | | 爻 |
|---|---|---|---|---|---|---|---|---|---|---|---|---|
| 國字 | 燜 | 燋 | 燄 | 燠 | 燾 | 燿 | 爆 | 爇 | 爓 | 爚 | 爞 | 爻 |
| 原有音 | ㄇㄣˋ ㄇㄣ | ㄐㄧㄠ ㄑㄧㄠˊ | ㄧㄢˋ ㄧㄢˊ | ㄩˋ ㄠˋ | ㄊㄠˊ ㄉㄠˋ | ㄧㄠˋ ㄕㄨㄛˋ | ㄅㄠˋ ㄅㄛˊ | ㄖㄨㄛˋ ㄖㄜˋ | ㄧㄢˋ ㄒㄧㄢˊ | ㄩㄝˋ ㄧㄠˋ | ㄔㄨㄥˊ ㄊㄨㄥˊ | ㄧㄠˊ ㄒㄧㄠˊ |
| 審定音 | ㄇㄣˋ | ㄐㄧㄠ | ㄧㄢˋ | ㄩˋ | ㄊㄠˊ | ㄧㄠˋ | ㄅㄠˋ | ㄖㄜˋ | ㄧㄢˋ | ㄩㄝˋ | ㄔㄨㄥˊ | ㄧㄠˊ |

| 部首 | 牙 | 牛 | | | | 犬 | | | | | | |
|---|---|---|---|---|---|---|---|---|---|---|---|---|
| 國字 | 牚 | 牡 | 牠 | 犁 | 犆 | 犛 | 犴 | 狌 | 狩 | 狪 | 狶 | 猵 |
| 原有音 | ㄔㄥˋ ㄔㄥ | ㄇㄨˇ ㄇㄡˇ | ㄊㄚ ㄊㄨㄛ ㄊㄜ | ㄌㄧˊ ㄌㄧㄡˊ | ㄓˊ ㄊㄜˋ | ㄌㄧˊ ㄇㄠˊ | ㄏㄢˋ ㄢˋ | ㄒㄧㄥ ㄕㄥ | ㄕㄡˋ ㄕㄡˇ | ㄊㄨㄥ ㄊㄨㄥˊ ㄉㄨㄥˋ | ㄒㄧ ㄒㄧˇ | ㄅㄧㄢ ㄆㄧㄢˋ |
| 審定音 | ㄔㄥ | ㄇㄨˇ | ㄊㄚ | ㄌㄧˊ | ㄓˊ | ㄌㄧˊ | ㄢˋ | ㄕㄥ | ㄕㄡˋ | ㄊㄨㄥˊ | ㄒㄧ | ㄅㄧㄢ |

| 部首 | | | | | 玉 | | | | | | | |
|---|---|---|---|---|---|---|---|---|---|---|---|---|
| 國字 | 猰 | 猼 | 獃 | 獟 | 獲 | 玟 | 玩 | 玢 | 珶 | 理 | 琁 | 瑁 |
| 原有音 | ㄐㄧㄚˊ ㄧㄚˋ | ㄅㄛˊ ㄆㄛˋ | ㄉㄞ ㄞˊ | ㄧㄠˋ ㄒㄧㄠ | ㄏㄨㄛˋ ㄏㄨㄞˊ | ㄇㄧㄣˊ ㄨㄣˊ ㄇㄟˊ | ㄨㄢˊ ㄨㄢˋ | ㄅㄧㄣ ㄈㄣ | ㄊㄧˊ ㄉㄧˋ | ㄔㄥˊ ㄊㄧㄥˇ | ㄒㄩㄢˊ ㄑㄩㄥˊ | ㄇㄠˋ ㄇㄟˋ |
| 審定音 | ㄧㄚˋ | ㄅㄛˊ | ㄉㄞ | ㄧㄠˋ | ㄏㄨㄛˋ | ㄨㄣˊ | ㄨㄢˊ | ㄅㄧㄣ | ㄉㄧˋ | ㄔㄥˊ | ㄒㄩㄢˊ | ㄇㄟˋ |

| 部首 | | | | | | 瓜 | | 瓦 | 田 | | | |
|---|---|---|---|---|---|---|---|---|---|---|---|---|
| 國字 | 瑯 | 瑱 | 瑾 | 璅 | 璸 | 瓟 | 瓠 | 瓿 | 甲 | 甸 | 甿 | 畝 |
| 原有音 | ㄌㄤˊ ㄌㄢˊ | ㄊㄧㄢˋ ㄓㄣˋ | ㄐㄧㄣˇ ㄐㄧㄣˋ | ㄗㄠˇ ㄙㄨㄛˇ | ㄆㄧㄢˊ ㄅㄧㄣ | ㄅㄛˊ ㄆㄠˊ | ㄏㄨˋ ㄏㄨㄛˋ | ㄆㄛˇ ㄅㄨˋ | ㄐㄧㄚˇ ㄐㄧㄚˋ | ㄉㄧㄢˋ ㄊㄧㄢˊ | ㄇㄥˊ ㄇㄤˊ | ㄇㄨˇ ㄇㄡˇ |
| 審定音 | ㄌㄤˊ | ㄊㄧㄢˋ | ㄐㄧㄣˇ | ㄙㄨㄛˇ | ㄅㄧㄣ | ㄆㄠˊ | ㄏㄨˋ | ㄆㄛˇ | ㄐㄧㄚˇ | ㄉㄧㄢˋ | ㄇㄥˊ | ㄇㄨˇ |

| 部首 | | | 疋 | 疒 | | | | | | | | |
|---|---|---|---|---|---|---|---|---|---|---|---|---|
| 國字 | 畦 | 疊 | 疏 | 疙 | 疸 | 痒 | 疵 | 痑 | 痴 | 痳 | 瘕 | 瘥 |
| 原有音 | ㄒㄧ ㄑㄧˊ | ㄉㄧㄝˊ ㄉㄚˊ | ㄕㄨ ㄙㄨ ㄕㄨˋ | ㄧˋ ㄍㄜ | ㄉㄢˇ ˙ㄉㄚ | ㄧㄤˊ ㄧㄤˇ | ㄘ ㄘˊ | ㄊㄨㄛ ㄕˇ | ㄔ ㄔˊ | ㄌㄧㄣˊ ㄌㄧㄣˋ | ㄐㄧㄚˇ ㄒㄧㄚˊ | ㄘㄨㄛˊ ㄔㄞˋ |
| 審定音 | ㄑㄧˊ | ㄉㄧㄝˊ | ㄕㄨ | ㄍㄜ | ㄉㄢˇ | ㄧㄤˇ | ㄘ | ㄊㄨㄛ | ㄔ | ㄌㄧㄣˊ | ㄐㄧㄚˇ | ㄔㄞˋ |

| 部首 | | | | | | | 癶 | 白 | | | 皿 | |
|---|---|---|---|---|---|---|---|---|---|---|---|---|
| 國字 | 瘣 | 瘻 | 療 | 癌 | 癐 | 癬 | 癹 | 白 | 皋 | 皖 | 皿 | 益 |
| 原有音 | ㄏㄨㄟˋ ㄌㄟˇ | ㄌㄡˋ ㄌㄩˊ | ㄌㄧㄠˊ ㄌㄧㄠˋ | ㄧㄢˊ ㄞˊ | ㄍㄨㄟˋ ㄨㄟˋ | ㄒㄧㄢˇ ㄒㄩㄢˇ | ㄆㄛ ㄅㄛˊ | ㄅㄞˊ ㄅㄛˊ | ㄍㄠ ㄍㄨ | ㄨㄢˇ ㄏㄨㄢˇ | ㄇㄧㄣˇ ㄇㄧㄥˇ | ㄧˋ ㄧˊ |
| 審定音 | ㄏㄨㄟˋ | ㄌㄡˋ | ㄌㄧㄠˊ | ㄞˊ | ㄨㄟˋ | ㄒㄧㄢˇ | ㄅㄚˊ | ㄅㄞˊ | ㄍㄠ | ㄨㄢˇ | ㄇㄧㄣˇ | ㄧˋ |

| 部首 | 國字 | 原有音 | 審定音 |
| --- | --- | --- | --- |
| 目 | 盪 | ㄉㄤˋ ㄊㄤˋ | ㄉㄤˋ |
| | 眃 | ㄩㄣˊ ㄏㄨㄣˋ | ㄩㄣˊ |
| | 盾 | ㄉㄨㄣˋ ㄕㄨㄣˇ | ㄉㄨㄣˋ |
| | 眭 | ㄙㄨㄟ ㄒㄧˊ | ㄙㄨㄟ |
| | 眴 | ㄒㄩㄢˋ ㄕㄨㄣˋ ㄒㄩㄣˊ | ㄒㄩㄢˋ |
| | 眽 | ㄇㄛˋ ㄇㄞˋ | ㄇㄛˋ |
| | 睇 | ㄉㄧˋ ㄊㄧˊ | ㄉㄧˋ |
| | 瞀 | ㄇㄠˋ ㄇㄡˋ | ㄇㄠˋ |
| | 瞶 | ㄍㄨㄟˋ ㄎㄨㄟˋ | ㄍㄨㄟˋ |
| | 矎 | ㄒㄩㄢ ㄒㄩㄢˋ | ㄒㄩㄢ |
| | 矔 | ㄍㄨㄢˋ ㄑㄩㄢˊ | ㄍㄨㄢˋ |
| 矢 | 矆 | ㄏㄨㄛˋ ㄨㄛˋ | ㄏㄨㄛˋ |
| 石 | 矸 | ㄍㄢˋ ㄍㄢ | ㄍㄢ |
| | 矻 | ㄎㄨˋ ㄨˋ | ㄎㄨˋ |
| | 砫 | ㄓㄨˇ ㄓㄨˋ | ㄓㄨˋ |
| | 砰 | ㄆㄥ ㄆㄧㄥ | ㄆㄥ |
| | 砢 | ㄌㄨㄛˇ ㄎㄜ | ㄌㄨㄛˇ |
| | 砟 | ㄓㄚˋ ㄓㄚˇ | ㄓㄚˋ |
| | 砥 | ㄉㄧˇ ㄓˇ | ㄉㄧˇ |
| | 硎 | ㄒㄧㄥˊ ㄎㄥ | ㄒㄧㄥˊ |
| | 硍 | ㄎㄣˋ ㄎㄣˇ | ㄎㄥ |
| | 硊 | ㄨㄟˇ ㄍㄨㄟ | ㄨㄟˇ |
| | 硪 | ㄜˊ ㄜˇ | ㄜˊ |
| | 碕 | ㄑㄧˊ ㄑㄧˇ | ㄑㄧˊ |
| | 硼 | ㄆㄥ ㄆㄥˊ | ㄆㄥˊ |
| | 碩 | ㄕㄨㄛˋ ㄕˊ | ㄕㄨㄛˋ |
| | 碣 | ㄐㄧㄝˊ ㄧㄚˋ | ㄐㄧㄝˊ |
| | 碻 | ㄑㄩㄝˋ ㄑㄧㄠ | ㄑㄩㄝˋ |
| | 磑 | ㄨㄟˋ ㄞˊ | ㄨㄟˋ |
| | 磃 | ㄙ ㄊㄧˊ | ㄙ |
| | 磝 | ㄠˊ ㄑㄧㄠ | ㄠˊ |
| | 磷 | ㄌㄧㄣˊ ㄌㄧㄣˋ ㄌㄧㄥˊ | ㄌㄧㄣˊ |
| | 礧 | ㄌㄟˋ ㄌㄟˇ | ㄌㄟˋ |
| | 礦 | ㄎㄨㄤˋ ㄍㄨㄥˇ | ㄎㄨㄤˋ |
| | 礫 | ㄌㄧˋ ㄌㄨㄛˋ | ㄌㄧˋ |
| 示 | 示 | ㄕˋ ㄑㄧˊ | ㄕˋ |
| | 祌 | ㄓㄨㄥˋ ㄔㄨㄥ | ㄓㄨㄥˋ |
| | 禓 | ㄧㄤˊ ㄕㄤ | ㄧㄤˊ |
| | 禧 | ㄒㄧ ㄒㄧˇ | ㄒㄧ |
| 内 | 内 | ㄖㄡˇ ㄑㄧㄡˊ ㄖㄡˊ | ㄖㄡˊ |
| | 禺 | ㄩˋ ㄩˊ | ㄩˊ |
| | 离 | ㄔ ㄌㄧˊ | ㄌㄧˊ |
| 禾 | 稅 | ㄕㄨㄟˋ ㄊㄨㄛˋ | ㄕㄨㄟˋ |
| | 稍 | ㄕㄠ ㄕㄠˋ | ㄕㄠ |
| | 稘 | ㄐㄧ ㄑㄧˊ | ㄐㄧ |
| | 稞 | ㄏㄨㄚˋ ㄎㄜ | ㄎㄜ |
| | 穜 | ㄓㄨㄥˋ ㄔㄨㄥˊ | ㄊㄨㄥˊ |
| | 穢 | ㄏㄨㄟˋ ㄨㄟˋ | ㄏㄨㄟˋ |

| 部首 | 國字 | 原有音 | 審定音 |
|---|---|---|---|
| | 穫 | ㄏㄨㄛˋ<br>ㄏㄨˋ | ㄏㄨㄛˋ |
| | 穰 | ㄖㄤˊ<br>ㄖㄤˇ | ㄖㄤˊ |
| 穴 | 穴 | ㄒㄩㄝˋ<br>ㄒㄩㄝˊ | ㄒㄩㄝˋ |
| | 究 | ㄐㄧㄡˋ<br>ㄐㄧㄡ | ㄐㄧㄡˋ |
| | 穹 | ㄑㄩㄥ<br>ㄑㄩㄥˊ | ㄑㄩㄥ |
| | 窀 | ㄓㄨㄣ<br>ㄊㄨㄣˊ | ㄓㄨㄣ |
| | 窄 | ㄓㄞˇ<br>ㄗㄜˊ | ㄓㄞˇ |
| | 窌 | ㄐㄧㄠˋ<br>ㄌㄧㄠˊ | ㄌㄧㄠˊ |
| | 窐 | ㄍㄨㄟ<br>ㄨㄚ | ㄍㄨㄟ |
| | 窨 | ㄧㄣˋ<br>ㄒㄩㄣ | ㄧㄣˋ |
| | 窴 | ㄊㄧㄢˊ<br>ㄔㄢˇ | ㄊㄧㄢˊ |
| | 窺 | ㄎㄨㄟ<br>ㄎㄨㄟˇ | ㄎㄨㄟ |

| 部首 | 國字 | 原有音 | 審定音 |
|---|---|---|---|
| 立 | 贛 | ㄎㄢˋ<br>ㄎㄢˇ | ㄎㄢˋ |
| 竹 | 笐 | ㄍㄤˋ<br>ㄏㄤˋ | ㄍㄤˋ |
| | 笮 | ㄗㄜˊ<br>ㄓㄚˋ | ㄗㄜˊ |
| | 筒 | ㄊㄨㄥˊ<br>ㄊㄨㄥˇ | ㄊㄨㄥˇ |
| | 筲 | ㄕㄠ<br>ㄕㄨㄛˋ | ㄕㄠ |
| | 箐 | ㄐㄧㄥ<br>ㄑㄧㄢˋ | ㄐㄧㄥ |
| | 篣 | ㄆㄤˊ<br>ㄆㄥˊ | ㄆㄤˊ |
| | 篿 | ㄊㄨㄢˊ<br>ㄓㄨㄢ | ㄊㄨㄢˊ |
| | 篸 | ㄘㄣ<br>ㄗㄢˋ<br>ㄗㄢ | ㄘㄣ |
| | 簉 | ㄗㄠˋ<br>ㄔㄡˋ | ㄗㄠˋ |
| | 簃 | ㄧˊ<br>ㄔˊ | ㄧˊ |
| | 簪 | ㄗㄢ<br>ㄗㄣ | ㄗㄢ |

| 部首 | 國字 | 原有音 | 審定音 |
|---|---|---|---|
| | 簻 | ㄓㄨㄚ<br>ㄎㄜ | ㄓㄨㄚ |
| | 籔 | ㄙㄡˇ<br>ㄕㄨˇ | ㄕㄨˇ |
| | 籠 | ㄌㄨㄥˊ<br>ㄌㄨㄥˇ | ㄌㄨㄥˊ |
| | 籛 | ㄐㄧㄢˇ<br>ㄐㄧㄢ | ㄐㄧㄢ |
| | 籧 | ㄑㄩˊ<br>ㄐㄩˇ | ㄑㄩˊ |
| 米 | 粘 | ㄋㄧㄢˊ<br>ㄓㄢ | ㄋㄧㄢˊ |
| | 粳 | ㄐㄧㄥ<br>ㄍㄥ | ㄍㄥ |
| | 粽 | ㄗㄨㄥˋ<br>ㄓㄨㄥˋ | ㄗㄨㄥˋ |
| | 糅 | ㄖㄡˇ<br>ㄋㄧㄡˋ | ㄖㄡˊ |
| | 糊 | ㄏㄨˊ<br>ㄏㄨˋ<br>ㄏㄨ | ㄏㄨˊ |
| | 糙 | ㄘㄠ<br>ㄘㄠˋ | ㄘㄠ |
| 糸 | 糾 | ㄐㄧㄡ<br>ㄐㄧㄡˇ | ㄐㄧㄡ |

| 部首 | 國字 | 原有音 | 審定音 |
|---|---|---|---|
| | 紀 | ㄐㄧˋ<br>ㄐㄧˇ | ㄐㄧˋ |
| | 紇 | ㄏㄜˊ<br>ㄍㄜ | ㄏㄜˊ |
| | 紕 | ㄆㄧ<br>ㄆㄧˊ | ㄆㄧ |
| | 紝 | ㄖㄣˋ<br>ㄖㄣˊ | ㄖㄣˋ |
| | 純 | ㄔㄨㄣˊ<br>ㄓㄨㄣˇ | ㄔㄨㄣˊ |
| | 索 | ㄙㄨㄛˇ<br>ㄙㄨㄛˊ | ㄙㄨㄛˇ |
| | 絅 | ㄐㄩㄥ<br>ㄐㄩㄥˇ | ㄐㄩㄥˇ |
| | 紮 | ㄓㄚˊ<br>ㄗㄚ | ㄓㄚˊ |
| | 絯 | ㄍㄞ<br>ㄏㄞˋ | ㄍㄞ |
| | 絧 | ㄊㄨㄥˊ<br>ㄉㄨㄥˋ | ㄊㄨㄥˊ |
| | 綅 | ㄑㄧㄣ<br>ㄒㄧㄢ | ㄑㄧㄣ |
| | 綄 | ㄨㄣˊ<br>ㄇㄧㄢˇ | ㄨㄣˊ |

| 部首 | 國字 | 原有音 | 審定音 |
|---|---|---|---|
| | 綏 | ㄙㄨㄟ ㄙㄨㄟˊ | ㄙㄨㄟ |
| | 綠 | ㄌㄩˋ ㄌㄨˋ | ㄌㄩˋ |
| | 綖 | ㄧㄢˊ ㄒㄧㄢˊ | ㄧㄢˊ |
| | 緷 | ㄩㄣˋ ㄍㄨㄣˇ | ㄩㄣˋ |
| | 縆 | ㄍㄥ ㄍㄥˋ | ㄍㄥ |
| | 緣 | ㄩㄢˊ ㄩㄢˋ | ㄩㄢˊ |
| | 緶 | ㄆㄧㄢˊ ㄅㄧㄢˋ | ㄅㄧㄢˋ |
| | 縛 | ㄈㄨˊ ㄈㄛˊ | ㄈㄨˊ |
| | 縕 | ㄩㄣˋ ㄩㄣ | ㄩㄣˋ |
| | 縣 | ㄒㄧㄢˋ ㄒㄩㄢˊ | ㄒㄧㄢˋ |
| | 縮 | ㄙㄨㄛ ㄙㄨˋ | ㄙㄨㄛ |
| | 縳 | ㄓㄨㄢˋ ㄔㄨㄢˊ | ㄓㄨㄢˋ |

| 部首 | 國字 | 原有音 | 審定音 |
|---|---|---|---|
| | 縹 | ㄆㄧㄠˇ ㄆㄧㄠˋ | ㄆㄧㄠˇ |
| | 縿 | ㄕㄢ ㄒㄧㄠ | ㄕㄢ |
| | 繜 | ㄗㄨㄣ ㄗㄨㄣˇ | ㄗㄨㄣ |
| | 繵 | ㄉㄢˋ ㄔㄢˊ | ㄉㄢˋ |
| | 繮 | ㄐㄧㄤ ㄍㄤˋ | ㄐㄧㄤ |
| | 繯 | ㄏㄨㄢˊ ㄏㄨㄢˋ | ㄏㄨㄢˊ |
| | 繻 | ㄒㄩ ㄖㄨˊ | ㄖㄨˊ |
| | 纍 | ㄌㄟˊ ㄌㄟˇ | ㄌㄟˇ |
| | 纛 | ㄉㄠˋ ㄉㄨˊ | ㄉㄠˋ |
| | 纚 | ㄕˇ ㄙㄚˇ ㄌㄧˊ | ㄕˇ |
| 网 | 罘 | ㄈㄨˊ ㄈㄡˊ | ㄈㄨˊ |
| | 罜 | ㄓㄨˋ ㄉㄨˊ | ㄓㄨˋ |

| 部首 | 國字 | 原有音 | 審定音 |
|---|---|---|---|
| | 罥 | ㄐㄩㄢˋ ㄐㄩㄢˇ | ㄐㄩㄢˋ |
| | 罫 | ㄏㄨㄚˋ ㄍㄨㄚˋ | ㄍㄨㄚˋ |
| | 罧 | ㄙㄣ ㄌㄧㄣˊ | ㄕㄣ |
| | 罿 | ㄊㄨㄥˊ ㄔㄨㄥ | ㄊㄨㄥˊ |
| 羊 | 羨 | ㄒㄧㄢˋ ㄧㄢˊ | ㄒㄧㄢˋ |
| | 羹 | ㄍㄥ ㄌㄤˊ | ㄍㄥ |
| 羽 | 翮 | ㄏㄜˊ ㄍㄜˊ | ㄍㄜˊ |
| | 翳 | ㄧˋ ㄧ | ㄧˋ |
| | 翿 | ㄉㄠˋ ㄊㄠˊ | ㄉㄠˋ |
| | 耀 | ㄧㄠˋ ㄩㄝˋ | ㄧㄠˋ |
| 耒 | 耙 | ㄆㄚˊ ㄅㄚˋ | ㄆㄚˊ |
| | 耤 | ㄐㄧˊ ㄐㄧㄝˋ | ㄐㄧˊ |

| 部首 | 國字 | 原有音 | 審定音 |
|---|---|---|---|
| 耳 | 聘 | ㄆㄧㄣˋ ㄆㄧㄥˋ | ㄆㄧㄥˋ |
| | 聞 | ㄨㄣˊ ㄨㄣˋ | ㄨㄣˊ |
| 肉 | 肉 | ㄖㄡˋ ㄖㄡˋ | ㄖㄡˋ |
| | 肋 | ㄌㄜˋ ㄌㄟˋ | ㄌㄜˋ |
| | 肪 | ㄈㄤˊ ㄈㄤ | ㄈㄤˊ |
| | 肺 | ㄈㄟˋ ㄆㄟˋ | ㄈㄟˋ |
| | 肯 | ㄎㄣˇ ㄎㄥˇ | ㄎㄣˇ |
| | 肴 | ㄧㄠˊ ㄒㄧㄠˊ | ㄧㄠˊ |
| | 胇 | ㄅㄧˋ ㄈㄟˋ | ㄅㄧˋ |
| | 胈 | ㄅㄚˊ ㄅㄟˋ | ㄅㄚˊ |
| | 胗 | ㄓㄣˇ ㄓㄣ | ㄓㄣ |
| | 胲 | ㄍㄞ ㄍㄞˇ | ㄍㄞ |

| 部首 | | | | | | | | | | | | |
|---|---|---|---|---|---|---|---|---|---|---|---|---|
| 國字 | 朓 | 脊 | 脘 | 脕 | 脟 | 脫 | 腋 | 腌 | 腳 | 腞 | 膏 | 膞 |
| 原有音 | ㄊㄧㄠˋ ㄧㄠˇ | ㄐㄧˇ ㄐㄧˊ | ㄨㄢˇ ㄍㄨㄢˇ | ㄨㄢˋ ㄨㄣˋ | ㄌㄧㄝˋ ㄌㄨㄢˇ | ㄊㄨㄛ ㄊㄨㄛˇ | ㄧㄝˋ ㄧˋ | ㄧㄢ ㄤ ㄚ | ㄐㄧㄠˇ ㄐㄩㄝˊ | ㄉㄨㄣˋ ㄓㄨㄢˋ | ㄍㄠ ㄍㄠˋ | ㄓㄨㄢˇ ㄓㄨㄢ |
| 審定音 | ㄊㄧㄠˋ | ㄐㄧˇ | ㄨㄢˇ | ㄨㄢˇ | ㄌㄨㄢˊ | ㄊㄨㄛ | ㄧㄝˋ | ㄤ | ㄐㄧㄠˇ | ㄓㄨㄢˋ | ㄍㄠ | ㄓㄨㄢ |

| 部首 | | | | | | | | | 臣 | 至 | 臼 | |
|---|---|---|---|---|---|---|---|---|---|---|---|---|
| 國字 | 膜 | 膴 | 膹 | 臃 | 膿 | 臂 | 臑 | 臠 | 臨 | 臷 | 臾 | 舀 |
| 原有音 | ㄇㄛˋ ㄇㄛˊ | ㄏㄨ ㄨˇ | ㄈㄣˋ ㄈㄟˋ | ㄩㄥˇ ㄩㄥ | ㄋㄨㄥˊ ㄋㄥˊ | ㄅㄧˋ ㄅㄟˋ | ㄖㄨˊ ㄋㄠˋ | ㄌㄨㄢˊ ㄌㄩㄢˇ | ㄌㄧㄣˊ ㄌㄧㄣˋ | ㄉㄧㄝˊ ㄓˋ | ㄩˊ ㄩˇ ㄩㄥˇ | ㄧㄠˇ ㄨㄞˇ ㄎㄨㄞˇ |
| 審定音 | ㄇㄛˊ | ㄨˇ | ㄈㄣˋ | ㄩㄥ | ㄋㄨㄥˊ | ㄅㄧˋ | ㄖㄨˊ | ㄌㄨㄢˊ | ㄌㄧㄣˊ | ㄓˋ | ㄩˊ | ㄧㄠˇ |

| 部首 | | 舟 | | 艸 | | | | | | | | |
|---|---|---|---|---|---|---|---|---|---|---|---|---|
| 國字 | 舃 | 舳 | 艘 | 艼 | 芎 | 芓 | 芍 | 芯 | 苧 | 芛 | 芘 | 芴 |
| 原有音 | ㄑㄩㄝˋ ㄒㄧˋ | ㄓㄨˊ ㄓㄨˊ | ㄙㄠ ㄙㄡ | ㄊㄧㄥ ㄊㄧㄥˇ | ㄑㄩㄥ ㄑㄩㄥˊ ㄒㄩㄥ | ㄗˋ ㄗˇ | ㄕㄠˊ ㄕㄨㄛˋ | ㄒㄧㄣ ㄒㄧㄣˋ | ㄓㄨˋ ㄒㄩˋ | ㄨㄟˇ ㄙㄨㄣˇ | ㄅㄧˋ ㄆㄧˊ | ㄨˋ ㄏㄨ |
| 審定音 | ㄒㄧˋ | ㄓㄨˊ | ㄙㄠ | ㄊㄧㄥ | ㄑㄩㄥ | ㄗˋ | ㄕㄠˊ | ㄒㄧㄣ | ㄓㄨˋ | ㄨㄟˇ | ㄆㄧˊ | ㄨˋ |

| 部首 | | | | | | | | | | | | |
|---|---|---|---|---|---|---|---|---|---|---|---|---|
| 國字 | 苛 | 苴 | 苔 | 苑 | 茸 | 茈 | 茗 | 茠 | 荅 | 莨 | 莆 | 莤 |
| 原有音 | ㄎㄜ ㄏㄜˊ | ㄐㄩ ㄐㄩˇ | ㄊㄞˊ ㄊㄞ | ㄩㄢˋ ㄩㄢˊ | ㄖㄨㄥˊ ㄖㄨㄥˇ | ㄗˇ ㄔㄞˊ | ㄇㄧㄥˇ ㄇㄧㄥˊ | ㄏㄠ ㄒㄧㄡ ㄏㄡˋ | ㄉㄚˊ ㄉㄚ | ㄌㄤˊ ㄌㄤˋ | ㄈㄨˇ ㄆㄨˊ | ㄙㄨˋ ㄧㄡˊ |
| 審定音 | ㄎㄜ | ㄐㄩ | ㄊㄞˊ | ㄩㄢˋ | ㄖㄨㄥˊ | ㄗˇ | ㄇㄧㄥˊ | ㄏㄠ | ㄉㄚˊ | ㄌㄧㄤˊ | ㄆㄨˊ | ㄧㄡˊ |

| 部首 | | | | | | | | | | | | |
|---|---|---|---|---|---|---|---|---|---|---|---|---|
| 國字 | 莎 | 荺 | 莠 | 莞 | 堇 | 菆 | 菴 | 菔 | 萉 | 菉 | 萎 | 萑 |
| 原有音 | ㄘㄨㄛ ㄙㄨㄛ | ㄩㄣˇ ㄩㄣˊ | ㄧㄡˇ ㄧㄡˋ | ㄨㄢˇ ㄍㄨㄢ ㄩˋ | ㄐㄧㄣˇ ㄐㄧㄣˋ | ㄗㄡ ㄘㄨㄥˊ | ㄢ ㄢˋ | ㄈㄨˊ ㄅㄛˊ | ㄈㄟˊ ㄈㄟˋ | ㄌㄩˋ ㄌㄨˋ | ㄨㄟ ㄨㄟˇ | ㄓㄨㄟ ㄏㄨㄢˊ |
| 審定音 | ㄙㄨㄛ | ㄩㄣˇ | ㄧㄡˋ | ㄨㄢˇ | ㄐㄧㄣˇ | ㄗㄡ | ㄢ | ㄈㄨˊ | ㄈㄟˊ | ㄌㄩˋ | ㄨㄟ | ㄏㄨㄢˊ |

| 部首 | | | | | | | | | | | | |
|---|---|---|---|---|---|---|---|---|---|---|---|---|
| 國字 | 萆 | 萹 | 葶 | 葝 | 萯 | 萬 | 葰 | 蓁 | 蒯 | 蕲 | 蔫 | 蔬 |
| 原有音 | ㄅㄧˋ ㄅㄟ | ㄆㄧㄢ ㄅㄧㄢˇ | ㄊㄧㄥˊ ㄉㄧㄥˇ | ㄑㄧㄥˊ ㄐㄧㄥˋ | ㄈㄨˋ ㄅㄟˋ | ㄩˇ ㄐㄩˇ | ㄙㄨㄟ ㄐㄩㄣˋ | ㄓㄣ ㄑㄧㄣˊ | ㄎㄨㄞˇ ㄎㄨㄞˋ | ㄐㄧㄢˋ ㄐㄧㄢ ㄕㄢ | ㄧㄢ ㄋㄧㄢ | ㄕㄨ ㄙㄨ |
| 審定音 | ㄅㄧˋ | ㄅㄧㄢˇ | ㄊㄧㄥˊ | ㄑㄧㄥˊ | ㄈㄨˋ | ㄩˇ | ㄐㄩㄣˋ | ㄓㄣ | ㄎㄨㄞˇ | ㄐㄧㄢ | ㄋㄧㄢ | ㄕㄨ |

| 部首 | | | | | | | | | | | | |
|---|---|---|---|---|---|---|---|---|---|---|---|---|
| 國字 | 蔞 | 蔘 | 蓧 | 蕁 | 蕈 | 薧 | 薋 | 薜 | 薢 | 薍 | 薈 | 薟 |
| 原有音 | ㄌㄡˊ ㄌㄧㄡˊ ㄌㄧㄡˇ | ㄕㄣ ㄙㄣ | ㄉㄧㄠˋ ㄉㄧˊ ㄊㄧㄠ | ㄊㄢˊ ㄒㄩㄣˊ | ㄒㄩㄣˋ ㄒㄧㄣˋ | ㄏㄠ ㄎㄠˇ | ㄘˊ ㄗ | ㄅㄧˋ ㄅㄛˋ | ㄐㄧㄝ ㄒㄧㄝˋ | ㄨㄢˋ ㄌㄨㄢˋ | ㄏㄨㄟˋ ㄨㄟˋ | ㄒㄧㄢ ㄌㄧㄢˋ |
| 審定音 | ㄌㄡˊ | ㄕㄣ | ㄉㄧㄠˋ | ㄒㄩㄣˊ | ㄒㄩㄣˋ | ㄎㄠˇ | ㄗ | ㄅㄧˋ | ㄒㄧㄝˋ | ㄨㄢˋ | ㄏㄨㄟˋ | ㄌㄧㄢˋ |

| 部首 | | | | | | | | | | 虍 | | 虫 |
|---|---|---|---|---|---|---|---|---|---|---|---|---|
| 國字 | 藃 | 藂 | 薶 | 蘤 | 藥 | 蘁 | 蘞 | 蘬 | 虇 | 虖 | 虜 | 虰 |
| 原有音 | ㄏㄠˋ ㄏㄜˋ | ㄘㄨㄥˊ ㄘㄨㄥ | ㄇㄞˊ ㄌㄧˊ | ㄨㄟˇ ㄏㄨㄚ | ㄧㄠˋ ㄩㄝˋ | ㄨˋ ㄜˋ | ㄌㄧㄢˊ ㄌㄧㄢˋ | ㄎㄨㄟ ㄍㄨㄟ | ㄑㄩㄢˇ ㄑㄩㄢˋ | ㄏㄨ ㄏㄨˊ | ㄌㄨˇ ㄌㄨㄛˇ | ㄉㄧㄥ ㄔㄥ |
| 審定音 | ㄏㄠˋ | ㄘㄨㄥˊ | ㄇㄞˊ | ㄨㄟˇ | ㄧㄠˋ | ㄜˋ | ㄌㄧㄢˊ | ㄎㄨㄟ | ㄑㄩㄢˇ | ㄏㄨ | ㄌㄨˇ | ㄉㄧㄥ |

| 部首 | | | | | | | | | | | | |
|---|---|---|---|---|---|---|---|---|---|---|---|---|
| 國字 | 虷 | 蚖 | 蚘 | 蚣 | 蚰 | 蚺 | 蚼 | 蛘 | 蛣 | 蛭 | 蜋 | 蜕 |
| 原有音 | ㄏㄢˊ ㄍㄢˊ | ㄩㄢˊ ㄨㄢˊ | ㄏㄨㄟˊ ㄧㄡˊ | ㄍㄨㄥ ㄙㄨㄥ | ㄧㄡˊ ㄓㄡˊ | ㄖㄢˊ ㄊㄧㄢˋ | ㄍㄡˇ ㄑㄩˊ | ㄧㄤˇ ㄇㄧˇ | ㄐㄧㄝˇ ㄑㄧㄝˋ | ㄓˋ ㄉㄧㄝˊ | ㄌㄤˊ ㄌㄧㄤˊ | ㄕㄨㄟˋ ㄊㄨㄟˋ |
| 審定音 | ㄏㄢˊ | ㄩㄢˊ | ㄏㄨㄟˊ | ㄍㄨㄥ | ㄧㄡˊ | ㄖㄢˊ | ㄑㄩˊ | ㄧㄤˊ | ㄐㄧㄝˊ | ㄓˋ | ㄌㄤˊ | ㄊㄨㄟˋ |

| 部首 | | | | | | | | | | | | |
|---|---|---|---|---|---|---|---|---|---|---|---|---|
| 國字 | 蜄 | 蛸 | 蜍 | 蜿 | 蝀 | 蜮 | 蜩 | 蜲 | 蜼 | 蜦 | 蝙 | 蝚 |
| 原有音 | ㄓㄣˋ ㄕㄣˋ | ㄒㄧㄠ ㄕㄠ | ㄔㄨˊ ㄩˊ | ㄨㄢ ㄨㄢˇ | ㄉㄨㄥ ㄉㄨㄥˋ | ㄩˋ ㄏㄨㄛˋ | ㄊㄧㄠˊ ㄉㄧㄠˋ | ㄨㄟ ㄨㄟˇ | ㄨㄟˋ ㄌㄟˇ | ㄌㄨㄣˊ ㄌㄧˋ | ㄅㄧㄢˇ ㄅㄧㄢ | ㄖㄡˊ ㄋㄠˊ |
| 審定音 | ㄕㄣˋ | ㄒㄧㄠ | ㄔㄨˊ | ㄨㄢ | ㄉㄨㄥ | ㄩˋ | ㄊㄧㄠˊ | ㄨㄟˇ | ㄨㄟˋ | ㄌㄨㄣˊ | ㄅㄧㄢ | ㄖㄡˊ |

| 部首 | | | | | | | | | | | | |
|---|---|---|---|---|---|---|---|---|---|---|---|---|
| 國字 | 蝺 | 螂 | 蝹 | 蟅 | 蟀 | 螹 | 蟉 | 蟆 | 蟄 | 螫 | 蟧 | 蟤 |
| 原有音 | ㄐㄩˇ ㄩˇ | ㄌㄤˊ ㄌㄧㄤˊ | ㄩㄣ ㄠˇ | ㄓㄜˋ ㄓˊ | ㄕㄨㄞˋ ㄕㄨㄛˋ | ㄑㄧㄢˊ ㄐㄧㄢˋ | ㄌㄧㄡˊ ㄑㄧㄡˊ ㄌㄧㄠˋ | ㄇㄚˊ ㄇㄛˋ | ㄓˊ ㄓㄜˊ | ㄓㄜ ㄕˋ | ㄌㄠˊ ㄌㄧㄠˊ | ㄓㄨㄢ ㄑㄩㄢˊ |
| 審定音 | ㄐㄩˇ | ㄌㄤˊ | ㄩㄣ | ㄓㄜˋ | ㄕㄨㄞˋ | ㄐㄧㄢˋ | ㄌㄧㄡˊ | ㄇㄚˊ | ㄓˊ | ㄓㄜ | ㄌㄠˊ | ㄓㄨㄢ |

| 部首 | | | | | 血 | 行 | 衣 | | | | | |
|---|---|---|---|---|---|---|---|---|---|---|---|---|
| 國字 | 蟦 | 蟺 | 蠕 | 蠖 | 血 | 衖 | 衾 | 衵 | 衹 | 袤 | 袘 | 袙 |
| 原有音 | ㄈㄟˊ ㄅㄣ | ㄕㄢˋ ㄔㄢˊ | ㄖㄨㄢˇ ㄖㄡˊ | ㄏㄨㄛˋ ㄨㄛˋ | ㄒㄧㄝˇ ㄒㄩㄝˋ | ㄒㄧㄤˋ ㄌㄨㄥˋ | ㄑㄧㄣ ㄑㄧㄣˊ | ㄋㄧˋ ㄖˋ | ㄑㄧˊ ㄓ | ㄇㄠˋ ㄇㄡˋ | ㄧˊ ㄧˇ ㄧˋ | ㄆㄚˋ ㄇㄛˋ |
| 審定音 | ㄈㄟˊ | ㄕㄢˋ | ㄖㄡˊ | ㄏㄨㄛˋ | ㄒㄧㄝˇ | ㄌㄨㄥˋ | ㄑㄧㄣ | ㄋㄧˋ | ㄑㄧˊ | ㄇㄠˋ | ㄧˊ | ㄆㄚˋ |

| 部首 | | | | | | | | | | | 見 | |
|---|---|---|---|---|---|---|---|---|---|---|---|---|
| 國字 | 袗 | 袷 | 裷 | 裺 | 褊 | 褦 | 襗 | 襬 | 襳 | 襹 | 覕 | 覛 |
| 原有音 | ㄓㄣˇ ㄓㄣ | ㄐㄧㄚˊ ㄐㄧㄝˊ | ㄩㄢ ㄍㄨㄣˇ ㄑㄩㄢˇ | ㄧㄢˇ ㄢ | ㄅㄧㄢˇ ㄆㄧㄢˊ | ㄋㄞˋ ㄌㄜˋ | ㄉㄨㄛˊ ㄗㄜˊ | ㄅㄞˇ ㄅㄟ | ㄒㄧㄢ ㄕㄣ | ㄕ ㄕˇ | ㄇㄧㄝˋ ㄆㄧㄝˇ | ㄇㄛˋ ㄇㄧˋ |
| 審定音 | ㄓㄣˇ | ㄐㄧㄚˊ | ㄩㄢ | ㄧㄢˇ | ㄅㄧㄢˇ | ㄋㄞˋ | ㄗㄜˊ | ㄅㄞˇ | ㄒㄧㄢ | ㄕ | ㄇㄧㄝˋ | ㄇㄛˋ |

| 部首 | | | 角 | | | | | | 言 | | | |
|---|---|---|---|---|---|---|---|---|---|---|---|---|
| 國字 | 覙 | 覲 | 觕 | 觟 | 觜 | 觭 | 觺 | 觻 | 言 | 訄 | 訥 | 許 |
| 原有音 | ㄇㄛˋ ㄇㄧㄥˊ | ㄐㄧㄣˇ ㄐㄧㄣˋ | ㄘㄨ ㄗㄨˋ | ㄏㄨㄚˋ ㄒㄧㄝˋ | ㄗ ㄗㄨㄟˇ | ㄐㄧ ㄑㄧˇ | ㄧˊ ㄋㄧˋ | ㄌㄨˋ ㄌㄧˋ | ㄧㄢˊ ㄧㄣˊ | ㄑㄧㄡˊ ㄑㄧㄡ ㄎㄠ | ㄋㄚˋ ㄋㄜˋ | ㄒㄩˇ ㄏㄨˇ |
| 審定音 | ㄇㄧㄥˊ | ㄐㄧㄣˋ | ㄘㄨ | ㄏㄨㄚˋ | ㄗ | ㄐㄧ | ㄧˊ | ㄌㄨˋ | ㄧㄢˊ | ㄑㄧㄡˊ | ㄋㄜˋ | ㄒㄩˇ |

| 部首 | | | | | | | | | | | | |
|---|---|---|---|---|---|---|---|---|---|---|---|---|
| 國字 | 訢 | 詐 | 診 | 訾 | 誣 | 誒 | 誨 | 誼 | 諒 | 誰 | 諞 | 諷 |
| 原有音 | ㄒㄧㄣ ㄒㄧ | ㄓㄚˋ ㄓㄚˇ | ㄓㄣˇ ㄓㄣ | ㄗˇ ㄗ | ㄨ ㄨˇ | ㄒㄧ ㄝˋ | ㄏㄨㄟˇ ㄏㄨㄟˋ | ㄧˊ ㄧˋ | ㄌㄧㄤˋ ㄌㄧㄤˊ | ㄕㄟˊ ㄕㄨㄟˊ | ㄆㄧㄢˊ ㄆㄧㄢˇ | ㄈㄥˋ ㄈㄥ |
| 審定音 | ㄒㄧㄣ | ㄓㄚˋ | ㄓㄣˇ | ㄗˇ | ㄨ | ㄒㄧ | ㄏㄨㄟˋ | ㄧˋ | ㄌㄧㄤˋ | ㄕㄟˊ | ㄆㄧㄢˊ | ㄈㄥˋ |

| 部首 | | | | | | | | | | | | |
|---|---|---|---|---|---|---|---|---|---|---|---|---|
| 國字 | 諼 | 謞 | 謎 | 謑 | 謬 | 謱 | 謯 | 謼 | 謷 | 譔 | 譕 | 譺 |
| 原有音 | ㄒㄩㄢ ㄕㄨㄢˋ | ㄒㄩㄝˋ ㄒㄧㄠˋ | ㄇㄧˊ ㄇㄧˋ ㄇㄟˋ | ㄒㄧˋ ㄒㄧㄚˋ | ㄇㄧㄡˋ ㄋㄧㄡˋ | ㄌㄡˊ ㄌㄩˇ | ㄐㄧㄝ ㄗㄨˋ | ㄏㄨ ㄒㄧㄠ | ㄠˊ ㄠˋ | ㄑㄩㄢ ㄓㄨㄢˋ | ㄇㄨˊ ㄨˊ | ㄧㄝˋ ㄋㄧˋ |
| 審定音 | ㄒㄩㄢ | ㄏㄜˋ | ㄇㄧˊ | ㄒㄧˋ | ㄇㄧㄡˋ | ㄌㄡˊ | ㄗㄨˇ | ㄏㄨ | ㄠˊ | ㄓㄨㄢˋ | ㄇㄛˊ | ㄞˋ |

| 部首 | 谷 | | | 豆 | 豕 | 貝 | | | | | | |
|---|---|---|---|---|---|---|---|---|---|---|---|---|
| 國字 | 谻 | 谾 | 谿 | 豉 | 豦 | 費 | 貿 | 貸 | 賊 | 賄 | 賃 | 賜 |
| 原有音 | ㄐㄩㄝˊ ㄐㄩˋ | ㄏㄨㄥ ㄌㄨㄥˇ | ㄒㄧ ㄑㄧ | ㄔˇ ㄕˋ | ㄑㄩˊ ㄐㄩˋ | ㄈㄟˋ ㄅㄧˋ | ㄇㄠˋ ㄇㄡˋ | ㄉㄞˋ ㄊㄜˋ | ㄗㄟˊ ㄗㄜˊ | ㄏㄨㄟˋ ㄏㄨㄟˇ | ㄖㄣˋ ㄌㄧㄣˋ | ㄘˋ ㄙˋ |
| 審定音 | ㄐㄩㄝˊ | ㄏㄨㄥ | ㄒㄧ | ㄔˇ | ㄐㄩˋ | ㄈㄟˋ | ㄇㄠˋ | ㄉㄞˋ | ㄗㄟˊ | ㄏㄨㄟˋ | ㄌㄧㄣˋ | ㄙˋ |

| 部首 | | | 走 | | | | | 足 | | | | |
|---|---|---|---|---|---|---|---|---|---|---|---|---|
| 國字 | 賺 | 賸 | 趄 | 趍 | 趟 | 趭 | 趯 | 趼 | 跖 | 跕 | 跰 | 跐 |
| 原有音 | ㄓㄨㄢˋ ㄗㄨㄢˋ | ㄕㄥˋ ㄧㄥˋ | ㄐㄩ ㄑㄧㄝˋ | ㄔˊ ㄑㄩ | ㄔㄥˊ ㄊㄤˋ | ㄐㄧㄠˋ ㄧㄠˋ | ㄊㄧˋ ㄩㄝˋ | ㄐㄧㄢˇ ㄧㄢˋ | ㄓˊ ㄓㄜˊ | ㄉㄧㄝˊ ㄊㄧㄝ | ㄅㄥˋ ㄆㄧㄢˊ | ㄘˇ ㄘㄞˇ ㄘ |
| 審定音 | ㄓㄨㄢˋ | ㄕㄥˋ | ㄐㄩ | ㄑㄩ | ㄊㄤˋ | ㄐㄧㄠˋ | ㄊㄧˋ | ㄐㄧㄢˇ | ㄓˊ | ㄊㄧㄝ | ㄆㄧㄢˊ | ㄘˇ |

| 部首 | | | | | | | | | | | | |
|---|---|---|---|---|---|---|---|---|---|---|---|---|
| 國字 | 跦 | 踅 | 踠 | 踤 | 踑 | 踝 | 蹄 | 踹 | 蹢 | 蹣 | 蹛 | 蹡 |
| 原有音 | ㄓㄨ ㄔㄨˊ | ㄒㄩㄝˊ ㄔˋ | ㄨㄢˇ ㄨㄛˋ | ㄗㄨˊ ㄘㄨㄟˋ | ㄑㄧˊ ㄐㄧˋ | ㄏㄨㄞˊ ㄏㄨㄚˋ | ㄊㄧˊ ㄉㄧˋ | ㄔㄨㄞˋ ㄕㄨㄢˋ | ㄉㄧˊ ㄓˊ | ㄆㄢˊ ㄇㄢˊ | ㄉㄞˋ ㄓˋ | ㄑㄧㄤ ㄑㄧㄤˋ |
| 審定音 | ㄓㄨ | ㄒㄩㄝˊ | ㄨㄢˇ | ㄗㄨˊ | ㄑㄧˊ | ㄏㄨㄞˊ | ㄊㄧˊ | ㄔㄨㄞˋ | ㄓˊ | ㄇㄢˊ | ㄉㄞˋ | ㄑㄧㄤ |

| 部首 | | | | | | | | 車 | | | | |
|---|---|---|---|---|---|---|---|---|---|---|---|---|
| 國字 | 蹔 | 蹲 | 蹶 | 躍 | 躟 | 躠 | 躤 | 軸 | 軥 | 軵 | 較 | 輆 |
| 原有音 | ㄓㄢˋ ㄗㄢˋ | ㄉㄨㄣ ㄘㄨㄣˊ ㄑㄩㄣ | ㄐㄩㄝˊ ㄐㄩㄝˇ | ㄩㄝˋ ㄧㄠˋ | ㄖㄤˇ ㄖㄤˊ | ㄙㄚˋ ㄒㄧㄝˋ | ㄐㄧㄝˋ ㄐㄧˊ | ㄓㄡˊ ㄓㄡˊ | ㄑㄩˊ ㄍㄡ | ㄖㄨㄥˇ ㄖㄨㄥˊ | ㄐㄧㄠˋ ㄐㄧㄠˇ | ㄎㄞˇ ㄎㄞˋ |
| 審定音 | ㄓㄢˋ | ㄉㄨㄣ | ㄐㄩㄝˊ | ㄩㄝˋ | ㄖㄤˇ | ㄙㄚˋ | ㄐㄧˊ | ㄓㄡˊ | ㄑㄩˊ | ㄈㄨˇ | ㄐㄧㄠˋ | ㄎㄞˇ |

| 部首 | | | | | | | | | | 辰 | 辵 | |
|---|---|---|---|---|---|---|---|---|---|---|---|---|
| 國字 | 輅 | 輐 | 輑 | 輘 | 輠 | 輪 | 輵 | 轔 | 轑 | 辱 | 迆 | 迋 |
| 原有音 | ㄌㄨˋ<br>ㄧㄚˋ | ㄨㄢˋ<br>ㄏㄨㄢˋ | ㄩㄣˇ<br>ㄑㄩㄣ | ㄌㄧㄥˊ<br>ㄌㄥˊ | ㄍㄨㄛˇ<br>ㄏㄨㄟˋ | ㄌㄨㄣˊ<br>ㄌㄨㄣ | ㄍㄜˊ<br>ㄜˋ | ㄌㄧㄣˊ<br>ㄌㄧㄣˋ | ㄌㄠˇ<br>ㄌㄠˊ | ㄖㄨˋ<br>ㄖㄨˇ | ㄧˇ<br>ㄧˊ | ㄨㄤˋ<br>ㄍㄨㄤˇ |
| 審定音 | ㄌㄨˋ | ㄨㄢˋ | ㄑㄩㄣ | ㄌㄧㄥˊ | ㄍㄨㄛˇ | ㄌㄨㄣˊ | ㄍㄜˊ | ㄌㄧㄣˊ | ㄌㄠˇ | ㄖㄨˋ | ㄧˊ | ㄨㄤˋ |
| 部首 | | | | | | | | | | | | |
| 國字 | 迎 | 迤 | 迮 | 迸 | 逅 | 遍 | 遂 | 逼 | 遜 | 遛 | 遮 | 遰 |
| 原有音 | ㄧㄥˊ<br>ㄧㄥˋ | ㄧˇ<br>ㄧˊ | ㄗㄜˊ<br>ㄗㄨㄛˋ | ㄅㄥˋ<br>ㄅㄧㄥˇ | ㄍㄡˋ<br>ㄏㄡˋ | ㄅㄧㄢˋ<br>ㄆㄧㄢˋ | ㄙㄨㄟˋ<br>ㄙㄨㄟˊ | ㄅㄧ<br>ㄅㄧˋ | ㄒㄩㄣˋ<br>ㄙㄨㄣˋ | ㄌㄧㄡˋ<br>ㄌㄧㄡˊ | ㄓㄜ<br>ㄓㄜˇ | ㄉㄧˋ<br>ㄕˋ |
| 審定音 | ㄧㄥˊ | ㄧˊ | ㄗㄜˊ | ㄅㄥˋ | ㄏㄡˋ | ㄅㄧㄢˋ | ㄙㄨㄟˋ | ㄅㄧ | ㄒㄩㄣˋ | ㄌㄧㄡˋ | ㄓㄜ | ㄉㄧˋ |
| 部首 | | | | | 邑 | | | | | | | |
| 國字 | 遴 | 遻 | 避 | 邆 | 邟 | 郃 | 郝 | 鄃 | 鄘 | 鄙 | 鄨 | 鄹 |
| 原有音 | ㄌㄧㄣˊ<br>ㄌㄧㄣˋ | ㄜˋ<br>ㄨˋ | ㄅㄧˋ<br>ㄅㄟˋ | ㄊㄥˊ<br>ㄉㄥˋ | ㄎㄤˋ<br>ㄎㄤ | ㄍㄜˊ<br>ㄏㄜˊ | ㄏㄠˇ<br>ㄏㄜˋ | ㄩˊ<br>ㄕㄨ | ㄩㄥ<br>ㄩㄥˊ | ㄅㄧˇ<br>ㄅㄧˋ | ㄅㄧˋ<br>ㄅㄧㄝ | ㄗㄡ<br>ㄐㄩˋ |
| 審定音 | ㄌㄧㄣˊ | ㄨˋ | ㄅㄧˋ | ㄊㄥˊ | ㄎㄤˋ | ㄏㄜˊ | ㄏㄠˇ | ㄕㄨ | ㄩㄥ | ㄅㄧˇ | ㄅㄧˋ | ㄗㄡ |
| 部首 | | 酉 | | | | | | | | | 釆 | |
| 國字 | 鄺 | 酩 | 酪 | 酵 | 醋 | 醒 | 醛 | 醧 | 醭 | 醳 | 采 | 釋 |
| 原有音 | ㄎㄨㄤˋ<br>ㄍㄨㄤˇ | ㄇㄧㄥˇ<br>ㄇㄧㄥˊ | ㄌㄨㄛˋ<br>ㄌㄠˋ | ㄒㄧㄠˋ<br>ㄐㄧㄠˋ | ㄗㄨㄛˋ<br>ㄘㄨˋ | ㄒㄧㄥˇ<br>ㄒㄧㄥ | ㄑㄩㄝˋ<br>ㄑㄩㄢˊ | ㄩˋ<br>ㄡ | ㄅㄨˊ<br>ㄆㄨˊ | ㄧˋ<br>ㄕˋ | ㄘㄞˇ<br>ㄘㄞˋ | ㄕˋ<br>ㄧˋ |
| 審定音 | ㄎㄨㄤˋ | ㄇㄧㄥˊ | ㄌㄨㄛˋ | ㄒㄧㄠˋ | ㄘㄨˋ | ㄒㄧㄥˇ | ㄑㄩㄢˊ | ㄩˋ | ㄆㄨˊ | ㄧˋ | ㄘㄞˇ | ㄕˋ |

| 部首 | 金 | | | | | | | | | | | |
|---|---|---|---|---|---|---|---|---|---|---|---|---|
| 國字 | 釕 | 釬 | 釭 | 鈦 | 釩 | 釤 | 鈔 | 鈒 | 釿 | 鉈 | 鈮 | 鈸 |
| 原有音 | ㄌㄧㄠˇ<br>ㄌㄧㄠˋ | ㄏㄢˋ<br>ㄍㄢ | ㄍㄤ<br>ㄍㄨㄥ | ㄉㄧˋ<br>ㄊㄞˋ | ㄈㄢˇ<br>ㄈㄢˊ | ㄕㄢˋ<br>ㄒㄧㄢ<br>ㄕㄢ | ㄔㄠ<br>ㄔㄠˋ | ㄙㄚˋ<br>ㄙㄜˋ | ㄧㄣˊ<br>ㄧㄣˇ<br>ㄐㄧㄣ | ㄕㄜˊ<br>ㄕ<br>ㄊㄚ | ㄋㄧˇ<br>ㄋㄧˋ<br>ㄋㄧˊ | ㄅㄚˊ<br>ㄅㄛˊ |
| 審定音 | ㄌㄧㄠˇ | ㄏㄢˋ | ㄍㄤ | ㄉㄧˋ | ㄈㄢˊ | ㄕㄢ | ㄔㄠ | ㄙㄜˋ | ㄧㄣˊ | ㄊㄚ | ㄋㄧˊ | ㄅㄚˊ |

| 部首 | | | | | | | | | | | | |
|---|---|---|---|---|---|---|---|---|---|---|---|---|
| 國字 | 鉏 | 鈿 | 鉆 | 鉺 | 鉹 | 鉻 | 鉿 | 銗 | 鋟 | 鋙 | 鋗 | 鋘 |
| 原有音 | ㄔㄨˊ<br>ㄒㄩˊ<br>ㄗㄨˇ | ㄉㄧㄢˋ<br>ㄊㄧㄢˊ | ㄓㄢ<br>ㄑㄧㄢˊ | ㄦˋ<br>ㄦˇ | ㄔˇ<br>ㄧˊ | ㄌㄨㄛˋ<br>ㄍㄜˋ | ㄐㄧㄚˊ<br>ㄏㄚ<br>ㄏㄜˊ | ㄏㄡˊ<br>ㄒㄧㄤˋ | ㄑㄧㄢ<br>ㄑㄧㄣˇ | ㄩˊ<br>ㄩˇ<br>ㄨˊ | ㄒㄩㄢ<br>ㄒㄩㄢˋ | ㄏㄨㄚˊ<br>ㄨˊ |
| 審定音 | ㄔㄨˊ | ㄉㄧㄢˋ | ㄑㄧㄢˊ | ㄦˇ | ㄧˊ | ㄍㄜˋ | ㄏㄜˊ | ㄏㄡˊ | ㄑㄧㄣˇ | ㄨˊ | ㄒㄩㄢ | ㄨˊ |

| 部首 | | | | | | | | | | | | |
|---|---|---|---|---|---|---|---|---|---|---|---|---|
| 國字 | 鋌 | 錇 | 錏 | 錯 | 錭 | 鋋 | 鍖 | 鍼 | 鍉 | 鎊 | 鎘 | 鎒 |
| 原有音 | ㄉㄧㄥˋ<br>ㄊㄧㄥˇ | ㄆㄟˊ<br>ㄈㄡˇ | ㄧㄚ<br>ㄧㄚˋ | ㄘㄨㄛˋ<br>ㄘㄨˋ | ㄊㄠˊ<br>ㄉㄧㄠ | ㄔㄢˊ<br>ㄧㄢˊ | ㄓㄣ<br>ㄔㄣˇ | ㄓㄣ<br>ㄑㄧㄢˊ | ㄊㄧˊ<br>ㄔˊ<br>ㄉㄧˊ<br>ㄉㄧ | ㄆㄤ<br>ㄅㄤˋ | ㄌㄧˋ<br>ㄍㄜˊ | ㄋㄡˋ<br>ㄏㄠ |
| 審定音 | ㄊㄧㄥˇ | ㄆㄡˊ | ㄧㄚˋ | ㄘㄨㄛˋ | ㄊㄠˊ | ㄧㄢˊ | ㄔㄣˇ | ㄓㄣ | ㄉㄧ | ㄅㄤˋ | ㄍㄜˊ | ㄋㄡˋ |

| 部首 | | | | | | | | | | | | |
|---|---|---|---|---|---|---|---|---|---|---|---|---|
| 國字 | 鎢 | 鏞 | 鏃 | 鏂 | 鏐 | 鎩 | 鏊 | 鐋 | 鐐 | 鐧 | 鐖 | 鏧 |
| 原有音 | ㄨˋ<br>ㄨ | ㄩㄥ<br>ㄩㄥˊ | ㄗㄨˊ<br>ㄘㄨˋ | ㄡ<br>ㄎㄡ | ㄌㄧㄡˊ<br>ㄌㄧㄠˊ | ㄕㄚ<br>ㄕㄞˋ | ㄠˊ<br>ㄠˋ | ㄊㄤˋ<br>ㄊㄤ | ㄌㄧㄠˊ<br>ㄌㄧㄠˋ | ㄐㄧㄢˇ<br>ㄐㄧㄢˋ | ㄐㄧ<br>ㄞˊ | ㄑㄧㄥˋ<br>ㄑㄧㄥ |
| 審定音 | ㄨ | ㄩㄥ | ㄘㄨˋ | ㄡ | ㄌㄧㄡˊ | ㄕㄚ | ㄠˊ | ㄊㄤ | ㄌㄧㄠˊ | ㄐㄧㄢˋ | ㄐㄧ | ㄑㄧㄥ |

| 部首 | | | | | 門 | | | | | 阜 | |
|---|---|---|---|---|---|---|---|---|---|---|---|
| 國字 | 鑭 | 鑰 | 鑹 | 鑿 | 閜 | 閬 | 闍 | 闖 | 闛 | 闞 | 阬 | 阨 |
| 原有音 | ㄌㄢˋ<br>ㄌㄢˊ | ㄩㄝˋ<br>ㄧㄠˋ | ㄘㄨㄢˋ<br>ㄘㄨㄢ | ㄗㄠˊ<br>ㄗㄨㄛˋ | ㄒㄧㄚˇ<br>ㄜˇ | ㄌㄤˇ<br>ㄌㄤˋ | ㄉㄨ<br>ㄕㄜˊ | ㄔㄣˋ<br>ㄔㄨㄤˇ<br>ㄔㄨㄤˋ | ㄊㄤˊ<br>ㄔㄤ | ㄎㄢˋ<br>ㄎㄢˇ | ㄎㄥ<br>ㄎㄤˋ | ㄜˋ<br>ㄞˋ |
| 審定音 | ㄌㄢˊ | ㄧㄠˋ | ㄘㄨㄢˋ | ㄗㄠˊ | ㄒㄧㄚˇ | ㄌㄤˇ | ㄕㄜˊ | ㄔㄨㄤˇ | ㄊㄤˊ | ㄎㄢˋ | ㄎㄥ | ㄜˋ |

| 部首 | | | | | | | | | | 隹 | | |
|---|---|---|---|---|---|---|---|---|---|---|---|---|
| 國字 | 阽 | 陭 | 陷 | 隄 | 隃 | 隔 | 隕 | 隑 | 隱 | 雀 | 雇 | 雂 |
| 原有音 | ㄉㄧㄢˋ<br>ㄧㄢˊ | ㄧ<br>ㄑㄧˊ | ㄒㄧㄢˋ<br>ㄒㄩㄢˋ | ㄊㄧˊ<br>ㄉㄧ | ㄕㄨˋ<br>ㄩˊ<br>ㄧㄠˊ | ㄍㄜˊ<br>ㄐㄧㄝ<br>ㄐㄧㄝˋ | ㄩㄣˇ<br>ㄩㄢˊ | ㄍㄞ<br>ㄞˊ | ㄧㄣˇ<br>ㄧㄣˋ | ㄑㄩㄝˋ<br>ㄑㄧㄠˇ<br>ㄑㄧㄠ | ㄏㄨˋ<br>ㄍㄨˋ | ㄑㄧㄢˊ<br>ㄑㄧㄣˊ |
| 審定音 | ㄉㄧㄢˋ | ㄑㄧˊ | ㄒㄧㄢˋ | ㄊㄧˊ | ㄩˊ | ㄍㄜˊ | ㄩㄣˇ | ㄑㄧˊ | ㄧㄣˇ | ㄑㄩㄝˋ | ㄍㄨˋ | ㄑㄧㄣˊ |

| 部首 | | | | | | | 雨 | | | | | |
|---|---|---|---|---|---|---|---|---|---|---|---|---|
| 國字 | 雌 | 雖 | 雚 | 雝 | 雘 | 雟 | 雪 | 雩 | 雱 | 雹 | 霅 | 霿 |
| 原有音 | ㄘ<br>ㄘˊ | ㄙㄨㄟ<br>ㄙㄨㄟˊ | ㄍㄨㄢˋ<br>ㄏㄨㄢˊ | ㄩㄥ<br>ㄩㄥˇ | ㄏㄨㄛˋ<br>ㄨㄛˋ | ㄒㄧ<br>ㄍㄨㄟ | ㄒㄩㄝˇ<br>ㄒㄩㄝˋ | ㄩˊ<br>ㄩˋ | ㄆㄤˊ<br>ㄈㄤ | ㄅㄠˊ<br>ㄅㄛˊ | ㄓㄚˊ<br>ㄙㄚˋ | ㄇㄥˊ<br>ㄇㄡˋ<br>ㄨˋ |
| 審定音 | ㄘ | ㄙㄨㄟ | ㄍㄨㄢˋ | ㄩㄥ | ㄏㄨㄛˋ | ㄒㄧ | ㄒㄩㄝˇ | ㄩˊ | ㄆㄤˊ | ㄅㄠˊ | ㄓㄚˊ | ㄇㄥˊ |

| 部首 | | 革 | | | | | | | | | 韭 | 音 |
|---|---|---|---|---|---|---|---|---|---|---|---|---|
| 國字 | 靃 | 靸 | 靲 | 鞅 | 鞄 | 鞘 | 鞔 | 鞬 | 鞨 | 韁 | 韱 | 韹 |
| 原有音 | ㄏㄨㄛˋ<br>ㄙㄨㄟˇ | ㄙㄚˇ<br>ㄙㄚˋ | ㄑㄧㄣˊ<br>ㄐㄧㄣˋ | ㄧㄤ<br>ㄧㄤˇ | ㄆㄠˊ<br>ㄅㄠ | ㄑㄧㄠˋ<br>ㄕㄠ | ㄇㄢˊ<br>ㄨㄢˇ<br>ㄇㄣˋ | ㄐㄧㄢ<br>ㄐㄧㄢˋ | ㄏㄜˊ<br>ㄇㄛˋ | ㄐㄧㄤ<br>ㄍㄤˇ | ㄒㄧㄢ<br>ㄐㄧㄢ | ㄏㄨㄤˊ<br>ㄏㄥˊ |
| 審定音 | ㄏㄨㄛˋ | ㄙㄚˇ | ㄑㄧㄣˊ | ㄧㄤ | ㄅㄠ | ㄑㄧㄠˋ | ㄇㄢˊ | ㄐㄧㄢ | ㄏㄜˊ | ㄐㄧㄤ | ㄒㄧㄢ | ㄏㄨㄤˊ |

| 部首 | 國字 | 原有音 | 審定音 |
|---|---|---|---|
| | 韽 | ㄢ、ㄧㄢˋ | ㄢ |
| 頁 | 頗 | ㄆㄛ、ㄆㄛˇ | ㄆㄛˇ |
| | 頨 | ㄆㄧㄢ、ㄒㄩㄢ、ㄩˇ | ㄩˇ |
| | 頜 | ㄏㄢˋ、ㄏㄢˊ、ㄍㄜˊ | ㄍㄜˊ |
| | 頫 | ㄈㄨˇ、ㄊㄧㄠˋ | ㄈㄨˇ |
| | 頷 | ㄏㄢˋ、ㄏㄢˊ | ㄏㄢˋ |
| | 顉 | ㄢˇ、ㄑㄧㄣ、ㄑㄧㄣˇ | ㄑㄧㄣ |
| | 顐 | ㄏㄨㄣˋ、ㄨㄣˋ | ㄏㄨㄣˋ |
| | 顝 | ㄎㄨ、ㄎㄨㄟ | ㄎㄨ |
| | 顠 | ㄆㄧㄠˇ、ㄅㄧㄠˋ | ㄆㄧㄠˇ |
| | 顢 | ㄇㄢˊ、ㄇㄢ | ㄇㄢˊ |
| | 顫 | ㄓㄢˋ、ㄔㄢˋ | ㄓㄢˋ |

| 部首 | 國字 | 原有音 | 審定音 |
|---|---|---|---|
| 風 | 颺 | ㄧㄤˊ、ㄧㄤˋ | ㄧㄤˊ |
| | 飂 | ㄌㄧㄡˋ、ㄌㄧㄠˊ | ㄌㄧㄠˊ |
| 食 | 餂 | ㄊㄧㄢˇ、ㄊㄧㄢˊ | ㄊㄧㄢˇ |
| | 餔 | ㄅㄨ、ㄅㄨˋ | ㄅㄨ |
| | 餤 | ㄊㄢˊ、ㄉㄢˋ | ㄉㄢˋ |
| | 餫 | ㄩㄣˋ、ㄏㄨㄣˊ | ㄩㄣˋ |
| | 餳 | ㄒㄧㄥˊ、ㄊㄤˊ | ㄒㄧㄥˊ |
| | 饉 | ㄐㄧㄣˇ、ㄐㄧㄣˋ | ㄐㄧㄣˇ |
| | 饐 | ㄧˋ、ㄧㄝˋ | ㄧˋ |
| 香 | 馨 | ㄒㄧㄣ、ㄒㄧㄥ | ㄒㄧㄣ |
| 馬 | 馲 | ㄓㄜˊ、ㄉㄨㄛˋ | ㄓㄜˊ |
| | 駃 | ㄐㄩㄝˊ、ㄎㄨㄞˋ | ㄐㄩㄝˊ |

| 部首 | 國字 | 原有音 | 審定音 |
|---|---|---|---|
| | 馹 | ㄖˋ、ㄧˋ | ㄖˋ |
| | 駭 | ㄏㄞˋ、ㄒㄧㄝˋ | ㄏㄞˋ |
| | 駩 | ㄑㄩㄢ、ㄑㄩㄢˊ | ㄑㄩㄢˊ |
| | 騃 | ㄙˋ、ㄞˊ | ㄞˊ |
| | 騎 | ㄑㄧˊ、ㄐㄧˋ | ㄑㄧˊ |
| | 騤 | ㄎㄨㄟˊ、ㄐㄩㄝˊ | ㄎㄨㄟˊ |
| | 騝 | ㄐㄧㄢ、ㄑㄧㄢˊ | ㄐㄧㄢ |
| | 騩 | ㄍㄨㄟ、ㄍㄨㄟˋ | ㄍㄨㄟ |
| | 騰 | ㄊㄥˊ、ㄊㄥ | ㄊㄥˊ |
| | 騹 | ㄌㄧˊ、ㄑㄧˊ | ㄑㄧˊ |
| | 騽 | ㄒㄧˊ、ㄩˋ | ㄒㄧˊ |
| | 驁 | ㄠˊ、ㄠˋ | ㄠˊ |

| 部首 | 國字 | 原有音 | 審定音 |
|---|---|---|---|
| | 驕 | ㄐㄧㄠ、ㄐㄧㄠˋ | ㄐㄧㄠ |
| | 驏 | ㄔㄢˇ、ㄓㄢˋ | ㄓㄢˋ |
| 骨 | 髊 | ㄘˊ、ㄘㄨㄛ | ㄗˋ |
| | 髒 | ㄗㄤ、ㄗㄤˇ | ㄗㄤ |
| 髟 | 髺 | ㄍㄨㄛˊ、ㄏㄨㄛˊ、ㄐㄩㄝˋ | ㄎㄨㄛˋ |
| | 鬠 | ㄎㄨㄛˋ、ㄍㄨㄟˋ | ㄎㄨㄛˋ |
| 鬲 | 鬻 | ㄓㄡˋ、ㄓㄡ、ㄩˋ | ㄩˋ |
| 鬼 | 魌 | ㄑㄧˊ、ㄐㄧˋ | ㄑㄧˊ |
| | 魋 | ㄊㄨㄟˊ、ㄔㄨㄟˊ | ㄊㄨㄟˊ |
| 魚 | 魡 | ㄉㄧˋ、ㄉㄧㄠˋ | ㄉㄧˊ |
| | 魭 | ㄩㄢˊ、ㄨㄢˇ | ㄩㄢˊ |
| | 魼 | ㄒㄩ、ㄊㄚˋ | ㄑㄩ |

| 部首 | | | | | | | | | | | | |
|---|---|---|---|---|---|---|---|---|---|---|---|---|
| 國字 | 鮓 | 鮨 | 鯆 | 鮸 | 鯈 | 鯽 | 鯨 | 鯖 | 鯫 | 鰕 | 鰈 | 鯷 |
| 原有音 | ㄓㄚˇ ㄓㄚˋ | ㄑㄧˊ ㄧˋ | ㄆㄨ ㄅㄨ | ㄇㄧㄢˇ ㄨㄢˇ | ㄔㄡˊ ㄧㄡˊ | ㄗㄜˊ ㄐㄧˋ | ㄐㄧㄥ ㄑㄧㄥˊ | ㄑㄧㄥ ㄓㄥ | ㄗㄡ ㄓㄡˋ | ㄒㄧㄚ ㄒㄧㄚˊ | ㄉㄧㄝˊ ㄕㄚˋ | ㄊㄧˊ ㄕˋ |
| 審定音 | ㄓㄚˇ | ㄑㄧˊ | ㄆㄨ | ㄇㄧㄢˇ | ㄔㄡˊ | ㄐㄧˋ | ㄐㄧㄥ | ㄑㄧㄥ | ㄗㄡ | ㄒㄧㄚ | ㄉㄧㄝˊ | ㄊㄧˊ |

| 部首 | | | | | | | | 鳥 | | | | |
|---|---|---|---|---|---|---|---|---|---|---|---|---|
| 國字 | 鰅 | 鰨 | 鰥 | 鱖 | 鱦 | 鱳 | 鱺 | 鴃 | 鳺 | 鴩 | 鴢 | 鴳 |
| 原有音 | ㄩㄥˊ ㄩˊ | ㄊㄚˋ ㄋㄚˋ | ㄍㄨㄢ ㄎㄨㄣ | ㄍㄨㄟˋ ㄐㄩㄝˊ | ㄕㄥˊ ㄇㄧㄥˇ | ㄌㄨㄛˋ ㄌㄧˋ | ㄌㄧˊ ㄌㄧˇ | ㄐㄩˊ ㄐㄩㄝˊ | ㄈㄨ ㄍㄨㄟ | ㄧˋ ㄉㄧㄝˊ | ㄠˇ ㄧㄠˇ | ㄧㄢˋ ㄢˋ |
| 審定音 | ㄩˊ | ㄊㄚˋ | ㄍㄨㄢ | ㄍㄨㄟˋ | ㄕㄥˊ | ㄌㄨㄛˋ | ㄌㄧˊ | ㄐㄩㄝˊ | ㄈㄨ | ㄧˋ | ㄧㄠˇ | ㄧㄢˋ |

| 部首 | | | | | | | | | | | | |
|---|---|---|---|---|---|---|---|---|---|---|---|---|
| 國字 | 鵌 | 鵲 | 鶩 | 鶣 | 鶝 | 鶪 | 鶬 | 鷂 | 鷞 | 鷩 | 鷻 | 鷣 |
| 原有音 | ㄊㄨˊ ㄩˊ | ㄑㄩㄝˋ ㄑㄧㄠˇ | ㄨˋ ㄇㄨˋ | ㄆㄧㄢ ㄅㄧㄢˋ | ㄈㄨˊ ㄅㄧ | ㄐㄩˊ ㄐㄩㄝˊ | ㄘㄤ ㄑㄧㄤ | ㄧㄠˋ ㄧㄠˊ | ㄕㄨㄤ ㄕㄨㄤˇ | ㄅㄧˋ ㄅㄧㄝ | ㄊㄨㄢˊ ㄊㄨㄟˊ | ㄧㄣˊ ㄧㄠˋ |
| 審定音 | ㄊㄨˊ | ㄑㄩㄝˋ | ㄨˋ | ㄆㄧㄢ | ㄈㄨˊ | ㄐㄩˊ | ㄘㄤ | ㄧㄠˋ | ㄕㄨㄤˇ | ㄅㄧˋ | ㄊㄨㄢˊ | ㄧㄣˊ |

| 部首 | | | | | | 鹵 | 鹿 | | | 麥 | 黑 | |
|---|---|---|---|---|---|---|---|---|---|---|---|---|
| 國字 | 鸑 | 鸘 | 鸒 | 鸐 | 鸛 | 鹹 | 麆 | 麇 | 麡 | 麥 | 黑 | 黦 |
| 原有音 | ㄆㄧˋ ㄅㄧˋ | ㄕㄡˇ ㄓㄡˊ | ㄩˋ ㄩˊ | ㄉㄧˊ ㄓㄨㄛˊ | ㄍㄨㄢˋ ㄏㄨㄢ | ㄒㄧㄢˊ ㄐㄧㄢˇ | ㄓㄨˋ ㄘㄨ | ㄐㄩㄣ ㄑㄩㄣˊ | ㄐㄧ ㄑㄧˊ | ㄇㄞˋ ㄇㄛˋ | ㄏㄟ ㄏㄜˋ | ㄩˋ ㄧㄝˋ |
| 審定音 | ㄆㄧˋ | ㄓㄡˊ | ㄩˋ | ㄉㄧˊ | ㄍㄨㄢˋ | ㄒㄧㄢˊ | ㄓㄨˋ | ㄐㄩㄣ | ㄐㄧ | ㄇㄞˋ | ㄏㄟ | ㄧㄝˋ |

| 部首 | | | | | | | | | | |
|---|---|---|---|---|---|---|---|---|---|---|
| 國字 | | | 鼠 | | 齊 | 齒 | | 齦 | 齱 | 齵 |
| 原有音 | 黤 ㄧㄢˇ ㄢˇ | 黭 ㄢˇ ㄧㄢˇ | 鼤 ㄨㄣˊ ㄨㄣˋ | 鼶 ㄊㄧˊ ㄙ | 齋 ㄐㄧˋ ㄑㄧ | 齖 ㄧㄚˊ ㄧㄚˋ | 齛 ㄒㄧㄝˋ ㄕˋ | ㄎㄣˇ ㄧㄣˊ | ㄗㄡ ㄔㄨㄛˋ | ㄩˊ ㄡˊ |
| 審定音 | ㄧㄢˇ | ㄧㄢˇ | ㄨㄣˊ | ㄙ | ㄐㄧˋ | ㄧㄚˊ | ㄒㄧㄝˋ | ㄧㄣˊ | ㄗㄡ | ㄩˊ |

# 三、審訂後仍為多音字

| 部首 | 國字 | 審定音 | 限讀 限讀音 | 限讀 說明 | 通段 通段音 | 通段 說明 | 備注（詞例） |
|---|---|---|---|---|---|---|---|
| 一 | 万 | ㄨㄢˋ | | | | | 「萬」的異體字 |
| | | ㄇㄛˋ | | | | | 万俟（複姓） |
| | 上 | ㄕㄤˋ | | | | | 上下、上樓 |
| | | ㄕㄤˇ | | | | | 上聲 |
| | 不 | ㄅㄨˋ | ㄈㄡ | 限於「不準」（人名。晉朝人） | ㄈㄡˇ | 通「否」時音 | |
| | | ㄈㄨ | | | | | 鄂不韡韡 |
| | 且 | ㄑㄧㄝˇ | | | | | 苟且、暫且、並且 |
| | | ㄐㄩ | | | | | 籩豆有且 |
| 丨 | 中 | ㄓㄨㄥ | | | | | 中央、中學、中立 |
| | | ㄓㄨㄥˋ | | | | | 中的、中毒、中意 |

| 部首 | 國字 | 審定音 | 限讀音 | 限讀說明 | 通段音 | 通段說明 | 備注（詞例） |
| --- | --- | --- | --- | --- | --- | --- | --- |
| 丿 | 乂 | ㄧˋ | | | | | 乂安 |
| | | ㄞˋ | | | | | 㞕懲乂而不逡 |
| | 乘 | ㄔㄥˊ | | | | | 乘法、乘車 |
| | | ㄕㄥˋ | | | | | 萬乘之國、大乘 |
| 乙 | 乜 | ㄇㄧㄝ | | | | | 乜斜 |
| | | ㄋㄧㄝˋ | | | | | 姓 |
| | 九 | ㄐㄧㄡˇ | | | ㄐㄧㄡ | 通「糾」時音 | 九牛二虎 |
| | 乾 | ㄑㄧㄢˊ | | | | | 乾卦、乾坤、乾乾 |
| | | ㄍㄢ | | | | | 餅乾、乾杯、乾淨、乾脆 |
| 亅 | 了 | ㄌㄧㄠˇ | | | | | 了結、了解、了不起 |
| | | ˙ㄌㄜ | | | | | 做完了！ |
| | 予 | ㄩˇ | | | ㄩˊ | 通「余」時音 | 給予、准予 |

| 部首 | 國審定字 | 國審定音 | 限讀音 | 限讀音說明 | 通段音 | 通段說明 | 備注（詞例） |
| --- | --- | --- | --- | --- | --- | --- | --- |
| | 事 | ㄕˋ | | | ㄗˋ | 通「剚」時音 | 做事、事情 |
| 二 | 于 | ㄩˊ | | | ㄒㄩ | 通「吁」時音 | 青出于藍 |
| | 些 | ㄒㄧㄝ | ㄙㄨㄛ | 限於「麼些」（民族名）一詞音 | | | 那些、些微 |
| | | ㄙㄨㄛˋ | | | | | 魂兮歸來，反故居些 |
| | 亟 | ㄐㄧˊ | | | | | 需款孔亟 |
| | | ㄑㄧˋ | | | | | 亟求、往來頻亟 |
| 亠 | 亡 | ㄨㄤˊ | | | ㄨˊ | 通「無」時音 | 逃亡、亡故 |
| | 亢 | ㄎㄤˋ | | | | | 亢旱、不卑不亢、高亢 |
| | | ㄍㄤ | | | | | 乃仰絕亢而死 |
| | 亨 | ㄏㄥ | | | ㄆㄥ | 通「烹」時音 | 大亨、亨通 |
| | 亹 | ㄨㄟˇ | ㄇㄣˊ | 限於「亹源縣」一詞音 | | | 亹亹 |
| 人 | 什 | ㄕˊ | ㄕㄣˊ | 限於「什麼」一詞音 | | | 什長、什佰 |

| 部首 | 國字 | 審定音 | 限讀音 | 限讀說明 | 通假音 | 通假說明 | 備注（詞例） |
| --- | --- | --- | --- | --- | --- | --- | --- |
| | 仇 | ㄔㄡˊ | | | | | 仇視、仇敵 |
| | | ㄑㄧㄡˊ | | | | | 姓 |
| | 仡 | ㄧˋ | ㄍㄜ | 限於「仡僚」（民族名）一詞音 | | | 仡然 |
| | 休 | ㄒㄧㄡ | | | ㄒㄩˇ | 通「咻」時音 | 休息、休兵、休戚相關 |
| | 任 | ㄖㄣˋ | | | | | 責任、任用 |
| | | ㄖㄣˊ | | | | | 姓 |
| | 佗 | ㄊㄨㄛˊ | | | ㄊㄨㄛ | 通「它」時音 | 佗負 |
| | 伺 | ㄙˋ | | | | | 窺伺 |
| | | ㄘˋ | | | | | 伺候 |
| | 佛 | ㄈㄛˊ | | | ㄈㄨˊ | 通「佛」時音 | 佛教 |
| | | ㄅㄧˋ | | | | | 姓 |
| | 伽 | ㄑㄧㄝˊ | | | | | 伽利略 |

| 部首 國字 | 審定音 | 限讀音 | 限讀 說明 | 通段音 | 通段 說明 | 備注（詞例） |
| --- | --- | --- | --- | --- | --- | --- |
| | ㄐㄧㄚ | | | | | 伽瑪射線、瑜伽 |
| 何 | ㄏㄜˊ | | | ㄏㄜˋ | 通「負荷」之「荷」時音 | 何人、如何、姓 |
| 估 | ㄍㄨ | | | | | 估價、估計、估算 |
| | ㄍㄨˋ | | | | | 估衣鋪 |
| 体 | ㄊㄧˇ | | | | | 「體」的異體字 |
| | ㄅㄣˋ | | | | | 「笨」的異體字 |
| 佔 | ㄓㄢˋ | | | ㄓㄢ | 通「覘」時音 | 佔領 |
| 作 | ㄗㄨㄛˋ | | | | | 作文、工作、作坊、仵作 |
| | ㄗㄨㄛˊ | | | | | 作料、作興、作麼 |
| 伯 | ㄅㄛˊ | | | ㄅㄚˋ | 通「霸」時音 | 伯父、大伯、伯樂 |
| 余 | ㄩˊ | | | | | 余一人、姓 |
| | ㄒㄩˊ | | | | | 余吾（水名、鎮名） |

| 部首 | 國字 | 審定音 | 限讀音 | 限讀說明 | 通段音 | 通段說明 | 備注（詞例） |
|---|---|---|---|---|---|---|---|
| | 佷 | ㄏㄣˇ | | | | | 佷戾 |
| | | ㄏㄥˊ | | | | | 佷山（縣名） |
| | 供 | ㄍㄨㄥ | | | | | 口供、供給 |
| | | ㄍㄨㄥˋ | | | | | 供品、供奉 |
| | 侗 | ㄊㄨㄥˊ | ㄉㄨㄥˋ | 限於「侗族」（民族音）一詞音 | | | 倥侗 |
| | 信 | ㄒㄧㄣˋ | | | ㄕㄣ | 通「申」「伸」時音 | 誠信、信用、信服 |
| | 便 | ㄅㄧㄢˋ | | | | | 方便、便利 |
| | | ㄆㄧㄢˊ | | | | | 便宜、便辟、大腹便便 |
| | 俟 | ㄙˋ | | | | | 俟機而動、姓 |
| | | ㄑㄧˊ | | | | | 万俟（複姓） |
| | 俛 | ㄇㄧㄢˇ | | | ㄈㄨˇ | 通「俯」時音 | 僶俛 |
| | 俞 | ㄩˊ | ㄕㄨ | 限於「俞兒」（神名）一詞音 | | | 俞允、姓 |

| 部首 | 國審定字 | 國審定音 | 通限讀音 | 通限讀音說明 | 通段音 | 通段音說明 | 備注（詞例） |
|---|---|---|---|---|---|---|---|
| | 倥 | ㄎㄨㄥ | | | | | 倥侗 |
| | | ㄎㄨㄥˇ | | | | | 倥傯 |
| | 倔 | ㄐㄩㄝˊ | | | | | 倔起、倔強 |
| | | ㄐㄩㄝˋ | | | | | 倔脾氣 |
| | 倆 | ㄌㄧㄤˇ | | | | | 伎倆 |
| | | ㄌㄧㄚˇ | | | | | 哥兒倆 |
| | 倒 | ㄉㄠˇ | | | | | 倒閉、跌倒、顛倒 |
| | | ㄉㄠˋ | | | | | 倒影、倒轉 |
| | 俺 | ㄢˇ | | | | | 俺家 |
| | | ㄧㄢˋ | | | | | 「俺，大也。」（說文） |
| | 倘 | ㄊㄤˇ | | | ㄔㄤˊ | 通「徜」時音 | 倘若 |
| | 倡 | ㄔㄤˋ | | | | | 提倡 |

| 部首 | 國字 | 審定音 | 限讀音 | 限讀說明 | 通段音 | 通段說明 | 備注（詞例） |
|---|---|---|---|---|---|---|---|
| | | ㄔㄤ | | | | | 倡優 |
| | 個 | ㄍㄜˋ | ㄍㄜˇ | 限於「自個兒」一詞音 | | | 一個、個字、個性、個人 |
| | 俶 | ㄔㄨˋ | | | ㄊㄧˋ | 通「倜」時音 | 俶裝 |
| | 假 | ㄐㄧㄚˇ | | | ㄍㄜˊ | 通「格」時音 | 假借、假裝 |
| | | ㄐㄧㄚˋ | | | ㄒㄧㄚˊ | 通「遐」時音 | 假期、放假 |
| | 偪 | ㄈㄨˊ | | | ㄅㄧ | 通「逼」時音 | 偪陽（古國名） |
| | 偈 | ㄐㄧㄝˊ | | | | | 偈乎仁義而行 |
| | | ㄐㄧˋ | | | | | 偈句、偈語 |
| | 偲 | ㄙ | | | | | 偲偲 |
| | | ㄘㄞ | | | | | 其人美且偲 |
| | 傍 | ㄅㄤˋ | | | ㄆㄤˊ | 通「旁」時音 | 依山傍水、依傍 |
| | | ㄅㄤ | | | | | 傍晚、傍午 |

| 部首 | 國審定字 | 國審定音 | 限讀音 | 限讀說明 | 通假音 | 通假說明 | 備注（詞例） |
|---|---|---|---|---|---|---|---|
| | 傅 | ㄈㄨˋ | | | ㄈㄨ | 通「敷」時音 | 師傅、姓 |
| | 傀 | ㄎㄨㄟˇ | | | | | 傀儡 |
| | 傀 | ㄍㄨㄟ | | | | | 傀奇 |
| | 傳 | ㄔㄨㄢˊ | | | | | 傳單、傳神、傳染 |
| | 傳 | ㄓㄨㄢˋ | | | | | 傳記、左傳 |
| | 僮 | ㄊㄨㄥˊ | ㄓㄨㄤˋ | 限於「僮族」（民族名）一詞音 | | | |
| | 僥 | ㄐㄧㄠˇ | ㄧㄠˊ | 限於「僬僥」（古國名）一詞音 | | | 僥倖 |
| | 儃 | ㄔㄢˊ | | | | | 入漵浦余儃佪 |
| | 儃 | ㄊㄢˇ | | | | | 儃儃然不趨 |
| 儿 | 兌 | ㄉㄨㄟˋ | ㄩㄝˋ | 限於「兌命」一詞音 | | | 兌卦 |
| | 免 | ㄇㄧㄢˇ | | | ㄨㄣˋ | 通「絻」時音 | 免除、避免 |
| | 兒 | ㄦˊ | | | | | 兒童、兒子 |

| 部首 | 國字 | 審定音 | 限讀 限讀音 | 限讀 說明 | 通段 通段音 | 通段 說明 | 備注（詞例） |
| --- | --- | --- | --- | --- | --- | --- | --- |
| | | ㄋㄧˊ | | | | | 姓 |
| 入 | 內 | ㄋㄟˋ | | | ㄋㄚˋ | 通「納」時音 | 內人、內疚、內幕 |
| | 兩 | ㄌㄧㄤˇ | | | ㄌㄧㄤˋ | 通「輛」時音 | 斤兩、三心兩意 |
| 八 | 六 | ㄌㄧㄡˋ | | | | | 四五六、五臟六腑 |
| | | ㄌㄨˋ | | | | | 姓 |
| | 共 | ㄍㄨㄥˋ | | | ㄍㄨㄥˇ | 通「拱」時音 | 共同、共有 |
| | | ㄍㄨㄥ | | | | | 共工、姓 |
| | 其 | ㄑㄧˊ | ㄐㄧ | 限於「酈食其」（人名）一詞音 | | | 其實、其餘、尤其 |
| 冂 | 冒 | ㄇㄠˋ | ㄇㄛˋ | 限於「冒頓」（人名）一詞音 | | | 冒充、冒險、冒失 |
| | 冠 | ㄍㄨㄢ | | | | | 皇冠、冠冕堂皇 |
| | | ㄍㄨㄢˋ | | | | | 冠禮、冠軍 |
| | 冣 | ㄐㄩˋ | | | | | 「冣，積也。」（說文） |

| 部首 | 國字 | 審定音 | 讀限：限讀音 | 讀限：說明 | 通段：通段音 | 通段：說明 | 備注（詞例） |
|---|---|---|---|---|---|---|---|
| | | ㄗㄨㄟˋ | | | | | 「最」的異體字 |
| 刀 | 切 | ㄑㄧㄝˋ | | | | | 密切、一切 |
| | | ㄑㄧㄝ | | | | | 切麵、切斷、切磋 |
| | 分 | ㄈㄣ | | | | | 分數、分析 |
| | | ㄈㄣˋ | | | | | 本分、部分 |
| | 刨 | ㄆㄠˊ | | | | | 刨土、刨除、刨根 |
| | | ㄅㄠˋ | | | | | 刨冰、刨木、刨子 |
| | 剌 | ㄌㄚˋ | | | | | 乖剌、剌謬、剌剌 |
| | | ㄌㄚˊ | | | | | 剌開 |
| | 削 | ㄒㄩㄝˋ | | | | | 讀音。削壁、削足適履 |
| | | ㄒㄧㄠ | | | | | 語音。單用時音。刀削麵 |
| | 剠 | ㄑㄧㄥˊ | | | ㄌㄩㄝˋ | 通「掠」時音 | 古作黥 |

| 部首 | 國定審音字 | 國定審音音 | 限讀音 | 限讀說明 | 通段音 | 通段說明 | 備注（詞例） |
| --- | --- | --- | --- | --- | --- | --- | --- |
| | 剡 | ㄧㄢˇ | | | | | 剡木為矢 |
| | | ㄕㄢˋ | | | | | 剡溪（水名）、剡縣（地名） |
| | 剝 | ㄅㄛ | | | ㄅㄛˊ | 通「駁」時音 | 剝落、剝皮 |
| | 副 | ㄈㄨˋ | | | | | 副詞、副手、名副其實 |
| | | ㄆㄧˋ | | | | | 為天子削瓜者副之 |
| | 剬 | ㄉㄨㄢ | | | ㄊㄨㄢˊ | 通「剸」時音 | 所以剬有司 |
| | 創 | ㄔㄨㄤˋ | | | | | 開創、創舉 |
| | | ㄔㄨㄤ | | | | | 創傷、重創 |
| | 劃 | ㄏㄨㄚˋ | | | | | 規劃、劃撥 |
| | | ㄏㄨㄚˊ | | | | | 劃開、劃火柴 |
| 力 | 勑 | ㄌㄞˋ | | | ㄔˋ | 通「敕」時音 | 招勑 |
| | 勒 | ㄌㄜˋ | | | | | 韁勒、勒令 |

| 部首 | 國字 | 審定音 | 限讀音 | 限讀說明 | 通假音 | 通假說明 | 備注（詞例） |
|---|---|---|---|---|---|---|---|
| | | ㄌㄟ | | | | | 勒緊、勒死 |
| | 勞 | ㄌㄠˊ | | | | | 功勞、勞工、疲勞 |
| | | ㄌㄠˋ | | | | | 慰勞、勞軍 |
| | 勝 | ㄕㄥˋ | | | | | 戰勝、勝會 |
| | | ㄕㄥ | | | | | 勝任、不勝枚舉 |
| | 勦 | ㄐㄧㄠˇ | | | | | 勦匪、勦滅 |
| | | ㄔㄠ | | | | | 勦襲、勦說 |
| 勹 | 勺 | ㄕㄠˊ | | | | | 湯勺 |
| | | ㄓㄨㄛˊ | | | | | 誦詩舞勺 |
| | 勾 | ㄍㄡ | ㄍㄡˋ | 限於「勾當」一詞音 | | | 魚勾、勾搭、勾消、勾引 |
| 匕 | 化 | ㄏㄨㄚˋ | ㄏㄨㄚ | 限於「化子」（乞丐）一詞音 | | | 造化、化石、化裝、化境 |
| | 北 | ㄅㄟˇ | | | ㄅㄟˋ | 通「背」時音 | 北方、敗北、北上 |

| 部首 | 國字 | 審定音 | 限讀音 | 限讀說明 | 通假音 | 通假說明 | 備注（詞例） |
|---|---|---|---|---|---|---|---|
| | 匙 | ㄔˊ | ˙ㄕ | 限「鑰匙」一詞音 | | | 湯匙 |
| 匸 | 匹 | ㄆㄧˇ | | | | | 布匹、匹配、匹敵 |
| | | ㄆㄧ | | | | | 單槍匹馬、馬匹 |
| | 區 | ㄑㄩ | | | | | 區域、區別 |
| | | ㄡ | | | | | 區脫（邊界）、姓 |
| | 匿 | ㄋㄧˋ | | | ㄊㄜˋ | 通「慝」時音 | 匿名信、消聲匿跡 |
| 十 | 午 | ㄨˇ | ˙ㄏㄨㄛ | 限「晌午」一詞音 | | | 午時、午睡、姓 |
| | 卒 | ㄗㄨˊ | | | | | 役卒、士卒 |
| | | ㄘㄨˋ | | | | | 倉卒、卒然 |
| | 南 | ㄋㄢˊ | ㄋㄚˊ | 限佛經「南無」一詞音 | | | 南方、南下、南腔北調 |
| 卜 | 卡 | ㄎㄚˇ | ㄑㄧㄚˇ | 限「卡子」一詞音 | | | 關卡、卡路里、卡通 |
| | 占 | ㄓㄢ | | | | | 占卜、占夢、占星 |

| 部首 | 國審定字 | 審定音 | 限讀音 | 限讀說明 | 通段音 | 通段說明 | 備注（詞例） |
|---|---|---|---|---|---|---|---|
| | | ㄓㄢˋ | | | | | 占有、占據、占領 |
| 卩 | 卬 | ㄤˊ | | | ㄧㄤˇ | 通「仰」時音 | 意慷慨而自卬 |
| | 卷 | ㄐㄩㄢˋ | | | | | 手卷、上卷 |
| | | ㄐㄩㄢˇ | | | | | 卷舌 |
| | | ㄑㄩㄢˊ | | | | | 卷曲、卷卷服膺 |
| 厂 | 厂 | ㄏㄢˇ | | | | | 「厂，山石之崖巖。」（說文） |
| | | ㄢ | | | | | 「庵」之異體字 |
| | 厘 | ㄌㄧˊ | | | | | 「釐」之異體字 |
| | | ㄔㄢˊ | | | | | 「廛」之異體字 |
| | 原 | ㄩㄢˊ | | | ㄩㄢˋ | 通「愿」時音 | 原因、原諒、平原 |
| | 厭 | ㄧㄢˋ | ㄧㄢ | 限「厭厭」一詞音 | | | 貪得無厭、討厭 |
| | 厲 | ㄌㄧˋ | | | ㄌㄞˋ | 通「癩」時音 | 厲害、雷厲風行 |

| 部首 | 字 | 國定審定音 | 限讀音 | 限讀說明 | 通假音 | 通假說明 | 備注（詞例） |
|---|---|---|---|---|---|---|---|
| 厶 | 厹 | ㄖㄡˊ | | | | | 「内」之異體字 |
| | | ㄑㄧㄡˊ | | | | | 厹矛、厹由（古國名） |
| | 參 | ㄘㄢ | | | ㄙㄢ | 通「三」時音 | 參觀、參加、曹參 |
| | | ㄕㄣ | | | | | 人參、曾參、動如參商 |
| | | ㄘㄣ | | | | | 參差 |
| 口 | 可 | ㄎㄜˇ | | | | | 可口、可是、可愛 |
| | | ㄎㄜˋ | | | | | 可汗 |
| | 召 | ㄓㄠˋ | | | | | 召喚、召禍 |
| | | ㄕㄠˋ | | | | | 召陵（古地名）、姓 |
| | 叨 | ㄊㄠ | | | | | 叨光、叨擾 |
| | | ㄉㄠ | | | | | 嘮叨、叨登、叨念 |
| | 只 | ㄓˇ | | | ㄓ | 通「隻」時音 | 只好、只此一家 |

| 部首 | 國字 | 審定音 | 限讀音 | 限讀說明 | 通叚音 | 通叚說明 | 備注（詞例） |
|---|---|---|---|---|---|---|---|
| | 台 | ㄊㄞˊ | | | | | 台端、台州 |
| | | 一ˊ | | | | | 諸呂不台 |
| | 句 | ㄐㄩˋ | ㄍㄡˋ | 限「句當」一詞音 | ㄍㄡ | 通「勾」時音（句踐） | 句讀、句子 |
| | 吐 | ㄊㄨˇ | | | | | 從口中出（吐痰、吐露） |
| | | ㄊㄨˋ | | | | | 從胃中出（吐血、嘔吐） |
| | 吃 | ㄔ | ㄐㄧˊ | 限「口吃」一詞音 | | | 吃飯、吃虧、吃力 |
| | 各 | ㄍㄜˋ | ㄍㄜˇ | 限「自各兒」一詞音 | | | 各種、各自、各有千秋 |
| | 合 | ㄏㄜˊ | ㄍㄜˇ | 限「公合」一詞音 | | | 合作、天作之合、合適 |
| | 否 | ㄈㄡˇ | | | | | 否定、不置可否 |
| | | ㄆㄧˇ | | | | | 否卦、臧否、否極泰來 |
| | 吭 | ㄏㄤˊ | ㄎㄥ | 限「吭聲」一詞音 | | | 引吭高歌 |
| | 吧 | ㄅㄚ | | | | | 酒吧 |

| 部首 | 國字 | 審定音 | 限讀音 | 限讀說明 | 通段音 | 通段說明 | 備注（詞例） |
| --- | --- | --- | --- | --- | --- | --- | --- |
| | | ˙ㄅㄚ | | | | | 給我吧！算了吧！ |
| | 呀 | ㄧㄚ | | | | | 呀的一聲、啊呀 |
| | | ˙ㄧㄚ | | | | | 他呀、恐怕不行！ |
| | | ㄒㄧㄚ | | | | | 呀然 |
| | 吽 | ㄏㄨㄥ | | | | | 阿吽、唵嘛呢叭咪吽 |
| | | ㄏㄡˇ | | | | | 怒吽吽 |
| | 听 | ㄊㄧㄥ | | | | | 「聽」之異體字 |
| | | ㄊㄧㄥˋ | | | | | 「聽」之異體字 |
| | | ㄧㄣˇ | | | | | 听然而笑 |
| | 告 | ㄍㄠˋ | ㄍㄨˋ | 限「告朔」一詞音 | | | 公告、報告、告退 |
| | 咇 | ㄅㄧㄝˊ | | | | | 咇茀 |
| | | ㄅㄧ | | | | | 咇咇剝剝 |

| 部首 國字 | 審定音 | 限讀 限讀音 | 限讀 說明 | 通段 通段音 | 通段 說明 | 備注（詞例） |
| --- | --- | --- | --- | --- | --- | --- |
| 呢 | ㄋㄧˊ | | | | | 呢絨、呢喃 |
| | ˙ㄋㄜ | | | | | 他正忙著呢 |
| 呵 | ㄏㄜ | | | | | 呵欠、呵護、呵呵笑 |
| | ㄜ | | | | | 這麼多錢呵！ |
| 呫 | ㄓㄢ | | | | | 呫呫、呫嚅、呫囁 |
| | ㄔㄜˋ | | | | | 呫血之盟 |
| 呴 | ㄒㄩˇ | ㄏㄡ | 限「唏呴」一詞音 | | | 呴濡、呴呴 |
| 呱 | ㄍㄨ | | | | | 呱呱而泣 |
| | ㄍㄨㄚ | | | | | 頂呱呱、呱呱叫 |
| 和 | ㄏㄜˊ | ㄏㄨˊ | 限「和牌」一詞音 | | | 和尚、和平、和風 |
| | ㄏㄜˋ | | | | | 唱和、附和 |
| | ㄏㄨㄛˋ | | | | | 和麵、攪和 |

| 部首 | 國審定字音 | 限讀音 | 限讀說明 | 通叚音 | 通叚說明 | 備注（詞例） |
|---|---|---|---|---|---|---|
| | ㄏㄢˋ | | | | | 我和你 |
| | ˙ㄏㄨㄛ | | | | | 暖和、熱和 |
| 咎 | ㄐㄧㄡˋ | | | | | 咎由自取 |
| | ㄍㄠ | | | | | 咎陶 |
| 咳 | ㄎㄜˊ | | | | | 咳嗽、咳血 |
| | ㄏㄞ | | | | | 咳聲嘆氣 |
| 哄 | ㄏㄨㄥ | | | | | 哄傳、哄動、哄堂大笑 |
| | ㄏㄨㄥˇ | | | | | 連哄帶騙、哄小孩 |
| 咥 | ㄒㄧˋ | | | | | 咥其笑矣 |
| | ㄉㄧㄝˊ | | | | | 履虎尾，不咥人，亨。 |
| 咽 | ㄧㄢ | | | ㄧㄢˋ | 通「嚥」時音 | 咽喉 |
| | ㄧㄝˋ | | | | | 哽咽 |

| 部首 | 國字 | 審定音 | 限讀音 | 限讀說明 | 通段音 | 通段說明 | 備注（詞例） |
| --- | --- | --- | --- | --- | --- | --- | --- |
| | 哆 | ㄉㄨㄛ | | | | | 哆嗦、哆囉呢 |
| | | ㄔㄜˇ | | | | | 哆著嘴 |
| | 咯 | ˙ㄌㄜ | | | ㄍㄜˊ | 通「嗝」時音 | 來咯、當然咯 |
| | | ㄍㄜ | | | | | 母雞咯咯叫 |
| | | ㄎㄚˇ | | | | | 咯血 |
| | 咬 | ㄧㄠˇ | ㄐㄧㄠ | 限「咬咬好音」一詞音 | | | 咬文嚼字 |
| | 咱 | ㄗㄢˊ | | | | | 咱們 |
| | | ㄗㄚˊ | | | | | 咱家 |
| | 咻 | ㄒㄧㄡ | | | | | 咻咻 |
| | | ㄒㄩˇ | | | | | 風氣之所咻 |
| | 哈 | ㄏㄚ | ㄎㄚ | 限「哈喇呢」一詞音 | | | 哈密瓜、哈腰 |
| | | ㄏㄚˇ | | | | | 哈巴狗、哈德門 |

| 部首 | 國字 | 審定音 | 限讀音 | 限讀說明 | 通叚音 | 通叚說明 | 備注（詞例） |
|---|---|---|---|---|---|---|---|
| | 唇 | ㄓㄣ | | | | | 「唇，驚也。」（說文） |
| | | ㄔㄨㄣˊ | | | | | 「脣」之異體字 |
| | 哪 | ㄋㄚˇ | ㄋㄨㄛˊ | 限「哪吒」一詞音 | | | 哪知、哪個 |
| | | ˙ㄋㄚ | | | | | 你又走哪 |
| | 哩 | ㄌㄧ | | | | | 哩哩囉囉、哩嚕 |
| | | ㄌㄧˇ | | | | | 一哩 |
| | 員 | ㄩㄢˊ | | | | | 員工、幅員、員外 |
| | | ㄩㄣˊ | | | | | 伍員 |
| | 哦 | ㄜˊ | | | | | 吟哦 |
| | | ㄛˊ | | | | | 哦！您就是孫先生。 |
| | 哈 | ㄏㄚ | | | | | 哈呀、哈哈 |
| | | ㄏㄚˇ | | | | | 哈菝飲水 |

| 部首 | 國字 | 審定音 | 限讀段：限讀音 | 限讀段：說明 | 通段：通段音 | 通段：說明 | 備注（詞例） |
|---|---|---|---|---|---|---|---|
| | 唼 | ㄕㄚˋ | | | | | 唼眼、唼氣、唼喋 |
| | | ㄑㄧㄝˋ | | | | | 唼佞 |
| | 啑 | ㄐㄧㄝˊ | | | ㄕㄚˋ | 通「歃」時音 | 啑血 |
| | 啞 | ㄧㄚˇ | | | | | 啞巴、瘖啞 |
| | | ㄧㄚ | | | | | 啞啞、嘔啞 |
| | 唶 | ㄐㄧㄝˋ | | | | | 唶曰：「氣佳哉！」 |
| | | ㄗㄜˊ | | | | | 嚄唶 |
| | 啊 | ㄚ | | | | | 啊！失火了！ |
| | | ˙ㄚ | | | | | 不錯啊！ |
| | 啦 | ㄌㄚ | | | | | 啪啦、啦啦隊 |
| | | ˙ㄌㄚ | | | | | 他來啦！好啦！ |
| | 喪 | ㄙㄤ | | | | | 居喪、喪亡 |

| 部首 | 國字 | 審定音 | 限讀 限讀音 | 限讀 說明 | 通假 通假音 | 通假 說明 | 備注（詞例） |
| --- | --- | --- | --- | --- | --- | --- | --- |
| | | ㄙㄤˋ | | | | | 喪失、沮喪 |
| | 喔 | ㄨㄛˋ | | | | | 喔咿嚅唲 |
| | | ㄛ | | | | | 喔唷 |
| | 喁 | ㄩˊ | | | | | 喁喁私語 |
| | | ㄩㄥˊ | | | | | 喁喁向慕 |
| | 喝 | ㄏㄜ | | | | | 喝水、喝酒 |
| | | ㄏㄜˋ | | | | | 喝責、喝采、喝令 |
| | 單 | ㄉㄢ | ㄔㄢˊ | 限「單于」一詞音 | | | 菜單、簡單 |
| | | ㄕㄢˋ | | | | | 單縣、姓 |
| | 喏 | ㄖㄜˇ | | | | | 唱喏 |
| | | ㄋㄨㄛˋ | | | | | 喏喏連聲 |
| | 喒 | ㄗㄢˊ | | | | | 喒們 |

| 部首 | 國字 | 審定音 | 限讀音 | 限讀說明 | 通叚音 | 通叚說明 | 備注（詞例） |
|---|---|---|---|---|---|---|---|
| | 喒 | ㄗㄚˊ | | | | | 喒家 |
| | 嗛 | ㄑㄧㄢˇ | | | ㄑㄧㄢ | 通「謙」時音 | 嗛嗛 |
| | | | | | ㄑㄧㄢˋ | 通「歉」時音 | |
| | 嗎 | ㄇㄚˇ | ·ㄇㄚ | 限當語尾助詞時音 | | | 嗎啡、嗎呼 |
| | 嗑 | ㄎㄜˋ | ㄏㄜˊ | 限「噬嗑」一詞音 | | | 嗑瓜子、嗑牙 |
| | 嘛 | ㄇㄚˊ | | | | | 幹嘛 |
| | | ·ㄇㄚ | | | | | 同「嗎」（疑問詞）、喇嘛 |
| | 嘔 | ㄡˇ | | | | | 嘔吐、嘔心瀝血 |
| | | ㄡ | | | | | 嘔歌、嘔啞 |
| | | ㄡˋ | | | | | 嘔氣、存心嘔我 |
| | 嘿 | ㄏㄟ | | | ㄇㄛˋ | 通「默」時音 | 嘿嘿的笑 |
| | 嘽 | ㄊㄢ | | | | | 嘽嘽 |

| 部首 | 國字 | 審定音 | 限讀音 | 限讀說明 | 通叚音 | 通叚說明 | 備注（詞例） |
| --- | --- | --- | --- | --- | --- | --- | --- |
| | | ㄔㄢˇ | | | | | 其樂心感者，其聲嘽以緩 |
| | 嘩 | ㄏㄨㄚˊ | | | ㄏㄨㄚˊ | 通「譁」時音 | 嘩啦 |
| | 噍 | ㄐㄧㄠˋ | | | | | 噍食、噍類 |
| | | ㄐㄧㄠ | | | | | 其聲噍以殺 |
| | 噴 | ㄆㄣ | ㄆㄣˋ | 限「噴香」一詞音 | | | 噴水、噴泉、噴嚏 |
| | | | ˙ㄈㄣ | 限「嚏噴」一詞音 | | | |
| | 噹 | ㄉㄤ | ㄉㄧㄤ | 限「噹噹兒」一詞音 | | | 叮噹 |
| | 噱 | ㄐㄩㄝˊ | | | | | 令人發噱 |
| | | ㄒㄩㄝ | | | | | 噱頭 |
| | 噦 | ㄩㄝ | | | | | 乾噦、噦了一地 |
| | | ㄏㄨㄟˋ | | | | | 鸞聲噦噦 |
| | 噣 | ㄓㄡˋ | | | ㄓㄨㄛˊ | 通「啄」時音 | 龍面而鳥噣 |

| 部首字 | 國審定音 | 限讀音 | 說明 | 通段音 | 說明 | 備注（詞例） |
| --- | --- | --- | --- | --- | --- | --- |
| 噭 | ㄐㄧㄠˋ | | | | | 噭應 |
| | ㄑㄧㄠˋ | | | | | 馬蹄噭千 |
| 嚇 | ㄏㄜˋ | | | | | 恐嚇、嚇嚇 |
| | ㄒㄧㄚˋ | | | | | 嚇唬、嚇了一跳 |
| 嚜 | ㄇㄛˋ | ·ㄇㄛ | 限當語助詞時音 | | | 嚜嚜 |
| 嚼 | ㄐㄧㄠˊ | | | | | 嚼舌、細嚼慢嚥 |
| | ㄐㄩㄝˊ | | | | | 咀嚼 |
| 囉 | ㄌㄨㄛˊ | | | | | 嘍囉、囉唣 |
| | ㄌㄨㄛ | | | | | 囉囉嗦嗦 |
| 囤 | ㄉㄨㄣˋ | | | | | 米囤 |
| | ㄊㄨㄣˊ | | | | | 囤糧 |
| 囪 | ㄘㄨㄥ | | | | | 煙囪 |

| 部首 | 國字 | 審定音 | 限讀音 | 限讀說明 | 通段音 | 通段說明 | 備注（詞例） |
| --- | --- | --- | --- | --- | --- | --- | --- |
| | | ㄔㄨㄤ | | | | | 「窗」的本字 |
| | 圈 | ㄑㄩㄢ | | | | | 圓圈、圈套、圈選 |
| | | ㄐㄩㄢˋ | | | | | 豬圈、羊圈 |
| | 圌 | ㄔㄨㄟˊ | | | ㄊㄨㄢˊ | 通「團」時音 | 圌山（山名，在江蘇省） |
| | 圜 | ㄩㄢˊ | | | | | 圜牆 |
| | | ㄏㄨㄢˊ | | | | | 圜視 |
| | 地 | ㄉㄧˋ | | | | | 大地 |
| | | ˙ㄉㄜ | | | | | 慢慢地 |
| | 坊 | ㄈㄤ | | | | | 街坊、染坊、牌坊 |
| | | ㄈㄤˊ | | | | | 堤坊、坊記 |
| | 均 | ㄐㄩㄣ | | | ㄩㄣˋ | 通「韻」時音 | 平均、均衡 |
| | 坻 | ㄔˊ | | | | | 宛在水中坻 |

| 部首 | 國字 | 審定音 | 限讀：限讀音 | 限讀：說明 | 通段：通段音 | 通段：說明 | 備注（詞例） |
| --- | --- | --- | --- | --- | --- | --- | --- |
| | | ㄉㄧˇ | | | | | 寶坻、隴坻、坻伏 |
| | 垛 | ㄉㄨㄛˇ | | | | | 城垛 |
| | | ㄉㄨㄛˋ | | | | | 草垛、箭垛子、垛指兒 |
| | 埋 | ㄇㄞˊ | ㄇㄢˊ | 限「埋怨」一詞音 | | | 埋藏、掩埋 |
| | 埏 | ㄧㄢˊ | | | | | 埏隧 |
| | | ㄕㄢ | | | | | 埏埴 |
| | 培 | ㄆㄟˊ | | | | | 培育、培養、栽培 |
| | | ㄆㄡˇ | | | | | 培塿 |
| | 埽 | ㄙㄠˇ | | | | | 洒埽穹窒 |
| | | ㄙㄠˋ | | | | | 凡塞河決，垂合，中間一埽，謂之合龍門。 |
| | 埧 | ㄐㄩˋ | | | | | 「埧，堤塘。」（廣韻） |
| | | ㄅㄚˋ | | | | | 「壩」之異體字 |

| 部首 國字 | 審定音 | 限讀音 | 限讀說明 | 通段音 | 通段說明 | 備注（詞例） |
|---|---|---|---|---|---|---|
| 堋 | ㄅㄥˋ | | | | | 毀之則朝而堋 |
| | ㄆㄥˊ | | | | | 橫弓先望堋 |
| 埤 | ㄆㄧˊ | | | | | 埤益、新埤、水埤 |
| | ㄅㄟ | | | | | 虎頭埤、埤頭鄉 |
| | ㄅㄧˋ | | | | | 松柏不生埤 |
| 埶 | ㄕˋ | | | | | 「勢」的本字 |
| | ㄧˋ | | | | | 「藝」的古字 |
| 堵 | ㄉㄨˇ | | | | | 堵塞、堵嘴、一堵牆 |
| | ㄓㄜˇ | | | | | 堵水 |
| 塞 | ㄙㄜˋ | | | | | 阻塞、充塞、閉塞 |
| | ㄙㄞˋ | | | | | 邊塞、要塞 |
| | ㄙㄞ | | | | | 塞車、活塞、瓶塞 |

| 部首 | 國字 | 審定音 | 限讀音 | 限讀說明 | 通段音 | 通段說明 | 備注（詞例） |
|---|---|---|---|---|---|---|---|
| | 墮 | ㄉㄨㄛˋ | | | ㄏㄨㄟ | 通「隳」時音 | 墮落、墮胎 |
| | 壘 | ㄌㄟˇ | ㄌㄩˋ | 限「鬱壘」一詞音 | | | 堡壘、壘球 |
| | 夏 | ㄒㄧㄚˋ | | | | | 夏季、夏布、姓 |
| | | ㄐㄧㄚˇ | | | | | 夏楚 |
| 大 | 大 | ㄉㄚˋ | | | ㄊㄞˋ | 通「太」時音 | 大小、大夫（官名） |
| | | ㄉㄞˋ | | | | | 大夫（醫生） |
| | 夫 | ㄈㄨ | | | | | 匹夫、夫人 |
| | | ㄈㄨˊ | | | | | 夫差、「夫人不言，言必有中。」 |
| | 奉 | ㄈㄥˋ | | | ㄆㄥˇ | 通「捧」時音 | 奉命、奉公守法 |
| | 奇 | ㄑㄧˊ | | | | | 奇怪、奇門遁甲、傳奇 |
| | | ㄐㄧ | | | | | 奇數、奇拜、奇利 |
| | 奄 | ㄧㄢˇ | | | | | 奄國、奄忽、奄有四方 |

| 部首 | 國字 | 審定音 | 限讀音 | 限讀說明 | 通段音 | 通段說明 | 備注（詞例） |
|---|---|---|---|---|---|---|---|
| | | ㄧㄢ | | | | | 奄人（宦官）、奄奄一息 |
| | 契 | ㄑㄧˋ | ㄒㄧㄝˋ | 限當虞舜臣名時音 | | | 契約、契丹、契合 |
| | 奓 | ㄓㄚ | | | ㄔˇ | 通「侈」時音 | 妸荷甘日中奓戶而入 |
| 女 | 女 | ㄋㄩˇ | | | ㄖㄨˇ | 通「汝」時音 | 女兒、美女 |
| | | ㄋㄩˋ | | | | | 以女女之（文言動詞音ㄋㄩˋ） |
| | 妃 | ㄈㄟ | | | ㄆㄟˋ | 通「配」時音 | 貴妃、嬪妃、太子妃 |
| | 好 | ㄏㄠˇ | | | | | 好朋友、好人好事 |
| | | ㄏㄠˋ | | | | | 投其所好、好學不倦 |
| | 她 | ㄊㄚ | | | ㄧ | 通「伊」時音 | 她們 |
| | 妻 | ㄑㄧ | | | | | 妻子、夫妻 |
| | | ㄑㄧˋ | | | | | 以女妻之（文言動詞音ㄑㄧˋ） |
| | 委 | ㄨㄟˇ | | | | | 原委、委託、委曲求全 |

| 部首 | 國審定字 | 審定音 | 限讀：限讀音 | 限讀：說明 | 通段：通段音 | 通段：說明 | 備注（詞例） |
| --- | --- | --- | --- | --- | --- | --- | --- |
| | | ㄨㄟ | | | | | 委蛇 |
| | 妳 | ㄋㄞˇ | | | | | 「嬭」之異體字 |
| | | ㄋㄧˇ | | | | | 妳怎麼來了？ |
| | 姊 | ㄗˇ | | | ㄐㄧㄝˇ·ㄐㄧㄝ | 「姊姊」一詞通「姐姐」音 | 兄弟姊妹 |
| | 姣 | ㄐㄧㄠˇ | | | | | 姣好 |
| | | ㄒㄧㄠˊ | | | | | 棄味而姣，不可謂貞。 |
| | 姥 | ㄇㄨˇ | | | | | 公姥、天姥山 |
| | | ㄌㄠˇ | | | | | 姥姥 |
| | 娜 | ㄋㄨㄛˊ | ㄋㄚˋ | 限當人名譯音時音。如「安娜」。 | | | 婀娜、裊娜 |
| | 娩 | ㄨㄢˇ | | | | | 婉娩、娩澤 |
| | | ㄇㄧㄢˇ | | | | | 分娩 |
| | 婁 | ㄌㄡˊ | | | | | 婁縣、離婁 |

| 部首 | 國字 | 審定音 | 限讀音 | 限讀說明 | 通段音 | 通段說明 | 備注（詞例） |
| --- | --- | --- | --- | --- | --- | --- | --- |
| | | ㄌㄩˇ | | | | | 卷婁、牛馬維婁 |
| | 婾 | ㄊㄡ | | | ㄩˊ | 通「愉」時音 | 婾生、婾居 |
| | 媻 | ㄆㄢˊ | | | ㄆㄛˊ | 通「婆娑」之「婆」時音 | 媻姍 |
| | 嫖 | ㄆㄧㄠˊ | | | | | 嫖妓、吃喝嫖賭 |
| | | ㄆㄧㄠ | | | | | 嫖姚、嫖疾 |
| | 嬛 | ㄒㄩㄢ | | | ㄏㄨㄢˊ | 通「鬟」時音 | 嬛佞、便嬛 |
| 子 | 孫 | ㄙㄨㄣ | | | ㄒㄩㄣˋ | 通「遜」時音 | 祖孫、姓 |
| 宀 | 它 | ㄊㄚ | | | ㄕㄜˊ | 通「蛇」時音 | 它們、它山之石 |
| | 宓 | ㄇㄧˋ | | | | | 靜宓 |
| | | ㄈㄨˊ | | | | | 姓 |
| | 宛 | ㄨㄢˇ | | | | | 宛平縣、宛延、宛如 |
| | | ㄩㄢ | | | | | 大宛、宛馬 |

| 部首 | 國字 | 審定音 | 限讀音 | 說明 | 通段音 | 說明 | 備注（詞例） |
|---|---|---|---|---|---|---|---|
| | 害 | ㄏㄞˋ | | | ㄏㄜˊ | 通「曷」時音 | 要害、害怕、害蟲 |
| | 家 | ㄐㄧㄚ | | | | | 家庭、農家、扮家家酒 |
| | | ㄍㄨ | | | | | 曹大家 |
| | 宿 | ㄙㄨˋ | | | | | 宿舍、宿命、宿願、住宿 |
| | | ㄒㄧㄡˋ | | | | | 星宿 |
| | | ㄒㄧㄡˇ | | | | | 一宿、整宿 |
| | 寧 | ㄋㄧㄥˊ | | | | | 寧可、寧願、安寧 |
| | | ㄋㄧㄥˋ | | | | | 姓 |
| 寸 | 射 | ㄕㄜˋ | ㄧˋ | 限「無射」一詞音 | | | 射擊、投射 |
| | | ㄧㄝˋ | | | | | 射干、僕射、姑射 |
| | 尉 | ㄨㄟˋ | | | | | 廷尉、少尉 |
| | | ㄩˋ | | | | | 尉遲（複姓） |

| 部首 | 國字 | 審定音 | 限讀音 | 限讀說明 | 通段音 | 通段說明 | 備注（詞例） |
|---|---|---|---|---|---|---|---|
| | 將 | ㄐㄧㄤ | | | | | 將軍、將就、將近 |
| | | ㄐㄧㄤˋ | | | | | 勇將、上將、將兵 |
| | | ㄑㄧㄤ | | | | | 將將（狀聲詞） |
| 小 | 少 | ㄕㄠˇ | | | | | 缺少、少頃 |
| | | ㄕㄠˋ | | | | | 少傅、少尉、少年 |
| 尢 | 尨 | ㄇㄤˊ | | | ㄆㄤˊ | 通「龐」時音 | 無使尨也吠 |
| | | ㄇㄥˊ | | | | | 尨茸 |
| 尸 | 尺 | ㄔˇ | ㄔㄜˇ | 限「工尺」一詞音 | | | 公尺、皮尺、尺寸 |
| | 屎 | ㄕˇ | ㄒㄧ | 限「殿屎」一詞音 | | | 屎尿 |
| | 屏 | ㄆㄧㄥˊ | | | | | 屏風、屏東、屏障 |
| | | ㄅㄧㄥˇ | | | | | 屏除、屏息 |
| | 屬 | ㄕㄨˇ | | | | | 親屬、金屬、部屬 |

| 部首 | 國字 | 審定音 | 限讀音 | 限讀說明 | 通段音 | 通段說明 | 備注（詞例） |
| --- | --- | --- | --- | --- | --- | --- | --- |
| | | ㄓㄨˇ | | | | | 屬託、屬文 |
| 屮 | 屯 | ㄊㄨㄣˊ | ㄔㄨㄣˊ | 限「屯留」一詞音 | | | 屯兵、屯積、小屯村 |
| | | ㄓㄨㄣ | | | | | 屯卦、屯窒、屯邅 |
| 山 | 峒 | ㄊㄨㄥˊ | | | | | 崆峒 |
| | | ㄉㄨㄥˋ | | | | | 苗峒、大龍峒 |
| | 崗 | ㄍㄤˇ | | | ㄍㄤ | 通「岡」時音 | 崗位、崗哨、站崗 |
| | 嵌 | ㄑㄧㄢ | ㄎㄢˇ | 限「赤嵌樓」一詞音 | | | 嵌金 |
| | 嶡 | ㄍㄨㄟˋ | | | | | 「嶡，山貌。」（集韻） |
| | | ㄐㄩㄝˊ | | | | | 「俎，夏后氏以嶡。」（禮記） |
| | 嶷 | ㄧˊ | | | | | 九嶷山 |
| | | ㄋㄧˋ | | | | | 岐嶷 |
| 工 | 差 | ㄔㄚ | ㄘㄨㄛ | 限「景差」（人名）一詞音 | | | 差數、差勁、差不多 |

| 部首 | 國字 | 審定音 | 限讀音 | 限讀說明 | 通段音 | 通段說明 | 備注（詞例） |
| --- | --- | --- | --- | --- | --- | --- | --- |
| | | ㄔㄞ | | | | | 郵差、出差、夫差 |
| | | ㄘ | | | | | 參差 |
| 巾 | 帖 | ㄊㄧㄝˇ | | | ㄊㄧㄝ | 通「貼」時音 | 帖子、字帖、碑帖、一帖藥 |
| | 帑 | ㄊㄤˇ | | | ㄋㄨˊ | 通「孥」時音 | 公帑、帑藏 |
| | 帴 | ㄐㄧㄢˇ | | | | | 則是以爲帴也 |
| | | ㄘㄢˊ | | | | | 「帴，一曰婦人脅衣。」（說文） |
| | 幅 | ㄈㄨˊ | | | | | 篇幅、邊幅、幅員遼闊 |
| | | ㄅㄧ | | | | | 綵布纏蹕幅半斜 |
| | 幕 | ㄇㄨˋ | | | ㄇㄛˋ | 通「漠」時音 | 帳幕、幕僚、開幕 |
| | 幬 | ㄉㄠˋ | | | | | 如天之無不幬也 |
| | | ㄔㄡˊ | | | | | 夏日無幬帳 |
| 干 | 平 | ㄆㄧㄥˊ | ㄆㄧㄢˊ | 限「王道平平」一詞 | ㄅㄧㄢˋ | 通「釆」時音 | 平常、平均、心平氣和 |

| 部首 | 國審定字音 | 限讀音 | 限讀說明 | 通段音 | 通段說明 | 備注（詞例） |
|---|---|---|---|---|---|---|
| | 幷 | ㄅㄧㄥˋ | ㄅㄧㄥ | 限「幷州」一詞音 | | | 幷呑、幷列 |
| | 幹 | ㄍㄢˋ | ㄏㄢˊ | 限「井幹」一詞音 | | | 軀幹、樹幹、埋頭苦幹 |
| 幺 | 幾 | ㄐㄧˇ | | | | | 幾何學、十幾歲 |
| | | ㄐㄧ | | | | | 庶幾、幾乎 |
| 广 | 底 | ㄉㄧˇ | | | ·ㄉㄜ | 通「的」（·ㄉㄜ）時音 | 鞋底、底下、底薪、月底 |
| | 度 | ㄉㄨˋ | | | | | 制度、態度、梅開二度 |
| | | ㄉㄨㄛˋ | | | | | 忖度、量度 |
| | 庳 | ㄅㄧˋ | | | | | 有庳、宮室卑庳 |
| | | ㄅㄟ | | | | | 其民豐而庳 |
| 廾 | 弁 | ㄅㄧㄢˋ | ㄆㄢˊ | 限「小弁」一詞音 | | | 弁言、皮弁、馬弁 |
| | 弄 | ㄋㄨㄥˋ | ㄌㄨㄥˋ | 限「巷弄」一詞音 | | | 弄笛、戲弄、玩弄 |
| 弓 | 弟 | ㄉㄧˋ | | | ㄊㄧˋ | 通「悌」時音 | 弟弟、小老弟 |

| 部首 | 國字 | 審定音 | 限讀 限讀音 | 限讀 說明 | 通假 通假音 | 通假 說明 | 備注（詞例） |
| --- | --- | --- | --- | --- | --- | --- | --- |
|  | 強 | ㄑㄧㄤˊ |  |  |  |  | 用在有力、健壯意義方面 |
|  |  | ㄑㄧㄤˇ |  |  |  |  | 用在硬要、迫使意義方面 |
|  |  | ㄐㄧㄤˋ |  |  |  |  | 倔強 |
|  | 彈 | ㄉㄢˋ |  |  |  |  | 彈弓、炸彈、彈子房 |
|  |  | ㄊㄢˊ |  |  |  |  | 彈性、彈劾、彈腿 |
|  | 彊 | ㄑㄧㄤˊ |  |  |  |  | 彊禦、彊梁、強弩之末 |
|  |  | ㄑㄧㄤˇ |  |  |  |  | 勉彊、彊顏歡笑 |
|  |  | ㄐㄧㄤˋ |  |  |  |  | 彊顏為盜 |
| 彳 | 彴 | ㄓㄨㄛˊ |  |  |  |  | 略彴 |
|  |  | ㄅㄛˊ |  |  |  |  | 彴約 |
|  | 彷 | ㄆㄤˊ |  |  |  |  | 彷徨、彷徉 |
|  |  | ㄈㄤˇ |  |  |  |  | 彷彿 |

| 部首 | 國字 | 審定音 | 限讀音 | 限讀說明 | 通假音 | 通假說明 | 備注（詞例） |
| --- | --- | --- | --- | --- | --- | --- | --- |
| | 待 | ㄉㄞˋ | | | | | 對待、待遇、待人接物 |
| | | ㄉㄞ | | | | | 待不住、待會兒 |
| | 徠 | ㄌㄞˊ | | | | | 招徠、徂徠 |
| | | ㄌㄞˋ | | | | | 勞徠 |
| | 得 | ㄉㄜˊ | | | | | 得到、得意 |
| | | ㄉㄟˇ | | | | | 總得、這事得虧他幫忙 |
| | | ˙ㄉㄜ | | | | | 飛得高、跳得高 |
| | 從 | ㄘㄨㄥˊ | ㄘㄨㄥ | 限「從容」一詞音 | | | 跟從、順從、力不從心 |
| | | ㄗㄨㄥˋ | ㄗㄨㄥ | 限「從橫」一詞音 | | | 侍從、從犯、從兄弟 |
| | 徬 | ㄆㄤˊ | | | ㄅㄤˋ | 通「傍」時音，依附的意思 | 彷徨 |
| | 徵 | ㄓㄥ | ㄓˇ | 限「宮商角徵羽」之「徵」音 | | | 徵兆、徵召、應徵 |
| | 徼 | ㄐㄧㄠˋ | | | ㄐㄧㄠˇ | 通「僥倖」之「僥」時音 | 徼外、徼循 |

| 部首 | 國字 | 審定音 | 限讀音 | 限讀說明 | 通段音 | 通段說明 | 備注（詞例） |
|---|---|---|---|---|---|---|---|
| | | ㄐㄧㄠ | | | | | 惡徼以爲知者 |
| 心 | 忕 | ㄕˋ | | | ㄊㄞˋ | 通「忲」時音 | 小廉而苛忕 |
| | 忔 | ㄑㄧˋ | | | | | 忔如巨人之志 |
| | | ㄧˋ | | | | | 數忔食飲 |
| | 忒 | ㄊㄜˋ | | | | | 欺人忒甚 |
| | | ㄊㄜ | | | | | 忒愣愣、忒兒的 |
| | 忪 | ㄓㄨㄥ | | | | | 怔忪 |
| | | ㄙㄨㄥ | | | | | 惺忪 |
| | 怫 | ㄈㄨˊ | | | ㄅㄟˋ | 通「悖」時音 | 怫鬱、怫然 |
| | 怔 | ㄓㄥ | | | ㄌㄥˋ | 通「愣」時音 | 怔忡、怔忪 |
| | 怜 | ㄌㄧㄥˊ | | | ㄌㄧㄢˊ | 通「憐」時音 | 怜俐 |
| | 思 | ㄙ | ㄙㄞ | 限「于思」一詞音 | | | 思考、相思、思慕 |

| 部首 | 國字 | 審定音 | 限讀：限讀音 | 限讀：說明 | 通段：通段音 | 通段：說明 | 備注（詞例） |
| --- | --- | --- | --- | --- | --- | --- | --- |
| | 恫 | ㄊㄨㄥ | | | | | 哀恫、恫瘝 |
| | | ㄉㄨㄥˋ | | | | | 恫嚇 |
| | 恁 | ㄖㄣˋ | | | ㄋㄧㄣˊ | 通「您」時音 | 宜亦勸恁旅力 |
| | 悖 | ㄅㄟˋ | | | ㄅㄛˊ | 通「勃」時音 | 並行不悖、悖慢 |
| | 悾 | ㄎㄨㄥ | | | ㄎㄨㄥˇ | 通「倥傯」之「倥」時音 | 悾悾、悾款 |
| | 悶 | ㄇㄣˋ | | | | | 心裡煩悶音 |
| | | ㄇㄣ | | | | | 被罩住的意思音 |
| | 惡 | ㄜˋ | | | | | 罪惡、惡化 |
| | | ㄜˇ | | | | | 惡心 |
| | | ㄨˋ | | | | | 羞惡、交惡、可惡、厭惡 |
| | | ㄨ | | | | | 惡！是何言也？（孟子・公孫丑下） |
| | 慊 | ㄑㄧㄢˋ | | | | | 吾何慊乎哉？ |

| 部首 | 國字 | 審定音 | 限讀音 | 限讀說明 | 通叚音 | 通叚說明 | 備注（詞例） |
|---|---|---|---|---|---|---|---|
| | | ㄑㄧㄝˋ | | | | | 盡力而後慊 |
| | 慅 | ㄘㄠˇ | | | ㄙㄠ | 通「騷」時音 | 憂心慅兮 |
| | 慒 | ㄘㄨㄥˊ | | | | | 「慒，謀也。」（廣韻） |
| | | ㄗㄠ | | | | | 「慒，亂也。」（玉篇） |
| | 憹 | ㄋㄨㄥˊ | ㄋㄠˊ | 限「懊憹」一詞音 | | | 「憹，心亂也。」（集韻） |
| | 應 | ㄧㄥ | | | | | 應該、應非難事 |
| | | ㄧㄥˋ | | | | | 應驗、應對、報應、姓 |
| | 戇 | ㄓㄨㄤˋ | ㄍㄤˋ | 限「戇子頭」一詞音 | | | 悍戇好鬥 |
| 戈 | 戲 | ㄒㄧˋ | ㄏㄨ | 限「於戲」一詞音 | ㄏㄨㄟ | 通「麾」時音 | |
| 戶 | 扁 | ㄅㄧㄢˇ | ㄆㄧㄢ | 限「扁舟」一詞音 | | | 扁額、扁擔、扁平、扁食 |
| 手 | 扎 | ㄓㄚˊ | | | | | 掙扎 |
| | | ㄓㄚ | | | | | 扎手、扎根 |

| 部首字 | 國審定音 | 限讀音 | 限讀說明 | 通假音 | 通假說明 | 備注（詞例） |
| --- | --- | --- | --- | --- | --- | --- |
| 扒 | ㄅㄚ | | | | | 扒衣服、扒拉算盤 |
| | ㄆㄚˊ | | | | | 扒手、豬扒 |
| 扛 | ㄍㄤ | | | | | 用雙手舉（扛鼎） |
| | ㄎㄤˊ | | | | | 用肩挑（扛槍） |
| 扠 | ㄔㄚ | | | | | 扠腰 |
| | ㄓㄚˇ | | | | | 這塊木板有三扠寬 |
| 扢 | ㄒㄧˋ | | | | | 子路扢然執干而舞 |
| | ㄍㄨˇ | | | | | 扢嘉壇椒蘭芳 |
| 扶 | ㄈㄨˊ | | | ㄆㄨˊ | 通「匍」時音 | 扶助、攙扶、扶疏、扶搖 |
| 把 | ㄅㄚˇ | | | | | 一把傘、火把、把柄 |
| | ㄅㄚˋ | | | | | 刀把、槍把 |
| 折 | ㄓㄜˊ | | | | | 折扣、打折、挫折 |

| 部首 | 國字 | 審定音 | 限讀：限讀音 | 限讀：說明 | 通假：通假音 | 通假：說明 | 備注（詞例） |
| --- | --- | --- | --- | --- | --- | --- | --- |
| | | ㄕㄜˊ | | | | | 折本、腿折了！ |
| | | ㄓㄜ | | | | | 折騰、折跟頭 |
| | 抓 | ㄓㄨㄚ | ㄔㄨㄚˇ | 限「抓子兒」一詞音 | | | 抓癢、抓住 |
| | 拂 | ㄈㄨˊ | | | ㄅㄧˋ | 通「弼」時音 | 拂曉、拂拭、拂逆、吹拂 |
| | 抹 | ㄇㄛˇ | | | | | 抹布、塗抹 |
| | | ㄇㄛˋ | | | | | 拐彎抹角、抹頭、抹胸 |
| | 拓 | ㄊㄨㄛˋ | | | ㄓˊ | 通「摭」時音 | 拓荒、開拓、落拓、拓跋（複姓） |
| | | ㄊㄚˋ | | | | | 拓碑、拓本 |
| | 拈 | ㄋㄧㄢˊ | | | ㄋㄧㄢˇ | 通「捻」時音 | 拈取、拈花惹草 |
| | 抵 | ㄉㄧˇ | | | ㄓˇ | 通「扺」時音 | 抵銷、抵抗 |
| | 拗 | ㄠˋ | | | | | 拗口、拗句 |
| | | ㄋㄧㄡˋ | | | | | 脾氣很拗 |

| 部首 | 國字 | 審定音 | 限讀段：限讀音 | 限讀段：說明 | 通假段：通假音 | 通假段：說明 | 備注（詞例） |
| --- | --- | --- | --- | --- | --- | --- | --- |
| | | ㄠˇ | | | | | 拗花、拗蓮作寸絲難絕 |
| | 挑 | ㄊㄧㄠ | | | | | 挑選、挑夫、挑剔、挑食 |
| | | ㄊㄧㄠˇ | | | | | 挑撥、挑燈、挑戰、挑逗 |
| | 括 | ㄍㄨㄚ | ㄎㄨㄛˋ | 限「括約肌」一詞音 | | | 括號、包括 |
| | 拶 | ㄗㄚˊ | | | | | 漰騰相排拶 |
| | | ㄗㄢˇ | | | | | 拶子、拶指 |
| | 拾 | ㄕˊ | ㄕㄜˋ | 限「拾級」一詞音 | | | 撿拾、拾圓硬幣 |
| | 挐 | ㄖㄨˊ | | | ㄋㄚˊ | 通「拏」時音 | 挐攫、挐來、紛挐 |
| | 挩 | ㄕㄨㄟˋ | | | ㄊㄨㄛ | 通「脫」時音 | 坐挩手、遂祭酒 |
| | 捄 | ㄑㄧㄡˊ | | | ㄐㄧㄡˋ | 通「救」時音 | 有捄棘匕 |
| | 捎 | ㄕㄠ | | | | | 捎信、捎帶 |
| | | ㄕㄠˋ | | | | | 捎馬子 |

| 部首 | 國字 | 審定音 | 限讀 限讀音 | 限讀 說明 | 通假 通假音 | 通假 說明 | 備注（詞例） |
| --- | --- | --- | --- | --- | --- | --- | --- |
| | 捋 | ㄌㄜˋ | | | | | 捋虎鬚 |
| | | ㄌㄩˇ | | | | | 捋鬍鬚 |
| | | ㄌㄨㄛ | | | | | 捋袖子、捋汗 |
| | 掊 | ㄆㄡˊ | | | | | 君子以掊多益寡 |
| | | ㄆㄡˇ | | | | | 掊擊 |
| | 掖 | ㄧㄝˋ | | | | | 掖門、掖縣、獎掖 |
| | | ㄧㄝ | | | | | 掖在懷裡 |
| | 掃 | ㄙㄠˇ | | | | | 掃地、掃興 |
| | | ㄙㄠˋ | | | | | 掃帚、掃把 |
| | 据 | ㄐㄩ | | | ㄐㄩˋ | 通「據」時音 | 拮据 |
| | 掗 | ㄧㄚˋ | | | | | 掗在袖內 |
| | | ㄧㄚˇ | | | | | 朱扉半掗 |

| 部首 | 國字 | 審定音 | 限讀音 | 限讀說明 | 通段音 | 通段說明 | 備注（詞例） |
| --- | --- | --- | --- | --- | --- | --- | --- |
| | 掙 | ㄓㄥ | ㄓㄥˋ | 限「掙錢」一詞音 | | | 掙扎、掙脫、掙面子 |
| | 排 | ㄆㄞˊ | ㄆㄞˇ | 限「排子車」一詞音 | | | 排隊、排球、排斥、排練 |
| | 捻 | ㄋㄧㄢˇ | | | ㄋㄧㄝ | 通「捏」時音 | 捻匪、紙捻、捻線 |
| | 掄 | ㄌㄨㄣˊ | | | | | 掄才 |
| | | ㄌㄨㄣ | | | | | 掄拳、掄刀 |
| | 揵 | ㄑㄧㄢˊ | | | | | 揵鰭掉尾 |
| | | ㄐㄧㄢˋ | | | | | 夫外鞬者不可繁而促，將內揵。 |
| | 提 | ㄊㄧˊ | | | | | 提名、提款、提防、提拔 |
| | | ㄕˊ | | | | | 朱提（銀的別名） |
| | 揖 | ㄧ | | | ㄐㄧˊ | 通「輯」時音 | 作揖、揖讓 |
| | 揭 | ㄐㄧㄝ | | | | | 揭露、揭櫫、揭穿 |
| | | ㄑㄧˋ | | | | | 深則厲，淺則揭。 |

| 部首 | 國字 | 審定音 | 限讀音 | 限讀說明 | 通段音 | 通段說明 | 備注（詞例） |
|---|---|---|---|---|---|---|---|
| | 搒 | ㄅㄥˋ | | | ㄅㄤˇ | 通「榜」時音 | 搒笞 |
| | 搶 | ㄑㄧㄤˇ | | | | | 搶劫、搶購、搶奪 |
| | | ㄑㄧㄤ | | | | | 以頭搶地爾 |
| | 摽 | ㄅㄧㄠ | | | | | 長木之斃，無不摽也。 |
| | | ㄆㄧㄠˇ | | | | | 標有梅，其實七兮。 |
| | | ㄅㄧㄠˋ | | | | | 摽著胳臂 |
| | 摟 | ㄌㄡˊ | | | | | 踰東家牆而摟其處子 |
| | | ㄌㄡ | | | | | 摟錢、摟聚、摟生意 |
| | | ㄌㄡˇ | | | | | 摟抱 |
| | 摻 | ㄔㄢ | | | | | 摻和 |
| | | ㄘㄢˋ | | | | | 漁陽摻撾（鼓曲名） |
| | | ㄕㄢˇ | | | | | 摻執子之袪兮 |

| 部首 | 國字 | 審定音 | 限讀：限讀音 | 限讀：說明 | 通假：通假音 | 通假：說明 | 備注（詞例） |
| --- | --- | --- | --- | --- | --- | --- | --- |
| | 撇 | ㄆㄧㄝ | | | ㄅㄤˇ | 通「榜」時音 | 撇下、撇棄、撇清 |
| | | ㄆㄧㄝˇ | | | | | 只用在「撇嘴」「一撇」二義 |
| | 撈 | ㄌㄠ | ㄌㄠˋ | 限「撈什子」一詞音 | | | 撈取、撈麵 |
| | 撜 | ㄓㄥˇ | | | | | 子路撜溺 |
| | | ㄔㄥˇ | | | | | 豈此俎豆古，不爲手所撜 |
| | 撢 | ㄉㄢˇ | | | ㄊㄢˋ | 通「探」時音 | 撢灰塵、雞毛撢子 |
| | 撕 | ㄙ | ㄒㄧ | 限「提撕」一詞音 | | | 撕毀、撕開、撕破臉 |
| | 撒 | ㄙㄚ | | | | | 撒謊、撒野、撒旦 |
| | | ㄙㄚˇ | | | | | 撒了一地 |
| | 撣 | ㄉㄢˇ | ㄕㄢˋ | 限「撣族」一詞音 | | | 撣子、撣撣 |
| | 擋 | ㄉㄤˋ | | | | | 摒擋 |
| | | ㄉㄤˇ | | | | | 排擋、阻擋 |

| 部首 | 國字 | 審定音 | 限讀音 | 說明 | 通段音 | 說明 | 備注（詞例） |
| --- | --- | --- | --- | --- | --- | --- | --- |
| | 擔 | ㄉㄢ | | | | | 負擔、擔擱、扁擔 |
| | | ㄉㄢˋ | | | | | 重擔 |
| | 擰 | ㄋㄧㄥˇ | | | | | 擰乾、擰開、弄擰了 |
| | | ㄋㄧㄥˋ | | | | | 擰脾氣、擰性、擰種 |
| | 擿 | ㄊㄧˋ | | | ㄓˊ | 通「擲」時音 | 擿出、擿問罪犯 |
| | 攝 | ㄕㄜˋ | | | | | 攝取、攝政、統攝 |
| | | ㄋㄧㄝˋ | | | | | 天下攝然，人安其生。 |
| | 攢 | ㄗㄢˇ | | | | | 積攢 |
| | | ㄘㄨㄢˊ | | | | | 攢眉、萬頭攢動 |
| | 攪 | ㄐㄧㄠˇ | | | ㄍㄠˇ | 通「搞」時音 | 攪拌、攪和、打攪 |
| 支 | 放 | ㄈㄤˋ | | | | | 放棄、放大、放假、放逐 |
| | | ㄈㄤˇ | | | | | 放於利而行 |

| 部首 | 國字 | 審定音 | 限讀 限讀音 | 限讀 說明 | 通段 通段音 | 通段 說明 | 備注（詞例） |
|---|---|---|---|---|---|---|---|
| 攴 | 攽 | ㄅㄧㄣ | | | ㄅㄢ | 通「頒」時音 | 「攽，分也。」（說文） |
| | 敖 | ㄠˊ | | | ㄠˋ | 通「傲」時音 | 嘉賓式燕以敖、姓 |
| | 教 | ㄐㄧㄠˋ | | | | | 佛教、教唆、教育、教學相長 |
| | | ㄐㄧㄠ | | | | | 教學生、教書匠 |
| | 敦 | ㄉㄨㄣ | | | | | 敦煌、敦品勵學 |
| | | ㄉㄨㄟˋ | | | | | 敦槃（銅器名） |
| | 散 | ㄙㄢˋ | | | | | 分散、散播、散熱、散步 |
| | | ㄙㄢˇ | | | | | 丸散、廣陵散（琴曲名）、散文 |
| | 敺 | ㄑㄩ | | | ㄡ | 通「毆」時音 | 爲湯、武敺民者 |
| | 敶 | ㄓㄣˋ | | | | | 同「陣」 |
| | | ㄔㄣˊ | | | | | 同「陳」 |
| | 數 | ㄕㄨˋ | ㄘㄨˋ | 限「數罟」一詞音 | | | 數目、數學 |

| 部首 | 國字 | 審定音 | 限讀音 | 限讀說明 | 通段音 | 通段說明 | 備注（詞例） |
| --- | --- | --- | --- | --- | --- | --- | --- |
| | 數 | ㄕㄨˇ | ㄙㄨˋ | 限「數珠兒」一詞音 | | | 數來寶、數落 |
| | 數 | ㄕㄨㄛˋ | | | | | 數見不鮮、數數來訪 |
| | 斁 | ㄧˋ | | | | | 服之無斁 |
| | 斁 | ㄉㄨˋ | | | | | 不得其人，則大職墮斁。 |
| 文 | 文 | ㄨㄣˊ | | | | | 文字、文質彬彬 |
| | 文 | ㄨㄣˋ | | | | | 文飾、文過 |
| 斗 | 斜 | ㄒㄧㄝˊ | ㄧㄝˊ | 限「斜谷」一詞音 | | | 傾斜、斜視、斜坡 |
| 方 | 方 | ㄈㄤ | | | ㄆㄤˊ | 通「徬」時音 | 方法、方位、方才、姓 |
| | 於 | ㄩˊ | | | | | 於是、於今 |
| | 於 | ㄨ | | | | | 於菟、於戲 |
| | 施 | ㄕ | | | | | 施行、布施、施捨、姓 |
| | | ㄧˋ | | | | | 施從良人之所之 |

| 部首 | 字 | 國審定音 | 限讀音 | 限讀說明 | 通假音 | 通假說明 | 備注（詞例） |
| --- | --- | --- | --- | --- | --- | --- | --- |
| | 旁 | ㄆㄤˊ | | | ㄅㄤˋ | 通「傍」時音 | 旁邊、身旁、旁觀者 |
| | 旄 | ㄇㄠˊ | | | ㄇㄠˋ | 通「耄」時音 | 旄頭、旄牛 |
| | 旋 | ㄒㄩㄢˊ | | | | | 旋渦、凱旋 |
| | 旋 | ㄒㄩㄢˋ | | | | | 旋風 |
| 日 | 日 | ㄖˋ | ㄇㄧˋ | 限「金日磾」一詞音 | | | 日子、日月、日用品 |
| | 旰 | ㄍㄢˋ | ㄏㄢˋ | 限「旰旰」一詞音 | | | 旰食 |
| | 昆 | ㄎㄨㄣ | ㄏㄨㄣˊ | 限「昆邪」一詞音 | | | 昆蟲、賢昆仲 |
| | 昳 | ㄉㄧㄝˊ | | | | | 諸客奔走市買，至日昳皆會。 |
| | 昳 | ㄧˋ | | | | | 身體昳麗 |
| | 晃 | ㄏㄨㄤˇ | | | | | 晃縣、晃耀、亮晃晃 |
| | 晃 | ㄏㄨㄤˋ | | | | | 搖晃、晃眼 |
| | 晁 | ㄔㄠˊ | | | ㄓㄠ | 通「朝」時音 | 姓 |

| 部首 | 國審定字音 | | 限讀音 | 限讀說明 | 通段音 | 通段說明 | 備注（詞例） |
| --- | --- | --- | --- | --- | --- | --- | --- |
| | 景 | ㄐㄧㄥˇ | | | ㄧㄥˇ | 通「影」時音 | 景色、景仰、布景 |
| | 暈 | ㄩㄣ | | | | | 凡與頭昏有關之音（暈車） |
| | 暈 | ㄩㄣˋ | | | | | 只用作名詞（月暈、燈暈） |
| | 暖 | ㄋㄨㄢˇ | ㄒㄩㄢ | 限「暖姝」一詞音 | | | 暖和、溫暖、暖壽、暖酒 |
| | 暴 | ㄅㄠˋ | | | | | 暴虐、暴躁 |
| | | ㄆㄨˋ | | | | | 暴露、一暴十寒 |
| 曰 | 曲 | ㄑㄩ | | | | | 彎曲、歪曲、委曲求全 |
| | | ㄑㄩˇ | | | | | 歌曲、元曲 |
| | 更 | ㄍㄥ | | | | | 變更、三更半夜，少不更事 |
| | | ㄍㄥˋ | | | | | 自力更生、更好 |
| | 曾 | ㄗㄥ | | | | | 曾孫、姓 |
| | | ㄘㄥˊ | | | | | 曾經 |

| 部首 | 國字 | 審定音 | 限讀音 | 限讀說明 | 通假音 | 通假說明 | 備注（詞例） |
|---|---|---|---|---|---|---|---|
| | 會 | ㄏㄨㄟˋ | ㄏㄨㄟˇ | 限「一會兒」等詞音 | | | 農會、都會、領會 |
| | | ㄎㄨㄞˋ | | | | | 會計、姓 |
| | | ㄍㄨㄟˋ | | | | | 會稽 |
| 月 | 有 | ㄧㄡˇ | | | | | 富有、有條有理 |
| | | ㄧㄡˋ | | | | | 吾十有五而志於學 |
| | 朝 | ㄓㄠ | | | | | 朝露、朝氣蓬勃 |
| | | ㄔㄠˊ | | | | | 朝代、朝廷、朝聖 |
| | 期 | ㄑㄧˊ | | | | | 日期、期限、期望 |
| | | ㄐㄧ | | | | | 期年、期服 |
| 木 | 不 | ㄉㄨㄣˇ | | | | | 白不 |
| | | ㄋㄧㄝˋ | | | | | 「不，古文櫱，从木無頭。」（說文） |
| | 朴 | ㄆㄛˋ | | | | | 桑朴 |

| 部首 | 國字 | 審定音 | 限讀音 | 限讀說明 | 通叚音 | 通叚說明 | 備注（詞例） |
| --- | --- | --- | --- | --- | --- | --- | --- |
| | | ㄆㄨˊ | | | | | 朴鄙、朴刀 |
| | | ㄆㄧㄠˊ | | | | | 姓 |
| | 杠 | ㄍㄤ | | | ㄍㄤˋ | 通「槓」時音 | 杠橋、旗杠 |
| | 杝 | ㄧˊ | | | ㄉㄨㄛˋ | 通「舵」時音 | 杝木 |
| | 杓 | ㄅㄧㄠ | | | | | 斗杓 |
| | | ㄕㄠˊ | | | | | 杓子 |
| | 枕 | ㄓㄣˇ | | | | | 枕頭、枕木、枕骨 |
| | | ㄓㄣˋ | | | | | 枕戈待旦 |
| | 杻 | ㄋㄧㄡˇ | | | | | 杻樹 |
| | | ㄔㄡˇ | | | | | 死罪校而加杻 |
| | 枝 | ㄓ | | | ㄑㄧˊ | 通「歧」時音 | 樹枝、枝節 |
| | 枇 | ㄆㄧˊ | | | ㄅㄧˋ | 通「篦」、「芘」時音 | 枇杷 |

| 部首 | 國字 | 審定音 | 限讀 | | 通假 | | 備注（詞例） |
|---|---|---|---|---|---|---|---|
| | | | 限讀音 | 說明 | 通假音 | 說明 | |
| | 某 | ㄇㄡˇ | | | | | 某些事物、某人 |
| | | ㄇㄟˊ | | | | | 「梅」的本字 |
| | 柁 | ㄊㄨㄛˊ | | | ㄉㄨㄛˋ | 通「舵」時音 | 房柁 |
| | 柜 | ㄐㄩˇ | | | | | 柜柳 |
| | | ㄍㄨㄟˋ | | | | | 「櫃」之異體字 |
| | 柂 | ㄧˊ | | | ㄉㄨㄛˋ | 通「舵」時音 | 「柂，椴柂。」（爾雅・釋木） |
| | 柣 | ㄓˋ | | | | | 「柣謂之閾。」（爾雅・釋宮） |
| | | ㄉㄧㄝˊ | | | | | 桔柣 |
| | 柞 | ㄗㄨㄛˋ | | | | | 柞蠶 |
| | | ㄗㄜˊ | | | | | 載芟載柞 |
| | 枸 | ㄍㄡˇ | | | | | 枸杞、枸骨 |
| | | ㄐㄩˇ | | | | | 枸櫞 |

| 部首 | 國字 | 審定音 | 限讀音 | 限讀說明 | 通段音 | 通段說明 | 備注（詞例） |
| --- | --- | --- | --- | --- | --- | --- | --- |
| | | ㄍㄡˇ | | | | | 枸橘 |
| | 柎 | ㄈㄨ | | | | | 圓葉而白柎 |
| | | ㄈㄨˇ | | | | | 鼓柎 |
| | 查 | ㄔㄚˊ | | | | | 調查、檢查 |
| | | ㄓㄚ | | | | | 姓 |
| | 柴 | ㄔㄞˊ | | | ㄓㄞˋ | 通「砦」時音 | 木柴、柴魚、火柴 |
| | 校 | ㄒㄧㄠˋ | | | | | 學校、上校、校長 |
| | | ㄐㄧㄠˋ | | | | | 校量、校稿、校閱 |
| | 桔 | ㄐㄧㄝˊ | | | | | 桔梗、桔槔 |
| | | ㄐㄩˊ | | | | | 「橘」之異體字 |
| | 栖 | ㄒㄧ | | | ㄑㄧ | 通「棲」時音 | 栖栖皇皇 |
| | 栯 | ㄩˋ | | | | | 栯李 |

| 部首 國字 | 審定音 | 限讀音 | 說明 | 通段音 | 說明 | 備注（詞例） |
|---|---|---|---|---|---|---|
| | ㄧㄡˇ | | | | | 梄木 |
| 桄 | ㄍㄨㄤ | | | | | 桄榔 |
| | ㄍㄨㄤˋ | | | | | 拿一桄毛線來 |
| 桁 | ㄏㄥˊ | | | | | 桁條 |
| | ㄏㄤˊ | | | | | 桁楊 |
| 梡 | ㄎㄨㄢˇ | | | | | 「俎，有虞氏以梡。」（禮記） |
| | ㄏㄨㄢˊ | | | | | 梡革爲鞠 |
| 棲 | ㄑㄧ | | | ㄒㄧ | 通「栖」時音 | 棲息、棲身之所 |
| 棹 | ㄓㄠˋ | | | ㄓㄨㄛ | 通「桌」時音 | 桂棹兮蘭槳 |
| 椑 | ㄆㄧˊ | | | | | 美酒一椑 |
| | ㄅㄟ | | | | | 椑柹 |
| 楬 | ㄐㄧㄝˊ | | | | | 楬豆、楬櫫 |

| 部首 | 國字 | 審定音 | 限讀：限讀音 | 限讀：說明 | 通段：通段音 | 通段：說明 | 備注（詞例） |
|---|---|---|---|---|---|---|---|
| | | ㄑㄧㄚˋ | | | | | 鞉鼓椌楬壎篪 |
| | 楛 | ㄏㄨˋ | | | | | 楛矢 |
| | | ㄎㄨˇ | | | | | 問楛者勿告也 |
| | 楞 | ㄌㄥˊ | | | ㄌㄥˋ | 通「愣」時音 | 楞角、楞伽、一楞地 |
| | 榦 | ㄍㄢˋ | ㄏㄢˊ | 限「井榦」一詞音 | | | 枝榦 |
| | 榜 | ㄅㄤˇ | | | | | 標榜、放榜、榜樣 |
| | | ㄅㄥˋ | | | | | 榜舟、榜人 |
| | 槍 | ㄑㄧㄤ | ㄔㄥ | 限「欃槍」一詞音 | | | 手槍、老煙槍、標槍 |
| | 樀 | ㄉㄧˊ | | | | | 樀樀 |
| | | ㄓㄜˊ | | | | | 磨床曰樀 |
| | 樅 | ㄘㄨㄥ | ㄗㄨㄥ | 限「樅陽」一詞音 | | | 樅木 |
| | 樂 | ㄩㄝˋ | | | | | 音樂、樂器、姓 |

| 部首 | 國審定字 | 國審定音 | 限讀音 | 限讀說明 | 通段音 | 通段說明 | 備注（詞例） |
|---|---|---|---|---|---|---|---|
| | | ㄌㄜˋ | | | | | 快樂、樂觀其成 |
| | | ㄧㄠˋ | | | | | 智者樂水，仁者樂山。 |
| | 橦 | ㄊㄨㄥˊ | | | | | 橦橦、橦華 |
| | | ㄔㄨㄤˊ | | | | | 決帆摧橦 |
| | 横 | ㄏㄥˊ | | | | | 縱横 |
| | | ㄏㄥˋ | | | | | 横政、横財 |
| | 檐 | ㄉㄢˋ | | | ㄧㄢˊ | 通「簷」時音 | 檐子、檐竿 |
| | 檻 | ㄐㄧㄢˋ | | | | | 囚檻、欄檻 |
| | | ㄎㄢˇ | | | | | 門檻 |
| | 櫂 | ㄓㄨㄛˊ | | | ㄓㄠˋ | 通「棹」時音 | 「櫂，盂也。」（廣雅・釋器） |
| | 櫟 | ㄌㄧˋ | ㄩㄝˋ | 限「櫟陽」一詞音 | | | 櫟樹、櫟槫 |
| 欠 | 欷 | ㄒㄧ | | | ㄎㄜˊ | 通「咳」時音 | 欷歔 |

| 部首 | 國字 | 審定音 | 限讀音 | 限讀說明 | 通叚音 | 通叚說明 | 備注（詞例） |
| --- | --- | --- | --- | --- | --- | --- | --- |
| | 欸 | ㄞˇ | | | | | 欸乃 |
| | | ㄟˋ | | | | | 歎詞（欸！我可以照辦） |
| | 欹 | ㄑㄧ | | | ㄧ | 通「猗」時音 | 欹午、欹案 |
| | 歙 | ㄒㄧˋ | | | | | 歙艴、歙歙 |
| | | ㄕㄜˋ | | | | | 歙硯、歙縣 |
| 止 | 正 | ㄓㄥˋ | | | | | 正直、正確、正好、純正 |
| | | ㄓㄥ | | | | | 正月、正旦 |
| | 歪 | ㄨㄞ | ㄌㄞˇ | 限「歪了腳」一詞音 | | | 歪斜、歪路 |
| | 歸 | ㄍㄨㄟ | | | ㄎㄨㄟˋ | 通「饋」時音 | 于歸、歸納、歸併 |
| 歹 | 歿 | ㄇㄛˋ | | | ㄨㄣˇ | 通「刎」時音 | 楚王其不歿乎？ |
| 殳 | 殷 | ㄧㄣ | ㄧㄢ | 限「殷紅」一詞音 | | | 殷商、殷實、姓 |
| | | ㄧㄣˇ | | 限「殷其雷」一詞音 | | | |

| 部首 | 國字 | 審定音 | 限讀 限讀音 | 限讀 說明 | 通段 通段音 | 通段 說明 | 備注（詞例） |
| --- | --- | --- | --- | --- | --- | --- | --- |
| 殳 | 殺 | ㄕㄚ | | | | | 殺價、殺青、殺風景 |
| | | ㄕㄞˋ | | | | | 其勢稍殺、隆殺 |
| | 毆 | ㄡ | | | ㄑㄩ | 通「驅」時音 | 毆打、鬥毆、圍毆 |
| 毋 | 毒 | ㄉㄨˊ | | | ㄉㄞˋ | 通「玳」時音 | 毒藥、惡毒、狠毒 |
| 比 | 比 | ㄅㄧˇ | | | | | 比較、對比、比方 |
| | | ㄅㄧˋ | | | | | 比肩、朋比為奸、比比皆是 |
| 氏 | 氏 | ㄕˋ | | | | | 伏羲氏、姓氏 |
| | | ㄓ | | | | | 大月氏、月氏、閼氏 |
| | 氐 | ㄉㄧ | | | ㄉㄧˇ | 通「柢」時音 | 氐族、氐宿 |
| | 氓 | ㄇㄥˊ | ㄇㄤˊ | 限「流氓」一詞音 | | | 歸氓 |
| 水 | 氽 | ㄘㄨㄢ | | | | | 氽湯 |
| | | ㄊㄨㄣˇ | | | | | 「氽，水推物也。」（字彙・水部） |

| 部首 | 國字 | 審定音 | 限讀：限讀音 | 限讀：說明 | 通段：通段音 | 通段：說明 | 備注（詞例） |
| --- | --- | --- | --- | --- | --- | --- | --- |
| | 汗 | ㄏㄢˋ | ㄏㄢˊ | 限「可汗」一詞音 | | | 汗水、汗衫、汗顏 |
| | 汩 | ㄍㄨˇ | | | | | 汩沒、汩亂、汩汩 |
| | | ㄩˋ | | | | | 汩余若將不及兮 |
| | 沒 | ㄇㄛˋ | | | | | 沉沒、沒收 |
| | | ㄇㄟˊ | | | | | 沒有、沒用 |
| | 沱 | ㄊㄨㄛˊ | ㄉㄨㄛˋ | 限「澹沱」一詞音 | | | 沱江、滂沱 |
| | 泌 | ㄇㄧˋ | | | | | 分泌、泌尿 |
| | | ㄅㄧˋ | | | | | 泌水、泌陽 |
| | 泯 | ㄇㄧㄣˇ | | | ㄇㄧㄢˊ | 通「瞑眩」之「眩」時音 | 良心未泯 |
| | 沬 | ㄇㄟˋ | | | ㄏㄨㄟˋ | 通「頮」時音 | 沬鄉 |
| | 泥 | ㄋㄧˊ | | | | | 泥土、棗泥、拖泥帶水 |
| | | ㄋㄧˋ | | | | | 拘泥、泥古、泥牆 |

| 部首國字 | 審定音 | 限讀音 | 限讀說明 | 通假音 | 通假說明 | 備注（詞例） |
| --- | --- | --- | --- | --- | --- | --- |
| 法 | ㄈㄚˇ | ㄈㄚˊ | 限「法子」一詞音 | | | 法律、效法、法國 |
| 沽 | ㄍㄨ | | | ㄍㄨˇ | 通「賈」時音 | 沽酒、沽名釣譽 |
| 泄 | ㄒㄧㄝˋ | | | | | 發泄、泄漏 |
| | ㄧˋ | | | | | 泄泄、泄沓 |
| 沮 | ㄐㄩ | | | | | 沮河、沮溺 |
| | ㄐㄩˇ | | | | | 沮喪、沮敗 |
| | ㄐㄩˋ | | | | | 沮洳、沮澤 |
| 泛 | ㄈㄢˋ | | | ㄈㄥˇ | 通「覂」時音 | 泛舟、空泛、泛泛之交 |
| 治 | ㄓˋ | ㄔˊ | 限姓氏及水名音 | | | 縣治、政治、治理、治學 |
| 泡 | ㄆㄠˋ | | | | | 泡茶、水泡、泡沫 |
| | ㄆㄠ | | | | | 一泡尿、鬆泡泡 |
| 洼 | ㄨㄚ | | | | | 其高下之勢，岈然洼然 |

| 部首 | 國字 | 審定音 | 限讀音 | 限讀說明 | 通段音 | 通段說明 | 備注（詞例） |
| --- | --- | --- | --- | --- | --- | --- | --- |
| | | ㄍㄨㄟˇ | | | | | 姓 |
| | 洒 | ㄒㄧˇ | | | | | 其上位者洒濯其心 |
| | | ㄒㄧㄢˇ | | | | | 洒如、洒然、洒淅 |
| | | ㄙㄚˇ | | | | | 洒家、「灑」之異體字 |
| | | ㄘㄨㄟˇ | | | | | 新臺有洒 |
| | 洸 | ㄍㄨㄤ | | | ㄏㄨㄤˇ | 通「恍」時音 | 洸洋 |
| | 洩 | ㄒㄧㄝˋ | | | | | 洩露、發洩 |
| | | ㄧˋ | | | | | 其樂也洩洩 |
| | 洞 | ㄉㄨㄥˋ | | | | | 山洞、洞房花燭、洞悉 |
| | | ㄊㄨㄥˊ | | | | | 洪同、澒洞 |
| | 洮 | ㄊㄠˊ | | | | | 洮河、洮汰 |
| | | ㄧㄠˊ | | | | | 洮湖 |

| 部首 | 國字 | 審定音 | 限讀 限讀音 | 說明 | 通假 通假音 | 說明 | 備注（詞例） |
|---|---|---|---|---|---|---|---|
| | 洗 | ㄒㄧˇ | | | | | 洗滌、洗劫 |
| | | ㄒㄧㄢˇ | | | | | 洗馬、姓 |
| | 涒 | ㄊㄨㄣ | | | | | 涒灘 |
| | | ㄐㄩㄣ | | | | | 涒粼 |
| | 涉 | ㄕㄜˋ | | | ㄉㄧㄝˊ | 通「喋」時音 | 涉獵、涉險 |
| | 浟 | ㄧㄡˊ | | | | | 浟浟（水流貌） |
| | | ㄉㄧˊ | | | | | 浟浟（競求貌） |
| | 涼 | ㄌㄧㄤˊ | | | | | 著涼、涼亭、涼爽 |
| | | ㄌㄧㄤˋ | | | | | 把熱水涼一涼再喝 |
| | 淡 | ㄉㄢˋ | | | | | 淡黃、清淡 |
| | | ㄧㄢˇ | | | | | 淡淡 |
| | 淺 | ㄑㄧㄢˇ | ㄐㄧㄢ | 限「淺淺」（流水貌）一詞音 | | | 膚淺、淺見、淺嚐 |

| 部國審首字 | 音定 | 限讀音 | 限讀說明 | 通假音 | 通假說明 | 備注（詞例） |
|---|---|---|---|---|---|---|
| 混 | ㄏㄨㄣˋ | ㄎㄨㄣ | 限「混夷」一詞音 | | | 混合、混沌、混濁 |
| 淠 | ㄆㄧˋ | | | | | 淠彼涇舟 |
| | ㄆㄟˋ | | | | | 其旆淠淠 |
| 淰 | ㄋㄧㄢˇ | | | | | 山雲淰淰 |
| | ㄕㄣˇ | | | | | 故魚鮪不淰 |
| 渾 | ㄏㄨㄣˊ | | | | | 渾然不覺、渾濁 |
| | ㄏㄨㄣˋ | | | | | 渾天儀、渾元 |
| 湣 | ㄇㄧㄣˇ | | | ㄇㄧㄢˋ | 通「瞑眩」之「瞑」時音 | |
| | | | | ㄏㄨㄣ | 通「涽」時音 | |
| 湛 | ㄓㄢˋ | | | ㄔㄣˊ | 通「沉」時音 | 精湛、湛藍 |
| | ㄉㄢ | | | | | 荒湛於酒 |
| | ㄓㄢ | | | | | 湛熾必絜 |

| 部首國字 | 審定音 | 限讀音 | 限讀說明 | 通假音 | 通假說明 | 備注（詞例） |
| --- | --- | --- | --- | --- | --- | --- |
| 渫 | ㄒㄧㄝˋ | | | | | 井渫不食 |
| | ㄉㄧㄝˊ | | | | | 浹渫、渫渫 |
| 湯 | ㄊㄤ | | | | | 菜湯、湯圓、姓 |
| | ㄕㄤ | | | | | 浩浩湯湯 |
| 渴 | ㄎㄜˇ | | | | | 口渴、渴望 |
| | ㄏㄜˊ | | | | | 袁家渴記 |
| 渦 | ㄨㄛ | | | | | 漩渦、酒渦、渦輪 |
| | ㄍㄨㄛ | | | | | 渦河、渦陽 |
| 湫 | ㄐㄧㄡ | | | | | 湫淵 |
| | ㄐㄧㄠˇ | | | | | 湫隘 |
| 溺 | ㄋㄧˋ | | | ㄋㄧㄠˋ | 通「尿」時音 | 沉溺、溺愛、溺器 |
| 溥 | ㄆㄨˇ | | | ㄈㄨ | 通「敷」時音 | 溥天同慶 |

| 部首 | 國字 | 審定音 | 限讀：限讀音 | 限讀：說明 | 通段：通段音 | 通段：說明 | 備注（詞例） |
|---|---|---|---|---|---|---|---|
| | 滑 | ㄏㄨㄚˊ | | | | | 滑頭、滑雪、滑稽 |
| | | ㄍㄨˇ | | | | | 滑稽列傳、突梯滑稽 |
| | 溜 | ㄌㄧㄡˋ | | | | | 簷溜、水溜子、一溜煙 |
| | | ㄌㄧㄡ | | | | | 溜課、溜冰、酸溜溜 |
| | 滎 | ㄒㄧㄥˊ | | | | | 滎陽（縣名） |
| | | ㄧㄥˊ | | | | | 滎經（縣名） |
| | 漲 | ㄓㄤˋ | | | | | 體積膨大、物體湧起。（熱漲冷縮） |
| | | ㄓㄤˇ | | | | | 標準線增高（漲潮、漲價） |
| | 漚 | ㄡˋ | | | | | 汗漚得很難受 |
| | | ㄡ | | | | | 浮漚 |
| | 漂 | ㄆㄧㄠ | | | | | 漂浮、漂泊 |
| | | ㄆㄧㄠˇ | | | | | 漂母、漂白 |

| 部首 | 國字 | 審定音 | 限讀音 | 說明 | 通段音 | 說明 | 備注（詞例） |
|---|---|---|---|---|---|---|---|
| | | ㄆㄧㄠˋ | | | | | 漂亮、漂賑、漂了 |
| | 漯 | ㄊㄚˋ | | | | | 漯河（水名，在山東省） |
| | | ㄌㄨㄛˋ | | | | | 漯河（地名，在河南省） |
| | 漿 | ㄐㄧㄤ | | | ㄐㄧㄤˋ | 通「糨」時音 | 豆漿、泥漿、漿洗 |
| | 澄 | ㄉㄥˋ | | | | | 澄沙、沙裡澄金 |
| | | ㄔㄥˊ | | | | | 澄明、澄清 |
| | 澎 | ㄆㄥ | | | | | 澎湃、澎了一身水 |
| | | ㄆㄥˊ | | | | | 澎湖 |
| | 濆 | ㄈㄣˊ | | | | | 鋪敦淮濆 |
| | | ㄆㄣˋ | | | | | 濆泉 |
| | 潦 | ㄌㄠˇ | | | ㄌㄠˋ | 通「澇」時音 | 水潦降 |
| | | ㄌㄧㄠˊ | | | | | 潦草、潦倒 |

| 部首國字 | 審定音 | 限讀音 | 限讀說明 | 通段音 | 通段說明 | 備注（詞例） |
| --- | --- | --- | --- | --- | --- | --- |
| 澠 | ㄇㄧㄣˇ | ㄕㄥˊ | 限「澠水」一詞音 | | | 澠池 |
| 澹 | ㄉㄢˋ | ㄊㄢˊ | 限「澹臺」（複姓）一詞音 | | | 澹泊 |
| 濟 | ㄐㄧˇ | | | | | 人才濟濟 |
| | ㄐㄧˋ | | | | | 同舟共濟 |
| 濕 | ㄒㄧˊ | | | | | 「隰，說文：『坂下溼也。』」（集韻） |
| | ㄕ | | | | | 「溼」之異體字 |
| 瀆 | ㄉㄨˊ | | | ㄉㄡˋ | 通「竇」時音 | 褻瀆、溝瀆 |
| 濺 | ㄐㄧㄢˋ | ㄐㄧㄢ ㄐㄧㄢ | 限「濺濺」（水流貌）一詞音 | | | 浪花四濺 |
| 瀑 | ㄆㄨˋ | | | | | 瀑布 |
| | ㄅㄠˋ | | | | | 瀑雨 |
| 瀧 | ㄌㄨㄥˊ | | | | | 飛瀧、瀧瀧 |
| | ㄕㄨㄤ | | | | | 瀧岡、瀧水 |

| 部首 | 國審定字 | 音 | 限讀 限讀音 | 限讀 說明 | 通叚 通叚音 | 通叚 說明 | 備注（詞例） |
| --- | --- | --- | --- | --- | --- | --- | --- |
|  | 瀢 | ㄉㄨㄟˋ |  |  |  |  | 瀢沲 |
|  |  | ㄨㄟˇ |  |  |  |  | 「瀢，魚盛貌。」（廣韻） |
|  | 灡 | ㄌㄢˊ |  |  |  |  | 狂灡、灡灡 |
|  |  | ㄌㄢˋ |  |  |  |  | 灡汗 |
|  | 灂 | ㄓㄨㄛˊ |  |  |  |  | 瀺灂霣墜 |
|  |  | ㄐㄧㄠˋ |  |  |  |  | 良輈環灂 |
| 火 | 炮 | ㄆㄠˊ |  |  |  |  | 炮烙、炮煉 |
|  |  | ㄆㄠˋ |  |  |  |  | 槍炮、炮竹、炮彈 |
|  |  | ㄅㄠ |  |  |  |  | 炮羊肉、炮羊肚兒 |
|  | 炸 | ㄓㄚˋ |  |  |  |  | 炸彈、轟炸 |
|  |  | ㄓㄚˊ |  |  |  |  | 炸丸子、油炸、炸醬麵 |
|  | 爲 | ㄨㄟˊ |  |  |  |  | 行爲、天下爲公 |

| 部首 | 國字 | 審定音 | 限讀音 | 限讀說明 | 通段音 | 通段說明 | 備注（詞例） |
| --- | --- | --- | --- | --- | --- | --- | --- |
| | | ㄨㄟˋ | | | | | 為什麼、為民服務 |
| | 烙 | ㄌㄨㄛˋ | | | | | 讀音（炮烙） |
| | | ㄌㄠˋ | | | | | 語音（烙餅、烙印） |
| | 無 | ㄨˊ | ㄇㄛˊ | 限佛經「南無」一詞音 | | | 無理、無論、無名火 |
| | 煞 | ㄕㄚˋ | | | | | 凶煞、煞費苦心 |
| | | ㄕㄚ | | | | | 煞車、煞尾 |
| | 熨 | ㄩㄣˋ | ㄩˋ | 限「熨貼」一詞音 | | | 熨斗 |
| | 燉 | ㄉㄨㄣˋ | ㄉㄨㄣ | 限「燉煌」一詞音 | | | 燉雞、燉酒 |
| | 燀 | ㄔㄢˇ | | | | | 燀赫 |
| | | ㄉㄢˇ | | | | | 燀熱 |
| | 燕 | ㄧㄢˋ | | | | | 燕子、燕窩、燕尾服 |
| | | ㄧㄢ | | | | | 燕京、燕國、北燕 |

| 部首 | 國審定字音 | | 限讀音 | 限讀說明 | 通假音 | 通假說明 | 備注（詞例） |
|---|---|---|---|---|---|---|---|
| | 燥 | ㄗㄠˋ | | | | | 乾燥、燥熱 |
| | | ㄙㄠˋ | | | | | 燥子豆腐、肉燥 |
| | 爣 | ㄎㄨㄤˋ | | | ㄏㄨㄤˇ | 通「晃」時音 | 「曠，空明也…爣上同。」（廣韻） |
| 爪 | 爪 | ㄓㄠˇ | | | | | 讀音（爪痕、雞爪、爪牙） |
| | | ㄓㄨㄚˇ | | | | | 語音（爪子、三爪鍋） |
| | 爵 | ㄐㄩㄝˊ | | | ㄑㄩㄝˋ | 通「雀」時音 | 爵位、爵士舞 |
| 父 | 父 | ㄈㄨˋ | | | | | 父親、伯父 |
| | | ㄈㄨˇ | | | | | 仲父、漁父 |
| 爿 | 爿 | ㄑㄧㄤˊ | | | | | 部首字 |
| | | ㄆㄢˊ | | | | | 一爿、竹爿、瓦爿 |
| 牛 | 牟 | ㄇㄡˊ | ㄇㄨˋ | 限「牟平縣」一詞音 | | | 牟利、釋迦牟尼、姓 |
| | 犍 | ㄐㄧㄢ | ㄑㄧㄢˊ | 限「犍為」（縣名）一詞音 | | | 買得烏犍遇歲穰 |

| 部首 | 國審定字 | 國審定音 | 限讀音 | 限讀音說明 | 通段音 | 通段說明 | 備注（詞例） |
| --- | --- | --- | --- | --- | --- | --- | --- |
| | 犕 | ㄅㄟˋ | | | ㄈㄨˊ | 通「服」時音 | 「犕，牛八歲也。」（玉篇） |
| 犬 | 猗 | ㄧ | ㄜˇ | 限「猗儺」一詞音 | | | 猗嗟昌兮 |
| | | ㄧˇ | | | | | 猗于畝丘 |
| | 猲 | ㄒㄧㄝ | | | | | 猲獢 |
| | | ㄏㄜˋ | | | | | 恫疑虛猲 |
| | 獳 | ㄋㄡˋ | ㄖㄡˊ | 限「朱獳」一詞音 | | | 「獳，怒犬貌。」（說文） |
| 玄 | 茲 | ㄒㄩㄢˊ | | | | | 「茲，黑也，從二玄。」（說文） |
| | | ㄗ | | | | | 「茲」之異體字 |
| | 率 | ㄕㄨㄞˋ | | | | | 表率、率領、草率 |
| | | ㄌㄩˋ | | | | | 速率、或然率 |
| 玉 | 王 | ㄨㄤˊ | | | | | 國王、王法、拳王 |
| | | ㄨㄤˋ | | | | | 王天下 |

| 部首 | 字 | 國審定音 | 限讀：限讀音 | 限讀：說明 | 通段：通段音 | 通段：說明 | 備注（詞例） |
|---|---|---|---|---|---|---|---|
| | 瑒 | ㄔㄤˋ | ㄧㄤˊ | 限「應瑒」（人名）一詞音 | | | 瑒圭 |
| | 璚 | ㄐㄩㄝˊ | | | ㄑㄩㄥˊ | 通「瓊」時音 | 「璚，玉佩也。」（說文） |
| 甘 | 甚 | ㄕㄣˋ | | | | | 甚好、甚至、欺人太甚 |
| | | ㄕㄣˊ | | | | | 甚麼、作甚、甚處 |
| 用 | 甯 | ㄋㄧㄥˋ | | | ㄋㄧㄥˊ | 通「寧」時音 | 甯邑、姓 |
| 田 | 田 | ㄊㄧㄢˊ | | | ㄉㄧㄢˋ | 通「佃」時音 | 田園、田徑 |
| | 町 | ㄊㄧㄥˇ | | | | | 町畦 |
| | | ㄉㄧㄥ | | | | | 西門町、東門町 |
| | 畜 | ㄔㄨˋ | | | | | 畜生、家畜 |
| | | ㄒㄩˋ | | | | | 畜產、畜養 |
| | 番 | ㄈㄢ | | | | | 紅番、番邦、更番 |
| | | ㄆㄢ | | | | | 番禺（地名） |

| 部首 | 國字 | 審定音 | 限讀音：限讀音 | 限讀音：說明 | 通段音：通段音 | 通段音：說明 | 備注（詞例） |
|---|---|---|---|---|---|---|---|
| | 畬 | ㄩˊ | | | | | 不耕穫、不菑畬 |
| | | ㄕㄜ | | | | | 畬民、燒畬 |
| | 當 | ㄉㄤ | | | ㄉㄤˇ | 通「擋」時音 | 當權、當選、當機立斷 |
| | | ㄉㄤˋ | | | | | 當鋪、勾當、當作 |
| 疋 | 疋 | ㄕㄨ | | | ㄆㄧˇ | 通「布匹」之「匹」時音 | 「疋，足也。」（廣韻） |
| | | | | | ㄧㄚˇ | 通「雅」時音 | |
| 疒 | 痺 | ㄅㄧˋ | | | | | 痲痺 |
| | | ㄅㄟ | | | | | 「鵯鶋，其雄鴘，牝痺。」（爾雅） |
| | 瘈 | ㄐㄧˋ | | | | | 「瘈，狂也。」（集韻） |
| | | ㄑㄧˋ | | | | | 瘈瘲 |
| | 癉 | ㄉㄢˋ | | | | | 癉暑 |
| | | ㄉㄢ | | | | | 火癉 |

| 部首 | 國字 | 審定音 | 限讀音 | 說明 | 通段音 | 說明 | 備注（詞例） |
| --- | --- | --- | --- | --- | --- | --- | --- |
| 白 | 百 | ㄅㄞˇ | ㄅㄛˊ | 限「百色」（地名）一詞音 | | | 百分數、百貨、百感交集 |
| | 的 | ㄉㄧˋ | | | | | 目的、標的 |
| | | ㄉㄧˊ | | | | | 的確 |
| | | ˙ㄉㄜ | | | | | 美麗的、慢慢的 |
| 皿 | 盛 | ㄕㄥˋ | | | | | 盛情難卻、姓 |
| | | ㄔㄥˊ | | | | | 盛飯、粢盛、盛湯 |
| | 盟 | ㄇㄥˊ | | | ㄇㄥˋ | 通「孟津」之「孟」時音 | 海誓山盟、結盟 |
| | 監 | ㄐㄧㄢ | | | | | 監獄、監督、監視 |
| | | ㄐㄧㄢˋ | | | | | 太監、國子監、祕書監 |
| 目 | 盯 | ㄉㄧㄥ | | | | | 盯梢、緊迫盯人 |
| | | ㄔㄥ | | | | | 盯䁅 |
| | 眇 | ㄇㄧㄠˇ | | | ㄇㄧㄠˋ | 通「妙」時音 | 眇小 |

| 部首 | 國字 | 審定音 | 限讀音 | 限讀說明 | 通段音 | 通段說明 | 備注（詞例） |
| --- | --- | --- | --- | --- | --- | --- | --- |
| | 省 | ㄕㄥˇ | | | | | 省分、節省、中書省 |
| | | ㄒㄧㄥˇ | | | | | 反省、省親、省悟 |
| | 看 | ㄎㄢˋ | | | | | 看見、看板 |
| | | ㄎㄢ | | | | | 具有「守」義之音（看門、看守） |
| | 相 | ㄒㄧㄤ | | | | | 相像、相親相愛、互相 |
| | | ㄒㄧㄤˋ | | | | | 福相、吃相、丞相、相親 |
| | 眠 | ㄇㄧㄢˊ | | | ㄇㄧㄢˋ | 通「瞑眩」之「瞑」時音 | 冬眠、眠思夢想 |
| | 眙 | ㄔˋ | ㄧˊ | 限「盱眙」（地名）一詞音 | | | 目眙不禁 |
| | 眯 | ㄇㄧˇ | | | | | 砂子眯了眼 |
| | | ㄇㄧ | | | | | 眯瞝 |
| | 睪 | ㄧˋ | | | | | 「睪，司視也。」（說文） |
| | | ㄍㄠ | | | | | 「睪」之異體字 |

| 部首 | 國字 | 審定音 | 限讀 限讀音 | 限讀 說明 | 通假 通假音 | 通假 說明 | 備注（詞例） |
| --- | --- | --- | --- | --- | --- | --- | --- |
| | 瞑 | ㄇㄧㄥˊ | | | ㄇㄧㄢˊ | 通「眠」時音 | 瞑目 |
| | | ㄇㄧㄢˋ | | | | | 瞑眩 |
| | 瞢 | ㄇㄥˊ | | | ㄇㄥˋ | 通「夢」時音 | 昏瞢、瞢味 |
| | 瞭 | ㄌㄧㄠˇ | ㄌㄧㄠˋ | 限「瞭望」一詞音 | | | 瞭亮、瞭然、瞭如指掌 |
| | 瞿 | ㄑㄩˊ | | | | | 瞿塘峽、瞿姓 |
| | | ㄐㄩˋ | | | | | 瞿然 |
| | 矇 | ㄇㄥˊ | | | | | 矇矓、矇叟 |
| | | ㄇㄥ | | | | | 矇騙、矇矇亮 |
| 矛 | 矜 | ㄐㄧㄣ | | | ㄍㄨㄢ | 通「鰥」「瘝」時音 | 驕矜 |
| | 矞 | ㄩˋ | | | ㄐㄩㄝˊ | 通「譎」時音 | 矞皇、矞雲 |
| | 矠 | ㄘㄜˋ | | | | | 「矠，矛屬。」（說文） |
| | | ㄗㄜˊ | | | | | 矠魚鱉以爲夏犒 |

| 部首 | 國定審字 | 音 | 限讀音 | 限讀說明 | 通叚音 | 通叚說明 | 備注（詞例） |
|---|---|---|---|---|---|---|---|
| 矢 | 知 | ㄓ | | | ㄓˋ | 通「智」時音 | 求知、知識、知府、知道 |
| 石 | 石 | ㄕˊ | | | | | 石頭、藥石 |
| | | ㄉㄢˋ | | | | | 三十斤爲鈞、四鈞爲石。 |
| | 矼 | ㄑㄧㄤ | | | | | 德厚信矼 |
| | | ㄐㄧㄤ | | | | | 「矼，堅實貌。」（集韻） |
| | 砌 | ㄑㄧˋ | ㄑㄧㄝˋ | 限「砌末」一詞音 | | | 堆砌、砌牆 |
| | 研 | ㄧㄢˊ | | | ㄧㄢˋ | 通「硯」時音 | 研究、研討、研判、研擬 |
| | 硌 | ㄍㄜˋ | | | | | 硌吱、硌登、硌牙 |
| | | ㄌㄨㄛˋ | | | | | 山魚草木，而多硌石。（山海經） |
| | 碓 | ㄉㄨㄟˋ | | | ㄉㄨㄟ | 通「堆」時音 | 碓房、碓舂、碓投 |
| | 硾 | ㄓㄨㄟˋ | | | ㄔㄨㄟˊ | 通「捶」時音 | 是拯溺而硾 |
| | 磅 | ㄅㄤˋ | | | | | 磅秤、過磅 |

| 部首 | 國字 | 審定音 | 限讀音 | 限讀說明 | 通假音 | 通假說明 | 備注（詞例） |
| --- | --- | --- | --- | --- | --- | --- | --- |
| | | ㄆㄤ | | | | | 磅礴 |
| | 磨 | ㄇㄛˊ | | | | | 磨刀、磨練、磨牙 |
| | | ㄇㄛˋ | | | | | 石磨、磨麵、磨豆腐 |
| | 磻 | ㄆㄢˊ | | | | | 磻溪 |
| | | ㄅㄛ | | | | | 流磻平皋 |
| | 礉 | ㄏㄜˊ | | | | | 其極慘礉少恩 |
| | | ㄑㄧㄠˋ | | | | | 礉磽 |
| | 礧 | ㄌㄟˊ | | | ㄌㄟˇ | 通「磊」時音 | 駭崩浪而相礧 |
| 示 | 祇 | ㄑㄧˊ | | | | | 神祇 |
| | | ㄓˇ | | | | | 祇是 |
| | 祕 | ㄇㄧˋ | ㄅㄧˋ | 限「祕魯」一詞音 | | | |
| | 票 | ㄆㄧㄠˋ | | | ㄆㄧㄠ | 通「影」「熛」時音 | 郵票、支票、票友 |

| 部首 | 國字 | 審定音 | 限讀音 | 限讀說明 | 通叚音 | 通叚說明 | 備注（詞例） |
| --- | --- | --- | --- | --- | --- | --- | --- |
| | 祭 | ㄐㄧˋ | | | | | 祭品、祭祀 |
| | | ㄓㄞˋ | | | | | 姓 |
| | 禁 | ㄐㄧㄣˋ | | | | | 宵禁、禁止、囚禁 |
| | | ㄐㄧㄣ | | | | | 弱不禁風、禁受 |
| | 禪 | ㄔㄢˊ | | | | | 禪坐、禪語 |
| | | ㄕㄢˋ | | | | | 禪讓、封禪 |
| | 禰 | ㄋㄧˇ | | | | | 禰廟 |
| | | ㄇㄧˊ | | | | | 姓 |
| 禾 | 秘 | ㄇㄧˋ | ㄅㄧˋ | 限「祕魯」或作「秘魯」時音 | | | 「祕」之異體字 |
| | 秤 | ㄔㄥˋ | | | | | 秤薪而爨、磅秤 |
| | | ㄆㄧㄥˊ | | | | | 天秤 |
| | 稟 | ㄅㄧㄥˇ | | | ㄌㄧㄣˇ | 通「廩」時音 | 稟賦、稟明、稟承 |

| 部首 | 國字 | 審定音 | 限讀音 | 限讀說明 | 通假音 | 通假說明 | 備注（詞例） |
| --- | --- | --- | --- | --- | --- | --- | --- |
| | 種 | ㄓㄨㄥˇ | | | | | 種子、種類 |
| | | ㄓㄨㄥˋ | | | | | 種田、接種 |
| | 稱 | ㄔㄥ | | | | | 稱號、稱讚、稱一稱 |
| | | ㄔㄥˋ | | | | | 稱職、對稱、桿稱 |
| | 稽 | ㄐㄧ | | | | | 稽查、稽留、滑稽 |
| | | ㄑㄧˇ | | | | | 稽首、稽顙 |
| 穴 | 空 | ㄎㄨㄥ | | | | | 天空、空間、空手、空歡喜 |
| | | ㄎㄨㄥˋ | | | | | 空閒、空白 |
| | 窕 | ㄊㄧㄠˇ | | | ㄧㄠˊ | 通「姚」時音 | 窕邃、窈窕 |
| 竹 | 答 | ㄉㄚˊ | | | | | 答數、回答 |
| | | ㄉㄚ | | | | | 答應、羞答答 |
| | 筴 | ㄐㄧㄚˊ | | | | | 祝宗人元瑞以臨牢筴 |

| 部首 | 國審定字 | 國審定音 | 限讀：限讀音 | 限讀：說明 | 通段：通段音 | 通段：說明 | 備注（詞例） |
|---|---|---|---|---|---|---|---|
| | | ㄘㄜˋ | | | | | 「策」之異體字 |
| | 箄 | ㄆㄞˊ | | | | | 箄船 |
| | | ㄅㄟ | | | | | 炊忘箸箄，飯落釜中。 |
| | 篹 | ㄙㄨㄢˇ | | | ㄓㄨㄢˋ | 通「撰」時音 | 薦用玉豆雕篹 |
| | | | | | ㄗㄨㄢˇ | 通「纂」時音 | |
| | 簿 | ㄅㄨˋ | | | ㄅㄛˊ | 通「箔」時音 | 帳簿、簿子、簿錄 |
| | 簸 | ㄅㄛˇ | | | | | 簸米、簸弄、顛簸 |
| | | ㄅㄛˋ | | | | | 簸箕 |
| 米 | 籹 | ㄋㄩˇ | | | | | 粔籹 |
| | | ㄓㄨㄤ | | | | | 「妝」之異體字 |
| | 粥 | ㄓㄡ | ㄓㄨˋ | 限「粥粥」一詞音 | | | 粥湯、小米粥 |
| | | | ㄩˋ | 限「葷粥」（民族名）一詞音 | | | |

| 部首 | 字 | 國審定音 | 限讀音 | 限讀說明 | 通假音 | 通假說明 | 備注（詞例） |
| --- | --- | --- | --- | --- | --- | --- | --- |
| 糸 | 紅 | ㄏㄨㄥˊ | ㄍㄨㄥ | 限「女紅」一詞音 | | | 紅色、分紅、紅包、紅塵 |
| | 紬 | ㄔㄡˊ | | | | | 醉來且擁黃紬睡 |
| | | ㄔㄡ | | | | | 紬繹、紬次 |
| | 紾 | ㄓㄣˇ | | | | | 紾兄之臂而奪之食 |
| | | ㄊㄧㄢˇ | | | | | 老牛之角，紾而昔。 |
| | 累 | ㄌㄟˇ | | | | | 有堆疊義時音（累犯、累積） |
| | | ㄌㄟˋ | | | | | 有疲倦、負擔、牽涉義時音（勞累） |
| | 結 | ㄐㄧㄝˊ | | | | | 繩結、結婚、結果、結構 |
| | | ㄐㄧㄝ | | | | | 結實、結結巴巴 |
| | 絡 | ㄌㄨㄛˋ | | | | | 脈絡、馬絡頭、籠絡 |
| | | ㄌㄠˋ | | | | | 絡子 |
| | 給 | ㄐㄧˇ | | | | | 文言複合詞音（年給、供給、給與） |

| 部首 | 國字 | 審定音 | 限讀音 | 限讀說明 | 通段音 | 通段說明 | 備注（詞例） |
| --- | --- | --- | --- | --- | --- | --- | --- |
| | | ㄍㄟˇ | | | | | 單獨當動詞與口語習用的新生詞音 |
| | 絜 | ㄒㄧㄝˊ | | | ㄐㄧㄝˊ | 通「潔」時音 | 絜之百圍 |
| | 綝 | ㄔㄣ | | | | | 「綝，止也。」（說文） |
| | | ㄌㄧㄣˊ | | | | | 綝纚 |
| | 綸 | ㄌㄨㄣˊ | | | | | 綸絲、釣綸、綸言 |
| | | ㄍㄨㄢ | | | | | 羽扇綸巾 |
| | 綮 | ㄑㄧㄥˋ | | | | | 肯綮 |
| | | ㄑㄧˇ | | | | | 「綮，戟衣也。」（玉篇） |
| | 繆 | ㄇㄡˊ | | | ㄇㄨˋ | 通「穆」時音 | 綢繆、繆篆 |
| | | ㄇㄧㄠˋ | | | | | 姓 |
| | | ㄇㄧㄡˋ | | | | | 紕繆、繆巧 |
| | 繃 | ㄅㄥ | | | | | 繃帶、繃紮、繃緊 |

| 部首 | 國審定字 | 國審定音 | 限讀音 | 限讀說明 | 通假音 | 通假說明 | 備注（詞例） |
| --- | --- | --- | --- | --- | --- | --- | --- |
| | | ㄅㄥˇ | | | | | 繃著臉、繃不住 |
| | | ㄅㄥˋ | | | | | 繃開、繃鼓子 |
| | 縫 | ㄈㄥˊ | | | | | 裁縫、縫紉 |
| | | ㄈㄥˋ | | | | | 門縫、衣縫 |
| | 縱 | ㄗㄨㄥˋ | | | | | 放縱、縱聲大笑、縱然 |
| | | ㄗㄨㄥ | | | | | 縱隊 |
| | 繁 | ㄈㄢˊ | | | ㄆㄢˊ | 通「鞶」時音 | 繁榮、繁雜、繁殖 |
| | | ㄆㄛˊ | | | | | 姓 |
| | 繇 | ㄧㄠˊ | | | ㄧㄡˊ | 通「由」時音 | 皋繇 |
| | | | | | ㄓㄡˋ | 通「籀」時音 | |
| | 繅 | ㄗㄠˇ | | | ㄙㄠ | 通「繰」時音 | 「朱綠繅」（禮記・禮器） |
| | 繳 | ㄐㄧㄠˇ | | | | | 繳納、繳費 |

| 部首 | 國字 | 審定音 | 限讀音 | 限讀說明 | 通段音 | 通段說明 | 備注（詞例） |
|---|---|---|---|---|---|---|---|
| | 繳 | ㄓㄨㄛˊ | | | | | 矰繳、繳射 |
| | 繫 | ㄒㄧˋ | | | | | 繫念、繫馬、聯繫 |
| | | ㄐㄧˋ | | | | | 用在綁、扣、結的白話詞（繫鞋帶兒） |
| 网 | 署 | ㄕㄨˇ | | | | | 官署、署長、環保署 |
| | | ㄕㄨˋ | | | | | 部署、簽署、署理 |
| | 罷 | ㄅㄚˋ | | | | | 欲罷不能、罷免、罷了 |
| | | ㄆㄧˊ | | | | | 罷乏、罷民 |
| 羊 | 羊 | ㄧㄤˊ | | | ㄒㄧㄤˊ | 通「祥」時音 | 山羊、羊腸小徑、姓 |
| | 羋 | ㄇㄧㄝ | | | | | 羋羋叫 |
| | | ㄇㄧˇ | | | | | 姓 |
| | 羛 | ㄒㄧ | | | ㄧˋ | 通「義」時音 | 羛陽（古地名） |
| | 羥 | ㄎㄥ | | | | | 「羥，羊名也。」（說文） |

| 部首 | 國審定字 | 音 | 限讀音 | 限讀說明 | 通叚音 | 通叚說明 | 備注（詞例） |
| --- | --- | --- | --- | --- | --- | --- | --- |
| | | ㄑㄧㄤˇ | | | | | 羥基 |
| 羽 | 翛 | ㄒㄧㄠ | | | ㄕㄨˋ | 通「倏」時音 | 翛翛、翛然 |
| | 翢 | ㄉㄠˋ | ㄓㄡ | 限「翢翢」（鳥名）一詞音 | | | 「翢，纛也。」（爾雅·釋言） |
| | 翟 | ㄓㄞˊ | | | | | 陽翟（縣名）、姓 |
| | | ㄉㄧˊ | | | | | 長尾翟、墨翟（人名） |
| | 翹 | ㄑㄧㄠˊ | | | | | 讀音（翹楚、翹舌） |
| | | ㄑㄧㄠˋ | | | | | 語音（翹翹板、翹辮子） |
| 而 | 耏 | ㄦˊ | | | | | 冒耏之類 |
| | | ㄋㄞˋ | | | | | 「耏，罪不至髡也。」（說文） |
| | 耑 | ㄉㄨㄢ | | | ㄓㄨㄢ | 通「專」時音 | 開耑 |
| 耒 | 耡 | ㄓㄨˋ | | | ㄔㄨˊ | 通「鋤」時音 | 以歲時合耦手耡（周禮） |
| 耳 | 聽 | ㄊㄧㄥ | | | | | 一般口語音（聽講、聽戲） |

| 部首 | 國字 | 審定音 | 限讀音 | 限讀說明 | 通假音 | 通假說明 | 備注（詞例） |
| --- | --- | --- | --- | --- | --- | --- | --- |
| | | ㄊㄧㄥˋ | | | | | 文言動詞音（聽其自然） |
| 肉 | 肚 | ㄉㄨˋ | | | | | 肚皮 |
| | | ㄉㄨˇ | | | | | 豬肚子 |
| | 胖 | ㄆㄢˋ | | | ㄆㄢˊ | 通「般樂」之「般」時音 | 肥胖、胖子、胖嘟嘟 |
| | 胞 | ㄅㄠ | | | ㄆㄠ | 通「脬」時音 | 同胞、胞兄、胞衣、細胞 |
| | 胜 | ㄕㄥ | | | | | |
| | | ㄒㄧㄥ | | | | | 「腥」的本字 |
| | 胕 | ㄈㄨˇ | | | ㄈㄨ | 通「跗」時音 | 寒熱胕腫 |
| | | | | | ㄈㄨˇ | 通「腑」時音 | |
| | 背 | ㄅㄟˋ | | | | | 背後、背景、違背 |
| | | ㄅㄟ | | | | | 背書包 |
| | 脈 | ㄇㄞˋ | | | ㄇㄛˋ | 通「眽」時音 | 動脈、脈搏 |

| 部首 | 國字 | 審定音 | 限讀音 | 限讀說明 | 通假音 | 通假說明 | 備注（詞例） |
| --- | --- | --- | --- | --- | --- | --- | --- |
| | 脯 | ㄈㄨˇ | | | | | 肉脯、脯醢 |
| | | ㄆㄨˊ | | | | | 胸脯 |
| | 朘 | ㄐㄩㄢ | | | | | 朘削 |
| | | ㄗㄨㄟ | | | | | 未知牝牡之合而朘作 |
| | 腊 | ㄒㄧˊ | | | | | 「噬腊肉，遇毒。」（易經） |
| | | ㄌㄚˋ | | | | | 「臘」之異體字 |
| | 膀 | ㄅㄤˇ | ㄅㄤˋ | 限「弔膀子」一詞音 | | | 肩膀、翅膀、臂膀 |
| | | ㄆㄤˊ | | | | | 膀光 |
| | | ㄆㄤ | | | | | 膀腫、奶膀子 |
| | 膻 | ㄕㄢ | | | | | 王之嬪御膻惡而不可親 |
| | | ㄉㄢˋ | | | | | 膻中（橫膈膜） |
| | 臊 | ㄙㄠ | | | | | 羊臊、臊聲 |

| 部首 | 國字 | 審定音 | 限讀音 | 說明 | 通段音 | 說明 | 備注（詞例） |
| --- | --- | --- | --- | --- | --- | --- | --- |
| | | ㄙㄠˋ | | | | | 害臊、臊子豆腐 |
| | 臉 | ㄌㄧㄢˇ | | | ㄐㄧㄢˇ | 通「瞼」時音 | 臉面、洗臉、笑臉迎人 |
| 自 | 臭 | ㄒㄧㄡˋ | | | | | 無色無臭、臭味相投 |
| | | ㄔㄡˋ | | | | | 腥臭、臭皮囊 |
| 臼 | 與 | ㄩˇ | | | | | 選賢與能、我與你 |
| | | ㄩˋ | | | | | 參與 |
| | | ㄩˊ | | | | | 其為仁之本與！ |
| | 興 | ㄒㄧㄥ | | | | | 興建、興旺、興奮 |
| | | ㄒㄧㄥˋ | | | | | 興趣、高興、興匆匆 |
| 舌 | 舍 | ㄕㄜˋ | | | | | 宿舍、舍弟、舍利子 |
| | | ㄕㄜˇ | | | | | 舍我其誰 |
| 舟 | 般 | ㄅㄢ | | | | | 一般、這般、萬般無奈 |

| 部首 | 國字 | 審定音 | 限讀音 | 限讀說明 | 通假音 | 通假說明 | 備注(詞例) |
|---|---|---|---|---|---|---|---|
| | | ㄆㄢˊ | | | | | 般樂、般桓 |
| | | ㄅㄛ | | | | | 般若 |
| 艮 | 艮 | ㄍㄣˋ | | | | | 艮卦、艮苦冰涼、姓 |
| | | ㄍㄣˇ | | | | | 這個人眞艮 |
| 色 | 色 | ㄙㄜˋ | ㄕㄞˇ | 限「色子」一詞音，即「骰子」。 | | | 景色、物色、成色 |
| 艸 | 艽 | ㄑㄧㄡˊ | | | | | 艽野 |
| | | ㄐㄧㄠ | | | | | 秦艽 |
| | 艾 | ㄞˋ | | | | | 艾草、期期艾艾、姓 |
| | | ㄧˋ | | | | | 艾安、自怨自艾 |
| | 芾 | ㄈㄟˋ | | | ㄈㄨˊ | 通「韍」時音 | |
| | 茄 | ㄑㄧㄝˊ | | | | | 茄子、番茄 |
| | | ㄐㄧㄚ | | | | | 茄冬樹、雪茄煙 |

| 部首 | 字 | 國定審音 | 限讀音（限讀音） | 限讀音說明 | 通假音（通假音） | 通假音說明 | 備注（詞例） |
|---|---|---|---|---|---|---|---|
| | 若 | ㄖㄨㄛˋ | | | | | 若干、倘若、若無其事 |
| | | ㄖㄜˇ | | | | | 蘭若、般若 |
| | 茇 | ㄅㄚˊ | | | | | 茇舍、茇涉 |
| | | ㄅㄟˋ | | | | | 茇茇 |
| | 茆 | ㄇㄠˇ | | | ㄇㄠˊ | 通「茅」時音 | 薄采其茆 |
| | 茲 | ㄗ | ㄘˊ | 限「龜茲」一詞音 | | | 今茲、念茲在茲 |
| | 莞 | ㄨㄢˇ | | | | | 莞爾 |
| | | ㄍㄨㄢˇ | | | | | 東莞（廣東省地名） |
| | | ㄍㄨㄢ | | | | | 莞草 |
| | 莎 | ㄕㄚ | | | | | 莎雞、莎士比亞 |
| | | ㄙㄨㄛ | | | | | 莎草、莎岸 |
| | 莘 | ㄕㄣ | | | ㄒㄧㄣ | 通「辛」時音 | 莘莘學子 |

| 部首 | 國字 | 審定音 | 限讀音 | 限讀說明 | 通段音 | 通段說明 | 備注（詞例） |
|---|---|---|---|---|---|---|---|
| | 莫 | ㄇㄛˋ | | | ㄇㄨˋ | 通「暮」時音 | 莫須有、莫名其妙、姓 |
| | 荷 | ㄏㄜˊ | | | | | 荷花、薄荷 |
| | | ㄏㄜˋ | | | | | 荷鋤、負荷 |
| | 莩 | ㄈㄨˊ | | | ㄆㄧㄠˇ | 通「殍」時音 | 葭莩、莩甲、莩末 |
| | 荼 | ㄊㄨˊ | ㄕㄨ | 限「神荼」（門神名）一詞音 | | | 如火如荼、荼毒 |
| | 華 | ㄏㄨㄚˊ | | | | | 精華、光華 |
| | | ㄏㄨㄚ | | | | | 春華秋實 |
| | | ㄏㄨㄚˋ | | | | | 華山、姓 |
| | 菲 | ㄈㄟˇ | | | | | 菲菜、妄自菲薄 |
| | | ㄈㄟ | | | | | 芳菲、菲律賓 |
| | 菟 | ㄊㄨˋ | ㄊㄨˊ | 限「於菟」一詞音 | | | 菟絲 |
| | 菑 | ㄗ | | | ㄗㄞ | 通「災」時音 | 菑榛穢，聚埒畝。 |

| 部首字 | 國審定音 | 限讀 限讀音 | 限讀 說明 | 通段 通段音 | 通段 說明 | 備注（詞例） |
|---|---|---|---|---|---|---|
| 著 | ㄓㄨˋ | | | | | 名著、著作 |
| | ㄓㄨㄛˊ | | | | | 棋高一著、著手、著實 |
| | ㄓㄠˊ | | | | | 著火、睡著了、打著了 |
| | ㄓㄠ | | | | | 著涼、著急 |
| | ˙ㄓㄠ | | | | | 坐著、你且慢著 |
| 落 | ㄌㄨㄛˋ | | | | | 村落、落花生、落伍 |
| | ㄌㄠˋ | | | | | 蓮花落、落子 |
| | ㄌㄚˋ | | | | | 丟三落四、落了兩個字 |
| 葷 | ㄏㄨㄣ | ㄒㄩㄣ | 限「葷允」「葷粥」等詞音 | | | 葷菜、葷腥 |
| 葉 | ㄧㄝˋ | | | | | 樹葉、百葉窗 |
| | ㄕㄜˋ | | | | | 葉縣（縣名）、葉公 |
| 葛 | ㄍㄜˊ | | | | | 複姓音（諸葛、葛草） |

| 部首 | 國字 | 審定音 | 限讀 限讀音 | 限讀 說明 | 通段 通段音 | 通段 說明 | 備注（詞例） |
| --- | --- | --- | --- | --- | --- | --- | --- |
| | 蓋 | ㄍㄜˇ | | | | | 單姓音（姓） |
| | | ㄍㄞˋ | | | ㄏㄜˊ | 限「盍」時音 | 鍋蓋、膝蓋、鋪蓋、蓋仙 |
| | | ㄍㄜˇ | | | | | 蓋縣、姓 |
| | 蔚 | ㄨㄟˋ | | | | | 蓊蔚、蔚為風氣、蔚藍 |
| | | ㄩˋ | | | | | 姓 |
| | 蓲 | ㄡ | | | | | 其木若蓲 |
| | | ㄑㄧㄡ | | | | | 烏蓲 |
| | 蓼 | ㄌㄧㄠˇ | | | | | 蓼花、蓼藍 |
| | | ㄌㄨˋ | | | | | 蓼莪 |
| | 蔓 | ㄇㄢˋ | | | | | 蔓草 |
| | | ㄇㄢˊ | | | | | 蔓菁 |
| | 蓨 | ㄊㄧㄠ | | | | | 「蓨，苗也。」（說文） |

| 部首 | 國字 | 審定音 | 限讀<br>限讀音 | 說明 | 通段<br>通段音 | 說明 | 備注（詞例） |
|---|---|---|---|---|---|---|---|
| | 蓨 | ㄒㄧㄡ | | | | | 蓨酸 |
| | 蕃 | ㄈㄢˊ | | | | | 蕃衍 |
| | | ㄈㄢ | | | | | 吐蕃 |
| | 薄 | ㄅㄛˊ | ㄅㄛˋ | 限「薄荷」一詞音 | | | 厚薄、薄紙、澆薄 |
| | 薺 | ㄐㄧˋ | ㄑㄧˊ | 限「荸薺」一詞音 | | | 薺菜 |
| | 藏 | ㄘㄤˊ | | | | | 藏匿 |
| | | ㄗㄤˋ | | | | | 西藏、三藏、寶藏 |
| | 藉 | ㄐㄧㄝˋ | | | | | 憑藉、藉口、慰藉 |
| | | ㄐㄧˊ | | | | | 藉藉、聲名狼藉 |
| | 藨 | ㄅㄧㄠ | | | | | 藨莓 |
| | | ㄆㄧㄠˇ | | | | | 「藨，蒯屬，可爲席。」（玉篇） |
| | 藷 | ㄓㄨ | | | ㄕㄨˇ | 通「薯」時音 | 藷蔗 |

| 部首 | 國字 | 審定音 | 限讀音 | 限讀說明 | 通叚音 | 通叚說明 | 備注（詞例） |
| --- | --- | --- | --- | --- | --- | --- | --- |
| | 蘋 | ㄆㄧㄣˊ | ㄆㄧㄥˊ | 限「蘋果」一詞音 | | | 白蘋、青蘋 |
| | 蘗 | ㄅㄛˋ | | | ㄅㄧˋ | 通「薜」時音 | 黃蘗、蘗苦 |
| | 蘴 | ㄈㄥ | | | | | |
| | | ㄙㄨㄥ | | | | | 「菘」之異體字 |
| 虍 | 處 | ㄔㄨˋ | | | | | 住處、益處 |
| | | ㄔㄨˇ | | | | | 處理、相處、處女、姓 |
| | 號 | ㄏㄠˋ | | | | | 記號、坐號、號外 |
| | | ㄏㄠˊ | | | | | 號哭、呼號 |
| 虫 | 虫 | ㄏㄨㄟˇ | | | | | 蝮虫 |
| | | ㄔㄨㄥˊ | | | | | 「蟲」之異體字 |
| | 虺 | ㄏㄨㄟˇ | | | | | 虺蜴、虺蜮 |
| | | ㄏㄨㄟ | | | | | 我馬虺隤 |

| 部首 | 國字 | 審定音 | 限讀音 | 限讀說明 | 通假音 | 通假說明 | 備注（詞例） |
|---|---|---|---|---|---|---|---|
| | 蚕 | ㄘㄢˊ | | | | | 「蠶」之異體字 |
| | | ㄊㄧㄢˇ | | | | | 豎蚕 |
| | 蛇 | ㄕㄜˊ | | | | | 蛇拳、蛇行 |
| | | ㄧˊ | | | | | 虛與委蛇 |
| | 蚵 | ㄎㄜ | ㄜˊ | 限「蚵」一詞音（臺閩牡蠣音讀） | | | 屎蚵蜋 |
| | 蛆 | ㄑㄩ | | | | | 蛆蟲 |
| | | ㄐㄩ | | | | | 蝍蛆 |
| | 蛤 | ㄍㄜˊ | | | | | 蛤蜊 |
| | | ㄏㄚˊ | | | | | 蛤蟆 |
| | 蛾 | ㄜˊ | | | ㄧˇ | 通「蟻」時音 | 蛾眉、飛蛾撲火、燈蛾 |
| | 蝃 | ㄓㄨㄛˊ | | | ㄉㄧˋ | 通「螮」時音 | 蝃蝥 |
| | 蜡 | ㄓㄚˋ | | | | | 蜡月、蜡祭 |

| 部首 | 國審字 | 審定音 | 限讀音 | 限讀說明 | 通叚音 | 通叚說明 | 備注（詞例） |
| --- | --- | --- | --- | --- | --- | --- | --- |
| | | ㄌㄚˋ | | | | | 「蠟」之異體字 |
| | 蜚 | ㄈㄟˇ | | | ㄈㄟ | 通「飛」時音 | 蜚蠊 |
| | 蝳 | ㄉㄨˊ | | | ㄉㄞˋ | 通「玳」時音 | 蝳蜍 |
| | 蝤 | ㄑㄧㄡˊ | | | | | 蝤蠐 |
| | | ㄐㄧㄡ | | | | | 蝤蛑 |
| | 蝦 | ㄒㄧㄚ | ㄏㄚˊ | 限「蝦蟆」一詞音 | | | 魚蝦、蝦米 |
| | 蝭 | ㄊㄧˊ | | | | | 蝭蟧 |
| | | ㄔˊ | | | | | 蝭母 |
| | 蝎 | ㄒㄧㄝ | | | | | 「蠍」之異體字 |
| | | ㄏㄜˊ | | | | | 蝎盛則木朽 |
| | 螞 | ㄇㄚˇ | ㄇㄚˋ | 限「螞蚱」一詞音 | | | 螞蟻、螞蝍、螞蝗 |
| | 螔 | ㄧˊ | | | | | 螔蝓 |

| 部首 | 國字 | 審定音 | 限讀音 | 限讀說明 | 通段音 | 通段說明 | 備注（詞例） |
|---|---|---|---|---|---|---|---|
| | | ㄙ | | | | | 螔褫 |
| | 螣 | ㄊㄥˊ | | | | | 螣蛇 |
| | | ㄊㄜˋ | | | | | 去其螟螣 |
| | 蠃 | ㄌㄨㄛˇ | | | ㄌㄨㄛˊ | 通「螺」時音 | 蜾蠃、蠃蟲 |
| | 蠡 | ㄌㄧˇ | | | | | 蠡縣、范蠡 |
| | | ㄌㄧˊ | | | | | 瓢蠡、蠡測 |
| | 蠰 | ㄕㄤˋ | | | | | 「蠰，齧桑。」（爾雅・釋蟲） |
| | | ㄖㄤˇ | | | | | 蠰谿 |
| 行 | 行 | ㄒㄧㄥˊ | | | | | 人行道、行書、五行、流行 |
| | | ㄒㄧㄥˋ | | | | | 品行 |
| | | ㄏㄤˊ | | | | | 行列、同行、內行、行家 |
| | | ㄏㄤˋ | | | | | 行行如也 |

| 部首 | 國字 | 審定音 | 限讀音 | 說明 | 通假音 | 說明 | 備注（詞例） |
|---|---|---|---|---|---|---|---|
| | 術 | ㄕㄨˋ | | | ㄙㄨㄟˋ | 通「遂」時音 | 算術、術語 |
| | 衙 | ㄧㄚˊ | ㄩˊ | 限「衙衙」一詞音 | | | 衙門 |
| | 衝 | ㄔㄨㄥ | | | | | 要衝、衝突 |
| | | ㄔㄨㄥˋ | | | | | 衝南走、太衝 |
| 衣 | 衰 | ㄕㄨㄞ | | | | | 衰弱 |
| | | ㄘㄨㄟ | | | | | 斬衰、趙衰 |
| | 袌 | ㄅㄠˋ | | | ㄆㄠˊ | 通「袍」時音 | 「袌，褱也。」（說文） |
| | 袜 | ㄇㄛˋ | | | | | 袜肚 |
| | | ㄨㄚˋ | | | | | 「襪」之異體字 |
| | 被 | ㄅㄟˋ | | | ㄆㄧ | 通「披」時音 | 棉被、被子 |
| | 袿 | ㄍㄨㄟ | | | ㄍㄨㄚˋ | 通「褂」時音 | 微風動袿、組帳高褰。 |
| | 裳 | ㄔㄤˊ | ˙ㄕㄤ | 限「衣裳」一詞音 | | | 綠衣黃裳 |

| 部首 | 國字 | 審定音 | 限讀音 | 讀音說明 | 通叚音 | 通叚說明 | 備注(詞例) |
|---|---|---|---|---|---|---|---|
| | 裼 | ㄒㄧˊ | | | | | 袒裼 |
| | | ㄊㄧˋ | | | | | 載衣之裼 |
| | 裯 | ㄔㄡˊ | | | | | 抱衾與裯 |
| | | ㄉㄠ | | | | | 衹裯 |
| | 裨 | ㄅㄧˋ | | | | | 無裨於事、裨益 |
| | | ㄆㄧˊ | | | | | 裨諶、裨將 |
| | 褎 | ㄧㄡˋ | | | | | 褎然 |
| | | ㄒㄧㄡˋ | | | | | 羔裘豹褎 |
| | 褕 | ㄩˊ | | | | | 襜褕、褕衣甘食 |
| | | ㄊㄡˊ | | | | | ⿰衤侯褕 |
| | 褶 | ㄉㄧㄝˊ | | | | | 「帛爲褶」(禮記・玉藻) |
| | | ㄓㄜˊ | | | | | 百褶裙、裙曲、襞褶 |

| 部首 | 國字 | 審定音 | 限讀音 | 說明 | 通段音 | 說明 | 備注（詞例） |
|---|---|---|---|---|---|---|---|
| | | ㄓㄜˇ | | | | | 衣服上淨是褶子 |
| | | ㄒㄩㄝˊ | | | | | 褶子（戲裝） |
| | 襢 | ㄓㄢˋ | | | ㄊㄢˇ | 通「袒」時音 | 襢衣 |
| | 襡 | ㄕㄨˊ | | | | | 服袿襡 |
| | | ㄉㄨˊ | | | | | 斂簟而襡之（禮記·內則） |
| 襾 | 要 | ㄧㄠˋ | | | | | 摘要、需要、要職 |
| | | ㄧㄠ | | | | | 要求、要功、要挾、姓 |
| | 覃 | ㄊㄢˊ | | | | | 覃思、姓 |
| | | ㄑㄧㄣˊ | | | | | 姓 |
| 見 | 見 | ㄐㄧㄢˋ | | | ㄒㄧㄢˋ | 通「現」時音 | 偏見、接見、見識 |
| | 親 | ㄑㄧㄣ | | | | | 親戚、親近、親熱 |
| | | ㄑㄧㄥˋ | | | | | 親家、親家母 |

| 部首 | 國字 | 審定音 | 限讀 限讀音 | 限讀 說明 | 通段 通段音 | 通段 說明 | 備注（詞例） |
|---|---|---|---|---|---|---|---|
| 見 | 覺 | ㄐㄩㄝˊ | | | | | 知覺、發覺、覺悟 |
| | | ㄐㄧㄠˋ | | | | | 睡覺 |
| | 觀 | ㄍㄨㄢ | | | | | 美觀、參觀 |
| | | ㄍㄨㄢˋ | | | | | 道觀、貞觀之治 |
| 角 | 角 | ㄐㄧㄠˇ | | | | | 角落、號角、角力、口角 |
| | | ㄐㄩㄝˊ | | | | | 主角、角色、角宿 |
| | | ㄌㄨˋ | | | | | 角里（角或作用） |
| | 解 | ㄐㄧㄝˇ | | | | | 見解、解剖、和解、解悶 |
| | | ㄐㄧㄝˋ | | | | | 解元、押解 |
| | | ㄒㄧㄝˋ | | | | | 解縣、姓 |
| | 觳 | ㄏㄨˊ | | | | | 觳觫 |
| | | ㄑㄩㄝˋ | | | | | 觳薄、觳土 |

| 部首 | 國字 | 審定音 | 限讀 限讀音 | 限讀 說明 | 通段 通段音 | 通段 說明 | 備注（詞例） |
|---|---|---|---|---|---|---|---|
| 言 | 訑 | ㄧˊ | | | ㄊㄨㄛ | 通「詑」時音 | 訑訑 |
| | 訬 | ㄔㄠ | | | | | 越人有重遲者，而人謂之訬。 |
| | | ㄇㄧㄠˇ | | | | | 訬婧（苗條） |
| | 詀 | ㄓㄢ | | | ㄔㄜˋ | 通「呫」時音 | 詀讘 |
| | 詘 | ㄑㄩ | | | ㄔㄨˋ | 通「黜」時音 | 詘敵國，制海內 |
| | 詒 | ㄧˊ | | | ㄉㄞˋ | 通「紿」時音 | 自詒伊祖 |
| | 誂 | ㄉㄧㄠˋ | | | | | |
| | | ㄊㄧㄠˇ | | | | | |
| | 語 | ㄩˇ | | | | | 國語、手語、閒言閒語 |
| | | ㄩˋ | | | | | 文言動詞（我語汝） |
| | 說 | ㄕㄨㄛ | | | ㄩㄝˋ | 通「悅」時音 | 邪說、小說、說話、說明 |
| | | ㄕㄨㄟˋ | | | | | 說客、游說 |

| 部首 | 國字 | 審定音 | 限讀音 | 限讀說明 | 通叚音 | 通叚說明 | 備注（詞例） |
| --- | --- | --- | --- | --- | --- | --- | --- |
| | 請 | ㄑㄧㄥˇ | ㄐㄧㄥ | 限「朝請」一詞音 | | | 請求、請客、邀請 |
| | 調 | ㄊㄧㄠˊ | | | | | 調羹、調色、調養、調皮 |
| | | ㄉㄧㄠˋ | | | | | 聲調、格調、調換 |
| | 論 | ㄌㄨㄣˋ | ㄌㄨㄣˊ | 限「論語」一詞音 | | | 言論、議論、爭論 |
| | 謙 | ㄑㄧㄢ | | | ㄑㄧㄝˋ | 通「慊」時音 | 謙虛 |
| | 譽 | ㄩˊ | ㄒㄩ | 限「輿譽」一詞音 | | | 譽言敗俗 |
| | 謾 | ㄇㄢˊ | | | | | 欺謾 |
| | | ㄇㄢˋ | | | | | 謾罵 |
| | 識 | ㄕˋ | | | | | 常識、識別、見識 |
| | | ㄓˋ | | | | | 標識、默而識之 |
| | 譙 | ㄑㄧㄠˊ | | | ㄑㄧㄠˋ | 通「誚」時音 | 譙樓 |
| | 讀 | ㄉㄨˊ | | | | | 讀書、讀本 |

| 部首 | 國字 | 審定音 | 限讀音 | 限讀說明 | 通段音 | 通段說明 | 備注（詞例） |
|---|---|---|---|---|---|---|---|
| | | ㄉㄡˋ | | | | | 句讀 |
| 谷 | 谷 | ㄍㄨˇ | | | | | 山谷、進退維谷 |
| | | ㄩˋ | | | | | 吐谷渾、谷渾（複姓） |
| | 豁 | ㄏㄨㄛˋ | ㄏㄨㄚˊ | 限「豁拳」一詞音 | | | 豁免、豁達 |
| 豆 | 豈 | ㄑㄧˇ | | | ㄎㄞˇ | 通「愷」時音 | 豈有此理、豈敢、豈能 |
| 豸 | 豻 | ㄢˋ | | | | | 「豻，胡地野狗。」（說文） |
| | | ㄏㄢˋ | | | | | 獄豻不平之所致也 |
| | 貉 | ㄏㄜˊ | | | ㄇㄛˋ | 通「貊」時音 | 一丘之貉 |
| 貝 | 責 | ㄗㄜˊ | | | ㄓㄞˋ | 通「債」時音 | 責任、責備、職責 |
| | 賁 | ㄅㄧˋ | | | | | 賁然、賁臨、賁卦 |
| | | ㄅㄣ | | | | | 虎賁 |
| | 賈 | ㄐㄧㄚˇ | | | ㄐㄧㄚˋ | 通「價」時音 | 姓 |

| 部首 | 國字 | 審定音 | 限讀音 | 限讀說明 | 通假音 | 通假說明 | 備注（詞例） |
|---|---|---|---|---|---|---|---|
| | | ㄍㄨˇ | | | | | 商賈、賈利、賈禍 |
| | 質 | ㄓˊ | | | | | 物質、性質、質樸 |
| | | ㄓˋ | | | | | 人質、典質 |
| 走 | 赶 | ㄑㄧㄢˊ | | | | | 「赶，獸舉尾走。」（廣韻） |
| | | ㄍㄢˇ | | | | | 「趕」之異體字 |
| | 趣 | ㄑㄩˋ | | | ㄘㄨˋ | 通「促」時音 | 興趣、旨趣、趣味 |
| | 趨 | ㄑㄩ | | | ㄘㄨˋ | 通「促」時音 | 趨勢、趨前 |
| 足 | 足 | ㄗㄨˊ | ㄐㄩˋ | 限「足恭」一詞音 | | | 手足之情、三足鼎、微不足道 |
| | 跂 | ㄑㄧˊ | | | ㄑㄧˇ | 通「企」時音 | 跂跂、跂蹻 |
| | 趿 | ㄊㄚˋ | | | | | 欲向何門趿珠履 |
| | | ㄙㄚ | | | | | 他趿拉著鞋走路 |
| | 跑 | ㄆㄠˇ | | | ㄆㄠˊ | 通「刨」時音 | 跑步、賽跑、跑新聞 |

| 部首 | 國字 | 審定音 | 限讀：限讀音 | 限讀：說明 | 通叚：通叚音 | 通叚：說明 | 備注（詞例） |
|---|---|---|---|---|---|---|---|
| | 跛 | ㄅㄛˇ | | | | | 跛腳、跛子 |
| | | ㄅㄧˋ | | | | | 跛倚 |
| | 踉 | ㄌㄤˊ | | | | | 跳踉 |
| | | ㄌㄧㄤˋ | | | | | 踉蹌 |
| | 踆 | ㄘㄨㄣ | | | | | 踆鴟 |
| | | ㄑㄩㄣ | | | | | 踆踆 |
| | 踦 | ㄐㄧˇ | | | ㄑㄧ | 通「崎嶇」之「崎」時音 | 「踦，脛也。」（廣雅）、汪踦（人名） |
| | | ㄧˇ | | | | | 「膝之所踦」（莊子・養生主） |
| | 踧 | ㄘㄨˋ | | | | | 踧踖 |
| | | ㄉㄧˊ | | | | | 踧踧（平坦貌） |
| | 蹌 | ㄑㄧㄤ | | | | | 巧趨蹌兮 |
| | | ㄑㄧㄤˋ | | | | | 踉蹌 |

| 部首 | 國字 | 審定音 | 限讀音 | 說明 | 通段音 | 說明 | 備注（詞例） |
|---|---|---|---|---|---|---|---|
| | 蹻 | ㄑㄧㄠ | | | | | 踩高蹻 |
| | | ㄐㄧㄠˇ | | | | | 蹻蹻、蹻勇 |
| | | ㄐㄩㄝ | | | | | 蹻然不固（呂氏春秋） |
| | 躒 | ㄌㄧˋ | ㄌㄨㄛˋ | 限「卓躒」一詞音 | | | 騏驥一躒，不能千里。 |
| 身 | 身 | ㄕㄣ | ㄐㄩㄢ | 限「身毒」一詞音 | | | 身體、本身、腰身 |
| 車 | 車 | ㄐㄩ | | | | | 讀音（車馬炮、學富五車） |
| | | ㄔㄜ | | | | | 語音（汽車、試車、車衣服、姓） |
| | 軋 | ㄧㄚˋ | | | | | 軋軋、傾軋 |
| | | ㄍㄚˊ | | | | | 軋頭寸 |
| | 軻 | ㄎㄜ | | | ㄎㄜˇ | 通「坷」時音 | 孟軻、軻峨 |
| | 軿 | ㄆㄧㄥˊ | | | | | 軿車、輜軿 |
| | | ㄆㄥ | | | | | 軿訇 |

| 部首 | 國字 | 審定音 | 限讀音 | 限讀說明 | 通叚音 | 通叚說明 | 備注（詞例） |
|---|---|---|---|---|---|---|---|
|  | 載 | ㄗㄞˋ |  |  |  |  | 刊載、文以載道、姓 |
|  |  | ㄗㄞˇ |  |  |  |  | 一年半載、千年萬載 |
|  | 輾 | ㄓㄢˇ |  |  | ㄋㄧㄢˇ | 通「碾」時音 | 輾轉 |
|  | 轂 | ㄍㄨˇ |  |  |  |  | 輦轂、投轂 |
|  |  | ㄍㄨ |  |  |  |  | 車轂轆、轂轆錢兒 |
|  | 轉 | ㄓㄨㄢˇ |  |  |  |  | 改變方向義音（轉學、轉彎） |
|  |  | ㄓㄨㄢˋ |  |  |  |  | 指運動時：(1)有軸可繞(2)可回到原點的轉動。 |
|  | 轍 | ㄔㄜˋ |  |  |  |  | 車轍、如出一轍 |
|  |  | ㄓㄜˊ |  |  |  |  | 沒轍了、不合轍兒 |
| 辛 | 辟 | ㄅㄧˋ |  |  | ㄆㄧˋ | 通「闢」、「僻」、「譬」、「擗」時音 | 後辟、辟玉、辟召 |
| 辵 | 逄 | ㄆㄤˊ |  |  |  |  | 姓 |
|  |  | ㄈㄥˊ |  |  |  |  | 「逢」之異體字 |

| 部首 | 國字 | 審定音 | 限讀音 | 限讀說明 | 通段音 | 通段說明 | 備注（詞例） |
| --- | --- | --- | --- | --- | --- | --- | --- |
| | 追 | ㄓㄨㄟ | | | | | 追根究柢、追憶、追問 |
| | | ㄉㄨㄟ | | | | | 追琢其章、以追蠡 |
| | 逢 | ㄈㄥˊ | | | | | 相逢、逢迎、逢場作戲 |
| | | ㄆㄥˊ | | | | | 逢逢然、姓 |
| | 逮 | ㄉㄞˋ | | | | | 力有未逮 |
| | | ㄉㄞˇ | | | | | 貓逮老鼠、逮捕 |
| | 過 | ㄍㄨㄛˋ | | | | | 過錯、經過、過度 |
| | | ㄍㄨㄛ | | | | | 姓 |
| | 遠 | ㄩㄢˇ | | | | | 遠行、遙遠、遠見 |
| | | ㄩㄢˋ | | | | | 敬而遠之、君子遠庖廚 |
| | 適 | ㄕˋ | | | ㄓㄜˊ | 通「謫」時音 | 合適、舒適 |
| | | ㄉㄧˊ | | | | | 適孫、「無適也，無莫也。」 |

| 部首 | 國字 | 審定音 | 限讀音 | 限讀說明 | 通假音 | 通假說明 | 備注（詞例） |
|---|---|---|---|---|---|---|---|
| | 遲 | ㄔˊ | | | | | 遲緩、遲鈍、延遲 |
| | | ㄓˋ | | | | | 朕思遲直士 |
| | 遺 | ㄧˊ | | | | | 遺漏、遺忘、遺傳 |
| | | ㄨㄟˋ | | | | | 遺贈 |
| | 還 | ㄏㄨㄢˊ | | | ㄒㄩㄢˊ | 通「旋」時音 | 還原、償還、還債 |
| | | ㄏㄞˊ | | | | | 時間還早、還是老樣子 |
| | 邋 | ㄌㄚ | | | | | 邋遢 |
| | | ㄌㄧㄝˋ | | | | | 邋邋 |
| 邑 | 那 | ㄋㄚˋ | | | ・ㄋㄚ | 通「哪」時音 | 那個、那麼著、剎那 |
| | | ㄋㄚˇ | | | ㄋㄨㄛˊ | 通「挪」時音 | 那有這種事 |
| | | ㄋㄚ | | | | | 姓 |
| | 邪 | ㄒㄧㄝˊ | | | | | 改邪歸正、邪惡 |

| 部首 | 國字 | 審定音 | 限讀音 | 限讀說明 | 通段音 | 通段說明 | 備注（詞例） |
|---|---|---|---|---|---|---|---|
| | | ㄧㄝˊ | | | | | 琅邪、「是邪？非邪？」 |
| | 都 | ㄉㄨ | | | | | 首都、都市 |
| | | ㄉㄡ | | | | | 大都如此、都是、都好 |
| | 鄉 | ㄒㄧㄤ | | | ㄒㄧㄤˋ | 通「嚮」時音 | 鄉下、同鄉、鄉巴佬、鄉親 |
| | | | | | ㄒㄧㄤˇ | 通「響」時音 | |
| | 鄗 | ㄏㄠˋ | | | | | 鄗邑（春秋晉邑） |
| | | ㄑㄧㄠ | | | | | 鄗山（在河南省） |
| 酉 | 酊 | ㄉㄧㄥˇ | | | | | 酩酊大醉 |
| | | ㄉㄧㄥ | | | | | 碘酊 |
| | 酖 | ㄉㄢ | | | ㄓㄣˋ | 通「鴆」時音 | 酖於酒、酖酖 |
| | 酢 | ㄗㄨㄛˋ | | | | | 酬酢 |
| | | ㄘㄨˋ | | | | | 「醋」的本字 |

| 部首 | 國字 | 審定音 | 限讀 | | 通段 | | 備注（詞例） |
|---|---|---|---|---|---|---|---|
| | | | 限讀音 | 說明 | 通段音 | 說明 | |
| | 釃 | ㄙ | | | ㄌㄧˊ | 通「醨」時音 | 釃酒臨江 |
| 里 | 重 | ㄓㄨㄥˋ | | | | | 體重、慎重 |
| | | ㄔㄨㄥˊ | | | | | 重複、重來 |
| | 量 | ㄌㄧㄤˋ | | | | | 名詞及大約估算之義音（容量） |
| | | ㄌㄧㄤˊ | | | | | 以度量衡去估算及商酌、斟酌義音。 |
| | 釐 | ㄌㄧˊ | | | | | 公釐、釐清 |
| | | ㄒㄧ | | | | | 恭賀新釐 |
| 金 | 釘 | ㄉㄧㄥ | | | | | 鐵釘、補釘 |
| | | ㄉㄧㄥˋ | | | | | 釘書機、釘門牌、釘扣子 |
| | 鈃 | ㄒㄧㄥˊ | | | | | 其求鈃鐘也，以束縛。 |
| | | ㄐㄧㄢ | | | | | 宋鈃（人名） |
| | 鈀 | ㄆㄚˊ | ㄅㄚ | 限當化學元素時音 | | | 釘鈀、鈀爪 |

| 部首 | 國字 | 審定音 | 限讀音 | 限讀說明 | 通假音 | 通假說明 | 備注（詞例） |
| --- | --- | --- | --- | --- | --- | --- | --- |
| | 鉈 | ㄊㄚ | | | ㄊㄨㄛˊ | 通「砣」時音 | 化學元素 |
| | 鈷 | ㄍㄨˇ | ㄍㄨ | 限當化學元素時音 | | | 鈷鉧（熨斗）、鈷鉧潭 |
| | 鉛 | ㄑㄧㄢ | ㄧㄢˊ | 限「鉛山」（地名）一詞音 | | | 化學元素、鉛筆、鉛球 |
| | 鈹 | ㄆㄧ | ㄆㄧˊ | 限當化學元素時音 | | | 鈹刀、鈹滑 |
| | 銚 | ㄧㄠˊ | | | | | 一耟、一銚 |
| | | ㄉㄧㄠˋ | | | | | 銚子 |
| | | ㄊㄧㄠˊ | | | | | 長銚利兵 |
| | 銻 | ㄊㄧˋ | ㄊㄧ | 限當化學元素時音 | | | 鎕銻 |
| | 鋦 | ㄐㄩ | ㄐㄩˊ | 限當化學元素時音 | | | 鋦碗 |
| | 鋪 | ㄆㄨ | | | | | 鋪蓋、鋪床、鋪張、鋪陳 |
| | | ㄆㄨˋ | | | | | 店鋪、床鋪、當鋪 |
| | 錞 | ㄔㄨㄣˊ | | | | | 以金錞和鼓 |

| 部首 | 字 | 國審定音 | 限讀音 | 限讀說明 | 通假音 | 通假說明 | 備注（詞例） |
| --- | --- | --- | --- | --- | --- | --- | --- |
| | | ㄉㄨㄟˋ | | | | | 厹矛鋈錞 |
| | 錟 | ㄊㄢˊ | | | | | 「錟，長矛也。」（說文） |
| | | ㄒㄧㄢ | | | | | 錟戈 |
| | 鋸 | ㄐㄩˋ | | | ㄐㄩ | 通「鋦」時音 | 鋸子、鋸斷 |
| | 錢 | ㄑㄧㄢˊ | | | | | 錢幣、金錢、錢包、姓 |
| | | ㄐㄧㄢˇ | | | | | 命我眾人、庤乃錢鎛。（詩經） |
| | 鋼 | ㄍㄤ | | | | | 不鏽鋼、鋼筆 |
| | | ㄍㄤˋ | | | | | 這把刀鈍了，要鋼一鋼 |
| | 鎬 | ㄏㄠˋ | | | | | 鎬京、鎬鎬 |
| | | ㄍㄠˇ | | | | | 十字鎬 |
| | 鎞 | ㄆㄧˋ | | | | | 金鎞 |
| | | ㄅㄧˋ | | | | | 髮短不勝鎞 |

| 部首 | 國字 | 審定音 | 限讀 限讀音 | 限讀 說明 | 通段 通段音 | 通段 說明 | 備注(詞例) |
| --- | --- | --- | --- | --- | --- | --- | --- |
| | 鎗 | ㄑㄧㄤ | | | | | 手鎗 |
| | | ㄔㄥ | | | | | 鎗然有聲 |
| | 鏹 | ㄑㄧㄤˇ | | | | | 藏鏹巨萬 |
| | | ㄑㄧㄤ | | | | | 鏹水(硫酸的俗稱) |
| | 鐓 | ㄉㄨㄣ | | | ㄉㄨㄟˋ | 通「錞」時音 | 鐓雞(雄雞去勢)、鐵鐓 |
| | 鐙 | ㄉㄥˋ | | | ㄉㄥ | 通「燈」時音 | 馬鐙、鐙骨 |
| | 鐺 | ㄉㄤ | | | | | 鋃鐺、酒鐺 |
| | | ㄔㄥ | | | | | 茶鐺、酒鐺 |
| | 鑐 | ㄒㄩ | ㄖㄨˊ | 限當化學元素時音 | | | 「鑐，鎖牡也。」(集韻) |
| | 鑽 | ㄗㄨㄢ | | | | | 鑽研、鑽洞、鑽木取火 |
| | | ㄗㄨㄢˋ | | | | | 鑽子、鑽戒 |
| 長 | 長 | ㄔㄤˊ | | | | | 專長、長短、冗長 |

| 部首 | 國字 | 審定音 | 限讀音 | 說明 | 通假音 | 說明 | 備注（詞例） |
| --- | --- | --- | --- | --- | --- | --- | --- |
| | | ㄓㄤˇ | | | | | 尊長、首長、生長 |
| 門 | 間 | ㄐㄧㄢ | | | | | 隔間、房間、時間 |
| | | ㄐㄧㄢˋ | | | | | 間隙、間碟、離間、間或 |
| | 閒 | ㄒㄧㄢˊ | | | ㄐㄧㄢ ㄐㄧㄢˋ | 通「間」時音 | 安閒自在、等閒、閒逛 |
| | 閣 | ㄍㄜˊ | | | ㄍㄜ | 通「擱」時音 | 樓閣、閣下、內閣、出閣 |
| | 閤 | ㄍㄜˊ | | | | | 開東閤 |
| | | ㄏㄜˊ | | | | | 閤第光臨 |
| | 閼 | ㄜˋ | ㄧㄢ | 限「閼氏」一詞音 | | | 閼塞 |
| | 闇 | ㄢˋ | ㄢ | 限「諒闇」一詞音 | | | 愚闇墮賢 |
| | 闕 | ㄑㄩㄝ | | | | | 宮闕、姓 |
| | | ㄑㄩㄝˋ | | | | | 闕失、闕文、付之闕如 |
| | 闟 | ㄒㄧˋ | | | | | 闟然止 |

| 部首 | 國字 | 審定音 | 限讀音 | 限讀說明 | 通假音 | 通假說明 | 備注（詞例） |
| --- | --- | --- | --- | --- | --- | --- | --- |
| | | ㄊㄚˋ | | | | | 闟茸土闟 |
| 阜 | 阤 | ㄓˋ | | | ㄊㄨㄛˊ | 通「陀」時音 | 「阤，落也。」（說文） |
| | | ㄧˇ | | | | | 阤靡 |
| | 阿 | ㄜ | | | | | 山阿、阿諛、阿房宮、姓 |
| | | ㄚ | | | | | 阿拉伯、阿伯、阿斗 |
| | 陂 | ㄆㄧˊ | | | | | 陂池、黃陂縣 |
| | | ㄆㄛ | | | | | 陂陀、山陂 |
| | 降 | ㄐㄧㄤˋ | | | | | 降落傘、霜降、降雨 |
| | | ㄒㄧㄤˊ | | | | | 降龍伏虎、投降、降服 |
| | 陳 | ㄔㄣˊ | | | ㄓㄣˋ | 通「陣」時音 | 陳設、陳述、陳列、姓 |
| | 陸 | ㄌㄨˋ | | | | | 陸地、陸續、光怪陸離、姓 |
| | | ㄌㄧㄡˋ | | | | | 「六」的大寫 |

| 部首 | 國字 | 審定音 | 限讀音 | 限讀說明 | 通段音 | 通段說明 | 備注（詞例） |
| --- | --- | --- | --- | --- | --- | --- | --- |
| | 陶 | ㄊㄠˊ | | | | | 彩陶、陶冶、陶醉、姓 |
| | | ㄧㄠˊ | | | | | 皋陶、鬱陶 |
| | 陰 | ㄧㄣ | | | ㄧㄣˋ | 通「蔭」時音 | 陰涼、陰天、山陰、陰離子 |
| | | | | | ㄢ | 通「諒闇」之「闇」時音 | |
| | 隊 | ㄉㄨㄟˋ | | | ㄓㄨㄟˋ | 通「墜」時音 | 部隊、探險隊 |
| | 隩 | ㄩˋ | | | ㄠˋ | 通「奧」、「墺」時音 | |
| 隹 | 雅 | ㄧㄚˇ | | | | | 素雅、文雅、雅量 |
| | | ㄧㄚ | | | | | 「鴉」的本字 |
| | 雋 | ㄐㄩㄢˋ | | | ㄐㄩㄣˋ | 通「俊」時音 | 雋永 |
| | 難 | ㄋㄢˊ | | | | | 難堪、難題、爲難 |
| | | ㄋㄢˋ | | | | | 災難、問難 |
| | | ㄋㄨㄛˊ | | | | | 其葉有難（詩經） |

| 部首 | 國字 | 審定音 | 限讀：限讀音 | 限讀：說明 | 通段：通段音 | 通段：說明 | 備注（詞例） |
|---|---|---|---|---|---|---|---|
| 雨 | 霸 | ㄅㄚˋ | | | | | 霸占、霸王 |
| | | ㄆㄛˋ | | | | | 哉生霸 |
| | 露 | ㄌㄨˋ | | | | | 玫瑰露、暴露、顯露 |
| | | ㄌㄡˋ | | | | | 露出馬腳、衣角外露 |
| 青 | 青 | ㄑㄧㄥ | | | ㄐㄧㄥ | 通「菁」時音 | 青草、踏青、青春 |
| 非 | 靡 | ㄇㄧˇ | | | ㄇㄧˊ | 通「糜」時音 | 所向披靡、靡麗 |
| 革 | 革 | ㄍㄜˊ | | | ㄐㄧˊ | 通「急」時音 | 皮革、革除、革命、姓 |
| | 靶 | ㄅㄚˇ | | | | | 打靶、箭靶 |
| | | ㄅㄚˋ | | | | | 執靶、刀子靶 |
| | 鞈 | ㄐㄧㄚˊ | | | | | |
| | | ㄊㄚˋ | | | | | |
| | 鞞 | ㄅㄧㄥˇ | | | ㄆㄧˊ | 通「鼙」時音 | 鞞琫（刀鞘） |

| 部首 | 國字 | 審定音 | 限讀音 | 限讀說明 | 通段音 | 通段說明 | 備注（詞例） |
|---|---|---|---|---|---|---|---|
| | | ㄅㄟ | | | | | 牛鞸縣（古地名） |
| | 鞪 | ㄇㄨˋ | | | | | 「鞪，車軸束也。」（說文） |
| | | ㄇㄡˊ | | | | | 被甲鞮鞪 |
| 頁 | 頃 | ㄑㄧㄥˇ | | | ㄑㄧㄥ | 通「傾」時音 | 公頃、頃刻 |
| | 頓 | ㄉㄨㄣˋ | ㄉㄨˊ | 限「冒頓」（人名）一詞音 | | | 一頓飯、整頓、頓首 |
| | 頌 | ㄙㄨㄥˋ | | | ㄖㄨㄥˊ | 通「容」時音 | 頌詞、歌頌 |
| | 頦 | ㄏㄞˊ | | | | | 讀音（下頦） |
| | | ㄎㄜ | | | | | 語音（下巴頦兒） |
| | 頡 | ㄒㄧㄝˊ | | | | | 頡頏 |
| | | ㄐㄧㄝˊ | | | | | 倉頡、盜頡資糧 |
| 首 | 頸 | ㄐㄧㄥˇ | ㄍㄥˇ | 限「脖頸子」一詞音 | | | 頸項、瓶頸 |
| 風 | 風 | ㄈㄥ | | | | | 微風、聞風而來、風度 |

| 部首 | 國字 | 審定音 | 限讀：限讀音 | 限讀：說明 | 通段：通段音 | 通段：說明 | 備注（詞例） |
|---|---|---|---|---|---|---|---|
| | | ㄈㄥˋ | | | | | 文言動詞音（春風風人） |
| | 颮 | ㄆㄠˊ | | | ㄅㄧㄠ | 通「飆」時音 | 風颮電激 |
| 食 | 食 | ㄕˊ | ㄧˋ | 限「酈食其」一詞音 | | | 食物、伙食 |
| | | ㄙˋ | | | | | 一簞食 |
| | 飧 | ㄙㄨㄣ | | | | | |
| | | ㄘㄢ | | | | | 「餐」之異體字 |
| | 飲 | ㄧㄣˇ | | | | | 飲食、暢飲、飲恨 |
| | | ㄧㄣˋ | | | | | 使役動詞音（飲馬） |
| | 養 | ㄧㄤˇ | | | | | 養育、撫養小孩 |
| | | ㄧㄤˋ | | | | | 奉養、供養父母 |
| | 餧 | ㄨㄟˋ | | | ㄋㄟˇ | 通「餒」時音 | 餧毒 |
| 首 | 馘 | ㄍㄨㄛˊ | | | | | 獻俘授馘 |

| 部首 | 字 | 國審定音 | 限讀音 | 限讀說明 | 通叚音 | 通叚說明 | 備注（詞例） |
|---|---|---|---|---|---|---|---|
| | | ㄒㄩˋ | | | | | 槁項黃馘 |
| 馬 | 馮 | ㄈㄥˊ | | | | | 姓 |
| | | ㄆㄧㄥˊ | | | | | 暴虎馮河 |
| | 馯 | ㄏㄢˋ | ㄑㄧㄢ | 限「馯臂」一詞音 | | | |
| | 馱 | ㄊㄨㄛˊ | | | | | 馱運 |
| | | ㄉㄨㄛˋ | | | ㄒㄩㄣˋ | 通「訓」時音 | 馱子 |
| | 馴 | ㄒㄩㄣˊ | | | | | 馴良 |
| | 駔 | ㄗㄤˇ | | | | | 駔子（流氓） |
| | | ㄗㄨˇ | | | | | 同駑羸與乘駔兮 |
| | 駘 | ㄊㄞˊ | | | | | 駑駘、駘背 |
| | | ㄉㄞˋ | | | | | 駘蕩 |
| | 駴 | ㄒㄧㄝˋ | | | | | 駴雷鼓 |

| 部首 | 國字 | 審定音 | 限讀 限讀音 | 限讀 說明 | 通段 通段音 | 通段 說明 | 備注（詞例） |
| --- | --- | --- | --- | --- | --- | --- | --- |
| | | ㄏㄞˋ | | | | | 「駭」之異體字 |
| | 騫 | ㄑㄧㄢ | | | ㄐㄧㄢˇ | 通「蹇」時音 | 不騫不崩 |
| | 驒 | ㄊㄨㄛˊ | | | | | 有驒有駱 |
| | | ㄊㄢ | | | | | 驒驒（馬喘息貌） |
| 骨 | 骨 | ㄍㄨˇ | ㄍㄨˊ | 限「骨頭」一詞音 | | | 骨骼、傘骨、骨肉 |
| | | | ㄍㄨ | 限「骨朵兒」「骨碌」一詞音 | | | |
| | 骯 | ㄤ | | | | | 骯髒（汙穢不潔） |
| | | ㄎㄤˇ | | | | | 骯髒（剛直倔強貌） |
| 髟 | 髟 | ㄅㄧㄠ | | | | | 「髟，長髮猋猋也。」（說文） |
| | | ㄕㄢ | | | | | 「髟，屋翼也。」（廣韻） |
| | 髳 | ㄇㄠˊ | | | | | 「髳，髮至眉也。」（說文） |
| | | ㄇㄥˊ | | | | | 「髳，茀離也。」（爾雅・釋詁） |

| 部首 | 國字 | 審定音 | 限讀音 | 限讀說明 | 通假音 | 通假說明 | 備注（詞例） |
| --- | --- | --- | --- | --- | --- | --- | --- |
| 鬲 | 鬲 | ㄍㄜˊ | | | | | 有鬲 |
| | | ㄌㄧˋ | | | | | 陶人出重鬲（禮記） |
| 鬼 | 魄 | ㄆㄛˋ | | | | | 魂魄、體魄 |
| | | ㄊㄨㄛˋ | | | | | 落魄 |
| | 魏 | ㄨㄟˋ | | | ㄨㄟˊ | 通「巍」時音 | 魏國、姓 |
| 魚 | 鮮 | ㄒㄧㄢ | | | | | 新鮮、海鮮、朝鮮 |
| | | ㄒㄧㄢˇ | | | | | 鮮有、鮮少 |
| | 鮭 | ㄍㄨㄟ | ㄒㄧㄝˊ | 限「鮭菜」一詞音 | | | 鮭魚 |
| | 鰓 | ㄙㄞ | | | | | 魚鰓 |
| | | ㄒㄧˇ | | | | | 鰓鰓 |
| | 鱣 | ㄓㄢ | | | ㄕㄢˋ | 通「鱔」時音 | 鱣魚 |
| | | ㄕㄢˋ | | | | | 鱣序、鱣庭 |

| 部首 | 國字 | 審定音 | 限讀音 | 說明 | 通叚音 | 說明 | 備注（詞例） |
| --- | --- | --- | --- | --- | --- | --- | --- |
| 鳥 | 鳥 | ㄋㄧㄠˇ | | | | | 小鳥、鳥瞰 |
| | | ㄉㄧㄠˇ | | | | | 鳥兒郎當 |
| | 鳻 | ㄈㄣˊ | ㄅㄢ | 限「鳻鳩」一詞音 | | | 鳻鶞 |
| | 鴝 | ㄑㄩˊ | | | | | 鴝鵅、鴝掇 |
| | | ㄍㄡ | | | | | 鴝鵅 |
| | 鵅 | ㄌㄨㄛˋ | | | | | 鵅鳥 |
| | | ㄍㄜˊ | | | | | 鴝鵅 |
| | 鵠 | ㄏㄨˊ | | | | | 鴻鵠、鵠髮、鵠立 |
| | | ㄍㄨˇ | | | | | 正鵠、鵠的 |
| | 鶻 | ㄍㄨˇ | | | | | 鶻鵃、鶻鳩 |
| | | ㄏㄨˊ | | | | | 回鶻 |
| | 鷤 | ㄊㄢˊ | ㄊㄧˊ | 限「鷤鴂」一詞音 | | | 鸛鷤 |

| 部首 | 國字 | 審定音 | 限讀 限讀音 | 限讀 說明 | 通段 通段音 | 通段 說明 | 備注（詞例） |
|---|---|---|---|---|---|---|---|
| 鹵 | 鹽 | ㄧㄢˊ | | | | | 海鹽、鹽巴 |
| | | ㄧㄢˋ | | | | | 屑桂與薑以灑諸上而鹽之。 |
| 鹿 | 麃 | ㄅㄧㄠ | | | | | 綿綿其麃 |
| | | ㄆㄠˊ | | | | | 楚人謂麋爲麃 |
| | 麗 | ㄌㄧˋ | | | | | 富麗堂皇、華麗、美麗 |
| | | ㄌㄧˊ | | | | | 高麗 |
| 麻 | 麼 | ㄇㄛˊ | ˙ㄇㄜ | 限作詞綴時音，如「甚麼」 | | | 么麼（細小也） |
| | | | ㄇㄚˊ | 限「幹麼」一詞音 | | | |
| 黽 | 黽 | ㄇㄧㄣˇ | | | | | 黽勉、黽池 |
| | | ㄇㄥˇ | | | | | 在水者黽（爾雅・釋魚） |
| | 鼂 | ㄔㄠˊ | | | ㄓㄠ | 通「朝」時音 | 匽鼂（大蟲）、姓 |
| 齊 | 齊 | ㄑㄧˊ | | | ㄓㄞ | 通「齋」時音 | 舉案齊眉、整齊、姓 |

| 部首 | 國字 | 審定音 | 限讀音 | 限讀說明 | 通叚音 | 通叚說明 | 備注（詞例） |
| --- | --- | --- | --- | --- | --- | --- | --- |
| | | ㄐㄧˋ | | | | | 火齊、六齊 |
| | | ㄗ | | | | | 齊衰 |
| 龜 | 龜 | ㄍㄨㄟ | ㄐㄩㄣ | 限「龜裂」一詞音 | | | 烏龜、龜貝、龜奴 |
| | | ㄑㄧㄡ | | 限「龜茲」一詞音 | | | |

# 【附錄七】字音查字表

## 說明

一、這個查字表是按照字音的次序排列的。字音次序是按注音符號聲符跟韻符的順序排列。一個字的拼音，先按照聲符的順序排列；聲符相同的，再按照韻符的順序排列。字音的注音裡面沒有聲符的，都排在有聲符（最後一個聲符是ㄙ）拼音的後面，只按照韻符的順序排列。

二、注音符號聲符跟韻符的順序如下：

聲符：ㄅㄆㄇㄈㄉㄊㄋㄌㄍㄎㄏㄐㄑㄒㄓㄔㄕㄖㄗㄘㄙ

韻符：ㄚㄛㄜㄝㄞㄟㄠㄡㄢㄣㄤㄥㄦㄧ ㄧㄚ ㄧㄛ ㄧㄝ ㄧㄞ ㄧㄠ ㄧㄡ ㄧㄢ ㄧㄣ ㄧㄤ ㄧㄥ ㄨ ㄨㄚ ㄨㄛ ㄨㄞ ㄨㄟ ㄨㄢ ㄨㄣ ㄨㄤ ㄨㄥ ㄩ ㄩㄝ ㄩㄢ ㄩㄣ ㄩㄥ

三、字音的聲符韻符都相同的，按照陰平聲、陽平聲、上聲、去聲、輕聲的次序排列。

四、按照上面所說的規律，把字音相同的字都排在一起；每一個注音裡面所含的字，它們的字音都是相同的。一個字有幾種不同的注音的（就是「破音字」），就按照不同的注音，分別排在幾處。但是一（ㄧ）、七（ㄑㄧ）、八（ㄅㄚ）、不（ㄅㄨˋ）這四個自然變調的字不算是破音字，只排在它們的本調字音裡頭。每個字底下的數字，就是詞典的頁數。

五、這樣，就可以按照一個字的字音（全部是從ㄅㄚ到ㄩㄥ）來查字。例如：想查「國」字，在「ㄍㄨㄛˊ」音裡查出，字底下是「364」，翻到詞典的三六四頁，就找到了「國」字。想查「語」字，在「ㄩˇ」音或「ㄩˋ」音裡查出，字底下是「1641」，翻到詞典的一六四一頁，就找到了「語」字。

六、這個查字表裡面的字，有的加上了括號，表示這個字是異體字，在詞典裡是排印在正體字底下的括號裡面的。

## 注音查字表目次

（ㄅ）

ㄅㄚ

ㄅㄚ
八 175　叭 284　吧 307　巴 558　扒 685　捌 726　疤 1175　笆 1317　粑 1341　羓 1416　芭 1503　豝 1669

ㄅㄚˊ
拔 704　跋 1704　鈸 1820　魃 2018　颰 2064

ㄅㄚˇ
把 693　鈀 1819　靶 1932

ㄅㄚˋ
伯 104　垻 389　壩 405　把 694　灞 1063　爸 1105　（罢） 1411　罷 1411　耙 1437　䎬 1438　霸 1920　（覇） 1920

ㄅㄚ˙
吧 307　杷 875　（罢） 1411　罷 1411

ㄅㄛ

ㄅㄛ
剝 221　啵 330　播 762　撥 761　波 985　玻 1136　癶 1186　般 1498　菠 1407　缽 1407　鉢 1407　鋍 1828　餑 1974　鱍 2027

ㄅㄛˊ
伯 104　佰 113　僰 151　勃 233　博 260　孛 479　帛 562　悖 643　搏 752　柏 881　（栢） 881　欂 925　泊 985　浡 1030　渤 1030　濼 1061　爆 1101　白 1192　百 1196　礴 1261　箔 1328　簿 1337　脖 1465　膊 1472　舶 1499　荸 1521　菔 1525　菠 1524　蔔 1539　薄 1545　襮 1605　踣 1710　鈸 1820　鉑 1820　鎛 1839　雹 1913　（䬪） 1977　餺 1977　駁 1987　髆 2030　鵓 2035

ㄅㄛˇ
簸 1337　跛 1704

ㄅㄛˋ
亳 86　北 246　播 762　擘 766　檗 922　簸 1337　薄 1545　薜 1546　鉳 1820

ㄅㄛ˙
啵 330　蔔 1539

ㄅㄞ

ㄅㄞ
掰 731

ㄅㄞˊ
白 1192

ㄅㄞˇ
伯 104　佰 113　捭 731　擺 772　（摆） 772　柏 881　（栢） 881　百 1196　襬 1609　（䙓） 1605

ㄅㄞˋ
唄 326　拜 705　敗 790　稗 1290　粺 1344

ㄅㄟ

ㄅㄟ
俾 127　卑 257　悲 645　杯 874　（桮） 874　盃 1202　碑 1248　背 1458

ㄅㄟˇ
北 246　鉳 1820

ㄅㄟˋ
倍 127　備 144　（备） 144　僻 152　北 246　婢 468　孛 479　悖 642　憊 663　焙 1077　狽 1123　琲 1143　碚 1249　糒 1348　背 1458　臂 1475　蓓 1535　被 1593　褙 1600　貝 1673　輩 1729　避 1782　邶 1788　鋇 1828　鞴 1935

ㄅㄠ

ㄅㄠ
剝 221　包 242　孢 480　炮 1070　胞 1459　苞 1510　褒 1600　襃 1600　鞄 1932　齙 2069

ㄅㄠˊ
箔 1328　薄 1545　雹 1911

ㄅㄠˇ
保 119　堡 394　寶 514　（宝） 514　（寳） 514　葆 1530　褓 1600　（緥） 1600　飽 1972　鴇 2032

ㄅㄠˋ
刨 212　報 394　抱 705

暴 844　瀑 1061　煲 1086　爆 1101　苞 1524　豹 1671　趵 1703　鉋 1820　(鑤) 1820　鮑 2022

ㄅㄢ

ㄅㄢ：扳 694　搬 752　斑 806　(編) 806　班 1138　癍 1182　瘢 1184　般 1497　頒 1944

ㄅㄢˇ：坂 383　板 874　版 1108　舨 1498　蝂 1567　闆 1866　阪 1872　鈑 1819

ㄅㄢˋ：伴 105　半 255　扮 694　拌 706　爿 1106　瓣 1149　絆 1363　(靽) 1363　辦 1773　(办) 1773

ㄅㄣ

ㄅㄣ：奔 444　(犇) 444　賁 1678　錛 1832

ㄅㄣˇ：本 868　畚 1166　苯 1510

ㄅㄣˋ：坌 383　奔 444　(犇) 444　笨 1318

ㄅㄤ

ㄅㄤ：傍 145　(帮) 568　幫 568　梆 894　浜 1007　縍 1391　邦 1786　鞤 1934　(鞤) 1934

ㄅㄤˇ：榜 907　綁 1378　膀 1472　螃 1570　髈 2000

ㄅㄤˋ：傍 145　旁 817　棒 898　棓 898　髈 1151　磅 1254　縍 1391　膀 1472　蒡 1535　蚌 1561　謗 1652　鎊 1839

ㄅㄥ

ㄅㄥ：崩 548　繃 1392　(綳) 1392

ㄅㄥˊ：甭 1160

ㄅㄥˇ：繃 1392　(綳) 1392　菶 1524

ㄅㄥˋ：奔 444　(犇) 444　榜 907　泵 986　髼 1151　繃 1392　(綳) 1392　蚌 1561　蹦 1713　迸 1745

ㄅㄧ

ㄅㄧ：屄 537　逼 1764　(偪) 1764

ㄅㄧˊ：荸 1521　鼻 2065

ㄅㄧˇ：匕 244　啚 330　壁 402　妣 459　彼 608　比 952　秕 1282　(粃) 1282　筆 1321　(笔) 1321　鄙 1793

ㄅㄧˋ：佛 105　俾 127　嗶 345　埤 390　壁 402　婢 468　鷩 2038　嬖 474　幣 567　庇 579　弊 591　弼 600　必 628　愎 651　愊 651　拂 709　敝 795　斃 802　比 952　毖 954　泌 986　狴 1123　璧 1146　畀 1164　畢 1166　痹 1186　(痺) 1181　睥 1226　碧 1250　祕 1264　(秘) 1264　箅 1328　篦 1333　腷 1469　臂 1475　苾 1510　蓖 1535　(萆) 1535　篳 1334　蓽 1539　蔽 1539　薜 1546　裨 1599　襞 1604　觱 1621　詖 1629　費 1679　賁 1678　贔 1691　跛 1704　蹕 1713　躄 1714　(躃) 1714　辟 1736　逼 1764　(偪) 1764　避 1782　鄙 1793　鉍 1821　閉 1858　(闭) 1858　(閟) 1866　陛 1879　髀 2000

ㄅㄧㄝ

ㄅㄧㄝ：憋 659　鼈 2061　(鱉) 2061

ㄅㄧㄝˊ：別 211　蹩 1713　(蹩) 1713

ㄅㄧㄝˇ：癟 1185

ㄅㄧㄝˋ：彆 601

ㄅㄧㄠ

ㄅㄧㄠ：摽 757

杓……872
標……910
猋……1124
臕……1477
(膘)……1477
彪……1556
鏢……1841
鑣……1848
飆……1966
(飈)……1966
髟……2009
麃……2044

ㄅㄧㄠˇ

俵……127
婊……468
表……1590
裱……1599
錶……1832

ㄅㄧㄠˋ

摽……757
鰾……2027

ㄅㄧㄢ

ㄅㄧㄢ

砭……1242
籩……1340
編……1387
蝙……1568
邊……1785
(边)……1785
鞭……1934
鯿……2026
鯾……2026

ㄅㄧㄢˇ

匾……249
扁……680
稨……1291
萹……1530
(藊)……1291
窆……1305
蝙……1568
褊……1600
貶……1678

ㄅㄧㄢˋ

便……121
卞……261
弁……590
徧……618
忭……630
汴……976
緶……1388
辮……1402
芐……1509
變……1661
(变)……1661
辨……1737
辯……1738
遍……1764
釆……1805

ㄅㄧㄣ

ㄅㄧㄣ

份……100
儐……154
彬……606
斌……806
檳……923
(梹)……923
浜……1007
濱……1059
瀕……1062
玢……1135
繽……1402
蠙……1576
豳……1671
賓……1684
(宾)……1684
(賔)……1684
邠……1786
鑌……1847

ㄅㄧㄣˇ

稟……1290
(禀)……1290

ㄅㄧㄣˋ

儐……154
擯……770
殯……947
(殡)……947
臏……1477
髕……2003
鬢……2012
(鬂)……2012

ㄅㄧㄥ

ㄅㄧㄥ

兵……184
冰……190
(氷)……190
屏……538
(屛)……538
并……573
(幷)……573
栟……886
(栟)……886
檳……923
(梹)……923

ㄅㄧㄥˇ

丙……49
屏……538
(屛)……538
昺……831
(昞)……831
柄……881
炳……1071
秉……1282
稟……1290
(禀)……1290
邴……1788
餅……1973
(餠)……1973

ㄅㄧㄥˋ

並……51
併……113
(倂)……113
并……573
(幷)……573
摒……745
(摒)……745
枋……875
柄……881
病……1176
竝……1313

ㄅㄨ

ㄅㄨ

晡……837
逋……1751
餔……1974

ㄅㄨˊ

醭……1804

ㄅㄨˇ

卜……260
哺……326
埔……389
捕……726
補……1596

ㄅㄨˋ

不……38
佈……105
埠……390
布……559
怖……633
捕……726
步……937
簿……1337
部……1790
鈈……1819
鈽……1821
餔……1974

（ㄆ）

ㄆㄚ

ㄆㄚ

咱……315
葩……1531
趴……1703

ㄆㄚˊ

扒……685
杷……875
爬……1103
琶……1143
筢……1326
耙……1437
鈀……1819

ㄆㄚˋ

帕……562
怕……633

ㄆㄚ˙

杷……875

ㄆㄛ

ㄆㄛ

坡……386
波……1053
潑……1053
釙……1817
陂……1874
頗……1947

ㄆㄛˊ

婆……468
番……1168
皤……1200
繁……1393
(緐)……1393
鄱……1794

ㄆㄛˇ

叵……284
笸……1318
鉕……1821
頗……1947

ㄆㄛˋ

拍……706
朴……871
泊……985
濼……1061
珀……1137
破……1242
粕……1342
迫……1744
(廹)……1744
醱……1804
魄……2018

ㄆㄞ

ㄆㄞ

ㄆㄞ
拍……706
ㄆㄞˊ
俳……127
徘……614
排……731
牌……1108
箄……1328
(簰)……1328
ㄆㄞˇ
排……731
ㄆㄞˋ
派……997
湃……1030
鎃……1837

ㄆㄟ
ㄆㄟ
呸……315
坏……386
坯……386
披……707
胚……1459
醅……1800
ㄆㄟˊ
培……390
碚……1249
裴……1599
賠……1684
邳……1788
錇……1883
陪……1881
ㄆㄟˋ
佩……113
帔……512
旆……817
沛……976
珮……1138
琲……1143
肺……1456
轡……1735
配……1795
霈……1918

ㄆㄠ
ㄆㄠ
拋……707
泡……986
脬……1465
ㄆㄠˊ
刨……212
匏……244
咆……315
庖……580
炮……1070
炰……1071
袍……1594
跑……1704
鞄……1932
麅……2044
麃……2044
鉋……1821
(鑤)……1821
齙……2069
ㄆㄠˇ
跑……1704
ㄆㄠˋ
泡……986
炮……1070
皰……1201
靤……1201
砲……1244
(礮)……1244

ㄆㄡ
ㄆㄡ
剖……221
ㄆㄡˊ
抔……639
掊……732
裒……1597
ㄆㄡˇ
剖……221
培……392
掊……730
棓……891
瓿……1151

ㄆㄢ
ㄆㄢ
扳……694
拚……707
攀……773
潘……1053
番……1168
ㄆㄢˊ
弁……590
槃……907
盤……1207
磐……1255
胖……1459
般……1498
蟠……1574
蹣……1713
ㄆㄢˋ
判……212
叛……281
拚……707
拌……706
泮……986
(頖)……986
畔……1164
盼……1213
襻……1606

ㄆㄣ
ㄆㄣ
噴……347
ㄆㄣˊ
湓……1030
盆……1202
ㄆㄣˋ
噴……347

ㄆㄤ
ㄆㄤ
乓……63
滂……1036
磅……1254
膀……1472
ㄆㄤˊ
傍……145
厖……266
尨……536
龐……587
庞……587
(龎)……587
彷……608
徬……620
旁……817
膀……1472
蒡……1535
螃……1575
逄……1746
雱……1910
ㄆㄤˇ
嗙……343
耪……1438
髈……2000
ㄆㄤˋ
胖……1459

ㄆㄥ
ㄆㄥ
亨……85
怦……633
抨……707
澎……1053
烹……1076
砰……1244
硼……1249
ㄆㄥˊ
庄……579
弸……597
彭……606
朋……860
棚……899
澎……1053
硼……1249
篷……1334
膨……1474
芃……1503
蓬……1539
蟛……1574
(蟚)……1574
逢……1752
鬅……2010
鵬……2036
ㄆㄥˇ
捧……732
ㄆㄥˋ
椪……899
碰……1249
(掽)……1249

ㄆㄧ
ㄆㄧ
丕……49
劈……226
匹……249
坏……383
坯……386
批……694
披……707
狉……1121
砒……1240
紕……1357
被……1593
鈹……1821
霹……1921
ㄆㄧˊ
啤……330
埤……390
枇……875
比……952
琵……1143
毗……954
(毘)……954
疲……1174
皮……1200
紕……1357
羆……1411
(罴)……1411
脾……1467
蕃……1543
蚍……1561
裨……1599

貔……1672 鈹……1821 陂……1874 障……1882 鞞……2063 (鞞)……2063

ㄆㄧˇ 仳……100 劈……226 匹……249 否……307 嚭……353 圮……377 疋……1173 痞……1179 癖……1184 苤……1510

ㄆㄧˋ 僻……152 埤……390 媲……471 (媲)……471 屁……535 擗……766 濞……1059 譬……1658 辟……1736

闢……1872 鷿……2039 (鸊)……2039

ㄆㄧㄝ

ㄆㄧㄝ 撇……757 瞥……1228

ㄆㄧㄝˇ 撇……757 苤……1510

ㄆㄧㄠ

ㄆㄧㄠ 漂……1043 螵……1572 飄……1965 (飃)……1965

ㄆㄧㄠˊ 嫖……472 朴……871 瓢……1149

ㄆㄧㄠˇ 摽……757 殍……945 漂……1043 瞟……1228

縹……1393 莩……1522

ㄆㄧㄠˋ 剽……225 慓……659 漂……1043 票……1269 驃……1993

ㄆㄧㄢ

ㄆㄧㄢ 偏……136 扁……680 片……1107 (片)……1107 篇……1331 翩……1424 萹……1530 胼……1462 (胼)……1462

ㄆㄧㄢˊ 便……121 楩……903 褊……1600 諞……1650 蹁……1710 駢……1990

(駢)……1990

ㄆㄧㄢˇ 諞……1650

ㄆㄧㄢˋ 徧……618 片……1107 (片)……1107 遍……1764 騙……1992 騗……1992

ㄆㄧㄣ

ㄆㄧㄣ 姘……446 (姘)……446 拼……718 (拚)……718

ㄆㄧㄣˊ 嬪……474 瀕……1062 胼……1462 (胼)……1462 蘋……1552 貧……1676 頻……1949 顰……1959

ㄆㄧㄣˇ 品……322

ㄆㄧㄣˋ 牝……1112 聘……1442

ㄆㄧㄥ

ㄆㄧㄥ 乒……63 娉……467

ㄆㄧㄥˊ 坪……386 屏……538 (屏)……538 平……569 憑……663 (凴)……663 (凭)……663 枰……881 瓶……1150 (缾)……1150 秤……1285 苹……1510 苹……1510 萍……1524 蘋……1552 評……1629 馮……1986 鮃……2023

ㄆㄧㄥˋ 聘……1442

ㄆㄨ

ㄆㄨ 仆……92 噗……348 扑……685 撲……762 攵……779 攴……779 舖……1496 釙……1817 鋪……1828

ㄆㄨˊ 僕……151 匍……243 幞……568 朴……871 樸……916 濮……1059 璞……1146 脯……1165 苻……1521 莆……1521 菩……1524 葡……1530 蒲……1535 蒱……1535 襆……1604 蹼……1714 酺……1799 鏷……1843

ㄆㄨˇ 圃……364 埔……389 普……839 浦……1007 溥……1036 譜……1656 (諩)……1656 鐠……1843

ㄆㄨˋ 堡……394 暴……844 曝……847 瀑……1061 舖……1496 鋪……1828

(ㄇ)

ㄇ 姆……461

ㄇ 呣……315

ㄇㄚ

ㄇㄚ 媽……471 嬤……474 摩……758 螞……1570

ㄇㄚㄎ 嘿……353

ㄇㄚˊ 嘛……345 痲……1181 蔴……1540 蟆……1572 麻……2047 (麻)……2047 麼……2048 (麽)……2048 (么)……2048

ㄇㄚˇ 嗎……343 瑪……1145 碼……1255

螞……1570
馬……1983
ㄇㄚˋ
獁……1126
禡……1274
罵……1411
螞……1570
˙ㄇㄚ
嗎……343
嘛……345
蟆……1572
麼……2048
(麼)……2048
(么)……2048

ㄇㄛ

ㄇㄛ
摸……758
ㄇㄛˊ
摩……758
摸……758
摹……759
模……911
無……1079
(无)……1079
(無)……1079
磨……1256
糢……1349
膜……1473
蘑……1552
謨……1655
饃……1978
(饝)……1978
魔……2019
麼……2048
(麼)……2048
(么)……2048
ㄇㄛˇ
抹……708
ㄇㄛˋ
万……20
佰……113
冒……187
嘿……348
嚜……353
墨……2055
寞……508
抹……708
末……870
歿……944
(歾)……944
沒……976
鄚……1794
沫……986
漠……1044
瘼……1183
磨……1256
秣……1286
纆……1403
脈……1462
(脉)……1462
(脈)……1462
膜……1473
茉……1510
莫……1521
袜……1594
袹……1595
貉……1672
貊……1672
貘……1673
(獏)……1673
鏌……1841
陌……1878
靺……1932
驀……1993
麥……2045
(麦)……2045
默……2056

ㄇㄜ

˙ㄇㄜ
嚜……353
麼……2048
(麼)……2048
(么)……2048

ㄇㄞ

ㄇㄞˊ
埋……389
霾……1922
ㄇㄞˇ
買……1679
(买)……1679
ㄇㄞˋ
勱……240
脉……1462
脈……1462
(脈)……1462
賣……1685
(卖)……1685
邁……1783
(迈)……1783
麥……2045
(麦)……2045

ㄇㄟ

ㄇㄟˊ
媒……470
嵋……549
枚……875
梅……894
(楳)……894
(梅)……894
楣……903
沒……976
鋂……1829
湄……1030
煤……1086
玫……1135
眉……1213
禖……1272
穈……1295
糜……1349
苺……1510
莓……1552
郿……1791
酶……1799
鎇……1837
霉……1918
黴……2060
ㄇㄟˇ
媺……472
每……951
浼……1007
(浼)……1007
渼……1030
美……1414
(美)……1414
鋂……1829
鎂……1837
ㄇㄟˋ
妹……461
媚……470
寐……506
昧……831
沬……986
瑁……1144
眛……1220
袂……1592
謎……1652
魅……2018

ㄇㄠ

ㄇㄠ
貓……1672
(猫)……1672
ㄇㄠˊ
旄……818
毛……954
(氂)……957
(氂)……957
氂……957
犛……1118
矛……1231
茅……1510
蝥……1569
蟊……1572
錨……1837
髦……2009
ㄇㄠˇ
卯……262
昴……836
茆……1510
鉚……1821
ㄇㄠˋ
冒……187
帽……567
懋……665
旄……818
楙……903
瑁……1144
皃……1198
眊……1214
瞀……1227
耄……1434
芼……1504
茂……1510
藐……1548
袤……1594
貌……1672
(皃)……1672
貿……1679

ㄇㄡ

ㄇㄡˊ
侔……113
牟……1112
眸……1222
繆……1393
蛑……1564
謀……1650
鍪……1837
麰……2046
ㄇㄡˇ
某……881
牡……1112
畝……1165
(畆)……1165
(畮)……1165
ㄇㄡˋ
茂……1510
瞀……1227
袤……1594
貿……1679

ㄇㄢ

ㄇㄢ

顢……1956
ㄇㄢˊ
埋……389
樠……912
漫……1045
瞞……1228
蔓……1540
蟎……1572
蠻……1579
(蛮)……1579
謾……1655
蹣……1713
鞔……1933
顢……1956
饅……1978
鬘……2012
鰻……2027
ㄇㄢˇ
滿……1044
蟎……1844
ㄇㄢˋ
曼……281
墁……399
嫚……472
幔……567
慢……659
漫……1045
縵……1393
蔓……1540
謾……1655
鏝……1841

ㄇㄣ

ㄇㄣ
悶……645
燜……1096
ㄇㄣˊ
們……127
(们)……127
捫……733
鍆……1832
門……1855
(门)……1855
ㄇㄣˋ
悶……645
懣……667
燜……1096
·ㄇㄚ
們……127
(们)……127

ㄇㄤ

ㄇㄤˊ
氓……960
(甿)……960
厖……266
尨……533
忙……628
盲……1211
芒……1503
茫……1515
邙……1786
鋩……1829
ㄇㄤˇ
[木莽]……912
莽……1522
蟒……1572

ㄇㄥ

ㄇㄥ
矇……1230
ㄇㄥˊ
氓……960
(甿)……960
尨……533
懵……667
(懞)……667
(懜)……667
曚……847
朦……865
檬……924
濛……1059
甍……1151
盟……1205
瞢……1229
矇……1230
艨……1500
萌……1520
蒙……1535
虻……1561
(蝱)……1561
ㄇㄥˇ
懵……667
(懞)……667
(懜)……667
猛……1124
艋……1510
蒙……1535
蜢……1567
蠓……1576
錳……1832
ㄇㄥˋ
夢……418
(梦)……418
孟……480

ㄇㄧ

ㄇㄧ
咪……322
瞇……1228
ㄇㄧˊ
醚……1802
彌……602
(弥)……602
瀰……1062
(沵)……1062
獼……1136
禰……1276
糜……1349
蘼……1554
謎……1652
迷……1746
醾……1804
(醿)……1804
(醾)……1804
靡……1929
麋……2044
麛……2044
ㄇㄧˇ
弭……596
敉……789
眯……1222
米……1340
芈……1414
銤……1824
靡……1929
ㄇㄧˋ
幂……189
(冪)……189
宓……492
密……504
汨……978
泌……986
眽……1222
祕……1263
(秘)……1263
糸……1350
蔤……1540
蜜……1567
覓……1612
(覔)……1612
謎……1652
謐……1653
鼏……2062

ㄇㄧㄝ

ㄇㄧㄝ
乜……65
哶……327
(咩)……327
芈……1414
ㄇㄧㄝˋ
滅……1036
篾……1335
蔑……1540
(蔑)……1540
蠛……1576
衊……1582

ㄇㄧㄠ

ㄇㄧㄠ
喵……335
ㄇㄧㄠˊ
描……745
瞄……1227
苗……1510
鶓……2037
ㄇㄧㄠˇ
杪……875
杳……880
淼……1017
渺……1030
眇……1214
秒……1288
緲……1388
藐……1548
邈……1784
ㄇㄧㄠˋ
妙……459
廟……585
(庙)……585
(庿)……585
玅……1132
繆……1393

ㄇㄧㄡ

ㄇㄧㄡˋ
繆……1393
謬……1655

ㄇㄧㄢ

ㄇㄧㄢˊ
棉……899
眠……1220
綿……1381
(緜)……1381
ㄇㄧㄢˇ
丏……48
俛……122
免……163
冕……188
勉……233
娩……467
愐……651
沔……978

ㄈㄢ
(緐)……1393
膰……1474
蕃……1543
藩……1550
蟠……1557
磻……1714
釩……1818
鐇……1843

ㄈㄢˇ
反……273
返……1742
飯……1970
(飰)……1970

ㄈㄢˋ
反……273
梵……894
氾……972
汎……973
泛……989
犯……1119
畈……1164
笵……1318
範……1332
范……1511
販……1676
飯……1970
(飰)……1970

ㄈㄣ

ㄈㄣ
分……204
吩……308
氛……960
紛……1357
芬……1504
酚……1797
雰……1910

ㄈㄣˊ
坟……383
墳……408
棼……899
汾……978
焚……1077
蕡……1543
鼢……2064

ㄈㄣˇ
粉……1341

ㄈㄣˋ
份……100
僨……151
分……204
噴……347
奮……450
忿……630
憤……663
(憤)……663
拚……707
焚……1077
糞……1349

ㄈㄤ

ㄈㄤ
坊……383
妨……460
方……814
枋……875
肪……1456
芳……1504
邡……1786
鈁……1819

ㄈㄤˊ
坊……383
妨……460
房……678
肪……1456
防……1873
魴……2022

ㄈㄤˇ
仿……100
倣……120
彷……608
放……784
昉……828
紡……1357
舫……1498
訪……1627
髣……2009

ㄈㄤˋ
放……784

ㄈㄥ

ㄈㄥ
丰……52
封……515
峰……547
(峯)……547
楓……903
灃……1062
烽……1076
瘋……1181
葑……1530
蜂……1565
(蠭)……1565
諷……1650
豐……1668
(丰)……1668
酆……1795
鋒……1829
風……1959
(风)……1959

ㄈㄥˊ
縫……1394
逢……1751
馮……1986

ㄈㄥˇ
唪……330

ㄈㄥˋ
俸……127
奉……445
縫……1394
諷……1650
賵……1689
風……1959
(风)……1959
鳳……2031
(凤)……2031

ㄈㄨ

ㄈㄨ
伕……100
夫……431
孚……479
孵……483
(尃)……799
鳺……2032
敷……799
枹……881
胕……1459
膚……1473
(肤)……1473
趺……1703
跗……1705
鄜……1794
鈇……1819
麩……2046
(稃)……2046

ㄈㄨˊ
伏……100
佛……105
俘……122
匐……244
坿……386
夫……431
孚……479
宓……492
幅……567
弗……595
彿……608
怫……633
扶……694
拂……709
服……861
枹……881
桴……895
氟……968
沸……989
洑……996
浮……1007
稃……1288
(粰)……1288
(䄮)……1288
涪……1017
祓……1264
福……1272
符……1318
紱……1363
紼……1363
(綍)……1363
縛……1391
罘……1409
艴……1502
芙……1504
芾……1504
苻……1511
茀……1511
茯……1516
莩……1522
菔……1525
蚨……1562
蜉……1565
蝠……1569
袱……1595
輻……1730
郛……1789
髴……2010
鳧……2030
(凫)……2030
鵩……2036
黻……2061

ㄈㄨˇ
俛……122
俯……128
府……580
拊……709
撫……763
斧……809
滏……1037
父……1104
甫……1160
脯……1466
腐……1467
腑……1467
莆……1521
輔……1726
釜……1817
頫……1949

暾……348
蜑……590
彈……601
憚……663
擔……766
(担)……766
旦……824
檐……922
氮……964
淡……1017
澹……1057
癉……1084
石……1236
萏……1525
蛋……1562
餤……1976
誕……1643
鉭……1821

ㄉㄣ

ㄉㄣˇ
撴……763

ㄉㄤ

ㄉㄤ
噹……350
(𪠳)……350
璫……1146
當……1170
(当)……1170
簹……1338
襠……1604
鐺……1844
(铛)……1844

ㄉㄤˇ
党……165
擋……776
(挡)……776
攩……777
檔……922
(档)……922
欓……926
當……1170
(当)……1170
讜……1664
黨……2059
(党)……2059

ㄉㄤˋ
宕……492
擋……767
(挡)……767
檔……922
(档)……922
當……1170
(当)……1170
盪……1209
碭……1251
菪……1525
蕩……1543

ㄉㄥ

ㄉㄥ
噔……348
灯……1067
燈……1096
登……1186
簦……1335
鐙……1096

ㄉㄥˇ
戥……674
等……1323
(䓁)……1333

ㄉㄥˋ
凳……197
嶝……550
澄……1056
瞪……1229
磴……1258
蹬……1714
鄧……1794
(邓)……1794
鐙……1843

ㄉㄧ

ㄉㄧ
低……106
提……746
氐……960
滴……1046
羝……1416
隄……1887
(堤)……1887

ㄉㄧˊ
啾……327
嫡……472
抵……709
敵……799
(敌)……799
滌……1046
狄……1119
熵……1092
的……1198
笛……1319
糴……1350
(籴)……1350
翟……1424
荻……1522
覿……1616
蹢……1713
迪……1745
(廸)……1745
適……1778
(适)……1778
鏑……1841

ㄉㄧˇ
坻……386
底……580
抵……709
柢……881
氐……960
牴……1115
砥……1214
觝……1619
詆……1630
邸……1788
骶……2000

ㄉㄧˋ
地……377
娣……467
媞……470
帝……562
弟……595
杕……872
棣……900
的……1198
睇……1226
碲……1251
第……1319
(苐)……1319
締……1388
蒂……1530
(蔕)……1530
螮……1572
(蝃)……1572
諦……1650
踶……1710
遞……1774
(递)……1774
鍗……1837

ㄉㄧㄝ

ㄉㄧㄝ
爹……1105

ㄉㄧㄝˊ
咥……324
喋……338
垤……387
堞……396
氎……957
牒……1109
瓞……1149
疊……1173
(叠)……1173
(疉)……1173
碟……1251
絰……1369
耋……1435
(耊)……1435
蝶……1569
(蜨)……1569
諜……1650
跌……1705
蹀……1711
迭……1745
鰈……2026
啑……332

ㄉㄧㄠ

ㄉㄧㄠ
凋……195
刁……204
叼……285
彫……606
琱……1143
碉……1249
貂……1671
雕……1899
鯛……2025
鵰……2036
鼦……2064

ㄉㄧㄠˇ
屌……539
鳥……2029

ㄉㄧㄠˋ
吊……296
弔……592
掉……737
窵……1309
蓧……1540
調……1643
釣……1818
銚……1824
銱……1824

ㄉㄧㄡ

ㄉㄧㄡ
丟……50
銩……1824

ㄉㄧㄢ

ㄉㄧㄢ
巔……551
掂……733

攧……776
敁……786
滇……1037
(滇)……1037
癲……1186
顛……1955

ㄉㄧㄢˇ

典……185
痶……1181
碘……1249
點……2057
(点)……2057
(奌)……2057

ㄉㄧㄢˋ

佃……107
墊……399
奠……449
店……581
惦……646
殿……949
淀……1018
澱……1057
玷……1137
甸……1163
癜……1184
簟……1335
鈿……1821
阽……1876
電……1911
(电)……1911
靛……1928

ㄉㄧㄤ

ㄉㄧㄤ

噹……350
(当)……350

ㄉㄧㄥ

ㄉㄧㄥ

丁……18
仃……92
叮……285
玎……1135
疔……1175
盯……1210
酊……1795
釘……1817
靪……1932

ㄉㄧㄥˇ

酊……1795
頂……1949
鼎……2061

ㄉㄧㄥˋ

定……492
椗……902
碇……1250
腚……1468
訂……1623
釘……1817
鋌……1829
錠……1832
飣……1970

ㄉㄨ

ㄉㄨ

嘟……345
督……1226
都……1790
闍……1868

ㄉㄨˊ

櫝……924
毒……951
瀆……1061
(渎)……1061
牘……1109
犢……1118
獨……1128
(独)……1128
碡……1251
纛……1405
讀……1661
(読)……1661
讟……1665
頓……1945
髑……2001
黷……2060

ㄉㄨˇ

堵……390
篤……1330
肚……1454
睹……1226
(覩)……1226
賭……1686
(赌)……1686

ㄉㄨˋ

妒……460
(妬)……460
度……581
斁……802
杜……872
渡……1030
肚……1454
蠹……1578
(蠧)……1578
(螙)……1578
鍍……1837

ㄉㄨㄛ

ㄉㄨㄛ

哆……323
多……414

ㄉㄨㄛˊ

剟……221
多……414
奪……430
掇……733
敠……796
裰……1599
鐸……1844

ㄉㄨㄛˇ

垛……387
埵……396
朶……871
(朵)……871
躲……1718

ㄉㄨㄛˋ

剁……214
咄……316
垛……387
墮……401
(堕)……401
度……581
惰……651
杕……872
柁……881
柮……881
舵……1499
跺……1706
踱……1712
躒……1715
(跞)……1715
飿……1972
馱……1986

ㄉㄨㄟ

ㄉㄨㄟ

堆……391

ㄉㄨㄟˋ

兌……164
對……520
(对)……520
憝……663
懟……667
敦……796
碓……1250
錞……1832
鐓……1843
隊……1886
(队)……1886

ㄉㄨㄢ

ㄉㄨㄢ

端……1314
耑……1436

ㄉㄨㄢˇ

短……1233

ㄉㄨㄢˋ

斷……813
(断)……813
椴……903
段……947
碫……1251
籪……1340
緞……1388
鍛……1837
(煅)……1837

ㄉㄨㄣ

ㄉㄨㄣ

墩……401
惇……646
敦……796
燉……1097
(炖)……1097
蹲……1714
鐓……1843

ㄉㄨㄣˇ

盹……1214
躉……1715
(趸)……1715

ㄉㄨㄣˋ

噸……350
(吨)……350
囤……362
敦……796
沌……978
燉……1097
(炖)……1097
盾……1214
盹……1214
遁……1776
遯……1777
鈍……1819
鐓……1843
頓……1944

ㄉㄨㄥ

ㄉㄨㄥ

冬……189
咚……316
東……875
氡……960

氣……964　蝀……1567　鼕……2063　鶇……2036

ㄉㄨㄥˇ　懂……665　董……1530

ㄉㄨㄥˋ　凍……195　動……234　峒……547　恫……639　棟……900　洞……998　硐……1245　胴……1467　蝀……1567

## （ㄊ）

## ㄊㄚ

ㄊㄚ　他……96　塌……396　她……453　它……486　搨……753　牠……1112　禢……1602　趿……1703　鉈……1821　鞁……1932

ㄊㄚˇ　塔……396　獺……1130

ㄊㄚˋ　㒓……152　嗒……342　拓……710　搨……753　撻……767　榻……907　沓……978　漯……1047　獺……1130　踏……1710　蹋……1713　躂……1715　達……1764　（达）……1764　遝……1774　遢……1774　闒……1869　闥……1872　鞳……1935　鰨……2026

## ㄊㄜ

ㄊㄜ　它……486　忒……628　牠……1112

ㄊㄜˋ　忒……628　忑……629　慝……660　特……1115　螣……1571　鋱……1829

## ㄊㄞ

ㄊㄞ　台……285　胎……1459　苔……1511

ㄊㄞˊ　台……285　抬……711　（擡）……711　枱……881　檯……924　炱……1071　臺……1489　苔……1511　薹……1548　跆……1705　邰……1788　颱……1965　駘……1988　鮐……2023

ㄊㄞˋ　大……420　太……431　態……658　汰……978　泰……989　鈦……1819

## ㄊㄠ

ㄊㄠ　叨……285　弢……595　挑……719　掏……733　滔……1037　濤……1059　（涛）……1059　絛……1378　（縧）……1378　韜……1936　饕……1979

ㄊㄠˊ　咷……323　啕……330　桃……886　檮……924　洮……998　淘……1018　濤……1059　（涛）……1059　燾……1101　萄……1525　跳……1706　逃……1747　陶……1882　鞀……2063　鼗……2063

ㄊㄠˇ　討……1624

ㄊㄠˋ　套……448

ㄊㄠ˙　萄……1525

## ㄊㄡ

ㄊㄡ　偷……137　媮……470　鍮……1838

ㄊㄡˊ　投……695　頭……1949　（头）……1949　骰……2000

ㄊㄡˋ　透……1752

ㄊㄡ˙　頭……1950　（头）……1950

## ㄊㄢ

ㄊㄢ　坍……383　（墈）……383　（埳）……383　怹……633　探……733　攤……776　（摊）……776　灘……1063　（滩）……1063　癱……1186　（瘫）……1186　貪……1676

ㄊㄢˊ　壇……402　壜……404　彈……601　曇……846　檀……922　（枟）……922　罈……1407　（罎）……1407　潭……1053　澹……1057　痰……1181　蕁……1543　蟫……1574　覃……1609　談……1646　譚……1656　郯……1795　錟……1832

ㄊㄢˇ　坦……386　忐……629　毯……956　袒……1594　（襢）……1594　鉭……1821

ㄊㄢˋ　探……733　撢……763　嘆……345　（歎）……345　炭……1071　碳……1251　蜒……1567

## ㄊㄤ

ㄊㄤ　湯……1030　蹚……1713　鏜……1841　（鼞）……1841　鐋……1843

ㄊㄤˊ　唐……327　堂……391　塘……396　搪……753　棠……900　溏……1037

瑭 1145　糖 1348　膛 1474　螗 1571　螳 1572　搪 1693　醣 1802　鏜 1841　(鼞) 1841

ㄊㄤˇ　倘 130　儻 156　帑 562　惝 646　欓 926　淌 1018　躺 1718　鑜 1850　(鎲) 1850

ㄊㄤˋ　燙 1097　盪 1209　趟 1701　鐋 1843

ㄊㄥ

ㄊㄥ

騰 1992　鼟 2063

ㄊㄥˊ　滕 1037　疼 1178　籐 1339　縢 1391　藤 1550　螣 1571　謄 1653　騰 1992

ㄊㄧ

ㄊㄧ　剔 221　梯 895　踢 1710

ㄊㄧˊ　啼 338　媞 470　提 746　稊 1288　綈 1378　緹 1388　荑 1516　騠 1992　蹄 1712

(蹏) 1712　醍 1802　鍗 1837　隄 1887　(堤) 1887　題 1953　稊 2024　蛦 2024　鯷 2026　鵜 2035　鶗 2037　鷈 2037　(鷉) 2037

ㄊㄧˇ　體 2001　(体) 2001　(躰) 2001　(骵) 2001

ㄊㄧˋ　倜 130　俶 130　剃 217　啻 342　嚏 352　屜 540　(屉) 540　弟 595

悌 643　惕 646　(悐) 646　擿 774　替 852　涕 1008　薙 1546　趯 1702　逖 1753　(逷) 1753　銻 1829

ㄊㄧㄝ

ㄊㄧㄝ　帖 562　貼 1680

ㄊㄧㄝˇ　帖 562　鐵 1845　(鉄) 1845　(銕) 1845　(蠘) 1845

ㄊㄧㄝˋ　帖 562　餮 1977

ㄊㄧㄠ

ㄊㄧㄠ　佻 113　挑 719　祧 1270

ㄊㄧㄠˊ　佻 113　條 895　(条) 895　笤 1320　苕 1511　蜩 1567　調 1643　迢 1745　髫 2010　鰷 2027　齠 2069

ㄊㄧㄠˇ　挑 719　搦 754　窕 1305

ㄊㄧㄠˋ　眺 1222　糶 1352　(粜) 1350　跳 1706

[illegible] 1949

ㄊㄧㄢ

ㄊㄧㄢ　天 434　添 1018

ㄊㄧㄢˊ　填 397　恬 639　沺 990　湉 1031　滇 1037　(滇) 1037　甜 1153　田 1160　畋 1164　菾 1525　鈿 1821　闐 1870

ㄊㄧㄢˇ　忝 630　悿 643　殄 944　㾐 1181　腆 1468　舔 1496　覥 1614

靦 1931　餂 1973

ㄊㄧㄢˋ　掭 734　瑱 1145　蚺 1564　(蚦) 1564

ㄊㄧㄥ

ㄊㄧㄥ　听 314　廳 588　(厛) 588　(厅) 588　汀 972　綎 1378　耵 1441　聽 1450　(听) 1450　(聽) 1450　鞓 1933

ㄊㄧㄥˊ　亭 86　停 138　婷 470　庭 582　廷 588

渟 1031　筳 1326　莛 1522　蜓 1565　霆 1918　鼮 2065

ㄊㄧㄥˇ　挺 726　梃 896　珽 1139　町 1163　艇 1506　鋌 1829

ㄊㄧㄥˋ　庭 582　聽 1450　(听) 1450　(聽) 1450

ㄊㄨ

ㄊㄨ　禿 1279　鋵 1824

ㄊㄨˊ　凸 198　啚 330　圖 373

托 691　它 986　佗 107　他 96　ㄊㄨㄛ ｜ ㄊㄨㄛ ｜ 菟 1525　唾 338　吐 296　(兔) 164　兔 164　ㄊㄨˋ　釷 1819　土 375　吐 296　ㄊㄨˇ　鵚 2035　酴 1799　途 1753　菟 1525　荼 1522　突 1303　涂 1008　徒 613　屠 540　塗 397

鼉 2061　鮀 2032　鴕 2023　(駞) 1988　駝 1988　馱 1986　陀 1876　鉈 1821　酡 1798　跎 1705　紽 1363　砣 1244　沱 990　(槖) 916　橐 916　柁 881　庹 583　坨 380　佗 107　ㄊㄨㄛˊ　毻 2022　飥 1970　託 1625　脫 1465　牠 1112　(拕) 710　拖 710

蜕 1566　ㄊㄨㄟˋ　(骽) 1473　腿 1473　ㄊㄨㄟˇ　魋 2018　(隤) 1952　(穨) 1952　頹 1952　ㄊㄨㄟˊ　蓷 1540　推 734　ㄊㄨㄟ ｜ ㄊㄨㄟ ｜ 魄 2108　跅 1705　籜 1339　柝 881　拓 710　唾 338　ㄊㄨㄛˋ　脫 1465　橢 961　妥 460　ㄊㄨㄛˇ　鼧 2064

飩 1971　豚 1669　臀 1476　屯 542　囤 362　ㄊㄨㄣˊ　暾 846　吞 308　ㄊㄨㄣ ｜ ㄊㄨㄣ ｜ 彖 603　ㄊㄨㄢˋ　(畽) 1173　疃 1173　ㄊㄨㄢˇ　鷒 2027　檲 1035　摶 759　團 374　ㄊㄨㄢˊ　湍 1031　ㄊㄨㄢ ｜ ㄊㄨㄢ ｜ 退 1747　褪 1602

艟 1500　筩 1326　筒 1325　童 1313　瞳 1229　潼 1053　洞 998　桐 887　曈 846　彤 604　峒 547　同 297　僮 151　佟 107　仝 94　ㄊㄨㄥˊ　通 1753　痌 1179　恫 639　ㄊㄨㄥ ｜ ㄊㄨㄥ ｜ 褪 1602　ㄊㄨㄣˋ　氽 972　ㄊㄨㄣˇ　魨 2022

那 1786　ㄋㄚ ｜ ㄋㄚ ｜ 𠯋 314　乃ˊ ｜ (ㄋ)　通 1753　衕 1586　痛 1179　慟 660　同 297　ㄊㄨㄥˋ　統 1363　筩 1326　筒 1325　(畽) 1173　疃 1173　桶 896　捅 726　ㄊㄨㄥˇ　銅 1824　酮 1798　茼 1516

哪 327　ㄋㄜˊ ｜ ㄋㄜ ｜ 哪 327　ㄋㄚ　[illegible] 2026　魶 2022　鈉 1819　那 1786　訥 1627　衲 1595　肭 1456　納 1358　捺 736　恁 642　娜 467　吶 308　內 168　ㄋㄚˋ　那 1786　哪 327　ㄋㄚˇ　鎿 1839　拿 720　南 258　ㄋㄚˊ

ㄋㄟˇ ｜ ㄋㄟ ｜ 鼐 2062　錼 1832　褦 1602　耐 1436　柰 881　奈 445　ㄋㄞˋ　釢 1819　那 1786　(迺) 1748　迺 1748　氖 960　嬭 475　妳 461　奶 452　乃 61　ㄋㄞˇ ｜ ㄋㄞ ｜ 呢 316　ㄋㄜ˙　那 1786　訥 1627　ㄋㄜˋ　那 1787

哪 327　那 1786　餒 1974

ㄋㄟˋ　內 168　氣 960　那 1786

ㄋㄠ

ㄋㄠ　孬 483　撓 763

ㄋㄠˊ　呶 316　怓 633　憹 665　撓 763　橈 916　峱 547　猱 1125　硇 1245　譊 1656　鐃 1843

ㄋㄠˇ　惱 651　瑙 1141　腦 1469　(脑) 1469

ㄋㄠˋ　淖 1018　鬧 2013　(闹) 2013

ㄋㄡ

ㄋㄡˋ　耨 1438　擩 772

ㄋㄡ　啂 328

ㄋㄢ

ㄋㄢ　囡 358　囝 358

ㄋㄢˊ　南 258　喃 339　楠 903　(枏) 903　(柟) 903　湳 1031　男 1163　蝻 1569　諵 1650

難 1905　(难) 1905

ㄋㄢˇ　戁 669　腩 1469　蝻 1569　赧 1693

ㄋㄢˋ　難 1905　(难) 1905

ㄋㄣ

ㄋㄣˋ　嫩 472

ㄋㄤ

ㄋㄤ　囔 355

ㄋㄤˊ　囊 354

ㄋㄤˇ　攮 777　暖 841　(㬉) 841　(煖) 841　曩 848

ㄋㄤˋ

齉 2066

ㄋㄥ

ㄋㄥˊ　能 1462　膿 1476

ㄋㄥˋ　弄 590　濘 1059

ㄋㄧ

ㄋㄧˊ　倪 130　兒 165　呢 316　埿 391　妮 462　尼 535　怩 633　泥 990　猊 1124　蜺 1567　輗 1729　鈮 1821　霓 1919　鯢 2025

麑 2044　齯 2070

ㄋㄧˇ　你 107　儗 154　妳 461　尼 535　擬 771　(拟) 771　旎 819　泥 990　禰 1276

ㄋㄧˋ　匿 249　嶷 551　惄 646　昵 831　暱 846　(嫟) 846　泥 990　溺 1037　睨 1226　膩 1474　衵 1592　逆 1748　鈮 1821

ㄋㄧㄚ

ㄋㄧㄚˊ　娘 467

ㄋㄧㄝ

ㄋㄧㄝ　捏 726　(揑) 726　捻 736

ㄋㄧㄝˊ　苶 1511

ㄋㄧㄝˋ　乜 65　囁 354　孽 486　(孼) 486　攝 775　櫱 925　涅 1008　(湼) 1008　糱 1350　(蘖) 1350　聶 1448　(聂) 1448　臬 1487

[illegible] 1487　躡 1716　(蹑) 1716　鎳 1839　鑷 1849　(镊) 1849　隉 1887　顳 1959　齧 2069　(嚙) 2069　(囓) 2069

ㄋㄧㄠ

ㄋㄧㄠˇ　嫋 471　(嬝) 471　嬲 475　蔦 1540　裊 1597　鳥 2029

ㄋㄧㄠˋ　尿 535　溺 1037

ㄋㄧㄡ

ㄋㄧㄡ　妞 460

ㄋㄧㄡˊ　牛 110

ㄋㄧㄡˇ　忸 630　扭 697　杻 876　狃 1119　紐 1358　鈕 1820

ㄋㄧㄡˋ　拗 711　(抝) 711　糅 1348　衄 1581　(衂) 1581　謬 1655　鼼 2066

ㄋㄧㄢ

ㄋㄧㄢ　蔫 1540

ㄋㄧㄢˊ　年 573　拈 717　粘 1342　鮎 2023　黏 2052

ㄋㄧㄢˇ 拈……711 捻……736 撚……763 攆……773 碾……1255 輦……1729 輾……1732

ㄋㄧㄢˋ 廿……254 (卄)……254 唸……330 埝……391 念……631

ㄋㄧㄣ

ㄋㄧㄣˇ 您……643

ㄋㄧㄤ

ㄋㄧㄤˊ 娘……467 孃……475

ㄋㄧㄤˋ 釀……1804 (酿)……1804

ㄋㄧㄥ

ㄋㄧㄥˊ 冰……190 凝……196 嚀……352 宁……486 甯……1160 (寗)……1160 寧……508 (寍)……508 擰……771 檸……924 獰……1129 聹……1450 ⿰虫寧……1576 鸋……2040

ㄋㄧㄥˇ 擰……771

ㄋㄧㄥˋ 佞……1071 甯……1160 (寗)……1160 擰……771 濘……1059

ㄋㄨ

ㄋㄨˊ 奴……453 拏……481 帑……562 駑……1988

ㄋㄨˇ 努……231 呶……316 弩……596

ㄋㄨˋ 怒……633

ㄋㄨㄛ

ㄋㄨㄛˊ 儺……156 娜……467 挪……727 挼……727 那……1787 難……1905 (难)……1905

ㄋㄨㄛˇ 娜……467

ㄋㄨㄛˋ 喏……342 懦……667 掿……747 搦……754 糯……1350 (稬)……1350 (穤)……1350 諾……1651 鍩……1837

ㄋㄨㄢ

ㄋㄨㄢˇ 暖……841 (㬉)……841 (煖)……841

ㄋㄨㄣ

ㄋㄨㄣˋ 嫩……472

ㄋㄨㄥ

ㄋㄨㄥˊ 儂……152 噥……351 憹……665 濃……1057 穠……1297 膿……1476 農……1739 (农)……1739 (辳)……1739 醲……1804

ㄋㄨㄥˋ 弄……590

ㄋㄩ

ㄋㄩˇ 女……450 釹……1819

ㄋㄩˋ 女……450 忸……630 恧……639 朒……862 衄……1581 (衂)……1581 䶊……2066

ㄋㄩㄝ

ㄋㄩㄝˋ 瘧……1182 虐……1555 謔……1651

## (ㄌ)

ㄌㄚ

ㄌㄚ 剌……217 啦……330 喇……339 拉……711

ㄌㄚˊ 剌……217 拉……711 旯……824 邋……1785

ㄌㄚˇ 喇……339 拉……712

ㄌㄚˋ 剌……217 攋……773 瘌……1182 腊……1468 臘……1477 (臈)……1477 落……1530 蜡……1568 蝲……1569 蠟……1577 (蝋)……1577 辣……1736 (辢)……1736 ⿰金葛……1847 鑞……1848 鬎……2011

ㄌㄚ˙ 啦……330 瘌……1182 藍……1548

ㄌㄛ

ㄌㄛ˙ 咯……323

ㄌㄜ

ㄌㄜ 勒……235 褦……1602

ㄌㄜˋ 仂……92 勒……235 垃……386 埒……390 捋……727 樂……912 (乐)……912 泐……991 竻……1317 肋……1453 落……1530 鰳……2027

ㄌㄜ˙ 了……71 嘞……346

ㄌㄞ

ㄌㄞˊ 來……113 倈……130 崍……548 徠……616 淶……1018 萊……1525 郲……1791 錸……1832 鶆……2036

ㄌㄞˋ 來……113 倈……130 勑……234 厲……270

徠……616
瀨……1062
癘……1184
癩……1185
睞……1226
籟……1339
藾……1553
賚……1686
賴……1689

ㄌㄟ

ㄌㄟ
勒……235

ㄌㄟˊ
嫘……473
擂……767
檑……922
(檑)……1408
累……1364
縲……1394
纍……1404
罍……1408
羸……1421
虆……1555
鐳……1847
雷……1915

ㄌㄟˇ
儡……154
壘……404
漯……1047
瘰……1184
磊……1265
累……1364
耒……1437
蕾……1546
藟……1550
誄……1633

ㄌㄟˋ
擂……767
淚……1018
(泪)……1018
礌……1259
(礧)……1259
累……1364
肋……1453
酹……1799
類……1955
(类)……1955

ㄌㄠ

ㄌㄠ
撈……764

ㄌㄠˊ
勞……236
嘮……348
牢……1112
嶗……550
撈……764
(捞)……764
癆……1184
醪……1803
鐒……1844

ㄌㄠˇ
佬……115
姥……465
栳……887
潦……1053
老……1427
銠……1825

ㄌㄠˋ
勞……236
嫪……473
樂……912
(乐)……912
潦……1053
澇……1053
烙……1073
絡……1369
落……1530
酪……1798

ㄌㄡ

ㄌㄡ
摟……759

ㄌㄡˊ
僂……146
嘍……346
婁……469
(娄)……469
摟……759
樓……914
(楼)……914
瞜……1229
耬……1438
蔞……1541
螻……1572
(蝼)……1572
貗……1671
髏……2000

ㄌㄡˇ
塿……399
嶁……550
摟……759
簍……1335
(篓)……1335

ㄌㄡˋ
漏……1047
瘺……1183
瘻……1183
鏤……1841
陋……1878
露……1921

˙ㄌㄡ
嘍……346

ㄌㄢ

ㄌㄢˊ
婪……469
嵐……549
攔……775
斕……807
欄……925
瀾……1062
瑯……1144
籃……1338
藍……1548
蘭……1554
(兰)……1554
襤……1604
讕……1663
鑭……1849
闌……1868

ㄌㄢˇ
卵……264
嬾……475
懶……667
攬……777
(揽)……777
(擥)……777
欖……926
(榄)……926
纜……1406
覽……1616
(览)……1616
(覧)……1616

ㄌㄢˋ
亂……70
(乱)……70
濫……1060
瀾……1062
爛……1102
纜……1406

ㄌㄤ

ㄌㄤ
啷……339

ㄌㄤˊ
嫏……470
廊……584
桹……896
榔……903
浪……1008
狼……1123
琅……1139
瑯……1144
稂……1228
莨……1522
蜋……1569
螂……1569
踉……1710
郎……1788
(郎)……1788
鋃……1829

ㄌㄤˇ
朗……862
烺……1076
硠……1246
閬……1867

ㄌㄤˋ
浪……1008
莨……1522
蒗……1536
閬……1867

ㄌㄥ

ㄌㄥ
愣……651

ㄌㄥˊ
崚……548
楞……903
碐……1250
稜……1290
薐……1546

ㄌㄥˇ
冷……192

ㄌㄥˋ
怔……637
愣……651
楞……903

ㄌㄧ

ㄌㄧ
哩……328

ㄌㄧˊ
剺……225
劙……227
厘……266
嫠……473
喱……339
梨……896
(棃)……896
氂……957
(氂)……957
(氂)……957
漓……1047

藜……1047
灕……1063
犁……1177
（犂）……1177
犛……1118
狸……1123
璃……1146
（瓈）……1146
纚……1406
籬……1340
（篱）……1340
縭……1394
（褵）……1394
罹……1412
蔾……1550
（棃）……1550
蘺……1554
蜊……1565
蠡……1577
貍……1672
醨……1803
黐……2053
釐……1812
（厘）……1812
離……1906
（离）……1906
驪……1998
鱺……2029
鸝……2041
麗……2044
（丽）……2044
黎……2052
黧……2060

ㄌㄧˇ

俚……122
劙……227
哩……328
喱……339
娌……467
履……541
李……872
浬……1009
澧……1057
理……1139
禮……1275
（礼）……1275
蠡……1577
裡……1597
（裏）……1597
豊……1667
邐……1785
（逦）……1785
醴……1804
里……1806
鋰……1830
鯉……2024
鱧……2028

ㄌㄧˋ

例……115
俐……122
儷……156
凓……196
利……212
力……217
勵……240
厲……270
吏……300
唳……331
壢……404
悧……643
慄……658
戾……679
捩……737
曆……846
栗……887
櫟……924
櫪……925
欐……926
歷……940
（历）……940
沴……991
（沴）……1536
浰……1009
溧……1037
瀝……1062
（沥）……1062
猁……1123
痢……1179
痢……1180
鎘……1839
癘……1184
癧……1185
（疬）……1185
礪……1260
礫……1260
立……1310
笠……1320
篥……1333
粒……1342
糲……1350
苙……1511
荔……1516
（茘）……1516
莉……1522
蒞……1536
（莅）……1536
（涖）……1536
蠣……1577
詈……1630
躒……1715
（跞）……1715
轢……1735
（轹）……1735
轣……1735
酈……1795
（郦）……1795
隸……1894
（隶）……1894
靂……1922
（雳）……1922
鬁……2010
鬲……2015
麗……2044
（丽）……2044

·ㄌㄧ

哩……328

ㄌㄧㄚ

ㄌㄧㄚˇ

倆……130

ㄌㄧㄝ

ㄌㄧㄝ

咧……323

ㄌㄧㄝˊ

咧……323

ㄌㄧㄝˇ

咧……323

ㄌㄧㄝˋ

冽……194
列……210
劣……231
捩……737
洌……999
烈……1073
獵……1130
（猎）……1130
茢……1516
裂……1595
躐……1715
邋……1785
鬣……2012
鴷……2034

ㄌㄧㄠ

ㄌㄧㄠ

撩……764

ㄌㄧㄠˊ

僚……151
嘹……348
寥……509
寮……511
屪……541
撩……764
敹……801
漻……1047
潦……1053
燎……1097
獠……1127
療……1184
繆……1393
繚……1399
聊……1441
膫……1474
遼……1779
（辽）……1779
鐐……1864
飂……1936
鷯……2039
（鹩）……2039

ㄌㄧㄠˇ

了……71
燎……1097
瞭……1229
蓼……1541
釕……1817

ㄌㄧㄠˋ

尥……533
廖……585
撂……759
料……807
燎……1097
療……1184
瞭……1229
釕……1817
鐐……1844

ㄌㄧㄡ

ㄌㄧㄡ

溜……1037
遛……1774

ㄌㄧㄡˊ

劉……226
（刘）……226
旒……820
榴……907
流……999
瀏……1061
琉……1138
（瑠）……1138
瑬……1144
留……1165
（畄）……1165
（畱）……1165
瘤……1182

櫨……925 瀘……1062 爐……1102 (炉)……1102 盧……1208 纑……1405 罏……1408 臚……1477 艫……1507 蘆……1553 (芦)……1553 轤……1735 鑪……1849 顱……1959 鱸……2029 鸕……2040

ㄌㄨˇ

擄……767 櫓……924 滷……1047 磠……1257 艪……1500 (艣)……1500 虜……1559 (虏)……1559 鐪……1847 鑥……1848

魯……2022 鹵……2041

ㄌㄨˋ

僇……146 六……177 戮……675 (剹)……675 彔……603 氯……964 淥……1019 漉……1048 潞……1057 璐……1146 甪……1160 盝……1205 睩……1226 碌……1250 禄……1271 簏……1335 簬……1338 籙……1339 綠……1382 菉……1525 蓼……1541 蕗……1546 角……1618 賂……1682

路……1707 輅……1725 轆……1732 逯……1761 醁……1800 錄……1832 (录)……1832 錴……1833 陸……1882 (陆)……1882 露……1921 騄……1991 鷺……2040 鹿……2043 麓……2044

ㄌㄨㄛ

ㄌㄨㄛ

囉……355 (啰)……355 捋……727

ㄌㄨㄛˊ

儸……156 囉……355 (啰)……355 欏……926 漯……1047

玀……1131 籮……1340 (箩)……1340 羅……1412 (罗)……1412 腡……1470 蘿……1554 (萝)……1554 螺……1572 蠃……1575 覶……1616 (覼)……1616 邏……1785 (逻)……1785 鑼……1849 (锣)……1849 騾……1993 (驘)……1993

ㄌㄨㄛˇ

倮……130 卵……264 猓……1125 擄……767 瘰……1183 砢……1244 臝……1477 蓏……1536

虜……1559 蠃……1575 裸……1599 躶……1718

ㄌㄨㄛˋ

咯……323 洛……1001 濼……1061 烙……1073 犖……1118 珞……1139 絡……1369 落……1530 酪……1798 雒……1799 駱……1990 鮥……2065 躒……1715 (跞)……1715

ㄌㄨㄢ

ㄌㄨㄢˊ

圝……375 巒……551 (峦)……551 欒……926 (栾)……926

灤……1064 (滦)……1064 臠……1478 (脔)……1478 鑾……1850 (銮)……1850 鸞……2041 (鸾)……2041

ㄌㄨㄢˇ

卵……264

ㄌㄨㄢˋ

亂……70 (乱)……70

ㄌㄨㄣ

ㄌㄨㄣ

掄……737

ㄌㄨㄣˊ

侖……115 倫……130 圇……364 崙……548 掄……737 淪……1019 㷍……1077 綸……1383 論……1646

輪……1729

ㄌㄨㄣˋ

論……1646

ㄌㄨㄥ

ㄌㄨㄥˊ

嚨……353 攏……774 曨……848 朧……865 櫳……925 瀧……1062 瓏……1148 癃……1184 矓……1230 礱……1261 窿……1309 籠……1339 聾……1451 蘢……1553 隆……1887 龍……2070 (龙)……2070

ㄌㄨㄥˇ

壟……404 (壠)……404 攏……774

籠……1339 隴……1894 龍……2070 (龙)……2070

ㄌㄨㄥˋ

哢……328 弄……590 衖……1586

ㄌㄩ

ㄌㄩˊ

婁……469 (娄)……469 櫚……924 瘻……1183 鏤……1841 閭……1867 驢……1997 (驴)……1997

ㄌㄩˇ

侶……122 呂……308 婁……469 (娄)……469 屢……541 履……541 捋……727

旅……818
梠……896
縷……1394
(縷)……1394
膂……1473
褸……1603
鋁……1830

ㄌㄩˋ
壘……404
侓……549
律……610
慮……660
氯……964
濾……1061
率……1132
綠……1382
菉……1525
鑢……1849

ㄌㄩㄝ

ㄌㄩㄝˋ
剠……221
掠……737
略……1166
(畧)……1166

ㄌㄩㄢ

ㄌㄩㄢˊ
孿……486
(孪)……486
攣……776
(挛)……776
癵……1186
(癵)……1186

ㄌㄩㄢˇ
孌……475
臠……1478
(脔)……1478

ㄌㄩㄣ

ㄌㄩㄣˊ
淋……1019

(ㄍ)

ㄍㄚ

ㄍㄚ
伽……109
嘎……346
旮……824

ㄍㄚˊ
嘎……346
噶……351
軋……1720
釓……1817
鈳……1833
鎘……1847

ㄍㄚˇ
玍……63

ㄍㄚˋ
介……92
尬……533

·ㄍㄚ
價……152

ㄍㄜ

ㄍㄜ
割……224
咯……323
哥……328
戈……670
擱……771
歌……930
(謌)……930
牁……1107
疙……1175
紇……1351
肐……1454
胳……1463
菏……1525
鎘……1839
閣……1867
隔……1889
(隔)……1889
鴿……2034

ㄍㄜˊ
各……300
咯……323
嗝……344
噶……351
搿……754
格……887
翮……1425
膈……1473
葛……1533
蛤……1564
郃……1789
鎘……1839
閣……1867
閤……1867
隔……1889
(隔)……1889
革……1932
骼……2000
鬲……2015

ㄍㄜˇ
合……301
哿……328
舸……1499
葛……1533
蓋……1536
(盖)……1536
(葢)……1536

ㄍㄜˋ
个……52
個……130
各……300
硌……1246
箇……1328
虼……1562
鉻……1825

·ㄍㄜ
個……130

ㄍㄞ

ㄍㄞ
垓……387
荄……1516
該……1632
賅……1682
陔……1878

ㄍㄞˇ
改……782

ㄍㄞˋ
丐……48
戤……674
概……903
(槩)……903
溉……1031
蓋……1536
(盖)……1536
(葢)……1536
鈣……1820
鑉……1847

ㄍㄟ

ㄍㄟˇ
給……1369

ㄍㄠ

ㄍㄠ
咎……319
槔……907
(槹)……907
(橰)……907
櫜……924
皋……1199
(皐)……1199
(臯)……1199
睪……1226
(睾)……1226
篙……1334
糕……1348
(餻)……1348
羔……1416
膏……1473
高……2003
(槀)……2003
鼛……2063

ㄍㄠˇ
搞……754
攪……777
(搅)……777
暠……844
杲……877
槁……907
(槀)……907
稿……1294
稾……1294
(藁)……1294
縞……1391
鎬……1839
閣……1867

ㄍㄠˋ
告……309
膏……1473
誥……1637
部……1789
鋯……1830

ㄍㄡ

ㄍㄡ
勾……241
句……290
枸……882
溝……1038
篝……1334
緱……1389
軥……1724
鉤……1821
(鈎)……1821
韝……1935
(鞲)……1935

ㄍㄡˇ
岣……546
枸……882
狗……1121
耇……1435
(耉)……1435
(耈)……1435
苟……1511

ㄍㄡˋ
勾……241
句……290

甘……1152 玕……1135 泔……991 柑……882 杆……872 干……569 (尲)……534 尷……534 坩……387 (乹)……68 乾……68 ㄍㄢ | ㄍㄢ | 雊……1898 遘……1774 逅……1749 購……1689 詬……1633 覯……1615 構……907 搆……754 彀……601 媾……471 (够)……418 夠……418 垢……387

(贛)……1692 贛……1692 紺……1365 灨……1064 淦……1020 榦……908 旰……825 幹……575 个……52 ㄍㄢˋ 鰔……2028 (赶)……1700 趕……1700 笴……1326 (秆)……1288 稈……1288 澉……1053 橄……916 桿……896 敢……796 擀……767 感……651 ㄍㄢˇ 酐……1796 肝……1454 竿……1317 疳……1178

犅……1117 杠……872 掆……737 扛……692 崗……548 岡……546 堽……397 剛……221 亢……82 ㄍㄤ | ㄍㄤ | 茛……1522 艮……1500 亘……80 亙……80 ㄍㄣˋ 艮……1500 ㄍㄣˇ 哏……323 ㄍㄣˊ 跟……1708 根……888 ㄍㄣ | ㄍㄣ | 骬……2000

㹴……1123 浭……1009 更……849 庚……581 ㄍㄥ | ㄍㄥ | (钢)……1833 鋼……1833 虹……1561 槓……908 杠……872 ㄍㄤˋ 港……1031 崗……548 岡……546 ㄍㄤˇ (钢)……1833 鋼……1833 釭……1819 肛……1454 罡……1409 缸……1406 (韁)……1401 繮……1401 綱……1383 疘……1175

咕……316 呱……316 估……107 ㄍㄨ | ㄍㄨ | 更……849 亘……80 亙……80 ㄍㄥˋ 鯁……2024 骾……2000 頸……1953 耿……1441 綆……1378 梗……897 埂……390 哽……328 ㄍㄥˇ 鶊……2036 賡……1686 (畊)……1437 耕……1437 羹……1421 (稉)……1344 粳……1344 秔……1344

牯……1115 滑……1038 汩……978 榾……908 嘏……346 咕……316 古……285 凸……198 估……107 ㄍㄨˇ 骨……1998 ㄍㄨˊ 鴣……2033 骨……1998 鈷……1822 酤……1798 辜……1736 轂……1731 軱……1619 蛄……1563 菰……1525 菇……1525 箍……1328 沽……991 家……499 孤……481 姑……462

故……787 崮……548 固……363 告……309 僱……151 估……107 ㄍㄨˋ (鼔)……2062 鼓……2062 鶻……2037 鵠……2035 骨……1998 餶……1997 鋊……1832 鈷……1822 轂……1731 賈……1682 谷……1665 詁……1630 蠱……1578 臌……1476 股……1456 羖……1416 罟……1409 穀……1294 瞽……1229 鹽……1209 盬……1209

掛……737 卦……262 ㄍㄨㄚˋ 寡……509 剮……223 ㄍㄨㄚˇ 鴰……2034 騧……1992 颳……1965 适……1749 蝸……1569 聒……1442 瓜……1148 栝……888 括……721 呱……316 刮……214 ㄍㄨㄚ | ㄍㄨㄚ | (頋)……1956 顧……1956 (僱)……1895 雇……1895 錮……1834 痼……1181 梏……897

(挂)……737
絓……1370
罣……1409
袿……1595
褂……1600
詿……1633

ㄍㄨㄛ

ㄍㄨㄛ
咼……326
嘓……346
堝……396
崞……548
撾……769
渦……1036
蟈……1573
過……1767
(过)……1767
郭……1798
鍋……1838

ㄍㄨㄛˊ
國……364
(国)……364
幗……568
摑……760
虢……1560
馘……1981

ㄍㄨㄛˇ
倮……130
果……877
椁……900
(槨)……900
猓……1125
菓……1525
蜾……1567
裹……1600
餜……1976

ㄍㄨㄛˋ
過……1767
(过)……1767

ㄍㄨㄛ˙
過……1767
(过)……1767

ㄍㄨㄞ

ㄍㄨㄞ
乖……63

ㄍㄨㄞˇ
拐……713
枴……882

ㄍㄨㄞˋ
巜……551
怪……634
(恠)……634

ㄍㄨㄟ

ㄍㄨㄟ
傀……145
圭……381
嬀……470
(媯)……470
廆……585
歸……940
(归)……940
(帰)……940
(逓)……940
槻……914
珪……1139
瑰……1145
(瓌)……1145
皈……1199
硅……1246
袿……1595
規……1612
邽……1786
閨……1867
鮭……2022
龜……2072
(亀)……2072

ㄍㄨㄟˇ
佹……115
匭……248
垝……387
(陒)……387
宄……486
庋……579
恑……639
晷……839
癸……1186
詭……1633
溈……1031
(潙)……1031
軌……1720
鬼……2016

ㄍㄨㄟˋ
劊……226
劌……226
匱……249
會……852
(会)……852
柜……883
桂……889
檜……922
櫃……924
(柜)……924
瞶……1229
貴……1680
跪……1708
鱖……2028

ㄍㄨㄢ

ㄍㄨㄢ
倌……131
冠……188
官……494
棺……900
瘝……1218
矜……1231
綸……1383
莞……1522
觀……1616
(观)……1616
關……1870
(关)……1870
(関)……1870
(閞)……1870
鰥……2026
鱞……2028

ㄍㄨㄢˇ
斡……809
琯……1143
筦……1326
管……1328
(菅)……1328
脘……1466
莞……1522
輨……1730
錧……1834
館……1976
(舘)……1976

ㄍㄨㄢˋ
丱……57
冠……188
卝……261
慣……660
摜……760
毌……950
灌……1062
瓘……1148
盥……1209
祼……1271
罐……1408
觀……1617
(观)……1617
貫……1677
鑵……1849
鸛……2041

ㄍㄨㄣ

ㄍㄨㄣˇ
混……1020
渾……1032
滾……1048
(滚)……1048
緄……1383
蓘……1541
(蓘)……1541
袞……1594
(衮)……1594
鯀……2024

ㄍㄨㄣˋ
棍……900

ㄍㄨㄤ

ㄍㄨㄤ
光……158
桄……889
洸……1001
胱……1463
銧……1825

ㄍㄨㄤˇ
广……579
廣……586
獷……1130
鄺……1794

ㄍㄨㄤˋ
桄……889
逛……1758

ㄍㄨㄥ

ㄍㄨㄥ
供……115
公……178
共……183
功……228
宮……499
工……552
弓……592
恭……639
攻……783
紅……1352
肱……1457
蚣……1562
觥……1619
(觵)……1619
躬……1718
(躳)……1718
釭……1819
龔……2072
魟……2022

ㄍㄨㄥˇ
共……183
卄……261
拱……721
汞……973

珙……1139
礦……1260
(鑛)……1260
銾……1830
鞏……1933

ㄍㄨㄥˋ
供……115
共……183
貢……1674

## (ㄎ)

### ㄎㄚ

ㄎㄚ
刮……214
咖……316
哈……323
喀……339
揩……748
鉲……1828

ㄎㄚˇ
卡……261
咳……323

ㄎㄚˋ
喀……339
咯……323
髂……2000

### ㄎㄜ

ㄎㄜ
刻……214
喀……339
搕……754
柯……882
棵……900
珂……1137
疴……1179
瞌……1228
砢……1244
磕……1255
科……1282
稞……1291
窠……1306
苛……1510
蝌……1569
軻……1724
鈳……1822
頦……1949
顆……1953
髁……2000

ㄎㄜˊ
咳……323
揢……747
欬……928
殼……949
(壳)……949
(殸)……949
頦……1949

ㄎㄜˇ
可……287
哿……328
坷……387
岢……546
渴……1053
顆……1953

ㄎㄜˋ
克……164
刻……214
剋……217
(尅)……217
可……287
嗑……339
喀……344
客……497
恪……639
(愙)……639
榼……908
氪……964
溘……1038
緙……1389
蚵……1563
課……1647
銾……1830
錁……1834
騍……1991

### ㄎㄞ

ㄎㄞ
揩……748
開……1859
(開)……1859
(开)……1859
鐦……1844

ㄎㄞˇ
凱……197
剴……224
嘅……339
塏……397
愷……658
慨……653
(慨)……653
楷……904
豈……1667
(岂)……1667
鍇……1838
鎧……1839
闓……1870

ㄎㄞˋ
咳……323
嘅……339
愒……653
愾……658
慨……653
(慨)……653
欬……928

### ㄎㄠ

ㄎㄠ
尻……535

ㄎㄠˇ
拷……721
栲……887
烤……1074
熇……1091
考……1433
(攷)……1433

ㄎㄠˋ
犒……1118
銬……1825
靠……1929

### ㄎㄡ

ㄎㄡ
彄……601
摳……760
瞘……1229

ㄎㄡˇ
口……281

ㄎㄡˋ
佝……108
叩……289
寇……505
扣……692
簆……1335
(筘)……1335
蔻……1541
(蔻)……1541
釦……1819
鷇……2037

### ㄎㄢ

ㄎㄢ
刊……209
勘……236
堪……396
(坩)……396
戡……674
看……1214
鈧……1820
龕……2072

ㄎㄢˇ
侃……116
坎……383
檻……924
砍……1240
轗……1735
闞……1872

ㄎㄢˋ
勘……236
墈……399
嵌……549
看……1214
瞰……1229
磡……1257
衎……1585
闞……1872
闞……2015

### ㄎㄣ

ㄎㄣˇ
啃……331
墾……402
(垦)……402
懇……665
(恳)……665
肯……1457
(肎)……1457
(肻)……1457
錆……1834
齦……2069

ㄎㄣˋ
啃……331
掯……738
裉……1595
(裿)……1595

### ㄎㄤ

ㄎㄤ
康……583
忼……631
慷……661
漮……1066
糠……1349
(穅)……1349
鏮……1842

ㄎㄤˊ
扛……692

ㄎㄤˇ
忼……631
慷……661

ㄎㄤˋ
亢……82
伉……101
匟……248
抗……697

炕 1069　犺 1119　鈧 1820　閌 1864

ㄎㄥ

ㄎㄥ　傾 146　吭 310　坑 384　(阬) 384　硜 1246　(硻) 1246　鏗 1842

ㄎㄥˇ　肯 1457　(肎) 1457　(肻) 1457

ㄎㄨ

ㄎㄨ　刳 215　哭 328　堀 391　枯 882　窟 1306　鋸 1834　鏬 1839　骷 2000

ㄎㄨˇ　楛 904　苦 1512

ㄎㄨˋ　嚳 353　庫 583　矻 1240　袴 1603　(絝) 1603　褲 1603　酷 1799　鏬 1839

ㄎㄨㄚ

ㄎㄨㄚ　夸 443　姱 463　誇 1633

ㄎㄨㄚˇ　侉 116　咵 323　垮 387

ㄎㄨㄚˋ　胯 1463　跨 1708

骻 2000

ㄎㄨㄛ

ㄎㄨㄛˋ　廓 585　彍 603　括 721　擴 773　(扩) 773　漷 1048　蛞 1564　适 1749　闊 1869　(濶) 1869　鞹 1935　(鞟) 1935

ㄎㄨㄞ

ㄎㄨㄞˇ　擓 767　舀 1490　蒯 1537

ㄎㄨㄞˋ　儈 152　(侩) 152　劊 226　噲 351　塊 397　(块) 397　快 631　旝 821　會 852　(会) 852　檜 922　澮 1057　獪 1129　(狯) 1129　筷 1326　膾 1476　(脍) 1476　蒯 1537　鄶 1794　(郐) 1794　鱠 2028

ㄎㄨㄟ

ㄎㄨㄟ　刲 215　巋 551　盔 1204　窺 1309　虧 1560　(亏) 1560

ㄎㄨㄟˊ　闋 1872　夔 409　奎 447　戣 674　揆 748　暌 842　睽 1227　葵 1533　逵 1761　馗 1981　魁 2016

ㄎㄨㄟˇ　傀 145　揆 748　跬 1709　(頍) 1709

ㄎㄨㄟˋ　匱 249　喟 339　愧 658　(媿) 658　憒 664　歸 940　(归) 940　(帰) 940　(遈) 940　潰 1053　瞶 1229　簣 1335　聵 1448　蕢 1544　餽 1977　饋 1978

ㄎㄨㄢ

ㄎㄨㄢ　寬 511　髖 2003

ㄎㄨㄢˇ　款 928　(欵) 928

ㄎㄨㄣ

ㄎㄨㄣ　坤 387　堃 391　崑 548　(崐) 548　昆 828　焜 1077　琨 1143　褌 1602　(裩) 1602　錕 1834　髡 2009　(髠) 2009　鯤 2025　鰥 2026　鵾 2036　鶤 2037

ㄎㄨㄣˇ　壼 407　悃 643　捆 727　梱 897　綑 1378　閫 1867

ㄎㄨㄣˋ　困 362　睏 1226

ㄎㄨㄤ

ㄎㄨㄤ　劻 232　匡 248　框 889　恇 639　筐 1325　誆 1633

ㄎㄨㄤˊ　狂 1119　誑 1637　鵟 2035

ㄎㄨㄤˋ　丱 261　壙 404　曠 847　(旷) 847　框 889　況 991　(况) 991　眶 1222　礦 1260　(鑛) 1260　絖 1369　纊 1404　貺 1681　鄺 1794

ㄎㄨㄥ

ㄎㄨㄥ　倥 131　崆 549　悾 646　空 1299　箜 1330

ㄎㄨㄥˇ

| Reading | Character ... page |
| --- | --- |
| (continued) | 倥 131　孔 477　恐 639　悾 646 |
| ㄎㄨㄥˋ | 控 738　空 1299　鞚 1934 |

## （ㄏ）

| Reading | Character ... page |
| --- | --- |
| ㄏ | |
| ㄏㄇ | 噷 351 |
| ㄏㄚ | |
| ㄏㄚ | 呵 317　哈 323　鰕 1718　鉿 1825 |
| ㄏㄚˊ | 蛤 1564　蝦 1570　（虾） 1570 |
| ㄏㄚˇ | 哈 323 |
| ㄏㄜ | |
| ㄏㄜ | 呵 316　喝 339　訶 1630 |
| ㄏㄜˊ | 何 108　劾 232　合 301　和 317　（咊） 317　害 499　核 889　河 991　涸 1021　渴 1031　盍 1203　（盇） 1203　盉 1203　盒 1204　礉 1259　禾 1279　紇 1351　翮 1425　荷 1523　菏 1525　蝎 1570　褐 1602　覈 1610　貉 1672　郃 1788　鉿 1825　閤 1867　蓋 1536　（盖） 1536　（葢） 1536　閡 1867　闔 1870　鞨 1934　鶡 2037　䶅 2065　齕 2069　龢 2073 |
| ㄏㄜˋ | 何 108　和 317　（咊） 317　喝 339　嚇 352　愒 653　暍 842　熇 1091　荷 1523　豁 1665　賀 1681　赫 1693　郝 1789　隺 1894　鶴 2037　黑 2053 |
| ㄏㄞ | |
| ㄏㄞ | 咍 318　咳 321　嗨 344 |
| ㄏㄞˊ | 咳 323　孩 482　還 1783　（还） 1783　（還） 1783　頦 1949　骸 2000 |
| ㄏㄞˇ | 海 1009　醢 1802 |
| ㄏㄞˋ | 亥 82　咳 323　嗐 344　害 499　氦 960　駭 1990 |
| ㄏㄟ | |
| ㄏㄟ | 嘿 348　黑 2053 |
| ㄏㄟˇ | 黑 2053 |
| ㄏㄠ | |
| ㄏㄠ | 蒿 1537　薅 1546 |
| ㄏㄠˊ | 嗥 344　（嘷） 344　嚎 352　壕 402　毫 956　濠 1060　號 1559　（号） 1559　蚝 1562　蠔 1576　豪 1670　貉 1672　鶴 2037 |
| ㄏㄠˇ | 好 453　郝 1789 |
| ㄏㄠˋ | 好 453　昊 829　晧 837　暠 844　浩 1013　涸 1021　澔 1054　灝 1063　皓 1200　皞 1200　（皡） 1200　（皥） 1200　鄗 1793　皜 1200　耗 1438　薃 1546　號 1559　（号） 1559　鎬 1839　顥 1957 |
| ㄏㄡ | |
| ㄏㄡ | 呴 320　齁 2066 |
| ㄏㄡˊ | 侯 122　喉 340　睺 842　猴 1125　瘊 1182　睺 1227　篌 1332　餱 1977 |
| ㄏㄡˇ | 吼 309　犼 1120 |
| ㄏㄡˋ | 候 131　厚 266　后 304　垕 387　堠 396　後 610　逅 1749　鱟 2029 |
| ㄏㄢ | |
| ㄏㄢ | 憨 664　蚶 1563　酣 1798　頇 1942　鼾 2066 |
| ㄏㄢˊ | 函 203　（凾） 203　含 310　寒 507　榦 908　汗 973　涵 1021　邗 1786　邯 1788　韓 1935 |
| ㄏㄢˇ | 喊 340　罕 1408　蔊 1541　銲 1830　闞 1872 |

**ㄏㄢˋ**

闞 …… 2015

**ㄏㄢˊ**

含 …… 310
和 …… 317
(咊) …… 317
悍 …… 643
憾 …… 665
扞 …… 692
捍 …… 728
撼 …… 768
旱 …… 825
汗 …… 973
漢 …… 1048
瀚 …… 1062
犴 …… 1119
(豻) …… 1119
琀 …… 1141
翰 …… 1425
菡 …… 1525
銲 …… 1830
(釬) …… 1830
(焊) …… 1830
鏌 …… 1842
閈 …… 1858
頷 …… 1952

**ㄏㄣ**

**ㄏㄣ**

哏 …… 323

**ㄏㄣˊ**

含 …… 310
痕 …… 1179

**ㄏㄣˇ**

很 …… 613
狠 …… 1122

**ㄏㄣˋ**

恨 …… 640

**ㄏㄤ**

**ㄏㄤ**

夯 …… 441

**ㄏㄤˊ**

吭 …… 310
杭 …… 878
桁 …… 890
絎 …… 1370
航 …… 1498
行 …… 1582
迒 …… 1742
頏 …… 1945

**ㄏㄤˋ**

桁 …… 890
沆 …… 978
行 …… 1582

**ㄏㄥ**

**ㄏㄫ**

哼 …… 329

**ㄏㄥ**

亨 …… 85
哼 …… 329
鐄 …… 1844

**ㄏㄥˊ**

亨 …… 85
姮 …… 465
恆 …… 640
(恒) …… 640
鴴 …… 2035
桁 …… 890
横 …… 916
珩 …… 1139
蘅 …… 1553
衡 …… 1587

**ㄏㄥˋ**

横 …… 916

**ㄏㄨ**

**ㄏㄨ**

乎 …… 63
呼 …… 319
唿 …… 331
嘑 …… 346
忽 …… 632
惚 …… 646
戲 …… 677
(戏) …… 677
(戯) …… 677
欻 …… 929
滹 …… 1049
糊 …… 1348
膴 …… 1475
虖 …… 1556
謼 …… 1655

**ㄏㄨˊ**

乎 …… 63
和 …… 317
(咊) …… 317
囫 …… 363
鶘 …… 2037
壺 …… 406
弧 …… 596
搰 …… 754
斛 …… 808
核 …… 889
槲 …… 914
湖 …… 1031
狐 …… 1122
猢 …… 1125
瑚 …… 1144
糊 …… 1348
縠 …… 1391
胡 …… 1460
葫 …… 1533
蝴 …… 1569
衚 …… 1586
觳 …… 1621
醐 …… 1802
餬 …… 1977
鬍 …… 2011
鵠 …… 2035
鶻 …… 2037

**ㄏㄨˇ**

唬 …… 331
滸 …… 1049
琥 …… 1143
虎 …… 1555
許 …… 1627

**ㄏㄨˋ**

互 …… 76
冱 …… 192
岵 …… 546
怙 …… 634
戶 …… 678
戽 …… 679
扈 …… 681
楛 …… 904
沍 …… 978
滬 …… 1049
(沪) …… 1049
熇 …… 1091
瓠 …… 1149
祜 …… 1264
笏 …… 1317
糊 …… 1348
芐 …… 1503
護 …… 1660
(护) …… 1660
鄠 …… 1794

**ㄏㄨㄚ**

**ㄏㄨㄚ**

夸 …… 1504
化 …… 244
嘩 …… 348
花 …… 1504
(苍) …… 1504
華 …… 1525
蘤 …… 1504
錵 …… 1834

**ㄏㄨㄚˊ**

划 …… 210
劃 …… 225
(画刂) …… 225
嘩 …… 348
搳 …… 754
滑 …… 1038
猾 …… 1126
華 …… 1525
譁 …… 1656
豁 …… 1665
驊 …… 1994

**ㄏㄨㄚˋ**

劃 …… 225
(画刂) …… 225
化 …… 244
樺 …… 917
畫 …… 1169
(画) …… 1169
華 …… 1525
話 …… 1635
踝 …… 1711

**ㄏㄨㄛ**

**ㄏㄨㄛ**

豁 …… 1665

**ㄏㄨㄛˊ**

和 …… 317
(咊) …… 317
活 …… 1001

**ㄏㄨㄛˇ**

伙 …… 101
夥 …… 419
火 …… 1064
鈥 …… 1820

**ㄏㄨㄛˋ**

剨 …… 223
和 …… 317
(咊) …… 317
嚄 …… 352
壑 …… 402
惑 …… 646
或 …… 674
獲 …… 1129
(获) …… 1129
矆 …… 1236
砉 …… 1240
禍 …… 1273
穫 …… 1298
藿 …… 1553
(藿) …… 1553
蠖 …… 1576
豁 …… 1665
貨 …… 1677
鑊 …… 1847
雘 …… 1900
霍 …… 1919

隺……1894

·ㄏㄨㄛ
午……255
和……317
（咊）……317

ㄏㄨㄞ

ㄏㄨㄞˊ
徊……613
懷……668
（怀）……668
槐……908
淮……1021
獲……1129
（获）……1129
蘹……1155
踝……1715

ㄏㄨㄞˋ
坏……383
壞……404

ㄏㄨㄟ

ㄏㄨㄟ
墮……401
（隓）……401
徽……623
恢……640
戲……677
（戏）……677
（戯）……677
揮……748
撝……758
暉……842
灰……1067
（灰）……1067
煇……1087
翬……1424
虺……1561
褘……1604
詼……1634
輝……1730
驨……1894
麾……2048

ㄏㄨㄟˊ
回……358
（囘）……358
（囬）……358
嶲……551
巂……551
徊……613
洄……1003
痐……1564
茴……1516
蚘……1562
蛔……1564
（痐）……1564
迴……1749
（廻）……1749

ㄏㄨㄟˇ
悔……643
會……852
（会）……852
毀……949
燬……1099
虫……1561
虺……1561
誨……1638
賄……1682

ㄏㄨㄟˋ
匯……248
（汇）……248
（滙）……248
卉……257
喙……340
噦……352
廆……585
彗……603
彙……603
（彚）……603
恚……640
惠……646
慧……661
晦……837
會……852
（会）……852
檜……914
潰……1053
燴……1099
（烩）……1099
穢……1297
篲……1335
繪……1401
（絵）……1401
繢……1399
翽……1427
蔧……1541
蕙……1544
薈……1546
蟪……1574
誨……1638
諱……1651
賄……1682
闠……1872
靧……1931
頮……1952

ㄏㄨㄢ

ㄏㄨㄢ
歡……932
（欢）……932
（懽）……932
讙……1666
貛……1673
（貛）……1673
（獾）……1673
驩……1998

ㄏㄨㄢˊ
圜……375
嬛……477
寰……513
桓……890
洹……1003
澴……1057
環……1146
（环）……1146
繯……1401
萑……1526
貆……1672
還……1783
（还）……1783
（還）……1783
鍰……1838
鐶……1847
闤……1872
鬟……2012

ㄏㄨㄢˇ
浣……1013
澣……1058
睆……1208
緩……1389

ㄏㄨㄢˋ
喚……340
奐……447
宦……479
幻……576
患……643
換……744
擐……768
渙……1032
漶……1049
煥……1087
瘓……1182
繯……1401
豢……1670
轘……1735
逭……1761

ㄏㄨㄣ

ㄏㄨㄣ
婚……469
惛……646
（惽）……646
昏……829
（昬）……829
葷……1533
閽……1868

ㄏㄨㄣˊ
混……1020
渾……1032
琿……1144
餛……1977
魂……2018

ㄏㄨㄣˇ
混……1020

ㄏㄨㄣˋ
圂……364
混……1020
渾……1032
溷……1040
諢……1651
鯇……2022
鯶……2026

ㄏㄨㄤ

ㄏㄨㄤ
慌……659
肓……1454
荒……1516

ㄏㄨㄤˊ
凰……197
徨……619
惶……653
湟……1032
潢……1054
煌……1088
璜……1146
皇……1199
磺……1259
篁……1332
簧……1335
蝗……1569
蟥……1574
遑……1770
鍠……1838
隍……1887
鰉……2026
黃……2049

ㄏㄨㄤˇ
幌……567
恍……640
晃……835
謊……1653
（詤）……1653

ㄏㄨㄤˋ
晃……835

·ㄏㄨㄤ

慌……659

ㄏㄨㄥ

ㄏㄨㄥ

吽……314　哄……324　烘……1074　薨……1546　訇……1623　轟……1735　(轟)……1735

ㄏㄨㄥˊ

呟……310　宏……490　嶸……551　弘……595　泓……992　洪……1003　浲……1004　竑……1313　紅……1351　紘……1358　翝……1422　翃……1422　葓……1533　葒……1533　蕻……1546

虹……1561　訌……1625　鋐……1830　閎……1864　鴻……2034　黌……2052

ㄏㄨㄥˇ

哄……324

ㄏㄨㄥˋ

澒……1054　汞……973　蕻……1546　鬨……2015　(閧)……2015

# (ㄐ)

ㄐㄧ

ㄐㄧ

丌……20　乩……67　其……186　几……197　剞……222　勣……238　咭……324

唧……329　嘰……348　基……391　奇……446　姬……467　居……537　屐……539　嵇……550　幾……578　(几)……578　期……863　(稘)……863　朞……863　机……871　枅……878　機……918　激……1058　犄……1117　璣……1146　畿……1172　畸……1172　碁……1250　磯……1259　稘……1291　稽……1295　積……1296　笄……1317

(笄)……1317　箕……1330　績……1395　羈……1413　(羈)……1413　羇……1413　(羇)……1413　肌……1453　萁……1527　虀……1555　襀……1603　觭……1621　譏……1656　跡……1709　蹟……1713　躋……1715　(隮)……1715　迹……1709　隮……1892　雞……1900　(鳮)……1900　(鷄)……1900　飢……1970　饑……1978　齎……2068　(賫)……2068　(賷)……2068

齏……2068　(齑)……2068

ㄐㄧˊ

亟……81　佶……116　劇……226　(剧)……226　即……264　(卽)……264　及……276　吃……306　吉……304　唶……331　喞……329　圾……384　嫉……471　寂……505　岌……546　急……634　戢……674　擊……768　(击)……768　棘……900　極……904　楫……904　檝……922　殛……946

汲……978　疾……1178　瘠……1182　笈……1317　籍……1339　級……1358　脊……1463　芨……1508　蒺……1537　苙……1511　蕺……1546　藉……1548　蝍……1565　踖……1711　輯……1731　鈒……1820　集……1895　革……1932　鶺……2038

ㄐㄧˇ

几……197　己……558　幾……578　(几)……578　庋……579　戟……674　掎……738

擠……771　(挤)……771　机……871　泲……992　濟……1060　(济)……1060　紀……1355　給……1369　脊……1463　蟣……1574　踦……1711　麂……2043

ㄐㄧˋ

伎……101　偈……139　冀……186　劑……227　妓……460　季……482　寄……505　彐……603　忌……629　惎……646　悸……646　技……698　旡……821　既……821

(旣)……821　暨……843　洎……1003　漈……1049　濟……1060　(济)……1060　瘈……1182　祭……1270　稷……1295　(穄)……1295　穧……1298　紀……1355　繫……1367　繼……1403　(継)……1403　罽……1412　芰……1508　薊……1546　薺……1549　(荠)……1549　覬……1615　計……1623　記……1625　跽……1710　際……1890　(际)……1890　霽……1922

(霁)……1922 騎……1991 驥……1998 髻……2010 鮆……2013 鯽……2025 鱭……2029 齊……2066 (齐)……2066 (斉)……2066

ㄐㄧㄚ

ㄐㄧㄚ

伽……109 佳……116 傢……145 加……229 嘉……346 夾……443 (夹)……443 家……499 枷……839 珈……1137 痂……1178 笳……1320 耞……1438 茄……1513

葭……1533 袈……1594 豭……1671 跏……1705 迦……1745 鎵……1840

ㄐㄧㄚˊ

俠……122 (侠)……122 夾……443 (夹)……443 恝……640 戛……674 (戞)……674 挾……728 浹……1013 莢……1523 蛺……1563 袷……1595 裌……1598 ⿰言夾……1638 郟……1789 鉿……1825 鋏……1830 頡……1949 頰……1953

ㄐㄧㄚˇ

假……139 叚……281 嘏……346 夏……408 岬……546 斝……808 檟……922 (榎)……922 甲……1161 瘕……1182 胛……1461 舺……1492 賈……1682 鉀……1822

ㄐㄧㄚˋ

价……101 假……139 價……152 夾……443 (夹)……443 嫁……471 架……883 甲……1161 稼……1295 賈……1682 駕……1989

ㄐㄧㄝ

ㄐㄧㄝ

偕……141 喈……340 嗟……344 接……738 揭……749 癤……1184 皆……1199 稭……1291 結……1370 街……1586 階……1887 (稭)……1887 隔……1889 (隔)……1889

ㄐㄧㄝˊ

倢……132 偈……139 傑……145 劫……231 (刦)……231 (刧)……231 (刼)……231 隔……1889 (隔)……1889

婕……469 孑……477 截……675 拮……721 捷……740 (㨗)……740 擷……774 杰……878 桀……891 桔……890 楬……905 榤……908 櫛……922 渴……1031 潔……1054 癤……1184 睫……1227 碣……1252 竭……1315 箑……1330 節……1326 (节)……1326 (莭)……1326 結……1370 絜……1372 羯……1421 蝍……1565

蠘……1576 袷……1595 袺……1595 (裌)……1595 訐……1626 ⿰魚桀……2026 詰……1634 頡……1949 鮚……2023

ㄐㄧㄝˇ

姊……462 (姉)……462 姐……462 檞……922 解……1619 (觧)……1619

ㄐㄧㄝˋ

介……92 价……101 借……312 唶……333 ⿰木介……537 屆……537 (届)……537 廨……587 (廨)……587 戒……673

械……897 玠……1137 界……1163 疥……1174 芥……1507 藉……1548 蚧……1562 蠘……1576 褯……1603 解……1619 (觧)……1619 誡……1638 隔……1889 (隔)……1889

ㄐㄧㄠ

ㄐㄧㄠ

交……82 僬……151 儌……153 喬……340 (乔)……340 姣……465 嬌……473 (娇)……473 徼……623 憍……1994

教……791 椒……900 澆……1054 焦……1077 礁……1259 膠……1474 艽……1503 茭……1517 蕉……1544 蛟……1564 跤……1709 郊……1789 鐎……1844 驕……1994 (骄)……1994 鮫……2023 鵁……2035 鷦……2039

ㄐㄧㄠˊ

嚼……354

ㄐㄧㄠˇ

佼……116 僥……151 儌……153 剿……225 勦……238 姣……465

徼……623
撟……764
攪……777
(搅)……777
湫……1032
狡……1122
皎……1200
皦……1200
矯……1235
(矫)……1235
筊……1325
絞……1372
繳……1401
腳……1470
(脚)……1470
覺……1616
(斍)……1616
(覚)……1616
角……1618
蹻……1714
較……1725
鉸……1825
餃……1973

ㄐㄧㄠˋ

叫……290
(呌)……290
噍……349

嗷……351
嚼……354
嶠……550
徼……623
撟……764
教……791
斠……809
校……891
珓……1139
皭……1200
窖……1305
覺……1616
(斍)……1616
(覚)……1616
較……1725
轎……1735
(轿)……1735
酵……1799
醮……1804
釂……1805

ㄐㄧㄡ

ㄐㄧㄡ

赳……1695
啾……340
噍……349
揪……749

樛……914
湫……1032
究……1299
糾……1351
(糺)……1351
蝤……1569
轇……1732
逎……1770
鬮……2015
(阄)……2015
鳩……2030

ㄐㄧㄡˇ

久……62
九……65
愀……653
灸……1068
玖……1135
糾……1351
(糺)……1351
赳……1695
酒……1796
韭……1936
(韮)……1936

ㄐㄧㄡˋ

僦……151
咎……319
就……533

廄……584
(廐)……584
捄……728
救……793
柩……883
桕……892
疚……1175
究……1299
臼……1490
舅……1490
舊……1493
(旧)……1493
鷲……2039

ㄐㄧㄢ

ㄐㄧㄢ

兼……186
堅……392
奸……456
姦……465
尖……531
尷……534
(尲)……534
戔……674
搛……754
椷……905
鰹……2027

瀸……1061
殲……947
淺……1022
湔……1032
漸……1049
煎……1088
熸……1097
牋……1109
犍……1118
監……1205
箋……1330
(牋)……1330
籛……1340
緘……1389
縑……1391
肩……1457
艱……1501
(艰)……1501
菅……1526
蒹……1537
蕑……1544
閒……1864
(间)……1864
間……1864
鞬……1934
韉……1935
鰜……2026

鶼……2038

ㄐㄧㄢˇ

件……101
儉……153
剪……223
囝……358
鬋……2011
翦……1424
堿……396
戩……675
揀……749
撿……768
柬……883
檢……992
減……1032
(减)……1032
瞼……1229
礆……1252
筧……1328
簡……1335
(簡)……1335
繭……1402
(蠒)……1402
(茧)……1402
襇……1604
謇……1653
譾……1661

趼……1703
(趼)……1703
蹇……1713
錢……1835
(钱)……1835
鐧……1844
鹼……2042
(碱)……2042
(鹻)……2042
(堿)……2042

ㄐㄧㄢˋ

件……101
荐……1517
健……141
(僣)……151
僭……151
劍……227
(劎)……227
(劔)……227
建……589
檻……924
毽……956
洊……1003
漸……1049
澗……1054
濺……1061
牮……1115

監……1206
箭……1332
聻……1450
腱……1471
艦……1500
薦……1546
襇……1604
見……1610
覵……1616
(瞯)……1616
諫……1651
賤……1687
踐……1711
鍵……1838
鐧……1844
鑑……1848
(鑑)……1848
鑒……1848
(鑒)……1848
閒……1864
(间)……1864
間……1864
餞……1977

ㄐㄧㄣ

ㄐㄧㄣ

今……92

巾 559　斤 809　津 1003　浸 1014　矜 1231　祲 1271　禁 1271　筋 1325　衿 1592　襟 1604　觔 1618　金 1812　釿 1820
ㄐㄧㄣˇ　僅 146　儘 154　(侭) 154　堇 393　墐 399　廑 585　(厪) 585　槿 914　殣 947　瑾 1146　緊 1383　(紧) 1383　(緊) 1383

堇 1526　覲 1616　謹 1655　錦 1834　饉 1978
ㄐㄧㄣˋ　僅 146　勁 233　噤 351　堇 393　墐 399　妗 460　寖 508　廑 585　(厪) 585　搢 754　靳 1932　晉 835　(晋) 835　殣 947　浸 1014　燼 1101　(烬) 1101　瑾 1146　盡 1206　(尽) 1206　禁 1271

縉 1391　堇 1526　藎 1549　覲 1616　贐 1691　近 1742　進 1761　(进) 1761
ㄐㄧㄤ
ㄐㄧㄤ　僵 153　姜 465　將 517　殭 947　江 974　漿 1050　疆 1173　矼 1240　薑 1547　螿 1573　豇 1667　韁 1935　(繮) 1935
ㄐㄧㄤˇ　獎 1127　槳 914

繭 1402　(茧) 1402　(蠒) 1402　蔣 1541　講 1653　(講) 1653
ㄐㄧㄤˋ　匠 248　將 517　強 597　(强) 597　彊 602　洚 1004　糨 1349　(糡) 1349　絳 1373　虹 1561　醬 1803　降 1878
ㄐㄧㄥ
ㄐㄧㄥ　京 85　兢 166　旌 819　(旍) 819　晶 839

更 849　涇 1014　睛 1227　秔 1344　(稉) 1344　(粳) 1344　箐 1330　精 1344　經 1378　耕 1437　(畊) 1437　荆 1517　(荊) 1517　莖 1523　菁 1526　青 1924　驚 1995　(惊) 1995　鯨 2025　鶄 2036
ㄐㄧㄥˇ　井 76　儆 153　剄 217　憬 664　景 839　烴 1076

璟 1146　璥 1147　穽 1304　警 1658　阱 1874　(穽) 1874　頸 1953
ㄐㄧㄥˋ　凊 196　勁 236　境 400　徑 614　敬 798　淨 1021　(浄) 1021　(淨) 1021　獍 1127　痙 1180　竟 1938　竫 1314　競 1315　(竞) 1315　脛 1466　(踁) 1466　請 1648　逕 1758　(迳) 1758

鏡 1842　靖 1927　靜 1927　(静) 1927　靚 1927
ㄐㄩ
ㄐㄩ　且 49　俱 133　居 537　拘 713　据 740　椐 900　沮 992　狙 1122　琚 1143　疽 1178　罝 1409　苴 1513　菹 1526　(葅) 1526　蛆 1563　裾 1600　趄 1698　車 1718　鋸 1835

雎 1898　(鴡) 1898　駒 1989
ㄐㄩˊ　侷 123　局 536　拘 713　掬 740　桔 890　掬 900　橘 919　菊 1526　跼 1710　踘 1711　鋦 1830　鞠 1934　鞫 1934　鴃 2032　(鴂) 2032　鶪 2037　(鵙) 2037　(鵙) 2037
ㄐㄩˇ　咀 320　枸 882　柜 883　椇 900

榘……908
櫸……925
沮……993
矩……1233
筥……1328
舉……1492
(夆)……1492
(举)……1492
苴……1513
莒……1523
蒟……1537
踽……1712
齟……2069

ㄐㄩˋ

俱……133
倨……133
具……185
冣……189
劇……226
(剧)……226
句……290
屨……542
巨……554
懼……669
(惧)……669
(愳)……669
拒……714
據……768
(据)……740
沮……993
炬……1071
瞿……1230
秬……1286
窶……1309
聚……1434
苣……1513
虡……1560
詎……1630
足……1700
距……1705
踞……1711
遽……1784
醵……1804
鉅……1822
鋸……1835
鐻……1847
颶……1965

ㄐㄩㄝ

ㄐㄩㄝ

嗟……344
噘……349
撅……764
撧……764

ㄐㄩㄝˊ

倔……133
傕……145
劂……226
厥……269
噱……351
嚼……354
夬……441
孓……477
屩……542
崛……549
抉……699
捔……728
掘……740
攫……770
桷……897
橛……919
(橜)……919
瑴……1145
決……978
(决)……978
炔……1069
爝……1102
爵……1104
獗……1128
玦……1135
玨……1135
(珏)……1135
矍……1230
絕……1373
腳……1470
(脚)……1470
臄……1476
蕨……1544
蠼……1579
駃……1988
覺……1616
(斍)……1616
(覚)……1616
角……1618
觖……1618
訣……1627
譎……1656
蹶……1714
較……1725
鐍……1844
鐝……1844
钁……1850
闋……1870
鱖……2028
鴃……2032
鴂……2032

ㄐㄩㄝˇ

蹶……1714

ㄐㄩㄝˋ

倔……133

ㄐㄩㄢ

ㄐㄩㄢ

圈……369
娟……467
嫚……472
悁……643
捐……728
涓……1014
朘……1466
蠲……1578
身……1716
鐫……1847
鵑……2035

ㄐㄩㄢˇ

卷……265
捲……740
菤……1526

ㄐㄩㄢˋ

倦……133
卷……265
圈……369
悁……643
狷……1124
(獧)……1124
眷……1222
睊……1226
睠……1227
絹……1381
鄄……1791
雋……1898
(隽)……1898

ㄐㄩㄣ

ㄐㄩㄣ

君……311
囷……361
均……384
皸……1202
軍……1720
鈞……1820
麇……2044
麕……2044
龜……2072
(龟)……2072

ㄐㄩㄣˇ

窘……1305

ㄐㄩㄣˋ

駿……2035
俊……123
儁……153
寯……513
峻……547
捃……728
攈……774
(攟)……774
浚……1014
濬……1060
焌……1076
竣……1314
珺……1141
箘……1330
菌……1527
郡……1789
鍕……1838
雋……1898
(隽)……1898
餕……1974
駿……1990

ㄐㄩㄥ

ㄐㄩㄥ

坰……387
(埛)……387
扃……680
駉……1989

ㄐㄩㄥˇ

扃……680
泂……993
炯……1071
(烱)……1071
窘……1305
絅……1365
褧……1365
迥……1745
(逈)……1745
穎……1949
潁……1949

(ㄑ)

ㄑ

˙ㄑ

啐……333

ㄑㄧ

ㄑㄧ

七……19
僛……151
嘁……347
妻……463
崎……549
悽……646
慼……661

戚 674　敧 779　期 863　桼 883　栖 892　棲 902　欺 929　氻 979　淒 1002　溪 1004　漆 1050　緝 1390　萋 1527　諆 1648　谿 1765　郪 1791

ㄑㄧˊ

亓 77　俟 126　(竢) 126　其 186　圻 384　奇 445　岐 546　崎 549　旂 819　旗 820

期 863　枝 878　棋 900　(棊) 900　碁 1250　歧 939　淇 1022　琪 1143　琦 1143　畦 1167　畿 1217　祁 1261　祈 1263　祇 1263　祺 1272　稘 1291　綦 1384　耆 1435　臍 1477　(脐) 1477　萁 1527　薺 1549　(荠) 1549　蘄 1553　蚑 1562　蜞 1567　蠐 1576

祇 1592　跂 1704　踦 1711　錡 1835　頎 1945　騏 1991　騎 1991　鰭 2026　麒 2044　齊 2066　(齐) 2066　(斉) 2066

ㄑㄧˇ

乞 67　企 101　啟 795　(啓) 795　(启) 795　杞 872　棨 901　玘 1135　稽 1295　綮 1384　綺 1384　芑 1503　豈 1666　(岂) 1666

起 1695

ㄑㄧˋ

亟 81　企 101　刺 216　器 351　(噐) 351　契 447　妻 463　愒 653　憩 664　(憇) 664　揭 749　棄 897　(弃) 897　气 960　氣 960　汽 979　泣 993　炁 1069　砌 1240　磧 1257　緝 1390　葺 1533　訖 1626　跂 1704　迄 1741

ㄑㄧㄚ

ㄑㄧㄚ

掐 741

ㄑㄧㄚˊ

卡 261

ㄑㄧㄚˇ

卡 261

ㄑㄧㄚˋ

帢 562　恰 640　楬 905　洽 1005

ㄑㄧㄝ

ㄑㄧㄝ

切 208

ㄑㄧㄝˊ

伽 109　茄 1513

ㄑㄧㄝˇ

且 49

ㄑㄧㄝˋ

切 208　契 447　妾 463　怯 636

愜 653　慊 659　挈 721　朅 854　砌 1241　竊 1310　(窃) 1310　篋 1332　趄 1698　踥 1711　鍥 1838　鯜 2025　鰈 2026

ㄑㄧㄠ

ㄑㄧㄠ

墝 401　撬 764　敲 799　橇 922　磽 1259　礉 1259　繑 1399　蹺 1714　蹻 1714　鍬 1838　(鍫) 1838

雀 1895

ㄑㄧㄠˊ

僑 151　喬 340　(乔) 340　憔 664　樵 920　橋 919　(桥) 919　睄 1229　瞧 1229　礄 1259　翹 1425　蕉 1544　荍 1516　蕎 1544　(荞) 1544　譙 1656　趫 1702　顦 1957

ㄑㄧㄠˇ

巧 555　悄 643　愀 653　鵲 2036　雀 1895

ㄑㄧㄠˋ

俏 123　峭 548　撬 764　殼 949　(壳) 949　(殸) 949　竅 1309　翹 1425　誚 1638　譙 1656　陗 548　鞘 1933

ㄑㄧㄡ

ㄑㄧㄡ

丘 49　坵 387　楸 905　秋 1284　(秌) 1284　緧 1390　蚯 1563　邱 1788　鞦 1934　鰌 2026　鰍 2026　鶖 2037

龜……2072
(龟)……2072
ㄑㄧㄡˊ
仇……93
俅……123
厹……270
囚……358
毬……956
求……972
泅……993
犰……1119
球……1141
内……1276
絿……1381
艽……1503
虯……1561
(虬)……1561
蝤……1569
裘……1598
觩……1621
賕……1684
逑……1758
遒……1770
酋……1795
銶……1830
鮂……2023
ㄑㄧㄡˇ

糗……1349
ㄑㄧㄢ
ㄑㄧㄢ
仟……257
瓩……1150
僉……146
千……252
嗛……344
岍……546
嵌……549
愆……653
慳……661
扦……693
搴……754
汧……980
牽……1117
簽……1338
籤……1340
(籖)……1340
芊……1503
褰……1603
謙……1654
遷……1777
(迁)……1777
(遷)……1777
鉛……1822

鋟……1830
阡……1872
韆……1935
騫……1993
鬝……2012
鵮……2036
ㄑㄧㄢˊ
乾……68
(乾)……68
前……217
墘……400
揵……741
潛……1054
箝……1330
(拑)……1330
虔……1556
(虔)……1556
鈐……1820
鉗……1823
錢……1835
(钱)……1835
黔……2056
ㄑㄧㄢˇ
嗛……344
淺……1024
繾……1403
譴……1660

遣……1775
ㄑㄧㄢˋ
倩……133
嗛……344
塹……404
嵌……549
慊……659
槧……914
欠……926
歉……931
縴……1395
芡……1508
茜……1517
蒨……1537
謙……1654
ㄑㄧㄣ
ㄑㄧㄣ
侵……123
嶔……550
梫……897
欽……927
衾……1592
親……1614
(亲)……1614
駸……1991
ㄑㄧㄣˊ

勤……238
噙……352
懃……665
擒……769
檎……923
琴……1143
(琹)……1143
禽……1277
秦……1286
芩……1509
芹……1508
蓁……1537
螓……1571
衾……1592
覃……1609
ㄑㄧㄣˇ
寖……509
寢……509
鋟……1830
ㄑㄧㄣˋ
吢……311
(吣)……311
搇……754
撳……764
沁……980
ㄑㄧㄤ
ㄑㄧㄤ

嗆……344
將……517
戧……675
搶……754
槍……908
斨……809
瑲……1145
矼……1240
羌……1414
(羌)……1414
(羗)……1414
羫……1418
腔……1468
蜣……1567
蹌……1713
蹡……1713
鎗……1840
鏘……1842
鏹……1842
(鏹)……1842
ㄑㄧㄤˊ
墻……402
嬙……474
強……597
(强)……597
彊……602
檣……923

爿……1106
戕……674
牆……1107
(艢)……923
薔……1547
ㄑㄧㄤˇ
強……597
(强)……597
彊……602
搶……754
繈……1395
(繦)……1395
羥……1418
襁……1603
(襁)……1603
鏹……1842
(鏹)……1842
ㄑㄧㄤˋ
嗆……344
戧……675
熗……1091
蹌……1711
蹡……1713
ㄑㄧㄥ
ㄑㄧㄥ
傾……146

卿……266
圊……369
氫……964
氰……964
清……1023
蜻……1567
輕……1726
(輕)……1726
(軽)……1726
青……1924
頃……1942
鯖……2025
ㄑㄧㄥˊ
傾……146
剠……221
勍……234
情……647
擎……764
晴……840
檠……923
(檠)……923
鯨……2025
黥……2060
ㄑㄧㄥˇ
廎……585
檾……924
請……1648
頃……1942

ㄑㄧㄥˋ

倩……133
慶……661
(庆)……661
磬……1257
綮……1384
罄……1407
親……1614
(亲)……1614
謦……1656

ㄑㄩ

ㄑㄩ

區……249
(区)……249
呿……320
屈……538
嶇……550
歐……801
曲……848
毆……950
(殴)……950
泃……979
瞿……1230
袪……1264
胠……1461
蛆……1563
蛐……1564
祛……1594
詘……1630
趨……1702
(趋)……1702
(趍)……1702
魼……2023
軀……1718
(躯)……1718
驅……1994
(駆)……1994

ㄑㄩˊ

劬……232
氍……957
渠……1037
璩……1147
痀……1178
癯……1186
瞿……1230
磲……1259
朐……1461
蕖……1544
蘧……1554
蛐……1564
衢……1588
軥……1724
鴝……2033
鸜……2041
麯……2046
麴……2046
痀……1178

ㄑㄩˇ

取……277
娶……469
曲……848
齲……2070

ㄑㄩˋ

且……49
去……270
娶……469
漆……1050
覻……1616
(覷)……1616
(覰)……1616
趣……1701
闃……1869

ㄑㄩㄝ

ㄑㄩㄝ

炔……1069
缺……1406
闕……1870

ㄑㄩㄝˊ

瘸……1183

ㄑㄩㄝˋ

卻……266
(却)……266
埆……390
塙……397
怯……636
恪……639
愨……659
(慤)……659
搉……755
榷……909
殼……949
(壳)……949
(㱿)……949
爵……1104
确……1246
碏……1254
隺……1894
確……1255
(确)……1255
(碻)……1255
闕……1869
闋……1870
雀……1895
鵲……2036

ㄑㄩㄢ

ㄑㄩㄢ

圈……369
悛……643

ㄑㄩㄢˊ

全……172
卷……265
惓……649
拳……722
權……925
(权)……925
泉……993
牷……1116
痊……1179
筌……1325
荃……1517
蜷……1568
蠸……1578
詮……1634
踡……1711
輇……1725
醛……1802
銓……1825
顴……1959
鬈……2011

ㄑㄩㄢˇ

く……551
犬……1118
畎……1164

ㄑㄩㄢˋ

綣……1384
券……215
勸……240
(劝)……240
圈……369

ㄑㄩㄣ

ㄑㄩㄣ

君……311
逡……1758

ㄑㄩㄣˊ

群……1418
(宭)……1418
(羣)……1418
裙……1598
(裠)……1598
麇……2044
麕……2044

ㄑㄩㄥ

ㄑㄩㄥ

穹……1303
芎……1503
銎……1825

ㄑㄩㄥˊ

嬛……474
惸……653
煢……1088
瓊……1148
(琼)……1148
穹……1303
窮……1307
(穷)……1307
笻……1325
芎……1503
藭……1550
蛩……1564
跫……1709
邛……1786

(ㄒ)

ㄒㄧ

ㄒㄧ

僖……152
兮……183
吸……311
唏……329
嘻……349
噏……349
奚……449
嬉……474
屎……539
巇……551
希……561
徯……620
恓……641
悉……644
撕……765
攜……776
(携)……776
(㩗)……776
晞……838
晳……840
晰……840
曦……848
析……878
栖……892
棲……900
樨……920
欷……928
浠……1014
淅……1026
溪……1040
烯……1076
熙……1091
熹……1097
熺……1097

(鮮)……1619　謝……1654　蹝……1716　邂……1784　駭……1990　骱……2000　齘……2069

ㄒㄧㄠ

ㄒㄧㄠ

削……220　哮……229　嘵……349　囂……354　宵……502　枵……883　梟……897　消……1014　瀟……1062　(潇)……1062　縿……1395　猇……1124　硝……1246　簫……1337　(箫)……1337　綃……1381　蕭……1544

(萧)……1544　虓……1556　蛸……1567　蠨……1578　逍……1758　銷……1830　霄……1918　驍……1995　髐……2001　魈……2018　鴞……2033

ㄒㄧㄠˊ

學……484　(学)……484　(斈)……484　洨……1005　爻……1105　肴……1458　(餚)……1458

ㄒㄧㄠˇ

小……523　曉……846　篠……1335　筱……1328　謏……1655

ㄒㄧㄠˋ

傚……145

嘯……349　孝……480　肖……1454　效……789　(効)……789　斆……802　校……891　笑……1317　(关)……1317　(咲)……1317　酵……1799

ㄒㄧㄡ

ㄒㄧㄡ

休……102　修……133　咻……324　庥……582　羞……1416　脩……1466　蓨……1541　貅……1672　饈……1978　髤……2010　(髹)……2010　鵂……2035

ㄒㄧㄡˇ

宿……506　朽……871

ㄒㄧㄡˋ

嗅……344　宿……506　岫……546　溴……1040　琇……1142　秀……1280　繡……1399　(綉)……1399　臭……1487　袖……1594　褏……1594　褎……1602　鏽……1844　(銹)……1844

ㄒㄧㄢ

ㄒㄧㄢ

仙……97　僊……147　先……161　姍……464　孅……475　彡……604　憸……665

掀……741　暹……847　氙……960　祆……1263　秈……1282　(籼)……1282　纖……1405　(纎)……1405　褼……1604　釤……1819　鶱……2038　躚……1715　(蹮)……1715　(跹)……1715　銛……1826　錟……1832　鮮……2023　鱻……2029　韱……1936

ㄒㄧㄢˊ

咸……324　啣……331　嗛……344　嫌……471　嫺……474　(嫻)……474　弦……596

撏……764　涎……1026　痃……1178　癎……1184　絃……1367　舷……1499　蚿……1563　諴……1651　賢……1687　(𧸐)……1687　(贤)……1687　(贒)……1687　銜……1826　閑……1866　(闲)……1866　間……1864　(间)……1864　鷳……2039　(鷴)……2039　鹹……2042

ㄒㄧㄢˇ

尟……532　(尠)……532　嶮……550　㬎……844　洗……1004　洒……1004

燹……1101　獫……1129　獮……1130　玁……1131　癬……1185　筅……1332　蘚……1554　蜆……1566　跣……1709　銑……1826　鍌……1839　險……1891　顯……1957　(显)……1957　鮮……2023

ㄒㄧㄢˋ

先……161　峴……546　憲……636　獻……1131　(献)……1131　現……1142　綖……1385　線……1390　(綫)……1390　縣……1391　(县)……1391

(县)……1391　羡……1418　羨……1419　腺……1471　莧……1523　見……1610　賢……1687　(𧸐)……1687　(贤)……1687　(贒)……1687　限……1879　陷……1883　霰……1920　餡……1977　䱤……2025

ㄒㄧㄣ

ㄒㄧㄣ

心……623　忻……632　新……810　昕……829　欣……927　歆……930　炘……1069　芯……1509　莘……1523

薪……1547
訢……1627
辛……1735
鋅……1831
鑫……1849
馨……1983
ㄒㄧㄣˊ
尋……519
ㄒㄧㄣˋ
信……124
囟……361
焮……1078
芯……1509
蕈……1544
衅……1582
釁……1805
(舋)……1805
顖……1956
ㄒㄧㄤ
ㄒㄧㄤ
勷……240
廂……584
湘……1033
瓖……1148
皀……1198
相……1216
箱……1332
緗……1390
舡……1497
薌……1544
襄……1603
鄉……1791
(乡)……1791
鑲……1849
香……1981
驤……1998
ㄒㄧㄤˊ
庠……582
痒……1179
祥……1270
羊……1413
翔……1424
詳……1634
降……1878
ㄒㄧㄤˇ
享……85
(亯)……85
想……563
響……1940
(响)……1940
餉……1973
饗……1978
鮝……2025
(鯗)……2025
ㄒㄧㄤˋ
像……152
向……304
嚮……353
巷……559
(巷)……559
曏……847
橡……920
相……1216
衖……1586
象……1669
(象)……1669
鄉……1791
(乡)……1791
項……1942
ㄒㄧㄥ
ㄒㄧㄥ
惺……654
星……831
狌……1122
猩……1125
腥……1471
興……1491
(兴)……1491
(㒷)……1491
騂……1991
馨……1983
ㄒㄧㄥˊ
刑……210
型……387
(型)……387
娙……467
形……604
滎……1040
濙……1060
硎……1246
(硎)……1246
行……1582
邢……1788
(邢)……1788
鉶……1826
陘……1879
餳……1977
ㄒㄧㄥˇ
擤……771
省……1219
醒……1802
ㄒㄧㄥˋ
倖……134
姓……463
婞……469
幸……575
性……636
悻……649
杏……872
興……1491
(兴)……1491
(㒷)……1491
荇……1517
(莕)……1517
行……1582
顖……1956
ㄒㄩ
ㄒㄩ
于……76
吁……305
噓……349
墟……401
戌……670
樨……920
歔……932
盱……1211
繻……1403
胥……1461
虛……1557
(虚)……1557
訏……1626
鑐……1848
諝……1651
需……1917
須……1942
鬚……2012
魼……2023
鱋……2028
ㄒㄩˊ
余……113
徐……614
鉏……1823
ㄒㄩˇ
呴……320
咻……324
姁……463
昫……832
栩……892
湑……1033
煦……1088
糈……1348
許……1627
詡……1635
滸……1049
ㄒㄩˋ
勖……236
(勗)……236
卹……265
婿……470
序……579
恤……641
慉……659
敘……794
(叙)……794
(敍)……794
旭……824
洫……1005
(淢)……1005
漵……1050
畜……1166
絮……1375
緒……1384
續……1404
(续)……1404
蓄……1537
藚……1550
訹……1630
酗……1797
頊……1945
魆……2018
鱮……2029
ㄒㄩㄝ
ㄒㄩㄝ
噱……351
薛……1547
靴……1932
(鞾)……1932
ㄒㄩㄝˊ
學……484
(斈)……484
(学)……484
尋……519
穴……1298
踅……1710
鷽……2040
ㄒㄩㄝˇ
雪……1908
鱈……2027
ㄒㄩㄝˋ
削……220
穴……1298
血……1579
雪……1908
ㄒㄩㄢ
ㄒㄩㄢ
亘……80
儇……153
喧……342
塤……397
壎……402
嬛……474
宣……498

揎……749　暄……842　煊……1088　瑄……1144　翾……1427　萱……1534　(蕿)……1534　(蘐)……1534　諠……1651　諼……1651　軒……1722
ㄒㄩㄢˊ　懸……668　(悬)……668　旋……819　漩……1050　玄……1131　璇……1146　璿……1147　縣……1391　(県)……1391　(县)……1391　還……1783　(还)……1783　(還)……1783
ㄒㄩㄢˇ　烜……1074

癬……1185　選……1779　(选)……1779
ㄒㄩㄢˋ　旋……819　楦……905　(楥)……905　泫……993　滑……1033　渲……1033　漩……1050　炫……1071　現……1142　眩……1220　眴……1223　絢……1375　衒……1585　鉉……1823　鏇……1843　陷……1883

ㄒㄩㄣ

ㄒㄩㄣ　勳……240　塤……397　壎……402　曛……847

君……1076　煇……1087　熏……1091　燻……1101　窨……1306　葷……1533　薰……1549　醺……1804
ㄒㄩㄣˊ　噚……349　尋……519　峋……547　徇……613　(狥)……613　循……619　恂……641　撏……764　旬……824　栒……892　洵……1005　潯……1055　珣……1139　紃……1356　荀……1517　蕁……1543　蟳……1574　詢……1635

巡……1741　(廵)……1741　郇……1789　馴……1987　鱘……2028　(鱏)……2028
ㄒㄩㄣˋ　噀……349　孫……483　巽……559　徇……613　(狥)……613　殉……944　汛……975　熏……1091　蕈……1544　訊……1626　訓……1626　迅……1741　遜……1775　(逊)……1775　馴……1987

ㄒㄩㄥ

ㄒㄩㄥ　兄……158　兇……163

凶……197　匈……243　恟……641　洶……1005　(汹)……1005　胸……1463　(胷)……1463　芎……1503　訩……1628　(詾)……1628
ㄒㄩㄥˊ　熊……1091　雄……1896
ㄒㄩㄥˋ　詗……1630

(ㄓ)

ㄓ

ㄓ　之……62　卮……262　只……291　吱……213　巵……262　搘……755

支……777　枝……878　梔……897　氏……957　汁……973　疷……1176　知……1231　祇……1263　祗……1264　織……1399　(织)……1399　肢……1457　胝……1461　脂……1464　芝……1509　蜘……1568　衹……1592　衼……1592　隻……1894　鳷……2032
ㄓˊ　值……134　執……393　埴……393　姪……465　(侄)……465　拓……710

摭……760　擲……774　(掷)……774　擿……774　植……901　殖……945　直……1211　(直)……1211　礩……1260　縶……1395　職……1448　(聀)……1448　蟄……1573　(蛰)……1573　質……1687　跖……1706　蹠……1713　蹢……1713　躑……1715　(踯)……1715
ㄓˇ　只……291　咫……324　址……384　徵……622　抵……699　抵……709

指……722　旨……824　枳……883　止……932　沚……980　砥……1244　祇……1263　祉……1263　紙……1358　(帋)……1358　芷……1509　茝……1523　趾……1704　軹……1772　酯……1798　黹……2061
ㄓˋ　制……215　庢……266　峙……547　帙……562　幟……568　廌……585　彘……603　志……629　忮……632　摯……760

智……840
桎……892
治……993
滯……1050
炙……1069
猘……1124
痔……1179
痓……1180
知……1231
秩……1286
稚……1291
(稺)……1291
(穉)……1291
窒……1305
緻……1390
置……1409
(真)……1409
膣……1474
至……1487
致……1487
蛭……1564
製……1600
觶……1621
誌……1638
識……1657
(訳)……1657
豸……1671
質……1687
贄……1690
躓……1715
(躓)……1715
輊……1725
遟……1780
(迟)……1780
郅……1789
銍……1826
鋕……1831
鑕……1849
陟……1879
雉……1898
騭……1993
(隲)……1993
鷙……2039

ㄓㄚ

ㄓㄚ

喳……342
扎……628
挓……724
揸……742
查……884
楂……905
樝……910
渣……1033
皻……1202
(皶)……1202
齇……2066

ㄓㄚˊ

箚……1330
(劄)……1330
哳……329
扎……684
札……870
炸……1071
煠……1078
牐……1109
紮……1367
(紥)……1367
鍘……1839
閘……1866

ㄓㄚˇ

扎……684
扠……693
渣……1033
眨……1220
砟……1244
詐……1630
鮓……2023

ㄓㄚˋ

乍……63
吒……305
咋……320
咤……324
搾……755
柵……884
榨……909
炸……1071
痄……1178
砟……1244
蚱……1563
蛇……1564
蜡……1568
詐……1630
醡……1802

ㄓㄜ

ㄓㄜ

折……699
螫……1573
遮……1777

ㄓㄜˊ

哲……329
(喆)……329
慴……661
懾……669
折……699
摘……760
摺……760
磔……1256
翟……1424
蜇……1566
蟄……1573
(蛰)……1573
褶……1604
謫……1656
(讁)……1656
讋……1663
讘……1664
輒……1728
(輙)……1728
轍……1732
鮿……2025

ㄓㄜˇ

摺……760
者……1435
(者)……1435
赭……1693
遮……1779
鍺……1836

ㄓㄜˋ

宅……486
柘……884
浙……1016
(淛)……1016
蔗……1542
螣……1571
䗪……1573
(蟅)……1573
跖……1706
這……1759
(这)……1759
鷓……2039

ㄓㄜ˙

著……1527

ㄓㄞ

ㄓㄞ

摘……760
齊……2066
(斉)……2066
(齐)……2066
齋……2067
(斋)……2067

ㄓㄞˊ

宅……486
擇……769
翟……1424

ㄓㄞˇ

窄……1305

ㄓㄞˋ

債……147
寨……509
瘵……1184
砦……1246
祭……1270
責……1678

ㄓㄟ

ㄓㄟˋ

這……1759
(这)……1759

ㄓㄠ

ㄓㄠ

嘲……349
抓……710
招……714
昭……832
晁……835
(鼂)……835
朝……864
炤……1072
著……1527
釗……1817
鼂……2061
啁……331

ㄓㄠˊ

著……1527

ㄓㄠˇ

找……700
沼……994
爪……1102

ㄓㄠˋ

兆……163
召……219
棹……920
櫂……924
炤……1072
照……1088
笊……1318
罩……1409
肇……1450
詔……1630
趙……1701
(赵)……1701

ㄓㄡ

ㄓㄡ

周……320
啁……331
綢……1392
鵃……2035
州……552
洲……1005

盩……1209
粥……1344
舟……1497
譸……1660
賙……1688
輈……1725
週……1763

ㄓㄡˊ

妯……463
舳……1499
軸……1724

ㄓㄡˇ

帚……562
(箒)……562
肘……1454

ㄓㄡˋ

胄……187
咒……321
(呪)……321
咮……324
噣……352
宙……495
晝……838
(昼)……838
甃……1151
皺……1202
(皺)……1202
籀……1338
紂……1356
縐……1392
繇……1395
胄……1461
軸……1724
酎……1797

ㄓㄢ | ㄓㄢ

佔……109
占……262
旃……819
栴……892
氈……957
(毡)……957
(氊)……957
沾……994
瞻……1230
粘……1342
覘……1613
詹……1635
譫……1659
邅……1784
霑……1919
饘……1979
鱣……2029
鸇……2040

ㄓㄢˇ

展……540
嶄……550
(嶃)……550
搌……755
斬……809
盞……1205
輾……1732

ㄓㄢˋ

佔……109
占……262
戰……675
(战)……675
暫……846
(蹔)……846
棧……901
湛……1033
站……1313
綻……1385
蘸……1555
顫……1995
驏……1997

ㄓㄣ | ㄓㄣ

偵……141
振……728
斟……808
椹……905
楨……905
榛……909
溱……1040
獉……1126
珍……1137
(珎)……1137
瑊……1144
甄……1151
真……1220
(眞)……1220
砧……1244
(碪)……1244
禎……1274
禛……1274
箴……1334
胗……1461
臻……1490
蓁……1537
診……1630
貞……1674
針……1817
鍼……1817

ㄓㄣˇ

枕……879
畛……1166
疹……1178
稹……1295
紾……1367
縝……1392
胗……1461
診……1630
軫……1725
䡅……1740
鬒……2012
黰……2060

ㄓㄣˋ

圳……381
娠……467
振……728
揕……749
朕……862
枕……879
瑱……1145
眹……1223
紖……1359
賑……1684
酖……1797
鎮……1840
陣……1879
陳……1884
(陈)……1884
震……1918
鴆……2032

ㄓㄤ | ㄓㄤ

嫜……473
張……599
彰……606
樟……914
漳……1050
獐……1127
璋……1146
鄣……1794
章……1938
蟑……1573
麞……2045
(獐)……2045

ㄓㄤˇ

仉……93
掌……741
漲……1050
長……1851

ㄓㄤˋ

鄣……1794
丈……25
仗……97
嶂……550
帳……565
幛……566
張……599
杖……857
漲……1050
瘴……1184
脹……1468
賬……1688
長……1851
障……1890

ㄓㄥ | ㄓㄥ

丁……18
征……608
偵……141
崢……549
征……608
徵……628
怔……637
掙……742
楨……905
正……933
烝……1074
爭……1103
(争)……1103
猙……1124
癥……1185
睜……1227
禎……1274
箏……1331
蒸……1537
諍……1649
貞……1674
鉦……1823
錚……1836
鯖……2025

ㄓㄥˇ

拯……724
整……801

ㄓㄥˋ

幀……567
掙……742
政……788
正……933
症……1178
證……1656
(証)……1656
鉦……1823
鄭……1794
(郑)……1794

ㄓㄨ | ㄓㄨ

侏……116
朱……871
株……892
櫧……924
櫫……924
洙……1005
瀦……1061
猪……1124
珠……1139
硃……1246
茱……1517
藷……1550
蛛……1564
誅……1635
諸……1649
豬……1670
邾……1789
銖……1826

ㄓㄨˊ

妯……463
朮……870
柚……876
燭……1099
(烛)……1099
瘃……1181
竹……1315
竺……1317
筑……1325
築……1334
舳……1499
蠋……1575
躅……1715
(𨇭)……1715
軸……1724
逐……1759

ㄓㄨˇ

主……59
劚……257
囑……355
(嘱)……355
屬……542
拄……716
渚……1026
煮……1078
矚……1230
(瞩)……1230
砫……1244
貯……1681
麈……2044

ㄓㄨˋ

佇……109
(竚)……109
住……109
助……232
宁……486
杼……879
柱……884
柷……884
注……995
炷……1072
砫……1244
祝……1264
箸……1331
(筯)……1331
粥……1334
紵……1347
翥……1426
耡……1438
苧……1513
(耝)……1438
著……1527
蛀……1563
註……1636
鑄……1848
(鋳)……1848
駐……1989
鬻……2016
鱁……2027

ㄓㄨㄚ

ㄓㄨㄚ

抓……701
撾……769
髽……2010

ㄓㄨㄚˇ

爪……1102

ㄓㄨㄛ

ㄓㄨㄛ

捉……729
桌……892
(棹)……892
涿……1026

ㄓㄨㄛˊ

倬……135
卓……258
啄……331
噣……352
拙……716
擢……772
斫……809
斮……810
斲……813
(斵)……813
梲……898
浞……1016
濁……1058
濯……1060
灼……1068
焯……1078
琢……1144
禚……1274
繳……1401
茁……1514
著……1527
諑……1649
踔……1771
酌……1797
鐲……1847
鷟……2039

ㄓㄨㄞ

ㄓㄨㄞ

拽……724

ㄓㄨㄞˇ

跩……1709

ㄓㄨㄞˋ

拽……724

ㄓㄨㄟ

ㄓㄨㄟ

椎……902
追……1749
錐……1836
隹……1894
騅……1992

ㄓㄨㄟˋ

墜……401
惴……654
綴……1385
縋……1392
贅……1690

ㄓㄨㄢ

ㄓㄨㄢ

塼……1257
專……517
磚……1257
(甎)……1257
耑……1436
顓……1954
鱄……2027

ㄓㄨㄢˇ

囀……354
轉……1732

ㄓㄨㄢˋ

傳……147
撰……764
瑑……1144
篆……1333
譔……1657
賺……1689
轉……1732
饌……1978

ㄓㄨㄣ

ㄓㄨㄣ

屯……542
窀……1304
肫……1457
諄……1649
迍……1744

ㄓㄨㄣˇ

准……196
埻……394
準……1040
(凖)……1040
純……1359
隼……1894

ㄓㄨㄤ

ㄓㄨㄤ

妝……460
樁……915
粧……1344
庄……579
莊……1523
裝……1598

ㄓㄨㄤˇ

奘……449

ㄓㄨㄤˋ

戇……670
(戅)……670
撞……764
壯……406
(壮)……406
狀……1120
(状)……1120

ㄓㄨㄥ

ㄓㄨㄥ

中……52
忠……622
忪……632
盅……1203
終……1367
螽……1573
衷……1592
鍾……1839
(钟)……1839
鐘……1844

ㄓㄨㄥˇ

冢……189
塚……398
瘇……1182
種……1291

(秐)：1291　(种)：1291　腫：1471　踵：1712
ㄓㄨㄥˋ
中：52　仲：102　眾：1223　(众)：1223　(乑)：1223　(衆)：1223　(衆)：1223　種：1291　(种)：1291　(秐)：1291　粽：1347　(糉)：1347　重：1807

## (ㄔ)

ㄔ

ㄔ
吃：3305　哧：3330　嗤：344　媸：472　摛：755　癡：1184　(痴)：1184　眵：1224　笞：1321　絺：1331　蚩：1562　螭：1573　郗：1790　魑：2019　鴟：2033　黐：2053

ㄔˊ
匙：247　坻：386　墀：401　尺：534　弛：595　持：724　池：975　治：993　癡：1184　(痴)：1184　篪：1334　(箎)：1334　茌：1514　蚳：1563　蜘：1711　遲：1780　(迟)：1780　馳：1987　鍉：1839

ㄔˇ
侈：117　呎：312　尺：534　恥：641　(耻)：641　褫：1603　豉：1667　齒：2068

ㄔˋ
傺：147　勅：234　叱：291　啻：342　彳：608　敕：796　(勑)：796　斥：809　熾：1097　眙：1222　翅：1422　(翄)：1422　赤：1692　趩：1710　飭：1971　鶒：2037　(鴩)：2037　(鶒)：2037　(鷘)：2037

ㄔㄚ

ㄔㄚ
叉：273　喳：347　差：573　扠：693　插：749　(揷)：749　杈：873　臿：1490

ㄔㄚˊ
叉：273　垞：387　詧：1635　察：509　搽：755　查：884　楂：905　槎：909　痄：1178　碴：1252　茶：1517　鍤：1839

ㄔㄚˇ
叉：273　衩：1591　蹅：1712　鑔：1848

ㄔㄚˋ
侘：117　剎：217　姹：465　(奼)：465　岔：546　差：557　杈：873　汊：975　蜡：1567　衩：1591　詫：1635

ㄔㄜ

ㄔㄜ
硨：1247　蛼：1566　車：1718

ㄔㄜˇ
哆：323　尺：534　扯：702

ㄔㄜˋ
坼：387　屮：542　徹：612　折：716　掣：742　撤：760　澈：1051　轍：1732

ㄔㄞ

ㄔㄞ
差：557　拆：716　釵：1819

ㄔㄞˊ
儕：154　(侪)：154　柴：892　茈：1519　豺：1671

ㄔㄞˇ
冊：186　茝：1523

ㄔㄞˋ
瘥：1183　蠆：1575

ㄔㄠ

ㄔㄠ
勦：238　怊：637　抄：702　綽：1385　罺：1412　超：1698　鈔：1820

ㄔㄠˊ
嘲：349　巢：552　晁：835　(鼂)：835　朝：864　潮：1055　鼂：2061

ㄔㄠˇ
吵：312　炒：1069

ㄔㄠˋ
鈔：1820

ㄔㄡ

ㄔㄡ
抽：716　搐：755　搊：755　犨：1118　(犫)：1118　瘳：1184　篘：1334　紬：1368

ㄔㄡˊ
仇：93　儔：154　(俦)：154　惆：649　愁：654　懤：667　疇：1173　稠：1291　籌：1339　(筹)：1339　紬：1368　綢：1385　裯：1600

讎……1661
(讐)……1661
躊……1715
(踌)……1715
酬……1798
(酧)……1798
(醻)……1798
儔……2025

ㄔㄡˇ

丑……48
偢……1227
瞅……1227
(矁)……1227
醜……1802

ㄔㄡˋ

臭……1487

ㄔㄢ

ㄔㄢ

幨……568
摻……761
攙……775
梴……902
襜……1604

ㄔㄢˊ

廛……266
單……335
嬋……474
孱……483
巉……551
廛……587
毚……954
潺……1056
澶……1059
瀍……1061
瀺……1062
禪……1274
纏……1404
(纒)……1404
纔……1405
蟬……1574
蟾……1575
讒……1663
躔……1715
鑱……1849
饞……1979

ㄔㄢˇ

剗……222
剷……225
囅……355
滻……1051
産……1158
蕆……1544
諂……1649
(讇)……1649
鏟……1843
闡……1872
驏……1995

ㄔㄢˋ

剗……222
嚵……353
羼……1421
懺……669
顫……1957

ㄔㄣ

ㄔㄣ

嗔……344
抻……742
捵……742
琛……1144
瞋……1228
郴……1791

ㄔㄣˊ

塵……400
(尘)……400
宸……502
忱……633
晨……838
桭……898
沉……980
沈……984
湛……1033
耽……1441
(躭)……1441
臣……1478
蔯……1542
諶……1652
辰……1739
陳……1884
(陈)……1884

ㄔㄣˇ

磣……1258

ㄔㄣˋ

櫬……925
稱……1293
(称)……1293
襯……1605
(衬)……1605
讖……1663
趁……1699
(趂)……1699
齔……2069

·ㄔㄣ

磣……1258

ㄔㄤ

ㄔㄤ

倀……135
倡……135
娼……469
昌……829
猖……1124
菖……1528
閶……1868
鯧……2025

ㄔㄤˊ

償……154
嘗……347
(甞)……347
嚐……353
場……396
(塲)……396
嫦……473
常……565
徜……616
腸……1471
萇……1528
裳……1600
長……1810
鱨……2029

ㄔㄤˇ

場……396
(塲)……396
廠……587
(厂)……587
惝……646
敞……796
昶……832
氅……957

ㄔㄤˋ

倡……135
唱……331
悵……649
暢……844
鬯……2015

ㄔㄥ

ㄔㄥ

噌……350
撐……764
(撑)……764
檉……923
牚……1110
琤……1140
瞠……1229
稱……1293
(称)……1293
蟶……1575
赬……1693
(頳)……1693
(䞓)……1693
鐺……1844
(铛)……1844

ㄔㄥˊ

丞……51
乘……64
傖……145
呈……312
城……388
埕……390
塍……398
(塖)……398
崢……549
懲……667
(惩)……667
成……670
承……703
晟……837
棖……902
橙……920
澄……1055
澂……1056
盛……1204
程……1289
裎……1599
誠……1635
郕……1789
酲……1799
鋮……1826

ㄔㄥˇ

逞……1759
騁……1991

ㄔㄥˋ

牚……1110
秤……1285
稱……1293
(称)……1293

ㄔㄨ

ㄔㄨ

出……198
初……1589
貙……1673
齣……2069

ㄔㄨˊ

儲……155
宁……486
廚……587
(厨)……587
櫥……924
(橱)……924
滁……1041
芻……1509
耡……1438
(耝)……1438

ㄔㄨˊ
蜍……1566
躇……1714
蹰……1716
鉏……1823
鋤……1831
除……1880
雛……1902

ㄔㄨˇ
儲……155
杵……879
楚……905
楮……902
礎……1259
處……1556
(䖏)……1556
(䖏)……1556
(処)……1556
(处)……1556
褚……1600

ㄔㄨˋ
亍……76
俶……1306
怵……637
搐……755
畜……1166
矗……1230
絀……1368
處……1556
(处)……1556
(処)……1556
(䖏)……1556
(䖏)……1556
觸……1621
(触)……1621
詘……1630
黜……2059

ㄔㄨㄚ

ㄔㄨㄚ
欻……929

ㄔㄨㄚˇ
抓……701

ㄔㄨㄛ

ㄔㄨㄛ
戳……678

ㄔㄨㄛˋ
啜……332
婥……469
惙……649
綽……1385
輟……1730
辵……1741
逴……1763
醊……1800
齪……2070
(齺)……2070

ㄔㄨㄞ

ㄔㄨㄞ
搋……755

ㄔㄨㄞˇ
揣……750

ㄔㄨㄞˋ
嘬……350
踹……1712

ㄔㄨㄟ

ㄔㄨㄟ
吹……312
炊……1069

ㄔㄨㄟˊ
圌……370
垂……388
(埀)……388
(𡍮)……388
捶……750
搥……755
棰……905
椎……902
槌……909
箠……1333
錘……1839
鎚……1840
陲……1887

ㄔㄨㄟˋ
吹……312

ㄔㄨㄢ

ㄔㄨㄢ
巛……551
川……551
氚……960
穿……1304

ㄔㄨㄢˊ
傳……147
椽……906
船……1499
(舩)……1499
遄……1770

ㄔㄨㄢˇ
喘……342
舛……1496

ㄔㄨㄢˋ
串……57
釧……1819

ㄔㄨㄣ

ㄔㄨㄣ
春……832
(旾)……832
(萅)……832
杶……879
椿……906
輴……1731

ㄔㄨㄣˊ
唇……467
屯……543
淳……1026
(湻)……1026
純……1359
脣……1467
蓴……1542
(蒓)……1542
醇……1800
(醕)……1800
鶉……2036
錞……1832

ㄔㄨㄣˇ
蠢……1577
(惷)……1577

ㄔㄨㄤ

ㄔㄨㄤ
創……224
(刱)……224
牕……1109
瘡……1183
窗……1305
(窓)……1305
(窻)……1305
(牎)……1305

ㄔㄨㄤˊ
幢……568
撞……764
床……579
(牀)……579

ㄔㄨㄤˇ
搶……754
闖……1870

ㄔㄨㄤˋ
創……224
(刱)……224
愴……659
闖……1870

ㄔㄨㄥ

ㄔㄨㄥ
艟……1500
充……158
忡……633
憧……664
樁……761
沖……981
(冲)……981
翀……1422
舂……1490
茺……1514
衝……1586

ㄔㄨㄥˊ
崇……549
种……1285
虫……1561
蟲……1574
重……1807

ㄔㄨㄥˇ
寵……513

ㄔㄨㄥˋ
衝……1586
銃……1823

(ㄕ)

ㄕ

ㄕ
噓……349
失……441
尸……534
屍……539
師……563
(师)……563
拾……724
施……816
溼……1040
(濕)……1040
獅……1126
(狮)……1126
絁……1368
蒒……1538
蓍……1538
蝨……1570
(虱)……1570
詩……1635
鳲……2032

ㄕˊ
什……93
十……250
塒……398
寔……510

實……510 (实)……510 射……516 拾……724 提……746 時……835 (时)……835 (旹)……835 湜……1033 石……1236 碩……1253 蒔……1538 蝕……1568 食……1968 鰣……2027 鉇……2064

ㄕˇ
使……117 史……291 始……463 屎……539 弛……595 矢……1231 纚……1406 豕……1669 駛……1989

ㄕˋ
世……49 事……72 仕……97 使……117 侍……117 勢……239 嗜……344 噬……352 士……405 奭……450 媞……470 室……498 市……560 式……592 弒……592 恃……642 拭……725 是……834 柿……885 殖……945 氏……957 澨……1059 示……1261 筮……1328 舐……1495 螫……1573 視……1613

(眂)……1613 (眎)……1613 試……1635 誓……1638 諡……1652 (謚)……1652 識……1657 (訳)……1657 豉……1667 貰……1681 軾……1725 逝……1760 適……1778 (适)……1778 釋……1805 (释)……1805 鈰……1823 飾……1972

ㄕ˙
匙……247

ㄕㄚ

ㄕㄚ
剎……217 挲……730 (抄)……730 摋……761

杉……873 殺……948 (杀)……948 沙……982 煞……1089 痧……1180 砂……1241 紗……1360 莎……1524 裟……1559 鎩……1843 鯊……2025 (魦)……2025

ㄕㄚˊ
啥……332

ㄕㄚˇ
傻……149 (儍)……149

ㄕㄚˋ
啑……332 唼……333 嗄……344 啑……332 廈……585 (厦)……585 歃……930 煞……1089

箑……1330 萐……1528 霎……1919

ㄕㄜ

ㄕㄜ
奢……449 檨……923 賒……1684 畬……1170

ㄕㄜˊ
什……93 佘……109 折……699 甚……1152 舌……1494 蛇……1563 (虵)……1563 闍……1868

ㄕㄜˇ
捨……742 舍……1495

ㄕㄜˋ
厙……267 射……516 庫……582 懾……669

拾……724 攝……775 赦……1693 歙……932 涉……1016 灄……1063 猞……1125 社……1261 舍……1495 色……1502 葉……1534 設……1628 麝……2044

ㄕㄞ

ㄕㄞ
篩……1334 (筛)……1334

ㄕㄞˇ
色……1502 骰……2002

ㄕㄞˋ
曬……837 (晒)……837 殺……948 (杀)……948 鎩……1843

ㄕㄟ

ㄕㄟˊ
誰……1649

ㄕㄠ

ㄕㄠ
弰……596 捎……729 梢……898 燒……1098 稍……1289 筲……1328 (箾)……1328 艄……1500 蛸……1566

ㄕㄠˊ
勺……241 杓……872 芍……1503 韶……1939

ㄕㄠˇ
少……530

ㄕㄠˋ
劭……232 卲……265 召……291

哨……330 少……530 捎……729 矟……1231 稍……1289 紹……1368 邵……1788

ㄕㄡ

ㄕㄡ
收……779 (収)……779

ㄕㄡˊ
熟……1092

ㄕㄡˇ
守……486 手……681 首……1979

ㄕㄡˋ
受……278 售……337 壽……407 (寿)……407 (夀)……407 守……486 授……743 狩……1123

獸……1130
（兽）……1130
瘦……1183
綬……1385

## ㄕㄢ

ㄕㄢ
刪……213
埏……390
姍……464
山……543
彡……604
扇……680
搧……755
摻……761
杉……873
潸……1056
煽……1091
珊……1138
笘……1321
縿……1395
羶……1421
（羴）……1421
（膻）……1421
舢……1497
芟……1509
苫……1514
衫……1591
跚……1706
釤……1819

ㄕㄢˇ
摻……761
睒……1227
閃……1857
陝……1881

ㄕㄢˋ
剡……222
單……335
善……1417
墡……401
嬗……474
扇……680
掞……743
撣……763
擅……769
（扸）……769
柵……884
汕……975
疝……1175
禪……1274
繕……1400
膳……1475
（饍）……1475
苫……1514
蟮……1575
蟺……1575
訕……1627
贍……1691
鄯……1794
騸……1993
鱔……2028
（鱣）……2028
（鱓）……2028

## ㄕㄣ

ㄕㄣ
伸……109
信……124
參……271
（叄）……271
（叅）……271
呻……321
娠……467
氠……960
深……1026
燊……1098
珅……1138
甡……1158
申……1162
砷……1244
紳……1368
莘……1523
詵……1637
身……1716
駪……1990

ㄕㄣˊ
甚……1152
神……1265

ㄕㄣˇ
哂……324
嬸……475
審……513
沈……984
瀋……1061
（渖）……1061
眚……1222
眣……1222
矧……1233
諗……1649
讅……1661

ㄕㄣˋ
慎……659
（愼）……659
（昚）……659
椹……905
滲……1051
甚……1152

脤……1467
腎……1468
葚……1534
蜃……1566

## ㄕㄤ

ㄕㄤ
商……332
傷……149
（伤）……149
殤……947
湯……1030
觴……1621

ㄕㄤˇ
上……26
晌……837
賞……1688

ㄕㄤˋ
上……26
尚……532

˙ㄕㄤ
裳……1600

## ㄕㄥ

ㄕㄥ
勝……238
升……254
昇……829
牲……1115
狌……1122
珄……1138
生……1153
甥……1159
笙……1321
聲……1446
（声）……1446
陞……1881
鼪……2064

ㄕㄥˊ
澠……1057
繩……1402
（縄）……1402

ㄕㄥˇ
省……1219
眚……1222

ㄕㄥˋ
乘……64
剩……225
勝……238
嵊……550
晟……837
盛……1204
聖……1442
（圣）……1442

賸……1689

## ㄕㄨ

ㄕㄨ
姝……465
抒……703
摴……761
攄……774
書……850
梳……893
樗……915
樞……915
（枢）……915
殊……945
殳……947
毹……957
（毺）……957
疏……1174
疎……1174
紓……1361
舒……1495
荼……1522
蔬……1542
輸……1731
（輸）……1731

ㄕㄨˊ
叔……280
塾……400
孰……483
淑……1028
熟……1092
秫……1286
菽……1528
贖……1691
（贖）……1691

ㄕㄨˇ
屬……542
數……800
（数）……800
暑……841
钃……1851
署……1410
薯……1547
藷……1550
蜀……1566
黍……2052
鼠……2064

ㄕㄨˋ
倏……135
儵……156
墅……400
庶……583
（庶）……583
恕……642

戌……673　數……800　(数)……800　曙……847　束……873　樹……921　沭……995　漱……1051　澍……1105　疏……1174　署……1410　術……1586　裋……1599　豎……1667　(竪)……1667　述……1745　鉥……1823　隃……1887　(隃)……1887

ㄕㄨㄚ

ㄕㄨㄚ　刷……216
ㄕㄨㄚˇ　耍……1436
ㄕㄨㄚˋ　刷……216

ㄕㄨㄛ

ㄕㄨㄛ　說……1638
ㄕㄨㄛˋ　勺……241　妁……456　帥……562　搠……755　數……800　(数)……800　朔……862　槊……909　爍……1101　率……1132　碩……1233　箾……1253　芍……1503　蒴……1553　蟀……1573　鑠……1849　(鎍)……1849

ㄕㄨㄞ

ㄕㄨㄞ　摔……761　衰……1592
ㄕㄨㄞˇ　甩……1160
ㄕㄨㄞˋ　帥……562　率……1132　蟀……1573

ㄕㄨㄟ

ㄕㄨㄟˊ　誰……1649
ㄕㄨㄟˇ　水……964
ㄕㄨㄟˋ　帨……564　睡……1227　稅……1289　蛻……1566　說……1638

ㄕㄨㄢ

ㄕㄨㄢ　拴……725　栓……893　閂……1857
ㄕㄨㄢˋ　涮……1028　踹……1712

ㄕㄨㄣ

ㄕㄨㄣˇ　吮……313　楯……903　盾……1214
ㄕㄨㄣˋ　眣……1222　眴……1222　瞬……1229　舜……1496　蕣……1544　順……1942

ㄕㄨㄤ

ㄕㄨㄤ　孀……475　瀧……1062　雙……1902　(双)……1902　(𠔟)……1902　霜……1919　驦……1998　鷞……2039　鸘……2041
ㄕㄨㄤˇ　塽……400　爽……1106　鷞……2039
ㄕㄨㄤˋ　雙……1902　(双)……1902　(𠔟)……1902

# (ㄖ)

ㄖ

ㄖˋ　日……821　馹……1988

ㄖㄜ

ㄖㄜˇ　喏……342　惹……654　若……1514
ㄖㄜˋ　熱……1093　(热)……1093

ㄖㄠ

ㄖㄠˊ　嬈……474　橈……916　蕘……1545　蟯……1575　饒……1978
ㄖㄠˇ　嬈……474　擾……774　(扰)……774
ㄖㄠˋ　繞……1400　遶……1780

ㄖㄡ

ㄖㄡˊ　厹……270　揉……750　柔……885　内……1276　蹂……1717　輮……1731　鞣……1934
ㄖㄡˇ　粿……1348
ㄖㄡˋ　肉……1452

ㄖㄢ

ㄖㄢˊ　然……1078　燃……1097　蚺……1564　(蚦)……1564　髯……2010　(髥)……2010
ㄖㄢˇ　冉……186　染……885　苒……1514

ㄖㄣ

ㄖㄣˊ　人……86　仁……93　任……100　壬……405　妊……460　(姙)……460　紝……1366　(絍)……1361
ㄖㄣˇ　忍……629　稔……1291　荏……1518
ㄖㄣˋ　仞……97　任……100　刃……204　(刄)……204　妊……460　(姙)……460　恁……642　牣……1113　紉……1356　紝……1366　(絍)……1361　衽……1593　(袵)……1593　認……1640　賃……1682　軔……1723　靭……1935　(靱)……1935　飪……1977　(餁)……1971

ㄖㄤ

ㄖㄤ　嚷……353
ㄖㄤˊ

勷……240
攘……775
瓤……1149
禳……1276
穰……1298

ㄖㄤˇ

嚷……353
壤……405
攘……775
穰……1298

ㄖㄤˋ

讓……1664
(誏)……1664
(让)……1664
閬……1867

ㄖㄥ

ㄖㄥ

扔……691

ㄖㄥˊ

仍……94
礽……1261

ㄖㄥˇ

扔……691

ㄖㄨ

ㄖㄨˊ

儒……1554
(仔)……1553
嚅……353
如……456
孺……486
(孺)……486
濡……1060
繻……1403
茹……1518
薷……1549
蠕……1576
(蝡)……1576
袽……1595
襦……1604
銣……1826
鑐……1848
顬……1958

ㄖㄨˇ

乳……67
入……667
女……450
擩……772
汝……975
辱……1739

ㄖㄨˋ

入……166
獳……486
(獳)……486
擩……772
洳……1005
溽……1041
縟……1392
肉……1452
茹……1518
蓐……1538
褥……1603
辱……1739
鉫……1826

ㄖㄨㄛ

ㄖㄨㄛˊ

挼……727

ㄖㄨㄛˋ

偌……142
弱……596
爇……1102
箬……1333
(篛)……1333
若……1514
蒻……1538

ㄖㄨㄟ

ㄖㄨㄟˊ

甤……1159
蕤……1545
緌……1385

ㄖㄨㄟˇ

惢……649
蕊……1545
(蕋)……1545
(蘂)……1545

ㄖㄨㄟˋ

枘……879
汭……984
瑞……1144
睿……1228
芮……1509
蚋……1556
銳……1831

ㄖㄨㄢ

ㄖㄨㄢˊ

堧……396
(壖)……396
擩……772

ㄖㄨㄢˇ

愞……654
蠕……1576
(蝡)……1576
軟……1723
(輭)……1723
阮……1874

ㄖㄨㄣ

ㄖㄨㄣˋ

潤……1056
閏……1866
(闰)……1866

ㄖㄨㄥ

ㄖㄨㄥˊ

冗……188
容……502
嶸……551
戎……673
榮……909
(荣)……909
榕……909
毧……956
溶……1041
狨……1073
絨……1375
羢……1418
肜……1455
茸……1519
蓉……1538
融……1571
蠑……1576
熔……1092
頌……1945

ㄖㄨㄥˇ

宂……188
(冗)……188
氄……957
茸……1519

(ㄗ)

ㄗ

ㄗ

仔……97
吱……313
咨……324
嗞……342
姿……465
孖……478
孜……480
孳……483
嵫……550
恣……642
淄……1028
滋……1033
粢……1344
緇……1385
茲……1519
(兹)……1519
(玆)……1519
菑……1528
(葘)……1528
訾……1637
諮……1652
貲……1683
資……1682
觜……1621
趑……1700
(趦)……1700
輜……1730
錙……1836
鎡……1839
髭……2010
鼒……2025
齊……2066
(齐)……2066
(斉)……2066
齜……2069

ㄗˇ

仔……97
姊……462
(姉)……462
子……475
梓……898
滓……1041
秭……1286
笫……1321
耔……1341
紫……1375
茈……1519
訾……1637

ㄗˋ

剚……222
字……472
孳……483
恣……642
漬……1051
眥……1224
(眦)……1224
胔……1464
胾……1464
自……1480

˙ㄗ

子……475

ㄗㄚ

ㄗㄚ

匝……247

咂……321
唼……331
紮……1367
（紥）……1367
臢……1478

ㄗㄚˊ
什……93
偺……142
咱……325
拶……725
桚……893
砸……1244
雜……1903
（亲）……1903
（杂）……1903
襍……1903

ㄗㄜ

ㄗㄜˊ
則……220
咋……320
嘖……347
幘……568
擇……769
澤……1059
窄……1305
笮……1321

簀……1335
舴……1499
責……1678
賊……1683
賾……1690
迮……1745
鰂……2026

ㄗㄜˇ
怎……637

ㄗㄜˋ
仄……94
側……142
昃……830

ㄗㄞ

ㄗㄞ
哉……325
栽……893
災……1068
（灾）……1068
菑……1528
（葘）……1528

ㄗㄞˇ
仔……97
宰……503
崽……550
載……1725

ㄗㄞˋ
儎……153
再……187
在……382
載……1725

ㄗㄟ

ㄗㄟˊ
賊……1683

ㄗㄠ

ㄗㄠ
糟……1349
蹧……1713
遭……1778

ㄗㄠˊ
鑿……1850
（凿）……1850

ㄗㄠˇ
早……824
棗……902
（枣）……902
澡……1059
璪……1147
繰……1402
藻……1553
蚤……1562

ㄗㄠˋ
唣……330
噪……352
慥……661
漕……1051
燥……1100
皂……1198
（皁）……1198
灶……1069
簉……1335
譟……1659
躁……1715
造……1760

ㄗㄡ

ㄗㄡ
諏……1649
謅……1655
鄒……1793
（邹）……1793
鄹……1794
陬……1885
騶……1993
鯫……2026

ㄗㄡˇ
走……1694

ㄗㄡˋ
奏……447
揍……750
驟……1997

ㄗㄢ

ㄗㄢ
簪……1337

ㄗㄢˊ
偺……142
咱……325
糌……1348

ㄗㄢˇ
噆……350
拶……725
攢……776
昝……834
桚……893
趲……1702

ㄗㄢˋ
暫……846
（蹔）……846
瓚……1148
讚……1664
贊……1690
（賛）……1690
酇……1795
鏨……1843

⿰髟贊……2012
（籫）……2012

ㄗㄣ

ㄗㄣ
簪……1337

ㄗㄣˇ
怎……637

ㄗㄣˋ
譖……1657

ㄗㄤ

ㄗㄤ
牂……1107
臢……1478
臧……1479
贓……1691
（賍）……1691
髒……2002

ㄗㄤˇ
駔……1989

ㄗㄤˋ
奘……449
臟……1478
葬……1534
（塟）……1534
藏……1549

ㄗㄥ

ㄗㄥ
增……401
憎……664
曾……852
橧……921
磳……1259
繒……1400
罾……1412

ㄗㄥˋ
甑……1151
繒……1400
罾……1412
贈……1691

ㄗㄨ

ㄗㄨ
租……1286

ㄗㄨˊ
卒……258
嗾……350
捽……743
族……819
槭……915
足……1702
鏃……1843

ㄗㄨˇ
駔……1989
俎……126
祖……1268
組……1368
詛……1631
鉏……1823
阻……1876

ㄗㄨㄛ

ㄗㄨㄛ
作……110
嘬……350

ㄗㄨㄛˊ
作……110
捽……743
昨……834

ㄗㄨㄛˇ
佐……110
左……555
撮……765

ㄗㄨㄛˋ
作……110
做……142
唑……330
坐……384
座……582

怍……638
柞……886
祚……1269
胙……1461
迮……1745
酢……1798
鑿……1850
(凿)……1850
阼……1876

ㄗㄨㄟ

ㄗㄨㄟ
堆……391
脧……1466

ㄗㄨㄟˇ
嘴……350
觜……1621

ㄗㄨㄟˋ
冣……189
晬……841
最……188
檇……923
罪……1410
蕞……1545
(辠)……1410
醉……1801
(酔)……1801

ㄗㄨㄢ

ㄗㄨㄢ
鑽……1850
(鉆)……1850

ㄗㄨㄢˇ
纂……1403
纘……1406
鑽……1850
(鉆)……1850
⿰髟贊……2012
(⿱髟贊)……2012

ㄗㄨㄢˋ
攥……777
賺……1689
鑽……1850
(鉆)……1850

ㄗㄨㄣ

ㄗㄨㄣ
墫……407
尊……519
樽……922
遵……1780
鐏……1844

ㄗㄨㄣˇ
撙……765

ㄗㄨㄣˋ
俊……123
圳……381
捘……730
鱒……2028

ㄗㄨㄥ

ㄗㄨㄥ
宗……495
從……616
棕……902
(椶)……902
綜……1385
縱……1395
豵……1673
蹤……1713
(踪)……1713
騣……1992
(騌)……1992
鬉……2011
鬷……2015

ㄗㄨㄥˇ
偬……150
(傯)……150
摠……761
(捴)……761
總……1396
(总)……1396
(総)……1396

ㄗㄨㄥˋ
從……616
粽……902
(糉)……902
綜……1383
縱……1395

(ㄘ)

ㄘ

ㄘ
呲……325
差……557
恣……642
疵……1179
跐……1709
雌……1899
骴……2000

ㄘˊ
慈……654
瓷……1151
(甆)……1151
疵……1179
磁……1253
祠……1269
糍……1348
茨……1519
茲……1519
(茊)……1519
(兹)……1519
詞……1631
辭……1737
(辞)……1737
(辤)……1737
雌……1899
餈……1973
鶿……2037
(鷀)……2037

ㄘˇ
此……936
泚……1005
玼……1139
跐……1709

ㄘˋ
伺……112
刺……216
廁……584
朿……871
次……927
莿……1528
蚝……1562
蛓……1564
賜……1688

ㄘㄚ

ㄘㄚ
搽……755
擦……772

ㄘㄚˇ
礤……1260

ㄘㄜ

ㄘㄜˋ
側……142
冊……186
廁……584
惻……655
測……1034
策……1325
(筴)……1325
(筞)……1325

ㄘㄞ

ㄘㄞ
猜……1125

ㄘㄞˊ
才……684
材……873
纔……1405
裁……1595
財……1675

ㄘㄞˇ
寀……506
彩……606
採……743
睬……1227
綵……1383
跐……1709
跴……1709
踩……1710
采……1805

ㄘㄞˋ
菜……1529
蔡……1542
采……1805

ㄘㄠ

ㄘㄠ
操……770
(撡)……770
糙……1350

ㄘㄠˊ
嘈……347
曹……852
槽……915
漕……1051
螬……1573

ㄘㄠˇ
艸……1503
草……1519

ㄘㄠˋ
慥……661
操……770
(撡)……770
糙……1350
造……1760

ㄘㄡ

ㄘㄡˋ
湊……1034
(凑)……1034
腠……1472
輳……1731

ㄘㄢ

ㄘㄢ
參……271
(叅)……271

(条)……271
餐……1975
(湌)……1975
(湌)……1975
驂……1994

ㄘㄢˊ
慚……661
(慙)……661
殘……945
蠶……1578
(蚕)……1578

ㄘㄢˇ
慘……661
憯……664
黲……2060

ㄘㄢˋ
孱……483
燦……1100
(灿)……1100
璨……1147
粲……1344

**ㄘㄣ**

ㄘㄣ
參……271
(叄)……271
(条)……271

ㄘㄣˊ
岑……546
涔……1016

**ㄘㄤ**

ㄘㄤ
倉……135
傖……145
滄……1041
艙……1500
蒼……1538
鶬……2038

ㄘㄤˊ
藏……1549

ㄘㄤˇ
駔……1989
蒼……1538

**ㄘㄥ**

ㄘㄥ
噌……350

ㄘㄥˊ
層……541
嶒……550
曾……852

ㄘㄥˋ
噌……350
蹭……1714

**ㄘㄨ**

ㄘㄨ
粗……1342
(觕)……1342
麤……2045
(麁)……2045
(麄)……2045

ㄘㄨˊ
徂……609
殂……944

ㄘㄨˋ
促……126
卒……258
數……800
(数)……800
槭……915
猝……1195
簇……1325
蔟……1542
趣……1701
趨……1702
(趋)……1702
(趍)……1702
蹴……1711
蹙……1714
蹴……1714
(蹵)……1714
酢……1798
醋……1801
錯……1836
鏃……1843

**ㄘㄨㄛ**

ㄘㄨㄛ
差……557
搓……755
撮……765
磋……1256
莎……1522
蹉……1713

ㄘㄨㄛˊ
嵯……550
痤……1180
瘥……1183
矬……1235
鹺……2042

ㄘㄨㄛˇ
脞……1467

ㄘㄨㄛˋ
剉……220
剒……222
厝……267
挫……730
措……744
撮……765
銼……1831
錯……1836

**ㄘㄨㄟ**

ㄘㄨㄟ
催……150
崔……549
摧……761
榱……912
縗……1392
衰……1592

ㄘㄨㄟˇ
洒……1004
漼……1051
璀……1146

ㄘㄨㄟˋ
啐……333
悴……649
橇……922
毳……956
淬……1028
焠……1079
瘁……1181
粹……1347
翠……1424
脆……1464
(肥)……1464
(臎)……1464
膵……1475
萃……1529
顇……1953

**ㄘㄨㄢ**

ㄘㄨㄢ
汆……973
攛……776
躥……1716
(蹿)……1716
鑹……1849

ㄘㄨㄢˊ
攢……776

ㄘㄨㄢˋ
爨……1102
竄……1309
篡……1334
鑹……1849

**ㄘㄨㄣ**

ㄘㄨㄣ
村……874
(邨)……874
皴……1202
邨……1788

ㄘㄨㄣˊ
存……479
蹲……1714

ㄘㄨㄣˇ
忖……630

ㄘㄨㄣˋ
寸……515

**ㄘㄨㄥ**

ㄘㄨㄥ
匆……243
(怱)……243
(悤)……343
叢……281
囪……363
從……616
樅……915
璁……1146
瑽……1146
聰……1448
蔥……1542
(葱)……1542
蓯……1542
鏦……1843
驄……1994

ㄘㄨㄥˊ
叢……281
從……616
悰……649
淙……1028
琮……1144

## (ㄙ)

**ㄙ**

ㄙ
偲……143
凘……196
司……292
嘶……350
廝……587
(厮)……587
思……638
撕……765
斯……810
澌……1057
私……1280
糸……1350

絲……1376
(糸)……1376
緦……1390
罳……1411
螄……1571
釃……1805
鍶……1839
鷥……2039
ㄙˇ
死……942
ㄙˋ
似……1112
伺……1112
俟……1126
(竢)……1126
兕……164
嗣……345
四……345
姒……464
寺……515
巳……558
廁……584
枱……881
汜……976
泗……995
涘……1016
祀……1263
(禩)……1263
笥……1321
耜……1438
肆……1451
賜……1688
食……1969
飼……1973
駟……1989

ㄙㄚ

ㄙㄚ
三……32
仨……97
撒……765
ㄙㄚˇ
撒……765
洒……1004
灑……1063
纚……1406
靸……1932
鏾……1979
ㄙㄚˋ
卅……255
摋……761
[illegible]……770
薩……1550
趿……1703
鎝……1840
颯……1965
·ㄙㄚ
挲……730
(抄)……730

ㄙㄜ

ㄙㄜ
嗇……345
圾……384
塞……398
澀……1059
澁……1060
(澀)……1060
瑟……1144
璱……1147
穡……1297
色……1502
鈒……1820
銫……1826

ㄙㄞ

ㄙㄞ
偲……143
塞……398
思……638
腮……1472
顋……1472
鰓……2026
ㄙㄞˋ
噻……352
塞……398
賽……1689

ㄙㄟ

ㄙㄟ
塞……398

ㄙㄠ

ㄙㄠ
搔……755
瘙……1183
繰……1398
繅……1402
臊……1476
艘……1500
騷……1993
ㄙㄠˇ
嫂……742
掃……744
(埽)……744
ㄙㄠˋ
掃……744
(埽)……744
臊……1476

ㄙㄡ

ㄙㄡ
廋……585
(廋)……585
搜……756
溲……1041
艘……1500
蒐……1530
螋……1571
鎪……1839
颼……1965
餿……1977
ㄙㄡˇ
叟……281
嗾……347
擻……774
藪……1550
ㄙㄡˋ
嗽……347
擻……774
漱……1051

ㄙㄢ

ㄙㄢ
三……32
叁……271
參……271
(叄)……271
(叅)……271
毿……957
ㄙㄢˇ
傘……145
散……797
糝……1350
繖……1400
ㄙㄢˋ
三……32
散……797

ㄙㄣ

ㄙㄣ
森……902

ㄙㄤ

ㄙㄤ
喪……342
(丧)……342
(丧)……342
桑……893
ㄙㄤˇ
嗓……345
顙……1956
ㄙㄤˋ
喪……342
(丧)……342
(丧)……342

ㄙㄥ

ㄙㄥ
僧……152
鬙……2012

ㄙㄨ

ㄙㄨ
囌……355
甦……1159
疏……1174
疎……1174
穌……1297
蔬……1542
蘇……1553
(苏)……1553
酥……1798
ㄙㄨˊ
俗……126
ㄙㄨˋ
嗉……345、
塑……398
夙……416
宿……506
愫……659
愬……659
數……800
(数)……800
涑……1016
溯……1041
(泝)……1041
(遡)……1041
窣……1306
簌……1335
粟……1344
素……1361
縮……1398
肅……1451
(肅)……1451
蔌……1542
蓿……1542
觫……1621
訴……1632
謖……1655
速……1761
餗……1975
驌……1995
鷫……2039

**ㄙㄨㄛ**

ㄙㄨㄛ 唆……330 嗦……345 娑……467 挲……730 (抄)……730 梭……898 桫……898 縮……1398 莎……1524 莏……1524 蓑……1539

ㄙㄨㄛˊ 索……1362

ㄙㄨㄛˇ 嗩……345 惢……649 所……679 瑣……1145 (璅)……1145 索……1362 蜶……1571 鎖……1840

ㄙㄨㄛˋ 些……80

**ㄙㄨㄟ**

ㄙㄨㄟ 尿……535 眭……1224 睢……1227 綏……1381 荾……1524 雖……1900 (虽)……1900

ㄙㄨㄟˊ 綏……1381 遂……1770 隋……1887 (陏)……1887 隨……1891 (随)……1891 雖……1900 (虽)……1900

ㄙㄨㄟˇ 嶲……551 (巂)……551 髓……2003 (髄)……2003

ㄙㄨㄟˋ 歲……939 (㞷)……939 (岁)……939 (嵗)……939 燧……1100 睟……1227 碎……1250 祟……1269 穗……1297 術……1586 繸……1604 誶……1649 遂……1770 邃……1784 隧……1892

**ㄙㄨㄢ**

ㄙㄨㄢ 狻……1124 痠……1180 酸……1800

ㄙㄨㄢˋ 祘……1269 筭……1328 算……1331 蒜……1539

**ㄙㄨㄣ**

ㄙㄨㄣ 孫……483 猻……1127 蓀……1539 飧……1970 (飱)……1970 (湌)……1970

ㄙㄨㄣˇ 損……756 榫……910 筍……1326 (笋)……1326 簨……1337

ㄙㄨㄣˋ 孫……483 噀……348 巽……559 遜……1775 (逊)……1775

**ㄙㄨㄥ**

ㄙㄨㄥ 崧……549 嵩……550 忪……633 松……879 淞……1028 菘……1529 鬆……2011

ㄙㄨㄥˊ 㞞……541 (鬉)……541 悚……644

ㄙㄨㄥˇ 悚……644 慫……662 竦……1314 聳……1448

ㄙㄨㄥˋ 宋……491 訟……1628 誦……1640 送……1750 頌……1945

**(ㄚ)**

**ㄚ**

ㄚ 啊……333 腌……1468 阿……1876

ㄚˊ 嗄……344

ㄚˇ 阿……1876

ㄚˋ 錒……1837 阿……1876

ㄚ˙ 啊……333 阿……1876

**(ㄛ)**

**ㄛ**

ㄛ 呵……317 喔……343

ㄛˊ 哦……330 蚵……1563

**(ㄜ)**

**ㄜ**

ㄜ 婀……469 屙……540 疴……1179 痾……1181 阿……1876

ㄜˊ 俄……127 哦……330 囮……363 娥……467 峨……548 (峩)……548 莪……1524 蚵……1563 蛾……1566 (䖸)……1566 訛……1629 (譌)……1629 鋨……1831 額……1954 鵝……2035 (䳘)……2035

ㄜˇ 噁……350 嚄……352 婀……469 惡……649 (悪)……649 我……673 猗……1125

ㄜˋ 俄……127 厄……266 呃……314 咢……325 唈……330 啞……333 (唖)……333 噩……352 堊……394 崿……550 惡……649 (悪)……649 愕……655 戹……678 扼……703 (扼)……703 搤……756 砈……1241 腭……1472 (齶)……1472 萼……1534 (蕚)……1534 諤……1652 軛……1724

（軛）……1724
遏……1770
鄂……1792
鍔……1839
閼……1868
阨……1874
（阸）……1874
隘……1890
顎……1954
額……1954
餓……1975
餕……1977
鰐……2029
鱷……2029
鶚……2037
（齶）……1954

（ㄝ）

ㄝ

ㄝˋ
誒……1641

（ㄞ）

ㄞ

ㄞ
哀……325
哎……326
唉……330
埃……390
挨……730
砨……1241
硋……1247
鎄……1839

ㄞˊ
呆……313
挨……730
捱……745
獃……1126
癌……1184
皚……1209
騃……1991

ㄞˇ
乃……61
嗳……325
欸……928
毐……951
矮……1235
藹……1554
靄……1924

ㄞˋ
乂……62
嗌……345
嗳……352
嬡……474
愛……655
（爱）……655
曖……847
瑷……1147
砨……1241
砹……1246
礙……1259
（碍）……1259
艾……1503
鑀……1847
隘……1890
靉……1924

（ㄟ）

ㄟ

ㄟˇ
吪……307

ㄟˋ
欸……928

（ㄠ）

ㄠ

ㄠ
凹……203
坳……387
（垇）……387
熬……1096

ㄠˊ
嗷……347
廒……585
（廒）……585
敖……796
熬……1095
獒……1127
璈……1146
翱……1425
（翺）……1425
聱……1448
螯……1574
謷……1656
遨……1779
鏖……1843
鰲……1843
（鐜）……1843
鷔……1994
鰲……2027
鼇……2061

ㄠˇ
媼……472
拗……711
（抝）……711
襖……1604
（袄）……1604

ㄠˋ
傲……150
坳……387
（垇）……387
墺……402
奡……449
奧……455
嶴……665
懊……711
拗……711
（抝）……711
敖……796
澳……1059
燠……1100
謷……1656
鏊……1843
（鐜）……1843
鐭……1847
隩……1892

（ㄡ）

ㄡ

ㄡ
區……249
（区）……249
嘔……347
（呕）……347
敺……801
歐……931
（欧）……931
毆……950
（殴）……950
漚……1051
甌……1151
（瓯）……1151
謳……1656
（讴）……1656
鏂……1843
鏂……1849
鷗……2039
（鸥）……2039

ㄡˊ
吽……314
齵……2070
偶……143
嘔……347
（呕）……347
毆……950
（殴）……950
耦……1438
藕……1550

ㄡˋ
嘔……347
（呕）……347
噢……352
慪……665
漚……1051

（ㄢ）

ㄢ

ㄢ
厂……266
安……488
广……578
庵……583
氨……963
胺……1465
盦……1209
菴……1529
諳……1652
銨……1826
闇……1869
陰……1885
（阴）……1885
（隂）……1885
鞍……1933
（鞌）……1933
鵪……2037

ㄢˇ
俺……131
唵……333
揞……750
晻……841

ㄢˋ
岸……547
按……725
晻……841
暗……842
案……894
桉……894
犴……1119
（豻）……1119
胺……1465

闇……1869
黯……2060

（ㄣ）

ㄣ

ㄣ

恩……642

ㄣˋ

摁……756

（ㄤ）

ㄤ

ㄤ

尢……533
腌……1468
骯……2000

ㄤˊ

卬……262
昂……830

ㄤˋ

盎……1203

（ㄥ）

（ㄦ）

ㄦ

ㄦ

兒……165

ㄦˊ

兒……165
洏……1005
而……1435
胹……1465
鮞……2024
鴯……2035

ㄦˇ

洱……1005
爾……1106
（尔）……1106
（尒）……1106
珥……1139
耳……1439
邇……1784
（迩）……1784

鉺……1829
餌……1973

ㄦˋ

二……73
弍……592
貳……1681

（一）

一

一

一……1
伊……103
依……118
（吚）……326
咿……326
噫……352
壹……407
弌……592
揖……751
椅……903
欹……929
漪……1051
猗……1125
禕……1274
繄……1399

衣……1588
褘……1602
醫……1803
（医）……1803
銥……1827
鷖……2037
黟……2059

一ˊ

儀……153
（仪）……153
台……285
咦……326
圯……383
夷……443
姨……465
宜……496
嶷……551
异……590
彝……604
怡……638
懿……669
扅……681
沂……984
洟……1005
鸃……2040
疑……1174
痍……1179

益……1203
眙……1222
移……1287
簃……1335
羨……1418
胰……1465
荑……1516
蛇……1563
（虵）……1563
詒……1632
誼……1649
貽……1681
迆……1742
（迤）……1742
迻……1751
遺……1781
頤……1953
飴……1973
鮧……2024

一ˇ

乙……64
以……98
（㕥）……98
（㠯）……98
倚……136
尾……536
已……558

旖……820
椅……903
檥……923
猗……1125
矣……1231
艤……1500
苡……1514
（苢）……1514
蛾……1566
（䖸）……1566
（蚁）……1576
（螘）……1576
蟻……1576
踦……1716
迆……1742
（迤）……1742
釔……1817
銥……1827
顗……1956
齮……2070

一ˋ

乂……62
亦……85
佚……112
佾……119
億……154
刈……209

劓……227
唈……330
嗌……345
噫……352
囈……355
埸……395
奕……448
嫕……473
射……516
屹……541
嶧……551
廙……585
异……590
弈……591
弋……591
役……608
悒……644
意……656
憶……665
懌……665
懿……669
抑……704
抴……718
挹……730
掖……745
斁……802
施……817

易……830
曳……849
枍……874
殪……947
毅……950
泄……993
（洩）……993
浥……1016
液……1028
溢……1041
熠……1096
異……1167
（异）……1167
疫……1176
瘞……1183
益……1203
縊……1392
繹……1402
義……1419
（义）……1419
羿……1422
翌……1423
翊……1423
翼……1425
翳……1425
肄……1452
腋……1468

臆……1476 (肊)……1476 艗……1500 艾……1503 薏……1547 藝……1551 (艺)……1551 (蓺)……1551 (蓺)……1551 (藝)……1551 蜴……1568 衣……1588 裔……1599 詣……1637 誼……1649 議……1659 (议)……1659 譯……1659 軼……1725 逸……1763 邑……1786 鎰……1841 鐿……1847 食……1969 馹……1988 驛……1997 鷁……2038

一Ｙ

一Ｙ Ｙ……52 呀……314 啞……333 (唖)……333 壓……403 (压)……403 押……718 椏……903 雅……1897 鴉……2032 鴨……2033

一Ｙˊ 厓……266 押……718 枒……880 涯……1028 牙……1109 芽……1509 蚜……1562 衙……1586

一Ｙˇ 亞……81 啞……333 (唖)……333 埡……394 瘂……1181 雅……1897

一Ｙˋ 亞……81 婭……469 御……617 掗……745 揠……751 氬……964 砑……1294 穵……1299 訝……1629 軋……1720 迓……1740 錏……1837

一Ｙ˙ 呀……314 啞……333 (唖)……333

一ㄛ

一ㄛ 唷……330

一ㄝ

一ㄝ 噎……350 掖……745 耶……1441

一ㄝˊ 揶……751 斜……808 椰……906 爺……1105 玡……1135 (琊)……1135 邪……1787 耶……1441 鋣……1831

一ㄝˇ 也……67 冶……194 埜……394 野……1810 鉈……1819

一ㄝˋ 咽……326 夜……416 射……516 抴……718 拽……724 掖……745 擫……772 (擪)……772 暍……842 曄……847 (曅)……847 曳……849 業……906 液……1028 燁……1099 腋……1468 葉……1534 謁……1652 (邺)……1794 鄴……1794 靨……1932 頁……1940 饁……1978

一ㄞ

一ㄞˊ 厓……226 崖……549 睚……1227

一ㄠ

一ㄠ 么……62 凹……203 吆……307 喲……343 夭……440 妖……461 幺……576 徼……623 祅……1263 約……1356 腰……1472 要……1607 邀……1784

一ㄠˊ 傜……145 僥……151 堯……396 姚……469 崤……549 嶢……550 徭……620 搖……756 殽……949 洮……998 淆……1029 爻……1105 珧……1139 瑤……1145 窯……1309 (窑)……1309 (窰)……1309 繇……1395 肴……1458 (餚)……1458 謠……1655 軺……1725 遙……1775 銚……1824 陶……1882 隃……1888 (隃)……1888 鰩……2027 颻……1965

一ㄠˇ 咬……326 夭……440 杳……880 殀……944 窅……1305 窈……1305 舀……1490 齩……2069

一ㄠˋ 拗……711 (抝)……711 曜……847 樂……912 (乐)……912 瀹……1062 爚……1102 瘧……1182 耀……1427 (燿)……1427 葯……1534 藥……1551 要……1607 躍……1715 (跃)……1715 鑰……1849 (钥)……1849 靿……1933 (袎)……1933 鷂……2038

一ㄡ

一ㄡ 優……155 (优)……155 呦……321 幽……574 悠……644 憂……662 攸……783

耰：1438 鑁：1849 麀：2043
ㄧㄡˊ
囮：363 尤：533 揄：752 油：995 游：1035 (游)：1035 猶：1126 (犹)：1126 猷：1126 由：1163 疣：1176 (肬)：1176 繇：1395 蕕：1545 蚘：1562 蚰：1564 蝣：1570 遊：1771 (游)：1771 郵：1792 (邮)：1792 鈾：1823 逌：1761

魷：2022 鯈：2025
ㄧㄡˇ
友：277 有：856 槱：915 牖：1109 羑：1416 莠：1542 酉：1795 銪：1827 黝：2059
ㄧㄡˋ
佑：112 侑：119 又：273 右：293 囿：364 幼：576 有：856 柚：886 狖：1282 祐：1269 莠：1524 褎：1602 誘：1641 釉：1805

鼬：2064
ㄧㄢ
ㄧㄢ
厭：269 咽：326 奄：447 嫣：473 崦：549 懨：667 (懕)：667 殷：947 淹：1029 湮：1036 烟：1074 焉：1076 煙：1089 燕：1099 胭：1465 (臙)：1465 腌：1468 菸：1529 醃：1802 閹：1868 閼：1868
ㄧㄢˊ
嚴：353

埏：390 妍：461 (姸)：461 岩：547 嵒：550 羡：1418 羨：1419 巖：551 延：588 檐：922 沿：997 (㳂)：997 炎：1070 焰：1079 (燄)：1079 癌：1184 研：1241 (硏)：1241 碞：1254 筵：1331 檐：1338 簷：1338 綖：1385 蜒：1568 言：1622 鋋：1836 閆：1858

閻：1868 阽：1876 顏：1954 鹽：2042 (塩)：2042 (盐)：2042
ㄧㄢˇ
偃：143 儼：154 兗：165 剡：226 厴：272 奄：447 巘：557 广：579 扊：681 掩：745 揜：751 棪：903 演：1051 琰：1144 眼：1224 罨：1410 蝘：1570 衍：1585 郾：1793 魘：2093 黶：2060

鼴：2065 (鼹)：2065
ㄧㄢˋ
厭：667 咽：326 唁：330 嚥：353 堰：396 嬿：475 宴：503 彥：606 懨：667 (懕)：667 晏：837 沿：997 (㳂)：997 淹：1029 灩：1064 (滟)：1064 焰：1079 (燄)：1079 燕：1099 研：1241 (硏)：1241 硯：1247 艷：1503 諺：1652

讌：1663 讞：1664 豔：1668 (艳)：1668 贗：1692 (贋)：1692 釅：1805 雁：1898 (鴈)：1898 饜：1979 驗：1997 (騐)：1997 鰋：2026 鴳：2035 鷃：2038 鹽：2042 (塩)：2042 (盐)：2042
ㄧㄣ
ㄧㄣ
喑：343 因：361 堙：396 姻：466 愔：657 殷：659

殷：947 氤：964 湮：1036 瘖：1182 禋：1274 絪：1377 茵：1521 裀：1596 銦：1827 陰：1885 (阴)：1885 (隂)：1885 音：1936
ㄧㄣˊ
吟：314 唫：334 夤：419 垠：389 寅：506 崟：549 淫：1029 狺：1124 蟫：1574 誾：1649 (訔)：1649 鄞：1794 釿：1820

銀……1827 霻……1920 斷……2069 齦……2069
ㄧㄣˇ 听……314 尹……63 引……593 檃……923 癮……1185 紖……1359 蚓……1562 (螾)……1562 (隐)……1892 隱……1892 靷……1932 飲……1971
ㄧㄣˋ 印……262 廕……585 憖……664 暈……843 窨……1306 胤……1461 蔭……1543 隱……1892 (隐)……1892

音……1936 飲……1971 陰……1885 (阴)……1885 (陰)……1885
ㄧㄤ
ㄧㄤ 央……443 殃……947 泱……997 秧……1287 鞅……1933 鴦……2034
ㄧㄤˊ 佯……119 徉……613 揚……751 暘……843 楊……906 洋……1005 烊……1075 煬……1090 瘍……1182 羊……1413 詳……1634 陽……1888

(阳)……1888 颺……1965 鍚……1839
ㄧㄤˇ 仰……103 印……262 氧……964 痒……1179 癢……1185 ([illegible])……1185 鞅……1933 養……1973 (养)……1973
ㄧㄤˋ 怏……638 恙……642 樣……915 漾……1052 煬……1090 羕……1417 養……1973 (养)……1973
ㄧㄥ
ㄧㄥ 嚶……354 嫈……470

嬰……475 應……665 (应)……665 (譍)……665 攖……775 櫻……925 瑛……1145 瓔……1148 纓……1405 罌……1408 (甖)……1408 罃……1407 膺……1477 英……1514 霙……1920 鶯……2038 鷹……2040 鸚……2041
ㄧㄥˊ 塋……398 嬴……474 楹……907 滎……1040 瀯……1060 瀛……1062 瀅……1061 瀠……1062

熒……1092 營……1100 (营)……1100 瑩……1146 盈……1203 縈……1392 螢……1571 蠅……1576 (蝇)……1576 贏……1691 迎……1744 (迊)……1744
ㄧㄥˇ 影……607 景……840 癭……1186 穎……1297 (颖)……1297 郢……1790 潁……1949
ㄧㄥˋ 媵……472 應……665 (应)……665 (譍)……665 映……835 (暎)……835

硬……1247 迎……1744 (迊)……1744
(ㄨ)
ㄨ
ㄨ 嗚……345 喔……343 圬……383 屋……539 巫……556 惡……649 (悪)……649 於……816 (扵)……816 杇……874 汙……976 污……976 (汚)……976 洿……1006 烏……1075 誣……1641 鄔……1793

鴮……1841
ㄨˊ 亡……81 吳……314 吾……314 唔……330 巫……556 无……821 梧……898 毋……950 浯……1016 無……1079 (无)……1079 ([illegible])……1079 蕪……1545 蜈……1566 誣……1641 鋙……1831 鼯……2065
ㄨˇ 五……77 仵……104 伍……107 侮……127 午……255 牾……334 (啎)……334

娬……469 嫵……474 廡……587 忤……633 憮……664 捂……730 摀……757 武……938 牾……334 膴……1475 舞……1496 (儛)……1496
ㄨˋ 兀……156 務……236 勿……242 塢……398 (隖)……398 婺……470 寤……511 悟……644 惡……649 (悪)……649 戊……670 捂……730 晤……838 杌……874

梧 898　沃 984　焐 1077　物 1113　痦 1181　矹 1240　誤 1641　迕 1744　鋈 1831　鎢 1841　阢 1872　霧 1920　(雾) 1920　騖 1992　鶩 2037

ㄨㄚ　ㄨㄚ　凹 203　呱 316　哇 326　媧 470　挖 725　穵 1299　窪 1306　(窊) 1306　蛙 1565

鼃 1565　ㄨㄚˊ　娃 466　挖 725　ㄨㄚˇ　瓦 1149　ㄨㄚˋ　凹 203　瓦 1150　膃 1473　(膃) 1473　袜 1594　襪 1605　(袜) 1605　(韤) 1605　(韈) 1605

ㄨㄛ　ㄨㄛ　倭 136　渦 1036　窩 1307　萵 1535　蝸 1569　ㄨㄛˇ　我 673　ㄨㄛˋ

喔 343　幄 567　握 751　斡 809　沃 984　渥 1036　臥 1478　(卧) 1478　齷 2070

ㄨㄞ　ㄨㄞ　歪 939　ㄨㄞˇ　歪 939　舀 1490　ㄨㄞˋ　外 409

ㄨㄟ　ㄨㄟ　危 263　偎 144　委 464　威 466　崴 550　微 620

渭 1036　煨 1090　萎 1530　葳 1535　薇 1547　逶 1763　隈 1889　ㄨㄟˊ　危 263　唯 335　口 355　圍 370　(囲) 370　圩 383　嵬 550　巍 551　帷 566　幃 567　微 620　惟 650　桅 894　溈 1031　(潙) 1031　濰 1061　為 1072　(为) 1072　(爲) 1072

維 1385　薇 1547　違 1772　闈 1869　韋 1935　魏 2018　ㄨㄟˇ　亹 86　偽 144　偉 144　唯 335　委 464　娓 467　尾 536　廆 585　洧 1006　暐 843　煒 1090　猥 1126　瑋 1145　痏 1179　痿 1181　緯 1391　艉 1500　萎 1530　葦 1535　薳 1550

諉 1650　隗 1890　韙 1935　韡 1936　骩 2000　(骪) 2000　鮪 2024　ㄨㄟˋ　位 112　僞 144　(偽) 144　(伪) 144　味 321　喂 343　尉 519　慰 662　未 870　渭 1036　為 1072　(为) 1072　(爲) 1072　畏 1164　穢 1297　胃 1461　緊 1399　蔚 1542　蝟 1570

(猬) 1570　衛 1587　(卫) 1587　(衞) 1587　謂 1652　讆 1661　遺 1781　霨 1920　餵 1977　魏 2018

ㄨㄢ　ㄨㄢ　剜 222　彎 603　(弯) 603　灣 1063　(湾) 1063　莞 1522　蜿 1568　豌 1667　ㄨㄢˊ　丸 58　刓 211　完 491　烷 1077　玩 1135

紈 1356　芄 1503　頑 1945　ㄨㄢˇ　娩 467　婉 469　宛 496　挽 730　晚 838　浣 1013　澣 1058　琬 1144　晼 1172　皖 1200　碗 1250　(椀) 1250　(盌) 1250　綰 1386　脘 1466　莞 1522　蜿 1568　輓 1728　鯇 2024　ㄨㄢˋ　万 20　忨 633　惋 651

曼……281
玩……1135
翫……1425
腕……1468
萬……1277
蔓……1540

ㄨㄣ

ㄨㄣ

溫……1042
(温)……1042
瘟……1183
薀……1547
鰮……2027
(鰛)……2027

ㄨㄣˊ

文……779
文……802
玟……1136
紋……1443
聞……1544
蚊……1562
(蟁)……1562
閿……1868
雯……1910

ㄨㄣˇ

刎……211
吻……315
穩……1298
(稳)……1298

ㄨㄣˋ

免……163
問……334
(问)……334
塭……398
抆……704
搵……757
(揾)……757
文……803
汶……984
璺……1148
紊……1363
絻……1378
聞……1444

ㄨㄤ

ㄨㄤ

尢……533
尣……533
(尪)……533
汪……984

ㄨㄤˊ

亡……81
忘……630
王……1134

ㄨㄤˇ

往……609
惘……651
枉……880
瀇……1061
網……1386
(网)……1386
(綱)……1386
网……1408
罔……1408
蛧……1568
魍……2018

ㄨㄤˋ

妄……459
忘……630
旺……830
望……862
王……1134

ㄨㄥ

ㄨㄥ

嗡……345
翁……1422

ㄨㄥˇ

滃……1043
蓊……1539

ㄨㄥˋ

甕……1151
(瓮)……1151
(罋)……1151
齆……2066
(齆)……2066

(ㄩ)

ㄩ

ㄩ

淤……1029
瘀……1181
紆……1356
迂……1742

ㄩˊ

予……72
于……76
伃……104
余……113
俞……127
(兪)……127
喁……343
圩……383
好……461
娛……468
嵎……550
愉……658
(愉)……658
愚……657
揄……752
於……816
(扵)……816
榆……907
歈……930
歟……932
(欤)……932
毹……957
(毺)……957
渝……1036
漁……1052
狳……1125
玗……1135
瑜……1145
璵……1147
畬……1170
盂……1202
禺……1276
窬……1307
竽……1317
羭……1421
腴……1469
臾……1490
舁……1490
與……1491
(与)……1491
(与)……1491
萸……1530
萮……1535
蕍……1545
虞……1560
蝓……1570
(覦)……1615
褕……1602
諛……1650
譽……1661
(誉)……1661
踰……1712
(踰)……1712
輿……1732
(轝)……1732
逾……1772
(逾)……1772
隅……1889
隃……1888
(隃)……1888
雩……1909
餘……1975
魚……2019
齵……2070
覦……1615

ㄩˇ

予……72
傴……151
噢……352
圄……364
圉……370
嫗……473
宇……490
嶼……551
庾……583
敔……796
楀……907
瑀……1145
瘐……1181
禹……1276
窳……1309
羽……1421
(羽)……1421
與……1491
(与)……1491
(与)……1491
萭……1533
語……1641
雨……1908
齬……2070

ㄩˋ

俞……127
(兪)……127
喻……343
(喩)……343
域……394
奧……449
嫗……473
寓……508
尉……519
峪……548
彧……606
御……610
愈……658
慾……663
拗……711
(抝)……711
昱……835
棫……903
欲……928
毓……952
汩……978
浴……1016
澦……1059
煜……1090
熨……1096
燏……1099

燠……1100
獄……1127
玉……1133
癒……1184
(瘉)……1184
矞……1231
禦……1274
籲……1340
聿……1451
育……1455
與……1491
(与)……1491
(𢌱)……1491
芋……1503
苑……1515
蔚……1543
蕷……1547
蜮……1568
裕……1599
語……1642
諭……1652
(谕)……1652
譽……1660
(誉)……1660
谷……1665
豫……1671
遇……1772
遹……1782
郁……1789
鈺……1824
鋊……1832
閼……1868
閾……1868
隩……1892
雨……1908
雩……1909
預……1946
飫……1972
馭……1986
鬱……2015
(欝)……2015
(鬰)……2015
鬻……2016
䮊……2034
(鴥)……2034
鵒……2036
鷸……2039
龥……2073

ㄩㄝ

ㄩㄝ

噦……352
曰……848
約……1356

ㄩㄝˋ

刖……211
岳……547
嶽……551
悅……644
曜……847
月……854
樂……912
(乐)……912
樾……922
瀹……1062
爚……1102
玥……1136
籥……1340
粵……1344
耀……1427
(燿)……1427
葯……1534
藥……1551
說……1638
越……1700
趯……1702
躍……1715
(跃)……1715
軏……1723
鉞……1824
鑰……1849
(鈅)……1849
閱……1867
鸑……2040
龠……2073

ㄩㄢ

ㄩㄢ

冤……189
(寃)……189
宛……496
淵……1029
(渊)……1029
鳶……2032
鴛……2034
鵷……2037

ㄩㄢˊ

元……156
原……267
員……330
園……371
圓……371
圜……375
垣……389
媛……471
援……752
櫞……925
沅……985
洹……1003
湲……1036
騵……1993
源……1043
爰……1104
猿……1127
緣……1391
羱……1421
芫……1509
苑……1515
螈……1572
袁……1593
轅……1732
隕……1890
(隕)……1890
黿……2061

ㄩㄢˇ

遠……1775
(远)……1775
(逺)……1775

ㄩㄢˋ

原……267
媛……471
怨……638
愿……659
掾……752
瑗……1145
苑……1515
遠……1775
(逺)……1775
(远)……1775
院……1881
願……1956

ㄩㄣ

ㄩㄣ

暈……843
氳……964
熅……1092
縕……1392
(緼)……1392

ㄩㄣˊ

云……80
勻……242
員……330
妘……461
筠……1328
篔……1334
紜……1363
耘……1438
芸……1510
蕓……1545
鄖……1793
雲……1910

ㄩㄣˇ

允……157
殞……946
狁……1121
隕……1890
(隕)……1890

ㄩㄣˋ

員……330
均……384
孕……478
惲……658
慍……659
(愠)……659
暈……843
熅……1092
熨……1096
縕……1392
(緼)……1392
薀……1548
蘊……1554
(蕰)……1554
運……1773
(运)……1773
鄆……1793
醞……1803
(醖)……1803
韞……1936
韻……1939
(韵)……1939

ㄩㄥ

ㄩㄥ

傭……151
墉……400
壅……402
(壅)……402
庸……583
廱……588
慵……663
擁……770
癰……1186
臃……1477
蕹……1548
邕……1786
鄘……1794
鏞……1843
雍……1899
雝……1905
饔……1979

ㄩㄥˊ

傭……151
喁……343
墉……400
庸……583

慵……663
鄘……1794
鏞……1843
顒……1955
鱅……2027

ㄩㄥˇ

俑……127
勇……233
壅……402
(擁)……402
恿……644
(慂)……644
擁……770
永……971
泳……997
湧……1036
(涌)……1036
甬……1160
臃……1477
蛹……1566
詠……1632
蛹……1710
踴……1712
雝……1905

ㄩㄥˋ

佣……113
用……1159

國家圖書館出版品預行編目資料

新編國語日報辭典/國語日報出版中心主編.
-- 第一版. --臺北市：國語日報，
2000〔民89〕 面； 公分

ISBN 957-751-352-2（精裝）

1.中國語言-字典,辭典等

802.3 89011309

國語日報

新編國語日報辭典

發行人／林　良
社　長／張學喜
主　編／國語日報出版中心
編撰委員／何　欣・季旭昇・林松培・柯劍星・姚榮松
胡建雄・張席珍・曾永義・黃啟方・盧培川
（按姓氏筆畫排列）
審　訂／何　欣・柯劍星
校　訂／王天昌・林松培・黃女娥・楊雅惠
執行編輯／李炳傑
美術編輯／陳聖真・李春曉
封面題字／杜忠誥

出版者／國語日報社
地　址／臺北市福州街2號
電　話／(02)23945995 轉 1402
郵撥帳號／00007595
網路書局／www.mdnkids.com
登記證／行政院新聞局登記證局版臺業字第零貳壹號

打字排版／國語日報電腦組
印刷裝訂／元東印刷包裝有限公司

定　價／新臺幣 750 元
出版日期／2000 年 8 月 第 1 版
2004 年 7 月 修訂版 第 9 刷

# 部首索引

- 白 ㄅㄞˊ …… 1192
- 皮 ㄆㄧˊ …… 1200
- 皿 ㄇㄧㄣˇ …… 1202
- 目 ㄇㄨˋ …… 1209
- 矛 ㄇㄠˊ …… 1231
- 矢 ㄕˇ …… 1231
- 石 ㄕˊ …… 1236
- 示 ㄕˋ …… 1261
- 禸 ㄖㄡˊ …… 1276
- 禾 ㄏㄜˊ …… 1279
- 穴 ㄒㄩㄝˋ …… 1298
- 立 ㄌㄧˋ …… 1310

母 ‖ 毋
氺 ‖ 水
⺪ ‖ 疋
罒 ‖ 目
罒 ‖ 网
衤 ‖ 衣

## 六筆

- 竹 ㄓㄨˊ …… 1315
- 米 ㄇㄧˇ …… 1340
- 糸 ㄇㄧˋ …… 1350
- 缶 ㄈㄡˇ …… 1406
- 网 ㄨㄤˇ …… 1408
- 羊 ㄧㄤˊ …… 1413
- 羽 ㄩˇ …… 1421
- 老 ㄌㄠˇ …… 1427
- 而 ㄦˊ …… 1435
- 耒 ㄌㄟˇ …… 1437
- 耳 ㄦˇ …… 1439
- 聿 ㄩˋ …… 1451
- 肉 ㄖㄡˋ …… 1452
- 臣 ㄔㄣˊ …… 1478
- 自 ㄗˋ …… 1480
- 至 ㄓˋ …… 1487
- 臼 ㄐㄧㄡˋ …… 1490
- 舌 ㄕㄜˊ …… 1494
- 舛 ㄔㄨㄢˇ …… 1496
- 舟 ㄓㄡ …… 1497
- 艮 ㄍㄣˋ …… 1500
- 色 ㄙㄜˋ …… 1502
- 艸 ㄘㄠˇ …… 1503
- 虍 ㄏㄨ …… 1555
- 虫 ㄏㄨㄟˇ …… 1561
- 血 ㄒㄧㄝˇ …… 1579
- 行 ㄒㄧㄥˊ …… 1582
- 衣 ㄧ …… 1588
- 襾 ㄧㄚˋ …… 1606

⺶ ‖ 羊
覀 ‖ 襾

## 七筆

- 見 ㄐㄧㄢˋ …… 1610
- 角 ㄐㄩㄝˊ …… 1618
- 言 ㄧㄢˊ …… 1622
- 谷 ㄍㄨˇ …… 1665
- 豆 ㄉㄡˋ …… 1665
- 豕 ㄕˇ …… 1669
- 豸 ㄓˋ …… 1671
- 貝 ㄅㄟˋ …… 1673
- 赤 ㄔˋ …… 1692
- 走 ㄗㄡˇ …… 1694
- 足 ㄗㄨˊ …… 1702
- 身 ㄕㄣ …… 1716
- 車 ㄔㄜ …… 1718
- 辛 ㄒㄧㄣ …… 1735
- 辰 ㄔㄣˊ …… 1739
- 辵 ㄔㄨㄛˋ …… 1741
- 邑 ㄧˋ …… 1786
- 酉 ㄧㄡˇ …… 1795
- 釆 ㄅㄧㄢˋ …… 1805
- 里 ㄌㄧˇ …… 1806

## 八筆

- 金 ㄐㄧㄣ …… 1812
- 長 ㄔㄤˊ …… 1851
- 門 ㄇㄣˊ …… 1855
- 阜 ㄈㄨˋ …… 1872
- 隶 ㄉㄞˋ …… 1894
- 隹 ㄓㄨㄟ …… 1894
- 雨 ㄩˇ …… 1908
- 青 ㄑㄧㄥ …… 1924
- 非 ㄈㄟ …… 1928

## 九筆

- 面 ㄇㄧㄢˋ …… 1930
- 革 ㄍㄜˊ …… 1932
- 韋 ㄨㄟˊ …… 1935
- 韭 ㄐㄧㄡˇ …… 1936
- 音 ㄧㄣ …… 1936
- 頁 ㄧㄝˋ …… 1940
- 風 ㄈㄥ …… 1959
- 飛 ㄈㄟ …… 1966
- 食 ㄕˊ …… 1968
- 首 ㄕㄡˇ …… 1979
- 香 ㄒㄧㄤ …… 1981

飠 ‖ 食

## 十筆

- 馬 ㄇㄚˇ …… 1983
- 骨 ㄍㄨˇ …… 1998
- 高 ㄍㄠ …… 2003
- 髟 ㄅㄧㄠ …… 2009
- 鬥 ㄉㄡˋ …… 2013
- 鬯 ㄔㄤˋ …… 2015
- 鬲 ㄌㄧˋ …… 2015
- 鬼 ㄍㄨㄟˇ …… 2016

## 十一筆

- 魚 ㄩˊ …… 2020
- 鳥 ㄋㄧㄠˇ …… 2029
- 鹵 ㄌㄨˇ …… 2041
- 鹿 ㄌㄨˋ …… 2043
- 麥 ㄇㄞˋ …… 2045
- 麻 ㄇㄚˊ …… 2047

## 十二筆

- 黃 ㄏㄨㄤˊ …… 2049
- 黍 ㄕㄨˇ …… 2052
- 黑 ㄏㄟ …… 2053
- 黹 ㄓˇ …… 2061

## 十三筆

- 黽 ㄇㄧㄣˇ …… 2061
- 鼎 ㄉㄧㄥˇ …… 2061
- 鼓 ㄍㄨˇ …… 2062
- 鼠 ㄕㄨˇ …… 2064

## 十四筆

- 鼻 ㄅㄧˊ …… 2065
- 齊 ㄑㄧˊ …… 2066

## 十五筆

- 齒 ㄔˇ …… 2068

## 十六筆

- 龍 ㄌㄨㄥˊ …… 2070
- 龜 ㄍㄨㄟ …… 2072

## 十七筆

- 龠 ㄩㄝˋ …… 2073